辭源之編纂始於清光緒三十四年（西元一九〇八年），民國四年出版，實爲我國首次以現代辭書方式編纂而成之大型辭書。民國二十年於正編之外，再出版續編。二十八年出版正續編合訂本，本館來臺後，曾多次重版。五十九年出版補編。六十五年至六十七年進行大規模增修，全部重新排校，分訂上下兩册，稱爲增修辭源。全書總條目增達 128,074 條，單字11,491個。一時光采煥然，至今風行不少衰，而以後每次再版，亦迭作局部修訂。

我國大陸自民國四十七年至七十二年亦從事辭源之修訂工作，放棄原來百科全書式之內容，而將之修訂爲閱讀國學古籍之工具書及古典文史研究之參考書。全書共收單字12,890個，複詞84,134條，合計97,024條，分訂四大册，將原來直排形式改爲橫排。爲應此地讀者之需求，本館今取得授權在臺灣出版發行。而爲使用方便計，特將原書四册改訂爲上下兩册，字體則與原書完全相同，大小適中，不傷目力。上下册書前皆刊載部首目錄及難檢字表，復將原四分册各書後之索引彙爲一編，以便檢索。

辭源，這一現代化大型辭書，久爲我國知識界所利賴。今海峽兩岸兩種旨趣截然不同之修訂本，皆由本館出版，宛若雙璧，昆崗玉出，延津劍合，欣快何如！

大陸版

辭源

修訂本

下冊

臺灣商務印書館 發行

大陸版

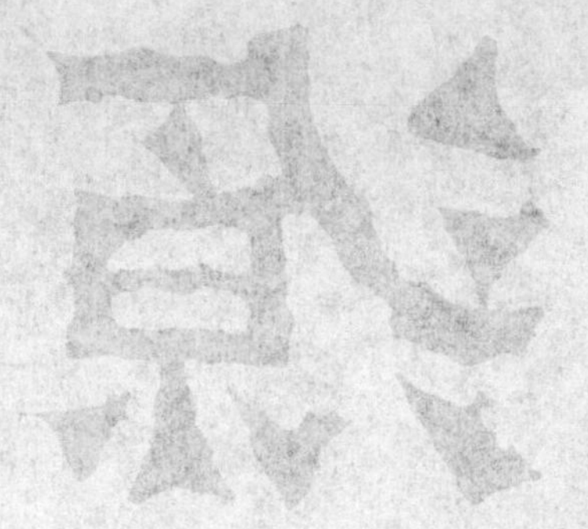

修訂本

下冊

臺灣商務印書館發行

辭源修訂本體例

1. 單字條的組成包括字頭、漢語拼音、注音字母、廣韻的反切與聲紐、釋義、書證。

2. 單字有幾個讀音的，分別注音。單字下複詞第一字的不同讀音，按單字注音的次序也相應地加以注明。

例如;【参辰】(屬第一音讀,本字後不注"1"字。)

【参$_2$差】

【参$_3$考】

【参$_4$坐】

【参$_5$撾】

3. 複詞條的組成包括釋義和書證。知識性條目一般採用叙述體，注明出處或加注參考資料。

4. 多義詞的解釋一般以本義、引申、通假爲先後，分别用㊀、㊁、㊂……爲序號。如一義中再需分釋,用1、2、3、……爲序號。

5. 内容近似的條目,一般只在一條下詳加解釋,他條從略，但注明"詳'某某'"條。如"大喬"條後注明"詳'二喬'"。

6. 内容有關的條目,可以互相補充參考的,注明"參見'某某'"條。如"外水"爲水名,與地名"彭亡"條有關,故於"外水"條後注明"參見'彭亡'"。

7. 内容相同的條目,一般只在一條下加以解釋,列舉書證;另一條下則注明"見'某某'"條,以免重複。如"吴越同舟"條,注明"見'同舟共濟'"。

8. 有的條目,爲了提供參考資料,在解釋和引證之後,注明"參閲某書"。如"博碩肥腯",參閲清劉文淇春秋左氏傳舊注疏證。

9. 書證都經覆核原書,注明書名、篇目或卷次。引用先秦著作、史集、總集、類書、明清小説和字書等以外的一般著作,還加注時代和作者姓名。古人著作大都由後人編選,但爲了統一體例,仍列作者姓名。

10. 校訂引證的原著脱誤,用方括號表明。爲了使前後文義貫通,在引文中增補字句,或在引文中夾注,一律用圓括號表明。如引文有所節略,加省略號。

11. 引用古籍,一般據通行本。如二十四史用中華書局點校本、百衲本,十三經用注疏本，四部書用四部叢刊本等。

12. 書證引文中部分古體或異體字,少數常見的改爲通行字。如:"灋"、"墬"、"鷰"改爲"法"、"地"、"燕"。

13. 本書單字仍照舊辭源用部首排列。同部首的按筆劃數多少爲序,少的在前，多的在後。同筆劃數的按起筆筆形、一(包括㇕)丨(包括㇄)丿(包括㇛)爲序,依次排列。每個單字下的複詞按字數多少爲序,字數少的排在前,多的在後。字數相同的,以第二字的筆劃數多少爲序。筆劃數相同的,以第二字的起筆筆形、一丨丿爲序。書末附四角號碼索引。

14. 本書用繁體字,全書末附繁簡字對照表。

辭源修訂本下册部首目錄

辭源修訂本下册難檢字表

本册所收單字，其部首難於尋檢的，按筆畫及、一丨丿排列，並注明總頁碼和欄次，列表於下：

四畫

火	1908.1
王	2042.3
瓦	2084.1
牙	1975.1
犬	1992.1
爿	1971.1
水	1707.1
父	1968.1
片	1972.2
爻	1969.1
爪	1965.1

五畫

穴	2321.1
立	2335.1
疒	2132.1
玄	2018.1
永	1714.2
玉	2027.1
甘	2091.1
犮	1992.3
石	2232.1
矛	2225.1
疋	2128.1
皮	2182.1
癶	2149.1
由	2104.2
甲	2105.1
申	2107.1
皿	2184.1
内	2290.1
生	2095.1
矢	2227.1
禾	2292.1
用	2100.1
瓜	2081.1

六畫

米	2382.1
衣	2811.1
耒	2523.1
考	2519.1
老	2515.1
西	2840.1
耳	2526.1
臣	2577.1
灰	1913.2
百	2168.1
而	2522.1
至	2587.1
聿	2539.1
艮	2607.1
羽	2502.1
虍	2746.1
虫	2756.1
网	2480.1
肉	2541.1
艸	2613.1
缶	2478.1
舌	2597.1
竹	2344.1
舛	2600.1
肋	2543.2
色	2610.1
自	2582.1
臼	2590.1
血	2797.1
舟	2602.1
甪	2100.3
行	2799.1
牟	1981.2
氽	1719.3
糸	2394.1

七畫

牢	1982.1
辛	3037.1
言	2872.1
艮	2607.2
罕	2480.1
求	1718.3
走	2982.1
赤	2976.1
豆	2929.1
車	3013.1
甫	2101.1
芈	2492.2
酉	3127.1
辰	3043.1
豕	2934.1
甬	2101.2
肖	2543.2
見	2852.1
貝	2946.1
里	3146.1
邑	3096.1
足	2991.1
男	2109.1
甹	2109.1
釆	3143.1
豸	2941.1
谷	2928.1
災	1915.1
肘	2544.1
甸	2109.2
灸	1914.3
角	2862.1
身	3011.1
皁	2175.3
辵	3045.1
系	2394.1
狄	1994.1
矣	2227.1

八畫

羌	2492.2
旐	2086.3
育	2544.3
肩	2544.3
炊	1917.1
靑	3349.1
非	3359.1
表	2813.3
者	2520.3
長	3223.1
雨	3324.1
直	2199.1
臥	2577.3
門	3231.1
隶	3300.1
罔	2481.1
沓	1742.3
狀	1993.3
爭	1965.3
采	3143.1
知	2227.2
秉	2297.1
隹	3301.1
臾	2590.3
爬	1966.3
金	3155.1
舍	2598.1
看	2545.2

九畫

美	2492.3
美	2494.1
酋	3127.1
首	3437.1
音	3377.1
軍	3015.2
韭	3377.1
背	2551.2
耇	2521.3
胡	2547.3
要	2848.2
甚	2094.2
耶	2527.3
革	3364.1
相	2200.3
頁	3381.1
耐	2522.2
耎	2523.1
耍	2523.2
面	3362.1
虺	2757.1
致	2588.3
矜	2225.1
飛	3415.1
韋	3372.1
貞	2946.3
胃	2552.3
禹	2290.1
罘	2481.2
省	2205.2
皆	2177.1
炭	1919.1
耑	2523.3
爰	1966.3
矧	2229.3
重	3147.1
舌	2591.1
香	3439.1
訇	2875.2
胜	2554.2
負	2948.1
觔	2863.3
風	3404.1
皇	2177.2
泉	1770.1
禹	2290.3
衍	2805.2
衎	2806.1
盾	2207.2
食	3420.1
胤	2555.2

十畫

酒	3127.3
羔	2494.1
羞	2494.2
羖	2494.2
高	3477.1
衮	2815.2
畝	2111.2
衰	2815.2
衷	2815.1
衺	2816.1
畜	2111.3
素	2401.3
泰	1745.1
秦	2301.1
馬	3443.1
耗	2524.3
班	2055.3
鬥	3490.1
髟	3485.1
烖	1920.1
袁	2817.3
耆	2520.3
軎	3019.2
鬲	3494.1
翅	2504.1
茲	2655.3
辱	3044.2
烕	1920.3
豗	2934.2
骨	3471.1
罡	2481.3
罟	2481.3
罝	2482.1
罛	2482.1
豈	2930.3
蚩	2760.3
祟	2278.2
眞	2208.2
舀	2591.1
釜	3171.1
爹	1969.3
飢	3422.3
甡	2099.3
臬	2586.3
舁	2591.1
烏	1921.1
躬	3012.1
芻	2621.2
鬼	3495.1
鬯	3492.1
虒	2749.3
能	2556.1

十一畫

章	2338.1
竟	2339.3
產	2099.3
袤	2819.1
袠	2819.1
麻	3564.1
鹿	3554.1
率	2026.1
牽	1987.2
視	2854.1
舂	2591.2
赧	2980.3
赦	2980.3
豉	2930.3
軟	3019.3
票	2279.1
焉	1926.3
華	2664.3
麥	3561.1
爽	1970.1
習	2505.2
艴	2611.2
鹵	3551.1
畢	2114.3
異	2115.3
野	3151.3
累	2410.3
罣	2482.1
眾	2215.1
雀	3302.1
覓	2855.3
觕	2863.3
短	2229.3
甜	2094.3
祭	2279.2
豚	2934.3
脗	2562.3
魚	3502.1
鳥	3520.1
臭	2586.3
翎	2506.1
貪	2953.1
脩	2562.3
衒	2806.1
術	2806.2

十二畫

水 部

水 shuǐ 式軌切,上,旨韻,審。ㄕㄨㄟˇ

㊀水。荀子勸學:“冰,水爲之而寒於水。”㊁泛指水域,如江河湖海,與“陸”對稱。見“水人”。㊂水災。漢書食貨志上:“故堯禹有九年之水,湯有七年之旱。”㊃五行之一。參見“五行㊀”。㊄星名。詳“水星”。㊅官名。左傳昭十七年:“共工氏以水紀,故爲水師而水名。”注:“以水名官。”㊆舊時銀的成色有高低,以水爲平,俗稱爲水,如貼水,申水。㊇姓。宋邵思姓解一云出姓苑。

【水力】㊀水流所産生的動力。漢王充論衡效力:“河發崑崙,江起岷山,水力盛多。”㊁水路運輸客貨的費用,也稱水脚。參見“水脚”。

【水人】水鄉的居民。國語越上:“陸人居陸,水人居水。”文選漢張平子(衡)西京賦:“蟾蜍與龜,水人弄蛇。”

【水工】㊀治水的工程人員。史記河渠書:“乃使水工鄭國閒説秦,令鑿涇水自中山西邸瓠口爲渠。”集解:“鄭國能治水,故曰水工。”㊁船工,水手。樂府詩集四八唐張籍賈客樂:“水工持楫防暗灘,直過山邊及前侶。”元史二〇八日本傳:“有日本船爲風水漂至者,令其水工畫地圖。”

【水土】卽水陸。書舜典:“帝曰:‘俞,咨禹,汝平水土,惟時懋哉。’”引申指一個地域的自然條件。左傳僖十五年:“古者大事必乘其産,生其水土,而知其人心,安其教訓,而服習其道。”三國志吳周瑜傳:“驅中國之衆,遠涉江湖之間,不習水土,必生疾病。”後謂初至新地而感身體不適爲不服水土,本此。

【水口】水源所從出的洞口。爾雅釋水“瀵,大出尾下”注:“今河東汾陰縣有水口,如車輪許,濆沸涌出,其深無限,名之爲瀵。”

【水火】㊀水與火。喻生活中不可缺少的物品。論語衛靈公:“民之於仁也,甚於水火。”孟子盡心上:“民非水火不生活。”㊁謂烹調。周禮天官亨人:“亨人掌共鼎鑊,以給水火之齊。”㊂喻勢不兩立,互不相容。易革:“水火相息,二女同居,其志不相得。”三國志蜀龐統傳“遂與亮并爲軍師中郎將”注引九州春秋:“(劉)備曰:‘今指與吾爲水火者,曹操也。’”㊃喻災難、艱險。孟子梁惠王下:“今燕虐其民,王往而征之,民以爲拯己於水火之中也。”史記六五孫子(武)傳:“唯王所欲用之,雖赴水火猶可也。”㊄大小便的代稱。水滸五一:“朱仝獨自帶過雷横,只做水火,來後面僻静處開了枷,放了雷横。”

【水心】水之中央。宋葉適水心集八水心卽事六首兼謝吳民表宣義詩之五:“聽唱三更囉裏論,白旁單漿水心村。”時人以適所居地稱爲水心先生。卽就其所居之地以爲號。又以稱在水中的建築物,如水心亭、水心閣等。

【水王】指大海。漢焦延壽易林一蒙之乾:“海爲水王,聰聖且明。”

【水天】㊀謂水與天。唐盧仝玉川子集外集蜻蜓歌:“黄河中流日影斜,水天一色無津涯。”㊁佛教諸天名之一。梵語縛嚕拏,義譯爲水,龍神名,在水中具自在之力,守護西天,故名水天。

【水厄】㊀溺於水的災難。北齊書房豹傳:“(慕容)紹宗自云有水厄,遂於戰艦中浴,並自投於水,冀以厭當之。”南史武烈世子方等傳:“汝有水厄,深宜慎之。”㊁三國魏晉以來,漸行茶飲,其初不習飲者,戲稱爲水厄。太平御覽八六七引世説:“晉司徒長史王濛好飲茶,人至輒命飲之,士大夫皆患之,每欲往候,必云:‘今日有水厄。’”北魏劉縞慕王肅之風,專習茗飲,彭城王勰謂曰:“卿不慕王侯八珍,好蒼頭水厄。”見後魏楊衒之洛陽伽藍記三城南報德寺。

【水尺】調整五音律吕的儀器。隋書律曆志上:“故五音用火尺,其事火重。用金尺則兵,用木尺則喪,用土尺則亂,用水尺則律吕合調,天下和平。”又萬寶常傳:“又寶常因極言樂聲哀怨淫放,非雅正之音,請以水尺爲律,以調樂器。上從之。”

【水手】舟人,船工。唐六典七工部水部郎中:“大陽蒲津竹索,每年令司竹監給竹,令津家水手自造。”後以稱官船或戰船上的水兵。元史二〇八日本傳:“萬户厲德彪、招討王國佐、水手總管陸文正等不聽節制。”

【水月】水中月影。喻空明、清淨。廣弘明集二二唐太宗三藏聖教序:“松風水月,未足比其清華;仙露明珠,詎能方其朗潤。”又李白李太白詩十二贈宣州靈源寺仲濬公詩:“觀心同水月,領解得明珠。”

【水玉】㊀水晶的古稱。山海經南山經:“堂庭之山……多水玉。”注:“水玉,今水精也。”唐温庭筠集四題李處士幽居詩:“水玉簪頭白角巾,瑶琴寂歷拂輕塵。”㊁玻璃的别名。本草綱目八金一玻瓈:“本作頗黎。頗黎,國名也。其瑩如水,其堅如玉,故名。水玉與水精同名。”

【水正】治水之官。左傳昭二九年:“水正曰玄冥。”

【水札】水鳥名。太平御覽九二五南夷志:“水札鳥,出昆明池,冬月遍於水際。”

【水古】久没水中的古銅器。宋趙希鵠洞天清禄集古鐘鼎彝器辨:“銅器墜水千年,則純緑色而瑩如玉,未及千年,緑而不瑩。”清梁同書古銅瓷器攷稱爲水古。

【水田】能蓄水的耕地。後漢書二四馬援傳:“開導水田,勸以耕牧。”唐王維王右丞集十積雨輞川莊作詩:“漠漠水田飛白鷺,陰陰夏木囀黄鸝。”

【水母】㊀水神。楚辭漢王褒九懷思忠:“玄武步兮水母,與吾期兮南榮。”參閱舊題晉葛洪神仙傳、明陶宗儀輟耕録二九淮渦神。㊁道家修煉之術。參同契上:“金爲水母,母隱子胎。”指以金屬煉金丹。胎息經“胎從伏氣中結”注:“世人以陰陽氣相感結於水母,三月胎結。……修道者常伏其炁(氣)於臍下,守其神於身内,神氣相合而生玄胎,玄胎既結,而生自身。”指運氣煉内丹,卽氣功。㊂海面浮游的腔腸動物。形似傘,體緣有很多觸手。太平廣記四六五水母引嶺表録異:“水母,廣州謂之水母,閩人謂之蛇。”

【水令】用水的約法和法令。漢書五八兒寬傳:“寬表奏開六輔渠,定水令以廣溉田。”注:“爲用水之次具立法,令皆得其所也。”新唐書一六七王播傳附王起:“濱漢塘堰聯屬,吏弗完治,起至部先脩復,與民約爲水令,遂無凶年。”

【水丘】複姓。漢有司隸校尉水丘岑。五代吳越有都監使水丘昭券。見宋邵思姓解水、明陳士元姓觿五。

【水仙】㊀傳説中的水中神仙。唐司馬承禎天隱子神解："在天曰天仙，在地曰地仙，在水曰水仙。"按越絕書十四越絕德序外傳記稱(伍)子胥爲水仙。舊題晉王嘉拾遺記十洞庭山稱屈原爲水仙。伍子胥自殺，吳王以其尸沈之江中；屈原自沈汨羅以死，故後人傳説爲水仙。㊁花名。花如金盞銀盤，養於水中，清香淡雅，故稱。宋朱熹朱文公集九用子服韻謝水仙花詩："水中仙子來何處，翠袖黄冠白玉英。"參閱本草綱目十三草二水仙。

【水衣】青苔，蒼苔。文選晉張景陽(協)雜詩之十："階下伏泉涌，堂上水衣生。"注："高誘淮南子注曰：'蒼苔，水衣也。'"

【水次】水邊。三國志蜀先主傳"(孫)權遣周瑜程普等水軍數萬，與先主并力"南朝宋裴松之注："備聞曹公軍下，恐懼，日遣邏吏於水次候望權軍。"唐劉禹錫劉夢得集外集七和西川李尚書漢州微月遊房太尉西湖詩："旌旗環水次，舟楫泛中流。"

【水地】以水平之法量地高下。周禮考工記匠人："匠人建國，水地以縣。"注："於四角立植，而縣以水，望其高下；高下既定，乃爲位而平地。"疏："欲置國城，先當以水平地，欲高下四方皆平，乃始營造城郭也。"

【水西】㊀寺名。在今安徽涇縣西。唐李白有遊水西簡鄭明府詩，見李太白詩卷二十。宋林逋林和靖集一送思齊上人之宣城詩："蕭閑水西寺，駐錫莫忘歸。"㊁花名。宋范成大桂海虞衡志志花："水西花，葉如萱艸，花黄，夏開。"

【水死】在水中溺死。禮祭法："冥勤其官而水死。"漢書八七揚雄傳上校獵賦"餔屈原與彭胥"唐顔師古注："彭，彭咸；胥，伍子胥，皆水死者。"按伍子胥忤吳王意自殺，吳王沈其尸於江中。

【水丞】文具。貯硯水的小盂。亦名水中丞。見宋龍大淵古玉圖譜七一文房部所列十式之一。

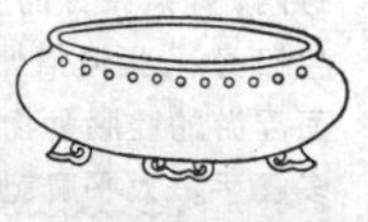
古玉如意足水丞

【水曲】㊀岸隨水勢曲折，故稱水畔爲水曲。周禮地官保氏"四曰五馭"漢鄭玄注："鳴和鸞、逐水曲、過君表、舞交衢、逐禽左。"㊁舞曲名。宋史四九六西南諸夷傳："上因令作本國歌舞，一人吹瓢笙如蚊蚋聲，良久，數十輩連袂宛轉而舞，以足頓地爲節。詢其曲，則名曰水曲。"

【水沈】即沈香。唐杜牧樊川集三揚州詩之二："蜀船紅錦重，越橐水沈堆。"又四爲人題贈詩之一："桂席塵瑤珮，瓊鑪燼水沈。"

【水宋】古代方士以五行之德，爲王者受命之符。王朝建立，必自稱具五行中的一德。南朝劉宋王朝自稱以水德王，故舊史或稱爲水宋。參見"五德㊀"。

【水冶】渠名。在河南安陽縣西。北魏引水鼓爐冶煉，故名。見讀史方輿紀要四九河南四水冶渠。

【水攻】決水以淹敵。戰國策燕二："陸攻則擊河内，水攻則滅大梁。"漢書五一鄒陽傳："水攻則章邯以亡其城，陸擊則荆王以失其地。"

【水車】㊀船名。晉宗懔荆楚歲時記："按五月五日競渡，俗爲屈原投汨羅日，傷其死，故並命舟楫以拯之。舸舟取其輕利，謂之飛鳧，一自以爲水車，一自以爲水馬。"㊁古代戰船。南史徐世譜傳："世譜乃別造樓船、拍艦、火舫、水車，以益軍勢。"㊂農具，抽水用。以木板爲槽，前有軸，帶動葉片鏈條，借人力、畜力或風力使軸翻轉，引水上行。即古之翻車。宋梅堯臣宛陵集五一和孫端叟寺丞農具十三首水車詩："既如車輪轉，又若川虹飲。能移霖雨功，自致禾苗稔。"

【水芝】㊀即荷花。晉崔豹古今注下草木："芙蓉，一名荷華，生池澤中，實曰蓮，花之最秀異者，一名水目，一名水芝，一名水花。"㊁冬瓜的别稱。瓜瓤中多水，故名。參閱政和證類本草二七白瓜子、本草綱目二八菜三冬瓜。

【水君】水神之稱。晉崔豹古今注中魚蟲："水君，狀如人，乘馬，衆魚皆導從之；一名魚伯，大水乃有之。"全唐詩六一〇皮日休投龍潭："下有水君府，貝闕光比櫛。"

【水旱】水災與旱災。禮祭法："雩宗，祭水旱也。"史記平準書："非遇水旱之災，民則人給家足，都鄙廩庾皆滿。"

【水利】修治河渠堤壩，使民得農田灌溉之利。呂氏春秋慎人："掘地財，取水利。"參閱通典二食貨二水利田、文獻通考六田賦六水利田。

【水兵】用於水戰的士兵。宋史兵志一禁軍上："建炎初，李綱請於沿江淮河帥府置水兵二軍，要郡別置水兵一軍，次要郡別置中軍，招善舟楫者充，立軍號曰凌波、樓船軍。"

【水伯】水神。山海經海外東經："朝陽之谷，神曰天吳，是爲水伯。"

【水注】文具，用以注水於硯。有嘴的叫水注。無嘴的叫水丞。古稱酒壺爲注子，水注之名本此。其式方圓不一，圖爲卧瓜水注，漢時器。見宋龍大淵古玉圖譜七一文房部著録十二式。

古玉卧瓜水注

【水沫】水面上的泡沫。藝文類聚五梁簡文帝納涼詩："游魚吹水沫，神蔡上荷心。"

【水官】㊀水神名。禮月令孟冬之月"其帝顓頊，其神玄冥"漢鄭玄注："此黑精之君，水官之臣，……玄冥，少皞氏之子，曰脩曰熙，爲水官。"唐韓愈昌黎集九詠雪贈張籍詩："水官夸傑黠，木氣怯胚胎。"㊁掌管湖澤的官。後漢書百官志五："有水池及魚利多者置水官，主平水收魚税。"㊂道家謂三官之神，即天官、地官、水官。各主録人間善惡。參閱宋史四六一苗守信傳。

【水府】㊀謂水神所管轄的區域。文選晉木玄虛(華)海賦："爾其水府之内，極深之庭，則有崇島巨鼇，峌峴孤亭。"南朝梁任昉述異記上："闔閭構水精宫，尤極珍怪，皆出之水府。"也泛指水底。唐韓愈昌黎集三貞女峽詩："懸流轟轟射水府，一瀉百里翻雲濤。"㊁星名。晉書天文志上二十八宿外星："東井西南四星曰水府，主水之官也。"

【水戽】戽水之斗。宋沈與求龜谿集二雨不止詩："已看城郭半浮植，水戽聯翩接渚涯。"

【水怪】水中的怪物。文選晉木玄虛(華)海賦："其垠則有天琛水怪，鮫人之室。"

【水性】水具有隨勢而流的特性，形容沒有主見。清平山堂話本快嘴李翠蓮："婆婆休得耍水性，做大不尊小不敬。"也用以比喻性格浮動不定。紅樓夢六四："二姐兒又是水性人兒。"

【水青】鼠尾草可以染皁，故名烏草，又名水青。參閱本草綱目十六草五鼠尾草。

【水東】地名。元明置水東長官司，清廢。故地在今貴州龍里縣東北。參閱嘉慶一統志五〇〇貴陽府。

【水花】㊀水流衝激而起的泡沫。唐李白李太白詩十八送崔氏昆季之金陵："峽石入水花，碧流日更長。"㊁即荷花。宋朱熹朱文公集六圭父爲彦集置酒白蓮沼上彦集有詩因次其韻呈坐上諸友詩："共憐的皪水花淨，并倚離披風蓋涼。"㊂浮石的别名。見本草綱目九石三浮石。

【水芽】茶名。宋姚寬西溪叢語上："建州龍焙面北謂之北苑，……唯龍園勝、雪白茶二种，謂之水芽。先蒸後揀，每一芽先去外兩小葉，謂之烏帶；又次取兩嫩葉，謂之白合；留小心芽，置於水中，呼爲水芽。”

【水松】㊀海藻類植物，可入藥。文選晉郭景純（璞）江賦：“繁蔚芳蘺，隱藹水松。”注：“水松，藥草名也。”參閱政和證類本草九海藻。㊁樹名，卽檉。多生水旁。晉嵇含南方草木狀中：“水松，葉如檜而細長，出南海。”

【水門】水閘。漢書溝洫志賈讓奏：“今可從淇口以東爲石隄，多張水門，……旱則開東方下水門溉冀州，水則開西方高門分河流。”

【水居】㊀生長於水鄉。戰國策趙二：“故寡人且聚舟檝之用，求水居之民，以守河薄洛之水。”㊁生活在水中。呂氏春秋本味：“水居者腥，肉獲者臊，草食者羶。”

【水虎】水獸名。水經注二八沔水：“水中有物，如三四歲小兒，鱗甲如鯪鯉，射之不可入。七八月中，好在磧上自曝，厀（膝）頭似虎掌爪，常没水中。……名爲水虎者也。”南朝梁陶弘景刀劍錄謂之爲人膝之怪（說郛七三）。

【水果】鮮果。唐顏師古隨遺錄：“有郎將自瓜州，進合歡水果一器。”合歡，並蒂。宋吳自牧夢粱錄一九四司六局筵會假賃：“果子局，掌裝簇飣盤看果，時新水果，南北京果。”

【水乳】水與乳極易融合，以喻投合無間。長阿含經二遊行經中：“汝等宜當於此法中和同孝順，勿生諍訟，同一師受，同一水乳。”隋智顗觀無量壽佛經疏序：“菩提智慧與法性相應相冥。相應者，如函蓋相應；相冥者，如水乳相冥。”成語謂意氣相投爲水乳交融，本此。

【水狗】獸名。卽水獺。詳“水獺”。

【水弩】傳說中的毒蟲名。卽蜮。詩小雅何人斯“爲鬼爲蜮”漢鄭玄箋：“（蜮）狀如鼈，三足，一名射工，俗呼之水弩，在水中含沙射人。”唐白居易長慶集十五送人貶信州判官詩：“溪畔毒砂藏水弩，城頭枯樹下山魈。”參見“射工”。

【水客】㊀舟人，船工。文選晉左太沖（思）蜀都賦：“試水客，艤輕舟。”文苑英華二一二唐王昌齡江中聞笛詩：“水客皆擁棹，空霜遂盈襟。”㊁菱花的别稱。元程棨三柳軒雜識：“菱花爲水客。”（說郛二一）㊂舊稱到各處採購貨物及代人帶信送款的商人爲水客。

【水帝】指顓頊。五帝之一。呂氏春秋孟冬“其帝顓頊，其神玄冥”漢高誘注：“顓頊，黄帝之孫……以水德王天下，號湯氏，死祀爲北方水德之帝。”參見“五帝”。

【水軍】用於水戰的軍隊。三國志魏武帝紀建安四年：“軍至譙，作輕舟，治水軍。”宋史兵志一禁軍上：“隴右都護奏：乞於鄯州置水軍，守河浮橋。”

【水苔】水中的青苔。爾雅釋草“藫，石衣”晉郭璞注：“水苔也，一名石髮，江東食之。”參見“石髮”。

【水柳】柳的一種，皮可製扇。唐張籍張司業集四送和蕃公主詩：“邊城南望無迴日，空見沙蓬水柳春。”宋鄧椿畫繼十雜説論近：“高麗松扇，如節板狀。其土人云：非松也，乃水柳木之皮。”

【水柵】用竹、木等做成的阻攔物，置水中作爲堵截之用。南齊書周山圖傳：“山圖斷取行旅船板，以造樓櫓，立水柵，旬日皆辦。”

【水則】立於水中測量水位高低的標尺。宋史河渠志五：“景祐二年，（楊）懷敏知雄州，又請立木爲水則，以限盈縮。”

【水香】㊀澤蘭的别稱，又名都梁香。宋洪芻香譜上香之品蘭香：“一名水香，生大吳池澤，葉似蘭，尖長有歧，花紅白而香，煮水浴以治風。”㊁水味甘香。宋蘇軾分類東坡詩六夢十首之七夢蘇伯固手持乳香嬰兒：“水香知是曹溪口，眼淨同看古佛衣。”梁天監元年，天竺釋智藥三藏航海入華，至曹溪，掬水而飲，甚香美，對衆徒言：溪源上必有勝地，可以建寺。見六祖壇經附錄緣起外記。㊂宫殿名。唐大明宫内有水香殿。見唐六典七尚書工部。

【水紅】㊀草名。生池塘草澤中。宋詩鈔孔平仲平仲清江集鈔芙蓉堂：“今日重來皆蔓草，水紅無數强排秋。”參見“水葓”。㊁淡紅色。一名銀紅。

【水畜】㊀古人以五行配各類牲畜，豕爲水畜。禮月令孟春之月“食麥與羊”唐孔穎達疏：“雞爲木畜，羊爲火畜，牛爲土畜，犬爲金畜，豕爲水畜。”㊁指水族之屬，如魚、龜等。魏書律曆志上：“龜爲水畜，實符魏德。”太平御覽九三六陶朱公養魚經：“夫治生之法有五，水畜第一。水畜者，魚也。”

【水羞】水生的動植物可供食用者。藝文類聚七二南齊王融謝司徒賜紫鮓啟：“東越水羞，實罄乘時之美；南荆任土，方揖鮓魚之最。”又八二南朝梁劉孝威謝東宫賚藕啟：“凡厥水羞，莫敢相輩。”

【水馬】㊀水獸名。山海經北山經：“求如之山，其中多水馬，其狀如馬，文臂牛尾，其音如呼。”㊁水蟲名。唐王建詩一和錢舍人水植詩：“多時水馬出，盡日蜻蜓遶。”宋王質林泉結契五水劃蟲：“身褐，腹白，四足，兩鬢浮水唼草泥，輕趣極駛，人呼水馬兒。”參閱本草綱目四二蟲二水黽。

【水栗】卽菱角。又名薢茩。見唐段成式酉陽雜俎前集十九芰。宋王質林泉結契四菱角：“花黄白，子外緑中白，四角或兩角。紫者皮薄而肌厚，尤佳，又號水栗。”

【水草】㊀水藻。詩小雅魚藻“魚在在藻”漢鄭玄箋：“藻，水草也。”㊁有水源草地之處。史記一一〇匈奴傳：“逐水草遷徙，毋城郭常處耕田之業，然亦各有分地。”

【水脈】地下的伏流。形狀如人體脈絡，故名。也稱泉脈。晉張華博物志二：“流沙千餘里，中無水，時時有伏流處，人莫能知。皆乘駱駝，駱駝知水脈，過其處輒停，不肯行，以足踏地，人於其蹋處，掘之輒得水。”參見“泉脈”。

【水豹】水獸名。古文苑漢揚雄蜀都賦：“其深則有猵獺、沈鮮、水豹、蛟蛇。”注：“水豹，水獸，狀似豹。”文選漢張平子（衡）南都賦：“追水豹兮鞭蝄蜽，憚夔龍兮怖蛟螭。”

【水臬】猶言水尺。卽水平儀。文選三國魏何平叔（晏）景福殿賦：“制無細而不協於規景，作無微而不違於水臬。”唐李白李太白詩一明堂賦：“乃準水臬，攢雲棨。”

【水師】㊀官名。1. 以水爲官名的百官。左傳昭十七年：“共工氏以水紀，故爲水師而水名。”2. 周官名。國語周中：“火師監燎，水師監濯。”注：“水師掌水，監滌濯之事者。”㊁水兵，水軍。宋書武帝紀大明七年詔：“可克日於玄武湖大閲水師，并巡江右，講武校獵。”㊂船工，漁人。唐柳宗元柳先生集十五問答晉問：“巨舟軒昂，仡仡迴環，水師更呼，聲裂商顔。”宋蘇軾分類東坡詩六丙子重九詩之二：“水師三百指，鐵網欲掩羣。”

【水渚】水中的小塊陸地。文選漢司馬長卿（相如）上林賦：“與波摇蕩，掩薄水渚。”唐錢起錢考功集五賦得浦口望斜月送皇甫判官詩：“水渚猶疑雪，梅林不辨花。”

【水涯】水邊。後漢書光武紀下中元元年：“又有赤草生於水涯，郡國頻上甘露。"宋陸游劍南詩稿二三蔬圃:"蔬圃依山脚,漁扉並水涯。"

【水淫】指有潔癖的人。南史何佟之傳:"性好潔,一日之中洗滌者十餘過,猶恨不足,時人稱爲水淫。"

【水宿】㊀指鳥宿水邊或人宿舟中。文選晉左太沖(思)蜀都賦:"雲飛水宿,哢吭清渠。"又南朝宋謝靈運遊赤石進帆海詩:"水宿淹晨暮,陰霞屢興没。"㊁星宿名。古人以五行中的水配北方,故稱北方七宿爲水宿。後漢書五二崔駰傳:"陰事終而水宿臧。"注:"水宿謂北方七宿,斗、牛、女、虛、危、室、壁也。"

【水部】㊀官名。魏尚書有水部郎,隋置水部侍郎,唐改置水部郎中員外郎,爲工部四司之一。掌有關水道的政令。明清改爲都水司。參閱通典二三職官五、歷代職官表二。㊁南朝梁何遜官水部郎,世稱何水部。宋梅堯臣宛陵集二新秋雨夜西齋文會詩:"誰憐何水部,吟苦怨空堦。"又張擴東窗集四次韻秦祕監山中觀梅詩:"水部五言誰舉似,孤山一徑久湮微。"

【水產】指水中鱗介之類。晉張華博物志三:"東南之人食水產,西北之人食陸畜。水產者,龜、蛤、螺、蚌,以爲珍味,不覺其腥臊也。"

【水庸】即水溝。禮郊特牲:"祭坊與水庸事也。"注:"水庸,溝也。"疏:"庸者所以受水,亦以泄水。"

【水族】統稱生活在水中的動物。文選漢張平子(衡)西京賦:"摷昆鮞,殄水族。"北魏楊衒之洛陽伽藍記二城東景寧寺:"里三千餘家,自立巷市,所賣口味,多是水族,時人謂爲魚鱉市。"

【水舂】即水碓。後漢書八七西羌傳虞詡疏:"禹貢雍州之域,厥田惟上。……因渠以溉,水舂河漕。用功省少,而軍糧饒足。"

【水曹】官名。晉有侍御史九人,而有十三曹,一爲水曹。又南朝梁王國屬官有水曹,天監中何遜爲建安王水曹行參軍兼記室,後因稱遜爲何水曹。唐杜甫杜工部草堂詩箋十九北鄰詩:"愛酒晉山簡,能詩何水曹。"參閱通典二四職官六、梁書何遜傳。

【水排】利用水力推引鞲鞴鼓風的器具,用於冶金。後漢書三一杜詩傳:"造作水排,鑄爲農器。用力少,見功多,百姓便之。"三國志魏韓暨傳:"舊時冶作馬排,每一熟石,用馬百匹。更作人排,又費功力。暨乃因長流爲水排,計其利益,三倍於前。"古代水排有立輪、卧輪兩式,至北宋時其法已失傳。中國歷史博物館有水排復原模型。

【水陸】㊀水路與陸路。晉書宣帝紀:"朝議以襄樊無穀,不可以禦寇。……帝曰:'孫權新破關羽,此其欲自結之時也,必不敢爲患。襄陽水陸之衝,禦寇要害,不可棄也。'"㊁指水陸所產的食物。晉書石苞傳附石崇:"絲竹盡當時之選,庖膳窮水陸之珍。"唐白居易長慶集二輕肥詩:"罇罍溢九醞,水陸羅八珍。"㊂佛教法會之一。詳"水陸道場"。

【水國】江河縱橫之地。多指江南地方。唐孟浩然集三舟中晚望詩:"挂席東南望,青山水國遙。"又劉長卿劉隨州集九別嚴士元詩:"春風倚棹闔閭城,水國春寒陰復晴。"

【水蛇】生活於水中的蛇。見唐段成式酉陽雜俎十六廣動植之一總敘。又形容女性細腰。紅樓夢七四:"上次我們跟了老太太進園逛去,有一個水蛇腰、削肩膀兒、眉眼又有些像你林妹妹的,正在那裏罵小丫頭。"

【水偃】築堰截水,其間留有闕孔以捕魚,也叫梁。見周禮天官𩟄人"𩟄人掌以時𩟄爲梁"注。

【水參】知母的別名。見本草綱目十二草一知母。

【水運】水路運輸。後漢書五八虞翻傳:"自沮至下辯數十里中,皆燒石翦木,開漕船道,以人僦直雇借傭者,於是水運通利,歲四千餘萬。"宋詩鈔孔平仲平仲清江集鈔鑄錢行:"錢成水運入京師,朝輸暮給苦不支。"

【水雲】霧。唐孟浩然集三曉入南山詩:"瘴氣曉氛裏,南山没水雲。"

【水菜】芹菜的別名。詩魯頌泮水"思樂泮水,薄采其芹"漢鄭玄箋:"芹,水菜也。"

【水犀】犀牛的一種,多生活於水中。國語越上:"今夫差衣水犀之甲者,億有三千。"注:"犀形似象而大,今徼外所送,有山犀、水犀。水犀之皮,有珠甲,山犀則無。"唐杜牧樊川集三潤州詩之二:"謝朓詩中佳麗地,夫差傳裏水犀軍。"

【水陽】水的北岸。水以北爲陽,南爲陰。藝文類聚二南朝梁江淹赤虹賦:"艳赫山頂,照燎水陽。"

【水飲】㊀飲清水,別於茶、湯,表示生活艱苦儉樸。禮喪大記:"士疏食水飲,食之無筭。"後漢書祭祀志上"乃復道下"注引封禪儀:"百官已下露卧水飲。"㊁指茶湯之類。元周密癸辛雜識上東遷道人:"丙子,北師自蘇入杭,道由東遷,有道人結茅岸畔,備水飲以施行者。"

【水飯】粥,稀飯。五代劉崇遠金華子雜編下:"鄭傪爲江淮留後,……忽一日早辰,其妻少弟至妝閣問其姊起居,姊顧其弟曰:'我未及飡,爾可且點心。'止於水飯數匙。"

【水程】水路的行程。唐杜甫杜工部草堂詩箋三六宿青草湖:"宿槳依農事,郵籤報水程。"元仇遠金淵集四寄梁中砥詩:"水程纔隔一百里,脚債未償三十年。"

【水牌】供寫字用的板。用水洗去字迹後,即可再寫。元明雜劇缺名招涼亭賈島破風詩三:"今日施主人家請我赴齋去,你和五戒則在寺中,你將這三門閉上,怕有賓客至,你記在水牌上,等我回來看。"參閱明郎瑛七修類藁二六辯證類簡板水牌。

【水遁】方士所謂水中遁形隱身之術。參見"五遁㊀"。

【水鄉】河流、湖泊多的濱水地區。晉陸機陸士衡集五答張士然詩:"余固水鄉士,總轡臨清淵。"晉書王渾等傳論:"孫氏負江山之阻隔,恃牛斗之妖氛,奄有水鄉,抗衡上國。"

【水源】水流的發源處。晉陶潛陶淵明集五桃花源記:"復前行,欲窮其林,林盡水源,便得一山。"

【水裔】江邊澤畔。楚辭屈原九歌湘夫人:"麋何食兮庭中?蛟何爲兮水裔?"文選漢馬季長(融)長笛賦:"鱏魚喁於水裔,仰駟馬而舞玄鶴。"

【水煙】㊀水上的煙霧。文苑英華三一一南朝梁簡文帝登烽火樓詩:"水煙扶岸起,遥禽逐霧征。"唐許渾丁卯集下早發壽安次永壽渡詩:"山月夜行客,水煙朝渡人。"㊁煙草的一種。葉與枇杷葉相似。吸時以水注特製的煙袋中,令煙從水中通過,故稱。參閱清趙學敏本草綱目拾遺二火部。

【水瑞】左傳昭十七年"共工氏以水紀,故爲水師而水名"晉杜預注:"共工以諸侯霸有九州者,在神農前大皞後,亦受水瑞,以水名官。"以水爲祥瑞之徵,故稱水瑞。

【水葓】草名。生池塘草澤中。唐李賀歌詩編二惱公:"鈿鏡飛孤鵲,江圖畫水葓。"宋林逋林和靖集二夏日池上詩:"蓮香如綺細濛濛,翡翠窺魚裊水葓。"

【水葵】蓴菜的別名,亦名水鏡草。後漢

書六十上馬融傳廣成頌"桂荏、鳧葵"唐李賢注:"爾雅曰:茆,鳧葵,葉圜似蓴,生水中,今俗名水葵。"

【水葱】植物名,草之一種。花葉皆如鹿葱,花色有紅黃紫三種,出始興。見晉嵇含南方草木狀上草類。

【水葬】把死者投入水中叫水葬。南史海南諸國扶南國傳:"死者有四葬:水葬則投之江流,火葬則焚爲灰燼,土葬則瘞埋之,鳥葬則棄之中野。"

【水碓】利用水力舂米的工具。三國志魏張既傳:"既假三郡人爲將吏者休課,使治屋宅,作水碓,民心遂安。"世説新語儉嗇:"司徒王戎既貴且富,區宅僮牧膏田水碓之屬,洛下無比。"

【水殿】㊀建於水上的殿宇。北史秦王俊傳:"又爲水殿,香塗粉壁,玉砌金堦。"唐宋諸賢絶妙詞二蘇子瞻(軾)洞仙歌:"冰肌玉骨,自清涼無汗,水殿風來暗香滿。"㊁遊覽船名。隋杜寶大業雜記:"又敕王弘于揚州造舟及樓船、水殿、水航板、艑板舫、黄篾舫、平乘艨艟、輕舸等五千餘艘。"又:"又有小水殿九,名浮景舟,並三重,朱絲網絡。"

【水虞】官名。即周禮地官的澤虞。禮月令:"乃命水虞漁師,收水泉池澤之賦。"國語魯上:"水虞於是乎講罛罶,取名魚,登川禽,而嘗之寢廟。"注:"水虞,漁師也,掌川澤之禁令。"

【水路】㊀水道,航道的路綫。水經注三六沫水:"(李)冰乃操刀入水與水神鬭,遂平溷崖,通正水路。"㊁宋代公主出嫁或豪貴子弟出行,先令人在路灑水,以待車過,時人稱爲水路。宋孟元老東京夢華録四公主出降:"公主出降,亦設儀仗、行幕、步障、水路。凡親王公主出則有之,皆係街道司兵級數十人,各執掃具鍍金銀水桶,前導灑之,名曰水路。"參閲宋周煇清波别志風埃(説郛二二)。

【水禽】水鳥。後漢書六十上馬融傳廣成頌:"水禽鴻鵠,鴛鴦,鷗、鷖,鶬鴰,鸕、鷁、鷺、鴈、鷿鷉。"

【水脚】水路運輸貨物的費用,俗稱水脚。宋朱熹朱文公集二六與顔提舉劄子:"本軍米斛,舊來都就建康交納,近一兩年忽蒙使臺改撥入都,不唯小郡頓增水脚之費,無所從出,而舟船艱得,裝發遲緩,盤剥留滯,耗折百端。"俗又稱乘舟車的旅費爲水脚。

【水腹】即小腹。釋名釋形體:"自臍以下曰水腹,水汋所聚也。又曰少腹,少,小也,比於臍以上爲小也。"

【水遞】水道設站置運。唐丁用誨芝田録:"李太尉(德裕)……在中書,不飲京城水,悉用惠山泉,時有水遞之號。"(類説九)清吴偉業梅村家藏藁三永和宫詞:"私買瓊花新樣錦,自修水遞進黄柑。"

【水經】書名。詳"水經注"。

【水滴】文具。貯水供磨墨用,上有小孔滴水。舊題漢劉歆西京雜記六:"晉靈公冢甚瑰壯,……其物器皆朽爛不可别,唯玉蟾蜍一枚,大如拳,腹空容五合水,王取以爲水滴。"宋趙希鵠洞天清録集水滴辯:"古人無水滴,晨起,則磨墨汁盈硯池,以供一日用,墨盡復磨,故有水盂。"

【水漏】古代計時器。置箭壺内,箭上刻有度數,盛水滴漏以計時。詩齊風東方未明疏:"壺,盛水器也,……刻,謂置箭壺内,刻以爲節,而浮之水上,令水漏而刻下,以記晝夜昏明之度數也。"參見"刻漏"、"漏壺"。

【水碧】即水晶。山海經東山經:"(耿山)無草木,多水碧。"注:"亦水玉類。"文選晉郭景純(璞)江賦:"瑦玏瓀瑰,水碧潛瑶。"參見"水玉㊀"。

【水蓮】一種形狀似蓮的水草,莖紫,柔而無刺。見晉嵇含南方草木狀上。

【水榭】建築在水邊或水上的亭閣。舊唐書一七〇裴度傳:"東都立第於集賢里,築山穿池,竹木叢萃,有風亭水榭。"宋梅堯臣宛陵集一依韻和希深遊樂園懷主人登封令詩:"竹映紅蕖水榭開,門閑乳雀下青苔。"

【水監】以水爲鏡。古無鏡,以水照已形,故云。監,照;通"鑑"、"鑒"。書酒誥:"人無於水監,當於民監。"也作"水鑒"。晉陸雲陸士龍集三答大將軍祭酒顧令文詩:"心猶水鑒,函景内照。"

【水團】一種用糯米粉製成的食品。元陳元靚歲時廣記二一造白團引歲時雜記:"端五作水團,又名白團,或雜五色人獸花果之狀,其精者名滴粉團。或加麝香。又有乾團不入水者。"

【水獄】即水牢。資治通鑑二八三後晉天福七年:"(南漢)高祖(劉龑)爲人辯察多權數,好自誇大,……用刑慘酷,……或聚毒蛇水中,以罪人投之,謂之水獄。"

【水網】水藻名。太平御覽九九九郭子横(憲)洞冥記:"昆靈池有倒藻,枝葉横倒水上,長九尺餘,縱横而生,狀如結網。有野鵝鳧及鷗鵁來翔觀水池上,入此草障,皆不得出,如入罾網也。亦曰水網草。"又見唐段成式酉陽雜俎前集十九廣動植四草。

【水潦】雨水。左傳襄九年:"備水器,量輕重,蓄水潦,積土塗。"禮曲禮上:"水潦降,不獻魚鼈。"注:"雨水謂之潦。"

【水調】曲調名。才調集四杜牧揚州詩之一:"誰家唱水調,明月滿揚州。"注:"煬帝開汴渠成,自作水調。"按水調及新水調,並商調曲,唐曲凡十一疊,前五疊爲歌,後六疊爲入破,其歌第五疊五言,聲調最爲怨切,故白居易詩云:"五言一遍最慇懃。"又玄宗入蜀,聽歌水調"山川滿目淚沾衣",問知爲李嶠作,感歎而去。見明胡震亨唐音癸籤一三樂通二唐曲。

【水髮】生在水中的青苔。宋梅堯臣宛陵集一上巳日午橋石瀨中得雙鱖魚詩:"水髮粘篙緑,溪毛映渚春。"

【水蓼】辣蓼的一種。急就篇二"葵韭葱韰蓼蘇薑"唐顔師古注:"蓼有數種,葉長鋭而薄生於水中者曰水蓼。"唐羅隱甲乙集一姑蘇城南湖陪曹使君遊詩:"水蓼花紅稻穗香,使君蘭棹泛迴塘。"

【水墨】水墨畫的略稱。全唐詩七六一歐陽炯貫休應夢羅漢畫歌:"天教水墨畫羅漢,魁岸古容生筆頭。"宋林逋林和靖集二孤山後寫望詩:"水墨屏風狀總非,作詩除是謝玄暉。"

【水椿】即水虹。明楊慎升菴全集七四水虹風虹:"水虹,滇人呼爲水椿,虹霓之短者。沈約所云雌霓,漢書所謂屈虹也。"

【水漿】湯水。禮檀弓上:"曾子謂子思曰:伋,吾執親之喪也,水漿不入於口者七日。"唐白居易長慶集十二琵琶引:"銀瓶乍破水漿迸,鐵騎突出刀槍鳴。"

【水德】古代方士以五行之德,爲王者受命之運,如顓頊及商湯,皆稱以水德王;秦統一全國後,以秦文公出獵獲黑龍,爲水德之瑞,故更名河曰德水。參見"五德㊀"。

【水嬉】水上遊樂,如賽舟之類。史記一一七司馬相如傳大人賦:"奄息總極氾濫水嬉兮,使靈媧鼓瑟而舞馮夷。"唐劉禹錫劉夢得集八競渡曲:"綵旂夾岸照鮫室,羅襪凌波呈水嬉。"

【水澤】流水積聚的低窪地帶。禮月令季冬之月:"冰方盛,水澤腹堅,命取冰。"史記九二淮陰侯傳:"兵法,右倍山陵,前左水澤,今者將軍令臣等反背水陳。……然竟以勝,此何術也?"

【水龍】指水軍的戰船。三國吴時童謡曰:"不畏岸上虎,但畏水中龍",其後晉王濬以舟師直入建業,滅吴。後因以水龍爲戰船的别稱。北周庾信庾子山集十四周柱國楚國公岐州刺史慕容公神道碑："水龍競雙刀之勢，步奇(騎)陳四分之威。"

【水燈】浮在水面的燈。乾淳歲時記："中秋夕，浙江放水燈數十萬盞，浮於水面，爛如繁星。"

【水頭】僧寺中掌管供水的僧人。義懷在翠峯爲水頭。見續傳燈録六大鑑下第十一世雪竇顯禪師法嗣。

【水鴉】鷗的别名。太平御覽九二五蒼頡解詁："鷖，鷗也。生藕葉上，名水鴉。"

【水器】貯水之器。左傳襄九年："備水器。"注："盆甖之屬。"

【水衡】官名。1.漢武帝元鼎二年置水衡都尉、水衡丞，掌上林苑，即周之林衡、川衡二官，兼保管皇室財物及鑄錢。漢書百官公卿表上"水衡都尉"漢應劭注："古山林之官曰衡，掌諸池苑，故稱水衡。"北周庾信庾子山集一三月三日華林園馬射賦："水衡之錢山積，織室之錦霞開。"2.三國魏時掌水軍舟船器械，南朝宋增設水衡令。唐廢。參閲宋書百官志下、通典二八職官九都水使者。

【水濱】即水邊。左傳僖四年："昭王之不復，君其問諸水濱。"宋梅堯臣宛陵集四三宣州雜詩之六："屈子行江畔，昭王問水濱。"

【水齋】船上小舍。南史羊侃傳："初赴衡州，於兩艖艕起三間通梁水齋，飾以珠玉，加之錦績，盛設帷屏，列女樂。"也指水邊書舍。唐白居易長慶集六九宴後題府中水堂贈盧尹中丞詩："水齋歲久漸荒蕪，自愧甘棠無一株。"

【水雞】㊀水鳥名。唐杜甫杜工部草堂詩箋二十閬水歌："巴童蕩槳欹側過，水雞銜魚來去飛。"㊁青蛙。宋趙德麟侯鯖録三："水雞，蛙也，水族中厥味可薦者雞。"參閲清顧張思土風録四水雞。

【水簾】瀑布水下垂如簾，故稱水簾。唐張又新謂以廬山康王谷水簾水煎茶，品爲第一。見煎茶水記(説郛八一)。宋范成大石湖集十九下巖詩："不用苦求毫相現，衹教長挂水簾看。"

【水鏡】㊀以水和鏡的清明比喻人的明鑒或性格爽朗。三國志蜀龐統傳注引襄陽記："諸葛孔明(亮)爲卧龍，龐士元(統)爲鳳雛，司馬德操(徽)爲水鏡，皆龐德公語也。"世説新語賞譽上："衛伯玉(瓘)爲尚書令，見樂廣與中朝名士談議，奇之，……命子弟造之，曰：此人，人之水鏡也。見之若披雲霧，覩青天。"宋蘇軾分類東坡詩四次韻僧潛見贈："道人胷中水鏡清，萬象起滅無逃形。"㊁月亮。文選南朝宋謝希逸(莊)月賦："柔祇雪凝，圓靈水鏡。"

【水獺】獸名。也稱水狗。狀似青狐而小，毛色青黑，長尾，水居食魚，能知水信爲穴。見本草綱目五一獸二水獺。

【水麝】麝的一種。本草綱目五一獸二麝集解引唐段成式酉陽雜俎云："水麝臍中皆水，瀝滴於斗水中，因灑水服，其香不歇。"又泛指香味。宋王安石臨川集十五自白土村入北寺詩之一："薄槿烟脂染，深荷水麝焚。"

【水驛】水路的轉運站。唐姚合姚少監集一送徐州韋僅行軍詩："山程度幽谷，水驛到夷門。"又李白李太白詩十四流夜郎至西塞驛寄裴隱："揚帆借天風，水驛苦不緩。"

【水觀】佛家指坐禪時觀水而得正定。楞嚴經五："月光童子即從座起，頂禮佛足，而白佛言：'……有佛出世，名爲水天，教諸菩薩，脩習水觀，入三摩地。'"宋釋文珦潛山集九物外詩："望嶽山心静，臨池水觀成。"

【水火棍】地方衙門差役用的棍子。形狀上圓下略帶扁，上塗黑色，下塗紅色。水滸八："只説董超薛霸將金子分受入己，送回家中，取了行李包裹，拿了水火棍，便來使臣房裏，取了林沖，監押上路。"

【水心集】宋葉適撰，原集不傳。四庫全書總目著録本，爲明正統中黎諒所編，二十九卷。適以博學見稱於時，與陳傅良薛季宣爲永嘉學派的主要人物，爲文主張語必己出，所作具有典則，卓然成家。

【水心劍】劍名。晉書束晳傳："又秦昭王以三日置酒河曲，見金人奉水心之劍，曰：'令君制有西夏，乃霸諸侯。'"唐宋之問集上桂州三月三日詩："西夏黄河水心劍，東周清洛羽觴杯。"

【水丑木】"梁"字的隱語。南史陶弘景傳："齊末爲歌曰'水丑木'爲'梁'字。……及聞議禪代，弘景援引圖讖，數處皆成'梁'字，令弟子進之。"元楊維楨鐵厓逸編注五題陶弘景移居圖詩："三朝人物半凋零，水丑木中文已成。"

【水引麪】麪，同"餅"。也叫湯餅。即今之湯麵。南齊書何戢傳："上好水引麪，戢令婦女躬自執事以設上焉。"齊民要術餅法有水引餺飥。省作"水餅"。宋蘇軾分類東坡詩一端午遊真如遲適遠從子由在酒局："水餅既懷鄉，飯筒仍愍楚。"參閲清俞正燮癸巳存稿十麪條子。

【水中丞】文具名。用玉石或陶瓷製成、以貯硯水的水盂。宋林洪文房圖贊稱水盂爲水中丞。又見明屠隆考槃餘事四文房器具箋水中丞。參見"水丞"。

【水田衣】即袈裟。因多用方形布塊綴成，似水田的界畫，故名。也叫百衲衣。唐唐彦謙鹿門集續補遺西明寺威公盆池新稻詩："得地又生金粟界，結根仍對水田衣。"參閲清錢大昕十駕齋養新録十六水田衣。

【水仙子】南宋時西湖遊船的歌舞伎。見元周密武林舊事三西湖遊幸。

【水仙王】水神名。宋代西湖旁有水仙王廟。其旁爲林逋祠堂。宋蘇軾分類東坡詩十飲湖上初晴後雨詩之一："此意自佳君不會，一杯當屬水仙王。"自注："湖上有水仙王廟。"又二五書林逋詩後："不然配食水仙王，一盞寒泉薦秋菊。"

【水仙伯】晉郭璞死後的稱號。見舊題晉葛洪神仙傳九郭璞。

【水仙操】琴曲名。傳説爲伯牙所作。見琴操水仙操注引樂府解題。宋劉攽彭城集十八斵冰詞詩："憑君與製水仙操，傳入湘靈寶瑟彈。"

【水狀元】植物名。即紫蘇。五代後唐天成中，進士侯寧極戲造藥譜一卷，改立别名，稱紫蘇爲水狀元。見宋陶穀清異録藥譜(説郛六一)、明陶宗儀輟耕録十六藥譜。

【水勃公】水鳥名。唐陸龜蒙甫里集十一和松江早春詩："一生無事烟波足，唯有沙邊水勃公。"

【水流黄】芡實的别名。宋劉延世孫公談圃中："水産之芡，其甘滑可食，則名爲水流黄。"

【水浮子】荔枝的别名。荔枝重而不沉，置水中隨水上下，故名。見清屈大均廣東新語二五荔枝。

【水豹囊】茶的别稱。宋陶穀清異録水豹囊："豹革爲囊，風神呼吸之具也。煮茶啜之，可以滌滯思而起清風，每引此義，稱茶爲水豹囊。"(説郛六一)

【水梭花】僧人蔬食，諱言魚肉，故謂魚爲水梭花。宋蘇軾東坡志林二道釋僧文葷食名："僧謂酒爲般若湯，謂魚爲水梭花，雞爲鑽籬菜。"

【水雲舟】元詩選仇遠山邨遺稾答胡葦杭："蕉鹿夢回天地枕，蓴鱸興到水雲舟。"謂行舟於雲水之際，即放浪江湖之意。

【水雲鄉】水雲瀰漫的地方。多指隱者居遊之地。宋蘇軾分類東坡詩十七和章七出守湖州之一:“方丈僊人出渺茫,高情猶愛水雲鄉。”又張綱華陽集三六次韻錢巽叔見贈詩:“逸翮佇歸鴛鷺列,鳴騶忽下水雲鄉。”

【水場錢】 五代南唐時,民於江中編浮栰以居,量丈尺輸稅,名曰水場錢,卽水上居民所納的稅錢。至宋,江南西路轉運副使張齊賢始奏免徵收。見宋朱熹五朝名臣言行錄一之七丞相張文定公、宋史本傳。

【水晶人】 蝦的別名。宋陶穀淸異錄水晶人:“二三友來訪,買得蟹蝦具饌,語及唐士人逆風至長鬚國娶蝦女事,坐客謝兼仲曰:‘蝦女婿豈不好?白角衫裹箇水晶人。’滿筵無不大笑。”(說郛六一)

【水晶丸】 卽荔枝。宋歐陽修文忠集一三三浪淘沙:“荔子初丹,絳紗囊裏水晶丸。”後因作爲荔枝的品名。淸周亮工閩小紀上水晶丸:“荔枝種類最繁,……水晶丸較諸荔最小,而味最甘,實而不核。”

【水晶宮】 見“水精宮”。

【水晶塔】 喻人貌似聰明,而心裏糊塗。元曲選石君寶秋胡戲妻四:“你做賊也呵,我可拏住了賊,哎,你個水晶塔便休强。”又缺名神奴兒三:“哎,你一個水晶塔官人忒胡突,便待要羅織就這文書,全不問實和虛。”

【水溝穴】 穴位名。卽人中。人的上唇正中凹下的部位。宋王逵蠡海英人身類:“人之水溝穴,在鼻下口上,一名人中,蓋居人身天地之中也。”參見“人中㊁”。

【水經注】 水經,舊題漢桑欽撰,但從所記的地理情況看,可能爲三國時人所作。記我國河流水道,共一百三十七條。至北魏酈道元爲作注,補充記述河流水道至一千二百五十二條,注文較原書多出二十倍。注以水道爲綱,描述範圍自地理情況至歷史事跡、民間傳說,内容豐富,文章生動多采,引用書籍多至四百三十七種。宋時已佚五卷,明以來,傳刻舛誤尤多,淸全祖望趙一淸戴震都有校刊本,沈炳巽撰有集釋訂訛。近代王先謙合校諸家,集前人研究的大成。宜都楊守敬與其弟子熊會貞共成水經注疏一書,共四十卷,對水名、地名、故實以及徵引典籍,都詳作考釋,並以淸一統輿圖作底本,繪爲水經注圖。楊歿後,熊會貞述作增補。經前後幾百年學者的努力,使這一部北魏以前我國古代地理總結的名著,大體恢復了原書的面貌。

【水滸傳】 我國著名古典長篇小說,寫北宋末宋江等被逼上梁山起義事。按宋史徽宗紀僅載宋江之名,宋末龔聖與爲宋江等撰象贊,始作三十六人。宋元間人所編宣和遺事已有楊志賣刀、晁蓋劫生辰綱、宋江殺閻婆惜等情節。其後長久流傳,迭經增益,乃成有一百單八將、長逾百萬言之水滸傳。傳爲元施耐庵編,明初羅貫中續。全書據民間傳說、說書底本等加工寫定,增潤成篇,原非一人之作。元雜劇不少卽以水滸故事爲題材。明中葉後水滸傳刻本甚多,繁簡各異。最常見者有郭勛本一百回;楊定見本一百二十回;明末金聖嘆(人瑞)删去七十一回以後情節,俗稱七十回本,流傳甚廣(此本加楔子,實爲七十一回)。

【水精牀】 以水晶爲飾的牀。唐段成式酉陽雜俎前集十四諾皋記上:“豁然宮殿宏麗,見一翁,年可八九十,坐水精牀。”

【水精宮】 也作水晶宮。㊀傳說中用水晶構成的宮殿。南朝梁任昉述異記上:“闔閭構水精宮,尤極珍怪,皆出之水府。”一本作“水晶宮”。後來神話小說稱“龍王”的第宅爲水精宮。㊁指四面環水的屋宇。宋缺名豹隱紀談引唐楊漢公九月十五日夜絕句詩:“江南地煖少嚴風,九月炎涼正得中,溪上玉樓樓上月,淸光合在水晶宮。”明陶宗儀輟耕錄十先輩諧謔:“趙魏公(孟頫)刻私印曰:‘水晶宮道人’。”因湖州四面皆水,故云。

【水精簾】 形容質地精細而色澤瑩澈的簾。唐李白李太白詩五玉階怨:“却下水精簾,玲瓏望秋月。”花間集一唐溫庭筠菩薩蠻之二:“水精簾裡頗梨枕,暖香惹夢鴛鴦錦。”

【水精鹽】 透明如水晶的鹽。魏書崔浩傳:“語至中夜,(太宗)賜浩縹醪酒十觚,水精戎鹽一兩。”唐李白李太白詩二五題東谿公幽居:“客到但知留一醉,盤中秪有水精鹽。”

【水精鱠】 食品名。鱠,也作“膾”。宋孟元老東京夢華錄六十六日:“都下賣鵪鶉骨飿兒、圓子鎚拍、白腸、水晶〔精〕鱠……荔枝諸般市合。”

【水蒼玉】 玉名,古時用爲佩玉。禮玉藻:“大夫佩水蒼玉而純組綬。”注:“玉色……似水之蒼而雜有文。”唐代官二品以下五品以上佩水蒼玉。也省作“水蒼”。唐杜牧樊川集二奉和門下相公送西川相公兼領相印鎮全蜀十八韻詩:“虎騎搖風旆,貂冠韻水蒼。”

【水墨畫】 專用水墨而不施彩色的畫。宋范成大石湖集十五虎牙灘詩:“傾崖溜雨色,慘淡水墨畫。”

【水龍吟】 詞調名。宋曾覿詞有是豐年瑞句,名豐年瑞;呂渭先詞,名鼓笛慢;史達祖詞,名龍吟曲;楊樵雲詞,因秦觀詞起句,更名小樓連苑;方味道詞有伴莊椿歲句,名莊椿歲。雙調,字數不一,至少一百一字,至多一百六字。見詞譜三一。淸萬樹詞律,此調又名海天闊處。

【水磨腔】 指崑曲,以曲調細膩宛轉,故稱。明沈寵綏度曲須知上絃索題評:“我吳自魏良輔爲崑腔之祖,而南詞之布調收音,既經創闢,所謂水磨腔、冷板曲,數十年來,遐邇遜爲獨步。”

【水衡錢】 謂皇室儲藏的錢,由水衡之官所管,故稱。漢書宣帝紀:“(本始)二年春,以水衡錢爲平陵,徙民起第宅。”參見“水衡”。

【水鏡草】 植物名。水生。卽莕菜,也名荇菜、水葵。參見“水葵㊀”。

【水蠟樹】 女貞的別名。詳“女貞”。

【水鷺洲】 地名。在湖南長沙市西湘江中,古稱橘洲,俗呼水陸洲,也稱橘子洲、下洲。四面環水,風景幽美。參閱嘉慶一統志三五四長沙府一。

【水心學案】 對宋葉適學派的論述。適受業於鄭祖熊,輩行較陳傅良稍晚,爲永嘉學派之一。主張“道之所在,道則在焉”,故道義與功利應互相結合,無功利,道義卽爲“無用之虛語”。於當時多談心性的朱熹陸九淵外,自成一家。見宋元學案五四。

【水火無交】 謂爲官淸廉,無所取於民。隋趙軌任齊州別駕,在州四年,考績連最,被徵入朝,父老相送者,各揮涕曰:“別駕在官,水火不與百姓交,是以不敢以壺酒相送,請酌一杯水奉餞。”見隋書本傳。淸趙吉士寄園寄所寄一囊底寄警敏:“達公變色曰:‘本院與屬吏水火無交,貴縣言作郡難,有說乎?’”今多指人和事互不相涉。

【水木淸華】 指園林池沼景色淸麗。文選晉謝叔源(混)遊西池詩:“景昃鳴禽集,水木湛淸華。”也作“水石淸華”。宋書隱逸傳史臣曰:“且巖壑閑遠,水石淸華,雖復崇門八襲,高城萬雉,莫不蓄壤開泉,髣髴林澤。”

【水中捉月】 比喻空虛幻想,不能實現。景德傳燈錄三十永嘉真覺禪師證道歌:“鏡裏看形見不難,水中捉月爭拈得。”也作“水底撈月”。古今雜劇元宮大用生死交范張雞黍二:“咱兩人再相逢,如水底撈明月,把這兄弟情一筆勾絕。”明湯顯祖牡丹亭冥誓:“是人非人心不別,是幻非幻如何說；雖則似空裏拈花,卻不是水中撈月。"

【水月觀音】妙法蓮華經普門品觀音菩薩有示現三十三身之說,畫觀音像者畫其觀看水月之狀,稱水月觀音。後因用以喻人的風貌俊朗秀逸。觀音,佛教中的菩薩名。宋孫光憲北夢瑣言五沈薦人物:"薦凝侍郎亦有人物,每到朝士家,人以爲祥瑞,號水月觀音,前代潘安仁(岳)、衛叔寶(玠),何以加此!"

【水米無交】猶言水火無交。古今雜劇元孫仲章勘頭巾:"下官一路上來聽的人說,這河南府有個能吏張鼎,刀筆上狠僂儸,又與百姓水米無交。"明張居正張文忠集書牘十二答雲南巡撫言沐鎮守安土司事:"使僕當時少有避嫌之心,則其事至今不結。昔也受賄之人皆袖手捲舌,莫一言爲之辯釋,乃僕水米無交之人耳。故知凡避嫌者,皆內不足也。"參見"水火無交"。

【水泄不通】形容異常擁擠。也作"水楔不通"。唐敦煌變文伍子胥變文稱楚王勑補子胥:"勑既下行,水楔不通,州縣相知,牓標道路。"又漢將王陵變文有"把却官道,人切不通"語,是唐人已有此語。古今雜劇元宮大用范張雞黍一:"又有權豪勢要之家,三座衙門把的水泄不通。"

【水長船高】比喻隨所憑藉而增長。碧巖録三卷二九則:"水長船高,泥多佛大。"明馮維敏一世不服老四:"閑看世態眉常鎖,但說時人手便搖,誰不愛鴉青鈔,一處處人離財散,一時時水長船高。"

【水東日記】明葉盛撰,三十八卷。記明代制度及遺聞軼事,引據諸書,以博洽見稱。

【水到渠成】比喻條件成熟,事情自然成功。景德傳燈錄十二光涌禪師:"問:'如何是妙用一句?'師曰:'水到渠成。'"宋蘇軾蘇東坡集續集十一與章子厚書:"恐年載間遂有飢寒之憂,不能不少念,然俗所謂水到渠成,至時亦必自有處置。"

【水送山迎】舟行所見的景色。全唐詩六八七吳融富春:"水送山迎入富春,一川如畫晚晴新。"

【水深火熱】孟子梁惠王下:"以萬乘之國,伐萬乘之國,簞食壺漿,以迎王師,豈有他哉?避水火也,如水益深,如火益熱,亦運而已矣。"後因以水深火熱比喻人民生活陷於極度痛苦之中。

【水清無魚】水太清則魚不能藏身,喻人過於苛察,責備求全,就不能容衆。大戴禮子張問入官:"水至清則無魚,人至察則無徒。"後漢書四七班超傳:"今君性嚴急,水清無大魚,察政不得下和,宜蕩佚簡易,寬小過,總大綱而已。"

【水道提綱】清齊召南撰,二十八卷。專敍水道源流分合。以酈道元水經注詳北而略南,黃宗羲今水經又知南而不知北,乃作此書,以巨川爲綱,而以所匯衆流爲目,故曰提綱。

【水陸道場】也稱水陸齋。佛教謂設齋供奉,以超度水陸衆鬼的法會爲水陸道場。相傳梁武帝天監七年始作普度水陸衆生的大齋會。元曲選關漢卿竇娥冤四:"改日做個水陸道場,超度你生天便了。"參閱宋高承事物紀原八歲時風俗水陸。

【水晶燈籠】以水晶製作燈籠,內外透明,喻人眼光鋭利,洞察隱情。宋范鎮東齋記事補遺:"劉隨待制爲成都通判,嚴明通達,人謂之水晶燈籠。"

【水落石出】宋蘇軾經進東坡文集事略一後赤壁賦:"山高月小,水落石出。"此僅描寫景物,後人用以比喻事情的真相終於大白。宋陸游渭南文集十一謝臺諫啟:"收真才於水落石出之後,坐銷浮僞之風;察定理於舟行岸移之時,盡黜讒誣之巧。"

【水盡鵝飛】喻恩情斷絶,一拍兩散。元曲選關漢卿望江亭二:"你休等的我恩斷意絶,眉南面北,恁時節水盡鵝飛。"盡也作"淨"。古今雜劇鄭月蓮秋夜雲窗夢四:"我則道地北天南,錦營花陣,偎紅倚翠,今日箇水淨鵝飛。"

【水調歌頭】詞調名。相傳隋煬帝開汴河時製水調歌,唐人演爲大曲。用大曲歌頭,另倚新聲,故名。又名元會曲凱歌臺城游等。雙調,九十四字至九十七字,平韻。宋人於上下闋中的各兩個六字句,多兼押仄韻。也有句句押韻的。共八體。見詞譜二三。

【水懦民翫】喻爲政過寬,則民易玩忽法令,以至犯罪。翫,同"玩"。左傳昭二十年:"水懦弱,民狎而翫之,則多死焉。故寬難。"

【水可載舟,亦可覆舟】後漢書六五皇甫規傳對策"夫君者舟也"注引家語:"孔子曰:'夫君者舟也,人者水也,水可載舟,亦以覆舟。君以此思危,則可知也。'"以水喻民,乃居安思危之意。

一　畫

永 ㄩㄥˇ yǒng 于憬切,上,梗韻,于。

㊀水流長。詩周南漢廣:"江之永矣,不可方思。"傳:"永,長。"㊁長久。書高宗肜日:"降年有永有不永。"詩大雅既醉:"君子萬年,永錫祚胤。"㊂遠,長。文選晉阮嗣宗(籍)詠懷詩之十五:"出門臨永路,不見行車馬。"㊃同"詠"。書舜典:"詩言志,歌永言。"釋文:"永,徐(邈)音詠,又如字。"㊄水名。在湖南零陵縣南,源出縣西南的永山,北入湘江。㊅姓。見通志二九氏族五上聲引姓苑。

【永川】縣名。屬四川省。唐壁山縣,大歷十一年分置永川縣。元至元中省入大足縣,明洪武初復置。明清皆屬重慶府。見嘉慶一統志三八七重慶府一。

【永夕】長夜,徹夜。文選南朝梁劉孝標(峻)廣絶交論:"范張款款於下泉,尹班陶陶於永夕。"東漢范式與張劭,尹敏與班彪,皆爲生死之交。

【永久】長久,永遠。詩小雅六月:"來歸自鎬,我行永久。"晉嵇康嵇中散集四答難養生論:"玩陰陽之變化,得長生之永久。"

【永元】年號。1. 漢劉肇(和帝)。公元89—104年。2. 東晉列國前涼張茂。公元320—323年。3. 南齊蕭寶卷(東昏侯)。公元499—500年。

【永日】㊀盡日,消磨整天時間。詩唐風山有樞:"子有酒食,何不日鼓瑟?且以喜樂,且以永日。"傳:"永,引也。"北史司馬子如傳附膺之:"病久,不復堪讀書,或以弈棋永日。"㊁長時間。南朝陳徐陵徐孝穆集六陳文帝登祚尊皇太后詔:"皇嗣元良,藐在峭渭。二臣奉迎,川途靡從。六傳還朝,淹留永日。"㊂鎮日。唐韋應物韋江州集六懷素友子西詩:"方歡遽見別,永日獨沉吟。"

【永平】㊀地名。1. 縣名,屬雲南省。元置,明清皆屬雲南永昌府。參閱嘉慶一統志四八七永昌府。2. 商時爲孤竹國。戰國時屬燕。秦漢爲右北平、遼西二郡地。元改永明路。明洪武四年改爲永平,直屬京師北京。附郭首縣盧龍縣。公元1913年裁府留縣。參閱讀史方輿紀要十七永平府。㊁年號。1. 東漢劉莊(明帝)。公元58—75年。2. 晉司馬衷(惠帝)。公元291年。3. 北魏元恪(宣武帝)。公元508—511年。4. 隋李密領導的農民革命政權。公元617—618年。5. 五代前蜀王建。公元911—915年。

【永世】㊀世代相傳,延綿久遠。書微子之命:"作賓于王家,與國成休,永世無窮。"㊁終身。詩周頌閔予小子:"於乎皇考，永世克孝。」文選晉阮嗣宗（籍）詠懷詩之四：「丹青著明誓，永世不相忘。」

【永弘】東晉列國西秦乞伏暮末年號。公元 428—431 年。

【永生】㊀長生。三國魏曹丕曹子建集九七啟：「輕祿傲貴，與物無營，耽虛好靜，羨此永生。」㊁猶言涅槃。佛教認爲人生死輪迴，永無絕滅，取不滅之義，故曰永生。也釋爲彌陀淨土。謂生於淨土，爲無量壽，故稱永生。唐善導觀經疏玄義分：「開示長劫之苦因，悟入永生之樂果。」

【永宅】㊀長久居住，世代永守。逸周書祭公：「維周之基丕，維后稷之受命，是永宅之。」㊁墓地，意謂永遠安息之所。魏書傅永傳：「遠慕杜預，近好李冲王肅，欲葬附其墓，遂買左右地數頃，遺勅子叔偉曰：『此吾之永宅也。』」

【永安】㊀地名。1. 秦魚腹縣。漢公孫述改稱白帝城。三國蜀劉備（先主）征吳敗還至此，章武二年改爲永安。不久卽在此病死。地在今四川奉節縣東。見讀史方輿紀要六九奉節縣魚腹城。2. 北魏置永安郡，轄境相當今山西霍、洪洞兩縣地。隋廢。參閱讀史方輿紀要四一洪洞縣。3. 明置永安州，屬廣西平樂府，淸因之，卽今廣西蒙山縣地。4. 縣名。屬福建省。本沙縣景泰二縣地。明景泰三年分西縣地，置永安縣。見寰宇通志四九延平府永安縣。㊁年號。1. 三國吳孫休（景帝）。公元 258—263 年。2. 晉司馬衷（惠帝）。公元 304 年。3. 東晉列國北涼沮渠蒙遜。公元 401—411 年。4. 北魏元子攸（孝莊帝）。公元 528—529 年。5. 西夏趙乾順（崇宗）。公元 1098—1100 年。

【永州】地名。漢置零陵郡，隋開皇九年改爲永州。元改爲永州路，明改爲府。附郭首縣零陵縣。1913 年裁府留縣。參閱讀史方輿紀要八一永州府。

【永光】年號。1. 漢劉奭（元帝）。公元前 43—前 39 年。2. 南朝宋劉子業（前廢帝）。公元 465 年。

【永年】㊀長壽。書畢命：「資富能訓，惟以永年。」楚辭漢嚴忌哀時命：「願壹見陽春之白日兮，恐不終乎永年。」也指國祚長久。文選晉陸士衡（機）辨亡論下：「數率遺典，勤民謹政，循定策，守常險，則可以長世永年，未有危亡之患也。」㊁縣名。屬河北省。漢曲梁廣平二縣地，北齊併曲梁入廣平縣。隋避煬帝（楊廣）諱改爲永年縣。歷代相因。參閱寰宇通志五廣平府。

【永初】年號。1. 漢劉祜（安帝）。公元 107—113 年。2. 南朝宋劉裕（武帝）。公元 420—422 年。

【永劫】永無窮盡之時。劫，梵語，佛經言天地一成一敗爲一劫。無量壽經上：「所修佛國，開廓廣大，超勝獨妙，建立常然，無衰無變，於不可思議，兆載永劫，……以大莊嚴，具足諸行。」廣弘明集十九南朝梁沈約內典序：「以寸陰之短晷，馳永劫之遙路。」

【永定】㊀水名。卽桑乾河下游自河北官廳水庫起至天津止一段，下接海河。以河流無定，古稱無定河。淸康熙三十七年渾河泛濫，因改河道於固安縣北直達湖淀，自天津入海，功成，更名爲永定河。參見「桑乾河」。㊁城門名。舊北京外城南門，門對永定河，故名。㊂縣名。明戍軍之地，置衛，以地臨庸水之陽，又名大庸。後更名永定衛。淸改爲縣，屬湖南澧州。公元 1914 年更名大庸縣。參閱讀史方輿紀要七七永定衛。㊃南朝陳陳霸先（武帝）年號。公元 557—559 年。

【永夜】長夜。唐駱賓王集四別李嶠得勝字詩：「寒更承永夜，涼景向秋澄。」極玄集上郎士元宿杜判官江樓詩：「故人江樓月，永夜千里心。」

【永巷】㊀漢宮中的長巷，是幽禁妃嬪、宮女的地方。史記呂后紀：「呂后最怨戚夫人及其子趙王，迺令永巷囚戚夫人。」漢武帝時改永巷爲掖庭，並設獄，號掖庭獄。見三輔黃圖六雜録。㊁皇宮中妃嬪住地。卽後宮。南史后妃傳下論：「永巷貧空，有同素室。」㊂長巷，深巷。唐李商隱李義山詩集三無題之四：「何處哀箏隨急管，櫻花永巷垂楊岸。」新唐書一三七郭子儀傳：「宅居親仁里四分之一，中通永巷，家人三千相出入，不知其居。」

【永昌】㊀地名。漢明帝永平十年，置益州西部都尉。十二年爲永昌郡。唐及五代時稱府，元明因之。府治在今雲南保山縣。參閱讀史方輿紀要一一八永昌軍民府。㊁年號。1. 晉司馬睿（元帝）。公元 322 年。2. 唐武則天。公元 689 年。3. 闖王李自成。公元 1644—1645 年。

【永明】㊀縣名。漢營浦縣地，隋併入永陽縣，唐改爲永明，以境內有永明嶺而名。明淸屬湖南道州。1956 年改爲江永縣。參閱寰宇通志五八永州府。㊁南齊蕭賾（武帝）年號。公元 483—493 年。

【永命】長命。書召誥：「王其德之用，祈天永命。」傳：「求天長命以歷年。」

【永和】㊀縣名，屬山西省。漢狐讘縣，屬河東郡。三國魏置永和縣。隋時屬山西隰州。歷代相因。參閱寰宇通志七九平陽府隰州。㊁年號。1. 東漢劉保（順帝）。公元 136—141 年。2. 東晉司馬聃（穆帝）。公元 345—356 年。3. 東晉列國後秦姚泓。公元 416—417 年。4. 東晉列國北涼沮渠牧犍（茂虔），也稱承和。公元 433—439 年。5. 五代閩王延鈞。公元 935 年。6. 淸臺灣農民起義領袖中興王朱一貴。公元 1721 年。

【永始】年號。1. 漢劉驁（成帝）。公元前 16—前 13 年。2. 東晉桓玄簒安帝自立。公元 403—404 年。

【永春】縣名。屬福建省。唐南安縣桃林場，五代王閩置桃源縣。後唐長興初改爲永春縣。歷代相因。見寰宇通志四六泉州府。

【永城】縣名。屬河南省。春秋芒邑地，秦改爲酇縣。三國吳置永城縣。明淸皆屬河南歸德府。參閱讀史方輿紀要五〇永城縣。

【永建】年號。1. 漢劉保（順帝）。公元 126—131 年。2. 東晉列國西涼李恂（冠軍侯）。公元 420—421 年。

【永貞】㊀易坤：「用六，利永貞。」疏：「言長能貞正也。」後指福澤久遠。周禮春官大祝：「太祝掌六吉之辭，以事鬼神，示祈福祥，求永貞。」注：「永，長也；貞，正也。求多福，歷年得正命也。」㊁年號。1. 唐李誦（順宗）。公元 805 年。2. 大理段正興（正康帝）。公元 1148 年。

【永泰】㊀縣名，屬福建省。唐懿宗咸通二年分連江及閩置永泰縣，屬福州。宋改永福縣。1914 年改稱永泰。參閱嘉慶一統志四二五福州府一永泰廢縣。㊁年號。1. 南齊蕭鸞（明帝）。公元 498 年。2. 唐李豫（代宗）。公元 765 年。

【永淳】㊀地名。漢領方縣地。唐置永定縣，宋以真宗陵諱改爲永淳。明淸屬廣西南寧府。參閱嘉慶一統志四七一南寧府。㊁唐李治（高宗）年號。公元 682 年。

【永清】㊀永久清平。書泰誓上：「爾尚弼予一人，永清四海。」㊁縣名。屬河北省。唐如意元年分安次縣置武隆縣，景雲元年改會昌，天寶元年改永清。明淸皆屬順天府。參閱嘉慶一統志六順天府一。

【永訣】永別，長別。文選晉潘安仁（岳）

楊仲武誄："臨穴永訣，撫櫬盡哀。"又南朝梁江文通（淹）別賦："雖淵雲之墨妙，嚴樂之筆精，……誰能摹暫離之狀，寫永訣之情者乎？"

【永康】㊀地名。1. 縣名，屬浙江省。漢烏傷縣。三國吳分置永康縣。明清皆屬浙江金華府。參閱寰宇通志二八金華府。2. 宋置永康縣，明升爲州。清因之。皆屬廣西太平府。公元1912年改爲同正縣，1951年與扶正綏淥兩縣合併爲扶綏縣。參閱嘉慶一統志四七二太平府。㊁年號。1. 漢劉志（桓帝）。公元167年。2. 晉司馬衷（惠帝）。公元300年。3. 東晉列國後燕慕容寶（惠閔帝）。公元396—397年。4. 東晉列國西秦乞伏熾磐（文昭王）。公元412—419年。5. 柔然受羅部真可汗。公元464—484年。

【永陵】明朱厚熜（世宗）的陵墓。在北京昌平縣陽翠嶺。明十三陵之一。參見"十三陵"。

【永逸】長久安逸。文選張平子（衡）西京賦："高祖創業，繼體承基。暫勞永逸，無爲而治。"參見"一勞永逸"。

【永從】地名。宋置福祿永從長官司，明改縣，屬貴州黎平府，清因之。辛亥革命後，屬貴州鎮遠道。公元1941年與下江縣合併，改置從江縣。參閱嘉慶一統志五〇八黎平府。

【永善】縣名，屬雲南省。舊爲米貼寨。清雍正六年置永善縣，屬昭通府。參閱嘉慶一統志四九〇昭通府。

【永隆】年號。1. 隋時梁師都。公元617—628年。2. 唐李治（高宗）。公元680年。3. 五代閩王曦（大孝帝）。公元939—942年。

【永順】縣名，屬湖南省。漢以後爲武陵郡地，隋爲辰州地，唐析置溪州，五代楚馬氏據此。宋置永順州。清置府。附郭首縣永順縣。公元1913年裁府留縣。參閱讀史方輿紀要八二永順軍民宣慰使司。

【永新】㊀縣名，屬江西省。三國吳分廬陵縣地置永新縣。隋併入泰和縣，唐復分置，屬吉州。明清皆屬吉安府。參閱讀史方輿紀要八七吉安府。㊁唐玄宗時宮中歌伎名。本名許和子，吉州永新縣樂家女，後選入宮，遂以籍貫爲名。善歌，能變化新聲。時人以爲可與古之善歌者韓娥、李延年、莫愁等媲美。安史亂後，嫁一士人而終。見唐段安節樂府雜錄歌、五代王仁裕開元天寶遺事下歌直千金。唐樂曲有永新婦，即據此取名。

【永福】地名。1. 縣名，屬廣西。漢始安縣。唐析置永福縣，因縣有永福鄉故名。歷代相沿。參閱寰宇通志一〇七桂林府。2. 本侯官尤溪二縣地，唐永泰中置永泰縣，以年號爲名。宋改永福。明清皆屬福建福州府。公元1914年改爲永泰縣。參閱寰宇通志四五福州府。

【永感】唐温大雅大唐創業起居注："隋少帝詔：'憫予小子，奄紹丕愆，哀號永感，五情糜潰。'"隋書恭帝紀永感作"承感"。謂父母俱亡，終身爲之傷感。舊時應試或入仕書寫履歷，父母俱存者，書具慶下；父母俱亡者，書具感下。參見"具慶㊁"。

【永漢】漢劉協（獻帝）年號。公元189年。

【永寧】㊀地名。1. 春秋時白翟地，戰國時爲趙離石邑，漢置離石縣。東晉列國前漢劉淵稱王於左國城，即此。北周置石州。明清爲永寧州，屬山西汾州府。公元1912年改縣，1914年改名離石縣。參閱嘉慶一統志一四四汾州府。2. 明置永寧衛，取尚書"其寧惟永"之義爲名。清改置直隸州。公元1913年改敍永縣，屬四川省。參閱嘉慶一統志四一八敍永廳。㊁年號。1. 漢劉祜（安帝）。公元120年。2. 晉司馬衷（惠帝）。公元301年。3. 東晉列國後趙石祇（新興王）。公元350—351年。

【永壽】㊀縣名，屬陝西省。古豳國。漢漆縣地。北魏置廣壽縣，北周改爲永壽縣。唐屬邠州，明屬西安府，清屬乾州。參閱嘉慶一統志二四七乾州。㊁漢劉志（桓帝）年號。公元155—157年。

【永嘉】㊀縣名，屬浙江省。漢永寧縣。晉置永嘉郡。晉王羲之、南朝宋謝靈運都曾任永嘉太守。唐廢郡置温州府，宋初爲温州永嘉郡，明清改温州府，府治永嘉縣。1912年裁府留縣。參閱嘉慶一統志三〇四温州府。㊁唐時高僧，永嘉人，本姓戴。博覽佛經，精通天台之止觀。至廣東曲江會見六祖慧能，言下契悟，一宿而返，時稱一宿覺。就學者號爲玄覺大師。著有證道歌、永嘉集。見景德傳燈錄五温州永嘉玄覺禪師。參見"一宿覺"。㊂年號。1. 漢劉炳（沖帝）。公元145年。2. 晉司馬熾（懷帝）。公元307—312年。

【永熙】年號。1. 晉司馬衷（惠帝）。公元290年。2. 北魏元修（孝武帝）。公元532—534年。

【永鳳】東晉列國漢劉淵（高祖）年號。公元308年。

【永慕】永遠思慕。三國魏曹植曹子建集三洛神賦："超長吟以永慕兮，聲哀厲而彌長。"後特指終生不忘父母。梁書沈崇傃傳高祖詔："前軍沈崇傃少有志行，居喪踰禮，……方欲以永慕之晨，更爲再期之始。"

【永興】㊀縣名，屬湖南省。漢便縣地，南朝宋省入郴縣。唐析郴縣北四鄉置安陵縣，後改爲高亭。宋以便縣故基高壓郴江，乃徙治，改高亭爲永興縣。歷代相因。參閱寰宇通志六十郴州。㊁年號。1. 漢劉志（桓帝）。公元153—154年。2. 晉司馬衷（惠帝）。公元304—305年。3. 東晉列國冉魏冉閔。公元350—352年。4. 東晉列國前秦苻堅（宣昭帝）。公元357—358年。5. 北魏拓跋嗣（明元帝）。公元409—413年。6. 北魏元修（孝武帝）。公元532年。

【永樂】年號。1. 東晉列國前涼張重華。公元346—353年。2. 五代南漢農民起義領袖張遇賢。公元942—943年。3. 宋農民起義領袖方臘。公元1120—1121年。4. 明朱棣（成祖）。公元1403—1424年。

【永曆】明末朱由榔（桂王）年號。公元1647—1661年。

【永濟】縣名。1. 屬山西省。戰國魏蒲反邑，漢置蒲反縣，後漢改稱蒲坂。隋唐屬蒲州。清屬蒲州府。公元1912年裁府留縣。參閱嘉慶一統志一四〇蒲州府。2. 唐析臨清縣置永濟縣，以西臨永濟渠得名。五代晉王李存勗自臨清屯兵永濟，即此。故地在今山東臨清縣南。參閱讀史方輿紀要三四臨清州。

【永蟄】喻人之死亡。蟄，本義爲昆蟲冬眠。南朝梁劉勰文心雕龍九指瑕："陳思（曹植）之文，羣才之俊也，而武帝誄云：'尊靈永蟄'；明帝頌云：'聖體浮輕'。浮輕有似於蝴蝶，永蟄頗疑於昆蟲，施之尊極，豈其當乎？"

【永徽】唐李治（高宗）年號。公元650—655年。

【永豐】㊀縣名，屬江西省。三國吳置陽城縣。唐乾元初以縣有永豐山，置永豐縣，後省入上饒縣。宋陞上饒永豐鎮爲永豐縣，屬信州。明清屬廣信府。參閱寰宇通志四三廣信府。㊁地名。唐長安有永豐坊。唐白居易楊柳詞有"永豐坊裏東南角，盡日無人屬阿誰"之句。宣宗（李忱）曾聽此詞，問永豐所在，遂因東使命取永豐柳兩枝，植於禁中。見唐孟棨本事詩事感。㊂隋時京師重要糧倉名。故址在今陝西華陰縣東北渭河口上。隋末楊玄感起兵，李子雄勸開永豐倉以賑貧乏，卽此。見隋書楊玄感傳。

【永懷】長遠思念。詩周南卷耳："我姑酌彼金罍，維以不永懷。"後漢書鄧皇后紀賜周馮貴人策："先帝早弃天下，孤心煢煢，靡所瞻仰，夙夜永懷，感愴發中。"

【永世樂】樂府雜曲歌辭。北魏拓跋燾(太武帝)平河西得西涼樂曲，其中有永世樂。見隋書音樂志下。樂府詩集七五有北魏魏收撰永世樂一首。

【永安宮】宮殿名。1.東漢宮殿。在洛陽故城中，周圍六百九十八里。見後漢書獻帝紀永漢元年。2.三國時蜀主劉備建。故址在今四川奉節縣境。劉備忿孫權之襲關羽，率諸軍伐吳。章武二年兵敗還魚腹，改魚腹爲永安，次年病没於永安宮。見水經注三三江水。唐杜甫杜工部草堂詩箋三一詠懷古跡之五："蜀主窺吳幸三峽，崩年亦在永安宮。"參見"永安"。3.唐貞觀八年建，在陝西麟遊縣西三十里。見明一統志三四鳳翔府。

【永初曆】曆法名。南朝宋沿用晉泰始曆，永初元年改名爲永初曆。行至元嘉二十一年，改用元嘉曆，行用二十五年。見宋書武帝紀下、律曆志中。

【永巷歌】一名舂歌。漢戚夫人作。高祖常欲廢呂后子盈，立愛姬戚夫人子趙王如意。高祖死，呂后禁戚夫人於永巷，髡鉗爲奴，使穿囚衣舂米。戚夫人乃作歌，且舂且唱曰："子爲王，母爲虜，終日舂薄暮，常與死爲伍！相離三千里，當誰使告女？"呂后聞之大怒，因使人殺趙王如意，並斷戚夫人手足，挖目熏耳，飲以啞藥，使居窟室中，稱之爲"人彘"。見漢書九七上外戚傳。

【永明樂】樂府雜曲歌名。南齊竟陵王蕭子良與諸文士作永平樂歌，每首十曲。僧人寶月所撰歌辭甚美。齊武帝(蕭賾)常以管絃伴奏，不立於樂官。以成於永明中，故以名篇。南齊書樂志作"永平樂"。樂府詩集七五有謝朓王融所作永明樂各十首，每首五言四句。

【永明體】詩體名。南齊永明年間，沈約、謝朓、王融、周顒等人擅名詩壇，寫詩講究聲律，沈約更創"八病"之說，以平上去入四聲製韻，不可增減，時稱永明體。見梁書陸厥傳。

【永息菴】謂棺。宋陶穀清異錄喪葬："右補闕王正己四十四致仕，預製棺，題曰'永息菴'，置之寢室。"(說郛六一)

【永遇樂】詞調名。分平仄兩體，平韻雙調，一百四字。仄韻起於北宋晁補之詞，名消息；平韻起自南宋陳允年。見詞譜三二。

【永業田】田制名。也稱世業田。1.北魏行均田制，規定男夫十五歲以上授露田四十畝，老免及身没退歸公家。又授桑田二十畝，種植定量的桑、榆、棗等作物，依法課税，並准買賣。因世代承耕，不在收授之限，故名永業田。北齊、隋、唐沿用此制，而授田多少有差。但自唐中葉以後，土地兼併，此制名存實亡。舊時土地買賣，書契例有賣與某人永遠爲業等語，亦稱世業田。2.隋、唐兩代，自諸王以下，至於都督或散官五品以上，都按等級分授永業田，子孫世襲，皆免課役，參閱魏書食貨志、通典食貨二田制下、新唐書食貨一。

【永團圓】傳奇名。清李玉撰。上下二卷，共二十八齣，記蔡文英與江蘭芳相愛事。江父納嫌文英貧窮，逼令退婚，府尹高誼主持正義，終於成全蔡江兩人的婚事。與玉所撰一捧雪人獸關占花魁合稱"一人永占"。

【永樂窯】明代永樂年間景德鎮官窯燒造的瓷器。以甜白最常見，半脱胎者最著名，以鮮紅色爲最寶貴。所造壓手杯，坦口折腰，沙足滑底，中心畫雙獅滚毬，毬内篆永樂年製款，細若粒米。稱爲上品。亦有畫鴛鴦、花鳥心者次之。杯外青花深翠，式樣精妙。參閱清朱琰陶說三永樂窯六壓手杯等條。

【永濟渠】隋大業四年開鑿的運河。唐宋後稱永濟渠，亦名御河或南運河，卽今衛河。源出河南輝縣西北蘇門山，南流合小丹河，自新鄉折向東北流，經汲浚内黄諸縣，入河北省。復沿河北山東兩省交界處流至臨清縣，合運河至天津，會海河入渤海。參閱文獻通考二五國用三。

【永字八法】漢字楷書運筆的八種基本法則。一曰側，卽點；二曰勒，卽横畫；三曰努，卽直畫；四曰趯，卽鉤；五曰策，卽斜畫向上者；六曰掠，卽撇；七曰啄，卽右之短撇；八曰磔，卽捺。因以"永"字爲例，故名。參閱元盛熙明書法考四八法、明潘之淙書法離鉤五八法。

【永康學案】見"龍川學案"。

【永嘉四靈】見"四靈㊂"。

【永嘉學案】南宋理學學派之一。其代表人物有薛季宣陳傅良葉適，皆浙江永嘉(温州)人，故名。與永康學案同有浙東學案之稱。諸人認爲易禮詩書是道的所在。道爲體，爲形上；器爲用，爲形下。道體與形器不可分割，故頗重經世事功。參閱宋元學案五二艮齋學案。

【永樂大典】類書名。明成祖永樂元年令解縉、姚廣孝等編輯。初名文獻大成，後更廣採各類圖書七八千種，歷時五年，重輯成書，改稱永樂大典。全書正文22877卷，凡例和目録60卷，共22937卷，裝成11095册，字數共三億七千萬左右。全書按韻目分列單字，依次輯入用該字起名的文史資料，包括經、史、子、集、天文、地理、陰陽、醫卜、僧、道、技藝等方面。宋元以來的佚文祕典蒐集頗多，嘉靖、隆慶年間，另摹副本一份，原本存南京，正本藏於文淵閣，副本藏於皇史宬。明亡，正本毁；副本至清咸豐間亦漸散失。光緒二十六年，八國聯軍侵入北京，副本絶大部份被焚毁，其餘刼掠散失殆盡。公元1960年中華書局據歷年徵集所得730卷，影印出版。

二畫

汁 1. zhī ㄓ 之入切，入，緝韻，照。

㊀液。後漢書八十下邊讓傳："函牛之鼎以亨雞，多汁則淡而不可食，少汁則熬而不可熟。"參見"啜汁"。㊁雨雪夾雜。禮月令仲冬之月："行秋令，則天時雨汁，瓜瓠不成。"

2. xié ㄒㄧㄝ 集韻 檄頰切，入，怗韻。

㊂和諧，調協。通"協"。方言三："斟，協汁也。……自關而東曰協，關西曰汁。"文選漢張平子(衡)西京賦："五緯相汁，以旅于東井。"

3. shí ㄕ 集韻 寔入切，入，緝韻。

㊃見"汁₃防"。

【汁₃防】地名。見"什邡"。

【汁₂洽】卽協洽。史記曆書："昭陽汁洽二年。"集解："汁，一作'協'。"參見"協洽"。

【汁₂光紀】古緯書所説的五方之帝的北方黑帝。汁，音協，一作"叶光紀"。詳"五帝㊁"。

汀 tīng ㄊㄧㄥ 他丁切，平，青韻，透。他定切，去，徑韻，透。

水平，引申爲水邊平地，小洲。文選南朝宋謝靈運登臨海嶠初發彊中作與從弟惠連見羊何共和之詩："隱汀絶望舟，騖棹逐驚流。」參見「汀洲」。

【汀洲】㊀水中小洲。楚辭屈原九歌湘夫人：「搴汀洲兮杜若，將以遺兮遠者。」唐許渾丁卯集上咸陽城東樓詩：「一上高城萬里愁，蒹葭楊柳似汀洲。」㊁州名。漢會稽郡冶縣地。隋爲建安郡。唐開元二十四年置汀州。元至元十五年改路，明洪武元年爲府。治所在長汀縣，屬福建省。公元 1913 年裁府留縣。參閱讀史方輿紀要九八汀州府。

【汀濘】淺水。文選晉張景陽(協)七命：「愁洽百年，苦溢千歲，何異促鱗之游汀濘，短羽之棲翳薈。」

【汀瀅】㊀小水流。抱朴子極言：「不測之淵起於汀瀅，陶朱之資必積百千。」㊁水清澈貌。唐韓愈昌黎集七奉酬盧給事雲夫四兄曲江荷花行見寄……詩：「玉山前却不復來，曲江汀瀅水平盃。」

【汀泗橋】地名。在湖北咸寧縣西南，一作丁師。舊時爲湘鄂交通要道。見湖北通志三七津梁一汀泗橋。

氾 fàn ㄈㄢˋ 孚梵切，去，梵韻，滂。

㊀水漲溢延漫。漢書武帝紀元光三年：「河水決濮陽，氾郡十六。」㊁普遍，廣泛。莊子天下：「氾愛萬物，天地一體也。」禮王制：「疑獄氾與衆共之。」釋文：「氾本又作泛。」㊂搖動，漂浮貌。楚辭宋玉招魂：「光風轉蕙，氾崇蘭些。」漢書四八賈誼傳服鳥賦：「澹虖若深淵之靚，氾虖若不繫之舟。」文選氾作「泛」。㊃姓。漢有氾勝之。漢書藝文志農家有氾勝之十八篇。注：「氾音凡，又音敷劍反。」參閱通志二七氏族三以邑爲氏。按：氾、氾二字，古書多混用。

【氾人】唐沈亞之沈下賢集三湘中怨解載，垂拱中，太學進士鄭生乘曉月渡洛橋，遇豔女自言依兄家，因嫂惡，欲投水，生載歸與之同居，號氾人。數年後，氾人自言本是「蛟宮之娣」，貶謫而從生，今已期滿，於是離去。太平廣記二九八引題作太學鄭生。後詩文中用爲麗人之典。宋吳文英夢窗稿甲稿瑣窗寒玉蘭：「紺縷堆雲，清顋潤玉，氾人初見。」

【氾水】古水名。1. 東氾水。在河南中牟縣南，久湮。左傳僖三十年：「晉侯秦伯圍鄭，……秦軍氾南。」即此。2. 南氾水。在河南襄城縣東北，俗稱七里河，南流入汝。左傳僖二四年：「王出適鄭，處于氾。」即此。3. 漢劉邦既破滅項羽，乃即皇帝位於氾水之陽。史記高祖紀漢五年正義：「括地志引張晏曰：『氾水在濟陰界，取其氾愛弘大而潤下。』」故道在今山東曹縣北，東北流至定陶縣北，注入古菏澤。久湮。

【氾氾】浮游不定貌。楚辭屈原卜居：「寧昂昂若千里之駒乎？將氾氾若水中之鳧，與波上下，偷以全吾軀乎？」

【氾光】湖名。在江蘇寶應縣西南。明以前漕運經此，因風大浪高，漕船常遇險，至萬曆中，因在其東另開越河以通漕運。參閱讀史方輿紀要揚州府寶應縣。

【氾洲】洲名。在今湖南漢壽縣境。水經注三七沅水：「沅水又東，歷龍陽縣之氾洲，洲長二十里。」相傳三國吳丹陽太守李衡在洲上植柑千株。柑成，歲得絹數千匹。參見「橘奴」。

【氾拜】合衆賓而一次拜之。禮喪大記：「大夫內子士妻特拜命婦，氾拜衆賓於堂上。」疏：「特猶獨也，謂人人拜之，……氾拜衆賓者，謂不特也。」

【氾埽】普遍掃除。禮郊特牲：「氾埽反道。」釋文：「氾，芳劍反。本亦作汎。」疏：「氾埽反道者，……郊道之民，家家各當界廣埽新道也。」

【氾博】廣大。文選晉左太沖(思)魏都賦：「雜糅紛錯，兼該氾博。」氾，一本作「泛」。

【氾論】卽泛論。淮南子有氾論。題注：「博說世間古今得失，以道爲化，大歸於一，故曰氾論。」

【氾濫】㊀漫溢。孟子滕文公上：「當堯之時，天下猶未平，洪水橫流，氾濫於天下。」楚辭宋玉九辯：「何氾濫之浮雲兮，猋壅蔽此明月。」形容浮雲層層湧現。㊁浮沉。楚辭漢劉向九歎憂苦：「折銳摧矜，凝氾濫兮。」注：「凝，止也；氾濫，猶沉浮也。」

【氾灑】以水遍灑。漢書六四下王褒傳「忽若彗氾畫塗」唐顏師古注：「彗，帚也。氾，氾灑地也。塗，泥也。如以帚埽氾灑之地，以刀畫泥中，言其易。」參見「汎灑」。

【氾勝之】西漢山東曹縣人。也叫氾勝。成帝時爲議郎，後遷御史。漢書藝文志農家有氾勝之十八篇，卽後世通稱的氾勝之書，是記載和總結黃河流域，特別是關中平原一帶農業生產的科學著作。原書已佚，現僅散存於齊民要術、太平御覽等著作中，有輯錄本。

汃 1. bīn ㄅㄧㄣ 府巾切，平，真韻，幫。

㊀古國名。同「邠」。說文：「汃，西極之水也，……爾雅曰：西至汃國，謂四極。」按今本爾雅釋地作「邠國」。釋文本作「豳」。

2. pà ㄆㄚˋ 普八切，入，黠韻，滂。

㊁波濤相激之聲。文選漢張平子(衡)南都賦：「砏汃輣軋。」唐韓愈昌黎集八征蜀聯句：「漢棧罷囂闐，獠江息澎汃。」澎汃，猶澎湃。

氿 guǐ ㄍㄨㄟˇ 居洧切，上，旨韻，見。

㊀水邊枯土。說文：「氿，水厓枯土也。」爾雅釋水：「水醮曰厬。」注：「謂水醮盡。」按指水乾涸而露巖厓。清郝懿行義疏：「厬作氿。」㊁水泉從旁流出。詳「氿泉」。

【氿泉】從側面流出的泉水。詩小雅大東：「有冽氿泉，無浸穫薪。」爾雅釋水：「氿泉穴出。穴出，仄出也。」

【氿濫】泉水。文選漢班孟堅(固)答賓戲：「懷氿濫而測深乎重淵。」唐李周翰注：「氿濫，小泉也。」後漢書五三黃憲傳：「郭林宗(泰)少遊汝南，先過袁閬。……或以問林宗，林宗曰：『奉高之器，譬諸氿濫，雖清而易挹。』」奉高，閬字。

求 qiú ㄑㄧㄡˊ 巨鳩切，平，尤韻，羣。

㊀尋找，探索。詩小雅伐木：「嚶其鳴矣，求其友聲。」孟子告子上：「求則得之，舍則失之。」㊁乞求，責求。詩邶風雄雉：「不忮不求，何用不臧。」論語衛靈公：「君子求諸己，小人求諸人。」㊂聚。左傳宣十六年：「武子(隨會)歸而講求典禮，以脩晉國之法。」國語周中作「講聚三代之典禮。」㊃終。詩大雅下武：「王配于京，世德作求。」箋：「求，終也。……以其世世積德，庶爲終成其大功。」爾雅釋詁下：「求，終也。」疏：「皆謂終盡也。」㊄姓。東漢有求仲。參閱通志二八氏族四以名爲氏。

【求牛】祭祀以前，選牛以備禮，稱求牛。周禮地官牛人：「掌養國之公牛，以待國之政令。凡祭祀，共其享牛求牛，以授職人而芻之。」注引鄭司農(衆)云：求牛，禱於鬼神求福之牛也。鄭玄謂：求，終也，終事之牛。參閱孫詒讓周禮正義。

【求化】僧人行乞。宋孟元老東京夢華錄三天曉諸人入市：「每日交五更，諸寺院行者，打鐵牌子或木魚，循門報曉，亦各分地分，日間求化。」

【求旦】猶言報曉。禮月令仲冬之月「鶡旦不鳴」漢鄭玄注：「鶡旦，求旦之鳥也。」

【求代】請求委派別人接替自己的職務。

後漢書二三竇融傳:"融以兄弟並受爵位,久專方面,懼不自安,數上書求代。"

【求衣】㊀即索衣,指起牀。漢書五一鄒陽傳上吳王書:"始孝文皇帝據關入立,寒心銷志,不明求衣。"注:"臣瓚曰:'文帝入關而立,以天下多難,故乃寒心戰慄,未明而起。'"㊁乞求衣着。南朝梁江淹江文通集五報袁叔明書:"幸以盜竊文史之末,因循卜祝之間,故俛首求衣,斂眉寄食耳。"意謂寄人籬下。

【求羊】漢隱士求仲與羊仲的合稱。文選南朝宋謝靈運田南樹園激流植援詩:"唯開蔣生逕,永懷求羊蹤。"參見"二仲"。

【求艾】求治病之藥。孟子離婁上:"今之欲王者,猶七年之病,求三年之艾也。"注:"艾可以爲灸人病,乾久益善,故以爲喻。"

【求成】求和。左傳隱元年:"惠公之季年,敗宋師于黃。(隱)公立而求成焉。"又桓三年:"公會杞侯于郕,杞求成也。"

【求全】㊀希求完美無缺。詳"求全之毀"。㊁祈求保全自己。漢書八六王嘉傳上疏:"中材苟容求全,下材懷危內顧,壹切營私者多。"

【求仲】漢隱士。後來常作爲隱士的代稱。唐錢起錢考功集四歲初歸舊山寄皇甫侍御詩:"求仲應難見,殘陽且掩關。"參見"二仲"、"三徑"。

【求牡】詩邶風匏有苦葉:"濟盈不濡軌,雉鳴求其牡。"疏引鄭志答張逸:"雌雉求牡,非其耦,故喻(衛)宣公與夫人。"此以求牡喻女子求偶。

【求雨】天旱時禱神欲得雨。漢書五六董仲舒傳:"仲舒治國,以春秋災異之變推陰陽所以錯行,故求雨,閉諸陽,縱諸陰,其止雨反是。"

【求容】希求容身於其間。左傳定九年"夫陽虎有寵於季氏,而將殺季孫,以不利魯國,而求容焉。"三國志蜀法正傳與劉璋牋:"且夕偷幸,求容取媚,不慮遠圖,莫肯盡心獻良計耳。"

【求凰】玉臺新詠九漢司馬相如琴歌:"鳳兮鳳兮歸故鄉,遨遊四海求其皇。"樂府詩集六十皇作"凰"。相傳相如歌此向卓文君求愛。後來因稱男子求偶爲求凰。聊齋志異嬰寧:"(王子服)聘蕭氏女未嫁而夭,故求凰未就也。"

【求假】求借。後漢書三二樊宏傳:"嘗欲作器物,先種梓漆,時人嗤之,然積以歲月,皆得其用,向之笑者咸求假焉。"三國志楊阜傳作"葬假"。

【求偶】尋求配偶。漢劉向列女傳三魯漆室女:"其隣人婦從之遊,謂曰:'何嘯之悲?子欲嫁耶?吾爲子求偶。'"文選漢馬季長(融)長笛賦:"求偶鳴子,悲號長嘯。"

【求盜】古之亭卒。史記高祖紀:"高祖爲亭長,乃以竹皮爲冠,令求盜之薛治之。"集解引應劭:"求盜者,舊時亭有兩卒,其一爲亭父,掌開閉埽除;一爲求盜,掌逐捕盜賊。"

【求備】要求完美。書君陳:"爾無忿疾于頑,無求備于一夫。"疏:"民當以漸教訓之,無求備于一人,當取其所能。"

【求媚】討好。左傳成二年:"鄭人懼於邲之役,而欲求媚於晉。"唐陸贄陸宣公集十三奉天請數對羣臣兼許令論事狀:"趣和求媚,人之甚利存焉。"

【求䈥】竹的一種。管子地員:"五位之土,若在岡在陵,在隫在衍,在丘在山,皆宜竹箭、求䈥、楢檀。"注:"求䈥,亦竹類也。"

【求解】尋求解除禍難的方法。史記七五孟嘗君傳:"(秦昭王)囚孟嘗君,謀欲殺之。孟嘗君使人抵昭王幸姬求解。"

【求古錄】清顧炎武撰。一卷。搜錄自漢曹全碑至明建文霍山碑金石之文,共得五十六種。每碑皆記其原委,多可與正史相參照。

【求仁得仁】論語述而:"求仁而得仁,又何怨?"原指伯夷叔齊讓國遠去,後因恥食周粟,終於餓死。孔子謂其求仁而得仁,無所怨。後泛指適如其願。文選晉阮嗣宗(籍)詠懷詩之六:"求仁自得仁,豈復歎咨嗟。"

【求田問舍】謂專營家產而無遠大志向。三國志魏張邈傳附陳登:"(劉)備曰:'君(許汜)有國士之名,今天下大亂,帝主失所,望君憂國忘家,有救世之意;而君求田問舍,言無可采,是元龍(陳登)所諱也。'"宋王安石臨川集十八慕次憶漢上舊居詩:"如何憂國忘家日,尚有求田問舍心?"參見"上下牀"。

【求全之毀】爲求得完美無缺反而受到詆毀。孟子離婁上:"有不虞之譽,有求全之毀。"宋朱熹集注:"求免於毀而反致毀,是爲求全之毀。"後來多作過於求全責備之意。

【求名責實】據名義而考求其實在情況。唐劉知幾史通本紀:"霸王者,卽當時諸侯。諸侯而稱本紀,求名責實,再三乖謬。"參見"循名責實"。

【求馬唐肆】喻所求必無所獲。莊子田子方:"彼已盡矣,而女求之以爲有,是求馬於唐肆也。"注:"唐肆,非停馬處也。"參見"唐肆"。

【求人不如求己】自力奮鬬,不仰仗他人。文子上德:"怨人不如自怨,求諸人不如求之己。"宋張端義貴耳集:"(宋)孝宗幸天竺,有輝僧相隨。……又看觀音像,手持數珠,問曰:'何用?'曰:'念觀世音菩薩。'問:'自念則甚?'對曰:'求人不如求己。'"(說郛八)清鄭燮鄭板橋集五題畫籬竹詩:"仍將竹作籬笆,求人不如求己。"

氽 tǔn ㄊㄨㄣˇ 字彙 土墾切。

㊀水推物。見字彙。㊁人浮水上。字彙"氼"注引字林撮要:"人在水上爲氽。"字或作"汆"。今普通話氽、汆二字音義都不同。氽,音tǔn。汆,音cuān,用沸水煮的一種烹調方法。

三畫

汒 máng ㄇㄤˊ 莫郎切,平,唐韻,明。

同"茫"。莊子秋水:"今吾聞莊子之言,汒焉異之,不知論之不及與,知之弗若與?"太平御覽八九作"茫"。

汗 1. hàn ㄏㄢˋ 侯旰切,去,翰韻,匣。

㊀動物汗腺排出的液體。戰國策齊一:"舉袂成幕,揮汗成雨。"㊁比喻一出就無法收回。漢書三六劉向傳上封事:"易曰:'渙汗其大號。'言號令如汗,汗出而不反者也。"

2. hán ㄏㄢˊ 胡安切,平,寒韻,匣。

㊂可汗。可,音kè。古代我國西北少數民族如柔然突厥諸族稱國主爲可汗,簡稱"汗"。參見"可₂汗"。㊃姓。戰國時有汗明。見戰國策楚四。

【汗下】因羞愧而出汗。宋蘇舜欽蘇學士集一舟中感懷寄館中諸君詩:"靦顏於其間,汗下如流漿。"

【汗汗】水廣大無際貌。文選晉潘安仁(岳)西征賦:"乃有昆明,池乎其中,其池則湯湯汗汗,滉瀁彌漫,浩如河漢。"

【汗衣】內衣,貼身受汗之衣。釋名釋衣服:"汗衣,近身受汗垢之衣也。詩謂之澤,受汗澤也。或曰鄙袒。或曰羞袒。"參見"澤㊆"。

【汗血】㊀指流汗流血,付出極大勞力。後漢書五二崔駰傳達旨:"汗血競時,利合而友。"注:"汗血,謂勞力也。"㊁見

"汗血馬"。

【汗衫】內衣，汗衣。古稱中衣，中單。漢書四六石奮傳"取親中帬廁牏"唐顏師古注："廁牏者，近身之小衫，若今汗衫也。"參閱五代後唐馬縞中華古今注。參見"中衣㊀"、"中單㊀"。

【汗青】古代寫字在竹簡上，先用火炙竹簡令汗，乾則易寫，又不受蟲蛀，稱爲汗青。引申爲書册。新唐書一三二劉子玄傳："今史司取士滋多，人自爲荀袁，家自爲政駿，每記一事，載一言，閣筆相視，含毫不斷，頭白可期，汗青無日。"指寫成書册。宋文天祥文山集十四過零丁洋詩："人生自古誰無死，留取丹心照汗青。"指史册。

【汗酒】即燒酒。用蒸餾法製造，故稱汗酒。唐人有酒名燒春。元人謂之汗酒。卞思義有咏汗酒詩，李宗表稱阿剌古酒，作歌云："年深始作汗酒法，以一當十味且濃。"參閱明胡震亨唐音癸籤二十酒名春、清翟灝通俗編二七燒酒。

【汗馬】指戰功。戰馬疾馳而出汗，故云。韓非子五蠹："棄私家之事，而必汗馬之勞。"史記蕭相國世家："功臣皆曰：'……今蕭何未嘗有汗馬之勞，徒持文墨議論，不戰，顧反居臣等上，何也？'"

【汗珠】成滴的汗。宋蘇軾分類東坡詩一慈湖夾阻風之四："日輪亭午汗珠融，誰識南訛長養功。"

【汗溝】馬腿部和胸腹相連的凹處，疾馳時爲汗所流注，稱爲汗溝。後漢書二四馬援傳"鑄作銅馬法獻之"唐李賢注："援銅馬相法曰：'……腹下欲平滿，汗溝欲深而長。'"文選南朝宋顏延年（延之）赭白馬賦："膺門沬赭，汗溝走血，踠迹回唐，畜怒未洩。"

【汗搨】即汗衫。元歐陽玄圭齋集四漁家傲南詞之五："血色金羅輕汗搨，宫中畫扇傳油法。"

【汗漫】㊀不着邊際。淮南子俶真："甘瞑於溷澖之域，而徙倚於汗漫之宇。"又道應："吾與汗漫期于九垓之外，吾不可以久駐。"後人以淮南子道應語，轉作仙人的别名。文選晉張景陽（協）七命："爾乃踰天垠，越地隔，過汗漫之所不游，躡章亥之所未迹。"㊁散漫難以稽考。新唐書選舉志上："大抵衆科之目，進士尤爲貴，……及其後世，俗益婾薄，上下交疑，因以謂：按其聲病，可以爲有司之責，捨是則汗漫而無所守，遂不能易。"㊂水勢浩瀚貌。元夏文彥圖繪寶鑑三宋："董羽……善畫魚龍海水，甚洶湧瀾翻，只尺汗漫，莫知其涯涘也。"

【汗顏】慚愧而出汗。唐韓愈昌黎集二三祭柳子厚文："不善爲斲，血指汗顏。巧匠旁觀，縮手袖閒。"

【汗簡】㊀即汗青。北周庾信庾子山集四園庭詩："窮愁方汗簡，無遇始觀交。"引申爲著述之稱。晉書王湛等傳史臣曰："雖崇勳懋績有闕於旂常，素德清規足傳於汗簡矣。"參見"汗青"。㊁宋郭忠恕撰，三卷，目録敍略一卷。録存古代文字，徵引古書七十一家，今多不存。用古文偏傍分隸諸字。清鄭珍有汗簡箋正，可供參考。

【汗襦】同汗衣。方言四："汗襦……自關而東謂之甲襦；陳魏宋楚之間謂之襜襦；或謂之禪襦。"

【汗血馬】古代一種駿馬。漢書武帝紀太初四年："貳師將軍（李）廣利斬大宛王首，獲汗血馬來，作西極天馬之歌。"注："應劭曰：大宛舊有天馬種，蹋石汗血。汗從前肩髆出，如血。號一日千里。"

【汗牛充棟】形容書籍很多，搬運時可使牛出汗，收藏時能塞滿屋子。唐柳宗元柳先生集九唐故給事中皇太子侍讀陸文通先生墓表："以爲論註疏説者百千人矣，……其爲書，處則充棟宇，出則汗牛馬。"宋陸九淵象山集九與林叔虎書："又有徒黨傳習，日不暇給，又其書汗牛充棟。"

【汗流浹背】出汗很多，濕透肩背。多指惶恐出冷汗。浹，亦作"洽"。漢書六六楊敞傳："大將軍（霍）光與車騎將軍張安世謀欲廢王更立，……敞驚懼，不知所言，汗出洽背，徒唯唯而已。"後漢書伏皇后紀："（曹）操後以事入見殿中。……舊儀，三公領兵，朝見令虎賁執刃挾之。操出，顧左右，汗流浹背。"

【汗淋學士】宋魏泰東軒筆録十二："（王安國）嘗盛夏入館中，方下馬，流汗浹衣。劉攽見而笑曰：'君真所謂汗淋學士也。'"汗淋與翰林同音。

汙 1. wū ㄨ 哀都切，平，模韻，影。烏路切，去，暮韻，影。

亦作"污"。㊀不流動的水，左傳隱三年："潢汙行潦之水。"疏："服虔云：'畜小水謂之潢，水不流謂之汙。'"㊁惡濁，不清潔。書胤征："舊染汙俗，咸與惟新。"史記一二六東方朔傳："盡懷其餘肉持去，衣盡汙。"㊂恥辱。漢書四九鼂錯傳："使主内亡邪辟之行，外亡䙴汙之名。"㊃勞苦的事。左傳昭元年："處不辟汙，出不逃難。"釋文："汙音烏。"㊄沾汙。史記絳侯周勃世家："（庸）怒而上變告子，事連汙條侯。"㊅洗去污穢。詩周南葛覃："薄汙我私，薄澣我衣。"釋文："汙音烏。"疏："汙澣相對，則汙亦澣名。"

2. yū ㄩ

㊆曲折。通"紆"。左傳成十四年："婉而成章，盡而不汙。"注："謂直言其事，盡其事實，無所汙曲。"釋文："汙，憂于反。"

3. wā ㄨㄚ 集韻 烏瓜切，平，麻韻。

㊇低陷，同"窪"。禮禮運："汙尊而抔飲。"注："汙尊，鑿地爲尊也。抔飲，手掬之也。" ㊈誇大。孟子公孫丑上："宰吾子貢有若，智足以知聖人，汙不至阿其所好。"參閱清焦循正義。

【汙世】風俗敗壞的時世。孟子盡心下："同乎流俗，合乎汙世。"注："行合于污亂之世。"

【汙池】蓄水之池。孟子滕文公下："壞宫室以爲汙池，民無所安息。"漢書八四翟義傳："莽盡壞義第宅，汙池之。"注："汙，停水也，音烏。"言毀宅爲池。

【汙吏】貪官。孟子滕文公上："是故暴君汙吏，必慢其經界。"

【汙名】惡劣的名聲。管子中匡："入者不説，出者不譽，汙名滿天下。"

【汙₃邪】低窪的下等田。史記一二六淳于髡傳："今者臣從東方來，見道傍有禳田者，……祝曰：'甌窶滿篝，汙邪滿車，五穀蕃熟，穰穰滿家。'"集解："司馬彪曰：'汙邪，下地田也。'"

【汙君】昏庸暗昧的君主。孟子公孫丑上："柳下惠不羞汙君，不卑小官。"

【汙染】牽累。三國志魏王昶傳戒子書："近濟陰魏諷、山陽曹偉皆以傾邪敗没，……雖刑於鈇鉞，大爲炯戒，然所汙染，固以衆矣。"

【汙家】佛家認爲和尚把物品送給非出家的人，使得者生感恩心，不得者生不善心，彼此都損害佛家的平等施心。故稱此爲汙家。唐道宣行事鈔中二："又比丘凡有所求，若以種種信施物，爲三寶自身乃至一切，而與大臣及道俗等，皆名汙家。……由以信施物與白衣故，即破前人平等好心，於得物者歡喜愛樂，不得物者，縱使賢善，無愛敬心，失他前人深厚福田。"

【汙₃庳】低窪之處。國語周下："陂唐汙庳，以鍾其美。"

【汙₃萊】積水的窪地與草莽叢生的高地。詩小雅十月之交："徹我牆屋，田卒汙萊。"傳:"下則汙,高則萊。"

【汙隆】高下。1.指地形高下。文選晉潘安仁(岳)西征賦:"憑高望之陽隈,體川陸之汙隆。"2.指時世風俗的盛衰。文選南朝梁劉孝標(峻)廣絶交論:"龍驤蠖屈,從道汙隆。"

【汙漫】汙穢卑鄙。荀子儒效:"行不免于汙漫,而冀人之以己爲修也。"又彊國:"人之所惡何也?曰:汙漫爭奪貪利是也。"

【汙種】指污辱家族的名聲。抱朴子疾謬:"史敫無防,有汙種之悔;王孫不嚴,有杜門之辱。"按史記田敬仲完世家:齊湣王被殺,其子法章改變名姓,爲莒國太史敫家傭,敫女與之私通。其後莒人立法章爲齊王,敫女爲王后,太史敫曰:"女不取媒因自嫁,非吾種也,汙吾世。"與君王后終身不相見。

【汙$_3$膺】胸部内陷。汙,通"窊"。淮南子説山:"文王汙膺,鮑申傴背。"

【汙瀆】淺小的池溝。史記八四賈誼傳弔屈原賦:"彼尋常之汙瀆兮,豈能容吞舟之魚。"索隱:"汙,潢也;瀆,小渠也。"

【汙衊】以不實之詞損害人名譽。漢書四七文三王傳梁平王襄:"汙衊宗室,以内亂之惡披布宣揚於天下。"

【汙車茵】漢書七四丙吉傳:"吉馭吏耆酒,數逋蕩,嘗從吉出,醉歐丞相車上。西曹主吏白欲斥之。吉曰:'以醉飽之失去士,使此人將復何所容?西曹地忍之,此不過汙丞相車茵耳。'"茵,墊褥。後用爲犯小過而被原恕的典故。

【汙$_3$尊抔飲】鑿地以代酒器,用手掬酒而飲。指遠古禮法簡陋。禮禮運:"汙尊而抔飲,蕢桴而土鼓。"

江 jiāng 古雙切,平,江韻,見。ㄐㄧㄤ

㊀古代專指長江。書禹貢:"江漢朝宗於海。"詳"長江"。㊁江河的通稱。如珠江、松花江。書禹貢:"九江孔殷。"楚辭屈原九歌湘夫人:"鼂騁騖兮江皋,夕弭節兮北渚。"㊂周代國名。嬴姓。在今河南正陽縣。周襄王二十三年滅於楚。春秋僖二年:"秋,九月。齊侯、宋公、江人、黄人盟于貫。"㊃姓。江國嬴姓,子孫以國爲氏。漢有江充,後漢有江革。參閲元和姓纂四江。

【江干】江畔。玉臺新詠九南朝梁元帝烏棲曲之一:"復值西施新浣紗,共泛江干瞻月華。"唐杜甫杜工部草堂詩箋十八賓至:"豈有文章驚海内,謾勞車馬駐江干。"

【江口】渡口。唐白居易長慶集十二琵琶引:"去來江口守空船,遶船月明江水寒。"

【江山】㊀山川,山河。莊子山木:"彼其道遠而險,又有江山,我無舟車,奈何?"引申指國土、國家。文選魏鍾士季(會)檄蜀文:"(太祖)拯其將墜,造我區夏,……然江山之外,異政殊俗。率土齊民,未蒙王化。"㊁縣名。屬浙江省。五代時吳越置,以地有江郎山而名。宋咸淳末改名禮賢縣。元復名江山縣。明清皆屬浙江衢州府。參閲寰宇通志二七衢州府。

【江川】縣名,屬雲南省。元至元十三年置江川州,二十年降爲縣。屬澂江路。在今縣東,明徙今治,屬澂江府。參閲寰宇通志一一二澂江府。

【江介】江岸,指沿江一帶。介,猶界。楚辭屈原九章哀郢:"哀州土之平樂兮,悲江介之遺風。"

【江汀】江上的小片陸地。南朝梁江淹江文通集四構象臺騷:"立孤臺兮山岫,架半室兮江汀。"唐杜牧樊川集一偶游石盎僧舍詩:"孰謂漢陵人,來作江汀客。"

【江永】公元1681—1762年。清婺源人,字慎修。精研音韻及三禮,兼通曆算地理。著古韻標準、音學辨微、四聲切韻表等,定古韻爲十三部;闡明等韻學及韻書中分韻的原理。又撰周禮疑義舉要、禮經綱目、禮記訓義,考釋古代名物制度,多有創見。

【江左】長江下游以東地區。即今江蘇省一帶。古人敍地理以東爲左,以西爲右,故江東稱江左,江西稱江右。晉溫嶠稱王導爲江左夷吾(管仲)。見世説新語言語。唐陸德明經典釋文敍錄:"江左中興,立左氏傳杜氏服氏博士。"參閲唐丘光庭兼明書(説郛八)。

【江右】指長江下游以西地區。後來稱江西省爲江右。詳"江左"。

【江北】㊀指長江下游以北地區。古代一般指唐淮南道,宋淮南路。近代專指江蘇長江北部一帶。㊁縣名。屬四川省。隔嘉陵江與巴縣相望。清乾隆十九年置廳,屬四川重慶府。公元1913年改縣。參閲嘉慶一統志三八七重慶府一。

【江令】南朝梁江淹、陳江總皆有文名,淹爲建平王記室帶東武令,總官至尚書令,後來詩文中稱爲江令。唐李商隱李義山詩集五南朝:"滿宮學士皆顏色,江令當年只費才。"指江總。元王惲秋澗集二三夢昇天詩:"彤管夢傳江令筆,紫袍歸抱上巖端。"指江淹。

【江外】猶言江南。南史陳後主紀禎明二年:"隋文愈忿,……乃送璽書,暴後主二十惡。又散寫詔書,書三十萬紙,徧喻江外。"資治通鑑陳禎明二年"遍諭江外"注:"中原以江南爲江外。"

【江安】縣名,屬四川省。漢江陽縣地,晉置安漢縣。隋開皇十八年改爲江安縣,在今縣東,宋併綿水縣,移徙今治。參閲元和郡縣志三三劍南道下瀘州、寰宇通志六八瀘州。

【江充】公元前?—前91年。漢邯鄲人。字次清,本名齊,因畏罪逃亡,改名充。以告發趙太子丹事起家。武帝任爲直指繡衣使者,負責鎮壓三輔盜賊,禁察貴賤奢僭,取得武帝的信任。與太子據有嫌隙,乘武帝患病之際,誣陷太子行巫蠱,據不自安,舉兵收斬充。據後事敗,亦自縊。見漢書四五江充傳、六三武五子傳。

【江州】㊀州、路名。西晉元康元年分荆、揚二州地,因江水之名而置江州。治所初在豫章,後移潯陽。宋以後皆以潯陽爲江州。元至元中改爲路,明改爲九江府。歷代都是兵家必争之處。元末陳友諒起兵,即以此爲根據地。參閲宋陳舜俞廬山記總敍山水、讀史方輿紀要八五九江府。㊁縣名。1.本巴國都,戰國秦惠王遣張儀滅巴,置縣。治所在今四川重慶市區。南齊永明五年改墊江縣。自戰國秦至南朝宋,皆爲巴郡治所。參閲華陽國志一巴志。2.南齊永明五年置。治所在今四川江津縣綦江入長江處。西魏改爲江陽縣。

【江西】㊀地區名。長江在安徽境内向北斜流,直達江蘇鎮江,這一水路兩岸,唐以前有江西、江東之稱。北岸淮水以南稱江西;南岸南京一帶稱江東。從江東而言,又泛稱長江以北及中原地區爲江西。史記項羽本紀"江西皆反",即用此意。㊁唐宋行政區劃名。唐開元二十一年分境内爲十五道,而江南爲東西二道,江南東道治蘇州,江南西道治洪州,省稱江東、江西。宋置江南西路,簡稱江西路。參見"江南"。㊂唐方鎮名。安史亂後,江南西道通稱江西。後稱鎮南軍。治所在洪州(今南昌市),領有洪、江、信、袁、撫、饒、虔、吉八州,相當今江西省。宋初廢。㊃省名。在長江中下游南岸。因贛江縱貫其間,簡稱贛。又因省會南昌爲漢豫章郡治,故別稱豫章。禹貢揚州之域,春秋戰國時爲楚地,唐屬江南西道,宋屬江南西路,元置江西行中書省,因有江西省之稱。明置江西省,清沿置。參閲嘉慶一統志三〇七江西統部。㈤唐代高僧。名道一，俗姓馬，又稱馬祖。傳道於江西，故號江西。大曆中主持開元精舍。死後謚大寂禪師。見景德傳燈録六道一禪師。

【江妃】傳説的仙女。妃，也作"斐"。舊題漢劉向列仙傳載，江妃二女，遊於江漢之濱，遇鄭交甫。仙女以佩珠相贈，交甫行數十步，佩珠與仙女皆不見。唐杜甫杜工部草堂詩箋二十桃竹杖引贈章留後："斬根削皮如紫玉，江妃水仙惜不得。"參見"交甫"。

【江沅】清元和人，字子蘭，號鐵君，江聲孫。從金壇段玉裁學，出入門下數十年，但對段氏之論古音，頗有異議。著有説文釋例、説文解字音韻表。

【江沱】長江和沱江。書禹貢："浮于江沱潛漢。"釋文："江沱潛漢，四水名。"詩召南江有汜："江有沱，之子歸，不我過。"傳："沱，江之别者。"爾雅釋水："江爲沱。"

【江油】縣名，屬四川省。三國蜀置江油戍，以境内涪江水碧如油而名。魏鄧艾率兵入蜀，卽取道於此。北魏置縣。元至元二十二年併入龍州。明洪武十三年復分置江油縣。參閲寰宇通志六三保寧府劍州。

【江河】江山，山川。晉書王導傳："過江人士，每至暇日，相邀出新亭飲宴。周顗中坐而歎曰：'風景不殊，舉目有江河之異'"。世説新語言語江河作"山河"。

【江表】指長江以南地區。從中原看，地在長江之外，故稱江表。三國志魏文帝紀黄初三年五月："以荆、揚、江表八郡爲荆州。"又吴陸遜傳上疏："昔桓王(孫策)創基，兵不一旅，而開大業。陛下承運，拓定江表。"

【江東】自漢至隋唐稱自安徽蕪湖以下的長江下游南岸地區爲江東。江東之稱始於漢初。秦末項羽自稱與江東子弟八千人渡江而西，指吴中而言。三國吴全部地區稱江東。唐開元二十一年分全境爲十五道，有江南東道，治吴郡。簡稱江東道。至宋至道三年，分全境爲十五路(後又增三路爲十八路)，以金陵太平寧國廣德爲江南東路，以今江西全省爲江南西路。參閲唐丘光庭兼明書(説郛八)、文獻通考三一五輿地一。

【江津】㊀江邊渡口。世説新語言語："桓征西(温)治江陵城甚麗，會賓僚出江津望之，云：'若能目此城者有賞。'顧長康時爲客在坐，目曰：'遥望層城，丹樓如霞。'"㊁地名。1.縣名。屬四川省。漢江州縣地，屬巴郡。西魏置江陽縣，隋改江津。明清皆屬重慶府。故城在今四川江津縣西南。參閲寰宇通志六二重慶府。2.城名。也稱奉城，東晉時置。晉劉毅於義熙元年率諸軍至馬頭討伐桓振。振挾持安帝出屯江津，卽此。見晉書安帝紀。故城在今湖北江陵縣南。

【江郎】南朝梁江淹。詳"江淹"。

【江革】南朝梁考城人。字休映。少孤貧。好學不倦。南齊時試大學，爲王融謝朓所器重，爲竟陵王蕭子良西邸學士。入梁任御史中丞，敢於彈劾權貴。後爲北魏所俘虜，徐州刺史元延明厚加接待，革稱疾不拜，放還。累遷至度支尚書，以廉潔見稱。梁書南史有傳。

【江南】㊀地區名。泛指長江以南。春秋戰國秦漢時一般指今湖北的江南部分和湖南江西一帶。近代專指今蘇南和浙江一帶。㊁道名。唐置江南道。東臨海，西至蜀，南極嶺，北帶江。宋置江南東西路，轄境相當今江蘇安徽二省。清順治二年置江南省，轄今江蘇安徽二省兼及江北各地；康熙時分爲江蘇安徽二省。江南布政使領江揚淮徐通海六屬。參閲文獻通考三一五輿地一。

【江柱】江瑶柱。宋蘇軾分類東坡詩十三和蔣夔寄茶："金齏玉鱠飯炊雪，海螯江柱初脱泉。"

【江浦】㊀水濱。列子湯問："江浦之間生麽蟲，其名曰焦螟。"北周庾信庾子山集二哀江南賦："連茂苑於海陵，跨横塘於江浦。"㊁縣名。屬江蘇省。本六合地，設浦子口巡檢司。明洪武九年，合烏江滁州部分地，改爲縣。二十四年又以江寧一鄉併附。見明史地理志一應天府。

【江珧】貝類。也稱江瑶、榔江珧。殼大而薄，前尖後廣，呈楔形。其肉柱味鮮美，名江珧柱，爲海味珍品。參閲宋吴曾能改齋漫録十五車螯、本草綱目四六介二海月。

【江夏】地名。1.郡名。漢高帝六年置。南朝屬郢州。唐屬鄂州。元改武昌路。明清爲武昌府。參閲嘉慶一統志三三五武昌府一。2.縣名。漢沙羡縣地，屬江夏郡。晉太康初改爲沙陽縣。隋開皇初改汝南縣。清爲武昌府附郭首縣，公元1912年裁府留縣，並改名武昌縣。參閲寰宇通志五十武昌府。

【江乘】縣名。秦置。三國吴省爲典農都尉治。晉復置，隋開皇初又廢。爲長江下游重要渡口、歷代江防要地。史記秦始皇紀三十七年載秦始皇上會稽，還過吴，從江乘渡，卽指此。故城在今江蘇句容縣北。參閲清顧炎武日知録三一江乘。

【江淹】公元444—505年。南朝梁濟陽考城人。字文通。出身孤寒，歷仕南朝宋、齊、梁三代。梁時官至金紫光禄大夫，封醴陵侯。以文章見稱於世，晚年才思衰退，詩文無佳句，時人謂之江郎才盡。其詩長於雜擬；其抒情賦中以恨賦别賦最著名。原有集，已散佚。後人輯有江文通集。梁書南史皆有傳。

【江淮】㊀長江與淮河。左傳哀九年："秋，吴城邗溝，通江淮。"㊁江蘇安徽地在長江淮河流域，因以江淮泛指兩地。

【江都】地名。1.郡名。隋開皇九年改南兖州爲揚州，置總管府，大業初廢府置江都郡，治所在江陽(今江蘇揚州市)。隋煬帝在江都大築宫苑，定爲行都。唐廢。參閲通典一八一古揚州上。2.府名。五代吴定都揚州，升爲江都府。五代南唐遷都江寧府，以此爲東都。治所在江都(今揚州市)。參閲文獻通考三一八輿地四揚州。3.縣名，屬江蘇省。秦廣陵縣，漢置江都縣，以遠統長江爲一都會而名。故城在今縣西南。唐以後移治今揚州市。參閲讀史方輿紀要二三揚州府。

【江華】縣名，屬湖南省。漢馮乘縣地。唐武德四年置江華縣。歷代相沿，明清皆屬永州府。公元1955年改設江華瑶族自治縣。參閲元和郡縣志二九道州。

【江彬】公元?—1521年。明宣府人。武宗時，隨從大同副總兵鎮壓劉六劉七農民起義軍。以諂媚有寵，升任都指揮僉事、都督僉事等職。封平虜伯，提督十二團營，統邊兵數萬人。曾屢次導武宗微服四出浪遊，奸淫婦女，魚肉百姓。世宗卽位，處死。明史載佞倖傳。

【江陵】縣名，屬湖北省。春秋楚郢都。秦分郢爲江陽縣。漢置江陵縣，爲南郡治所，歷代沿置。北魏以江陵封後梁。唐上元元年升荆州爲江陵府，治所在今江陵。宋置江陵府，爲荆湖北路治所。清爲湖北荆州府治。參閲嘉慶一統志三四四荆州府一。

【江陰】地名。1.郡名。梁置。五代南唐宋爲江陰軍，元改州，明廢。見讀史方輿紀要二五常州府江陰縣。2.縣名，屬江蘇省。漢毗陵縣暨陽鄉，晉太康初置暨陽縣。梁改江陰縣。明清屬常州府。參閲寰宇通志十五常州府。

【江斐】 卽江妃。文選晉左太沖（思）蜀都賦："娉江斐，與神遊。"參見"江妃"。

【江參】 宋衢人。字貫道。居湖州。擅長山水畫，學董源巨然，並工墨牛，存世作品有千里江山圖等。參閱宋鄧椿畫繼三巖穴上士、元夏文彥圖繪寶鑑四。

【江豚】 我國長江及印度大河中所產的一種鯨類。文選晉郭景純（璞）江賦："魚則江豚海狶。"注："南越志曰：'江豚似豬。'"唐許渾丁卯集上金陵懷古詩："石燕拂雲晴亦雨，江豚吹浪夜還風。"

【江湖】 ㊀指江河湖海。莊子大宗師："泉涸魚相與處於陸，相呴以濕，相濡以沫，不如相忘於江湖。"史記一二九貨殖列傳："（范蠡）乃乘扁舟浮於江湖。"㊁泛指五湖四海各地。如俗謂流浪四方爲"走江湖"。梁慧皎高僧傳五竺法汰："與道安避難，行至新安，安分張徒衆，命汰下京。臨別，謂安曰：'法師儀軌西北，下座弘教東南，江湖道術，此焉相望矣。"唐杜牧樊川集外集遣懷詩："落魄江湖載酒行，楚腰纖細掌中輕。"

【江鄉】 猶言水鄉。唐杜甫杜工部草堂詩箋三五送大理封主簿親事不合却赴通州："餘寒折花卉，恨別滿江鄉。"

【江寧】 地名。1.府名。五代南唐昇元元年改金陵府置。治所在上元江寧（今南京市）。宋天禧二年改爲江寧府，南宋初改爲建康府。歷爲江南省江蘇省治所。2.縣名，屬江蘇省。晉太康二年分秣陵置，屬丹陽郡。故城在今南京市西南。隋徙冶城。唐以後沿置。清與上元縣同爲江蘇省江寧府治。參閱寰宇通志八應天府。

【江澨】 長江水邊。唐王勃王子安集二倬彼我系詩："粵自太原，播徂江澨。"宋史四三九梁周翰傳："白起則錫劍杜郵，伍員則浮尸江澨。"

【江頭】 江岸。唐杜甫杜工部草堂詩箋九哀江頭："江頭宮殿鎖千門，細柳新蒲爲誰綠？"又白居易長慶集十二琵琶引："潯陽江頭夜送客，楓葉荻花秋索索。"

【江聲】 公元1721—1799年。清江蘇元和人。字鱷濤，改字叔澐，號艮庭。嘉慶初，舉孝廉方正，不仕。師事惠棟。守漢儒經說，精於訓詁。著有尚書集注音疏，存今文二十九篇，以別於梅氏所上二十八篇之僞古文，並取書傳所引湯誓泰誓佚文，按書序入錄，輯集鄭玄注及漢人逸說，以己見爲之疏，凡四易稿積十餘年而成。其書原稿以至平時筆札書記，皆用篆書，畢沅延聲校劉熙釋名亦作篆體。生平不作詩賦時文而好填詞，著有艮庭詞。

【江總】 公元519—594年。南朝陳濟陽考城人。字總持，歷仕南朝梁陳隋三朝。南朝陳時，爲陳後主所寵信，官至尚書令。世稱江令。在官不理政事，日與後主及陳暄孔範等人游宴後庭，寫作多爲豔詩，號爲狎客。陳亡入隋，拜上開府。原有集三十卷，已佚。明人輯有江令君集。陳書南史皆有傳。

【江離】 香草名。也作"江蘺"。又名蘼蕪。楚辭屈原離騷："扈江離與辟芷兮，紉秋蘭以爲佩。"晉張華博物志七："芎藭苗曰江蘺，根曰芎藭。"參見"芎藭"、"蘼蕪"。

【江藩】 公元1761—1830年。清江蘇甘泉人。字子屏，號鄭堂。監生，博綜羣經，精於訓詁，旁及諸子佛老。所作古文辭，風格豪邁。著有周易述補、國朝漢學師承記、國朝宋學淵源記、國朝經師經義目錄、爾雅小箋、隸經文、炳燭室雜文等。參閱清李元度國朝先正事略三六經學。

【江關】 卽瞿塘關。戰國巴、楚相爭時置。漢有江關都尉，治魚復。東漢建武四年，岑彭謀伐蜀，留馮駿軍江關，九年，公孫述遣田戎下江關，破馮駿等軍，卽此。瞿塘，亦作瞿唐。參閱讀史方輿紀要六六瞿唐關。

【江蘇】 地名。禹貢揚州及徐、豫二州地。春秋時分屬吳、楚，唐爲江南道及淮南道。宋分屬江南東路及浙西淮南京東等路，明屬南京應天府，清初改置江南省，治江寧。康熙六年改爲江蘇省，以江寧蘇州二府首字而名。參閱嘉慶一統志七二江蘇統部。

【江斆】 公元452—495年。南齊濟陽考城人。字叔文，南朝宋文帝外孫，娶宋孝武帝女臨汝公主。好文辭，少有美譽，袁粲稱爲："風流不墜，政在江郎。"南齊時官至侍中。武帝幸臣中書舍人紀僧真出身寒門，乞帝列名士族，帝使往求斆，爲斆所拒。僧真因有"士大夫故非天子所命"之語。南齊書南史有傳。

【江鮡】 也作"江珧"。見該條。

【江蘺】 見"江離"。

【江灣】 地名。在上海市西北，原屬寶山縣。其地舊爲吳淞江屈曲入江處，故名江灣。宋時置江灣義兵寨，韓世忠曾駐兵於此。明置巡司。公元1928年劃入上海市區。參閱讀史方輿紀要二四蘇州府。

【江心寺】 寺名。在浙江溫州市甌江江心嶼島上。唐咸通時建造。宋高宗建炎四年由臨安南奔，曾駐此。宋末陸秀夫張世傑曾在此進行抗元鬬爭。參閱浙江通志二三四寺觀九。

【江心鏡】 古代名鏡。唐時，揚州於每年五月五日在江心鑄鏡以進，以後成爲故事。宋代翰苑進撰端午帖子，多用江心鏡事爲祝頌端午的典故。見唐李肇國史補下、宋洪邁容齋詩話五。

【江天寺】 寺名。在今江蘇丹徒縣金山上，舊名澤心寺，又名龍游寺，通名金山寺。宋釋了元（佛印）居此，蘇軾東訪了元，並留玉帶爲贈。軾有以玉帶施元長老元以衲裙相報次韻詩，見分類東坡詩四。清康熙南巡，改名江天寺，刻有碑記和扁額。乾隆曾五次題扁額並製詠蘇軾玉帶詩。見嘉慶一統志九一鎮江府二。

【江州車】 車名。相傳爲三國蜀諸葛亮在四川江州創製，便於在山地運輸糧草，是一種手推獨輪車。水滸傳十六："只見松林裏一字兒擺着七輛江州車兒。"

【江表志】 宋鄭文寶撰。三卷。分記五代南唐李昇（烈祖）、李璟（元宗）、李煜（後主）事。文寶爲南唐舊臣，雜記後主亡國事，可補宋徐鉉等所著江南錄的缺漏。參閱宋陳振孫直齋書錄題解五僞史。

【江表傳】 晉虞溥撰。記述三國魏蜀吳事，對吳國事蹟尤詳。南朝宋裴松之注三國志多徵引江表傳。隋書經籍志著錄二卷，已佚。有清王仁俊輯本。參閱晉書虞溥傳、三國志吳樓玄傳注。

【江城子】 詞調名。又名水晶簾、江神子、村意遠等。唐人詞多爲單調，以韋莊詞三十五字體爲主，其餘皆按韋詞添字至三十七字不等。宋人作雙調七十字。有平韻、仄韻兩體。參閱詞律二。

【江南曲】 樂府相和曲名。一作江南可採蓮。樂府解題："江南古辭，蓋美芳晨麗景，嬉遊得時，……按梁武帝作江南弄以代西曲，有採蓮、採菱，蓋出於此。"參閱樂府詩集二六相和歌辭江南。

【江南好】 詞調名。卽水調歌頭。又詞調憶江南，滿庭芳，皆別稱江南好。但三者字數用韻，各不相同。

【江南弄】 樂府清商曲名。南朝梁天監十一年，梁武帝改西曲製江南上雲樂十四曲，江南弄七曲：卽江南弄、龍笛曲、採蓮曲、鳳笛曲（樂府詩集目錄作鳳笙曲）、採菱曲、遊女曲、朝雲曲。南朝梁沈約作四曲：趙瑟曲、秦筝曲、陽春曲、朝雲曲，也稱江南弄。參閱樂府詩集五十清商曲辭江南弄。

【江都馬】唐江都王李緒,霍王元軌子,垂拱中官至金州刺史。以擅畫馬著名。唐杜甫杜工部詩史補遺五章諷錄事宅觀曹將軍畫馬圖:"國初已來畫鞍馬,神妙獨數江都王。"宋陳師道後山詩注十二題明發高軒過圖:"滕王蛺蝶江都馬,一紙千金不當價。"參閱唐張彥遠歷代名畫記十。

【江陵樂】樂府西曲歌名。西曲歌出於荆郢一帶,江陵古屬荆州地域,是東晉、南朝宋和南齊的重鎮。在清商曲中,江陵樂的音調節奏與吴歌不同,故俗名西曲。參閱樂府詩集四七西曲歌上、四九西曲歌下江陵樂。

【江瑤柱】見"江珧"。

【江萬里】公元?—1275年。宋江西都昌人。字子遠。度宗時,官至同知樞密院兼權參知政事。議論朝政敢於直言不諱,爲賈似道所惡。嘗請似道增師以救襄樊,不應,力求去歸里,後元兵南下,破饒州,萬里時年七十七,赴水而死。參閱宋史四一八江萬里傳。

【江心補漏】比喻救禍已遲,無濟於事。宋王銍續雜纂不濟事:"江心補漏。"元曲選關漢卿救風塵一:"恁時節,船到江心補漏遲,煩惱怨他誰事,要前思免勞後悔。"

【江左夷吾】西晉懷愍二帝爲漢劉曜所虜,瑯玡王司馬睿(元帝)渡江,建東晉王朝,以王導爲丞相,付以國事。司空劉琨在幽州,遣右司馬溫嶠入朝。嶠見導,深自陳結,既出,謂人曰:"江左自有管夷吾,此復何憂。"夷吾,春秋齊管仲;相桓公而成霸業。見世説新語言語、晉書溫嶠傳。

【江西詩派】宋詩流派之一。北宋末,吕居仁作江西詩社宗派圖,推黄庭堅爲宗派之祖,次爲陳師道等二十五人,居仁亦自居其列。以庭堅爲江西人,影響最大,故有江西詩派之稱。庭堅等反對西崑體的華靡詩風,師法杜甫韓愈孟郊張籍,尚工力,重琢磨,自成一家,但要求詩文字字有出處,又追求奇崛,喜作拗體,往往失於晦澀。文獻通考二四九著錄吕居仁江西詩派一百三十七卷,曾紘續十三卷。參見"一祖三宗"。

【江河日下】江河的水日就下游奔流,比喻事物或局勢日趨衰敗。清詩別裁三許續曾睢陽行:"數百年來尚奸宄,江河日下誰能止。"

【江東三羅】指晚唐羅隱羅鄴羅虬,皆江浙人,同應舉,以詩名風格相近,故以三羅並稱。參見"三羅"。

【江東獨步】晉王坦之,字文度,弱冠與郗超俱有重名,時人爲之語曰:"盛德絶倫郗嘉賓,江東獨步王文度。"嘉賓,超字。見世説新語賞譽下、晉書王湛傳附王坦之。

【江郎才盡】比喻文思衰退。詳"江淹"。

【江南別録】宋陳彭年撰。記五代南唐徐溫(義祖)、李昪(烈祖)、李璟(元宗)、李煜(後主)四代事實。宋史藝文志著錄作四卷,今本合爲一卷。所記南唐後主事蹟及見聞最爲詳盡。資治通鑑採用其材料頗多。

【江南野史】宋龍衮撰。以紀傳體記五代南唐事,但不立紀傳名稱。第一卷記先主李昪事,二卷記嗣主璟,三卷記後主煜,四卷以下載大臣宋齊邱等三十人事。原本二十卷,今缺十卷。明代以來已無完本。此書敍述冗雜,所記往往與正史有出入。

【江湖小集】總集名。舊題南宋陳起輯。九十五卷。所收宋代作家共六十二人,其中姚鏞周文璞吴淵許棐四人附有賦和雜文,其餘皆爲詩集。又江湖後集二十四卷,四十九家,其人已見江湖小集者十七家。南宋詩人的作品多因此集而得以保存。

【江湖散人】唐陸龜蒙的別號。新唐書一九六陸龜蒙傳:"不乘馬,升舟設篷席,齎束書、茶竈、筆牀、釣具往來。時謂江湖散人,或號天隨子、甫里先生。"

【江村銷夏録】清高士奇撰。三卷。著錄自藏或親見的書畫,不分類,以時代爲序,起晉王羲之,迄明沈周、文徵明諸家。詳載書蹟原文、畫蹟布局、畫法和跋尾,以及卷軸、紙絹、尺度、印記;並有評語、題跋。考訂不甚精當,間有收錄僞本和標題失實的錯誤。書成於清康熙三十年六月,故以銷夏名編。

【江淮異人録】宋吴淑撰。二卷。書中所記多道流、俠客、術士的事蹟,共二十五人。其中唐代二人,五代南唐二十三人。宋陸游著南唐書曾取材於此。今本從永樂大典輯出。

【江湖十二脚色】元雜劇副末以下的脚色,一般有十二人。男演員七人:卽副末、老生、正生、老外、大面、二面、三面。女演員四人:卽老旦、正旦、小旦、貼旦。打諢一人。故合稱江湖十二脚色。見清李斗揚州畫舫錄五。

汏 1. dài ㄉㄞˋ 徒蓋切,去,泰韻,定。

俗作"汰"。㊀淘,冲洗。儀禮士喪禮"祝淅米于堂"漢鄭玄注:"淅,汏也。"今吴方言讀dà。㊁淘汰,擇去。宋文鑑一三七蘇軾司馬溫公行狀:"康定慶曆籍陝西民爲鄉弓手……縣官知其坐食無用,汏遣歸農。"此義今讀tài。㊂水波。楚辭屈原九章涉江:"乘舲船余上沅兮,齊吴榜以擊汏。"注:"汏,水波也。"

2. tài ㄊㄞˋ 他蓋切,去,泰韻,透。他達切,入,曷韻,透。

㊃過。左傳宣四年:"伯棼射王汏輈及鼓跗,著於丁寧。又射,汏輈以貫笠轂。"注:"汏,過也,箭過車轅上。"釋文及唐石經皆作"汰"。㊄驕奢。通"泰"。禮檀弓上:"汏哉叔氏,專以禮許人。"釋文:"汏,本又作大,音泰,自矜大。"荀子仲尼:"閨門之内,般樂奢汏,以齊之分奉之而不足。"注:"汏,侈也。"

汜 sì ㄙˋ 詳里切,上,止韻,邪。

㊀水分岔流出後又回到主流叫"汜"。詩召南江有汜:"江有汜,之子歸。"㊁不流通的小溝。爾雅釋丘:"窮瀆,汜。"㊂水邊。通"涘"。淮南子道應:"(公孫龍)至於河上,而航在一汜。使善呼者呼之,一呼而航來。"注:"汜,水厓也。"㊃水名。見"汜水㊀"。按:汜、氾二字,古書中多混用。參見"氾"。

【汜水】㊀水名,在河南汜水縣西。水經注五河水:"河水又東合汜水。"漢書作氾水,讀如祀。水經始作汜水,後人多從水經。參見"氾水"。㊁舊縣名。漢爲成皋縣,隋開皇十八年改汜水。清屬河南鄭州。公元1949年與廣武縣合爲成皋縣,併入滎陽縣。參閱讀史方輿紀要四七鄭州。

汊 chà ㄔㄚˋ

分支的小河。如汊港,湖汊。唐韓愈昌黎集二八曹成王碑:"行跐汊川,還不膊。"金元好問遺山集十三善應寺詩之一:"平崗回合盡桑麻,百汊清泉兩岸花。"

汲 jí ㄐㄧˊ 居立切,入,緝韻,見。

㊀引水,取水。莊子至樂:"綆短者不可以汲深。"㊁姓。春秋衛宣公太子汲之後居汲,因以爲氏。見元和姓纂十緝。

【汲引】引進。後比喻爲提拔。漢書三六楚元王傳附劉向上封事:"昔孔子與顏淵子貢更相稱譽,不爲朋黨;禹稷與皐陶傳相汲引,不爲比周。"宋書孝義傳序:

"霜露未改,大痛已忘於心;名節不變,戎車遽爲其首;斯並軌訓之理未弘,汲引之塗多闕。"

【汲古】謂鑽研古籍好像汲水一樣。唐韓愈昌黎集一秋懷詩之五:"歸愚識夷塗,汲古得脩綆。"

【汲汲】㊀急切貌。禮問喪:"其往送也,望望然,汲汲然,如有追而弗及也。"後引申爲追求。漢書八七上揚雄傳:"少嗜欲,不汲汲於富貴,不戚戚於貧賤。"㊁詐僞貌。莊子盜跖:"子之道,狂狂汲汲,詐巧虛僞事也。"釋文:"汲汲,本又作伋伋,音急,又音及。"

【汲直】漢汲黯,武帝時官至主爵都尉,以鯁直見稱。漢書六四下賈捐之傳薦楊興奏:"(興)爲長安令,吏民敬鄉,道路皆稱能。觀其下筆屬文,則董仲舒;進談動辭,則東方生(朔);置之爭臣,則汲直;……可試守京兆尹。"注:"張晏曰:'汲黯方直,故世謂之汲直。'"後來用作諍臣的通稱。宋黃庭堅豫章集二題王黃州墨跡後詩:"諸君發蒙耳,汲直與臣同。"

【汲郡】郡名。晉泰始二年置,尋廢。地在今河南汲縣。參閱晉書地理志上司州。

【汲善】引導使之向善。後漢書五六張晧王龔傳論:"張晧王龔,稱爲雅士,若其好通汲善,明發升薦,仁人之情也。"唐羅隱甲乙集三重送朗州張員外詩:"誠知汲善心誠在,爭奈干時跡轉窮。"

【汲道】引水的渠道。三國志魏張郃傳:"(馬)謖依阻南山,不下據城。郃絶其汲道,擊,大破之。"

【汲綆】汲水的繩。隋書食貨志:"十二年,帝幸江都,是時李密據洛口倉,聚衆百萬。越王侗與段達等守東都。東都城內糧盡,布帛山積,乃以絹爲汲綆,然布以爨。"

【汲縣】縣名,屬河南省。漢置,屬河南郡。晉爲汲郡治。魏以後,郡治遷徙不常而縣不改。明清爲河南衛輝府治。參閱寰宇通志九十衛輝府。

【汲黯】公元前?—前112年。漢濮陽人,字長孺。武帝時爲東海郡太守,後召爲九卿,敢於面折廷諍。武帝外雖敬重,內頗不悅。後出爲淮陽太守,七年而卒。史記漢書皆有傳。

【汲古閣】明末江蘇常熟毛晉藏書閣名。晉喜收藏圖書,積至八萬四千册,因築汲古閣、目耕樓以藏。所刻經史子集四部書籍通稱汲古閣本。其子扆,字斧季,亦精校勘,著有汲古閣祕本書目。清顧湘爲撰汲古閣校正書目,鄭德懋撰汲古閣書目補遺、汲古閣刻板存亡考。參見"毛晉"。

【汲冢書】晉太康二年,汲郡人不準盜發魏襄王墓(或言安釐王冢),得竹書數十車。武帝因命荀勖撰次,以爲中經。見晉書束晳傳、荀勖傳。隋書經籍志有汲冢書並竹書同異一卷。新、舊唐書藝文志有汲冢圖書十卷。

【汲汲忙忙】謂行動急迫或事情繁忙。漢王充論衡書解:"使著作之人,總衆事之凡,典國境之職,汲汲忙忙,何暇著作。"

【汲冢周書】逸周書舊題汲冢周書。詳"逸周書"。

汕 shàn ㄕㄢˋ 所簡切,上,產韻,山。
所晏切,去,諫韻,山。

㊀魚游水貌。說文:"汕,魚游水貌。从水,山聲。詩曰:烝然汕汕。"㊁捕魚的網。爾雅釋器:"罺謂之汕。"注:"今之撩罟。"唐韓愈昌黎集四崔十六少府攝伊陽以詩及書見投因酬三十韻詩:"況住洛之涯,魴鱒可罩汕。"

【汕汕】詩小雅南有嘉魚:"南有嘉魚,烝然汕汕。"傳:"汕汕,樔也。"箋:"樔者,今之撩罟也。"撩罟,即魚網。說文引詩解作游水貌,本三家詩,與毛異義。

【汕碗】把幾杯酒倒在一起的大碗。宋鄭獬觥記注:"汕碗,折酒之大碗也。"又叫折碗。警世通言十一蘇知縣羅衫再合:"徐用心生一計,將大折碗滿斟熱酒,碗內約有斤許。"

汔 qì ㄑㄧˋ 許訖切,入,迄韻,曉。

接近,庶幾。易井:"汔至亦未繘井,羸其瓶。"詩大雅民勞:"民亦勞止,汔可小康。"箋:"汔,幾也。"

汋 zhuó ㄓㄨㄛˊ 士角切,入,覺韻,崇。
市若切,入,藥韻,禪。

㊀激水之聲。見說文"汋"。㊁自然涌出之水。莊子田子方:"夫水之于汋也,无爲而才自然矣。"㊂古樂名。荀子禮論:"故鐘鼓管磬,琴瑟竽笙,韶夏護武汋桓箾〔簡〕象,是君子之所以爲愅詭其所喜樂之文也。"武汋桓皆詩篇名。毛詩古文作"酌",三家詩作"汋"。㊃舀,挹取。通"酌"。穀梁傳僖八年:"鄭伯乞盟以向之逃歸乞之也。……乞者,處其所而請與也,蓋汋之也。"公羊傳汋作"酌"。

【汋約】美好貌。猶綽約。楚辭屈原九章哀郢:"外承歡之汋約兮,諶荏弱而難持。"又柔弱貌。楚辭屈原遠游:"質銷鑠以汋約兮,神要眇以淫放。"

【汋陵】地名。春秋宋地。左傳成十六年:"鄭子罕伐宋,宋將鉏樂懼,敗諸汋陂。退舍於夫渠,不儆,鄭人覆之,敗諸汋陵。"今河南寧陵縣東南有汋陵城。參閱嘉慶一統志一九四歸德府二古蹟。

汛 xùn ㄒㄩㄣˋ 息晉切,去,震韻,心。
蘇佃切,去,霰韻,心。
所賣切,去,卦韻,山。

㊀灑水。見"汛掃"。㊁有季節性的漲水。宋吳文英夢窗稿內稿水龍吟:"怕烟江渡後,桃花又汛,宮溝上,春流緊。"後來多作潮汛字用。如春汛、秋汛。又轉稱婦女月經爲汛。參見"桃花汛"。㊂軍隊戍防地稱汛。見"汛地"。

【汛地】明清謂軍隊防守之地。明臣奏議三三李頤條陳海防疏:"須俟汛報緊急,先以分守之兵,統赴汛地。"清孔尚任桃花扇誓師:"元帥有令,三軍聽者,各照汛地,晝夜嚴防。"

【汛掃】灑掃,掃除。文選漢揚子雲(雄)劇秦美新:"況盡汛掃前聖數千載功業,專用己之私而能享祐者哉!"

汍 huán ㄏㄨㄢˊ 胡官切,平,桓韻,匣。

泣淚貌。見說文。玉篇洹,重文作"汍"。參閱清鄭珍說文新附考五"汍"。

【汍瀾】淚流貌。後漢書二八下馮衍傳顯志賦:"淚汍瀾而雨集兮,氣滂浡而雲披。"

汎 1. fàn ㄈㄢˋ 孚梵切,去,梵韻,滂。

㊀浮起。同"泛"。詩邶風柏舟:"汎彼柏舟,亦汎其流。"㊁廣博。見"汎愛"。

2. féng ㄈㄥˊ 房戎切,平,東韻,並。

㊂見"汎$_2$淫"。

3. fá ㄈㄚˊ 集韻 扶法切,入,乏韻。

㊃見"汎$_3$⿰氵疌"。

【汎汎】㊀流貌。詩小雅采菽:"汎汎楊舟,紼纚維之。"文選晉木玄虛(華)海賦:"或掣掣洩洩於裸人之國,或汎汎悠悠於黑齒之邦。"㊁浮貌。廣雅釋訓:"汎汎,氾氾,浮也。"釋名釋飲食:"汎齊,浮蟻在上,汎汎然也。"

【汎沫】浮起的泡沫。文苑英華一七九虞世南奉和長壽宮詩:"汎沫縈沙嶼,寒澌擁急流。"

【汎酒】古代民俗,三月三日衆集水邊,祓除不祥。用羽觴盛酒,放在曲折的水流中任其浮泛,稱汎酒。又稱流觴或曲水流觴。晉書束晳傳:"武帝嘗問摯虞三日曲水之義,……晳進曰:'……昔周公成洛邑,因流水以汎酒,故逸詩云:羽觴隨波。'"參見"上巳"、"流觴曲水"。

【汎₃涟】微弱聲。一説波浪急流聲。文選漢王子淵(褒)洞簫賦:"又似流波,泡溲汎涟,趍巇道兮。"注:"汎涟,微小貌。又云:波急之聲。"

【汎₂淫】浮游不定貌。史記一一七司馬相如傳上林賦:"汎淫泛濫,隨風澹淡,與波搖蕩,掩薄草渚。"索隱:"汎音馮。"楚辭漢王褒九懷尊嘉:"竊哀兮浮萍,汎淫兮無根。"注:"隨水浮游,乍東西也。"

【汎愛】猶言博愛。論語學而:"汎愛衆而親仁。"莊子天下:"墨子汎愛兼利而非鬭。"

【汎灑】遍灑。文選漢班孟堅(固)東都賦:"雨師汎灑,風伯清塵。"

【汎歷樞】漢人緯書分易書詩禮樂春秋孝經七類,附會經義,稱七緯。詩緯共十八卷,其一爲汎歷樞。原書已佚,有明人古微書及清玉函山房輯佚書輯本。

汐 xī ㄒㄧ 祥易切,入,昔韻,邪。

晚潮。早曰潮,晚曰汐。梁書張纘傳南征賦:"青溢赤岸,控汐引潮。"宋張載正蒙參兩:"至於一晝夜之盈虛升降,則以海水潮汐,驗之爲信。"

【汐社】宋遺民謝翱文社名。明程敏政宋遺民録二:"方鳳謝君皋羽行狀:'後避地浙水東,留永嘉括蒼四年,往來鄞越復五年,……而獨求故老與同志,以證其所得。會友之所名汐社。期晚而信,蓋取諸潮汐。'"

池 1. chí ㄔ 直離切,平,支韻,澄。

㊀城壕,即護城河。左傳僖四年:"楚國方城以爲城,漢水以爲池。"㊁池塘,積水池。詩大雅召旻:"池之竭矣,不云自頻。"㊂承霤,屋檐下承接雨水的天溝。漢書宣帝紀神爵元年:"金芝九莖産于函德殿銅池中。"注:"銅池,承霤是也,以銅爲之。"也指葬車象承霤的棺飾。禮檀弓上:"池視重霤。"疏:"池者,柳車之池也。……生時既屋有重霤以行水,死時柳車亦象宮室,而在車覆鼈甲之下,牆帷之上,織竹爲之,形如籠,衣以青布,以承鼈甲,以象重霤,方面之數,各視生時重霤。"㊃衣被邊緣的鑲飾。玉臺新詠二晉左思嬌女詩:"衣被皆重池,難與沉水碧。"參閱唐顔師古匡謬正俗七池氊。㊄姓。漢有中牟令池瑗,魏有城門侯池仲魚。參閱元和姓纂五支。

2. tuó ㄊㄨㄛ 徒河切,平,歌韻,定。

㊅同"沲"、"陁"。見"陂池"。

【池州】州、府名。本漢鄣郡地,吳於此置石城縣。梁昭明太子以其水魚美,命爲貴池。唐武德四年置池州,取貴池以爲州號。元爲路,明爲府。清因之。附郭首縣貴池縣。公元1912年廢府留縣。參閱元和郡縣志二八江南道四、嘉慶一統志一一八池州府一。

【池苑】有池水林木的地方。後漢書七八侯覽傳:"起立第宅十有六區,皆有高樓池苑,堂閣相望。"唐白居易長慶集十二長恨歌:"歸來池苑皆依舊,太液芙蓉未央柳。"

【池魚】㊀池中的魚。後漢書三二樊宏傳:"池魚牧畜,有求必給。"文選晉潘安仁(岳)秋興賦:"譬猶池魚籠鳥,有江湖山藪之思。"比喻欲歸隱田園,不願受仕宦束縛。㊁比喻無辜受禍者。詳"城門失火"。

【池陽】縣名。秦涇陽縣,漢屬安定郡。漢惠帝四年改置池陽。因在池水之陽而名。故城在今陝西涇陽縣西北。俗名迎冬城。漢建池陽宮於此。參閱元和郡縣志二京兆下涇陽縣。

【池隍】城池。有水叫池,無水叫隍。文選南朝宋顔延年(延之)陶徵士誄:"夫璿玉致美,不爲池隍之寶;桂椒新芳,而非園林之實。"唐李白李太白詩一大鵬賦:"既服御于靈仙,久馴擾于池隍。"

【池榭】池沼臺榭。宋史二六五張齊賢傳:"以司空致仕。……歸洛,得裴度午橋莊,有池榭松竹之盛,日與親舊觴詠其間,意甚曠適。"

【池閣】池畔的樓閣。後漢書四二東平憲王蒼傳:"帝饗衛士於南宮,因從皇太后周行掖庭池閣,乃閲陰太后舊時器物,愴然動容。"

【池氊】有邊飾的毛氊。宋趙令畤侯鯖録一:"禮云:'魚躍拂池'。池者,緣飾之名,謂其形象水池耳。……今人被頭別施帛爲緣者,猶呼爲被池,此氊亦爲有緣,故得名池耳。"

【池籞】㊀帝王的園林。折竹用繩聯結,使人不得往來,謂之籞。漢書宣帝紀地節三年:"又詔:'池籞未御幸者,假與貧民。'"注:"蘇林曰:'折竹以繩縣連禁禦,使人不得往來,律名爲籞。'……應劭曰:'池者,陂池也。籞者,禁苑也。'"㊁用竹籬圈成的養魚塘。南朝梁沈約沈隱侯集一天淵水鳥應詔賦:"飛飛忽云倦,相鳴集池籞。"

【池鹽】以池水提煉製成的鹽。山西、陝西、甘肅等省皆産池鹽,其最著者爲山西之解虞縣。漢書地理志上河東郡安邑注:"鹽池在西南。"歷代池鹽産銷及設官等情況,參閱文獻通考十五、十六鹽鐵。

【池中物】比喻蟄居一隅,沒有遠大抱負的人。三國志吳周瑜傳:"劉備以梟雄之姿,而有關羽張飛熊虎之將,必非久屈爲人用者。……恐蛟龍得雲雨,終非池中物也。"唐杜甫杜工部草堂詩箋五上韋左相二十韻:"豈是池中物,由來席上珍。"

【池北偶談】清王士禛撰。二十六卷。所記多爲明清典章制度及人物言行,亦雜有神怪奇異之事。其中談藝九卷,評論詩畫,創神韻說。士禛宅西有圃,圃中有池,池北建屋藏書,因取唐白居易池北書庫之名,而名其書爲池北偶談。

【池塘生春草】南朝宋詩人謝靈運的名句。文選謝靈運登池上樓詩:"池塘生春草,園柳變鳴禽。"相傳靈運極賞從弟惠連,云:"每有篇章,對惠連輒得佳語。"嘗於永嘉西堂思詩,竟日不就,忽夢見惠連,即得"池塘生春草",自以爲得神助。參閱南朝梁鍾嶸詩品中引謝氏家録、南史謝方明傳附謝惠連。

汝 rǔ ㄖㄨˇ 人渚切,上,語韻,日。

㊀你。書舜典:"汝陟帝位。"史記五帝紀作"女登帝位"。㊁水名。見"汝水"。㊂姓。漢末有汝臣,起兵反對王莽。見漢書九九下王莽傳。參閱通志二八氏族四以名爲氏。

【汝水】水名。1. 源出河南魯山縣大盂山,流經寶豐、襄城、郾城、上蔡、汝南,而注入淮河。左傳成十七年,諸侯圍鄭,楚救鄭,駐軍於汝上,即此水。見讀史方輿紀要四六河南一汝水。2. 古盱水,也稱盱江,又名臨川江、建昌江、撫河。源出江西廣昌南驛前鎮,東北流經南豐、南城,折西北,又經臨川,在箭港附近分兩支:主流在康山處入鄱陽湖,另一支經南昌市入贛江。參閱讀史方輿紀要八六建昌府廣昌縣盱水。

【汝州】地名。漢梁縣。北魏汝北郡,北齊改爲汝陰。隋大業二年改伊州置汝州。以州境內有汝水而名。自唐以來名稱屢有變更,俱以梁縣爲治所。明省縣入州。清爲直隸州,屬河南省。公元1913年改爲臨汝縣。參閱寰宇通志八八南陽府、讀史方輿紀要五一汝州。

【汝河】水名。1. 北汝河。源出河南嵩縣南外方山，東北流經汝陽臨汝，又東南流經郟縣襄城，與沙河(卽古溵水)匯合，遂稱沙河，東流歷郾城商水，匯合於潁河。2. 南汝河，源出河南泌陽縣黃山，東北流經遂平，又東南流，接納汝河故道水爲南汝河，經汝南新蔡，匯合於洪河(卽古滍水)。參閱讀史方輿紀要五十歸德府汝水、滍水。

【汝帖】法帖名。宋大觀三年汝州郡守王寀集古碑古刻中字，萃爲帖，託名爲某人所書，刻石置郡署中，分爲十二卷，每卷後蓋有汝州印章，及寀所題標目。內容駁雜，不爲人重。參閱宋曾宏父石刻鋪敍下汝帖、黃伯思東觀餘論上汝州新刻諸帖辨。

【汝南】郡名。漢高帝四年置。治所在上蔡，東漢移治平輿，晉移治懸瓠城，隋開皇初廢。唐改蔡州豫州爲汝南郡。宋爲汝南郡淮康軍，至金廢。參閱金史地理志中蔡州、嘉慶一統志二一五汝寧府一。

【汝曹】汝輩，你們。多用於長輩稱後輩。後漢書二四馬援傳誡兄子嚴敦書:“汝曹知我惡之甚矣，所以復言者，……欲使汝曹不忘之耳。”唐杜甫杜工部草堂詩箋二一渡江:“戲問垂綸客，悠悠見汝曹。”

【汝陽】縣名。西漢置。屬汝南郡。以在汝水之北而名。三國魏正元二年司馬師擊毌丘儉自灑橋進屯汝陽，卽此。隋改爲溵水縣，分上蔡縣地別置汝陽縣。元明清爲汝南府治所。公元 1914 年改名汝南。隋前故城在河南商水縣西北。參閱寰宇通志八七汝寧府汝陽縣。

【汝寧】府名。漢汝南郡，唐蔡州。元至元三十年升爲汝寧府。明清皆屬河南省，公元 1913 年廢，以附郭首縣汝陽縣改名汝南縣。參閱讀史方輿紀要五十汝寧府。

【汝窯】宋代著名瓷窯之一。窯址在今河南臨汝縣，古屬汝州，故名。宋大觀元年，以定州白瓷多芒，命將作少監蕭服於汝州建青瓷窯。有天青、卵白、粉青等色，汁水瑩厚如堆脂，椶眼隱若蟹爪，底有芝蔴花細小掙釘。較之官窯，質製尤滋潤。參閱宋缺名百寶總珍集九青器、清朱琰陶說二汝窯。

【汝墳】古汝水上的堤防。詩周南汝墳:“遵彼汝墳，伐其條枚。”傳:“汝，水名也。墳，大防也。”唐孟浩然集三行至汝墳寄盧徵君詩:“行乏憩余駕，依然見汝墳。”

【汝南雞】汝南的長鳴雞。樂府詩集八三雜歌謠辭雞鳴歌:“東方欲明星爛爛，汝南晨雞登壇喚。”南朝陳徐陵徐孝穆集一烏棲曲之二:“唯憎無賴汝南雞，天河未落猶爭啼。”

【汝南月旦】東漢許劭字子將，汝南平輿人，與從兄靖俱有高名，好共覈論鄉黨人物，每月輒更其品題，故汝南俗有“月旦評”。見後漢書六八許劭傳。後稱品評人物爲汝南月旦，本此。

【汝南遺事】元王鶚撰，四卷。鶚於金哀宗時任左右司員外郎，此書爲其在蔡州被圍時所作，故以汝南命名。所記自天興二年六月至三年正月，按日編載，有綱有目，共一〇七條，末附總論，皆所身親目擊之事，翔實可信。

四　畫

汴 biàn ㄅㄧㄢˋ 皮變切，去，線韻，並。

說文作“汳”。㊀水名。見“汴河”。㊁舊時稱開封爲汴梁，河南省爲汴省，皆以汴河所流經之故。

【汴州】春秋時鄭地，戰國魏都。東魏置梁州。北周改北齊梁州置汴州。五代梁以此爲都，開平元年改爲開封府，號東都。後唐復爲汴州。後晉復爲開封府，號東京。北宋相沿。金主亮貞元元年自上京遷都於燕，稱中都，旋改名北京，而以此爲南京。卽今河南開封市。參閱文獻通考三二〇輿地六開封府、讀史方輿紀要四七開封府。

【汴河】也稱汳水、汴水、汴渠。其上流受黃河水爲古滎瀆，也叫南濟；在滎陽的一段叫蒗蕩渠；向東流叫官渡水。又東流到大梁城北，叫陰溝。按汴渠故道有二：1. 爲古汴河故道，由河南省的舊鄭州、開封、歸德北境，流經江蘇省的舊徐州合泗水入淮河，卽水經注載的汴獲二水的河道，元時爲黃河所奪，今已淤塞。2. 爲隋以後的汴河故道，由前故道至河南商丘縣治南，改東南流經安徽的宿縣、靈壁、泗縣入淮河。隋煬帝幸江都，唐宋漕運東南各省的糧粟入京師，皆由此道。今久湮廢，僅泗縣尚有汴水斷渠。

【汴京】五代梁晉漢周、北宋及金(完顏亮、珣)皆以汴州爲京都，故稱汴京。在今河南開封市。參見“汴州”、“汴梁”。

【汴省】河南省的簡稱。元史一五〇何瑋傳:“擢河南行省平章政事，佩金虎符，提調屯田事，帝召至榻前面諭曰:‘汴省事重，屯田久廢，卿當爲國竭力。’”

【汴梁】地名。今河南開封市。戰國時爲魏大梁地。晉時東魏置梁州，隋唐改汴州。五代梁晉漢周及北宋皆建都於此，北宋稱汴京。元至元二十五年改南京路爲汴梁路，明洪武元年改開封府。參閱元史地理志二汴梁路。參見“大梁㊀”。

【汴京遺蹟志】明李濂撰。二十四卷。詳述自五代後梁至金元數百年間開封建置沿革，列敍興廢存亡之跡，其間考證，以精審見稱。

沆 hàng ㄏㄤˋ 胡朗切，上，蕩韻，匣。
胡郎切，平，唐韻，匣。

見下。

【沆漑】見“沆瀣”。

【沆漭】水波浩渺貌。後漢書六十馬融傳廣成頌:“瀇瀁沆漭，錯紾槃委。”晉書成公綏傳天地賦:“滄海沆漭而四周，懸圃隆崇而特起。”參見“漭沆”。

【沆碭】天上的白氣。漢書禮樂志郊祀歌西顥:“西顥沆碭，秋氣肅殺。”注:“沆碭，白氣之貌也。”泛指秋氣。宋王安石臨川集十五江亭晚眺詩:“日下崦嵫外，秋生沆碭間。”

【沆瀁】水深廣貌。文選晉左太沖(思)吳都賦:“泓澄奫潫，澒溶沆瀁，莫測其深，莫究其廣。”

【沆瀣】楚辭屈原遠遊:“飡六氣而飲沆瀣兮，漱正陽而含朝霞。”注引陵陽子:“冬飲沆瀣者，北方夜半氣也。”史記一一七司馬相如傳上林賦:“澎濞沆瀣，穹隆雲撓。”漢書文選皆作“沆漑”。一說，沆漑，本訓水流聲。參閱清鄭珍說文新附考三“瀣”。

【沆瀣一氣】宋錢易南部新書戊:“又乾符二年，崔沆放崔瀣。譚者稱‘座主門生，沆瀣一氣’。”後用以喻臭味相投。

汸 1. pāng ㄆㄤ 府良切，平，陽韻，幫。

㊀通“滂”。見“汸汸”。

2. fāng ㄈㄤ

㊁通“方”。見“汸₂泉”。

【汸汸】水流盛貌。引申爲盛多。荀子富國:“若是則萬物得宜，事變得應，上得天時，下得地利，中得人和，財富渾渾如泉源，汸汸如河海，暴暴如丘山，……夫天下何患乎不足也。”注:“汸讀爲傍，水多貌也。”

【汸₂泉】泉名。唐元結元次山集六七泉銘汸泉銘:“古之君子，方以全道。吾命汸泉，方以終老。”按該銘序汸，甫亡切。

汶 1. wèn ㄨㄣˋ 亡運切,去,問韻,明。

㊀水名。見"汶河"。

2. mén ㄇㄣˊ 集韻 謨奔切,平,魂韻。

㊁汚辱。見"汶₂汶₂"。

【汶上】㊀卽汶水流域,古齊地。論語雍也:"季氏使閔子騫爲費宰。閔子騫曰:'善爲我辭焉!如有復我者,則吾必在汶上矣。'"注:"去之汶水上,欲北如齊。"文選三國魏應休璉(璩)與從弟君苗君胄書:"思樂汶上,每發於夢寐。"㊁縣名。屬山東省。漢爲東平陸縣,屬東郡。隋改平陸,唐改中都。金貞元元年更名汶陽,泰和八年改汶上,淸屬兗州府。參閱金史地理志中、寰宇通志七三東平州。

【汶山】郡名、縣名。漢武帝元封二年分蜀郡北境置汶川郡,宣帝地節三年併入蜀郡。三國蜀、西晉復置汶山郡,唐改爲茂州。屬縣有汶山,隋仁壽元年置,至明洪武初併入茂州。今四川北川、汶川、茂汶羌族自治縣等地。參閱隋書地理志上、文獻通考三二一輿地七茂州。

【汶川】縣名,屬四川省。漢綿虒縣。晉爲汶川州,北周置縣,故城在今縣西。明徙今治,明淸皆屬茂州。參閱寰宇通志六一成都府茂州。

【汶水】水名。1. 汶河。見該條。2. 源出山東臨朐縣南沂山瀑布泉,東流經安丘縣,入濰河。參閱水經注二四汶水。3. 源出山東費縣,東南流入沂河,也稱小汶水。按以上三汶水皆在山東境內,齊乘所謂"齊有三汶",卽此。4. 汶江,卽四川省的岷江。汶讀同"岷"。三國蜀劉禪(後主)登觀坂看汶水之流,卽此。

【汶₂汶₂】汚垢,汚辱。楚辭屈原漁父:"安能以身之察察,受物之汶汶者乎?"注:"蒙垢塵也。"史記屈原傳索隱以汶汶爲昏暗不明。

【汶河】在山東省,運河上游。正流爲大汶河。出萊蕪縣東北原山,西南流經泰安縣治東。石汶水自泰山東麓東南流來會。牟汶水自萊蕪東山合浯汶瀛汶諸水西流來會。北汶水自泰山西麓分流來會。小汶河卽柴汶水。自新泰縣東北龍堂山合諸流來會。匯以西流,至東平縣,與入黃河之大淸河小淸河合流相會,又西至汶上縣,西南入運河。

【汶陽】㊀春秋時魯國地。左傳僖元年載,魯僖公賜季友汶陽之田,又成二年載,魯成公時"齊人歸我汶陽之田",皆卽此。㊁縣名。漢魯縣,北齊改爲任城郡。隋開皇三年廢郡,次年改置汶陽縣,十六年改名曲阜。故城在今山東寧陽縣北。參閱漢書地理志下、隋書地理志下。

【汶濁】玷汚。漢王充論衡對作:"光武皇帝草車茅馬,爲明器者不姦,何世書俗言不載?信死之語汶濁之也。"

沈 1. chén ㄔㄣˊ 直深切,平,侵韻,澄。

也作"沉"。㊀没於水中。詩小雅菁菁者莪:"汎汎楊舟,載沈載浮。"戰國策秦四:"決晉水以灌晉陽,城不沈者三板耳。"㊁溺於所好。書胤征:"沈亂於酒,畔官離次。"墨子非命中:"内沈於酒樂,而不顧其國家百姓之政。"非命下作"湛"。㊂深,潛伏。莊子外物:"心若縣於天地之間,慰暋沈屯。"戰國策燕三:"鞫武曰:燕有田光先生者,其智深,其勇沈,可與之謀也。"素問至真要大論:"太陰之至其脈沈。"引申爲埋没之意。文選晉左太沖(思)詠史詩之二:"世胄躡高位,英俊沈下僚。"㊃重,分量大。紅樓夢四十:"那劉老老入了座,拿起箸來,沈甸甸的不伏手。"㊄色深而澤。周禮考工記弓人:"漆欲測,絲欲沈。"注:"如在水中時色。"㊅水中汚泥。莊子達生:"沈有履。"釋文:"司馬本作'沈有漏',云沈,水汙泥也。"㊆見"沈沈"。

2. shěn ㄕㄣˇ 式任切,上,寢韻,審。

㊇汁。通"瀋"。禮檀弓下:"爲榆沈,故設撥。"釋文:"沈,本作審,同,昌審反。"㊈春秋列國名。爲蔡所滅。見春秋定四年。故地在河南汝南縣東。㊉姓。春秋楚有沈尹戌沈諸梁。

3. tán ㄊㄢˊ 集韻 徒南切,平,覃韻。

㊉㊀見"沈₃沈₃"。

【沈水】㊀水名。1. 在今四川射洪縣東南。水經注三二梓潼水:"沈水,出廣漢縣,下入涪水也。"後漢建武十一年光武將臧宫大破公孫述將延岑於沈水,卽此水。2. 卽陝西滈水。詳"滈水"。㊁沈香的別名。宋胡宿文恭集五侯家詩:"彩霞按曲青岑醴,沈水薰衣白璧堂。"

【沈牛】㊀水牛。史記一一七司馬相如傳上林賦:"其獸則 旄貘犛,沈牛麈麋。"集解引漢書音義:"沈牛,水牛也。"㊁古時把牛沈於水中,以祭山林川澤。全唐詩七七駱賓王疇昔篇:"長途看東馬,平水且沈牛。"

【沈生】樹名。香木的一種。傳說方丈山有恒春樹,葉如蓮花,芬芳如桂,花隨四時之色。一名沈生。見舊題晉王嘉拾遺記十方丈山。

【沈丘】縣名,屬河南省。春秋楚寢丘邑,漢置寢縣,屬汝南郡。東魏置財州,北齊改置褒信縣。隋廢。唐神龍二年置沈丘縣,屬潁州。淸屬河南陳州府。參閱嘉慶一統志一九一陳州府一。

【沈斥】鹹鹵性的水田。漢書刑法志:"除山川沈斥,城池邑居,園囿術路,三千六百井,定出賦六千四百井。"王先謙補注引王念孫謂沈當作"沆",或作"吭"。沆與斥,同訓澤地,故以沆斥連文。

【沈羽】不能浮羽毛的水。淮南子時則:"西方之極,自崑崙絶流沙沈羽,西至三危之國。"抱朴子論仙:"重類應沈,而南海有浮石之山;輕物當浮,而牂牁有沈羽之流;萬殊之類,不可以一概斷之。"

【沈伏】㊀滯鬱。國語周下:"爲之六閒,以揚沈伏而黜散越也。"注:"呂,陰律,所以侶閒陽律,成其功,發揚滯伏之氣,而去散越者也。"㊁脈搏隱伏,須力按方能觸知者。素問四氣調神大論"腎氣獨沈"唐王冰注:"沈,謂沈伏也。"㊂指官職不顯。晉書段灼傳:"臣受恩三世,剖符守境,試用無績,沈伏三年。"

【沈沈】㊀盛貌。淮南子俶眞:"茫茫沈沈,是謂大治。"文選南朝齊謝玄暉(朓)始出尚書省詩:"衰柳尚沈沈,凝露方泥泥。"注:"沈沈,茂盛之貌也。"㊁深沉貌。南朝梁何遜何水部集宿南洲浦詩:"沈沈夜看流,淵淵朝聽鼓。"唐杜甫杜工部草堂詩箋三醉時歌:"淸夜沈沈動春酌,燈前細雨簷花落。"

【沈₃沈₃】深邃貌。史記陳涉世家:"入宫,見殿屋帷帳,客曰:'夥頤!涉之爲王沈沈者!'"集解引應劭:"沈沈,宫室深邃之貌也。"

【沈₂宋】唐詩人沈佺期宋之問的並稱。魏建安以後,詩律屢變,至南北朝時沈約庾信,重視聲律,屬對精密。至沈佺期宋之問,於聲律外又加靡麗,時人效之,號爲沈宋,有"蘇李居前,沈宋比肩"之說。其詩稱沈宋體。蘇李指蘇武李陵。唐李商隱李義山詩集六漫成之一:"沈宋裁辭矜變律,王楊落筆得良朋。"王楊指王勃楊炯。參閱新唐書二〇二宋之問傳。

【沈吟】㊀深思。文選魏武帝(曹操)短歌行:"但爲君故,沈吟至今。"後漢書三五曹褒傳:"晝夜精研,沈吟專思。"㊁猶豫不決。後漢書十三隗囂傳:"(王)遵知囂必敗滅,而與牛邯舊故,知其有歸義意,以書喻之。……邯得書,沈吟十餘日，乃謝士衆，歸命洛陽。”

【沈₂彤】公元 1688—1752 年。清吳江人，字冠雲。專研諸經，尤精三禮，乾隆時曾參與編修三禮和一統志，撰有周官祿田考、儀禮小疏、果堂集、春秋左傳小疏等。

【沈₂周】公元 1427—1509 年。明長洲人，字啟南，號石田。能文，工書畫。字仿黃庭堅，爲世所重。其畫遠師董源巨然，山水花卉，無不精妙，明王穉登丹青志列其畫爲神品，稱當代第一。後人以與唐寅文徵明仇英並稱爲明代四大家。明史有傳。

【沈₂度】公元 1357—1434 年。明華亭人，字民則，號自樂。善篆、隸、真、行、八分書。成祖以度能書，詔入翰林，朝中重要文書，必命度書寫，累官至翰林學士。其書平整圓潤，成爲標準的官書體，稱臺閣體。弟粲亦以善書爲翰林待詔，與度並號大小學士。明史有傳。參見“館閣體”。

【沈迷】專心致志，陷溺。文選魏劉公幹（楨）雜詩：“沈迷簿領書，回回自昏亂。”宋書顏延之傳荀赤松奏：“交遊闒茸，沈迷麴蘖，橫興譏謗，詆毀朝士。”

【沈₂括】公元 1030—1094 年。宋錢塘人，字存中。嘉祐間擢進士，提舉司天監，累官翰林學士、三司使。博學能文，通天文、曆算、方志、音樂、醫藥，始置渾儀、景表、浮漏等天文儀器，造新曆，爲後世所采用。嘗創隙積、會圓兩術，補九章算術所未及，開後世垛積術及弧矢割圓術之先河。著有夢溪筆談、長興集等書。宋史有傳。

【沈厚】樸實穩重。晉書陳騫傳：“騫沈厚有智謀。”新唐書九三李靖傳：“靖每參議，恂恂似不能言，以沈厚稱。”

【沈勇】深沈而果敢。漢書六九趙充國傳：“爲人沈勇有大略，少好將帥之節，而學兵法，通知四夷事。”又七十陳湯傳：“湯爲人沈勇有大慮，多策謀喜奇功。”

【沈思】深深思念或思考。文選晉陸士衡（機）擬古詩擬涉江采芙蓉：“沈思鍾萬里，躑躅獨吟歎。”後漢書七九下李育傳：“少習公羊春秋，沈思專精，博覽書傳，知名太學。”

【沈香】香木。木材與樹脂可供細工用材及薰香料。其黑色芳香，脂膏凝結爲塊，入水能沈，故名沈香；其不沈不浮與水平者名棧香。佛經中作阿伽嚧香。世說新語汰侈：“石崇廁常有十餘婢侍列，皆麗服藻飾，置甲煎粉沈香汁之屬，無不畢備。”參閱梁書林邑國傳、翻譯名義集三衆香。

【沈重】深沈莊重。後漢書三九劉愷傳陳忠薦疏：“伏見前司徒劉愷，沈重淵懿，道德博備。”

【沈₂重】公元 500—583 年。南朝梁吳興武康人，字子厚。仕梁爲五經博士，周武帝禮聘至京師，詔令討論五經義，又於紫極殿講三教義，朝士儒生桑門道士聽者二千餘人。授驃騎大將軍、開府儀同三司，露門博士。後復歸梁。著有周禮義、儀禮義、禮記義、毛詩義等，皆佚。有玉函山房輯佚本。周書、北史皆有傳。

【沈₂約】公元 441—513 年。南朝宋武康人，字休文。博通羣籍，能爲文。歷仕宋齊梁。初任記室，齊文惠太子時校四部圖書，遷太子家令。入梁拜尚書僕射，封建昌縣侯，官至尚書令，卒謚隱。約於詩，主四聲八病之說，與謝朓王融等相善，諸人所作皆重聲律對仗，人稱永明體。所著有宋書、四聲韻譜等，明人輯有沈隱侯集。梁書南史有傳。

【沈浸】漸漬，滲透。唐韓愈昌黎集十二進學解：“沈浸醲郁，含英咀華。”

【沈浮】㊀升降，隨波逐流。莊子知北遊：“天下莫不沈浮，終身不故。”史記一二四游俠傳序：“今拘學或抱咫尺之義，久孤於世，豈若卑論儕俗，與世沈浮而取榮名哉？”㊁多。文選漢揚子雲（雄）長楊賦：“英華沈浮，洋溢八區，普天所覆，莫不沾濡。”注：“沈浮，言多也。”

【沈冥】隱晦，泯滅無迹。漢揚雄法言問明：“蜀莊沈冥，……久幽而不改其操，雖隋和何以加諸。”注：“晦迹不仕，故曰沈冥。”世說新語棲逸：“阮光祿（裕）在東山，蕭然無事，常內足於懷。有人以問王右軍（羲之），右軍曰：‘此君近不驚寵辱，雖古之沈冥，何以過此。’”此謂沈冥之人，指隱士。

【沈眠】熟睡。唐李商隱李義山詩集六花下醉：“尋芳不覺醉流霞，倚樹沈眠日已斜。”

【沈淖】沒溺。猶沈淪。楚辭漢東方朔七諫：“世沈淖而難論兮，俗岭峨而嵾嵯。”

【沈淪】㊀汩沒，埋沒。楚辭漢劉向九嘆愍命：“或沈淪其無所達兮，或清激其無所通。”注：“言或有耳目沈沒，無所照見。”後漢書七六孟嘗傳楊喬薦嘗書：“嘗安仁弘義，耽樂道德，……而沈淪草莽，好爵莫及。”㊁死之婉稱。三國志魏高堂隆傳上疏：“臣百疾所鍾，氣力稍微，輒自輿出，歸還離舍。若遂沈淪，魂而有知，結草以報。”

【沈冤】積久不得昭雪的冤案。太平廣記四九二靈應傳：“妾家世會稽之鄮縣，……其後遭世不造，瞰室貽災，五百人皆遭庾氏焚炙之禍，纂紹既絕，不忍戴天，潛遁幽巖，沈冤莫雪。”

【沈陰】謂積雲多雨的天氣。禮月令季春之月：“季春……行秋令，則天多沈陰，淫雨蚤降，兵革並起。”

【沈湎】謂沈溺於酒。書泰誓上：“沈湎冒色，敢行暴虐。”注：“沈湎，嗜酒。”史記宋世家：“紂沈湎於酒。”書微子作“沈酗于酒”。

【沈痛】深切哀痛。文選南朝宋謝靈運廬陵王墓下作詩：“眷言懷君子，沈痛結中腸。”

【沈達】深通事理。文苑英華四〇八唐常袞授崔灌（唐書作瓘）湖南觀察使制：“更於臺閣，練達朝章，而識略沈達，可以專方面之任。”

【沈酣】痛飲感到暢快。全唐詩六一一皮日休酒城詩：“萬仞峻爲城，沈酣浸其俗。”引申指醉心於其事。宋呂南公灌園集十與汪秘校論文書：“於列莊見道之書，於六經見道之訓，於百家見道之所以文而文之所以得，於十八代史見道之所以變，沈酣而演繹之。”

【沈菀】沈悶積鬱。楚辭屈原九章思美人：“申旦以舒中情兮，志沈菀而莫達。”注：“補曰：‘菀音鬱，積也。’”也作“沈鬱”。參見“沈鬱”。

【沈著】著實而不浮躁。宋范成大石湖集三一讀白傳洛中老病後詩戲書詩：“陶寫賴歌酒，意象頗沈著。”參見“沈著痛快”。

【沈雄】沈毅而雄健。後漢書十四宗室四王三侯傳贊：“齊武沈雄，義戈乘風，倉卒匪圖，亡我天工。”光武帝兄劉縯，爲劉玄所殺，追謚爲齊武王。

【沈飲】猶痛飲。文選南朝宋顏延年（延之）五君詠劉參軍詩：“韜精日沈飲，誰知非荒宴？”

【沈溺】㊀風濕病。左傳成六年：“郇瑕氏土薄水淺，……於是乎有沈溺重膇之疾。”㊁沈沒於水。三國志魏傅嘏傳：“又昔孫權遣兵入海，漂浪沈溺，略無孑遺。”㊂謂不改積習。後漢書四九仲長統傳昌言理亂：“至於運徙勢去，猶不覺悟者，豈非富貴生不仁，沈溺致愚疾邪？”㊃指陷於困厄痛苦之中。文選漢司馬長卿（相如）難蜀父老：“夫拯民於沈溺，奉至尊之休德，反衰世之陵夷，繼周氏之絕業，天子之亟務也。"

【沈疴】重病。文選南朝梁沈休文(約)齊故安陸昭王碑文:"聞凶哀震，感絕移時，因遘沈疴，緜留氣序。"

【沈痼】積久難治的病。文選三國魏劉公幹(楨)贈五官中郎將詩之二:"余嬰沈痼疾，竄身清漳濱。"引申爲難改的陋習積弊。宋史四一三趙與懽傳:"每言'端平以來竄黜吏，禁包苴，戒奔競，戢橫斂，而風俗沈痼自若'。"

【沈頓】疲憊不振。文選三國魏吳季重(質)與魏太子牋:"小器易盈，先取沈頓，醒寤之後，不識所謂。"晉書謝安傳上疏:"冀日月漸瘳，繕甲俟會，更思奮迅，而所患沈頓，有增無損。"

【沈膇】左傳成六年:"郇瑕氏土薄水淺，……於是乎有沈溺重膇之疾。"沈溺，濕疾；重膇，足腫。後引申泛指氣力薄弱。南朝梁劉勰文心雕龍才略:"李充賦銘，志慕鴻裁；而才力沈膇，垂翼不飛。"

【沈₂腰】梁書沈約傳與徐勉書:"……百日數旬，革帶常應移孔；以手握臂，率計月小半分。以此推算，豈能支久？"言以多病而腰圍減損。後因以沈腰作身體瘦損的通稱。南唐李煜(後主)破陣子詞:"一旦歸爲臣僕，沈腰潘鬢消磨。"宋范成大石湖集二九次韻虞子建見咍贕帶作醮詩:"莫嫌憔悴沈腰瘦，且喜間關秦璧歸。"

【沈鳧】水鳥。爾雅釋鳥:"鷉，沈鳧。"注:"似鴨而小，長尾，背上有文。今江東亦呼爲鷉，音施。"埤雅釋鳥:"沈鳧善没，而又容與，與波上下。故昔之散人慕焉。"

【沈滯】㊀積滯而不通暢。國語周下:"氣不沈滯，而亦不散越。"注:"沈，伏也。滯，積也。"㊁隱退。楚辭宋玉九辨:"願沈滯而不見兮，尚欲布名乎天下。"後漢書五二崔駰傳達旨:"故英人乘斯時也，猶逸禽之赴深林，蝱蚋之趣大沛，胡爲嘿嘿而久沈滯也？"㊂指仕宦不得升進。後漢書七九上尹敏傳:"敏對曰，讖書非聖人所作，……帝深非之，雖竟不罪，而亦以此沈滯。"㊃拖延不決。後漢書四五袁安傳詔:"久議沈滯，各有所志，蓋事以議從，策以衆定，……君何尤而深謝？"

【沈齊】酒名，五齊之一。周禮天官酒正:"五曰沈齊。"注:"沈者，成而滓沈，如今造清矣。"參見"五齊㊀"。

【沈疑】遲疑深思。宋書蔡興宗傳:"又朝廷諸所行造，民間皆云公悉豫之，今若沈疑不決，當有先公起事者，公亦不從附免之禍。"

【沈綿】經久不癒之病，久病不癒。唐杜甫杜工部草堂詩箋三十秋日夔府詠懷奉寄鄭監李賓客一百韻:"雕蟲蒙記憶，烹鯉問沈綿。"又三四送高司直尋封閬州:"長卿消渴再，公幹沈綿屢。"

【沈潛】㊀書洪範:"高明柔克，沈潛剛克。"傳:"沈潛謂地。"後來因以沈潛爲柔德，指含蘊不外露。㊁浸潤。文選漢揚子雲(雄)劇秦美新:"厥被風濡化者，京師沈潛，甸內匝洽，侯衛厲揭，要荒濯沐。"唐韓愈昌黎集十五上兵部李侍郎書:"沈潛乎訓義，反覆乎句讀，礱磨乎事業而奮發乎太平。"

【沈毅】深沈而剛毅。後漢書二十祭肜傳:"肜性沈毅內重，自恨見詐無功，出獄數日，歐血死。"三國志魏曹爽傳注引魏略:"(丁)謐少不肯交遊，但博觀書傳，爲人沈毅，頗有才略。"

【沈醉】大醉。三國志蜀蔣琬傳:"除廣都長。先主(劉備)嘗因游觀奄至廣都，見琬衆事不理，時又沈醉，先主大怒，將加罪戮。"

【沈憂】深憂。文選三國魏曹子建(植)雜詩之二:"去去莫復道，沈憂令人老。"又晉張景陽(協)雜詩之一:"感物多所懷，沈憂結心曲。"

【沈慮】深謀遠慮。新唐書一三八李抱真傳:"沈慮而斷，抱玉(抱真從兄)屬以軍事。"

【沈墨】沈寂幽闇。淮南子道應:"南游乎岡㝗之野，北息乎沈墨之鄉，西窮窅冥之黨，東開鴻濛之先，……其餘一舉而千萬里，吾猶未能之在。"

【沈黎】郡名。漢武帝元鼎六年以莋都置沈黎郡，至天漢四年廢。參閱漢書武帝紀、嘉慶一統志四〇三雅州府古蹟。

【沈₂羲】仙人名。以有功於民，心不忘道，升天成仙。北周庾信庾子山集九謝趙王賚犀帶等啟:"昔沈羲將盡，逢司命而還生；士燮行埋，值仙人而更活。"參閱雲笈七籤一〇九舊題晉葛洪神仙傳。

【沈閼】指閼伯和實沈。左傳昭元年:"高辛氏有二子：伯曰閼伯，季曰實沈。居于曠林，不相能也，日尋干戈以相征討。"後因以沈閼作兄弟相殘的典故。隋書河間王(楊)弘傳李密與弘子慶書:"又王之昏主，心若豺狼，讎忿同胞，有逾沈閼，惟勇及諒，咸磬甸師，況乃族類爲非，何能自保！"

【沈邃】精深。梁慧皎高僧傳三曇摩密多:"爲人深邃有慧解，儀軌詳正。"

【沈檀】沈香與檀香。梁書盤盤國傳:"中大通元年五月，累遣使貢牙像及塔，並獻沈檀等香數十種。"

【沈壓】埋没。宋陸游渭南文集二八跋東坡祭陳令舉文:"其言天人予奪之際，雖若出憤激，然士抱奇才絕識，沈壓擯廢，不得少出一二，則其肝心凝爲金石，精氣去爲神明，亦烏足怪。"

【沈鷙】深沈勇猛。新唐書一三六李光弼傳贊:"李光弼生戎虜之緒，沈鷙有守。"又一五四李愬傳:"愬沈鷙，務推誠待士，故能振其卑弱而用之。"

【沈歡】蘊積的歡情。文選晉陸士衡(機)爲顧彥先贈婦詩:"隆思亂心曲，沈歡滯不起。"

【沈鬱】含蘊深刻。文選南朝梁任彥昇(昉)王文憲集序:"若乃金版玉匱之書，海上名山之旨，沈鬱澹雅之思，離堅合異之談，莫不揔制清衷，遞爲心極。"注:"揚雄爲方言，劉歆與雄書:'非子雲澹雅之才，沈鬱之志，不能成此書。'"子雲，雄字。

【沈₂攸之】公元?—478年。南朝宋人，字仲達。以戰功爲太子旅賁中郎，歷官至荊州刺史、車騎大將軍、開府儀同三司。在荊十年，資用豐積，有衆十萬。會蕭道成專朝政，殺劉昱(廢帝)立劉準(順帝)，潛謀代宋。攸之不自安，昇明元年舉兵討道成，次年兵敗走死。攸之出身行伍，晚好讀書，手不釋卷。見宋書及南史本傳。

【沈₂亞之】唐吳興人，字下賢，元和十年進士，曾爲德州判官，工詩善文，遊於韓愈之門，李賀杜牧李商隱皆有模擬亞之詩。有沈下賢集。

【沈₂佺期】唐相州內黃人，字雲卿。武后時，遷通事舍人，豫修三教珠英。曾以與張易之有牽連，流放驩州。中宗時，復起用爲起居郎，兼修文館直學士。佺期工詩，與宋之問齊名，時稱沈宋。兩人多應制之作，以音韻對仗工整，辭藻華麗著稱。新、舊唐書有傳。

【沈命法】史記一二二王溫舒傳:"散卒失亡，復聚黨阻山川者，往往而羣居，無可奈何，於是作沈命法，曰:'羣盜起不發覺，發覺而捕不滿品者，二千石以下至小吏主者皆死。'"沈，没；言敢於隱匿亡命者皆處死。參閱漢書九〇溫舒傳注。

【沈₂郎錢】東晉王朝，初行用三國吳舊錢，輕重雜行，大者謂之比輪，中者謂之四文。吳興沈充又鑄小錢，謂之沈郎錢。其錢輕小，後來因以喻榆莢(榆錢)。唐姚合姚少監集七題梁國公主池亭詩:"素柰花開西子面,緑榆枝散沈郎錢。"(唐六名家集 王建詩五作王建)。又李商隱李義山詩集六江東:"今日春光太漂蕩,謝家輕絮沈郎錢。"參閲晉書食貨志。

【沈₂炳震】 公元1679—1737年。清浙江歸安人。字東父。博學,專治經史,以數十年之力,撰成新舊唐書合鈔,以舊書爲綱,分注新書爲目;舊志多外略,則以新書爲綱,分注舊書爲目,並補列方鎮表。又著二十四史四譜分紀元,封爵、宰執、謚法,便於檢查。

【沈₂既濟】 唐吴人。代宗時以楊炎薦有良史才,召拜左拾遺、史館撰修。及炎得罪,既濟亦貶處州司户參軍。後入朝,官吏部員外郎。著有建中實録。所撰枕中記傳奇一篇,選入文苑英華八三三、太平廣記八二題作呂翁;任氏傳一篇,選入太平廣記四五二。新唐書有傳。

【沈香亭】 唐玄宗命移植牡丹(木芍藥)於沈香亭前,與楊貴妃共賞,使李龜年持金花牋召李白,命作新詞。白時方醉,左右以水灑面,稍醒,援筆成清平樂三章,有"解釋春風無限恨,沈香亭北倚闌干"之句。見宋樂史太真外傳一、唐詩紀事十八。明缺名沈香亭雜劇,即演此事。

【沈香浦】 地名。在廣州西二十里江濱。相傳晉廣州刺史吴隱之以廉名,於任滿歸程中,見妻劉氏藏有沈香一斤,取而投之於浦,因名。舊有亭,今廢。見讀史方輿紀要一〇一南海縣琵琶洲注。參見"貪泉"。

【沈香閣】 閣名。唐玄宗時,楊國忠用沈香造閣,用檀香造欄,並用麝香、乳香篩土和泥,塗飾牆壁,稱沈香閣。見五代王仁裕開元天寶遺事。

【沈₂家脾】 謂人健啖。宋王讜唐語林六:"徐晦嗜酒,沈傳師善餐,楊嗣復云:'徐家肺,沈家脾,其安穩耶?'"

【沈書渚】 地名。在今江西新建縣西北。原名石頭津,相傳晉殷羨曾於此將他人託帶之書信,擲於水中,故名。見晉書殷浩傳。參見"浮沈"。

【沈₂欽韓】 公元1775—1831年。清吴縣人,字文起,嘉慶舉人。官寧國訓導。淹通經史百家,長於訓詁考證,有兩漢書疏證、左氏地理補注、水經注疏證、幼學堂集等。

【沈萬三】 明吴興人,字仲榮。後移居蘇州。巨富,稱江南第一家。朱元璋建都南京,召見,令歲獻白金千錠,黄金百斤。甲馬錢穀,多取資其家。其後以罪發戍雲南(一説遼陽),子孫仍爲富户。萬三豪富事,民間傳説甚盛,但諸書記載互有出入,已難詳定。參閲明謝肇淛五雜俎三地部一、五人部,黄暐蓬窗類記一賦役,孔邇雲蕉館紀談,清姚之駰元明事類鈔十七富豪,明史高后馬氏傳。

【沈鳴雞】 傳説中的異鳥。舊題晉王嘉拾遺記七:"建安三年,胥徒國獻沈明石雞,色如丹,大如鷰,常在地中,應時而鳴,聲能遠徹。其國聞鳴,乃殺牲以祀之,當鳴處掘地則得此雞。若天下太平,翔飛頡頏,以爲嘉瑞,亦爲寶雞。"

【沈₂德潛】 公元1673—1769年。清長洲人。字確士,號歸愚。乾隆四年中進士,年已六十七。召對,稱爲老名士,命值上書房,升禮部侍郎,辭歸,以年老在原籍食俸。德潛工詩,古體詩宗漢魏,近體宗盛唐,提倡格調説,認爲"詩貴性情,亦須論法",與王士禛的神韻説、趙執信的聲調説、袁枚的性靈説爲當時詩壇的主要流派。著有竹嘯軒詩鈔、歸愚詩文鈔,並選輯唐明清三朝詩别裁及古詩源。

【沈₂釀川】 相傳漢鄭弘從宦入京,途中夜宿一埭,適逢故人,四顧荒郊,無處沽酒,乃投錢水中,竟夕酣飲,皆得大醉。因名其地爲沈釀川。見晉崔豹古今注下草木、太平廣記三九九釀川(博物志)。

【沈₂下賢集】 見"沈亞之"。

【沈魚落雁】 莊子齊物論:"毛嬙麗姬,人之所美也。魚見之深入,鳥見之高飛,麋鹿見之決驟,四者孰知天下之正色哉。"莊子原意謂魚鳥不辨美色,惟知見人驚避,後人變爲形容婦女貌美之詞,並改鳥飛爲落雁,遂有沈魚落雁之語。朝野新聲太平樂府三元楊果採蓮女曲:"羞月閉花,沈魚落雁,不恁也魂消。"明湯顯祖牡丹亭驚夢:"沈魚落雁鳥驚喧,羞花閉月花愁顫。"

【沈著痛快】 指書法堅勁而流利。法書要録一南朝宋羊欣采古來能書人名:"吴人皇象能草,世稱沈著痛快。"太平廣記二〇九姜詡已下(名書録),文同。

【沈博絶麗】 指文章内容深廣,文辭華靡。古文苑十揚雄答劉歆書:"雄爲郎之歲,自奏少不得學,而心好沈博絶麗之文,願不受三歲之奉,且休脱直事之繇,得肆心廣意,以自克就。"

【沈竈産鼃】 指大水淹没廬舍,竈沈水中,日久致生蝦蟆。鼃,同"蛙"。國語晉:"(趙襄子)乃走晉陽,晉師圍而灌之,沈竈産鼃,民無畔意。"注:"沈竈,懸釜而炊也。産鼃,鼃生於竈也。鼃,蝦蟆也。"

【沈鬱頓挫】 指文章深沈蘊積,抑揚有致。新唐書二〇一杜甫傳:"臣之述作,雖不足鼓吹六經,先鳴數子;至沈鬱頓挫,隨時敏給,揚雄枚臯,可企及也。"

沉 chén ㄔㄣˊ

同"沈㊀"。

沁 qìn ㄑㄧㄣˋ 七鴆切,去,沁韻,清。

㊀水名。見"沁水"。㊁滲透。唐唐彦謙鹿門集上詠竹詩:"醉卧涼陰沁骨清,石牀冰簟夢難成。"㊂汲水。唐韓愈昌黎集八(與孟郊)同宿聯句:"義泉雖至近,盗索不敢沁。"

【沁水】 ㊀縣名。屬山西省。漢置,屬河内郡。北齊廢。隋開皇十八年重置,屬澤州。大業三年改澤州爲長平郡。自唐至清隸澤州。參閲漢書地理志上、隋書地理志中長平郡。㊁水名。詳"沁河"。

【沁河】 古少水,又名沁水,爲黄河支流。源出山西沁源東北的羊頭山,南流經安澤縣,經河南武陟縣入黄河。春秋襄公二十三年,齊侯伐晉,封晉尸於少水,即此。參閲讀史方輿紀要三九山西一沁水。

【沁源】 縣名,屬山西省。漢穀遠縣地。北魏置沁源,以地在沁水上源爲名。金元明清皆屬沁州。參閲寰宇通志八一沁州。

【沁園】 園名。漢明帝女沁水公主所有,建初二年爲竇憲所奪。見後漢書二三竇憲傳。後泛稱公主的園林爲沁園。文苑英華二唐崔湜侍宴長寧公主東莊應制詩:"沁園東郭外,鸞駕一遊盤。"全唐詩一三九儲光羲玉真公主山居:"不言沁園好,獨幸武陵花。"

【沁園春】 ㊀詞調名。取名於漢沁水公主園林。又名壽星明。雙調。有一一二、一一三、一一四、一一五、一一六字諸體,以一一四字爲正格。參閲詞律十九。㊁曲牌名。南曲中呂宮、北曲黄鐘宮均有同名曲牌,前者較常見。

汪 wāng ㄨㄤ 烏光切,平,唐韻,影。

㊀大貌,深廣貌。國語晉二:"汪是士也,苟違其違,誰能懼之。"淮南子俶真:"天地未剖,陰陽未判,四時未分,萬物未生,汪然平静,寂然清澄,莫見其形。"㊁池,水停積處。左傳桓十五年:"祭仲殺雍糾,尸諸周氏之汪。"注:"汪,池也。"㊂液體積聚。紅樓夢三一:"地下的水,淹著床腿子;連席子上都汪着水。"㊃姓。

古汪芒氏之裔，春秋時，魯有汪踦。踦，亦作"錡"。參閱宋鄧名世古今姓氏書辨證十五唐。

【汪中】公元1745—1794年。清江蘇江都人。字容甫。乾隆拔貢生。治經推重漢學，古文以漢魏六朝爲宗。工駢文，能詩，尤精史學。生平不肯信宋人理學，以不得意，往往激烈罵坐，人目爲狂。著有尚書考異廣陵通典容甫先生遺詩等。

【汪氏】神話中西海外的國家。文選漢張平子(衡)思玄賦:"超軒轅於西海兮，跨汪氏之龍魚。"注:"汪氏國，在西海外。此國足龍魚也。"

【汪汪】㊀深廣貌。水經注三十淯水:"陂汪汪，下田良。"亦用以形容人的氣度寬弘。世説新語德行:"(郭泰)詣黄叔度(憲)，乃彌日信宿。人問其故，林宗曰:'叔度汪汪如千頃之陂，澄之不清，淆之不濁，其器深廣，難測量也。'" 林宗，泰字;叔度，憲字。㊁眼淚盈眶貌。全唐詩二七八盧綸與張擢對酌:"張老聞此詞，汪汪淚盈目。"㊂狗吠聲。陽春白雪後集二元鮮于樞八聲甘州曲:"時復竹籬旁，吠犬汪汪。"

【汪芒】古國名。防風氏都，故地在今浙江武康縣。國語魯下:"客曰:'防風何守也?'仲尼曰:'汪芒氏之君也，守封、嵎之山者也，爲漆姓。在虞、夏、商爲汪芒氏，於周爲長狄，今爲大人。'"史記孔子世家作"汪罔"。參閱讀史方輿紀要九一湖州府。

【汪直】明宦官。初給事萬貴妃宮，遷御馬監太監。成化十三年於東廠外別設西廠，刺探外事，以直領其事，屢興大獄，權勢氣焰更超東廠上。至十七年以衆議罷西廠，降直奉御，而帝寵不衰至死。明史一九二有傳。

【汪罔】同"汪芒"。

【汪洋】㊀水寬廣無際貌。楚辭漢王褒九懷蓄英:"臨淵兮汪洋，顧林兮忽荒。"㊁形容文章的氣勢磅礴。晉陸機陸士衡集十晉平西將軍孝侯周處碑:"汪洋廷闕之傍，昂藏寮寀之上。"唐柳宗元柳先生集八故銀青光祿大夫……柳公(渾)行狀:"凡爲文，去藻飾之華靡，汪洋自肆，以適己爲用。"

【汪浪】涕淚多貌。唐柳宗元柳先生集二夢歸賦:"魂恍惘若有亡兮，涕汪浪以隕軾。"

【汪倫】唐涇縣人。李白遊涇縣桃花潭，倫具酒以待，白因賦贈汪倫詩，有"桃花潭水深千尺，不及汪倫送我情"之句。見李太白詩十二。

【汪琬】公元1624—1690年。清江蘇長洲人。字苕文，號鈍菴 堯峯 玉遮山樵。順治十二年進士。任户部主事，官至刑部郎中。康熙年間舉博學鴻詞科，授編修，與修明史。於易書詩皆有發明，詩及古文尤著名，與魏禧 侯方域並稱三大家。著有鈍翁類稿堯峯詩文鈔等。

【汪萊】公元1768—1813年。清歙縣人。字孝嬰，號衡齋。官石埭縣訓導。少慕江永 戴震。精通經史百家及天文曆算，尤致力於西洋數學。與焦循 李鋭辯論，當時號爲談天三友。曾自製儀器多種，測繪黄河新舊海口地勢。嘉慶間以優貢生入史館修天文、時憲二志。著有衡齋算學考定通藝録磬氏倨句解等書。

【汪楫】公元1623—1689年。清江蘇江都人。字舟次。歲貢生。康熙間舉博學鴻詞科，授檢討，與修明史。曾充册封琉球正使，官至福建布政使。工詩善書。著有中洲沿革志琉球奉使録悔齋詩文集補天石傳奇等。

【汪漾】多貌。指液體。元詩選陳孚玉堂稾李陵臺約應奉馮昂霄同賦:"漢天青茫茫，萬里隔亭障。可望不可卽，血淚墮汪漾。"

【汪踦】春秋時魯童子。哀公十一年，與齊師戰於郎而死，魯人因其死國事，以成人之禮葬之。事見左傳哀十一年、禮檀弓下。左傳踦作"錡"。

【汪濊】深廣貌。漢書禮樂志郊祀歌:"澤汪濊，輯萬國。"文選漢司馬長卿(相如)難蜀父老:"威武紛浤，湛恩汪濊。"謂恩澤廣被。

【汪藻】公元1079—1154年。宋德興人。字彦章，崇寧三年進士。高宗時，任翰林學士，當時詔令多出其手。又上所修元符至宣和日曆、實録六六五卷。升顯謨閣學士，歷知湖徽宣等州。藻工駢文。其詩初學江西派，後學蘇軾。著有浮溪集，已佚，清人有輯本。宋史載文苑傳。

【汪士慎】公元1686—1759年。清歙人，流寓揚州。字近人，號巢林、溪東外史等。原籍安徽休寧，居江蘇揚州。工花卉，尤擅畫梅，筆力剛勁。精篆刻、隸書，善詩。晚年目盲，仍爲人作畫。爲揚州八怪之一。著有巢林詩集。

【汪士鋐】公元1658—1723年。清江蘇長洲人，字文升，號退谷，汪份弟。康熙三十六年進士，授修撰，官至右中允，入直南書房。工詩古文，尤善書法。與兄份鈞及弟倓俱知名當時，號爲"吳中四汪"。著有瘞鶴銘考長安宮殿考全秦藝文志三秦紀聞玉堂掌故華嶽志元和郡縣志補闕近光集四六金桴賦體麗則秋泉居士集等。

【汪士鐸】公元1802—1889年。清江寧人。字梅村，號振庵。道光舉人。初治三禮，後專注輿地之學。爲水經注釋文，於戴震 趙一清二家外，並加補充整理，釋以今地，尤詳於山川險要及陂池水利。曾入湖北巡撫胡林翼幕，爲纂讀史兵略。晚歸南京，築屋曰磚丘以終。平生著述大半已散佚，已刊者有南北史補志水經注圖漢志志疑等。

【汪元量】宋錢塘人。字大有，號水雲子。度宗時宮廷琴師。元滅宋，被虜至北方。元量據親身經歷，爲詩多寫宋亡後北徙事，以寓哀憤之意，有"詩史"之稱。後爲道士，不知所終。著有水雲集湖山類稿。

【汪曰楨】公元1813—1881年。清烏程人，字剛木，號謝城。咸豐舉人，官會稽教諭。精史學、算學、音韻學，好填詞。著有二十四史日月考古今推步諸術考甲子紀元表，莫友芝因卷帙過繁，删爲歷代長術輯要。又撰有烏程縣志四聲切韻表補正推策小識隨山宇方鈔荔牆詞等。

【汪道昆】公元1525—1593年。明歙縣人。字伯玉，號太函南溟。嘉靖二十六年進士，爲義烏令，教民講武，稱義烏兵。備兵福建，與戚繼光募集義烏兵屢破倭寇。官至兵部左侍郎。道昆能文，與王世貞善，世貞亦曾任兵部侍郎，世稱兩司馬。著有太函集及雜劇大雅堂樂府等。

【汪廣洋】公元?—1379年。明高郵人，流寓太平。字朝宗。元末舉進士。朱元璋起兵召爲元帥府令史，官至中書右丞相，封忠勤伯，尋貶廣東參政。後又爲右相，洪武十三年殺左相胡惟庸，株連及廣洋，有詔數其罪，自縊死。長於詩，有鳳池吟稿。明史有傳。

【汪輝祖】公元1730—1807年。清浙江蕭山人。字煥曾，號龍莊，晚號歸廬。乾隆四十年進士。先後入諸州縣幕，及舉進士爲寧遠知縣、道州知州。善聽訟，有能吏名。嘗記其幕職及縣官佐治聽訟經歷，撰學治臆説及佐治藥言。晚年撰有元史本證史姓韻編九史同姓名略二十四史同姓名録等。

汧 qiān ㄑㄧㄢ

同"汧"。見"汧"。

沄 yún 王分切,平,文韻,于。
ㄩㄣ 户昆切,平,魂韻,匣。

水流貌。後漢書五九張衡傳思玄賦:"揚芒熛而絳天兮,水泫沄而涌濤。"注:"泫音胡犬反,沄音户昆反,並水流貌也。"參見"沄沄㊀"。

【沄沄】㊀水流浩蕩貌。漢董仲舒春秋繁露十六山川頌:"水則源泉混混沄沄,晝夜不竭。"唐柳宗元柳先生集二懲咎賦:"凌洞庭之洋洋兮,泝湘流之沄沄。"也爲水流迴轉貌。楚辭漢王逸九思哀歲:"窺見兮溪澗,流水兮沄沄。"㊁傳播,遠揚。唐元結元次山集六大唐中興頌:"盛德之興,山高日昇,……能令大君,聲容沄沄。"

沅 yuán 愚袁切,平,元韻,疑。
ㄩㄢ

見下。

【沅水】水名。卽沅江。源出貴州都勻縣雲霧山。上游爲清水江,自西向東,至湖南黔陽縣(漢鐔成縣)下始稱沅水。經沅陵桃源等縣,至漢壽縣注入洞庭湖。參閱水經注三七沅水、讀史方輿紀要七五湖廣一沅水。

【沅江】㊀縣名。屬湖南省。漢益陽縣。隋改安樂縣,後改沅江縣。唐乾寧中遷橋江,改名橋江縣。自宋以來復舊名。明清屬常德府。參閱寰宇通志五七常德府沅江縣。㊁水名。見"沅水"。

【沅州】州名。漢武陵郡地,南朝陳及隋爲沅陵郡地。唐初置巫州,天授二年改沅州,治所在龍標。開元中改巫州,大曆中改敍州。宋熙寧七年復爲沅州,移治盧陽。元至元中改沅州路。明清爲府,附郭首縣芷江縣。公元1913年裁府留縣。參閱嘉慶一統志三六八沅州府一。

【沅陵】縣名,屬湖南省。漢置,屬武陵郡。故城在今縣西,南朝陳徙今治。唐宋爲辰州治。明清屬辰州府。參閱嘉慶一統志三六六辰州府一。

【沅芷澧蘭】文選屈平九歌湘夫人:"沅有芷兮澧有蘭,思公子兮未敢言。"王逸注:"言沅水之中,有盛茂之芷,澧水之外,有芬芳之蘭,異於衆草,以興湘夫人美好亦異於衆人。"芷,一作"茝";澧,一作"醴"。本指生於沅澧兩岸的芳草,比喻高潔美好的人品。

沛 pèi 普蓋切,去,泰韻,滂。
ㄆㄟ 博蓋切,去,泰韻,滂。

㊀充盛貌。孟子盡心上:"及其聞一善言,見一善行,若決江河,沛然莫之能禦也。"莊子天地:"沛乎其爲萬物沛也。"參見"滂沛"。㊁迅疾。楚辭九歌湘君:"美要眇兮宜修,沛吾乘兮桂舟。"注:"沛,行貌也。"漢書禮樂志郊祀歌練時日:"靈之來,神哉沛。"注:"沛,疾貌。"㊂多水草的沼澤地。後漢書五二崔駰傳慰志賦:"故英人乘斯時也,猶逸禽之赴深林,蝱蚋之趣大沛。"注:"劉熙曰:沛,水草相半。"參見"沛澤"。㊃灌田所蓄的水。浙中少水,人家於山上置閘蓄水,遇旱歲,開以灌田,名之曰沛。見明都卬三餘贅筆淫沛。㊄幡幔之屬。通"旆"。易豐:"豐其沛,日中見沫。"注:"沛,幡幔所以御盛光也。"釋文:"本或作旆,謂幡幔也。"㊅跌倒,傾仆。見"顛沛"。

【沛公】秦二世元年劉邦起兵於沛,以應陳涉,衆共立爲沛公。見史記高祖紀。

【沛艾】馬疾行時昂首搖動貌。漢書五七司馬相如傳下大人賦:"沛艾赳螑,仡以佁儗兮,放散畔岸驤孱顔。"注:"沛艾,駊騀也。"按説文:"駊騀,馬搖頭也。"文選漢張平子(衡)東京賦:"六玄虬之奕奕,齊騰驤而沛艾。"

【沛竹】舊題漢東方朔神異經:"南方荒中有沛竹,其長百丈,圍三丈五、六尺,厚八、九寸,可以爲舡。其子美,食之可以已瘡癘。"(太平御覽九六三)

【沛沛】水流盛大貌。楚辭漢王褒九懷尊嘉:"望淮兮沛沛,濱流兮則逝。"文選晉左太沖(思)吳都賦:"直衝濤而上瀨,常沛沛以悠悠。"

【沛宮】漢宮名。漢書高帝紀:"十二年冬,過沛,留,置酒沛宮,悉召父老子弟佐酒。"北周庾信庾子山集十二有漢高祖置酒沛宮讚。

【沛濊】水盛貌。唐柳宗元柳先生集十五晉問:"抵值堤防,瀴瀛沛濊,滙然成淵,漭然成川。"沛,一本作"霈"。

【沛澤】㊀沼澤,水草茂密的低窪地。孟子滕文公下:"又作園囿汙池,沛澤多,而禽獸至。"公羊傳僖四年:"(齊桓公)於是還師,濱海而東,大陷于沛澤之中。"注:"草棘曰沛,漸洳曰澤。"㊁指古代沛邑的大澤,相傳爲漢高祖斬白蛇之處。文選漢班叔皮(彪)王命論:"始起沛澤,則神母夜號,以彰赤帝之符。"

【沛縣】縣名。屬江蘇省。古偪陽國地,秦置沛縣,北齊時廢,隋復置,唐以後因之。故城在今縣治東,明徙今治。秦末劉邦起兵於沛,卽此地。參閱寰宇通志二二徐州。

沔 miǎn 彌兗切,上,獮韻,明。
ㄇㄧㄢ

㊀水名。一名沮水,出陝西略陽,東南流至勉縣,西南入漢水。爲漢水的上游。書禹貢:"浮于潛,逾于沔。"注:"漢上曰沔。"㊁水盛滿貌。詩小雅沔水:"沔彼流水,朝宗于海。"㊂沉迷。通"湎"。史記樂書:"陵遲以至六國,流沔沈佚,遂往不返,卒於喪身滅宗,并國於秦。"

【沔口】沔水爲漢水上游,漢入江處謂之沔口。卽今湖北漢口。

【沔水】水名,在今陝西勉縣境。東漢建武三年光武將岑彭潛兵渡沔水,大破秦豐將張揚於阿頭山,卽此水。見後漢書十七岑彭傳。參見"沔㊀"。

【沔陽】縣名。1. 漢置,屬漢中郡。隋廢。故城在今陝西勉縣東。以在沔水之陽而名。後漢建安二十三年劉備設壇場於沔陽,自立爲漢中王,卽此。參閱三國志蜀先主傳、嘉慶一統志二三八漢中府二。2. 屬湖北省。南朝梁置沔陽郡,隋廢。元至元十五年復置府,明洪武中改州,清沿置。公元1912年改縣。參閱嘉慶一統志三三八漢陽府一。

【沔縣】縣名。書禹貢"逾于沔",卽此。漢沔陽縣,隋改西縣。元移沔州於此。明改爲沔縣,清因之。公元1964年改名勉縣。參閱寰宇通志九九漢中府。

沏 1. qiè 千結切,入,屑韻,清。
ㄑㄧㄝ

㊀衝擊。文選晉木玄虛(華)海賦:"飛滂相磢,激勢相沏。"注:"沏,摩也。楚乙反。"

2. qī
ㄑㄧ

㊁以開水冲茶曰沏。紅樓夢二六:"紫鵑,把你們的好茶沏碗我喝。"

【沏迭】水疾流貌。文選晉木玄虛(華)海賦:"潤濆淪而滀漯,鬱沏迭而隆頹。"

沌 1. dùn 徒損切,上,混韻,定。
ㄉㄨㄣ

㊀混沌。見廣韻。

2. zhuàn 持兗切,上,獮韻,澄。
ㄓㄨㄢ

㊁見"沌₂口"、"沌₂陽"。

【沌₂口】地名。在湖北漢陽縣西南。水經注二八沔水:"沔水又東逕沌水口,水南通縣之太白湖,湖水東南通江,又謂之沌口。"南朝陳光大元年,湘州刺史華皎引周兵與陳將吳明徹等戰於沌口,卽此。參閱讀史方輿紀要七六武昌府沌水。

【沌沌】㊀蒙昧無知貌。老子:"我愚人之心也哉,沌沌兮!"莊子在宥:"混混沌沌,終身不離。"㊁波浪相隨貌。文選漢枚叔(乘)七發:"沌沌渾渾,狀如奔馬。"

【沌₂陽】地名。漢江夏郡安陸縣地。東晉置。以處沌水之陽故名。即今湖北漢陽縣。參閱讀史方輿紀要七六漢陽府。

沐 mù ㄇㄨˋ 莫卜切,入,屋韻,明。

㊀洗髮。詩小雅采綠:"予髮曲局,薄言歸沐。"荀子不苟:"故新浴者振其衣,新沐者彈其冠,人之情也。"引申爲芟除。管子輕重:"桓公問管子曰:'屋室漏而不居,牆垣壞而不築,爲之奈何?'管子對曰:'沐涂樹之枝也。'"㊁整治。禮檀弓下:"原壤其母死,夫子助之沐椁。"㊂潤澤。後漢書明帝紀永平四年:"京師冬無宿雪,春不燠沐。"㊃休假。文苑英華二四〇南朝梁沈約酬謝宣城朓詩:"晨趨朝建禮,晚沐卧郊園。"㊄米汁。史記外戚世家竇太后:"姊去我西時,與我决於傳舍中,丐沐沐我,請食飯我,乃去。"索隱:"沐,米潘也,謂乞潘爲沐也。"㊅見"沐猴而冠"。㊆姓。漢有沐寵。

【沐日】休沐之日,即假日。漢書八一孔光傳:"沐日歸休,兄弟妻子燕語,終不及朝省政事。"

【沐英】公元1345—1392年。明定遠人。字文英。從朱元璋(太祖)起兵,爲元璋義子。後隨傅友德平雲南,因留鎮其地。曾浚廣滇池,開墾荒田。卒封黔寧王,謚昭靖。明史有傳。

【沐食】享受俸祿而無實職。南齊書王僧虔傳檀珪又與王僧虔書:"自古以來有沐食侯,近代有王官。府佐非沐食之職,參軍非王官之謂,質非匏瓜,實羞空懸。"

【沐浴】㊀洗髮洗身。濯髮曰沐,澡身曰浴。論語憲問:"陳成子弒簡公,孔子沐浴而朝,告于哀公曰:'陳恒弒其君,請討之!'"㊁浸身,置身。史記樂書:"沐浴膏澤而歌詠勤苦,非大德誰能如斯!"指受惠。漢王充論衡累害:"夫小人性患恥者也,含邪而生,懷僞而遊,沐浴累害之中,何招召之有。"指習於作惡。

【沐恩】㊀蒙恩。全唐詩三五許敬宗奉和初春登樓即目應詔:"沐恩空改鬢,將何謝夏成。"㊁明清時軍官對其長官的自稱。如明戚繼光對張居正自稱沐恩小的。見明沈德符萬曆野獲編十七兵部武臣自稱。

【沐猴】即獮猴。詩小雅角弓"毋教猱升木"疏引晉陸璣(毛詩草木鳥獸蟲魚)疏:"猱,獮猴也,楚人謂之沐猴。"

【沐腄】見"沐腫"

【沐腫】傳說水怪名。史記孔子世家"水之怪龍、罔象"集解引韋昭曰:"……或云罔象食人,一名沐腫。"索隱:"沐腫音木踵。"後漢書禮儀志中大儺"女不急去,後者爲糧"注引韋昭作"沐腄"。

【沐猴戲】雜技。陳書始興王叔陵傳:"歸坐齋中,或自執斧斤爲沐猴百戲。"

【沐雨櫛風】言辛苦奔波,飽經風雨。莊子天下:"腓无胈,脛无毛,沐甚雨,櫛疾風,置萬國,禹大聖也。"藝文類聚五九魏文帝黎陽詩:"載馳載驅,沐雨櫛風。"參見"櫛風沐雨"。

【沐猴而冠】沐猴即獮猴。獮猴戴帽,徒具人形,以喻人之虛有儀表,實無人性。一說猴性躁,不能持久。史記項羽紀:"人言楚人沐猴而冠耳,果然。"漢書四五伍被傳:"知略不世出,非常人也,以爲漢廷公卿列侯皆如沐猴而冠耳。"

汰 tài ㄊㄞˋ

"汏"之俗字。見"汏"。

沵 liú ㄌㄧㄡˊ 力求切,平,尤韻,來。

古文"流"字。荀子榮辱:"其沵長矣,其溫厚矣,其功盛姚遠矣,非順孰修爲之君子,莫之能知也。"

【沵亡】即流亡。晏子春秋重而異者:"用亂之故,民卒沵亡,若德之回亂,民將沵亡,祝史之爲,無能補也。"

沋 yóu ㄧㄡˊ 羽求切,平,尤韻,于。

㊀水名。見說文。廣韻謂在高密。清段玉裁謂即治水。左傳昭二十年之尤水,即今山東掖縣小沽河。參閱說文解字注"治"、"沋"。㊁見"沋沋"。

【沋沋】亂動貌。文選漢枚叔(乘)七發:"魚鼈失勢,顛倒偃側,沋沋湲湲,蒲伏連延。"注:"沋沋湲湲,魚鼈顛倒之貌也。"

汯 hóng ㄏㄨㄥˊ 集韻乎萌切,平,耕韻。

水勢回旋貌。文選晉郭景純(璞)江賦:"泓汯洞澋。"

【汯汩】水勢浩瀚貌。藝文類聚七八南朝梁陶弘景水仙賦:"淼漫八海,汯汩九河。"

沍 hù ㄏㄨˋ 胡誤切,去,暮韻,匣。

㊀凍結。莊子齊物論:"大澤焚而不能熱,河漢沍而不能寒。"文選漢張平子(衡)思玄賦:"行積冰之磑磑兮,清泉沍而不流。"㊁閉塞。見"沍寒"。

【沍涸】凝結。唐柳宗元柳先生集十九弔萇弘文:"心沍涸其不化兮,形凝冰而自慄。"

【沍陰】重陰凝結。梁昭明太子集蕭綱(簡文帝)序:"玄冥戒節,沍陰在歲。"子華子執中:"玄武沍陰,不能盡其所以寒也。"

【沍寒】嚴寒凍閉的景象。左傳昭四年:"其藏冰也,深山窮谷,固陰沍寒,於是乎取之。"

决 1. jué ㄐㄩㄝˊ 古穴切,入,屑韻,曉。

㊀除去壅塞或打開缺口,導引水流。書益稷:"予决九州,距四海;濬畎澮,距川。"孟子滕文公上:"决汝漢,排淮泗而注之江。"㊁隄防崩潰。左傳襄三一年:"然猶防川,大决所犯,傷人必多,吾不克救也。不如山决使道,不如我聞而藥之也。"㊂斷物。禮曲禮上:"濡肉齒决,乾肉不齒决。"注:"决猶斷也。"㊃絶,完畢。史記七七信陵君傳:"行過夷門,見侯生,具告所以欲死秦軍狀,辭决而行。"㊄別離,訣別。通"訣"。漢書五四蘇武傳:"(李陵)因泣下霑衿,與(蘇)武决去。"注:"决,別也。"㊅自殺。參見"引决"。㊆判斷,判別。國語晉八:"叔向聞之,見(范)宣子曰:'聞子與和未寧,徧問於大夫,又無决。'"㊇决心,果斷。荀子議兵:"遇敵决戰,必道吾所明,无道吾所疑。"戰國策秦四:"曰:'鈞吾悔也,寧亡三城而悔,無危咸陽而悔也,寡人决講矣!'"注:"决,必。"㊈射者用以鉤弦之器,即扳指。見"决拾"。

2. xuè ㄒㄩㄝˋ 呼决切,入,屑韻,見。

㊉快疾貌。莊子逍遥遊:"我决起而飛,槍榆而止枋。"

【决平】審判公平。史記一二二杜周傳:"客有讓周曰:'君爲天子决平,不循三尺法,專以人主意指爲獄,獄者固如是乎?'"此指决獄。

【决死】决心戰死。史記項羽紀:"項王自度不得脱,謂其騎曰:'……今日固决死,願爲諸君快戰。'"

【决汩】疏通。國語周下:"疏川導滯,……决汩九川。"注:"汩,通也。"

【决决】㊀傳說水名。山海經北山經:"龍侯之山無草木,多金玉,决决之水出焉,而東流注于河。"㊁水流貌。唐韋應物韋江州集八縣齋詩:"决决水泉動,忻忻衆鳥鳴。"

【决泄】堵水,排水。晉陸雲陸士龍集十答車茂安書:"遏長川以爲陂,燔茂草以爲田,火耕水種,不煩人力,决泄任意,高下在心。」

【決定】㊀斷定，論定。史記殷紀：「帝武丁卽位，思復興殷而未得其佐，三年不言，政事決定於冢宰，以觀國風。」㊁一定。景德傳燈錄二五宗慧大師：「雲裏楚山頭，決定有風雨。」宋胡寅斐然集五和仲固春日村居卽事詩：「春半曾無決定晴，今朝初上九天明。」㊂堅定。無量壽經上：「自然音樂，空中贊言，決定必成無上正覺。」前蜀傳光慧義寺節度使王宗侃尊勝幢記：「垂決定言，授菩薩記。」（八瓊室金石補正八一）

【決明】藥用植物，能明目。春日亦作蔬。唐杜甫杜工部草堂詩箋秋雨歎之一：「雨中百草秋爛死，階下決明顏色鮮。」參閱宋寇宗奭本草衍義八決明子、本草綱目十六草五決明。

【決拾】決，扳指，用骨製。射者套於左手大拇指，用以鉤弦；拾，臂衣，革製，著於左臂，用以護臂。詩小雅車攻：「決拾既佽，弓矢既調。」傳：「決，鉤弦也；拾，遂也。」國語吳：「夫一人善射，百夫決拾。」注：「決，鉤弦；拾，拾捍。」

【決科】指應科舉試。唐柳宗元柳先生集九故衡州刺史東平呂君誄：「進于禮司，奮藻含章，決科聯中，休問用張。」宋王明清揮麈錄三錄：「吳棫才老，舒州人，飽經史而能文，決科之後，浮湛州縣，晚始得丞太常。」參見「發策決科」。

【決曹】治獄官。漢書七一于定國傳：「其父于公爲縣獄吏，郡決曹，決獄平。羅文法者，于公所決皆不恨。」後漢尚書省有決曹，主罪法事。見後漢書百官志一太尉。後來泛指主法之官。宋穆修河南穆公集一秋浦會遇詩：「決曹誠自任，司舉仰誰論。」自注：「今之司理參軍，古之決曹也。」

【決眥】眥，同「眦」。㊀裂開眼眶。史記一一七司馬相如傳上林賦：「弓不虛發，中必決眥。」漢書注：「〔決〕眦卽決歠之目眦，言射審也，眦，卽眥字。」㊁張眼瞪視，多用以表示盛怒的情緒。樂府詩集五三魏陳思王（曹植）鼙舞歌孟冬篇：「張目決眥，髮怒穿冠。」

【決遂】卽決拾。儀禮鄉射禮：「司射適堂西，袒決遂。」注：「決，猶闓也，以象骨爲之，著右大擘指，以鉤弦闓體也。遂，射韝也，以韋爲之，所以遂弦者也。其非射時則謂之拾。拾，斂也，所以蔽膚斂衣也。」

【決裂】㊀分割。戰國策秦三：「穰侯使者操王之重，決裂諸侯，剖符於天下，征伐敵國，莫敢不聽。」宋鮑彪注：「謂分割其地。」㊁破壞。史記七九蔡澤傳：「（商君）決裂阡陌，以靜生民之業而一其俗。」

【決策】決定計策。韓非子孤憤：「智者決策於愚人，賢士程行於不肖，則賢智之士羞而人主之論悖矣。」史記高祖紀元年：「韓信說漢王曰：『……軍吏士卒皆山東之人也，日夜跂而望歸，及其鋒而用之，可以有大功。天下已定，人皆自寧，不可復用，不如決策東鄉，爭權天下。』」

【決勝】決定勝負。史記留侯世家：「高帝曰：『運籌策帷帳中，決勝千里外，子房功也。』」又高祖紀：「五年，高祖與諸侯兵共擊楚軍，與項羽決勝垓下。」

【決絕】㊀斷絕。莊子外物：「夫流遁之志，決絕之行，噫其非至知厚德之任與。」㊁永別。宋書樂志三古詞白頭吟五解之一：「聞君有兩意，故來相決絕。」唐杜甫杜工部草堂詩箋五前出塞之四：「路逢相識人，附書與六親，哀哉兩決絕，不復同苦辛。」

【決意】猶決心。越絕書一越絕外傳本事：「賢者嗟歎，決意覽史記，成就其事。」後漢書二九申屠剛傳與隗囂書：「將軍素以忠孝顯聞，是以士大夫不遠千里，慕德樂義，今苟欲決意徼幸，此何如哉！」

【決隙】裂開的縫隙。史記八七李斯傳：「二世燕居，乃召（趙）高與謀事，謂曰：『夫人生居世間也，譬猶騁六驥過決隙也。』」按通鑑注：「決，裂也，裂開之隙，其間不能以寸，喻狹小也。」

【決遣】判案發落。魏書高閭傳上表：「京師之獄，或恐未盡，可集見囚於都曹，使明折庶獄者，重加究察，輕者卽可決遣，重者定狀以聞。」舊唐書八五張文瓘傳：「文瓘至官，旬日決遣疑事四百餘條，無不允當。」

【決疑】解決疑難之事。左傳桓十一年：「卜以決疑，不疑何卜？」

【決獄】判決獄訟。史記燕世家：「召公巡行鄉邑，有棠樹，決獄政事其下，自侯伯至庶人各得其所，無失職者。」

【決撒】也作「決徹」。㊀決裂。景德傳燈錄十五令遵禪師：「夫沙門應決徹死生，玄通佛理，若乃孜孜卷軸，役役拘文，悉數海沙，徒勞片心。」元王實甫西廂記三本二折：「（紅做意云）呀，決撒了也！」㊁敗露，出亂子。元曲選石君寶秋胡戲妻四：「正旦云：『你曾逗人家女人來麼？』秋胡背云：『我決撒了也。』」水滸三二：「亦且我又做了頭陀，難以和哥哥同住；路上被人設疑，倘若有些決撒了，須連累了哥哥。」

【決徹】見「決撒」。

【決履】破鞋。晉陶潛陶淵明集四詠貧士詩之三：「原生納決履，清歌暢高音。」按莊子讓王：「原憲華冠縰履，杖藜而應門。」又：「曾子居衞，……正冠而纓絕，捉衿而肘見，納屨而踵決，曳縰而歌商頌。」皆言兩人貧寒之狀。提鞋而跟斷，本指曾子，陶詩引爲原憲事。

【決戰】決定勝負的戰役。荀子議兵：「遇敵決戰，必道吾所明，无道吾所疑。」世說新語雅量「謝公與人圍棊」注引謝車騎傳：「（苻）堅進屯壽陽，（謝）玄爲前鋒都督，與從弟琰等選精銳決戰，射傷堅，俘獲數萬。」

【決錄】寫定的著述。往往用作書名。如後漢趙岐有三輔決錄（後漢書六四趙岐傳），南齊卞彬有禽獸決錄（南齊書卞彬傳）。

【決斷】㊀臨事果斷。史記九二淮陰侯傳：「貴賤在於骨法，憂喜在於容色，成敗在於決斷，以此參之，萬不失一。」㊁評定案情或事情，判斷是非。後漢書四九王符傳潛夫論愛日：「鄉亭部吏，亦有任決斷者，而類多枉曲。」文苑英華九五七唐李翶河南府司錄參軍盧君墓誌銘：「其爲戶曹，決斷精速，曹不擁事。」

【決議】決定議論之事。文苑英華三八五唐常袞授崔圓左僕射制：「謀參經始，節貫嚴凝。嘗決議於廟堂，早書勳於王府。」

【決鬭】猶決戰。魏書侯莫陳悅傳：「黑獺（宇文泰）至，遙望見悅，欲待明日決鬭。」

【決驟】疾馳。莊子齊物論：「毛嬙麗姬，人之所美也，魚見之深入，鳥見之高飛，麋鹿見之決驟，四者孰知天下之正色哉。」

【決讞】同決獄。史記一二〇汲黯傳：「及事益多，吏民巧弄，上分別文法，（張）湯等數奏決讞以幸。」

【決事比】獄吏判斷獄訟，如無舊例可援，則比附他例以取決。漢書刑法志：「死罪決事比萬三千四百七十二事。」注：「比，以例相比況也。」後漢書四六陳忠傳：「忠略依（陳）寵意，奏上二十三條，爲決事比，以省請讞之敝。」又應劭刪定律令爲漢儀，內有決事比例，見後漢書本傳。

【決雌雄】決定勝負。史記項羽紀：「願與漢王挑戰，決雌雄。」唐李白李太白詩二一登廣武古戰場懷古：「伊昔臨廣武，運兵決雌雄。”

【決疣潰癰】毒瘤自行潰散，喻無所愛惜。莊子大宗師：“彼以生爲附贅縣疣，以死爲決疣潰癰，夫若然者，又惡知死生先後之所在。”

沑 nǜ ㄋㄩˋ 女六切，入，屋韻，娘。

見“踧沑”。

沙 1. shā ㄕㄚ 所加切，平，麻韻，山。

㊀細碎的土石微粒。說文：“沙，水散石也。从水、从少，水少沙見。楚東有沙水。”引申指細碎鬆散的物質，如豆沙、沙糖。㊁沙灘、沙洲、沙漠等沙地。詩大雅鳧鷖：“鳧鷖在沙，公尸朱燕來宜。”注：“沙，水旁也。”漢書九四下匈奴傳：“幕北地平，少草木，多大沙。”㊂淘汰，揀擇。晉書孫楚傳附孫綽：“嘗與習鑿齒共行，綽在前，顧謂鑿齒曰：‘沙之汰之，瓦石在後。’”參見“沙汰”。㊃助詞。猶“啊”。元曲選石君寶曲江池一：“不因你個小名兒沙，他怎肯誤入桃源。”㊄姓。晉有沙廣。見元和姓纂五麻。

2. shà ㄕㄚˋ 所嫁切，去，禡韻，山。

㊅聲音嘶啞。同“嗄”。周禮天官內饔：“鳥皫色而沙鳴。”參見“嗄”。

【沙三】元人雜劇中常與“王留”、“伴哥”同用，泛指人名。猶言張三李四。元曲選王子一誤入桃源三：“時當春社，輪着我做牛王社會首。今日請得當村父老沙三王留等，都在我家賽社。”又石君寶秋胡戲妻三：“沙三王留伴哥兒都來也波！”

【沙土】沙和黏土混合的土壤。淮南子地形：“是故堅土人剛，弱土人肥，壚土人大，沙土人細，息土人美，耗土人醜。”

【沙户】沙田的民户。宋蘇軾分類東坡詩二三自金山放船至焦山：“雲霾浪打人迹絶，時有沙户祈春蠶。”自注：“吴人謂水中可田者爲沙。”參見“沙田”。

【沙汀】小沙洲。南朝梁江淹江文通集一靈丘竹賦：“鬱春華於石岸，絶夏彩於沙汀。”

【沙市】地名。位于長江北岸，屬湖北江陵縣。相傳爲楚故城，又叫沙頭市。見讀史方輿紀要七八荆州府江陵縣。

【沙田】沿江海河湖開墾的田地，産蘆者稱蘆洲，隷鹽場者稱沙場，直隷州縣者稱沙田。參閱宋史食貨志上一農田、清黄六鴻福惠全書八雜課部蘆課。

【沙丘】㊀丘陵狀沙地。爾雅釋丘：“邐迆沙丘。”㊁地名。在今河北廣宗縣境。史記殷紀：“(紂)益廣沙丘苑臺，……大冣(聚)樂戲於沙丘，以酒爲池，縣肉爲林，使男女倮相逐其間，爲長夜之飲。”戰國趙公子成囚主父(武靈王)於沙丘，又秦始皇崩於沙丘平臺，卽此地。見史記七九范睢傳、始皇紀。

【沙州】地名。東晉列國前涼分敦煌等郡爲沙州，轄今甘肅安西縣西至新疆吐魯蕃縣地。北魏改爲瓜州，唐復爲沙州，元至元十七年置沙州路。明初置沙州衞，正統十一年後廢。見讀史方輿紀要六四沙州衞。

【沙吒】複姓。見通志二九氏族五代北複姓。參見“沙吒利”。

【沙汰】淘汰。三國志吴朱據傳：“是時選曹尚書暨豔，疾貪汙在位，欲沙汰之。”遼釋希麟續一切經音義十琳法師别傳中沙汰：“案沙汰卽如沙中淘洗其金取精妙者也。”

【沙汭】沙岸。文選晉木玄虚(華)海賦：“若乃雲錦散文於沙汭之際，綾羅被光於螺蚌之節。”又南朝梁江文通(淹)雜體詩謝臨川遊山：“赤玉隱瑶溪，雲錦被沙汭。”

【沙河】縣名，屬河北省。漢襄國縣地。隋開皇十六年分龍岡地置沙河縣，以縣南沙河爲名。故城在今縣東。五代梁移今治。參閱隋書地理志中、嘉慶一統志三十順德府一。

【沙陀】我國古代部族名。西突厥的别部，又號沙陀突厥。本稱處月。唐貞觀中居金莎山南、蒲類海以東，以其地有大磧名沙陀，因以爲部族名。五代建立後唐王朝的李存勗，後晉王朝的石敬瑭、後漢王朝的劉知遠，皆出於沙陀族。參閱新唐書二一八沙陀傳、文獻通考三四八沙陀。

【沙門】僧徒。亦作“桑門”。梵語室羅摩拏的音譯。義譯爲勤息，勤修善法，止息惡行之義。文選南齊王簡栖(屮)頭陀寺碑文：“頭陀寺者，沙門釋慧宗之所立也。”參閱魏書釋老志、翻譯名義集一釋氏衆名。

【沙所】古代傳說的地名。淮南子地形：“西北方曰一目，曰沙所。”注：“國人一目，在面中央。沙所，蓋流沙所出也；一曰澤名也。”

【沙版】用丹沙畫飾的板壁。楚辭宋玉招魂：“翡帷翠帳，飾高堂些；紅壁沙版，玄玉梁些。”注：“以丹沙畫飾軒版，承以黑玉之梁，五采分别也。”

【沙狗】沙蟹的一種。似蟚蜞而生於沙穴中，不可食。三國吴沈瑩臨海異物志：“沙狗似彭蜎，壤沙爲穴，見人則走，曲折易道，不可得也。”(太平御覽九四三)

【沙苑】地名。在陝西大荔縣南洛渭之間，又名沙海沙澤沙阜，東西八十里，南北三十里。西魏大統三年宇文泰大破高歡於此。其地宜於牧畜，唐於此置沙苑監，宋置龍坊，爲屯兵牧馬之地。見元和郡縣志二同州馮翊縣、讀史方輿紀要五四同州。

【沙飛】清代揚州遊船的一種。清李斗揚州畫舫録十八舫匾録：“木頂船謂之飛仙，製如蘇州酒船，本於城内沙氏所造，今謂之沙飛，皆用篙戧，沙飛梢艙有竈，無竈者謂之江船。”

【沙界】卽佛教所謂恒河沙數三千大千世界。文選南齊王簡栖(屮)頭陁寺碑文：“演勿照之明，而鑒窮沙界；導亡機之權，而功濟塵劫。”注：“金剛般若經曰：諸恒河所有沙數佛世界，如是寧爲多不？”宋蘇軾東坡集續集二觀湖詩之一：“回首不知沙界小，飄衣猶覺色塵高。”參見“恒河沙數”。

【沙泉】自沙下湧出的泉水。宋史三一一呂夷簡傳附呂公弼：“麟州無井，唯沙泉在城外，欲拓城包之，而土善陷，……去其沙，實以末炭，墐土於其上，板築立，遂包泉於中。”

【沙衍】㊀沙漠。穆天子傳三：“辛丑，天子渴于沙衍。”注：“沙中無水泉。”㊁沙洲旁水淺處。南朝齊謝朓謝宣城集三遊山詩：“鼯狖叫層嵁，鷗鳧戲沙衍。”

【沙海】地名。1.戰國策東周：“梁之君臣，欲得九鼎，謀之暉臺之下，沙海之上，其日久矣。”隋文帝時曾鑿舊迹，引汴水注之，習舟師以伐陳，平陳後於此立碑紀功。後淤塞。參閱太平寰宇記一開封縣。2.見“沙苑”。

【沙渚】小沙洲。文選南朝宋謝惠連泛湖歸出樓中翫月詩：“哀鴻鳴沙渚，悲猨響山椒。”

【沙鹿】春秋晉地土山名，其西有沙鹿城。在今河北大名縣。左傳僖十四年：“秋八月辛卯，沙鹿崩。”漢書九八元后傳作“沙麓”。

【沙堁】沙塵。堁，塵埃。文選戰國楚宋玉風賦：“動沙堁，吹死灰。”

【沙參】多年生草，根肥厚似人參。生於南方者，根短小，稱南沙參；産於北方沙地者，稱北沙參；皆供藥用。一名知母。參閱太平御覽九九一沙參。

【沙袋】刑具。遼制，用熟皮合縫之，長

六寸，廣二寸，柄一尺許。凡杖五十以上者，以沙袋決之，有重罪者，以沙袋先於脽骨之上及四周擊之。金承遼制，至熙宗始除。參閱遼史刑法志上、宋王易重編燕北録、金宇文懋昭大金國志科條(說郛三八、八六)。

【沙船】一種淺水船，底平，遇沙不易擱淺。宋時稱平底船，明中葉稱沙船。清齊彥槐海道南運議：“北洋多磧，水淺礁硬，非沙船不行。……沙船大者，纔吃水四五尺。”

【沙道】唐宰相出行，載沙填路，稱爲沙道。亦稱沙堤。唐杜甫九家集注杜詩五遣興之三：“府中羅舊尹，沙道尚依然。”參見“沙堤”。

【沙堤】唐天寶三年京兆尹蕭炅請於要路築甬道以通車騎，覆沙道上，稱爲沙堤。凡拜相，府縣令民載沙鋪路，從宰相私邸鋪到子城東街，成爲故事。唐白居易長慶集十九行簡初授拾遺同早朝入閤因示十二韻詩：“宿雨沙堤潤，秋風樺燭香。”參閱唐缺名大唐傳載、李肇國史補下。

【沙場】㊀平沙曠野。文選三國魏應休璉(璩)與滿公琰書：“夫漳渠西有伯陽之館，北有曠野之望，沙場夷敞，清風肅穆，是京臺之樂也，得無流而不反乎？”唐張說張說之集八巡邊河北作詩之一：“沙場磧路何爲爾，重氣輕生知許國。”後多指戰場。樂府詩集二一唐王昌齡塞上曲：“從來幽并客，皆向沙場老。”㊁屬於鹽場的沙田。見“沙田”。

【沙棠】木名，幹與葉類棠梨，果紅如李，木材可造舟。山海經西山經：“(崑崙之丘)有木焉，其狀如棠，華黃赤實，其味如李而無核，名曰沙棠；可以禦水，食之使人不溺。”史記一一七司馬相如傳上林賦：“沙棠櫟櫧。”

【沙溝】水名。在今山東長清縣南。水經注濟水：“(中川水)又北逕盧縣故城東而北流入濟，俗謂之爲沙溝水。”南朝宋大明二年，宋青冀二州刺史顔師伯破北魏兵於沙溝，即此。參閱讀史方輿紀要三一濟南府長清縣。

【沙溪】茶名。産於福建寧化，以産地而名。宋宋子安東溪試茶録：“沙溪去北苑西十里，山淺土薄，茶生則葉細，芽不肥乳，自溪口諸焙，色黃而土氣。”

【沙葱】沙漠地帶所生的葱。明釋梵琦漠北懷古詩：“野蒜根含水，沙葱葉負霜”(元明事類鈔三二葱引)。又見明金幼孜北征録。

【沙漠】地面全爲沙礫所覆蓋，乾旱缺水的地區。後漢書五一陳龜傳上疏：“戰夫身膏沙漠，居人首係馬鞍。”文選三國魏曹子建(植)白馬篇：“少小去鄉邑，揚聲沙漠垂。”漠，也作“幕”。參見“沙幕”。

【沙溆】沙洲近水處。南朝梁何遜何水部集贈江長史別詩：“長颸落江樹，秋月照沙溆。”

【沙塵】如塵的細沙。文選南朝宋謝靈運擬魏太子鄴中集詩阮瑀：“河洲多沙塵，風悲黃雲起。”注：“繁欽述行賦曰：‘芒芒河濱，實多沙塵。’”

【沙幕】卽沙漠。漢書五四蘇建傳附蘇武：“(李)陵起舞曰：‘徑萬里兮度沙幕，爲君將兮奮匈奴。’”又七十陳湯傳谷永上疏：“近漢有郅都魏尚，匈奴不敢南鄉沙幕。”

【沙箸】唐劉恂嶺表録異中：“沙箸，生於海岸沙中，春吐苗，其心若骨，白而且勁，可爲酒籌。凡欲採者，須輕步急拔之。不然，縮入沙中。”按，沙箸一名海柳，又名越王餘算。見本草綱目十九草八越王餘算。

【沙隨】春秋宋國地名，在今河南寧陵縣西北。左傳成十六年魯會晉侯、齊侯、衛侯、宋華元、邾人於沙隨，卽此。宋程迥寧陵人，學者稱沙隨先生。

【沙噀】卽海參。見該條。

【沙篆】沙石上所現如篆形的線條紋。唐韓愈昌黎集八城南聯句：“窗烟冪疏島，沙篆印迴平。”

【沙蝨】水邊草地的小蟲，能入皮膚害人。抱朴子登涉：“又有沙蝨，水陸皆有，其新雨後及晨暮前跋涉必著人，唯烈日草燥時差稀耳。”唐元稹長慶集九哭女樊四十韻詩：“山魈邪亂逼，沙蝨毒潛嬰。”參閱五代前蜀杜光庭録異記(類說八)。

【沙壅】粵中食品名。用糯粉雜白沙糖，入豬脂煮之，名沙壅。見清屈大均廣東新語十四食語茶素。

【沙糖】用蔗汁煉製呈沙粒狀結晶的糖。也作“沙餹”。唐貞觀年間，遣使至摩揭陀國得熬煮蔗糖之法。參閱宋陸游老學庵筆記六、本草綱目三三果五。參見“蔗糖”。

【沙縠】縐紗。周禮天官內司服“內司服掌王后之六服”漢鄭玄注：“六服皆袍制，以白縛爲裏，使之張顯，今世有紗縠者，名出于此。”

【沙磧】㊀沙石積成的沙灘地。舊題漢劉歆西京雜記四路喬如鶴賦：“宛脩頸而顧步，啄沙磧而相懽。”北周庾信庾子山集三奉和泛江詩：“錦纜迴沙磧，蘭橈避荻洲。”㊁沙漠。周書高昌傳：“自燉煌向其國，多沙磧，道里不可准記，唯以人畜骸骨及駞馬糞爲驗。”

【沙縣】縣名，屬福建省。三國吳南平縣之南鄉，南朝宋析置沙村縣。隋廢，唐復置沙縣，以縣境有沙源而名。明清屬延平府。參閱寰宇通志四九延平府。

【沙錢】薄片粗劣的小錢，猶後來所稱的“沙皮子”、“沙板子”。宋史二四三孟皇后傳：“時虔州府庫皆空，衛軍所給，惟得沙錢，市買不售，與百姓交鬭，縱火肆掠。”

【沙鍋】炊具，用陶土和沙燒製。也作“砂鍋”。元曲選吳昌齡東坡夢四：“葛藤接斷老婆禪，打破沙鍋璺(問)到底。”明高則誠琵琶記幾言諫父：“你直待要打破砂鍋，是你招災攬禍。”皆爲追根究底的意思。

【沙澀】謂金屬製品，其質不純，表面粗糙。新唐書食貨志四：“武后時，錢非穿穴及鐵錫銅液，皆得用之，熟銅、排斗、沙澀之錢皆售，自是盜鑄蜂起。”

【沙彌】佛教謂男子出家初受十戒者爲沙彌。女性爲沙彌尼。梵語室羅末尼羅，義譯爲息慈，或譯求寂。世說新語言語：“范寧作豫章，八日請佛，有板。衆僧疑，或欲作答，有小沙彌在坐末曰：‘世尊默然，則爲許可。’衆從其義。”魏書釋老志：“俗人之信憑道法者，男曰優婆塞，女曰優婆夷。其爲沙門者，初修十誡，曰沙彌，而終於二百五十，則具足成大僧。”參閱唐釋義淨南海寄歸內法傳三受戒規則、翻譯名義集一七衆弟子。

【沙蟲】卽沙蝨。唐李德裕李文饒集別集四謫仙嶺南道中作詩：“愁衝毒霧逢蛇草，畏落沙蟲避燕泥。”參見“沙蝨”。

【沙麓】見“沙鹿”。

【沙鏡】像雲母般閃光的沙。文選晉郭景純(璞)江賦：“雹布餘糧，星離沙鏡。”注：“雹布、星離，言衆多也。……舊說曰：沙鏡，似雲母也。”

【沙礫】沙和碎石塊。楚辭漢東方朔七諫沈江：“懷沙礫而自沈兮，不忍見君之蔽塞。”漢書五五霍去病傳：“會日且入，而大風起，沙礫擊面，兩軍不相見。”

【沙鷗】一種水鳥，棲息沙洲，經常飛翔於江海之上。唐孟浩然集二夜泊宣城界詩：“離家復水宿，相伴賴沙鷗。”杜甫杜工部草堂詩箋三九旅夜書懷：“飄飄何所似？天地一沙鷗。”

【沙鑼】供盥洗用的淺盆。宋趙彥衛雲

麓漫鈔九:"今人呼洗爲沙鑼,又曰廝鑼。……究其説,軍行不暇持洗,以鑼代之。"十國春秋一吴一:"常遇王(楊行密)起盥漱,右手擎沙鑼,可百餘兩,實水其中以洗項。"參閲宋程大昌演繁露一服匿。

【沙子玉】美玉的一種。明曹昭格古要論六沙子玉:"此玉罕得,比之白玉,此玉粉紅潤澤。多作刀靶、環子之類,少有大者。"

【沙吒利】唐肅宗時,韓翊美姬柳氏,爲蕃將沙吒利所劫,後得虞候許俊之助,與韓復合。故事見太平廣記四八五唐許堯佐柳氏傳、孟棨本事詩情感。後人因以沙吒利代指强奪人妻的權貴。宋王詵(晉卿)歌姬爲勢家所奪,王賦詩曰:"佳人已屬沙吒利,義士今無古押衙。"即用此典。見宋許顗彦周詩話。參見"古押衙"。

【沙門島】地名,在山東蓬萊縣西北海中,爲宋元時流放罪犯之處。宋史刑法志三:"先是,犯死罪獲貸者,多配隸登州沙門島及通州海島,皆有屯兵使者領護。"元曲選楊顯之酷寒亭四:"非我不憐他,他罪原非小。姑免赴雲陽,且配沙門島。"

【沙畫錐】言筆觸有力而匀整,不露鋒芒。唐顔真卿顔魯公集十四張長史十二意筆法意記:"後聞於褚河南(遂良)曰,用筆當須如印泥畫沙,思所以不悟。後於江島遇見沙地平淨,令人意悦欲書,乃偶以利鋒畫其勁險之狀,明利媚好,乃悟用筆而〔如〕錐畫沙,使其藏鋒,畫乃沉著。"宋黄庭堅豫章集二詠李伯時摹韓幹三馬……兼寄李德素詩:"李侯寫影韓幹墨,自有筆如沙畫錐。"

【沙摩竹】竹名。亦稱馬尾竹。根蟠節大,削以作弓弩。大者可以作茅屋椽梁。參閲太平御覽九六三引南越志、唐劉恂嶺表録異;清阮元揅經室集續集六種沙摩竹於西齋詩注。

沚 zhǐ ㄓˇ 諸市切,上,紙韻,照。

水中的小洲。詩召南采蘩:"于以采蘩,于沼于沚。"又秦風蒹葭:"溯游從之,宛在水中沚。"

汨 mì ㄇㄧˋ 莫狄切,入,錫韻,明。

見下。

【汨羅江】水名。在湖南省東北部。上游汨水,流經湘陰縣分爲二枝,南流者曰汨水,一經古羅城曰羅水,至屈潭兩水復合,故曰汨羅。水經注作汨羅淵。戰國楚屈原,憂憤國事,懷石自沉於此。參閲史記八四屈原傳、水經注三八湘水。

汩 1. gǔ ㄍㄨˇ 集韻古忽切,入,没韻。

"汩"、"汨"古義相近,篆變爲隸,形又相混。古籍中從"曰"從"日",常互通用。㊀治理,疏通。楚辭屈原天問:"不任汩鴻,師何以尚之?"注:"汩,治也。鴻,大水也。"國語周下:"決汩九川。"注:"汩,通也。"㊁光潔貌。文選漢王文考(延壽)魯靈光殿賦:"汩磑磑以璀璨,赫燡燡而爥坤。"㊂擾亂,弄亂。書洪範:"我聞在昔,鯀陻洪水,汩陳其五行。"傳:"汩,亂也。"㊃沉淪。見"汩没"。㊄象聲詞。見"汩汩㊀"、"汩活"、"汩董"。

2. yù ㄩˋ 于筆切,入,質韻,于。

㊅迅疾貌。楚辭屈原離騷:"汩余若將不及兮,恐年歲之不吾與。"

3. hú ㄏㄨˊ 集韻胡骨切,入,没韻。

㊆湧出的泉水。莊子達生:"與齊俱入,與汩偕出。"注:"回伏而湧出者汩也。"

【汩汩】㊀水急流貌。淮南子原道:"源流泉浡,沖而徐盈,混混汩汩,濁而徐清。"也比喻文思勃發,有如泉湧。唐韓愈昌黎集十六答李翊書:"當其取於心而注於手也,汩汩然來矣。"㊁盛貌。唐元結元次山集一咸池詩:"至德汩汩兮,順之以先。"㊂波浪聲,流水聲。文選晉木玄虛(華)海賦:"崩雲屑雨,浤浤汩汩。"㊃動蕩不安。唐杜甫杜工部草堂詩箋二一自閬州領妻子却赴蜀山行之一:"汩汩避羣盗,悠悠經十年。"

【汩没】埋没。唐杜甫杜工部草堂詩箋八贈陳二補闕:"世儒多汩没,夫子獨聲名。"又李商隱李義山文集三謝座主魏相公啟:"此皆相公事均卵翼,勢作風雲,特于汩没之中,俯借扶搖之便。"

【汩徂】行貌。楚辭屈原九章懷沙:"傷懷永哀兮,汩徂南土。"

【汩活】水急流聲。文選漢馬季長(融)長笛賦:"争湍苹縈,汩活澎濞。"

【汩流】急流。列子湯問:"(詹何)以獨繭絲爲綸,芒鍼爲鉤,荆篠爲竿,剖粒爲餌。引盈車之魚於百仞之淵,汩流之中。"

【汩減】水疾流貌。史記一一七司馬相如傳哀二世賦:"汩減噏習以永逝兮,注平皋之廣衍。"

【汩淈】水湧出貌。文選晉郭景純(璞)江賦:"瀥濆之所汩淈,奔溜之所碨錯。"

【汩越】㊀平治。國語周下:"汩越九原,宅居九隩。"㊁光明貌。文選三國魏何平叔(晏)景福殿賦:"羅疏柱之汩越,肅坻鄂之鏘鏘。"

【汩董】即古董、骨董。朱子語類七小學:"今人既無本領,只去理會許多閑汩董,百方措置思索,反以害心。"參見"骨董"。

【汩亂】擾亂。舊唐書一九〇下劉蕡傳大和二年試賢良策:"羈絏藩臣,干淩宰輔,隳裂王度,汩亂朝經。"

沖 chōng ㄔㄨㄥ 直弓切,平,東韻,澄。

也作"冲"。㊀空虛。老子:"道沖而用之,或不盈;淵兮似萬物之宗。"又:"大盈若沖,其用不窮。"㊁幼小。後漢書沖帝紀"孝沖皇帝諱炳"注:"謚法曰:'幼小在位曰沖。'司馬彪曰:'沖幼早夭,故謚曰沖。'"參見"沖人"。轉爲淡泊、謙和。見"沖漠"、"沖操"。㊂水湧動。見説文。㊃飛而直上。同"衝"。韓非子喻老:"三年不翅,將以長羽翼,……雖無飛,飛必沖天。"㊄星相術士謂相忌爲沖剋。如言子午相沖。見"沖喜"。㊅以水灌注曰沖。如沖洗、沖服。

【沖人】幼童。書盤庚下:"肆予沖人,非廢厥謀,弔由靈。"注:"沖,童也。"梁書袁昂傳與人書:"孤子夙以不天,幼傾乾廕,資敬未奉,過庭莫承,藐藐沖人,未達朱紫。"自隋唐後僅用爲皇帝自稱的謙辭。也作"沖子"。逸周書世俘:"維予沖子綏文。"此爲武王自稱。

【沖末】元雜劇脚色名,又稱二末。元人雜劇,如謝天香中的柳耆卿,争報恩中的宋江,皆以沖末扮演。明代傳奇已無沖末名稱,元曲中沖末角色皆以小生與末扮演。參閲清焦循劇説。

【沖沖】㊀鑿冰聲。詩豳風七月:"二之日鑿冰沖沖。"㊁激怒的樣子。元王實甫西廂記二本四折:"則見他走將來氣沖沖,怎不教人恨匆匆,諕得人來怕恐。"

【沖衿】遠大的胸襟、抱負。晉書王湛傳史臣曰:"懷祖(王述)鑒局夷遠,沖衿玉粹。"衿,亦作"襟"。唐韋應物韋江州集五答崔主簿倬詩:"蘭章不可答,沖襟徒自盈。"

【沖昧】年幼無知,幼年皇帝的謙稱。宋書武帝紀中晉帝封劉裕宋公詔:"夫翼聖宣績,輔德弘猷,禮窮元賞,寵章希世,況明保沖昧,獨運陶鈞者哉。"

【沖挹】謙虛自抑。挹,通"抑"。晉書恭帝紀義熙十四年詔:"大司馬明德懋親,……雅尚沖挹,四門弗闢。"

【沖弱】 幼稚。藝文類聚五十南朝梁簡文帝復臨丹陽教:"吾沖弱寡能,未明理道。"

【沖淡】 謂平和淡泊。晉書杜夷傳王敦薦夷疏:"夷清虛沖淡,與俗異軌,考槃空谷,肥遁匿迹。"也作"沖澹"。宋史樂志十四:"德厚重閨,沖澹粹穆。"

【沖寂】 虛靜。魏書陽尼傳演賾賦:"除紛競而靖默兮,守沖寂以無爲。"

【沖華】 極美。文選南朝宋謝希逸(莊)宋孝武宣貴妃誄:"世覆沖華,國虛淵令,嗚呼哀哉!"

【沖虛】 ㊀沖淡虛靜,無所拘繫。晉書夏侯湛傳抵疑:"方將保重嗇神,獨善其身,玄白沖虛,仡爾養真。"文選南齊王仲寶(儉)褚淵碑:"深識臧否,不以毀譽形言;亮采王室,每懷冲虛之道。"注:"字林曰:'冲猶虛也。'"㊁唐天寶元年詔號列子爲沖虛真人,所著書改爲沖虛真經。參見"列子"。

【沖喜】 舊時迷信,在卽將發生凶事時辦喜事,借以破解不祥。紅樓夢九六:"況且寶玉病着,也不可叫他成親,不過是沖沖喜。"又九七:"賈政原爲賈母作主,不敢違拗,不信沖喜之說。"

【沖漠】 恬靜虛寂。唐韋應物韋江州集七登樂遊廟作詩:"歸當守沖漠,跡寓心自忘。"

【沖撞】 冒犯。明缺名白兔記上十一:"妹丈,我昨日醉了沖撞,休怪休怪。"

【沖凝】 猶言和合。雲笈七籤五七服氣精義論:"夫一者,道之沖凝也。沖而化之,凝而造之,乃生二焉。"

【沖靜】 淡泊寧靜。宋書樂志三三國魏曹丕善哉行朝日樂府:"沖靜得自然,榮華何足爲!"

【沖邁】 高遠。新唐書一〇二令狐德棻傳附鄧世隆:"初帝(太宗)以武功定天下,晚始嚮學,多屬文賦詩,天格贍麗,意悟沖邁。"

【沖操】 謙虛的品德。魏書彭城王勰傳:"世宗謂勰曰:'頃來南北務殷,不容仰遂沖操,今遂叔父高蹈之意。'"

【沖默】 淡泊恬靜。晉陶潛陶淵明集五晉故征西大將軍長史孟府君傳:"沖默有遠量,弱冠儔類咸敬之。"唐韋應物韋江州集五灃上精舍答趙氏外生伉詩:"隱拙在沖默,經世昧古今。"

【沖闇】 年幼昏暗。三國志魏袁紹傳"紹不應橫刀長揖而去"注引獻帝春秋:"(董)卓欲廢帝,謂紹曰:'皇帝沖闇,非萬乘之主,陳留王猶勝,今欲立之。'"

【沖龍玉】 鼻神。見唐段成式酉陽雜俎前集十一廣知,雲笈七籤十一上清黃庭內景經、又三一稟生受命。

【沖州撞府】 到處流浪之意。元明雜劇缺名趙匡胤打董達三:"來時節沖州撞府氣纛揚,我這裏脚緊拳疾怎隄防。"

汭 ruì ㄖㄨㄟˋ 而銳切,去,祭韻,日。

㊀河流彎曲處,又水北曰汭。書禹貢:"涇屬渭汭。"疏:"鄭(玄)云:汭之言內也,蓋以人皆南面望水,則北爲汭也。且涇水南入渭而名爲渭汭,知水北曰汭。"㊁古水名。周禮夏官職方氏:"其川涇汭。"注:"汭在豳地。"豳,地在今陝西栒邑西。

沘 bǐ ㄅㄧˇ 卑履切,上,旨韻,幫。

水名。1.卽泌水,唐河的上游,在河南泌陽縣。漢末,劉秀(光武)大破王莽將甄阜梁丘賜軍於沘水西,斬阜賜,進圍宛城,卽此。見後漢書光武紀上更始元年。2.安徽淠水的古稱。漢書地理志上灊縣:"天柱山在南,有祠。沘山,沘水所出,北至壽春,入芍陂。"

【沘陽】 漢南陽郡比陽縣,以比水所出而名。唐屬唐州。五代梁改唐州爲泌州,縣爲泌陽。卽今河南泌陽。參閱文獻通考三二〇輿地六唐州。參見"泌陽"。

泛 1. fàn ㄈㄢˋ 孚梵切,去,梵韻,並。

也作"汎"。㊀漂浮。唐杜甫杜工部草堂詩箋五奉贈太常張卿均二十韻:"萍泛無休日,桃陰想舊蹊。"宋蘇軾經進東坡文集事略一前赤壁賦:"蘇子與客泛舟遊於赤壁之下。"引申爲浮現、透出之意。見"泛酡"。㊁廣泛,一般地。漢書九二原涉傳:"素善強弩將軍孫建,莽疑建藏匿,泛以問建。"注:"泛者,以常語問之,不切責也。"莽,王莽。

2. fěng ㄈㄥˇ 方勇切,上,腫韻,幫。

㊂覆,翻。史記呂后紀:"太后乃恐,自起泛孝惠卮。"

【泛宅】 謂以船爲家。新唐書一九六張志和傳:"顏真卿爲湖州刺史,志和來謁,真卿以舟敝漏,請更之,志和曰:'願爲浮家泛宅,往來苕、霅間。'"

【泛泛】 ㊀廣大無邊際貌。莊子秋水:"泛泛乎其若四方之無窮,其無所畛域。"引申爲普通、尋常、浮淺。如言交情不深者爲泛泛之交、言談不深者爲泛泛之談。㊁漂浮貌。也作"汎汎"、"氾氾"。漢書禮樂志郊祀歌天馬:"泛泛滇滇從高斿,殷勤此路臚所求。"

【泛使】 一般的使節。與專使、特使相對。宋史三二九王廣淵傳附王臨:"嘉祐初,契丹泛使至,朝論疑所應。"又三八六范成大傳:"遷成大起居郎,假資政殿大學士,充金祈請國信使。國書專求陵寢,蓋泛使也。"

【泛索】 點心。非定時所進,故名。元周密武林舊事七:"淳熙六年三月十五日,車駕過宮,恭請太上、太后幸聚景園。次日,……供泛索訖,從太上、太后至聚景園。"

【泛常】 平常,時常。水滸六:"且說菜園左近有二三十個賭博不成才破落戶潑皮,泛常在園內偷盜菜蔬,靠着養身。"

【泛愛】 猶博愛。漢書九二游俠傳序:"觀其溫良泛愛,振窮周急,謙退不伐,亦皆有絕異之姿。惜乎不入於道德,苟放縱於末流,殺身亡宗,非不幸也。"

【泛齊】 周禮天官酒正有五齊,其一爲泛齊。參見"五齊㊀"。

【泛論】 一般地論述。三國志吳諸葛瑾傳:"吳郡太守朱治,(孫)權舉將也,權曾有以望之,而素加敬,難自詰讓,忿忿不解。瑾揣知其故,而不敢顯陳,乃乞以意私自問,遂於權前爲書,泛論物理,因以己心遙往忖度之。"淮南子有氾論訓。氾,同"泛"。

【泛₂駕】 謂翻車。也喻不受控御。漢書武帝紀元封五年詔:"夫泛駕之馬,跅弛之士,亦在御之而已。"注:"泛,覆也,……本作覂,後通用耳;覆駕者,言馬有逸氣而不循軌轍也。"

【泛濫】 水漫溢橫流。同"氾濫"、"汎濫"。史記河渠書:"爲我謂河伯兮何不仁,泛濫不止兮愁吾人!"

【泛聲】 演樂時爲使樂音和諧合於節奏,配襯輕彈緩奏的虛聲,稱泛聲。也叫散聲或和聲。全唐詩六五一方干李戶曹小妓天得善擊越器以成曲章:"隨風搖曳有餘韻,測水淺深多泛聲。"朱子語類一四〇:"古樂府只是詩,中間却添許多泛聲。後來人怕失了那些聲,逐一聲添箇實字,遂成長短句,今曲子便是。"

【泛觴】 水邊飲酒。猶言流觴。全唐詩一三八儲光羲京口送別王四誼:"明年菊花熟,洛東泛觴遊。"參見"流觴曲水"。

【泛瀲】 水波浮蕩起伏貌。文選晉郭景純(璞)江賦,"或泛瀲於潮波,或混淪乎泥沙。"

【泛覽】 ㊀廣泛的閱讀。南朝梁昭明太

子(蕭統)文選序:"余監撫餘閑,居多暇日,歷觀文囿,泛覽辭林,未嘗不心遊目想,移晷忘倦。"㊂隨處遊覽。宋歐陽修文忠集一五〇與謝舍人之二:"泛覽水竹,登臨高明,歡然之適,無異京洛之舊。"

【泛觀】縱觀,廣泛地瀏覽。史記一一七司馬相如傳上林賦:"於是乎周覽泛觀,瞋盼軋沕,芒芒恍忽,視之無端,察之無崖。"

【泛灩】浮光貌。藝文類聚一南朝宋謝靈運怨曉月賦:"浮雲褰兮收泛灩,明舒照兮殊皎潔。"也作"泛豔"。文選南朝梁江文通(淹)雜體詩休上人:"露彩方泛豔,月華始徘徊。"

【泛萍浮梗】浮動在水面的萍草和樹梗,比喻飄蕩無主。唐徐夤釣磯文集十別詩:"酒盡欲終問後期,泛萍浮梗不勝悲。"

【泛清波摘編】詞調名。宋史樂志有林鍾商泛清波大曲。凡曲,每解有數疊者,裁截用之,謂之摘編。此爲摘泛清波曲之一編。雙調一百六字。見詞譜三。

汾 fén ㄈㄣˊ 符分切,平,文韻,並。

水名。見"汾河"。

【汾王】指周厲王。詩大雅韓奕:"韓侯取妻,汾王之甥。"箋:"厲王流于彘,彘在汾水之上,故時人因以號之。"

【汾丘】地名。在今河南襄城縣東北。左傳襄十八年:"子庚帥師治兵于汾。"即指此。也稱汾陘。戰國策楚一:"蘇秦爲趙合從說楚威王曰:'楚天下之强國也,……北有汾陘之塞。'"

【汾州】州府名。春秋晉地。秦爲太原郡,漢爲太原西河郡。北魏置汾州。治所在蒲子城。孝昌時移治於西河。北齊改爲南朔州。唐初又改汾州。明清爲府,附郭首縣汾陽縣。公元 1912 年裁府留縣。參閱文獻通考三一六輿地二汾州。

【汾西】縣名,屬山西省。漢彘縣地。東漢以後爲永安縣地。北齊分置臨汾縣,兼置汾西郡。隋開皇初郡廢,十八年改縣爲汾西,屬晉州。明清皆屬山西平陽府。參閱隋書地理志中臨汾郡、嘉慶一統志一三八平陽府一。

【汾沄】盛貌。文選漢揚子雲(雄)長楊賦:"汾沄沸渭,雲合電發。"

【汾河】又稱汾水。黄河支流。源出山西寧武縣管涔山,南流至曲沃縣西折,在河津縣入黄河。漢武帝秋風辭:"泛樓舡兮濟汾河,横中流兮揚素波。"(樂府詩集八四)卽指此河。參閱讀史方輿紀要三九山西一汾水。

【汾門】地名,又名汾水門、梁門。在今河北徐水縣西易水之北。戰國趙孝成王時,以龍兌、汾門等地與燕易土,卽指此。參閱史記趙世家、水經注十二易水。

【汾射】汾水與藐姑射山的省稱。莊子逍遥遊:"堯治天下之民,平海內之政,往見四子藐姑射之山,汾水之陽,窅然喪其天下焉。"四子指被衣、王倪、齧缺、許由,皆隱士。後也以汾射泛指隱士。梁書何點傳天監三年高祖(蕭衍)與點弟胤敕:"聽覽暇日,角巾引見,窅然汾射,茲焉有託。"

【汾陰】地名。戰國魏邑,漢置縣,屬河東郡。以在汾水之南而名。漢武帝時於此得寶鼎,因改元爲元鼎元年。唐開元十年改名寶鼎,宋改榮河。元明清因之,卽今山西萬榮縣地。參閱史記武帝紀、封禪書、嘉慶一統志一四〇蒲州府一。

【汾陽】縣名。1. 春秋晉地,西漢初,漢高祖封荆疆於此,號汾陽侯。後置縣。東漢廢。隋開皇六年時移陽直縣於此,十六年更名汾陽縣。大業初廢。故地在今山西陽曲縣西北。參閱隋書地理志中太原郡。2. 屬山西省。漢茲氏縣,屬太原郡。晉改隰城縣,唐改名西河,明改今名。參閱讀史方輿紀要四二汾州府。

【汾脽】卽汾陰脽。脽,高丘。漢書武帝紀元鼎四年:"立后土祠于汾陰脽上。"注:"如淳曰:'脽者,河之東岸特堆掘,長四五里,廣二里餘,高十餘丈。汾陰縣治脽之上。……汾在脽之北。"參閱水經注六汾水。

【汾葵】地名。卽汾陰脽。漢代在此祭天。太平御覽五二七漢衞宏漢舊儀:"祭地河東汾陰后土宫,宫曲入河,古之祭地,澤中方丘也。禮儀如祭天,名曰汾葵,一曰葵丘也。"參見"汾脽"。

【汾鼎】漢武帝元鼎元年在汾水所得的寶鼎。藏於甘泉宫。見史記封禪書、漢書六四吾丘壽王傳。後來泛指象徵國祚的寶鼎。全唐詩七四蘇頲奉和聖製途次舊居應制:"盛業銘汾鼎,昌期應洛書。"

【汾橋】橋名。橋的故址在今山西陽曲縣東。相傳爲春秋戰國時晉人豫讓謀刺晉大夫趙無恤(趙襄子)處。全唐詩一四二王昌齡駕幸河東:"晉水千廬合,汾橋萬國從。"參閱水經注六汾水、元和郡縣志十三太原府晉陽縣。

汽 qì ㄑㄧˋ 集韻 起毅切,去,未韻。

水氣。見集韻。

沃 wò ㄨㄛˋ 烏酷切,入,沃韻,影。

㊀灌,澆。左傳僖二三年:"秦伯納女五人,懷嬴與焉,奉匜沃盥,既而揮之。"疏:"沃,謂澆水也。"㊁光盛,豐美。詩小雅隰桑:"隰桑有阿,其葉有沃。"傳:"沃,柔也。"㊂山西曲沃的簡稱。詩唐風揚之水:"素衣朱襮,從子于沃。"參見"曲沃"。

【沃土】肥沃的土地。國語魯下:"沃土之民不材,逸也;瘠土之民莫不嚮義,勞也。"唐王建詩一送于丹移家洺州:"耕者求沃土,漚者求深源。"

【沃心】書說命上:"啟乃心,沃朕心。"疏:"當開汝心所有,以沃灌我心,欲令以彼所見教己未知,故也。"後指臣下向皇帝獻謀建議爲沃心。梁書武帝紀下大同二年詔:"治道不明,政用多乖,百辟無沃心之言,四聰闕飛耳之聽。"唐元稹長慶集十三酬樂天待漏入閣見贈詩:"沃心因特召,丞旨絶常班。"

【沃沃】光盛豐美貌。詩檜風隰有萇楚:"夭之沃沃,樂子之無知。"

【沃沮】地名。漢武帝元封二年置玄菟郡。其後徙郡於高句驪西北,以沃沮爲縣,屬樂浪東部都尉。至光武時罷都尉,封部落長爲沃沮侯。後歸高句驪。見後漢書八五東沃沮傳。

【沃洲】山名。在浙江新昌縣東。相傳晉高僧支遁曾居於此。有放鶴峯、養馬坡,爲遁遺迹。唐白居易長慶集五九有沃洲山禪院記。劉長卿劉隨州集一初到碧澗招明契上人詩:"沃洲能共隱,不用道林錢。"道林,支遁字。

【沃若】光盛貌。詩衞風氓:"桑之未落,其葉沃若。"指茂盛。又小雅皇皇者華:"我馬維駱,六轡沃若。"又裳裳者華:"乘其四駱,六轡沃若。"指威儀之盛。

【沃泉】往下流的泉水。爾雅釋水:"沃泉縣出。縣出,下出也。"釋名釋水:"懸出曰沃泉,水從上下有所灌沃也。"

【沃衍】土地平坦肥沃。三國志魏王基傳:"安陸左右,陂池沃衍。"晉陸機陸士衡集二懷土賦:"背故都之沃衍,適新邑之丘墟。"

【沃雪】像用沸水澆雪一樣,立卽融化。比喻事之易於解決。文選漢枚叔(乘)七發:"小飯大歠,如湯沃雪。"梁書侯景傳高澄與景書:"若使旗鼓相望,埃塵相接,勢如沃雪,事等注螢。"

【沃野】㊀肥沃的田野。戰國策秦一:"(蘇秦)說秦惠王曰:'大王之國,……沃野千里，蓄積饒多，地勢形便，此所謂天府，天下之雄國也。'"㊁古稱西方爲沃野。淮南子地形："西方曰金邱，曰沃野。"注："沃，猶白也，西方白，故曰沃野。"㊂縣名。漢元狩中置。屬朔方郡。隋大業初省入豐林縣。治所在今內蒙古伊克昭盟杭錦旗南。參閱漢書地理志下、隋書地理志上延安郡。

【沃焦】傳說中東海南部的一座大山。一名尾閭。文選晉郭景純(璞)江賦："出信陽而長邁，淙大壑與沃焦。"注："玄中記曰：天下之大者，東海之沃焦焉，水灌之而不已。沃焦，山名也。在東海南，方三萬里。"參見"尾閭"。

【沃酹】酹酒祭祀鬼神。後漢書五一橋玄傳曹操祭玄文："又承從容約誓之言：'徂沒之後，路有經由，不以斗酒隻雞過相沃酹，車過三步，腹痛勿怨。'"

【沃盥】以水澆手而洗。禮內則："進盥：少者奉槃，長者奉水，請沃盥。"

【沃瀛】肥美的池澤。文選晉左太沖(思)蜀都賦："沃瀛則有攢蔣叢蒲，綠菱紅蓮。"

【沃壤】肥沃的土地。後漢書八七西羌傳虞詡疏："夫弃沃壤之饒，損自然之財，不可謂利；離河山之阻，守無險之處，難以爲固。"文選晉潘安仁(岳)秋興賦："耕東皋之沃壤兮，輸黍稷之餘稅。"

【沃饒】土地肥美而物產豐富。左傳成六年："晉人謀去故絳，諸大夫皆曰：'必居郇瑕氏之地，沃饒而近鹽，國利君樂，不可失也。'"

汷 xián 夕連切，平，仙韻，邪。ㄒㄧㄢ

口液。同"涎"。見說文。

【汷裹衣】小兒涎衣，卽圍嘴兒之類。吳語稱圍瀺。見說文"褔"。

泃 jūn 居筠切，平，真韻，見。ㄐㄩㄣ 居匀切，平，諄韻，見。

古水名。卽均水。漢水支流之一，上、中游卽今河南淅河，下游卽匯合淅河以後的丹江。參閱水經注二九均水。

沕 1. wù 文弗切，入，物韻，明。ㄨ

㊀見"沕穆"。

2. mì 美畢切，入，質韻，明。ㄇㄧ

㊀潛藏貌。史記八四賈誼傳弔屈原賦："襲九淵之神龍兮，沕深潛以自珍。"㊁塵濁。見集韻。㊃見"沕₂潏"。

【沕₂潏】泉流貌。史記一一七司馬相如傳封禪文："大漢之德，逢涌原泉，沕潏漫衍，旁魄四塞。"文選作"沕潏曼羨"。

【沕穆】深微。史記八四賈誼傳服鳥賦："沕穆無窮兮，胡可勝言！"索隱："沕穆，深微之貌。以言其理深微，不可盡言也。"唐李白李太白詩一明堂賦："淳風沕穆，鴻恩滂洋。"注："沕穆，深微貌。"

沒 mò 莫勃切，入，没韻，明。ㄇㄛˋ

㊀入水。莊子列禦寇："其子沒於淵，得千金之珠。"㊁淹沒。引申爲淪落。漢書五四蘇武傳："(緱王)後隨浞野侯沒胡中。"北史崔悛傳附崔仲文："沙苑之敗，仲文持馬尾度河，波中乍沒乍出。"謂忽隱忽現。㊂盡，無。論語陽貨："舊穀既沒，新穀既升。"唐陸龜蒙甫里集十一和重題薔薇詩："更被夜來風雨惡，滿階狼藉沒多紅。"此義今讀 méi。㊃沒收。見"沒入"。㊄死亡。通"歿"。論語子罕："文王既沒，文不在茲乎？"

【沒人】潛水的人。莊子達生："若乃夫沒人，則未嘗見舟而便操之也。"宋蘇軾經進東坡文集事略五七日喻："南方多沒人，日與水居也，七歲而能涉，十歲而能浮，十五歲而能沒矣。"

【沒入】沒收犯罪者的家屬或財產入官。史記平準書："匿不自占，占不悉，戍邊一歲；沒入緡錢。"漢書刑法志："(緹縈)迺隨其父(淳于意)至長安，上書曰：'妾父爲吏，齊中皆稱其廉平，今坐法當刑。……妾願沒入爲官婢，以贖父刑罪，使得自新。'"

【沒世】㊀死。論語衞靈公："君子疾沒世而名不稱焉。"㊁終身，永久。荀子解蔽："以可知人之性，求可以知物之理，而無所疑止之，則沒世窮年不能徧也。"

【沒地】㊀人死葬於地下。左傳隱十一年："若寡人得沒於地，天其以禮悔禍于許，無寧茲許公復奉其社稷。"南朝梁江淹江文通集一恨賦："至乃敬通見抵，罷歸田里，……齎志沒地，長懷無已。"敬通，後漢馮衍字。㊁覆滅的險地。六韜犬韜："所從入者隘，所從出者遠，彼弱可以擊我强，彼寡可以擊我衆，此騎之沒地也。"㊂豈，難道。也作"沒地裏"。水滸二三："休要胡說，沒地不還你錢，再篩三碗來我吃！"又二八："看你怎地奈何我？沒地裏倒把我發回陽穀縣不成？"

【沒死】冒死。多用作向上陳言或上奏的套語。戰國策趙四："左師公(觸龍)曰：'老臣賤息舒祺，最少，不肖；而臣衰，竊愛憐之，願令得補黑衣之數，以衞王宮，沒死以聞。'"宋鮑彪注："沒者沉溺之辭。"史記趙世家作"昧死"。參見"昧死"。

【沒羽】箭名。竹書紀年上："(帝堯)二十九年春，僬僥氏來朝貢沒羽。"北周庾信庾子山集一哀江南賦："西賮浮玉，南琛沒羽。"

【沒沒】㊀沉溺。左傳襄二四年："夫諸侯之賄聚於公室，則諸侯貳；若吾子賴之，則晉國貳。……何沒沒也，將焉用賄？"注："沒沒，沈溺之言。"㊁埋沒。南史王僧達傳："大丈夫寧當玉碎，安可以沒沒求活！"

【沒官】沒收入官。三國志魏高柔傳："是時，殺禁地鹿者身死，財產沒官。"北史陳元康傳："左衞將軍郭瓊以罪死，子婦，范陽盧道虔女也，沒官。"

【沒略】搶劫。晉常璩華陽國志二漢中志："安帝永初二年，陰平武都羌反，入漢中，殺太守董炳，沒略吏民。"

【沒飲】猶言痛飲。三國志吳吳主傳黃武元年"(孫)權使太中大夫鄭泉聘劉備于白帝"注引吳書："(泉)博學有奇志而性嗜酒，其閒居每曰：'願得美酒滿五百斛船，以四時甘脆置兩頭，反覆沒飲之。……不亦快乎！'"

【沒齒】猶言終身。論語憲問："問管仲，曰：'人也，奪伯氏駢邑三百，飯疏食，沒齒無怨言。'"

【沒藥】植物名，一作末藥。其莖部滲出的乳液，乾之成塊，可爲香料，又供藥用。見宋寇宗奭本草衍義、政和證類本草十一仙茅。

【沒下梢】宋郭彖睽車志四："逆亮末年……又爲短鞭，僅存其半，謂之沒下梢。其後渝盟犯順，果爲其下所戕，死于江上。"逆亮，指金主完顏亮。後用以比喻沒有好收場。元曲選王子一誤入桃源四："分淺緣薄，有上梢沒下梢。"

【沒巴鼻】猶言沒把握，沒依據，無來由。宋陳師道後山詩話："熙寧初有人自常調上書，迎合宰相意，遂求御史。蘇長公(軾)戲之曰：'有甚意頭求富貴，沒些巴鼻便邪'，有甚意頭、沒些巴鼻，皆俗語也。"朱子語類五三孟子三："且如𢘅也要糊得在那裏教好，不成沒巴鼻打壞了。"參見"巴鼻"。

【沒包彈】謂無可挑剔指摘。金董解元西廂一："苦愛詩書，素愛琴書，德行文章沒包彈。"參見"包彈"。

【沒字碑】㊀沒有刻文字的石碑。宋趙鼎臣竹隱畸士集二十遊山録："偏至秦漢唐以來封禪壇，觀李斯所刻石，摩挲始皇巨碑久之。碑高數丈，石瑩然如玉而表裏通洞無文字銘識，俗號没字碑。古者豐碑以繫牲，初無銘識，皆出于後世之彌文，秦猶近古，意其此類也。”㊁比喻有儀表而不通文墨的人。新五代史唐臣傳任圜：“天下皆知崔協不識文字，而虚有儀表，號爲没字碑。”又雜臣傳安叔千：“叔千狀貌堂堂，而不通文字，所爲鄙陋，人謂之没字碑。”

【沒交涉】謂没有關聯牽涉。景德傳燈録十九文偃禪師：“問佛問祖，向上向下，求覓解會，轉没交涉。”

【沒奈何】宋洪邁夷堅支志戊四張拱之銀：“俗云張循王(俊)在日，家多銀，每以千兩鎔一毬，目爲没奈何。”此指特大型銀餅，盜賊也没法偷竊。

【沒突艦】軍艦名。梁書裴邃傳：“魏人爲長橋斷淮以濟，邃築壘逼橋，每戰輒克，於是密作没突艦。會甚雨，淮水暴溢，邃徑造橋側，魏衆驚潰。”

【沒骨畫】國畫花鳥的一種畫法，繪時布彩肖物，不用雙鉤，類似今之水彩畫。創始於宋徐崇嗣。其後畫家仿效，成爲一種流派，清惲壽平所繪全用没骨畫法。參閱宋郭若虚圖畫見聞誌六没骨畫、元夏文彦圖繪寶鑑三。

【沒掂三】不考慮，糊塗。明湯顯祖牡丹亭三冥判：“則見没掂三展花分魚尾册，無賞一挂日子虎頭牌。”

【沒雕當】俗語。宋朱彧萍洲可談一：“都下市井輩謂不循理者爲乖角，又謂作事無據者曰没雕當(入聲)，衛士順天幞頭一脚下垂者，其儕呼爲雕當，不知名義所起。”清翟灝謂雕當卽玉篇、集韻之倜儻，没雕當猶言無着落、不踏實。見通俗編十一品目没雕當。

【沒頭腦】心地糊塗。宋羅大經鶴林玉露六：“李白見永王璘反，便從臾之，詩人没頭腦至於如此。”

【沒精打采】精神萎靡不振。紅樓夢八七：“弄得寶玉滿肚疑團，没精打采地歸至怡紅院中。”

泮 pàn 普半切，去，翰韻，滂。ㄆㄢˋ

水厓。同“泮”。新唐書二〇二王維傳：“別墅在輞川，地奇勝，有……茱萸泮、辛夷塢。”

泜 zhǐ 諸氏切，上，紙韻，照。ㄓˇ

㊀有所附著而停止。説文：“泜，著止也。从水，氏聲。”又土部“坁”字亦爲附著之義，與“泜”字俱从“氏”。宋徐鍇説文繫傳引左傳：“物乃泜伏。”今左傳昭二九年作“坁伏”。坁與泜，義略同。自唐宋以來“氏”、“氐”多混用。參閲清段玉裁説文解字注。㊁見“泜泜”。

【泜泜】整齊一致。後漢書六十蔡邕傳釋誨：“皇道惟融，帝猷顯丕(丕)，泜泜庶類，含甘吮滋。”注：“泜泜，齊貌。”

沂 1. yí 魚衣切，平，微韻，疑。ㄧˊ

㊀水名。見“沂河”。

2. yín 集韻魚巾切，平，真韻。ㄧㄣˊ

㊁古時一種單管横吹的樂器名。爾雅釋樂：“大篪謂之沂。”㊂岸，邊際。通“圻”、“垠”。漢書一〇〇上敍傳答賓戲：“齊甯激聲於康衢，漢良受書於邳沂。”注：“晉灼曰：‘沂，崖也。下邳水之崖也。’”齊甯，齊甯戚；漢良，漢張良。

【沂山】山名。在山東臨朐縣南。因位於泰山之東，故亦稱東泰山。參閲讀史方輿紀要三十山東一沂山。

【沂水】㊀水名。1. 今稱沂河。源出山東沂源縣魯山。南流經臨沂縣入江蘇境。部分河水入大運河和駱馬湖。參閲水經注二五沂水。2. 源出山東曲阜縣東南的尼丘。西流經曲阜、兖州合於泗水。論語先進“浴乎沂”及左傳昭二五年“季平子請待于沂上以察罪”，皆指此。參閲讀史方輿紀要三二山東三沂河。㊁縣名。屬山東省。漢東莞縣，屬琅玡郡。魏改新泰。隋改名沂水。參閲嘉慶一統志一七七沂州府一。

【沂州】州名。自漢至晉爲琅邪郡、琅邪國。北魏並立北徐州，北周改爲沂州，以城臨沂水而名。隋移治臨沂。清雍正初升爲直隸州，後又升爲府。公元 1913 年廢，留府治蘭山縣，1914 年改爲臨沂縣。參閲嘉慶一統志一七七沂州府一。

【沂河】見“沂水㊀”。

【沂₂垠】邊隅。古文苑十二漢班固車騎將軍竇北征頌：“回萬里而風騰，劉殘寇於沂垠。”指邊塞。

【沂₂鄂】器物上線畫隆起之紋。沂，凹紋；鄂，凸紋。周禮考工記輈人“良輈環灂”漢鄭玄注：“環，謂漆沂鄂如環。”禮哀公問“車不雕幾”唐孔穎達疏：“幾，謂沂鄂也；謂不雕鏤使有沂鄂也。”參見“圻鄂”、“垠堮”。

汳 biàn ㄅㄧㄢˋ

“汴”本字。詳“汴”。

沇 yǎn 以轉切，上，獮韻，喻。ㄧㄢˇ

㊀見“沇水”。㊁見“沇沇”、“沇溶”。

【沇水】古水名。書禹貢：“導沇水東流爲濟。”傳：“泉源爲沇，流去爲濟。”水經注七濟水：“濟水出河東垣縣東王屋山爲沇水。”水在黄河北岸發源處爲沇水，流至黄河南岸卽稱濟水。後來河道屢有變徙，濟河不分，沇水卽成爲濟水的别名。

【沇州】古九州之一，卽兖州。史記夏紀：“濟河惟沇州。”書禹貢作“兖州”。參見“兖州㊀”。

【沇沇】盛多貌。文選漢揚子雲(雄)羽獵賦：“沇沇溶溶，遥噱乎紘中。”

【沇溶】盛多貌。文選漢揚子雲(雄)羽獵賦：“萃傱沇溶，淋離廓落。”注：“沇溶，盛多之貌也。”

沝 1. zhuǐ 之累切，上，紙韻，照。ㄓㄨㄟˇ

㊀二水。見説文。

2. zǐ ㄗˇ

㊁灘磧相湊之處。長江自嘉州至荆門灘間有地名石桅沝、折桅沝。參閲明楊慎譚苑醍醐八蜀江水路險名、朱國禎湧幢小品二六江上險灘。

沓 1. tà 徒合切，入，合韻，定。ㄊㄚˋ

㊀重沓。莊子田子方：“發之適矢復沓。”注：“矢去也，箭適去，復歃沓也。”㊁會合。楚辭屈原天問：“天何所沓？”注：“沓，合也，言天與地合會何所？”㊂貪黷，無厭。國語鄭：“其民沓貪而忍，不可因也。”注：“沓，黷也。忍，忍行不義。”㊃姓。漢書地理志下遼東郡有沓氏縣，地因氏而名。北史有沓龍超。

2. dá ㄉㄚˊ

㊄量詞，疊。世説新語任誕：“(羅友)在益州，語兒云：‘我有五百人食器。’家人大驚其由來清而忽有此物，定是二百五十沓烏樏。”

【沓中】地名。在甘肅臨潭縣西南。有古沓中戍。三國蜀後主(劉禪)時宦官黄皓等用事，欲以閻宇爲大將軍，以代姜維，維疑懼求種麥沓中，不復還成都，卽此地。見三國志蜀姜維傳。

【沓至】連續不斷而來。元周密齊東野語十洪景盧：“洪景盧(邁)居翰苑日，嘗入直，值制誥沓至，自早至晡，凡視二十餘草。”

【沓合】重疊。亦作“合沓”。南朝梁江淹江文通集二横吹賦：“石硿礲而成象，山沓合而爲一。”

【沓拖】㊀相重貌。唐李白李太白詩一大鵬賦:"連軒沓拖,揮霍翕息。"㊁辦事拖拉,不利落。宋趙長卿惜香樂府七驀山溪:"學些沓拖,也似没意志。詩酒度流年,熟諳得無争三昧。"

【沓沓】㊀語多貌。孟子離婁上:"詩曰:'天之方蹶,無然泄泄。'泄泄,猶沓沓也。"參閱清焦循正義。㊁疾行貌。漢書禮樂志郊祀歌:"神之行,旌容容,騎沓沓,般縱縱。"

【沓風】風病名。史記一〇五倉公傳:"(成)開方自言以爲不病,臣意謂之病苦沓風,三歲四支不能自用,使人瘖,瘖即死。"

【沓颯】飄動貌。唐李賀歌詩編一河南府試十二月樂辭二月:"金翅峨髻愁暮雲,沓颯起舞真珠船。"

【沓潮】潮水重疊而至。唐劉恂嶺表録異:"沓潮者,廣州去大海不遠二百里,每年八月,潮水最大,秋中復多颶風。當潮水未退之間,颶風作而潮又至,遂至波濤溢岸,淹没人廬舍,蕩失苗稼,沈溺舟船,南中謂之沓潮,或十數年一有之,亦繫時數之失耳。俗呼爲海翻,爲漫天。"參見"踏潮歌"。

【沓墨】貪污。新唐書一一六王綝傳:"始,部中酋領沓墨,民詣府訴,府曹素相餉謝,未嘗治。"

【沓雜】繁多雜亂,也作"雜遝"。文選漢枚叔(乘)七發:"壁壘重堅,沓雜似軍行。"參見"雜遝"。

【沓藹】繁盛茂密。魏書肅宗紀熙平元年詔:"暨歷數永終,節隨物變,陵遂沓藹,鞠爲茂草,古帝諸陵,多見踐藉。"

五　畫

泬 1. jué ㄐㄩㄝ 集韻 古穴切,入,屑韻。

㊀水名。見"泬水"。㊁通"遹"。見"回泬㊁"。

2. xuè ㄒㄩㄝ 呼決切,入,屑韻,曉。

㊂見"泬₂寥"。

【泬水】古水名。又稱滈水。陝西渭河支流。水經注十九渭水:"南有泬水注之。水上承皇子陂於樊川。"又:"泬水又北流注渭,亦謂是水爲滈水也。"

【泬₂寥】空曠貌。文選戰國楚宋玉九辯:"泬寥兮天高而氣清。"注:"泬寥,曠蕩而虚静也,或曰泬寥猶蕭條無雲貌。"文苑英華二唐顧況送從兄使新羅詩:"獨島緣空翠,孤霞上泬寥。"

沱 1. tuó ㄊㄨㄛˊ 徒河切,平,歌韻,定。

㊀江水支流的通名。詩召南江有汜:"江有沱。"傳:"沱,江之別者。"詳"沱水"。㊁涕淚紛下貌。易離:"出涕沱若。"㊂見"滂沱"。

2. duò ㄉㄨㄛˋ 徒可切,上,哿韻,定。

㊃同"沲"。見"淡沲"。

【沱水】書禹貢荆州梁州下皆有"沱潛既道"語。沱,指江水的別流;潛,指漢水的別流。荆州梁州之沱,指今四川渠江諸水,如渠水巴水岩水等。舊説以爲沱即今四川岷江的支流郫江,或説即湖北均縣的夏水。

泣 qì ㄑㄧˋ 去急切,入,緝韻,溪。

㊀無聲或低聲而哭。易中孚:"或鼓或罷,或泣或歌。"戰國策趙四:"媪之送燕后也,持其踵爲之泣,念悲其遠也,亦哀之矣。"㊁淚。詩邶風燕燕:"瞻望弗及,泣涕如雨。"韓非子和氏:"武王薨,文王即位,和乃抱其璞而哭於楚山之下,三日三夜,泣盡而繼之以血。"一本泣作"淚"。㊂通"澀"。謂血凝於脈而不暢通。素問五藏生成論:"凝於脈者爲泣。"注:"泣謂血行不利。"

【泣血】極其悲痛而無聲的哭泣。易屯:"上六,乘馬班如,泣血漣如。"禮檀弓上:"高子皋之執親之喪也,泣血三年。"注:"言泣無聲,如血出。"疏:"凡人涕淚必因悲聲而出,若血出則不由聲也。今子皋悲無聲,其涕亦出,如血之出,故云泣血。"文選舊題漢李少卿(陵)答蘇武書:"何圖志未立而怨已成,計未從而骨肉受刑,此陵所以仰天椎心而泣血也。"

【泣岐】見岐途而泣。淮南子説林:"楊子見逵路而哭之,爲其可以南可以北。"太平御覽一九五引淮南子作"岐路"。三國魏阮籍阮步兵集詠懷詩之二十:"楊朱泣岐路,墨子悲染絲。"

【泣珠】傳説故事。南海外有鮫人,流淚成珠。晋張華博物志九:"南海外有鮫人,水居如魚,不廢織績,其眼能泣珠。從水出,寓人家,積日賣絹。將去,從主人索一器,泣而成珠滿盤,以與主人。"又見舊題漢郭憲洞冥記。文選晋左太沖(思)吳都賦:"泉室潛織而卷綃,淵客慷慨而泣珠。"參見"鮫人"。

【泣荆】宋釋德洪石門文字禪二七跋山谷字之一:"魯女有遺荆釵而泣者,路人笑之曰:'以荆爲釵易辦,女乃泣何也?'女以手掠髮曰:'非以其難致也,以其故舊耳。'予所以玩之者,實鍾魯女泣荆之情。"後因以比喻留戀舊物,緬懷往事。

【泣魚】見"前魚"。

【泣筍】相傳三國吳孟宗母嗜筍,值冬無筍,宗入竹林悲泣哀歎,筍爲之出。見三國志吳孫皓傳注引楚國先賢傳。宋史三四八蕭𣂏傳附蕭服:"調望江令,治以教化爲本。訪古迹得王祥卧冰池,孟宗泣筍臺,皆爲築亭……俾民知所嚮。"參見"孟宗"、"孝筍"。

【泣辜】猶泣罪。南齊書竟陵文宣王子良傳:"禹泣辜表仁,菲食旌約,服翫果粽,足以致誠。"

【泣罪】哀憐罪人。漢劉向説苑君道:"禹出見罪人,下車問而泣之。"南朝梁簡文帝昭明太子文集序:"仁同泣罪,幽比推搆〔溝〕。"

【泣麟】公羊傳哀十四年:"春,西狩獲麟。……孔子曰:'孰爲來哉!孰爲來哉!'反袂拭面,涕沾袍。"後來詩文中用爲世衰道窮的典故。南朝梁劉勰文心雕龍四史傳:"夫子閔王道之缺,傷斯文之墜,静居以歎鳳,臨衢而泣麟。"唐李商隱李義山詩集四贈送前劉五經映三十四韻:"泣麟猶委吏,歌鳳更佯狂。"

【泣鬼神】極言詩文的警策感人。唐杜甫杜工部草堂詩箋十九寄李十二白二十韻:"筆落驚風雨,詩成泣鬼神。"唐詩紀事十八李白:"天寶初,賀知章見之(指李白烏棲曲),曰:'此詩可以泣鬼神矣!'"

注 1. zhù ㄓㄨˋ 之戍切,去,遇韻,照。

㊀灌注,流入。詩大雅泂酌:"挹彼注兹,可以餴饎。"又文王有聲:"豐水東注,維禹之績。"也指傾瀉。儀禮有司徹:"以挹湆注于疏匕。"三國志吳朱然傳:"鑿地道,立樓櫓,臨城弓矢雨注。"㊁擊,投。莊子達生:"以瓦注者巧,以鉤注者憚,以黄金注者殙。"按:注,吕氏春秋去尤作"跂",淮南子説林作"鉒",列子黄帝作"摳"。㊂附屬,集向。戰國策秦四:"夫以王壤土之博,人徒之衆,兵革之强,一舉事而注地於楚,詘令韓魏,歸帝重於齊,是王失計也。"㊃聚集。周禮天官獸人:"及弊田,令禽注于虞中。"疏:"注,猶聚也。"㊄解釋性文辭稱注。古之作注者曰注、傳、章句、述、箋、略解、解詁、集解、集注,後通稱爲注,如儀禮首題稱"鄭氏注"。自明以來多作註。參閱宋程大昌演繁露五流疏、清段玉裁説文解字注。參見"注疏"。㊅用來賭博的財物。水滸

三八:“李逵道:‘我不傍猜，只要博這一博,五兩銀子做一注。’”

2. zhòu 集韻 陟救切,去,宥韻。
ㄓㄡˋ

㈦鳥嘴。同“咮”、“噣”。周禮考工記梓人:“以注鳴者……謂之小蟲之屬。”㈧星名。卽柳宿。史記律書:“西至于注。”索隱:“注,咮也。天官書云‘柳爲鳥咮’,則注,柳星也。”

【注子】酒壺。用金屬或瓷製成,始於晚唐,盛行於宋元。唐李匡乂資暇集下注子偏提:“元和初,酌酒猶用樽杓。……居無何,稍用注子,其形若罃,而蓋、觜、柄皆具。大和九年後中貴人惡其名同鄭注,乃去柄安系,若茗瓶而小異,目之曰偏提。”參閱明李日華紫桃軒又綴三。

【注心】㈠專心。三國魏曹植曹子建集八求通親親表:“至於注心皇極,結情紫闥,神明知之矣。”㈡傾心。晉書庾冰傳:“旣當重任,經綸時務,不捨夙夜,賓禮朝野,升擢後進,由是朝野注心,咸曰賢相。”

【注中】在篆書字體中,如一、二、三等字,由橫畫積累而成,稱爲積畫,在□或○字形中加點,稱爲注中。說文“星”:“古□復注中,故與日同。”五代南唐徐鍇說文繫傳□作○。清徐灝注箋:“古□復注中,……言於□中加點。”參見“積畫”。

【注目】集中視力。三國志魏陳思王植傳陳審舉書:“夫能使天下傾耳注目者,當權者是矣。”唐杜甫杜工部詩史補遺六縛雞行:“雞蟲得失無了時,注目寒江倚山閣。”

【注色】填寫履歷。北史盧柔傳附盧愷:“吏部預選者甚多,愷不卽授官,皆注色而遣。”履歷,古稱脚色,省稱色。參見“脚色㈠”。

【注官】按資敍授官。唐釋齊己白蓮集二贈曹松先輩詩:“山中把卷去,牓下注官歸。”參見“注擬”。

【注坡】謂從斜坡上急馳而下。宋史三六五岳飛傳:“師每休舍,課將士注坡跳壕,皆重鎧習之。子雲嘗習注坡,馬躓,怒而鞭之。”

【注委】注意信用。元史一七七張思明傳:“(仁宗)慰勉之曰:‘卿向不負朕注委,故朕用哈散言,復起汝。’”

【注記】猶記錄。三國志蜀後主傳評:“又國不置史,注記無官,是以行事多遺,災異靡書。”後漢書和熹鄧皇后紀:“元初五年,平望侯劉毅以太后多德政,欲令早有注記。”

【注射】傾瀉,流射。比喻出言流暢鋒利。新唐書六四李泌傳:“有員俶者,九歲升坐,詞辯注射,坐人皆屈。”又一八三陸扆傳:“扆工屬辭,敏速若注射然。”

【注望】矚目,期待。三國志蜀許靖傳與曹公書:“自華及夷,顒顒注望。”隋書柳謇之傳:“時元德太子初薨,朝野注望,皆以齊王當立。”

【注視】用心看。唐韓愈昌黎集十八答劉正夫書:“夫百物朝夕所見者,人皆不注視也,及覩其異者,則共觀而言之。”

【注疏】自漢以來,釋經之書,有傳、箋、解、學等名目,今通謂之注。唐太宗詔孔穎達與諸儒,擇定五經義疏,敷暢傳注,謂之正義,今通謂之疏。南宋以前,經疏皆各單行,至紹熙開始有合刊本,合稱注疏。參見“十三經注疏”。

【注意】留意。史記田敬仲完世家太史公曰:“易之爲術,幽明遠矣,非通人達才孰能注意焉。”

【注腳】注解。唐于義方黑心符:“黑心符微傷大雅,要自傷弓驚餌之言,留之爲顏氏下一注脚。”宋陸九淵象山集三四語錄上:“學苟知本,六經皆我注脚。”

【注解】解釋字句或解釋字句的文字。後漢書七九楊倫傳:“扶風杜林傳古文尚書,林同郡賈逵爲之作訓,馬融作傳,鄭玄注解,由是古文尚書遂顯于世。”晉書禮志摯虞表:“喪服一卷,卷不盈握。……喪服本文省略,必待注解,事義乃彰。”

【注輦】南海國名。宋大中祥符八年曾遣使來華通好。大唐西域記十作珠利耶國。宋歐陽修文忠集八答聖俞白鸚鵡雜言:“海中洲島窮人迹,來市廣州纔八國。其間注輦來最稀,此鳥何年隨海舶?”故地在今印度科羅曼德耳海岸。參閱宋史四八九外國傳注輦。

【注慕】傾心仰慕。唐呂温呂衡州文集三裴氏海昏集序:“每賦一泉,題一石,毫墨未乾,傳詠已徧,其爲物情所注慕如此。”

【注螢】以水注螢火上,喻極易撲滅。藝文類聚五八南朝梁裴子野喻虜檄文:“譬猶翻東海以注螢爝,倒崑崙以壓螻蟻;其身糜爛,豈假多力。”參見“沃雪”。

【注錯】措置,安排處理。荀子儒效:“注錯習俗,所以化性也;併一而不二,所以成積也。”又:“故人知謹注錯,愼習俗,大積靡,則爲君子矣。”也作“注措”。宋史三七七季陵傳:“陛下爵當賢,祿當功,刑當罪,施設注措,無不當理。”

【注擬】唐代選舉,凡應試獲選者,先由尚書省登錄,再經考詢,然後按才擬定其官職,稱爲注擬。五名以上,以名上而聽制授,五品以下由吏部授官。唐陸贄陸宣公集二貞元改元大赦制:“凡爲擇人,其在精覈,宜令清資常參官每年於吏部選人中各舉所知一人堪任縣令錄事參軍者,所司依資敍注擬。”參閱新唐書選舉志下、又百官志一吏部。

泳 yǒng 爲命切,去,映韻,云。
ㄩㄥˇ

浮游。詩周南漢廣:“漢之廣矣,不可泳思。”文選漢司馬長卿(相如)封禪文:“邇陜游原,迴闊泳沫。”注:“孟康曰:‘……泳,浮也。’”

泮 pàn 普半切,去,換韻,滂。
ㄆㄢˋ

㈠泮宮,古代學宮。詩魯頌泮水:“矯矯虎臣,在泮獻馘。”說文:“泮,諸侯鄉射之宮,西南爲水,東北爲牆。”參見“泮宮”。㈡溶解,分離。詩邶風匏有苦葉:“士如歸妻,迨冰未泮。”傳:“迨,及。泮,散也。”參見“剖泮”。㈢水邊。通“畔”。詩衛風氓:“淇則有岸,隰則有泮。”箋:“泮讀爲畔。畔,涯也。”

【泮水】泮宮之水。泮宮東西南方有池,形如半璧,以其半於辟雍,故稱泮水。詩魯頌泮水:“思樂泮水,薄采其芹。”箋:“泮之言半也。半水者,蓋東西門以南通水,北無也。”

【泮汗】㈠水流廣大貌。文選晉左太沖(思)吳都賦:“潰渱泮汗,滇㴐淼漫。”唐呂向注:“並水流廣大貌。”㈡揮汗貌。漢桓寬鹽鐵論散不足:“黎民泮汗力作。”

【泮林】泮宮水邊的林木。詩魯頌泮水:“翩彼飛鴞,集于泮林。”箋:“言鴞恒惡鳴,今來止於泮水之木上。”

【泮宮】泮,春秋魯之水名,作宮其上,故稱泮宮。宮成而僖公飲酒於宮,詩人張大其詞,卽詩魯頌之泮水。至禮明堂位乃有周學有頖宮之說,頖宮卽泮宮。漢文帝命博士撰王制,遂謂天子之學有辟雍,諸侯之學有泮宮。自是以後,說經者皆以泮宮爲學宮。科舉時代稱生員入學爲入泮,本此。參閱清淩揚藻蠡酌編三泮宮非學。

【泮渙】融解,分散。藝文類聚三晉王廙春可樂:“樂孟月之初陽,冰泮渙以徹流。”文苑英華七七唐王太真鍾期聽琴賦:“淋漓沸渭,牢落泮渙。”

泫 1. xuàn 胡畎切,上,銑韻,匣。
ㄒㄩㄢˋ

㈠水滴下垂。呂氏春秋知士:“靜郭君泫而曰:‘不可,吾弗忍爲也。’”指流淚。文選南朝宋謝靈運從斤竹澗越嶺溪行詩："巖下雲方合，花上露猶泫。"指露珠下滴。

2. xuān ㄒㄩㄢ 音韻闡微 穴員切，平，先韻，匣。

㊁見"困泫"。

3. juān ㄐㄩㄢ 集韻 圭玄切，平，先韻。

㊂見"泫₃氏"。

【泫₃氏】縣名。漢置，屬上黨郡。以境內有泫谷水而名。北齊末併入高平縣。故地在今山西高平縣。參閱漢書地理志上、隋書地理志中長平郡。

【泫沄】翻騰貌。文選漢張平子(衡)思玄賦："揚芒熛而絳天兮，水泫沄而涌濤。"也作"炫沄"。藝文類聚六漢揚雄冀州箴："冀土麋沸，炫沄如湯。"

【泫泣】流淚。文選三國魏繁休伯(欽)與魏文帝牋："同坐仰嘆，觀者俯聽，莫不泫泣殞涕，悲懷慷慨。"

【泫泫】流貌。吳越春秋勾踐入臣外傳："心惙惙兮若割，淚泫泫兮雙懸。"指流淚。文選南朝宋謝靈運泛湖歸出樓中翫月詩："斐斐氣幕岫，泫泫露盈條。"指垂露。

泌

mì bì ㄇㄧˋ ㄅㄧˋ 兵媚切，去，至韻，幫。毗必切，入，質韻，並。鄙密切，入，質韻，幫。

㊀涓涓狹流。詩陳風衡門："泌之洋洋，可以樂飢。"㊁液體由微孔滲透而出，如分泌。今讀 mì。㊂水名、縣名，今讀 bì。見"泌水"、"泌陽"。

【泌水】水名。本名沘水，唐以後稱泌河，源出河南泌陽縣東銅山，爲唐河支流。參閱讀史方輿紀要五一南陽府唐縣。

【泌陽】縣名。屬河南省。漢爲舞陰縣，屬南陽郡。唐改泌陽縣，明清皆屬河南南陽府。參閱通典一七七唐州、嘉慶一統志二一〇南陽府一。

【泌瀄】水波衝激貌。漢書五七上司馬相如傳上林賦："滭弗宓汩，偪側泌瀄。"注："偪側，相逼也。泌瀄，相楔也。"

泙

pēng ㄆㄥ 集韻 披庚切，平，庚韻。

水聲。唐柳宗元柳先生集十五晉問："瀰泙洞踏者，彌數千里。"

【泙泙】水聲。唐韓偓玉山樵人集李太舍池上翫紅薇醉題詩："花低池小水泙泙，花落池心片片輕。"

泰

tài ㄊㄞˋ 他蓋切，去，泰韻，透。

㊀大極，過甚。禮曲禮上："假爾泰龜有常，假爾泰筮有常。"疏："泰，大中之大也。"孟子滕文公下："非其道，則一簞食不可受於人；如其道，則舜受堯之天下不以爲泰。"㊁驕縱，奢侈。論語子罕："拜下，禮也，今拜乎上，泰也。"注："時臣驕泰，故於上拜。"國語晉八："(郤至)恃其富寵，以泰於國。"文選漢班孟堅(固)西都賦："肇自高(祖)而終平(帝)，世增飾以崇麗，歷十二之延祚，故窮泰而極侈。"㊂易卦名。☷☰，乾下坤上，爲上下交通之象。易泰："天地交，泰。"又彖："泰，小往大來吉亨，天地交而萬物通也。"引申爲通暢、安寧。易說卦："履而泰，然後安。"又："否、泰，反其類也。"漢書三六楚元王傳附劉向上封事："君子道長，小人道消，小人道消，則政日治，故爲泰。泰者，通而治也。"㊃酒器名。禮明堂位："泰，有虞氏之尊也。"

【泰一】天神名。史記孝武紀："天神貴者泰一，泰一佐曰五帝。"漢書天文志："中宫天極星，其一明者，泰一之常居也。"鶡冠子泰鴻："泰一者，執大同之制，調泰鴻之氣，正神明之位者也。"注："泰一，天皇大帝也。"也作"太一"。

【泰山】㊀山名。在山東省中部。古稱東嶽，爲五嶽之一。也叫岱宗岱山岱嶽泰岱。主峰玉皇頂在泰安縣北。古代帝王常在泰山舉行封禪大典。參閱初學記五泰山。㊁郡名。漢高祖置。治所奉高，北魏移治鉅平，北齊改爲東平郡。參閱漢書地理志上、魏書地形志。㊂舊時稱妻父爲泰山。唐段成式酉陽雜俎十二語資："(唐)明皇封禪泰山，張說爲封禪使。說女婿鄭鎰，本九品官，舊例，封禪後自三公以下皆遷轉一級，惟鄭鎰因說驟遷五品，兼賜緋服。因大酺次，玄宗見鎰官位騰躍，怪而問之，鎰無詞以對。黃旛綽曰：'此泰山之力也。'"古今雜劇元王實甫破窰記三："不是這老泰山爲人忒歹，親女婿昂然不睬。"參見"丈人峯"。

【泰斗】泰山北斗的簡稱。

【泰王】即古公亶父。同"太王"。淮南子詮言："泰王亶父處邠，狄人攻之。"

【泰元】天的別稱。漢書禮樂志郊祀歌十九章之六玄冥："惟泰元尊，媼神蕃釐，經緯天地，作成四時。"注："泰元，天也。"

【泰日】太平的日子。晉書劉頌傳上疏："蓋公者政之本也，樹私者亂之源也。推斯言之，則泰日少，亂日多，政教漸積，欲國之无危，不可得也。"

【泰水】舊稱妻母爲泰水。宋晁說之晁氏客語："呼妻父爲泰山，……今人乃呼岳翁。又有呼妻母爲泰水，呼伯叔丈人爲列岳。"清梁章鉅稱謂錄七："案此即因妻父之爲泰山而推之，知此稱宋時已然耳。"參見"泰山㊂"。

【泰半】過半數，大多數。漢書食貨志上："至於始皇，遂并天下，內興功作，外攘夷狄，收泰半之賦，發閭左之戍。"注："泰半，三分取其二。"

【泰平】即太平。史記秦始皇紀："皇帝奮威，德并諸侯，初一泰平。"漢揚雄法言五百："繼周者未欲泰平也。如欲泰平也，捨之而用佗道，亦無由至矣。"

【泰古】上古，遠古。同"太古"。淮南子原道："泰古二皇，得道之柄，立於中央。"注："二皇，伏羲神農也。"

【泰丘】古地名。即"太丘"。爾雅釋丘："右陵泰丘。"疏："謂丘之西有大阜者，名泰丘。"參見"太丘"。

【泰安】㊀州、府名。漢泰山郡地。北齊改東平郡。隋開皇初廢。金置泰安州。屬山東西路，元初屬東平路。明屬山東濟南府，清雍正二年升爲直隸州，後改爲府，屬山東省，府治在今泰安縣。㊁縣名。屬山東省。本漢博縣。元封初析置奉高縣，爲郡治。北魏改稱博平，北齊復稱博，爲東平郡治。唐乾封初改爲乾封縣，宋爲奉符縣，明省縣入州。清改名泰安縣，爲府治。參閱嘉慶一統志一七九泰安府一。

【泰州】州名。春秋吳地，戰國屬楚。秦屬九江郡，漢屬臨淮郡。東晉分廣陵置海陵郡。唐武德間置吳州，不久廢。五代南唐改置泰州，取通泰之義。元改泰州路總管府，後復原名。明清沿置。公元1912年改爲泰縣。參閱讀史方輿紀要二三揚州府。

【泰西】極西，泛指歐洲美洲各國。我國古代稱南海以西爲西洋，即中亞細亞及印度洋一帶。而歐洲位於更西，因此，明代意大利人利瑪竇入華，自稱爲大西洋人，以別於西洋。後來泛稱歐洲爲泰西。如明代意大利人熊三拔在我國時，著書介紹歐洲國家興建的水利工程設施，名爲泰西水法。清龔自珍定盦文集補常州高材篇送丁若士詩："近今算學乃大盛，泰西客到攻如讎。"

【泰社】古代天子的宗社。史記漢褚少孫補三王世家："春秋大傳曰：'天子之國有泰社。'"漢蔡邕獨斷："天子之宗社曰泰社。"禮祭法作"大社"。

【泰初】道家指形成天地萬物的元氣。同"太初"。莊子天地："泰初有无，无有无名。"唐成玄英疏:"泰，太;初，始也。元氣始萌，謂之太初。言其氣廣大能爲萬物之始本,故名太初。太初之時,惟有此無,未有於有。"楚辭屈原遠遊:"超無爲以至清兮,與泰初而爲鄰。"參見"太初㊀㊁"。

【泰豆】傳説古代善於駕御車馬的人。列子湯問:"造父之師曰泰豆氏。造父之始從習御也,執禮甚卑;泰豆三年不告,造父執禮愈謹。"

【泰折】古代祭地神之處。在北郊。禮祭法:"燔柴於泰壇,祭天也;瘞埋於泰折,祭地也。"注:"壇、折,封土爲祭處也。壇之言坦也。坦,明貌也;折,炤晢也。必爲炤明之名,尊神也。"

【泰辰】謂太平時世。宋書王僧達傳求解職表:"幸屬聖武,剋復大業,宇宙廓清,四表靖晏。臣父子叔姪,同獲泰辰。"

【泰伯】周太王長子。也作"太伯"。有弟仲雍季歷。季歷有賢子昌(文王),太王欲立季歷爲後,泰伯仲雍奔避荆越,文身斷髮。泰伯自號句吳,爲春秋時吳國的始祖。見史記吳太伯世家。

【泰定】㊀安詳鎮定。莊子庚桑楚:"宇泰定者,發乎天光。"釋文:"謂器宇閒泰則静定也。"新唐書一〇三蘇世長傳附蘇良嗣:"始,良嗣爲洛州長史,坐僚壻累,下徙冀州刺史。其人往謝,良嗣色泰定,曰:'初不聞有累。'"㊁年號。元也孫鐵木耳(泰定帝)。公元1324—1327年。

【泰阿】劍名。亦作"太阿"。漢書六七梅福傳上書:"至秦則不然,張誹謗之罔,以爲漢敺除,倒持泰阿,授楚其柄。"參見"太阿㊀"。

【泰昌】明朱常洛(光宗)年號。公元1620年。

【泰和】㊀太平和樂。漢揚雄法言孝至:"或問泰和。曰:其在唐虞成周乎?"㊁縣名。屬江西省。本隋太和縣,以其地嘗產嘉禾,爲和氣所生而名。唐宋沿置,明改名泰和,屬江西吉安府。清因之。參閲寰宇通志三八吉安府。㊂金完顔璟(章宗)年號。公元1201—1208年。

【泰侈】驕縱奢侈。左傳襄三十年:"子產使都鄙有章,上下有服,田有封洫,廬井有伍。大人之忠儉者,從而與之;泰侈者,因而斃之。"

【泰始】年號。1.晉司馬炎(武帝)。公元265—274年。2.南朝宋劉彧(明帝)。公元465—471年。

【泰帝】傳説古帝名。卽太昊伏羲氏。史記孝武紀:"泰帝使素女鼓五十弦瑟,悲,帝禁不止,故破其瑟爲二十五弦。"正義:"泰帝謂太昊伏羲氏。"

【泰風】西風。爾雅釋天:"西風謂之泰風。"疏引三國魏孫炎:"西風成物,物豐泰也。詩大雅桑柔云'泰風有隧'是也。"今本詩泰作"大"。

【泰皇】傳説古帝號。史記秦始皇紀:"古有天皇,有地皇,有泰皇,泰皇最貴。"索隱:"按:天皇、地皇之下卽云泰皇,當人皇也。而封禪書云'昔者太帝使素女鼓瑟而悲',蓋三皇已前稱泰皇。一云泰皇,太昊也。"

【泰容】傳説黄帝樂師名。文選三國魏嵇叔夜(康)琴賦:"慕老童於騩隅,欽泰容之高吟。"參見"太容"。

【泰液】池名。史記孝武紀元封六年:"其北治大池,漸臺高二十餘丈,名曰泰液池。"正義:"泰液言象陰陽津液以作池也。"參見"太液池1"。

【泰清】天的别稱。鶡冠子度萬:"唯聖人能正其音,調其聲,故其德上及泰清,下及泰寧。"文選晉成公子安(綏)嘯賦:"飄遊雲於泰清,集長風乎萬里。"

【泰陵】陵名。1.隋文帝陵。在陝西武功縣三畤原。2.唐玄宗陵。在陝西蒲城縣東北金粟山。3.明孝宗陵。在北京昌平縣筆架山東南。4.清世宗陵。在河北易縣永寧山。5.宋人稱哲宗陵爲泰陵。本名永泰陵。在河南鞏縣西南。

【泰常】㊀官名。卽太常。漢書四九爰盎傳:"上拜盎爲泰常,竇嬰爲大將軍。"詳"太常㊀"。㊁北魏拓跋嗣(明元帝)年號。公元416—423年。

【泰畤】古代天子祭天神之處。史記孝武紀元鼎五年:"太史公祠官寬舒等曰:'神靈之休,祐福兆祥,宜因此地光域,立泰畤壇以明應。'"漢書郊祀志下:"祭天於南郊,就陽之義也;瘞地於北郊,卽陰之象也。天之於天子也,因其所都而各饗焉。往者,孝武皇帝居甘泉宫,卽於雲陽立泰畤,祭於宫南。"

【泰運】吉祥的氣數。宋書禮志三大明四年有司奏:"太祖文皇帝以啟遘泰運,景望震凝,采樂調風,集禮宣度,祖宗相映,軌迹重暉。"

【泰階】星名。卽三台。上台、中台、下台共六星,兩兩並排而斜上,如階梯,故名。文選晉左太沖(思)魏都賦:"故令斯民覩泰階之平,可比屋而爲一。"晉張載注:"泰階者,天之三階也。……三階平則陰陽和,風雨時,歲大登,民人息,天下平,是謂太平。"參見"泰階六符"。

【泰然】安詳閒適貌。莊子庚桑楚"宇泰定者,發乎天光"晉郭象注:"夫德宇泰然而定,則其所發者天光耳,非人耀。"宋范成大石湖集十五初發桂林……書此寄之詩:"北客守炎官,恃此以泰然。"

【泰順】縣名。屬浙江省。漢回浦縣地。唐爲瑞安横陽二縣地。明景泰三年,析置泰順縣,明清皆屬温州府。參閲嘉慶一統志三〇四温州府。

【泰遠】古代東方極遠的國名。爾雅釋地:"東至於泰遠,西至於邠國,南至於濮鈆,北至於祝栗,謂之四極。"注:"皆四方極遠之國。"大戴禮千乘作"大遠"。

【泰筮】對卜筮的美稱。用蓍草占卜叫筮。禮曲禮上:"假爾泰龜有常,假爾泰筮有常。"疏:"泰,大中之大也。欲褒美此龜筮,故謂爲泰龜泰筮也。"

【泰適】幽閒安適。唐白居易長慶集六一序洛詩:"苟非理世,安得閑居,故集洛詩,别爲序引。不獨記東都履道里有閑居泰適之叟,亦欲知皇唐大和歲有理世安樂之音。"

【泰寧】㊀地的别稱。詳"泰清"。㊁太平,安定。舊題漢馬融忠經兆人:"天地泰寧,君之德也。"㊂縣名,屬福建省。晉綏城縣,唐置歸化鎮,五代南唐陞爲歸化縣。宋元豐中改名泰寧。明清屬邵武府。參閲文獻通考三一八輿地四邵武軍、寰宇通志四七邵武府。

【泰誓】尚書篇名。也作太誓。相傳爲周武王伐紂至孟津時的誓言。有今文、古文二種。今文泰誓原已佚,後由清人江聲孫星衍等據史記及尚書大傳輯綴而成。見孫星衍尚書今古文注疏。今通行的古文泰誓,分上中下三篇,爲東晉梅賾僞撰。參閲清孫星衍尚書今古文注疏。

【泰厲】古代帝王七祀之一。禮祭法:"王爲羣姓立七祀,曰司命,曰中霤,曰國門,曰國行,曰泰厲,曰户,曰竈。"疏:"曰泰厲者,謂古帝王無後者也。此鬼無所依歸,好爲民作禍,故祀之也。"

【泰興】縣名。屬江蘇省。本泰州海陵縣濟川鎮地。五代南唐時析置泰興縣。明清屬揚州府。參閲寰宇通志十九揚州府。

【泰壇】古代祭天之處。在南郊。禮祭法:"燔柴於泰壇,祭天也。"疏:"謂積薪於壇上而取玉及牲置柴上燔之,使氣達於天也。"

【泰豫】南朝宋劉彧(明帝)年號。公元472年。

【泰顛】周初功臣,佐武王滅商。書君

奭："惟文王尚克修和我有夏，亦惟有若虢叔，有若閎夭，有若散宜生，有若泰顛，有若南宮括。"也作"太顛"。又泰誓中、史記周紀作太顛。參見"十亂"。

【泰靈】泰山的神靈。漢應劭風俗通正失封泰山禪梁父："皇帝敬拜泰靈，其夜有光如流星，晝有白雲起封中。"

【泰山吟】樂府楚調曲名。樂府詩集四一泰山吟引樂府解題："泰山吟言人死精魄歸於泰山，亦薤露、蒿里之類也。"晉陸機陸士衡集七有樂府太(泰)山吟。

【泰山頹】禮檀弓上："孔子蚤作，負手曳杖，消搖於門，歌曰：'泰山其頹乎！梁木其壞乎！哲人其萎乎！'"本爲孔子死前所作歌，後以泰山頹喻爲人敬仰的人去世。全唐詩一五〇王灣哭補闕亡友綦毋學士："泣爲洹水化，歎作泰山頹。"

【泰伯城】地名。春秋吳都城。也稱梅里吳城。故城在今江蘇無錫縣東南。史記吳太伯世家"吳太伯"唐張守節正義："太伯居梅里，在常州無錫縣東南六十里。至十九世孫壽夢居之，號句吳。壽夢卒，諸樊南徙吳。"吳，今蘇州市。參閱讀史方輿紀要二五常州府。

【泰始曆】晉代曆法名。武帝統一全國後，改元泰始，並改魏景初曆爲泰始曆。晉代一百五十餘年皆施行此曆。參閱晉書武帝紀。

【泰娘歌】唐新樂府名。泰娘原爲民間歌伎，韋執誼爲吳郡太守，得之，攜歸京師。其歌舞技藝名聞於京師。元和初，韋執誼死，泰娘歸蘄州刺史張愻。愻因罪貶武陵郡，泰娘無所歸依，遂流落民間，日抱樂器而哭。劉禹錫因作泰娘歌記其事。見唐劉禹錫劉夢得集九泰娘歌序。

【泰山北斗】古代認爲泰山在五嶽中最高，北斗在衆星中最明，因常用以比喻衆所崇仰的人。新唐書一七六韓愈傳贊："自愈没，其言大行，學者仰之如泰山北斗云。"宋呂頤浩忠穆集六與范正興書："頃在陝右有四軸，因兵火失之，今再獲見，如撥雲霧而覩泰山北斗也。"

【泰山府君】指泰山神。俗稱東嶽大帝。自魏晉以來，道家傳説人死魂皆歸泰山，以泰山神爲地下之主。舊時各地有東嶽廟祀泰山神。晉干寶搜神記四記泰山人胡母班魂遊地府，乞泰山太守免其亡父苦作。參閱後漢書九十烏桓傳"如中國人死者魂神歸岱山也"注引晉張華博物志、宋李思聰洞玄集二。

【泰山刻石】也稱封泰山碑。秦始皇統一中國，二十八年登泰山，爲歌頌秦的業績，刻石於此。後二世又刻詔書於石背。爲李斯所書，篆體圓勁。宋董逌廣川書跋卷四作泰山篆。金石索作秦泰山石刻殘石。宋人劉跂曾摹拓得二百二十三字，明嘉靖時尚存二十九字。刻石原在嶽頂玉女池上，後移置碧霞元君祠。清乾隆五年遇火，石失；嘉慶二十年於玉女池中發現殘石二方，僅存四行十字，現存山東泰安縣岱廟道院壁間。存世拓本以明安國藏一百六十五字爲最古。參閱清顧炎武金石文字記一泰山石刻。

【泰山學案】對北宋初孫復學派的論述。因復曾隱居泰山，聚徒著書，講授春秋，故稱。其學與胡瑗的安定學派同爲宋代理學的先驅。復著有尊王發微十二篇，門人著名者有石介文彥博等。參閱清黃宗羲宋元學案二。

【泰山鴻毛】比喻輕重懸殊。漢書六二司馬遷傳報任安書："人固有一死，死有重於泰山，或輕於鴻毛，用之所趨異也。"文選作"或重於泰山"。

【泰山壓卵】比喻以最强對付最弱，弱者必無幸免。晉書孫惠傳與司馬越書："況履順討逆，執正伐邪，是烏獲摧冰，賁育拉朽，猛獸吞狐，泰山壓卵，因風燎原，未足方也。"烏獲賁育，皆古代勇士。按後漢書四二廣陵王荆傳記荆作飛書，誘説東海王彊興兵，書中有"易於泰山破雞子，輕於四馬載鴻毛"，是漢人已有此語。

【泰州學案】對明王艮學派的論述。艮爲王守仁弟子，不滿師説，提出"百姓日用卽道"，"聖人之道，無異於百姓日用。凡有異者，皆謂之異端"。主張愛己愛人，認爲"能愛人則人必愛我"。其弟子甚多，代表人物有顏山農何心隱等。參閱清黃宗羲明儒學案三二。

【泰西水法】明時入華的意大利人耶穌會士熊三拔撰，徐光啟筆記，李之藻訂正。六卷。記西方取水蓄水等水利設施，如龍尾車、玉衡車、水庫之類，並附諸器圖説，爲最早介紹西方水利之作。徐光啟採入農政全書。

沫 mò ㄇㄛˋ 莫撥切，入，末韻，明。

㊀水泡。文選戰國宋玉高唐賦："巨石溺溺之瀺灂兮，沫潼潼而高厲。"唐呂向注："水觸大石，溺溺而止，瀺灂而下，蹙沫潼潼然聚於高厲之處。"淮南子俶真："人莫鑑於流沫，而鑑於止水者，以其靜也。"㊁唾沫。莊子大宗師："泉涸，魚相與處於陸，相呴以濕，相濡以沫，不如相忘於江湖。"㊂竭，終止。通"末"。楚辭屈原離騷："芳菲菲而難虧兮，芬至今猶未沫。"㊃水名。見"沫水"。

【沫水】古水名。岷江支流。今四川大渡河。漢書地理志上蜀郡作"渽水"。戰國秦蜀守李冰曾鑿離堆，以避沫水之害；西漢司馬相如通夜郎、滇、邛都、嶲、昆明、莋都、冉駹等地，西至沫水，皆卽此。參閱史記河渠書、讀史方輿紀要六六四川一大渡河。

【沫雨】指驟雨成潦，泡沫浮泛於水面者。淮南子説山："人莫鑑於沫雨，而鑑於澄水者，以其休止不蕩也。"

【沫餑】湯沸時的泡沫。唐陸羽茶經下五之煮："凡酌，置諸盌，令沫餑均。沫餑，湯之華也。華之薄者曰沫，厚者曰餑，細輕者曰花。"明陸樹聲茶寮記煎茶七類三烹點："煎用活火，候湯眼鱗鱗起沫餑鼓泛。"

沬 1. mèi ㄇㄟˋ 莫貝切，去，泰韻，明。

㊀地名。見"沬鄉"。㊁微暗。通"昧"。易豐："豐其沛，日中見沬。"注："沬，微昧之明也。"一説爲北斗輔星。釋文："字林作昧，……云斗杓後星。"

2. huì ㄏㄨㄟˋ 集韻 呼内切，去，隊韻。

㊂洗面。通"頮"、"靧"。漢書九七上外戚傳漢武帝悼李夫人賦："弟子增欷，洿沬悵兮。"注："晉灼曰：沬音水沬面之沬。言涕淚洿集覆面下也。"又律曆志下引書顧命："甲子，王乃洮沬水。"注："洮，盥手也。沬，洗面也。……沬卽頮字也。"今書顧命作"頮"。

【沬2血】以手掬水洗臉曰沬。沬血，猶言流血滿臉。漢書六二司馬遷傳報任安書："轉鬭千里，矢盡道窮，救兵不至，士卒死傷如積。然李陵壹呼勞軍，士無不起，躬自流涕，沬血飲泣，張空弮，冒白刃，北首爭死敵。"

【沬鄉】地名。春秋時衛邑。卽牧野。在商紂都朝歌之南。詩鄘風桑中："爰采唐矣，沬之鄉矣。"書酒誥作"妹邦"。參閱清孫星衍尚書今古文注疏、馬瑞辰毛詩傳箋通釋五桑中、王國維觀堂集林十八北伯鼎跋。故地在今河南淇縣。

沶 1. yí ㄧˊ 與之切，平，之韻，喻。

㊀水名。在今湖北省保康南漳宜城一帶。水經注二八沔水："夷水又東南流，與零水合，零水卽沶水也。……沶水又東歷宜城西山，謂之沶溪，東流合于夷

水，謂之泜口也。”㊁見“泜鄉”。

2. chí 集韻 陳尼切，平，脂韻。 ㄔ

㊂水中小塊陸地。同“坻”。楚辭漢王褒九懷陶壅：“浮溺水兮舒光，淹低佪兮京泜。”注：“水中可居爲洲，小洲爲渚，小渚爲泜。京泜，卽高洲也。”㊃同“柢”。漢書高惠高后文功臣表：“泜陵康侯魏駟。”注：“晉灼曰：‘泜，古柢字。’音直夷反。”又音 zhī。史記 惠景間侯者年表“波陵，以陽陵君侯”唐 司馬貞 索隱：“漢志作‘泜’，音泜。”

【泜鄉】縣名。三國魏置，屬新城郡。故地在今湖北 保康縣南。水經注 二八沔水：“其水東逕新城郡之泜鄉縣，謂之泜水。”左傳桓十三年“及鄢，亂次以濟”唐孔穎達疏：“鄢水出新城泜鄉縣東南，經襄陽至宜城縣入漢。”一説晉太康中，分房陵縣立；南朝宋改名祁鄉縣。參閱晉書地理志下、讀史方輿紀要七九鄖陽府永清城。泜，又音 shì，神至切，見集韻。

法 fǎ 方乏切，入，乏韻，幫。 ㄈㄚˇ

本作“灋”。㊀法則，法度，規章。周禮天官小宰：“以法掌祭祀、朝覲、會同、賓客之戒具。”注：“法，謂其禮法也。”禮曲禮下：“謹修其法而審行之。”注：“其法，謂其先祖之制度若夏殷。”㊁刑法，法律。書呂刑：“惟作五虐之刑於法。”韓非子定法：“法者，憲令著於官府，刑罰必於民心，賞存乎愼法，而罰加乎姦令者也。”㊂標準，模式。管子七法：“尺寸也、繩墨也、規矩也、衡石也、斗斛也、角量也，謂之法。”墨子辭過：“故聖王作爲宮室，爲宮室之法。”㊃方法，作法。史記項羽紀：“於是項梁乃教籍兵法。”唐杜甫杜工部詩十九寄高三十五書記：“美名人不及，佳句法如何？”㊄效法，遵守。易繫辭上：“崇效天，卑法地。”荀子禮論：“然而不法禮，不足禮，謂之無方之民；法禮，足禮，謂之有方。”㊅數學舊名詞法數的簡稱。與“實”相對。如以五乘十或除十，則十爲實（被乘數或被除數），五爲法（乘數或除數）。周髀算經上：“通周天四分之一爲法，四乘衡周爲實。”㊆佛教泛指宇宙的本原、道理、法術。梵語達摩、曇無，意譯爲法。大乘義章十：“法義不同，泛釋有二：一、自體名法，如成實説，所謂一切善惡無記三聚法等；二、軌則名法，辨彰行儀，能爲心軌，故名爲法。”㊇姓。齊襄王田法章之後。秦滅齊，子孫以法爲氏。見通志二八氏族四以名爲氏。

【法力】佛教指佛法的力量。維摩經上佛國品一：“法王法力超羣生，常以法財施一切。”注：“法王以法力超衆，故能道濟無疆。”後泛指神奇超人的力量。

【法刀】指劊子手行刑的刀。水滸四四：“當時楊雄在中間走着，背後一個小牢子擎着鬼頭靶法刀。”

【法士】崇尚禮法的士人。荀子勸學：“故隆禮，雖未明，法士也。不隆禮，雖察辨，散儒也。”

【法王】㊀佛教對釋迦牟尼的尊稱。無量壽經下：“佛爲法王，尊超衆聖，普爲一切天人之師。”北周庾信庾子山集十三陝州弘農郡五張寺經藏碑：“是以法王御世，天人論道，汲引四流，周圓五怖。”㊁元明兩朝授予喇嘛教教主的封號。如元世祖封八思巴爲大寶法王，明成祖封哈立麻爲大寶法王、封昆澤思巴爲大乘法王，明宣宗封釋迦也失爲大慈法王。參閱元史二〇二釋老傳、明史三三一西域傳三。

【法水】佛教認爲佛法能洗滌衆生心中的煩惱塵垢，像水洗淨污垢一樣，故稱法水。無量義經説法品二：“法譬如水，能洗垢穢，……其法水者，亦復如是，能洗衆生諸煩惱垢。”北周庾信庾子山集十三陝州弘農郡五張寺經藏碑：“法水津梁，得無砥柱之難；香山轍迹，非復終南之險。”

【法公】卽沙彌。見釋氏要覽上剃髮。參見“沙彌”。

【法化】佛教指佛法的教化。南朝宋法顯佛國記：“凡所遊歷減三十國，沙河已西，迄於天竺，衆僧威儀，法化之美，不可詳説。”

【法正】公元 176—220 年。三國蜀右扶風郿縣人。字孝直，漢末入蜀依劉璋，仕益州別駕，勸璋迎劉備。備既取蜀，任蜀郡太守、揚武將軍，贊備取漢中。備自立爲漢中王，以正爲尚書令、護軍將軍，次年卒。三國志有傳。

【法司】指掌司法刑獄的官署。魏書甄琛傳袁翻奏：“自今已後，明勒太常司徒有行狀如此，言辭流宕，無復節限者，悉請裁量，不聽爲受。……復仍蹿前來之失者，付法司科罪。”隋書趙綽傳：“綽曰：‘陛下不以臣愚暗，置在法司，欲妄殺人，豈得不關臣事！’”時趙綽任刑部侍郎。

【法令】法律，命令。商君書定分：“法令者，民之命也，爲治之本也，所以備民也。”

【法印】佛教以“諸行無常”、“諸法無我”、“涅槃寂静”爲三法印，以爲基本教義和識別佛經真僞的標準。凡不符合“三法印”的皆稱“外道”。確定不移，故稱印。大智度論二二：“得佛法印故通達無礙，如得王印則無所留難。”文苑英華八五六唐張説荆州玉泉寺大通禪師碑：“萬劫而遥付法印，一念而頓受佛身。”參閱唐李師政法門名義集理教。

【法守】謂按法度履行自己的職守。孟子離婁上：“上無道揆也，下無法守也，……國之所存者幸也。”注：“臣無法度可以守職奉命。”

【法宇】僧寺。唐柳宗元柳先生集七南嶽雲峯和尚塔銘：“坺山伐木，崇構法宇，則地得其勝。”

【法衣】和尚在舉行宗教儀式時穿的衣服。卽袈裟。參閱翻譯名義集七沙門服相。參見“袈裟”。

【法寺】秦漢置廷尉，掌刑獄，北齊改大理寺，歷代相沿。因泛稱掌刑獄的官署爲法寺。唐陸贄陸宣公集十九請不簿録竇參莊宅狀：“謹案國家典法，没入官産，唯有兩科，一謂姦贓，一謂叛逆，皆須先鞫犯狀，審得實情，憲司察冤，法寺論罪，會府覆奏，掖垣參詳，如是悉無異辭，然後謂之獄成。”

【法吏】獄吏。漢書六二司馬遷傳報任安書：“身非木石，獨與法吏爲伍，深幽囹圄之中，誰可告愬者！”

【法式】㊀法度，法則。荀子禮論：“大象其生以送其死，使死生終始莫不稱宜而好善，是禮義之法式也。”史記秦始皇紀二十八年刻石：“治道運行，諸産得宜，皆有法式。”㊁指佛教作法儀式。維摩經中問疾品五：“智慧無礙，一切菩薩法式悉知。”

【法曲】道觀所奏之曲。其樂器有鐃、鈸、鐘、磬、幢簫、琵琶等。金石絲竹以次作，其聲清而近雅，隋時已有之。唐玄宗既知音律，又酷愛法曲。選坐部伎子弟三百，教於梨園。文宗開成三年，改法曲爲仙韶曲。唐法曲名目有破陣樂、一戎大定樂、長生樂、霓裳羽衣、獻仙音、獻天花之類。唐白居易長慶集十二江南遇天寶樂叟詩：“能彈琵琶和法曲，多在華清隨至尊。”參閱唐會要三三、新唐書禮樂志十二。參見“法部”。

【法行】規範的行爲。管子法禁：“詭俗異禮，大言法行，難其所爲，而高自錯者，聖王之禁也。”

【法言】㊀儒家所謂合乎禮法的言論。孝經卿大夫：“非先王之法服不敢服，非先王之法言不敢道。”㊁猶格言。莊子人間世:“故法言曰:傳其常情,無傳其溢言,則幾乎全。”疏:“此爲先聖之格言。”㊂書名。漢揚雄撰。仿論語體裁,尊聖人,談王道,宣揚儒家傳統思想。漢書藝文志列儒家,今通行本有二,一爲晉李軌注,十三卷;一爲宋司馬光注,十卷。

【法車】卽法駕。皇帝的車駕。晉書輿服志:“玉、金、象、革、木等路,是爲五路,並天子之法車,皆朱班漆輪,畫爲樻文。”參見“法駕”。

【法杖】拷問犯人的刑杖。隋書刑法志:“杖皆用生荆,長六尺。有大杖、法杖、小杖三等之差。……法杖,圍一寸三分,小頭五分。”

【法忍】梵語羼提,義譯爲忍辱。忍辱有生忍、法忍之別。法忍又分非心法、心法兩種,非心法指寒熱風雨飢渴老病死等,心法指瞋恚憂思淫欲驕慢等諸邪見。對此二法,能忍不動,名爲法忍。梁釋慧皎高僧傳三求那跋摩:“求那跋摩造偈,得此第一法,一念緣真諦,次第法忍生,是謂無漏道。”參閱翻譯名義集四辨六度法。

【法坐】正座。漢書六七梅福傳上書:“故願一登文石之陛,涉赤墀之塗,當户牖之法坐,盡平生之愚慮。”注:“法坐,正坐也,聽朝之處,猶言法官、法駕也。”

【法身】佛教稱佛的真身爲法身。大乘義章十八:“言法身者,解有兩義:一、顯法本性以成其身,名爲法身;二、以一切諸功德法而成身,故名爲法身。”文選南朝梁王簡栖(屮)頭陁寺碑文:“況法身圓對,規矩冥立;一音稱物,宫商潛運。”後來也泛稱高僧之身。文苑英華八六八唐盧簡求杭州鹽官縣海昌院禪門大師塔碑:“而又法身魁岸,相好莊嚴,眉毛紺垂,顱骨圓聳。”參閱魏書釋老志。

【法治】謂根據法律治理國家。對“人治”而言。晏子春秋諫上:“昔者先君桓公之地狹于今,修法治,廣政教,以霸諸侯。”

【法官】㊀掌法律刑獄的官吏。商君書定分:“吏民(欲)知法令者,皆問法官。”新唐書百官志一:“九曰推鞫得情,處斷平允,爲法官之最。”㊁對道士的敬稱。紅樓夢二九:“只聽鐘鳴鼓響,早有張法官執香披衣,帶領衆道士在路旁迎接。”

【法性】佛教諸法的本性,卽佛法。義同“真如”、“實相”。大般涅槃經六如來性品第四之三:“一切佛法卽是法性,是法性者卽是如來。”景德傳燈録二九南朝梁釋寶誌十四頌事理十二:“心王自在翛然,法性本無十纏。”

【法雨】佛家謂佛法普及衆生,如雨之潤澤萬物。大般涅槃經二壽命品一之二:“唯悕如來甘露法雨。”廣弘明集二三南朝宋謝靈運廬山慧遠法師誄:“仰弘如來,宣揚法雨。”

【法事】㊀合乎禮法之事。史記八七李斯傳:“高受詔教習胡亥,使學以法事,數年矣。”㊁佛教稱供佛、施僧、誦經、講説、修行等事爲法事,又稱佛事。南朝梁釋慧皎高僧傳七釋法珍:“吴興沈演之特相器重,請還吴興武康小山寺,首尾十有九年,自非祈請法事,未嘗出門。”

【法門】㊀指王宫的南門。穀梁傳僖二十年:“南門者,法門也。”注:“法門,謂天子諸侯皆南面而治,法令之所出入,故謂之法門。”㊁佛教指修行者入道的門徑。也泛指佛門。廣弘明集十五南朝梁沈約佛記序:“廓不二之法門,廣一乘之長陌。”南朝梁釋慧皎高僧傳八釋慧基:“基既栖止法門,厲行精苦,學兼昏曉,洞解羣經。”禪宗大師弘忍與道信並住東山寺,故稱其法爲東山法門。見舊唐書一九一僧神秀傳。參見“不二法門”。

【法帖】㊀名家書法的拓本或印本。宋曹士冕法帖譜系雜説上淳化法帖敍説:“太宗皇帝時,嘗遣使購募前賢真蹟,集爲法帖十卷,鏤板而藏之。”元周密志雅堂雜鈔上:“江南後主(南唐李煜)嘗詔徐鉉以所藏古今法書入之石,名昇元帖。此則在淳化閣帖之前,當爲法帖之祖也。”㊁書札,文書。水滸六:“清長老道:‘師兄多時不曾有法帖來。’”又:“次早,清長老陞法座,押了法帖,委智深管菜園。”

【法岸】佛教指入道的境界。也叫涅槃之岸。廣弘明集南朝梁沈約南齊竟陵王解講疏之二:“若非積毫成仞,累爝爲明,無以方軌慧門,維舟法岸。”

【法典】㊀法律典章。孔子家語五刑解:“而民猶或未化,尚必明其法典,以申固之。”今指系統的某一類法律的總稱。㊁佛教指講説佛法的典籍。順權方便經上:“有法典,名曰順權方便。”

【法乳】㊀佛教指以佛法哺育弟子的法身,猶如以母乳哺育幼兒。涅槃經四:“飲我法乳,長養法身。”宋王洋東牟集四游純房……贈淳化禪師詩:“衲衣處處逐浮雲,法乳何妨長子孫。”㊁小米。宋陶穀清異録饌羞法乳湯:“(後唐)明宗在藩不妄費,嘗召幕屬論事,各設法乳半盞,蓋甖中粟所煎者。”

【法制】法令制度。國語周中:“今陳國道路不可知,田在草間,功成而不收,民罷於逸樂,是棄先王之法制也。”吕氏春秋孟秋紀:“是月也,命有司修法制,繕囹圄,具桎梏,禁止姦。”

【法物】帝王儀仗隊所用的器物。後漢書光武帝紀下建武十三年:“益州傳送公孫述瞽師、郊廟樂器、葆車、輿輦,於是法物始備。”注:“法物,謂大駕鹵簿儀式也。”新五代史張全義傳:“初梁末帝幸洛陽,將祀天於南郊而不果,其儀仗法物猶在。”

【法供】佛教指對出家僧人的供養、布施。魏書釋老志:“承明元年八月,高祖於永寧寺,設大法供,度良家男女爲僧尼者百有餘人,帝爲剃髮,施以僧服,令修道戒,資福於顯祖。”宋蘇軾分類東坡詩四贈常州報恩長老之一:“也知法供無窮盡,試問禪師得飽無?”

【法服】㊀禮法規定的標準服。孝經卿大夫:“非先王之法服不敢服。”注:“先王制五服,各有等差,言卿大夫遵守禮法,不敢僭上偪下。”漢書五一賈山傳至言:“故古之君人者於其臣也,可謂盡禮矣;服法服,端容貌,正顏色,然後見之。”㊁佛教徒的法衣,卽袈裟。法華經序品:“剃除鬚髮,而被法服。”魏書裴植傳:“遺令子弟,命盡之後,翦落鬚髮,被以法服,以沙門禮葬于嵩高之陰。”

【法室】刑室,監獄。吕氏春秋精諭:“至爲無爲,淺智者之所爭則末矣。此白公之所以死於法室。”注:“法室,司寇也。一曰浴室,澡浴之室也。”

【法度】㊀法令制度。書大禹謨:“儆戒無虞,罔失法度。”史記秦始皇紀賈誼論:“當是時,商君佐之,内立法度,務耕織,修守戰之備,外連衡而鬭諸侯。”㊁指度量衡制度。論語堯曰:“謹權量,審法度,修廢官,四方之政行焉。”漢書律曆志上引論語唐顏師古注:“權謂斤兩也,量斗斛也,法度丈尺也。”

【法施】佛教布施,有財施、法施之別。講演佛法,使人信仰爲法施。在家之人行財施,出家之人行法施。智度論十一:“以諸佛妙善之法,爲人演説,是爲法試。”參閱翻譯名義集四辨六度法。

【法冠】本爲楚王之冠,後來秦御史及漢使節、執法者也戴此冠。史記一一八淮南王安傳:“於是王乃令官奴入宫,作

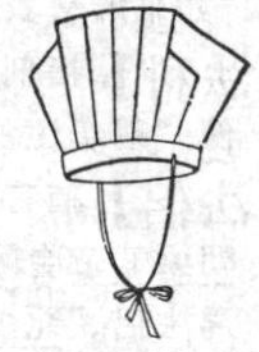

法冠(惠文冠)

皇帝璽、……漢使節法冠。”集解:“蔡邕曰:‘法冠,楚王冠也。秦滅楚,以其君冠賜御史。’”後漢書輿服志下:“法冠,一曰柱後。高五寸,以纚爲展筩,鐵柱卷,執法者服之,……或謂之獬豸冠。獬豸,神羊,能別曲直,楚王嘗獲之,故以爲冠。”

【法相】㊀指漢代皇宮選擇妃嬪、宮女所規定的容貌標準。後漢書皇后紀上:“漢法常因八月筭人,遣中大夫與掖庭丞及相工,於洛陽鄉中閱視良家童女,年十三以上,二十以下,姿色端麗,合法相者,載還後宮,擇視可否,乃用登御。”㊁佛教指宇宙一切事物的形象。大乘義章二四空義:“一切世諦,有爲無爲,通名法相。”南朝梁釋慧皎高僧傳二佛馱跋陀羅:“聞鳩摩羅什在長安,即往從之,什大欣悦,共論法相,振發玄微,多所悟益。”

【法則】㊀道理。莊子山木:“物物而不物於物,則胡可得而累邪,此神農黃帝之法則也。”㊁法度,規範。荀子王制:“本政教,正法則,兼聽而時稽之。”又非相:“度己以繩,故足以爲天下法則矣。”㊂準則。荀子勸學:“君子之學也,入乎耳,箸乎心,布乎四體,形乎動靜;端而言,蝡而動,一可以爲法則。”㊃效法。史記周紀:“(后稷)及爲成人,遂好耕農,相地之宜,宜穀者稼穡焉,民皆法則之。”

【法星】星名。1.北斗第二星天璇的別名。晉書天文志上北斗七星:“石氏云:‘二曰法星,主陰刑,女主之位也。’”2.熒惑星。文選南朝梁劉孝標(峻)辨命論:“故宋公一言,法星三徙;殷帝自翦,千里來雲。”相傳春秋宋景公有疾,熒惑守星,司星子韋請以疾轉嫁於相、民、歲,景公不許,熒惑爲之感動,遂退三舍。事見呂氏春秋制樂。

【法界】佛教指整個宇宙現象界。“界”是分界、種類的意思。梵語達磨馱都。唐釋慧能壇經般若品二:“善知識,心量廣大,徧周法界。”有時又指現象界的本質,義同真如、法性。

【法食】佛教語。㊀指午食。釋氏要覽上中食引毘羅三昧經:“佛與法慧菩薩説四食時,一旦時,爲天食。二午時,爲法食。”㊁指飲食。行事鈔下二衣總別篇:“如來所著衣曰袈裟,所食者名爲法食。”

【法科】指刑法條例。後漢書四六郭躬傳:“躬奏讞法科,多所生全。”

【法侶】猶言僧侶。廣弘明集二八下南朝梁武帝金剛般若懺文:“恒沙衆生,皆爲法侶。”北魏楊衒之洛陽伽藍記三城南景明寺:“名僧德衆,負錫爲羣;信徒法侶,持花成藪。”

【法信】佛教師弟子傳法的信物(憑證)。宋姚寬西溪叢語上:“唐李舟作能大師傳,五祖弘忍告之曰:汝緣在南方,宜往教授,持此袈裟,以爲法信。”

【法律】古代多指刑法或各種律令。莊子徐无鬼:“法律之士廣治。”唐成玄英疏:“刑法之士,留情格條,懲惡勸善,其治大也。”管子七臣七主:“夫法者,所以興功懼暴也;律者,所以定分止爭也;令者,所以令人知事也;法律政令者,吏民規矩繩墨也。”後泛指法令、法規等。

【法酒】㊀朝廷舉行大禮時之宴飲。史記九九叔孫通傳:“漢七年,長樂宮成,諸侯羣臣皆朝十月。……至禮畢,復置法酒。諸侍坐殿上皆伏抑首,以尊卑次起上壽。”索隱:“文穎云:‘作酒法令也。’姚氏云:‘進酒有禮也。’”漢書注:“法酒者,猶言禮酌,謂不飲之至醉。”㊁按官府法定規格釀造的酒。也稱“官法酒”、“官醖”。見漢書食貨志下。北魏賈思勰齊民要術七有法酒方。唐劉禹錫劉夢得集三晝居池上亭獨吟詩:“法酒調神氣,清琴入性靈。”

【法海】佛教比喻佛法廣大如海,故稱法海。無量壽經上:“深諦善念,諸佛法海。”廣弘明集二十南朝梁簡文帝莊嚴旻法師成實論義疏序:“慧門深邃,入之者固希;法海波瀾,汎之者未易。”

【法宮】帝王處理政事的宮殿,即正殿。漢書四九鼂錯傳對策:“臣聞五帝神聖,其臣莫能及,故自親事,處于法宮之中,明堂之上。”注:“如淳曰:‘法宮,路寢正殿也。’”

【法家】㊀戰國時期一個重要學派。代表人物有李悝商鞅韓非等。主張用法治代替禮治,反對貴族特權。史記一三〇太史公自序司馬談六家要指:“法家不別親疏,不殊貴賤,一斷於法,則親親尊尊之恩絶矣。”又:“法家嚴而少恩,然其正君臣上下之分,不可改矣。”參見“九流㊀”。㊁指守法度的世臣。孟子告子下:“入則無法家拂士,出則無敵國外患者,國恒亡。”

【法座】本謂佛説法之座,後泛指佛教徒講經説法之處。廣弘明集十五南朝梁沈約佛記序:“塗出玉門,法座非遥。”梁書武帝紀下中大通三年:“行幸同泰寺,高祖升法座,爲四部衆説大般若涅槃經義。”

【法馬】作爲重量標準的物體。今作“砝碼”。明朱國禎湧幢小品二一姤婦:“俗語法馬爲仐子,……謂兑架爲天平。”清翟灝通俗編二六籌馬:“交易者以銅爲法,衡銀輕重,謂之法馬,皆屬計數之意。”

【法夏】僧人出家的年數。猶言法臘、法歲。見各該條。

【法書】㊀指名家的書法,或對別人書法的美稱。梁書殷鈞傳:“又受詔料檢西省法書古迹,別爲品目。”北齊顔之推顔氏家訓雜藝:“吾幼承門業,所見法書亦多,而翫習功夫頗至。”我國現存最早之法,爲晉陸機之平復帖,現藏故宮博物院。㊁指法典一類的書籍。漢焦延壽易林一坤之大畜:“典策法書,藏在蘭臺。”

【法師】㊀對僧侶的尊稱。廣弘明集二三南朝宋謝靈運廬山慧遠法師誄:“俯授法師,威儀允擧。”㊁唐代道士三種稱號之一。唐六典四禮部尚書祠部郎中:“道士修行有三號:其一曰法師,其二曰威儀師,其三曰律師。”

【法徒】佛教徒。藝文類聚七六南朝梁簡文帝宋姬寺慧念法師墓志銘:“如彼高山,法徒斯仰。”

【法部】唐時皇宮梨園訓練和演奏法曲的部門。唐王建詩霓裳詞之五:“傳呼法部按霓裳,新得承恩別作行。”參閲新唐書禮樂志十二。

【法理】㊀法則、原理。漢王充論衡骨相:“非徒富貴貧賤有骨體也,而操行清濁亦有法理。”指形成人的品德的法則。㊁法律、道理。後漢書七六王渙傳:“其冤嫌久訟,歷政所不斷,法理所難平者,莫不曲盡情詐,壓塞羣疑。”南齊書孔稚珪傳上表:“臣聞匠萬物者,以繩墨爲正,馭大國者,以法理爲本。”㊂佛教語。指佛法的道理。晉書王珉傳:“時有外國沙門名提婆,妙解法理,爲珣兄弟講毗曇經。”

【法曹】㊀漢代主管郵遞事務的官署。後漢書百官志一:“法曹主郵驛科程事。”㊁司法官署名。唐宋之制在府稱法曹參軍事,在州稱法曹司法參軍事,在縣稱司法。掌刑法獄訟事。也稱法官爲法曹。唐韓愈昌黎集四鄭羣贈簟詩:“法曹貧賤君所易,腰腹空大何能爲。”參閲新唐書百官志四下。

【法教】法制教化。荀子儒效:“法後王,一制度,隆禮義而殺詩書,其言行已有大法矣,然而明不能齊法教之所不及,聞見之所未至,則知不能類也。”

【法堂】㊀演説佛法的大堂。華嚴經五:“世尊凝〔眸〕處法堂,炳然照耀宮殿中。”

㊁審理訴訟案件的公堂。今稱法庭。

【法眼】佛教有“五眼”之説，慧眼和法眼都能洞見實相，僅次於佛眼。無量壽經下:“法眼觀察，究竟諸道。”景德傳燈録一摩訶迦葉:“(佛)復言，吾以清淨法眼，將付於汝，汝可流布，無令斷絶。”參見“五眼”。借指卓越精深的眼力。宋嚴羽滄浪詩話詩辯:“須從最上乘具正法眼，悟第一義。”

【法術】㊀先秦商鞅申不害皆主刑名之學，鞅言法，不害言術，後來因以法術指法家之學。後漢書四十上班彪傳上書:“漢興，太宗使鼂錯導太子以法術，賈誼教梁王以詩書。”參閲韓非子定法、史記六三老莊申韓傳。㊁指方術之士的迷信手段，如畫符、念咒之類。晉書藝術傳序:“然而詭託近於妖妄，迂誕難可根源，法術紛以多端，變態諒非一緒。”

【法從】跟隨皇帝車駕。漢書八七上揚雄傳:“又是時趙昭儀方大幸，每上甘泉，常法從，在屬車間豹尾中。”注:“法從者，以言法當從耳，非失禮也。一曰從法駕也。”

【法雲】謂佛法如雲，覆蓋一切。華嚴經入法界品:“深入菩薩行，樂聞勝法雲。”文選南齊王簡栖(屮)頭陁寺碑文:“蔭法雲於真際，則火宅晨涼；曜慧日於康衢，則重昏夜曉。”

【法喜】謂聞佛法而喜。法華經寶塔品:“又聞所生聲者，皆得法喜。”廣弘明集二八下南朝梁武帝（蕭衍）摩訶般若讖文:“願諸衆生，離染著相，迴向法喜，安住禪悦。”宋蘇軾分類東坡詩十五贈王仲素寺丞:“雖無孔方兄，顧有法喜妻。”按維摩詰菩薩以法喜爲妻，慈悲爲女。

【法場】執行死刑的場所。水滸四一:“無爲軍已知江州被梁山泊好漢劫了法場，殺死無數的人，如何敢出來追趕，只得回避了。”文獻通考十四征榷一:“紹興二十二年，臣僚言蘄之蘄陽、江之湖口、池州之雁汊，稅務號爲大小法場。”極言稅收苛重，使人無生路。參閲宋史食貨志下八。

【法程】法則，法式。墨子備蛾傳:“敢問適〔敵〕人强弱，遂以傅城，後上先斷，以爲法程。”吕氏春秋慎行:“凡亂人之動也，其始相助，後必相惡。爲義者則不然，始而相與，久而相信，卒而相親，後世以爲法程。”

【法象】㊀指自然界的一切現象。易繫辭上:“是故法象莫大乎天地，變通莫大乎四時。”㊁效法，模仿。墨子辭過:“爲宫室若此，左右皆法象之。”漢書禮樂志二:“今幸有前聖遺制之威儀，誠可法象而補備之，經紀可因緣而存著也。”

【法集】佛教徒講法的集會。梁書昭明太子傳:“太子亦崇信三寶，遍覽衆經。乃於宮内別立慧義殿，專爲法集之所，招引名僧，談論不絶。”

【法義】法度義理。韓非子説疑:“此十二人者之爲其臣也，皆思小利而忘法義。”漢書八一匡衡傳:“衡爲少傅數年，數上疏陳便宜，及朝廷有政議，傅經以對，言多法義。”

【法鼓】指佛寺的大鼓。南朝宋謝靈運謝康樂集二過瞿溪山僧詩:“清霄颺浮煙，空林響法鼓。”法華經序品:“今佛世尊，欲説大法，雨大法雨，吹大法螺，擊大法鼓。”

【法辟】法令，刑罰。管子君臣上:“論法辟衡權斗斛文劾不以私論，而以事爲正。”注:“辟，刑也。”

【法禁】刑法，禁令。韓非子亡徵:“簡法禁而務謀慮，荒封内而恃交援，可亡也。”又五蠹:“毁譽賞罰之所加者，相與悖繆也，故法禁壞而民愈亂。”

【法歲】僧自受戒起計時的年齡。也稱夏臘、法臘。參見“夏臘”。

【法嗣】佛教禪宗稱繼承衣鉢的弟子。敕修百丈清規三開堂祝壽:“侍者逐一度香，惟法嗣香，住持懷中拈出，自插爐中。”宋蘇軾東坡集續集七答錢濟明書之二:“欽詩乃極佳，尋本末獲有法嗣否？當爲載之其語録中。”也泛指繼承人。金王若虛滹南詩話三:“魯直（黄庭堅）開口論句法，此便是不及古人處，而門徒親黨以衣鉢相傳，號稱法嗣，豈詩之真理也哉。”

【法號】佛教徒受戒時由本師授予的名號。又稱法名或戒名。唐李白李太白詩七僧伽歌:“真僧法號號僧伽，有時與我論三車。”文苑英華八五七唐岑勛西京千佛寺多寶塔感應碑:“有禪師法號楚金，姓程，廣平人也。”又僧死後的謚號，也稱法號。

【法筵】僧人講説佛法的坐席。楞嚴經一:“法筵清衆，得未曾有。”南朝梁釋慧皎高僧傳八釋弘充:“初止多寶寺，善能問難，先達多爲所屈。後自開法筵，鋒鏑互起，充既思入玄微，口辯天逸，通疑釋滯，無所閡然。”

【法會】佛教指説法及舉行供佛及布施等宗教儀式的集會。法華經隨喜功德品:“若人於法會，得聞是經典。”

【法經】戰國時魏文侯師李悝編纂的法典。漢書藝文志法家著録李子三十二篇。參閲晉書刑法志。

【法語】合於禮法的話。論語子罕:“法語之言，能無從乎？”

【法像】指佛像。宋書夷蠻傳天竺迦毗黎國:“太宗定亂，下令曰:‘……頃遇昏虐，法像殘毁，師徒奔迸，甚以矜懷。’”

【法網】謂刑法嚴密如羅網。後漢書五一龐參傳馬融上書:“竊見前護羌將軍龐參，……又度遼將軍梁慬，……今皆幽囚，陷於法網。”

【法輪】佛法的别稱。佛教謂佛之説法，能摧破衆生惡業，猶如輪王之輪寶，能輾轉推平山岳巖石。又佛説法不停滯於一人一處，展轉傳人，猶如車輪，故稱法輪。四十二章經:“(世尊)於鹿野苑中，轉四諦法輪，度憍陳如等五人而證道果。”南朝梁釋慧皎高僧傳五釋法先:“(道護)與(道)安等相遇，乃共言曰:‘居靖離俗，每欲匡正大法，豈可獨步山門，使法輪停軫？’”後來道教亦取佛教之説，稱道教的法力爲法輪。雲笈七籤九九衆仙步虚詞之四:“法輪常自轉，希音不可聽。”

【法駕】皇帝的車駕。也稱法車。史記吕后紀:“迺奉天子法駕，迎代王於邸。”集解:“蔡邕曰:‘天子有大駕、小駕、法駕。法駕上所乘，曰金根車，駕六馬。’”三輔黄圖六雜録:“法駕，京兆尹奉引，侍中參乘，奉車郎御，屬車三十六乘。北郊明堂則省副車。”

【法數】㊀法術，法度。管子七臣七主:“振主喜怒無度，嚴誅無赦，……不許，則法數日衰，而國失固。”㊁數學名詞。見“法㊅”。

【法儀】法度。墨子法儀:“天下從事者，不可以無法儀。”管子兵法:“治衆有數，勝敵有理，……則可以定威德，制法儀，出號令，然後可以一衆治民。”

【法緣】佛教語。㊀指入教儀式。謂與佛爲緣，即皈依三寶的意思。國清百録二隋煬帝王重遣匡山參書:“法緣若竟，願即沿流，冀在歲陰，必期展覲。”㊁謂萬物皆由因緣而生。涅槃經十四:“法緣者，不見父母妻子親屬，見一切法皆從因緣生，是名法緣。”

【法憲】法令。後漢書十四北海靖王興傳附子睦:“中興初，禁網尚闊，而睦性謙恭好士，千里交結。……永平中，法憲頗峻，睦乃謝絶賓客，放心音樂。”

【法燈】喻佛法如燈，普照幽暗。華嚴經二:“如來法王出世間，能然照世妙法燈。”藝文類聚七七南朝梁劉孝綽栖隱寺碑:“欲使法燈永傳,勝因長久。”

【法器】㊀猶法度。唐陳子昂陳伯玉集六申州司馬王府君墓誌:“摹其法器無不馴,從其事政無不理。”㊁佛教指具備傳承佛法條件的人物。景德傳燈録五南嶽懷讓禪師:“開元中有沙門道一,住傳法院,常日坐禪,師知是法器。”參閲釋氏要覽中説聽法器。㊂指和尚、道士齋醮所用的引磬、木魚等器物。元王實甫西廂記一本四折:“今日二月十五日開啓,衆僧動法器者。請夫人小姐拈香。”

【法錢】按官府規格鑄造的錢。漢書食貨志下賈誼諫:“法錢不立,吏急而壹之虖,則大爲煩苛,而力不能勝;縱而弗呵虖,則市肆異用,錢文大亂。”注:“法錢,依法之錢也。”

【法螺】海中軟體動物,殻爲螺旋狀。上部形長似梭,故又稱梭子螺。大者於螺頭穿孔吹之,發聲可傳遠。也稱海哱囉。常爲軍用和佛道作法事的樂器,佛教稱講經説法爲吹法螺,也稱法蠡。含有法音警世之義。無量壽經上:“扣法鼓,吹法螺,……常以法音覺諸世間。”文苑英華八五〇唐王勃益州緜竹縣武都山淨慧寺碑:“撫香象而高視,鳴法螺而再唱。”

【法寶】㊀佛教以佛法僧爲三寶,因稱佛法爲法寶。維摩經佛國品:“法寶普照,而雨甘露,……集衆法寶,如海導師。”參見“三寶”。㊁指佛教徒所用的鉢盂、錫杖紙絹竹帛等。新唐書藝文志三著録六祖法寶記一卷。參閲諸經要集二敬僧述意。

【法藏】㊀佛教稱法性含藏無量的性德。一名如來藏,也稱佛法藏。無量壽經上:“深入菩薩法藏,得佛華嚴三昧。”㊁指佛所説的教法。教法含藏多義,故名法藏。法華經寶塔品:“持八萬四千法藏,十二部經,爲人演説。”也指佛經的庫藏。也稱寶藏。㊂公元643—712年。西域康居人。到長安從智儼學華嚴,盡得其教,爲華嚴宗的創立者。通稱賢首大師。曾參加翻譯華嚴經,並爲楞伽密嚴梵網起信心經等作注疏。參閲宋高僧傳五釋法藏。

【法臘】僧徒受戒後每年夏行三月安居一次,稱爲法臘。又稱夏臘、戒臘、法夏。因亦稱出家的年數爲法臘。宋高僧傳二八遵誨傳:“享壽七十一,法臘五十一。”又智朗傳:“春秋七十七,法臘五十三。”參見“夏臘”。

【法籍】㊀法典,指記載法令的書籍。淮南子覽冥:“逮至夏桀之時,……棄捐五帝之恩刑,推蹶三王之法籍,是以至德滅而不揚,帝道揜而不興。”㊁指佛經。魏書釋老志:“趙郡有沙門法果,誠行精至,開演法籍。”

【法蠡】即法螺。唐李白李太白詩三十舍利弗:“雲間妙音奏,天際法蠡吹。”參見“法螺”。

【法顯】約公元337—422年。晉平陽武陽人。本姓龔。三歲度爲沙彌,及長成受大戒,痛感經律多闕訛,誓志求學。遂於東晉隆安三年與慧景道整等從長安出發,經西域至天竺,共十四年,遊歷三十餘國,收集大批梵本佛經。於義熙九年歸國後在建康與天竺禪師跋陀羅合譯經律論六部、二十四卷,共百餘萬字。又記旅行見聞,撰成佛國記。參閲南朝梁釋慧皎高僧傳三釋法顯、隋書經籍志四。參見“佛國記”。

【法外意】晉書陶侃傳:“謝安每言‘陶公雖用法,而恒得法外意。’”謂不拘泥於法令的條文字句,而體現法令的實質、精神。

【法式善】公元1752—1813年。清蒙古烏爾濟氏,屬内務府正黄旗。字開文,號時帆。乾隆四十五年進士,官至侍讀學士。所居曰梧門書屋,藏書甚富。曾參與纂修皇朝文穎及全唐文。著有清祕述聞槐廳載筆存素堂詩集等。

【法身塔】佛教指存放法身偈的塔。佛有法身。有關法身的偈叫法身偈。藏法身偈的塔叫法身塔。金剛頂義訣上:“鑁字法界種,相形如圓塔。名法身塔。”參見“法身”。

【法門寺】寺名。即唐憲宗、懿宗迎佛骨之處。在陝西扶風縣北。參閲嘉慶一統志二三六鳳翔府二寺觀。

【法相宗】佛教宗派之一。主張萬法唯識,以依他起相、遍計所執相、圓成實相等三相解釋世界一切現象,故名。即慈恩宗。參見該條。

【法界宗】即華嚴宗。以論法界緣起爲根本教理,故又稱法界宗;以創立者爲法藏(賢首大師),故又稱賢首宗。參見“華嚴宗”。

【法書考】元盛熙明撰。八卷。其書雜取各家之説,分書譜字源筆法圖訣形勢風神工用等篇。末卷附録專論印章。熙明博通域外語,故字源一門並收列梵書十六聲、三十四母,蒙古字母四十三母。

【法眼宗】佛教禪宗之一派。源出慧能(六祖)弟子行思,五傳而至雪峯,雪峯傳師備,師備傳桂琛,桂琛傳文益。文益爲五代時人。死後謚法眼大禪師。宋初其宗極盛,至宋中葉以後衰歇。參見“禪宗”。

【法喜食】聞佛法歡喜,可以增長善根,增益慧命,猶如世間之食。故名法喜食。法華經四五百弟子授記品:“其國衆生常以二食,一者法喜食,二者禪悦食。”

【法華宗】即天台宗。此宗以妙法蓮華經爲依據,故又名法華宗。參見“天台宗”。

【法華經】佛經名。妙法蓮華經的簡稱。見“妙法蓮華經”。

【法帖刊誤】宋黄伯思撰。二卷。宋王著奉勅編集歷代法書淳化閣帖十卷,選擇不精,真僞雜居,標題多誤。雖經米芾評審,但仍少考證。伯思因復取米芾所定,重爲訂正,而成此書。參閲宋陳振孫直齋書録解題十四雜藝。

【法帖譜系】宋曹士冕撰。二卷。介紹宋淳化法帖源流。前有法帖譜系圖。上卷敍述淳化閣帖系下共二十二種。下卷敍述絳本舊帖系下共十四種。各有跋文敍述摹刻始末,兼訂其異同工拙。百川學海本書名作譜系雜説。

【法帖釋文】宋劉次莊撰。十卷。元祐間,次莊於臨江摹刻淳化閣帖十卷,復取帖中草書,增釋文於字旁,改名臨江戲魚堂帖,也稱歷代帝王名臣法帖。後人録其釋文編成此書。參見宋曹士冕法帖譜系雜説上。

【法苑珠林】唐釋道世撰。通行本有一百卷本(常熟蔣刻及常州本頻伽本),一百二十卷本(嘉興藏本)。其書將佛家故事,分類編排,共六百四十餘目。所引據典籍,除佛經外,約有一百四十餘種。其中徵引最多者,有王琰冥祥記、干寶搜神記、唐臨冥報記、顔之推冤魂志、郎餘令冥報拾遺等。商務印書館四部叢刊本卽據嘉興藏本影印。此書撰於初唐,去古未遠,保存了不少後來散佚的資料。

【法苑義林】大乘法苑義林章的省稱。見“義林章”。

【法書要録】唐張彦遠編。十卷。載東漢至唐元和時各家書法理論和著名法書的著録等,内容繁富。彦遠又撰歷代名畫記十卷,後來凡論述古代至唐代中葉以前書畫者,幾無不取材於此兩書。

【法華文句】隋釋智顗(天台智者大師)講述,弟子灌頂筆録。十卷。天台宗起於慧文慧思,至慧思弟子智顗而大成;以妙法蓮華經爲經典。此書解釋法華文句，與由灌頂筆録的法華玄義摩訶止觀二書，盡集天台宗之基本論述於內。

【法華玄義】見"法華文句"。

【法駕導引】詞調名。宋陳與義無住詞有法駕導引三首。單調，三十字，平韻。參見詞譜二。

【法寶壇經】見"壇經"。

【法曲獻仙音】詞調名。本爲唐代法曲。宋姜夔作詞名越女鏡心，元周密詞作獻仙音。雙調，自八十七字至九十二字，共有六體，見詞譜二二。

【法帖神品目】明楊慎撰。一卷。收集歷代各家法帖堪稱神品者，凡古篆十四種、秦十一種、漢十一種、三國五種、晉五種、南北朝三種、雜碑四十二種、東晉至宋寧宗歷代帝王十一種、王羲之十六種、淳化諸帖二十六種。其中真僞參雜，不盡可信。

【法藏碎金録】宋晁迥撰。十卷。雜録儒、釋、道三家之言，作爲修身養性之助。爲禪門語録之類。故陳振孫直齋書録解題十二列入釋家。其書明代久無傳本，至嘉靖二十四年，始由迥之裔孫晁瑮從內閣録出重刊，改題迦談。

浍 huì ㄏㄨㄟˋ 許貴切，去，未韻，曉。

見"瀖浍"。

河 hé ㄏㄜˊ 胡歌切，平，歌韻，匣。

㊀黄河。書禹貢："導河積石，至于龍門。"爾雅釋水："河出崑崙虚，色白；所渠并千七百一川，色黄；百里一小曲，千里一曲一直。"參見"黄河"。㊁河流的通稱。詩周南關雎："關關雎鳩，在河之洲。"㊂指銀河。文選南齊謝玄暉（朓）暫使下都夜發新林至京邑贈西府同僚詩："秋河曙耿耿，寒渚夜蒼蒼。"注："秋河，天漢也。"參見"天河㊀"、"銀河"。㊃姓。南朝宋有河澗。見明陳士元姓觿三二十歌。

【河干】河畔。詩魏風伐檀："坎坎伐檀兮，寘之河之干兮。"文苑英華八四二南朝梁王僧孺從子永寧令謙誄："驅車峭嶝，執手河干。"

【河工】治河工程。史書上多指疏治黄河工程而言。清會典六十工部都水清吏司："凡河工，曰歲修，曰搶修，各辨其桃汛、伏汛、秋汛而禦之。"清會典事例九〇一河工河員職掌一康熙二十二年諭："河工關繫緊要，蘭家渡決口築塞方完，河南隄岸工程，令河南巡撫暫行料理。"

【河上】㊀河畔。詩鄭風清人："二矛重英，河上乎翱翔。"又："二矛重喬，河上乎逍遥。"㊁傳説人名。文選南朝梁任彦昇（昉）爲蕭揚州薦士表："物色關下，委裘河上。"參見"河上公"。

【河山】河流與山脈。戰國策魏一："魏武侯與諸大夫浮於西河，稱曰：'河山之險，豈不亦信固哉！'"後也泛指國家的疆土。南朝宋鮑照鮑氏集四擬青青陵上柏詩："渭濱富皇居，鱗館匝河山。"

【河內】㊀黄河以北的地方，約相當今河南省。左傳定十三年："鋭師伐河內。"孟子梁惠王上："河內凶，則移其民於河東，移其粟於河內。河東凶亦然。"㊁郡名。漢高帝二年置。見漢書地理志上河內郡。相當今河南省黄河南北兩岸的地方。㊂縣名。春秋野王邑，漢置野王縣，屬河內郡。隋開皇十六年改河內縣，歷代相因。清爲淮慶府府治。公元1913年裁府留縣，改名沁陽，即今河南沁陽縣。參閲隋書地理志中河內郡、寰宇通志八九懷慶府。

【河公】即河伯。漢書溝洫志武帝作歌："皇謂河公兮何不仁，泛濫不止兮愁吾人！"注："河公，河伯也。"史記河渠書作"河伯"。參見"河伯"。

【河市】宋代開封城南汴河之間的市區。宋晁載之續談助三附宋王曾沂公筆録："駙馬都尉高懷德以節制領睢陽，性頗奢侈，而洞曉音律，故聲伎之妙，冠於當時。宋城南抵汴渠五里，有東西二橋，居民繁夥，倡優亦衆，然率多鄙俚，爲高伶人所輕誚，每宴飲樂，必效其朴野之態以爲戲玩，謂之河市樂。迄今俳優常有此戲。"河市樂，爲宋時雜戲名。參見"河市樂人"。

【河平】㊀河患平復。特指黄河水患而言。宋史四三二胡旦傳："河缺韓村，尋復塞。旦獻河平頌。"㊁漢劉驁（成帝）年號。公元前28—前25年。

【河右】即河西。指黄河以西的地區，相當今寧夏回族自治區和甘肅省一帶。三國志魏閻温傳："河右擾亂，隔絶不通。"晉書孝武帝紀太元九年："苻堅將吕光稱制於河右，自號酒泉公。"

【河目】㊀上下眶平正而長的眼睛。孔子家語困誓："孔子適鄭，與弟子相失，獨立東郭門外。或人謂子貢曰：'東門外有一人焉，其長九尺有六寸，河目隆顙。'"㊁漢縣名。屬五原郡。見漢書地理志下。在今內蒙古包頭市西南。

【河池】㊀水名。在甘肅徽縣之南。水經注二十漾水："濁水又東南與河池水合，水出河池北谷，南逕河池戍東，西南入濁水。"㊁縣名。1.漢置，屬武都郡。東漢建武二年，光武族兄劉嘉擊公孫述將侯丹，不利，退軍河池下辨；建武九年，馬成率師破河池，平武都，皆即此地。隋屬河池郡。唐併入鳳州。五代復置。元初廢。故地在今陝西鳳縣西、甘肅徽縣境。參閲漢書地理志下、後漢書十四順陽懷侯嘉傳、二二馬成傳。2.屬廣西。唐智州地。宋治平初改爲縣，屬宜州。大觀初即縣置庭州，改縣名爲懷德，四年廢州，縣仍改名河池，隸宜州。明清屬慶遠府。參閲寰宇通志一〇八慶遠府、讀史方輿紀要一〇九慶遠府。

【河州】㊀河中可居的陸地。唐吕温吕和叔集二題河州赤岸村詩："左南橋上見河州，遺老相依赤岸頭。"參見"河洲"。㊁地名。漢枹罕縣，東漢屬隴西郡，晉咸康初置河州。北周置枹罕郡，隋初廢。唐宋爲河州安鄉。元改路。明初爲河州衛，屬陝西都司，景泰二年復爲州，屬臨洮府。公元1913年改爲導河縣，1928年改爲臨夏縣。在甘肅省。參閲讀史方輿紀要六十臨洮府河州、嘉慶一統志二五二蘭州府一。

【河西】㊀泛指黄河以西的地區。也稱河右。爾雅釋地："河西曰雝州。"注："自西河至黑水。"疏："禹貢云：'黑水西河惟雍州。'孔安國云：'西距黑水，東據河。'"唐景雲元年，置河西節度使，爲開元天寶十節度使之一，轄境相當今甘肅河西走廊。治所涼州，今甘肅武威縣。參閲舊唐書地理志三河西道。㊁縣名。元河西州，後改爲縣。明清屬臨安府。公元1956年和通海縣合併爲杞麓縣，1960年改名通海縣。參閲寰宇通志一二二臨安府。

【河曲】㊀河道曲折之處。文選三國魏文帝（曹丕）與朝歌令吳質書："時駕而遊，北遵河曲。"列子黄帝："因復指河曲之淫隈曰：彼中有寶珠，泳可得也。"㊁地名。1.春秋晉邑。春秋文十二年："晉人秦人戰于河曲。"注："河曲，在河東蒲坂縣南。"在今山西永濟縣西蒲州。2.縣名。屬山西省。宋立火山軍，屬代州。金貞元元年置河曲縣，取黄河千里一曲之義。元初仍立州，後省入保德州。明復置。參閲金史地理志下、寰宇通志七八太原府。

【河汾】黄河和汾水。指山西省西南部地區。史記晉世家："成王……於是遂封叔虞於唐。唐在河汾之東，方百里。"新唐書一九六王績傳:"兄通,隋末大儒也,聚徒河汾間,倣古作六經,又爲中説以擬論語。"參見"河汾門下"。

【河車】道家鍊丹,稱北方正氣名河車;鍊丹所用鉛汞,與河車相合,始能成丹。宋蘇軾分類東坡詩二十王頤赴建州錢監求詩及草書:"河車挽水灌腦黑,丹砂伏火入頰紅。"腦黑言髮不白。參閲雲笈七籤十二黄庭經、宋呂祖謙詩律武庫六河車挽水。

【河伯】傳説之河神。莊子秋水:"於是焉,河伯欣然自喜,以天下之美爲盡在己。"釋文:"河伯姓馮,名夷,一名冰夷,一名馮遲。已見大宗師篇。一云姓呂,名公子;馮夷是公子之妻。"史記一二六西門豹傳:"苦爲河伯娶婦。"正義:"河伯,華陰潼鄉人,姓馮氏,名夷。浴於河中而溺死,遂爲河伯也。"按竹書紀年帝芬十六年,雒伯與河伯馮夷鬭。帝泄十六年,殷侯微以河伯之師伐有易,殺其君綿臣。清顧炎武謂河伯乃因國居河上而命名爲伯,如文王之爲西伯。見日知録二五河伯。

【河宗】指祭祀河神的主要對象。穆天子傳一:"甲辰,天子獵于滲澤,於是得白狐、玄狢焉,以祭於河宗。"唐杜甫杜工部詩史補遺五韋諷録事宅觀曹將軍畫馬圖:"自從獻寶朝河宗,無復射蛟江水中。"

【河房】河兩旁的房舍。明吳應箕留都見聞録下河房序:"南京河房,夾秦淮河而居。緑窗朱户,兩岸交輝,而倚檻窺簾者,亦自相掩映。夏月淮水盈漫,畫船簫鼓之游,至於達夜,實天下之麗觀也。"

【河東】黄河流經山西省境,自北而南,故稱山西省境内黄河以東的地區爲河東。孟子梁惠王上:"河内凶,則移其民於河東,移其粟於河内。河東凶亦然。"注:"魏舊在河東,後爲强國,兼得河内也。"秦漢時置河東郡,治所在安邑。唐初置河東道,治所在蒲州。開元年間置河東節度使,治所在太原。宋置河東路,治所在并州。明廢。參閲漢書地理志上、新唐書地理志一、明史地理志二。

【河洲】河中可居的陸地。淮南子地形:"宵明燭光在河洲,所照方千里。"文選南朝宋謝靈運擬魏太子鄴中集詩阮瑀:"河洲多沙塵,風悲黄雲起。"

【河津】㊀河邊的渡口。北周庾信庾子山集一春賦:"三日曲水向河津,日晚河邊多解神。"唐李白李太白詩二四避地司空原言懷:"弄景奔日馭,攀星戲河津。"㊁地名。即龍門,又名禹門口。在今山西河津縣西北。三秦記:"河津,一名龍門,……云〔去〕長安九百里,水懸船而行。"(太平御覽九三)㊂縣名。屬山西省。古耿邑。殷王祖乙曾都於此。春秋爲晉邑。秦置皮氏縣,漢屬河東郡,魏晉屬平陽郡。北魏改龍門縣。隋初廢郡,縣屬蒲州。唐武德初爲泰州治,貞觀十七年廢州,縣屬絳州。大順二年改屬河中府,宋宣和初,改河津縣。清屬絳州直隸州。參閲嘉慶一統志一五五絳州一。

【河洛】㊀黄河與洛水。也指該兩流域地區。史記封禪書:"昔三代之君〔居〕,皆在河洛之間。"正義:"世本云:'夏禹都陽城,避商均也。又都平陽,或在安邑,或在晉陽。'帝王世紀云:'殷湯都亳,在梁,又都偃師,至盤庚徙河北,又徙偃師也。周文、武都酆鄗,至平王徙都河南。'案:三代之居皆在河洛之間也。"唐杜甫杜工部草堂詩箋六後出塞之五:"坐見幽州騎,長驅河洛昏。"㊁河圖、洛書的簡稱。藝文類聚五一三國魏文帝(曹丕)册孫權太子登爲東中郎封侯文:"蓋河洛寫天意,符讖述聖心。"舊題晉王嘉拾遺記一:"伏羲爲上古,觀文於天,察理於地,……是以圖書著其迹,河洛表其文。"參見"河圖"、"洛書"。

【河南】㊀指黄河以南地區。爾雅釋地:"河南曰豫州。"注:"自南河至漢。"疏:"禹貢云:'荆河惟豫州。'孔安國云:'西南至荆山,北距河水,以其荆山在荆州,漢水所經。'"㊁指河套以南地區。史記秦始皇紀三十二年:"始皇乃使將軍蒙恬發兵三十萬人北擊胡,略取河南地。"正義:"今靈、夏、勝等州。"參見"河套"。㊂縣名。古郟、鄏地。漢爲河南縣,屬河南郡。至金廢入洛陽縣。周敬王遷都成周,即此地。今爲河南洛陽縣。參閲太平寰宇記三河南縣、金史地理志中河南府。

【河朔】泛指黄河以北的地方。書泰誓中:"惟戊午,王次于河朔。"三國志魏袁紹傳:"振一郡之卒,撮冀州之衆,威震河朔,名重天下。"

【河清】㊀黄河水濁,少有清時,古人因以河清爲太平祥瑞的象徵。易緯乾鑿度下:"天之將降嘉瑞應,河水清三日。"三國志蜀黄權傳:"州牧劉璋召爲主簿。時别駕張松建議宜迎先主(劉備)使伐張魯,權諫曰:'……可但閉境,以待河清。'"參見"河清海晏"。㊁古稱黄河千年一清,因以河清喻時機難遇。左傳襄八年引逸詩:"俟河之清,人壽幾何!"文選三國魏王仲宣(粲)登樓賦:"惟月之逾邁兮,俟河清其未極。"㊂縣名。漢爲平陰縣,屬河南郡。唐武德二年置大基縣。先天二年避玄宗(李隆基)諱改名河清。金改名孟津。故址在今河南孟津縣。參閲太平寰宇記五西京三河清縣。㊃北齊高湛(武成帝)年號。公元 562—564 年。

【河梁】橋梁。列子説符:"孔子自衛反魯,息駕乎河梁而觀焉。"文選舊題漢李少卿(陵)與蘇武詩之三:"攜手上河梁,遊子暮何之?"後世因用爲送别之地的代稱。唐杜牧樊川集二奉和門下相公送西川相公兼領相印出鎮全蜀詩十八韻:"同心真石友,寫恨蔑河梁。"

【河陰】㊀黄河南岸之地。國語晉九:"與鼓子田於河陰,使夙沙釐相之。"注:"河陰,晉河南之田。"㊁縣名。漢河南郡有平陰縣,在廣武山。三國魏黄初中徙置瀕河山下,始稱河陰。以河道改變,縣治屢徙。唐開元二十二年古汴河口築河陰倉,移於輸場之東渠口,元以河決移置廣武山之大峪口,明洪武初迫於河,又徙於滎陽之北。乾隆三十年併入滎澤縣。即今廣武縣境。參閲寰宇通志八三開封府上、讀史方輿紀要四七鄭州河陰縣。

【河豚】魚名。古謂之鯸,又名鮐、鮭。亦稱河魨。四五月間産卵,在此期卵巢及肝臟有劇毒,誤食可以致命。宋蘇軾分類東坡詩二四惠崇春江晚境之一:"蔞蒿滿地蘆芽短,正是河豚欲上時。"虞儔尊白堂集四佳句妙醖鼎至再和以謝詩:"不爲河魨賦荻芽,一壺且復薦枯蝦。"

【河魚】㊀棲生於河中的魚類。淮南子俶真:"故河魚不得明目,穉稼不得育時。"史記秦始皇紀八年:"河魚大上,輕車重馬東就食。"索隱:"言河魚大上,秦人皆輕車重馬,並就食於東。言往河旁食魚也。一云,河魚大上爲災,人遂東就食,皆輕車重馬而去。"㊁腹瀉的代稱。南朝梁簡文帝集二卧疾詩:"沈痾類弩影,積弊似河魚。"五代王定保唐摭言十五雜記:"韋澳孫宏,大中時同在翰林。盛暑,上在太液池,中宣二學士。既赴召,……尋宣賜銀餅餡,食之甚美;既而醉以醇酎。二公因兹苦河魚者數夕。"參見"河魚腹疾"。

【河渠】㊀水道。南朝宋鮑照鮑氏集十河清頌序:"鳴禽躍魚,滌穢河渠。"唐劉禹錫劉夢得集外集三令狐相公示河中楊少尹贈答兼命繼聲詩:"四面諸侯瞻節制，八方通貨溢河渠。”㊁史記有河渠書，記述河道和水利設施等事。後來宋金元明諸史皆相沿稱河渠志，惟漢書名溝洫志。

【河湟】指黄河湟水兩流域地。後漢書八七西羌傳：“乃度河湟，築令居塞。”新唐書一四一下吐蕃傳：“湟水出蒙谷，抵龍泉與河合。……故世舉謂西戎地曰河湟。”唐杜牧樊川集二奉和白相公……呈上三相公長句四韻：“黠戛可汗修職貢，文思天子復河湟。”黠戛，指回紇。文思，指唐宣宗。

【河運】歷代王朝把所徵糧食經由黄河運至京師，稱爲河運。又名漕運。漢都長安，開始由黄河運糧至京師。隋開運河，文帝時引渭水至潼關，稱廣通渠，煬帝時開通濟渠，引穀水洛水與黄河相連，且通淮海。唐劉晏爲江淮轉運使，於揚州造船，每船載千斛，十艘爲一綱。河運更有組織。元都北京，鑿會通河，爲河運至北京之始。明疏濬會通河，由官軍督運。清末改用輪船海運，河運始廢。參閱唐宋元明諸史食貨志、文獻通考二五漕運。

【河馮】河神，河伯。文選漢張平子(衡)西京賦：“度陽阿，感河馮。”晉陸雲陸士龍集七修身：“詔河馮以清川，命湘娥而安流。”參見“河伯”。

【河間】縣名，屬河北省。故戰國趙地。漢文帝二年爲河間國，因地處黄河與永定河之間而名。北魏置郡。隋初廢，後復置。唐以河間爲瀛州，置武垣縣，宋改爲河間縣。元改爲路，明初復置河間府，清沿置，府治河間縣。公元1913年裁府留縣。參閱寰宇通志二河間府、讀史方輿紀要十三河間府。

【河陽】㊀縣名。1. 春秋晉地。漢置縣，屬河内郡。歷代沿置，明廢。參閱嘉慶一統志二〇二懷慶府一。故地在今河南孟縣。2. 本羅伽甸地，南詔置河陽郡。元至元年間改縣。治所在今雲南澄江。參閱寰宇通志一一二澂江府。㊁錢幣名。北齊書王則傳：“元象初，除洛州刺史。……舊京取像，毁以鑄錢，于時世號河陽錢。”

【河溝】水名。即汴河，又名陰溝、浚水。在今河南開封西北。秦始皇二十二年王賁攻魏，引河溝灌大梁，即此。參閱史記秦始皇紀、水經注二三陰溝水、浚水。

【河源】㊀黄河發源地。漢書九六上西域傳言河有二源，一出于闐，一出葱嶺。唐杜佑通典一七四州郡四、宋歐陽忞輿地廣記十六皆言其非。元潘昂霄撰河源志，謂河出朶思甘西部之火敦腦兒，即星宿海(元史地理志附録)。清康熙時屢遣使考求河源，測量地度，始定河源出巴顔喀喇山東名阿爾坦河，東北流，回環曲折二千三百餘里，入河州界爲黄河(嘉慶一統志五四六青海厄魯特黄河)。當代經科學實測，黄河全長5465公里，上源約古宗列渠(藏語馬曲)，出巴顔喀喇山東麓約古宗列盆地西緣。㊁縣名，屬廣東省。南齊置。隋改新豐縣，又改休吉縣。唐天寶初復名河源。歷代相沿。明清屬惠州府。參閱寰宇通志一〇四惠州府。

【河鼓】星名。又名黄姑、天鼓。史記天官書：“牽牛爲犧牲。其北爲河鼓。”晉書天文志上：“河鼓三星，旗九星，在牽牛北。”一説河鼓卽牽牛。今本爾雅釋天作“何鼓”。

【河魁】㊀主將設置軍帳的方位。唐李白李太白詩四司馬將軍歌：“身居玉帳臨河魁，紫髯若戟冠崔嵬。”宋張淏雲谷雜記：“戌爲河魁，謂主將之帳宜在戌也。”㊁叢星名。月中凶神。星命術士之説，陽建之月，前三辰爲天罡，後三辰爲河魁；陰建之月反之。當此之日，諸事宜避。新唐書一〇七吕才傳禄命篇：“歷陽成湖，不共河魁；蜀郡炎火，不盡災厄。”

【河滸】河邊的陸地。詩王風葛藟：“緜緜葛藟，在河之滸。”傳：“水厓曰滸。”晉陸雲陸士龍集五晉故豫章内史夏府君誄：“奮厥河滸，矯足雲霄。”

【河漕】猶河運。後漢書八七西羌傳：“因渠以溉，水舂河漕，用功省少，而軍糧饒足。”參見“河運”。

【河漢】㊀黄河與漢水。孟子滕文公下：“水由地中行，江淮河漢是也。”南朝梁江淹江文通集五被黜爲吴興令辭牋詣建平王：“濯以河漢之流，曝以秋陽之景。”㊁銀河。文選古詩十九首之十：“迢迢牽牛星，皎皎河漢女。”晉書成公綏傳天地賦：“河漢委虵而帶天，虹蜺偃蹇於昊蒼。”㊂比喻言論迂闊，不切實際。莊子逍遥遊：“肩吾問於連叔曰：‘吾聞言於接輿，大而無當，往而不返；吾驚怖其言，猶河漢而無極也。’”唐成玄英疏：“猶如上天河漢，迢遞清高，尋其源流，略無窮極也。”世説新語言語：“謝公(安)云：‘賢聖去人，其間亦邇。’子姪未之許。公歎曰：‘若郗超聞此語，必不至河漢。’”

【河圖】㊀關於周易一書來源的傳説。易繫辭上：“河出圖，洛出書，聖人則之。”書顧命：“天球，河圖。”孔傳謂河圖卽八卦。漢鄭玄以爲帝王聖者受命之瑞。禮禮運疏引中候握河紀有堯受河圖事，廣博物志十四引尸子有禹受河圖事。參閱清孫星衍尚書今古文注疏二五。㊁讖緯書名。隋書經籍志一著録河圖二十卷，河圖龍文一卷，謂其書出於西漢。自南朝宋大明中始禁圖讖，隋煬帝時，盡焚與圖讖相涉的書籍，違者至死，其學遂絶，祕府所藏，亦多散亡。明孫瑴所輯古微書有河圖玉版、龍魚河圖等篇。

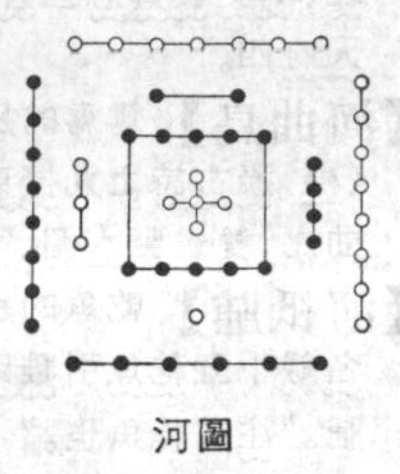
河圖

【河潤】莊子列禦寇：“河潤九里，澤及三族。”言恩澤及人，如河水之浸潤土地。後比喻施恩於人爲河潤，稱恩澤爲河澤。後漢書皇后紀贊：“身當隆極，族漸河潤。”

【河嶽】黄河和五嶽。嶽，也作“岳”。古代祭祀山河的對象。詩周頌時邁：“懷柔百神，及河喬嶽。”傳：“喬，高也。高岳，岱宗也。”疏：“言高岳岱宗者，以巡守之禮，必始於東方，故以岱宗言之，其實理兼四岳。”岱宗卽泰山，五嶽之一。後也泛指山川、大地。藝文類聚五一南齊謝朓爲宣城公拜章：“惟天爲大，日星度其像；謂地蓋厚，河岳宣其氣。”唐楊炯楊盈川集三和劉長史言史答十九兄詩：“子弟分河岳，衣冠同縉紳。”

【河關】㊀河流和關隘。比喻道途阻隔。南齊謝朓謝宣城集三移病還園示親屬詩：“海暮騰清氣，河關祕棲冲。”唐王維王右丞集二贈祖三詠詩：“雖有近音信，千里阻河關。”㊁縣名。漢宣帝神爵二年置，取河之關塞爲名。屬金城郡。治所故城在今甘肅蘭州市西。參閱漢書地理志下、水經注二河水。

【河上公】漢人名。晉葛洪神仙傳三：“河上公者，莫知其姓字。漢文帝時，公結草爲庵于河之濱。帝讀老子經頗好之，……有所不解數事，時人莫能道之，聞時皆稱河上公解老子經義旨，乃使齎所不決之事以問。”隋書經籍志，新、舊唐書經籍藝文著録有河上公注老子，不見漢志，疑爲六朝人僞託。

【河上歌】古歌名。吴越春秋四闔閭内傳：“吴大夫被離承宴問子胥曰：‘何見而信喜？’子胥曰：‘吾之怨與喜同。子不聞河上歌乎？同病相憐，同憂相救。’”喜，白喜，卽伯嚭。

【河西務】地名。因地當運河西岸，故名。元至元二十五年，内外分置漕運司二。其在外者於河西務置司，領接運海道糧事。明初在河西務設置糧倉。清於此設置遊擊，督察漕運事務。故址在今天津武清縣東北。參閱元史食貨志一海運、明史食貨志三倉庫、嘉慶一統志九順天府四。

【河曲鳥】鴛鴦的別名。文選晉陸士衡(機)擬古詩之九擬東城一何高:"思爲河曲鳥，雙遊豐水湄。"

【河祇脯】乾魚的別名。清厲荃事物異名録十五乾魚引雞跖集:"武夷君食河祇脯。"注:"乾魚也。"

【河東道】㊀唐行政區劃名。貞觀十道、開元十五道之一。治所在蒲州，卽今山西永濟縣。參閱舊唐書地理志二、新唐書地理志三。㊁清鹽區名。清分鹽地爲十一區，設置河東鹽法道，簡稱河東道，管轄平陽蒲州二府和解霍隰絳四州的鹽法。見清史稿食貨志四和地理志七。

【河東集】宋柳開著。十五卷，附録一卷。開字仲塗，開寶六年進士，反對五代排偶浮靡的文風，提倡古文，以韓愈柳宗元爲宗。集中大部分爲表疏論序議論文字。宋陳振孫直齋書録解題十七別集著録作柳仲塗集。清末方功惠輯開與同時穆修尹洙所撰爲三宋人集。

【河東飯】栗的别稱。宋陶穀清異録果:"晉王(李克用)嘗窮追汴師，糧運不繼，蒸栗以食，軍中遂呼栗爲河東飯。"(説郛六一)唐末，李克用任河東節度使，故名。

【河南道】唐行政區劃名。貞觀十道、開元十五道之一。治所在汴州。見舊唐書地理志一、新唐書地理志二。轄境相當今河南山東的黄河以南、江蘇安徽的淮水以北之地。汴州，今開封市。

【河南集】宋尹洙撰。二十八卷，分詩一卷，文二十四卷，五代春秋二卷，附録一卷。洙與柳開穆修皆提創古文，文筆警特，議論通達，歐陽修稱其簡而有法。

【河朔飲】夏日避暑之飲。初學記三魏文帝典論:"大駕都許，使光禄大夫劉松北鎮袁紹軍，與紹子弟日共宴飲，常以三伏之際，晝夜酣飲，極醉，至於無知。云以避一時之暑，故河朔有避暑飲。"藝文類聚五南朝梁何遜苦熱詩:"實無河朔飲，空有臨淄汗。"後因以河朔飲爲酣飲的典故。北周庾信庾子山集四聘齊秋晚館中飲酒詩:"欣兹河朔飲，對此洛陽才。"

【河清頌】南朝宋元嘉中，河濟俱清，鮑照因作河清頌，其序甚工。見宋書臨川烈武王道規傳附劉義慶。後用爲歌頌時世昇平的作品泛稱。唐杜甫杜工部詩集二洗兵馬:"隱士休歌紫芝曲，詞人解撰河清頌。"一本作"清河頌"。

【河激歌】古歌辭名。傳説春秋時趙簡子攻楚，與津吏約，津吏酒醉失期，簡子欲殺之。津吏女娟請以身代，乃得免。將渡，操檝者少一人，娟請代父役，簡子不從。娟曰:"主君不欲渡則已，與妾同舟又何傷乎?"渡時，娟唱河激歌，簡子悦，聘爲夫人。見漢劉向古列女傳六趙津女娟。

【河滿子】唐舞曲名。詳"何滿子"。

【河瀆神】詞調名。本唐教坊曲名。宋黄昇花庵詞選:"唐詞多緣題所賦，河瀆神之詠祠廟，亦其一也。"雙調四十九字。見詞譜七。

【河上丈人】古人名。史記八十樂毅傳太史公曰:"樂臣公學黄帝、老子，其本師號曰河上丈人，不知其所出。河上丈人教安期生，安期生教毛翕公，毛翕公教樂瑕公，樂瑕公教樂臣公，樂臣公教蓋公。蓋公教於齊高密、膠西，爲曹相國(參)師。"按河上丈人當是戰國末期人，晉葛洪神仙傳之河上公，疑卽由此附會而來。

【河山帶礪】比喻國基堅固、國祚長久。史記高祖功臣侯者年表序:"封爵之誓曰:'使河如帶，泰山若厲。國以永寧，爰及苗裔。'始未嘗不欲固其根本，而枝葉稍陵夷衰微也。"厲與"礪"同。漢書高惠高后文功臣表序作"使黄河如帶"，注引應劭:"封爵之誓，國家欲使功臣傳祚無窮也。帶，衣帶也。厲，砥厲石也。河當何時如衣帶，山當何時如厲石，言如帶厲，國猶永存，以及後世之子孫也。"唐張説張説之集二十唐故涼州長史元君石柱銘序:"壇場鄴洛，據天地之圖;帶礪山河，建王侯之國。"

【河女之章】東漢曹娥，年十四，其父墮江而死，不得尸，娥仰天哀號，中流悲歎，投水而死。國人哀其孝義，爲歌河女之章。參閱後漢書八四列女傳曹娥、晉書夏統傳。

【河市樂人】宋代唱戲的藝人。宋王鞏聞見近録:"南京去汴河五里，河次謂之河市，……四方商賈孔道也，其盛非宋州比。凡郡有宴設，必召河市樂人，故至今俳優曰河市樂人者由此也。"宋代的南京，卽今河南商丘。

【河汾門下】隋末王通設教於河汾，門人自遠而至者千餘人，房玄齡魏徵李靖程元竇威薛收賈瓊温大雅陳叔達等皆親受業。諸人皆爲唐初功臣，世號河汾門下。

【河防一覽】明潘季馴撰。十四卷。季馴於嘉靖萬曆年間四次治理黄河，歷二十七年之久。其治河反對分疏，主張築堤束水，借水刷沙。萬曆七年完工時，季馴集敕諭、奏議和前人文章，編撰而成此書。

【河伯使者】㊀神名。舊題漢東方朔神異記:"西海水上有人焉，乘白馬朱鬣，白衣玄冠，從十二童子，馳馬西海水上，如飛如風，名曰河伯使者。"㊁鼉的别名。卽揚子鰐。晉崔豹古今注中魚蟲:"江東呼……鼉爲河伯使者。"

【河伯娶婦】戰國魏文侯時，西門豹爲鄴令，問民間疾苦。長老告以鄴三老廷掾勾結祝巫利用河伯娶婦搜刮民財和殘害民女事。至河伯娶婦時，西門豹往會，謂所選河伯婦不好，因先後令大巫嫗並弟子三人、三老入河報河伯，另選好女，後日送發。廷掾及豪長驚怖，皆叩頭流血，從此不敢復言河伯娶婦事。見史記一二六滑稽傳漢褚少孫補。參閱史記六國年表"(秦靈公)八年，初以君主妻河"索隱。

【河伯從事】㊀鼈的别名。晉崔豹古今注中魚蟲:"鼈名河伯從事。"㊁烏賊魚的别名。晉崔豹古今注中魚蟲:"烏賊魚，一名河伯度事小吏。"唐段成式酉陽雜俎十七鱗介:"烏賊，舊説名河伯度事小吏，遇大魚，輒放墨，方數尺，以混其身。"本草綱目四四鱗三烏賊魚云俗謂海若白事小吏。

【河東三鳳】唐薛收、收族兄薛德音和從兄子薛元敬，俱有文才，爲蒲州汾陰人，屬河東道，時有"河東三鳳"之稱。見新唐書九八薛收傳。參見"三鳳"。

【河東獅吼】宋陳慥，字季常，妻柳氏，悍妬。蘇軾嘗以詩戲慥:"忽聞河東獅子吼，拄杖落手心茫然。"見分類東坡詩十六寄吴德仁兼簡陳季常。河東爲柳姓郡望;獅子吼，佛家以喻威嚴，見景德傳燈録一釋迦牟尼佛;陳好談佛，故軾借佛家語爲戲。後遂泛稱悍婦爲河東獅;婦怒爲河東獅吼。清平山堂話本快嘴李翠蓮記:"從來夫唱婦相隨，莫作河東獅子吼。"參閱宋洪邁容齋隨筆三筆三陳季常。

【河東學案】對明薛瑄學派之論述。瑄

字德温,號敬軒,山西河津人。其學尊守宋儒程朱學説,主張修心養性,躬行實踐。元以後,河津屬河東道,故以河東名其學派。參閲清黄宗羲明儒學案七河東學案。

【河洛真數】舊題宋陳摶撰。二卷。其説以易之卦爻,配合人生年月日時八字,附會人事凶吉。以所論本於河圖洛書,故名河洛真數。前有摶自序,又有邵雍序,詞多鄙俚,皆術士託名之作。

【河南通志】明嘉靖中始編,清順治十八年續修,雍正中,河東總督王士俊又據舊志加工整理,成書八十卷,考古證今,在舊志中以體例整密見稱。

【河清海晏】黄河水清,海不揚波。比喻太平時世。文苑英華二唐鄭錫日中有王字賦:"河清海晏,時和歲豐。"唐詩紀事六二鄭嵎津陽門:"河清海晏不難覩,我皇已上昇平基。"

【河清難俟】相傳黄河千年一清。比喻時久難待。左傳襄八年:"子駟曰:周詩有之曰:'俟河之清,人壽幾何?'"注:"逸詩也。言人壽促而河清遲。喻晉之不可待。"

【河魚腹疾】腹瀉。左傳宣十二年:"河魚腹疾,奈何?"按魚爛先自腹内始,故有腹疾者,以河魚爲喻。宋蘇軾蘇東坡集續集七與馮祖仁書之三:"又若河魚之疾,少留調理乃行,益遠,愈增瞻繫也。"

【河道總督】明成化七年命王恕爲工部侍郎,總理河道,其後常以都御史總督河道。清初設河道總督,後分爲三:江南河道總督,駐清江浦,專管南河,光緒二十八年裁撤;河南山東河道總督,駐濟寧,專管東河,咸豐八年裁撤;直隸河道水利總督,駐天津,專管北河,乾隆十四年裁撤。南河、東河皆指黄河,北河指永定河。參閲明史職官志二、河渠志一、清史稿職官志三。

【河陽三城】北魏、北齊之際,於河陽築南城、北城、中潬城三城。唐天寶十四年,安禄山起兵,派史思明攻占洛陽,唐將李光弼固守河陽三城以禦史思明,即此地。唐建中二年置河陽三城節度使,自此常爲重鎮。宋以後荒廢。故址在今河南孟縣。參閲元和郡縣志五河南府河陽縣、舊唐書地理志一河南道孟州。

【河間獻王】公元前?—前130年。漢景帝(劉啓)之子,武帝(徹)之弟,名德,封河間王。愛好儒學,所得先秦古書,數與漢廷相等,立毛氏詩左氏春秋,皆古文。漢書藝文志有河間獻王三篇,已佚,有玉函山房輯本。卒謚獻。見史記五宗世家、漢書五三河間獻王傳。

【河朔訪古記】舊題元迺賢撰。原本十六卷已佚,今本由永樂大典輯出,重編爲常山郡、魏郡、河南郡三卷。所記山川古蹟,多爲地志所未詳。

【河嶽英靈集】唐殷璠編。三卷。宋陳振孫直齋書録解題十五總集作二卷。集録唐常建至閻防二十四人的詩二百三十四首。每人姓名之下各有評語。總集而録評語者,以此書爲最早。璠自序稱所選王維、王昌齡、儲光羲等二十四人皆爲河嶽英靈,因以名集。

【河汾諸老詩集】元房祺撰。八卷。集録麻革、張宇、陳賡、陳颺、房皥、段克己、段成己、曹之謙八人之詩,人各一卷。八人皆金代遺老,河汾地區人,故以"河汾諸老"爲集名。

泔

1. gān ㄍㄢ 古三切,平,談韻,見。

㊀米泔汁。急就篇二"餅餌麥飯甘豆羹"唐顔師古注:"甘豆羹,以洮米泔和小豆而煮之也。"宋王衮博濟方三祕金散:"用米泔煮熟,淡喫,每箇作三服。"

2. hàn ㄏㄢ

㊀盛滿。見"泔₂淡"。

【泔₂淡】盛滿。漢書八七上揚雄傳甘泉賦:"玄瓚觩髎,秬鬯泔淡。"注:"泔淡,滿也。"

【泔魚】荀子大略:"曾子食魚有餘,曰:'泔之。'門人曰:'泔之傷人,不若奥之。'曾子泣涕曰:'有異心乎哉?'傷其聞之晚也。"注:"曾子自傷不知以食餘之傷人,故泣涕深自引過。"泔,以米汁浸漬。奥,藏於甑中,用酒泡或鹽醃之。後引申爲檢點過失、悔改前非之意。宋王安石臨川集二二欲往淨因寄涇州韓持國詩:"泔魚已悔他年事,搏虎方收末路身。"清王念孫謂泔乃"洎"字,形近而誤。以洎漬魚,致腐爛不宜於食,故曰傷人。參閲讀書雜誌十二荀子。

泄

1. xiè ㄒㄧㄝ 私列切,入,薛韻,心。

㊀發泄,發散。詩大雅民勞:"惠此中國,俾民憂泄。"吕氏春秋季春紀:"生氣方盛,陽氣發泄。"㊁漏泄。通"渫"、"洩"。管子君臣下:"牆有耳者,微謀外泄之謂也。"㊂雜。見"泄用"。㊃輕慢,褻瀆。通"媟"。孟子離婁下:"武王不泄邇,不忘遠。"

2. yì ㄧ 餘制切,去,祭韻,喻。

㊄水名。見"泄₂水"。㊅見"泄₂泄₂"。㊆姓。春秋陳有大夫泄冶。見左傳宣九年。

【泄₂水】水名。沘水(淠河)的分支。沘水流至安徽六安縣西南分出泄水,北經芍陂,再注入沘水。泄水故道的一部分即今汲河河道。參閲説文"泄"、水經注三二泄水。

【泄用】混合。後漢書三一杜詩傳上疏:"臣愚以爲師克在和不在衆,陛下雖垂念北邊,亦當頗泄用之。"注:"泄猶雜也。"

【泄利】水瀉痢疾一類的疾病。釋名釋疾病:"泄利,言其出漏泄而利也。"北齊書司馬子如傳附司馬膺之:"患泄利,積年不起,至武平中猶不堪拜謁,就家拜儀同三司。"北史利作"痢"。

【泄₂泄₂】㊀緩飛貌。詩邶風雄雉:"雄雉于飛,泄泄其羽。"㊁閒散自得貌。詩魏風十畝之間:"十畝之外兮,桑者泄泄兮。"集傳:"泄泄,猶閑閑也。"㊂弛緩貌。詩大雅板:"天之方蹶,無然泄泄。"孟子離婁上:"泄泄猶沓沓也。事君無義,進退無禮,言則非先王之道者,猶沓沓也。"説文"呭"引詩作"呭呭",呭訓多言,故或以泄泄爲多言之義。參閲清黄生義府上泄泄。

【泄₂柳】春秋魯國人。字子柳。魯繆公聞其賢,往見之,柳初閉門不納。後仕繆公爲臣。事見孟子公孫丑下,又滕文公下。

【泄涕】猶言出涕,流淚。唐杜甫杜工部集二十祭故相國清河房公文:"泄涕寒谷,吞聲賊壕。"

【泄漏】指泄密。三國志吴周魴傳致曹休牋之四:"魴建此計,任之於天,若其濟也,則有生全之福;邂逅泄漏,則受夷滅之禍。"參見"洩漏"。

【泄寫】宣洩,傾吐。寫,同"瀉"。後漢書五七劉瑜傳上書:"幸得引録,備答聖問,泄寫至情,不敢庸回。"

【泄瀆】猶褻瀆。輕慢,無禮。孔叢子答問:"梁人有陽由者,其力扛鼎,伎巧過人,骨騰肉飛,手搏鵰獸,國人懼之。然無治室之訓,禮教不立,妻不畏憚,浸相泄瀆。"一本作"媟瀆"。

沭

shù ㄕㄨ 食聿切,入,術韻,神。

水名。見"沭河"。

【沭河】水名。古稱沭水。源出山東省南部沂山南麓,南流經郯城入江蘇省。

周禮夏官職方氏:"正東曰青州……其浸沂沭。"卽指此。參閱水經注二六沭水、讀史方輿紀要三三山東四沭水。

【沭陽】縣名,屬江蘇省。以地居沭水之陽而名。漢厚丘縣,屬東海郡。東魏爲沭陽郡,兼置懷文縣。北周改縣曰沭陽,隋存縣廢郡。明屬淮安府,淸屬江蘇海州。參閱隋書地理志下、寰宇通志二十淮安府。

沽 gū 古胡切,平,模韻,見。
ㄍㄨ 古暮切,去,暮韻,見。

㊀水名。見"沽河"。㊁買,賣。論語子罕:"有美玉於斯,韞匵而藏諸,求善賈而沽諸?"

公戶切,上,姥韻,見。

㊂商販。與"酤"、"賈"通。後漢書八十下禰衡傳:"或問衡曰:'盍從陳長文(羣)司馬伯達(朗)乎?'對曰:'吾焉能從屠沽兒耶!'"屠沽兒,指屠户和賣酒之人。㊃簡略,粗劣。禮檀弓上:"杜橋之母之喪,宮中無相,以爲沽也。"周禮夏官司兵"各辨其物與其等"漢鄭玄注:"等,謂功沽上下。"疏:"功謂善者爲上等,沽謂粗惡者爲下等也。"

【沽名】獵取名譽。後漢書八三逸民傳序:"彼雖硜硜有類沽名者,然而蟬蛻囂埃之中,自致寰區之外,異夫飾智巧以逐浮利者乎!"唐李白李太白詩七鳴皋歌送岑徵君:"吾誠不能學二子沽名矯節以耀世兮,固將棄天地而遺身。"

【沽河】水名。1. 河北省白河。古稱沽河。參閱水經注十四沽河。2. 薊運河。源出河北遵化縣。上游稱梨河,流至薊縣始稱沽河,又南流與泃水滙合後稱潮河,卽古之庚水,或稱更水。參閱嘉慶一統志七順天府二。3. 沽河分大沽河、小沽河。大沽河源出山東招遠縣會仙山,向西南流,滙小沽河,在今膠縣境注入膠萊河。大沽河古稱姑水;小沽河古稱尤水,又稱沈水。參閱嘉慶一統志一七四萊州府一。

【沽酒】㊀由市中買來的酒。論語鄉黨:"沽酒、市脯,不食。"漢書食貨志、詩小雅伐木疏引作"酤酒"。㊁賣酒。漢桓寬鹽鐵論散不足:"古者,不粥飪,不市食。及其後,則有屠沽,沽酒市脯魚鹽而已。"唐白居易長慶集二十杭州春望詩:"紅袖織綾誇柿蔕,青旗沽酒趁梨花。"

【沽販】經商,做買賣。魏書世祖紀附景穆帝:"又禁飲酒、雜戲、棄本沽販者。"

【沽略】粗略。周禮天官司裘"大喪廞裘飾皮車"注"凡爲神之偶衣物,必沽而小耳"唐賈公彥疏:"沽,粗也,謂其物沽略而又小。"

【沽激】謂矯情求譽。舊唐書一七一李渤傳:"渤孤貞力行,操尚不苟合,而闒茸之流,非其沽激。"

【沽名釣譽】也作"沽名弔譽"。虛僞矯飾以獵取名譽。金張建高陵縣張公去思碑:"非若沽名釣譽之徒,內有所不足,急於人聞,而專苛責督察,以祈當世之知。"(金石萃編一五七)。古今雜劇元宮大用范張雞黍三:"我不爲別,自恨我奔喪來後,又不是沽名弔譽沒來由。"

沰 tuò 他各切,入,鐸韻,透。
ㄊㄨㄛˋ

㊀雨點聲。見"滴沰"。㊁紅褐色。詩秦風終南:"顏如渥丹,其君也哉?"釋文謂渥,韓詩作沰。參閱淸陳喬樅韓詩遺說考五顏如沰丹(續淸經解一五九)。

泧 xuè yuè 許月切,入,月韻,曉。
ㄒㄩㄝˋ ㄩㄝˋ 王伐切,入,月韻,于。

泧潏,水勢洶湧貌。文選晉郭景純(璞)江賦:"潰濩泧潏。"

沸 fèi 方味切,去,未韻,幫。
ㄈㄟˋ

㊀泉水噴湧貌。詩大雅瞻卬:"觱沸檻泉,維其深矣。"北周庾信庾子山集一哀江南賦:"冤霜夏零,憤泉秋沸。"也指水騰湧貌。見"沸騰"。㊁液體受熱而沸騰。常指滾開的水。詩大雅蕩:"如蜩如螗,如沸如羹。"荀子議兵:"譬之若以卵投石,以指撓沸。"㊂水聲。史記一一七司馬相如傳上林賦:"沸乎暴怒,洶涌滂濞。"㊃喧騰。晉書劉曜載記:"曜自隴長驅至西河 戎卒二十八萬五千,臨河列陣,百餘里中,鍾鼓之聲沸河動地。"

【沸天】文選南朝宋鮑明遠(照)蕪城賦:"廛閈撲地,歌吹沸天。"謂歌吹沸騰之聲,上達雲霄。

【沸井】水噴湧的井。多指溫泉。南朝宋劉敬叔異苑一:"句容縣有延陵季子廟,廟前井及瀆,恒自涌沸,故曰沸井,於今猶然。亦曰沸潭。"

【沸水】指噴泉。多指溫泉。舊題晉王嘉拾遺記十蓬萊山:"有冰水沸水,飲者千歲。"藝文類聚九北周王褒溫湯碑:"火井飛泉,垂天遠扇,焦源沸水,衝流迸集。"

【沸卉】鳥奮飛之聲。文選漢張平子(衡)西京賦:"奮隼歸鳧,沸卉軿訇。"

【沸河】魚鷹的別名。詳"沸波"。

【沸波】魚鷹的別名。淮南子說林:"鳥有沸波者,河伯爲之不潮,畏其誠也。"宋陸佃埤雅釋鳥雎:"今大雕翱翔水上,扇魚令出,沸波攫而食之,一名沸河。淮南子所謂鳥有沸波者,卽此是也。"

【沸沸】騰湧貌。山海經西山經:"(峚山)丹水出焉,西流注于稷澤,其中多白玉,是有玉膏,其源沸沸湯湯。"又形容做事雷厲風行。韓詩外傳五:"夫關雎之人,仰則天,俯則地,幽幽冥冥,德之所藏,紛紛沸沸,道之所行。"

【沸泉】卽噴泉。南齊書祥瑞志建元元年四月有司奏:"延陵令戴景度稱所領季子廟,舊有涌井二所,廟祝列云舊井北忽聞金石聲,卽掘,深三尺,得沸泉。"

【沸海】㊀傳說中的海名。舊題晉王嘉拾遺記二:"越鐵峴,泛沸海,……沸海洶湧如煎。"㊁喻亂世。晉書劉弘傳論:"一州淸晏,恬波於沸海之中;百城安堵,靜祲於稽天之際。"

【沸涫】沸騰貌。漢書五行志中之上"詩云:'如蜩如螗,如沸如羹'"唐顏師古注:"大雅蕩之詩也。……謂政無文理,虛言蹲〔噂〕沓,如蜩螗之鳴,湯之沸涫,羹之將孰也。"

【沸脣】卽反脣。泛指居住邊境的少數民族。文選南朝梁劉孝標(峻)辯命論:"自金行不競,天地板蕩,左帶沸脣,乘間電發。"注:"王元長(融)勸給虜書啟曰:'息沸脣於桑墟。'然則齊梁之間通以虜爲沸脣也。"參閱淸沈濤交翠軒筆記三。

【沸渭】㊀震奮貌。漢書八七下揚雄傳長楊賦:"汾沄沸渭,雲合電發。"㊁喧騰貌。文選漢王子淵(褒)洞簫賦:"故其武聲,則若雷霆輘輷,佚豫以沸渭。"一作"沸⿰忄胃"。

【沸湯】滾開的水。漢書五行志中之下:"故沸湯之在閉器,而湛於寒泉則爲冰。"後漢書三八張宗傳:"鄧禹到前縣議曰:'以張將軍之衆,當百萬之師,猶以小雪投沸湯,雖欲戮力,其勢不全也。'乃遣步騎二千人反還迎宗。"

【沸鼎】指盛開水的鼎,猶言湯鑊。後漢書五七劉陶傳上疏:"欲鑄錢齊貨以救其敝,此猶養魚沸鼎之中,棲鳥烈火之上,……必至燋爛。"文選南朝梁丘希範(遲)與陳伯之書:"將軍魚游於沸鼎之中,鷰巢於飛幕之上,不亦惑乎!"

【沸潰】水波翻騰貌。文選晉木玄虛(華)海賦:"欻踔湛藻,沸潰渝溢。"

【沸羹】比喻言語嘈雜。詩大雅蕩:"如蜩如螗,如沸如羹。"疏:"其笑語如湯之沸,如羹之熟,言其噂沓無節也。"宋宋祁景文集九聞蟬詩:"衰意先騠駃,繁音伴沸羹。”

【沸騰】水波湧起貌。詩小雅十月之交：“百川沸騰，山冢崒崩。”也指衆議激烈或羣情激憤。晉書嵇康傳幽憤詩：“欲寡其過，謗議沸騰。”梁書王亮傳詰范縝璽書：“比屋罹禍，盡家塗炭，四海沸騰，天下橫潰，此誰之咎！”

【沸鬱】㊀翻湧糾結貌。史記河渠書武帝歌：“吾山平兮鉅野溢，魚沸鬱兮柏（迫）冬日。”㊁憤懣不平貌。猶怫鬱。楚辭九歌漢王逸序：“屈原放逐，竄伏其域，懷憂苦毒，愁思沸鬱。”

【沸沸揚揚】像沸騰的水那樣喧嚷。水滸十八：“後來聽得沸沸揚揚地説道：‘黄泥岡上一夥販棗子的客人，把蒙汗藥麻翻了人，劫了生辰綱去。’”

泓 hóng 烏宏切，平，耕韻，影。ㄏㄨㄥˊ

㊀水深貌。文選晉郭景純（璞）江賦：“極泓量而海運，狀滔天以淼茫。”㊁清澈貌。世説新語賞譽下：“王長史（濛）是庾子躬（琮）外孫。丞相（王導）目子躬云：‘入理泓然，我已上人。’”㊂古水名。在今河南柘城縣西北。周襄王十四年宋襄公及楚人戰于泓，襄公傷股，僅以身免，即此。見左傳僖二二年。

【泓汯】水勢迴旋貌。文選晉郭景純（璞）江賦：“泓汯洞澋，涒鄰圜潾。”

【泓宏】形容聲音嘹亮。文選晉潘安仁（岳）笙賦：“郁捋劫悟，泓宏融裔。”

【泓泓】淚水滿眶貌。唐李賀歌詩編一秦王飲酒：“仙人燭樹蠟烟輕，青琴醉眼淚泓泓。”

【泓坳】深淵。唐柳宗元柳先生集十八招海賈文：“騰踔嶢嵲兮萬里一覩，崒入泓坳兮視天若畝。”

【泓噌】聲音宏大。晉書王沈傳釋時論：“至乃空嚚者以泓噌爲雅量，瑣慧者以淺利爲鎗鎗。”

泯 mǐn 彌鄰切，平，真韻，明。ㄇㄧㄣˇ 武盡切，上，軫韻，明。

盡，消滅。詩大雅桑柔：“亂生不夷，靡國不泯。”書康誥：“天惟與我民彝大泯亂。”清王引之謂泯亦亂。參閱經義述聞四泯亂、又七靡國不泯。

【泯沒】消失。常用爲死的婉稱。晉范甯春秋穀梁傳序：“嚴霜夏墜，從弟彫落，二子泯没，天實喪予，何痛如之！”抱朴子勗學：“以是賢人悲寓世之倏忽，疾泯没之無稱。”

【泯泯】㊀紊亂貌。書呂刑：“民興胥漸，泯泯棼棼。”傳：“泯泯爲亂。”漢書一〇〇下敍傳、王充論衡寒温作“湎湎紛紛”。㊁消失，滅絶。唐韓愈昌黎集四贈崔立之評事詩：“能來取醉任喧呼，死後賢愚俱泯泯。”

【泯滅】滅絶。文選三國魏鍾士季（會）檄蜀：“往者漢祚衰微，率土分崩，生民之命，幾于泯滅。”

【泯默】寂然不言。唐韓愈昌黎集五雙鳥詩：“得病不呻喚，泯默至死休。”

泥 1. ní 奴低切，平，齊韻，泥。ㄋㄧˊ

㊀泥土。也作“坭”。書禹貢：“厥土惟塗泥。”也指如泥之物，如印泥。㊁軟弱。爾雅釋獸：“威夷，長脊而泥。”疏：“泥，弱也。”威夷，獸名。

2. niè ㄋㄧㄝˋ

㊂染黑。通“涅”。史記八四屈原傳：“濯淖汙泥之中，蟬蜕於濁穢，以浮遊塵埃之外，不獲世之滋垢，皭然泥而不滓者也。”索隱：“泥音涅，滓音淄，又並如字。”

3. nì ㄋㄧˋ

㊃用泥塗飾，粉刷。世説新語汰侈：“王（愷）以赤石脂泥壁。”㊄阻滯，拘泥。論語子張：“子夏曰：雖小道，必有可觀者焉，致遠恐泥，是以君子不爲也。”荀子君道：“知明制度，權物稱用之爲不泥也，是卿相輔佐之材也，未及君道也。”㊅軟求，軟纏。唐盧仝玉川子集一示添丁詩：“不知四體正困憊，泥人啼哭聲呀呀。”元稹長慶集九遣悲懷之一：“顧我無衣搜盡篋，泥他沽酒拔金釵。”

4. nǐ ㄋㄧˇ

㊆見“泥$_4$泥$_4$”。

【泥丸】㊀泥製的彈丸。漢劉向説苑雜言：“隨侯之珠，國之寶也；然用之彈，曾不如泥丸。”㊁道家以人體爲小天地，各部分皆賦以神名，腦神稱精根，字泥丸。後因稱人頭爲泥丸宫。明詩紀事八唐肅智伯頭飲器歌：“玉盤酒滴腥腥紅，血波倒浸泥丸宫。”參閱唐段成式酉陽雜俎前集廣知、雲笈七籤十一黄庭内景經至道。

【泥水】指建造房屋的工程。宋蘇軾蘇東坡集續集七答程天侔書之一：“近與兒子結茅屋數椽居之，僅庇風雨，然勞費已不貲矣。賴十數學生助工作，躬泥水之役。”

【泥$_3$古】拘泥於古代成規而不知變通。宋樓鑰攻媿集三一薦黄甫卿林椅劄子：“（林椅）所著周禮綱目一書，專論成周法度官職，以類相從，皆撮精要，周公遺制，可舉而行，既非泥古以違今，直可據經而從事。”

【泥丘】山丘上窪地。爾雅釋丘：“水潦所止泥丘。”注：“頂上污下者。”邢昺疏：“水潦，雨水也。丘形頂上污下，潦水停止而成泥濘者，名泥丘。”

【泥沙】㊀比喻沉淪在下，地位低微。文苑英華一九五唐虞世南門有車馬客詩：“逢恩出毛羽，失路委泥沙。”㊁比喻輕賤不足愛惜。唐杜牧樊川集一阿房宫賦：“秦愛紛奢，人亦念其家，奈何取之盡錙銖，用之如泥沙？”

【泥$_4$泥$_4$】㊀濡濕貌。詩小雅蓼蕭：“蓼彼蕭斯，零露泥泥。”㊁柔嫩光澤貌。詩大雅行葦：“方苞方體，維葉泥泥。”一説㊂茂盛貌。

【泥金】金屑，金末。用於書畫及塗飾箋紙，彫刻髹漆等。舊唐書禮儀志二乾封二年詔：“檢玉泥金，升中告禪。”宣和書譜五五蘊論：“（景審）以泥金正書黄庭經一軸，追慕王羲之法，字體獨秀潤而有典則。”參見“泥金帖”。

【泥$_2$洹】即涅槃。梁慧皎高僧傳六晉釋慧遠沙門不敬王者論：“不以情累其生，則其生可滅；不以生累其神，則其神可冥；冥神絶境，故謂之泥洹。”參見“涅槃”。

【泥$_3$首】以泥塗首，表示自辱服罪，猶言囚首。文選南朝梁任彦昇（昉）爲范尚書讓吏部封侯第一表：“泥首在顔，輿棺未毁。”注：“（吴）張温表曰：‘臨去武昌，庶得泥首闕下。’”世説新語言語“王丞相（導）詣闕謝”注引中興書：“導從兄敦舉兵討劉隗，導率子弟二十餘人旦旦到公車，泥首謝罪。”參閱明周嬰卮林二泥首。

【泥封】古人封書函，用泥封於繩端打結處，上蓋印章，稱泥封。泥封上的圖文或爲官品人名，或爲厭勝吉語，皆陽文正刻。東觀漢記八鄧訓：“又知訓好以青泥封書，從黎陽步推鹿車于洛陽市藥，……并載青泥一襆，至上谷遺訓。”書簡用青泥，詔書用紫泥，登封玉檢，則用金泥。

【泥馬】宋徽宗第九子康王構（宋高宗）再度使金，至磁州，留守宗澤勸留，不從。澤乃借神以止之，曰：此間有崔府君廟，甚靈，可以卜珓。是夜人報廟中泥馬銜車輦等物填塞去路。康王因止不前。宋缺名南渡録及小説説岳全傳敷演爲泥馬渡康王故事。參閱清趙翼陔餘叢考二十高宗泥馬渡江之訛。

【泥$_3$窗】用紙糊窗。宋陸游老學庵筆記八：“蜀人又謂糊牕曰泥牕。花蕊夫人宫詞云:'紅錦泥牕遶四廊。'"

【泥陽】縣名。漢置，屬北地郡，以在泥水之陽而名。東漢末寄治馮翊，此城遂廢。三國魏徙置，隋開皇六年改名華原。漢初酈商破蘇駔軍於泥陽，卽此。見史記九五酈商傳。參閱嘉慶一統志二二八西安府二、二六二慶陽府二。故地在今甘肅寧縣東南。

【泥掌】泥水工塗壁用的工具，卽抹子。宋鄧椿畫繼九:"舊說楊惠之與吳道子同師，道子學成，惠之恥與齊名，轉而爲塑，皆爲天下第一。……郭熙見之，又出新意，遂令圬者不用泥掌，止以手槍泥於壁，或凹或凸。"

【泥₃飲】㊀强留飲酒。唐杜甫杜工部詩史補遺三有遭田父泥飲美嚴中丞詩。㊁久飲，沈湎於酒。宋陸游劍南詩稿七三懷青城舊遊:"泥飲不容繁杏落，浩歌常送寒蟬沒。"

【泥犂】梵語。也作"泥黎"、"泥棃"。意譯爲地獄，在此界中，一切皆無，爲十界中最惡劣的境界。廣弘明集二十南朝梁簡文帝大法頌序:"惡道蒙休，泥犂普息。"參閱翻譯名義集二地獄。

【泥滓】泥垢渣滓。㊀比喻卑下的地位或恥辱。文選晉潘安仁(岳)西征賦:"或被髮左衽，奮迅泥滓。"注:"凡人沈於卑賤，故曰泥滓。……李陵與蘇武書曰:'言爲瑕穢，動增泥滓。'"㊁比喻污濁。唐張彥遠歷代名畫記一論畫六法:"今之畫人，筆墨混於塵埃，丹青和其泥滓，徒汙絹素，豈曰繪畫?"㊂比喻塵世。唐杜甫杜工部草堂詩箋六奉先劉少府新畫山川障歌:"若耶溪，雲門寺，吾獨胡爲在泥滓，青鞋布襪從此始。"

【泥塗】泥濘的道途。比喻卑下的地位。左傳襄三十年:"以晉國之多虞，不能由吾子，使吾子辱在泥塗久矣。"引申爲污濁。宋范仲淹范文正公集七桐廬郡嚴先生祠堂記:"旣而動星象，歸江湖，得聖人之清，泥塗軒冕，天下孰加焉?惟光武以禮下之。"

【泥軾】漢書八九黃霸傳:"霸爲潁川太守，秩比二千石，居官賜車蓋，特高一丈，別駕主簿車，緹油屛泥於軾前，以章有德。"後以泥軾爲通判之典。宋詩鈔周必大益公平園續藁鈔次王伯奮(淹)通判韻:"幸經泥軾新題品，全勝雲軿昔誕夸。"參閱宋劉昌詩蘆浦筆記一泥軾。

【泥醉】爛醉如泥。唐元稹長慶集十八劉二十八以文石枕見贈……四韻詩:"用長時節君須策，泥醉風雲我要眠。"宋陸游劍南詩稿四一自詠:"泥醉醒常少，貪眠起獨遲。"

【泥龍】泥塑龍像，用以祈雨。北周庾信庾子山集五喜晴詩:"已歡無石燕，彌欲棄泥龍。"亦以喻無用之物。抱朴子廣譬:"泥龍雖藻繪炳蔚，而不堪慶雲之招;撩禽雖琱琢玄黃，而不任凌風之舉。"

【泥₃頭】同"泥₃首"。三國志吳孫和傳:"(孫)權沈吟者歷年，後遂幽閉和。於是驃騎將軍朱據、尚書僕射屈晃率諸將吏泥頭自縛，連日詣闕請和。"參見"泥₂首"。

【泥濘】水土相雜，泥爛而滑。三國志魏武帝紀建安十三年注引山陽公載記:"步歸，遇泥濘，道不通，天又大風，使羸兵負草填之，騎乃得通。"

【泥蟠】謂蟠屈於泥塗中。文選班孟堅(固)答賓戲:"故夫泥蟠而天飛者，應龍之神也。"

【泥騘】淺黑而帶白色的雜毛馬。爾雅釋畜:"陰白雜毛，駰。"注:"陰，淺黑，今之泥騘。"騘，同"驄"。

【泥鰻】浙江濱海地區用在泥灘上滑行之器。以板爲之，人坐其中，一脚在外，以脚推之，一推可以滑行數丈。按史記夏紀"泥行乘橇"唐張守節正義:"橇形如船而短小，兩頭微起，人曲一脚，泥上擿進，用拾泥上之物。今杭州、溫州海邊有之也。"是唐代已有之。參閱清俞樾右台仙館筆記七。

【泥金帖】用金屑飾的箋帖。五代王仁裕開元天寶遺事下喜信:"新進士及第，以泥金書帖子附於家書中，至鄉曲親戚，例以聲樂相慶，謂之喜信。"宋楊萬里誠齋集四十送族弟子西赴省:"淡墨榜頭先快睹，泥金帖子不須封。"

【泥孩兒】兒童玩具。泥塑娃娃。宋陸游老學庵筆記五:"承平時，鄜州田氏作泥孩兒，名天下，態度無窮。雖京師工效之，莫能及。一對至直十縑，一床至直十千。一床者，或五或七也。小者二三寸，大者尺餘，無絕大者。"按後漢書四九王符傳浮侈篇"或作泥車瓦狗諸戲弄之具，以詐巧小兒"，卽後代之泥製玩具。

【泥婆羅】尼泊爾國的舊譯名。見唐段公路北戶錄二蕹菜。大唐西域記作尼波羅，新唐書二二一作泥婆羅。

【泥滑滑】竹雞的別名。宋梅堯臣宛陵集四禽言竹雞:"泥滑滑，苦竹岡，雨蕭蕭，馬上郎。"參閱明李時珍本草綱目四八禽二竹雞。

【泥塑人】形容人穩坐不動的姿態。宋朱熹近思錄十四觀聖賢:"謝顯道(良佐)曰:'明道先生(程顥)坐如泥塑人，接人則渾是一團和氣。'"

【泥媳婦】泥塑女娃娃，兒童玩具。元曲選孟漢卿魔合羅一:"他有那乞巧的泥媳婦，消夜的悶葫蘆。"

【泥融覺】宋陶穀淸異錄釋族:"比丘無染游廬山，春雨路滑，忽仆石上，由是洞見本原，士大夫稱爲泥融覺。"(說郛六一)言觸機而得頓悟。

【泥人請雨】古代遇旱用泥塑人祈雨。文選三國魏應休璉(璩)與廣川長岑文瑜書:"土龍矯首於玄寺，泥人鶴立於闕里。"注引淮南子高誘注:"供醜，請雨土人也。"

【泥牛入海】景德傳燈錄八潭州龍山和尚:"洞山又問和尚:'見箇什麼道理，便住此山?'師曰:'我見兩箇泥牛鬭入海，直至如今無消息。'"後人以此比喻一去不返，杳無消息。元尹廷高玉井樵唱上送無外僧弟歸奉廬墓詩:"泥牛入海無消息，萬壑千崖空翠寒。"

【泥多佛大】比喻根基深厚或附益者衆多則成就巨大。續傳燈錄三一曇華禪師:"十五日已前，水長船高;十五日已後，泥多佛大。"

【泥車瓦狗】見"泥孩兒"。

【泥船渡河】比喻人身如泥船不能持久，入世危險。三慧經:"人在世間，譬乘泥船渡河，當浮渡船且壞。人身如泥船不可久。"

【泥塑木雕】形容呆板全無反應。儒林外史六:"那兩位舅爺王德王仁，坐着就像泥塑木雕的一般，總不置一個可否。"

波 1. bō ㄅㄛ 博禾切，平，戈韻，幫。

㊀水紋起伏之狀。楚辭屈原九歌湘夫人:"嫋嫋兮秋風，洞庭波兮木葉下。"㊁推而及之叫波，見"波及"。㊂流轉的目光。文選漢傅武仲(毅)舞賦:"眉連娟以增繞兮，目流睇而橫波。"㊃書法稱捺的折波。唐張彥遠法書要錄一晉王羲之題衛夫人筆陣圖後:"每作一波，常三過折筆。"㊄宋代蜀方言對老人的尊稱。宋缺名愛日齋叢鈔五:"林謙之詩:'驚起何波理殘夢。'自注:'述夢中所見何使君，蜀人以波呼之，猶丈人也。'范氏吳船錄:'蜀中稱尊老者爲波。'"㊅跑。明李詡俗呼小錄:"跑謂之波。"漢仲長統昌言下:"救患赴急，跋涉奔波者，憂慮之盡也。"㊆語末助詞，吧。元人雜劇科白中常用。元王實甫西廂記二本四折:"人間

看波，玉容深鎖繡幃中，怕有人搬弄。”㈧句中襯字，無義。元曲選缺名昊天塔四：“呀，他兄弟每多死少波生。”

2. bēi ㄅㄟ 集韻 班糜切，平，支韻。

㈨通“陂”。漢書五三江都易王非傳附劉建：“後游雷波，天大風。”注：“波讀爲陂。雷陂，陂名。”㈩見“波$_2$河”。

【波及】本謂波浪所及，引申爲播散、影響、擴大範圍之義。左傳僖二三年：“其波及晉國者，君之餘也，其何以報？”唐柳宗元柳先生集三一與友人論爲文書：“其間耗費簡札，役用心神者，其可數乎？登文章之籙，波及後代，越不過數人耳。”

【波臣】古人設想江海的水族也有君臣，被統治的臣隸，稱爲波臣。莊子外物：“(莊)周顧視車轍中，有鮒魚焉。周問之曰：‘鮒魚來，子何爲者邪？’對曰：‘我東海之波臣也，君豈有斗升之水而活我哉？’”藝文類聚三五、太平御覽六十引作“波神”。後稱死於水中者曰與波臣爲伍，本此。清汪中述學補遺哀鹽船文：“亦有没者善游，操舟若神，死喪之神，從井有仁，旋入雷淵，並爲波臣。”謂爲水淹死。

【波旬】梵語。又作“波旬踰”、“波卑面”。釋迦牟尼出世時的魔王名，爲欲界第六天之主，其義爲惡者、殺者。常以憎恨佛法，斷人慧命爲事。楞嚴經六：“如我此說，名爲佛說；不如此說，即波旬說。”文苑英華八五二唐王勃廣州寶莊嚴寺舍利塔碑：“黑風宵遁，波旬忘反噬之心；録洺晨開，天常識問津之所。”參閱翻譯名義集二四魔。

【波折】形容書法筆劃曲折多姿曰一波三折。後來以波折比喻事情進行中所發生的變化。參見“一波三折”。

【波$_2$河】循河而行。漢書九六上西域傳：“從鄯善傍南山北，波河西行至莎車，爲南道。”注：“波河，循河也。”元李治敬齋古今黈拾遺一：“波之爲言，自有循順之意。今人言循河而行者，皆謂之邊河。波河之語，與邊河政同。”

【波波】㈠奔波。唐岑參岑嘉州詩三閿鄉送上官秀才歸關西別業：“風塵奈汝何，終日獨波波。”㈡寒顫聲。楞嚴經八：“二習相凌，故有吒吒、波波、囉囉。”宋子璿義疏八之二：“吒、波、羅等，忍寒聲也。”㈢食品名，即餺饠。波即餺饠二字的反切。明楊慎升菴全集六九畢羅：“食之精者有櫻桃，餺饠，今北人呼爲波波，南人訛爲磨磨。”波波，今一般作“餑餑”。

【波委】堆積，形容極多。唐李邕吉石壁寺甘露義壇碑：“入貨者波委，就役者子來。”(金石續編九)

【波帝】梵語。又作“波底”或“鉢底”。意謂夫主。起世經十：“便得如是波帝名字。”注：“波帝，隋言墮，卽是夫主。”翻譯名義集二人倫：“波帝，此云夫主。大論云：一切女身，無所繫屬，則受惡名。”

【波若】佛教語。梵語智慧的音譯，也稱般若。佛教謂洞察一切事物的智慧。南齊書顧歡傳論：“道家之教，執一虛無，得性亡情，凝神勿擾；今則波若無照，萬法皆空，豈有道之可名，寧餘一之可得？”

【波查】本梵語困苦、危害的意思，元曲中多作苦難、折磨解。元曲選王仲文救孝子一：“時坎坷，受波查。且澆菜，且看瓜。”明高則誠琵琶記兩賢相遘：“今原來爲我吃折挫，爲我受波查。”

【波俏】俊美有風致。續傳燈録十六歸宗志芝庵主：“眉毛本無用，無渠底波俏。”元曲選馬致遠青衫淚二：“小子金銀又多，又波俏。你不陪我，却伴那樣人！”也作“波峭”。參見“波峭”。

【波流】㈠水波流動。文選漢揚子雲(雄)長楊賦：“猋騰波流，機駭蠭軼。”藝文類聚二七南朝梁劉孝綽月半夜泊鵲尾詩：“月光隨浪盡，山影逐波流。”㈡隨波逐流，喻世事的變化。莊子應帝王：“因以爲弟靡，因以爲波流，故逃也。”注：“變化頹靡，世事波流，無往而不因也。”文選三國魏嵇叔夜(康)與山巨源絶交書：“今空語同知有達人，無所不堪，外不殊俗而內不失正，與一世同其波流，而悔吝不生耳。”

【波扇】㈠推動，影響。晉書陳頵傳與王導書：“浮競驅馳，互相貢薦，言重者先顯，言輕者後敍，遂相波扇，乃至陵遲。”㈡有波紋的扇。唐唐彥謙鹿門集漢代詩：“䱷韓翹綵雉，波扇畫文鰩。”

【波峭】本指山岩或屋勢傾斜曲折貌。後借以形容人物有風致。也作“逋峭”、“庯峭”、“波俏”。元周密齊東野語八庯峭：“齊魏間以人有儀矩可喜者則謂之庯峭。集韻曰：‘庯庩，屋不平也。……’今造屋勢有曲折者，謂之庯峭云。二字與前義亦近似。今京師指人之有風指者亦謂之波峭。雖轉庯爲波，豈亦此義耶？”

【波稜】菜名，卽菠薐菜，菠菜。唐會要一〇〇泥婆羅國：“(貞觀)二十一年，遣使獻波稜菜，渾提葱。”參閱唐韋絢劉賓客嘉話録。

【波磔】書法左撇曰波，右捺曰磔。宋黄伯思東觀餘論上第一帝王書：“凡草書，分波磔者名章草，非此者，但謂之草。”又吴曾能改齋漫録十四柳公權謝惠筆帖：“出鋒須長，擇毫須細，管不在大，副切須齊，副齊則波磔有凭，管小則運動省力。”

【波駭】驚擾震動。以物擊水，一波動，衆波隨而擾動。後漢書三八楊琁傳：“因使後車弓弩亂發，鉦鼓鳴震。羣盜波駭破散，追逐傷斬無數。”宋書劉敬宣傳周祇上諫書：“今我往勞困，彼來甚逸，若忽使師行不利，人情波駭，大勢挫駭，此二疑也。”

【波蕩】㈠動蕩，不穩定。後漢書十三公孫述傳：“方今四海波蕩，匹夫橫議，將軍割據千里，地什湯武，若奮威德以投天隙，霸王之業成矣。”㈡奔競。晉書劉弘傳上表：“頃者多難，淳朴彌凋，臣輒以徵士伍朝補零陵太守，庶以懲波蕩之弊，養退讓之操。”

【波盪】搖動，波動。文選漢張平子(衡)西京賦：“河渭爲之波盪，吴嶽爲之陁堵。”

【波瀾】波濤。文選漢馬季長(融)長笛賦：“波瀾鱗淪，窊隆詭戾。”後多用以比喻事物的起伏變化。晉陸機陸士衡集六君子行：“休咎相乘躡，翻覆若波瀾。”此喻世事的變遷。唐杜甫杜工部草堂詩箋五敬贈鄭諫議十韻：“毫髮無遺恨，波瀾獨老成。”此喻文章的浩瀚壯闊。唐孟郊孟東野集一列女操詩：“波瀾誓不起，妾心井中水。”此喻思潮的起伏變化。

【波你尼】相傳爲創製梵文字書的人。唐玄奘大唐西域記二烏鐸迦漢荼城及婆羅覩邏邑：“人壽百歲之時，有波你尼仙，生知博物，愍時澆薄，欲削浮僞，删定繁猥，遊方問道，遇自在天，遂伸述作之志，……於是研精覃思，捃摭羣言，作爲字書。”

【波律膏】香料名，又名龍腦香。宋洪芻香譜上龍腦香：“酉陽雜俎云：出波律國，樹高八九丈，可六七尺圍，葉圓而背白，其樹有肥瘦，形似松脂，作杉木氣，乾脂謂之龍腦香，清脂謂之波律膏。”藥用冰片，卽以此煉製而成。參閱唐段成式酉陽雜俎十八龍腦香樹。

【波謎羅】伊蘭語帕米爾的音譯。唐以前皆稱葱嶺。唐玄奘大唐西域記作波謎羅。往五天竺傳及新唐書作播密。

【波頭摩】梵語。紅蓮花。亦譯鉢曇摩。唐釋玄應一切經音義三放光般若經二九波曇：“又云波暮，或云波頭摩，……

此譯云:'赤蓮花也。'"

【波羅夷】梵語。佛教戒律中最重的罪名。戒經叫做棄。僧祇律叫做退没,不共住,墮落。四分律叫做斷頭,無餘,不共住。唐釋玄應一切經音義二三顯揚聖教論二十波羅闍巳迦:"此云他勝,謂破戒煩惱爲他勝於善法也。舊云波羅夷,義言無餘,若犯此戒,永棄清衆,故曰無餘也。"弘明集三南朝宋何承天與宗居士書:"冶城慧琳道人作白黑論,乃爲衆僧所排擯,賴蒙值明主善救,得免波羅夷耳。"

【波羅越】梵語。意譯爲鴿子。晉釋法顯佛國記:"有國名達嚫,是過去迦葉佛僧伽藍,穿大石山作之,凡有五重,……第五層作鴿形,……因名此寺爲波羅越。波羅越者,天竺名鴿也。"

【波羅蜜】㊀梵語,也作"波羅伽"、"波羅蜜多"。意譯爲"到彼岸"或"度",即由此岸(生死岸)度人到達彼岸(涅槃,寂滅)。大智度論十二:"此六波羅蜜,能令人渡慳貪等煩惱染着大海,到於彼岸,以是故名波羅蜜。"參閱翻譯名義集四辨六度法。㊁植物名。卽木波羅。通稱波羅蜜樹。常綠喬木。果長橢圓形,味甜,可食。原産印度,我國廣東臺灣亦有栽培。參閱唐段成式酉陽雜俎十八婆那娑樹、宋范成大桂海虞衡志志果。

【波駭雲屬】猶"波屬雲委"。北齊書文苑傳序:"於是辭人才子,波駭雲屬,振鵷鷺之羽儀,縱雕龍之符采。"

【波羅末陀】㊀梵語。意譯爲第一義,真義。大智度論四八:"波羅末陀,秦言第一義。"末,一作"木"。㊁公元499—569年。南朝陳時西印度僧人。名真諦,又作拘羅那他。應梁武帝的聘請,於大同十二年來華,太清二年抵建業,在寶雲殿譯經。以兵亂,曾流寓今蘇浙贛閩等地,陳永定三年到廣州,住制止寺。所譯經論,以有關大乘瑜伽宗的經論爲主,其中攝大乘論,對中國佛教思想有較大的影響。前後二十三年共譯經論記傳六十四部,二百七十八卷。參閱續高僧傳一、翻譯名義集一宗翻譯主篇十一波羅末陀。

【波羅奢華】梵語。赤花樹。樹汁可用以染革及毛織物,名爲紫鉚(礦)。隋釋灌頂涅槃經疏一:"波羅奢是樹名。葉青,華有三色,日未照則黑,日照則赤,赤脈皆現,日没則黄。"參閱翻譯名義集三百華。

【波屬雲委】如波之相接,雲之相疊,比喻連續不斷,層見疊出。宋書謝靈運傳史臣曰:"自建武暨乎義熙,歷載將百,雖綴響聯辭,波屬雲委,莫不寄言上德,託意玄珠。"

【波利質多羅】梵語。花樹名。生忉利天中。義譯香遍樹,也作圓生樹。唐釋慧苑華嚴音義下入法界品之八:"波利質多羅樹,具云,……此云香遍樹,謂此樹根莖枝葉花實皆香,普能遍薰忉利天宮。"參閱翻譯名義集三衆香。

泇 jiā ㄐㄧㄚ 集韻居牙切,平,麻韻。

見下。

【泇河】水名。有東、西二泇。東泇源出山東費縣東南箕山。西泇源出棗莊市東南抱犢崮。二泇東南流至江蘇邳縣三合村匯合,南入運河,稱爲泇口。見讀史方輿紀要三二兗州府嶧縣泇河、嘉慶一統志一六五兗州府西泇水。

沼 zhǎo ㄓㄠˇ 之少切,上,小韻,照。

水池。詩召南采蘩:"于以采蘩,于沼于沚。"

【沼吴】猶言滅吴。左傳哀元年:"越十年生聚,而十年教訓,二十年之外,吴其爲沼乎!"注:"謂吴宫室廢壞,當爲汚池。"

泐 lè ㄌㄜˋ 盧則切,入,德韻,來。

㊀石頭按脈理而裂散。周禮考工記序:"石有時以泐,水有時以凝。"㊁雕刻。通"勒"。引申爲書寫。清李斗揚州畫舫録一草河録上:"江南總督恭紀典章,泐之成書,謹名南巡盛典。"舊時稱手書爲手泐。

【泐潭】地名。在江西高安縣洞山。相傳唐代禪宗曹洞宗良价禪師與其弟子本寂曾居此習禪。見指月録十六良价禪師。明宋濂宋學士全集補遺一游涇川水西寺簡葉八宣慰劉七都事章下二元帥詩:"别有白髮師,野鶴雞羣異。身披伽黎衣,云繼泐潭裔。"

沾 zhān ㄓㄢ 張廉切,平,鹽韻,知。
ㄓㄢ 他兼切,平,添韻,透。

㊀浸潤,濡濕。通"霑"。史記陳丞相世家:"勃又謝不知,汗出沾背,愧不能對。"引申爲受益、沾光。唐李商隱李義山詩集五九成宫:"荔枝盧橘沾恩幸,鸞鵲天書濕紫泥。"㊁濃。楚辭大招:"吴酸蒿蔞,不沾薄只。"注:"沾,多汁也。……其味不濃不薄,適甘美也。"宋洪興祖補注:"沾,音添。益也。"㊂見"沾沾自喜"。㊃水名。源出山西昔陽縣沾山嶺,流入河北井陘縣冶河。參閱説文"沾"。

2. chān ㄔㄢ 集韻癡廉切,平,鹽韻。

㊄視。通"覘"。禮檀弓下:"我喪也斯沾。"注:"沾,讀曰覘。"

【沾丐】滋潤。謂給人以實惠。新唐書二〇一杜審言傳附杜甫:"唐興詩人……皆自名所長,至甫,渾涵汪茫,千彙萬狀,兼古今而有之,他人不足,甫乃厭餘,殘膏賸馥,沾丐後人多矣。"宋林光朝艾軒集六與陳循州體仁:"願兄作郡,使有實惠及人,若南來者稱道不絶口,卽三十年之末交同受此沾丐也。"

【沾染】浸潤濡染,薰染。引申爲受影響。晉書楊方傳報虞預書:"如方者乃荒萊之特苗,鹵田之善秀,姿質已良,但沾染未足耳;移植豐壤,必成嘉穀。"此指學問的熏陶。後多指壞影響,如沾染惡習。

【沾洽】㊀雨澤霑足。漢焦延壽易林十四豐之未濟:"景風昇上,沾洽時澍,生我禾稼。"引申爲普施恩澤。後漢書八十上杜篤傳論都賦:"今國家躬脩道德,吐惠含仁,湛恩沾洽,時風顯宣。"㊁淵博。三國志蜀許慈傳:"(胡)潛雖學不沾洽,然卓犖强識,祖宗制度之儀,喪紀五服之數,指掌畫地,舉手可采。"

【沾逮】分潤。新唐書一四九劉晏傳:"災沴之鄉,所乏糧耳,……多出菽粟,恣之糶運,散入村閭,下户力農,不能詣市,轉相沾逮,自免阻飢。"

【沾寒】冒濕而受寒。史記優旃傳:"秦始皇時,置酒而天雨,陛楯者皆沾寒。"

【沾溉】潤濕澆溉。元柳貫柳待制文集二送劉叔讓赴潮州詩:"汎除蠻風清,沾溉時雨足。"也比喻施授恩澤。金史世宗諸子永功傳附子璹:"上慰之曰:'南渡後比國家承平時有何奉養,然叔父亦未沾溉。無事則置之冷地,無所顧藉,緩急則置于不測,叔父盡忠固可,天下其謂朕何!叔父休矣!'"

【沾潤】沾濕浸透。後漢書八一諒輔傳:"未及日中時,而天雲晦合,須臾澍雨,一郡沾潤。"

【沾賚】受賞賜。宋書文帝紀元嘉二十三年詔:"近親策試,……諸生答問,多可採覽。教授之官,並宜沾賚。"

【沾錫】賞賜。宋書文帝紀:"二千石官長,並勤勞王務,宜有沾錫。"

【沾濡】浸濕。多指恩澤普及。漢書五七下司馬相如傳封禪文:"懷生之類,沾濡浸潤。"史記作"霑濡"。又八七下揚雄傳長楊賦："英華沈浮，洋溢八區，普天所覆，莫不沾濡。"

【沾襟】沾濕衣襟。莊子齊物論："麗之姬，艾封人之子也，晉國之始得之也，涕泣沾襟。"孫子九地："令發之日，士卒坐者涕沾襟，偃卧者涕交頤。"也作"沾衿"。孔子家語四辯物："反袂拭面，涕泣沾衿。"

【沾濕】謂被淋濕。晉書光逸傳："家貧衣單，沾濕無可代。"

【沾泥絮】柳絮沾泥後不再飄飛，喻心情沉寂不復波動。宋蘇軾守彭城，參寥往見，飲宴時，軾遣官妓馬盼盼求詩，參寥笑作絶句，有"禪心已作沾泥絮，不逐春風上下狂"之語。見宋朱弁續骫骳説(説郛三八)。元許謙白雲集四次韻丘以道詩之三："心事沾泥絮，生涯逐浪萍。"

【沾沾自喜】自矜貌。史記一〇七魏其侯傳："孝景帝曰：'太后豈以爲臣有愛不相魏其？魏其者，沾沾自喜耳，多易。難以爲相持重。'"也省作"沾沾"。宋陸游劍南詩稿三十三峽歌之五："險詐沾沾不自媿，交情回首薄如煙。"

沮 1. jǔ ㄐㄩˇ 慈吕切，上，語韻，從。
ㄐㄩ 七余切，平，魚韻，清。
㊀終止，阻止。詩小雅巧言："君子如怒，亂庶遄沮。"墨子尚同中："賞譽不足以勸善，而刑罰不足以沮暴。"㊁敗壞，毀壞。詩小雅小旻："謀猶回遹，何日斯沮。"漢書五四李廣傳附李陵："上以(司馬)遷誣罔，欲沮貳師，爲陵游説，下遷腐刑。"注："沮謂毀壞之，音才吕反。"

2. jù ㄐㄩˋ 將預切，去，御韻，精。
㊂濕潤。見"沮洳"、"沮澤"。

3. jū ㄐㄩ 子魚切，平，魚韻，精。
側魚切，平，魚韻，莊。
㊃水名。見"沮水"。㊄姓。東漢末有沮授。見三國志魏袁紹傳。㊅沮渠，複姓。見該條。

【沮水】水名。1. 濟水的支流。書禹貢："雷夏既澤，灉沮會同。"元和郡縣志十一濮州謂灉沮二水俱出雷澤縣西北，會同流入雷夏澤。唐雷澤縣在今山東濮縣東南。自宋代河決曹濮間，諸河及雷夏澤皆已湮滅。2. 源出陝西黄陵縣西北子午嶺，東南流會漆水，東流入渭。書禹貢："漆沮既從，灃水攸同。"水經注沮水謂漆沮是一水，僞孔傳、清胡渭禹貢錐指，謂漆沮卽洛水。皆爲異説。3. 漢水的别源。出陝西留壩縣西，西流經鳳縣，繞沔縣入於沔，卽漢書地理志下武都郡沮水。4. 出湖北保康縣西南，東南流與漳水合，又東南流經江陵縣西境，入於江。左傳定四年："楚子涉睢濟江。"又哀六年："江漢睢漳，楚之望也。"卽此。清阮元校勘記："家語水經注並引作沮。"

【沮丘】背水之丘。爾雅釋丘："水出其後，沮丘。"釋名釋丘作"阻丘"。

【沮泄】泄漏。吕氏春秋仲冬紀："仲冬之月，……地氣沮泄。"又見禮月令。

【沮舍】破屋。淮南子説山："故沮舍之下不可以坐，倚牆之傍不可以立。"

【沮₂洳】㊀指地低濕。詩魏風汾沮洳："彼汾沮洳，言采其莫。"文選晉左太沖(思)魏都賦："隰壤瀸漏而沮洳，林藪石留而蕪穢。"㊁山名。在今河南輝縣。山海經北山經："東三百里曰沮洳之山，無草木，有金玉，濝水出焉。"

【沮恐】氣餒而惶恐。資治通鑑一一〇晉隆安二年："(王)恭既破滅，西軍沮恐。"

【沮索】頹喪。新唐書二一二朱滔傳："(劉)怦聞其至，蒐兵繕鎧，夾道陳二十二里迎謁，望滔哭，滔遂入府。氣沮索，日邑邑，被病，政事一委怦。"

【沮格】阻止。新唐書一二五張説傳："宇文融先獻策，括天下游户及籍外田，署十道勸農使，分行郡縣。説畏其擾，數沮格之。"參見"廢格"。

【沮衄】謂受挫。晉書蘇峻傳："兵威日盛，戰無不克，由是義衆沮衄，人懷異計。"

【沮₃授】公元？—200年。漢末廣平人。授多權謀，爲袁紹從事，統監軍旅。袁紹與曹操戰於官渡，勸紹勿決戰，又勸分軍襲操糧道，皆不從。及兵敗，授被執，不降。操舊與授有舊，厚遇之。不久，授謀歸袁氏，爲操所殺。參閲後漢書、三國志袁紹傳。

【沮₃渠】複姓。匈奴官名有左沮渠，後遂以官爲姓氏。晉有沮渠蒙遜，建北涼政權。見通志二九氏族五代北複姓。

【沮喪】灰心失望。宋書顔延之傳庭誥："豈識向之夸慢，衹足以成今之沮喪邪。"又形容神色震驚。晉書吉挹傳桓沖表："挹孤城獨立，衆無一旅，……會襄陽失守，邊情沮喪，加衆寡勢殊，以至陷没。"

【沮短】説壞話，揭短處。新唐書一五七陸贄傳："而贄孤立一意，爲左右權倖沮短，又言事無所回諱，陰失帝意，久之不得宰相。"

【沮溺】春秋時的隱士長沮和桀溺。論語微子："長沮桀溺耦而耕，孔子過之，使子路問津焉。"後來詩文常用爲避世隱士之典。文選三國魏王仲宣(粲)從軍詩之一："不能效沮溺，相隨把鋤犂。"三國志蜀秦宓傳答王商書："詠原憲之蓬户，時翺翔於林澤，與沮溺之等儔，聽玄猿之悲吟。"

【沮解】㊀破壞而使之離散。漢書六九趙充國傳："數使使尉黎、危須諸國，設以子女貂裘，欲沮解之。"㊁沮喪涣散。漢王符潛夫論勸將："今吏從軍敗没死公事者以十萬數，上不聞弔唁嗟歎之榮名，下又無禄賞之厚實，……此其所以人懷沮解，不肯復死者也。"一本解作"懈"。

【沮蒼】沮誦蒼頡的合稱。相傳爲黄帝的史官，始作文字。世本一："沮誦蒼頡作書。"宋米芾書史："張彦遠志在多聞，上列沮蒼，按史發論。"蒼，也作"倉"，參見"倉頡"。

【沮誹】詆毀，誹謗。史記平準書："於是見知之法生，而廢格沮誹窮治之獄用矣。"

【沮₂澤】水草叢生的沼澤地帶。孫子軍争："不知山林、險阻、沮澤之形者，不能行軍。"禮王制："居民山川沮澤。"注："沮，謂萊沛。"疏："何胤云：沮澤，下濕地也，草所生爲萊，水所生爲沛。言沮地是有水草之處也。"

【沮駭】破壞，恐嚇。新唐書一七三裴度傳贊："(吳)元濟外連姦臣，刺宰相及用事者，沮駭朝謀。惟天子赫然排羣議，任度政事，倚以討賊。身督戰，遂平淮西。"

【沮顔】以刀刻面，卽黥面，爲古代某些少數民族的風俗。文選漢王子淵(褒)四子講德論："編結沮顔，燋齒梟瞯，剪髮駮首，文身裸袒之國，靡不奔走貢獻，懽忻來附。"

【沮渠蒙遜】公元368—433年。晉臨松盧水人。前代爲匈奴左沮渠，後以官爲氏。晉隆安元年，蒙遜等共推建康太守段業爲涼州牧，建立北涼政權，年號神璽。業以蒙遜爲張掖太守。後蒙遜殺業，稱張掖公，改元永安。玄始元年稱河西王。北涼玄始九年，攻滅西涼，占有涼州全部，在位三十三年。晉書及魏書有傳。參閲十六國春秋纂録校本七北涼録。

油 yóu ㄧㄡˊ 以周切，平，尤韻，喻。
㊀動植物脂肪和礦物質油等均稱油。晉張華博物志四物理："積油滿萬石，則自然生火。武帝泰始中武庫火，積油所

致。”㊁見“油然”。㊂光潤。見“油油”。也指浮滑。見“油腔滑調”。㊃古水名。出武陵孱陵西。見説文。參閲水經注三五江水。㊄以油塗飾。宋蔡襄茶録上色:“茶色貴白,而餅茶多以珍膏油其面。”

【油口】古油水與長江匯流處。故地在今湖北公安縣。東漢建安十四年劉備自稱爲荆州牧,因立營於油口,以拱衛荆州,並改名公安。參閲三國志蜀先主傳建安十四年、水經注三五江水。

【油水】㊀古水名。見“油㊃”及“油口”。㊁指不正當的物質收益或額外好處。水滸三七:“船裏甚麽行貨?有些油水麽?”明西湖居士詩賦盟傳奇脱難:“天送來一個應舉秀才,跟一個家人,行李十分沉重,着實有些油水。”

【油衣】塗有桐油用以防雨的外衣。隋書煬帝紀上:“嘗觀獵遇雨,左右進油衣。”

【油油】㊀光潤貌。史記宋微子世家:“麥秀漸漸兮,禾黍油油。”文選晉束廣微(皙)補亡詩:“循彼南陔,厥草油油。”㊁流動貌。常形容雲、水。史記一一七司馬相如傳封禪書:“自我天覆,雲之油油。”楚辭漢劉向九歎惜賢:“油油江湘,長流汩兮。”㊂和悦恭謹貌。禮玉藻:“禮已,三爵而油油以退。”注:“油油,説敬貌。”

【油帔】塗上油的披肩。晉書桓玄傳:“(劉)裕至蔣山,使羸弱貫油帔登山,分張旗幟,數道並前。”

【油素】光滑的白絹。多用於書畫。古文苑十舊題漢揚雄答劉歆書:“天下上計孝廉及内郡衛卒會者,雄常把三寸弱翰,齎油素四尺,以問其異語。”文選南朝梁任彦昇(昉)爲范始興作求立太宰碑表:“人蓄油素,家懷鉛筆。”注:“油素,絹也。”

【油草】草名。清屈大均廣東新語二七艸語油艸:“永安縣水際多産之。每開花結果,可占有年。予詩曰:‘油草花開卜有年’。”

【油船】塗上油的船。三國志吳孫權傳“(建安)十八年正月,曹公攻濡須”南朝宋裴松之注:“吳歷曰:曹公出濡須,作油船,夜渡洲上。”又朱桓傳:“(曹仁)分遣將軍常雕督諸葛虔王雙等乘油船別襲荆州。”

【油雲】孟子梁惠王上:“天油然作雲,沛然下雨。”後來詩文因以油雲指濃雲。文選晉陸士衡(機)赴洛詩之一:“谷風拂脩薄,油雲翳高岑。”宋陸游劍南詩稿四六夏雨:“忽聞疎雨滴林梢,起看油雲滿四郊。”

【油畫】指用油彩塗繪於車轅之上。晉書輿服志:“皇后先蠶,乘油畫雲母安車,駕六騩馬。”

【油紫】黑紫色。宋王得臣麈史上禮儀:“嘉祐染者,既入其色,復漬以油,故色重而近黑曰油紫。”又見魏泰東軒筆録四。

【油戟】用塗油赤繒爲套子的戟。作爲出行前列的儀仗之用。晉崔豹古今注上輿服:“殳,前驅之器也,以木爲之。後世滋僞,無復典刑,以赤油韜之,亦謂之油戟,亦謂之棨戟。”參見“棨戟”。

【油幄】塗油的帳幕。唐馮贄雲仙雜記二屋龍更衣:“饒子卿隱廬山康王谷,無瓦屋,代以茅茨,……或時雨濕致漏,則以油幄承梁,坐於其下,初不愁嘆。”

【油然】㊀雲聚貌。孟子梁惠王上:“天油然作雲,沛然下雨,則苗浡然興之矣。”㊁自然而然。莊子知北遊:“惛然若亡而存,油然不形而神。”又:“注然勃然,莫不出焉;油然漻然,莫不入焉。”㊂舒緩貌。孔子家語五儀:“油然若將可越而終不可及者,此則君子也。”

【油絡】古代車上懸垂的絲質繩網。因其光亮油滑,故名。梁書樂藹傳:“時長沙宣武王將葬,而車府忽於庫失油絡,欲推主者。”隋書煬帝紀上大業二年:“五品以上給犢車、通幰,三公親王加油絡。”

【油煙】油類未完全燃燒所産生的煙灰,是製墨的原料。宋趙彦衛雲麓漫鈔十:“邇來墨工以水槽盛水,中列麄椀,然以桐油,上復覆以一椀,專人埽煤,和以牛膠,揉成之。其法最快便,謂之油煙。或訝其太堅,少以松節或漆油同取煤,甚佳。”參閲宋葉夢得避暑録話上。

【油軿】經油飾的軿。軿,供婦女乘坐、張有帷帳的車。晉書輿服志:“封縣鄉君油軿車,駕兩馬,右騑。”唐張説張説之集二一鄎國長公主神道碑:“玉笄輝首,油軿在馭。”

【油殿】用油布帳幕臨時張設的殿堂。宋書路淑媛傳有司奏:“臣等參議,修寧陵玄宫補治毁壞,權施油殿,暫出梓宫。”參見“油幕”。

【油蓋】㊀指油漆彩畫的車蓋。宋書禮志一:“蠶將生,擇吉日,皇后著十二笄,依漢魏故事,衣青衣,乘油蓋雲母安車,駕六馬。”㊁即油傘。宋陳師道後山集八馬上口占呈立之詩:“轉就鄰家借油蓋,始知公是最閒人。”

【油幕】塗有油的帳幕。宋書劉穆之傳附劉瑀與顔竣書:“朱脩之三世叛兵,一旦居荆州,青油幕下,作謝宣明面見向,使齋師以長刀引吾下席。”唐劉禹錫劉夢得集四覽董評事思歸之什因以詩贈詩:“幾年油幕佐征東,却泛滄浪狎釣童。”

【油幔】猶油幕。新唐書一三八馬璘傳:“方璘在軍,守者覆以油幔。”

【油餅】食品名。宋袁褧楓窗小牘下:“舊京工伎,固多奇妙,即烹煮槃案,亦復擅名,如……鄭家油餅,王家乳酪,……之類,皆聲稱於時。”

【油嘴】指説話不負責,不老實。古今雜劇元劉唐卿降桑椹一:“我兩個一生皮臉無羞恥,油嘴之中俺爲祖。”又缺名趙匡義智娶符金錠楔子:“世上許多好人,則我兩個油嘴。”

【油橘】橘之一種。宋韓彦直橘録:“油橘,皮似油飾之,中堅而外黑,……擘之而不聞其香,食之而不可於口。”(説郛七五)

【油幰】塗油的車幔。幰,車的帷幔。隋書禮儀志三:“輻車三品已上油幰,施襈,兩箱畫龍,幰竿諸末垂六旒蘇。”

【油木梳】婦女頭上插戴的一種梳子。以歌妓常用作頭飾,故又爲歌妓的代稱。元曲選戴善夫風光好一:“座上若無油木梳,烹龍炮鳳總成虚。”

【油花卜】古代民俗,三月上巳節,臨水占卜的一種迷信活動。五代後唐張泌妝樓記:“洛陽上巳日,婦女以薺花點油,祝而洒之水中,若成龍鳳花卉之狀,則吉,謂之油花卜。”參閲宋洪邁夷堅志三志巳四蕭縣陶器、元陳元靚歲時廣記十八祝薺花。

【油紙扇】用油紙製成的扇子,形同摺扇。宋沈括夢溪筆談二一異事:“盧中甫家吴中,嘗未明而起,……有光熠然,就視之,似水而動,急以油紙扇挹之。”又名蜀府扇。清朱彝尊曝書亭集十四油紙扇聯句:“本自錢唐製,猶存蜀府名。”

【油絲絹】一種繪畫用的絹。元李衎竹譜詳録一畫竹譜:“近年有一種油絲絹并藥粉絹,先須用熱皁莢水刷過候乾,依前上礬。”

【油葫蘆】昆蟲,形狀像蟋蟀而較大,雄的翅能摩擦發聲。明劉侗于奕正帝京景物略三胡家村:“促織之别種三,色澤如油,其聲呦呦呦,油葫蘆。”

【油壁車】婦女所乘之車。因車壁以油塗飾而名。玉臺新詠十錢塘蘇小歌:“妾乘油壁車,郎騎青驄馬。”全唐詩六六五羅隱江南行:“西陵路邊月悄悄,油壁輕車蘇小小。"

【油腔滑調】指說話或文章輕浮油滑，不踏實。清王士禛師友詩傳錄："作詩，學力與性情必兼具而後愉快。愚意以爲學力深，始能見性情；若不多讀書，多貫穿，而遽言性情，則開後學油腔滑調、信口成章之惡習矣。"

【油煠猢猻】形容輕狂浮躁的樣子。元王實甫西廂記五本四折："鶯鶯呵，你嫁箇油煠猢猻的丈夫；紅娘呵，你伏侍箇煙薰猫兒的姐夫。"

【油頭粉面】形容人打扮妖冶輕浮。古今名劇元石子章竹塢聽琴："改換了油頭粉面，再不將蛾眉淡掃鬢堆蟬。"

沺 tián 徒年切，平，先韻，定。ㄊㄧㄢ

沺沺。水勢廣大貌。文選晉郭景純(璞)江賦："溟漭渺湎，汗汗沺沺。察之無象，尋之無邊。"

泱 1. yāng 於良切，平，陽韻，影。ㄧㄤ

㊀奔湧貌。文選晉郭景純(璞)江賦："滈涅潋泱，瀸潤瀾瀹。"注："皆水流漂疾之貌。"

2. yǎng 烏朗切，上，蕩韻，影。ㄧㄤˇ

㊁見"泱$_2$軋"、"泱$_2$漭"、"泱$_2$瀼"、"泱$_2$鬱"。

【泱泱】㊀深廣貌。詩小雅瞻彼洛矣："瞻彼洛矣，維水泱泱。"㊁弘大貌。左傳襄二九年："爲之歌齊，曰：'美哉，泱泱乎，大風也哉！'"注："泱泱，弘大之聲。"㊂雲貌。文選晉潘安仁(岳)射雉賦："天泱泱以垂雲，泉涓涓而吐溜。"注："毛詩曰：'英英白雲。'毛萇曰：'英英，白雲貌。'泱與'英'古字通。"

【泱$_2$軋】瀰漫。史記一一七司馬相如傳大人賦："騷擾衝蓯，其相紛拏兮，滂濞泱軋，麗以林離。"參見"坱軋㊀"。

【泱$_2$漭】㊀廣大貌。文選漢司馬長卿(相如)上林賦："徑乎桂林之中，過乎泱漭之野。"史記一一七、漢書五七上司馬相如傳作"泱莽"。後漢書二八下馮衍傳顯志賦："覽河華之泱漭兮，望秦晉之故國。"注："泱音烏朗反。漭音莽。"㊁昏暗不明貌。南齊謝朓謝宣城集三京路夜發詩："曉星正寥落，晨光復泱漭。"

【泱$_2$瀼】流貌。一說停蓄貌。文選晉木玄虛(華)海賦："涓流泱瀼，莫不來注。"注："泱瀼，渟淤也。"唐李周翰注："流貌。"

【泱$_2$鬱】盛貌。漢書四五息夫躬傳絕命辭："玄雲泱鬱，將安歸兮！"注："泱，音烏朗反。"

泗 sì 息利切，去，至韻，心。ㄙˋ

㊀鼻涕。詩陳風澤陂："寤寐無爲，涕泗滂沱。"傳："自目曰涕，自鼻曰泗。"㊁水名。書禹貢："泗濱浮磬。"參見"泗河"。

【泗上】泗水之濱。左傳哀八年："明日，(吳師)舍于庚宗，遂次於泗上。"戰國策楚一："大王悉起兵以攻宋，不至數月而宋可舉。舉宋而東指，則泗上十二諸侯，盡王之有已。"春秋時孔子在泗上講學授徒，後因常以泗上指學術之鄉。南齊書劉善明傳與崔祖思書："遣遊辯之士，爲鄉導之使，輕裝啓行，經營舊壤，令泗上歸業，稷下還風，君欲誰讓邪？"

【泗口】地名。古泗水南流入淮，淮泗交匯處稱泗口。爲古代淮北通往江南的道口之一。故地在今江蘇淮陰。晉祖逖率親黨數百家避地淮泗，達泗口。即此。參閱水經注二五泗水。

【泗水】㊀縣名。屬山東省。春秋齊卞地，漢爲卞縣，屬魯國。隋開皇十六年置泗水縣，屬魯郡。明清屬山東兗州府。參閱漢書地理志下魯國、隋書地理志下魯郡。㊁郡名。秦泗水郡，漢高祖更名沛郡。參閱漢書地理志上沛郡。㊂泗河也叫泗水。見"泗河"。

【泗州】漢爲泗水國。唐置泗州，屬河南道。明屬鳳陽府，清初因之。其故城康熙時淪入洪澤湖，移治舊虹縣地。雍正二年升直隸州，屬安徽布政使司。公元1912年改名泗縣。屬安徽省。參閱元和郡縣志九泗州、嘉慶一統志一三四泗州直隸州。

【泗河】也叫泗水。發源於今山東泗水縣陪尾山。因其四源合爲一水，故名。古時泗水流經今山東曲阜魚臺、江蘇徐州，至洪澤湖畔龍集附近入淮。後南段河道變遷，經江蘇徐州宿遷泗陽至淮陰附近入淮河。宋熙寧中黃河改道向東南流，在今徐州合泗水入淮河，泗水故道遂爲黃河所奪占。清咸豐五年黃河北遷，金元以來爲黃河所奪占的故道，也歸淤廢。參閱元和郡縣志十兗州泗水縣、嘉慶一統志一六五兗州府一山川。

【泗陽】縣名。屬江蘇省。漢置，屬泗水國，故城在今縣東，東漢廢。元置桃園縣，明改桃源縣，清因之，屬江蘇淮安府。公元1914年改今名。參閱漢書地理志下、嘉慶一統志九三淮安府一。

【泗水亭】古亭名。故地在今江蘇沛縣東。秦制十里一亭，十亭一鄉。亭設亭長一人。漢高祖劉邦曾任泗水亭長。見史記高祖紀"及壯，試爲吏，爲泗水亭長"正義。

【泗州塔】古塔名。唐代建於泗州，宋初曾修葺。宋劉攽貢父詩話："泗州塔，人傳下藏真身，後閣上碑，道興國中塑僧伽像事甚詳。……塔本喻都料(皓)造，極工巧，俗謂塔頂爲天門。"

【泗州和尚】唐西域高僧僧伽大師，曾在泗州臨淮縣建造寺院，人稱泗州和尚。中宗時迎入長安，景龍三年卒，歸葬臨淮。宋錢易南部新書癸："王延彬獨據建州，稱僞號。一旦大讌，伶官作戲辭云：'只聞有泗州和尚，不見有五縣天子。'"參閱清周亮工閩小記下僧伽。

況 kuàng 許訪切，去，漾韻，曉。ㄎㄨㄤˋ

㊀狀況，情形。全唐詩六九二杜荀鶴贈秋浦張明府："他日親知問官況，但教吟取杜家詩。"㊁譬，比方。莊子知北遊："正獲之問於監市履狶也，每下愈況。"注："況，譬也。"漢書高惠高后文功臣表序："以往況今，甚可悲傷。"㊂滋甚，更加。詩大雅桑柔："爲謀爲毖，亂況斯削。"國語晉一："以衆故，不敢愛親，衆況厚之。"㊃何況，況且。易豐："天地盈虛，與時消息，而況於人乎？"左傳隱元年："蔓難圖也，蔓草猶不可除，況君之寵弟乎？"㊄賜予，光寵。通"貺"。國語魯下："君以諸侯之故，況使臣以大禮。"史記一一七司馬相如傳子虛賦："足下不遠千里，來況齊國。"文選作"貺"。此言光顧。㊅姓。通志氏族五去："況氏，姓苑云：廬江有此姓。"明有況鍾。

【況味】境況和情味。宋張方平樂全集四歲除詩："容華益凋歇，況味殊蕭條。"又朱翌灊山集三次韻書事之一："西風昨夜入庭梧，況味今年似舊無？"

【況施】猶言賜與。漢書武帝紀元封元年詔："朕以眇身承至尊，……遭天地況施，著見景象。"注引應劭："況，賜也。施，與也。言天地神靈乃賜我瑞應。"

【況瘁】益加憔悴。詩小雅出車："憂心悄悄，僕夫況瘁。"箋："況，茲也。"茲，正義作"滋"，更加。

【況鍾】公元1383—1443年。明江西靖安人。字伯律。爲吏有才具。宣德五年，擢爲蘇州知府。斷獄公正，懲辦貪吏豪强，蠲減苛徭額量七十餘萬石，免軍户八千餘户。以剛直清廉見稱。後人演其事以入戲劇。參閱明俞汝楫禮部志稿五七郎署況鍾、明史一六一本傳。

洞 1. jiǒng ㄐㄩㄥˇ 户頂切,上,迥韻,匣。

㊀寒。見說文、廣雅釋詁四上。㊁遠。詳"洞酌"。㊂深廣貌。文選晉郭景純(璞)江賦:"鼓帆迅越,趌漲截洞。"

2. jiōng ㄐㄩㄥ 集韻涓熒切,平,青韻。

㊃洞水,即潁水。水經注二二潁水:"(卞隨)自投此水而死。張顯逸民傳嵇叔夜高士傳並言投洞水而死。"

【洞洞】清深貌。北史顏惡頭傳:"登高臨下水洞洞,唯聞人聲不見形。"

【洞酌】謂從遠處酌取。詩大雅洞酌:"洞酌彼行潦,挹彼注茲,可以餴饎。"箋:"遠酌取之,投之大器之中。"後泛指供祭祀用的薄酒。唐柳宗元柳先生集四十爲韋京兆祭太常崔少卿文:"敬陳洞酌,以告明靈。"

【洞酌亭】亭名。故址在今廣東瓊山縣東北雙泉上。宋蘇軾分類東坡詩八洞酌亭序:"瓊山郡東,衆泉觱發,然皆洌而不食。丁丑歲六月,軾南遷過瓊,得雙泉之甘於城之東北隅,以告其人,自是汲者常滿。泉相去咫尺而異味。庚辰歲六月十七日,遷于合浦,復過之。太守承議郎陸公求泉上之亭名與詩,名之曰洞酌。"至南宋雙泉已合而爲一。見宋李光莊簡集三洞酌亭詩序。

泅 qiú ㄑㄧㄡˊ 似由切,平,尤韻,邪。

游水。列子說符:"人有濱河而居者,習於水,勇於泅,操舟鬻渡,利供百口。"

泏 1. zhú ㄓㄨˊ 竹律切,入,術韻,知。

㊀水出貌。見"泏泏"。

2. shè ㄕㄜˋ

㊁通"涉"。古文苑十三漢班固十八侯銘右丞相安國侯王陵:"奉使全璧,身泏項營。"注:"(泏)作涉。"參閱正字通。

【泏泏】細流貌。通玄真經(文子)道原:"夫道者高不可極,深不可測,苞裹天地,稟受無形,原流泏泏,冲而不盈。"

泠 líng ㄌㄧㄥˊ 郎丁切,平,青韻,來。

㊀輕妙貌。莊子逍遥遊:"夫列子御風而行,泠然善也。"㊁清涼。見"泠泠㊀"。㊂象聲詞,見"泠泠㊁"。㊃降落。通"零"。漢張公神碑:"天時和兮甘露泠。"(隸釋三)㊄通"伶"。見"泠人"。㊅姓。傳爲黄帝時典樂泠倫之後,漢有泠耳泠廣。見風俗通姓氏篇上。

【泠人】樂官。即"伶人"。左傳成九年:"晉侯觀于軍府,見鍾儀,……問其族,對曰:'泠人也。'公曰:'能樂乎?'對曰:'先人之職官也,敢有二事?'使與之琴。操南音。"參見"伶人"。

【泠汰】放任自然。莊子天下:"是故愼到棄知去己,而緣不得已,泠汰於物,以爲道理。"注:"泠汰,猶聽放也。"釋文:"一云,泠汰,猶沙汰也。謂沙汰使之泠然也。皆泠汰之歸於一,以此爲道理也。"

【泠泠】㊀清涼、冷清貌。文選戰國楚宋玉風賦:"清清泠泠,愈病析酲。"玉臺新詠一三國魏徐幹情詩:"高殿鬱崇崇,廣廈凄泠泠。"引申爲清白貌。楚辭漢東方朔七諫怨世:"清泠泠而殲滅兮,溷湛湛而日多。"㊁形容聲音清脆。文選晉陸士衡(機)招隱詩:"山溜何泠泠,飛泉漱鳴玉。"指水聲。又文賦:"文徽徽以溢目,音泠泠而盈耳。"指聲律音調。

【泠風】小風,和風。莊子齊物論:"泠風則小和,飄風則大和。"釋文:"泠風,泠泠小風也。"呂氏春秋任地:"子能使子之野盡爲泠風乎?"注:"泠風,和風,所以成穀也。"

【泠道】地名。秦置縣。漢屬零陵郡。故城在今湖南寧遠縣東南,距九嶷山不遠。參閱漢書地理志下。

沴 lì ㄌㄧˋ 郎計切,去,霽韻,來。

㊀水流不暢。說文引五行傳:"若其沴作。"引申爲阻水的高地。漢書八七上揚雄傳河東賦:"秦神下讋,跖魂負沴。"注:"服虔曰:沴,河岸之坻也。"㊁天地四時之氣,反常而起的破壞和危害作用。莊子大宗師:"陰陽之氣有沴。"釋文:"音麗。徐(邈)又徒顯反,郭(象)奴結反,云陵亂也。"參見"六沴"。

【沴氣】災害不祥之氣。北周庾信庾子山集一哀江南賦:"況以沴氣朝浮,妖精夜隕,……亡吳之歲既窮,入郢之年斯盡。"

【沴孽】猶言妖孽。文苑英華六二七唐柳宗元皇帝册尊號賀皇太子牋:"剷伏沴孽,贊揚輝光,鴻名載外,大慶周洽。"

泆 yì ㄧˋ 夷質切,入,質韻,喻。

㊀放蕩,放縱。書酒誥:"誕惟厥縱淫泆于非彝,用燕喪威儀。"左傳隱三年:"驕、奢、淫、泆,所自邪也。"㊁舒緩安閒貌。漢劉向說苑修文:"言未已,舟泆然行。"㊂水滿而氾濫。通"溢"。史記夏紀:"道沇水,東爲濟,入于河,泆爲滎。"書禹貢作"溢爲滎"。

【泆泆】鳥名。即鶡鴠。爾雅釋鳥:"寇雉泆泆。"詳"鶡鴠"。

【泆湯】翻騰漫溢。莊子天地:"鑿木爲機,後重前輕,挈水若抽,數如泆湯,其名爲槔。"釋文:"本或作溢。李(頤)云:疾速如湯沸溢也。司馬(彪)本作佚蕩,亦言其往來數疾如佚蕩。佚蕩,唐佚也。"

【泆陽】神名。莊子達生:"西北方之下者,則泆陽處之。"釋文:"司馬(彪)云:泆陽,豹頭馬尾,一作狗頭,一云神名也。"

沲 duò ㄉㄨㄛˋ

同"沱"。見"淡沲"。

洶 jù ㄐㄩˋ 集韻俱遇切,去,遇韻。

見下。

【洶河】又名錯河。源出河北興隆縣南黄崖口,流經平谷縣,至寶坻縣注入薊運河。周顯王十四年齊師與燕師戰於洶水,即此。見竹書紀年下周顯王十四年。參閱畿輔通志七六河渠二水道二薊運河。

泡 1. pāo páo ㄆㄠ ㄆㄠˊ 匹交切,平,肴韻,滂。薄交切,平,肴韻,並。

㊀浮漚,水泡。漢書藝文志詩賦有雜山陵水泡雲氣雨旱賦十六篇。此義今讀 pào。㊁盛滿,虛大。見方言二、參閱清梁同書直語補證泡。㊂水名。說文:"泡水出山陽平樂東北入泗。"

2. pào ㄆㄠˋ 集韻皮教切,去,效韻。

㊃水泉。見集韻。㊄以水浸物。水滸三:"茶博士問道:'客官,喫甚茶?'史進道:'喫個泡茶。'"

【泡幻】謂虛幻。傳法正宗記四偈:"泡幻同無礙,云何不了悟。"唐白居易長慶集十四贈别宣上人詩:"性眞悟泡幻,行潔離塵滓。"

【泡沫】水漚。大的叫泡,小的叫沫。藝文類聚七六南朝宋謝靈運聚沫泡合贊:"水性本無泡,激流遂聚沫。"又七八南朝陳徐陵徐則法師碑:"假矣生民,何其天脆。譬彼風雷,同諸泡沫。"

【泡泡】急流聲。山海經西山經:"不周之山,……河水所潛也,其源渾渾泡泡。"注:"水濆湧之聲也。"

【泡花】花名。宋范成大桂海虞衡志志花:"泡花,南人或名柚花,春末開,蕊圓,白如大珠,既拆則似茶花,氣極清芳,與茉莉、素馨相逼。番人采以蒸香,風味超勝。"

【泡桐】木名。木質輕軟，生長甚快，爲優質木材。廣羣芳譜七三木桐：“白桐，一名華桐，一名泡桐。葉三杈，大徑尺，最易生長，皮色麤白，木輕虛，不生蟲蛀，作器物屋柱甚良。”

【泡溲】盛貌。文選漢王子淵（褒）洞簫賦：“又似流波，泡溲汎捷，趨巇道兮。”注：“泡溲，盛多之貌。……又云：波急之聲。”

【泡飯】以飯和水而煮之，謂之泡飯。宋吳自牧夢粱錄二諸州府得解士人赴省闈：“士人在貢院中，自有巡廊軍卒，齎硯水、點心、泡飯、茶酒、菜肉之屬貨賣。”後指以湯水浸飯。

【泡影】比喻虛幻或無望的事。金剛經：“一切有爲法，如夢幻泡影。”唐賈島長江集六寄令狐綯相公詩：“夢幻將泡影，浮生事只如。”

【泡子河】元代開鑿的通惠河的一段，兩岸多高槐垂柳，位於北京崇文門內東城角。久已湮没。參閱明劉侗帝京景物略二泡子河、畿輔通志五八順天府川大興縣。

沿 1. yán ㄧㄢˊ 與專切，平，仙韻，喻。

也作“㳂”。㊀順流而下。書禹貢：“㳂于江海，達于淮泗。”左傳定四年：“子沿漢而與之上下，我悉方城外以毀其舟。”㊁遵循，因襲。禮樂記：“五帝殊時，不相沿樂；三王異世，不相襲禮。”

2. yàn ㄧㄢˋ

㊂邊沿。如河沿、階沿。

【沿改】猶言沿革。新唐書一二二韋安石傳附韋叔夏：“武后拜洛，享明堂，凡所沿改，皆叔夏、祝欽明、郭山惲等所裁討。”參見“沿革”。

【沿泝】沿，順流；泝，逆流。左傳文十年：“（子西）沿漢泝江，將入郢。”水經注三四江水：“至于夏水襄陵，沿泝阻絕，或王命急宣，有時朝發白帝，暮到江陵，其間千二百里，雖乘奔御風，不以疾也。”

【沿洄】沿，順流而下；洄，逆流而上。唐李白李太白詩十三淮陰書懷寄王宗城：“沿洄且不定，飄忽悵徂征。”一本作“㳂洄”。

【沿革】指事物發展變革的歷程。沿，沿襲；革，變革。隋書高祖紀上：“朕應籙受圖，君臨海內，載懷沿革，事有不同。”北齊書樊遜傳對問釋道兩教：“帝樂王里，尚有時而沿革；左道怪民，亦何疑於沙汰。”周書崔猷傳：“猷以爲世有澆淳，運有治亂，故帝王以之沿革，聖哲因時制宜，……請遵秦漢稱皇帝，建年號。”

【沿納】按例繳納的額外苛稅。文獻通考四田賦四：“自唐以來，民計日輸賦外增取他物，復折爲賦，所謂雜變之賦也，亦謂之沿納。而品名煩細，其類不一，官司歲附帳籍，並緣侵擾，民以爲患。”

【沿習】因襲向來的習慣。宋葉夢得避暑録話上：“士大夫家祭多不同，蓋五方風俗沿習，與其家法所從來各異，不能盡出于禮。”

【沿創】因襲舊制與創造新法。北史隋煬帝紀：“詔曰：‘乾道變化，陰陽所以消息；沿創不同，生靈所以順序。’”

【沿飾】沿，憑藉；飾，修飾。南朝梁劉勰文心雕龍八夸飾：“至如氣貌山河，體勢宮殿，……莫不因夸以成狀，沿飾而得奇也。”此指用渲染誇飾手法進行勾畫。

【沿歷】經歷。唐李羣玉詩集後集二送魏珪覲省：“颶天與瘴海，此去備沿歷。”

【沿襲】依照舊例行事。陳書沈文阿傳議禮：“若此數事，未聞於古，後相沿襲，至梁行之。”唐韓愈昌黎集十一讀儀禮：“余嘗苦儀禮難讀，又其行于今者蓋寡，沿襲不同，復之無由。”

【沿才授職】因人的才能授以相稱的職務。文選南齊王元長（融）永明十一年策秀才文之二：“必待天爵具脩，人紀咸事，然後㳂才受職，揆務分司。”㳂，同“沿”。

【沿波討源】循水波而尋究其源，指探討事物的本末。晉陸機陸士衡集一文賦：“或因枝以振葉，或沿波而討源。”南朝梁劉勰文心雕龍十知音：“夫綴文者情動而辭發，觀文者披文以入情，沿波討源，雖幽必顯。”

泊 1. bó ㄅㄛˊ 傍各切，入，鐸韻，並。

㊀停船靠岸。三國志魏管寧傳注引傅子：“時夜風雨晦冥，船人盡惑，莫知所泊。”㊁停留，停頓。水經注三九贛水：“西有鸞岡，洪崖先生乘鸞所憩泊也。”梁書鍾嶸傳詩評：“嬉成流移，文無止泊，有蕪漫之累矣。”㊂靜默無爲，恬淡。老子二十：“我獨泊兮其未兆，如嬰兒之未孩。”㊃通“薄”。漢王充論衡率性：“非厚與泊殊其釀也，麴蘖多少使之然也。”

2. pō ㄆㄛ

㊄湖澤，沼澤。唐崔令欽教坊記：“東京兩教坊，俱在明義坊。……其間有頃餘水泊，俗謂之月陂。”㊅見“泊₂栢”。

【泊₂栢】浪花。文選晉木玄虛（華）海賦：“㶁泊栢而迆颺，磊匒匌而相豗。”注：“泊栢，小波也。”

【泊宅編】宋方勺撰。三卷。所記皆元祐（哲宗）迄政和（徽宗）間朝野舊事，中述方臘起義經過，採摭其他遺聞亦多。泊宅在烏程，相傳爲唐張志和泊舟泛宅之地，勺於此築屋，自號泊宅翁。書名取此。

泭 fū ㄈㄨ 芳無切，平，虞韻，滂。

竹筏，木筏。爾雅釋水：“庶人乘泭。”注：“併木以渡。泭音桴。”國語齊：“方舟設泭，乘桴濟河。”注：“編木曰泭，小泭曰桴。”

泲 jǐ ㄐㄧˇ 集韻子禮切，上，薺韻。

㊀過濾使清。詩大雅鳧鷖“爾酒既湑，爾殽伊脯”漢鄭玄箋：“湑，酒之泲者也。”周禮天官酒正“一曰清”漢鄭玄注：“清，謂醴之泲者。”㊁擠。宋彭大雅黑韃事略：“馬之初乳，日則聽其駒之食，夜則聚之以泲，貯以革器。”徐霆疏證：“霆嘗見其日中泲馬奶矣……泲之之法，先令駒子啜教乳路來，卽趕了駒子，人卽用手泲下皮桶中。”㊂水名。見“泲河”。

【泲河】水名。1. 卽濟水，又名沙河白漕水。源出河北贊皇縣西南贊皇山，東流入高邑縣，分支入柏鄉縣，注入寧晉縣之寧晉泊。詩邶風泉水“出宿于泲”，卽此。泲，“濟”字的或體，列女傳文選注引詩並作“濟”。參閱讀史方輿紀要十四真定府高邑縣泲水。2. 濟水的别名。古與江淮河合稱四瀆。周禮夏官職方氏、漢書地理志上、説文俱作“泲”，他書皆作“濟”。漢書地理志上：“泲、河惟兖州。”注：“泲，本濟水之字。”詳“濟水”。

泜 1. chí ㄔˊ 直尼切，平，脂韻，澄。dì ㄉㄧˋ 集韻丁計切，去，霽韻。

㊀水名。見“泜水”。

2. zhǐ ㄓˇ 集韻直几切，上，旨韻。

㊁水名。卽河南葉縣東北的滍水，今名沙河。左傳僖三三年：“晉陽處父侵蔡，楚子上救之，與晉師夾泜而軍。”參閱清桂馥札樸二。詳“滍水”。

3. zhī ㄓ 旨夷切，平，脂韻，照。

㊂水名。見“泜₃水”。

【泜水】卽槐河。源於河北贊皇縣西南，東流入滏陽河。漢高祖三年張耳、韓信斬陳餘泜水上，卽此。見史記八九陳餘傳。參閱元和郡縣志十七趙州贊皇縣、嘉慶一統志十四正定府山川。

【泜₃水】今名泜河，在河北省臨城縣境。山海經北山經："敦輿之山……泜水出於其陰。"源出河北臨城縣西南敦輿山，東流歷堯山鎮入寧晉泊。水出白土，細滑如膏。古以之濯縣，色如霜雪。參閱元和郡縣志十七趙州臨城縣。

泖 mǎo ㄇㄠˇ 莫飽切，上，巧韻，明。

㊀湖塘。元倪瓚倪雲林集六正月廿六日謾題詩："泖雲汀樹晚離離，飲罷人歸野渡遲。"㊁湖名。在上海松江縣。有上泖中泖下泖，稱爲三泖。見"三泖"

泝 sù ㄙㄨˋ 桑故切，去，暮韻，心。

也作"溯"、"遡"。逆水而上。左傳文十年："沿漢泝江，將入郢。"引申爲迎、向，尋源推求。文選漢張平子（衡）東京賦："總風雨之所交，然後以建王城，審曲面勢，泝洛背河，左伊右瀍。"又班孟堅（固）典引："矧夫赫赫聖漢，巍巍唐基，泝測其源，乃先孕虞育夏，甄殷陶周。"

【泝洄】逆流而上。見爾雅釋水。南朝梁劉勰文心雕龍四論說："頡頏萬乘之階，抵噓公卿之席，並順風以託勢，莫能逆波而泝洄矣。"

泒 gū ㄍㄨ 古胡切，平，模韻，見。

水名。詳"泒河"。

【泒河】古水名。說文謂起於雁門葰人戍夫山，東北入海。漢末曹操征蹋頓，鑿渠自呼沲入泒水，卽此。見三國志魏武帝紀建安十一年。

治 1. zhì ㄓˋ 直吏切，去，志韻，澄。 直利切，去，至韻，澄。

㊀管理，疏理。論語憲問："仲叔圉治賓客，祝鮀治宗廟，王孫賈治軍旅。"或泛指進行某種工作，如治學、治經等。㊁懲處。史記八七李斯傳："趙高治斯，榜掠千餘。"㊂校量。戰國策趙四："齊秦交重趙，臣必見燕與韓魏亦且重趙也，皆且無敢與趙治。"㊃與"亂"相對。特指政治清明安定。易繫辭下："黃帝堯舜垂衣裳而天下治。"㊄舊謂王都或地方官署所在地。史記九四田儋傳："迺徙齊王田市更王膠東，治卽墨。"後漢書郡國志一："凡縣名先書者，郡所治也。"

2. chí ㄔˊ 直之切，平，之韻，澄。

㊅古水名。發源於山西寧武縣。上游卽今之桑乾河，下游東流入渤海，故道在今永定河北。㊆姓。見通志二九氏族五平聲引南朝宋何承天纂要。明有治國器。見明史二九一王肇坤傳。

【治下】㊀治理人民。漢班固白虎通一號："始定人道，畫八卦以治下。"㊁指所管轄的範圍及屬下的官吏。漢書九十嚴延年傳："吏忠盡節者，厚遇之如骨肉，皆親鄉之，出身不顧，以是治下無隱情。"舊時吏民對地方長官也自稱治下。宋蘇軾東坡集續集六與黃元翁書："見孫提點，言獨有存恤孤旅之意，感激不已。到治下當作陸行，必留數日款見也。"

【治凡】謂綜理諸事。宋文鑑三七張方平河北都轉運使工部郎中張昷之可兵部郎中充天章閣待制三司户部副使："故建其長以治要，立其貳以治凡。"

【治中】㊀管理文書檔案。中，簿籍文書之類。周禮春官天府："凡官府鄉州及都鄙之治中，受而藏之，以詔王察羣吏之治。"注引鄭司農云："治中，謂其治職簿書之要。"參閱孫詒讓周禮正義三八。㊁官名。漢置，爲州刺史的助理，主掌文書案卷。也稱治中從事史。歷代沿置。唐改爲司馬。明清只有京府設此職，佐助尹丞，協理府事。參閱通典三二職官十四總論州佐、明史職官志三順天府、清朝通典三三職官十一京尹。

【治水】疏導水道，使不爲害。孟子告子下："白圭曰：'丹之治水也愈於禹。'"

【治化】謂治理國家、教化人民。莊子繕性："及唐虞始爲天下，興治化之流。"漢賈誼新書五傅職："教之任術，使能紀萬官之職任，而知治化之儀。"

【治平】㊀本指治國平天下。禮大學："家齊而後國治，國治而後天下平。"後指國家太平安定。漢書八六王嘉傳奏封事："孝宣皇帝賞罰信明，施與有節，記人之功，忽於小過，以致治平。"也指政績。史記八四賈生傳："孝文皇帝初立，聞河南守吳公治平爲天下第一，……乃徵爲廷尉。"㊁年號。1. 宋趙曙（英宗），公元1064—1067年。2. 元末徐壽輝，公元1351—1355年。

【治功】指實施法制而獲得的功效。周禮夏官司勳："治功曰力。"注："制法成治，若咎繇。"又泛指治國的功績。漢書八六王嘉傳："居是國也，累世尊重，然後士民之衆附焉，是以教化行而治功立。"

【治世】㊀治平之世。荀子天論："受時與治世同，而殃禍與治世異，不可以怨天，其道然也。"禮樂記："是故治世之音，安以樂，其政和。"㊁猶言治國。商君書更法："治世不一道，便國不必法古。"

【治本】指治國的根本措施。管子權修："民之修小禮、行小義、飾小廉、謹小恥、禁微邪，治之本也。"北齊劉晝劉子九流："法者，愼到、李悝、韓非、商鞅之類也。其術在於明罰，討陣整法，誘善懲惡，俾順軌度，以爲治本。"後謂處理事務從根本着手爲治本，與"治標"相對。宋史三〇六戚綸傳："謹摭十事該治本者附于章左。"

【治古】謂古之治世。荀子正論："世俗之爲說者曰：'治古無肉刑而有象刑，墨黥；慅嬰；共，艾畢；菲，對屨；殺，赭衣而不純。治古如是。'"

【治生】㊀謀生計，經營家業。史記一二九貨殖傳："而白圭樂觀時變，故人棄我取，人取我與，……蓋天下言治生祖白圭。"三國志蜀諸葛亮傳上後主表："至於臣在外任，無別調度，隨身衣食，悉仰於官，不別治生，以長尺寸。"㊁部屬對長官或旅外官吏對原籍長官的自稱。此稱謂始於明代。明黃瑜雙槐歲鈔十名字稱呼："書簡稱人以閣下明公，自稱不過侍生而已，……相去不久乃有治生、晚生與門下、台下諸稱。"又畢萬三報恩託孫："老公祖公事鞅掌，想天台也不曾遊，治生畫得一幅天台圖在此，聊表臆意。"也稱"治晚生"。參閱清梁章鉅稱謂錄三二紳士謙稱。

【治安】指政治清明、國家安定。史記孝文紀元年："古者殷周有國，治安皆千餘歲。"漢賈誼曾向漢文帝上治安策，陳述時弊及使國家長治久安的方略。後稱社會秩序安寧爲治安。

【治戎】作戰，治軍。左傳成三年："（楚）王送知罃曰：'子其怨我乎？'對曰：'二國治戎，臣不才不勝其任，以爲俘馘，……臣實不才，又誰敢怨。'"孔子家語三弟子行："材任治戎，是仲由之行也。"注："戎，軍旅也。"

【治任】整理行裝。孟子滕文公上："昔者孔子没，三年之外，門人治任將歸。"注："任，擔也。"疏："擔於肩者，載於車者，通謂之任。"聊齋志異長清僧："我鬱無聊賴，欲往遊矚，宜卽治任。"

【治行】㊀治理政務的成績。管子八觀："治行爲上，爵列爲下，則豪桀材臣不務竭能，便辟左右不論功能。"漢書七六趙廣漢傳："以治行尤異，遷京輔都尉，守京兆尹。"㊁整治行裝。史記曹相國世家："蕭何卒。參聞之，告舍人趣治行：'吾將入相。'"

【治步】資治通鑑五二漢永嘉元年："梁

旋偃仰，從容治步。"注："治步，言修治容儀，行步中規矩也。"按後漢書六三李固傳作"冶步"。參見"冶步"。

【治兵】練兵。左傳僖二七年："楚子將圍宋，使子文治兵于睽，終朝而畢，不戮一人。"國語齊："春以蒐振旅，秋以獮治兵，是故卒伍整於里，軍旅整於郊。"漢承秦制，於十月試車馬，於長水南門，會五營士，爲八陳進退。漢建安二十一年，又改以立秋擇吉日大朝車騎，號曰治兵。見三國志魏武帝紀二十一年注引魏書。

【治官】㊀周禮六官，天官掌邦治，總六官之職，故稱爲治官。見周禮天官序官。也泛指治理職司的百官。書周官："董正治官。"㊁整頓官職。左傳成十五年："華元曰：'我爲右師，君臣之訓，師所司也。今公室卑而不能正，吾罪大矣。不能治官，敢賴寵乎？'乃出奔晉。"

【治宜】治理所宜。指合宜的施政措施。後漢書三一廉范傳："後頻歷武威武都二郡太守，隨俗化導，各得治宜。"宋書文帝紀元嘉九年詔："益梁交廣，境域幽遐，治宜物情，或多偏擁。"

【治阿】晏子春秋雜上："景公使晏子爲東阿宰，三年，而毀聞于國。景公不說，召而免之。晏子謝曰：'嬰知嬰之過矣，請復治阿，三年而譽必聞于國。'景公不忍，復使治阿，三年而譽聞于國。……景公知晏子賢，迺任以國政，三年而齊大興。"後稱政績顯著爲治阿，稱有才幹的官吏爲治阿之宰。宋書王華傳孔甯子陳損益表："若才實拔羣，進宜尚德，治阿之宰，不必計年，免徒之守，豈限資秩。"

【治具】㊀治國的措施。莊子天道："驟而語形名賞罰，此有知治之具，非知治之道。"唐韓愈昌黎集十二進學解："方今聖賢相逢，治具畢張。"㊁謂置辦飲食供張之具。史記一〇七灌夫傳："魏其(竇嬰)夫妻治具，自旦至今，未敢嘗食。"

【治命】合理的遺命。左傳宣十五年："初，魏武子有嬖妾，無子。武子疾，命顆曰：'必嫁是。'疾病則曰：'必以爲殉。'及卒，顆嫁之，曰：'疾病則亂，吾從其治也。'及輔氏之役，顆見老人結草以亢杜回，杜回躓而顛，故獲之。夜夢之曰：'余，而所嫁婦人之父也。爾用先人之治命，余是以報。'"顆，魏武子之子。後來泛指父親臨終前的遺言。宋范仲淹范文正公集十三太常少卿直昭文館知廣州軍州事賈公墓誌銘："始登舟感疾，召諸子，授以治命，神思不亂。"

【治忽】謂治理與忽怠。指國家安定與荒亂。書益稷："予欲聞六律五聲八音，在治忽。"傳："言欲以六律和聲音，在察天下治理及忽怠者。"宋史樂志八樂章二："繼天神聖，觀世治忽。"

【治所】地方長官的官署。漢書八三朱博傳："使者行部還，詣治所。"注："治所，刺史所止理事處。"

【治迹】施政的事迹，政績。漢書七六韓延壽傳："丞掾數白：'宜循行郡中，覽觀民俗，考長吏治迹。'"後漢書三四梁統傳："統在郡亦有治迹，吏人畏愛之。"

【治要】㊀歲計，統計一年的收入支出。周禮天官宰夫："掌百官府之徵令，辨其八職，一曰正，掌官法以治要。"注："治要，若歲計也。"㊁施政的基本方針。史記曹相國世家："其治要用黄老術，故相齊九年，齊國安集，大稱賢相。"㊂摘録主要部分，如唐初魏徵奉勅編次經史百家書，摘取其中有關王朝興衰得失的部分，爲羣書治要。

【治産】經營産業。史記越王句踐世家："范蠡浮海出齊，變姓名，……耕于海畔，苦身戮力，父子治産。"

【治術】致治之術，使國家達到强盛的方法。漢王充論衡書解："韓非著治術，身下秦獄，身且不全，安能輔國？"隋書高祖紀上開皇三年詔："朕君臨區宇，深思治術，欲使生人從化，以德代刑。"

【治喪】辦理喪事。孟子滕文公上："吾聞夷子墨者，墨之治喪也，以薄爲其道也。"世說新語仇隙："藍田(王述)於會稽丁艱，停山陰治喪。"

【治朝】㊀相傳天子諸侯皆有三朝，外朝一，内朝二：燕朝、治朝。在路門外之朝曰治朝，司士掌之，爲每日視朝之所。周禮天官大宰："王眡治朝，則贊聽治。"參閱禮曲禮下"諸侯西面曰朝"疏。㊁政治清明的時代，猶言盛世。明李夢陽空同子治道："故治朝君子七小人三，不害其治。"

【治罪】根據法律懲處罪犯。南齊書孔琇之傳："有小兒年十歲，偷刈隣家稻一束，琇之付獄治罪。"

【治裝】整束行裝。戰國策齊四："(馮諼)於是約車治裝，載券契而行。"

【治經】研究經學。晉書食貨志："天之所貴者人也，明之所求者學也，治經入官，則君子之道焉。"宋史四三八何基傳："治經當謹守精玩，不必多起疑論。"

【治實】指處理世務。世說新語儉嗇："陶(侃)性儉吝，及食，噉薤，庾(亮)因留白。陶問用此何爲，庾云：'故可種。'於是大嘆庾非唯風流，兼有治實。"

【治劇】處理繁重難辦的事務。漢書九十尹賞傳："左馮翊薛宣奏賞能治劇，徙爲頻陽令。"宋王安石臨川集二四送梅龍圖詩："謨明久合分三府，治劇聊須試一方。"

【治親】指端正親屬之間的關係。禮大傳："聖人南面而聽天下，所且先者五，民不與焉。一曰治親，二曰報功，三曰舉賢，四曰使能，五曰存愛。"

【治辨】指處理事務合宜。荀子正論："故上者下之本也，上宣明則下治辨矣，上端誠則下愿愨矣，上公正則下易直矣。"辨，亦治理之意。史記一二二減宣傳："居官數年，一切郡中爲小治辨。"漢書咸宣傳作"治辦"。又作"治辦"。漢書九十尹賞傳："賞四子皆至郡守，……皆尚威嚴，有治辦名。"辯、辦、辨三字並通。

【治曆】制定曆法。易革："君子以治曆明時。"注："修治曆數，以明天時也。"漢書律曆志上："願募治曆者，更造密度，各自增減，以造漢太初曆。"

【治點】治，修改；點，塗點。指修改文章。顏氏家訓名實："治點子弟文章，以爲聲價，大弊事也。"隋書李德林傳："尚書令(楊)遵彦卽命德林製讓尚書令表，援筆立成，不加治點。"

【治績】謂爲政的成績。三國志蜀鄧芝傳："遷廣漢太守，所在清嚴有治績，入爲尚書。"

【治譜】南齊書傅琰傳："琰父子並著奇績，江左鮮有。世云諸傅有治縣譜，子孫相傳，不以示人。"後來稱父子兄弟爲官有治績爲治譜家傳，本此。

【治繲】浣洗衣物。莊子人間世："挫鍼治繲，足以餬口。"釋文："司馬(彪)云：浣衣也。向(秀)同。崔(譔)作𦁇，音綫。"

【治嚴】整理行裝。三國志魏田疇傳："(曹操)先遣使辟疇，又命田豫喻指，疇戒其門下趣治嚴。"按漢明帝諱莊，莊、裝字皆改作"嚴"。後相襲謂辦裝爲辦嚴、治嚴。

【治蘠】菊花別名。爾雅釋草："蘜，治蘠。"初學記二七晉周處風土記："日精、治蘠，皆菊之花莖別名也。"

【治體】治國的體要。漢書四八賈誼傳陳政事疏："以陛下之明達，因使少知治體者得佐下風，致此非難也。"南朝梁任彥昇(昉)王文憲集序："若乃明練庶務，鑒達治體，懸然天得，不謀成心。"

【治安策】漢文帝時，賈誼上疏陳述時弊及使國家長治久安的方略。以爲事勢可爲痛哭流涕長太息，而進言者曰天下已安已治，非愚則諛。因陳治安之策。見漢書四八賈誼傳。

【治書奴】裁紙刀的別稱。宋陶穀清異録文用治書奴：“裁刀，治書參差之不齊者，在筆墨硯紙間，蓋似奴隸職也，却似有大功於書。”

【治晚生】見“治生㊁”。

【治聾酒】傳說社日飲酒可以治耳聾，因稱社日酒爲治聾酒。宋張洎賈氏談録：“兵部李濤小字社翁。時李公昉爲翰林學士，月給内醖，兵部嘗因春社寄昉詩云：‘社公今日没心情，爲乞治聾酒一瓶。’”參閱宋葉夢得石林詩話。

【治河三策】謂治理黄河之三種計畫。漢哀帝時，待詔賈讓奏言：治河有上、中、下策。決之使道，爲上策；多穿漕渠，爲中策；繕完故隄，增卑培薄，勞費無已，數逢其害，爲下策。世稱爲治河三策。見漢書溝洫志。

【治粟内史】官名。秦置，掌穀食錢貨。漢初因之。景帝後元年更名大農令。武帝太初元年改稱大司農。屬官有太倉、均輸、平準、都内、籍田五令丞，斡官、鐵市兩長丞。見漢書百官公卿表上。

【治粟都尉】漢官名。領大農，管理全國鹽鐵事務。漢初韓信及武帝時桑弘羊皆曾爲治粟都尉。參閱史記平準書、漢書食貨志下。

【治書侍御史】官名。漢宣帝常往宣室決事，命侍御史二人隨侍管理書籍，後遂設治書侍御史一職。三國魏治書侍御史掌律令。晉沿置，隋又稱持書侍御史。唐避高宗（李治）諱，更名御史中丞。元時復置，掌糾察百官，明洪武元年設，九年廢。見後漢書百官志三、通典二四職官六、續通典二八職官六。

泑

yōu 於虯切，平，幽韻，影。
ㄧㄡ

㊀湖泊名。見“泑澤”。㊁窯器色澤光滑者稱泑。見正字通。

【泑澤】湖泊名。即羅布泊。在新疆維吾爾自治區東部。蒙語稱羅布諾爾。水經注二河水：“河水又東注于泑澤，即經所謂蒲昌海也。”

泉

quán 疾緣切，平，仙韻，從。
ㄑㄩㄢ

㊀水源。易蒙：“山下出泉，蒙。”㊁地下水。墨子備穴：“下地，得泉三尺而止。”荀子榮辱：“短綆不可以汲深井之泉。”也借指地下冥間。唐白居易長慶集十七十年三月三十日別微之於澧上……詩：“往事渺茫都似夢，舊游零落半歸泉。”㊂古代錢幣的名稱。周禮地官序官泉府注：“鄭司農（衆）云，故書泉或作錢。”漢書食貨志下：“故貨，寶於金，利於刀，流於泉。”注：“如淳曰：流行如泉也。”清王聘珍九經學謂今周禮“泉”字皆爲後人所改。㊃姓。北周有泉仚。北史有傳。

【泉下】黄泉之下。指人死後埋葬的墓穴。舊時迷信也指陰間。周書晉蕩公護傳報母書：“晝夜悲號，繼之以血，分懷寃酷，終此一生，死若有知，冀奉見於泉下爾。”唐孟郊孟東野集十悼亡詩：“泉下雙龍無再期，金蠶玉鷰空銷化。”

【泉山】山名。在今福建晉江縣北。漢書六四上朱買臣傳：“故東越王居保泉山，一人守險，千人不得上。”即此山。

【泉水】㊀從地下流出來的水。詩小雅四月：“相彼泉水，載清載濁。”㊁詩邶風篇名。序：“泉水，衛女思歸也。嫁於諸侯，父母終，思歸寧而不得，故作是詩以自見也。”

【泉石】㊀指山水。梁書徐摛傳：“（朱异）遂承間白高祖曰：‘摛年老，又愛泉石，意在一郡，以自怡養。’高祖謂摛欲之，乃召摛曰：‘新安大好山水，任昉等並經爲之，卿爲我卧治此郡。’”又陶宏景傳：“有時獨游泉石，望見者以爲仙人。”㊁猶黄泉，地下。明高則誠琵琶記四二一門旌奬：“豈獨奴心知感德，料你也銜恩泉石裏。”

【泉布】古代錢幣的别稱。周禮天官外府“掌邦布之入出”注：“布，泉也。布，讀爲宣布之布。其藏曰泉，其行曰布。取名於水泉，其流行無不徧。”漢書食貨志下：“私鑄作泉布者，與妻子没入爲官奴婢。”

【泉州】地名。1.漢置泉州縣，屬漁陽郡。北魏廢。漢建安十一年曹操出擊烏桓，開泉州渠以通糧道，即南起於此。故城在今天津武清縣東南。見讀史方輿紀要十一順天府武清縣。2.南朝陳豐州地。隋平陳改曰泉州。治所在福建閩縣（今福州市）。唐景雲二年，改爲閩州。宋元祐二年在此置市舶司，爲海舶市易中心。明清爲泉州府，府治晉江縣。公元 1913 年裁府留縣。參閱讀史方輿紀要九九泉州府。

【泉志】宋洪遵撰，十五卷。彙輯歷代錢圖，分正用、僞、不知年代、天、刀布、外國、奇、神、厭勝九品，以詳博見稱。惟所圖不全爲親見實物，往往有以意繪形，多爲後人所非難。

【泉府】官名。周禮地官的屬官，掌管國家税收、收購市上的滯銷貨物等。周禮地官泉府：“泉府掌以市之征布、斂市之不售、貨之滯於民用者。”

【泉帖】法帖名。泉州帖的簡稱。即南宋時翻刻於福建泉州的淳化閣帖。見明曹昭格古要論三泉帖。參見“淳化閣帖”。

【泉室】神話中鮫人在海裏的居室。文選晉左太沖（思）吴都賦：“泉室潛織而卷綃，淵客慷慨而泣珠。”唐劉良注：“俗傳鮫人從水中出，曾寄寓人家，積日賣綃。綃者，竹浮俞也。鮫人臨去，從主人索器，泣而出珠滿盤以與主人。”南朝宋鮑照鮑氏集十河清頌：“泉室凝溉，水府清涓。”

【泉客】即鮫人。南朝梁任昉述異記上：“蛟人，即泉先也，又名泉客。”唐杜甫杜工部草堂詩箋三七客從：“客從南溟來，遺我泉客珠。”注：“泉客，即泉仙也。謂之鮫人。搜神記：南海之外，有鮫人室，水居如魚，不廢機織，其眼泣則出珠。”按本作“淵客”，唐人避高祖（李淵）諱，改爲泉客。

【泉涌】泉水噴溢。也比喻源源不斷，滔滔不絶。晉陸雲陸士龍集一南征賦：“雄聲泉涌，逸氣風亮。”文選南朝梁昭明太子（蕭統）序：“若昔賢人之美辭，忠臣之抗直，謀夫之話，辨士之端，冰釋泉涌，金相玉振。”

【泉脈】地層中伏流的泉水。以類似人體的脈絡，故稱泉脈。南齊謝脁謝宣城集三賦平民田詩：“察壤見泉脈，覘星視農正。”唐王維王右丞集三春中田園作詩：“持斧伐遠楊，荷鋤覘泉脈。”

【泉陵】地名。漢置泉陵縣，屬零陵郡。隋平陳，廢郡，置永州總管府，泉陵改零陵，大業初復置零陵郡。故城在今湖南零陵縣北。參閱漢書地理志上、隋書地理志下。

【泉眼】有泉水流出的洞穴。水經注二河水注：“湟水又東逕允街縣故城南，……縣有龍泉，出允街谷，泉眼之中，水文成交龍。”唐劉禹錫劉夢得集八莫傜歌：“星居占泉眼，火種開山脊。”

【泉源】泉水的源頭。詩衛風竹竿：“泉源在左，淇水在右。”傳：“泉源，小水之源。”比喻事物的開端。舊唐書睿宗紀論：“法不一則姦僞起，政不一則朋黨生。上既啓其泉源，下胡息於奔競。”雲笈七籤五雷平山真人許君：“學道當如穿井，井愈深，土愈難出，若不堅心正行，豈得見泉源耶？"喻道之本源。

【泉路】指地下，舊時迷信者所謂的陰間。唐杜甫杜工部草堂詩二一送鄭十八虔貶台州司户……："便與先生應永訣，九重泉路盡交期。"參見"黄泉"。

【泉鳩】水名。即全鳩澗，澗東有泉鳩里。漢武帝征和二年，江充誣太子據巫蠱詛呪事，據起兵殺充，詔丞相劉屈氂討據，據兵敗，東逃至湖縣，藏匿泉鳩里人家，爲人發覺，閉户自殺，即此地。地在今陝西靈寶縣(舊閿鄉縣)境。參閱漢書六三戾太子據傳及注。

【泉臺】㊀臺名。春秋魯莊公所築，一名郎臺。春秋文十六年："毁泉臺。"公羊傳："泉臺者何？郎臺也。郎臺則曷爲謂之泉臺？未成爲郎臺，既成爲泉臺。"㊁墓穴。同"泉下"、"泉壤"。唐駱賓王集十樂大夫挽詞之五："忽見泉臺路，猶疑水鏡懸。"又岑參岑嘉州詩三河南尹岐國公贈工部尚書蘇公輓歌："夜色何時曉，泉臺不復春。"

【泉幣】錢幣，貨幣。宋魏了翁古今考賀錢萬："詩所謂錢，蓋農器也，上聲。以泉幣爲錢，不知自何時始。"按上古泉和幣原爲二物，後世泛稱錢爲泉幣，視爲一物。宋史四七二蔡京傳："京每爲帝(徽宗)言：今泉幣所積，贏五千萬。"

【泉壑】泉水和山谷。南朝梁江淹江文通集三閩中草木頌之十木蓮："迸采泉壑，騰光淵卲。"又引申指隱退的地方。文苑英華六〇六唐于公異李令公乞朝覲南郊表："既均情於故老，庶無媿於子牟。退入泉壑，不爲恨矣。"

【泉韻】泉水聲。以其清越似有節奏，故稱。唐孟郊孟東野集四與二三友秋宵會詣清上人院詩："激石泉韻清，寄枝風嘯咽。"

【泉壤】即泉下，地下。文選晉潘安仁(岳)寡婦賦："上瞻兮遺象，下臨兮泉壤。"晉書孫綽傳上疏："如以干忤罪大，欲加顯戮，使丹誠上達，退受刑誅，雖没泉壤，死且不朽。"

【泉石膏肓】意謂愛好山水成癖，如病入膏肓。舊唐書一九二田遊巖傳："高宗幸嵩山，……謂曰：'先生養道山中，比得佳否？'遊巖曰：'臣泉石膏肓，煙霞痼疾。'"宋胡仔苕溪漁隱叢話前集十五王摩詰引後湖集："山谷老人(黄庭堅)云：'余頃年登山臨水，未嘗不讀王摩詰(維)詩，因知此老胸次，定有泉石膏肓。'"

六畫

洝 1. àn ㄢ 烏旰切，去，翰韻，影。

㊀水名。説文："洝，渜水也。从水、安聲。"清朱駿聲謂疑即水經之濡水，今北方之灤河。見説文通訓定聲"洝"。

2. è ㄜ 集韻 阿葛切，入，曷韻，影。

㊁見"洊洝"。

洨 xiáo ㄒㄧㄠ 胡茅切，上，肴韻，匣。

㊀水名。見"洨河"。㊁地名。見"洨縣"。

【洨河】水名。也作洨水。1.今安徽省沱河。水經注三十淮水："洨水注之，水首受蘄水於蘄縣。……洨水又東南流，逕洨縣故城北，縣有垓下聚，漢高祖破項羽所在也。……洨水又東南，與渙水亂流，而入於淮。"渙水，即今澮河。2.又名斯洨水井陘水童水鹿泉水。古綿蔓水舊瀆。源出獲鹿縣井陘山，東流至寧晉縣流入寧晉泊。宋河北轉運使耿望開鎮州常山鎮南河水入洨河至趙州，即此水。見宋史河渠志五河北諸水。

【洨長】東漢許慎，字叔重，汝南召陵人。爲郡功曹，舉孝廉，再遷除洨長，入爲太尉南閣祭酒。著五經異義 説文解字。後人尊其人，不稱名，因在官而稱洨長。參閱後漢書七九下本傳。

【洨縣】縣名。漢置，屬沛郡。後漢屬豫州沛國。東晉後廢。治所在今安徽固鎮縣(舊靈璧縣)東。參閱漢書地理志上、嘉慶一統志一二六鳳陽府。

洋 yáng ㄧㄤ 與章切，平，陽韻，喻。

㊀衆，多。爾雅釋詁下："洋，……多也。"唐顔師古匡謬正俗六："今山東俗謂衆爲洋。"㊁水名。見"洋水"。㊂大海。宋徐兢宣和奉使高麗圖經三四海道一白水洋："其源出靺鞨，故作白色。"又黄水洋："黄水洋，卽沙尾也，其水渾濁且淺，……卽黄河入海之處。"又黑水洋："黑水洋，卽北海洋也，其色黯湛淵淪，正黑如墨。"

【洋川】地名。今陝西西鄉縣地。水經注二七沔水一："洋川者，漢戚夫人之所生處也。高祖得而寵之。夫人思慕本鄉，追求洋川米，帝爲驛至長安，蠲復其鄉，更名曰縣。"西魏及唐曾置洋川郡，後移郡治於興道縣(今洋縣)，而以西鄉爲屬邑。見讀史方輿紀要五六漢中府西鄉縣。

【洋水】水名。卽洋川。又名西鄉河。源出西鄉縣星子山，西北流合木馬河，入漢江。"參閱讀史方輿紀要五六漢中府西鄉縣。

【洋洋】㊀盛大貌。詩衛風碩人："河水洋洋，北流活活。"莊子天地："夫道，覆載萬物者也，洋洋乎大哉！"㊁廣遠無涯貌。詩大雅大明："牧野洋洋。"楚辭大招："西方流沙，漭洋洋只。"注："洋洋，無涯貌也。"㊂美盛貌。書伊訓："聖謨洋洋，嘉言孔彰。"論語泰伯："洋洋乎，盈耳哉！"㊃舒緩貌。孟子萬章上："昔者有饋生魚於鄭子產，子產使人畜之池，……始舍之，圉圉焉，少則洋洋焉，攸然而逝。"㊄得意喜樂貌。古文苑十三班固十八侯銘五："洋洋丞相。"注："洋洋，得意貌。"宋范仲淹范文正公集七岳陽樓記："把酒臨風，其喜洋洋者矣！"㊅無所歸貌。楚辭屈原九章哀郢："順風波以從流兮，焉洋洋而爲客。"注："洋洋，無所歸貌也。"

【洋溢】充滿，廣泛傳播。禮中庸："是以聲名洋溢乎中國，施及蠻貊。"文選漢班孟堅(固)典引："卓犖乎方州，洋溢乎要荒。"後漢書四十下班彪傳附班固典引洋溢作"羡溢"。

【洋縣】縣名。屬陝西省。秦漢城固縣地。後魏置洋州，隋廢爲洋川鎮。唐復爲洋州。明改爲洋縣，明清皆屬漢中府。參閱寰宇通志九九漢中府陝縣。

【洋洋纚纚】盛美而有條理。韓非子難言："所以難言者，言順比滑澤，洋洋纚纚然，則見以爲華而不實。"

洴 píng ㄆㄧㄥ 薄經切，平，青韻，並。

見下。

【洴澼絖】在水上漂洗綿絮。洴，浮；澼，漂洗；絖，較纖細的綿絮，同"纊"。莊子逍遥遊："宋人有善爲不龜手之藥者，世世以洴澼絖爲事。"宣和書譜四儒素帖載唐人詩："寄言昔人不龜手，應念江頭洴澼人。"參見"不龜手"。

洣 mǐ ㄇㄧ 莫禮切，上，薺韻，明。

水名。湘江支流。源出湖南酃縣八面山，至衡東縣洣河鎮注入湘江。參閱水經注三九洣水、湖南通志九水道一。

洲 zhōu ㄓㄡ 職流切，平，尤韻，照。

㊀水中的陸地。詩周南關雎："關關雎鳩，在河之洲。"㊁大陸。明史三二六外國七意大利亞傳："萬曆時，其國人利瑪

賓至京師，爲萬國全圖，言天下有五大洲。"

【洲沚】江中沙洲。南朝宋鮑照鮑氏集六贈傅都曹别詩："輕鴻戲江潭，孤鴈集洲沚。"

【洲渚】同"洲沚"。文選晉左太沖(思)吴都賦："島嶼緜邈，洲渚馮隆，曠瞻迢遞，迥眺冥蒙。"又南朝宋謝靈運酬從弟惠連詩："辛勤風波事，款曲洲渚言。"

【洲淤】水中沙洲。文選漢司馬相如上林賦："出乎椒丘之闕，行乎洲淤之浦。"注引方言："水中可居者曰洲，三輔謂之淤也。"或謂亦洲名。見史記一一七司馬相如傳上林賦集解。

汧 qiān 苦堅切，平，先韻，溪。
ㄑㄧㄢ 苦甸切，去，霰韻，溪。

㊀流水停積聚集的地方。爾雅釋水："水決之澤爲汧。"注："水決入澤中者，亦名爲汧。"㊁水名。詳"汧水"。

【汧山】即"岍山"。詳該條。

【汧水】水名。渭河支流。今名千河。源出甘肅省六盤山南麓，上游東南流經陝西隴縣千陽注入渭河。古以河中出五色魚，因稱爲龍魚川。參閲水經注十七渭水。

【汧陽】縣名。屬陝西省，今名千陽。漢隃麋縣地。晉省，北朝周置，以在汧水之陽，故名。唐宋沿置。明清均屬鳳翔府。參閲寰宇通志九四鳳翔府隴州。

洟 yí tì 以脂切，平，脂韻，喻。
ㄧ ㄊㄧ 他計切，去，霽韻，透。

鼻液。禮檀弓上："待于廟，垂涕洟。"釋文："自目曰涕，自鼻曰洟。"又内則："不敢唾洟。"

洼 1. wā 烏瓜切，平，麻韻，影。
ㄨㄚ 於佳切，平，佳韻，影。

㊀深池。莊子齊物論："大木百圍之竅穴，……似洼者，似污者。"㊁低陷。唐柳宗元柳先生集二九始得西山宴遊記："其高下之勢，岈然洼然，若垤若穴，尺寸千里，攢蹙累積，莫得遯隱。"㊂水名。見"渥洼"。

2. guī 古攜切，平，齊韻，見。
ㄍㄨㄟ

㊃姓。漢有洼丹。見後漢書七九上儒林傳。

【洼水】積儲的水。淮南子覽冥："山無峻榦，澤無洼水。"注："洼水，渟水。"

洔 zhǐ 直里切，上，止韻，澄。
ㄓ 諸市切，上，止韻，照。

水中小塊陸地。穆天子傳一："用伸口八駿之乘，以飲于枝洔之中。"晉郭璞注："水岐成洔，洔，小渚也。"詩秦風蒹葭"宛在水中沚"，韓詩沚作"洔"。參閲清陳喬樅韓詩遺説考五宛在水中洔（續清經解一五九）。

洹 yuán huán 雨元切，平，元韻，于。
ㄩㄢ ㄏㄨㄢ 胡官切，平，桓韻，匣。

水名。即洹水。左傳成十七年："聲伯夢涉洹。"注："洹水，出汲郡林慮縣東北，至魏郡長樂縣入清水。"參見"洹水"。

【洹水】水名。即今安陽河。源出山西黎城縣，經河南林慮山，伏流經安陽至内黄，入於衛河。戰國時蘇秦説趙肅侯，合韓魏齊楚燕趙之力以抗秦，使六國將相會於洹水之上而定盟，即此水。參閲戰國策趙三、史記六九蘇秦傳、水經注九洹水。

洒 1. sǎ 所賣切，去，卦韻，山。
ㄙㄚˇ

㊀分散落下。同"灑"。詩唐風山有樞："子有廷内，弗洒弗埽。"釋文本作"灑"。禮内則："屑桂與薑以洒諸上而鹽之。"按洒、灑古今字。周禮毛詩古論作"洒"，三家詩魯論作"灑"。參閲清臧庸拜經日記二洒灑也。

2. xǐ 先禮切，上，薺韻，心。
ㄒㄧ

㊁洗雪。通"洗"。多指恥辱或寃屈。孟子梁惠王上："及寡人之身，東敗於齊，長子死焉，西喪地於秦七百里；南辱於楚，寡人恥之，願比死者壹洒之，如之何則可？"㊂詫異貌。莊子庚桑楚："庚桑子之始來，吾洒然異之。"

3. xiǎn 集韻 穌典切，上，銑韻。
ㄒㄧㄢ

㊃寒慄貌。見"洒₃洒₃"。㊄肅敬貌。史記七九范雎傳："是日觀范雎之見者，羣臣莫不洒然變色易容者。"

4. cuǐ 集韻 取猥切，上，賄韻。
ㄘㄨㄟ

㊅高峻貌。詩邶風新臺："新臺有洒，河水浼浼。"注："洒，高峻也。"清段玉裁謂洒爲"陖"之借字。參閲説文解字注十四下。

5. zá
ㄗㄚˊ

㊆我。同"咱"、"喒"。永樂大典戲文三種張協狀元："洒是厮殺漢。"傳統京劇中讀 shuāi。參見"洒家"。

【洒₂心】同"洗心"。悔改之意。漢書平帝紀詔："往者有司多舉奏赦前事，累增罪過，誅陷亡辜，殆非重信審刑，洒心自新之意也。"

【洒₃洒₃】寒慄貌。素問診要經終論："秋刺冬分病不已，令人洒洒時寒。"

【洒削】謂洒水磨刀。史記一二九貨殖傳："洒削，薄技也，而郅氏鼎食。"索隱："洒，上音先禮反，削刀者名。洒削，謂摩刀以水洒之。"

【洒₅家】宋元時北方口語，第一人稱的代詞。即咱家。水滸三："那人道：洒家是經略府提轄，姓魯，諱個達字。"元明雜劇元馬致遠半夜雷轟薦福碑二："洒家是個曳剌，接相公來，阿的那塊子馬走的緊，洒家緊趕着跟不上，接不着相公。"曳剌，契丹語"壯士"的音譯。京劇中"洒家"之"洒"讀 shuāi。

【洒₃淅】寒慄不安貌。資治通鑑二四八唐會昌六年："丁卯，宣宗即位。宣宗素惡李德裕之專，即位之日，德裕奉册。既罷，謂左右曰：'適近我者非太尉邪？每顧我，使我毛髮洒淅！'"注："洒淅，肅然之意，言可畏憚也。"新唐書一八〇李德裕傳作："帝(宣宗)退謂左右曰：'向行事近我者，非太尉邪？每顧我，毛髮爲森豎。'"

【洒埽】洒水掃除污穢。詩大雅抑："夙興夜寐，洒埽庭内，維民之章。"也指滌除，肅清。文選漢班孟堅(固)答賓戲："方今大漢洒埽羣穢，夷險芟荒，廓帝紘，恢皇綱，基隆於羲農，規廣於黄唐。"參見"灑埽"。

【洒脱】説話舉動自然，不拘束。聊齋志異鬼令："教諭展先生，洒脱有名士風。"參見"灑脱"。

【洒落】爽利自然，不拘束。唐釋齊己白蓮集二禪庭蘆竹十二韻呈鄭谷郎中詩："對吟殊洒落，負氣其孤貧。"宋張擴東窗集二過南美軒讀汪彦章倪巨濟詩用壁間韻詩："壁間舊有故人題，妙語洒落今仍存。"參見"灑落"。

【洒海刺】毛織物名。即"灑海剌"。詳該條。

洓 qì 七迹切，入，昔韻，清。
ㄑㄧ

㊀細雨紛紛貌。見説文。㊁浸，通"漬"。見"洓饙"。

【洓饙】烹調方法之一。洓，浸漬；饙，蒸半熟。北魏賈思勰齊民要術八蒸缹法："缹豚法：肥豚一頭十五斤，水三斗，甘酒三升，合煮令熟，……用稻米四升，炊一裝薑一升，橘皮二葉，葱白三升，豉汁洓饙作糁，令用醬清調味蒸之。"

洱 ěr 而止切，上，止韻，日。
ㄦ 仍吏切，去，志韻，日。

湖名。見"洱海"。

【洱海】湖名。古名葉榆澤。在雲南大理縣東。因湖形如耳得名。湖滙西洱河及點蒼山麓諸水後，經漾濞江入瀾滄江。參閱讀史方輿紀要一一三雲南西洱河。參見"西洱河"。

洪 hóng 户公切，平，東韻，匣。ㄏㄨㄥˊ

㊀大水。書堯典："湯湯洪水方割，蕩蕩懷山襄陵。"宋蘇軾分類東坡詩八百步洪之一："長洪斗落生跳波，輕舟南下如投梭。"㊁大。書泰誓下："撫我則后，虐我則讎。獨夫受，洪惟作威，乃汝世讎。"受，商王紂名。㊂中醫脈象名。明陶宗儀輟耕錄十九脈："浮而無力爲芤，有力爲洪。"㊃姓。傳説共工氏之後，本姓共，後改爲洪氏。見元和姓纂一東。

【洪元】道家稱天地開闢之初混沌未分時。雲笈七籤二太上老君開天經："洪元之時，亦未有天地，虛空未分，清濁未判。"

【洪水】大水。詩商頌長發："洪水芒芒，禹敷下土方。"孟子滕文公下："昔者，禹抑洪水而天下平。"

【洪化】宏大的教化。爲舊時歌頌帝王的套語。文選漢班孟堅(固)東都賦辟雍詩："洪化惟神，永觀厥成。"晉書樂志上成公綏正旦大會行禮歌："播仁風，流惠康。邁洪化，振靈威。懷萬方，納九夷。"

【洪生】學問淵博的儒生。猶言鴻儒。三國魏阮籍阮步兵集詠懷六七："洪生資制度，被服正有常。尊卑設次序，事物齊紀綱。"也作"鴻生"。參見該條。

【洪池】山名。在甘肅武威縣東南。涼州之大山。晉末後趙將麻秋攻涼州，據枹罕，又遣王擢等略地晉興廣武，越洪池嶺至於曲柳，姑臧大震。卽此山。見晉書張軌傳附張重華。

【洪州】州名。漢豫章郡地。隋置洪州，不久廢。唐復置。五代南唐升爲南昌府，南唐李璟建爲南都。宋初復爲洪州，後改隆興府。元改府爲路。明清皆爲南昌府。見讀史方輿紀要八四南昌府。故州治卽今江西南昌市。

【洪同】交錯相通。文子道原："稟受萬物，而無所先後，無私無公，與天地洪同，是謂至德。"淮南子原道作"鴻洞"。

【洪伐】大功。洪，大；伐，功。文選晉張景陽(協)七命："生必耀華名於玉牒，歿則勒洪伐於金冊。"注："陳琳韋端碑：'撰勒洪伐，式昭德音。'"晉書本傳作"鴻伐"。

【洪武】明朱元璋(太祖)年號。公元1368—1398年。

【洪昇】公元1645—1704年。清錢塘人。字昉思，號稗畦(一作稗村)。國子監生。爲王士禎門人。工詩，著有雜劇四嬋娟迴文錦和傳奇長生殿等。當時與孔尚任齊名，有"南洪北孔"之稱。康熙二十八年，因在佟皇后喪期演唱所作長生殿，被革除國子監生籍。後回浙江，醉後失足落水而死。作品多已失存，今僅存長生殿和四嬋娟。詩集有稗畦集稗畦續集等。清史稿有傳。

【洪始】一作"弘始"。東晉列國後秦姚興(高祖)年號。公元399—415年。

【洪洞】㊀交錯相通。文選漢王子淵(褒)四子講德論："品物咸亨，山川降靈，神光耀暉，洪洞朗天。"㊁縣名。屬山西省。春秋晉揚氏邑。漢置揚縣，隋改稱洪洞，以縣北洪洞鎭爲名。明清皆屬山西平陽府。參閱寰宇通志七九平陽府上。

【洪祚】隆盛的國運。後漢書六一黃瓊傳臨終疏："光武以聖武天挺，繼統興業，……興復洪祚，開建中興，光被六極，垂名無窮。"

【洪冑】王侯貴族的世系。藝文類聚十六晉潘岳南陽公主誄："主之誕育，既慕洪冑，德之休明，固亦天授。"文苑英華八四二南朝梁王僧孺從子永寧令謙誄："昭昭洪冑，映策光書。"

【洪适】公元1117—1184年。宋鄱陽人。字景伯，晚年自號盤洲老人。洪皓子，少年時能日誦書三千言，與弟遵邁先後同中博學宏詞科，時稱三洪。累官至同中書門下平章事，兼樞密使。封魏國公，卒諡文惠。适以文著稱於時，好收藏金石拓本，並據以訂正史傳的訛誤。著有隸釋隸續盤洲集等。宋史有傳。

【洪胤】王侯貴族的後代子孫。晉書樂志上成公綏正旦大會行禮歌："肇建帝業，開國有晉。載德奕世，垂慶洪胤。"

【洪流】浩大的水流。藝文類聚六一漢傅毅洛都賦："被崑崙之洪流，據伊洛之雙川。"文選晉潘安仁(岳)河陽縣作詩之一："洪流何浩蕩，修芒鬱岧嶤。"此指黃河的水流。

【洪荒】混沌蒙昧的狀態。指遠古時代。全唐詩六一一皮日休酒中十詠序："余飲至酣，……頹然無思，以天地大順爲隄封，傲然不持，以洪荒至化爲爵賞。"參見"鴻荒"。

【洪烈】盛大的功業。漢書八四翟方進傳附王莽大誥："此乃皇天上帝所以安我帝室，俾我成就洪烈也。"晉書樂志下傅玄玄雲："我皇敍羣才，洪烈何巍巍。桓桓征四表，濟濟理萬機。"

【洪造】臣子對皇帝給予培育教化的頌稱。文苑英華六三二唐常袞謝賜鹿狀："謬竊和羹之任，累承分食之恩，無補涓塵，叨霑雨露，上戴洪造，内愧素餐。"

【洪紛】宏偉多彩。文選漢揚子雲(雄)甘泉賦："下陰潛以慘懍兮，上洪紛而相錯。"唐劉良注："言臺高其下不明，其上光彩交錯也。"也作"鴻紛"。文選漢王文考(延壽)魯靈光殿賦："邈希世而特出，羌瓌譎而鴻紛。"

【洪梁】美酒名。舊題晉王嘉拾遺記五前漢上："漢武帝思懷往者李夫人，……侍者覺帝容色愁怨，乃進洪梁之酒，酌以文螺之巵，……酒出洪梁之縣，此屬右扶風，至哀帝廢此邑，南人受此釀法。今言雲陽出美酒，兩聲相亂矣。帝飲三爵，色悦心歡。"

【洪都】江西南昌的别稱。隋唐置洪州，州治南昌。唐初曾在此設大都督府，故名。唐王勃王子安集五滕王閣詩序："南昌故郡，洪都新府。"參閱讀史方輿紀要八四南昌府。

【洪陶】巨匠。指天。以天之生物，如匠人的範造器物，故稱。抱朴子任命："且夫洪陶範物，大象流形，躁静異尚，翔沈舛情。"

【洪崖】㊀傳説中的仙人名。1.卽黃帝的臣子伶倫，帝堯時已三千歲，仙號洪崖。崖，亦作"涯"。文選漢蔡伯喈(邕)郭有道碑文："將蹈洪涯之遐跡，紹巢許之絕軌。"又晉郭景純(璞)遊仙詩之三："左挹浮丘袖，右拍洪崖肩。"卽指此。2.唐時張氳，青州神山縣人，隱居姑射山，號洪崖先生。見宋張淏雲谷雜記(説郛三十)。㊁山名。在江西新建縣西。一名伏龍山，又名南昌山散原山厭原山西山，下有鍊丹井，又稱洪井，相傳爲洪崖先生得道處。參閱讀史方輿紀要八四南昌府新建縣西山。

【洪淵】廣博深遠。大戴禮七五帝德："顓頊，黃帝之孫，昌意之子也，曰高陽，洪淵以有謀，疏通而知事。"

【洪惠】大恩惠。晉書段灼傳上表："常念臨深之義，不忘履冰之戒，盡除魏世之弊法，綏以新政之大化，使萬邦欣欣，喜戴洪惠，昆蟲草木，咸蒙恩澤，……此固天下所視望者也。"

【洪雅】㊀寬宏淵博。唐賈公彦周禮注疏序周禮廢興："(鄭)衆(賈)逵洪雅博聞，又以經書記轉相證明爲解。”㊁縣名。屬四川省。漢南安縣地，北周置洪雅鎮，隋開皇十三年改縣。參閱隋書地理志上、讀史方輿紀要七二嘉定州。

【洪量】寬宏的氣量。魏書高允傳游雅論允：“夫喜怒者，有生所不能爲也。而前史載卓公寬中，文饒洪量，褊心者或之弗信。余與高子遊四十年矣，未嘗見其是非愠喜之色，不亦信哉。”

【洪鈞】萬物皆由天所化育而成，因稱天爲洪鈞。鈞，製作陶器的轉輪。文選晉張茂先(華)答何劭詩之二：“洪鈞陶萬類，大塊稟羣生。”注：“洪鈞，大鈞，謂天也；大塊，謂地也。”唐杜甫杜工部草堂詩箋五上韋左相二十韻：“八荒開壽域，一氣轉洪鈞。”

【洪飲】豪飲，狂飲。五代南唐李中碧雲集下思朐陽春遊感舊寄柴司徒詩之五：“昔年常接五陵狂，洪飲花間數十場。”

【洪筆】猶言大手筆。比喻擅長寫文章。晉郭璞爾雅注序：“英儒贍聞之士，洪筆麗藻之客，靡不欽玩耽味，爲之義訓。”疏：“洪，大也；麗，美也；……以喻人之文章，言大有詞筆美於文章之客也。”

【洪喬】晉殷羨字洪喬，出爲豫章太守。都下人士託其致書百餘函，羨行至石頭，將附書悉投水中曰：“沉者自沉，浮者自浮，殷洪喬不爲致書郵。見世説新語任誕。後因謂致書遺誤者曰“付諸洪喬”，又曰“洪喬之誤”。宋李光莊簡集三贈陳議詩：“諸賢書穩致，定不作洪喬。”

【洪皓】公元 1088—1115 年。宋鄱陽人。字光弼。政和五年進士。建炎中，任徽猷閣待制，假禮部尚書使金，金人留不遣還，皓不屈，被拘留在金十五年。其間屢次祕密使人返宋，報告金國虛實。時人比之漢蘇武。紹興十一年得歸宋。後因説秦檜不可苟安錢塘，忤檜意，被貶英州，又徙袁州，至南雄州病卒。謚忠宣。著有鄱陽集松漠紀聞等。宋史有傳。

【洪福】大福。北齊邑師道略等造神尊碑像記：“踵玆洪福，爲海舟楫。”(金石萃編三四)。金史顯宗孝懿皇后傳：“既而皇孫生，是爲章宗。……上謂顯宗曰：‘祖宗積慶，且皇后陰德至厚，而有今日，社稷之洪福也。’”

【洪腫】大腫。隋書李德林傳：“德林尋丁母艱去職，勺飲不入口五日，因發熱病，……名醫張子彥等爲合湯藥。德林不肯進，遍體洪腫。”

【洪漭】水勢瀰漫貌。南朝梁江淹江文通集一水上神女賦：“迺唱桂櫂，凌衝波，背橘浦，向椒阿；碑砚木石，洪漭蛟巃。”

【洪寧】極爲安寧。後漢書六十下蔡邕傳釋誨：“昔自太極，君臣始基，有羲皇之洪寧，唐虞之至時。”

【洪熙】明朱高熾（仁宗）年號。公元 1425 年。

【洪算】長壽。算，也作“筭”。文選南朝宋顏延年(延之)應詔讌曲水作詩：“惟王創物，永錫洪筭。”注：“毛詩曰：‘永錫難老。’鄭玄儀禮注曰：‘筭，數也，謂年數。’”宋史樂志十三建隆乾德朝會樂章：“皇情載懌，洪算無疆。基隆郟鄏，德茂陶唐。山巍日焕，地久天長。”

【洪窯】見“洪武窯”。

【洪遵】公元 1120—1174 年。宋鄱陽人，字景嚴，洪皓次子，與兄适同試中博學宏詞科。高宗以其父出使金國，擢爲祕書省正字。孝宗時爲翰林學士承旨兼侍讀。卒謚文安。著有泉志，爲現存最早關於歷代貨幣沿革之著作。宋史三七三有傳。

【洪醉】大醉。南史陳慶之傳附陳暄與陳秀書：“昔周伯仁（顗）度江唯三日醒，吾不以爲少；鄭康成(玄)一飲三百盃，吾不以爲多。然洪醉之後，有得有失。成廝養之志，是其得也；使次公(蓋寬饒)之狂，是其失也。”

【洪範】尚書篇名。舊説相傳爲商末箕子所作，以此向周武王陳述天地之大法。見書洪範“以箕子歸，作洪範”疏。近人疑爲戰國時人假託之作。漢儒盛行的“天人感應”説，常以此爲立論根據。

【洪德】盛大的恩德。漢書一〇〇下敍傳：“宣(漢宣帝)承其末，乃施洪德，震我威靈，五世來服。”

【洪頤】旗名。漢書八七上揚雄傳甘泉賦：“舉洪頤，樹靈旗。”注引服虔：“洪頤，旗名也。”

【洪邁】公元 1123—1202 年。宋鄱陽人。字景盧，號容齋，又號野處。洪皓幼子。紹興十五年進士。紹興末，假翰林學士使金，持書用敵國禮，金令其在表中改稱陪臣，邁不從，被金拘於使館。後放還。孝宗時官端明殿學士。邁博覽經史百家及醫卜星算之書，尤熟悉宋代掌故。曾手抄資治通鑑三遍。著有容齋隨筆五集、夷堅志等，編有萬首唐人絶句。宋史三七三有傳。

【洪儒】大儒，學問淵博的讀書人。同“鴻儒”。公羊傳序“是以治古學貴文章者謂之俗儒”唐徐彥疏：“謂之俗儒者，卽(春秋)繁露云：能通一經，曰儒生。博覽羣書，號曰洪儒。”

【洪覆】廣大的被覆。卽天。文選晉東廣微(晳)補亡詩之五崇丘：“周風既洽，王猷允泰。漫漫方輿，迴迴洪覆。”引申爲帝王的恩澤。唐張九齡曲江集二奉和聖製賜諸州刺史以題坐右：“聖人合天德，洪覆在元元。每勞蒼生念，不以黃屋尊。”

【洪爐】㊀大火爐。爐，也作“鑪”。三國志魏王粲傳附陳琳：“今將軍總皇威，握兵要，龍驤虎步，高下在心，以此行事，無異於鼓洪爐以燎毛髮。”㊁猶言天地。莊子大宗師：“今一以天地爲大鑪，造化爲大冶。”抱朴子勗學：“鼓九陽之洪爐，運大鈞乎皇極。”引申爲陶冶錘鍊人才的環境。文苑英華二八一唐薛逢送西川杜司空赴鎮詩：“莫遣洪鑪曠真宰，九流人物待陶甄。”

【洪鐘】大鐘。鐘，也作“鍾”。世本作篇：“顓頊命飛龍氏鑄洪鐘，聲振而遠。”(清張澍輯本)。文選晉潘安仁(岳)西征賦：“洪鍾頓於毀廟，乘風廢而弗縣。”後因稱人語音洪亮爲聲如洪鐘。唐顏真卿顏魯公集七郭公廟碑銘：“身長八尺二寸，行中絜矩，聲如洪鐘。”北齊書崔㥄傳：“鄭伯猷歎曰：‘身長八尺，面如刻畫，謦欬爲洪鍾響，胸中貯千卷書，使人那得不畏服！’”

【洪纖】猶言大小。後漢書四十下班彪傳附班固典引：“鋪觀二代洪纖之度，其賾可探也。”注：“言徧觀殷周大小之法，其幽深可探知之。”

【洪秀全】公元 1814—1864 年。清廣東花縣人。道光二十三年創立農民革命組織“拜上帝會”，自稱是“天帝”次子。咸豐元年正月，在廣西桂平縣金田村與楊秀清馮雲山蕭朝貴韋昌輝石達開等起義，建號太平天国，秀全稱天王。次年，進軍湖南湖北安徽江蘇等省。咸豐三年三月建都南京，改名天京。後因内部分裂，力量削弱。清王朝又勾結帝國主義列强全力鎮壓革命。太平天国十四年(同治三年)六月，秀全逝世。不久，天京陷落，起義失敗。清史稿四七五有傳。

【洪武窯】窯名。簡稱洪窯。洪窯始建年代，説法不一。清朱琰陶説三洪武窯：“明洪武三十五年，始開窯燒造，解京供用，有御器廠。”明太祖洪武三十五年，實爲惠帝建文四年。成祖起兵，自立爲帝，改元永樂，廢建文年號，當時官書諱建文，仍沿用洪武。參閱明史成祖紀、汪伋事物會原二八古饒器。

【洪承疇】公元 1593—1665 年。福建南安人。字彥演,號亨九。明萬曆進士。崇禎時任兵部尚書、薊遼總督。十五年與清軍戰於松山,兵敗被俘,降清。清初開國規制,多爲承疇所定。官至武英殿大學士、七省經略,殘酷鎮壓各地農民起義及抗清運動。謚文襄。清史入貳臣傳。

【洪亮吉】公元1746—1809年。清江蘇陽湖人。字君直,一字稚存,號北江。乾隆五十五年進士,授編修。嘉慶時,因上書批評朝政,被謫戍伊犁,不久赦還,改號更生居士。博覽羣書,精研經史、音韻訓詁及輿地學,詩文亦名家。經學與孫星衍齊名,詩與黃景仁並稱。著有春秋左傳詁公羊穀梁古義六書轉注錄三國疆域志東晉疆域志十六國疆域志西夏國志等。詩文有卷施閣詩文甲乙集更生齋詩文甲乙集,後人合其他遺著輯爲洪北江詩文集。

【洪興祖】公元1090—1155年。宋丹陽人。字慶善。高宗時應召試,授祕書省正字,遷太常博士。後因忤秦檜意,被貶昭州而卒。興祖博學,著有老莊本旨周易通義楚辭補註及考異。宋史四三三有傳。

【洪頤煊】公元1765—1833年。清臨海人。字旌賢,號筠軒。嘉慶六年充選拔貢生,孫星衍門人。星衍署山東督糧道,頤煊入爲幕客,撰孫氏書目及平津館讀碑記。自著有禮經宮室答問孔子三朝記註孝經記註補證諸史考異漢志水道疏證管子義證讀書叢錄經典集林台州札記筠軒詩文鈔。好藏書,所存善本碑版,多爲世所罕見,有倦舫書目。

【洪澤湖】湖泊名。在江蘇省。古名破釜塘。隋煬帝到江都(今揚州市)時,途經此湖,適久旱遇雨,因改名洪澤浦。唐時始名洪澤湖。其上游爲淮水。清代時,淮水徙流,湖日漸淤塞。參閱讀史方輿紀要二一鳳陽府泗州。

【洪水猛獸】孟子滕文公下:“昔者禹抑洪水,而天下平;周公兼夷狄,驅猛獸,而百姓寧。”後因用以比喻禍害極大的事物。

【洪武正韻】韻書名。簡稱正韻。明洪武時樂韶鳳宋濂等奉詔編撰。共十六卷。此書文字義訓,根據宋毛晃的增修互注禮部韻略。分韻歸字,又據元周德清的中原音韻,把平、上、去三聲併爲各二十二韻,入聲爲十韻。自歷來相傳的二百零六韻,併爲七十六韻,爲曲韻南派的創始著作。注釋則以增韻爲藍本,稍有增減。因不合於當時的“中原雅音”,在明代並未通行,後世也很少引用。參閱明實錄十五洪武實錄九八、清葉名灃橋西雜記明初韻書。

【洪武通韻】韻書名。洪武正韻頒行後,因字義和音切不當的尚多,再行校訂,更名爲洪武通韻。此書謬誤更甚,今已不存。參閱清葉名灃橋西雜記明初韻書。

【洪爐燎髮】用大火爐燒毛髮。比喻事情輕而易舉。參見“洪爐”。

【洪範五行傳】漢劉向撰。十一篇。以上古至春秋戰國秦漢之各種變異,分列條目,附會爲朝政、人事禍福的徵兆,認爲發生自然災害就是上天對人的一種警告和懲罰,宣揚“天人感應”說和讖緯神學。書已佚,基本內容保存於漢書五行志。參閱漢書三六楚元王傳附劉向。

洭 kuāng 去王切,平,陽韻,溪。ㄎㄨㄤ

水名。見“洭水”。

【洭口】古地名。即今廣東英德連江口。南朝陳宣帝太建元年下詔徵廣州刺史歐陽紇爲左衛將,紇不受命,起兵反,屯軍洭口,爲章昭達所擒。即此地。參閱陳書章昭達傳、讀史方輿紀要一〇〇廣東北江。

【洭水】即今廣東的連江。又名湟水桂水。源出廣東湖南交界山地,經連縣陽山,至英德連江口注入北江。水經注三九:“洭水出桂陽縣盧聚,東南過含洭縣,南出洭浦關爲桂水。”漢武帝元鼎元年路博德爲伏波將軍,征南越,出桂陽,下湟水,即此。參閱讀史方輿紀要一〇〇廣東北江。

洧 wěi 榮美切,上,旨韻,于。ㄨㄟˇ

水名。詩鄭風溱洧:“溱與洧,方渙渙兮。”詳“洧河”。

【洧川】地名。春秋鄭曲洧地,漢爲扶溝縣地。唐置洧州,尋廢。宋爲宋樓鎮,屬尉氏縣。金置洧川縣。屬開封府,故城在今河南長葛縣境。明清沿置。公元1954年併入長葛縣。公元1965年原洧川縣部分地區又劃歸尉氏縣。參閱寰宇通志八三開封府上洧川縣。

【洧河】水名。即今雙洎河。發源於河南登封縣東陽城山,東流至新鄭縣,會溱水爲雙洎河,入於賈魯河。左傳襄元年:“晉韓厥荀偃帥諸侯之師伐鄭,入其郛,敗其徒兵於洧上。”即此。

【洧淵】水名。在今河南新鄭縣東。左傳昭十九年:“鄭大水,龍鬬於時門之外洧淵。”水經注二二洧水:“洧水又東逕新鄭縣故城中,……洧水又東,爲洧淵水。”

【洧盤】神話中的水名。楚辭屈原離騷:“夕歸次於窮石兮,朝濯髮乎洧盤。”注:“洧盤,水名。禹大傳曰:‘洧盤之水,出崦嵫之山。’……盤,一作槃。”

洊 jiàn 在甸切,去,霰韻,從。ㄐㄧㄢˋ

再次。易震:“洊雷震,君子以恐懼脩省。”

【洊至】再至,相繼而至。易坎:“水洊至,習坎。”注:“不以坎爲隔絕,相仍而至。”文選南朝宋謝靈運富春渚詩:“洊至宜便習,兼山貴止託。”

【洊密】重疊密集。文選南朝宋鮑明遠(照)舞鶴賦:“衆變繁姿,參差洊密,煙交霧凝,若無毛質。”

【洊雷】㊀相繼而至的雷聲。易震:“洊雷震,君子以恐懼脩省。”南朝梁劉勰文心雕龍四詔策:“勑戒恒誥,則筆吐星漢之華;治戎燮伐,則聲有洊雷之威。”㊁易說卦以震卦象徵長子,故以洊雷比喻太子。北周庾信庾子山集一哀江南賦:“遊洊雷之講肆,齒明離之胄筵。”指太子的講席。

【洊歲】再歲,即隔年。文選南齊王元長(融)永明九年策秀才文之四:“下貧無兼辰之業,中產闕洊歲之貲。”注:“洊歲,再歲也。”

洌 liè 良辥切,入,薛韻,來。ㄌㄧㄝˋ 力制切,入,祭韻,來。

㊀水清醇,潔淨。易井:“井洌寒泉,食。”㊁酒清而醇。宋歐陽修文忠集三九醉翁亭記:“釀泉爲酒,泉香而酒洌。”

【洌清】清涼。晉書左貴嬪傳離思賦:“日晻曖而無光,氣懰慄以洌清。”

洏 ér 如之切,平,之韻,日。ㄦˊ

漣洏,流涕貌。見該條。

洿 wū 哀都切,平,模韻,影。ㄨ 侯古切,上,姥韻,匣。

㊀低窪地,也指池塘。孟子梁惠王上:“數罟不入洿池,魚鼈不可勝食也。”引申爲深。楚辭屈原天問:“九州安錯?川谷何洿?”㊁挖掘。禮檀弓下:“殺其人,壞其室,洿其宮而豬焉。”疏:“謂掘洿其宮,使水之聚積焉。”㊂塗染。漢書九九下王莽傳:“又以墨洿色其周垣。”注:“洿染之變其舊色也。”㊃指聲音的散漫。文選晉成公子安(綏)嘯賦:“觸類感物,因歌隨吟。大而不洿,細而不沈。”注:“洿,漫

也。琴道曰:'大聲不震譁而流漫。'"㊄污穢,污辱。通"污"。左傳文六年:"治舊洿。"注:"治理洿穢。"漢書七二貢禹傳上書:"臣禹犬馬之齒八十一,血氣衰竭,耳目不聰明,非復能有補益,所謂素餐尸祿洿朝之臣也。"注:"洿與污同。"

【洿下】猶低下。越絕書十二九術:"越乃飾美女西施鄭旦使大夫種獻之於吳王曰:'昔者越王句踐,竊有天之遺西施鄭旦,越邦洿下貧窮,不敢當,使大夫種再拜獻之大王。'"三國志魏鄭渾傳:"地勢洿下,宜溉灌,終有魚稻經久之利,此豐民之本也。"

【洿行】惡濁下流的行爲。文選漢班孟堅(固)典引:"司馬相如洿行無節,但有浮華之辭,不周於用。"漢王充論衡逢遇:"進在遇,退在不遇。……故遇,或遂洿行,尊於桀之朝;不遇,或持潔節,卑於堯之廷。"

【洿邪】低濕之地。大戴禮七勸學:"譬之如洿邪,水潦灟焉,莞蒲生焉,從上觀之,誰知其非源泉也。"漢劉向說苑復恩:"下田洿邪,得穀百車。"參見"汙邪"。

【洿沫】涙流滿面。漢書九七上外戚傳武帝李夫人歌:"方時隆盛,年夭傷兮,弟子增欷,洿沫悵兮。"注:"晉灼曰:'沫音水沬面之沬。言涕涙洿集覆面下也。'"

【洿塗】污泥。漢書一〇〇上敘傳答賓戲:"振拔洿塗,跨騰風雲。"注:"洿,停水。塗,泥也。"

【洿澤】㊀池沼,沼澤。漢陸賈新語道基:"規洿澤,通水泉。"㊁鵜鳥的別名。爾雅釋鳥"鵜,鴮鸅"晉郭璞注:"今之鵜鶘也。好羣飛,沈水食魚,故名洿澤,俗呼之爲淘河。"

【洿瀆】污水溝。楚辭漢劉向九歎怨思:"菀蘼蕪與菌若兮,漸藁本於洿瀆。"注:"汙瀆,小溝也。洿,一作汙。"

津

jīn ㄐㄧㄣ 將鄰切,平,真韻,精。

㊀渡口。論語微子:"長沮桀溺耦而耕,孔子過之,使子路問津焉。"集解:"津,濟渡處。"㊁過渡。引申爲傳授。北齊劉晝劉子新論一崇學:"道象之妙,非言不津;津言之妙,非學不傳。"㊂天漢,即銀河。左傳昭八年:"今在析木之津。"注:"箕斗之間有天漢,故謂之析木之津。"疏:"劉炫謂是天漢,即天河也。……箕在東方木位,斗在北方水位,析別水木,以箕星爲隔,隔河須津梁以渡,故此年歲在析木之津也。"㊃潤澤。周禮地官大司徒:"二曰川澤,……其民黑而津。"注:"津,潤也。"疏:"云津潤也者,以其民居澤近水,故有津潤;入水見日即黑,故民黑津也。"㊄口液。宋陸佃埤雅釋草芥:"今人望梅生津,食芥墮淚。"㊅地名。見"津鄉"。

【津人】渡船的船夫。莊子達生:"吾嘗濟乎觴深之淵,津人操舟若神。"左傳昭二四年:"王子朝用成周之寶珪于河,甲戌,津人得諸河上。"

【津主】設立在關卡渡口、負責檢察商旅的官吏。隋書食貨志:"又都西有石頭津,東有方山津,各置津主一人,賊曹一人,直水五人,以檢察禁物及亡叛者。"

【津吏】管理渡口橋梁的官吏。吳越春秋闔閭內傳:"(椒丘訢)過淮津,欲飲馬於津;津吏曰:水中有神。"列女傳辯通趙津女娟傳:"初,簡子南擊楚,與津吏期;簡子至,津吏醉臥,不能渡。"

【津門】㊀設置在渡口上的關門。北周庾信庾子山集十二明月山銘:"船橫埭下,樹夾津門。"全唐詩一二四徐安貞奉和聖製早度蒲津關:"路得津門要,時稱古戍閒。"㊁後漢東都(洛陽)有十二門,西頭門稱津門,一名津陽門。門有亭稱津門亭。漢班固東觀漢記七東海恭王彊傳:"彊薨,明帝……因出幸津門亭發喪。"参閱後漢書百官志四司馬。

【津津】㊀惡貌。莊子庚桑楚:"老子曰:汝自洒濯熟哉,鬱鬱乎,然而其中津津乎,猶有惡也。"釋文:"津津,如字。崔(譔)本作律律,云惡貌。"㊁洋溢。新唐書二二三李林甫傳:"初,三宰相就位,二人磬折趨,而林甫在中,軒驁無少讓,喜津津出眉宇間。"宋葛勝仲丹陽集南鄉子詞九日董剛定再索席間作:"談麈生風,霏玉屑津津。"

【津要】㊀水陸衝要之地。三國志魏傅嘏傳對:"設令列船津要,堅城據險,橫行之計,其殆難捷。"宋書何尚之傳:"夏口在荊江之中,正頭沔口,通接雍梁,實爲津要。"㊁比喻關鍵要點或機要職位。南朝梁江淹江文通集三無爲論:"宣尼六藝之文,百氏兼該之術,靡不詳其津要,採摭沖遠。"晉書庾亮等傳論:"古者右賢左戚,用杜溺私之路;愛而知惡,深慎滿覆之災。是以厚贈瓊瑰,罕升津要。"

【津徑】通向渡口的路。南史王懿傳:"(仲德)食畢欲行,而暴雨莫知津徑,有一白狼至前,仰天而號,號訖,銜仲德衣,因度水。"

【津液】㊀中醫謂人體各種液質的通稱。如血液、唾液、精液、汗液等。素問湯液醪醴論:"津液充郭,其魄獨居。"又調經論:"人有精氣津液。"注:"汗出腠理是謂津,液之滲於空竅,留而不行者,爲液也。"唐李白李太白詩十草創大還贈柳官迪:"相煎成苦老,清鑠凝津液。"㊁物經燒煉後變爲流質或自然滲出的液體。晉張華博物志七:"積艾草,三年後燒,津液下流,成鉛錫,已試有驗。"

【津梁】㊀橋梁。國語晉二:"津梁之上,無有難急也。"管子四時:"正津梁,修溝瀆。"㊁接引,或指起橋梁作用的事物。宋書雷次宗傳與子姪書:"棲誠來生之津梁,專氣莫年之攝養,玩歲日於良辰,偷餘樂於將除。"晉書孔安國傳隆安中詔:"可以本官領東海王師,必能導達津梁,依仁游藝。"

【津逮】謂由津渡而抵達。水經注二河水:"懸巖之中,多石室焉,室中若有積卷矣,而世士罕有津逮者,因謂之積書巖。"四部叢刊本逮作"達"。後常用以比喻爲學的門徑。參見"津逮祕書"。

【津涯】水的邊岸。書微子:"若涉大水,其無津涯。"傳:"如涉大水,無涯際,無所依就。"

【津渡】㊀渡口。漢書六九趙充國傳:"有詔將八校尉與驍騎都尉、金城太守合疏捕山間虜,通轉道津渡。"㊁渡河。三國志魏賈逵傳:"從至黎陽,津渡者亂行,逵斬之,乃整。"

【津貼】謂額定以外的補助。古今雜劇明周王誠齋李亞仙花酒曲江池一:"你正好引梅香出去那踏青處,有可你意的有錢子弟每揀一箇來家津貼些過活。"

【津筏】渡河的木筏。亦以喻達到目的的門徑。唐韓愈昌黎集二送文暢師北遊詩:"開張篋中寶,自可得津筏。"

【津鄉】春秋地名。左傳莊十九年:"楚子禦之,大敗於津。"注:"津,楚地。或曰:江陵縣有津鄉。"後漢屬南郡。地在湖北枝江縣西。見後漢書郡國志四南郡。

【津潤】滋潤。文選晉左太沖(思)蜀都賦:"紫梨津潤,樼栗罅發。"宋朱熹朱文公集三次劉秀野蔬食十三韻蘿蔔詩:"紛敷剪翠叢,津潤擢玉本。"

【津頭】渡口,渡頭。唐杜甫杜工部草堂詩箋十八春水生:"南市津頭有船賣,無錢即買繫籬旁。"

【津關】設在水路衝要之處的關口。史記秦始皇紀太史公引賈生:"秦并兼諸侯,山東三十餘郡,繕津關,據險塞,修甲兵而守之。"淮南子兵略:"硤路津關,大山名塞，……一人守隘，而千人弗敢過也，此謂地勢。"參見"關津"。

【津梁種】馬種名。新唐書二一四劉悟傳附劉從諫："初，大將李萬江者，本退渾部；李抱玉送回紇，道太原，舉帳從至潞州，牧津梁寺。地美水草，馬如鴨而健，世謂津梁種者，歲入馬價數百萬。"

【津逮祕書】叢書名。明崇禎間毛晉校刊。晉取胡震亨輯刻未成的祕册彙函殘版，增補以所藏祕籍輯成。全書十五集，一百四十四種，七百五十二卷。清張海鵬又在此書基礎上加以取捨，更名爲學津討原。

浪 yín 語巾切，平，真韻，疑。
ㄧㄣˊ 五根切，平，痕韻，疑。
浪水，古水名。山海經南山經："禱過之山，……浪水出焉。"上游即今廣西洛清江，中下游指柳江黔江西江。參閱清陳澧水經注西南諸水考。

洸 1. guāng 古黄切，平，唐韻，見。
ㄍㄨㄤ 烏光切，平，唐韻，影。
㊀水波動蕩閃光貌。文選晉郭景純(璞)江賦："澄瀹汪洸。"㊁威武貌。詩邶風谷風："有洸有潰，既詒我肄。"傳："洸洸，武也。"㊂水名。見"洸河"。
2. huǎng 集韻 户廣切，上，蕩韻。
ㄏㄨㄤˇ
㊃水深廣貌。通"潢"、"滉"。見"洸₂洸₂"、"洸₂洋"、"洸₂瀁"。㊄見"洸₂忽"。

【洸河】河名。汶水支流。一名洸水，即古之洙水。在山東寧陽縣堽城壩西南，至濟寧市入運河。參閱水經注二五泗水、嘉慶一統志一六五兖州府一山川。

【洸洸】勇武貌。詩大雅江漢："江漢湯湯，武夫洸洸。"傳："洸洸，武貌。"漢桓寬鹽鐵論繇役引詩作"潢潢"。

【洸₂洸₂】洶湧貌。同"滉滉"。荀子宥坐："其洸洸乎不淈盡，似道。"注："洸，讀爲滉。滉，水至之貌。"

【洸₂洋】水勢浩大貌。猶"汪洋"。史記六三莊周傳："其言洸洋自恣以適己，故自王公大人不能器之。"此以水的無邊無際喻議論恣肆。

【洸₂忽】隱約不明貌。猶恍忽。史記一一七司馬相如傳大人賦："西望崑崙之軋沕洸忽兮，直徑馳乎三危。"漢書作"荒忽"。

【洸₂瀁】寬廣貌。文選漢張平子(衡)西京賦"顧臨太液，滄池漭沆"三國吴薛綜注："漭沆，猶洸瀁，亦寬大也。"

泚 cǐ 雌氏切，上，紙韻，清。
ㄘˇ 千禮切，上，紙韻，清。
㊀清澈。詩邶風新臺："新臺有泚，河水瀰瀰。"説文"玼"引詩作"新臺有玼"。清馬瑞辰謂玼訓玉色鮮明，泚爲"玼"之假借。見毛詩傳箋通釋四新臺有泚。㊁指出汗。孟子滕文公上："其顙有泚，睨而不視。"注："顙，額也。泚，汗出。"

【泚筆】謂以筆蘸墨。新唐書一〇二岑文本傳："或策令叢遽，敕吏六七人泚筆待，分口占授，成無遺意。"宋陳造江湖長翁詩鈔陪盱眙王使君東遊之二："賦詩聊泚筆，寓意未須工。"

洞 1. dòng 徒弄切，去，送韻，定。
ㄉㄨㄥˋ
㊀孔穴，深穴。文選漢張平子(衡)西京賦："赴洞穴，探封狐。"㊁貫穿。史記六九蘇秦傳："韓卒超足而射，百發不暇止，遠者括蔽洞胸，近者鏑弇心。"㊂敞開。後漢書四十下班彪傳附班固東都賦："闔房周通，門闥洞開。"唐白居易長慶集二六草堂記："洞北户，來陰風，防徂處也。"㊃深透，明澈。文選南朝宋顔延年(延之)五君詠阮步兵詩："阮公雖淪跡，識密鑒亦洞。"㊄恭敬貌。荀子非十二子："嗇然洞然。"㊅中醫學病名。即嘔吐。靈樞經邪氣藏府病形："洞者食不化，下嗌還出。"㊆疾流。見説文水部。明楊慎譚苑醍醐蜀江水路險名："其灘之外，有洞有磧，凡數十，皆見于字書，……洞，疾流也。"注："江中有達洞，枘木洞。"
2. tóng 徒紅切，平，東韻，定。
ㄊㄨㄥˊ
㊇見"澒洞"。

【洞山】唐筠州洞山良价禪師。浙江紹興人。本姓俞，幼出家，師事潙山及雲巖等，得悟法要，晚年移居江西高安的洞山，接引後學，世稱洞山禪師。見景德傳燈録十五筠州洞山良价。參見"曹洞宗"。

【洞井】深如井的山洞。梁書謝朏傳："孝武帝游姑孰，敕(謝)莊攜朏從駕，詔使爲洞井贊，於坐奏之。"玉臺新詠九南朝梁沈約被褐守山東詩："洞井含清氣，漏穴吐飛風。"

【洞天】洞中别有天地之意。道家以此稱仙人所居之處有王屋山等十大洞天、泰山等三十六洞天之説。雲笈七籤二七十大洞天："十大洞天者，處大地名山之間，是上天遣羣仙統治之所。"十大洞天、三十六洞天的詳細名目，見事林廣記前集六仙境。

【洞主】唐宋書院或設在名山勝地，主持書院教授者有山長或院長等名目。地以洞名者或稱洞主。宋陳舜俞廬山記二敍山南："南唐昇元中，因(白鹿)洞建學館，置田以給諸生，學者大集。以國子監九經李善道爲洞主，以主教授。"

【洞仙】仙人好居洞窟，故通稱爲洞仙。唐宋之問集上下桂江龍目灘詩："巨石潛山怪，深篁隱洞仙。"

【洞府】謂神仙所居之地。南朝梁沈約沈隱侯集二華山館爲國家營宮德詩："丹方緘洞府，河清時一傳。"樂府詩集七八隋煬帝步虛詞："洞府凝玄液，靈山體自然。"

【洞房】㊀深邃的內室。楚辭宋玉招魂："姱容修態，絙洞房些。"注："洞，深也。"後稱新婚夫婦的新房爲洞房。唐朱慶餘詩集近試上張弘水部："洞房昨夜停紅燭，待曉堂前拜舅姑。"㊁連接相通的房間。北周庾信庾子山集一小園賦："豈必連闥洞房，南陽樊重之第；綠墀青瑣，西漢王根之宅。"

【洞林】書名。也稱周易洞林易洞林，晉郭璞撰，三卷。記載卜筮占驗六十餘事。又梁元帝有洞林三卷，已佚。郭書有漢魏遺書鈔、玉函山房輯佚書等輯本。參閱晉書郭璞傳、隋書經籍志三。

【洞門】㊀指重重相對的門。謂壯麗的宮殿或深邃的宅第。漢書九三董賢傳："詔將作大匠爲賢起大第北闕下，重殿洞門，木土之工，窮極技巧。"注："洞門，謂門門相當也。"唐王維王右丞集二酬郭給事詩："洞門高閣靄餘輝，桃李陰陰柳絮飛。"㊁洞口。唐劉禹錫劉夢得集八桃源行："洞門蒼黑煙霧生，暗行數步逢虛明。"

【洞洞】㊀恭敬虔誠貌。禮祭義："洞洞乎，屬屬乎，如弗勝，如將失之。"疏："洞洞屬屬，是嚴敬之貌。"㊁混沌無定形貌。淮南子天文："天地未形，馮馮翼翼，洞洞灟灟，故曰太昭。"注："馮翼洞灟，無形之貌。"

【洞神】謂融會貫通、心領神會。晉書陸雲傳移太常府薦張贍書："伏見衛將軍舍人同郡張贍，茂德清粹，器思深通。……探微集逸，思心洞神，論道屬書，篇章光觀。"

【洞屋】古代一種攻城用具。資治通鑑二六七五代後梁開平三年："淮南兵圍蘇州，推洞屋攻城。"注："洞屋，以木撑拄爲之，冒以牛皮，其狀如洞。"

【洞紀】書名。三國吴韋曜(昭)撰。已佚。據三國志吴韋曜傳："曜因獄吏上辭曰：'……囚昔見世間有古曆注，其所記載既多虛無，在書籍者亦復錯謬。因尋按傳記，考合異同，采摭耳目所及，以作洞紀，起自庖犧，至于秦漢，凡爲三卷。當起黃武以來，別作一卷，事尚未成。'"新唐書藝文志二著録入雜史類，作四卷。今佚。

【洞宮】傳説戰國燕昭王得潤光之珠以飾宮，王因三降其地，稱爲洞宮。後來以爲道院的別稱。全唐詩二八一章八元天台道中示同行："八重巖崿疊晴空，九色煙霞繞洞宮。"文苑英華二二一唐楊巨源送澹公歸嵩山龍潭寺葬本師詩："洞宮曾向龍邊宿，雲徑應從鳥外還。"參閱明楊慎升庵詩話補遺上洞宮。

【洞案】案名。唐鄭谷鄭守愚集三寄左省韋起居序詩："端簡爐香裏，濡毫洞案邊。"宋宋祁宋景文公筆記上："余昔領門下省，會天子排正仗，吏供洞案者，設於前殿兩螭首間，案上設燎香爐，修注官夾案立。余詰吏何名洞，吏辭不知。余思之，通朱漆爲案，故名曰洞耳。"明胡震亨謂洞訓敬，案列於中以起人敬，故名。參閱唐音癸籤十七詁箋二。

【洞庭】㊀廣庭。莊子天下："帝張咸池之樂於洞庭之野。"唐成玄英疏："洞庭之野，天地之間，非太湖之洞庭也。"文選三國魏曹子建(植)七啟："爾乃御文軒，臨洞庭。"㊁湖名。1. 在湖南省北部，長江南岸。沿湖爲岳陽華容南縣漢壽沅江湘陰等縣。湘資沅澧四水均滙流於此，在岳陽縣城陵磯入長江。湖中小山甚多，以君山爲最著名。宋范仲淹范文正公集七岳陽樓記："予觀夫巴陵勝狀，在洞庭一湖。銜遠山，吞長江，浩浩湯湯，橫無際涯。"2. 太湖的別名。文選晉左太沖(思)吳都賦："指包山而爲期，集洞庭而淹流。"注："王逸曰：太湖在秣陵東，湖中有包山，山中有如石室，俗謂洞庭。"㊂山名。在江蘇省太湖中。有東西二山，東山古名莫釐山、胥母山。元明後與陸地相連，成半島。西山卽古包山。參閱唐陸廣微吳地記、宋范成大吳郡志。

【洞冥】㊀文選晉陸士衡(機)漢高祖功臣頌："文成(張良)作師，通幽洞冥，……武關是闢，鴻門是寧。"晉書藝術傳史臣曰："什既兆見星象，澄乃驅役鬼神，並通幽洞冥，垂文闡教。"什，鳩摩羅什；澄，佛圖澄。幽冥，對人間而言，猶言通乎鬼神之道。㊁通達幽深之處。南朝宋鮑照鮑參軍集十河清頌："淪深格高，浹遐洞冥。"

【洞視】後漢書五九張衡傳上疏："永元中，清河宋景遂以歷紀推言水灾，而僞稱洞視玉版。"洞視，猶言透見。自漢以來，方士多自稱能視見非肉眼所見的事物，如扁鵲能隔牆見人(史記一〇五扁鵲傳)，北齊由吾道榮自稱能見萬里外事物，稱爲洞視。魏晉以來小説中記載甚多。參閱雲笈七籤十一黃庭內景經常念。

【洞貫】㊀穿透。三國志吳魯肅傳"(周)瑜之東渡，因與同行"注引吳書："(肅)又自植盾，引弓射之，矢皆洞貫。"㊁透徹了解。太平御覽二六四袁山松後漢書："岑晊字公孝，高才絶人，五經六藝，無不洞貫。"

【洞達】㊀通達，周流無阻。文選漢班孟堅(固)西都賦："披三條之廣路，立十二之通門，內則街衢洞達，閭閻且千，九市開場，貨別隧分。"唐杜甫杜工部草堂詩箋三五昔遊："是時倉廩實，洞達寰區間。"㊁貫穿。漢王充論衡儒增："養由基從軍，射晉侯，中其目。……如洞達於項，晉侯宜死。"㊂透徹，通暢。漢王充論衡知實："孔子見竅睹微，思慮洞達。"宋樓鑰攻媿集三一薦黃膚卿林椅劄子："其所著論，皆明白洞達，有益于世。"

【洞越】謂瑟底兩孔相通。史記禮書："是故大路越席，皮弁布裳，朱絃洞越，大羹玄酒，所以防其淫侈，救其彫敝。"集解："越，瑟底孔。"

【洞發】突發。文選晉陸士衡(機)演連珠之三九："臣聞衝波安流，則龍舟不能以漂；震風洞發，則夏屋有時而傾。"注："洞，疾貌也。"

【洞溢】透徹，豐富。漢王充論衡超奇："或不能一經，教誨後生；或帶徒聚衆，説論洞溢，稱爲經明。"

【洞照】猶言明察。宋書顧覬之傳定命論："聖人懷虛心涵育，凝明而洞照。惟虛也，故無往而不通；惟明也，故無來而不燭。"

【洞察】深入的觀察。明張居正張文忠公集一陳六事疏："其實莅任之始，地方利病，豈盡能知；屬官賢否，豈能洞察；不過摇聽於衆口耳。"

【洞疑】惶恐。史記太史公自序太后本紀九："(呂后)殺隱幽友，大臣洞疑，遂及宗禍。"後漢書二八下馮衍傳顯志賦："并日夜而幽思兮，終悇憛而洞疑。"洞，爲"恫"的假借字。史記索隱以洞爲洞達，非。參閱清王念孫讀書雜誌史記六洞疑。

【洞澈】透明，明白透徹。太平御覽七〇一引漢武舊事："其上扉屏風，悉以白琉璃作之，光冶洞澈也。"梁書蕭子雲傳答敕："十許年來，始見敕旨論書一卷，商略筆勢，洞澈字體。"

【洞醉】猶言大醉。雲笈七籤九一七部名數要記七傷："第三之傷，飲酒洞醉，損氣喪靈，五府攻潰，萬神振驚。"

【洞徹】同"洞澈"。唐張彥遠法書要録四張懷瓘書議："有千年明鏡，可以照之不陂；琉璃屏風，可以洞徹無礙。"唐白居易長慶集五二翫止水詩："淺深三四尺，洞徹無表裏。"

【洞曉】透徹了解，精通。南朝梁劉勰文心雕龍六風骨："若夫鎔冶經典之範，翔集子史之集，洞曉情變，曲昭文體，然後能孚甲新意，雕畫奇辭。"晉書郭璞傳贊："景純通秀，夙振宏材，沈研鳥册，洞曉龜枚。"景純，璞字。

【洞簫】樂器名。漢書元帝紀贊："元帝多材藝，善史書。鼓琴瑟，吹洞簫。"注引如淳："簫之無底者。"古代的簫，以竹管編排而成，稱爲排簫。排簫以蠟蜜封底，無蠟蜜封底的稱洞簫。今稱單管直吹，正面五孔，背面一孔者爲洞簫。

【洞鑒】猶明察。謂透徹了解。晉書郭璞傳客傲："無巖穴而冥寂，無江湖而放浪，玄悟不以應機，洞鑒可以昭曠。"魏書李順傳："世祖曰：'……卿往復積歲，洞鑒廢興，若朕此年行師，當克以不？'"

【洞天春】詞調名。因宋歐陽修六一詞賦院落之春景如洞天而名。雙調，四十八字。見詞譜七。

【洞仙傳】一卷。撰者不詳。宋前人作。所録自元君至姜伯共七十七人。以"仙人"多居洞壑，故書以洞仙爲名。雲笈七籤(卷一一〇至一一一)全載其文。又新唐書藝文志三著録有洞仙傳十卷，見素子撰，別爲一書，已佚。

【洞仙歌】㊀詞調名。原爲唐教坊曲名。有令詞、慢詞兩體。令詞自八十三字至九十三字，慢詞自一百一十八字至一百二十六字。宋康與之詞，名洞仙歌令；潘牥詞，名羽仙歌；袁易詞，名洞仙詞；宋史樂志名洞中仙。蘇軾辛棄疾兩家詞中填洞仙歌者最多。見詞譜二十。㊁曲牌名。南北曲均有。南曲較常見，屬正宮，字數與詞調不同。

【洞光珠】傳説中的寶珠名。舊題晉王嘉拾遺記四燕昭王："昭王坐握日之臺，……時有黑鳥白頭，集王之所，御洞光之珠，圓徑一尺，此珠色黑如漆，懸照於室內，百神不能隱其精靈。"

【洞宮山】在福建政和縣東南，延伸至浙江省東南邊境，九峯重疊，狀如蓮花，也稱九蓮峯，又名無爲洞天。爲道家所稱七十二福地之第二十七福地。見雲笈七籤二七七十二福地。

【洞庭柑】柑的一種。宋韓彥直橘錄上："洞庭柑皮細而味美，……熟最早，藏之至來歲之春，其色如丹。鄉人謂其種自洞庭山來，故以得名。"

【洞冥記】志怪小説集。見"漢武洞冥記"。

【洞冥草】傳説仙草名。舊題漢郭憲洞冥記三："臣遊北極，至鍾火山之……有明莖草，夜如金燈，折枝爲炬，照見鬼物之形。仙人寧封常服此草，於夜暝時，轉見腹光通外。亦名洞冥草，帝令剉此草爲泥，以塗雲明之館，夜坐此館，不加燈燭。亦名照魅草，以藉足，履水不沈。"

【洞霄宮】道觀名。在今浙江餘杭縣南大滌天柱兩山之間。唐高宗弘道元年於此建天柱觀，宋大中祥符五年始改今名。宋代宰相大臣乞退或免官，常以提舉臨安府洞霄宮繫銜。元末毀，明初重建。因巖壑深秀，名勝古蹟甚多，道教列爲三十六小洞天、七十二福地之一，稱大滌洞地。宋鄧牧撰有洞霄圖志六卷，記當地宮觀、山水、洞府、古蹟、人物、碑記等頗詳。

【洞天福地】道家稱全國名山勝境，有十大洞天，三十六小洞天，七十二福地，爲神仙及有道之士棲居之地，合稱洞天福地。洞天、福地的名目，見雲笈七籤二七十大洞天、又七十二地福地，事林廣記前集六仙境。

【洞見癥結】史記一〇五扁鵲傳記戰國時有長桑君，以藥予扁鵲令飲以上池之水，三十日後可以隔牆見人。以此視病，盡見病人五臟癥結。後稱人明察隱微，亦曰洞見隱微，亦曰洞見癥結。

【洞房花燭】深室中燈火。北周庾信庾子山集三和詠舞詩："洞房花燭明，舞餘雙燕輕，頓履隨疎節，低鬟逐上聲。"後借以指新婚。宋人有"久旱逢甘雨，他鄉遇故知，洞房花燭夜，金榜掛名時"詩。見宋洪邁容齋隨筆四筆八得意失意。

【洞庭春色】㊀酒名。宋蘇軾東坡集後集八洞庭春色賦引："安定郡王(趙世準)以黄甘釀酒，謂之洞庭春色。"又晁補之琴趣外篇三一叢花謝濟倅宗室令刻送酒詞："應憐肺病臨邛客，寄洞庭春色雙壺。"㊁詞調名。即沁園春。見該條。

【洞天清祿集】宋趙希鵠撰，一卷，分古琴辨、古硯辨、古鍾鼎彝器辨、怪石辨等十章。探源釋流，旁徵博引，論辨精審。近時刻本多訛祿爲"錄"，且去"集"字，當以讀畫齋叢書所刊爲正。

【洞天聖酒將軍】指酒。唐馮贄雲仙雜記六洞天缾引酒中玄："虢國夫人就屋梁上懸鹿腸於半空，筵宴則使人從屋上注酒於腸中，結其端，欲飲則解開，注於盃中，號洞天聖酒將軍，又曰：洞天缾。"

洄

huí 戶灰切，平，灰韻，匣。
ㄏㄨㄟˊ

水逆流或旋流。詩秦風蒹葭："遡洄從之，道阻且長。"後漢書七六王景傳："十里立一水門，令更相洄注，無復潰漏之患。"注："爾雅曰：'逆流而上曰洄。'郭璞注云：'旋流也。'"

【洄曲】地名。在河南商水縣西南，漯河市沙河與澧河會流處。溵水於此迴曲，故名。唐憲宗元和十年淮西節度使吳元濟反，命裴度宣慰淮西行營，率李愬李光顏等諸將往討，元濟精兵皆在洄曲。十二年愬雪夜繞道徑襲蔡州，擒元濟，即此地。新唐書一七一李光顏傳作時曲。

【洄沿】逆流而上爲洄，順流而下爲沿。文選南朝宋謝靈運過始寧墅詩："山行窮登頓，水涉盡洄沿。"唐李白李太白詩八當塗趙炎少府粉圖山水歌："洞庭瀟湘意渺綿，三江七澤意洄沿。"

【洄洄】㊀昏亂貌。爾雅釋訓："儚儚洄洄，惛也。"㊁旋流貌。唐孟郊孟東野集十弔盧殷詩之三："夢世浮閃閃，淚波深洄洄。"指淚水在眼眶裏轉動。宋王安石臨川集二三次韻和甫春日金陵登臺詩："鍾山漠漠水洄洄，西有陵雲百尺臺。"

【洄洑】水流盤旋貌。宋書張興世傳："上流確有錢谿可據，地既險要，江又甚狹，去大衆不遠，應赴無難。江有洄洑，船下必來泊，岸有横浦，可以藏船舸，二三爲宜。"

【洄溪】水名。1. 在湖南江華瑶族自治縣東南，滙合馮水入沱。唐元結元次山集四説洄溪招退者詩："洄溪一曲自當門，吾今欲作洄溪翁。"2. 在福建建甌縣。宋宋子安東溪試茶錄："北苑西距建安之洄溪，二十里而近，東至東宫，百里而遥，過洄溪，踰東宮，則僅能成餅耳。"

洩

1. yì xiè 餘制切，去，祭韻，喻。
ㄧˋ ㄒㄧㄝˋ

本作"泄"。㊀漏。禮中庸："今夫地一撮土之多，及其廣厚，載華嶽而不重，振河海而不洩，萬物載焉。"㊁減少。左傳昭二十年："宰夫和之，齊之以味，濟其不及，以洩其過。"注："洩，減也。"㊂停歇。文選南朝宋顏延年(延之)赭白馬賦："踠迹回唐，畜怒未洩。"注："方言曰：'洩，歇也。'"㊃姓。春秋鄭有大夫洩氏。見左傳僖七年。

2. yì 集韻 以制切，去，祭韻。
ㄧˋ

㊄見"洩₂洩₂"。

【洩命】泄露祕密命令。左傳襄二二年："王曰：'令尹之不能，爾所知也。國將討焉，爾其居乎？'對曰：'父戮子居，君焉用之？洩命重刑，臣亦不爲。'"注："漏洩君命，罪之重。"

【洩₂洩₂】同"泄泄"。㊀舒暢和樂貌。左傳隱元年："公入而賦：'大隧之中，其樂也融融。'姜出而賦：'大隧之外，其樂也洩洩。'"注："洩洩，舒散也。"校勘記："案洩洩當作泄泄，考文提要作泄泄，唐石經避太宗諱改，宋以後本，皆仍唐刻。"文選漢張平子(衡)思玄賦："聆廣樂之九奏兮，展洩洩以彤彤。"㊁飛翔貌。文選晉木玄虛(華)海賦："翔霧連軒，洩洩淫淫。"注："洩洩淫淫，飛翔之貌。"

【洩溪】瀑布名。在浙江諸暨縣。遠望瀑布急流而下如垂雲壁立，人稱爲洩，下流爲溪，因稱洩溪。見水經注四十漸江水。參見"五泄"。

【洩漏】透露機密。陳書姚察傳："盡心事上，知無不爲；侍奉機密，未嘗洩漏。"

洽

1. qià 侯夾切，入，洽韻，匣。
ㄑㄧㄚˋ

㊀霑潤。書大禹謨："好生之德，洽于民心。"疏："洽謂沾漬優渥。洽于民心，言潤澤多也。"㊁合。詩周頌載芟："爲酒爲醴，烝畀祖妣，以洽百禮。"㊂協調，協和。詩大雅江漢："矢其文德，洽此四國。"禮孔子閒居引詩作"協"。引申爲協商、接洽。如洽辦，面洽。㊃周遍，廣博。漢書六四下終軍傳："是澤南洽而威北暢也。"後漢書二七杜林傳："又外氏張竦父子喜文采，林從竦受學，博洽多聞，時稱通儒。"

2. hé
ㄏㄜˊ

㊄古水名。也作"郃"。源出陝西郃陽縣北，今稱金水。詩大雅大明："在洽之陽，在渭之涘。"集傳："洽，水名。本在今同州郃陽夏陽縣。今流已絶，故去水而加邑，渭水亦逕此入河也。"

【洽比】和協親近。詩小雅正月："洽比其鄰，昏姻孔云。"

【洽化】普及教化。文苑英華七四二唐牛希濟文章論："今朝廷思堯舜洽化之文,莫若退屈宋徐庾之學。"

【洽平】謂和諧安定,天下太平。漢書七八蕭望之傳："將軍以功德輔幼主,將以流大化,致於洽平。"注："令太平之化通洽四方也。"

【洽汗】猶沾汗。唐段成式酉陽雜俎續集七金剛經鳩異："韓弘……在中書,盛暑,有諫官因事謁見,韓方洽汗寫經。"

【洽恰】密集衆多貌。唐白居易長慶集五四吳櫻桃詩："洽恰舉頭千萬顆,婆娑拂面兩三株。"

【洽聞】知識豐富,見聞廣博。漢書武帝紀元朔五年詔："其令禮官勸學,講議洽聞,舉遺興禮,以爲天下先。"又三六楚元王傳附劉向贊："此數公者,皆博物洽聞,通達古今。"

【洽濡】霑潤。漢王充論衡自然："汲井決陂,灌溉園田,物亦生長。霈然而雨,物之莖葉根垓〔荄〕,莫不洽濡,程量澍澤,孰與汲井決陂哉!"

【洽驩】和睦歡樂。史記孝文紀元年："上從代來,初卽位,施德惠天下,塡撫諸侯,四夷皆洽驩。"驩,通"歡"。

洮 1. táo 土刀切,平,豪韻,透。ㄊㄠˊ

㊀盥洗。書顧命："王乃洮頮水。"傳："今疾病,故但洮盥頮面。"疏："洗手謂之盥。"漢書律曆志下引作"王乃洮沬水。"㊁通"淘"。爾雅釋訓"溞溞,淅也"晉郭璞注："洮米聲。"㊂地名。春秋曹地。左傳僖八年："盟于洮。"在今山東鄄城縣西。㊃水名。見"洮水"。

2. yáo 餘昭切,平,宵韻,喻。ㄧㄠˊ

㊄湖名。詳"洮₂湖"。

【洮水】水名。黃河上游支流,在甘肅省西南。也作"洮河",一名巴爾西河。水經注二河水二："沙州記曰：洮水與墊江水俱出強臺山,山南卽墊江源,山東則洮水源。"強臺山,卽西傾山。參閱讀史方輿紀要五二陝西一洮水。

【洮州】地名。古羌族地。北周保定元年置洮州。明洪武初改洮州衞,於此立茶馬司。清乾隆時改廳,屬甘肅鞏昌府。公元1913年改爲臨潭縣。故城在今臨潭縣西南。參閱嘉慶一統志二五六鞏昌府。

【洮汰】清除,淘汰。淮南子要略："劉雖壇卷連漫絞紛遠援,所以洮汰滌蕩至意,使之無凝竭底滯捲握而不散也。"後漢書三六陳元傳上疏："解釋先輩之積結,洮汰學者之累惑。"注："洮汰,猶洗濯也。"

【洮₂湖】湖名。一名長塘湖,也作長蕩湖。在江蘇省溧陽金壇兩縣境內。文選晉郭景純(璞)江賦"具區洮滆"注引風土記："陽羡縣西有洮湖。"參閱太平寰宇記九一蘇州吳縣、又九二宜興縣。漢虞翻韋昭、北魏酈道元皆以爲古五湖之一。參見"五湖2"。

【洮硯】硯名。宋趙希鵠洞天清祿集古硯辨："除端歙二石外,惟(甘肅)洮河綠石,北方最貴重。綠如藍,潤如玉,發墨不減端溪下巖;然石在臨洮大河深水之底,非人力所致,得之爲無價之寶。"

【洮陽】古縣名。1.漢置。屬零陵郡。見漢書地理志上。今爲廣西全州縣地。2.晉置。後漢建初二年羌族攻南部都尉於臨洮,漢遣車騎將軍馬防、長水校尉耿恭出兵赴救,羌退聚洮陽,卽此。晉惠帝時置洮陽縣,屬狄道郡。北周置洮州。參閱水經注二河水、晉書地理志上。

【洮爾河】河名。亦作洮兒河。源出西北興安山,東南流合貴勒爾河,……又東經札賚特南界,匯爲納藍撒藍池,注入嫩江。按遼史地理志一上京道有他魯河,遊幸表作撻魯河;金史地理志上泰州長春縣有撻魯古河,聖宗四年,改撻魯河爲長春河,皆卽此水。參閱嘉慶一統志五三七科爾沁山川。

洙 shū zhū 市朱切,平,虞韻,禪。ㄕㄨ ㄓㄨ

古水名。說文："洙,水。出泰山蓋臨樂山北入泗。从水,朱聲。"故道久已湮沒。參閱水經注二五洙水。

【洙泗】卽洙泗二水。古時二水自今山東泗水縣北合流西下,至曲阜北,又分爲二水,洙水在北,泗水在南。春秋爲魯國地。孔子居於洙泗之間,教授弟子。禮檀弓上："吾與女事夫子於洙泗之間。"後人因以洙泗作爲儒家的代稱。文選南朝梁任彥昇(昉)齊竟陵文宣王行狀："弘洙泗之風,闡迦維之化。"

洗 1. xǐ 先禮切,上,薺韻,心。ㄒㄧˇ

㊀洗脚。禮內則："足垢燂湯請洗。"史記九一黥布傳："淮南王至,上方踞牀洗。"

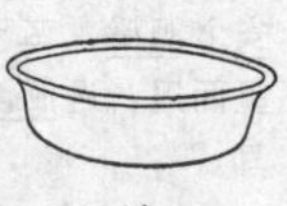
洗

㊁用水除去污垢。詩大雅行葦："或獻或酢,洗爵奠斝。"㊂洗刷,滌除。詳"洗雪"。㊃古盥洗器名。儀禮士冠禮："夙興,設洗直于東榮。"注："洗,承盥洗者,棄水器也。士用鐵。榮,屋翼也。"見圖。

2. xiǎn 蘇典切,上,銑韻,心。ㄒㄧㄢˇ

㊄見"洗₂然"。㊅棗名。爾雅釋木："洗,大棗。"㊆姓。明陳士元姓觿六銑："洗,……千家姓云,南海族。"今作"冼"。

【洗三】舊時嬰兒出生後三朝洗身,俗稱洗三。詳"洗兒"。

【洗心】洗濯邪惡之心。易繫辭上："六爻之義易以貢,聖人以此洗心,退藏於密。"疏："行善得吉,行惡遇凶,是盪其惡心也。"又引申爲改過自新。後漢書十三隗囂傳上疏："今臣之事,在於本朝,賜死則死,加刑則刑。如遂蒙恩,更得洗心,死骨不朽。"也指滌蕩心中雜念。唐孟浩然集二和于判官登萬山亭因贈洪府都督韓公詩："物情多貴遠,賢俊豈遙今。遲爾長江暮,澄清一洗心。"

【洗石】可洗滌污垢的石,屬石鹼之類。山海經西山經："華山之首,曰錢來之山,其上多松,其下多洗石。"注："澡洗可以磢體去垢圿。"

【洗甲】洗淨甲兵,收藏起來。意謂停止戰爭。唐杜甫杜工部草堂詩箋十一洗兵馬："安得壯士挽天河,淨洗甲兵長不用。"宋史樂志十六孝宗郊祀大禮十二時："覆盂連瀚海,洗甲挽天河。"

【洗耳】㊀比喻不願聽,不願問世事。孟子盡心上"古之賢士,何獨不然"漢趙岐注："樂道守志,若許由洗耳,可謂忘人之勢矣。"晉皇甫謐高士傳上許由："堯讓天下於許由,……由於是遁耕於中岳潁水之陽,箕山之下,終身無經天下色。堯又召爲九州長,由不欲聞之,洗耳於潁水濱。"㊁細心傾聽。宋王邁臞軒集十二送族姪千里歸漳浦詩："洗耳俟凱音,嘉節迫吹帽。"俗亦稱敬聽爲洗耳恭聽。

【洗竹】削去叢竹的繁枝。宋陸佃埤雅十五釋草："今人穿沐叢竹,芟其繁亂,不使分其勢,然後枝幹茂擢,俗謂之洗,洗竹第如洗華例,非用水也。"

【洗沐】沐浴。史記七三王翦傳："王翦日休士洗沐,而善飲食撫循之,親與士卒同食。"漢制,官吏五日一休沐,借指爲例假。史記九六張丞相(蒼)傳："常父事王陵,陵死後,蒼爲丞相,洗沐,常先朝陵夫人上食,然後敢歸家。"又一二〇鄭當時傳："每五日洗沐,嘗置驛馬長安諸郊存諸故人,請謝賓客。"參見"休沐"。

【洗沙】卽澄沙。以豆蒸熟,去衣,復揉按之使爛如泥,用糖拌和,可爲餅餌之餡。按：方言十三"餫謂之餚"晉郭璞注：

“以豆屑雜錫也，音髓。”髓洗音近，訛爲洗沙。

【洗兵】㊀出兵遇雨。樂府詩集三七南朝梁簡文帝隴西行之二：“洗兵逢驟雨，送陣出黄雲。”也作“灑兵”。漢劉向説苑權謀：“武王伐紂，……風霽而乘以大雨，水平地而嗇，散宜生又諫曰：‘此其妖歟？’武王曰：‘非也，天灑兵也。’”參閲宋王楙野客叢書二九挽河洗兵。㊁洗淨兵器，收藏起來。指停止戰爭。文選晉左太沖(思)魏都賦：“洗兵海島，刷馬江洲；振旅軥軥，反旆悠悠。”唐呂向注：“謂戰勝將休兵，欲還師，乃洗刷兵馬於海島江洲也。兵還曰振旅；軥軥，衆聲。”唐杜甫杜工部草堂詩箋十一有洗兵馬詩。參見“洗甲”。

【洗泥】指宴請遠客。同“洗塵”。宣和遺事亨集：“多年不相見，來幾日，也不曾爲洗塵；今日辦了幾盃淡酒，與洗泥則箇。”水滸二六：“小人們都不曾與都頭洗泥接風，如今倒來反擾。”

【洗拂】洗滌擦拭。唐李白李太白詩四鞠歌行：“聽曲知甯戚，夷吾因小妻。秦穆五羊皮，買死百里奚。洗拂青雲上，當時賤如泥。”指滌除垢辱，從卑賤的地位拔擢出來。

【洗刷】洗滌清除。唐白居易長慶集五一雙石詩：“擔舁來郡内，洗刷去泥垢。”後引申爲除去污辱或辯白冤屈。

【洗兒】舊俗，嬰兒生後三日或滿月，有替嬰兒洗身的習俗，稱“洗兒”。宋孟元老東京夢華録五育子：“至滿月，……大展洗兒會，親賓盛集，煎香湯於盆中，下菓子綵錢葱蒜等，用數丈綵繞之，名曰圍盆，以釵子攪水，謂之攪盌，觀者各撒錢於水中，謂之添盆，盆中棗子直立者，婦人爭取食之，以爲生男之徵。浴兒畢，落胎髮，遍謝坐客。”

【洗城】卽屠城。殺盡一城的人，使城空如洗。宋鄭文寶江表志：“(南唐)胡則守江州，堅壁不下，……曹翰攻陷江州，殺戮殆盡，謂之洗城焉。”(説郛五八)

【洗面】古代西南地區少數民族風俗，凡有人幫助自己殺了仇人，便以牛酒相謝，稱爲洗面。宋朱輔溪蠻叢笑洗面：“借人助相讎殺，以牛酒往謝，名洗面。”

【洗馬】㊀洗刷馬匹。唐杜甫杜工部草堂詩箋一與任城許主簿遊南池：“晚涼看洗馬，森木亂鳴蟬。”㊁官名。秦置，漢沿置，爲太子官屬，職掌如謁者，太子出行則爲前導。晉以後改爲掌管圖籍。南朝梁陳置典經局洗馬，都以世族充任。北齊稱典經坊洗馬。隋稱司經局洗馬，歷代因之，至清末始廢。本作“先馬”。漢書百官公卿表上：“屬官有太子門大夫、庶子、先馬、舍人。”注引如淳：“國語曰句踐親爲夫差先馬。先或作洗也。”今本國語越語上作“前馬”。參閲清顧炎武日知録二四洗馬。

【洗雪】清除，昭雪。多指恥辱、冤屈而言。後漢書六五段熲傳竇太后詔：“洗雪百年之逋負，以慰忠將之亡魂，功用顯著，朕甚嘉之。”逋負，舊欠，此指過去的冤仇。

【洗眼】洗清眼目。指仔細觀看。唐杜甫杜工部草堂詩箋二二贈王二十四侍御契四十韻：“洗眼看輕薄，虚懷任屈伸。”宋蘇軾分類東坡詩十七九日尋臻闍梨遂泛小舟至懃師院之二：“笙歌叢裏抽身出，雲水光中洗眼來。”

【洗粧】猶言化粧。唐馮贄雲仙雜記一爲梨花洗粧引唐餘録：“洛陽梨花時，人多攜酒其下，曰：爲梨花洗粧。”唐韓愈昌黎集六華山女詩：“洗粧拭面著冠帔，白咽紅頰長眉青。”

【洗₂然】㊀敬肅貌。文選晉潘安仁(岳)夏侯常侍誄：“子乃洗然，變色易容，慨然歎曰，道固不同。”㊁心情安詳貌。文選晉潘安仁(岳)爲賈謐作贈陸機詩：“或云國宦，清塗攸失；吾子洗然，恬淡自逸。”唐杜甫杜工部草堂詩箋二三營屋：“草茅雖薙葺，衰病方少寬；洗然順所適，此足代加餐。”㊂清晰貌。新唐書一二七張嘉貞傳：“御史張循憲使河東，事有未決，病之，問吏曰：‘若頗知有佳客乎？’吏以嘉貞對。循憲召見，咨以事。嘉貞條析理分，莫不洗然。”

【洗腆】洗滌器皿，陳設豐盛飲食。書酒誥：“肇牽車牛，遠服賈用，孝養厥父母，厥父母慶，自洗腆致用酒。”清孫星衍尚書今古文注疏：“洗，滌也，……腆，腆多也。……經言亟牽車牛，遠爲商賈之事，以孝養父母，及父母善慶，自滌器設膳，致用此酒。”聊齋志異辛十四娘：“公子使圉人挽轡，撦捽以行，至家，立命洗腆，繼辭夙退，公子要遮無已，出家姬彈箏爲樂。”

【洗塵】指宴請遠客。宋蘇軾東坡集後集三和錢穆父送別並求頓遞酒次韻詩：“佇聞東府開賓閣，便乞西湖洗塞塵。”參閲清翟顥通俗編九儀節洗塵。參見“洗泥”。

【洗₂夫人】南北朝時高涼人，嫁梁高涼太守馮寶。寶卒，撫其部衆。陳廣州刺史歐陽紇謀反，夫人起兵平定叛亂，被封爲石龍太夫人。陳亡，嶺南數郡共奉爲聖母，保境安民。隋文帝封爲宋康郡夫人，後進封爲譙國夫人。仁壽初卒，謚誠敬夫人。見隋書譙國夫人傳。

【洗手花】雞冠花的别名。宋袁褧楓窗小牘下：“雞冠花，汴中謂之洗手花。中元節則兒童唱賣，以供祖先。”又名祖宗花。見宋吳自牧夢粱録四解制日。

【洗車雨】農曆七月初六日下雨，稱洗車雨。唐杜牧樊川集補遺七夕詩：“最恨明朝洗車雨，不教回脚渡天河。”元陳元靚歲時廣記引歲時雜記二六七夕上：“七月六日有雨，謂之洗車雨，七日雨則云灑淚雨。”

【洗兒錢】洗兒時賜贈的錢。唐王建詩八宫詞之七一：“妃子院中初降誕，内人爭乞洗兒錢。”資治通鑑二一六唐天寶十載：“(安)禄山生日，上及貴妃賜衣服、寶器、酒饌甚厚。後三日，召禄山入禁中，貴妃以錦繡爲大襁褓，裹禄山，使宫人以綵輿舁之。上聞後宫歡笑，問其故，左右以貴妃三日洗禄兒對。上自往觀之，喜，賜貴妃洗兒金銀錢。”參見“洗兒”。

【洗硯池】古蹟名。相傳爲晉王羲之舊宅，在今浙江紹興縣北。宋蘇易簡文房四譜三：“越州戒珠寺，卽羲之宅，有洗硯池，至今水常黑色。”參閲太平寰宇記九六越州會稽縣。

【洗頭盆】華山名勝名。古微書二三詩含神霧：“明皇玉女者，居華山，服玉漿，白日上昇。中頂石龜，……背有玉女祠，祠前有五石，号曰玉女洗頭盆。”唐杜甫杜工部草堂詩箋十三望嶽：“西嶽崚嶒竦處尊，諸峯羅立如兒孫；安得仙人九節杖，拄到玉女洗頭盆。”

【洗心革面】易繫辭上：“六爻之義易以貢，聖人以此洗心，退藏於密。”洗心，指洗滌邪惡之心。易革：“上六，君子豹變，小人革面。”革面，指改變顔容。後把改過自新稱爲洗心革面。抱朴子用刑：“化上而興善者，必若靡草之逐驚風；洗心而革面者，必若清波之滌輕塵。”也作“洗心革志”、“洗心革意”。晉書潘岳傳附潘尼釋奠頌：“希道慕業，洗心革志，想洙泗之風，歌來蘇之惠。”周書蘇綽傳六條詔書：“凡諸牧守令長，宜洗心革意，上承朝旨，下宣教化矣。”

【洗手奉職】指廉潔奉公。唐韓愈昌黎集三十唐故中散大夫少府監胡良公墓神道碑：“薦公爲監察御史，主餽給渭橋以東軍，洗手奉職，不以一錢假人。”

【洗耳恭聽】恭敬地專心傾聽。古今雜劇元關漢卿單刀會:"請君侯試說一徧,下官洗耳恭聽。"也作"洗耳拱聽"。元曲選宮大用范張雞黍:"有甚麼名人古書,前皇後代,哥哥講說些兒,小官洗耳拱聽。"

【洗垢求瘢】洗去污垢,尋找疤痕。比喻過分挑剔別人的錯誤。後漢書八十下趙壹傳刺世疾邪賦:"所好則鑽皮出其毛羽,所惡則洗垢求其瘢痕。"也作"洗垢索瘢"。新唐書九七魏徵傳上疏:"喜則矜刑於法中,怒則求罪於律外;好則鑽皮出羽,惡則洗垢索瘢。"

【洗冤集録】宋宋慈撰,五卷。慈,福建建陽人,嘉定十年進士,此書爲其淳祐七年官湖南提刑時,據鄭興裔檢驗格目,博采諸書,並增己意而成。有檢覆總說、驗屍、四時變動、自縊、溺死、殺傷、火死、服毒及其他各種傷死共五十三門。後世屍體檢驗,多以此書爲本。清咸豐時,許槤重加輯訂,成洗冤録詳義,光緒時潘霨重刻於湖北,加入葛元煦摭遺二卷,摭遺補一卷,内容益見詳密。

活 1. huó ㄏㄨㄛˊ 户括切,入,末韻,匣。

㊀生,生存。與"死"相對。詩周頌載芟:"播厥百穀,實函斯活。"孟子盡心上:"民非水火不生活。"㊁生動。唐杜牧樊川集一池州送孟遲先輩詩:"煙濕樹姿嬌,雨餘山態活。"㊂生計。魏書北海王詳傳:"自今而後,不願富貴,但令母子相保,共汝埽市作活也。"㊃活動,流動。見"活水"。

2. guō ㄍㄨㄛ 古活切,入,末韻,見。

㊄水流聲。見說文。參見"活₂活₂"。

【活火】有火焰的炭火。唐趙璘因話録二:"李約性嗜茶,嘗曰:'茶須緩火炙,活火煎。'"宋蘇軾分類東坡詩十三汲江煎茶:"活水還須活火烹,自臨釣石取深清。"

【活水】長流水。宋朱熹朱文公集二觀書有感詩之一:"問渠那得清如許,爲有源頭活水來。"

【活句】生動的詩句。宋嚴羽滄浪詩話詩法:"須參活句,勿參死句。"

【活佛】㊀西藏青海蒙古喇嘛教的首領,俗稱活佛。活佛本爲世襲。自十三世紀喇嘛不得結婚,改行轉世制度,所謂世世轉生,永在其位。原音爲呼圖克圖,卽再生之意。清翟灝通俗編二十釋道活佛引元韓邦靖詩:"更寵番僧取活佛,似欲清淨超西天。"參見"呼圖克圖"。㊁對高僧的敬稱。水滸五:"太公道:'却是好也!我家有福,得遇這個活佛下降!'"

【活東】蝌蚪的異名。爾雅釋魚:"科斗,活東。"疏:"郭(璞)云:蝦蟆子,此蟲一名科斗,一名活東,頭圓大而尾細。"

【活門】逃生的門路。三國志魏曹仁傳:"仁言於太祖曰:'圍城必示之活門,所以開其生路也。今公告之必死,將人自爲守。……非良計也。'"

【活₂活₂】㊀水流聲。詩衛風碩人:"河水洋洋,北流活活。"㊁形容滑溜溜,泥濘。唐杜甫杜工部草堂詩箋五九日寄岑參:"出門復入門,兩脚但如舊。所向泥活活,思君令人瘦。"

【活計】㊀生計,謀生的手段。唐韓愈昌黎集四崔十六少府攝伊陽以詩及書見投因酬三十韻詩:"謀拙日焦拳,活計似鋤剗。"宋蘇軾東坡集五與蒲傳正書:"千乘姪屢言大舅全不作活計,多買書畫奇物,常典錢使。"㊁謀生的用具。古今雜劇明谷子敬呂洞賓三度城南柳三:"老夫漁翁是也,駕着一葉扁舟,是俺平生活計。"㊂手工藝品。清李斗揚州畫舫録十七:"蘇州玉工,用寶砂金剛鑽造辦仙佛人物禽獸,爐瓶盤盂,備極博古圖諸式。其碎者則鑲嵌屏風、掛屏、插牌,謂之玉活計。"㊃指刺繡、縫紉等。紅樓夢六六:"那三姐兒果是個斬釘截鐵之人,每日侍奉母親之餘,只和姐姐一處做些活計。"

【活莌】草名。爾雅釋草:"離南活莌。"疏:"離南,草也,一名活莌。山海經又名冠脱,生江南,高丈許,大葉似荷葉而肥,莖中有瓤正白者是也。"唐陳藏器本草拾遺謂卽通脱木,卽今之木通,古謂之通草,草類而高大似樹。見清郝懿行爾雅義疏下之一。

【活脱】㊀非常相似,活像。宋楊萬里誠齋集三三冬暖詩:"小春活脱是春時,霜熟風酣日上遲。"中興以來絶妙詞選十宋黄叔暘(昇)酹江月戲題玉林:"禾黍秋風,雞豚曉月,活脱田家趣。"㊁塑工。明陶宗儀輟耕録二四精塑佛像:"所謂摶丸者,漫帛土偶上而髹之,已而去其土,髹帛儼然像也。……摶丸又曰活脱。"本又作"脱活"。㊂草名。卽離南、活莌。詳"活莌"。

【活著】弈棋時,棋子下得機動靈活,不爲對方所制,叫活著。宋吴泳鶴林集二送毅夫總領淮西詩:"莫從局外鑒全勝,緊向棋心尋活着。"元周密蘋洲漁笛譜二朝中措東山棋墅詞:"自有仙機活著,未應袖手旁觀。"

【活絡】圓通靈活。宋羅大經鶴林玉露八:"大抵看詩要胸次玲瓏活絡。"宋朱熹朱文公集四六答黄直卿書:"既先有個立脚處,又能由此推考證驗,則其胸中萬理洞然,通透活絡。"

【活潑】生動自然之貌。紅樓夢三七:"他情願加一社,或請到他那裏去,或附就了來,也使得,豈不活潑有趣。"參見"活鱍鱍"。

【活撮】討厭的東西。金董解元西廂六:"小卽小,天生的口兒不曾合,是世間蟲蟻兒裏的活撮,叨叨的絮得人怎過!"

【活羅】卽慈烏,又稱慈鴉。金史世紀:"景祖嗜酒好色,飲啗過人,時人呼曰活羅。"活羅,漢語慈烏也。北方有之,狀如大雞,善啄物,見牛馬橐駝脊間有瘡,啄其脊間食之,馬牛輒死。若飢不得食,雖砂石亦食之。故後用以比喻貪飲食的人。

【活口米】救濟暫時之急的賑米。宋史三五六張根傳:"根又以水災多,乞蠲租賦,散活口米,常平青苗米,振貸流民,詔褒諭之。"

【活字版】用活字排版印刷稱活字版。又稱活版。北宋慶曆年間畢昇初創膠泥活字,爲世界最早的活版印刷。今存宋刻璧水羣英待問會元九十卷,書末有麗澤堂治版印行,其治字用木或用膠泥,未能判定。至元代有木活字,明弘治嘉靖中無錫華燧使用銅活字版。清乾隆年間金簡又以棗木製活字,所印的書稱聚珍版。今活字爲鉛製。參閱宋沈括夢溪筆談十八技藝、元王楨農書後附活字印書法。

【活死人】謂生時屏絶人事,以死自比。宋鄭元祐集,有爲番陽胡道元賦活死人窩歌(清翟灝通俗編十一品目)。後用以嘲戲老朽無用。清趙翼甌北詩鈔五言古四戲老:"雖尚廉頗健,已同伯有厲。應號活死人,諷語聊自戲。"又七言律六稚存說速庵侍郎近狀尚無恙喜賦:"詩文採到新先輩,聾瞽幾成活死人!"

【活褥蛇】蛇名。舊唐書一九八西戎傳波斯:"(貞觀)二十一年,伊嗣侯遣使獻一獸,名活褥蛇,形類鼠而色青,身長八九寸,能入穴取鼠。"

【活鱍鱍】魚游動自如貌。借以形容心性、思想、文章、做事、禽鳥形態等活潑生動而不呆滯。景德傳燈録四無住禪師:"真心者,念生亦不順生,念滅也不依寂,……無爲無相,活鱍鱍平常自在。"也作

"活潑潑"。禮中庸"鳶飛戾天，魚躍于淵"宋朱熹集注："故程子曰：'此一節，子思喫緊爲人處，活潑潑地，讀者其致思焉。'"

【活剥生吞】指生搬硬套剽竊别人的文章著作。唐劉肅大唐新語十三諧謔："有棗强尉張懷慶，好偷名士文章，……人謂之諺曰：'活剥王昌齡，生吞郭正一。'"也作"生吞活剥"。清黄宗羲南雷文定前集一壽李杲堂五十序："始知今天下另有一番爲古文詞者，聚斂拆洗，生吞活剥，大言以爲利禄之媒。"

【活龍活現】形容神情逼真。警世通言五吕大郎還金完骨肉："再説王氏聞丈夫凶信，初時也疑惑，被吕寶説得活龍活現，也信了。"

洈 guǐ 過委切，上，紙韻，見。
ㄍㄨㄟˇ 魚爲切，平，支韻，疑。

水名。源出今湖北松滋縣東北山地，流入公安縣境。山海經中山經："宜諸之山，……洈水出焉，而南流注于漳。"漢書地理志上南郡："洈山，洈水所出，東入繇。繇水南至華容入江。"

洵 1. xún ㄒㄩㄣˊ 相倫切，平，諄韻，心。

㊀過水溢出的支流。爾雅釋水："水自河出爲灉……過爲洵。"注："皆大水溢出别爲小水之名。"㊁水名。見"洵水"。㊂疏遠。詩邶風擊鼓："于嗟洵兮，不我信兮。"傳："洵，遠。"釋文："韓作夐，夐亦遠也。"㊃誠然，實在。詩鄭風有女同車："彼美孟姜，洵美且都。"箋："洵，信也。"漢書地理志引詩作"恂"。㊄通"旬"、"均"。詩大雅桑柔："菀彼桑柔，其下侯旬。"傳："旬，言陰均也。"爾雅釋言："洵，均也。"注："謂調均。"

2. xuàn ㄒㄩㄢˋ

㊅通"泫"。見"洵₂涕"。

【洵水】水名。本作旬水。在陝西寧陝縣東北。流經鎮安旬陽二縣入漢水。漢置洵陽縣，以地在此水之北而名。參閲水經注二七沔水。

【洵美】實在美好。詩邶風静女："自牧歸荑，洵美且異。"唐韓愈昌黎集一復志賦："非夫子之洵美兮，吾何爲乎浚之都？"

【洵₂涕】默默地流淚。國語魯下："請無瘠色，無洵涕。"注："無聲涕出，爲洵涕也。"

【洵陽】縣名。屬陝西省。漢置旬陽縣，以在洵水之陽而名。西魏置洵陽郡，改旬爲洵。唐武德初置洵州，七年廢州，仍屬金州。宋因之，元廢。明復置。公元1964年改爲旬陽。見讀史方輿紀要五六興安州。

洶 xiōng 許容切，平，鍾韻，曉。
ㄒㄩㄥ 許拱切，上，腫韻，曉。

水上湧。同"汹"。見"洶洶"。

【洶洶】㊀水騰湧貌。文選戰國楚宋玉高唐賦："濞洶洶其無聲兮，潰淡淡而並入。"㊁形容聲音的喧鬧。楚辭屈原九章悲回風："憚湧湍之礚礚兮，聽波聲之洶洶。"指水聲。又漢劉向九歎逢紛："徐徘徊於山阿兮，飄風來之洶洶。"指風聲。漢書八七揚雄傳上校獵賦："洶洶旭旭，天動地岋。"指人衆聲。㊂動蕩不安。三國志魏曹爽傳司馬懿奏："今大將軍爽背棄顧命，……天下洶洶，人懷危懼，陛下但爲寄坐，豈得久安！"新唐書一五七陸贄傳："人心驚疑如風濤然，洶洶靡定。"

【洶涌】水勢騰湧貌。史記一一七司馬相如傳上林賦："沸乎暴怒，洶涌滂潰。"三國志吴孫權傳黄武四年"是歲地連震"注引吴録："是冬魏文帝至廣陵，臨江觀兵，……帝見波濤洶涌，歎曰：'嗟乎！固天所以隔南北也！'"

【洶動】謂騷亂不安。宋史河渠志七東南諸水下臨安運河："每將興工，市肆洶動，公私騷然。"

【洶溶】也作"汹溶"。猶洶涌。藝文類聚八三國魏王粲浮淮賦："長瀨潭湲，滂沛汹溶。"引申指動蕩。唐韓愈昌黎集八會合聯句："君才誠倜儻，時論方洶溶。"注："洶，許拱切，或作汹。"

洚 hóng jiàng 户公切，平，東韻，匣。
ㄏㄨㄥˊ ㄐㄧㄤˋ 户冬切，平，冬韻，匣。
古巷切，去，絳韻，見。
下江切，平，江韻，匣。

大水泛濫。見"洚水"。

【洚水】洪水。孟子滕文公下："書曰：'洚水警余。'洚水者，洪水也。"今書大禹謨作"降水儆予"。

【洚洞】彌漫無際。孟子滕文公下"洚水者，洪水也"漢趙岐注："水逆行，洚洞無涯，故曰洚水也。"疏："洚、洪二字，義實相因。淮南子原道訓云：'靡濫振蕩，與天地鴻洞。'高誘注云：'鴻，大也，洞，通也。'鴻與洪通，鴻洞即洚洞。"

洛 luò 盧各切，入，鐸韻，來。
ㄌㄨㄛˋ

㊀水名。書禹貢："伊洛瀍澗，即入于河。"説文"水"："洛水出左馮翊歸德北夷界中，東南入渭。"或作"雒"。詳"洛河"。㊁洛陽的省稱。文選古詩十九首之三："驅車策駑馬，遊戲宛與洛。"注："洛，東都也。"㊂包絡。通"絡"。見"洛誦"。

【洛叉】梵語數量詞，十萬。翻譯名義集三數量："洛叉，或洛沙，此云十萬。"或作"落叉"。全唐詩七二四唐求贈楚公："般若恒添持戒力，落叉誰算念經功。"

【洛口】地名。㊀洛谷水入漢水之口，在今陝西洋縣。元和郡縣志五河南府鞏縣："洛水東經洛汭，北對郎邪渚入河，謂之洛口。亦名什谷，張儀説秦王，下兵三川，塞什谷之口，即此也。"㊁洛水入河之口。在河南鞏縣東南，有故城，隋煬廣（煬帝）築。詳"洛口倉"。

【洛川】㊀即洛水。文選三國魏曹子建（植）洛神賦："容與乎陽林，流眄乎洛川。"㊁縣名。屬陝西省。漢鄜縣地，屬左馮翊。晉末後秦姚萇取洛川水，置洛川縣。北魏屬鄜城郡，自隋以來皆屬鄜州。參閲寰宇通志九八延安府鄜州。

【洛成】梳篦的異名。也作"落塵"。清厲荃事物異名録十九器用梳引奚囊橘柚："麗居，孫亮愛姬也，鬒髮香淨，一生不用洛成。"

【洛妃】洛水的女神宓妃。玉臺新詠六南朝梁劉令嫻詩二首之二："夜月方神女，朝霞喻洛妃。"唐文粹六宋之問秋蓮賦："既如秦女豔日兮鳳鳴，又似洛妃拾翠兮驚鴻。"

【洛汭】河南省洛水入黄河處。汭，河流會合或彎曲處。書禹貢："東過洛汭，至于大伾。"舊在鞏縣，今在氾水縣西北。後也指河南洛陽一帶地區。文選南朝梁丘希範（遲）與陳伯之書："弔民洛汭，伐罪秦中。"參閲太平寰宇記五西京三鞏縣。

【洛邑】周都邑名。也作雒邑。故址在今洛陽市洛水北岸及瀍水兩岸。書召誥序："（周）成王在豐，欲宅洛邑，使召公先相宅。"洛誥序："召公既相宅，周公往營成周。"即此。洛，古作"雒"。詩周頌清廟序："周公既成雒邑"注："雒，音洛，本亦作'洛'。"有二城：1.王城，在瀍水西。周平王遷都於此。2.成周，在瀍水東。周敬王曾遷都於此。二城故址都在河南洛陽，故後稱洛陽爲洛邑。全唐詩九六沈佺期洛陽道："九門開洛邑，雙闕對河橋。"文苑英華一九二作"路邑"。

【洛河】水名。1.源出陝西洛南縣西北部。東入河南，經盧氏洛寧宜陽洛陽，至偃師納伊河後，稱伊洛河，到鞏縣的洛口流入黄河。洛，本作"雒"。周禮夏官職方氏:"河南曰豫州,……其川熒雒。"三國魏黃初年間始改"雒"爲"洛"。三國志魏文帝紀黃初元年"十二月初營洛陽宮,戊午幸洛陽"注引魏略:"魏於行次爲土,土,水之牡也,水得土而乃流,土得水而柔,故除'隹'加'水',變'雒'爲'洛'。"案伊雒之雒與渭洛之洛本爲兩字,後來混用。參閱清段玉裁經韻樓集一伊雒字古不作洛考。2. 源出陝西定邊縣東南部。東南流經志丹甘泉富縣,至洛川納沮河,又流經蒲城,到大荔南合渭河後,東入黃河。又名北洛河。與渭河合稱渭洛。周禮夏官職方氏:"正西曰雍州,……其浸渭洛。"即洛澗。詳"洛澗"。

【洛京】洛陽是著名古都之一,故稱洛京。魏書任城王雲傳附子澄:"駕還洛京,復兼右僕射。"五代梁唐晉漢周常以爲都,梁爲西都,後唐爲洛京。晉爲西京,漢周因之。參閱新五代史職方考。

【洛花】洛陽花的簡稱,特指牡丹。宋歐陽修洛陽牡丹記花釋名:"洛花以穀雨爲開候。"宋詩鈔韓琦安陽集鈔和袁陟節推龍興寺芍藥:"廣陵芍藥真奇美,名與洛花相上下。"

【洛神】洛水女神,即宓妃。史記一一七司馬相如傳上林賦"若夫青琴宓妃之徒"索隱:"如淳曰:'宓妃,伏羲女,溺死洛水,遂爲洛水之神。'"三國魏曹植有洛神賦。參見"洛神賦"。

【洛食】書洛誥:"我乃卜澗水東、瀍水西,惟洛食;我又卜瀍水東,亦惟洛食。"注:"卜必先墨畫龜,然後灼之,兆順食墨。"原指周公營東都,先卜地,洛得吉兆。後引申爲定都之義。北周庾信庾子山集十一周使持節大將軍廣化郡開國公丘乃敦崇傳:"洛食之始,上馬治國。"參見"洛邑"。

【洛浦】洛水之濱。文選漢張平子(衡)思玄賦:"載太華之玉女兮,召洛浦之宓妃。"又南齊孔德璋(稚珪)北山移文:"聞鳳吹於洛浦,值薪歌於延瀨。"

【洛涘】洛水邊。文選南朝梁陸佐公(倕)石闕銘:"周營洛涘,漢啟岐梁。"唐柳宗元柳先生集四十祭穆質給事文:"抽哀洩憤,舒文致美。願遡海風,以窮洛涘。"

【洛書】易繫辭上:"河出圖,洛出書,聖人則之。"漢儒謂洛書即洪範九疇。書洪範"天乃錫禹洪範九疇"漢孔安國傳:"天與禹洛出書。神龜負文而出,列於背,有數至於九。禹遂因而第之以成九類常道。"漢書五行志上謂洪範文中由"初一曰五行"起到"畏用六極"共六十五字,即洛書本文。後來術士所用洛書,乃太乙行九宮法,出於易緯乾鑿度,爲漢書藝文志所謂太乙家。參閱宋朱熹朱文公集八四書河圖洛書後、清紀昀閱微草堂筆記十一槐西雜志一。參見"九宮㊀"、"河圖"。

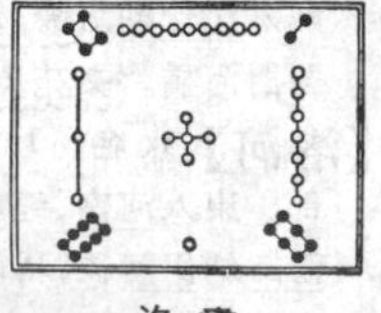
洛書

【洛通】山名。在四川什邡縣西北。秦孝文王以李冰爲蜀守,冰通笮,又導洛通山。即此。見晉常璩華陽國志三蜀志。

【洛師】猶言洛京。師,京師。書洛誥:"予惟乙卯,朝至于洛師。"全唐詩三唐玄宗(李隆基)軒遊宮十五夜:"行邁離秦國,巡方赴洛師。"唐以洛陽爲東都。

【洛陽】地名。屬河南省。周成周地,周以鎬京爲西都,王城爲東都。戰國秦襄王以爲洛陽縣,以在洛水之陽而名,屬三川郡。西漢爲河南郡治。東漢建爲都城。三國魏及後來的西晉北魏與五代的唐皆建都於此。隋唐五代的梁晉漢周和北宋亦以此爲陪都。明清時洛陽縣爲河南府治。公元1948年析縣城區置市。參閱太平寰宇記三西京一洛陽縣、讀史方輿紀要四八河南府。

【洛誥】尚書周書篇名。記周公經營洛邑,遣使向周成王告卜,君臣問答,成王命周公留治洛邑等事。書洛誥序:"周公往營成周,使來告卜,作洛誥。"參見"洛邑"。

【洛誦】反復背誦。莊子大宗師:"副墨之子,聞諸洛誦之孫。"唐成玄英疏:"臨本謂之副墨,背文謂之洛誦。……所以執持披讀,次則漸悟其理,是故羅洛誦之。"洛、絡,同音借字。莊子借爲人名。唐李白李太白詩十七送于十八應四子舉落第還嵩山:"夫子聞洛誦,誇才才故多。"參見"雒誦"。

【洛澗】水名。源出安徽定遠縣西,北至懷遠縣入淮。今名洛河。晉太元八年,秦主苻堅大舉入侵,秦衛將軍帥兵五萬屯洛澗,晉廣陵相劉牢之等直進渡水,大破秦軍,進迫淝水,即此。見晉書劉牢之傳。

【洛學】宋儒程顥程頤都是洛陽人,後人便稱其學派爲洛學。

【洛黨】宋哲宗時,反對王安石新法的朝臣中,有所謂元祐三黨(洛黨、蜀黨、朔黨)。洛黨以程頤爲領袖,朱光庭賈易等爲羽翼。按:程頤爲洛陽人,故稱。參閱宋王應麟小學紺珠六元祐三黨、明陳邦瞻宋史紀事本末四五洛蜀黨議。參見"三黨㊀"。

【洛鐘】指洛陽宮中的鐘。南朝宋劉敬叔異苑二:"晉中朝有人畜銅澡盤,晨夕恒鳴如人扣,乃問張華。華曰:'此盤與洛鐘宮商相應,宮中朝暮撞鐘,故聲相應耳。可錯令輕,則韻乖,鳴自止也。'如其言,後不復鳴。"易乾"同聲相應,同氣相求"唐孔穎達正義:"亦有異類相感者,……蠶吐絲而商弦絕,銅山崩而洛鍾應。"鍾,通"鐘"。按異苑二亦載蜀郡銅山崩而魏殿前大鐘應之而鳴事。

【洛下閎】見"落下閎"。

【洛口倉】古糧倉,又名興洛倉。隋大業二年建於河南鞏縣東南舊洛水入河處,役丁二百萬人。倉城周圍二十餘里,鑿成三千窖,每窖能容糧八千石。大業十三年,爲瓦崗農民起義軍翟讓李密攻克,開倉濟貧,並增築洛口城,周圍四十里,駐軍於此。見隋書李密傳、讀史方輿紀要四八河南府鞏縣。

【洛生詠】指帶鼻濁音的吟詠。猶今俗稱"哼"。按,東晉名士盛行爲洛生詠。世說新語雅量"桓公伏甲設饌"注引宋明帝文章志:"(謝)安能作洛下書生詠,而少有鼻疾,語音濁,後名流多斅其詠,弗能及,手掩鼻而吟焉。"又輕詆:"人問顧長康何以不作洛生詠。答曰:'何至作老婢聲。'"注:"洛下書生詠,音重濁,故云老婢聲。"

【洛如花】樹名。唐馮贄雲仙雜記七洛如花:"吳興山中有一樹,類竹而有實,似莢狀。鄉人見之,以問陸澄,澄曰:'名洛如花,郡有文士則生。'"清朱彝尊有洛如詩鈔六卷。

【洛迦山】補陀洛迦山的簡稱。詳"普陀"。

【洛神珠】草名。即燈籠草。晉崔豹古今注下草木:"苦蒧,一名苦蘵。子有裹,形如皮弁,始生青,熟則赤。裹有實,正圓如珠,亦隨裹青赤。長安兒童謂爲洛神珠,亦曰王母珠,亦曰皮弁草。"參閱本草綱目十六草五酸漿。

【洛神賦】賦名。三國魏曹植作。序謂:"黃初三年,余朝京師,還濟洛川。古人有言,斯水之神,名曰宓妃。感宋玉對楚王神女之事,遂作斯賦。"文選錄入情類,宋尤袤李注文選刻本(清胡克家重刊)引李善注稱植求甄逸女不遂,甄女後歸曹丕。植黃初中入朝,甄后已爲郭后讒死,文帝(丕)以甄之遺物玉鏤金帶枕示植，植見之感傷泣下，在歸途中，息洛水上，思甄后而作感甄賦。後明帝（曹叡）改名爲洛神賦。但文選袁氏本及茶陵本皆無此注，且甄后三歲喪父，後袁紹納爲中子熙妻，曹操破冀，丕取爲妻，與注言不合。故後多不信此説。

【洛陽江】 水名。在福建泉州市，下游和惠安縣交界，流入泉州灣。相傳唐宣宗微時來遊，以此地風景類似洛陽，因名洛陽江。又名樂洋江。江上有橋，卽著名的洛陽橋。見讀史方輿紀要九九泉州府晉江縣。參見"洛陽橋"。

【洛陽花】 ㊀牡丹的別稱。唐宋時，洛陽牡丹最盛，因稱洛陽花。宋歐陽修洛陽牡丹記花品序："牡丹……出洛陽者，今爲天下第一。"宋羅大經鶴林玉露一："洛陽人謂牡丹爲花，成都人謂海棠爲花，尊貴之也。"㊁石竹花的別名。本草綱目十六草五瞿麥集解："（石竹）人家栽者，花稍小而嫵媚，有細白、粉紅、紫赤、斑斕數色，俗呼爲洛陽花。"廣羣芳譜花譜二五石竹："石竹草品，纖細而青翠，花有五色，單葉千葉，……一云千瓣者名洛陽花，草花中佳品也。"

【洛陽橋】 本名萬安橋。橫跨福建洛陽江，是著名的古代梁架式大石橋。北宋蔡襄守泉州時建成，並題名爲萬安渡橋。因造橋工程艱巨，故有海神協助修橋的神話。初成時長三百六十丈，廣一丈五尺，後屢有擴建。洛陽天津橋以石爲柱，累衆石爲址，此橋亦累石爲址，故民間習稱爲洛陽橋。參閱宋程大昌演繁露五洛陽橋、清施鴻保閩雜記。

【洛陽紙貴】 晉左思作三都賦，構思十年，賦成，不爲時人所重。及皇甫謐爲作序，張載劉逵爲作注，張華嘆爲："班（固）張（衡）之流也。"於是豪富之家爭相傳寫，洛陽爲之紙貴。見晉書左思傳。後用洛陽紙貴形容文章風行一時，人以先覩爲快。

【洛陽名園記】 宋李格非撰。一卷。記載洛陽名園，包括富弼等的園囿十八所，另市集一處。對歷史、景物、花木等都有記敍。末言名園的興廢，反映洛陽的興衰，而洛陽的興衰又象徵國家的治亂。

【洛陽牡丹記】 宋歐陽修撰。一卷。分三篇：一、花品敍，二、花釋名，三、風俗記；並及培育栽植接種灌溉之事。牡丹自唐武后以來漸爲人重，論牡丹的專著，以此書爲最早。

【洛陽伽藍記】 北魏楊衒之撰。五卷。北魏建都洛陽，尊崇佛法，佛寺富麗。永熙之亂，大半被毁。武定五年，衒之重經洛陽，感念廢興，因追敘故蹟，記城内外四十八寺的建置興廢，旁及當時政治社會及民間風俗。伽藍，是梵語佛寺的意思。第五卷城北記宋雲惠生向西域求經事，保存了古代中印交通的重要資料。清吴若準重爲編次，釐定綱目，搜集各本，撰集證一卷。是研究中外交通史的重要參攷資料。

【洛陽縉紳舊聞記】 宋張齊賢撰。五卷，分二十一篇。記五代時期梁唐在洛陽的遺聞軼事。多據傳聞，自稱凡與舊史差異者，並存而録之，可爲讀史參證。

洺 míng ㄇㄧㄥˊ 武并切，平，清韻，明。

水名。説文："水名。从水，名聲。"詳"洺河"。

【洺州】 地名。北周置。唐改廣平郡，後復稱洺州。宋爲洺州廣平郡。元升爲廣平路，明爲廣平府。故治卽今河北永年縣。參閱讀史方輿紀要十五廣平府。

【洺河】 水名。卽古寢水，一名南易水，一名千步水，也稱漳水。源出太行山東麓，經河北永年縣流入滏陽河。唐武德五年，太宗引洺水擊敗劉黑闥，卽此。參閱讀史方輿紀要十五廣平府。

洑 fú ㄈㄨˊ 房六切，入，屋韻，並。

㊀水流回旋處。水經注二八沔水："又東爲淨灘，夏水急盛，川多湍洑，行旅苦之。"㊁水伏流地下。南朝梁何遜何水部集渡連圻詩之一："洑流自洄糾，激瀨視奔騰。"唐錢起錢考功集二登覆釜山遇道人詩之二："山階壓丹穴，藥井通洑流。"㊂浮游。通"浮"。紅樓夢三八："掐了桂蕊，扔在水面，引的那游魚洑上來唼喋。"此義今讀fù。

洎 jì ㄐㄧˋ 几利切，去，至韻，見。具冀切，去，至韻，羣。

㊀浸潤。管子水地："越之水，濁重而洎。"注："洎，浸也。"㊁肉汁。左傳襄二八年："御者知之，則去其肉而以其洎饋。"釋文："洎，其器反，肉汁也。"㊂及，到達。莊子寓言："吾及親仕三釜而心樂，後仕三千鍾而不洎，吾心悲。"注："洎，及也。"文選漢張平子（衡）東京賦："百僚師師，于斯胥洎。"注："洎，及也。言元日百官於此相連及而來朝賀也。"

【洎夫藍】 植物名。卽番紅花，又名撒法卽。見本草綱目十五草四番紅花。詳"番紅花"。

洢 yī ㄧ 集韻 於夷切，平，脂韻。

卽伊河。集韻："水名，在河南陸渾山入河。通作'伊'。"參見"伊河"。

洫 xù ㄒㄩˋ 況逼切，入，職韻，曉。

㊀溝洫，田間水道。論語泰伯："卑宫室而盡力乎溝洫。"左傳襄三十年："子産使都鄙有章，……田有封洫。"㊁護城河。詩大雅文王有聲："築城伊淢，作豐伊匹。"釋文："淢字又作洫，韓詩云：'洫，深池。'"文選漢張平子（衡）東京賦："謻門曲榭，邪阻城洫。"注："洫，城下池。"也作"淢"。㊂水渠，水門。後漢書二九鮑永傳附鮑昱："昱乃上作方梁石洫。"㊃使空虛。管子小稱："滿者洫之，虛者實之。"㊄敗壞。莊子則陽："與世偕行而不替，所行之備而不洫。"

洶 xì ㄒㄧˋ 蘇計切，去，霽韻，心。

水名。説文："洶，水。出汝南新郪，入潁。从水，囟聲。"清段玉裁注："今安徽潁州府治阜陽縣，縣東八里有新鄭城。……按今洶水不得其詳。"又："洶，細，古今字。"

派 pài ㄆㄞˋ 匹卦切，去，卦韻，滂。

㊀支流。文選晉郭景純（璞）江賦："源二分於崌崍，流九派乎潯陽。"㊁事物之流別。如學派、宗派、黨派。見"派別"。㊂差遣，委派。紅樓夢七："臨安伯老太太生日的禮已經打點了。太太派誰送去？"㊃指責。紅樓夢二四："你只説舅舅見你一遭兒就派你一遭兒不是。"㊄量詞。一派。多用以指景色、氣象、聲音等。元曲選喬孟符揚州夢四："喜的是楚腰纖細掌中擎，愛的是一派笙歌醉後聽。"

【派別】 各分一派，分支。文選晉左太沖（思）吴都賦："百川派別，歸海而會。"又南朝梁沈休文（約）齊故安陸昭王碑文："本枝派別，因菜命氏。"宋周必大益公題跋九跋周德友所藏蘇養直詩帖："後湖居士歌詩清腴，蓋江西之派別。"

洳 rù ㄖㄨˋ 人恕切，去，御韻，日。

㊀見"沮洳"。㊁水名。見"洳河"。

【洳河】 水名。源出北京市密雲縣，經平谷縣流入泃河。參閱水經注十四鮑丘水。

七畫

浣 huàn ㄏㄨㄢˋ 胡管切，上，緩韻，匣。

說文作“澣”。㊀洗滌。公羊傳莊三一年:“臨民之所漱浣也。”注:“去垢曰浣,齊人語也。”禮內則“衣裳垢和灰請澣”唐陸德明釋文:“澣,本又作浣。”㊁唐代官制,每十日休息沐浴一次,後因稱十日爲浣,每月的上旬、中旬、下旬爲上浣、中浣、下浣。參見“三澣㊀”。

【浣江】水名。浙江省浦陽江流至諸暨縣東南稱浣江。又稱浣浦、浣渚。江側有浣紗石,傳説爲西施浣紗處。參閱讀史方輿紀要九二紹興府諸暨縣。

【浣雪】滌除罪名。新唐書二一一王士真傳:“是時宿師久無功,餉不屬,帝憂之,而淄青、盧龍數表請赦,乃詔浣雪,盡以故地畀之,罷諸道兵。”

【浣花天】即浣花日。宋陸游劍南詩稿三六初夏:“已過浣花天,行開解粽筵。”注:“四月十九日也。”

【浣花日】蜀人習俗,每年四月十九日宴遊於成都西浣花溪旁,稱浣花日。宋蘇軾分類東坡詩八次韻劉景文周次元寒食同遊西湖:“藍尾忽驚新火後,遨頭要及浣花前。”又陸游老學庵筆記八:“四月十九日,成都謂之浣花日,遨頭宴於杜子美草堂滄浪亭,傾城皆出,錦繡夾道。……予客蜀數年,屢赴此集,未嘗不晴,蜀人云:‘雖戴白之老,未嘗見浣花日雨也。’”

【浣花里】地名。1.在四川成都市西南。唐杜甫客蜀居浣花里建草堂。見舊唐書十九下杜甫傳。2.在江蘇蘇州市。清吳偉業梅村家藏稿三圓圓曲:“家本姑蘇浣花里,圓圓小字嬌羅綺。”

【浣花集】五代前蜀韋莊撰,其弟藹編。原本五卷,後人分輯爲十卷,末附明毛晉所增補遺一卷。共收古近體詩二百四十六首。唐末莊入蜀,仕前蜀王建,得杜甫浣花草堂舊居,故以名集。

【浣花牋】唐薛濤家居成都浣花溪旁,以溪水造十色箋,名薛濤箋,又名浣花箋。唐李商隱李義山詩集五送崔珏往西川:“浣花牋紙桃花色,好好題詩詠玉鈎。”

【浣花溪】一名濯錦江,又名百花潭。在四川成都市西郊,爲錦江支流。溪畔有杜甫故居浣花草堂。唐杜甫杜工部草堂詩箋二二院中晚晴懷西郭茅舍:“浣花溪裏花饒笑,肯信吾兼吏隱名。”

【浣紗溪】水名。1.在浙江青田縣長壽峯。相傳南朝宋謝靈運遇浣紗仙女於此。見浙江通志二一山川十三引括蒼彙記。2.若耶溪的別名,在今浙江紹興縣南若耶山下。溪旁有浣紗石,相傳西施浣紗於此。唐李白有浣紗石上女詩,見李太白詩二五。

【浣溪沙】㊀詞調名。本唐教坊曲名。後用爲詞調,也作浣沙溪或浣溪紗。分平韻仄韻兩體。平韻見唐人詞,仄韻始自五代南唐李煜;均雙調,四十二字。此調以唐韓偓詞前段三句三平韻,後段三句兩平韻爲正體。宋孫光憲顧敻之攤破句法,李煜詞之换仄韻都是變體。參閱詞譜、清萬樹詞律三。㊁曲牌名。有二,屬南曲南呂宮,其一字數與詞調半闋同,用作引子;另一與詞調不同,用作過曲。

【浣花夫人】唐西川節度使崔寧妾任氏。瀘州楊子琳乘寧入朝之際,率兵突入成都,寧妾任氏散家財募兵千人,自爲將帥,擊琳,會城内食盡,子琳潰走,任氏以功封夫人。成都市浣花溪舊有浣花夫人祠,傳説三月三日爲浣花夫人生日,傾城出遊。參閱舊唐書一一七、新唐書一四四崔寧傳。

【浣溪沙慢】詞調名。亦名浣溪紗慢。雙調,九十三字。前段九句,五仄韻;後段十句,五仄韻。調見宋周邦彥片玉詞。參閱詞譜二三。

浤

hóng 戶萌切,平,耕韻,匣。ㄏㄨㄥˊ

見下。

【浤浤】象聲詞。浪濤聲。文選晉木玄虛(華)海賦:“崩雲屑雨,浤浤汩汩。”唐劉良注謂“騰湧急激皃”。

浶

láo 集韻 郎刀切,平,豪韻。ㄌㄠˊ

見“浶浪”。

【浶浪】驚擾不安貌。文選漢張平子(衡)西京賦:“摎蓼浶浪,乾池滌藪。”

流

liú 力求切,平,尤韻,來。ㄌㄧㄡˊ

㊀水移動。詩大雅常武:“如山之苞,如川之流。”轉爲行。荀子議兵:“是故刑罰省而威流,無它故焉,由其道故也。”㊁水道。史記河渠書臨河歌:“延道弛兮離常流。”引申爲容器的吐水口。儀禮士虞禮:“匜水錯于槃中南流,在西階之南。”注:“流,匜吐水口也。”㊂支流,流派。漢書九七下班倢伃傳賦:“奉共養于東宮兮,託長信之末流。”注:“末流,謂恩顧之末也。”漢書藝文志:“儒家者流,蓋出於司徒之官,助人君,順陰陽,明教化者也。”㊃傳布,傳遞。易謙:“地道變盈而流謙。”疏:“丘陵川谷之屬,高者漸下,下者益高,是改變盈者,流布謙者也。”史記一一二主父偃傳諫伐匈奴:“臣聞明主不惡切諫以博觀,忠臣不敢避重誅以直諫,是故事無遺策而功流萬世。”㊄移動無定,放蕩。左傳成六年:“士貞伯曰:‘鄭伯其死乎,自棄也已!視流而行速,不安其位,宜不能久。’”禮樂記:“故制雅頌之聲以道之,使其聲足樂而不流。”㊅尋求,擇取。詩周南關雎:“參差荇菜,左右流之。”注:“流,求也。”㊆放逐遠方。書舜典:“流共工于幽州,放驩兜于崇山,竄三苗于三危,殛鯀于羽山。”㊇古代指邊遠的地區。書禹貢:“五百里荒服,三百里蠻,二百里流。”㊈新莽時的銀兩單位。漢書食貨志下:“朱提銀重八兩爲一流。”

【流人】㊀被流放的人。莊子徐无鬼:“子不聞夫越之流人乎?去國數日,見其所知而喜。”釋文:“流人,有罪見流徙者也。”㊁流亡外地的人。漢桓寬鹽鐵論執務:“賦斂省而農不失時,則百姓足而流人歸其田里。”

【流亡】㊀流浪,逃亡。詩大雅召旻:“瘨我饑饉,民卒流亡。”楚辭屈原九章哀郢:“去故鄉而就遠兮,遵江夏以流亡。”㊁隨水流逝。楚辭屈原九章惜往日:“寧溘死而流亡兮,恐禍殃之有再。”注:“意欲淹没隨水去也。”

【流丸】滾動的丸。荀子大略:“語曰:流丸止於甌臾,流言止於知者。”甌臾,坑穴。

【流冗】流離失所。漢書成帝紀鴻嘉四年春正月詔:“水旱爲災,關東流冗者衆,青幽冀部尤劇。”注:“冗,散失其事業也。”唐杜甫杜工部草堂詩箋十二夏日歎:“萬人尚流冗,舉目唯蒿萊。”

【流户】流亡外地的人家。新唐書一六四殷侑傳:“於時痍荒之餘,……以仁惠爲治。歲中,流户襁屬而還。”

【流心】遊移放縱的心。國語晉七:“柔惠小物,而鎮定大事,有直質而無流心,非義不變,非上不舉。”注:“流,放也。”三國志魏王基傳與司馬師書:“許允傅嘏……皆一時正士,有直質而無流心,可與同政事者也。”

【流火】㊀詩豳風七月:“七月流火,九月授衣。”火,星名,或稱大火星,即心宿。夏曆五月黃昏,火見於正南方,方向最正而位置最高,夏曆七月的黃昏,星的位置由中天逐漸西降,知暑漸退而秋將至。文選晉潘安仁(岳)秋興賦:“聽離鴻之晨吟兮,望流火之餘景。”㊁傳説周武王伐紂,渡孟津,有白魚入于王舟,有火覆蓋武王帷幕，變爲火烏飛去。因用爲預兆王朝興盛的典故。唐柳宗元柳先生集三七爲王京兆皇帝即位禮畢賀表:“遂使祥光下燭，嘉氣旁通，周王謝流火之符，魯史愧書雲之典。”

【流内】隋唐時一品至九品的職官稱流内。通典職官一官品:“隋置九品，品各有從,自四品以下，每品分爲上下，凡三十階,自太師始焉，謂之流内。流内自此始。”參見“流外”。

【流水】㊀流動的水。詩小雅沔水:“沔彼流水，其流湯湯。”莊子德充符:“人莫鑑於流水而鑑於止水。”常用以形容接連不斷之狀。史記一二九貨殖傳:“財幣欲其行如流水。”後漢書明德馬皇后紀:“車如流水，馬如游龍。”㊁商店每天的營業收入。清黄六鴻福惠全書六錢穀部流水收簿:“流水者，按日挨登如流水之盈科漸進也。”

【流化】廣布教化。漢書成帝紀陽朔二年九月詔:“古之立太學，將以傳先王之業,流化於天下也。”

【流布】流傳散布。吳子料敵:“有不占而避之者六:……二曰上愛其下,惠施流布。”漢王充論衡講瑞:“堯舜之主，流布道化。”

【流民】流浪外地的人。史記一〇三萬石君傳:“元封四年中，關東流民二百萬口,無名數者四十萬,公卿議欲請徙流民於邊以適之。”

【流目】㊀放眼隨意觀看。猶流覽。漢王充論衡實知:“不達視聽，遥見流目以察之也。”文選漢張平子(衡)思玄賦:“流目眺夫衡阿兮，覩有黎之圮墳。”㊁轉動目光。遼王鼎焚椒録:“皇太叔重元妃入賀,每顧影自矜,流目送媚。”

【流矢】無端飛來的亂箭。禮檀弓上:“圉人浴馬,有流矢在白肉。”史記高祖紀十二年:“高祖擊(英)布時，爲流矢所中，行道病，病甚。”

【流外】隋唐時稱九品官以下,即流内以外的職官。流外本身也有品級，經考銓後,可遞升爲流内,稱爲入流。參閲通典職官一官品。參見“流内”。

【流刑】古代刑罰之一,即把犯人放逐到邊遠的地方服勞役。隋書刑法志齊律:“二曰流刑，謂論犯可死，原情可降，鞭笞各一百，髡之，投于邊裔，以爲兵卒。”

【流光】㊀謂福澤流傳至後世。穀梁傳僖十五年:“故德厚者流光，德薄者流卑。”後漢書六一左雄傳上疏陳事:“流光垂祚，永世不刊。”㊁閃動的光。漢書八七上揚雄傳校獵賦:“應騁聲，擊流光。”注引如淳:“陳寶神來下時，騁然有聲，又有光精也。”文選三國魏曹子建(植)七哀詩:“明月照高樓，流光正徘徊。”指月光。㊂時光易逝，故稱光陰爲流光。唐李白李太白詩二古風之十一:“逝川與流光，飄忽不相待。”又鮑溶詩六人日陪宣州范中丞:“流光易去歡難得，莫厭頻頻上此臺。”

【流年】光陰，年華。因易逝如流水，故稱。南朝宋鮑照鮑氏集六登雲陽九里埭詩:“宿心不復歸，流年抱衰疾。”唐杜甫杜工部草堂詩箋二五雨:“悠悠邊月破，鬱鬱流年度。”

【流血】因傷出血。左傳成二年:“郤克傷於矢，流血及屨。”也指戰爭中大量傷亡。戰國策魏四:“秦王曰:‘天子之怒，伏屍百萬，流血千里。’”

【流行】傳布,盛行。孟子公孫丑上:“德之流行，速於置郵而傳命。”左傳僖十三年:“天災流行，國家代有，救災恤鄰，道也。”

【流沙】沙漠。沙常因風而流動轉移,故稱流沙。書禹貢:“導弱水至於合黎，餘波入於流沙。”楚辭宋玉招魂:“魂兮歸來!西方之害,流沙千里些。”

【流言】㊀散布没有根據的話。書金縢:“武王既喪，管叔及其羣弟乃流言於國，曰,(周)公將不利於孺子。”㊁帶有誹謗性的話。荀子大略:“説曰:‘流丸止於甌臾,流言止於知者。’”

【流形】易乾:“雲行雨施，品物流形。”疏:“言乾能用天地之德,使雲氣流行，雨澤施布,故品類之物,流布成形。”因以指萬物形體。宋文天祥文山集十四正氣歌:“天地有正氣，雜然賦流形;下則爲河嶽,上則爲日星。”

【流吹】指笳簫一類的吹管樂器。文選南朝宋顔延年(延之)三月三日曲水詩序:“然後升祕駕，胤緹騎，摇玉鑾，發流吹。”

【流别】㊀流派。晉書摯虞傳:“又撰古文章，類聚區分爲三十卷，名曰流别集。”㊁分門别類。陳書馬樞傳:“(邵陵王綸)綸時自講大品經，令樞講維摩老子周易，同日發題，道俗聽者二千人。王欲極觀優劣，……樞乃依次剖判，開其宗旨，然後枝分流别，轉變無窮，論者拱默聽受而已。”

【流利】流暢利落。唐張彦遠法書要録二梁庾元威論書:“(孔)敬通又能一筆草書，一行一斷，婉約流利，特出天性。”此指書法生動。宋史律曆志四:“徵聲抑揚流利，從下而上。”此指音調活潑。

【流波】㊀流水。楚辭屈原遠遊:“叛陸離其上下兮，遊驚霧之流波。”文選晉張景陽(協)雜詩:“流波戀舊浦，行雲思故山。”㊁比喻美女晶瑩靈活的眼光。文選戰國楚宋玉神女賦:“望余帷而延視兮，若流波之將瀾。”注:“流波，目視貌。言舉目延視，精若水波。”

【流放】把犯罪者放逐到邊遠地方的刑罰。漢書九八元后傳王鳳上疏乞骸骨:“陛下以皇太后故不忍誅廢，臣猶自知當遠流放。”

【流宕】㊀流浪，飄泊。三國志蜀許靖傳袁徽與荀彧書:“許文休……自流宕已來，與羣士相隨，每有患急，常先人後己，與九族中外同其飢寒。”文休，靖字。樂府詩集三九古辭豔歌行:“兄弟兩三人，流宕在他縣。”㊁放蕩。後漢書八二上方術傳序:“意者多迷其統，取遣頗偏，甚有雖流宕過誕亦失也。”

【流官】指明清時在川滇黔等少數民族地區任命的官吏。因其有任期，不同於世襲的土官，故稱。參見“改土歸流”。

【流亞】指同一類的人物。三國志蜀呂乂傳評:“呂乂臨郡則垂稱，處朝則被損，亦黄(霸)、薛(宣)之流亞矣。”晉書桓温傳:“温眼如紫石棱，鬚作蝟毛磔，孫仲謀(權)晉宣王(司馬懿)之流亞也。”

【流芳】㊀散布香氣。文選三國魏曹子建(植)洛神賦:“踐椒塗之郁烈，步蘅薄而流芳。”也比喻流傳美好的名聲。三國志魏文德郭皇后傳棧潛上疏:“故西陵配黄，英娥降嬀，並以賢明，流芳上世。”參見“流芳百世”。㊁指流傳的好名聲，好傳統。三國志蜀郤正傳釋譏:“綜墳典之流芳，尋孔氏之遺藝。”

【流抵】舊時田賦制度，准許將本年多納的錢糧，抵作次年應納的賦税，叫流抵。參閲清文獻通考二田賦二康熙六年。

【流杯】即流觴。北周庾信庾子山集一春賦:“三日曲水向河津，日晚河邊多解神。樹下流杯客，沙頭渡水人。”唐杜牧樊川集外集和嚴惲秀才落花詩:“共惜流年留不得，且環流水醉流柸。”柸，即“杯”字。參閲宋高承事物紀原十流杯。參見“流觴曲水”。

【流派】水的支流。全唐詩三九張文琮詠水:“標名資上善，流派表靈長。”引申爲派别。宋胡仲弓葦航漫遊稿二送丁鍊師歸福堂詩:“易東流派遠，千載見斯人。”清朱彝尊曝書堂集三九劉介子詩集序:“南渡以後，尤延之(袤)、范致能(成大)爲楊廷秀(萬里)所服膺，而不入其流派，……斯善於詩者矣。"

【流洲】神話中的海島名。舊題漢東方朔海内十洲記:"流洲在西海中，地方三千里，去東岍十九萬里;上多山川，積石名爲昆吾，冶其石成鐵，作劍光明洞照，如水精狀，割玉物如割泥。"

【流迸】㊀流離散失。後漢書三二樊宏傳附樊準:"時飢荒之餘，人庶流迸，家戶且盡。"北史魏孝文帝紀延興二年:"又詔流迸之人，皆令還本，違者徙邊。"㊁流湧。宋王禹偁小畜集五庶子泉詩:"泉乎未遇人，石罅徒流迸。"

【流毒】流傳毒害。書泰誓中:"有夏桀弗克若天，流毒下國。"也指流傳的毒害。漢王充論衡言毒:"則知邊者陽氣所爲，流毒所加也。"

【流眄】謂流轉目光觀看。文選戰國楚宋玉登徒子好色賦:"含喜微笑，竊視流眄。"三國魏曹植曹子建集三洛神賦:"容與乎陽林，流眄乎洛川。"

【流盼】猶流眄。文苑英華三一唐白行簡望夫化爲石賦:"念遠增懷，憑高流盼。心搖搖而有待，目眇眇而不見。"

【流星】㊀飛掠過天空的發光星體。史記樂書:"漢家常以正月上辛祠太一甘泉，……常有流星經於祠壇上。"晉書桓玄傳:"其母馬氏嘗與同輩夜坐，於月下見流星墜銅盆水中。"又稱"奔星"、"飛星"、"賊星"。㊁比喻迅速。唐李白李太白詩二古風之三四:"羽檄如流星，虎符合專城。"宋岳珂桯史九鼈渡橋:"(虞允文)卽卻逆亮于采石，還至金陵，謁葉樞密義，問于玉帳，……天方欲雪，因留卯飲，酒方行，流星警報沓至。"㊂古寶劍名。晉崔豹古今注上輿服:"吳大帝有寶刀三，寶劍六，……四曰流星。"唐楊炯楊盈川集二送劉校書從軍詩:"赤土流星劍，烏號明月弓。"

【流品】類別，等級。本指官階，也泛指門第或社會地位。宋書王僧綽傳:"參掌大選，究識流品，諳悉人物，拔才舉能，咸得其分。"唐杜牧樊川集一感懷詩:"流品極蒙尨，網羅漸離弛。"參閱清顧炎武日知錄十三流品。

【流風】㊀猶遺風。指先代流傳下來的好風氣。孟子公孫丑上:"紂之去武丁未久也，其故家遺俗，流風善政，猶有存者。"㊁隨風流行。楚辭屈原九章悲回風:"淩大波而流風兮，託彭咸之所居。"指乘風波而流行。文選漢張平子(衡)南都賦:"彈琴擫籥，流風徘徊。"指樂聲隨風而流響。

【流便】順暢，流利。唐張彥遠法書要錄一引南齊王僧虔論書:"孔琳之書，放縱快利，筆道流便。"南史任昉傳:"晚節轉好著詩，欲以傾沈(約)，用事過多，屬辭不得流便，……於是有才盡之談矣。"

【流俗】㊀流行的習俗。多含貶義。孟子盡心下:"同乎流俗，合乎汙世。"禮射義:"幼壯孝弟，耆耋好禮，不從流俗，脩身以俟死者，不在此位也。"㊁世俗的人。漢書六二司馬遷傳報任安書:"文史星歷，近乎卜祝之間，固主上所戲弄，倡優畜之，流俗之所輕也。"文選晉成公子安(綏)嘯賦:"愍流俗之未悟，獨超然而先覺。"

【流衍】廣布，充溢。漢王符潛夫論忠貴:"五代之臣，以道事君，以仁撫世，澤及草木，兼利內外，……是以福祚流衍，本枝百世。"文選晉左太沖(思)吳都賦:"窺東山之府，則瓌寶溢目;覩海陵之倉，則紅粟流衍。"

【流浪】漂泊浪蕩。晉陶潛陶淵明集八祭從弟敬遠文:"余嘗學仕，纏綿人事，流浪無成，懼負素志。"南朝梁釋慧皎高僧傳九單道開康泓讚:"玄象暉曜，高步是臻，飡茹芝英，流浪巖津。"

【流涎】流口水。形容貪饞。藝文類聚八七魏文帝詔羣臣:"又釀以爲酒，……道之固已流涎咽唾，況親食之耶。"唐杜甫杜工部草堂詩箋二飲中八僊歌:"汝陽三斗始朝天，道逢麴車口流涎。"

【流馬】見"木牛流馬"。

【流逋】流亡。唐韓愈昌黎集三一柳州羅池廟碑:"流逋四歸，樂生興事。"

【流連】㊀樂而忘反。孟子梁惠王下:"流連荒亡，爲諸侯憂。從流下而忘反謂之流，從流上而忘反謂之連，……先王無流連之樂。"㊁依戀不捨。文選南朝宋傅季友(亮)爲宋公修張良廟教:"過大梁者，或佇想於夷門;游九京者，亦流連於隨會。"也指留滯。三國志魏劉馥傳應璩與馥子靖書:"封符指期，無流連之吏。"㊂流離，離散。漢書八六師丹傳:"百姓流連，無所歸心。"㊃涕泣貌。漢書一〇〇上敍傳:"'沈湎于酒'，微子所以告去也;'式號式謼'，大雅所以流連也。"注:"流連，言作詩之人嗟歎，而涕泣流連也。"後漢書四八翟酺傳:"乃往候(孫)懿，言無所及，唯涕泣流連。"

【流配】把犯人發配到邊遠地方。同"流放"。隋書煬帝紀大業五年:"大赦天下，開皇已來流配，悉放還鄉。"

【流荒】邊遠的地方。文選晉張景陽(協)七命:"若乃華裔之夷，流荒之貊，語不傳於輶軒，地不被乎正朔。"

【流通】交通，暢通。漢書五六董仲舒傳:"以此見人之所爲，其美惡之極，乃與天地流通而往來相應。"漢桓寬鹽鐵論通有:"山居澤處，蓬蒿墝埆，財物流通，有以均之。"

【流庸】流亡在外受人雇用的人。漢書昭帝紀始元四年詔:"比歲不登，民匱於食，流庸未盡還。"注:"流庸，謂去其本鄉而行爲人庸作。"也作"流傭"。宋書何偃傳:"然淮泗數州，實亦彫耗，流傭未歸，創痍未起。"

【流麥】後漢書八三高鳳傳:"少爲書生，家以農畝爲業，而專精誦讀，晝夜不息，妻嘗之田，曝麥於庭，令鳳護雞。時天暴雨，而鳳持竿誦經，不覺潦水流麥。妻還怪問，鳳方悟之。"後因用流麥作爲專心讀書的典故。藝文類聚二三南朝梁元帝與學生書:"漢人流麥，晉人聚螢。"晉人，指車胤。唐韋應物韋江州集二假中對雨呈縣中僚友詩:"流麥非關忘，收書獨不能。"

【流略】謂九流、七略。泛指前代的書籍。梁書昭明太子傳王筠哀册文:"括囊流略，包舉藝文，遍該緗素，殫極丘墳。"晉書儒林傳序:"明皇聰睿，雅愛流略，簡文玄嘿，敦悅丘墳。"參見"九流"、"七略"。

【流移】㊀流亡、遷移。後漢書桓帝紀建和三年詔:"民有不能自振及流移者，稟穀如科。"又八五東夷傳:"會稽東冶縣人有入海行遭風，流移至澶州者。所在絕遠，不可往來。"㊁流放。唐六典六尚書刑部:"流移之人，皆不得棄放妻妾及私遁還鄉。"

【流徙】㊀流離轉徙。管子侈靡:"廣其德以輕上位，不能使之而流徙。"史記一二二張湯傳:"山東水旱，貧民流徙。"也指流離失所的人。明劉基誠意伯集十三北上感懷詩:"維時連年歉，道路多流徙。"㊁卽流放。後漢書桓帝紀建和三年詔:"流徙者使還故郡，没入者免爲庶民。"

【流湎】放縱。荀子非十二子:"多言無法而流湎然，雖辯，小人也。"注:"湎，沈也。流者不復反，沈者不復出也。"禮樂記:"慢易以犯節，流湎以忘本。"特指沉溺於酒。淮南子泰族:"儀狄爲酒，禹飲而甘之，遂疏儀狄而絕旨酒，所以遏流湎之行也。"漢書八五谷永傳:"(陛下)數離深宮之固，挺身晨夜，與羣小相隨。烏集雜會，飲醉吏民之家，亂服共坐，流湎媟嫚，溷殽無別，閔免遁樂，晝夜在路。”

【流寓】寄居他鄉。後漢書三一廉范傳：“范父遭喪亂，客死於蜀漢，范遂流寓西州。”晉書范甯傳陳時政：“昔中原喪亂，流寓江左，庶有旋反之期，故許其挾注本郡。”

【流愒】見“流憩”。

【流黃】㊀褐黃色。文選南朝梁江文通(淹)別賦：“慙幽閨之琴瑟，晦高臺之流黃。”注：“張載擬四愁詩：‘佳人贈我筩中布，何以報之流黃素。’環濟要略曰：‘間色有五：紺、紅、縹、紫、流黃也。’”㊁褐黃色的物品。所指隨文而異。淮南子本經：“甘露下，竹實滿，流黃出而朱草生。”指玉。樂府詩集三四相逢行：“大婦織羅綺，中婦織流黃。”指絹。㊂卽硫黃。文選漢張平子(衡)南都賦：“赭堊流黃，綠碧紫英。”㊃香名。太平御覽九八二引吳時外國傳：“流黃香出都昆國，在扶南南三千餘里。”

【流瑕】見“流霞”。

【流喝】形容聲音幽咽、嘶啞。文選漢司馬長卿(相如)子虛賦：“榜人歌，聲流喝。”注：“郭璞曰：言悲嘶也。”後漢書四五張酺傳：“郡吏王青者，……父隆，建武初爲都尉功曹，青爲小史，與父俱從都尉行縣，道遇賊，隆以身衞全都尉，遂死於難，青亦被矢貫咽，音聲流喝。”注：“流，或作嘶；喝，音一介反。廣蒼曰：‘聲之幽也。’”

【流睇】轉目斜視。文選漢張平子(衡)南都賦：“微眺流睇，蛾眉連卷。”又傅武仲(毅)舞賦：“眉連娟以增繞兮，目流睇而橫波。”

【流裔】㊀謂末流。漢書藝文志：“諸子十家，其可觀者九家而已。……雖有蔽短，合其要歸，亦六經之支與流裔。”注：“裔，衣末也。其於六經，如水之下流，衣之末裔。”㊁遠代子孫。文選三國魏曹子建(植)王仲宣誄：“流裔畢萬，勳績惟光。”春秋晉獻公滅魏，封畢萬爲大夫。至魏惠王自稱王，子孫以王爲氏。

【流電】比喻迅速。晉陶潛陶淵明集三飲酒詩之三：“一生復能幾，倏如流電驚。”唐李白李太白詩六對酒行：“浮生速流電，倏忽變光彩。”

【流落】飄泊外地，窮困失意。新唐書一二〇崔玄暐傳開元二年詔：“玄暐、(張)柬之，神龍之初，保乂王室，姦臣忌焉，謫殁荒海，流落變遷。”唐李白李太白詩二六與韓荊州書：“白隴西布衣，流落楚漢；十五好劍術，徧干諸侯；三十成文章，歷抵卿相；雖長不滿七尺，而心雄萬夫。”

【流賊】封建統治階級污衊流動作戰的農民起義部隊。明代，特指李自成張獻忠所領導的農民軍。明史有流賊傳。

【流腫】脚氣病。漢董仲舒春秋繁露十三五行逆順：“逆天時則病流腫，水張痿痺，孔竅不通。”三國志吳薛綜傳上疏：“加以鬱霧冥其上，鹹水蒸其下，善生流腫，轉相洿染，凡行海者，稀無斯患。”資治通鑑七二魏青龍元年注：“流腫者，謂毒氣下流，足爲之腫，古人謂之重膇，今人謂之脚氣。”

【流傳】傳布，傳播。墨子非命中：“聲聞不廢，流傳至今。”唐元稹長慶集五一白氏長慶集序：“自篇章已來，未有如是流傳之廣者。”

【流僈】放蕩散漫。荀子樂論：“樂姚冶以險，則民流僈鄙賤矣。流僈則亂，鄙賤則爭。”

【流滯】留滯。流，通“留”。韓詩外傳三：“萬物羣來，無有流滯，以相通移。”

【流漫】㊀放蕩散漫。史記八七李斯傳上書：“諫說論理之臣閒於側，則流漫之志詘矣。”參見“流僈”。㊁遍布，瀰漫。淮南子本經：“喬枝菱阿，夫容芰荷，五采爭勝，流漫陸離。”唐宋之問集上自湘源至潭州衡山縣詩：“漸見江勢闊，行嗟水流漫。”

【流聞】傳聞。漢書五行志中之下：“泆行流聞，海內傳之。”注：“流布聞於遠方也。”後漢書十三隗囂傳：“流聞光武卽位河北，囂卽說更始歸政於光武叔父國三老良。”

【流澌】江河解凍時流動的冰塊。澌同“凘”。楚辭屈原九歌河伯：“與女遊兮河之渚，流澌紛兮將來下。”注：“流澌，解冰也。”又漢東方朔七諫沈江：“赴湘沅之流澌兮，恐逐波而復東。”

【流瘠】謂逃荒的飢民。新唐書一一九白居易傳：“以旱甚，下詔有所蠲貸，……卽建言乞盡免江淮兩賦，以救流瘠。”

【流輠】言辭層出不窮。宋劉敞公是集九送劉初平謁會稽范吏部詩：“詼諧若流輠，捷勝如建瓴。”參見“炙輠”。

【流弊】相沿下來的弊病。三國志魏杜畿傳附杜恕上疏：“今之學者，師商韓而上法術，以儒家爲迂闊，不周世用，此最風俗之流弊，創業者之所致慎也。”宋書禮志一：“蕩近世之流弊，繼千載之絕軌。”

【流憩】步遊或稍息。文選晉陶淵明(潛)歸去來辭：“園日涉以成趣，門雖設而常關。策扶老以流憩，時矯首而遐觀。”宋書本傳歸去來作“流愒”。愒，休息。

【流輩】同輩，同一流的人。文選南朝梁沈休文(約)奏彈王源：“而託姻結好，唯利是求，玷辱流輩，莫斯爲甚。”魏書李沖傳：“沖善交遊，不妄戲雜，流輩重之。”

【流澤】散布的恩德。荀子禮論：“故有天下者事七世，有一國者事五世，有五乘之地者事三世，有三乘之地者事二世，持手而食者不得立宗廟，所以別積厚者流澤廣，積薄者流澤狹也。”文選漢班叔皮(彪)王命論：“由是言之，帝王之祚，必有明聖顯懿之德，豐功厚利積累之業，然後精誠通於神明，流澤加於生民。”

【流螢】飛行無定的螢。南齊謝朓謝宣城集二玉階怨詩：“夕殿下珠簾，流螢飛復息。”唐杜牧樊川集外集秋夕詩：“銀燭秋光冷畫屏，輕羅小扇撲流螢。”

【流霞】㊀飄動的紅色雲彩。文選漢揚子雲(雄)甘泉賦：“吸青雲之流瑕兮，飲若木之露英。”注：“霞與瑕古字通。”㊁神話中的仙酒。漢王充論衡道虛：“(項)曼都曰：‘有仙人數人，將我上天，離月數里而止。……口饑欲食，仙人輒飲我以流霞一杯，每飲一杯，數月不饑。’”㊂泛指美酒。北周庾信庾子山集四衞王贈桑落酒奉答詩：“愁人坐狹邪，喜得送流霞。”唐李白李太白全集七豳歌行上新平長史兄粲詩：“狐裘獸炭酌流霞，壯士悲吟寧見嗟。”

【流蕩】㊀無所依託。楚辭屈原遠遊：“意荒忽而流蕩兮，心愁悽而增悲。”注：“情思罔兩無據依也。”㊁飄泊。同“流宕”。玉臺新詠一古樂府豔歌行：“兄弟兩三人，流蕩在他縣。”

【流邁】指時間的消逝。文選三國吳韋弘嗣(曜)博弈論：“蓋君子恥當年而功不立，疾沒世而名不稱，故曰‘學如不及，猶恐失之’，是以古之志士，悼年齒之流邁，而懼名稱之不建也。”唐張銑注：“邁，過也。”

【流霜】飛霜。文選晉張景陽(協)七命：“乃勑雲輅，驂飛黃，越本沙，輾流霜，……遂適沖漠之所居。”全唐詩一一七張若虛春江花月夜：“空裏流霜不覺飛，汀上白沙看不見。”

【流轉】㊀輾轉流亡。後漢書六七張儉傳：“儉得亡命，困迫遁走，望門投止，莫不重其名行，破家相容。後流轉東萊，止李篤家。」㈡輪流。隋書 音樂志下牛弘等議:「盧植云:『十二月三管流轉用事,當用事者爲宮;宮,君也。』」㈢流暢圓轉。南史王筠傳:「好詩圓美流轉如彈丸。」

【流韻】㈠詩文表現的風格韻味。南朝梁劉勰文心雕龍九時序:「應(貞)傅(玄)三張(載協亢)之徒,孫(楚)摯(虞)成公(綏)之屬,並結藻精英,流韻綺靡。」㈡經久不絕的樂音。唐駱賓王集四寓居洛濱對雪憶謝二詩:「積彩明書帳,流韻繞琴臺。」

【流離】㈠流轉,離散。漢書四五蒯通傳:「今劉項分爭,使人肝腦塗地,流離中野,不可勝數。」後漢書董祀妻(蔡琰)傳悲憤詩一章:「流離成鄙賤,常恐復捐廢。」㈡猶言淋漓。文選漢司馬長卿(相如)長門賦:「左右悲而垂淚兮,涕流離而從橫。」㈢光采紛繁貌。同「陸離」。文選漢揚子雲(雄)甘泉賦:「曳紅采之流離兮,颺翠氣之宛延。」㈣梟的異名。詩邶風旄丘:「瑣兮尾兮,流離之子。」三國吳陸璣毛詩草木鳥獸蟲魚疏下:「流離,梟也。自關而西謂梟爲流離。」㈤寶石名。卽琉璃。漢書九六西域傳上罽賓:「出……珊瑚、虎魄、璧流離。」注:「魏略云大秦國出赤、白、黑、黃、青、綠、縹、紺、紅、紫,十種流離。」

【流麗】流暢而華麗。常用以形容詩文和書法。唐元稹長慶集五六唐故工部員外郎杜君墓係銘:「至于子美(甫),……掩顏(延之)謝(靈運)之孤高,雜徐(陵)庾(信)之流麗。」宋蘇軾分類東坡詩十一和子由論書:「端莊雜流麗,剛健含婀娜。」

【流歠】一口氣喝下去。歠,通「啜」。孟子盡心上:「放飯流歠而問無齒決,是之謂不知務。」注:「流歠,長歠也。」禮曲禮上:「毋放飯,毋流歠。」疏:「毋流歠者,謂開口大歠,汁入口如水流,則欲多而速,是傷廉也。」

【流瀾】散布,遍布。楚辭漢東方朔七諫自悲:「何青雲之流瀾兮,微霜降之蒙蒙。」又漢王逸九思遭厄:「思哽饐兮詰詘,涕流瀾兮如雨。」

【流議】㈠議論。漢書六五東方朔傳非有先生論:「虛心定志欲聞流議者三年于茲矣。今先生進無以輔治,退不揚主譽,竊不爲先生取之也。」注:「流,末流也。猶言餘論也。」㈡流俗的議論。文選南朝宋顏延年(延之)五君詠嵇中散:「立俗迕流議,尋山洽隱淪。」㈢散布議論。唐白居易長慶集四八納諫:「於是設敢諫之鼓,建進善之旌,立誹謗之木;工商得以流議,士庶得以傳言。」

【流蘇】以五彩羽毛或絲綫製成的穗子。常用作車馬、帷帳等的垂飾。文選漢張平子(衡)東京賦:「駙承華之蒲梢,飛流蘇之騷殺。」注:「流蘇,五采毛雜之以爲馬飾而垂之。摯虞決疑要注曰:凡下垂曰蘇。」後漢書輿服志上:「大行載車,其飾如金根車,……垂五采,析羽流蘇前後。」

【流覽】周流觀覽。也作「流攬」。文選漢枚叔(乘)七發:「流攬無窮,歸神日母。」後漢書六十上馬融傳廣成頌:「於是流覽遍照,殫變極態,上下究竟,山谷蕭條,原野嵺愀。」

【流嚶】鳴聲圓轉的飛禽。文選梁沈休文(約)三月三日率爾成篇詩:「開花已匝樹,流嚶復滿枝。」參見「流鶯」。

【流鶯】鶯鳥。流,謂其鳴聲圓轉。唐李白李太白詩二三對酒:「流鶯啼碧樹,明月窺金罍。」又高適高常侍集五別楊山人詩:「夷門二月柳條色,流鶯數聲淚沾臆。」

【流變】逐時變化。後漢書三五曹褒傳論:「夫三王不相襲禮,五帝不相沿樂,……況物運遷回,情數萬化,制則不能隨其流變,品度未足定其滋章,斯固世主所當損益者也。」注:「言時代遷移,繁省不定也。」

【流水對】凡對偶的上下兩句意思相貫串的,叫流水對。明胡震亨唐音癸籤四流水對:「嚴羽卿以劉眘虛『滄浪千萬里,日夜一孤舟』爲十字格。劉長卿『江客不堪頻北望,塞鴻何事又南飛』爲十四字格。謂兩句只一意也,蓋流水對耳。」

【流民圖】宋熙寧六年,河東河北陝西大饑,大量百姓出外就食京西,官府遣使賑濟,使者隱落其數,十不奏一,流民負老攜幼入京師者日有千人。時鄭俠監安上門,因繪流民圖,並上疏極言新政之失,神宗因罷青苗法。及呂惠卿執政,俠續有所論,以言辭過激失實,流竄英州。見宋魏泰東軒筆錄五、宋史鄭俠傳。

【流星鎚】兵器名。又名飛鎚。在繩兩端各繫鐵鎚。一用以飛擊敵人,稱正鎚;一用以提手中自衛,稱救命鎚。見武備志一〇四軍資乘器械三。

【流蘇髻】髮髻名。元伊世珍瑯嬛記上:「輕雲鬢髮甚長,每梳頭,立于榻上,猶拂地,已綰髻,左右餘髮,各粗一指,結束作同心帶,垂于兩肩,以珠翠飾之,謂之流蘇髻。」

【流水不腐】流動的水,汙濁自去,不會腐臭。比喻人經常運動則不容易得病。呂氏春秋盡數:「流水不腐,户樞不螻,動也,形氣亦然。」意林引呂氏春秋,螻作「蠹」。

【流水高山】同「高山流水」。

【流水無情】流水一去不回,毫無情意。唐白居易長慶集五七過元家履信宅詩:「落花不語空辭樹,流水無情自入池。」

【流水落花】形容春殘的景象。常用以比喻好時光的消逝。唐宋諸賢絕妙詞選五代南唐李後主(煜)浪淘沙:「流水落花春去也,天上人間。」參見「落花流水」。

【流行坎止】順流而行,遇坎則止。喻進退不强求,視境況而定。漢書四八賈誼傳服鳥賦:「乘流則逝,得坎則止,縱軀委命,不私與己。」注:「孟康曰:『易坎爲險,過險難而止也。』張晏曰:『謂夷易則仕,險難則隱也。』」宋黃庭堅豫章集十贈李輔聖詩:「舊管新收幾粧鏡,流行坎止一虛舟。」

【流芳百世】美名永久流傳於後世。世說新語尤悔:「(桓温)既而屈起坐曰:『既不能流芳後世,亦不足復遺臭萬載邪!』」

【流金鑠石】極言天氣酷熱,金石也被銷鎔。楚辭宋玉招魂:「十日代出,流金鑠石些。」注:「鑠,銷也;言東方有扶桑之木,十日並在其上,以次更行,其熱酷烈,金石堅剛,皆爲銷釋也。」

【流觴曲水】古代風俗,每逢三月上旬的巳日(三國魏以後定爲三月初三),於水濱結聚宴飲,以祓除不祥。後來倣行,於環曲的水渠旁宴集,在水上放置酒杯,杯流行停其前,當卽取飲,稱爲流觴曲水。世說新語企羨「王右軍得人以蘭亭集序方金谷詩序」注引王羲之臨河敍:「此地有崇山峻嶺,茂林修竹,又有清流激湍,映帶左右,引以爲流觴曲水,列坐其次。」也稱「流杯曲水」。南朝梁宗懍荆楚歲時記:「三月三日,士民並出江渚池沼間,爲流杯曲水之飲。」

浪 1. làng ㄌㄤˋ 來宕切,去,宕韻,來。

㈠波浪。文選晉左太沖(思)魏都賦:「温泉毖涌而自浪,華清蕩邪而難老。」㈡放蕩,輕浮。詩邶風終風:「謔浪笑敖,中心是悼。」㈢輕率,徒然。禮學記「言及於數」唐孔穎達正義:「猶若一則稱配大一,二則稱配二儀,但本義不然,浪爲配當。」唐韓愈昌黎集秋懷詩之一:「胡爲浪自苦,得酒且歡喜。」㈣敲,擊。文選南齊孔德璋（稚珪）北山移文："今又促裝下邑，浪栧上京。"注："浪猶鼓也。"

2. láng ㄌㄤˊ 魯當切，平，唐韻，來。

㊄見"浪₂浪₂"。㊅見"滄浪"。

【浪人】㊀行蹤無定的人。唐王勃王子安集一春思賦："於是僕本浪人，平生自淪。懷書去洛，抱劍辭秦。"㊁遊蕩無賴之徒。北魏賈思勰齊民要術二種瓜："勿聽浪人踏瓜蔓及翻覆之。"

【浪士】㊀指寄迹於水邊的隱士。晉書郭璞傳客傲："羈九有之奇駿，咸總之於一朝，……是以水無浪士，巖無幽人，刈蘭不暇，爨桂不給，安事錯薪乎？"㊁唐元結居於瀼濱，自稱浪士，入官後，稱漫浪，浪與漫皆爲真率不受羈束之意。元次山集六瀼溪銘："浪士作銘，將戒何人？欲不讓者，慚遊瀼濱。"參閱新唐書一四三本傳。

【浪子】不務正業的遊蕩子弟。宋李邦彥善謳謔，能蹴鞠，用市語爲詞曲，人爭傳之，自號李浪子。拜少宰，惟阿順趨諂，充位而已，都人目爲浪子宰相。見宋史二五二本傳。雍熙樂府十元闕漢卿一枝花不伏老曲："我是個普天下郎君領袖，蓋世界浪子班頭。"

【浪井】㊀泉水騰涌的天然井。南齊書祥瑞志引（庾温）瑞應圖："浪井不鑿自成，王者清靜，則仙人主之。"又引典略（太平御覽八七三）。㊁井名。宋陳舜俞廬山記總敍山水："張僧鑒尋陽記云：湓口城，灌嬰所築。漢建安中，孫權經北城，命鑿井。……井極深，湓江有風浪，井水輒動，邦人號應浪井。故李白下尋陽城泛彭蠡詩云：'浪動灌嬰井，尋陽江上風。'今井在衙城内之西圃。"湓口城故址在今九江市。

【浪₂汗】縱橫散亂貌。漢劉向説苑善説："雍門子周引琴而鼓之，徐動宮徵，微揮羽角，切終而成曲，孟嘗君涕浪汗增欷而就之曰：'先生之鼓琴，令文若破國亡邑之人也。'"孟嘗君，田文封號。

【浪死】㊀白白送死。資治通鑑一八一隋大業七年："鄒平民王薄擁衆據長白山，……又作無向遼東浪死歌以相感勸。"注："浪死，猶言徒死也。"㊁寂寂無聞的死。五代前蜀釋貫休禪月集四行路難詩之三："九有茫茫共堯日，浪死虛生亦非一。"

【浪穹】舊地名。漢爲葉榆縣。唐初爲浪穹詔所居，爲六詔之一。唐永昌初置州。後併於南詔，亦曰浪穹州。元初併寧北三百户爲浪穹千户所，更置浪穹縣。明清皆屬雲南大理府。公元1913年改爲洱源縣。地在今雲南大理北部，南臨洱海。參閱寰宇通志一一一大理府鄧州、讀史方輿紀要一一七大理府。

【浪花】㊀波浪互相衝擊而濺起的泡沫。唐杜甫杜工部詩史補遺四望兜率寺："霏霏雲氣重，閃閃浪花翻。"㊁不結果實的花朵。北魏賈思勰齊民要術二種瓜："蔓廣則岐多，岐多則饒子，……無岐而花者，皆是浪花，終無瓜矣。"

【浪孟】放縱貌。文選晉潘安仁（岳）笙賦："罔浪孟以惆悵，若欲絶而復肆。"一説失意貌。注："罔及浪孟，皆失志之貌。"又唐張銑注："浪孟，大聲也。"

【浪迹】㊀不拘形迹。文選南朝梁江文通（淹）雜體詩孫廷尉綽："浪迹無蚩妍，然後君子道。"㊁流浪，行蹤無定。晉戴逵栖林賦："浪迹潁湄，棲景箕岑。"（文選南朝梁江文通〔淹〕雜體詩孫廷尉綽注。）亦作"浪跡"。唐李白李太白詩十九訓談少府："壯心屈黄綬，浪跡寄滄洲。"

【浪₂浪₂】流貌。楚辭屈原離騷："攬茹蕙以掩涕兮，霑余襟之浪浪。"形容流淚。唐韓愈韓昌黎集一别知賦："雨浪浪其不止，雲浩浩其長浮。"形容雨水傾注。

【浪婆】波浪之神。唐孟郊孟東野集八送淡公詩："儂是拍浪兒，飲則拜浪婆。"元陳鎰午溪集六再次韻答王子愚詩："雲間后土來天女，風外清淮舞浪婆。"

【浪莽】放縱貌。同"浪孟"。晉陶潛陶淵明集二歸園田居詩之四："久去山澤遊，浪莽林野娱。"

【浪遊】到處漫遊。唐杜牧樊川集外集見穆三十宅中庭海榴花謝詩："堪恨王孫浪遊去，落英狼藉始歸來。"

【浪費】對人力、財力、時間用得多而不恰當。唐人太公家教："才輕德薄，不堪人師，徒消人食，浪費人衣。"（鳴沙石室古佚書）。宋楊萬里誠齋集六寄馬會叔詩："賜金真浪費，喚取從甘泉。"

【浪傳】㊀空傳。唐杜甫杜工部草堂詩箋十五得舍弟消息："浪傳烏鵲喜，深負鶺鴒詩。"㊁輕率傳布。唐杜甫杜工部詩史補遺四泛江送魏十八倉曹還京："見酒須相憶，將詩莫浪傳。"

【浪漫】㊀任意，無拘束。宋蘇軾分類東坡詩二三孟震同遊常州僧舍之一："年來轉覺此生浮，又作三吳浪漫遊。"㊁爛漫。宋張鎡南湖集四過湖至郭氏菴詩："山色稜層出，荷花浪漫開。"

【浪語】㊀隨便亂説。隋書五行志上："大業中，童謡曰：'桃李子，鴻鵠遶陽山，宛轉花林裏。莫浪語，誰道許。'"唐張鷟朝野僉載一："咸亨已後，人皆云：莫浪語，阿婆嗔。"㊁空話，缺乏根據的話。唐杜甫杜工部草堂詩箋三九歸鴈："繫書元浪語，愁寂故山薇。"又李中碧雲集下悼懷王喪妃詩："香解返魂成浪語，膠能續斷是虛名。"

【浪蕩】放浪遊蕩。宋姜夔白石道人詩集上契丹歌："一春浪蕩不歸家，自有穹廬障風雨。"後謂不務正業到處遊蕩爲浪蕩。

【浪淘沙】㊀詞調名。原爲唐教坊曲名，創自唐劉禹錫白居易。白居易詞："却到帝都重富貴，請君莫忘浪淘沙。"劉禹錫詞也有"春風吹浪正淘沙"之句。曲詞爲單調二十八字，四句，三平韻，實卽七言絶句。後宋人又以此曲名另倚新腔，名浪淘沙令浪淘沙慢，參閱詞譜一。㊁曲牌名。南曲屬越調正曲，北曲屬雙角隻曲。見清周祥鈺九宮大成南北詞宮譜。

【浪語集】書名。宋薛季宣撰。三十五卷。季宣早年師事袁溉，後又與朱熹呂祖謙等往來，其持論與朱熹稍異，於心性外，兼重事功。死時年僅四十，其著述多已散佚。此集爲其姪孫旦所編纂刊行。

【浪淘沙令】詞調名。賀鑄詞，名曲入冥；李清照詞，名賣花聲；史達祖詞，名過龍門；馬鈺詞，名煉丹砂。按：唐人浪淘沙，本七言絶句，至南唐李煜，始製兩段令詞，另創新聲。雙調，有五十二字、五十三字、五十四字、五十五字各體，而以李煜的五十四字爲正體。前後段各五句，四平韻。至宋柳永周邦彥别作慢詞，調長拍緩，又與此不同。見詞譜十。

【浪淘沙慢】詞調名。宋柳永樂章集注歇指調，雙調一百三十三字或一百三十二字。見詞譜三七。

沖

chōng 敕中切，平，東韻，徹。

ㄔㄨㄥ

見下。

【沖瀜】文選晉木玄虛（華）海賦："沖瀜沆瀁，渺瀰泼漫。"注："沖瀜沆瀁，深廣之貌。"廣韻"沖"謂沖瀜，水平遠之貌。

涕

tì 他計切，去，霽韻，透。

ㄊㄧˋ 他禮切，上，薺韻，透。

㊀眼淚。詩邶風燕燕："瞻望弗及，泣涕如雨。"㊁鼻水。藝文類聚三五漢王褒僮約："目淚下落，鼻涕長一尺。"

【涕泣】哭泣。莊子齊物論："麗之姬，艾封人之子也。晉國之始得之也，涕泣沾襟。」

【涕泗】眼淚和鼻涕。詩陳風澤陂：「寤寐無爲，涕泗滂沱。」傳：「自目曰涕，自鼻曰泗。」北齊書王松年傳：「孝昭崩，松年馳驛至鄴都宣遺詔，發言涕泗，迄於宣罷，辭色無改，辭吐諧韻。」

【涕唾】鼻涕和唾液。文選漢揚子雲(雄)解嘲：「頷頤折頞，涕唾流沫。」引喻爲卑賤的事物。唐韓愈昌黎集十五上留守鄭相公啓：「不啻如棄涕唾，無一分顧藉心。」

【涕零】淚落。詩小雅小明：「念彼共人，涕零如雨。」三國志蜀諸葛亮傳出師表：「深思先帝遺詔，臣不勝受恩感激。今當遠離，臨表涕零，不知所言！」

涚

shuì ㄕㄨㄟˋ 舒芮切，去，祭韻，審。

㊀微温的水。說文：「涚，財温水也。从水，兑聲。周禮曰：以涚漚其絲。」財，通「纔」。㊁瀌酒，濾酒使清。同「泲」。禮郊特牲：「醆酒涚于清。」疏：「涚，泲也。謂泲之以清酒。」

【涚水】㊀過濾後的灰水。周禮考工記㡛氏：「湅絲，以涚水漚其絲。」注：「以灰所泲水也。」㊁古代祭祀用的酒類。禮祭統：「宗婦執盎從，夫人薦涚水。」注：「涚，盎齊也；盎齊，涚酌也！」

【涚齊】濁酒過濾後的清酒。禮郊特牲：「明水涚齊，貴新也。」注：「涚，猶清也。五齊(泛齊、醴齊、盎齊、緹齊、沈齊)濁，泲之使清，謂之涚齊。」五齊均爲薄酒。

浡

bó ㄅㄛˊ 蒲没切，入，没韻，並。

㊀興起貌。通「勃」。孟子梁惠王上：「天油然作雲，沛然下雨，則苗浡然興之矣。」㊁涌出。淮南子原道：「原流泉浡，冲而徐盈。」注：「浡，涌也。」

【浡滃】雲氣四起貌。漢書八七下揚雄傳解難：「泰山之高不嶕嶢，則不能浡滃雲而散歊烝。」

【浡潏】沸涌貌。文選晉木玄虛(華)海賦：「天綱浡潏，爲凋爲瘵。」注引桓子新論：「夏禹之時，鴻水浡潏。」

涍

xiào 呼教切，去，效韻，曉。
ㄒㄧㄠ 許交切，平，肴韻，曉。

㊀水名。廣韻：「涍，水名，在南陽。」按文選晉潘安仁(岳)西征賦「澡孝水而濯纓」注：「字林曰：孝水在河南郡。」孝水，卽涍水。㊁泉名。在今湖南道縣。詳「涍泉」。

【涍泉】泉名，在湖南道縣東郊。其地有泉七口，泉水湧瀉，其一泉名涍泉。唐元結元次山集六涍泉銘：「沄沄涍泉，流清源深，堪勸人子，奉親之心。」

浦

pǔ ㄆㄨˇ 滂古切，姥韻，上，滂。

㊀水濱。詩大雅常武：「率彼淮浦，省此徐土。」傳：「浦，涯也。」㊁河流注入江海的地方。文選三國魏王仲宣(粲)登樓賦：「挾清漳之通浦兮，倚曲沮之長洲。」世説新語賞譽下「庾公爲護軍」注引徐江州本事：「(桓彝)至廣陵尋親舊，遇風停浦中累日。」㊂姓。晉有尚方丞浦選，宋有員外郎浦延熙。見通志二九氏族五代北四字姓。

【浦口】㊀小河入江之處。北周庾信庾子山集五詠畫屏風詩之十三：「平沙臨浦口，高柳對樓前。」㊁地名。舊稱浦子口，在長江北岸江蘇江浦縣東，與南京市下關隔江相望。明築城，置兵戍守。爲南北交通要衝。參閱嘉慶一統志七五江寧府三。

【浦江】㊀縣名，屬浙江省。漢烏傷諸暨二縣地。唐初爲義烏縣地，天寶十三年，始分義烏及蘭溪富陽三縣地置浦陽縣，以在浦陽江北而名。五代吳越改名曰浦江。明清皆屬金華府。參閱寰宇通志二八金華府浦江縣。㊁水名，卽浦陽江。見該條。

【浦城】縣名，屬福建省。後漢侯官縣地。建安初置漢興縣，三國吳改吳興，唐改唐興，又改武寧。天寶元年，更名浦城，以城臨浦而名。明清屬建寧府。參閱嘉慶一統志四三一建寧府。

【浦起龍】(公元1679—?)清江蘇無錫人，字二田。雍正二年進士。任蘇州府學教授。著有史通通釋讀杜心解。

【浦陽江】水名。亦作浦江。錢塘江支流。源出浦江縣西，北流經諸暨縣，又曰浣江，經紹興縣西錢清鎮曰錢清江，又北經蕭山縣入錢塘江。國語越上韋昭注，以吳江錢塘浦陽爲三江。參閱水經注四十漸水、嘉慶一統志二九九金華府。參見「三江㊀」。

浢

dòu ㄉㄡˋ 徒候切，去，候韻，定。

水名。見下。

【浢水】水名。源出中條山麓，在山西省。一名儀家溝，南流入河。穆天子傳五「天子自𡨥軨乃次于浢水之陽」，卽此。參閱太平寰宇記六陝州芮城縣。

【浢津】古黃河渡口名。浢，亦作「郖」。故址在今河南靈寶縣。漢建安十年杜畿官河東太守，衞固絶陝津，使不得過，畿乃詭道自郖津渡，卽此。唐義寧元年置關，貞觀元年廢，仍設津渡。參閱水經注四河水、嘉慶一統志二二〇陝州一。

涑

1\. sù ㄙㄨˋ 桑谷切，入，屋韻，心。

㊀水名。左傳成十三年：「伐我涑川。」詳「涑水」。

2\. sǒu ㄙㄡˇ 速侯切，平，侯韻，心。

㊀洗滌污垢。廣韻：「涑，澣也。」參閱清段玉裁說文解字注「涑」。

【涑水】㊀水名。源出山西絳縣，西經聞喜縣南，又西南經夏縣安邑猗氏臨晉永濟，至蒲州入黃河。左傳成十三年「伐我涑川」晉杜預注：「涑水出河東聞喜縣，西南至蒲坂縣入河。」㊁地名。春秋時屬晉安邑。宋司馬光爲夏縣涑水鄉人，人稱爲涑水先生。地在今山西夏縣西。參閱司馬温公集七五故處士贈尚書都官郎中司馬君行狀。

【涑水紀聞】宋司馬光撰。記敍宋太祖至神宗數朝的舊聞，以有關朝廷大政者爲多，間亦涉及瑣事。光稿未成，傳寫者隨意編錄。宋陳振孫書錄解題五作十卷，宋史藝文志作三十卷。清四庫館臣別編爲十六卷。

【涑水學案】對宋司馬光的學派的論述。光博覽羣書，惟不喜孟子及釋氏書。著有潛虛等篇。其門人著名者有劉安世范祖禹晁説之等。參閱宋元學案七、八。

浭

gēng ㄍㄥ 古行切，平，庚韻，見。

見下。

【浭水】水名。一名還鄉河，今河北省薊運河上流。源出河北遷安縣。參閱漢書地理志下、讀史方輿紀要十一薊州豐潤縣。

浙

zhè ㄓㄜˋ 旨熱切，入，薛韻。照。

㊀水名。古漸江，也稱之江。見「浙江㊀」。㊁地名。浙江省的簡稱。見「浙江㊁」。

【浙右】浙水之右。文選南齊孔德璋(稚珪)北山移文：「張英風於海甸，馳妙譽於浙右。」注：「字書云：江水東至會稽山陰爲浙右。」江，浙江，卽今之錢塘江；山陰，卽今浙江省紹興縣，古屬會稽郡。

【浙江】㊀水名。古漸水，又名之江，以其多曲折，故稱浙江。上游有二源，北爲新安江，南爲蘭溪，二水合於建德縣東南，東北流至桐廬縣爲桐江，至富陽縣爲富春江，至舊錢塘縣境爲錢塘江。史記秦始皇紀三十七年十月出游，“至錢塘，臨浙江”即此。參閱元和郡縣志二五杭州、讀史方輿紀要八九浙江一。㊁省名。以境内錢塘江舊稱浙江得名。書禹貢揚州東境、春秋時爲吳越兩國地；戰國屬楚；秦漢爲會稽郡；唐爲江南道，後分置浙江東西二道；宋爲兩浙路，元置江浙中書行省，明清置浙江省。見讀史方輿紀要八九浙江一、嘉慶一統志二八一浙江。

【浙西】 謂浙江省浙江西部及西北部地區。唐置浙江西道。轄今浙江以西杭嘉湖舊屬，及江蘇安徽長江以南地，直至江西九江。南宋爲浙江西路，轄臨安平江鎮江三府、常嚴湖秀四州。明清時爲杭嘉湖諸府地。參閱讀史方輿紀要八歷代州域形勢。

【浙東】 謂浙江省浙江東部地區，唐置浙江東道。南宋時爲浙東路，轄紹興府及婺衢處温台明六州。明清時爲寧紹台金衢嚴温處諸府地。參閱讀史方輿紀要八歷代州域形勢。

【浙江通志】 書名。明薛應旂輯，七十二卷。清康熙間趙士麟王國安復爲增修，皆甚簡略。雍正九年李衛等又加重修，歷五年告竣。凡二百八十卷，分五十四門。所引諸書皆列原文，標明出典，間附考證。

浹 1. jiā ㄐㄧㄚ 子協切，入，帖韻，精。

㊀通，透。荀子解蔽：“其所以貫理焉雖億萬，已不足以浹萬物之變，與愚者若一。”後漢書十下獻帝伏皇后傳：“(曹)操出，顧左右，汗流浹背。”㊁霑潤。史記一一七司馬相如傳難蜀父老：“故休烈顯乎無窮，聲稱浹乎于茲。”㊂周匝。見“浹日”、“浹辰”。

2. xiá ㄒㄧㄚˊ 集韻 轄夾切，入，洽韻。

㊃見“浹₂渫”。

【浹日】 十日。古代用天干、地支相配以紀日，自甲至癸，十日爲一周匝，稱浹日。國語楚下：“遠不過三月，近不過浹日。”注：“浹日，十日也。”又越下：“浹日而令大夫朝之。”注：“從甲至甲爲浹。浹，帀也。”也作“挾日”。周禮天官大宰：“使萬民觀治象，挾日而斂之。”注：“挾，子協反，又作浹。”

【浹月】 兩月。清方苞方望溪集十七已亥四月示道希兄弟：“齊衰期者，大功布衰九月者，皆三月不御于内。用此推之，正服大功，以浹月爲期；小功緦麻，終月可也。”

【浹旬】 十天，一旬。漢衛尉衡方碑：“受任浹旬，庵離寢疾。”(隸釋八)庵，借作“奄”。宋書武帝紀下：“史臣曰：高祖(劉裕)地非桓文，衆無一旅，曾不浹旬，夷凶翦暴，祀晉配天，不失舊物。”

【浹辰】 十二日。左傳成九年：“莒恃其陋，而不修城郭，浹辰之間，而楚克其三都。”疏：“浹爲周匝也。從甲至癸爲十日，從子至亥爲十二辰。”參見“浹日”。

【浹洽】 ㊀徧及。漢書禮樂志：“於是教化浹洽，民用和睦，災害不生，禍亂不作。”也作“挾洽”。荀子儒效：“曷謂神？曰：盡善挾洽謂之神。”注：“讀挾爲浹。浹，周洽也。”㊁融洽，和洽。唐權德輿權載之集三二宣州響山新亭新營記：“然則不出楹階俎豆之間，而威惠交修，上下浹洽，在此物也。”又如：情意浹洽。㊂貫通。宋尹洙河南集十七故金紫光祿大夫……張公墓誌銘：“陰陽象緯之書，蕞詞卒説，錯見互出，世所難曉者，公鈎淵發源，貫穿條理，無不浹洽。”

【浹₂渫】 水流貌。文選晉郭景純(璞)江賦：“長波浹渫，峻湍崔嵬。”注：“埤蒼曰：浹渫，水滂溏也。”

【浹赬】 深赤色。呂氏春秋遇合：“陳有惡人焉，曰敦洽讎糜，雄顙廣顔，色如浹赬。”

【浹髓淪肌】 謂感受之深，如徹於骨髓，深入肌體。清通考二一〇刑考十六赦宥：“特恩寬大之詔，歲輒屢下，或間歲而一下。湛濡汪濊，浹髓淪肌。”

【浹髓淪膚】 宋范成大石湖集三二謝江東漕楊廷秀祕監送江東集並索近詩二首之二：“浹髓淪膚都是病，傾囷倒廩更無詩。”猶言通體皆病。

浯 wú ㄨˊ 五乎切，平，模韻，疑。

見下。

【浯山】 山名。今名壺山，在山東莒縣北，浯水所出。水經注二六濰水：“濰水又北，浯水注之，水出浯山，世謂之巨平山也。”

【浯水】 水名。源出山東莒縣浯山(又名壺山)，東北流經安丘、諸城縣境，入於濰河。參閱水經注二六濰水、讀史方輿紀要三五青州府莒州。

【浯溪】 在湖南祁陽縣，西南五里。唐元結元次山集六浯溪銘序：“浯溪在湘水之南，北匯于湘。愛其勝異，遂家溪畔。溪世無名稱者也，爲自愛之故，命曰浯溪。”結又築臺曰峿臺，亭曰㾁亭，稱爲三吾。

涇 jīng ㄐㄧㄥ 古靈切，平，青韻，見。

㊀水名。詳“涇水”。㊁溝，河浜。宋張方平樂全集附録行狀：“初吳越歸國，郡邑地曠人殺，占田無限，但指四至涇瀆爲界。歲久水旱，涇瀆移易，更相侵越。”江浙地區多用爲地名。如浙江嘉興的王江涇、江蘇吳縣的錦帆涇、採蓮涇。㊂直流水波。通“徑”。莊子秋水：“秋水時至，百川灌河，涇流之大，兩涘渚崖之間不辯牛馬。”釋名釋水：“水直波曰涇。”㊃月經。通“經”。素問調經論：“形有餘則腹脹，涇溲不利不足，則四支不用。”注：“涇作經，婦人月經也。”

【涇川】 縣名。屬甘肅省。漢安定縣，屬北地郡。唐改保定縣。金大定七年更名涇川縣。故城在今治北，明徙今治，旋廢縣入涇州。公元 1913 年改爲涇川縣。參閱金史地理志下慶原路涇州縣四、明史地理志三陝西平涼府。

【涇水】 水名。1. 書禹貢“涇屬渭汭”唐孔穎達疏：“涇水出安定涇陽縣西岍頭山，東南至馮翊陽陵縣入渭，行千六百里。”按上游二源：北源出平涼，南源出華亭，至涇川匯合，東南流至陝西彬縣，再折而東南至高陵南入渭水。2. 在安徽省。源出績溪，至涇縣與賞溪合，東北流注蕪湖。涇縣以下至蕪湖一段，今名青弋江。參閱漢書地理志上丹陽郡。

【涇渭】 指涇水和渭水。詩邶風谷風：“涇以渭濁，湜湜其沚。”傳：“涇渭相入而清濁異。”釋文：“涇，濁水也；渭，清水也。”按涇清渭濁，合於實際。其兩水交滙之處，涇因渭入而濁，詩意甚明，釋文説誤。以兩水清濁有別，後遂以涇渭比喻人品的清濁。晉書王濛傳與王導牋：“夫軍國殊用，文武異容，豈可令涇渭混流，虧清穆之風。”

【涇陽】 縣名。1. 屬陝西省。漢置池陽縣，屬左馮翊。北魏廢，於縣置咸陽郡。苻秦置涇陽縣，以居涇水之北而名。明清皆屬陝西西安府。詩小雅六月：“侵鎬及方，至于涇陽。”秦昭王母弟封涇陽君，即此。參閱漢書地理志下、後漢書十三隗囂傳、元和郡縣志二京兆下。2. 漢置，屬安定郡，後漢省。故城在今甘肅平涼縣。參閱嘉慶一統志平涼府二古迹。

【涇縣】 縣名。屬安徽省。漢置，屬丹陽郡。明清皆屬安徽寧國府。參閱漢書地理志上、嘉慶一統志一一五寧國府一。

【涇臯藏稿】 明顧憲成撰，二十二卷。憲成曾講學於東林書院，爲東林黨之首，人稱涇陽先生。學宗程朱，力闢王守仁無善無惡心之體，有善有惡意之動，知善知惡是良知，爲善去惡是格物之說。而以性善爲本體，小心爲工夫。參閱明儒學案五八東林學案。

【涇野子内篇】明呂柟撰，三十三卷。柟之學出薛瑄，宗程朱，大旨以窮理、躬行爲主，而以王守仁良知之說爲一偏之見。參閱明儒學案八河東學案二。

涌 yǒng ㄩㄥˇ 余隴切，上，腫韻，喻。

㊀水往上冒。或作"湧"。文選漢枚叔(乘)七發："紛紛翼翼，波涌雲亂。"㊁水名。水經注三五江水："又東南當華容縣南，涌水入焉。"

【涌裔】水波騰湧貌。文選漢枚叔(乘)七發："軋盤涌裔，原不可當。"唐劉良注："軋盤涌裔，皆沸騰也。"

浸 1. jìn ㄐㄧㄣˋ 子鴆切，去，沁韻，精。

㊀霑濕，淹没。詩曹風下泉："冽彼下泉，浸彼苞稂。"史記趙世家："三國攻晉陽，歲餘，引汾水灌其城，城不浸者三版。"㊁灌溉。莊子天地："有械於此，一日浸百畦，用力甚寡。"㊂大水，湖澤。周禮夏官職方氏："在南曰揚州，……其浸五湖。"注："浸，可以爲陂灌溉者。"莊子逍遥遊："大浸稽天而不溺，大旱金石流、土山焦而不熱。"㊃漸近。易遯："浸而長也。"疏："浸者，漸進之名。"

2. qīn ㄑㄧㄣ 七林切，平，侵韻，清。

㊄見"浸₂淫"、"浸₂潭"等。

【浸育】潤澤滋長。三國魏嵇康嵇中散集五聲無哀樂論："古之王者，承天理物，……枯槁之類，浸育靈液。六合之内，沐浴鴻流。蕩滌塵垢，羣生安逸。"

【浸₂淫】㊀浸漬。漢書五七司馬相如傳："是以六合之内，八方之外，浸淫衍溢。"史記作"浸潯"。㊁漸相親附，漸次接近。文選漢王子淵(褒)洞簫賦："浸淫叔子遠其類。"注："浸淫，猶漸冉，相親附之意。"唐韓愈昌黎集十九送孟東野序："孟郊東野，始以詩名，其高出魏晉，不懈而入於古，其他浸淫乎漢氏矣。"

【浸假】莊子大宗師："浸假而化予之左臂以爲雞，予因以求時夜；浸假而化予之右臂以爲彈，予因以求鴞炙。"浸，漸；假，借。後多用爲逐漸之意。

【浸尋】漸，漸進。也作"浸潯"。史記封禪書："是歲，天子始巡郡縣，浸尋於泰山矣。"又齊悼惠王世家："事浸潯不得聞於天子。"

【浸漬】物受水久而透濕。引申爲積久而發生作用。淮南子脩務："夫鼓舞者非柔縱，而木熙者非眇勁，淹浸漬漸靡使然也。"指積久的鍛鍊。古文苑八漢孔融臨終詩："三人成市虎，浸漬解膠漆。"指累積的影響。宋歐陽修文忠集外集十四送梅聖俞歸河陽序："始而歡然以相得，終則暢然覺乎薰蒸浸漬爲益也。"指學業的薰染。

【浸漸】積漸，逐漸。漢王充論衡道虛："且夫物之生長，無卒成暴起，皆有浸漸。"

【浸₂潭】滋潤旁延。淮南子本經："陰陽儲與，呼及浸潭。"文選漢揚子雲(雄)劇秦美新："甘露嘉醴，景曜浸潭之瑞潛；大茀經貫，巨狄鬼信之妖發。"注："浸潭，謂滋液浸潤能生萬物也。"

【浸潤】㊀物受水滲透。引申爲讒言以漸而進，日久則能使人聽信。論語顏淵："浸潤之譖，膚受之愬，不行焉，可謂明也已矣。"注："鄭(玄)曰：譖人之言，如水之浸潤，漸以成之。"後因以浸潤指讒言。抱朴子君道："雖能獨斷，必博納乎芻蕘；雖務含弘，必清耳於浸潤。"㊁沾潤。史記一一七司馬相如傳難蜀父老："懷生之物，有不浸潤於澤者，賢君恥之。"

【浸₂淫瘡】皮膚病的一種。初起時如疥，漸出黄水，浸淫肌體，終成一片。故名。金匱要略卷中十八："浸淫瘡從口流向四支者可治，從四支流入口者難治。"

涒 1. tūn ㄊㄨㄣ 他昆切，平，䰟韻，透。

㊀食後復吐。見說文。㊁見"涒灘"。

2. jūn ㄐㄩㄣ 集韻 俱倫切，平，諄韻。

㊂水勢回旋曲折貌。見"涒₂鄰"。

【涒₂鄰】水流回旋曲折貌。文選晉郭景純(璞)江賦："泓汯泂澋、涒鄰圚潾。"注："皆水勢回旋之貌。"

【涒灘】太歲年名。太歲在申曰涒灘，見爾雅釋天。呂氏春秋序意："維秦八年，歲在涒灘。"漢孔廟禮器碑作"涒歎"。(金石萃編漢五)

涊 niǎn ㄋㄧㄢˇ 乃殄切，上，銑韻，泥。

㊀汗出貌。文選漢枚叔(乘)七發："涊然汗出，病霍然已。"㊁見"淟涊"。

涎 1. xián ㄒㄧㄢˊ 夕連切，平，仙韻，邪。

㊀口液。說文作"次"。爾雅郭璞注作"唌"。㊁黏液，漿汁。宋蘇軾分類東坡詩十三和蔣夔寄茶："廚中蒸粟埋飯甕，大杓更取酸生涎。"

2. yuàn ㄩㄢˋ 于線切，去，線韻，于。

㊂見"涎₂涎₂"。

【涎₂涎₂】光澤貌。漢書九七下孝成趙皇后傳："童謡曰：'燕燕尾涎涎，張公子時相見。'"注："涎涎，光澤之貌也。音徒見反。"玉臺新詠九漢成帝時童謡歌作"殿殿"。

【涎皮賴臉】猶言嘻皮笑臉。明李開先林冲寶劍記上十四："你在這青堂屋舍裏坐的，到也自在，你這等涎皮賴臉的，俺管監的喫風！"

消 xiāo ㄒㄧㄠ 相邀切，平，宵韻，心。

㊀消失，消融。易泰："君子道長，小人道消也。"呂氏春秋季冬："時雪不降，冰凍消釋。"㊁抵得上，禁得起。唐司空圖司空表聖詩集三淮西："莫誇十萬兵威盛，消箇忠良效順無。"宋辛棄疾稼軒詞二摸魚兒："更能消幾番風雨，怱怱春又歸去。"㊂花費，需要。宋蘇軾分類東坡詩五永和清都觀道士……求此詩："自笑餘生消底物，半篙清漲百灘空。"元曲選鄭庭玉楚昭公："申包胥云：'主公，我去只消一個月，便回也。'"㊃病名。淮南子說山："嫁女於病消者，夫死則後難復處也。"參見"消中"。㊄熔化。通"銷"。周禮考工記㮚氏"改煎金錫則不耗"漢鄭玄注："消湅之精不復減也。"㊅通"逍"。見"消摇"。

【消日】消磨時日。梁書沈約傳郊居賦："時復託情魚鳥，歸閑蓬蓽，旁闕吴娃，前無趙瑟，以斯終老，於焉消日。"

【消中】病名。即消渴。素問脈要精微論："癉成爲消中。"注："按本經多食數溲爲之消中。"唐杜甫杜工部草堂詩箋二五雨："消中日伏枕，卧久塵及屨。"詳"消渴"。

【消乏】㊀消耗，貧乏。水滸六："在先他的父親是本寺的檀越，如今消乏了家私，近日好生狼狽。"又七："因爲家道消乏，没奈何，將出來賣了。"㊁疲勞。清洪昇長生殿驛備："小心齊用力，怎敢告消乏。"

【消化】人體溶解食物、吸收養料的作用。法苑珠林一一四病苦述意："食不消化，恆常嘔逆。"古今雜劇元秦簡夫趙禮讓肥一："我吃的這茶飯胯難消化，母親那肌膚瘦力衰乏。"

【消石】藥名。即硝石。宋姚寬西溪叢語下："崔昉爐火本草云：消石，陰石也，此非石類，卽鹹鹵煎成，今呼餘消是，河北商城及懷衛界沿河人家刮滷淋汁所就，與朴消、小鹽一𦶜煎之，能制伏鉛，出銅暈。南地不產。朴消能熟皮，芒消可入藥。"參閱本草綱目十一石五消石。參見"硝石"。

【消夜】㊀度過夜晚的時間。全唐詩六四八方干冬夜泊僧舍："無酒能消夜，隨僧早閉門。"㊁宋人除夕，俗有果盤小食，稱消夜。宋方岳深雪偶談引薛沫客中守歲詞："一盤消夜江南果，喫果看書只淸坐。"又吳自牧夢粱錄六除夜："是日，內司意思局進呈精巧消夜果子合，合內簇諸般細果、時果、蜜煎、糖煎……等品。"後來泛指夜間小食。粵人夜市之飲食店，仍叫宵夜。

【消受】㊀享受，受用。元曲選馬致遠漢宮秋一："量妾身怎生消受的陛下恩寵。"㊁禁受，忍受。元曲選馬致遠漢宮秋三："没奈何，將妾身出塞和番，這一去胡地風霜，怎生消受也！"

【消弭】消除。後漢書八〇下趙壹傳報皇甫規書："高可敷翫墳典，起發聖意，下則抗論當世，消弭時災。"

【消食】消化食物。南史劉穆之傳："穆之少時家貧，……好往妻（江氏）兄家乞食。……食畢，求檳榔。江氏兄弟戲之曰：'檳榔消食，君乃常飢，何忽須此？'"

【消索】亡散，消滅。漢王充論衡死僞："且死者精魂消索，不復聞人之言。"

【消夏】指避暑。昔人於夏季寫作，往往以消夏爲名。如淸高士奇有江邨消夏錄、江瀚有吳門消夏錄等。

【消耗】㊀逐漸消失耗散。漢焦延壽易林五觀之同人："消耗爲疾，三年不復。"㊁消息，音訊。宋穆修河南穆公集一贈適公上人詩："喜得師消耗，從僧問不休。"雍熙樂府十二元狄君厚夜行船揚州憶舊曲："牙檣錦纜無消耗，繁華去也難招。"

【消息】㊀謂一消一長，互爲更替。易豐："日中則昃，月盈則食。天地盈虛，與時消息。"莊子秋水："消息盈虛，終則有始。"㊁卦名。後漢書四六陳忠傳上疏："頃季夏大旱，而消息不協，寒氣錯時，水涌爲變。"注引漢書音義："息卦曰太陽，消卦曰太陰，其餘雜卦曰少陰少陽也。"㊂音訊。後漢書八四董祀妻（蔡琰）傳悲憤詩："有客從外來，聞之常歡喜。迎問其消息，輒復非鄉里。"三國志蜀許靖傳注引魏略王朗與靖書："文休足下，消息平安，甚休甚休。"㊃機關上的樞紐。元曲選岳伯川鐵拐李楔子："火坑裏消息我敢踏，油鑊內錢財我敢拿。"紅樓夢四一："不意劉老老亂摸之間，其力巧合，便撞開了消息，掩過鏡子，露出門來。"

【消梨】果名。卽香水梨。廣五行記作"蕭李"（太平御覽九六九）。參閱政和證類本草二三果、本草綱目三十果二梨。

【消停】㊀停頓。宋趙長卿惜香樂府三念奴嬌落梅："擺脫風塵，消停酸苦，終有成時節。"㊁舒服，從容。紅樓夢四："他們家的房舍極是寬敞的，咱們且住下，再慢慢的着人去收拾，豈不消停些？"重疊作"消消停停"。西遊記五三："唐僧們吃了齋，消消停停，將息了一宿。"

【消渴】病名。史記一一七司馬相如傳："相如口吃而善著書，常有消渴疾。"素問奇病論："脾癉者，數食甘美而多肥也，肥者令人內熱，甘者令人中滿，故其氣上溢，轉爲消渴。"近人據古書所傳消渴病候，如多食、渴飲、溲多、發癰疽等，謂卽糖尿病。

【消費】指物資的支出耗費。宋書徐爰傳上議："比歲戎戍，倉庫多虛，先事聚衆，則消費糧粟；敵至倉卒，又無以相應。"

【消復】消除災情以恢復正常。後漢書二九鮑昱傳："肅宗召昱問曰：'旱旣太甚，將何以消復災眚？'"三國志魏和洽傳："自春夏以來，民窮於役，農業有廢，百姓囂然，時風不至，未必不由此也。消復之術，莫大於節儉。"

【消搖】安閒自得。禮檀弓上："孔子蚤作，負手曳杖，消搖于門。"釋文："消搖，本又作逍遙。"世說新語賞譽下"王大將軍與丞相書"注引荀綽冀州記："（楊）准見王綱不振，遂縱酒不以官事規意，消搖卒歲而已。"參見"逍遙"。

【消歇】消散，休止。文選南朝宋鮑明遠（照）行藥至城東橋詩："容華坐消歇，端爲誰辛苦？"北周庾信庾子山集三擬詠懷詩之五："壯情已消歇，雄圖不復申。"

【消遣】㊀消解，排遣。宋王禹偁小畜集十七黃州新建小竹樓記："焚香默坐，消遣世慮。"又蘇軾分類東坡詩五乞數珠贈南禪湜老："從君覓數珠，老境仗消遣。"㊁戲弄，捉弄。水滸三："魯達道：'再要十斤寸金軟骨，也要細細地剁作臊子，不要見些肉在上面。'鄭屠笑道：'却不是特地來消遣我！'"

【消腸】一種烈性的酒。舊題晉王嘉拾遺記九："張華爲九醞酒，以三薇漬麴糵……醸酒醇美，久含令人齒動；若大醉，不叫笑搖蕩，令人肝腸消爛，俗人謂爲消腸酒。"

【消瘦】謂體貌消減瘦弱。太平廣記四八八唐元稹鶯鶯傳："自從消瘦減容光，萬轉千迴懶下牀。"唐詩紀事五八李洞上高僕射："閑倚凌雲金柱看，形容消瘦老於真。"

【消魂】魂漸離散，形容極度的悲傷、愁苦或極度的歡樂。草堂詩餘後集上宋李易安醉花陰詞："莫道不消魂，簾捲西風，人比黃花瘦。"宋秦觀淮海詞滿庭芳："消魂當此際，香囊暗解，羅帶輕分。"

【消摩】晉曹毗杜蘭香傳："神女蘭香降張碩，碩問禱祀何如？香曰：'消摩自可愈疾，淫祀無益。'香以藥爲消摩。"（說郛七）。搜神記一作"消魔"。淸周亮工書影："消摩，自是導引按摩之意，以爲藥恐非。"

【消憂】解除憂愁。後漢書八〇下邊讓傳章華賦："登瑤臺以回望兮，冀彌日而消憂。"文選晉陶淵明（潛）歸去來辭："悅親戚之情話，樂琴書以消憂。"

【消磨】㊀消除，削減。唐白居易長慶集十五夢舊詩："平生憶念消磨盡，昨夜因何入夢來？"宋歐陽修文忠集三九豐樂亭記："及宋受天命，聖人出而四海一，嚮之憑恃險阻，剗削消磨，百年之間，漠然徒見山高而水淸。"㊁指消遣時光。唐鄭谷鄭守愚集二梓潼歲暮詩："美酒消磨日，梅香著莫人。"

【消爍】消熔，解體。戰國策趙四："秦舉安邑而塞女戟，韓之太原絕，下軹道南陽高，伐魏，絕韓，包二周，卽趙自消爍矣。"一本無"爍"字。參見"銷鑠"。

【消寒會】舊俗冬至後，邀集朋友，輪流作東的宴會。按五代後周王仁裕開元天寶遺事掃雪迎賓："王元寶每至冬月大雪之際，……掃雪爲逕路，……迎接賓客，就本家具酒炙宴樂之，爲暖寒之會。"是唐末已行此俗。

【消瘦服】袈裟的別名。翻譯名義集七沙門服相："袈裟者，晉名去穢……名含多義，或名離塵服，由斷六塵故；或消瘦服，由割煩惱故。"參閱釋氏要覽上法衣。

【消熊棧鹿】宮廷精製的熊、鹿肉。宋陶穀淸異錄饌羞玉尖麪："趙宗儒在翰林時，聞中使言今日早饌玉尖麪，用消熊棧鹿爲內餡。上甚嗜之。問其形製，蓋人間出尖饅頭也。又問消之說，曰：'熊之極肥者曰消，鹿以倍料精養者曰棧。'"

涆 gàn ㄍㄢ 古案切，去，翰韻，見。

㊁見下。㊂見"浩涆"。

【涆涆】㊀水流疾貌。文選晉左太沖(思)吳都賦:"磈磈巍巍,滮滮涆涆。"㊁光盛貌。文選晉王文考(延壽)魯靈光殿賦:"澔澔涆涆,流離爛漫。"

涅 niè ㄋㄧㄝˋ 奴結切,入,屑韻,泥。

㊀黑泥,黑色染料。荀子勸學:"白沙在涅,與之俱黑。"淮南子俶真:"今以涅染緇,則黑於涅。"注:"涅,礬石也。"㊁以黑色染物,以墨塗物。論語陽貨:"涅而不緇。"注:"涅,而以染皁。"書呂刑"墨辟疑赦"漢孔安國傳:"刻其額而涅之曰墨。"㊂堵塞。儀禮既夕禮:"隸人涅厠。"㊃水名。詳"涅水"。㊄見"涅槃"。㊅姓。西燕有中常侍涅浩。見明陳士元姓觿九屑。

【涅水】水名。1.在山西襄垣縣西北。卽沁水。參閱漢書地理志上上黨郡、水經注九沁水。2.在河南鎮平縣西北。參閱漢書地理志下南陽郡、水經注二九湍水。

【涅石】礬石,可爲黑色染料。山海經北山經:"賁聞之山,其上多蒼玉,其下多黃堊,多涅石。"

【涅字】在身上刺字塗墨,以示不忘。元陳孚剛中交州稿安南卽事詩"蟲紐刻頑膚"注:"有涅字於胸,曰:'義以捐軀,形於報國。'"

【涅面】在臉上刺字塗墨。新唐書二一二劉仁恭傳:"仁恭悉發男子十五以上爲兵,涅其面曰'定霸都',士人則涅於臂曰'一心事主'。"參閱宋高承事物紀原十軍伍名額部。

【涅槃】亦作"泥洹"。義譯爲滅度。謂脫離一切煩惱,進入自由無礙的境界。其後僧人死,也叫涅槃。南朝梁釋慧皎高僧傳六釋僧肇涅槃無名論:"涅槃,秦言無爲,亦名滅度。無爲者取乎虛無寂寞,妙絕於有爲;滅度者,言乎大患永滅,超度四流。"參閱翻譯名義集五三德祕藏。

【涅槃宗】佛教的一派。北涼中天竺人曇無讖(法豐)譯大般涅槃經四十卷(北本涅槃),及南朝宋慧觀謝靈運等修訂刪正整理爲三十六卷二十五品(南本涅槃)。此宗據經旨主張一切衆生,皆有佛性;如來常住,無有變易。涅槃宗盛行於南北朝,其後北方地論宗興起,兼習涅槃;南方天台宗興起,吸納涅槃教義;不復獨立成宗。

【涅槃經】佛經名。分大、小乘兩類。小乘涅槃經記載佛入滅的歷史,現存有西晉白法祖譯本二卷,東晉法顯譯本三卷,及闕名譯本三卷。大乘涅槃經是以闡明教義爲主,大藏經中共收錄有十六種,著名的有北本、南本兩部:北本涅槃經四十卷,北涼曇無讖譯;南本涅槃經三十六卷,爲南朝宋慧觀覺嚴謝靈運等參照法顯譯大般泥洹經本刪訂整理而成。

浿 pèi ㄆㄟˋ 普蓋切,去,泰韻,滂。

見下。

【浿水】㊀水名。在朝鮮境內。卽今之清川江。參閱史記一一五朝鮮傳、漢書地理志下樂浪郡浿水、遼史地理志二。㊁縣名。漢置,屬樂浪郡。至晉廢。參閱漢書地理志下。

【浿丘】地名。在今山東淄博市北。史記楚世家:"夕發浿丘。"集解:"括地志:'浿丘,丘名也,在青州臨淄縣西北二十五里也。'"

涀 xiàn ㄒㄧㄢˋ 胡甸切,去,霰韻,匣。

水名。山海經中山經:"雅山,澧水出焉,東流注於涀水。"清畢沅注:"卽葉縣西陂水。在今河南舞陽、葉二縣界。"

浧 yǐng ㄧㄥˇ 以整切,上,靜韻,喻。

滑動,流通。管子宙合:"此言聖人之動靜、開闔、詘信、浧儒、取與之必因於時也。"儒,通"濡"。阻滯。參閱郭沫若等管子集校。

浥 1. yì ㄧˋ 於汲切,入,緝韻,影。

㊀濕潤。見"厭$_{4}$浥"。浥,也作"裛"。唐王維王右丞集五送元二使安西詩:"渭城朝雨裛輕塵,客舍青青柳色新。"

2. yà ㄧㄚˋ 集韻 乙洽切,入,洽韻。

㊁下陷低地。漢書五七上司馬相如傳上林賦:"踰波趨浥,涖涖下瀨。"注:"浥,窊陷也。"文選上林賦注:"趨浥,輸於淵也。"㊂水下流貌。文選晉郭景純(璞)江賦:"㴔淪溛瀤,乍浥乍堆。"注:"浥,下也。"

【浥浥】香氣盛貌。宋蘇軾分類東坡詩五臺頭寺步月得人字:"浥浥爐香初泛夜,離離花影欲摇春。"又二十自普照遊二庵:"山行盡日不逢人,浥浥野梅香入袂。"

浞 zhuó ㄓㄨㄛˊ 士角切,入,覺韻,牀。

㊀濕潤。說文:"浞,濡也。从水,足聲。"清段玉裁說文解字注謂詩小雅信南山"既霑既足"之足,卽爲"浞"字的假借。㊁人名。傳說夏時有窮氏后羿之臣。楚辭屈原天問:"浞娶純狐,眩妻爰謀。"注:"浞,羿相也。"參見"寒浞"。

涓 1. juān ㄐㄩㄢ 古玄切,平,先韻,見。

㊀說文"水":"涓,小流也。"㊁擇取。見"涓吉"。㊂灑掃清潔。見"涓人"。㊃姓。漢書八四翟方進傳有涓勳,列仙傳有齊人涓子。

2. xuàn ㄒㄩㄢˋ

㊄泫流貌。通"泫"。見"涓$_{2}$然"。

【涓人】宮中主灑掃清潔的人,也泛指親近的內侍。秦漢之間稱"中涓"。國語吳:"(楚靈王)屏營彷徨於山林之中,三日,乃見其涓人疇。"注:"涓人,今中涓也。"漢書三一陳勝傳:"勝故涓人將軍呂臣爲蒼頭軍。"注:"涓,潔也。涓人,主潔除之人。"也作"鋗人"。史記楚世家:"遇其故鋗人。"參見"中涓"。

【涓子】仙人名。三國魏嵇康嵇中散集四答難養生論"涓子以朮精久延",文選南齊孔德璋(稚珪)北山移文"涓子不能儔",皆指其人。

【涓吉】擇取吉日。文選晉左太沖(思)魏都賦:"涓吉日,陟中壇,卽帝位,改正朔。"宋史樂志八樂章二紹興祀高禖之九:"中春涓吉,蕆事祺祠。"注:"涓,擇也。"今通稱爲卜吉、擇日。

【涓辰】選擇吉日。南齊書樂志昭夏樂歌辭:"涓辰選氣,展禮恭祇。"

【涓涓】㊀細流。荀子法行:"詩曰:涓涓源水,不雝不塞。"詩,逸詩。意林一引太公六韜:"涓涓不塞,將成江河。"後漢書四三何敞傳注引周金人銘:"涓涓不壅,終爲江河。"㊁水緩流貌。文選晉潘安仁(岳)射雉賦:"天泱泱以垂雲,泉涓涓而吐溜。"又陶淵明(潛)歸去來辭:"木欣欣以向榮,泉涓涓而始流。"

【涓埃】滴水與輕塵。唐杜甫杜工部詩史補遺三野望:"唯將遲暮供多病,未有涓埃答聖朝。"此喻微小之貢獻。

【涓彭】指涓子和彭祖,傳說中的仙人,皆以善養生著名。三國魏嵇康嵇中散集一與阮德如詩:"涓彭獨何如?唯志在所安。"列仙傳上"琴高者,趙人也,以鼓琴爲宋康王舍人。行涓彭之術,浮遊冀州涿郡之間二百餘年。"

【涓$_{2}$然】泫流貌。同"泫然"。列子周穆王:"齊人生於燕,長於楚,及老而還本國。過晉國，同行者詆之。……指舍曰：'此若先人之廬。'乃涓然而泣。"注："涓，音泫。"

【涓滴】點滴的水。藝文類聚一〇〇晉李顒經渦路作詩："亢陽彌十旬，涓滴未暫舒。"也喻微小的貢獻。唐柳宗元柳先生集三八謝賜端午綾帛衣服表："臣謬典方州，效微涓滴。叨承大貺，榮重丘山。"

【涓塵】滴水與輕塵。喻極微小。宋書謝靈運傳撰征賦："施隆貸而有渥，報涓塵而無期。"

【涓澮】小的水流。喻卑微的地位。南齊謝脁謝宣城集一高松賦："夫江海之爲大，實涓澮之所歸；瞻衡恒之峻極，不讓壤於微塵。"魏書孫惠蔚傳："惠蔚與李彪以儒學相知，及彪位至尚書，惠蔚仍太廟令。高祖曾從容言曰：'道固（李彪）既登龍門，而孫蔚猶沈涓澮，朕常以爲負矣。'"

泂

yǒng 烏猛切，上，梗韻，影。

ㄩㄥˇ

見下。

【泂濴】水勢回旋貌。文選晉郭景純（璞）江賦："泓汯泂濴，涒鄰圖潾。"參見"涒鄰"。

涉

1\. shè 時攝切，入，葉韻，禪。

ㄕㄜˋ

㊀步行渡水。詩邶風匏有苦葉："濟有深涉。"傳："由膝以上爲涉。"書泰誓下："斮朝涉之脛，剖賢人之心。"後泛指渡水。易需："利涉大川。"楚辭屈原九章哀郢："惟郢路之遼遠兮，江與夏之不可涉。"㊁到，遊歷。文選晉陶淵明（潛）歸去來辭："園日涉以成趣，門雖設而常關。"㊂面臨，進入。鶡冠子天權："兵者涉死而取生，陵危而取安。"文選漢枚叔（乘）七發："於是背秋涉冬，使琴摯斫斬以爲琴。"㊃相關連。如干涉、牵涉。宋書劉穆之傳："目覽辭訟，手答牋書，耳行聽受，口並酬應，不相參涉，皆悉贍舉。"

2\. dié

ㄉㄧㄝˊ

㊄見"涉₂血"。

【涉世】經歷世事。史記六三韓非傳："故此二子（伊尹百里奚）者，皆聖人也，猶不能無役身而涉世如此其汙也。"韓非子說難作"役身以進"，無"而涉世"三字。漢王充論衡須頌："古之通經之臣，紀主令功，記於竹帛；頌上令德，刻於鼎銘。文人涉世，以此自勉。"

【涉江】楚辭九章之一。屈原作。記敍其將渡長江，入洞庭，過枉陼辰陽而入溆浦，借以抒發其被讒見疏後憤世憂國、堅貞自守的心情。此行首渡長江，故以名篇。楚辭列此篇於哀郢之前，惟據篇中所敍地名，乃由東北而西南，故自蔣驥山帶閣注楚辭以來，多主張當列哀郢之後。

【涉池】羽翼舒張貌。晉陸雲陸士龍集一寒蟬賦："於是靈岳幽峻，長林參差，爰蟬集止，輕羽涉池。"

【涉₂血】流血。指殺人。通"喋"。戰國策趙四："馬服君曰：君過矣！君之所以求安平君者，以齊之於燕也，茹肝涉血之仇耶。"

【涉事】談論事情。宣和畫譜七楊日言："內臣楊日言……喜經史，尤得於春秋之學，吐辭涉事，雖詞人墨卿，皆願從之游。"

【涉兒】宋時一種手藝人，專替官家子弟幹辦雜事者。宋吳自牧夢粱錄十九閒人："有一等手作人，專攻刀鑷，出入宅院，趨奉郎君子弟，專爲幹當雜事，插花挂畫，說合交易，幫涉妄作，謂之涉兒。蓋取過水之意。"

【涉筆】動筆。宋李昭玘樂靜集十七永興提刑謝到任："委轡下車，勸吏民之趨走；據鞍涉筆，擁文墨之紛紜。"

【涉想】設想，想像。藝文類聚三二南朝梁何遜爲衡山侯與婦書："帳前微笑，涉想猶存。"

【涉歷】㊀經過。指時間。三國志魏公孫瓚傳注引魏略表袁紹罪狀："紹既興兵，涉歷二年，不邮國難，廣自封殖。"㊁猶言瀏覽、泛讀。三國志魏鍾會傳注引會母傳："（會）雅好書籍，涉歷衆書，特好易、老子。"魏書郭祚傳："祚涉歷經史，習崔浩之書，尺牘文章，見稱於世。"

【涉縣】縣名，屬河南省。古沙侯國地。漢置沙縣，屬魏郡。後改名涉縣，以縣南涉水而名。後魏併入臨水縣。隋開皇十八年復置，屬上黨郡。明清屬彰德府。參閱隋書地理志中、寰宇通志九一彰德府磁州。

【涉獵】廣泛涉及，謂讀書多而不專精。漢書五十賈山傳："山受學祛〔袪〕，所言涉獵書記，不能爲醇儒。"南齊書柳世隆傳："世隆性愛涉獵，故太祖借祕閣書，上給二千卷。"

【涉聞梓舊】叢書名。清蔣光煦輯。二十五種，一百一十四卷。據所藏希見的本子覆刊。其中斠補隅錄爲其校補古書誤脫的札記。

涔

cén 鋤針切，平，侵韻，牀。

ㄘㄣˊ

㊀雨水太多，澇。淮南子主術："中田之穫，卒歲之收，不過畝四石，妻子老弱，仰而食之，時有涔旱災害之患。"注："涔，久而水潦也。"㊁路上的積水、流水。淮南子氾論："夫牛蹏之涔，不能生鱣鮪。"㊂積柴木於水中以捕魚。爾雅釋器："槮謂之涔。"注："今之作槮者，聚積柴木於水中，魚得寒，入其裏藏隱，因以簿圍捕取之。"㊃淚下很多的樣子。見"涔淚"。㊄水名，北流注於渭水。見山海經一西山經。

【涔涔】㊀久雨不止貌。藝文類聚二晉潘尼苦雨賦："瞻中塘之浩汗，聽長霤之涔涔。"唐杜甫杜工部草堂詩箋十五秦州之十："雲氣接崑崙，涔涔塞雨繁。"㊁形容淚水下流。唐李商隱李義山詩集四自桂林奉使江陵途中感懷寄獻尚書："江山魂黯黯，泉客淚涔涔。"㊂頭腦脹痛貌。晉嵇含南方草木狀上草麴："用此合糯爲酒，故劇飲之，既醒，猶頭熱涔涔，以其有毒草故也。"唐杜甫杜工部詩史補遺十風疾舟中伏枕書懷："轉蓬憂悄悄，行藥病涔涔。"

【涔淚】流下的淚。文選南朝梁江文通（淹）雜體詩之二五謝法曹贈別："芳塵未歇席，涔淚猶在袂。"

【涔陽】洲渚名。楚辭屈原九歌湘君："望涔陽兮極浦，橫大江兮揚靈。"注："今澧州有涔陽浦。"也作"岑陽"。北周庾信庾子山集一哀江南賦："辭洞庭兮落木，去岑陽兮極浦。"涔陽浦在洞庭湖與長江之間。

【涔蹄】路上蹄跡中的積水。北周庾信庾子山集七爲杞公讓宗師驃騎表："況復一枝跪曲，終危九層之臺；一股涔蹄，必傷千里之駕。"明楊基眉庵集一久雨詩："燥土及萬里，曾不留涔蹄。"

【涔潛】游魚出沒貌。三國魏曹植曹子建集一感節賦："見游魚之涔潛，感流波之悲聲。"或謂是魚撥刺水聲。

浮

fú 縛謀切，平，尤韻，並。

ㄈㄨˊ

㊀在水上汎行。詩小雅菁菁者莪："汎汎楊舟，載沈載浮。"論語公冶長："乘桴浮於海。"㊁漂流。書禹貢："浮於濟漯，達于河。"傳："順流曰浮。"㊂超過。書泰誓中："惟受罪浮於桀。"禮坊記："與其使食浮於人也，寧使人浮於食。"㊃輕浮。國語楚上："教之樂，以疏其穢而鎮其浮。"注："浮，輕也。"㊄罰人飲酒。小爾

雅廣言:"浮,罰也。"禮投壺:"毋偝立,毋踰言,若是者浮。"注:"浮,或作匏,或作符。"淮南子道應:"賽重舉白而進之曰:請君浮。"注:"浮,猶罰也,以酒罰君也。"㈥脈象名。素問二陰陽應象大論:"觀浮沈滑濇而知病所生以治。"注:"浮,脈象也。"㈦通"罦"。見"浮思"。㈧通"蜉"。大戴禮夏小正:"浮游有殷。"注:"渠略也,朝生而暮死。"㈨通"瓠"。淮南子説山:"百人抗浮。"注:"浮,瓠也。"

【浮子】附在釣絲中部的釣具,可用葦荻、竹、木、羽等製成。垂釣時浮於水面,魚上鈎則下沈。宋莊季裕雞肋篇中:"釣絲之半,繫以荻梗,謂之浮子,視其没則知魚之中鈎。韓退之釣魚詩云:'羽沈知食駛',則唐世蓋浮以羽也。"

【浮山】㈠山名。1.在山西臨汾縣東南。相傳洪水横流,此山隨水消長,故名。參閱水經注六汾水、嘉慶一統志一三八平陽府一。2.在今江蘇盱眙縣西。山北對巉石山,梁天監中,立堰於二山之間,山下有穴,去水一丈,傳説淮水泛溢,其穴卽高,水減,其穴還低,有似山浮,故名。參閱水經注三十淮水、嘉慶一統志一三四泗州。3.在廣東增城、博羅二縣交界處。博羅有羅山,羅山西有浮山。傳説是蓬萊之一阜,浮海而至,與羅山併體,故稱羅浮。參閱後漢書郡國志五南海郡、元和郡縣志三四循州博羅縣。4.在今陝西臨潼縣南。山海經西山經浮山:"浮山多盼木,枳葉而無傷。"清郝懿行箋疏:"水經渭水注有肺浮山與麗山連麓而在南。蓋此是也。"㈡縣名。屬山西省。漢襄陵縣地,屬河東郡,北齊省。唐武德二年置浮山縣,以山爲名,四年改神山,屬晉州,五代因之,宋屬平陽府,金大定七年復名浮山,明清皆屬山西平陽府。參閱寰宇通志七九平陽府上浮山縣。

【浮文】華而不實的文章。世説新語言語:"王(羲之)謂謝(安)曰:'夏禹勤王,手足胼胝;文王旰食,日不暇給。今四郊多壘,宜人人自效,而虚談廢務,浮文妨要,恐非當今所宜。'"

【浮户】流寓而没有固定户籍的住户。唐獨孤及毗陵集十八答楊貢處士書:"昨者據保簿數,百姓並浮寄户,共有三萬三千。"資治通鑑二八一五代後晉天福三年:"金部郎中張鑄奏:'竊見鄉村浮户,非不勤稼穡,非不樂安居,但以種木未盈十年,墾田未及三頃,似成生業,已爲縣司收供徭役,責之重賦,威以嚴刑,故不免捐功捨業,更思他適。'"

【浮末】舊指從事工商業活動。古代以農桑爲本業,以工商爲末業。漢王符潛夫論浮侈:"治本者少,浮食者衆。商邑翼翼,四方是極。今察洛陽,浮末者什於農夫;虚僞游手者,什於浮末。"

【浮世】人間,人世。舊時認爲世事虚浮無定,故稱。三國魏阮籍阮步兵集大人先生傳:"夫大人者,乃與造物同體,天地並生,逍遥浮世,與道俱成。"宋蘇軾分類東坡詩二五登州海市:"蕩摇浮世生萬象,豈有貝闕藏珠宫。"

【浮石】㈠一名輕石。抱朴子論仙:"重類應沉,而南海有浮石之山;輕物當浮,而牂牁有沉羽之流。"交州記:"有浮石,輕虚可以磨脚,煮飲止渴。"(太平御覽七三四)㈡石磬。文苑英華七二唐張仲素玉磬賦:"練響而鳴球可諧,還和而浮石非匹。"參見"浮磬"。

【浮生】莊子刻意:"其生若浮,其死若休。"老莊以人生在世,虚浮無定。後來相沿稱人生爲浮生。唐李白李太白詩二八春夜宴從弟桃李園序:"夫天地者萬物之逆旅,光陰者百代之過客也,而浮生若夢,爲歡幾何?古人秉燭夜遊,良有以也。"參見"浮世"。

【浮丘】㈠山名。1.在廣東南海縣西,相傳爲浮丘道人得道之處。參閱嘉慶一統志四四一廣州府一。2.在安徽繁昌縣東,山有二峯及浮丘洞,又有龍池諸勝,一名隱玉山。相傳爲浮丘翁隱居處。參閱讀史方輿紀要二七太平府繁昌縣。㈡複姓。漢有齊人浮丘伯,治詩授申公與楚元王。見漢書八八儒林傳。

【浮白】罰酒。罰飲一滿杯酒。漢劉向説苑善説:"魏文侯與大夫飲酒,使公乘不仁爲觴政,曰:'飲不釂者,浮以大白。'文侯飲而不盡釂,公乘不仁舉白浮君。"後轉稱滿飲爲浮白。梁書沈約傳郊居賦:"或升降有序,或浮白無筭。"或作浮一大白。清張潮虞初新志補張靈崔瑩合傳:"一日靈獨坐讀劉伶傳,命童子進酒,屢讀屢叫絶,輒拍案浮一大白。"

【浮名】猶虚名。文選南朝宋謝靈運初去郡詩:"伊余秉微尚,拙訥謝浮名。"唐張銑注:"浮,過也。"唐李白李太白詩十五留别西河劉少府:"東山春酒緑,歸隱謝浮名。"

【浮沈】㈠古河川之祭。爾雅釋天:"祭川曰浮沈。"注:"投祭水中,或浮或沈。"㈡隨波逐流。指追隨世俗。史記一〇一袁盎傳:"袁盎病免家居,與閭里浮沈相隨行,鬭雞走狗。"淮南子要略:"故言道而不言事,則無以與世浮沈;言事而不言道,則無以與化游息。"㈢升降,盛衰,得失。三國魏曹植曹子建集五七哀詩:"君若清露塵,妾若濁水泥。浮沈各異勢,會合何時諧?"文選南朝宋王僧達答顔延年詩:"結遊略年義,篤顧棄浮沈。"㈣指書信未寄到。世説新語任誕:"殷洪喬(羨)作豫章郡,臨去,都下人因附百許函書,既至石頭,悉擲水中,因祝曰:'沉者自沉,浮者自浮,殷洪喬不能作致書郵!'"故後稱書信未送到爲付諸浮沈。宋朱熹朱文公集四十答何叔京書:"西山集卽便恐有浮沈,不敢附,今付來人。"

【浮泛】㈠乘舟漫遊。晉書謝安傳史臣曰:"嘯詠山林,浮泛江海。"㈡空虚,不切實。明俞汝楫禮部志略二三科舉通例文字格式:"萬曆元年,……又奏準士子經書文字照先年題準六百字上下,冗長浮泛者不得中式。"

【浮言】虚無根據的話。書盤庚上:"汝曷弗告朕,而胥動以浮言。"後漢書安帝紀永安二年詔:"閒令公卿郡國舉賢良方正,遠求博選,開不諱之路,冀得至謀,以鑒不逮,所對皆循尚浮言,無卓爾異聞。"

【浮利】虚浮的利禄。後漢書八三逸民傳序:"彼雖硜硜有類沽名者,然而蟬蛻囂埃之中,自致寰區之外,異乎飾智巧以逐浮利者乎?"

【浮表】浮躁,不深沉。新唐書一六八王叔文傳:"叔文淺中浮表,遂肆言不疑。……陰結天下有名士,而士之欲進者,率諂附之。"

【浮來】地名。春秋時莒邑。左傳隱八年:"九月辛卯,公及莒人盟於浮來。"路史國名紀六:"浮來,卽邳來,紀邑。"地在今山東沂水西北。參閱嘉慶一統志一七七沂州府一。

【浮虎】傳説東漢劉昆爲弘農太守,虎不爲患,皆背負小虎渡河而去。見後漢書七九劉昆傳。後以浮虎作爲地方官清明廉潔的典故。北魏楊衒之洛陽伽藍記二:"牧民之官,浮虎慕其清塵;執法之吏,埋輪謝其梗直。"

【浮金】㈠水面閃耀光芒。多指水面反射出的日光或月光。隋江總江令君集芳林園天淵池銘序:"曉川漾璧,似日御之在河宿。夜浪浮金,疑月輪之馳水府。"全唐詩五二七杜牧金陵:"風清舟在鑑,日落水浮金。"㈡一種輕質的金屬。宋晁載之續談助一引漢郭憲洞冥記:"天鼎元年,起招仙靈臺閣於甘泉宫西偏,……其上懸浮金輕玉之磬。浮金者,色如金,自浮於水。"舊題晉王嘉拾遺記："帝顓頊有浮金之鐘，沈明之磬，以羽毛拂之，則聲振百里。"

【浮侈】虛浮奢侈。漢王符潛夫論浮侈："今天下浮侈離本，僭侈過上，亦已甚矣。"也指文章華而不實。舊唐書一一九楊綰傳："厥後文章道弊，尚於浮侈，取士術異，苟濟一時。"

【浮客】没有當地户籍的外地人。宋蘇洵嘉祐集五田制："富民之家，地大業廣，阡陌連接，募召浮客，分耕其中，鞭笞驅役，視以奴僕。"

【浮思】即罘罳。㊀建於殿上的牆屏。禮明堂位疏屏注："屏謂之樹，今浮思也；刻之爲雲氣蟲獸，如今闕上爲之矣。"㊁可供瞭望用的城上小樓。周禮考工記匠人："宮隅之制七雉，城隅之制九雉。"注："宮隅、城隅，謂角浮思也。"參見"罘罳。"

【浮炭】即麩炭，因其質輕，能浮於水，故名。也作"桴炭"。宋陸游老學庵筆記六："浮炭者，謂投之水中而浮，今人謂之桴炭。恐亦以投之水中則浮故也。"參閱清顧張思土風録四麩炭。

【浮浪】放蕩不務正業。宋梅堯臣宛陵集三四聞進士販茶詩："浮浪書生亦貪利，史笥經箱爲盜囊。"參見"浮浪人"。

【浮浮】㊀盛貌。詩大雅生民："釋之叟叟，烝之浮浮。"傳："浮浮，氣也。"又江漢："江漢浮浮，武夫滔滔。"㊁流動，運行貌。多指雨雪水氣等事物。詩小雅角弓："雨雪浮浮，見晛曰流。"傳："浮浮，猶瀌瀌也；流流而去也。"楚辭屈原九章抽思："悲夫秋風之動容兮，何回極之浮浮。"㊂飄蕩貌。文選南朝宋謝惠連雪賦："藹藹浮浮，瀌瀌奕奕。"唐呂延濟注："皆飄流往來繁密之貌。"

【浮財】可以流通的錢財等動產。資治通鑑二四八唐會昌四年："民竭浮財及粮糧輸之，不能充，皆忷忷不安。"注："民財非地著，轉易以致利者爲浮財。"參閱明環申迂叟(陳士元)俚言解二浮財。

【浮渚】露出水面的小塊陸地。史記一一七司馬相如傳大人賦："經營炎火而浮弱水兮，杭絶浮渚而涉流沙。"注："浮渚，流沙中渚也。"楚辭漢劉向九歎離世："惜師延之浮渚兮，赴汨羅之長流。"注："身浮渚涯，冀免於刑誅。"

【浮梁】㊀聯舟而爲橋。即浮橋。方言九："艁舟謂之浮梁。"艁，古文"造"字。文選晉潘安仁(岳)閑居賦："浮梁黝以徑度，靈臺傑其高峙。"參見"浮橋"。㊁縣名。屬江西省。漢鄱陽縣地，唐武德四年，析置新平縣，天寶元年，改名浮梁，明清皆屬饒州府。公元 1960 年併入景德鎮市。參閱嘉慶一統志三二廣平府一。

【浮票】浮簽。黏在書本或文稿上注出意見、便於隨時揭去的小紙條。明王世貞弇州山人四部稿一二八答李駒書之一："見吾姪浮票中擬議數條，甚當。"

【浮梗】浮於水面的植物莖枝。常以喻飄泊不定的人生。唐徐夤釣磯集十別詩："酒盡欲終問後期，泛萍浮梗不勝悲。"水滸十一："(林冲)乘着一時酒興，向那白粉壁上寫下八句道：'……身世悲浮梗，功名類轉蓬。'"

【浮屠】㊀佛。梵語音譯。後漢書四二楚王英傳："晚節更喜黄老，學爲浮屠齋戒祭祀。"注："浮屠，佛也，西域天竺國有佛道焉。佛者，漢言覺也，將以覺悟羣生也。"本作"佛陀"。魏書釋老志："及開西域，遣張騫使大夏還，其旁有身毒國，一名天竺，始聞有浮屠之教。"也指僧人。唐韓愈昌黎集二十有送浮屠文暢師序。㊁塔。梵語音譯應爲"窣堵波"。參見"塔"。

【浮蛆】浮在酒面上的泡沫或膏狀物。同"浮蟻"。宋陶穀清異録酒漿："舊聞，李太白好飲玉浮梁，不知其果何物？予得吴婢，使釀酒，因促其功，答曰：尚未熟，但浮梁耳。試取一盞至，則浮蛆酒脂也。乃悟太白所飲蓋此耳。"歐陽修文忠集十一招許主客詩："樓頭破鑑看將滿，甕面浮蛆潑已香。"參見"浮蟻"。

【浮動】㊀猶輕浮。宋書臨川王義慶傳上表："(龔祈)潛居研志，耽情墳籍，亦足鎮息頹競，獎勗浮動。"㊁飄浮流動。宋林逋林和靖集二山園小梅詩："疎影横斜水清淺，暗香浮動月黄昏。"

【浮游】游，也作"遊"。㊀漫遊。莊子在宥："浮遊不知所求，猖狂不知何往。"楚辭屈原離騷："欲遠集而無所止兮，聊浮遊以逍遥。"㊁遊手好閒。漢書食貨志下："民浮游無事，出夫布一匹。"㊂同"蜉蝣"。淮南子詮言："龜三千歲，浮游不過三日。"㊃人名。傳説黄帝時始造箭的人。荀子解蔽："倕作弓，浮游作矢。"

【浮詞】虛飾浮誇的言詞。後漢書明帝紀永平六年詔："先帝詔書，禁人上事言聖，而閒者章奏頗多浮詞，自今若有過稱虛譽，尚書皆宜抑而不省。"

【浮雲】㊀浮動在空中的雲。淮南子人間："及至其筋骨之已就，而羽翮之既成也，則奮翼揮䎀，凌乎浮雲。"以浮雲譬喻事物，往往隨文而異。1. 比喻不值得關心和重視的事情。論語述而："不義而富且貴，於我如浮雲。"2. 比喻小人。楚辭宋玉九辯："何氾濫之浮雲兮，猋壅蔽此明月。"注："浮雲行，則蔽月之光；讒佞進，則忠良壅也。"3. 比喻筆勢飄逸。晉書王羲之傳："論者稱其筆勢，以爲飄若浮雲，矯若驚鴻。"4. 比喻變幻無定。唐杜甫杜工部草堂詩箋十哭長孫侍御："流水生涯盡，浮雲世事空。"㊁馬名。相傳漢文帝自代還，有良馬九匹，一名浮雲。見西京雜記二。

【浮揚】遨遊。淮南子俶真："提絜天地而委萬物，以鴻濛爲景柱，而浮揚乎無畛崖之際。"注："浮揚，猶遨翔。"

【浮華】虛浮不實。漢書六十杜欽傳贊："以建始之初，深陳女戒，終如其言，庶幾乎關雎之見微，非夫浮華博習之徒所能規也。"王充論衡自紀："其文盛，其辯爭，浮華虛僞之語，莫不澄定。"

【浮萍】浮生在水面的萍草。世説新語規箴"何晏鄧颺令管輅作卦"注引名士傳何晏詩："豈若集五湖，從流唼浮萍。"萍浮水面，隨風漂蕩，因比喻飄泊的身世。唐杜甫杜工部詩四又呈竇使君："相看萬里别，同是一浮萍。"

【浮費】不必要的開支。漢書七七毋將隆傳上奏："大司農錢自乘輿不以給共養，共養勞賜，壹出少府，蓋不以本臧給末用，不以民力共浮費，别公私，示正路也。"

【浮陽】㊀指魚浮於向陽之處。荀子榮辱："鯈鉢者，浮陽之魚也。"注："浮陽，謂此魚好浮於水上就陽也。"㊁日光。文選晉張景陽(協)雜詩："浮陽映翠林，迴猋扇緑竹。"㊂地名。漢縣，以在浮水之陽而名，屬勃海郡。隋開皇十八年改爲清池縣。參閱漢書地理志上、隋書地理志中。

【浮景】流動的雲光。文選漢揚子雲(雄)甘泉賦："騰清霄而軼浮景兮，夫何旟旐郅偈之旖旎也。"注："浮景，流景也。"也指日光。文選晉張孟陽(載)七哀詩："朱光馳北陸，浮景忽西沉。"

【浮誇】虛浮誇大。晉書劉琨傳："琨少負志氣，有縱横之才，善交勝己，而頗浮誇。"

【浮筠】㊀玉的彩色。禮聘義"孚尹旁達"注："孚讀爲浮，尹讀如竹箭之筠。浮筠，謂玉采色也。"唐元稹長慶集二三出門行："求之果如言，剖出浮筠膩。"㊁竹。舊題晉王嘉拾遺記十蓬萊山："其西有含明之國……有浮筠之幹，葉青莖紫。"唐陸龜蒙甫里集七雙吹管詩："長短截浮筠，參差作飛鳳。"

【浮漂】虛浮，無所着落。文選晉陸士衡(機)文賦："或遺理而存異，徒尋虛而逐微。言寡情而鮮愛，辭浮漂而不歸。"唐李周翰注："浮辭漂蕩，不歸於事實。"

【浮漚】水面的泡沫。唐姚合姚少監集六酬任疇協律夏中苦雨見寄詩："走童驚掣電，饑鳥啄浮漚。"也喻變化無常的世事。宋蘇軾蘇東坡集十四龜山辯才師詩："羨師游戲浮漚間，笑我榮枯彈指內。"又方夔富山遺稿八雜興詩："百年身世浮漚裏，大地山河曠劫中。"

【浮說】虛浮不實的言論。韓非子存韓："夫韓嘗一背秦，而國迫地侵，兵弱至今，所以然者，聽姦人之浮說，不權事實。"史記六七商君傳太史公曰："跡其欲干孝公以帝王術，挾持浮說，非其質矣。"

【浮榮】虛榮。文選晉殷仲文南州桓公九井作詩："歲寒無早秀，浮榮甘夙隕。"晉書郭璞葛洪傳史臣曰："謝浮榮而捐雜藝，賤尺璧而貴分陰。"

【浮圖】㊀佛。後漢書八八西域傳天竺國："後桓帝好神，數祀浮圖、老子，百姓稍有奉者，後遂轉盛。"參見"浮屠㊀"。㊁塔。魏書釋老志："凡宮塔制度，猶依天竺舊狀而重構之，從一級至三五七九，世人相承謂之浮圖，或云佛圖。"㊂傘尖，傘頂。以形狀似塔而名。金史儀衛志下："傘制，皇太子三位妃皆青羅表紫裏、金浮圖。"

【浮箭】漏壺上表示時間的標尺。文選晉張景陽(協)七命："景不及形，塵不暇起。浮箭未移，再踐千里。"注："浮箭，謂漏刻也。"

【浮磬】泗水岸邊可作磬的石。書禹貢："泗濱浮磬。"疏："石在水旁，水中見石，似若水中浮然，此石可以爲磬，故謂之浮磬也。"唐白居易長慶集三華原磬："古稱浮磬出泗濱，立辯致死聲感人。"

【浮橋】用船、筏或浮箱聯結成的橋。初學記七引春秋後傳："(周)赧王三十八年，秦始作浮橋于河。"東觀漢記八吳漢傳："公孫述大司馬田戎將兵至下江關，至南郡，據浮橋于江上。"

【浮環】浮水用具，相當於今救生圈之類。宋稗類鈔二："韓世忠在鎮江，一日抵晚，令帳前提轄王權至金山，仍戒不得用船渡，愬給浮環，偕一卒至西津，遂泅以渡登岸。"

【浮薄】輕浮，不樸實。周書蘇綽傳六條詔書敦教化："然性無常守，隨化而遷，化於敦樸者則質直，化於澆僞者則浮薄。"唐高適高常侍集四淇上酬薛三據兼寄郭少府詩："皇情念淳古，時俗何浮薄。"

【浮蟻】浮於酒面上的泡沫。文選漢張平子(衡)南都賦："醪敷徑寸，浮蟻若蓱。"唐劉良注："酒膏徑寸，布於酒上，亦有浮蟻如水蓱也。"後作酒的代稱。唐李咸用披沙集五送人詩："盈耳暮蟬催別騎，數杯浮蟻咽離腸。"

【浮辭】㊀詐僞不實的語言。史記八三鄒陽傳獄中上書："蘇秦相燕，燕人惡之於王，王按劍而怒，食以駃騠。白圭顯於中山，中山人惡之魏文侯，文侯投之以夜光之璧。何則？兩主二臣，剖心坼肝相信，豈移於浮辭哉！"㊁虛飾多餘的語言。後漢書七九下伏恭傳："初，父黯章句繁多，恭乃刪減浮辭，定爲二十萬言。"

【浮議】流傳而沒有根據的議論。唐陸贄陸宣公集十六請釋趙貴先罪狀："陛下前意，固爲善矣，伏惟不爲浮議所移。"宋歐陽修文忠集一〇九論狄青劄子："爲青計者，宜自退避事權，以止浮議。"

【浮躁】輕浮急躁。晉書應詹傳："(諸葛)玫浮躁有才辯，臨漳人士無不詣之。"唐韓愈昌黎集二薦士詩："杳然粹而清，可以鎮浮躁。"

【浮囊】浮水的氣囊。神機制敵太白陰經四濟水具："浮囊以渾脫羊皮吹氣令滿，緊縛其孔，縛於脅下，可以渡也。"翻譯名義集七寺塔壇幢："自今聽諸比丘，畜浮囊，若羊皮，若牛皮，傳聞西域渡海之人，多作鳥翎毛袋，或齎巨牛脬，海船或失，吹氣浮身。"

【浮鹽】宋制：鹽民所產之鹽，由官家徵稅收購者稱正鹽；額外增產可自行處置者稱浮鹽。宋史寧宗紀三："遣朝臣二人往兩浙路與提舉官議收浮鹽。"又食貨志下四："故環海之湄，有亭戶，有鍋戶，有正鹽，有浮鹽。正鹽出於亭戶，歸之公上者也；浮鹽出於鍋戶，鬻之商販者也。"

【浮豔】三國志魏崔琰傳"魯國孔融"注引續漢書曹操令："太中大夫孔融既伏其罪矣，然世人多採其虛名，少於核實，見融浮豔，好作變異，眩其誑俗，不復察其亂俗也。"本指聰明才智表露於外，後來多指文章詞藻華麗。北齊顏之推顏氏家訓文章："今世相承，趨末棄本，率多浮豔。"

【浮玉山】山名。1. 天目山之支阜。在太湖之南。山海經南山經："又東五百里曰浮玉之山，北望具區。"注："具區，今吳縣西南太湖也。"2. 金山的別名。釋惠凱金山志："此山大江環繞，每風四起，勢欲飛動，故南朝謂之浮玉。"(說郛九七)

【浮丘公】傳說黃帝時仙人。文選晉郭景純(璞)遊仙詩之三："左挹浮丘袖，右拍洪崖肩。"注："列仙傳曰：浮丘公接王子喬以上嵩高山。"又南朝宋謝靈運登臨海嶠與從弟惠連詩："儻遇浮丘公，長絕子徽音。"注："列仙傳曰：王子喬好吹笙，道人浮丘公接以上嵩山。"

【浮浪人】無戶籍的流浪人口。隋書食貨志："其無貫之人，不樂州縣編戶者，謂之浮浪人，樂輸亦無定數，任量，准所輸，終優於正課焉。"

【浮溪集】宋汪藻撰，三十六卷。藻學問甚博，高宗時朝廷詔命文字，多出其手，詩詞亦能名家。另有浮溪文粹十五卷，爲明胡堯臣刊行。

【浮圓子】食品名。亦名湯糰，因常於元宵日食之，又稱爲元宵。宋詩鈔周必大平園續藁鈔有元宵煮浮圓子，前輩似未曾賦此，坐間成四韻詩。

【浮漚釘】門上的環鈕，因形似水面上的浮漚，故名。宋程大昌演繁露六："今門上排立而突起者，公輸般所飾之蠡也。義訓曰：'門飾，金謂之鋪，鋪謂之鏂，鏂音歐，今俗謂之浮漚釘也。'"

【浮塵子】昆蟲名。唐元稹長慶集四浮塵子詩序："浮塵，蟆類也。其實微不可見，與塵相浮而上下，人苦之，往往蒙絮衣自蔽，而浮塵輒能通透及人肌膚。"

【浮曇末】梵語音譯，意爲至誠。翻譯名義集四衆善行法："浮曇末，此云至誠……至之言專，誠之言實。"

【浮鵠山】傳說中的山名。山在海中，去餘姚岸千餘里。上有女人年三百歲；有女官道士四五百人，年皆過百。曾遣使獻紅席於梁武帝。見南史梁武帝紀下。

【浮瓜沈李】文選魏文帝(曹丕)與朝歌令吳質書有"浮甘瓜於清泉，沉朱李於寒水"句，後人習用爲夏日遊宴之詞。宋孟元老東京夢華錄八是月巷陌雜賣："六月中，別無時節，往往風亭水榭，峻宇高樓，雪檻冰盤，浮瓜沈李，流盃曲沼，苞酢新荷，遠邇笙歌，通夕而罷。"

【浮花浪蘂】指尋常的花草，也比喻輕浮的人。唐韓愈昌黎集三杏花詩："浮花浪蘂鎮長有，纔開還落瘴霧中。"宋蘇軾東坡詞賀新郎："石榴半吐紅巾蹙，待浮花浪蕊都盡，伴君幽獨。"也作"浪蘂浮花”。宋蘇軾分類東坡詩十八次韻王廷老退居見寄：“浪蘂浮花不辨春，歸來方識歲寒人。”

【浮家泛宅】謂以船爲家，到處漂泊。新唐書一九六張志和傳：“顔真卿爲湖州刺史，志和來謁，真卿以舟敝漏，請更之。志和曰：‘願爲浮家泛宅，往來苕霅間。’”宋陸游劍南詩稿五秋夜懷吳中：“更堪臨水登山處，正是浮家泛宅時。”

【浮雲朝露】喻時光易逝，人事無常。周書蕭大圜傳：“嗟夫！人生若浮雲朝露，寧俟長繩繫景，寔不願之。執燭夜遊，驚其迅邁。”

【浮溪精舍】清宋翔鳳字于庭，嘉慶舉人，官知縣。專研經學，自題其書室爲浮溪精舍，所著書曰浮溪精舍叢書。

【浮語虛辭】大話，空話。東觀漢記二三隗囂傳劉秀（光武）與囂書：“在兵中十歲，所更非一，厭浮語虛辭耳。”

【浮聲切響】指音韻之輕、重聲。一說浮聲卽平聲，切響卽仄聲。宋書謝靈運傳史臣曰：“欲使宮羽相變，低昂舛節，若前有浮聲，則後須切響。一簡之內，音韻盡殊；兩句之中，輕重悉異。妙達此旨，始可言文。”

浛 1. hàn ㄏㄢˋ 胡紺切，去，勘韻，匣。

㊀水與泥相摻和。見玉篇。北周庾信庾子山集四贈別詩：“誰言畜衫袖，長代手中浛。”言衫袖與淚水相和。

2. hán ㄏㄢˊ 集韻 胡南切，平，覃韻。

㊁同“涵”。舊題晉王嘉拾遺記一少昊：“浛天蕩蕩望滄滄，乘桴輕漾着日傍。”參閱正字通“浛”。

【浛洭】縣名。漢置，屬桂陽郡。以縣界洭水而名。隋開皇十年屬洭州，二十年廢州，改屬廣州。見元和郡縣志三四廣州。

涂 1. tú ㄊㄨˊ 同都切，平，模韻，定。

㊀道路。周禮地官遂人：“百夫有洫，洫上有涂。”注：“涂，容乘車一軌。”又夏官司險：“設國之五溝五涂。”注：“五涂，徑、畛、涂、道、路也。”古塗、途字並作涂。參閱清鄭珍說文新附考六“塗”。㊁水名。見“涂水”。㊂姓。宋有涂天明、涂正勝、涂壎等，並撫州人。見通志二七氏族略三以地爲氏。

2. chú ㄔㄨˊ 直魚切，平，魚韻，澄。

㊃見“涂₂月”。

3. xú ㄒㄩˊ

㊄見“涂₃吾”。

【涂水】卽滁河。三國魏嘉平三年吳人阻塞涂水，卽此。見三國志魏王淩傳。參見“滁河”。

【涂₂月】農曆十二月的別稱。爾雅釋天：“十二月爲涂月。”涂，音除，謂歲將除，故名涂月。涂，也作“荼”。見周禮秋官硩蔟氏注。

【涂₃吾】水名。山海經北山經：“北鮮之山，是多馬，鮮水出焉。而西北流注于涂吾之水。”晉郭璞注：“漢元狩二年，馬生涂吾水中。”漢書武帝紀元狩二年作“余吾”。參見“余₂吾㊀”。

【涂巷】道路。荀子勸學：“學也者，固學一之也。一出焉，一入焉，涂巷之人也。”涂巷之人，指平庸的人。

浠 xī ㄒㄧ 集韻 香依切，平，微韻，曉。

見下。

【浠水】㊀水名。也名南門河。源出湖北英山縣，西南流經浠水縣至蘭溪鎮入長江。㊁縣名。屬湖北省。以在浠水北岸而名。南朝宋置希水縣，梁改爲浠水縣，唐武德間改爲蘭溪縣，天寶初又改爲蘄水縣。公元 1933 年改爲浠水縣。參閱讀史方輿紀要七六黃州府蘄水縣。

浴 yù ㄩˋ 余蜀切，入，燭韻，喻。

㊀洗身。楚辭屈原漁父：“新沐者必彈冠，新浴者必振衣。”漢王充論衡譏日：“盥去手垢，浴去身垢。”引申爲修養德性，使身心整潔。見“浴德”。㊁鳥飛忽上忽下。大戴禮夏小正：“十月，黑鳥浴。”傳：“浴也者，飛乍高乍下也。”清孔廣森補注：“浴者，言烏乘暄飛，上下若浴然。”

【浴巾】拭浴之巾。儀禮士喪禮上：“貝三實于笲；稻米一豆實於筐；沐巾一，浴巾二，皆用綌於笲。”注：“巾所以拭汙垢，二者，上下體異也。”

【浴日】㊀謂日浴於咸池。淮南子天文：“日出于暘谷，浴于咸池……是謂晨明。”後來稱旭日初昇，光影與水流上下的景象爲浴日。㊁喻卓越的功勳。宋史三六〇趙鼎傳：“頃張浚出使川陝，國勢百倍於今，浚有補天浴日之功，陛下有礪山帶河之勢。”

【浴血】全身浸於血中。唐段成式酉陽雜俎十二語資：“英公（徐勣）常獵，命（孫）敬業入林趁獸，因乘風縱火，意欲殺之。敬業知無所避，遂屠馬腹，伏其中，火過，浴血而立，英公大奇之。”後多以形容戰鬭激烈，多所殺傷，血染全身。

【浴沂】論語先進：“浴乎沂，風乎舞雩，詠而歸。”浴沂，在沂水洗澡，本爲曾皙對孔子自白其志的話。後以浴沂喻一種高尚的情操。宋林逋林和靖集二溪上春日詩：“獨有浴沂遺想在，使人終日此徘徊。”

【浴佛】佛教徒於四月八日釋迦誕生日舉行浴禮，以水灌佛像，謂之浴佛，也稱灌佛。後漢書七三陶謙傳：“（笮融）大起浮屠寺，……每浴佛，輒多設飲飯，布席於路，其有就食又觀者且萬餘人。”唐韓鄂歲華紀麗二四月八日“浴釋迦”注引荆楚歲時記：“荆楚以四月八日諸寺各設會，香湯浴佛，共作龍華會，以爲彌勒下生之徵也。”參閱釋氏要覽中三寶浴佛、僧史略上創造伽藍。

【浴牀】古代的浴具。廣雅釋器：“棲謂之牀，浴牀謂之柖。”柖，音 shào。唐白居易長慶集五二香山寺石樓潭夜浴詩：“平石爲浴牀，窪石爲浴斛。”

【浴金】卽鍍金。明高啟高太史集二青樓怨詩：“浴金熏爐鏤玉奩，蘭香今夜爲君添。”

【浴堂】浴室。佛寺及宮庭皆有浴堂。北魏楊衒之洛陽伽藍記四城西光寶寺：“指園中一處，曰，此是浴堂。”唐王建詩八宮詞之五五：“浴堂門外抄名入，公主家人謝面脂。”後來城市民間亦有浴堂。宋灌園耐得翁都城紀勝諸行：“又有異名者，如七寶謂之骨董行，浴堂謂之香水行。”

【浴德】修養德性。禮儒行：“儒有澡身而浴德，陳言而伏，靜而正之。”疏：“浴德，謂沐浴於德，以德自清也。”

【浴蘭】浴於蘭湯的省稱。蘭湯，以蘭草爲浴湯。大戴禮夏小正：“五月，……煮梅爲豆實也，蓄蘭爲沐浴也。”楚辭屈原九歌東皇太一：“浴蘭湯兮沐芳，華采衣兮若英。”唐宋稱端午爲浴蘭節。唐韓鄂歲華紀麗二：“端午，角黍之秋，浴蘭之月。”注：“午日以蘭湯沐浴。”宋吳自牧夢粱錄三：“五日重五節，又曰浴蘭令節。”

【浴鐵】披鐵甲的騎士和戰馬。資治通鑑一六三梁紀大寶元年：“（侯）景浴鐵數千，翼衛左右。”注：“浴鐵者，言鐵甲堅滑，若以水浴之也。”

【浴蠶】育蠶選種的一種方法。卽將蠶種浸於鹽水或以野菜花、韭花、白豆花製成的液體中，汰弱留強，進行選種。唐詩紀事三九陳潤東都所居寒食下作：“浴蠶看社日，改火待清明。”參閱北魏賈思勰齊民要術五種桑柘、宋陳元靚歲時廣記八立春浴蠶種、農政全書三一養蠶法。

【浴日亭】古亭名。在廣東番禺縣。亭在山頂，前瞰大海，雞鳴時見日從海中昇起，故名。明易名拱日。宋蘇軾東坡集後集四浴日亭詩：“坐看暘谷浮金暈，遥想錢塘湧雪山。”

浩 1. hào 胡老切，上，晧韻，匣。ㄏㄠˋ

㊀廣大貌。見“浩浩”。㊁衆多貌。禮王制：“喪祭，用不足曰暴，有餘曰浩。”㊂姓。漢有北地浩商，見漢書翟方進傳。

2. gè 古沓切，入，合韻，見。ㄍㄜˋ

㊃地名。見“浩$_2$亹”。

【浩汗】廣大遼闊貌。晉書孫楚傳：“將軍石苞令楚作書遺孫晧曰：‘吴之先祖，起自荆楚，……三江五湖，浩汗無涯。’”

【浩劫】㊀巨劫，歷時長久的劫數。全唐詩六四一曹唐小遊仙詩之六：“玄洲草木不知黄，甲子初開浩劫長。”後人把深重的災難稱爲浩劫。按佛家稱天地由成、住至壞、空爲一劫，破壞只是劫的一個階段。㊁佛塔的層級。一説指不朽的功業。唐杜甫杜工部草堂詩箋二一玉臺觀：“浩劫因王造，平臺訪古遊。”又二四贈秘書監江夏李公邕：“龍宫塔廟涌，浩劫浮雲衛。”

【浩居】簡慢高傲。墨子非儒下：“立命緩貧而高浩居，倍本棄事而安怠傲。”又作“浩裾”。晏子春秋不合經術者：“彼浩裾自順，不可以教下。”

【浩星】複姓。漢有浩星公，治穀梁。漢書五四李廣傳有浩星公。又六九趙充國傳有浩星賜。參閱元和姓纂三二皓。

【浩洐】同“浩汗”。梁書張纘傳南征賦：“屬時雨之新晴，觀百川之浩洐。”

【浩浩】㊀水盛大貌。書堯典：“湯湯洪水方割，蕩蕩懷山襄陵，浩浩滔天。”㊁曠遠貌。詩小雅雨無正：“浩浩昊天，不駿其德。”文選古詩十九首之六：“還顧望舊鄉，長路漫浩浩。”

【浩氣】浩然之氣，即正大剛直之氣。明史二〇九楊繼盛傳臨刑作：“浩氣還太虚，丹心照千古。”

【浩漫】㊀衆多貌。北齊劉晝劉子八閱武：“夫三軍浩漫，則立表號。言不相聞，故爲鼓鐸以通其耳；視不相見，故制旌麾以宣其目。”㊁廣大貌。唐李白李太白詩二十尋魯城北范居士失道詩：“客心不自得，浩漫將何之。”

【浩歌】放聲歌唱。楚辭屈原九歌少司命：“望美人兮未來，臨風怳兮浩歌。”唐李白李太白詩二三春日醉起言志：“浩歌待明月，曲盡已忘情。”

【浩歎】長歎，謂感慨深長。文苑英華二三九唐鄭谷慈恩寺偶題詩：“往事悠悠添浩歎，勞生擾擾竟何能。”

【浩蕩】㊀水勢洶涌、壯闊貌。文選晉潘安仁(岳)河陽縣作詩：“洪流何浩蕩，脩芒鬱苕嶢。”唐杜甫杜工部草堂詩箋三奉贈韋左丞丈二十二韻：“白鷗波浩蕩，萬里誰能馴？”㊁放肆縱恣、心無所主貌。楚辭屈原離騷：“怨靈脩之浩蕩兮，終不察夫民心。”又九歌河伯：“登崑崙兮四望，心飛揚兮浩蕩。”

【浩澤】古代九州外的南方湖澤名。淮南子地形：“九州之外，乃有八殥，亦方千里，……南方曰大夢，曰浩澤。”注：“夢，雲夢也，浩亦大也。”

【浩瀚】廣大遼闊貌。同“浩汗”。本指水勢，引申爲大、多、繁。南朝梁劉勰文心雕龍八事類：“夫經典沈深，載籍浩瀚，實羣言之奧區，而才思之神皋也。”宋范仲淹范文正公集奏議下奏乞許陝西四路經略司回易錢幣：“臣等竊以西陲用兵以來，沿邊所費錢帛，萬數浩瀚，官司屈乏，未能充用。”疊用爲“浩浩瀚瀚”。淮南子俶真：“儲與扈冶，浩浩瀚瀚不可隱儀揆度而通光燿者。”

【浩$_2$亹】㊀水名。即大通河，亦稱閤門河。水出西塞外，東至允吾，源出大雷山與大通山之間，東南流經甘肅青海邊境，在民和縣享堂入湟水。參閱漢書地理志下。㊁古地名。漢縣，屬金城郡，以浩亹水而名。後漢建武十一年，諸種羌拒浩亹隘，馬援擊破之，即此。北周廢。故城在今甘肅樂都縣境。參閱嘉慶一統志二七〇西寧府二。

【浩穰】人衆多貌。漢書七六張敞傳：“京兆典京師，長安中浩穰，於三輔尤爲劇。”注：“浩，大也，穰，盛也。”

【浩然巾】帽背有長披幅的風帽，相傳爲唐孟浩然風雪中所戴的頭巾，古畫有此圖，故名。明清時代，平民不得戴此巾。儒林外史二四：“喫着，只見外面又走進一個人來，頭戴浩然巾，身穿醬色紬直裰，脚下粉底皁靴，手執龍頭拐杖，走了進來。”

【浩然之氣】正大剛直之氣。孟子公孫丑上：“我善養吾浩然之氣。”省稱浩然。抱朴子論仙：“英儒偉器，養其浩然者，猶不樂見淺薄之人，風塵之徒；況彼神仙，何爲汲汲使芻狗之倫，知有之何所索乎？而怪於未嘗知也。”宋文天祥指南後録三正氣歌：“天地有正氣，雜然賦流形。下則爲河嶽，上則爲日星。于人曰浩然，沛乎塞蒼冥。”

淀 xuán 似宣切，平，仙韻，邪。ㄒㄩㄢˊ 辭戀切，去，線韻，邪。

回旋的水流。同“漩”。參閱正字通、清段玉裁説文解字注“淀”。

涐 é 五何切，平，歌韻，疑。ㄜˊ

見下。

【涐水】水名，即大渡河。上源爲大金川，南流合小金川，流經四川樂山縣，會青衣江流入岷江。水經注三三江水：“東南流與涐水合，水出徼外，逕汶江道……南至南安入大渡水。”參見“大渡河”。

浰 liàn 郎甸切，去，霰韻，來。ㄌㄧㄢˋ

流射。喻行動迅速。史記一一七司馬相如傳子虛賦：“儵眒淒浰，雷動熛至。”文選作“倏眒倩浰。”

海 hǎi 呼改切，上，海韻，曉。ㄏㄞˇ

㊀百川會聚之處。書禹貢：“荆及衡陽惟荆州，江漢朝宗于海。”淮南子氾論：“百川異源，而皆歸於海。”較大的湖泊也叫海。如洱海。㊁喻容量極大或指大的容器。唐温庭筠乾𦠆子裴宏泰：“有銀海，受一斗以上，(宏泰)以手捧而飲，盡踏其海，捲抱索馬而去。”㊂比喻人或事物積聚，衆而且廣。唐司空圖司空表聖文集二與李生論詩書：“鯨鯢人海涸，魑魅棘林高。”叢書有古今説海、學海類編等。

【海人】海上捕魚的人。南朝梁任昉述異記下：“東海有牛魚，其形如牛。海人採捕，剥其皮懸之。”

【海子】㊀北方稱湖沼爲海子。元趙孟頫松雪齋集五初至都下即事詩“半生落魄江湖上，今日鈞天一夢同”自注：“北方謂水泊爲海子。”㊁湖名，在北京城内。元史河渠志一：“海子一名積水潭，聚西北諸泉之水，流行入都城而匯於此，汪洋如海，都人因名焉。”參閱清孫承澤天府廣記三六漕渠西海子。

【海口】㊀口大而深。詩大雅生民“鳥乃去矣，后稷呱矣”疏：“謂有奇表異相，若孔子之河目海口，文王之四乳龍顏之類。”引申爲誇口。古今雜劇元缺名百花亭三：“敢問海口，豈是虚名。”㊁內河通海的地方。舊唐書一六〇韓愈傳：“過海口，下惡水，濤瀧壯猛，難計期程。”

【海女】海神之女。唐張說張說之集十六唐故夏州都督太原王公神道碑:"海女避途,山蛇可問。"此用西海婦避太公望事。唐李賀歌詩編四貝宮夫人:"丁丁海女弄金錢,雀釵翹揭雙翅關。"參見"灌壇"。

【海王】藉漁鹽之利而富國稱王。管子海王:"海王之國,謹正鹽筴。"注:"海王,言以負海之利,而王其業。"

【海內】古人認爲我國疆土四面環海,故稱國境以內爲海內。猶言天下。戰國策秦一:"今欲并天下,凌萬乘,詘敵國,制海內,子元元,臣諸侯,非兵不可。"唐王勃王子安集三杜少府之任蜀州詩:"海內存知己,天涯若比鄰。"

【海月】㊀海中動物。一名窗貝,肉可食,貝殼可嵌門窗。文選晉郭景純(璞)江賦:"玉珧海月,土肉石華。"注引臨海水土物志:"海月大如鏡,白色,正圓,常死海邊,其柱如搔頭大,中食。"文選南朝宋謝靈運遊赤石進帆海詩:"揚帆采石華,挂席拾海月。"㊁宋僧,名慧辨,華亭人,俗姓傳。入普照寺,曾爲杭州都僧正。與蘇軾友善,軾有贈月長老詩(分類東坡詩四)。見浙江通志一九八仙釋引西湖高僧事略。

【海市】大氣因光射而形成的反映地面物體的形象,舊稱蜃氣。晉伏琛三齊略記:"海上蜃氣,時結樓臺,名海市。"(五朝小說本)宋沈括夢溪筆談二一異事:"登州海中,時有雲氣如宮室、臺觀、城堞、人物、車馬、冠蓋,歷歷可見,謂之海市。"

【海古】水名,也作"海姑"。俗稱海溝。在阿勒楚喀(今黑龍江阿城縣城)東。金史世紀:"獻祖乃徙居海古水,耕墾樹藝,始築室,有棟宇之制,……自此遂定居於安出虎水之側矣。"

【海田】滄海桑田的省語。元艾性剩語下辟亂逢故人詩:"海田未必非天數,空對西風老淚滂。"參見"滄海桑田"。

【海外】古人認爲我國疆土四面環海,故稱中國以外地方爲海外。詩商頌長發:"相土烈烈,海外有截。"箋:"四海之外率服。"唐李商隱李義山詩集五馬嵬之一:"海外徒聞更九州,他生未卜此生休。"

【海宇】㊀近海之地。初學記二一南朝宋顏延之家傳銘:"曠被琅玡,實惟海宇。"㊁中國境內。梁書武帝紀上中興二年齊禪位詔:"浹海宇以馳風,罄輪裳而稟朔。"

【海州】州名。1. 春秋郯子國。東魏改青冀二州置,治所在龍沮(今江蘇灌雲縣西南)。北周廢,唐復置,元改海寧州,明初復爲海州,清升爲直隸州,屬江蘇,公元1912年廢。參閱寰宇通志二十淮安府。2. 遼置州,治所在臨溟(今遼寧海城縣)。元廢,明置海州衞,清改爲海城縣。參閱讀史方輿紀要三七海州衞。

【海老】猶言海枯。易林遯之否:"海老水乾,魚鼈盡索。"

【海西】㊀縣名。漢置晉廢,故城在今江蘇東海縣南。漢武帝時封李廣利爲海西侯,即此。見漢書六一李廣利傳。㊁古國名。即大秦,我國古代對羅馬帝國的稱呼。史記一二三大宛傳安息注引魏略:"大秦在安息、條支西大海之西,故俗謂之海西。"參見"大秦"。

【海丞】掌管海稅的官。漢書平帝紀元始元年:"置少府海丞、果丞各一人。"注:"師古曰:'海丞,主海稅也。'"

【海曲】㊀猶言海隅,謂沿海偏僻的地區。也包括沿海島嶼。晉陸機陸士衡集六齊謳行詩:"營丘負海曲,沃野爽且平。"唐王勃王子安集五滕王閣詩序:"竄梁鴻於海曲,豈乏明時!"㊁縣名。漢置,晉廢,治所在今山東日照縣西。新莽末年,琅邪郡海曲縣人呂母聚衆殺縣官於此起義。參閱漢書九九下王莽傳、讀史方輿紀要三五青州府。

【海色】㊀海上的景色。文苑英華二九二唐祖詠江南旅情詩:"海色晴看雨,江聲夜聽潮。"㊁將曉的天色。唐李白李太白詩二古風五十九首之十八:"雞鳴海色動,謁帝羅公侯。"

【海行】㊀航海。三國志吳薛綜傳上疏:"洪流浘瀁,有成山之難。海行無常,風波難免。"㊁全國通行的意思。宋趙升朝野類要四法令:"勑令格式,謂之海行,蓋天下可行之義也。"宋范仲淹范文正公集奏議上答手詔條陳十事:"又海行條貫,雖是故違,皆從失坐,全乖律意,致壞大法,此輕而弗稟之甚矣。"

【海甸】近海的地區。文選南齊孔德璋(稚珪)北山移文:"張英風於海甸,馳妙譽於浙右。"

【海角】沿海僻遠之地。詳"海角天涯"。

【海伯】傳說中的海神。晉葛洪枕中書:"屈原爲海伯,統領八海。"

【海河】水名。即直沽,又稱沽河。從天津東北三岔口起,總匯北運永定大清子牙南運五河,東流出大沽口入渤海。參閱嘉慶一統志二四天津府一。

【海青】㊀鳥名。鵰的一種。詳"海東青"。㊁寬袖的長袍。明鄭明選秕言:"吳中稱衣之廣袖者爲海青,按李白詩:'翩翩舞廣袖,似鳥海東來。'蓋言廣袖之舞,如海東青也。"僧尼外袍的袖甚寬大,故也稱海青。㊂元代給傳遞軍國緊急公文之驛者佩帶的符名,也作驛站名,取鶻飛迅速之意。元史世祖紀一:"以海青銀符二、金符十給中書省,量軍國事情緩急,付乘驛者佩之。"又世祖紀二:"敕燕京至濟南置海青驛凡八所。"

【海表】指我國四境以外僻遠之地。書立政:"方行天下,至於海表。"

【海門】㊀海口。全唐詩一四二王昌齡宿京江口期劉眘虛不至:"霜天起長望,殘月生海門。"唐韋應物韋江州集四賦得暮雨送李胄詩:"海門深不見,浦樹遠含滋。"㊁縣名。屬江蘇省。本漢海陵縣東洲鎮,五代周顯德中析置海門縣,以地處海隅而名。地有一沙角突出江海間,名料角觜。宋初,犯死罪獲貸者,配隸於此,煮鹽納官。明清皆屬揚州府。參閱讀史方輿紀要二三揚州府。

【海味】可供食用的海產。南齊書虞悰傳:"悰治家富殖……雖在南土,而會稽海味無不畢致焉。"清翟均廉海塘錄二五引宋朱名世海味詩:"海味新來數得餐,梢人收拾日登盤。"

【海昌】㊀郡名。南朝宋置,隋廢,在今廣東電白縣境。參閱南齊書州郡志上廣州。㊁地名。三國吳鹽官縣地,陸遜爲海昌屯田都尉,治此。晉宋以後,亦爲都尉治,隋大業初廢。故城在今浙江海寧縣境。參閱讀史方輿紀要九十杭州府海寧縣。

【海物】海產。書禹貢:"厥貢鹽絺,海物惟錯。"文選晉陸士衡(機)齊謳行:"海物錯萬類,陸産尚千名。"

【海岱】禹貢青徐二州之地。指東海與泰山間之地。書禹貢:"海岱惟青州。"注:"東北據海,西南距岱。"又:"海岱及淮惟徐州。"唐杜甫杜工部草堂詩箋一登兖州城樓:"浮雲連海岱,平野入青徐。"

【海昏】縣名,漢置,屬豫章郡。漢宣帝三年封故昌邑王賀爲海昏侯,即此。南朝宋改建昌縣。今江西永修縣地。參閱讀史方輿紀要八四南康府建昌縣。

【海狗】海獸名。即膃肭獸。清厲荃事物異名錄三八水族引庶物異名疏:"膃肭似狗,長尾,遇日出則浮在水面,藥性論謂之海狗。"參見"膃肭"。

【海姑】水名,也作"海古勒"。金史宗室傳贊:"金諸宗室,自始祖至康宗凡八世。

獻祖徙居海姑水納葛里村，再徙安出虎水。世祖稱海姑兄弟，蓋指其所居也。”今黑龍江阿城縣阿勒楚喀東二十里，有海溝河，即海姑的轉音。參見“海古”。

【海客】㊀航海者。唐李白李太白詩七江上吟：“仙人有待乘黃鶴，海客無心隨白鷗。”㊁浪迹四方的人。唐張固幽閒鼓吹：“丞相牛公(僧孺)應舉，知于頔相之奇俊也，特詣襄陽求知。住數月兩見，以海客遇之。牛公怒而去。”

【海城】㊀濱海的城市。全唐詩五五四項斯寄流人：“霧開蠻市合，船散海城孤。”㊁縣名。屬遼寧省。在鞍山市西南。遼置臨溟縣。明爲海州衛，清順治十年改海城縣。參見“海州 2”。

【海若】傳說中北海神。楚辭屈原遠遊：“使湘靈鼓瑟兮，令海若舞馮夷。”也單稱若。莊子秋水：“於是焉河伯始旋其面目，望洋向若而歎。”後也泛指海神。

【海南】即舊瓊州全島，一稱瓊崖。在廣東省西南部海中，北隔海峽，與雷州半島相望。今爲廣東海南行政區。漢置珠崖儋耳兩郡，唐置瓊州，清爲瓊州府。參閱讀史方輿紀要一〇五瓊州府。

【海食】即海味。晏子春秋問上：“于是廢公阜之游，止海食之獻。”

【海紅】㊀果名。1.柑的一種。宋韓彥直橘錄：“海紅柑，顆極大，有及尺以上圍者，皮厚而色紅，藏之久而愈甘。……此種初以近海，故以海紅得名。”(說郛七五) 2.即海棠果。參閱本草綱目三十果二。㊁花名，即山茶。明楊愼藝林伐山六海紅花：“菊莊劉士亨詠山茶詩云：‘小院猶寒未暖時，海紅花發景遲遲。半深半淺東風裏，好是徐熙帶雪枝。’蓋海紅即山茶也。”參閱清王士禛香祖筆記九、十。

【海浦】通海之口。文選漢張平子(衡)西京賦：“光炎燭天庭，囂聲震海浦。”三國吳薛綜注：“海浦，四瀆之口。”

【海站】海道上的驛站。元史世祖紀十二：“自泉州至杭州立海站十五，站置船五艘、水軍二百，專運番夷貢物及商販奇物，且防禦海道爲便。”

【海粉】食物名。明謝肇淛五雜俎九物部：“海粉，乃龜黿之屬腹中腸胃也，以巨石壓其背，則從口中吐粉，吐盡而斃，名曰海粉。”按海粉，即今經乾燥後之刺海兔卵，供食用。

【海素】傳說海中鮫人所織的薄紗。唐李賀歌詩編四榮華樂：“瑤姬凝醉卧芳席，海素籠𥥛空下隔。”參見“鮫綃”。

【海捕】官府行文各地通緝在逃人犯。水滸三二：“官司一事，全得朱(仝)雷(橫)二都頭氣力，已自家中無事，只要緝捕正身，因此已動了個海捕文書，各處追獲。”

【海䖵】即貝子。本草綱目四六介二貝子：“海䖵，……古者貨貝爲寶龜，用爲交易，以二爲朋，今雲南用之，呼爲海䖵。”

【海師】熟悉海上航路的人。大方便佛報恩經四惡友品：“爾時波羅奈國，有一海師，前後數反，入於大海，善知道路通塞之相。”宋書朱脩之傳：“泛海至東萊，遇猛風柁折，垂以長索，船乃復正。海師望見飛鳥，知其近岸，須臾至東萊。”

【海納】比喻包羅甚廣。文選晉袁彥伯(宏)三國名臣序贊：“景山(徐邈)恢誕，韻與道合。形器不存，方寸海納。”北周庾信庾子山集一三月三日華林園馬射賦序：“上則雲布雨施，下則山藏海納。”

【海涵】比喻人的肚量寬宏。藝文類聚四六南朝梁王僧孺爲臨川王讓太尉表：“陛下海涵春育，日鏡雲伸。”後常用爲請人原諒之詞。明缺名袁文正還魂記傳奇千秋：“恰纔我舍弟言語冒瀆，望大人海涵。”

【海康】縣名，屬廣東省。本漢徐聞縣地，屬合浦郡。隋平陳後置海康縣。參閱隋書地理志下合浦郡、寰宇通志一〇六雷州府。

【海都】公元？—1301年。蒙古窩闊台(元太宗)之孫，封地在葉密立河畔。忽必烈(世祖)時，海都自以太宗嫡孫而不得立，遂聯合西北諸王舉兵叛變，終世祖一朝，戰事從未停息。後於鐵穆耳(成宗)大德五年，與海山(武宗)會戰受傷，旋病死。見元史武宗紀一、新元史一一一太宗諸子合失傳附海都。

【海梧】植物名。晉嵇含南方草木狀下：“海梧子樹，似梧桐，色白，葉似青桐，有子如大栗，肥甘可食，出林邑。”

【海陵】㊀縣名。後漢置。明洪武初廢入泰州。今江蘇泰州市地。參閱讀史方輿紀要二三揚州府泰州。㊁山名。在今廣東陽江縣南海中，有數峯，東峯爲平章山。宋末，張世傑遇颶風，覆舟溺死於此。參閱宋史四五一張世傑傳、讀史方輿紀要一〇一肇慶府陽江縣。

【海眼】即泉眼。古人認爲井泉的水，潛流地中，通江海，隨潮漲退，故稱海眼。唐杜甫杜工部草堂詩箋十六太平寺泉眼：“石間見海眼，天畔縈水府。”唐段成式酉陽雜俎續集四貶誤：“蜀石筍街，夏中大雨，往往得雜色小珠，俗以謂地當海眼。”

【海笛】簧管樂器，一種較小的嗩吶。詳“金口角”。

【海貨】猶言海產。文苑英華二七三唐盧綸送何召下第後歸蜀：“水程通海貨，地利雜吳風。”

【海舶】航海的大船。梁書王僧孺傳：“郡常有高涼生口及海舶，每歲數至，外國賈人以通貨易。”唐陸龜蒙甫里集九和吳中言懷寄南海二同年詩：“城連虎踞山圖麗，路入龍編海舶連。”

【海湄】海邊。文選晉嵇叔夜(康)琴賦：“周旋永望，邈若淩飛。邪睨崑崙，俯闞海湄。”唐李白李太白集一大鵬賦：“然後六月一息，至于海湄。”

【海童】傳說的海中神童。文選晉左太沖(思)吳都賦：“江婓於是往來，海童於是宴語。”晉劉逵注：“海童，海神童也。吳歌曲曰：‘仙人齎持何等，前謁海童。’”

【海運】㊀海水翻動。莊子逍遙遊：“是鳥也，海運則將徙於南冥。”㊁海洋潮汐現象。水經注三六溫水：“扶南去林邑四千里，水步道通，……自船官下注大浦之東湖，大水連行。潮上西流，潮水日夜長七八尺。從此以西，朔望并潮，一上七日，水長丈六七。七日之後，日夜分爲再潮，水長一二尺。春夏秋冬，厲然一限。高下定度，水無盈縮，是爲海運，亦曰象水也。”㊂舊時由海道從東南運糧到京城稱海運。唐杜甫杜工部草堂詩箋六後出塞有“雲帆轉遼海，粳稻來東吳”之句，是唐代已有海運。元至元中從東南運糧，始以海運爲主，歲運至三百萬石。明初減至七十餘萬石，永樂中復開會通河，始專事河運。清道光間以河道淤塞，又行海運，初用沙船，夾板船，同治以後改用輪船。光緒中廢河運，於上海天津設海運局，專主其事。參閱明危素元海運志、續通考三一國用二、清續通考七七國用十五、凌揚藻蠡酌編二六海運。

【海椶】椶，也作“棕”。見“海棕”。

【海棗】㊀傳說中的果名。晏子春秋不合經術者：“(齊)景公謂晏子曰：‘東海之中，有水而赤，其中有棗，華而不實，何也？’晏子對曰：‘昔有秦穆公乘龍而理天下，以黃巾裹烝棗，至東海而捐其布，彼黃巾，故水赤，烝棗，故華而不實。’”後以海棗比喻徒有外表，華而不實。文選南朝梁陸佐公(倕)新漏刻銘：“譬彼春華，同夫海棗。”注：“海棗，譬其無實。”㊁樹名。無漏子，別稱椰棗、波斯棗、伊拉克棗。也叫海椶。晉嵇含南方草木狀下：

“海棗樹身無閑枝，直聳三四十丈，樹頂四面共生十餘枝，葉如栟櫚，五年一實，實甚大，如杯盌，核兩頭不尖，雙卷而圓，其味極甘美，安邑御棗無以過也。”參閱本草綱目三一果三無漏子。

【海陽】地名。漢揭陽縣，屬南海郡。晉於此置海陽縣，屬義安郡，以南濱大海而名。自隋以來屬潮州。清爲潮州府府治，公元 1914 年裁府留縣，改名潮安縣。參閱寰宇通志一〇四潮州府。

【海量】大酒量。宋張方平樂全集附録行狀：“冬使契丹，……北主親至座前，命玉卮，揖公曰：‘聞君海量，畢之！’”

【海隅】㊀海角，沿海地區。書益稷：“帝光天之下，至于海隅蒼生，萬邦黎獻，共惟帝臣。”㊁古北方湖泊名，十藪之一。爾雅釋地：“齊有海隅。”疏：“此營州藪也。”參見“十藪”。

【海瑞】公元 1514—1585 年。明瓊山人。字汝賢，號剛峯。官户部主事。時世宗(朱厚熜)迷信道教，專意齋醮，不理朝政。嘉靖四十五年瑞上治安疏極言帝失，逮下獄。穆宗(朱載垕)立，始獲釋，遷右僉都御史，巡撫應天十府。在官持身廉介，嫉惡如仇，鋭意興革，打擊豪强，疏浚吳淞江，興修水利。以不爲當道所喜，謝病歸，閒居十六年。首輔張居正卒，起爲南京吏部右侍郎。卒於官，貧至無以斂。謚忠介。有備忘集十卷、海剛峯先生集(萬曆二十二年刊)十卷。明史二二六有傳。

【海禁】進出海疆的禁令。明清兩代指禁止民間商船出海貿易，限制外國商船進口貿易所采取的措施。清袁昶漸西村人初集詩二讀袁康沙船歎歌以贈之：“篙工柁師卧江沙，海禁久弛吞聲哭。”

【海椶】樹木名。卽無漏子、海棗。椶，也作“棕”。唐杜甫杜工部詩史補遺三海棕行：“左綿公館清江濆，海棕一株高入雲。龍鱗犀甲相錯落，蒼稜白皮十抱文。自是衆木亂紛紛，海棕焉知身出羣。移栽北辰不可得，時有西域胡僧識。”宋宋祁益部方物略記海椶：“大抵椶類，然不皮而幹，葉叢於杪，至秋乃實，似楝子。”

【海蜇】卽水母。清顧張思土風録五海蜇：“臨淮新語云：水母乾者名海蜇，腹下有脚紛紜，名曰蜇花，鮮者一名海蛇。氣最腥，爲蟲之所宅，蟲者蝦也。”參見“水母㊂”。

【海虞】地名。晉武帝太康四年分吳縣虞鄉置海虞縣，隋平陳，併入常熟縣。故城在今江蘇常熟縣東。參閱宋書州郡志一、讀史方輿紀要二四蘇州府常熟縣。

【海漚】海水的泡沫。楞嚴經六：“空生大覺中，如海一漚發。”唐司空圖詩品含蓄：“悠悠空塵，忽忽海漚。”也以比喻人事起滅無常。

【海寧】縣名。屬浙江省。本漢海鹽縣地，三國吳置鹽官縣。元改海寧州，明改縣，清復爲州。公元 1912 年改爲縣。參閱讀史方輿紀要九十杭州府。

【海蓋】謂霧氣籠罩海上如蓋。宋劉敞公是集十九檀州詩：“市聲衙日集，海蓋午時消。”注：“每旦海氣如霧，至午時消盡，土人謂之海蓋。”

【海榴】卽石榴。以自海外移植，故名。文苑英華一五七南朝陳江總山庭春日詩：“岸緑開河柳，池紅照海榴。”唐韋應物韋江州集五答僩奴重陽二甥詩：“山藥經雨碧，海榴凌霜翻。”

【海閭】指原始的水生植物。淮南子地形：“海閭生屈龍，屈龍生容華，容華生蔈，蔈生萍藻，萍藻生浮草，凡浮生不根茇者，生於萍藻。”注：“海閭，浮草之先也。”

【海澄】地名。南朝梁龍溪縣地。明割龍溪縣及漳浦縣地置海澄縣，清因之。公元 1960 年，與龍溪縣合併，改爲龍海縣，屬福建省。參閱讀史方輿紀要九九漳州府。

【海髮】海藻的一種，因纖細多枝如髮，故名。梁書沈約傳郊居賦：“石衣海髮，黄荇緑蒲。”

【海嶠】近海多山之地。唐張九齡曲江集四送使廣州詩：“家在湘源住，君今海嶠行。”指嶺南地區。

【海澨】海濱。南朝梁江淹江文通集四雜體詩之二三謝臨川遊山：“且泛桂水潮，映月遊海澨。”

【海寰】世界。唐杜牧樊川集四詠歌聖德遠懷天寶因題關亭長句四韻詩：“聖敬文思業太平，海寰天下唱歌行。”

【海燕】㊀魚名。南齊書五行志：“永明九年，鹽官縣石浦有海魚乘潮來，水退不得去，長三十餘丈，黑色無鱗，未死，有聲如牛，土人呼爲海鷰，取其肉食之。”㊁燕子的別稱。古人認爲燕子産於南方，渡海而至，故稱海燕。文苑英華二〇五唐沈佺期古意詩之一：“盧家少婦鬱金堂，海鷰雙棲瑇瑁梁。”鷰，同“燕”。

【海錯】海産種類繁多，通稱爲海錯。書禹貢：“厥貢鹽絺，海物惟錯。”廣弘明集二六南朝梁沈約究竟慈悲論：“秋禽夏卵，比之如浮雲。山毛海錯，事同於腐鼠。”宋蘇軾蘇文忠詩合注十九丁公默送蝤蛑詩：“蠻珍海錯聞名久，怪雨腥風入坐寒。”參見“山珍海錯”。

【海徼】近海的邊地。唐劉長卿劉隨州集五贈元容州詩：“海徼長無戍，湘山獨種畬。”

【海嶽】四海五嶽。新唐書車服志：“毳冕者，祭海嶽之服也。”嶽，也作“岳”。

【海鮮】可供食用的海生動物。宋詩鈔陳造江湖長翁詩鈔聞師文過錢塘：“海鮮常入筯，雨鵲定隨人。”灌圃耐得翁都城紀勝市井：“自大内和寧門外新路南北，早間珠玉珍異及花果時新海鮮野味奇器天下所無者，悉集於此。”

【海豐】縣名。1.屬廣東省。漢龍川縣地，晉分置海豐縣。明清皆屬惠州府。參閱讀史方輿紀要一〇三惠州府。2.本漢陽信縣，隋開皇六年置無棣縣。明洪武八年，以避朱棣(成祖)諱改海豐。公元 1914 年復名無棣。屬山東省。參閱讀史方輿紀要三一濟南府。

【海藏】舊指海中龍宫的寶藏。唐李德裕李文饒集三贈圓明上人詩：“遠公説易長松下，龍樹雙經海藏中。”按，佛經傳説南天竺龍樹菩薩曾入龍宫齎華嚴經。

【海鏡】蛤類動物。唐劉恂嶺表録異下：“(海鏡)兩片合以成形，殼圓，中甚瑩滑，日照如雲母光，内有少肉如蚌胎。腹中有小蟹子，其小如黄豆，而螯足具備。”宋黄庭堅山谷内集十七又借答送蟹韻見意詩：“招潮瘦惡無永意，海鏡纖毫只强顔。”

【海藻】海産藻類植物，如紫菜、昆布、石蓴等。晉沈懷遠南越志：“海藻，一名海苔，或曰海羅，生研石上。”(初學記二七)。參閱太平御覽一〇〇〇引本草。

【海鰌】㊀卽露脊鯨。唐劉恂嶺表録異下：“海鰌，卽海上最偉者，其小者亦千餘尺，吞舟之説，固非謬也。……過安南貿易，路經調黎，深闊處，或見十餘山，或出或没。篙工曰：‘非山島，鰌魚背也。’雙目閃爍，鬐鬣若簸朱旗。日中忽雨霢霂，舟子曰：‘此鰌魚噴氣，水散于空，風勢吹來若雨耳。’”㊁兵船名。宋楊萬里誠齋集四四海鰌賦：“未幾，海鰌萬艘相繼突出而争雄矣，其迅如風，其飛如龍。”宋史三八三虞允文傳：“(金主)亮操小紅旗，麾數百艘，……直薄宋軍，軍小卻，……官軍亦以海鰌船衝敵舟，皆平沉。”

【海鰍】兵船名。也作海鰌。宋李心傳建炎以來繫年要録五九紹興二年十月：“時(楊)太據洞庭，……大造車船及海鰍船，多至數百。……大率車船如陸戰之陣兵，海鰍如陸戰之輕兵。"參見"海鰌㊂"。

【海蠡】 海產的螺。螺殼可吹以作聲。南齊書林邑國傳："國人凶悍，習山川，善鬭，吹海蠡爲角。"

【海鹽】 ㊀食鹽。史記六九貨殖傳："東有海鹽之饒，章山之銅，三江、五湖之利。"㊁縣名，屬浙江省。本會稽郡吳縣武原鄉，秦置海鹽縣。東漢順帝時地陷爲湖。晉徙置於吳禦城，即今縣地。元爲海鹽州，明復爲縣，明清皆屬嘉興府。參閱讀史方輿紀要九一嘉興府。

【海山記】 舊本佚名，或題唐韓偓撰，實出宋人依託。宋劉斧青瑣高議後集卷五載此記，分上下二篇。上篇記煬帝宮中花木，下篇記煬帝登極後至被殺事迹。四庫全書著錄本作一卷。

【海王村】 地名。北京街市琉璃廠的舊名，也叫海王莊。金史后妃下世宗元妃李氏傳："甲申，葬於海王莊。丙戌，上如海王莊燒飯。"

【海仙花】 即錦帶花。宋王禹偁小畜集十一海仙花詩序："海仙花者，世謂之錦帶。維揚人傳云：初得于海州山谷間，其枝長而花密若錦帶。……近之好事者作花譜，以海棠爲花中神仙。予謂此花不在海棠下，宜以仙爲號，目之錦帶，俚孰甚焉；又取始得之地，命曰海仙。"

【海西布】 毛織物名。三國志魏烏丸傳評注引魏略大秦國："有織成細布，言用水羊毳，名海西布。"

【海東青】 鷙鳥名。雕的一種，也叫海青。產於黑龍江下游及附近海島。唐人稱決雲兒。遼金元皆極重海東青，金代特置鷹坊，掌調養鷹鶻海東青之類。宋歐陽修文忠集十二奉使道中五言長韻詩："駿足來山北，猛禽出海東。"又莊季裕雞肋編下："鷙鳥來自海東，唯青鵁最佳，故號海東青。"參閱金史太祖紀、百官志二，明葉子奇草木子四下雜俎。

【海青輾】 農具名。以石爲輥軸、軋轢穀粒者。築平圓形之臺，輥軸壓於臺面，繞中心之柱旋轉。或用人力，或用牲畜之力。因其盤旋疾速，故曰海青。謂如鷙鳥之海東青。見明徐光啟農政全書二三。

海青輾

【海苔紙】 紙名。舊題晉王嘉拾遺記九晉時事："(張華)造博物志四百卷，奏於武帝，……賜鱗角筆，……側理紙萬番。此南越所獻，役人言陟里與側理相亂，南人以海苔爲紙，其理縱橫邪側，因以爲名。"全唐詩三三三楊巨源酬崔駙馬惠箋百張兼貽四韻："捧持價重凌雲葉，封裹香深笑海苔。"

【海南香】 香名。即土沉香。心材可用作熏香料。宋范成大桂海虞衡志："大抵海南香，氣皆清淑，如蓮花、梅英、鵝梨、蜜脾之類，焚一博，投許，氛翳彌室，翻之四面悉香，至煤燼氣亦不焦，此海南香之辨也。"宋陸游劍南詩稿十四雪夜："書卷紛紛雜藥囊，擁衾時炷海南香。"

【海紅豆】 木名。見海藥本草引徐表南州記。生南海人家園圃中，後來蜀中亦有移植，可作面藥。參閱政和證類本草十二海紅豆、宋宋祁益部方物略記。

【海紅柑】 柑的一種。宋韓彥直橘錄上海紅柑："海紅柑顆極大，有及尺以上圍者，皮厚而色紅，藏之久而味愈甘，木高二三尺，有生數十顆者，枝重委地亦可愛，……初因近海，故以海紅得名。"

【海陵倉】 漢代糧倉名。漢書五一枚乘傳諫吳王濞書："轉粟西鄉，陸行不絕，水行滿河，不如海陵之倉。"注："臣瓚曰：海陵，縣名也，有吳大倉。"文選晉左太沖(思)吳都賦："窺東山之府，則瓌寶溢目；覸海陵之倉，則紅粟流衍。"

【海野詞】 宋曾覿撰，一卷。覿以孝宗太子時舊人，執政二十年，排除異己，權震內外，處偏安之局，所作以寄去國懷鄉之思，發感慨者爲多。

【海棠春】 詞調名。始自宋秦觀，其詞中有"試問海棠花，昨夜開多少"之句，故名。雙調，有四十六字、四十八字諸體，以秦觀四十八字的爲正體，前後段各四句三仄韻。見詞譜七。

【海棠譜】 宋陳思撰，三卷。上卷記海棠故實，並附錄栽種方法、品種區別的四五條；中下二卷錄唐宋諸家題詠海棠之作。

【海源閣】 清山東聊城縣楊以增藏書閣名。以增官至河道總督，生平藏書數十萬卷，其善本多得自清汪士鐘藝芸精舍、明善堂和黃丕烈士禮居，因建海源閣爲藏書之所。江標曾爲撰宋元本書目。參閱葉昌熾藏書紀事詩六。

【海潮音】 海潮定時漲落，聲音宏壯而遠聞。佛家因而用以比喻佛、菩薩應時說法的聲音。楞嚴經二："佛興慈悲，哀愍阿難，及諸大衆，發海潮音，徧告諸善男子。"後指僧衆誦經的聲音。宋王安石臨川集十五寄福公道人詩："樓依水月觀，門接海潮音。"

【海龍君】 傳說龍宮多寶，因以海龍君比喻富藏財寶的人。宣和書譜五五代："吳越國錢鏐，……至于後唐遂獨有方面，號令一十三郡，垂四十年。修中州貢賦，籍無虛日，風物繁庶，族系侈靡，浙人俚語目之曰：'海龍君'。言富盛若彼也。"

【海鹽腔】 戲曲腔調名。一說起於南宋張鎡，一說起於元楊梓貫雲石(酸齋)，以後流行爲固定格調。參閱明李日華紫桃軒雜綴三、清王士禛香祖筆記一。

【海不波溢】 相傳周成王時，周公攝政，越裳國重譯來獻白雉，其使臣言："吾受命國之黃髮曰：久矣，天之不迅風疾雨也，海不波溢，三年於茲矣。意者中國殆有聖人，盍往朝之。"後因以海不波溢或海不揚波，指聖人治世，天下太平。見漢伏勝尚書大傳四、韓詩外傳五。

【海水羣飛】 謂四海不靖，國家不安寧。漢揚雄太玄經六劇："上九，海水羣飛，蔽于天杭，測曰：'海水羣飛，終不可語也。'"

【海立雲垂】 唐杜甫杜工部詩十九朝獻太清宮賦："九天之雲下垂，四海之水皆立。"後用海立雲垂比喻文辭雄偉，壓倒一切。

【海市蜃樓】 大氣中由於光綫的折射，把遠處景物顯示到空中或地面上的奇異幻景。古人誤以爲蜃吐氣而成。常用以比喻虛幻不足恃的事情。隋唐遺事："張昌儀恃寵，請託如市。李湛曰：此海市蜃樓比耳，豈長久耶？"(駢字類編四六引)清錢泳履園叢話三考索海市蜃樓一條言王仲瞿曾於山東萊州見海市；江蘇高郵西門外嘗有湖市。

【海角天涯】 指僻遠的地方。唐白居易長慶集十七潯陽春詩之一春生："春生何處闇周遊，海角天涯遍始休。"也作"天涯海角"。宋張世南游宦紀聞六："今之遠宦及遠服賈者，皆曰天涯海角，蓋俗談也。"參見"天涯地角"。

【海岳名言】 宋米芾撰，一卷。專論書法，對古人書翰多所譏貶。芾書在宋爲一代名家，所述運筆布局之法，有獨到的見解。

【海岱清士】 指海內清廉之士。世說新語賞譽下："庾公(亮)爲護軍，屬桓廷尉(彝)覓一佳吏，乃經年，桓後遇見徐寧而知之，遂致於庾公曰：'人所應有，其不必有；人所應無，己不必無；真海岱清士。'"

【海枯石爛】㊀長遠、永久。常用爲男女盟誓之詞。金元好問遺山集六西樓曲："海枯石爛兩鴛鴦，只合雙飛便雙死。"㊁指時間甚長。樂府羣珠四元貫雲石紅綉鞋曲："東村醉，西村依舊，今日醒來日扶頭，直喫得海枯石爛恁時休。"

【海屋添籌】宋蘇軾東坡志林二三老語："嘗有三老人相遇，或問之年。一人曰：'吾年不可記，但憶少年時與盤古有舊。'一人曰：'海水變桑田時，吾輒下一籌，爾來吾籌已滿十間屋。'一人曰：'吾所食蟠桃，棄其核於崑崙山下，今已與崑崙山齊矣。'"原意謂長壽，後用以爲祝壽之詞。添籌，謂添壽算。明李開先林沖寶劍記傳奇上二："仙苑春長，北堂景碁，欣逢日吉時良，海屋添籌，南山壽祝無疆。"

【海晏河清】滄海波平，黃河水清。形容國内安定，天下太平。五代吴歐陽熙龍壽院光化大師碑銘："旋聞海晏河清，遠播民舒物泰。"(金石萃編一二二)。也作"河清海晏"。文苑英華二唐鄭錫日中有正字賦："河清海晏，時和歲豐。"

【海島算經】晉劉徽撰，唐李淳風注，一卷。本名重差，因卷首以海島立表設問，故至唐代改今名。全書所述爲利用測量所得數據，以推算所測實物高、深、廣、遠的方法。其書世無傳本，清乾隆時從永樂大典録出。

【海國圖志】清魏源撰，一百卷。一本六十卷。是書敍述世界各國的歷史、地理，自序謂以西人瑪吉士地理備考、高里文合衆國志二書纂輯而成。撰於道光年間，爲採集西人材料介紹世界列國概況的最早作品之一。

【海棠香國】廣羣芳譜三五花海棠一引(明張所望)閱耕餘録："昌州海棠獨香，其木合抱，每樹或二十餘葉，號海棠香國。"按唐昌州即今四川大足縣。

【海誓山盟】盟誓堅定不渝，如山海之永久存在。極言相愛之深。宋辛棄疾稼軒詞南鄉子贈妓："別淚沒些些，海誓山盟總是賒。"草堂詩餘三滿庭芳胡浩然吉席詞："歡娛當此際，海誓山盟，地久天長。"也作"山盟海誓"。參見該條。

【海録碎事】類書名，宋葉廷珪撰，凡二十二卷，分十六部，五百八十四目。其自序云："余入仕四十餘年，士大夫家有異書，無不借，借無不讀，讀無不終篇。常作數十大册，擇其可用者鈔之，名曰海録。"因所録皆從借讀之書隨手摘抄，編次不免疎誤。

【海闊天空】樂府詩集七二唐劉氏瑶暗别離："青鸞脉脉西飛去，海闊天高不知處。"本指天地寬曠無邊。後來多作海闊天空，形容氣象廣遠，没有拘束。清周夢顏質孔説："學到無我境界，便有海闊天空、登泰山而小天下氣象。"也作"天空海闊"。清顧炎武亭林文集四答(李)子德書："更希餘光下被，俾暮年迂叟，得自遂於天空海闊之間，尤爲知己之愛也。"

【海上釣鼇客】傳説唐李白的自號。宋趙令畤侯鯖録六："李白開元中謁宰相，封一板，上題曰海上釣鼇客李白。相問曰：'先生臨滄海，釣巨鼇，以何物爲鈎綫？'白曰：'以風浪逸其情，乾坤縱其志，以虹霓爲絲，明月爲鈎。'"

【海内十洲記】見"十洲記"。

【海國聞見録】清陳倫炯撰，二卷。上卷有天下沿海形勢録、東洋記、東南洋記、南洋記、小西洋記、大西洋記、崑崙、南澳氣八篇，下卷地圖六幅。倫炯少從其父，熟聞海道形勢，後又任濱海總兵、水師提督等職，因以其見聞著此，爲清初記録海國情況、交通的專著。

【海山仙館叢書】清潘仕成輯刊，共收書五十六種，除經史著作外，兼及數學、地理、醫學等方面書籍。輯刊選書均保存原文，不加刪節。海山仙館爲潘氏别墅，一名潘園，故址在廣州舊城西。

洵 diàn ㄉㄧㄢ

淺水湖泊。同"淀"。嘉慶一統志七順天府二山川："七里海，在寧河縣西北四十里，……其西北爲後海，後海之西爲鯽魚洵。"畿輔通志五八作"淀"。

涖 lì 郎計切，去，霽韻，來。ㄌㄧ

㊀來臨。同"莅"。左傳隱四年："陳人執之，而請涖于衛。"㊁見"涖涖"。

【涖止】來到。身臨其地。詩小雅采芑："方叔涖止，其車三千。"

【涖官】到官履行職務。禮曲禮上："班朝治軍，涖官行法，非禮，威嚴不行。"疏："涖，臨也。官，謂卿、大夫、士各有職掌。"

【涖阼】臨朝治理政事。禮文王世子："成王幼，不能涖阼。周公相，踐阼而治。"注："涖，視也。不能視阼階，行人君之事。"

【涖涖】水聲。漢書五七司馬相如傳上林賦："踰波趨浥，涖涖下瀨。"史記一一七司馬相如傳作"莅莅"，義同。

【涖盟】古代兩國修好，國君或卿大夫到某地參加會盟，稱涖盟。左傳隱七年："陳及鄭平。十二月，陳五父如鄭涖盟。"

浜 bāng 布耕切，平，耕韻，幫。ㄅㄤ

小河溝。宋朱長文吴郡圖經續記上城邑："觀於城中衆流貫州，吐吸震澤，小浜别派，旁夾路衢。"明李詡俗呼小録："絶潢斷港謂之浜。"

浟 1. yóu 以周切，平，尤韻，喻。ㄧㄡ

㊀見"浟浟"。

2. dí 集韻亭歷切，入，錫韻。ㄉㄧ

㊁見"浟₂浟₂"。

【浟浟】水流貌。楚辭大招："東有大海，溺水浟浟只。"注："浟浟，流貌。"

【浟₂浟₂】猶汲汲，競求貌。漢書一〇〇敍傳下："六世眈眈，其欲浟浟。"注："易頤卦六四爻辭曰：'虎視眈眈，其欲浟浟。'浟浟，欲利之貌也。浟音滌。今易作逐。"

【浟湙】水流貌。文選晉木玄虚(華)海賦："爾其爲狀也，則乃浟湙瀲灩，浮天無岸。"

浚 jùn 私閏切，去，稕韻，心。ㄐㄩㄣ

㊀深。詩小雅小弁："莫高匪山，莫浚匪泉。"㊁加深河道。同"濬"。春秋莊九年："冬，浚洙。"㊂索取，榨取。左傳襄二四年："毋寧使人謂子，子寧生我，而謂子浚我以生乎？"注："浚，取也。言取我財以自生。"國語晉九："從者曰：'邯鄲之倉庫實。'(趙)襄子曰：'浚民之膏澤以實之，又因而殺之，其誰與我？'"注："浚，煎也。"㊃治理。見"浚明"。㊄通"踆"。見"浚浚"。

【浚利】水流無阻。漢書溝洫志："河隄都尉許商與丞相史孫禁共行視，圖方略。禁以爲'……今可決平原金隄間，開通大河，令入故篤馬河。至海五百餘里，水道浚利。'"

【浚明】治理清明。書皋陶謨："日宣三德，夙夜浚明有家。"釋文："馬(融)云：大也。"宋李昭玘樂静集十八沂宿太守問候："行郵闊略，曠馳款啟之音；大府重深，徒仰浚明之德。"參閲宋夏僎尚書詳解四。

【浚浚】低伏。古文苑五漢劉歆遂初賦："歎望浪以穴竄兮，鳥脇翼之浚浚。"注："與'踆'同，伏也，音逡。"

【浚儀】戰國魏地。漢武帝置，屬陳留郡。以地在"夷門之下，新里之東，浚水經其北，象而儀之"，因名浚儀。唐置汴州，以浚儀爲治所。宋時與開封同爲開封府治所。大中祥符三年改名祥符。地在今河南開封市。參閱太平寰宇記一東京浚儀縣、讀史方輿紀要四七開封府祥符縣。參見"祥符"。

【浚稽】山名。分東浚稽與西浚稽。漢武帝太初二年，遣浚稽將軍趙破奴出朔方，期至此地而回。又天漢二年李陵將步兵五千人與匈奴單于大戰於此山下。地在今蒙古人民共和國圖拉河與鄂爾渾河之間。參閱漢書五四李陵傳、資治通鑑二一武帝紀。

涘 sì ㄙˋ 牀史切，上，止韻，牀。

水邊，河岸。詩王風葛藟："緜緜葛藟，在河之涘。"莊子秋水："秋水時至，百川灌河，涇流之大，兩涘渚涯之間不辨牛馬。"釋文："涘，音俟，涯也。"

八畫

淙 cóng ㄘㄨㄥˊ 藏宗切，平，冬韻，從。士江切，平，江韻，牀。

㊀水流聲。見"淙淙"。㊁流水。文苑英華一六〇南朝梁沈約守山東詩："萬仞倒危石，百丈注懸淙。"懸淙，卽瀑布。

色絳切，去，絳韻，山。

㊂流注。文選晉郭景純(璞)江賦："出信陽而長邁，淙大壑與沃焦。"唐劉良注："淙，集也。"

【淙流】水流。唐韋應物韋江州集七龍門遊眺詩："花樹發煙華，淙流散石脈。"宋歐陽修文忠集五六初至虎牙灘見江山類龍門詩："臥聞乳石淙流響，疑是香林八節聲。"

【淙淙】流水聲。晉陶潛陶淵明集七祭從弟敬遠文："淙淙懸溜，曖曖荒林。"唐高適高常侍集五賦得還山吟送沈四山人詩："石泉淙淙若風雨，桂花松子常滿地。"

【淙琤】形容水聲，似玉相碰擊。唐韓愈昌黎集八城南聯句孟郊："竹影金瑣碎，泉音玉淙琤。"

淀 diàn ㄉㄧㄢˋ 堂練切，去，霰韻，定。

淺水湖泊。文選晉左太沖(思)魏都賦："掘鯉之淀，蓋節之淵。"晉劉逵注："淀者，爲淵而淺也。"說文無淀字，傳寫或作"洵"、"澱"。

涫 guàn ㄍㄨㄢˋ 古玩切，去，換韻，見。

㊀沸。見玉篇。㊁浣洗。通"盥"。列子黃帝："進涫漱巾櫛。"注："涫，音管，莊子作盥。"

【涫沸】沸騰。涫亦沸。藝文類聚六一三國魏劉邵趙都賦："湯泉涫沸，洪波漂厲。"

【涫涫】沸騰貌。荀子解蔽："涫涫紛紛，孰知其形。"

【涫湯】沸騰的水。漢董仲舒春秋繁露實性："繭待繅以涫湯而後成絲。"史記一二八龜策傳漢褚少孫補："寡人念其如此，腸如涫湯。"索隱："涫，沸也。"

【涫濤】同"涫沸"。楚辭漢嚴忌哀時命："愁修夜而宛轉兮，氣涫濤其若波。"宋洪興祖補注："濤與沸同。"

涴 1. wǎn ㄨㄢˇ 集韻 委遠切，上，阮韻。

㊀見"涴演"。

2. yuàn ㄩㄢˋ 集韻 紆願切，去，願韻。

㊁水名。山海經西山經二："英鞮之山，……涴水出焉。"

3. wò ㄨㄛˋ 烏臥切，去，過韻，影。

㊂污染。唐韓愈昌黎集二合江亭詩："願書巖上石，勿使泥塵涴。"

【涴演】水勢迴曲貌。文選晉郭景純(璞)江賦："陽侯砐硪以岸起，洪瀾涴演而雲迴。"注："涴演，迴曲貌。"

涪 fú ㄈㄨˊ 縛謀切，平，尤韻，並。

水名。詳"涪江"。

【涪江】水名。在四川省。也稱內水。源出川北南坪縣南、雪欄山東南。流經平武江油綿陽三臺遂寧，至合川縣入嘉陵江。漢書地理志上剛氐道注："涪水出徼外，南至墊江入漢，過郡二，行千六十九里。"漢，謂西漢水，卽嘉陵江。

【涪州】地名。春秋巴國地。漢爲涪陵縣，屬巴郡。蜀漢置涪陵郡。晉以涪陵治枳縣地，唐武德元年置涪州。歷代相因。公元 1913 年廢州，改名涪陵縣，屬四川省。參閱漢書地理志上、元和郡縣志三十江南道六涪州、寰宇通志六二重慶府。

【涪翁】人名。1.東漢老人郭玉，未知名，時常漁釣於涪水，故以爲號。善針灸，和帝時爲太醫丞，著有針經、診脈法傳世。後漢書有傳。2.宋黃庭堅曾貶涪州別駕，因自號涪翁。見宋缺名愛日齋叢鈔二。參見"涪皤"。

【涪陵】㊀郡名。三國蜀置，見晉書地理志上。故城卽今四川彭水縣治。㊁縣名。見"涪州"。㊂江名。卽貴州烏江下流，自貴州入四川彭水縣境，至涪陵縣入江。戰國秦惠王時司馬錯泝舟涪水以取楚黔中地，卽由此道。參閱華陽國志一、資治通鑑七五魏正始九年"涪陵夷反"注。

【涪皤】宋黃庭堅貶官涪州別駕，自號涪翁，也稱涪皤。蜀人尊稱老人爲"皤"，取"皤皤黃髮"之義。見宋缺名愛日齋叢鈔五。

洴 píng ㄆㄧㄥˊ

同"洴"。見"洴"。

淳 1. chún ㄔㄨㄣˊ 常倫切，平，諄韻，禪。

㊀質樸，敦厚。與"澆"相對。淮南子齊俗："衰世之俗，……澆天下之淳，析天下之樸。"注："淳，厚也。"文選漢張平子(衡)思玄賦："何道真之淳粹兮，去穢累而飄輕。"舊注："不澆曰淳，不雜曰粹。"㊁成對。左傳襄十一年："廣車、軘車，淳十五乘。"注："廣車、軘車，皆兵車名；淳，耦也。"㊂大。國語鄭："夫黎爲高辛氏火正，以淳燿敦大、天明地德，光照四海。"㊃見"淳鹵"。

2. zhūn ㄓㄨㄣ 集韻 朱倫切，平，諄韻。

㊄澆灌。周禮考工記鍾氏："淳而漬之。"注："淳，沃也。"

【淳于】㊀地名。一名杞城。春秋時淳于國都，後爲杞國都。戰國爲齊地。漢置縣，屬北海郡。北齊廢。故城在今山東安丘縣東北。參閱嘉慶一統志一七一青州府二。㊁複姓。漢有淳于意。參閱通志二六氏族略二以國爲氏。

【淳化】㊀敦厚的教化。文選漢張平子(衡)東京賦："清風協於玄德，淳化通於自然。"㊁縣名，屬陝西省。秦爲雲陽縣，漢屬馮翊郡。宋以縣之黎陽鎮置淳化縣，屬耀州。金元明清皆屬邠州。參閱寰宇通志九二西安府邠州。㊂宋趙光義(太宗)年號。公元 990—994 年。㊃宋代錢幣名。太宗改元太平興國，鑄太平通寶。至改元淳化更鑄新幣，稱淳化元寶。見宋史食貨志下二。

【淳安】縣名，屬浙江省。本漢丹陽郡歙縣地，三國吳分置始新縣。隋改新安。唐代名稱屢變，有雉山、新安、還淳、青溪諸名。宋宣和中改今名。方臘起義軍曾於此抗擊官兵。明清屬嚴州府。參閱寰宇通志二六嚴州府。

【淳古】樸質而有古風。唐李白李太白

詩十九答高山人兼呈權古二侯:"衣貌本淳古,文章多佳麗。"又高適高常侍集七留上李右相詩:"風俗登淳古,君臣挹大庭。"

【淳毋】古代八珍食品之一。禮內則:"淳毋,煎醢加于黍食上,沃之以膏曰淳毋。"注:"毋讀曰模;模,象也。作此象淳熬。"參見"八珍"。

【淳朴】誠懇樸實。晉書劉弘傳上表:"頃者多難,淳朴彌凋,臣以微士伍朝補零陵太守,庶以懲波蕩之弊,養退讓之操。"唐韋應物韋江州集一與村老對飲詩:"鬢眉雪色猶嗜酒,言辭淳朴古人風。"

【淳良】敦厚善良。宋史四一三趙必愿傳:"端平元年,以直祕閣知婺州。……立淳良、頑慢二籍,勸懲人戶。"

【淳制】見"綧制"。

【淳和】㊀敦厚溫和。後漢書五六种岱傳李燮表:"伏見故處士种岱,淳和達理,耽悅詩書,……稟命不永,奄然殂殞。"㊁仁厚平和。唐孔穎達毛詩正義序:"若政遇淳和,則歡娛被於朝野;時當慘黷,亦怨刺形於詠歌。"

【淳祐】㊀宋代錢幣名。宋理宗嘉熙五年,改元淳祐,鑄錢曰淳祐通寶、淳祐元寶。錢背文有當百字,錢質厚重,過於諸大錢數倍。參閱續文獻通考七錢幣。㊁南宋趙昀(理宗)年號。公元1241—1252年。

【淳風】敦厚樸實的風俗。晉書荀崧傳虞預與王導書:"今承大弊之後,淳風頹散,苟有一介之善,宜在旌表之列。"晉陶潛陶淵明集六扇上畫贊:"三五道邈,淳風日盡。"

【淳淳】㊀樸實敦厚貌。老子:"其政悶悶,其民淳淳。"河上公注本作"醇醇"。醇,通"淳"。㊁流動貌。莊子則陽:"時有終始,世有變化,禍福淳淳。"此指變化不定。

【淳鹵】鹽鹼浸漬之地。左傳襄二五年:"表淳鹵。"注:"淳鹵,埆薄之地。"漢書食貨志上:"若山林藪澤原陵淳鹵之地。"注引晉灼:"淳,盡也,舄鹵之田不生五穀也。"

【淳鈞】劍名。淮南子覽冥:"故峣山崩而薄落之水涸,區冶生而淳鈞之劍成。"注:"淳鈞,古大銳劍也。"也作"淳鉤"。抱朴子博喻:"淳鈞之鋒,駿於犀兕;宣慈之良,效於明試。"

【淳熙】南宋趙昚(孝宗)年號。公元1174—1189年。

【淳粹】樸實完美。宋書樂志二晉荀勗晉四廂樂歌翼翼:"將遠不仁,訓以淳粹。"

【淳熬】古代八珍食品之一。禮內則:"煎醢加于陸稻上,沃之以膏,曰淳熬。"疏:"淳熬者,是八珍之內,一珍之膳名也。淳,謂沃也,則沃之以膏是也。熬,謂煎也,則煎醢是也。"

【淳維】匈奴的始祖。史記一一〇匈奴傳:"匈奴,其先祖夏后氏之苗裔也,曰淳維。"

【淳樸】厚重樸實。文選晉陸士衡(機)招隱詩:"至樂非有假,安事澆淳樸。"李善本作"醇"。唐杜甫杜工部草堂詩箋十八五盤:"喜見淳樸俗,坦然心神舒。"

【淳燿】光大盛美。也作"淳耀"。國語鄭:"夫黎爲高辛氏火正,以淳燿敦大,天明地德,光照四海。"注:"淳,大也;燿,明也。"漢書一〇〇上敍傳幽通賦:"黎淳燿于高辛兮,芈彊大於南氾。"

【淳于意】漢臨菑人。曾任太倉長,故稱太倉公。從師陽慶學醫,慶授以祕方及黃帝扁鵲脈書。相傳能據人面部所呈五色診病,知人死生。後因故獲罪,當受刑。其小女緹縈上書漢文帝,願以身入官爲婢,代父贖罪。文帝悲其意,爲之廢除肉刑。見史記一〇五扁鵲倉公傳。

【淳于髡】戰國齊稷下人。以博學、滑稽、善辯著稱。齊威王在稷下招徠學者,任爲大夫。嘗以隱語諷諫威王罷長夜之飲,改革內政。數使諸侯,未嘗屈辱。參閱史記一二六滑稽傳、七四孟子荀卿傳。

【淳化閣帖】法帖名。十卷。全稱淳化祕閣法帖,簡稱閣帖,因藏於淳化閣而名。宋太宗淳化三年出祕閣所藏歷代法書,命翰林侍書王著臨摹刻板,其本多得自南唐,真僞雜居,卷首有倉頡夏禹孔子史籀等,極附會荒誕之致。大觀初以帖石損裂,且王著標題多誤,又更定彙次,刊石太清樓下。清乾隆三十四年復命于敏中等以內府所藏畢士安家淳化閣帖賜本,釐正刻石。後來以淳化帖爲祖本重搨的,有大觀帖、絳帖、潭帖、臨江帖、黔江帖等。參閱宋黃伯思法帖刊誤、明陶宗儀南村輟耕錄十五淳化閣帖、清周行仁淳化閣法帖源流考一。

【淳熙閣帖】法帖名。南宋淳熙十二年,孝宗命以御府所藏淳化舊帖,重新刻石,其規模與淳化閣帖相似。又以南渡後所得晉唐遺墨,摹刻淳熙祕閣續帖十卷。參閱清周行仁淳化祕閣法帖源流考。

涼 1. liáng 呂張切,平,陽韻,來。ㄌㄧㄤˊ

㊀薄。左傳昭四年:"君子作法於涼,其敝猶貪,作法於貪,敝將若之何?"作法於涼,謂賦稅從輕。㊁微寒,不熱。詩邶風北風:"北風其涼,雨雪其雱。"㊂古代六種飲料之一。周禮天官漿人:"掌共王之六飲,水、漿、醴、涼、醫、酏。"注:"鄭司農(衆)云:'涼,以水和酒也。'(鄭)玄謂:'涼,今寒粥,若糗飯雜水也。'"㊃西晉末及東晉時期先後在甘肅等地建立的地方政權名。見"前涼"、"後涼"、"南涼"、"北涼"、"西涼"。

2. liàng 力讓切,去,漾韻,來。ㄌㄧㄤˋ

㊄風乾。新唐書百官志一:"凡戎器,色別而異處,以衛尉幕士暴涼之。"㊅輔佐。詩大雅大明:"維師尚父,時維鷹揚,涼彼武王。"釋文:"涼本亦作諒,……韓詩作亮,相也。"

【涼山】又名大涼山,也作梁山。在四川省西南部西昌縣東,涼山彝族自治州境內。參閱嘉慶一統志四〇〇寧遠府一山川。

【涼友】扇的別名。宋陶穀清異錄器具:"商山館中窗頰上有八句詩云:'淨君掃浮塵,涼友招清風。'淨君涼友,是指帚與扇明矣。"

【涼衣】貼身所著的內衣。世說新語簡傲:"(王)平子(澄)脫衣巾,徑上樹取鵲子,涼衣拘閡樹枝,便復脫去。"

【涼州】㊀州名。西漢置,轄境相當今甘肅寧夏和青海湟水流域、內蒙古納林河、穆林河流域。爲漢武帝十三刺史部之一。東漢時治所在隴縣(今甘肅清水縣北)。三國魏移治姑臧(今甘肅武威縣)。參閱晉書地理志上涼州、嘉慶一統志二六七涼州府一。㊁府名。宋以涼州武威郡爲西涼府,元爲西涼州。明初改爲涼州衞,清爲涼州府,治所武威縣。公元1913年裁撤。參閱讀史方輿紀要六三涼州衞。㊂樂曲名。唐天寶樂曲,常以邊地名,若涼州、伊州、甘州之類。唐杜牧樊川集二河湟詩:"唯有涼州歌舞曲,流傳天下樂閒人。"參閱新唐書禮樂志十二。

【涼衫】南宋士大夫的便服,卽白色衫。服於朝服以外。乾道初,禮部侍郎王曮以涼衫純素,有似凶服,奏禁穿着,自後涼衫只用爲凶服。參閱宋缺名愛日齋叢鈔五、宋史輿服志五。

【涼城】縣名。北魏置,屬東郡,北齊廢。

故城在今河南滑縣東北。參閱魏書地形志上二、讀史方輿紀要十六大名府滑縣。

【涼風】㊀北風。爾雅釋天：“北風謂之涼風。”㊁初秋的風。禮月令孟秋之月：“涼風至，白露降。”又西南風。淮南子地形：“西南曰涼風。”

【涼涼】㊀冷冷清清的樣子。孟子盡心下：“行何爲踽踽涼涼？生斯世也，爲斯世也，善斯可矣。”㊁微寒。列子湯問：“日初出滄滄涼涼。”注：“字林云：‘涼，微寒。’”

【涼₂陰】古代國君居喪之稱。漢書五行志中之下：“劉向以爲殷道既衰，高宗承敝而起，盡涼陰之哀，天下應之。”注：“涼，信也。陰，默也。言居喪信默，三年不言也。涼讀曰諒。一說，涼陰謂居喪之廬也。謂三年處於廬中不言。”參見“諒闇”。

【涼帽】元代官吏夏秋間所戴的纓帽。元薩天錫詩集前集上京卽事之四：“昨夜內家清暑宴，御羅涼帽插珠花。”清制，官吏每歲立夏節前，則換戴涼帽。四品以上用片金裏，五品以下用紅緞裏。參閱清顧張思土風錄三涼帽、清會典事例三二八冠服通例。

【涼棚】遮陽避暑的棚。五代後周王仁裕開元天寶遺事下結棚避暑：“長安富家子，……好接待四方之士，……每至暑伏中，各於林亭內植畫柱，以錦綺結爲涼棚，設坐具，……遞相延請，爲避暑之會。”

【涼德】薄德。左傳莊三二年：“虢多涼德，其何土之能得。”文苑英華一七一唐玄宗早登太行山中言志：“涼德慚先哲，徽猷慕昔皇。”

【涼糕】夏季的食品。元楊允孚灤京雜詠下：“酬節涼糕猶未品，內家先散小絨條。”自注：“重午節也。”

【涼州破】樂曲名。晉末西涼傳中原舊樂，雜以羌族之聲，其歌曲以涼州爲名。唐天寶時西涼府都督郭知運進獻於朝廷，歌詞見樂府詩集七九近代曲辭一。破者，謂曲終入破，驟變爲繁弦急響破碎之音。全唐詩五一一張祜王家琵琶：“只愁拍盡涼州破，畫出風雷是撥聲。”後亦用爲詞調名。

【涼州緋】涼州所製的緋色染料。北史尉古真傳：“涼州緋色，天下之最，(元)叉送白綾二千匹令染，(尉)聿拒不受。”

【涼₂馬臺】臺名。晉陸翽鄴中記：“涼馬臺高三十尺，周迴五百步，後趙石虎所築。建武六年，虎都鄴，洗馬於洹水，築此臺以涼馬，故以名云。”後燕慕容垂自澠池，由涼馬臺結筏渡河，卽此。見晉書慕容垂載記。

浫 cuì ㄘㄨㄟˋ 七內切，去，隊韻，清。

㊀把鑄件燒紅，卽浸水中，使之堅硬。戰國策燕三：“得趙人徐夫人之匕首，取之百金，使工以藥浫之，以試人，血濡縷，無不立死者。”元吳師道補注：“浫、焠通。說文徐云：浫劍，燒而入水也。此謂以毒藥染鍔而浫之也。”文選漢王子淵(褒)聖主得賢臣頌“清水浫其鋒”，漢書六四王褒傳作“清水焠其鋒”。㊁浸染。儀禮士昏禮“婦餕，舅辭易醬”注：“辭易醬者，嫌浫汙。”浫，本或作“染”。㊂洗浴，引申爲冒受。淮南子脩務：“浫霜露，敕蹻趹，跋涉山川。”注：“浫，浴。”

【浫勉】刻勵奮勉。新唐書八一許王素節傳：“師事徐齊聃，浫勉自彊。”

【浫浴】卽洗浴。周禮春官鬯人“凡王之齊事，共其秬鬯”漢鄭玄注：“給浫浴。”疏：“以鬯爲洗浴，……使之香美也。”

【浫勵】磨煉。晉常璩華陽國志先賢士女總讚：“(李宏)少讀五經，不爲章句，處陋巷，浫勵金石之志。”也作“浫厲”。宋蘇軾東坡集應詔集一策略四：“是以人人各盡其材，雖不肖者亦自浫厲，而不至於怠廢。”此引申爲刻苦進修鍛煉之意。

液 yè ㄧㄝˋ 羊益切，入，昔韻，喻。

㊀汁，液體。素問調經論：“人有精氣津液。”文選漢張平子(衡)思玄賦：“漱飛泉之瀝液兮，咀石菌之流英。”注：“字林曰：液，汁也。”㊁通“掖”。漢書九九上王莽傳：“長秋宮未建，液廷媵未充。”注：“液與掖同音通用。”掖廷，宮內宮嬪居住的地方。

集韻 施隻切，入，昔韻。

㊂浸漬。周禮考工記弓人：“凡爲弓，冬析幹而春液角。”

【液雨】立冬後十日謂入液，至小雪後稱出液。此時內得雨稱爲液雨，亦稱藥雨。參閱元陳元靚歲時廣記四入液雨、事林廣記二節序小春。

【液樠】脂液滿溢。莊子人間世：“以(櫟木)爲棺槨則速腐，以爲器則速毀，以爲門户則液樠。”釋文引司馬彪云：“液，津液也；樠，謂脂出樠樠然也。”

淤 yū ㄩ 央居切，平，魚韻，影。

ㄩˋ 依倨切，去，御韻，影。

㊀水底沉積的污泥。後漢書八十杜篤傳論都賦：“畎瀆潤淤，水泉灌溉，漸澤成川。”㊁泥沙沖積成的水中地。文選漢司馬長卿(相如)上林賦：“行乎洲淤之浦。”注：“方言曰：水中可居者曰洲，三輔謂之淤也。”清鄭珍說文新附考四“嶼”謂淤卽“嶼”之古字。㊂堵塞，不流通。宋史河渠志五：“御河漲溢，有斗門啟閉，無衝注淤塞之弊。”參見“瘀”。㊃宴飲。通“飫”。後漢書六十馬融傳廣成頌：“然後擺牲班禽，淤賜犒功。”

【淤漑】以淤泥水灌田，增加肥力，改造瘠土。宋史河渠志五：“河東猶有荒瘠之田，可引大河淤溉。”今稱淤灌。

【淤閼】壅塞。新唐書一六〇孟簡傳：“出爲常州刺史，州有孟瀆，久淤閼，簡治導，溉田凡四千頃。”

【淤黃河】爲黃河入海故道，也稱廢黃河。故道從河南蘭考縣北銅瓦廂向東，經江蘇銅山、宿遷、清河(今清江市)、安東(今漣水)等縣，注於黃海。清咸豐初，黃河改由銅瓦廂向北流入山東省，注於渤海，此河道遂淤。參見“黃河”。

渫 1. xiè ㄒㄧㄝˋ 私列切，入，薛韻，心。

㊀止歇，消散。文選漢班孟堅(固)東都賦：“馬踠餘足，士怒未渫。”唐李周翰注：“渫，散也。……言馬之足力有餘，士之憤怒未散。”

2. yì ㄧˋ 集韻 以制切，去，霽韻。

㊁蒸葱。禮曲禮上：“葱渫處末，酒漿處右。”注：“渫，烝葱也。”烝，通“蒸”。清阮元校勘記：“渫，本字；渫，唐人避諱字。石經中凡偏旁涉世字者多改從云，如棄作弃。”

淯 yù ㄩˋ 余六切，入，屋韻，喻。

㊀水名。見“淯水”。㊁通“育”。見“淯陽”。

【淯井】井泉名。在四川長寧縣北。據說泉有兩脈，一淡一鹹，可煎鹽。塞一脈，水皆不流，又叫雌雄井。宋置淯井監，以收鹽利。參閱讀史方輿紀要七十叙州府長寧縣。

【淯水】古水名。卽河南省白河，漢江支流。源出盧氏縣東南支離山，東南流經南陽，至湖北襄陽縣合唐河注於漢水。文選漢張平子(衡)南都賦“淯水盪其胸”，卽指此。王莽地皇年間，新市、平林起義軍將領設壇場於南陽淯水之濱，擁立劉玄爲帝。參閱後漢書十一劉玄傳、水經注三一淯水。

【淯陽】㊀謂天以陽氣養育萬物。管子宙合：“天淯陽，無計量。”注：“淯，古育字。天以陽氣育生萬物，物生不可計量。”㊁漢縣名。也作“育陽”。漢置，屬南陽郡。以在淯水之陽而名。更始初，劉縯敗王莽大將嚴尤、陳茂於淯陽，卽此。東晉曾置淯陽郡。隋初改淯州，後復舊，隋末廢。故城在今河南南陽縣。參閱後漢書光武紀更始元年、讀史方輿紀要五一南陽府南陽縣。

⿰氵戽 hù ㄏㄨˋ 集韻 火五切，上，姥韻。後五切，上，姥韻。

汲水。同“戽”。戽斗，廣雅釋器作“⿰氵戽斗”。

淚 1. lèi ㄌㄟˋ 力遂切，去，至韻，來。

㊀眼淚。戰國策燕三：“士皆垂淚涕泣。”

2. lì ㄌㄧˋ 郎計切，去，霽韻，來。

㊁漻淚，水急流狀。文選漢張平子（衡）南都賦：“長輸遠逝，漻淚淢汩。”唐張銑注：“漻淚淢汩，疾流貌。”

【淚竹】傳說舜死於蒼梧，其二妃淚染楚竹而成斑痕，故斑竹又稱淚竹。文苑英華二七二郎士元送李敖湖南書記：“入楚豈忘看淚竹，泊舟應自愛江楓。”參見“湘妃竹”。

【淚妝】一種宮妝。五代後周王仁裕開元天寶遺事下：“宮中嬪妃輩施素粉於兩頰，相號爲淚妝。”宋史五行志三：“理宗朝宮妃……粉點眼角，名淚妝。”

【淚河】淚似河流，喻悲痛之極。世說新語言語：“顧長康（愷之）拜桓宣武（溫）墓。……人問之曰：‘卿憑重桓乃爾，哭之狀其可見乎？’顧曰：‘聲如震雷破山，淚如傾河注海。’”宋蘇軾分類東坡詩十九和王斿之一：“白髮故交空掩卷，淚河東注問蒼旻。”

【淚客】鳳仙花的別名。見宋程棨三柳軒雜識花客。

【淚珠】㊀傳說海中有鮫人，淚滴成珠，稱淚珠。東漢郭憲洞冥記：“（吠勒國人）乘象入海底取寶，宿於鮫人之宮，得淚珠，則鮫所泣之珠也，亦曰泣珠。”㊁淚滴。玉臺新詠七湘東王（蕭）繹戲作豔詩：“搖茲扇似月，掩此淚如珠。”唐元稹長慶集九江陵三夢詩：“撫稚再三囑，淚珠千萬垂。”

【淚蠟】燭燃蠟化，滴落似淚。北周庾信庾子山集一對燭賦：“銅荷承淚蠟，鐵鋏染浮煙。”

深 shēn ㄕㄣ 式針切，平，侵韻，審。

㊀水深。與“淺”相對。詩邶風匏有苦葉：“深則厲，淺則揭。”也以深淺泛指事物的差距。荀子正論：“淺不足以測深，愚不足與謀知。”㊁高。左傳文十二年：“秦不能久，謂深壘固軍以待之。”疏：“深者，高也。”儀禮覲禮：“壇十有二尋，深四尺。”注：“深，謂高也，從上曰深。”㊂深奧，精微。易繫辭上：“夫易，聖人之所以極深而研幾也。”注：“極未形之理則曰深。”㊃隱藏，收縮。周禮考工記梓人：“必深其爪，出其目。”㊄深入。戰國策秦四：“三國攻秦，入函谷，秦王謂樓緩曰：‘三國之兵深矣，寡人欲割河東而講。’”㊅重大。三國志魏陳思王傳：“位益高者，責益深。”㊆深刻，深切。孟子盡心上：“仁言不如仁聲之入人深也。”又：“獨孤臣孽子，其操心也危，其慮患也深。”㊇周密。漢書五七下司馬相如傳喻巴蜀檄：“計深慮遠，急國家之難。”㊈茂盛。唐杜甫杜工部草堂詩箋九春望：“國破山河在，城春草木深。”㊉浚治，深挖。漢書溝洫志：“按經義，治水有決河深川，而無隄防雍塞之文。”注：“深，浚治也。”㊀㊀歷時久。唐駱賓王集四夕次舊吳詩：“地古烟塵暗，年深館宇稀。”又白居易長慶集十二琵琶行：“夜深忽夢少年事，夢啼粧淚紅闌干。”

【深弓】製弓的角、幹、筋皆善，射出的箭速度快、射程遠、入物深，這樣的弓稱爲深弓。周禮考工記弓人：“覆之而角至，謂之句弓；覆之而幹至，謂之侯弓；覆之而筋至，謂之深弓。”注：“射深之弓也。筋又善，則矢既疾而遠又深。”

【深文】援用法律條文，苛細周納，以入人罪。史記一二〇汲黯傳：“而刀筆吏專深文巧詆陷人於罪，使不得反其真，以勝爲功。”三國志魏曹爽傳：“（何）晏等與廷尉盧毓素不平，因毓吏微過，深文致毓法，使主者先收毓印綬，然後奏聞。”

【深切】深摯而切實。史記一三〇太史公自序：“子曰：我欲載之空言，不如見之於行事之深切著明也。”索隱：“案孔子之言，見春秋緯，太史公引之以成說也。”

【深中】內心廉正。史記一〇八韓長孺傳贊：“余與壺遂定律曆，觀韓長孺之義，壺遂之深中隱厚。世之言梁多長者，不虛哉！”集解引徐廣：“一云‘廉正忠厚’。”漢書五二韓安國傳：“其人深中篤行君子。”其人，指壺遂。

【深水】浚治江河。國語吳：“余沿江泝淮，闕溝深水，出於商魯之間，以徹於兄弟之國。”

【深交】深厚的交情。晉書溫嶠傳：“後（錢）鳳入說（王）敦曰：‘嶠於朝廷甚密，而與庾亮深交，未必可信。’”

【深衣】古代諸侯、大夫、士家居所穿的衣服。又是庶人的常禮服。衣裳相連，前後深長，故稱深衣。禮深衣：“古者深衣，蓋有制度，以應規矩，繩權衡。”注：“名曰深衣者，謂連衣裳而純之以采也。”疏：“凡深衣皆用諸侯、大夫、士夕時所著之服，故玉藻云：朝玄端，夕深衣。庶人吉服，亦深衣。”

深衣

【深州】地名。春秋時晉地，戰國屬趙，秦屬上谷鉅鹿二郡。西漢屬信都國，東漢屬安平國。隋開皇十六年析置深州，取州西故深城爲名。明清屬真定府。公元 1913 年改爲深縣，屬河北省。參閱寰宇通志四真定府。

【深沈】沈，也作“沉”。㊀深刻沈着。漢書八六王嘉傳：“嘉奏封事，薦（梁）相等明習治獄：相計謀深沈。”北齊書神武帝紀上：“長而深沉有大度，輕財重士，爲豪俠所宗。”㊁幽靜隱蔽。文選南朝宋謝靈運晚出西射堂詩：“連鄣疊巘崿，青翠杳深沈。”㊂極深。唐李白李太白詩十六魯郡堯祠送竇明府薄華還西京詩：“深沈百丈洞海底，那知不有蛟龍蟠。”

【深言】深切坦率的談話。戰國策秦三：“卽使文王疏呂望而弗與深言，是周無天子之德，而文武無與成其王也。”漢書六五東方朔傳非有先生論：“將儼然作矜嚴之色，深言直諫，上以拂主之邪，下以損百姓之害，則忤於邪主之心，歷於衰世之法。”

【深刻】㊀嚴峻刻薄。史記一二二義縱傳：“是時趙禹張湯以深刻爲九卿矣，然其治尚寬，輔法而行，而縱以鷹擊毛摯爲治。”漢書宣帝紀五鳳四年：“復遣丞相御史掾二十四人，循行天下，舉冤獄，察擅爲苛禁深刻者。”㊁鏤刻甚深。新五代史唐六臣傳論：“予嘗至繁城讀魏受禪碑，見漢之羣臣稱魏功德，而大書深刻，自列其姓名，以夸耀于世。”今多用作深入而透徹之意。

【深長】㊀深遠。禮檀弓上：“夫喪不可不深長思也。”三國志吳陸遜傳：“（呂）蒙對曰：‘陸遜意思深長，才堪負重，觀其規慮，終可大任。’”㊁精深。北史崔光傳論：“崔光風素虛遠，學業深長。”

【深阻】山深水阻。1.形容深沈不外露。文選晉干令升(寶)晉紀總論:"(司馬懿)性深阻有如城府,而能寬綽以容納。"注:"如城府之深固。"2.形容路途阻隔。唐杜甫杜工部詩史補遺八宿青溪驛奉懷張員外十五兄之緒:"中夜懷友朋,乾坤此深阻。"

【深念】深思。史記九七陸賈傳:"呂太后時,王諸呂,諸呂擅權,欲劫少主,危劉氏。右丞相陳平患之,力不能爭,恐禍及己,常燕居深念。"又謂深切懷念。太平廣記四八八唐元稹鶯鶯傳:"春風多厲,强飯爲嘉。慎言自保,無以鄙爲深念。"

【深室】㊀囚室。左傳僖二八年:"衛侯與元咺訟,……衛侯不勝,……執衛侯,歸之於京師,寘諸深室。"注:"深室,別爲囚室。"㊁幽居之所。全唐詩一三六儲光羲終南幽居獻蘇侍郎三首時拜太祝未上之一:"靈階曝仙書,深室鍊金英。"

【深計】㊀深入地計議、考慮。韓非子說難:"夫曠日離久,而周澤既渥,深計而不疑,引爭而不罪,……此說之成也。"㊁謂計謀深遠。漢書四八賈誼傳陳政事疏:"故胡亥今日即位,而明日射人。忠諫者謂之誹謗,深計者謂之妖言。"

【深故】酷吏執法苛刻,故入人罪。漢書刑法志:"緩深故之罪,急縱出之誅。"注:"孟康曰:孝武欲急刑,吏深害及故入人罪者,皆寬緩。"

【深拱】言拱手安居,無所事事。史記八七李斯傳:"且陛下深拱禁中,與臣及侍中習法者待事,事來有以揆之。"漢書四五蒯通傳:"足下按齊國之故,有淮泗之地,懷諸侯以德,深拱揖讓,則天下君王相率而朝齊矣。"

【深省】深刻的省悟。唐杜甫杜工部草堂詩箋一游龍門奉先寺:"欲覺聞晨鐘,令人發深省。"

【深致】深遠的意味。晉書王凝之妻謝氏傳:"(謝道韞)聰識有才辯。叔父安嘗問:'毛詩何句最佳?'道韞稱:'吉甫作頌,穆如清風。仲山甫永懷,以慰其心。'安謂有雅人深致。"

【深造】謂達到精深的境界。也指進一步學習和研究。孟子離婁下:"君子深造之以道,欲其自得之也。"集注:"造,詣也,進而不已之意。"宋王令廣陵詩鈔答束徽之索詩:"惟詩素所嗜,決切欲深造。"

【深深】深而又深,猶言極深。莊子大宗師:"古之真人:其寢不夢,其覺無憂,其食不甘,其息深深。"指呼吸深沉。唐杜甫杜工部草堂詩箋十二曲江之二:"穿花蛺蝶深深見,點水蜻蜓款款飛。"指花叢幽深。又元結元次山集一補樂歌之一網罟:"吾人苦兮水深深,網罟設兮水不深。"深深,指水很深。

【深惟】深加思索。戰國策韓一:"王問申子曰:'吾誰與而可?'對曰:'此安危之要,國家之大事也,臣請深惟而苦思之。'"史記一三〇太史公自序:"七年而太史公遭李陵之禍,……退而深惟曰:'夫詩書隱約者,欲遂其志之思也。'"

【深湛】同深沈。漢書五七上揚雄傳:"爲人簡易佚蕩,口吃不能劇談,默而好深湛之思。"注:"湛讀曰沈。"

【深痼】經久難醫。也喻積重難返。宋蘇軾分類東坡詩十七子玉家宴用前韻見寄復答之:"詩病逢春轉深痼,愁魔得酒暫奔忙。"宋史四三四陸九淵傳:"(朱)熹與至白鹿洞,九淵爲講君子小人喻義利一章,聽者至有泣下,熹以爲切中學者隱微深痼之病。"

【深語】卽密談。史記八五呂不韋傳:"子楚心知所謂,乃引與坐,深語。"索隱:"謂既解不韋所言之意,遂與密謀深語也。"

【深蒲】植物名,卽菖蒲。周禮天官醢人:"加豆之實,……深蒲。"注:"鄭司農(衆)云:深蒲,蒲蒻入水深,故曰深蒲。或曰:深蒲,桑耳。……玄謂:深蒲,蒲始生水中子。"蒲,也作"蒲"。後漢書六十上馬融傳:"茈萁芸蒩,昌本深蒱。"注:"深蒱,謂蒱白生深水中。"

【深談】深刻地談論。戰國策趙四:"馮忌曰:'今外臣交淺而欲深談可乎?'王曰:'請奉教。'於是馮忌乃談。"

【深墨】謂色極黑如墨。孟子滕文公上:"君薨,聽於冢宰,歠粥,面深墨,卽位而哭。"注:"顏色深墨,深,甚也。墨,黑也。"

【深澤】縣名。屬河北省。漢置深澤縣,屬中山國。隋屬博陵郡,唐屬定州。元省入束鹿縣,尋復置。明屬祁州,清屬定州。參閱漢書地理志下、寰宇通志二保定府祁州。

【深壁】加高壁壘。指加固防禦工事。漢書三四韓信傳:"齊楚自居其地戰,兵易敗散。不如深壁;令齊王使其信臣招所亡城。"三國志魏武帝紀初平元年:"皆高壘深壁,勿與戰。益爲疑兵,示天下形勢,以順誅逆,可立定也。"

【深薄】詩小雅小旻:"戰戰兢兢,如臨深淵,如履薄冰。"省作"深薄",比喻險境。晉陶潛陶淵明集五晉故征西大將軍長史孟府君傳:"謹按採行事,撰爲此傳,懼或乖謬,有虧大雅君子之德,所以戰戰兢兢,若履深薄云爾。"晉書石勒載記上:"石季龍……及諸將佐百餘人勸勒稱尊號,勒下書曰:'孤猥以寡德,忝荷崇寵,夙夜戰惶,如臨深薄,豈可假尊竊號,取譏四方!'"

【深叢】樹木幽深叢聚之處。唐韓愈昌黎集五寄崔二十六立之詩:"傲兀坐試席,深叢見孤羆。"

【深識】見識深遠。文選漢班叔皮(彪)王命論:"英雄誠知覺寤,畏若禍戒,超然遠覽,淵然深識,……則福祚流于子孫,天祿其永終矣。"也指高明的見解。梁書謝朏傳高祖表:"(謝朏何胤)並達照深識,預覩亂萌。"

【深嚴】㊀極其莊嚴。宋史二六三竇儀傳:"太祖謂宰相曰:'深嚴之地當得宿儒處之。'"㊁猶言精嚴。金史王庭筠傳:"暮年詩律深嚴,七言長篇尤工險韻。"

【深井里】地名。戰國時,刺客聶政爲軹深井里人。軹縣,今河南濟源縣。參閱戰國策韓二、史記八六刺客傳。

【深入顯出】道理深刻而表達得明顯易懂。清俞樾湖樓筆談六:"蓋詩人用意之妙,在乎深入而顯出。入之不深,則有淺易之病;出之不顯,則有艱澀之患。"今多作"深入淺出"。

【深居簡出】指藏身在深密的地方,很少出現。唐韓愈昌黎集二十送浮屠文暢師序:"夫獸深居而簡出,懼物之爲已害也,猶且不脫焉。"後多指人家居不常出門。宋秦觀淮海集三七謝王學士書:"自擯棄以來,尤自刻勵,深居簡出,幾不與世人相通。"

【深根固柢】言根基深固而不可動搖。老子:"有國之母,可以長久。是謂深根固柢,長生久視之道。"河上本柢作"蔕"。晉書劉頌傳上疏:"若乃兼建諸侯而樹藩屏,深根固蒂,則祚延無窮,可以比跡三代。"蒂,同"蔕"。也作"深根固本"。後漢書七十荀彧傳:"昔高祖保關中,光武據河內,皆深根固本,以制天下。"

【深耕易耨】謂勤於耕耘。耨,除草。孟子梁惠王上:"王如施仁政於民,省刑罰,薄稅斂,深耕易耨,壯者以暇日修其孝悌忠信,……可使制挺以撻秦楚之堅甲利兵矣。"注:"易耨,芸苗令簡易也。"一說易訓疾速,深耕後,速加除草,以待時雨。

【深閉固距】嚴緊閉關,堅決抵拒。距,

通"拒"。漢書三六楚元王傳附劉歆移太常博士書:"故下明詔,試左氏可立不,……今則不然,深閉固距,而不肯試,猥以不誦絶之,欲以杜塞餘道,絶滅微學。"

【深溝高壘】深挖壕溝,高築壁壘。指防禦堅固。孫子虛實:"故我欲戰,敵雖高壘深溝,不得不與我戰者,攻其所必救也。"史記九二淮陰侯傳:"足下深溝高壘,堅營勿與戰。"

【深寧學案】對南宋王應麟學派之論述。應麟字伯厚,號深寧居士,所著有深寧集、困學紀聞、玉海等書。應麟私淑呂祖謙,而吸收朱熹陸九淵之説,故兼重義理與功利。弟子中著名者有胡三省戴表元等。參閱清黃宗羲宋元學案八五深寧學案。參見"王應麟"。

【深謀遠慮】計謀深遠,考慮周密。史記秦始皇紀太史公曰:"(賈生)曰:'……深謀遠慮,行軍用兵之道,非及鄉時之士也。'"

【深藏若虛】原指精於賣貨的人隱藏寶貨,不輕易令人見。借喻有真才實學的人不露鋒芒。史記六三老子傳:"良賈深藏若虛,君子盛德,容貌若愚。"索隱:"深藏謂隱其寶貨,不令人見,故云'若虛'。"

淡 1. dàn ㄉㄢˋ 徒敢切,上,敢韻,定。徒濫切,去,闞韻,定。

㊀味薄。荀子正名:"甘苦鹹淡辛酸奇味,以口異。"禮中庸:"君子之道,淡而不厭。"注:"淡,其味似薄也。"㊁淡薄。世説新語賞譽下:"簡文道王懷祖(述)才既不長,於榮利又不淡,直以真率少許便足對人多多許。"㊂淺,色彩不濃。見"淡粧濃抹"。㊃無聊,没意思。宋蘇軾分類東坡詩十七遊廬山次韻章傳道詩:"莫笑吟詩淡生活,當令阿買爲君書。"㊄瘦。警世通言二四:"金哥説:'三嬸,你這兩日怎麼淡了?'"

2. yǎn ㄧㄢˇ 以冉切,上,琰韻,喻。

㊅見"淡₂淡₂"。

3. tán ㄊㄢˊ

㊆通"痰"。晉王羲之(問慰帖):"昨還殊頓,胸中淡悶干嘔轉劇,食不可强。"參閱宋黃伯思法帖刊誤。

【淡水】含鹽分少的水。梁慧皎高僧傳三求那跋陀羅:"乃隨舶泛海,中途風止,淡水復竭,舉舶憂惶。"

【淡交】不因勢利結合的交情。莊子山木:"且君子之交淡若水,小人之交甘若醴。"注:"無利故淡。"唐駱賓王集五詠水詩:"終當挹上善,屬意淡交人。"

【淡竹】竹的一種。亦名甘竹。產於我國黃河流域以南各地。參閱政和證類本草十三竹葉。

【淡冶】形容春山顏色淺淡明麗。宣和畫譜一一山水二宋郭熙:"熙後著山水畫論,言遠近淺深,風雨明晦,四時朝暮之所不同,則有春山淡冶而如笑,夏山蒼翠而如滴,秋山明淨而如粧,冬山慘淡而如睡之説。"

【淡泞】形容水色明淨。唐白居易長慶集十一送客回晚興詩:"參差亂山出,淡泞平江淨。"淡,一作"澹"。

【淡沲】形容春日風光明淨。唐杜甫杜工部草堂詩箋六醉歌行:"春光淡沲秦東亭,渚蒲牙白水荇青。"一本作"澹沲"。

【淡泊】㊀恬淡。抱朴子廣譬:"短唱不足以致弘麗之和,勢利不足移淡泊之心。"㊁指家道清貧。初刻拍案驚奇二九:"方纔老員外與安人的意思,嫌張家家事淡泊些,説道:'除非張家官人中了科名,纔許他。'"

【淡客】梨花的別名。宋姚寬西溪叢語上:"昔張敏叔(景修)有十客圖,忘其名。予長兄伯聲,嘗得三十客:牡丹爲貴客……梨爲淡客。"參見"十客㊁"。

【淡淡】顏色淺淡。唐杜甫杜工部草堂詩箋二一行次鹽亭縣題四韻……:"雲溪花淡淡,春郭水泠泠。"

【淡₂淡₂】㊀若隱若現。列子湯問:"淡淡焉若有物存,莫識其狀。"㊁水平滿貌。文選戰國楚宋玉高唐賦:"濞洶洶其無聲兮,潰淡淡而並入。"注:"淡,以冉切,安流平滿貌。"㊂動蕩貌。舊題晉陶潛搜神後記三:"時二月中,蕨始生,有甲士折食一莖,即覺心中淡淡欲吐。"

【淡魚】淡曬的魚乾。宋張耒明道雜志:"漢陽、武昌,濱江多魚,土人取江魚皆剖之,不加鹽,暴江岸上,……候其乾,乃以物壓作鱅,謂之淡魚。"

【淡菜】原軟帶類軟體動物,殼表黑褐色,長二三寸,肉紅紫色,味佳可食。因曝乾時不加食鹽,故名。有人認爲即爾雅説的貽貝。唐韓愈昌黎集三三唐正議大夫尚書左丞孔公墓志銘:"明州歲貢海蟲、淡菜、蛤蚶可食之屬。"

【淡話】㊀家常話。宋陸游劍南詩稿四九閒中書適之一:"客來時淡話,酒後亦高歌。"㊁不相干的話。拍案驚奇二五:"兄弟,你也是個中人,怎學別人説淡話?"

【淡漠】指身心保持淡泊恬靜狀態。文子上仁:"老子曰:非淡漠無以明德,非寧靜無以致遠。"史記八四賈誼傳服鳥賦:"真人淡漠兮,獨與道息。"

【淡蕩】和舒貌。多形容春天的景象。唐陳子昂陳伯玉文集一修竹篇:"春風正淡蕩,白露已清泠。"又王維王右丞集四晦日遊大理韋卿城南別業詩之四:"淡蕩動雲天,玲瓏映墟曲。"參見"澹蕩"。

【淡巴菰】即煙草。原産西印度羣島,我國據西班牙名譯爲淡巴菰。又名金絲醺。乾其葉,點燃吸之有煙,故又稱煙草。相傳明萬曆時移植於福建漳州莆田等地。參閱清王士禛香祖筆記三、王端履重論文齋筆録一。

【淡生堂】明末山陰祁承㸁藏書堂名。承㸁官至江西右參政。精于校勘,好藏書,效宋鄭樵求書之法,積書至十餘萬卷。著淡生堂藏書約和淡生堂書目。參閱葉昌熾藏書紀事詩三。

【淡竹葉】禾本科多年生草。原野自生,細莖綠葉,儼如竹米落地所生細竹的莖葉。夏日開綠色小花,或稀疏的長穗。葉可入藥,去熱利便。參閱本草綱目十六草五。

【淡黃柳】詞調名。宋姜夔自度曲。自序云:"客居合肥赤闌橋之西,巷陌淒涼,與江左異。唯柳色夾道,依依可憐。因度此闋,以紓客懷。"雙調,六十五字。見詞譜十四。

【淡墨榜】唐宋禮部録取進士,放榜時用淡墨書,相傳起於唐李程。其初僅試中登第人用淡墨書。至宋,貢院放榜,以黃紙淡墨前書"禮部貢院"四字,餘皆濃墨。因稱進士榜爲淡墨榜。宋梅堯臣宛陵集五二校藝和王禹玉內翰詩:"淡墨牓名何日出,清明池苑可能尋。"參閱五代王定保唐摭言十五雜文、宋張洎賈氏譚録、胡仔苕溪漁隱叢話後集二一引蔡寬夫詩話。

【淡墨録】清李調元撰,十六卷,所記皆清初至乾隆間科舉軼事及有關官員言行等。

【淡粧濃抹】指婦女的不同裝飾打扮。宋蘇軾分類東坡詩十飲湖上初晴後雨:"欲把西湖比西子,淡粧濃抹總相宜。"

清 qīng ㄑㄧㄥ 七情切,平,清韻,清。

㊀水澄澈。與"濁"相對。詩鄭風溱洧:"溱與洧,瀏其清矣。"孟子離婁上:"有孺子歌曰:滄浪之水清兮,可以濯我纓;滄浪之水濁兮,可以濯我足。"㊁澄清。周禮考工記㡛氏:"清其灰,而盝之,而揮

之。”注:“清，澄也。”引申爲潔除，整理。㊂高潔。論語公冶長:“崔子弒齊君，陳文子有馬十乘，棄而違之，至於他邦，……子曰:‘清矣。’”㊃清廉，公正。書舜典:“夙夜惟寅，直哉唯清。”易豫:“聖人以順動，則刑罰清而民服。”㊄清平，太平。孟子萬章下:“當紂之時，居北海之濱，以待天下之清也。”參見“清世”、“清時”。㊅清楚，明晰。荀子解蔽:“凡觀物有疑，中心不定，則外物不清。”㊆純淨，不雜。淮南子精神:“耳目清，聽視達，謂之明。”㊇冷，涼。素問五藏生成論:“腰痛，足清，頭痛。”吕氏春秋有度:“冬不用籑，非愛籑也，清有餘也。”㊈地名。1.春秋衛地。在山東東阿縣境。左傳隱四年:“公及宋公遇于清。”注:“清，衛邑。”2.春秋齊地。在山東長清縣。左傳哀十一年:“齊爲鄎故，國書高無丕帥師伐我，及清。”3.春秋晉地。見“清原”。㊉姓。春秋晉厲公有大夫清沸魋，以邑爲氏。參閲宋鄧名世古今姓氏書辨證十六。㊀㊀朝代名。公元1616—1911年。明萬曆四十四年女真族努爾哈赤建立後金政權，建號天命。至皇太極(太宗)改國號爲清，建號崇德。九年後福臨(世祖)入關，建號順治。

【清人】高潔之人。漢劉向關尹子序:“寂士清人，能重愛黄老，清静不可闕。”

【清士】高潔的人。史記六一伯夷傳:“舉世混濁，清士乃見。”注:“清潔之士，不撓不苟。”世説新語賞譽下:“庾公(亮)爲護軍，屬桓廷尉(彝)覓一佳吏，乃經年，桓後遇見徐寧而知之，遂致於庾公曰:‘人所應有，其不必有;人所應無，已不必無，真海岱清士。’”

【清才】㊀優秀的才能。文選晉潘安仁(岳)楊仲武誄序:“若乃清才儁茂，盛德日新，吾見其進，未見其已也。”㊁高潔有操守的人。世説新語賞譽上:“太傅(東海王司馬越)府有三才:劉慶孫(輿)長才，潘陽仲(滔)大才，裴景聲(邈)清才。”

【清丈】丈量土地，清理田畝界限。明張居正張文忠集書牘答山東巡撫何來仙:“清丈事實百年曠舉，宜及僕在位，務爲一了百當，若但草草了事，可惜此時，徒爲虛文耳。”

【清口】古地名。1.在今江蘇淮陰市西。爲古泗水入淮之口，古泗水又名清水，故名。也稱泗口、清河口。地當交通咽喉，爲古代用兵要地。唐末楊行密潛師趨清口，朱全忠葛從周等聞而遁走，即此。金元後黄河奪泗入淮，清口又成爲河防要地。參閲新唐書一八八楊行密傳。2.在今山東東平縣西。古汶水入濟之口。參閲水經注八濟水。

【清文】清麗的文章。南齊謝朓謝宣城集三答張齊興詩:“清文忽景麗，思泉紛寶飾。”南朝陳徐陵玉臺新詠序:“清文滿篋，非惟芍藥之花;新製連篇，寧止蒲萄之樹。”

【清切】㊀文選三國魏劉公幹(楨)贈徐幹詩:“拘限清切禁，中情無由宣。”皇帝居官内，門户有禁。清切指近帝居，而深嚴有阻限。後指清貴而接近皇帝的官職。唐杜甫杜工部草堂詩箋八贈獻納使起居田舍人:“獻納司存雨露邊，地分清切任才賢。”又白居易長慶集十九晚春重到集賢院詩:“官曹清切非人境，風日清明似洞天。”㊁形容聲音清徹。唐杜甫杜工部草堂詩箋二二樂遊園歌:“拂水低徊舞袖翻，緣雲清切歌聲上。”㊂指脈象。素問五常政大論:“其候清切。”

【清水】㊀水名。1.在河南省北部，出修武縣北黑山，自輝縣流經獲嘉縣入衛河。參閲水經注九清水、讀史方輿紀要四九衛輝府輝縣。2.在今河南孟津縣西北。東漢初平二年袁紹屯兵朝歌清水口，即爲此水入河之口。隋後自新鄉以下爲永濟渠的一段。參閲水經注四河水、後漢書七四上袁紹傳注引英雄記。㊁縣名。屬甘肅省。漢縣，屬天水郡，晉屬略陽郡，西魏置清水郡，隋初郡廢，縣屬秦州，五代後唐移置於上邽鎮，明清皆屬鞏昌府。參閲漢書地理志下、寰宇通志九七鞏昌府。

【清中】清婉平和。世説新語賞譽下:“庾太尉(亮)在洛下，問訊中郎(庾敳)。中郎留之，云諸人當來。尋温元甫(幾)劉王喬(疇)裴叔則(楷)俱至，酬酢終日。庾公猶憶劉裴之才儁，元甫之清中。”中，一作“平”。

【清介】清高耿直。宋書王僧綽傳:“從兄微，清介士也，懼其太盛，勸令損抑。”三國魏魚豢撰魏略有清介傳，録常林、吉茂等人。

【清公】清廉正直。三國志魏毛玠傳:“少爲縣吏，以清公稱。”

【清化】㊀清明的教化。後漢書十六鄧騭傳自陳疏:“臣兄弟汙濊，無分可採，過以外戚，遭值明時，……不能宣贊風美，補助清化，誠慙誠懼，無以處心。”文選晉李令伯(密)陳情表:“逮奉聖朝，沐浴清化。”㊁郡名。書禹貢爲荆梁州之域，春秋爲巴國。秦漢爲巴郡地。南朝梁置巴州。隋大業初改爲清化。唐以後復稱巴州。州治爲四川巴中縣。參閲隋書地理志上清化郡、讀史方輿紀要六八保寧府巴州。

【清平】㊀太平。文選漢班孟堅(固)兩都賦序:“臣竊見海内清平，朝廷無事。”又用作動詞。澄清，使太平。北周庾信庾子山集十五周大將趙公墓誌銘:“有品藻人倫之志，有清平天下之心。”㊁清廉，公平。後漢書三一杜詩傳:“性節儉而政治清平。”唐元稹長慶集二四連昌宫詞:“長官清平太守好，揀選皆言由相公。”㊂縣名。漢爲清陽縣，屬清河郡。北齊改爲貝丘，隋開皇六年改稱清平。宋元豐間徙治於縣東博平明靈寨。明清屬東昌府。公元1956年撤銷。故城在山東臨清縣境。參閲隋書地理志中、寰宇通志七二東昌府。

【清旦】猶言清晨。列子説符:“昔齊人有欲金者，清旦衣冠而之市。”南朝宋謝靈運謝康樂集二石室山詩:“清旦索幽異，放舟越坰郊。”

【清甲】清門甲族的簡稱。指有德行的世家大族。唐孔紓墓誌:“娶京兆韋氏，山東清甲家也。”(金石萃編一一七)參閲清俞樾茶香室叢鈔五清甲。

【清令】清静美好。世説新語賞譽下:“有人目杜弘治(乂)標鮮清令，盛德之風，可樂詠也。”又:“王彌有儁才美譽，……既至，(張)天錫見其風神清令，言話如流，陳説古今，無不貫悉。”

【清白】㊀純潔，没有污點。莊子漁父:“能不勝任，官事不治，行不清白，羣下荒怠;功美不有，爵禄不持;大夫之憂也。”楚辭屈原離騷:“伏清白以死直兮，固前聖之所厚。”㊁廉潔。東觀漢記十六高詡傳:“在朝以清白方正稱。”三國志魏胡質傳:“(子威)告歸，臨辭，質賜絹一疋，爲道路糧。威跪曰:‘大人清白，不審於何得此絹?’”㊂封建社會凡未從事倡優、皂隸、奴僕等所謂卑賤職業的，稱爲身家清白，始得應試當官。清會典事例吏部書吏:“考職銓選，俱令確查身家清白之人充補。”

【清江】㊀清澈的江河。南朝梁何遜何水部集初發新林詩:“鐃吹響清江，懸旗出長嶼。”㊁水名。1.古夷水。源出湖北利川縣齊岳山。東流至宜都縣城東北入長江。水經注三七夷水:“夷水，即佷山清江也，水色清照十丈，分沙石，蜀人見其澄清，因名清江也。”參閲讀史方輿紀要八二施州衛。2.舊稱流經江西新干清江兩縣地的贛江。參閱讀史方輿紀要八七臨江府。3.即清水江。烏江支流。源出四川松潘縣之岷山，東南流經甘肅文縣南，與白水河合，入白水江。見嘉慶一統志三九〇保寧府一。㊂縣名。屬江西省。漢豫章郡建成縣地。唐屬高安縣。五代南唐割高安新淦新喻三縣地置清江縣。以大江清流而名。明清皆屬臨江府。參閱寰宇通志三七臨江府。

【清耳】靜耳。謂靜心傾聽。文選漢班孟堅(固)答賓戲："若乃牙曠清耳於管弦，離婁眇目於毫分。"又晉陸士衡(機)演連珠之二一："是以輪匠肆目，不乏奚仲之妙；瞽史清耳，而無伶倫之察。"

【清夷】清平，太平。文選晉傅長虞(咸)贈何劭王濟詩："但願隆弘美，王度日清夷。"後漢書七六王渙傳："境內清夷，商人露宿於道。"

【清光】㊀美好的風采。敬詞。漢書四九鼂錯傳對策："今執事之臣皆天下之選已，然莫能望陛下清光，譬之猶五帝之佐也。"唐李白李太白詩十一贈潘侍御論錢少陽："君能禮此最下士，九州拭目瞻清光。"㊁清亮的光輝。隨所指而異。文選南朝梁江文通(淹)望荊山詩："寒郊無留影，秋日懸清光。"指日光。唐柳宗元柳先生集外集上披沙揀金賦："碎清光而競出，耀真質而特殊。"指金石的光。宋蘇軾分類東坡詩七和柳子玉喜雪次韻仍呈述古："瓊瑤欲盡天應惜，更遣清光續殘月。"指雪光。

【清言】猶清談。晉陶潛陶淵明集六扇上畫贊："鄭叟不合，垂釣川湄，交酌林下，清言究微。"世說新語文學："(王導)語殷(浩)曰：'身今日當與君共談析理'。既共清言，遂達三更。"參見"清談"。

【清序】朝官的班列。南史殷景仁傳："(殷恒)屬父(道矜)疾積久，爲有司所奏。詔曰：'道矜生便有病，更無橫疾，恒因愚習惰，久妨清序，可降散騎常侍。'"恒，景仁孫。

【清冷】㊀清涼，寒冷。素問至真要大論："諸病水液，澄澈清冷，皆屬於寒。"㊁高潔嚴峻。北周庾信庾子山集十三周上柱國齊王憲神道碑："儀範清冷，風神軒舉。"

【清祀】陰曆十二月臘祭的別名。漢蔡邕獨斷上："四代稱臘之別名，夏曰嘉平，殷曰清祀，周曰大蜡，漢曰臘。"廣雅釋天："夏曰清祀，殷曰嘉平，周曰大褚，秦曰臘。"後也用以泛稱祭祀。南朝陳徐陵徐孝穆集三謝勑賜祀三皇五帝餘饌啓："臣以餘年，豫聞清祀。"元史禮樂志三："望瘞位，奏肅寧之曲：……禮成文備，歆受清祀。"參見"臘㊀"。

【清抗】清高絕俗。南史齊衡王鈞傳："吳郡張融清抗絕俗，雖王公貴人，視之傲如也，唯雅重鈞。"

【清防】言宮禁隔絕內外，不得交通。文選南朝宋顏延年(延之)直東宮答鄭尚書詩："跗踊清防密，徙倚恒漏窮。"注："夏侯沖答潘岳詩曰：'相思限清防，企佇誰與言。'"

【清劭】優美。文選晉潘安仁(岳)楊仲武誄："弱冠流芳，儁聲清劭。"晉書庾峻傳上疏："山林之士，被褐懷玉，……彼其清劭足以抑貪汙，退讓足以息鄙事，故在朝之士，聞其風而悅之。"

【清角】㊀古代五音之一。韓非子十過："(晉平公)反坐而問曰：'音莫悲於清徵乎？'師曠曰：'不如清角。'"文選晉成公子安(綏)嘯賦："協黃宮於清角，雜商羽於流徵。"㊁古曲調名。漢王充論衡感虛："夫白雪與清角，或同曲而異名，其禍敗同一實也。"㊂古琴名。初學記十六琴南朝梁元帝纂要："古琴名有清角。"注："黃帝之琴。"㊃淒清的號角聲。宋姜夔白石道人歌曲四揚州慢："漸黃昏，清角吹寒，都在空城。"

【清狂】㊀猶白癡。漢書六三昌邑哀王髆傳："察故王衣服言語跪起，清狂不惠。"注："蘇林曰：'凡狂者，陰陽脉盡濁。今此人不狂似狂者，故言清狂也。或曰，色理清徐而心不慧曰清狂。清狂，如今白癡也。"㊁高邁不羈。唐杜甫杜工部草堂詩箋三四壯遊："放蕩齊趙間，裘馬頗清狂。"

【清妙】㊀輕清。指天體。淮南子天文："清妙之合專易，重濁之凝竭難，故天先成而地後定。"㊁清高美好。文選漢蔡伯喈(邕)郭有道碑文："委辭召貢，保此清妙。"三國志吳王樓賀韋傳評："胡沖以爲(樓)玄、(賀)邵、(王)蕃一時清妙，略無優劣。"

【清河】㊀水名。1.戰國時在齊宋之間，今已湮沒。戰國策齊："齊南有太山，東有琅邪，西有清河，北有勃海。"即此。2.源出北京昌平縣，東南流，入大運河。參閱讀史方輿紀要十一順天府。㊁地名。1.漢郡國名。漢高祖置。桓帝建和二年改爲甘陵。隋開皇初改置清河縣。參閱漢書地理志上清河郡、後漢書郡國志二清河國、讀史方輿紀要二清河郡。2.本泗州清河口地。宋德祐間始立清河軍，元改爲清河縣。明清皆屬淮安府。公元1914年改名淮陰縣，屬江蘇省。參閱寰宇通志二十淮安府。

【清泠】㊀清涼貌。1.多用以形容風露雲月、林泉山水。文選漢王子淵(褒)洞簫賦："朝露清泠而隕其側兮，玉液浸潤而承其根。"唐柳宗元柳河東集二九鈷鉧潭西小丘記："清泠之狀與目謀。"2.也指人的風神雋秀或心地清潔。北周庾信庾子山集十三周上柱國齊王憲神道碑："儀範清泠，風神軒舉。"南朝梁蕭衍梁武帝集淨業賦："心清泠其若冰，志皎潔其如雪。"㊁水名。莊子讓王："因自投清泠之淵。"山海經中山經："豐山，神耕父處之，常遊清泠之淵，出入有光。"注："清泠水，在西鄂山上。"

【清官】㊀政事清簡的官職。常指典司圖籍一類的官。晉書何遵傳："(子嵩)博覽墳籍，尤善史漢，少歷清官，領著作郎。"梁書張率傳："遷祕書丞，引見玉衡殿，高祖曰：'祕書丞天下清官，東南胄望，未有爲之者，今以相處，足爲卿譽。'"㊁清廉公正的官吏。金元好問遺山集十一薛明府去思口號詩："能吏尋常見，公廉第一難。只從明府到，人信有清官。"

【清穹】指天。文選南朝宋謝宣遠(瞻)九日從宋公戲馬臺集送孔令詩："輕霞冠秋日，迅商薄清穹。"注："清穹，天也。"宋書樂志二天地饗神歌："煙薌皀，報清穹。"

【清玩】清雅的玩物。舊指金石書畫古玩文具及盆景之類。宋高宗翰墨志："楊凝式，在五代最號能書，……在洛中往往有題記，平居好事者，并壁匣，寘坐右，以爲清玩。"元歐陽玄圭齋集四題山莊所藏東坡畫古木圖詩："山莊劉氏富清玩，家有蘇公舊揮翰。"

【清芬】㊀猶清香。宋韓琦安陽集夜合詩："所愛夜合者，清芬踰衆芳。"㊁比喻德行高潔。文選晉陸士衡(機)文賦："詠世德之駿烈，誦先人之清芬。"晉書列女傳贊："彤管貽訓，清芬靡忒。"

【清拔】形容文字清秀脫俗。南朝梁鍾嶸詩品中晉太尉劉琨："善爲悽戾之詞，自有清拔之氣。"梁書吳均傳："均文體清拔有古氣，好事者或斅之，謂爲吳均體。"

【清奇】清新奇妙。唐司空圖詩品有清奇之目。唐釋齊己風騷旨格："詩有十體，……二曰清奇，詩云：'未曾將一字，容易謁諸侯。'"

【清門】清寒門第。唐杜甫杜工部草堂

詩箋二十丹青引贈曹將軍霸："將軍魏武之子孫，於今爲庶爲清門。"

【清尚】清潔高尚。三國志蜀楊戲傳劉子初贊："尚書清尚，勑行整身。抗志存義，味覽典文。倚其高風，好侔古人。"梁書謝朏傳明帝詔："新除侍中、中書令謝朏，早藉羽儀，夙標清尚。登朝樹績，出守馳聲。"

【清明】㊀詩大雅大明："肆伐大商，會朝清明。"傳謂不終一朝而天下清明，箋以朝旦爲清明。後多指治平，謂政治清明。後漢書四十上班固傳："固幸得生於清明之世。"㊁指神志清靜明朗。禮孔子閒居："清明在躬，氣志如神。"疏："清，謂清静；明，謂顯著。言聖人清静光明之德在於躬身。"又玉藻："色容厲肅，視容清明。"㊂形容樂聲清朗。禮樂記："是故清明象天，廣大象地，終始象四時。"㊃農曆二十四節氣之一。舊稱爲三月節，在陽曆的四月五日或六日。淮南子天文："春分後十五日，斗指乙爲清明。"清明節舊有踏青掃墓的習俗。

【清和】㊀清静和平。漢書四八賈誼傳陳政事："大數既得，則天下順治。海内之氣，清和咸理。生爲明帝，没爲明神。名譽之美，垂於無窮。"形容國家昇平氣象。文選漢揚子雲(雄)劇秦美新："鏡純粹之至精，聆清和之正聲。"世説新語賞譽下："世稱王荀子(脩)秀出，阿興(王蘊)清和。"形容人的性情。㊁指天氣清明和暖。藝文類聚八八三國魏文帝(曹丕)槐賦："伊暮春之既替，即首夏之初期。……天清和而温潤，氣恬淡以安治。"文選南朝宋謝靈運游赤石進帆海詩："首夏猶清和，芳草亦未歇。"清和本泛指暮春初夏天氣，後來多以爲農曆四月的别稱。參閲清袁枚隨園隨筆下四月稱清和之訛。

【清供】清雅的供品。舊俗凡節序、祭祀等每用清香、鮮花、膳食等爲供品。如新歲以松、竹、梅供几案，謂之歲朝清供；以清香祭先，謂之清香供奉；鄉居素食淡茶，謂之山家清供。宋林洪有山家清供之作。屬於食譜性質。

【清泚】清澈，明淨。文選南齊謝玄暉(脁)始出尚書省詩："邑里向疎蕪，寒流自清泚。"

【清客】㊀梅花的别名。宋張景修(敏叔)爲諸花作品目，作十客圖，名梅花爲清客。參閲宋姚寬西溪叢語上。參見"十客㊀"。㊁舊時在富貴人家幫閒湊趣的門客。紅樓夢七一："一應大小事物，一概亦付之度外，只是看書悶了便與清客們下棋吃酒。"

【清音】清亮的聲音。淮南子兵略："夫景不爲曲物直，響不爲清音濁。"文選晉左太沖(思)招隱詩："非必絲與竹，山水有清音。"

【清郎】謂清廉的郎中。郎中，官名。北齊書袁聿脩傳："魏齊世臺郎不免交通饟遺，聿脩在尚書十年，未曾受升酒之饋。尚書邢邵與聿脩舊款，每於省中語戲，常呼聿脩爲清郎。"

【清祕】清静而幽深。唐張九齡曲江集二酬通事舍人寓直見示篇中兼起居陸舍人景獻詩："軒掖殊清祕，才華固在斯。"

【清要】㊀清簡而得要。書周官"夏商官倍，亦克用乂"傳："禹湯建官二百，亦能用治。言不及唐虞之清要。"三國志吳賀邵傳評："賀邵厲志高潔，機理清要。"㊁謂職位清貴，掌握樞要。舊唐書一八五李素立傳："素立尋丁憂，高祖令所司奪情授以七品清要官。所司擬雍州司户參軍，高祖曰：'此官要而不清。'又擬祕書郎，高祖曰：'此官清而不要。'遂擢授侍御史，高祖曰：'此官清而復要。'"宋趙升朝野類要二稱謂："職慢位顯謂之清，職緊位顯謂之要，兼此二者，謂之清要。"參見"清官㊀"。

【清苦】守貧刻苦。舊時多用以形容安貧刻苦的讀書人。東觀漢記二二鮑宣妻："(鮑)宣嘗就少君父學，父奇其清苦，以女妻之。"後漢書四八爰延傳："清苦好學，能通經教授。"

【清英】精萃，精華。後漢書八十下邊讓傳蔡邕薦讓表："伏惟幕府初開，博選清英；華髮舊德，並爲元龜；雖振鷺之集西雍，濟濟之在周庭，無以或加。"南朝梁昭明太子(蕭統)文選序："自非略其蕪穢，集其清英，蓋欲兼功，太半難矣。"

【清苑】縣名。屬河北省。漢樊輿縣地，北魏置縣，以境内清苑河爲名。北齊省入永寧，改稱樂鄉。隋又改稱清苑，宋改爲保塞，金以後復稱清苑。明清皆屬保定府。參閲讀史方輿紀要十二保定府。

【清泉】㊀清淨的泉水。文選魏文帝與朝歌令吳質書："浮甘瓜於清泉，沈朱李於寒水。"㊁地名。漢屬長沙國。三國吳爲湘東郡治。隋改臨烝曰衡陽，唐宋元明俱爲衡陽縣地。清乾隆十二年置清泉縣。公元 1913 年併入衡陽縣。參閲嘉慶一統志三六二衡州府一。

【清約】㊀清廉儉約。後漢書五一李恂傳："拜兗州刺史，以清約率下，常席羊皮，服布被。"㊁指政事清淨簡約。三國志蜀楊戲傳："(楊戲)以疾徵還成都，拜護軍監軍，出領梓潼太守，入爲射聲校尉，所在清約不煩。"

【清流】㊀清澈的流水。文選漢班孟堅(固)西都賦："袪黼帷，鏡清流，靡微風，澹淡浮。"晉書王羲之傳蘭亭序："此地有崇山峻嶺，茂林脩竹，又有清流激湍，映帶左右。"㊁舊時用以指負有時望的清高的士大夫。三國志魏陳羣傳評："陳羣動仗名義，有清流雅望。"新五代史李振傳："振嘗舉進士咸通乾符中，連不中，尤憤唐公卿，及裴樞等七人賜死白馬驛。振謂太祖曰：'此輩嘗自言清流，可投之河，使爲濁流也。'"㊂山名。在安徽滁州西北二十五里。山上有關，南唐置。五代後周顯德三年趙匡胤大破南唐兵於清流山下，生擒皇甫暉姚鳳，遂克滁州，即此。參閲宋歐陽修文忠集三九豐樂亭記、讀史方輿紀要二九滁州。

【清酒】清潔的陳酒，專作祭祀用，與事酒、昔酒合稱三酒。詩小雅信南山："祭以清酒，從以騂牡，享于祖考。"周禮天官酒正："辨三酒之物，一曰事酒，二曰昔酒，三曰清酒。"注："清酒，今中山冬釀，接夏而成。鄭司農(衆)云：清酒，祭祀之酒。"後泛指清醇的酒。後漢書八六板楯蠻夷傳："盟曰：'秦犯夷，輸黄龍一雙；夷犯秦，輸清酒一鍾。'"

【清浮】謂輕清之氣上浮。指天空。文選三國魏陳孔璋(琳)爲曹洪與魏文帝書："陵厲清浮，顧眄千里。"陵厲清浮，猶言高飛空中。初學記六南朝梁簡文帝海賦："昔禹啓龍門，羣山既鑿，高明澄氣而清浮，厚載勢廣而盤礴。"

【清海】古時廣州的别稱。新五代史職方考："五代之際，外屬之州，……廣州曰清海，皆唐故號，更五代無所易，而今因之者也。"按，唐乾寧二年，賜嶺南東道節度號清海軍節度。見新唐書方鎮表六。

【清宮】㊀灑掃房舍或清理宮室。戰國策秦一："(蘇秦)將説楚王，路過洛陽，父母聞之，清宮除道，張樂設飲，郊迎三十里。"按，先秦時，貴賤所居同稱宮。史記孝文紀："乃使太僕嬰與東牟侯興居清宮，奉天子法駕，迎于代邸。"集解引應劭："舊典，天子行幸所至，必遣静宮令先案行清静殿中，以虞非常。"後引申稱帝王出巡所到的宮室。文選南齊王元長(融)三月三日曲水詩序："禁軒承幸，清宮俟宴。"㊁古五音中的宮音。後漢書八十上邊讓傳章華賦："揚激楚之清宮兮，展新聲而長歌。"注："激楚，曲名也。"

【清高】清潔高尚。楚辭漢王逸離騷經章句："凡百君子，莫不慕其清高，嘉其文采，哀其不遇，而閔其志焉。"唐杜甫杜工部草堂詩箋三一詠懷古跡之五："諸葛大名垂宇宙，宗臣遺像肅清高。"

【清泰】㊀清明安泰。文選晉孫子荊(楚)爲石仲容與孫晧書："自玆遂隆，九野清泰。"晉書長沙王乂傳與司馬穎書："六合清泰，慶流子孫。"㊁五代後唐末帝(李從珂)年號。公元 934—936 年。

【清班】清貴的官班。多指文學侍從一類的大臣。唐白居易長慶集十七重贈李大夫詩："早接清班登玉陛，同承別詔直金鑾。"宋范仲淹范文正公集十五乞小郡表："以臣學士之職，改一庶官，或且在當郡，或於隨郢均汝之間，守一小州，……雖貪冒微禄，詎逃病者之譏，而遜避清班，少緩有司之責。"

【清酌】古代稱祭祀用的酒。禮曲禮下："凡祭宗廟之禮，……酒曰清酌。"疏："酌，斟酌也。言此酒甚清澈，可斟酌。"唐韓愈昌黎集二二祭郴州李使君文："謹以清酌庶羞之奠，敬祭于故郴州李使君之靈。"參見"清酒"。

【清真】㊀純潔樸素。世說新語賞譽上："山公(濤)舉阮咸爲吏部郎，目曰：'清真寡欲，萬物不能移也。'"宋書周續之傳劉柳薦表："竊見處士鴈門周續之清真貞素，思學鉤深。"㊁中國伊斯蘭教的別稱。該教崇奉真主安拉。故自稱其教爲清真教，稱其寺院爲清真寺。

【清原】地名。春秋晉地。左傳僖三一年："秋，晉蒐于清原，作五軍以禦狄。"一名清。又宣十三年："秋，赤狄伐晉，及清，先縠召之也。"卽此地。在今山西聞喜縣西北。

【清除】掃除乾淨。三國志魏司馬朗傳："明公以高世之德，遭陽九之會，清除羣穢，廣舉賢士，此誠虛心垂慮，將興至治也。"

【清晏】清靜安寧。三國志魏鍾會傳詔："拓平西夏，方隅清晏。"也作"清宴"。宋書樂志四晉傅咸晉鼓吹歌曲大晉承運期："時清宴，白日垂光。"

【清時】太平盛世。文選漢李少卿(陵)答蘇武書："勤宣令德，策名清時，榮問休暢，幸甚幸甚。"太平御覽八一七三國魏武帝(曹操)令："今清時，但當盡忠於國，效力王事。"

【清峭】清秀挺拔。南朝梁江淹江文通集一蓮花賦："或憑天淵之清峭，或殖疏圃之蒙密。"宋王銍補侍兒小名録："崔紫雲，兵部李尚書樂妓，詞華清峭，眉目端麗。"

【清秩】猶言清班。卽清貴之官。全唐文二五二蘇頲授李寮太子中允制："勉奉清秩，無曠厥官。"唐司空圖司空表聖詩集一五十："清秩偶叨非養望，丹方頻試更堪疑。"

【清脆】形容聲音清晰爽利。唐白居易長慶集十七十年三月三十日別微之於澧上……因賦十七韻以贈……詩："莫問龍鍾惡官職，且聽清脆好文篇。"又六二和皇甫郎中秋曉同登天宮閣言懷詩："玲瓏曉樓閣，清脆秋絲管。"

【清修】㊀指操行潔美。後漢書二六宋弘傳附宋漢策："太中大夫宋漢，清修雪白，正直無邪。"修，也作"脩"。後漢書七六王渙傳詔："故洛陽令王渙，秉清脩之節，蹈羔羊之義，盡心奉公，務在惠民，功業未遂，不幸早世！"㊁佛教指在家修行。續傳燈録二三空空道人智通："未幾厭世相，還家求祝髮，父難之，遂清修。"

【清卿】北齊袁聿脩以太常少卿巡省，兗州刺史邢邵稱爲清卿。

【清淳】高潔淳樸。後漢書四三朱穆傳上疏："案漢故事，中常侍參選士人。建武以後，乃悉用宦者。……愚臣以爲可悉罷省，遵復往初，率由舊章，更選海內清淳之士，明達國體者，以補其處。"世說新語傷逝："王子敬(獻之)與羊綏善。綏清淳簡貴，爲中書郎，少亡，王深相痛悼。"

【清涼】清爽，涼快。楚辭漢王逸九思哀歲："旻天兮清涼，玄氣兮高明。"全唐詩五一八雍陶秋居病中："幽居悄悄何人到，落日清涼滿樹梢。"

【清淨】㊀心地潔淨，不受外物干擾。戰國策齊四："晚食以當肉，安步以當車，無罪以當貴，清淨貞正以自虞。"淨，一本作"靜"。又謂安定不煩。史記秦始皇紀泰山刻石："昭隔內外，靡不清淨，施于後嗣。"後漢書二九鮑昱傳："後爲沘陽長，政化仁愛，境內清淨。"㊁佛家語。謂遠離罪惡與煩惱。俱舍論十六："暫永遠離一切惡行煩惱垢，故名爲清淨。"

【清商】㊀古五音之一，商聲。韓非子十過："師涓鼓究之。(晉)平公問師曠曰：'此所謂何聲也。'師曠曰：'此所謂清商也。'"楚辭漢賈誼惜誓："二子擁瑟而調均兮，余因稱乎清商。"南北朝時，中原舊曲及江南吳歌、荆楚四聲，統稱清商。見魏書樂志。㊁指秋風。文選晉潘安仁(岳)悼亡詩之二："清商應秋至，溽暑隨節闌。"

【清率】清高率真。南史齊衡陽王鈞傳："居身清率，言未嘗及時事。"

【清望】清白的名望。謂家世清白，爲人所敬重。北堂書鈔六十晉山濤啓事："舊選尚書郎，極清望也。"南史張緒傳："帝欲用張緒爲右僕射，以問王儉。儉曰：'緒少有清望，誠美選也。'"

【清理】㊀平治，整理。史記秦始皇紀之罘刻石："聖法初興，清理疆內，外誅暴彊。"明張居正張文忠集一陳六事疏："甚屯鹽各差都御史，應否取回别用，但責成於該管撫按，使之悉心清理。"㊁精明事理。三國志魏衛臻盧毓傳評："臻、毓規鑒清理，咸不忝厥職云。"陳書周弘正傳："年十歲，通老子周易。(伯父)捨每與談論，輒異之，曰：'觀汝神情穎悟，清理警發，後世知名，當出吾右。'"

【清規】㊀指美好的規範。梁書謝朏傳高祖表："且文宗儒肆，互居其長；清規雅裁，兼擅其美。"晉書王承傳史臣曰："雖崇勳懋績有闕於旂常，素德清規足傳於汗簡矣。"㊁佛教指僧人應守的規則。唐咸和中洪州百丈山懷海禪師爲寺院定正規式，人稱百丈清規。或省稱清規。參閱元黄溍金華黄先生集十一百丈山大智壽聖寺天下師表閣記。㊂月。月圓如規而明，故稱。唐齊己白蓮集九中秋月詩："空碧無雲露濕衣，羣星光外湧清規。"

【清都】古時謂天帝所居的宮闕。列子周穆王："王實以爲清都紫微，鈞天廣樂，帝之所居。"也指帝王所居的都城。文選南朝宋顔延年(延之)宋文皇帝元皇后哀策文："滅綵清都，夷體壽原。"

【清梵】謂寺僧誦經之聲。南朝梁釋慧皎高僧傳十三釋僧饒："善尺牘及雜技，而偏以音聲著稱，……每清梵一舉，輒道俗傾心。"又王僧孺王左丞集初夜文："清梵含吐，一唱三歎，密義抑揚，連環不輟。"

【清問】清審詳問。書呂刑："皇帝清問下民，鰥寡有辭于苗。"傳："帝堯詳問民患，皆有辭怨於苗民。"宋蔡沈集傳謂虛心而問。漢書四七文三王傳谷永疏："詔廷尉選上德通達之吏更審考清問。"唐元結元次山集三忝官引："公車詣魏闕，天子垂清問。"

【清野】㊀清曠的原野。水經注十三灅水："阜上有故宮，廟樓榭基雉尚崇，每至鷹隼之秋，羽獵之日，肆閱清野，爲升眺之逸地矣。"㊁謂戰時在前線轉移人口物資，使入侵敵人無所掠奪。後漢書九十鮮卑傳:"元初二年秋,遼東鮮卑圍無慮縣,州郡合兵固保清野,鮮卑無所得。"注:"清野謂收斂積聚,不令寇得之也。"參見"堅壁清野"。㊂猶"清蹕"或"清道"。文苑英華七七二南朝梁簡文帝南郊頌序:"特有事於南郊,甸師清野,封人壝宮。"參見"清蹕"。

【清晨】清早,指日出前一段時間。漢賈誼新書官人:"清晨聽治。"文選三國魏曹子建(植)贈白馬王彪詩:"清晨登皇邑,日夕過首陽。"

【清唱】㊀清美的歌唱。晉陸機陸士衡集七櫂歌行詩:"名謳激清唱,榜人縱棹歌。"唐李白李太白詩二二蘇臺覽古:"舊苑荒臺楊柳新,菱歌清唱不勝春。"㊁不化裝扮演而只唱曲,間以簫管等細樂伴奏,謂之清唱。參閱明魏良輔曲律。

【清貫】清貴的官職,指侍從文翰之官。南齊書張欣泰傳:"(世祖)謂之曰:'卿不樂爲武職驅使,當處卿以清貫。'"唐白居易長慶集二八與元九書:"十年之間,三登科第,名入衆耳,迹升清貫,出交賢俊,入侍冕旒。"

【清貧】㊀清寒貧苦。舊時多稱貧窮而有節操。後漢書五七劉陶傳:"陶既清貧,而恥以錢買職,稱疾不聽政。"㊁指生活清寒貧苦。三國志魏華歆傳:"歆素清貧,祿賜以賑施親戚故人,家無擔石之儲。"晉陶潛陶淵明集四詠貧士詩之七:"一朝辭吏歸,清貧略難儔。"

【清笳】謂淒清的胡笳聲。南齊謝朓謝宣城集二從戎曲:"嘹唳清笳轉,蕭條邊馬煩。"

【清婉】清麗婉約。世說新語四賞譽下:"許掾(詢)嘗詣簡文,爾夜風恬月朗,乃共作曲室中語。襟懷之詠,偏是許之所長,辭寄清婉,有逾平日。"魏書溫子昇傳:"長乃博覽百家,文章清婉。"

【清湖】地名。在今浙江江山縣南。舊時爲閩浙要會,自閩入浙者至此舍舟而陸,自浙入閩者自此舍陸而舟。參閱讀史方輿紀要九三衢州府江山縣。

【清道】㊀使道路清淨。猶"警戒"。古制謂因帝王或大官出巡而清掃道路,禁止行人來往。史記一一七司馬相如傳諫獵書:"且夫清道而後行,中路而後馳,猶時有銜橛之變。"漢書七四丙吉傳:"吉又嘗出,逢清道羣鬭者,死傷橫道。"注:"清道,謂天子當出,或有齋祠,先令道路清淨。"㊁清淨無爲之道。淮南子原道:"是故聖人守清道而抱雌節。"

【清華】㊀清美華麗。常用以形容文詞景物等。晉書左貴嬪傳:"帝每遊華林,輒回輦過之,言及文義,辭對清華,左右侍聽,莫不稱美。"文選晉謝叔源(混)游西池詩:"景昃鳴禽集,水木湛清華。"㊁清高顯貴的門第或官職。南史到撝傳:"(王)晏先爲國常侍,轉員外散騎郎,此二職,清華所不爲。"北齊書袁聿脩傳:"聿脩少年平和溫潤,素流之中,最有規檢。以名家子歷任清華,時望多相器待,許其風鑒。"

【清裁】㊀剛正的決斷。後漢書六七范滂傳:"(宗)資用(李頌)爲吏,滂以非其人,寢而不召。資遷怒,捶書佐朱零,零仰曰:'范滂清裁,猶以利刃齒腐朽。今日寧受笞死,而滂不可違!'"㊁對人的敬稱。唐杜牧樊川集三夜泊桐廬先寄蘇臺盧郎中詩:"十載違清裁,幽懷未一論。"

【清越】㊀謂樂聲清徹激揚。禮聘義:"叩之,其聲清越以長,其終詘然,樂也。"注:"越,猶揚也。"㊁高超,出衆。南史貞惠世子方諸傳:"幼聰警博學,明老、易,善談玄,風采清越,特爲元帝所愛。"指風度舉止。唐韓愈昌黎集二送文暢師北遊詩:"出其囊中文,滿聽實清越。"指文章詞采。

【清酤】清酒,美酒。詩商頌烈祖:"既載清酤,賚我思成。"文選漢張平子(衡)西京賦:"炙炰夥,清酤䤈。"

【清醠】清酒。淮南子説林:"清醠之美,始於耒耜,黼黻之美,在於杼柚。"注:"醠,清酒,周禮醠齊是也。"醠,一作"醓"。

【清朝】㊀清早,清晨。商君書禁使:"今夫幽夜,山陵之大,而離婁不見;清朝日㬉,則上別飛鳥,下察秋豪。"文選南朝宋謝惠連泛湖歸出樓中翫月詩:"晤言不知罷,從夕至清朝。"㊁清明的朝廷。後漢書五四楊震傳上疏:"阿母王聖,出自微賤,……外交屬託,擾亂天下,損辱清朝,塵點日月。"

【清虛】㊀清淨虛無。淮南子主術:"故有道之主,滅想去意,清虛以待不伐之言,不奪之事。"漢書一〇〇上敘傳:"若夫嚴子者,絕聖棄智,修生保真,清虛澹泊,歸之自然,獨師友造化,而不爲世俗所役者也。"嚴子,卽莊周。㊁指清虛府或清虛殿。卽月宮。全唐詩七六四譚用之江邊秋夕:"七色花虬一聲鶴,幾時乘興上清虛。"

【清雅】高潔文雅。三國志魏徐宣傳桓範薦表:"竊見尚書徐宣,體忠厚之行,秉直亮之性,清雅特立,不拘世俗,確然難動,有社稷之節。"

【清揚】㊀指眉目之間。清,指目;揚,指眉。詩鄭風野有蔓草:"有美一人,清揚婉兮。"傳:"清揚,眉目之間,婉然美也。"也指眉目清秀。又鄘風君子偕老:"子之清揚,揚且之顏也。"傳:"清,視清明也;揚,廣揚而顏角豐滿。"後引申爲對人容顏的頌稱,猶言豐采。太平廣記四八七唐蔣防霍小玉傳:"(豪士)俄而前揖生曰:'公非李十郎乎?……今日幸會,得覩清揚。'"㊁形容聲音清越遠揚。荀子法行:"扣之,其聲清揚而遠聞,其止輟然,辭也。"

【清閒】清靜悠閒。宋蘇軾蘇文忠詩合注三二九日袁公濟有詩次其韻:"古來靜治得清閒,我愧真長也一斑。"又三四臂痛謁告作三絕句示四君子:"公退清閒如致仕,酒餘歡適似還鄉。"

【清陽】㊀清輕。淮南子天文:"清陽者薄靡而爲天,重濁者凝滯而爲地。"㊁清越高揚。同"清揚㊁"。周禮考工記梓人:"其聲清陽而遠聞。"㊂縣名。漢置。漢元鼎三年,徙代王義爲清河王,都清陽,卽此。宋省入清河縣。故城在今河北清河縣東。參閱讀史方輿紀要十五廣平府清河縣。

【清暑】猶避暑,辟除暑熱。文選漢張平子(衡)西京賦:"其遠則有九嵕甘泉,涸陰沍寒,日北至而含凍,此焉清暑。"三國吳薛綜注:"帝或避暑於甘泉宮,故云清暑。"

【清最】清廉。上功爲最。新唐書一二八尹思貞傳:"思貞前後爲刺史十三郡,其政皆以清最聞。"

【清貴】清高尊貴。晉書王羲之傳:"征西將軍庾亮請爲參軍,累遷長史。亮臨薨,上疏稱羲之清貴有鑒裁。"後多用以稱文學侍從。唐白居易長慶集二十初罷中書舍人詩:"自慙拙宦叨清貴,還有癡心怕素飡。"

【清源】㊀清澈的水源。楚辭屈原遠遊:"軼迅風於清源兮,從顓頊乎增冰。"文選漢張平子(衡)思玄賦:"且余沐於清源兮,晞余髮於朝陽。"㊁地名。春秋晉梗陽邑。漢爲榆次縣地,隋開皇十六年於梗陽故城置清源縣,以清源水而名。大業初併入晉陽,至唐復置。明清皆屬太原府。公元1952年與山西徐溝縣合併爲清徐縣,屬山西省。參閱隋書地理志中、寰宇通志七八太原府。㊂水名。在今山西清徐縣境。又名平泉和不老池。參閱讀史方輿紀要四十太原府清源縣。

【清溪】㊀清澈的溪水。唐杜甫杜工部草堂詩箋二三晚秋陪嚴鄭公摩訶池泛舟:"莫須驚白鷺,爲伴宿清溪。"㊁水名。在安徽含山縣西南。水經注二九沔水:"左會清溪水。水出東北馬子硯之清溪也。東逕清溪城南,屈而西南,歷山西南流,注栅水,謂之清溪口。"㊂驛站名。在四川峨眉山附近,屬犍爲縣。唐李白李太白詩八峨嵋山月歌:"夜發清溪向三峽,思君不見下渝州。"

【清話】高雅的言談。晉陶潛陶淵明集二與殷晉安別詩:"信宿酬清話,益復知爲親。"唐李中碧雲集中吉水暮春訪蔡文慶處士留題詩:"戀君清話難留處,歸路迢迢又夕陽。"

【清新】流利而新穎,不落俗套。唐杜甫杜工部草堂詩箋二春日憶李白:"清新庾開府,俊逸鮑參軍。"庾,庾信;鮑,鮑照。

【清廉】清白廉潔。莊子説劍:"諸侯之劍,以知勇士爲鋒,以清廉士爲鍔,以賢良士爲脊,以忠聖士爲鐔,以豪桀士爲夾。"韓非子姦劫弑臣:"我不以清廉方正奉法,乃以貪污之心枉法以取私利,是猶上高陵之顛,墮峻谿之下以求生,必不幾矣。"

【清福】清閒之福。元耶律楚材湛然居士集十一冬夜彈琴頗有所得亂道拙語三十韻以遺猶子蘭詩:"秋思盡雅興,三樂歌清福。"參見"三樂㊀"。

【清遠】㊀清明廣遠。晉書王導傳:"導少有風鑒,識量清遠。"㊁縣名。屬廣東省。漢中宿縣,屬南海郡。南朝梁析置清遠縣,爲清遠郡治。隋廢郡。明清皆屬廣州府。參閱寰宇通志一〇二廣州府。

【清聖】清酒。宋陸游劍南詩稿十二初秋小疾效俳諧體:"遣悶憑清聖,忘情付黑甜。"參見"中聖人"。

【清禁】謂皇宫。漢應劭風俗通十反:"臣願陛下思周旦之言,詳左右清禁之内,謹供養之官,嚴宿衛之身。"唐權德輿權載之集三一弘文館大學士壁記:"公署書府,静深華敞,清禁之内,輔臣攸居。"

【清楚】清晰明白。唐常建詩集一湖中晚霽:"是時清楚望,氣色猶靆靆。"指景色。又白居易長慶集十七江樓夜吟元九律詩成三十韻詩:"清楚音諧律,精微思入玄。"指聲音。

【清閟】清静幽邃。梁書昭明太子傳王筠哀策文:"卽玄宫之冥漠,安神寢之清閟。"指墓地。唐韓愈昌黎集四新竹詩:"筍添南堦竹,日日成清閟。"指景色。宋史樂志十四:"瑶殿清閟,玉城坦夷。"指宫殿。宋王炎雙溪詩鈔勸農道場山:"松徑度坡陀,蓮宫得清閟。"指寺觀。

【清暉】清亮的光輝,光采。文選三國魏阮嗣宗(籍)詠懷詩之七:"微風吹羅袂,明月耀清暉。"指月光。又南朝宋謝靈運石壁精舍在湖中詩:"昏旦變氣候,山水含清暉。"指日光。

【清節】高潔的節操。漢書七二王貢兩龔鮑傳贊:"春秋列國卿大夫及至漢興將相名臣,懷祿耽寵以失其世者多矣!是故清節之士,於是爲貴。"後漢書二六蔡茂傳:"祖父堅伯,父游君,並修清節,不仕王莽。"

【清漳】水名。漳河上游一大支流。在山西省東部。東源出昔陽縣西南,西源出和順縣西八賦嶺,在左權縣澤城附近匯合爲清漳河。東南流經河北涉縣,在合漳鎮和濁漳河匯合爲漳河。參閱漢書地理志上上黨郡,讀史方輿紀要十直隸一漳水、四二遼州。

【清漢】卽天河。晉陸機陸士衡集六擬迢迢牽牛星詩:"昭昭清漢暉,粲粲光天步。"晉書列女傳論:"聳清漢之喬葉,有裕徽音;振幽谷之貞蕤,無慚雅引。"

【清滌】古代稱祭祀用的水爲清滌。禮曲禮下:"凡祭宗廟之禮,……水曰清滌。"疏:"古祭用水當酒,謂之玄酒也。而云清滌,言其甚清皎潔也。"

【清寧】㊀老子:"天得一以清,地得一以寧。"後以清寧指時世清明太平。後漢書光武帝紀下中元元年:"羣臣奏言,……今天下清寧,靈物仍降,……宜令太史撰集,以傳來世。"㊁遼耶律洪基(道宗)年號。公元1055年—1064年。

【清誨】稱别人的教導,教誨。清,敬詞。後漢書八十下趙壹傳皇甫規與壹書:"側聞仁者愍其區區,冀承清誨,以釋遥悚。"晉陶潛陶淵明集六感士不遇賦:"承前王之清誨,曰天道之無親。"

【清塵】㊀拂除塵垢。文選漢班孟堅(固)東都賦:"雨師汎灑,風伯清塵。"㊁車後揚起的塵埃。清,敬詞。漢書五七下司馬相如傳諫獵書:"犯屬車之清塵。"注:"塵謂行起塵也。言清者,尊貴之意也。"後用爲對人的敬稱。文選晉盧子諒(諶)贈劉琨并書:"因緣運會,得蒙接事,自奉清塵,于今五稔。"晉書夏侯湛傳抵疑:"若乃季札抗節於延陵,揚雄覃思於太玄,……僕雖不敏,竊頗仿佛其清塵。"㊂清淨無爲的境界。楚辭屈原遠遊:"漠虚静以恬愉兮,澹無爲而自得。聞赤松之清塵兮,願承風乎遺則。"

【清臺】卽靈臺,漢代的天文臺。漢書律曆志上:"詔與丞相、御史、大將軍、右將軍史各一人雜候上林清臺,課諸曆疏密,凡十一家。"三輔黄圖五:"漢靈臺,在長安西北八里,漢始曰清臺,本爲候者觀陰陽天文之變,更名曰靈臺。"

【清歌】㊀不用樂器伴奏的歌唱。文選漢張平子(衡)思玄賦:"雙材悲於不納兮,並詠詩而清歌。"世説新語任誕:"桓子野(伊)每聞清歌,輒喚奈何。謝公(安)聞之曰:'子野可謂一往有深情。'"㊁清亮的歌聲。晉書樂志下曹毗四時祠祀:"説功德,吐清歌。"抱朴子知止:"輕體柔聲,清歌妙舞,宋蔡之巧,陽和之妍。"

【清澈】㊀指水清澄而通明。水經注三七夷水:"丹水又北注於夷水,水色清澈。"也用以形容人的精神清朗。南齊書張融傳:"融形貌短醜,精神清澈。"㊁指審察清明。楚辭屈原九章惜往日:"君含怒而待臣兮,不清澈其然否。"注:"内弗省察其侵冤也。"

【清澗】㊀清澈的溪澗。廣弘明集二四南朝梁劉峻與舉法師書:"餌黄菊之落蘂,酌清澗之崧流。"㊁縣名。屬陝西省。宋置清澗城,以境内清澗川而名。金改清澗縣。縣西有清澗河。明清皆屬延安府。參閱寰宇通志九八延安府綏德州。

【清談】㊀清雅的言談、議論。後漢書七十鄭太傳:"孔公緒(伷)清談高論,噓枯吹生,並無軍旅之才,執鋭之幹。"文選三國魏劉公幹(楨)贈五官中郎將詩:"清談同日夕,情盼敍慇勤。"三國志魏劉劭傳:"臣數聽其清談,覽其篤論,漸漬歷年,服膺彌久,實爲朝廷奇其器量。"㊁卽玄談。指魏晉間何晏王衍等崇尚老莊,競談玄理,成爲一時風氣。參閱世説新語言語。㊂公正的輿論。猶清議。梁書沈約傳:"自負才高,昧於榮利,乘時藉世,頗累清談。"

【清調】漢代樂府相和歌曲的曲調之一,與平調、瑟調,合稱三調。也叫清商三調。參見"三調㊀"、"清調曲"。

【清廟】詩周頌有清廟篇,詩序謂爲祀文王之歌,鄭玄注以清廟爲祀文王之宫。亦爲宗廟的通稱。清,肅穆清静。左傳桓二年:"是以清廟茅屋,……昭其儉也。"疏:"此則廣指諸廟,非獨文王,故以清静解之。"參見"宗廟"。

【清標】俊逸的風采。南齊書杜栖傳周顒與杜京産書："賢子學業清標，後來之秀，嗟愛之懷，豈知云已。"京産，栖父。唐杜甫杜工部草堂詩箋二七哭王彭州掄："夫人先即世，令子各清標。"

【清厲】㊀耿介有骨氣。後漢書四五周榮傳附子興載陳忠薦興疏："孝友之行，著於閨門；清厲之志，聞於州里。"㊁文選漢馬季長(融)長笛賦："激朗清厲，隨光之介也。"形容樂聲激切高朗。宋書樂志三三國魏文帝燕歌行："悲風清厲秋氣寒，羅帷徐動經秦軒。"意猶凄厲。形容天氣寒冷。

【清選】㊀精選，慎重挑選。後漢書七五劉焉傳："(劉焉)乃建議改置牧伯，鎮安方夏，清選重臣，以居其任。"也指精選出來的人才。三國志魏高柔傳上疏："然今博士皆經明行脩，一國清選，而使遷除限不過長，懼非所以崇顯儒術，帥勵怠墯也。"㊁猶言清班。梁書庾於陵傳："舊事，東宮官屬，通爲清選，洗馬掌文翰，尤其清者。"㊂指太常官。唐白居易長慶集三四陳中師除太常少卿制："今之太常，兼掌其事，貳茲職者，不亦重乎？歷代迄今，謂之清選。"

【清德】廉潔的德行。後漢書四三朱穆傳："穆前在冀州，所辟用皆清德長者，多至公卿州郡。"又五四楊彪傳："楊公四世清德，海内所瞻。"自楊震、秉、賜至彪，皆以清白著名。

【清徵】古五音之一，徵音。韓非子十過："(晉平)公問曰：'清商固最悲乎？'師曠曰：'不如清徵。'……(平公)反坐而問曰：'音莫悲於清徵乎？'師曠曰：'不如清角。'"

【清樂】㊀即清商樂，見該條。㊁清閒安逸的快樂。樂，音lè。清吕種玉言鯖下："有士人貧甚，夜則露坐，焚香祈天，……忽聞空中神人語曰：'帝憫汝誠，使我問汝何所欲？'士答曰：'……願此生衣食粗足，逍遥山間水濱，以終其身足矣。'神人大笑曰：'此上界神仙之樂，若求富貴則可矣。'盖天之靳惜清樂，百倍於功名爵禄也。"

【清操】清高的操守。後漢書七九下高詡傳："詡以父任爲郎中，世傳魯詩，以信行清操知名。"晉陶潛陶淵明集六感士不遇賦序："懷正志道之士，或潛玉於當年；潔己清操之任，或没世以徒勤。"

【清曉】天剛亮的時候。唐杜甫杜工部詩史補遺一奉酬李都督表文早春作："力疾坐清曉，來時悲早春。"又韓愈昌黎集一秋懷詩之四："清曉卷書坐，南山見高稜。"

【清器】便溺用的容器。周禮天官玉府"凡褻器"漢鄭玄注："褻器，清器、虎子之屬。"漢代稱廁爲圊，故謂受糞之器爲清器。參閱孫詒讓周禮正義十二。

【清穆】清和，静穆。漢蔡邕蔡中郎集外傳釋誨："夫子生清穆之世，稟醇和之靈，……時逝歲暮，默而無聞，小子惑焉。"文選晉潘安仁(岳)閑居賦："其東則有明堂辟雍，清穆敞閑。"

【清謐】清静，安寧。南朝梁江淹江文通集四盧侍郎感交詩："馬服爲趙將，疆場得清謐。"戰國趙趙奢，封馬服君。梁書謝覽傳："郡境多劫，爲東道患，覽下車肅然，一境清謐。"

【清齋】㊀清心素食。世俗以素食爲齋。唐王維王右丞集十積雨輞川莊作詩："山中習静觀朝槿，松下清齋折露葵。"㊁佛教以辰時飲水一盃，終日不食，稱爲清齋。見釋氏要覽下雜記。

【清徽】㊀指美潔的操行。徽，美。南齊謝朓謝宣城集三休沐重還丹陽道中詩："問我勞何事，霑沐仰清徽。"梁書張纘傳南征賦："又有生爲令德，没爲明神，……揚清徽於上列，並異世而爲隣。"㊁猶清音。比喻高雅的談吐。晉潘尼答楊士安詩："俊德貽妙詩，敷藻發清徽。"

【清績】清廉的政績。後漢書六六陳蕃傳："時李膺爲青州刺史，名有威政，屬城聞風，皆自引去，蕃獨以清績留。"

【清顔】清秀的容貌。文選晉陸士衡(機)日出東南隅行："高臺多妖麗，濬房出清顔。"指美人。又用作敬詞。梁書孔休源傳："侍中范雲一與相遇，深加褒賞，曰：'不期忽覯清顔，頓袪鄙吝，觀天披霧，驗之今日。'"

【清豐】縣名，屬河南省。漢頓丘昌樂縣地。唐大曆中析二縣四鄉於清豐店置清豐縣，以隋時有孝子張清豐而名。宋省頓丘，併入新豐。明清皆屬大名府。參閱寰宇通志六大明府。

【清鯁】清高剛直。新唐書一五一趙宗儒傳："父驊，字雲卿，少嗜學，履尚清鯁。"

【清識】高明的見識。世説新語德行："李元禮(膺)嘗歎荀淑鍾皓曰：'荀君清識難尚，鍾君至德可師。'"又見後漢書六二鍾皓傳。

【清羸】消瘦。宋陸游劍南詩稿八寺居睡覺之二："披衣起坐清羸甚，想像雲堂魚粥香。"

【清麗】謂文辭清新華美。文選晉陸士衡(機)文賦："或藻思綺合，清麗芊眠。炳若縟繡，悽若繁絃。"

【清蹕】皇帝出行，清道戒嚴。清謂清理道路，蹕謂辟止行人。漢官儀上："輦動則左右侍帷幄者稱警，車駕則衛官填街，騎士塞路，出殿則傳蹕，止行人清道。"文選南朝宋顔延年(延之)應詔觀北湖田收詩："帝暉膺順動，清蹕巡廣廛。"

【清蟾】指月亮。神話故事説月中有蟾蜍，詩文中因以蟾爲月的代稱。宋范成大石湖集四代人七月十四日生朝詩："已饒瑞莢明朝滿，先借清蟾一夜圓。"

【清議】公正的評論。三國志吴張温傳："(暨)豔性狷厲，好爲清議，見時郎署混濁淆雜，多非其人，欲臧否區別，賢愚異貫。"也指社會上公正的輿論。晉書傅玄傳上疏："其後綱維不攝，而虚無放誕之論，盈于朝野，使天下無復清議，而亡秦之病，復發於今。"

【清辯】清晰明辨。後漢書八四董祀妻(蔡琰)傳："及文姬進，蓬首徒行，叩頭請罪，音辭清辯，旨甚酸哀，衆皆爲改容。"梁書周捨傳："善誦書，背文諷説，音韻清辯。"

【清聽】㊀静聽。文選晉陸士衡(機)吴趨行："四坐並清聽，聽我歌吴趨。"㊁明察善聽。後漢書五三申屠蟠傳："(緱)玉之節義，……不遭明時，尚當表旌廬墓，況在清聽，而不加哀矜！"後常作請人聽納意見的敬詞。㊂清越的聲音。聽，以耳知音，故引申爲聲音。唐孟浩然集一宿來公山房期丁大不至詩："松月生夜涼，風泉滿清聽。"

【清鑒】高明的鑒别力。隋書高構傳："河東薛道衡才高當世，每稱構有清鑒，所爲文筆，必先以草呈構，而後出之。"

【清癯】消瘦而有清逸之態。癯，亦作"臞"。宋曾幾茶山集五示逢子詩："清臞骨相類諸生，黽勉寒窗守一經。"又陸游劍南詩稿七齋居書事："慵養金丹換鬢鬚，微霜正要稱清癯。"

【清文鑑】清乾隆三十六年敕撰，三十二卷，補編四卷，總綱八卷，補總綱二卷，共四十六卷。爲清代滿文的字書。清皇太極(太宗)命庫爾纏創製滿文，以十二字頭貫一切音，因音立字，合字成語，字後增加圈點，以别音義。康熙時刊刻成書，僅列滿文，而無漢語音譯。乾隆時又詳加增定爲三十五部，二百九十二子目。每條左爲滿文，右爲漢語；滿文之左，用三合拼切注音，漢文之右，用直音注。

【清太宗】 公元1592—1643年。愛新覺羅·皇太極，努爾哈赤第八子。後金天命十一年繼位，改年號爲天聰，改瀋陽爲盛京，仿明官制，設立六部，逐步廢除四大貝勒共理政務的舊制。八年，統一漠南蒙古。明崇禎九年改國號爲大清，年號爲崇德，稱皇帝，盡有明朝在東北的全部地區。廟號太宗。

【清太祖】 公元1559—1626年。愛新覺羅·努爾哈赤，滿族。先世受明册封，爲建州左衛都指揮使，隸明總兵寧遠伯李成梁部。萬曆中先統一建州各部，受明封爲建州衛都督僉事、龍虎將軍等官職。後合併海西各部與東海諸部。萬曆四十四年稱汗，建元天命，國號金(史稱後金)，盡有遼東之地。天命四年，薩爾滸戰役後，進入遼河流域。十年，遷都瀋陽。次年進攻寧遠，爲炮所傷而歿。清王朝建立後，追尊爲太祖。

【清水江】 水名。烏江支流。在貴州開陽縣東。上源南明河，東北流滙獨水河後稱清水江，北流入烏江。參閱嘉慶一統志五〇〇貴陽府山川。

【清水泊】 湖名。即古鉅定，也作巨澱。在山東壽光縣西北。

【清平官】 唐時我西南地區南詔政權的官名，輔佐國王決定政事，相當於中朝宰相的職位。參閱舊唐書一九七新唐書二二二南詔傳。

【清平調】 ㈠古曲調名。唐開元中，禁中牡丹盛開，玄宗因命李白作清平調辭三章，令梨園弟子略撫絲竹以促歌，帝自調玉笛以倚曲。見樂府詩集八十清平調題解。後用爲詞調，單調，二十八字，平韻。㈡雜劇名。清尤侗張韜均有此作。尤作亦名李白登科記。皆寫唐李白受命在禁中賦清平調故事。參閱曲海總目提要二十。

【清平樂】 詞調名。雙調，四十六字。上闋四句四仄韻，下闋四句三平韻。一說是合漢樂府的清樂、平樂兩調名而爲詞調名。又說唐李白作應制清平樂四首，後來用爲詞調。又名清平樂令、憶蘿花、醉東風。參閱詞譜五。

【清世宗】 公元1678—1735年。愛新覺羅·胤禛。清聖祖第四子，年號雍正。五年與帝俄訂立中俄布連斯奇界約和中俄恰克圖界約，劃定中俄中段邊界。七年設軍機房，後改軍機處，停諸王管理旗務，以集中權力。曾出兵反擊準噶爾部貴族的騷擾，在西南地區推行改土歸流。廟號世宗。

【清世祖】 公元1638—1661年。愛新覺羅·福臨。清皇太極(太宗)第九子。六歲接位，年號順治。由叔父多爾袞輔政。順治元年入關，鎮壓李自成農民軍，定都北京。多爾袞死，越年福臨親政，追論多爾袞罪。先後滅南明福王、唐王、魯王、桂王等政權。廟號世祖。

【清白吏】 謂清廉的官吏。後漢書八四楊震傳："性公廉，不受私謁，子孫常蔬食步行。故舊長者，或欲令爲開產業，震不肯曰：'使後世稱爲清白吏子孫，以此遺之，不亦厚乎？'"

【清江浦】 水名。在江蘇清江市北淮河與運河會合處。本名沙河，又名烏沙河。宋雍熙年間漕官劉蟠議開沙河避淮水之險，後轉運使喬維嶽開導自楚州至淮陰凡六十里。明永樂中，平江伯陳瑄時置漕運，因發軍民重濬，置移風、清江、福興、新莊四閘，以時啟閉，更名清江浦。舊爲南北水陸交通要道。清代河道總督、漕運總督皆駐此地。參閱明實録永樂實録九六、明史河渠三。

【清君側】 謂清除諸侯或皇帝身旁的親信。公羊傳定十三年："晉趙鞅取晉陽之甲，以逐荀寅與士吉射。荀寅與士吉射曷爲者也？君側之惡人也，此逐君側之惡人。曷爲以叛言之？無君命也。"唐李商隱李義山詩集四有感之二："古有清君側，今非乏老成。"歷史上清君側常爲王國或藩鎮起兵反對朝廷的政治鬭爭手段，如漢景帝時吳楚七國起兵，以誅鼂錯爲名；東晉元帝時都督江揚荊湘交廣六州軍事、江州刺史王敦起兵，以誅劉隗爲名，皆以清除君側爲口實。參見"君側"。

【清波引】 詞調名。雙調，有八十三字、八十四字兩體，上下闋各八句六仄韻或七仄韻。參閱詞譜二一。

【清明風】 謂東南風。史記律書："清明風居東南維，主風吹萬物而西之。"淮南子天文："明庶風至四十五日，清明風至；清明風至四十五日，景風至；……清明風至，則出幣帛，使諸侯。"參見"八風㈠"。

【清風嶺】 山名。在浙江嵊縣北。嶺多楓木，因名清楓嶺。宋末臨海民妻王氏爲元兵所掠，過此嶺時，嚙指寫詩石上，投崖而死。後人因易名爲清風嶺。參閱宋稗類抄三、嘉慶一統志二九四紹興府一。

【清祕藏】 明張應文撰，子謙德潤色。共二卷，上卷二十門，下卷十門。雜論玩好賞鑒諸物，辨別真僞，品第甲乙，敍述甚詳。

【清高宗】 公元1711—1799年。愛新覺羅·弘曆，清世宗第四子。年號乾隆。即位後，先後平定準噶爾部和大、小和卓木等地方割據勢力。開館纂修四庫全書，並命撰會典、一統志、各省通志等。又大興文字獄。屢次巡遊江南。晚年寵信和珅，政治腐敗。清王朝統治至乾隆一朝漸由盛極而中衰。在位六十年，傳位太子。廟號高宗。

【清素車】 以白布爲幔帳的喪車。魏書刁沖傳刁雍行孝論："轜車止用白布爲幔，不加畫飾，名爲清素車。"

【清通志】 本名皇朝通志。清乾隆三十二年官修，共二十略，一百二十六卷。體例與通志續通志大體相同，但省去紀、傳、世家、年譜。內容除氏族、六書、七音、校讐、圖譜、金石、昆蟲草木諸略外，多與清通典重複。

【清通典】 本名皇朝通典。清乾隆三十二年官修。一百卷。體例與通典續通典相同，分食貨、選舉等九門，各門子目根據清代實際情況略有增删。本書主要採用清會典清律例清一統志等書爲材料編成，分門别類，頗爲詳明。

【清涼山】 ㈠又名石頭山。在江蘇南京市西。戰國楚威王滅越，於此置金陵邑。三國吳築石頭城，故又稱石城山。山上有清涼寺、掃葉樓、翠微亭及六朝、南唐遺井等古蹟。其支脈小倉山即清袁枚隨園所在地。參閱讀史方輿紀要二十江寧府江寧縣。㈡山西五臺山別名。華嚴經疏："清涼山者，即五代雁門郡五臺山也。以歲積堅冰，夏仍飛雪，曾無炎暑，故曰清涼。"

【清涼宮】 指月宮。神話謂月中有宮，廣寒清虛，故稱。唐柳宗元柳先生集四三自衡陽移桂十餘本植零陵所住精舍詩："路遠清涼宮，一雨悟無學。"

【清涼散】 藥名。能清熱。宋趙令時侯鯖録三："劉子儀侍郎三入翰林，頗不懌，……移疾不出，朝士問候者繼至，詢之，云虛熱上攻。石中立滑稽，在坐云：'只消一服清涼散。'意謂兩府始得用青涼繖也。"宋魏泰東軒筆録記爲梅詢事。

【清涼殿】 漢宮室名。又名延清室。文選漢班孟堅(固)西都賦："清涼宣溫，神仙長年。"三輔黄圖三："宣室、溫室、清涼，皆在未央宮殿北。……清涼殿，夏居之則清涼也。亦曰延清室。漢書曰：'清室則中夏含霜'，即此也。"

【清商伎】 隋代清樂名。新唐書禮樂志

十一:"清商伎者,隋清樂也。有編鐘、編磬、獨絃琴、擊琴、瑟、秦琵琶、卧箜篌、筑、筝、節鼓,皆一;笙、笛、簫、篪、方響、跋膝,皆二。歌二人,吹葉一人,舞者四人,并習巴渝舞。"

【清商怨】詞調名。雙調,有四十二字、四十三字兩體。上下闋各四句,三仄韻。古樂府有清商曲辭,其音多哀怨,故取以爲名。宋周邦彥以晏殊詞有"關河愁思"句,故又名關河令、傷情怨。參閱詞譜四。

【清商樂】指我國古代起源於民間的歌曲。包括清商三調等。北魏孝文帝、宣武帝收集中原舊曲及南朝時江南吳歌,荆楚西聲,總稱爲清商樂,以別於雅樂、胡樂。隋改稱清樂,置清商署以掌其事。唐武后時有六十三曲,唐末僅存四十四曲。參閱通典一四六清樂,唐會要三三清樂,舊唐書音樂志二。

【清望官】唐代指臺省侍御等官,以得參侍從有名望而稱。新唐書一一六韋嗣立傳:"凡諸曹侍郎、兩省、二臺及五品以上清望官,當先選用刺史縣令,所冀守宰稱職,以守太平。"

【清異録】宋陶穀撰。二卷。收集唐及五代出現的詞語、典故,分三十七門,各爲標題,下註事實緣起。宋陳振孫直齋書録解題十一小說家類謂爲依託之作。

【清慎勤】清,廉潔;慎,謹慎;勤,勤勉。三國志魏李通傳注引王隱晉書:"(李)秉嘗答司馬文王(昭)問,因以爲家誡曰:昔侍坐於先帝,時有三長吏俱見。臨辭出,上曰:'爲官長當清,當慎,當勤,修此三者,何患不治乎?'"後代各衙署公堂,多書"清慎勤"三字作匾額。參閱清趙翼陔餘叢考二七。

【清聖祖】公元 1654—1722 年。愛新覺羅·玄燁。清世祖第三子,八歲卽位,年號康熙。初年輔政大臣鼇拜專擅朝政。八年拘禁鼇拜,親政。先後平三藩,定臺灣,統一漠北、西藏地區。康熙二十八年訂立中俄尼布楚條約,確定中俄之間的東段邊界。在位期間,停圈地,奬墾屯,治黃河,興水利。舉博學弘儒科,開館修書,纂輯康熙字典全唐詩佩文韻府淵鑑類函古今圖書集成廣羣芳譜等,以牢籠遺民文士。康熙一朝提倡理學,嚴禁結社,興文字獄,對清代學術影響極大。在位六十一年。廟號聖祖。

【清閟閣】元名畫家倪瓚的藏書閣。在江蘇無錫縣。後爲祗陀寺。倪瓚有集十二卷,取名清閟閣集。

【清會典】書名。又名欽定大清會典。康熙三十三年初修。仿明會典例,始內閣軍機處,繼以六部都察院九卿翰詹,並附八旗內務府,以官統事,以事隸官。雍正乾隆嘉慶歷朝續修。乾隆續修時,以事例列於會典之外,使典例有別。光緒二十五年又增纂成書,凡會典一百卷,事例增至一千二百二十卷、圖二百七十卷,紀録清代典章文物制度,頗稱詳備。

【清節里】春秋齊相晏嬰的故宅及葬地。水經注二六淄水:"左傳:晏子之宅近市,景公欲易之,而嬰弗更,爲誡曰,吾生則近市,死豈易志。乃葬故宅,後人名之曰清節里。"

【清腸稻】傳說中稻的一種。舊題晉王嘉拾遺記六:"宣帝地節元年,樂浪之東,有背明之國,來貢其方物,言其鄉在扶桑之東,……宜種百穀,……有浹日之稻,種之十旬而熟。有翻形稻,言食者死而更生,夭而有壽。有明清稻,食者延年也。清腸稻,食一粒,歷年不饑。"

【清調曲】以古樂之清調譜作的樂曲,爲樂府相和歌的一部。古今樂録說王僧虔技録載清調有六曲,爲苦寒行豫章行董逃行相逢狹路間行塘上行秋胡行;荀氏録載九曲,傳者有五曲。所用樂器有笙、笛、篪、節、琴、瑟、筝、琵琶八種。參閱樂府詩集三三相和歌清調曲解題。

【清廟器】宗廟的祭器。比喻可以擔負國家重任的人。新唐書一八二李玨傳:"還爲殿中侍御史。宰相韋處厚曰:'清廟之器,豈擊搏才乎?'除禮部員外郎。"又一二〇崔涣傳:"涣博綜經術,……於是入判者千餘,吏部侍郎嚴挺之施特榻,試彝尊銘,謂曰:'子清廟器,故以題相命。'"

【清德頌】歌頌德政的文章。水經注二三陰溝水注:"谷水又東,逕柘縣故城,……淮陽之屬縣也。城內有柘令許君清德頌。"北史張晏之傳:"御史崔子武督察州郡,至北徐,無所案劾,唯得百姓所制清德頌數篇。"

【清心寡慾】謂保持心地清靜減少欲念。元曲選鄭廷玉忍字記三:"我奉師父法旨,着你清心寡欲,受戒持齋,不許凡心動。"明章懋楓山集一謝存問恩疏:"伏願陛下清心寡慾,以養聖躬;明目達聰,以隆至治。……臣無任激切感恩之至。"

【清波雜志】宋周煇撰。十二卷,別志三卷。所記皆宋人雜事,其中述官制,可補史闕。清波爲杭州城門名。煇,邦彥子,紹興中寓居其地,故以名書。

【清苑齋集】宋趙師秀撰。一卷。師秀號靈秀,永嘉人,爲"永嘉四靈"之一。其詩學晚唐賈島、姚合,以鍊句爲工,句法又以鍊字爲要。

【清風明月】清涼的風,明亮的月。南史謝譓傳:"有時獨醉,曰:'入吾室者但有清風,對吾飲者唯當明月。'"後以喻高人雅士。宋許彥周詩話:"(歐陽修)會老堂口號曰:'金馬玉堂三學士,清風明月兩閑人。'"

【清信男女】佛教指在家奉佛的男女。梵語男稱優婆塞,女稱優婆夷。南朝梁慧皎高僧傳一曇摩耶舍:"時有清信女張普明諮受佛法,耶舍爲說佛生緣起,並爲譯出差摩經一卷。"又七釋超信:"於是停止浙東,講論相續,邑野僧尼清信男女,並結菩薩因緣,伏膺戒範。"

【清恐人知】晉初,胡質胡威父子都以清廉著名。武帝謂威曰:"卿孰與父清?"對曰:"臣不如也。"帝曰:"卿父以何爲勝耶?"對曰:"臣父清恐人知,臣清恐人不知,是臣不及遠也。"見晉書胡威傳。

【清涼國師】公元 738—838 年。佛教華嚴宗第四祖澄觀的別名。本姓夏侯,字大休,越州山陰人。十一歲出家於應天寺。初學三藏,後專習華嚴經。著有大方廣佛華嚴經疏、大方廣佛華嚴經隨疏演義鈔等三百餘卷。常住清涼山(卽五臺山),後居長安大華嚴寺。曾應詔於宮內講經,德宗時賜號"清涼國師"。參閱宋高僧傳五澄觀傳、釋氏稽古略三。

【清溪小姑】神名。同"青溪小姑"。見該條。

【清聖濁賢】漢末年饑,嚴禁釀酒。飲酒者諱言酒,謂酒清者爲聖人,酒濁者爲賢人。見三國志魏徐邈傳。後因以清聖濁賢爲清濁酒的別稱。宋陸游劍南詩稿十溯溪:"閑攜清聖濁賢酒,重試朝南暮北風。"

【清文獻通考】本名皇朝文獻通考。清乾隆十二年官修。今本爲三百卷。體例與欽定續文獻通考相同,也分二十六考。其中子目增有八旗田制、八旗壯丁、外藩、八旗官學、蒙古王公等項。

【清河書畫表】明張丑撰。一卷。丑原名謙德,字青父,號米庵,江蘇崑山人。家藏書畫甚富。此表以時代爲經,世系爲緯,分七格記録。自晉到明,共記作者八十一人,四十九帖,一百一十五圖。

【清河書畫舫】明張丑撰。十二卷。記録所藏、所見及所聞的書畫題跋和題識印記,並列評論考證。書後附有鑒古百一詩一卷。

【清明上河圖】古名畫之一。宋張擇端作。擇端字正道，又字文友，東武人。畫院畫家。清明上河圖描繪宋清明時節京城開封汴河兩岸的景物，紀錄了當時的社會生活，筆法纖細，構圖精妙。圖高不滿尺，長二丈，絹本。現藏故宮博物院。

【清容居士集】元袁桷撰。五十卷。一卷爲賦，二卷爲辭，三至十六卷爲詩，十七卷以下爲文。桷少年時從戴表元王應麟等學，熟於典故，以博洽稱，詩文雅正，在元初爲一名家。

【清儀閣題跋】清張廷濟撰。四卷。廷濟字叔未，浙江嘉興人，嘉慶舉人。好藏金石書畫，多有題跋，以識緣起，此書爲其所作題跋的滙編。廷濟別有清儀閣藏器目。

【清平山堂話本】明嘉靖間錢塘洪楩字子美，齋名清平山堂，藏書甚富。所刊話本有雨窗集、長燈集、隨航集、欹枕集、解閒集、醒夢集六集，共收話本六十篇，故又名六十家小說。今僅存日本內閣文庫所藏十五篇及雨窗、欹枕二集殘本十二篇，近人彙輯刊行，題曰清平山堂話本。書中所收話本，亦或見於其他話本集，間雜文言小說數篇。但大都照録原文，未加修改，保存了話本的本來面目。

【清官難斷家務事】俗語。言家庭糾紛，事雖瑣屑，而往往十分複雜，外人無從斷言孰是孰非。紅樓夢八十："這魘魔法究竟不知誰做的？正是俗語說的好：清官難斷家務事。此時正是公婆難斷牀幃的事了。"

【清朝續文獻通考】本名皇朝續文獻通考。近人劉錦藻以清修皇朝通考（清通考）所記僅至乾隆二十六年，因加續纂，初以光緒三十年爲限，後復輯至宣統三年而止。各考資料詳細，清朝一代典制，大體具備。其經籍考著録各書，略加解題，尤具特色。公元1937年商務印書館以與通典通志文獻通考等及清代所續共九種一並刊印，合稱十通。

淁

jié 即葉切，入，葉韻，精。
ㄐㄧㄝ

見"汎淁"。

淒

1. qī 七稽切，平，齊韻，清。
ㄑㄧ

亦作"凄"。㊀雲雨起貌。說文："淒，雲雨起也。从水，妻聲。"㊁寒涼。莊子大宗師："淒然似秋，煖然似春。"

2. qiàn 集韻倉甸切，去，霰韻。
ㄑㄧㄢ

㊀急速。見"淒₂浰"。

【淒切】淒涼悲哀。南朝梁何遜何水部集日夕望江山贈魚司馬詩："笳聲已流悅，弦聲復淒切。"周書王褒傳："王褒曾作燕歌行，妙盡關塞寒苦之狀，元帝及諸文士竝和之，而競爲淒切之詞。"

【淒序】猶"淒辰"。北周庾信庾子山集五和潁川公秋夜詩："泬寥空色遠，葉黄淒序變。"

【淒辰】秋天時節。初學記三梁元帝纂要："秋曰白藏，……時曰淒辰、霜辰。"

【淒其】寒涼。其，詞尾。詩邶風綠衣："絺兮綌兮，淒其以風。"也用以形容人的情緒淒愴。文選南朝宋謝靈運初發石首城詩："欽聖若旦暮，懷賢亦淒其。"

【淒迷】迷茫。唐李賀歌詩編三開愁歌華下作："壺中喚天雲不開，白晝萬里閑淒迷。"宋陸游劍南詩稿八三夏中雜興之九："煙雨淒迷晚不收，疏簾曲几寄悠悠。"

【淒急】形容深秋的風寒涼而迅急。文選晉潘安仁（岳）夏侯常侍誄："零露霑凝，勁風淒急。"

【淒風】㊀寒風。左傳昭四年："春無淒風，秋無苦雨。"注："淒，寒也。""淒風苦雨"原指惡劣的氣候，後來也用以比喻處境的淒涼。㊁西南風。呂氏春秋有始："西南曰淒風。"注："一曰涼風。"參見"八風㊀"。

【淒₂浰】疾速貌。史記一一七司馬相如傳子虛賦："儵眒淒浰，雷動熛至。"集解引徐廣："淒音七見反。浰音力詣反。"漢書、文選都作"倩浰"。

【淒涼】㊀孤寂冷落。北周庾信庾子山集三擬詠懷詩之十一："搖落秋爲氣，淒涼多怨情。"唐杜甫九家集注杜詩五遣興之四："山陰一茅宇，江海日淒涼。"㊁悽愴。唐李白李太白詩十五留別曹南羣官之江南："懷歸路綿邈，覽古情淒涼。"

【淒淚】寒涼。漢書九七上孝武李夫人傳武帝賦："秋氣潛〔憯〕以淒淚兮，桂枝落而銷亡。"注："淒淚，寒涼之意也。淚音戾。"

【淒淒】㊀雲起貌。說文解字"淒"引詩："有渰淒淒。"今詩小雅大田作"萋萋"。㊁寒涼。詩鄭風風雨："風雨淒淒，雞鳴喈喈。"㊂悲傷，悽愴。楚辭屈原九章悲回風："涕泣交而淒淒兮，思不眠以至曙。"

【淒楚】猶淒切。元方回桐江續集十次韻連伯正見贈詩："寧爲清絶更淒楚，肯弄文君户外琴。"

【淒滄】寒冷。素問五常政大論："淒滄數至。"注："淒滄，大涼也。"文選漢王子淵（褒）聖主得賢臣頌："襲狐貉之煖者，不憂至寒之淒滄。"

【淒緊】寒風疾厲，寒氣逼人。文選晉殷仲文南州桓公九井詩："景氣多明遠，風物自淒緊。"唐呂延濟注："淒，寒；緊，急也。"宋柳永樂章集八聲甘州："漸霜風淒緊，關河冷落，殘照當樓。"

【淒厲】悲涼慘滄。晉陶潛陶淵明集四詠貧士詩之二："淒厲歲云暮，擁褐曝前軒。"宋蘇軾分類東坡詩十六初秋寄子由詩："西風忽淒厲，落日穿户牖。"

【淒涼犯】詞調名。一名瑞鶴仙影。宋姜夔白度曲。題序說："合肥巷陌皆種柳，秋風夕起，騷騷然。余客居闔户，時聞馬嘶；出城四顧，則荒烟野草，不勝淒黯，乃着此解。琴有淒涼調，假以爲名。凡曲言犯者，謂以宮犯商、商犯宮之類。"見白石詞。

涬

xìng 胡頂切，上，迥韻，匣。
ㄒㄧㄥ

㊀引。文選漢張平子（衡）思玄賦："無緜攣以涬己兮，思百憂以自疹。"唐張銑注："涬，引；疹，病也。言不可繫著於世事，引己多憂使爲病也。"㊁見"涬溟"。

【涬溟】自然元氣的混沌狀態。莊子在宥："墮爾形體，吐爾聰明，倫與物忘，大同乎涬溟。"釋文：司馬（彪）云：涬溟，自然氣也。

淩

líng 力膺切，平，蒸韻，來。
ㄌㄧㄥ

㊀疾馳，急行。廣雅五釋言："淩、馺，馳也。"楚辭大招："冥淩浹行，魂無逃只。"注："淩猶馳也。"㊁逾越。文選晉木玄虛（華）海賦："飛駿鼓楫，汎海淩山。"㊂姓。三國時吳將有淩統，本作"凌"，廣韻引作"淩"。

【淩波】同"凌波"。

【淩虛】同"凌虛"。

【淩遲】同"凌遲"。

渚

zhǔ 章與切，上，語韻，照。
ㄓㄨˇ

㊀水中小塊陸地。詩召南江有汜："江有渚。"傳："渚，小洲也。"㊁海島。山海經大荒東經："東海之渚中有神，人面鳥身。"注："渚，島。"㊂水邊。國語越下："黿鼉魚鼈之與處，而鼃黽之與同渚。"注："水邊亦曰渚。"

【渚田】小島上的田地。文苑英華三一八盧綸春日題杜叟山下別業："白鳥羣飛山半晴，渚田相接有泉聲。"

【渚宫】春秋時楚的别宫。故址在湖北江陵縣城内。左傳文十年："(子西)沿漢泝江，將入郢。王在渚宫，下見之。"即此。宋蘇軾分類東坡詩三有渚宫詩。參閲湖北通志十九古蹟五。

【渚宫舊事】唐余知古撰。本十卷，今存五卷，並補遺一卷，共六卷。宋陳振孫直齋書録解題作渚宫故事。書中上起鬻熊，下至唐代，所記都是荆楚的事迹。今存本所記至晉代止。渚宫爲春秋楚國的别宫，故名。

涷 dōng 德紅切，平，東韻，端。
ㄉㄨㄥ 多貢切，去，送韻，端。

㊀水名。見説文。㊁見下。

【涷雨】暴雨。楚辭屈原九歌大司命："令飄風兮先驅，使涷雨兮灑塵。"爾雅釋天"暴雨謂之涷"晉郭璞注："今江東人呼夏月暴雨爲涷雨。"涷、涷，説文爲兩字，暴雨字，應作"涷"，以兩字形義相近，古籍刊本往往通用作"涷"。

淓 fāng 敷方切，平，陽韻，滂。
ㄈㄤ

水名。山海經南山經箕尾之山有汸水。玉篇作"淓"。

淔 1. chì 恥力切，入，職韻，徹。
ㄔ 集韻 蓄力切，入，職韻。

㊀水名。見説文。集韻謂出潁川。一説即灌水。

2. zhí
ㄓ

㊁通"殖"。見"淔$_2$灌"。

【淔泉】唐時湖南道州東郭七泉之一。唐元結元次山集六七泉銘淔泉銘："曲而爲王，直蒙戮辱。寧戮不王，直而不曲。我頌斯曲，以命淔泉。將戒來世，無忘直焉。"參閲七泉銘序。

【淔$_2$灌】菌的一種。爾雅釋草："淔灌，茵芝。"藝文類聚九八引爾雅作"菌芝"。清郝懿行義疏謂茵字不見他書，當由菌字筆劃破損而誤，

淇 qí 渠之切，平，之韻，羣。
ㄑㄧ

見下。

【淇山】在河南林縣東南輝縣西北之界，淇水所出。山海經北山經作沮洳山，淮南子地形作大號山。參閲漢書地理志上、水經注九。

【淇水】在今河南省北部。古爲黄河支流，源出淇山。南流至今汲縣東北淇門鎮南入河。東漢建安九年，曹操於水口作堰，遏使淇水東北流，注入白溝（今衛河），以通糧道。此後遂成爲衛河支流。詩衛風多處詠及淇水。參閲漢書地理志上、水經注九淇水、資治通鑑六四漢建安九年。

【淇奥】淇水曲岸。詩衛風淇奥："瞻彼淇奥，緑竹猗猗。"禮大學引作"淇澳"。參閲宋王應麟詩地理考一淇奥。

【淇園】地名。古代以産竹著名，在今河南淇縣附近。史記河渠書："天子乃使汲仁、郭昌發卒數萬人塞瓠子決。……是時東郡燒草，以故薪柴少，而下淇園之竹以爲楗。"南朝梁任昉述異記下："衛有淇園，出竹，在淇水之上。詩云'瞻彼淇奥，緑竹猗猗'是也。"

【淇縣】縣名，屬河南省。古朝歌地，商紂所都。春秋衛地，漢置朝歌縣，屬河内郡。隋大業初改衛縣，唐宋金因之。元爲淇州，明洪武元年改爲淇縣，明清皆屬衛輝府。參閲隋書地理志中汲郡、寰宇通志九十衛輝府。

⿰氵邯 hán 集韻 胡甘切，平，談韻。
ㄏㄢ

或。方言十："⿰氵邯，或也。沅澧之間，凡言或如此者，曰⿰氵邯如是。"今廣東方言作"咁"。

淞 sōng 息恭切，平，鍾韻，心。
ㄙㄨㄥ

水名。發源於江蘇省太湖，流至上海與黄浦江會合，至吴淞口入海。通稱吴淞江。參見"吴淞㊀"。

淋 lín 力尋切，平，侵韻，來。
ㄌㄧㄣ

㊀澆。説文："淋，以水沃也。"唐杜牧樊川集十一上李司徒相公論用兵書："其副倅賈直言入賁(劉)從諫曰：'爾父提十二州地歸之朝廷，其功非細，秖以張汶之故，自謂不潔淋頭，竟至羞死。"景德傳燈録二三洞山守初大師："天晴不肯去，直待雨淋頭。"㊁病名。也作"痳"。指小便淋瀝澀痛等證。參閲隋巢元方諸病源候論十四論諸淋候、唐王燾外臺祕要二七。

【淋池】漢池名。三輔黄圖四池沼："昭帝元始元年，穿淋池，廣千步。池南起桂臺以望遠，東引太液之水，池中植分枝荷。"遺址在今陝西西安市附近。參閲舊題晉王嘉拾遺記六前漢下。

【淋雨】連綿雨。戰國策趙一："汝非木之根，則木之枝耳，汝逢疾風淋雨，漂入漳河。"楚辭漢嚴忌哀時命："虹霓紛其朝霞兮，夕淫淫而淋雨。"

【淋浪】水不斷流下貌。文選晉嵇叔夜(康)琴賦："紛淋浪以流離，奐淫衍而優渥。"此借以形容琴聲不絶。晉陶潛陶淵明集六感士不遇賦："感哲人之無偶，淚淋浪以灑袂。"指流淚不止。

【淋淋】㊀水傾瀉而下。文選漢枚叔(乘)七發："洪淋淋焉，若白鷺之下翔。"注："説文曰：淋，山下水也。"㊁雨聲。三國魏曹植曹子建集三愁霖賦："瞻玄雲之晻晻兮，聽長空之淋淋。"

【淋鈴】曲名。即雨淋鈴。唐杜牧樊川集外集華清宫詩："行雲不下朝元閣，一曲淋鈴淚數行。"參見"雨淋鈴"。

【淋漓】㊀沾濕或下滴貌。唐韓愈昌黎集四和虞部盧四酬翰林錢七赤藤杖歌："共傳滇神出水獻，赤龍拔鬚血淋漓。"㊁酣暢貌。唐李商隱李義山詩集二韓碑："公退齋戒坐小閣，濡染大筆何淋漓。"宋陸游劍南詩稿二哀郢之二："淋漓痛飲長亭暮，慷慨悲歌白髮新。"

【淋漉】流滴貌。抱朴子君道："甘露淋漉以霄墜，嘉穗婀娜而盈箱。"

【淋滲】毛羽初生貌。文選晉木玄虛(華)海賦："鳧雛離褷，鶴子淋滲。"

【淋離】㊀長貌。楚辭漢嚴忌哀時命："冠崔嵬而切雲兮，劍淋離而從横。"㊁盛貌。漢書八七上揚雄傳羽獵賦："萃從允溶，淋離廓落。"

【淋灑】連接不斷貌。文選漢王子淵(褒)洞簫賦："被淋灑其靡靡兮，時横潰以陽遂。"注："淋灑，不絶貌。"指簫聲連續不已。

淅 xī 先擊切，入，錫韻，心。
ㄒㄧ

㊀淘，漬。儀禮士喪禮："祝淅米于堂。"注："淅，汏也。"淮南子兵略："百姓開門而待之，淅米而儲之，唯恐其不來也。"㊁水名。見"淅水"。

【淅水】水名。古也作析水。丹江支流。源出河南盧氏縣界，南流經内鄉縣西南，又南經淅川縣東南，與丹水合流入均水。參閲水經注二十丹水。

【淅淅】風聲。唐杜甫杜工部草堂詩箋二九秋風之二："秋風淅淅吹我衣，東流之外西日微。"

【淅陽】地名。戰國析邑地。後魏置淅州，隋大業三年改爲淅陽郡，以在淅水之北而名。後省入内鄉。參閲隋書地理志中、讀史方輿紀要五一南陽府。

【淅颯】輕微的動作聲。元吴師道禮部集晚霜曲："僵禽淅颯動庭竹，城上啼烏怨如哭。"

【淅瀝】形容雪、雨、風等的聲音。文選

南朝宋謝惠連雪賦："霰淅瀝而光集，雪紛糅而遂多。"宋蘇舜欽蘇學士集六遊洛中內詩："別殿秋高風淅瀝，後園春老樹婆娑。"疊用作"淅淅瀝瀝"。紅樓夢四五："不想日未落時天就變了，淅淅瀝瀝下起雨來。"

淶 lái ㄌㄞˊ 落哀切，平，咍韻，來。

水名。周禮夏官職方氏："其川虖池、嘔夷，其浸淶易。"注："淶出廣昌，易出故安。"詳"淶水㊀"。

【淶水】㊀古水名。卽今拒馬河。源出河北廣昌(今淶源縣)淶山。流至容城注入白溝河。參閱水經注十二巨馬水。㊁縣名。屬河北省。漢爲遒縣地。至隋開皇後改爲淶水縣。明清屬保定府。參閱寰宇通志二保定府易州。

涯 yá ㄧㄚˊ 五佳切，平，佳韻，疑。

㊀水邊，地邊。書微子："若涉大水，其無津涯。"文選古詩十九首之一："相去萬餘里，各在天一涯。"㊁邊際，極限。莊子養生主："吾生也有涯，而知也無涯。"漢書五七司馬相如傳上林賦："視之無端，察之無涯。"㊂約束。藝文類聚三七南朝梁沈約答沈驎士書："約少不自涯，早愛蟲鳥，逐食推遷，未諧宿願。"

【涯分】猶言本分。唐李商隱李義山文集三爲絳郡上相公啟："況在疎蕪，敢忘涯分。"又黃滔黃御史公集七啟薛推先輩："林先輩至，伏話仁恩，超越涯分。"

【涯垠】邊際。淮南子天文："宇宙生氣，氣有涯垠，清陽者薄靡而爲天，重濁者凝滯而爲地。"

【涯涘】㊀水邊。三輔黃圖四池沼："船上建戈矛，四角悉垂幡旄葆麾蓋，照燭涯涘。"參見"崖涘"。㊁界限，邊際。宋書臧質傳柳元景檄："自恣醜薄，罔知涯涘；干謁陳聞，曾無紀極。"唐韓愈昌黎集三二柳子厚墓誌銘："居閑，益自刻苦爲詞章，汎濫停畜爲深博無涯涘，而自肆於山水間。"

【涯檢】加以範圍，約束限制。新唐書一二六李元紘傳："元紘當國，務峻涯檢，抑奔競，夸進者憚之。"

【涯藝】限度，止境。新唐書一四五元載傳："而諸子牟賊，聚斂無涯藝，輕浮者奔走。"

淺 1. qiǎn ㄑㄧㄢˇ 七演切，上，獮韻，清。

㊀水淺。"深"之對。詩邶風谷風："就其淺矣，泳之游之。"㊁膚淺，指學識智謀之類。莊子知北遊："不知深矣，知之淺矣。"荀子正名："夫曰堯舜擅讓，是虛言也，是淺者之傳，陋者之說也。"㊂時間短。戰國策趙二："寡人年少，莅國之日淺，未嘗得聞社稷之長計。"漢書六二司馬遷傳報任安書："又迫賤事，相見日淺。"㊃狹，窄小。呂氏春秋先己："吾地不淺，吾民不寡。"㊄毛不厚的獸皮。詩大雅韓奕："鞹鞃淺幭。"注："淺，虎皮淺毛也。"儀禮既夕禮："薦乘車鹿淺幦。"注："淺，鹿夏毛也。"疏："以鹿夏皮淺毛者爲幦以覆式。"

2. jiān ㄐㄧㄢ 則前切，平，先韻，精。

㊅見"淺₂淺₂"。

【淺人】淺薄的人。孔叢子十抗志："有龍穆者，徒好飾弄辭說，觀於坐席，相人眉睫以爲之意，天下之淺人也。"

【淺末】猶膚淺。三國魏曹植曹子建集八上責躬詩表："詞旨淺末，不足採覽。"易咸"咸其脢，志末也"唐孔穎達正義："末猶淺也。感以心爲深，過心則謂之淺末矣。"

【淺見】見識淺陋。史記五帝紀："非好學深思，心知其意，固難爲淺見寡聞道也。"漢書八一張禹傳："災變之意，深遠難見，故聖人罕言命，不語怪神，性與天道，自子贛之屬不得聞，何況淺見鄙儒之所言。"

【淺近】不深奧，淺薄。晉杜預春秋經傳集解序："末有潁子嚴者，雖淺近，亦復名家。"抱朴子博喻："英儒碩生，不飭細辯於淺近之徒；達人偉士，不變皎察於流俗之中。"

【淺陋】指見聞狹隘。荀子修身："多聞曰博，少聞曰淺；多見曰閑，少見曰陋。"漢書五六董仲舒傳："前所上對，條貫靡竟，統紀不終，辭不別白，指不分明，此臣淺陋之罪也。"

【淺淺】㊀渺小，細小。漢桓寬鹽鐵論論誹："夫公卿處其位，不正其道，而以意阿邑順風，疾小人淺淺面從，以成人之過也。"㊁不深滿。全唐詩六八五吳融箇人三十韻："魚網徐徐襞，螺卮淺淺傾。"宋王安石臨川集二十與微之同賦梅花得香字三首之三："淺淺池塘短短牆，年年爲爾惜流芳。"

【淺₂淺₂】水流急速貌。楚辭屈原九歌湘君："石瀨兮淺淺，飛龍兮翩翩。"也作"戔戔"、"濺濺"。參見各該條。

【淺術】粗淺的技藝。列子仲尼："今以聖智爲疾者，或由此乎？非吾淺術所能已也。"文選南朝宋江文通(淹)詣建平王上書："竊慕大王之義，復爲門下之賓，備鳴盜淺術之餘，豫三五賤伎之末。"

【淺學】謂學問的造詣不深。多用作謙詞。三國志蜀秦宓傳"定公賢者，見女樂而棄朝事"南朝宋裴松之注："案書傳魯定公無善可稱。宓謂之賢者，淺學所未達也。"

【淺薄】㊀膚淺，不深厚。荀子非相："知行淺薄，曲直有以相縣矣。"後漢書三七桓榮傳："帝欲用榮。榮叩頭讓曰：'臣經術淺薄，不如同門生郎中彭閎、揚州從事皋弘。'"㊁鄙薄。韓非子亡徵："見大利而不趨，聞禍端而不備，淺薄於爭守之事，而務以仁義自飾。"㊂指風俗澆薄。後漢書鄧皇后紀："時俗淺薄，巧僞滋生。"

【淺鮮】微薄。戰國策韓二："聶政曰：'嚴仲子乃諸侯之卿相也，不遠千里，枉車騎而交臣。臣之所以待之，至淺鮮矣。'"

【淺水原】地名。一名鶉觚原。在今陝西長武縣東北。唐秦王李世民大破薛仁杲部將宗羅睺於淺水源，仁杲窮蹙投降，卽此。參閱舊唐書五五薛仁杲傳、讀史方輿紀要五四邠州長武縣。

【淺斟低唱】慢慢地喝酒，聽人曼聲歌唱。宋柳永樂章集鶴沖天："青春都一餉，忍把浮名，換了淺斟低唱。"參見"偎紅依翠"。

淢 1. yù ㄩˋ 雨逼切，入，職韻，于。

㊀急流。淮南子本經："積牒旋石，以純修碕，抑淢怒瀨，以揚激波。"注："淢，怒水也。"㊁悲傷貌。同"惐"。文選晉潘安仁(岳)笙賦："愀愴側淢。"注："淢與'惐'同，況逼切。"

2. xù ㄒㄩˋ 況逼切，入，職韻，匣。

㊂護城溝。通"洫"。詩大雅文王有聲："築城伊淢，作豐伊匹。"釋文引韓詩作"城洫"。史記夏紀："(禹)卑宮室，致費於溝域。"集解引包咸："方里爲井，井間有溝，溝廣深四尺。十里爲成，成間有淢，淢廣深八尺。"

【淢汩】急流貌。文選漢張平子(衡)南都賦："長輸遠逝，漻淚淢汩。"

淹 yān ㄧㄢ 央炎切，平，鹽韻，影。

㊀水名。見"淹水"。㊁沉溺，浸漬。禮儒行："儒有委之以貨財，淹之以樂好，見利不虧其義，……其特立有如此者。"楚

辭漢劉向九歎怨思："淹芳芷於腐井兮，棄雞駭於筐簏。"引申爲深入。新唐書一一二王義方傳："淹究經術，性謇特，高自標樹。"㊂久留，滯留。文選屈平(原)離騷："日月忽其不淹兮，春與秋其代序。"左傳僖三三年："寡君聞吾子將步師出於敝邑，敢犒從者。不腆敝邑，爲從者之淹，居則具一日之積，行則備一夕之衞。"㊃指久居下位而不得進升的人。國語晉七："逮鰥寡，振廢淹，養老幼，恤孤疾。"

【淹水】古水名。一名復水。在今四川省南部，注入金沙江。參閱水經注三七淹水。

【淹中】春秋魯國里名。在山東曲阜。漢初，魯高堂生傳士禮(儀禮)十篇，今文；又有禮五十六卷，古文，出於魯淹中里及孔宅壁中。古文，較今文多三十九篇。多出之篇，後復亡失，故又稱逸禮。見漢書藝文志禮、經典釋文敍録。梁書徐勉傳上修五禮表："淄上淹中之儒，連蹤繼軌；負笈懷鉛之彥，匪旦伊夕。"

【淹月】滯留一月，經歷一月。藝文類聚十三晉潘岳世祖武皇帝誄："野無交兵，役不淹月。"新唐書七六太穆皇后竇氏傳："元貞太后羸老有疾，而性素嚴，諸姒娣莫敢侍。后事之，獨怡謹盡孝，或淹月不釋衣履。"

【淹旬】逗留十日之久。宋書樂志三三國魏明帝善哉行："遊弗淹旬，遂屆揚土。"

【淹泊】滯留。唐張九齡曲江集二奉和聖製送十道採訪使及朝集使詩："戒程有攸往，詔餞無淹泊。"宋詩百一鈔一張九成秋興詩："嗟我遊已倦，悵此久淹泊。"

【淹的】忽然。元曲選吳昌齡張天師四："淹的呵下瑶階，將兩步做一步蹇。"

【淹恤】久遭憂患。恤，憂患。左傳襄二六年："君淹恤在外十二年矣，而無憂色，亦無寬言。"注："淹，久也。"也作"淹郵"。宋衞涇後樂集十五答周知縣寓："清才雅韻，宜在渠觀，以階遠用；回翔州縣，已爲弗稱，況又淹郵耶！"

【淹茂】古曆法稱太歲在戌爲淹茂，也作"閹茂"。爾雅釋天："大歲……在戌曰閹茂。"史記曆書："横艾淹茂太始元年。"索隱："横艾，壬也，……淹茂，戌也。"正義："太始元年，壬戌歲也。"

【淹思】遲滯的思路。新唐書七六徐賢妃傳："手未嘗廢卷，而辭致贍蔚，文無淹思。"又一二四姚崇傳："崇尤長吏道，處決無淹思。"

【淹速】遲速，指時間的長短。漢書四八賈誼傳服鳥賦："吉虖告我，凶言其災。淹速之度，語余其期。"史記屈原賈生傳作"淹數"。宋范成大石湖集九送周子充左史奉祠歸廬陵詩："後期淹速都難料，相對猶憐鬢未斑。"

【淹通】深徹明達。世説新語賞譽下"庾穉恭與桓温書"注引宋明帝文章志："(劉恢)識局明濟，有文武才，王濛每稱其思理淹通，蕃屏之高選。"南朝梁劉勰文心雕龍六體性："平子淹通，故慮周而藻密。"平子，漢張衡字。

【淹息】停留歇息。楚辭漢王襃九懷危俊："望太一兮淹息，紆余轡兮自休。"

【淹留】滯留，停留。楚辭屈原離騷："時繽紛其變易兮，又何可以淹留。"又宋玉九辯："事亹亹而覬進兮，蹇淹留而躊躇。"

【淹宿】隔宿。新唐書二〇九吉温傳："拜御史中丞，兼京畿關内採訪處置使。(安)禄山敕吏設白紬帳于傳以候命，慶緒親御而餞之，温銜其德，故朝廷動静輒報，不淹宿而知。"

【淹貫】淵博而貫通。新唐書一三二柳登傳："淹貫羣書，年六十餘，始仕宦。"也指博通的人。宋朱弁曲洧舊聞七："秉筆之士所用故實，有淹貫所不究者，有蹈前人舊轍而不討論所從來者，譬如侏儒觀戲，人笑亦笑。"

【淹華】形容儀表温文爾雅。藝文類聚五五南朝梁王僧孺詹事徐府君集序："重以姿儀端潤，趨眄淹華。"

【淹雅】淵博而高雅。晉書何充傳："充風韻淹雅，文義見稱。"梁書褚翔傳："既長，淹雅有器量。"

【淹晷】滯留時刻。晷，日影。新唐書一八五鄭畋傳："入翰林爲學士，俄知制誥。……書詔紛委，畋思不淹晷，成文粲然，無不切機要，當時推之。"

【淹該】博學而精通。新唐書二〇〇啖助傳："淹該經術。……善爲春秋，考三家短長，縫綻漏闕，號集傳。"

【淹滯】㊀指沈抑於下而不得升進。左傳昭十四年："詰姦慝，舉淹滯。"注："淹滯，有才德而未敍者。"魏書常景傳："景淹滯門下積歲，不至顯官。"也作"滯淹"。左傳文六年："續常職，出滯淹。"疏："出滯淹者，賢能之人，沈滯田里，拔出而官爵之也。"㊁久留。唐孟浩然集二峴山送朱大去非遊巴東詩："去矣勿淹滯，巴東猿夜吟。"

【淹遲】遲緩。西京雜記三："枚皋文章敏疾，長卿制作淹遲，皆盡一時之譽。"三國志蜀關羽傳注引典略："羽圍樊，(孫)權遣使求助之，敕使莫速進，又遣主簿先致命於羽。羽忿其淹遲。"

【淹穆】深沉静穆。藝文類聚五一南朝梁任昉封授臨川等五王詔："偉體韻淹穆，神寓凝正，經綸夷險(一作雅)，參贊王業。"文苑英華四四四以爲沈約作。

【淹薄】停泊，滯留。文選南朝宋謝靈運富春渚詩："定山緬雲霧，赤亭無淹薄。"注："王逸楚辭注曰：泊，止也，薄與泊同。"

【淹識】㊀見識廣博。晉書桓沖傳："沖字幼子，温諸子中最淹識有武幹。"㊁廣通深解。新唐書一六四王彥威傳："少孤，家無貲，自力於學。舉明經甲科，淹識古今典禮。"

淊 pào ㄆㄠˋ 集韻披教切，去，效韻。

用水浸物。同"泡"。宋周煇清波雜志一："(高宗)自相州渡大河，荒野中寒甚，燒柴，借半破甆盂，温湯淊飯茅簷下，與汪伯彥同食。"

涿 zhuō ㄓㄨㄛ 竹角切，入，覺韻，知。

㊀流下的水滴。説文："涿，流下滴也。"清段玉裁注："今俗謂一滴曰一涿，音如篤，即此字也。"㊁敲擊。周禮秋官壺涿氏注："壺謂瓦鼓；涿，擊之也。"㊂水名。見"涿水"。㊃地名。見"涿州"。

【涿水】水名。源出河北涿縣故城西南。舊傳爲侠河，或以爲即拒馬河，已無可考。參閱水經注十二聖水、嘉慶一統志七順天府二。

【涿州】地名。春秋戰國爲燕涿邑。秦爲上谷郡地，漢置涿郡。三國魏改爲范陽郡，晉爲范陽國。唐降爲范陽縣，屬幽州，大曆中又於縣東置涿州。明以范陽縣省入。明清皆屬順天府。公元1913年改爲涿縣，屬河北省。參閱舊唐書地理志二、清孫承澤天府廣記二府縣治。

【涿邪】山名。在蒙古人民共和國境。後漢南單于遣左賢王信隨太僕祭彤及吳棠出朔方高闕，攻皐林温禺犢王於涿邪山，即此。史記一一〇匈奴傳記因杅將軍敖出西河擊匈奴事作"涿涂山"。集解："徐廣曰：涂音邪。"索隱："以奢反。"正義："匈奴中山也。"參閱後漢書八九南匈奴傳。

【涿鹿】㊀墨刑在面稱黥，在額稱涿鹿。涿，古讀若"獨"。太平御覽六四八尚書刑德考："涿鹿者，笮人顙也。黥者，馬羈笮人面也。"注："鄭玄曰：'涿鹿黥皆先以刀笮傷人，墨布其中，故後世謂之刀墨之民也。'" 參閱清王引之經義述聞四臏宮劓割頭庶剠。㊁縣名，屬河北省。漢置縣，屬上谷郡。後魏廢，故城在今縣南。自元以來爲保安州。公元1913年改爲縣，次年改名涿鹿。參閱嘉慶一統志三八宣化府一。㊂古山名。在今河北涿鹿縣東南。史記五帝紀載黃帝與蚩尤戰於涿鹿之野，被諸侯尊爲天子。卽此。索隱："或作濁鹿，古今字異耳。"

涮 shuàn ㄕㄨㄢˋ 生患切，去，諫韻，山。

洗滌。廣韻："涮，洗也。"今以生肉片放入沸湯内燙食，亦曰涮。

淈 1. gǔ ㄍㄨˇ 古忽切，入，没韻，見。

㊀攪渾，擾亂。楚辭屈原漁父："世人皆濁，何不淈其泥而揚其波？"漢揚雄法言吾子："書惡淫辭之淈法度也。"㊁水出細湧貌。見"淈淈㊀"。

2. qū ㄑㄩ

㊂竭盡。逸周書五權："極賞則淈，淈不得食。"荀子宥坐："其洸洸乎不淈盡，似道。"注："淈讀爲屈，竭也。似道之無窮也。"

【淈淈】㊀水出細湧貌。史記一一七司馬相如傳上林賦："潏潏淈淈，湁潗鼎沸。"索隱："郭璞云：皆水微轉細湧貌。"㊁混亂貌。楚辭漢王逸九思怨上："哀哉兮淈淈，上下兮同流。"注："一國竝亂也。"

涵 hán ㄏㄢˊ 胡男切，平，覃韻，匣。

㊀包容。詩小雅巧言："亂之初生，僭始既涵。"傳："涵，容也。"唐李白李太白詩二四詠山樽之一："外與金罍並，中涵玉體虛。"㊁沉浸。管子度地："水之性，行至曲必留退，……倚則環，環則中，中則涵，涵則塞。"方言十："潛、涵，沈也。楚郢以南曰涵。"參見"涵泳"。

【涵泳】㊀水中潛行。文選晉左太沖(思)吳都賦："䲅鼊鯖鰐，涵泳乎其中。"㊁沈浸。唐韓愈昌黎集十四禘祫議："臣生遭聖明，涵泳恩澤，雖賤不及議而志切效忠。"㊂深入體會。朱子語類五性理二："此語或中或否，皆出臆度，要之未可遽論，且涵泳玩索，久之當自有見。"

【涵育】涵養化育。宋書顧覬之傳定命論："夫聖人懷虛以涵育，凝明以洞照。惟虛也，故無往而不通；惟明也，故無來而不燭。"

【涵咀】涵，沈潛；咀，細嚼。比喻深入體會。唐陸龜蒙甫里集十八復友生論文書："每涵咀義味，獨坐日昃。"

【涵淹】潛伏。唐韓愈昌黎集三六祭鱷魚文："鱷魚之涵淹卵育於此，亦固其所。"

【涵肆】潛心致力。宋歐陽修文忠集三一湖州長史蘇君墓誌銘："作滄浪亭，日益讀書，大涵肆於六經。"

【涵煦】滋潤覆育。唐張說張說之集十二大唐祀封禪頌："菌蠢滋育，氤氳涵煦。"宋史三三四徐禧傳論："眞宗仁宗深仁厚澤，涵煦生民。"

【涵養】㊀滋潤養育。陳書沈炯傳上表："特乞霈然中其私禮，則王者之德，覃及無方，矧彼翔沉，孰非涵養。"㊁涵蓄存養其心性，猶言修養。宋陳亮龍川集二十又甲辰秋(與朱熹)書："原心於秒忽，較禮於分寸，以積累爲功，以涵養爲正，睟面盎背，則亮於諸儒誠有愧焉。"又朱熹朱文公集五八答徐子融書："如看未透，且放下，就平易明白切實處玩索涵養，使心地虛明，久之須自見得。"

【涵澹】水搖蕩貌。宋蘇軾蘇東坡集三三石鐘山記："山下皆石穴罅，不知其淺深，微波入焉，涵澹澎湃而爲此也。"

【涵濡】滋潤，浸漬。唐元結元次山集一補樂歌之三雲門："玄雲溶溶兮垂雨濛濛，類我聖澤兮涵濡不窮。"此指恩德潤澤萬物。宋歐陽修文忠集三百子坑賽龍詩："傾崖倒澗聊一戲，頃刻萬物皆涵濡。"此指雨澤滋潤萬物。

沲 duò ㄉㄨㄛˋ 集韻待可切，上，哿韻。

見"澶沲"、"渻沲"。

淌 1. chàng ㄔㄤˋ 集韻尺亮切，去，漾韻。

㊀大浪。見玉篇。㊁見"淌游"。

2. tǎng ㄊㄤˇ

㊂水順下曰淌。紅樓夢六九："每常無人處，說起話來，二姐便淌眼沫淚。"

【淌游】水流勢。淮南子本經："贏鏤雕琢，詭文回波。淌游瀷淢，菱杼紾抱。"注："淌游瀷淢，皆文畫擬象水勢之貌。"

淑 shū ㄕㄨ 殊六切，入，屋韻，禪。

㊀清澈。說文："淑，清湛也。"㊁善良。多指人品。詩王風中谷有蓷："條其歗矣，遇人之不淑矣。"㊂美好。漢桓寬鹽鐵論非鞅："淑好之人，戚施之所妬也。"

【淑人】㊀善良的人。詩小雅鼓鍾："淑人君子，懷允不忘。"㊁封建王朝命婦的封號。宋徽宗時定制：執政以上封夫人，文官正從三品祖母、母、妻各封淑人。明清制，三品及宗室奉國將軍之妻爲淑人。參閱永樂大典二九七二引宋官制舊典及國朝諸司職掌、清梁章鉅稱謂錄十一。

【淑士】古代神話傳說中的國名。見山海經大荒西經。

【淑女】賢良的女子。詩周南關雎："窈窕淑女，君子好逑。"傳："淑，善。"言女德之幽閒貞靜。

【淑尤】謂美善之甚。楚辭屈原遠遊："絕氛埃而淑尤兮，終不反其故都。"注："超越垢穢過先祖也。淑，善也；尤，過也。"

【淑茂】猶言善美。漢書三六劉向傳詔："河東太守(周)堪，先帝賢之，命而傅朕，資質淑茂，道術通明。"注："淑，善也。茂，美也。"

【淑郁】香氣濃盛。史記一一七司馬相如傳上林賦："芬香漚鬱，酷烈淑郁。"

【淑旂】畫有交龍的精美的旗幟。詩大雅韓奕："王錫韓侯，淑旂綏章。"傳："淑，善也。交龍爲旂。"

【淑氣】温和之氣。晉陸機陸士衡集六悲哉行："蕙草饒淑氣，時鳥多好音。"初學記十四唐太宗(李世民)春日玄武門宴羣臣："韶光開令序，淑氣動芳年。"

【淑清】明朗，純淨。淮南子本經："四時不失其敍，風雨不降其虐，日月淑清而揚光，五星循軌而不失其行。"

【淑問】㊀善聽訟。詩魯頌泮水："淑問如皋陶，在泮獻囚。"箋："使善聽獄之吏如皋陶者獻囚。"㊁美好的名聲。漢書八一匡衡傳上疏："道德弘於京師，淑問揚乎疆外。"

【淑景】㊀謂美景。南朝宋鮑照鮑氏集三代悲哉行："羈人感淑景，緣感欲回轍。"㊁良辰。南齊謝朓謝宣城集一七夕賦："嗟斯靈之淑景，招好仇於服箱。"此指牛郎織女相會之夕。㊂謂日影。景，同"影"。唐杜甫杜工部草堂詩箋十二紫宸殿退朝口號："香飄合殿春風轉，花覆千官淑景移。"

【淑媛】㊀宮中女官名。三國志魏后妃傳序："淑媛，位視御史大夫，爵比縣公。"參見"九嬪"。㊁美女。三國魏曹植曹子建集九與楊德祖書："蓋有南威之容，乃可以論於淑媛。"

【淑湫】淑，清湛；湫，氣集不散；皆闃寂無聲之狀。管子水地："耳之所聽，非特雷鼓之聞也，察於淑湫。"參閱郭沫若等管子集校。

【淑愼】婉善而恭愼。詩邶風燕燕："終温且惠，淑愼其身。"

【淑貌】美貌。文選晉陸士衡（機）樂府日出東南隅行："淑貌耀皎日，惠心清且閑。"

【淑類】猶善類。文選南朝宋顏延年（延之）赭白馬賦："蓋乘風之淑類，實先景之洪胤。"

【淑離】謂獨善。楚辭屈原九章橘頌："淑離不淫，梗其有理兮。"注："淑，善也。梗强也。言己雖設與橘離別，猶善持己行，梗然堅强，終不淫惑而失義也。"清俞樾謂淑離爲雙聲字，猶言寂歷，彫疎之貌。參閱俞樓雜纂二四讀楚辭。

淖 1. nào ㄋㄠˋ 奴教切，去，效韻，泥。

㊀爛泥，泥沼。左傳成十六年："有淖於前，乃皆左右，相違於淖。"注："淖，泥也。"因泥沼爲水與泥相和，故廣雅釋詁又訓爲"濕"、"濁"。㊁和，柔和。儀禮少牢饋食禮："嘉薦普淖。"注："普淖，黍稷也。普，大也；淖，和也。德能大和，乃有黍稷。"淮南子原道："夫道者，……弱而能强，柔而能剛，……甚淖而㴸。"

2. chuò ㄔㄨㄛˋ 集韻 尺約切，入，藥韻。

㊂通"綽"。見"淖₂約"、"淖₂弱"等條。

3. zhuó ㄓㄨㄛˊ 集韻 竹角切，入，覺韻。

㊃姓。戰國時楚有淖齒。參閱元和姓纂九效。

【淖冰】以藥石消冰，古爲方士之術。舊唐書一七四李德裕傳上疏："臣所慮赴召者，必迂怪之士，苟合之徒，使物淖冰，以爲小術，衒耀邪僻，蔽欺聰明。"參見"淖₂溺"。

【淖沙】易陷的泥沼流沙。宋沈括夢溪筆談三辯證："越人謂淖沙爲范河，北人謂之活沙。予嘗過無定河，度活沙，人馬履之，百步之外皆動，澒澒然如人行幕上。其下足處雖甚堅，若遇其一陷，則人馬駝車，應時皆没，至有數百人平陷無孑遺者。或謂此即流沙也。"

【淖衍】流貌。見"淫鬻"。

【淖₂約】同"綽約"。㊀柔弱貌。莊子在宥："淖約柔乎剛彊。"荀子宥坐："夫水……淖約微達，似察。"㊁容態善美。漢書八七上揚雄傳反離騷："閨中容競淖約兮，相態以麗佳。"莊子逍遥遊"綽約若處子"，釋文本作"淖約"。

【淖₂弱】柔和貌。管子水地："夫水淖弱以清，而好灑人之惡。"注："淖，和也。"

【淖₂溺】㊀消融。漢書郊祀志下谷永上書："黄冶變化，堅冰淖溺，化色五倉之術者，皆姦人惑衆，挾左道，懷詐僞，以欺罔世主。"注："晉灼曰：'方士詐以藥石若陷冰丸投之冰上，冰卽消液，因假爲神仙道使然也。'"㊁柔軟。淮南子原道："夫水所以能成其至德於天下者，以其淖溺潤滑也。"

【淖爾】蒙古語稱湖泊爲淖爾，也譯作諾爾。如阿拉克淖爾、阿勒坦淖爾。見嘉慶一統志五三三科布多山川。

【淖濘】泥濘。元楊載楊仲弘集二贈吾子行詩："長衢方淖濘，小水亦風波。"

【淖糜】薄粥。爾雅釋言"鬻，糜也"注："淖糜。"宋陸游劍南詩稿三五龜堂獨坐遣悶之二："食有淖糜猶足飽，衣存短褐未全貧。"

混 1. hùn ㄏㄨㄣˋ 胡本切，上，混韻，匣。

㊀水勢盛大。見"混流"。㊁攙和，夾雜。老子："視之不見名曰夷，聽之不聞名曰希，搏之不得名曰微，此三者不可致詰，故混而爲一。"漢揚雄法言修身："人之性也善惡混，修其善則爲善人，修其惡則爲惡人。"㊂濁，雜亂。通"渾"。文選漢班孟堅（固）典引："同于草昧，玄混之中。"注："混，猶溷濁。"㊃胡混。儒林外史十二："思量房裏没有别人，只是楊執中的蠢兒子在那里混。"

2. gǔn ㄍㄨㄣˇ

㊄大水奔流貌。通"滚"。見"混₂混₂"。

【混一】猶言統一。戰國策楚一："夫以一詐僞反覆之蘇秦，而欲經營天下，混一諸侯，其不可成也亦明矣。"史記七十張儀傳作"混壹"（百衲本）。

【混元】天地形成之初的原始狀態。也泛指天地。後漢書四十下班彪傳附班固典引："外運混元，内浸豪芒。"文選典引作"渾元"。

【混夷】我國古代西部部落名。也名昆夷。詩大雅緜："混夷駾矣，維其喙矣。"

【混成】謂混沌之中自然生成。老子："有物混成，先天地生。"注："混然不可得而知，而萬物由之以成，故曰混成。"文選晉左太沖（思）魏都賦："憑太清以混成，越埃𡏖而資始。"

【混同】統一，混合爲一。漢書地理志下："此混同天下，壹之虖中和，然後王教成也。"文選三國魏曹子建（植）求自試表："顧西尚有違命之蜀，東有不臣之吳，邊境未得稅甲，謀士未得高枕者，誠欲混同宇内，以致太和也。"

【混合】混和，合併。唐杜牧樊川集四寄内兄和州崔員外十二韻："光塵能混合，擘畫最分明。"

【混名】綽號。水滸四九："包節級喝道：'你兩個便是甚麽兩頭蛇、雙尾蝎，是你麽？'解珍道：'雖然别人叫小人們這等混名，實不曾陷害良善。'"

【混沌】天地未開闢以前之元氣狀態。易乾鑿度上："太易者，未見氣也。太初者，氣之始也。太始者，形之似也。太素者，質之始也，氣似質具而未相離，謂之混沌。"

【混芒】猶混沌。謂世界初形成時蒙昧的狀態。莊子繕性："古之人在混芒之中，與一世而得澹漠焉。"釋文："崔（譔）云：混混芒芒，未分時也。"也作"混茫"。抱朴子詰鮑："夫混茫以無名爲貴，羣生以得意爲歡。"

【混流】水勢豐盈。漢書五七上司馬相如傳上林賦："汩乎混流，順阿而下。"注："混流，豐流也。"文選注引郭璞："混，并也。"卽諸水合流而下之意。

【混混】㊀渾濁，紛亂。楚辭漢王逸九思傷時："時混混兮澆饡，哀當世兮莫知。"注："混混，濁也。"㊁指陰陽二氣混沌未分前的蒙昧狀態。史記一三〇太史公自序："乃合大道，混混冥冥。光耀天下，復反無名。"正義："混混者，元氣神著之皃也。"㊂波浪聲。文選漢枚叔（乘）七發："混混庉庉，聲如雷鼓。"

【混₂混₂】水奔流貌。孟子離婁下："原泉混混，不舍晝夜。"也用來形容説話滔滔不絶。世説新語言語："裴僕射（頠）善談名理，混混有雅致。"

【混淪】水流轉貌。文選晉郭景純（璞）江賦："或泛激於潮波，或混淪乎泥沙。"注："混淪，輪轉之貌。"

【混淆】混雜。抱朴子尚博："真僞顛倒，玉石混淆。"文選晉干令升（寶）晉紀總論："内外混淆，庶官失才。名實反錯，天綱解紐。"參見"渾殽"。

【混堂】浴池。明郎瑛七修類稿十六："吴俗，甃大石爲池，穹幕以磚，後爲巨釜，令與池通，轆轤引水，穴壁而貯焉。一人專執爨，池水相吞，遂成沸湯，名曰混堂。"雍熙樂府十七有題混堂曲。參見"混堂司"。

【混壹】見"混一"。

【混號】綽號，外號。也稱諢號。相傳夏桀力大能推牛倒，號"移大犧"。見吕氏春秋簡選。清趙翼陔餘叢考三八混號謂此爲後世混號之始。

【混江龍】㊀治河刷掃河底泥沙的器具。

清李公義請以鐵龍爪治河，宦者黃懷信沿其制爲濬川杷，都水監范子淵行其法。見宋史三一三文彥博傳。清靳輔治河，用混江龍爬河。其後河督高晉以爲無益而廢置。㈡火器名。我國古代的一種水雷。明宋應星天工開物火器："混江龍：漆固皮囊裹炮沉于水底，岸上帶索引機。囊中懸吊火石、火鐮，索機一動，其中自發。敵舟行過，遇之則敗。"

【混同江】水名。松花黑龍兩江至黑龍江省合流爲混同江。又松花江，古爲粟末水，五代時契丹耶律德光(遼太宗)破滅後晉，改名混同江。參閱嘉慶一統志六七吉林一。

【混堂司】官署名。明代二十四衙門的四司之一。明史職官志三："混堂司，掌印太監一員，僉書、監工無定員，掌沐浴之事。"四司，指惜薪司、鐘鼓司、寶鈔司、混堂司。

淠 1. pì 匹備切，去，至韻。滂。ㄆㄧˋ

㈠水名。見"淠水"。㈡船行貌。詩大雅棫樸："淠彼涇舟。"

2. pèi 集韻 普蓋切，去，泰韻。ㄆㄟˋ

㈢見"淠₂淠₂"

【淠水】水名 1.在河南潢川縣東。亦名白鷺河。北流入固始縣，合春河注入淮河。參閱水經注三十淮水、讀史方輿紀要五十光州固始縣。2.沘水的別名。今名淠河。源出安徽霍山縣南，北流經六安縣，至正陽關流入淮河。參閱讀史方輿紀要二六六安州。

【淠淠】茂盛貌。詩小雅小弁："有漼者淵，萑葦淠淠。"

【淠₂淠₂】飄動貌。詩小雅采菽："其旂淠淠，鸞聲嘒嘒。"

涸 hé 下各切，入，鐸韻，匣。ㄏㄜˊ

水乾竭。莊子天運："泉涸，魚相與處以陸。"

【涸陰】猶言窮陰。指極北之地。文選漢張平子(衡)西京賦："其遠則九嵕甘泉，涸陰冱寒。"晉書王沉傳釋時論："有冰氏之子者出自冱寒之谷，過而問塗。丈人曰：'子奚自？'曰：'自涸陰之鄉。''奚適？'曰：'欲適煌煌之堂。'"

【涸漁】把水戽乾捕魚。呂氏春秋應同："乾澤涸漁，則龜龍不往。"史記孔子世家："竭澤涸漁，則蛟龍不合陰陽。"

【涸澤】㈠乾涸的沼澤。管子水地："故涸澤數百歲，谷之不徙，水之不絕者生慶忌。"慶忌，傳說中的水妖。㈡戽乾沼澤的水。淮南子主術："不涸澤而漁，不焚林而獵。"

【涸鮒】莊子外物："莊周家貧，故往貸粟於監河侯。監河侯曰：'諾。我將得邑金，將貸子三百金，可乎？'莊周忿然作色曰：'周昨來，有中道而呼者，周顧視車轍中，有鮒魚焉。周問之曰：'鮒魚來，子何爲者邪？'對曰：'我東海之波臣也，君豈有斗升之水而活我哉？'周曰：'諾。我且南遊吳越之王，激西江之水而迎子，可乎？'鮒魚忿然作色曰：'吾失我常與，我无所處。吾得斗升之水然活耳，君乃言此，曾不如早索我於枯魚之肆！'"後遂用涸轍之鮒或涸鮒比喻身陷困境，急待救援的人。北周庾信庾子山集三擬詠懷之一："涸鮒常思水，驚飛每失林。"

【涸轍】喻窮困的處境。唐王勃王子安集五滕王閣詩序："酌貪泉而覺爽，處涸轍以猶歡。"又李白李太白詩二四擬古之五："無事坐悲苦，塊然涸轍鮒。"參見"涸鮒"。

淟 tiǎn 他典切，上，銑韻，透。ㄊㄧㄢˇ

污濁。見下各條。

【淟汩】湮沒。新唐書一〇二岑文本傳贊："文本才猷，(虞)世南鯁諤，(李)百藥之持論，……皆治世華采，而淟汩於隋，光明於唐，何哉？"

【淟涊】㈠污濁。楚辭漢劉向九歎惜賢："撥諂諛而匡邪兮，切淟涊之流俗。"注："淟涊，垢濁也。"後漢書五九張衡傳思玄賦："屬箕伯以函風兮，澂淟涊而爲清。"㈡溫暖貌。漢書八七上揚雄傳反離騷："紛纍以其淟涊兮，暗纍以其繽紛。"宋王安石臨川集三病起詩："桃枝媛淟涊，散髮晞曉捉。"桃枝，竹杖名。

【淟濁】污濁。文選漢枚叔(乘)七發："揄棄恬怠，輸寫淟濁。"

渻 tà 徒合切，入，合韻，定。ㄊㄚˋ

水沸溢。說文："渻，涫溢也。今河朔方言謂沸溢爲渻。"

【渻沲】重疊貌。文選晉木玄虛(華)海賦："長波渻沲，迆涎八裔。"注："渻沲，相重之貌。"文苑英華五四唐杜甫有事于南郊賦："渻沲乎渙汗，紆餘乎經營。"

淼 miǎo 亡沼切，上，小韻，明。ㄇㄧㄠˇ

大水茫無邊際貌。同"渺"。楚辭屈原九章哀郢："當陵陽之焉至兮，淼南渡之焉如。"

【淼茫】水廣闊遼遠貌。同"渺茫"。文選晉郭景純(璞)江賦："極泓量而海運，狀滔天以淼茫。"唐白居易長慶集十七九江春望詩："淼茫積水非吾土，飄泊浮萍是我身。"

【淼淼】水遼闊貌。藝文類聚七六南朝梁沈約法王寺碑："炎炎烈火，淼淼洪波。"

【淼漫】水廣闊無際貌。文選晉左太沖(思)吳都賦："濆薄沜汗，滇𣷢淼漫。"注："並水流廣大貌。"藝文類聚七八南朝梁陶弘景水仙賦："淼漫八海，泫汨九河。"

淨 jìng 疾政切，去，勁韻，從。ㄐㄧㄥˋ

㈠潔淨。古作"瀞"。墨子節葬下："若苟貧，是粢盛酒醴不淨潔也。"㈡清淨。史記曹相國世家："蕭何爲法，顜若畫一。曹參代之，守而勿失。載其清淨，民以寧一。"世說新語言語："司馬太傅(道子)齋中夜坐，于時天月明淨，都無纖翳，太傅歎以爲佳。"㈢淨盡，没有餘剩。佛教特指情欲的摒除淨盡。廣弘明集二七上南齊蕭子良淨住子淨行法門開物歸信門二："六塵愛染，永滅不起。十惡重障，淨盡無餘。業累既除，表裏俱淨。"㈣戲曲角色。一般扮演性格剛烈或粗魯、奸險的人物。俗謂花臉。唐以前有參軍戲，一說，淨卽參軍的促音。一說爲諢名。參閱明胡應麟少室山房筆叢四一莊嶽委談下。

【淨人】寺院中擔任守護及雜役的俗人。南朝梁釋慧皎高僧傳八釋智順："嘗有夜盜順者，淨人追而擒之，順留盜宿于房內，明旦遣以錢絹，慰而遣之。"釋氏要覽下住持淨人："毗奈耶云：由作淨業故，名淨人。若防護住處，名守園民。或云使人。今京寺呼家人。"

【淨土】佛教謂莊嚴潔淨，没有五濁(劫濁、見濁、煩惱濁、衆生濁、命濁)的極樂世界。北齊顏之推顏氏家訓歸心："何況神通感應，不可思量，千里寶幢，百由旬座，化成淨土，踊出妙塔乎？"魏書釋老志："梵境幽玄，義歸清曠，伽藍淨土，理絕囂塵。"

【淨心】佛教語，謂本性清淨無垢。文苑英華二三三南朝陳江總再遊栖霞寺詩："淨心抱冰雪，暮齒迫桑榆。"宗鏡録二六："破妄我，而顯真我之門；斥情心，而歸淨心之道。"

【淨手】大、小便。水滸三十："武松站住道：'我要淨手則個。'"

【淨本】寫定謄清的正本。太平廣記二

四張殖(仙傳拾遺):"大曆中,西川節度使崔寧,嘗有密切之事,差人走馬入奏。發已三日,忽於案上文籍之中,見所奏表淨本猶在,其函中所封,乃表草耳。"是唐人謂寫定之正本爲淨本。

【淨肉】佛教小乘戒中不禁比丘食肉,所食之肉稱淨肉。淨肉有三:不見爲我殺,不聞爲我殺,不疑爲我殺。加自死、鳥殘,爲五淨肉。又加不爲己殺、生朝非由湯火而熟者、不期遇者、前已殺,爲九淨肉。參閱首楞嚴經疏六之二。

【淨名】㊀毗摩羅詰佛的別稱。南朝梁釋慧皎高僧傳八論:"夫至理無言,玄致幽寂,……所以淨名杜口於方丈,釋迦緘默於雙樹,將知理致淵寂,故聖爲無言。"大唐西域記七吠舍釐國:"伽藍東北三四里有窣堵波,是毗摩羅詰。唐言無垢,舊曰淨名,然淨則無垢,名則是稱,義雖取同,名乃有異。舊曰維摩詰,訛略也。"㊁佛經名。維摩詰經的異稱。詳"維摩詰"。

【淨坊】佛寺。宋李彌遠筠溪集十五次韻錢申伯山堂之詠詩:"淨坊秋色老蒼官,簷額飛雲細可攀。"

【淨戒】佛教指清淨的戒法。梁書中天竺傳竺羅達表:"常修淨戒,式導不及,無上法船,沉溺以濟。"唐白居易長慶集六四拜表迴閑遊詩:"八關淨戒齋銷日,一曲狂歌醉送春。"

【淨君】掃帚的別稱。宋陶穀清異錄下器具:"商山館中窗頰上有八句詩云:'淨君掃浮塵,涼友招清風。'淨君與涼友,是帚與扇明矣。"

【淨身】男子被閹割,稱爲淨身。元曲選戴善夫風光好二:"空那般衣冠濟濟,狀貌堂堂,却爲甚偏嫌俺妓女,怕見婆娘,莫不他淨了身,不辨陰陽?"明臣奏議三七楊漣劾魏忠賢二十四大罪疏:"忠賢本市井無賴,中年淨身,夤入內地。"

【淨軍】由閹人編成的軍隊。明周同谷霜猨集:"轅門殺氣蔽斜曛,未得恩頒似淨軍。"注:"天啓中,魏璫選京師淨身者四萬人,號曰淨軍。"參見"淨身"。

【淨瓶】㊀佛教徒盥手用的澡瓶。梵語軍遲的意譯。也作"軍持"、"軍稚"。釋氏要覽中:"淨瓶,梵語軍遲,此云瓶,常貯水,隨身用以淨手。寄歸傳云:'軍持有二,若甆瓦者,是淨用;若銅鐵者,是觸〔濁〕用。'"文苑英華八六一唐李華東都聖善寺無畏三藏碑:"觀音大聖在日輪中,手執淨瓶,注水地中。"㊁花瓶。宋中興以來絕妙詞選十黃叔暘(昇)鵲鴣天暮春:"戲臨小草書團扇,自揀殘花插淨瓶。"

【淨教】即佛教。唐皇甫曾詩集一贈沛禪師:"淨教傳荊吳,道緣止漁獵。"

【淨眼】佛教指能洞見事物實相的法眼。楞嚴經一:"亦令十方一切衆生,獲妙微密性,淨明心,得清淨眼。"後也用以形容清淨的眼光。宋蘇軾分類東坡詩十四次韻表兄程正輔江行見桃花:"淨眼見桃花,紛紛墮紅雨。"參見"五眼"。

【淨業】佛家指清淨之善業,種善業者得往生西方淨土。觀無量壽經一:"凡夫欲修淨業者,得生西方極樂國土。"廣弘明集二九上南朝梁蕭衍(武帝)淨業賦:"見淨業之愛果,以不殺而爲因。"

【淨辦】清靜,安靜。水滸二四:"武大道:'我怨你時,當初你在清河縣裏,要便喫酒醉了,和人相打,時常喫官司,教我要便隨衙聽候,不曾有一個月淨辦,常教我受苦。'"

【淨鞭】用黃絲編織成的鞭,鞭梢塗蠟,打在地上發響。朝會時,朝臣列班,由侍衛先擊鞭示警,皇帝隨而駕出。也叫靜鞭。元曲選馬致遠陳摶高臥四:"早聽得淨鞭三下響,識甚酬量。"

【淨覺】㊀佛陀。梵語的意譯爲淨覺。魏書釋老志:"浮屠正號曰佛陀,佛陀與浮圖聲相近,皆西方言,其來轉爲二音。華言譯之則謂淨覺。言滅穢成明,道爲聖悟。"參見"佛陀"。㊁佛家謂心無妄念,對境不迷爲淨覺。圓覺經下:"以淨覺心,取靜爲行。"

【淨饌】素食。梁書武帝紀下:"造智度寺,又立七廟堂,月中再過,設淨饌。"

【淨土宗】佛教的一派。專主念佛往生,所奉菩薩爲阿彌陀佛,亦稱無量壽佛。以觀想、持名兼修爲上;如果信念虔誠,持念佛號即可託生淨土(西方極樂世界)。以普賢爲初祖。晉慧遠專主淨土法門,住廬山,結蓮社,故又稱蓮宗。北魏有曇鸞,隋唐時道綽善導等盡力傳布,勢力大盛,至宋以後凡禪宗、天台宗、華嚴宗、律宗學者幾無不兼習淨土,成爲中國佛教中流行最廣的一派。

【淨水珠】佛教經中稱能使濁水澄清的寶珠。也稱淨摩尼珠。經中常比喻慈心和信心。智度論二十:"慈相應心者,慈名心數法,能除心中憒濁,所謂瞋恨慳貪等煩惱。譬如淨水珠著濁水中,水即清。"

【淨住舍】清淨的住舍,指佛寺。法苑珠林五二伽藍述意:"是以古德寺諸乃有多名,……或名爲寺,卽公廷也,或名淨住舍,或名法同舍,或名出世間舍,或名精舍,或名清靜無極園,或名金剛淨刹。"

【淨飯王】釋迦牟尼之父。相傳爲古代北天竺迦毗羅衛國(在今尼泊爾境內)國王。翻譯名義集三:"首圖馱那(淨飯王音譯),此云淨飯,或翻真淨,或云白淨。"參閱雜寶藏經一。

【淨街槌】瓠的別名。宋陶穀清異錄二蔬:"瓠少味無韻,葷素俱不相宜,俗呼曰淨街槌。"

【淨德集】宋呂陶撰,三十卷。陶字元鈞,號淨德。應熙寧制科,對策力攻王安石新法,謫通判蜀州。集中至學論二篇,專言新政之失。原書失傳,今本爲永樂大典輯本。

【淨摩尼珠】卽淨水珠。見該條。

淫 yín 餘針切,平,侵韻,喻。
ㄧㄣˊ

㊀浸淫,浸漬。周禮考工記匠人:"善防者水淫之。"注:"謂水淤泥土留著,助之爲厚。"也引申爲潤澤。楚辭漢東方朔七諫自悲:"邪氣入而感内兮,施玉色而外淫。"注:"淫,潤也。"㊁過度,過甚。書大禹謨:"罔淫于逸,罔淫于樂。"左傳襄二九年:"遷而不淫,復而不厭。"注:"淫,過蕩。"㊂惑亂。孟子滕文公下:"富貴不能淫,貧賤不能移,威武不能屈,此之謂大丈夫。"注:"淫,亂其心也。"也引申爲失次。左傳襄二八年:"歲在星紀,而淫於玄枵。"疏:"故此年歲星常法當在星紀,明年乃當在玄枵。今年已在玄枵,是其淫行失次也。"歲星卽木星。又指僭越。國語吳:"今君掩王東海,以淫名聞於天子。"注:"淫,猶僭也。"㊃邪惡。孟子滕文公下:"我亦欲正人心,息邪說,距詖行,放淫辭,以承三聖者。"㊄貪色,姦淫。左傳成二年:"貪色爲淫,淫爲大罰。"又宣四年:"淫于邳子之女,生子文焉。"㊅長久,淹留。國語晉四:"底著滯淫,誰能興之,盍速行乎?"注:"淫,久也。"楚辭宋玉招魂:"歸來歸來,不可以久淫些!"

【淫水】㊀洪水。淮南子覽冥:"(女媧氏)殺黑龍以濟冀州,積蘆灰以止淫水。"注:"平地出水爲淫水。"㊁山海經西山經:"爰有淫水,其清洛洛。"注:"淫,音遙也。"

【淫巧】過度奇巧。書泰誓下:"作奇技淫巧,以悅婦人。"注:"營卑褻惡事,作過制技巧以恣耳目之欲。"呂氏春秋季春:"無或作爲淫巧以蕩上心。"注:"淫巧,非常詭怪，若宋人以玉爲楮葉，三年而成，亂之楮葉之中，不可別知之類也。”

【淫刑】謂濫用刑罰。左傳僖二三年：“淫刑以逞，誰則無罪？”後漢書六四史弼傳：“若承望上司，誣陷良善，淫刑濫罰，……相有死而已，所不能也。”弼時官平原相。

【淫祀】指不合禮制的祭祀。禮曲禮下：“非其所祭而祭之，名曰淫祀。”漢書郊祀志上：“各有典禮，而淫祀有禁。”

【淫泆】謂縱欲放蕩。書酒誥：“誕惟厥縱淫泆于非彝。”左傳隱三年：“驕奢淫泆，所自邪也。”疏：“淫，謂嗜欲過度；泆，謂放恣無藝。”也作“淫佚”、“淫逸”。國語周上：“國之將亡，其君貪冒辟邪，淫佚荒怠。”又楚上：“還軫諸侯，不敢淫逸。”

【淫雨】久雨。禮月令季春之月：“行秋令，則天多沈陰，淫雨蚤降。”注：“淫，霖也。雨三日以上爲霖。”

【淫奔】指男女違反封建禮教，自行結合，私相奔就。詩齊風東方之日序：“君臣失道，男女淫奔，不能以禮化也。”疏：“謂男女不待以禮配合。”

【淫祠】濫設的祠廟。舊唐書八九狄仁傑傳：“吳、楚之俗多淫祠，仁傑奏毀一千七百所，唯留夏禹、吳太伯、季札、伍員四祠。”

【淫威】盛大的威儀。詩周頌有客：“既有淫威，降福孔夷。”傳：“淫，大；威，則。”後多指濫用權威，恣行暴政。

【淫思】㊀沉思。列子仲尼：“子貢茫然自失，歸家淫思七日，不寢不食，以至骨立。”注：“發憤思道，忘眠食也。”㊁淫邪的念頭。列女傳五魯秋潔婦頌：“秋胡西仕，五年乃歸，遇妻不識，心有淫思。”

【淫哇】放蕩的歌曲。文選晉嵇叔夜(康)養生論：“目惑玄黃，耳務淫哇。”抱朴子擢才：“嶧陽雲和，不爲不御而息唱，以競顯於淫哇。”參見“淫聲”、“淫𪓰”。

【淫風】㊀放蕩的風俗。書伊訓：“敢有殉于貨色，恒於遊畋，時謂淫風。”傳：“昧求財貨美色，常遊戲畋獵，是淫過之風俗。”㊁謂淫奔成風。詩衛風氓序：“宣公之時，禮義消亡，淫風大行，男女無別，遂相奔誘。”

【淫泉】傳說中的泉名。舊題晉王嘉拾遺記五：“日南之南，有淫泉之浦，言其水浸淫，從地而出成淵，故曰淫泉。或言……其水激石之聲，似人之歌笑，聞者令人淫動，故俗謂之淫泉。”

【淫衍】淫泆。韓非子難二：“(晉)獻公没，惠公即位，淫衍暴亂，身好玉女。”

【淫液】形容聽音樂時凝意入神。一說樂聲連綿不絕貌。禮樂記：“咏歎之，淫液之，何也？”疏：“其聲淫液，是貪羡之貌。……淫液，謂音連延而流液不絕之意。”

【淫淫】㊀流貌。楚辭屈原九章哀郢：“望長楸而太息兮，涕淫淫其若霰。”又大招：“霧雨淫淫，白皓膠只。”㊁行進貌。文選漢司馬長卿(相如)子虛賦：“車案行，騎就隊，纚乎淫淫，班乎裔裔。”唐李周翰注：“淫淫裔裔，部伍分列之貌。”又漢揚子雲(雄)羽獵賦：“涣若天星之羅，浩如濤水之波，淫淫與與，前後要遮。”注：“淫淫與與，皆行貌也。”

【淫視】游視。謂目流動邪視。禮曲禮上：“毋噭應，毋淫視。”注：“淫視，睇眄也。”

【淫魚】猶沈魚。一說爲魚名。淮南子說山：“瓠巴鼓瑟，而淫魚出聽。”注：“淫魚，頭長身相半，長丈餘，鼻正白，身正黑，口在頷下，似鬲獄魚，而身無鱗，出江中。”宋書樂志三魏文帝(曹丕)善哉行：“淫魚乘波聽，踴躍自浮沉。”

【淫湎】沉溺於酒。左傳成二年：“蠻夷戎狄，不式王命，淫湎毀常，王命伐之。”三國魏嵇康嵇中散集四答難養生論：“夫渴者唯水之是見，酌者唯酒之是求。……則渴酌者非病，淫湎者非過。”

【淫裔】行進貌。後漢書五九張衡傳思玄賦：“凌驚雷之砊礚兮，弄狂電之淫裔。”指雷電連續閃擊。重言作“淫淫裔裔”。文選漢司馬長卿(相如)上林賦：“先後陸離，離散別追，淫淫裔裔，緣陵流澤，雲布雨施。”參見“淫淫㊁”。

【淫預】同“灩澦”。水經注江水一：“益州江中有孤石，名淫預石。冬出水二十餘丈，夏則没。”詳“灩澦”。

【淫辟】㊀指男女間不正常的結合。辟，通“僻”。禮經解：“故昏姻之禮廢，則夫婦之道苦，而淫辟之罪多矣。”㊁放縱與邪惡。墨子辭過：“其爲衣服，非爲身體，皆爲觀好，是以其民淫僻而難治，其君奢侈而難諫也。”

【淫業】謂末業。古代指工商業。後漢書四十下班固傳兩都賦：“除工商之淫業，興農桑之上務。遂令海内棄末而反本，背僞而歸真。”

【淫網】指苛濫的刑罰。網，法網。晉書衛瓘張華傳史臣曰：“俱陷淫網，同嗟承劍，邦家殄瘁，不亦傷哉！”瓘華皆以無辜分別爲司馬暐(楚王)、司馬倫(趙王)所殺害。

【淫潦】謂淫雨積水爲災。宋史三三三單煦傳：“知濮、合二州，合居涪、漢間，夏秋患於淫潦，煦築東隄以禦之。”

【淫慝】邪惡不正。左傳宣十二年：“古者明王伐不敬，取其鯨鯢而封之，以爲大戮，於是乎有京觀，以懲淫慝。”又成二年：“不獻其功，所以敬親暱，禁淫慝也。”

【淫噎】暗昧。楚辭漢劉向九歎逢紛：“原承閒而自恃兮，徑淫噎而道壅。”

【淫學】不合正道的學說。呂氏春秋知度：“至治之世，其民不好空言虛辭，不好淫學流說。”

【淫聲】古稱鄭衛之音等俗樂曰淫聲，以別於傳統的雅樂。後來以淫聲泛指浮靡不正派的樂調樂曲。周禮春官大司樂：“凡建國，禁其淫聲、過聲、凶聲、慢聲。”注：“淫聲，若鄭衛也。”左傳昭元年：“於是有煩手淫聲，慆堙心耳，乃忘平和，君子弗聽也。”

【淫濼】病名。素問骨空論：“淫濼脛痠，不能久立。”注：“淫濼，謂似酸痛而無力也。”

【淫𪓰】不合古樂的俗樂聲。𪓰，同“蛙”。漢書一〇〇上敍傳答賓戲：“夫啾發投曲，感耳之聲，合之律度，淫𪓰而不可聽者，非韶、夏之樂也。”注：“淫𪓰，非正之聲也。”參見“淫哇”。

【淫辭】浮誇失實的言辭。孟子公孫丑上：“詖辭知其所蔽，淫辭知其所陷，邪辭知其所離，遁辭知其所窮。”注：“淫美不信之辭。”

【淫鬻】流貌。史記一一七司馬相如傳上林賦：“沇溶淫鬻，散渙夷陸。”索隱：“郭璞云：游激淖衍貌。”

【淫羊藿】藥草名。又名剛前、仙靈脾、放杖草、千兩金等。葉形似小豆而圓薄，莖細亦堅。以根葉入藥，能益精氣、強筋骨。傳說西川北部有淫羊食此藿，故稱淫羊藿。參閱政和證類本草八淫羊藿、本草綱目十二下草一。

淰 1. shěn ㄕㄣˇ 式任切，上，寑韻，審。

㊀濁。見說文。㊁水動貌，魚駭貌。禮禮運：“故龍以爲畜，故魚鮪不淰。”疏：“淰，水中驚走也。”元柳貫柳待制集四今體詩六十韻贈錢正傳之官池陽述學言懷見乎辭矣詩：“馬驚連軸折，魚淰尺波渾。”

2. niǎn ㄋㄧㄢˇ 女減切，上，豏韻，娘。

㊂水無波。見廣韻。

【淰淰】合散不定之狀。唐杜甫杜工部草堂詩箋四十放船：“江市戎戎暗，山雲淦淦寒。"一說，淦淦言其凝滯，水無波之義引申。見清段玉裁說文解字注。

淦 1. gān ㄍㄢ 古南切，平，覃韻，見。

㊀水入船中。一曰泥。字也作"汵"。見說文解字。

2. gàn ㄍㄢˋ 古暗切，去，勘韻，見。

㊁水名。見"淦₂水"。

【淦₂水】在江西省。源出新淦縣（今清江縣），經紫淦山流入贛江。參閱漢書地理志上豫章郡、讀史方輿紀要八七臨江府。

【淦瀯】水回流貌。唐柳宗元柳先生集十五晉問："凌嶒屼之杪顛，湫泉源之淦瀯。"

淪 lún ㄌㄨㄣˊ 力迍切，平，諄韻，來。

㊀水起微波。詩魏風伐檀："河水清且淪猗。"傳："小風，水成文，轉如輪也。"㊁沉没。書微子："今殷其淪喪，若涉大水，其無津涯。"楚辭屈原遠游："微霜降而下淪兮，悼芳草之先零。"也指人的没落。文選南朝梁江文通（淹）雜體詩左記室思："韓公淪賣藥，梅生隱市門。"㊂陷入。莊子秋水："无南无北，奭然四解，淪於不測。"㊃相率，牽連。見"淪胥"。

【淪没】㊀沉没，湮没。史記封禪書："周德衰，宋之社亡，鼎乃淪没，伏而不見。"㊁謂死亡。唐杜甫杜工部草堂詩箋二七哭王彭州掄："執友驚淪没，斯人已寂寥。"也作"淪歿"。又白居易長慶集六三因夢有悟詩："交友淪歿盡，悠悠勞夢思。"

【淪胥】猶言相互牽連而受苦難。詩小雅雨無正："若此無罪，淪胥以鋪。"傳："淪，率也。"箋："胥，相鋪徧也，言王使此無罪者見牽率相引而徧得罪也。"清王引之經義述聞六謂三家詩作"薰胥"。鋪，爲"痡"之假字，謂相率而入於刑，入於刑則病苦。後以泛指淪陷。宋書武帝紀中詔："曩者永嘉不綱，諸夏幅裂，終古帝居，淪胥戎虜。"晉書涼武昭王傳述志賦："淳風杪莽以永喪，搢紳淪胥而覆溺。"

【淪陰】指晚霞。楚辭屈原遠遊"湫正陽而含朝霞"漢王逸注："陵陽子明經言：春食朝霞，朝霞者，日欲出時黃氣也。秋食淪陰，淪陰者，日没以後赤黃氣也。"

【淪陷】陷落，淪落。北齊書司馬子如傳："孝昌中，北州淪陷，子如攜家口南奔肆州。"唐柳宗元柳先生集三十與蕭翰林俛書："今天子興教化，定邪正，海内皆欣欣怡愉，而僕與四五子者獨淪陷如此，豈非命歟？"

【淪喪】謂淪没喪亡。書微子："商其淪喪，我罔爲臣僕。"注："淪，没也。"

【淪落】㊀沉淪，没落。唐李白李太白詩二五題嵩山逸人元丹丘山居："家本紫雲山，道風未淪落。"㊁流落。唐高適高常侍集七真定即事奉贈韋使君二十八韻詩："淪落而誰遇，栖遑有是夫。"又白居易長慶集十二琵琶引："同是天涯淪落人，相逢何必曾相識。"

【淪漪】微波。詩魏風伐檀："河水清且淪猗。"釋文謂猗，本亦作漪，同。南朝梁劉勰文心雕龍七情采："夫水性虛而淪漪結，木體實而花萼振，文附質也。"

【淪墜】埋没，墜滅。宋王珪華陽集八乞續修國朝會要劄子："凡朝廷檢用故事，未嘗不用此書。然上修至慶曆四年，其後事迹，恐歲久不修，寖成淪墜。"

【淪薄】淪落，飄泊。文選南朝宋謝靈運擬魏太子鄴中集詩應瑒："一旦逢世難，淪薄恒羇旅。"

【淪翳】湮没隱蔽。晉書范寧傳論王弼何晏："黃唐緬邈，至道淪翳；濠濮輟詠，風流靡託。"唐劉長卿劉隨州集七送薛據宰涉縣詩："心鏡常虛明，時人自淪翳。"

【淪曠】遺落，缺失。魏書李彪傳上表："所以言及此者，史職不修，事多淪曠，天人之際，不可須臾闕載也。"

【淪藹】黯淡，蕭條貌。文選南朝宋顏延年（延之）宋文皇帝元皇后哀策文："邑野淪藹，戎夏悲讙。"唐李周翰注："淪藹，謂失其茂盛之色也。"

【淪波舟】傳說中螺舟的別名。舊題晉王嘉拾遺記四："始皇好神仙之事，有宛渠之民，乘螺舟而至；舟形似螺，沉行海底，而水不浸入，一名淪波舟。"

【淪肌浹髓】滲透肌肉骨髓。比喻感受極深或感恩深重。宋朱熹朱文公集三七與芮國器書："蘇氏之學，以雄深敏妙之文，煽其傾危變幻之習，以故被其毒者，淪肌浹髓而不自知。"又樓鑰攻媿集三三乞致仕劄子第七劄："倘得畢志丘壑，則君父生死肉骨之賜，淪肌浹髓，雖九殞不足以論報矣。"

淆 xiáo ㄒㄧㄠˊ 胡茅切，平，肴韻，匣。

攪亂。後漢書五三黃憲傳："林宗（郭泰）曰：'……叔度汪汪若千頃陂，澄之不清，淆之不濁，不可量也。'"叔度，憲字。

【淆亂】混雜，混亂。淮南子泰族："當今之世，醜必託善以自爲解，邪必蒙正以自爲辟，……此使君子小人，紛然淆亂，莫知其是非者也。"漢揚雄法言吾子："萬物紛錯則懸諸天，衆言淆亂則折諸聖。"

浙 zhè ㄓㄜˋ 征例切，去，祭韻，照。

水名。"浙"的異體字。史記項羽紀："秦始皇帝游會稽，渡浙江。"索隱："韋昭云：'浙江在今錢塘。'……蓋其流曲折，莊子所謂'浙河'，即其水也。浙折聲相近也。"

添 tiān ㄊㄧㄢ 他兼切，平，添韻，透。

增加，增補。三國志吳呂蒙傳注引吳書："諸將皆勸作土山，添攻具。"清段玉裁謂本字作"沾"。自添字行而沾字本義遂廢。參閱說文解字注"添"。

【添丁】唐盧仝生一子，取名"添丁"。韓愈昌黎集五寄盧仝詩："去歲生兒名添丁，意令與國充耘耔。"唐制男子二十一歲服丁役。添丁，意謂爲國家添一丁役，後引申爲生男孩子。宋陸游劍南詩稿八四卧病雜題："身叨鄉祭酒，孫爲國添丁。"

【添房】以禮物贈送嫁女之家，宋元以來稱添房，後世亦稱添箱。元周密癸辛雜識續集上公主添房："周漢國公主下降，諸閫及權貴各獻添房之物。"清俞樾茶香室叢鈔五添房："按今人送嫁女家曰添箱，卽古人所謂添房也。"

【添盆】宋代風俗，嬰兒出生後三日行浴兒禮。親朋聚會，以金錢投於浴盆中，以誌慶祝，稱爲添盆。宋孟元老東京夢華錄五育子："洗兒會，親賓盛集，煎香湯於盆中，下菓子綵錢葱蒜等。用數丈綵繞之，名曰圍盆；以釵子攪水，謂之攪盆；觀者各撒錢於水中，謂之添盆。"

【添梯】繅絲用的工具。宋秦觀蠶書添梯："鼓上爲魚，魚半出鼓；其出之中，建柄半寸，上承添梯。添梯者，二尺五寸片竹也。其上揉竹爲鈎，以防系竄。"清王士禛漁洋精華錄訓纂五蠶詞詩之四："小姑嬌小好閒事，簇蠶學罷學添梯。"

【添墳】在墳上添土。清張燾津門雜記上："清明日，男婦各上墳，陳祭品，焚紙錢，增土於塚上，曰添墳。"

【添線】魏晉時，宫人以紅線量日影，冬至後每日添長一線。又唐宫中以女工計日之長短。冬至後，日晷漸長，比常日增一線之功。唐杜甫杜工部草堂詩箋十三至日遣興奉寄兩院故人："何人錯憶窮愁日，愁日愁隨一線長。"又三三小至："刺繡五紋添弱線，吹葭六琯動浮灰。"元詩選朱德潤存復齋續集冬至:"日光繡户初添線,雪意屏山欲放梅。"

【添枝接葉】喻添上原來没有的内容。宋朱熹朱文公集五一答黄子耕書之五:"今人反爲名字所惑,生出重重障礙,添枝接葉,無有了期。"

淝 féi ㄈㄟˊ 符非切,平,微韻,並。

水名。見下。

【淝水】又叫肥水。源出安徽合肥西北。北流二十里,分爲二支:一支名施水,東南流入巢湖;一支西北流至壽縣,又西北經八公山南入淮河。後發源處中斷,遂成二水。參閱水經注三二肥水、讀史方輿紀要十九江南一肥水。

【淝水之戰】晉太元八年八月,東晉列國前秦苻堅大舉入侵,據壽陽。晉相謝安命謝石謝玄迎戰,先於洛澗破秦軍前哨,進逼淝水。堅欲俟玄等半渡盡殲晉師,麾兵小却,玄等因卽渡河直前,秦兵退不可止,諸軍盡潰。苻堅逃返長安。參閱晉書苻堅載記下、資治通鑑一〇五晉孝武帝太元八年。

淜 píng ㄆㄧㄥˊ 扶冰切,平,蒸韻,並。

㊀涉水過河。説文:"淜,無舟渡河也。"清段玉裁注:"徒涉曰馮河。……淜,正字。馮,假借字。"㊁見"淜淜"、"淜滂"。

【淜淜】水聲。文苑英華三五八唐沈亞之文祝延:"閩山之杭杭兮水淜淜,吞荒抱大兮沓疊層騰。"

【淜滂】風擊物聲。文選戰國楚宋玉風賦:"夫風生於地,起於青蘋之末,……飄忽淜滂,激颺熛怒。"

湣 hūn ㄏㄨㄣ 集韻 呼昆切,平,魂韻。

未定貌。見"湣"。

浼 měi ㄇㄟˇ 武罪切,上,賄韻,明。

㊀污染,玷污。孟子公孫丑上:"爾爲爾,我爲我,雖袒裼裸裎於我側,爾焉能浼我哉?"㊁請託。水滸三十:"但是人有些公事來央浼他的,武松對都監相公説了,無有不依。"

集韻 美辨切,上,獮韻。

㊂見"浼浼"。

【浼浼】水滿而平貌。詩邶風新臺:"新臺有洒,河水浼浼。"唐韋應物韋江州集一擬古詩之三:"峨峨高山巔,浼浼青川流。"

淘 táo ㄊㄠˊ 集韻 徒刀切,平,豪韻,定。

㊀以水冲洗,汰除雜質。唐杜甫杜工部草堂詩箋六示從孫濟:"淘米少汲水,汲多井水渾。"㊁開挖疏通。宋孟元老東京夢華録三諸色雜賣:"每遇春時,官差人夫監淘在城渠,别開坑盛淘出者泥,謂之泥盆。"

【淘汰】清洗雜質或去粗存精。抱朴子仙藥:"(五雲)皆當先以茅屋霤水若東流水露水漬之百日,淘汰去其土石乃可用耳。"引申指甄别揀選。宋陳淵默堂先生集十六與龜山先生楊諫議:"郡邑之官,絶少淘汰。"參見"洮汰"。

【淘河】鳥名。卽鵜鶘。以好入水食魚,故又稱淘河。唐杜甫杜工部草堂詩箋三四赤霄行:"江中淘河嚇飛燕,銜泥却落羞華屋。"參閱詩曹風候人"維鵜在梁"疏、宋王質林泉結契二淘河。

【淘金】用水冲刷含金的沙子,選出沙金。魏書食貨志:"又漢中舊有金户千餘家,常於漢水沙淘金,年終總輸。"唐劉禹錫劉夢得集九浪淘沙詞之六:"日照澄州江霧開,淘金女伴滿江限。"

【淘氣】㊀生氣。元紀君祥趙氏孤兒楔子:"人無害虎心,虎有傷人意,當時不盡情,過後空淘氣。"㊁作鬧,頑皮。朝野新聲太平樂府五元曾瑞閨中聞杜鵑曲:"無情杜鵑閑淘氣,頭直上耳根底,聲聲聒得人心醉。"儒林外史二:"那些孩子就像蠢牛一般,一時照顧不到,就溜到外邊去打瓦踢毬,每日淘氣不了。"

【淘漉】疏浚。宋詩鈔二文同丹淵集鈔秋日田家:"淘漉溝源築野塘,滿坡煙草卧牛羊。"

【淘鵝】鳥名。鵜鶘的别名,也名淘河。本草綱目四七禽一鵜鶘:"釋名:犁鶘、鴮鸅、逃河、淘鵝。時珍曰:淘河,俗名淘鵝,因形也。"參見"淘河"。

淴 hū ㄏㄨ 烏没切,入,没韻,影。

見下。

【淴泱】水流急速貌。文選晉郭景純(璞)江賦:"潏湟淴泱,㴔㶏潤瀹。"注:"皆水流漂疾之貌。"

淮 huái ㄏㄨㄞˊ 户乖切,平,皆韻,匣。

㊀水名。爾雅釋水:"江河淮濟爲四瀆。"詳"淮水"。㊁姓。見通志二九氏族五。

【淮水】古四瀆之一。今稱淮河。源出河南桐柏山,東經安徽江蘇入洪澤湖。其下游本流經淮陰漣山入海。宋紹熙五年黄河奪淮,淮河自洪澤湖以下,主流合於運河,經高郵湖江都縣入長江。參閱水經注三十淮水、讀史方輿紀要四六河南一淮水。

【淮白】魚名。宋楊萬里誠齋集二九初食淮白詩:"淮白須將淮水煑,江南水煑正相違。"元袁桷清容居士集十寄王儀伯太守:"逆浪風高淮白上,寒沙雲落海青低。"

【淮安】㊀郡名。隋大業初置,故治在今河南泌陽縣。參閱讀史方輿紀要五一南陽府唐縣。㊁軍、州、路、府名。南宋紹定元年改楚州置淮安軍。端平元年改爲州。元至元二十年升爲路。明清爲府,治所在山陽縣。公元1914年廢府,改山陽縣爲淮安縣。參閱嘉慶一統志九三淮安府一。

【淮夷】古代居於淮河流域的少數民族。書費誓:"徂兹淮夷,徐戎並興。"詩魯頌:"淮夷來同,莫不率從,魯侯之功。"

【淮西】今皖北豫東淮河北岸一帶習稱淮西,也稱淮右。宋設淮(南)西路。元至元十三年設淮西總管府。次年又設廬州路總管府,隸淮西道。見歷代地理沿革表九。

【淮汭】淮水彎曲處。左傳定四年:"蔡侯吴子唐侯伐楚,舍舟于淮汭,自豫章與楚夾漢。"疏:"柏舉之役,吴人舍舟于淮汭,而自豫章與楚師夾漢,此皆在江北淮南。"

【淮東】今安徽淮河南岸一帶習稱淮東,也稱淮左。宋改廣陵郡爲淮(南)東路。元至元十四年改爲揚州路總管府。次年,置淮東道宣慰司。見元史地理志二。

【淮雨】卽淫雨,淫淮字近,故訛傳。參見"别風淮雨"。

【淮枳】周禮考工記:"橘踰淮而北爲枳,鸜鵒不踰濟,貉踰汶則死,此地氣然也。"後因以淮枳喻因地遷而質變。

【淮南】㊀泛指淮水以南之地,大致爲今江蘇安徽兩省長江以北、淮河以南的地方。漢高帝四年,改九江郡爲淮南國。武帝元狩初復稱九江郡,三國魏初又改稱淮南國,後又改爲郡。又隋改壽州爲淮南郡。唐有淮南道,宋有淮南路,治所都在揚州。宋熙寧間,又分淮南路爲東西兩路。參閱讀史方輿紀要五州域形勢五。㊁樂曲名。文選晉張景陽(協)七命:"淵客唱淮南之曲,榜人奏采菱之歌。"唐劉良注:"淮南采菱,並曲名。"

【淮陰】㊀縣名。秦置。宋德祐間立清河軍。元明清爲清河縣。漢劉邦(高祖)封韓信爲淮陰侯,卽此地。公元1914年復名淮陰。參閱漢書地理志上、歷代地理沿革表二六。㊂郡名。後魏置。北周置東平郡。隋開皇元年改郡爲淮陰,後置楚州。明清爲淮安府。參閱隋書地理志下江都郡,嘉慶一統志九三淮安府。

【淮陽】郡、國名。傳爲伏羲所都,周爲陳國。漢高帝十一年置淮陽國,都於陳。東漢章和二年改爲陳國。隋開皇十六年改陳州,大業初又改爲淮陽郡。宋爲懷寧郡,明清爲鄭州。參閱隋書地理志中淮陽郡、嘉慶一統志一九一陳州府一。

【淮寧】地名。今河南淮陽縣。詳"陳州"。

【淮南子】漢淮南王劉安等撰。漢書藝文志著録入雜家,内篇二十一,外篇三十三;内篇論道,外篇雜説。今僅存内篇。内容大旨歸於道家的自然天道觀,但亦糅合先秦各家學説。此書本名鴻烈,自劉向校定後,稱淮南,隋書經籍志始題作淮南子。漢代有馬融延篤高誘許慎注,馬延注已佚,許注亡於宋末,今僅存高誘注。清孫馮翼有許慎淮南子注輯本。

【淮南王】㊀漢高祖十一年封子劉長爲淮南王,文帝時因謀反事,謫徙蜀郡,途中不食而死。子安嗣位。好文學,曾招致賓客方術之士撰成淮南子一書。世稱淮南王,多指劉安。參見"劉安"。㊁晉曲名。相傳爲淮南王門客思念淮南王劉安而作。見晉崔豹古今注中音樂。

【淮海集】宋秦觀撰。正集四十卷,後集六卷,長短句三卷。包括詞、賦、詩、文。觀字少游,號淮海居士。善詩文,詞尤著名。所傳詞九十餘首,多寄託身世之感,以清新婉麗稱。

【淮陰侯】漢韓信的封號。韓信原封楚王,有人告其謀反,漢高祖用陳平計,僞遊雲夢,執信,降封爲淮陰侯。見史記九二淮陰侯傳。

【淮渦神】傳説淮水神名。古岳瀆經云:禹治水,三至桐柏,獲淮渦水神,曰無支祁,命庚辰制之,鎖於龜山之足,淮水乃安。見太平廣記四六七李湯引唐韋絢戎幕閑談。宋蘇軾分類東坡詩二濠州塗山"川鎖支祁水尚渾",即指此。

【淮南雞犬】神話傳説漢淮南王劉安隨八仙白日升天。去時,將藥器置於中庭,雞犬食後,盡得升天。見晉葛洪神仙傳劉安。後以淮南雞犬比喻攀附權貴而得勢的人。

淮 wǎng ㄨㄤˇ 集韻 羽兩切,上,養韻。

同"往"。漢書八七上揚雄傳反離騷:"因江潭而淮記兮,欽弔楚之湘纍。"注:"鄧展曰:淮,往也。"

淥 lù ㄌㄨˋ 力玉切,入,燭韻,來。

㊀清澈。文選漢張平子(衡)東京賦:"於東則洪池清籞,淥水澹澹。"㊁"漉"字的別體,見説文。參見"漉"。㊂淥酒,即清酒。省作"淥"。唐白居易長慶集六九春日閑中詩之一:"便可傚松喬,何假盃中淥。"

【淥水】㊀古曲名。文選漢馬季長(融)長笛賦:"上擬法於韶箾南籥,中取度於白雪淥水,下采制於延露巴人。"㊁謂清池。南史庾杲之傳蕭緬與王儉書:"盛府元僚,實難其選。庾景行汎淥水,依芙蓉,何其麗也。"景行,杲之字。

【淥老】眼睛。金董解元西廂一牆頭花曲:"小顆顆的一點朱脣,溜汈汈的一雙淥老。"陽春白雪二王嘉甫八聲甘州:"窄弓弓撇道,溜刀刀淥老,稱霞腮一點朱櫻小。"雍熙樂府七四村裏迓鼓氣述雙鬬套作"六老",十七醉太平作"膔老"。

淄 zī ㄗ 側持切,平,之韻,莊。

㊀水名。書禹貢:"濰淄其道。"漢書地理志作"甾"。詳"淄水"。㊁黑色。通"緇"。史記孔子世家:"不曰白乎,涅而不淄。"論語陽貨作"涅而不緇"。

【淄川】漢般陽縣地,屬濟南郡。南朝宋置貝丘縣,隋置淄州,並改貝丘爲淄川。明洪武元年省縣入州,改州曰淄川。後降州爲縣。明清皆屬濟南府。公元1955年,併入山東淄博市。參閱寰宇通志七一濟南府。

【淄牙】俗語。斥責別人譏嘲自己的話,含有開口亂説的意思。明田汝成西湖游覽志餘二五委巷叢談:"(杭人)又有諱本語而巧爲俏語者,如詬人嘲我曰淄牙;有謀未成曰掃興;冷淡曰秋意……則出自宋時梨園市語之遺,未之改也。"

【淄水】水名。今名淄河。源出山東萊蕪縣,東北流經臨淄東,北上合小清河出海。書禹貢:"濰淄其道。"卽此。見水經注二六淄水、元和郡縣志十一淄州淄水。

【淄硯】山東淄川縣所産石硯。硯材細緻,極發墨,石面有紅紋如絲者稱紅絲硯。參閱宋蘇易簡文房四譜硯譜、清盛百二淄硯録。

【淄澠】二水名。都在山東省。相傳二水味異,合則難辨,惟春秋齊國易牙能辨之。見列子説符。後以"淄澠"比喻合則難辨的事物。

【淄蠹】淄,黑色;蠹,蛀蟲。污染腐蝕的意思。後漢書皇后紀序:"故孝章以下,漸用色授,恩隆好合,遂忘淄蠹。"

九畫

溲 sóu ㄙㄡˊ

同"溲"。見"溲"。

渲 xuàn ㄒㄩㄢˋ 息絹切,去,線韻,心。

渲染。繪畫方法之一。宋郭熙林泉高致畫訣:"以銳筆横卧惹惹而取之謂之皴擦,以水墨再三而淋之謂之渲。"又郭若虛圖畫見聞誌二紀藝上胡瓌:"凡畫駝馬騣尾,人衣毛毳,以狼毫縛筆疏渲之。"

【渲染】畫家稱以水墨或淡顏色塗抹畫面,使色彩濃淡勻淨爲渲染。明楊慎藝林伐山十二浮渲梳頭:"畫家以墨飾美人鬢髮,謂之渲染。"清詩別裁二八李天根題聽松山人兩蕉書屋題:"吾聞古人畫月但畫雲,渲染巧妙妙入神。"

渧 dì ㄉㄧˋ 都計切,去,霽韻,端。

㊀一滴水。廣韻引埤倉:"渧,渌,漉也。"地藏菩薩本願經十三:"一毛一塵,一沙一渧。"㊁精液。佛家稱女精爲赤渧,男精爲白渧。摩訶止觀七:"吐淚赤白二渧和合,託識其中,以爲體質。"

湆 qì ㄑㄧˋ 去急切,入,緝韻,溪。

㊀陰濕。見説文。㊁"湇"的別體字。見"湇"。

湇 qì ㄑㄧˋ 去急切,入,緝韻,溪。

肉汁。禮少儀:"凡羞有湇者不以齊。"唐張參五經文字謂字應從泣下"月"。玉篇廣韻等皆作"湆"。參閱清段玉裁説文解字注"湆"、王聘珍九經學儀禮一。

【湆醬】肉汁和肉醬。儀禮士昏禮:"贊爾黍,授肺脊,皆食,以湆〔湇〕醬,皆祭舉食舉也。"注:"以,用也。用者,謂啜湆〔湇〕呫醬。"

渟 tíng ㄊㄧㄥˊ 特丁切,平,青韻,定。

水積聚不流。史記八七李斯傳:"禹鑿龍門,通大夏,疏九河,曲九防,決渟水致之海。"

【渟涔】水停滯不流的樣子。文選漢張平子(衡)南都賦:"貯水渟涔,亘望無涯。"

【渟渟】水平靜貌。唐白居易長慶集二六冷泉亭記:"吾愛其泉渟渟,風泠泠,可以蠲煩析酲,起人心情。"

【渟蓄】滙聚。文苑英華六八一唐司空

圖與李生論詩書:"詩貫六義,則諷諭抑揚,渟蓄淵雅,皆在其間矣。"也作"渟濇"。宋蘇舜欽蘇學士集四觀放牐詩:"渟濇既因人,開洩豈自由。"

【渟濙】清澄貌。魏書陽固傳演賾賦:"越弱水之渟濙兮,躡不周之嶮巇。"亦作"汀瀅"。見該條。

【渟澛】小貌。後漢書八十上杜篤傳論都賦序:"彼埳井之潢汙,固不容夫吞舟;且洛邑之渟澛,曷足以居乎萬乘哉?"

溹 sù ㄙㄨˋ 集韻蘇故切,去,莫韻。

逆流而上。"泝"的本字。同"溯"、"遡"。見説文"溹"。

渡 dù ㄉㄨˋ 徒故切,去,暮韻,定。

㊀過江河。史記秦始皇紀:"乃西南渡淮水,之衡山、南郡。"引申爲通過、越過。史記高祖紀三年:"淮陰已受命東,未渡平原。"㊁擺渡處,渡口。唐王維王右丞集四歸嵩山作詩:"荒城臨古渡,落日滿秋山。"又韋應物韋江州集八滁州西澗詩:"春潮帶雨晚來急,野渡無人舟自横。"

【渡子】擺渡的船夫。唐六典工部水部郎中:"洛水渡口船三艘,渡子皆取側近殘疾中男解水者充。"明高啟高太史集十六待渡:"渡子未迴舟,立傍沙頭樹。"

【渡口】過河處。極玄集劉長卿餘干旅舍詩:"渡口月初上,鄰家漁未歸。"唐羅隱甲乙集一憶夏口詩:"漢陽渡口蘭爲舟,漢陽城下多酒樓。"

【渡杯】釋杯度,晉宋間人,相傳其常乘杯渡河。梁慧皎高僧傳十有杯渡傳。後來用杯渡故事指高僧的行蹤。文苑英華二一九唐蘇味道和武三思於中天寺尋復禮上人之作詩:"連躅瞻飛蓋,攀游想渡杯。"參見"杯度"。

【渡頭】卽渡口。樂府詩集四八南朝梁簡文帝烏棲曲之一:"採蓮渡頭礙黄河,郎今欲渡畏風波。"

【渡易水】琴曲名。又名荆軻歌。戰國燕太子丹使荆軻刺秦王,送之至易水上,高漸離擊筑,荆軻和而歌,後人以爲琴中曲,題作渡易水。見樂府詩集五八琴曲歌辭。

游 1. yóu ㄧㄡˊ 以周切,平,尤韻,喻。

㊀在水中浮行。詩邶風谷風:"就其淺矣,泳之游之。"方言十"潛又遊也"晉郭璞注:"潛行水中,亦爲游也。"㊁指河流的一段。詩秦風蒹葭:"遡洄從之,道阻且長;遡游從之,宛在水中央。"箋:"順流而涉曰遡游。"史記項羽紀:"古之帝者地方千里,必居上游。"㊂虛浮不實。易繫辭下:"誣善之人其辭游。"疏:"游謂浮游,誣罔善人,其辭虛漫,故言其辭游也。"㊃流動,流動的。史記一一七司馬相如傳:"飄飄有淩雲之氣,似游天地之閒意。"文選漢司馬長卿(相如)上林賦:"彎蕃弱,滿白羽,射游梟,櫟飛遽。"㊄通"遊"。荀子宥坐:"百仞之山,而豎子馮而游焉。"史記九七酈生傳:"吾聞沛公慢而易人,多大略,此真吾所願從游。"浮行爲游,行走爲遊。兩字同音義通,古籍中往往互相通用,但與水有關的,仍作"游",不作"遊"。㊅姓。鄭公子偃,字子游,其後爲游氏。見明陳士元姓觿四。

2. liú ㄌㄧㄡˊ 集韻力求切,平,尤韻。

㊆同"斿"、"旒"。古代旌旗的下垂飾物。左傳桓二年:"鞶厲游纓。"釋文:"游,音留。"

【游士】從事游説活動的人。商君書農戰:"夫民之不可用也,見言談游士事君之可以尊身也,商賈之可以富家也,技藝之足以餬口也,民見此三者之便且利也,則必避農。"史記秦始皇紀:"呂不韋爲相,招致賓客游士,欲以并天下。"

【游子】㊀離鄉遠遊的人。管子地數:"夫齊衢處之本,通達所出也,游子勝商之所道。"史記高祖紀:"謂沛父兄曰:'游子悲故鄉,吾雖都關中,萬歲後吾魂魄猶樂思沛。'"也作"遊子"。唐孟郊孟東野集一遊子吟:"慈母手中線,遊子身上衣。"㊁游手好閒的人。後漢書七七樊曄傳:"游子常苦貧,力子天所富。"

【游刃】見"遊刃有餘"。

【游女】出遊的女子。詩周南漢廣:"漢有游女,不可求思。"三家詩皆以游女指漢水的女神。文選漢張平子(衡)南都賦:"耕父揚光於清泠之淵,游女弄珠於漢皋之曲。"參閱聞一多古典新義上詩經新義二南。

【游心】注意,留心。莊子駢拇:"駢於辯者,纍瓦結繩竄句,游心於堅白同異之間,而敝跬譽無用之言非乎,而楊墨是已。"漢書郊祀志下張敞諫:"願明主時忘車馬之好,斥遠方士之虛語,游心帝王之術,太平庶幾可興也。"

【游手】㊀空手。儀禮聘禮"大夫二手授栗"注:"受授不游手,慎之也。"㊁閒蕩不務正業。後漢書章帝紀元和三年詔:"今肥田尚多,未有墾闢。其悉以賦貧民,給與糧種,務盡地力,勿令游手。"漢王符潛夫論浮侈:"今舉世舍農桑,趨商賈,牛馬車輿,填塞道路,游手爲巧,充盈都邑。"

【游民】無業流蕩的人。禮王制:"無曠土,無游民,食節事時,民咸安其居。"

【游目】流覽顧盼。楚辭屈原離騷:"忽反顧以游目兮,將往觀乎四方。"

【游田】出遊打獵。漢書八五谷永傳對策:"經曰:'繼自今嗣王,其毋淫于酒,毋逸于游田,惟正之共。'"書無逸作"遊田"。田,田獵。

【游光】火神名。廣雅釋天:"火神謂之游光。"一説惡鬼名。文選漢張平子(衡)東京賦:"殘夔魖與罔象,殪野仲而殲游光。"三國吳薛綜注:"野仲、游光惡鬼也,兄弟八人,常在人間作怪害。"

【游兆】天干中丙的別稱。史記曆書:"游兆攝提格征和元年。"也作"柔兆"。爾雅釋天:"大歲在甲曰閼逢,……在丙曰柔兆。"

【游好】留心愛好。晉陶潛陶淵明集三飲酒詩之十六:"少年罕人事,游好在六經。"

【游言】虛浮不實的言談。禮緇衣:"王言如絲,其出如綸;王言如綸,其出如綍;故大人不倡游言。"新唐書一一二薛登傳上疏:"願陛下降明制,頒峻科,斷無當之游言,收實用之良策,文試効官,武閱守禦。"

【游志】㊀指放心物外的意向。楚辭宋玉九辯:"願賜不肖之軀而別離兮,放游志乎雲中。"㊁注意,存心。三國志魏管寧傳太僕陶丘一等薦寧書:"伏見太中大夫管寧……娛心黄老,游志六藝,升堂入室,究其閫奧。"

【游兵】流動不定的軍隊。史記九十彭越傳:"彭越常往來爲游兵,擊楚,絶其後糧與梁地。"

【游泳】在水中浮游。詩邶風谷風:"就其淺矣,泳之游之。"晏子春秋問下:"衆人歸之,如魚有依,極其游泳之樂。"也代指水中動物。文選南朝宋顏延年(延之)三月三日曲水詩序:"松石峻峗,葱翠陰煙,游泳之所攢萃,翔驟之所往還。"

【游泮】明清科舉制度,經州縣考試録取爲生員而入學的,稱爲入泮,也稱游泮。泮指泮宮,卽古代學宮。聊齋志異一葉生:"又厚遺其子,爲延師教讀,言于學使,逾年游泮。"

【游玩】優遊玩樂。荀子王霸:"若夫貫日而持詳,一日而曲列之,是所使夫百吏官人爲也，不足以是傷游玩安燕之樂。"注："煩碎之事，卽使百吏官人爲之，則不足以此害人君游燕之樂也。"本泛指各種玩樂，後來多指游覽風景。宋書徐湛之傳："廣陵城舊有高樓，湛之更加修整，……招集文士，盡游玩之適。"

【游幸】指帝王出遊。北史崔光傳諫靈太后："輔神養和，簡息游幸，則率土屬賴，含生仰悦矣。"遼史有游幸表。

【游服】出遊的服飾。左傳昭八年："桓子將出矣，聞之而還，游服而逆之。"

【游岱】魂遊泰山，死的婉稱。明王世貞弇州山人四部稿一三二題扇卷乙之四："其人有工臨池者，有擅長城者，然半已游岱矣，攬之不勝人日曝書之感。"參見"泰山府君"。

【游狎】交遊親暱。梁書庾詵傳："平生少所游狎，河東柳惲欲與之交，詵距而不納。"

【游宦】春秋戰國時士人離開本國至他國求官謀職。韓非子和氏："塞私門之請，而遂公家之勞，禁游宦之民，而顯耕戰之士。"注："不守本業，游散求官者。"後泛指離家在外作官。晉陸機陸士衡集五爲顧彥先贈婦詩之二："游宦久不歸，山川脩且闊。"文選作"遊宦"。

【游弈】巡邏。多指水軍。也作"游弋"。南史樊毅傳附樊猛："時猛與左衞將軍蔣元遜領青龍八十艘爲水軍，於白下游弈，以禦隋六合兵。"

【游軍】流動作戰的軍隊。三國志魏諸葛誕傳："又使監軍石苞、兗州刺史州泰等，簡鋭卒爲游軍，備外寇。"

【游畋】出遊田獵。漢王符潛夫論潛嘆："文王游畋，遇姜尚于渭濱，察言觀志而見其心，不諮左右，不諏羣臣，遂載反歸。"

【游食】㊀不務農而食。商君書農戰："學者成俗，則民舍農從事於説，高言僞議，舍農游食，而以言相高也。"漢書食貨志上引賈誼："今敺民而歸之農，皆著於本，使天下各食其力，末技游食之民，轉而緣南畮，則畜積足而人樂其所矣。"㊁至所在爲食。晉書赫連勃勃載記："吾以雲騎風馳，出其不意，……使彼（姚興）疲於奔命。我則游食自若，不及十年，嶺北河東，盡我有也。"

【游俠】古代指好交遊、勇於急人之難的人。韓非子五蠹："廢敬上畏法之民，而養游俠私劍之屬。"史記一二四有游俠傳，記漢初朱家劇孟郭解三人。也指仗義、急人之難。史記一二〇汲黯傳："黯爲人性倨，少禮，……然好學，游俠，任氣節，內行脩絜，好直諫，數犯主之顏色。"

【游衍】縱意遊樂。詩大雅板："昊天曰旦，及爾游衍。"文選南齊謝玄暉（朓）和伏武昌登孫權故城詩："于役儻有期，鄂渚同游衍。"唐李周翰注："衍，樂也。"

【游夏】指孔子學生言子游、卜子夏。論語先進："文學子游子夏。"因並稱游夏。文選三國魏曹子建（植）與楊德祖書："昔尼父之文辭，與人通流，至於制春秋，游夏之徒，乃不能措一辭。"按史記孔子世家謂"至於爲春秋，筆則筆，削則削，子夏之徒不能贊一辭"，不言子游。

【游屐】遊人所穿的木屐。代指游踪。元趙孟頫松雪齋集四投贈刑部尚書不忽木公詩："我非天下士，人謂地行僊。山好雙游屐，溪清一釣船。"

【游氣】浮遊於空中的雲氣。孔子家語五顏回："達于情性之理，通於物類之變，知幽明之故，覩游氣之原，若此可謂成人矣。"文選晉孫興公（綽）遊天臺山賦："爾乃羲和亭午，游氣高褰，法鼓琅以振響，衆香馥以揚煙。"這裏指海氣。

【游處】交遊相處。文選三國魏文帝（曹丕）與吳質書："昔日游處，行則連輿，止則接席，何曾須臾相失？"本也作"遊"。梁書到洽傳："但遊處周旋，並淹歲序，造膝忠規，豈可勝説。"

【游移】遲疑不決。聊齋志異周三："吏轉念去一狐，得一狐，是以暴易暴也，游移不敢卽應。"

【游湖】鱉的別名。詳"鱉㊀"。

【游詞】浮而不實的話。唐劉知幾史通書志："若乃前事已往，後來追證，課彼虛説，成此游詞，多見其老生常談，徒煩翰墨者矣。"

【游惰】遊蕩懶惰。商君書墾令："祿厚而稅多食口衆者，敗農者也。則以其食口之數賤而重使之，則辟淫游惰之民，無所於食。民無所於食則必農，農則草必墾矣。"惰，亦作"墮"。三國志吳韋曜傳博弈論："故山甫勤於夙夜，吳漢不離公門，豈有游墮哉！"

【游揚】宣揚，傳揚。史記一〇〇季布傳："曹丘至，卽揖季布曰：'……且僕楚人，足下亦楚人也，僕游揚足下之名於天下，顧不重邪？何足下距僕之深也！'"文選漢班孟堅（固）典引序："伏惟相如封禪，靡而不典；揚雄美新，典而亡實；然皆游揚後世，垂爲舊式。"

【游絲】飄動着的蛛絲。宋晏殊珠玉詞蝶戀花："滿眼游絲兼落絮，紅杏開時，一霎清明雨。"

【游魂】遊蕩的鬼魂。漢郯令景君闕銘："被病喪身，歸於幽冥，祖載之日，游魂象生。"（隸釋六）。也比喻苟延殘喘。文選晉孫子荆（楚）爲石仲容與孫晧書："吳之先主，起自荆州，……劉備震懼，亦逃巴岷。遂依丘陵積石之固，三江五湖，浩汗無涯，假氣游魂，迄于四紀。"注："魏明帝善哉行曰：'權實堅子，備則亡虜，假氣游魂，鳥魚爲伍。'"

【游電】閃動的電光。唐顏真卿顏魯公集十二贈裴將軍詩："劍舞若游電，隨風縈且迴。"

【游虞】遊戲娛樂。管子禁藏："衣服足以適寒温，禮儀足以別貴賤，游虞足以發歡欣。"漢書八一匡衡傳："陛下秉至孝，哀傷思慕不絕於心，未有游虞弋射之宴，誠隆於慎終追遠無窮已也。"

【游説】戰國時策士周遊各國，向君主陳説自己的政見或主張，稱爲游説。韓非子五蠹："事敗而弗誅，則游説之士，孰不爲用矰繳之説而徼倖其後？"史記六九蘇秦傳太史公曰："蘇秦兄弟三人，皆游説諸侯以顯名。"後泛指以言語勸説。漢書六二司馬遷傳報任安書："明主不深曉，以爲僕沮貳師，而爲李陵游説。"

【游語】嬉戲的言語。聊齋志異四雙燈："魏細視女郎，楚楚若仙，心甚悦之，然慚怍不能作游語。"

【游塵】浮遊的塵土。穀梁傳晉范甯序："拯頹綱以繼三五，鼓芳風以扇游塵。"疏："舊解以正樂爲芳風，淫樂爲游塵。……或以爲善之顯著者爲芳風，惡之煩碎者爲游塵。"文選南朝梁劉孝標（峻）廣絕交論："視若游塵，遇同土梗。"注："游塵土梗，喻輕賤也。"

【游幕】舊指在外地作幕僚。清會典事例四五吏部官員給憑："嗣後在籍領憑人員，有游幕出外者，……勒限半年以內回籍，領憑赴任。"

【游談】㊀同"游説"。戰國策趙二："雖然，奉陽君妬，大王不得任事，是以外賓客游談之士，無敢盡忠於前者。"漢書三六楚元王傳附劉向上封事："稱譽者登進，忤恨者誅傷；游談者助之説，執政者爲之言。"㊁交遊敍談。後漢書六一周舉傳附周勰："至延熹二年，乃開門延賓，游談宴樂。"又七六仇覽傳："覽乃正色曰：'天子修設太學，豈但使人游談其中！'"

【游履】遊歷。宋書宗炳傳："凡所游履，皆圖之於室，謂人曰：'撫琴動操，欲令衆山皆響。'"

【游賞】遊覽觀賞。晉書謝安傳:"安雖放情丘壑,然每游賞,必以妓女從。"

【游儀】古代測星的儀表名。周髀算經下之一:"卽以一游儀,希望牽牛中央星出中正表西幾何度。"漢趙君卿(爽)注:"游儀,亦表也。游儀移望,星爲正,知星出中正之表西幾何度,故曰游儀。"

【游盤】遊樂,留連忘返。盤,通"般"。文選晉束廣微(晳)補亡詩之一:"彼居之子,罔或游盤。"參見"盤遊"。

【游龍】㊀草名。卽馬蓼。以其枝葉夭矯如龍而名。詩鄭風山有扶蘇:"山有喬松,隰有游龍。"箋:"龍,紅草也。游龍,猶放縱也。"宋朱弁曲洧舊聞四:"紅蓼卽詩所謂游龍也。俗呼水紅花,江東人別澤蓼,呼之爲火蓼,道家方書亦有用者,呼爲鶴膝草,取其莖之形似也。然澤蓼有二種,味辛者酒家用以造麴。"㊁遊動的龍。比喻姿態婀娜。文選戰國楚宋玉神女賦:"忽兮改容,婉若游龍乘雲翔。"又三國魏曹子建(植)洛神賦:"其形也,翩若驚鴻,婉若游龍。"

【游蕩】遊樂放蕩。後漢書二七王丹傳:"其輕黠游蕩廢業爲患者,輒曉其父兄,使黜責之。"三國志魏武帝紀注引曹瞞傳:"太祖少好飛鷹走狗,游蕩無度。"

【游燕】遊玩宴樂。史記一一二主父偃傳徐樂上書言時務:"弘游燕之囿,淫縱恣之觀,極馳騁之樂。"也作"游讌"、"游宴"。文選漢枚叔(乘)七發:"往來游讌,縱恣乎曲房隱閒之中,此甘餐毒藥,戲猛獸之爪牙也。"又漢王子淵(褒)四子講德論:"恤民災害,不遑游宴。"

【游歷】漫遊或遊覽。文選三國魏李蕭遠(康)運命論:"及其孫子思,希聖備體而未之至,封己養高,勢動人主,其所游歷,諸侯莫不結駟而造門。"參見"遊歷"。

【游豫】遊樂。三國志魏齊王芳傳正始八年何晏奏:"可自今以後,御幸式乾殿及游豫後園,皆大臣侍從,因從容戲宴,兼省文書,詢謀政事,講論經義,爲萬世法。"參見"遊豫"。

【游館】供遊樂的宮館。卽離宮、別館。漢書三六楚元王傳附劉向上疏:"秦始皇帝葬於驪山之阿,……周回五里有餘;石椁爲游館,人膏爲燈燭,水銀爲江海,黃金爲鳧雁。"

【游學】周遊講學。韓非子五蠹:"國平養儒俠,難至用介士,所利非所用,所用非所利,是故服事者簡其業,而游學者日衆。"也指外出求學。史記陳丞相世家:"有田三十畝,獨與兄伯居。伯常耕田,縱平使游學。"後漢書三五鄭玄傳戒子書:"吾家舊貧,爲父母羣弟所容,去廝役之吏,游學周秦之都,往來幽并兗豫之域,獲觀乎在位通人,處逸大儒,得意咸從捧手,有所受焉。"

【游徼】鄉官名。秦置。掌管一鄉的察捕姦盜。兩漢至南北朝多沿置,後廢。參閱漢書百官公卿表上、宋書百官志下。

【游環】用皮革製成的靷環。古代駕御乘馬的用具。靷環在當中兩匹服馬的背上,套着兩旁驂馬的韁繩。靷環能夠移動,故稱游環。詩秦風小戎:"游環脅驅,陰靷鋈續。"釋文本作"斬環",謂在驂馬之背。參閱清俞樾俞樓雜纂五詩名物證古、陳喬樅詩經四家異文考游環脅驅(續清經解一六一)。

【游擊】㊀出沒無常地襲擊。文苑英華八一一唐沈亞之萬勝岡新城記:"是時李時亮爲先鋒將,使百騎游擊左右,獨五人環馳如轂。"㊁官名。漢置游擊將軍,爲雜號將軍。後代沿置,爲武散官。元廢。明復置,爲軍營將官,省稱游擊。清代綠營兵設游擊,職位次於參將。參閱歷代職官表五八參將遊擊等官表。

【游戲】遊樂嬉戲。史記六三莊子傳:"我寧游戲污瀆之中自快,無爲有國者所羈,終身不仕,以快吾志焉。"參見"遊戲"。

【游騎】流動突襲的騎兵。新唐書八四李密傳:"密率饒勇常何等二十人爲游騎,伏千兵莽間。"

【游舊】舊日的交遊。後漢書七七樊曄傳:"樊曄字仲華,南陽新野人也。與光武少游舊,建武初,徵爲侍御史,遷河東都尉,引見雲臺。"也作"遊舊"。梁書沈約傳:"高祖(蕭衍)在西邸,與約遊舊,建康城平,引爲驃騎司馬,將軍如故。"

【游獵】出遊打獵。史記一一七司馬相如傳子虛賦:"楚亦有平原廣澤游獵之地饒樂若此者乎?"又五八梁孝王世家:"王入則侍景帝同輦,出則同車游獵,射禽獸上林中。"

【游藝】論語述而:"志於道,據於德,依於仁,游於藝。"藝,禮、樂、射、御、書、數六藝。言置身於六藝的活動。後來泛指學藝的修養。文選南朝宋謝希逸(莊)宋孝武宣貴妃誄:"游藝殫數,撫律窮機。"

【游辭】㊀浮而不實的話。漢劉向說苑正諫:"(吳)王信用嚭之計。伍子胥諫曰:'夫越腹心之疾,今信其游辭僞詐而貪齊,譬猶石田無所用之。'"南朝宋裴駰史記集解序:"采經傳百家先儒之說,豫是有益,益皆抄內,删其游辭,取其要實。"㊁戲謔的言辭。亦作"游詞"。唐谷神子(鄭還古)博異志許漢陽:"有二青衣,雙鬟若鵶,素面如玉,迎舟而笑,漢陽訝之,而入以游詞,又大笑,返走入宅。"

【游邏】巡邏。宋書柳元景傳:"(劉)劭自登朱雀門督戰。軍至瓦官寺,與義軍游邏相逢,游邏退走,賊遂薄壘。"此指巡邏的兵卒。

【游鱗】游魚。文選晉潘安仁(岳)閑居賦:"游鱗瀺灂,菡萏敷披。"唐王維王右丞集三戲贈張五弟諲詩之三:"設罝守毚兔,垂釣伺游鱗。"

【游₂纓】游,本作"斿",旌旗的下垂飾物;纓,馬胸前的飾物。古代乘輿用此飾物,按等級尊卑各有定制。左傳桓二年:"鞶厲游纓,昭其數也。"

【游觀】㊀流覽。觀,音 guān。戰國策秦三:"則臣之志,願少賜游觀之間,望見足下而入之。"文選漢王子淵(褒)聖主得賢臣頌:"今臣僻在西蜀,生於窮巷之中,長於蓬茨之下,無有游觀廣覽之知,顧有至愚極陋之累。"㊁供遊樂的宮觀。觀,音 guàn。漢書八七上揚雄傳羽獵賦序:"營建章、鳳闕、神明、馺娑,漸臺、泰液,象海水周流方丈、瀛洲、蓬萊。游觀侈靡,窮妙極麗。"

【游目騁懷】縱目四望,開拓胸懷。晉書王羲之傳蘭亭集序:"仰觀宇宙之大,俯察品類之盛,所以游目騁懷,足以極視聽之娛,信可樂也。"

【游宦紀聞】宋張世南撰。十卷。記前人雜事軼聞多得於劉過程迥等所述,頗有足資考證者。

渾 1. hún ㄏㄨㄣˊ 户昆切,平,魂韻,匣。

㊀渾濁。老子:"敦兮其若樸,曠兮其若谷,渾(一作混)兮其若濁。"唐杜甫杜工部草堂詩箋六示從孫濟:"淘米少汲水,汲多井水渾。"㊁混同。文選晉孫興公(綽)遊天台山賦:"渾萬象以冥觀,兀同體於自然。"㊂全,滿。見"渾舍"。㊃簡直,幾乎。唐杜甫杜工部草堂詩箋九春望:"白頭搔更短,渾欲不勝簪。"唐羅隱甲乙集一焚書坑詩:"祖龍算事渾乖角,將爲詩書活得人。"㊄吐谷渾的略稱。舊唐書一二〇郭子儀傳:"兼河隴之地,雜羌渾之衆。"㊅水名。見"渾河"。㊆姓。春秋時衛有渾良夫,戰國時鄭有大夫渾罕。又爲唐鐵勒族九姓之一。參閱明陳士元姓觿二元韻。

2. hùn ㄏㄨㄣˋ

㈣通“混”。見“渾₂淆”、“渾₂殽”。

【渾一】統一。同“混一”。文選漢史子孝(岑)出師頌:“素旄一麾,渾一區宇。”

【渾天】古代解釋天體的一種學說。主張天地形狀像鳥卵,天包地像卵包黃。天半在地上,半在地下,南北兩極固定在天的兩端,日月星辰皆繞兩極極軸而旋轉。傳渾天說者,有漢末陸績、三國吳王蕃等。參閱宋書天文志一。

【渾元】指天地或天地元氣。文選漢班孟堅(固)幽通賦:“渾元運物,流不處兮。”又典引:“外運渾元,內沾豪芒。”

【渾成】完整,結成整體。元盛熙明圖畫考二筆法引郭熙:“筆跡不渾成,謂之疎,疎則無真意。”

【渾名】綽號。京本通俗小說拗相公:“老嫗道:‘官人難道不知王安石卽當今之丞相?拗相公是他的渾名。’”

【渾沌】㈠指天地形成前的元氣狀態。同“混沌”。淮南子詮言:“洞同天地,渾沌爲樸。未造而成物,謂之太一。”漢王充論衡談天:“說易者曰:‘元氣未分,渾沌爲一。’”㈡清濁不分貌。莊子應帝王:“中央之帝爲渾沌。”釋文:“崔(譔)云:‘渾沌無孔竅也。’李(軌)云:‘清濁未分也,此喻自然。’”後用以形容愚昧無知。參見“渾敦”。㈢傳說中的惡獸名。漢東方朔神異經西荒經:“崑崙西有獸焉,其狀如犬,長毛四足,兩目不見,兩耳而不聞,有腹而無臟,有腸直而不旋,食物徑過。人有德行而往牴觸之,人有凶德而往依憑之,天使其然,名爲渾沌。”

【渾身】全身。全唐詩六九三杜荀鶴蠶婦:“年年道我蠶辛苦,底事渾身着苧麻?”宋梅聖俞宛陵集二三和劉原甫復雨寄永叔詩:“渾身酸削懶能出,莫怪與公還往稀。”

【渾河】水名。1. 山西河北的桑乾河。因流濁易淤而稱。清康熙三十七年經修濬改道,更名永定河。參閱讀史方輿紀要十直隸一桑乾河。2. 遼寧的小遼河。源出遼寧清源縣東龍崗山,西南流入遼河。見讀史方輿紀要三七遼東都指揮使司渾河。3. 遼寧的佟家江,也叫渾江。見讀史方輿紀要三七瀋陽中衛渾河。

【渾花】擲骰子時,全部同一彩色。新五代史吳世家徐溫:“溫與(劉)信博,信斂骰子厲聲祝曰:‘劉信欲背吳,願爲惡彩,苟無二心,當成渾花。’溫遽止之,一擲,六子皆赤。”

【渾舍】全家。多指妻兒。唐韓愈昌黎集五寄盧仝詩:“昨晚長鬚來下狀,隔牆惡少惡難似,每騎屋山下窺闞,渾舍驚怕走折趾。”宋陸游劍南詩稿二四農家:“低垣矮屋倚江流,渾舍相娛到白頭。”

【渾家】㈠全家。唐詩紀事二八戎昱苦哉行:“妾家清河邊,七葉承貂蟬。身爲最小女,偏得渾家憐。”宋范成大石湖集二六雪中聞牆外鬻魚菜者求售之聲甚苦有感詩之二:“一身冒雪渾家煖,汝不能詩替汝吟。”㈡指妻。元曲選關漢卿竇娥冤楔子:“不幸渾家亡化已過,撇下這個女孩兒。”水滸十:“林冲的綿衣裙襖都是李小二渾家整治縫補。”

【渾厚】㈠樸實厚重。新唐書一七七李翱傳:“翱始從昌黎韓愈爲文章,辭致渾厚,見推當時。”㈡淳樸。指人的品概。清黃宗羲明儒學案五七徵君孫鍾元先生奇逢歲寒集:“骨肉之間,多一分渾厚,便多留一分天性,是非正不必太明。”

【渾涵】廣大深沈。新唐書二〇一杜甫傳贊:“唐興,詩人承陳隋風流,浮靡相矜。至宋之問沈佺期等,研揣聲音,浮切不差,而號律詩,競相襲沿。……至甫,渾涵汪茫,千彙萬狀,兼古今而有之。”

【渾淪】㈠指宇宙形成前的迷濛狀態。義同“渾沌”。列子天瑞:“太初者,氣之始也。太始者,形之始也。太素者,質之始也。氣形質具而未相離,故曰渾淪。渾淪者,言萬物相渾淪而未相離也。”㈡渾然一片,囫圇。朱子語類輯略二讀書法:“學者初看文字,只見得箇渾淪事物,久久看作三兩片,以至於十數片,方是長進。”元耶律楚材湛然居士集九謝聖安澄公餽藥詩:“仔細嚼時元不礙,渾淪吞下也無防。”

【渾₂淆】混雜。同“渾殽”。晉書陳壽等傳論:“處叔(王隱)區區,勵精著述,渾淆蕪舛,良不足觀。”

【渾脫】㈠舞曲名。唐杜甫杜工部草堂詩箋三三觀公孫大娘弟子舞劍器行序:“觀公孫氏舞劍器、渾脫,瀏灕頓挫,獨出冠時。”按唐張鷟朝野僉載記趙公長孫無忌以烏羊毛爲渾脫氈帽,人多效之,目其帽謂之趙公渾脫,因演以爲舞。㈡渡水的皮筏。神機制敵太白陰經四濟水具:“浮囊以渾脫羊皮,吹氣令滿,緊縛其空,縛於脅下,可以渡也。”宋蘇轍欒城集四十請戶部復三司諸案劄子:“訪聞河北道頃歲爲羊渾脫,動以千計。渾脫之用,必軍用乏水,過渡無船,然後須之。”㈢皮囊。明葉子奇草木子四下雜俎:“北人殺小牛,自脊上開一孔,逐旋取去內頭骨肉,外皮皆完,揉軟,用以盛乳酪酒湩,謂之渾脫。”

【渾渾】㈠混濁、紛亂貌。素問脈要精微論:“渾渾革至如涌泉。”注:“渾渾言脈氣濁亂也。”晉陸雲陸士龍集七九愍感逝:“將靄靄而未颺,世渾渾其難澄。”㈡渾厚質樸貌。漢揚雄法言問神:“虞夏之書渾渾爾。”唐韓愈昌黎集十二進學解:“上規姚姒,渾渾無涯。”姚姒,舜禹姓。㈢水流奔湧貌。同“滾滾”。荀子富國:“若是則萬物得其宜,上得天時,下得地利,中得人和,財貨渾渾如泉源,汸汸如河海,暴暴如丘山。”注:“渾渾,水流貌。……渾,戶本反。”

【渾敦】愚昧,冥頑。左傳文十八年:“昔帝鴻氏有不才子,掩義隱賊,好行凶德,醜類惡物,頑嚚不友,是與比周,天下之民,謂之渾敦。”注:“謂驩兜。渾敦,不開通之貌。”史記五帝紀作“渾沌”。

【渾₂殽】錯雜,混雜。同“混淆”。漢書五六董仲舒傳對策:“今則不然,累日以取貴,積久以致官;是以廉恥貿亂,賢不肖渾殽,未得其真。”

【渾源】縣名。屬山西省。戰國時趙地。秦屬雁門郡,漢爲雁門代二郡地。唐置渾源縣,以渾源川而名,屬雲州。金置渾源州,明清屬山西大同府。參閱寰宇通志八一大同府。

【渾瑊】公元735—799年。鐵勒族渾部人。世爲皋蘭都督。十一歲入朔方軍,從郭子儀平定安史之亂,防禦吐蕃回紇,著戰功。建中四年,朱泚叛亂,唐德宗奔至奉天,瑊與李晟馬燧并力恢復,以平朱泚功,授兵馬副元帥,封咸寧郡王。後又以平定李懷光功,加檢校司徒兼中書令。卒謚忠武。權德輿權載之集十三有渾公神道碑銘。新、舊唐書有傳。

【渾蓋】渾天和蓋天兩種古代天體學說的合稱。梁書崔靈恩傳:“先是儒者論天,互執渾、蓋二義,論蓋不合於渾,論渾不合於蓋。靈恩立義,以渾、蓋爲一焉。”

【渾箇】真個。全唐詩六一二皮日休新秋言懷寄魯望三十韻:“檜身渾箇矮,石面得能皺。”

【渾噩】漢揚雄法言問神:“虞夏之書渾渾爾,商書灝灝爾,周書噩噩爾。”渾渾,渾厚質樸貌。噩噩,嚴肅正大貌。後因稱上古淳樸爲渾噩之世。元袁桷清容居士集四善之僉事兄南歸述懷百韻:“約制如竟寧,渾噩回正始。”又指混沌無際貌。清王夫之薑齋詩話三引明金堡詩:

"雲壓江心天渾團，蝨居豕背地寬饒。"

【渾鐵】純鐵。元史一六六隋世昌傳:"鍛渾鐵爲鎗，重四十餘斤，能左右擊刺。"

【渾不似】樂器名。四弦，長項，圓鼙。俗名琥珀槌。元史禮樂志五宴樂之器作"火不思"，清文獻通考一六四樂十作"和必斯"，明人或作"虎撥思"。參閱明沈德符顧曲雜言、蔣一葵長安客話二。

【渾天儀】我國古代觀測天體位置的儀器，類似現在的天球儀。又名渾象、渾儀。後漢書五九張衡傳:"遂乃研覈陰陽，妙盡璇機之正，作渾天儀。"又名璣衡。書舜典"在璿璣玉衡以齊七政"唐孔穎達疏:"璣衡者，璣爲轉運，衡爲橫簫，運璣使動於下，以衡望之;是王者正天文之器，漢世以來，謂之渾天儀。"參閱新唐書天文志一。

【渾金璞玉】未鍊的金，未琢的玉。比喻人品純眞質樸。晉書王戎傳:"嘗目山濤如璞玉渾金，人皆欽其寶，莫知名其器。"藝文類聚五三南朝梁元帝爲東宮薦石門侯啟:"點漆凝脂，事逾衛玠;渾金璞玉，才匹山濤。"

【渾蓋通憲圖説】明李之藻著。二卷。據明末意大利人熊三拔簡平儀説，合渾天、蓋天二説而成。上卷論述觀測天體運行的方法，下卷用圖説明，共十九篇。

湉 tián 徒兼切，平，添韻，定。ㄊㄧㄢˊ

水静流貌。見下。參見"澶湉"。

【湉湉】水静貌。唐杜牧樊川集四懷鍾陵舊游詩之三:"白鷺煙分光的的，微漣風定翠湉湉。"

渼 měi 無鄙切，上，旨韻，明。ㄇㄟˇ

見"渼陂"。

【渼陂】古湖名。在陝西鄠縣(今作户縣)西。渼陂受終南山之水，西北流入澇水。以魚美得名。唐杜甫杜工部草堂詩箋七有渼陂行。參閱水經注十九渭水、宋吴曾能改齋漫録六渼陂。

湔 1. jiān 則前切，平，先韻，精。ㄐㄧㄢ 子先切，平，仙韻，精。子賤切，去，線韻，精。

㊀洗滌。見"湔洗"。㊁水名。見"湔江"。

2. jiàn ㄐㄧㄢˋ

㊂濺灑。戰國策齊三:"君聽臣則可。不聽臣，若臣不肖也，臣輒以頸血湔足下衿。"

【湔江】古水名。即湔水。出蜀郡綿虒玉壘山，東經廣漢南會於雒水，爲中江上流。漢蜀郡太守文翁曾開渠引水灌溉農田千七百頃。參閱漢書地理志上蜀郡、水經注三三江水。

【湔洒】洗濯。引申爲清除過惡。同"湔洗"。漢書六三昌邑王(賀)傳:"過弘農，使大奴善以衣車載女子。至湖，使者以讓相安樂，安樂告(龔)遂。遂入問賀，賀曰:'無有'。遂曰:'卽無有，何愛一善以毁行義，請收屬吏，以湔洒大王。'卽捽善屬衞士長行法。"

【湔洗】㊀洗滌。三國志魏華佗傳:"病若在腸中，便斷截湔洗，縫腹膏摩，四五日差。"㊁洗刷污穢。比喻改過自新。舊唐書一二三劉晏傳遺元載書:"使僕湔洗瑕穢，率罄愚懦，當憑經義，請護河堤，冥勤在官，不辭水死。"

【湔祓】洗除舊惡。戰國策楚四:"今僕之不肖，……沈洿鄙俗之日久矣，君獨無意湔祓僕也，使得爲君高鳴屈於梁乎?"一説"祓"應作"拔"。湔拔，卽薦拔。見清黄丕烈札記。

【湔雪】洗雪。唐柳宗元柳河東集附録宋嚴有翼柳文序:"作史者不復審其是非，第以一時成敗論人，故黨人之名不可湔雪。"

【湔裳】古俗元日至月底，士女酹酒洗衣於水邊，祓除不祥。隋杜臺卿玉燭寶典一:"元日至于月晦，民並爲酺食渡水，士女悉湔裳，酹酒於水湄，以爲度厄。"也作"湔衫。"宋穆脩河南穆公集一清明連上巳詩:"改火清明度，湔衫上巳連。"

【湔氐道】古縣名。周氐羌地，漢置湔氐道(秦漢時代少數民族地區設的縣稱道)，屬蜀郡。三國蜀屬汶山郡，晉廢。故城在今四川松潘縣西北。參閱讀史方輿紀要六七成都府茂州。

湭 qiú 字彙 才周切，音酋。ㄑㄧㄡˊ

水源。古文苑六漢黄香九宫賦:"卽蹴縮以檄濡，坎娗援以湭煬。"注:"湭，水之源;煬，火之熾也。"

湴 bàn 蒲鑑切，去，鑑韻，並。ㄅㄢˋ

深泥。同"埿"。參見"埿㊀"。

【湴河】指人馬陷落流沙或泥淖之中。星相術士借以爲遭逢惡運之詞。參閱宋沈括夢溪筆談三辨證一、清俞樾茶香室續鈔七湴河。

溈 wéi 薳支切，平，支韻，于。ㄨㄟˊ

亦作"潙"。見下。

【溈山】山名。在湖南寧鄉縣西，以溈水源出於此，故名。又名大溈山。以别於醴陵縣的小溈山。唐釋靈祐曾居此山密印寺七年，世稱溈山禪師。參閱嘉慶一統志三五四長沙府山川寺觀。

【溈水】水名。1.湘江的支流。在今湖南寧鄉縣西，東北流入湘江。參閱水經注二八湘水。2.在山西永濟縣南六十里，源出歷山，西流入河。參閱嘉慶一統志一四〇蒲州府山川。

【溈仰宗】佛教禪宗五家之一，屬南宗的南嶽一系。禪宗六祖慧能四傳至靈祐，住潭州溈山，嗣法於百丈懷海禪師，世稱溈山禪師;溈山傳慧寂，住袁州仰山，世稱仰山禪師。二人自成一派，稱溈仰宗。此派談禪理多用暗示。盛行於五代，入宋衰微不傳。

湊 còu 倉奏切，去，候韻，清。ㄘㄡˋ

㊀會合，聚合。逸周書作雒:"乃作大邑成周于土中，……以爲天下之大湊。"楚辭漢劉向九歎逢紛:"赴江湘之湍流兮，順波湊而下降。"㊁趨，奔赴。戰國策燕一:"樂毅自魏往，鄒衍自齊往，劇辛自趙往，士爭湊燕。"㊂拚合。宋陳亮龍川集十九與章德茂侍郎書之二:"歲食米四百石，只得二百石，尚欠其半，逐漸湊，不勝其苦。"㊃通"腠"。見"湊理"。

【湊巧】偶然相合。吴騷合編正宫一沈青門擬秋閨思雁過聲:"無聊，況復湊巧，風和雨，縱横正飄。"又仙吕一王伯穀桂枝香曲:"等閒間一見尤難，平白地兩邊湊巧。"

【湊泊】凝合，聚結。景德傳燈録十一袁州仰山慧寂禪師:"我今分明向汝説聖邊事，且莫將心湊泊，但向自己性海，如實而修。"續傳燈録三一湛堂智深禪師:"浮世虚幻，本無去來;四大五蘊，必無終盡。……蓋地水風火因緣和合，暫時湊泊，不可錯認爲己有。"

【湊理】皮與肌肉之間爲湊理。同"腠理"。漢桓寬鹽鐵論大論:"扁鵲攻於湊理，絶邪氣，故癰疽不得成形。"宋書王僧達傳解職表:"兼比日眩瞀更甚，風虚漸劇，湊理合閉，榮衞惛底。"

【湊會】聚集，會合。漢桓寬鹽鐵論力耕:"雖有湊會之要，陶宛之術，無所施其巧。"指衝要之地，四方聚合。文選漢馬季長(融)長笛賦:"薄湊會而凌節兮，馳趣期而赴躓。"指奏樂，繁音相合。

【湊懣】積悶不舒。漢王充論衡言毒:"草木之中，有巴豆、野葛，食之湊懣，頗多殺人。不知此物稟何氣於天。"

渤 bó ㄅㄛˊ 蒲没切,入,没韻,並。

㊀滂渤,湧出貌。文選漢枚叔(乘)七發:“觀其兩旁則滂渤怫鬱。”㊁渤海,省作“渤”。南朝宋鮑照鮑氏集三代陸平原君子有所思行:“築山擬蓬壺,穿地類溟渤。”詳“渤海”。

【渤海】㊀我國內海。在遼東半島和山東半島之間,以渤海海峽與黃海相通。也作“勃海”。史記高帝紀六年:“夫齊……北有勃海之利。”索隱:“崔浩云:‘勃,旁跌也。旁跌出者,横在濟北。’”㊁唐時我國靺鞨族等所建的地方政權,受唐封爲左驍衛大將軍、渤海郡王,改名渤海。最盛時全境包括松花江以南,以至日本海。有五京、十五府、六十二州。至遼天顯元年爲遼所滅,改稱東丹。參閱舊唐書一九九渤海靺鞨傳、新唐書二一九渤海傳、遼史太祖紀下。

【渤溢】水波騰湧貌。唐元稹長慶集二五有酒詩之八:“鯨歸穴兮渤溢,鰲載山兮低昂。”

【渤澥】卽渤海。漢書五七上司馬相如傳子虛賦:“浮渤澥,游孟諸。”史記作“勃澥”。初學記六海:“按東海之别有渤澥,故東海共稱渤海,又通謂之滄海。”

渠 1. qú ㄑㄩˊ 强魚切,平,魚韻,羣。

㊀溝渠,壕溝。國語晉二:“景霍以爲城,而汾、河、涑、澮以爲渠。”也指人工開鑿的水道。史記河渠書:“秦欲殺鄭國。鄭國曰:‘始臣爲閒,然渠成亦秦之利也。’秦以爲然,卒使就渠。”㊁古代車輪的外圈。周禮考工記下車人:“車人爲車,柯長三尺,……渠三柯者三。”注引鄭司農(衆):“渠謂車輮,所謂牙。”㊂盾。國語吳:“建肥胡,奉文犀之渠。”注:“肥胡,幡也。文犀之渠,謂楯也。文犀,犀之有文理者。”㊃他。三國志吳趙達傳:“(公孫)滕如期往,乃陽求索書,驚言失之,云:‘女婿昨來,必是渠所竊。’”全唐詩八〇六寒山詩三百三首:“蚊子叮鐵牛,無渠下觜處。”㊄大。見“渠魁”、“渠帥”。

2. jù ㄐㄩˋ 集韻 其據切,去,御韻。

㊅豈,哪裏。通“詎”。史記七十張儀傳:“且蘇君在,儀寧渠能乎!”㊆通“遽”。史記九七陸賈傳:“尉他大笑曰:‘吾不起中國,故王此。使我居中國,何渠不若漢?’”漢書四三作“何遽”。

【渠₂央】匆促完結。渠,通“遽”,促;央,完結。晉陶潛陶淵明集四讀山海經詩之八:“方與三辰游,壽考豈渠央。”參見“未渠央”。

【渠丘】㊀古地名。1.春秋齊地。雍廩爲渠丘大夫。見左傳莊八年。故址在今山東桓臺縣東。2.周莒子國地。莒君居渠丘。左傳成八年:“晉侯使申公巫臣如吳,假道于莒,與渠丘公立于池上。”卽此。故址在今山東莒縣。㊁複姓。也作著丘氏,嬴姓,莒國君主居於渠丘,故稱渠丘公。參閱通志氏族三以邑爲氏諸國邑。

【渠江】水名。古稱宕渠水。源出四川萬源縣東,西南流經宣漢達縣渠縣廣安等縣,至合川縣與嘉陵江會合。見嘉慶一統志四〇八綏定府一。

【渠門】旗名。一說是兩旗相交接,作爲軍門。國語齊:“(桓公)遂下拜,升,受命。賞服大輅、龍旗九旒、渠門、赤旂。”注:“賈侍中云:‘……渠門,亦旗名。’(韋)昭謂:……渠門,兩旗所建,以爲軍門,若今牙門也。”

【渠股】跰脚。卽羅圈腿。山海經海内經:“韓流擢首,謹耳人面,豕喙麟身,渠股豚止。”注:“渠,車輞,言跰脚也。”

【渠眉】玉飾上隆起的雕紋。周禮春官典瑞:“駔圭、璋、璧、琮、琥、璜之渠眉。”注:“渠眉,玉飾之溝瑑也,以組穿聯六玉溝瑑之中。”疏:“此六玉兩頭皆有孔,又於兩孔之間爲溝渠,於溝之兩畔稍高爲眉瑑。”

【渠弭】小海。國語齊:“反其侵地棠潛,使海於有蔽,渠弭於有渚,環山於有牢。”注:“賈侍中(逵)云:‘海,海濱也,渠弭,裨海也。水中可居者曰渚。’”也作“渠彌”。管子小匡:“渠彌於有陼。”

【渠帥】魁首。史記一一七司馬相如傳:“會唐蒙使略通夜郎西僰中,發巴蜀吏卒千人,郡又多爲發轉漕萬餘人,用興法誅其渠帥,巴蜀民大驚恐。上聞之,乃使相如責唐蒙,因喻告巴蜀民非上意。”也泛指行業的出頭人物。太平廣記四八七唐蔣防霍小玉傳:“長安有媒鮑十一娘者,……性便辟,巧言語,豪家戚里,無不經過,追風挾策,推爲渠帥。”

【渠荅】守城禦敵的戰具。荅,也作“答”。墨子備城門:“城上二步一渠,渠立程,丈三尺,冠長十丈,辟(臂)長六尺;二步一荅,廣九尺,袤十二尺。”尉繚子攻權:“津梁未發,要塞未修,城險未設,渠荅未張,則雖有城無守矣。”

【渠挐】農具名。耙子的别稱。方言五:“杷,宋魏之間謂之渠挐,或謂之渠疏。”廣雅釋器:“渠挐謂之杷。”清王念孫疏證:“齊魯謂四齒杷爲欋,欋與渠挐、渠疏,皆語之轉也。”

【渠率】同“渠帥”。率,通“帥”。史記建元以來侯者年表安遠:“日逐王將衆來降漢,……衆頗有欲還者,因斬殺其渠率,遂與俱入漢。”又一〇四田叔傳:“(景帝)以爲魯相。魯相初到,民自言相,訟王取其財物百餘人。田叔取其渠率二十人,各笞五十,餘各搏二十。”參見“渠帥”。

【渠勒】漢代西域城國,後爲流沙所没。地在今新疆洛浦縣境。見漢書九六上西域傳。

【渠略】蟲名。卽蜉蝣。爾雅釋蟲:“蜉蝣,渠略。”疏:“陸璣疏云:‘蜉蝣,方土語也,通謂之渠略。’”說文作“蝨蟟”。方言十一秦晉之間謂之“蟝蟷”。

【渠渠】殷勤貌。詩秦風權輿:“於我乎,夏屋渠渠!今也每食無餘。”傳:“夏,大也。”箋:“屋,具也。渠渠,猶勤勤也。言君始於我厚設禮食,大具以食我,其意勤勤然。”唐孔穎達疏謂爲高大貌;宋朱熹集傳謂爲深廣貌;清王引之廣雅疏證謂爲盛貌。

【渠₂渠₂】局促不安貌。荀子修身:“人無法則倀倀然,有法而無志其義,則渠渠然。”注:“渠渠,不寬泰之貌。志,識也。不識其義,謂但拘守文字而已。”

【渠搜】㊀古西戎國名。當大宛北界,在葱嶺以西。書禹貢:“織皮崐崘、析支、渠搜,西戎卽敍。”漢書地理志上作“渠叟”。隋代稱鏺汗國。見隋書西域傳。㊁古縣名。漢置,屬朔方郡。故址在今內蒙古烏拉特前旗東南。見漢書地理志下。

【渠椀】以車渠殼製成的椀。南朝齊謝朓謝宣城集二金谷聚詩:“渠椀送佳人,玉桮要上客。”參見“車渠”。

【渠犂】漢代西域城國名。漢武帝時通西域,於此置校尉,進行屯田。見漢書九六下西域傳。其地在今新疆輪臺縣和尉犂縣之間。

【渠魁】首領。舊稱武裝反抗集團或敵對者的首領。書胤征:“殲厥渠魁,脅從罔治。”

【渠輩】猶言他們。宋朱熹朱文公集五三答胡季隨書之十一:“王氏中說,最是渠輩所尊信,依倣以爲眼目者。”金史斜都傳:“君相之位,皆渠輩爲之,奈何?”

【渠儂】他,他們。古吳方言。宋曾幾茶山集五次憂字韻詩:“惟有塤篪發清吹,渠儂無厭亦無求。”元高德基平江記事:

"嘉定州去平江一百六十里，鄉音與吳城尤異，其並海去處號三儂之地，蓋以鄉人自稱曰吾儂，稱他人曰渠儂，問人曰誰儂。"參見"儂"。

【渠衝】攻城的大車。荀子彊國："爲人臣者，不恤己行之不行，苟得利而已矣，是渠衝入穴而求利也。"

【渠縣】縣名，屬四川省。漢宕渠縣地，屬巴郡。南朝梁置渠州。明改爲縣。參閱寰宇通志六四順慶府廣安州。

【渠觀】石渠東觀，皆爲帝王藏書之所。宋衞涇後樂集十五答周知縣寓："淸才雅韻，宜在渠觀，以階遠用，回翔州縣，已爲弗稱，況又淹邮耶！"

【渠伊錢】南唐張崇帥廬州，貪縱不法。嘗應召至江都，州民以爲將改任，相慶謂"渠伊不復來矣"。渠伊，吳語方言他。崇歸聞其事，因計口徵渠伊錢。參閱宋鄭文寶江南餘載上、淸吳任臣十國春秋九張崇傳。參見"捋鬚錢"。

【渠那異】花木名。卽夾竹桃。宋陳善捫蝨新話四論南中花卉："南中花木，有北地所無者，茉藜花、含笑花、闍提花、渠那異花之類。"一本作"鷹爪花"。宋張淏艮嶽記："金蛾、玉羞、虎耳、鳳尾、素馨、渠那、茉莉、含笑之草，……悉成長養於雕闌曲檻。"

【渠們底箇】他們，那箇。唐劉知幾史通雜說中北齊諸史："渠們底箇，江左彼此之辭；乃若君卿，中朝汝我之義。"

湅 liàn 郎甸切，去，霰韻，來。ㄌㄧㄢˋ
煮絲絹使之軟熟。周禮考工記㡛氏："湅絲以涚水。……湅帛以欄爲灰。"

湢 bì 彼側切，入，職韻，非。ㄅㄧˋ
㊀浴室。禮內則："外內不共井，不共湢浴。"釋文："本又作'偪'。"㊁整肅貌。漢賈誼新書容經："軍旅之容，湢然肅然固以猛。"㊂見"湢測"。

【湢測】迫蹙貌。史記一一七司馬相如傳上林賦："湢測泌瀄，橫流逆折。"索隱："湢測，相迫也。"指水勢洶湧。文選作"偪側"。

湮 yīn yān 於真切，平，真韻，影。烏前切，平，先韻，影。ㄧㄣ ㄧㄢ
同"堙"。㊀埋没。國語周下："絕後無主，湮替隸圉。"文選漢司馬長卿(相如)封禪文："紛綸威蕤，湮滅而不稱者，不可勝數。"史記一一七司馬相如傳作"堙"。㊁壅塞。說文作"垔"。莊子天下："昔禹之湮洪水，決江河，而通四夷九州也，名山三百，支川三千，小者无數。"釋文："湮，音因，又音烟。塞也，没也。"太平御覽六八，又八二引莊子並作"堙"。

【湮汨】埋没。新唐書一〇七陳子昂傳奏八科："賢人未嘗不思效用，顧無其類則難進，是以湮汨于時。"陳伯玉集八答制問事明必得賢科作"陻没"。

【湮没】㊀滅亡。史記一一七司馬相如傳封禪文："首惡湮没，闇昧昭晢。"文選漢孔文擧(融)論盛孝章書："其人困於孫氏，妻孥湮没，單孑獨立，孤危愁苦。"㊁埋没。後漢書六十下蔡邕傳："適作靈紀及十意，又補諸列傳四十二篇，因李傕之亂，湮没多不存。"

【湮阨】阻塞，困滯。唐韓愈昌黎集一感二鳥賦："余生命之湮阨，曾二鳥之不如。"

渮 hé 古俄切，平，歌韻，見。ㄏㄜˊ 集韻寒歌切，平，歌韻。
水名。也作"菏"。古濟水的支流。流經河南省舊陳州、開封及山東省舊曹州。早已淤塞。書禹貢："導沇水，東流爲濟，……又東至于菏。"傳："菏澤之水。"

【渮澤】㊀古澤名。書禹貢："導菏澤，被孟豬。"爲古濟水流注積聚而成，在今山東定陶縣北。參閱寰宇通志七三兗州府山川。㊁縣名。屬山東省。本漢濟陰郡句陽縣地。金改置濟陰縣，元省入曹州。淸雍正十三年升州爲府，以州地置菏澤縣，爲曹州府治。參閱淸文獻通考二七二輿地四。

渃 ruò 集韻日灼切，入，藥韻。ㄖㄨㄛˋ
㊀大貌。指水。楚辭漢王逸九思疾世："望江漢兮濩渃，心緊絭兮傷懷。"㊁水名。見"渃溪"。

【渃溪】水名。在湖北枝江縣東，入長江。舊時江行遇風，多避於此。參閱嘉慶一統志一二七荊州府一。

湛 1. zhàn 徒減切，上，豏韻，定。ㄓㄢˋ
㊀深厚。見"湛湛"。㊁澄淸。文選晉謝叔源(混)遊西池詩："景昃鳴禽集，水木湛淸華。"㊂水名。見"湛水"。㊃姓。東漢有大司農湛重。晉有陶侃母湛氏。又有湛方生。參閱宋邵思姓解一水。

2. dān 丁含切，平，覃韻，端。ㄉㄢ
㊄喜樂。通"耽"。詩小雅鹿鳴："鼓瑟鼓琴，和樂且湛。"又常棣："兄弟既翕，和樂且湛。"釋文："又作耽。韓詩云：樂之甚也。"㊅徐緩。太玄經十太玄告："是故地坎而天嚴，月遄而日湛。"注："湛，謂潭潭，徐遲之貌也。"

3. chén 直深切，平，侵韻，澄。ㄔㄣˊ
㊆沈没。通"沈"。漢書八七上揚雄傳反離騷："違靈氛而不從兮，反湛身於江皋。"漢書四九爰盎傳："盎病免家居，與閭里浮湛相隨行，鬬雞走狗。"

4. jiān ㄐㄧㄢ
㊇浸，漬。通"漸"(鹽韻)。禮內則："漬，取牛肉，必新殺者，薄切之，必絕其理，湛諸美酒。"注："湛亦漬也。"釋文："湛，子潛反，直蔭反，又將鴆反，一音陟鴆反。"

【湛水】水名。1. 在河南寶豐縣東南。東流經葉縣入北汝河。左傳襄十六年，楚公子格率師與晉欒偃戰於湛阪，卽在此水之北。參閱水經注二一汝水。2. 在河南濟源縣西南，東南流入黃河。參閱水經注六湛水。

【湛$_2$沔】沈湎，沈迷。漢書六八霍光傳："與從官官奴夜飲，湛沔於酒。"注："湛讀曰沈，又讀曰耽。沈沔，荒迷也。"

【湛恩】深恩。史記一一七司馬相如傳難蜀父老："威武紛紜，湛恩汪濊，羣生澍濡，洋溢乎方外。"

【湛寂】深窈，深寂。廣弘明集二二唐太宗三藏聖教序："妙道凝玄，遵之莫知其際；法流湛寂，挹之莫測其源。"

【湛湛】㊀露濃重貌。詩小雅湛露："湛湛露斯，匪陽不晞。"㊁厚重貌。楚辭屈原九章哀郢："忠湛湛而願進兮，妬被離而鄣之。"指品性厚重。唐韋應物韋江州集二善福精舍示諸生詩："湛湛嘉樹陰，淸露夜景沈。"指樹木重重。㊂水深貌。楚辭宋玉招魂："湛湛江水兮上有楓，目極千里兮傷春心。"注："湛湛，水貌。"㊃淸貌。晉陸機陸士衡集三大暮賦："肴饛饛其不毀，酒湛湛而每盈。"

【湛然】㊀公元711—782年。唐代佛教天台宗高僧，居台州國淸寺。本姓戚，晉陵荊溪人。時人號爲荊溪尊者。當時華嚴、法相及禪宗漸盛，湛然以中興天台自任，推闡隋智顗之說，後人稱爲天台六祖。撰有法華釋籤法華疏記等書。書法師鍾繇，工眞行，有衡嶽碑傳世。宋開寶中，吳越王錢氏請於朝，謚爲圓通尊者。參閱宋高僧傳六唐台州國淸寺湛然傳。㊁元耶律楚材別號。參見"湛然居士集"。

【湛$_3$漸】深沈隱伏。漢書八五谷永傳與王音書："意豈將軍忘湛漸之義，委曲從順，所執不彊，不廣用士，尚有好惡之忌，蕩蕩之德未純。”注：“湛讀曰沈，漸讀曰潛。”參見“沈漸”。

【湛澹】波浪起伏貌。玉臺新詠一魏文帝清河作詩：“方舟戲長水，湛澹自浮沉。”一本作“湛淡”。

【湛盧】㈠劍名。相傳春秋時歐冶子所造。見越絶書外傳記寶劍。又説吳王得越所獻寶劍三枚，一曰魚腸，二曰磐郢、三曰湛盧。見吳越春秋四闔閭內傳。文選晉左太沖（思）吳都賦：“吳鉤越棘，純鈞湛盧。”㈡山名。在福建松溪縣，山形削拔，常有雲霧繚繞，相傳爲歐冶子鑄劍處。見讀史方輿紀要九七建寧府松溪縣。

【湛露】㈠詩小雅篇名，序謂天子宴諸侯之詩。左傳文四年：“昔諸侯朝正於王，王宴樂之，於是乎賦湛露。”㈡濃重的露。楚辭屈原九章悲回風：“吸湛露之浮源兮，漱凝霜之雰雰。”

【湛瀿】波浪騰湧貌。文選晉木玄虛（華）海賦：“跃踔湛瀿，沸潰渝溢。”注：“跃踔湛瀿，波前却之貌。”

【湛若水】公元1466—1560年。明廣東增城人。字元明。弘治十八年進士，授翰林院編修。嘉靖間，累官南京吏、禮、兵三部尚書。少時，從學陳獻章。初與王守仁同講學，後各立宗旨，守仁以致良知爲宗，若水以隨處體驗天理爲宗。遂分王、湛兩學派。學者稱甘泉先生。有湛甘泉集。明史有傳。

【湛園集】清姜宸英撰，八卷，附札記二卷。宸英習古文，治學勤苦，集中所作，多具特識，文章亦簡潔有致，札記皆考證經史之文，訂正三禮者尤多。宸英以布衣負重名，康熙三十六年舉進士，時年已七十，三十八年任順天府鄉試副主考，以科試有弊，逮死獄中。集中文字皆爲未第前作。四庫全書總目所録爲黃叔琳刪定本。

【湛淵静語】元白珽撰，二卷。爲雜記之文。辨析考證，多有可取。其記汴京故宮，尤爲詳備。白珽別有湛淵集一卷，賦二篇、詩六十三首、文二篇。

【湛然居士集】元耶律楚材撰，共十四卷。載詩爲多，間有書序、碑記之類。楚材佐成吉思汗（太祖）窩闊台（太宗）前後三十年，官中書令，元王朝立國規模，楚材之謀劃爲多。

港

1. gǎng ㄍㄤˇ 古項切，上，講韻，見。

㈠江河的分流。唐韓愈昌黎集二十送王秀才序：“道於楊墨老莊佛之學，而欲之聖人之道，猶航斷港絶潢，以望至於海也。”㈡可以停泊航船的江灣或海灣。宋楊萬里誠齋集三三舟中買雙鱖魚詩：“小港阻風泊烏舫，舫前漁艇晨收網。”

2. hòng ㄏㄨㄥˋ 胡貢切，去，送韻，匣。

㈢見“港$_2$洞”。

【港$_2$洞】相通。文選漢馬季長（融）長笛賦：“庨窌巧老，港洞坑谷。”注：“港洞，相通也。”

湖

hú ㄏㄨˊ 户吳切，平，模韻，匣。

湖泊。周禮夏官職方氏：“其川三江，其浸五湖。”

【湖口】縣名。屬江西省。在彭蠡（鄱陽）湖之口，故名。南朝宋時爲湖口戍。唐置湖口鎮，南唐時升爲湖口縣。明清皆屬九江府。參閲寰宇通志四十九九江府。

【湖北】省名。在洞庭湖之北，故名。別稱鄂。書禹貢荊州地。戰國屬楚。漢置江夏、南郡二郡。唐分屬淮南、江南西及山南東道。宋屬荊湖北路及京西南路、夔州路。元置湖廣行中書省。明置湖廣布政使司。清置湖北省。治所在武昌府。參閲嘉慶一統志三三四湖北統部建置沿革。

【湖田】利用湖水灌溉的田。唐韋應物韋江州集四送唐明府赴溧水詩：“魚鹽濱海利，薑蔗傍湖田。”

【湖州】府名。三國吳寶鼎元年分丹陽設吳興郡，治烏程。隋仁壽二年改置湖州。後廢。唐天寶元年復置，宋沿置。元改湖州路。明初改湖州府。公元1912年廢府，以府治烏程歸安二縣，合置吳興縣。參閲讀史方輿紀要九一湖州府。

【湖南】省名。在洞庭湖之南，故名。因湘水貫通南北，別稱湘。禹貢荊州地。春秋戰國屬楚。漢置桂陽武陵零陵三郡，建長沙國，皆屬荊州。三國屬吳，晉屬荊州。唐分屬江南西及山南東黔中三道。宋分置荊湖南路荊湖北路。元置湖廣行省。明置湖廣布政使司。清置湖南省。治所在長沙。見嘉慶一統志三五三湖南統部建置沿革。

【湖孰】縣名。漢置，屬丹陽郡。隋廢。故城在今江蘇江寧縣東南湖熟鎮。孰，熟本字。參閲讀史方輿紀要二十江寧府江寧縣湖熟城。

【湖陸】縣名。漢湖陵縣，屬山陽郡。後漢章帝元和元年更名湖陸，晉分屬高平國。南朝齊廢。故城在今山東魚臺縣。參閲嘉慶一統志一八三濟寧州魚臺縣。

【湖湘】洞庭湖和湘江地帶。景色優美，且爲魚米之鄉。宋黃庭堅山谷詩外集補四客自潭府來稱因明寺僧作静照堂求予作：“正苦窮年對塵土，坐令合眼夢湖湘。”

【湖陽】縣名。古蓼國地。漢置縣，屬南陽郡。東漢初，光武帝封姊爲湖陽公主，即以此地爲封邑。晉廢。宋嘉定十二年，孟宗政敗金人於湖陽，即此。故城在今河南唐河縣南湖陽鎮。參閲漢書地理志上、讀史方輿紀要五一南陽府唐縣湖陽城。

【湖嵌】石的別稱。唐韓愈昌黎集八城南聯句詩：“瀟碧遠輸委，湖嵌費攜擎。”注：“湖本作‘胡’。方（崧卿）云：瀟碧，竹也；湖嵌，石也。”

【湖筆】湖州所産的毛筆。湖州，今浙江吳興縣。元時州人馮應科陸文寶善製筆，鄉人相習，以湖筆著名於世。參閲浙江通志一九六方技上。

【湖廣】地區名。宋有荊湖北路、荊湖南路，元時立湖廣行中書省，兼包宋之荊湖南北、廣南東西四路，相當於今兩湖、兩廣。明分爲湖廣、廣東、廣西三布政使司，湖廣始專指兩湖之地。清代設兩湖總督，亦稱湖廣總督。參閲元史地理志六、明史地理志五。

【湖學】宋仁宗寶元年間，滕宗諒知湖州，聘胡瑗爲教授。瑗分經義和治事兩齋，嚴立學規，因材施教，其弟子多至數千人，當時稱爲湖學。慶曆中，朝廷興辦太學，明令推行他的學規和教法。見宋史一九一胡瑗傳、宋元學案一安定學案。

【湖翻】湖水突然泛濫成災。元周密癸辛雜識續集上：“宋末，浙西地方大風駕湖水而來，田廬頃刻而盡，名之曰湖翻。”

【湖水褐】顏色名。明陶宗儀輟耕録十一采繪法：“湖水褐，用粉入三綠合。”

【湖海氣】豪放的意氣。三國志魏陳登傳：“後許汜與劉備並在荊州牧劉表坐，表與備共論天下人，汜曰：‘陳元龍湖海之士，豪氣未除。’”元龍，登字。宋劉敞公是集十五寄楊忱明叔詩：“君有湖海氣，沉碭凌斗牛。”金元好問遺山集三范寬秦川圖詩：“元龍未除湖海氣，李白豈是蓬蒿人？”

【湖海樓】書室名。1. 清宜興陳維崧書室名。維崧有湖海樓文集及詞集。2. 清蕭山陳春書室名。春輯有湖海樓叢書十三種。

【湖陰曲】樂曲名。唐温庭筠作湖陰曲，序稱："晉王敦舉兵至湖陰，明帝微行視其營伍，由是樂府有湖陰曲。後其辭亡，因作而附之。"曲見樂府詩集十五雜曲歌詞。按晉書明帝紀太寧二年記帝"微行至于湖，陰察敦營壘而出"，以"湖"字絶句。晉書地理志有于湖，無湖陰。參閲宋張耒張右史文集四于湖曲序。

【湖北通志】書名。明嘉靖的全楚志、萬曆的湖廣總志、清康熙雍正的湖廣通志是湖北湖南兩省共有的方志。嘉慶時始有湖北的專志。光緒間張之洞等續修，分輿地、建置、經政、學校、武備、祥瑞、藝文、職官、人物十志，公元1921年刊成一百七十二卷。

【湖南通志】清乾隆二十一年陳宏謀等編。嘉慶中修訂。同治間續修，至光緒十年完成，分地理、建置、賦役、食貨、學校、典禮、武備、封建、名宦、選舉、人物、方外、祥異、藝文、雜志十類，共三百一十六卷。

【湖海文傳】清王昶編。七十五卷。選録自竇光鼐至袁枚共一百八十二人的文章七百七十四篇，分體類從。

【湖海詩傳】清王昶編。四十六卷。輯録同時交遊朋友之詩，自程夢星至劉敏共六百餘家，皆爲康熙雍正乾隆間人。附有作者小傳。

湁 chì 丑入切，入，緝韻，徹。
彳
水湧起貌。見"湁潗"。

【湁潗】水湧起貌。史記一一七司馬相如傳上林賦："潏潏淈淈，湁潗鼎沸。"索隱："郭璞云：'皆水微轉細湧貌。'……周成雜字云：'湁潗，水沸之貌也。'"

湘 xiāng 息良切，平，陽韻，心。
ㄒㄧㄤ
㊀水名。湖南省爲湘江所流經，因以省稱湘。詳"湘水"。參見"三湘"。㊁烹煮。詩召南采蘋："于以湘之？維錡及釜。"漢書郊祀志注引韓詩作"鬺"。

【湘山】山名。在湖南岳陽縣西南洞庭湖中。秦始皇二十八年南巡，浮江至湘山祠，逢大風，幾不得渡。始皇大怒，命刑徒三千人伐湘山樹，卽此。見史記秦始皇紀。也叫君山。水經注三八湘水："是山，湘君之所遊處，故曰君山矣。"

【湘中】指湖南省境内。南齊書武十七王子良傳上啟："廣州積歲無年，越州兵糧素乏，……劉楷見甲以助湘中，威力既舉，蟻寇自服。"晉羅含、南朝宋庾仲雍皆撰有湘中記，已佚，今存輯本。

【湘水】水名。又名湘江。湖南省最大的河流。與灕水同發源於廣西興安縣海陽山，稱灕湘；合流至興安縣，始分流向東北，入湖南，至零陵與瀟水滙合，稱瀟湘；至衡陽與蒸水滙合，稱蒸湘。總稱三湘。一説滙合瀟水叫瀟湘，滙合蒸水叫蒸湘，滙合沅水叫沅湘。參閲嘉慶一統志三六二湖南衡州府一、三七〇永州府一山川瀟水、四六一桂林府一。

【湘平】清末湖南湘潭縣所用之平，每兩約合庫平八錢一分一釐七毫，合市制九錢六分八釐九毫。清咸豐以來，官兵多湘人，營中衡銀之平皆爲湘平，曾推行於湖南全省及長江流域各大商埠。

【湘州】州名。東晉永嘉初分荆廣二州置。轄今湖南全省和廣東北部、廣西東北部等地。州治臨湘。南朝宋齊梁陳沿置，但疆域常有改變。唐初改爲潭州。參閲讀史方輿紀要八十長沙府。

【湘竹】卽斑竹。産於湖南廣西。斑細而色淡，有暈，中一點紫，與蘆葉上斑點相似。可作籥管簟席。唐白居易長慶集十一江上送客詩："杜鵑聲似哭，湘竹斑如血。"又黄滔黄御史公集二題道成上人院詩："簟試湘竹滑，茗煮蜀芽香。"參閲明曹昭等新增格古要論八竹杖。

【湘妃】舜二妃娥皇女英。傳説二女死後成爲湘水之神。北周庾信庾子山集十六周儀同松滋公拓跋兢夫人尉遲氏墓誌銘："西臨織女之廟，南望湘妃之墳。"唐岑參岑嘉州集一秋夕聽羅山人彈三峽流水詩："楚客腸欲斷，湘妃淚斑斑。"

【湘君】湘水之神。唐李白李太白詩二十陪族叔刑部侍郎曄及中書賈舍人至遊洞庭之一："日落長沙秋色遠，不知何處弔湘君。"按楚辭屈原離騷有湘君，又有湘夫人；九歌有湘君篇。史記秦始皇紀二十九年言湘君爲堯女舜妻，劉向鄭玄亦以二妃爲湘君。王逸以湘君爲水神，二妃爲湘夫人。唐司馬貞史記索隱以湘君爲舜，二妃爲湘夫人。宋洪興祖以舜正妃娥皇爲湘君，女英爲湘夫人。

【湘東】郡名。三國吳置。隋平陳，廢郡，並省臨烝新城重安三縣，併入衡陽縣。南朝宋明帝（劉彧）梁元帝（蕭繹），稱帝前皆封湘東王。今爲湖南衡陽市地。參閲隋書地理志下衡山郡。

【湘帙】竹編的書套。宋林逋林和靖集三和酬周啟明賢良見寄詩："治世誰能弔屈平，且披湘帙散幽經。"

【湘神】湘水之神，指湘君和湘夫人。唐李賀歌詩編一帝子歌："九節菖蒲石上死，湘神彈琴迎帝子。"參見"湘君"。

【湘南】㊀縣名。漢置，屬長沙國。南朝齊併入湘西縣，屬衡陽郡。故城在今湖南湘潭縣境。參閲漢書地理志下長沙國、南齊書州郡志下衡陽郡。㊁謂湖南省南部。南朝梁何遜何水部集七召之三餚饌："隴西白柰，湘南朱橘。"

【湘流】謂湘江。楚辭屈原漁父："寧赴湘流，葬於江魚之腹中，又安能以皎皎之白，而蒙世俗之塵埃乎？"文選漢賈誼弔屈原文："側聞屈原兮，自沈汨羅。造託湘流兮，敬弔先生。"

【湘娥】指舜妃娥皇女英。三國魏曹植曹子建集九九詠詩："感漢廣兮羡游女，揚激楚兮詠湘娥。"唐李賀歌詩編二黄頭郎："水弄湘娥珮，竹啼山露月。"

【湘陰】縣名，屬湖南省。春秋爲羅子國。秦漢爲羅縣。南朝宋元徽二年分益陽羅湘西三縣地置湘陰縣，以地在湘江之陰而名，故治在今縣西北。隋併入岳陽縣，後又改爲湘陰。唐沿置，故治在今縣南。明清屬湖南長沙府。參閲寰宇通志五五長沙府。

【湘湖】湖名。在浙江蕭山縣城西。本爲民田，四面皆山，中間低窪，因山水沖擊，變而爲壑。宋時縣令楊時於山麓缺處，築隄障水，因以爲湖。參閲嘉慶一統志一〇六紹興府一。

【湘鄉】縣名，屬湖南省。秦爲湘南縣地。漢封長沙王子湘昌爲湘鄉侯，至後漢因置湘鄉縣。隋省入衡山縣，唐乾封初復置，元升爲州，明仍爲縣，明清皆屬長沙府。參閲寰宇通志五五長沙府。

【湘潭】縣名，屬湖南省。秦湘南縣地。南朝梁天監中改爲湘潭。隋沿置，故治在今湖南攸縣西北。唐屬潭州長沙郡，縣治移至今縣城。元升爲州，明初復爲縣，明清皆屬長沙府。參閲寰宇通志五五長沙府。

【湘簟】用湘竹編成的席。唐韋應物韋江州集九橫塘行詩："玉盤的歷矢白魚，湘簟玲瓏透象牀。"

【湘簾】斑竹編成的簾。元趙孟頫松雪齋集五卽事三絶詩之一："湘簾疎織浪紋稀，白苧新裁暑氣微。"

【湘纍】指屈原。漢書八七上揚雄傳反離騷："因江潭而淮記兮，欽弔楚之湘纍。"注："李奇曰：'諸不以罪死曰纍，荀息、仇牧皆是也。屈原赴湘死，故曰湘纍也。'"也借指因罪廢棄之人。宋蘇軾分類東坡詩十九次韻張舜民自御史出倅虢州留別："玉堂給札氣如雲，初起湘纍復佩銀。"

【湘靈】湘水之神。楚辭屈原遠遊:"使湘靈鼓瑟兮,令海若舞馮夷。"御覽詩李益古瑟怨:"破瑟悲秋已減弦,湘靈沈怨不知年。"

【湘夫人】㊀傳說中堯的二女、舜的二妃。詳"湘妃"、"湘君"。㊁楚辭九歌篇名。

【湘妃竹】即斑竹,又稱淚竹、湘竹。初學記二八竹晉張華博物志:"舜死,二妃淚下,染竹卽斑。妃死爲湘水神,故曰湘妃竹。"明文震亨長物志一:"用木爲格,以湘妃竹橫斜釘之,或四或三。"參見"湘竹"。

【湘山野錄】宋釋文瑩撰。三卷。續錄一卷。因作於荆州金鑾寺,故以湘山爲名。所記皆北宋初至仁宗以前朝野雜事,其中多得於傳聞,不盡可信。傳說之宋太祖太宗燭影斧聲事,卽出此書續錄。

【湘陵妃子】指舜妃娥皇女英。傳說是湘水之神,故名。元王實甫西廂記一:"似湘陵妃子,斜倚舜廟朱扉;如玉殿嫦娥,微現蟾宮素影。"

渣 zhā 側加切,平,麻韻,莊。
ㄓㄚ

物品提出精華或汁液後的殘餘物。同"滓"。見廣韻。

【渣滓】糟粕。朱子語類十七大學四:"假如大鑪鎔鐵,其好者在一起,其渣滓又在一起。"也作"查滓"。論語泰伯"成於樂"宋朱熹集註:"八音之節,可以養人之性情而蕩滌其邪穢,消融其查滓。"元張憲玉笥集八寄中山隱講師詩:"無因淨查滓,來共上堂鐘。"

渫 1. xiè 私列切,入,薛韻,心。
ㄒㄧㄝ

㊀除去污穢。易井:"九三,井渫不食。爲我心惻。"疏:"渫,治去穢污之名也。"㊁分散,疏散。漢書食貨志上鼂錯論貴粟疏:"今募天下入粟縣官,得以拜爵,得以除罪,如此,富人有爵,農民有錢,粟有所渫。"㊂消散,止歇。文選魏曹子建(植)七啟:"於是爲歡未渫,白日西頹。"㊃污濁。見"奧渫"。

2. dié 集韻 達協切,入,帖韻。
ㄉㄧㄝ

㊄泆渫,水波連續貌。文選晉郭景純(璞)江賦:"長波泆渫,峻湍崔嵬。"注:"泆渫,水滂溏也。"

【渫雨】飄散的雨點。文選南朝宋謝希逸(莊)宋孝武宣貴妃誄:"高唐渫雨,巫山鬱雲。"

湎 miǎn 彌兗切,上,獮韻,明。
ㄇㄧㄢ

㊀沉迷於酒。詩大雅蕩:"天不湎爾以酒。"㊁沉迷。禮樂記:"慢易以犯節,流湎以忘本。"

【湎湎】流移。漢書一〇〇下敍傳:"先王觀象,爰制禮樂。厥後崩壞,鄭衞荒淫。風流民化,湎湎紛紛。"注:"言上風旣流,下人則化也。湎湎,流移也。"書呂刑作"泯泯棼棼"。

湳 nán 奴感切,上,感韻,泥。
ㄋㄢ

㊀水名。水經注三河水:"河水又左得湳水口,水出西河郡美稷縣,……俗亦謂之爲遄波水,東南流入長城。"漢美稷故城在今內蒙東勝縣東南。㊁姓。文選晉潘安仁(岳)關中詩:"虛皛湳德,謬彰甲吉。"注:"湳、甲,二羌號也;德、吉,其名也。"又:"湳水出西河美稷縣,故羌人因水爲姓。"

減 jiǎn 古斬切,上,豏韻,見。
ㄐㄧㄢ

㊀減損,減少。禮樂記:"樂也者,動於內者也;禮也者,動於外者也。故禮主其減,樂主其盈。"㊁減輕,降低。左傳昭十四年:"(叔向)治國制刑,不隱於親,三數叔魚之惡,不爲末減。"注:"末,薄也;減,輕也。"晉書王渾傳:"渾所歷之職,前後著稱,及居台輔,聲望日減。"㊂少於,不及。世說新語假譎:"王右軍(羲之)年減十歲時,大將軍(王敦)甚愛之,恒置帳中眠。"㊃姓。漢有減宣。見史記一二二酷吏傳。漢書作咸宣。

【減平】低於平常價格。漢書二四食貨志下:"萬物卬貴,過平一錢,則以平賈賣與民。其賈氐(低)賤減平者,聽民自相與市,以防貴庾者。"舊時官府發放薪餉,用較輕的銀兩代替標準銀兩,如以京平代替庫平,從中剋扣,也稱爲減平。

【減省】減,減少;省,全去。史記秦始皇紀:"盜多,皆以戍漕轉作事苦,賦稅大也。請且止阿房宮作者,減省四邊戍轉。"

【減陽】長在馬前足後的旋毛。爾雅釋畜:"回毛在膺,宜乘;在肘後,減陽。"清郝懿行義疏:"旋毛在肘後者,今之追風旋。"

【減算】㊀減輕人口稅。算,算賦。漢書宣帝紀甘露二年:"其赦天下。減民算三十。"注:"一算減錢三十也。"㊁減少年歲。全唐詩六一〇皮日休太湖詩入林屋洞:"雲漿湛不動,璚露涵而馨。漱之恐減算,酌之必延齡。"

【減膳】古代帝王遇天災或天象變異時,常以避殿、素服、減膳、撤樂等,表示自責。減膳指素食或減少餚饌。晉書成帝紀咸康二年:"三月,旱,詔太官減膳。"唐李商隱李義山詩集四送千牛李將軍赴闕五十韻:"蒸雞殊減膳,屑麴異和羹。"也作"損膳"。漢書宣帝紀本始四年詔:"今歲不登,已遣使者振貸困乏。其令太官損膳省宰,樂府減樂人,使歸就農業。"參閱漢班固白虎通德論諫諍。

【減竈】戰國時,魏將龐涓攻韓,齊將田忌孫臏領兵救韓。魏軍素輕視齊軍。孫臏命並竈而炊,初造十萬竈,次日造五萬竈,又次日造三萬竈,以示虛弱。龐涓大喜曰:"我固知齊軍怯,入吾地三日,士卒亡者過半矣!"因舍步軍追擊,大敗於馬陵,涓自殺。見史記六五孫子傳。文苑英華九一九北周庾信周柱國楚國公岐州刺史慕容公神道碑:"運長擊短,後實先聲。增壘威敵,減竈潛兵。"

【減水河】人工開鑿用以宣洩水勢的河道。宋史河渠志一:"遣使滑州,經度西岸,開減水河。"元史河渠志三黃河:"減水河者,水放曠則以制其狂,水隳突則以殺其怒。"

【減腳鵝】鴨的別稱。宋陶穀清異錄禽減腳鵝:"御史符昭遠曰:'鴨頗類乎鵝,但足短耳,宜謂之減腳鵝。'"(說郛六一)

【減膳徹懸】古代發生自然災害或天象變異時,帝王減少餚饌和停奏音樂,以示自責。資治通鑑一一八晉元熙元年從事中郎張顯上疏:"今入歲以來,陰陽失序,風雨乖和,是宜減膳徹懸,側身修道。"注:"古者,天子膳用六牲,具馬、牛、羊、犬、豕、雞。諸侯膳用三牲。懸,樂懸也,天子宮懸,諸侯軒懸。大荒,大札,天地有烖,國有大故,則減膳徹樂。"

【減字木蘭花】詞調名。五代前蜀韋莊作木蘭花令,五十五字。宋人定爲七言八句,雙調,仄韻。五代南唐馮延巳作偷聲木蘭花,前後兩起句仍押仄韻,兩結句則偷轉平聲,並於第三第七句各減三字,共五十字。減字木蘭花卽就偷聲體第一第五句再各減三字,共四十四字。參閱詞譜五。參見"偷聲"。

渜 nuǎn 乃管切,上,緩韻,泥。
ㄋㄨㄢ

㊀溫水。見說文。參見"渜濯"。㊁水名。詳"渜水"。

【渜水】水名。今河北省灤河。漢書作濡水,宋以後稱灤河。漢書地理志下:

"遼西郡……肥如,玄水東入濡水。"濡爲"湙"字之譌,以地多温泉,故稱湙水。參閱清王先謙補注。

【湙濯】洗浴尸體後所餘的水。儀禮士喪禮:"湙濯棄於坎。"注:"沐浴餘潘水……古文湙作緣,荆沔之間語。"疏:"潘水既經温煮,名之爲湙;已將沐浴,謂之爲濯。已沐浴訖,餘潘水棄于坎。"

湧 yǒng 余隴切,上,腫韻,喻。ㄩㄥˇ

本作"涌"。㊀水波升騰。唐杜甫杜工部草堂詩箋三二秋興之一:"江間波浪兼天湧,塞上風雲接地陰。"㊁向上升騰。文選晉成公子安(綏)嘯賦:"逸氣奮湧,繽紛交錯。"宋范成大石湖集二七重陽後半月……鄉人御冬之計多未辦:"敢論酒價湧,束薪逾桂芳。"

【湧泉】㊀向上噴出的泉水。史記一一七司馬相如傳子虛賦:"其西則有湧泉清池,激水推移。"漢書作"涌泉"。㊁比喻源源不絕。唐徐夤釣磯文集九送劉常侍詩:"言端信義如明月,筆下篇章似湧泉。"㊂人體經穴名。在足底。靈樞經一本輸:"腎出於湧泉,湧泉者,足心也。"參見"涌泉"。

【湧幢小品】明朱國禎撰。三十二卷。國禎熟習明代史事,著有明皇史概一百二十卷。此書雜記見聞,間有考證,體裁仿宋洪邁容齋隨筆。以曾構木爲亭,爲讀書寫作之所。亭有六角如石幢,可以隨意舒卷,擇地安設,彷彿地中湧出,故取以爲書名。

湋 wéi 雨非切,平,微韻,于。ㄨㄟˊ

㊀水流回旋。見說文"湋"。㊁水名。見"湋水"。

【湋水】水名。源出陝西鳳翔縣西北雍山下。東南流經岐山縣西,會武水入渭。漢書溝洫志:"而關中靈軹、成國、湋渠引諸川。"按古湋水在今扶風縣西岐山縣東入雍水,上游已湮没,今之湋水,即湋水與雍水之合流。參閱嘉慶一統志二三五鳳翔府一。

溉 gài 古代切,去,代韻,見。ㄍㄞˋ 居家切,去,未韻,見。

㊀洗滌。詩檜風匪風:"誰能亨魚,溉之釜鬵。"傳:"溉,滌也。"又大雅泂酌:"挹彼注茲,可以濯溉。"傳 "溉,清也。"㊁灌注。史記河渠書:"西門豹引漳水溉鄴,以富魏之河内。"

【溉濟】灌通調劑。漢董仲舒春秋繁露十二陰陽終始:"春夏陽多而陰少,秋冬陽少而陰多,……以出入相損益,以多少相溉濟也。"

【溉亭述古録】清錢塘撰,二卷。塘爲錢大昕族子,博涉經史,尤長樂律音韻文字。本書爲其説經論樂之作。

湣 1. mǐn 集韻 美隕切,上,準韻。ㄇㄧㄣˇ

亦作"湣"。㊀通"閔"。春秋之宋閔公、魯閔公,史記皆作"湣"。見史記宋微子世家、魯周公世家。

2. hūn ㄏㄨㄣ

㊁昏亂。莊子齊物論:"爲其脗合,置其滑湣,以隸相尊。"釋文:"徐(邈)音昏。向(秀)云:汨昏未定之謂。崔(譔)本作緡,武巾反。"

3. miàn ㄇㄧㄢˋ

㊂昏暗無光。史記一一七司馬相如傳大人賦:"紅杳渺以眩湣兮,猋風涌而雲浮。"索隱:"蘇林曰:眩音炫,湣音麪。"

【湣湣】昏亂貌。楚辭漢東方朔七諫怨世:"處湣湣之濁世兮,今安所達乎吾志?"湣,也作"涽"。荀子賦:"桀紂以亂,湯武以賢。涽涽淑淑,皇皇穆穆。"

湏 mǐ 綿婢切,上,紙韻,明。ㄇㄧˇ

以酒洗浴尸體。周禮春官小宗伯:"王崩大肆,以秬鬯湏。"注:"杜子春讀湏爲泯,以秬鬯浴尸。"秬鬯,酒名。

湑 xǔ 相居切,平,魚韻,心。ㄒㄩˇ 私吕切,上,語韻,心。

㊀酒清。詩大雅鳧鷖:"爾酒既湑,爾殽既脯。"傳:"湑,酒之泲者也。"又小雅伐木:"有酒湑我,無酒酤我。"言漉酒使清。又:"迨我暇矣,飲此湑矣。"言清酒。㊁形容露水。詩小雅蓼蕭:"蓼彼蕭斯,零露湑兮。"傳:"湑湑然,蕭上露貌。"㊂茂盛。詩小雅裳裳者華:"裳裳者華,其葉湑兮。"㊃歡樂。文選晉左太冲(思)吳都賦:"酣湑半,八音并。"注:"酣,酒洽也。湑,樂也。"

【湑湑】㊀茂盛貌。詩唐風杕杜:"有杕之杜,其葉湑湑。"㊁形容風清。唐柳宗元柳先生集五湘源二妃廟碑:"南風湑湑,湘水如舞。"

渥 wò 於角切,入,覺韻,影。ㄨㄛˋ

㊀沾潤。詩小雅信南山:"既優既渥,既霑既足,生我百穀。"㊁濃鬱,濃厚。楚辭漢劉向九歎惜賢:"揚精華以眩耀兮,芳鬱渥而純美。"注:"渥,厚。"漢王充論衡齊世:"一天一地,並生萬物。萬物之生,俱得一氣。氣之薄渥,萬世若一。帝王治道,百代同道。"

【渥丹】潤澤之朱砂。形容臉色紅潤。詩秦風終南:"顏如渥丹,其君也哉!"箋:"渥,厚漬也。顏色如厚漬之丹,言赤而澤也。"唐白居易長慶集二十與諸客空腹飲詩:"促膝纔飛白,酡顏已渥丹。"

【渥味】濃郁的味道。漢王充論衡商蟲:"甘香渥味之物,蟲生常多,故穀之多蟲者粢也。"

【渥洼】水名。在今甘肅安西縣,黨河的支流。史記樂書:"又嘗得神馬渥洼水中,復次以爲太一之歌。"後常以渥洼作爲神馬的典故。文苑英華三五二南朝梁何遜七召:"渥洼流赭,蘭池照血。"唐杜甫杜工部草堂詩箋十二送李校書二十六韻:"渥洼騏驥兒,尤異是龍脊。"

【渥盼】優厚的照顧。初學記二七南朝梁庾肩吾謝武陵王賚絹啟:"下官謬眷扁舟,暫瞻還旆,而天人渥盼,增餘論之榮;江漢安流,無沿洄之阻。"

【渥惠】厚恩。漢書九七下班倢伃傳自悼賦:"蒙聖皇之渥惠兮,當日月之盛明。"

【渥飾】得天獨厚的美質。文選戰國楚宋玉神女賦:"夫何神女之姣麗兮,含陰陽之渥飾。"注:"言神女得陰陽厚美之飾。"

【渥赭】色澤紅潤。與"渥丹"義同。詩邶風簡兮:"赫如渥赭,公言錫爵。"箋:"碩人容色赫然,如厚傅丹。"

【渥澤】沾潤,指恩惠。後漢書十六鄧騭傳自陳疏:"過以外戚,遭值明時,託日月之末光,被雲雨之渥澤,並統列位,光昭當世。"

湄 méi 武悲切,平,脂韻,明。ㄇㄟˊ

岸邊,水和草相接的地方。詩秦風蒹葭:"所謂伊人,在水之湄。"

【湄洲】島名。在福建莆田縣湄州灣外,與臺灣相望。又名鯑山。明李彝爲了避免倭寇的侵擾,奏遷其民於内地。嘉靖末總兵戚繼光奏請使已遷之民回故土。見嘉慶一統志四二七興化府山川。

【湄潭】縣名。屬貴州省。元置容山長官司,明萬曆二十八年置湄潭驛,尋改縣。以湄潭水而名。清屬平越州,見嘉慶一統志五一二平越直隸州。

湀 guǐ 居誄切,上,旨韻,見。ㄍㄨㄟˇ 苦穴切,入,屑韻,溪。

見下。

【湀闢】通流之水。爾雅釋水:"湀闢,流

川。”疏：“釋名云：‘川，穿也，穿地而流也。然則溪闢者，則通流大川之別名也。’”也作“溪辟”。說文：“溪辟，深水處也。”清段玉裁注從繫傳本謂深水應作“流水”。

渻 shěng 息井切，上，靜韻，心。ㄕㄥˇ 所景切，上，梗韻，山。
㊀減少。“省”的本字。說文：“渻，少減也。”㊁前邊有水流過的丘。爾雅釋丘：“水出其前，渻丘。”㊂姓。春秋時有渻竈。見左傳襄三一年。

湞 zhēn 陟盈切，平，清韻，知。ㄓㄣ 宅耕切，平，耕韻，澄。
水名。見“湞水”。

【湞水】水名。廣東北江的上游。源出南雄縣東北大庾嶺，西南流經始興縣，至曲江縣與武水匯合，稱北江。漢武帝元鼎五年樓船將軍楊僕出豫章，下湞水，即此水。參閱漢書武帝紀、讀史方輿紀要一〇一廣州府清遠縣。

【湞陽】縣名。漢置，屬桂陽郡。以在湞水之陽，故名。南朝宋改爲貞陽，齊復舊名。宋改真陽，元廢。故城在今廣東英德縣東。參閱讀史方輿紀要一〇二韶州府英德縣。

㵆 kuài 火怪切，去，怪韻，曉。ㄎㄨㄞˋ
水聲。見玉篇。文選晉郭景純(璞)江賦：“潨湲㶚㵆，潰濩㳷漷。”

湎 miǎn 莫甸切，去，霰韻，明。ㄇㄧㄢˇ
大水貌。見“湞湎”。

湨 jú 古闃切，入，錫韻，見。ㄐㄩˊ
水名。見“湨梁”。

【湨梁】湨水的大堤。湨水，在河南省西北部。源出濟源縣西，東流入黃河。春秋襄十六年：“公會晉侯、宋公、衛侯……於湨梁。”即此。參閱讀史方輿紀要四九懷慶府濟源縣湨水。

渺 miǎo 亡沼切，上，小韻，明。ㄇㄧㄠˇ
遠貌。同“淼”。唐釋皎然集四奉送袁高使君詔徵赴行在效曹劉體詩：“遐路渺天末，繁笳思何逸。”參閱清鄭珍說文新附五。

【渺沔】水流廣大貌。意同淼漫。文選晉郭景純(璞)江賦：“溟滓渺沔，汗汗沺沺。”注：“皆廣大無際之貌。”李善本作“渺湎”。

【渺茫】㊀遼闊貌。唐孟浩然集送杜十四詩：“荊吳相接水爲鄉，君去春江正渺茫。”才調集四曹唐劉阮洞中遇仙人詩：“天和樹色靄蒼蒼，霞重嵐深路渺茫。”㊁遠隔難以聞見，記憶模糊。唐白居易長慶集十二長恨歌：“含情凝睇謝君王，一別音容兩渺茫。”又十七十年三月三十日別微之……：“往事渺茫都是夢，舊遊零落半歸泉。”

【渺渺】遠貌。管子內業：“渺渺乎如窮無極。”注：“言心之微遠，如欲窮之，則無其極。”宋蘇軾經進東坡文集事略一前赤壁賦：“渺渺兮予懷，望美人兮天一方。”

【渺邈】杳遠。唐鮑溶詩五歸雁：“渺邈天外影，支離塞中聲。”

【渺瀰】曠遠貌。文選晉木玄虛(華)海賦：“沖瀜沆瀁，渺瀰湠漫。”唐白居易長慶集十三代書詩一百韻寄微之詩：“林晚青蕭索，江平綠渺瀰。”

測 cè 初力切，入，職韻，初。ㄘㄜˋ
㊀量度，觀察。荀子勸學：“譬之猶以指測河也。”漢揚雄太玄經一從中至增第一：“夜則測陰，晝則測陽。”㊁猜測，料。國語晉一：“君之使我，非歡也，抑欲測吾心也。”漢書四五蒯通傳：“患生於多欲而人心難測也。”㊂清。周禮考工記弓人：“漆欲測，絲欲沈。”㊃刑具名。隋書刑法志：“其有贓驗顯然而不款，則上測立，立測者以土爲垛，高一尺，上圓，劣足容囚兩足立，鞭二十，笞三十訖，著兩械及杻，上垛。”

【測字】舊時迷信把字形拆開其偏旁點畫，而離合參互他字，以預卜吉凶，叫作測字。也稱拆字。儒林外史一：“王冕到了此處，盤費用盡了，只得租個小庵門面屋，賣卜測字，也畫兩張沒骨的花卉貼在那裏，賣與過往的人。”參閱清趙翼陔餘叢考三四測字。

【測海】測量海的深度。漢書六五東方朔傳：“語曰：‘以筦闚天，以蠡測海，以莛撞鐘。’豈能通其條貫，考其文理，發其音聲哉？”唐杜甫杜工部草堂詩箋五贈特進汝陽王二十韻：“且持蠡測海，況挹酒如澠？”

【測候】觀測天文與氣象。宋書律曆志下南齊祖沖之辯戴法興難新曆：“乾象之弦望定數，景初之交度周日，匪謂測候不精，遂乃乘除翻謬。斯又曆家之甚失也。”

【測測】鋒利貌。唐韓偓香奩集寒食夜詩：“測測輕寒翦翦風，杏花飄雪小桃紅。”猶言寒意刺人。

【測揆】測度。隋書天文志上渾天象：“渾天象者，其制有機而無衡，……不如渾儀，別有衡管，測揆日月，分步星度者也。”

【測量】推測度量。世說新語德行：“林宗(郭泰)曰：‘叔度(黃憲)汪汪如萬頃之陂，澄之不清，擾之不濁，其器深廣，難測量也。’”五代前蜀韋莊浣花集八和鄭拾遺秋日感事一百韻詩：“國運方夷險，天心詎測量！”

【測景】測度日影。也作“測影”。宋書律曆志中：“又去十一年起，以土圭測影。”舊唐書天文志上：“開元十二年，詔太史交州測景。”

【測景臺】古時測量日月影度的處所。新唐書地理志二河南府陽城縣注：“天祐二年，更名陽邑，有測景臺，開元十一年詔太史監南宮說刻石表焉。”元和郡縣圖志五河南府告城縣：“測景臺在縣城內西北隅。”參見“土圭”。

【測量法義】明代入華耶穌會士利瑪竇授，徐光啟筆述，一卷。又測量異同一卷。勾股義一卷。首造器，次論景，次設問十五題，解明勾股測量之義。

【測圓海鏡】書名。元李治撰。十二卷。以勾股容圓爲題，自圓心圓外縱橫取之，得大小十五個相似直角三角形。其次列識別雜記數百條，闡明原理，並就一百七十則實際問題論述解法，對於宋秦九韶立天元一法，言之尤詳。郭守敬求周天弧度，即用治法。

湜 shí 常職切，入，職韻，禪。ㄕˊ
見下。

【湜湜】水清貌。詩邶風谷風：“涇以渭濁，湜湜其沚。”釋文：“湜，音殖，說文云：‘水清見底。’”

湯 1. tāng 吐郎切，平，唐韻，透。ㄊㄤ
㊀熱水，開水。論語季氏：“見不善如探湯。”正義：“探湯者，以手探熱。”孟子告子上：“冬日則飲湯，夏日則飲水。”㊁商王朝的建立者。亦稱天乙、成湯。見史記殷紀。㊂中藥湯劑。三國志魏華佗傳：“又精方藥。其療疾，合湯不過數種。”㊃姓。傳爲商湯之後。參閱明陳士元姓觿三陽。

2. tàng ㄊㄤˋ
㊄温之使熱。通“燙”。山海經西山經：“湯其酒百樽。”

3. dàng ㄉㄤˋ

㊅遊蕩。通"蕩"。詩陳風宛丘:"子之湯兮,宛丘之上兮。"㊆碰撞,衝冒。元曲選石君寶秋胡戲妻三:"你湯我一湯,拷了你那腰截骨;掐我一掐,我着你三千里外該流遞。"又秦簡夫東堂老二:"湯風冒雪,忍寒受冷。"

4. shāng 式羊切,平,陽韻,審。ㄕㄤ

㊇見"湯₄湯₄"。

5. yáng ㄧㄤ

㊈同"暘"。見"湯₅谷"。

【湯山】山名。1.在北京市昌平縣東,有大小二湯山。小湯山南有湯泉,清康熙時就泉鑿池,乾隆時曾建行宫。參閱嘉慶一統志七順天府山川。2.在江蘇南京市東北。初學記七晉張勃吳録:"丹陽江乘縣有湯山,出温泉三所。"卽此。參閱太平寰宇記九十江寧縣。

【湯火】熱湯與烈火。比喻刀兵之屬能致人死傷者。尹文子大道上:"民無長幼,臨敵雖湯火不避。"史記一二九貨殖傳:"斬將搴旗,前蒙矢石,不避湯火之難者,爲重賞使也。"又比喻戰亂兵災。史記律書:"文帝時,會天下新去湯火,人民樂業。"索隱:"謂秦亂,楚漢交兵之時,如遭墜湯火,卽書云'人墜塗炭'是也。"

【湯井】温泉。文選晉潘安仁(岳)西征賦:"南有玄灞素滻,湯井温谷。"注:"湯井,温湯也。"

【湯水】水名。本名蕩水。唐貞觀時,以水微温,改名湯水。源出河南湯陰縣北,東流至内黄縣西南,入衛河。參閱嘉慶一統志一九六彰德府山川。

【湯玉】卽湯餅。宋陶穀清異録饌羞槽雲:"釋鑒興天臺山居頌:'湯玉入甌,槽雲上筯。'謂湯餅與槽韲耳。"

【湯池】㊀指護城河。漢書四五蒯通傳:"皆爲金城湯池,不可攻也。"注:"金以喻堅 湯喻沸熱不可近。"又食貨志上鼂錯論貴粟疏:"神農之教曰:有石城十仞,湯池百步,帶甲百萬,而無粟,弗能守也。"㊁温泉。唐李白李太白詩二二安州應城玉女湯作:"神女歿幽境,湯池流大川。"舊唐書職官志三:"温泉監掌湯池宫禁之事。"

【湯休】南朝宋僧,卽惠休。本姓湯。善屬文,辭采綺豔。武帝(劉駿)命之還俗。位至揚州從事使。見宋書徐湛之傳。後借作高僧的代稱。唐杜甫杜工部草堂詩箋九大雲寺贊公房之一:"湯休起我病,微笑索題詩。"

【湯沐】卽沐浴。禮王制:"方伯爲朝天子,皆有湯沐之邑於天子之縣内。"注:"給齋戒自潔清之用。浴用湯,沐用潘。"淮南子説林:"湯沐具而蟣蝨相弔,大廈成而燕雀相賀。"

【湯₅谷】古代傳説的日出之處。卽暘谷。楚辭屈原天問:"出自湯谷,次于蒙汜。自明及晦,所行幾里?"注:"言日出東方湯谷之中,暮入西極蒙水之涯也。"藝文類聚一晉傅玄詩:"湯谷發清曜,九日棲高枝。"又張載詩:"踊躍湯谷中,上登扶桑枝。"參見"暘谷"。

【湯官】官名。秦漢置少府,屬官有湯官,主管供應餅餌的事務。見漢書百官公卿表上。文苑英華三五二缺名七召:"蒸餅十字,湯官五熟。"

【湯武】商湯和周武王。易革:"湯武革命,順乎天而應乎人。"世説新語棲逸"山公(濤)將去選曹"注引嵇康别傳:"(康)乃答濤書,自説不堪流俗,而非薄湯武,大將軍(司馬昭)聞而惡之。"

【湯和】公元1326—1395年。明初濠州人,字鼎臣。從郭子興起義,後歸朱元璋,統兵取浙閩川等地,守備西北,因戰功累官征虜將軍,封信國公。洪武十八年,自請解除兵權,消除太祖疑忌。次年奉命在沿海築城設防以禦倭寇。死後追封東甌王,謚襄武。明初功臣多被誅戮,獨和以善名終。明史有傳。

【湯泉】㊀温泉。文選漢張平子(衡)東京賦:"温液湯泉,黑丹石緇。"唐白居易長慶集題廬山山下湯泉詩:"一眼湯泉流向東,浸泥澆草煖無功。"㊁地名。在今河北遵化縣北。泉從山坡下,沸而四出。明萬曆五年,戚繼光甃石爲池,並建九新堂。參閱明劉侗于奕正帝京景物略八。

【湯原】縣名。屬黑龍江省。原爲吉林依蘭插花地,清光緒三十一年置。湯旺河經縣之西南入松花江,故名。參閱續文獻通考三〇八輿地四。

【湯液】藥加水煎成的湯劑。素問移精變氣論:"湯液十日,以去八風五痹之病。"漢書藝文志著録湯液經法三十二卷,今不傳。元王好古著有湯液本草三卷。

【湯雪】用熱水澆雪,比喻事情容易解決。後漢書七一皇甫嵩傳:"兵動若神,謀不再計。摧强易於折枯,消堅甚於湯雪。"參見"以湯沃雪"。

【湯陰】縣名。屬河南省。古羑里地。漢置蕩陰,因蕩水爲名,屬河内郡。後併入安陽。唐武德四年分安陽置湯源縣,貞觀元年改爲湯陰。爲宋岳飛故里,有羑里故址和岳王廟等古迹。參閱讀史方輿紀要四九彰德府。

【湯₄湯₄】㊀大水急流貌。書堯典:"湯湯洪水方割。"詩大雅江漢:"江漢湯湯,武夫洸洸。"釋文:"湯,書羊反。"宋范仲淹范文正公集三岳陽樓記:"浩浩湯湯,横無際涯。"㊁琴聲。唐文粹二一賈至虙子賤碑頌:"鳴琴湯湯,虙子之堂。"

【湯斌】公元1627—1687年。清睢州人。字孔伯,號荆峴,又號潛庵。順治九年進士,官至工部尚書。治程朱理學,以正心誠意,切於日用爲本。任江蘇巡撫時,禁書坊刻印小説,令諸州縣立社學,推行儒學教育。著有洛學篇 睢州志 湯子遺書等。卒謚文正。

【湯媪】卽煖足瓶。明陳繼儒辟寒録一:"山谷戲詠暖足瓶,卽湯媪也。"詳"湯婆子"。

【湯溪】縣名。在浙江蘭谿縣南。明成化七年分蘭溪 金華 龍游 遂昌四縣地置。明清皆屬金華府。公元1958年撤銷,併入金華縣。參閱明史地理志五。

【湯鼎】㊀傳説伊尹擕鼎俎,爲商湯烹調食物,藉以近湯,陳述王道,湯乃委尹以國政。見史記殷紀。後因以湯鼎作爲對宰相的頌詞。唐詩紀事十七賀知章送張説集賢學士應制:"三歎承湯鼎,千歡接舜壺。"㊁煮茶器具。宋范成大石湖集十六刺濆淖詩:"突如湯鼎沸,翕作茶磨旋。"宋陸游劍南詩稿四雨中睡起:"松鳴湯鼎茶初熟,雪積爐灰火漸低。"

【湯誥】尚書篇名。書湯誥序:"湯既黜夏命,復歸于亳,作湯誥。"傳:"以伐桀大義告天下。"今本湯誥爲僞古文尚書二十五篇之一。

【湯誓】尚書篇名。書湯誓序:"伊尹相湯伐桀,……遂與桀戰于鳴條之野,作湯誓。"

【湯餅】湯煮的麪食。釋名釋飲食:"餅,并也,溲麪使合并也。……蒸餅、湯餅……之屬皆隨形而名之也。"藝文類聚七二晉束皙餅賦:"玄冬猛寒,清晨之會。涕凍鼻中,霜成口外。充虚解戰,湯餅爲最。"參閱清俞正燮癸巳存稿十麪條子。參見"湯餅筵"。

【湯網】史記殷紀:"湯出,見野張網四面,祝曰:'自天下四方皆入吾網。'湯曰:'嘻,盡之矣!'乃去其三面,祝曰:'欲左,左;欲右,右。不用命,乃入吾網。'諸侯聞之,曰:'湯德至矣,及禽獸。'"後因以湯網比喻刑政的寬大。唐大詔令集一三〇唐宣宗大中五年平党項德音:"大開湯網，已施去殺之仁；遠並堯時，寧限可封之屋？”又作“湯羅”。南朝陳徐陵徐孝穆集八爲護軍長史王質移文：“非止湯羅，豈知堯德？”

【湯盤】商湯的浴盤。刻有銘文。禮大學：“湯之盤銘曰：‘苟日新，日日新，又日新。’”唐李商隱李義山詩集二韓碑：“湯盤孔鼎有述作，今無其器存其詞。”

【湯劑】湯藥。唐皮日休皮子文藪五祀瘧癘文：“病于人者，上則湯劑，下則磺艾，愈矣。”新唐書一五九吳湊傳：“詔侍醫敦進湯劑。”

【湯麩】同“湯餅”。世説新語容止：“何平叔(晏)美姿儀，面至白。魏明帝疑其傅粉。正夏月，與熱湯麩，既噉，大汗出，以朱衣自拭，色轉皎然。”

【湯藥】藥加水煎成的湯劑，也泛指藥劑。史記一〇一袁盎傳：“陛下居代時，太后嘗病，三年，陛下不交睫，不解衣，湯藥非陛下口所嘗弗進。”文選晉李令伯(密)陳情事表：“臣侍湯藥，未曾廢離。”

【湯鵬】公元1801—1844年。清益陽人，字海秋。道光三年進士，累官户部員外郎，監察御史。敢於言事，以劾工部尚書宗室載銓，罷回户部。鵬詩文豪放，喜言軍國利害大事，著有浮邱子海秋詩文集。

【湯鑊】古代酷刑。用以烹人者。史記八一藺相如傳：“臣知欺大王之罪當誅，臣請就湯鑊。”漢王充論衡書虚：“一子胥之身，煮湯鑊之中，骨肉糜爛，成爲羹菹，何能有害也？”

【湯沐邑】天子賜給諸侯的封邑，邑内收入供諸侯作湯沐之用。又叫朝宿邑，意謂備朝見時食宿之處。禮王制：“方伯爲朝天子，皆有湯沐之邑於天子之縣内，視元士。”注：“給齋戒自潔清之用。”漢制，皇帝、諸侯、皇后、公主等皆有湯沐邑，收取賦税以供個人奉養。史記高祖紀十二年：“且朕自沛公以誅暴逆，遂有天下，其以沛爲朕湯沐邑。”又平準書：“自天子以至于封君湯沐邑，皆各爲私奉養焉。”

【湯若望】公元1591—1666年。日耳曼人，明末來華的天主教耶穌會傳教士。天啟二年入華，初在北京學習漢語，後到西安傳教。崇禎三年，被召至北京，修訂曆法，編崇禎曆書，並監鑄大炮，傳授用法。清順治二年任欽天監監正。康熙四年以楊光先斥若望新法十謬，若望及所屬各員，俱罷黜治罪。著有火攻絜要遠鏡説等書，並與徐光啟羅雅谷等合撰西洋曆法新書三十六卷。參閲清阮元疇人傳四五、清史稿二七二本傳。

【湯婆子】煖足瓶。用錫或銅製成的扁形瓶，底闊上斂。冬季，注入開水，塞瓶口，置被中用以取煖。又稱錫夫人、湯媪、脚婆。宋黄庭堅豫章集七戲詠煖足瓶詩：“千錢買脚婆，夜夜睡到明。”元缺名東南紀聞三：“錫夫人者，俚謂之湯婆。”明陳基夷白齋稿三四有湯婆傳。參閲古今圖書集成考工二三七湯婆、清趙翼陔餘叢考三三竹夫人湯婆子。

【湯顯祖】公元1550—1617年。明臨川(今屬江西)人，字義仍，號若士。萬曆十一年進士。師羅汝芳，爲泰州學派王艮三傳弟子。官至禮部主事，以劾首輔申時行，貶官爲雷州徐聞典事。後調浙江遂昌知縣，又以忤權貴落職。卒後韓敬輯其詩文爲玉茗堂集。其戲曲創作有還魂記(即牡丹亭)、邯鄲記、紫釵記、南柯記，合稱臨川四夢或玉茗堂四夢。

【湯液本草】元王好古著。三卷。好古受業於李杲，爲元醫學教授。上卷述用藥丸例，中、下二卷以本草諸藥配十二經絡，各以主病者爲君，輔佐諸藥爲臣佐使。内容大都從名醫試驗而來，不甚拘泥於本經的舊文。

【湯頭歌訣】清汪昂著，一卷。分十二門。採集古來名醫藥方，作爲歌訣，詳述藥性病情，列三百餘方。昂著醫方集解，卷帙浩繁，乃取其切於日用者，輯爲是編。

温

1. wēn ㄨㄣ 烏渾切，平，魂韻，影。

本作“溫”。㊀暖和。禮曲禮上：“冬温而夏凊。”也指使暖。世説新語任誕：“王大(忱)服散後，……不能冷飲，頻語左右，令温酒來。”㊁平和，柔和。詩秦風小戎：“言念君子，温其如玉。”指性情平和。論語季氏：“君子有九思，……色思温。”此指顔容。㊂温習，尋繹。論語爲政：“温故而知新，可以爲師矣。”㊃中醫病名。文選戰國楚宋玉風賦：“毆温致濕，中心慘怛，生病造熱。”注：“素問曰：冬傷於寒，春必病温。”詳“温病”。㊄周畿内國名。周初蘇忿生以温爲司寇。故城在今河南温縣境。左傳隱三年：“鄭祭足帥師取温之麥。”又見成十一年。㊅水名。説文：“温水出犍爲涪南入黔水。涪，漢書地理志上犍爲郡作符；黔，作黚。㊆姓。春秋晉大夫郤至食采於温，號温季，因以爲氏。參閲明陳士元姓觿二元。

2. yùn ㄩㄣ 集韻紆問切，去，恢韻，

㊇蕴藏，蕴積。通“蕴”。荀子榮辱：“其汿長矣，其温厚矣，其功盛姚遠矣。”參見“温₂克”。

【温文】温和而有禮。禮文王世子：“禮樂交錯於中，發形於外；是故其成也懌，恭敬而温文。”疏：“恭敬而温文者，謂内外有禮，貌恭心敬而温潤文章。”全唐文十六孫逖授殷彦方等王傅制：“温文之德，遂涉於春儲。”

【温屯】惡心。唐柳宗元柳先生集十四愚溪對：“予聞閩有水，生毒霧厲氣，中之者温屯嘔泄。”

【温江】㊀縣名。屬四川省。漢郫縣，屬蜀郡。隋爲萬春縣，唐貞觀五年改爲温江，以地瀕温江而名。明清皆屬成都府。參閲太平寰宇記七二益州、寰宇通志六一成都府。㊁水名。1. 在四川温江縣西南，爲岷江支流，也稱温水。參閲水經注三六温水。2. 甌江的別名。參見“甌江”。

【温州】地名。春秋時越地。秦屬閩中郡。漢初爲東甌國，後屬會稽郡。唐上元二年分括州置温州，以地在温嶠嶺南而名。宋廢。元置温州路，明清爲温州府治。公元1912年廢。參閲太平寰宇記九九温州、讀史方輿紀要九四温州府。

【温存】㊀温暖。唐司空圖司空表聖詩集四修史亭之一：“漸覺一家看冷落，地爐生火自温存。”宋邵雍伊川擊壤集八林下五吟之二：“老年軀體索温存，安樂窩中別有春。”㊁憐惜撫慰。唐韓愈昌黎集八雨中寄孟刑部幾道聯句：“温存感深惠，琢切奉明誡。”宋楊萬里誠齋集三五芙蓉渡酒店前金沙芍藥盛開詩：“孤客倦游殊寂寞，兩花作意與温存。”㊂和順。元王實甫西廂記三本三折：“他是箇女孩兒家，你索將性兒温存，話兒摩弄，意兒謙洽，休猜做敗柳殘花。”

【温好】柔和。大戴禮文王官人：“心氣寬柔者，其聲温好。”

【温汾】迴旋貌。文選漢枚叔(乘)七發：“觀其所駕軼者，所擢拔者，所揚汩者，所温汾者，所滌汔者。”

【温序】人名。東漢太原祁人。建武二年徵爲侍御史。六年，遷護羌校尉。於赴任途中爲隗囂部將所殺。賜葬洛陽城傍。序長子壽，服滿後爲鄒平侯相，夢其父告曰：“久客思鄉里。”遂棄官攜父骸骨歸葬故里。見後漢書八一獨行本傳。後人因以“温序思歸”爲眷戀鄉土之典。周

書庾信傳哀江南賦:"班超生而望反,温序死而思歸。"

【温良】温和善良。禮內則:"擇於諸母與可者,必求其寬裕慈惠、温良恭敬、慎而寡言者,使爲子師。"漢書八一匡衡傳上疏:"任温良之人,退刻薄之吏,顯絜白之士,昭無欲之路。"

【温車】卧車。温,一作"輼"。史記齊太公世家:"桓公之中鉤,詳死以誤管仲,已而載温車中馳行。"參見"輼車"。

【温₂克】蘊藉自持以勝外物。詩小雅小宛:"人之齊聖,飲酒温克。"箋:"中正通知之人,飲酒雖醉,猶能温藉自持以勝。"世說新語文學"鄭玄在馬融門下"注引玄別傳:"袁紹辟玄,及去,餞之城東,……自旦及暮,玄飲三百餘桮,而温克之容,終日無怠。"

【温李】唐温庭筠與李商隱同時齊名,並稱温李。唐裴庭裕東觀奏記下:"(温)庭筠字飛卿,彥博之裔孫也。詞賦詩篇,冠絕一時,與李商隱齊名,時號温李。"

【温足】富足。温謂温飽。文選南朝梁沈休文(約)奏彈王源文:"源人身在遠,輒攝媒人劉嗣之到臺攝問,嗣之列稱吴郡滿璋之,相承云是高平舊族,寵奮胤冑,家計温足,見託爲息鸞覓婚。"寵,滿寵;奮,滿奮,三國魏人。

【温谷】謂冬暖的山谷。穆天子傳一:"天子西濟于河口,爰有温谷樂都。"注:"温谷,言冬暖也。"文選晉潘安仁(岳)西征賦:"南有玄灞素滻,湯井温谷。"

【温卷】唐代及宋初舉人在京入謁前輩顯官,以所業投獻,以姓名達於主司,稱爲請見。數日又續以所作往見,稱爲温卷。唐柳宗元柳先生集三六有上權德輿補闕温卷決進退書。參閱宋王闢之澠水燕談録九雜録、趙彥衛雲麓漫鈔八。

【温明】㊀古代葬器。漢書六八霍光傳:"光薨,……賜金錢……東園温明。"注:"服虔曰:'東園處此器,形如方漆桶,開一面,漆畫之,以鏡置其中,以懸屍上,大斂并蓋之。'師古曰:'東園,署名也,屬少府。其署主作此器也。'"㊁殿名。後漢書十九耿弇傳:"時光武居邯鄲宮,晝卧温明殿。"注:"漢趙王如意之殿也,故基在今洺州邯鄲縣內。"

【温洛】古代傳説,謂王者如有盛德,則洛水先温。南朝梁劉勰文心雕龍一正緯贊:"榮河温洛,是孕圖緯。"隋書天文志序:"昔者榮河獻籙,温洛呈圖,六爻摛範,三光宛備,則星官之書,自黄帝始。"

【温室】㊀暖和的房舍。漢桓寬鹽鐵論鹽鐵取下:"衣輕暖、被英裘、處温室、載安車者,不知乘邊城、飄胡代、鄉清風者之危寒也。"㊁殿名。漢長樂宮、未央宮皆有温室殿。三輔黄圖三:"温室殿,(漢)武帝建。冬處之温暖也。西京雜記曰:'温室以椒塗壁,被之文綉,香桂爲柱,設火齊屏風,鴻羽帳,規地以罽賓氍毹。'"

【温郁】同"温奥"。文選南朝梁劉孝標(峻)廣絕交論:"敍温郁則寒谷成暄,論嚴苦則春叢零葉。"注:"毛萇詩傳曰:'燠,煖也。'郁與燠,古字通也。"

【温禺】匈奴官名。即左右温禺鞮王,皆由單于子弟充任。文選漢班孟堅(固)封燕然山銘:"斬温禺以釁鼓,血尸逐以染鍔。"參閱後漢書八九南匈奴傳。

【温食】熱食。與寒食對。後漢書六一周舉傳:"太原一郡,舊俗以介子推焚骸,有龍忌之禁。……由是士民每冬中輒一月寒食,莫敢煙爨,老小不堪,歲多死者。舉既到州,……使還温食,於是衆惑稍解,民俗頗革。"

【温風】暖風。禮月令季夏之月:"温風始至,蟋蟀居壁。"

【温信】㊀温和誠實。三國志魏賈逵傳注引魏略李孚傳:"孚曰:'聞鄴圍甚堅,多人則覺,以爲直當將三騎足矣。'……孚自選温信者三人。"㊁指侍從人員。晉書東海王越傳:"復爲侍中,加奉車都尉,給温信五十人。"

【温泉】水温較當地一年平均氣温爲高,且冬夏温度保持不變的泉水。多由靠近火山或泉中礦質所放出熱量而成。我國温泉以陝西西安驪山温泉爲最有名。水經注十一滱水:"(滱水)又東合温泉水。水出西北暄谷。其水温熱若湯,能愈百疾,故世謂之温泉焉。"唐白居易長慶集十二長恨歌"春寒賜浴華清池,温泉水滑洗凝脂",卽此泉。

【温卹】體貼撫慰。也作"温恤"。後漢書七一皇甫嵩傳:"嵩温卹士卒,甚得衆情。"又七三劉虞傳:"青徐士庶避黄巾之難,歸虞者百餘萬口,皆收視温恤,爲安立生業,流民皆忘其遷徙。"

【温病】中醫病名。多種熱病的總稱。素問二一六元正紀大論:"凡此太陽司天之政,氣化運行先天……草迺早榮,民迺厲,温病迺作。"傷寒論二傷寒例:"中而卽病者,名曰傷寒;不卽病者,寒毒藏於肌膚,至春變爲温病,至夏變爲暑病。"

【温凊】冬温夏凊的省稱。宋書謝瞻傳附弟皭:"所生母郭氏久嬰痼疾,晨昏温凊,和藥捧膳,不闕一時。"南齊書江斆傳:"斆以祖母久疾,連年臺閣之職,永廢温凊,啟乞自解。"參見"冬温夏凊"。

【温故】温習舊聞、舊業。三國志魏管輅傳注引輅別傳:"夙夜研幾,孳孳温故。"宋歐陽修文忠集九讀書詩:"古人重温故,官事幸有間,乃知讀書勤,其樂固無限。"參見"温故知新"。

【温厚】㊀猶言温和。禮鄉飲酒義:"天地温厚之氣,始於東北而盛於東南。"㊁謂和平寬厚。後漢書五六王暢傳功曹張敞奏記:"卓茂、文翁、召父之徒,皆疾惡嚴刻,務崇温厚。仁賢之政,流聞後世。"㊂富足。漢書七六張敞傳:"敞既視事,求問長安父老,偷盜酋長數人,居皆温厚,出從童騎,閭里以爲長者。"注:"温厚,言富足也。"

【温淳】滋味濃厚。文選漢枚叔(乘)七發:"飲食則温淳甘膬,脭醲肥厚。"注:"温淳,謂凡味之厚也。"

【温涼】指春天和秋天。借喻離別的歲月。文選晉陸士衡(機)樂府詩之七門有車馬客行:"撫膺攜客泣,掩淚敍温涼。"注引鄭玄:"春秋言温涼也。"唐呂向注:"敍別離之歲月。"也指寒暄。唐段成式酉陽雜俎十三冥跡:"(崔羅)什遂前,入就牀坐,其女在户東坐,與什敍温涼。"

【温淘】和麪。也作温麪。正字通"麪":"温淘,糝溲麪也,……今兩京皆以温麪爲温淘。"

【温宿】㊀漢西域城國名。也稱温肅。北史西域傳謂在姑墨西北,屬龜茲。唐置州,清置府。今爲新疆維吾爾自治區阿克蘇縣。㊁縣名。屬新疆維吾爾自治區。清光緒二十八年置,屬新疆温宿府。參閱清朝續文獻通考三二一輿地十七。

【温習】複習功課。北齊書張耀傳:"趙彥深嘗謂耀曰:'君研尋左氏,豈求服虔杜預之紕繆邪?'耀曰:'何爲其然乎?左氏之書,備敍言事,惡者可以自戒,善者可以庶幾,故厲己温習,非欲詆訶古人之得失也。'"

【温陵】地名。隋唐始置泉州,以其地少寒,故別稱温陵。後改福州。唐以後記録所謂温陵,統福建而言。明人始專以晉江爲温陵。明李贄晉江人,學者稱之爲温陵先生。

【温陶】晉温嶠陶侃的並稱。晉成帝時嶠侃協同以平蘇峻之難。梁書張纘傳姚察曰:"纘不能叶和蕃岳,成温陶之舉,苟懷私怨,構隙瀟湘。"

【温偉】和易俊偉。後漢書三五鄭玄傳:

"玄最後至，乃延升上坐。身長八尺，飲酒一斛，秀眉明目，容儀温偉。"

【温温】柔和貌。詩小雅賓之初筵："賓之初筵，温温其恭。"箋："温温，柔和也。"

【温詔】情詞懇摯的詔命。宋朱熹朱文公集三次秀野春晴山行紀物之句詩："側聞温詔詢耆艾，好趁春風入殿衙。"

【温菘】即萊菔(蘿蔔)。又名紫花菘、楚菘、秦菘。參閱政和證類本草二七菘、本草綱目二六菜一萊菔。

【温尋】猶言温習。禮中庸"温故而知新"唐孔穎達正義："言賢人由學，既能温尋故事，又能知新事也。"

【温帽】暖帽。唐馬縞中華古今注中大帽子："本嵩叟草野之服也。至魏文帝詔百官常以立冬日貴賤通戴，謂之温帽。"

【温奥】温暖。漢書五行志中之下："温奥生蟲，故有蠃蟲之孽。"注："奥，讀曰燠；燠，暖也，音於六反。"

【温煦】暖和。廣弘明集二八下南朝梁簡文帝六根懺文："所以象簟清潤，遨遊於夏室；重裘狐白，温煦於冬房。"

【温飽】衣暖食足。古文苑十四漢揚雄益州牧箴："自京徂畛，民攸温飽。"宋魏泰東軒筆錄十四："王沂公曾，青州發解，及南省程試，皆爲首冠。中山劉子儀(筠)爲翰林學士，戲語之曰：'狀元試三場，一生喫著不盡。'沂公正色答曰：'曾平生之志不在温飽。'"

【温潤】温和柔潤。禮聘義："夫昔者君子比德於玉焉，温潤而澤仁也。"本指玉色。後常用以形容人的容色和品性。文選漢王子淵(褒)洞簫賦："優柔温潤，又似君子。"周書呂思禮傳："性温潤，不雜交遊。"

【温嶠】公元 288—329 年。晉太原祁縣人，字太真。元帝時，爲劉琨右司馬。明帝即位，拜侍中轉中書令。與庾亮等討平王敦。後歷陽太守蘇峻等作亂，嶠苦心調停於庾亮陶侃之間，卒平峻難。官至驃騎大將軍，卒謚忠武。晉書有傳。

【温樹】西漢孔光官至御史大夫，謹慎守法度，對家人亦絶口不言朝省政事。家人或問宮内温室樹皆何木，光嘿然不應。見漢書八一孔光傳。後人因以"温樹"作爲居官謹慎的贊語。唐褚亮碑："忠慎有踰於温樹。"(金石萃編四八)

【温縣】今縣名。屬河南省。周畿内邑，司寇蘇忿生封邑。漢置縣，屬河内郡。明清皆屬河南懷慶府。參閱寰宇通志八九懷慶府。

【温暾】暖意。唐王建詩八宮詞之四八："新晴草色緑温暾，山雪初消漸水渾。"唐白居易長慶集十一開元寺東池早春詩："池水暖温暾，水清波瀲灩。"

【温顔】和顔悦色。漢書三三韓王信傳："(韓)增世貴……爲人寬和自守，以温顔遜辭承上接下，無所失意，保身固寵，不能有所建明。"

【温廬】温暖的房舍。晉書潘岳傳："近畿輻湊，客舍亦稠，冬有温廬，夏有涼蔭。"

【温馨】温暖。唐李商隱李義山詩集四魏侯第東北樓郢叔言别聊用書所見成篇："疑穿花逶迤，漸近火温馨。"全唐詩六一五皮日休八奉和魯望玩金鸂鶒戲贈："鏤羽彫皮迥出羣，温馨飄出麝臍薰。"

【温蠖】塵滓重積貌。史記八四屈原傳："又安能以皓皓之白而蒙世之温蠖乎？"温蠖，楚辭漁父作"塵埃"，注云："史記作温蠖，説者曰：'温蠖，猶惛憒也。'"

【温$_2$籍】寬容包涵。漢書九十義縱傳："補上黨郡中令。治敢往，少温籍，縣無逋事。"注："少温籍，言無所含容也。"

【温驪】駿馬名。史記秦紀："造父以善御幸於周穆王，得驥温驪、驊騮、騄耳之駟。"索隱："温音盗，徐廣亦作盗，……鄒氏音義云：'盗驪，騧驪也。騧，淺黄色。'"

【温八吟】五代王定保唐摭言十三敏捷："温庭筠燭下未嘗起草，但籠袖凭几，每賦一詠一吟而已。故場中號爲温八吟。"又稱温八叉。參見"温庭筠"。

【温大雅】唐并州祁人，字彦宏。與弟大臨(字彦博)、大有(字彦將)俱知名。高祖起兵，引大雅參機務，官至吏部尚書，封黎國公。撰大唐創業起居注，記高祖起事經過，與正史所載多有出入。新、舊唐書皆有傳。

【温子昇】公元 495—547 年。北魏濟陰冤句人。字鵬舉。文章清婉，知名北朝。嘗撰韓陵山寺碑，爲同時南朝詩人庾信所推重。後因事下獄死。魏書八五、北史八三有傳。原有集，已佚。明人輯有温侍讀集。

【温那沙】西域古城國名。古稱奄蔡，一名温那沙。詳"奄蔡"。

【温疫論】明吴有性撰，二卷。説明温疫與傷寒的區别，指出兩種病雖然證狀頗相似，但應採取不同治法，爲後來治温證者所宗奉。

【温柔旦】戲劇脚色名。明胡應麟少室山房筆叢四一辛部莊岳委談下："蓋旦之色目，自宋已有之而未盛，至元雜劇多用妓樂。"又："妓如李嬌兒爲温柔旦，張奔兒爲風流旦，蓋勝國雜劇，裝旦多婦人爲之也。"

【温柔鄉】喻美色迷人之境。舊題漢伶玄飛燕外傳："是夜進合德，帝大悦，以輔屬體，無所不靡，謂爲温柔鄉。謂嫕曰：'吾老是鄉矣！不能效武皇帝求白雲鄉也。'"又見唐馮贄雲仙雜記十趙后外傳。

【温香渠】後趙石虎於太極殿前起樓，又爲四時浴室，引渠水以爲池，池中皆以紗縠爲囊，盛百雜香漬於水中。浴罷洩水於宮外，水流之所，名温香渠。見舊題晉王嘉拾遺記九晉時事。

【温泉宮】宮名。陝西臨潼南有温泉，後周宇文護營造石井，隋文帝又修屋宇，並植松柏千餘株。唐貞觀十八年，太宗詔閻立本營造宮殿、湯池，命名湯泉宮。新唐書地理志一云，咸亨二年改名温泉宮。資治通鑑二一二胡注以爲開元十一年始更名改作。參閲舊唐書地理志一、新唐書玄宗紀。

【温庭筠】約公元 812—870 年。唐太原人。原名岐，字飛卿。大中初，應進士。官國子助教，嘗作詩忤時相令狐綯，故不得大用。詩詞與李商隱齊名，時稱温李。作賦八叉手而成，時稱温八叉。詩詞風格濃豔，多寫閨情。著有漢南真稿金筌集乾䉼子等。有温飛卿集箋註九卷，爲明曾益及顧予咸等所輯。舊唐書一九〇下文苑傳有傳。

【温體仁】公元 ?—1638 年。明浙江烏程人。字長卿。萬曆二十六年進士。崇禎初，官尚書，後升首輔。結黨營私，排除異己，並圖謀起用魏忠賢舊黨。後被免官歸。明史入姦臣傳。

【温故知新】温習舊業，增加新知。漢書百官公卿表上："故略表舉大分，以通古今，備温故知新之義云。"注："論語(爲政)稱孔子曰：'温故而知新，可以爲師矣。'温猶厚也，言厚蓄故事，多識於新，則可爲師。"按論語何晏集解："温，尋也，尋繹故者，又知新者，可以爲人師矣。"後來多從集解，以温故爲温習故業。

【温柔敦厚】温和寬厚。禮經解："温柔敦厚，詩教也。"疏："温，謂顔色温潤；柔，謂性情和柔。詩依違諷諫，不指切事情，故云温柔敦厚是詩教也。"

湒 jí ㄐㄧˊ 子入切，入，緝韻，精。

㊀雨下。又沸涌貌。見説文。㊁丘名。初學記二六漢鄒陽酒賦："皆麴湒邱之

麥，釀野田之米。」

渴 1. kě ㄎㄜˇ 苦曷切，入，曷韻，溪。

㊀口乾思飲。詩小雅采薇：「憂心烈烈，載飢載渴。」按說文「𣴎」，欲飲也。爲飢渴字。渴，盡也。兩字同音，自渴通作飢渴，𣴎字遂廢。㊁比喻急切。見「渴葬」。

2. jié ㄐㄧㄝˊ 渠列切，入，薛韻，羣。

㊂水乾涸。說文：「渴，盡也。」清段玉裁注：「渴竭古今字。古水竭字多用渴，今則用渴爲𣴎字矣。」

3. hè ㄏㄜˋ

㊃水之反流。唐柳宗元柳先生集二九袁家渴記：「楚越之間方言，謂水之反流者爲渴，音若衣褐之褐。」

【渴心】急切盼望之心。唐盧仝玉川子集一訪含曦上人詩：「三入寺，曦未來。轆轤無人井百尺，渴心歸去生塵埃。」

【渴日】㊀時間不足。明楊慎秇林伐山二渴日兢辰：「魏董遇字季真，從學者苦渴日，遇言當以三餘：夜者日之餘，冬者歲之餘，風雨者時之餘。渴日可對兢辰。」按三國志魏王肅傳注引魏略董遇傳作「苦渴無日」。參見「三餘㊀」。㊁全部時間。書泰誓中「我聞吉人爲善惟日不足」傳：「吉人渴日以爲善，凶人亦渴日以爲惡。」疏以渴作「竭」。參閱清陸雲錦芝庵讀書記。

【渴仰】㊀殷切仰慕。法華經壽量品十六：「心懷戀慕，渴仰於佛。」唐顏真卿顏魯公文集四與李太保帖之三：「真卿粗自奉別，渴仰何勝。」㊁殷切盼望。周書黎景熙傳上書：「方今農要之月，時雨猶愆，率土之心，有懷渴仰。」

【渴羌】太平御覽八四六晉王嘉拾遺記：「晉有羌人姚馥，……恒言渴於醇酒，羣輩呼爲渴羌。」後也用以稱嗜茶者。宋黃庭堅山谷外集十五今歲官茶極妙而難爲賞音者戲作兩詩用前韻：「乳花翻椀正眉開，時苦渴羌衝熱來。」

【渴雨】無雨。詩大雅雲漢「倬彼雲漢，昭回于天」漢鄭玄箋：「時旱渴雨，故宣王夜仰視天河，望其候焉。」宋趙汝鐩野谷詩集耕織歎：「種蒔已徧復耕耘，久晴渴雨車聲發。」

【渴病】卽消渴病。宋黃庭堅山谷內集十一以梅饋晁深道戲贈詩之一：「相如渴病應須此，莫與文君蹙遠山。」一本作「病渴」。參見「消渴」。

【渴烏】古代吸水用的虹吸管。後漢書七八張讓傳：「又使掖庭令畢嵐……又作翻車渴烏，施於橋西，用灑南北郊路，以省百姓灑道之費。」注：「翻車，設機車以引水。渴烏，爲曲筒，以氣引水上也。」通典一五七兵十隔山取水：「渴烏隔山取水，以大竹筩雄雌相接，勿令漏洩，以麻漆封裹，推過山外，就水置筩，入水五尺，卽於筩尾取松樺乾草，當筩放火，火氣潛通水所，卽應而上。」

【渴望】殷切盼望。宋范成大石湖集八洪景盧內翰使還入境以詩迓之：「國人渴望公顏色，爲報褰帷入帝畿。」

【渴葬】古禮葬期因死者身分地位而異，其未及葬期而提前葬的，稱爲渴葬。卽棄葬。公羊傳隱三年：「不及時而日，渴葬也。」注：「渴，喻急也。」釋名釋喪制：「日月未滿而葬曰渴。言渴欲速葬，無恩也。」參閱清汪中經義知新記。

【渴睡】欲睡，思睡。宋蘇軾分類東坡詩三王鞏清虛堂：「吳興太守老且病，堆案滿前長渴睡。」今通用「瞌睡」。

【渴賞】急切希望立功受賞。文選晉孫子荆（楚）爲石仲容與孫晧書：「渴賞之士，鋒鏑爭先。」

【渴₂澤】乾涸的沼澤。周禮地官草人：「凡糞種，騂剛用牛，赤緹用羊，墳壤用麋，渴澤用鹿。」注：「渴澤，故水處也。」疏：「今澤云渴，明是故時停水，今乃渴，故云故水處也。」

【渴睡漢】貪睡的人。宋歐陽修文忠集一二八詩話：「客有譽吕（蒙正）曰：『吕君工於詩，宜少加禮。』胡（旦）問詩之警句。客舉一篇，其卒章云：『挑盡寒燈夢不成。』胡笑曰：『乃是一渴睡漢也。』」

【渴盤陀】西域古國。又名漢陀國，亦稱渴羅陀國。在于闐之西。轄境約當今新疆葉爾羌西境外。漢爲蒲犂國地，北魏稱渴盤陀。南朝梁中大同元年，始通江左。參閱南史渴槃陀傳、文獻通考三三九渴槃陀。

【渴驥奔泉】形容氣勢急勁。常指書法中矯健的筆勢。新唐書一六〇徐浩傳：「嘗書四十二幅屏，八體皆備，草隸尤工，世狀其法曰『怒猊抉石，渴驥奔泉』云。」元袁桷清容居士集九次韻張希孟凝雲石十詠詩：「我愛凝雲好，模糊老墨仙。癡蟇端食月，渴驥欲奔泉。」

浘 wēi ㄨㄟ 烏恢切，平，灰韻，影。

㊀沈没。見說文。㊁見下。

【浘浽】污濁。楚辭漢劉向九歎惜賢：「盪浘浽之姦咎兮，夷蠢蠢之溷濁。」

【浘淵】波浪回旋湧起貌。文選晉郭景純（璞）江賦：「漩浘滎瀯，浘淵濆瀑。」

渭 wèi ㄨㄟˋ 于貴切，去，未韻，于。

水名。見「渭河」。

【渭口】地名。渭河入黃河處。在陝西華陰縣東北。見讀史方輿紀要五四西安府渭河。

【渭川】卽渭河。唐李白李太白詩四上之回：「豈問渭川老，寧邀襄野童。」渭川老，指吕望。新唐書玄宗紀開元元年十月獵於渭川，卽此。參見「渭河」、「渭川千畝」。

【渭州】州名。1.北魏永安三年置，以渭水而名。在今甘肅隴西縣一帶。唐安史之亂後屬吐蕃，中和四年復歸唐。中和四年移置於今甘肅平涼縣一帶。金改爲平涼府。參閱太平寰宇記一五一渭州、金史地理志下。2.遼置，在今遼寧黑山縣境。參閱遼史地理志一頭下軍州。

【渭曲】地名。在陝西大荔縣東南。西魏大統三年，宇文泰進軍至渭曲，背水東西爲陣，大敗北齊高歡軍，卽此地。見周書文帝紀下。

【渭河】水名。黃河主要支流之一。源出甘肅渭源縣西北鳥鼠山，東南流至清水縣，入陝西省境，橫貫渭河平原，東流至潼關，入黃河。河渠縱橫，自漢至唐，皆爲關中漕運要道。參閱水經注渭水。

【渭城】㊀地名。秦咸陽，漢高祖元年改名新城，武帝元鼎三年又改名渭城，爲右扶風治所。見漢書地理志上。故址在陝西長安縣西。參見「咸陽」。㊁樂曲名。本唐王維送人使安西詩「渭城朝雨浥輕塵」，後入樂府，因以名曲。唐白居易長慶集五六南園試小樂詩：「高調管色吹銀字，慢拽歌聲唱渭城。」卽此曲。參閱樂府詩集八十近代曲辭渭城曲。

【渭南】縣名。屬陝西省。漢新豐縣地，東晉列國前秦置渭南縣。以在渭水之南而名。明清皆屬陝西西安府。參閱寰宇通志九二西安府華州。

【渭陵】漢元帝（劉奭）陵墓。在陝西咸陽縣東北。漢書元帝紀竟寧元年「葬渭陵」注引臣瓚：「渭陵在長安北五十六里也。」

【渭渠】漢武帝時開鑿的運河。引渭通渠，故名。又稱漕渠。在今陝西西安市南。水經注十九渭水：「右合漕渠，漢大司農鄭當時所開也。以渭難漕，命齊水工徐伯，發卒穿渠引渭。其渠自昆明池，南傍山原，東至於河。且田且漕，大以爲便。今無水。"

【渭陽】詩秦風渭陽:"我送舅氏,曰至渭陽。"集傳:"舅氏,秦康公之舅,晉公子重耳也。出亡在外,穆公召而納之。時康公爲太子,送之渭陽而作此詩。"故後以"渭陽"表示甥舅。後漢書二四馬援傳附馬防:"詔曰:'舅氏一門,俱就國封。……其令許侯思愆田廬,有司勿復請,以慰朕渭陽之情。"許侯,防弟光。防光爲太后弟,於章帝爲舅甥。三國志魏文昭甄皇后傳:"帝(明帝曹叡)思念舅氏不已。……又於其後園爲像母起觀廟,名其里曰渭陽里,以追思母氏也。"像,甄后姪。也作爲舅氏的代稱。宋孫光憲北夢瑣言四畢舅知分:"唐畢相諴,家本寒微,其渭陽爲太湖縣伍伯。"

【渭源】縣名。屬甘肅省。漢置首陽縣,屬隴西郡。西魏改爲渭源縣。以地處渭水之源而名。明屬臨洮府,清屬蘭州府。參閱漢書地理志下、寰宇通志九八臨洮府。

【渭橋】漢唐時長安附近渭水上的橋。有三:1.中渭橋。本名橫橋。在今西安市北。秦都咸陽,渭南有興樂宮,渭北有咸陽宮,因建此橋以通二宮,見史記孝文紀"(宋)昌至渭橋"索隱。2.東渭橋。又稱渭橋渡。在今西安市東北。漢景帝時建。3.西渭橋。又名便橋、便門橋。在今咸陽市南。漢武帝建元三年建。唐時也叫咸陽橋。詳"便門橋"。

【渭南倉】糧倉名。唐高宗咸亨三年建,爲渭河和關中糧食的轉運站。地址在今陝西渭南縣東。參閱舊唐書食貨志下。

【渭川千畝】漢人謂有渭川千畝竹,其人與千户侯等。見史記一二九貨殖傳。宋詩鈔黄公度知稼翁集鈔謝傅參議彥濟(雱)惠笋用山谷韻:"前身渭川侯,千畝償宿債。"後言竹之繁茂,多曰渭川千畝。清鄭燮板橋集爲馬秋玉畫扇:"渭川千畝,淇泉菉竹,西北且然,況瀟湘雲夢之間、洞庭青草之外,何在非水,何在非竹也!"參見"渭川"、"渭河"。

【渭南文集】宋陸游撰。五十卷。陸游晚年封渭南伯,故以名集。據子遹跋,爲游生前自編,又有逸稿二卷,爲清毛晉輯其遺文編定。

湡 yú 遇俱切,平,虞韻,疑。
ㄩˊ

水名。見下。

【湡水】水名。又稱沙河,在河北境內。源出太行山。東流經沙河縣、南和縣、任縣,注入寧晉泊。參閱說文"湡"、讀史方輿紀要十五順德府沙河縣。

渱 hóng 户公切,平,東韻,匣。
ㄏㄨㄥˊ

水流廣大貌。見"潰渱"。

渦 1. wō 烏禾切,平,戈韻,影。
ㄨㄛ

㊀回旋的水流。文選晉郭景純(璞)江賦:"盤渦谷轉,凌濤山頹。"㊁笑靨,俗稱酒渦。宋蘇軾分類東坡詩八百步洪之二:"不知詩中道何語,但覺兩頰生微渦。"

2. guō 古禾切,平,戈韻,見。
ㄍㄨㄛ

㊂水名。見"渦₂河"。

【渦₂口】地名。渦河入淮處。詳"渦₂河"。

【渦₂河】水名。淮河支流。源出河南開封縣西,東南流至安徽懷遠入淮河。入淮之處名渦口。漢建安十四年,曹操引水軍自渦口入淮。又宋紹興三十一年金主亮南侵,自渦渡淮。明建文四年,燕王南下,駐於渦河渦口。即此地。參閱讀史方輿紀要二一懷遠縣渦水。

【渦旋】水流盤旋。宋張世南游宦紀聞七:"大洋海中有渦旋處。"

【渦₂陽】縣名。屬安徽省。清同治三年分阜陽亳州蒙城等地置。參閱清朝續文獻通考三一三輿地九。

【渦盤】水流盤旋。文苑英華二九〇唐宋之問下桂江縣黎壁詩:"欻離出旋劃,繚繞避渦盤。"

湍 tuān 他端切,平,桓韻,透。
ㄊㄨㄢ

㊀水勢急速。孟子告子上:"性猶湍水也。"注:"湍水,圜也。"疏:"言其水流沙上,縈迴之勢湍湍然也。"漢書溝洫志:"水湍悍,難以行平地。"㊁急流的水。水經注三四江水:"春冬之時,則素湍綠潭,迴清倒影。"

【湍流】急流。楚辭屈原九章抽思:"長瀨湍流,泝江潭兮。"文選漢枚叔(乘)七發:"上有千仞之峰,下臨百丈之谿,湍流遡波。"

【湍瀨】㊀水淺流急之處。淮南子說山:"今曰稻生於水,而不能生於湍瀨之流。"㊁石上的急流。漢王充論衡狀留:"是故湍瀨之流,沙石轉而大石不移。"

湝 jiē 古諧切,平,皆韻,見。
ㄐㄧㄝ 户皆切,平,皆韻,匣。

水流動貌。見說文。參見"湝湝"。

【湝湝】㊀水流動貌。詩小雅鼓鍾:"鼓鍾喈喈,淮水湝湝。"廣雅釋訓:"湝湝,流也。"㊁寒。說文:"湝,……一曰:湝湝,寒也。詩曰:'風雨湝湝。'"今本詩鄭風風雨作"淒淒"。

湲 yuán 王權切,平,仙韻,于。
ㄩㄢˊ

水流聲。重言作"湲湲"。見下。

【湲湲】水流聲。文選漢枚叔(乘)七發之六:"沌沌湲湲,蒲伏連延。"唐呂延濟注:"沌沌湲湲,皆聲也。"李善注謂顛倒貌。

湌 cān 七安切,平,寒韻,清。
ㄘㄢ

"餐"的異體字。說文:"餐或從水。"俗作"湌"。見廣韻。

渰 1. yǎn 衣儉切,上,琰韻,影。
ㄧㄢˇ

㊀雲起貌。詩小雅大田:"有渰萋萋,興雨祈祈。"

2. yān
ㄧㄢ

㊁淹没。通"淹"。梁書曹景宗傳:"値暴風卒起,頗有渰溺。"

渝 yú 羊朱切,平,虞韻,喻。
ㄩˊ

本作"渝"。㊀變更,違背。詩鄭風羔裘:"彼其之子,舍命不渝。"國語周上:"弗震弗渝,脉其滿眚,穀乃不殖。"㊁泛濫。文選晉木玄虛(華)海賦:"跇踔湛濼,沸潰渝溢。"㊂水名。見"渝水"。㊃地名。四川重慶的别稱。見"渝州"。

【渝水】古水名。漢書地理志下遼西郡:"渝水首受白狼,東入塞外。又有侯水,北入渝。"水道在河北臨榆縣(公元 1958 年撤銷,劃歸秦皇島市和撫寧縣),今變遷無可考。渝,也作"榆",渝關和臨榆縣,皆以此得名。見畿輔通志九三海防二臨榆縣。

【渝平】棄怨修好。左傳隱六年:"鄭人來渝平,更成也。"注:"渝,變也。"疏:"平實解怨和好之辭,非要盟也。"三國志吳劉繇傳王朗與孫策書:"康寧之後,常願渝平更成,復踐宿好,一爾分離,款意不昭。"

【渝州】州名。隋開皇元年改梁楚州爲渝州,旋廢。唐復置。宋崇寧元年改恭州,後升爲重慶府。明清兩代沿置。四川重慶别稱渝,本此。參閱隋書地理志上、太平寰宇記一三六渝州。

【渝盟】背棄盟約。左傳桓元年:"公及鄭伯盟于越,結祊成也。盟曰:渝盟無享國。"

【渝濫】頂替。舊唐書僖宗紀制:"吏部選人粟錯及除駁放者,除身名渝濫欠考外,並以比遠殘闕收注。"

湓 yú ㄩˊ
同"渝"。見"渝"。

湓 pén 蒲奔切,平,魂韻,並。 ㄆㄣˊ
㊀水大漲。漢書溝洫志:"是歲,勃海清河信都河水湓溢,灌縣邑三十一。"㊁水名。見"湓水"。

【湓口】卽湓城。也稱盆口湓浦。爲湓水入長江之處。漢灌嬰於此築城。故址在今江西九江縣西。南朝宋末蕭道成專朝政,遣兵據盆口,以禦荆州刺史沈攸之,卽此。參閱元和郡縣志二八江州、宋陳舜俞廬山記總敘山水。

【湓水】水名。也稱盆水,源出江西瑞昌縣西清湓山,東流經九江城下,名湓浦港,北流入長江。今名龍開河。唐白居易長慶集十二琵琶行"住近湓江地低濕",卽指此。參閱讀史方輿紀要八五九江府德化縣。

【湓城】古城名。見"湓口"。

【湓涌】水洶涌漫溢。文選晉郭景純(璞)江賦:"鼓后窟以漰渤,乃湓涌而駕限。"宋史三一二曾公亮傳附曾孝廣:"洛水頻歲湓涌,浸齧北岸。"

澅 huò 虎伯切,入,陌韻,曉。 ㄏㄨㄛˋ
漰澅,浪濤沖擊聲。文選晉郭景純(璞)江賦:"砅巖鼓作,漰澅㶁瀹。"

湃 pài 普拜切,去,怪韻,滂。 ㄆㄞˋ
見下。

【湃湃】波浪聲。宋蘇軾東坡集前集十一又次前韻贈賈耘老詩:"仙壇古洞不可到,空聽餘瀾鳴湃湃。"

渹 1. hōng 呼宏切,平,耕韻,曉。 ㄏㄨㄥ
㊀水石相激聲。廣韻:"渹,水石聲;又大也。"

2. chèng 集韻楚慶切,去,映韻。 ㄔㄥˋ
㊁清涼。世說新語排調:"劉真長(惔)始見王丞相(導),時盛暑之月,丞相以腹熨彈棊局曰:'何乃渹。'"注:"吳人以冷爲渹。"宋程大昌演繁露六渹:"今鄉俗狀涼冷之狀者曰冷渹渹。"

湩 zhòng dòng 竹用切,去,用韻,知。 ㄓㄨㄥˋ ㄉㄨㄥˋ 多貢切,去,送韻,端。
㊀乳汁。穆天子傳四:"因具牛羊之湩,以洗天子之足。"㊁鼓聲。管子輕重甲:"湩然擊鼓,士忿怒。"清朱珔謂本字作"鼞"。參閱說文段借義證"湩"。

湫 1. jiǎo 子了切,上,篠韻,精。 ㄐㄧㄠˇ
㊀低下。見"湫隘"。㊁水名。見"湫淵"。㊂古地名。春秋楚地,在今湖北鍾祥縣北。左傳莊十九年:"敗黃師于踖陵,還及湫,有疾。"

2. qiū 七由切,平,尤韻,精。 ㄑㄧㄡ 卽由切,平,尤韻,精。
㊃空洞,深潭。呂氏春秋審分:"此之謂定性於大湫。"注:"大湫猶大竇。"唐杜甫杜工部草堂詩箋十七乾元中寓居同谷縣作之六:"南有龍兮在山湫,古木巃嵸枝相樛。"㊄凝集。見"湫底"。㊅涼貌。文選戰國楚宋玉高唐賦:"湫兮如風,淒兮如雨。"㊆減,盡。淮南子俶真:"精有湫盡,而行無窮極。"

【湫阨】同"湫隘"。文選晉左太沖(思)吳都賦:"國有鬱鞅而顯敞,邦有湫阨而踡跼。"

【湫₂底】凝滯。左傳昭元年:"於是乎節宣其氣,勿使有所壅閉湫底,以露其體。"

【湫₂戾】卷曲貌。楚辭漢劉向九歎思古:"風騷屑以摇木兮,雲吸吸以湫戾。"

【湫₂湫₂】憂愁悲傷貌。漢董仲舒春秋繁露陽尊陰卑:"秋之爲言,猶湫湫也。……湫湫者,憂悲之狀也。"

【湫淵】湖名。在今寧夏回族自治區固原縣。史記封禪書:"湫淵,祠朝那。"集解引蘇林:"湫淵在安定朝那縣,方四十里,停不流,冬夏不增減,不生草木。"參閱水經注二河水。說文作"湫泉"。乃唐人避李淵(高祖)諱所改。

【湫隘】低下狹小。左傳昭三年:"景公欲更晏子之宅,曰:'子之宅近市,湫隘囂塵,不可以居,請更諸爽塏者。'"注:"湫,下;隘,小。"

【湫₂漻】清寂。淮南子原道:"其魂不躁,其神不嬈,湫漻寂寞,爲天下梟。"

湸 xì 集韻迄及切,入,緝韻。 ㄒㄧˋ
汩湸,水急流貌。同"潝"。史記一一七司馬相如傳上林賦:"馳波跳沫,汩湸漂疾。"文選作潝。

渙 huàn 火貫切,去,換韻,曉。 ㄏㄨㄢˋ
㊀流散。詩周頌訪落:"將予就之,繼猶判渙。"荀子議兵:"事大敵堅,則渙焉離耳。"㊁見"渙渙"。㊂易卦名,☴☵。坎下巽上。易渙"渙亨"釋文:"呼亂反。散也。"

【渙汗】比喻帝王發布號令,如汗出於身,不能收回。易渙:"九五,渙汗其大號。"疏:"九五處尊履正,在號令之中,能號令以散險阨者也。"漢書三六楚元王傳附劉向:"渙汗其大號。"注:"言王者渙然大發號令,如汗之出也。"後指帝王的號令。舊唐書八九狄仁傑傳:"武承嗣屢奏請誅之。則天曰:'朕好生惡殺,志在恤刑。渙汗已行,不可更返。'"

【渙渙】㊀水盛貌。詩鄭風溱洧:"溱與洧,方渙渙兮。士與女,方秉蕑兮。"傳:"渙渙,春水盛也。"宋王安石臨川集二四皓詩之一:"谷廣水渙渙,山長雲泄泄。"㊁光亮貌。釋名釋綵帛:"紈,渙也,細澤有光渙渙然也。"藝文類聚八一上晉傅玄紫華賦:"獨參差以炤耀,何光麗之雜形。渙渙昱昱,奪人目精。"

【渙散】離散,散漫。漢焦延壽易林十四歸妹之離:"絶世無嗣,福祿無存。精神渙散,離其躬身。"唐韓愈昌黎集七南內朝賀歸呈同官詩:"罷賀南內衙,歸涼曉淒淒。綠槐十二街,渙散馳輪蹄。"

【渙爛】光華燦爛。後漢書六四延篤傳與李文德書:"百家衆氏,投閒而作,洋洋乎其盈耳也,渙爛兮其溢目也,紛紛欣欣其獨樂也。"

【渙然冰釋】像冰融解。多指疑慮、誤解或困難而言。老子:"渙兮若冰之將釋。"晉杜預春秋左傳序:"若江海之浸,膏澤之潤,渙然冰釋,怡然理順,然後爲得也。"

渢 féng 房戎切,平,東韻,並。 ㄈㄥˊ
水聲。見玉篇。又弘大聲。見廣韻。

【渢渢】形容樂聲的婉轉悠揚。左傳襄二九年:"美哉,渢渢乎! 大而婉,險而易行。以德輔此,則明主也。"注:"渢渢,中庸之聲。婉,約也。險,當爲儉字之誤也。大而約,則儉節易行。"

溲 1. sǒu 疎有切,上,有韻,山。 ㄙㄡˇ
亦作"浚"。㊀浸,調合。儀禮士虞禮:"明齊溲酒。"注:"以新水溲釀此酒也。"㊁淘洗。晉書戴逵傳:"總角時以雞卵汁溲白瓦屑作鄭玄碑。"聊齋志異六小謝:"析薪溲米,爲生執爨。"

2. sōu 所鳩切,平,尤韻,審。 ㄙㄡ
㊂大小便。國語晉四:"少溲於豕牢。"注:"豕牢,廁也。溲,便也。"史記一〇五倉公傳:"令人不得前後溲。"索隱:"前

溲，謂小便；後溲，大便也。"也專指小便。史記九七酈生傳："沛公不好儒，諸客冠儒冠來者，沛公輒解其冠，溲溺其中。"索隱："溲卽溺也。"

【溲₂矢】大小便。元文類五六鄧文原蘇府君墓表："事大父孝，疾病湯液必親，雖躬溲矢不厭。"

【溲₂勃】"牛溲馬勃"的省語，指微賤無用之物。宋趙鼎臣竹隱畸士集十上許沖元啟："籠中丹桂，並溲勃以兼收；幕下紅蓮，雜蒹葭而俱進。"參見"牛溲馬勃"。

【溲膏】病名。莊子則陽："故鹵莽其性者，……並潰漏發，不擇所出，漂疽疥癰，內熱溲膏是也。"釋文："司馬(彪)云：謂虛勞人尿上生肥白沫也。"唐成玄英疏："溲膏，溺精也。"

【溲麪】作餅餌糕點時以水拌麪。宋蘇軾分類東坡詩十三三月十九日攜白酒鱸魚過詹史君食槐葉冷淘注："蓋取槐葉汁溲麪作餅，卽鮮碧色也。"

【溲₂器】㊀飲器。韓非子喻老："智伯兼范、中行，而攻趙不已，……遂卒被分，漆其首以爲溲器。"溲，同"溲"。戰國策趙作"飲器"。參閱清王先慎集解。㊁溺器。舊題漢劉歆西京雜記五："李廣與兄弟共獵於冥山之北，見卧虎焉，射之，一矢卽斃。……鑄銅象其形爲溲器，示厭辱之也。"

湟

huáng 胡光切，平，唐韻，匣。ㄏㄨㄤ

㊀低洼積水的地方。大戴禮二夏小正："湟潦生苹。湟，下處也。"㊁水名。詳"湟水"。

【湟中】地區名。在青海省東北部，湟水流經其中，故名。漢時爲羌族所居。後漢書十六鄧訓傳："訓乃發湟中六千人。"卽此地。又有湟中城，在西寧張掖之間，漢時爲小月氏所居。參閱讀史方輿紀要六四西寧鎮湟中城。

【湟水】水名。1.卽西寧河。黃河支流。源出青海海晏縣包呼圖山，東南流經西寧樂都，與大通河匯合，注於黃河。參閱嘉慶一統志一九七青海厄魯特山川黃河。2.廣東連江上游也稱湟水。源出連縣北部。一名洭水。漢武帝元鼎五年遣伏波將軍路博德出桂陽，下湟水，卽此水。參閱漢書武帝紀元鼎五年、讀史方輿紀要一〇一連州湟水。

湹

jìn 正字通 子信切，音晉。ㄐㄧㄣ

同浸。史記河渠書："此渠皆可行舟，有餘則用溉湹，百姓饗其利。"

淵

yuān 烏玄切，平，先韻，影。ㄩㄢ

㊀深潭。詩小雅小旻："戰戰兢兢，如臨深淵，如履薄冰。"又大雅旱麓："鳶飛戾天，魚躍于淵。"㊁人或物集聚之處。書武成："今商王受無道，……爲天下逋逃主，萃淵藪。"後漢書八十上杜篤傳論都賦："略荒裔之地，不如保殖五穀之淵。"㊂深。詩邶風燕燕："仲氏任只，其心塞淵。"莊子在宥："其居也淵而靜。"㊃鼓聲。通"鼘"。詩商頌那："鞉鼓淵淵。"㊄姓。世本氏姓齊："齊大夫淵湫。"參閱宋鄧名世古今姓氏書辯證一先。

【淵水】深潭之水。書大誥："已予惟小子，若涉淵水。"管子度地："出地而不流者，命曰淵水。"

【淵玄】深邃，深奧。漢蔡邕蔡中郎集二文範先生陳仲弓銘："於熙文考，天授弘造。淵玄其深，巍峨其高。"文選南朝宋顏延年(延之)五君詠之五向常侍詩："探道好淵玄，觀書鄙章句。"

【淵令】極其美好。文選南朝宋謝希逸(莊)宋孝武宣貴妃誄："世覆沖華，國虛淵令。"唐呂延濟注："淵，深；令，善也。"

【淵回】謂深淵之水迴旋曲折。文選晉陸士衡(機)漢高祖功臣頌："大略淵回，元功響效。"唐呂向注："言其大謀略如淵回之深也。"宋陳師道后山詩註七何郎中出示黃公草書之一："龍蛇起伏筆無前，江漢淵回語更妍。"

【淵色】謂鎮靜沉着的態度。管子宙合："卧若晦明，言淵色以自詰也。"注："淵寂其色，以自窮詰；靜默其神，以審思慮。"

【淵沖】深厚。文選晉陸士衡(機)皇太子讌玄圃宣猷堂有令賦詩："茂德淵沖，天姿玉裕。"唐張銑注："沖，深也，言茂盛之德，如淵之深。"

【淵谷】深淵和深谷。三國志附南朝宋裴松之上三國志注表："淹留無成，祇穢翰墨，不足以上酬聖旨，少塞愆責，愧懼之深，若墜淵谷。"

【淵角】卽"月角"。星相家謂前額骨隆起入右邊髮際爲"月角"，爲聖賢之相。文選南朝梁任彥昇(昉)王文憲集序："況乃淵角殊祥，山庭異表。"注："論語摘考讖曰，顏回有角額似月形。淵，水也，月是水精，故名淵。"參見"日角"、"月角"。

【淵林】深淵和密林，比喻事物集聚的地方。資治通鑑宋神宗序："凡十六代，勒成二百九十六卷，列于户牖之間，而盡古今之統，博而得其要，簡而周于事，是亦典刑之總會，册牘之淵林矣。"

【淵洽】專精而博聞。魏書夏侯道遷傳："道遷雖學不淵洽，而歷覽書史，閑習尺牘，札翰往還，甚有義理。"

【淵客】㊀船夫。文選晉張景陽(協)七命："淵客唱淮南之曲，榜人奏采菱之歌。"㊁鮫人，神話中的人魚。文選晉左太沖(思)吳都賦："泉室潛織而卷綃，淵客慷慨而泣珠。"參見"鮫人"。

【淵泉】㊀深泉。莊子田子方："其神經乎大山而无介，入乎淵泉而不濡。"㊁比喻思慮深遠。禮中庸："溥博淵泉，而時出之。"北周庾信庾子山集七賀新樂表："運日月之明，動淵泉之慮。"

【淵浩】深遠廣大。宋書武帝紀中義熙十三年經張令廟令："若乃神交圮上，道契商洛；顯晦之間，窈然難究；源流淵浩，莫測其端矣。"

【淵海】㊀深淵和大海。比喻才思、義理的深廣。漢王充論衡亂龍："子駿(劉歆)，漢朝智囊，筆墨淵海。"㊁猶淵藪。抱朴子尚博："正經爲道義之淵海，子書爲增深之川流。"

【淵致】精深的旨趣。晉陶潛陶淵明集六感士不遇賦："悼賈傅之秀朗，紆遠轡於促界；悲董相之淵致，屢乘危而幸濟。"賈傅，賈誼；董相，董仲舒。

【淵原】同"淵源"。漢書成帝紀陽朔二年詔："儒林之官，四海淵原，宜皆明於古今，温故知新，通達國體，故謂之博士。"又五六董仲舒傳贊："然考其師友，淵原所漸，猶未及虖游夏，而曰筦晏弗及，伊呂不加，過矣。"

【淵魚】深淵中的魚。漢書六四下終軍傳："夫明闇之徵，上亂飛鳥，下動淵魚，各以類推。"漢王充論衡感虛："傳書言：瓠芭鼓瑟，淵魚出聽；師曠鼓琴，六馬仰秣。"荀子勸學作"沈魚出聽"。

【淵渟】如淵之深靜不流動。文選南齊王元長(融)三月三日曲水詩序："爾乃迴輿駐罕，嶽鎮淵渟。"注："孫子兵法曰，其鎮如山，其渟如淵。"

【淵淵】㊀鼓聲。詩小雅采芑："伐鼓淵淵，振旅闐闐。"又商頌那："鞉鼓淵淵，嘒嘒管聲。"㊁水深貌。莊子天道："廣廣乎其無不容也，淵淵乎其不可測也。"禮中庸："淵淵其淵，浩浩其天。"

【淵博】指學識精深廣博。三國志魏裴潛傳"秀，咸熙中爲尚書僕射"南朝宋裴松之注："(裴)頠理具淵博，贍於論難，著崇有虛無二論，以矯虛誕之弊。"

【淵雲】漢王褒字子淵，揚雄字子雲，皆以賦著名。文選漢班孟堅(固)西都賦：

"其陰則冠以九嵕,陪以甘泉,乃有靈宮起乎其中,秦漢之所極觀,淵雲之所頌歎,於是乎存焉。"又南朝梁江文通(淹)別賦:"雖淵雲之墨妙,嚴樂之筆精……"

【淵雅】深遠高雅。三國志魏管寧傳評:"管寧淵雅高尚,確然不拔。"

【淵源】指事物的本源。後漢書四十下班固傳典引:"與之乎斟酌道德之淵源,肴覈仁義之林藪。"注:"淵源、林藪,諭深邃也。"三國志魏管寧傳太僕陶丘一等薦寧表:"測其淵源,覽其清濁,未有厲俗獨行若寧者也。"

【淵塞】篤實深遠。文選漢傅武仲(毅)舞賦:"淵塞沈蕩,改恒常兮。"注:"毛詩曰:其心塞淵。毛萇曰:塞,實也;淵,深也。"後漢書章帝紀:"博貫六蓺,不舍晝夜。聰明淵塞,著在圖讖。"參見"塞淵"。

【淵虞】太陽申時經過的地方。淮南子天文:"日出于暘谷,浴于咸池,拂于扶桑,是謂晨明。……至于淵虞,是謂高舂。"

【淵默】深沉不言。莊子在宥:"尸居而龍見,淵默而雷聲。"世説新語賞譽上"王戎目山巨源(濤)"注引顧愷之畫贊:"濤無所標明,淳深淵默,人莫見其際而其器亦入道。"

【淵儒】學識淵博的儒生。魏書張普惠傳莊弼書:"明侯淵儒碩學,身負大才。秉此公方,來居諫職。"

【淵邈】猶深遠。抱朴子刺驕:"俗人徒覩其外形之粗簡,不能察其精神之淵邈。"文選南朝齊任彦昇(昉)齊竟陵文宣王行狀:"體睿履正,神監淵邈。道冠民宗,具瞻惟允。"

【淵識】謂識見精深。三國志魏陳思王植傳"誅丁儀、丁廙并其男口"注引張隱文士傳:"(臨菑侯)博學淵識,文章絶倫,當今天下之賢才君子,不問少長,皆願從其游而爲之死。"

【淵藪】淵,魚所處;藪,獸所處。比喻事物會聚的地方。書武成:"今商王受無道,暴殄天物,害虐烝民,爲天下逋逃主,萃淵藪。"疏:"水深謂之淵,藏物謂之府,水鍾謂之澤,無水則名藪。"三國志魏高柔傳上疏:"臣以爲博士者,道之淵藪,六藝所宗。"

【淵躍】謂龍在淵中躍動欲飛。易乾:"九四,或躍在淵,無咎。"疏:"言九四陽氣漸進,似若龍體欲飛,猶疑或也,躍於在淵,未即飛也。"後以喻帝王初起創業。後漢書四十下班固傳典引:"是以高、光二聖,辰居其域,時至氣動,乃龍見淵躍。"高、光,漢高祖、光武帝。

【淵明體】指晉陶潛(淵明)的詩體。宋周紫芝竹坡詩話三:"古今詩人多喜效淵明體者,如和陶詩非不多,但使淵明愧其雄麗耳。"按潛詩平淡自然,而人品高潔,唐宋以來,詩人多有模擬之作,以和陶詩爲名,故有淵明體之稱。

【淵穎集】元吳萊撰。十二卷,附録一卷。萊出自方鳳之門,文章學秦漢,詩亦刻意鍛鍊。萊卒,門人宋濂等私謚爲淵穎先生,故集以淵穎爲名。

【淵魚叢爵】深池的魚和樹林裏的鳥雀。見"爲淵敺魚"。

【淵渟嶽峙】喻人品如淵之深沉,如山之聳峙。抱朴子名實:"執經衡門,淵渟嶽立。寧潔身以守滯,恥脅肩以苟合。"嶽,亦作"岳"。樂府詩集二九晉石崇楚妃歎:"矯矯莊王,淵渟岳峙。"

【淵鑑類函】清康熙時張英等輯,於康熙四十九年(公元1710年)成書。四百五十卷,分四十三部、二千五百三十六小類。此書在明俞安期唐類函的基礎上,博採元明以前直至明嘉靖時的事類、文章,彙編而成,内容頗爲豐富。淵鑑,宫中書齋名。

十畫

滓 zǐ 阻史切,上,止韻,牀。ㄗˇ

㊀沉澱的雜質。急就篇三:"糟糖汁滓藁莝芻。"注:"滓,澱也。"㊁污濁,污垢。史記八四屈原傳:"濯淖汙泥之中,蟬蛻於濁穢,以浮游塵埃之外,不獲世之滋垢,皭然泥而不滓者也。"文選晉潘安仁(岳)西征賦"或被髮左袵,奮迅泥滓;或從容傅會,望表知裏。"

【滓方】用以收集茶渣的器具。唐陸羽茶經四三器:"滓方,以集諸滓。"

【滓敝】污穢、破舊。聊齋志異七仙人島:"驅馬至西村見父,衣服滓敝,衰老堪憐。"

【滓濁】污穢。藝文類聚九晉孫楚井賦:"苦行潦之滓濁兮,靡清流以自娱。"後漢書七七陽球傳奏拜鴻都文學:"案(樂)松(江)覽等皆出於微蔑,斗筲小人,依憑世戚,附託權豪,……莫不被蒙殊恩,蟬蛻滓濁,是以有識掩口,天下嗟歎。"指微賤的地位。

【滓穢】㊀污濁。藝文類聚十九晉孫楚反金人銘:"莫貴澄清,莫賤滓穢,二者言異,歸於一會。"㊁玷污。梁書武帝紀上中興二年上立選簿表:"若限歲登朝,必增年就宦。故貌實昏童,籍已踰立,滓穢名教,於斯爲甚。"

【滓穢太清】使天空受污染。比喻玷污清白。世説新語言語:"司馬太傅(道子)齋中夜坐。于時天月明淨,都無纖翳。太傅歎以爲佳。謝景重(重)在座,答曰:'意謂乃不如微雲點綴。'太傅因戲謝曰:'卿居心不淨,乃復强欲滓穢太清邪?'"

㴱 shēn 集韻式針切,平,侵韻。ㄕㄣ

"深"的本字。見"深"。

溶 róng 余隴切,上,腫韻,喻。ㄖㄨㄥˊ

㊀安閒。漢書八七上揚雄傳甘泉賦:"覽樛流於高光兮,溶方皇於西清。"㊁寬廣。後漢書五九張衡傳思玄賦:"氛旄溶以天旋兮,蜺旌飄而飛揚。"㊂物質化在液體裏。如:溶化,溶解。

【溶溶】㊀水盛。楚辭漢劉向九歎逢紛:"揚流波之潢潢兮,體溶溶而東回。"㊁寬廣貌。楚辭漢劉向九歎愍命:"心溶溶其不可量兮,情澹澹其若淵。"㊂雲盛。唐盧照鄰盧昇之集二懷仙引詩:"迴首望羣峯,白雲正溶溶。"㊃流貌。唐杜牧樊川集一阿房宫賦:"二川溶溶,流入宫牆。"李商隱李義山詩集三裴明府居止:"愛君茅屋下,向晚水溶溶。"

【溶漾】波光浮動貌。唐柳宗元柳先生集二七永州韋使君新堂記:"視其植,則清秀敷舒;視其蓄,則溶漾紆餘。"宋蘇軾東坡集前集一鳳翔八觀李氏園詩:"春光水溶漾,雪陣風翻撲。"

【溶潏】水波涌蕩貌。文選戰國楚宋玉高唐賦:"水澹澹而盤紆兮,洪波淫淫之溶潏。"

溛 wā 烏瓜切,平,麻韻,影。ㄨㄚ

同"窊"。低窪。

【溛瀤】水波起伏貌。文選晉郭景純(璞)江賦:"迸淪溛瀤,乍浥乍堆。"注:"溛瀤,不平之貌。"

滂 pāng 普郎切,平,唐韻,滂。ㄆㄤ

大水涌流。漢書宣帝紀甘露二年詔:"醴泉滂流,枯槁榮茂。"

【滂人】古代掌池澤之官。淮南子時則:"乃命漁人……令滂人入材葦。"

【滂沛】㊀形容水流廣遠,波瀾壯闊。楚辭漢劉向九歎逢紛:"波逢洶涌,濆滂沛兮。"文選晉左太沖(思)吳都賦:"經扶桑之中林,包湯谷之滂沛。"㊁雨水盛貌。史記一一七司馬相如傳大人賦:"貫列缺之倒景兮,涉豐隆之滂沛。"漢書作"滂澋”。漢書八七上揚雄傳甘泉賦：“雲飛揚兮雨滂沛，于胥德兮麗萬世。”㊂弘富壯盛貌。漢王充論衡自紀：“德汪濊而淵懿，知滂沛而盈溢。”文選晉陸士衡(機)文賦：“函緜邈於尺素，吐滂沛乎寸心。”

【滂沱】大雨貌。詩小雅漸漸之石：“月離于畢，俾滂沱矣。”也指流淚或流血之多。詩陳風澤陂：“寤寐無爲，涕泗滂沱。”三國志蜀蔣琬傳：“琬見推之後，夜夢有一牛頭在門前，流血滂沱，意甚惡之。”

【滂洋】豐厚而廣大。漢書禮樂志郊祀歌華爗爗：“福滂洋，邁延長。”注：“滂洋，饒廣也。”

【滂渤】水流涌貌。文選漢枚叔(乘)七發：“觀其兩傍，則滂渤怫鬱，闇漠盛突，上擊下律。”

【滂湃】水勢浩大。同“澎湃”。水經注十九渭水：“山雨滂湃，洪津泛灑。”

【滂霈】雨水盛大。藝文類聚一〇〇三國魏應璩與廣川長岑瑜書：“昔夏禹之解陽旱，殷湯之禱桑林，言未發而水旋流，辭未卒而澤滂霈。”也借指恩澤隆厚。又五一三國魏曹植改封陳王謝恩章：“自分削黜，以彰衆誡，不意天恩滂霈，潤澤橫流。”

【滂澤】霖雨。喻恩澤。文苑英華五五九唐閻丘均爲益州刺史賀赦表：“皇歡載紆，滂澤時降。”

【滂澋】㊀水波相擊聲。漢書五七上司馬相如傳上林賦：“橫流逆折，轉騰潎洌，滂澋沆溉。”史記作“澎澋”。㊁雨水盛貌。同“滂沛”。漢書五七下司馬相如傳大人賦：“貫列缺之倒景兮，涉豐隆之滂澋。”史記作“滂沛”。㊂衆盛貌。史記一一七司馬相如傳大人賦：“滂澋泱軋，灑以林離。”

【滂喜篇】東漢和帝時賈魴所作。因揚雄訓纂篇終於滂熹二字，故魴取爲篇名。“熹”與“喜”古通用，是盛大之意，言滂沱盛大。後人以蒼頡篇訓纂篇滂喜篇合稱三蒼。參見“三蒼”。

【滂喜齋叢書】書名。清潘祖蔭輯刊，五十四種，八十三卷。所輯大抵爲晚清人著述。祖蔭蘇州人，官至工部尚書，光緒九年返里，所藏金石圖書甚富。有書室滂喜齋，因取爲叢書名。別輯有功順堂叢書。參見“功順堂叢書”。

滈 hào 胡老切，上，皓韻，匣。
ㄏㄠˋ

㊀久雨，大雨。見說文。㊁地名，通“鎬”。荀子議兵：“古者湯以薄，武王以滈，皆百里之地也。”注：“薄與亳同，滈與鎬同。”

【滈汗】水長流貌。文選晉郭景純(璞)江賦：“滈汗六州之域，經營炎景之外。”唐李周翰注：“滈汗，長流貌。”

【滈滈】水泛白光貌。史記一一七司馬相如傳上林賦：“安翔徐徊，翯乎滈滈。”

【滈池君】水神。史記秦始皇紀：“三十六年秋，使者從關東夜過華陰平舒道。有人持璧遮使者曰：‘爲吾遺滈池君。’因言曰：‘今年祖龍死。’”索隱：“江神以璧遺滈池之神，告始皇之將終也。且秦水德王，故其君將亡，水神先自相告也。”

滖 suī 集韻宣隹切，平，脂韻。
ㄙㄨㄟ

見下。

【滖濂】雪霜貌。淮南子原道：“雪霜滖濂，浸潭苽蔣。”注：“滖讀維繩之維，濂讀扻減之扻。”

溏 táng 徒郎切，平，唐韻，定。
ㄊㄤˊ

㊀泥漿。唐釋玄應一切經音義十一引通俗文：“和溏曰淖，淖，和之也。”㊁稀薄。傷寒論五辨陽明：“陽明病，發潮熱，大便溏，小便自可，胸脅滿不去者，小柴胡湯主之。”

【溏浹】餅名。釋名釋飲食：“餌，而也，相黏而也。兗豫曰溏浹，就形名之也。”明朱謀㙔駢雅釋服食：“溏浹、餹餔，粉餅也。”

滀 chù 丑六切，入，屋韻，徹。
ㄔㄨˋ

㊀水聚積。引申爲鬱結。莊子大宗師：“滀乎進我色也，與乎止我德也。”釋文：“本又作慉，勑六反。司馬(彪)云：色憤起貌。”又達生：“夫忿滀之氣散而不反。”㊁湍急。後漢書七三公孫瓚傳與子續書：“鳥厄歸人，滀水高陵。”注：“滀，喻急也。”

【滀潔】聚集貌。文選晉木玄虛(華)海賦：“𣸣濆淪而滀潔，鬱沏迭而隆頹。”

滋 xuán 胡涓切，平，先韻，匣。
ㄒㄩㄢˊ

混濁，污黑。左傳哀八年：“初，武城人或有因於吳竟田焉，拘鄫人之漚菅者曰：‘何故使吾水滋？’”

溟 1. míng 莫經切，平，青韻，明。
ㄇㄧㄥˊ

㊀小雨迷濛。見說文。㊁海。莊子逍遙遊：“北溟有魚，其名爲鯤。”一本作“冥”。釋文：“嵇康云：取其溟漠無涯也。”

2. mǐng 莫迥切，上，迥韻，明。
ㄇㄧㄥˇ

㊂見“溟₂涬”。

【溟沐】猶浸潤。漢揚雄太玄經一少：“密雨溟沐，潤于枯瀆。”

【溟海】神話中的海。文選晉張景陽(協)七命：“溟海渾濩涌其後，嶰谷𡾰嶆張其前。”注引舊題漢東方朔十洲記：“東王所居處山外有員海，海水正黑，謂之溟海。”抱朴子廣譬：“登玄圃者悟丘阜之卑，浮溟海者識池沼之褊。”也泛指大深海。唐高適高常侍集四同羣公出獵海上詩：“層陰張溟海，殺氣窮幽都。”參見“冥海”。

【溟₂涬】㊀天體未形成前的自然元氣。漢張衡張河間集二靈憲：“太素之前，幽清玄靜。寂寞冥默，不可爲象。厥中爲靈，厥外惟無。如是者永久焉，斯謂溟涬，蓋乃道之根也。”唐李白李太白詩三日出行：“吾將囊括大塊，浩然與溟涬同科。”同“涬溟”。㊁茫茫無際。淮南子本經：“共工振滔洪水，以薄空桑，龍門未開，呂梁未發，江淮通流，四海溟涬，民皆上丘陵，赴樹上。”㊂推尊貌。莊子天地：“若然者，豈兄堯舜之教民，溟涬然弟之哉？”晉郭象注：“溟涬，甚貴之謂也，不肯多謝堯舜而推之爲兄也。”

【溟渤】溟海和渤海。泛指大海。南朝宋鮑照鮑氏集三代陸平原君子有所思詩：“築山擬蓬壺，穿地類溟渤。”唐李白李太白詩七同族弟金城尉叔卿燭照山水壁畫歌：“卻顧海客揚雲帆，便欲因之向溟渤。”注：“齊賢曰：溟渤，二海名。”

【溟溟】潮潤貌。全唐詩三一〇于鵠早上凌霄第六峯入紫谿禮白鶴觀祠：“漸近神仙居，桂花淫溟溟。”

【溟涬】廣大無際。文選晉郭景純(璞)江賦：“溟涬渺湎，汗汗沺沺。”

【溟漲】大海。文苑英華四唐柳喜日浴咸池賦：“照蜃樓於圻岸，寫蛟室於溟漲。”唐權德輿權載之文集二四唐故……贈太子少保徐公墓誌銘：“溟漲之外，巨賈萬艘，通犀南金，充牣狎至。”參見“漲海”。

【溟濛雨】毛毛雨。溟濛，模糊不清。細雨使視線不清，故稱。元張昱可閒老人集二船過臨平湖詩：“只因一霎溟濛雨，不得分明看好山。”參見“冥濛”。

滘 jiào
ㄐㄧㄠˋ

分支河道。常用作地名。廣東東莞縣有道滘，海豐縣有新滘。清屈大均廣東新語四水語有潭涽河，在新寧縣境。

潅 què ㄑㄩㄝˋ 集韻 克角切，入，覺韻。

澆，沃灌。見說文。

溔 yǎo ㄧㄠˇ 以沼切，上，小韻，喻。

㊀水無涯際。見"灝溔"。㊁皛溔，深白貌。文選晉郭景純（璞）江賦："極望數百，沆瀁皛溔。"

溠 zhà ㄓㄚˋ 側駕切，去，禡韻，莊。zhā ㄓㄚ 側加切，平，麻韻，莊。七何切，平，歌韻，清。

水名。亦名扶恭河，在湖北隨縣西北。左傳莊四年："令尹鬥祁、莫敖屈重除道梁溠，營軍臨隨。"注："溠水在義陽厥縣西，東南入鄖水。"釋文："溠，高貴鄉公音側嫁反，水名。字林壯加反。"

溓 1. lián ㄌㄧㄢˊ 勒兼切，平，添韻，來。liǎn ㄌㄧㄢˇ 良冉切，上，琰韻，來。力忝切，上，忝韻，來。

㊀大水中絕小水出；薄冰。見廣韻。㊁恬靜。同"濂"。禮斗威儀："其政和平，則河溓。"（古微書十九）宋書禮三："諸侯軌道，河溓海夷。"

2. nián ㄋㄧㄢˊ

㊂相着之意，同"黏"。周禮考工記輪人："參分其幅之長，而殺其一，則雖有深泥，亦弗之溓也。"注："鄭司農（衆）云：'溓讀爲黏，謂泥不黏著輻也。'"釋文："溓依字力簟反。依注音黏，女衰反。"

【溓溓】水始結冰貌。文選潘安仁（岳）寡婦賦："霤泠泠而夜下兮，冰溓溓以微凝。"注引三國魏丁儀妻寡婦賦："霜凄凄而夜降，水溓溓而晨結。"

溯 sù ㄙㄨˋ 集韻 蘇故切，去，遇韻。

逆流而上。文選三國魏王仲宣（粲）七哀詩之二："方舟溯大江，日暮愁我心。"泝，隸變作"泝"，或作"溯"。參見"泝"。

溢 yì ㄧˋ 夷質切，入，質韻，喻。

㊀滿而外流。國語越下："天道盈而不溢，今君王未盈而溢。"漢書六五東方朔傳："徐樂、司馬遷之倫，皆辨知閎達，溢于文辭。"注："溢者，言其有餘也。"指富於文辭。㊁過度。見"溢美"、"溢惡"。㊂古計量單位。一指重量。二十兩爲溢，同"鎰"。戰國策秦一："黃金萬溢。"宋鮑彪注本作"鎰"。漢書食貨志下："秦兼天下，幣爲二等：黃金以溢爲名，上幣；銅錢質如周錢，文曰'半兩'，重如其文。"注："孟康曰：'二十兩爲溢'。師古曰：'改周一斤爲制，更以溢爲金之名數也。'"史記平準書溢作"鎰"。一指容量。儀禮喪服："朝一溢米。"注："爲米一升二十四分之一。"

【溢目】目不勝視。後漢書六四延篤傳與李文德書："百家衆氏，投閒而作，洋洋乎其盈耳也，煥爛兮其溢目也。"文選晉左太沖（思）吳都賦："窺東山之府，則瓌寶溢目；䁟海陵之倉，則紅粟流衍。"

【溢美】㊀過分誇獎。莊子人間世："夫兩喜必多溢美之言。"㊁非常美好。漢王充論衡齊世："有浸酆溢美之化，無細小毫髮之虧。"

【溢惡】過分指責。莊子人間世："兩怒必多溢惡之言。"

【溢羨】過分的盈利。漢桓寬鹽鐵論錯幣："禁溢羨，厄利塗。"

【溢譽】過分的稱譽。三國志蜀諸葛亮傳附諸葛瞻："是以美聲溢譽，有過其實。"

溝 gōu ㄍㄡ 古侯切，平，侯韻，見。

㊀田間水道。周禮考工記匠人："九夫爲井，井間廣四尺，深四尺，謂之溝。"詳"溝洫"。㊁城塹。禮禮運："城郭溝池以爲固。"㊂劃斷，隔絕。左傳定元年："季孫使役如闞，公氏將溝焉。"注："闞，魯羣公墓所在也。季孫惡昭公，欲溝絕其兆域，不使與先君同。"㊃溝通。釋名釋水："溝，搆也，縱橫相交搆也。"㊄古代記數名目。參閱漢徐整數術記遺、廣韻旨引風俗通。

【溝池】城壕。荀子議兵："城郭不辨，溝池不拑。"

【溝洫】㊀田間水道，溝渠。論語泰伯："子曰：'禹，吾無間然矣，……卑宮室而盡力乎溝洫。'"㊁方士相術之書稱鼻下、唇上、髭間、腮邊四者爲溝洫。

【溝封】謂劃定疆界。周禮地官大司徒："大司徒之職，……制其畿疆而溝封之。"注："溝，穿地爲阻固也；封，起土界也。"疏："謂於疆界之上設溝，溝爲封樹以爲阻固也。"

【溝減】田間水道。即"溝洫"。史記夏紀："致費於溝減。"集解："包氏曰：'方里爲井，井間有溝，溝廣深四尺。十里爲成，成間有減，減廣深八尺。'"

【溝瞀】愚昧。荀子儒效："甚愚陋溝瞀，而冀人之以己爲知也。"注："溝音寇，愚也；溝瞀，無知也。"漢書五行志中之上"傋霿"、又下之下"區霿"、楚辭九辯"怐愗"，皆以聲取義。

【溝澮】田間排水的渠道。孟子離婁下："苟爲無本，七八月之間雨集，溝澮皆盈；其涸也，可立而待也。"荀子王制："修隄梁，通溝澮，行水潦，安水臧，以時決塞，……司空之事也。"

【溝壑】谿谷，山溝。孟子梁惠王下："凶年饑歲，君之民老弱轉乎溝壑，壯者散而之四方者，幾千人矣。"轉乎溝壑，謂死而棄尸谿谷。

【溝瀆】溝渠。易說卦傳："坎爲水，爲溝瀆。"論語憲問："豈若匹夫匹婦之爲諒也，自經於溝瀆而莫之知也？"

【溝中瘠】謂窮困而流落於荒野之人，也指死於溝壑之人。荀子正論："是規磨之說也，溝中之瘠也，則未足與及王者之制也。"宋文天祥文山集十四正氣歌："一朝濛霧露，分作溝中瘠。"

溱 zhēn ㄓㄣ 側詵切，平，臻韻，莊。

㊀水名。見"溱水"。㊁見"溱溱"。㊂至，到達。通"臻"。漢書六四王褒傳聖主得賢臣頌："遐夷貢獻，萬祥畢溱。"注："溱字與臻同。"

【溱水】水名。1. 源出河南密縣東北，東南會洧水。詩鄭風褰裳："子惠思我，褰裳涉溱。"也稱潧水。詩鄭風溱洧序釋文："說文：溱作潧。"參閱水經注二二潧水。2. 源出河南桐柏山，東南流入汝水。參閱水經注二一汝水。3. 古肄水，源出湖南臨武縣南，東流會廣東武溪。參閱水經注三八溱水。

【溱洧】㊀溱水與洧水。孟子離婁下："子產聽鄭國之政，以其乘輿濟人於溱洧。"㊁詩鄭風篇名。寫男女到溱洧水邊相會，互贈香草。序以爲"溱洧，刺亂也。"

【溱溱】㊀衆多，繁盛。詩小雅無羊："旐維旟矣，室家溱溱。"注："溱溱，衆也。"漢王符潛夫論夢列引詩作"蓁蓁"。後漢書四十班彪傳附班固靈臺詩："百穀溱溱，庶卉蕃蕪。"㊁汗出貌。靈樞經決氣："岐伯曰：'腠理發泄，汗出溱溱，是謂津。'"㊂舒展貌。漢揚雄太玄經二進："陽引而進，物出溱溱，開明而前。"

漣 lián ㄌㄧㄢˊ 力延切，平，仙韻，來。

㊀水面微波。詩魏風伐檀："河水清且漣猗。"傳："風行水成文曰漣。"宋書謝靈運傳山居賦："拂青林而激波，揮白沙而生漣。"㊁水名。見"漣水㊀"。

【漣水】㊀水名。1. 在湖南省。源於漣源縣，東流至湘潭入湘水。水經注三八漣水:"漣水出連道縣西,資水之別。……至臨湘縣西南,東入于湘。"2.在江蘇省北境,卽沭水下游。參閱嘉慶一統志一〇五海州。㊁縣名。屬江蘇省。在清江市東北。隋開皇置,元廢,明清爲安東縣。公元1914年復今名。詳"安東㊂1."。

【漣如】垂淚貌。易屯:"乘馬班如,泣血漣如。"

【漣洏】垂淚貌。文選三國魏王仲宣(粲)贈蔡子篤詩:"中心孔悼,涕淚漣洏。"唐劉知幾史通自敍:"倘使平子(張衡)不出,公紀(陸績)不生,將恐此書與糞土同捐,煙燼俱滅,後之識者,無得而觀,此予所以撫漣洏淚盡而繼之以血也。"

【漣猗】水面微波。詩魏風伐檀:"坎坎伐檀兮,寘之河之干兮,河水清且漣猗。"也作"漣漪"。文選晉左太沖(思)吳都賦:"剖巨蚌於回淵,濯明月於漣漪。"

【漣漣】垂淚貌。詩衞風氓:"不見復關,泣涕漣漣。"唐白居易長慶集五二和晨興因報問龜兒詩:"因茲漣漣際,一吐心中悲。"

【漣漪】見"漣猗"。

溥 1. pǔ ㄆㄨˇ 滂古切,上,姥韻,滂。

㊀廣大。詩大雅公劉:"逝彼百泉,瞻彼溥原。"㊁普遍。詩小雅北山:"溥天之下,莫非王土。"孟子萬章、荀子君子引詩,溥皆作"普"。㊂水邊。通"浦"。漢書八七揚雄傳羽獵賦:"儲與虖大溥,聊浪虖宇內。"文選溥作"浦"。

2. fū ㄈㄨ

㊃分布。同"敷"。荀子成相:"禹溥土,平天下,躬親爲民行勞苦。"注:"溥,讀爲敷。"禮祭義:"夫孝,置之而塞乎天地,溥之而橫乎四海。"釋文:"溥本又作敷,同,芳于反。"

【溥博】周遍廣遠。禮中庸:"溥博淵泉,時而出之。"又:"溥博如天,淵泉如淵。"

【溥暢】普遍通暢。文選戰國楚宋玉風賦:"夫風者天地之氣,溥暢而至,不擇貴賤高下而加焉。"

【溥天同慶】猶言普遍歡祝。三國志魏郭淮傳:"奉使賀文帝踐阼,而道路得疾,故計遠近爲稽留。及羣臣歡會,帝正色責之,曰:'……今溥天同慶而卿最留遲,何也?'"

漍 gé ㄍㄜˊ 音韻闕微 歌戹切,入,陌韻。

湖名。文選晉郭景純(璞)江賦:"具區洮漍,朱滻丹漅。"水經注二九沔水:"五湖,謂長蕩湖太湖射湖貴湖漍湖也。"

【漍湖】一名西漍湖,俗稱沙子湖。在江蘇武進縣西南,中與宜興分界,東連太湖,西通蕪浦港。北魏酈道元以爲五湖之一。參閱太平寰宇記九一蘇州吳縣、九二常州武進縣,嘉慶一統志八六常州府一。

溘 kè ㄎㄜˋ 口答切,入,合韻,溪。

㊀疾促,忽然。楚辭屈原離騷:"寧溘死而流亡兮,余不忍爲此態也。"㊁掩蓋。楚辭屈原離騷:"駟玉虬以乘鷖兮,溘埃風余上征。"注:"溘,猶掩也。"宋朱熹集注訓溘爲奄忽。

【溘至】忽然而至。南朝梁江淹江文通集一恨賦:"朝露溘至,握手何言?"

【溘溘】水聲。唐李賀歌詩篇四:"飛下雌鴛鴦,塘水聲溘溘。"

【溘謝】猶言溘逝。文苑英華六唐李乂節愍太子哀册文:"形神溘謝,德音如在。"

溧 lì ㄌㄧˋ 力質切,入,質韻,來。

水名。詳"溧水"。

【溧水】㊀水名。在江蘇溧陽縣。也作陵水,一名瀨水,又名永陽江。卽漢書地理志所謂中江。史記六六伍子胥傳:"伍胥懼,乃與勝俱奔吳。到昭關,昭關欲執之。伍胥遂與勝獨身步走,幾不得脫。追者在後。至江,江上有一漁父乘船,知伍胥之急,乃渡伍胥。"江卽溧水。源出安徽蕪湖縣,東流經高淳溧陽宜興入荆溪,東注太湖。自東壩既成,又改由蕪湖西出長江。參閱讀史方輿紀要二十江寧府溧陽縣。㊁縣名。屬江蘇省。漢溧陽縣地。隋改置溧水縣。明屬應天府,清屬江寧府。參閱寰宇通志八應天府。

【溧陽】縣名。屬江蘇省。秦置。因在溧水之陽,故名。漢晉沿置。故城在今治西北四十五里。隋廢,唐復置,徙今治。參閱讀史方輿紀要二十江寧府。

滒 gē ㄍㄜ 古俄切,平,歌韻,見。

㊀多汁。見說文。㊁黏稠。淮南子原道:"甚淖而滒,甚纖而微。"注:"滒亦淖也,饘粥多瀋者曰滒。"

滋 zī ㄗ 子之切,平,之韻,精。

俗作"滋"。㊀益,愈加。老子:"法令滋彰,盜賊多有。"孟子公孫丑上:"若是,則弟子之惑滋甚。"㊁培植,增長。楚辭屈原離騷:"余既滋蘭之九畹兮,又樹蕙之百畝。"書泰誓下:"樹德務滋,除惡務本。"㊂潤澤。南朝齊王融曲水詩序:"草露之滋方渥。"㊃汁液,滋味。禮檀弓上:"喪有疾,食肉飲酒,必有草木之滋焉,以爲薑桂之謂也。"文選晉左太沖(思)魏都賦:"墨井鹽池,玄滋素液。"㊄水名。見"滋水"。

【滋水】水名。1.河北省滋河,大清河的支流。亦作兹水。源出山西蔚州枚回嶺。在深澤縣境會於唐河。山海經北山經:"高是之山,滋水出焉,而南流注于滹沱。"卽此水。參閱元和郡縣志十四蔚州靈丘縣、畿輔通志八五治河四。2.卽陝西省霸水的別名。水經注十九渭水:"霸者,水上地名也,古曰滋水矣。秦穆公霸世,更名滋水爲霸水,以顯霸功。"

【滋生】增殖,增長。後漢書和熹鄧皇后紀:"吾所以引納羣子置之學官者,實以方今承百王之敝,時俗淺薄,巧僞滋生,五經衰缺,不有化導,將遂陵遲。"

【滋味】美味。呂氏春秋適音:"口之情欲滋味。"注:"欲美味也。"禮月令仲夏之月:"薄滋味,毋致和,節耆欲,定心氣。"也泛指味道。又引申爲意味或感受。梁書鍾嶸傳詩評:"五言居文辭之要,是衆作之有滋味者也。"南唐李煜李後主詞相見歡:"別是一般滋味在心頭。"

【滋阜】蕃盛。隋書高祖紀上開皇二年詔:"龍首山川原秀麗,卉物滋阜,卜食相土,宜建都邑。定鼎之基永固,無窮之業在斯。"參見"阜滋"。

【滋息】繁殖生息。三國志魏王朗傳上疏:"一以勤耕農爲務,習戎備爲事;則國無怨曠,户口滋息,民充兵彊;而寇戎不賓,緝熙不作,未之有也。"

【滋陽】縣名。屬山東省。春秋魯負瑕地。漢爲瑕丘縣,屬山陽郡。唐改嵫陽,以縣西有嵫陽山而名。明洪武十八年改滋陽。明清皆屬兗州府。公元1958年併入曲阜縣。公元1961年又改置兗州縣。參閱寰宇通志七三兗州府。

【滋腴】謂肉食。南齊書周顒傳:"(何)胤兄點,亦遁節清信,顒與書,勸令菜食,曰:'……何至復引此滋腴,自汙腸胃?'"

【滋熙】潤澤有光。文選漢王子淵(褒)洞簫賦:"吸至精之滋熙兮,稟蒼色之潤堅。"

【滋潤】濕潤,不乾枯。漢王充論衡是應:"彼露味不甘者,其下時,土地滋潤,流濕萬物,洽沾濡溥。"文選梁江文通(淹)雜體詩王徵君"翠碉淪無滋"注引漢杜育荈賦:"懷豐壤之滋潤。"

【滋蔓】滋長蔓延。常指禍患的滋長擴大。左傳隱元年:"不如早爲之所,無使滋蔓;蔓,難圖也。"也作"滋曼"。後漢書八五東夷傳:"逮永初多難,始入寇鈔;桓靈失政,漸滋曼焉。"

溽 rù ㄖㄨˋ 而蜀切,入,燭韻,日。

㊀濕,悶熱。文選晉郭景純(璞)江賦:"林無不溽,岸無不津。"元袁桷清容居士集十五上京雜詠:"午溽曾持扇,朝寒却衣綿。"㊁味濃厚。禮儒行:"其飲食不溽。"注:"恣滋味爲溽,溽之言欲也。"

【溽暑】盛夏濕熱的氣候。禮月令季夏之月:"土潤溽暑,大雨時行。"文選三國魏何平叔(晏)景福殿賦:"感乎溽暑之伊鬱,而慮性命之所平。"

溹 suò ㄙㄨㄛˋ 蘇各切,入,鐸韻,心。山戟切,入,陌韻,心。

水名。山海經北山經北次三經:"又北百二十里曰敦與之山,……溹水出于其陽,而東流注于泰陸之水;泜水出于其陰,而東流注于彭水。"卽今索河,在河北臨城縣西南。

滇 1. diān ㄉㄧㄢ 都年切,平,先韻,端。

亦作"滇"。㊀戰國西南地區國名。以其地有滇池而名。史記一一六西南夷傳:"其西靡莫之屬以什數,滇最大。"詳"滇國"。㊁雲南省的别稱。因滇池得名。㊂湖名。見"滇池㊀"。

2. tián ㄊㄧㄢˊ 徒年切,平,先韻,定。

㊃盛貌。見"滇₂滇₂"。

【滇池】㊀湖名。也稱昆明池、昆明湖、滇南澤。在雲南昆明市西南,周三百里。有金馬、碧雞二山夾峙,中有沙洲,形如螳螂,故有螳螂川之名,北流注入金沙江。史記一一六西南夷傳:"(莊)蹻至滇池,方三百里。"正義引括地志:"滇池澤在昆州晉寧縣西南三十里。其水源深廣而更淺狹,有似倒流,故謂滇池。"㊁古縣名。漢置,屬益州郡。故城在雲南晉寧縣東。參閱漢書地理志上、華陽國志南中志益州郡。

【滇考】清馮甦撰。二卷,三十七篇。據諸史、筆記小說和地方志等記滇事,推究地方治亂根源,從戰國時莊蹻通滇到清初止,爲紀事本末體的地方史。

【滇盾】古代作防禦用的兵器。釋名釋兵:"隆者曰滇盾,本出於蜀,蜀滇所持也。或曰羌盾,言出於羌也。"清畢沅疏證:"今本滇皆作須,蜀字不重。"

【滇略】明謝肇淛撰。乃其官雲南時作。十卷,分十門。記雲南疆域、山川、物產、風俗、人物、故實等,本圖經舊文,稍增新事。

【滇國】古國名。卽舊雲南府地。戰國楚使莊蹻以兵定夜郎諸國,至滇池,據地爲王,號滇國。漢武帝時,滇王降,以其地置益州郡。後改永昌郡。參閱史記一一六西南夷傳、又一二三大宛傳。

【滇₂溉】水遼闊貌。文選左太沖(思)吳都賦:"漬沺泮汗,滇溉淼漫。"

【滇₂滇₂】盛貌。漢書禮樂志郊祀歌天門:"泛泛滇滇從高斿,殷勤此路臚所求。"

滇 diān ㄉㄧㄢ

同"滇"。見"滇"。

滅 miè ㄇㄧㄝˋ 亡列切,入,薛韻,明。

㊀熄,消除。書盤庚上:"若火之燎于原,不可嚮邇,其猶可撲滅。"左傳僖五年:"楚人滅弦。"㊁盡,絕。見"滅户"、"滅門"、"滅族"等。㊂淹没。易大過:"過涉滅頂。"㊃佛家語。指涅槃、圓寂的境界。大乘義章二:"涅槃無爲恬泊名滅。"

【滅口】指爲防止泄密而殺害知情的人。戰國策楚四:"(李園)恐春申君語泄而益驕,陰養死士,欲殺春申君以滅口。"

【滅户】全家盡死。後漢書桓帝紀延熹九年:"司隸豫州飢,死者什四五,至有滅户者。遣三府掾賑稟之。"

【滅没】謂無影無聲。淮南子兵略:"剽疾輕悍,勇敢輕敵,疾若滅没,此善用輕出奇者也。"文選漢馬季長(融)長笛賦:"奄忽滅没,曄然復揚。"

【滅性】舊謂因喪親過悲而危及生命。孝經喪親:"教民無以死傷生,毁不滅性。"後漢書六二陳紀傳:"遭父憂,……雖喪服已除,而積毁消瘠,殆將滅性。"

【滅門】謂全家受害而死。史記一二八龜策傳漢褚少孫補:"素有眦睚不快,因公行誅,恣意所傷,以破族滅門者,不可勝數。"漢王符潛夫論實邊:"不便水土,類多滅門。"

【滅度】佛教語。謂僧人死亡。梵語涅槃、泥洹的義譯。大般涅槃經二九師子吼菩薩品:"滅生死故,名爲滅度。"梁慧皎高僧傳十一釋道法:"元徽二年,於定中滅度,平坐繩牀,貌悅恒日。"

【滅族】誅殺全族。左傳宣十三年:"歸罪於先縠而殺之,盡滅其族。"漢王充論衡書解:"淮南王作道書,禍至滅族。"

【滅頂】水淹過頭頂。易大過:"上六,過涉滅頂,凶,无咎。"後多指淹死。成語有"滅頂之災"。

【滅裂】㊀草率,粗略,不對頭。莊子則陽:"治民焉勿滅裂。"宋蘇軾東坡集續集七與歐陽晦夫書:"聞少游惡耗,兩日爲之食不下。然來卒說得滅裂,未足全信。"㊁破壞,違背。唐駱賓王集五幽縶書情通簡知己詩:"生涯一滅裂,歧路幾徘徊。"宋尹洙河南集十一别河南致政杜少師啓:"蓋由久去左右,滅裂教誨,止知廉身,不能慎事,故自謫官,未嘗他尤,但自咎而已。"

【滅跡】消滅痕跡。戰國策齊三:"蘇秦恐君之知之,故多割楚以滅迹也。"三國魏曹植曹子建集二潛志賦:"退隱身以滅跡,進出世而取容。"此謂完全離開世俗。

【滅親】㊀斷絕親族關係。國語晉二:"宫之奇曰:'虞將亡矣。……今君施其所惡於人,闇不除矣;以賄滅親,身不定矣。'"按虞虢二國同屬姬姓,虞受晉賄背虢。㊁除滅親屬。左傳隱四年:"石碏,純臣也,惡州吁而厚(石碏子)與焉。大義滅親,其是之謂乎。"注:"子從弒君之賊,國之大逆,不可不除,故曰大義滅親。"

【滅此朝食】消滅了敵人再吃早餐,言勝敵至易。左傳成二年:"齊侯曰:'余姑翦滅此而朝食。'不介馬而馳之。"後常以形容鬭志堅決,要立即消滅敵人。

源 yuán ㄩㄢˊ 愚袁切,平,元韻,疑。

本作"原"。㊀水流起頭的地方。禮月令仲夏之月:"命有司爲民祈祀山川百源。"引申爲事物的來源。荀子富國:"百姓時和,事業得敍者,貨之源也。等賦府庫者,貨之流也。"㊁姓。唐有源乾曜。參閱明陳士元姓觿二元。

【源委】猶言本末。同"原委"。禮學記:"三王之祭川也,皆先河而後海,或源也,或委也。此之謂務本。"疏:"河爲海本,源爲委本。"唐元稹長慶集二四驃國樂詩:"教化從來有源委,必將泳海先泳河。"

【源泉】有源之水。也指事物發生的根源。管子輕重丁:"源泉有竭。"漢賈誼新書八官人:"知足以爲源泉。"參見"原泉"。

【源流】水的本源和支流。也指事物的起源和發展。荀子富國:"故禹十年水,湯七年旱,而天下無菜色者,……是無它故焉,知本末源流之謂也。"三國志魏陳羣傳上疏:"若不和睦則有讎黨,有讎黨則毁譽無端，毁譽無端則真僞失實，不可不深防備，有以絶其源流。"

【源源】連續不斷貌。孟子萬章上："欲常常而見之，故源源而來。"宋朱熹集注："源源，若水之相繼也。"

【源頭】水發源處。唐詩紀事六九羅虬比紅兒詩："戲水源頭指舊蹤，當時一笑也難逢。"也泛指根源、出發點。朱子語類四二論語二三："佛氏雖無私意，然源頭自私其身，便是有箇大私意了。"

【源清流潔】喻因果相關。荀子君道："故械數者，治之流也，非治之原也；君子者，治之原也。官人守數，君子養原。源清則流清，源濁則流濁。"古文苑十三漢班固高祖沛泗水亭碑銘："源清流潔，本盛末榮。"

溍 jìn ㄐㄧㄣˋ 集韻 卽刃切，去，震韻。

水名。見玉篇。

溼 shī ㄕ 失入切，入，緝韻，審。

俗作"濕"。㊀卑下潮濕。莊子讓王："原憲居魯，環堵之室，……上漏下溼，匡坐而絃歌。"㊁露水。全唐詩一四三王昌齡采蓮曲："吳姬越豔楚王妃，争弄蓮舟水溼衣。"㊂中醫術語。風、寒、暑、溼、燥、火爲六淫，溼屬陰邪，流行於長夏。

【溼生】佛教按衆生的出生，分卵生、胎生、溼生、化生四類爲四生。蚊蛇等動物依溼氣受形而生爲溼生。溼，亦作"濕"。金剛經："所有一切衆生之類，若卵生、若胎生、若濕生、若化生，……我皆令入無餘涅槃而滅度之。"詳"四生"。

【溼梢】指活埋。舊唐書一四五李希烈傳："希烈性慘毒酷，……其攻汴州，驅百姓，令運木土築壘道，又怒其未就，乃驅以填之，謂之溼梢。"

【溼温】中醫病名。指暑邪與體内溼氣合而形成的熱性病。難經五八："傷寒有五，有中風，有傷寒，有溼温，有熱病，有温病。"

㴸 shǎn ㄕㄢˇ 失冉切，上，琰韻，審。

形容水流迅疾。文選晉木玄虚（華）海賦："㴸泊柏而迆颺，磊匒匌而相豗。"注："㴸，疾貌。"

溺 1. nì ㄋㄧˋ 奴歷切，入，錫韻，泥。

㊀落水，淹没。孟子離婁上："曰嫂溺則援之以手乎？"死於水曰溺。禮檀弓上："死而不弔者三，畏、厭、溺。"也指陷入危難。詩大雅桑柔："其何能淑？載胥及溺。"箋："女若云此於政事何能善乎？則女君臣皆相與陷溺於禍難。"㊁沉迷，嗜好。禮樂記："姦聲以濫，溺而不止。"新五代史伶官傳序："夫禍患常積於忽微，而智勇多困於所溺，豈獨伶人也哉！"

2. niào ㄋㄧㄠˋ

㊂小便。同"尿"。莊子人間世："夫愛馬者，以筐盛矢，以蜄盛溺。"釋文："溺，奴弔反。"史記七九范睢傳："睢詳死，卽卷以簀，置廁中。賓客飲者醉，更溺睢。"正義："溺，古尿字。"

【溺孔】前陰穴。素問骨空論："督脈者，起於少腹以下骨中央，女子入繫廷孔，其孔，溺孔之端也。"

【溺志】心志沉湎其中。禮樂記："鄭音好濫淫志，宋音燕女溺志。"新唐書一二九嚴挺之傳："挺之重交游，許與生死不易。……然溺志於佛。與浮屠惠義善。義卒，衰服送其喪，已乃自葬於其塔左。"

【溺信】迷信。南史梁武帝紀下："晚乃溺信佛道，日止一食，膳無鮮腴，惟豆羹糲飯而已。"

【溺溺】沉浸貌。文選戰國楚宋玉高唐賦："巨石溺溺之瀺灂兮，沫潼潼而高厲。"

【溺愛】過分寵愛。南朝梁江淹江文通集二空青賦："溺愛靡意，魂飛心離。"

【溺2器】便溺的器皿。新唐書二〇二宋之問傳："于時張易之等烝昵寵甚。之問與閻朝隱、沈佺期、劉允濟，傾心媚附易之。所賦諸篇，盡之問、朝隱所爲，至爲易之奉溺器。"

【溺職】失職，不盡職。史記一二二酷吏傳序："當是之時，吏治若救火揚沸，非武健嚴酷，惡能勝其任而愉快乎？言道德者，溺其職矣。"

溞 sāo ㄙㄠ 蘇遭切，平，豪韻，心。

淘米。溞溞，淘米聲。同"溲"。詩大雅生民作"叟"，古文。爾雅釋訓今文變作溞。參閲清郝懿行爾雅義疏。

涵 hán ㄏㄢˊ 胡男切，平，覃韻，匣。

"涵"的本字。見"涵"。

滁 chú ㄔㄨˊ 直魚切，上，魚韻，澄。

㊀水名。見"滁河"。㊁州名。宋歐陽修文忠集三九醉翁亭記："環滁皆山也。"

【滁州】州名。南朝宋爲新昌郡，梁立南譙州。隋廢州改其地爲清流縣。唐改滁州。歷代沿置。公元 1912 年改稱滁縣。在安徽省。有醉翁亭、豐樂亭等古迹。元末郭子興、朱元璋卽於此起兵。參閲讀史方輿紀要二九滁州。

【滁河】水名。源出安徽合肥縣東北，曲折東流，經滁縣到江蘇六合縣入長江。本作涂水。晉書宣帝紀嘉平三年："王淩詐言吳人塞涂水。"唐人加"阝"旁作"滁"。參閲讀史方輿紀要十九江南一涂水、清鄭珍説文新附考五"滁"。

㴋 qiào ㄑㄧㄠˋ 七肖切，去，笑韻，清。

廣韻作"𣻐"。見下。

【㴋㳖】巨浪。文選晉木玄虚（華）海賦："盤盓激而成窟，㴋㳖滐而爲魁。"注："峻波也。"

滉 huàng ㄏㄨㄤˋ 胡廣切，上，蕩韻，匣。

見下。

【滉柱】護堤的木樁。宋沈括夢溪筆談十一官政一："錢塘江，錢氏時爲石堤，堤外又植大木十餘行，謂之'滉柱'。"

【滉漭】猶渺茫。唐盧仝玉川子集一月蝕詩："吾不遇二帝，滉漭不可知。"

【滉漾】浮動貌。抱朴子暢玄："或滉漾於淵澄，或雰霏而雲浮。"亦指浮動之水。唐王維王右丞集四臨湖亭詩："當軒彌滉漾，孤月正徘徊。"

【滉瀁】深廣貌。三國志吳薛綜傳上疏："加又洪流滉瀁，有成山之難，海行無常，風波難免。"資治通鑑七二魏青龍元年注："滉瀁，水深廣貌。滉，户廣翻。瀁，以兩翻，又余亮翻。"北齊劉晝劉子觀量："是以大者之懷，則滉瀁而無涯；偏人之情，必刻覈而煩細。"

滑 1. huá ㄏㄨㄚˊ 户八切，入，黠韻，匣。

㊀滑溜，不凝滯。周禮天官食醫："調以滑甘。"疏："滑者，通利往來，以所以調和四味。"按，古時製菜肴和以米粉，使之柔滑。唐白居易長慶集初入太行路詩："馬蹄凍且滑，羊腸不可上。"㊁狡滑，浮而不實。通"猾"。史記一二二酷吏傳寧成："爲人上，操下如束溼薪，滑賊任威。"㊂中醫脈象名。素問五藏生成篇："夫脈之小大，滑、濇、浮、沉，可以指别。"㊃周時國名，姬姓。左傳襄二九年："虞虢焦滑……皆姬姓也。"㊄春秋鄭地名。左傳莊三年："公次于滑。"

gǔ 户骨切，入，没韻，匣。

2. ㄍㄨˇ 古忽切，入，没韻，見。

㊅亂。國語周下："今吾執政無乃實有所避，而滑夫二川之神，使至於争明，以妨

王宮。”㈦治。通“汩”。莊子繕性：“繕性於俗學，以求復其初；滑欲於俗思，以求致其明。”釋文：“滑，音骨。亂也。”㈧混濁。見“滑₂泥揚波”。

【滑甘】古時用以使菜肴柔滑的作料。周禮天官食醫：“凡和，春多酸，夏多苦，秋多辛，冬多鹹，調以滑甘。”

【滑石】礦物名。可入藥，以軟滑可以寫畫，也稱畫石。參閱政和證類本草三滑石。

【滑汰】同“滑㺃”。漢武都太守李翕天井道碑：“夏雨滑汰。”(隸續十一)宋蘇軾分類東坡詩二四秧馬歌：“以我兩足爲四蹄，聳踊滑汰如鳧鷺。”

【滑馬】謂雲氣如衆馬相鬬狀。呂氏春秋明理：“其雲狀有若犬若馬，……有其狀若衆馬以鬬，其名曰滑馬。”

【滑₂涽】紛亂。莊子齊物論：“旁日月，挾宇宙，爲其脗合，置其滑涽，以隸相尊。”

【滑菜】草名，又名露葵。本草綱目十六草五葵：“古人採葵必待露解，故曰露葵。今人呼爲滑菜，言其性也。”

【滑賊】姦狡殘酷。史記一二二酷吏傳寧成：“滑賊任威。”也作“猾賊”。史記高祖紀：“項羽爲人僄悍猾賊。”

【滑₂滑₂】水湧流貌。同“汩汩”。漢焦延壽易林蠱既濟：“涌泉滑滑，南流不絕。”

【滑壽】明襄城人。字伯仁，晚年自號攖寧生。從京口名醫王居中學醫，又從東平高洞陽學鍼法，均有造詣。著有讀傷寒論鈔診家書要十四經發揮等書。明史有傳。

【滑臺】古地名。在今河南滑縣東。相傳古有滑氏，於此築壘，後人築以爲城，高峻堅固，漢末以來爲軍事要衝。北魏以此與金墉虎牢碻磝稱河南四鎮，南朝宋元嘉二十七年大舉北伐，前鋒王玄謨圍攻滑臺積旬，卒不能下。參閱元和郡縣志八滑州白馬縣、太平寰宇記九滑州白馬縣。

【滑₂疑】惑亂。莊子齊物論：“是故滑疑之耀，聖人之所圖也。爲是不用而寓諸庸，此之謂以明。”釋文：“司馬(彪)云：滑疑，亂也。”

【滑㺃】全唐詩六〇九皮日休吴中苦雨因書一百韻寄魯望：“蓋檐低礙首，蘚地滑㺃足。”㺃足，㺃，亦滑意。後以滑㺃形容泥濘不便行走。宋趙蕃淳熙稿八問宿詩：“川原泥滑㺃，山路石巃嵸。”也作“滑汰”。參見“滑汰”。

【滑₂稽】㊀形容圓轉自如。楚辭屈原卜居：“將突梯滑稽，如脂如韋，以潔楹乎？”㊁史記七一樗里子傳：“樗里子滑稽多智，秦人號曰‘智囊’。”有俳諧之意，現在泛指使人發笑的語言、行動和事態。㊂古代的注酒器。漢書九二陳遵傳引揚雄酒箴：“鴟夷滑稽，腹大如壺，盡日盛酒，人復借酤。”太平御覽六七一北魏崔浩漢記音義：“滑稽，酒器也。轉注吐酒，終日不已，若今之陽燧樽。”

【滑澤】㊀指語言流利而有文采。韓非子難言：“所以難言者，言順比滑澤，洋洋纚纚然，則見以爲華而不實。”㊁光滑潤澤。漢王充論衡吉驗：“帶約其要，鉤挂於帶，在身所掩不過一寸之內，既微小難中，又滑澤鉻靡，鋒刃中鉤者莫不蹉跌。”

【滑頭】狡詐不老實。續傳燈録三一澧州靈巖仲安禪師：“又往見五祖。……祖顧侍者曰：‘是那裏僧？’曰：‘此上座曾在和尚會下去。’祖曰：‘怪得恁麼滑頭。’”聯燈會要十八光清禪師：“這般說話，不是弄滑頭，逞俊快。”也作“猾頭”。朱子語類八三春秋：“左氏之病，是以成敗論是非，而不本於義理之正。嘗謂左氏是箇猾頭趨炎附勢之人。”

【滑縣】縣名。屬河南省。古豕韋氏國，春秋時衛地。漢置白馬縣，屬東郡。隋開皇中改滑州，取境內滑臺爲名。唐宋因之。明改爲縣。參閱太平寰宇記九滑州、寰宇通志六大名府。

【滑₂泥揚波】比喻隨俗浮沈。楚辭屈原漁父：“世人皆濁，何不淈其泥而揚其波？”後漢書五三周燮傳：“吾既不能隱處巢穴，追綺季之跡，而猶顯然不遠父母之國；斯固以滑泥揚波，同其流矣。”又七四上袁紹傳上書：“若使苟欲滑泥揚波，偷榮求利，則進可以享竊祿位，退無門戶之患。”兩處注引楚辭淈皆作“滑”，滑、淈通。

溭

zé 士力切，入，職韻，崇。
ㄗㄜˊ

見下。

【溭淢】水波動盪。集韻：“溭，溭淢，奔湍。”按楚辭九歌有“潺湲”字，一見於湘君篇，注作流涕貌；一見於湘夫人篇，注作流水貌。魏晉以後又變體作“瀺湲”，又上聲轉爲“澾湨”，入聲轉爲“溭淢”，字無定形；形況之詞，詞無定義。參閱清鄭珍說文新附考五潺湲。

湨

1\. yún 王分切，平，文韻，于。
ㄩㄣˊ

㊀水名。見“湨水”。

2\. yǔn 于敏切，上，軫韻，于。
ㄩㄣˇ

㊀見“澾湨”。

【湨水】水名。源出湖北大洪山，北流繞經隨縣折向南，經安陸分爲二水，東南入於漢江（夏水），西入於沔者稱湨口。左傳定四年“吴從楚師及清發”，清發爲湨水别名。參閱水經注三一湨水、太平寰宇記一三二安州漢川縣。

溷

hùn 胡困切，去，慁韻，匣。
ㄏㄨㄣˋ

㊀混亂。楚辭屈原離騷：“世溷濁而不分兮，好蔽美以嫉妒。”㊁混濁。漢書七七諸葛豐傳：“邪穢濁溷之氣上感于天，是以災變數見，百姓困乏。”注：“溷亦濁也。”㊂累，打擾。漢書四三陸賈傳：“一歲中以往來過它客，率不過再過，數擊鮮，毋久溷女爲也。”㊃豬圈。漢王充論衡吉驗：“後産子，捐於豬溷中。”㊄廁所。晉書左思傳：“復欲賦三都，……遂構思十年，門庭藩溷皆著筆紙，遇得一句，即便疏之。”

【溷軒】廁所。後漢書六七李膺傳：“郡舍溷軒有奇巧，乃載之以歸。”注：“溷軒，廁屋。”

【溷淆】同“溷殽”。後漢書五四楊震傳上疏：“白黑溷淆，清濁同源，天下讙譁，咸曰財貨上流，爲朝所譏。”

【溷廁】混雜其間。楚辭漢王褒九懷通路：“無正兮溷廁，懷德兮何覩？”注：“邪佞雜亂，來並居也；忠信之士，不見用也。”

【溷殽】混亂，雜亂。漢書八五谷永傳：“亂服共坐，流湎媟嫚，溷殽無別。”又五行志中之上引谷永諫文作“溷肴”。

溫

wēn
ㄨㄣ

同“溫”。見“溫”。

滍

zhì 直几切，上，旨韻，澄。
ㄓˋ

水名。古稱泜水，也稱滍川。即今河南魯山葉縣境內的沙河。西漢末，劉秀（光武）破王莽將王尋於昆陽，士卒爭赴溺死，滍水爲不流，即此水。參閱水經注三一滍水、太平寰宇記七許州舞陽縣。

溰

yí 魚衣切，平，微韻，疑。
ㄧˊ

見下。

【溰溰】㊀形容一片潔白。文選漢枚叔(乘)七發：“浩浩溰溰，如素車白馬帷蓋之張。”㊁露濃貌。明劉基誠意伯集六秋懷詩之一：“瞻彼原隰，零露溰溰。”

滔 tāo 土刀切,平,豪韻,透。
ㄊㄠ

㊀瀰漫。見"滔天"。㊁激蕩。淮南子本經:"舜之時,共工振滔洪水,以薄空桑。"注:"振,動。滔,蕩也。"㊂傲慢。左傳昭二六年:"士不濫,官不滔,大夫不收公利。"

集韻 徒刀切,平,豪韻。

㊃湧聚。莊子田子方:"夫子不言而信,不比而周,無器而民滔乎前,而不知所以然而已矣。"釋文:"吐刀反,……又杜高反。"唐成玄英疏作"蹈"。

【滔土】廣大的土地。淮南子地形:"西南戎州曰滔土。"注:"滔,大也。七月建申,五穀成大,故曰滔土也。"

【滔天】漫天。書益稷:"洪水滔天,浩浩懷山襄陵,下民昏墊。"後借以形容罪惡、災禍或權勢的巨大。書堯典:"象恭滔天。"傳:"言共工……貌象恭敬而心傲很若漫天。"晉書愍帝紀史臣曰:"股肱非挑戰之秋,劉石有滔天之勢。"

【滔滔】㊀水流貌。詩大雅江漢:"江漢滔滔,南國之紀。"也形容不斷行進。楚辭漢東方朔七諫謬諫:"年滔滔而自遠兮,壽冉冉而愈衰。"㊁盛多,普遍。詩大雅江漢:"江漢浮浮,武夫滔滔。"論語微子:"滔滔者,天下皆是也,而誰以易之?"史記孔子世家作"悠悠"。㊂和暖。楚辭屈原九章懷沙:"滔滔孟夏兮,草木莽莽。"注:"滔滔,盛陽貌也。史記作'陶陶'。"

溪 xī qī 苦奚切,平,齊韻,溪。
ㄒㄧ ㄑㄧ

山間小河溝。說文作"谿"。漢書五七上司馬相如傳上林賦:"振溪通谷,蹇産溝瀆。"後泛指小河溝。宋辛棄疾稼軒詞鷓鴣天:"城中桃李愁風雨,春在溪頭薺菜花。"

【溪毛】溪中水藻。左傳隱三年:"澗谿沼沚之毛,蘋蘩蘊藻之菜。"宋梅堯臣宛陵集一上巳日午橋石瀨中得雙鱖魚詩:"水髮粘篙緑,溪毛映渚春。"

【溪州】地名。漢武陵郡沅陵遷陵縣地。唐天授二年割辰州大鄉三亭二縣立溪州,後分爲三。上溪中溪在今湖南龍山縣,下溪州故城在湖南永順縣。唐末廢。今屬湘西土家族苗族自治州。參閱元和郡縣志三十溪州、讀史方輿紀要八二湖廣永順宣撫司。

【溪步】水涯,渡口。宋吳處厚青箱雜記三:"閩中謂水涯爲溪步。"

【溪刻】猶言刻薄、苛刻。世説新語豪爽:"桓公(温)讀高士傳,至於陵仲子,便擲去,曰:誰能作此溪刻自處。"於陵仲子即陳仲子。

【溪客】蓮花的别稱。宋姚寬西溪叢語:"予長兄伯聲,常得三十客,……杏爲豔客,蓮爲溪客。"

【溪蓀】水菖蒲别名。生於溪澗。宋書謝靈運傳所載山居賦:"撫曾嶺之細辛,拔幽澗之溪蓀。"

【溪澗】山谷間河溝。漢書四九晁錯傳言兵事疏:"今匈奴地形技藝與中國異。上下山阪,出入溪澗,中國之馬弗與也。"北周庾信庾子山集十四周兗州刺史廣饒公宇文公神道碑:"溪澗峥嵘,巖崖谿嶮。"

【溪壑】見"谿壑"。

【溪藤】浙江省曹娥江上游剡溪,溪水宜於造紙,附近所産藤製紙最有名。因稱紙爲溪藤。宋蘇軾分類東坡詩九孫莘老求墨妙亭:"書來乞詩要自寫,爲把栗尾書溪藤。"

【溪堂詞】宋謝逸撰,一卷。逸字無逸,江西臨川人,屢試不第,詩詞並工,爲江西派詩人。

【溪蠻叢笑】宋朱輔撰,一卷。溪蠻,即後漢書所謂五溪蠻。五溪在舊湖南辰州府境,輔曾在此任官,據所聞見,寫成此書。記載五溪各少數民族風土及當地物産等,並有所考證。

滄 cāng 七岡切,平,唐韻,清。
ㄘㄤ

㊀寒冷。同"凔"。逸周書周祝:"天地之間有滄熱,善用道者終不竭。"一本作"凔"。文選漢枚叔(乘)上書諫吳王:"欲湯之滄,一人炊之,百人揚之,無益也。"漢書枚乘傳作"凔"。㊁青色。同"蒼"。見"滄江"、"滄浪㊁"。

【滄江】泛稱江水。江水呈青蒼色,故稱。文選梁任彦昇(昉)贈郭桐廬:"滄江路窮此,湍險方自兹。"唐李白李太白詩十憶襄陽舊遊贈馬少府巨:"開牕碧嶂滿,拂鏡滄江流。"

【滄州】州名。春秋戰國爲燕齊地,自漢至晉爲渤海郡地。後魏熙平二年分瀛冀二州爲滄州。轄境歷代常有變動。明洪武初領南皮鹽山慶雲三縣,清雍正後不轄縣。公元 1913 年改爲滄縣,屬河北省。參閱太平寰宇記六五滄州、寰宇通志二河間府。

【滄洲】濱水的地方。古稱隱者所居。文選南齊謝玄暉(朓)之宣城出新林浦向板橋詩:"既懽懷禄情,復協滄洲趣。"

【滄浪】㊀水名,即漢水。書禹貢:"嶓冢導漾,東流爲漢,又東爲滄浪之水。"史記夏紀作"蒼浪"。㊁水青色。晉陸機陸士衡集六樂府塘上行:"發藻玉臺下,垂影滄浪泉。"㊂洲名。水經注二八沔水二:"(武當)縣西北四十里漢水中,有洲名滄浪洲。"

【滄海】㊀大海。海水蒼色,一望無際,故稱。漢揚雄法言吾子:"浮蒼海而知江河之惡沱也。"抱朴子窮達:"小年之不知大年,井蛙之不曉蒼海,自有來矣。"㊁東海的别稱。宋書樂志三魏武帝步出夏門行:"東臨碣石,以觀滄海。"初學記六:"按東海之别有渤澥,故東海共稱渤海,又通謂之滄海。"㊂神話中海島名。舊題漢東方朔海内十洲記:"滄海島在北海中,……水皆蒼色,仙人謂之滄海也。"

【滄茫】曠遠。同"蒼茫"。舊題晉王嘉拾遺記一:"少昊母曰皇娥,處璇宫而夜織,或乘桴木而晝遊,經歷窮桑滄茫之浦。"唐皇甫冉集六送陸鴻漸赴越詩:"迢遞風日間,滄茫洲渚晚。"

【滄桑】"滄海桑田"的省稱。明湯顯祖牡丹亭繕備:"乍想起瓊花當年吹暗香,幾點新亭,無限滄桑。"參見"滄海桑田"。

【滄溟】㊀幽遠的高空。舊題漢班固漢武帝内傳:"諸仙玉女聚居滄溟,其名難測,其實分明。"㊁指大海。南朝梁簡文帝昭明太子集序:"若夫嵩霍之峻,無以方其高;滄溟之深,不能比其大。"

【滄滄】㊀涼貌。列子湯問:"日初出,滄滄涼涼,及其日中,如探湯。"㊁高遠貌。舊題晉王嘉拾遺記七少昊:"皇娥倚瑟而歌曰:'洽天蕩蕩望滄滄,乘桴輕漾著日傍。'"

【滄瀛】滄海。藝文類聚七九南朝陳沈炯歸魂賦:"百萬之虜,俄成魚鼈。千仞之阜,倏似滄瀛。"唐李白李太白詩五東海有勇婦:"捨罪警風俗,流芳播滄瀛。"

【滄浪亭】江蘇蘇州市名園。原爲五代吳越廣陵王錢元璙的花園,後歸宋蘇舜欽。舜欽在園内建滄浪亭,後因以亭名園。蘇學士集十三有滄浪亭記。南渡後,爲韓世忠所有。世忠封蘄王,俗稱韓王園。參閱宋朱長文吳郡圖經續記下園第、葉夢得石林詩話。

【滄浪集】宋嚴羽撰。詩話一卷,詩二卷。羽自號滄浪逋客,故其詩話又稱滄浪詩話,内分詩辨詩體詩法詩評詩證五門,大旨取盛唐爲宗。

【滄溟集】明李攀龍撰,三十卷,附録一卷。攀龍字于鱗,號滄溟,與王世貞等稱後七子，文主漢魏六朝，詩學盛唐。但刻意摹擬古人，往往千篇一律。

【滄浪詩話】見"滄浪集"。

【滄海一粟】大海中一粒粟。喻非常渺小。宋蘇軾經進東坡文集事略一前赤壁賦："寄蜉蝣於天地，眇滄海之一粟。"

【滄海桑田】大海變成農田，農田變成大海。比喻世事變化很大。舊題晉葛洪神仙傳王遠："麻姑自說云：'接侍以來，已見東海三爲桑田。'"全唐詩一三六儲光羲獻八舅東歸："獨往不可羣，滄海成桑田。"

【滄海橫流】大海之水四處泛流。比喻時世動亂。晉范甯春秋穀梁傳序："孔子覩滄海之橫流，迺喟然而歎曰：'文王既沒，文不在茲乎！'"疏："今以爲滄海是水之大者；滄海橫流，喻害萬物之大，猶言在上殘虐之深也。"抱朴子正郭："雖在原陸，猶恐滄海橫流，吾其魚也，況可冒衝風而乘奔波乎？"

【滄海遺珠】海中之珠爲收集者所遺。比喻被埋沒的人才。新唐書一一五狄仁傑傳："舉明經，調汴州參軍。爲吏誣訴，黜陟使閻立本召訊，異其才，謝曰：'仲尼稱觀過知仁，君可謂滄海遺珠矣。'"

滏 fú 扶雨切，上，麌韻，並。ㄈㄨˇ

水名。戰國策趙三："今趙萬乘之强國也。前漳滏，右常山，左河間。"注："滏水在鄴。"

【滏口】古隘道名。太行八陘之一。在今河北磁縣西北石鼓山。後漢書郡國志二魏郡："鄴有故大河，有滏水。"注引水經："水經鄴西北。滏水熱，故名滏口。"參閱元和郡縣志十五磁州滏陽縣。

【滏水】水名，即今滏陽河。源出河北磁縣西北滏山。山海經北山經："神囷之山，……滏水出焉，而東流注于歐水。"注："滏水，今出臨水縣西釜口山，……入于漳，其水熱。"

滃 1. wěng 烏孔切，上，董韻，影。ㄨㄥˇ

㊀雲氣涌起。說文："滃，雲氣起也。"漢書八七下揚雄傳解難："泰山之高不嶕嶢，則不能浡滃雲而散歊蒸。"疊用作"滃滃"。宋陸游劍南詩稿二二盟雲："滃滃覆松頂，霭霭映水湄。"

2. wēng ㄨㄥ

㊀水名。滃江，北江支流，在廣東省。

【滃渤】涌出貌。文選晉郭景純（璞）江賦："氣滃渤以霧杳，時鬱律其如煙。"唐柳宗元柳先生集十八招海賈文："滄茫無形兮往來遽卒；陰陽開闔兮氣霧滃渤。"

【滃鬱】雲烟彌漫。楚辭漢王襃九懷昭世："覽舊邦兮滃鬱，余安能兮久居？"又蓄英："望谿兮滃鬱，熊羆兮呴嘷。"

滕 téng 徒登切，平，登韻，定。ㄊㄥˊ

㊀水騰涌。說文："滕，水超涌也。"㊁春秋諸侯國名。在今山東滕縣。左傳隱十一年："滕侯、薛侯來朝。"㊂姓。參閱通志二六以國爲氏。

【滕口】易咸："象曰：咸其輔頰舌滕口說也。"後以滕口指張口放言。唐文粹七五韋瓘宣州南陵縣大農陂記："范君獨判於心，不畏滕口。"

【滕六】雪神名。唐牛僧孺幽怪録："蕭至忠欲獵，有老麋求救，黄冠曰：'若滕六降雪，巽二起風，即蕭使君不出矣。'翌日風雪大作。"宋范成大石湖集二五正月六日風雪大作詩："滕六無端巽二癡，翻天作惡破春遲。"

【滕公】即漢夏侯嬰。嬰，沛縣人，爲縣吏與高祖（劉邦）善，從起兵，以功爲滕令，每奉車從戰，故號滕公。史記九五、漢書四一有夏侯嬰傳。

【滕室】史記九五夏侯嬰傳索隱引博物志："公卿送嬰葬，至東都門外，馬不行，踣地悲鳴，得石椁，有銘曰：'佳城鬱鬱，三千年見白日，吁嗟滕公居此室。'"後因以滕室爲墓穴的通稱。唐張九齡曲江集十八故太僕卿上柱國華容縣男王府君墓誌："合如防墓，開彼滕室。"

【滕縣】縣名。屬山東省。春秋爲滕小邾二國之地，漢置蕃縣，屬魯國。隋改名滕縣，以古滕國在境内而名。明清皆屬山東兗州府。境内有滕城故址等古迹。參閱寰宇通志七三兗州府。

【滕王閣】樓閣名。舊址在江西新建縣西章江門上，西臨大江。唐顯慶四年滕王李元嬰爲洪州都督時所建。咸亨二年重陽節，洪州牧閻伯嶼宴僚屬於閣上，王勃省父適過南昌，與宴，作滕王閣序。明景泰三年巡撫韓雍改建於章江門外迎恩館，額爲"西江第一樓"。成化間重修，復稱滕王閣。清康熙中又重建。參閱讀史方輿紀要八四南昌府。

【滕昌祐】唐末五代時吳郡人，字勝華，後遊西川，因爲蜀人。善畫花鳥蟬蝶，又以畫鵝得名。所繪芙蓉、茴香，兼爲夾紵果實，隨類傅色，宛有生意。見宣和畫譜十六。

【滕王蛺蝶】滕王元嬰，唐宗室。能繪事，所作蜂蝶尤著名。唐王建詩宮詞之六十"内中數日無呼唤，榻得滕王蛺蝶圖"，即指此。參閱宣和畫譜十五唐滕王元嬰。

【滕薛爭長】左傳隱十一年："滕侯、薛侯來朝，爭長。"後即用爲爭長之義。宋詩鈔方岳秋崖小藁鈔春日雜興之八："先後笱爭滕薛長，東西鷗背晉齊盟。"

滐 jié 渠列切，入，薛韻，羣。ㄐㄧㄝˊ

同"傑"。特出。文選晉木玄虛（華）海賦："盤盓激而成窟，㵿𣽂滐而爲魁。"注："毛萇詩傳曰：'傑，特立也。'滐與傑同。"

滏 féng 符容切，平，鍾韻，並。ㄈㄥˊ

㊀水名。山海經北山經（單狐之山）："多机木，其上多華草，滏水出焉。"㊁見"滏浡"。

【滏浡】升騰貌。文選晉左太沖（思）吳都賦："歊霧滏浡，雲蒸昏昧。"

準 zhǔn 之尹切，上，準韻，照。ㄓㄨㄣˇ

㊀水平，又平物的量器也稱準。易繫辭上："易與天地準。"漢書律曆志："繩直生準，準正則平衡而鈞權矣。……準者，所以揆平取正也。"注："立準以望繩，以水爲平。"㊁標準，準則。荀子致士："程者，物之準也；禮者，節之準也。"後漢書二二劉隆傳："河南帝城多近臣，南陽帝鄉多近親，田宅踰制，不可爲準。"㊂射箭的標的。見"準的㊀"。㊃古樂器。漢京房所作，以定律數。晉書律曆志上："竹聲不可以度調，故作準以定數。準之狀如瑟，而長丈，十三弦，隱間九尺，以應黄鍾之律九寸。"㊄窺測。淮南子覽冥："大夫隱道而不言，羣臣準上意而懷當。"注："準，望。"㊅抵押，折價。唐韓愈昌黎集四贈崔立之評事詩："牆根菊花好沽酒，錢帛縱空衣可準。"㊆唐宋公文書有"准此"字，本作準，後因避時相諱，去下十字作准。參閱宋費衮梁谿漫志十三省劄當避諱。㊇鼻子。史記高祖紀："高祖爲人，隆準而龍顏。"漢書注引李斐，準訓爲鼻，文穎晉灼讀準的之"準"。應劭訓準爲頰權。準，服虔音拙；爲"頔"的借字。後人多從李訓而讀服音。參閱清俞樾曲園雜纂三一通字。

【準人】獄官，掌訴訟斷案的人。書立政："用咸戒于王曰：'王左右，常伯、常任、準人、綴衣、虎賁。'"傳："準人平法，謂士官。"

【準夫】即準人。書立政："立政任人，準

夫牧，作三事。」疏：「準夫者，平法之人，謂理獄官也。」

【準的】㊀箭靶。抱朴子廣譬：「準的陳則流鏑赴焉，美名起則謗讟攻焉。」引申泛指目標。後漢書十四齊武王縯傳：「舂陵去宛三百里耳，未足爲功，遽自尊立，爲天下準的，使後人得承吾敝，非計之善者也。」㊁作爲準則。漢王充論衡實知：「觀色以窺心，皆有因緣以準的之。」南朝梁劉勰文心雕龍六定勢：「章表奏議，則準的乎典雅；賦頌歌詩，則羽儀乎清麗。」

【準則】標準，模範。世說新語品藻：「明帝問謝鯤：『君自謂何如庾亮？』答曰：『端委廟堂，使百僚準則，臣不如亮。一丘一壑，自謂過之。』」

【準望】㊀辨正方位。三國志魏牽招傳：「(雁門)郡所治廣武，井水鹹苦，民皆擔輦遠汲流水，往返七里。招準望地勢，因山陵之宜，鑿原開渠，注水城內，民賴其益。」晉裴秀提出測繪地圖的六個原則，其二曰準望，指各地的方位。見晉書裴秀傳禹貢地域圖序。參見「六體㊂」。㊁對等。魏書成淹傳：「二國交和既久，南北皆須準望。」參閱資治通鑑一三七齊永明九年注。

【準提】佛教菩薩名。梵語的音譯，意譯爲「清淨」。爲密宗蓮華部六觀音之一，三目十八臂，主破人衆生惑業。

【準程】法式，規範。晉書石勒載記下：「建德校尉王和掘得員石，銘曰：『律權石重四鈞同律度量衡，有新氏造。』……其時兵亂之後，典度湮滅，遂命下禮官爲準程定式。」唐柳宗元柳先生集九國子監陽城遺愛碣：「又公當職施政，示人準程，良士勇善，僞夫去飾。」

【準備】預先計劃或安排。宋歐陽修文忠集十一招許主客詩：「仍約多爲詩準備，共防梅老敵難當。」又蘇軾分類東坡詩四贈常州報恩寺長老之二：「憑師爲作鐵門限，準備人間請話人。」

【準頭】相術家稱鼻尖爲準頭。參見「準㊇」。

【準擬】定可，打算。唐陸龜蒙甫里集十一自遣詩之二七：「妍華須是占時生，準擬差肩不近情。」元王逢梧溪集三題紅女二圖詩之一：「游蜂釀蜜燕將乳，準擬郎來栽白苧。」

【準矱】標準。後漢書五二崔駰傳附崔篆慰志賦：「協準矱之貞度兮，同斷金之玄策。」注：「準，繩也；矱，尺也。」

【準繩】準，測定平面的水準器；繩，量直線的墨線。孟子離婁上：「聖人既竭目力焉，繼之以規矩準繩，以爲方員平直，不可勝用也。」引申爲衡量、裁督。梁書到洽傳：「領尚書左丞，準繩不避貴戚，尚書省賄賂莫敢通。」晉書卞壼傳：「是時王導稱疾不朝，而私送車騎將軍郗鑒，壼奏以導虧法從私，無大臣之節；御史中丞鍾雅阿撓王典，不加準繩，並請免官。」

【準噶爾】我國蒙古族額魯特四部之一，原居新疆北部巴爾喀什湖以東，天山以北一帶。又名綽魯斯部。額魯特蒙古在明代稱瓦剌，自永樂以來，接受明王朝封號，至清朝分爲四部(杜爾伯特準噶爾土爾扈特和碩特)。

溜

1\. liù 力救切，去，宥韻，來。ㄌㄧㄡˋ

㊀水名。說文：「溜水，出鬱林郡。」㊁小股水流。三國志魏賈逵傳：「又斷山溜長溪水，造小弋陽陂。」指瀑布澗水。古文苑五漢杜篤首陽山賦：「青羅落漠而上覆，穴溜滴瀝而下通。」此指從穴中流出之水。㊂簷滴水處。通「霤」。左傳宣二年：「(士會)三進及溜，而後(靈公)視之。」㊃連串。清平山堂話本快嘴李翠蓮記：「說成篇，道成溜，問一答十，問十道百。」㊄滑動，圓轉。宋邵雍伊川擊壤集十插花吟詩：「酒涵花影紅光溜，爭忍花前不醉歸？」又歐陽修六一詞玉樓春之二八：「佳人向晚新妝就，圓膩歌喉珠欲溜。」

2\. liū ㄌㄧㄡ

㊅偷偷地跑掉。元曲選石君寶秋胡戲妻四：「我們也沒嘴臉在這裏，不如只做送李大戶到縣去，暗地溜了。」㊆見「溜₂冰」、「溜₂亮」。

【溜₂冰】滑冰。清翟灝通俗編三一俳優：「宋史禮志：『故事，齋宿，幸後苑作冰戲。』按此卽北方溜冰之戲，始自宋時。」

【溜₂亮】流暢明白。同「瀏亮」。宋吳炯五總志：「六朝人論流，謂好詩流轉如彈丸。唐人謂張九齡談論滔滔如下坡走丸。雖見句置論，立法不同，要之以溜亮明白爲難事。」

【溜溜】㊀水瀉注之狀。宋陸游劍南詩稿四六魚池將涸車水注之：「清波溜溜入新渠，鄰曲來觀樂有餘。」㊁水流滴聲。宋蘇軾東坡集續集三和陶詩九日閒居：「鮮鮮霜菊豔，溜溜槽床聲。」㊂形容詞疊詞詞尾。水滸四五：「光溜溜一雙賊眼，只睃趁施主嬌娘。」

溴

xiù 玉篇 尺又切，音臭，穿。ㄒㄧㄡˋ

水氣。見玉篇水部。

溮

shī 集韻 霜夷切，平，支韻。ㄕ

水名。在河南省東部，源出河南湖北兩省邊境桐柏山支脈，東北流經羅山縣入淮河。水經注三十淮水：「淮水又東得溮口水源，南出大潰山，……溮水又東逕七井岡南，又東北注於淮。」

溵

yīn 於斤切，平，欣韻，影。ㄧㄣ

水名。唐柳宗元柳先生集一平淮夷雅：「皇耆其武，于溵于淮。」

【溵水】㊀水名，卽濦水。出河南登封少室山，東流注於潁水。參閱水經注三濦水。㊁縣名。漢汝陽縣，屬汝南郡。隋開皇十六年改爲溵水縣，以縣界溵水爲名。宋以避太祖父趙弘殷諱，改名商水，卽今河南商水縣。參閱太平寰宇記十陳州。

滬

sī 息移切，平，支韻，心。ㄙ

古水名。今稱百泉河。源出河北邢台市附近，東北流經沙河入大陸澤。參閱隋書地理志中襄國郡龍岡縣、讀史方輿紀要十五順德府邢臺縣百泉水。

滃

yōng 玉篇 紆用切，又音雝。ㄩㄥ

同「灉」、「澭」。見「滃湖」。

【滃湖】湖名。在湖南岳陽縣南。滃，也作「灉」。左傳定五年吳人敗楚於雍澨，卽此湖。唐張說張說之集八和尹懋秋夜遊滃湖詩：「滃湖佳可遊，既近復能幽。」參閱寰宇通志五四荊州府山川。

滎

xíng 戶扃切，平，青韻，匣。ㄒㄧㄥˊ

㊀小水。見說文。㊁古澤名。見「滎澤」。

【滎陽】縣名。屬河南省。戰國韓滎陽邑。秦末楚漢兩軍曾相持於此。漢置縣，屬河南郡，在今縣西。晉屬滎陽郡。北齊屬成皋郡。隋廢郡，縣屬鄭州。唐以來因之，明清皆屬開封府。參閱太平寰宇記九鄭州滎陽縣、寰宇通志八三開封府上。

【滎澤】㊀古澤名。書禹貢「滎波既豬」，又「導沇水，東流爲濟，入于河，溢爲滎」。滎，卽滎澤。漢平帝以後，漸淤爲平地。故址在今河南滎陽縣境。參閱太平寰宇記九鄭州滎澤縣。㊁縣名。本漢滎陽縣地。隋開皇間分置廣武縣，仁壽初改名滎澤。唐沿置，明、清皆屬鄭州。故址在今河南滎陽縣。參閱讀史方輿紀要四七開封府鄭州。

【滎瀆】水名。古引滎澤之水，自河南廣武縣西之石門，東流至山東菏澤，亦曰南濟。水經注七濟水："濟水又東合滎瀆，瀆首受河水，有石門，謂之滎口石門也。"卽此。按：滎瀆在河南境內者，卽古之汴渠，今已湮廢。

【滎瀯】水回旋貌。文選晉郭景純（璞）江賦："漩澴滎瀯，渨漏濆瀑。"

【滎陽學案】對北宋呂希哲學派的論述。希哲，滎陽人，胡瑗門人，又受學於邵雍、王安石，其後師事程頤，晚年又學佛，以儒爲主，而不泥於一家。門人有汪革、汪莘、黎確等。參閱宋元學案二三。

十一畫

滵 mì 美畢切，入，質韻，明。ㄇㄧˋ

水疾流貌。見玉篇。

【滵汩】水疾流貌。史記一一七司馬相如傳上林賦："澤滓滵汩，湢測泌瀄。"索隱："司馬彪云：'滵汩，去疾也'。"

【滵溢】流動貌。文選漢張平子（衡）南都賦："芝房菌蠢生其隈，玉膏滵溢流其隅。"

滱 kòu 苦侯切，去，侯韻，溪。ㄎㄡˋ 恪侯切，平，侯韻，溪。

水名。山海經北山經："高是之山，滋水出焉，而南流注于虖沱。其木多椶，其草多條，滱水出焉。"詳"滱水"。

【滱水】古水名。卽唐河，又名滬夷水。發源於山西渾源縣翠屏山，入河北爲唐河，下游爲大清河，入於海河。參閱說文"滱"、水經注十一滱水。參見"唐河"。

演 yǎn 以淺切，上，獮韻，喩。ㄧㄢˇ

㊀長流。文選晉木玄虛（華）海賦："東演析木，西薄青徐。"㊁推衍，推廣。漢書六二司馬遷傳報任安書："蓋西伯拘而演周易，仲尼戹而作春秋。"文選漢班孟堅（固）西都賦："奉春建策，留侯演成。"㊂表演，傳布。唐王勃王子安集十三彭州九隴縣龍懷寺碑："一音演而荒景服，三聖澄而禮樂備。"㊃水土氣通，滋潤。國語周上："夫水土演而民用也，水土無所演，民乏財用。"注："水土通氣爲演。演，猶潤也。演則生物，民得用也。"

【演化】推廣教化。唐王勃王子安集十六常州刺史平原郡開國公行狀："分宣演化，卧理切於宸謀；易俗遷訛，行吟佇於人望。"景德傳燈録二子比丘："尊者說偈已，以僧伽黎衣密付斯多，俾之他國，隨機演化。"

【演迤】延伸，流布。唐韓愈昌黎集十三藍田縣丞廳壁記："博陵崔斯立種學績文，以蓄其有，泓涵演迤，日大以肆。"遼史食貨志下："由是國家之錢，演迤域中。"

【演習】事先練習使熟悉。明張居正張文忠集三請定面奬廉能儀注疏三："且遠方外吏，從來未覩朝廷之禮，若不先示以儀節，使之演習，恐一旦震怖天威，倉皇失措。"

【演義】㊀闡發經義。後漢書八三周黨傳："博士范升奏毀黨曰：'黨等文不能演義，武不能死君，釣采華名，庶幾三公之位。'"㊁根據史傳或傳說，敷演成長篇章回體小說，爲古代小說的一種體裁。如三國演義隋唐演義之類。

【演說】㊀引申闡述。書洪範："初一曰五行，……威用六極。"疏："自初一曰已下，至此六極已上，皆是禹所次第而敍之。下文更將此九類而演說之。"㊁講說。長阿含經十釋提桓因問經："帝釋白佛言：'願開閑暇，一決我疑。'佛言：'隨汝所問，我當爲汝一一演說。'"北齊書權會傳："而貴游子弟慕其德義者，或就其宅，或寄宿鄰家；晝夜承閑，受其學業。會欣然演說，未嘗懈怠。"

【演漾】流動起伏貌。唐王維王右丞集五寒食城東卽事詩："清溪一道穿桃李，演漾綠蒲涵白芷。"

【演撒】猶言勾搭。元王實甫西廂記一本二折："崔家女豔裝，莫不是演撒你箇老潔郎？"

【演範】術數的一派。宋蔡沈敷衍洪範九數爲八十一章，配以月令節氣，撰洪範皇極內篇。後人又據以推演其說，穿鑿附會，開演範之一派。後來星相術士因據以傅會人事，推斷流年。

【演繹】推斷引申。宋朱熹中庸章句序："於是推本堯舜以來相傳之意，質以平日所聞父師之言，更互演繹，作爲此書。"又呂南公灌園集十一與汪校祕論文書："於列莊見道之書，於六經見道之訓，於百家見道之所以文，而文之所以得，於十八代史見道之變，沈酣而演繹之。"

【演孔圖】見"春秋演孔圖"。

【演繁露】宋程大昌撰。十五卷，續集五卷。每條皆有標目，正編不分類。續編分制度、文類、詩事、談助四門，以考證名物爲多。引書皆注出處，卷帙較繁者，並注明卷數，體例明晰。

漃 jí 集韻 前歷切，入，錫韻。ㄐㄧˊ

見"漃漻"。

【漃漻】清靜。文選漢枚叔（乘）七發："漃漻薵蓼，蔓草芳苓。"注："言水清淨之處生薵蓼二草也。"參見"寂漻"。

漳 zhāng 諸良切，平，陽韻，照。ㄓㄤ

水名。書禹貢："覃懷底績，至於衡漳。"詳"漳河 1"。

【漳平】縣名。屬福建省。漢冶縣，晉新羅縣，隋龍溪縣，唐以後爲龍巖縣。明置漳平縣，明清皆屬龍巖州。參閱嘉慶一統志四三九龍巖州。

【漳江】水名。源出福建平和縣東大峯山，東南經雲霄縣城北，至東山內澳入海。參閱嘉慶一統志四二九漳州府。

【漳州】地名。在福建省。唐垂拱二年析泉州西南地置漳州，宋因之。元改路，明清皆爲府。公元1912年廢。舊治今爲漳州市。參閱嘉慶一統志四二九漳州府。

【漳河】水名。1.山西省東部有清漳、濁漳二河，東南流至今河北河南兩省邊境，合爲漳河，又東流至大名縣入衛河。按舊有老漳河、小漳河，皆漳河故道，今並湮滅。參閱嘉慶一統志三五大名府一。2.春秋戰國時楚有漳水。源出湖北南漳縣西南之蓬萊洞，東南流經鍾祥、當陽縣合沮水爲沮漳河，復東經江陵縣入長江。左傳哀六年"江、漢、雎、漳，楚之望也"，卽此。參閱嘉慶一統志三三二荆門州山川。

【漳浦】縣名，屬福建省。漢冶縣及南海郡揭陽縣地。晉爲綏安縣，隋併入龍溪縣，唐垂拱年間分置漳浦縣，以南有雲霄山，漳水所出，故名。明清皆屬漳州府。參閱寰宇通志四七漳州府。

【漳絨】福建漳浦縣特產的絲織品。又有以緞爲底子，上織純絨花紋的，稱漳緞。見嘉慶一統志四二九漳州府土產。

【漳鄉】地名。在今湖北當陽縣東北，漳水流經其南。三國蜀關羽兵敗走麥城，西至漳鄉，爲吳呂蒙所擒，卽此。參閱三國志吳呂蒙傳、嘉慶一統志三五二荆門州古蹟章鄉。

滰 jiàng 其兩切，上，養韻，羣。ㄐㄧㄤˋ

洗米後濾淨米泔水。說文："滰，浚乾漬米也。"廣雅釋詁二："滰，盪也。"清王念孫疏證："滰之言竟，謂漉乾之也。今俗語猶謂漉乾漬米爲滰乾矣。"

滻 chǎn 所簡切，上，產韻，審。ㄔㄢˇ

見下。

【滻水】古代關中八川之一，源出陝西藍田縣西南秦嶺山中，北流至西安市，東入灞水。史記一一七司馬相如傳上林賦：“終始霸滻，出入涇渭。”注：“滻亦出藍田谷，北至霸陵入灞。”

滴 dī 都歷切，入，錫韻，端。ㄉㄧ

㊀水點。文選南朝宋謝惠連雪賦：“爾其流滴垂冰，緣霤承隅，粲兮若馮夷剖蚌列明珠。”㊁液體點點下落。唐杜甫杜工部草堂詩箋十八發同谷縣：“臨岐別數子，握手淚再滴。”㊂量詞。唐韋應物韋江州集八詠露珠詩：“秋荷一滴露，清夜墜玄天。”

【滴子】下垂的珠串。金史輿服志上天子車輅：“七寶輦，制如大輦，飾以玉裙網，七寶，滴子用真珠。”

【滴血】舊時用血辨別親屬真僞之法。據說至親之血，共滴水中則相凝合，驗屍時，以生者之血滴死者骨上則滲入。其源甚早，唐人琱玉集引同賢記，太平廣記一六二引會稽先賢傳，皆有滴血驗親的說法。見於史傳者，有梁書豫章王綜傳、南史孫法宗傳。參閱宋宋慈宋提刑洗冤集錄三檢滴骨親法。

【滴淋】古代西南地區少數民族，通行以甕釀酒，泥封。待酒熟，於泥上鑽小孔，以細竹管插孔中，就竹管吮吸，以嘗酒味，謂之滴淋。見唐房千里投荒雜錄。

【滴滴】㊀水滴連續下注之聲。唐韋應物韋江州集二贈令狐士曹詩：“秋簷滴滴對牀寢，山路迢迢聯騎行。”㊁一顆顆的水珠。全唐詩七三蘇頲興州出行：“滴滴泣花露，微微出岫雲。”㊂盈盈欲滴貌。形容嬌美。唐張彥謙鹿門集上留別詩之二：“野花紅滴滴，江燕語喃喃。”

【滴瀝】水下滴。文選漢王文考（延壽）魯靈光殿賦：“動滴瀝以成響，殷雷應其若驚。”

【滴溜溜】形容圓或旋轉。詞林摘豔六元鄭德輝端正好宮詞曲：“齊臻臻滴溜溜，掛珠箔捲繡簾鈎搭珊瑚。”又九明劉東生醉花陰秋景曲：“呀呀的賓鴻出塞遠相呼，社燕尋巢嬌對語，滴溜溜紅葉兒隨風零亂舞。”

【滴滴金】詞調名。又名縷縷金。雙調，有五十字、五十一字各體。五十字體爲雙調，前後段均爲五句四韻。此調以李遵勗和晏殊詞爲正體。李詞前後段各四句三仄韻；晏詞前後段各四句四仄韻。見詞譜八、詞律六。

【滴粉搓酥】喻女子面部的嬌嫩。宋天台左與言筠翁長短句中有“盈盈秋水，淡淡春山”，“堆雲翦水，滴粉搓酥”，皆爲樂籍女子張濃而作。當時京師有“曉風殘月柳三變，滴粉搓酥左與言”之對。見宋王明清玉照新志四。

滸 1. hǔ 呼古切，上，姥韻，曉。ㄏㄨˇ

㊀水邊。說文作“汻”，隸變作“滸”。詩王風葛藟：“緜緜葛藟，在河之滸。”

2. xǔ ㄒㄩˇ

㊁見“滸₂浦”、“滸₂墅”。

【滸₂浦】地名。本作許浦。在江蘇常熟縣東北長江岸邊。宋韓世忠討苗正彥，駐水軍許浦，卽此。參閱讀史方輿紀要二四蘇州府常熟縣。

【滸₂墅】地名。在江蘇吳縣西北。元高德基平江紀事：“許市，去吳縣西二十五里，……因名其地曰虎嘐。至南唐諱琥，錢氏諱鏐，遂改名許市，後人訛舊音，於許字加點水爲滸，市訛爲墅，迄今兩稱之。”

漷 huǒ 苦郭切，入，鐸韻，溪。ㄏㄨㄛ 虎伯切，入，陌韻，曉。

㊀水名。見“漷河”。㊁州名。見“漷州”。

【漷州】漢漁陽郡泉州縣地。遼初爲漷陰鎭，以在漷河之南而名。後改縣。元升爲漷州，明復改爲縣，屬通州。清廢。故城在今北京市通縣南。參閱讀史方輿紀要十一順天府漷縣、清孫承澤天府廣記二府縣治。

【漷河】水名。1.卽漷水，一名南沙河。源出山東滕縣東北，西南流至江蘇沛縣入運河。春秋時，魯取郲田，以漷水爲界，卽此。參閱讀史方輿紀要三二兗州府滕縣。2.在北京市通縣故漷縣南，自盧溝流至縣西折而爲三，正流爲漷河，東入白河。參閱讀史方輿紀要十一順天府漷縣。

滽 yōng 餘封切，平，鍾韻，喻。ㄩㄥ

水名。在河南孟津縣界。玉篇：“（滽）水，出宜蘇山。”山海經中山經、水經注四河水作“庸庸之水”，太平寰宇記五河南河清縣作“滽滽水”。參閱清畢沅山海經校正、郝懿行箋疏。

漉 lù 盧谷切，入，屋韻，來。ㄌㄨ

㊀使乾涸。呂氏春秋仲春：“是月也，無竭川澤，無漉陂池。”㊁滲出，濾過。戰國策楚四：“夫驥之齒至矣，服鹽車而上太行，……漉汁灑地，白汗交流，……中阪遷延，負轅不能上。”參見“滲漉”。

【漉漉】㊀濕貌。素問瘧論：“無刺渾渾之脈，無刺漉漉之汗。”注：“漉漉，言汗大出也。”明劉基誠意伯集五走馬引：“壯士拔劍出門去，手提讎頭擲草中，血漉漉，追兵夜至深谷伏。”㊁瑩潤。唐李賀歌詩編四月漉漉篇：“月漉漉，波煙玉。”

【漉水袋】也叫濾水囊。佛教比丘衣具六物之一，用以濾去水中微蟲。唐道宣四分律刪繁補闕行事鈔下一之二衣總別：“三漉水袋法，物雖輕小，所爲極大，出家慈濟，厥意在此。”

漩 xuán 字彙 旬緣切，旋平聲。ㄒㄩㄢ

說文作“淀”。㊀水流迴環處。唐杜甫杜工部草堂詩箋二六最能行：“欹帆側柁入波濤，撇漩捎濆無險阻。”㊁水流旋轉。唐元稹長慶集十九遭風二十韻詩：“龍歸窟方深潭漩，蜃作波濤古岸隤。”

【漩渦】㊀迴流中心螺旋形水渦。明詩別裁二孫蕡下瞿塘：“人鮓甕頭翻白波，怒流觸石爲漩渦。”㊁比喻愈陷愈深不可自拔之境地。宋朱熹朱文公集四八答呂子約書：“蘇黃門（轍）初不學佛，只因在筠州，陷入此漩渦中。”

【漩澴】波浪回旋涌起貌。文選晉郭景純（璞）江賦：“漩澴縈瀯，渨㵳濆瀑。”

滾 gǔn 集韻 古本切，上，混韻，見。ㄍㄨㄣ

亦作“滚”。㊀大水奔流貌。或作“混”，也作“渾”。見集韻“混”。㊁水沸，俗稱爲滾。宋龐元英談藪：“俗以湯之未滾者爲盲眼，初滾曰蟹眼，漸大曰魚眼。”（說郛三一）㊂旋轉而行。朱子語類五三孟子三：“譬如甑蒸飯，氣從下面滾到上面又滾下，只管在裏面滾，便蒸得熟。”集韻作“掍”，去聲。

【滾滾】奔流貌。唐杜甫杜少陵集詳注二十登高：“無邊落葉蕭蕭下，不盡長江滾滾來。”一作“袞袞”。

【滾燈】紙燈的一種。明田汝成西湖遊覽志餘三偏安佚豫：“以紙燈內置關捩，放地下，以足沿街蹴轉之，謂之滾燈。”

【滾塵馬】奔馬。馬奔揚塵四起，故名。元趙孟頫有滾塵馬圖。參閱元湯垕古今畫鑑。

【滾瓜爛熟】形容極純熟。儒林外史十一：“先把一部王守溪的稿子讀的滾瓜爛熟。”

漓 lí 呂支切,平,支韻,來。ㄌㄧˊ

㊀水滲入地。見廣韻。㊁薄。本作"醨"。宋司馬光溫國文正公集一交趾獻奇獸賦:"道塗之人,恥爭而喜讓;閭閻之俗,棄漓而歸厚。"指風俗澆薄。

滬 hù 侯古切,上,姥韻,匣。ㄏㄨˋ

㊀捕魚所用竹柵。唐陸龜蒙甫里集五漁具詩序:"網罟之流,曰罛曰罾,……列竹於海澨曰滬。"又滬詩注:"吳人今謂之斷。"㊁上海市簡稱。參見"滬瀆"。

【滬瀆】水名。在上海市上海縣東北,故稱上海曰滬瀆,或簡稱滬。唐陸廣微吳地紀"有晉將軍袁山松城,隆安二年築,……以禦孫恩軍,在滬瀆江濱,半毁江中",即此。亦作扈瀆。晉吳國內史袁山松築扈瀆壘,以備孫恩,見晉書孫恩傳。

漾 yàng 餘亮切,去,漾韻,喻。ㄧㄤˋ

㊀古水名。漢水之源。書禹貢:"嶓冢導漾,東流爲漢。"水出今陝西寧强縣嶓冢山,東北流經沔縣,合沔水;又東經褒城南鄭稱漢水。漢書地理志下"瀁"注謂或作"漾"。瀁、漾,古今字。㊁水流長。文選三國魏王仲宣(粲)登樓賦:"路逶迤而脩迥兮,川既漾而濟深。"注:"韓詩曰:'江之漾兮,不可方思。'薛君曰:'漾,長也。'"今詩周南漢廣作"永"。㊂水搖動貌。藝文類聚九南朝宋謝惠連汎南湖至石帆詩:"漣漪繁波漾,參差層峰峙。"唐王勃王子安集一九城宮東臺山池賦:"花鳥紛紅,蘋魚漾碧。"㊃浮泛。文選南朝宋謝惠連西陵遇風獻康樂詩:"成裝候良辰,漾舟陶嘉月。"㊄拋擲。元曲選孟漢卿魔合羅四:"漾一個瓦塊兒在虛空裏,怎生注的?"

【漾漾】水蕩動貌。唐宋之問集上宿雲門寺詩:"漾漾潭際月,飄飄杉上風。"飄飄,一作"颻颻"。

【漾濞】水名。濞,也作"備"、"裨"。瀾滄江支流,在雲南省西北部,源出麗江納西族自治縣南境,南流合西洱河入瀾滄江。參閱讀史方輿紀要一一三雲南一瀾滄江、又一一七大理府浪穹縣。

潾 lín 力珍切,平,真韻,來。ㄌㄧㄣˊ

㊀山石間流出的水。初學記六總載水引爾雅:"水出山石間曰潾。"㊁水勢回旋貌。見"圖潾"。㊂水清貌。見"潾潾"。

【潾潾】水清貌。唐杜甫杜工部集十九雜述文:"泰山冥冥崒以高,泗水潾潾瀰以清。"

漬 zì 疾智切,去,寘韻,從。ㄗˋ

㊀淹泡。禮內則:"漬取牛肉,必新殺者。"㊁陷入。荀子修身:"行而供冀〔翼〕,非漬淖也。"㊂浸染,沾染。周禮考工記鍾氏:"鍾氏染羽,……淳而漬之。"史記禮書:"而況中庸以下,漸漬於失教,被服於成俗乎?"㊃病名。呂氏春秋貴公:"管仲有病,桓公往問之,曰:'仲父之病矣,漬甚。'"注:"漬亦病也。按公羊傳曰:'大眚者何,大漬也。'"今本公羊傳莊二十年漬作"瘠"。又指獸染疫相繼而死。禮曲禮下:"羽鳥曰降,四足曰漬。"疏:"四足曰漬者,牛馬之屬也,若一箇死,則餘者更相染漬而死。"

【漬酒】後漢徐稺常於家豫炙雞一隻,綿絮一兩漬酒中,曝乾以裹雞。遇諸公之喪,逕攜往墓前,以水漬綿,使有酒氣,祭享畢即去,不見喪主。事見後漢書徐稺傳。後因以漬酒作爲舊友弔喪墓祭的典故。文選南朝梁劉孝標(峻)廣絕交論:"繐帳猶懸,門罕漬酒之彥;墳未宿草,野絕動輪之賓。"

漖 áo 五勞切,平,豪韻,疑。ㄠˊ

古水名。今名石河,源出河南魯山縣積翳山。參閱說文"漖"、水經注二一汝水。

漸 1. jiàn 慈染切,上,琰韻,從。ㄐㄧㄢˋ

㊀古水名。1.即今之浙江。見"漸江"。2.在今湖南常德北,東南流至漢壽縣西北入沅水。漢書地理志上武陵郡:"漸水東入沅。"參閱嘉慶一統志三六四常德府一。㊁漸進,逐漸。易坤:"非一朝一夕之故,其所由來者漸矣。"㊂加劇。書顧命:"王曰:嗚呼,疾大漸,惟幾。"㊃疏導。史記越王勾踐世家:"禹之功大矣,漸九川,定九洲。"㊄易卦名。☴☶艮下巽上。注:"漸者,漸進之卦也。"

2. chán ㄔㄢˊ

㊅通"巉"、"嶄"。見"漸₂漸₂"。

3. jiān 子廉切,平,鹽韻,精。ㄐㄧㄢ

㊆流入,浸。書禹貢:"東漸于海,西被于流沙。"荀子大略:"蘭茝、槀本,漸於密醴,一佩易之。"注:"漸,浸也。"㊇沾濕,浸潤。詩衛風氓:"淇水湯湯,漸車帷裳。"漢書五六董仲舒傳對:"漸民以仁,摩民之誼。"注:"漸謂浸潤之,摩謂砥礪之也。"㊈欺詐。書呂刑:"民興胥漸,泯泯棼棼。"莊子胠篋:"知詐漸毒。"參閱清王引之經義述聞三暫遇姦宄民興胥漸。

4. qián 集韻 慈鹽切,平,鹽韻。ㄑㄧㄢˊ

㊉潛伏。通"潛"。書洪範:"沈潛剛克,高明柔克。"左傳文五年、史記宋微子世家引並作"沈漸剛克"。

【漸包】不斷滋長而叢生。也作"漸苞"。書禹貢:"厥土赤埴墳,草木漸包。"釋文:"包,必茅切,字或作苞。"疏:"孫炎曰:物叢生曰苞。……郭璞曰:漸苞謂長進叢生,言其美也。"文選晉左太沖(思)蜀都賦:"紅葩紫飾,柯葉漸苞。"

【漸冉】猶逐漸。後漢書五九張衡傳思玄賦:"恐漸冉而無成兮,留則蔽而不章。"晉書王敦傳上疏:"臣忝外任,漸冉十載,訓誘之誨,日有所忘,至於斯命,銘之於心。"

【漸江】㊀即浙江。今安徽、浙江境內的新安江及其下游錢塘江。參閱水經注四十漸江水。㊁清釋弘仁,字漸江,歙縣人。善畫山水,學元倪雲林(瓚),得其三昧。

【漸耳】舊時迷信謂食鬼之神。唐段成式酉陽雜俎續集四貶誤:"俗好於門上畫虎頭,書聻字,謂陰刀鬼名,可息瘧癘也。"通雅二一鬼神引唐張讀宣室志:"裴漸隱伊上,李道士曰:當今制鬼無如漸耳,時朝士書聻於門。"

【漸₃染】積久成習。楚辭漢東方朔七諫沈江:"日漸染而不自知兮,秋毫微哉而變容。"後漢書七八宦者傳論:"刑餘之醜,理謝全生,……加漸染朝事,頗識典物,故少主憑謹舊之庸,女君資出內之命。"

【漸苒】猶逐漸。同"漸冉"。三國志蜀後主傳景耀六年降表:"限分江漢,遇值深遠,干運犯冒,漸苒歷載,遂與京畿,悠隔萬里。"

【漸悟】佛教指積學修行,心明累盡,而達無我正覺境界。廣弘明集十八南朝宋謝靈運與諸道人辯宗論:"釋氏之論,聖道雖遠,積學能至;累盡鑒生,不應漸悟。"參見"漸教"。

【漸教】佛教以"漸悟"說爲教義的一派,認爲人雖具有"佛性",但由受世俗雜念影響,如欲至涅槃的境界,須歷長期修行,始得心明累盡,故稱爲漸教。與持"頓悟"說的頓教相對立。隋智顗摩訶止觀三下:"四、明漸頓者,漸名次第,藉淺由深。"唐宗密圓覺經略疏上:"上二教並依地位,漸次修成,總名爲漸。然大乘教總有三宗，謂法相、破相、二皆漸教之始，即戒賢智光二論師，各依一經立三時教，互相破斥。」

【漸₂漬】浸潤，引申爲沾染、感化。史記禮書：「自子夏門人之高弟也，猶云出見紛華盛麗而説，入聞夫子之道而樂，二者心戰未能自決，而況中庸以下，漸漬於失教，被服於成俗乎？」王充論衡率性：「教導以學，漸漬以德。」

【漸漸】逐漸。三國志魏陳羣傳附陳泰「謚曰穆侯」注引博物記：「太丘長陳寔，寔子鴻臚紀，紀子司空羣，羣子泰四世，於漢、魏二朝並有重名，而其德漸漸小減。」

【漸₂漸₂】㊀高峻貌。同「巉巉」、「嶄嶄」。詩小雅漸漸之石：「漸漸之石，維其高矣。」釋文：「漸漸，士銜反。沈(重)，時銜反。」㊁流下貌。楚辭漢劉向九歎怨思：「腸紛紜以繚轉兮，涕漸漸其若屑。」㊂麥芒之狀。史記宋微子世家：「(箕子)乃作麥秀之詩以歌詠之，其詩曰：'麥秀漸漸兮，禾黍油油。'」

【漸臺】㊀臺名。1.楚昭王出遊，留夫人漸臺之上。江水大至，臺崩，夫人流而死。見列女傳四楚昭貞姜。又：齊宣王建漸臺五重，民不勝其苦。見列女傳六齊鍾離春、新序雜事二。2.漢武帝作建章宮，太液池中有漸臺，高二十餘丈，臺址在水中，故名。漢末劉玄兵從宣平門入，王莽逃至漸臺上，爲衆兵所殺，卽此。參閱漢書郊祀志下、九九下王莽傳、三輔黃圖五臺榭。㊁星名，在織女星旁。隋書天文志上經星中宮：「東足四星曰漸臺，臨水之臺也。」

【漸₃摩】見「漸₃仁摩誼」。

【漸₃澤】低濕之地。管子山國軌：「有汜下漸澤之壤，有水潦魚鱉之壤。」

【漸入佳境】晉顧愷之食甘蔗，常自尾至本。人問其故，曰「漸入佳境」。蔗本甘於蔗尾，故云。事見世説新語排調、晉書本傳。後用以比喻境況漸好或興會漸濃。

【漸₃仁摩誼】以仁義感化教育衆民。漢書五六董仲舒傳賢良對策：「漸民以仁，摩民以誼。」注：「漸謂浸潤之，摩謂砥礪之也。」

溥 tuān ㄊㄨㄢ 度官切，平，桓韻，定。

多貌。詩鄭風野有蔓草：「野有蔓草，零露溥兮。」注：「溥，溥然盛多也。」

潄 shù ㄕㄨ 蘇奏切，去，候韻，心。所祐切，去，宥韻，審。

㊀含水洗口腔。禮內則：「凡內外，雞初鳴，咸盥潄。」㊁洗滌。禮內則：「冠帶垢，和灰請潄；衣裳垢，和灰請澣。」㊂爲水所沖刷剝蝕。周禮考工記匠人：「善溝者，水潄之。」文選漢馬季長(融)長笛賦：「秋潦潄其下趾兮，冬雪揣封乎其枝。」

【潄玉】指山泉激石，飛流濺白，晶瑩如玉。文選晉陸士衡(機)招隱詩：「山溜何泠泠，飛泉潄鳴玉。」唐劉長卿劉隨州集四過包尊師山院詩：「潄玉臨丹井，圍棋訪白雲。」

【潄石】見「潄石枕流」。

【潄玉詞】宋李清照撰，一卷。清照號易安居士，嫁趙明誠。工詩文，爲南宋詞人一大家。宋陳振孫直齋書録解題著録潄玉詞一卷、又別本五卷；黃叔暘花庵詞選稱潄玉詞三卷，宋史藝文志著録有易安詞六卷，今皆不傳。清四庫全書採毛晉汲古閣本，著録潄玉詞一卷，僅有詞十七首。近人續有輯補，全宋詞共録四十四首，但中有他人託名之作。

【潄石枕流】晉孫楚少時欲隱，謂王濟曰當「枕石潄流」，語誤「潄石枕流」。王曰：「流可枕石可潄乎？」孫曰：「所以枕流，欲洗其耳；所以潄石，欲礪其齒。」見世説新語排調、太平御覽五一晉王隱晉書。

潁 dǐng ㄉㄧㄥˇ 集韻 都挺切，上，迥韻。

見下。

【潁濘】水沸騰貌。文選晉木玄虛(華)海賦：「葩華踧沑，潁濘潗㵝。」注：「潁濘，沸貌。」集韻「濎」：「濎濘，水貌。或作潁。」

漂 1. piāo ㄆㄧㄠ 撫招切，平，宵韻，滂。

㊀浮，浮流。書武成：「前徒倒戈，攻于後，血流漂杵。」㊁搖動。文選漢揚子雲(雄)長楊賦：「橫鉅海，漂昆侖。」注：「漂，搖蕩之也。」㊂高遠貌。漢書六六楊惲傳報會宗書：「夫西河魏土，文侯所興，有段干木田子方之遺風，漂然皆有節槩，知去就之分。」㊃吹。通「飄」。詩鄭風蘀兮：「蘀兮蘀兮，風其漂女。」傳：「漂，猶吹也。」釋文：「漂，匹遥反，本亦作飄。」

2. piǎo ㄆㄧㄠˇ 匹妙切，去，笑韻，滂。

㊄用水沖洗。史記九二淮陰侯傳：「(韓)信釣於城下，諸母漂，有一母見信飢，飯信，竟漂數十日。」集解：「韋昭曰：以水擊絮爲漂。」今讀piǎo，上聲。㊅快速。文選漢王子淵(褒)洞簫賦：「狀若捷武，超騰踰曳，迅漂巧兮。」注：「鄭德曰：……漂，疾也，妨妙切。」㊆見「漂₂亮」。

【漂₂母】在水邊漂洗衣物的老婦。漢韓信少時釣於城下，有漂母見信飢，與飯食。後信爲楚王，召漂母，賜千金。見史記九二淮陰侯傳。後因以借指饋食之人。晉陶潛陶淵明集二乞食詩：「感子漂母惠，愧我非韓才。」

【漂泊】隨水漂流或停泊。比喻居無定所。北周庾信庾子山集一哀江南賦序：「下亭漂泊，高橋羈旅。」

【漂₂亮】色彩鮮明。説文「縹，絲色也」清段玉裁注：「謂絲之色光采灼然也。考工記曰'絲欲沈'注云：'如在水中時色。'今人謂之漂亮。」今稱秀美、華麗或行動出色爲漂亮。

【漂₂疾】水流急速。史記一一七司馬相如傳上林賦：「馳波跳沫，汩𣶒漂疾。」南史康絢傳：「堰將合，淮水漂疾，復決潰。」

【漂淪】飄散，淪落。唐高適高常侍集一東征賦：「姑不隱而不仕，宜其漂淪而播越。」孟郊孟東野集七答姚怤見寄詩：「大雅難具陳，正聲易漂淪。」

【漂渝】渡口名。在舊河北天津縣北。晉末石虎以桃豹爲橫海將軍，王華爲渡遼將軍，統舟師十萬出漂渝津，以伐遼西鮮卑段遼，卽此。見晉書石季龍載記上。

【漂萍】如浮萍之漂泊無定。唐杜甫杜工部草堂詩箋八贈翰林張四學士：「此生任春草，垂老獨漂萍。」

【漂搖】動蕩。詩豳風鴟鴞：「予室翹翹，風雨所漂搖。」

【漂槩】接近。後漢書八十上杜篤傳論都賦：「郡縣日南，漂槩朱崖。」注：「漂槩謂摩近之也。」

【漂撇】餘響清越貌。文選漢王子淵(褒)洞簫賦：「聯縣漂撇，生微風兮。」注：「漂撇，餘響少騰相擊之貌。」

【漂搖草】植物名。巢菜，亦稱野豌豆。見宋陸游劍南詩稿十六巢菜詩序。參見「元修菜」。

漕 cáo ㄘㄠˊ 昨勞切，平，豪韻，從。在到切，去，号韻，從。

㊀水道運糧。史記平準書：「漕轉山東粟，以給中都官。」也指水運他物。漢書六九趙充國傳屯田奏：「伐材木大小六萬餘枚，皆在水次。……冰解漕下。」注：「漕下，以水運木而下也。」㊁水流急轉處。説文：「漕，水轉轂也。一曰：人之所乘及船也。」明楊慎譚苑醍醐八蜀江水路險名：「水如轉轂曰漕。」注：「今有野豬漕。」㊂春秋衛邑。在今河南滑縣境。詩邶風擊鼓：「土國城漕，我獨南行。」傳：「漕，衛邑。」㊃姓。西漢有漕中叔。見漢書九二原涉傳。

【漕引】水上運輸，猶漕運。新唐書一六七王播傳："南方旱歉，人相食，播掊斂不少衰，民皆怨之。然浚七里港以便漕引，後賴其利。"

【漕平】清代用於徵收漕銀的秤，通用於江南各省。每兩約合庫秤九錢八分。

【漕司】官名。宋置諸道轉運使，管催徵税賦，出納錢糧，辦理上供及漕運等事，南宋稱漕司。清代有糧道，專司漕務，但只負責押運。參閱清會典事例二〇三户部漕運糧道職掌。

【漕米】清代江蘇浙江安徽江西湖北湖南，漕糧都實徵穀米，稱爲漕米。見清會典事例一九四户部漕運。

【漕耗】清漕運中所有盤駁、裝卸和沿途損耗，都向民間加收漕米。有正耗、加耗、船耗等名目，統稱漕耗。其後折入正米併徵，漕耗之名遂廢。參閱清會典事例一九四户部漕運、清史稿食貨志三。

【漕斛】收兑漕米所用量器名。也稱倉斛。形方，上窄下廣。自元即爲量制的標準，二斛爲一石。清户部鐵斛，内積營造尺一千五百八十寸，面方六寸六分，底方一尺六寸，深一尺一寸一分。參閱清會典事例一八六户部倉庾平較斗斛。

【漕渠】可作漕運用的渠道。史記河渠書："悉發卒數萬人穿漕渠，三歲而通。通，以漕，大便利。其後漕稍多，而渠下之民頗得以溉田矣。"文選南朝宋鮑明遠(照)蕪城賦："柂以漕渠，軸以崑崗。"指古運河邗溝。

【漕運】水道運輸。史記平準書："漕轉山東粟，以給中都官。"唐宋以來，指東南各地水運糧食往京師或指定的公倉。漕運皆有專官督責。參閱文獻通考二五國用三漕運、明倪元璐國賦紀略漕運、清史稿食貨志三漕運。參見"海運"。

【漕輓】運輸糧餉。水運曰漕，陸運曰輓。史記留侯世家："諸侯安定，河渭漕輓天下，西給京師。"

【漕標】清代定綠營兵制，漕運總督所統的部隊爲漕標。負催護糧船之責。參閱歷代職官表六十漕運各官、清會典事例六一四兵部綠營處分例武職薦舉。

【漕糧】清制，規定的賦税除地丁(土地、人口税)外，又於山東河南江蘇浙江安徽湖北湖南奉天等省徵收米豆，漕運京師，稱爲漕糧。其中江浙負擔最重，居餘省之半。參閱清會典事例一九四户部漕運額徵漕糧、黄六鴻福惠全書八錢穀漕項。

【漕運總督】清代官名。總管山東河南江蘇安徽江西浙江湖北湖南八省漕政，駐清河縣，清末海運漸代河運，此官遂被裁撤。參閱歷代職官表六十漕運各官。

潢 1. huáng 胡光切，平，唐韻，匣。ㄏㄨㄤˊ

㊀積水池。見"潢汙"。㊁水名。見"潢河"。

2. huǎng 集韻 户廣切，上，蕩韻。ㄏㄨㄤˇ

㊂水深廣貌。通"滉"。荀子富國："潢然兼覆之，養長之，如保赤子。"注："潢與滉同。潢然，水大至之貌也。"

3. huàng 乎曠切，去，宕韻，匣。ㄏㄨㄤˋ

㊃染紙。北魏賈思勰齊民要術雜説："染潢及治書法。"注："凡打紙欲生，生則堅厚，特宜入潢，凡潢紙滅白便是，不宜太深。"晉陸雲陸士龍集八與兄平原書："前集兄文爲二十卷，適訖一十，當黄之。"黄即潢。

4. guāng ㄍㄨㄤ

㊄見"潢$_4$潢$_4$"。

【潢汙】低窪積水處。左傳隱三年："苟有明信，……潢汙行潦之水，可薦於鬼神。"正義引服虔："畜小水謂之潢，水不流謂之汙。"國語周下："且絶民用以實王府，猶塞川原而爲潢汙也，其竭焉無日矣。"漢書食貨志下作"潢洿"。

【潢池】池塘。漢書八九龔遂傳："其民困於飢寒而吏不恤，故使陛下赤子盜弄陛下之兵於潢池中耳。"意言海濱人民被迫爲盜，猶如幼兒盜竊兵器，戲弄於池塘之畔，並非有意爲亂。

【潢河】即内蒙古西喇木倫河。爲遼水之西源。古名饒樂水，又名濫真水、託紇臣水。參閱嘉慶一統志五三四蒙古統部。

【潢$_3$治】裝裱圖書。新唐書八一惠文太子傳："初，隋亡，禁内圖書湮放，唐興募訪，稍稍復出，藏秘府。長安初，張易之奏天下善工潢治，乃密使摹肖，殆不可辨，竊其真藏于家。"

【潢$_2$洋】㊀寬闊，深廣。楚辭宋玉九辯："被荷裯之晏晏兮，然潢洋而不可帶。"注："潢洋，猶浩蕩，不著人貌也。"又漢劉向九歎遠逝："赴陽侯之潢洋兮，下石瀨而登洲。"㊁廣大貌。漢嚴遵道德指歸論民不畏威："正言若反，明而若昏，遼遠潢洋，莫之能聞。"

【潢洿】見"潢汙"。

【潢星】天潢星。喻皇族。文苑英華一七六唐張説奉和送金城公主適西蕃應制："清海和親日，潢星出降時。"參見"天潢"。

【潢$_2$漾】廣闊無邊貌。史記五七司馬相如傳上林賦："然後灝溔潢漾，安翔徐徊。"正義引郭璞："皆水無涯際也。"

【潢$_2$潢$_2$】水深廣貌。楚辭漢劉向九歎逢紛："揚流波之潢潢兮，體溶溶而東回。"

【潢$_4$潢$_4$】勇武貌。漢桓寬鹽鐵論繇役："詩云：武夫潢潢，經營四方。"詩大雅江漢作"武夫洸洸"。

漢 hàn 呼旰切，去，翰韻，曉。ㄏㄢˋ

㊀水名。見"漢水"。㊁天河。也稱雲漢、銀漢、天漢。詩大雅大東："維天有漢，監亦有光。"㊂朝代名。1. 前漢。劉邦(高祖)建。公元前206—公元7年。2. 後漢。劉秀(光武)建。公元25—220年。㊃列國政權名。1. 漢末三國之一。劉備(昭烈)建。史稱季漢，也稱蜀漢。公元221—263年。詳"蜀漢"。2. 東晉十六國之一。西晉時劉淵稱漢，後改趙，史稱前趙。公元304—329年。詳"前趙"。3. 東晉十六國之一。晉李壽稱成漢，也叫後蜀。公元311—347年。詳"成漢"。4. 五代十國之一。五代劉知遠稱後漢。公元947—950年。詳"後漢3"。5. 五代十國之一。五代劉崇稱北漢，又稱東漢。公元951—979年。詳"北漢"。6. 五代十國之一。五代劉隱稱南漢。公元917—971年。詳"南漢"。㊄民族名。我國人數最多的民族。漢代聲威播於國外，外人因此也習稱中國爲漢。㊅男子。北齊書魏蘭根傳附魏愷："遷青州長史，固辭不就，楊愔以聞。……顯祖謂愔曰：'何慮無人作官職，苦用此漢何爲？放其還家，永不收採。'"

【漢子】㊀男子的俗稱。北齊書魏蘭根傳附魏愷："遷青州長史，固辭不就。楊愔以聞。顯祖大怒，謂愔曰：'何物漢子，我與官，不肯就！明日將過，我自共語。'"㊁俗稱丈夫。聊齋志異小翠："姑不與若爭，汝漢子來矣。"

【漢口】地名。因地當漢水入長江之口，故名。古名漢皋，一稱夏口，也稱沔口。地處水陸交通樞紐，舊有"九省通衢"之稱。明清時與廣東佛山、河南朱仙、江西景德合稱爲四大鎮。公元1949年與武昌漢陽合併設武漢市。參閱嘉慶一統志三三八漢陽府一山川。參見"夏口㊀"。

【漢川】縣名。屬湖北武漢市。漢安陸縣地，屬江夏郡。唐析漢陽縣置汊川縣。宋初改稱義川，後避太宗(匡義)諱改漢川。元沿置。明清皆屬漢陽府。參閱寰宇通志五十漢陽府。

【漢女】㊀傳說漢水的神女。漢書八七上揚雄傳校獵賦:"漢女水潛,怪物暗冥,不可殫形。"注:"應劭曰:漢女,鄭交甫所逢二女。"㊁漢族女子。漢書九四上匈奴傳單于與漢書:"今欲與漢闓大關,取漢女爲妻,……它如故約,則邊不相盜矣。"

【漢中】郡、府名。戰國楚地,秦惠文王後十三年置漢中郡。漢仍之。隋時州郡俱廢。唐復置,升爲興元府,歸山南西道節度治下。元爲興元路。明改漢中府。清沿置。公元1913年廢。故治在今陝西南鄭縣。參閱嘉慶一統志二三七漢中府一。

【漢水】水名。一稱漢江。爲長江最大支流。源出陝西寧强縣北嶓冢山。初出山時名漾水,東南經沔縣爲沔水,東經褒城縣,合褒水,始爲漢水。東南流經陝西省南部、湖北省西北部和中部。有牧馬河、洵河、堵水、均水、淯水、涓水、溳水等水流。至武漢市漢陽入長江。書禹貢:"嶓冢導漾東流爲漢。"漢卽漢水。參閱漢書地理志上、嘉慶一統志二三七漢中府一山川、三三八漢陽府一山川。

【漢仗】指體貌雄偉。清梁章鉅退庵隨筆十三:"選將之法,與選士不同,智勇固在所先,而漢仗亦須兼顧。……嗣後督、提等,凡保舉將弁,務重弓馬,兼選漢仗。"

【漢安】東漢劉保(順帝)年號。公元142—144年。

【漢州】州名。漢雒縣地,屬廣漢郡。唐置漢州,宋稱漢州德陽郡,元復稱漢州。明清皆屬四川成都府。公元1913年廢州改廣漢縣。參閱寰宇通志六一成都府。

【漢志】漢書地理志藝文志等,爲最早系統敍述我國地理、疆域、政區、學術著作源流的著作。後來有關地理及學術沿革的書,引用漢書兩志,往往省稱爲漢志。

【漢昌】㊀縣名。漢苦陘縣,屬真定國。東漢章帝時改名漢昌。三國魏改稱魏昌,北齊廢。見讀史方輿紀要十四真定府無極縣。故城在今河北無極縣東北。㊁東晉列國北漢劉粲年號。公元318年。

【漢軍】㊀指漢王劉邦的軍隊。史記九七酈生傳:"汝能止漢軍,我活汝;不然,我將亨(烹)汝!"㊁元初發民爲卒,稱爲漢軍。又清自崇德七年漢族士兵編爲軍隊稱漢軍八旗。參閱元史兵志一。參見"八旗"。

【漢拜】漢族的拜儀。金史禮志八本國拜儀:"乞自今,凡公服則用漢拜,若便服則各用本俗之拜。"

【漢紀】東漢荀悅撰。共三十卷。東漢劉協(獻帝)以班固漢書文繁難省,乃令悅依左氏傳體撰漢紀。此書詞省事詳,內容雖不出漢書範圍,亦時有所刪潤。體例皆倣左傳,故唐劉知幾史通以其書列入左傳家,稱爲編年體。

【漢書】東漢班固撰。固父班彪,以史記自武帝太初以後,闕而不錄,於是作後傳六十五篇。固以其父所續未詳,又綴集所聞,整理補充,以撰漢書;後因竇憲事被捕,死於獄中,全書未竟。和帝詔固妹昭就東觀藏書續成之。全書分十二紀、八表、十志、七十列傳共百篇,後人分爲一百二十卷,記載自劉邦(高祖)元年至王莽地皇四年二百三十年間主要事蹟。爲我國第一部紀傳體斷代史。本書多用古字,向稱難讀。漢以後注者數十家,通行者爲唐顏師古注本,共一百二十卷。清王先謙補注一百卷,採輯尤詳。近人楊樹達著漢書窺管,對王氏補注,復有所補正。

【漢皋】㊀山名。一名萬山,在今湖北襄陽縣西北。文選漢張平子(衡)南都賦:"耕父揚光於清泠之淵,遊女弄珠於漢皋之曲。"注引韓詩外傳:"鄭交甫將南適楚,遵彼漢皋臺下,乃遇二女珮兩珠,大如荊雞之卵。"㊁皋,水邊高地。漢口位於漢水入江的北岸,故亦稱漢口爲漢皋。

【漢陰】㊀漢水之南。莊子天地:"子貢南遊於楚,反於晉,過漢陰。"㊁縣名。屬陝西省。漢安陽縣地,屬漢中郡。晉爲安康縣。唐改稱漢陰。元省入金州,明復置。清改爲漢陰廳。公元1913年復改漢陰縣。參閱寰宇通志九九漢中府。

【漢陽】㊀漢水之北。禮祭統:"成公乃命莊叔隨難于漢陽。"注:"漢,楚之川也。"㊁郡名。東漢置,本西漢天水郡地。漢末建安十九年,漢陽尹奉等討馬超,超奔蜀,卽此地。三國蜀及北魏、西魏、隋均置漢陽郡。轄境治所,常有變易。唐武德五年改爲成州。參閱三國志魏武帝紀、元和郡縣志二二成州。㊂府名。漢江夏郡,隋沔陽郡,唐置沔州,後改漢陽郡。五代後周及宋置漢陽軍。元升爲漢陽府。明清相沿。公元1912年廢。參閱讀史方輿紀要七六漢陽府。㊃縣名。1.屬湖北省。漢安陸縣地,屬江夏郡。晉置沌陽縣。隋置漢津縣,後改漢陽縣,歷代相因,爲郡、軍、府治所。參閱寰宇通志五十漢陽府漢陽縣。2.漢置,屬犍爲郡。三國蜀費詩於建興三年隨諸葛亮南行,歸至漢陽縣,卽此。故城在今四川高縣。參閱讀史方輿紀要七十敍州府慶符縣。3.北朝魏置,北周廢。故城在今陝西漢陰縣東。參閱讀史方輿紀要五六漢中府興安州寧都廢縣。

【漢雋】宋林越(或作林鉞)撰。十卷。其書取漢書中古雅字,分類排纂爲五十篇。每篇卽以篇首二字爲名,間附漢書原註。往往割裂字句,供選字摘詞之用。明淩迪知又擴充爲兩漢雋言十六卷,前十卷皆爲越書之舊,後六卷爲迪知輯集。

【漢復】漢隗囂年號。公元23—34年。

【漢源】縣名。屬四川省。隋置,故治在今縣南,唐徙今治。清改置清溪縣,屬雅安府。公元1914年復改爲漢源。參閱嘉慶一統志四〇三雅州府古蹟。

【漢聖】隋劉臻精於兩漢書,時人稱爲漢聖。見隋書本傳。

【漢碑】前漢後漢碑刻的通稱,碑文字體,以隸爲主,碑額文字用篆書。漢碑(包括拓本)流傳甚多,著名的有應孝禹碑、華山廟碑、禮器碑、史晨碑、曹全碑等。

【漢廣】詩周南篇名。詩周南漢廣序:"漢廣,德廣所及也。文王之道,被於南國,美化行乎江漢之域,無思犯禮,求而不可得也。"三國魏曹植曹子建集九九詠詩:"感漢廣兮羨游女,揚激楚兮詠湘娥。"

【漢壽】縣名。1.屬湖南省。漢索縣地。三國吳置龍陽縣,宋大觀中改爲辰陽。尋復舊。元升爲州,明清復爲縣。公元1912年改爲漢壽縣。參閱嘉慶一統志三六四常德府。2.漢索縣地。後漢順帝時改爲漢壽。漢末關羽封漢壽亭侯,卽此地。三國吳改吳壽,晉復舊名,宋齊因之,隋廢。故城在今湖南常德縣東北。參閱讀史方輿紀要八十常德府武陵縣。3.古苴侯國。漢葭萌縣,屬廣漢郡。蜀漢改漢壽。三國蜀後主建興十四年大將軍費禕還成都。冬,復北駐漢壽。卽此。

【漢嘉】縣名。漢青衣縣,屬蜀郡。東漢順帝陽嘉二年改稱漢嘉。蜀漢置郡。晉廢。故城在今四川雅安縣北。參閱嘉慶一統志四〇三雅州府古蹟。

【漢網】漢書刑法志書有"禁網疏闊"語,因取漢網泛稱朝廷的法制。唐杜甫杜工部草堂詩箋二七秋日荊南送石首薛明府……三十韻:"往者胡星孛,恭惟漢網疏。"參見"法網"。

【漢調】江漢流行的戲劇腔調。明末南都流行崑曲,但詞句用字文雅,非一般人所能瞭解。時人因取崑曲中紅梅琵琶等傳奇,編成陂黄,西皮與二黄開始同唱,行之江漢間,稱爲漢調。

【漢儀】㊀漢叔孫通撰,記漢代禮制,共十二篇。東漢曹褒奉命加以修訂,依準舊典,雜以五經讖記之文,撰次自皇帝至平民有關冠婚吉凶終始制度,共成一百五十篇。已佚。參閱後漢書三五曹褒傳。㊁泛指朝廷威儀。唐李白李太白集十一贈張相鎬詩:"庶同昆陽舉,再覩漢儀新。"㊂泛言中國禮制。全唐詩六三八張喬送賓貢金夷吾奉使歸本國:"渡海登仙籍,還家備漢儀。"

【漢興】東晉列國成李壽年號。公元338—343年。

【漢學】漢儒治經,多注重訓詁文字,考訂名物制度。清代乾隆嘉慶間稱其學爲漢學,與宋明理學相對,又稱樸學。漢學重實證而輕議論,對整理古籍,自羣經至於子史,辨别真僞,往往突過前人。但後來形成學風,又值清廷文網甚密,學者羣趨考證,訓詁一字一音,往往數百言;形成一種脱離實際的繁瑣學風。參閱清江藩撰漢學師承記。

【漢隸】㊀漢代普遍使用的一種字體。後人學隸書重漢碑,以古勁樸厚爲特色,與唐隸的流利風格有别。如張遷碑、史晨碑所書,俱爲漢隸之模楷。元郝經陵川文集十二書磨崖碑後詩:"正筆篆玉藏李斯,出筆存鋒兼漢隸。"㊁漢朝的官吏。文選晉袁彦伯(宏)三國名臣序贊:"身爲漢隸,而迹入魏幕。"

【漢臘】漢代的祭祀名。臘,即"獵",謂田獵取獸以祭祀先祖。夏曰嘉平,殷曰清祀,周曰大蜡,漢改曰臘,故名漢臘。漢以午日爲祖,戌日爲臘,即農曆冬至後第三個戌日。民間亦以臘爲節日。參閱漢應劭風俗通義祀典八臘、後漢書四六陳寵傳。參見"伏臘"。

【漢文帝】公元前202—前157年。劉恒,漢高祖子。高祖平代地,立爲代王。呂后死,周勃陳平等平諸呂之亂,迎立爲帝。在位二十三年,提倡農耕,免農田租税凡十二年,主張清靜無爲,與民休息,故全國經濟漸次恢復,政治穩定。在歷代帝王中以生活儉素稱,舊史與其子景帝兩代並稱爲文景之治。史記漢書有紀。

【漢元帝】公元前76—前33年。劉奭,漢宣帝子。爲太子時,曾言當時持刑太深,宜用儒生,不爲宣帝所喜。即位後,貢禹薛廣德韋賢匡衡等迭爲丞相。建昭三年西域副都護陳湯等襲殺匈奴郅支單于。竟寧元年匈奴呼韓邪單于入朝,帝以後宮王嬙與之爲婦。帝多材藝,而優柔寡斷,宦官弘恭石顯等與朝事,開後來宦官外戚迭相爲政之局。漢書有紀。

【漢官儀】書名。1. 東漢應劭撰。記西漢官制。隋書經籍志職官著録一本五卷,一本十卷,今佚。2. 宋劉攽撰。採西漢官制,略同陞官圖法,爲遊戲適情之作,凡三卷。

【漢武帝】公元前156—前87年。劉徹,漢景帝子。承文景之業,對内實行政治經濟改革,對外用兵,開拓疆土。尊儒術,倡仁義,而罷黜百家,建太學,置五經博士。在位五十四年,爲前漢一代軍事政治經濟文化的極盛時期。但迷信神仙,大興土木,急徵斂,重刑誅,連年用兵,使海内虚耗,人口減半。在位五十四年,自建元至後元曾改年號十一次,爲帝王有年號之始。漢書有紀。

【漢明帝】公元6—75年。劉莊,漢光武帝子。在位時,法令分明,又重儒學,親臨辟雍講學。相傳曾遣使往天竺求佛經像,立白馬寺於洛陽,是爲佛教傳入中國之始。後漢書有紀。參閱後漢書七八西域傳、後漢紀十。

【漢制考】宋王應麟撰。四卷。以漢書、續漢書諸志所載漢代制度,僅舉大端而細目簡略,因采三禮詩書論語公羊注疏及説文以補缺略。分門編集,即以原書所出爲次,爲隨手抄録未成之書。

【漢宣帝】公元前91—前49年。劉詢,漢武帝的曾孫。以祖戾太子據遭巫蠱事自殺,父母皆遇害。幼時養於民間,瞭解閭里疾苦。大將軍霍光既廢昌邑王賀,乃迎立爲帝。即位後,勵精圖治,任賢用能,又好刑名之術,重視吏治,減輕賦税徭役,魏相、丙吉、黄霸、于定國等相繼爲相;趙廣漢、朱邑、龔遂、尹翁歸等皆以廉潔持法見稱。時匈奴内亂,分南北,郅支、呼韓邪兩單于皆遣子入侍。在位二十五年。漢書有紀。

【漢宫春】詞調名。有平韻、仄韻二體,雙調九十四字,或九十六字,或九十七字,前段九句,後段九句,皆以前後段起句用韻不用韻辨體。參閱詞譜二四。

【漢宫秋】元雜劇。元馬致遠撰。演昭君出塞事。以劇中寫漢劉奭(元帝)秋夜於宫中思念昭君,故取名漢宫秋。

【漢高祖】公元前256—前195年。劉邦,秦末沛縣豐邑人。字季。初爲泗上亭長。秦二世元年,陳涉吴廣起事於陳蘄,邦亦起兵於沛,號爲沛公。受楚熊心(義帝)命,與項羽分兵入關破秦。邦先入秦都咸陽,與父老約法三章,盡除秦苛法。項羽入關,自據關中,封邦爲漢王。邦乃先定三秦,然後與羽爭戰,相持於滎陽成皋間五年,卒敗項羽,即帝位於氾水之陽,國號漢。在位十二年。史記漢書有紀。

【漢皋佩】相傳周鄭交甫於漢皋臺下遇二女,解珮相贈。後因以漢皋佩作男女愛慕贈答的典故。唐白居易長慶集十三代書詩一百韻寄微之:"心摇漢皋佩,淚墮峴亭碑。"宋石孝友金谷遺言玉樓春詞:"漢皋佩失誠相誤,楚峽雲歸無覓處。"

【漢景帝】公元前188—前141年。劉啟,漢文帝子。采納鼂錯意見,削諸侯封地。吴楚等七國起兵,以周亞夫爲太尉,討平七國,中央集權政體得以鞏固。繼文帝重農抑末,整頓吏治,舊史常以文景並稱。在位十六年。史記漢書有紀。

【漢鍾離】傳説中八仙之一。俗傳姓鍾離,名權,號雲房。嘗自稱天下都散漢,亦稱散人。與呂洞賓(嵒)同時。見宣和書譜十九鍾離權。

【漢獻帝】公元181—234年。劉協,漢靈帝子。靈帝死,大將軍何進召董卓將兵入京,盡誅宦官。卓因廢幼主,立協爲帝,時年纔九歲。卓自爲相國,攬朝政。卓死後,曹操入輔政,遷帝於許,總攬大權,又受制於操,僅守位而已。建安二十五年操卒,子丕自稱帝,建魏皇朝,廢帝爲山陽公,漢亡。在位三十年。後漢書有紀。

【漢上學案】對宋朱震學派的論述。朱爲謝良佐門人,人稱爲漢上先生。長於易,著有漢上易集傳及漢上易集圖。良佐受學於程顥程頤,以理學滲雜佛教禪宗思想,震又詳述易象數之説。參閱宋元學案三七漢上學案。

【漢光武帝】公元前6—公元57年。劉秀,高祖九世孫。少長民間。王莽地皇三年,從其兄縯起兵舂陵,受命於更始帝劉玄,大破莽軍於昆陽。玄既殺縯,秀以行大司馬定河北。更始三年即帝位,定都洛陽,是爲東漢。先後鎮壓赤眉起義軍,並削平公孫述隗囂等割據勢力,統一全國。在位期間,加强中央集權,興修水利,減輕賦税徭役,釋放官私奴婢,使封建經濟漸得恢復。在位三十三年。後漢書有紀。

【漢官舊儀】漢衞宏撰。一卷。所記皆西漢典禮。本名漢舊儀，前後漢書注採入甚多，後人輾轉傳寫，常與應劭漢官儀混淆爲一，遂增字以別於應書。原書已佚，今本爲清修四庫全書時於永樂大典中輯出，一卷，補遺一卷。

【漢武故事】舊題漢班固撰。一卷。隋書經籍志傳記著錄作二卷。不著撰人。記述漢武帝生平瑣聞雜事。與史記漢書相出入。爲六朝人託名所作。他書所引漢武故事文，多不見於今本，知今書已有缺佚。

【漢書下酒】清孔尚任桃花扇四借戲：「且把抄本賜教，權當漢書下酒罷。」詳「下酒物」。

【漢學商兌】清方東樹撰。三卷。臚列清代漢學家之說，自顧炎武以下數十家，皆先列原文，次溯其根源，論列是非，加以辯正。東樹治理學，宗朱熹，書中多攻考據家之失，故書以商兌爲名。

【漢隸分韻】金馬居易撰。七卷。其書取宋洪适等所集漢隸，依次編纂，又以各碑字跡異同，縷列辨析，訂正舛互。

【漢隸字源】宋婁機撰。六卷。分考碑、分韻、辨字、碑目等項。鉤摹漢碑上字，依韻編次。凡漢碑三百零九，魏晉碑三十一，各記其時間、地點及書寫人姓名，依次排列；又以真書標目，以隸文排比其下。於文字異同，也隨字附注，可資考證。

【漢魏叢書】叢書名。明何鏜輯。所收多古經逸史稗官野乘之作。先後凡有明程榮、何允中，清王謨三刻。程選刻三十八種。何補刻增至八十種，題名廣漢魏叢書。王重加編次，再增至九十四種(至清末增至九十六種)，題名增訂漢魏叢書。參閱漢魏叢書王謨序。

【漢武洞冥記】舊題東漢郭憲撰。省稱洞冥記，四卷。宋晁公武謂其序云：「漢武明儁特異之主，東方朔因滑稽浮誕以匡諫，洞心於道教，使冥迹之奧，昭然顯著，故曰洞冥。」內容荒誕，爲六朝人託名之作。以文字妍麗，故後代文人詞賦多所徵引。

【漢武帝內傳】舊題漢班固撰。一卷。記西王母降臨漢宮，武帝從之受長生不老之術等故事。內容浮誕無稽，六朝時人託名僞作。以文辭排偶華麗，常爲後來詩文煉字選詞所資。

【漢書藝文志】漢書十志之一。班固據劉歆七略編成。分六藝、諸子、詩賦、兵書、術數、方技六略，共收書三十八種，五百九十六家，一萬三千二百六十九卷。每略有總序，每家之後有小序，對先秦學術思想的源流演變，作簡明的敍述，爲我國最早的目錄學文獻。以後史書，多倣其體，如新唐書、宋史、明史均有藝文志。宋王應麟以唐顏師古注僅略記姓名時，乃採集舊文，各爲補注；書名有漢志未著錄者，亦按類附入，撰成漢書藝文志考證十卷。

【漢學師承記】清江藩撰，八卷。選錄清代嘉慶以前漢學家，各爲一傳，共四十人，附見十六人。詳述其學術思想及師承關係，並及各人遺文軼事。藩主漢學，亦不免有門户之見。

【漢學堂叢書】叢書名。一名黃氏逸書考。清黃奭輯刊。所輯爲漢至六朝遺書及逸書。收入經解逸書八十五種，通緯逸書五十六種，子史鉤沉逸書七十四種，共二百十五種。

【漢魏六朝百三名家集】明張溥輯。一百一十八卷。以張燮所輯漢魏七十二家集爲根據，兼取馮惟訥所輯詩紀、梅鼎祚所輯文紀匯成一編，並有所增益。使唐以前作者遺篇，略見其梗概。但卷帙浩繁，體例不嚴，不注出處，考證亦失之不精。

滿

1. mǎn ㄇㄢˇ 莫旱切，上，緩韻，明。

㊀充盈。荀子解蔽：「頃筐易滿也。」㊁驕傲，自足。書大禹謨：「滿招損，謙受益，時乃天道。」㊂成就。呂氏春秋貴信：「以言非信，則百事不滿也。」㊃到期。陳書虞荔傳附虞寄：「前後所居官，未嘗至秩滿，纔朞年數月，便自求解退。」㊄民族名。我國少數民族之一。皇太極天聰九年改女真爲滿洲。㊅姓。春秋陳胡公滿之後，漢有潁川滿昌。見漢書八八后蒼傳。

2. mèn ㄇㄣˋ 集韻莫困切，恨韻，明。

㊆煩悶。通「懣」。漢書九三石顯傳：「顯與妻子徙歸故郡，憂滿不食，道病死。」注：「滿，讀曰懣。」

【滿子】指幼兒。五代後晉何光遠鑒誡錄十攻雜詠：「滿子面甜糖脆餅，蕭娘身瘦鬼常娥。」也特指最年幼之子女。清張心泰粵遊小志：「滿子，嘉應稱子女之最小者。」

【滿月】㊀農曆每月十五夜之月。晉書禿髮傉檀載記史臣曰：「俟滿月而窺兵，乘折膠而縱鏑。」也泛指圓月。初學記一南朝宋何偃月賦：「遠日如鑑，滿月如璧。」㊁嬰兒出生後一個月。魏書汲固傳：「時式子憲生始滿月。」參見「彌月」。

【滿志】滿意。莊子養生主：「爲之躊躇滿志，善刀而藏之。」聊齋志異于去惡：「三場畢，不甚滿志。」

【滿洲】㊀女真語，或作「滿住」、「曼珠」，譯音無定字。本義不詳，或謂來自佛教，即梵語「文殊」，爲「妙吉祥」之義。明代女真部落有酋長李滿住。其後人努爾哈赤(清太祖)據明建州衞，自號滿洲汗。參閱清太祖實錄、滿洲源流考部族。㊁清代軍隊單位名，清代軍制分八旗，每旗又分滿洲、蒙古、漢軍等旗。㊂我國少數民族名，滿洲族，簡稱滿族，除居於我國東北地區者外，亦散處我國各地。

【滿城】㊀全城。宋范成大石湖集十二翠樓詩：「連衽成帷迓漢官，翠樓沽酒滿城歡。」㊁縣名。屬河北省。本漢北平縣，屬中山國。北魏析置永樂縣，唐天寶元年改名滿城縣。明清皆屬直隸保定府。參閱寰宇通志二保定府。

【滿品】達到規定標準。漢書九十咸宣傳：「羣盜起不發覺，發覺而弗捕滿品者，二千石以下至小吏主者皆死。」注：「品，率也，以人數爲率。」

【滿假】意滿自大。書大禹謨：「克勤於邦，克儉於家，不自滿假。」傳：「執心謙沖，不自盈大。」

【滿貫】張弓至滿。貫，滿。引申稱罪惡滿盈爲滿貫，又逕以罪惡爲滿。韓非子說林下：「有與悍者鄰，欲賣宅而避之。人曰：『是其貫將滿矣，子姑待之。』答曰：『吾恐其以我滿貫也。』遂去之。」此指罪惡滿盈。

【滿意】㊀決意。戰國策齊四：「孟嘗君逐於齊而復反，譚拾子迎之於境，謂孟嘗君曰：『君得無有所怨齊士大夫？』孟嘗君曰：『有。』『君滿意殺之乎？』孟嘗君曰：『然。』」㊁意願得到滿足。漢王充論衡佚文：「奏記長吏，文成可觀，讀之滿意，百不能一。」宋汪藻浮溪集三一晚發吳城山詩：「會須滿意開懷抱，到眼廬山不世情。」㊂意願，滿以爲。宋范成大石湖集十九發合江數里寄楊商卿諸公詩：「臨分滿意說離愁，草草無言祇淚流。」

【滿話】十分有把握的話。明畢萬三報恩傳奇病試：「我在梁潤甫面前說了滿話，如今連場事都不能完，何顏相見。」

【滿魄】圓月。文苑英華七唐趙蕃月中桂樹賦：「杳杳低枝，拂孤輪而挺秀；依依密樹,侵滿魄而含芳。"

【滿數】盈滿之數。史記 四四 魏世家:"(晉)獻公之十六年,……以魏封畢萬,爲大夫。卜偃曰:'畢萬之後必大矣,萬,滿數也。'"

【滿讕】欺罔。漢書八五谷永傳:"廢承天之至言,角無用之虛文,欲末殺災異,滿讕誣天。"注:"末殺,掃滅也。滿讕,謂欺罔也。"

【滿川花】馬名。宋元祐初,各地進名馬五匹,其中一匹名滿川花。李伯時(公麟)據此繪成五馬圖。見元周密雲烟過眼録上。

【滿江紅】㊀詞調名。有仄韻、平韻二體。仄韻詞,宋人填者最多,以柳永"暮雨初收"詞爲正體,前段八句四韻,後段十句五韻,共八十七字。平韻詞祇有姜夔詞,雙調,九十三字一體。前段八句四韻,後段十句五韻。見詞譜二二。㊁一種大型江船、堅實可載重者。相傳明太祖初得和陽,欲圖集慶,與徐達乘小舟於元旦渡江,舟子發口號曰:"聖天子六龍護駕,大將軍八面威風。"明太祖得此吉語,與達躡足相慶。登極後訪得之,舟子無子,遂官其侄,並將原乘船塗紅色,稱滿江紅。參閱明董穀碧里雜存、清趙翼陔餘叢考三三滿江紅船、俞樾茶香室續鈔十六紅船白船。

【滿牀笏】㊀唐開元中,崔神慶子琳珪瑶等皆位至高官,每逢時節家宴,以一榻置笏,重疊於其上。見舊唐書七七崔義玄傳附崔神慶。後世因以滿牀笏比喻家門福禄昌盛。㊁傳奇名。又名十醋記。清范希哲撰。希哲爲龔鼎孳門客。記唐郭子儀富貴壽考事。因子儀六十大壽時,七子八婿皆顯貴,堆笏滿牀,故以滿牀笏爲名。

【滿宮花】詞調名。始見於花間集,尹鶚所作。因詞中有"滿地禁花慵掃"句,故取以爲名。雙調,有五十字、五十一字諸體。五十字者,前後段各五句,三仄韻;五十一字者,前段五句三仄韻,後段四句三仄韻。見詞譜八、詞律六。

【滿庭芳】詞調名。有平韻、仄韻二體。平韻的名鎖陽臺滿庭霜等。雙調,前段九句,後段九句,共九十五字,九韻,以秦觀"山抹微雲"一詞爲最有名。仄韻的樂府雅詞名轉調滿庭芳。雙調,自九十三字至九十六字,共有七體。見詞譜二四。

【滿庭花】詞調名。卽滿庭芳,見該條。

【滿堂紅】絹燈的一種。清平山堂話本快嘴李翠蓮記:"紅紙牌兒在當中,點着幾對滿堂紅。"清翟灝通俗編二六器用滿堂紅引(明徐充)暖姝由筆:"滿堂紅,彩絹方燈也。按今所謂滿堂紅,其製又别,蓋屬近時起矣。"

【滿朝歡】詞調名。雙調,有一百字、一百零一字二體。一百字者,前段九句五仄韻,後段九句六仄韻;一百零一字者,前段十一句四仄韻,後段十句四仄韻。見詞譜二九。

【滿歌行】樂府名。取宥坐器滿則敧爲義。樂府詩集四三引樂府解題:"古辭云:'爲樂未幾時,遭時嶮巇。'其始言逢此百罹,零丁荼毒,古人遜位躬耕,遂我所願;次言窮達天命,智者不憂,莊周遺名,名垂千載;終言命如鑿石見火,宜自娛以頤養,保此百年也。"

【滿阬滿谷】也作"滿坑滿谷"。莊子天運:"在谷滿谷,在阬滿阬。"唐成玄英疏:"至樂之道,無所不徧,乃谷乃阬,悉皆盈滿,所謂道無不在。"本謂道之流行無不周徧。後以形容人物之多。

【滿城風雨】宋潘大臨寄謝無逸書中有"滿城風雨近重陽"之句。見宋釋惠洪冷齋夜話四滿城風雨近重陽。原係寫當時實景。後以比喻事情喧騰衆口,議論紛紛。

【滿面春風】指神情和悦、愉快。元曲選王實甫麗春堂一:"氣昂昂志捲長虹,飲千鍾滿面春風。"

漚

1. òu ㄡˋ 烏侯切,去,侯韻,影。

㊀浸泡。詩陳風東門之池:"東門之池,可以漚麻。"疏:"楚人曰漚,齊人曰湲,……然則漚是漸漬之名。"

2. ōu ㄡ 烏侯切,平,侯韻,影。

㊀浮漚,水中氣泡。楞嚴經六:"空生大覺中,如海一漚發。"㊁通"鷗"。列子黄帝:"海上之人有好漚鳥者,每旦之海上,從漚鳥游,漚鳥之至者百住而不止。"

滯

zhì ㄓˋ 直例切,去,祭韻,澄。

㊀不流通。周禮地官廛人:"凡珍異之有滯者,斂而入于膳府。"㊁滯留。孟子公孫丑下:"三宿而後出晝,是何濡滯也。"㊂遺落。詩小雅大田:"彼有遺秉,此有滯穗。"

【滯伏】沉積凝塞。呂氏春秋古樂:"昔陶唐氏之始,陰多滯伏而湛積,……故作爲舞以宣導之。"

【滯沛】水涌灑貌。史記 一一七 司馬相如傳上林賦:"批巖衝壅,犇揚滯沛。"索隱:"郭璞云'水洒散皃'。"

【滯泥】拘泥,固執。程氏遺書十八:"學者不泥文義者,又全背却遠去;理會文義者,又滯泥不通。"朱熹朱文公集四二答石子重:"國材苦學最可念,所恨跂雜滯泥,自無受用處。"

【滯固】固執不通。後漢書 三五 鄭玄傳論:"而守文之徒,滯固所稟,異端紛紜,互相詭激,遂令經有數家,家有數説,章句多者或乃百餘萬言。"

【滯客】流寓而不得歸。藝文類聚三五漢揚雄逐貧賦:"久爲滯客,其意若何?人皆文繡,余褐不完;人皆稻粱,我獨藜飧。"

【滯留】滯積,不流通。荀子王制:"通流財物粟米,無有滯留。"

【滯淫】長久停留。國語晉四:"底著滯淫,誰能興之,盍速行乎?"注:"滯,廢也;淫,久也。"文選漢王仲宣(粲)七哀詩之二:"荆蠻非我鄉,何爲久滯淫?"

【滯累】困惑於塵俗。北齊書 邢邵傳:"其高情達識,開遣滯累,東門吳以還,所未有也。"

【滯貨】賣不出去的貨物。周禮地官泉府:"掌以市之征布,斂市之不售,貨之滯於民用者,以其賈買之。"抱朴子十八擢才:"是以和璧變爲滯貨,柔木廢於勿用。"

【滯義】晦塞難解的含義。世説新語文學:"三乘佛家滯義,支道林(遁)分判使三乘炳然,諸人在下坐聽,皆云可通。"

【滯獄】長期不決的積案。梁書始興王憺傳:"民辭訟者,皆立前待符教,決於俄頃。曹無留事,下無滯獄。"

【滯賞】應賞而積久未賞。國語晉七:"興舊族,出滯賞。"注:"滯賞,謂有功於先君未賞者。"

【滯滯泥泥】沾滯,不爽利。宋陸九淵象山集三五語録:"凡事只過了,更不須滯滯泥泥。子淵却不如此,過了便了,無凝滯。"又:"凡事莫如此滯滯泥泥。"

漆

qī ㄑㄧ 親吉切,入,質韻,清。

㊀水名。源出陝西舊同官縣。西南流至耀州,合沮水爲石州河,東南入渭。書禹貢:"漆沮既從。"㊁地名。1.春秋襄二十一年:"春,王正月,公如晉。邾庶其以漆閭丘來奔。"注:"二邑在高平南平陽縣,東北有漆鄉。"地在今山東鄒縣境。2.漢縣名。屬右扶風。在今陝西邠縣。見漢書地理志上。㊂木名。落葉喬木,其汁可爲塗料。書禹貢:"厥貢漆絲,厥

篚織文。」詩鄘風定之方中：「樹之榛栗，椅桐梓漆。」後又稱樹脂造的塗料爲漆。㈣塗漆。禮檀弓上：「君卽位而爲椑，歲壹漆之，藏焉。」戰國策趙一：「豫讓又漆身爲厲，滅鬚去眉，自刑以變其容。」㈤黑色。周禮春官巾車：「漆車藩蔽，豻䄙雀飾。」注：「漆車，黑車也。」㈥通「七」。晉唐人書七、柒或作漆。唐岱岳觀碑聖曆元年晁自揣題記：「奉勑於此東岳設金籙寶齋河圖大醮漆日」(金石萃編五三)。參閱宋陸游老學庵筆記七。㈦姓。見廣韻。

【漆宅】塗漆的棺。宋陶穀清異録喪葬：「予嘗臨外氏之喪，正見漆工之髹裹凶器，予因言：棺槨甚如法。漆工曰：七郎中隨身富貴，只贏得一座漆宅。」(說郛六一)

【漆烟】精黑的墨。宋代墨工沈珪以松煤雜脂漆滓燒烟，製成墨，精黑發光，稱漆烟。見宋何薳墨記漆烟對膠。

【漆書】用漆書寫的竹簡。後漢書二七杜林傳：「林前於西州得漆書古文尚書一卷，常寶愛之。」

【漆硯】硯的一種。太平御覽六〇五晉張敞東宮舊事：「皇太子初拜，給漆石硯一枚。」宋李之彥硯譜漆硯：「晉儀注：太子納妃有漆硯。」(類說五九)

【漆畫】以漆繪的畫。後漢書五行志一：「延熹中，京都長者皆著木屐；婦女始嫁，至作漆畫五采爲系。」

【漆黑】深黑，黑暗無光。唐韓愈昌黎集三三殿中少監馬君墓誌：「姆抱幼子立側，眉眼如畫，髮漆黑，肌肉玉雪可念，殿中君也。」又孫樵集九祭梓潼神君文：「會昌五年，夜躋此山，……滿眼漆黑，索途不得。」

【漆園】地名。戰國時莊子(周)爲吏之處。見史記六三老子傳。史記正義引括地志說在曹州冤句縣北。冤句，今山東曹縣地。今安徽定遠縣，河南商丘縣都有漆園，也有莊周爲吏的傳說。

【漆漆】謂修整儀容。禮祭義：「漆漆者容也，自反也。」注：「漆漆，讀如朋友切切。」釋文：「依注音切。」

【漆燈】用漆點明的燈。唐李商隱李義山詩集五十字水期韋潘侍御同年不至……詩：「漆燈夜照真無數，蠟炬晨炊竟未休。」

【漆雕】複姓。也作「漆彫」。春秋時有漆彫開、漆雕哆、漆雕徒父，孔子弟子。見史記六七仲尼弟子傳。

【漆齒】古族名。以民族風俗流行漆齒使黑而稱。見逸周書王會。

【漆瞳】瞳子黑而有光澤。宋蘇軾蘇文忠詩合注三五雲師無著自金陵來予廣陵：「玉骨猶含富貴餘，漆瞳已照人天上。」

【漆方士】指加漆的簡板。宋陶穀清異録器具漆方士：「王丞相溥還政閒居，四方書牘答報，皆手筆，然不過百字，倦于紙劄封疊，造赤漆小板，書其上，僕吏以帊蒙傳去，……故又有漆方士、漆雕開之名。」(說郛六一)

【漆沙硯】清揚州盧映之嘗得宋宣和內府製硯，形類澄泥而絶輕，入水不沈。後知爲漆沙而成，因加倣造，至其孫葵生所製尤精，著名當時，稱漆沙硯。見清葉名澧橋西雜記漆沙硯。

【漆室女】漆室，春秋魯邑名。魯穆公時，君老太子少，國事甚危。有少女深以爲憂，因倚柱而悲歌，感動旁人。見漢劉向列女傳三魯漆室女。後用爲關心國事的典故。後漢書六四盧植傳與竇憲書：「植聞嫠有不恤緯之事，漆室有倚楹之戚。」卽指漆室女。參見「嫠不恤緯」。

【漆身吞炭】戰國趙襄子殺智伯，智伯之客豫讓因漆身爲厲，滅鬚去眉，自刑以變其容。又吞炭爲啞，變其音，使人不能辨認，謀刺殺襄子，爲智伯報讎。見戰國策趙一、史記八六豫讓傳。

【漆宮沙府】指棺槨墓穴。漆宮，棺槨；沙府，鋪沙的墓穴。宋陶穀清異録喪葬：「蘇司空禹珪薨，百官致祭，侍御史何登撰版文曰：漆宮永閟，沙府告成。禮畢，予問沙府之說，曰：自隧道自窆棺之穴，皆鋪沙，以防陰雨泥滑，名沙府。唐人嘗引用之。」(說郛六一)

漘

chún ㄔㄨㄣˊ 食倫切，平，諄韻，神。

水邊。詩王風葛藟：「緜緜葛藟，在河之漘。」也指臨水的山厓。爾雅釋丘：「夷上洒下，不漘。」注：「厓上平坦而下水深者爲漘。不，發聲。」疏：「孫炎曰：平上峭下，故曰漘。不者，蓋衍字。」

漻

1\. liáo ㄌㄧㄠˊ 落蕭切，平，蕭韻，來。

㈠流通。呂氏春秋古樂：「決壅塞，鑿龍門，降通漻水以導河。」㈡寂静。通「寥」。韓非子主道：「寂乎其無位而處，漻乎莫得其所。」參見「寂漻」。

2\. liú ㄌㄧㄡˊ 集韻 力求切，平，尤韻。

㈢水清澈貌。莊子天地：「夫道，淵乎其居也，漻乎其清也。」釋文：「漻，李(頤)良由反。徐(邈)力蕭反。廣雅下巧反。」㈣變化貌。莊子知北遊：「油然漻然，莫不入焉。」釋文：「漻音流。李(頤)音礫。」

【漻淚】水疾流貌。古文苑五漢劉歆遂初賦：「激流澌之漻淚兮，窺九淵之潛淋。」藝文類聚二七引作述初賦。文選漢張平子(衡)南都賦：「長輸遠逝，漻淚淢汩。」

漲

zhàng ㄓㄤˋ 知亮切，去，漾韻，知。
陟良切，平，陽韻，知。
集韻 展兩切，上，養韻。

㈠水增長貌。文選晉郭景純(璞)江賦：「衝巫峽以迅激，躋江津而起漲。」注：「漲，水大之貌也。」也泛指他物增高、擴張。晉書郭璞傳：「其後沙漲，去墓數十里皆爲桑田。」今亦讀 zhǎng。㈡盛貌。唐李白李太白詩二二安州應城玉女湯作：「氣浮蘭芳滿，色漲桃花然。」㈢彌漫，充滿。南史陳武帝紀：「帝督兵疾戰，縱火燒柵，煙塵漲天。」㈣漲海。文苑英華四唐柳喜日浴咸池賦：「照蜃樓於圻岸，寫蛟室於溟漲。」此處漲讀 zhāng。參見「漲海」。

【漲海】南海的別名。爾雅釋魚「蠃小者蜬」晉郭璞注：「螺大者如斗，出日南漲海中。」文選南朝宋鮑明遠(照)蕪城賦：「瀰迆平原，南馳蒼梧、漲海，北走紫塞鴈門。」參閱舊唐書地理志四。

【漲膀】浸物水中，使之脹大。清王應奎柳南隨筆三：「嘉定嚴永思(衍)……嘗取涑水通鑑廣之，窮年矻矻一事，而徧採諸書，卷帙多至四倍，時人目爲漲膀通鑑。按：以水浸物曰漲膀。漲膀，蓋吴俗俚語也。」

漏

1\. lòu ㄌㄡˋ 盧候切，去，候韻，來。

㈠古計時器。說文：「漏，以銅受水，刻節，晝夜百刻。」詳「漏壺」。引申爲時刻，時間。漢書九三董賢傳：「賢傳漏在殿下。」注：「傳漏，奏時刻。」㈡滲出或排出。易井：「井谷射鮒，甕敝漏。」疏：「甕敝漏水，水漏下流。」莊子讓王：「原憲居魯，環堵之室，……上漏下溼，匡坐而弦歌。」㈢泄露。韓非子外儲右上：「今爲人主而漏其羣臣之語，是猶無當之玉巵也。」㈣遺忘，遺脫。荀子修身：「易忘曰漏。」三國志魏高貴鄉公紀正元二年詔：「其力戰死事者，皆如舊科，勿有所漏。」㈤竅，孔穴。淮南子脩務：「禹耳參漏，是謂大通。」注：「參，三也；漏，穴也。」㈥病名。如腦漏、痔漏。㈦佛教稱煩惱爲漏。妙法蓮華經玄義一末：「諸論皆云煩惱現行，令心連注，流散不絶，名之爲漏，如漏器漏舍，深可厭惡。”㈧簡陋。通“陋”。荀子儒效：“雖隱於窮閻漏屋，人莫不貴之。”羣書治要本作“窮閻陋屋”。

2. lóu ㄌㄡˊ 字彙盧侯切，音樓。

㈨一種臭氣。通“螻”。禮内則：“馬黑脊而般臂，漏。”注：“漏當爲螻，如螻蛄臭也。”周禮天官内饔作“螻”。

【漏天】蜀地經常多雨，俗稱漏天。宋范祖禹范太史集一寄名山李著作詩：“漏天常洩雨，蒙頂半藏雲。”參閲明陳士元俚言解一漏天。參見“天漏”。

【漏卮】㊀滲漏之酒器。淮南子氾論：“今夫霤水足以溢壺榼，而江河不能實漏卮。”漢桓寬鹽鐵論本議：“故川源不能實漏卮，山海不能贍溪壑。”㊁比喻酒量大，無止境。北魏楊衒之洛陽伽藍記三：“京師士子，道肅一飲一斗，號爲‘漏卮’。”肅，北魏尚書令王肅。

【漏泄】㊀猶泄露。韓非子亡徵：“淺薄而易見，漏泄而無藏，不能周密，而通羣臣之語者，可亡也。”漢書八六師丹傳：“大臣奏事，不宜漏泄，令吏民傳寫，流聞四方。”㊁滲漏。越絶書八記地傳：“葦槨桐棺，穿壙七尺，上無漏泄，下無積水。”

【漏刻】㊀古計時器。卽漏壺。因壺有部件，上刻符號表時間，晝夜百刻，故稱漏刻。六韜分兵：“明告戰日，漏刻有時。”漢書十一哀帝紀建平二年詔：“漏刻以百二十爲度。”注：“舊漏，晝夜共百刻，今增其二十。”參見“漏壺”。㊁頃刻。指時間。後漢書光武紀更始元年：“(王)尋(王)邑自以爲功在漏刻，意氣甚逸。”王充論衡變動：“盜賊之人，見物而取，睹敵而殺，皆在徙倚漏刻之間，未必宿日有其思也。”

【漏板】古代報更用的銅板。唐李賀歌詩編二宫娃歌：“象口吹香毾㲪暖，七星挂城聞漏板。”

【漏逗】拖延。宋陳亮龍川集二十又癸卯秋(與朱元晦)書：“春間嘗欲遣人問訊，不果，漏逗遂至今日。”

【漏師】洩露軍事機密。左傳僖二年：“齊寺人貂始漏師于多魚。”注：“貂於此始擅貴寵，漏洩桓公軍事，爲齊亂張本。”

【漏略】遺漏，疏忽。晉郭璞爾雅序：“雖註者十餘，然猶未詳備，並多紛謬，有所漏略。”

【漏脯】隔宿之肉。古人認爲此肉爲漏水所沾，有毒，食之可致死。三國魏嵇康嵇中散集四答難養生論：“故嗜酒者自抑於鴆醴，貪食者忍飢於漏脯。”抱朴子嘉遯：“僥求之徒，昧乎可欲，集不擇木，仕不料世，……咀漏脯以充飢，酣鴆酒以止渴也。”

【漏壺】古計時器。歷代形制不一。圖爲清乾隆時製。由三個方形的播水壺和一個圓形的受水壺組成。上面的播水壺叫日天壺，中間的叫夜天壺，下面的叫平水壺；水由日天壺遞傳而下，漏進最下的受水壺。受水壺上有銅人，抱漏箭，銅人下安箭舟。水長舟浮，則箭隨上出，按所刻符號指示時辰；水滿箭盡則瀉於池中。參閲清會典事例一一〇三欽天監職掌。

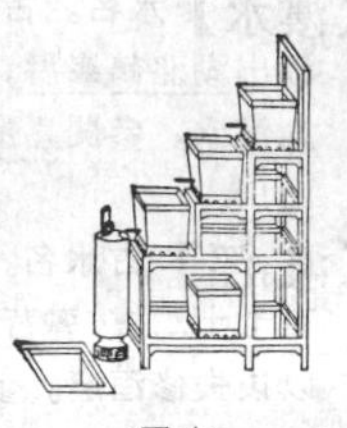
漏壺

【漏越】聲音浮散。淮南子脩務：“琴或撥刺枉橈，闊解漏越，而稱以楚莊之琴，側室爭鼓之。”注：“漏越，音聲散。”南朝梁江淹江文通集五到功曹參軍牋詣驃騎竟陵王：“漏越之琴，竊莊文之價；缺齧之劍，盜須哀之名。”

【漏鼓】報更漏的鼓。新唐書百官志四上：“凡夜漏盡，擊漏鼓而開；夜漏上水一刻，擊漏鼓而閉。”

【漏閣】地名。在四川省蘆山縣東南五十里，接雅安縣界，跨多功河。亦名飛仙閣。參閲嘉慶一統志四〇三雅安府二。

【漏網】喻國法過於寬大。文選晉陸士衡(機)五等諸侯論：“六臣犯其弱綱，七子衝其漏網。”後多指僥倖逃脱法網。

【漏盡】㊀漏刻已盡。漢蔡邕蔡中郎集外集四獨斷：“夜漏盡，鼓鳴則起；晝漏盡，鐘鳴則息。”因以喻人的暮年。隋馬穉暨妻張氏墓誌：“漏盡鐘鳴，箭馳風追。”參見“鐘鳴漏盡”。㊁佛教謂煩惱爲漏。至三乘的極果，以聖智斷盡此種種煩惱，稱漏盡。智度論三：“三界中三種漏已盡無餘，故言漏盡也。”

【漏箭】漏壺的部件，刻節文，隨水浮沈以計時。也泛指時間。宋陸游劍南詩稿十八晨起：“夜潤重籠煖，燈殘漏箭長。”參見“漏壺”。

【漏盧】草木植物。可入藥。盧，黑色。此草秋後卽黑，故名。參閲宋沈括夢溪筆談二六、本草綱目十五草四漏盧。

【漏聲】銅壺滴漏之聲。唐杜甫杜工部草堂詩箋十二奉和賈至舍人早朝大明宫：“五夜漏聲催曉箭，九重春色醉仙桃。”

【漏點】漏壺滴下的水點。泛指時間。宋辛棄疾稼軒詞三蝶戀花用趙文鼎提舉送李正之提刑韻送鄭元英：“莫向樓頭聽漏點，説與行人，默默情千萬。”清袁枚小倉山房集外集二送梅循齋總憲歸宛陵序：“王沉見召，馳鋒車者五人；渠牟對君，數漏點者六刻。”

【漏風掌】伸開五指的巴掌。警世通言十三三現身包龍圖斷冤：“押司娘見説，倒把迎兒打箇漏風掌。”

【漏影春】古時煮茶的一種方法。宋陶穀清異録茗荈：“漏影春，法用鏤紙貼盞，糝茶而去紙，僞爲花身，別以荔肉爲葉，松實鴨脚之類珍物爲蕊，沸湯點攪。”(説郛六一)

【漏澤園】官設的叢葬地。因戰亂死亡屍體無人認領或家貧無葬地者，由官家叢葬，其地稱爲漏澤園。制起於宋，一説起於東漢。漢書六四上吾丘壽王傳稱周之德澤“上昭天，下漏泉”，漏澤園取名於此。參閲宋徐度却掃編下、清顧炎武日知録十五火葬。

【漏洩春光】唐杜甫杜工部草堂詩箋十一臘日：“侵陵雪色還萱草，漏洩春光有柳條。”春至則柳色先緑，故云。後亦用指密遞消息或男女私情洩露。元王實甫西廂記一本二折：“本待要安排心事傳幽客，我則怕漏洩春光與乃堂。”

【漏甕沃焦釜】以漏甕的餘水注在燒焦的鍋中。喻形勢危殆，迫切須救。史記田敬仲完世家：“且救趙之務，宜若奉漏甕沃焦釜也。”

漠 mò ㄇㄛˋ 慕各切，入，鐸韻，明。

㊀沙漠。楚辭漢王逸九思疾世：“踰隴堆兮渡漠，過桂車兮合黎。”注：“漠，沙漠也。一云：漢水也。”文選南朝宋鮑明遠(照)舞鶴賦：“感寒雞之早晨，憐霜雁之違漠。”㊁寂靜，無聲。史記八四賈誼傳服鳥賦：“真人淡漠兮，獨與道息。”漢書七九馮奉世傳：“詔召丞相韋玄成、御史大夫鄭弘、大司馬車騎將軍王接、左將軍許嘉、右將軍奉世入議，……玄成等漠然莫有對者。”注：“漠，無聲也。”

【漠北】古代泛稱蒙古高原大沙漠以北地區。三國志魏明帝紀青龍元年：“(步度根)與(軻)比能合寇邊，遣驍騎將軍秦朗將中軍討之，虜乃走漠北。”

【漠泊】茂密貌。文選漢王子淵(褒)洞簫賦：“處幽隱而奧庰兮，密漠泊以獑猭。”

【漠南】古代泛稱蒙古高原大沙漠以南地區。後漢書九十烏桓傳:"匈奴國亂,烏桓乘弱擊破之,匈奴轉北徙數千里,漠南地空。"

【漠閔】混沌不分貌。淮南子精神:"古未有天地之時,惟像無形,窈窈冥冥,芒芠漠閔,澒濛鴻洞,莫知其門。"

【漠漠】㊀無聲。荀子解蔽:"掩耳而聽者,聽漠漠而以爲哅哅。"㊁寂寞。晉陶潛陶淵明集一命子詩:"紛紛戰國,漠漠衰周。"㊂瀰漫貌。楚辭漢王逸九思疾世:"時咄咄兮旦旦,塵漠漠兮未晞。"一本作"莫莫"。唐韓愈昌黎集十同水部張員外曲江春遊寄白二十二舍人詩:"漠漠輕陰晚自開,青天白日映樓臺。"㊃密布,廣布貌。晉陸機陸士衡集六君子有所思行:"廛里一何盛,街巷紛漠漠。"唐王維王右丞集四積雨輞川莊作詩:"漠漠水田飛白鷺,陰陰樹木囀黃鸝。"

【漠睧】不知足貌。淮南子原道:"貪饕多欲之人,漠睧於勢力,誘慕於名位。"注:"漠睧,猶鈍睧。不知足顡(貌)。"清王念孫讀書雜志淮南一謂漠睧當爲"瞋眠",形近而誤。

【漠北白】鷹的一種。唐段成式酉陽雜俎前集二十肉攫:"漠北白者,身長且大,五觔有餘,細班短脛,鷹内之最,生沙漠之北……一名西道白。"

漭 mǎng 模朗切,上,蕩韻,明。
ㄇㄤˇ 莫浪切,去,宕韻,明。

見下。

【漭沆】寬廣貌。文選漢張平子(衡)西京賦:"顧臨太液,滄池漭沆。"

【漭漭】水廣闊無邊。文選戰國楚宋玉高唐賦:"於是乃縱獵者,……涉漭漭,馳苹苹。"注:"漭漭,水廣遠貌。"

【漭瀁】廣大貌。後漢書明帝紀永平十三年詔:"汴流東侵,日月益甚,水門故處,皆在河中,漭瀁廣溢,莫測圻岸。"

漊 1. lóu 集韻 郎侯切,平,侯韻。
ㄌㄡˊ

㊀水名。見"漊水"。

2. lǚ 力主切,上,麌韻,來。
ㄌㄩˇ

㊁雨不絕貌。說文:"漊,雨漊漊也,从水婁聲。一曰:汝南謂飲酒習之不醉爲漊。"

3. lǒu 郎斗切,上,厚韻,來。
ㄌㄡˇ

㊂通水溝。見廣韻。明陸容菽園雜記五:"如漊字本雨不絕貌,今南方以爲溝渠之名,北人則不解道也。"

【漊中】縣名。三國吳置,南朝梁以後廢。南朝宋元嘉十八年漊中人田求等以官府暴斂起事,即此地。故城在今湖南慈利縣西北。參閱讀史方輿紀要七七岳州府慈利縣。

【漊水】水名。古名婁水。今名九溪河。源出湖北鶴峯縣,東南流至湖南慈利縣,入澧水。參閱嘉慶一統志三七三澧州一山川。

【漊3涇】古水名。在浙江吳興縣西南。有七十二漊,導苕霅之流,注於太湖。明以後失修湮廢。參閱讀史方輿紀要九一湖州府歸安縣。

滭 bì 卑吉切,入,質韻,幫。
ㄅㄧˋ

泉水涌出貌。見玉篇。

【滭浡】水盛涌貌。史記一一七司馬相如傳上林賦:"滭浡滵汩,湢測泌瀄。"索隱:"司馬彪云:滭沸,盛貌。"文選作"滭弗"。

漫 màn 莫半切,去,换韻,明。
ㄇㄢˋ

㊀水張溢。唐宋之問集自湘源至潭州衡山縣詩:"漸見江勢闊,行嗟水流漫。"㊁滿,遍及。公羊傳定十五年:"鼷鼠食郊牛,牛死,改卜牛。曷爲不言其所食?漫也。"注:"漫者,徧食其身。"宋朱熹朱文公集六題周氏溪園詩之三:"光風回巧笑,桃李任漫山。"㊂放縱,無檢束。新唐書一四三元結傳:"公漫久矣,可以漫爲叟。"㊃污。莊子讓王:"吾生乎亂世,而无道之人再來漫我,以其辱行,吾不忍數聞也。"荀子儒效:"行不免於汙漫,而冀人之以己爲脩也。"㊄浸壞。金史河渠志黃河:"河水浸漫,堤岸陷潰。"㊅助詞。有隨意、任由、枉、徒然等義。也作"慢"、"謾"。唐杜甫杜工部詩史補遺六閣夜:"卧龍躍馬終黃土,人事音書漫寂寥。"宋秦觀淮海詞滿庭芳之一:"消魂,當此際,香囊暗解,羅帶輕分,漫贏得青樓,薄倖名存。"

【漫士】放浪不受世俗檢束的文人。宋鄧椿稱米芾爲襄陽漫士。芾,襄陽人。見畫繼三。

【漫天】遍布空中。宋洪朋龜父集下喜雪詩:"漫天乾雪紛紛闇,到地空花片片明。"

【漫汗】廣大。文選漢張平子(衡)南都賦:"布濩漫汗,漭沆洋溢。"注:"言廣大也。"

【漫刺】世說新語言語"禰衡被魏武謫爲鼓吏"注引文士傳:"或勸其詣京師貴遊者,衡懷一刺,遂至漫滅,竟無所詣。"後因以"漫刺"指字跡模糊不清的名片。宋黃庭堅豫章集三次韻答邢惇夫詩:"過閱王公門,袖中有漫刺。"

【漫郎】唐時人稱元結爲漫郎。唐顏真卿顏魯公集五元次山表墓碑銘序:"將家瀼濱,乃自稱浪士。及爲郎,時人以浪者漫爲官乎,遂見呼爲漫郎。"

【漫衍】㊀連綿無盡。文選戰國楚宋玉高唐賦:"箕踵漫衍,芳草羅生。"前漢紀文帝十四年:"土山平陵,漫衍相屬,平原廣野,此車騎之地也。"漢書四九鼂錯傳作"曼衍"。㊁無準則,不受約束。列子仲尼:"公孫龍之爲人也,行無師,學無友,佞給而不中,漫衍而無家。"注:"亂行而無定家。"㊂漢雜戲名。文選漢張平子(衡)西京賦:"巨獸百尋,是爲漫延"三國吳薛綜注:"漢書曰:武帝作漫衍之戲也。"

【漫浪】放任自在,不受世俗拘束。唐元結元次山集四遊潓泉示泉上學者詩:"顧吾漫浪久,不欲有所拘。"宋蘇軾分類東坡詩一過海得子由書:"蕭疎悲白髮,漫浪散窮愁。"

【漫遊】隨意遨遊。唐元結元次山集三漫酬賈沔州詩:"漫遊無遠近,漫樂無早晏。"

【漫畫】鳥名。即篦鷺。宋洪邁容齋隨筆五筆三瀛莫間二禽:"瀛莫二州之境,塘濼之上有禽二種。……其一類鷺,奔走水上,不閒腐草泥沙,唼唼然必盡索乃已,無一息少休。名曰漫畫。"

【漫與】謂率意賦詩,並不刻意求工。唐杜甫杜工部詩史補遺一江上值水如海勢聊短述:"老去詩篇渾漫與,春來花鳥莫深愁。"注:"今老矣,所爲詩則謾與而已,無復着意於驚人也。"

【漫漫】㊀遍布貌。太平御覽八引尚書大傳虞夏傳卿雲歌:"卿雲爛兮,糺漫漫兮。"今本尚書大傳作"縵縵"。㊁長遠,無際貌。管子四時:"五漫漫,六惛惛。"注:"漫漫,曠遠貌。"漢書八七上揚雄傳甘泉賦:"瀏濫以弘惝兮,指東西之漫漫。"太平御覽八九八引史記"生不逢堯與舜禪,長夜漫漫何時旦?"史記八六鄒陽傳集解引應劭作"曼曼",藝文類聚九四牛引琴操作"冥冥"。㊂任意妄爲。漢書五三景十三王傳江都易王非子建:"王前事漫漫,今當自謹。"㊃昏憒糊塗。太平御覽二二六漢應劭風俗通:"里語曰:縣官漫漫,冤死者半。"

【漫漶】模糊不可辨別。唐韓愈昌黎集

十三新修滕王閣記:"於是棟楹梁桷板檻之腐黑撓折者,蓋瓦級甎之破缺者,赤白之漫漶不鮮者,治之則已,無侈前人,無廢後觀。"宋蘇軾分類東坡詩二鳳翔八觀東湖:"圖書已漫漶,猶復訪僑郯。"

【漫語】不切實、不着邊際的話。梁書賀琛傳梁武帝責琛敕:"卿云國弊民疲,誠如卿言,終須出其事,不得空作漫語。"

【漫澶】放逸,疲沓。新唐書一二六魏知古傳贊:"人之立事,無不鋭始而工於初,至其半則稍怠,卒而漫澶不振也。"

【漫瀾】㊀無邊無際貌。鬼谷子下中經:"漫瀾之命,使有後會。"注:"若能好此,則性命漫瀾而無極,終會於永年。"唐韓愈昌黎集二一送鄭尚書序:"其南州皆岸大海,多洲島,颿風一日踔數千里,漫瀾不見蹤迹。"㊁離散貌。淮南子精神:"譬猶陶人之埏埴也,其取之地而已爲盆盎也,與其未離於地也無以異;其已成器而破碎漫瀾,而復歸其故也。"

【漫山遍野】形容衆多,到處都見。水滸五七:"呼延灼見中了鈎鐮鎗計,便勒馬回南邊去趕韓滔,背後風火礮打將下來,這邊那邊,漫山遍野,都是步軍追趕着。"

【漫不經心】隨便不放在心上。明任三宅覆耆民汪源論設塘長書:"連年修西北二塘,責重塘長而空名應役,漫不經心,以致漸成大患,愈難捍禦。"(清翟均廉海塘錄十九)

漯 1. tà ㄊㄚˋ 他合切,入,合韻,透。

㊀水名。書禹貢:"浮于濟漯,達于河。"釋文:"漯,天答反,篇韻作他合反。"參見"漯水"。

2. luò ㄌㄨㄛˋ

㊁漯河市。在河南省。

【漯水】水名。也名漯河漯川。説文作濕水。古漯水出今山東茌平縣。自宋代黄河決口於商胡,朝城絶流,舊跡因而湮没。參閲山東通志三二疆域山川、嘉慶一統志一六二濟南府一。

漶 huàn ㄏㄨㄢˋ 胡玩切,去,换韻,匣。

模糊,不可辨識。見"曼漶"、"漫漶"。

滹 hū ㄏㄨ 荒烏切,平,模韻,曉。

見"滹沱"。

【滹沱】水名。出山西繁峙縣東之泰戲山,穿割太行山,東流入河北平原,在獻縣和滏陽河匯合爲子牙河,至天津,會北運河入海。周禮夏官職方氏作虖池。亦作滹池。參閲明楊慎升菴經説九滹沱。

【滹沱飯】漢劉秀(光武帝)稱帝前,以行大司馬定河北,自薊東南馳,至饒陽無蔞亭。衆皆饑疲,馮異上豆粥。及至南宫,遇大風雨,異又進麥飯,因復度虖沱河至信都。其後秀即帝位,賜異詔曰:"倉卒,無蔞亭豆粥,虖沱河麥飯,厚意久不報。"見後漢書十七馮異傳。宋范成大石湖集十七初四日東郊觀麥苗詩:"相將飽喫滹沱飯,來聽林間快活啼。"

【滹南遺老集】金王若虚撰,四十五卷。前三十七卷爲辨證經史諸書及文,後八卷爲詩話與詩文。若虚議論甚高,論詩推重蘇軾而攻黄庭堅。

滮 biāo ㄅㄧㄠ 皮彪切,平,幽韻,並。

水流貌。説文作"淲"。文選晉左太沖(思)吴都賦:"磈磈磈磈,滮滮涆涆。"參見"滮池"。

【滮池】水名,又名淲沱。在今陝西西安市西北。詩小雅白華:"滮池北流,浸彼稻田。"傳:"滮,流貌。"箋:"豐鎬之間水北流。"參閲水經注十九渭水。

滷 lǔ ㄌㄨˇ 郎古切,上,姥韻,來。

徒歷切,入,錫韻,定。

昌石切,入,昔韻,穿。

㊀鹹地。説文作"鹵"。爾雅釋言:"滷、矜,鹹,苦也。"注:"滷,苦地也。"㊁今指用濃汁烹調食品的方法,如言滷雞、滷肉。

漼 1. cuǐ ㄘㄨㄟˇ 七罪切,上,賄韻,清。

㊀水深貌。詩小雅小弁:"有漼者淵,萑葦淠淠。"㊁形容涕淚齊下。文選晉陸士衡(機)弔魏武帝文:"執姬女以嚬瘁,指季豹而漼焉。"注:"漼,泣涕垂貌。"

2. cuī ㄘㄨㄟ 集韻 昨回切,平,灰韻。

㊂破壞貌。通"摧"。後漢書五二崔駰傳附崔篆慰志賦:"六柄制于家門兮,王綱漼以陵遲。"㊃見"漼₂溰"。

【漼₂溰】積聚貌。楚辭漢王逸九思憫上:"霜雪兮漼溰,冰凍兮洛澤。"注:"積聚貌。"宋洪興祖補注:"漼音摧。"

【漼漼】㊀積聚貌。藝文類聚三南朝宋何瑾悲秋夜賦:"霜凝條兮漼漼,露霤葉兮泠泠。"唐白居易長慶集十一庭松詩:"春深微雨夕,滿葉珠漼漼。"㊁涕淚齊下貌。唐韓愈昌黎集三憶昨行和張十一詩:"危辭苦語感我耳,淚落不揜何漼漼。"㊂鮮明貌。元詩選李孝光五峰集九月一日載酒西湖……分韻得樂字:"菱荷紛菲菲,葭葦青漼漼。"

漰 pēng ㄆㄥ 普朋切,平,登韻,滂。

波濤相激聲。文選晉郭景純(璞)江賦:"砅巖鼓作,漰、湱、㶁、瀹。"注:"漰湱㶁瀹,皆大波相激之聲也。"水經注九淇水:"(淇)水出山側,頹波漰注,衝激横山。"

【漰沛】水流聲。文選晉郭景純(璞)江賦:"注五湖以漫漭,灌三江而漰沛。"

【漰泙】水相激聲。唐柳宗元柳先生集十五晉問:"崩石之所轉躍,大木之所擢拔,漰泙洞踏者,彌數千里。"

【漰渤】水浪聲。文選晉郭景純(璞)江賦:"鼓唇窟以漰渤,乃溢湧而駕隈。"

漵 xù ㄒㄩˋ 徐吕切,上,語韻,邪。

同"溆"、"潊"。㊀水邊。樂府詩集五六南齊王融淥水曲:"日霽沙漵明,風動泉花燭。"南朝梁何遜何水部集贈江長史别詩:"長飈落江樹,秋月照沙漵。"㊁水名。見"漵水"。

【漵水】古名序水,也名序溪雙龍江。源出湖南漵浦縣東南,西北流經辰溪縣南,入於沅水。參閲讀史方輿紀要八一辰州府漵浦縣。

【漵浦】㊀漵水之濱。楚辭屈原九章涉江:"入漵浦余儃佪兮,迷不知吾之所如。"㊁縣名。在湖南省西部。漢義陵縣地。隋爲辰溪縣地,唐析辰溪義陵二縣地置漵浦縣。明清皆屬辰州府。參閲寰宇通志五七辰州府。

漁 yú ㄩˊ 語居切,平,魚韻,疑。

㊀捕漁。易繫辭下:"作結繩而爲罔罟,以佃以漁。"㊁掠奪,騙取。商君書修權:"秩官之吏,隱下而漁百姓,此民之蠹也。"㊂姓。宋有漁仲修。

【漁山】地名,也作魚山,在山東東阿縣西。山之西有三國魏曹植墓。傳説曹植遊漁山聞誦經聲,乃依其音律,始製梵唄,因又名漁唄、漁梵。唐湛然法華文句記五中:"經云:唄者,或云唄匿,此云讚誦,西方本有。此土案:梁宣驗記云:'陳思王,姓曹名植,……十歲善文藝,私制轉七聲。植曾遊漁山,於巖谷間聞誦經聲,遠谷流美,乃效之而制其聲。'"

【漁户】以捕魚爲業者。元戴表元剡源集二八江行雜書詩:"須臾雷風張深墨,漁户悉閉收牛羊。"

【漁火】漁船上的燈火。文苑英華二九

二唐張繼楓橋夜泊詩:"月落烏啼霜滿天,江楓漁火對愁眠。"中興閒氣集下作"夜泊松江"詩。

【漁父】㊀捕魚的老人,漁翁。楚辭屈原漁父:"漁父莞爾而笑,鼓枻而去。"㊁詞調名。見"漁歌子"。

【漁色】貪而無厭地侵占美女。禮坊記:"諸侯不下漁色。"疏:"漁色,謂漁人取魚,中網者皆取之,譬如取美色,中意者皆取之,若漁人求魚,故云漁色。"

【漁利】用不正當手段謀取利益。管子法禁:"故莫取超等踰官,漁利蘇功,以取順其君。"唐韓愈昌黎集三三故江南西道觀察使……太原王公墓誌銘:"禁浮屠及老子爲僧道士,不得於吾界内因山野立浮屠老子象,以其誑丐漁利,奪編人之産。"

【漁食】侵奪財物。漢書七七何並傳:"陽翟輕俠趙季、李款多畜賓客,以氣力漁食閭里,至姦人婦女,持吏長短,從横郡中。"

【漁師】㊀官名。呂氏春秋季夏:"是月也,令漁師伐蛟取鼉,升龜取黿。"注:"漁師,掌魚官也。"㊁漁人。唐韓偓玉山樵人集卽目詩:"須信閒人有忙事,早來衝雨覓漁師。"

【漁梁】圍水捕魚的魚場。明張羽靜居集一楚江清遠圖爲沈倫畫並寓九曲山房作詩:"漁梁夜争渡,知是醉巫歸。"參見"魚梁"。

【漁唱】漁人所唱的歌。唐鄭谷鄭守愚集三江行:"慇懃聽漁唱,漸漸入吴音。"

【漁陽】㊀地名。1.秦郡。轄境相當今北京市及以東各縣。治所在今北京市密雲縣西南。秦二世元年七月,發閭左適戍漁陽,卽此。參閱史記陳涉世家、一一〇匈奴傳。2.唐郡。轄境相當今北京市平谷縣、天津市薊縣等地。治所在今薊縣。唐白居易長慶集十二長恨歌"漁陽鼙鼓動地來",卽指此。參閱薊州圖經。㊁複姓。漢有少府漁陽鴻。參閱通志二七氏族三以邑爲氏。

【漁鼓】道士唱道情所用的敲擊樂器,在長竹筒的一頭,蒙以豬羊護心薄皮,以手敲打。參閱宋江萬里宣政雜録通同部(説郛二六)、明郎瑛七修類稿二四漁鼓。

【漁奪】掠奪,貪取。漢書景帝紀後二年:"或詐僞爲吏,吏以貨賂爲市,漁奪百姓,侵牟萬民。"

【漁獵】㊀捕魚打獵。管子輕重丁:"漁獵取薪,蒸而爲食。"㊁比喻泛覽博涉。南朝陳徐陵徐孝穆集七在北齊與宗室書:"或有漁獵三史,紛綸五經。"

【漁丈人】老漁人。吴越春秋王僚使公子光傳:"子胥曰:'請丈人姓字。'漁父曰:'……何用姓字爲?子爲蘆中人,吾爲漁丈人,富貴莫相忘也。'"

【漁家傲】㊀詞調名。此調始自宋晏殊,因詞中有"神仙一曲漁家傲"句,故名。雙調,六十二字,前後闋各五句,五仄韻。蔡伸詞六十六字者,爲變體。見詞譜十四。㊁曲牌名。南北曲均有。南曲入中呂宫。參閱曲譜七。

【漁家樂】傳奇名。清朱佐朝撰。敍東漢權臣梁冀謀害清河王劉蒜,蒜逃入漁舟得免,而鄔漁翁爲冀追騎所殺。後翁女飛霞入冀宅刺殺冀,爲父報讎。參閱曲海總目提要二七。

【漁陽摻】鼓曲名。北周庾信庾子山集三夜聽搗衣詩:"聲煩廣陵散,杵急漁陽摻。"唐李商隱李義山詩集六聽鼓:"欲問漁陽摻,時無禰正平。"參見"漁陽參撾"。

【漁歌子】詞調名。本爲唐教坊曲。單調,二十七字,五句,四平韻。雙調,五十字體,仄韻,起自花間集顧敻作。參閱詞譜一。

【漁樵記】元曲名。作者佚名。寫漢朱買臣斫柴於會稽山中,與漁人王安道、樵者楊孝先爲友。一日大風雪,與楊孝先斫柴回,道遇大司徒嚴助。買臣上萬言策,助大爲贊賞,因薦於朝。劇中稱買臣妻,居貧求去,並非本意,乃用以激勵買臣,使成功名,後復爲夫婦如初。與漢書本傳所載不同。參閱曲海總目提要三四。

【漁人得利】比喻兩方相争,而第三者坐收其利。詳"鷸蚌相争"。

【漁洋詩話】清王士禛撰。三卷。士禛論詩,反對明前後七子,一味摹倣古人,主張"神韻"。詩話中所舉,多流連山水、描寫風景之作。

【漁陽參撾】鼓曲名。後漢書八十下禰衡傳:"衡方爲漁陽參撾,蹀踞而前。"注:"參撾是擊鼓之法。"也作"漁陽摻撾"。世説新語言語:"禰衡被魏武謫爲鼓吏。正月半,試鼓。衡揚枹爲漁陽摻撾。淵淵有金石聲,四坐爲之改容。"參閱宋黄朝英緗素雜記十。(説郛九)

【漁樵問對】宋邵雍撰,一卷。以漁樵問答體裁,闡明天地事物義理,與雍撰皇極經世、觀物篇所述相出入。

漈 jì 集韻 子例切,去,祭韻。ㄐㄧˋ

海底深陷處。元史二一〇瑠求傳:"西南北岸皆水,至澎湖漸低,近瑠求則謂之落漈。漈者,水趨下而不回也。"

潐 jiāo 集韻 堅堯切,平,蕭韻。ㄐㄧㄠ

澆薄。通"澆"。莊子繕性:"潐淳散朴,離道以善。"釋文:"潐,本亦作澆。"

漑 gài ㄍㄞˋ

同"溉"。見"溉"。

滺 yōu 集韻 夷周切,平,尤韻。ㄧㄡ

水流貌。詩衛風竹竿:"淇水滺滺,檜楫松舟。"説文無"滺"字,攴部有"攸",解作"行水也"。參閱清雷浚説文外編四"滺"。

滌 dí 徒歷切,入,錫韻,定。ㄉㄧˊ

㊀洗去污垢。周禮天官太宰:"及執事,視滌濯。"史記一一七司馬相如傳:"相如身自著犢鼻褌,與保庸雜作,滌器於市中。"㊁清掃。見"滌場"。㊂除去。文選漢張平子(衡)東京賦:"進明德而崇業,滌饕餮之貪欲。"㊃聲音疾速貌。見"滌濫"。㊄變。大戴禮夏小正正月:"寒日滌凍塗。"傳:"滌也者,變也,變而煖也。"㊅古指養祭牲之室。禮郊特牲:"帝牛必在滌三月。"公羊傳宣三年:"帝牲在于滌三月。"注:"滌,宫名,養帝牲三牢之處也。謂之滌者,取其蕩滌絜清。"

【滌場】清掃場地。詩豳風七月:"九月肅霜,十月滌場。"宋范成大石湖集二七丙午東宫壽詩:"史賀星同軌,農歌稼滌場。"

【滌滌】㊀旱氣。詩大雅雲漢:"旱旣太甚,滌滌山川。"疏:"其旱氣乃滌滌然害及於山川,使山無木,川無水也。"説文引詩作"蔋蔋"。參閱清陳啟源毛詩稽古編雲漢(清經解本十五)。㊁形容風之和暖。唐韓鄂歲華紀麗一正月:"風惟滌滌,木漸欣欣。"注:"夏小正云:'正月啓蟄,雉震雊,時有浚風。'滌滌,變煖也。"

【滌蕩】㊀洗蕩,清除。淮南子泰族:"聖人之治天下,非易民性也,拊循其所有而滌蕩之。"文選晉成公子安(綏)嘯賦:"心滌蕩而無累,志離俗而飄然。"㊁搖動。禮郊特牲:"殷人尚聲,臭味未成,滌蕩其聲,樂三闋,然後出迎牲。"

【滌濫】指音樂節奏急促。禮樂記:"流辟、邪散、狄成、滌濫之音作,而民淫亂。"注:"狄、滌,往來疾貌也;濫,僭差也。"

【滌濯】洗滌。周禮春官肆師:"凡祭祀之卜日,宿爲期,詔相其禮,眡滌濯亦如之。"宋范成大石湖集八上湯丞相詩："采采晨之華，滌濯腐與腥。"

【滌盪】洗蕩，清除。漢書七五李尋傳："不有洪水將出，災火且起，滌盪民人。"唐杜甫杜工部草堂詩箋二四八哀故著作郎貶台州司户滎陽鄭公虔："反覆歸聖朝，點染無滌盪。"

【滌煩子】茶的别名。全唐詩四九四施肩吾句："茶爲滌煩子，酒爲忘憂君。"

【滌瑕盪穢】清除穢惡。後漢書四十班彪傳附班固東都賦："於是百姓滌瑕盪穢而鏡至清。"也作"滌瑕蕩垢"。唐韓愈昌黎集三八月十五夜贈張功曹詩："遷者追迴流者還，滌瑕蕩垢朝清班。"

【滌穢蕩瑕】同"滌瑕盪穢"。宋書禮志一晉王導疏："禮樂征伐，翼成中興，將滌穢蕩瑕，撥亂反正。"

滫 xiǔ 息有切，上，有韻，心。ㄒㄧㄡˇ

㊀臭水。荀子勸學："蘭槐之根是爲芷，其漸之滫，君子不近，庶人不服。"又見淮南子人間。史記六一三王世家"漸之滫中"集解引徐廣："滫，淅米汁也。"㊁拌和。見"滫瀡"。

【滫瀡】古代烹調方法，用植物澱粉拌和食品使其柔滑。禮内則："堇、荁、枌、榆、免、薧、滫瀡以滑之，脂膏以膏之。"注："秦人溲曰滫，齊人滑曰瀡也。"疏："謂用堇用荁，……相和滫瀡之，令柔滑之。"

漪 yī 於離切，平，支韻，影。ㄧ

㊀微波。南朝梁劉勰文心雕龍六定勢："激水不漪，槁木無陰，自然之勢也。"初學記六總載水一："水波如錦文曰漪。"㊁岸邊。吳越春秋王僚使公子光傳："(漁父)因而歌曰：'日月昭昭乎侵已馳，與子期乎蘆之漪。'子胥即止蘆之漪。"

【漪漣】微波。晉書衛恒傳四體書勢："是故遠而望之，若翔風厲水，清波漪漣。"

【漪瀾】水波。文選晉左太沖(思)吳都賦："彫啄蔓藻，刷盪漪瀾。"

漇 xǐ 集韻 所綺切，上，紙韻。ㄒㄧˇ

滋潤。見下。

【漇漇】滋潤貌。楚辭漢淮南小山招隱士："白鹿麏麚兮或騰或倚，狀貌崟崟兮峨峨，凄凄兮漇漇。"注："凄凄漇漇，毛衣若濡也。"

滲 1. shèn 所禁切，去，沁韻，山。ㄕㄣˋ

㊀滲透。梁書豫章王綜傳："聞俗説以生者血瀝死者骨，滲，卽爲父子。"㊁漉下，乾涸。南史到彦之傳："自淮入泗。泗水滲，日裁行十里。"

2. qīn ㄑㄧㄣ

㊂見"滲₂淫"。

【滲₂淫】小水。文選晉木玄虚(華)海賦："瀝滴滲淫，薈蔚雲霧。涓流泱瀼，莫不來注。"注："滲淫，小水也，津液也。滲音侵。"

【滲漉】水下流貌。史記一一七司馬相如傳封禪書："滋液滲漉，何生不育。"

【滲漏】指浪費耗損。宋袁燮絜齋集二輪對乾德三年内庫金帛用度劄子："故儲蓄則爲莫大之利，滲漏則爲莫大之害。"

【滲瀨】醜陋，凶暴。水滸六一："街上别處來的一個算命先生，在街上賣卦，……後頭跟的一個道童，且是生的滲瀨，走又走的没樣範。"又一〇四："那段二段五，最刁潑的；那妹子段三娘，更是滲瀨，人起他個綽號，喚他做大蟲窩。"

【滲瀝】液體向下滴流。唐元稹長慶集一大觜烏詩："滲瀝脂膏盡，鳳皇那得知。"

【滲灕】流貌。漢書八七上揚雄傳河東賦："雲霏霏而來迎兮，澤滲灕而下降。"注："滲，音淋。"清王先謙補注引宋宋祁校説："滲，韋昭史禁反。"

漅 cháo 集韻 子小切，上，小韻。ㄔㄠˊ

漅湖，卽今巢湖。後漢書明帝紀永平十一年："是歲，漅湖出黄金，廬江太守以獻。"參見"巢湖"。

漦 lí 俟甾切，平，之韻，牀。ㄌㄧˊ

㊀涎沫。國語鄭："卜請其漦而藏之，吉。"注："漦，龍所吐沫。"㊁滲流。爾雅釋言："漦，盝也。"清郝懿行義疏："盝者，與漉同，滲也。"説文："漦，順流也。"

漿 jiāng 卽良切，平，陽韻，精。ㄐㄧㄤ

㊀泛指飲料。詩小雅大東："或以其酒，不以其漿。"㊁用水浸粟米製成的酸漿，卽米醋。周禮天官酒正："辨四飲之物，一曰清，二曰醫，三曰漿，四曰酏。"注："漿，今之截漿也。"㊂淡酒，酒。周禮天官漿人："漿人掌共王之六飲，水、漿、醴、涼、醫、酏，入于酒府，共賓客之稍禮。"史記七七魏公子傳："薛公藏於賣漿家。"㊃用米湯浸潤衣服，使乾後平挺。元方回桐江續集八日長三十韻寄趙賓詩："敗絮熏還曝，麄絺洗更漿。"

【漿人】㊀官名。周禮天官漿人："漿人掌共王之六飲，水、漿、醴、涼、醫、酏，入于酒府，共賓客之稍禮。"㊁賣漿的人。列子黄帝："吾食於十漿，而五漿先饋，……夫漿人特爲食羹之貨，無多餘之贏。"

【漿酒霍肉】視酒肉如漿藿。謂飲食的豪侈。漢書七二鮑宣傳上書："使奴從賓客漿酒霍肉。"注："劉德曰：'視酒如漿，視肉如霍也。'霍，豆葉也。貧人茹之也。"霍亦作"藿"。宋書周朗傳上書："塗金拔繡，漿酒藿肉者，故不可稱紀。"

潁 yǐng 餘頃切，上，静韻，喻。ㄧㄥˇ

㊀水名。詳"潁河"。㊁姓。春秋鄭有潁考叔。見左傳隱元年。

【潁上】縣名。屬安徽省。漢慎縣，屬汝南郡。隋大業二年置，以地在潁水上游而名。元廢，明初復置。明清皆屬潁州。參閱嘉慶一統志一二八潁州府一。

【潁口】地名。卽今安徽潁上縣東南的西正陽鎮，以地在潁水入淮河處，故名潁口。東晉末義熙十二年太尉劉裕率大軍伐後秦，冠軍將軍檀道濟入潁口，卽此地。參閱晉書姚泓載記、嘉慶一統志一二八潁州府一正陽鎮。

【潁川】郡名。春秋鄭地，戰國時爲韓都。秦始皇十七年置郡，轄今河南省中部及南部地。漢治陽翟，晉移治許昌。唐廢郡，改稱許州。參閱讀史方輿紀要四七開封府許州。

【潁州】州、府名。秦潁川郡地，兩漢爲汝南郡地。北魏孝昌四年置州，宋升爲順昌府。金以後仍爲潁州。明屬鳳陽府。清置潁州府。公元1912年廢。州治卽今安徽阜陽縣。參閱寰宇通志九鳳陽府。

【潁河】水名。卽潁水。源出河南登封縣西南，東南流，經禹縣臨潁西華商水，至周口鎮，北合賈魯河，南合沙河入淮。參閱嘉慶一統志二〇五河南府一。

【潁陰】縣名。漢置，屬潁川郡。北齊改稱長社，晉爲潁川郡治，隋改爲潁川縣。唐以後均爲許州治。明初廢許州。漢灌嬰、三國魏陳羣封潁陰侯，卽此。今爲河南許昌縣。參閱嘉慶一統志二一八許州。

【潁陽】㊀地名。秦置縣，古爲綸國。漢屬潁川郡。北周省入堙陽縣。故城在今河南許昌縣西南。東漢祭遵封爲潁陽侯，卽此。參閱太平寰宇記五西京三、嘉慶一統志二一八許州一。㊁傳説古高士巢父許由隱居潁水之北，堯讓天下而不有。後因以潁陽指巢許。後漢書八三逸民傳序："是以堯稱則天，不屈潁陽之高。武全美矣，終全孤竹之絜。"

【潁考叔】春秋鄭人，爲潁谷封人。鄭莊公以同母弟叔段之叛，置其母於城潁，潁考叔諫說莊公，感悟，遂爲母子如初。伐許之役，與大夫公孫閼爭車結怨，攻許城時，潁考叔舉蝥弧之旗先登，被公孫閼暗箭射中，墮城而死。見左傳隱元年、十一年。

【潁川語小】書名。宋陳叔方撰，二卷。其書考究典故，辨別經史，大致翔實。原書久佚，今本爲清修四庫全書時自永樂大典輯出。

【潁濱遺老】宋蘇轍別號。轍晚年居許州，地臨潁河，因自號潁濱遺老，嘗自撰潁濱遺老傳，見欒城集後集十二。宋史有傳。

十二畫

潼 tóng ㄊㄨㄥˊ 徒紅切，平，東韻，定。

㊀水名。1. 出廣漢梓潼北界，南入墊江。見說文。在四川境。2. 出陝西華陰縣，北流入河。文選晉潘安仁（岳）西征賦："發閿鄉而警策，愬黃巷以濟潼。"㊁高貌。見"潼潼"。

【潼川】舊府名。秦蜀郡地，隋爲新城郡，唐五代曰梓州。宋重和元年升爲潼川府，明清因之，公元 1913 年廢。舊治郪縣，在今四川三台縣。參閱宋史地理志五潼川府、嘉慶一統志四〇六潼川府。

【潼滃】雲氣盛起貌。漢焦延壽焦氏易林一履之恒："潼滃蔚薈，膚寸來會。津液下降，流潦滂沛。"

【潼潼】高貌。文選戰國楚宋玉高唐賦："巨石溺溺之瀺灂兮，沫潼潼而高厲。"

【潼關】關名。古稱桃林之塞，秦爲陽華，東漢建安中於此建關，以潼水而名。西薄華山，南臨商嶺，北距黃河，東接桃林，爲陝西山西河南三省要衝，歷代皆爲軍事要地。漢末建安十六年曹操破馬超於潼關，即此。參閱太平寰宇記二九華州華陰縣。

澈 chè ㄔㄜˋ 丑列切，入，薛韻，徹。

水明淨貌。水經注三七沅水："灣狀半月，清潭鏡澈。"

【澈底】清可見底。唐元稹長慶集十九貽蜀韋兵曹臧文詩："摩天氣直山曾拔，澈底心清水共虛。"

潫 wān ㄨㄢ 於緣切，平，仙韻，影。
於權切，平，仙韻，影。
烏關切，平，刪韻，影。

見"濎潫"。

澇 lào ㄌㄠˋ 郎到切，去，号韻，來。
盧晧切，上，晧韻，來。

㊀水淹没。同"潦"。三國志魏鄭渾傳："郡界下溼，患水澇，百姓饑乏。"㊁巨大波浪。文選晉木玄虛（華）海賦："飛澇相磢，激勢相沏。"㊂水名。見"澇河"。㊀㊁兩義亦讀 láo。㊃見"澇朝"、"澇漉"。

【澇河】水名。即古潦水，關中八川之一。出陝西鄠縣西南，北流合諸水，東北入咸陽西南境，注於渭。初學記六涇水關中記："涇與渭洛，爲關中三川，與渭灞滻澇潏灃滈，爲關中八水。"史記一一七司馬相如傳上林賦作"潦"。

【澇朝】有濃霧的早晨。宋陳造江湖長翁詩鈔房陵十首之二："政使病餘剛制酒，一杯要敵澇朝寒。"自注："晨起霧久乃開，土人目曰澇朝。"

【澇漉】捉摸，引申爲浮沉。景德傳燈録二九同安禪師轉位歸："萬古碧潭空界月，再三澇漉始應知。"宋陳亮龍川集十九與章德茂侍郎書之四："澇漉紅塵，終恐不能自別於凡流，士之不遇，亦若此耶！"

澐 yún ㄩㄣˊ 王分切，平，文韻，于。

江水大波。見"澐澐"。

【澐澐】水流洶湧貌。唐獨孤及毘陵集補遺招北客文："其東則有大江澐澐，下絕地垠。"

潖 pá ㄆㄚˊ 集韻 蒲巴切，平，麻韻。

水名。見玉篇。按廣東有潖江，源出佛崗縣，西流至英德縣東南的潖江口，注入北江。

潔 jié ㄐㄧㄝˊ 古屑切，入，屑韻，見。

本字作"絜"。㊀乾淨。孟子離婁下："西子蒙不潔，則人皆掩鼻而過之。"先秦古籍作"潔"，皆後人所加。參閱清鄭珍說文新附考五"潔"。㊁操守清白。楚辭宋玉招魂："朕幼清以廉潔兮，身服義而未沬。"注："不受曰廉，不汙曰潔。"一本作"絜"。

【潔己】猶言自正其身。論語述而："人絜己以進，與其絜也，不保其往也。"後漢書六五張奐傳："奐正身潔己，威化大行。"絜、潔同。

【潔身】使自身純潔，不受腐蝕。孟子萬章上："聖人之行不同也，或遠或近，或去或不去，歸潔其身而已矣。"全唐詩四八〇李紳趨翰苑遭誣構四十六韻："潔身酬雨露，利口扇讒諛。"

【潔婦】有節操的婦女。漢劉向列女傳五魯秋潔婦："潔婦者，魯秋胡子妻也。"漢魏樂府有秋胡行，元人雜劇有秋胡戲妻，都以此爲題材。

【潔癖】愛潔成癖。宋史四四四米芾傳："而好潔成癖，至不與人同巾器。"

澾 tà ㄊㄚˋ 他達切，入，曷韻，透。

滑動。唐韓愈昌黎集二答張徹詩："石劍攢高青，磴蘚澾拳跼。"

澆 1. jiāo ㄐㄧㄠ 古堯切，平，蕭韻，見。

㊀灌溉。三國志魏鄧艾傳："艾以爲田良水少，不足以盡地利，宜開河渠，可以引水澆溉，大積軍糧，又通運漕之道。"世說新語任誕："阮籍胸中壘塊，故須酒澆之。"㊁使減薄，浮薄。多指社會風氣而言。淮南子齊俗："衰世之俗，……澆天下之淳，析天下之樸。"漢書八九黃霸傳京兆尹張敞奏表："澆淳散樸，並行偽貌，有名亡實，傾搖解怠，甚者爲妖。"注："以水澆之，則味漓薄。"㊂水回旋貌。楚辭漢劉向九歎靈懷："波澧澧而揚澆兮，順長瀨之濁流。"㊃姓。明有澆或。見續通志八六氏族略六。

2. ào ㄠˋ 五弔切，去，嘯韻，疑。

㊄人名。傳說夏寒浞之子。文選戰國楚屈平（原）離騷："澆身被服強圉兮，縱欲而不忍。"論語憲問作"奡"。

【澆末】指風俗浮薄的末世。宋書二凶劉劭傳世祖（劉駿）檄京邑："故堅冰之遘，每鍾澆末，未有以道御世，教化明厚，而當梟鏡反噬，難發天屬者也。"

【澆河】古地名。水經注河水："河水又東逕澆河故城北，有二城東西角倚，東北去西平二百二十里。宋少帝景平中拜吐谷渾阿豺爲安西將軍澆河公，即此城也。"澆河故城亦名廓州城，傳說爲漢趙充國所築。故址在今青海貴德縣境。參閱太平寰宇記一五五廓州達化縣。

【澆店】飲食店。唐韋巨源食譜："闔閭門外通衢有食肆，水産陸販，隨需而供，偏京輻輳，號曰澆店。"

【澆季】風俗浮薄的末世。宋書徐爰傳上表："伏惟皇宋承金行之澆季，鍾經綸之屯極，擁玄光以鳳翔，秉神符而龍舉。"文選南朝梁任彥昇（昉）王文憲集序："宋末艱遇，百王澆季，禮紊舊宗，樂傾恒軌。”

【澆風】浮薄的社會風氣。梁書謝朏傳高祖(蕭衍)表:“自澆風肇扇,用南成俗,淳流素軌,餘烈頗存。”

【澆書】晨飲。宋陸游劍南詩稿二四春晚村居雜賦絶句:“澆書滿把浮蛆瓮,攤飯横眠夢蝶牀。”自注:“東坡先生謂晨飲爲澆書。”參閲宋趙與虤娱書堂詩話(説郛九)。

【澆訛】浮薄詐僞。後漢書六七黨錮傳序:“叔末澆訛,王道陵缺,而猶假仁以效已,憑義以濟功。”

【澆落】慶賀宫室落成。禮雜記下“路寢成則考之而不釁”疏:“庾蔚云:‘考之者,謂設盛饌以落之。……落,謂與賓客燕會,以酒食澆落之。卽歡樂之義也。’”

【澆愁】解除愁悶。宋蘇軾分類東坡詩四二月八日與黄燾僧曇穎過逍遥堂何道士宗一問疾:“問疾來三士,澆愁有半缾。”又王千秋審齋詞水調歌頭:“座上騎鯨仙友,笑我胸中磊碗,取酒爲澆愁。”

【澆漓】謂風俗浮薄。魏書良吏傳序:“後之爲吏,與世沉浮,叔季澆漓,姦巧多緒。”也作“澆醨”。荀子不苟“若端拜而議”唐楊倞注:“時人多言後世澆醨,難以爲治,故荀明之。”

【澆裹】指日常生活開支。澆謂飲食,裹謂衣著。清石玉昆三俠五義二七:“嗳喲!又添了澆裹了。又是跟人,又是兩匹馬……連人帶牲口,過一天也耗費好些呢!”

【澆暮】浮薄衰落的末世。猶言澆末。梁書何點傳附何胤載梁武帝手敕:“兼以世道澆暮,争詐繁起,改俗遷風,良有未易。”

【澆薄】指社會風氣浮薄。後漢書四三朱穆傳:“常感時澆薄,慕尚敦篤,乃作崇厚論。”

【澆競】謂浮薄躁進。梁書武帝紀上:“高祖上表曰:‘……必須晝刺投狀,然後彈冠,則是驅迫廉撝,奬成澆競。’”貞觀政要三擇官:“且愚暗之人,皆矜能伐善,恐長澆競之風,不可令其自舉。”

【澆饡】拿羹湯澆飯。比喻濁亂。楚辭漢王逸九思傷時:“時混混兮澆饡,哀當世兮莫知。”注:“饡,餐也。混混,濁也。言如澆饡之亂也。”補注:“饡音贊,説文云:以羹澆飯。”

【澆瓜之惠】意指以德報怨,不因小事而引起紛争。晉書苻堅載記上:“昔荆吴之戰,事興蠶婦;澆瓜之惠,梁宋息兵。夫怨不在大,事不在小,擾邊動衆,非國之利也。”按漢劉向新序雜事:梁與楚之邊亭皆種瓜。楚亭人心惡梁瓜之美,因乘夜往毁梁瓜。梁亭人欲報復,縣令大夫宋就止之,令梁亭人爲楚亭夜善灌其瓜,使楚亭瓜日美。楚王聞之,乃謝以重幣,而請交於梁王。載記所言卽指此事。

澒 hòng 胡孔切,上,董韻,匣。ㄏㄨㄥˋ

㊀見下各條。㊁水銀。同“汞”。淮南子地形:“黄埃五百歲生黄澒,黄澒五百歲生黄金。”注:“澒,水銀也。”汞,今讀gǒng。

【澒洞】相連不斷。古文苑三漢賈誼旱雲賦:“運混濁之澒洞兮,正重沓而並起。”唐杜甫杜工部草堂詩箋六自京赴奉先縣詠懷:“憂端齊終南,澒洞不可掇。”

【澒溶】㊀渾然一片。漢王充論衡論死:“雞卵之未字也,澒溶於鷇中,濆而視之,若水之形。”㊁水深廣貌。文選晉左太沖(思)吴都賦:“泓澄奫潫,澒溶沆瀁,莫測其深,莫究其廣。”

【澒濛】宇宙未形成前的混沌之氣。淮南子精神:“古未有天地之時,惟象無形,窈窈冥冥,芒芠漠閔,澒濛鴻洞,莫知其門。”楚辭漢劉向九歎:“貫澒濛以東朅兮,維六龍於扶桑。”

澍 1. shù 常句切,去,遇韻,禪。ㄕㄨˋ

㊀時雨。後漢書明帝紀永平十八年詔:“郡界有名山大川能興雲致雨者,長吏各絜齋禱請,冀蒙嘉澍。”㊁沾,潤。淮南子泰族:“若春雨之灌萬物也,渾然而流,沛然而施,無地而不澍,無物而不生。”

2. zhù 之戍切,去,遇韻,照。ㄓㄨˋ

㊂注入。通“注”。文選漢王子淵(褒)洞簫賦:“揚素波而揮連珠兮,聲礚礚而澍淵。”注:“説文曰:‘注,灌也。’澍與注,古字通。”

【澍雨】時雨。後漢書和帝紀永元六年:“帝幸洛陽寺,錄囚徒,舉冤獄,……未及還宫而澍雨。”

【澍濡】雨水使物滋潤。引申指普施恩澤。史記一一七司馬相如傳難蜀父老:“羣生澍濡,洋溢乎方外。”

澎 pēng péng 蒲庚切,平,庚韻,並。ㄆㄥ ㄆㄥˊ 撫庚切,平,庚韻,滂。

㊀見“澎湃”、“澎濞”。㊁地名。見“澎湖”。

【澎湖】羣島名,在台灣省西大海中。西與泉州金門相望。明屬晉江縣,清置澎湖廳。宋王象之輿地記勝三〇〇福建泉州、趙汝适諸蕃志毗舍耶國作彭湖。參閲清史稿地理十八臺灣。

【澎湃】波浪互相衝擊。文選三國魏嵇叔夜(康)琴賦:“澌汩澎湃,蟺蟺相糾。”也作“彭湃”。參見“彭湃”。

【澎濞】水流聲。史記一一七司馬相如傳上林賦:“轉騰潎洌,澎濞沆瀣。”索隱:“司馬彪云:滂濞,水聲。”

【澎浪磯】地名。在江西彭澤縣北,長江之濱。宋陸游渭南文集四五入蜀記:“彭浪磯屬江州彭澤縣,三面臨江,倒影水中,亦占一山之勝。舟過磯,雖無風亦浪湧,蓋以此得名也。”磯與小孤山相對,好事者以浪作“郎”,以孤作“姑”,有“小姑前年嫁彭郎”之説。參閲讀史方輿紀要八五九江府彭澤縣。

澉 gǎn 古覽切,上,敢韻,見。ㄍㄢˇ

㊀洗滌。見“澹澉”。㊁見“澉浦”。

【澉浦】地名。在今浙江海鹽縣南。古越地。宋開禧初置澉浦水軍。元時居民漸集,海商往來,遂成聚落。洪武中築城浦上,置澉浦所及巡司於此。參閲讀史方輿紀要九一嘉興府海鹽縣。

潓 huì 胡桂切,去,霽韻,匣。ㄏㄨㄟˋ

㊀水名。出廬江入淮。或謂卽漢書地理志上廬江郡雩婁注的決水。參閲清桂馥説文義證潓。㊁泉名。在今湖南道縣。唐元結元次山集六潓泉銘:“於戲潓泉,清不可濁。惠及於物,何時竭涸?”

濡 rú 集韻 汝朱切,平。ㄖㄨˊ

沾濕。同“濡”。莊子大宗師:“泉涸,魚相與處於陸,相呴以濕,相濡以沫,不如相忘於江湖。”釋文:“相濡,本又作濡。”

濆 1. fén 符分切,平,文韻,並。ㄈㄣˊ

㊀水邊。沿河的高地。詩大雅常武:“鋪敦淮濆,仍執醜虜。”箋:“敦,當作屯。……陳屯其兵於淮水大防之上。”㊁汝水支流。見“濆水”。

2. pēn 普魂切,平,魂韻,滂。ㄆㄣ

㊂湧起的高浪。唐杜甫杜工部草堂詩箋二六最能行:“欹帆側柂入波濤,撇旋捎濆無險阻。”㊃見“濆₂作”、“濆₂涌”等。

【濆水】古水名。河南郾城商水間的沙河。古亦稱大濦水。爾雅釋水“河有灉,汝有濆”,卽此。參閲水經注二一汝水。

【濆₂作】奮起振作。管子勢:“其所處者,柔安静樂,行德而不争,以待天下之濆作也。」

【濆₂泉】地下噴出的泉水。公羊傳昭五年：「叔弓帥師敗莒師于濆泉。濆泉者何？直泉也；直泉者何？涌泉也。」左傳作「蚡泉」，穀梁作「賁泉」。

【濆₂涌】激動，憤懣。漢王充論衡對作：「世間書傳，多若等類，浮妄虛僞，沒奪正是，心濆涌，筆手擾，安能不論？」

【濆₂淖】大漩渦。宋范成大石湖集十六刺濆淖：「不愁灘瀧來，但畏濆淖見。」序謂濆淖，盤渦之大者，峽江水壯則有之，或大如一間屋。

【濆₂淪】水勢起伏洶涌。文選晉木玄虛(華)海賦：「瀇濆淪而滀潔，鬱沏迭而隆頹。」

【濆₂薄】衝激貌。文選晉左太沖(思)吳都賦：「百川派別，歸海而會，……濆薄沸騰，寂寥長邁。」又郭景純(璞)江賦：「協靈通氣，濆薄相陶。」指波浪激蕩。初學記一晉李顒雷賦：「爾其發也，則騰躍濆薄，砰磕隱天。」指雷電衝激。

【濆₂瀑】衝激貌。同「濆₂薄」。文選晉郭景純(璞)江賦：「漩澴滎瀯，㵝濶濆瀑。」注：「皆波浪回旋濆涌而起之貌也。」

潭

1. tán ㄊㄢˊ 徒含切，平，覃韻，定。

㊀水深之處。楚辭屈原九章抽思：「長瀨湍流，泝江潭兮。」注：「潭，淵也。」㊁深邃。通「覃」。漢書八七下揚雄傳：「而大潭思渾天，參摹而四分之，極於八十一。」㊂浸潭。同「浸淫」。參見「浸淫」。

2. xún ㄒㄩㄣˊ

㊃水邊。漢書八七下揚雄傳解嘲：「或倚夷門而笑，或橫江潭而漁。」注：「潭音尋。」

【潭州】州名。秦置長沙郡，漢爲長沙國。隋開皇九年置潭州，以地有昭潭而名。元置潭州路。明洪武五年改長沙府。故治即今湖南長沙市。參閱湖南通志四沿革考二、三。

【潭沲】隨波浮動貌。文選晉郭景純(璞)江賦：「隨風猗萎，與波潭沲。」

【潭府】㊀深淵。文選晉郭景純(璞)江賦「若乃曾潭之府」漢王逸楚辭注曰：「楚人名淵曰潭府。」㊁大宅。尊稱別人的住宅。宋樓鑰攻媿集四趙資政建三層樓中層藏書詩：「危樓傑立潭府雄，仰望驚瞿何穹窿。」古今名劇元喬吉金錢記二：「小生適間多飲幾盃，悞入潭府園中，萬望恕罪。」參見「潭潭㊀」。

【潭帖】宋淳化閣帖的翻刻本。宋慶曆中劉沆帥潭日，以淳化官帖命釋希白模刻於石，增入傷寒十七日及王濛、顏真卿諸帖，置之郡齋。逐卷皆有「慧照大師希白重摹」字樣。潭帖摹本甚多，有劉丞相私第本、長沙碑匠新刻本、三山木本、蜀本、廬陵蕭氏本等。參閱宋鄭興裔鄭忠肅奏議遺集下跋淳化帖、明陶宗儀輟耕錄十五淳化閣帖。

【潭奧】幽深的內室。引申爲深奧之處。晉郭璞爾雅序：「夫爾雅者，……誠九流之津涉，六藝之鈐鍵，學覽者之潭奧，摛翰者之華苑也。」

【潭潭】㊀寬深，寬大。唐韓愈昌黎集六符讀書城南詩：「一爲公與相，潭潭府中居。」宋黃庭堅豫章集二送范德孺知慶州詩：「潭潭大度如臥虎，邊人耕桑長兒女。」㊁鼓聲。宋歐陽修文忠集一黃牛峽祠詩：「潭潭村鼓隔溪聞，楚巫歌舞送迎神。」

【潭淪】水波動蕩。文選晉木玄虛(華)海賦：「爾其枝岐潭淪，渤蕩成汜。」注：「潭淪，動搖之貌。」枝、岐，指水的支流。

【潭柘寺】寺名。在今北京石景山西。以在西山支脈潭柘山而名。晉代於此建嘉福寺，唐名龍泉。明改名潭柘。清康熙年間，賜名岫雲禪寺。寺中有銀杏樹，傳樹齡已千歲。諺有「先有潭柘，後有幽州」之稱。參閱明劉侗帝京景物略七潭柘寺、清孫承澤天府廣記三八寺廟。

澌

sī ㄙ 見移切，平，支韻，心。
ㄙˋ 斯義切，去，寘韻，心。

㊀解凍時流動的水。本作「凘」。後漢書二十王霸傳：「及至虖沱河，候吏還白：河水流澌，無船，不可濟。」㊁竭盡。方言三：「澌，盡也。」禮曲禮下「庶人曰死」漢鄭玄注：「死之言澌也，精神澌盡也。」疏：「今俗呼盡爲澌，即舊語有存者也。」㊂聲音沙啞。通「嘶」。周禮天官內饔「鳥皫色而沙鳴貍」漢鄭玄注：「沙，澌也。」

【澌澌】象聲詞。1.雪聲。唐王建詩八宮詞之五五：「月冷江清近臘時，玉階金瓦雪澌澌。」2.雨聲。唐李商隱李義山詩集一腸：「隔樹澌澌雨，通池點點荷。」3.風聲。明高啟高太史集十一題大黃癡天池石辟圖詩：「飲猿忽下藤裊裊，浴鶴乍立風澌澌。」

潮

cháo ㄔㄠˊ 直遙切，平，宵韻，澄。

篆作「淖」，隸變作「潮」。㊀海水定時漲落叫潮。又晝漲稱潮，夜漲稱汐。文選漢枚叔(乘)七發：「江水逆流，海水上潮。」又晉郭景純(璞)江賦：「呼吸萬里，吐納靈潮。」㊁濕氣。宋范成大石湖集十六沒冰鋪晚晴月出晚復大雨上漏下濕不堪其憂詩：「旅枕夢寒涔屋漏，征衫潮潤冷爐熏。」

【潮州】州、府名。漢南海郡。隋平陳，置潮州。尋廢。元改路。明清爲潮州府。公元1914年裁府，並改府治首縣海陽縣爲潮安縣。參閱太平寰宇記一五八潮州、嘉慶一統志四四六潮州府。

【潮河】水名。1.古稱鮑丘水。源出河北古北口外豐寧縣北，由密雲縣東南流合白河，合稱潮白河，通縣以下爲北運河，至天津市流入海河。參閱畿輔通志七七河渠三。2.河北薊運河亦稱潮河。見嘉慶一統志七順天府二山川薊運河。

【潮音】潮聲。後多指僧衆誦經之聲。楞嚴經二：「發海潮音，徧告同會。」宋范成大石湖集十九宿長蘆寺方丈詩：「夜闌雷破夢，欹枕聽潮音。」

【潮信】潮水漲落有定時，故稱潮信。唐劉長卿劉隨州集一江州留別薛六柳八二員外詩：「離心與潮信，每日到潯陽。」極玄集下釋靈一酬皇甫冉西陵見寄詩：「西陵潮信高，島嶼沒中流。」

【潮紅】面上發紅。宋范成大石湖集二三崇寧紅：「曉起粧光沁粉，晚來醉面潮紅。」又二五紅梅：「酒力欺朝寒，潮紅上粧面。」

【潮流】海水漲落形成的水流。北堂書鈔一三八晉孫綽望海賦：「商客齊唱，潮流往還。」今稱社會風氣的趨向爲潮流。

【潮陽】縣名。屬廣東省。本漢海陽縣，晉置潮陽縣，以在大海之北而名。舊治在今縣西北，唐徙今治。明清皆屬潮州府。參閱寰宇通志一〇四潮州府。

【潮雞】傳說潮漲即啼的雞。輿地志：「移風縣有雞，雄鳴，長且清，如吹角，每潮至則鳴，故呼爲潮雞。」又名伺潮雞。唐李德裕會昌一品集別集四謫嶺南道中作：「五月畬田收火米，三更津吏報潮雞。」參見「伺潮雞」。

【潮音洞】在浙江定海縣普陀山紫竹林內，由山石破裂而成。洞有兩門，怒濤湧入，激蕩成聲，因稱潮音洞。元黃溍金華集六海月圖詩「憶曾夜叩潮音洞，海闊天高月正中」，即此。

潸

shān ㄕㄢ 所姦切，平，删韻，山。
數板切，上，潸韻，山。

涕淚流貌。詩小雅大東：「睠言顧之，潸焉出涕。」史記一〇五扁鵲傳：「魂精泄橫，流涕長潸。」索隱：「長潸謂長垂淚也。」

【潸泫】淚流貌。隋書楊玄感傳與樊子蓋書:"誰謂國家一旦至此,執筆潸泫,言無所具。"

【潸然】涕下貌。漢書五三中山靖王勝傳:"紛驚逢羅,潸然出涕。"

【潸潸】淚流不止貌。唐元稹長慶集五臺中鞫獄……呈損之兼贈周兄四十韻詩:"分司別兄弟,各各淚潸潸。"

潛 qián 昨鹽切,平,鹽韻,從。ㄑㄧㄢˊ

㊀涉水。由膝以上爲涉。見說文。㊁隱藏。見"潛龍"。㊂暗中。見"潛師"。㊃魚止息處。通"罧"、"椮"、"橬"。詩周頌潛:"猗與漆沮,潛有多魚。"釋文:"小爾雅云:'魚之所息謂之橬。橬,椮也,謂積柴水中,令魚依之止息,因而取之也。'"㊄水名。見"潛水"。

【潛山】縣名。屬安徽省。漢皖縣地,屬廬江郡。晉爲懷寧縣,元泰定間改爲潛山縣。明清皆屬安慶府。參閱寰宇通志十八安慶府。

【潛心】心靜而專一。漢書五六董仲舒傳贊:"仲舒遭漢承秦滅學之後,六經離析,下帷發憤,潛心大業。"唐韓愈昌黎集三謁衡嶽廟遂宿嶽寺題門樓詩:"潛心默禱若有應,豈非正直能感通。"

【潛水】水名。1.漢水支流。書禹貢:"岷嶓既藝,沱潛既道。"爾雅釋水:"水自河出爲灉,……漢爲潛。"清胡渭禹貢錐指謂即今湖北潛江縣的蘆洑河。2.源出安徽潛山縣的羅源山,東流合於皖水。皖潛同流,皖水一名後河,潛水一名前河。參閱讀史方輿紀要二六安慶府潛山縣皖水。3.嘉陵江的支流。四川廣元縣龍門水的別名。參閱嘉慶一統志三九〇保寧府一山川。

【潛玉】潔身避世。晉陶潛陶淵明集六感士不遇賦序:"懷正志道之士,或潛玉於當年;潔己清操之人,或没世以徒勤。"

【潛丘】地名。爾雅釋丘:"晉有潛丘。"注:"在今太原晉陽縣。"隋開皇三年於丘上建大興國觀。宋修惠明寺時,掘土製瓦,丘遂湮没。參閱太平寰宇記四十并州廢太原縣、嘉慶一統志一三六太原府一古蹟潛邱。

【潛江】縣名。屬湖北省。漢竟陵縣地。宋初名安遠鎮,乾德三年升爲潛江縣,屬江陵府。明清皆屬安陸府。見讀史方輿紀要七七安陸府。

【潛伏】埋伏。三國志吳孫權傳:"冬十月,權以大兵潛伏於皁陵俟之,(王)淩覺而走。"

【潛行】㊀在水底游行。爾雅釋水:"潛行爲泳。"疏:"謂人潛隱水底而行者,名爲泳。"今稱潛水。㊁偷偷地出行。韓非子初見秦:"乃使其臣張孟談,於是乃潛行而出。"唐杜甫杜工部草堂詩箋九哀江頭:"少陵野老吞聲哭,春日潛行曲江曲。"

【潛服】謂衣内藏甲。周禮天官閽人:"潛服賊器不入宮。"注:"潛服,若衷甲者。"

【潛邸】易乾有"潛龍勿用"語,後來因指帝王未正皇儲名份以前所居的第宅。宋歐陽修文忠集九六代人辭官狀:"屬潛邸之署官,首膺表擢;陪學黌之講道,無所發明。"又王銍默記:"王廣淵識英宗於潛邸,及即位,欲大用之,不果。"

【潛書】清唐甄著。分上下二篇,九十七目。積三十年而後成書。體裁仿照漢王充論衡,内容則大抵談心性、治術以及立身處世之道,並及當時見聞。

【潛師】祕密出兵。左傳僖三二年:"杞子自鄭使告於秦,曰:'鄭人使我掌其北門之管,若潛師以來,國可得也。'"

【潛虛】宋司馬光撰,一卷。仿漢揚雄太玄之體,以五行爲本,五五二十五,又倍之爲五十章。卷首附有氣、體、性、名、行、變、解七圖。書未成而光卒,今本爲後人增補而成。書後附宋張敦實發微十篇,以闡明此書義理。

【潛德】不爲人知的美德。古文苑五漢劉歆遂初賦:"處幽潛德,含聖神兮。"也指名位不顯而品德高尚之人。唐韓愈昌黎集十六答崔立之書:"誅姦諛於既死,發潛德之幽光。"

【潛龍】比喻聖人在下位,隱而未顯。易乾:"潛龍勿用。"疏:"潛者,隱伏之名;龍者,變化之物。……此自然之象。聖人作法言,於此潛龍之時,小人道盛,聖人雖有龍德,於此時唯宜潛藏,勿可施用,故言勿用。……若漢高祖生於暴秦之世,唯隱居爲泗水亭長,是勿用也。"也比喻賢才失時未遇。後漢書六十上馬融傳廣成頌:"聘畎畝之羣雅,宗重淵之潛龍。"注:"潛龍,喻賢人隱也。"

【潛薈】水中植物茂盛生長貌。文選晉郭景純(璞)江賦:"涯灌芊萰,潛薈葱蘢。"注:"潛薈,水中茂盛也。"

【潛藏】隱伏,避世。易乾:"潛龍勿用,陽氣潛藏。"後漢書八三逢萌傳:"萌素明陰陽,知(王)莽將敗,……因遂潛藏。"

【潛鵠】一種水鳥。文選晉郭景純(璞)江賦:"爾其水物怪錯,則有潛鵠、魚牛、虎蛟、鉤蛇。"注:"舊說曰:'潛鵠,似鵠而大。'"

【潛藩】指帝王未正皇儲名位以前的所在封地。宋史地理志四:"隆慶府,本洪州,都督府,豫章郡,鎮南軍節度。……隆興三年,以孝宗潛藩,升爲府。"參見"潛邸"。

【潛夫論】東漢王符撰,十卷,三十五篇,另敍録一篇。符字節信,臨涇人,性耿直忤俗,鬱鬱不得志,乃隱居著書,評論時政得失,反對讖緯迷信。不欲顯名,故以潛夫爲名。

【潛英石】傳說產於暗海之石。舊題晉王嘉拾遺記五:"(漢武)帝深嬖李夫人。死後,常思夢之。詔李少君與之語曰:'朕思李夫人,其可得乎?'少君曰:'可遥見,不可同於帷幄。暗海有潛英之石,……刻之爲人像,神悟不異真人。使此石像往,則夫人至矣。'"

【潛邱劄記】清閻若璩撰,六卷。若璩本太原人,寄居山陽。古太原南有潛丘,故以名書。若璩學問甚博,尤精考證,爲清代漢學先驅。是書爲其少年讀書的隨筆劄記,後人整理成帙。

【潛氣内轉】文選漢繁休伯(欽)與魏文帝牋:"潛氣内轉,哀音外激。"本以稱贊歌唱者的運氣自如。後詩文評語中多用以稱贊文章運筆之妙。

【潛移暗化】指人的思想、性格和習慣,因受各種影響,無形中發生變化。北齊顏之推顏氏家訓慕賢:"潛移暗化,自然似之。"也作"潛移默化"。清龔自珍全集第五輯與秦敦夫書:"士大夫多瞻仰前輩一日,則胸中長一分邱壑;長一分邱壑,則去一分鄙陋;潛移默化,將來或出或處,所以益人家邦與移人風俗不少矣。"

【潛研堂文集】清錢大昕著,五十卷。外有詩集十卷,續詩集十卷。文集中論經史小學金石的著作,考證翔實,剖析精微。大昕晚年,將文集及其餘著作共二十二種輯成潛研堂全書。潛研堂,大昕書齋名。

潦 1. lǎo 盧晧切,上,晧韻,來。ㄌㄠˇ

㊀雨水大貌。也指雨後的大水。禮曲禮上:"水潦降,不獻魚鼈。"㊁路上流水或溝中積水。詩大雅泂酌:"泂酌彼行潦,挹彼注茲,可以餴饎。"

2. lào 郎到切,去,号韻,來。ㄌㄠˋ

㊂同"澇"。水淹,澇水。莊子秋水:"禹

之時十年九潦，而水弗爲加益。"

3. liǎo 集韻 郎刀切，平，豪韻。
ㄌㄧㄠˇ

㊃見"潦₃倒"。

4. liáo 集韻 憐蕭切，平，蕭韻。
ㄌㄧㄠˊ

㊄水名。古潦水。見"潦₄陽"。

【潦₂水】積水。墨子非樂上:"非直掊潦水折壤坦而爲之也。"唐王勃王之安集四滕王閣詩序:"潦水盡而寒潭清，烟光凝而暮山紫。"

【潦₃草】粗率。1.作事不認真。宋朱熹朱子語類一一六訓門人四:"今人事無大小，皆潦草過了。"明臣奏議三三李頤條陳海防疏:"毋容將領等官，實放滋弊，潦草塞責。"2.寫字不工整。宋岳珂寶真齋法書贊二一龔原南康帖:"遽中復潦草，尚冀道照，不宣。"明俞汝楫禮部志稿七一題行會試條約:"謄録生員，務要用心逐字真正對寫，不許差訛失落字樣，潦草不真。"潦草，字本作"恅愺"。參閱宋吳曾能改齋漫録三恅愺。

【潦₃倒】㊀散慢，拖沓不振作。三國魏嵇康嵇中散集二與山巨源絶交書:"足下舊知吾潦倒麤疎，不切事情，自維亦皆不如今日之賢能也。"抱朴子百里:"或有苛虐酷烈而多怨叛者矣，……或有潦倒而致弛壞者矣。"㊁蹉跎失意，形容衰頹。文苑英華七三四唐李華卧疾舟中相里范二侍御先行贈別序:"華也潦倒龍鍾，百疾叢體，衣無完帛，器無兼蔬。"杜甫杜工部草堂詩箋三一夔府書懷詩:"形容真潦倒，答効莫支持。"

【潦₄陽】地名。山海經海内東經:"潦水出衛皋，東南注勃海，入潦陽。"注:"潦陽縣，屬潦東。"今作遼陽，在遼寧省。遼讀 liáo。

潏 1. yù 食聿切，入，術韻，神。
ㄩˋ

㊀人造的洲渚。爾雅釋水:"水中可居者曰洲，小洲曰渚，小渚曰沚，小沚曰坻，人所爲爲潏。"注:"人力所作。"㊁水湧出。見説文"潏"。參見"潏潏"。

2. jué 古穴切，入，屑韻，見。
ㄐㄩㄝˊ

㊂水名。山海經中山經:"牛首之山，……勞水出焉，而西流注於潏水。"

【潏₂水】水名。1.關中八川之一。發源於陝西秦嶺。也叫泬水。西北流，分爲二:北流爲皁水，注於渭;西南流注於灃。史記一一七司馬相如傳上林賦:"終始灞滻，出入涇渭，酆鄗潦潏，紆餘委蛇。"即此。參閱水經注渭水、嘉慶一統志二二七西安府山川。2.在山西臨汾縣北，其二源一出襄陵縣東南崇山，一出浮山縣南龍角山，俱西北流合澇水，至臨汾縣北入汾水。參閱嘉慶一統志一三八平陽府一山川。

【潏湟】㊀神名。史記一一七司馬相如傳大人賦:"左玄冥而右含靁兮，前陸離而後潏湟。"集解:"漢書音義曰:'皆神名。'"漢書作"矞皇"。㊁水流疾貌。文選晉郭景純(璞)江賦:"潏湟淴泱。"注:"皆水流漂疾之貌。"

【潏潏】水湧出貌。楚辭屈原九章悲回風:"氾潏潏其前後兮，伴張弛之信期。"文選漢司馬長卿(相如)上林賦:"潏潏淈淈，湁潗鼎沸。"

【潏露】甘露。廣弘明集十五梁簡文帝菩提樹頌序:"靈芝潏露，月萃郊園。"文苑英華八四四唐李嶠大周降禪碑:"感霏煙潏露之徵，延薰風景星之祉。"

澅 huà 胡卦切，去，卦韻，匣。
ㄏㄨㄚˋ

水名。在山東省。古作畫水。水經注二四瓠子河"其東者爲時水"注:"時即耏水也，音而。……京相璠曰:'今臨淄惟有澅水，西北入濟。即地理志之如水矣。耏、如聲相似。然則澅水即耏水也。蓋以澅與時合，得通稱矣。'"參閱山東通志三二疆域三山川。

潯 xún 徐林切，平，侵韻，邪。
ㄒㄩㄣˊ

㊀水邊地。淮南子原道:"故雖游於江潯海裔，馳要褭，建翠蓋。"文選漢枚叔(乘)七發:"周馳乎蘭澤，弭節乎江潯。"㊁長江流經九江附近稱潯陽江，故九江也別稱潯。

【潯江】水名，在廣西壯族自治區。起桂平縣，至梧州市止。其上流分兩支，一爲黔江，一爲鬱江。其下流入廣東稱西江。參閱嘉慶一統志四六三柳州府山川。

【潯州】州、府名。唐貞觀七年置潯州，以潯江而名。元改路，明改爲府，清因之。公元 1913 年廢。州治在廣西桂平縣。參閱太平寰宇記一六三潯州、嘉慶一統志四七〇潯州府。

【潯陽】㊀江名。長江在江西九江市北的一段。唐白居易長慶集琵琶行"潯陽江頭夜送客"，即指此處。參閱讀史方輿紀要八五九江府德化縣。㊁郡名。晉尋陽郡。隋爲九江，唐天寶元年改潯陽。元改爲九江路，元末至正二十一年(韓林兒龍鳳七年)，朱元璋攻克江州，改爲九江府。治所在今江西九江市。㊂縣名。漢尋陽縣，屬廬江郡，隋平陳，改爲彭蠡縣，大業二年又改湓城縣。唐武德五年改潯陽縣。南唐改爲德化。即今江西九江縣地。參閱元和郡縣志二八江州。

【潯陽三隱】指晉周續之劉遺民陶潛。陶淵明集梁蕭統陶淵明傳:"時周續之入廬山，事釋惠遠;彭城劉遺民亦遁迹匡山;淵明又不應徵命，謂之潯陽三隱。"

潤 rùn 如順切，去，稕韻，日。
ㄖㄨㄣˋ

㊀滋潤，沾惠。易説:"風以散之，雨以潤之。"漢書五一路温舒傳尚德緩刑書:"故桓文扶微興壞，尊文武之業，澤加百姓，功潤諸侯。"㊁潮濕。墨子辭過:"室高足以辟潤濕。"淮南子説林:"山雲蒸，柱礎潤。"㊂雨水。後漢書四一鍾離意傳諫起北宮疏:"而比日密雲，遂無大潤，豈政有未得應天心者邪?"

【潤下】謂水能潤物，而性就下。書洪範:"水曰潤下，火曰炎上。"

【潤州】地名。春秋吳朱方地。隋開皇十五年以蔣州之延陵永年、常州之曲阿三縣，置潤州，取州東潤浦爲名，唐因之，宋改爲鎮江軍，政和三年升爲府。舊治即今江蘇鎮江縣。參閱太平寰宇記八九潤州、嘉慶一統志九十鎮江府一。

【潤色】修飾文字，使有文采。論語憲問:"爲命，裨諶草創之，世叔討論之，行人子羽修飾之，東里子產潤色之。"唐顏真卿顏魯公集十四撫州寶應寺翻經記:"(謝靈運)乃與沙門范慧嚴崔慧觀依舊泥洹經，共爲潤色，勒成二十卷。"也指使事物有光彩。文選晉左太沖(思)吳都賦:"其奏樂也，則木石潤色;其吐哀也，則淒風暴興。"

【潤身】使自身沾益而有光榮。禮大學:"富潤屋，德潤身，心廣體胖。"唐崔致遠桂苑筆耕集八鹽鐵李都相公:"如某德乏潤色，知慙周物，況逢多事，未展壯圖。"

【潤屋】使居室華麗生輝。禮大學:"富潤屋，德潤身。"疏:"言家若富則能潤其屋，有金玉，又華飾見於外也。"引申爲家室富有。抱朴子安貧:"明哲消禍於未來，知士閑吏則慮害，而吾子訊僕以汎舟，孳孳於潤屋。"文選南朝梁劉孝標(峻)廣絶交論:"則有窮巷之賓，繩樞之士，冀宵燭之末光，邀潤屋之微澤。"

【潤筆】隋書鄭譯傳:"上令内史令李德林立作詔書，高熲戲謂譯曰:'筆乾'。譯答曰:'出爲方岳，杖策言歸，不得一錢，何以潤筆。'上大笑。"唐宋翰苑官草制除官,例事潤筆物。後來泛指酬謝別人寫作文字書畫的財物。宋歐陽修文忠集一二六歸田録一:“王元之(禹偁)任翰林,嘗草夏州李繼遷制,繼遷送潤筆物數倍於常。”又歸田録二:“蔡君謨(襄)既爲余書集古録自序,……余以鼠鬚栗尾筆,銅緑筆格,大小龍茶,惠山泉等物爲潤筆。”參閱宋沈括夢溪筆談二故事。

【潤飾】㊀點綴修飾。漢書八九循吏傳序:“三人皆儒者,通於世務,明習文法,以經術潤飾吏事,天子器之。”三人,指董仲舒公孫弘兒寬。㊁同“潤色”。文選曹子建(植)與楊德祖書:“昔丁敬禮(廙)常作小文,使僕潤飾之。僕自以才不過若人,辭不爲也。”

【潤澤】本指雨露滋潤草木,借喻對人施以恩惠。孟子滕文公上:“若夫潤澤之,則在君與子矣。”史記八七李斯傳:“此則陰德歸陛下,害除而姦謀塞,羣臣莫不被潤澤,蒙厚德,陛下則高枕肆志寵樂矣。”

【潤雞】即今之油雞。元周密武林舊事九:“宋高宗幸張俊府第,進食節略,有潤雞潤兔。”

【潤鑊】受烹刑。文選漢班叔皮(彪)王命論:“故雖遭罹厄會,竊其權柄,勇如信布,彊如梁籍,成如王莽,然卒潤鑊伏鑕,烹醢分裂,又況幺麽不及數子而欲闇于天位者也。”

【潤家錢】州縣官府贈錢僚屬,以代酒宴,其錢稱潤家錢。宋陶穀清異録:“南溪地狹力弱,事例卑猥,州縣時會僚屬,不設席而分饋阿堵,號潤家錢。”阿堵,錢的别稱。

【潤色先生】硯的别稱。宋陶穀清異録文用:“薛濤四友贊曰:‘磨潤色先生之腹,濡藏鋒都尉之頭。’”

㵎
jiàn 古晏切,去,諫韻,見。
ㄐㄧㄢˋ

㊀夾在兩山間的流水。詩召南采蘩:“于以采蘩,于㵎之中。”㊁水名。見“㵎水”。㊂數位名。漢徐岳數術記遺:“黄帝爲法,數有十等。……十等者,億、兆、京、垓、秭、壤、溝、㵎、正、載。”

【㵎水】水名。源出河南澠池縣東北白石山。東流經新安洛陽,入於洛河。書洛誥:“我乃卜㵎水東,瀍水西,惟洛食。”即此。參閱嘉慶一統志二〇五河南府一山水。

【㵎泉日記】宋韓淲撰,三卷。敍述典故,品評人物,考證經史,評論詩文,雜記山川古蹟等。所述大都根據舊聞。原書已佚,今本爲清人修四庫全書時據永樂大典輯出。

潤
xián
ㄒㄧㄢˊ

㴑潤,空虚無限。淮南子俶真:“至德之世,甘瞑於㴑潤之域,而徙倚於汗漫之宇。”注:“潤讀閑放之閑,言無垠虚之貌。”

潠
sùn 蘇困切,去,慁韻,心。
ㄙㄨㄣˋ

㊀噴。後漢書八二上郭憲傳:“憲在位,忽回向東北,含酒三潠。”玉篇又一體作“噀”。六書故謂潠同“㵪”。參閲清鄭珍説文新附考五“潠”。㊁地名。晉陶潛陶淵明集三有丙辰歲八月中於下潠田舍穫詩。

濆
1. fèi 扶沸切,去,未韻,並。
ㄈㄟˋ

㊀水溢出。見廣韻。㊁人名。史記魯周公世家:“幽公十四年,幽公弟濆殺幽公而自立,是爲魏公。”又鄭悼公亦名濆。見史記鄭世家。左傳成公六年作“費”。

2. pài
ㄆㄞˋ

㊂通“湃”。史記一一七司馬相如傳上林賦:“沸乎暴怒,洶涌滂濆。”漢書、文選作“洶涌彭湃”。

潳
tú 集韻 同都切,平,虞韻。
ㄊㄨˊ

山名。後漢南郡有潳山蠻。見後漢書八六南蠻西南夷傳。南郡,今湖北江陵一帶地區。

潺
chán 士連切,平,山韻,牀。
ㄔㄢˊ

㊀水名。四川省涪江上游支流之一。水經注三二涪水:“自此水上,縣有潺水,出潺山。……潺水歷潺亭而下注涪水。”其地當在今綿竹縣北。㊁見“潺湲”、“潺潺”。

【潺湲】㊀水流貌。楚辭屈原九歌湘夫人:“荒忽兮遠望,觀流水兮潺湲。”史記河渠書漢武帝瓠子歌:“河湯湯兮激潺湲,北渡污兮浚流難。”㊁淚流貌。楚辭屈原九歌湘君:“横流涕兮潺湲,隱思君兮陫側。”參閲清鄭珍説文新附考五“潺湲”。

【潺潺】㊀水流貌。宋書樂志三魏明帝步出夏門行:“弱水潺潺,落葉翩翩。”㊁象聲詞。1. 雨聲。唐宋諸賢絶妙詞選一南唐李煜浪淘沙:“簾外雨潺潺,春意闌珊。”2. 水聲。宋歐陽修文忠集三九醉翁亭記:“山行六七里,漸聞水聲潺潺。”

澄
chéng 直陵切,平,蒸韻,澄。
ㄔㄥˊ

本作“澂”。㊀水静而清。淮南子説山:“人莫鑑於沫雨,而鑑於澄水者,以其休止不蕩也。”㊁使液體中雜質下沉。三國志吴孫静傳:“頃連雨水濁,兵飲之多腹痛,令促具甖缶數百口澄水。”㊂安定。後漢書光武紀下贊:“三河未澄,四關重擾。”

【澄心】㊀使心情清静。淮南子泰族:“凡學者能明於天人之分,通于治亂之本,澄心清意以存之,見其終始,可謂知略矣。”㊁清新的心思。文選晉陸士衡(機)文賦:“罄澄心以凝思,眇衆慮而爲言。”

【澄什】指晉代著名僧人佛圖澄和鳩摩羅什。文選南齊王簡栖(屮)頭陁寺碑文:“澄什結轍於山西,林遠肩隨乎江左矣。”林,支遁,字道林;遠,惠遠。

【澄江】水色清澈之江。南齊謝朓謝宣城集三晚登三山還望京邑詩:“餘霞散成綺,澄江静如練。”

【澄汰】清洗。文苑英華五八二唐蘇頲爲宋尚書謝加三品表:“每侍帷幄,未能招宣景化;頃司衡鏡,未能澄汰流品。”舊五代史晉書李彦韜傳:“嘗謂人曰:‘朝廷所設文官將何用也。’且欲澄汰而除廢之,則可知其輔弼之道也。”

【澄城】縣名。屬陝西省。春秋晉北澂地,漢置澂縣。後魏太平真君七年改澄城。自宋以來屬同州,清屬陝西同州府。參閲寰宇通志九二西安府同州。

【澄酒】一種淡酒。禮禮運:“澄酒在下。”漢鄭玄注謂即周禮酒正所舉五齊中的沈齊。參見“五齊㊀”、“沈酒”。

【澄海】縣名。屬廣東省。漢揭陽縣地,晉以後爲海陽縣地。明嘉靖四十二年分饒平揭陽海陽三縣地置。明清皆屬潮州府。參閲嘉慶一統志四四六潮州府。

【澄清】㊀使混濁變爲清明。後漢書六七范滂傳:“乃以滂爲清詔使,案察之,滂登車攬轡,慨然有澄清天下之志。”世説新語德行:“陳仲舉(蕃)言爲士則,行爲世範,登車攬轡,有澄清天下之志。”㊁澄朗。宋蘇軾分類東坡詩一六月二十日夜渡海詩:“雲散月明誰點綴,天容海色本澄清。”

【澄窨】將酒窖藏,使之澄清。宋陶穀清異録酒漿麴宫集大成:“雍都,酒海也。梁奉常和泉病於甘,劉拾遺玉露春病於辛,皇甫别駕慶雲春病於釅,光禄大夫韋炳致仕,取三家酒攪合澄窨飲之,遂爲雍都第一。」

【澄廓】清明遼闊。文選南朝宋鮑明遠(照)舞鶴賦：「既而氛昏夜歇，景物澄廓，星翻漢迴，曉月將落。」

【澄辨】分析清楚。南齊書高帝紀上加九錫策：「公明鑑人倫，澄辨涇渭，官方與能，英乂克舉，是用錫公納陛以登。」

【澄徹】通明。初學記一月南朝宋謝莊月賦：「墀除兮鏡鑒，廊櫳兮澄徹。」

【澄邁】縣名。屬廣東省。漢苛中縣地。隋置澄邁縣，以界出邁山而名。屬珠崖郡。唐屬崖州。宋開寶五年改屬瓊州，歷代相因。參閱寰宇通志一〇六瓊州府。

【澄鮮】風景清朗明麗。文選南朝宋謝靈運登江中孤嶼詩：「雲日相輝映，空水共澄鮮。」

【澄醪】清酒。文選晉劉越石(琨)答盧諶詩：「澄醪覆觴，絲竹生塵。」

【澄觀】公元738—839年。唐代高僧，俗姓夏侯，出家後博通華嚴、天台、三論、戒律、南北禪諸家典籍，而以復興華嚴正統爲己任。德宗賜號清涼法師，憲宗加號清涼國師，身歷九朝，爲七帝門師。弟子有宗密 僧叡 法印 寂光 等。著有華嚴經註疏、華嚴經綱要、華嚴玄談等多種，爲中國華嚴宗的中興人物。參閱宋高僧傳五。

【澄心堂】南唐烈祖李昪所居堂名。後主李煜所造紙，稱澄心堂紙，細薄光潤，爲人所貴重。參閱宋陳師道後山談叢二、胡仔苕溪漁隱叢話前集三十六一居士下、元費著牋紙譜。

【澄泥硯】一種用泥燒製的硯。宋張洎賈氏談錄：「絳縣人善制澄泥，縫絹袋至汾水中，踰年而取之，陶乂爲硯，水不涸。」又缺名研譜諸州硯：「虢州澄泥，唐人品硯以爲第一，今人罕用。」製澄泥硯法，宋蘇易簡文房四譜三記錄甚詳。

潑 pō ㄆㄛ 普活切，入，末韻，滂。

㊀用力向外灑或倒。宋蘇軾分類東坡詩七雪後書北臺壁之一：「但覺衾裯如潑水，不知庭院已堆鹽。」㊁蠻橫。古今名劇元岳伯川鐵拐李一：「呸，你看我悔氣，……又被這潑先生罵我是個没頭鬼。」

【潑才】蠻不講理的流氓。水滸三：「這個腌臢潑才，投托着俺小种經略相公門下做个肉舖户，却原來這等欺負人！」

【潑皮】流氓，無賴。元明雜劇元鄭廷玉宋上皇御斷金鳳釵三：「哦，可是早間周橋上扯着那老官要錢的那潑皮！」水滸十二：「原來這人是京師有名的破落户潑皮，叫做没毛大蟲牛二，專在街上撒潑、行凶、撞鬧。」

【潑刺】魚躍聲。也作「撥刺」、「跋刺」。宋邵博聞見後錄十七引宋仁宗詩：「魚躍紋波時潑刺，驚流深樹久徘徊。」

【潑胡】潑寒胡戲的簡稱。舊唐書中宗紀景龍三年十二月：「乙酉，令諸司長官向醴泉坊看潑胡王乞寒戲。」

【潑寒】潑寒胡戲的簡稱。明楊維楨東維子文集十一朱明優戲序：「百戲有……潑寒、蘇木等伎。」詳「潑寒胡戲」。

【潑辣】凶悍。紅樓夢九十：「如夏金桂這種人，偏教他有錢，嬌養得這般潑辣。」今也指有魄力，無顧忌。

【潑説】胡説，瞎扯。元明雜劇缺名張公藝九世同堂二：「貢官云：『只有十八般武藝，偏你十九般，那一般呢？』李奈云：『我會打筋斗。』貢官云：『這廝潑説！』」

【潑潑】活躍貌。呂氏春秋季春「薦鮪于寢廟」漢高誘注：「詩曰：鱣鮪潑潑。」今詩衛風碩人作「鱣鮪發發」。元詩百一鈔補遺薩都剌題淮安壁間詩：「魚蝦潑潑初出網，梅杏清清初著枝。」

【潑撒】江淮民間年終，家人宴集名潑撒。唐韋應物韋江州集七至西峯蘭若受田婦饋詩：「田婦有嘉獻，潑撒新歲餘。」參閱宋朱翌猗覺寮雜記上。

【潑墨】國畫山水畫的一種畫法。畫時用水墨揮灑紙上，其勢如潑，故名。唐陸龜蒙甫里集六華頂杖：「拄訪譚玄客，持看潑墨圖。」按潑墨法相傳始於唐時王洽。宣和畫譜十：「王洽不知何許人，能善潑墨成畫，時人皆號爲『王潑墨』。……每欲作圖畫之時，……先以墨潑圖障之上，乃因似其形像，或爲山，或爲石，或爲林，或爲泉者，自然天成，倏若造化，已而雲霞卷舒，煙雨慘淡，不見其墨污之迹。」

【潑賴】凶悍。元曲選尚仲賢單鞭奪槊二：「老徐却也忒潑賴，這不是説話，這是害人性命哩！」參閱清翟灝通俗編十五性情潑賴。

【潑火雨】舊俗寒食禁火，其時下雨，叫潑火雨。唐白居易長慶集五六洛陽寒日作詩：「氍毹塵不起，潑火雨新晴。」王建詩八宫詞之五七：「東風潑火雨新休，舁盡春泥掃雪溝。」

【潑水難收】水已潑出，無法收回。比喻不可挽回。金董解元西廂四：「已裝不卸，潑水難收。」按元曲選有缺名朱太守風雪漁樵記，清初有缺名爛柯山傳奇，傳統劇有馬前潑水，皆演漢武帝時朱買臣夫妻離異故事。惟類林作姜子牙(太公望)事。參見「反水不收」、「覆水不收」。

【潑寒胡戲】唐時從西域傳入的一種樂舞。又名乞寒潑胡，簡稱乞寒、潑寒、潑胡。舊唐書中宗紀神龍元年十一月：「己丑，御洛城南門觀潑寒胡戲。」按唐代西域的康國，地近葱嶺，國人每年十一月，鼓舞乞寒，以水交潑爲樂。見新唐書二二一西域傳下。參閱舊唐書九七張説傳、明胡震亨唐音癸籤十四散樂。

潎 1. pì ㄆㄧˋ 匹蔽切，去，祭韻，滂。

㊀在水中擊絮。見説文。參見「洴」。㊁魚游水貌。明何大復集十一津市打魚歌：「呼童放鯉潎波去，寄我素書白郎處。」參見「潎潎」。

2. piè ㄆㄧㄝ 芳滅切，入，薛韻，滂。

㊂見「潎冽」。

【潎$_{2}$冽】㊀互相沖激貌。文選漢司馬長卿(相如)上林賦：「橫流逆折，轉騰潎冽。」注：「潎冽，相撇也。」史記一一七司馬相如傳索隱引蘇林，釋作流輕疾貌。㊁樂聲糾激。文選三國魏嵇叔夜(康)琴賦：「或摟攙櫟捋，縹繚潎冽。」注：「縹繚潎冽，聲相糾激之貌。」

【潎潎】魚游水貌。文選晉潘安仁(岳)秋興賦：「澡秋水之涓涓兮，玩游鯈之潎潎。」

澁 sè ㄙㄜˋ

「澀」之俗字。見「澀」。

潰 kuì ㄎㄨㄟˋ 胡對切，去，隊韻，匣。

㊀水破堤而出。國語晉二：「恐其如壅大川，潰而不可救禦也。」漢書文帝紀元年：「大水潰出。」㊁毁壞。墨子非攻下：「燔潰其祖廟。」㊂離散，逃散。左傳文三年：「凡民逃其上曰潰。」注：「衆散流移，若積水之潰。」荀子議兵：「兑則若莫邪之利鋒，當之者潰。」㊃肌肉腐爛。通「殨」。周禮天官瘍醫：「掌腫瘍，潰瘍、金瘍、折瘍之祝藥劀殺之齊。」㊄惱怒。詩邶風谷風：「有洸有潰，既詒我肄。」㊅達到。詩小雅小旻：「如彼築室于道謀，是用不潰于成。」傳：「潰，遂也。」

【潰茂】繁盛，茂盛。詩大雅召旻：「如彼歲旱，草不潰茂。」箋：「潰茂之潰，當作彙。彙，茂貌。」參閱宋項安世項氏家説四有洸有潰。

【潰畔】離散叛亂。漢書食貨志上：「男子力耕，不足糧饟；女子紡績，不足衣服。……海内愁怨，遂用潰畔。」

【潰泏】水勢廣大貌。文選晉左太沖(思)吳都賦:"潰泏泮汗,滇濔淼漫。"注:"謂直望無涯也。"

【潰圍】突圍。史記項羽紀:"於是項王乃上馬騎,麾下壯士騎從者八百餘人,直夜潰圍南出馳走。"

【潰盟】背棄盟約。漢黃憲天祿閣外史五盟會:"弗信則盟必潰,弗盟則無以彰信也。盟以彰信,故潰盟者,春秋惡之。"

【潰腹】㊀剖腹。舊唐書一八七上李玄通傳:"城陷被擒。……謂守者曰:'吾能舞劍,可借吾刀。'守者與之,……因潰腹而死。"㊁指腹疾。宋蘇軾分類東坡詩一九次韻袁公濟謝芎椒:"河魚潰腹空號楚,汗水流骹始信吳。"參見"河魚腹疾"。

【潰潰】㊀壞亂。詩大雅召旻:"昏椓靡共,潰潰回遹,實靖夷我邦。"傳:"潰潰,亂也。"參見"憒憒"。㊁水流貌。漢劉向說苑雜言:"夫智者何以樂水也？曰:'泉源潰潰,不釋晝夜。'"

潬 dàn 徒旱切,上,旱韻,定。ㄉㄢˋ

㊀沙灘。爾雅釋水:"潬,沙出。"晉郭璞注:"今江東呼水中沙灘爲潬。"北齊書陽斐傳:"石濟河溢,橋壞,斐修治之。又移於白馬,中河起石潬,兩岸造關城,累年乃就。"集韻他干切,平,寒韻,通"灘"。參閱清俞樾羣經平議。㊁見"宛潬"。㊂古地名。見"中潬"。

【潬潬】展轉貌。梁劉勰文心雕龍封禪:"錄圖曰:'潬潬噅噅,棼棼雉雉,萬物盡化,言至德所被也。'"

潿 wéi 雨非切,平,微韻,于。ㄨㄟˊ

㊀積聚的污水。說文:"潿,不流濁也。"唐韓愈昌黎集八城南聯句詩:"巨細各乘運,湍潿亦騰聲。"㊁地名。見"潿洲"。

【潿洲】島名。在今廣西北海市南大海中。舊名大蓬萊;相近有蛇洋洲,亦名小蓬萊。參閱嘉慶一統志四五一雷州府山川。

澂 chéng 直陵切,平,蒸韻,澄。ㄔㄥˊ

㊀水清而靜。"澄"本字。㊁使澄清。後漢書七九下儒林傳贊:"千載不作,淵原誰澂？"

【澂明】清朗。唐劉禹錫劉夢得集一客有爲余話登天壇遇雨之狀因以賦之詩:"山頂自澂明,人間已霧霈。"

滒 guò 烏禾切,平,戈韻,影。ㄍㄨㄛˋ

㊀水名。見"滒河"。㊁水勢回旋。見廣韻。

【滒河】水名。又稱渦水。源出河南通許縣,東南流至安徽亳縣納惠濟河後,經渦陽蒙城至懷遠縣入淮。參閱漢書地理志下淮陽國、讀史方輿紀要二一鳳陽府懷遠縣渦水。

潙 wéi ㄨㄟˊ

同"溈"。見"溈"。

潘 1. pān 普官切,平,桓韻,滂。ㄆㄢ

㊀淘米水。禮內則:"面垢,燂潘請靧。"注:"潘,米瀾也。"㊁水名。說文:"潘水在河南滎陽。"滎陽在今河南。㊂姓。芈姓,楚之公族,以字爲氏。一說周文王子畢公之子季孫,食采於潘,以邑爲氏。參閱廣韻"桓"、通志二七氏族三以字爲氏。

2. pán 集韻蒲官切,平,元韻。ㄆㄢˊ

㊃水旋流。通"蟠"。列子黃帝:"鯢旋之潘爲淵。"注:"此言大魚盤桓,其水蟠洄而成深泉。"

3. fān 集韻孚遠切,平,元韻。ㄈㄢ

㊄水溢出。管子五輔:"決潘渚。"注:"潘,溢也。……疏決之令通。"

【潘尼】約公元250—約311年。晉滎陽中牟人。字正叔。少與叔父潘岳俱有文名。元康中,出爲宛令。趙王倫篡位,尼稱病歸里。及齊王冏起兵討倫,尼佐冏爲參軍。事平,封安昌公。官至中書令。永嘉中遷太常卿。明人輯有潘太常集。晉書有傳。

【潘妃】南齊東昏侯(蕭寶卷)妃,小字玉兒。東昏侯登帝位,於宮中鑿金爲蓮花以帖地,令潘妃行其上,曰:"此步步生蓮花也。"又在宮苑中種楊柳,設店肆,潘妃爲市令,東昏侯自爲市吏錄事,效市井買賣。百姓諷歌曰:"閱武堂,種楊柳。至尊屠肉,潘妃沽酒。"後梁武帝破齊,妃自縊死。見南史齊廢帝紀、王茂傳。

【潘岳】公元247—300年。晉滎陽中牟人,字安仁。任河陽令,在縣中滿種桃李,一時傳爲美談。累官至給事黃門侍郎,人稱潘黃門。工詩賦,詞藻豔麗,長於哀誄之體,悼亡詩三首最著名。岳與石崇等諂事賈謐,居謐門二十四友之首。及趙王倫專政,中書令孫秀誣以謀反,族誅。明人輯有潘黃門集。晉書有傳。

【潘郎】指晉潘岳。岳美姿儀,有擲果盈車的故事。南朝陳徐陵徐孝穆集一洛陽道詩之一:"潘郎車欲滿,無奈擲如何。"後常借以稱婦女所愛慕的男子。花間集三五代前蜀韋莊江城子詞:"緩揭繡衾抽皓腕,移鳳枕,枕潘郎。"參見"擲果"。

【潘美】公元925—991年。宋大名人。字仲詢。初仕五代後周。趙匡胤廢周建宋王朝,美以勸陝帥袁彥歸順見重。後克南漢,平嶺表,定江南,征太原,均有戰功。雍熙三年出兵攻遼,以違副將楊業議,又與監軍王侁爭功,大敗,業與子延玉戰死於陳家谷,美被削官。不久,復授檢校太師,加同平章事,卒諡武惠。宋史有傳。後世關於楊家將小說戲曲中稱作潘洪潘仁美,事蹟多與史實不合。

【潘陸】晉潘岳和陸機。同時皆以文名,故後來往往以潘陸並稱。宋書謝靈運傳史臣曰:"降及元康,潘陸特秀。"後常用以稱同時並出的文人。唐駱賓王集九疇昔篇:"潘陸詞鋒駱驛飛,張曹翰苑縱橫起。"

【潘楊】文選晉潘安仁(岳)楊仲武誄:"潘楊之穆,有自來矣。"按潘岳妻楊氏,爲楊綏(仲武)之姑,屬於世親聯姻。後也稱姻親關係爲潘楊。唐孟浩然集四送桓子之郢城過禮詩:"爲結潘楊好,言過鄢郢城。"

【潘輿】晉潘岳除長安令,遷博士,以母疾去官,作閒居賦,有"太夫人乃御版輿,升輕軒,遠覽王畿,近周家園"之語。見晉書潘岳傳。後因以"潘輿"爲養親之典。宋劉克莊後村集五得家訊詩:"何時真宦達,處處奉潘輿。"

【潘鬢】文選晉潘安仁(岳)秋興賦序:"余春秋三十有二,始見二毛。"賦:"斑鬢髟以承弁兮,素髮颯以垂領。"後因以潘鬢爲中年鬢髮初白的代詞。唐元稹長慶集十酬翰林白學士代書一百韻詩:"甯牛終夜永,潘鬢去年衰。"自注:"余今年始三十二歲,去已生白髮。"

【潘季馴】公元1521—1595年。明烏程人,字時良,號印川,嘉靖二十九年進士。爲御史,巡按廣東,行均平里甲法。自嘉靖末到萬曆間,四任總理河道,前後二十七年。其治河反對分疏,大指謂通漕於河,治河以治漕;會河於淮,治淮即以治河;合河淮而同入於海,即所以治河淮。立意在築堤束水,借水刷沙。著有兩河管見宸斷大工錄(四庫著錄更名兩河經略、河防一覽)。明史有傳。

【潘乾校官碑】漢碑名。潘乾,東漢長平人,字元卓。靈帝時爲溧陽長。光和四年,州人立潘乾校官碑,稱頌他的功德。碑舊存江蘇溧水縣學官內。用隸書刻石，字體肥厚。因日久有殘缺，宋洪适及元單禧曾先後爲碑文作考訂、詮釋。參閱清趙搢金石存九、趙紹祖古墨齋金石跋一。

潝 xì 許及切，入，緝韻，曉。ㄒㄧˋ

㊀水急流聲。見說文。㊁見"潝潝"。

【潝潝】形容衆口附和之貌。詩小雅小旻："潝潝訿訿，亦孔之哀。"按爾雅釋訓作"翕翕"，荀子修身引詩作"噏噏"，漢書三六劉向傳引詩作"歙歙"，皆通假字。參閱清俞樾曲園雜纂六荀子詩說。

潷 bì 鄙密切，入，質韻，幫。ㄅㄧˋ

榨出汁液。廣雅釋詁："潷，盝也。"清王念孫疏證："潷之言逼，謂逼取其汁也。玉篇：'潷，笮去汁也。'衆經音義卷五引通俗文云：'去汁曰潷。'……今俗語猶云潷米湯矣。"

潕 wǔ 文甫切，上，麌韻，明。ㄨˇ

水名。山海經中山經："(朝歌之山)潕水出焉。"注："潕水今在南陽舞陽縣。"詳"潕水1"。

【潕水】水名。1.即舞水。源出河南泌陽縣西北，以平地湧出，勢若飛舞而名。東北流經葉縣舞陽西平，爲汝水的上源。參見嘉慶一統志二一〇南陽府山川。2.爲武陵五溪之一。源出貴州甕安縣，東流經鎮遠城爲鎮陽江。復東北流，經芷江，至黔陽縣，與沅江合。今名武江。參閱讀史方輿紀要一二二鎮遠府鎮遠縣鎮陽江。

潒 dàng 徒朗切，上，蕩韻，定。ㄉㄤˋ

水蕩漾貌。文選漢張平子(衡)西京賦："前開唐中，彌望廣潒。"注："字林曰：潒，水潒瀁也。"

潐 jiào 子肖切，去，笑韻，精。ㄐㄧㄠˋ

㊀盡。見說文。參見"潐潐"。㊁水名。詳"潐水"。

【潐水】水名。山海經中山經："(常烝之山)無草木，多堊，潐水出焉，而東北流注于河。"當在今河南陝縣境，參閱清郝懿行箋疏。

【潐潐】明察。荀子不苟："其誰能以己之潐潐，受人之掝掝者哉！"注："潐潐，明察之貌。潐，盡。謂窮盡明於事。"韓詩外傳一作"嚼嚼"，潔白貌。

潗 jí 子入切，入，緝韻，精。ㄐㄧˊ

泉水湧出。見廣韻。

【潗湁】小水貌。唐柳宗元柳先生集十五答問："論其文，……而僕乃朴鄙艱澀，培塿潗湁，毫聯縷緝，塵出坱入，固不足以攄摛踊躍而涉及。"

【潗㵎】水翻騰聲。文選晉木玄虛(華)海賦："澒濘潗㵎。"注："澒濘，沸貌。潗㵎，沸聲。"

潟 xì 思積切，入，昔韻，心。ㄒㄧˋ

鹽鹼地。周禮地官草人："凡糞種，……鹹潟用貆。"

【潟滷】含鹽鹼過多的土地。元陳基夷白齋集三如臯縣詩："潟滷盡桑麻，閭閻皆貨殖。"

澔 hào 集韻 户老切，去，皓韻。ㄏㄠˋ

見下。

【澔旰】盛貌。史記一一七司馬相如傳上林賦："蜀石黃碝，水玉磊砢，磷磷爛爛，采色澔旰，叢積乎其中。"重言作"澔澔涆涆"。文選漢王文考(延壽)魯靈光殿賦："澔采涆涆，流離爛漫。"

潨 cóng 徂紅切，平，冬韻，從。ㄘㄨㄥˊ 職戎切，平，東韻，照。

㊀小水流入大水。詩大雅鳧鷖："鳧鷖在潨。"傳："潨，水會也。"㊁水聲。同"淙"。唐柳宗元柳先生集二九鈷鉧潭記："行其泉於高者而墜之潭，其聲潨然，尤於中秋觀月爲宜。"

【潨潨】水聲。南朝宋鮑照鮑氏集五過銅山掘黃精詩："蹀蹀寒葉離，潨潨秋水積。"潨，一本作"灇"，義同。

澓 fù 房六切，入，屋韻，並。ㄈㄨˋ

㊀同洑，洄流。文選晉郭景純(璞)江賦："迅澓增澆，湧湍疊躍。"㊁姓。漢宣帝少受書於澓中翁。見漢書宣帝紀。

㵗 píng 扶冰切，平，蒸韻，並。ㄆㄧㄥˊ

見下。

【㵗濞】水流相激聲。猶"澎湃"。文選晉郭景純(璞)江賦："㵗濞潚潚。"

十三畫

濅 jìn 子鴆切，去，沁韻，精。ㄐㄧㄣˋ

㊀"浸"的本字。見"浸"。㊁古水名。也作"寖"。漢書地理志上魏郡武安縣有寖水，東北流入滹沱河。武安，在河北省。參閱清段玉裁說文解字注"濅"。

澺 yì 於力切，入，職韻，影。ㄧˋ

古水名。亦稱洪河。上游爲江干河，出河南方城縣北牛心山，東南流曰洪河，經西平縣東南，支津南出爲汝河故道，又南至新蔡縣與汝河會。參閱水經注二一汝水。

澶 1. chán 市連切，平，仙韻，禪。ㄔㄢˊ

㊀古水名。見說文。詳"澶淵"。

2. dàn 徒案切，去，翰韻，定。ㄉㄢˋ

㊁見"澶₂漫"。

【澶州】州名。漢頓丘縣地。唐武德四年置，取古澶淵爲名。貞觀初廢，大曆七年復置。治所在頓丘。宋崇寧時升爲開德府。金復爲澶州，皇統四年改名開州。北宋景德初，宋遼會盟於此，舊史稱"澶淵之盟"。參閱太平寰宇記五七澶州。讀史方輿紀要十六大名府清豐縣頓邱城。

【澶湉】水緩流貌。文選晉左太沖(思)吳都賦："澶湉漠而無涯，惣有流而爲長。"注："澶湉，安流貌。"一說爲水深廣貌。見唐李周翰注。

【澶淵】㊀湖泊名。也稱繁淵。古澶水所經，故名。故址在今河南濮陽縣西。春秋襄二十年："盟于澶淵。"即此。參閱水經注五河水。㊁縣名。隋初置，唐因避高祖李淵諱，改名澶水縣。故城在今河南濮陽縣西。參閱讀史方輿紀要十六開州臨河城。

【澶₂漫】㊀放縱。莊子馬蹄："澶漫爲樂，摘僻爲禮。"釋文："李(頤)云：澶漫，猶縱逸也。"唐成玄英疏："澶漫是縱逸之心。"㊁平坦寬廣。文選漢張平子(衡)西京賦："澶漫靡迤，作鎮於近。"唐劉良注："澶漫靡迤，寬長貌。"參見"壇曼"。

【澶淵之盟】宋真宗景德元年，遼軍深入宋境，朝廷震動，參知政事王欽若請避往金陵，陳堯叟請避往成都。宰相寇準力排衆議，定親征之策。十一月真宗至澶州，準承制專決，遼戰既不得利，乃遣使請盟，十二月定約，宋每年輸遼歲幣銀十萬兩，絹二十萬匹。澶州又名澶淵，舊史稱"澶淵之盟"。參閱宋史二八一寇準傳、宋史紀事本末二一契丹盟好。

濂 lián 勒兼切，平，添韻，來。ㄌㄧㄢˊ

㊀水名。見"濂溪㊀"。㊁見"濂洛關閩"。

【濂溪】㊀水名。在湖南道縣。舊道州西營樂鄉，有安定山，山有溪名濂溪，爲宋周敦頤家居處。參閱讀史方輿紀要八一道州。㊁宋周敦頤的別號。敦頤家山蓮花峯下，前有溪合於湓江，取營道所居濂溪以名之，因自名濂溪，學者稱爲濂溪先生。參閱宋陳舜俞廬山記敍北山、宋史四二七周敦頤傳。

【濂洛關閩】宋代理學的主要學派，指濂溪周敦頤，洛陽程顥程頤，關中張載，閩中朱熹。

【濂溪學案】對北宋周敦頤學派的論述。敦頤根據易傳和道教思想，提出了一個宇宙觀，認爲"無極而太極"，"太極"一動一靜，産生陰陽萬物；而聖人又模仿"太極"建立"人極"。太極爲理，陰陽五行爲氣。人以中正律己，以仁義治人，以修養而成聖人。修養的方法，在於無欲主靜。其學説以及理氣二觀念，對後來理學的發展有很大影響。主要著作有太極圖說和通書，弟子有程顥程頤等。見宋元學案十一、十二。

滳 yì 餘制切，去，祭韻，喻。
ㄧ
水波動蕩貌。見"溶滳"。

澭 yōng 於容切，平，鍾韻，影。
ㄩㄥ
水名。同"灉"。吕氏春秋察今："荆人欲襲宋，使人先表澭水，澭水暴益，荆人弗知。"參見"灉"。

澫 gé 古達切，入，曷韻，見。
ㄍㄜˊ
漻澫，水深廣貌。見"漻澫"。

澣 huǎn 胡管切，上，緩韻，匣。
ㄏㄨㄢˇ
㊀洗去衣物汙垢。詩周南葛覃："薄汙我私，薄澣我衣。"㊁舊稱農曆每月上旬爲上澣，中旬爲中澣，下旬爲下澣。澣，又作"浣"。參見"三澣"、"上澣"。

濇 sè 所力切，入，職韻，山。
ㄙㄜˋ 色立切，入，緝韻，山。
同"澀"。㊀不滑潤。淮南子要略："以内洽五藏，瀸濇肌膚。"㊁凝滯。素問至真要大論："陽明之至，短而濇。"注："往來不利是謂濇也。"

【濇雪】霰的别稱。宋陸佃埤雅釋天上："霰，稷雪也；閩俗謂之米雪，言其霰粒如米。所謂稷雪，義蓋如此，今名濇雪。亦曰涅雪。"

澨 chǔ 創舉切，上，語韻，初。
ㄔㄨˇ
水名。濟水的支流。見爾雅釋水。

澦 yù 羊洳切，去，御韻，喻。
ㄩˋ
灩澦堆，長江三峽中巨石。詳"灩澦堆"。

潚 sù 息逐切，入，屋韻，心。
ㄙㄨˋ
㊀水深清貌。見説文。㊁迅疾貌。文選漢張平子(衡)思玄賦："迅飆潚其媵我兮，鶩翩飄而不禁。"唐吕延濟注："潚，疾貌。"㊂姓。漢有潚河。見廣韻"潚"。

【潚率】漢書八七上揚雄傳羽獵賦："飛廉雲師，吸嚊潚率。"注："吸嚊，開張也，潚率，聚斂也。"是説風神、雲神呼吸時的樣子。清王先謙漢書補注謂潚率爲"蕭索"同音字，指風聲。

【潚箾】鳥網的形狀。一説是鳥著網貌。文選漢張平子(衡)西京賦："飛罕潚(一作攡)箾，流鏑搉㩧。"三國吴薛綜注："潚箾，罕形也。"唐吕向注："攡(同潚)箾，著物貌。"

澱 diàn 堂練切，去，霰韻，定。
ㄉㄧㄢˋ
㊀河底沉積的淤泥。爾雅釋器："澱謂之垽。"宋史河渠志二："去淺澱，則河必北流。"㊁沉積，壅塞。宋沈括夢溪筆談雜誌二："汴渠有二十年不浚，歲歲堙澱。"㊂淺水的湖泊。水經注汶水："汶水又西合一水，西南入茂都澱。澱，陂水之異名也。"也指水草地。宋吕頤浩忠穆集二上邊事善後十策："臣在河北陝西，備見金人風俗，每於逐年四月初，盡括官司戰馬，逐水草放牧，並曰入澱。"原注："澱乃不耕之地，美水草去處，其地虚涼宜馬。"㊃藍色染料，稱爲藍澱或藍靛。簡稱澱。通志七五昆蟲草木草："藍三種：蓼藍大藍槐藍，皆可作澱。"

【澱山】在江蘇青浦縣崑山縣交界處。爲古太湖的一部分。湖東南澱山，宋時爲湖中小島，自元以後，泥沙淤塞，小島與東邊陸地相接。參閲讀史方輿紀要二四松江府婁縣、清陳士元庸閒齋筆記七華亭縣分析考。

【澱澱】水波蕩漾貌。唐韓偓玉山樵人集南亭詩："松瘦石棱棱，山光溪澱澱。"

澼 pì 普擊切，入，錫韻，滂。
ㄆㄧˋ
漂洗。莊子逍遥遊："世世以洴澼絖爲事。"疏："洴，浮。澼，漂也。絖，絮也。"

澺 xí 尼立切，入，緝韻，娘。
ㄒㄧˊ
翻騰。見"溹澺"。

澠 1. shéng 食陵切，平，蒸韻，神。
ㄕㄥˊ
㊀水名。見"澠水"。
2. miǎn mǐn 彌兗切，上，銑韻，明。
ㄇㄧㄢˇ ㄇㄧㄣˇ
㊁地名。見"澠₂池"。

【澠水】古水名。源出山東臨淄縣西北，注入時水。又名漢溱水陽水，今已淤塞。參閲水經注二六淄水、太平寰宇記十八青州益都縣。

【澠₂池】縣名。屬河南省。戰國時爲澠池邑，初屬韓，後屬秦。秦昭王二十年與趙惠文王會於澠池，即此地。漢置縣，屬弘農郡。明清皆屬河南河南府。參閲太平寰宇記五西京、讀史方輿紀要四八河南府。

【澠₂阸】地名。也作冥阸。古代九塞之一。在河南澠池縣附近。淮南子地形："何謂九塞？曰太汾、澠阸、荆阮、方城、殽阪、井陘、令疵、句注、居庸。"

【澠₂河】水名。出河南澠池縣西北廣陽山，南流入穀水。參閲嘉慶一統志河南府山川穀水。

【澠淄】二水名。戰國時屬齊。傳説齊桓公臣易牙能分辨二水之味。樂府詩集三二南朝梁沈約君子行："良御惑燕楚，妙察亂澠淄。"參見"淄澠"。

【澠水燕談録】宋王闢之撰，十卷。記南宋高宗紹興以前雜事，共分十七類，三百五十二條，多與史傳相出入。自序稱三百六十餘條，今本已有殘闕。

濊 1. huì 呼會切，去，泰韻，曉。
ㄏㄨㄟˋ 烏外切，去，泰韻，影。
㊀水深廣貌。見説文。㊁見"汪濊"。
於廢切，去，廢韻，影。
㊂污濁。通"穢"。淮南子齊俗："故日月欲明，浮雲蓋之；河水欲清，沙石濊之。"漢書七五李尋傳對問："宜察蕭牆之内，毋忽親疏之微，誅放佞人，防絶萌牙，以盪滌濁濊，消散積惡。"㊃見"濊貊"。
2. huò 呼括切，入，末韻，曉。
ㄏㄨㄛˋ
㊄見"濊₂濊₂"。

【濊貊】我國古代北方少數民族名。依濊水而居，故名。濊水在今遼寧鳳城以東。參閲後漢書食貨志下、八五東夷傳。

【濊₂濊₂】撒網入水聲。詩衛風碩人："施罛濊濊，鱣鮪發發。"宋蘇軾分類東坡詩十三西湖秋涸……戲作放魚詩："濊濊發發須臾間，圉圉洋洋尋丈外。"

濎 dǐng 都挺切，上，迥韻，端。
ㄉㄧㄥˇ
見下。

【濎濙】細水流動貌。漢書八七上揚雄傳甘泉賦："梁弱水之濎濙兮，躡不周之逶蛇。"注："濎濙，小水之貌。"

【濎濘】水清貌。廣弘明集二九上南朝

梁蕭子雲玄圃園講賦："中有蘭渚華池，浰流瀨滣，澉水推移，彌望杳溟。"

澉 1. kě 苦曷切，入，曷韻，溪。
ㄎㄜˇ

㊀"渴"的本字。說文："澉，欲飲歠。"參閱清段玉裁注。

2. hé
ㄏㄜˊ

㊁曠廢。國語晉八："今忨日而澉歲，怠偷甚矣。"注："忨，偷也；澉，遲也。"亦作"愒"。左傳昭元年作"翫歲而愒日"。

濈 jí 阻立切，入，緝韻，莊。
ㄐㄧˊ

㊀水外流。文選漢張平子（衡）南都賦："流湍投濈。"注："埤蒼曰：濈，水行出也。"㊁迅速貌。文選三國魏曹子建（植）七啓之六："翔爾鴻翥，濈然鳧没。"㊂通"戢"。見"濈濈"。

【濈濈】聚集貌。詩小雅無羊："爾羊來思，其角濈濈。"傳："聚其角而息，濈濈然。"釋文："濈，本亦作戢。"清段玉裁說文解字注："按毛意言角之多，蓋言聚而和也。如輯之訓聚，兼訓和。"

潞 lù 洛故切，去，暮韻，來。
ㄌㄨˋ

㊀水名。見"潞川"、"潞河"。㊁春秋國名。見"潞氏"。㊂姓。路姓本作"潞"，春秋時北方少數民族國名，滅於晉，子孫以國爲氏。一說炎帝之後。參閱通志二六氏族略二以國爲氏。

【潞川】水名。又名潞水。今山西濁漳水。水經注十濁漳水"過潞縣北"注引闞駰："有潞水，爲冀州浸，卽漳水也。余按燕書，王猛與慕容評相遇於潞川也。"東晉太和五年前秦王猛敗前燕慕容評於潞川，卽此。見晉書苻堅載記上。參見"濁漳"。

【潞氏】春秋國名。卽潞子國，乃赤狄別族，爲晉所滅。漢於其地置潞縣，今山西潞城縣東北有潞縣故城，卽此。參閱嘉慶一統志一四二潞安府潞縣故城。

【潞江】水名。卽怒江，詳"怒江"。

【潞安】府名。晉滅潞氏，併其地，戰國初韓以其地爲別都。秦置上黨郡，北周宣政元年置潞州，明嘉靖八年升爲潞安府，屬山西省。清因之。公元 1912 年廢。參閱讀史方輿紀要四二潞安府。參見"潞州"。

【潞州】地名。周黎侯國。漢置壺關縣，屬上黨郡。北周建德七年置潞州，州治襄垣。明嘉靖八年改潞安府。唐以後州治在今山西長治縣。參閱太平寰宇記四五潞州、嘉慶一統志一四二潞安府。

【潞河】水名。卽今潮白河，爲北運河的上游。沽河（白河）亦名西潞水，鮑丘水亦名東潞水，合流南經路縣爲潞河。東漢路縣故城在今河北通縣東。參閱水經注十四沽河。參見"潮河"。

【潞城】縣名。屬山西省。春秋潞子國地，漢置潞縣，屬上黨郡。隋開皇十六年改潞城，明清皆屬山西潞安府。參閱隋書地理志中上黨郡、寰宇通志八二潞州。

【潞涿君】嘲無鬚男子的戲語。漢末劉備，涿縣人，無鬚。劉璋長史張裕多鬚，備嘗嘲之爲"諸毛繞涿居"，裕嘲備爲"潞涿君"。事見三國志蜀周羣傳。按廣雅六下釋親："豚，臀也。"涿，古音與"豚"近，"潞"音諧"露"，潞涿，猶言露臀。

澡 zǎo 子晧切，上，晧韻，精。
ㄗㄠˇ

洗滌。史記一二八龜策傳："常以月旦祓龜，先以清水澡之。"三國志魏王粲傳注引典略："時天暑熱，（曹）植因呼常從取水自澡訖，傅粉。"

【澡豆】古代供洗滌用的粉劑，用豆末合諸藥製成，以洗手面，令皮膚光潤。世說新語紕漏："王敦初尚主，如廁，……既還，婢擎金澡盤盛水，瑠璃盌盛澡豆。因倒著水中而飲之，謂是乾飯。羣婢莫不掩口而笑之。"唐王燾外臺祕要三二有澡豆方。

【澡瓶】僧人洗滌用的水罐。梵名捃稚迦，亦譯作軍持。參閱翻譯名義集七犍椎道具。參見"軍持"。

【澡雪】洗滌使之潔淨。莊子知北遊："汝齊戒疏瀹而心，澡雪而精神。"文選漢馬季長（融）長笛賦："是故可以通靈感物，寫神喻意，致誠效志，率作興事，漑盥汙濊，澡雪垢滓矣。"

【澡盤】洗滌用具。太平御覽七一二魏武上雜物疏："御物有純銀盤，又有容五石銅澡盤也。"又杜預奏事："澡盤熨斗，民間要用。"

【澡身浴德】修養身心使之純潔。禮儒行："儒有澡身而浴德，……世治不輕，世亂不沮，同弗與，異弗非，其特立獨行有如此者。"三國志魏王脩傳注引魏略曹操與脩書："君澡身浴德，流聲本州，忠能成績，爲世美談，名實相副，過人甚遠。"

澤 1. zé 場伯切，入，陌韻，澄。
ㄗㄜˊ

㊀水聚匯處。書禹貢："九川滌源，九澤既陂。"水草叢雜之地也稱澤。風俗通義十山澤："水草交厝，名之爲澤。"㊁雨露。漢書八七上揚雄傳河東賦："雲霏霏而來迎兮，澤滲灕而下降。"㊂恩德，恩澤。書畢命："道洽政治，澤潤生民。"荀子臣道："功參天地，澤被生民，……湯武是也。"㊃祿位。孟子公孫丑下："識其不可，然且至，則是干澤也。"又離婁下："君子之澤，五世而斬。"宋朱熹集注："澤，猶言流風餘韻也。"㊄挼挲，摩挲。禮曲禮上："共飯不澤手。"注："謂挼莎也。"此謂挼挲。又少儀："澤劍首。"注："澤，謂玩弄也。"此謂摩挲使光潤。㊅光潤。左傳襄二八年："車甚澤，人必瘁。"㊆汗衣，內衣。詩秦風無衣："豈曰無衣？與子同澤。"箋："澤，褻衣。"釋名釋衣服："汗衣，近身受汗垢之衣也。詩謂之澤，受汗澤也。"參閱清陳啟源毛詩稽古編無衣（清經解十五）。

2. yì 羊益切，入，昔韻，喻。
ㄧˋ

㊇陳酒。通"醳"。禮郊特牲："猶明清與醆酒于舊澤之酒也。"注："澤，讀爲醳，舊醳之酒，謂昔酒也。"一說苦酒。見廣韻。參閱清俞樾俞樓雜纂六禮記鄭讀考。

3. shì 施隻切，入，昔韻，審。
ㄕˋ

㊈解散。通"釋"。見"澤₃澤₃"。

【澤人】㊀古代管理草澤地區的官。禮月令季夏之月："命澤人納材葦。"㊁指湖區的居民。荀子王制："故澤人足乎木，山人足乎魚，農夫不斲削不陶冶而足械用。"

【澤州】州名。春秋晉地，秦屬上黨郡，後魏置建州，隋改爲澤州，唐代迭有廢置，至宋仍爲澤州。元屬平陽路。清雍正時升爲府，公元 1912 年廢。故治在山西晉城縣。參閱讀史方輿紀要四三澤州。

【澤芝】卽荷花。太平御覽九九九古今注："芙蓉，一名荷花，生池澤中，一名澤芝。"今本古今注作"水芝"。一說卽蓮子。見本草綱目三三果蓮藕。

【澤芬】中藥白芷別名。詳"白芷"。

【澤陂】沼澤，池塘。詩陳風澤陂："彼澤之陂，有蒲與荷。"呂氏春秋諭大："空中之無澤陂也，井中之無大魚也。"此爲池澤義。

【澤宮】古代習射取士之所。周禮夏官司弓矢"澤共射椹質之弓矢"漢鄭玄注："澤，澤宮也。所以習射選士之處也。"孔子家語郊問："卜之日，王親立于澤宮，以聽誓命，受教諫之義也。"參見"澤射"。

【澤馬】表示吉瑞的馬。孝經援神契：

"王者德至山陵，則景雲見，澤出神馬。"(古微書二八)文選南齊王元長(融)三月三日曲水詩序："天瑞降，地符升，澤馬來，器車出。"

【澤射】古帝王在選士助祭之前，先習射於澤宮，稱澤射。禮射義："天子將祭，必先習射於澤。澤者，所以擇士也。已射於澤，而後射於射宮，射中者得與於祭。"注："澤，宮名也。士，謂諸侯朝者諸臣及所貢士也。"

【澤梁】在沼澤河流中攔水捕魚的設備。禮王制："獺祭魚，然後虞人入澤梁。"注："梁，絕水取魚者。"孟子梁惠王下："澤梁無禁，罪人不孥。"注："陂池魚梁不設禁，與民共之也。"

【澤鹵】地低洼而多鹽鹼。史記河渠書："用注填閼之水，溉澤鹵之地四萬餘頃。"漢書六四主父偃傳諫伐匈奴："卻地千里，以河爲境，地固澤鹵，不生五穀。"注："地多沮澤而鹹鹵。"

【澤國】㊀境多沼澤之國。周禮地官掌節："凡邦國之使節，山國用虎節，土國用人節，澤國用龍節。"㊁水鄉。文苑英華三二二唐宋之問𩴾郡齋海榴詩："澤國韶氣早，開簾延霽天。"

【澤虞】㊀古官名，管理沼澤地區。周禮地官澤虞："澤虞，掌國澤之政令，爲之厲禁，使其地之人守其財物，以時入之于玉府。"㊁鳥名。爾雅釋鳥："鴱，澤虞。"注："今婟澤鳥，似水鴞，蒼黑色，常在澤中，見人輒鳴喚不去，有象主守之官，因名云。俗呼爲護田鳥。"

【澤葵】青苔的別名。文選南朝宋鮑明遠(照)蕪城賦："澤葵依井，荒葛罥塗。"

【澤雉】鳥名。莊子養生主："澤雉十步一啄，百步一飲，不蘄畜乎樊中。"抱朴子博喻："故靈龜寧曳尾於塗中，而不願巾笥之寶；澤雉無十步之啄，以違雞鶩之禍。"古樂府有澤雉曲，見樂府詩集七四。

【澤₃澤₃】散發。詩周頌載芟："載芟載柞，其耕澤澤。"箋："將耕，先始芟柞其草木，土氣烝達而和，耕之則澤澤然解散。"釋文："澤澤，音釋釋。"

【澤蘭】多年生草本菊科植物。又名虎蘭、龍來。供藥用。參閱政和證類本草九澤蘭。

【澤畔吟】戰國楚屈原被放，遊於江潭，行吟澤畔。見楚辭屈原漁父、史記八四屈原傳。後常把謫官失意時所寫的作品泛稱澤畔吟。唐李白李太白詩十四流夜郎至西塞驛寄裴隱："空將澤畔吟，寄爾江南管。"

【澤存堂五種】叢書名。清張士俊刊刻。有羣經音辨七卷、大廣益會玉篇三卷、重修廣韻五卷、字鑑五卷、佩觿三卷，都是文字音韻方面的專書。士俊蘇州人，家有澤存堂，所刊叢書即以此爲名。

澧 lǐ ㄌㄧˇ 盧啟切，上，薺韻，來。

㊀水名。見"澧水"。㊁見"澧澧"。㊂甘美的泉水。通"醴"。禮禮運："故天降膏露，地出澧泉。"釋文："澧，本又作醴。"

【澧水】水名。1. 源出河南桐柏縣西北胎簪山，西北流至唐河縣南注入唐河。水經注二九比水："澧水源出于桐柏山，與淮同源，而別流西注，故亦謂水爲派水。"2. 源出河南方城縣西北鄽鳴山，東流經葉縣、舞陽、郾城注於沙河。參閱山海經中山經、水經注三一潕水。3. 源出湖南桑植縣西北，東南流至大庸，改東北流，經慈利、石門、澧縣，納樓水、渫水，至安鄉南注洞庭湖。參閱湖南通志二七山川十五澧水。

【澧州】州名。春秋時楚地，秦屬黔中郡，漢屬武陵郡。隋平陳，改置澧州，唐宋因之。元爲澧州路。明洪武初改路爲府，九年改州，隸常德府，二十九年改隸岳州府。清爲直隸州。公元 1912 年裁州改澧縣，屬湖南省。參閱讀史方輿紀要七七岳州府。

【澧澧】波浪聲。楚辭漢劉向九歎靈懷："波澧澧而揚澆兮，順長瀨之濁流。"

濃 nóng ㄋㄨㄥˊ 女容切，平，鍾韻，娘。

露多。見說文。引申爲厚、密。北周庾信庾子山集三同會河陽公新造山池聊得寓目詩："菊寒花正合，杯香酒絕濃。"唐李白李太白詩五清平調詞之一："雲想衣裳花想容，春風拂檻露華濃。"

【濃笑】大笑。唐李賀歌詩編一唐兒歌："東家嬌娘求對值，濃笑書空作唐字。"

【濃湖】舊湖名。南朝宋泰始元年，晉安王劉子勛起兵反，以安北將軍袁顗總統衆軍。二年，顗屯鵲尾，聯營迄至濃湖，衆十餘萬，即此。湖已湮廢，故址在今安徽繁昌縣。參閱宋書明帝紀泰始二年、讀史方輿紀要二七太平府繁昌縣。

【濃粧】華麗的妝飾。唐白居易長慶集四疊商婦詩："飽食濃粧倚柂樓，兩朵紅顋花欲綻。"唐段成式酉陽雜俎八黥："房孺復妻崔氏，性妬忌，左右婢不得濃粧高髻。"

【濃睡】酣睡，沉睡。全唐詩六八五吳融雨夜："何人得濃睡，溪上釣魚舟。"宋李清照漱玉詞如夢令："昨夜雨疏風驟，濃睡不消殘酒。"

【濃緑】深緑色。唐韓愈昌黎集一南山詩："天空浮脩眉，濃緑畫新就。"

【濃濃】㊀露多貌。詩小雅蓼蕭："蓼彼蕭斯，零露濃濃。"㊁淡淡之對。唐杜甫杜工部集十九朝獻太清宮賦："素髮漠漠，至精濃濃。"

澴 huán ㄏㄨㄢˊ 戶關切，平，刪韻，匣。

㊀水回旋貌。文選晉郭景純(璞)江賦："漩澴滎瀯，渨𤅺濆瀑。"注："皆波浪回旋濆涌而起之貌也。"㊁水名。見"澴河"。

【澴河】水名。源出河南信陽縣南，流至湖北應山孝感縣境注入漢水。參閱讀史方輿紀要七七德安府孝感縣。

濁 zhuó ㄓㄨㄛˊ 直角切，入，覺韻，澄。

㊀不清。詩小雅四月："相彼泉水，載清載濁。"㊁混亂。呂氏春秋振亂："當今之世濁甚矣。"㊂星名。爾雅釋天："濁謂之畢。"注："掩兔之畢，或呼爲濁，因星形以名。"

【濁人】佛教指凡俗的人。十誦律四九："有四種人：一者麁(粗)人，二者濁人，三者中間人，四者上人。"

【濁世】混亂的時世。楚辭宋玉九辯："處濁世而顯榮兮，非余心之所樂。"史記七六平原君傳太史公曰："平原君，翩翩濁世之佳公子也。"

【濁流】混濁的水流。比喻品格卑污。唐末李振事朱全忠，因於咸通乾符中連舉進士不第，而恨唐公卿。天祐二年，全忠聚唐相裴樞等朝士三十餘於白馬驛，一夕盡殺之，振謂全忠曰："此輩自言清流，可投之河，使永爲濁流。"因悉投尸於河。見新唐書一四〇裴樞傳、新五代史李振傳。宋劉克莊後村集十一和實之讀邸報詩之三："欲取漢清議，盡投唐濁流。"

【濁鹿】地名。在河南修武縣西北。漢末曹丕稱帝，廢漢獻帝爲山陽公，居河內山陽之濁鹿城，即此。唐武德二年，李密部將李育德以修武濁鹿城歸唐，因置陟州修武縣於此。參閱太平寰宇記五三懷州脩武縣、讀史方輿紀要四九懷慶府武陟縣。

【濁富】不義之富。文苑英華三六八唐姚崇冰壺誡："與其濁富，寧比清貧。"明楊慎藝林伐山十七佛書四六："寧可清貧自樂，不作濁富多憂。"

【濁漳】水名。亦稱潞水。在山西省東

南部。漳河的上游。濁漳水有三源：西源出山西沁縣西北千峯嶺，南源出長子縣西南發鳩山，北源出榆社縣北。三源匯合後東南流，到河北涉縣合漳鎮和清漳河匯合爲漳河。參閱讀史方輿紀要四二潞安府長子縣。

【濁質】濁氏和質氏，皆爲漢代的富豪家族。文選漢張平子(衡)西京賦："若夫翁伯濁質，張里之家，擊鐘鼎食，連騎相過，東京公侯，壯何能加！"注："濁氏以胃脯而連騎，質氏以洗削而鼎食。……胃脯，今太官以十日作沸湯燖羊胃，以末椒薑坋之，訖曝使燥者也。……洗削，作刀劍。"

【濁澤】地名。在山西運城西。又名涿澤。戰國魏惠王元年韓懿侯與趙成侯合軍并兵以伐魏，戰於濁澤，卽此。參閱史記魏世家、讀史方輿紀要四一解州。

【濁醪】濁酒。文選晉左太沖(思)魏都賦："清酤如濟，濁醪如河。"濟水清，河水濁，故以濟河比酒之清濁。又南朝梁江文通(淹)恨賦："濁醪夕引，素琴晨張。"

【濁輪川】水名。在陝西神木縣西北，下流入黃河。宋雍熙二年，王侁破西夏李繼遷悉利諸砦，入濁輪川，卽此。參閱宋史二七四王侁傳、讀史方輿紀要五七葭州神木縣。

【濁河清濟】謂黃河濁而濟水清。戰國策燕一："吾聞齊有清濟濁河，足以爲固。"文選南齊謝玄暉(朓)始出尚書省詩："紛虹亂朝日，濁河穢清濟。"唐呂延濟注："濁河之水穢清濟也，喻鬱林王之昏濁不紹也。"

【濁涇清渭】涇水濁而渭水清。文選晉潘安仁(岳)西征賦："北有清渭濁涇，蘭池周曲。"因借以比喻界綫分明。唐杜甫杜工部草堂詩箋四秋雨歎之一："去馬來牛不復辨，濁涇清渭何當分。"參見"涇渭"。

澮 kuài ㄎㄨㄞˋ 古外切，去，泰韻，見。

㊀田間排水之渠。孟子離婁下："苟爲無本，七八月之間雨集，溝澮皆盈；其涸也，可立而待也。"㊁水名。見"澮水"。

【澮水】水名。今稱澮河。1.源出山西翼城縣東，西流經曲沃、侯馬市注入汾河。左傳成六年："新田有汾澮，以流其惡。"注："澮水出平陽絳縣南，西入汾。"卽此水。2.源出河南商丘市北，東南流經安徽永城、宿縣、固鎮注入淮河。春秋戰國時稱渙水。參閱嘉慶一統志一九三歸德府一。

澨 shì ㄕˋ 時制切，去，祭韻，禪。

㊀水濱。楚辭九歌湘夫人："朝馳余馬兮江皋，夕濟兮西澨。"注："澨，水涯也。"㊁水名。源出湖北京山縣潼泉山仙女洞，東流至漢川縣，入漢水。亦名三參水，卽禹貢之三澨。參閱嘉慶一統志三四二安陸府山川。參見"三澨"。

澥 jié ㄐㄧㄝˊ 阻瑟切，入，櫛韻，莊。

㊀見"泌澥"。㊁見"澥汩"。

【澥汩】急流激蕩貌。文選漢枚叔(乘)七發："澥汩潺湲，披揚流灑。"又晉嵇叔夜(康)琴賦："澥汩澎湃，蛩蟺相糾。"此喻琴聲激昂。

澹 1. dàn ㄉㄢˋ 徒敢切，上，敢韻，定。ㄉㄢˋ 徒濫切，去，闞韻，定。

㊀恬靜，安定。老子："澹兮其若海，飂兮其若止。"莊子天下："以本爲精，以物爲粗，以有積爲不足，澹然獨與神明居，古之道德有在於是者。"㊁淡薄。莊子刻意："无不忘也，无不有也，澹然无極，而衆美從之。"㊂觸動。漢書禮樂志郊祀歌練時日："相放悲，震澹心。"

2. tán ㄊㄢˊ 徒甘切，平，談韻，定。

㊃姓。見"澹$_2$臺"。

3. shàn ㄕㄢˋ

㊄滿足，充足。通"贍"。荀子王制："埶位齊而欲惡同，物不能澹，則必爭。"戰國策魏三："國有事，未澹下兵也，今以兵從。"宋鮑彪注："澹，卽贍。贍，給也。"

【澹災】消除災害，使之安定。漢書五七下司馬相如傳難蜀父老："夏后氏戚之，乃堙洪原，決江疏河，灑沈澹災，東歸之於海，而天下永寧。"史記一一七司馬相如傳作"贍菑"，義同。

【澹泞】水流動貌。文選晉木玄虛(華)海賦："泱漭澹泞，騰傾赴勢。"

【澹泊】恬靜寡欲。漢書八七下揚雄傳長楊賦："且人君以玄默爲神，澹泊爲德，今樂遠出以露威靈，數摇動以罷車甲，本非人主之急務也，蒙竊或焉。"三國蜀諸葛亮誡子書："非澹泊無以明志，非寧靜無以致遠。"(太平御覽四五九)參見"澹薄"。

【澹林】古代北方民族名。史記一〇二馮唐傳："是以北逐單于，破東胡，滅澹林，西抑彊秦，南支韓、魏。"集解引徐廣："澹，一作'襜'。"索隱："一本作'檐襤'。"

【澹淡】㊀水波動蕩貌。文選戰國楚宋玉高唐賦："徙靡澹淡，隨波闇藹。"又漢枚叔(乘)七發："上有千仞之峯，下臨百丈之谿，湍流遡波，又澹淡之。"㊁漂浮貌。漢書五七上司馬相如傳上林賦："汎淫氾濫，隨風澹淡。"

【澹雅】清高典雅。方言漢劉歆與揚雄從取方言書："非子雲澹雅之才，沈鬱之思，不能經年銳精以成此書，良爲勤矣。"子雲，雄字。又作"淡雅"。隋書牛弘傳贊："有淡雅之風，懷曠遠之度。"

【澹漠】恬靜寡欲。莊子繕性："古之人在混芒之中，與一世而得澹漠焉。"文苑英華七三九唐吳筠神仙可學論："虛凝澹漠怡其性，吐納屈伸和其體。"參見"淡漠"。

【澹$_2$臺】複姓。春秋魯有澹臺滅明，孔子弟子。漢有博士澹臺恭。參閱通志二九氏族五複姓。

【澹澉】洗濯。文選漢枚叔(乘)七發："澹澉手足，頮濯髮齒。"又作"淡澉"。唐韓愈昌黎集八納涼聯句："青熒文簟施，淡澉甘瓜濯。"

【澹蕩】㊀猶蕩漾。南朝宋鮑照鮑氏集三代白紵曲之二："春風澹蕩俠思多，天色淨綠氣妍和。"唐張說張燕公集一奉和春日幸望春宮應制詩："別館芳菲上苑東，飛花澹蕩御筵紅。"㊁流動無定。唐李白李太白詩二古風之十："吾亦澹蕩人，拂衣可同調。"

【澹澹】㊀水波動貌。文選戰國楚宋玉高唐賦："水澹澹而盤紆兮，洪波淫淫之溶滴。"宋書樂志三魏武帝步出夏門行："水何澹澹，山島竦峙。"㊁不安定。素問刺熱："其逆則項痛員員澹澹然。"注："澹澹，爲似欲不定也。"㊂恬靜貌。楚辭漢劉向九歎愍命："心溶溶其不可量兮，情澹澹其若淵。"注："澹澹，不動貌也。"㊃廣漠。唐杜牧樊川集二登樂遊原詩："長空澹澹孤鳥没，萬古銷沉向此中。"

【澹薄】恬淡寡欲。淮南子主術："是故非澹薄無以明德，非寧靜無以致遠。"

【澹瀩】蕩漾，猶言淡淹。水帶沙往來貌。唐杜甫杜工部草堂詩箋十七萬丈潭："山危一徑盡，岸絶兩壁對。削成根虛無，倒影垂澹瀩。"

【澹瀲】水波微動貌。南朝宋謝靈運謝康樂集二登永嘉綠嶂山詩："澹瀲結寒姿，團欒潤霜質。"

【澹$_2$臺湖】古湖名。相傳爲孔子弟子澹臺滅明故宅，後陷爲湖。故址在今江蘇吳縣東南。見史記六七仲尼弟子傳"(澹臺滅明)南遊至江"索隱。

【澹₂臺滅明】公元前512—?年。春秋武城人，字子羽。孔子弟子。以貌醜不爲孔子所重。退而修行，南遊至江，有弟子三百人，名聞諸侯。孔子聞之，曰："以貌取人，失之子羽。"参閲論語雍也、史記六七仲尼弟子傳。

澥 xiè ㄒㄧㄝˋ 胡買切，上，蟹韻，匣。

㊀海。見"渤澥"。㊁見"澥谷"。

【澥谷】崑崙之北谷，傳説産美竹，可以製樂器。説文作"澥谷"，漢書律曆志上作"解谷"，晉人丹陽記作"嶰谷"（初學記二八）。參見"嶰谷"、"解谷"。

激 jī ㄐㄧ 古歷切，入，錫韻，見。

㊀阻遏水勢。孟子告子上："今夫水，搏而躍之，可使過顙；激而行之，可使在山。"漢書溝洫志賈讓奏："河從河内北至黎陽爲石隄，激使東抵東郡平剛。"注："激者，聚石於隄旁衝要之處，所以激去其水也。"後因稱石堰之類的擋水建築物爲激。水經注二八沔水："沔水北岸數里，有大石激，名曰五女激。"㊁鼓動，激發。戰國策燕一："蘇代欲以激燕王，以厚任子之也。"㊂急疾，猛烈。史記一二四游俠傳序："比如順風而呼，聲非加疾，其勢激也。"㊃過分率直。荀子不苟："辯而不爭，察而不激。"参見"激切"。㊄鮮明。莊子盜跖："脣如激丹，齒如齊貝。"㊅高亢。見"激楚"。

【激切】㊀激烈率直。漢書五一賈山傳："其言多激切，善指事意，然終不加罰，所以廣諫爭之路也。"㊁激勵。文選晉袁彦伯（宏）三國名臣序贊："行不脩飾，名跡無愆。操不激切，素風愈鮮。"唐劉良注："志操不待激勸切磋，自有純素之風，雖在濁世，愈鮮明也。"㊂激動，感奮。唐高適高常侍集七酬河南節度使賀蘭大夫見贈之作詩："感時常激切，於己即忘情。"

【激卬】感慨憤發。漢書七六王章傳："其妻呵怒之曰：'……今疾病困戹，不自激卬，乃反涕泣，何鄙也！'"又八七下揚雄傳解嘲："范雎，魏之亡命也，……激卬萬乘之主，界涇陽，抵穰侯而代之，當也。"

【激矛】矛的一種。釋名釋兵："矛長丈八尺曰矟，馬上所持，言其矟，矟便殺也。又曰激矛，可以激截敵陳之矛也。"

【激昂】振奮昂揚。文選漢傅武仲（毅）舞賦："明詩表指，喟息激昂。"唐李白李太白集二六與韓荆州書："今天下以君侯爲文章之司命，人物之權衡，……而君侯何惜階前盈尺之地，不使白揚眉吐氣激昂青雲耶！"

【激烈】高亢激昂，激越。文選漢蘇子卿（武）詩四首之二："長歌正激烈，中心愴以摧。"唐呂延濟注："激烈，聲高也。"唐李白李太白詩二四擬古之二："絃聲何激烈，風卷繞飛梁。"今用爲劇烈之意。

【激越】聲音高亢清遠。文選漢班孟堅（固）西都賦："櫂女謳，鼓吹震，聲激越，訇厲天。"唐柳宗元柳先生集二四陪永州崔使君遊宴南池序："羽觴飛翔，匏竹激越。"

【激揚】激動振奮。漢書八八張山拊傳谷永上疏："近事大司空朱邑、右扶風翁歸德茂夭年，孝宣皇帝愍册厚賜，贊命之臣靡不激揚。"後漢書五八臧洪傳："洪辭氣慷慨，聞其言者，無不激揚。"

【激發】㊀矯揉造作。漢書九九上王莽傳："敢爲激發之行，處之不慙恧。"㊁刺激使奮發。後漢書六五皇甫規傳："自以連在大位，欲退身避第，……因令客密告并州刺史胡芳，言規擅離軍營，公違禁憲，當急舉奏。芳曰：'威明（規字）欲避第仕塗，故激發我耳。'"宋郭若虛圖畫見聞誌六應天三絶："至孟蜀時，忽有匡山處士景焕善畫，……同遊應天，適覩（孫）位所畫門之左壁天王，激發高興，遂畫右壁天王以對之。"

【激詭】㊀矯情立異。後漢書八一范冉傳："冉好違時絶俗，爲激詭之行。"三國志魏和洽傳："古之大教，務在通人情而已，凡激詭之行，則容隱僞矣。"㊁毁譽過當。後漢書四十下班彪傳附班固論："若固之序事，不激詭，不抑抗，贍而不穢，詳而有體，使之者亹亹而不厭。"

【激楚】㊀聲音高亢淒清。楚辭宋玉招魂："宫庭震驚，發激楚些。"㊁曲名。漢書五七上司馬相如傳上林賦："鄢郢繽紛，激楚結風。"文選漢傅武仲（毅）舞賦："激楚結風，陽阿之舞。"㊂指心情悲憤。聊齋志異六細侯："既聞細侯已嫁，心甚激楚。"

【激厲】㊀激發勉勵。三國志魏曹仁傳："仁激厲將士，示以必死，將士感之皆無二。"㊁急激率直。南史范雲傳："性頗激厲，少威重，有所是非，形於造次。"

【激徵】㊀樂音激揚高亢。徵（zhǐ），五聲音階中的一個音級。漢書禮樂志郊祀歌天地："展詩應律鋗玉鳴，函宫吐角激徵清。發梁揚羽申以商，造茲新音永久長。"注："自函宫吐角以下，總言五聲之備耳。"㊁雅曲名。文選漢傅武仲（毅）舞賦："揚激徵，騁清角。"注："激徵、清角，皆雅曲名。琴操曰：伯牙鼓琴，作激徵之音。"

【激激】㊀水清貌。樂府詩集十六漢鐃歌戰城南："水深激激，蒲葦冥冥。"㊁急流聲。唐韓愈昌黎集三山石詩："當流赤足蹋澗石，水聲激激風吹衣。"㊂水勢急疾貌。宋蘇軾分類東坡詩十和蘇州太守王規父侍太夫人觀燈之什……二首之二："翩翩緹騎走香塵，激激飛濤射火輪。"

【激勵】激發鼓勵。史記七九范雎傳："昭王曰：'……内無良將而外多敵國，吾是以憂。'欲以激勵應侯。"

【激嚁】形容聲音急速。文選晉成公子安（綏）嘯賦："音要妙而流響，聲激嚁而清厲。"

【激勸】激發勉勵。同"激勵"。漢王充論衡別通："人好觀圖畫者，圖上所畫，古之列人也。見列人之面，孰與觀其言行？置之空壁，形容具存，人不激勸者，不見言行也。"唐顔真卿顔魯公文集十二懷素上人草書歌序："某早歲嘗接游居，屢蒙激勸，教以筆法。"

【激賞庫】宋代官署名。置於紹興年間，專充軍事警奏探報之用，後兼管供應朝廷和官吏所需用的物資。本隸御營司，建炎四年六御營司廢，改隸樞密院。參閲建炎以來繫年要録三四建炎四年、宋史職官志二三省樞密院激賞庫。

【激濁揚清】斥惡獎善。晉書武帝紀泰始四年詔："若長吏在官公廉，慮不及私，正色直節，不飾名譽者，及身行貪穢，諂黷求容，公節不立而私門日富者，並謹察之。揚清激濁，舉善彈違，此朕所以垂拱總綱，責成於良二千石也。"貞觀政要二任賢："王珪對曰：'……至如激濁揚清，嫉惡好善，臣於數子，亦有一日之長。'"

【激薄停澆】振作人心，遏制浮薄的社會風氣。梁書明山賓傳："既售牛受錢，乃謂買主曰：'此牛經患漏蹄，治差已久，恐後脱發，無容不相語。'買主遽追取錢。處士阮孝緒聞之，歎曰：此言足使還淳反朴，激薄停澆矣。"

澳 1. yù ㄩˋ 於六切，入，屋韻，影。

㊀水邊地。詩衛風淇奧："瞻彼淇奥，綠竹猗猗。"禮大學引詩及羣書治要三毛詩皆作"淇澳"。文選南朝宋顔延年（延之）始安郡還都與張湘州登巴陵城樓作詩："清氣霽岳陽，曾暉薄瀾澳。"

2. ào 烏到切,去,号韻,影。
ㄠ

㊀水灣可泊船處。宋史河渠志六東南諸水上:"鎮江府傍臨大江,無港澳以容舟楫。"㊁刷洗。世説新語汰侈:"王君夫(愷)以粭糒澳釜,石季龍(崇)用蠟燭作炊。"

【澳₂門】地名。屬廣東香山縣(今珠海縣),在珠江口西南,面臨南海,港灣便於船隻停泊。明嘉靖三十二年,葡萄牙人初至其地,借口曬貨而强行租借,清光緒十三年立約,清政府被迫許其永遠管理。明時稱壕鏡,西人沿居民舊稱曰媽港。參閲清續文獻通考三四六外交十。

【澳₂牐】攔河建閘的水利工程。宋史河渠志六東南諸水上:"(元符)二年閏九月,潤州京口常州犇牛澳牐畢工。先是,兩浙轉運判官曾孝蘊獻澳牐利害,因命孝蘊提舉興修,仍相度立啓閉日限之法。"又:"徽宗崇寧元年十二月置提舉淮、浙澳牐司官一員,掌杭州至揚州瓜洲澳牐,凡常潤杭秀揚州新舊等牐,皆治之。"

䲨 tà 他合切,入,合韻,透。
ㄊㄚˋ

積厚。見廣韻。北齊顏之推顏氏家訓書證:"晉中興書:太山羊曼常頽縱任俠,飲酒誕節,兖州號爲䲨伯。此字皆無音訓。……俗間又有䲨䲨語,蓋無所不施,無所不容之意也。顧野王玉篇誤爲黑傍沓,……吾所見數本,竝無作黑者。重沓是多饒積厚之意,從黑更無義旨。"晉書羊曼傳作"䵬伯"。

【䲨伯】分不清好壞的人。新唐書一五〇常衮傳:"徼元載敗,窒賣官之路,然一切以公議格之,非文詞者皆擯不用,故世謂之'䲨伯',以其䲨䲨無賢不肖之辨云。"

澩 1. xué 胡覺切,入,覺韻,匣。
ㄒㄩㄝˊ 士角切,入,覺韻,牀。

㊀夏漲冬涸的沼澤。爾雅釋山:"夏有水冬無水,澩。"㊁渭水的支流。廣雅釋水:"水自渭出爲澩。"㊂波浪相激聲。見"澩灂"。

2. xiào 下巧切,上,巧韻,匣。
ㄒㄧㄠˋ

㊃見"澩₂漻"。

【澩₂漻】交錯貌。文選晉左太冲(思)吳都賦:"倔𡾊澩漻,交貿相競。"

【澩灂】波濤激盪聲。文選晉郭景純(璞)江賦:"砯巖鼓作,㶁㳿澩灂。"

十四畫

濘 nìng 乃梃切,上,迥韻,泥。
ㄋㄧㄥˋ 乃定切,上,迥韻,泥。

爛泥。左傳僖十五年:"戰于韓原,晉戎馬還濘而止。"管子地員:"不濘車輪,不污手足。"

【濘淖】泥沼。唐韓愈昌黎集六答柳柳州食蝦蟇詩:"跳躑雖云高,意不離濘淖。"

【濘溺】泥水淤積。漢蔡邕蔡中郎集外傳述行賦:"路阻敗而無軌兮,塗濘溺而難遵。"

濱 bīn 必鄰切,平,真韻,幫。
ㄅㄧㄣ

㊀水厓,水邊。書禹貢:"厥土白墳,海濱廣斥。"引申指邊緣。詩小雅北山:"溥天之下,莫非王土;率土之濱,莫非王臣。"㊁傍水。史記一二九貨殖傳:"齊帶山海,膏壤千里,……而鄒、魯濱洙、泗,猶有周公遺風。"㊂臨,近。國語齊:"桓公曰:'夫管夷吾(仲)射寡人中鉤,是以濱於死。'"

【濱州】州名。春秋戰國齊地。漢千乘郡地。五代後周顯德三年置濱州,宋因之,金屬益都路,元屬濟南路,明初州治移徙渤海縣,清屬山東武定府。公元1913年廢府改縣。故治在今山東濱縣。見讀史方輿紀要三一濟南府。

濠 háo 胡刀切,平,豪韻,匣。
ㄏㄠˊ

㊀城池,護城河。也作"壕"。文選南朝梁江文通(淹)雜體詩劉太尉琨:"飲馬出城濠,北望沙漠路。"㊁水名。見"濠水"、"濠梁"。

【濠上】莊子秋水記莊子與惠施遊於濠梁之上,見儵魚出游從容,因辯論魚之知樂與否,後因以濠上指逍遥閒遊之所,寄情玄言爲濠上之風。南朝梁釋慧皎高僧傳五竺道壹:"時若耶山有帛道猷者,本姓馮,山陰人,少以篇牘著稱,性好丘壑,一吟一詠,有濠上之風。"宋林逋林和靖集一中峯行樂却望北山因而成咏詩:"庶將濠上想,聊作剡中遊。"

【濠水】水名。在安徽鳳陽縣東北。有二源:東源出濠塘山,西源出鎮郲山,流至鳳陽昇高山而合。又東北流至城東十五里,有石絶水,謂之濠梁。參閲水經注淮水、讀史方輿紀要二一鳳陽府。

【濠州】州名。隋開皇三年,廢鍾離郡,改楚州爲豪州。大業初,復改爲鍾離郡。唐置濠州。宋元因之。朱元璋吳元年改爲臨濠府,治所在鍾離。洪武七年,改鳳陽府,遷治鳳陽,在今安徽鳳陽縣。參閲讀史方輿紀要二一鳳陽府。

【濠梁】猶濠上。梁書王規傳晉安王與湘東王繹令:"(規)文辯縱横,才學優贍,跌宕之情彌遠,濠梁之氣特多。"參見"濠上"。

【濠濮閒想】相傳莊子與惠施遊於濠梁之上,又莊子釣於濮水,却楚王之聘。後因以濠濮指高人寄身閒居之所。晉書范甯傳論王弼何晏:"黄唐緬邈,至道淪翳;濠濮輟詠,風流靡託。"世説新語言語:"簡文入華林園,顧謂左右曰:'會心處不必在遠,翳然林水,便自有濠濮閒想也。覺鳥獸禽魚,自來親人。'"

濟 1. jì 子計切,去,霽韻,精。
ㄐㄧˋ

㊀渡過。左傳文三年:"秦伯伐晉,濟河焚舟。"㊁渡頭。詩邶風匏有苦葉:"匏有苦葉,濟有深涉。"箋:"匏葉苦而渡處深。"㊂貫通,流通。淮南子原道:"利貫金石,强濟天下。"㊃成功,成就。書君陳:"必有忍,其乃有濟。"㊄利用。易繫辭下:"臼杵之利,萬民以濟。"㊅增益。左傳桓十一年:"莫敖曰:'盍請濟師於王?'"㊆救助,接濟。易繫辭上:"知周乎萬物,而道濟天下。"㊇停止。詩鄘風載馳:"既不我嘉,不能旋濟。"㊈姓。相傳黄帝庶子箴姓之後。參閲姓觿五。

2. jǐ 子禮切,上,薺韻,精。
ㄐㄧˇ

㊉水名。見"濟₂水"。㊀見"濟₂濟₂"。

【濟人】助人。唐李白李太白詩二十陪族叔當塗宰遊化城寺升公清風亭:"濟人不利己,立俗無嫌猜。"

【濟水】渡河。泗水。吳子料敵:"一曰疾風大寒,早興寤遷,剖冰濟水,不憚艱難。"文選漢王子淵(褒)四子講德論:"故膺騰撇波而濟水,不如乘舟之逸也。"

【濟₂水】水名。古與江淮河並稱四瀆。書禹貢:"導沇水,東流爲濟,入於河。"濟水源出於河南濟源縣王屋山,其故道本過黄河而南,東流至山東,與黄河並行入海,後下游爲黄河所奪,惟河北發源處尚存。參閲水經注七濟水。

【濟₂北】地名。秦末田安等起兵,下濟北數城,引其兵降楚,項羽立安爲濟北王,都博陽;又漢文帝二年以朱虚侯章誅滅諸吕有功,因立章爲城陽王,立東牟侯興居爲濟北王,治盧;皆指此。故城在今山東長清縣南。參閲讀史方輿紀要三一濟南府長清縣盧城。

【濟₂州】 州名。東漢濟北國地。北魏泰常四年置濟州。隋初廢。唐武德四年仍置濟州，皆治盧縣。天寶十三年，州城爲河所陷，廢入鄆州。五代後周廣順二年改置濟州於鉅野。金天德二年移治任城，元至正八年廢。唐以前州治碻磝城，在今山東茌平縣境；金以後州治任城，今山東濟寧市地。參閱太平寰宇記十四濟州、讀史方輿紀要三一濟南府長清縣盧城。

【濟事】 成事。左傳成六年："或謂欒武子曰：'聖人與衆同欲，是以濟事，子盍從衆？'"世說新語識鑒："郗超與謝玄不善，……于時朝議遣玄北討，人間頗有異同之論，唯超曰：'是必濟事。'"參見"不濟事"。

【濟物】 猶言濟人，助人。文選南朝宋謝靈運述祖德詩之一："兼抱濟物性，而不纓垢氛。"唐杜甫杜工部詩史補遺六別蔡十四著作："揚於洪濤間，仗子濟物身。"

【濟度】 ㊀渡水而達彼岸。引申指拯助，解除困難。漢書八四翟方進傳附翟宣載王莽大誥："熙！我念孺子，若涉淵水，予惟往求朕所濟度，奔走以傅近奉承高皇帝所受命。"注："言我當求所以濟度之，故盡力奔走，不憚勤勞。"後漢書鄧皇后紀詔："朕以無德，託母天下，……上欲不欺天愧先帝，下不違人負宿心，誠在濟度百姓，以安劉氏。"㊁佛教指救濟衆生使度生死海而登涅槃境界。法華經方便品："終不以小乘濟度衆生。"

【濟美】 繼承祖先或前人的業績。左傳文十八年："世濟其美，不隕其名。"疏："世濟其美，後世承前世之美。"唐白居易長慶集六一唐故銀青光祿大夫……贈禮部尚書范陽張公墓誌銘："餘慶濟美，宜在於公。"

【濟₂南】 郡名，府名。春秋戰國齊地。漢呂后元年，以濟南爲呂國。文帝初復故，十六年，別爲濟南國。景三年，國除爲濟南郡。歷代相因。宋政和六年改爲濟南府，金仍其舊，元曰濟南路，明清皆爲府。公元 1913 年裁撤。府治在今山東濟南市。參閱讀史方輿紀要三一濟南府。

【濟時】 匡時救世。國語周中："寬所以保本也，肅所以濟時也，宣所以教施也，惠所以和民也。"唐杜甫杜工部草堂詩箋十五遣興五首之二："豈無濟時策，終竟畏羅罟。"

【濟₂陰】 ㊀漢郡名。景帝中六年，分爲濟陰國。甘露二年改名定陶國。初元初，爲濟陰郡。治所在今山東定陶縣。參閱漢書地理志上濟陰郡。㊁縣名。隋置濟陰縣，濟陰郡治。唐因之。金大定二十八年圮於水。治所在今山東曹縣。參閱隋書地理志中濟陰郡、讀史方輿紀要三三曹州。

【濟惡】 勾結作惡。唐元稹長慶集四蛒蜂詩之三："可憐相濟惡，勿謂禍無餘。"宋史理宗紀四："癸亥，左司諫沈炎言余晦壞蜀，幕屬李卓、王克己濟惡斂怨，詔晦、卓、克己各奪兩官。"

【濟₂陽】 ㊀郡名。晉惠帝時分陳留郡地置，南渡後廢。故址在今河南蘭考縣境。㊁縣名。1. 屬山東省。唐景龍初析高苑地所置。尋廢。金天會七年分臨邑章丘二縣地置。自金迄清皆屬濟南府。參閱寰宇通志七一濟南府。2. 戰國魏邑。漢置縣，屬陳留郡。有漢武帝行宮，稱濟陽宮。西漢末劉欽爲濟陽令，生光武（劉秀）於濟陽宮中。唐貞觀中廢入冤朐縣。故治在河南蘭考縣境。參閱漢書地理志上、漢蔡邕蔡中郎集五光武濟陽宮碑。

【濟₂源】 縣名。屬河南省。周時爲原地，後更名軹。秦漢皆爲軹縣地，屬河內郡。隋開皇十六年析置濟源縣，屬懷州，以濟水發源而名。明清皆屬懷慶府。參閱寰宇通志八九懷慶府。

【濟楚】 整齊，整潔。宋李清照漱玉詞永遇樂："中州盛日，閨門多暇，記得偏重三五。鋪翠冠兒，撚金雪柳，簇帶争濟楚。"又王明清摭青雜説："京師樊樓畔有一茶肆，……器皿椅桌皆濟楚。"重言作"濟濟楚楚"。金董解元西廂二："唱呵好風風韻韻，捻捻膩膩，濟濟楚楚。"

【濟₂寧】 地名。屬山東省。古爲任國，春秋屬魯，戰國屬宋，後屬齊。秦屬碭陽，漢屬東平國。後漢爲任城國，晉因之，劉宋屬高平郡，北魏復置任城郡，北齊又改任城曰高平郡，元曰濟寧路，明初改路爲府，洪武十八年改府爲州，明清皆屬兗州府，公元 1913 年改爲縣。參閱寰宇通志七三兗州府濟寧州。

【濟₂濟₂】 ㊀衆多貌。書大禹謨："濟濟有衆，咸聽朕命。"詩大雅旱麓："瞻彼旱麓，榛楛濟濟。"㊁盛儀貌。詩大雅公劉："蹌蹌濟濟，俾筵俾几。"禮玉藻："朝廷濟濟翔翔。"㊂美好貌。詩齊風載驅："四驪濟濟，垂轡濔濔。"

【濟難】 解救危難。後漢書六一左雄傳上陳事疏："大漢受命，雖未復古，然克慎庶官，蠲苛救敝，悅以濟難，撫而循之。"三國魏曹植曹子建集八求自試表之一："夫憂國忘家，捐軀濟難，忠臣之志也。"

【濟顛】 公元 1129—1202 年。宋末僧人。天台人，名道濟，俗姓李。佯狂不飾細行，飲酒食肉，遊行市井間，人以爲顛，故稱濟顛。始出家靈隱寺，爲寺僧所厭，遂居淨慈寺。嘉泰二年端坐而逝。參閱明田汝成西湖遊覽志餘十四方外玄蹤。

【濟₂南集】 宋李廌著，八卷。原本已佚。清修四庫全書，館臣從永樂大典録出。廌文馳騁縱橫，與蘇軾爲近，故亦最爲軾所贊賞。

【濟勝具】 世說新語棲逸："許掾（詢）好游山水，而體便登陟。時人云：許非徒有勝情，實有濟勝之具。"指身體强健，具備登臨攬勝的條件。南史劉歊傳："性重興樂，尤愛山水，登危履險，必盡幽遐，人莫能及，皆歎其有濟勝之具。"

【濟河焚舟】 渡河而焚其舟。表示決心死戰，有進無退。左傳文三年："秦伯伐晉，濟河焚舟。"參見"破釜沈舟"。

瀇 wǎng ㄨㄤˇ 烏晃切，上，蕩韻，影。

見下。

【瀇洋】 汪洋。水廣闊無涯貌。同"瀇瀁"。漢王充論衡案書："齊有三鄒衍之書，瀇洋無涯，其文少驗，多驚耳之言。"

【瀇滉】 水深廣貌。文選晉郭景純（璞）江賦："澄澹汪洸，瀇滉困泫。"

【瀇瀁】 即汪洋。水廣闊無涯貌。淮南子覽冥："潦水不泄，瀇瀁極望。"

濙 yíng ㄧㄥˊ 烏迥切，上，迥韻，影。

小水貌。文選漢揚子雲（雄）甘泉賦："梁弱水之濎濙兮，躡不周之逶迆。"注："字林曰：濙，絕小水也。"通滎、瀅、瀯。

【濙洞】 地下水脈。初學記七晉郭璞井賦："幽溟圓渟，濙洞深玄。"

濡 1. rú ㄖㄨˊ 人朱切，平，虞韻，日。

㊀浸漬，濕潤。易夬："獨行，遇雨若濡。"莊子大宗師："若然者，登高不慄，入水不濡，入火不熱。"㊁光澤。詩小雅皇皇者華："我馬維駒，六轡如濡。"箋："如濡，言鮮澤也。"㊂遲緩。見"濡滯"。㊃柔順，容忍。見"濡忍"。㊄尿。史記一〇五倉公傳："病方今客腎濡，此所謂'腎痺'也。"正義："濡，溺也。病方客在腎，欲溺，腎也。"㊅煮熟。通"胹"。禮內則："濡豚包苦實蓼。"注："濡，謂亨之以汁和之也。"㊆見"濡水"。

2. nuán ㄋㄨㄢˊ 乃官切，平，寒韻，泥。

㈧水名。見"濡₂水"。

3. ér ㄦ 集韻 人之切,平,之韻

㈨見"濡₃水"。

【濡水】水名。1.涿郡的濡水,即河北淶水縣西北的檀水。水經注十一易水:"易水又東與濡水合,水出故安縣西北窮獨山南谷,……濡水東合檀水。"2.河北易縣的濡水,即北易水,也稱北濡水。漢書地理志上故安縣:"閻鄉,易水所出,東至范陽入濡也,……水亦至范陽入淶。"3.蒼梧的濡水,在廣西荔浦縣西北境。水經注三八灕水:"(濡)水出永豐縣西北濡山,東南逕其縣西,又東南流,入荔浦縣,注於瀨溪。"

【濡₂水】河北的灤河。古亦稱難河。參閱水經注十四濡水、清沈濤瑟榭叢談下。

【濡₃水】在河北任丘縣西北。左傳昭七年公與齊侯燕人盟于濡上,卽此。

【濡忍】柔順,容忍。史記八六聶政傳:"鄉使政誠知其姊無濡忍之志,不重暴骸之難,必絶險千里以列其名。"索隱:"濡,潤也。人性溼潤則能含忍,故云濡忍。"

【濡染】㈠沾染,感染。多指言行的影響而言。唐韓愈昌黎集二七清河郡公房公墓碣銘:"目擩耳染,不學以能。"注:"擩或作濡。"參見"耳濡目染"。㈡染濕。指寫字或繪畫。唐李商隱李義山詩集二韓碑:"公退齋戒坐小閣,濡染大筆何淋漓。"

【濡迹】滯留。文選晉陸士衡(機)門有車馬客行:"念君久不歸,濡迹涉江湘。"

【濡首】易未濟:"有孚於飲酒,无咎,濡其首,有孚失是。象曰:飲酒濡首,亦不知節也。"後以濡首作爲沉湎於酒而失其本性的意思。晉書庾純傳自劾表:"易戒濡首,論誨酒困,而臣聞言不服,過言盈庭,黷慢台司,違犯憲度。"

【濡毫】以筆蘸墨,指寫作。唐韋應物韋江州集五酬劉侍郎使君詩:"濡毫意僶俛,一用謝悁勤。"宋司馬光温國文正集二送李汝臣同年謫官導江主簿詩:"憑案一濡毫,萬言俱落紙。"

【濡須】水名。今稱運漕河或裕溪河。源出安徽巢湖,東經含山縣至蕪湖市裕溪口入長江。漢末建安十七年孫權徙治建康,於濡須口作塢以備曹操,次年操攻濡須,相拒月餘不得進。卽此。魏晉南北朝時爲兵家必爭地。參閱三國志吳孫權傳、讀史方輿紀要二六無爲州巢縣。

【濡跡】停留,引申爲投身問世。後漢書六二荀爽傳論:"平運則弘道以求志,陵夷則濡跡以匡時,荀公之急急自勵,其濡跡乎?"

【濡滯】停留,遲滯。孟子公孫丑下:"千里而見王,不遇故去,三宿而後出晝,是何濡滯也?"注:"濡滯,猶稽也。"

【濡需】苟安一時。莊子徐无鬼:"濡需者,豕蝨是也。擇疏鬣自以爲廣宫大囿,奎蹏曲限,乳閒股脚,自以爲安室利處,不知屠者之一旦鼓臂布草,操煙火,而己與豕俱焦也。"

濤 tāo ㄊㄠ 徒刀切,平,豪韻,定。

大浪。文選漢枚叔(乘)七發:"與諸侯遠方交遊兄弟,並往觀濤乎廣陵之曲江。"

【濤瀨】水波激濺。漢書八七上揚雄傳反離騷:"終回復於舊都兮,何必湘淵與濤瀨!"宋蘇軾東坡集前集五韓子華石淙莊詩:"泉流知人意,屈折作濤瀨。"

【濤瀾】巨浪。唐李白李太白詩九贈華州王司士:"淮水不絶濤瀾高,盛德未泯生英髦。"

濫 1. làn ㄌㄢ 盧瞰切,去,闞韻,來。

㈠水滿溢,泛濫。孟子滕文公下:"當堯之時,水逆行,氾濫於中國。"水經注十三㶟水:"其水陽熯不耗,陰霖不濫。"㈡沉浸。國語魯上:"宣公夏濫於泗淵。"注:"濫,漬也。漬罟於泗水以取魚也。"㈢過度。書商頌殷武:"不僭不濫,不敢怠遑。"逸周書程典:"生穡省用,不濫其度。"㈣越軌。論語衞靈公:"君子固窮,小人窮斯濫矣。"㈤失實。左傳昭八年:"民聽濫也。"㈥浮辭。文選晉陸士衡(機)文賦:"或清虚以婉約,每除煩而去濫。"㈦邑名。左傳昭三一年:"冬,邾黑肱以濫來奔。"按:邾地在今山東沂水縣。

2. lǎn ㄌㄢˇ 集韻 魯敢切,上,敢韻。

㈧用水漬果子。禮内則:"漿、水、醷、濫。"注:"濫,以諸和水也。"釋文:"以諸,乾桃、乾梅皆曰諸。"

3. jiàn ㄐㄧㄢ 胡黤切,上,檻韻,匣。

㈨泉水涌出。見"濫₃泉"。㈩浴盆。通"鑑"。墨子節喪:"又必多爲屋幕鼎鼓几梴壺濫戈劍羽毛歲革,寢而埋之。"莊子則陽:"夫靈公有妻三人,同濫而浴。"

【濫巾】冒充隱士。單衣幅巾,隱士的服飾。文選南齊孔德璋(稚珪)北山移文:"世有周子,雋俗之士,……偶吹草堂,濫巾北岳,誘我松桂,欺我雲壑,雖假容於江皋,乃纓情於好爵。"參見"幅巾"。

【濫吹】虛在其位,名不副實。文選梁江文通(淹)雜體詩盧中郎諶:"更以畏友朋,濫吹乖名實。"宋王禹偁小畜集八謫居感事詩:"叨榮偕計吏,濫吹謁春司。"

【濫炎】火勢蔓延。漢書五行志上:"自上而降,及濫炎妄起,災宗廟,燒宫館,雖興師衆,弗能救也。"

【濫竽】韓非子内儲上:"齊宣王使人吹竽,必三百人。南郭處士請爲王吹竽,宣王説之,廩食以數百人。宣王死,湣王立,好一一聽之,處士逃。"後因以濫竽比喻無其才而居其位。梁書庾肩吾傳太子(簡文帝)與湘東王書:"朱丹既定,雌黃有别,使夫懷鼠知慚,濫竽自恥。"

【濫₃泉】湧出的泉水。爾雅釋水:"濫泉正出。正出,涌出也。"文選晉潘安仁(岳)金谷集作詩:"濫泉龍鱗瀾,激波連珠揮。"

【濫脇】古琴名。淮南子脩務:"鼓琴者期於鳴廉脩營,而不期於濫脇號鐘。"廣雅釋樂作"藍脇"。參閱清虞兆隆天香樓偶得濫脇號鐘。

【濫惡】極端粗劣。管子參患:"器濫惡不利者,以其士予人也。"

【濫賞】不當的獎賞。書旅獒"人不易物,惟德其物"唐孔穎達疏:"有德不濫賞,賞必加於賢人。"唐元結元次山集一治風詩至正:"功不濫賞,罪不濫刑。"

【濫觴】荀子子道:"昔者江出於岷山,其始出也,其源可以濫觴。及其至江之津也,不放舟,不避風,則不可涉也,非維下流水多邪?"又見韓詩外傳三、劉向説苑雜言、孔子家語三恕。原意指江河發源之處水極少,只能浮起酒杯。後以指事物的起源。梁書鍾嶸傳詩品通論:"夏歌曰:'鬱陶乎予心',楚謠云:'名余曰正則。'雖詩體未全,然是五言之濫觴也。"唐劉知幾史通斷限:"若漢書之立表志,其殆侵官離局者乎!考其濫觴所出,起於司馬氏。"

藹 ǎi ㄞ 集韻 於蓋切,去,泰韻。

雲氣深鬱。同"靄"。漢書禮樂志郊祀歌之十九:"霧夜零,晝晻藹。"注:"藹,音靄。晻藹,雲氣之貌。"

濗 mì ㄇㄧ 莫狄切,入,錫韻,明。

水淺少。也作"溟"。水經注十濁漳水:"漳津,故瀆水,斷舊溪東北出,涓流濗注而已。"

濩 1. huò ㄏㄨㄛ 胡郭切,入,鐸韻,匣。

㈠水下流貌。文選晉張景陽(協)七命:

"溟海渾濩涌其後。"㊁煮。詩周南葛覃:"維葉莫莫,是刈是濩。"濩爲"鑊"之假借,以煮之於鑊,故曰濩。參閱清臧琳經義雜記是刈是濩(清經解二五)。

2. hù ㄏㄨˋ 胡誤切,去,暮韻,匣。

㊂流散。見"布濩"。

【濩倒】農家自釀之酒。宋詩鈔陳造江湖長翁詩鈔次韻楊宰次郎斐:"山瓶餘濩倒,僧宇謁伊蒲。"注:"村人以野釀名濩倒。"

【濩渃】大水。楚辭漢王逸九思疾世:"望江漢兮濩渃,心緊絭兮傷懷。"宋洪興祖補注:"濩音穫,渃音若,大水也。"

【濩落】空廓,廓落無用。引申爲零落,無聊失意。唐韋應物韋江州集三郡齋贈王卿詩:"濩落人皆笑,幽獨歲逾賒。"白居易長慶集十八冬至詩:"老去襟懷常濩落,病來鬚鬢轉蒼浪。"參見"瓠落"。

瀰 mǐ ㄇㄧˇ 奴禮切,上,薺韻,泥。綿婢切,上,紙韻,明。

㊀水滿。同"瀰"。㊁見"瀰迆"。

【瀰迆】地勢平遠綿延貌。文選南朝宋鮑明遠(照)蕪城賦:"瀰迆平原,南馳蒼梧漲海,北走紫塞雁門。"注:"瀰,相連漸平之貌也。"

【瀰瀰】衆多貌。詩齊風載驅:"四驪濟濟,垂轡瀰瀰。"參見"瀰瀰"。

濜 1. jìn ㄐㄧㄣˋ 徐刃切,去,震韻,邪。

㊀水名。見"濜水"。

2. jǐn ㄐㄧㄣˇ 慈忍切,上,軫韻,從。鉏紖切,上,準韻,牀。

㊁見"濜2湏"。

【濜水】水名。1.卽淅水,也叫沙河。源出湖北棗陽縣西南。參閱水經注二八沔水、讀史方輿紀要七九襄陽府棗陽縣白水。2.卽白馬河,在陝西沔縣西。參閱水經注二七沔水。

【濜2湏】水波起伏貌。文選晉郭景純(璞)江賦:"漻淢濜湏,龍鱗結絡。"

濯 1. zhuó ㄓㄨㄛˊ 直角切,入,覺韻,澄。

㊀洗去污垢。詩大雅泂酌:"泂酌彼行潦,挹彼注茲,可以濯罍。"又指滌除罪惡。左傳襄二一年:"在上位者洒濯其心,壹以待人,軌度其信,可明徵也,而後可以治人。"㊁光大,著明。詩大雅文王有聲:"王公伊濯,維豐之垣。"㊂不潔淨的水。禮喪大記:"濡濯弃于坎。"疏:"皇氏(侃)云:濡謂煩潤其髮,濯謂不淨之汁也。言所濡濯汁棄於坎中。"

2. zhào ㄓㄠˋ

㊃船槳。漢書百官公卿表上林苑有輯濯令。輯同"楫",濯同"櫂"。參見"輯濯令"。

【濯2船】以櫂搖船。濯,同"櫂"。史記一二五鄧通傳:"鄧通,蜀郡南安人也,以濯船爲黃頭郎。"索隱:"濯音棹,遲教反。"

【濯澣】洗滌,祛除。唐韓愈昌黎集四遊青龍寺贈崔大補闕詩:"猿呼鼯嘯鷓鴣啼,惻耳酸腸難濯澣。"

【濯龍】㊀漢代園林名。近北宮,在洛陽西南角。後漢書馬皇后紀:"前過濯龍門上見外家問起居者,車如流水,馬如游龍。"㊁池名。文選漢張平子(衡)東京賦:"濯龍芳林,九谷八溪。"注:"洛陽圖經曰:濯龍,池名,故歌曰:濯龍望如海,河橋渡似雷。"㊂廐名。文選南朝宋顏延年(延之)赭白馬賦:"處以濯龍之奧,委以紅粟之秩。"

【濯錦】㊀江名。卽岷江。過成都爲錦江,至三峽爲峽江,至漢口爲漢江,至揚州爲揚子江,合稱長江,東流入海。唐李白李太白詩八上皇西巡南京歌之六:"濯錦清江萬里流,雲帆龍舸下揚州。"㊁美而潔淨的錦繡。唐元稹長慶集十三感石榴二十韻詩:"暗虹徒繳繞,濯錦莫周遮。"

【濯濯】㊀光明貌。詩大雅崧高:"四牡蹻蹻,鉤膺濯濯。"又商頌殷武:"赫赫厥聲,濯濯厥靈。"㊁肥澤貌。詩大雅靈臺:"麀鹿濯濯,白鳥翯翯。"㊂光禿貌。孟子告子上:"人見其濯濯也,以爲未嘗有材焉,此豈山之性也哉?"㊃清朗,明淨。世說新語容止:"有人歎王恭形茂者云:濯濯若春月柳。"㊄明淨清新貌。宋蘇軾分類東坡詩四記所見開元寺吳道子畫佛滅度以答子由詩:"初如濛濛隱山玉,漸如濯濯出水蓮。"

【濯纓】洗滌冠纓。也比喻超脫塵俗,操守高潔。孟子離婁上:"滄浪之水清兮,可以濯我纓。"文選三國魏曹子建(植)王仲宣誄:"振冠南嶽,濯纓清川。潛處蓬室,不干勢權。"

【濯枝雨】農曆五六月間的大雨。初學記三晉周處風土記:"六月有大雨,名濯枝雨。"唐韓鄂歲時紀麗:"芒種之日,螗蜋之生,風名黃雀,雨曰濯枝。"

澀 sè ㄙㄜˋ 色立切,入,緝韻,山。

本作"澀",又作"澁"。㊀不光滑。爾雅釋草"蘩,皤蒿"宋邢昺疏:"葉似艾葉,上有白毛粗澀。"㊁味不甘滑。唐杜甫杜工部詩史補遺七病橘:"惜哉結實小,酸澀如棠梨。"㊂不通暢。1.說話遲鈍。宋書南郡王(劉)義宣傳:"生而舌短,澀於言論。"2.行文生硬。唐李肇國史補下:"元和以後,爲文章則學奇詭于韓愈,學苦澀于樊宗師。"3.生鏽。唐元稹長慶集六三歎詩之一:"孤劍鋒刃澀,猶能神彩生。"4.道路阻塞。文選晉潘正叔(尼)迎大駕詩:"世故尚未夷,崤函方嶮澀。"

【澀浪】宮牆基自地上一丈餘,壘石凹入,謂之疊澀;所疊之石作水紋,謂之澀浪。唐溫庭筠詩集六過清華宮二十二韻:"澀浪涵瑶甃,晴陽上綵斿。"

【澀訥】說話遲鈍不流利。世說新語輕詆:"王右軍(羲之)少時甚澀訥。"北齊書祖珽傳:"(子君彥)容貌短小,言辭澀訥,少有才學。"

【澀勒】竹之一種。俗叫竻竹。宋蘇軾分類東坡詩十二題過所畫枯木竹石之三:"倦看澀勒暗蠻村,亂棘孤藤束瘴根。"又李光莊簡集三贈裴道人詩:"密栽澀勒當疎籬,旋闢荒榛結茅屋。"參閱清屈大均廣東新語二七草語。

【澀道】刻有紋道的石階。元曲選孟漢卿魔合羅二:"我這裏慢騰騰行出靈神廟,舉目偷瞧。我與你恰下澀道,立在簷梢。"

【澀體】指艱澀難讀、自成一格的文體。唐徐彥伯爲文,多變易求新,以鳳閣爲鵷閣,龍門爲虬戶,金谷爲銑溪,玉山爲瓊岳,竹馬爲篠驂,月兔爲魄兔。當時人效之,謂之徐澀體。見唐張鷟朝野僉載(類說本四十)。

濬 jùn ㄐㄩㄣˋ 私閏切,去,稕韻,心。

㊀疏通河道。通"浚"。書禹貢:"禹別九州,隨山濬川。"㊁深。見"濬哲"。㊂地名。見"濬縣"。

【濬哲】深邃的智慧。詩商頌長發:"濬哲維商,長發其祥。"疏:"有深智者,維我商家之德也。"

【濬縣】縣名。屬河南省。春秋衛邑。漢置黎陽縣。宋熙寧三年復用此名,政和五年,升爲濬州,也名濬川軍。明洪武三年,改州爲縣。今作浚縣。參閱寰宇通志六大名府濬縣。

滈 xuè ㄒㄩㄝˋ 集韻黑角切,入,覺韻。

同"㵳"。見下。

【滈瀑】水沸湧。文選漢馬季長(融)長

笛賦:"濡瀑噴沫，犇遝碭突。"又晉左太沖(思)蜀都賦:"龍池濡瀑濆其隈，漏江伏流潰其阿。"

濕 1. tà ㄊㄚˋ 他合切,入,合韻,透。

㊀水名。見説文。通"漯"。見"漯水"。

2. shī ㄕ 失入切,入,緝韻,審。

㊀卑下潮濕。燥濕之濕，説文作"溼"。漢隸多作濕，後來通用無别。禮王制:"凡居民材必因天地寒煖燥濕。"㊁濕潤,含水分多。莊子大宗師:"泉涸,魚相與處於陸,相呴以濕,相濡以沫。"周禮考工記弓人:"苟有賤工必因角幹之濕，以爲之柔。"㊃乾燥。通"㬤"。詩王風中谷有蓷:"中谷有蓷，暵其濕矣。"參閱清王引之經義述聞五中谷有蓷。㊄見"濕濕"。

【濕$_{2}$生】佛教分世界衆生爲胎生、卵生、濕生、化生爲四生。如蟲、蝎、飛蛾等爲濕生。金剛經三:"若卵生,若胎生,若濕生,若化生。"注:"如蛇、蛟等依濕受形而生者。"參見"四生"。

【濕$_{2}$姑】螻蛄的别稱。唐李賀歌詩編昌谷詩:"嘹嘹濕姑聲，咽源驚濺起。"螻蛄穴土而居,下濕糞壤中尤多,故曰濕姑。

【濕$_{2}$風】潮濕的風。藝文類聚二南朝梁庾肩吾從駕喜雨詩:"濕風含酒氣，陰雲助麥寒。"

【濕$_{2}$雪】即濇雪。見"濇雪"。

【濕$_{2}$墊】潮濕。北魏楊衒之洛陽伽藍記二景寧寺:"江左假息,僻居一隅,地多濕墊。"唐韓愈昌黎集三八月十五夜贈張功曹詩:"下牀畏蛇食畏藥，海氣濕墊熏腥臊。"

【濕$_{2}$銀】指月下水波。宋范成大石湖集二十頃乾道辛卯歲三月望夜與周子充內翰泛舟石湖松江之間……賦詩紀事:"三更半醉吹笛去，櫂入濕銀天鏡中。"

【濕$_{2}$濕$_{2}$】㊀搖動貌。詩小雅無羊:"爾牛來思,其耳濕濕。"傳:"呞而動其耳,濕濕然。"呞,牛反芻。㊁開合貌。文選晉木玄虛(華)海賦:"驚浪雷奔,駭水迸集,開合解會,瀼瀼濕濕。"

【濕肉伴乾柴】指刑訊拷打。元曲選武漢臣老生兒一:"但得他不罵我做絶户的劉員外,只我也情願濕肉伴乾柴。"又李志遠還牢末四:"爲受了些磣可可濕肉伴乾柴。"

濛 méng ㄇㄥˊ 莫紅切,平,東韻,明。

㊀微雨貌。詩豳風東山:"我來自東，零雨其濛。"㊁水名。見"濛水"。㊂通"蒙"。見"濛汜"。

【濛汜】㊀古稱太陽没入之處。同"蒙汜"。文選漢張平子(衡)西京賦:"日月於是乎出入,象扶桑與濛汜。"㊁比喻人之暮年。晉書索紞傳:"又少不習勤，老無吏幹,濛汜之年,弗敢聞命。"

【濛雨】迷濛細雨。唐宋之問集上溫泉莊卧病寄楊七炯:"是日濛雨晴，返景入巖谷。"

【濛昧】昏暗不明貌。南朝宋鮑照鮑氏集五還都道中詩之三:"霮䨴冥寓岫，濛昧江上霧。"

【濛涌】廣大貌。史記一一七司馬相如傳封禪文:"湛恩濛涌，易豐也。"漢書五七下司馬相如傳作"厖洪"。

【濛澒】㊀宇宙形成前元氣未分的混沌狀態。漢王充論衡談天:"儒書又言，溟涬濛澒,氣未分之類也。"也作"濛鴻"。見"濛鴻㊀"。㊁廣大無涯貌。楚辭天問漢王逸敍:"既有解説,乃復多連蹇其文,濛澒其説,故厥義不昭,微指不晳。"

【濛鴻】㊀宇宙形成前的混沌狀態。同"厖鴻"、"濛澒"。文選晉郭景純(璞)江賦"類胚渾之未凝"注:"春秋命歷序曰:……濛鴻萌兆,渾渾混混。"㊁醉貌。宋辛棄疾稼軒詞三水調歌頭元日投宿博山寺見者驚歎其老:"有時三盞兩盞，淡酒醉濛鴻。"

【濛濛】㊀密布貌。詩豳風東山"零雨其濛"漢鄭玄箋:"道遇雨濛濛然。"楚辭漢王逸九思憫上:"雲濛濛兮電儵爍，孤雌驚兮鳴呴呴。"㊁迷離,迷茫。唐岑參岑嘉州詩一與高適薛據登慈恩寺:"五陵北原上，萬古青濛濛。"又白居易長慶集十五江夜舟行詩:"烟澹月濛濛，舟行夜色中。"

濥 yǐn yìn ㄧㄣˇ ㄧㄣˋ 余忍切,上,軫韻,喻。羊晉切,去,震韻,喻。

水潛行貌。文選晉左太沖(思)蜀都賦:"濥以潛沫，浸以緜洛。"又郭景純(璞)江賦:"潛濥之所汩淈，奔流之所磢錯。"今本文選以宋人避趙匡胤(太祖)諱，改濥作"演"。參閱清段玉裁説文解字注。

濞 1. pì ㄆㄧˋ 匹備切,去,至韻,滂。

㊀水暴發之聲。文選戰國楚宋玉高唐賦:"濞洶洶其無聲兮，潰淡淡而並入。"

2. bì ㄅㄧˋ 匹詣切,去,霽韻,滂。

㊀水名。在雲南省。參閱新唐書二一六吐蕃傳上。

【濞濞】象聲詞。晉書五行志下:"(元帝太興)三年十二月,尚書騶謝平妻生女，墮地濞濞有聲，須臾便死。"宋史四四〇夏侯嘉正傳洞庭賦:"澎澎濞濞，浩爾一致。"

濮 pú ㄆㄨˊ 博木切,入,屋韻,幫。

㊀水名。見"濮水"。㊁我國古代西南地區民族名。殷周時分佈於江漢以南，春秋以後漸散佈於今湖南西北部澧沅二水流域。以部族繁多,又稱百濮。書牧誓:"及庸蜀羌髳微盧彭濮人。"㊂姓。相傳衛大夫食采於濮，因以爲氏。參閱通志二七氏族三以邑爲氏。

【濮上】㊀謂濮水之濱，濮水一帶地方。史記樂書:"衛靈公之時,將之晉,至於濮水之上舍。"文選晉阮嗣宗(籍)詠懷詩之十六:"北里多奇舞，濮上有微音。"參見"濮水"。㊁春秋時濮上以侈靡之樂聞名於世，故後以濮上作爲淫靡風俗流行之地的代稱。詳"桑間濮上"。㊂春秋衛地崇尚豪俠剛武,濮水在衛,後亦以濮上代稱風俗尚武之地。史記一二九貨殖傳:"鄭衛俗與趙相類，然近梁魯，微重而矜節。濮上之邑徙野王,野王好氣任俠,衛之風也。"漢書地理志下:"周末有子路夏育,民人慕之,故其俗剛武,上氣力。……而野王好氣任俠,有濮上風。"

【濮水】又名濮河濮渠普河，爲古黄河濟水分流。詩衛風所云"桑間濮上",左傳哀二七年齊師救鄭及濮,莊周垂釣於濮,均指此。其源，一出於今河南封丘縣境的古濟水,一出於今原陽縣境的古黄河。二水合流入山東境，注入古巨野澤。以黄河改道，已漸湮没。參閱水經注八濟水、讀史方輿紀要三四濮州。

【濮州】州名。春秋衛地,衛成公遷都於此。漢置鄄城縣，屬濟陰郡。晉析置濮陽郡。隋初郡廢，開皇十六年置濮州。唐天寶初又改爲濮陽郡，乾元元年復爲濮州。歷代因之。公元1913年改爲縣。屬山東省。參閱魏書地形志上、太平寰宇記十四濮州。

【濮竹】竹的一種。晉常璩華陽國志南中志永昌郡:"有大竹名濮竹，節相去一丈,大受一斛許。"

【濮院】鎮名。在浙江嘉興縣西南。舊日其地居民多爲濮姓，故名。鎮以產綢著名,俗稱濮綢、院綢或濮院。見浙江通志一〇二物產二、嘉慶一統志二八七嘉興府一關隘。

【濮陽】㊀縣名，屬河南省。春秋衛都。因地在濮水之北，故名。秦漢爲濮陽縣，屬東郡。宋屬澶州，熙寧四年以濮陽爲澶州州治。明清屬大名府。參閱讀史方輿紀要十六開州。㊁郡名。見"濮州"。㊂複姓。東漢有主簿濮陽潛。見通志二七氏族三以地爲氏。

【濮鈆】古稱極南之地。鈆，同"鉛"。爾雅釋地："東至於泰遠，西至於邠國，南至於濮鈆，北至於祝栗，謂之四極。"

【濮議】宋仁宗無嗣，死後，以濮王之子趙曙繼位，是爲英宗。即位之次年(治平二年)，詔議崇奉生父濮王典禮。議久不定，三年，侍御史呂誨范純仁呂大防等力主稱仁宗爲皇考，濮王爲皇伯，而中書韓琦歐陽修等則主張稱濮王爲皇考。英宗因立濮王園陵，貶呂誨等三人出外。舊史稱爲濮議。參閱宋史三二一呂誨傳、三四一趙瞻傳堯俞傳、宋史紀事本末三六濮議。

濰 wéi 以追切，平，脂韻，喻。ㄨㄟˊ

水名。書禹貢："濰淄既道。"釋文："濰音惟，本又作惟，又作維。"見"濰水"。

【濰水】水名。即濰河。源出今山東五蓮縣西南的箕屋山，東北流過諸城，又北流匯汶水，過昌邑入海。左傳襄十八年，晉侯伐齊，東侵及濰南及沂；漢初韓信伐齊，破楚將龍且於濰水，即此。參閱讀史方輿紀要三五青州府安丘縣。

【濰州】州名。春秋戰國齊地。漢置北海郡。隋開皇十六年置濰州，以境有濰水而名。唐武德八年廢。宋建隆三年置北海軍，乾德二年升濰州。洪武十年降州爲縣，屬萊州府。參閱寰宇通志七六萊州府。

【濰縣】縣名，屬山東省。見"濰州"。

十五畫

瀋 shěn 昌枕切，上，寑韻，穿。ㄕㄣˇ

㊀汁。左傳哀三年："無備而官辦者，猶拾瀋也。"漢王充論衡書虛："然二士(子路彭越)不能發怒於鼎鑊之中，以烹湯菹汁瀋漎旁人。"㊁見"瀋陽"。

【瀋水】水名。在今遼寧瀋陽市一帶。又名五里河、小瀋河。遼金瀋州、元瀋陽路、明瀋陽中衛，皆以此水而名。參閱嘉慶一統志五九奉天府一。

【瀋州】州名。秦漢時爲遼東郡地，契丹耶律德光(遼太宗)置瀋州興遼軍，後改名瀋州昭德軍。金仍爲瀋州，元元貞二年改爲瀋陽路。參閱嘉慶一統志五九奉天府一。

【瀋陽】市名，屬遼寧省。元元貞二年省瀋州置瀋陽路。明洪武二十年改置瀋陽中衛，屬遼東都指揮使司。後金天命十年自遼陽(東京)遷都於此。天聰八年升爲盛京。清兵入關後，定都京師順天府(今北京)，以盛京爲留都。公元1913年改稱承德縣，次年改爲瀋陽縣，1934年改名爲瀋陽市。參閱嘉慶一統志五九奉天府一。

瀉 xiè 司夜切，去，禡韻，心。ㄒㄧㄝˋ 悉姐切，上，馬韻，心。

㊀傾瀉。文選南朝宋謝靈運入華子崗是麻源第三谷詩："銅陵映碧澗，石磴瀉紅泉。"㊁排泄。漢班固白虎通情性："腎者主瀉。"

【瀉土】不生作物的荒地。漢王充論衡書解："且夫山無林則爲土山，地無毛則爲瀉土，人無文則爲僕人。土山無麋鹿，瀉土無五穀，人無文德不爲聖賢。"

【瀉瓶】瀉水之瓶。比喻說法傳道，也指說法傳道的人或地。藝文類聚七八南朝梁陶弘景許長史舊館壇碑："勝殿密響，瀉瓶揚芬。"參見"寫瓶"。

【瀉潤】指雨露滋潤。借喻帝王的恩澤。初學記十隋江總爲陳六宮謝章："豈期日月騰影，風雲瀉潤，遂復位崇九御，聲高六列。"唐李商隱李義山文集一爲京兆公陝州賀南郊赦表："天潢瀉潤，日觀揚輝，普天率土，罔不慶幸。"

瀌 biāo 甫嬌切，平，宵韻，幫。ㄅㄧㄠ 皮彪切，平，幽韻，並。

見下。

【瀌瀌】雨雪盛貌。詩小雅角弓："雨雪瀌瀌，見晛曰消。"荀子非相、韓詩外傳四、漢書三六劉向傳引詩皆作"麃麃"。文選南朝宋謝惠連雪賦："藹藹浮浮，瀌瀌弈弈。"

瀍 chán 直連切，平，仙韻，澄。ㄔㄢˊ

水名。詳"瀍水"。

【瀍水】水名。即瀍河。源出河南洛陽市西北谷城山，南流經洛陽城東，入於洛水。書洛誥："我乃卜澗水東，瀍水西。"即指此水。參閱水經十五瀍水。

瀁 yàng 餘亮切，去，漾韻，喻。ㄧㄤˋ 餘兩切，上，養韻，喻。

㊀水名。史記夏紀："嶓冢道瀁，東流爲漢。"書禹貢作"導漾"。漾，古文。詳"漾水"。㊁見"瀁瀁"。㊂見"沆瀁"。

【瀁瀁】動蕩貌。晉阮籍阮步兵集清思賦："心瀁瀁而無所終薄兮，思悠悠而未半。"指心神不定。藝文類聚二九南朝梁王僧孺送殷何兩記室詩："飄飄曉雲駛，瀁瀁旦潮平。"指水波蕩漾。

瀅 yìng 烏定切，去，徑韻，影。ㄧㄥˋ

㊀見"瀅濴"。㊁見"汀瀅"。

【瀅濴】水流迴旋貌。唐杜甫杜工部草堂詩箋六橋陵三十韻呈縣內諸官："高嶽前嵂崒，洪河左瀅濴。"一本作"瀅淡"。

濸 zhà 丈甲切，入，狎韻，澄。ㄓㄚˋ

水名。見廣韻。濸，省作"霅"。參見"霅溪"。

瀔 gǔ 古祿切，入，屋韻，見。ㄍㄨˇ

水名。通作"穀"。文選南朝宋顏延年(延之)北使洛詩："伊瀔絕津濟，臺館無尺椽。"詳"穀水"。

瀆 1. dú 徒谷切，入，屋韻，定。ㄉㄨˊ

㊀溝渠。論語憲問："(管仲)豈若匹夫匹婦之爲諒也，自經於溝瀆而莫之知也。"也泛指河川。參見"四瀆"。㊁輕慢，褻瀆。通"嬻"、"黷"。易蒙："初筮告，再三瀆，瀆則不告。"左傳昭二六年："國有外援，不可瀆也。"㊂貪污。通"黷"。左傳昭十三年："晉有羊舌鮒者，瀆貨無厭。"

2. dòu 集韻 大透切，去，候韻。ㄉㄡˋ

㊃孔洞。同"竇"。左傳襄三十年："晨，自墓門之瀆入。"釋文："瀆，徐(邈)音豆。"㊄見"句瀆"。

【瀆山】即四川岷山。史記封禪書："瀆山，蜀之汶山。"汶與"岷"通。漢書作𡾰山。參閱讀史方輿紀要六六四川一岷山。

【瀆犯】冒犯。宋蘇軾經進東坡文集事略二四上神宗皇帝書："臣近者不度愚賤，輒上封章言買燈事，自知瀆犯天威，罪在不赦，席藁私室，以待斧鉞之誅。"

濿 lì 力制切，去，祭韻，來。ㄌㄧˋ

涉水。說文作"砅"。楚辭漢劉向九歎靈懷："櫂舟杭以橫濿兮，濟湘流而南極。"參見"厲揭"。

瀎 miè 莫結切，入，屑韻，明。ㄇㄧㄝˋ

㊀抹拭。見說文。㊁見"瀎潏"。

【瀎布】即抹布。正作瀎布。見正字通。

【瀎潏】疾流貌。文選漢張平子(衡)南都賦："潛匽洞出，没滑瀎潏。"注："没滑瀎潏，疾流之貌也。"

澻 suǐ ㄙㄨㄟˇ 思累切，去，寘韻，心。

使柔滑。禮內則："堇荁枌榆，潃澻以滑之。"注："齊人滑曰澻也。"參見"潃澻"。

濾 lǜ ㄌㄩˋ 集韻 良據切，去，御韻。

過濾，除去水所含雜質。唐白居易長慶集十三送文暢上人東遊詩："山宿馴溪虎，江行濾水蟲。"

濺 1. jiàn ㄐㄧㄢˋ 子賤切，去，線韻，精。

㊀迸射，液體受衝擊而散射。史記八一廉頗藺相如傳："相如曰：'五步之內，相如請得以頸血濺大王矣！'"

2. jiān ㄐㄧㄢ 則前切，平，先韻，精。

㊁見"濺₂濺₂"。

【濺₂濺₂】㊀流水聲。樂府詩集二五木蘭詩之一："旦辭爺孃去，暮宿黃河邊。不聞爺孃喚女聲，但聞黃河流水鳴濺濺。"㊁水疾流貌。宋王安石臨川集二七初夏卽事詩："石梁茅屋有彎碕，流水濺濺度兩陂。"參見"淺淺"。

瀑 1. bào ㄅㄠˋ 薄報切，去，號韻，並。

㊀水飛濺。文選晉郭景純(璞)江賦："揮弄灑珠，拊拂瀑沫。"

2. pù ㄆㄨˋ 蒲木切，入，屋韻，並。

㊁瀑布。水經注三九廬江水："廬山之北有石門水，水出嶺端，有雙石高竦，……水導雙石之中，懸流飛瀑，近三百許步，下散漫十許步，上望之連天。"參見"瀑布"。

【瀑₂布】水流從懸崖直瀉，如掛白布，故名。文選晉孫興公(綽)遊天台山賦："赤城霞起以建標，瀑布飛流以界道。"唐李白李太白詩二一有望廬山瀑布詩。

瀢 1. wěi ㄨㄟˇ 以水切，上，旨韻，喻。

㊀瀢瀢，魚行相隨貌。見玉篇。詩齊風敝笱"其魚唯唯"，韓詩作"瀢瀢"。參閱清陳喬樅韓詩遺說考五其魚瀢瀢（清續經解一五九）。

2. duì ㄉㄨㄟˋ 徒猥切，上，賄韻，定。

㊁見"瀢₂灖"。

【瀢₂灖】沙石隨水流動貌。文選晉郭景純(璞)江賦："碧沙瀢灖而往來，巨石硉矹以前却。"唐呂向注作"潰沲"。

瀫 guó ㄍㄨㄛˊ 古伯切，入，陌韻，見。

見下。

【瀫瀫】流水聲。唐韓愈昌黎集十三藍田縣丞廳壁記："水瀫瀫循除鳴。"宋陸游劍南詩稿三綿州魏成縣驛有羅江東詩……戲用其韻："孤城木葉蕭蕭下，古驛灘聲瀫瀫流。"

漻 jiāo ㄐㄧㄠ 古肴切，平，肴韻，見。

水廣大貌。見"漻蕩"。

【漻蕩】水深廣貌。文選晉木玄虛(華)海賦："襄陵廣舄，漻蕩浩汗。"

瀏 liú ㄌㄧㄡˊ 力求切，平，尤韻，來。力久切，上，有韻，來。

㊀水深而清澈貌。詩鄭風溱洧："溱與洧，瀏其清矣。"㊁風疾貌。楚辭漢劉向九歎逢紛："白露紛以塗塗兮，秋風瀏以蕭蕭。"㊂風輕吹貌。文選三國魏曹子建(植)與吳季重書："曄若春榮，瀏若清風。"㊃水名。見"瀏水"、"瀏河"。

【瀏水】今湖南瀏陽河的一段，在瀏陽縣南。見"瀏陽㊀"。

【瀏河】也作"劉河"，一名婁江。源出江蘇太湖，流經蘇州市及昆山太倉等縣，至瀏河口(鎮)入長江。詳"婁江"。

【瀏亮】清楚明朗。文選晉陸士衡(機)文賦："詩緣情而綺靡，賦體物而瀏亮。"指文體。唐范攄雲溪友議三舞娥異："(李翶)後鎮山南，夜聞長笛之音，而瀏亮不絕。"指樂聲。

【瀏莅】風吹林木之聲。史記一一七司馬相如傳子虛賦："旖旎從風，瀏莅卉吸，蓋象金石之聲，管籥之音。"

【瀏陽】㊀水名。也稱瀏江，今稱瀏陽河。源出瀏陽縣之大圍山，西流經長沙入湘江。參閱讀史方輿紀要八十長沙府長沙縣。㊁縣名。屬湖南省。漢臨湘縣，三國吳析置瀏陽縣，屬長沙郡，以境內瀏陽水而名。隋省入長沙縣。唐復置。元元貞初升爲州，明洪武十年復爲縣。明清皆屬長沙府。參閱寰宇通志五五長沙府瀏陽縣。

【瀏溧】象聲詞。文選漢馬季長(融)長笛賦："靁叩鍛之岌峇兮，正瀏溧以風冽。"指風聲，注釋作清涼貌。

【瀏慄】象聲詞。唐劉禹錫劉夢得集外集七和浙西李大夫霜夜對月聽小童吹觱篥歌："長江凝練樹無風，瀏慄一聲霄漢中。"指樂聲。參見"瀏溧"。

【瀏濫】泛濫。漢書八七上揚雄傳甘泉賦："正瀏濫以弘惝兮，指東西之漫漫。"

【瀏瀏】㊀順行無阻貌。猶溜溜。楚辭宋玉九辯："乘騏驥之瀏瀏兮，馭安用夫强策。"㊁風疾貌。文選晉潘安仁(岳)寡婦賦："雪霏霏而驟落兮，風瀏瀏而夙興。"又南朝宋謝惠連泛湖歸出樓中翫月詩："亭亭映江月，瀏瀏出谷飇。"㊂清明貌。宋蘇軾東坡集十二與子由同遊寒溪西山詩："層層草木暗西嶺，瀏瀏霜雪鳴寒溪。"

濼 1. luò ㄌㄨㄛˋ 盧各切，入，鐸韻，來。盧谷切，入，屋韻，來。盧毒切，入，沃韻，來。

㊀水名。見"濼水"。

2. pō ㄆㄛ 匹各切，入，鐸韻，滂。普木切，入，屋韻，滂。

㊁湖泊。通"泊"。唐釋慧琳一切經音義五三玄應音起世經九陂濼："下疋博反。……山東有鶣鵲濼是也。幽州呼爲淀。"大宋宣和遺事亨集："宋江爲此，只得帶領朱仝雷橫，并李逵戴宗李海等九人，直奔梁山濼上，尋那哥哥晁蓋。"

3. lì ㄌㄧˋ 郎擊切，入，錫韻，來。

㊂藥草名。卽貫衆。見爾雅廣韻。詳"貫衆"。

【濼水】水名。源出今山東濟南市西南，北流至今洛口鎮注入古濟水。俗名娥姜水，因泉源有舜妃娥英廟而得名。春秋魯桓公十八年，公會齊侯於濼，卽此。參閱水經注八濟水。

瀲 liè ㄌㄧㄝˋ 集韻 力涉切，入，葉韻。

浡瀲，水聲。藝文類聚八晉庾闡涉江賦："川瀆泓澄以含景，山水浡瀲而鱗布。"

十六畫

瀙 qīn ㄑㄧㄣ 側詵切，平，臻韻，莊。qìn ㄑㄧㄣˋ 七遴切，去，震韻，清。初覲切，去，震韻，初。

水名。見下。

【瀙水】水名。卽今河南泌陽和遂平縣境的沙河。東入汝河。參閱漢書地理志上南陽郡舞陰。

瀧 1. lóng ㄌㄨㄥˊ 盧紅切，平，東韻，來。呂江切，平，江韻，來。

㊀急流。唐元結元次山集四欸乃曲："下瀧船似入深淵，上瀧船似欲昇天。"㊁見"瀧瀧"。

2. shuāng ㄕㄨㄤ 所江切，平，江韻，山。

㊂見"瀧₂水"、"瀧₂岡"。

【瀧夫】善於在急流中划船或游泳的人。

全唐詩四八〇李紳逾嶺嶠止荒陬抵高要："瀧夫擬檝劈高浪，瞥忽浮沈如電隨。"注："南人謂水爲瀧，如原瀑流。自郴南至韶北有八瀧，其名神瀧、傷瀧、雞附等瀧，皆急險不可上。南中輕舟迅疾，可入此水者，因名之瀧船，善游者爲瀧夫。"

【瀧₂水】㊀水名。1. 卽武溪，又稱武水。源出湖南臨武縣，流入廣東北江。水經注三八溱水："武溪水又南入重山，山名藍豪，廣圓五百里，悉曲江縣界，崖峻險阻，巖嶺干天，交柯雲蔚，霾天晦景，謂之瀧中；懸湍迴注，崩浪震山，名之瀧水。"參閱讀史方輿紀要一〇二韶州府曲江縣武水。2. 卽廣東西江支流羅定江。見讀史方輿紀要一〇一羅定州。㊁縣名。漢端溪縣地，南朝梁爲瀧州。隋開皇十八年改爲瀧水縣。唐沿置。明萬曆初，改置羅定州。故城在今廣東羅定縣。參閱讀史方輿紀要一〇一羅定州瀧水廢縣。

【瀧₂岡】地名。在江西永豐縣南。宋歐陽修葬其父於此，並作瀧岡阡表文。阡表，猶言墓表。文見文忠集二五。

【瀧漉】猶言淋漓。漢王充論衡自紀："德汪濊而淵懿，知滂沛而盈溢，筆瀧漉而雨集，言溶瀝而泉出。"

【瀧瀧】水聲。宋蘇軾分類東坡詩一二十七日自陽平至斜谷宿於南山中蟠龍寺："谷中暗水響瀧瀧，嶺上疎星明煜煜。"

瀤

huái 户乖切，平，皆韻，匣。
ㄏㄨㄞ

㊀古代傳說中水名。山海經北山經："獄法之山，瀤澤之水出焉，而東北流注于泰澤。"㊁見"流瀤"。

瀛

yíng 以成切，平，清韻，喻。
ㄧㄥ

㊀大海。見"瀛海"。㊁池中。楚辭宋玉招魂："倚沼畦瀛兮遙望博。"注："瀛，池中也。楚人名池澤中曰瀛。"

【瀛州】州名。北魏太和十一年置瀛州，並置河間郡。隋廢郡存州。大業初復曰河間郡。唐仍爲瀛州。五代後晉石敬瑭於天福元年以燕雲十六州割讓契丹，包括此州。宋大觀二年升爲河間府。地在今河北河間縣一帶。參閱讀史方輿紀要十三河間府。

【瀛府】唐教坊曲名。有正宮調瀛府、南呂宮瀛府。見宋史樂志十七。

【瀛洲】㊀傳說仙人所居山名。史記秦始皇紀二十八年："齊人徐市等上書，言海中有三神山，名曰蓬萊、方丈、瀛洲，仙人居之。"列子湯問方丈作"方壺"，又增岱輿員嶠爲五山。唐李白李太白詩十五夢遊天姥吟留別："海客談瀛洲，煙濤微茫信難求。"㊁唐太宗於宮城西作文學館，大行臺司勳郎中杜如晦、記室考功郎中房玄齡、太學博士陸德明孔穎達、王府記室參軍事虞世南等十八人，並以本官爲學士。分三番遞宿於閣下。暇日，訪以政事，討論典籍。命閻立本圖像，使褚亮爲之贊，題名字爵里，號"十八學士"。當時稱選中者爲"登瀛洲"。見新唐書一〇二褚亮傳、唐會要六四文學館。參見"十八學士"。

【瀛海】浩瀚的海洋。史記七四孟子荀卿傳附騶衍："赤縣神州內自有九州，……如此者九，乃有大瀛海環其外，天地之際焉。"漢王充論衡談天："九州之外，更有瀛海。"

【瀛眷】猶仙眷。對別人家屬的敬稱。

【瀛臺】臺名。在北京清故宮西苑太液池（卽今中南海）中，也名南臺，趯臺。三面臨水，中有勤政涵光香扆三殿，康熙乾隆兩朝常作爲夏日聽政之所。參閱嘉慶一統志四京師四苑囿。

【瀛壖】海濱。文選南朝宋謝靈運遊赤石進帆海詩："周覽倦瀛壖，況乃凌窮髮。"

【瀛洲玉雨】梨花的別名。宋陶穀清異錄："司空圖菩薩蠻，謂梨花爲瀛洲玉雨。"（說郛六一）

【瀛奎律髓】元方回編。四十九卷。自序謂取十八學士登瀛洲，五星聚奎之義，故稱瀛奎；所選皆唐宋五七言近體詩，故名律髓。論詩主江西詩派，而排斥西崑體。倡"一祖三宗"說：一祖謂杜甫，三宗謂黃庭堅、陳師道、陳與義。宋代諸集不盡傳於今者，多賴此以存。注中所記遺聞舊事，成爲清厲鶚作宋詩紀事的重要資料來源。

【瀛涯勝覽】明馬歡撰。太監鄭和於永樂宣德間數次出使西洋，歡以通譯隨行，遍歷占城爪哇暹羅蘇門答剌等地，遠至非洲東岸。此書卽記述所歷國家之地理、氣候、風俗、物產，亦略及沿革，大抵與史傳相出入。商務印書館有近人馮承鈞校注本。

【瀛環志略】清徐繼畬撰。十卷。記述五洲各國之概略，首亞細亞，次歐羅巴，次亞非列加，次亞墨利加，據美國人雅埤理所繪世界地圖及西人所撰，依圖立說，略附沿革，爲我國系統介紹世界列國概況較早的作品。

瀠

yíng 集韻 維傾切，平，清韻。
ㄧㄥ

水迴旋貌。見集韻。

濩

huò 虛郭切，入，鐸韻，曉。
ㄏㄨㄛ

見下。

【濩泋】波浪聲。文選晉木玄虛（華）海賦："濩泋濩渭，蕩雲沃日。"

【濩濩】彩色閃爍貌。文選漢王文考（延壽）魯靈光殿賦："濩濩燐亂，煒煒煌煌。"注："言彩色衆多，眩曜不定也。"

瀫

hú 集韻 胡谷切，入，屋韻。
ㄏㄨ

㊀水聲。見集韻。㊁水名。見下。

【瀫江】水名，今浙江省衢江。自龍游至蘭溪一段以水旋迴如縠紋而名。參閱讀史方輿紀要九三金華府湯溪縣。

瀜

róng 以戎切，平，東韻，喻。
ㄖㄨㄥ

見"沖瀜"。

瀚

hàn 侯旰切，去，翰韻，匣。
ㄏㄢ

水浩大貌。見"瀚瀚"。

【瀚海】也作"翰海"。㊀北海，在蒙古高原東北，一說指今內蒙古之呼倫湖、貝爾湖。史記一一〇匈奴傳："漢驃騎將軍（霍去病）之出代二千餘里，與左賢王接戰，漢兵得胡首虜凡七萬餘級，左賢王將皆遁走。驃騎封於狼居胥山，禪姑衍，臨翰海而還。"集解引如淳："翰海，北海名。"正義："翰海自一大海名，羣鳥解羽伏乳於此，因名也。"也泛指我國北方及西北少數民族地區。樂府詩集二一隋虞世基出塞："瀚海波瀾靜，王庭氛霧晞。"唐王維王右丞集一燕支行："疊鼓遙翻瀚海波，鳴笳亂動天山月。"㊁指沙漠。河嶽英靈集上陶翰出蕭關懷古詩："孤城當瀚海，落日照祁連。"㊂唐都護府名。貞觀中置瀚海都督府，屬安北都護府。龍朔中以燕安都督府改號瀚海都護府。參閱新唐書地理志七下、嘉慶一統志五四四喀爾喀古蹟。

【瀚瀚】廣大貌。淮南子俶真："有無者，視之不見其形，聽之不聞其聲，……浩浩瀚瀚，不可隱儀揆度而通光耀者。"

瀨

lài 落蓋切，去，泰韻，來。
ㄌㄞ

㊀湍急之水。水激石間爲瀨。楚辭屈原九歌湘君："石瀨兮淺淺，飛龍兮翩翩。"注："瀨，湍也。"漢書武帝紀元鼎五年："甲爲下瀨將軍，下蒼梧。"注："瀨，湍也，吳越謂之瀨，中國爲之磧。伍子胥書有

下瀨船。"㈡水名。見"瀨水"。

【瀨水】水名。1.卽溧水。在江蘇溧陽縣。相傳春秋楚伍子胥自楚流亡至吳,乞食於此,有女子相助,以恐露蹤跡,投水而死。子胥旣貴,訪女家不得,乃投百金於瀨水以示報。地有投金瀨,也稱金淵。見吳越春秋闔閭内傳。參閱讀史方輿紀要二十溧陽縣溧水。2.在廣西荔浦縣。水經注三八灕水:"瀨水出(荔浦)縣西北魯山之東,逕其縣西,與濡水合。"

瀦 zhū 陟魚切,平,魚韻,知。ㄓㄨ

㈠水停積處,陂塘之類。周禮地官稻人:"以瀦畜水。"注:"豬者,畜流水之陂也。"按尚書今文作"都",水聚會停積之義,古文作"豬",同音通假。後人加水旁作"瀦"。參閱清鄭珍説文新附考"瀦"。㈡水停積。宋史河渠志一:"(星宿海)流出復瀦,曰哈喇海。"

瀝 lì 郎擊切,入,錫韻,來。ㄌㄧˋ

㈠下滴。文選漢王文考(延壽)魯靈光殿賦:"動滴瀝以成響。"注:"言簷垂滴瀝才成小響。"説文曰:滴瀝,水下滴瀝之也。"㈡指酒。楚辭大招:"吳醴白蘗,和楚瀝只。"注:"瀝,清酒也。"史記一二六滑稽傳:"侍酒於前,時賜餘瀝。"餘瀝,殘酒。㈢見"瀝瀝"。

【瀝血】滴血。吳越春秋勾踐入臣外傳:"伍子胥入諫曰:'……今大王好聽須臾之説,不慮萬歲之患,放棄忠直之言,聽用讒夫之語,不滅瀝血之仇,不絶懷毒之怨。"言滴血爲誓,示必報之仇。唐韓愈昌黎集二歸彭城詩:"刳肝以爲紙,瀝血以書辭。"言滴血以示竭誠。

【瀝液】猶點滴。文選漢張平子(衡)思玄賦:"漱飛泉之瀝液兮,咀石菌之流英。"指水滴。文選晉陸士衡(機)文賦:"傾羣言之瀝液,漱六藝之芳潤。"指文籍的精華。

【瀝瀝】象聲詞。文苑英華二六〇于武陵早春日山居寄城郭知己:"入户風泉聲瀝瀝,當軒雲岫自〔色〕沈沈。"

【瀝膽】謂不惜生命,竭盡忠誠。梁書王僧辯傳陳霸先討侯景誓辭:"況臣僧辯、臣霸先等……世受光朝之德,身當將帥之任,而不能瀝膽抽腸,共誅姦逆,雪天地之痛,報君父之仇,則不可以稟靈含識,戴天履地。"文苑英華六〇五唐崔融皇太子請起居表:"瀝膽陳祈,焦心罄謁。"

【瀝膽披肝】喻竭忠,赤誠相見。唐黄滔黄御史集七啟裴侍郎:"沾巾墮睫,瀝膽披肝,不在他門,誓於死節。"

【瀝膽墮肝】喻竭盡忠誠。全唐詩一三三李頎行路難:"世人逐勢爭奔走,瀝膽墮肝惟恐後。"墮,也作"隳"。唐羅隱甲乙集八冬暮雲寄裴郎中詩:"仙郎舊有黄金約,瀝膽隳肝更禱祈。"

瀾 è 集韻 阿葛切,入,曷韻。ㄜˋ

㈠水名。見集韻。㈡酒名。宋周煇北轅錄:"燕山酒固佳,是日所餉,尤爲醇厚,名金瀾,蓋用金瀾水以釀之也。"(説郛五四)

瀥 xuè 許角切,入,覺韻,曉。ㄒㄩㄝˋ

同"澩"。廣韻:"瀥瀑,水涌。"

瀘 lú 落胡切,平,模韻,來。ㄌㄨˊ

水名。三國志蜀諸葛亮傳出師表:"故五月渡瀘,深入不毛。"見"瀘水"。

【瀘水】水名。1.一名瀘江水。指今雅礱江下游及金沙江會合雅礱江以後一段江流。參閱後漢書八六西南夷傳、水經注三六若水。2.在今江西西部。一名廬江。與王江(今瀘江)、禾水先後匯合,注入贛江。在安福者一名安福水,在廬陵者一名神岡山水。參閱嘉慶一統志三二七吉安府一山川。

【瀘州】州名。春秋巴國地,漢屬犍爲郡,建安十八年析置江陽郡。梁大同中於郡置瀘州,隋廢郡存州。大業初改曰瀘川郡,唐宋爲瀘州。元以州治瀘川縣省入,隸重慶路。明初改直隸布政使司,仍曰瀘州。清因之,公元1913年廢州改縣。州治在今四川瀘州市。參閱太平寰宇記八八瀘州。

【瀘定橋】在四川瀘定縣城西。卽大渡河鐵索橋。康熙四十四年建(據雅州府志)。嘉慶一統志及御制瀘定橋碑記則作康熙四十年。橋由鐵索組成,繫於兩岸橋臺。承重底索九條,上覆木板;橋欄兩邊各二條。人援索懸渡。橋下有奔流急湍。公元1935年,中國工農紅軍兩萬五千里長征,曾於敵前强渡此橋。解放後列爲全國重點文物保護單位之一。參閱嘉慶一統志四〇三、雅州府志十。

瀣 xiè 胡介切,去,怪韻,匣。ㄒㄧㄝˋ 胡槩切,去,代韻,匣。

見"沆瀣"。

瀕 bīn pín 集韻 卑民切,平,真韻。ㄅㄧㄣ ㄆㄧㄣˊ 毗賓切,平,真韻。

㈠水邊。通"濱"。墨子尚賢下:"是故昔者舜耕於歷山,陶於河瀕。"㈡臨近,靠近。漢書成帝紀河平四年:"遣光祿大夫博士(孟)嘉等十一人行舉瀕河之郡水所毀傷困乏不能自存者,財振貸。"

【瀕湖脈學】明李時珍撰。一卷。專辨宋人脈訣之誤,闡述脈理,分浮、沈、遲、數、滑、濇、虛、實、長、短、洪、微、緊、緩、芤、弦、革、牢、濡、弱、散、細、伏、動、促、結、代二十七種,並附諸家考證之説。與另作奇經八脈考並附於所撰本草綱目之後。爲中醫論診脈的權威之作。

瀩 duì 正字通 杜貴切,音隊。ㄉㄨㄟˋ

㈠凝附。藝文類聚五晉夏侯湛寒苦謡:"霜皚皚以被庭,冰溏瀩於井幹。"㈡水帶沙往來貌。見"澮瀩"。

澩 xiào 集韻 下巧切,上,巧韻。ㄒㄧㄠˋ

見下。

【澩捎】象聲詞。水聲或風吹竹木聲。文選漢王子淵(褒)洞簫賦:"攪搜澩捎,逍遥踊躍,若壞頹兮。"注:"澩捎,水聲也。"

十七畫

瀽 jiǎn 字彙 吉典切,音蹇。ㄐㄧㄢˇ

傾倒,潑出。宋吳自牧夢粱録十三諸色雜買:"杭城户口繁夥,街巷小民之家,多無坑廁,只用馬桶,每日自有出糞人瀽去。"古今雜劇元關漢卿竇娥冤三:"婆婆,有瀽不了的漿水飯,瀽半碗兒與我吃。"

【瀽穴】指圩田所設的涵洞。元詩選王禎農務集櫃田:"旁置瀽穴供吐納,水旱不得爲虧盈。"農政全書五櫃田:"櫃田,築土護田,似圍而小,四面俱置瀽穴。"

瀯 yíng 集韻 維傾切,平,清韻。ㄧㄥˊ

㈠見"濚瀯"。㈡見"瀯瀯"。

【瀯瀯】水流迴旋。唐柳宗元柳先生集二九鈷鉧潭西小丘記:"枕席而卧,則清泠之狀與目謀,瀯瀯之聲與耳謀,悠悠而虛者與神謀,淵然而靜者與心謀。"

瀼 1. ráng 汝陽切,平,陽韻,日。ㄖㄤˊ

㈠露濃貌。見"瀼瀼"。

2. nǎng 集韻 乃朗切,上,蕩韻。ㄋㄤˇ

㈠水流貌。參見"泱瀼"。㈡流入江河的山溪水。宋陸游入蜀記五:"土人謂山間之流通江者曰瀼云。"㈣見"瀼₂州"等。

【瀼₂州】地名。在今廣西上思縣。唐貞

覩十二年李宏節開置，以通交趾。以州境有瀼水而名。唐末廢。見讀史方輿紀要一一〇南寧府宣化縣。

【瀼$_2$西】夔州府城東，有大瀼水，注入長江。又有東瀼水。唐杜甫在夔時曾租屋以居，集有暮春題瀼西新賃草屋詩五首（杜工部詩史補遺七）。又劉禹錫劉夢得集九竹枝詞之三：“江上春來新雨晴，瀼西春水縠文生。”後因泛稱夔州爲瀼西。夔州，今四川奉節縣。參閱宋陸游入蜀記六。參見“奉節”。

【瀼$_2$溪】水名。在江西瑞昌縣南。唐元結曾居此，自號瀼溪浪士。結撰瀼溪銘。見元次山集六。參閱嘉慶一統志三一八九江府山川、古蹟。

【瀼瀼】㊀露濃貌。詩小雅蓼蕭：“蓼彼蕭斯，零露瀼瀼。”㊁奔騰貌。文選晉木玄虛（華）海賦：“驚浪雷奔，駭水迸集，開合解會，瀼瀼濕濕。”

瀵 fèn 方問切，去，問韻，幫。
ㄈㄣ 匹問切，去，問韻，滂。

㊀水源自地下噴湧而出。爾雅釋水：“瀵，大出尾下。”疏：“尾猶底也。言源深大出於底者名瀵。瀵猶灑散也。”文選晉郭景純（璞）江賦：“翹莖瀵蘂，濯穎散裹。”㊁地底湧出的泉水。列子湯問：“（壺領山）頂有口，狀若員環，名曰滋穴，有水湧出，名曰神瀵。”參見“瀵水”。

【瀵水】即瀵泉。水經注四河水四：“（郃陽）城北有瀵水，……城南又有瀵水，東流注于河。河水又南，瀵水入焉，水出汾陰縣南四十里，西去河三里。平地開源，濆泉上湧，大幾如輪，深則不測，俗呼之爲瀵魁，古人壅其流以爲陂水種稻。”按今陝西合陽縣東黃河岸邊，尚有瀵泉，泉眼大者水面面積達二十畝。河水渾而瀵水清，用澆水灌田，肥效顯著。

瀶 lián 力延切，平，仙韻，來。
ㄌㄧㄢ

水名。即沇水，又名濟水。山海經北山經：“（王屋之山）是多石，瀶水出焉，而西北流注于泰澤。”注：“地理志：王屋山，沇水所出。瀶、沇聲相近，殆一水耳。沇則濟也。”參見“濟水”。

瀟 xiāo 集韻 先彫切，平，蕭韻。
ㄒㄧㄠ

㊀見“瀟瀟”。㊁水清深貌。同“潚”。水經注三八湘水：“（二妃）神遊洞庭之淵，出入瀟湘之浦。瀟者，水清深也。”參見“潚”。㊂水名。見“瀟水”。

【瀟水】水名。源出湖南藍山縣南九嶷山，北流零陵入湘江。古以此水與其上游之沱水並稱營水，唐人始稱瀟水。柳宗元愚溪詩序（柳先生集二四）、呂溫道州秋夜南樓即事詩（呂和叔集二），皆稱瀟水。參閱嘉慶一統志三七〇永州府山川。

【瀟湘】㊀猶言清深的湘水。舊詩文中多稱湘水爲瀟湘。山海經中山經：“（洞庭之山）帝之二女居之，是常遊於江淵。澧沅之風交瀟湘之淵，是在九江之間，出入必以飄風暴雨。”清郝懿行箋疏：“湘中記曰：‘湘川清照五六丈。’是納瀟湘之名矣。”文選南朝謝玄暉（朓）新亭渚別范零陵詩：“洞庭張樂地，瀟湘帝子遊。”㊁泛指湖南地區。才調集五鄭谷淮上與友別詩：“數聲風笛離亭晚，君向瀟湘我向秦。”

【瀟碧】竹的別稱。唐韓愈昌黎集八城南聯句：“瀟碧遠輸委，湖嵌費攜擎。”注：“方（崧卿）云：瀟碧，竹也。湖嵌，石也。”

【瀟瀟】風雨暴疾貌。詩鄭風風雨：“風雨瀟瀟，雞鳴膠膠。”傳：“瀟瀟，暴疾也。”一說風雨聲。見宋朱熹詩集傳。

【瀟灑】㊀清高脱俗。也作“蕭灑”、“瀟洒”。唐李白李太白詩二二王右軍：“右軍本清真，瀟灑在風塵。”又杜甫杜工部草堂詩箋二飲中八僊歌：“宗之瀟洒美少年，舉觴白眼望青天。”㊁舒暢，輕快。唐李白李太白詩二十遊水西簡鄭明府：“涼風日瀟洒，幽客時憩泊。”又白居易長慶集六蘭若寓居詩：“行止輒自由，甚覺身瀟灑。”

【瀟湘神】詞調名。此調始自唐劉禹錫詠湘妃詞，賦題本意。詞有“瀟湘深夜月明時”句。單調，二十七字。五句，四平韻。見詞譜一。

【瀟湘八景】謂瀟水湘水附近的八個勝景。宋沈括夢溪筆談十七書畫：“度支員外郎宋迪工畫，尤善爲平遠山水，其得意者，有平沙落雁、遠浦歸帆、山市晴嵐、江天暮雪、洞庭秋月、瀟湘夜雨、煙寺晚鐘、漁村落照，謂之八景，好事者多傳之。”後人以此八景，專屬之瀟湘洞庭，稱爲瀟湘八景。元人繪有瀟湘八景圖，見清孫承澤庚子消夏記。

【瀟湘夜雨】詞調名。即滿庭芳。因宋晁補之滿庭芳詞中有“堪與瀟湘暮雨，圖上畫扁舟”句，故又名瀟湘夜雨。見詞譜二四。

瀩 hōng 呼肱切，平，登韻，曉。
ㄏㄨㄥ

見下。

【瀩瀫】水勢洶湧貌，瀩，通“洶”。文選晉郭景純（璞）江賦：“澴溴瀩瀫，潰濩泧漷。”注：“皆水勢相激洶湧之貌。”

瀷 yì 與職切，入，職韻，喻。
ㄧ 昌力切，入，職韻，穿。

㊀水名。也作“潩”。說文：“瀷，水出河南密縣，東入潁。”水經注二二作潩水。㊁水潦積聚。管子宙合：“泉踰瀷而不盡，薄承瀷而不滿。”淮南子覽冥：“潦水不泄，潢瀁極望，旬月不雨，則涸而枯，澤受瀷而無源者。”

【瀷淢】水面的波紋。淮南子本經：“木巧之飾，盤紆刻儼，嬴鏤雕琢，詭文回波，淌游瀷淢，菱杼紾抱，芒繁亂澤，巧偽紛挐，以相摧錯。”注：“淌游瀷淢，皆文畫擬像水勢之貌。”

瀰 1. mí 武移切，平，支韻，明。
ㄇㄧ 綿婢切，上，紙韻，明。

㊀水深滿貌。見“瀰漫”。㊁深水，詩邶風匏有苦葉：“有瀰濟盈”。

2. mǐ
ㄇㄧ

㊀同“濔”。見“瀰$_2$迤”、“瀰$_2$瀰$_2$”。

【瀰$_2$迤】形容地勢平曠。同“濔迆”。宋范成大石湖集十五鐔觜詩：“導江自海陽，至縣乃瀰迤。”參見“濔迆”。

【瀰漫】水盈滿。引申爲充滿，擴大。才調集八王昌齡採蓮詩：“湖上水瀰漫，清江初可涉。”唐韓愈昌黎集二薦士詩：“東都漸瀰漫，派別百川導。”

【瀰$_2$瀰$_2$】水深滿貌。詩邶風新臺：“新臺有泚，河水瀰瀰。”引申爲盛大貌。宋史樂志七寧宗郊祀亞獻正安樂章：“獻茲重觴，降福瀰瀰。”

瀾 1. lán 落干切，平，寒韻，來。
ㄌㄢ 郎旰切，去，翰韻，來。

㊀大波浪。孟子盡心上：“觀水有術，必觀其瀾。”文選戰國楚宋玉神女賦：“望余帷而延視兮，若流波之將瀾。”

2. làn 字彙 郎患切。
ㄌㄢ

㊀見“瀾$_2$漫”。

【瀾汗】水勢浩大貌。文選晉木玄虛（華）海賦：“洪濤瀾汗，萬里無際。”

【瀾滄】水名。我國西南地區大河之一。古代又名鹿滄江、滄浪江、蘭滄水。源出青海唐古拉山，經西藏昌都，東南流貫雲南西部，出國境後，稱湄公河。見讀史方輿紀要一一三雲南瀾滄江。

【瀾$_2$漫】也作“爛熳”、“爛曼”。㊀分散雜亂貌。淮南子覽冥：“主闇晦而不明，道瀾漫而不修。”文選漢王子淵（褒）洞簫賦：“惏慄瀾漫，亡耦失疇。”注：“瀾漫，分散。上林賦曰:'瀾漫遠遷。'"文選上林賦作"爛熳",史記司馬相如傳作"爛曼"。㊁與會淋漓貌。文選三國魏嵇叔夜(康)琴賦:"留連瀾漫,嗢噱終日。"㊂色采鮮明華麗貌。同"爛熳"。玉臺新詠二晉左思嬌女詩:"濃朱衍丹唇,黃吻瀾漫赤。"㊃廣遠貌。唐韓愈昌黎集二一送鄭尚書序:"其南州皆大海,多州島,颿風一日踔數十里,瀾漫不見蹤迹。"

【瀾翻】波濤翻騰。唐韓愈昌黎集七記夢詩:"夜夢神官與我言,羅縷道妙角與根,挈攜陬維口瀾翻,百二十刻須臾間。"形容言辭滔滔不絕。宋蘇軾東坡集續集二題李景元畫詩:"聞說神仙郭恕先,醉中狂筆勢瀾翻。"形容筆力奔放。宣和畫譜九董羽:"畫水於玉堂北壁,其洶湧瀾翻,望之若臨煙江絶島間。"形容水勢。

【瀾瀾】流不斷貌。唐元稹長慶集九聽庾及之彈烏夜啼引:"今君爲我千萬彈,烏啼啄啄淚瀾瀾。"

𤃷 yīn 於斤切,平,欣韻,影。
ㄧㄣ 於謹切,上,隱韻,影。
古水名。也作"㶏"、"濦"。河南潁水三源中的中源。水經注三一㶏水:"㶏水出㶏强縣南澤中,東入潁。"

【𤃷强】漢縣名,屬汝南郡。位於河南臨潁縣東,因水得名。後漢光武帝卽位,授堅鐔揚化將軍,封㶏强侯,卽此。見後漢書二二本傳。參閱讀史方輿紀要四七開封府。

瀴 yǐng mǐng 烟涬切,上,迥韻,影。
ㄧㄥˇ ㄇㄧㄥˇ 莫迥切,上,迥韻,明。
杳遠貌。唐柳宗元柳先生集二九柳州東亭記:"憑空拒江,江化爲湖,衆山橫環,嶛闊瀴灣。"注:"瀴,音嬰,水絶遠皃。"參見"瀴溟"。

【瀴溟】杳遠貌。文選晉木玄虛(華)海賦:"經途瀴溟,萬萬有餘。"注:"瀴溟,猶絶遠杳冥也。"南齊謝朓謝宣城集一酬德賦:"歷星街之熠燿,浮天潢之瀴溟。"

瀱 jì 居例切,去,祭韻,見
ㄐㄧˋ
井水。見玉篇。

【瀱汋】井水時盈時竭。爾雅釋水:"井一有水一無水爲瀱汋。"注:"山海經曰'天井,夏有水,冬無水',卽此類也。"疏:"言井或一時有水,一時無水者。"

瀶 1. zhuó 士角切,入,覺韻,牀。
ㄓㄨㄛˊ
㊀水聲。見"瀺瀶"。
2. jiào 集韻 子肖切,去,嘯韻。
ㄐㄧㄠˋ
㊀塗漆。周禮考工記輈人:"良輈環瀶,自伏兔不至軌七寸,軌中有瀶,謂之國輈。"疏:"軌中有瀶者,瀶謂漆,則七寸外軌内乃有瀶。"㊁眼昏矇。通"䁶"。山海經北山經"(小侯之山)有鳥其狀如烏而白文,名曰鴣鸐,食之不瀶。"注:"或作䁶。"

【瀶瀶】雨聲,水聲。猶淅瀝。五代前蜀釋貫休禪月集二酷吏詞:"霰雨瀶瀶,風吼如斸。"宋范成大石湖集十六瀺灂堆詩:"時時吐沫作濆淖,瀶瀶有聲如粥煎。"

瀹 yuè 以灼切,入,藥韻,喻。
ㄩㄝˋ
也作"瀹"。㊀浸漬。儀禮既夕禮:"菅筲三,其實皆瀹。"疏:"筲用菅草,黍稷皆淹而漬之。"㊁以湯煮物。漢書郊祀志下:"東鄰殺牛,不如西鄰之瀹祭。"注:"瀹祭,謂瀹煮新菜以祭。"㊂疏導。孟子滕文公上:"禹疏九河,瀹濟漯而注諸海。"注:"瀹,治也。"

【瀹茗】烹茶。宋范成大石湖集二十華山寺詩:"蒙泉新潔鑑泉明,瀹茗籑藜甘似乳。"又朱熹朱文公集七康王谷水簾詩:"追薪爨絶品,瀹茗澆窮愁。"

【瀹茶】烹茶。宋蘇軾仇池筆記:"時雨降,多置器廣庭中,所得甘滑不可名,瀹茶煮藥,皆美而有益。"(説郛四)

瀲 liàn 力驗切,去,豔韻,來。
ㄌㄧㄢˋ 良冉切,上,琰韻,來。
也作"瀲"。㊀水際。文選晉潘安仁(岳)西征賦:"華蓮爛於淥沼,青蕃蔚乎翠瀲。"注:"瀲,波際也。"㊁漂浮。文選晉郭景純(璞)江賦:"或泛瀲於潮波,或混淪乎泥沙。"㊂見"瀲灩"。

【瀲瀲】㊀水波流動貌。文苑英華二八二楊夔送鄭谷詩:"春江瀲瀲清且急,春雨濛濛密復疏。"㊁漸近貌,緩慢貌。猶冉冉。唐杜牧樊川集三題齊安城樓詩:"嗚軋江樓角一聲,微陽瀲瀲落寒汀。"宋蘇軾分類東坡詩十一竹間亭小酌……呈趙景貺陳履常:"盎盎春欲動,瀲瀲夜未央。"

【瀲灩】也作"瀲灧"。㊀水波蕩漾貌。文選晉木玄虛(華)海賦:"㳌㴒瀲灩,浮天無岸。"注:"㳌㴒,流行之貌;瀲灩,相連之貌。"宋蘇軾分類東坡詩十飲湖上初晴後雨:"水光瀲灧晴方好,山色空濛雨亦奇。"㊁水滿溢貌。泛指盈溢。唐劉禹錫劉夢得集二三故衡州刺史呂君集紀:"五行秀氣,得之若多者爲俊人。其色瀲灩於顏間,其聲發而爲文章。"又白居易長慶集六九對新家醞翫自種花詩:"玲瓏五六樹,瀲灩兩三盃。"

瀸 jiān 子廉切,平,鹽韻,精。
ㄐㄧㄢ
㊀浸潤。淮南子要略:"執其大指,以内洽五藏,瀸濇肌膚。"參見"瀸潤"。㊁和洽。呂氏春秋圜道:"瀸於民心,遂於四方。"㊂泉水時有時無。爾雅釋水:"泉一見一否爲瀸。"唐柳宗元柳先生集四一又祭崔簡旅櫬歸上都文:"陰流泄漏,瀸没渝溢。"㊃消滅。同"殲"。見"瀸積"。

【瀸汙】指獸類傳染病疫。禮曲禮"四足曰漬"漢鄭玄注:"漬,謂相瀸汙而死也。"疏:"四足曰漬者,牛馬之屬也。若一箇死,則餘者更相染漬而死。"

【瀸洳】淹漬。藝文類聚二四三國魏曹植諫伐遼東表:"退則有歸途不通,道路瀸洳。"

【瀸臺】池中的臺。同"漸臺"。漢書郊祀志下"漸臺高二十餘丈"唐顏師古注:"漸,浸也。臺在池中,爲水所浸,故曰漸臺。一音子廉反。三輔黃圖或爲瀸字,瀸亦浸耳。"

【瀸潤】浸漬。漢樊毅復華下民租田口筭碑:"仍雨甘雪,瀸潤宿麥。"(隸釋二)

【瀸積】指被殺者多,屍體堆積。公羊傳莊十七年:"齊人瀸于遂。瀸者何?瀸積也,衆殺戍者也。"注:"瀸者死文,瀸之爲死,積死非一之辭,故曰瀸積。"瀸,左傳、穀梁傳皆作"殲"。

瀿 fán 附袁切,平,元韻,並。
ㄈㄢˊ
㊀地面積水。淮南子俶真:"今夫樹木者,灌以瀿水,疇以肥壤,一人養之,十人拔之,必無餘梓。"㊁水暴溢。文選晉郭景純(璞)江賦:"磴之以瀿濆,渫之以尾閭。"注:"許愼曰:楚人謂水暴溢爲瀿。"今本説文作"繁"。

瀺 chán 士減切,上,豏韻,牀。
ㄔㄢˊ
㊀灌注。文選漢馬季長(融)長笛賦:"頹淡滂沛,碓投瀺穴。"注:"瀺,水注聲也。字林曰:水流行也。瀺穴,瀺注隙穴也。"㊁水聲。見"瀺灂"。

【瀺灂】㊀水聲。文選戰國楚宋玉高唐賦:"巨石溺溺之瀺灂兮,沫潼潼而高厲。"注:"埤蒼曰:'瀺灂,水流聲貌。'"史記一一七司馬相如傳上林賦:"臨坻注壑,瀺灂霣墜。"索隱:"説文云:'水小聲也。'"㊁出没貌。抱朴子知止:"文鱗瀺灂,朱羽頡頏,飛激墮雲,鴻沈綸引。"世説新語排調"頭責子羽文"引張敏集:"子欲爲隱遁也，則當如棨期之帶索，漁父之滄淵，棲遲神丘，垂餌巨壑。"

十八畫

灋 fǎ 方乏切，入，乏韻，幫。
ㄈㄚˇ

古文"法"字。說文："灋，刑也。平之如水，从水。廌，所以觸不直者去之，从去。"按周禮"法"均作"灋"。詳"法"。

灃 fēng 敷空切，平，東韻，滂。
ㄈㄥ

水名。見"灃水"。

【灃水】 水名。也作豐水、酆水。源出陝西省秦嶺山中，北流至西安市西北，納潏水，分流注入渭水。爲關中八水之一。歷代建都渭南，鑿引諸川爲津渠，灃水故道已亡。西周豐京即建於此水西岸。參閱讀史方輿紀要五三西安府咸寧縣。

【灃沛】 謂雨水充沛。漢應劭風俗通聲音："暴風亟至，大雨灃沛。"也作"豐霈"。藝文類聚三四三國魏文帝（曹丕）感物賦："降甘雨之豐霈，垂長溜之泠泠。"

瀾 xì 許激切，入，錫韻，曉。
ㄒㄧˋ

見"瀾沭"。

【瀾沭】 惶恐。方言十："瀾沭、征伀，遑遽也。江湘之間，凡窘猝怖遽，謂之瀾沭，或謂之征伀。"廣雅釋訓作"瀾怵"。

灄 shè 書涉切，入，葉韻，審。
ㄕㄜˋ

㊀水名。見"灄水"。㊁筏。漢董仲舒春秋繁露山川頌："小者可以爲舟輿浮灄。"

【灄水】 水名。故道自今湖北漢川縣東北分㵐水東流入江。已湮。參閱水經注三五江水三。

【灄頭】 地名。在今河北棗强縣東北。東晉羌族姚弋仲曾於此設壘，壘名灄頭戍，也稱羌壘。參閱讀史方輿紀要十四冀州棗强縣。

灌 guàn 古玩切，去，換韻，見。
ㄍㄨㄢˋ

㊀澆水，灌溉。莊子逍遥遊："時雨降矣，而猶浸灌，其於澤也，不亦勞乎！"㊁注，流入。莊子秋水："秋水時至，百川灌河。"㊂飲。禮投壺："當飲者皆跪，奉觴曰賜灌。"注："灌，猶飲也。"㊃酌酒澆地。古代禘祭開始時第一次獻酒的一種儀式。論語八佾："禘自既灌而往者，吾不欲觀之矣。"注："灌者，酌鬱鬯灌於太祖以降神也。"㊄鑄造。文選晉張景陽（協）七命："乃鍊乃鑠，萬辟千灌。"注："灌，謂鑄之。"㊅叢生。詩大雅皇矣："脩之平之，其灌其栵。"㊆姓。相傳古有斟灌氏爲過澆所滅，後人以灌爲氏。漢初功臣有灌嬰。參閱宋鄧名世古今姓氏書辨證三二。

【灌口】 ㊀地名。1.在四川灌縣。三國蜀都安縣地，晉時移灌縣縣治於此。詳"灌縣"。2.在江蘇漣水縣東北，與灌雲縣分界，明萬曆時開桃源黄河壩新河至於灌口，分洩黄河水入海。見明史河渠志二。㊁山名。在四川灌縣西北。又名金灌口，古稱天彭門。相傳漢文翁穿湔江溉灌，故以灌口名山。參閱讀史方輿紀要六七成都府灌縣。

【灌夫】 ?—公元前131年。西漢潁陰人，字仲孺。吴楚七國之亂，與父俱從軍，以功任中郎將。建元元年，任太僕，次年徙爲燕相。夫爲人剛直不阿，任俠，好使酒，家財千萬，食客日數十百人。與魏其侯竇嬰相善，嬰置酒延丞相田蚡，夫使酒罵坐，爲蚡所劾，以不敬罪族誅。見史記一〇七、漢書五二本傳。

【灌木】 叢生的樹木。詩周南葛覃："黄鳥于飛，集于灌木。"

【灌瓜】 春秋時，梁大夫宋就爲邊縣令，與楚隣界。梁楚邊界皆種瓜，梁人勤灌，其瓜美，楚人稀灌，其瓜惡。楚人怨梁，趁夜毁梁瓜。梁人欲報之，宋就不許，反令梁人暗助楚人灌瓜，楚瓜亦美。楚人知之，上聞楚王，遂使梁楚交好。見漢賈誼新書退讓、劉向新序雜事四。後人因以灌瓜爲以德報怨的典故。北史李延孫傳論："灌瓜贈藥，雖有愧於昔賢；禦侮折衝，足方駕於前烈。"參見"搔瓜"。

【灌佛】 佛教的一種儀式。用香湯灌洗佛像，稱爲浴佛。宋書劉敬宣傳："敬宣八歲喪母……四月八日，敬宣見家人灌佛，乃下頭上金鏡，爲母灌，因悲泣不自勝。"參見"浴佛"。

【灌頂】 ㊀佛教密宗的儀式。凡弟子入門，須先經本師以水或醍醐灌灑頭頂。灌謂灌持，明諸佛之護念；頂謂頭頂，表佛行之崇高。文苑英華八六一唐李華東都聖善寺無畏三藏碑："灌頂在昔，聲聞在今。"參閱陀羅尼經疏下。㊁公元561—632年。唐臨海章安人。本姓吴。七歲就攝静寺慧拯出家，拯没，往從天台山修禪寺智顗，受天台教觀，爲顗侍者。智顗所講法華玄義、法華文句、摩訶止觀等，皆由灌頂集録成書，成爲天台宗的經典。自撰有大般涅槃經玄義及疏、天台智者大師别傳。唐貞觀六年卒。參閱續高僧傳十九唐天台山國清寺釋灌頂傳。

【灌莽】 草木叢生的原野。文選南朝宋鮑明遠（照）蕪城賦："灌莽杳而無際，叢薄紛其相依。"梁書張纘傳南征賦："若夫灌莽川涯，層潭水府，游泳之所往還，喧鳴之所攢聚。"

【灌溉】 以水澆田。漢書溝洫志："今瀕河隄吏卒郡數千人，伐買薪石之費歲數千萬，足以通渠成水門；又民利其灌溉，相率治渠，雖勞不罷。"後漢書二四馬援傳："援所過輒爲郡縣治城郭，穿渠灌溉，以利其民。"

【灌植】 猶種植。也作"灌殖"。晉郭璞山海經圖贊中山經椒："椒之灌殖，實繁有倫。"藝文類聚八九引作"灌植"。也泛指農事。南史劉虬傳答竟陵王書："虬四節卧疾病，三時營灌植，暢餘陰於山澤，託暮情於魚鳥。"南齊書虬傳作"四節卧病，三時營灌"，無"疾""植"字。

【灌陽】 縣名，屬廣西壯族自治區。漢零陵縣地，三國吴析置觀陽縣。隋開皇十年改爲灌陽，以灌水而名。明清皆屬桂林府。參閱讀史方輿紀要一〇七全州。

【灌辟】 猶冶鍊。晉書張協傳七命："楚之陽劍，歐冶所營，……乃鍊乃鑠，萬辟千灌。"文選七命注："辟謂疊之，灌謂鑄之。"辟，也作"襞"。古文苑十三漢王粲刀銘："灌襞以數，質家有呈。"

【灌園】 從事田園勞動。史記六八商君傳："君之危若朝露，尚將欲延年益壽乎？則何不歸十五都，灌園於鄙。"又八三鄒陽傳獄中上書："是以孫叔敖三去相而不悔，於陵子仲辭三公爲人灌園。"後來以灌園爲退隱家居的典故，本此。

【灌壇】 傳説姜太公爲灌壇令，周文王夢一婦人當道而哭，問其故，曰：吾是東海神女，嫁於西海神童。我行必有大風疾雨，而灌壇令有德，當吾道，不敢以暴風雨過。文王夢醒，召太公語。三日，果有暴風雨從太公邑外過。見晉張華博物志八、干寶搜神記四。藝文類聚二南朝梁庾肩吾從駕喜雨詩："敖詔還京兆，歸神出灌壇。"唐杜甫杜工部草堂詩箋四十題鄭縣郭三十二明府茅屋壁："雲散灌壇雨，春青彭澤田。"參見"海女"。

【灌輸】 灌注輸送。史記秦始皇紀三十七年："以水銀爲百川江河大海，機相灌輸。"又平準書："（桑弘羊）乃請置大農部丞數十人，分部主郡國，各往往縣置均輸鹽官，令遠方各以其物貴時商賈所轉販者爲賦，而相灌輸。置平準於京師，都受天下委輸。"

【灌縣】 縣名，屬四川省。戰國時秦蜀郡地，李冰於此興建著名水利工程都江堰。漢爲郫、綿虒、江原三縣地，三國時蜀置都安縣。晉徙都安於灌口。北周改汶山縣，唐武德初置盤龍縣，旋改稱導江縣。五代後蜀置灌州，宋復爲導江縣，元復曰灌州。明初改州爲縣。明淸皆屬成都府。參閱讀史方輿紀要六七成都府。

【灌嬰】？—公元前176年。睢陽人。少以販繒爲業，秦末從劉邦（漢高祖），屢立戰功，封潁陰侯。呂后死，與周勃陳平合謀誅諸呂，推立文帝。官至太尉、丞相。史記九五、漢書四一有傳。

【灌瀆】供灌溉用的水渠。莊子外物："夫揭竿累，趣灌瀆，守鯢鮒，其於得大魚難矣。"釋文："灌瀆，灌溉之瀆。"宋秦觀淮海集二寄陳季常詩："揭竿趣灌瀆，與爾不同調。"

【灌灌】㊀水流盛貌。同"渙渙"。漢書地理志下："（鄭詩）又曰：'溱與洧方灌灌兮，士與女方秉菅兮。'"詩鄭風溱洧作"渙渙"。㊁懇切貌。詩大雅板："老夫灌灌，小子蹻蹻。"傳："灌灌，猶款款。蹻蹻，驕也。"㊂傳說中鳥名。山海經南山經靑邱山："有鳥焉，其狀如鳩，其音若呵，名曰灌灌。"

【灌口二郎】見"二郎神㊀"。

㵎 tàn 他紺切，去，勘韻，透。
ㄊㄢ
水疾流貌。文選晉郭景純（璞）江賦："潏湟淴泱，㶖㵎㵎淪。"注："皆水流漂疾之貌。"

灊 qián 昨鹽切，平，鹽韻，從。
ㄑㄧㄢ 昨淫切，平，侵韻，從。
徐林切，平，侵韻，邪。
也作"潛"。㊀古水名。漢書地理志上："沱、灊既道，雲夢土作乂。"注："沱、灊二水名，自江出爲沱，自漢出爲灊。"書禹貢作"沱潛既道。"㊁古縣名。春秋時楚灊邑。漢置灊縣，屬廬江郡。南朝梁於此置霍州，隋廢州，改置霍山縣。今屬安徽。參閱嘉慶一統志一三三六安州古蹟。

【灊岳】灊山，亦稱天柱山霍山。漢書武帝紀元封五年"登灊天柱山"，卽此山。謂山爲古之南嶽。參見"南嶽"。

灈 qú 其俱切，平，虞韻，羣。
ㄑㄩ
水名。在今河南遂平縣北。水經注三一灈水："灈水出汝南吳房縣西北奧山，東過其縣北，入于汝。"參閱嘉慶一統志二一五汝寧府山川。

灅 lěi 集韻 魯猥切，上，賄韻。
ㄌㄟ
水名。見"灅水"。

【灅水】古水名。卽今河北遵化縣的沙河，又名十河，因其合十水而得名。水經注十四鮑丘水："庚水又西南流，灅水注之；水出右北平俊靡縣。"參閱嘉慶一統志四五遵化州山川沙河。

㶖 bèi 蒲拜切，去，怪韻，並。
ㄅㄟ
見"㶖㶖"。

灇 cóng 集韻 徂聰切，平，東韻。
ㄘㄨㄥ
㊀水聲。通"淙"。文選南朝宋謝靈運於南山往北山經湖中瞻眺詩："俛視喬木杪，仰聆大壑灇。"一本作"淙"。㊁水會合。同"潨"。見集韻。參見"潨"。

灟 shù 式竹切，入，屋韻，審。
ㄕㄨ
水波。文選晉郭景純（璞）江賦："灟㵎㵎淪。"

灉 yōng 於容切，平，鍾韻，影。
ㄩㄥ
也作"澭"。㊀河水決出復入的支流。爾雅釋水："灉，反入。"注："卽河水決出復還入者。"㊁古水名。見"灉水"。

【灉水】古水名。一名灉河。書禹貢："雷夏既澤，灉沮會同。"據元和郡縣志，灉沮俱出雷澤縣西北，會合入雷夏澤。唐雷澤在今山東濮縣東南，宋代河決曹濮間，灉沮雷夏澤皆爲河所淹塞，今已無遺跡可尋。

十九畫

灖 mǐ 集韻 母被切，上，紙韻。
ㄇㄧ
㊀水流貌。見集韻。㊁見"滾灖"。

灕 lí 呂支切，平，支韻，來。
ㄌㄧ
㊀流貌。戰國策東周："夫鼎者，非效醯壺醬甀耳，可懷挾提挈以至齊者；非效鳥集烏飛，兔興馬逝，灕然止於齊者。"㊁水滲入地。通"漓"。見集韻。㊂見"灕江"。

【灕江】水名。也稱灕水。桂江上游。出自廣西興安縣境苗兒山，西南流至陽朔，自以下稱桂江。漢武帝元鼎五年以歸義越侯嚴爲戈船將軍，率師出零陵，下灕水，卽此。參閱嘉慶一統志四六一桂林府山川。

灑 sǎ 所綺切，上，紙韻，山。
ㄙㄚˇ 所蟹切，上，蟹韻，山。
砂下切，上，馬韻，山。
所寄切，去，寘韻，山。
㊀以水噴散，散落。也作"洒"。周禮毛詩古論作"洒"，三家詩，魯論作"灑"。禮內則："灑掃室堂及庭。"文選晉陸士衡（機）演連珠之十七："臣聞因雲灑潤，則芬澤易流。"引申爲投撒。文選晉潘安仁（岳）西征賦："灑釣投罔，垂餌出入。"㊁清除。晉書孫綽傳上疏引桓温表："便當躬率三軍，討除二寇，蕩滌河渭，清灑舊京。"㊂不拘束。見"灑落㊁"。㊃大瑟。爾雅釋樂："大瑟謂之灑。"疏："音多變布，如灑出也。"

【灑泣】猶揮淚。晉書溫嶠傳："嶠於是列上尚書，陳（蘇）峻罪狀，有衆七千，灑泣登舟。"南朝梁何遜何水部集王尚書瞻祖日詩："已矣將何如，賓馭皆灑泣。"

【灑脫】大方，不拘束。聊齋志異辛十四娘："十四娘爲人，勤儉灑脫，日以紝織爲事，時自歸寧，未嘗踰夜。"

【灑落】㊀散落。文選晉潘安仁（岳）秋興賦："庭樹槭以灑落兮，勁風戾而吹帷。"㊁蕭灑脫俗，大方坦率。南朝梁釋慧皎高僧傳四竺法雅："雅風彩灑落，善於樞機，外典佛經，遞互傳說。"宋黃庭堅豫章集一濂溪詩序："舂陵周茂叔（敦頤）人品甚高，胸中灑落，如光風霽月。"㊂融洽無拘。唐杜甫杜工部草堂詩箋三六公安懷古："灑落君臣契，飛騰戰伐名。"

【灑綫】繡花的衣服。也稱灑花。明吳應箕留都見聞錄下服色："萬曆末，南京妓女服灑綫，民間無服之者。戊午，則妓女服大紅綯紗夾衣，未逾年而民間皆灑綫，皆大紅矣。"

【灑灑】㊀四散貌。唐李賀歌詩編一河南府試十二月樂辭十二月："日腳淡光紅灑灑，薄霜不銷桂枝下。"又陸龜蒙甫里集十七送潮辭："潮西來兮又東下，日染中流兮紅灑灑。"㊁連綿不絕貌。宋張端義貴耳集上："葉元吉……悟性理之學，誦諸尊宿語錄，先後次序數百言，灑灑可聽。"

【灑海剌】明曹昭等新增格古要論八古錦論："灑海剌，出西番，絨毛織者，緊厚如氈，西番亦貴。"

【灑淚雨】俗傳七月七日牛郞與織女相會於鵲橋，六日如雨，則有妨七日之會，故稱灑淚雨。明陳元靚歲時廣記二六灑淚雨："歲時雜記：七月六日有雨，謂之洗車雨，七日雨，則云灑淚雨。"

灘 tān 他干切，平，寒韻，透。
ㄊㄢ
㊀本字作"灡"。水中沙石堆。唐張籍張司業集一賈客樂詩："水工持檝防暗灘，

直過山邊及前侶。" ㊂水中多石而流急處，也指其岸邊露出水面的地方。水經注三四江水："江水又東逕流頭灘，其水並峻急奔暴，魚鼈所不能游，行者常苦之。其歌曰：'灘頭白勃堅相持，倏忽淪没別無期。'" 唐白居易長慶集六遊悟真寺詩："自拄青竹杖，足蹋白石灘。" ㊂見"涒灘"。

【灘子】舊稱在河灘上牽船前行的船工。即縴夫。宋范成大石湖集三三愛雪歌："棹夫拔蓑舞白鳳，灘子挽縴拖素虬。"

【灘哥】硯的一種。明宋濂宋學士集七十灘哥石硯歌："灘哥古硯近獲見，鷩喜奚翅逢黃琮。"

【灘船】古代一種無篷的運貨船。宋吳自牧夢粱錄十二："有大灘船，係湖州市搬載諸舖米，及跨浦橋柴炭、下塘甎瓦灰泥等物。"

【灘簧】舊時流行於江南一帶的曲藝名。也稱"灘黄"。以五人分生、旦、淨、末、丑脚色，用絃子、琵琶、胡琴、鼓板伴奏演唱。所唱亦係戲文，編成七字句，每本五六齣。見清范祖述杭俗遺風。清李斗揚州畫舫錄十一虹橋錄下作"攤簧"。

瀙 yào 以灼切，入，藥韻，喻。
ㄧㄠ

㊀古水名。文選漢張平子（衡）南都賦："爾其川瀆，則滍、澧、藥、瀗。"注："字書曰：'瀙水出泚陽。'" ㊁熱貌。文選漢張平子（衡）思玄賦："撫軨軹而還睨兮，心勺瀙其若湯。"後漢書五九張衡傳作"灼藥"。㊂波動貌。文選晉木玄虛（華）海賦："跳踔湛瀙。"注："波前却之貌。"

欒 1. luán 落官切，平，桓韻，來。
ㄌㄨㄢˊ

㊀地面的積水。戰國策魏："昔王季歷葬於楚山之尾，欒水嚙其墓，見棺之前和。"宋姚宏注："說文云，漏流也，一曰漬也。墓爲漏流所漬，故曰'欒水齧其墓'。"

2. luàn 郎段切，去，换韻，來。
ㄌㄨㄢˋ

㊁廣韻："欒，絶水渡也。亦作'亂'。"

二十畫

灡 làn 集韻 郎旰切，去，换韻。
ㄌㄢˋ 魯旱切，上，緩韻。

淘米水。周禮地官稾人"掌豢祭祀之犬"漢鄭玄注："言其共至尊雖其潘灡戔餘不可褻也。"

灙 dǎng 集韻 底朗切，上，蕩韻。
ㄉㄤˇ 坦朗切，上，蕩韻。

㊀水貌。見"灙漭"。㊁古水名。在今陝西成固縣東南。水經注二七沔水："漢水又東至灙城，南與洛谷水合。水北出洛谷，谷北通長安，其水南流，右則灙水注之。"

【灙漭】水廣大貌。藝文類聚八晉庾闡海賦："鷩浪嶤峩，眇漫瀇汩；灙漭潢漾，浮天沃日。"

二十一畫

灞 bà 必駕切，去，禡韻，幫。
ㄅㄚˋ

水名。史記一一七司馬相如傳上林賦："終始灞滻，出入涇渭，酆鎬潦潏。"詳"霸水"。

【灞水】水名。本作霸水。今灞河，爲渭河支流，關中八川之一。在陝西省中部。水經注十九渭水："霸者，水上地名也。古曰滋水矣。秦穆公霸世，更名滋水爲霸水，以顯霸功。水出藍田縣藍田谷，所謂多玉者也。"文苑英華二四〇唐袁朗和洗掾登城南坂望京邑詩："龍飛灞水上，鳳集岐山陽。"參見"八川"。

【灞陵】古地名。本作霸陵。故址在今陝西西安市東。史記一〇九李將軍傳："還至霸陵亭，霸陵尉醉，呵止廣。"三國魏改名霸城，北周建德二年廢。北周庾信庾子山集二哀江南賦："豈知灞陵夜獵，猶是故時將軍。"參見"霸陵"。

【灞橋】橋名。本作霸橋。在長安東。文苑英華三二一唐鄭谷小桃詩："和煙和雨遮敷水，映竹映村連灞橋。"宋孫光憲北夢瑣言七："相國鄭綮善詩。……或曰：'相國近有新詩否？'對曰：'詩思在灞橋風雪中驢子上，此處何以得之？'"參見"霸橋"。

灟 zhú 集韻 朱欲切，入，燭韻。
ㄓㄨˊ

元氣未分貌。淮南子天文："天地未形，馮馮翼翼，洞洞灟灟，故曰太昭。"注："馮翼洞灟，無形之貌。"

灝 hào 胡老切，上，晧韻，匣。
ㄏㄠˋ

浩大，遠。見"灝溔"、"灝灝"。

【灝氣】彌漫於天地之間的大氣。唐柳宗元柳先生集二九始得西山宴游記："悠悠乎與灝氣俱，而莫得其涯；洋洋乎與造物者游，而不知其所窮。"

【灝溔】水無邊際貌。史記一一七司馬相如傳上林賦："然後灝溔潢漾，安翔徐回。"正義："郭（璞）云：'皆水無涯際也。'"

【灝灝】遠大貌。猶浩浩。漢揚雄法言問神："虞夏之書渾渾爾，商書灝灝爾。"

灅 lěi 力軌切，上，旨韻，來。
ㄌㄟ 力追切，平，脂韻，來。

水名。見"灅水"。

【灅水】水名。即今桑乾河。水經注十三灅水："灅水出鴈門陰館縣東北，過代郡桑乾縣南。"參見"桑乾河"。

二十二畫

灣 wān 烏關切，平，删韻，影。
ㄨㄢ

河水彎曲處。北周庾信庾子山集四望渭水詩："樹似新亭岸，沙如龍尾灣。"後對海岸向内彎曲宜於泊船的地帶也稱灣，如膠州灣廣州灣。

【灣洄】河流彎曲處。宋黄庭堅山谷外集十出迎使客質明放船自瓦窰歸詩："樓閣人家捲簾幕，菰蒲鷗鳥樂灣洄。"

【灣澴】水流迴旋匯集處。唐杜甫杜工部草堂詩箋十七萬丈潭："黑如灣澴底，清見光炯碎。"

二十三畫

灦 xiǎn 集韻 呼典切，上，銑韻。
ㄒㄧㄢˇ

水深清澈貌。文選晉郭景純（璞）江賦："混澣灦渙，流映揚焆。"注："水勢清深而澄澈光映也。"

灤 luán 落官切，平，桓韻，來。
ㄌㄨㄢˊ

水名。見"灤河"。

【灤平】縣名，屬河北省。在灤河上游，長城古北口外。以灤河上游水勢峻急，至此處方較寬坦，便於航行，故名。漢時爲上谷郡女祁縣地。北魏爲安州廣興縣地。遼爲興化縣地。元於此置興安縣。明爲興州衛。清初爲喀喇河屯廳，後改設灤平縣。參閱嘉慶一統志四二承德府。

【灤州】地名。古孤竹國地，戰國時屬燕，秦屬右北平郡。漢置海陽縣，北齊省入肥如縣，隋唐爲盧龍縣地，五代後唐時，遼分置灤州，歷代相因，明清皆屬永平府，公元1913年改爲縣。今屬河北省。參閱寰宇通志三永平府灤州。

【灤河】水名。古濡水。在今河北省東北部，上源閃電河出豐寧縣，繞經内蒙古東南，緣多倫縣北，折向東南流，始稱灤河。中游穿流燕山山地。下游在樂亭昌黎兩縣之間入渤海。參閱嘉慶一統志四三承德府山川。

【灤京】元上都的別稱。因近灤河而得

名。元楊允孚灤京雜詠上:"今朝建德門前馬,千里灤京第一程。"參見"上都㊁"。

二十四畫

灨 gàn ㄍㄢˋ 古暗切,去,勘韻,見。古禫切,上,感韻,見。

㊀水名。卽贛江。詳"贛江"。㊁縣名。廣韻:"灨,縣名。(南康)記云:'章貢二水合流,因其處立縣,便以爲名。'在南康郡。亦作贛。"詳"贛縣"。

【灨石】贛江中石灘名。陳書高祖紀上:"南康灨石舊有二十四灘,灘多巨石,行旅者以爲難。"唐孟浩然集二下灨石詩:"灨石三百里,沿洄千嶂間。"

二十八畫

灩 yàn ㄧㄢˋ 以贍切,去,豔韻,喻。

水波動貌。見"瀲灩"。

【灩海】酒杯的別名。宋蘇軾分類東坡詩二十洞庭春色:"須君灩海杯,澆我談天口。"

【灩灩】水光。南朝梁何遜何水部集望新月示同羈詩:"的的與沙靜,灩灩逐波輕。"

【灩澦堆】長江三峽瞿塘峽中的險灘。在四川奉節縣東。也稱淫預堆,俗稱燕窩石。水經注三三江水:"(白帝城西)江中有孤石,爲淫預石,冬出水二十餘丈,夏則沒。"唐李白李太白詩四長干行之一:"十六君遠行,瞿塘灩澦堆;五月不可觸,猿聲天上哀。"又李肇國史補下:"(三峽)大抵峽路峻急,……四月五月爲尤險時,故曰:'灩澦大如馬,瞿塘不可下;灩澦大如牛,瞿塘不可留;灩澦大如襆,瞿塘不可觸。'"

二十九畫

灪 yù ㄩˋ 紆物切,入,物韻,影。

灪𣽏,高峻貌。文選晉木玄虛(華)海賦:"澎濞灪𣽏,碨磊山壟。"

火部

火 huǒ ㄏㄨㄛˇ 呼果切,上,果韻,曉。

㊀物體燃燒所生的光與熱。韓非子五蠹:"有聖人作,鑽燧取火,以化腥臊,而民說之。"㊁焚燒,火災。左傳宣十六年:"夏,成周宣榭火,人火之也。凡火,人火曰火,天火曰災。"禮王制:"昆蟲未蟄,不以火田。"㊂比喻急迫。見"火急"、"星火㊀"。㊃中醫病因之一。與風、寒、暑、濕、燥合稱六淫。又藥劑名。史記一〇五倉公傳:"齊王太后病,召臣(淳于)意入診脈,曰:'風癉客脬,難於大小溲,溺赤。'臣意飲以火齊湯。"參見"六疾"。㊄指激動氣逆或發怒。參見"心火㊀"。㊅古時兵制單位。十人爲火。宋書卜天興傳:"天興弟天生,少爲隊將,十人同伙。"唐代徵調工匠,以州縣爲團,五人爲火,五火置長一人。參閱漢書平帝紀元始元年"亡得置什器儲偫"唐顏師古注、新唐書百官志一工部。參見"火伴"、"火計"。㊆星名。1.卽大火,又名心宿。詩豳風七月:"七月流火。"傳:"火,大火也。"左傳襄九年:"是故味爲鶉火,心爲大火。"參見"大火"、"心宿"、"心星"。2.行星之一。古人以金木水火土爲五大行星。見"火星"。㊇五行之一。見"五行"。㊈姓。明有火員。見明陳士元姓觿六哿。

【火力】㊀道家指修煉的功力。藝文類聚七八南朝梁陶弘景答朝士訪仙佛兩法體相書:"火力旣足,表裏堅固,河山可盡,此形無滅。"㊁燃燒的熱度。唐陸龜蒙甫里集四寄懷華陽道士詩:"分張火力燒金竈,拂拭苔痕洗酒缾。"

【火寸】引火物,類似今之火柴,但不能磨擦自燃。詳"焠兒"、"引光奴"。

【火斗】卽熨斗。太平御覽七一二漢服虔通俗文:"火斗曰熨。"晉皇甫謐帝王世紀:"紂欲重刑,乃先爲大熨斗,以火爇之。"

火斗

【火井】產可燃的天然氣之井。古多用以煮鹽,故又稱鹽井。文選晉左太沖(思)蜀都賦:"火井沈熒於幽泉,高爓飛煽於天垂。"唐劉良注:"蜀郡有火井,在臨邛縣西南,火井,鹽井也。欲出其火,先以家火投之,須臾許,隆隆如雷聲,爓出通天,光輝十里,以筒盛之,接其光而無炭也。"宋劉攽彭城集十四送鄭祕丞知邠州蒲江縣詩:"火井煮鹽收倍利,山田種芋勸深耕。"

【火夫】夜間提燈護送官員的差役。清梁章鉅稱謂錄各役:"火夫,說鈴續云:'明弘治時,令五城各設火夫,遇百官夜飲歸,提燈傳送。'"

【火中】指心星運行在星空之中區。左傳昭三年:"譬如火焉,火中,寒暑乃退。"注:"火,心星。心(星)以季夏昏中而暑退,季冬旦中而寒退。"

【火牛】戰國時,燕伐齊。齊將田單固守卽墨,收城中牛千餘,披以彩衣,角繫利器,灌脂束葦於尾。又鑿城數十穴,夜燃牛尾脂、葦,牛驚怒而狂衝燕軍,壯士五千人隨其後,牛所觸敵盡死傷,燕軍大潰。見史記八二田單傳。此爲古代用火牛作戰的一例,後亦常用。宋史三六八王德傳:"(邵)青軍大潰。他日,餘黨復索戰,諜言將用火牛,德笑曰:'是古法也,可一不可再,今不知變,此成擒耳。'"

【火化】㊀用火使食物變熟。禮禮運:"昔者先王,……未有火化,食草木之實、鳥獸之肉,飲其血,茹其毛。"㊁卽火葬。宋洪邁容齋隨筆續筆十三民俗火葬:"自釋氏火化之說起,於是死而焚尸者所在皆然。"按火葬之俗,不自佛教始。參見"火葬"。

【火主】指失火時起火之家。晉書五行上:"(義熙)十一年,京都所在大行火災,吳界尤甚。……王弘時爲吳郡……弘知天爲之災,故不罪火主。"

【火玉】發光的美玉。舊題漢班固漢武帝內傳:"(上元夫人)戴九靈夜光之冠,帶六出火玉之珮。"唐蘇鶚杜陽雜編下:"(唐)武宗皇帝會昌元年,夫餘國貢火玉三斗。……火玉色赤,長半寸,上尖下圓,光照數十步,積之可以燃鼎,置之室內,則不復挾纊。"

【火正】古掌火官。五行官之一。左傳昭二九年:"木正曰句芒,火正曰祝融。"漢書五行志:"古之火正,謂火官也,掌祭火星,行火政。"

【火布】火浣布。北齊顏之推顏氏家訓歸心:"漢武不信弦膠,魏文不信火布。"詳"火浣布"。

【火石】㊀取火之石。卽燧石。舊唐書輿服志:"景雲中又制,令依上元故事。……武官五品以上佩鞊韘七事,七謂佩刀、刀子、礪石、契苾真、噦厥針筒、火石袋等也。"唐李白李太白詩十五留別廣陵諸公:"鍊丹費火石,採藥窮山川。"參見"燧石"。㊂古時以石爲彈的戰炮。多用作防守工具。宋書武帝紀上:"張綱治攻具成,設諸奇巧,飛樓木幔之屬,莫不畢備。城上火石弓矢,無所用之。"

【火田】㊀以火焚燒草木而田獵。禮王制:"草木零落,然後入山林,昆蟲未蟄,不以火田。"㊁焚燒草木後墾成的耕地。卽火耕田。唐白居易長慶集十六東南行……詩:"吏徵魚户税,人納火田租。"

【火令】㊀有關用火的政令。周禮夏官司爟:"掌行火之政令。四時變國火,以救時疾。季春出火,民咸從之;季秋内火,民亦如之。時則施火令。"㊁寒食節禁火之令。唐韓愈昌黎集三寒食日出遊詩:"明宵故欲相就醉,有月莫愁當火令。"注:"此謂寒食禁火耳。'火令'字見周禮。……此言夜行有月,故不憂當寒食禁火之令耳。"

【火宅】佛家比喻煩惱的俗界。言人有情愛糾纏,如居火坑之中,故名。法華經譬喻品:"三界無安,猶如火宅,……衆苦所燒,我皆拔濟。"文選南朝齊王簡栖(屮)頭陀寺碑文:"蔭法雲於真際,則火宅晨涼;曜慧日於康衢,則重昏夜曉。"

【火州】洲名。在南海中。州,一作"洲"。三國志魏齊王芳紀"西域重譯獻火浣布"注引異物志:"斯調國有火州,在南海中。其上有野火,春夏自生,秋冬自死。有木生于其中而不消也。"廣志作"火洲"。

【火米】㊀燒耕陂地而種植的旱稻。也叫畬火米。唐李德裕李文饒集四謫嶺南道中詩:"五月畬田收火米,三更津吏報潮雞。"㊁先蒸後炒的稻穀,可以久藏。宋陳師道後山談叢四:"蜀稻先蒸而後炒,謂之火米,可以久積,以地潤故也。蒸用大木空中爲甑,盛數石。炒用石板爲釜,凡數十石。"㊂用火蒸、燒的熟米。本草綱目二五穀四陳廩米:"火米有三:有火蒸治成者,有火燒治成者,又有畬火米,與此不同。"

【火伏】㊀火星尚未盡没。左傳哀十二年:"丘聞之:火伏而後蟄者畢。"注:"火,心星也。火伏在今十月。"新唐書曆志三上僧一行卦議:"麟德曆霜降後五日,火伏。小雪後十日,晨見。"㊁鹽場謂以火煮鹽,經一晝夜,稱爲火伏。一火伏於一定的鍋中出鹽若干,有定額。

【火伍】古兵制,五人爲伍,十人爲火,故統稱火伍,猶今云隊伍。唐柳宗元柳先生集八段太尉逸事狀:"(郭晞)顧叱左右曰:'皆解甲,散還火伍中,敢譁者死!'"

【火色】㊀比喻人面紅光。逸周書太子晉:"師曠對曰:'汝聲清汙,汝色赤白,火色不壽。'"注:"清,角也;言音汙沈木,木生火色赤,知聲者則色亦然。"舊唐書七四馬周傳:"中書侍郎岑文本謂所親曰:'吾見馬君論事多矣,……然鳶肩火色,騰上必速,恐不能久耳。'"㊁似火的赤紅色。唐白居易長慶集十二短歌行:"曈曈太陽如火色,上行千里下一刻。"唐詩紀事六九羅虯比紅兒之八八:"火色櫻桃摘得初,仙宫只有世間無。"

【火判】北京舊俗,正月上元節以泥塑鬼判,盡空其竅,燃火其中,光芒四射,謂之火判。清趙翼甌北詩鈔七言律一有詠火判官詩並注。

【火灼】㊀以火烤烙。周禮春官大卜"高作龜"漢鄭玄注:"作龜,謂以火灼之。"元李衎竹譜詳録五弓竹:"質有文章,然要須膏塗火灼,然後出之。"㊁城名。也叫火灼堡。在今貴州黔西縣北,深險與織金相次。見嘉慶一統志五〇九大定府古蹟。

【火車】古時的一種戰車。南齊書高帝紀上:"俄頃,賊馬步奄至,又推火車數道攻戰。"舊唐書一三四馬燧傳:"燧乃令推火車以焚其栅。"按武備志一三二軍資火十四有架火戰車、盛油引火車圖。

【火坑】佛教語。指地獄、餓鬼、畜生三條惡道爲三惡火坑。妙法蓮華經七普門品:"假使興惡意,推落大火坑。"續傳燈録三二張九成:"凡人既不知本命元辰落處,又要牽好人入火坑,如何聖賢於打頭一著不鑿破。"後用以指悲慘無告的苦境。紅樓夢一:"到那時只不要忘了我二人,便可跳出火坑矣。"

【火攻】㊀以火攻敵。孫子火攻:"凡火攻有五:一曰火人,二曰火積,三曰火輜,四曰火庫,五曰火隊。"公羊傳桓七年:"焚咸丘。焚之者何?樵之也。樵之者何?以火攻也。何言乎以火攻?疾始以火攻也。"㊁指中醫以灸法灼艾治病。宋陸游劍南詩稿二久病灼艾後獨卧有感:"計出火攻傷老病,卧聞鳶墮歎蠻煙。"

【火把】燎炬的俗稱。以竹篾或蔴莖等編成,用於夜行。宋葉適水心集七送呂子陽自永康攜所解老子訪余……詩:"火把起夜色,丁鞢明齒痕。"

【火伴】古兵制以十人爲火,共竈起火,故稱同火者爲火伴。樂府詩集二五木蘭詩:"出門看火伴,火伴始(皆)驚忙。"唐元稹長慶集二三估客樂詩:"出門求火伴,入户辭父兄。"

【火伯】古代户竈之長。户竈,由共竈同食的兵吏組成。晉崔豹古今注上輿服:"漢制,兵吏五人一户竈置一伯,故户伯亦曰火伯,以爲一竈之主也。"參見"户伯"。

【火河】傳説中的草名。火不能燒,河隔火,故名。又名競水樹,多植可以厭火。見唐鄭熊番禺雜記(類説四)。

【火油】石油,煤油。吳越備史二文穆王:"火油得之海南大食國,以鐵筒發之,水沃,其焰彌盛。"宋張世南游宦紀聞三:"占城國前此未嘗與中國通,唐顯德五年,國王因德漫,遣使者莆訶散來貢猛火油八十四瓶。"

【火官】古五行官之一。傳説炎帝以火名官,春官爲大火,夏官爲鶉火,秋官爲西火,冬官爲北火,中官爲中火。禮月令孟夏之月"其帝炎帝,其神祝融"漢鄭玄注:"此赤精之君,火官之臣。"參閲左傳昭十七年"大皞氏以龍紀"疏引服虔説。

【火長】㊀唐兵制中基層單位的首領。新唐書兵志:"五十人爲隊,隊有正;十人爲火,火有長。"清顧炎武日知録二四火長:"今人謂兵爲户長,亦曰火長。"㊁舊時船舶上導航人員的稱呼。或稱船師。宋吳自牧夢粱録十二江海船艦:"風雨晦冥時,惟憑針盤而行,乃火長掌之,毫釐不敢差誤,蓋一舟人命所繫也。"

【火者】指宦者。元張昱可閒老人集二宫中詞之十八:"近前火者催何急,惟恐君王怪到遲。"又明清豪户買貧家之子,閹割以供驅使,稱爲火者。明律刑律九雜記:"凡官民之家不得乞養他人諸閹割火者,違者杖一百,流三千里,其子給親。"清刑律亦有同樣規定。

【火事】卽火災。宋黄庭堅豫章集七戲簡朱公武劉邦直田子平詩之二:"君看劉郎最多智,昨者火事幾焚巢。"

【火巷】屋宇之間所留的狹長形空地。用以防火。宋史二四七趙善俊傳:"知鄂州,適南市火。善俊……開古溝,創火巷,以絶後患。"

【火花】㊀指燈花。唐李商隱李義山文集三爲東川崔從事謝辟並聘錢啟之二:"陸賈方驗於火花,郭況莫矜于金穴。"舊時迷信者以燈花爲喜事之兆。宋劉攽彭城集十五次韻和祕書省林舍人校書寓興五首之一:"夢緣酒食逢芻狗,兆應錢財屬火花。"㊁飛蛾的別名。晉崔豹古今注中魚蟲:"飛蛾善拂燈燭,一名火花,一名慕光。"

【火杴】豨薟草,一名火杴,葉似酸漿而狹長,花黄白色,可入藥。製成膏丸稱火枕膏、火枕丸。宋張詠乖崖集存有豨枕丸表。參閱本草綱目十五草四豨薟。

【火旻】秋日的天空。南朝宋謝靈運謝康樂集二永初三年七月十六日之郡初發都詩:"秋岸澄夕陰,火旻團朝露。"唐劉禹錫劉夢得集五早秋送臺院楊侍御歸朝詩:"鸞鳥得秋氣,法星懸火旻。"

【火具】㊀火攻的戰具。宋書武帝紀上:"因風水之勢,賊艦悉泊西岸。岸上軍先備火具,乃投火焚之。"宋史四五〇邊居誼傳:"文煥乃麾兵攻城,以火具却之。"㊁救火的器具。元史刑法志四禁令:"諸城郭人民,隣甲相保,門置水瓮,積水常盈,家設火具,每物須備。"

【火併】同夥自相攻併。水滸傳十九:"今日林教頭必然有火併王倫之意,他若有些心懶,小生憑着三寸不爛之舌,不由他不火併。"

【火帝】㊀星象名。漢張衡張河間集二週天大象賦:"粵若熒惑,火帝之精。"㊁即炎帝。南朝陳徐陵徐孝穆集一勸進梁元帝表:"雲師火帝,非無戰陣之風;堯誓湯征,咸用干戈之道。"

【火祖】傳說中最早的火神。即祝融和閼伯。漢書五行志上:"帝嚳則有祝融,堯時有閼伯,民賴其德,死則以爲火祖,配祭火星。"清翟灝通俗編十九神鬼:"按:今恒言,猶獨于火神稱祖。"

【火前】㊀寒食節禁火前。全唐詩五五九薛能晚春:"征東留滯一年年,又向軍前遇火前。"㊁茶名。寒食節禁火前採製,故名。又稱明前。唐韓偓韓內翰別集已巳年……卻請赴沙縣郊外泊船偶成一篇詩:"數醆綠醅桑落酒,一甌香沫火前茶。"齊己白蓮集九聞道林諸友嘗茶因有寄詩:"高人夢惜藏岩裏,白硾封題寄火前。"㊂指寒食節禁火前開放的牡丹花。見宋陸游渭南文集四二天彭牡丹譜風俗記。參見"火後"。

【火春】指燒酒。清周亮工書影四:"京師人概炙之煤上,又好飲火春,而佐以炙煿之饌,曾無疾病。"

【火政】㊀防禦火災的措施。左傳襄九年:"宋災。樂喜爲司城,以爲政。"注:"樂喜……知將有火災,素戒爲備火之政。"㊁有關火的政事。漢書五行志上:"說曰:古之火正,謂火官也,掌祭火星,行火政。"

【火城】㊀以火圍城。南史羊侃傳:"後大雨,城內土山崩,賊乘之垂入,若戰不能禁。侃乃令多擲火,爲火城以斷其路。"㊁朝會時的火炬儀仗。唐李肇國史補下:"每元日、冬至立仗,大官皆備珂傘,列燭有至五六百炬者,謂之火城。宰相火城將至,則衆少皆撲滅以避之。"唐羅隱甲乙集五寄金吾李稜常侍詩:"曉色嚴天仗,春寒避火城。"地方官也有用火城者。宋蘇軾分類東坡詩六與述古自有美堂乘月夜歸:"共喜使君能鼓樂,萬人爭看火城還。"當時軾知杭州。

【火殃】火患。舊時指火災所呈現的凶兆。晉書戴洋傳:"明日,又曰:'昨夜火殃,非國福。'"唐張鷟朝野僉載:"唐開元二年,衡州五月,頻有火災,人見物大如甕,赤似燈籠,所指之處,尋而火起,百姓咸謂之火殃。"(說郛二)

【火星】古人以金木水火土爲五星名,火星又名熒惑。史記天官書:"火犯守角,則有戰。"索隱引韋昭:"火,熒惑也。"漢王充論衡變虛:"是夕也,火星果徙三舍。"參見"熒惑㊀"。

【火食】熟食。莊子山木:"孔子圍於陳蔡之間,七日不火食。"禮王制:"東方曰夷,被髮文身,有不火食者矣。"

【火急】比喻十分緊急。北齊書幼主紀:"特愛非時之物,取求火急,皆須朝徵夕辦,當勢者因之,貸一而責十焉。"唐白居易長慶集五七勸飲詩:"火急歡娛慎勿遲,眼看老病悔難追。"

【火後】㊀寒食節禁火之後。唐劉禹錫劉夢得集六送張盥赴舉詩:"火後見琮璜,霜餘識松筠。"㊁寒食節禁火後開放的牡丹花。見宋陸游渭南文集四二天彭牡丹譜。

【火記】㊀古書名。參同契上:"火記六百篇,所趣等不殊,文字鄭重說,世人不熟思。"宋朱熹考異:"火記六百篇,蓋古書,今亡。未可知。"㊁因火記爲丹書,述火候功用,故用以稱煉丹的火候。宋張方平樂全集一贈郭誠思詩:"塵游謝京國,火記得酆都。"

【火畜】指羊。禮月令孟春之月"食麥與羊"漢鄭玄注:"羊,火畜也。"

【火耕】見"火耕水耨"。

【火耗】㊀鑄錢時金屬的損耗。文獻通考九錢幣二歷代錢幣之制:"崇寧監鑄御書當十錢,每貫重一十四斤七兩,用銅九斤七兩二錢,鉛四斤一十二兩六錢,錫一斤九兩二錢,除火耗一斤五兩,每錢重三錢。"㊁元史刑法志三:"其有巧立名色,廣取用錢,及多稱金數,尅除火耗,爲民害者,從監察御史廉訪司糾之。"按此爲徵收產金稅時額外扣除鎔鑄損耗。至明中葉田賦徵銀,以彌補折耗爲名另徵收火耗。清初火耗極重,雍正間又將火耗列入正稅。除田賦外,其他捐稅中也有火耗。均爲賦稅正款外的勒索。聊齋志異八盜户:"章丘漕糧徭役,以及徵收火耗,小民常數倍於紳衿。"

【火珠】㊀珠名。能聚陽光,照射易燃物,即生熱燃燒。新唐書二二二下南蠻傳:"婆利者,直環王東南,……多火珠,大者如雞卵,圓白,照數尺,日中以艾藉珠,輒火出。"㊁宮殿、塔廟建築正脊上作裝飾用的寶珠。有兩焰、四焰、八焰等不同形式。宋以後多改用瓦作。唐封演封氏聞見記四明堂:"開元中改明堂爲聽政殿,頗毀徹而弘規不改。頂上金火珠迥出雲外,望之赫然。"舊唐書禮儀二:"則天尋令依舊規制重造明堂,……上施寶鳳,俄以火珠代之。"唐李白李太白詩二一秋日登揚州西靈塔:"水搖金剎影,日動火珠光。"

火珠

【火速】極言緊急。唐詩紀事三武后詩:"明朝遊上苑,火速報春知。"後來官府催徵或逮捕等文書,多用"火速"字樣。

【火逝】指農曆七月時暑退涼生。初學記四南朝宋謝靈運七夕詠牛女詩:"火逝首秋節,新明弦月夕。"

【火真】蒙古族人,本名火里火真。歸明爲燕山中護衛千户,隨成祖(朱棣)作戰有功,封同安侯,後出塞戰歿。子孫世襲觀海衛千户。裔孫斌,嘉靖中禦倭,直搗補陀山,無援被俘,支解死。明史有傳。

【火烈】㊀持火把者的行列。烈,通"列"。詩鄭風大叔于田:"叔在藪,火烈具舉。"箋:"列人持火俱舉,言衆同心。"㊁火勢猛烈。左傳昭二十年:"夫火烈,民望而畏之,故鮮死焉;水懦弱,民狎而玩之,則多死焉。"引申爲威勢之盛。文選晉陸士衡(機)漢高祖功臣頌:"威亮火烈,勢踰風掃。"㊂指物被火焚燒而爆裂。後漢書六十下蔡邕傳:"吳人有燒桐以爨者,邕聞火烈之聲,知其良木,因請而裁爲琴。"

【火院】即火坑。以喻妓院。元曲選馬致遠青衫淚二:"偌來大窮坑火院,只央我一身填。"又戴善夫風光好四:"我爲你截日離了官司,再不當火院家私。"

【火氣】㊀閃電,火熾的氣息。古人以爲閃電是火氣的表現。漢董仲舒春秋繁露六四:"電者火氣也。其音徵也,故應之以電。"宋文天祥文山集十四正氣歌序:"予囚北庭,坐一土室,……乍晴暴熱,風道四塞，時則爲日氣；奮隂薪爨，助長炎虐，時則爲火氣。”後人也稱發怒爲火氣。㊂中醫學指引起發炎、煩躁等證狀的原因。素問刺瘧：“熱去汗出，喜見日月光，火氣乃快然。”

【火舫】引火攻敵的小舟。南史徐世譜傳：“時(侯)景軍甚盛，世譜乃别造樓船、拍艦、火舫、水車以益軍勢。”參見“火船”。

【火師】㊀古官名。掌管火事。國語周中：“火師監燎，水師監濯。”注：“火師司火。”㊁遠古以火爲號的百官。傳説炎帝以火爲象徵，自爲火師，並以名官。左傳昭十七年：“炎帝氏以火紀，故爲火師而火名。”注：“炎帝神農氏亦有火瑞，以火紀事名百官。”又哀九年：“炎帝爲火師。”

【火候】㊀煮食物時的火功。多指烹煮、燒炙的火力大小和時間長短而言。唐段成式酉陽雜俎七酒食：“貞元中，有一將軍家出飦食，每説物無不堪喫，唯在火候，善均五味。”又馮贄雲仙雜記引安成記：“黄昇日享鹿肉三斤，自晨煮至日影下門西，則喜曰：‘火候足矣。’”㊁道家稱煉丹的功夫。唐白居易長慶集五一同微之贈别郭虛舟鍊師五十韻詩：“心塵未淨潔，火候曾參差。”雲笈七籤六八金丹：“汞則用黑鉛一斤，轉轉燒抽，火候依前一訣。”㊂指道德、學問、技藝等的修養工夫。儒林外史三：“周學道又到(范進)跟前，説道：‘……本道看你的文字火候到了，即在此科，一定發達。’”

【火粒】指熟食、穀食。南朝宋鮑照鮑氏集六詠蕭史：“火粒願排棄，霞霧好登攀。”

【火教】古波斯的國教。爲瑣羅斯德所創，以其禮拜聖火，故云火教，又稱拜火教，傳入中國後，稱爲祆教。參見“拜火教”。

【火票】指緊急的文書。清制：凡馬匹遞送公文，皆用兵部憑照，令沿途各驛站接遞，謂之火票，意即十萬火急。清會典事例六八四兵部郵政：“内廷交出報匣夾板，及馳驛人員，需用火票勘合。請豫備空白，責成司員加謹收存，遇有急需，方准填用。”

【火捺】端硯的一種。清屈大均廣東新語五石語：“其火捺以紫氣奔而迴礴，又如血暈散開，有若雲霧之氣，或小而圓輪若金錢者。”

【火患】失火造成的災害。韓非子喻老：“千丈之隄以螻蟻之穴潰，百尺之室以突隙之烟焚，故曰：白圭之行隄也塞其穴，丈人之慎火也塗其隙。是以白圭無水難，丈人無火患。”

【火毬】圓形的易燃物。點燃後順風投擲，用以焚燒敵營。宋史兵志十一：“(咸平三年)八月神衞水軍隊長唐福獻所製火箭、火毬、火蒺藜。”按武備志一三〇火器圖説九有引火毬、蒺藜火毬、霹靂火毬等多種。

【火脯】火烤之肉。禮内則“爲熬，捶之，去其皽”漢鄭玄注：“熬於火上爲之也。今之火脯似矣。”

【火運】運值火德。素問六微旨大論：“帝曰：‘何謂當位？’歧伯曰：‘木運臨卯，火運臨午，土運臨四季，金運臨酉，水運臨子，所謂歲會，氣之平也。’”陳書高祖紀永定元年勑州郡：“自梁氏將末，頻月亢陽，火運斯終，秋霖奄降。”參見“火德㊀”。

【火雲】夏季熾熱的赤雲。唐岑參岑嘉州集一送祁樂歸河東詩：“五月火雲屯，氣燒天地紅。”杜甫杜工部草堂詩箋二一送梓州李使君之任詩：“火雲揮汗日，山驛醒心泉。”

【火棗】傳説中的仙果，食之能羽化飛行。南朝梁陶弘景真誥二：“玉醴金漿，交梨火棗，此則騰飛之藥，不比於金丹也。”唐李商隱李義山詩集一戊辰會静中出貽同志二十韻：“玉管會玄圃，火棗承天姻。”

【火傘】比喻烈日。傘，也作“繖”。唐韓愈昌黎集四游青龍寺贈崔大補闕詩：“光華閃壁見神鬼，赫赫炎官張火傘。”清趙翼甌北詩鈔七言律六苦熱詩：“火繖當空氣益炎，避炎何處覓深嚴。”

【火毳】火浣布。後漢書八六西南夷傳論：“又其賨幏火毳馴禽封獸之賦，軨積於内府。”參見“火浣布”。

【火牌】符信的一種。舊時奉差官役驛遞的憑證。沿途憑牌領取口糧。多由兵部發撥各省督撫提鎮應用，年有定額。清會典事例六八四兵部郵政：“順治元年題准，勘合火牌内，填註奉差官役姓名，並所給夫馬車船廩給口糧數目。”

【火遁】方士所稱的仙家遁形術之一，即在火中遁去。詳“五遁”。

【火馳】形容迅速的奔馳。莊子天地：“方且本身而異形，方且尊知而火馳。”唐成玄英疏：“夫不能忘智以任物，而尊知以御世，遂將徇迹，捨己効人，馳騁奔逐，其速如火矣。”

【火落】心星（大火）落而西流。用以指初秋。唐李白李太白詩十九酬張卿夜宿南陵見贈詩：“當君相思夜，火落金風高。”

【火葬】葬法之一。卽死後用火化。火葬本爲古印度喪制，隨佛教入華而行於我國。明清時官府禁火葬。清顧炎武日知録十五火葬：“火葬之俗，盛行於江南，自宋時已有之。宋史紹興二十七年，監登聞鼓院范同言：‘今民俗有所謂火化者，生則奉養之具，惟恐不至，死則燔爇而捐棄之。’”

【火禁】㊀防火的禁令。周禮秋官司烜氏：“中春，以木鐸修火禁於中國。”宋史職官志七：“諸鎮置於管下人烟繁盛處，設監官，管火禁或兼酒税之事。”㊁寒食節禁火。全唐詩一三八儲光羲蘇十三瞻登玉泉寺峯入寺中見贈作：“淹留火禁辰，愉樂弦歌宴。”元周密癸辛雜識别集下綿上火禁：“綿上火禁，升平時禁七日，喪亂以來猶三日。”

【火蛾】蛾喜明撲火，故稱火蛾。唐韓偓玉山樵人集有火蛾詩。唐馮贄雲仙雜記一洛陽歲節：“洛陽人家，……正月十五日造火蛾兒，食玉梁糕。”指用紙或帛製的應節物品。

【火節】清姚之駰元明事類鈔三夏引明江盈科雪濤談叢滇中火節：“滇俗每于六月二十八日，各家俱束葦爲藁，高七八尺，遇夜炳燎，其光燭天，……總稱曰火節。”

【火傳】莊子養生主：“指窮於爲薪，火傳也，不知其盡也。”以手折木爲薪，薪有窮盡之時，而火種流傳前後相繼，永不熄絶。用以比喻養生者隨變任化與物俱遷，形體雖有生滅，而精神如火種接傳不盡。宋書天竺迦毗黎國傳：“山高累卑之辭，川樹積小之詠，舟壑火傳之談，堅白唐肆之論，蓋盈於中國矣。”後稱師徒授受爲薪火、薪傳，本此。

【火鼠】傳説中謂用其毛可織火浣布的老鼠。舊題漢東方朔十洲記：“炎洲在南海中，有火林山，山中有火光獸，大如鼠，毛長三四寸，或赤或白，取其獸毛以緝爲布，時人號爲火浣布。”太平御覽八二〇晉張勃吳録：“日南比景縣有火鼠，取毛爲布，燒之而精，名火浣布。”

【火齊】㊀猶言火候。禮月令仲冬之月：“陶器必良，火齊必得。”疏：“謂炊米和酒之時，用火齊生熟必得中也。”㊁玫瑰珠石。文選漢班孟堅(固)西都賦：“翡翠火齊，流耀含英。”又晉左太沖(思)吳都賦：“火齊之寶，駭雞之珍。”晉劉淵林(逵)注：“異物志曰：火齊如雲母，重沓而可開,色黃赤,似金,出日南。"㊁清火的藥劑。韓非子喻老:"扁鵲曰:'疾在腠理,湯熨之所及也;……在腸胃,火齊之所及也。'"又見荀子强國、史記一〇五倉公傳。

【火旗】㊀四邊繪有火焰紋的旗幟。唐杜甫杜工部詩史補遺六奉送卿二翁統節度鎮軍還江陵:"火旗還錦纜,白馬出江城。"㊁指火熱的雲層。文苑英華二一〇唐王轂苦熱行:"祝融南來鞭火龍,火旗焰焰燒天紅。"

【火精】㊀指太陽。晉書天文志上漢王仲任云:"夫日,火之精也;月,水之精也。"唐韓鄂歲華紀麗四火精引范子:"日者,火精也。"宋詩鈔孔武仲清江集鈔龜石:"灼以炎皇之火精,釁以少昊之金液。"㊁指心神。素問解精微論:"夫水之精爲志,火之精爲神。"

【火閣】暖閣。宋詩鈔孔平仲清江集鈔有感時夢錫尋醫而思求免官:"去歲城門坐徹晚,前年火閣飯連宵。"宋陸游劍南詩稿三八有新作火閣詩。

【火鳳】樂曲名。唐會要三三讌樂:"貞觀末,有裴神符者,妙解琵琶,作勝蠻奴火鳳傾盃樂三曲,聲度清美,太宗深愛之。"唐元稹長慶集二四法曲樂府:"火鳳聲沉多咽絶,春鶯囀罷長蕭索。"

【火維】指南嶽衡山。因南方屬火,故稱。唐韓愈昌黎集三謁衡嶽廟遂宿嶽寺題門樓詩:"火維地荒足妖怪,天假神柄專其雄。"

【火輪】㊀太陽。唐韓愈昌黎集三桃源圖詩:"夜半金雞啁哳鳴,火輪飛出客心驚。"㊁俗稱汽船爲火輪船。清袁昶漸西邨人初集詩二讀袁康沙船歎歌以贈之:"南北風濤秋復春,海舶何年來火輪。"

【火蓼】紅蓼的別稱。宋朱弁曲洧舊聞四:"紅蓼,卽詩所謂游龍也,俗呼水紅,江東人別澤蓼,呼之爲火蓼。道家方書亦有用者,呼爲鶴膝草。"

【火鴉】傳説中啣火的烏鴉。或謂卽山海經中之鵸䳜。參閱明曹學佺蜀中廣記五九方物記鳥、本草綱目四九禽四慈烏、清屈大均廣東新語禽語鴉。

【火箭】發射引火物燃燒以攻敵的戰具。三國志魏明帝紀"諸葛亮圍陳倉"注引魏略:"(亮)起雲梯衝車以臨城。(郝)昭於是以火箭逆射其雲梯,梯然,梯上人皆燒死。"唐韓愈昌黎集八晚秋郾城夜會聯句:"峨峨雲梯翔,赫赫火箭著。"參閱通典一六〇兵十三攻城戰具附、武備志一〇二器械一火箭。

【火德】㊀古代方士有"五德"之説,以帝王受命正值五行的火運,稱爲火德。相傳炎帝神農氏始以火德王,唐堯亦爲火德。史記秦始皇紀:"始皇推終始五德之傳,以爲周得火德。"參見"五德㊀"。㊁太陽的熱力。唐皎然集二酬薛員外誼苦熱行見寄詩:"火德燒百卉,瑶草不及榮。"

【火憲】防火的法令。荀子王制:"修火憲,養山林藪澤草木魚鼈百索,以時禁發,使國家足用而財物不屈,虞師之事也。"

【火燒】㊀焚燒。世説新語排調:"桓南郡(玄)與殷荆州(仲堪)語次,因共作了語。顧愷之曰:'火燒平原無遺燎'。"參見"了語"。㊁卽燒餅。宋張端義貴耳集下:"發合取食,但見兩枚火燒而已。"明缺名墨娥小録十四市語聲嗽:"火燒,餅。"

【火燎】㊀烈火焚燒。書盤庚上:"若火之燎于原,不可嚮邇,其猶可撲滅。"文選晉劉越石(琨)答盧諶詩:"火燎神州,洪流華域。"㊁火炬,燈燭。宋史儀衞志五:"華蓋二,排列官一人,香凳一,火燎一,小輿一。"元薩都剌薩天錫詩集後集題陳所翁墨龍:"滿堂火燎動鱗甲,倒挾海水空中飛。"

【火頭】掌炊事的人。古時官府、寺院,部隊有火頭專職。1.官府。南史何承天傳附何遜:"(何僩)作拍張賦以喻志。末云:東方曼倩發憤於侏儒,遂與火頭食子禀賜不殊。"宋尹洙河南集二四中和顧人修城狀:"細計到白麪斤半,若作麪餅三箇,充一日食,衆必大便,逐日依舊令火頭煎湯俵食。"2.部隊。宋李心傳建炎以來繫年要録八七紹興五年呂頤浩上言:"臣竊料劉光世韓世忠張浚楊沂中岳飛王𤫊下兵數得廿萬人,除輜重火頭外,戰士不下十五萬。"3.寺院。景德傳燈録十趙州從諗禪師:"師作火頭,一日閉却門,燒滿屋煙,叫云:'救火,救火!'"

【火樹】㊀比喻輝煌的燈火。南齊書禮志上晉傅玄朝會賦:"華燈若乎火樹,熾百枝之煌煌。"初學記四唐蘇味道正月十五夜詩:"火樹銀花合,星橋鐵鎖開。"唐人搜玉小集作觀燈詩。㊁比喻花果色紅的樹。唐白居易長慶集十七山枇杷詩:"火樹風來翻絳豔,瓊枝日出曬紅紗。"㊂珊瑚樹的一種。本草綱目八石二珊瑚:"珊瑚生海底,五七株成林,謂之珊瑚林。……變紅色者爲上,漢趙佗謂之火樹是也。"

【火曆】謂王者以火德應曆運。藝文類聚七八南朝梁陶弘景許長史舊館壇碑:"梁天監十三年,敕貿此精舍,立爲朱陽館,將遠符先徵,定詳火厤。"厤,同"曆"。隋書音樂志下誠夏辭:"火靈降祚,火曆載隆。蒸哉帝道,赫矣皇風。"參見"火德㊀"。

【火戰】用火攻戰。六韜有火戰篇。原注云:"此言用火攻戰之法。"按現代軍用語,稱兩軍在較遠距離用槍礮等火器進行的戰鬭爲火戰。別於白刃戰而言。

【火器】利用火力發射的兵器。參閱明宋應星天工開物下火器、武備志一二一軍資火三。

【火徼】南方邊遠之地。唐王勃王子安集十二九成宮頌序:"煙馳火徼,勵珠産而移琛。"參見"炎徼"。

【火戲】南宋時雜技之一。宋灌圃耐得翁都城紀勝瓦舍衆伎:"雜手藝皆有巧名,踢瓶,弄椀,……燒烟火,放爆仗,火戲兒,水戲兒。"

【火曜】㊀火光、日光的照耀。曜,亦作"燿"。漢王符潛夫論讚學:"故道之於心也,猶火之於人目也。中穽深室,幽黑無見,及設盛燭則百物彰矣。此則火之燿也,非目之光也,而目假之則爲明矣。"元郝經陵川集幽思詩:"赤烏驚上天,火曜舒乾陽。"㊁火星。七曜之一。詳"七曜"。

【火雞】㊀駝鳥的古稱。見本草綱目四九禽四駝鳥。㊁七面鳥的別稱。卽吐綬雞。也稱火雞。明馬歡瀛涯勝覽舊港國:"又出一等火雞,大如仙鶴,……好吃烑炭,遂名火雞。"

【火繖】見"火傘"。

【火藥】用作引燃或發射的藥劑。宋人武經總要已有火藥的配方,爲世界最早的書面記錄。明宋應星天工開物下火器:"紅夷砲鑄鐵爲之,……中藏鐵彈併火藥數斗。"按並有火藥料一節。武備志一一九軍資火一有火藥賦、製火藥方等。

【火爐】取暖的火具。詩小雅白華"樵彼桑薪,卬烘于煁"唐孔穎達疏:"(煁),郭璞曰:'今之三隅竈也。'……亦燃火照物,若今之火爐也。"爾雅釋言疏作"火鑪"。唐元稹長慶集十八晨起送使病不行因過王十一館居詩之二:"密宇深房小火爐,飯香魚熟近中廚。"

【火鐮】㊀舊時打火用的火刀。元曲選李好古張生煮海三:"家僮將火鐮火石引起火來,用三角石頭把鍋兒放上。"㊁攻戰用的火器。宋史兵志十一:"皇祐元年,……宋守信所獻衝陣無敵流星弩、拒馬皮竹牌、火鐮石火綱三刃、……大風翎弩箭八種。"武備志一〇九軍資攻二:"火鐮以鈎刀爲刃。……將透積薪草、松明、麻枲於地道中,加以膏油,縱火焚城。"

【火鑑】利用陽光取火的凸鏡。即火鏡。新唐書九三李靖傳:"其舊物有佩筆,……又有火鑑、大觽、算囊等物,常佩于帶者。"

【火山軍】宋時行政區域名。在今山西河曲偏關二縣。以其地有火山,故名。見讀史方輿紀要四十太原府河曲縣。

【火不思】撥絃樂器。似琵琶而狹小,直柄曲首,通長二尺七寸許。共鳴箱下半部蒙以蟒、蛇皮。

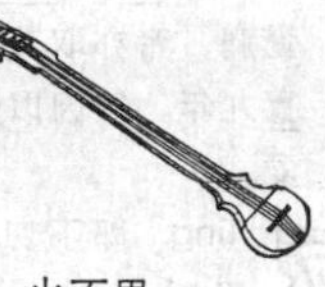
火不思

也稱和不斯、和必斯、胡撥思、湖撥四、虎拍思、虎拍思等,皆音轉之異。參閱元史禮樂志五、清通典六六樂四、續文獻通考一一〇樂十。

【火不登】立刻,突然。也作"火不騰"。元曲選楊文奎兒女團圓一:"火不登紅了面皮,没揣的便揪住鬏髻。"又紀君祥趙氏孤兒三:"我只見他左瞧右瞧怒咆哮,火不騰改變了狰獰貌。"

【火中蓮】維摩詰經中佛道品:"火中生蓮華,是可謂希有,在欲而行禪,希有亦如是。"此爲比喻稀有或難得。後指身陷火坑,而能潔己不毀。唐詩紀事六九羅虬比紅兒之三五:"常笑他人語虛誕,今朝自見火中蓮。"

【火宅僧】有家室的僧人。唐鄭熊番禺雜記:"僧之有室家,謂之火宅僧。"(類說四)

【火光獸】同"火鼠"。舊題漢東方朔十洲記:"又有火林山,山中有火光獸,大如鼠,毛長三四寸,或赤或白。山可三百里許,晦夜即見此山,乃此獸光照,狀如火光相似。"參見"火鼠"。

【火浣布】石綿織成之布。三國志魏齊王芳紀:"西域重譯獻火浣布。"列子湯問:"周穆王大征西戎,西戎獻錕鋙之劍,火浣之布。……浣之必投於火;布則火色,垢則布色;出火而振之,皓然疑乎雪。"古代對石綿的性質不明,或謂用某種木皮或火鼠毛所織。參閱三國志魏齊王紀注引神異經、玄中記(太平御覽八六八)、洞冥記(類說五)。

【火器營】明有神機營,軍中使用火器。清代禁軍有火器營,全營習用槍炮,總統六人,八旗掌關防營總每旗一人,鳥槍護軍參領各一人。參閱清文獻通考一八一兵三禁衛兵。

【火蠶綿】傳說南海所產的絲綿。唐蘇鶚杜陽雜編下:"同昌公主有火蠶綿,云出炎洲,絮衣一襲用一兩,稍過度,則熇蒸之氣不可近也。"

【火上澆油】比喻使人更加惱怒,或使事態更加嚴重。也作"火上加油"。元曲選關漢卿金線池二:"不見他思量舊倒有些兩意兒投,我見了他撲鄧鄧火上澆油。"又缺名陳州糶米二:"我從來不劣方頭,恰便是火上澆油,我偏和那有勢力的官人每卯酉。"

【火居道士】指有室家的道士。明俞汝楫禮部志稿三四僧道禁例:"洪武中僧道不務祖風及俗人行瑜伽法稱火居道士者,俱有嚴禁。"參閱明沈德符萬曆野獲編二七釋道僧道異德。參見"火宅僧"。

【火耕水耨】舊時人少地廣,墾闢土地,多用此法。史記平準書漢武帝詔:"江南火耕水耨,令飢民得流就食江淮間,欲留,留處。"集解:"應劭曰:'燒草,下水種稻,草與稻並生,高七八寸,因悉芟去,復下水灌之,草死,獨稻長,所謂火耕水耨也。'"

【火耕流種】即"火耕水耨"。後漢書八十上杜篤傳論都賦:"火耕流種,功淺得深。"注:"以火燒所伐林株,引水溉之而布種也。"

【火敦惱兒】即青海省的星宿海。亦作鄂端諾爾。蒙語。元潘昂霄河源記:"有泉百餘泓,……旁履高山下瞰,燦若列星,以故名火敦惱兒。火敦,譯言星宿也。"參閱清萬斯同崑崙河源考、嘉慶一統志五四六青海厄魯特山川黃河。

【火輪三昧】針灸的別稱。宋陶穀清異錄藥火輪三昧:"凡病膏肓之際,藥難効,此鍼灸之所以用也。鍼長于宣壅滯,灸長于導氣血,古人謂之延年火,又曰火輪三昧。今人有病必灸,亦艾癖也。"(說郛六一)

【火燒眉毛】比喻極其緊迫。續傳燈錄十一金陵蔣山法泉禪師:"問如何是急切一句?師曰:'火燒眉毛。'"

【火樹琪花】形容燈火之盛。多指元夜燈市。紅樓夢十八:"於是進入行宮,只見庭燎繞空,香屑布地,火樹琪花,金窗玉檻。"參見"火樹"。

二 畫

灰 huī ㄏㄨㄟ 呼恢切,平,灰韻,曉。說文作"灰"。㊀物經燃燒剩下的粉末狀物。禮內則:"衣裳垢,和灰請澣。"唐杜甫杜工部草堂詩箋十二鄭駙馬池臺喜遇鄭廣文同飲:"白髮千莖雪,丹心一寸灰。"李商隱李義山詩集五無題:"春蠶到死絲方盡,蠟炬成灰淚始乾。"㊁黑白之間的顏色。晉書郭璞傳:"時有物大如水牛,灰色卑腳,腳類象,胸前尾上皆白。"㊂碎裂。漢揚雄太玄經一童:"童麋觸犀,灰其首。"㊃消沈。南朝梁蕭統梁昭明集講席將訖賦三十韻詩依次用:"器月希留影,心灰庶方撲。"㊄石灰的簡稱。本草綱目九石三石灰:"燒青石爲灰也。"

【灰人】古代遇久雨不晴,聚灰爲人形,作爲祭拜祈晴的偶像。藝文類聚一〇〇南朝梁簡文帝祭灰人文:"積注奄旬,祭在灰人。"唐姚合姚少監集六酬任疇協律夏中苦雨見寄詩:"灰人漫禳厭,水馬恣沉浮。"

【灰心】莊子齊物論:"形固可使如槁木,而心固可使如死灰乎!"此言心意寂靜如死灰不爲外界所動。後因以灰心比喻喪失信心或意志消沉。又玄集中裴度中書即事:"灰心緣忍事,霜鬢爲論兵。"宋蘇軾分類東坡詩十六寄呂穆仲寺丞:"回首西湖真一夢,灰心霜鬢更休論。"

【灰没】蹈水火而死。比喻不惜犧牲一切。文選晉陸士衡(機)謝平原內史表:"施重山岳,義足灰没。"也比喻慘死。藝文類聚五八晉庾闡檄石虎文:"百姓受灰没之酷,王室有黍離之哀。"

【灰劫】同"劫灰"。唐杜甫杜工部草堂詩箋二六寄峽州劉伯華使君四十韻:"藥囊親道士,灰劫問胡僧。"參見"劫灰"。

【灰念】灰心,意志消沉。宋俞成螢雪叢說序:"余自四十以後,便不出應舉,人笑其無能爲也,是則然矣。……自此功名灰念。"

【灰酒】酒初熟時,下石灰水少許,使酒易於澄清。所得之清酒稱灰酒。唐李賀歌詩編三奉和二兄罷使遣歸延州"留愁翻隴水,喜酒瀝春灰",陸龜蒙甫里集十一和初冬偶作"小爐低幌還遮掩,酒滴灰香似去年",皆指此。參閱宋陸游老學庵筆記五。

【灰釘】㊀釘棺的鐵釘和棺中的石灰合稱灰釘,皆爲斂屍封棺所用之物。梁書徐勉傳論喪疏:"故屬纊纔畢,灰釘已具,忘狐鼠之顧步,愧燕雀之徊翔。"㊁三國魏王淩兵敗請降,試探司馬懿意,請索棺釘,懿照給,淩遂自殺。見三國志王淩傳注引典略。後因以請灰釘比喻罪重請死。南朝陳徐陵徐孝穆集二陳公九錫文:"玉斧將揮,金鉦且戒,袄酋震慴,遽請灰釘,葵櫬以表其含弘,焚書以安其反側,此又公之功也。"又四與楊僕射(遵彥)書:"若鄙言爲謬,來旨必通,分請灰釘,甘從斧鑊。"參閱明王世貞弇州山人四部稿一六〇宛委餘編五。

【灰滅】人和事物象灰燼般消滅。後漢書五一陳龜傳上疏:"或舉國掩户,盡種灰滅,孤兒寡婦,號哭空城。"又七四上袁紹傳檄曰:"故九江太守邊讓,……身被梟懸之戮,妻孥受灰滅之咎。"

【灰塵】塵埃。比喻人世的變遷幻滅。文選晉干令升(寶)晉紀總論:"若夫文王日昃不暇食,仲山甫夙夜匪懈者,蓋共嗤點(一本作"黜")以爲灰塵,而相詬病矣。"唐高適高常侍集五古大梁行:"魏王宫觀盡禾黍,信陵賓客隨灰塵。"

【灰管】古時占氣候的器具。以葭莩之灰置於律管中,故名。也作"灰琯"。晉書律曆志上:"又叶時日於晷度,效地氣於灰管,故陰陽和則景至,律氣應則灰飛。"北周庾信庾子山集十六周大將軍隴東郡公侯莫陳君夫人竇氏墓誌銘:"既而風霜所及,灰琯遂侵。"

【灰燧】指葭灰和燧火。用以比喻年歲改易。北周庾信庾子山集十三周大將軍司馬裔碑:"遭太夫人憂,苫草墳塋,以終灰燧;形骸毀瘠,逾於喪禮。"

【灰壤】地表下層土壤的一種。用以比喻地下、九泉。管子山員:"徙山十九施,百三十三尺,而至於泉,其下有灰壤,不可得泉。"南朝陳徐陵徐孝穆集五與顧記室書:"一蒙神鑒,照其枉直,方殖幽泉,無恨灰壤。"

【灰磤】宋時武器。用極脆薄的瓦罐,放毒藥、石灰、鐵蒺藜等於其中,臨陣以擊敵,灰飛如烟霧,使敵兵不能開目。見宋陸游老學庵筆記一。

【灰飛烟滅】象灰、烟般消逝。宋蘇軾東坡詞念奴嬌赤壁懷古:羽扇綸巾,談笑間,强虜灰飛烟滅。"强虜,一本作"檣艣"。宋張端義貴耳集下:"赤壁詞云:'談笑間,狂虜灰飛烟滅。'所謂'灰飛烟滅'四字乃圓覺經語。云:'火出木燼,灰飛烟滅。'"

【灰頭土面】佛家語。指修行悟道之後,爲濟度衆生而投入塵世,不顧自己的污穢,不事修飾。碧巖録五:"曹洞下有出世不出世,有垂手不垂手。若不出世,則目視雲霄,若出世,便灰頭土面。"

三 畫

灾 zāi ㄗㄞ

同"災"。見"災"各條。

灶 zào ㄗㄠ

"竈"的別體字。見正字通。

灺 xiè 徐野切,上,馬韻,邪。ㄒㄧㄝ

也作"炧"。燈燭灰燼。唐元稹長慶集二六通州丁溪館夜別李景信詩之二:"離牀別臉睡還開,燈灺暗飄珠蔌蔌。"李商隱李義山詩集五聞歌:"此聲腸斷非今日,香灺燈光奈爾何?"此指焚香的灰燼。

灼 zhuó 之若切,入,藥韻,照。ㄓㄨㄛ

同"焯"。㊀灸燒。國語魯下:"如龜焉,灼其中,必文於外。"㊁明白。書立政:"我其克灼知厥若。"㊂鮮明。文選三國魏曹子建(植)洛神賦:"遠而望之,皎若太陽升朝霞;迫而察之,灼若芙蕖出淥波。"參見"灼灼"。

【灼灼】鮮明、光盛貌。詩周南桃夭:"桃之夭夭,灼灼其華。"漢賈誼新書匈奴:"其信陛下已諾,若日出之灼灼。"引申爲威武貌。文選晉陸士衡(機)漢高祖功臣頌:"灼灼淮陰,靈武絶世,策出無方,思入神契。"漢初韓信,封淮陰侯。

【灼見】明白透徹地見到。書立政:"克知三有宅心,灼見三有俊心。"疏:"灼然見三有賢俊之心,用之皆得其人,言明其德也。"説文引書作"焯見"。參見"焯㊀"。後指明白透徹的見解。清江藩漢學師承記八顧炎武:"故兩家之學,皆深入宋儒之室,但以漢學爲不可廢耳。多騎牆之見,依違之言,豈真知灼見者哉!"兩家指劉宗周薛瑄。

【灼炟】内心焦灼憂慮。晉書王敦傳王導與王含書:"事猶可追,兄早思之,大兵一奮,導以爲灼炟也。"

【灼骨】占卜法之一。燒灼獸骨,視骨上裂紋,附會人事,以占吉凶。後漢書八五東夷傳:"灼骨以卜,用決吉凶。"

【灼然】㊀明顯貌。釋名釋首飾:"以丹注面曰勺。勺,灼也。……注此於面,灼然爲識。"藝文類聚二一晉劉寔崇讓論:"推讓之風行,賢與不肖灼然殊矣。"㊁晉代舉試科目名。於九品中正爲第二品。晉書温嶠傳:"後舉秀才、灼然。"又鄧攸傳:"舉灼然二品,爲吴王文學,歷太子洗馬、東海王越參軍。"

【灼臂】燒燙手臂。佛教徒以毁體作爲自懺的一種表示。宋史三二〇蔡襄傳:"開寶浮圖災,下有舊瘞佛舍利,詔取以入,宫人多灼臂落髮者。"

【灼爍】光彩貌。古文苑上漢蔡邕彈碁賦:"榮華灼爍,蕚不韡韡。"也作"焯爍"、"灼爚"。漢書八七上揚雄傳校獵賦:"隨珠和氏,焯爍其陂。"注:"焯,古灼字也。焯爍,光貌。"文選晉嵇叔夜(康)琴賦:"華容灼爚,發采揚明,何其麗也。"

【灼艾分痛】舊史稱宋太祖(趙匡胤)嘗往視弟匡義(太宗)病,親爲灼艾。匡義覺痛,帝亦取艾自灸。見宋史太祖紀開寶九年。後因以灼艾分痛喻兄弟的友愛。

灵 líng 郎丁切,平,青韻,來。ㄌㄧㄥ

小熱貌。見廣韻。今用作"靈"的簡體字。

灸 jiǔ 居祐切,去,宥韻,見。舉有切,上,有韻,見。ㄐㄧㄡ

㊀中醫的一種醫療方法。用艾葉等製成艾炷或艾卷,按穴位燒灼,與針法合稱針灸。史記一〇五倉公傳:"齊中大夫病齲齒,臣意灸其左大陽明脈。"㊁堵塞。儀禮士喪禮"冪用疏布,久之繫用軨"漢鄭玄注:"久讀爲灸,謂以蓋塞鬲口也。"㊂柱,支撑。周禮考工記廬人"灸諸牆以眂其橈之均也,横而摇之,以眂其勁也"注:"灸猶柱也,以柱兩牆之間。"

【灸足】以火艾灼脚,指足疾。宋書孝武王皇后傳江斅讓婚表:"真長(劉惔)佯愚以求免,子敬(王獻之)灸足以違詔。"按獻之與郗氏離婚,奉詔尚餘姚公主,灸足違詔事,已無可考。

【灸刺】㊀卽鍼灸。灸,以火艾灼病;刺,以鍼刺之。急就篇:"灸刺和藥逐去邪。"素問血氣形志:"形樂志苦,病生于脈,治之以灸刺。"㊁比喻清除積弊。漢桓寬鹽鐵論輕重:"上大夫君與治粟都尉管領大農事,灸刺稽滯,開利百脈,是以萬物流通而縣官富實。"

【灸眉】以艾炷灸眉端。用以懲人之狂誖。晉書王戎傳附郭舒:"(王)澄恚曰:'別駕狂邪,誑言我醉!'因遣掐其鼻,灸其眉頭。"又:"(王)敦曰:'平子(王澄)以卿病狂,故掐鼻灸眉頭,舊疢復發邪!'"宋蘇軾分類東坡詩十八劉貢父見余歌詞數首以詩見戲聊次其韻:"刺舌君今猶未戒,灸眉我亦更何詞。"

【灸草】艾的別名。中醫以灸治病,故曰灸草。見本草綱目十五草四艾。

【灸師】以灸術治病的醫師。唐韓愈昌

黎集七謔瘧鬼詩:"灸師施艾炷,酷若獵火圍。"

【灸經】記載灸法的醫書。隋書經籍志醫方門著録有曹氏灸經一卷、華陀枕中灸刺經一卷。新唐書藝文志明堂經脈類著録有岐伯灸經一卷、雷氏灸經一卷。

【灸頞歕鼻】古代治病的方法。以艾炷灸鼻梁,以瓜蔕噴鼻。隋書麥鐵杖傳:"(鐵杖)顧謂醫者吳景賢曰:'大丈夫性命自有所在,豈能艾炷灸頞,瓜蔕歕鼻,治黄不差,而卧死兒女手中乎?'"清吳偉業梅村家藏稿二四賀新郎病中有感詞:"故人慷慨多奇節,爲當年沈吟不斷,草間偷活,艾灸眉頭瓜噴鼻,今日須難決絶!"

災 zāi 祖才切,平,咍韻,精。ㄗㄞ

也作"烖"、"灾"、"𤆎"、"菑"、"甾"。㊀自然發生的火災。也泛指各種自然災害。左傳宣十六年:"凡火,人火曰火,天火曰災。"國語周下:"古者,天災降戾,於是乎量資幣,權輕重,以振救民。"注:"災,謂水旱、蝗螟之屬。"㊁禍害。書舜典:"眚災肆赦,怙終賊刑。"後凡人有疾病、喪亡、損失、傷害、禍患等,也稱災。

【災沴】舊指陰陽之氣不和爲害。舊唐書五行志唐休璟上表:"得其理則陰陽以調,失其和則災沴斯作。"

【災祥】禍福。書咸有一德:"惟吉凶不僭在人,惟天降災祥在德。"疏:"指其已然,則爲吉凶,言其徵兆,則曰災祥。"

【災眚】災難。易小過:"弗過過之,飛鳥離之凶,是謂災眚。"後漢書質帝紀本初元年詔:"送故迎新,人離其害,怨氣傷和,以致災眚。"

【災異】舊指自然災害和反常的自然現象。史記一二一董仲舒傳:"以春秋災異之變推陰陽所以錯行,……中廢爲中大夫,居舍,著災異之記。"

【災繆】欺詐造成禍害。繆,通"謬"。荀子仲尼:"有災繆者,然後誅之。"

【災變】猶災異。漢陸賈新語道基:"改之以災變,告之以禎祥。"史記一二一董仲舒傳:"以春秋災異之變,推陰陽所以錯行。"

四畫

炕 1. kàng 苦浪切,去,宕韻,溪。ㄎㄤˋ

㊀燒烤。詩小雅瓠葉"燔之炙之"漢毛亨傳:"炕火曰炙。"玉篇:"炕,炙也。"㊁北方的一種牀。用土坯或磚石砌成,下有孔道,可生火取暖。宋范成大石湖集二六丙午新正書懷詩之五:"穩作被爐如卧炕,厚裁棉旋勝披氊。"宇文懋昭大金國志三九:"婦家無小大皆坐炕上。"參見"坑㊆㊇"。參閲清俞樾曲園雜纂三六小繁露炕。㊂斷絶。漢書八七下揚雄傳解嘲:"蔡澤,山東之匹夫也,顉頤折頞,涕涶流沫,西揖彊秦之相,搤其咽,炕其氣,附其背而奪其位,時也。"㊃舉起。通"抗"。漢書八七上揚雄傳甘泉賦:"炕浮柱之飛榱兮,神莫莫而扶傾。"

2. hāng 呼郎切,平,唐韻,曉。ㄏㄤ

㊄煮物。見廣韻。㊅張開。爾雅釋木:"守宫槐,葉晝聶宵炕。"疏:"聶,合也;炕,張也;言其葉晝合夜開者,别名守宫槐。"

【炕陽】㊀乾枯。引申爲無恩澤之意。漢書五行志中之上:"君炕陽而暴虐,臣畏刑而柑口。"注:"凡言炕陽者,枯涸之意,謂無惠澤於下也。"㊁張皇自大貌。漢書五行志中之上:"先是,比年晉使荀吳、齊使慶封來聘,……襄(公)有炕陽自大之應。"

【炕暴】躁急横暴。漢書五行志中之上:"華臣炕暴失義,内不自安。"

【炕龍】同"亢龍"。漢書九九下王莽傳贊:"皆炕龍絶氣,非命之運,紫色鼃聲,餘分閏位,聖王之驅除云爾。"參見"亢$_{2}$悔"。

炆 wén 集韻 無分切,平,文韻。ㄨㄣˊ

温暖之氣。集韻:"炆,煴也。"明建文帝名允炆。

炎 1. yán 于廉切,平,鹽韻,于。ㄧㄢˊ

㊀火光上昇。説文:"炎,火光上也,从重火,凡炎之屬皆从炎。"見"炎上"。㊁焚燒。書胤征:"火炎崐岡,玉石俱焚。"㊂熱,極熱。楚辭屈原九章悲回風:"觀炎氣之相仍兮,窺煙液之所積。"唐元稹長慶集十開元觀閑居酬吳士矩侍御四十韻詩:"上琴閑度晝,耽酒醉銷炎。"㊃熱病稱爲炎。如"發炎"、"肺炎"。㊄指炎帝。見"炎黄"。

2. yàn 集韻 以贍切,去,豔韻。ㄧㄢˋ

㊅火光。通"焰"、"燄"。漢書藝文志雜占引春秋:"人傳之所忌,其氣炎以取之。"注:"炎謂火之光始燄燄也。……炎讀與燄同。"今左傳莊十四年作"燄"。參閲清阮元校勘記。

【炎土】西南邊遠之地。也泛指南方。淮南子地形:"八殥之外而有八紘,……西南方曰焦僥,曰炎土。"南朝梁江淹江文通集一待罪江南思北歸賦:"夫以雄才不世之主,猶儲精於沛鄉;奇略獨出之君,尚婉戀於樊陽。……況北州之賤士,爲炎土之流人。"

【炎上】火盛向上,火向上燃。書洪範:"水曰潤下,火曰炎上。"文選漢班孟堅(固)典引:"蓋以膺當天之正統,受克讓之歸運,蓄炎上之烈精,蘊孔佐之弘陳云爾。"漢人自稱以火德王,故以炎上爲稱。

【炎山】傳説中的火山。晉郭璞山海經序:"陽火出於冰水,陰鼠生於炎山,而俗之論者,莫之或怪。"參閲水經注十三㶟水引舊題漢東方朔神異傳。

【炎方】南方炎熱之地。唐李白李太白詩二古風之三四:"怯卒非戰士,炎方難遠行。"又杜甫杜工部草堂詩箋三七望岳:"歘吸領地靈,澒洞半炎方。"

【炎火】㊀盛陽。詩小雅大田:"田祖有神,秉畀炎火。"傳:"炎火,盛陽也。"疏:"以言炎火,恐其是火之實,故云盛陽也。陽而稱火者,以南方爲火,炎爲甚之,故云盛陽也,知非實火者。"㊁傳説中的火山。史記一一七司馬相如傳大人賦:"經營炎火而浮弱水兮,杭絶浮渚而涉流沙。"正義:"姚丞云:'大荒西經云崑崙之丘,其外有炎火之山,投物輒然。'"

【炎天】㊀指南方。吕氏春秋有始:"南方曰炎天,其星輿鬼柳七星。"㊁夏日。文選南朝宋顔延年(延之)夏夜呈從兄散騎車長沙詩:"炎天方埃鬱,暑晏闋塵紛。"

【炎州】楚辭屈原遠遊:"嘉南州之炎德兮,麗桂樹之冬榮。"後因泛指南海之州爲炎州。唐陳子昂陳伯玉集一感遇詩之二三:"翡翠巢南海,雄雌珠樹林……殺身炎州裏,委羽玉堂陰。"

【炎宋】宋人自稱以火德王,故稱炎宋,以别於南朝自稱以水德王的劉宋。宋史樂志十:"於赫炎宋,十葉華耀。"

【炎官】火神。唐韓愈昌黎集四遊青龍寺贈崔大補闕詩:"光華閃壁見神鬼,赫赫炎官張火傘。"

【炎炎】㊀熱氣熾盛,灼熱。詩大雅雲漢:"赫赫炎炎,云我無所。"唐韋應物韋江州集八夏花明詩:"炎炎日正午,灼灼火俱燃。"㊁强烈的陽光、火光。用以形容國家興盛和權勢顯赫。國語吳:"夫越王好信以愛民,四方歸之,年穀時熟,日長炎炎。"漢書八七下揚雄傳解嘲:"炎炎者滅，隆隆者絶。"㊂盛美，有氣燄。莊子齊物論："大言炎炎，小言詹詹。"釋文："炎炎，于廉、于凡二反，又音談。……簡文云：美盛貌。"㊃光彩。文選漢班孟堅(固)東都賦："羽旄掃霓，旌旗拂天，焱焱炎炎，揚光飛文。"

【炎氛】暑氣。唐錢起錢考功集四奉陪使君十四叔晚憩大雲門寺詩："炎氛臨水盡，夕照傍林多。"

【炎洲】傳説為南海中的洲名。上有風生獸、火光獸及火林山，出火浣布。見舊題漢東方朔十洲記。後也泛指嶺表以南之地。宋黄庭堅豫章集三次韻子由績溪病起被召寄王定國詩："王子竄炎洲，萬死保軀命。"

【炎帝】㊀傳説中的古帝。姜姓。因以火德王，故稱炎帝。相傳以火名官，作耒耜，教人耕種，故又號神農氏。見國語晉四、史記唐司馬貞補三皇紀。㊁舊指司夏之神。禮月令孟夏之月："其日丙丁，其帝炎帝，其神祝融。"漢書七四魏相傳："南方之神炎帝，乘離執衡司夏。"

【炎風】㊀古稱東北風爲炎風。見呂氏春秋有始、淮南子地形。參見"八風㊀"。㊁熱風。唐岑參岑嘉州集一使交河郡詩："九月尚流汗，炎風吹沙埃。"

【炎海】指南海炎熱的地區。樂府詩集六五南朝宋鮑照苦熱行注引樂府解題曰："(曹植)苦熱行備言流金、礫石、火山、炎海之艱難也。若鮑照云……言南方瘴癘之地。"唐杜甫杜工部詩史補遺八多病執熱奉懷李尚書："大水淼茫炎海接，奇峯硉兀火雲昇。"也用以形容酷熱。宋蘇軾東坡詞定風波："自作清歌傳皓齒，風起雪飛，炎海變清涼。"

【炎荒】南方邊遠之地。藝文類聚三晉傅玄述夏賦："清微泛於琴瑟，朱鳥感於炎荒。"唐柳宗元柳先生集四一祭弟宗直文："炎荒萬里，毒瘴充塞，汝已久病，來此伴吾。"

【炎涼】㊀氣候的熱和冷。南齊書樂志黄帝歌："裁化徧寒燠，布政司炎涼。"水經注三一溳水："地勢不殊，炎涼異致。"㊁比喻人情勢力，親熱攀附，或冷漠疏遠，反復無常。玉臺新詠七南朝梁簡文帝倡婦怨情詩："含涕坐度日，俄頃變炎涼。"唐李白李太白詩十一經亂離後天恩流夜郎憶舊遊書懷贈江夏韋太守良宰："一別隔千里，榮枯異炎涼。"㊂猶寒暄。彼此寒暄稱爲敍炎涼。唐白居易長慶集九初與元九別後忽夢見之……悵然感懷因以此寄詩："心腸都未盡，不暇敍炎涼。"

【炎湖】南方的湖泊。一説特指洞庭湖。唐韓愈昌黎集八納涼聯句："炎湖度氛氳，熱石行犖硞。"

【炎黄】指炎帝和黄帝。漢書三三魏豹田儋韓(王)信傳贊："周室既壞，至春秋末，諸侯秏盡，而炎、黄、唐、虞之苗裔尚猶頗有存者。"注："謂神農、黄帝、堯、舜之後。"舊常以炎黄代表中華民族的祖先。

【炎陽】烈日。藝文類聚九七三國魏曹植蟬賦："在炎陽之中夏，始遊豫於芳林。"又五南朝梁簡文帝苦熱行詩："六龍鶩不息，三伏啓炎陽。"

【炎裔】南方邊遠之地。裔，邊陲。唐孟浩然集一將適天台留別臨安李主簿詩："念離當夏首，漂泊指炎裔。"

【炎節】夏季。也稱夏序。初學記三南朝梁元帝纂要："夏天曰昊天，風曰炎風，節曰炎節。"唐錢起錢考功集二送薛判官赴蜀詩："單車動夙夜，越境正炎節。"

【炎經】佛經涅槃經的異名。詳"涅槃經"。

【炎漢】即漢代。漢自稱以火德王，故稱炎漢。三國志魏陳思王傳上疏："篤生我皇，奕世載聰，……受禪炎漢，臨君萬邦。"南朝梁鍾嶸詩品總論："古詩眇邈，人世難詳，推其文體，固是炎漢之製，非衰周之倡也。"參見"炎劉"。

【炎精】㊀火德。文選漢王文考(延壽)魯靈光殿賦："殷五代之純熙，紹伊唐之炎精。"注："言漢盛於五代純熙之道，而紹帝堯火德之運。"五代，指唐虞夏殷周。㊁漢朝的火德之運。也用以指漢朝。後漢書二八上馮衍傳說鮑永："繼高祖之休烈，修文武之絶業，社稷復存，炎精更輝。"文選晉孫子荆(楚)爲石仲容與孫晧書："炎精幽昧，曆數將終。"㊂太陽的名號。北周庾信庾子山集六郊廟歌辭赤帝雲門舞："純陽之月樂炎精，赤雀丹書飛送迎。"

【炎蒸】猶言溽暑、酷暑。蒸或作"烝"。北周庾信庾子山集四奉和夏日應令詩："五月炎蒸氣，三時刻漏長。"唐白居易長慶集十八寄微之詩："莫嫌冷落抛閑地，猶勝炎蒸卧瘴鄉。"

【炎摩】佛教語。十天之一。梵語的音譯，或作夜摩、閻摩、燄摩。俱舍論八："六欲天者，一、四大王衆天，二、三十三天，三、夜摩天，四、覩史多天，五、樂變化天，六、他化自在天。"

【炎魃】即旱魃。宋劉克莊後村集四西淙山觀雨詩："六丁白晝誅炎魃，百怪蒼淵起蟄雷。"參見"旱魃"。

【炎暵】夏旱。新唐書一二六盧懷慎傳陳時政疏："今民力敝極，河渭廣漕，不給京師，公私耗損，邊隅未靜。儻炎暵成沴，租税減入，疆埸有警，賑救無年，何以濟之？"

【炎劉】漢代的别稱。漢自稱以火德王，姓劉氏，故名。漢趙岐孟子題辭解："孟子亦自知遭蒼姬之訖録，值炎劉之未奮。"元方回桐江續集三漢詩："燈前閒覆孟堅書，瞬息炎劉四百餘。"

【炎興】三國蜀劉禪(後主)年號。公元263年。

【炎德】指陽光的温暖。楚辭屈原遠遊："嘉南州之炎德兮，麗桂樹之冬榮。"注："奇美太陽，氣和正也。"

【炎熾】酷熱。明張羽静居集一由竹溪至梅谿書贈莫雲樵詩："出門懷清曠，入舟苦炎熾。"

【炎徼】南方邊遠之地。南朝梁江淹江文通集十齊太祖高皇帝誄："冰洲炎徼，來獻其琛。"

【炎靈】指漢王朝。文選南朝齊謝玄暉(朓)和伏武昌登孫權故城詩："炎靈遺劍璽，當塗駭龍戰。"

【炎徼紀聞】明田汝成撰，四卷，十四篇。紀録西南苗傜少數民族事，每篇各繫論斷，於兄弟民族時有誣衊不實之辭，但對明王朝末季官場貪污腐敗現象，亦多揭露。

炖

1. tún ㄊㄨㄣˊ 集韻 他昆切，平，魂韻。杜本切，上，混韻。

㊀火熾盛貌。唐柳宗元柳先生集五湘源二妃廟碑："潛火煽孽，炖于融風。神用播遷，時罔克禩。"

2. dùn ㄉㄨㄣˋ

㊀同"燉㊃"。

炒

chǎo ㄔㄠˇ 初爪切，上，巧韻，初。

㊀煎炒，火乾。本作"鬻"。也作"煼"。法苑珠林四二引搜神記："其家人蒸炒，亦變爲蟲。"北魏賈思勰齊民要術七造神麴並酒等："蒸炒生各一斛，炒麥黄，莫令焦。"㊁吵鬧。通"吵"。宋王直方詩話："潘邠老詩多犯老杜，爲之不已，……使老杜復生，則須共潘十廝炒。"(類説五七)朱子語類一二一朱子十八："且如出十里外，既無家事炒，又無應接人客，正好提撕思量道理。"

【炒鬧】㊀爭吵喧嘩。宋洪邁夷堅志丁志四吴升九："母詣鄰家求寄一宿，鄰人曰：'婆兒子性氣惡，我留汝必遭炒鬧。'

拒不納。”㊁驚動。古今雜劇元關漢卿陳母教子一：“兀的不歡喜殺老尊堂，炒鬧了衆街坊。”

【炒鐵】明代刑罰的一種。對重罪人犯罰以炒礦砂煉鐵的苦役。明實録宣德實録六八：“雜犯死罪職官吏典人材醫道民人發終身炒鐵或擺站。”參閱明史刑法志一。

炊 chuī 昌垂切，平，支韻，穿。ㄔㄨㄟ

㊀燒火做飯。莊子庚桑楚：“簡髮而櫛，數米而炊。”㊁見“炊累”。

【炊人】擔任炊事的人。唐段成式酉陽雜俎續集三支諾臯下：“淅米匠人蘇潤，本是王家炊人。”

【炊火】燒飯的煙火。也用以比喻人烟、子嗣後代。漢書六三武五子傳燕王旦上疏：“昔秦據南面之位，……其後尉佗入南夷，陳涉呼楚澤，近狎作亂，内外俱發，趙氏無炊火焉。”注：“無炊火，言絶祀也。”周繆王時造父封趙城，爲趙氏，乃秦之先人。

【炊臼】唐段成式酉陽雜俎八夢：“卜人徐道昇言江淮有王生者，榜言解夢。賈客張瞻將歸，夢炊於臼中，問王生。生言：‘君歸不見妻矣，臼中炊，固無釜也。’賈客至家，妻果卒已數月。”因用炊臼之戚或炊臼之痛指喪妻。清顔光敏顔氏家藏尺牘二王士祐書：“首秋一入春明，比旋里而荆人之病已入膏肓矣，不匝月而有炊臼之戚。”又查爲仁蓮坡詩話中：“辛丑仲春，余遭炊臼之痛，同人和悼亡詩甚多。”

【炊桂】燒桂治炊。形容柴薪缺少，生活艱難。戰國策楚三：“（蘇秦）對曰：‘楚國之食貴於玉，薪貴於桂；謁者難得見如鬼，王難得見如天帝。今令臣食玉炊桂，因鬼見帝！’”藝文類聚三五三國魏應璩與尚書諸郎書：“中饋告乏，役者莫興，飯玉炊桂，猶尚優泰。”

【炊累】形容塵埃的飄動。莊子在宥：“從容無爲，而萬物炊累焉。”唐成玄英疏：“累，塵也。從容自在，無爲虛淡，若風動細塵，類空中浮物，陽氣飄颻，任運去留而已。”

【炊餅】宋仁宗趙禎時，因蒸與禎音近，時人避諱，呼蒸餅爲炊餅。參閱宋程大昌演繁露續集六、吴處厚青箱雜記二。

【炊箕】卽淘籮。俗稱溲箕或淘米箕。方言：“炊箕謂之縮，或謂之篗，或謂之匼篿。”注：“縮，漉米籅也。”清段玉裁説文解字注“籔”：“本漉米具也，既浚乾則可炊矣，故名炊箕。……籔，卽今之溲箕也。”

【炊家子】古代掌炊事之兵。孫子作戰“凡用兵之法，馳車千駟，革車千乘，帶甲十萬”唐杜牧注引司馬法：“一車，甲士三人，步卒七十二人，炊家子十人。”今本司馬法無此文。

【炊熟日】唐時稱寒食前一日爲炊熟日。元陳元靚歲時廣記十五寒食上：“（宋呂原明）歲時雜記：去冬至一百三日爲炊熟日。以將禁烟則饔飧當先具也。”參閱宋孟元老東京夢華録七清明節。

【炊沙作飯】比喻勞而無功。才調集二顧況行路難詩：“君不見擔雪塞井空用力，炊沙作飯豈堪食。”樂府詩集七一引空作“徒”，沙作“砂”，食作“喫”。

【炊金饌玉】形容飲宴的豪奢珍貴。唐駱賓王駱丞集二帝京篇詩：“平臺戚里帶崇墉，炊金饌玉待鳴鐘。”駱賓王集九作“酌金饌玉”。

炘 xīn 許斤切，平，欣韻，曉。ㄒㄧㄣ 香靳切，去，焮韻，曉。

㊀燒烤。同“焮”。見玉篇。㊁見“炘炘”。

【炘炘】火焰熾盛貌。漢書八七上揚雄傳甘泉賦：“揚光曜之燎燭兮，乘景炎之炘炘。”

炁 qì 去既切，去，未韻，溪。ㄑㄧ

雲氣。同“氣”。周禮春官眡祲“掌十煇之法”漢鄭玄注：“鄭司農（衆）云：‘煇，謂日光炁也。’”釋文八：“炁，音氣，本亦作氣。”關尹子：“以一炁生萬物。”

【炁海】指丹田。道家以人呼吸元氣，皆會於丹田之中，故稱。宋黄休復茅亭客話十杜大舉：“漱令滿口乃吞之，以意送至臍下炁海一七遍。”參閱雲笈七籤十二黄庭外景經一。參見“丹田”。

炅 1. jiǒng 古迥切，上，迥韻，見。ㄐㄩㄥ

㊀明亮。唐李白李太白詩一明堂賦：“熠乎光碧之堂，炅乎瓊華之室。”㊁熱。素問長刺節論：“刺而多之，盡炅病已。”注：“炅，熱也。”

2. guì 古惠切，去，霽韻，見。ㄍㄨㄟ

㊂煙出貌。同“炔”。見玉篇。㊃姓。後漢太尉陳球碑有城陽炅横。見廣韻去聲霽。

【炅炅】光明貌。唐李白李太白詩三上雲樂：“碧玉炅炅雙目瞳，黄金拳拳兩鬢紅。”

炙 zhì 之石切，入，昔韻，照。ㄓ 之夜切，去，禡韻，照。

㊀燒烤。詩小雅瓠葉：“有兔斯首，燔之炙之。”傳：“炕火曰炙。”引申爲燒灼。書泰誓上：“焚炙忠良，刳剔孕婦。”㊁燒烤的肉。禮曲禮上：“膾炙處外，醯醬處内。”㊂薰陶。孟子盡心下：“非聖人而能若是乎？而況於親炙者乎？”

【炙背】曝曬背脊。文選晉嵇叔夜（康）與山巨源絶交書：“野人有快炙背而美芹子者，欲獻之至尊，雖有區區之意，亦已疏矣。”

【炙輠】也作“炙轂”。史記七四荀卿傳：“談天衍，雕龍奭，炙轂過髡。”索隱：“按：劉向别録‘過’字作‘輠’。輠，車之盛膏器也。炙之雖盡，猶有餘津，言髡智不盡如炙輠也。”騶衍騶奭淳于髡三人，皆戰國時能言善辯的人。因以炙轂、炙輠比喻善於議論，滔滔不絶。晉書九一儒林傳贊：“炙輠流譽，解頤飛辯。”

【炙轂】見“炙輠”。

【炙手可熱】火焰灼手。比喻權勢和氣焰之盛。唐杜甫杜工部草堂詩箋四麗人行：“炙手可熱勢絶倫，愼莫近前丞相嗔。”河嶽英靈集中崔顥霍將軍篇：“莫言炙手手可熱，須臾火盡灰亦滅。”樂府詩集二三引題作長安道。

【炙冰使燥】比喻所行適與所求相反。抱朴子刺驕：“欲望肅雍濟濟，後生有式，是猶炙冰使燥，積灰令熾矣。”

【炙雞絮酒】見“隻雞絮酒”。

五　畫

炷 zhù 之戍切，去，遇韻，照。ㄓㄨ 之庾切，上，麌韻，照。

㊀燈中火炷，燈心。初學記二五晉傅玄燈銘：“素膏流液，玄炷亭亭。”舊唐書六二皇甫無逸傳：“夜宿人家，遇燈炷盡，……無逸抽佩刀斷衣帶以爲炷。”㊁像燈炷形狀的燃燒物。北史李洪之傳：“疹病灸療，艾炷圍將二寸，首足十餘處，一時俱下，言笑自若，接賓不輟。”㊂點燃。宋陸游劍南詩稿七一夏日雜題六之二：“午夢初回理舊琴，竹爐重炷海南沉。”

【炷香】㊀猶焚香。宋周密乾淳歲時記：“元日冬至，上詣福寧殿龍墀及聖堂炷香。”宋朱熹朱文公集五馬上舉韓退之話口占詩：“此心元自通天地，可笑靈宫枉炷香。”㊁一枝香。清洪昇長生殿三十情悔：“祠廟倒了牆，没人燒炷香，福禮三牲誰祭享！”參見“一炷香㊀”。

炫 xuàn ㄒㄩㄢˋ 黄練切，去，霰韻，匣。

㊀光耀，輝映。戰國策秦一：“當秦之隆，黄金萬鎰爲用，轉轂連騎，炫熿於道。”㊁矜誇。文苑英華一一八唐張仲方披沙揀金賦：“美價初炫，微明内融。”

【炫金】器物上的金質飾物。資治通鑑一二七宋元嘉三十年周朗上疏：“一體炫金，不及百兩，一歲美衣，不過數襲；而必收寶連櫝，集服累笥。”注：“炫金，今之銷金是也。”

【炫炫】明亮、光耀貌。漢書一〇〇下敍傳：“炫炫上天，縣象著明，日月周輝，星辰垂精。”

【炫惑】誇耀，迷惑。三國志吴張温傳：“(孫)權既陰銜温稱美蜀政，又嫌其聲名大盛，衆庶炫惑，恐終不爲己用，思有以中傷之。”魏書江式傳上表：“世易風移，文字改變，篆形謬錯，隸體升真，俗學鄙習，復加虚巧，談辯之士，又以意説，炫惑於時，難以釐改。”

【炫曜】㊀矜誇。楚辭宋玉九辯：“世雷同而炫曜兮，何毁譽之昧昧。”㊁光彩明耀。後漢書六八符融傳：“時漢中晉文經、梁國黄子文，並恃其才智，炫曜上京，卧託養疾，無所通接。”

為 wéi ㄨㄟˊ

同“爲”。見“爲”。

炬 jù ㄐㄩˋ 其吕切，上，語韻，羣。

㊀束葦以燒，俗稱火把。説文作“苣”。史記八二田單傳：“牛尾炬火，光明炫燿。”淮南子説山：“亡者不敢夜揭炬。”也指火焚。唐杜牧樊川集一阿房宫賦：“楚人一炬，可憐焦土。”㊁蠟燭。初學記二五南朝梁簡文帝對燭賦：“緑炬懷翠，朱燭含丹。”參見“蠟炬”。

【炬火】火把。六韜豹韜敵强：“出我勇鋭冒將之士，人操炬火，二人同鼓。”漢王充論衡説日：“試使一人把大炬火夜行於道，平易無險，去人不一里，火光滅矣，非滅也，遠也。”

炳 bǐng ㄅㄧㄥˇ 兵永切，上，梗韻，幫。

㊀明亮，顯著。易革：“大小虎變，其文炳也。”文選漢班孟堅(固)兩都賦序：“蓋奏御者千有餘篇，而後大漢之文章，炳焉與三代同風。”㊁明白。漢書三六楚元王傳附劉向：“決斷狐疑，分别猶豫，使是非炳然可知。”世説新語文學：“三乘佛家滯義，支道林(遁)分判使三乘炳然，諸人在下坐聽，皆云可通。”㊂點燃。見“炳燭”。

【炳映】照耀。舊題晉王嘉拾遺記一：“(陰火)其光爛起，化爲赤雲，丹輝炳映，百川恬澈。”

【炳煥】光明顯耀。文選漢張平子(衡)東京賦：“瑰異譎詭，燦爛炳煥。”唐李白李太白詩二古風之一：“文質相炳煥，衆星羅秋旻。”

【炳蔚】文采鮮明華麗。易革：“大人虎變，其文炳也。”又：“君子豹變，其文蔚也。”抱朴子廣譬：“泥龍雖藻繪炳蔚，而不堪慶雲之招；撩禽雖瑚琢玄黄，而不任淩風之舉。”南朝梁劉勰文心雕龍一原道：“龍鳳以藻繪呈瑞，虎豹以炳蔚凝姿。”

【炳燭】點燃蠟燭，用以照明。漢劉向説苑三建本：“晉平公問於師曠曰：‘吾年七十，欲學恐已暮矣。’師曠曰：‘臣聞之，少而好學，如日出之陽；壯而好學，如日中之光；老而好學，如炳燭之明；炳燭之明，孰與昧行乎？’”後因以炳燭爲夜以繼日、好學不倦的典故。清陸錫熊撰炳燭偶鈔、江藩撰炳燭齋雜著皆取此義。

【炳燿】光彩煥發。三國志吴張温傳使蜀上蜀主表：“今陛下以聰明之姿，等契往古，總百揆於良佐，參列精之炳燿，遐邇望風，莫不欣賴。”

【炳靈】顯赫的英靈。文選漢班孟堅(固)幽通賦：“系高頊之玄胄兮，氏中葉之炳靈。”高頊，顓頊高陽氏。中葉指楚令尹子文。言班氏之先與楚同祖顓頊。又晉左太沖(思)蜀都賦：“近則江漢炳靈，世載其英。”

【炳燭編】清李賡芸撰，四卷。賡芸爲錢大昕弟子，考訂經史文字音韻及雜文，條目繁多，書未完而卒，由其孫用光輯録。後潘祖蔭延人爲刪訂成書梓行。大昕廿二史考異拾遺曾採其説數事。

【炳靈公】泰山神名。後唐長興三年，詔以泰山三郎爲威雄將軍。宋大中祥符元年十月，封禪畢親幸加封，於兗州建祠設祭。見文獻通考九十郊社二三。

【炳炳烺烺】猶“炳炳麟麟”。指文章的辭采聲韻。唐柳宗元柳先生集三四答韋中立論師道書：“乃知文者以明道，是固不苟爲炳炳烺烺，務采色夸聲音而以爲能也。”

【炳炳麟麟】光明顯赫。文選漢揚子雲(雄)劇秦美新：“炳炳麟麟，豈不懿哉！”麟，古通“燐”。六臣本“麟麟”作“煒煒”。

【炳燭夜遊】指行樂及時。文選三國魏文帝(曹丕)與吴質書：“少壯真當努力，年一過往，何可攀援。古人思炳燭夜遊，良有以也。”六臣本炳作“秉”。

炯 jiǒng ㄐㄩㄥˇ 户頂切，上，迥韻，匣。古迥切，上，迥韻，見。

亦作“烱”。㊀明亮，光明。説文：“炯，光也。”唐杜甫杜工部草堂詩箋十七法鏡寺詩：“朱甍半光炯，户牖粲可數。”㊁見“炯介”。

【炯心】心地光明。唐李白李太白詩二四感興之六：“高節不可奪，炯心如凝丹。”

【炯介】光明正直。同“耿介”。文選南朝宋顏延年(延之)始安郡還都與張湘州登巴陵城樓作詩：“存没竟何人，炯介在明淑。”

【炯戒】明白的鑒戒。文選漢班孟堅(固)幽通賦：“既訊爾以吉象兮，又申之以炯戒。”三國志吴賀邵傳上疏：“近劉氏據三關之險，守重山之固，可爲金城石室，萬世之業。任授失賢，一朝喪没，君臣係頸，共爲羈僕，此當時之明鑒，目前之炯介也。”

【炯炯】㊀光亮貌。文選晉潘安仁(岳)秋興賦：“登春臺之熙熙兮，珥金貂之炯炯。”㊁形容有心事。猶耿耿。楚辭漢嚴忌哀時命：“夜炯炯而不寐兮，懷隱憂而歷茲。”㊂形容心意甚明。唐杜甫杜工部草堂詩箋十二偪仄行贈畢曜：“徒步翻愁長官怒，此心炯炯君應識。”

【炯晃】光明。文選晉孫興公(綽)遊天台山賦：“彤雲斐亹以翼櫺，皦日炯晃於綺疏。”

炸 1. zhá ㄓㄚˊ

㊀使金屬器物重新見光曰炸。紅樓夢三五：“薛蟠道：‘妹妹的項圈我瞧瞧只怕該炸一炸去了。’”㊁俗謂油煎食物爲炸。

2. zhà ㄓㄚˋ

㊂火力爆發。如爆炸。

炮 1. páo 薄交切，平，肴韻，並。匹皃切，去，效韻，滂。ㄆㄠˊ

㊀燒烤。詩小雅瓠葉：“有兔斯首，炮之燔之。”北魏賈思勰齊民要術八蒸缹法有胡炮肉。今讀 bāo。㊁焚燒。左傳昭二七年：“令尹炮之，盡滅郤氏之族黨。”疏：“燔、炮、爇皆是燒也。”㊂在火上焙烤中藥稱炮製。南朝宋雷斅炮炙論專論藥材處理的方法。宋陸游劍南詩稿逸稿離家示妻子：“兒爲檢藥籠，桂薑手炮煎。”

2. pào ㄆㄠˋ

㊃礮，亦作"砲"。自有火器，亦作炮。詳"礮"。

【炮食】熟食。晉阮咸古三墳太古河圖代姓紀："燧人氏，有巢子也，生而神靈，教人炮食，鑽木取火，天下生靈尊事之。"

【炮烙】殷紂所用的酷刑。用炭燒熱銅柱，令人爬行柱上，即墮炭上燒死。荀子議兵："紂刳比干，囚箕子，爲炮烙刑。"韓非子喻老："紂爲肉圃，設炮烙，登糟邱，臨酒池。"烙，本作"格"，格爲銅器，格下燒炭，使犯者步行格上墮入火中以死。後人改格爲烙，解爲燒灼。格又可爲燒烤之用。史記殷本紀："於是紂乃重刑辟，有炮格之法。"參閱清鄭珍說文新附考五烙、俞樾諸子平議韓非子。

【炮暑】盛暑。宋詩鈔方岳秋崖小藁鈔秋熱："秋來幾何時，炮暑乃爾劇。"

【炮製】用烘炒法把中藥煉製成精品或脫除毒性。宋蘇軾東坡集續集三和桃花源詩："耘樵得甘芳，齕齧謝炮製。"

【炮土鼓】瓦製的鼓。周禮秋官壺涿氏："掌除水蟲，以炮土之鼓敺之，以焚石投之。"

【炮鳳烹龍】形容豪奢珍貴的肴饌。明劉若愚酌中志十六內府衙門職掌："凡遇大典禮，萬歲爺陞大座，則司禮監催督光祿寺備辦茶飯，鐘鼓房承應九奏之樂。有所謂炮鳳烹龍者，鳳乃雄雉，龍則宰白馬代之耳。"也作"烹龍炰鳳"。參見該條。

炭 tàn ㄊㄢˋ 他旦切，去，翰韻，透。

㊀木炭。禮月令季秋之月："是月也，草木黃落，乃伐薪爲炭。"㊁灰。周禮秋官赤犮氏："掌除牆屋，以蜃炭攻之。"疏："蜃炭者，謂蜃灰是也。"㊂石炭，即煤。史記四九竇太后傳記竇廣國至宜陽，爲主入山作炭，岸崩盡壓臥者，獨得脫。

【炭山】山名。在今河北萬全縣南。遼歸化州有炭山，又稱陘頭，有涼殿，即此。一說在今河北獨石口外西北灤河上游。爲契丹帝后避暑及秋獵之地。參閱遼史地理志五、讀史方輿紀要十八萬全都指揮使司。

【炭場】官署名。職掌儲備薪炭以供百司之用。見宋史職官志五。

【炭敬】舊時外官對京官冬季餽送銀兩，稱爲炭敬。

【炭墼】壓炭粉成塊狀而製成的燃料。宋缺名豹隱紀談："九九八十一，家家打炭墼。"

炰 páo ㄆㄠˊ 薄交切，平，肴韻，並。

㊀"炮"的異體字。見"炮㊀"。詩魯頌閟宮："毛炰胾羹，籩豆大房。"㊁通"咆"。見"炰烋"。

【炰羔】烤乳羊肉。漢書六六楊惲傳報孫會宗書："田家作苦，歲時伏臘，亨(烹)羊炰羔，斗酒自勞。"注："炰，毛炙肉也，即今所謂爊也。"

【炰烋】猛獸怒吼。也作"咆哮"、"咆烋"。借以形容人的暴怒。詩大雅蕩："女炰烋于中國，斂怨以爲德。"箋："炰烋，自矜氣健之貌。"

炱 tái ㄊㄞˊ 徒哀切，平，咍韻，定。

㊀烟塵，烟氣凝積成的黑灰。呂氏春秋任數："嚮者煤炱入甑中，棄食不祥。"㊁黑色。素問風論："腎風之狀，……其色炲。"炲，同"炱"。

【炱朽】腐朽如塵灰。新唐書一九九馬懷素傳："是時，文籍盈漫，皆炱朽蟫斷，籤牓紛舛，懷素建白，願下紫微黃門，召宿學巨儒就校謬闕。"

六 畫

烊 yáng ㄧㄤˊ 與章切，平，陽韻，喻。

消化，鎔化。法苑珠林一〇八破戒引證："鐵鉗開口，灌以烊銅。"此指銅熔液。吳方言化銀、化冰皆曰烊。參閱清胡文英吳下方言考二烊。

【烊金】金屬的熔液。法苑珠林一〇八破戒引證："寧食蛇毒蟲及以烊金等，終不破禁戒，而食僧飲食。"

烤 kǎo ㄎㄠˇ

用火烘或向火取煖。

烜 1. xuǎn ㄒㄩㄢˇ 況晚切，上，阮韻，曉。

㊀盛大顯著。爾雅釋訓三："赫兮烜兮，威儀也。"參見"烜赫"。

2. xuān ㄒㄩㄢ

㊁曬乾。通"暅"。易說林："風以散之，雨以潤之，日以烜之。"

3. huǐ ㄏㄨㄟˇ 許委切，上，紙韻，曉。

㊂火。周禮秋官有司烜氏，職掌以凹形銅鏡取火。漢鄭玄注讀如衛侯燬之"燬"。參見"夫遂"。

【烜赫】聲威盛大。唐李白李太白詩三俠客行："千秋二壯士，烜赫大梁城。"又十五感時留別從兄徐王延年從弟延陵："羞言梁苑地，烜赫耀旌旗。"

烘 hōng ㄏㄨㄥ 呼東切，平，東韻，曉。
戶公切，平，東韻，匣。
胡貢切，去，送韻，匣。

㊀燒。詩小雅白華："樵彼桑薪，卬烘于煁。"傳："烘，燎也。"㊁烤。唐齊己白蓮集九謝人惠紙詩："烘焙幾工成曉雪，輕明百幅疊春冰。"宋李覯直講李先生集三六夏日雨中詩："書筆提梅洗，征衣擘潤烘。"㊂渲染，襯托。宋歐陽修六一詞漁家傲："九月霜秋秋已盡，烘林敗葉紅相映。"范成大石湖集四春後微雪一宿而晴詩："朝暾不與同雲便，烘作晴空萬縷霞。"

【烘柹】把柿子封藏在器皿中促使其紅熟，叫烘柹。又稱蘸柿子。宋歐陽修文忠集一二七歸田錄二："今唐鄧間多大柹，其初生澀，堅實如石。凡百十柹，以一榠樝置其中，榅桲亦可，則紅熟爛如泥而可食。土人謂之烘柹者，非用火，乃用此爾。"

【烘堂】也作"哄堂"、"鬨堂"。㊀唐代御史臺有三院。臺院僚屬曰侍御史，衆呼爲端公，又稱雜端。每公堂會食，一律不得言笑，惟雜端失笑，則三院合座皆笑，謂之烘堂，可以免罰。見唐趙璘因話錄五。後因謂引起衆人皆笑爲烘堂大笑。宋歐陽修歸田錄一："(五代時)和(凝)問馮(道)曰：'公靴新買，其直幾何？'馮舉左足示和曰：'九百。'和性褊急，遽回顧小吏云：'吾靴何得用一千八百？'因詬責久之。馮徐舉其右足曰：'此亦九百。'於是烘堂大笑。"㊁生日、入宅或遷居，親友出金爲賀，相聚飲宴。猶言煖房。宋張綱華陽集三九西江月壬午生日詞："爲具隨宜飣餖，烘堂不用笙簫。"盧炳有哄堂詞一卷，中多同官飲宴間唱酬之作。哄堂，即烘堂。

烞 pǔ ㄆㄨˇ 集韻 匹角切，入，覺韻。

見下。

【烞熚】竹爆裂聲。南朝梁宗懍荆楚歲時記："按神異經云：'西方山中有人焉，其長尺餘，一足，性不畏人，犯之則令人寒熱，名曰山臊，以竹著火中，烞熚有聲，而山臊驚憚。'"

烟 1. yān ㄧㄢ 烏前切，平，先韻，影。

㊀"煙"的別體字。唐釋慧琳一切經音義六三尼陀律四："蒼頡篇云：'煙，熅也。'說文云：'火氣也。從火垔聲。'垔音因。

律文作'烟',俗體也。"參見"煙"。㊁通"燕"。見"烟肢"。

2. yīn 於真切,平,真韻,影。 ㄧㄣ

㊂見"烟$_2$熅"。

【烟肢】卽胭脂。也作烟支、燕支。史記一一〇匈奴傳"後有所愛閼氏"唐司馬貞索隱:"習鑿齒與燕王書曰:'山下有紅藍,足下先知不?北方人探取其花染緋黃,挼取其上英鮮者作烟肢,婦人將用爲顏色。'"參見"燕支"。

【烟海】極言其多。荀子富國:"然後飛鳥鳧雁若烟海。"注:"遠望如烟之覆海,皆言多。"烟,也作"煙"。

【烟$_2$熅】㊀天地未分時混沌之氣。文選漢班孟堅(固)東都賦:"降烟熅,調元氣。"參見"絪縕"。㊁陰陽二氣和合貌。文選漢張平子(衡)思玄賦:"天地烟熅,百卉含葩。"疊用作"烟烟熅熅"。文選漢班孟堅(固)典引:"太極之元,兩儀始分,烟烟熅熅,有沈而奧,有浮而淸。"㊂雲煙瀰漫貌。南朝梁江淹江文通集一別賦:"鏡朱塵之炤爛,襲青氣之烟熅。"

烙 1. luò 盧各切,入,鐸韻,來。 ㄌㄨㄛˋ

㊀灼,燒。文苑英華六五五北周庾信謝滕王賚豬啓:"垂賚肥豕一腔。……忽降今恩,謹充炮烙。"

2. lào ㄌㄠˋ

㊁用烙鐵燙平衣服或在器物上燙出標記。淸顧張思土風録五烙鐵:"熨衣器有柄者曰烙鐵,見(明王鏊)蘇州府志。"㊂在鍋上把麵食翻轉烘熟。儒林外史一:"王冕自到廚下烙了一斤麵餅,炒了一盤韭菜,自捧出來,陪著。"

烑 yáo 餘昭切,平,宵韻,喻。 ㄧㄠˊ

明亮。淮南子要略:"挾日月而不烑,潤萬物而不耗。"

烖 zāi 祖才切,平,咍韻,精。 ㄗㄞ

同"災"、"灾"。史記五帝紀:"眚烖過赦。"書舜典作"眚災肆赦"。詳"災"。

烈 liè 良辥切,入,薛韻,來。 ㄌㄧㄝˋ

㊀火勢猛。左傳昭二十年:"夫火烈,民望而畏之,故鮮死焉。"引申爲猛烈,酷暴。書舜典:"納于大麓,烈風雷雨弗迷。"淮南子齊俗:"曾參之養親也,若事嚴主烈君。"㊁濃烈的香氣。漢書五七上司馬相如傳子虛賦:"吐芳揚烈,郁郁菲菲。"㊂功業。詩周頌武:"於皇武王,無競惟烈。"文選漢賈誼過秦論:"及至始皇,奮六世之餘烈,執敲朴以鞭笞天下。"㊃顯赫,光明。詩小雅賓之初筵:"烝衎烈祖,以洽百禮。"國語晉九:"君有烈名,臣無叛質。"㊄燒。孟子滕文公上:"舜使益掌火,益烈山澤而焚之。"㊅行列。通"列"。詩鄭風大叔于田:"叔在藪,火烈具舉。"箋:"列人持火俱舉,言衆同心。"

【烈士】㊀指堅貞不屈的剛強之士。莊子秋水:"白刃交於前,視死若生者,烈士之勇也。"史記八四賈誼傳:"貪夫殉財兮,烈士殉名。"㊁指有志建立功業之人。樂府詩集三七漢魏武帝(曹操)步出夏門行龜雖壽:"烈士暮年,壯心不已。"

【烈山】地名。又名厲山、重山。在湖北隨縣。相傳烈山有石穴,神農生於此,世謂之神農穴。神農氏一稱烈山氏。參閱國語魯上、晉盛弘之荊州記。參見"厲山"、"厲山氏"。

【烈女】剛正有節操的女子。史記八六刺客傳:"(嫈)卒於邑悲哀而死(聶)政之旁。晉、楚、齊、衞聞之,皆曰:'非獨政能也,乃其姊亦烈女也。"封建社會也稱不願改嫁或被侵辱而殉身的女子爲烈女。

【烈文】詩周頌篇名。周成王卽位,諸侯助祭時作樂,樂歌首有"烈文辟公,錫兹祉福"句,因以爲篇名。參閱烈文序、注、疏。

【烈火】猛火。文選南朝宋謝靈運還舊園作見顏范二中書詩:"何意衝飈激,烈火縱炎煙。"

【烈日】猛烈的太陽。也用以比喻風節剛直。唐徐夤釣磯集八西塞寓居詩之二:"烈日不融霜鬢雪,病身全仰竹枝筇。"新唐書一五三段秀實傳贊:"雖千五百歲,其英烈言言,如嚴霜烈日,可畏而仰哉。"

【烈考】對已故先人的美稱。詩周頌雝:"既右烈考,亦右文母。"傳:"烈考,武王也。"箋:"烈,光也。"

【烈光】謂有法度。詩周頌載見:"鞗革有鶬,休有烈光。"

【烈性】剛正的性格。三國魏曹植曹子建集四鶡賦:"體貞剛之烈性,亮乾德之所輔。"

【烈祖】對祖先的敬稱。烈,功業顯赫。書伊訓:"伊尹乃明言烈祖之成德,以訓于王。"詩商頌那:"奏鼓簡簡,衎我烈祖。"所稱烈祖,皆指商先成湯。

【烈烈】㊀熾烈貌。詩商頌長發:"如火烈烈,則莫我敢曷。"㊁威武貌。詩小雅黍苗:"烈烈征師,召伯成之。"文選晉袁彥伯(宏)三國名臣序贊:"烈烈王生,知死不撓。"王生,魏王經,爲司馬昭所殺。㊂憂貌。詩小雅采薇:"憂心烈烈,載飢載渴。"㊃象聲詞。狀風、水等聲音。文選晉劉越石(琨)扶風歌:"烈烈悲風起,泠泠澗水流。"唐皮日休皮子文藪一霍山賦:"有泉烈烈,其來如決。"

【烈缺】閃電。見"列缺㊁"。

【烈暑】盛暑,酷暑。新唐書九一姜謩傳附姜確:"行本(確)性恪敏。所居官,雖祁寒烈暑無懈容。"

【烈節】堅貞的節操。漢蔡邕蔡中郎集二貞節先生陳留范史雲碑:"君受天正性,志高行潔,在乎幼弱,固已皦然有烈節矣。"

【烈丈夫】剛正有氣性的男子。史記六六伍子胥傳太史公曰:"方子胥窘於江上,道乞食,志豈嘗須臾忘郢邪?故隱忍就功名。非烈丈夫孰能致此哉!"

烕 xuè 許劣切,入,薛韻,曉。 ㄒㄩㄝˋ

滅。詩小雅正月:"赫赫宗周,褒姒烕之。"

烝 1. zhēng 煮仍切,平,蒸韻,照。 ㄓㄥ

㊀用蒸氣熟物。通"蒸"。詩大雅生民:"釋之叟叟,烝之浮浮。"世說新語輕詆:"桓南郡(玄)每見人不快,輒嗔云:'君得哀家梨,當復不烝食不?'"㊁祭祀的通稱。書洛誥:"戊辰,王在新邑,烝祭歲。"又爲冬祭的特稱。禮祭統:"凡祭有四時:春祭曰礿,夏祭曰禘,秋祭曰嘗,冬祭曰烝。"參見"烝嘗。"㊂以牲體升於俎上而祭。國語周中:"禘郊之事,則有全烝。"注:"全烝,全其牲體而升之。"㊃推進,進獻。詩小雅甫田:"攸介攸止,烝我髦士。"又周頌豐年:"爲酒爲醴,烝畀祖妣。"㊄衆多。詩大雅烝民:"天生烝民,有物有則。"㊅以下淫上。指和母輩通姦。左傳桓十六年:"初,衞宣公烝於夷姜,生急子。"注:"夷姜,宣公之庶母也。"

2. zhèng 諸應切,去,證韻,照。 ㄓㄥˋ

㊆熱。如鬱烝。

【烝民】㊀衆民。書益稷:"烝民乃粒,萬邦作乂。"㊁詩大雅篇名。詩序謂爲西周末尹吉甫所作,頌揚宣王任賢使能,使周室中興。

【烝栗】見"蒸栗"。

【烝烝】㊀興盛貌。通"蒸蒸"。詩魯頌泮水:"烝烝皇皇,不吳不揚。"今語"蒸蒸日上"本此義。㊁淳厚貌。書堯典:"瞽子,父頑,母嚚,象傲,克諧以孝,烝烝乂不格姦。”史記五帝紀作“烝烝治不至姦”。參閱清王引之經義述聞三以孝烝烝。

【烝庶】同“烝民”、“烝黎”。後漢書章帝紀百官上封事：“孝明皇帝威靈廣被，無思不服，……以烝庶爲憂，不以天地爲樂。”

【烝嘗】冬祭曰烝，秋祭曰嘗。泛指祭祀。詩小雅楚茨：“絜爾牛羊，以往烝嘗。”左傳僖三三年：“凡君薨，卒哭而祔，祔而作主，特祀於主，烝嘗禘於廟。”

【烝黎】庶民。漢王符潛夫論班祿：“太古之時，烝黎初載，未有上下而自順序。”唐陸贄陸宣公集四賑恤諸道將吏百姓等詔：“稼穡卒癉，烝黎重困。”

【烝矯】將物體加熱使柔，然後加以矯正。荀子性惡：“故枸木必將待檃栝烝矯而後直，鈍金必將待礱厲然後利。”注：“烝謂蒸之使柔。矯謂矯之使直也。”

烋 1. xiāo 集韻 虛交切，平，爻韻。ㄒㄧㄠ

㊀見“烋烋”。㊁烋烋，自矜氣健貌。見集韻。

2. xiū 香幽切，平，幽韻，曉。ㄒㄧㄡ

㊂美，慶善。見廣韻。

烏 1. wū 哀都切，平，模韻，影。ㄨ

㊀烏名。烏鴉。詩邶風北風：“莫赤匪狐，莫黑匪烏。”㊁凡黑色皆曰烏。參見“烏衣”、“烏金”等條。㊂疑問助詞。戰國策秦三：“秦烏能與齊縣衡？”文選漢班孟堅(固)東都賦：“子實秦人，……烏知大漢之云爲乎？”㊃姓。相傳少昊以鳥名官，有烏鳥氏。其後爲烏姓。南朝齊有烏之餘。見新唐書宰相世系表五下。

2. yā 集韻 於加切，平，麻韻。ㄧㄚ

㊄見“烏₂秅”。

【烏丸】㊀卽烏桓。詳“烏桓”。㊁墨。宋陳師道後山集三古墨行：“秦郎百好俱第一，烏丸如漆姿如石。”

【烏巾】㊀黑頭巾。隱者之服。唐張彥遠法書要錄一南朝宋羊欣采古來能書人名：“吳時張弘好學不仕，常著烏巾，時號張烏巾。”㊁烏紗帽。也叫唐巾。參見“唐巾”、“烏紗”。

【烏木】木名。晉崔豹古今注草木有堅木，色黑而有文，亦謂之文木。唐蘇鶚蘇氏演義下作烏文木。其質堅實，老者色純黑，多以製箸及煙管等物。清李調元南越筆記十三烏木：“烏木，瓊州諸島所產，土人折爲箸，行用甚廣。志稱出海南，一名角烏，色純黑，甚脆。有曰茶烏者，自番舶，質堅實，置水則沉。其他類烏木者甚多，皆可作几杖，置水不沉，則非也。”

【烏什】縣名。屬新疆維吾爾自治區。漢及北魏爲溫宿。唐屬安西都護府。清光緒九年置烏什直隸廳。公元1913年改縣。參閱清續文獻通考三二一輿地十七。

【烏氏】古縣名。氏，音支。史記一一〇匈奴傳：“岐、梁山、涇、漆之北有義渠、大荔、烏氏、朐衍之戎。”正義引括地志：“烏氏故城在涇州安定縣東三十里，周之故地，後入戎，秦惠王取之，置烏氏縣也。”在今甘肅涇川縣。史記一二九貨殖傳有烏氏倮，畜馬牛用谷量，秦始皇命比封君。

【烏古】部落名。今吉林省東北地。遼耶律阿保機(太祖)於其地置烏古部節度使。遼耶律延禧(天祚帝)時入於金。烏古，蒙古語，孳生之義。參閱遼史太祖紀上、天祚皇帝二。

【烏皮】黑色皮革。南史宋文帝紀：“車府令嘗以輦箄故，請改易之；又輦席舊以烏皮緣，故欲代以紫皮。上以竹箄未至於壞，紫色貴，並不聽改。”唐杜甫杜工部草堂詩箋二六寄劉峽州伯華使君四十韻：“憑久烏皮綻，簪稀白帽稜。”

【烏白】烏鳥的頭變白。比喻不可能實現的事。樂府詩集六二南朝梁簡文帝妾薄命：“轉山猶可遂，烏白望難期。”或與“馬角”連用，馬不能生角，表示不可能之意。南朝宋鮑照鮑氏集三代白紵舞詞之四：“潔誠洗志期暮年，烏白馬角寧足言？”

【烏江】水名。1.在安徽和縣東北四十里，今名烏江浦。史記項羽紀“於是項王乃欲東渡烏江。烏江亭長檥船待”，卽此。漢爲東城縣境，晉太康六年於此置烏江縣。見正義引水經注、括地志。2.貴州的大江。上游爲七星河，發源於威寧縣，東北流入四川酉陽縣，是爲黔江，也叫涪陵江，西北由涪陵入於大江。參閱讀史方輿紀要一二二思南府烏江。

【烏池】鹽池名。在甘肅靈武縣東南。元和郡縣志四鹽州謂五原縣有鹽池四所，一、烏池，二、白池，三、細項池，四、瓦窰池。烏、白二池出鹽。

【烏衣】黑色衣，古時賤者之服。三國志魏鄧艾傳段灼理艾疏：“值歲凶旱，艾爲區種，身被烏衣，手執耒耜，以率將士。”

【烏老】媪的緩言。猶言老媪。唐杜荀鶴松窗雜記：有王生者，嘗遊沛，因醉入高祖廟，顧其神座笑而言曰：“持三尺劍，滅暴秦，剪强楚，而不能免母烏老之稱。徒歌大風起兮雲飛揚，曷能威加四海哉？”按漢高祖母，史漢不記姓名，但曰劉媪。媪，婦人長老之稱，音烏老反。參閱史記高祖紀“母曰劉媪”索隱。

【烏有】漢司馬相如作子虛賦，設烏有先生、子虛互爲問答。以本無此人，故稱烏有。後因稱無爲烏有。唐劉知幾史通曲筆：“亦有事每憑虛，詞多烏有，或假人之美，藉爲私惠；或誣人之惡，持報己讎。”參見“烏有先生”。

【烏合】倉卒集合之衆，如烏鴉之忽聚忽散。文苑英華六五〇北齊魏收爲侯景叛移梁朝文：“天兵之鼓未鳴，衆軍之旗詎接，而荆揚烏合，一朝崩解。”參見“烏合之衆”。

【烏臼】㊀落葉樹。實如胡麻子，多脂肪，常用作製燭及肥皂原料，以烏喜食其實而名。宋林逋林和靖集七水亭秋日偶書詩：“巾子峯頭烏臼樹，微霜未落已先紅。”參閱北堂書鈔一四七玄中記、宋寇宗奭本草衍義十五烏臼。㊁候鳥名。又名黎雀，天明卽啼。樂府詩集四六讀曲歌：“打殺長鳴雞，彈去烏臼鳥。”又四七烏夜啼：“可憐烏臼鳥，彊言知天曙。”參閱清方旭蟲薈一羽蟲。

【烏芋】㊀卽茨菰。廣雅釋草：“葃姑，水芋，烏芋也。”葃姑，南朝梁陶弘景名醫別錄作“藉姑”，皆與茨菰音近。唐本草稱此草一名槎牙，一名茨菰，生水中。按草類名烏的不一定黑色，如垣衣色青而名烏韭，射干色黃而名烏蒲。參閱清王念孫廣雅疏證十釋草。㊁卽荸薺。南朝梁陶弘景以藉姑根黃，疑非烏芋，當爲根黑的鳧茨。宋蘇頌圖經承其説，以爲烏芋卽鳧茨。宋時稱葧臍。明人救荒本草作鐵葧薺。參閱政和證類本草二三烏芋、農政全書五八。

【烏杖】老人所用的拐杖。晉書五行志上：“元康中，天下始相倣爲烏杖以柱掖。其後稍施其鐓，住則植之。”又見搜神記七。

【烏私】舊稱烏鳥反哺，故謂侍養父母曰展烏私，取其能報本。文選晉李令伯(密)陳情事表：“臣密今年四十有四，祖母劉今年九十有六，是臣盡節於陛下之日長，報養劉之日短也，烏鳥私情，願乞終養。”

【烏府】漢書八三朱博傳：“是時御史府吏舍百餘區井水皆竭；又其府中列柏樹，

常有野烏數千棲宿其上，晨去暮來，號曰朝夕烏。」後稱御史府爲烏府或烏臺，本此。唐姚合姚少監集三洛下夜會寄賈島詩：「烏府偶爲戶，滄江長在心。」宋王禹偁小畜集十一送刑部韓員外同年致仕歸華山詩：「抗表辭烏府，歸山鬢未秋。」題注：「自察院求致仕。」

【烏匼】 即烏巾。唐杜甫杜工部草堂詩箋二九七月三日亭午已後校熱退晚加小涼穩睡有詩……：「晚風爽烏匼，筋力蘇摧折。」

【烏林】 地名。在湖北嘉魚縣西，大江北岸，對岸爲赤壁山。三國志吳魯肅傳：「羽操刀起」注引吳書：「羽曰：『烏林之役，左將軍身在行間，寢不脫介，自力破魏，豈得無一塊壤，而足下來欲收地邪？』」此指赤壁之戰，左將軍卽劉備。

【烏呼】 歎詞。也作「烏乎」。左傳襄三十年：「烏乎！必有此夫。」清阮元校勘記：「石經宋本淳熙本乎作呼，釋文作嗚呼。」

【烏金】 ㊀合金之一。以銅百分，加入金一分至十分，鎔和而成，呈黑紫色，故名。可作裝飾品。㊁唐洪州有人養豬以致富，因號豬爲烏金。見唐張鷟朝野僉載(類說四十)。㊂墨的別稱。見本草綱目七十一墨。

【烏₂秅】 漢代西域城國名。後魏稱於摩國。在今阿富汗東北境巴達克山地區。參閱漢書九六上西域傳、文獻通考三三七四裔十四烏秅。

【烏兔】 古代神話說日中有烏，月中有兔。因稱太陽爲金烏、月亮爲玉兔，合稱日月爲烏兔。文選晉左太沖(思)吳都賦：「籠烏兔於日月，窮飛走之棲宿。」文苑英華一二六南朝梁元帝玄覽賦：「岑嶔崎巇，烏兔蔽虧。」

【烏勃】 果木名。唐釋慧琳一切經音義五三起世因本經一烏勃林：「卽嗢勃林也，木果也，似木苽而大，甚香，卽此國亦有。」宋文鑑二晏殊中園賦：「烏勃旁挺，來禽外植。」

【烏毒】 ㊀烏頭草的毒。古箭頭多加烏頭。唐白居易長慶集七一禽蟲十二章之十：「豆苗鹿嚼解烏毒，艾葉雀銜奪燕巢。」謂鹿若中箭，卽嚼豆葉食之，多消解。參見「烏頭」。㊁草名。廣雅釋草：「飛芝，烏毒也。」

【烏韭】 生在牆上陰地的苔。又名垣衣。全唐文二一七崔融瓦松賦：「慚魏宮之烏韭，恧漢官之紅蓮。」參見「垣衣」。

【烏香】 鴉片的別名。見明史三二四暹羅傳。

【烏盆】 一種器皿。舊時往往用爲盛溺器。宋吳自牧夢粱錄十三諸色雜貨：「家生動事，如桌、凳、涼床……砂盆、水甌、烏盆、三脚罐。」

【烏扇】 草名。射干的別名。其葉叢生，橫鋪一面如烏翅及扇之狀，故有烏扇、烏翣、鳳翼、鬼扇、仙人掌諸名。參閱本草綱目十七草六射干。參見「射干㊀」。

【烏珠】 ㊀射靶上的黑點。南史柳元景傳附柳惲：「嘗與琅玡王瞻博射，嫌其皮闊，乃摘梅帖烏珠之上，發必命中，觀者驚駭。」㊁瞳子。水滸三：「(把鄭屠)打得眼稜縫裂，烏珠迸出，也似開了個彩帛舖的。」㊂滿洲語，卽頭。見嘉慶一統志六七吉林一附繙譯語解。㊃金將兀朮，清代官書改譯爲烏珠。參見「兀朮」。

【烏桓】 ㊀山名。也叫烏丸。今內蒙古阿魯科爾沁旗西北有烏聯山，亦曰烏遼山，卽其地。見遼史地理志一。㊁我國古民族名。東胡別支。秦末匈奴冒頓强盛，滅其國，避徙至烏桓山以自保，遂稱烏桓。漢魏皆置護烏桓校尉。漢建安十二年曹操破烏桓，徙萬餘落至中原，餘衆於那河之北，自稱烏丸國。那河，卽今嫩江。參閱漢書九四下匈奴傳、後漢書九十烏桓傳。

【烏桕】 樹名。卽「烏臼」。樂府詩集七二雜曲歌辭西洲曲：「日莫伯勞飛，風吹烏桕樹。」清吳偉業梅村家藏稿三圓圓曲：「傳來消息滿江鄉，烏桕紅經十度霜。」參見「烏臼㊀」。

【烏翅】 卽乾肉。周禮天官腊人「腊人掌乾肉」漢鄭玄注：「大物解肆乾之，謂之乾肉，若今涼州烏翅矣。」清孫詒讓正義：「烏翅，蓋漢時涼州所出乾肉，亦解肆牲體而乾之，故鄭以爲況，烏翅名義未詳。」

【烏孫】 漢代西域城國名。在今新疆伊犁河流域。先居燉煌祁連之間，後驅逐大月氏而建立烏孫國。漢武帝以江都王劉建女爲江都公主、以楚王劉戊孫女爲解憂公主，先後嫁烏孫昆彌(王)。至後魏爲柔然所破，而徙至葱嶺。參閱漢書六一張騫傳、又九六下西域傳。

【烏哺】 舊稱烏鳥反哺，故以喩子女奉養父母。宋蘇轍欒城集十五次韻宋構朝請歸守彭城詩：「馬遲未覺西南遠，烏哺何辭日夜飛。」

【烏員】 猫的別名。唐段成式酉陽雜俎續集八支動：「猫一名蒙貴，一名烏員。」

【烏牸】 黑色母牛。晉書王羲之傳附王獻之：「桓溫嘗使書扇，筆誤落，因畫作烏駮牸牛，甚妙。」

【烏鬼】 ㊀鸕鷀的別稱。唐杜甫杜工部草堂詩箋三三戲作俳諧體遣悶之一：「家家養烏鬼，頓頓食黃魚。」按家養鸕鷀捕魚，故有黃魚之食。參閱宋沈括夢溪筆談十六藝文三。另說：1.以烏鬼爲豬的別名。見宋馬永卿嬾真子四烏鬼魚蔬。2.指祭禳用的烏鴉。見宋邵博聞見後錄十九。㊁謂以烏爲鬼。唐元稹長慶集十酬翰林白學士代書一百韻詩：「病賽烏稱鬼，巫占瓦代龜。」自注：「南人染病，競賽烏鬼。」又見唐音癸籤二十。

【烏烏】 歌呼聲。漢書六六楊惲傳報孫會宗書：「酒後耳熱，仰天拊缶而呼烏烏。」參見「嗚嗚」。

【烏紗】 卽烏紗帽。唐柳宗元柳先生集四二同劉二十八院長述舊言懷感時書事……詩：「春衫裁白紵，朝帽掛烏紗。」宋范仲淹范文正公集四依韻酬章推官見贈詩：「山人驚戴烏紗出，溪女笑隈紅杏遮。」參見「烏紗帽」。

烏紗

【烏曹】 傳說始創博戲的人。見急就篇三「棊局博戲相易輕」注。

【烏茶】 古印度國名。在今印度奧里薩邦北部。參閱大唐西域記十。新唐書二二一上西域傳訛爲烏芬。於是與烏伏〔仗〕那烏萇相混。又說在天竺南，又與鄔闍衍那相混。參見「烏萇」。

【烏帶】 茶葉名。宋姚寬西溪叢語上：「唯龍團勝雪白茶二種，謂之水芽，先蒸後揀，每一芽，先去外兩小葉，謂之烏帶。」

【烏虖】 歎詞。漢書四八賈誼傳離騷賦：「烏虖哀哉矣，逢時不祥！」史記八四作「嗚呼」。

【烏啄】 拉車時架在馬脖子上的軛。釋名釋車：「槅，枙也，所以枙牛頸。馬曰烏啄，下向，叉馬頸，似烏開口向下啄物時也。」小爾雅廣器：「挖上者謂之烏啄。」

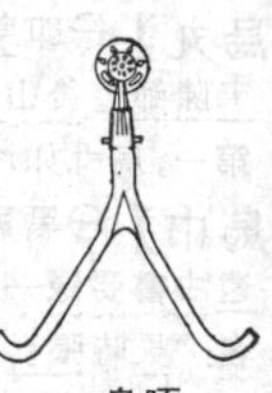
烏啄

【烏笙】 黑漆的竹簞。南史侯景傳：「是時，景土山成，城內土山亦成。……山起芙蓉層樓，高四丈，飾以錦罽，捍以烏笙，山峯相近。」

【烏巢】 澤名。在河南延津縣東南。三國

志魏武帝紀"大破(袁紹將淳于)瓊等，皆斬之"注引曹瞞傳："今袁氏輜重有萬餘乘，在故市、烏巢，屯軍無嚴備。"即此。

【烏雲】㊀黑雲。文苑英華七一南朝梁簡文帝金錞賦："望烏雲之臨敵，聞條風之入營。"㊁喻婦女的黑髮。宋蘇軾分類東坡詩十四岐亭道上見梅花戲贈季常："行當更向釵頭見，病起烏雲正作堆。"

【烏萇】古印度國名。在今巴基斯坦北部斯瓦特河上游一帶地方。參閱晉法顯西行記。大唐西域記三作烏仗那。

【烏菟】虎。春秋楚人稱虎爲於菟。於音烏。因亦稱虎爲烏菟。文選晉左太沖(思)吳都賦："烏菟之族，犀兕之黨。"宋蘇軾分類東坡詩一將至筠先寄遲适遠三猶子："念汝還須戴星起，夜來夢見小於菟。"參見"於菟"、"鬬穀於菟"。

【烏陽】太陽。古代神話言日中有三足烏，故稱。舊唐書五三李密傳贊："烏陽既昇，爝火不息。"

【烏帽】隋唐貴者多服烏紗帽，其後上下通用，又漸廢爲折上巾，烏紗成爲閒居的常服。省稱烏帽。唐杜甫杜工部詩史補遺四相從行贈嚴二別駕時方經崔旰之亂："烏帽拂塵青螺粟，紫衣將炙緋衣走。"宋陸游劍南詩稿一東陽道中："風吹烏帽送輕寒，雨點春衫作醉斑。"

【烏喙】㊀有毒植物。卽烏頭。戰國策燕一："人之饑所以不食烏喙者，以爲雖偷充腹而與死同患也。"淮南子繆稱："天雄烏喙，藥之凶毒也，良醫以活人。"參見"烏頭"。㊁比喻人嘴尖。吳越春秋句踐伐吳外傳十："夫越王爲人長頸烏喙、鷹視狼步，可以共患難而不可共處樂。"宋史二三一姦臣二郭藥師傳："蜂目烏喙，怙寵恃功。"

【烏飯】以南天燭葉染米、煮成之飯。亦稱青精飯。道家謂服食久可以强身延年。唐陸龜蒙甫里集九四月十五日道室書事寄襲美詩："烏飯新炊芼臛香，道家齋日以爲常。"芼臛，全唐詩作"毛氈"。參見"南燭"、"青精飯"。

【烏程】㊀縣名。戰國楚菰城地。秦併楚，改烏程，以其地有烏程二氏皆善釀酒而名。又說謂其地爲烏巾程林二氏所居。漢屬會稽郡。歷代相因，明清與歸安同爲浙江湖州府治。公元1911年改吳興縣，屬浙江省。參閱太平寰宇記九四湖州烏程縣。㊁酒名。文選晉張景陽(協)七命："乃有荆南烏程，豫北竹葉，浮蟻星沸，飛華蓱接。"

【烏集】謂如烏之集散。史記八三鄒陽傳獄中上書："故秦信左右而殺，周用烏集而王。"集解："漢書音義曰：'太公望塗覯卒遇，共成王功，若烏鳥之暴集也。'"漢書五行志中上谷永諫："今陛下……挺身獨與小人晨夜相隨，烏集醉飽吏民之家。"注："乍合乍離，如烏之集也。"

【烏葛】黑色葛布。元白珽湛淵遺稿中酒邊贈朱處士詩："烏葛唐巾白苧衰，掃庭終夕共淹留。"

【烏賊】魚名。賊，亦作"鰂"。漢沈氏南越記："烏賊魚，一名河伯度事小史，常自浮水上，烏見以爲死，乃卷取烏，故謂之烏賊。"(初學記三十)此魚體內有囊狀物分泌墨汁，故俗稱墨魚、墨斗魚。

【烏號】良弓。淮南子原道："射者扞烏號之弓，彎棋衛之箭。"注："烏號，桑柘。其材堅勁，烏峙其上，及其將飛，枝必橈下，勁能復巢，烏隨之，烏不敢飛，號呼其上，伐其枝以爲弓，因曰烏號之弓也。一說：黃帝鑄鼎於荆山鼎湖，得道而仙，乘龍而上，其臣援弓射龍，欲下黃帝，不能也。烏，於也；號，呼也。於是抱弓而號，因名其弓爲烏號之弓也。"按黃帝事見史記封禪書。也作"烏嘷"。史記一一七司馬相如傳子虛賦："左烏嘷之雕弓，右夏服之勁箭。"索隱："烏號之雕弓。"

【烏犍】水牛。唐唐彥謙鹿門集中越城待旦詩："青溪白石村村有，五尺烏犍託此生。"宋蘇軾分類東坡詩二二過新息留示鄉人任師中："御下闗山入蔡州，爲買烏犍三百尾。"

【烏傷】地名。秦縣，漢屬會稽郡。王莽改名烏孝。傳說其地有顏烏以孝著聞，有羣烏助銜土塊爲墳，烏口皆傷，因以烏傷爲名。至唐改名義烏。今屬浙江省。參閱水經注四十漸江水引南朝宋劉敬叔異苑。

【烏臺】卽御史臺。唐杜甫杜工部詩史補遺八夏日楊長寧宅送崔侍御常正字入京："烏臺俯麟閣，長夏白頭吟。"參見"烏府"。

【烏榜】船櫓，代指船。全唐詩二四五韓翃送冷朝陽還上元："落日澄江烏榜外，秋風疏柳白門前。"宋蘇軾分類東坡詩八寒食未明至湖上太守未來兩縣令先在："城頭月落尚啼烏，烏榜紅舷早滿湖。"

【烏翣】草名。射干的別名。詳"射₂干"。

【烏蒙】山名。在雲南祿勸縣東北，一名絳雲露山，一名雪龍山，一名松外龍山。雲嶺的分支，其脈東北延，入貴州省爲七里山，總稱爲烏蒙山脈。北臨金沙江，中有大黑龍峒樂安諸峯，高入雲際，八九月間山上猶有積雪。參閱嘉慶一統志四九二武定州山川。

【烏輪】太陽。日圓，古代神話說日中有三足烏，故稱。元許謙白雲集四春城晚步詩："紅樓鼓歇烏輪墮，淺水橫舟弄漁火。"

【烏樠】卽烏木、烏文木。宋沈括夢溪筆談五樂律一引投荒錄："瓊管多烏樠、呿陀，皆奇木。"參見"烏文木"。

【烏樏】黑色的分成格子的食盤。世說新語任誕："(羅友)在益州，語兒曰：'我有五百人食器。'家中大驚其由來清而忽有此物，定是二百五十沓烏樏。"

【烏龍】㊀傳說晉時會稽張然養狗名烏龍，有奴與然妻通，欲殺然，烏龍傷奴以救主。見舊題晉陶潛搜神後記九。唐白居易長慶集十四和夢遊春一百韻詩："烏龍卧不驚，青鳥飛相逐。"李商隱李義山詩集五題二首後重有戲贈任秀才："遥知小閣還斜照，羨殺烏龍卧錦茵。"二詩皆用此典。或以烏龍爲狗之代稱，亦本此。參閱宋王楙野客叢書二四烏龍黃耳。㊁茶名。詳"烏龍茶"。

【烏頭】㊀中藥名。亦名土附子、烏喙、奚毒。莖、葉、根都有毒。參閱本草綱目十七草六烏頭。㊁芡的別名。方言三："蔆、芡，雞頭也，……或謂之雁頭，或謂之烏頭。"注："狀似烏頭，故以名之。"

【烏膩】糖名，卽白餳。宋范成大石湖集二三上元紀吳中節物俳諧體三十二韻："寶糖珍粔籹，烏膩美飴餳。"自注："烏膩糖，卽白餳，俗言能去烏膩。"

【烏餤】太陽。全唐詩六五四羅鄴冬日旅懷："烏餤纔沈桂魄生，霜階擁褐暫吟行。"

【烏薪】木炭。宋陶穀清異錄三器具黑金社："廬山白鹿洞遊士輻輳，每冬寒，醵金市烏薪爲禦冬備，號黑金社。"范成大石湖集二八雪中送炭與龔養正："誰與幽人煖直身，筠籠銜雪送烏薪。"

【烏獲】戰國時秦力士。與任鄙孟說皆以勇力仕秦武王至大官。見史記秦紀。也用爲力士的通稱。孟子告子下："然則舉烏獲之任，是亦爲烏獲而已矣。"

【烏嶺】山名。在山西翼城縣東北，接沁水縣界，一名黑水嶺。有二嶺相對，一叫東烏，一叫西烏。水經注謂之東陘，舊稱黑嶺，北周宇文泰字黑獺，諱黑字，改爲烏嶺。參閱嘉慶一統志一三八平陽府山川。

【烏雜】如烏之集合，雜亂無紀律。唐張

九齡曲江集八賀張待賓尅捷狀:"本是烏雜之徒,足徵破亡之漸。"

【烏鎮】地名。在浙江吳興縣東南。本名烏墩,南宋時避光宗(趙惇)諱,改作烏鎮。地當舊時蘇嘉湖三府之交。唐末錢鏐楊行密相爭,鏐遣部將顧全武破烏墩光福二寨,卽此。參閱資治通鑑二六〇唐乾寧二年。

【烏藤】㊀藤杖。宋蘇軾分類東坡詩五碣石庵戲贈湛庵主:"莫把山林笑朝市,老夫手裏有烏藤。"楊萬里誠齋集四二初夏病起曉步東園詩之二:"病起烏藤强自扶,三三徑裏曉晴初。"㊁藥草名。本草作劉寄奴。參閱本草綱目十五草四劉寄奴草。參見"劉寄奴㊀"。

【烏蟾】日月。宋梅堯臣宛陵集十二和新晴詩:"誰詠陳根有微綠,烏蟾易失似跳丸。"

【烏寶】卽楮鈔,紙幣。明陶宗儀輟耕錄十三烏寶傳:"有人出永嘉高則誠(明)烏寶傳相示。……傳曰:'烏寶者,其先出於會稽褚氏,……變姓名,從墨氏游,盡得其通神之術,由是知名。'"按:烏寶,褚氏,墨氏,皆擬人之稱。

【烏鬢】猶言黑頭,指少年。藝文類聚十七晉左思白髮賦:"賈生自以良才見異,不以烏鬢而後舉。"賈生,漢賈誼。

【烏蠻】晉宋至隋唐,爨氏大姓分東西兩部,居於今雲南東部地區。舊史習稱東爨之居民爲烏蠻,西爨之居民爲白蠻。見新唐書二二二下南蠻傳。

【烏布帳】黑布所製的帳。晉書謝尚傳:"尚爲政清簡,始到官,郡府以布四十匹爲尚造烏布帳。尚壞之,以爲軍士襦袴。"全唐詩二四三韓翃送夏侯侍郎:"聽訟不聞烏布帳,迎賓暫著紫綈裘。"

【烏田紙】紙名。宋黃庭堅豫章集二六書所作官題詩後:"余爲兒時,見進士劉韶用烏田紙寫賦,嘗竊笑,以爲用隋侯之珠彈雀。"

【烏仗那】見"烏萇"。

【烏衣巷】地名。在今南京市東南。三國吳時於此置烏衣營,以兵士服烏衣而名。東晉時,王謝諸望族居此。世說新語雅量"吾角巾逕還烏衣"注引丹陽記:"烏衣之起,吳時烏衣營處所也。江左初立,琅邪諸王所居。"宋書謝弘微傳:"(謝混)唯與族子靈運瞻曜弘微並以文義賞會。嘗共宴處,居在烏衣巷,故謂烏衣之遊。"唐劉禹錫劉夢得集四金陵五題烏衣巷:"朱雀橋邊野草花,烏衣巷口夕陽斜。"

【烏衣郎】指晉王謝兩望族的子弟。南齊書王僧虔傳:"入爲侍中,遷御史中丞,領驍騎將軍。甲族向來多不居憲臺,王氏以分枝居烏衣者,位官微滅,僧虔爲此官,乃曰:'此是烏衣諸郎坐處,我亦可試爲耳。'"

【烏那曷】西域地名。隋書西域烏那曷傳:"烏那曷國,都烏滸水西,舊安息之地也。……大業中,遣使貢方物。"大唐西域記一作"伐地"。新唐書二二一下西域傳作"戊地"。參見"戊地"。

【烏角巾】隱士的帽。唐杜甫杜工部草堂詩箋十九南鄰:"錦里先生烏角巾,園收芋栗不全貧。"宋陸游劍南詩稿八小憩長生觀飯已遂行:"道士青精飯,先生烏角巾。"參見"烏巾"。

【烏夜啼】㊀曲名。相傳南朝宋臨川王劉義慶被廢,侍妾夜聞烏啼聲,扣齋閤曰:"明日應有赦。"因製此曲。今所傳歌辭非義慶本旨。南朝梁簡文帝、北周庾信、唐李白等,皆有擬作。見樂府詩集四七清商曲辭吳聲歌曲。又琴曲名。傳說三國魏何晏在獄中,有二烏止於舍上,晏女曰:"烏有喜聲,父必免",因撰此曲。與臨川王義慶所作義同而事異。見樂府詩集六十琴曲歌辭引李勉琴說。㊁詞調名。本唐教坊曲名。南唐後主李煜借爲詞調。宋歐陽修詞作聖無憂,趙令時詞作錦堂春。雙調,四十七字,前後段各四句,兩平韻;又五十字,前後段各五句,兩平韻。見詞譜六。

【烏金搨】古帖搨法之一。明屠隆考槃餘事一帖箋南北紙墨:"南紙其紋豎,墨用油煙以蠟及造烏金紙水敲刷碑文,故色純黑而有浮光,謂之烏金搨。"

【烏紗帽】帽名。東晉時宮官著烏紗帢。南朝宋明帝初,建安王休仁置烏紗帽,以烏紗抽紮帽邊,民間謂之司徒狀。隋代帝王貴臣多服黃紋綾袍、烏紗帽、九環帶、烏皮靴。其後逐漸行於民間,貴賤皆服。自折上巾行後,烏紗帽漸廢。唐李白李太白詩十九答友人贈烏紗帽詩:"領得烏紗帽,全勝白接䍦。"白居易長慶集六四初冬早起寄夢得詩:"起戴烏紗帽,行披白布裘。"參閱宋書五行志一、唐劉肅大唐新語十釐革。

【烏納裘】道士衣名。全唐詩六一三皮日休江南道中懷茅山廣文南陽博士:"不知何事迎新歲,烏納裘中一覺眠。"自注:"烏納裘,出王筠集。"

【烏梁海】地名。古稱山戎,秦爲遼西郡北境。明太祖置朶顏福餘泰寧三衞。參閱明史三二八外國紀九。

【烏鳥情】謂烏鳥反哺之情,以喻奉養父母的情懷。文選晉李令伯(密)陳情事表:"烏鳥私情,願乞終養。"注引葛龔喪伯父還傳記曰:"烏鳥之情,誠竊傷痛。"也省作"烏鳥"。魏書邢巒傳上表:"若朝廷志存保民,未欲經略,臣之在此,便爲無事,乞歸侍養,微展烏鳥。"參見"烏私"。

【烏斯藏】地名。也作烏思藏。卽衞藏,烏斯藏語字切音作衞。也叫中藏,因居西藏中部而名。藏指後藏。唐爲吐蕃國,元至元二十九年置烏斯藏等三路宣慰司都元帥府。明置烏斯藏行都指揮使司。參閱續文獻通考二四八烏斯藏。

【烏棲曲】古樂府西曲歌名。南朝梁簡文、元帝、陳徐陵、唐李白等皆有此作。簡文所作有"倡家高樹烏欲棲,羅帷翠被任君低"之句。見樂府詩集四八清商曲辭西曲歌。

【烏喇特】地名。也作吳喇忒。秦九原郡地。元鐵木真(太祖)弟哈布圖薩爾十五世孫布爾海始號所部爲烏喇特,其後分三旗,同牧盟於烏蘭察布。清光緒二十九年於東境置五原廳,公元 1912 年改縣。今屬內蒙古自治區。參閱清文獻通考二九一輿地二三。

【烏絲欄】於縑帛上下以烏絲織成欄,其間用朱墨界行,稱爲烏絲欄。後來也稱有墨線格子的卷册之類爲烏絲欄。唐蔣防霍小玉傳:"玉管絃之暇,雅好詩書,筐箱筆研,皆王家之舊物。遂取繡囊,出越姬烏絲欄素縑三尺以授生。"(太平廣記四八七)欄,又作"闌"、"襴"。宋陸游劍南詩稿十一雪中感成都:"烏絲闌展新詩就,油壁車迎小獵歸。"中州集三有金趙秉文魯直烏絲襴黃庭詩。省稱烏絲。宋陸游劍南詩稿五七東窗遣興:"欲寫烏絲還懶去,詩名老去判悠悠。"參閱唐李肇國史補下、宋袁文甕牖閒評六。

【烏蜑户】舊時對海中採珠者的蔑稱。明陶宗儀輟耕錄十烏蜑户:"廣東採珠之人懸綆於腰,沈入海中,……葬於黿鼉蛟龍之腹者比比有焉。有司名曰烏蜑户。蜑音但。仁宗登極,特旨放免。"

【烏鳶歌】歌名。越王句踐敗於吳王夫差,將稱臣入吳,與諸大夫別於浙江之上。羣臣垂泣。越王夫人見烏鵲啄江渚之蝦,飛去復來,因而作歌。歌辭有"仰飛鳥兮烏鳶"之句,故名。見吳越春秋七句踐入臣外傳。

【烏龍尾】梁上壁間塵網。本草綱目七

士一梁上塵:"倒掛塵名烏龍尾、烟珠。"

【烏頭白】喻不可能實現的事。史記八六刺客傳太史公曰"世言荆軻,其稱太子丹之命,'天雨粟,馬生角'也"索隱:"燕丹子曰:'丹求歸,秦王曰:烏頭白,馬生角,乃許耳。'"唐李商隱李義山詩集六人欲:"秦中已久烏頭白,卻是君王未備知。"

【烏頭網】漁民用鸕鷀捕魚,鸕鷀首黑色,因名。宋陶穀清異録上禽:"江湖漁郎用鸕鷀者,名烏頭網。"

【烏鵲歌】歌名。戰國宋康王舍人韓憑妻美,王欲奪之。其妻作歌以明志,遂自縊。歌辭有"烏鵲雙飛,不樂鳳皇"之句,故名。

【烏鵲橋】古代神話傳説每年七月七日夜,烏鵲造橋以渡織女與牛郎相會。唐詩紀事十一宋之問明河篇:"鴛鴦機上疎螢度,烏鵲橋邊一雁飛。"唐沈佺期幸太平公主南莊:"鳳皇樓下交天仗,烏鵲橋頭敞御筵。"

【烏蘇里】江名。黑龍江支流。亦名烏子,又名戊子。上源由烏拉河刀畢河匯流,注入黑龍江。支流有松阿察河穆棱河撓力河等;自松阿察河注入烏蘇里江之處起,至烏蘇里江與黑龍江匯合處止,今爲我國與蘇聯之界江。參閱嘉慶一統志六七吉林一山川。

【烏鰂墨】烏賊的黑汁。元伊世珍瑯嬛記上引謝氏詩源:"宋遷寄試鶯詩有云:'誓成烏鰂墨,人似楚山雲。'人多不解烏鰂義。南越志云:'烏賊懷墨,江東人取墨書契以紿人物,逾年墨消,空紙耳。'"參見"烏賊"。

【烏鹽角】曲名。宋江休復鄰幾雜志:"梅聖俞説曲名鹽角兒令者,始教坊家人市鹽,於紙角子中得一曲譜,翻之,遂以名焉。"宋戴復古石屏集有烏鹽角行。參見"鹽角兒"。

【烏蠻髻】盤髮成把,束於頂上。即蠻髻。唐袁郊甘澤謡紅綫:"乃入闈房,飾其行具,梳烏蠻髻,攢金鳳釵,衣紫繡短袍,繫青絲輕履。"

【烏爨弄】曲名。雲南爨族樂曲,唐世取入樂府。明楊愼升庵集二一雨夕夢安公右張習之覺而有述因寄詩:"逡巡烏爨弄,噭咷白狼章。"

【烏弋山離】古西域國名。省稱烏弋。漢書八七下揚雄傳長楊賦:"西厭月窟,東震日域。"注……"服虔曰:'三十六國,烏弋最在其西。'"即此。其地已難確指。參閱漢書九六上西域傳、文獻通考三三七四裔十四烏弋山離。

【烏目山人】清畫家王翬的別號。烏目山即虞山,在江蘇常熟縣。

【烏衣門第】晉時王謝兩望族門第。後通指貴族門第。清納蘭成德納蘭詞金縷曲:"德也狂生耳,偶然間,緇塵京國,烏衣門第。"

【烏有先生】虛擬的人名,卽本無其人之意。史記一一七司馬相如傳:"'請爲天子游獵賦,賦成奏之。'……相如以'子虛',虛言也,爲楚稱;'烏有先生'者,烏有此事也,爲齊難。"按烏有猶言何有,後因謂無爲烏有。宋蘇軾分類東坡詩十五章質夫送酒六壺書至而酒不達戲作小詩問之:"豈意青州六從事,化爲烏有一先生。"元袁桷清容居士集十次韻陳海陰:"夢當好處成烏有,歌到狂時近自然。"

【烏合之衆】倉卒集合之衆,謂如烏之忽聚忽散。後漢書十九耿弇傳:"弇按劍曰:'子輿弊賊,卒爲降虜耳。……歸發突騎以轔烏合之衆,如摧枯折腐耳。'"意林一管子:"烏合之衆,初雖有懽,後必相吐,雖善不親也。"文選干令升(寶)晉紀總論"烏合之衆"注引作曾子,吐作"咋"。

【烏飛兔走】言日月速逝。全唐詩五六五韓琮春愁:"金烏長飛玉兔走,青鬢長青古無有。"也作"兔飛烏走"。元明雜劇元史九敬先莊周夢蝴蝶二:"疾走般兔飛烏走,轉回頭,虎倦龍疲。"

【烏芻瑟摩】梵語。譯言火頭金剛。釋門中有一力士,觀火性得道,因以爲名。楞嚴經五:"烏芻瑟摩於如來前合掌頂禮,……從是諸佛皆呼召我,名爲火頭。我以火光三昧力故,成阿羅漢。心發大願,諸佛成道。我爲力士,親伏魔怨。"也作烏瑟摩。宣和畫譜二道釋唐范瓊:"有烏瑟摩像,設色未半而罷。筆蹤超絶,後之名手莫能補完。"

【烏焉成馬】指字形相似,轉寫致誤。清厲荃事物異名録二十書籍書訛:"(宋)董逌除正字謝啟:'烏焉混淆,魚魯雜揉。'按古諺:'書經三寫,烏焉成馬。'"

【烏舅金奴】卽烏桕子油和油燈。用以譏諷吝嗇者。宋陶穀清異録下器具:"江南烈祖素儉,寢殿不用脂燭,灌以烏舅子油,但呼烏舅。案上捧燭鐵人,高尺五,云是楊氏時馬廄中物。一日黃昏急須燭,喚小黃門:'掇過我金奴來。'左右竊相謂曰:'烏舅金奴正好作對。'"

【烏臺使君】廉訪使的美稱。元迺賢金臺集一賦鸚鵡送偰世南廉使之南海詩:"烏臺使君午夢醒,隔簾細雨春冥冥。"參閱清梁章鉅稱謂録二一按察使烏臺使君。

【烏魯木齊】地名。漢車師後王庭,唐置北庭都護府,元時稱別失八里。清設屯堡,名烏魯木齊。漢語舊稱紅廟子。後改迪化府迪化縣。公元 1913 年裁府留縣。1945 年設迪化市。1953 年分别改稱烏魯木齊市、烏魯木齊縣,屬新疆維吾爾自治區。參閱清續文獻通考二八四輿地十六。

【烏生八九子】樂府曲名。唐吳兢樂府古題要解上:"古辭'烏生八九子,端坐秦氏桂樹間'。言烏母生子,本生南山巖石間,而來爲秦氏彈丸所殺。白鹿在苑中,人得以爲脯;黃鵠摩天,鯉在深淵,人可得而烹煮之;則壽命各有定分,死生何歎前後也。若梁劉孝威:'城上烏,一年生九雛。'但詠烏而已,不言本事。"

【烏里雅蘇台】地名。其義爲多楊柳,在外蒙古三音諾顏西境。清雍正間築城,爲定邊左副將軍及烏里雅蘇台參贊大臣駐所。今爲蒙古人民共和國扎布汗省省會。參閱清文獻通考二八四輿地十六。

七 畫

烹 pēng 撫庚切,平,庚韻,滂。ㄆㄥ

古字爲亯,後分化爲享、亨、烹。清段玉裁説文"亯"注:"亯(享)象薦孰,因以爲飪物之稱,故又讀普庚切。……其形:薦神作亨亦作享,飪物作亨亦作烹,易之元亨則皆作亨。"㊀煮。左傳昭二十年:"水火醯醢鹽梅以烹魚肉。"㊁古代用鼎鑊煮人的酷刑。戰國策齊一:"臣請三言而已矣,益一言,臣請烹。"

【烹飪】煮熟食物。易鼎:"以木巽火,亨飪也。"亨,同"烹"。文苑英華七七五唐孫逖唐濟州刺史裴公德政頌:"蔬食以同其烹飪,野次以同其燥溼。"

【烹滅】誅除。史記秦始皇紀之罘刻石辭:"烹滅彊暴,振救黔首。"宋蘇軾經進東坡文集事略七荀卿論:"烹滅三代之諸侯,破壞周公之井田。"

【烹斡】烹,烹治,宰割;斡,斡旋。比喻宰制。唐韓愈昌黎集七山南鄭相公樊員外酬答……依賦十四韻以獻詩:"榮公鼎軸老,烹斡力健倔。"

【烹銀】冶煉成銀。新五代史東漢世家:"(五臺僧繼顒)又於柏谷置銀冶,募民鑿山取鑛,烹銀以輸。劉氏仰以足用。"

【烹調】烹炒調制。宋陸游劍南詩稿八

二種菜："菜把青青間藥苗，豉香鹽白自烹調。"

【烹醢】古代的酷刑。烹，煮；醢，剁成肉醬。戰國策趙三："魯仲連曰：'然，吾將使秦王烹醢梁王。'"文選漢班叔皮(彪)王命論："勇如信布，强如梁籍，成如王莽，然卒潤鑊伏鑕，烹醢分裂。"

【烹鮮】老子："治大國若烹小鮮。"三國魏王弼注："不擾也。"河上公注："鮮，魚。烹小鮮，不去腸，不去鱗，不敢撓，恐其靡也。治國煩則下亂。"後沿用"烹鮮"比喻治國之道，或比喻治理政事的才能。藝文類聚四五晉孫綽丞相王導碑："存烹鮮之義，殉易簡之政。"魏書崔亮傳答劉景安書："今勳人甚多，又羽林入選，武夫崛起，不解書計，唯可彍弩前驅，指蹤捕噬而已。忽令垂組乘軒，求其烹鮮之效，未曾操刀，而使專割。"

【烹龍炮鳳】比喻烹調珍貴菜肴。唐李賀歌詩編四將進酒："烹龍炮鳳玉脂泣，羅幃繡幕生香風。"亦作"炮鳳烹龍"。炮，也作"庖"。後以比喻高超的藝術技巧。宋楊萬里誠齋集八十西溪先生和陶詩序："東坡以烹龍庖鳳之手，而飲木蘭之墜露，餐秋菊落英者也。"

烺 lǎng 集韻 里黨切，上，蕩韻，來。
ㄌㄤˇ

㊀爣烺，火貌。見集韻。㊁鮮明。見"烺烺"。

【烺烺】鮮明貌。唐柳宗元柳先生集三四答韋中立論師道書："及長，乃知文者以明道，是固不苟爲炳炳烺烺，務采色，夸聲音而以爲能也。"

焍 dì 集韻 大計切，去，霽韻。
ㄉㄧˋ 天黎切，平，齊韻。

灼龜木。古代占卜，燒荆枝更遞灼龜甲。史記一二八龜策列傳："持龜以卵周環之，祝曰：'今日吉，謹以粱卵焍黄祓去玉靈之不祥。'"索隱："粱，米也。卵，雞子也。焍，灼龜木也，音次第之第。言燒荆枝更遞而灼，故有焍名。一音梯，言灼之以漸，如有階梯也。黄者，以黄絹裹粱卵以祓龜也。"

焜 huǐ 許偉切，上，尾韻，曉。
ㄏㄨㄟˇ

火。説文："焜，火也。从火，尾聲。詩曰：'王室如焜。'"詩周南汝墳焜作"燬"。釋文："或云：楚人名火曰燥，齊人曰燬，吳人曰焜。此方俗訛語也。"

焊 1. hǎn 呼旱切，上，旱韻，曉。
ㄏㄢˇ

㊀以火使物乾燥。見廣韻。同"熯"。

2. hàn
ㄏㄢˋ

㊀以金屬溶液黏合罅裂。同"銲"、"釬"。

烔 jiǒng
ㄐㄩㄥˇ

"炯"的異體字。

烰 fú 縛謀切，平，尤韻，並。
ㄈㄨˊ

㊀見"烰烰"。㊁庖。見"烰人"。

【烰人】庖人，廚師。呂氏春秋本味："有侁氏女子采桑，得嬰兒於空桑之中，獻之其君。其君令烰人養之。"注："烰，猶庖也。"

【烰炭】吳方言。鬆脆易燃的炭。也作"浮炭"、"麩炭"。詳"麩炭"。

【烰烰】氣盛出貌。爾雅釋訓："烰烰，烝也。"注："氣出盛。"疏："大雅生民云：……烝之浮浮，……烰、浮音義同。"

焌 jùn 子寸切，去，慁韻，精。
ㄐㄩㄣˋ 倉聿切，入，術韻，清。

燃火。周禮春官菙氏："凡卜，以明火爇燋，遂歈其焌契，以授卜師。"注："謂以契柱燋火而吹之也。契既燃，以授卜師，用作龜也。"

【焌糟】宋時酒店中爲客斟酒的婦人，俗稱焌糟。宋孟元老東京夢華録二飲食果子："更有街坊婦人，腰繫青花布手巾，綰危髻，爲酒客換湯斟酒，俗謂之焌糟。"

烽 fēng 敷容切，平，鍾韻，滂。
ㄈㄥ

也作"熢"、"逢"。㊀古時邊防報警的烟火。墨子號令："晝則舉烽，夜則舉火。"史記七七魏公子傳："公子與魏王博，而北境傳舉烽，言'趙寇至，且入界'。"集解引文穎："作高木櫓，櫓上作桔槔，桔槔頭兜零，以薪置其中，謂之烽。常低之，有寇卽火然舉之以相告。"參見"烽燧"。㊁泛指舉火。漢書五行志上："後(許)章坐走馬上林下烽馳逐，免官。"注引孟康："夜於上林苑下舉火馳射也。"

【烽子】烽火臺上的士卒。唐文粹十二戎昱塞上曲："山頭烽子聲聲叫，知是將軍夜獵還。"

【烽火】㊀古代邊防報警的信號。同"烽燧"。史記八一廉頗藺相如傳附李牧："日擊數牛饗士，習騎射，謹烽火，多間諜，厚遇戰士。"㊁指戰爭、戰亂。唐杜甫杜工部草堂詩箋九春望："烽火連三月，家書抵萬金。"

【烽柝】烽火和打更梆子。謂發生戰爭。北周庾信庾子山集十三陝州弘農郡五張寺經藏碑："雖復兼能共治，未遣渡河之獸；烽柝是警，實擾移關之民。"

【烽候】卽烽火臺。古代邊防用烽燧報警的土堡哨所。文選南朝梁徐敬業(悱)古意酬到長史溉登琅邪城詩："甘泉警烽候，上谷拒樓蘭。"

【烽煙】同"烽燧"。文苑英華一七一席豫奉和聖製送張尚書邊詩："春冬見巖雪，朝夕候烽煙。"

【烽鼓】烽火與戰鼓，指戰爭。文選南朝梁沈休文(約)齊故安陸昭王碑："烽鼓相望，歲時不息。"

【烽燧】卽烽火。烽，又作"熢"。古代邊防報警的兩種信號。白天放烟叫"烽"，夜間舉火叫"燧"。墨子號令："與城上熢燧相望。晝則舉烽，夜則舉火。"史記一一七司馬相如傳喻巴蜀檄："夫邊郡之士聞烽舉燧燔，皆攝弓而馳，荷兵而走。"索隱引韋昭："熢，束草置之長木之端，如挈皋，見敵則燒舉之。燧者，積薪，有難則焚之。熢主晝，燧主夜。"

【烽火樹】珊瑚樹的別名。舊題漢劉歆西京雜記一："積草池中，有珊瑚樹，高一丈二尺，一本三柯，上有四百六十二條，是南越王趙他(佗)所獻，號爲烽火樹，至夜光景常欲燃。"又見三輔黄圖四池沼。

烻 1. yàn 集韻 延面切，去，綫韻。
ㄧㄢˋ

㊀光熾盛貌。文選漢王文考(延壽)魯靈光殿賦："皓壁暠曜以月照，丹柱歙絶而電烻。"

2. shán 集韻 尸連切，平，僊韻。
ㄕㄢˊ

㊀閃光貌。文選三國魏何平叔(晏)景福殿賦："晃光内照，流景外烻。"

焉 1. yān 於乾切，平，仙韻，影。
ㄧㄢ

㊀鳥名。説文："焉，焉鳥黄色，出於江淮，象形。"清段玉裁注："今未審何鳥也。自借爲詞助而本義廢矣。"㊁安，何。猶今謂"哪里"。詩衛風伯兮："焉得諼草，言樹之背？"左傳僖九年："雖無益也，將焉辟之。"㊂代詞。猶言"之"。左傳僖二三年："子女玉帛，則君有之；羽毛齒革，則君地生焉。"㊃猶言"於此"。左傳隱元年："制，巖邑也，虢叔死焉。"㊄連詞。猶言"乃"、"則"。墨子兼愛上："必知亂之所自起，焉能治之；不知亂之所自起，則弗能治。"㊅猶言"是"。左傳隱六年："我周之東遷，晉鄭焉依。"國語作"晉鄭是依"。㊆猶言"於"。孟子盡心上："人莫大焉亡親戚君臣上下。"尹文子大道上："五色、五聲、五臭、五味，凡四類，自然存

焉天地之間而不期爲人用。”㈧語氣助詞。左傳昭元年：“利則行之，又何疑焉？”公羊傳定四年：“於其歸焉，用事乎河。”㈨詞尾，猶言“然”。書秦誓：“其心休休焉，其如有容。”

2. yí ㄧ

㈩通“夷”。周禮秋官行夫：“焉使則介之。”注：“夷使，使于四夷。”

【焉支】㈠山名。又名删丹山大黄山，在甘肅山丹縣東南。史記一一〇匈奴傳“漢使驃騎將軍去病將萬騎出隴西，過焉支山”，即此。注引西河故事：“匈奴失祁連、焉支二山，乃歌曰：‘……失我焉支山，使我嫁婦無顏色。’”㈡同“燕支”。婦女用的面脂。今作“胭脂”。五代詩話一引稗史彙編：“北方有焉支山，上多紅藍，北人采其花染緋，取其英鮮者作胭脂。婦人妝時用此顏色，殊鮮明可愛。”

【焉耆】古西域城國。在今新疆焉耆回族自治縣地。法顯佛國記作傿夷，大唐西域記作阿耆尼。參閱漢書九六下西域傳、新唐書二二一上西域傳。

【焉逢】十干紀年的“甲”，即閼逢，史記曆書作“焉逢”。參見“閼逢”。

【焉烏】謂字形相似而易訛。宋宋祁景文集四一代人乞出表：“辨色立朝，足居多于跛倚；書思記命，目不辨于焉烏。”參見“烏焉成馬”。

【焉提】匈奴王后的稱呼。漢王充論衡亂龍：“金翁叔，休屠王之太子也，與父俱來降漢。父道死，與母俱來。……母死，武帝圖其母於甘泉殿上，署曰休屠王焉提。”清錢大昕十駕齋養新録四焉提：“焉提即閼氏也。古書氏是通用，提從是，故亦與氏通。”

【焉酸】草名。也作“烏酸”。山海經中山經：“(鼓鍾之山)有草焉。方莖而黄華，員葉而三成，其名曰焉酸，可以爲毒。”注：“爲，治。”

焄 1. xūn 許云切，平，文韻，曉。
ㄒㄩㄣ

㈠熏炙。同“熏”。宋蘇軾分類東坡詩二二子由生日以檀香觀音像及新合印香銀篆盤爲壽：“此心實與香俱焄，聞思大士應已聞。”引申爲威脅。史記一二二王温舒傳：“舞文巧詆，下户之猾，以焄大豪。”㈡香氣。見“焄蒿”。

2. hūn
ㄏㄨㄣ

㈢同“葷”。指葱韭之類。孔子家語十五儀解：“夫端衣玄裳冕而乘軒者，則志不在於食焄。”荀子哀公作“食葷”。

【焄蒿】香氣散發。禮祭義：“衆生必死，死必歸土，……其氣發揚于上爲昭明，焄蒿悽愴，此百物之精也，神之著也。”注：“焄，謂香臭也；蒿，謂氣烝出貌也。”引申爲死亡。宋陸游劍南詩稿四一大姪挽辭：“一官常骫骳，萬里忽焄蒿。”

八畫

焙 bèi 集韻 蒲昧切，去，隊韻。
ㄅㄟˋ

微火烘烤。唐白居易長慶集十三題施山人野居詩：“春泥秧稻暖，夜火焙茶香。”

【焙籠】烘乾濕衣的竹器。古稱“篝”。即薰籠。參閱清厲荃事物異名録十九器用。

【焙笙炭】烘笙之炭。南宋初楊沂中(吴郡王)、韓侂胄(平原郡王)兩家，自十月旦至二月終，日給焙笙炭五十斤，用綿薰籠，藉笙於上，復以四和香薰之，蓋簧煖則字正而聲清越，故必用焙而後可。見元周密齊東野語十七笙炭。

焞 tūn 他昆切，平，諄韻，禪。
ㄊㄨㄣ 常倫切，平，諄韻，透。

㈠光明。古文苑十九漢崔瑗河間相張平子碑：“遷太史令，實掌重黎曆紀之度，亦能焞燿敦大，天明地德，光昭有漢。”㈡見“楚焞”。

【焞焞】㈠光暗弱貌。左傳僖五年：“鶉之賁賁，天策焞焞，火中成軍，虢公其奔。”注：“天策，傅説星。時近日，星微。焞焞，無光耀也。”㈡盛貌。詩小雅采芑：“戎車嘽嘽，嘽嘽焞焞，如霆如雷。”釋文：“焞，吐雷反；又他屯反；本又作啍。”漢書七三韋玄成傳引作“嘽嘽推推”。

焠 cuì 七内切，去，隊韻，清。
ㄘㄨㄟˋ

㈠以燃燒的金屬納水中，使之堅硬，叫焠。通作“淬”。史記天官書：“火與水合曰焠。”文選漢司馬長卿(相如)子虚賦：“脟割輪焠，自以爲娱。”史記一一七本傳作“淬”。參見“淬”。㈡燒，灼。見“焠掌”。

【焠兒】引火物，類似今之火柴，但不能磨擦自燃。亦稱火寸。明陶宗儀輟耕録五發燭：“杭人削松木爲小片，其薄如紙，鎔硫黄塗木片頂分許，名曰發燭，又曰焠兒。蓋以發火及代燈燭用也。”參見“引光奴”。

【焠掌】用火燒灼手掌。荀子解蔽：“有子惡臥而焠掌，可謂能自忍矣。”注：“焠，灼也。惡其寢臥而焠其掌，若刺股然也。”言讀書刻苦。

焴 yù 余六切，入，屋韻，喻。
ㄩˋ

同“煜”。見玉篇。

【焴爚】火光照耀貌。藝文類聚五七三國魏王粲七釋：“珥照夜之雙璫，煥焴爚以垂暉。”

焱 yàn 以贍切，去，豔韻，喻。
ㄧㄢˋ

火花。文選漢張平子(衡)思玄賦：“紛翼翼以徐戾兮，焱回回其揚靈。”注：“説文曰：‘焱，火華也。’言光之盛如火之華。”按：古書中“猋”或誤作焱。楚辭屈原九歌雲中君：“靈皇皇兮既降，猋遠舉兮雲中。”注：“猋，去疾貌也，……李善引此作焱，其字從火，非也。”漢書五行志七下之上：“臣易上政，玆謂不順，厥風大焱發屋。”注：“焱，疾風也，音必遥反。”

【焱悠】飄舞貌。文選漢張平子(衡)東京賦：“建辰旒之太常，紛焱悠以容裔。”注：“悠，從風貌；容裔，高低之貌；焱，火花也。”

【焱焱】光彩閃爍貌。後漢書三十上班彪傳附班固東都賦：“羽旄掃霓，旌旗拂天，焱焱炎炎，揚光飛文。”注：“焱焱炎炎，並戈矛車馬之光也。”

焫 ruò 如劣切，入，薛韻，日。
ㄖㄨㄛˋ

本作“爇”。燒，點燃。禮郊特牲：“故既奠，然後焫蕭合羶薌。”戰國策秦二：“中國無事于秦，則秦且燒焫獲君之國。”文選三國魏陳孔璋(琳)爲袁紹檄豫州：“若舉炎火以焫飛蓬，覆滄海以沃熛炭，有何不滅者哉？”

焯 zhuó 之若切，入，藥韻，照。
ㄓㄨㄛˊ

㈠明徹。説文：“焯，明也。从火，卓聲。周書曰：‘焯見三有俊心。’”書立政作“灼見”。㈡照耀。晉書庾闡傳弔賈誼賦：“焕乎若望舒燿景而焯羣星，矯乎若翔鸞拊翼而逸宇宙也。”

【焯見】同“灼見”。見“灼見”。

【焯爍】光彩貌。文選漢揚子雲(雄)羽獵賦：“隨珠和氏，焯爍其陂。”注：“焯，古灼字。”

焜 hùn 胡本切，上，混韻，匣。
ㄏㄨㄣˋ

明亮。左傳昭三年：“不腆先君之適，以備内官，焜耀寡人之望。”釋文：“焜，胡本反，又音昆。”集韻平聲魂韻，有胡昆、公渾二切，讀 hún、kūn。

【焜昱】鮮明，光采煥發。淮南子本經：“寢兕伏虎，蟠龍連組，焜昱錯眩，照耀煇煌。”

焰 yàn 以贍切，去，豔韻，喻。 ㄧㄢˋ

火苗。本作“爓”，通作“燄”。初學記二五南朝梁簡文帝對燭賦：“宵深色麗，焰動風過。”

【焰焰】火初起貌。孔子家語觀周：“焰焰不滅，炎炎若何；涓涓不壅，終爲江河。”參見“燄燄”。

【焰勢】氣焰與權勢。宋留元剛顏魯公文集後序：“觀所奏論事，先白長官之疏，嬰逆鱗，陵焰勢，抗言不忌。”參見“勢焰”。

焮 xīn 香靳切，去，焮韻，曉。 ㄒㄧㄣ

㊀燒灼。左傳昭十八年：“司馬司寇，列居火道，行火所焮。”注：“焮，炙也。”㊁熾盛。文館詞林一五七晉郭璞答賈九州愁詩：“亂離方焮，憂虞匪歇。”

【焮天】形容火盛。唐王維王右丞集二一京兆尹張公德政碑：“火燎將至，焮天鑠地。”

焚 1. fén 符分切，平，文韻，並。 ㄈㄣˊ

㊀燒。左傳隱四年：“夫兵猶火也，弗戢，將自焚也。”

2. fèn 集韻 方問切，去，問韻。 ㄈㄣˋ

㊀假借爲“僨”。見“焚₂身”。

【焚如】㊀易離：“突如其來如，焚如，死如，棄如。”謂火燄熾盛。晉陶潛陶淵明集二怨詩楚調示龐主簿鄧治中詩：“炎火屢焚如，螟蜮恣中田。”後因以焚如指火災。㊁古代把人燒死的酷刑。漢書九四下匈奴傳：“(王)莽作焚如之刑，燒殺陳良等。”注引應劭：“易有焚如、死如、棄如之言，莽依此作刑名也。”

【焚舟】燒船。左傳文三年：“秦伯伐晉，濟河焚舟。”比喻作事下定決心，誓死不返顧。全唐詩五一八雍陶離家後作：“出門便作焚舟計，生不成名死不歸。”

【焚芝】比喻好人被禍。三國志魏公孫度傳“(公孫)淵遣使南通孫權，往來賂遺”注引魏略：“若苗穢害田，隨風烈火，芝艾俱焚，安能白別乎？”晉陸機陸士衡集三歎逝賦：“信松茂而柏悅，嗟芝焚而蕙歎。”也作人死哀悼之詞。唐李商隱李義山文集五代李玄爲京兆公祭蕭侍郎文：“顧埋玉之難追，歎焚芝之何及。”

【焚杅】謂焚燒蹂躪從而牽掣。史記七十犀首傳：“犀首乃謂義渠君曰：‘……中國無事，秦得燒掇焚杅君之國。’”索隱：“焚杅，音煩烏。”

【焚₂身】左傳襄二四年：“象有齒以焚其身，賄也。”注：“焚，斃也。”疏引服虔云：“焚，讀曰僨；僨，僵也。”意謂傾覆其身。比喻因貪賄而得禍。文苑英華一一二唐沈仲象瑱賦：“取其焚身之齒，奮其截肪之色。”

【焚券】指歷史上燒毀債券的典故。戰國齊馮諼爲孟嘗君往薛地收債，矯命以債賜百姓，盡燒其券，民稱萬歲。見戰國策齊四。南朝宋顧綽私財甚豐，鄉里士庶多負其債。父覬之每禁之不能止。及後爲吳郡，覬之設謀，焚燒文券，宣語遠近：“負三郎責，皆不須還。”見宋書顧覬之傳。

【焚和】謂毀滅中和之性。莊子外物：“利害相摩，生火甚多，衆人焚和。”晉郭象注：“衆人而遺利則和，若利害存懷，則其和焚也。”唐成玄英疏：“不能守分無爲，而每馳心利害，內熱如火，故燒焰中和之性。”

【焚研】毀棄文具，表示不再著述。研，同“硯”。晉書陸機傳：“弟雲嘗與書曰：‘君苗見兄文，輒欲燒其筆硯。’”又文苑傳序：“張載擅銘山之美，陸機挺焚研之奇。”唐陸龜蒙甫里集十三開元寺樓看雨聯句：“按思強揮毫，窺詞幾焚硯。”

【焚香】燒香。北周庾信庾子山集一三月三日華林園馬射賦：“屬車釃酒，複道焚香。”參閱宋吳曾能改齋漫錄一焚香始於漢。

【焚修】焚香修齋醮。文苑英華二二四唐張蠙贈閒一上人詩：“壇場在三殿，應召入焚修。”

【焚草】㊀焚燒茅草。文苑英華八六〇唐李華衢州龍興寺故律師體公碑：“焚草爲香，採花爲供。”㊁焚燒奏稿，以示謹密。宋書謝弘微傳：“弘微志在素宦，……每有獻替及論時事，必手書焚草，人莫之知。”晉書羊祜傳：“祜歷職二朝，任典樞要，……其嘉謀讜議，皆焚其草，故世莫聞。”

【焚黃】封建時代，凡品官新受恩典，祭告家廟祖墓，告文用黃紙書寫，祭畢即焚去，謂之焚黃。後亦稱祭告祝文爲焚黃。宋王禹偁小畜集七送密直溫學士西京進葬詩：“留守開筵親舉白，故人垂淚看焚黃。”朱熹朱文公集八六祝文有焚黃文。

【焚溺】指百姓受暴政迫害，有如陷於水火之中。宋詩鈔石介徂徠詩鈔感事：“三歲出南狩，王師拯焚溺。”

【焚穀】燒穀。比喻毀棄賴以生存的事物。國語晉七：“欒武子使智武子、彘恭子如周迎悼公。……公言於諸大夫曰：‘……抑人之有元君，將稟命焉。若稟而棄之，是焚穀也；其稟而不材，是穀不成也。穀之不成，孤之咎也；成而焚之，二三子之虐也。’”

【焚輪】穨風，即從上而下的暴風。爾雅釋天：“焚輪謂之穨。”抱朴子明本：“焚輪虹霓寢其祆，穨雲商羊戢其翼。”

【焚薙】燒除。新唐書地理志五淮南道：“舒州……桐城……自開元中徙治山城，地多猛虎、毒虺。元和八年，令韓震焚薙草木，其害遂除。”

【焚香記】戲曲名。明王玉峯撰。據宋柳貫王魁傳，寫王魁與桂英焚香盟誓，故名。情節與紫釵記相似。明毛晉收入六十種曲。參閱曲海總目提要十四。

【焚書坑儒】指秦始皇焚燒典籍、坑殺儒生的事件。秦始皇三十四年，博士淳于越根據古制，建議分封子弟。丞相李斯則主張禁止儒生以古非今，以私學誹謗朝政。秦始皇采納李斯建議，下令除秦記、醫藥、卜筮、種樹書外，焚毀民間所藏的詩、書和百家書等。談論詩、書的處死，以古非今的族誅。欲學法令則以吏爲師。次年，方士、儒生求仙藥終不得，盧生等復亡去，始皇怒，乃坑殺咸陽諸生四百六十餘人。舊史稱爲焚書坑儒。參閱史記秦始皇紀。

【焚琴煮鶴】比喻殺風景的事情。醒世恒言三：“正是焚琴煮鶴從來有，惜玉憐香幾個知。”參見“煮鶴焚琴”。

【焚膏繼晷】唐韓愈昌黎集十二進學解：“焚膏油以繼晷，恒兀兀以窮年。”膏，油脂，指燈燭；晷，日光。謂夜以繼日地勤奮學習。

煦 xǔ 況羽切，上，麌韻，曉。 ㄒㄩˇ

㊀吐出，吹氣。漢書五三中山靖王勝傳：“夫衆煦漂山，聚蟁(蚊)成靁(雷)。”注引應劭：“煦，吹煦也。”㊁和悅。見“煦煦”。引申爲煦濡、愛撫之義。新唐書九七魏徵傳上疏極言：“陛下在貞觀初，護民之勞，煦之如子。”

【煦煦】和悅貌。同“呴呴”。文選漢東方曼倩(朔)非有先生傳：“故卑身賤體，說色微辭，愉愉煦煦。”漢書六五東方朔傳作“呴呴”。引申爲恭順貌。孔叢子論勢：“燕雀處屋，子母相哺，煦煦然其相樂也。”唐柳宗元柳先生集三十與顧十郎書：“大抵當隆赫柄用，而蜂附蟻合，煦煦趄趄，便僻匍匐，以非乎人而售乎己。”

【煦濡】莊子天運:"泉涸,魚相與處於陸,相呴以濕,相濡以沫,不如相附於江湖。"意爲吐沫以相濟。呴,亦作"煦"。唐白居易長慶集一放魚詩:"無聲但呀呀,以氣相煦濡。"後因以煦濡指同處於困境之中,互相支援。宋朱熹朱文公集續集八答江清卿書:"竊謂寧少忍之,以遂麟之之高,不當共爲煦濡之態,以虧其一簣之功也。"

無 1. wú ㄨˊ 武夫切,平,虞韻,明。

㊀没有。亦作"无"。左傳宣二年:"人誰無過?過而能改,善莫大焉。"又成三年:"無怨無德,不知所報。"説文以"无"爲"無"之古文奇字,義訓虛无,與"無"微別。清段玉裁謂今六經惟易用此字。參閱説文解字注。㊁副詞。1.不。書洪範:"無偏無黨,王道蕩蕩。"2.不可。通"毋"、"勿"。書益稷:"無若丹朱傲,惟慢遊是好。"孟子梁惠王上:"雞豚狗彘之畜,無失其時。"3.非。管子形勢:"地大國富,……無度數以治之,則國非其國,而民無其民也。"4.未。荀子正名:"外危而不內恐者,無之有也。"㊂不論。詩魯頌泮水:"無小無大,從公于邁。"㊃語首助詞。詩大雅文王:"王之藎臣,無念爾祖。"傳:"無念,念也。"㊄雖。左傳僖二二年:"國無小,不可易也。"㊅問詞。用同"否"、"麼"。唐白居易長慶集十七問劉十九詩:"晚來天欲雪,能飲一杯無?"

2. mó ㄇㄛˊ

㊆梵語音譯字。見"南無"。

【無乃】莫非,豈不是。表示委婉語氣。論語雍也:"仲弓曰:'居敬而行簡,以臨其民,不亦可乎。居簡而行簡,無乃太簡乎?'"左傳隱三年:"去順效逆,所以速禍也。君人者將禍是務去而速之,無乃不可乎?"

【無己】即無我。莊子逍遥遊:"至人無己,神人無功,聖人無名。"

【無已】㊀不止。詩魏風陟岵:"父曰:嗟,予子行役,夙夜無已。"戰國策韓一:"且夫大王之地有盡,而秦之求無已。"㊁不得已。孟子梁惠王下:"是謀非吾所能及也,無已則有一焉。"

【無心】㊀無成心,事出自然,初本無意。晉陶潛陶淵明集五歸去來辭:"雲無心以出岫,鳥倦飛而知還。"㊁佛教指解脱妄念的真心。宗鏡録四五:"所爲無心,何者若有心則不安,無心則自樂。故先德偈云:莫與心爲伴,無心心自安,若將心作伴,動即被心謾。"

【無方】㊀没有固定的法度。莊子人間世:"有人於此,其德天殺:與之爲无方,則危吾國;與之爲有方,則危吾身。"㊁没有固定的方向、處所。周禮春官男巫:"冬堂贈,無方無筭。"注:"無方,四方爲可也。"禮檀弓上:"事親有隱無犯,左右就養無方。"㊂没有極限。莊子天運:"動於无方,居於窈冥。"

【無日】㊀無時日。猶言不久,隨時。詩小雅頍弁:"死喪無日,無幾相見。"左傳宣九年:"鄭伯敗楚師于柳棼,國人皆喜,唯子良憂曰:'是國之災也,吾死無日矣。'"㊁無一日。左傳昭三二年:"余一人無日忘之。"

【無分】㊀没有一分兒。左傳昭十二年:"齊,王舅也。晉及魯、衞,王母弟也。楚是以無分,而彼皆有。"㊁没有區別。荀子富國:"人之生不能無羣,羣而無分則爭。"

【無央】無窮盡。呂氏春秋知化:"今釋越而伐齊,譬之猶懼虎而刺猏,雖勝之,其後患無央。"引申指數量極多。晉竺法護佛説魔逆經:"彼時世尊與無央數衆會眷屬,周匝圍繞而説經法。"

【無生】㊀無生命知覺。莊子至樂:"察其始而本無生,非徒無生也,而本無形。"㊁佛教謂萬物的實體無生無滅。唐王維王右丞集五登辨覺寺詩:"空居法雲外,觀世得無生。"

【無外】指極大的範圍。管子版法解:"凡人君者,覆載萬民而兼有之,……天覆而無外也,其德無所不在。"公羊傳僖二四年:"天王出居於鄭,王者無外。"

【無他】他,亦作"它"、"佗"。㊀没有別的。他,代詞,所指隨文而異。詩鄘風柏舟:"之死矢靡他。"孟子告子上:"學問之道無他,求其放心而已矣。"言無二心。㊁猶言無害、無恙。後漢書十三隗囂傳:"詔告囂曰:'若束手自詣,父子相見,保無佗也。'"又二四馬援傳與楊廣書:"援間至河内,過存伯春,見其奴吉從西方還,説伯春小弟仲舒望見吉,欲問伯春無它否,竟不能言,曉夕號泣,婉轉塵中。"伯春,隗囂子恂字。

【無妄】㊀六十四卦之一。☰☳。震下乾上。易无妄:"象曰:天下雷行,物與无妄。"疏:"今天下雷行,震動萬物,物皆驚肅,无敢虛妄。"㊁無誤,不虛假。管子宙合:"本乎無妄之治,運乎無方之事,應變不失之謂當。"㊂必然之意。戰國策楚四:"朱英謂春申君曰:'世有無妄之福,又有無妄之禍,今君處無妄之世,以事無妄之主,安不有無妄之人乎?'"宋鮑彪注:"無妄,言可必。"一説無妄,無所望之意。參見"無妄之災"。

【無夷】河神。即馮夷。穆天子傳一:"河伯無夷之所都居。"注:"無夷,馮夷也。"參見"馮夷"。

【無因】㊀猶無由。無所因依。楚辭屈原遠遊:"質菲薄而無因兮,焉託乘而上浮。"㊁没有緣由。史記八三鄒陽傳獄中上書:"臣聞明月之珠,夜光之璧,以闇投人於道路,人無不按劍相眄者。何則?無因而至前也。"

【無年】荒年。對有年而言。周禮地官均人:"凡均力政,以歲上下:豐年則公旬用三日焉;中年則公旬用二日焉;無年則公旬用一日焉。"南齊書竟陵文宣王子良傳:"廣州積歲無年,越州兵糧素乏。"

【無名】㊀道家指天地形成前的狀態。老子:"無名,天地之始;有名,萬物之母。"注:"凡有皆始於無,故未形無名之時,則爲萬物之始。"㊁無聲名。楚辭屈原卜居:"讒人高張,賢士無名。"史記六三老子傳:"老子脩道德,其學以自隱無名爲務。"㊂無名義,無正當理由。漢書高祖紀上:"至洛陽新城,三老董公遮説漢王曰:'臣聞順德者昌,逆德者亡,兵出無名,事故不成。'"後漢書七四上袁紹傳:"曹操法令既行,士卒精練,非公孫瓚坐圍者也。今弃萬安之術,而興無名之師,竊爲公懼之。"

【無似】猶言不肖。謙詞。禮哀公問:"寡人雖無似也,願聞所以行三言之道。"宋范仲淹范文正集十六讓樞密直學士右諫議表:"伏蒙皇帝陛下采自孤平,擢于侍從,無似之迹,每玷聖造。"轉爲無所似,即無比。如言"欽佩無似"。

【無任】㊀不勝任,無能。周禮考工記輈人:"凡任木,……小於度,謂之無任。"戰國策魏四:"大王已知魏之急,而救不至者,是大王籌策之臣無任矣。"注:"任,能也。"㊁不勝,非常。唐韓愈昌黎集三九論佛骨表:"凡有殃咎,宜加臣身,臣不怨悔,無任感激懇悃之至。"

【無行】㊀單獨聘問一國,不再他往。儀禮聘禮:"宰夫獻,無行,則重賄反幣。"注:"無行,謂獨來復無所之也。"㊁無善行。史記九二淮陰侯傳:"始爲布衣時,貧無行,不得推擇爲吏。"集解:"李奇曰:'無善行可推舉選擇。'"後亦泛指行爲惡劣爲無行。

【無良】無善德,不善。書冏命:"惟予一

人無良，實賴左右前後有位之士，匡其不及。”詩大雅民勞：“毋縱詭隨，以謹無良。”

【無那】卽無奈。奈何，急讀爲那。唐駱賓王集二豔情代郭氏贈盧照鄰詩：“無那短封卽疎索，不在長情守期契。”河嶽英靈集中王昌齡從軍行詩：“更吹横笛關山月，無那金閨萬里愁。”參閱清顧炎武日知錄三二奈何。

【無告】指有苦無處可告訴的人。書大禹謨：“不虐無告，不廢困窮。”孟子梁惠王下：“老而無妻曰鰥，老而無夫曰寡，老而無子曰獨，幼而無父曰孤，此四者一天下之窮民而無告者也。”

【無我】㊀不存成見。無，也作“毋”。論語子罕：“子絕四：毋意，毋必，毋固，毋我。”注：“述古而不自作，處羣萃而不自異，唯道是從，故不有其身。”關尹子三極：“聖人師萬物，唯聖人同物，所以無我。”㊁佛教否定世界存在物質性的實在自體，我非實有，以諸法無我爲根本義。涅槃經二十：“殺空得實，殺於無我而得眞我。”

【無何】㊀無幾何時，不久。也作“亡何”。史記曹相國(參)世家：“惠帝二年，蕭何卒。參聞之，告舍人趣治行：‘吾將入相。’居無何，使者果召參。”㊁没有什麽。史記一一八淮南王安傳：“漢中尉至，王視其顏色和，……王自度無何，不發。”集解：“如淳曰：‘無何罪。’”

【無兩】無雙，無比。史記絳侯周勃世家：“條侯亞夫自未侯爲河内守時，許負相之，曰：‘君後三歲而侯。侯八歲爲將相，持國秉，貴重矣，於人臣無兩。’”

【無奈】無可奈何。戰國策秦二：“楚懼而不進，韓必孤，無奈秦何矣。”淮南子兵略：“夫水勢勝火，章華之臺燒，以升勺沃而救之，雖涸井而竭池，無奈之何也。”

【無明】㊀目無所見。楚辭屈原九章懷沙：“離婁微睇兮，瞽以爲無明。”㊁佛教語。有愚闇、缺乏眞知等意。大乘義章二：“於法不了名無名。”又四：“言無明者，癡暗之心，體無慧明，故曰無明。”㊂無明怒火的省語。紅樓夢二八：“正是一腔無明，未曾發泄，又勾起傷春愁思。”

【無狀】㊀無功狀，無成績。史紀夏紀：“舜登用，攝行天子之政，巡狩行視鯀之治水無狀，乃殛鯀於羽山以死。”又賈誼傳：“自傷爲傅無狀，哭泣，歲餘亦死。”㊁無禮。史記項羽紀：“諸侯吏卒異時故繇使屯戍過秦中，秦中吏卒遇之多無狀。”㊂無顏面見人。漢書六五東方朔傳：“(帝姑館陶公主)徒跣頓首謝曰：妾無狀，負陛下，身當伏誅。”注：“無狀，猶言無顏面以見人也。一曰，自言所行醜惡無善狀。”㊃指罪不可言狀。後漢書章帝紀建初元年詔：“詔書既下，勿得稽留，刺史明加督察尤無狀者。”

【無咎】無，易皆作“无”。見“无咎”。

【無前】㊀莫能居其前，無敵。莊子說劍：“此劍直之無前。”集解：“直，當也。”後漢書二二馬武傳：“武常爲軍鋒，力戰無前。”㊁前人所無。指高出前人。陳書姚察傳：“徐陵名高一代，……嘗謂子儉曰：‘姚學士德學無前，汝可師之也。’”

【無垠】無邊際。楚辭屈原遠遊：“其小無内兮，其大無垠。”文苑英華一〇〇〇唐李華弔古戰場文：“浩浩兮平沙無垠，夐不見人。”

【無畏】㊀不要恐懼。孟子盡心下：“王曰：無畏，寧爾也，非敵百姓也。”㊁佛教指佛於大衆中說法泰然無畏之德。參閱大乘義章一一菩薩四無畏義。

【無俚】無聊賴，無所寄託。漢書三七季布傳贊：“夫婢妾賤人，感槩而自殺，非能勇也，其畫無俚之至耳。”史記一〇〇季布傳作“其計畫無復之耳。”

【無後】㊀無後嗣。左傳昭二八年：“子貉早死無後。”㊁猶言未晚。史記田敬仲完世家：“蘇代自燕來，入齊，見於章華東門。齊王曰：‘譆，善，子來。秦使魏冉致帝，子以爲何如？’對曰：‘……願王受之而勿備稱也。秦稱之，天下安之，王乃稱之，無後也。’”

【無涓】漢女官名。自漢元帝後，女官分十四等，其最後一等有無涓、共和、娛靈、保林、良使、夜者等名目，秩視百石。見漢書九七上外戚傳序。

【無害】㊀無患害。詩大雅生民：“不拆不副，無菑無害。”㊁不防礙。荀子儒效：“不知，無害爲君子；知之，無損爲小人。”㊂特出無比。墨子號令：“請擇吏之忠信者，無害可任事者。”史記蕭相國世家：“以文無害爲沛主吏掾。”漢書九十趙禹傳：“(周)亞夫爲丞相，禹爲丞相史，府中皆稱其廉平。然亞夫弗任，曰：‘極知禹無害，然文深，不可以居大府。’”注：“無害，言無人能勝也。”參閱清周壽昌漢書注校補三二。

【無效】没有效果。隋書經籍志四道經：“其餘衆經，或言傳之神人，篇卷非一。……而金丹玉液長生之事，歷代糜費，不可勝紀，竟無效焉。”

【無恙】問候用語。無疾無憂之意。戰國策齊四：“威后問使者曰：‘歲亦無恙耶？民亦無恙耶？王亦無恙耶？’”後也泛稱安全、完整。世說新語排調：“(顧愷之)發至破冢，遭風大敗。作牋與殷(浩)云：‘地名破冢，真破冢而出，行人安穩，布颿無恙。’”參閱唐顏師古匡謬正俗八無恙、宋吴曾能改齋漫録三無恙。

【無骨】㊀無折骨。國語晉九：“衞莊公禱，曰：‘……夷請無筋無骨，無面傷，無敗用，無隕懼。’”注：“夷，傷也。戰鬭不能無傷。無筋，無絕筋。無骨，無折骨。”㊁指堆砌辭藻而無精義。南朝梁劉勰文心雕龍六風骨：“若瘠義肥辭，繁雜失統，則無骨之徵也。”㊂指書體不剛勁。唐張彥遠法書要録一晉衞夫人筆陣圖：“昔秦丞相斯見周穆王書，七日興歎，患其無骨。”

【無射】射讀yì。㊀猶無厭。詩小雅車舝：“式燕且譽，好爾無射。”箋：“射，厭也。……我愛好王無有厭也。”禮記大傳引詩作“無斁”。射，古文；斁，今文。㊁十二律之一。吕氏春秋季秋：“季秋之月，……其音商，律中無射。”史記律書：“無射者，陰氣盛用事，陽氣無餘也，故曰無射。其於十二子爲戌。戌者，言萬物盡滅，故曰戌。”㊂周景王所鑄鐘名。國語周下：“二十三年，(景)王將鑄無射，而爲之大林。”

【無倫】無可匹敵，無與倫比。莊子則陽：“精至於無倫，大至於不可圍。”漢揚雄法言五百：“貴無敵，富無倫，利孰大焉？”

【無倪】無邊際。唐李白李太白詩二古風之四一：“飄飄入無倪，稽首祈上皇。”參見“天倪”。

【無能】没有才能。論語衞靈公：“君子病無能焉，不病人之不己知也。”唐杜牧樊川集三將赴吴興登樂遊原一絕：“清時有味是無能，閒愛孤雲靜愛僧。”

【無涯】無邊際。莊子養生主：“吾生也有涯，而知也無涯。”無，本作“无”。

【無望】㊀無聲望。詩陳風宛丘：“洵有情兮，而無望兮。”箋：“其威儀無可觀望而則傚。”㊁無希望。左傳昭二七年：“嗚呼！爲無望也夫，其死於此乎！”晏子春秋諫下景公欲以人禮葬走狗晏子諫：“傲細民之憂而崇左右之笑，則國示無望已。”㊂無邊際。吕氏春秋下賢：“精充天地而不竭，神覆宇宙而無望。”

【無庸】㊀無所爲。詩王風兔爰：“我生之初，尚無庸。”傳：“庸，用也。”後作爲凡庸無用之稱。魏書高恭之傳上疏：“臣以無庸，忝當今任，所思報效，未忘寢興。”

㊁不須，不必。左傳隱元年："無庸，將自及。"注："言無用除之，禍將自及。"

【無情】 ㊀虛僞不實。禮大學："無情者不得盡其辭，大畏民志，此謂知本。"注："情，猶實也。無實者多虛誕之辭。"㊁無感情。晉書郭文傳："饑而思食，壯而思室，自然之性，先生安獨無情乎？"㊂無知覺。北齊劉晝劉子去情："網無心而鳥有情，劍無情而人有心也。"

【無常】 ㊀無常心，不固定。荀子修身："趣舍無定，謂之無常。"國語晉二："國亂民擾，大夫無常，不可失也。"㊁佛教謂世間一切事物不能久住，都處於生滅成壞之中，故稱無常。涅槃經一壽命品："是身無常，念念不住，猶如電光暴水幻炎。"

【無聊】 無所依賴。1. 無以爲生。漢書元帝紀永光四年詔："頃者有司緣臣子之義，奏徙郡國民以奉園陵，令百姓遠棄先祖墳墓，破業失產，親戚別離，……是以東垂被虛耗之害，關中有無聊之民，非久長之策也。"文選三國魏陳孔璋(琳)爲袁紹檄豫州："是以兗豫有無聊之民，帝都有吁嗟之怨。"參見"亡聊"。2. 精神無所寄託。楚辭漢王逸九思逢尤："心煩憒兮意無聊，嚴載駕兮出戲遊。"

【無眹】 謂無兆跡可尋。初學記二三南朝梁沈約釋迦文佛像銘："道雖有門，迹無可眹。"眹，本作朕。

【無將】 不得叛亂。公羊傳莊三二年："君親無將，將而誅焉。"史記九九叔孫通傳："人臣無將，將卽反，罪死無赦。"集解："將，謂逆亂也。"

【無逸】 書周書篇名。周公戒成王勿耽於享樂之辭。

【無終】 ㊀春秋時山戎國名。秦置無終縣。隋大業初改名漁陽。唐武德二年分漁陽縣置無終縣，萬歲通天二年改名玉田。治所在今河北玉田縣。今河北薊縣有無終故城。參閱左傳襄四年、昭元年、漢書地理志下右北平。㊁山名。也稱翁同山。在今河北薊縣北。參閱太平寰宇記七十薊州漁陽縣。

【無膂】 神話國名。山海經海外北經："無膂之國，在長股東，爲人無膂。"注："膂，肥腸也。其人穴居食土，無男女，死卽埋之，其心不朽，死百廿歲乃復更生。"按肥腸指腓腸肌，卽下腿脛部。淮南子地形作無繼民。注："無繼民，其人蓋無嗣也。"

【無祿】 ㊀没有官俸。左傳襄二二年："有寵於薳子者八人，皆無祿而多馬。"後世稱月俸一石以下的小吏及未食官俸者爲無祿人。㊁無福，不幸。詩小雅正月："憂心惸惸，念我無祿。"箋："無祿者，言不得天祿，自傷值今生也。"疏："祿名本出於居官食廩得祿者，是福慶之事，故謂福祐爲祿，雖民無福，亦謂之無祿也。"左傳成十三年："無祿，獻公卽世。"又昭七年："日君以夫公孫段爲能任其事，而賜之州田，今無祿早世，不獲久享君德。"後來成爲士大夫死的婉稱。參見"不祿"。

【無道】 暴虐，没有德政。左傳僖十九年："今邢方無道，諸侯無伯，天其或者欲使衞討邢乎！"穀梁傳僖二二年："古者被甲嬰胄，非以興國也，則以征無道也。"

【無著】 ㊀佛教以佛不執著塵染，故稱佛爲無著。藝文類聚七七南朝梁元帝梁安寺刹下銘："神童戾止，亟連翩於威鳳；薩埵來遊，屢徘徊於紺馬；有識之所虔仰，無著之所招提。"㊁無所執著。唐劉長卿劉隨州集六題王少府堯山隱處簡陸鄱陽詩："羣動心有營，孤雲本無著。"謂孤雲任其卷舒，不著意於去留。㊂人名。晉南北朝時印度高僧，佛教大乘瑜伽教系的首創者，與世親（亦作天親）爲兄弟。出身北印度健馱羅國首都布駱沙城，爲婆羅門族。無著初出家於小乘，因對其教義不滿，後改歸大乘。相傳曾親承彌勒啓示，而著瑜伽師地論百卷。另有顯揚聖教論攝大乘論大乘莊嚴經論十地經論等。參見"世親㊁"。

【無辜】 無罪或無罪的人。書多方："開釋無辜，亦克用勸。"詩小雅正月："民之無辜，并其臣僕。"

【無棣】 縣名。屬山東省。戰國齊邑。左傳僖四年"北至於無棣"，卽此。隋開皇六年割陽信饒安置，因南臨無棣溝，故名。故城在今縣東。宋遷置今址。明避朱棣(成祖)諱，改稱慶雲。公元 1914 年復名無棣。參閱元和郡縣志十八滄州、讀史方輿紀要十三河間府慶雲縣。

【無極】 ㊀無邊際，無窮。左傳僖二四年："狄固貪惏，王又啓之，女德無極，婦怨無終，狄必爲患。"文選梁江文通(淹)恨賦："若夫明妃去時，仰天太息，紫臺稍遠，關山無極。"㊁中國古代哲學中稱派生宇宙萬物的本源。老子："知其白，守其黑，爲天下式；爲天下式，常德不忒，復歸於無極。"宋周敦頤濂溪集一太極圖說："無極而太極。太極動而生陽，動極而靜，靜而生陰，……陰陽一太極也，太極本無極也。"參見"太極㊀"。㊂漢代布名。後漢書二四馬援傳注引何承天纂文："都致、錯履、無極，皆布名。"漢圖三老袁良碑梁相册賜物，有玉具劍、佩書刀、繡文印衣、無極手巾(隸釋六)。㊃縣名。屬河北省。漢置毋極縣，屬中山國。故城在今縣西，隋遷今址。唐武后時改名無極。明清屬直隸正定府。參閱元和郡縣志十八定州、嘉慶一統志二七正定府一。

【無隄】 無限。漢書六五東方朔傳："夫一日之樂不足以危無隄之輿。"注引張晏："無隄之輿，謂天子富貴無隄限也。"北周庾信庾子山集三將命至鄴酬祖正員詩："我皇臨九有，聲教洎無隄。"此指四方極遠之地。

【無量】 無法計算，謂數量極多。左傳昭十九年："今宮室無量，民人日駭，勞罷死轉，忘寢與食，非撫之也。"

【無悶】 ㊀没有煩惱苦悶。易乾："龍德而隱者也，不易乎世，不成乎名，遯世無悶。"文選南朝宋謝靈運登池上樓詩："持操豈獨古，無悶徵在今。"㊁詞調名。雙調，九十九字。參閱詞譜二七。

【無間】 無間，指至微處。淮南子原道："出於無有，入於無間。"

【無爲】 ㊀儒家指以德政感化人民，不施行刑治。論語衞靈公："無爲而治者，其舜也與。夫何爲哉，恭己正南面而已矣。"㊁道家指順應自然，不求有所作爲。老子："是以聖人處無爲之事，行不言之教，……使夫知者不敢爲也，爲無爲，則無不治。"淮南子原道："所謂無爲者，不先物爲也；所謂無不爲者，因物之所爲。"㊂猶言無用、無意義。國語吳："危事不可以爲安，死事不可以爲生，則無爲貴智矣。"吳越春秋夫差内傳："王不我用，見吳之亡矣，汝與我俱亡，亡無爲也。"㊃佛家指無因緣造作，無生住異滅四相之造作稱無爲。"爲"是造作之意。無量壽經上："無爲泥洹之道。"㊄縣名。屬安徽省。三國時曹操孫權先後築城於此。宋淳化間置無爲軍，熙寧三年分巢廬江二縣地置無爲縣。元改軍爲路，後降爲州。明省縣入州，屬廬州府，清沿置。公元 1912 年廢州改縣。參閱太平寰宇記一二六淮南道四、嘉慶一統志一二二廬州府一。

【無幾】 ㊀不多，很少。詩小雅頍弁："死喪無日，無幾相見。"箋："死亡無有日數，能復幾何與王相見也。"漢書四八賈誼傳治安策："其慈子者利，不同禽獸者亡幾耳。"亡，同"無"。㊁無希望。史記一一〇匈奴傳："單于曰：'……今乃欲反古，令吾太子爲質，無幾矣。'"正義："幾音記。言反古無所冀望也。"

【無損】 ㊀没有減損，不妨礙。左傳僖十四年:“無損於怨而厚於寇，不如勿與。”荀子儒效:“不知，無害爲君子;知之，無損爲小人。”㊁獸名。神異經南荒經:“南方有獸，似鹿而豕首，有牙，善依人求五穀食，名無損之獸。”

【無貲】㊀價值無法計算。管子山權數:“之龜爲無貲。”注:“無貲，無價也。”也作“無訾”。列子說符:“虞氏者，梁之富人也。家充殷盛，錢帛無量，財貨無訾。”注:“言不可度量也。”㊁没有資産。新唐書九八馬周傳:“爲御史時，遣人以圖購宅，衆以其興書生，素無貲，皆竊笑。”

【無鳩】不能安樂聚居。左傳襄十六年:“(范)宣子曰:‘匄在此，敢使魯無鳩乎?’”

【無腸】㊀神話國名。山海經海外北經:“無腸之國在深目東，其爲人長而無腸。”注:“爲人長大，腹内無腸，所食之物直通過。”㊁没有心腸。猶言不感興趣。宋蘇軾分類東坡詩十五張子野年八十五尚聞買妾述古令作詩:“柱下相君猶有齒，江南刺史已無腸。”

【無漏】對於有漏而言。佛教稱煩惱爲漏。無漏，謂以真智消除煩惱。法華經方便品:“度脱諸衆生，入佛無漏智。”景德傳燈録一商那和脩:“五百比丘聞偈已，依教奉行，皆獲無漏。”

【無寧】㊀寧可，不如。論語子罕:“且予與其死於臣之手也，無寧死於二三子之手乎?”㊁難道。左傳襄三一年:“賓至如歸，無寧菑患?”注:“言見遇如此，寧當復有菑患邪?無寧，寧也。”㊂不安定。唐韓愈昌黎集二答張徹詩:“搜奇日有富，嗜善心無寧。”

【無端】㊀無因。楚辭宋玉九辯:“蹇充倔而無端兮，泊莽莽而無垠。”注:“媒理斷絶，無因緣也。”引申爲無緣無故。宋書謝晦傳上表:“血誠如此，未知所愧，而凶狡無端，妄生釁禍。”㊁没有起點，没有盡頭。莊子達生:“後將處乎不淫之度，而藏乎无端之紀。”无，同“無”。史記八二田單傳太史公曰:“奇正還相生，如環之無端。”

【無遮】佛教指寬大容物而無遮礙，解免諸惡。圓覺經:“惟願不捨無遮大慈，爲諸菩薩開祕密藏。”楞嚴經一:“欽仰如來開闡無遮，度諸疑謗。”

【無聞】㊀耳聾。孟子滕文公下:“三日不食，耳無聞，目無見也。”㊁没有聲名。論語子罕:“四十五十而無聞焉，斯亦不足畏也已。”

【無對】猶言無比、無雙。南史任昉傳:“時琅邪王融有才儁，自謂無對當時，見昉之文，怳然自失。”南朝陳徐陵玉臺新詠序:“真可謂傾國傾城，無對無傷者也。”

【無算】㊀不定數量。儀禮鄉飲酒禮:“無算爵，無算樂。”注:“算，數也。賓主燕飲，爵行無數，醉而止也。”㊁無從計算，不可勝數。孟子告子上:“或相倍蓰而無算者，不能盡其才者也。”南史齊竟陵王子良傳:“遣人視，見淮中魚無算，皆浮出水上向城門。”南齊書本傳作“萬數”。㊂無足比數。文選南朝齊謝玄暉(朓)拜中軍記室辭隋王牋:“朓實庸流，行能無算。”

【無箇】没有一個。箇，同“個”。唐王維王右丞集三贈吴官詩:“長安客舍熱如煮，無箇茗糜難御暑。”

【無稱】無足稱道。戰國策齊六:“功廢名滅，後世無稱，非智也。”三國志蜀姜維傳“傳僉格鬬而死”注引蜀記:“蔣舒爲武興督，在事無稱，蜀令人代之。”

【無鼻】古城名。又作毋辟邑、無辟城、無比城或馬髀。後魏元宏(孝文帝)太和二十年廢其太子恂爲庶人，置於河陽無鼻城。即此。故址在今河南孟縣東。參閲讀史方輿紀要四九懷慶府孟縣。

【無窮】無盡頭，無極限。書畢命:“公其惟時成周，建無窮之基，亦有無窮之聞。”漢陸賈新語輔政:“德配天地，光被四表，功垂於無窮，名傳於不朽。”

【無敵】没有對手。孟子滕文公下:“湯始征，自葛載。十一征而無敵於天下。”唐杜甫杜工部草堂詩箋二春日憶李白:“白也詩無敵，飄然思不羣。”

【無慧】即白癡。左傳成十八年:“周子有兄而無慧，不能辨菽麥。”注:“不慧，蓋世所謂白癡。”文選南朝梁劉孝標(峻)辨命論注引左傳作“無惠”。惠、慧通。

【無慮】㊀不計慮。引申爲大略、大概。史記平準書:“天下大抵無慮皆鑄金錢矣。”注:“大抵無慮者，謂言大略歸於鑄錢，更無他事從慮。”又漢書食貨志下注:“無慮，亦謂大率無小計慮耳。”參見“亡慮”。㊁無所憂慮。淮南子原道:“是故大丈夫恬然無思，澹然無慮。”㊂古縣名。漢置。屬西部都尉治。見漢書地理志下遼東郡。晉廢。治所在今遼寧北鎮縣。

【無數】㊀没有固定的數目。周禮春官宗伯:“舞者衆寡無數。”㊁極多，數不清。漢書溝洫志:“及其大決，所殘無數。”唐杜甫杜工部草堂詩箋十八卜居:“無數蜻蜓齊上下，一雙鸂鶒對沉浮。”

【無餘】夏少康庶子的名號。戰國始稱越國。史記越王勾踐世家“其先禹之苗裔”正義引:“少康恐禹迹宗廟祭祀之絶，乃封其庶子於越，號曰無餘。”今本吴越春秋四作“無余”。

【無稽】無可稽考，不確實。書大禹謨:“無稽之言勿聽。”

【無謂】猶言没有意義。史記秦始皇紀:“朕聞太古有號毋謚，中古有號，死而以行爲謚。如此，則子議父，臣議君也，甚無謂，朕弗取焉。”三國志吴周瑜傳注引江表傳:“諸人徒見(曹)操書，言水步八十萬，而各恐懾，不復料其虚實，甚無謂也。”參見“亡₂謂”。

【無賴】㊀没有才能，無可倚仗。史記高祖紀:“始大人常以臣無賴，不能治産業，不如仲力。”㊁奸詐、刁狡、强横之徒。方言十:“央、亡、嚜尿，姡獪也。江湘之間或謂之無賴……凡小兒多詐而獪謂之央、亡，或謂之嚜尿。”新五代史前蜀世家:“王建……少無賴，以屠牛盜驢販私鹽爲事。”㊂無奈，無可如何。三國志魏華佗傳:“彭城夫人夜之廁，蠆螫其手，呻呼無賴。”轉爲煩擾、多事。玉臺新詠九南朝陳徐陵烏棲曲:“唯憎無賴汝南雞，天河未落猶爭啼。”

【無錫】市名。屬江蘇省。漢置縣，屬會稽郡。縣西有錫山，秦時曾産錫，至漢錫盡，因以無錫爲名。三國吴廢，晉復置，元升爲州。明復爲縣，清屬江蘇常州府。參閲漢書地理志上、嘉慶一統志八六常州府一。

【無雙】無比，獨一無二。莊子盜跖:“生而長大，美好無雙。”史記九二淮陰侯傳:“諸將易得耳，至如信者，國士無雙。”

【無邊】没有邊際。樂府詩集五九漢蔡琰(文姬)胡笳十八拍九:“天無涯兮地無邊，我心愁兮亦復然。”唐杜甫杜工部詩二登高:“無邊落木蕭蕭下，不盡長江滾滾來。”

【無藝】㊀無準則，無法度。左傳昭二十年:“布常無藝，征斂無度。”注:“藝，法制也。言布政無法制。”㊁無限度。國語晉八:“及桓子驕泰奢侈，貪慾無藝，宜及於難，……而賴武之德，以没其身。”桓子，欒書(武子)之子黶。㊂無技能。北史陽休之傳:“子辟彊，字君大，性疏脱，又無藝，亦引入文林館，爲時人所嗤。”

【無礙】㊀佛教指自在通達而無障礙。維摩經佛國品:“心常安住，無礙解脱。”注:“得此解脱，則於諸法通達無礙，故心常安住。”景德傳燈録二迦那提婆:“時衆中猶互興問難，尊者折以無礙之辨，由是歸服。”㊁猶無遮。無遮大會，亦作無礙大會。詳“無礙大會”。

【無鹽】又作“毋鹽”。㊀古地名。戰國齊邑。漢置縣，爲東平國治。北齊廢。故城在山東東平縣東。史記項羽紀記宋義遣其子宋襄相齊，身送之至無鹽，即此。參閱漢書地理志下、嘉慶一統志六五泰安府。㊁齊宣王后。戰國時無鹽邑有女鍾離春，貌極醜，四十未嫁，自謁齊宣王，陳四殆之義。宣王納爲后。見列女傳六、新序雜事二。後人因用作醜女的通稱。

【無口匏】沒嘴的葫蘆。比喻沉默寡言。宋史二八二李沆傳：“沆爲相，接賓客，常寡言。馬亮與沆同年生，又與其弟維善，語維曰：‘外議以大兄爲無口匏。’”

【無心炙】食品名。宋陶穀清異録饌羞：“(唐)段成式馳獵飢甚，叩村家，主人老姥出彘臑，五味不具。成式食之，有逾五鼎，曰：‘老姥初不加意，而珍美如此。’常令庖人具此品，因呼‘無心炙’。”

【無心草】草名。唐段成式酉陽雜俎前集十九草：“蚍蜉酒草，一曰鼠耳，象形也，亦曰無心草。”本草綱目十六草五鼠麴草：“鼠耳一名無心，生田中下地，厚葉肥莖。”

【無支祁】淮水神名。太平御覽八八二淮地記引(唐李公佐)古岳瀆經：“禹治水，止桐柏山，乃獲淮渦水神，名曰無支祁。善應對言語，辨淮之淺深，源之遠近。形若猿猴，縮鼻高額，青軀白首，金目雪牙，頸伸百尺，力逾九象。禹授之庚辰，遂頸鎖大鐵，鼻穿金鈴，從淮之陰，鎖之龜山之足，淮水乃安，流注于海。”唐李肇國史補上作“無支奇”，明朱謀㙔駢雅釋天作“巫支祁”。

【無主花】全唐詩七五八孟貫贈棲隱洞譚先生詩：“不伐有巢樹，多移無主花。”舊時常以花喻女子，因亦謂身世不幸飄泊淪落的女子爲無主花。

【無他腸】心腸善良，沒有惡意。史記一〇三衛綰傳：“上以爲廉，忠實無他腸。”注：“心腸之内無他惡也。”漢書作“無它腸”。

【無名子】㊀匿名的人。唐李肇國史補下敍進士科舉：“匿名造謗，謂之無名子。”宋歐陽修文忠集九七有論禁止無名子傷毀近臣狀一篇。㊁植物。胡榛子的別名。生山谷中，結實狀如榛子，仁與木皮可入藥。自古波斯傳入，本名阿月渾子。參閱本草綱目三十果二阿月渾子。

【無名指】中指與小指之間的指頭。孟子告子上：“今有無名之指，屈而不信。”信，同“伸”。儀禮大射儀“朱極三”漢鄭玄注：“三者，食指、將指、無名指。”

【無名錢】沒有標出名目的庫存錢。漢書五九張安世傳：“安世以父子封侯，在位大盛，乃辭禄。詔都内別臧張氏無名錢以百萬數。”南史梁南康簡王績傳：“績寡玩好，少嗜欲，居無僕妾，躬事儉約。所有租秩，悉寄天府。及薨後，少府有南康國無名錢數千萬。”

【無字碑】㊀虛有儀表而不善文者的譜稱。宋孫光憲北夢瑣言三：“唐趙大夫崇凝重清介，門無雜賓。……標格清峻，不爲文章，號曰無字碑。”又十八：“任圜云：崔協者，少識文字，時人呼爲無字碑。”新五代史任圜傳作“沒字碑”。㊁碑名。俗稱石表碑。相傳秦始皇登泰山時立。參閱清葉奕苞金石録補二秦泰山無字碑。

【無羊月】農曆元月、五月、九月的別稱。清厲荃事物異名録二歲時月引山堂肆考：“正、五、九三個月，謂之災月。官員例減禄料，無羊，故謂之無羊月。”參閱清袁枚隨園隨筆上無羊之月。

【無羽箭】箭名。宋史兵志十一：“湖北京西造納無羽箭，上曰：箭不用羽，可謂精巧。”也稱沒羽箭。元周密癸辛雜識續集上宋江三十六贊沒羽箭張清：“箭以羽行，破敵無頗，七札難穿，如游斜何。”

【無色界】佛教語。指純精神的世界。色，指物質。俱舍論八分別世品：“無色界中都無有處，以無色法無有方所。……但異熟生差別有四：一、空無邊處；二、識無邊處；三、無所有處；四、非想非非想處。如是四種名無色界。”參見“三界”。

【無住詞】宋陳與義撰，一卷。無住，爲與義齋名。與義詩名甚盛，有簡齋集，詞僅十八首，附於集後，數雖不多，頗爲後人所推重。

【無何有】猶言無所有。莊子逍遥遊：“今子有大樹，患其無用，何不樹之於无何有之鄉。”又列禦寇：“彼至人者，歸精神乎无始，而甘冥乎无何有之鄉。”无，同“無”。全唐詩九九盧僎奉和李令扈從溫泉宮賜游：“鄉入無何有，時還上古初。”

【無何鄉】㊀空想的境界。唐劉禹錫劉夢得集一遊桃源一百韻詩：“寂寂無何鄉，密爾天地隔。”白居易長慶集六渭上偶釣詩：“誰知對魚坐，心在無何鄉。”㊁夢境。唐岑參岑嘉州詩一林臥：“唯愛隱几時，獨遊無何鄉。”

【無定河】水名。1.上游桑乾河。以流徙無定，故名。康熙三十七年改名永定河。詳“桑乾河”、“永定河”。2.出自内蒙古伊克昭盟烏審旗。由三源匯成：即哈柳圖河(古黑水)、錫拉烏蘇河(古金河)、額吐渾河(古奢延水)。東南流入横山，逕榆林、米脂、綏德，又東南至清澗，入黄河。因急流潰沙，河道深淺不定，故名。全唐詩七四六陳陶隴西行：“可憐無定河邊骨，猶是春閨夢裏人。”即指此。

【無底壑】深不可測的山谷。列子湯問：“渤海之東，不知幾億萬里，有大壑焉，實惟無底之谷，其下無底，名曰歸墟。”後用以比喻難以滿足的貪慾。聊齋志異九雲蘿公主：“兄亦不能填無底壑也。”

【無炊火】謂後嗣斷絶。漢書六三武五子傳燕王旦上疏：“其後尉佗入南夷，陳涉呼楚澤，近狎作亂，内外俱發，趙氏無炊火焉。”注：“無炊火，言絶祀也。”

【無弦琴】沒上弦的琴。梁蕭統昭明太子集陶靖節傳：“淵明不解音律，而蓄無弦琴一張，每酒適，輒撫弄以寄其意。”唐李白李太白詩九贈臨洛縣令皓弟：“大音自成曲，但奏無弦琴。”

【無狀子】猶言不肖子。漢書六十杜欽傳王立與杜業書：“誠哀老姊垂白，隨無狀子出關，願勿復用前事相侵。”

【無相宗】佛教三論宗的別名。因其以般若所説諸法皆空爲宗，故人稱爲無相宗。參見“三論宗”。

【無垢衣】僧衣，袈裟的別名。又名離塵服。見翻譯名義集七沙門服相、釋氏要覽上法衣。

【無畏衣】僧人之常服，即衲衣。詳“糞掃衣”。

【無骨燈】絹燈名。元周密武林舊事二燈品：“燈品至多，蘇福爲冠，新安晚出，精妙絶倫。所謂無骨燈者，其法用絹囊貯粟爲胎，因之燒綴，及成去粟，則混然琉璃球也，景物奇巧，前無其比。”

【無專鼎】周鼎名。無專，周人，以有功王室，王在周廟册命，故鑄此鼎。清羅士琳周無專鼎銘考：“周無專鼎，或云無惠，或又云無當作鄦，銘凡十行，行九字。”

【無患子】木名。亦作“無槵子”。結圓果，其子堅實，黑色紫紅色，僧人取爲數珠，稱菩提子。參閱宋寇宗奭本草衍義十五無患子、寰宇通志一一三姚安軍民府土產。

【無患木】木名。燒之極香，辟惡氣。一名噤婁，一名桓。其實可以去垢。傳説此木爲衆鬼所畏，取爲器用，以卻厭邪鬼，故名。參閱晉崔豹古今注下問答釋義、唐段成式酉陽雜俎續集十支植下。

【無聊賴】無所依靠，無所寄託。晉書慕容德載記："先是妖賊王始聚衆于太山，自稱太平皇帝。……慕容鎮討擒之，斬於都市。臨刑，或問其父及兄弟所在，始答曰：'……惟朕一身，獨無聊賴。'"

【無過蟲】宋元稱雜劇爲無過蟲。宋灌圃耐得翁都城紀勝瓦舍衆伎："雜劇中，……其吹曲破斷送者，謂之把色。大抵全以故事世務爲滑稽，本是鑑戒，或隱爲諫諍也，故從便跣露，謂之無過蟲。"按國語晉二記優施自言："我優也，言無郵。"郵，過失；無郵，卽無過。參閱元李治敬齋古今黈拾遺一。

【無萬數】以萬來計算也數不盡。言極多。漢書成帝紀建始元年："六月，有青蠅無萬數集未央宮殿中朝者坐。"

【無愁曲】曲名。北齊書幼主紀："乃益驕縱，盛爲無愁之曲，帝自彈胡琵琶而唱之，侍和之者以百數。人間謂之無愁天子。"唐李商隱據此作無愁果有愁曲。見李義山詩集二。

【無漏子】果名。狀如棗。又名海棗、波斯棗。原產波斯。唐陳藏器本草拾遺始著録。見本草綱目三一果三無漏子。

【無遮會】佛教法會名。遼史景宗紀上保寧八年八月："漢遣使言天清節設無遮會，飯僧祝釐。"詳"無遮大會"。

【無塵子】拂塵的別名。唐馮贄雲仙雜記一無塵子引高士春秋："方鎔隱天門山，以椶櫚葉拂書，號曰無塵子。"

【無憂洞】宋陸游老學庵筆記六："京師溝渠極深廣，亡命多匿其中，自名無憂洞。"謂該處可以逃避法網，安然無恙，故名無憂。

【無憂樹】梵語阿輸迦樹的譯名。唐段成式酉陽雜俎三貝編："無憂樹，女人觸之花方開。"亦作"阿叔迦樹"。唐釋慧琳一切經音義十一大寶積經一甄叔迦樹："西國花樹名，此方無此樹。……一說云亦名阿叔迦，亦名無憂樹，其花亦赤色，此說正也。"

【無盡燈】佛教謂以一燈點燃千百盞燈，比喻用佛法誘導衆生。維摩詰經菩薩品："有法門名無盡燈，汝等當學。無盡燈者，譬如一燈燃百千燈，冥者皆明，明終不盡。……夫一菩薩開導百千衆生，令發阿耨多羅三藐三菩提心，於其道意，亦不滅盡，隨所說法，而自增益一切善法，是名無盡燈也。"宋蘇軾分類東坡詩十三次韻穎叔觀燈："安西老守是禪僧，到處應然無盡燈。"

【無盡藏】佛教語。謂真如法性（佛法）廣大無邊，作用於萬物，無窮無盡。大乘義章十四無盡藏義："德廣難窮，名爲無盡，無盡之德苞含曰藏。"後稱用之無窮者爲無盡藏。宋蘇軾經進東坡文集事略一前赤壁賦："惟江上之清風與山間之明月，耳得之而爲聲，目遇之而成色，取之無禁，用之不竭，是造物者之無盡藏也。"

【無價寶】無法計算價值的寶物。尹文子大道上："魏田父有耕于野者，得寶玉徑尺，……盗之以獻魏王，魏王召玉工相之。玉工望之，再拜而立，工敢賀曰：'王得此天下之寶，臣未嘗見。'王問價，玉工曰：'此玉無價以當之。'"唐女道士魚玄機怨李公詩："易求無價寶，難得有情郎。"見宋孫光憲北夢瑣言九。

【無賴賊】唐初太宗功臣李勣，以功封英國公。嘗言年十二三時爲無賴賊，逢人則殺；十四五爲難當賊，有所不快者殺之；十七八爲好賊，上陣乃殺人；年二十便爲天下大將，用兵以救人死。見唐缺名大唐傳載、劉餗隋唐嘉話上。

【無縫塔】僧死入葬，地上立石作塔，無縫無稜，無層級，故稱無縫塔。又稱卵塔。景德傳燈録五翼忠國師："代宗曰：'師滅度後，弟子將何所記？'師曰：'告檀越，造取一所無縫塔。'"參見"卵塔"。

【無聲畫】宋文天祥文山集二翰林權直罷歸和朱約山韻詩："閑雲舒卷無聲畫，醉石敲推一色棋。"謂景色如畫。又方夔富山遺稿七雜興詩："屏張前世無聲畫，架插今生未見書。"指懸掛的畫。

【無聲詩】指畫。畫中多詩意，故稱。宣和畫譜二十："（南朝梁顧野王）畫草蟲尤工，多識草木蟲魚之性，詩人之事。畫，亦野王無聲詩也。"宋黃庭堅豫章集五次韻子瞻子由題憩寂圖詩之一："李侯有句不肯吐，淡墨寫出無聲詩。"清姜紹書著有無聲詩史七卷，記述明代畫家。

【無顏帢】不覆額的帽。戰國宋康王爲無顏之冠以示勇。見戰國策宋。漢末，曹操擬古皮弁，裁縑帛爲白帢，横縫其前以別後，名之曰顏帢。至晉永嘉之間，稍去其縫，名無顏帢。參閱晉干寶搜神記七、宋書五行志一。

【無題詩】詩有寄託，又不便明確標題，卽用"無題"爲題。故稱無題詩。唐李商隱集中尤常見。宋陸游老學庵筆記八："唐人詩中有言無題者，率杯酒狎邪之語，以其不可指言，故謂之無題，非真無題也。"

【無雙亭】亭名。在江蘇舊甘泉縣（今江都）東蕃釐觀，以蓋護自后土廟移植之瓊花。后土廟瓊花古稱天下無雙，亭名取此。相傳宋歐陽修建，一說宋郊建，後人題詠甚多。參閱嘉慶一統志九七揚州府二古蹟。

【無雙譜】清金史繪，朱圭刻，始漢張良博浪沙椎擊秦始皇，迄宋文天祥柴市高歌就義，共四十人，爲之畫像，並各附詩一首。有賞奇軒合編本。

【無懷氏】傳說古帝名。晉陶潛陶淵明集五五柳先生傳贊："酣觴賦詩，以樂其志，無懷氏之民歟？葛天氏之民歟？"參閱晉皇甫謐帝王世紀、唐司馬貞補史記三皇紀、宋羅泌路史前紀九禪通紀。

【無礙會】卽無遮大會。詳該條。

【無鹹河】古水名。宋沈括夢溪筆談三辯證一："解州鹽澤，方百二十里。……其北有堯梢水，亦謂之巫咸河。大滷之水，不得甘泉和之，不能成鹽。唯巫咸水入，則鹽不復結，故人謂之無鹹河。"

【無下箸處】晉武帝時，何曾生活豪奢，食日萬錢，猶云無下箸處。見晉書何曾傳。後多用以形容富人飲食的奢侈無度。

【無中生有】本無其事，憑空揑造爲無中生有。古今雜劇度黃龍一："你兩個無中生有，胡說了這一日，把我餓的來肝腸寸斷，你還說嘴哩。"

【無可奈何】沒有辦法，無能爲力。莊子德充符："知不可奈何而安之若命，唯有德者能之。"不可奈何，卽無可奈何。史記周紀："（幽王）以褒姒爲后，伯服爲太子，太史伯陽曰：'禍成矣，無可奈何！'"奈，同"奈"。宋晏殊珠玉詞浣溪沙："無可奈何花落去，似曾相識燕歸來，小園香徑獨徘徊。"草堂詩餘前集下作南唐李景（中主）作。

【無功受祿】詩魏風伐檀序："在位貪鄙，無功而受祿。"後多指未曾出力，而白受報酬。

【無出其右】謂才智出羣，別人無法超過。漢書三七田叔傳："上召見，與語，漢廷臣無能出其右者。"史記無作"毋"。

【無服之喪】禮孔子閒居："凡民有喪，匍匐救之，無服之喪也。"疏："謂人君見民有死喪，則匍匐往賙救之，民皆倣效之，此非有衰絰之服，故云無服之喪也。"意謂關心他人疾苦，不僅限於親故。

【無服之殤】男女未滿八歲而死稱殤。喪禮無服。儀禮喪服："不滿八歲以下皆爲無服之殤。"

【無風起浪】建中靖國續燈錄十五傳祖禪師："揚子江心，無風起浪；石公山畔，平地骨堆。會得左右逢原，爭似寂然不動。"後借以比喻無端生事。明韋鳳翔玉環記傳奇十五："若是別人說可信，童兒慣會無風起浪，如何信他？"

【無病自灸】無病而用火艾燒灼。謂自尋痛苦或煩惱。莊子盜跖："柳下季曰：'跖得無逆汝意若前乎？'孔子曰：'然。丘所謂無病而自灸也。'"

【無病呻吟】沒有病而發出呻吟聲。宋辛棄疾稼軒詞臨江仙："百年光景百年心，更歡須歎息，無病也呻吟。"後指本無疾痛，故意作出悲愁慨嘆的樣子。

【無理取鬧】唐韓愈昌黎集六答柳柳州食蝦蟆詩："鳴聲相呼和，無理祗取鬧。"宋廖行之省齋集三酬羅季康詩："井蛙無理祗成鬧，里婦空顰豈解妍。"謂蛙鳴本無意義，只是一片喧鬧，後以指人的蓄意搗亂。

【無脛而行】沒有小腿而能遠走。脛，小腿。喻事物自然迅速傳播。三國志吳孫韶傳注引漢孔融與曹公書："珠玉無脛而自至者，以人好之也，況賢者之有足乎？"北齊劉晝劉子新論四薦賢："玉無翼而飛，珠無脛而行。"後謂事物風行一時爲不脛而走，本此。

【無間地獄】梵語阿鼻。華言無間。唐道世諸經要集十八地獄會名："問：何故最大者名無間邪？答：彼處恒受苦受，無喜樂間，故名無間。"詳"阿鼻地獄"。

【無量壽佛】即"阿彌陀佛"。阿彌陀義爲無量壽，故阿彌陀佛又稱無量壽佛。無量壽經上："無量壽佛，威神光明，最尊第一。"參見"阿彌陀佛"。

【無量壽經】佛經名。說無量壽佛（即阿彌陀佛）之因地修行，果滿成佛，往生北國等事。爲佛教淨土宗重要經典。自後漢至唐宋，有十二種異譯。現存者，有後漢支婁迦讖譯無量清淨平等覺經二卷，三國吳支謙譯阿彌陀佛經二卷，北魏康生鎧譯無量壽經二卷，唐菩提流志譯無量壽如來會二卷，宋法賢譯無量壽莊嚴經二卷。其他七譯已佚，惟康譯通行。

【無愁天子】見"無愁"。

【無腸公子】螃蟹的別名。抱朴子登涉："辰日，……稱無腸公子者，蟹也。"唐唐彥謙鹿門集下蟹詩："無腸公子固稱美，弗使當道禁橫行。"

【無適無莫】謂對人對事沒有偏頗，無所厚薄。論語里仁："君子之於天下也，無適也，無莫也，義之與比。"疏："適，厚也。莫，薄也。"三國魏劉邵人物志上材理："心平志諭，無適無莫，期於得道而已矣。"

【無遮大會】佛教舉行的一種以布施爲中心的法會，梵語般闍于瑟。華言解免。每五年舉行一次，故亦稱般遮大會或五年大會。盛行於南北朝。南史梁紀中武帝下中大通元年："冬十月己酉，又設四部無遮大會，道俗五萬餘人。"也稱無礙會。唐道宣廣弘明集十五南朝梁武帝出古育王塔下佛舍利詔："今出阿育王寺設無礙會，耆老童齒，莫不欣悅。"

【無精打彩】情緒低沈，鼓不起勁。紅樓夢二五："（小紅）取了噴壺而回，無精打彩，自向房中倒着。"又二九："寶玉因得罪了黛玉，二人總未見面，心中正是後悔，無精打彩的，那裏還有心腸去看戲。"

【無稽之談】沒有根據的說法。宋鄭樵通志總序："班固不通，旁行邪上，以古今人物彊立差等，且謂漢紹堯運，自當繼堯，非遷作史記，廁於秦項，此則無稽之談也。"

【無聲無臭】沒有聲音，沒有氣味。詩大雅文王："上天之載，無聲無臭。"疏："上天所爲之事，無聲音，無臭味，人耳不聞其音聲，鼻不聞其香臭。"亦作"無馨無臭"。文選三國魏嵇叔夜（康）幽憤詩："庶勗將來，無馨無臭。"後謂人平庸沒有聲譽爲無聲無臭。

【無翼而飛】比喻事物不須推行就很快傳播或流轉。管子戒："無翼而飛者，聲也。"北齊劉晝劉子新論四薦賢："玉無翼而飛，珠無脛而行。"後以指東西突然丟失。參見"不翼而飛"。

【無邊風月】無限美好的景物。元方回桐江續集五送周府尹之一詩："幾許烟雲藜杖外，無邊風月錦囊間。"侯克中艮齋詩集十三過友生新居："西湖風月無邊景，都在詩翁杖履中。"

【無麵䬪飥】亦作"不托"、"餺飥"。即湯麪。無麵則無從做起。意同無米之炊。麵，麪之俗字。宋陳亮龍川集二十壬寅答朱元晦秘書："富家之積蓄皆盡矣，若今更不雨，恐巧新婦做不得無麵䬪飥。"參見"不托"。

【無可無不可】論語微子："我則異於是，無可無不可。"本謂出仕或退隱，相機而行，初無成見。後亦指人不明確表態，或沒有主見。宋朱敦儒樵歌中驀山溪詞："高談闊論，無可無不可，幸遇太平年，好時節清明初破。"紅樓夢五七："薛姨媽是個無可無不可的人，倒還易說。"

【無地起樓臺】宋寇準爲相三十年，不營私第，處士魏野贈詩，中有"有官居鼎鼐，無地起樓臺"句。後準得罪南貶。有遼使至，賜宴，兩府預坐，使人歷視諸相，問譯者："誰是無地起樓臺相公？"衆無以答。見宋王君玉國老談苑二。五朝名臣言行錄四丞相萊國寇忠愍公無地作"無宅"。

【無佛處稱尊】宋石霜慈明禪師至京師，見駙馬都尉李遵勗，李問臨行一句作麼生。師曰：無佛處作佛。見續傳燈錄三。宋黃庭堅山谷題跋八跋東坡書寒食詩："使蘇子瞻（軾）見此，應笑我于無佛處稱尊也。"意亦同，謂於無人才處逞強。

【無官一身輕】謂無官職羈絆，一身輕快。宋蘇軾分類東坡詩二二賀子由生第四孫斗老："無官一身輕，有子萬事足。"

然

rán 如延切，平，仙韻，日。ㄖㄢˊ

㊀"燃"的本字。燃燒。孟子公孫丑上："若火之始然，泉之始達。"參見"燃"。㊁許諾。見"然諾"。㊂如此。論語憲問："子曰：'其然，豈其然乎？'"㊃是。論語雍也："子曰：'雍之言然。'"㊄應言，表示肯定。論語微子："曰：'是魯孔丘之徒歟？'對曰：'然。'"㊅猶"乃"。莊子天地："始也我以女爲聖人邪，今然君子也。"㊆不過，但是。史記高祖紀："周勃重厚少文，然安劉氏者必勃也。"㊇語助詞，猶"焉"。禮檀弓下："歲旱，穆公召縣子而問然。"注："然之言焉也。"㊈比擬之詞。那樣。禮大學："人之視己，如見其肺肝然。"㊉表狀態之詞。如突然、欣然、喟然。詩邶風終風："終風且霾，惠然肯來。"⑪承上接下之詞。如然後、然而、然則。左傳昭十五年："無極對曰：臣豈不欲吳？然而前知其爲人之異也。"⑫姓。參閱明陳士元姓觿三先。

【然友】人名。戰國滕人，爲滕世子（文公）傅。滕定公薨，世子使問喪於孟子，因爲滕定三年之喪。見孟子滕文公上。

【然物】宰制萬物。鶡冠子度萬："所謂天者，言其然物而無勝者也。"宋陸佃解："言天者君道也，可天下之物而莫之勝也。"

【然始】然後。資治通鑑二一四唐開元二十九年："制：'承前諸州饑饉，皆待奏報，然始開倉賑給，道路悠遠，何救懸絕。'"

【然海】傳說中的油海。缺名漂粟手牘："流波山下有然海千里，民汲之以代油，光明過於油數倍。秦始皇使人汎千艘，往山中取仙草，舟人不知水性，夜以燭跋投水中，火大發，遍海延燒，火光接天，千里一色，無一人還者，自此無人敢操舟入，唯於海畔汲用而已。”(說郛三一)

【然脂】點燃油脂以照明。漢書七十陳湯傳：“卒徒工庸以鉅萬數，至爇脂火夜作。”注：“爇，古然字也。”南朝陳徐陵玉臺新詠序：“於是然脂暝寫，弄筆晨書，選錄豔歌，凡爲十卷。”

【然納】同意並采納。南齊書褚淵傳答蕭道成書：“受不自私，彌見至公。表裏詳究，無而後可。想體殊常，深思然納。”

【然犀】傳說點燃犀牛角可洞見怪物。晉書溫嶠傳：“至牛渚磯，水深不可測，世云其下多怪物，嶠遂燬犀角而照之。須臾，見水族覆火，奇形異狀，或乘馬車著赤衣者。”唐王勣王無功集中遊仙之四：“照水然犀角，遊山費虎皮。”

【然腹】卽然臍。晉書王敦傳：“尚書令郗鑒言於帝曰：‘昔王莽漆頭以輗車，董卓然腹以照市。’”北周庾信庾子山集一哀江南賦：“然腹爲燈，飲頭爲器，直虹貫壘，長星屬地。”

【然疑】半信半疑。楚辭屈原九歌山鬼：“飲石泉兮蔭松柏，君思我兮然疑作。”注：“言懷王有思我時，然讒言妄作，故令狐疑也。”宋洪興祖補注：“然，不疑也；疑，未然也。”

【然諾】許諾。史記八九張耳陳餘傳：“廷尉以貫高事辭聞，上曰：‘壯士！誰知者？以私問之。’中大夫泄公曰：‘臣之邑子，素知之，此固趙國立名義不侵爲然諾者也。’”又：“上賢貫高爲人能立然諾，使泄公具告之，曰：‘張王已出。’因赦貫高。”

【然臍】燃火於臍。後漢書七二董卓傳：“乃尸卓於市，天時始熱，卓素充肥，脂流於地，守尸吏然火置卓臍中，光明達曙，如是積日。”唐杜甫杜工部草堂詩箋十二鄭駙馬池臺喜遇鄭廣文同飲：“燃臍郿塢敗，握節漢臣回。”

【然贊】贊同。三國志蜀彭羕傳與諸葛亮書：“(僕)遂得詣公於葭萌，指掌而譚，論治世之務，講霸王之義，建取益州之策；公亦宿慮明定，卽相然贊，遂舉事焉。”

【然荻讀書】燃荻草夜讀。比喻刻苦學習。北齊顏之推顏氏家訓勉學：“梁世彭城劉綺，交州刺史勃之孫，早孤，家貧，燈燭難辦，常買荻尺寸折之，燃明夜讀。”

【然糠自照】燒糠照明。比喻勤奮學習。南史顧歡傳：“歡獨好學。……鄉中有學舍，歡貧無以受業，於舍壁後倚聽，無遺忘者。夕則然松節讀書，或然糠自照。”

焦 1. jiāo ㄐㄧㄠ 卽消切，平，宵韻，精。

說文作“爑”。㊀物體經火燒而呈乾枯。左傳哀二年：“卜戰，龜焦。”呂氏春秋應言：“多泊之則淡而不可食，少泊之則焦而不熟。”㊁火燒物體所發出的氣味。禮月令孟夏之月：“其味苦，其臭焦。”㊂黃黑色。南朝梁陶弘景眞誥運象二：“心悲則面焦，腦滅則髮素。”㊃乾燥。墨子非攻下：“五穀焦死。”㊄煩憂，煩躁。史記夏紀：“(禹)乃勞身焦思，居外十三年，過家門不敢入。”㊅中醫稱人體內的部位。六腑之一。史記一〇五扁鵲傳：“別下於三焦、膀胱。”參見“三焦”。㊆姓。周武王封神農之後於焦，子孫以國爲氏。參閱通志二六氏族二以國爲氏。㊇春秋晉邑。左傳僖三十年：“且君嘗爲晉君賜矣，許君焦、瑕，朝濟而夕設版焉。”地在今河南陝縣附近。㊈礁石。通“礁”。宋徐兢宣和奉使高麗圖經記三四海道：“如苦嶼而其質純石則曰焦。”

2. qiáo ㄑㄧㄠ

㊉憔瘁。通“憔”。漢書一〇〇上敍傳：“朝爲榮華，夕而焦瘁。”

【焦土】焚燒後的土地。唐杜牧樊川集一阿房宮賦：“戍卒叫，函谷舉，楚人一炬，可憐焦土！”

【焦山】山名。在江蘇鎮江市東北，屹立江中，與金山對峙，並稱金焦，向爲江防要塞。古名樵山，相傳漢末處士焦先隱此，因名焦山。南宋岳飛韓世忠曾駐此抗擊金兵。參閱嘉慶一統志九十鎮江府山川。

【焦心】心情憂急。漢書五一路溫舒傳上書：“往者，昭帝卽世而無嗣，大臣憂戚，焦心合謀，皆以昌邑尊親，援而立之。”

【焦火】㊀火把。同“爝火”。㊁熾熱的火。莊子在宥：“其熱焦火，其寒凝冰。”呂氏春秋求人：“十日出，而焦火不息，不亦勞乎！”莊子逍遙遊作“爝火”。

【焦朽】㊀舊時稱孟夏之月火氣，其臭焦；仲冬之月水氣，其臭朽。焦朽，指水火的臭味。見禮月令。列子仲尼：“鼻將窒者，先覺焦朽。”注：“焦朽有節之氣，亦微而難別也。”㊁焦，死灰；朽，枯木。比喻憔悴枯槁。晉傅玄傅鶉觚集答程曉詩：“下罔遺滯，焦朽斯華。”

【焦先】三國魏隱士。河東人，字孝然。漢末嘗於荒野河邊結草廬獨居，見人不語，冬夏不着衣，臥不設席，滿身垢汙，數日始一食，傳說死時百餘歲。見三國志魏管寧傳注引晉皇甫謐高士傳。

【焦没】燒毀滅絕。荀子議兵：“以桀詐堯，譬之以卵投石，以指撓沸，若赴水火，入焉焦没耳。”漢劉向新序雜事三：“若羽蹈烈火，入則焦没耳。”

【焦灼】㊀火傷。晉葛洪神仙傳六：“焦先者，……結草爲菴，獨止其中，……遭野火燒其菴，人往視之，見先危坐菴下不動，火過菴燼，先方徐徐而起，衣物悉不焦灼。”㊁心中憂慮有如火燒。漢蔡邕蔡中郎集一上漢書十志疏：“既到徙所，乘塞守烽，職在候望，憂怖焦灼，無心復能操筆成草，致章闕廷。”章，或作“意”。

【焦坑】茶名。產於粵贛邊大庾嶺下，味苦硬，久方回甘。宋蘇軾東坡集續集二焦坑寺詩：“浮石已乾霜後水，焦坑閑試雨前茶。”宋周煇清波雜志四引軾詩題作留題顯聖寺，焦坑作焦阬。

【焦尾】琴名，卽焦尾琴。宋黃裳演山集十一雙梧堂詩：“葉上雨聲枝上月，何須焦尾始相知。”參見“焦尾琴”。

【焦明】鳥名。史記一一七司馬相如傳上林賦：“捷鵕鸃，掩焦明。”集解：“焦明似鳳。”正義：“案：長喙，疏翼，員尾，非幽閑不集，非珍物不食。”說文“鷦”解謂爲南方之鳥，漢書五七下司馬相如傳上林賦注引張揖謂爲西方之鳥。

【焦竑】公元1540—1620年。明江陵人，字弱侯，號漪園，又號澹園。萬曆十七年以殿試第一授翰林院修撰。受學耿定向，而與李贄相善。富藏書，皆手自校訂，有焦氏藏書目二卷。著有澹園集焦氏筆乘。參閱明史二八八焦竑傳、明儒學案三五文端焦澹園先生竑。

【焦思】憂心苦思。史記越王勾踐世家：“越王勾踐反國，乃苦身焦思，置膽於坐，坐臥卽仰膽，飲食亦嘗膽也。”

【焦風】急風。宋柳永樂章集夜半樂：“渡萬壑千巖，越溪深處，怒濤漸息，焦風乍起。”

【焦鬲】中醫指三焦與胸鬲。宋張耒張右史集四八藥戒：“焦鬲導達，呼吸開利，快然若未始有疾者。”

【焦核】荔枝的品名。福建漳浦產，核小肉厚。相傳先去其宗根，用火燔過然後植之，故其果實多肉而核如丁香。以曾經火燔，故名焦核。參閱清周亮工閩小記上水晶丸。

【焦原】㊀山名。在山東莒縣南，亦名横山，又名峥嵘谷，俗稱青泥衖。尸子下“莒國有石焦原，廣尋長五百步，臨萬仞之谿”，即此。唐李白李太白詩三梁甫吟：“手接飛猱搏彫虎，側足焦原未言苦。”㊁久旱的土地。唐康駢劇談録上狄惟謙請雨：“雷震數聲，甘澤大澍；焦原赤野，無不滋潤。”

【焦桐】琴名。東漢蔡邕曾用燒焦之桐木造琴，後因稱琴爲焦桐。宋胡宿文恭集四長卿詩：“已託焦桐傳密意，更因殘札寄遺忠。”詳“焦尾琴”。

【焦釜】燒乾了水的釜。史記田敬仲完世家：“且救趙之務，宜若奉漏甕沃焦釜也。”此比喻情勢急迫。戰國策作“燋釜”。宋辛棄疾稼軒詞二沁園春將止酒戒酒杯使勿近：“甚長年抱渴，咽如焦釜；于今喜眩，氣似奔雷。”此比喻渴極。

【焦渴】㊀比喻心情急切。三國志吴周魴傳致曹休牋之一：“魴以千載徼幸，得備州民，……精誠微薄，名位不昭，雖懷焦渴，曷緣見明？”㊁乾涸。宋范成大石湖集三次韻漢卿舅即事二絶詩之二：“萬木垂垂欲改柯，根萌焦渴奈春何。”

【焦勞】焦躁煩勞。漢焦延壽易林三恒之大壯：“病在心腹，日以焦勞。”唐柳宗元柳先生集三八爲户部王叔文陳情表：“以開塞重輕之務，加焦勞憂灼之懷，雖欲徇公，無由枉志。”

【焦飯】鍋底乾飯。俗稱鍋巴。世説新語德行：“吴郡陳遺家至孝，母好食鐺底焦飯，遺作郡主簿，恒裝一囊，每煮食，輒貯録焦飯，歸以遺母。”

【焦循】公元1763—1820年。清甘泉人，字里堂，一字理堂。乾隆舉人，專長經學，兼工天文算術，家居不仕，專心述作，著書數百卷。著有易通釋易圖略易章句，總稱雕菰樓易學三書；孟子正義劇説雕菰樓文集等。參閲清阮元揅經室集二集四通儒揚州焦君傳。

【焦熬】㊀煎熬。唐劉禹錫劉夢得集十一楚望賦：“涉夏如鑠，逮秋愈熾，土山焦熬，止水濆沸。”㊁見“焦熬投石”。

【焦僥】古代傳説中的矮人。荀子富國：“譬之是猶烏獲與焦僥搏也。”注：“焦僥，短人長三尺者。”也指傳説中古國名。淮南子地形：“西南方曰焦僥。”注：“焦僥，短人之國也，長不滿三尺。”參見“僬僥”。

【焦慮】憂心苦思。文苑英華六五七唐温庭筠上蔣侍郎啟之二：“勞神焦慮，消日忘年。”

【焦墨】乾枯的墨色。繪畫筆法之一。明陶宗儀輟耕録八寫山水訣：“作畫用墨最難，但先用淡墨，積至可觀處，然後用焦墨、濃墨，分出畦徑遠近，故在生紙上有許多滋潤處，李成惜墨如金，是也。”明何良俊四友齋叢説雜記畫：“開化時儼號晴川，以焦墨作山水人物皆可觀。”

【焦螟】傳説中一種極小的蟲。列子湯問：“江浦之間生麽蟲，其名曰焦螟，羣飛而集於蚊睫，弗相觸也。”也作“焦冥”。晏子春秋外篇不合經術者：“東海有蟲，巢於蟁睫，……而東海漁者命曰焦冥。”

【焦䭔】蒸餅、燒餅一類的食品。宋上元節民俗食焦䭔，大者名柏頭焦䭔。凡賣䭔必鳴鼓，稱爲䭔鼓。兒童隨鼓應拍團團圍走，名打旋羅。參閲宋孟元老東京夢華録六十六日、陳元靚歲時廣記十一引(宋吕原明)歲時雜記。參見“打旋羅”。

【焦穫】古湖澤名。詩小雅六月：“玁狁匪茹，整居焦穫。”也作“焦護”。爾雅釋地：“周有焦護。”也稱“瓠口”、“瓠中”。參閲括地志下。此湖澤一説在今陝西涇陽縣北，一説即今山西陽縣西的濩澤。

【焦躁】着急，煩躁。宋朱熹朱文公集五一答黄子耕書之十一：“不妨自有餘樂，何至如此焦躁耶！”也作“焦燥”。明西湖居士詩賦盟傳奇上接旨：“盼不見老張到，如何不焦燥。”

【焦山鼎】西周宣王時青銅器，本名無惠鼎。高一尺三寸二分，腹徑一尺五寸八分，銘文記載周王册命無惠官司正卿、虎臣事。此鼎曾在明嚴嵩家，嵩敗，歸鎮江焦山定慧寺，因器存焦山，俗稱焦山鼎。清翁方綱有焦山鼎銘考，彙集諸家考證甚詳。阮元積古齋鐘鼎彝器款識四稱爲無專鼎，至吴大澂愙齋集古録正名爲無(鄦)惠鼎。

【焦尾琴】琴名。後漢書六十下蔡邕傳：“吴人有燒桐以爨者，邕聞火烈之聲，知其良木，因請而裁爲琴，果有美音，而其尾猶焦，故時人名曰焦尾琴焉。”又見搜神記十三。

【焦延壽】漢梁人，字贛。爲小黄令，有政績。專治易學，自言得孟喜之傳，曾授與京房，專言災異，於是漢易有京氏之學。著有焦氏易林。參閲漢書八八京房傳。

【焦氏筆乘】明焦竑撰。正集六卷，續集八卷。雜論經史藝文，間記瑣事，皆有可采。惟所徵引，多不注出處，故四庫提要譏爲剽竊。其正集卷五專述療疾事，各附醫方。自宋以來，文士筆記，每及醫藥，亦於此可見。四庫全書總目著録存目中，作八卷，或版本不同。

【焦沙爛石】沙燒焦，石燒爛。比喻極熱。漢董仲舒春秋繁露十六循天之道：“爲寒則凝冰裂地，爲熱則焦沙爛石。”

【焦金流石】金屬燒焦，石頭熔化，極言陽光的酷烈。文選南朝梁劉孝標(峻)辨命論：“是以放勛之世，浩浩襄陵；天乙之時，焦金流石。”注引吕氏春秋：“成湯之旱，煎沙爛石。”

【焦熬投石】用焦熬之物，投在石頭上。比喻自取滅亡。荀子議兵：“桓文之節制，不可以敵湯武之仁義，有過之者，若以焦熬投石焉。”

【焦頭爛額】本形容救火時燒焦頭，灼傷額。後比喻處境十分狼狽窘迫。清龔自珍全集五輯與吴虹生書八：“弟此節俗宂，焦頭爛額，對月對酒皆不樂。”

九 畫

煎 1. jiān ㄐㄧㄢ 子仙切，平，仙韻，精。

㊀烹調法之一。墨子非樂上：“非以犓豢煎炙之味，以爲不甘也。”方言七：“煎，火乾也。凡有汁而乾謂之煎。”㊁加熱於物。莊子人間世：“山木自寇也，膏火自煎也。”藝文類聚六九南朝梁庾肩吾團扇銘：“炎隆火正，石鑠沙煎。”㊂憂煩逼迫。玉臺新詠一古詩爲焦仲卿妻作：“我有親父兄，性行暴如雷。恐不任我意，逆以煎我懷。”

2. jiàn ㄐㄧㄢˋ

㊃果品的蜜漬叫蜜煎。煎，今作“餞”。見“蜜煎”。

【煎迫】煎熬逼迫。玉臺新詠一古詩爲焦仲卿妻作：“府吏再拜還，長嘆空房中，作計乃爾立。轉頭向户裏，漸見愁煎迫。”

【煎堆】油炸糯粉團。清屈大均廣東新語十四食語茶素：“廣州之俗，歲終以烈火爆開糯穀，名曰炮穀，以爲煎堆心餡。煎堆者，以糯粉爲大小圓，油煎之，以祀先及餽親友者也。”

【煎督】嚴限督促。宋蘇軾東坡集續集五答寶月大師之一：“屢要經藏碑本，以近日斷作文字，不欲作。既遠書丁寧，又悟清日夜煎督，遂與作得寄去。”

【煎餅】食品名。南朝梁宗懔荆楚歲時記：“正月七日爲人日，……北人此日食煎餅於庭中。”唐六典十五光禄寺供膳“凡朝會燕饗，九品已上，並供其膳食”注：“正月七日、三月三日加煎餅。”

【煎熬】㊀形容心情焦灼愁苦。楚辭漢王逸九思怨上：“我心兮煎熬，惟是兮用憂。”㊁猶言折磨。唐李白李太白詩二古風之二十：“名利徒煎熬，安得閑余步。”

【煎調】指煎炒調製食物。魏書毛脩之傳："脩之能爲南人飲食，手自煎調，多所適意。"

【煎懹】憂惱之意。宋書謝莊傳與江夏王(劉)義恭牋："加以疾患如此，當復幾時見聖世，就其中煎懹若此，實在可矜。"

【煎茶水記】唐張又新撰，一卷。相傳唐陸羽始創煎茶法，羽撰茶經一卷。此書評論各種泉水煎茶之優劣，與陸羽茶經見解有出入。

煊 xuān ㄒㄩㄢ 況袁切，平，元韻，曉。

溫暖。同"暄"。亦作"煖"。見集韻。

煇 1. huī ㄏㄨㄟ 許歸切，平，微韻，曉。

㊀光輝。詩小雅庭燎："夜鄉晨，庭燎有煇。"

2. xūn ㄒㄩㄣ 集韻 許云切，平，文韻。

㊁熏灼。史記呂后紀："太后遂斷戚夫人手足，去眼，煇耳，飲瘖藥，使居廁中。"漢荀悅前漢紀五惠帝元年作"熏"。

3. yùn ㄩㄣ 集韻 王問切，去，焮韻。

㊂製鼓者。禮祭統："夫祭有畀、煇、胞、翟、閽者，惠下之道也。"注："煇，周禮作韗，磔皮革之官也。"㊃日暈。周禮春官眡祲："眡祲掌十煇之法，以觀妖祥，辨吉凶。"注引鄭司農(衆)："煇，謂日光氣也。"參見"十煇"。

【煇如】微光貌。指天初明、晨光尚微之時。禮玉藻："揖私朝煇如也，登車則有光矣。"

【煇煇】光輝貌。文選漢張平子(衡)西京賦："金戺玉階，彤庭煇煇。"

【煇煌】光貌。史記五七司馬相如傳封禪文："采色炫耀，熿炳煇煌。"

煢 qióng ㄑㄩㄥ 渠營切，平，清韻，羣。

㊀孤獨。同"惸"。見"煢獨"。㊁骰子。北齊顏之推顏氏家訓雜藝："古爲大博則六箸，小博則二煢。"

【煢子】獨子。晉書慕容儁載記常煒上言："自頃中州喪亂，連兵積年，或遇傾城之敗，覆車之禍，坑師沉卒，往往而然；孤孫煢子，十室而九。"

【煢煢】孤零貌。左傳哀十六年："俾屏余一人以在位，煢煢余在疚。"文選晉李令伯(密)陳情事表："外無期功強近之親，內無應門五尺之僮，煢煢獨立，形影相弔。"三國志蜀楊戲傳注引華陽國志獨立作"孑立"。也作"惸惸"。詩小雅正月："憂心惸惸，念我無祿。"

【煢獨】孤獨。書洪範："無虐煢獨，而畏高明。"楚辭屈原離騷："世並舉而好朋兮，夫何煢獨而不予聽。"參見"惸獨"。

【煢嫠】寡婦。文選晉張景陽(協)七命："煢嫠爲之擗摽，孀老爲之嗚咽。"注引晉杜預："寡婦爲嫠。"

煔 1. shǎn ㄕㄢ 舒贍切，去，豔韻，審。
ㄕㄢ 胡甘切，平，談韻，匣。

㊀火光閃灼。說文："煔，火行也。"今作"閃"。

2. qián ㄑㄧㄢ 集韻 徐廉切，平，鹽韻。

㊁煮肉。楚辭大招："炙鴰烝鳧，煔鶉敶只。"注："煔，爚也。"廣韻作"燅"。

3. shān ㄕㄢ 集韻 師銜切，平，銜韻。

㊂木名。爾雅釋木："柀，煔。"注："煔似松，生江南，可以爲船及棺材；作柱，埋之不腐。"廣韻作"椙"。今作"杉"。

煉 liàn ㄌㄧㄢ 集韻 郎甸切，去，霰韻。

㊀以火冶製。說文："煉，鑠治金也。"漢王充論衡談天："女媧銷煉五色石以補蒼天，斷鰲足以立四極。"參見"鍊石補天"。㊁唐盧言盧氏雜說："僖宗在藩邸，好築毬，有鍊腿之語。"(類說四九)

【煉指】束香於指，以火燒灼，僧徒修煉苦行之一。資治通鑑二九二後周顯德二年："禁僧俗捨身，斷手、足、煉指、掛燈、帶鉗之類幻惑流俗者。"

煏 bì ㄅㄧˋ 集韻 弼力切，入，職韻。

用火焙乾。說文作"㷶"。周禮天官籩人"鮑魚"漢鄭玄注："於福室中糗乾之。"漢書貨殖傳"鮿鮑千鈞"唐顏師古注引鄭注福作"煏"。

煙 1. yān ㄧㄢ 烏前切，平，先韻，影。

㊀物質因燃燒而產生的氣體。國語魯上："既其葬也，焚，煙徹于上。"㊁積聚的氣體。文選南朝宋顏延年(延之)北使洛詩："宮陛多巢穴，城闕生雲煙。"㊂煙熏所積的黑灰。又稱煤炱。可製墨。宋晁氏墨經松："衛夫人筆陣圖曰：墨取廬山松煙。"㊃煙草。又煙草製成品亦稱煙。見"煙草㊂"。

2. yīn ㄧㄣ

㊄見"煙₂煴"。

【煙戶】人煙戶口。淸會典十七戶部："正天下之戶籍，凡各省諸色人戶，有司察其數而歲報於部，曰煙戶。"

【煙火】㊀火。莊子徐无鬼："濡需者，豕蝨是也。……不知屠者之一旦鼓臂布草，操煙火，而己與豕俱焦也。"㊁引火器材。孫子火攻："行火必有因，煙火必素具。"曹操注："煙火，燒具也。"㊂邊防烽火。漢書九四匈奴傳："初，北邊自宣帝以來，數世不見煙火之警，人民熾盛，牛馬布野。"㊃人煙。史記律書："鳴雞吠狗，煙火萬里。"唐白居易長慶集二十東樓南望詩："魚鹽聚爲市，煙火起成村。"㊄指熟食。道家修煉，主張絕粒却穀，不食世間煙火物，因引申以煙火指俗氣。宋馬令南唐書十三孫魴傳："(李建勳)以魴詩詰之。(沈)彬曰：'此非有風雅製度，但得人間煙火氣多爾。'"㊅指後嗣。漢嚴道君曾孫孟廣宗殘碑："四時祭祀，煙火連延。"(希古樓金石萃編七)㊆即焰火、煙花。宋朱熹朱文公集十八按唐仲友第三狀："仲友有婺州隣近人周四會放烟火，其妻會下碁。"

【煙波】霧靄蒼茫的水面。文苑英華三一二崔顥登黃鶴樓詩："日暮鄉關何處是？煙波江上使人愁。"宋柳永樂章集雨霖鈴："念去去千里煙波，暮靄沉沉楚天闊。"

【煙雨】濛濛細雨。唐杜牧樊川集三江南春絕句："南朝四百八十寺，多少樓臺煙雨中。"五代前蜀韋莊浣花集一三堂東湖作詩："何處最添詩客興？黃昏煙雨亂蛙聲。"

【煙花】㊀霧靄中的花。唐韋應物韋江州集三因省風俗與從姪成緒遊山水中道先歸寄示詩："陰壑雲松埋，陽崖煙花媚。"㊁泛指春景。唐李白李太白詩十五黃鶴樓送孟浩然之廣陵："故人西辭黃鶴樓，煙花三月下揚州。"唐杜甫杜工部草堂詩箋三七清明之二："秦城樓閣煙花裏，漢主山河錦繡中。"㊂指妓女。宋辛棄疾稼軒詞補遺眼兒媚："煙花叢裏不宜他，絕似好人家。"

【煙津】煙霧彌漫的渡口。宋陸游劍南詩稿四謁凌雲大像："出郭幽尋一笑新，徑呼艇子截煙津。"

【煙客】傳說仙人託身雲煙，因稱仙人爲煙客。文選南朝梁江文通(淹)擬雜體詩郭弘農游仙詩："眇然萬里遊，矯掌望煙客。"

【煙海】㊀煙霧蒼茫。宋陸游劍南詩稿二二登鵝鼻山至絕頂訪秦刻石……："人民城郭俱已非，煙海浮天獨如昨。"㊁喻廣大衆多。荀子富國："然後飛鳥鳧雁若烟海。"注:"遠望如烟之覆海,皆言多。"

【煙草】㊀煙霧籠罩的草叢。宋陸游劍南詩稿十三小園:"小圃煙草接鄰家,桑柘陰陰一徑斜。"㊁喻廣大衆多。唐宋諸賢絶妙詞選四宋賀鑄青玉案:"試問閑愁都幾許?一川煙草,滿城風絮,梅子黄時雨。"㊂植物名。原産南美洲,明代中葉由呂宋傳入我國。譯名作淡巴菰。又名金絲醺。參閲清顧張思土風録三煙草、俞正燮癸巳存稿十一喫煙事述。

【煙皋】煙霧籠罩的水邊高地。明湯顯祖集十七題李伯東觀察玉嶺詠竹詩後詩:"輕綃點染後,煙皋坐如沐。"

【煙景】㊀春天的美景。南朝梁江淹江文通集四惜晚春應劉秘書詩:"煙景抱空意,蘅杜綴幽心。"唐李白李太白集二八春夜宴從弟桃花園序:"況陽春召我以煙景,大塊假我以文章,會桃花之芳園,序天倫之樂事。"㊁雲煙繚繞的景色。才調集二崔塗春夕旅遊:"自是不歸歸便得,五湖煙景有誰爭。"宋史三〇一李宥傳:"祖成,五代末,以詩酒遊公卿間,善摹寫山水,……酒酣落筆,煙景萬狀。"

【煙嵐】雲煙蒸潤之氣。唐元稹長慶集二二重夸州宅旦暮景色兼酬前篇末句詩:"繞郭煙嵐新雨後,滿山樓閣上燈初。"李咸用披沙集三題王氏山居詩:"簷有煙嵐色,地多松竹風。"

【煙$_2$熅】見"烟$_2$熅"。

【煙艇】遊船。宋陸游劍南詩稿八四病中思出遊:"煙艇桐江去,籃輿剡縣行。"

【煙塵】㊀塵埃。樂府詩集五九漢蔡琰胡笳十八拍:"煙塵蔽野兮胡虜盛,志意乖兮節義虧。"㊁灰燼。毛詩正義唐孔穎達序:"卜商闡其業,雅頌與金石同和;秦正燎其書,簡牘與煙塵共盡。"㊂喻戰亂。文苑英華三五一南朝梁昭明太子(蕭統)七契:"當朝有仁義之睦,邊境無煙塵之驚。"唐高適高常侍集五燕歌行:"漢家煙塵在東北,漢將辭家破殘賊。"段成式酉陽雜俎跋:"蓋以文皇帝埽靖一處煙塵,便建一伽藍爲功德。"舊小説中敍述隋末各地農民起義,有"三十六煙塵"之語,本此。

【煙臺】地名。在山東半島。亦名芝罘港。明代爲防禦倭寇曾設烽堠於此,故名。原是山東福山縣漁村。公元1938年設市。參閲山東通志一一五兵防八兵制二。

【煙綿】卽延綿。唐宋之問集下送趙司馬赴蜀州:"餞子西南望,煙綿劍道微。"杜甫杜工部草堂詩箋七樂遊園歌:"樂遊古園崒森爽,煙綿碧草萋萋長。"

【煙霄】指高空。全唐詩三一七武元衡歸燕:"敢望煙霄達,多慚羽翮微。"唐劉禹锡劉夢得集外集四春晚聯句:"綸綍曾同掌,煙霄卽上征。"

【煙樓】㊀高樓。全唐詩六一李嶠奉和幸韋嗣立山莊侍宴應制:"石磴平黄陸,煙樓半紫虚。"㊁煙囱。宋蘇軾東坡集續集十三答陳季常書:"在定日作松醪賦一首,今寫寄擇等,庶以發後生妙思,着鞭一躍,當撞破煙樓也。"擇,陳季常子。煙樓,竈上煙囱。意謂兒子勝過父親,猶跨竈時撞破煙樓。參見"跨竈"。

【煙瘴】卽瘴氣。宋釋惠洪(德洪)石門文字禪五仙廬同巽中阿祐忠禪山行詩:"獨余衰退姿,面色餘煙瘴。"明清刑律於流刑之極重者,發煙瘴地面充軍,終身不返。明實録宣德實録九:"如窩家攞罪不擒赴官、將逃軍轉遞他所藏匿者,不分軍民,俱發煙瘴地面充軍。"

【煙霞】㊀雲氣。南朝梁沈約沈隱侯集一桐柏山金庭館碑:"吐吸煙霞,變煉丹液。"㊁山水勝景。南齊謝朓謝宣城集一擬宋玉風賦:"煙霞潤色,荃荑結芳,出磵幽而泉冽,入山户而松涼。"北史徐則傳:"飡松餌朮,栖息煙霞。"

【煙霏】雲霧迷濛。晉書王羲之傳制:"觀其點曳之工,裁成之妙,煙霏露結,狀若斷而還連;鳳翥龍蟠,勢如斜而反直。"唐韓愈昌黎集三山石詩:"天明獨去無道路,出入高下窮煙霏。"

【煙鬟】㊀指婦女鬟髮。唐韓愈昌黎集五題炭谷湫祠堂詩:"祠堂像侔真,擢玉紆煙鬟。"㊁喻峰巒。宋蘇軾東坡集十七送程七表弟知泗州:"淮山相媚好,曉鏡開煙鬟。"

【煙靄】雲氣。唐岑參岑嘉州詩一東歸發犍爲至泥溪舟中作:"煙靄吳楚連,泝船湖海通。"元結元次山集十寒亭記:"若旦暮景氣,煙靄異色,蒼蒼石墉,含映山水。"

【煙水亭】在今江西九江市甘棠湖上。宋周濂溪子司封郎官壽建。取薄煙籠水之意以爲名。亭久廢,清康熙五十九年重建。見嘉慶一統志三一八九江府一古蹟。

【煙水國】江湖。猶言"煙波"。宋張耒張右史集二四次韻張公遠詩:"腸斷吳王煙水國,扁舟何日逐鴟夷。"

【煙雨樓】古蹟。在今浙江嘉興縣鴛鴦湖中。五代吳越錢元璙建,後屢經修葺。四面臨湖,晨烟暮雨,杳靄空濛,爲嘉興最勝之景。參閲浙江通志四一古蹟三。

【煙霞洞】名勝。在浙江杭州南高峯下。洞中原有石刻羅漢六尊,五代吳越王補刻十二尊,共成十八。旁有佛手巖。參閲浙江通志九山川一。

【煙霞癖】謂酷愛山水之癖。五代前蜀釋貫休禪月集二五別盧使君歸東陽詩之二:"難醫林藪煙霞癖,又出芝蘭父母鄉。"清道光以後借指嗜好鵶片成癮。

【煙蘿子】古代修道者的名號。宋蘇軾分類東坡詩二三游張山人園:"壁間一軸煙蘿子,盆裏千枝錦被堆。"注:"煙蘿子,今所畫修養者多有之。"

【煙月作坊】指妓院。宋陶穀清異録上蘧窠:"四方指南海爲煙月作坊,以言風俗尚淫故也。"

【煙波釣徒】唐張志和的別號。志和隱居江湖,著玄真子。新唐書入隱逸傳。參見"張志和"。

【煙消火滅】比喻事物消失,不見踪跡。初學記十四晉傅玄四言詩:"忽然長逝,煙消火滅。"也作"烟消雲散"。雍熙樂府二十元張養浩越調天淨沙曲:"更着十年試看,烟消雲散,一杯誰共歌歡。"

【煙視媚行】低視徐步,稱新婦舉止安詳的情態。呂氏春秋不屈:"白圭告人曰:'人有新取婦者,婦至,宜安矜,煙視媚行。'"

【煙雲供養】以山水怡情。明陳繼儒妮古録三:"黄大癡(公望)九十而貌如童顔,米友仁八十餘神明不衰,無疾而逝,蓋畫中烟雲供養也。"

【煙雲過眼】喻轉瞬卽過,不留痕跡。宋蘇軾東坡集三二寶繪堂記:"見可喜者,雖時復蓄之,然爲人取去,亦不復惜也。譬之煙雲之過眼,百鳥之感耳,豈不欣然接之,去而不復念也。"趙蕃淳熙稿十七觀祝少林所藏畫詩:"煙雲過眼還收去,怯似憑闌立久時。"

【煙簑雨笠】指隱者的服裝。宋蘇軾分類東坡詩十二書晁説之考牧圖後:"煙簑雨笠長林下,老去而今空見畫。"

【煙霞痼疾】對山水酷愛成癖。唐田遊巖罷歸後,全家隱居太白山二十餘年。後入箕山。唐高宗問其佳否,遊巖曰:"臣所謂泉石膏肓,煙霞痼疾者。"見新唐書隱逸傳。

煁 chén ㄔㄣˊ 氏任切,平,侵韻,禪。

可移動的爐竈。詩小雅白華:"樵彼桑薪,卬烘于煁。"爾雅釋言:"煁,烓也。"注:"今之三隅竈。"

煤 méi 莫杯切,平,灰韻,明。
ㄇㄟˊ

㊀煙塵之凝結屋上者。廣韻:"炱煤,灰集屋也。"㊁製墨之煙稱煤。引申作墨之代稱。唐韓偓香奩集橫塘詩:"蜀紙麝煤添筆媚,越甌犀液發茶香。"㊂一種固體燃料。春秋戰國時稱石涅或涅石;魏晉唐宋稱石炭;又稱石墨。明始稱煤或煤炭。明宋應星天工開物十一煤炭:"凡煤炭,普天皆生,以供鍛煉金石之用。"參閱清顧炎武日知錄三二石炭。

【煤山】即景山。在北京故宮神武門北。明稱萬歲山。崇禎間李自成起義軍入北京,思宗(朱由檢)自縊於此。清秦徵蘭天啟宮詞上:"煤山夏日樹青青,高處晴霞五彩橫。"

【煤炱】凝聚的煙塵。呂氏春秋任數:"嚮者,煤炱入甑中,棄食不祥,回攫而飯之。"注:"煤炱,煙塵也。"也作"煤炲"。唐盧仝玉川子集一月蝕詩:"摧環破璧眼看盡,當天一搭如煤炲。磨蹤滅跡須臾間,便似萬古不可開。"

煐 yīng 集韻 於驚切,平,庚韻。
ㄧㄥ

多用爲人名。

煠 zhá 士洽切,入,洽韻,牀。
ㄓㄚˊ 與涉切,入,葉韻,喻。
丑輒切,入,葉韻,徹。

食物放入油或湯中,一沸而出稱煠。唐劉恂嶺表錄異下:"水母……先煮椒桂,或荳蔻生薑,縷切而煠之。"宋蘇軾東坡集續集十二十二時中偈:"百衮油鐺裏,恣把心肝煠。"

煩 fán 附袁切,平,元韻,並。
ㄈㄢˊ

㊀熱頭痛。說文:"煩,熱頭痛也,从頁,从火。"引申爲煩躁、煩悶。史記一〇五倉公傳:"病使人煩懣,食不下。"㊁煩瑣,煩雜。書說命中:"禮煩則亂。"㊂混亂,糾纏。周禮考工記弓人:"夏治筋則不煩。"注:"煩,亂。"㊃麻煩,煩擾。孟子滕文公上:"何爲紛紛然與百工交易?何許子之不憚煩?"㊄煩勞,相煩。左傳僖三十年:"若亡鄭而有益於君,敢以煩執事。"史記晉世家:"(郤克)至國,請君,欲伐齊。景公問知其故,曰:'子之怨,安足以煩國?'弗聽。"

【煩文】㊀不必要的文字。同"繁文"。文選漢孔安國尚書序:"先君孔子,生於周末,覩史籍之煩文,懼覽之者不一,遂乃定禮樂,明舊章……帝王之制,坦然明白,可舉而行。"㊁煩瑣的儀式與法規。漢書五一路温舒傳上書言緩刑:"陛下初登至尊,與天合符,宜改前世之失,正始受之統,滌煩文,除民疾,存亡繼絕,以應天意。"

【煩手】變化複雜的彈奏手法。左傳昭元年:"於是有煩手淫聲,慆堙心耳,乃忘平和,君子弗聽也。"

【煩且】駿馬名。韓非子外儲左上:"齊景公游少海,傳騎從中來謁曰:'嬰疾甚,且死,恐公後之。'景公遽起,傳騎又至。景公曰:'趨駕煩且之乘,使騶子韓樞御之。'"也作"繁駔"。見該條。

【煩言】㊀繁瑣的話。商子農戰:"說者成伍,煩言飾辭而無實用。"㊁氣憤的話。詳"嘖有煩言"。

【煩法】繁瑣的法令。宋歐陽修文忠集七九頒貢舉條制勑:"其煩法細文,一皆罷去,明其賞罰,俾各勸焉。"

【煩苛】煩法苛政。漢書文帝紀:"中尉宋昌進曰:'……漢興,除秦煩苛,約法令,施德惠,人人自安。'"淮南子覽冥:"除刻削之法,去煩苛之事。"

【煩紆】煩悶雜亂。文選漢張平子(衡)四愁詩之三:"路遠莫致倚踟躕,何爲懷憂心煩紆?"唐李白李太白詩二古風之五六:"魚目復相哂,寸心增煩紆。"

【煩拏】紛亂,紛雜。拏,也作"挐"。楚辭宋玉九辯:"葉菸邑而無色兮,枝煩拏而交橫。"唐柳宗元柳先生集九故朝散大夫永州刺史崔公墓誌:"遷揚州錄事參軍,實吳越之大都會也,政令煩拏,貢奉叢沓,一日不葺,鐫誚四至,公爲之優游有餘。"

【煩冤】㊀愁悶,枉屈。楚辭屈原九章抽思:"煩冤瞀容,實沛徂兮。"注:"言已憂愁,思念煩冤,容貌憒亂,誠欲隨水沛然而流去也。"唐杜甫杜工部草堂詩箋二兵車行:"新鬼煩冤舊鬼哭,天陰雨濕聲啾啾。"㊁風迴旋貌。文選戰國楚宋玉風賦:"夫庶人之風,塕然起於窮巷之閒,堀堁揚塵,勃鬱煩冤,衝孔襲門。"

【煩辱】繁重雜亂。同"繁縟"。荀子議兵:"爲人主上者也,其所以接下之百姓者,無禮義忠信,……大寇則止,使之持危則必叛,遇敵處戰則必北,勞苦煩辱則必犇。"周禮秋官司隸:"邦有祭祀、賓客、喪紀之事,則役其煩辱之事。"

【煩淫】煩數沒有節制的樂聲,指俗樂。南齊書王僧虔傳:"僧虔好文史,解音律,以朝廷禮樂多違正典,民間競造新聲雜曲,時太祖輔政,僧虔上表曰:'……自頃家競新哇,人尚謠俗,務在噍殺,不顧音紀,流宕無崖,未知所極,排斥正曲,崇長煩淫。'"

【煩惱】㊀佛教指身心爲貪欲所困惑而產生的精神狀態。成唯識論四:"此四常(我癡、我見、我慢、我愛)起,擾濁內心,令外轉識,恒成雜染。有情由此生死輪迴,不能出離,故名煩惱。"景德傳燈錄二九梁寶誌大乘讚:"但無一切希求,煩惱自然消落。"㊁愁苦。宋歐陽修六一詞蝶戀花:"酒入橫波,困不禁煩惱。"草堂詩餘後集下蘇東坡(軾)虞美人揚州別少游詞:"誰教風鑑在塵埃,醞造一場煩惱送人來。"

【煩勞】㊀繁雜勞累。管子明法:"張官任吏治民,案法試課成功,守法而法之,身無煩勞而分職。"㊁憂慮愁悶。文選漢張平子(衡)四愁詩之一:"路遠莫致倚逍遙,何爲懷憂心煩勞?"㊂麻煩,打攪。明吳炳西園記傳奇十九:"大爺,還有一個方法,揀着好秀才,買了同號,央他代做,滿紙塗鴉,也省得煩勞貴體,把枯腸搜刮。"

【煩悶】鬱結不舒暢。太平御覽八六七晉劉琨與兄子南兗州刺史演書:"吾體中煩悶,恒假負茶,汝可信信致之。"唐白居易長慶集十九題新昌所居詩:"宅小人煩悶,泥深馬鈍頑。"

【煩費】耗費。史記平準書:"嚴助朱買臣等招來東甌,事兩越,江淮之閒蕭然煩費矣。"

【煩暑】悶熱。唐韋應物韋江州集一冰賦:"睹頒冰之適至,喜煩暑之暫清。"白居易長慶集五永崇里觀居詩:"季夏中氣候,煩暑自此收。"

【煩想】煩雜的思慮。文選晉孫興公(綽)遊天台山賦:"過靈溪而一濯,疏煩想於心胸。"

【煩碎】繁雜細碎。漢書八九黃霸傳:"米鹽靡密,初若煩碎,然霸精力能推行之。"後漢書二六韋彪傳章和二年詔:"君年在耆艾,不可復以加增,恐職事繁碎,重有損焉,其上大鴻臚印綬。"

【煩歊】悶熱。歊,熱氣上升。宋秦觀淮海集二田居詩之二:"羸老厭煩歊,解衣屢盤礴。"元王逢梧溪集三夜坐詩:"沖襟謝煩歊,廣簟生離索。"

【煩熱】煩悶躁熱。唐杜甫杜工部詩史補遺二入奏行贈西山檢察使竇侍御:"蔗漿歸廚金盌凍,洗滌煩熱足以寧君軀。"

【煩撋】搓揉。詩周南葛覃"薄汙我私"傳"汙,煩也"漢鄭玄箋:"煩,煩撋之,用功深。"釋文:"阮孝緒字略:煩撋,猶捼莎也。"周禮考工記鮑人"進而握之,欲其柔而滑也"漢鄭玄注:"謂親手煩攢之。"

【煩憂】 煩悶憂愁。藝文類聚七六南齊王融法門頌:"翼善開賢敷教義,昭蒙啓惑滌煩憂。"唐李白李太白詩十八宣州謝朓樓餞別校書叔雲:"棄我去者,昨日之日不可留;亂我心者,今日之日多煩憂。"

【煩劇】 指事務叢雜。北齊書孫搴傳:"又能鮮卑語,兼宣傳號令,當煩劇之任,大見賞重。"

【煩惋】 煩惱憂慮。楚辭宋玉九辯:"蓄怨兮積思,心煩惋兮忘食事。"

【煩蕪】 繁冗雜亂。唐劉知幾史通表曆:"易以六爻窮變化,經以一字成褒貶,……故知文尚簡要,語惡煩蕪,何必款曲重沓,方稱周備?"

【煩燠】 猶言煩熱。唐韋應物韋江州集二寄子西詩:"喬樹落疎陰,微風散煩燠。"

【煩懣】 氣結悶鬱。文選漢枚叔(乘)七發:"當是之時,雖有淹病滯疾,猶將伸傴起躄,發瞽披聾而觀望之也,況直眇小煩懣,酲醲病酒之徒哉!"楚辭漢嚴忌哀時命:"幽獨轉而不寐兮,惟煩懣而盈匈。"注:"懣,憤也。言己愁思展轉而不能卧,心中煩憤,氣結滿匈也。"

【煩襟】 胸懷愁悶。唐李白李太白集二七秋日於太原南栅餞陽曲王贊公……應舉赴上都序:"屏俗事於煩襟,結浮歡於落景。"杜甫杜工部草堂詩箋三二雲:"高齋非一處,秀氣豁煩襟。"

【煩擾】 冗雜繁亂。抱朴子道意:"若乃精靈困於煩擾,榮衛消於役用,煎熬形氣,刻削天和。"宋蘇軾分類東坡詩七與客遊道場何山得鳥字:"書生例強狠,造物空煩擾。"

【煩壤】 糞土,垃圾。莊子達生:"戶內之煩壤,雷霆處之。"唐成玄英疏:"門戶內糞壤之中,其間有鬼,名曰雷霆。"

【煩鶩】 鴨的一種。史記一一七司馬相如傳上林賦:"煩鶩鷛鸈,鷫鸍鵁鶄。"索隱:"郭璞云:煩鶩,鴨屬。"

【煩躁】 煩悶,動止不安。素問至真要大論:"少陰司天,……主勝則心熱煩躁,甚則脇痛支滿。"

【煩纓】 世俗的煩擾,猶言塵襟。唐韋應物韋江州集三西澗卽事示盧陟:"知子塵喧久,暫可散煩纓。"元倪瓚倪雲林集一聽袁子方彈琴詩:"芳琴發綺席,列坐散煩纓。"纓,帽帶;散纓,散髮脱俗的意思。

煗

nuǎn 乃管切,上,緩韻,泥。
ㄋㄨㄢ

同"煖"。温暖。墨子辭過:"當今之主,其爲衣服,則與此異矣。冬則輕煗,夏則輕凊。"吕氏春秋功名:"大寒既至,民煗是利。"

煣

rǒu 人九切,上,有韻,日。
ㄖㄡ

用火烘木使曲。漢書食貨志上引易繫辭:"斲木爲耜,煣木爲耒。"今本易繫辭下作"揉"。

煒

wěi 于鬼切,上,尾韻,于。
ㄨㄟ

鮮明光亮貌。詩邶風静女:"彤管有煒,説懌女美。"

【煒煒】 光彩鮮明貌。文選漢王文考(延壽)魯靈光殿賦:"瀖濩燐亂,煒煒煌煌。"水經注十三㶟水:"有五層浮圖,其神圖像,皆合青石爲之,加以金銀火齊,衆綵之上,煒煒有精光。"

【煒曄】 光明。引申爲明白。文選晉陸士衡(機)文賦:"奏平徹以閑雅,説煒曄而譎誑。"

煜

yù 余六切,入,屋韻,喻。
ㄩ 爲立切,入,緝韻,于。

㊀光耀。説文:"煜,熠也。从火,昱聲。"參見"煜煜"、"煜霅"。㊁熾盛貌。後漢書四十下班彪傳附班固東都賦:"鐘鼓鏗鎗,管弦曄煜。"㊂火焰。晉陸雲陸士龍集一南征賦:"服縣炎揚而晃儵,飛烽戢煜而泱漭。"

【煜煜】 光明貌。初學記一南朝梁簡文帝詠朝日詩:"團團出天外,煜煜上層峯。"指日光。宋蘇軾分類東坡詩一二十七日自陽平至斜谷宿於南山中蟠龍寺:"谷中暗水響瀧瀧,嶺上疎星明煜煜。"指星光。

【煜熠】 光耀熾盛。文選晉潘安仁(岳)笙賦:"愀愴恻淢,虺韡煜熠。"

【煜霅】 光耀貌。漢書一〇〇上敍傳荅賓戲:"其餘焱飛景附,煜霅其間者,蓋不可勝載。"文選作"霅煜"。喻聲名顯赫。

煬

1. yàng 餘亮切,去,漾韻,喻。
ㄧㄤ

㊀烘烤。説文:"煬,炙燥也。从火,昜聲。"莊子盜跖:"古者民不知衣服,夏多積薪,冬則煬之。"文選漢揚子雲(雄)甘泉賦:"東燭滄海,西耀流沙,北熿幽都,南煬丹厓。"㊁焚燒。文選晉潘安仁(岳)西征賦:"儒林填於坑穽,詩書煬而爲煙。"注:"郭璞方言注曰:今江東呼火熾猛爲煬。"

2. yáng 與章切,平,陽韻,喻。
ㄧㄤ

㊂熔化金屬。集韻:"煬,爍金也,或作烊。"㊃謚號用字。逸周書六謚法解:"去禮遠衆曰煬,好内遠禮曰煬,好内怠政曰煬。"

【煬和】 道家指和諧萬物的思想境界。莊子徐无鬼:"故无所甚親,无所甚疏,抱德煬和以順天下,此謂真人。"疏:"煬,温也。夫不測神人,親疏一觀,抱守温和,可謂真聖。"

【煬竈】 在竈前烤火。韓非子内儲上:"衛靈公之時,彌子瑕有寵,專於衛國。侏儒有見公者,曰:'臣之夢踐矣。'公曰:'何夢?'對曰:'夢見竈,爲見公也。'公怒曰:'吾聞見人主者夢見日,奚爲見寡人而夢見竈?'對曰:'夫日兼燭天下,一物不能當也;人君兼燭一國,一人不能壅也。故將見人主者夢見日。夫竈,一人煬焉,則後人無從見矣。今或者一人有煬君者乎?則臣雖夢見竈,不亦可乎!'"又見難四。喻佞幸擅權,蒙蔽國君。明范世彥磨忠記十四羣忠會奏:"俺做官的非圖榮耀,君側欲與除煬竈。"

熅

yūn 於云切,平,文韻,影。
ㄩㄣ

㊀雲氣。見"烟$_2$熅"。㊁没有火苗的火堆。漢書五四蘇建傳附蘇武:"鑿地爲坎置熅火,覆武其上,蹈其背以出血。"注:"熅謂聚火無焱者也。"

【熅熅】 ㊀渾沌貌。後漢書四十下班彪傳附班固典引:"太極之原,兩儀始分,烟烟熅熅,有沈而奥,有浮而清。"㊁火勢微弱貌。唐陸羽茶經二之具:"中置一器,貯塘煨火,令熅熅然。"

煨

wēi 烏恢切,平,灰韻,影。
ㄨㄟ

㊀熱灰。戰國策秦一:"犯白刃,蹈煨炭。"宋鮑彪注:"煨,盆中火。"新唐書八三衛國文懿公主傳:"咸通十年薨。……又許百官祭以金貝、寓車、廞服,火之,民爭取煨以汰寶。"㊁用文火燉熟或加熱。宋王禹偁小畜集七武平寺留題詩:"最憶去年飛雪裏,煮茶煨栗夜深迴。"元耶律楚材湛然居士集十和邦瑞韻送行詩:"幸有和林酒一樽,地爐煨火爲君温。"㊂埋在熱灰裏烤熟。清段玉裁説文解字注:"煨,玉篇作盆中火煻。廣韻曰:煻者,埋物灰中令熟也。通俗文曰:熱灰謂之煻煨。"

【煨芋】 置芋火中,煨之令熟。唐李繁鄴侯家傳:"(唐李)泌在衡嶽,有僧明瓚,號懶殘,泌察其非凡人也,中夜前往謁焉。懶殘命坐,發火煨芋以啗之曰:勿多言,領取十年宰相。"(類説二)。宋劉克莊後村集三懷保寧聽老詩:"探梅尚憶陪山屐,煨芋何因共地爐。"參見"懶殘"。

【煨塵】灰燼,塵埃。後漢書二三竇融傳論:"東方朔稱'用之則爲虎,不用則爲鼠',信矣。士有懷琬琰以就煨塵者,亦何可支哉!"宋王安石臨川集九吳長文新得顔公壞碑詩:"魯公之書既絶倫,歲久更爲時所珍,荒壇壞冢朽崖屋,剥落風雨埋煨塵。"

【煨燼】同"灰燼"。文選晉左太沖(思)魏都賦:"翼翼京室,眈眈帝宇,巢焚原燎,變爲煨燼。"南朝陳徐陵徐孝穆集八太極殿銘:"往朝煨燼,多歷年所,世道隆平,宜其休復。"

【煨乾就濕】形容慈母哺育、養護兒女的辛勞。元曲選(蕭德祥)殺狗勸夫三:"不想共乳同胞一體分,煨乾就濕母艱辛。"參見"推燥居濕"。

煟 wèi 于貴切,去,未韻,于。ㄨㄟ

㊀光明貌。詩小雅斯干"噦噦其冥"漢鄭玄箋:"噦噦,猶煟煟也。……皆寬明之貌。"㊁盛貌。金史食貨志一:"章宗彌文煟興,邊費亦廣,食貨之議,不容不急。"

【煟煌】快速貌。文選晉左太沖(思)吳都賦:"輶軒蓼擾,彀騎煟煌。"

煓 tuān 他端切,平,桓韻,透。ㄊㄨㄢ

㊀火熾盛貌。玉篇:"煓,火熾也。"㊁火紅色。舊題漢郭憲洞冥記四:"其國人皆織珠玉爲業,邀臣入雲煓之幕。"

煖 nuǎn 乃管切,上,緩韻,泥。ㄋㄨㄢ

温暖。同"暝"、"暖"。禮王制:"七十非帛不煖,八十非人不煖。"唐李商隱雜纂上相似:"燕似尼姑,有伴方行;婢似貓,煖處便住。"

【煖女】舊俗,女兒嫁後三日,母家饋送食物,稱爲煖女。見宋趙德麟侯鯖録三。本應作"餪女"。宋邵博聞見後録二七:"(宋祁)嘗納子婦,三日,子以婦家饋食物書白,一過目即曰:'書錯一字,姑報之。'至白報書,即怒曰:'吾薄他人錯字,汝亦爾邪?'子皇駭卻立,緩扣其錯。以筆塗'煖'字。蓋婦家書以食物煖女云,報亦如之。子益駭,又緩扣當用何'煖'字。久之,怒聲曰:'從食、從而、從大。'子退,檢字書博雅中出'餪'字,注云:'女嫁三日,餉食爲餪女。'始知俗間餪女云者,自有本字。"參閲宋孟元老東京夢華録五娶婦、吳自牧夢粱録二十嫁娶。

【煖玉】冬温夏涼的玉。唐蘇鶚杜陽雜編下:"大中初,日本國王子來朝……出楸玉局、冷煖玉棋子,云本國之東三萬里,有集真島,……池中生玉棋子……冬温夏冷,故謂之冷煖玉棋子。"聊齋志異保住:"所御琵琶,以煖玉爲牙柱,抱之一室生温。"

【煖耳】耳套。唐人稱耳衣。明沈德符萬曆野獲編九貂帽腰輿:"京師冬月,例用貂皮煖耳。……大臣自六卿至科道,每朝退見閣,必手摘煖耳藏之。"參見"耳衣"。

【煖谷】冬暖的山谷。南朝宋鮑照鮑氏集七望孤石詩:"江南多暖谷,雜樹茂寒峯。"暖,同"煖"。

【煖房】㊀舊俗,結婚前一日,女家到男家送禮、宴飲,稱爲煖房。宋吳自牧夢粱録二十嫁娶:"前一日女家先往男家鋪房,掛帳幔,鋪設房匲器具、珠寶首飾動用等物。以至親壓鋪房,備禮前來煖房。"㊁見"暖房"。

【煖金】寶器名。唐康駢劇談録下李相國宅注:"煖金帶,辟塵簪,皆希代之寶。"全唐詩六八五吳融即席十韻:"煖金輕鑄骨,寒玉細凝膚。"一本作"暖金"。

【煖笙】笙中有簧,冬寒時以火烘焙,稱爲煖笙。也指經過烘焙的笙。全唐詩六七〇秦韜玉吹笙歌:"纖纖軟玉捧暖笙,深思香風吹不去。"元周密齊東野語十七笙炭:"蓋笙簧必用高麗銅爲之,靘以緑蠟,簧煖則字正而聲清越,故必用焙而後可,陸天隨(龜蒙甫里集三贈遠)詩云:'妾思冷如簧,時時望君煖。'樂府亦有'簧煖笙清'之語。"

【煖塵】輕柔的塵土。元虞集道園學古録三次韻朱本初訪李溉之學士不遇詩:"城南城北煖塵飛,伐木相求苦未歸。"

【煖閣】設爐取暖的小閣。唐白居易長慶集五三別春爐詩:"煖閣春初入,温爐興稍闌。"

【煖轎】有帷幕遮蔽的轎子。水滸五八:"賀太守頭踏一對對擺將過來,看見太守那乘轎子,卻是煖轎;轎牕兩邊,各有十個虞候簇擁着,人人手執鞭鎗鐵鍊,守護兩下。"

【煖爐】㊀冬日禦寒的火爐。唐白居易長慶集五八晚起詩:"煖爐生火早,寒鏡裹頭遲。"㊁冬日圍爐飲宴。宋孟元老東京夢華録九十月一日:"三日,……有司進煖爐炭,民間皆置酒作煖爐會也。"呂原明歲時雜記:"京人十月朔,沃酒及炙臠肉於爐中,圍坐飲啗,謂之煖爐。"

【煖荅世】佛教譯語,稱帝王受佛戒儀式。明陶宗儀輟耕録二受佛戒:"累朝皇帝,先受佛戒九次,方正大寶,而近侍陪位者,必九人或七人,譯語謂之煖荅世,此國俗然也。"

【煖衣飽食】豐衣足食,生活安適。墨子天志中:"百姓皆得煖衣飽食,便寧無憂。"荀子榮辱:"孝弟原慤,軥録疾力,以敦比其事業,而不敢怠傲,是庶人之所以取煖衣飽食,長生久視,以免於刑戮也。"

煅 duàn 音韻闡微 丁玩切,去,翰韻,端。ㄉㄨㄢ

同"鍛"。音韻闡微引韻會:"冶金曰鍛,俗作煅。"

【煅煉】同"鍛鍊"。全唐文一六七盧照鄰釋疾文悲夫:"求時夜兮求鶚炙,何逼迫之如此;爲鼠肝兮爲蟲臂,何煅煉之如彼。"文苑英華三五五作"鍛鍊"。紅樓夢一:"誰知此石自經煅煉之後,靈性已通。"

煌 huáng 胡光切,平,唐韻,匣。ㄏㄨㄤ

光明,明亮。説文:"煌,煌輝也。从火,皇聲。"

【煌煌】㊀光輝貌。詩陳風東門之楊:"昏以爲期,明星煌煌。"㊁熾盛。漢書八七下揚雄傳法言:"明哲煌煌,旁燭亡疆。"唐杜甫杜工部草堂詩箋十一北征:"煌煌太宗業,樹立甚宏達。"

煰 chā 玉篇 丑涉切。ㄔㄚ

㊀火燒殘。見玉篇。㊁見"煰岸"。

【煰岸】藥名。蛤屬。馬刀的别名,見宋寇宗奭本草衍義十馬刀。也作"插岸"。宋文同丹淵集五過友人谿居詩:"水蟲行插岸,林鳥過提壺。"參見"馬刀"。

煥 huàn 火貫切,去,换韻,曉。ㄏㄨㄢ

光亮,鮮明。論語泰伯:"煥乎,其有文章。"注:"煥,明也。"文選漢張平子(衡)南都賦:"御房穆以華麗,連閣煥其相徵。"

【煥别】清楚分明。藝文類聚二二三國魏應瑒文質論:"紀禪協律,禮儀煥别。"

【煥炳】明亮。漢王充論衡超奇:"天晏,列宿煥炳。陰雨,日月蔽匿。"文選晉張景陽(協)七命:"皇道煥炳,帝載聦熙。"晉書本傳作"昭煥"。

【煥發】光彩四射。唐顔真卿顔魯公集九撫州臨川縣井山華姑仙壇碑銘:"鼎新廟貌,煥發規模。"聊齋志異阿繡:"母亦喜，爲女盥濯，竟妝，容光煥發。”

【煥煥】㊀顯赫貌。南史齊長沙威王晃傳：“晃多從武容，赫奕都街，時人爲之語曰：‘煥煥蕭四繖。’”㊁光輝貌。唐韓愈昌黎集一南山詩：“參參削劍戟，煥煥銜瑩琇。”

【煥爛】光耀燦爛。文選晉郭景純（璞）江賦：“鱗甲錐錯，煥爛錦斑。”北魏楊衒之洛陽伽藍記三景明寺：“妝飾華麗，侔於永寧。金盤寶鐸，煥爛霞表。”

【煥然一新】光彩奪目，面貌全新。宋陸游老學庵筆記八：“宣和末，有巨商捨三萬緡，裝飾泗州普照塔，煥然一新。”

煮 zhǔ 章與切，上，語韻，照。ㄓㄨˇ

說文作“鬻”，又作“煑”。㊀烹。周禮天官亨人：“職外內饔之爨亨煑，辨膳羞之物。”注：“職，主也。爨，今之竈。主於其竈煑物。”㊁煮鹽。管子地數：“齊有渠展之鹽，燕有遼東之煑。”

【煮石】舊題晉葛洪神仙傳記有白石先生者，常煮白石爲糧。又記焦先常食白石，以分與人，熟煮如芋食之。又晉武帝時董威輦煮石，千日不食。後來詩文中常用煮石作爲道家修煉的典故。藝文類聚七南朝梁庾肩吾東宮玉帳山銘：“煮石初爛，燒丹欲成。”元方回桐江續集九次韻贈道士汪庭芝詩：“中野履霜寧怨命，通霄煮石且隨緣。”

【煮字】喻以文字謀生。宋董嗣杲廬山集四秋涼懷歸詩：“少年偶負投機愧，今日徒工煮字勞。”

【煮棗】古地名。故城在今山東菏澤縣西南。戰國蘇秦說魏襄王，言魏地東有淮潁煮棗無胥；又漢樊噲攻項籍，屠煑棗，卽此。見史記六九蘇秦傳、九五樊噲傳。

【煮簣】三國魏邯鄲淳笑林：“漢人有適吳，吳人設筍，問是何物？語曰：‘竹也。’歸煮其牀簣而不熟，乃謂其妻曰：‘吳人轣轆，欺我如此。’”（玉函山房輯佚本）比喻自己弄錯反而埋怨別人。

【煮豆燃萁】世說新語文學：“（魏）文帝（曹丕）嘗令東阿王（曹植）七步中作詩，不成者行大法。應聲便爲詩曰：‘煮豆持作羹，漉菽以爲汁。萁在釜下燃，豆在釜中泣。本自同根生，相煎何太急。’帝深有慚色。”注：“魏志曰：‘陳思王植字子建，文帝同母弟也。’”後用以比喻骨肉相殘。

【煮海爲鹽】煮海水以爲鹽。世本一：“宿沙作煑鹽。”漢書四九鼂錯傳：“上曰：吳王卽山鑄錢，煑海爲鹽，誘天下豪桀，白頭舉事，此其計不百全，豈發虖？”

【煮粥焚鬚】新唐書九三李勣傳：“（勣）性友愛，其姊病，嘗自爲粥而燎其須。姊戒止。答曰：‘姊多疾，而勣且老，雖欲數進粥，尚幾何？’”後因以比喻手足之愛。

【煮鶴焚琴】比喻殺風景之事。宋胡仔苕溪漁隱叢話前集二二引宋蔡絛西清詩話：“義山雜纂……其一曰殺風景：謂清泉濯足，花上曬褌，背山起樓，燒琴煮鶴，對花啜茶，松下喝道。”

熙 xī 許其切，平，之韻，曉。ㄒㄧ

㊀光明。詩大雅文王：“穆穆文王！於緝熙敬止。”傳：“緝熙，光明也。”集傳：“緝，續；熙，明；亦不已之意。”㊁興盛。書堯典：“允釐百工，庶績咸熙。”史記五帝紀帝堯作“衆工皆興”。㊂曝晒。說文：“熙，燥也。”文選晉盧子諒（諶）贈劉琨詩：“仰熙丹崖，俯澡綠水。”㊃嬉戲。通“嬉”。莊子馬蹄：“含哺而熙，鼓腹而遊。”㊄吉祥。通“禧”。漢書禮樂志安世房中歌：“忽乘青玄，熙事備成。”注：“忽登青天而去，福熙之事皆備成也。熙與禧同。”

【熙平】北魏元詡（孝明帝）年號。公元516—518年。

【熙怡】喜悦。漢蔡邕蔡中郎集一故太尉喬公廟碑：“凡見公容貌，聞公聲音，莫不熙怡悅懌，思樂模則。”南朝宋鮑照鮑氏集八擬行路難：“爲此令人多悲悒，君當縱意自熙怡。”

【熙事】吉祥的事。宋歐陽修文忠集八八賜刑部郎中充天章閣待制錢象先等獎諭詔：“覽奏篇之來上，慶熙事之有成。”

【熙洽】指時世清明和樂。文選漢班孟堅（固）東都賦：“至于永平之際，重熙而累洽。”宋曾鞏元豐類稿二七賀元豐三年明堂禮畢大赦表：“臣幸逢熙洽，未奉燕間，一違前蹕之音，四遇親祠之慶。”

【熙春】温暖的春天。老子：“衆人熙熙，如享太牢，如登春臺。”文選晉潘安仁（岳）閑居賦：“於是凜秋暑退，熙春寒往，微雨新晴，六合清朗。”

【熙笑】怡然而笑。淮南子精神：“禹乃熙笑而稱曰：‘我受命於天，竭力而勞萬民；生寄也，死歸也，何足以滑和。’”

【熙陵】宋趙光義（太宗）陵墓。本名永熙陵，簡稱熙陵。在今河南鞏縣西南。

【熙朝】㊀使王朝興盛。晉陸機陸士衡集十辨亡論上：“大司馬陸公（抗）以文武熙朝，左丞相陸凱以謇諤盡規。”㊁盛朝。宋陳師道後山集十賀翰林曾學士書：“兄弟相望，乃平世之榮光；魯衛同升，亦熙朝之故事。”

【熙載】發揚功業。書舜典：“舜曰：‘咨四岳，有能奮庸熙帝之載。’”傳：“奮，起。庸，功。載，事也。訪羣臣有能起發其功，廣堯之事者。”後漢書四十下班固傳典引：“陶唐舍胤而禪有虞，虞亦命夏后，稷契熙載，越成湯武。”

【熙熙】㊀温和歡樂貌。老子：“衆人熙熙，如享太牢，如登春臺。”㊁和樂聲。左傳襄二九年：“爲之歌大雅，曰：‘廣哉，熙熙乎！’”一說廣大貌。參閱清王引之經義述聞十八熙熙乎。

【熙寧】宋趙頊（神宗）年號。公元1068—1077年。

【熙州慢】詞調名。唐天寶時樂曲，多以邊地名，若涼州、伊州、甘州之類。宋改鎮洮軍爲熙州，本秦隴西郡，亦邊地；調名熙州，義或取此。雙調，九十六字。見詞譜二四。

【熙朝瑞品】指煙葉。明天啟以後，漸次流行吸煙，當時稱“喫煙”。煙字聲與燕京之“燕”相同。故民間賣菸草者，諱煙字，題曰“熙朝瑞品”。後來菸煙店題扁相沿有“熙朝瑞草”語，蓋本於此。見清俞正燮癸巳存稿十一喫煙事述。

【熙熙攘攘】喧嚷紛雜貌。史記一二九貨殖傳：“天下熙熙，皆爲利來；天下壤壤，皆爲利往。”壤，通“攘”。太平御覽四四九引周書：“容容熙熙，皆爲利謀；熙熙攘攘，皆爲利往。”明袁宏道袁中郎詩集下登晴川閣望武昌：“遥知鬱鬱葱葱地，只在熙熙攘攘間。”

尞 liào 力照切，去，笑韻，來。ㄌㄧㄠˋ

“燎”的本字。火焰上升貌。說文：“尞，柴祭天也，从火，从昚。昚，古文慎字。祭天，所以慎也。”按甲骨文“尞”字，皆从木在火上，木旁諸點，象火焰上升狀，非从昚。漢書禮樂志郊祀歌朝隴首：“靁電尞，獲白麟。”注：“尞，古燎字。”

照 zhào 之少切，去，笑韻，照。ㄓㄠˋ

㊀照射。易恒：“日月得天而能久照。”㊁日光。唐杜甫杜工部草堂詩箋三十秋野之四：“遠岸秋沙白，連山晚照紅。”㊂看鏡中之影。晉書王戎傳附王衍：“在車中攬鏡自照。”㊃察看。後漢書二六馮勤傳：“忠臣孝子，覽照前世，以爲鏡誡，能盡忠於國，事君無二，則爵賞光乎當世，功名列於不朽，可不勉哉！”㊄通知，通告。見“照會”。

【照子】 鏡子。本草綱目八金一古鏡:"鑑,照子。"

照子

【照火】 指螢發光照明。宋黃庭堅山谷內集一演雅詩:"螳蜋當轍恃長臂,熠燿宵行矜照火。"

【照石】 傳說中的奇石。舊題晉王嘉拾遺記十方丈山:"山西有照石,去石十里,視人物之影如鏡焉。碎石片片,皆能照人。而質方一丈則重一兩。"

【照面】 對面相遇。元王實甫西廂記一本一折:"投至到櫳門兒前面,剛那了一步遠。剛剛的打箇照面,風魔了張解元。"京語亦稱見面打招呼爲打箇照面。

【照冥】 指舊俗放水燈。明田汝成西湖遊覽志餘二十熙朝樂事:"七月十五日爲中元節,俗傳地官赦罪之辰,……僧家建盂蘭盆會,放燈西湖及塔上、河中,謂之照冥。"

【照袋】 盛放文具雜物的袋子。宋李宗諤先公談錄:"王太保每天氣暖和,必乘小駟,從三四蒼頭,攜照袋,貯筆硯、韻略、刀子、牋紙并小樂器之類。照袋以馬皮爲之,四方,有蓋并襻,五代士人同用之。"(類說十五)先公,指宗諤父昉。

【照得】 自宋以來公文布告中的開頭用語。意爲查察而得。也作"照對"。宋以後專用照得。宋曹彥約昌谷集十六豫章苗倉受納榜:"今照得所在郡縣受納苗米加耗數目,已失祖宗之舊。"朱熹朱文公集別集九措置客米到岸民户收糴不盡曉諭:"照對管內田禾多有旱損,切恐民間闕食,已措置合稅務多方招誘客人來船住岸出糴。"參閱清翟灝通俗編六照得。

【照牒】 憑證。宋王明清玉照新志三:"高公軒者……自惟孤寒,無從求知於當路,但各乞一改官照牒,障面而歸,以張鄉閭。"

【照會】 ㊀參照,對勘。宋史河渠書三紹聖元年十月:"丙辰,張商英又言:'……訪聞先朝水官孫民先、元祐六年水官賈種民各有河議,乞取索照會。召前後本路監司及經歷河事之人,與水官詣都堂反覆詰難,務取至當。'"兩朝綱目備要十二嘉定三年十二月:"先是十一月間府民有因頌行賕者,事連武學生柯子沖盧德宣,……(趙)師羼爲府尹,書判各決竹篦二十,押出府城,仍申國子監照會。"㊁招呼,通知。明吳炳畫中人傳奇三四:"特先到他寓所,打箇照會。"

【照管】 照料管理。宋歐陽修文忠集一五〇與焦殿丞二:"某恐不久出疆,欲且奉託與照管三數小子。"

【照磨】 官名,以照對磨勘爲職,爲主管文書照刷卷宗之官吏。元時內而六部樞密宣政宣徽諸院,御史臺大司農大都督府等署及諸衛諸親軍,外而行中書省宣慰司廉訪司都轉運鹽使司,皆設照磨,或兼承發及架閣管勾之職。明時都察院及布政按察二司各府皆置照磨。清代除都察院不置照磨外,餘皆用明制,掌照刷卷宗。參閱元史百官志一中書省掾屬、歷代職官表五三知府直隸州知州等官。

【照壁】 古代房屋的一種附屬建築。宋王闢之澠水燕談錄七書畫:"保塞軍東北數里曰路疃。一小寺殿後照壁舊有畫水,世傳張僧繇筆。"宋李誡營造法式七有殿閣照壁版及廊屋照壁版法式。

【照臨】 ㊀從上面照耀。詩邶風日月:"日居月諸,照臨下土。"㊁指君主統治。同"君臨"。左傳昭二八年:"照臨四方曰明,勤施無私曰類。"㊂敬詞,稱賓客來到。同"光臨"。左傳文十二年:"襄仲辭玉,曰:'君不忘先君之好,照臨魯國,鎮撫其社稷,重之以大器,寡君敢辭玉。'"

【照膽】 ㊀劍名。南朝梁陶弘景刀劍錄:"武丁在位五十九年,以元年歲次戊午鑄一劍,長三尺,銘曰照膽,古文篆書。"㊁水極清稱照膽清,猶言清徹底。全唐詩二八〇盧綸清如玉壺冰:"玉壺冰始結,循吏政初成,既有虛心鑒,還加照膽清。"

【照爛】 光輝燦爛。史記一一七司馬相如傳子虛賦:"眾色炫耀,照爛龍鱗。"文選南朝梁江文通(淹)別賦:"鏡朱塵之照爛,襲青氣之烟熅。"

【照顧】 關心,照料。宋曹彥約昌谷集十二與郭統制劄子:"如彼中無著處,差人送來此間亦好,然須責所差人軍令狀,路上照顧他也。"

【照天燭】 照亮天空的燭光。比喻人的明察。宋范鎮東齋紀事四:"田元均密諫況,寬厚明辨,其治成都最爲有聲。有訴頌,其懦弱不能自伸者,必委曲問之,莫不盡得其情,故決遣未嘗少誤,蜀人謂之'照天蠟燭',又謂之'不錯事尚書'。"又歐陽修在南京,民間亦有照天蠟燭之譽。見文忠集附錄修子發述事迹。

【照田蠶】 江南舊俗,每年十二月二十五日,以麻浸油,縛長竿上,燃成火炬,遍照田野,祝來年蠶絲穀物豐收,稱照田蠶。宋范成大石湖集三十臘月村田樂府序:"其七照田蠶詞與燒火盆同日。村落則以禿帚若麻藍竹枝輩燃火炬,縛長竿之杪以照田,爛然徧野,以祈絲穀。"

【照妖鏡】 能使妖魔顯露原形的寶鏡。舊題漢郭憲洞冥記一:"釣影山去昭河三萬里,……望蟾閣十二丈,上有金鏡,廣四尺;元封中,有祇國獻此鏡,照見魑魅,不獲隱形。"唐李商隱李義山詩集一李肱所遺畫松詩書兩紙得四十韻:"我聞照妖鏡,及與神劍鋒。"

【照泥星】 指有下雨徵候的星象。唐王建詩八聽雨:"半夜思家睡裏愁,雨聲落落屋簷頭。照泥星出依前黑,淹爛庭花不肯休。"舊時農諺有"乾星照濕地,仍當雨"之語,義同。

【照夜白】 駿馬名。唐張彥遠歷代名畫記九:"玄宗好大馬,御廐至四十萬,……西域大宛歲有來獻……遂命悉圖其駿,則有玉花驄、照夜白等。"唐杜甫杜工部詩史補遺五韋諷錄事宅觀曹將軍畫馬圖引:"曾貌先帝照夜白,龍池十日飛霹靂。"

【照乘珠】 光亮能照明車輛的寶珠。史記田敬仲完世家:"(威王)與魏王會田於郊。魏王問曰:'王亦有寶乎?'威王曰:'無有。'梁王曰:'若寡人國小也,尚有徑寸之珠照車前後各十二乘者十枚。'"後亦喻極其名貴。宋陸游劍南詩稿五四書宛陵集後:"趙璧連城價,隋珠照乘明。"

【照虛耗】 宋時京師的一種習俗。用意是祛除鬼怪。宋缺名異聞總錄四:"京師風俗,每除夜必明燈於廚廁等處,謂之照虛耗。"宋孟元老東京夢華錄十十二月:"二十四日交年,都人至夜……於牀底點燈,謂之照虛耗。"虛耗,鬼名,其所至之處,令人損失財物,庫藏空竭。見唐釋慧琳一切經音義七五道地經一髿魃。

【照殿紅】 ㊀山茶花的一種。明田汝成西湖遊覽志餘三偏安佚豫:"淳熙六年三月十五日……中間放沈香卓,安白玉碾花商尊,高二尺,徑一尺三寸,獨插照殿紅十五枝。"參閱廣羣芳譜四一山茶。㊁寶石的一種。清谷應泰博物要覽六錫蘭國紅寶石:"錫蘭國翠藍山產紅寶石,石色大紅明瑩,夜有寶光,可以代燈燭。……頂嵌于冠上,每大朝會,黑夜,滿殿紅光如曙,名照殿紅。"

【照膽鏡】 傳說漢高祖初入咸陽宮,見

方鏡廣四尺，能照見人腸胃五臟，知病之所在。又女子有邪心，則膽張心動。見舊題漢劉歆西京雜記三。北周庾信庾子山集一鏡賦："鏡乃照膽照心，難逢難值。"

【照曠閣】清嘉慶時，昭文張海鵬藏書閣名。海鵬家富好藏書，多宋元舊刻，嘗言"藏書不如讀書，讀書不如刻書；讀書祇以爲己，刻書可以澤人"。曾刊學津討原二十集，一百七十七種；墨海金壺一百十四種；借月山房叢書一百三十五種。

煦 xǔ xù 況羽切，上，麌韻，曉。
ㄒㄩˇ ㄒㄩˋ 香句切，去，遇韻，曉。

㊀陽光的温暖。墨子經説下："景光之人煦若射。"㊁日始出。司馬法："旦明，鼓五通爲五煦。"全唐詩一三八儲光羲貽王侍御出臺掾丹陽："旌戟儼成行，雞人傳發煦。"㊂見"煦煦㊀"。

【煦伏】鳥卵在翅翼下受孵。喻養育。三國志吳吳主傳黃武元年注引魏略魏三公奏："吳王孫權，幼豎小子，……少蒙翼卵煦伏之恩，長含鴟梟反逆之性，背棄天施，罪惡積大。"

【煦沫】用唾沫互相濕潤，喻不幸者互相扶持。煦，也作"呴"、"喣"。莊子大宗師："泉涸，魚相與處於陸，相呴以濕，相濡以沫，不如相忘於江湖。"文選南朝梁劉孝標（峻）廣絶交論："故魚以泉涸而煦沫，鳥因將死而鳴哀。"

【煦煦】㊀和樂貌。也作"喣喣"。文選漢東方曼倩（朔）非有先生論："故卑身賤體，説色微辭，愉愉煦煦，終無益於主上之治。"唐韓愈昌黎集十一原道："老子之小仁義，非毀之也，其見者小也。……彼以煦煦爲仁，孑孑爲義，其小之也則宜。"㊁温暖。元張養浩歸田類稿十四擬四時歸田樂詩冬："負暄坐晴簷，煦煦春滿袍。"

【煦嫗】㊀覆育，撫養。禮樂記："天地訢合，陰陽相得，煦嫗覆育萬物。"注："氣曰煦，體曰嫗。"疏："天以氣煦之，地以形嫗之，是天煦覆而地嫗育，故言煦嫗覆育萬物也。"㊁温暖。唐白居易長慶集六二歲暮詩："加之一盃酒，煦嫗如陽春。"

煞 1. shā 所八切，入，黠韻，山。
ㄕㄚ

俗"殺"字。㊀消滅。漢班固白虎通五行："明王先賞後罰，何法？法四時，先生後煞也。"㊁結束。元周密齊東野語十六降仙："年年此際一相逢，未審是甚時結煞。"曲調中有一煞至五煞和煞尾，皆爲結束之意。

2. shà
ㄕㄚˋ

㊀凶神。北齊顔之推顔氏家訓風操："偏傍之書，死有歸殺，子孫逃竄，莫肯在家，畫瓦書符，作諸厭勝。"清盧文弨補注："偏傍之書，謂非正書。俗本殺作煞，道家多用之，此從宋本。"㊃極甚，很。全唐詩六五四羅鄴嘉陵江："嘉陵南岸雨初收，江似秋嵐不煞流。"宋員興宗九華集二五紹興采石大戰始末："金主（亮）曰：'我自去年，煞做無道理事，今日饒我也得由你輩，殺我也得由你輩。'"㊄啥，什麼。紅樓夢六："劉老老心中想着：這是什麼東西，有煞用處呢？"

【煞風景】同"殺風景"。宋樓鑰攻媿集一次韻沈使君懷浮岡梅花詩："毋庸高牙煞風景，爲著佳句增孤妍。"詳"殺風景"。

十 畫

熔

同"鎔"。近代凡言因火而融化者，多用此字。

熇 1. hè 呵各切，入，鐸韻，曉。
ㄏㄜˋ 呼木切，入，屋韻，曉。
火酷切，入，沃韻，曉。

㊀熾盛。見"熇熇"。唐釋玄應一切經音義二十引埤蒼："熱貌也。熇亦熾盛。"

2. kǎo 集韻 苦浩切，上，皓韻。
ㄎㄠˇ 口到切，去，号韻。

㊀用火烘焙。同"烤"。集韻："熇，焅熇也，或从告。"

3. xiāo 集韻 虛嬌切，平，宵韻。
ㄒㄧㄠ

㊀熱氣。集韻："熇、㷹，炎氣也，或从喬。"

【熇₃暑】酷暑。文選晉左太沖（思）魏都賦："宅土熇暑，封疆障癘。"注："埤蒼曰：熇，熱貌，許妖切。"

【熇熇】火熱，熾烈。詩大雅板："多將熇熇，不可救藥。"疏："多行慘毒之惡，熇熇然使惡加于民，不可救止而藥治之。"

【熇₃赫】炎熱。廣弘明集二七上南朝齊蕭子良淨住子訶詰四大門："若季夏鬱蒸，熇赫炎烈，復須輕絺廣室，風扇牙簟。"

【熇₃蒸】熱氣升騰。唐柳宗元柳先生集十二先太夫人河東縣太君歸祔志："人多疾殃，炎暑歊蒸。"參見"歊烝"。

【熇尾蛇】一種毒蛇。政和證類本草二二蚺蛇引圖經："葛氏（洪）云：青蝰蛇，緑色。喜緣木及竹上，大者不過四五尺，……一種其尾三四寸，色異者名熇尾蛇，最毒。"

煻 táng 徒郎切，平，唐韻，定。
ㄊㄤˊ

烘焙，煨火。見下。

【煻煨】㊀帶火的灰。通俗文："熱灰謂之煻煨。"（輯佚本）。唐陸羽茶經二之具："中置一器，貯煻煨火，令熅熅然。江南梅雨時，焚之以火。"㊁池名。正字通"煻"："煻煨池在遼東。北有唐太宗烽火臺，五里間有火穴，名煻煨池，夜明如晝。或有物去池三十步，無巨細，脅入池中。"

煽 shān shàn 式連切，平，仙韻，審。
ㄕㄢ ㄕㄢˋ 式戰切，去，線韻，審。

㊀熾盛。詩小雅十月之交："豔妻煽方處。"傳："煽，熾也。"説文偏引詩作"偏"。文選晉左太沖（思）蜀都賦："火井沈熒於幽泉，高爓飛煽於天垂。"㊁鼓動，煽惑。宋陸游劍南詩稿八十排悶："友讎同一波，平地肆蹈踐。幺然性命微，日畏讒口煽。"

【煽訹】誘惑鼓動。新唐書一二五蘇瓌傳："中宗復政，鄭普思以妖幻位祕書員外監，支黨偏汧隴間，相煽訹爲亂。"

【煽動】煽惑，鼓動。舊五代史唐明宗紀四："龍晊所部之衆，……在途聞李嚴爲孟知祥所害，以爲劍南阻絶，互相煽動。"

【煽熾】形容聲勢猛烈。文選晉潘安仁（岳）馬汧督誄："聲勢沸騰，種落煽熾。"注："風俗通曰：諸羌種落熾盛，大爲邊害。"

熒 yíng 户扃切，平，青韻，匣。
ㄧㄥˊ

㊀微弱的光。漢揚雄太玄經一狩："熒狩狧狧，不利有攸往。"注："熒者，光明小見之貌。"㊁蟲名。通"螢"。後漢書八靈帝紀中平六年："（少）帝與陳留王協，夜步逐熒光，行數里。"㊂水名。周禮夏官職方氏："河南曰豫州……其川熒、雒。"㊃眩惑。通"營"、"瑩"。莊子人間世："若唯無詔，王公必將乘人而鬭其捷，而目將熒之，而色將平之，口將營之，容將形之，心且成之。"釋文："向（秀）崔（譔）本作營。"

【熒火】螢火蟲。爾雅釋蟲："熒火，即炤。"注："夜飛，腹下有火。"

【熒芝】草名，夜可發光。南朝梁陶弘景陶隱居集華陽頌物軌："熒芝可燭夜，田泉嘗澣塵。"元張雨勾曲外史貞居集四燈花聯句："寸草熒芝小，丹葩瑞帶雙。"

【熒郁】茂盛。古文苑四漢揚雄蜀都賦："百華投春，隆隱芬芳，蔓茗熒郁，翠紫青黃。"

【熒侮】惑亂、侮辱。孔子家語相魯："匹夫熒侮諸侯者，罪應誅。"史記孔子世家作"熒惑"。唐杜甫杜工部草堂詩箋十二火："爾寧要謗讟，憑此近熒侮。"

【熒庭】地名。在今山西翼城縣東南。左傳襄二十三年齊侯伐晉，築壘於熒庭，即此地。

【熒惑】㊀炫惑。逸周書史記："重丘遺之美女，績陽之君悦之，熒惑不治。"戰國策趙二："凡大王之所信以爲從者，恃蘇秦之計，熒惑諸侯，以是爲非，以非爲是。"㊁火星别名。因隱現不定，令人迷惑，故名。史記天官書："察剛氣以處熒惑。……禮失，罰出熒惑，熒惑失行是也。出則有兵，入則兵散。"

【熒魂】指目睛。漢揚雄法言修身："日有光，月有明。三年不目日，視必盲；三年不目月，精必矇。熒魂曠枯，糟莩曠沈，擿埴索塗，冥行而已矣。"言盲人日行如夜行。喻不學則視而不見，空虛無知。

【熒熒】㊀小火。六韜守土："涓涓不塞，將爲江河；熒熒不救，炎炎奈何？"㊁微光閃爍貌。文選戰國楚宋玉高唐賦："玄木冬榮，煌煌熒熒，奪人目睛。"指草木花朵的光彩。藝文類聚三四晉潘岳悼亡賦："燈熒熒兮如故，帷飄飄兮若存。"指燈燭光。全唐詩一四三王昌齡送竇七："清江月色傍林秋，波上熒熒望一舟。"指月光。㊂光豔貌。史記趙世家武靈王十六年："美人熒熒兮，顔若苕之榮。"

【熒曄】光明貌。文選晉郭景純（璞）江賦："紫菜熒曄以叢被，綠苔鬖髿乎研上。"

【熒澤】地名。1.在今河南淇縣東。春秋衛懿公及狄人戰於熒澤，衛師敗績，狄人遂滅衛，即此。見左傳閔二年。2.在今河南滎陽縣東。春秋楚潘黨逐晉將魏錡及於熒澤，即此。見左傳宣十二年。

【熒燎】微弱的火光，喻微妙。魏書張淵傳觀象賦："蓋象外之妙，不可以粗理尋；重玄之內，難以熒燎覩。"注："言玄理微妙，不可知見也。"

【熒燭】微弱的燭光。漢書一〇〇上敍傳答賓戲："若賓之言，斯所謂見勢利之華，闇道德之實，守突奧之熒燭，未印天庭而覩白日也。"注："熒燭，熒熒小光之燭也。印讀曰仰。"

粦 lín 力珍切，平，真韻，來。
ㄌㄧㄣˊ

磷火。"燐"的本字。説文："兵死及牛馬之血爲粦。粦，鬼火也。从炎、舛。"隸省作"粦"。

煿 bó 集韻 伯各切，入，鐸韻。
ㄅㄛˊ

俗稱煎炒食物爲煿。唐劉恂嶺表録異下："黄臘魚……南人臠爲炙，雖美而毒，或煎煿，或乾。"聊齋志異張老相公："囑家人在舟，勿煿羶腥。"

熀 huǎng 字彙 呼往切，音怳。
ㄏㄨㄤˇ

寬敞明亮。同"晃"。文選漢王文考（延壽）魯靈光殿賦："鴻爌熀以爣閬。"一本作"爌炾"。

【熀爛】明亮，輝煌。抱朴子明本："嗟乎！所謂抱螢燭於環堵之內者，不見天光之熀爛；侶鮋鰕於跡水之中者，不識四海之浩汗。"

熉 yǔn yún 集韻 羽粉切，上，隱韻。
ㄩㄣˇ ㄩㄣˊ 玉分切，平，文韻。

黄貌。漢書禮樂志郊祀歌天門："照紫幄，珠熉黄。"注："如淳曰：'熉音殞，黄貌也。'師古曰：'言光照紫幄，故其珠色熉然而黄也。'"

熂 xì 許既切，去，未韻，曉。
ㄒㄧˋ

火燒雜草。詩大雅旱麓"瑟彼柞棫，民所燎矣"漢鄭玄箋："柞棫之所以茂盛者，乃人熂燎除其旁草，養治之，使無害也。"宋書羊玄保傳附羊希："山湖之禁，雖有舊科，民俗相因，替而不奉，熂山封水，保爲家利。"

【熂爐】火燒山草。宋書羊玄保傳附羊希："凡是山澤，先常熂爐種養竹木雜果爲林芿，及陂湖江海魚梁鰌鮆場，常加功修作者，聽不追奪。"

熓 chǎo 初爪切，上，巧韻，初。
ㄔㄠˇ

㊀同"炒"。廣韻："熓，熬也。"宋陸游老學庵筆記二："故都李和熓栗，名聞四方。"清吴震方嶺南雜記："苦瓜……俱食其青者，或醃作葅，或灌肉其內，或以熓肉。"㊁熏烤。西遊記七："只是風攪得煙來，把一雙眼熓紅了，弄做個老害病眼，故喚作火眼金睛。"

熄 xī 相即切，入，職韻，心。
ㄒㄧ

火滅。引申指息滅、消亡。孟子離婁下："王者之迹熄而詩亡，詩亡，然後春秋作。"

熊 xióng 羽弓切，平，東韻，于。
ㄒㄩㄥˊ

㊀獸名。左傳昭七年："今夢黄熊入于寢門。"㊁形容火勢旺盛。見"熊熊"。㊂姓。相傳爲黄帝有熊氏的後代。又周成王封熊繹於楚，爲楚之先。見史記楚世家。

【熊丸】藥名，用熊膽和藥爲丸。唐柳仲郢少時好學，其母韓氏嘗和熊膽丸，使夜咀嚥以助勤。後因以熊丸作爲賢母教子的典故。見宋錢易南部新書丁、新唐書一六三柳公綽傳附柳仲郢。

【熊白】熊背上的白脂，爲珍貴美味。宋蘇軾分類東坡詩十八次韻孔毅父集古人句見贈之二："今君坐致五侯鯖，盡是猩脣與熊白。"參閲政和證類本草十六熊脂。

【熊耳】山名。1.在河南省。秦嶺東段支脈。以東西兩峯相峙，狀如熊耳而名。書禹貢："導洛自熊耳。"參閲太平寰宇記六虢州盧氏縣。2.在湖南省。史記封禪書："登熊耳山以望江漢。"索隱引荆州記："耒陽益陽二縣東北有熊耳，東西各一峯，狀如熊耳，因以爲名。齊桓公並登之。"

【熊車】配有熊軾的車。漢制，公、列侯用之。文苑英華一二六南朝梁元帝（蕭繹）玄覽賦："應鳴鞞於龍角，覆緹幕於熊車。"參見"熊軾"。

【熊岳】縣名。遼置，爲盧州治。金屬蓋州，元併入建安縣。卽今遼寧省熊岳城，在蓋縣西南。參閲遼史地理志、嘉慶一統志六十奉天府二。

【熊席】熊皮坐席。周禮春官司几筵："甸役，則設熊席。"呂氏春秋分職："（衛靈）公曰：天寒乎？宛春曰：公衣狐裘，坐熊席，陬隅有竈，是以不寒。"舊題漢劉歆西京雜記一："綠熊席，席毛長二尺餘，人眠而擁毛自蔽，望之者不能見，坐則没膝其中。"

【熊魚】孟子告子上有"魚，我所欲也；熊掌，亦我所欲也"語，後因以熊魚比喻難得兼有的事物。元朱晞顔瓢泉吟稿二和張州尹節飲食詩："熊魚未必能兼欲，藜藿何嘗有别腸。"清趙翼甌北詩鈔絶句二論詩："熊魚自笑貪心甚，既要工詩又怕窮。"

【熊渠】㊀人名。古之善射者。韓詩外傳六："昔者，楚熊渠子夜行，寢石，以爲伏虎，彎弓而射之，没金飲羽，下視，知其爲石。"史記龜策傳作"雄渠"。㊁唐代宫室衛隊名。舊唐書職官二："凡兵士隸衛，各有其名。左右衛曰驍騎，左右驍衛曰豹騎，左右武衛曰熊渠。"

【熊掌】熊的脚掌，也叫熊蹯。是一種珍貴的食品。孟子告子上："魚，我所欲也；熊掌，亦我所欲也。二者不可得兼，舍魚而取熊掌者也。」

【熊軾】作伏熊形的車前橫軾。後漢書輿服志上:「公、列侯安車,朱班輪,倚鹿較,伏熊軾。」後用以指公卿及地方長官。唐杜甫杜工部詩史補遺十奉贈蕭十二使君:「鵬圖仍矯翼,熊軾且移輪。」

【熊熊】盛貌。山海經西山經:「南望昆侖,其光熊熊,其氣魂魂。」注:「皆光氣炎盛相焜燿之貌。」指光氣。史記八一廉頗藺相如傳唐司馬貞索隱述贊:「清颷凜凜,壯氣熊熊,各竭誠義,遞爲雌雄。」指人的氣概。

【熊館】㊀豢熊以供射獵之處。藝文類聚九五南朝梁劉孝威謝熊白啟:「竊以館有射熊之名,臺無走狗之號。」唐李商隱李義山文集三獻侍郎鉅鹿公啟:「柏臺侍宴,熊館從畋。」㊁熊在山林中藏伏之地。宋邵博聞見後錄二九:「熊山行數千里,各于巖穴林莽之間,有藏伏之所,山中人謂熊館云。」

【熊戲】古健身術名。東漢華佗所創五禽戲之一。效法熊的俯仰蹲踞姿態,用以增强體質。雲笈七籤三二導引按摩:「熊戲者,正仰以兩手抱膝下,舉頭左僻地七,右亦七,蹲地以手左右托地。」參見「五禽戲」。

【熊膽】㊀同「熊丸」。宋楊萬里誠齋集九薛舍人母方氏太恭人挽章詩:「熊膽平生苦,魚軒晚歲榮。」㊁陰乾後的熊膽,可入藥。參閱元周密齊東野語四經驗方、本草綱目五一獸二熊膽。

【熊羆】㊀熊和羆,皆爲猛獸。詩小雅斯干:「吉夢維何,維熊維羆。……大人占之,維熊維羆,男子之祥。」後遂以熊羆連稱,指爲生男之兆。舊時祝人生男曰熊夢,或稱熊羆入夢,本此。三國志魏高柔傳上疏:「陛下聰達,窮理盡性,而頃皇子連年夭逝,熊羆之祥,又未感應,羣下之心,莫不悒戚。」㊁比喻勇士。書牧誓:「勗哉夫子,尚桓桓,如虎如貔,如熊如羆。」又康王之誥:「則亦有熊羆之士,不二心之臣,保乂王家。」㊂上古人名。書舜典:「益拜稽首,讓于朱虎熊羆。」傳:「朱虎熊羆,二臣名。」宋蔡沈集傳以朱虎熊羆爲四人。

【熊蹯】卽熊掌。左傳宣二年:「晉靈公不君,……宰夫胹熊蹯不熟,殺之。」又文元年:「冬十月,(楚太子商臣)以宮甲圍成王。王請食熊蹯而死,弗聽。」注:「熊掌難熟,冀久將有外援。」

【熊繹】周代楚國始封之祖。周文王時有鬻熊,其後以熊爲氏,至成王時封熊繹於楚,姓芈氏,居丹陽,爲春秋楚之始。見史記楚世家。

【熊耳杯】杯名。藝文類聚三北齊邢子才(邵)冬日傷志詩:「朝馳馬腦勒,夕銜熊耳杯。」北周庾信庾子山集一三月三日華林園馬射賦:「熊耳刻杯,飛雲畫壘。」

【熊廷弼】公元 1569—1625 年。明江夏人,字飛白。萬曆二十六年進士,四十七年經略遼東,勇於任事,持守邊議,以後金兵入撫順,被劾罷官。熹宗天啟元年,後金取瀋陽遼陽,乃以王化貞巡撫廣寧,並起廷弼經略遼東,經撫戰守意見不一。次年,化貞兵敗,棄廣寧,兩人皆退入關內。時太監魏忠賢欲藉此以陷害正人,因誣廷弼贓私行賄,論死,斬於西市,傳首九邊。至崇禎二年始獲昭雪。時化貞尚在獄,復斬於西市。著有遼中書牘、熊襄愍公集。明史二五九有傳。參閱明史紀事本末補遺二熊王功罪。

【熊宜僚】春秋楚國勇士,善弄丸。楚惠王時,白公勝謀奪政權,命宜僚殺令尹子西,堅不從。事見左傳哀十六年、莊子徐无鬼「市南宜僚弄丸,而兩家之難解」唐陸德明釋文。

【熊虎將】比喻猛將。三國志吳周瑜傳上疏:「劉備以梟雄之姿,而有關羽張飛熊虎之將,必非久屈爲人用者。」

【熊鬚冠】冠名。道士所服。唐張籍張司業集四送吳鍊師歸王屋詩:「獨戴熊鬚冠暫出,唯將鶴尾扇同行。」

【熊經鳥申】古代導引養生之法。狀如熊攀樹而自經,類鳥飛空而伸脚。莊子刻意:「吹呴呼吸,吐故納新,熊經鳥申,爲壽而已矣。此道引之士,養形之人,彭祖壽考者之所好也。」後漢書五二崔寔傳政論:「夫熊經鳥伸,雖延歷之術,非傷寒之理;呼吸吐納,雖度紀之道,非續骨之膏。」伸,同「申」。

【熊據虎時】喻羣雄盤據一方的形勢。文選漢陳孔璋(琳)檄吳將校部曲文:「其間豪桀縱橫,熊據虎跱,强如二袁,勇如呂布,跨州連郡,有威有名,十有餘輩。」二袁,袁紹袁術。

熏 1. xūn ㄒㄩㄣ 許雲切,平,文韻,曉。

㊀用火煙炙。詩豳風七月:「穹窒熏鼠,塞向墐户。」㊁灼,火燙。詩大雅雲漢:「我心憚暑,憂心如熏。」㊂黃昏。通「曛」。見「熏夕」。

2. xìn ㄒㄧㄣˋ

㊃以香料塗身。通「釁」。唐韓愈昌黎集十八答呂毉山人書:「方將坐足下三浴而三熏之。」參見「三釁三浴」。

【熏子】閹割,去勢。後漢書七八宦者列傳序:「其有更相援引,希附權彊者,皆腐身熏子,以自衒達。」注:「韋昭曰:『古者腐刑必熏合之。』」

【熏夕】黃昏,日暮。後漢書八十下趙壹傳:「(羊)陟明旦大從車騎奉謁造壹……陟遂與言談,至熏夕,極歡而去。」

【熏天】形容氣勢極盛。呂氏春秋離謂:「務以相毀,務以相譽,毀譽成黨,衆口熏天。」文選晉陸士衡(機)演連珠:「虐暑熏天,不減堅冰之寒;涸陰凝地,無累陵火之熱。」

【熏灼】喻氣燄逼人。漢書一〇〇上敍傳:「建始河平之際,許班之貴,傾動前朝,熏灼四方。」

【熏胥】互相牽連坐罪。後漢書六十下蔡邕傳釋誨:「下獲熏胥之辜,高受滅家之誅。」參見「薰胥」。

【熏風】和風,指東南風或南風。也作「薰風」。呂氏春秋有始:「東南曰熏風。」注:「熏風,或作景風,巽氣所生,一曰清明風。」參見「八風㊀」。

【熏修】指佛教或道教徒焚香持戒,修真養性。楞嚴經七:「同處熏修,永無分散。」也作「薰修」。宋晁補之雞肋集七次韻張著作文潛飲王舍人才元家詩:「曷不休沐暇,過此薰修房。」

【熏烝】熱氣升騰,形容酷熱逼人。墨子節用中:「逮夏,下潤溼,上熏烝,恐傷民之氣,于是作爲宮室而利。」烝,同「蒸」。宋范成大石湖集二八立秋二絕:「三伏熏蒸四大愁,暑中方信此生浮。」

【熏習】熏陶,習染。大乘起信論:「熏習義者,如世間衣服實無於香,若人以香而熏習故則有香氣。此亦如是,真如淨法實無於染,但以無明而熏習故則有染相。」

【熏腐】閹割。舊五代史李頃傳:「子彥弼,在太原日,因頃走歸梁朝,武皇怒,下蠶室加熏腐之刑。」參見「熏子」。

【熏熏】㊀和悅貌。詩大雅鳧鷖:「鳧鷖在亹,公尸來止熏熏。」傳:「熏熏,和說也。」㊁衆多貌。太玄經交:「往來熏熏,得亡之門。」

【熏轑】恐嚇恫脅。轑,同「燎」。猶言熏灼。漢書六十杜周傳附杜業上書:「(翟方進)專作威福,阿黨所厚,排擠英俊,託公報私,橫厲無所畏忌,欲以熏轑天下,天下望風而靡。」注:「熏,言熏灼之。轑,讀曰燎,假借用字。」

【熏爐】用來熏香或取暖的爐子。新唐書儀衞志上:"朝日,殿上設黼扆、躡席、熏爐、香案。"也作"薰爐"、"薰鑪"。玉臺新詠七南朝梁簡文帝擬沈隱侯夜夜曲:"蘭膏斷更益,薰爐滅復香。"文選南朝宋謝惠連雪賦:"燎薰鑪兮炳明燭,酌桂酒兮揚清曲。"

【熏鬻】匈奴本名。漢書禮樂志郊祀歌朝隴首:"圖匈虐,熏鬻殛。"注:"應劭曰:熏鬻,匈奴本號也。"

【熏籠】罩在熏爐上的籠子,作熏香及烘乾之用。唐白居易長慶集十八後宮詞:"紅顏未老恩先斷,斜倚熏籠坐到明。"唐詩紀事四四作王建宮詞之九五。也作"薰籠"。宋范成大石湖集二三重午詩:"熨斗薰籠分夏衣,翁身獨比去年衰。"

【熏陸香】香木名。又稱乳香、塌香。熏,也作"薰"。晉嵇含南方草木狀中:"熏陸香出大秦,在海邊,有大樹,枝葉如古松,生於沙中,盛夏樹膠流出沙上,方採之。"參閱宋沈括夢溪筆談二六藥議、寇宗奭本草衍義十三沉香木。參見"乳香"。

十一畫

熟 shú 殊六切,入,屋韻,禪。ㄕㄨˊ

㊀烹煮至可食用。論語鄉黨:"君賜腥,必熟而薦之。"熟,本作"孰"。㊁成熟。書金縢:"歲則大熟。"㊂深知。呂氏春秋重己:"此論不可不熟。"㊃熟習。唐韓愈昌黎集二一送石處士序:"若駟馬駕輕車,就熟路。"㊄美善。史記一二三大宛傳:"漢使者往既多,其少從率多進熟於天子。"集解:"進熟,美語如成熟者也。"㊅形容沈酣。宋書檀道濟傳:"將廢之夜,道濟入領軍府就謝晦宿,晦其夕竦動不得眠,道濟就寢便熟。"

【熟户】指宋時西北邊疆内屬的少數民族。宋王闢之澠水燕談録六先兆:"韓存寶本西羌熟户,少負才勇,喜功名,累立戰功。"參閱宋史兵志五。

【熟地】㊀常年耕種的田地。政和證類本草九紅藍花引本草圖經:"紅藍花卽紅花也。……冬而布子于熟地,至春生苗,夏乃有花。"㊁中藥名。乾地黄的别稱。參閱本草綱目十六草五乾地黄。參見"地黄"。

【熟妙】謂技藝純熟美妙。宋張邦基墨莊漫録十引章惇論書:"所以不學者,常立意若未見鍾王妙蹟,終不妄學,故不學耳。比見之,則已遲晚,故學遲,恐今但手中少力耳。若手中不乏力,不甚衰疲,更二十年,決至熟妙處,此須常精勤乃可。"

【熟狀】宋代文書制度,有關軍國大事,由三省議定,面奏,獲旨。關於任免平常事項,以書面奏請,稱爲熟狀。獲可卽下中書撰命,門下審讀,然後由尚書奏行。宋沈括夢溪筆談一故事一:"本朝要事對稟,常事擬進入,畫可然後施行,謂之熟狀。"參閱宋陳亮龍川集二進中興五論劄子論執要之道、周必大玉堂雜記下。

【熟念】細想,仔細考慮。漢書八五谷永傳:"唯陛下省察熟念,厚爲宗廟計。"南齊書王敬則傳蕭子良啟:"救民拯弊,莫過減賦。時和歲稔,尚爾虚乏,儻值水旱,寧可熟念。"

【熟計】縝密地謀劃。戰國策齊一:"國一日被攻,雖欲事秦,不可得也,是故願大王熟計之。"

【熟思】周密思考。北齊顏之推顏氏家訓歸心:"一人修道,濟度幾許蒼生,免脱幾身罪累,幸熟思之。"

【熟食】㊀煮熟的食物。左傳哀元年:"在軍,熟食者分,而後敢食。"㊁以火熟物而食。漢班固白虎通號:"鑽木燧取火,教民熟食……謂之燧人也。"

【熟紅】深紅。全唐詩六六六羅虬句:"窗前遠岫懸生碧,簾外殘霞掛熟紅。"

【熟記】强記。宋葉夢得避暑録話上:"前輩獨張安道,吴參政,長夕題目,終身不忘,其餘中選後,往往卽忘之,蓋初但熟記耳。"

【熟耕】精耕細作。北魏賈思勰齊民要術三種胡荽:"胡荽,宜黑輭青沙良地,三遍熟耕。"

【熟眠】沉睡。唐柳宗元柳先生集四三夏晝偶作詩:"南州溽暑醉如酒,隱机熟眠開北牖。"

【熟紙】經砑光、加蠟、施膠等加工過的精細紙張,可以使書寫時不至走墨暈染。唐代用於拓摹或寫經的硬黄,皆爲熟紙,唐門下省弘文館、尚書省皆有熟紙裝潢匠。今宣紙仍有生熟之分。參閱唐六典八門下省弘文館、新唐書百官志二祕書省。

【熟視】細看。史記齊悼惠王世家:"灌將軍(嬰)熟視笑曰:'人謂魏勃勇,妄庸人耳。'"也作"孰視"。戰國策齊一:"明日徐公來,孰視之,自以爲不如。"

【熟悉】深知。文選三國魏嵇叔夜(康)與山巨源絶交書:"足下昔稱吾於潁川,吾常謂之知言。然經怪此意,尚未熟悉於足下,何從便得之也。"

【熟寐】沉睡。列子周穆王:"夜則昏憊而熟寐,精神荒散。"

【熟暑】酷暑。宋范成大石湖集十一次韻馬少伊郁舜舉示同遊石湖詩之四:"紅皺黄團熟暑風,甘瓜削玉藕玲瓏。"

【熟結】沈香品名。也叫死結。沈香共有二品,樹自枯爛而得之者稱熟結,斬伐所得者爲生結。參閱政和證類本草十二沈香。

【熟歲】豐年。漢書二七五行志中之下:"(魯宣公)十五年秋,螽。宣亡熟歲,數有軍旅。"漢董仲舒春秋繁露十二煖燠孰多:"天之道出陽爲煖以生之,出陰爲清以成之,是故非薰也不能有育,非溧也不能有熟,歲之精也。"

【熟睡】酣睡。宋楊萬里誠齋集十三宿湖甫山詩:"曉月解風纜,熟睡初不知。"

【熟精】熟習精通。唐杜甫杜工部詩史補遺四宗武生日:"熟精文選理,休覓綵衣輕。"

【熟榮】豐收。漢焦延壽易林二蠱之睽:"大倉充盈,庶民蕃盛,年歲熟榮。"

【熟諳】十分了解。全唐詩六九二杜荀鶴自敍:"酒甕琴書伴病身,熟諳時事樂於貧。"

【熟縑】精細的絲織物。宋陸游劍南詩稿五八新涼示子遹時子遹將有臨安之行:"竹簟紗廚事已非,秋清初换熟縑衣。"

【熟爛】㊀熟透。本草綱目三十果二銀杏:"銀杏生江南,……一枝結子百十,狀如楝子,經霜乃熟爛。"㊁比喻言辭陳腐,或風俗敗壞。宋王安石臨川集三九上仁宗皇帝言事書:"夫慮之以謀,計之以數,爲之以漸,而又勉之以成,斷之以果然,而猶不能成天下之才,則以臣所聞,蓋未有也。然臣之所稱,流俗之所不講,而議者以爲迂闊而熟爛者也。"參見"爛熟"。

【熟羊胛】新唐書二一七下回鶻傳:"骨利幹處瀚海北,……其地北距海,去京師最遠;又北度海則晝長夜短,日入亨羊胛,熟,東方已明。"用以比喻時光快速流逝。宋歐陽修文忠集七謝觀文王尚書惠西京牡丹詩:"爾來不覺三十年,歲月纔如熟羊胛。"

【熟食日】卽寒食日。寒食日不舉火,預辦熟物過節,故稱。唐杜甫杜工部詩史補遺七有熟食日示宗文宗武詩。

【熟視無覩】視而不見,表示對眼前的事物不經心、不在意。文選晉劉伯倫(伶)酒德頌:"兀然而醉,豁爾而醒,靜聽不聞雷霆之聲,熟視不覩泰山之形。"唐韓愈昌黎集應科目時與人書："且曰：爛死於沙泥，吾寧樂之，若俛首帖耳，搖尾而乞憐者，非吾之志也。是以有力者遇之，熟視之若無覩也。"

【熟路輕轍】駕輕快的車，走熟習的路。比喻輕而易舉。宋張榘芸窗詞蕙撲魚兒爲趙孏窩壽："君看取世道羊腸屈習，依然熟路輕轍。"參見"輕車熟路"。

【熟魏生張】見"生張熟魏"。

熝 lù ㄌㄨˋ 集韻 盧谷切，入，屋韻。

煉，熬。唐缺名大唐傳載："有士人平生好食熝牛頭。"

熛 biāo ㄅㄧㄠ 甫遙切，平，宵韻，幫。

㊀火焰。淮南子說林："一家失熛，百家皆燒。"㊁閃動。後漢書四十下班固傳典引："海內雲蒸，雷動電熛。"㊂疾速。見"熛風"、"熛起"。㊃赤色。見"熛闕"。

【熛至】疾風來臨。比喻其勢猛急。史記九二淮陰侯傳："天下初發難也，俊雄豪傑，建號壹呼，天下之士，雲合霧集，魚鱗雜遝，熛至風起。"漢書四五蒯通傳作"飄至風起"。注："飄，讀曰猋，謂疾風。"

【熛風】疾風。史記禮書："楚人鮫革犀兕，所以爲甲，……輕利剽遬，卒如熛風。"

【熛怒】㊀火盛貌。詩小雅正月"燎之方揚"漢鄭玄箋："火田爲燎，燎之方盛時，炎熾熛怒，寧有能滅息之者。"㊁喻風聲。文選戰國楚宋玉風賦："飄忽淜滂，激颺熛怒。"注："熛怒，如熛之聲。"

【熛起】迅速興起。漢書七十下敍傳述陳勝項籍傳："上嫚下暴，惟盜是伐，勝廣熛起，梁籍扇烈。"

【熛闕】赤色的宮闕。文選漢揚子雲(雄)甘泉賦："左欃槍而右玄冥兮，前熛闕而後應門。"

熩 zāo ㄗㄠ 作曹切，平，豪韻，精。

㊀燒壞。說文："熩，焦也。"清段玉裁注："今俗語謂燒壞曰熩，凡物壞亦曰熩。"㊁灰燼。廣雅釋詁四："熩，炪也。"唐釋玄應一切經音義九引倉頡篇："燒木餘也。"

熯 1. hàn ㄏㄢˋ 呼旰切，去，翰韻，曉。呼旱切，上，旱韻，曉。

㊀以火烘乾。同"暵"。易說："燥萬物者，莫熯乎火。"釋文："徐本作暵，音漢，云熱暵也。說文同。"

2. rǎn ㄖㄢˇ 人善切，上，獮韻，日。

㊁恭敬。詩小雅楚茨："我孔熯矣，式禮莫愆。"

熠 yì 羊入切，入，緝韻，喻。
ㄧˋ 爲立切，入，緝韻，于。

光耀，明亮。見下各條。

【熠熠】鮮明貌。三國魏阮籍阮步兵集清思賦："色熠熠以流爛兮，紛雜錯以葳蕤。"宋歐陽修文忠集四別後奉寄聖俞二十五兄詩："輕橈動翩翩，晚水明熠熠。"

【熠燿】㊀光采鮮明。詩豳風東山："倉庚于飛，熠燿其羽。"文苑英華七九四唐陳鴻長恨歌傳："每歲十月，駕幸華清宮，內外命婦，熠燿景從。"㊁螢火。詩豳風東山："町畽鹿場，熠燿宵行。"傳："熠燿，燐也；燐，螢火也。"樂府詩集十七南朝梁王僧孺有所思："夜風吹熠燿，朝光照昔耶。"

【熠爍】明亮貌。抱朴子廣譬："不覩瓊琨之熠爍，不覺瓦礫之可賤。"

【熠爚】明亮貌。藝文類聚七九三國魏王粲神女賦："錯繽紛以雜袿，佩熠爚而焜煌。"文選晉潘安仁(岳)笙賦："爛熠爚以放豔，鬱蓬勃以氣出。"

熭 huì 于歲切，去，祭韻，于。
ㄏㄨㄟˋ 王伐切，入，月韻，于。

曬乾。亦作"㷄"、"彗"。漢書四八賈誼傳："日中必熭，操刀必割。"注："臣瓚曰：'太公曰：日中不熭，是謂失時；操刀不割，失利之期。言當及時也。'師古曰：'此語見六韜。熭，謂暴曬之。'"今本六韜守土作"彗"。

熬 aó ㄠˊ 五勞切，平，豪韻，疑。

㊀文火慢煮。周禮地官舍人："喪紀，共飯米熬穀。"唐王建詩三隱者居："何物中長食，胡麻慢火熬。"引申指受逆境的折磨。楚辭漢王逸九思逢尤："我心兮煎熬，惟是兮用憂。"㊁强忍，挨過。古今雜劇元秦簡夫趙禮讓肥二："似這般無經營明難熬。"清平山堂話本快嘴李翠蓮記："後生家熬夜有精神，老人家熬了打盹睡。"

【熬波】煮鹽。南齊書張融傳海賦："若乃漉沙構白，熬波出素。"宋歐陽修文忠集七送朱職方提舉運鹽詩："穴竈如蜂房，熬波銷海水。"元陳椿有熬波圖一卷。

【熬煎】㊀煎煮。也用以比喻事物經調製而成熟。宋羅泌路史發揮四九合諸侯："凡爲人臣，猶庖宰之於味也；管仲斷割而隰朋熬煎之。"㊁比喻苛稅雜捐的壓榨。唐韋應物韋江州集五答崔都水詩："甿税況重疊，公門極熬煎。"㊂忍受折磨痛苦。元曲選缺名來生債楔子："從今後休着你那心下熬煎枉受苦。"

【熬熬】愁怨聲。同"嗸嗸"。漢書七十陳湯傳："國家罷敝，府藏空虛，下至衆庶，熬熬苦之。"

熱 rè ㄖㄜˋ 如列切，入，薛韻，日。

㊀溫度高。孟子梁惠王下："如水益深，如火益熱。"㊁發躁，躁急。陳書鄭灼傳："灼常蔬食，講授多苦心熱，若瓜時，輒偃卧以瓜鎮心。"參見"熱中"。㊂激動。晉陶潛陶淵明集二影答形詩："身没名亦盡，念之五情熱。"㊃病名。泛指因外感而引起的熱性病。素問熱論："今夫熱病者，皆傷寒之類也。"

【熱中】㊀躁急。孟子萬章上："仕則慕君，不得於君則熱中。"宋朱熹集注："熱中，燥急心熱也。"後稱急於求官或急於追求名利爲熱中。㊁病名，內熱病。素問異法方宜論："魚者使人熱中，鹽者勝血。"又風論："其人肥，則風氣不得外泄，則爲熱中。"

【熱地】有權勢的地位。唐白居易長慶集十五初授贊善大夫早朝寄李二十助教詩："寂寞曹司非熱地，蕭條風雪是寒天。"

【熱血】溫熱的血。與冷血相對。元詩別裁二宋无戰城南："軍中七日不火食，手殺降人吞熱血。"清吳偉業梅村家藏藁二二後集十四賀新郎病中有感詞："吾病難將醫藥治，耿耿胸中熱血，待灑向西風殘月。"謂待抒發的激情。

【熱孝】舊指新死父母或丈夫，在百日以內爲熱孝。宋周煇清波雜志三："聞人家姬侍慧麗者，伺其主翁屬纊之際，已設計賄牙儈，俟其放出以售之，雖俗有熱孝之嫌，不卹也。"儒林外史十二："(權勿用)次早寫了一封回書向宦成道：'多謝你家老爺厚愛，但我熱孝在身，不便出門。……再過二十多天，我家老太太百日滿過，我定到老爺們府上來會。'"

【熱河】㊀水名。在今河北承德縣東，古稱武烈水，亦稱西藏水。有三源，皆在河北省境，西源出圍場縣東南察汗陀羅海之西，中源出平泉縣喀喇沁右翼西境，東源出平泉縣喀喇沁右翼西南境，合流入承德縣，沿避暑山莊行宮東北，經錘峰。行宮內有温泉注之，因名熱河，折向東南入灤河。參閱嘉慶一統志四三承德府二山川。㊁清雍正元年，於熱河西岸置熱河廳，乾隆四十三年改置承德府。治所在今河北承德市。參閱嘉慶一統志四二承德府一。

【熱官】有權勢的官吏。北齊書王昕傳附王晞："帝欲以晞爲侍中，苦辭不受。或勸晞勿自疏。晞曰：'……且性實疏緩，不堪時務，人主恩私，何由可保，萬一披猖，求退無地。非不愛作熱官，但思之爛熟耳。"宋陸游劍南詩稿六四感遇："仕宦五十年，終不慕熱官。"

【熱府】中醫指聚熱之處。素問六元正紀大論："少陽所至爲熱府，爲行出。"

【熱客】藝文類聚五晉程曉詩："今世褦襶子，觸熱到人家。主人聞客來，嚬蹙奈此何。"因用以指趨炎附勢的人。

【熱毒】中醫稱疔瘡丹毒等病，起於血熱致毒，故稱熱毒。本草綱目十五草四漏盧："漏盧下乳汁，消熱毒。"

【熱烈】喻權勢極盛。抱朴子刺驕："生乎世貴之門，居乎熱烈之勢，率多不與驕期而驕自來矣。"今指情緒興奮激動。

【熱惱】焦灼苦惱。華嚴經入法界品："如白栴檀，若以塗身，悉能除滅一切熱惱，令其身心普得清涼。"唐白居易長慶集六九夏日與閑禪師林下避暑詩："熱惱漸知隨念盡，清涼常願與人同。"

【熱厥】病名。因受邪熱，阻礙陽氣流通，而使手足厥冷的病。內經素問厥論："陰氣衰於下，則爲熱厥。"注："厥，謂氣逆上也。"

【熱鄉】南方。詩豳風七月"七月鳴鵙"唐孔穎達疏："孫毓以爲寒鄉率早寒，北方是也；熱鄉乃晚寒，南方是也。"

【熱勢】有權勢的人。晉書王沈傳釋時論："僕少長於孔顏之門，久處於清寒之路，不謂熱勢自共遮錮。"

【熱腸】熱心，熱情。明周順昌周忠介公燼餘集二與朱德升書之二："弟具申文，明知非自全之道，但壯心易激，熱腸難換，以此吐吾輩之氣耳！"參見"熱腹冷腸"。

【熱審】明清時代，自小滿以後至立秋以前，以天氣炎熱，凡流徒笞杖，例從減等處理，稱熱審。其制始於明永樂二年，當時止遣輕罪及出獄聽候，至成化後始成定制。清代相沿爲例。參閱明史刑法志二、清文獻通考二一〇刑十六赦宥。

【熱熟】親熱。宋魏泰東軒筆録六："陳繹晚爲敦樸之狀，時謂之熱熟顏回。"

【熱鬧】㊀同"熱惱"。唐地婆訶羅方廣大莊嚴經一法門品："精求諸善法，終當除熱鬧。"唐白居易長慶集五一贈韋處士六年夏大熱旱詩："既無白旃檀，何以除熱鬧。"㊁喧鬧。宋陶穀清異録一紫明供奉："朕非單不能取熱鬧快活，正要與絃管尊罍暫時隔破。"朱子語類二五論語七："季氏初心也須知其爲不安，然見這八佾人數熱鬧，便自忍而用之。"

【熱擦】生氣，發火。西遊記四三："沙僧道：'二哥，你和我一般，拙口鈍腮，不要惹大哥熱擦。'"

【熱戲】唐時百戲名。戲時分兩隊，競賽判勝負。唐崔令欽教坊記序："凡戲，輒分兩朋，以判優劣，則人心競勇，謂之熱戲。"樂府詩集八十唐張祜熱戲樂："熱戲爭心劇火燒，銅鎚暗熱(一作"執")不相饒。"

【熱霧】熏蒸如霧的熱氣。元詩別裁陳孚剛中交州藁邕州："蝮蛇挂屋晚風急，熱霧如湯濺衣溼。"

【熱洛河】以鹿血鹿肉調製的食品。唐盧言盧氏雜説："玄宗命射生官射鮮鹿，取血煎鹿腸食之，謂之熱洛河，賜安祿山及哥舒翰。"（太平廣記二三四熱洛河）明王世貞弇州山人四部稿四三寄甘肅侯中丞儒宗詩："那能醉爾葡萄酒，射鹿還煎熱洛河。"清王士禛謂安祿山部下有精卒名曳洛河，恐因字音相近而附會其説。參閱池北偶談二四熱洛河。

【熱地蚰蜒】熱地上的蚰蜒。比喻惶急。蚰蜒，節肢動物，俗稱錢串子。元曲選缺名合同文字一："兩條腿滴羞篤速戰，恰便似熱地上蚰蜒。"

【熱腹冷腸】北齊顏之推顏氏家訓省事："墨翟之徒，世謂熱腹；楊朱之侶，世謂冷腸。腸不可冷，腹不可熱，當以仁義爲節文耳。"熱腹，謂對人熱情；冷腸，謂心腸冷漠。

【熱熬翻餅】比喻處事輕而易舉。唐宋遺史："太宗北征，咸云：'取幽薊如熱熬翻餅爾！'呼延贊曰：'此餅難翻。'果無功。"

【熱鍋上螞蟻】比喻惶急、走投無路。紅樓夢三九："那茗烟去後，寶玉左等也不來，右等也不來，急得熱鍋上的螞蟻一般。"

熨 1. wèi ㄨㄟˋ

㊀用藥熱敷。史記一〇五扁鵲傳："鑱石撟引，案扤毒熨。"索隱："毒熨謂毒病之處以藥物熨貼也。"

2. wèi yù 於胃切，去，未韻，影。ㄨㄟˋ ㄩˋ 紆物切，入，物韻，影。

㊀火斗。見"熨斗"。㊁以熨斗熨衣物，使之平貼。唐王建詩八宮詞之三六："每夜停燈熨御衣，銀薰籠底火霏霏。"㊀㊁兩義今讀 yùn。

【熨₂斗】晉東宮舊事記皇太子納妃有金塗熨斗三枚。近人貞松堂遺文十五著録有漢六年造宜衣熨斗。世説新語夙惠："韓康伯數歲，家酷病，至大寒，止得襦，母殷夫人自成之，令康伯捉熨斗。"

【熨₂眼】悦目。唐李咸用披沙集四廬山詩："對猶青熨眼，到必冷凝魂。"宋蘇軾蘇文忠詩合注三四喜劉景文至："尺書真是髯手迹，起坐熨眼知有無。"

【熨₂貼】㊀用熨斗熨平衣物。唐杜甫杜工部草堂詩箋七白絲行："美人細意熨貼平，裁縫滅盡針綫迹。"㊁引申比喻內心舒暢或處理妥貼。宋范成大石湖集三二范村雪後詩："熨貼愁眉展，勾般笑口開。"清趙翼甌北詩鈔十査初白："初白近體詩最擅長，……內召以後，更細意熨貼，因物賦形，無一字不穩愜。"

【熨₂斗焦】硯名。宋陳縝知端州日，民間有藏硯名熨斗焦者，縝百計取爲己有。硯製如黑龍奮迅之狀，二鸜鵒眼以爲目。縝死，硯歸內府。徽宗置於宣和殿，爲書符之用。見明余懷硯林。

熲 jiǒng 古迥切，上，迥韻，見。ㄐㄩㄥˇ

㊀光亮。詩小雅無將大車："無思百憂，不出于熲。"㊁警枕。參見"警枕"。

【熲耀】光耀。南齊書王琨傳史臣曰："內侍樞近，世爲華選，金璫熲耀，朝之禮服，久忘儒藝，專授之名家。"

烽 fēng 敷容切，平，鍾韻，滂。ㄈㄥ

古代邊疆告警的信號。夜間舉火告警稱烽。同"烽"。

【烽涌】水騰躍而上，如烽火之狀。漢書五七下司馬相如傳封禪文："大漢之德，逢涌原泉，沕潏曼羨。"注："逢讀曰烽，言如烽火之升，原泉之流也。"

【烽燧】同"烽燧"。燧，古"燧"字。古代邊防告警的兩種信號。白天放煙告警，稱烽；夜間舉火告警，稱燧。漢書五二韓安國傳："匈奴不敢飲馬於河，置烽燧然後敢牧馬。"

十二畫

燙 tàng 字彙 徒浪切，音宕。ㄊㄤˋ

以熱水溫物或爲水火灼傷。紅樓夢三八："鳳姐便奉與賈母，……又説：'把酒燙得滾熱的拿來。'"又三五："寶玉自己燙了手，倒不覺的，只管問玉釧兒：'燙了那裏了？疼不疼？'"

熾 chì 昌志切，去，志韻，穿。ㄔˋ

㊀昌盛。詩魯頌閟宮："俾爾熾而昌，俾爾壽而臧。"㊁燃燒。左傳昭十年："及喪，柳熾炭於位。"㊂烹煮。通"饎"。周禮考工記鍾氏："鍾氏染羽，以朱湛丹秫，三月而熾之。"

【熾烈】強烈。漢王充論衡讀告："盛夏陽氣熾烈，陰氣干之。"列子湯問："陽光熾烈，堅冰立消。"

【熾盛】㊀火勢猛烈。韓非子備內："今夫水之勝火也明矣，然而釜鬵間之，水煎沸竭盡其上，而火得熾盛焚其下，水失其所以勝者矣。"㊁繁盛。漢書九四下匈奴傳："初北邊自宣帝以來，數世不見煙火之警，人民熾盛，牛馬布野。"

【熾殖】生殖繁盛。藝文類聚九晉張載洪池陂銘："魚鼈熾殖，水鳥盈涯。"

【熾結】朋比勾結而勢力強盛。後漢書六七黨錮傳序："自是正直廢放，邪枉熾結。"新唐書一一二蘇安恒傳上書："暮年厭怠，讒佞熾結，水火相災，百姓不親，五品不遜，天下以爲暗君。"

【熾燄】烈火。唐司空曙集二苦熱詩："嘯風兼熾燄，揮汗訝成流。"

燉 1. tún 徒渾切，平，魂韻，定。ㄊㄨㄣˊ 他昆切，平，魂韻，透。

㊀火盛。見玉篇。

2. dūn ㄉㄨㄣ

㊁地名。敦煌也作燉煌，見"敦煌"。

3. tūn ㄊㄨㄣ

㊂暖。通"暾"。唐白居易長慶集五一別氈帳火爐詩："婉軟蟄鱗蘇，温燉凍肌活。"

4. dùn ㄉㄨㄣˋ

㊃和湯爛煮。亦作"炖"。

【燉燉】光盛貌。唐張鷟朝野僉載一："開元五年，洪潭二州復有火災，晝日人見火精赤燉燉，所詣即火起。"

【燉₂煌樂】樂府雜曲歌辭之一。北魏温子昇燉煌樂云："客從遠方來，相隨歌且笑。自有燉煌樂，不減安陵調。"見樂府詩集七八。

【燉₂煌菩薩】晉時沙門竺法護，先世月支人，世居燉煌郡。八歲出家，隨師至西域諸國遊歷，多攜梵經還中國。識三十六國言語文字，自泰始中至永嘉二年，譯出光讚般若、維摩正法華無量壽、十地等經約一百五十餘部。時人尊之爲燉煌菩薩，亦稱燉煌三藏。見南朝梁釋慧皎高僧傳一。

燐 lín 力珍切，平，真韻，來。ㄌㄧㄣˊ lǐn 良忍切，去，震韻，來。ㄌㄧㄣˇ

燐火。夜間在野外常見忽隱忽現的青色火燄，俗稱鬼火。淮南子氾論："老槐生火，久血爲燐，人弗怪也。"

【燐亂】光采炫耀不定。文選漢王文考(延壽)魯靈光殿賦："瀖濩燐亂，煒煒煌煌。"唐呂延濟注："瀖濩、燐亂、煒煒、煌煌，皆光色亂動，目眩曜而不定也。"

熿 1. huáng 集韻 胡光切，平，唐韻。ㄏㄨㄤˊ

㊀閃耀。同"煌"。戰國策秦一："轉轂連騎，炫熿于道。"

2. huǎng 集韻 户廣切，上，蕩韻。ㄏㄨㄤˇ

㊁明，亮。同"晃"。文選漢揚子雲(雄)甘泉賦："北熿幽都，南煬丹厓。"注："熿與晃音義同。"漢書揚雄傳上作"爌"。爌，古"晃"字。

【熿熿】光明貌。同"煌煌"。漢揚雄太玄經九玄文："天炫炫出於無畛，熿熿出於無垠。"參見"煌煌㊀"。

燒 1. shāo 式招切，平，宵韻，審。ㄕㄠ

㊀火焚。戰國策齊四："臣竊矯君命，以責賜諸民，因燒其券，民稱萬歲。"

2. shào 失照切，去，笑韻，審。ㄕㄠˋ

㊁放火燒野草以肥田。管子輕重甲："齊之北澤燒，火光照堂下。管子入賀桓公曰：'吾田野辟，農夫必有百倍之利矣。'"㊂泛指野火。唐白居易長慶集五六秋思詩："夕照紅於燒，晴空碧勝藍。"

【燒丹】即煉丹。道家燒煉金石藥物成丹，謂服之可以長生。南朝陳徐陵徐孝穆集三答周處士書："比夫煮石紛紜，終年不爛；燒丹辛苦，至老方成。"

【燒尾】㊀唐時，凡新授大官，例許向皇帝獻食，稱燒尾。太平廣記一八七蘇瓌引譚賓録："時公卿大臣初拜官者，例許獻食，名曰燒尾。"㊁唐時士人新登第或升遷時的賀宴。唐封演封氏聞見記五燒尾："士子初登榮進及遷除，朋僚慰賀，必盛置酒饌音樂，以展歡宴，謂之燒尾。説者謂虎變爲人，惟尾不化，須爲焚除，乃得成人。……一云新羊入羣，乃爲諸羊所觸，不相親附，火燒其尾則定。"這裏有新入行列之意。

【燒青】即景泰藍。見"景泰藍"。

【燒春】㊀酒名。唐人多以春名酒。唐李肇國史補下："酒則有郢州之富水……劍南之燒春。"參閱明胡震亨唐音癸籤二十酒名春。㊁春日晴暖，有如火烘。唐白居易長慶集六四早春招張賓客詩："池色溶溶藍染水，花光焰焰火燒春。"

【燒指】佛教徒苦身修行的一種，自燒其指，作爲懺罪獻身的表示。北史高聰傳："聰有妓十餘人，有子無子，皆注籍爲妾，以悦其情。及病，欲不適他人，並令燒指吞炭，出家爲尼。"唐韓愈昌黎集三九論佛骨表："焚頂燒指，百十爲羣，解衣散錢，自朝至暮，轉相倣效，惟恐後時。"

【燒香】舊俗禮拜神佛的一種儀式。魏書釋老志："昆邪王殺休屠王，將其衆五萬來降。獲其金人，帝以爲大神，列於甘泉宮。金人率長丈餘，不祭祀，但燒香禮拜而已。此則佛道流通之漸也。"

【燒酒】㊀唐時酒名。唐白居易長慶集十八荔枝樓對酒詩："荔枝新熟雞冠色，燒酒初開琥珀香。"全唐詩五一八雍陶到蜀後記途中經歷："自到成都燒酒熟，不思身更入長安。"㊁用蒸餾法製成的酒。本草綱目二五穀四燒酒："燒酒非古法也。自元始創其法：用濃酒和糟入甑，蒸令氣上，用器承取滴露。……其清如水，味極濃烈，蓋酒露也。"今以高粱製酒稱高粱燒，麥、米、糟等所製稱麥、米、糟燒。參閱清顧張思土風録六燒酒。

【燒荒】古代北方守邊將士，秋日縱火燒野草，使入侵騎兵缺乏水草，無從取得給養。見清顧炎武日知録二九燒荒。

【燒硯】謂自愧文章不如别人，欲燒筆硯示不妄作。晉書陸機傳："弟雲嘗與書曰：'君苗見兄之文，輒欲燒其筆硯。'"北周庾信庾子山集九謝滕王集序啓："非有班超之志，遂已棄筆；未見陸機之文，久同燒硯。"參見"焚研"。

【燒餅】以米、麵、細粉烘烤而成的餅食。北魏賈思勰齊民要術九餅法作燒餅法："麵一斗，羊肉二斤，葱白一合，豉汁及鹽熬令熟，炙之，麵當令起。"

【燒畬】燒山草開荒。俗稱火耕。唐杜甫杜工部草堂詩箋三十秋日夔府詠懷奉寄鄭監李賓客一百韻："煮井爲鹽速，燒畬度地偏。"温庭筠詩集三燒歌："鄰翁能楚言，倚鍤欲潸然。自言楚越俗，燒畬爲早田。"畬音奢。

【燒煉】道家煉丹。唐李義山雜纂不如不解："子弟解燒煉，則貧。"宋黄休復茅亭客話九天倉洞："綿州雲山院僧曉樞者，郴人也，禪觀之暇，頗好燒煉。"參見"煉丹"。

【燒葬】焚燒送葬的物品。北史高允傳:

"前朝之世，屢發明詔，禁諸婚娶，不得作樂；及葬送之日，歌謡鼓舞，殺牲燒葬，一切禁絶。"

【燒當】漢時西羌部族名。後漢書七七西羌傳："從爰劍種五世至研，研最豪健，自後以研爲種號。十三世至燒當，復豪健，其子孫更以燒當爲種號。"

【燒燈】燃燈。舊唐書九玄宗紀："開元二十八年春正月……以望日御勤政樓讌羣臣，連夜燒燈，會大雪而罷，因命自今常以二月望日夜爲之。"全唐詩三〇二王建宫詞之八九："院院燒燈如白日，沈香火底坐吹笙。"王建詩八作"銀燈"。

【燒鍋】北方有用鍋蒸穀，承取蒸餾以釀酒者，名曰燒鍋。清代雜賦有燒鍋税。見清會典事例二四五户部九四雜賦落地牛馬豬羊等項雜税。

【燒薙】田間除草後，俟乾燒之，由雨水滲入土壤以內，增殖肥力。禮月令季夏之月："是月也，土潤溽暑，大雨時行，燒薙行水，利以殺草，如以熱湯。"

【燒缸地】取土燒酒缸之處。唐元稹長慶集十八放言詩之五："他時定葬燒缸地，賣與人家得酒盛。"按三國吴鄭泉博學而性嗜酒，臨卒，對人云："必葬我陶家之側，庶百歲之後，化而成土，幸見取爲酒壺，實獲我心矣。"見三國志吴孫權傳注引吴書。

【燒埋錢】元刑法，對枉死者的屍首經官驗明，行凶者除按罪判刑外，家屬須出燒埋錢予苦主，作爲燒埋屍體費用。見元史刑法志下殺傷。元曲選康進之李逵負荆四："休道你兄弟不伏燒埋，由你便直打梨花月上來，若不打，這頑皮不改。"不伏燒埋，卽不伏判决、不服罪之意。

【燒頭香】舊時禮神拜佛，信徒爭上第一爐香，以示虔誠，稱燒頭香。宋孟元老東京夢華録八六月六日崔府君生日二十四日神保觀神生日："二十四日，州西灌口二郎生日，最爲繁盛。……夜五更，爭燒頭爐香，有在廟止宿，夜半起以爭先者。"

熺 1. xī ㄒㄧ 許其切，平，之韻，曉。

㊀光明。同"熹"。管子侈靡："古之祭，有時而星，有時而星熺。"注："熺，星之明，或有祭明星者。"

2. chì ㄔ

㊁烹煮。通"饎"。淮南子時則："湛熺必潔。"注："湛，漬也；熺，炊；必令圭潔也。"參閱清桂馥札樸四熺。

【熺₂炭】未完全熄滅的炭火。文選晉木玄虛（華）海賦："熺炭重燔，吹炯九泉。"注："熺炭，炭之有光也。"

燂 qián ㄑㄧㄢˊ 昨鹽切，平，鹽韻，從。徒含切，平，覃韻，定。

㊀燒熱。禮内則："五日則燂湯請浴。"㊁烘爛。周禮考工記弓人："撟角欲孰於火而無燂。"字亦作"燖"，音 xún。

【燂爍】火熱。文選漢枚叔（乘）七發："衣裳則雜遝曼暖，燂爍熱暑。"注："説文曰：燂，火熱也，詳廉切；爍亦熱也，舒灼切。"

燌 fén ㄈㄣˊ 扶文切，平，文韻，並。

同"焚"。漢王充論衡雷虛："以人中雷而死，中頭則鬚髮燒燋，中身則皮膚灼燌，臨其尸上聞火氣。"

燎 1. liǎo ㄌㄧㄠˇ 力小切，上，小韻，來。

㊀放火燒田除草。詩小雅正月："燎之方揚，寧或滅之！"箋："火田爲燎。"又大雅旱麓："瑟彼柞棫，民所燎矣。"此義今亦讀 liáo，如"星火燎原"。㊁烘烤。漢書九九下王莽傳："火燒霸橋，……或云寒民舍居其下，疑以火自燎，爲此災也。"後漢書十七馮異傳："遇大風雨，光武引車入道旁空舍，異抱薪，鄧禹爇火，光武對竈燎衣。"

2. liào ㄌㄧㄠˋ 力照切，去，笑韻，來。

㊂古祭名。焚柴祭天。字本作"尞"。漢班固白虎通封禪："燎祭天，報之義也。"

3. liáo ㄌㄧㄠˊ 力昭切，平，宵韻，來。

㊃火炬，大燭。詩小雅庭燎："夜未央，庭燎之光。"疏："庭燎者，樹之於庭，燎之爲明，是燭之大者。"

【燎毛】比喻事情極易成功或失敗。史記八六荆軻傳："夫以鴻毛燎於爐炭之上，必無事矣。"新唐書一六三柳玭傳家訓："成立之難如升天，覆墜之易如燎毛。"

【燎₃炬】火把，火炬。隋書柳彧傳上奏："竊見京邑，爰及外州，每以正月望夜，充街塞陌，聚戲朋遊，鳴鼓聒天，燎炬照地。"

【燎₃朗】光耀貌。初學記三十晉潘岳螢火賦："奇姿燎朗，在陰益榮。"

【燎原】火燒原野，喻勢盛不可阻擋。書盤庚上："若火之燎于原，不可嚮邇，其猶可撲滅。"晉書孫惠傳與司馬越書："況履順討逆，執正伐邪，是烏獲摧冰，賁育拉朽，猛獸吞狐，泰山壓卵，因風燎原，未足方也。"

【燎₂祭】燃火以祭天地山川。三國志魏文帝紀"王（曹丕）升壇卽阼。事訖，降壇，視燎成禮而反"南朝宋裴松之注："燎祭天地、五嶽、四瀆。"

【燎髮】見"洪爐燎髮"。

【燎₃燎】明顯貌。韓詩外傳二："詩之於事也，昭昭乎若日月之光明，燎燎乎如星辰之錯行。"

【燎₂壇】焚柴祭天的地方。唐制：大祀、中祀、小祀，都設燎壇，大小有差，由廣五尺至一丈，户方二尺至六尺不等。見新唐書禮樂志二。

【燎獵】燒山行獵。漢焦延壽易林十四旅之鼎："文君燎獵，呂尚獲福。"謂周文王出獵，遇呂望於渭水。

燖 xún ㄒㄩㄣˊ 集韻 徐心切，平，侵韻。

煮肉以熱水脱毛，再於湯中煮熟。水經注三六若水："又有溫水，冬夏常熱，其源可燖雞豚。"魏書苻生傳："或生剥牛羊驢馬，活燖雞豚鵝鴨，數十爲羣，放之殿下。"案本字作"𤏶"，假借爲燅、燂、燖。參閱唐慧琳一切經音義六二毘柰耶雜事律二八令燖、又八十經律異相五十𤏶猪。

燜 mèn ㄇㄣˋ

用文火炖熟。玉篇有"燜"字，呼回、莫賄二切，作"爛"解，集韻云：熟謂之燜。音義相近。

熸 jiān ㄐㄧㄢ 子廉切，平，鹽韻，精。

火滅。引申爲軍隊潰敗。左傳襄二六年："楚師大敗，王夷，師熸。"注："吳楚之間，謂火滅爲熸。"又昭二三年："子瑕卒，楚師熸。"

燈 dēng ㄉㄥ 都騰切，平，登韻，端。

㊀照明的器具。説文作"鐙"。文選三國魏嵇叔夜（康）雜詩："光燈吐輝，華幔長舒。"㊁燈能指明破暗，佛家常用以比喻佛法。唐杜甫杜工部詩史補遺四望牛頭寺："傳燈無白日，布地有黃金。"參見"傳燈"。

【燈山】棚上張燈結綵，疊成山林形狀，稱燈山。宋孟元老東京夢華録六元宵："正月十五日元宵，大内前，至歲前冬至後，開封府絞縛山棚，立木正對宣德樓……燈山上綵，金碧相射，錦繡交輝。"陸游渭南文集四九漢宮春初自南鄭來成都作詞："何事又作南來，看重陽藥市，元夕燈山。"

【燈夕】舊以農曆正月十五爲元宵節,是夕放燈,故名燈夕。宋歐陽修文忠集一四六與王懿敏公書:"燈夕却在李端愨家爲會,諸君皆奉思也。"

【燈王】佛號。維摩經不思議品:"東方度三十六恒河沙國,有世界名須彌相,其佛號須彌燈王。……維摩詰現神通力,即時彼佛遣三萬二千師子座,高廣嚴淨,來入維摩詰室。"參見"鐙王"。

【燈市】上元節前後放燈和售物的地方。宋范成大石湖集二三上元紀吳中節物:"酒壚先叠鼓,燈市早投瓊。"注:"臘月即有燈市,珍奇者,數人醵資買之,相與呼盧,采勝者得燈。"上元張燈,起自唐代,玄宗以正月十五日前後共三夜。北宋乾德五年增十七十八爲五夜。南宋淳祐又增十三夜爲預放元宵。明代延至十夜,自初八至十七夜罷,晝爲市,夜張燈,施放煙火。清沿明制,皆在東華門外。參閲明劉侗于奕正帝京景物畧二燈市、沈榜宛署雜記十七民風一。

【燈灺】將燒盡的蠟燭。唐韓偓玉山樵人香奩集無題詩:"小檻移燈灺,空房鎖隙塵。"

【燈花】燈心的餘燼,爆成花形。北周庾信庾子山集一對燭賦:"刺取燈花持桂燭,還却燈檠下燭盤。"古人以燈花爲吉兆。舊題漢劉歆西京雜記三:"夫目瞤得酒食,燈火華得錢財。"唐杜甫杜工部草堂詩箋十一獨酌成詩:"燈花何太喜,酒綠正相親。"

【燈炷】燈心。南史扶南國傳:"至自然大洲,其上有樹生火中。洲左近人剝取其皮,紡績作布,……若小垢汚,則投火中,復更精潔。或作燈炷,用之不知盡。"

【燈品】上元節花燈的品類。元周密乾淳歲時記:"燈品至多,蘇福爲冠,新安晚出,精妙絕倫。"

【燈毬】紮成球狀的燈。宋孟元老東京夢華錄六元宵:"宣德樓上皆垂黄緣,簾中一位乃御座。……兩朵樓各挂燈毬一枚,約方圓丈餘,内燃椽燭。"宋楊萬里誠齋集十二郡中上元燈減舊例三之二而又迎送使客詩:"市上人家重時節,典釵賣劍買燈毬。"

【燈婢】用木雕成侍婢形象的燈架。五代後周王仁裕開元天寶遺事下:"寧王宮中,每夜於帳前羅木雕矮婢,飾以彩繪,各執華燈,自昏達旦,故目之爲燈婢。"

【燈期】上元前後夜間張燈的時期。宋陸游劍南詩稿六上元前一日:"峭寒增酒價,微雨惱燈期。"

【燈椀】以椀盛膏油,燃之照明,叫燈椀。椀,同"碗"、"盌"。唐杜光庭錄異記六洞:"(道士毛)意歡,每夕持燈椀度繩橋,山側居人視之以爲常矣。"

【燈盞】油燈的盛油器。舊唐書一一九楊綰傳:"綰生聰惠,年四歲,處羣從之中,敏識過人。嘗夜宴親賓,各舉座中物以四聲呼之。諸賓未言,綰應聲指鐵燈樹曰:'燈盞柄曲',衆咸異之。"

【燈碑】金宇文虚中燈碑詩五首,中有"劍戟漸銷農器出,人家只識勸農官"及"時人共解班春意,兵寢刑清第一功"等句,見中州集一。按詩意燈碑似是當時迎春勸農中的事物,已不可考。

【燈蛾】蛾類中如穀蛾、麥蛾等,喜撲燈火,稱燈蛾。藝文類聚七六南朝梁元帝歸來寺碑:"三相不留,蕭蠶終壞;八苦遐長,燈蛾未已。"

【燈漏】元代計時的儀器。元史天文志一大明殿燈漏:"燈漏之制,高丈有七尺,架以金爲之。其曲梁之上,中設雲珠,左日右月。雲珠之下,復懸一珠。梁之兩端,飾以龍首,張吻轉目,可以審平水之緩急。中梁之上,有戲珠龍二,隨珠俛仰,又可察準水之均調。"

【燈臺】燈架的底盤。五代王定保唐摭言三慈恩寺題名遊賞賦詠雜記"犯令者一鐵臍"注:"自謂燈臺。"參閲新唐書一六四胡証傳。

【燈輪】唐時元宵節的一種華燈。唐張鷟朝野僉載三:"睿宗先天二年正月十五、十六夜,於京師安福門外作燈輪,高二十丈,衣以錦綺,飾以金玉,燃五萬盞燈,簇之如花樹。"

【燈樓】張燈用的綵樓。唐玄宗時,南方都匠毛順,多巧思,以繒綵結爲燈樓,高一百五十尺,懸珠玉金銀,微風一至,鏘然成韻。見唐鄭處誨明皇雜錄、韓鄂歲華紀麗一上元燈樓。

【燈謎】張貼謎語於花燈上,供人猜測,叫燈謎。元周密武林舊事燈品:"有以絹燈翦寫詩詞,時寓譏笑,及畫人物,藏頭隱語,及舊京諢語,戲弄行人。"藏頭隱語,即指謎語。清錢謙益初學集二癸亥元夕宿汶上詩:"猜殘燈謎無人解,何處憑添兩鬢絲。"按製謎相傳有二十四格,至今常用的有捲簾、諧聲、會意、白頭、粉底、拆字、解鈴、繫鈴等。

【燈樹】高大的燈架,因其分枝矗立,形狀如樹,故名。五代周王仁裕開元天寶遺事下百枝燈樹:"韓國夫人,置百枝燈樹,高八十尺,豎之高山上,元夜點之,百里皆見,光明奪月色也。"

【燈檠】燈架。北周庾信庾子山集一對燭賦:"刺取燈花持桂燭,還卻燈檠下燭盤。"唐李商隱李義山詩集五行至金牛驛寄興元渤海尚書:"六曲屏風江雨急,九枝燈檠夜珠圓。"

【燈籠】以紗、葛或紙爲籠,裏面燃燭,可防風滅的照明用具。宋書武帝紀下:"牀頭有土鄣,壁上挂葛燈籠、麻繩拂。"唐元稹長慶集十三和友封題開善寺十韻詩:"燈籠青焰短,香印白灰銷。"

【燈明石】可作印章用的凍石。明郎瑛七修類稿二四時文石刻圖書起:"圖書古人皆以銅鑄。至元末,會稽王冕以花乳石刻之。今天下盡崇處州燈明石,果温潤可愛也。"又叫燈光石。明屠隆文具雅編印章:"青田石中有瑩潔如玉,照之燦若燈煇,謂之燈光石。今頓踊貴,價重於玉,蓋取其質雅易刻,而筆意得盡也。"

【燈籠錦】宋時成都織錦名,因以金綫織成燈籠形狀的錦紋,故名。宋邵伯温河南邵氏聞見前錄二:"(張貴)妃又嘗侍上元宴於端門,服所謂燈籠錦者。"又見俞文豹吹劍錄。

燀 1. chǎn 昌善切,上,獮韻,穿。
ㄔㄢˇ 尺延切,平,仙韻,穿。

㊀炊。左傳昭二十年:"水火醯醢鹽梅以烹魚肉,燀之以薪。"㊁光烈。史記秦始皇紀二九年:"義誅信行,威燀旁達,莫不賓服。"㊂生起,發生。國語周下:"火無災燀。"注:"燀,猋起貌也。"

2. dǎn 集韻黨旱切,上,緩韻。
ㄉㄢˇ

㊃過度。呂氏春秋重己:"衣不燀熱。"注:"燀讀曰亶,亶,厚也。"

【燀赫】聲勢盛大。唐李白李太白詩二古風之三三:"憑陵隨海運,燀赫因風起。"

燔 fán 附袁切,平,元韻,並。
ㄈㄢˊ

㊀燒。詩小雅楚茨:"醯醢以薦,或燔或炙。"疏:"燔者,火燒之名。"㊁祭肉。通"膰"。左傳襄二二年:"與執燔焉。"釋文:"燔本作膰,音煩,祭肉也。"孟子告子下:"從而祭,燔肉不至。"㊂炙肉。儀禮特牲饋食禮:"兄弟長以燔從。"

【燔柴】祭天之禮。禮祭法:"燔柴於泰壇,祭天也。"疏:"燔柴於壇者,謂積薪於壇上,而取玉及牲置柴上燔之,使氣達於天也。"

【燔黍】遠古未有釜甑,以黍米加於燒石

之上，燒之使熟。漢桓寬鹽鐵論散不足："古者燔黍食稗而熚豚。"禮禮運："其燔黍捭豚。"注："中古未有釜甑，釋米捭肉，加於燒石之上而食之耳。"

燃 rán 如延切，平，仙韻，日。ㄖㄢ

燃燒。本作"然"。說文："然，燒也。从火，肰聲。"宋徐鉉謂俗別作燃，蓋後人增加。

【燃石】傳說中的一種石。水經注三九贛水："濁水又東逕建成縣……縣出燃石。異物志曰：石色黃白而理疎，以水灌之便熱，以鼎著其上，炊足以熟。置之則冷，灌之則熱，如此無窮。"參閱舊題晉王嘉拾遺記四。

【燃眉】文獻通考二一市糴二："元祐初，温公(司馬光)入相，諸賢並進用，革新法之病民者，如救眉燃，青苗、助役其尤也。"後來稱事態緊迫爲燃眉之急。

【燃犀】傳說晉溫嶠至牛渚磯，水底有音樂之聲，水深不可測。人云下多怪物，嶠乃燃犀角而照之，須臾見水族覆火，奇形異狀。見南朝宋劉敬叔異苑七。晉書溫嶠傳作"燬犀角"。宋蘇軾分類東坡詩二十壽州李定少卿出餞城東龍潭上詩："未暇燃犀照奇鬼，欲將燒燕出潛虬。"後謂人明燭事物者曰燃犀。

【燃萁】相傳三國魏曹植七步成詩，詩中有"萁在釜下燃，豆在釜中泣"語，後因取燃萁字，比喻才思敏捷。宋甯參白水縣齋十詠序："曾無擊鉢之音，但愧燃萁之敏。"(金石續編十四)

【燃臍】後漢書七二董卓傳："乃尸卓於市。天時始熱，卓素充肥，脂流於地。守尸吏然火置卓臍中，光明達曙，如是積日。"後因以燃臍作爲敵帥斃命的意思。南朝陳徐陵徐孝穆集一勸進元帝表："前驅效命，元惡斯殲。既挂膽於西州，方然臍於東市。"然，"燃"本字。

【燃藜】三輔黃圖六："劉向于成帝之末，校書天祿閣，專精覃思。夜有老人著黃衣，植青藜杖，叩閣而進見。向暗中獨坐誦書，老父乃吹杖端烟然，因以見向，授五行洪範之文。……至曙而去。"後因以燃藜作爲夜讀或勤奮學習的典故。

【燃燈佛】佛名。佛生時周身有光如燈。即定光佛。大智度論九："如燃燈佛，生時一切身邊如燈，故名燃燈太子。作佛亦名燃燈。"參閱翻譯名義集一諸佛別名。

【燃肉身燈】佛教徒的一種苦行，作爲懺罪或感恩的表示。資治通鑑二九二後周顯德二年"禁僧俗捨身、斷手足、煉指、掛燈、帶鉗之類幻惑流俗者"元胡三省注："掛燈者，裸體，以小鐵鉤徧鉤其膚，凡鉤，皆掛小燈，圈燈盞，貯油而燃之，俚俗謂之燃肉身燈。"

燋 1. jiāo 卽消切，平，宵韻，精。ㄐㄧㄠ 卽略切，入，藥韻，從。

㊀引火之物。亦謂引火。禮少儀："凡飲酒爲獻，主者執燭抱燋。"疏："燋，謂未爇之炬。"㊁通"焦"。韓詩外傳三："抱羽毛而赴烈火，入則燋焉。"

2. qiáo 集韻 慈焦切，平，宵韻。ㄑㄧㄠ

㊂古代占卜時用以灼龜的柴枝。見"燋₂契"。㊃憔悴貌。通"憔"。莊子天地："孝子操藥，以施慈父，其色燋然。"

【燋心】思慮煩苦，如火灼心。後漢書三三朱浮傳上疏："連年拒守，吏士疲勞，……上下燋心，相望救護。"又五四楊震傳上疏："又冬無宿雪，春節未雨，百僚燋心，而繕修不止。"

【燋₂夭】枯萎而夭折。淮南子本經："雷霆毁折，雹霰降虐，氛霧霜雪不霽，而萬物燋夭。"

【燋₂契】古占卜，點燃柴枝，用以灼龜。周禮春官菙氏："掌共燋契，以待卜事。"

【燋釜】燒焦的釜。戰國策齊二："且夫救趙之務，宜若奉漏罋，沃燋釜。"喻事急亟須解救。

【燋₂悴】焦爛枯死。唐白居易長慶集一秋池詩之二："有似汎汎者，附麗權與勢，一旦恩勢盡，相隨共燋悴。"

【燋黃】草木被火燒後的顏色。西京雜記二："(漢)惠帝七年夏，雷震南山，大木數千株皆火燃至末；其下數十畝地，草皆燋黃。"

【燋₂種】乾枯的植物種子。全唐文二六三李邕大唐泗州臨淮縣普光王寺碑："構之者罪花彫落，信之者燋種萌生。"

【燋龍】鑄銅成龍形，燒紅投進水池，以增加水溫。舊題晉王嘉拾遺記九晉時事："(石虎)又爲四時浴室，……夏引渠水以爲池；……嚴冰之時，作銅屈龍數千枚，各重數十斤，燒如火色，投於水中，則池水恒温，名曰燋龍温池。"

【燋鑠】物體熾熱而銷鎔。全唐文六二二趙德昌黎文録序："金石燋鑠，斯文燦然。"也形容烈日。宋詩鈔韓琦安陽集鈔苦熱："陽烏自燋鑠，垂翅不西舉。"

【燋金流石】喻久旱酷熱。梁書劉峻傳辨命論："是以放勛之代，浩浩襄陵；天乙之時，燋金流石。"指成湯時大旱七年事。文選辨命論燋作"焦"。

【燋頭爛額】救火受傷之狀。漢書八六霍光傳："鄉使聽客之言，不費牛酒，終亡火患。今論功而請賓，曲突徙薪亡恩澤，燋頭爛額爲上客耶?"燋，也作"焦"。今用以喻萬分窘迫之狀。參見"曲突徙薪"。

熹 xī 許其切，平，之韻，曉。ㄒㄧ

㊀微明貌。見"熹微"。㊁光明。同"熺"。宋楊萬里誠齋集十六明發陳公徑過摩舍那灘石峯下詩之四："東暾渰未熹，北吹寒更寂。"參見"熺"。

【熹平】東漢劉宏(靈帝)年號。公元172—177年。

【熹微】微明貌。晉陶潛陶淵明集五歸去來兮辭："問征夫以前路，恨晨光之熹微。"宋范成大石湖集二七晚春田園雜興之十："雨後山家起較遲，天窓曉色半熹微。"

【熹平石經】漢靈帝熹平四年，蔡邕等奏求定六經文字，以朱筆親寫於石碑，使工匠雕刻，樹立太學門外，後人稱爲熹平石經。見後漢書六十下蔡邕傳。按後漢書靈帝紀稱正定五經，隋書經籍志則稱後漢刻七經，說不一。

燕 1. yàn 於甸切，去，霰韻，影。ㄧㄢˋ

㊀鳥名。亦稱玄鳥。詩邶風燕燕："燕燕于飛，差池其羽。"㊁安息。禮經解："燕處則聽雅頌之音。"㊂宴飲。詩小雅鹿鳴："我有旨酒，嘉賓式燕以敖。"疏："我有旨美之酒，與此嘉賓，用之燕飲以遨遊也。"㊃褻慢。禮學記："燕朋逆其師。"注："燕猶褻也。褻其朋友。"

2. yān 烏前切，平，先韻，影。ㄧㄢ

㊄國名。1.本作匽、郾。又稱北燕。姬姓，周召公奭之後，戰國時稱王，爲七雄之一。滅於秦。見戰國策燕一。2.也稱南燕。姞姓，伯爵，相傳爲黃帝之後。故地在河南汲縣。左傳隱五年："衛人以燕師伐鄭。"注："南燕國，今東郡燕縣。"3.東晉時，鮮卑慕容氏稱帝，國號燕，分前燕，慕容儁建，滅於苻秦；後燕，慕容垂建，滅於後魏；西燕，慕容沖建，滅於後燕；南燕，慕容德建，滅於晉；北燕，慕容盛建，滅於後魏。見晉書載記十、二三、二四、二五。㊅河北省別稱，周時爲北燕舊地，故名。㊆姓。漢有燕倉，後魏有燕鳳。見宋邵思姓解二。

【燕几】㊀用來靠着休息的小几。儀禮士喪禮："綴足用燕几。"疏："言燕几者，燕，安也。當在燕寢之内，常馮（憑）之以安體也。"㊁用於宴會，可以拼湊成各種圖形的几桌。舊題宋黄白思燕几圖序："燕几圖者，圖几之制也。……縱横離合，變態無窮，率視夫賓朋多寡、桮盤豐約，以爲廣狹之則。"參閱清俞樾茶香室三鈔二二燕几圖。

【燕2山】㊀山名。自河北薊縣東南蜿蜒而東，經玉田、豐潤，直至海濱，延袤數百里。晉咸康四年石虎攻段遼，遼將北平相楊裕登燕山以自固，卽此。參閱畿輔通志六六輿地二一山川十。㊁府名。唐幽州范陽郡盧龍軍節度。遼置燕京。宋徽宗宣和四年改爲燕山府，有今河北北部及東北部地。參閱宋史地理志六燕山府路。

【燕2元】年號。1. 東晉列國前燕慕容儁。公元349—351年。2. 後燕慕容垂。公元384—385年。

【燕2支】㊀草名。西域産，葉似薊，花似蒲公。可作染紅顏料，以之染粉潤面，稱燕支粉。見晉崔豹古今注下草木。也作"胭脂"。宋黄庭堅山谷外集七和陳君儀讀太真外傳詩："端正樓空春晝永，小桃猶學淡燕支。"㊁劍名。見廣雅釋器。㊂山名。也作"焉支"。在匈奴境内，産燕支草，故名。匈奴失此山，作歌道："失我燕支山，使我婦女無顏色。"見太平御覽七一九西河舊事。㊃古縣名。在今甘肅永昌縣西。因燕支山得名。北魏置，屬涼州番和郡。隋廢，併入番和。參閱魏書地形志下、隋書地理志上。

【燕毛】祭祀後讌飲，以鬚髮黑白定坐次，年長者居上位。禮中庸："燕毛所以序齒也。"注："燕，謂既祭而燕也。燕以髮色爲坐，祭時尊尊也。"周禮秋官司儀："王燕則諸侯毛。"注："謂以須髮坐也。……鄭司農（衆）云：謂老者在上也。老者二毛，故曰毛。"毛，一本作"耄"。

【燕2丹】公元前？—前226年。又稱燕太子丹，戰國時燕王喜太子。曾爲質於秦，後逃歸。時秦益强大，兵且及燕。燕王喜二十八年，燕丹使荆軻入秦，謀刺秦王，不遂。秦發兵擊燕，燕王喜斬丹以獻。五年後，秦又出兵虜燕王喜，滅燕。見戰國策燕三、史記八六荆軻傳。

【燕2市】春秋戰國時燕國的國都。史記八六荆軻傳："荆軻嗜酒，日與狗屠及高漸離飲於燕市。"文選晉左太沖（思）詠史八首之六："荆軻飲燕市，酒酣氣益振，哀歌和漸離，謂若傍無人。"

【燕2平】東晉列國南燕慕容德年號。公元398—399年。

【燕2玉】古代傳説楊伯雍葬父母無終山，有人與石一斗，命種之，玉生其田。見搜神記十一。無終山故燕地。玉之美者夏寒冬温，因泛稱美玉爲燕玉。唐杜甫杜工部草堂詩箋三二獨坐之一："煖老須燕玉，充饑憶楚萍。"

【燕2石】燕山所産石。山海經三北山經"北百二十里曰燕山，多嬰石"晉郭璞注："言石似玉，有符彩嬰帶，所謂燕石者。"後漢書四八應劭傳"宋愚夫亦寶燕石"注引闞子："宋之愚人得燕石梧臺之東，歸而藏之，以爲大寶。周客聞而觀之，主人齋七日，端冕之衣，釁以特牲，革匱、緹巾十襲。客見之，俛而掩口，盧胡而笑，曰：'此燕石也，與瓦甓不殊。'主人父大怒，曰：'商賈之言，豎匠之心！'藏之愈固，守之彌堅。"後用爲自謙稱物之鄙不足道。宋蘇軾蘇文忠詩合注十五九日邀仲屯田爲大水所隔……次其韻："漫遣鯉魚傳尺素，却將燕石報瓊華。"

【燕申】論語述而："子之燕居，申申如也，夭夭如也。"疏："言孔子燕居之時體貌也。申申夭夭，和舒之貌。"後因稱尊者閒居爲燕申。宋李覯直講李先生集外集三附陳次公墓誌銘："先生燕申講解，嚴重慎密，弟子畏之。"

【燕出】帝王微服出行。漢書八六王嘉傳上封事："孝成皇帝時，諫臣多言燕出之害，及女寵專愛，損德傷年，其言甚切。"

【燕令】帝王閒居時發出的命令。周禮夏官御僕："掌王之燕令。"注："燕居時之令。"

【燕奴】幻術之一。唐馮贄雲仙雜記九引洞微志："有術士於腕間出彈子三丸，皆五色，叱令變化，卽化雙燕，飛騰上下，名燕奴。"

【燕安】留戀家室。禮樂記"宋音燕女溺志"漢鄭玄注："燕，安也。春秋傳曰：'懷與安實敗名。'"疏："燕女，謂己之妻妾，燕安而已。"引申泛指安逸閒適。宋文同丹淵集八送郭方叔南充簿："簿領無煩壅，圖書好燕安。"

【燕衣】㊀燕禮的衣服。禮王制："夏后氏收而祭，燕衣而養老。"注："凡養老之服，皆其時與羣臣燕之服。"疏："以經云，夏后氏燕衣而養老，周人玄衣而養老，周人燕用玄衣，故知養老燕羣臣之服也。"㊁帝王退朝閒居所著之服。周禮天官玉府："掌王之燕衣服。"疏："燕衣服者，謂燕寢中所有衣服之屬。"

【燕好】㊀設宴招待並贈與財物。左傳僖二九年："介葛盧來……禮之，加燕好。"注："燕，燕禮也；好，好貨也。"㊁親好，和好。左傳昭十六年："二三君子以君命貺起，賦不出鄭志，皆昵燕好也。"注："賦不出其國，以示親好。"後也指夫婦和睦。聊齋志異二珠兒："郎君與兒極燕好，姑舅亦相愛撫。"

【燕豆】宴享的食器。宋王珪華陽集五贈禮部尚書邵安簡公輓詞："春風澤國吟牋冷，夜雨溪堂燕豆疏。"參見"宴豆"。

【燕尾】㊀旗幟形似燕尾的部分。爾雅釋天"繼旐曰旆"晉郭璞注："帛續旐末爲燕尾者。"也指旗幟。後漢書輿服志下："負赤幡、青翅、燕尾，諸僕射幡皆如之。"㊁書法中形似燕尾之筆畫。詳"蠶頭燕尾"。

【燕見】臣下在皇帝内廷朝見，以別於朝會。儀禮士相見禮："凡燕見於君，必辯君之南面。"史記一二〇汲黯傳："丞相（公孫）弘燕見，上或時不冠。"

【燕2谷】地名。在古燕地。傳説燕有寒谷，不生五穀，鄒衍至其處，吹律而温氣隨至，遂生五穀。見漢劉向別録（太平御覽五四谷）。唐柳宗元柳先生集三十與裴塤書："太和蒸物，燕谷不被其煦，一鄒子尚能恥之，今若應叔輩知我，豈下鄒子哉！"應叔，塤字。

【燕私】㊀祭祀後宴請同姓而盡親親的私誼。詩小雅楚茨："諸父兄弟，備言燕私。"箋："祭祀畢，歸賓客豆俎，同姓則留與之燕，所以尊賓客，親骨肉也。"㊁在寢室安息。史記八七李斯傳："二世怒曰：'吾嘗多閒日，丞相不來。吾方燕私，丞相輒來請事，丞相豈少我哉！'"韓詩外傳九："（孟）母曰：'……今汝往燕私之處，入户不有聲，令人踞而視之，是汝之無禮也。'"

【燕2角】燕地所産的獸角。周禮考工記："燕之角，荆之幹，妢胡之笴，吳粤之金錫，此材之美者也。"列子湯問："紀昌者，又學射於飛衛……乃以燕角之弧，朔蓬之簳，射之，貫蝨之心而懸不絶。"

【燕泥】燕子作巢所銜的泥土。初學記三南朝梁簡文帝和湘東王首夏詩："燕泥銜復落，鶗吟斂更揚。"文苑英華二八七隋薛道衡昔昔鹽詩："暗牖懸蛛網，空梁落燕泥。"

【燕享】以酒食祭神。同"宴享"。唐韓愈昌黎集三一南海神廟碑："燕享有時，賞與以節。"

【燕2京】㊀地名。卽今北京市。遼置南

京析津府，會同元年升爲南京，開泰元年號燕京。金海陵貞元元年定都，以燕爲列國之名，不當爲京師號，改爲中都大興府。見遼史地理志四南京道、金史地理志上中都路。㊁山名。即山西管涔山。淮南子地形：“汾出燕京。”注：“燕京山在太原汾陽，汾水所出。”參見“管涔”。

【燕居】退朝而處，閒居。論語述而：“子之燕居，申申如也，夭夭如也。”

【燕侶】如燕相偕的伴侶。南朝梁蕭統昭明太子文集三錦帶書十二月啟林鐘六月：“三千年之獨鶴，暫逐雞羣；九萬里之孤鵬，權潛燕侶。”燕喜雙棲，後常用以比喻夫妻和諧。

【燕食】膳食，飲食。周禮天官膳夫：“王燕食則奉膳贊祭。”注：“燕食謂日中與夕食。”禮內則：“大夫燕食，有膾無脯，有脯無膾。”

【燕衎】與賓朋宴飲共樂。詩小雅南有嘉魚：“君子有酒，嘉賓式燕以衎。”傳：“衎，樂也。”也作“宴衎”。晉書謝安傳史臣曰：“從容而杜姦謀，宴衎而清羣寇。”

【燕笑】宴飲談笑。詩小雅蓼蕭：“燕笑語兮，是以有譽處兮。”宋史三三一沈遘傳：“召知開封府，……蚤作視事，逮午而畢，出與親舊還往，從容燕笑，沛然有餘暇。”

【燕射】古射禮之一。閒暇時，相與射箭宴飲爲樂。以別於大射。周禮春官樂師：“燕射，帥射夫以弓矢舞。”宋王應麟小學紺珠九三射：“燕射於寢，獸侯用質；賓射於朝，麋侯用正；大射於射宮，皮侯用鵠。”侯，箭靶。參閱禮射義。

【燕$_2$脂】顏料名，多用於裝飾。也作“臙脂”、“胭脂”。五代馬縞中華古今注中燕脂：“蓋起自紂，以紅藍花汁凝作燕脂。以燕國所生，故曰燕脂。塗之作桃花粧。”

【燕$_2$姬】燕地的美女。文選南朝宋鮑明遠(照)舞鶴賦：“燕姬色沮，巴童心恥。”唐李白李太白詩七豳歌行上新平長史兄粲：“趙女長歌入彩雲，燕姬醉舞嬌紅燭。”

【燕$_2$許】唐玄宗時，燕國公張說、許國公蘇頲並以文章顯世，時號燕許大手筆，簡稱燕許。見新唐書一二五蘇頲傳。宋梅堯臣宛陵集十送滕監簿歸寧岳陽詩：“江山可留詠，燕許昔嘗曾。”

【燕麥】植物名。初爲野生，燕雀所食，故名。參閱救荒本草(農政全書五二)。

【燕接】宴飲接待。北齊書陸卬傳：“自梁魏通和，歲有交聘，卬每兼官燕接，在帝席賦詩，卬必先成。”

【燕雀】燕和雀皆爲小鳥。比喻不足輕重的小人物。史記四八陳涉世家：“嗟乎，燕雀安知鴻鵠之志哉！”也比喻卑微的地位。周書鄭偉傳史臣曰：“鄭偉崔彥穆等之在山東，竝以不羈之才，邅回於燕雀，終能翻然豹變，自致龜組，其知幾之士歟！”

【燕釵】燕形的釵。唐李賀歌詩編二湖中曲：“燕釵玉股照青渠，越王嬌郎小字書。”注：“燕釵，釵上作燕形；玉股，釵脚以玉爲之者。”

【燕婉】㊀温順貌。詩邶風新臺：“燕婉之求，籧篨不鮮。”傳：“燕，安；婉，順也。”㊁和愛。燕，也作“嬿”。文選漢蘇子卿(武)詩四首之三：“歡娛在今夕，嬿婉及良時。”此指夫婦之情。唐高適高常侍集三同敬八盧五汎河間清河詩：“飄颻波上興，燕婉舟中詞。”此指朋友之誼。

【燕遊】宴飲遊樂。禮少儀：“燕遊曰歸。”疏：“燕遊曰歸者，若在燕及遊退還，稱曰歸。”唐韓愈昌黎集十九送許郢州序：“愈於使君，非燕游一朝之好也，故其贈行，不以頌而以規。”

【燕喜】宴飲喜悅。同“宴喜”。詩小雅六月：“吉甫燕喜，既多受祉。”箋：“吉甫既伐玁狁而歸，天子以燕禮樂之，則歡喜矣。”唐柳宗元柳先生集二二送班孝廉擢第歸東川覲省序：“今又將亟駕省謁，從容燕喜，是又可歌也。”

【燕朝】帝王在內廷舉行的朝會儀式。周禮夏官太僕：“王眂燕朝則正位，掌擯相。”注：“燕朝，朝於路寢之庭。王圖宗人之嘉事，則燕朝。”相傳周制天子與諸侯皆有三朝，外朝一，內朝二：燕朝、治朝。在路門內者謂之燕朝，太僕掌之，爲王與宗人集議及王退接晤大夫之朝。見禮曲禮下“諸侯西面曰朝”疏。參見“三朝㊃”、“內朝㊀”。

【燕賀】慶賀居室落成。文苑英華五五六唐崔融代家奉御賀明堂成表：“仰之不逮，雖謝於鵾翔；成輒相歡，竊同於燕賀。”參見“燕雀相賀”。

【燕筍】竹筍的一種。以燕至時生，故名。宋陸游劍南詩稿二十訪野人家：“羣童挑燕筍，幼婦採雞桑。”參閱宋釋贊寧筍譜(廣羣芳譜八六)。

【燕$_2$然】㊀山名。即蒙古人民共和國境內的杭愛山。後漢永元元年，竇憲大破北單于，登燕然山，卽此。班固撰封燕然山銘。見後漢書二三竇憲傳。㊁唐都護府。太宗置。龍朔中更名瀚海，又稱安北，府治遷徙不常，最後移治天德軍。舊治在今內蒙古自治區烏喇特前旗西北、黃河北岸。參閱元和郡縣志四豐州天德軍、文獻通考三四七四裔二四回紇。

【燕媠】儀容未整。媠，同“惰”。漢書九七上孝武李夫人傳：“婦人貌不修飾，不見君父。妾不敢以燕媠見帝。”

【燕窩】金絲燕所營的巢。以海藻及所唾津液摻和作成。爲一種珍貴食品。參閱清周亮工閩小記上燕窩、王士禛香祖筆記五。

【燕寢】周制王有六寢，一是正寢，餘五寢在後，通名燕寢。周禮天官女御：“掌御敍于王之燕寢。”參閱禮曲禮下“天子有后”疏。

【燕$_2$說】指穿鑿附會之說。韓非子外儲左上：“故先王有郢書，而後世多燕說。”宋黃庭堅豫章集二奉和文潛贈無咎篇末多見及以既見君子云胡不喜爲韻詩之二：“談經用燕說，束棄諸儒傳。”參見“郢書燕說”。

【燕語】㊀閒談。漢書八一孔光傳：“沐日歸休，兄弟妻子燕語，終不及朝省政事。”㊁燕子鳴聲。唐孟郊孟東野集三傷春詩：“千里無人旋風起，鶯啼燕語荒城裏。”

【燕誨】閒居時的教導。世說新語賞譽下“太傅東海王鎮許昌”注引趙吳郡(穆)行狀司馬越與穆等書：“小兒毗既無令淑之資，未聞道德之風，欲屈諸君，時以閒豫周旋燕誨也。”

【燕養】平時的供養。儀禮既夕禮：“燕養饋羞湯沐之饌，如他日。”

【燕$_2$臺】卽黃金臺，故址在今河北易縣東南。燕昭王築臺以接待賢士，故稱賢士臺，又叫招賢臺。見南朝梁任昉述異記。後用爲招納賢士的典故。唐李白李太白詩十九江上答崔宣城：“謬忝燕臺召，而陪郭隗蹤。”全唐詩一三一祖詠望薊門：“燕臺一去客心驚，笳鼓喧喧漢將營。”

【燕$_2$歌】泛指燕地的歌謠，其聲悲壯。三國魏曹丕有燕歌行，見宋書樂志三、玉臺新詠九。北周庾信庾子山集二哀江南賦序：“燕歌遠別，悲不自勝；楚老相逢，泣將何及。”唐王勃王子安集二採蓮賦：“徘徊郢調，悽愴燕歌，念窮歡於水涘，誓畢賞於川阿。”

【燕舞】燕子飛翔。唐杜甫杜工部草堂詩箋三七湘夫人祠：“蟲書玉佩蘚，燕舞翠帷塵。”唐李羣玉詩集上洞庭入澧江寄巴丘故人：“江行好風日，燕舞輕波時。”

【燕$_2$興】東晉列國西燕慕容泓年號。公元 384 年。

【燕樂】㊀安樂。樂，音 lè。詩小雅鹿鳴："我有旨酒，以燕樂嘉賓之心。"傳："燕，安也。"㊁古樂名。樂，音 yuè。1.燕饗之樂。周禮春官鍾師："凡祭祀饗食，奏燕樂。"2.內廷之樂。周禮春官磬師："教縵樂燕樂之鍾磬。"注："燕樂，房中之樂。"疏："云燕樂房中之樂者，此即關睢二南也。謂之房中者，房中謂婦人后妃，以風喻君子之詩，故謂之房中之樂。"3.俗樂。即宴樂。凡二十八調。宴會用之。宋沈括夢溪筆談五樂律一："自唐天寶十三載，始詔法曲與胡部合奏，自此樂奏全失古法，以先王之樂爲雅樂，前世新聲爲清樂，合胡部者爲宴樂。"參閱新唐書禮樂志十二、清凌廷堪燕樂攷原一。4.燕私之樂。漢書成帝紀："其後幸酒，樂燕樂，上不以爲能。"注："幸酒，好酒也。……燕樂，燕私之樂也。"

【燕燕】㊀燕子。詩邶風燕燕："燕燕于飛，差池其羽。"疏："此'燕'即今之燕也，古人重言之。"㊁安息貌。詩小雅北山："或燕燕居息，或盡瘁事國。"

【燕器】日常生活用品。儀禮既夕禮："燕器，杖、笠、翣。"注："燕居安體之器也。"疏："杖者所以扶身，笠者所以禦暑，翣者所以招涼。而在燕居用之，故云燕居安體之器也。"

【燕濯】漢人雜技名。文選漢張平子(衡)西京賦："衝狹燕濯，胸突銛鋒。"三國吳薛綜注："燕濯，以盤水置前，坐其後，踊身張手跳前，以足偶節踰水，復卻坐，如燕之浴也。"

【燕禮】古代敬老之禮。禮內則："凡養老，有虞氏以燕禮，夏后氏以饗禮，殷人以食禮，周人脩而兼用之。"疏："謂爲燕者，詩毛傳云：'燕，安也。'其禮最輕，升堂行一獻禮畢，說屨升堂，坐飲以至醉也。"

【燕翼】㊀詩大雅文王有聲："詒厥孫謀，以燕翼子。"傳："燕，安；翼，敬也。"疏："思得澤及後人，故遺傳其所以順天下之謀，以安敬事之子孫。"後因稱善爲子孫謀慮曰燕翼。漢蔡邕蔡中郎集六郡掾史張玄祠堂碑銘："篤垂餘慶，貽此燕翼。"㊁輔佐。後漢書三六鄭興傳杜林薦書："昔張仲在周，燕翼宣王，而詩人喜悅。"詩小雅六月有"侯誰在矣，張仲孝友"語。

【燕戲】㊀雜伎名。列子說符："又有蘭子又能燕戲者聞之，復以干元君。"注："如今之絕倒投俠者。"文苑英華八二唐張楚金透撞童兒賦："掩都盧其若無，顧燕戲而足哂。"㊁燕子飛翔如遊戲狀。南朝梁何遜何水部集爲人妾怨詩："燕戲還簷際，花飛落枕前。"

【燕九節】舊俗節日名。明劉侗于奕正帝京景物略三白雲觀："(丘)真人名處機，字通密，金皇統戊辰正月十九日生。……今都人正月十九日，致漿祠下，遊冶紛沓，走馬蒲博，謂之燕九節，又曰宴丘。"

【燕子樓】樓名。在江蘇徐州市。唐貞元中，張尚書鎮徐州，築樓以居家妓關盼盼。張死後，盼盼不嫁，居此樓十餘年。見唐白居易長慶集十五燕子樓詩三首序。白序言張尚書，未著名，言盼盼，未著姓。舊傳張尚書爲張建封，清汪立名撰白香山年譜，考爲建封子愔事。

【燕子箋】傳奇名。明阮大鋮著。記唐霍都梁與酈氏女飛雲遇合事。此劇影射明末東林黨與魏忠賢閹黨之爭。霍都梁爲大鋮自寓，而以妓女酈飛雲比東林黨人，以妓女華行雲比魏閹養子崔呈秀。因以燕子銜箋作關目，故名。大鋮所著傳奇，以此爲最著。惟其人名列閹黨，南明福王立，附馬士英，倒行逆施，爲公論所不齒，劇亦因人而廢。見曲海總目提要一一。

【燕子磯】地名。在今江蘇南京市東北郊。磯頭屹立長江邊，三面懸絕，形如飛燕，故名。附近有觀音閣和三台洞名勝。參閱嘉慶一統志七三江寧府一山川。

【燕₂山銘】東漢竇憲破匈奴，登燕然山，刻石紀功，命班固作燕然山銘，銘文見文選。省作燕然銘、燕山銘。唐杜甫杜工部草堂詩箋三四奉酬薛十二丈判官見贈："欲學鴟夷子，待勒燕山銘。"樂府詩集三二北周王褒從軍行："動封翰海石，功勒燕然銘。"

【燕₂丹子】作者缺名。三卷。所載皆燕太子丹事。其間記荊軻刺秦始皇事，與史記戰國策皆不同。隋書經籍志始著錄，入小說家。唐人北堂書鈔、張守節史記正義、李善文選注、馬總意林等皆引此書，當爲六朝時人所撰。

【燕₂正言】墨的別名。宋林洪文房圖贊："燕正言名玉，字祖圭，號體玄逸客。"(說郛九九)自唐韓愈撰戲譜文毛穎傳(昌黎集三六)，後人效尤，如以人名稱墨，以管城子稱筆、楮先生稱紙之類皆是。

【燕尾衫】衣服名。以背分叉如燕尾而稱。元詩選劉永之山陰集鈔題扇詩："烏絲細寫蠶頭篆，白紵新裁燕尾衫。"

【燕尾牌】盾的一種。以牌旁上分兩歧，形如燕尾，故名。其長與手牌相似，但闊不滿尺，背如鯽魚，故側身前逼，雖當利刃而不能斷，其體輕，運用如鳥翼，可避矢石。見武備志一〇四軍資乘戰器械三牌。

燕尾牌

【燕₂昭王】公元前？——前279年。戰國時燕王噲子，名平。時燕爲齊所破，噲死，燕人立爲王。卑身厚幣，招納賢士，師事郭隗，士爭相赴，樂毅自魏往，鄒衍自齊往，劇辛自趙往。與燕人同甘苦，日以富強。燕二十八年，以樂毅爲上將軍，與秦楚趙韓魏合力攻齊，入其都城臨淄。齊地除莒即墨外，盡爲燕所得。三十三年昭王卒，子惠王立，齊將田單以即墨大破燕軍，盡復故土。見戰國策燕一、史記燕召公世家。

【燕₂家景】指宋畫家燕文季(貴)所畫的四時景。有花村曉月、平江晚雨、竹林暮靄、松溪殘雪四時景。畫院稱爲燕家景。見宋鄧椿畫繼六山水林石。宋郭若虛圖畫見聞誌四作燕貴。

【燕喜亭】亭名。在廣東連縣城內北山下。唐王弘中爲連州司户參軍時建。爲閒居遊樂之所。韓愈取詩魯頌閟宮"魯侯燕喜"之義，題名爲"燕喜之亭"，並作文以記。見昌黎集十三燕喜亭記。

【燕₂歌行】樂府平調曲名。三國魏曹丕撰。樂府詩集三二相和歌辭平調曲燕歌行引(唐吳兢)樂府解題："晉樂奏魏文帝秋風、別日二曲，言時序遷換，行役不歸，婦人怨曠，無所訴也。"丕原作見宋書樂志三、玉臺新詠九。

【燕蝠爭】比喻無意義的爭吵。宋朋九萬東坡烏臺詩案寄周邠諸詩："(蘇)舜舉言，自來聞人說一小話云：燕以日出爲旦，日入爲夕。蝙蝠以日入爲旦，日出爲夕。爭之不決，訴之鳳凰。鳳凰是百鳥之王。至路次逢一禽，謂燕曰：'不須往訴，鳳凰在假。'或云鳳凰渴睡，今不記其詳。都是訓狐權攝。舜舉意以話戲笑王庭老等不知是非。……(蘇軾)兼贈舜舉云：'……奈何效燕蝠，屢欲爭晨暝。'其意以譏諷王庭老等如訓狐不分別是非也。"宋詩鈔薛季宣浪語集鈔游竹陵善權洞："左右觸蠻戰，晨昏燕蝠爭。"

【燕₂山外史】清陳球(蘊齋)撰，八卷。據明馮夢楨所撰竇生傳演飾而成，敘明永樂時竇繩祖與李愛姑相愛事，雖悲歡離合，曲折尚多，而仍落才子佳人小說俗套，且全書三萬一千餘言，皆用四六駢偶，隨處拘牽，殊乏生動之致。

【燕足繫詩】唐任宗妻郭紹蘭，因宗經

商湘中，久不歸，見堂上雙燕翻飛，嘆言：“爾海東來，必經湘中，……欲憑爾附書，投於我婿。”因以所吟詩繫於燕足，燕逕飛至荊州任宗處。宗解書，得其妻所吟詩。見五代後周王仁裕開元天寶遺事下傳書燕。

【燕啄皇孫】漢書九七下外戚孝成趙皇后傳：“先是有童謠曰：‘燕燕，尾涎涎，張公子，時相見。木門倉琅根，燕飛來，啄皇孫，皇孫死，燕啄矢。’”本指趙飛燕姊妹陰謀毒害皇孫事，後因以燕啄皇孫作爲后妃殺害皇子的典故。唐駱賓王集十代李敬業以武后臨朝移諸郡縣檄：“燕啄皇孫，知漢祚之將盡；龍漦帝后，識夏庭之遽衰。”

【燕雀相賀】淮南子說林：“湯沐具而蟣蝨相弔，大廈成而燕雀相賀，憂樂別也。”本指有安身之所，互相慶賀。北齊書盧文偉傳附盧詢祖：“詢祖初襲爵封大夏男，有宿德朝士謂之曰：大夏初成。應聲答曰：且得燕雀相賀。”此借淮南子語，詆朝士爲燕雀。

【燕雀處堂】比喻居安而無遠慮。孔叢子論勢：“先人有言，燕雀處屋，子母相哺，呴呴焉其相樂也，自以爲安矣。竈突炎上，棟宇將焚，燕雀顏不變，不知禍之及己也。”

【燕巢幕上】比喻處境極危。左傳襄二九年：“夫子之在此也，猶燕之巢於幕上，君又在殯，而可以樂乎？”注：“言至危。”文選南朝梁丘希範(遲)與陳伯之書：“而將軍魚游於沸鼎之中，燕巢於飛幕之上，不亦惑乎！”

【燕雁代飛】比喻更替輪換。淮南子地形：“磁石上飛，雲母來水，土龍致雨，燕雁代飛。”注：“燕，玄鳥也，春分而來；雁春分而北，詣漠中也；燕秋分而去，雁秋分而南，詣彭蠡也，故曰代飛。代，更也。”

【燕頷虎頸】舊時形容爲王侯的貴相。後漢書四七班超傳：“相者指曰：‘燕頷虎頸，飛而食肉，此萬里侯相也。’”東觀漢記十六班超作“燕頷虎頭”。

【燕爾新婚】詩邶風谷風：“宴爾新昏，如兄如弟。”序：“谷風，刺夫婦失道也。衛人化其上，淫於新昏，而棄其舊室，夫婦離絕，國俗傷敗焉。”原詩意指棄舊再娶。後反其意，用作慶賀新婚之詞。元王實甫西廂記二本二折：“婚姻自有成，新婚燕爾安排定。”元曲選戴善夫風光好三：“見學士不啣跟，瞻北辰，轉身軀，猛然驚問，便和咱燕爾新婚。”

【燕₂雲十六州】五代石敬瑭以燕雲十六州賂契丹，借契丹力以建立後晉王朝。十六州爲：幽薊瀛莫涿檀順新嬀儒武雲應寰朔蔚，約當今河北山西兩省北部地。宋史地理志序：“至是天下既一，疆理幾復漢、唐之舊，其未入職方氏者，唯燕雲十六州而已。”參閱資治通鑑二八〇後晉天福元年。

【燕翼貽謀錄】宋王栐著，五卷。栐以宋朝南渡之後，一切務爲苟安，乃輯錄北宋自建隆(太祖)至嘉祐(仁宗)止之法令故事，共一百六十一條，各詳言其興革得失之由，以爲鑑戒。

燄

yàn 以冉切，上，琰韻，喻。
ㄧㄢˋ

也作“爓”、“焰”。㊀火初著，火苗。說文：“燄，火行微燄燄也。”北周庾信庾子山集一對燭賦：“光清寒入，燄暗風過。”㊁比喻氣勢。左傳莊十四年：“人之所忌，其氣焰以取之。”石經本與釋文皆作“炎”。明王世貞弇州山人四部稿五七奉送按察副使耿公遷河上谷序：“而會中土有操濞戊謀者，勢燄張甚，……數陰喝明使毋得伸三尺誰何之。”

【燄口】佛教故事，言佛弟子阿難於夜三更見一餓鬼名燄口，謂阿難曰：“汝明日爲我等百千餓鬼及諸婆羅門仙等各施一斛飲食，並爲我供養三寶，汝得增壽，令我離於餓鬼之苦，得生天上。”見佛說救拔燄口餓鬼羅尼經。後來稱僧徒設齋，向餓鬼施食使得超度爲放燄口。簡稱燄口。

【燄火】㊀閃動的火苗。北周庾信庾子山集三奉和趙王隱士詩：“野鳥繁絃囀，山花燄火然。”也作“焰火”。北齊劉晝新論正賞：“堂珠黼幌，綴以金魄，碧流光霞，耀爛炫目。而醉者眸轉，呼爲燄火。非黼幌狀移，目改變也。”㊁卽烟火。詳“烟火”。

【燄段】元雜劇、金元院本正劇前附加的短劇。明陶宗儀輟耕錄二五院本名目：“又有燄段，亦院本之意，但差簡耳。取其如火燄，易明而易滅也。”參見“豔段”。

【燄硝】硝石。宋姚寬西溪叢語下：“崔昉爐火本草云：消石，陰石也。此非石類，卽鹹鹵煎成，今呼爲燄消是。河北商城及懷衛界沿河人家，刮鹵淋汁所就。”燄消，同燄硝。

【燄燄】火苗初起貌。書洛誥：“無若火始燄燄。”唐姚合姚少監集八同諸公會太府韓卿宅：“燄燄藺缸明狹室，丁丁玉漏發深宫。”

十三畫

燮

xiè 蘇協切，入，帖韻，心。
ㄒㄧㄝˋ

㊀和，協調。詩大雅大明：“篤生武王，保右命爾，燮伐大商。”㊁姓。宋有御史燮元圃，見明楊慎希姓錄五葉。

【燮友】性情和順。書洪範：“燮友柔克。”傳：“燮，和也。世和順，以柔能治之。”

【燮和】調和，協和。書顧命：“燮和天下，用答揚文武之光訓。”後世以丞相之職在於協和上下，故以燮和指丞相之職。唐韓愈昌黎集三七爲裴相公讓官表：“豈意陛下擢臣於傷殘之餘，委臣以燮和之任。”

【燮理】協調治理。書周官：“立太師太傅太保，茲惟三公，論道經邦，燮理陰陽。”傳：“此惟三公之任，佐王論道，以經緯國事，和理陰陽。”

【燮調】協調。文苑英華八二唐符載長沙東池記：“斡運玄化，燮調正氣。”

燧

suì 徐醉切，去，至韻，邪。
ㄙㄨㄟˋ

同“鐩”。㊀火鏡，古代取火之具。禮內則：“左佩紛、帨、刀、礪、小觿、金燧；右佩玦、捍、管、遰、大觿、木燧。”注：“金燧，可取火於日。”又：“木燧，鑽火也。”淮南子本經：“鑽燧取火。”㊁告警的烽火。墨子號令：“與城上烽燧相望。”史記一一七下司馬相如傳喻巴蜀檄：“夫邊郡之士聞烽舉燧燔，皆攝弓而馳，荷兵而走，流汗相屬，唯恐或後。”索隱引纂要：“烽見敵則舉，燧有難則焚。烽主晝，燧主夜。”參見“烽燧”。㊂火炬之類。左傳文十年：“命夙駕載燧，宋公違命。”

【燧改】古代按照季節改變取火的木料。唐元稹長慶集十三春六十韻詩：“燧改鮮研火，陰繁晻澹桐。”參見“改火”。

【燧象】古代戰術。燃火炬繫於象尾，使衝入敵陣。左傳定四年：“鍼尹固與(楚)王同舟，王使執燧象以奔吳師。”注：“燒火燧繫象尾，使赴吳師，驚卻之。”

【燧人氏】古帝名。傳說其發明鑽木取火，使民熟食。韓非子五蠹：“民食果蓏蜯蛤腥臊惡臭而傷害腹胃，民多疾病。有聖人作，鑽燧取火以化腥臊，而民說之，使王天下，號之曰燧人氏。”

營

yíng 余傾切，平，清韻，喻。
ㄧㄥˊ

㊀圍繞而居。孟子滕文公下：“下者爲巢，上者爲營窟。”管子霸言：“重宫門之

營，而輕四境之守。”㊁軍壘，軍營。史記絳侯周勃世家：“（文帝）至營，將軍（周）亞夫持兵揖曰：‘介胄之士不拜，請以軍禮見。’”㊂經營，謀畫。詩小雅黍苗：“肅肅謝功，召伯營之。”謝，邑名。箋：“營，治也。”楚辭屈原天問：“鮌何所營？禹何所成？”㊃謀生。世説新語文學：“康僧淵初過江，未有知者，恒周旋市肆，乞索以自營。”㊄圍繞。公羊傳莊二五年：“以朱絲營社。”漢書七五李尋傳：“日且入，爲妻妾役使所營。”注：“營謂繞也。”㊅由東到西的方向、橫綫和橫路。楚辭漢劉向九歎離世：“經營原野，杳冥冥兮。”注：“南北爲經，東西爲營。言己放行山野之中，但見草木杳冥，無有人民也。”㊆惑亂，通“熒”。荀子宥坐：“言談足以飾邪營衆。”㊇姓。周成王卿士營伯的後代。見通志二七氏族三以邑爲氏。

【營山】縣名。屬四川省。漢巴郡地。北周置營山縣，以有山如營壘而名。唐武德四年改爲朗池縣。宋大中祥符五年以避諱改營山，屬利州路蓬州。宋時余玠於此屯兵聚糧，以禦元兵。參閲元豐九域志八、讀史方輿紀要六八順慶府。

【營户】南北朝時，戰爭頻繁，人口耗損，爲擴充民力，多以所得戰俘，或所占地區内居民集中編爲户籍，歸軍隊管轄，稱爲營户。宋書沈慶之傳：“慶之前後所獲蠻，並移京邑，以爲營户。”魏書高祖紀上延興元年：“沃野統萬二鎮敕勒叛。詔太尉隴西王源賀追擊，至枹罕滅之，斬首三萬餘級；徙其遺迸於冀、定、相三州爲營户。”

【營田】㊀經營田產。宋書江秉之傳：“所得禄秩，悉散之親故，妻子常飢寒。人有勸其營田者。秉之正色曰：‘食禄之家豈可與農人競利。’”㊁屯田。隋書食貨志：“（開皇三年）又於河西，勒百姓立堡，營田積穀。”唐杜甫杜工部草堂詩箋二兵車行：“或從十五北防河，便至四十西營田。”參見“屯田”。

【營生】㊀保養身體。文選晉陸士衡（機）君子有所思行：“善哉膏粱士，營生奧且博。”㊁營謀生計，經營財富。初學記十八晉王隱晉書：“石崇百道營生，積財如山。”唐大詔令集七二乾符二年南郊赦：“其河南府界蒿荒地，委河南尹於稅錢三分内量與免二分，勿令無路營生，聚爲草賊。”

【營丘】地名。1.周封太公於營丘。至春秋齊獻公徙臨淄。漢爲臨淄營陵。臨淄營陵，皆屬營丘地。按爾雅，水出其前經其右曰營丘，臨淄城中有丘，淄水出其前，經其左，因以營丘爲名。古臨淄，在今縣西北。參閲宋王應麟詩地理考六營丘、嘉慶一統志一七一青州府二古蹟。2.東晉時中原流民奔投慕容廆者數萬家，廆於漢遼西臨渝縣地安置青州，別置營丘郡。地在今遼寧省瀋陽市西。見晉書慕容廆載記。

【營州】㊀古九州及十二州之一。見“九州㊀”、“十二州㊀”。㊁後魏太平真君五年置。治所龍城，即今遼寧朝陽市。隋唐兩代營州治所皆在此。見魏書地形志上。

【營伍】對兵士的俗稱。南齊書東昏侯紀永元三年宣德太后令：“凡所任仗，盡慝窮姦，皆營伍屠販，容狀險醜，身秉朝權，手斷國命。”

【營求】㊀尋找，訪詢。書説命序：“高宗夢得説，使百工營求諸野，得諸傅巖。”㊁經營財富。魏書李崇傳：“崇在官和厚，明於決斷，……然性好財貨，販肆聚斂，家資巨萬，營求不息。”

【營私】謀求私利。漢書八四翟方進傳：“方進奏（陳）咸與逢信邪枉貪汙，營私多欲，……過惡暴見，不宜處位。”

【營作】經營建造。史記高祖紀八年：“蕭丞相（何）營作未央宮，立東闕、北闕、前殿、武庫、太倉。”

【營役】操勞。唐白居易長慶集五三臨池閒卧詩：“營役抛身外，幽奇送枕前。”

【營妓】古代軍中官妓。唐宋時始有這種名稱。五代王定保唐摭言三慈恩寺題名遊賞賦詠雜紀：“楊汝士尚書鎮東川，其子如温及第，汝士開家宴相賀，營妓咸集。汝士命人與紅綾一匹。”五代何光遠鑒誡録十蜀才婦：“吳越饒營妓。……大凡營妓比無校書之稱。”舊時稱妓女爲校書。

【營表】建築宮室時，度量地基，立表以定位置。詩大雅靈臺“經始靈臺，經之營之”漢鄭玄箋：“文王應天命，度始靈臺之基址，營表其位。”疏：“營表其位，謂以繩度立表以定其位處也。”文選漢班孟堅（固）西都賦：“水衡虞人，修其營表；種別羣分，部曲有署。”

【營奉】營謀侍奉。營，營謀、籌措。南史任昉傳：“奉世叔父母不異嚴親，事兄嫂恭謹。外氏貧闕，恆營奉供養。”

【營室】星名。即室宿。二十八宿之一。國語周中：“營室之中，土功其始。”注：“定謂之營室也。建亥小雪中，定星昏正於午，土功可以始也。”爾雅釋天：“營室謂之定。”注：“定，正也。作宮室皆以營室中爲正。”參見“室宿”。

【營度】㊀經營量度。楚辭屈原天問：“圜則九重，孰營度之？”㊁琢磨，構思。唐韓愈昌黎集二一石鼎聯句詩序：“（侯）喜思益苦，務欲壓道士，每營度欲出口吻，聲鳴益悲。”

【營首】星名。亦稱營頭。晉書天文志下：“有星晝隕中天北下，光變白，有聲如雷。案占：‘名曰營首。營首所在，下有大兵，流血。’”又中：“營頭，有雲如壞山墮，所謂營頭之星。……亦曰流星晝隕，名營頭。”

【營建】建造，興築。後漢書三十下郎顗傳狀對尚書七事：“又西苑之設，禽畜是處，離房別觀，本不常居，而皆務精土木，營建無已。”引申指事業的締造、創立。世説新語言語：“温嶠初爲劉琨使來過江，于時江左營建始爾，綱紀未舉，温新至，深有諸慮。”

【營信】迷信。漢書一〇〇下敍傳：“季末淫祀，營信巫史。”注引鄧展曰：“營，惑也。”

【營疾】看護病人。宋書謝瞻傳：“弟皭字宣鏡，幼有殊行。……所生母郭氏久嬰痼疾，晨昏温凊，嘗藥捧膳，……恐僕役營疾懈倦，躬自執勞。”

【營造】㊀製作，建造。宋書張永傳：“又有巧思，益爲太祖所知，紙及墨皆自營造，上每得永表啓，輒執玩咨嗟，自歎供御者了不及也。”魏書源子恭傳：“若使專役此功，長得營造，委成責辦，容有就期。”這指宮室的營造。㊁構造，創作。陳書傅縡傳明道論：“頃代澆薄，時無曠士，苟習小學，以化蒙心，漸染成俗，遂迷正路，唯競穿鑿，各肆營造，枝葉徒繁，本源日翳。”

【營部】行軍時按部安營。後漢書十九耿秉傳：“軍行常自被甲在前，休止不結營部，然遠斥候，明要誓，有警，軍陳立成。”

【營救】設法援救。三國志魏崔琰傳：“幽于囹圄，賴陰夔、陳琳營救得免。”

【營陵】見“營丘”。

【營販】經營販賣。魏書獻文六王北海王詳傳：“復以季父崇寵，位望兼極，……而貪冒無厭，多所取納，公私營販，侵剥遠近。”

【營國】㊀營建國都。周禮考工記匠人：“匠人營國方九里，旁三門。”疏：“鄭（玄）云：國家謂城方，公之城方九里，侯、伯七里，子、男五里。”㊁治理國事。後漢書五九張衡傳思玄賦:"景三慮以營國兮，熒惑次於它辰。"注:"景，宋景公也。三慮謂三善言也。"

【營覓】營謀生計。南齊書豫章文獻王(嶷)傳上啟:"府州郡邸舍,非臣私有,今巨細所資,皆是公潤,臣私累不少,未知將來罷州之後，或當不能不試學營覓以自贍。"

【營道】研究道藝。禮儒行:"儒有合志同方,營道同術。"疏:"營道同術者,謂經營道藝,同齊於術,同術則同方也。"文選晉陸士衡(機)赴洛詩之一:"希世無高符,營道無烈心。"

【營奠】設祭。見"營齋"。

【營惑】迷惑。同"熒惑"。史記孔子世家:"匹夫而營惑諸侯者罪當誅。"漢書淮南王安傳膠西王議:"安廢法度,行邪辟,有詐僞心,營惑百姓，背畔宗廟，妄作妖言。"

【營窟】土室,穴居。孟子滕文公下:"當堯之時,水逆行,氾濫于中國,蛇龍居之。民無所定,下者爲巢,上者爲營窟。"宋朱熹集注:"下,下(低)地;上,高地也。營窟,穴處也。"

【營葬】籌辦喪葬事。宋書謝弘微傳:"東鄉君薨,資財鉅萬,……弘微一無所取,自以私祿營葬。"

【營頓】行軍中的營房。南齊書曹虎傳:"虜去城數里立營頓,設氈屋,復再圍樊城,臨沔水,望襄陽岸,乃去。"

【營業】經營生計。三國志吳駱統傳上疏:"百姓虛竭,嗷然愁擾,愁擾則不營業,不營業則致窮困。"金史完顏仲德傳:"近侍左右久困睢陽,幸卽汝陽之安，皆娶妻營業,不願遷徙,日夕爲上言西行不便。"

【營亂】惑亂。漢書禮樂志:"桑間、濮上,鄭、衛、宋、趙之聲並出,……巧僞因而飾之,以營亂富貴之耳目。"

【營解】周旋排解。新唐書一一二蘇安恒傳:"於是魏元忠爲張易之兄弟所構,獄方急,安恒獨申救。……疏奏,易之大怒,遣刺客邀之,賴鳳閣舍人桓彦範等悉力營解,乃免。"

【營魂】指心靈、精神。後漢書十六寇恂傳附寇榮上書:"懼獨含恨以葬江魚之腹,無以自別於世,不勝狐死首丘之情,營魂識路之懷。"文選晉陸士衡(機)文賦:"攬營魂以探賾,頓精爽於自求,理翳翳而愈伏,思乙乙其若抽。"參見"營魄"。

【營養】㊀指生計。宋史地理志一:"而洛邑爲天地之中,民性安舒而多衣冠舊族。然土地褊薄,迫於營養。"㊁吸取養料以維持生命。也稱榮養。

【營慧】運用智謀之貌。淮南子俶真:"夫人之事其神而嬈其精,營慧然而有求於外,此皆失其神明而離其宅也。"注:"營慧,求索名利者也。"

【營魄】指魂魄、精神。老子:"載營魄抱一,能無離乎?"河上公注:"營魄,魂魄也。"晉王弼注:"營魄,人之常居處也。"楚辭屈原遠遊:"載營魄而登霞兮,掩浮雲而上征。"注:"抱我靈魂而上升也。"

【營衛】㊀設軍營護衛。史記五帝紀黃帝:"以師兵爲營衛。"正義:"環繞軍兵爲營以自衛,若轅門卽其遺象。"遼史有營衛志上中下三篇,記遼一代軍制的沿革。㊁門衛。史記九五樊噲傳:"樊噲在營外,聞事急,乃持鐵盾入到營。營衛止噲,噲直撞入。"㊂中醫指血氣的作用。靈樞經營衛生會:"人受氣於穀,穀入於胃,以傳與肺,五藏六府皆以受氣。其清者爲營,濁者爲衛,營在脈中,衛在脈外,營周不休,五十而復大會。……營衛者,精氣也。血者,神氣也。故血之與氣,異名同類焉。"

【營辦】籌措辦理。北魏贈營州刺史懿侯高貞碑:"其墓□所須悉仰本州營辦。"(八瓊室金石補正十五)舊唐書三十褚遂良傳上疏:"陛下歲遣千餘人遠事屯戍,終年離別,萬里思歸。去者資裝,自須營辦,既賣菽粟,傾其機杼。"

【營蕩】傳説人名。周初爲齊司寇。太公呂尚封於齊,問以治國之道。營蕩對曰:"任仁義而已。"後爲太公所殺。見春秋繁露十三五行相勝。清凌曙春秋繁露注:"韓子作太公誅狂矞華仕昆弟二人,荀子作太公誅華仕。營蕩未聞。"

【營樹】經營生計。南史徐陵傳:"陵器局深遠,容止可觀,性又清簡,無所營樹,俸祿與親族共之。"

【營齋】設齋食以供僧衆。指誦經祈禱。南齊書劉瓛傳:"遇病,(竟安王蕭)子良遣從瓛學者彭城劉繪、順陽范縝將廚於瓛宅營齋。"唐元稹長慶集九遣悲懷詩:"今日俸錢過十萬,與君營奠復營齋。"

【營營】往來盤旋貌。詩小雅青蠅:"營營青蠅,止于樊。"傳:"營營,往來貌。"漢書八七上揚雄傳校獵賦:"羽騎營營,昈分殊事。"注:"營營,周旋貌。"

【營職】供職。漢書六二司馬遷傳報任安書:"日夜思竭其不肖之材力,務壹心營職,以求親媚於主上,而事乃有大謬不然者。"

【營壘】軍營周圍的壁壘。六韜虎韜軍略:"絶道遮街,則有材士强弩衛其兩旁;設營壘,則有天羅、武落、行馬、蒺藜。"後漢書七三公孫瓚傳:"乃盛修營壘,樓觀數十,臨易河,通遼海。"

【營繕】修理,修建。晉書桓伊傳上表:"淮南之捷,逆兵奔北,人馬器鎧隨處放散。於時收拾敗破,不足貫連,比年營繕,并已修整。"舊唐書職官志三:"將作監……掌營繕宮室。"

【營饌】營治膳食。北齊顏之推顏氏家訓勉學:"世人不問愚智,皆欲識人之多,見事之廣,而不肯讀書。是猶求飽而嬾營饌,欲暖而惰裁衣也。"

【營灌】整治灌溉。指從事農耕。南齊書劉虯傳與蕭子良書:"虯四節卧病,三時營灌,暢餘陰於山澤,託暮情於魚鳥。"

【營護】周旋救護。南朝梁慧皎高僧傳八釋智順:"司空徐孝嗣亦崇其行解,奉以師敬。及東昏失德,孝嗣被誅,子鯤逃竄避禍,順身自營護,卒以見免。"

【營田使】官名。晉有屯田郎,主屯事。唐玄宗始置營田使,掌管屯田諸務。以後各道節度觀察使多兼度支、營田使。參閱五代前蜀馮鑑續事始營田使(説郛十)。

【營造尺】唐以來歷朝工部營造用的尺。也稱部尺,俗叫魯班尺。一營造尺合〇.三二公尺,〇.九六市尺。續文獻通考一〇八樂考度量衡:"商尺者,卽今木匠所用曲尺。蓋自魯般傳至於唐,唐人謂之大尺。由唐至今用之,名曰今尺,又名營造尺。"

【營造法式】宋李誡編著。宋熙寧時敕令將作監編修營造法式,元祐六年成書,次年頒行列郡。紹聖四年以所修之本,祇是料狀,不合實用,乃命將作少監李誡重修,至元符三年完成,崇寧二年刊印。頒發各地官署,作爲營建工程通行的法式。全書分看詳、目録各一卷,總釋總例二卷,諸作制度十三卷,諸作功限十卷,諸作料例並等第三卷,諸作圖樣六卷,共三十六卷三百五十七篇三千五百五十五條,爲我國古代的建築專書。

燦 càn 蒼案切,去,翰韻,清。 ㄘㄢˋ

光彩耀眼。同"粲"。見下。

【燦然】明白貌。同"粲然"。漢董仲舒春秋繁露王道通三:"文理燦然而厚,知廣大有而博。"參見"粲然"。

【燦爛】光彩耀眼。後漢書四十班固傳下:"備哉燦爛,真神明之式也。"注:"燦爛,盛明也。"參見"粲爛"。

燥 1. zào ㄗㄠˋ 蘇老切,上,晧韻,心。

㊀乾燥,使乾燥。易乾:"水流溼,火就燥。"又說:"燥萬物者莫熯乎火。"

2. sào ㄙㄠˋ 集韻 先到切,去,號韻。

㊁見"燥₂子"。

【燥₂子】細切的肉。宋吳自牧夢粱錄十六肉舖:"且如豬肉名件,或細抹落索兒精、鈍刀丁頭肉、條攛精、攛燥子肉,……。"

【燥灼】心中焦急如焚。文苑英華六九二唐符載上襄陽樊大夫書:"上無以供養尊長,下無以撫字孤稚,徬徨燥灼,內熱如疾。"

【燥吻】乾脣。文選晉陸士衡(機)文賦:"始躑躅於燥吻,終流離於濡翰。"宋蘇軾分類東坡詩十九次韻袁公濟謝芎椒詩:"燥吻時時著酒濡,要令臥疾致文殊。"

【燥悍】燥烈。唐柳宗元柳先生集三二與崔饒州(簡)論石鍾乳書:"又聞子敬時憒悶動作,宜以爲未得其粹美,而爲麁礦燥悍所中。"指藥性。子敬,崔簡字。

【燥脾】猶言爽快。清孔尚任桃花扇修札:"俺柳麻子信口胡談,卻也燥脾。"按中醫謂脾土忌濕,脾燥則身健爽。

【燥濕】㊀乾燥和潮濕。左傳襄十七年:"吾儕小人,皆有闔廬,以辟燥濕寒暑。"㊁酬應之語。猶言寒暄。三國志吳駱統傳:"常勸(孫)權以尊賢接士,……饗賜之日,可人人別進,問其燥濕,加以密意。"

燡 yì ㄧˋ 羊益切,入,昔韻,喻。

火盛。見下。

【燡燡】光明貌。文選漢王文考(延壽)魯靈光殿賦:"汨磑磑以璀璨,赫燡燡而燭坤。"

燭 zhú ㄓㄨˊ 之欲切,入,燭韻,照。

㊀火炬。後來指以膏製成用以取明者爲燭。儀禮燕禮:"宵則庶子執燭於阼階上。"禮曲禮上:"燭不見跋。"疏:"跋,本也。本,把處也。古來未有蠟燭,唯呼火炬爲燭也。"㊁照。莊子天道:"水靜則明,燭鬚眉。"漢書武帝紀元光元年詔賢良:"日月所燭,莫不率俾。"注:"燭,照也。"㊂洞悉。韓非子孤憤:"智術之士必遠見而明察,不明察不能燭私。"㊃星名。見"燭星"。㊄姓。春秋時鄭大夫有燭之武。見左傳文十年。

【燭火】燭炬。舊題漢郭憲洞冥記:"東方朔曰:臣經北極,至種火之山,日月所不照,有青龍銜燭火以照山之四極。"三國魏劉邵人物志八觀:"夫智出於明。明之於人,猶晝之待白日,夜之待燭火。"

【燭奴】燈臺。五代後周王仁裕開元天寶遺事上:"(申王)每夜宮中與諸王貴戚聚宴,以龍檀雕成獨釁童子,衣以綠衣袍,繫以束帶,使執畫燭,立於宴席之側,目爲燭奴。"

【燭光】㊀燈光。史記七一甘茂傳:"我無以買燭,而子之燭光幸有餘,子可分我餘光。"㊁舜女名。山海經海內北經:"舜妻登比氏生宵明、燭光。"注:"卽二女字也。以能光照因名云。"

【燭竹】竹名。廣東山區客家,斫竹浸水塘中,一月後,取竹晒干,卽可作燭燃點,火不易熄。夜間行路,照明多用此。相傳宋丞相文天祥屯軍南嶺,好燃此竹,故又名丞相竹。見清屈大均廣東新語二七草語。

【燭夜】雞的別名。見晉崔豹古今注鳥獸。

【燭花】燭餘。也作"燭華"。藝文類聚八十南朝梁元帝對燭賦:"燭燼落,燭華明。"唐杜甫杜工部詩史補遺九官亭夕坐戲簡顏十少府詩:"不返青絲鞚,虛燒夜燭花。"今亦謂燭心結爲穗形曰燭花。

【燭星】彗星名。史記天官書:"燭星,狀如太白,其出也不行。見則滅。所燭者,城邑亂。"集解引孟康:"星上有三彗上出,亦填星之精。"

【燭乘】史記四六田敬仲完世家:"梁王曰:'若寡人國小也,尚有徑寸之珠照車前後各十二乘者十枚,奈何以萬乘之國而無寶乎?'"後因以燭乘形容珠光的明亮。全唐詩九一韋嗣立酬崔光祿冬日述懷贈答:"魏珠能燭乘,秦璧許連城。"參見"照乘"。

【燭淚】蠟燭燃燒淌下的蠟如淚下狀,故名。唐白居易長慶集十八房家夜宴喜雪贈主人詩:"酒鈎送盞推蓮子,燭淚粘盤壘葡萄。"宋歐陽修文忠集一二六歸田錄一:"(寇準)自少年富貴,不點油燈。尤好夜宴劇飲,雖寢室亦燒燭達旦。每罷官去後,人至官舍,見廁溷間燭淚在地,往往成堆。"

【燭陰】神名。山海經海外北經:"鍾山之神,名曰燭陰,視爲晝,瞑爲夜,吹爲冬,呼爲夏。"注:"燭龍也。是燭九陰,因名燭陰。"

【燭跋】蠟燭的末梢。清黃景仁兩當軒集十秋夜詩:"燭跋燒殘擁薄衾,繞廬策策響疏林。"

【燭圍】執燭環繞。唐馮贄雲仙雜記五燭圍引長安後記:"韋陟家宴,使每婢執一燭,四面行立,人呼爲燭圍。"

【燭察】明察,洞察。韓非子孤憤:"重人不能忠主而進其仇,人主不能越四助而燭察其臣,故人主愈弊而大臣愈重。"

【燭銀】精光閃耀的銀子。卽銀燭。穆天子傳一:"天子之珤(寶),玉果、璿珠、燭銀。"注:"銀有精光如燭。"藝文類聚六隋江總貞女峽賦:"含照曜之燭銀,渧潺湲之膏玉。"唐人詩常用"銀燭"字,本此。參見"銀燭"。

【燭龍】神名。山海經大荒北經:"西北海之外,赤水之北,有章尾山,有神人面蛇身而赤,直目正乘,其瞑乃晦,其視乃明,……是燭九陰,是謂燭龍。"楚辭屈原天問:"日安不到?燭龍何照?"

【燭營】男子下體。淮南子精神:"子求……脊管高于頂,腸下迫頤,兩脾在上,燭營指天。"注:"脊管,下竅也。……燭,陰華也,營其竅也。……燭營,讀曰括撮。"

【燭臨】照臨。管子版法解:"凡人君者,覆載萬民而兼有之,燭臨萬族而事使之。"漢書七五翼奉傳:"今陛下明聖,深懷要道,燭臨萬方,布德流惠,靡有闕遺。"

【燭穗】點著的燭心結成穗狀,卽燭花。宋范成大石湖集十七晚步宣華舊苑詩:"歸來更了程書債,目眚昏花燭穗垂。"

【燭籠】卽燈籠。唐張籍張司業集一楚宮行詩:"千門萬户開相當,燭籠左右列成行。"

【燭照數計】以燭光照之,以數理計之。比喻料事準確。唐韓愈昌黎集二一送石處士序:"辨古今事當否,論人高下,事後當成敗,……若燭照數計而龜卜也。"

【燭影斧聲】宋釋文瑩續湘山野錄:"開端門召開封王,卽太宗也。延入大寢,酌酒對飲,宦官宮妾悉屏之。但遙見燭影下太宗時或避席,有不可勝之狀。飲訖,禁漏三鼓,殿雪已數寸,帝引柱斧戳雪,顧太宗曰:'好做!好做!'遂解帶就寢,鼻息如雷霆。是夕太宗留宿禁內。將五鼓,周廬者寂無所聞,帝已崩矣。"又見張淏靈谷雜記太祖達生知命(說郛三十)。後人因以燭影斧聲指太宗殺兄奪位。惟元黃溍、明宋濂劉儼皆稱其誣,程敏政撰宋紀終受考辨說尤詳。

【燭影搖紅】詞調名。草堂詩餘一點絳

唇賀方回(鑄)春暮:“燭影揺紅,一枕傷春緒。”又三燭影揺紅 王晉卿(詵)春根:“燭影揺紅,夜闌飲散春宵短。”詞譜七著録雙調,有四十八字、五十字、九十六字三體。参閲宋吴曾能改齋漫録十七燭影揺紅。

燬 huǐ 許委切,上,紙韻,曉。
ㄏㄨㄟ

㊀烈火。詩周南汝墳:“魴魚赬尾,王室如燬。”釋文:“齊人謂火曰燬……字書作焜。”㊁燃燒。晉書温嶠傳:“嶠遂燬犀角而照之。”

【燬炎】指太陽。唐柳宗元柳先生集十四天對:“問:‘夜光何德,死則又育?’對:‘燬炎莫儷,淵迫而魄,遐違乃專,何以死育。’”

【燬燼】焚燒成爲灰燼。漢蔡邕蔡中郎集外傳釋誨:“懼煙炎之燬燼,何光芒之敢揚哉?”後漢書六十下蔡邕傳燬作“毀”。

燠 yù 於六切,入,屋韻,影。
ㄩ

熱,煖。書洪範:“日雨日暘日燠日寒日風。”詩唐風無衣:“不如子之衣,安且燠兮。”

【燠休】撫慰病痛者的聲音。也作“噢咻”。左傳昭三年:“民人痛疾,而或燠休之。”注:“燠休,痛念之聲。”引申爲撫慰辛勤勞苦的人。三國志 魏 蔣濟傳上疏:“夫欲大興功之君,先料其民力而燠休之。”参見“噢咻”。

【燠沐】氣候温潤。後漢書 明帝紀 永平四年詔:“京師冬無宿雪,春不燠沐。”注:“燠,暖也。沐,潤澤也,言無暄潤之氣。”

【燠暑】悶熱。宋 李格非 洛陽名園記董氏西園:“四面甚敞,盛夏燠暑,不見畏日。”

十四畫

爁 làn 盧瞰切,去,闞韻,來。
ㄌㄢˋ 力驗切,去,豔韻,來。

火延燒。見“爁焱”。

【爁焱】火勢蔓延。淮南子覽冥:“火爁焱而不滅,水浩洋而不息。”

燼 jìn 徐刃切,去,震韻,邪。
ㄐㄧㄣˋ

説文作“㶳”。㊀物體燃燒後剩下的部分。左傳成二年:“請收合餘燼,背城借一。”注:“燼,火餘木。”文選晉張景陽(協)雜詩之十:“尺燼重尋桂,紅粒貴瑶瓊。”㊁災後的殘餘。詩大雅桑柔:“民靡有黎,具禍以燼。”左傳襄四年:“靡自有鬲氏收二國之燼以滅浞,而立少康。”注:“燼,遺民。”

【燼骨】骨灰。新五代史 晉家人傳 安太妃:“既卒,砂磧中無草木,乃毀奚車而焚之,載其燼骨至建州。”

燿 1. yào 弋照切,去,笑韻,喻。
ㄧㄠˋ

㊀照耀。同“曜”、“耀”。左傳昭三年:“焜燿寡人之望。”疏:“燿,照也;焜,明也。”漢書五七下司馬相如傳難蜀父老:“使疏逖不閉,曶爽闇昧得燿乎光明。”史記作“耀”。㊁眩惑,迷亂。淮南子脩務:“察於辭者不可燿以名。”

2. shuò 集韻 弋灼切,入,藥韻。
ㄕㄨㄛˋ

㊂銷熔。漢書藝文志兵家:“後世燿金爲刃,割革爲甲,器械甚備。”注:“燿,讀與鑠同,謂銷也。”

3. shào 集韻 所教切,去,效韻。
ㄕㄠˋ

㊃細長。周禮考工記梓人:“大胸燿後。”注:“燿,讀爲哨,頎小也。”

【燿德】明德。國語周上:“先王燿德不觀兵。”注:“燿,明也。……明德,尚道化也。”也作“曜德”。藝文類聚六漢揚雄并州箴:“大上曜德,其次曜兵。”

【燿靈】指太陽。也作“曜靈”。後漢書五九張衡傳思玄賦:“淹棲遲以恣欲兮,燿靈忽其西藏。”注:“燿靈,日也。”文選三國魏吴季重(質)在元城與魏太子牋:“燿靈匿景,繼以華燈。”参見“曜靈”。

燻 xūn 許云切,平,文韻,曉。
ㄒㄩㄣ

墨子節葬下:“其親戚死,聚柴薪而焚之,燻上,謂之登遐。”今謂以火煙炙物爲燻。同“熏”。

【燻穴】以火煙熏進洞穴中。漢王充論衡命禄:“越王翳逃山中,至誠不願自冀得代。越人燻其穴,遂不得免,彊立爲君。”北周庾信庾子山集十三周太子太保步陸逞神道碑:“既遭燻穴,翻從壓紐。”比喻受擁立爲帝。

【燻灼】比喻威焰迫人。文選南朝梁劉孝標(峻)廣絶交論:“九域聳其風塵,四海疊其燻灼。”魏書神元平文諸帝孫元天穆傳:“天德以疏屬,本無德望,憑藉尒朱,爵位隆極,當時燻灼,朝野傾悚。”

【燻赫】勢盛貌。初學記一晉 夏侯湛 雷賦:“伊朱明之季節兮,暑燻赫以盛興。”

燾 dào tāo 徒到切,去,號韻,定。
ㄉㄠˋ ㄊㄠ 徒刀切,平,豪韻,定。

㊀覆蓋。經傳通作“幬”。也作“焘”。公羊傳文十三年:“周公盛,魯公燾。”盛謂新穀滿其器,燾謂下故上新,裁可半平。史記吴世家:“如天之無不燾也。”左傳襄二九年、禮中庸燾皆作“幬”。㊁見“燾奡”。

【燾育】覆育,指天地養育萬物。藝文類聚二晉傅咸喜雨賦:“伊我皇之仁德兮,配燾育於二儀。”

【燾奡】高峻深邃貌。文選漢張平子(衡)西京賦:“駁娑駘盪,燾奡桔桀。”

燹 xiǎn 蘇典切,上,銑韻,心。
ㄒㄧㄢˇ 息淺切,上,獮韻,心。

火。見説文。多指兵亂中縱火焚燒。宋史神宗紀熙寧九年詔:“山民州界經鬼章兵燹者賜錢。”

十五畫

爌 huǎng 呼晃切,上,蕩韻,曉。
ㄏㄨㄤˇ 丘晃切,上,蕩韻,溪。

明亮,照明。漢書八七上揚雄傳甘泉賦:“北爌幽都,南煬丹厓。”注:“爌,古晃字。”

【爌炾】寬敞明亮。文選漢王文考(延壽)魯靈光殿賦:“鴻爌炾以爣閬,飋蕭條而清泠。”晉張載注:“爌炾、爣閬,皆寬明也。”

爊 āo 於刀切,平,豪韻,影。
ㄠ

煨烤。廣韻作“爊”。北魏賈思勰齊民要術八脯腊作鱧魚脯法:“其魚草裹泥封,煻灰中爊之,去泥草,以皮布裹而槌之,白如珂雪,味又絶倫。”漢書六六楊惲傳報孫會宗書“烹羊炰羔”唐顔師古注:“炰,毛炙肉也,即今所謂爊也。”

爑 mì 集韻 莫狄切,入,錫韻。
ㄇㄧˋ

乾酪。見下。

【爑螽】乾酪,造酪母的原料。漢書八七下揚雄傳長楊賦:“敺橐它,燒爑螽。”宋司馬光温國公集九酪羹詩:“爑螽煩同取,勺藥助烹煎。”

爆 1. bào 北教切,去,效韻,幫。
ㄅㄠˋ

㊀火裂。説文:“爆,灼也。从火,暴聲。”宋徐鉉本作蒲木切,謂俗音豹。㊁燃着。宋范成大石湖集二三苦雨詩之四:“潤礎纔晴又汗,濕薪未爆先煙。”轉義爲火燒物聲。参閲唐釋慧琳一切經音義九四續高僧傳十七爆聲。

2. bó 北角切,入,覺韻,幫。
ㄅㄛˊ

㊂見“爆$_2$爍”。

【爆仗】即爆竹。宋 孟元老 東京夢華録

七駕登寶津樓諸軍百戲:"駕登寶津樓,諸軍百戲呈於樓下。……忽作一聲如霹靂,謂之爆仗,……烟火大起。"古皆以真竹著火爆之,故唐人詩亦稱爆竿。後人捲紙裹火藥爲之,稱爲爆仗。參閱清顧張思土風録二放爆仗、翟灝通俗編三一俳優爆竹。

【爆竹】古時以火燃竹,畢剥有聲,稱爲爆竹,用以驅鬼。南朝梁宗懔荆楚歲時記:"正月一日,……雞鳴而起,先於庭前爆竹,心辟山臊惡鬼。"後世用紙捲火藥,點燃發聲,也稱爆竹。或叫爆仗。唐劉禹錫劉夢得集九畬田行:"照潭出老蛟,爆竹驚山鬼。"宋王安石王文公集七二除日詩:"爆竹聲中一歲除,春風送暖入屠蘇。"

【爆直】唐代稱節假直日爲豹直。或作爆直,取爆迸爲義。見宋錢易南部新書(類説四一)、張表臣珊瑚鉤詩話二。參見"豹直"。

【爆炭】唐代妓女假母的别名。唐孫棨北里志海論三曲中事"妓之母,多假母也"注:"俗呼爲爆炭,不知其因,應以難姑息之故也。"

【爆竿】爆竹。全唐詩六四二來鵠早春:"新曆才將半紙開,小庭猶聚爆竿灰。"

【爆穀】吴俗於元旦日炒爆糯米,卜一歲之休咎,花多者吉。明楊基眉菴集八卜流詩:"春入吴門十萬家,家家爆穀作生涯。"詩題自注:"吴人於初正,以穀占人一年休咎,炒成花者吉,否,反是。"

【爆$_2$爍】猶剥落。詩大雅桑柔"捋采其劉"漢毛亨傳:"劉,爆爍而希也。"鄭玄箋:"及已捋采之,則葉爆爍而疏。"釋文:"爆本又作瀑,同音剥。……爍本又作樂,或作落,同音洛。"爾雅釋詁作"暴樂"。參見該條。

爍 1. shuò ㄕㄨㄛˋ 書藥切,入,藥韻,審。

㊀熱。文選漢枚叔(乘)七發:"衣裳則雜遝曼煖,燂爍熱暑。"㊁消熔。通"鑠"。周禮考工記:"爍金以爲刃。"釋文:"爍,義當作鑠。"

2. luò ㄌㄨㄛˋ

㊂見"爆$_2$爍"。

【爍爍】光閃動貌。古文苑八漢李陵録别詩:"爍爍三星列,拳拳月初生。"

爇 ruò ㄖㄨㄛˋ 如劣切,入,薛韻,日。

㊀燒。左傳僖二八年:"爇僖負羈氏。"㊁點燃。見"爇焦"。

【爇焦】謂燃點灼龜占卜的柴枝。周禮春官菙氏:"凡卜,以明火爇燋。"

【爇櫬】古代受降儀式。古交戰兩君,兵敗者輿櫬乞降,意卽歸罪就死。受降者焚櫬以示寬大赦免其死罪。櫬,棺。南朝陳徐陵徐孝穆集六陳公九錫文:"爇櫬以表其含宏,焚書以安其反側。"参見"輿櫬"。

十六畫

燗 1. yàn ㄧㄢˋ 以贍切,去,豔韻,喻。

㊀火焰。文選漢班孟堅(固)東都賦:"吐燗生風,吹野燎山。"又晉左太沖(思)蜀都賦:"火井沈熒於幽泉,高燗飛煽於天垂。"

2. qián ㄑㄧㄢˊ 徐鹽切,平,鹽韻,邪。

㊁把肉浸在熱水中使至半熟。説文作"錴"。禮禮器:"三獻燗,一獻孰。"注:"燗,沈肉於湯也。"

爐 lú ㄌㄨˊ 落胡切,平,模韻,來。

盛火器。也作"鑪"。參閲唐釋慧琳一切經音義二五大般涅槃經四燈爐。

【爐火】㊀燒着火的爐子。三國志魏武帝紀建安二十四年注引魏略:"孫權上書稱臣,稱説天命。王(曹操)以權書示外曰:'是兒欲踞吾著爐火上邪!'"㊁指道家燒煉丹汞。舊題晉葛洪神仙傳六李少君:"少君於安期先生得神丹爐火之方。"

【爐冶】冶鑄金屬。也指冶鑄金屬之所。晉書王沈傳釋時論:"融融者皆趣熱之士,其得爐冶之門者惟挾炭之子。"宋史食貨志下七:"令諸路鐵倣茶鹽法榷鬻,置爐冶,收鐵給引,召人通市。"

【爐峯】江西廬山香爐峯,省稱作爐峯。唐詩紀事七七釋若虚懷廬山舊隱:"一枝筇杖遊江北,不見爐峯二十年。"參見"香爐峯"。

【爐餅】燒餅之類。宋張師正倦遊雜録:"今人呼者麪爲湯餅,唐人呼饅頭爲籠餅。豈非水瀹而食者皆可呼湯餅,籠蒸而食者皆可呼籠餅?……得非熱于爐而食者呼爲爐餅。宜矣。"

【爐銀花】卽牽牛花。色似爐中煉銀之色,北方稱爲爐銀花。清秦徵蘭天啟宫詞上"暮涼頻催露行叢"注:"露行花卽牽牛花,其色紫翠,如初出爐之銀,故京師稱爐銀花,宫中音譌爲露行。"

【爐火純青】道家説煉丹成功時,爐火便發出純青的火焰。後以比喻人的品德修養、學問或技藝達到了精粹完美的地步。

十七畫

爛 làn ㄌㄢˋ 郎旰切,去,翰韻,來。

㊀熟。説文作"爤"。方言七:"爛,熟也。自河以北趙魏之間,火熟曰爛,氣熟曰糦,熟其通語也。"亦謂過熟或不熟。吕氏春秋本味:"熟而不爛。"漢高誘注:"爛,失飪也。"㊁爲火燒傷。左傳定三年:"(邾子)滋怒,自投于牀,廢于鑪炭,爛,遂卒。"㊂腐爛。公羊傳僖十九年:"其自亡奈何?魚爛而亡也。"㊃光明。詩鄭風女曰雞鳴:"子興視夜,明星有爛。"也指衣物華美鮮明。又唐風葛生:"角枕粲兮,錦衾爛兮。"

【爛石】草名。卽馬先蒿。舊題晉王嘉拾遺記:"員嶠山西有星池,出爛石,常浮於水,色紅質虚。燒之香聞數百里。"參閲政和證類本草九馬先蒿。

【爛汗】光彩分布貌。文選晉張景陽(協)七命:"雲屏爛汗,瓊壁青葱。"晉書張協傳汗作"旰"。

【爛柯】謂斧柄日久朽腐。喻世事變遷。唐劉禹錫劉夢得集外集一酬樂天揚州初逢席上見贈詩:"懷舊空吟聞笛賦,到鄉翻似爛柯人。"參見"爛柯山"。

【爛曼】分散貌。史記一一七司馬相如傳上林賦:"牢落陸離,爛曼遠遷。"參見"爛漫"。

【爛遊】猶漫遊。宋范成大石湖集八次黄必先主簿同年贈别韻詩之二:"山郭官閒得爛遊,彌年還往話綢繆。"

【爛漫】㊀焕發,分布。文選漢王文考(延壽)魯靈光殿賦:"澔澔涆涆,流離爛漫。"南齊謝朓謝宣城集五詠兔絲詩:"爛漫已萬條,連綿復一色。"㊁散亂,消散。莊子在宥:"大德不同而性命爛漫矣。"楚辭漢嚴忌哀時命:"生天地之若過兮,忽爛漫而無成。"㊂放浪,淫泆。漢劉向列女傳七夏桀末喜:"造爛漫之樂,日夜與末喜及宫女飲酒,無有休時。"魏書樂志:"三代之衰,邪音間起,則有爛漫靡靡之樂興焉。"㊃睡貌。唐杜甫杜工部草堂詩箋十彭衙行:"衆雛爛熳睡,唤起沾盤飧。"熳,同"漫"。

【爛銀】謂燦爛的銀光。五代王定保唐摭言七好放孤寒:"元和十一年,……李涼公下三十三人皆取寒素,時有詩曰:'……袍似爛銀文似錦,相將白日上青天。'"

【爛熟】㊀周密，透徹。北齊書王晞傳："帝欲以晞爲侍中，苦辭不受。或勸晞勿自疏，晞曰：'……非不愛作熱官，但思之爛熟耳。'" 此指思慮。宋陸游劍南詩稿七過野人家有感："世態十年看爛熟，家山萬里夢依稀。此指閱歷。㊁熟透，極熟。宋蘇軾分類東坡詩四寄題刁景純藏春塢："楊柳長齊低户暗，櫻桃爛熟滴階紅。"

【爛熳】見"爛漫"。

【爛爛】光亮。史記一一七司馬相如傳上林賦："磷磷爛爛，彩色澔汗。"世説新語容止："裴令公（楷）目王安豐（戎）眼爛爛如巖下電。"

【爛羊頭】喻濫授官爵，市賈庖人皆得爲官。後漢書十一劉玄傳："其所授官爵者，皆羣小賈豎，或有膳夫庖人，多著繡面衣、錦袴、襜褕、諸于，駡詈道中。長安爲之語曰：'竈下養，中郎將。爛羊胃，騎都尉。爛羊頭，關内侯。'"

【爛柯山】山名。一名石室山。在今浙江衢縣南。傳説晉王質入山伐木，見童子數人弈棋而歌，因置斧聽之。童子與一物如棗核，含之不飢。不久，童子催歸，質起視斧柯已爛盡。既歸，去家已數十年，親故殆盡。見舊題南朝梁任昉述異記。水經注四十漸江水有相類記載。又按河南新安、山西沁縣、廣東高要縣並有爛柯山，皆相傳云樵子遇仙處。參閱嘉慶一統志三〇一衢州府山川。

爝 jué 即略切，入，藥韻，精。
ㄐㄩㄝ 子肖切，去，嘯韻，精。

束葦爲炬，燒炬以袚除不祥。吕氏春秋本味："湯得伊尹，袚之于廟，爝以爟火，釁以犧猳。"

【爝火】炬火。莊子逍遥遊："日月出矣，而爝火不息。其於光也，不亦難乎？"疏："爝火，猶炬火也。"吕氏春秋求人作"焦火"。

爚 yuè shuò 以灼切，入，藥韻，喻。
ㄩㄝ ㄕㄨㄛ 書藥切，入，藥韻，喻。

㊀火光。史記八四賈生傳弔屈原賦："彌融爚以隱處兮，夫豈從蟂與蛭螾？"正義引顧野王："融，明也；爚，光也。"㊁消散。莊子胠篋："彼曾史楊墨師曠工倕離朱，皆外立其德而以爚亂天下者也。"釋文："爚，三蒼云：火光銷也。司馬（彪）、崔（譔）云：散也。"㊂用火照。吕氏春秋期賢："三曰今夫爚蟬者，務在乎明其火、振其樹而已，火不明，雖振其樹何益。"荀子致士作"耀蟬"。

【爚爚】光明貌。文選漢班孟堅（固）西都賦："震震爚爚，雷奔電激。"唐張鷟朝野僉載二："（陳懷卿）後於鴨欄中除糞，糞中有光爚爚然，以盆入沙汰之，得金十兩。"

十八畫

爟 guàn 古玩切，去，换韻，見。
ㄍㄨㄢ

㊀舉火。周禮夏官有司爟，掌用火之政令。㊁火炬。廣雅釋詁："爟，爇也。"又釋器："爟，炬也。"

【爟火】㊀祭祀燃點的火炬，以袚除不祥。吕氏春秋本味："湯得伊尹，袚之於廟，爝以爟火。"注："爟讀曰權衡之權。"也作"權火"。史記封禪書："通權火，拜於咸陽之旁。"集解引張晏："權火，烽火也。……欲令光明遠照，通祀所也。漢祠五畤於雍，五里一烽火。"索隱："權如字，一音爟。"㊁報警的烽火。北周庾信庾子山集十三周上柱國齊王憲神道碑："匈奴突於武川，爟火通於灞上。"

爞 chóng 直弓切，平，東韻，澄。
ㄔㄨㄥ 徒冬切，平，冬韻，定。

旱熱之氣。見下。

【爞爞】旱熱熏人。爾雅釋訓："爞爞炎炎，薰也。"注："皆旱熱熏炙人。"唐白居易長慶集一賀雨詩："自冬及春暮，不雨旱爞爞。"

十九畫

爢 mí 靡爲切，平，支韻，明。
ㄇㄧ

㊀爛，粉碎。糜爛之"糜"，本字作"爢"。參閲説文"爢"清段玉裁注。㊁碎末。楚辭屈原離騷："折瓊枝以爲羞兮，精瓊爢以爲粻。"注："爢，屑也。……精鑿玉屑，持以爲糧食。"

【爢散】粉碎。楚辭宋玉招魂："旋入雷淵，爢散而不可止些。"

爇 rán 如延切，平，仙韻，日。
ㄖㄢ

燃燒。淮南子説林："槁竹有火，弗鑽不爇。"漢書七十陳湯傳："卒徒工庸以鉅萬數，至爇脂火夜作。"注："爇，古然字也。"

二十畫

爣 tǎng 他朗切，上，蕩韻，透。
ㄊㄤ

見下。

【爣閬】寬敞明亮。文選漢王文考（延壽）魯靈光殿賦："鴻爌炾以爣閬，飋蕭條而清泠。"

二十一畫

爥 zhú
ㄓㄨ

照明。同"燭"。見正字通。文選漢班孟堅（固）東都賦："考聲教之所被，散皇明以爥幽。"

【爥燿】照耀。文選漢班孟堅（固）西都賦："若摛錦布繡，爥燿乎其陂。"後漢書四十班固傳作"燭燿"。

二十五畫

爨 cuàn 七亂切，去，换韻，清。
ㄘㄨㄢ

㊀竈。詩小雅楚茨："執爨踖踖，爲俎孔碩。"㊁炊。孟子滕文公上："許子以釜甑爨，以鐵耕乎？"㊂我國西南地區少數民族名，屬古百濮族。晉時爲東西兩爨，在雲南境。參閲清顧炎武天下郡國利病書一一一種人爨。㊃姓。三國時有爨習，爲蜀漢劉備官屬。見晉常璩華陽國志南中志。

【爨下】謂竈下燒剩的良木。用蔡邕焦尾琴故事。比喻倖免於難者。唐韓愈昌黎集九題木居士詩："爲神詎比溝中斷？遇賞還同爨下餘。"金元好問遺山集七短日詩："零落溝中斷，酸嘶爨下音。"參見"焦尾琴"。

【爨弄】見"五花爨弄"。

【爨室】廚房。禮檀弓上："曾子之喪，浴於爨室。"按士喪禮，浴於適室，無浴於爨室之禮。卽廚以浴，疏以爲以示謙儉。

【爨婦】竈下執炊之婦。宋蘇軾分類東坡詩十七和柳子玉過陳絶糧次韻二首之一："多才久被天公怪，闕食惟應爨婦知。"

【爨婢】竈下婢。宋范成大石湖集二九書事三絶之一："爨婢請淘酒米，圃丁催算花錢。"

【爨琴】謂士人貧困，迫得捨琴作薪。宋蘇軾分類東坡詩七次韻朱光庭喜雨："破屋常持傘，無薪欲爨琴。"

【爨桂炊玉】言薪難得如桂，米價貴如寶玉。形容物價昂貴，生活艱難。宋司馬光温國公集五九答劉蒙書："光雖竊託迹於侍從之臣，月俸不及數萬，爨桂炊玉，晦朔不相續。"參見"米珠薪桂"、"食玉炊桂"。

【爨龍顔碑】南朝宋碑。全稱宋故龍驤將軍護鎮蠻校尉寧州刺史邛都縣侯爨使君（龍顔）之碑。大明二年，故吏趙次之杜長子等所立,文爲爨道慶作。碑高近丈,有穿有陰,額在穿上。字體方正,書法於楷書中仍保持隸書筆意,具剛勁樸拙的風格。碑在今雲南舊曲靖府陸涼州。清道光間,阮元建亭以護之,并爲撰跋文,推爲南朝碑版之冠,此碑素爲世重,與爨寶子碑合稱“二爨”。陸涼州,今爲陸良縣。參閱清桂馥札樸十、陸增祥八瓊室金石補正十。

【爨寶子碑】南朝晉碑。額題晉故振威建寧太守爨府君(寶子)碑。寶子字同,建寧同樂人,卒於官,屬吏爲立碑,題大亨四年。考晉安帝元興元年壬寅改元大亨,次年仍稱元興二年,乙巳改義熙,因地遠,不知年號改而即廢,故仍沿用大亨,其四年即義熙元年。碑已久湮,清乾隆四十三年在雲南舊南寧府出土,雖在爨龍顔碑出土前數十年,金石書皆未著録。咸豐時,鄧爾恆知曲靖府,重修南寧縣志,搜輯金石遺文,得此碑,因移置城中武侯祠,始聞於世,與爨龍顔碑並重,稱“二爨”。南寧,今爲曲靖縣。參閱清陸增祥八瓊室金石補正九、吴士鑑九鐘精舍金石跋尾甲編。

爪 部

爪 zhǎo 側絞切,上,巧韻,莊。
ㄓㄠˇ

㊀覆手持取。見説文。爪,俗字作“抓”。㊁指甲和趾甲的通稱。史記八八蒙恬傳:“及成王有病甚殆,公旦自揃其爪以沈於河。”㊂動物的脚也稱爪。周禮考工記梓人“凡攫閷援簭之類,必深其爪,出其目,作其鱗之而。”韓非子解老:“兕無所投其角,虎無所錯其爪,兵無所容其刃。”㊃器物的爪形部分。元周密癸辛雜識續集上:“鐵錨四爪皆折。”㊄掐,爪刺。唐柳宗元柳先生集十七種樹郭槖駝傳:“且視而暮撫,已去而復顧,甚者爪其膚以驗其生枯,搖其本以觀其疎密,而木之性日以離矣。”

【爪士】爪牙之士。指保衛王室的武臣。詩小雅祈父:“祈父予王之爪牙。……祈父予王之爪士。”參見“爪牙㊁”。

【爪子】愚鈍的人。古今雜劇缺名村樂堂梧桐葉:“兀那爪子也,你不要言語,我與你這枝金釵兒。”清梁章鉅稱謂録六引黎(士宏)仁恕堂筆記:“甘州人謂不慧之子曰爪子。殊不解所謂。後讀唐書,賀知章有子,請名於上,上笑曰:‘可名之爲孚。’知章久乃悟上謔之,曰:‘以不慧故,破孚字爲爪子也。’”

【爪牙】㊀爪和牙,鳥獸用於攻擊和防衛。荀子勸學:“螾無爪牙之利,筋骨之强,上食埃土,下飲黄泉,用心一也。”㊁引申指武臣。詩小雅祈父:“祈父予王之爪牙。”國語越上:“夫雖無四方之憂,然謀臣與爪牙之士,不可不養而擇也。”㊂得力的助手,親信,黨羽。史記一二二張湯傳:“而深刻吏多爲爪牙用者,依於文學之士。”又王温舒傳:“擇郡中豪敢任吏十餘人,以爲爪牙。”㊃供驅使的人。南史顔延之傳附顔師伯:“師伯專斷朝事,不與沈慶之參懷,謂令史曰:‘沈公爪牙者耳,安得豫政事?’”

【爪老】手的俗稱。元曲選喬夢符兩世姻緣一:“舒著雙黑爪,老似通臂猿。”又武漢臣玉壺春二:“睁着一對白眼睛,舒著一雙黑爪老。”元時口語,身體各器官的稱謂末常加老字,如身作“軀老”,頭作“頂老”等。

【爪杖】用以搔癢的短杖。清厲荃事物異名録十九引稗史類篇:“如意者,古之爪杖也。或用竹木,削作人手指爪,柄可長三尺許。或背脊有癢,手不到,用以爬搔,如人之意。”參見“如意㊀”、“不求人”。

【爪角】爪和角,比喻起傷害作用的手段。韓非子解老:“民獨知兕虎之有爪角也,而莫知萬物之盡有爪角也,不免於萬物之害。而以昬晨犯山川,則風露之爪角害之;事上不忠,輕犯禁令,則刑法之爪角害之。”

【爪鏡】古代印度占卜術之一。我國舊稱圓光術。梵網經心地品下:“不得樗蒲、爪鏡、蓍草、楊枝、鉢盂、髑髏而作卜筮。”注:“爪鏡,即圓光法。”參見“圓光㊂”。

【爪上土】佛家語,希少之意。涅盤經三三:“爾時世尊取地少土,置之爪上,告迦葉言:‘是土多耶?十方世界土多乎?’迦葉菩薩白佛言:‘世尊,爪上土者,不比十方所有土也。’”

【爪牙吏】爲主官作爪牙的屬吏。史記一二二王温舒傳:“其爪牙吏虎而冠。”

【爪牙官】捍衛王室的武臣。漢書六九辛慶忌傳何武上封事:“光禄勳慶忌行義修正,柔毅敦厚,謀慮深遠。……慶忌宜在爪牙官以備不虞。”

【爪窪國】南洋羣島的爪哇島。遠在海外,古代交通不便,視爲渺茫遥遠的地方,因以喻虚無之境或極遠之處。窪,亦作“洼”。水滸二四:“那怒氣直鑽過爪洼國去了,變作笑吟吟的臉兒。”

四畫

爭 1. zhēng 側莖切,平,耕韻,莊。
ㄓㄥ

㊀争鬬。詩大雅江漢:“時靡有争,王心載寧。”㊁辯論。莊子齊物論:“有競有争。”晉郭象注:“對辯曰争。”史記留侯世家:“此難以口舌争也。”㊂決勝負。吕氏春秋順民:“執箕帚而臣事之,以與吴王争一旦之死。”㊃猶“差”。全唐詩六九三杜荀鶴自遣:“百年身後一丘土,貧富高低争幾多?”宋楊萬里誠齋集二八舟中夜坐詩:“與月隔一篷,去天争半篷。”㊄猶“怎”。唐白居易長慶集十八新秋詩:“老去争由我,愁來欲泥誰?”㊅姓。正字通:“印藪有争不識、争同。”

2. zhèng 側迸切,去,諍韻,莊。
ㄓㄥˋ

㊆規諫。通“諍”。漢書四十王陵傳:“(陳)平曰:‘於面折廷争,臣不如君。全社稷,定劉氏後,君亦不如臣。’”注:“廷争,謂當朝廷而諫争。”

【争2子】能規諫父母的兒子。孝經:“父有争子,則身不陷於不義。”孔子家語二三恕:“父有争子,不陷無禮。”

【争心】競争或争鬬之心。左傳昭六年:“昔先王議事以制,不爲刑辟,懼民之有争心也。”釋文:“争,争鬬之争。”晏子春秋雜下:“凡有血氣者皆有争心。”

【争2友】同“諍友”。能規諫過失的朋友。荀子子道:“士有争友,不爲不義。”

【争交】兩人相撲角力。類似今之摔交。宋吴自牧夢粱録二:“角觝者,相撲之異名也。又謂之争交。”水滸二九:“三年上泰岳争交,不曾有對。普天之下没我一般的了。”參見“角觝”。

【争光】競放光彩。史記八四屈原傳:“推此志也,雖與日月争光可也。”文選南朝宋顔延年(延之)應詔觀北湖田收詩:

"神行埒浮景，争光溢中天。"今引伸爲争取光榮。

【爭₂臣】能諫諍之臣。荀子子道："昔萬乘之國，有争臣四人，則封疆不削。"漢書七八蕭望之傳上疏："朝無争臣則不知過，國無達士則不聞善。"

【爭年】比較年齡大小。韓非子外儲左上："鄭人有相與争年者，一人曰：'吾與堯同年。'其一人曰：'我與黄帝之兄同年。'訟此而不决。"文選三國魏嵇叔夜（康）養生論："曠然無憂患，寂然無思慮，又守之以一，養之以和，……若此以往，恕可與羨門比壽，王喬争年，何爲其無有哉！"

【爭先】争取先着。左傳襄二七年："晉、楚争先。晉人曰：'晉固爲諸侯盟主，未有先晉者也。'"此指會盟時争歃血的先後。唐段成式酉陽雜俎語資："一行公本不解弈，因會燕公（張説）宅，觀王積薪棋一局，遂與之敵。笑謂燕公曰：'此但争先耳。'"此指下棋争先着。

【爭似】怎似。宋柳永樂章集鳳御盃詞之二："强拈書信頻頻看，又争似親相見？"陳亮龍川詞水調歌頭："料得神仙窟穴，争似提封萬里，大小幾琉球？"

【爭長】争執班秩坐次的先後。左傳隱十一年："滕侯薛侯來朝，争長。"

【爭奈】怎奈。唐盧仝玉川子集一守歲詩之一："當壚一榼酒，争奈兩年何？"白居易長慶集十九琵琶詩："賴是心無惆悵事，不然争奈子絃聲。"

【爭些】差一點。宋辛棄疾稼軒詞七江神子博山道中書王氏壁："雪後疎梅，時見兩三花。比著桃源溪上路，風景好，不争些。"劉克莊後村集一八九滿江紅傳相生日癸亥詞："江左微公，争些子吾其衽髮。"元曲選尚仲賢柳毅傳書二："遮籠都是那鬼卒神兵四下攻，則俺這兩隻脚争些兒踏空。"子、兒，詞尾。

【爭春】謂春日百花競放，鬭豔争妍。宋蘇軾分類東坡詩二十杜沂遊武昌以酴醿花菩薩泉見餉之一："酴醿不争春，寂寞開最晚。"陸游渭南文集四九卜算子咏梅詞："無意苦争春，一任羣芳妬。"

【爭差】不足，不滿。元曲選白仁甫梧桐雨三："國家又不曾虧你半掐，因甚軍心有争差？"引申爲差錯、意外。元曲選張國賓合汗衫二："倘或間有些兒争差，兒也，將您這一雙老爹娘可便看個甚麼？"

【爭席】争持客席的坐次。莊子寓言："其往也，舍者迎將，……其反也，舍者與之争席矣。"唐王維王右丞集十積雨輞川莊作詩："野老與人争席罷，海鷗何事更相疑。"

【爭桑】戰國吴楚邊邑蠶婦争桑，互不下，兩國邊邑長聞之，怒而相攻，遂至兩國交戰。見史記吴太伯世家。後因以争桑指不知禮讓，因小失大。宋陸游劍南詩稿三七書喜之二："俗美農夫知讓畔，化行蠶婦不争桑。"

【爭氣】争强好勝。荀子勸學："有争氣者勿與辯也。"引申爲立志向上。明孫鍾齡東郭記下二四："此子一富貴，便眼中無人矣，那裏認得我來？俺如今索自家争氣，倘日後富貴，看此子何顔見我。"

【爭執】各執己見，互相争論。明陶宗儀輟耕録四發宋陵寢："時有中官陵使羅銑者，守陵不去，與之極力争執，爲（僧）澤痛箠，脅之以刃，令人逐去，大哭而出。"

【爭端】争訟的依據。左傳昭六年："鄭人鑄刑書，叔向使詒子産書：'……民知争端矣，將棄禮而徵於書。'"注："以刑書爲徵。"後多指引起雙方争執的事由。

【爭標】争高競勝，占取先位。宋蘇軾分類東坡詩十七次韻張安道讀杜詩："誰知杜陵傑，名與謫仙高？掃地收千軌，争標看兩艘。"參見"奪標"。

【爭鋒】争鬭以決勝負。史記留侯世家："楚人剽疾，願上無與楚人争鋒。"三國志蜀諸葛亮傳："今（曹）操已擁百萬之衆，挾天子而令諸侯，此誠不可與争鋒。"

【爭衡】在角逐中較量勝負。三國志吴孫策傳："（孫策）呼權佩以印綬，謂曰：'舉江東之衆，決機於兩陣之間，與天下争衡，卿不如我。舉賢任能，各盡其心，以保江東，我不如卿。'"晉書陸機傳辨亡論："謀無遺計，舉不失策，故遂割據山川，跨制荆吴，而與天下争衡矣。"

【爭潧】波濤迴旋衝激貌。唐李賀歌詩編四北中寒詩："争潧海水飛凌喧，山瀑風聲玉虹懸。"

【爭閑氣】無謂的紛争。宋蘇軾東坡志林十二："桃符仰視艾人而罵曰：'汝何等草芥，輒居我上！'艾人俯而應曰：'汝已半截入土，猶争高下乎？'桃符怒，往復紛然不已。門神解之曰：'吾輩不肖，方傍人門户，何暇争閑氣耶！'"

【爭坐位帖】法帖名。唐顔真卿與郭僕射英乂書稿。唐廣德二年郭子儀自涇陽入朝，百官迎於開遠門，代宗至安福寺待之。時魚朝恩聲勢甚盛，官只監門將軍，而坐次在英乂上，故真卿作書以譏英乂，書凡七紙，後人因稱争坐位帖。真卿書多楷體，此書行草，宋米芾推爲顔書第一。宋時藏安師文家，嘗刻以傳世。吴中復守永興，謂安氏石未盡筆法，重爲摹刻。此外所傳有米芾臨本、北京本、戲鴻堂本、嘉興魏氏刻本、關中本。今陝西西安碑林所藏即關中本。

【爭風喫醋】因男女關係而嫉妬、争吵。儒林外史四五："凌家這两个婆娘彼此疑惑。你疑惑我多得了主家的錢，我疑惑你多得了主家的錢，争風喫醋，打吵起來。"

爬
pá ㄆㄚˊ 蒲巴切，平，麻韻，並。

㊀搔，爬梳。初學記三晉傅玄鬬雞賦："或爬地俯仰，或撫翼未舉。"唐韓愈昌黎集二八試大理評事王君墓誌銘："攝監察御史觀察判官，櫛垢爬痒，民獲蘇醒。"㊁手足並行。元曲選紀君祥趙氏孤兒二："他他他只貪着目前受用，全不省爬的高來可也跌的來腫。"水滸五六："時遷看見土地廟後一株大柏樹，便把两隻腿夾定，一節節爬將上去樹頭頂。"

【爬沙】指動物爬梳沙土，行進之貌。唐韓愈昌黎集五月蝕詩效玉川子作："爬沙脚手鈍，誰使女解緣青冥？"爬，亦作"杷"。宋楊萬里誠齋集一和蕭判官東夫韻寄之詩："尚策爬沙追騕褭，未甘直作水中鳧。"

【爬梳】㊀抓搔梳理。宋陸游劍南詩稿八二行東山下至南巖："坐覺塵襟真一洗，正如頭垢得爬梳。"㊁整頓治理。唐韓愈昌黎集二一送鄭尚書序："蠻夷悍輕易怨以變，……依險阻結黨仇，機毒矢以待將吏，撞搪呼號，以相和應，蜂屯蟻雜，不可爬梳。"參見"爬櫛"。

【爬櫛】整治，梳理。宋文鑑一〇六李清臣議官："而議者……不能清入仕之門，而東縛爬櫛，痛治其已仕者。"

【爬羅】發掘搜羅。唐韓愈昌黎集十二進學解："占小善者率一録，名一藝者無不庸，爬羅剔抉，刮垢磨光，蓋有幸而獲選，孰云多而不揚。"

五畫

爰
yuán ㄩㄢˊ 雨元切，平，元韻，于。

㊀語首助詞。詩邶風凱風："爰有寒泉，在浚之下。"㊁於，及。書盤庚下："乃正厥位，綏爰有衆。"史記一一七司馬相如傳封禪書："文王改制，爰周郅隆。"索隱："爰，於，及也。"㊂與。書顧命："太保命仲桓、南宫毛，俾爰齊侯呂伋以二干戈、虎賁百人逆子釗于南門之外。"㊃於是，乃。

詩小雅斯干:"爰居爰處,爰笑爰語。"又魏風碩鼠:"樂土樂土,爰得我所。"㊄曰,爲。書洪範:"金曰從革,土爰稼穡。"漢書五行志上"土爰稼穡"注:"爰亦曰也。一說爰,於也,可於其上稼穡也。"㊅更換。漢書食貨志上:"休一歲者爲一易中田;休二歲者爲再易下田;三歲更耕之,自爰其處。"參見"爰田"、"爰書"。㊆通"猨"。詳"爰臂"。㊇姓。袁,或作爰。出濮陽,相傳舜裔胡公之後。見廣韻。

【爰立】書說命:"爰立作相。"後來作歇後語,用指拜相。宋錢易南部新書丙:"元和太和以來,左右中尉或以幞頭紗贈清望者,則明晨必有爰立之制。"

【爰田】公田之稅改作賞賜之用,稱爲爰田。左傳僖十五年:"晉於是乎作爰田。"疏:"舊入公者今改易與所賞之衆。"國語晉三作"轅田"。

【爰居】㊀海鳥名。國語魯上:"海鳥曰爰居,止於魯東門之外三日。"爾雅釋鳥:"爰居,雜縣。"疏:"釋曰:爰居,海鳥也,大如馬駒,一名雜縣,漢元帝時琅邪有之。"㊁遷居。三國志吳鍾離牧傳:"少爰居永興,躬自墾田。"

【爰爰】舒緩貌。詩王風兔爰:"有兔爰爰,雉離于羅。"

【爰書】紀錄囚犯口供的文書。史記一二二張湯傳:"湯掘窟得盜鼠及餘肉,劾鼠掠治,傳爰書,訊鞫論報。"索隱引韋昭:"爰,換也。古者重刑,嫌有愛惡,故移換獄書,使他官考實之,故曰傳爰書也。"

【爰盎】見"袁盎"。

【爰歷】秦始皇統一六國,命丞相李斯作倉頡篇,中車府令趙高作爰歷篇,太史令胡毋敬作博學篇,省改古文用小篆。見漢書藝文志小學、晉書衛恆傳。參見"三倉"。

【爰臂】同"猨臂"。漢書五四李廣傳:"爲人長,爰臂,其善射亦天性,雖子孫他人學者莫能及。"注:"如淳曰:臂如猨臂,通肩也。"史記作"猨臂"。

八畫

爲 1. wéi 薳支切,平,支韻,于。ㄨㄟˊ

同"為"。㊀作,擔當。書益稷:"予欲宣力四方,汝爲。"論語顏淵:"司馬牛問仁……子曰:'爲之難,言之得無訒乎?'"又雍也:"子游爲武城宰。"㊁製,造成。易繫辭下:"包犧氏沒,神農氏作,斲木爲耜,揉木爲耒。"荀子勸學:"青,取之於藍,而青於藍。冰,水爲之,而寒於水。"㊂成,變成。淮南子本經:"君臣不和,五穀不爲。"注:"不爲,不成也。"詩小雅十月之交:"高岸爲谷,深谷爲陵。"㊃治理。左傳文六年:"不告閏朔,棄時政也,何以爲民?"㊄學。論語陽貨:"子謂伯魚曰:女爲周南召南矣乎?"㊅使,令。易井:"井渫不食,爲我心惻。"注:"爲,猶使也。"㊆是。論語微子:"長沮曰:'夫執輿者爲誰?'子路曰:'爲孔丘。'……桀溺曰:'子爲誰?'曰:'爲仲由。'"㊇有。韓非子內儲下六微:"犀首與張壽爲怨。"㊈如果。韓非子內儲下六微:"荆王新得美女,鄭袖因教之曰:'王甚喜人之掩口也,爲近王,必掩口。'"列子說符:"孫叔敖疾,將死,戒其子曰:'王亟封我矣,吾不受也。爲我死,王則封汝,汝必無受利地。'"㊉被。漢書高帝紀:"趙王武臣爲其將所殺。"⑪則。論語陽貨:"君子有勇而無義爲亂,小人有勇而無義爲盜。"史記仲尼弟子傳作"君子好勇而無義則亂,小人好勇而無義則盜"。⑫與。論語衛靈公:"子曰:道不同不相爲謀。"⑬將。史記一一一衛將軍驃騎傳:"驃騎始爲出定襄,當單于。捕虜言單于東,乃更令驃騎出代郡,令大將軍出定襄。"⑭助詞。1.用於語尾。論語顏淵:"棘子成曰:君子質而已矣,何以文爲?"莊子逍遙遊:"奚以之九萬里而南爲?"2.用於句中,賓語提前。孟子告子上:"弈秋,通國之善弈者也。使弈秋誨二人弈,其一人專心致志,惟弈秋之爲聽。"⑮姓。後漢有南郡太守爲昆。見通志二七氏族三魯人字。

2. wèi 于味切,去,寘韻,于。ㄨㄟˋ

⑯幫助,替代。論語述而:"冉有曰:'夫子爲衛君乎?'"史記呂后紀:"太尉將之入軍門,行令軍中曰:'爲呂氏右襢,爲劉氏左襢。'"淮南子主術:"是猶代庖宰剝牲而爲大匠斲也。"⑰由於,爲了。孟子萬章下:"仕非爲貧也,而有時乎爲貧。"⑱因爲。國語晉六:"夫賢者寵至而益戒,不足者爲寵驕。"⑲通"謂"。論語爲政:"奚其爲爲政?"孟子公孫丑上:"曰:管仲、曾西之所不爲也,而子爲我願之乎?"爲我,猶謂我。⑳通"僞"。左傳成九年:"是則公孫申謀之曰:'我出師以圍許,爲將改立君者,而紓晉使,晉必歸君。'"禮檀弓下:"夫子爲弗聞也者而過之。"注:"佯不知。"

【爲我】先秦楊朱學派主張"貴生重己"。反對侵奪別人,更反對別人損害自己的利益。孟子盡心上:"楊子取爲我,拔一毛而利天下,不爲也。"

【爲命】起草諸侯盟會的文辭。論語憲問:"爲命,裨諶草創之,世叔討論之,行人子羽修飾之,東里子產潤色之。"

【爲政】㊀處理政務。詩小雅節南山:"不自爲政,卒勞百姓。"論語爲政:"子曰:'爲政以德,譬如北辰居其所而衆星拱之。'"㊁主持工作的人。儀禮大射:"爲政請射。"注:"爲政,謂司馬也。司馬,政官,主射禮。"

【爲真】官員由暫時代理轉爲實授。漢書七六張敞傳:"郡國二千石以高弟入守,及爲真,久者不過二三年,近者數月一歲,輒毀傷失名,以罪過罷。"又八三薛宣傳:"入守左馮翊,滿歲稱職爲真。"

【爲₂書】即僞書。漢書郊祀志上:"(少翁)迺爲帛書以飯牛,陽不知;言此牛腹中有奇,殺視得書,書言甚怪,天子識其手,問之,果爲書。"封禪書、孝武紀作"僞"。

【爲道】㊀猶言學道。老子:"爲學日益,爲道日損。損之又損,以至於無爲。"㊁實行某種道德標準或政治原則。禮中庸:"道不遠人。人之爲道而遠人,不可以爲道。"㊂作向導。左傳隱五年:"郕人告於鄭曰:'請君釋憾於宋,敝邑爲道。'"釋文:"道,音導,本亦作導。"

【爲間】片刻,片時。孟子滕文公上:"徐子以告夷子,夷子憮然。爲間,曰:'命之矣。'"注:"爲間者,有頃之間也。"

【爲復】抑或,還是。唐王維王右丞集一問寇校書雙溪詩:"君家少室西,爲復少室東?別來幾日今春風。"

【爲爾】猶言如此。晉書王悅傳:"(王)導嘗共悅弈棋,争道。導笑曰:'相與有瓜葛,那得爲爾耶?'"又胡毋謙之傳:"輔之正酣飲,謙之闚而厲聲曰:'彥國年老,不得爲爾!將令我尻背東壁。'"彥國,謙之父輔之字。

【爲人後】宗法制度,支子立爲大宗之繼承人,稱爲人後。儀禮喪服上:"爲人後者:……何如而可以爲人後?支子可也。"

【爲人作嫁】才調集五秦韜玉貧女詩:"最恨年年壓金線,爲他人作嫁衣裳。"宋計有功唐詩紀事六三"最恨"作"每恨",全唐詩六七〇作"苦恨"。後謂替他人作事而於己無益者曰爲人作嫁。紅樓夢九五:"妙玉歎道:'何必爲人作嫁?'"

【爲法自敝】謂作法者自受其法之害。史記六八商君傳:"商君亡至關下,欲舍客舍,客人不知其是商君也,曰:'商君之法,舍人無驗者坐之。'商君喟然歎曰:'嗟乎,爲法之敝一至此哉!'"參見"作法自斃"。

【爲非作歹】作壞事。元曲選白仁甫牆頭馬上二:"不是我敢爲非敢作歹,他也有風情有手策。"

【爲虎作倀】傳說虎齧人,人死魂不敢它適,輒隸事虎,名倀。虎行求食,倀必與俱,爲虎前導。見明都穆聽雨紀談、正字通"倀"。後因稱作惡人的幫凶曰爲虎作倀。

【爲虎傅翼】給老虎添上翅膀,比喻助長惡人的勢力。逸周書寤敬:"無虎傅翼,將飛入宮,擇人而食。"韓非子難勢:"故周書曰:'毋爲虎傅翼,將飛入邑,擇人而食之。'夫乘不肖人於勢,是爲虎傅翼也。"

【爲鬼爲蜮】比喻使用陰謀詭計。詩小雅何人斯:"爲鬼爲蜮,則不可得。"蜮,一說是短狐,一說是含沙射人的惡物。也作"爲鬼爲魅"。新唐書九七魏徵傳:"若人漸澆詭,不復返樸,今當爲鬼爲魅,尚安得而化哉?"

【爲淵毆魚】比喻不爲善政,無異把人民趕到敵人方面去。孟子離婁上:"故爲淵毆魚者,獺也;爲叢毆爵者,鸇也;爲湯武毆民者,桀與紂也。"毆,同"驅"。爵,雀。

【爲富不仁】孟子滕文公上:"陽虎曰:'爲富不仁矣,爲仁不富矣。'"謂致力於致富與爲仁相反,不能並存。後用來指多行不義的富人。聊齋志異十二紉針:"富室黄某亦遣媒來,虞惡其爲富不仁,力卻之。"

【爲善最樂】謂行善是人生最快樂的事。後漢書四三東平憲王蒼傳:"日者問東平王,處家何等最樂?王言爲善最樂,其言甚大,副是要腹矣。"

【爲虺弗摧,爲蛇若何】春秋吳夫差勝越,將許越成,申胥以爲不可許,曰:"爲虺弗摧,爲蛇將若何?"見國語吳。言對小蛇不打死,俟其大即難制。以喻不乘勝殲敵,必有後患。虺,小蛇。

十三畫

爵 1. jué ㄐㄩㄝ　即略切,入,藥韻,精。

㊀禮器。亦通稱酒器。盛行於商代及西周。器物銘文稱尊彝、方彝、宗彝等。詩小雅賓之初筵:"酌彼康爵,以奏爾時。"禮禮器:"宗廟之祭,貴者獻以爵。"注:"凡觴,一升曰爵。"㊁爵位。禮王制:"王者之制祿爵,公、侯、伯、子、男凡五等。"注:"祿,所受食;爵,秩次也。"

爵

2. què ㄑㄩㄝ

㊂通"雀"。孟子離婁上:"故爲淵毆魚者,獺也;爲叢毆爵者,鸇也。"爵、雀,古今字。毆,同"驅"。

【爵土】爵位和封地。漢書九九上王莽傳朱博奏:"莽前不廣尊尊之義,抑貶尊號,虧損孝道,當伏顯戮,幸蒙赦令,不宜有爵土,請免爲庶人。"

【爵穴】城堞間的空穴。以其孔小僅可容雀,故名。墨子備城門:"堞下爲爵穴。"又:"寇在城下,聞鼓音,燔苣;復鼓,内苣爵穴中,照外。"

【爵主】世襲爵位的嫡長。明沈德符萬曆野獲篇五爵主兵主:"凡公侯伯家最尊嫡長。其承襲世封者,舉宗呼爲爵主。一切吉凶大事以及爭鬩構鬬,皆聽爵主分剖曲直。"

【爵弁】冠名。次於冕之冠。又稱雀弁。儀禮士冠禮"爵弁服"注:"爵弁者,冕之次。其色赤而微黑,如爵頭然。或謂之緅。"廣八寸,長尺二寸,前小後大,無旒,用極細的葛布或絲帛做成,色赤而微黑和雀頭相似。大祭時士和樂人所服。以鹿皮製成的叫皮弁。參閱後漢書輿服志下爵弁、釋名釋首飾。

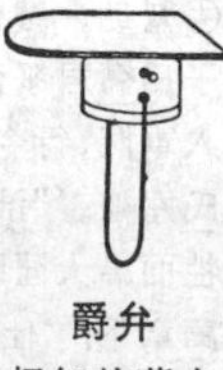
爵弁

【爵李】郁李的別名。詳"郁李"。

【爵服】爵位和服飾。管子權修:"爵服不可不貴也。爵服加於不義,則民賤其爵服。"文選晉左太沖(思)招隱詩:"爵服無常玩,好惡有屈伸。"

【爵室】大船上的瞭望室。釋名釋船:"其上重室曰飛廬,在上,故曰飛也。又在上曰爵室,於中候望之,如鳥雀之警示也。"

【爵$_2$馬】文選南朝宋鮑明遠(照)蕪城賦:"吳蔡齊秦之聲,魚龍爵馬之翫,皆薰歇燼滅,光沈絶響。"注:"魚龍、爵馬,皆假爲飾以爲玩樂。"按漢書西域傳贊:"蒲梢、龍文、魚目、汗血之馬,充於黃門;鉅象、師子、猛犬、大雀之羣,食於外囿。"即賦中所言"爵馬之翫"。

【爵$_2$釵】有雀形飾物的釵。文選三國魏曹子建(植)美女篇:"頭上金爵釵,腰佩翠琅玕。"省作"雀釵"。晉書元帝紀永昌元年:"將拜貴人,有司請市雀釵,帝以煩費,不許。"按晉制宫人六品以上得服爵釵以覆髻;三品以上,服金釵。

【爵祿】爵位和俸祿。莊子田子方:"百里奚爵祿不入於心,故飯牛而牛肥。"荀子性惡:"妻子具而孝衰於親,嗜欲得而信衰於友,爵祿盈而忠衰於君。"

【爵踊】跳脚。禮問喪:"婦人不宜袒,故發胸擊心,爵踊,殷殷田田,如壞牆然,悲哀痛疾之至也。"疏:"爵踊,似爵(雀)之跳也,其足不離於地也。"

【爵賞】以爵祿爲賞賜。荀子君子:"亂世則不然,刑罰怒罪,爵賞不踰德,……爵賞踰德,以族論罪,以世舉賢。"

【爵里刺】寫有爵位鄉邑的名刺。三國志魏夏侯淵傳注引世語:"(夏侯)榮字幼權,幼聰惠。賓客百餘人,人一奏刺,悉書其鄉邑名氏,世所謂爵里刺也。"唐駱賓王集二夏日遊德州贈高四詩:"言投爵里刺,來泛野人船。"

父　部

父 1. fù ㄈㄨˋ　扶雨切,上,麌韻,並。

㊀父親。詩小雅蓼莪:"父兮生我,母兮鞠我。"㊁男性長輩的通稱。如祖父、伯父、叔父。參閱爾雅釋親。

2. fǔ ㄈㄨˇ　方矩切,上,麌韻,幫。

㊂老年男子的敬稱。詩大雅大明:"維師尚父,時維鷹揚。"尚父,太公望。㊃男子的美稱。春秋隱元年:"三月,公及邾儀父盟于蔑。"穀梁傳隱元年:"儀,字也。父,猶傅也。男子之美稱也。"參見"甫㊀"。㊄稱從事某種行業的人的通稱。文選屈平漁父:"(屈原)行於澤畔,顏色憔悴,形容枯槁,漁父見而問之,曰:'子

非三閭大夫歟？何故至於斯？'"㈥開始。老子："人之所教，我亦教之：'强梁者不得其死'，吾將以爲教父。"

【父子】㊀父與子。易序卦："有男女，然後有夫婦；有夫婦，然後有父子。"㊁古叔侄也稱父子。漢書七一疏廣傳："(廣爲太子太傅，廣兄子受爲少傅)廣謂受曰：'……宦成名立，如此不去，懼有後悔，豈如父子相隨出關，歸老故鄉，以壽命終，不亦善乎？'受叩頭曰：'從大人議。'卽日父子俱移病。"

【父老】㊀古鄉里管事人。多由有名聲的老人充任。公羊傳宣十五年"什一行而頌聲作矣"漢何休注："選其耆老有高德者，名曰父老。"㊁對老年者的敬稱。史記一〇二馮唐傳："文帝輦過，問唐曰：'父老何自爲郎？家安在？'"漢書高帝紀下十二年："上還過沛，置酒沛宮，悉召故人父老子弟佐酒。"

【父事】像侍奉自己父親那樣的侍奉。禮曲禮上："年長以倍，則父事之。"史記八九陳餘傳："餘年少，父事(張)耳，兩人相與爲刎頸交。"

【父城】㊀縣名。漢置，屬潁川郡。光武攻父城不下，屯巾車鄉，獲馮異，卽此。故城在河南寶豐縣東。參閱讀史方輿紀要五一南陽府。㊁釋迦牟尼父淨飯王，爲北天竺境內迦毗羅王，佛家因稱迦毗羅城爲父城。唐釋義淨南海寄歸傳一："闡梵響於王舍，獲果者無窮；酬恩惠於父城，發心者莫算。"參見"迦毗羅城"。

【父馬】公馬。爾雅釋畜"牡曰騭"晉郭璞注："今江東呼駁馬爲騭。"釋文本作"父馬。"漢書食貨志上"乘牸牝者擯而不得會聚"唐顏師古注："皆乘父馬，有牝馬間其間。"

【父師】㊀指太子的師傅。禮文王世子："樂正司業，父師司成。"疏："樂正，主太子詩書之業；父師，主太子成就其德行也。"㊁指辭官還鄉的大夫。儀禮鄉飲酒"主人就先生而謀賓介"漢鄭玄注："古者年七十而致仕，老於鄉里，大夫名曰父師，士名曰少師。"㊂太師。書微子："若曰：父師少師。"傳："父師，太師，三公箕子也；少師，孤卿比干。"參見"太師㊀"。㊃指所尊敬的長者。漢書一〇〇上敍傳："是所望於父師矣。"注："齒爲諸父，尊之如師，故曰父師。"㊄父與師。宋朱熹中庸章句序："推本堯以來相傳之意，質以平日所聞父師之言。"

【父執】父親的友輩。禮曲禮上："見父之執，不謂之進，不敢進。"疏："謂執友與父同志者也。"唐杜甫杜工部草堂詩箋十四贈衞八處士："怡然敬父執，問我來何方。"

【父黨】父系親族。爾雅釋親："父之黨爲宗族，母與妻之黨爲兄弟。"後漢書三六張楷傳："通嚴氏春秋古文尚書，門徒常百人，賓客慕之，自父黨夙儒，偕造門焉。"

【父子兵】與將帥共生死存亡的士兵。言官兵關係親密如父子一家人。吳子治兵："投之所往，天下莫當，名曰父子之兵。"元曲選缺名陳州糶米一："常言道，厮殺無如父子兵。"

【父子軍】唐高祖(李淵)自太原起兵，事定，悉罷遣歸，其願留宿衞者三萬人，號"元從禁軍"。後老不任事，以其子弟代，稱父子軍。見新唐書兵志。全唐詩四七七李涉邠詞獻高尚書："朔方忠義舊來聞，盡是邠城父子軍。"

【父母官】舊時對地方官的稱呼。多指縣令。宋王禹偁小畜集八謫居感事詩："長洲巨海湄，萬家呼父母。"自注："民間多呼縣令爲父母官。"又十一贈浚儀朱學士詩："西垣久望神仙侶，北部休誇父母官。"

【父母國】指自己出生的國家，猶今言祖國。孟子萬章下："遲遲吾行也，去父母國之道也。"史記六七仲尼弟子傳："夫魯，墳墓所處，父母之國，國危如此，二三子何爲莫出。"

四畫

爸 bà 捕可切，上，果韻，並。
ㄅㄚˋ

父。廣雅釋親："爸，父也。"集韻："吳人呼父曰爸。"

六畫

爹 diē duǒ 陟邪切，平，麻韻，知。
ㄉㄧㄝ ㄉㄨㄛˇ 徒可切，上，哿韻，定。

㊀父。廣雅釋親："爹，父也。"梁書始興王憺傳："民爲之歌曰：'始興王，人之爹。赴人急，如水火，何時復來哺乳我？'"原注：爹，徒可反。參閱清黃生字詁爹。唐韓愈昌黎集二三祭女挐女文："維年月日，阿爹阿八使汝嬭以清酒時果庶羞之奠，祭于第四小娘子之靈。"㊁對老人的敬稱。宋王明清摭青雜說："女(徐七娘)常呼項(四郎)爲阿爹，因謂項曰：兒受阿爹厚恩。"

【爹爹】俗呼父曰爹爹。宋詩鈔孔平仲清江集鈔代小子廣孫寄翁翁："爹爹與嬭嬭，無日不思爾。"續傳燈錄七歸宗可宣禪師："爹爹媽媽，明日請和尚齋。"

八畫

𤕠 zhē 正奢切，平，麻韻，照。
ㄓㄜ

㊀父。廣韻："𤕠，吳人呼父。"㊁古稱乳媪的丈夫。唐竇懷貞再娶韋后乳母王氏，自署"皇后阿𤕠"，人或稱爲"國𤕠"。見新唐書一〇九竇懷貞傳。

九畫

爺 yé
ㄧㄝˊ

㊀父親。玉篇："爺，俗爲父爺字。"通作"耶"。樂府詩集二五木蘭詩之一："軍書十二卷，卷卷有爺名。"唐杜甫杜工部草堂詩箋十一北征："平生所嬌兒，顏色白勝雪，見爺背面啼，垢膩脚不襪。"㊁尊人之稱。宋劉克莊後村別調賀新郎詞："記得太行兵百萬，曾入宗爺駕御。"宗爺指宗澤。參閱清趙翼陔餘叢考三七爺。

【爺爺】爺，疊稱爲爺爺，又俗稱祖父曰爺爺。引申爲敬稱。宋金戰爭中，宋東京留守宗澤及大將岳飛皆著威望，金人稱爲爺爺而不名。見宋史三六〇宗澤傳、三六五岳飛傳。

爻部

爻 yáo 胡茅切，平，肴韻，匣。
ㄧㄠˊ

周易中組成卦的符號叫爻。"—"是陽爻，"--"是陰爻。含有交錯和變化之意。八卦每卦有三畫；以兩卦相重，變成六十四卦，每卦有六畫。如乾卦☰☰，六爻皆陽，坤卦☷☷，六爻皆陰。參見"六爻"。

【爻象】易以六爻相交成象，爻象卽卦所表示的形象。總論一卦之象的爲大象，如乾卦“象曰:天行健君子以自强不息”;論一爻之象的爲小象,如乾卦“乾龍勿用,陽在下也;……亢龍有悔,盈不可久也”。大象、小象都是分別從卦、爻所示之象,通過想像解釋推論人事的變化。借喻爲形迹、真象。儒林外史二一:“(牛)浦郎恐他走到庵裏,看出爻象。”

【爻閭】古帝王朝會諸侯時所用的簾幕。以設於臺之四隅,如爻卦,故稱爻閭。逸周書王會:“外臺之四隅,張赤帟,爲諸侯欲息者皆息焉,命之曰爻閭。”参閲清朱右曾集訓校釋。

【爻辭】指説明六十四卦各爻象的文辭。卦辭、爻辭的作者,據唐孔穎達周易正義序有二説:1.卦辭、爻辭皆爲文王所作;2.卦辭文王作,爻辭周公作。皆不足信。易本卜筮之書,以爻象卦象來推測人事吉凶,一定經過長時期許多人纔能整理成文,但年代悠遠,已無從確指。参閲清孫志祖讀書脞録續編。

七 畫

爽 shuǎng 疎兩切,上,養韻,山。ㄕㄨㄤˇ

㊀明亮,清朗。書牧誓:“時甲子昧爽。”釋文:“昧爽,謂早旦也。”卽黎明。水經注三九廬江水:“風澤清曠,氣爽節和。”㊁爽朗。世説新語容止:“孫興公(綽)見林公(支遁)稜稜露其爽。”晉書桓温傳:“温豪爽有風概。”㊂差錯,過失。詩小雅蓼蕭:“其德不爽,壽考不忘。”書洛誥:“惟事其爽侮。”㊃傷敗,敗壞。老子:“五音令人耳聾,五味令人口爽。”楚辭宋玉招魂:“露雞臛蠵,厲而不爽些。”注:“爽,敗也。楚人名羹敗曰爽。”㊄默然。史記屈原賈生傳太史公曰:“讀服鳥賦,同死生,輕去就,又爽然自失矣。”集解:“一本作‘奭’。”㊅句首助詞,無義。書康誥:“爽惟民迪吉康。”

【爽法】不守法。新唐書一三二蔣義傳韋彤等諫:“昔魯侯改服,晉襄墨縗,緣金革事則有權變。安有釋縗服,衣冕裳,去堊室,行親迎,以凶瀆嘉,爲朝廷爽法?”

【爽約】失約。唐李商隱李義山文集三爲張周封上楊相公啓:“郭伋還州,尚不欺於童子;文侯校獵,寧爽約於虞人。”

【爽朗】明快開朗。世説新語容止:“嵇康身長七尺八寸,風姿特秀,見者嘆曰:蕭蕭肅肅,爽朗清舉。”

【爽氣】㊀明朗開豁的自然景象。世説新語簡傲:“王子猷(徽之)作桓車騎(沖)参軍,桓謂王曰:‘卿在府日久,比當相料理。’徽之初不答,直高視,以手版柱頰云:‘西山朝來致有爽氣。’”宋辛棄疾稼軒詞沁園春靈山齊菴賦:“争先見面重重,看朝來爽氣三四峯。”㊁豪邁的氣概。世説新語豪爽:“桓(温)既素有雄情爽氣,加爾日音調英發,敍古今成敗由人,存亡繫才,其狀磊落,一坐嘆賞。”

【爽爽】高明卓越貌。世説新語賞譽下“初法汰北來未知名”注引晉孫綽爲法汰贊:“凄風拂林,明泉映壑,爽爽法汰,校德無怍。”

【爽塏】明亮乾燥。左傳昭三年:“初(齊)景公欲更晏子之宅,曰:‘子之宅近市,湫隘囂塵,不可以居,請更諸爽塏者。’”

【爽節】凉爽的季節。指秋季。南齊謝朓謝宣城集五奉和隨王殿下詩之二:“淵情協爽節,詠言興德音。”初學記三唐虞世南秋賦:“觀四時之代序,對三秋之爽節。”

【爽德】㊀明德。書盤庚中:“故有爽德,自上其罰汝。”傳:“湯有明德在天。”蔡沈集傳訓爲失德。㊁失德。國語周上:“昔昭王娶於房,曰房后,實有爽德。”注:“爽,貳也。”

【爽懌】愉快。漢焦延壽易林三益之謙:“欣喜爽懌,所言得當。”

【爽鳩氏】古官名。掌刑獄。参見“五鳩㊀”。

十 畫

爾 ěr 兒氏切,上,紙韻,日。ㄦˇ

字也作“尒”、“尔”。㊀你。詩衛風竹竿:“豈不爾思,遠莫致之。”㊁花繁盛貌。通“薾”。詩小雅采薇:“彼爾爲何?維常之華。”傳:“常,常棣。”説文引詩作“薾”。㊂近。通“邇”。詩大雅行葦:“戚戚兄弟,莫遠具爾。”儀禮少牢饋食:“爾上敦黍于筵上右之。”注:“爾,近也。”㊃如此。孟子告子上:“非天之降才爾殊也。”文選古詩十九首:“相去萬餘里,故人心尚爾。”㊄此,這,那。世説新語賞譽下:“爾夜風恬月朗。”㊅應答之辭,猶言“是”。北史崔㥄傳:“㥄亦無言,直曰‘爾’。”重言作“爾爾”。見“爾爾”。㊆助詞。1.用於句末,表語氣。荀子非相:“定楚國,如反手爾。”2.作詞尾。無義。論語陽貨:“夫子莞爾而笑。”

【爾夕】當晚。南史豫章王子恪傳:“爾夕三更,子恪徒跣奔至建陽門。”

【爾日】猶言當天。世説新語排調:“劉(爰之)爾日殊不稱。庾(亮)小失望。”南齊書蕭寶寅傳:“寶寅涕泣稱:‘爾日不知何人逼使上車。’”

【爾汝】㊀古代尊長對卑幼者以爾汝相稱。引申爲輕賤之稱。孟子盡心下:“人能充無欲害人之心,而仁不可勝用也;……人能充無受爾汝之實,無所往而不爲義也。”北史陳奇傳:“(游雅)嘗衆辱奇,或爾汝之,或指爲小人。”㊁指彼此親昵,不拘形迹。唐杜甫杜工部草堂詩箋三醉時歌:“忘形到爾汝,痛飲真吾師。”韓愈昌黎集五聽穎師彈琴詩:“昵昵兒女語,恩怨相爾汝。”参見“爾汝交”。

【爾朱】複姓。北魏時契胡部落大人,居爾朱川,因以爲氏。後魏有爾朱羽健爾朱榮。見通志二九氏族五。

【爾來】猶言自那時以來。三國志蜀諸葛亮傳出師表:“受任於敗軍之際,奉命於危難之間,爾來二十有一年矣。”

【爾時】猶言其時或彼時。左傳襄十三年“使士匄將中軍,辭曰:伯游長,昔臣習於知伯,是以佐之,非能賢也”晉杜預注:“(知)罃代將中軍,士匄佐之。匄今將讓,故謂爾時之舉,不以己賢。”南齊書張敬兒傳沈攸之與太祖(蕭道成)書:“爾時盤石之心既固,義無貳計,蹴迫時難,相引求全。”

【爾許】猶言如許,如此。三國志吳吳主傳“此言之誠,有如大江”注引魏略曹丕詔:“(孫)權前對浩周,自陳不敢自遠,樂委質長爲外臣,又前後辭旨,頭尾擊地,此鼠子自知不能保爾許地也。”

【爾曹】猶言爾輩。後漢書二六趙熹傳:“後遂往復仇,而仇家皆疾病無相距者,熹以因疾報殺,非仁者之心,因釋之而去。顧謂仇曰:‘爾曹若健,遠相避也。’”唐杜甫杜工部詩史補遺一戲爲六絶句:“爾曹身與名俱滅,不廢江河萬古流。”参見“汝曹”。

【爾雅】㊀書名。古來相傳周公所撰,或謂孔子門徒解釋六藝之作。蓋係秦漢間經師綴輯舊文,遞相增益而成,不出於一時一手。漢書藝文志著録二十篇。今本三卷,十九篇。有漢犍爲文學、樊光、李巡、三國魏孫炎、晉郭璞注,今唯行郭璞注。前三篇釋詁釋言釋訓解釋語辭,後十六篇專門解釋名物術語。清代有邵晉涵爾雅正義,郝懿行爾雅義疏,各二十卷,最稱精博。㊁謂近於雅正。史記一二一儒林傳序:“文章爾雅,訓辭深厚。”注:“謂詔書文章雅正。”爾雅序題下疏:“爾,近也;雅,正也。言可近而取正也。”

【爾爲】猶言如此。後漢書五八臧洪傳:"時(陳)容在坐,見洪將死,起謂(袁)紹曰:'……臧洪發舉爲郡將,奈何殺之?'紹慚,使人牽出,謂曰:'汝非臧洪疇,空復爾爲。'"

【爾爾】㊀答應之聲。猶是是。玉臺新詠一古詩爲焦仲卿妻作:"媒人下牀去,諾諾復爾爾。"㊁如此。晉書張方傳:"(畢)垣迎説(郅)輔曰:'……(成都)王若問卿,但言爾爾,不然必不免禍。'"宋朱熹朱文公集三舫齋詩:"築室水中聊爾爾,何須極浦望朱宮。"

【爾馨】如此,這樣。魏晉方言。世説新語文學:"殷中軍(浩)嘗至劉尹(惔)所清言,良久,殷辭小屈,游辭不已,劉亦不復答。殷去後,乃云:'田舍兒强學人作爾馨語。'"又品藻:"王丞相(導)云:見謝仁祖(尚)恒令人得上,與何次道(充)語,唯舉手指地,曰:'正自爾馨。'"今吳語作"那哼"。

【爾汝交】指不拘形迹的親密友誼。世説新語言語"禰衡被魏武謫爲鼓吏"注引文士傳:"少與孔融作爾汝之交,時衡未滿二十,融已五十。"

【爾汝歌】魏晉民歌。世説新語排調:"晉武帝問孫晧:'聞南人好作爾汝歌,頗能爲不?'晧正飲酒,因舉觴勸帝而言曰:'昔與汝爲鄰,今與汝爲臣,上汝一杯酒,令汝壽萬春。'"

【爾朱榮】公元 493—530 年。爾,也作"尒"。後魏北秀容人。其先居於尒朱川,因以爲氏。常領部落,世爲酋長。明帝時,爲六州大都督。武泰元年胡太后毒死明帝立釗,榮自太原起兵,入洛陽殺太后及釗,立莊帝,封太原王,又進位太師;後擒葛榮,還莊帝於洛陽,加天柱大將軍。榮身雖居外,遥專朝政。永安三年九月莊帝乘榮入謁時,伏兵於明光殿,殺之於廷中。見魏書、北史本傳。

【爾雅臺】古蹟名。在湖北宜昌縣南。相傳晉郭璞注爾雅於此臺。見太平寰宇記一四七峽州。

【爾雅翼】宋羅願撰,洪焱祖音釋,三十二卷。分釋草、釋木、釋鳥、釋獸、釋蟲、釋魚六篇。體例謹嚴,對名物多有考證。王應麟後序,稱其"即物精思,體用相涵,本末靡遺"。

【爾詐我虞】謂互不信任。虞,欺騙。左傳宣十五年:"宋及楚平,華元爲質,盟曰:'我無爾詐,爾無我虞。'"注:"楚不詐宋,宋不備楚。"

【爾雅新義】宋陸佃撰,二十卷。佃别撰埤雅一書,同爲輔注爾雅之作。書中往往自立新義,所據北宋舊本,對當時通行的爾雅注疏本的錯誤,亦有所訂正。

爿 部

爿

qiáng
ㄑㄧㄤˊ

劈開成片的木柴。"木"篆文析之兩向,左爲爿,音牆,右爲片。見清段玉裁説文解字注"牀"。

四　畫

牀

chuáng 士莊切,平,陽韻,牀。
ㄔㄨㄤˊ

同"床"。㊀坐卧之具。易剥:"剥牀以足。"釋名釋牀帳:"人所坐卧曰牀。牀,裝也。所以自裝載也。"㊁安放器物的架子。如琴牀、筆牀。南朝陳徐陵玉臺新詠序:"翡翠筆牀,無時離手。"㊂井上圍欄。宋書樂志四淮南王篇:"後園鑿井銀作牀,金瓶素綆汲寒漿。"㊃底部。如河牀、礦牀。政和證類本草三丹砂引圖經:"丹砂生符陵山谷,……土人採之,穴地數十尺,始見其苗,乃白石耳,謂之朱砂牀。"

【牀席】牀上的墊席。史記一二六滑稽傳漢褚少孫補西門豹治鄴:"巫行視人家女好者,云是當爲河伯婦。……共粉飾之,如嫁女床席,令女居其上,浮之河中。"床,同"牀"。南史王弘傳附王微:"終日端坐,牀席皆生塵埃。"

【牀帷】牀帳。文選晉阮嗣宗(籍)詠懷詩之六:"開秋兆涼氣,蟋蟀鳴牀帷。"

【牀笫】牀席。周禮天官玉府:"掌王之燕衣服、衽席、牀笫凡褻器。"左傳襄二十七年:"趙孟曰:牀笫之言不踰閾,況在野乎?"

【牀裙】牀圍。宋史輿服志五:"凡帳幔、繳壁、承塵、柱衣、額道、項帕、覆旌、牀裙,毋得用純錦徧繡。"

【牀子弩】帶木架的大弩。宋太祖開寶八年以舊有牀子弩,矢程僅及七百步,因令作坊副使魏丕别造千步弩試之,矢及三里。參閲文獻通考一六一兵十三軍器、宋史二七〇魏丕傳。

【牀上施牀】喻重疊。北齊顔之推顔氏家訓序致:"魏晉已來,所著諸子,理重事複,遞相模學,猶屋下架屋,牀上施牀耳。"或作"牀上安牀"、"牀上鋪牀"。南朝陳姚最續畫品毛稜:"右惠遠之子,便捷有餘,真巧不足,善於布置,略不煩草,若比方諸父,則牀上安牀。"唐釋法琳辯正論七品藻衆書:"(梁武帝)於華林苑中纂要語七百二十卷,名之遍略,……又有壽光苑二百卷、類苑一百卷,終是周因殷禮,損益可知,名目雖殊,還廣前致,亦猶牀上鋪牀、屋下架屋也。"

【牀公牀婆】舊俗年終以酒祀牀母,以茶祀牀公,祈終歲皆得安寢。宋曾三省因話録記崔大雄撰祭牀婆文,明楊循吉除夜雜詩有"酌水祀牀公"語,清厲鶚除夕祀牀作沁園春詞以樂神,蓋由來已久。參閲清顧禄清嘉録十二祭牀神。

【牀頭金盡】極言貧困。唐張籍張司業集一行路難詩:"君不見牀頭黄金盡,壯士無顔色。"宋劉克莊和竹溪遣興詩:"晚慕玄真與季真,牀頭金盡不憂貧。"

【牀頭捉刀人】漢末曹操使崔季珪(琰)代見匈奴使,自捉刀立牀頭。既畢,令問曰:"魏王何如?"答曰:"魏王雅望非常,然牀頭捉刀人,此乃英雄也。"見世説新語容止。參見"捉刀"。

五　畫

牁

gē 古俄切,平,歌韻,見。
ㄍㄜ

見"牂牁"。

六　畫

牂

zāng 則郎切,平,唐韻,精。
ㄗㄤ

㊀母羊。俗作"牂"。莊子除无鬼:"吾未嘗爲牧,而牂生於奥。"㊁見"牂牂"。㊂見"牂牁"。

【牂牁】牁,也作"柯"。㊀郡名。1.漢武帝元鼎六年置。治且蘭,今貴州凱里西北。轄境包括貴州大部及雲南東境和廣西北境的一部。晉徙治萬壽,南齊仍還舊治,梁大寶後廢。參閲漢書地理志上牂牁郡、九五西南夷傳。2. 隋置牂州，大業三年改爲牂牁郡。唐永徽後廢。參閱太平寰宇記一二二牂州。㊁縣名。隋置。唐武德二年改建安，故治在今貴州思南縣西。參閱嘉慶一統志五〇〇貴陽府古蹟。㊂水名。漢武帝元鼎五年越馳義侯遣發夜郎兵，下牂牁江，會番禺，卽此。見漢書武帝紀。牂牁江或以爲卽今濛江，或以爲卽今盤江，一説卽都江，已難確考。參閱嘉慶一統志四四一廣州府山川、五〇〇貴陽府山川。

【牂牂】茂盛貌。詩陳風東門之楊："東門之楊，其葉牂牂。"

十三畫

牆 qiáng ㄑㄧㄤˊ 在良切，平，陽韻，從。

㊀用磚石土木等砌成的房屋園囿之界域。詩鄭風將仲子："將仲子兮，無踰我牆。"㊁門屏。見"蕭牆"。㊂裝飾靈柩的布帳。儀禮既夕："巾奠乃牆。"注："牆，飾柩也。"

【牆宇】㊀住宅。漢孔融孔少府集十八修鄭公宅教："鄭公久游南夏，今艱難稍平……必繕治牆宇，以俟還。"㊁指人的風度。文選晉袁彥伯(宏)三國名臣序贊："邈哉崔生，體正心直，天骨疏朗，牆宇高嶷。"崔生，崔琰。

【牆衣】牆上的青苔。唐白居易長慶集六四營閑事詩："暖變牆衣色，晴催木筆花。"

【牆東】東漢王君公，遭亂僧牛自隱。時人語曰："避世牆東王君公。"後因以牆東爲避世不仕的典故。北周庾信庾子山集四和樂儀同苦熱詩："寂寥人事屛，還得隱牆東。"

【牆居】卽薰籠。方言五："篝，陳楚宋魏之間，謂之牆居。"古人以衣掛於壁上，用篝放牆下薰之，故謂之牆居。

【牆面】謂如面牆而立，目無所見。喻不學無術。書周官："不學牆面，莅事惟煩。"論語陽貨："人而不爲周南召南，其猶正牆面而立也與？"

【牆茨】詩鄘風牆有茨："牆有茨，不可埽也，中冓之言，不可道也。所可道也，言之醜也。"意謂想掃除牆上的蒺藜，却擔心壞牆毁家。詩序以爲此詩係刺衛惠公母宣姜淫亂，後世因用以喻閨門淫亂。

【牆外漢】指局外人。樂府詩集二五橫吹曲辭梁鼓角橫吹曲慕容垂歌辭："慕容攀牆視，吳軍無邊岸。我身分自當，枉殺牆外漢。"

【牆有耳】比喻秘密易洩露，不可不防。管子君臣下："牆有耳，伏寇在側。牆有耳者，微謀外泄之謂也；伏寇在側者，沈疑得民之道也。"

【牆頭馬上】雜劇名。元白樸著。寫李千金愛裴少俊，私自在裴家後花園同居七年。事發，被少俊之父裴尚書强行拆散。後少俊得官，夫妻重又團圓。唐白居易長慶集四井底引銀瓶詩："妾弄青梅憑短牆，君騎白馬傍垂楊。牆頭馬上遙相顧，一見知君卽斷腸。"劇卽取白詩意爲題。參閱曲海總目提要一。

【牆倒衆人推】比喻失勢者遭到流俗的一致攻擊。紅樓夢六九："他雖好性兒，你們也該拿出個樣兒來，別太過逾了，牆倒衆人推！"

片 部

片 1. piàn ㄆㄧㄢˋ 普麵切，去，霰韻，滂。

㊀分開，剖開。見説文。㊁半，偏。見"片言折獄"。㊂單，隻。文選晉左太沖(思)吳都賦："雙則比目，片則王餘。"唐劉良注："雙行者爲比目，隻行者爲王餘。片，隻也。"比目、王餘，皆魚名。引申爲小、短。見"片善"、"片時"。㊃物之薄而平者叫片。也用作量詞。宋書劉瑀傳："會瑀送五千片榜，供(劉)胡軍用。"唐劉禹錫劉夢得集四西塞山懷古詩："千尋鐵鎖沈江底，一片降旛出石頭。"

2. pàn ㄆㄢˋ 集韻 普半切，去，换韻。

㊄一半。"牉"的簡字。莊子則陽："雌雄片合，於是庸有。"

【片子】㊀一些，零星。宋楊萬里誠齋集四二春盡夜坐詩："偶拈白傅長慶集，又得驪欣片子時。"又三九上元後一日往山莊訪子仁中塗望見莊裏李花詩："李花十里縱長圍，漏出桃花片子兒。"㊁衣裳，衣料。金瓶梅四一："頭上將就戴着罷了，身上有數那兩件舊片子，怎麼好穿？"

【片帆】孤舟。唐羅隱甲乙集十三衢哭孫員外詩："紅蠟有時還入夢，片帆何處獨銷魂。"宋蘇軾分類東坡詩九望湖亭："西風片帆急，暮靄一山孤。"

【片段】謂成片成段者。唐杜牧樊川集二朱坡詩："洞雲生片段，苔徑繚高低。"今謂截取長篇的部分爲片段。

【片茶】茶名。宋史食貨志下五："茶有二類，曰片茶，曰散茶。片茶蒸造，實棬模中串之，唯建劍則既蒸而研，編竹爲格，置焙室中，最爲精潔，他處不能造。"

【片時】極短的時間。南朝陳江總江令君集閨怨篇："願君關山及早度，念妾桃李片時妍。"元詩選僧清珙閒詠："如何三萬六千日，不放心身静片時。"

【片善】小善。南朝宋鮑照鮑氏集三代放歌行："一言分珪爵，片善辭草萊。"唐劉知幾史通人物："若漢傳之有傅寬靳歙，蜀志之有許慈，……若斯數子者，或才非拔萃，或行不逸羣，徒以片善取知，微功見識。"

【片腦】卽冰片龍腦香。元周密南渡官禁典儀："乘輦至大次，禮部侍郎奏中嚴外辦禮儀，使奏請皇帝行事。上服袞冕，步至小次，升自午階，天步所臨，皆籍以黃羅，謂之黃道。中貴一人，以大金盒貯片腦，迎前撒之。"(重校説郛五三)。朝野新聲太平樂府二喬吉小令賣花聲香茶："細研片腦梅花粉，新剥珍珠荳蔻仁，依方修合鳳團春。"

【片玉詞】宋周邦彥撰。二卷，補遺一卷。因邦彥自號清真居士，故又稱清真詞。一名美成長短句。邦彥通音律，能自度曲，下字用韻，皆有法度；寫景詠物，精細入微；當時被奉爲詞家正宗。但周詞大部分爲卽景抒情，反映文人放蕩生活，風格不高。有清陳元龍注本。

【片言折獄】論語顏淵："子曰：'片言可以折獄者，其由也與？'"集解："片，猶偏也。聽訟必須兩辭以定是非，偏信一言以折獄者，唯子路可。"宋朱熹集注："片言，半言。折，斷也。子路忠信明決，故言出兩人信服之，不待其辭之畢也。"與舊注訓不同。文苑英華九〇〇唐李華唐贈太子太師崔公神道碑："波汾之西，片言折獄。"太平廣記一七二趙和引唐闕史："咸通初，有天水趙和者任江陰令，以片言折獄著聲。"

【片言隻字】謂零散的文字、語言材料。

文選晉陸士衡(機)謝平原内史表:"片言隻字,不關其間;事蹤筆跡,皆可推校。"唐釋貫休禪月集四行路難詩:"或偶因片言隻字登第光二親,又能獻可替否航要津。"也作"片詞隻句"。唐司空圖司空表聖文集二題柳柳州集後:"噫,後之學者褊淺,片詞隻句,未能自辨,已側目相詆訾矣。"

四畫

版 bǎn ㄅㄢˇ 布綰切,上,潸韻,幫。

通"板"。㊀築牆的夾板。詩大雅緜:"其繩則直,縮版以載。"引申爲版築的土牆。左傳僖三十年:"且君嘗爲晉君賜矣,許君焦瑕,朝濟而夕設版焉,君之所知也。"㊁笏,卽手板。後漢書六七范滂傳:"滂執公儀詣(陳)蕃,蕃止之,滂懷恨,投版棄官而去。"引申稱授官爲版。晉書皇甫重傳:"元康中,(司空張)華版爲秦州刺史。"㊂牘。卽用以寫字的簡。管子宙合:"故退身不舍端,脩業不息版。"世說新語方正:"太極殿始成,王子敬(獻之)時爲謝公(安)長史,謝送版使王書之。"㊃圖籍。論語鄉黨:"凶服者式之,式負版者。"注:"負版者,持其邦國之圖籍。"亦指名册或户籍。周禮天官宮伯:"掌王宮之士庶子,凡在版者。"㊄八尺爲版。史記趙世家:"引汾水灌其城,城不浸者三版。"正義:"何休云:八尺曰版。"㊅印刷板。見"版本"。

【版瓦】大瓦。漢書六三昌邑王髆傳附劉賀:"後王夢青蠅之矢,積西階東,可五六石,以屋版瓦覆。發視之,乃青蠅矢也。"

【版尹】掌户籍的官吏。唐柳宗元柳先生集十七梓人傳:"郡有守,邑有宰,……又其下,皆有嗇夫、版尹,以就役焉。"

【版本】古以雕板印刷之書爲版,手抄之書爲本,自雕版通行,泛指不同的刻本爲版本。宋葉夢得石林燕語八:"世既一以版本爲正,而藏書日亡,其訛謬者遂不可正,甚可惜也。"近代稱研究藏書書目及古籍刊印源流的學問爲版本之學。

【版位】卽神位牌。宋景德二年十一月,鹵簿使王欽若奏詔製成版位,貯以漆匣舁牀,覆以黃縑帕,壇上四位塗以朱漆金字。第一等金字,第二等黃字,第三以下朱字。參閱宋高承事物紀原二禮祭郊祀版位、宋史禮志二神位。

【版法】書於版上的常法。管子有版法篇,注謂"選擇政要,載之於版,以爲常法。"又版法解,將此篇逐句疏通證明。

【版版】邪僻貌。爾雅釋訓:"版版盪盪,僻也。"疏:"李巡曰:'版版,失道之僻也。'……大雅板篇:'上帝板板。'毛傳云:'板板,反也。'"按反卽"僻"。參見"板板"。

【版奏】簡牘。卽古時書寫文書的木片或竹版。三國志魏張既傳"年十六,爲郡小吏"注引魏略:"既世單家,少小工書疏,爲郡門下小吏,而家富。自惟門寒,念無以自達,乃常畜好刀筆及版奏,伺諸大吏有乏者輒給與,以是見識焉。"也指舉簡牘以示令。新唐書禮樂志:"晝漏上水一刻,侍中版奏'請中嚴'。……二刻,侍中版奏'外辦'。"

【版曹】户部的別稱。元周密癸辛雜識別集下沈夏:"沈夏,德清人,壽皇朝爲版曹貳卿。一日登對,上問版曹財用幾何?……夏一一奏對訖,於所佩夾袋中,取小册進呈,無毫髮差,上大喜。"

【版授】授與官職。宋書王鎮惡傳:"進次澠池,造故人李方家,升堂見母,厚加酬賚,卽版授方爲澠池令。"隋書煬帝紀上大業元年詔:"高年之老,加其版授,並依別條,賜以粟帛。"又七年詔:"其河北諸郡及山西山東年九十已上者,版授太守;八十者,授縣令。"此指封銜,非實授。

【版魚】比目魚。卽板魚。本草綱目四四鱗三比目魚作"板魚"。

【版障】板製屏風。宋郭若虛圖畫見聞誌:"(房從真)嘗於蜀宮版障上,畫諸葛武侯(亮)引兵渡瀘水,人馬執戟,生動如神。"

【版圖】版,户籍;圖,地圖。指户口册和疆域圖。周禮天官司會:"掌國之官府郊野縣都之百物財用,凡在書契版圖者之貳,以逆羣吏之治,而聽其會計。"也指户口疆域。舊唐書一一八楊炎傳:"百役並作,人户凋耗,版圖空虛。"

【版齒】闊大的牙齒。晉書慕容皝載記:"龍顏版齒,身長七尺八寸。"

【版蕩】同"板蕩"。梁書劉峻傳辨命論:"自金行不競,天地版蕩,左帶沸脣,乘間電發。"文選辨命論作"板蕩"。見該條。

【版築】築牆時用兩板相夾,以泥置其中,用杵舂實。孟子告子下:"舜發於畎畝之中,傅說舉於版築之間。"唐杜甫杜工部草堂詩箋一臨邑舍弟書至苦雨……用寬其意:"尺書前日至,版築不時操。"

【版輿】車名。文選晉潘安仁(岳)閒居賦:"太夫人乃御版輿,升輕軒。"注:"版輿,車名。傅暢晉諸公贊曰:傅祗以足疾,版輿上殿,版輿一名步輿。周遷輿服雜事記曰:步輿,方四尺,素木爲之,以皮爲襻搊之,自天子至庶人通得乘之。"晉書潘岳傳閒居賦版作"板輿"。因潘賦述奉養其母,後常用爲在官而迎養其親的典故。參見"板輿"、"潘輿"。

【版職】版授以虛職。北齊書文宣帝紀天保九年:"七月辛丑,給京畿老人劉奴等九百四十三人版職及杖帽各有差。"參見"版授"。

【版籍】㊀書籍。管子宙合"故退身不舍端,脩業不息版"舊題唐房玄齡注:"修業亦不息其版籍。"㊁户口册。後漢書四九仲長統傳昌言損益:"明版籍以相數閱,審什伍以相連持。"注:"版,名籍也,以版爲之也。"參見"板籍"。㊂領土,疆域。遼史太祖紀上:"於是盡有奚霫之地,東際海,……北抵潢水,凡五部,咸入版籍。"

【版版六十四】宋時鑄錢範土爲模,每模三十二錢眼爲一版,兩版對合則爲六十四。後來引申稱拘泥成規、不靈活爲版版六十四。版,也作"板"。參閱清顧張思土風録十三版版六十四、翟灝通俗編三二數目、俞樾茶香室續鈔二二板兒。

五畫

牉 pàn ㄆㄢˋ 普半切,去,换韻,滂。

半,分裂。楚辭屈原九章惜誦:"背膺牉以交痛兮,心鬱結而紆軫。"注:"牉,分也。……字林云:牉,半也。"

【牉合】兩半相合而成一個整體。儀禮喪服:"故父子首足也,夫妻牉合也。"參見"判合"。

八畫

牋 jiān ㄐㄧㄢ 則前切,平,先韻,精。

本作"箋"。古作"椾"。㊀文體。對上級或尊長者的書札。世說新語排調:"明日,(陸玩)與(王)導牋云:'昨食酪小過,通夜委頓。'"㊁精美的紙張。參見"十樣蠻箋"。

【牋命】授官的文書。世說新語棲逸:"(李廞)既有高名,王丞相(導)欲招禮之,故辟爲府掾。廞得牋命,笑曰:'茂弘乃復以一爵假人!'"茂弘,導字。

【牋奏】臣子呈送給皇帝的表奏。後漢書四四胡廣傳:"諸生試章句,文吏試牋奏。"注:"周成雜字曰:牋,表也。漢雜事曰:凡羣臣之書,通於天子者四品:一曰章,二曰奏,三曰表,四曰駮議。"

【牋記】寫給長官的書啟。三國志魏趙儼傳注引魏略:“太祖(曹操)北拒袁紹,時遠近無不私遺牋記,通意於紹者。”南朝梁劉勰文心雕龍五書記:“原牋記之爲式,既上窺乎表,亦下睨乎書……清美以惠其才,彪蔚以文其響,蓋牋記之分也。”

【牋啟】牋記、書啟。宋陸游老學庵筆記三:“宣和間雖風俗已尚謟諛,然猶趣簡便。久之,乃有以駢儷牋啟與手書俱行者,主於牋啟,故謂手書爲小簡。”

牌 pái ㄆㄞˊ 步皆切,平,皆韻,並。薄佳切,平,佳韻,並。

㊀題榜,招牌。宋歐陽修文忠集五四聖俞惠宣州筆戲書詩:“京師諸筆工,牌榜自稱述。”明湯顯祖紫釵記傳奇:“抵多少會賓堂酒牌金字?”

牌

㊁門牌。宋史兵志六保甲:“置牌以書其户數姓名。”㊂用作符信憑證者曰牌。宋史輿服志六符券:“唐有銀牌,發驛遣使,則門下省給之。”㊃盾牌。宋史兵志四:“關東戍卒,多是硬弩手及摽牌手。”㊄詞曲調名。如詞牌、曲牌等。㊅賭博用具。如牙牌、竹牌、紙牌等。

【牌刀】長牌與斫刀。牌用以自衛,刀用於制敵。見明史兵志三民壯土兵。

【牌甲】書明户數姓名的門牌。宋熙寧初,王安石改募兵爲保甲,置牌以書其户數姓名。元制設萬夫長、千夫長、百夫長,編立牌甲,分守要害,互相策應。見宋史兵志六保甲、元史兵志一兵制。

【牌印】令牌印信,用作身分驗證。新五代史前蜀世家王建:“(田)令孜夜入建軍中,以節度觀察牌印授建。”宋趙昇朝野類要牌印:“印司掌銅木朱記,以牌詣本官請鬭印,用印畢封匣,復納之。凡牌入則印出,印入則牌出,蓋立法防嚴之意也。”

【牌匣】轉遞文書的牌匣。元制:文字官司用絹袋封記,以牌書號,號用千字文編次,若邊關急速公事,則用匣子封鎖,於上重別題號。見元史兵志四急遞鋪兵。

【牌軍】衙門的役卒。清平山堂話本雨窗集錯認屍:“着外郎録了王青口詞,押了公文,差兩個牌軍押着王青去捉拿三人并洪三,火急到廳。”

【牌面】元代公文書名。1.由朝廷發給用作出差的憑證。元史兵志四站赤:“使臣無牌面文字,始給馬之驛官及元差官,皆罪之。有文字牌面而不給驛馬者,亦論罪。”2.元代發給有功者的一種獎牌。元史順帝紀:“壬申,立淮東等處宣慰使司都元帥府于天長縣,……聽富民願出丁壯義兵五千名者爲萬户,五百名者爲千户,一百名者爲百户,仍降宣敕牌面。”

【牌檄】清織造發給府廳州縣用的文書。見清會典三十禮部。

【牌額】即匾額。宋陳善捫蝨新話一:“前世牌額,必先挂而後書,碑石必先立而後刻。魏凌雲臺至高,韋誕書榜,即日皓首,此先挂之驗也。今則先書而後挂。”

九畫

牒 dié ㄉㄧㄝˊ 徒恊切,入,怗韻,定。

㊀書札。左傳昭二五年:“右師不敢對,受牒而退。”㊁授官之簿録。漢書八一匡衡傳:“平原文學匡衡材智有餘,經學絶倫。但以無階朝廷,故隨牒在遠方。”注:“隨牒,謂隨選補之恒牒,不被超擢者。”㊂訟辭。南齊書崔祖思傳啓陳政事:“中丞雖謝咸玄,未有全廢劾簡;廷尉誠非釋之,寧容都無訊牒。”釋之,漢張釋之。咸玄,晉傅咸傅玄。宋詩鈔韓琦安陽集鈔答孫植太守後園宴射:“鈴索聲沈訟牒稀,優游大司養疎拙。”㊃譜牒。史記太史公自序:“維三代尚矣,年紀不可考,蓋取之譜牒舊聞。”㊄牀版。方言五:“牀……其上版,衛之北郊,趙魏之間謂之牒。”㊅疊布。後漢書四九王符傳浮侈篇:“且其徒御僕妾,皆服文組綵牒。”㊆通“疊”。淮南子本經:“積牒旋石,以純脩碕。”注:“牒,累。”

【牒呈】清代官府公文。清制,直隸州知州行知府,府、州、縣佐貳官行府、州、縣等的文書,皆用牒呈。參閱清會典三十禮部“凡官文書,上行下行平行,各别其制”注。

【牒狀】訟辭。魏書源賀傳附源子恭:“子恭奏曰:‘徐州表投化人許團并其弟周等。究其牒狀,周列云已蕭衍黄門侍郎。……案牒推理,實有所疑。”

【牒書】寫在簡牒之上。漢書八三薛宣傳:“始高陵令楊湛、櫟陽令謝游皆貪猾不遜,持郡短長,……乃手自牒書,條其姦臧。”

【牒訴】訟辭。文選南齊孔德璋(稚珪)北山移文:“敲扑諠囂犯其慮,牒訴倥偬裝其懷。”宋史四三九趙隣幾傳附何承裕:“每覽牒訴,必戲判以喻曲直,訴者多心伏引去。”

【牒籍】猶典籍。漢王充論衡自紀:“屈奇之士見,倜儻之辭生,度不與俗協,庸角不能程。是故罕發之迹,記於牒籍,希出之物,勒於鼎銘。”

牏 1. yú ㄩˊ 羊朱切,平,虞韻,喻。度侯切,平,侯韻,定。持遇切,去,遇韻,澄。

㊀築牆短板。見説文。

2. tóu ㄊㄡˊ 正字通音投。

㊀指貼身内衣。通“褕”。史記一〇三萬石君傳:“建爲郎中令,每五日洗沐歸謁親,入子舍,竊問侍者,取親中帬廁牏,身自浣滌,復與侍者,不敢令萬石君知,以爲常。”索隱引晉灼:“今世謂反開小袖衫爲‘侯牏’,此最廁近身之衣。”集解引孟康:“東南人謂鑿木空中如曹謂之窬。”漢書四六萬石君傳清王先謙補注:“廁訓爲側,牏當作‘窬’,……然則窬當是傍室中門牆,穿穴入地,空中以出水(今楚俗尚有之),建取親中帬,隱身側近窬邊,自澣洒之耳,故下文云,‘不敢令萬石君知’也。”

牐 zhá ㄓㄚˊ 士洽切,入,洽韻,牀。

閘門。同“閘”。宋蘇舜欽蘇學士集四有觀放牐詩。宋史河渠志四:“每百里置大牐一,以限水勢。”

十畫

牓 bǎng ㄅㄤˇ 北朗切,上,蕩韻,幫。

㊀牌額,題牓。通“榜㊀”。宋書文帝紀:“府州佐史並稱臣,請題牓諸門。”唐杜甫杜工部草堂詩箋十二宣政殿退朝晚出左掖:“天門日射黄金牓,春殿晴曛赤羽旗。”㊁布告,告示。北齊書馬嗣明傳:“從駕往晉陽,在遼陽山中,數處見牓,云有人家女病,若有能治者,購錢十萬。”㊂張掛,張貼。太平御覽八二八(晉傅玄)傅子:“(漢)靈帝牓門賣官,崔烈入錢五百萬,取司徒。”唐詩紀事六七李濤:“(温庭筠)主秋試,濤與衛丹張郃等詩賦,皆牓於都堂。”

【牓子】㊀唐宋公文書的一種,用於奏事、通謁。宋人亦稱劄子。至南宋士大夫間來往交問,亦用牓子。如唐王起具牓子以答帝問,宋初曹彬平陳回詣閤門進牓子,稱“勅着往江南勾當公事回”,皆是。參閱宋歐陽修文忠集一二七歸田録、司馬光涑水紀聞三、新唐書一六七王起傳、陸游老學庵筆記三。㊁布告。

太平廣記四九一唐李公佐謝小娥傳："歲餘，至潯陽郡，見竹户上有紙牓子，云：'召傭者'。"

【牓元】一牓之首。唐詩紀事五五丁稜："唐放牓訖，謁宰相訖，卽牓子致詞。"也作"榜元"。唐范攄雲溪友議："文宗元年詔吏部高侍郎鍇，復司貢籍，……主司先進五人，一詩最佳者，則李肱也，……乃以榜元及第。"

【牓帖】見"金花帖子"。

十一畫

牖 yǒu 與久切，上，有韻，喻。ㄧㄡˇ

㊀窗户。論語雍也："伯牛有疾，(孔)子問之，自牖執其手。"㊁引導。通"誘"。見"牖民"。㊂通"羑"。見"牖里"。

【牖户】窗户。詩豳風鴟鴞："徹彼桑土，綢繆牖户。"漢書食貨志上："行人振木鐸，徇于路以采詩，獻之大師，比其律，以聞於天子，故曰王者不窺牖户而知天下。"

【牖民】開通民智。詩大雅板："天之牖民，如壎如篪。"傳："牖，道(導)也。"疏："牖與誘古字通用，故以爲導也。"

【牖里】地名。卽羑里，殷紂囚周文王之處。戰國策趙三："鬼侯有子而好，故入之於紂。紂以爲惡，醢鬼侯。鄂侯爭之急，辨之疾，故脯鄂侯。文王聞之，喟然而歎，故拘之於牖里之車百日，而欲舍之死。"參見"羑里"。

【牖中窺日】世說新語文學："支道林聞之曰：'聖賢固所忘言，自中人以還，北人看書，如顯處視月；南人學問，如牖中窺日。'"謂讀書少則成見亦少，易於接受新知，如在暗處看日，較爲顯著。

十五畫

牘 dú 徒谷切，入，屋韻，定。ㄉㄨˊ

㊀書版，木簡。漢書六三昌邑哀王髆傳附劉賀："故王年二十六七，……簪筆持牘趨謁。"急就篇三："簡札檢署槧牘家。"注："牘，木簡也。既可以書，又執之以進見於尊者，形若今之木笏，但不挫其角耳。"自紙張通行後泛稱文書爲文牘，稱書信爲尺牘。㊁樂器名。以竹筒築地而發出聲音。周禮春官笙師："春牘，應雅以教祴樂。"

【牘尾】文書的末幅。宋陸游劍南詩稿十八官居戲咏："判餘牘尾棲鴉濕，衙退庭中立雁空。"

【牘背】簡牘的背面。史記絳侯周勃世家："其後人有上書告勃欲反，下廷尉。……勃以千金與獄吏，獄吏乃書牘背示之，曰：'以公主爲證。'公主者，孝文帝女也，勃太子勝之尚之。"

牙 部

牙 yá 五加切，平，麻韻，疑。ㄧㄚˊ

㊀牙齒。易大畜："豶豕之牙。"說文："牙，壯齒也。"㊁象牙。新唐書驃國傳："有橫笛二：一長尺餘，取其合律，去節無爪，以蠟實首，上加獅子頭，以牙爲之，穴六以應黃鍾商，備五音七聲。"㊂牙旗的簡稱。三國志吳胡綜傳："又作黃龍大牙，常在中軍，諸軍進退，視其所向。"舊唐書太宗紀下貞觀十三年："立右武候大將軍、化州都督、懷化郡王李思摩爲突厥可汗，率所部建牙于河北。"參見"牙旗"。㊃鋸齒形的東西。見"崇牙"、"衡牙"。㊄咬，嚙。戰國策秦三："王見大王之狗，卧者卧，起者起，行者行，止者止，毋相與鬬者，投之一骨，輕起相牙者，何則？有爭意也。"注："牙，言以牙相噬。"漢揚雄太玄經二爭："兩虎相牙，知掣者全。"㊅萌芽，發生。通"芽"。文選漢揚子雲(雄)劇秦美新："或玄而萌，或黃而牙。"後漢書六十下蔡邕傳釋誨下："利端始萌，害漸亦牙。"㊆通"迓"。古車輞兩頭相銜接處。周禮考工記輪人："牙也者，以爲固抱也。"注引鄭衆："牙，讀如跛者訝跛者之訝，謂輪輮也。世間或謂之罔，書或作輮。"疏："訝，迎也，此車牙亦輮之使兩頭相迎，故讀從之。"㊇通"衙"。舊官署之稱。唐封演封氏聞見記公牙："近俗尚武，是以通呼公府爲公牙，府門爲牙門，字稍訛變，轉而爲衙。"㊈指集市貿易中的經紀人。宋劉攽貢父詩話："劉道原(恕)云：'今有人謂駔儈爲牙，本謂之互郎，主互市事也，唐人書互相乊，以乊似牙，因轉爲牙。'"(類說五六)。參見"牙郎"。㊉童孩。通"伢"。後漢書五二崔駰傳達旨："唐且華顛以悟秦，甘羅童牙而報趙。"注："童牙，謂幼小也。"⑪姓。相傳周大司徒君牙之後，以字爲氏。見漢應劭風俗通姓氏。

【牙刀】宋制將軍扈從大駕時所佩的刀。宋史儀衛志六："金吾上將軍、將軍、六統軍、千牛、中郎將，服花脚幞頭、抹額、紫繡袍，佩牙刀。"

【牙人】舊時集市貿易中以介紹買賣爲業的人。唐薛用弱集異記二寧王："寧王方集賓客，讌話之際，鬻馬牙人麴神奴者，請呈二馬焉。寧王卽於中堂閱試，步驟、毛骨、形相，神駿精彩。"舊唐書食貨志上："自今已後，有因交關用欠陌錢者，宜但令本行頭及居停主人、牙人等檢察送官。"

【牙牙】小兒學語聲。唐司空圖司空表聖文集十障車文："二女則牙牙學語，五男則雁雁成行。"金元好問遺山集十三德華小女五歲能誦予詩數首以此詩爲贈詩："牙牙嬌語總堪誇，學念新詩似小茶。"

【牙不】走，行。蒙語。孤本元明雜劇缺名開詔救忠楔子："你若要殺他，便殺了也罷，不殺他時，推出轅門，着他牙不了罷。"也作"啞步"。孤本元明雜劇缺名陰山破虜二："平章頡利云：'我敵不過他也，逃命，啞步！啞步！'"參閱元火源潔華夷譯語上人事門。

【牙尺】象牙製的尺。唐白居易長慶集四二中和日謝恩賜尺狀："況以紅牙爲尺，白銀爲寸，美而有度，煥以相宜。"元王實甫西廂記二本四折："莫不是牙尺剪刀聲相送？莫不是漏聲長滴響壺銅？"

【牙爪】猶爪牙。指官吏的隨從差役。元曲選孫仲章勘頭巾三："你見這惡哏哏公吏排，不是我官不威牙爪威。"

【牙生】卽伯牙。世說新語傷逝："支道林喪法虔之後，精神實喪，風味轉墜。常謂人曰：'昔匠石廢斤於郢人，牙生輟絃於鍾子，推己外求，良不虛也。'"詳"伯牙"。

【牙吏】官署中的雜差小吏。宋史三二六田敏傳："田敏字子俊，本易州牙吏。"

【牙羽】樂架上所雕刻或裝飾的牙或羽。詩周頌有瞽："設業設虡，崇牙樹羽。"疏："又使人爲之設其橫者之業，又設其植者之虡，其上刻爲崇牙，因樹置五采之羽以爲之飾。"宋書樂志二食擧歌："禮有容，樂有儀。金石陳，牙羽施。"

【牙行】舊時爲買賣雙方議價說合抽取佣金的商行。醒世恒言十八施潤澤灘闕遇友："那市上兩岸紬絲牙行，約有千百餘家，遠近村坊織成紬疋，俱到此上市。"清黃六鴻福惠全書雜課牛騾雜税："牛騾牲畜煙包布花酒麯等税，交易之所收也，例有牙行經紀，評價發貨。凡城鄉貿易之處，置一卯簿，發給牙行經紀，逐日逐起登簿收税。"

【牙車】下顎骨，俗稱下牙牀。左傳僖五年"輔車相依，脣亡齒寒"晉杜預注："輔，頰輔；車，牙車。"疏引釋名："頤或曰輔車，其骨彊，可以輔持其口，或謂牙車，牙所載也，或謂頷車也。……牙車、頷車，牙下骨之名也。"

【牙官】指副武官。資治通鑑二二三唐廣德二年："(郭)子儀使牙官盧諒至汾州。"注："節鎮、州、府皆有牙官、行官，牙官給牙前驅使，行官使之行役出四方。自五季以後，詬詈武臣率曰牙官。"參見"衙官"。

【牙板】象牙製的拍板。板，也作"版"。宋錢易南部新書壬："臨安出紙，紙徑短色黃，狀如牙版。"元薩都剌薩天錫詩集後集次韻遊長干寺之三："細歌金縷鳴牙板，新酒檀槽出玉漿。"

【牙門】㊀軍帳前立大旗表示營門。國語齊"執枹鼓立於軍門"三國吴韋昭注："軍門立旌爲門，若今牙門矣。"後漢書七四上袁紹傳上："麴義追至界橋，……遂到(公孫)瓚營，拔其牙門，餘衆皆走。"㊁同"衙門"。北史宋隱傳附宋世良："郡無一囚，……每日牙門虛寂，無復訴訟者，謂之神門。"

【牙刷】刷牙之具。元郭鈺靜思集郭恒惠牙刷得雪字詩："南州牙刷寄來日，去膩滌煩一金直。"

【牙帖】舊時地方官府發給牙行的營業執照。清會典事例二四一户部蠶税："乾隆七年……又奏准，湖北省城設立牙帖釐金總局。"又二四五户部雜賦："乾隆四十一年……又議准，河南省各屬額徵老税，牙帖税銀；其有行户歇業者，卽行開除。"

【牙牀】㊀指精美之牀。牀，也作"床"。元薩都剌薩天錫詩集題楊妃綉枕："五色香雲隨指轉，牙床端坐楊太真。"㊁齒齦。俗稱牙車。

【牙兒】嬰兒。同"伢兒"。宋孟元老東京夢華録五育子："浴兒畢，落胎髮〔髮〕，遍謝坐客，抱牙兒入他人房，謂之移窠。"今兩湖方言，未成年者暱稱伢兒。

【牙郎】卽牙儈、牙人。舊唐書二〇〇上安禄山傳："及長，解六蕃語，爲互市牙郎。"資治通鑑二一四唐開元二十四年："(禄山、思順)及長，相親愛，皆爲互市牙郎。"注："牙郎，駔儈也。南北物價定於其口，而後相與貿易。"參閱宋吴曾能改齋漫録三牙郎。

【牙城】㊀主將所居之城，建牙旗，故稱牙城。新唐書一五四李愬傳："愬入駐(吴)元濟外宅，……(元濟)始驚曰：'何常侍得至此！'率左右登牙城。"㊁唐衛護節度使住宅的第三重城。資治通鑑二四一唐元和十四年："子城已洞開，惟牙城拒守。"注："凡大城謂之羅城，小城謂之子城。又有第三重城以衛節度使居宅，謂之牙城。"

【牙香】香名。唐王建詩宫詞之八七："雖道君王不來宿，帳中常是炷牙香。"本或作"衙"。明屠隆考槃餘事三："角香，俗名牙香。"

【牙保】卽牙人。太平廣記八六趙燕奴引録異記："性甚狡慧，詞喙辯給，……市肆交易，必爲牙保。"

【牙校】低級的武官。新唐書一七一石雄傳："(雄)少爲牙校，敢毅善戰，氣蓋軍中。"

【牙推】醫、卜、星、算等術士稱牙推。也作"牙椎"、"牙槌"、"牙搥"。元關漢卿拜月亭二："怕不大傾心吐膽，盡筋竭力，把個牙推請，則怕小處盡是打當。"元曲選馬致遠岳陽樓三："我穿着領布懶衣，不吃烟火食，淡則淡，淡中有味，又不是坐崖頭打當牙椎。"又石君寶秋胡戲妻二："怕不待要請太醫，看脈息，着甚麽做藥錢調治，赤緊的當村裏都是些打當的牙槌。"孤本元明雜劇缺名劉弘嫁婢二："他背地裏使心機，尋個打當牙搥。"

【牙帳】將帥樹牙旗於軍帳之前，故稱牙帳。周書異域傳下突厥："可汗恒處於都斤山，牙帳東開，蓋敬日之所出也。"唐杜甫杜工部草堂詩箋二六寄董卿嘉榮十韻："聞道君牙帳，防秋近青霄。"

【牙將】低級的軍官。新五代史康懷英傳："事朱瑾爲牙將，梁兵攻瑾，……懷英卽以城降梁。"

【牙笙】象牙製的管樂器名。新唐書二二二下驃國傳："有牙笙，穿匏達本，漆之，上植二象牙代管，雙簧皆應姑洗。"

【牙符】象牙製的獎牌。宋史高宗紀五紹興五年："十一月庚午朔，初置節度使以下金字牙符，命都督府掌之，給將帥立戰功者。"

【牙祭】舊時工商業家規定店員、徒工每月初二、十六給肉食，稱爲牙祭。儒林外史十八："平常每日就是小菜飯，初二、十六，跟着店裏喫牙祭肉。"

【牙道】同"衙道"，卽官道。宋孟元老東京夢華録一東都外城："城裏牙道，各植榆柳成陰，每二百步置一防城庫，貯守禦之器。"又二朱雀門外街巷："自西門東去觀橋、宣泰橋柳陰牙道，約五里許，内有中太一宫、佑神觀。"

【牙棗】棗果名。以形似牙而名。宋孟元老東京夢華録八立秋："京師棗有數品，靈棗、牙棗、青州棗、亳州棗。"本草綱目二九果一棗："又有牙棗，先衆棗熟，亦甘美，微酸而尖長。"

【牙圍】車牙的粗圍。周禮考工記輪人："是故六分其輪崇，以其一爲之牙圍。"注："六尺六寸之輪，牙圍尺一寸。"

【牙距】㊀猶言爪牙。新唐書一一一郭孝恪等傳贊："唐所以能威振夷荒，斥大封域者，亦有虎臣爲之牙距也。"㊁喻筆勢遒勁有力。晉書索靖傳草書狀："蓋草書之爲狀也，婉若銀鉤，漂若驚鸞，……凌魚奮尾，蛟龍反據，投空自竄，張設牙距。"

【牙欸】漢揚雄法言淵騫："始皇方獵六國而(王)翦牙欸。"注："咀嚙用牙，言其酷也。欸者，絶語嘆聲。"此以獵爲喻，言始皇欲併六國，王翦并力以赴。

【牙筆】象牙管之筆。南史庾易傳："安西長史袁彖欽其風，贈以鹿角書格、蚌盤、蚌研、白象牙筆。"五代後周王仁裕開元天寶遺事下美人呵筆："時十月大寒，筆凍莫能書字，帝勑宫嬪十人，侍於李白左右，令各執牙筆呵之，遂取而書其詔，其受聖眷如此。"

【牙筍】初出土的筍。五代後周王仁裕開元天寶遺事下竹義："太液池岸，有竹數十叢，牙筍未嘗相離，密密如栽也。"

【牙税】牙行所納的税。清會典事例二四五户部雜賦："京城牙税銀千五百三十一兩。"

【牙牌】㊀象牙製的牌子。1. 記事的標簽。唐段成式酉陽雜俎一忠志："睿宗嘗閱内庫，見一鞭，金色，長四尺，數節，有蟲齧處，狀如盤龍，靶上縣牙牌題象耳皮。"宋楊萬里誠齋集三六甲寅二月十八牡丹初發詩："排日上牙牌，記花先後開。"2. 進出宫門的憑證。宋歐陽修文忠集十三早朝感事詩:"玉勒争門隨仗入,牙牌當殿報班齊。"明制,朝參官皆佩牙牌,無牌者不得入。見明實録十七洪武實録一一七、俞汝楫禮部志稿六三符信備考牙牌。㊁卽骨牌。一種賭具。以象牙及骨角竹木做成長方形,一面刻點數,自一至六,上下重之,共三十二張。正字通"牌":"牙牌,今戲具,俗傳宋宣和二年,臣某疏請設牙牌三十二扇,詩點一百二十有七,以按星宿布列之。……高宗時詔如式頒行天下,今謂之骨牌,然皆博塞格五之類,非必自宣和始也。"

【牙嫂】舊稱媒婆、人販子一類女性爲牙嫂。宋吳自牧夢粱録十九雇覓人力:"府宅官員,豪富人家,欲買寵妾、歌童、舞女、廚娘、針線供過,粗細婢妮,亦有官私牙嫂,及引置等人。"也稱"牙婆"。水滸二四:"王婆笑道:'老身爲頭是做媒,又會做牙婆。'"

【牙塔】象牙雕製的塔。南齊書扶南國傳:"(釋那伽仙)上表……并獻金鏤龍王坐像一軀,白檀像一軀,牙塔二軀,古貝二雙,瑠璃蘇鉝二口,瑇瑁檳榔柈一枚。"

【牙筩】象牙所製的筒狀器物。唐段成式酉陽雜俎前集一忠志:"臘日,賜北門學士口脂、蠟脂,盛以碧鏤牙筩。"

【牙槎】樹木枝杈縱橫交錯貌。宋歐陽修文忠集七於劉功曹家見楊直講褒女奴彈琵琶戲作呈聖俞詩:"啄木不啄新生枝,惟啄牙槎枯樹腹。"

【牙旗】大將所建、以象牙爲飾的大旗。文選漢張平子(衡)東京賦:"戈矛若林,牙旗繽紛。"三國吳薛綜注:"兵書曰:牙旗者,將軍之旌。謂古者天子出,建大牙旗,竿上以象牙飾之,故云牙旗。"唐封演封氏聞見記五公牙:"詩曰:'祈父,予王之爪牙。'祈父,司馬,掌武備,象猛獸,以爪牙爲衛,故軍前大旗,謂之牙旗,……軍中聽號令必至牙旗之下。"

【牙奩】象牙製盒子。法苑珠林五三舍利感福:"宋元嘉九年,潯陽張須元家設八關齋,道俗數十人,……開廚更視,獲牙奩,中有白氎裹舍利十枚。"

【牙管】象牙製的筆管。南史范岫傳:"在晉陵唯作牙管筆一雙,猶以爲貴。"宋史吳越錢氏世家:"因賜玉硯金匣一,紅緑象牙管筆、龍鳳墨、蜀牋、盈丈紙皆百數。"

【牙緋】指牙笏與緋服。唐孟棨本事詩七:"沈佺期曾以罪謫遇恩,官還秩,朱紱未復。嘗內宴羣臣,皆歌迴波樂,撰詞起舞,因是多求遷擢佺期,詞曰:'……身名已蒙齒録,袍笏未復牙緋。'中宗卽以緋魚賜之。"按唐貞觀四年規定,五品以上執象笏,六品以下執竹木爲笏;又三品以上服紫,五品以下服緋,六品、七品服緑。見舊唐書輿服志。

【牙璋】古代發兵的一種符信,首似刀而兩旁無刃,旁出有牙,故稱牙璋。周禮春官典瑞:"牙璋以起軍旅,以治兵守。"注:"鄭司農(衆)云:牙璋,瑑以爲牙,牙齒兵象,故以牙璋發兵,若今時以銅虎符發兵。"參閱宋沈括夢溪筆談辨證一、清吳大澂古玉圖考。

【牙慧】蹈襲陳言,謂之拾人牙慧。世説新語文學:"殷中軍(浩)云:'康伯未得我牙後慧。'"韓康伯,浩甥。

【牙儈】猶牙人。新唐書一七五張又新傳:"嘗買婢遷約,爲牙儈搜索陵突。"按後漢書八三逢萌傳"儈牛自隱"注:"儈,謂平會兩家賣買之價。"

【牙蕉】卽香蕉。宋范成大桂海虞衡志三志果:"牙蕉,子小如雞蕉,尤香嫩甘美,秋初實。"本草綱目十五草四甘蕉:"白者如蠟色,謂之水蕉,其花大,類象牙,故謂之牙蕉。"

【牙機】發動機械的樞紐。後漢書五九張衡傳:"陽嘉元年,復造候風地動儀,……其牙機巧制,皆隱在尊中,覆蓋周密無際。"

【牙頰】嘴舌,口齒之間。唐陸龜蒙甫里集十九寒泉子對秦惠王:"秦亦厭戰,雖鼓牙頰,未能吞諸侯。"新唐書一七五楊虞卿傳:"虞卿柔佞,善諧麗權幸,倚爲姦利。歲舉選者,皆走門下,署第注員,無不得所欲,升沉在牙頰間。"

【牙錢】㊀牙人抽取的息錢,卽佣錢。宋蘇轍欒城集三六論蜀茶五害狀:"賣茶本法,止許收息一分,今多作名目,如牙錢、打角錢之類,至收五分以上。"㊁以錢作爲物品的標記。宋史食貨志下一:"嘗聞太宗時,內藏財庫,每千計用一牙錢記之。凡名物不同,所用錢色亦異,他人莫能曉。"

【牙檣】飾以象牙的帆檣。周書庾信傳哀江南賦:"蒼鷹赤雀,鐵舳牙檣。"唐杜甫杜工部草堂詩箋三二秋興之六:"珠簾繡柱圍黃鵠,錦纜牙檣起白鷗。"

【牙檢】象牙裝飾的劍套。初學記二二梁簡文帝(蕭綱)謝賚方諸劍等啓:"始開牙檢,麗飾交陳。"

【牙簟】用象牙爲飾的竹席。舊題漢劉歆西京雜記一:"趙飛燕女弟居昭陽殿中,……設木畫屏風,文如蜘蛛絲縷,玉几玉牀,白象牙簟,緑熊席。"又五:"武帝以象牙爲簟,賜李夫人。"

【牙簡】象牙手板。舊唐書代宗紀永泰七年五月乙未詔:"遂令圜土嘉石之下,積有繫囚;竹章牙簡之中,困於法吏。"全唐詩二〇五包佶宿廬山贈白鶴觀劉尊師:"手護崑崙象牙簡,心推霹靂棗枝盤。"

【牙曠】卽伯牙和師曠,皆爲古代著名的樂師。漢書一〇〇上敍傳班固答賓戲:"若乃牙曠清耳於管絃,離婁眇目於豪分,……僕亦不任廁技於彼列,故密爾自娛於斯文。"文選漢王子淵(褒)洞簫賦:"鍾期牙曠悵然而愕兮,杞梁之妻不能爲其氣。"

【牙關】口。口以齒動開合,因稱牙關。唐孟郊孟東野詩集四懊惱詩:"好詩更相嫉,劍戟生牙關。"今稱下頜骨關節爲牙關。

【牙獸】獸名。卽騶虞,又名騶牙。三國志魏王朗傳"鍾繇明察當法"南朝宋裴松之注:"魏略曰:牙獸屈膝,言鳥告歡。"

【牙籌】象牙製的籌碼。1.計數用。晉書王戎傳:"(戎)性好興利……積實聚錢,不知紀極,每自執牙籌,晝夜算計,恒若不足。"2.酒籌。唐元稹長慶集二六何滿子歌:"何如有熊一曲終,牙籌記令紅螺盃。"唐有熊,樂人名。3.博具。宋陸游劍南詩稿十夢至成都悵然有作:"下盡牙籌閑縱博,刻殘畫燭戲分題。"4.更籌。元袁士元書林外集和松石舍人秋夜不寐詩:"牙籌歷歷隨更換,燐鬼啾啾隔水啼。"

【牙蘖】萌蘖。植物新生芽枝。淮南子俶真:"萌兆牙蘖,未有形埒垠堮。"宋蘇軾分類東坡詩十和子由記園中草木之四:"牽牛獨何畏,詰曲自牙蘖。"

【牙麞】獸名,似鹿而小。晉崔豹古今注中鳥獸:"麞有牙而不能噬,鹿有角而不能觸。"宋羅願爾雅翼釋獸"麞":"(麞)大者不過三二十斤,老則牙見於外,淮人謂之牙麞。"也作"牙獐"。宋郭若虛圖畫見聞誌四:"易元吉……於神游殿之小屏畫牙獐,皆極其思。"

【牙籤】㊀象牙製的圖書標籤。舊唐書經籍志下:"其集賢院御書:經庫皆鈿白牙軸,黃縹帶,紅牙籤;史書庫鈿青牙軸,縹帶,緑牙籤;子庫皆雕紫檀軸,紫帶,碧牙籤;集庫皆緑牙軸,朱帶,白牙籤,以分別之。"唐韓愈昌黎集七送諸葛覺往隨州讀書詩:"鄴侯家多書,插架三萬軸。一一懸牙籤,新若手未觸。"鄴侯,唐李泌。㊁

牙製籌碼。明楊基眉菴集十端陽雜詠鬬草詩:"珠玉賭牙籤,争奇手自拈。"

【牙纛】用象牙裝飾竿子的大旗。唐韓愈昌黎集七山南鄭相公樊員外酬答爲詩……:"帝咨女予往,牙纛前犖坲。"清查慎行敬業堂集一洪武銅砲歌:"何來寇賊忽披猖,將士倉皇棄牙纛。"

【牙中軍】謂衙軍。猶親軍及衛隊。舊唐書一八一羅弘信傳附羅威:"魏之牙中軍者,自至德中,田承嗣盜據相魏澶博衛貝等六州,召募軍中子弟置之部下,遂以爲號。"按新唐書二一〇、新五代史羅紹威傳作"牙軍"。

【牙門旗】舊制天子出巡或將軍出征,樹旗以示門,故謂之牙門旗。三國志魏典韋傳:"牙門旗長大,人莫能勝,韋一手建之。"宋史儀衛志六:"牙門旗,古者,天子出建大牙。今制,赤質,錯采爲神人象,中道前後各一門,左右道五門,門二旗,蓋取周制'樹旗表門'及'天子五門'之制。"

【牙劍鋒】指馬之牙齒鋭利如劍。爲駿馬的特徵。後漢書二四馬援傳"孝武皇帝時,善相馬者東門京鑄作銅馬法獻之"唐李賢注:"援銅馬相法曰:'……牙(欲)去齒一寸,則四百里;牙劍鋒,則千里。'"

【牙角口吻】指雕刻文字的筆勢。直筆者曰牙角,曲筆者曰口吻。宋沈括夢溪筆談十九器用:"(古銅黄彝)刻畫甚繁,大體似繆篆。……視其文,髣髴有牙角口吻之象。"

八畫

撐 1. chèng 他孟切,去,映韻,透。ㄔㄥˋ

㊀斜柱。文選漢王文考(延壽)魯靈光殿賦:"芝栭欂櫨以戢舂,枝撐杈枒而斜據。"晉張載注:"撐,或作棖。"

2. chēng 集韻 抽庚切,平,庚韻。ㄔㄥ

㊀支撐。見集韻。通"撐"。見該字。

【撐₂拒】支撐。後漢書八四董祀妻傳悲憤詩之一:"斬截無孑遺,尸骸相撐拒。"也作"撐拒"。唐柳宗元柳先生集十五晉問:"其高壯則騰突撐拒,聱岈鬱怒。"

【撐₂距】支持。1.頂撞,争執不下。漢書九四下匈奴傳:"單于輿驕,謂遵、(歸德侯)颯曰:'……(王)莽卒以敗而漢復興,亦我力也,當復尊我!'遵與相撐距,單于終持此言。"2.指聲音相激蕩。文選漢馬季長(融)長笛賦:"撐距劫遌,又足怪也。"注:"言聲之相逆遌也。"

牛部

牛 niú 語求切,平,尤韻,疑。ㄋㄧㄡˊ

㊀反芻類家畜。常見的有黄牛、水牛、牦牛等。㊁星名。二十八宿之一。見"牛宿"。㊂姓。宋微子之後,司寇牛父之子孫,以王父字爲氏。戰國趙有武靈王將軍牛翦,秦大儒有牛缺。見通志二七氏族三以字爲氏。

【牛刀】宰牛的刀。論語陽貨:"子之武城,聞弦歌之聲,夫子莞爾而笑曰:'割雞焉用牛刀?'"此猶言大材小用。後也引申指具大材之人。唐孟浩然集二贈蕭少府詩:"鴻漸升台羽,牛刀列下班。"

【牛人】㊀官名。周禮地官之屬。掌養國家公牛。㊁明代河南一帶稱佃户爲牛人。明李光壂守汴日志:"齊承差家牛人王才,醉後向火,延燒草屋三間,一城驚惑。"注:"汴人謂佃户爲牛人。"參閲清俞樾茶香室續鈔六牛人牛兵。

【牛山】山名。在山東淄博市東。晏子春秋諫上:"景公遊于牛山,北臨其國城而流涕曰:'若何滂滂去此而死乎?'"唐杜牧樊川集三九日齊山登高詩:"古往今來只如此,牛山何必獨霑衣。"

【牛川】地名。在今内蒙古呼和浩特市東。魏書太祖紀拓拔(珪)登國元年:"帝即代王位,郊天,建元,大會於牛川。"即此。

【牛女】指牽牛、織女二星。文選晉潘安仁(岳)西征賦:"儀景星於天漢,列牛女以雙峙。"唐杜甫杜工部草堂詩箋十四天河:"牛女年年渡,何曾風浪生。"參見"女牛"。

【牛斗】指牛宿和斗宿二星。北周庾信庾子山集十二思舊銘:"劍没豐城,氣存牛斗。"唐王勃王子安集五滕王閣詩序:"物華天寶,龍光射牛斗之墟;人傑地靈,徐孺下陳蕃之榻。"

【牛王】㊀牛神。宋何薳春渚紀聞三牛王宫飫飯:"張覲鈴轄家人,嘗夢爲人追至一所,仰視榜額,金書大字云:'牛王之宫'。"㊁讚頌佛的勝德。涅槃經十八:"人中象王,人中牛王,人中龍王,人中丈夫。"無量壽經五:"猶如牛王,無能勝故。"

【牛毛】㊀比喻多。北齊顏之推顏氏家訓勉學:"且負甲爲兵,咋筆爲吏,身死名滅者如牛毛,角立傑出者如芝草。"北史文苑傳序:"及明皇御曆,文雅大盛,學者如牛毛,成者如麟角。"參見"九牛毛"。㊁比喻繁密。唐杜甫杜工部草堂詩箋二十述古之二:"秦時任商鞅,法令如牛毛。"

【牛弘】公元545—610年,隋安定鶉觚人。字里仁。本姓寮,魏時賜姓牛。隋初爲祕書監,上表請開獻書之路,使典籍稍備。後拜吏部尚書,其選舉先德行而後文才,所有進用,多能稱職。有文集十三卷,已亡。隋書、北史有傳。

【牛田】㊀以養官府之牛而授予的土地。周禮地官載師:"以官田、牛田、賞田、牧田,任遠郊之地。"注:"牛田者,以養公家之牛。"㊁牧牛之田。清屈大均廣東新語二一獸語牛:"上番禺諸鄉,地瘠而民皆窳,……其牧牛之田,曰牛田,……其種稻者曰人田。"

【牛衣】爲牛禦寒之物,如蓑衣之類,以麻或草編成。漢書七六王章傳:"初,章爲諸生學長安,獨與妻居,章疾病,無被,卧牛衣中,與妻決,涕泣,其妻呵怒之。……後章仕宦歷位,及爲京兆,欲上封事,妻又止之,曰:'人當知足,獨不念牛衣中涕泣時耶!'"宋蘇軾東坡集續集二示過詩:"合浦賣珠無復有,常年笑我泣牛衣。"

【牛米】用穀物支付牛租,稱牛米。宋洪邁容齋隨筆四牛米:"募人耕田,十取其五,而用主牛者取其六,謂之牛米。"宋陸游劍南詩稿四二村興:"園丁上牛米,村婢博蠶鹽。"

【牛吏】掌管牧牛的官吏。後漢書十一劉盆子傳:"盆子與(兄)茂留軍中,屬右校卒吏劉俠卿,主芻牧牛,號曰牛吏。"

【牛耳】古代諸侯會盟時,割牛耳取血,分嘗爲誓,以資信守。左傳定八年:"衛人請執牛耳。"注:"盟禮尊者用牛耳,主次盟者。"宋文天祥文山集十四二月六日海上大戰……詩:"身爲大臣義當死,城下師盟愧牛耳。"參見"執牛耳"。

【牛年】廣東民間定十月初一爲牛年。清屈大均廣東新語二一獸語牛:"韶州十月朔日，農家大餔，爲米糍相饋，以大糍粘牛角上，曰牛年。"

【牛車】㊀用牛拉的車。史記平準書:"漢興，接秦之弊，丈夫從軍旅，老弱轉糧饟，作業劇而財匱。自天子不能具鈞駟，而將相或乘牛車，齊民無藏蓋。"㊁佛家比喻大乘爲牛車。法華經譬喻品:"若有衆生從佛，世尊，聞法信受，勤修精進，……利益天人，度脱一切，是名大乘。菩薩求此乘，故名爲摩訶薩，如彼諸子，爲求牛車，出於火宅。"

【牛李】㊀唐牛僧孺與李宗閔。新唐書一七四李逢吉傳贊:"僧孺、宗閔以方正敢言進，既當國，反奮私昵黨，排擊所憎，是時權震天下，人指曰'牛李'非盜謂何?"㊁唐牛僧孺與李吉甫德裕父子結成的宗派。新唐書一八〇李德裕傳:"欲引僧孺益樹黨，乃出德裕爲浙西觀察使。俄而僧孺入相，由是牛李之憾結矣。"

【牛芸】植物名。爾雅釋草"權，黄華"晉郭璞注:"今謂牛芸草爲黄華。黄華，葉似荍蓿。"宋鄭樵通志謂卽野決明。參閱清郝懿行義疏。

【牛郎】㊀牧牛童。舊題晉葛洪神仙傳九蘇仙公:"先生家貧，常自牧牛，與里中小兒更日爲牛郎。"㊁星名。卽牽牛星。見"牽牛㊀"。

【牛首】㊀地名。春秋時鄭邑。在今河南通許縣西北。左傳桓十四年:"宋人以諸侯伐鄭，……伐東郊，取牛首。"卽此。參閱太平寰宇記一陳留縣。㊁山名。1.在陝西鄠縣西南。山海經中山經:"牛首之山……勞水出焉。"文選漢張平子(衡)西京賦:"掩長楊而聯五柞，繞黄山而款牛首。"2.在江蘇江寧縣南，卽牛頭山。見"牛頭山"。㊂池名。在陝西長安縣西北。文選漢司馬長卿(相如)上林賦:"西馳宣曲，濯鷁牛首。"注:"張揖曰:牛首，池名，在上林苑西頭。"

【牛屋】牛欄。世説新語雅量:"(褚裒)名字已顯而位微，人未多識。公東出，……投錢唐亭住。爾時吳興沈充爲縣令，當送客過浙江，客出，亭吏驅公移牛屋下。……(沈)問:'牛屋下是何物人?'……褚因舉手答曰:'河南褚季野。'……令於是大遽，不敢移公，便於牛屋下脩刺詣公。"季野，裒字。宋陸游劍南詩稿四二東村:"稍從牛屋後，卻過鵲巢東。"

【牛後】從屬於他人。見"雞口牛後"。

【牛酒】牛和酒。古時饋問、宴犒、祭祀多用牛酒。戰國策齊六:"乃賜(田)單牛酒，嘉其行。"史記九二淮陰侯傳:"百里之內，牛酒日至，以饗士大夫醳兵。"

【牛宮】牛欄。越絶書外傳記吳地傳:"桑里東，今舍西者，故吳所畜牛羊豕雞也，名爲牛宮，今以爲園。"宋范成大石湖集二七冬日田園雜興詩之五:"乾高寅缺築牛宮，卮酒豚蹄酹土公。"

【牛皋】公元1087—1147年。宋魯山人。字伯遠，金人入侵，在京西一帶率衆抗金，嗣從岳飛爲副將，收復隨州襄陽，更進軍中原，轉戰河南。後任荆湖南路馬步兵副總管。十一年秦檜收諸將兵權，殺岳飛於獄中。十七年，都統制田師中大會諸將，皋飲酒中毒，歸語所親曰:"皋年六十一，官至侍從，幸不啻足，所恨南北通和，不以馬革裹屍，顧死牖下耳!"翌日卒。或言師中之謀，出於秦檜指使。今浙江杭州西湖有牛皋墓。宋史有傳。

【牛缺】戰國時秦人。嘗往邯鄲，遇盜於耦沙之中，盡取其衣裝車牛，無憂色。盜問其故，曰:"君子不以所養害其養。"事見淮南子人間、列子説符。

【牛渚】山名。在今安徽當塗縣西北。其山脚突入長江部分，叫采石磯。三國志吳孫策傳注引江表傳"策渡江攻(揚州刺史劉)繇牛渚營，盡得邸閣糧穀、戰具，是歲興平二年也"，卽此。唐杜牧樊川集四和州絶句詩:"江湖醉度十年春，牛渚山邊六問津。"

【牛宿】二十八宿之一，北方玄武七宿的第二宿。宋史天文志三二十八舍:"牛宿六星，天之關梁，主犧牲事。"古也有稱牛宿爲牽牛的。參見"牽牛"。

【牛埭】以牛力拉船過堰。南齊書陸慧曉傳附顧憲之奏議:"尋始立牛埭之意，非苟逼僦以納税也。當以風濤迅險，人力不捷，屢致膠溺，濟急利物耳。"

【牛魚】卽鱘鰉魚。晉張華博物志十:"東海有牛魚，其形如牛，引其皮懸之，潮水至則毛起，潮退則毛伏。"明嚴從簡殊域周咨録二四女直:"牛魚，混同江出，大者長丈三尺，重三百斤，無鱗骨，肉脂相間，食之味長。"

【牛黄】牛膽囊中的結石，入藥。本草列上品。出於陝甘者稱西黄，出於廣西者稱廣黄。參閱政和證類本草十六牛黄。

【牛筋】木名。爾雅釋木"杻檍"清郝懿行疏:"杻，一名檍，……或謂之牛筋，或謂之檍，材可爲弓弩幹也。"北魏楊衒之洛陽伽藍記一:"瑶光寺……珍木香草，不可勝言，牛筋狗骨之木，雞頭鴨脚之草，亦悉備焉。"一名"南燭"。參閱本草綱目三六木三南燭。

【牛棘】一種帶刺的大灌木。爾雅釋木:"終，牛棘。"注:"卽馬棘也，其刺麤而長。"清郝懿行義疏:"其一種大棘，刺粗而長者名終，一名牛棘也。牛棘卽王棘，……一名牛傷。"參閱政和證類本草七營實。

【牛喘】牛因熱而氣喘。漢書七四丙吉傳:"吉又嘗出，逢清道羣鬭者，死傷横道，吉過之不問，掾吏猶怪之。吉前行，逢人逐牛，牛喘吐舌。吉止駐，使騎吏問:'逐牛行幾里矣?'掾吏獨謂丞相前後失問，或以譏吉，吉曰:'民鬭相殺傷，長安令、京兆尹職所當禁備逐捕。……方春少陽用事，未可大熱，恐牛近行用暑故喘，此時氣失節，恐有所傷害也。三公典調和陰陽，職當憂，是以問之。'"全唐詩二〇五包佶奉和柳相公中書言懷:"鳳巢方得地，牛喘最關心。"宋梅堯臣宛陵集十六和劉原甫十二月十日試墨詩:"道旁牛喘誰復問，佛寺吹螺空唱號。"

【牛飲】俯身就池而飲，形如牛。史記殷紀"以酒爲池"正義引太公六韜:"紂爲酒池，迴船糟丘而牛飲者三千餘人爲輩。"又見韓詩外傳二、四，王充論衡語增。後稱豪飲爲牛飲。宋梅堯臣宛陵集四二和韻三和戲示詩:"將學時人鬭牛飲，還從上客舞娥杯。"

【牛禍】指牛大量死亡或有非常變異等事。漢書五行志下:"於易坤爲土爲牛，牛大心而不能思慮，思心氣毀，故有牛禍。一曰，牛多死及爲怪，亦是也。"

【牛腰】牛的腰部。唐李白李太白詩十二醉後贈王歷陽:"書禿千兔毫，詩裁兩牛腰。"多指書卷量大如牛腰。宋周紫芝竹坡詩話二:"紹興兵至姑谿，詩帖兩牛腰，併與山谷墨妙，爲之一空。"

【牛傷】卽"牛棘"。山海經中山經:"(大䛍之山)多麋玉，有草焉，其狀葉如榆，方莖而蒼傷，其名曰牛傷，其根蒼文，服者不厥。"晉郭璞注:"猶言牛棘。"參見"牛棘"。

【牛蒡】植物名。以多刺又名惡實。救荒本草謂之牛菜、鼠粘子。春暮生，夏秋開冠狀花，結實如葡萄，殼如栗有刺。參閱政和證類本草九惡實、宋王質林泉結契三牛蒡。

【牛蝱】昆蟲名。幼蟲寄生於牛馬等家畜皮膚肌筋間，成蟲雌者吮吸家畜血液，在夏季初秋最爲活躍。清詩別裁二六顧紹敏牧牛詞:"短童腰篴唱歌去，草深撲撲飛牛蝱。"

【牛蔀】植物名。卽牛膝。入藥。廣雅釋草:"牛莖，牛蔀也。"本草入上品。以節狀如牛膝而名。參閱政和證類本草六牛膝。

【牛蝓】飛箭一類的兵器。東觀漢記二三赤眉記漢光武作飛蝱箭以攻赤眉，飛蝱箭卽飛矛、標槍、袖箭之類，也稱牛蝓。樂府詩集三九梁簡文帝豔歌行:"控弦因鵲血，挽彊用牛蝓。"唐皇甫松大隱賦:"書抽虎僕，射用牛蝓。"參閱通雅三五器用戎器具。

【牛磯】牛渚山在安徽當塗縣西北，山脚突入長江部分爲采石磯。因亦稱牛磯。唐杜牧樊川集一汝州送孟遲先輩詩:"仲秋往歷陽，同上牛磯歌。"

【牛醫】治牛病的獸醫。參見"牛醫兒"。

【牛蟻】晉殷仲堪父病虛悸，牀下蟻動，謂是牛鬭。見世説新語紕漏。後用牛蟻指世間無謂的爭奪得失。宋蘇軾分類東坡詩十九次韻王定國得穎倅之二:"要識老僧無盡處，牀頭牛蟻不曾聞。"陸游劍南詩稿十九蜀使歸寄青城上官道人詩:"世間牛蟻何勞問，輸與雲窗一粲然。"

【牛藻】水草。葉大如雞蘇者爲馬藻，葉小如毛者爲牛藻，也稱藴藻。爾雅釋草:"莙，牛藻。"注:"似藻，葉大，江東呼爲馬藻。"參閱清吳其濬植物名實圖考十八藻。

【牛蘄】植物名。爾雅釋草:"茭，牛蘄。"注:"今馬蘄，葉細鋭，似芹，亦可食。"參閱本草綱目二六菜一馬蘄。

【牛蘈】草名。爾雅釋草:"蘈，牛蘈。"太平御覽九九五引孫炎:"車前草，一名牛蘈。"明李時珍謂卽開紫花的益母草。參閱本草綱目十五草四茺蔚、清吳其濬植物名實圖考十八羊蹄。

【牛鐸】牛鈴。晉書荀勖傳:"初，勖於路逢趙賈人牛鐸，識其聲。及掌樂，音韻未調，乃曰'得趙之牛鐸則諧矣。'遂下郡國，悉送牛鐸，果得諧者。"宋黄庭堅山谷外集十六和劉景文詩:"牛鐸調黄鐘，薪餘合琴瑟。"

【牛心炙】烤牛心。晉書王羲之傳:"羲之幼訥於言，人未之奇。年十三，嘗謁周顗，顗察而異之。時重牛心炙，座客未啗，顗先割啗羲之，於是始知名。"宋虞儔尊白堂集二有懷廣文俞同年詩:"客來愧乏牛心炙，茶罷空堆馬乳盤。"

【牛心堆】卽牛心山，在今青海西寧市西南。水經注二河水:"湟水又東，牛心川水注之，……東北流，逕牛心堆東。"唐貞觀九年，西海道行軍大總管李靖敗吐谷渾於牛心堆、赤水源，俘獲慕容存儁，卽此。見新唐書二二一吐谷渾傳。

【牛尾貍】獸名。一名玉面貍。宋蘇軾分類東坡詩二十送牛尾貍與徐使君詩:"泥深厭聽雞頭鶻，酒淺欣嘗牛尾貍。"蘇轍欒城集十有筠州二詠牛尾貍詩。

【牛吼地】見"一牛吼地"。

【牛肚菘】白菜的一種。政和證類本草二七菘引蘇頌圖經:"又有牛肚菘，葉最大厚，味甘，疑今揚州菘近之。"

【牛角歌】扣牛角而歌。吕氏春秋舉難:"甯戚欲干齊桓公，窮困無以自進，於是爲商旅將任車以至齊。……甯戚飯牛居車下，望桓公而悲，擊牛角疾歌。桓公聞之，撫其僕之手曰:'異哉! 之歌者非常人也。'命後車載之。"藝文類聚九四琴操:"甯戚飯牛車下叩角而商歌曰:'南山矸，白石礀，生不逢堯與舜禪，短布單衣裁至骭，長夜冥冥何時旦。'齊桓公聞之，舉以爲相。"參見"叩角"。

【牛呞病】謂患胃痛，食已，吐而復嚼之，如牛反芻。楞嚴經五:"憍梵鉢提卽從座起，頂禮佛足，而白佛言:'我有口業，於過去刼輕弄沙門，世世生生，有牛呞病。'"

【牛脊雨】夏日驟雨，一邊晴，一邊雨，有如牛脊中分爲界。見清厲荃事物異名録一乾象雨。

【牛馬走】謂在皇帝之前如牛馬供奔走的人。常用作自謙之詞。文選漢司馬子長(遷)報任少卿書:"太史公，牛馬走。"注:"走，猶僕也。"宋陸游劍南詩稿五二雜興:"區區牛馬走，齪齪蟣蝨臣。"或説牛爲"先"字之誤。先馬走言以史官中書令在導引之列。見宋吳仁傑兩漢刊誤補遺七。

【牛眠地】晉書周訪傳附周光:"初，陶侃微時，丁艱，將葬，家中忽失牛而不知所在。遇一老父，謂曰:'前岡見一牛眠山汙中，其地若葬，位極人臣矣。'"後世迷信説法，謂人葬於牛眠地，子孫可以富貴，本此。元丁鶴年集四送奉祠王良佐奔訃還鄆城詩:"佳城已卜牛眠地，屏立泰山帶圍泗。"

【牛僧孺】公元779—847年。唐鶉觚人，字思黯。貞元元年進士。憲宗時，與李宗閔對策，條指失政，以方正敢言進身，累官御史中丞。穆宗時同平章事，敬宗立，封奇章郡公。與李宗閔楊嗣復結爲朋黨，排斥異己，權震天下，時人指爲牛李。著有幽怪録。新、舊唐書有傳。唐杜牧樊川集七有唐故太常少師奇章郡開國公贈太尉牛墓誌銘並序。

【牛鼻子】嘲稱道士。以道士結髻高起如牛鼻而稱。古今雜劇元孫仲章河南府張鼎勘頭巾三:"原來是個牛鼻子，我不是官身忙，趕上打他一頓。"元曲選范康竹葉舟一:"你看中間一個老禿廝，左邊一個牛鼻子，右邊一個窮秀才，攀今攬古的，比三教聖人還張智哩!"

【牛頭山】山名。1.在甘肅成縣洮水之南，以形似牛頭而名。三國魏嘉平元年蜀將姜維率軍北伐，出自牛頭山，魏征西將軍郭淮、雍州刺史陳泰進趨牛頭，截維歸路，卽此。見三國志魏陳泰傳。2.在江蘇江寧縣南。山有二峰，東西相對，名爲雙闕。宋建炎四年金將兀朮趨建康，岳飛設伏牛頭山以待，令百人黑衣混金營中擾之，金兵自相攻擊，兀朮奔淮西，遂復建康，卽此。參閱元和郡縣志二五潤州上元縣、宋史三六五岳飛傳。

【牛頭禪】佛家禪宗的一派。以法融爲祖師。法融傳四祖道信之法，以曾居金陵牛頭山，故稱牛頭宗。見景德傳燈録四法融禪師。

【牛戴牛】指角長、無瑕疵、具三色的牛角。周禮考工記弓人:"角長二尺有五寸，三色不失理，謂之牛戴牛。"注:"三色，本白中青末豐。鄭司農(衆)云:牛戴牛，角直一牛。"

【牛醫兒】牛醫的兒子。世説新語德行注引典略:"戴良少所伏下，見(黄)憲則自降薄，悵然若有所思。母問:'汝何不樂乎? 復從牛醫兒所來邪?'"憲父爲牛醫，故云。又見後漢書五三黄憲傳。

【牛欄草】龍船花的別稱。見"龍船花"。

【牛刀割雞】喻大材小用。見"牛刀"、"割雞焉用牛刀"。

【牛不出頭】謂午字，譏諷人的隱語。宋范正敏遯齋閑覽諧謔:"李安義者謁富人鄭生，辭以出，安義於門上大書午字而去，或問其故，答曰:'牛不出頭耳。'"

【牛角掛書】喻勤讀。新唐書八四李密傳:"聞包愷在緱山，往從之。以蒲韉乘牛，掛漢書一帙角上，行且讀。越國公楊素適見于道，按轡躡其後，曰:'何書生勤如此?'密識素，下拜。問所讀，曰:'項羽傳。'因與語，奇之。"

【牛彔章京】後金太宗天聰八年命官名俱改滿語，不再用總兵、副將、參將、遊擊、備禦等舊名。備禦改稱牛彔章京。

按太祖(努爾哈赤)時始編三百人爲一牛彔，每一牛彔皆設長領之，稱牛彔額真，後以爲官名，至是改稱額真爲章京。此爲設蒙古八旗之始。參閱歷代職官表四四八旗都統、清文獻通考七七職官一。參見"佐領"。

【牛鬼蛇神】牛頭鬼，蛇身神。比喻虛幻荒誕。唐杜牧樊川集十李賀集序："鯨呿鼇擲，牛鬼蛇神，不足爲其虛荒誕幻也。"明王世貞弇州山人四部稿一三二祝京兆季靜園亭卷："以大令筆，作顛史體，縱横變化，莫可端倪，雖考之八法，不無小出入，要之鐵手腕可重也，然書道止此耳，過則牛鬼蛇神矣！"

【牛溲馬勃】牛溲卽牛遺，車前草的別名。馬勃，一名馬𡯷，一名屎菰，生濕地及腐木上。都供藥用。比喻至賤之物。唐韓愈昌黎集十二進學解："玉札丹砂，赤箭青芝，牛溲馬勃，敗鼓之皮，俱收並蓄，待用無遺者，醫師之良也。"參閱廣羣芳譜九六車前、九八馬勃。

【牛鼎烹雞】喻大材小用。吕氏春秋應言："白圭謂魏王曰：'市丘之鼎以烹雞，多洎之則淡而不可食，少洎之則焦而不熟。'"後漢書八十下邊讓傳蔡邕薦讓表："傳曰：函牛之鼎以烹雞，多汁則淡而不可食，少汁則熬而不可熟。此言大器之於小用，固有所不宜也。"

【牛頭阿旁】佛經中指地獄的鬼卒。五苦章句經："獄卒名阿旁，牛頭人手，兩脚牛蹄，力壯排山。"後也用來比喻人的險惡可怕。新唐書一八四路巖傳："俄與韋保衡同當國，二人勢動天下，時目其黨爲'牛頭阿旁'，言如鬼陰險可畏也。"

【牛頭旃檀】西域的一種檀香樹。正法念經："此洲有山，名曰高山，高山之峯，多有牛頭旃檀，……以此山峯狀如牛頭，於此峯中生旃檀樹，故名牛頭。"參閱翻譯名義集三衆香牛頭旃檀。

【牛頭馬面】佛教指陰間鬼卒。楞嚴經八："牛頭獄卒，馬頭羅刹，手執鎗稍，驅入城門。"俗語本此，易爲"馬面"。景德傳燈錄十一隴州國清院奉禪師："釋迦是牛頭獄卒，祖師是馬面阿傍。"傍，一作"婆"。唐敦煌變文大目乾連冥間救母："目連行前至一地獄，……獄中數萬餘人總是牛頭馬面。"

【牛蹄中魚】小坑裏的魚，喻死期迫近。藝文類聚三五三國魏應璩與韋仲將書："方今體寒心飢，憂在旦夕，而欲東希誅昌治生之物，西望陜縣廚食之禄，誠恐將爲牛蹄中魚，卒鮑氏之肆矣。"參見"蹄涔"。

【牛驥同皁】牛和良馬同槽。喻賢愚雜處，賢愚同處。史記八三鄒陽傳獄中上梁王書："使不羈之士與牛驥同皁，此鮑焦所以忿於世而不留富貴之樂也。"也作"牛驥共牢"。晉書張載傳榷論："及其無事也，則牛驥共牢，利鈍齊列，而無長塗犀革以決之，此離朱與瞽者同眼之説也。"

二畫

牝 pìn ㄆㄧㄣˋ 毗忍切，上，軫韻，並。
扶履切，上，旨韻，並。

㊀雌性，指禽獸。易離："畜牝牛，吉。"也指雌性禽類。參見"牝雞無晨"。㊁鎖孔。禮月令"戒門閭，修鍵閉"漢鄭玄注："鍵，牡；閉，牝也。"㊂溪谷。大戴禮易本命："丘陵爲牡，溪谷爲牝。"唐韓愈昌黎集四贈崔立之評事詩："可憐無益費精神，有似黄金擲虛牝。"

【牝牡】㊀雌雄兩性。老子："未知牝牡之合而全作，精之至也。"詩邶風匏有苦葉"雉鳴求其牡"漢毛亨傳："飛曰雌雄，走曰牝牡。"㊁星的方位。史記天官書："金在南曰牝牡，年穀熟。"

【牝服】古車兩壁作木方格稱軨，方格上駕木稱較，較底鑿孔納方格之條稱牝服。周禮考工記車人："牝服二柯，有參分柯之二。"注："牝服長八尺，謂較也。鄭司農(衆)云：牝服謂連箱，服讀爲負。"

【牝朝】唐人稱武則天當政之時爲牝朝。見明楊慎升菴全集四八牝朝。

【牝牡驪黄】淮南子道應："(秦穆公)使之(九方堙)求馬，三月而反，報曰：'已得馬矣，在於沙丘。'穆公曰：'何馬也？'對曰：'牡而黄。'使人往取之，牝而驪。"本謂求駿馬不必拘泥於性别毛色，後來指非本質的表面現象。宋陳亮龍川集二三祭潘叔度文："亮不肖無狀，爲天人之所共棄，叔度獨略其牝牡驪黄而友其人，闕其休戚。"又見列子説符，九方堙作九方皋。

【牝雞司晨】母雞報曉。舊稱女性掌權爲牝雞司晨。書牧誓："牝雞無晨，牝雞之晨，惟家之索。"新唐書七六長孫皇后傳："與帝言，或及天下事，辭曰：'牝雞司晨，家之窮也，可乎？'"

牟 1. móu ㄇㄡˊ 莫浮切，平，尤韻，明。

㊀牛鳴聲。唐柳宗元柳先生集二牛賦："牛之爲物，魁形巨首，……牟然而鳴，黄鍾滿脰。"㊁通"蛑"。食苗根的蟲。引申爲貪取、侵奪。漢書景帝紀後二年詔："或詐僞爲吏，吏以貨賂爲市，漁奪百姓，侵牟萬民。"注引李奇："侵牟食民，比之蛑賊也。"㊂加倍。楚辭宋玉招魂："成梟而牟，呼五白些。"注："倍勝爲牟。"㊃博大。吕氏春秋謹聽："賢者之道，牟而難知，妙而難見。"注："牟，猶大也。"㊄等同。通"侔"。漢書五七下司馬相如傳封禪書："德牟往初，功無與二。"史記司馬相如傳牟作"侔"。㊅釜屬器皿。通"鍪"。禮内則："敦、牟、卮、匜。"釋文："齊人呼土釜爲牟。"㊆兜鍪。通"鍪"。見"岑牟"。㊇大麥。通"麰"。詩周頌思文："貽我來牟，帝命率育。"㊈通"眸"。見"牟子㊀"。㊉國名。春秋桓十五年："邾人牟人葛人來朝。"故址在今山東萊蕪縣東。⑪姓。古牟子國，相傳祝融之後，因以爲氏。漢有太尉牟融，元帝時有博士牟卿。參閱漢書儒林傳、風俗通姓氏。

2. wù ㄨˋ

⑫通"務"。見"務光"。

3. mù ㄇㄨˋ

⑬見"牟₃平"。

【牟子】㊀瞳人。同"眸子"。荀子非相："禹跳湯偏，堯舜參牟子。"注："牟與眸同。"㊁隋書經籍志儒家類有牟子二卷，題漢太尉牟融撰，新唐書藝文志著録入釋家。據出三藏記及弘明集祇作牟子理惑，不著撰人。弘明集注云"一名蒼梧太守牟子博傳"。按融字子優，不字子博，其書以調和三教爲題旨及文類，皆不類漢人，疑爲六朝人所撰。

【牟₃平】縣名。屬山東省。漢置。屬東萊郡。以在牟山之陽，其地平坦，故曰牟平。後漢光武帝封耿況爲牟平侯，卽此。參閱漢書地理志上、後漢書十九耿弇傳。

【牟尼】卽釋迦牟尼，佛教的始祖。廣弘明集三六南朝梁簡文帝(蕭綱)六根懺文："牟尼鷲嶽之光，彌勒龍華之始。"詳"釋迦牟尼"。

【牟₂光】卽務光。荀子成相："天乙湯，論舉當，身讓卞隨舉牟光。"注："牟與務同也。"參見"務光"。

【牟汶】水名，卽汶水。源出山東萊蕪縣東山。水經注二四汶水："汶出牟縣故城西南阜下，俗謂之胡盧堆，……牟縣故城在東北，古牟國也。春秋時牟人朝魯，故應劭曰魯附庸也。俗謂是水爲牟汶也。"

【牟利】謀取利益。史記平準書："如此，

富商大賈無所牟大利。"新唐書一七〇王鍔傳："廣人與蠻雜處，地征薄，多牟利於市。"

【牟長】漢樂安臨濟人。字君高。少習歐陽尚書。漢光武建武二年，拜博士，後遷河內太守。爲諸生講學，常千餘人，弟子前後達萬人。著尚書章句，號爲牟氏章句。後漢書入儒林傳。

【牟首】地名。漢書六八霍光傳："召內泰壹宗廟樂人輦道牟首，鼓吹樂舞，悉奏衆樂。"注："孟康曰：'牟首，地名也。'……臣瓚曰：'牟首，池名也，在上林苑中。'"注又引如淳，訓牟首爲"屏面"，以屏面自隔，言無哀戚之容。參閱清王先謙補注。

【牟追】古冠名。形制如覆杯，前高廣，後尖細。漢劉熙釋名釋首飾："牟追，牟，冒也，言其形冒髮追追然也。"參閱通志四七器服一牟追冠。參見"毋追"。

【牟賊】指壞人。同"蟊賊"。史記景帝紀述贊："條侯出將，追奔逐北，坐見梟剸，立翦牟賊。"

【牟融】公元？—79年。漢安丘人。字子優。少博學，用大夏侯(勝)尚書教授門徒數百人，名馳州里。歷任司隸校尉、大鴻臚、大司農、司空、太尉等職。後漢書有傳。參見"牟子㊀"。

【牟駞岡】地名。在今河南開封縣西北。宋史兵志十二"(景祐)三年，韶院坊、監馬歲留備用外，餘爲兩羣，牧於咸豐門外牟駞崗"，即此。

【牟呼栗多】梵語。計時單位名。翻譯名義集二時分引西域記："時極短者謂剎那也。百二十剎那爲一呾剎那，六十呾剎那爲一臘縛，三十臘縛爲一牟呼栗多，五十牟呼栗多爲一時，六時合成一日一夜。"

三畫

牢 1. láo 魯刀切，平，豪韻，來。ㄌㄠˊ

㊀關養牲畜的欄圈。詩大雅公劉："執豕於牢，酌之用匏。"㊁祭祀用的犧牲。周禮秋官掌客："牢十車。"大戴禮曾子天圓："諸侯之祭，牲牛曰太牢；大夫之祭，牲羊曰少牢。"㊂監獄。漢書六二司馬遷傳報任安書："故士有畫地爲牢勢不入，削木爲吏議不對，定計於鮮也。"㊃堅固。韓非子難一："東夷之陶者器苦窳，舜往陶焉，期年而器牢。"㊄無聊。見"牢愁"。㊅姓。相傳爲孔子弟子琴牢之後。漢有牢梁，附漢書石顯傳。見廣韻豪。

2. lóu 集韻郎侯切，平，侯韻，來。ㄌㄡˊ

㊆削減。儀禮士喪禮："牢中旁寸，著組繫。"注："牢讀爲樓，樓則削約。"

3. lào ㄌㄠˋ

㊇公家發給糧食。後漢書七二董卓傳："牢直不畢，稟賜斷絕，妻子飢凍。"注："前書音義曰：'牢，稟食也。古者名稟爲牢。'"㊈搜刮，索取。後漢書七二董卓傳："是時洛中貴戚，室第相望，金帛財產，家家殷積。卓縱放兵士，突其廬舍，淫略婦女，剽虜資物，謂之'搜牢'。"注："言牢固者皆搜索取之也。一曰牢，漉也。二字皆從去聲，今俗有此言。"

【牢山】山名。1.即九隆山。見"九隆"。2.即勞山。見"勞山"。

【牢丸】食品名。即蒸餅，或說爲包子，又說爲湯團。初學記二六晉盧諶祭法："春祠用曼頭、餳餅、髓餅、牢丸，夏秋冬亦如之。"宋人多作"牢九"。宋蘇軾分類東坡詩五遊博羅香積寺："豈惟牢九薦古味，要使真一流天漿。"參閱宋陸游劍南詩稿六十與村鄰聚飲之一注、清俞正燮癸巳存稿十牢丸。

【牢户】監獄。漢焦延壽易林七大過明夷："牢户之冤，脫免無患。"南齊書竟陵文宣王(蕭)子良傳上啟："科網嚴重，稱爲峻察，負罪離譽，充積牢户。"

【牢犴】監獄。梁書武帝紀中天監元年詔："斷弊之書，日纏於聽覽；鉗鈦之刑，歲積於牢犴。"

【牢良】指堅車良馬。淮南子人間："食芻豢，飯黍粱，服輕煖，乘牢良。"

【牢姐】漢時西羌部族名。後漢書十九耿恭傳作"勒姐"，又六五段熲傳作"牢姐"。姐音紫。參見"勒姐"。

【牢城】宋時囚禁流配罪犯之所。宋史刑法志三："明道二年，乃詔有司參酌輕重，著爲令。凡命官犯重罪，……其坐死特貸者，多杖，黥配遠州牢城。"古今雜劇元李文蔚燕青博魚楔子："某姓宋名江，……因帶酒殺了閻婆惜，脚踢翻蠟燭臺，延燒了官房，官軍拏某到官，脊杖了六十，迭配江州牢城營。"

【牢剌】憤鬱。文選漢馬季長(融)長笛賦："牢剌拂戾，諸賁之氣也。"注："牢剌，牢落乖剌也。"諸賁，專諸與孟賁，春秋時勇士。

【牢$_3$盆】煮鹽器。史記平準書："願募民自給費，因官器作煮鹽，官與牢盆。"漢書食貨志下"官與牢盆"清王先謙補注："此是官與以煮鹽器作而定其價直，故曰牢盆。"

【牢羞】牛羊等祭品。樂府詩集十五隋元會大饗歌食舉歌之一："牢羞既陳鍾石俟，以斯而御揚盛軌。"

【牢扉】牢門。借指監獄。舊唐書一八五下崔隱甫傳："由是自中丞、侍御史已下，各自禁人，牢扉常滿。"

【牢棧】圈養牲畜的柵欄。宋史食貨志下一會計："凡供御膳及祀祭與泛用者，皆別其牢棧，以三千爲額。"

【牢$_3$稟】軍糧。後漢書七三劉虞傳："邊章等發幽州烏程三千突騎，而牢稟逋懸，皆畔還本國。"注："前書音義曰：'牢，賈直也。'稟，食也。言軍糧不續也。"

【牢落】㊀寥落，荒廢。文選漢司馬長卿(相如)上林賦："牢落陸離，爛漫遠遷。"注："牢落猶遼落也。"又晉左太沖(思)魏都賦："伊洛榛曠，崤函荒蕪，臨菑牢落，鄢郢丘墟。"㊁稀疏。唐韓愈昌黎集三天星送楊凝郎中賀正詩："天星牢落雞喔咿，僕夫起餐車載脂。"㊂孤寂，無所寄託。文選晉陸士衡(機)文賦："心牢落而無偶，意徘徊而不能揥。"唐李賀歌詩編四京城："驅馬出門意，牢落長安心。"

【牢筴】養豬的欄圈。莊子達生："祝宗人元端以臨牢筴。"釋文："李(頤)云：牢，豕室也。筴，木欄也。"

【牢愁】憂鬱不平。漢書八七上揚雄傳："又旁惜誦以下至懷沙一卷，名曰畔牢愁。"唐陸龜蒙甫里集三紀事詩："感物動牢愁，憤時頻肮髒。"

【牢獄】監獄。漢書七八蕭望之傳："於是望之卬天歎曰：'吾嘗備位將相，年踰六十矣，老入牢獄，苟求生活，不亦鄙乎！'"

【牢賞】猶勞賞，犒賞。後漢書四八應劭傳駁議："臣愚，以爲可募隴西羌胡，……簡其精勇，多其牢賞，太守李參沈靜有謀，必能獎厲得其死力。"注："牢，稟食也。或作'勞'。勞，功也。"

【牢禮】用牛羊豬三牲宴飲賓客之禮。周禮天官宰夫："凡朝覲會同賓客，以牢禮之法，掌其牢禮。"飧饔亦稱"牢禮"。周禮地官牛人："凡賓客之事，共其牢禮積膳之牛。"注："牢禮，飧饔也。"孫詒讓正義："注云牢禮飧饔也者，謂賓客始至則致飧，既朝聘則致饔，皆有牲牢，故云牢禮。"

【牢燭】婚禮所用花燭的別稱。南齊書禮志上尚書令徐孝嗣議："言太古之時，無共牢之禮。……又連巹以鑅，蓋出近俗，復別有牢燭，亦虧曩制。……堂人執燭，足充焫燎，牢燭華侈，亦宜停省。”

【牢餼】祭祀用的牛羊豬等犧牲。北史崔暹傳附崔冏：“吾没後，斂以時服，祭無牢餼，棺足周屍，瘗不泄露而已。”

【牢騷】抑鬱不平。儒林外史八：“那知道兩位公子，因科名蹭蹬，不得早年中鼎甲、入翰林，激成了一肚子牢騷不平。”

【牢籠】㊀包羅。淮南子本經：“秉太一者，牢籠天地，彈壓山川，含吐陰陽，伸曳四時，紀綱八極，經緯六合。”文選晉左太沖（思）魏都賦：“經始之制，牢籠百王。”㊁籠絡。全唐詩三明皇帝（李隆基）巡省途次上黨舊宮賦：“英髦既包括，豪傑自牢籠。”

【牢讓】堅決辭讓。漢書八六師丹傳上書：“臣縱不能明陳大義，復曾不能牢讓爵位，相隨空受封侯，增益陛下之過。”

【牢石歌】漢元帝時，宦官石顯爲中書令，與僕射牢梁、少府五鹿充宗，結爲朋黨，依附者皆得寵位。當時有民歌云：“牢邪石邪，五鹿客邪！印何纍纍，綬若若邪！”見漢書九三石顯傳。

【牢蘭海】即羅布泊，在新疆維吾爾自治區東南部。水經注二河水：“其水東注澤，澤在樓蘭國北扜泥城，……故彼俗謂是澤爲牢蘭海也。”

【牢不可破】形容堅固。唐韓愈昌黎集三十平淮西碑：“大官臆決唱聲，萬口和附，并爲一談，牢不可破。”

牡 mǔ ㄇㄨˇ 莫厚切，上，厚韻，明。

㊀雄性，指禽獸。詩邶風匏有苦葉：“濟盈不濡軌，雉鳴求其牡。”又小雅信南山：“祭以清酒，從以騂牡。”㊁鎖門。淮南子説林：“盜跖見飴，曰：可以黏牡。”注：“牡，門户籥牡也。”漢書五行志中之上：“成帝元延元年正月，長安章成門門牡自亡。”注：“牡所以下閉者也，亦以鐵爲之。”㊂丘陵。見“牝㊂”。

【牡丹】上古無牡丹之名，統稱芍藥。唐以後始以木芍藥稱牡丹。唐開元中，牡丹盛於長安，至宋以洛陽爲第一，在蜀以天彭爲第一。他花皆連用本名，惟牡丹獨言花，故有花王之稱。參閱通志五一昆蟲草木、廣羣芳譜三二牡丹。

【牡丘】㊀春秋時地名。故地在今山東茌平縣東。左傳僖十五年記齊桓公出兵救徐，盟諸侯於牡丘，卽此。㊁複姓。姓苑有鉅鹿太守牡丘勝。參閱續通志八五氏族五補遺以郡國爲氏。

【牡桂】木名。亦名肉桂、箘桂。削去皮，名桂心，稱官桂。有香味，入藥。參閱唐段成式酉陽雜俎續集九支植上牡桂、政和證類本草十二牡桂。

【牡麻】大麻雌雄異株，雄株稱枲麻，也稱牡麻。儀禮喪服：“牡麻者，枲麻也。”禮檀弓上：“司寇惠子之喪，子游爲之麻衰牡麻絰。”

【牡蠣】軟體動物，簡稱蠔。食用，也入藥。參閱本草綱目四六介二。

【牡鑰】鎖鑰。宋蘇軾分類東坡詩十三月二十日開園之二：“西園牡鑰夜沈沈，尚有游人卧柳陰。”參見“牡㊁”。

【牡丹亭】傳奇名。明湯顯祖撰。全稱牡丹亭還魂記。與顯祖别撰紫釵記南柯記邯鄲記合稱玉茗堂四夢。本事記南安太守杜寶女杜麗娘，夢見書生柳夢梅，醒後相思致病而死，後杜麗娘復生，終與夢梅結爲夫婦的愛情故事。思想内容與藝術造詣，皆高出於顯祖其他作品。後來傳統劇如春香鬧學游園驚夢拾畫叫畫等戲，皆取材於此書。

【牡丹雖好，還要綠葉扶持】比喻卽便能幹，也需要衆人支持。金瓶梅七六：“就是俺這姑娘，一時間一言半語，聒聒的，你每人家廝擡廝敬，儘讓一句兒就罷了。常言牡丹花兒雖好，還要綠葉兒扶持。”

牣 rèn ㄖㄣˋ 而振切，去，震韻，日。

㊀盈滿。詩大雅靈臺：“王在靈沼，於牣魚躍。”文選漢司馬長卿（相如）子虛賦：“若乃俶儻瑰瑋，異方殊類，珍怪鳥獸，萬端鱗崪，充牣其中，不可勝記。”㊁通“韌”。吕氏春秋别類：“相劍者曰：‘白所以爲堅也，黄所以爲牣也，黄白雜則堅且牣，良劍也。’”注：“牣與韌、忍、刃、紉古皆通。”

四畫

牥 fāng ㄈㄤ 府良切，平，陽韻，非。

牛名。穆天子傳四：“牥牛二百，以行流沙。”注：“此牛能行流沙中，如橐駝。”玉篇謂又云㹀駝。

牬 bèi ㄅㄟˋ 博蓋切，去，泰韻，幫。

體長的牛。説文解作二歲牛。也寫作“犕”。見爾雅釋畜。

牦 máo ㄇㄠˊ 集韻謨袍切，平，豪韻。

牛名。也作“犛牛”、“旄牛”。見“犛牛”。

牧 mù ㄇㄨˋ 莫六切，入，屋韻，明。

㊀放養牲畜。孟子公孫丑下：“今有受人之牛羊而爲之牧之者。”㊁牧地。書禹貢：“萊夷作牧。”注：“萊夷，地名，可以放牧。”㊂放養牲畜的人。詩小雅無羊：“爾牧來思，何蓑何笠。”㊃統治。逸周書命訓：“古之明王，奉此六者以牧萬民，民用而不失。”㊄修養。易謙：“謙謙君子，卑以自牧也。”㊅官名。禮曲禮下：“九州之長，入天子之國，曰牧。”後稱州官爲牧。㊆劃田界。周禮地官遂師：“經牧其田野。”注：“經牧，制田界與井。”㊇郊外。爾雅釋地：“邑外謂之郊，郊外謂之牧。”文選三國魏王仲宣（粲）登樓賦：“北彌陶牧，西接昭丘。”㊈姓。相傳黄帝臣力牧之後，漢有越巂太守牧良。見通志二八氏族四以名爲氏。

【牧人】㊀古代掌牧六畜之官。詩小雅無羊：“牧人乃夢，衆維魚矣。”周禮地官牧人：“牧人掌牧六牲而阜蕃其物。”㊁放牧的人。唐王績王無功集野望詩：“牧人驅犢返，獵馬帶禽歸。”

【牧夫】古代管民政的官員。書立政：“文王罔攸兼于庶言庶獄庶慎，惟有司之牧夫。”也指牧畜的人，猶言牧人。

【牧正】掌畜牧之官。左傳哀九年：“后緡方娠，……生少康焉，爲仍牧正。”

【牧司】㊀檢舉，監督。史記六八商君傳：“令民爲什伍，而相牧司連坐。”索隱：“牧司，謂相糾發也。”㊁管民政的官。宋書州郡志一：“自夷狄亂華，司冀雝涼青并兗豫幽平諸州，一時淪没，遺民南渡，並僑置牧司，非舊土也。”

【牧民】治民。以牧民養畜，比喻人君之治民，故曰牧民。管子有牧民篇。三國志魏明帝紀太和三年詔：“其郎吏學通一經，才任牧民，博士課試，擢其高第者亟用。”

【牧守】州郡的長官。州官稱牧，郡官稱守。漢書八四翟方進傳：“如陳咸朱博……以才能少歷牧守列卿，知名當世，而方進特立後起十餘年間至宰相。”

【牧地】牧畜之地。周禮夏官牧師：“掌牧地，皆有厲禁而頒之。”魏書食貨志：“以河西水草善，乃以爲牧地。”

【牧伯】漢代以後州郡長官的尊稱。三國志蜀劉焉傳：“靈帝政治衰缺，王室多故，乃建議言刺史太守貨賂爲官，割剝百姓，以致離叛，可選清名重臣以爲牧伯，鎮安方夏。”又魏文帝紀黄初六年注引魏略詔：“今内有公卿，以鎮京師；外設牧伯，以監四方。”

【牧宰】州官稱牧，縣官稱宰。牧宰，泛

指州縣長官。北史楊紹傳附楊達:“平陳後,帝差品天下牧宰,達爲第一,擢拜工部尚書,加上開府。”舊唐書一八五上韋仁壽傳:“仁壽將兵五百人至西洱河,承制置八州十七縣,授其豪帥爲牧宰。”

【牧師】㊀古代掌管牧地之官。見周禮夏官牧師。㊁殷代地方長官。後漢書八七西羌傳:“後二年,周人克余無之戎,於是太丁命季歷爲牧師。”注:“竹書紀年曰:太丁四年,周人伐余無之戎,克之,周王季命爲殷牧師也。”

【牧圉】㊀養牛馬的場所。左傳僖二八年:“不有居者,誰收社稷?不有行者,誰扞牧圉?”釋文:“養牛曰牧,養馬曰圉。”㊁養牛馬的人。左傳襄十四年:“大夫有貳宗,士有朋友,庶人工商、皂隸、牧圉皆有親暱。”

【牧野】地名。在今河南淇縣南。書牧誓:“武王戎車三百兩,虎賁三百人,與受戰於牧野。”牧,說文作“坶”。參閱宋王應麟詩地理考四牧野。

【牧場】放牧之地。魏書食貨志:“高祖即位之後,復以河陽爲牧場。”

【牧豎】牧童。楚辭屈原天問:“有扈牧豎,云何而逢?”淮南子主術:“鹿之上山,獐不能跂也,及其下,牧豎能追之,才有所修短也。”

【牧羊記】傳奇名。明人撰,作者不詳。根據史記漢書演蘇武爲匈奴所留,持節不屈故事。原書僅存小逼漢陽望鄉告雁等數折,餘已佚。參閱曲海總目提要十四。

【牧犢子】戰國齊國宣湣王時人,作雉朝飛曲。見晉崔豹古今注音樂。參見“雉朝飛”。

【牧護歌】見“穆護歌”。

【牧豕聽經】後漢書二七承宮傳:“少孤,年八歲爲人牧豕。鄉里徐子盛者,以春秋經授諸生數百人,宮過息廬下,樂其業,因就聽經,遂請留門下,爲諸生拾薪。執苦數年,勤學不倦。經典既明,乃歸家教授。”後常用作勤苦治學的典故。

【牧庵文集】元姚燧撰。三十六卷。燧師事許衡,官至翰林學士承旨,在元以能文稱。集中碑誌各篇,敍述詳盡,多可補元史的闕遺。

【牧豬奴戲】指賭博。晉書陶侃傳:“樗蒲者,牧豬奴戲耳。”見“樗蒲”。

物

wù ㄨˋ 文弗切,入,物韻,微。

㊀存在於天地間的萬物。詩大雅烝民:“天生烝民,有物有則。”㊁與“我”相對的他物。易繫辭下:“仰則觀象於天,俯則觀法於地,……近取諸身,遠取諸物,於是始作八卦。”㊂事物的內容實質。易家人:“君子以言有物,而行有恒。”㊃顏色。周禮春官保章氏:“以五雲之物,辨吉凶。”注:“物,色也。”㊄種類。周禮夏官校人:“辨六馬之屬,種馬一物,戎馬一物,齊馬一物,道馬一物,田馬一物,駑馬一物。”注:“謂以一類相從也。”㊅觀察,選擇。左傳昭三二年:“仞溝洫,物土方。”注:“物,相也。”周禮地官丱人:“則物其地,圖而授之,巡其禁令。”㊆標誌。左傳定十年:“叔孫氏之甲有物,吾未取以出。”注:“物,識也。”㊇雜色牛。詩小雅無羊:“三十維物,爾牲則具。”後因指雜帛。周禮春官司常:“掌九旗之物名,各有屬以待國事。……交龍爲旂,通帛爲旜,雜帛爲物,龍虎爲旗。”注:“雜帛者,以帛素飾其側。”參閱近人王國維觀堂集林六釋物。

【物力】物產,資財。漢書食貨志上:“生之有時,而用之亡度,則物力必屈。”舊唐書武宗紀會昌五年制:“寺宇招提,莫知紀極,皆雲構藻飾,僭擬宮居。晉宋齊梁物力凋瘵,風俗澆詐,莫不由是而致也。”

【物化】㊀變幻,變化。莊子齊物論:“昔者莊周夢爲胡蝶,栩栩然胡蝶也,……俄然覺,則蘧蘧然周也,……此之謂物化。”㊁死亡。莊子刻意:“聖人之生也天行,其死也物化。”唐駱賓王集十樂大夫挽辭之二:“居然同物化,何處欲藏舟。”

【物主】物品的所有者。北史張乾威傳:“乾威嘗在塗,見一遺囊,恐其主求失,因令左右負之而行。後數日,物主來認,悉以付之。”

【物外】指世外,超脫於世事之外。晉書單道開傳:“後至南海,入羅浮山,獨處茅茨,蕭然物外,年百餘歲,卒于山舍。”

【物曲】物的性能。禮禮器:“人官有能也,物曲有利也。”疏:“謂萬物委曲,各有所利,若麴蘗利爲酒醴,絲竹利爲琴笙,皆自然有其性各異也。”

【物色】㊀牲畜的毛色。禮月令仲秋之月:“乃命宰祝,循行犧牲,視全具,案芻豢,瞻肥瘠,察物色。”㊁形貌。後漢書八三嚴光傳:“及光武即位,乃變名姓,隱身不見。帝思其賢,乃令以物色訪之。”注:“以其形貌求之。”㊂景色。文選南朝宋顏延年(延之)秋胡詩:“日暮行采歸,物色桑榆時。”㊃物品。舊五代史食貨志同光三年勅:“城內店宅園囿,比來無稅,頃因僞命,遂有配徵。後來以所徵物色,添助軍裝衣賜,將令通濟,宜示矜蠲。”㊄訪求。新唐書二二三上李林甫傳:“初,林甫夢人皙而髯,將逼已。寤而物色,得裴寬,類所夢。”宋史天文志一:“宣夜先絕,周髀多差,渾天之學,遭秦而滅,洛下閎耿壽昌晚出,始物色得之。”

【物役】爲外物所役使。荀子正名:“乘軒戴絻,其與無足無以異,夫是之謂以己爲物役矣。”文選南朝宋謝宣遠(瞻)答靈運詩:“獨夜無物役,寢者亦云寧。”

【物官】因事分職,量才任用。左傳昭十四年:“禮新敍舊,祿勳合親,任良物官。”

【物宜】事物之所宜。易繫辭上:“聖人有以見天下之賾,而擬諸其形容,象其物宜。”後漢書七六衛颯傳:“其所設施,莫不合於物宜,視事十年,郡內清理。”

【物怪】怪異事物。史記天官書:“所見天變,皆國殊窟穴,家占物怪,以合時應。”宋梅堯臣宛陵集五和滕公遊穿山洞詩:“中言有物怪,蟠蟄春未蘇。”

【物表】猶言物外。晉書安平獻王孚傳史臣曰:“習陽憑慶枝葉,守約懷逸,棲情塵外,希蹤物表,顧匹夫之獨善,責達節之弘規。”司馬順,封習陽亭侯。唐韋應物韋江州集五答貢士黎逢詩:“栖神淪物表,涣汗布令詞。”

【物事】㊀事情。隋書張衡傳:“(大業)八年,帝自遼東還都,衡妾言衡怨望,謗訕朝政,竟賜盡于家。臨死,大言曰:‘我爲人作何物事,而望久活!’”㊁物品。元李治敬齋古今黈六:“農家者流,往往呼粟麥可食之類,以爲物事,此甚有理。蓋物乃實物,謂非此無以生也;事乃實事,謂非此無以成也。”

【物物】㊀猶各物。左傳昭二九年:“夫物物有其官,官脩其方,朝夕思之,一日失職,則死及之。”㊁指人對萬物的支配。莊子山木:“物物而不物於物,則胡可得而累邪?”

【物始】事物的開始。梁書何胤傳:“胤(謂王果)曰:‘卿詎不遺傳詔還朝拜表,留與我同遊邪?’果愕然曰:‘古今不聞此例。’胤曰:‘檀弓兩卷,皆言物始。自卿而始,何必有例?’”易乾“元者善之長也”唐孔穎達疏:“元是物始,於時配春。”

【物故】㊀死亡。荀子君道:“人主不能不有遊觀安燕之時,則不得不有疾病物故之變焉。”漢書五四蘇建傳附蘇武:“單于召會武官屬,前以降及物故,凡隨武還者九人。”注:“物故謂死也,言其同於鬼物而故也。”㊁世故,世事。文選南朝宋顏延年(延之)五君咏阮步兵詩:“物故不可論,途窮能無慟。”注:“臧榮緒晉書曰:

"阮籍口不評論臧否人物。"

【物務】事務。後漢書四六陳寵傳:"是時三府掾屬專尚交遊,以不肯視事爲高。寵常非之,獨勤心物務,數爲(司徒鮑)昱陳當世事宜。"北齊書李元忠傳:"元忠雖居要任,初不以物務干懷,唯以聲酒自娛,大率常醉。"

【物候】庶物應節候而至,如鴻雁來、玄鳥歸之類。初學記三南朝梁簡文帝(蕭綱)晚春賦:"嗟時序之迴斡,歎物候之推移。"後因泛指時令。初學記二隋王胄雨晴詩:"初晴物候涼,夕景照山莊。"

【物產】本土所產的物品。文選晉左太沖(思)吳都賦:"江湖險陂,物產殷充。"北史新羅傳:"其五穀、果菜、鳥獸、物產,略與華同。"

【物望】衆望,人望。晉書王羲之傳與會稽王牋:"殿下德冠宇內,最可直道行之,致隆當年,而未允物望受殊遇者,所以寤寐長歎,實爲殿下惜之。"南齊書徐孝嗣傳:"時王晏爲令,民情物望,不及孝嗣也。"

【物情】㊀物理人情。晉書嵇康傳養生論:"矜尚不存乎心,故能越名教而任自然;情不繫於所欲,故能審貴賤而通物情。"㊁衆望,人心歸向。晉書桓伊傳:"伊在州十年,綏撫荒雜,甚得物情。"

【物理】事物的常理。鶡冠子度萬:"龐子曰:'願聞其人情物理。'"晉書明帝紀太寧三年:"帝聰明有機斷,猶精物理。"

【物累】爲外物所拖累。莊子天道:"知天樂者,無天怨,無人非,無物累,無鬼責。"疏:"我冥於物,故物不累我。"

【物華】㊀自然景色。宋書謝靈運傳撰征賦:"怨物華之推擇,慨舟壑之遞遷。"唐白居易長慶集六九酬南洛陽早春見贈詩:"物華春意尚遲迴,賴有東風晝夜催。"㊁萬物的精華。唐王勃王子安集五滕王閣序:"物華天寶,龍光射牛斗之墟;人傑地靈,徐孺下陳蕃之榻。"

【物象】事物的氣象、形象。唐孟郊孟東野集五同年春燕詩:"視聽改舊趣,物象含新姿。"唐元稹長慶集五六唐故工部員外郎杜君墓係銘序:"李白,亦以奇文取稱,時人謂之李杜。予觀其壯浪縱恣,擺去拘束,模寫物象,及樂府歌詩,誠亦差肩於子美矣。"子美,杜甫字。

【物鬽】傳說中百物之神。周禮春官家宗人:"以夏日至,致地示物鬽。"注:"致人鬼於祖廟,致物鬽於墠壇,……百物之神曰鬽。"鬽,同"魅"。

【物論】輿論。晉書謝安傳:"是時桓沖既卒,荆江二州並缺,物論以(謝)玄勳望,宜以授之。"唐張彥遠法書要錄二梁虞龢論書表:"謝安嘗問子敬(王獻之):'君書何如右軍(獻之父羲之)?'答云:'故當勝。'安云:'物論殊不爾。'子敬答曰:'世人那得知。'"世說新語品藻作"外人論"。

【物價】商貨的價格。南齊書王敬則傳竟陵王子良啟:"漸及元嘉,物價轉賤。"隋書食貨志:"及大同已後,所在鐵錢,遂如丘山,物價騰貴。"

【物盧】良矛名。亦稱屈盧。越絕書外傳記地傳:"勾踐乃身被賜夷之甲,帶步光之劍,杖物盧之矛。"參見"屈盧"。

【物穆】深微。淮南子原道:"物穆無窮,變無形象。"又作"昒穆"。漢劉向說苑指武:"昒穆無窮,變無形象。"參見"沕穆"。

【物競】互相競爭。宋書順帝紀二昇明元年詔:"昔聖王既沒,淳風已衰,……故三代之末,德刑相擾,世淪物競,道陂人詖,然猶正士比轂,奇才接軫。"

【物議】衆人的議論。梁書袁昂傳答蕭衍書:"竊以一飡微施,尚復投殞,況食人之祿,而頓忘一旦,非惟物議不可,亦恐明公鄙之。"南齊書王儉傳:"少有宰相之志,物議咸相推許。"

【物力錢】金代稅名。官田曰租,私田曰稅,此外對園地、房屋、車馬、家畜、樹木、現款等別須納錢,稱物力錢。出使外國使者,以受納饋遺,別增物力錢。見金史食貨志一、二。

【物外交】超越世俗、不以利害結合的交誼。宋陸游南唐書九高越傳:"就遷軍事判官,與隱士陳曙爲物外交,淡然不志榮利。"

【物理論】晉楊泉撰,雜采秦漢諸子之說而成。隋書經籍志儒家著錄作十六卷,已佚。自唐以來類書多有引錄,清王仁俊孫星衍黃奭等皆有輯本。

【物是人非】景物依舊,人事已非。宋辛棄疾稼軒詞新荷葉和趙德莊韻:"往日繁華,而今物是人非。"

【物理小識】明方以智撰,十二卷。分天、曆、風雷雨暘、地、占候、人身、醫藥、飲食、金石、器用、草木、鳥獸、鬼神、方術、異事凡十五門。原書附通雅後,以智子中通分編別行。

【物換星移】指時世景物的變更。唐王勃王子安集二滕王閣詩:"閒雲潭影日悠悠,物換星移幾度秋。"宋辛棄疾稼軒詞賀新郎賦滕王閣:"物換星移知幾度?夢想珠歌翠舞。"

【物極則反】事物發展到極度時,就會走向反面。鶡冠子環流:"美惡相飾,命曰復周,物極則反,命曰環流。"近思錄一道體:"伊川(程頤)曰:'……如復卦言七日來復,其間元不斷續,陽已復生,物極必返,其理須如是。'"

【物腐蟲生】物先腐爛而後有蟲生。喻禍患之來必有其內因。荀子勸學:"肉腐生蟲,魚枯生蠹,怠慢忘身,禍災乃作。"宋蘇軾經進東坡文集事略十四范增論:"物必先腐也,而後蟲生之;人必先疑也,而後讒入之。"

【物離鄉貴】物品離開產地越遠越貴。元王惲秋澗集十二番禺杖詩:"物眇離鄉貴,材稀審實訛。"明沈璟埋劍記傳奇二七柔遠:"自古道物離鄉貴,人離鄉賤;這語話,信非假,到如今轉憶家。"

【物以稀爲貴】物因稀少而珍貴。文選南朝宋顏延年(延之)陶徵士誄序"故無足而至者,物之藉也"唐李善注:"言物以希爲貴也。"唐白居易長慶集六七小歲日喜談氏外孫女孩滿月詩:"物以稀爲貴,情因老更慈。"

五畫

牯 gǔ 公戶切,上,姥韻,見。ㄍㄨˇ

母牛。見玉篇。俗亦稱閹割過之公牛爲牯牛。唐陸龜蒙甫里集十六祝牛宮辭:"四牸三牯,中一去乳;天霜降寒,納此室處。"

【牯嶺】山名。也稱牯牛嶺。在今江西九江市廬山。因上有巖石狀如牯牛,故名。爲著名風景區之一。參閱清毛德琦廬山志三牯牛嶺仁王寺。

牲 shēng 所庚切,平,庚韻,山。ㄕㄥ

供食用和祭祀用的家畜。易萃:"用大牲,吉。"周禮天官庖人"掌共六畜六獸六禽"漢鄭玄注:"始養之曰畜,將用之曰牲。"

【牲牢】供祭祀用的牲畜。詩小雅瓠葉序:"上棄禮而不能行,雖有牲牢饔餼,不肯用也。"箋:"牛、羊、豕爲牲,繫養者曰牢。"唐李商隱李義山文集五代李玄爲京兆公祭蕭侍郎文:"牲牢粗潔,酒醴非多。"

【牲殺】屠宰或獵獲以供祭祀、食用的牲畜。孟子滕文公下:"牲殺器皿、衣服不備,不敢以祭,則不敢以宴,亦不足弔乎?"

【牲牷】毛色純而體完具的牲畜。左傳

桓六年:"吾牲牷肥腯,粢盛豐備,何則不信?"注:"牲,牛羊豕也。牷,純色完全也。"周禮地官牧人:"掌牧六牲,而阜蕃其物,以共祭祀之牲牷。"

【牲頭】祭祀所用的牲畜之頭。周禮夏官小子"而掌珥于社稷,祈于五祀"漢鄭玄注:"鄭司農(衆)云:'……珥社稷,以牲頭祭也。'"疏:"漢時祈禱,有牲頭祭。"按禮郊特牲"用牲於庭,升首於室"注:"制祭之後,升牲首於北墉下,尊首尚氣也。"

⿰牛句 hǒu 呼后切,上,厚韻,曉。ㄏㄡˇ

㊀牛鳴。見爾雅釋畜唐陸德明釋文引字林。玉篇作"㖃",義同。㊁小牛。見"⿰牛后"。

牴 dǐ 都禮切,上,薺韻,端。ㄉㄧˇ

觸,用角頂。見説文。

【牴牾】抵觸,矛盾。唐劉知幾史通自敍:"儒者之書,博而寡要,得其糟粕,失其菁華,而流俗鄙夫,貴遠賤近,傳茲牴牾,自相欺惑。"宋朱熹朱文公集三七與郭沖晦書:"向來次輯諸書,雖亦各有據依,不敢妄意損益,然疑信異傳,不無牴牾。"

牮 jiàn 字彙 作甸切。ㄐㄧㄢˋ

屋宇傾斜,用物支撑。又以土石攔水,亦曰牮。見字彙。

六畫

牸 zì 疾置切,去,志韻,從。ㄗˋ

母牛。漢書食貨志上:"衆庶街巷有馬仟伯之間成羣,乘牸牝者擯而不得會聚。"亦泛指雌性的牲畜。北朝魏賈思勰齊民要術六養牛馬驢騾:"陶朱公曰:'子欲速富,當畜五牸。'"注:"牛、馬、豬、羊、驢五畜之牸。"

特 tè 徒得切,入,德韻,定。ㄊㄜˋ

㊀公牛。見説文。也用以指公馬和雄性的牲畜。周禮夏官校人:"凡馬,特居四之一。"注:"鄭司農(衆)云:'四之一者,三牝一牡。'"㊁牲一頭。書舜典:"歸格于藝祖,用特。"傳:"特,一牛。"國語晉二:"子爲我具特羊之饗。"注:"特,一也。凡牲,一爲特,二爲牢。"㊂三歲之獸。詩魏風伐檀:"不狩不獵,胡瞻爾庭有縣特兮。"傳:"獸三歲曰特。"一説爲四歲之獸。廣雅釋獸:"獸,……四歲爲特。"㊃一個,單獨。周禮夏官司士:"孤卿特揖大夫。"注:"特揖,一一揖之。"爾雅釋水:"大夫方舟,士特舟。"㊄匹配,配偶。詩小雅我行其野:"不思舊姻,求爾新特。"㊅出衆,卓異。詩秦風黄鳥:"維此奄息,百夫之特。"荀子大略:"天下之人,唯各特意哉,然而有所共予也。"㊆特地,特别。多用爲專一、專爲之意。史記一〇〇季布傳文帝曰:"河東吾股肱郡,故特召君耳。"後漢書四六陳寵傳附陳忠上疏:"若有道之士,對問高者,特遷一等,以廣直言之路。"㊇但,只。吕氏春秋適音:"故先王之制禮樂也,非特以歡耳目極口腹之欲也。"戰國策楚四:"今楚國雖小,絶長續短,猶以數千里,豈特百里哉?"㊈姓。春秋時有晉大夫特宫,始以氏見於春秋。見宋鄧名世古今姓氏書辨證四十。

【特支】宋時朝廷頒發給軍人的特别賞賜。宋史兵志八:"每歲寒食、端午、冬至,有特支,特支有大小差。"

【特地】特意,特别。唐杜甫杜工部詩史補遺七陪栢中丞觀宴將士之一:"幾時來翠節,特地引紅粧。"韓愈昌黎集十夕次壽陽驛題吴郎中詩後詩:"風光欲動别長安,春半邊城特地寒。"也作"特底"。王維王右丞集二慕容承攜素饌見過詩:"空勞酒食饌,特底解人頤。"

【特宥】破格寬赦。晉書齊王攸傳附司馬蕤:"趙王倫收蕤及弟北海王寔繫廷尉,當誅。倫太子中庶子祖納上疏諫曰:'……蕤、寔,獻王之子,明德之胤,宜蒙特宥,以全穆親之典。'"

【特拜】逐一而拜。對氾拜而言。禮喪大記:"大夫内子士妻特拜命婦,氾拜衆賓於堂上。"疏:"特猶獨也,謂人人拜之,尊故也。"

【特牲】祭祀時用牛一頭或豬一頭。禮有郊特牲篇。漢鄭玄注:"郊者,祭天之名,用一牛,故曰特牲。"國語楚下:"大夫舉以特牲,祀以少牢。"注:"特牲,豕也。"

【特起】崛起,挺出。史記陳涉世家:"陳王初立時,陵人秦嘉……等皆特起,將兵圍東海守慶於郯。"

【特殊】不平常,與衆不同。唐柳宗元柳先生集九唐故衡州刺史東平吕君誄:"疑生所怪,怒起特殊,齒舌嗷嗷,雷動風驅,良辰不偶,卒與禍俱。"

【特恩】特殊恩典。舊唐書懿宗紀咸通五年制:"如聞湖南、桂州,是嶺路係口,諸道兵馬綱運,無不經過,頓遞供承,動多差配,凋傷轉甚,宜有特恩。"

【特特】㊀馬蹄聲。唐温庭筠集一常林歡歌:"馬聲特特荆門道,蠻水揚光色如草。"㊁特地。元曲選楊顯之瀟湘雨一:"姪兒不知,我近新認了箇義女兒,叫做翠鸞,特特唤他出來,與你相見一面。"

【特勒】見"特勤"。

【特異】㊀特别怪異。漢書三六楚元王傳附劉向奏:"孝昭時,有泰山臥石自立,上林僵柳復起,火星如月西行,衆星隨之,此爲特異。"㊁特别優異。新唐書二〇〇陳京傳:"夫褒大節,郵賢臣,天下所以安,況卓卓特異者乎?"

【特將】獨當一面的將領。漢書高惠高后文功臣表:"陽夏侯陳豨:以特將將卒五百人前元年從起宛朐。"又五五霍去病傳:"最大將軍(衛)青凡七出擊匈奴,……其裨將及校尉侯者九人,爲特將者十五人。"注:"特將,謂獨别爲將而出征也。"

【特進】官名。漢制,凡諸侯功德優盛,朝廷所敬異者,賜位特進,位在三公下。魏晉南北朝因之,皆爲加官。隋唐改爲散官。明以特進光禄大夫爲正一品。清廢。參閲後漢書和帝紀"特進"注、通典三四職官十六文散官、明史職官志一。

【特達】㊀禮聘義:"圭璋特達,德也。"疏:"以聘享之禮,有圭、璋、璧、琮。璧、琮則有束帛加之乃得達,圭、璋則不用束帛,故云特達。"㊁獨出於衆,特殊。文選漢王子淵(褒)四子講德論:"咨夫特達而相知者,千載一遇也。"唐劉良注:"特,獨也。"晉書江統傳上書:"伏維殿下天授逸才,聰鑒特達。"

【特揖】一一揖拜。周禮夏官司士:"孤卿特揖,大夫以其等旅揖,士旁三揖。"注:"特揖,一一揖之。旅,衆也。大夫爵同者,衆揖之。"

【特貸】特予寬免。宋史刑法志三:"凡命官犯重罪……其坐死特貸者,多杖、黥配遠州牢城,經恩量移,始免軍籍。"

【特勤】突厥族稱可汗的子弟爲特勤。舊唐書一九四突厥傳上:"可汗者,猶古之單于……其子弟謂之特勤。"新唐書謂之"特勒"。近時在蒙古發現唐契苾明碑、闕特勤碑,碑文及碑額皆作特勤。後世蒙古王之子弟爲台吉,即特勤的轉音。參閲清錢大昕十駕齋養新録六特勤當從石刻、近人張元濟涉園序跋集録隋書。

【特廟】古代宗廟外另立的祀廟。公羊傳隱五年"九月,考仲子之宫"漢何休注:

"不就惠公廟者,妾母卑,故雖爲夫人,猶特廟而祭之。"按古禮以夫婦合葬,妾不得配祀,故另設一廟祀之。妾廟,子死則廢。

【特徵】特別徵召。後漢書三十下郎顗傳上書言事:"(李固)卓冠古人,當世莫及,……宜蒙特徵,以示四方。"以別於平常鄉舉里選,故稱特徵。今指事物的特殊徵象。

【特磬】古敲擊樂器名。即特懸磬。屬雅樂。殷墟出土者有半圓形和稍作曲折形二種。周禮春官小胥:"正樂縣之位:王宮縣,諸侯軒縣,大夫判縣,士特縣;辨其聲。"注:"樂縣,謂鍾磬之屬縣於筍簴者。……特縣,縣於東方,或於階間而已。"僅一面故稱特懸。宋史樂志二:"(皇祐三年)十二月,召兩府及侍臣觀新樂于紫宸殿,凡鎛鐘十二、……特磬十二:……其聲各中本律。"

【特操】獨特的操守。莊子齊物論:"罔兩問景曰:'曩子行,今子止;曩子坐,今子起,何其無特操與?'""罔兩"爲景外之微陰,"景"即影字,皆爲假託之人名。宋王安石臨川集四酬王濬賢良松泉二詩松:"赤松復自無特操,上下隨烟何慅慅。"

【特縣】縣,同"懸"。指古代懸繫於筍簴的樂器。詳"特磬"。

【特乃子】果名。宋范成大桂海虞衡志果:"特乃子,狀似榧而圓長,端正。"

【特勒蘇】草名。生塞外,葱翠挺拔,經霜變白,可用以織涼帽。見廣羣芳譜九二卉譜。

【特立獨行】有獨立見地和操守而不隨波逐流。禮儒行:"儒有澡身而浴德,……世治不輕,世亂不沮,同弗與,異弗非,其特立獨行有如此者。"唐韓愈昌黎集十二伯夷頌:"士之特立獨行,適於義而已,不顧人之是非,皆豪傑之士,信道篤而自知明者也。"

牷 quán 疾緣切,平,仙韻,從。
ㄑㄩㄢˊ

牛純色。見說文。書微子:"今殷民,乃攘竊神祇之犧牷牲。"傳:"色純曰犧,體完曰牷。"此又一說。參見"牲牷"。

牨 hǒu 呼后切,上,厚韻,曉。
ㄏㄡˇ

小牛。同"㸦"。文選晉郭景純(璞)江賦:"夔牨翹踛於夕陽,鴛雛弄翮乎山東。"注:"夔牛之子也。牨與'㸦'同。"爾雅釋畜"其子,犢"晉郭璞注:"今青州呼犢爲㸦。"

七畫

牽 1. qiān 苦堅切,平,先韻,溪。
ㄑㄧㄢ 苦甸切,去,霰韻,溪。

㊀牽引,挽。書酒誥:"肇牽車牛,遠服賈。"孟子梁惠王上:"有牽牛而過堂下者。"㊁關聯。文選漢張平子(衡)西京賦:"夫人在陽時則舒,在陰時則慘,此牽乎天者也。"參見"牽復"。㊂指牛、羊、豕。左傳僖三三年:"吾子淹久於敝邑,唯是脯資餼牽竭矣。"注:"牽謂牛、羊、豕。"疏:"牛、羊、豕可牽行,故云牽謂牛、羊、豕也。"㊃牽制,拘泥。管子法法:"令出而不行,謂之牽。"史記六國年表:"學者牽於所聞,見秦在帝位日淺,不察其終始,因舉而笑之,不敢道此,與以耳食無異。"㊄姓。三國魏有牽招。參閱明陳士元姓觿三先。

2. qiàn
ㄑㄧㄢˋ

㊅挽舟繩索。同"縴"。明高啓高太史集七贈楊滎陽詩:"渡河自撐篙,水急船斷牽。"

【牽子】羊車。隋書禮儀志五:"羊車一名輦,其上如軺,小兒衣青布袴褶,五辮髻,數人引之。時名羊車小史。漢氏或以人牽,或駕果下馬。梁貴賤通得乘之,名曰牽子。"

【牽巾】舊時婚禮,新夫婦以巾相挽而行,故稱牽巾。宋吳自牧夢粱錄二十嫁娶:"其禮官請兩新人出房,詣中堂參堂,男執槐簡,掛紅綠綵,綰雙同心結,倒行;女挂于手,面相看而行,謂之牽巾。"

【牽引】㊀牽制。左傳襄十三年:"使歸而廢其使,怨其君以疾其大夫,而相牽引也,不猶愈乎?"㊁拉攏。漢書七二鮑宣傳上書:"竊見孝成皇帝時外親持權,人人牽引所私以充塞朝廷,妨賢人路,濁亂天下。"

【牽牛】㊀星名。即河鼓。俗稱牛郎星。隔銀河與織女星相對。古代神話,以牽牛織女爲夫婦,每年七月七日相會一次。詩小雅大東:"睆彼牽牛,不以服箱。"文選三國魏曹子建(植)洛神賦:"歎匏瓜之無匹兮,詠牽牛之獨處。"㊁植物名。也稱牽牛花。一年生蔓草,有黑白二種。花淺碧略紅。果實稱牽牛子,外表黑色者稱黑丑,淡棕黃色者稱白丑。可入藥。宋陸游劍南詩稿四七秋晚村舍雜詠之一:"啄木矜奇服,牽牛蔓碧花。"參閱本草綱目十八上草七牽牛子。

【牽羊】古時戰敗者肉袒牽羊至對方軍門,表示降服。左傳宣十二年:"楚子圍鄭……鄭伯肉袒牽羊以逆。"注:"肉袒牽羊,示服爲臣僕。"史記宋微子世家:"周武王伐紂克殷,微子乃持其祭器造於軍門,肉袒面縛,左牽羊,右把茅,膝行而前以告。於是武王乃釋微子,復其位如故。"

【牽曳】拉拖。後漢書二九申屠剛傳:"時內外羣官,多帝自選舉,加以法理嚴察,職事過苦,尚書近臣,至乃捶撲牽曳於前,羣臣莫敢正言。"也作"牽拽"。唐劉餗隋唐嘉話下:"武后臨朝,薛懷義勢傾當時,雖王主皆下之。蘇良嗣僕射遇諸朝,懷義偃蹇不爲禮,良嗣大怒,使左右牽拽,搭面數十。"

【牽冷】胡說。宋代杭州方言。明田汝成西湖遊覽志餘二五委巷叢談:"(杭人)言胡說曰扯淡,或轉曰牽冷。"又見明環中迂叟(陳士元)俚言解掃興扯淡。

【牽秀】公元?—305年。晉武邑觀津人,字成叔。三國魏雁門太守招孫。博辯有文才。太康中,任新安令,累遷司空從事中郎。附成都王司馬穎,陸機河橋之敗,秀證成其罪。惠帝西奔長安,以秀爲尚書。後爲河間王司馬顒長史楊騰所殺。晉書有傳。

【牽招】三國魏觀津人。字子經。初爲袁紹督軍從事,後歸曹操,任平盧校尉。文帝時,任右中郎將,出爲雁門太守,在郡共十二年,以治績見稱。三國志魏有傳。

【牽拘】拘泥。猶言牽制。史記封禪書:"羣儒既已不能辨明封禪事,又牽拘於詩書古文而不能騁。"

【牽制】受制約,使受制約。漢書元帝紀贊:"而上牽制文義,優游不斷,孝宣之業衰焉。"宋文天祥文山集十四平原詩:"唐家再造李郭力,若論牽制公威靈。"

【牽染】牽連,株連。後漢書七九上楊倫傳:"後有司奏(任)嘉臧罪千萬,徵考廷尉,其所牽染將相大臣百有餘人。"

【牽帥】猶言牽引。左傳襄十年:"女既勤君而興諸侯,牽帥老夫,以至於此。"也作"牽率"。後漢書七十孔融傳議加禮馬日磾:"日磾以上公之尊,秉髦節之使,銜命直指,寧輯東夏,而曲媚姦臣,爲所牽率。"

【牽連】互有關聯。淮南子要略:"若劉氏之書……理萬物,應變化,通殊類,非循一跡之路,守一隅之指,拘繫牽連於物,而不與世推移也。"也作"牽聯"。楚辭漢嚴忌哀時命:"外迫脅於機臂,上牽聯於矰隿。"

【牽挺】織布機的踏板。古或稱龕,近代或稱脚竿。列子湯問:"飛衛曰:'爾先學不瞬,而後可言射矣。'紀昌歸,偃卧其妻之機下,以目承牽挺。二年之後,雖錐末倒眥而不瞬也。"注:"牽挺,機躡。"

【牽情】引動感情。唐朱慶餘集中秋月詩:"孤高稀此遇,吟賞倍牽情。"

【牽埭】拉船過水壩。南史郭世通傳附郭原平:"每行來見人牽埭未過,輒迅檝助之。"宋王安石臨川集二四泛舟清溪入水門登高齋奉呈康叔詩:"牽埭欲隨流水遠,放船終礙畫橋低。"

【牽魚】一種棋戲。列子説符"擊博樓上"晉張湛注:"古博經曰:'博法,二人相對坐,向局;局分爲十二道,兩頭當中名爲水。用碁十二,故法六白六黑。又用魚二枚置於水中……二人互擲采行碁,碁行到處,即豎之,名爲驍碁,即入水食魚,亦名牽魚。每牽一魚獲二籌,翻一魚獲三籌。'"

【牽船】負縴引船前行。藝文類聚二五語林:"劉道真於河側自牽船,見一老嫗採旅。……女答曰:'丈夫何不跨馬揮鞭而牽船?'"

【牽强】勉强。唐白居易長慶集六一序洛詩:"閑適有餘,酣樂不暇,苦辭無一字,憂歎無一聲,豈牽强所能致耶?蓋發中而形外耳。"宋吴曾能改齋漫録九文貴自然:"文之所以貴對偶者,爲出於自然,非假於牽强也。"

【牽鈎】即拔河。隋書地理志下:"(南郡襄陽)二郡又有牽鈎之戲,云從講武所出,楚將伐吴,以爲教戰,流遷不改,習以相傳。鈎初發動,皆有鼓節,羣譟歌謡,振驚遠近,俗云以此厭勝,用致豐穰。"參見"拔河"。

【牽掣】㊀引曳,束縛。三國志魏高貴鄉公紀正元二年詔:"洮西之戰,至取負敗,將士死亡,計以千數,或没命戰場,冤魂不散;或牽掣虜手,流離異域。"㊁猶牽制。新唐書一九二張巡許遠傳贊:"以疲卒數萬,嬰孤墉,抗方張不制之虜,鯁其喉牙,使不得搏食東南,牽掣首尾,豗潰梁宋間。"

【牽復】牽連反復。易小畜:"九二,牽復,吉。"後指復原、復位。文選三國魏阮元瑜(瑀)爲曹公作書與孫權:"願仁君及孤虛心回意,以應詩人補袞之歎,而慎周易牽復之義。"宋蘇轍欒城集四七乞牽復英州别駕鄭俠狀:"昔以言事獲罪,投竄南荒,……而流放以來,逮今十年,屢經大赦,終不得牽復。"

【牽絲】㊀執引印綬,用以指初出任官。文選南朝宋謝靈運初去郡詩:"牽絲及元興,解龜在景平。"注:"牽絲,初仕;解龜,去官也。"元興,晉安帝年號,景平,宋少帝年號。㊁相傳唐宰相張嘉貞欲納郭元振爲婿,因令其五女各持一絲於幔後,使郭於幔前牽之,遂牽一紅絲綫,得第三女。見五代後周王仁裕開元天寶遺事上。按:郭年位在張前,事不足據。俗因用以稱促成締結婚姻爲牽絲或牽線。㊂見"牽絲戲"。

【牽惹】招引。宋李彌遜筠溪集十一次韻張嵇仲侍郎詩:"重追一笑歡,百憂罷牽惹。"

【牽纏】羈留,拖累。陳書姚察傳遺命:"自入朝來,又蒙恩渥,既牽纏人世,素志弗從。"唐白居易長慶集十五放言詩之二:"世途倚伏都無定,塵網牽纏卒未休。"

【牽牛子】見"牽牛㊀"。

【牽牛花】見"牽牛㊀"。

【牽絲戲】傀儡戲。唐詩紀事二九梁鍠詠木老人:"刻木牽絲作老翁,雞皮鶴髮與真同。須臾弄罷寂無事,還似人生一夢中。"宋蔣捷竹山詞沁園春次强雲卿韻:"高擡眼,看牽絲傀儡,誰弄誰休?"參見"牽絲㊀"。

【牽機藥】毒藥名。服之者因腸胃劇痛,前卻數十回,頭足相就,如牽機狀,故名。相傳五代十國南唐李後主(煜)歸附宋後,宋太宗令服此藥,致死。見宋王銍默記(説郛四五)。

【牽合附會】勉强湊合。宋鄭樵通志總序:"天地之間,災祥萬種,人間禍福,冥不可知。……董仲舒以陰陽之學,倡爲此説,本於春秋,牽合附會。"

【牽腸割肚】比喻非常操心惦念。牽,亦作"撁"。元明雜劇元關漢卿劉夫人慶賞五侯宴二:"我這裏撁腸割肚把你箇孩兒捨,跌脚搥胸自嘆嗟。"也作"牽腸掛肚"。古今雜劇元鄭庭玉宪家債主四:"張善友牽腸掛肚,怎下的眼睁睁死生别路。"

【牽蘿補屋】形容貧困。唐杜甫杜工部草堂詩箋十六佳人:"侍婢賣珠迴,牽蘿補茅屋。"後因以形容生活貧困,居不庇身。

牸 xīn ㄒㄧㄣ 息營切,平,清韻,心。

赤色牛馬。見玉篇、集韻。也作"騂"。參見"騂"。

牾 wǔ ㄨˇ 集韻 訛胡切,平,模韻。

字也作"逜"、"啎"、"忤"、"迕"、"捂"。㊀相逢。史記八四屈原傳懷沙:"重華不可牾兮,孰知余之從容!"集解:"王逸曰:牾,逢也。"楚辭九章懷沙作"遻"。宋洪興祖補注謂遻當作"逜",音忤,與"忤"同。㊁逆,違背。漢書九九上王莽傳陳崇奏:"財饒勢足,亡所牾意。"注:"牾,逆也。"

【牾逆】猶忤逆,觸犯。世説新語忿狷:"王司州(胡之)嘗乘雪往王螭(恬)許,司州言氣少有牾逆於螭,便作色不夷。"

牻 máng ㄇㄤˊ 莫江切,平,江韻,明。

黑白雜毛的牛。見説文。

牼 kēng ㄎㄥ 口莖切,平,耕韻,溪。
ㄎㄥ 户耕切,平,耕韻,匣。

牛膝下骨。見説文。

牿 gù ㄍㄨˋ 古沃切,入,沃韻,見。

㊀養牛馬的圈欄。書費誓:"今惟淫舍牿牛馬。"説文:"牿,牛馬牢也。"㊁縛於牛角以防觸人的横木。易大畜:"童牛之牿,元吉。"

八畫

犀 xī ㄒㄧ 先稽切,平,齊韻,心。

㊀動物名。也稱犀牛。體大於牛,鼻上有一或二角,間亦有三角者。無毛而皮極堅厚,古人多用以製甲。墨子公輸:"荆有雲夢,犀兕麋鹿滿之。"㊁犀角製的器物。漢揚雄法言孝至:"訩訩北夷,被我純繢,帶我金犀。"注:"犀,劍飾。"㊂堅固,鋭利。漢桓寬鹽鐵論申韓:"犀銚利鉏,五穀之利而間草之害也。"㊃瓠瓜的種子。見"瓠犀"。

【犀皮】㊀犀牛皮。書禹貢"淮海惟揚州,……齒革羽毛惟木"漢孔安國傳:"革,犀皮。"宋書孔覬傳:"募得蜀人數百,多壯勇便戰,皆著犀皮鎧,執短兵。"㊁漆器。見"犀毗㊁"。

【犀甲】古以犀兕之皮爲甲。犀兕之革不能常有,亦用牛皮,通稱犀甲。楚辭屈原九歌國殤:"操吴戈兮被犀甲,車錯轂兮短兵接。"參閲宋程大昌演繁露五鐵甲皮甲水犀鮫魚。

【犀舟】堅固的船隻。後漢書五九張衡傳應閒:"雖有犀舟勁檝,猶人涉卬否,有須者也。"注:"音義曰:'今俗謂刀兵利爲犀。犀,堅也。'"宋梅堯臣宛陵集十三送胡都官知潮州詩:"適聞豫章士,勇往登犀舟。"

【犀車】裹以犀皮的堅固之車。韓非子姦劫弑臣:"託於犀車良馬之上,則可以陸犯阪阻之患;乘舟之安,持檝之利,則可以水絕江河之難。"

【犀利】堅固銳利。多指兵器而言。漢書七九馮奉世傳對曰:"然羌戎弓矛之兵耳,器不犀利。"也指文辭尖銳鋒利。唐劉禹錫劉夢得集二三唐故相國贈司空令狐公集紀:"未幾改職方知制誥,詞鋒犀利,絕人遠甚。"

【犀角】㊀犀牛角。可以製器,也可入藥。漢書九五南粵王趙佗傳上書:"謹北面因使者獻白璧一雙,翠鳥千,犀角十,……。"㊁額角骨。戰國策中山:"若乃其眉目准頞權衡,犀角偃月,彼乃帝王之后,非諸侯之姬也。"宋蘇軾分類東坡詩一將至筠先寄遲适遠三猶子:"未見豐盈犀角兒,先逢玉雪王郎子。"王郎,軾弟轍壻王子立。

【犀兵】鋒利的兵器。元柳貫柳待制集三六月十五日大雨雹行詩:"排槍倒檻揮霍入,犀兵快馬難爲雄。"

【犀函】卽犀甲。梁書元帝紀王僧辯等勸進表:"臣等分勒武旅,百道同趨,突騎短兵,犀函鐵楯,結隊千羣,持戟百萬。"

【犀首】古官名。類似後代的虎牙將軍。戰國魏公孫衍曾爲此官,故又稱公孫衍爲犀首。莊子則陽:"犀首聞而恥之曰:……。"釋文:"犀首,魏官名。司馬(彪)云:若今虎牙將軍,公孫衍爲此官。"史記七十張儀傳附犀首:"犀首者,魏之陰晉人也,名衍,姓公孫氏。與張儀不善。"

【犀毗】㊀帶鈎。漢書九四上匈奴傳文帝遺匈奴單于書:"黃金犀毗一。"注:"犀毗,胡帶之鈎也。亦曰鮮卑,亦謂師比,總一物也,語有輕重耳。"楚辭大招作"鮮卑",戰國策趙二作"師比",史記匈奴傳作"胥紕"。元楊維楨鐵崖古樂府十春俠雜詞之四:"上樓更衣玉山倒,腰間帶脫金犀毗。"參見"師比"。㊁暗色之漆器。卽"犀皮"。宋俞琰席上腐談上:"漆器有所謂犀皮者,出西昆國,訛而爲犀皮。"明黃成髹飾錄:"犀皮或作西皮或犀毗,文有片雲、圓花、松鱗諸般,近有紅面者,以光滑爲美。"

【犀浦】縣名。唐置,取李冰所造石犀爲名。宋廢。故城在今四川郫縣東。見太平寰宇記七二益州。

【犀軒】飾有犀皮之車。古代卿所乘。左傳定九年:"與之犀軒與直蓋。"疏:"犀軒,當以犀皮爲飾也。"唐羅隱甲乙集九送程尊師東遊有寄詩:"且憑鶴駕尋滄海,必恐犀軒過赤城。"

【犀帶】飾有犀角的腰帶。唐白居易長慶集六七司徒令公分守東洛……寄獻以抒下情詩:"通天白犀帶,照地紫麟袍。"新唐書一八四馬植傳:"左軍中尉馬元贄最爲帝寵信,賜通天犀帶。"參閱宋史輿服志五。

【犀渠】㊀古代傳說中獸名。山海經中山經:"(釐山)有獸焉,其狀如牛,蒼身,其音如嬰兒,是食人,其名曰犀渠。"㊁以犀皮製成的盾牌。國語吳:"建肥胡,奉文犀之渠。"注:"肥胡,幡也;文犀之渠,謂楯也。文犀,犀之有文理者。"文選晉左太沖(思)吳都賦:"家有鶴膝,户有犀渠,軍用蓄用,器械兼備。"戰士執甲盾,因以犀渠作戰士的泛稱。宋楊萬里誠齋集一晚立普明寺門時已過立春去除夕三日爾將歸有歎詩:"邊頭犀渠未晏眠,天不雨粟地流錢。"

【犀圍】卽犀帶。宋陸游老學庵筆記八:"故事謫散官,雖別駕司馬,皆封賜如故,故東坡先生在儋耳詩亦云:'鶴髮驚全白,犀圍尚半紅。'"參見"犀帶"。

【犀照】傳說燃犀角可以使水中通明,真相畢現。後遂以犀照喻洞察事理。參見"燃犀"。

【犀錢】卽洗兒錢。宋蘇軾東坡詞減字木蘭花:"犀錢玉果,利市平分沾四座。"自注:"過吳興,李公擇生子,三日會客,作此詞戲之。"按:犀角黃,錢色近似,故稱犀錢。

【犀簟】用犀皮製成的席。舊唐書五行志:"張易之爲母阿臧爲七寶帳,有魚龍鸞鳳之形,仍爲象牀、犀簟。"

【犀簪】用犀角製的髮簪。舊題漢伶玄飛燕外傳:"廣榭上,后歌舞歸風送遠之曲,帝以文犀簪擊玉甌。"全唐詩六八五吳融和韓致光侍郎無題三首十四韻:"珠佩元消暑,犀簪自辟塵。"

【犀牛望月】關尹子五鑑:"譬如犀牛望月,月形入角,特因識生,始有月形,而彼真月,初不在角。"後用以比喻所見不全。

犉 rún ㄖㄨㄣˊ 如匀切,平,諄韻,日。

黃牛黑唇。詩小雅無羊:"誰謂爾無牛,九十其犉。"傳:"黃牛黑唇曰犉。"又牛七尺爲犉。見爾雅釋畜。

犆 1. tè ㄊㄜˋ

㊀單獨,各別。同"特"。禮少儀:"喪俟事,不犆弔。"釋文本作"特"。疏:"不犆弔,謂不非時而獨弔也。"穀梁傳隱十一年:"犆言,同時也。"注:"犆言,謂別言也。"

2. zhí ㄓˊ 除力切,入,職韻,澄。

㊀邊緣,緣飾。禮玉藻:"君羔幦虎犆,大夫齊車,鹿幦豹犆。"注:"犆,讀皆如'直道而行'之直。直謂緣也。此君車、齊車之飾。"

犅 gāng ㄍㄤ 古郎切,平,唐韻,見。

公牛。公羊傳文十三年:"魯公用騂犅。"

犇 bēn ㄅㄣ 博昆切,平,魂韻,幫。

"奔"的古體字。荀子議兵:"勞苦煩辱則必犇。"注:"犇與奔同。"

犂 lí ㄌㄧˊ 郎奚切,平,齊韻,來。

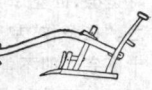

也作"黎"、"犁"。㊀耕地翻土農具。管子輕重甲:"今君躬犂墾田,耕發草土,得其穀矣。"㊁耕。文選古詩十九首之十四:"古墓犂爲田,松柏摧爲薪。"㊂雜色。見"犂牛"。㊃黑色。戰國策秦一:"(蘇秦)去秦而歸,……形容枯槁,面目犂黑,狀有歸色。"㊄堅確。莊子山木:"木聲與人聲,犂然有當於人心。"釋文:"司馬(彪)云:犂然猶栗然。"㊅將,及。史記晉世家:"犂二十五年,吾冢上柏大矣。"索隱:"犂猶比也。"參見"犂明"。㊆姓。春秋時有犂鉏。見史記齊太公世家。

犂

【犂牛】雜色牛。論語雍也:"犂牛之子騂且角,雖欲勿用,山川其舍諸?"注:"犂,雜文;騂,赤也。"

【犂旦】猶黎明。史記一一三南越王尉佗傳:"越素聞伏波(將軍路博德)名,日暮,不知其兵多少。……犂旦,城中皆降伏波。"漢書作"遲明"。

【犂老】老人面色黧黑,故稱犂老。書泰誓中:"播棄犂老,昵比罪人。"謂棄老者,而親罪人。

【犂耳】鐵名。資治通鑑一〇四晉孝武太元五年:"秦征北將軍幽州刺史行唐公(苻)洛,勇而多力,能坐制奔牛,洞射犂耳。"

【犂祁】豆腐。宋陸游劍南詩稿七二山庖:"新春稏稏滑如珠,旋壓犂祁軟勝酥。"

【犂明】天將明之時。史記齊太公世家:"太公聞之,夜衣而行,犂明至國。"索隱:"犂猶比也。又犂猶遲也。"

【犂軒】古國名。漢書九六上西域傳:"(安息)因發使隨漢使者來觀漢地,以大鳥卵及犂軒眩人獻於漢。"漢書六一張騫傳作"黎軒"、後漢書八八西域傳作"犂鞬"。參見"大秦"。

【犂塗】水鳥。卽鵜鶘、淘鵝。本草綱目四七禽一:"案山海經云: 沙水多犂鶘。其名自呼, 後人轉爲鵜鶘耳。又吴諺云: '夏至前來,謂之犂鶘',言主水也;'夏至後來,謂之犂塗',言主旱也。"

【犂鼠】鼴鼠。正字通:"鼴似鼠而小,無尾……以其陰穿地中而行名隱鼠, 以其起地若耕名犂鼠,鼴則通稱也。"

【犂鞬】見"犂軒"。

【犂庭掃閭】犂平其庭院,掃蕩其居處。比喻徹底摧毁敵方。漢書九四下匈奴傳揚雄上書:"近不過旬月之役, 遠不離二時之勞,固已犂其庭, 掃其閭, 郡縣而置之。"後多作"犂庭掃穴"。清王夫之宋論十高宗:"卽不能犂庭掃穴,以靖中原,亦何至日敝月削,以迄於亡哉。"

九 畫

犎 fēng 府容切,平,鍾韻,幫。
ㄈㄥ

野牛,一種領肉隆起的牛。爾雅釋畜"犦牛"晉郭璞注: "卽犎牛也。領上肉犦胅起高二尺許, 狀如橐駝, 肉鞍一邊,健行者日三百餘里。"參見"封牛"、"犦牛"。

犍 1. jiān 居言切,平,元韻,見。
ㄐㄧㄢ

㊀閹過的牛。説文:"犍, 犗牛也。"㊁閹割。南史宋文帝諸子傳始興王劉濬與劉劭書:"(陳)天興先署佞人府位, 不審監上當無此簿領,可急宜犍之。"

2. qián 渠焉切,平,仙韻,羣。
ㄑㄧㄢ

㊂漢武帝置犍爲郡。漢碑"犍"字皆從木作"楗", 六朝人書乃作"犍"。參閱清鄭珍説文新附考一"犍"。見"犍$_2$爲"。

【犍度】梵語。也作娑犍度。犍或作"揵"。譯作藻聚、積木等, 作爲經論篇章單位,如四分律有二十餘犍度。説法衣之篇章,稱爲衣犍度。參閱四分律三一、唐釋慧琳一切經音義六七玄應音阿毘曇毗婆沙論一犍度。

【犍椎】梵語。也作犍槌、乾槌。卽寺院中所懸木魚、鍾磬之類。南朝宋法顯佛國記: "(于闐)國主安堵法顯等於僧伽藍。僧伽藍名瞿摩帝,是大乘寺,三千僧共犍槌食。"參閱唐釋慧琳一切經音義五一入大乘論下揵槌、釋氏要覽下雜記。

【犍$_2$爲】㊀郡名。1. 西漢建元六年置,治所在僰道(今四川宜賓縣西南), 屬益州。南北朝隋因之。參閱漢書地理志上、嘉慶一統志三九五敍州府一。2. 東漢永初元年分犍爲郡南境置犍爲屬國都尉,治所在朱提(今雲南昭通縣西北)。建安十九年劉備改置朱提郡。參閱後漢書郡國志五。3. 唐上元元年以戎州之犍爲屬嘉州。天寶元年改爲犍爲郡, 乾元元年復爲嘉州。宋因之, 亦稱犍爲郡。慶元二年升嘉定府。參閱舊唐書地理志四、讀史方輿紀要七二嘉定州。㊁縣名。屬四川省。漢南安縣地,北周置沈犀郡,並置武陽縣。隋廢郡,以縣隸戎州,開皇三年改武陽爲犍爲。歷代相因。參閱太平寰宇記七四嘉州、寰宇通志六八嘉定州。

【犍陀羅】見"健$_2$馱羅"。

㸯 kē 苦禾切,平,戈韻,溪。
ㄎㄜ

無角牛。同"牱"。見廣韻。

【㸯㸿】㊀無角無尾的牛。淮南子説山:"髡屯犂牛,既㸯以㸿,決鼻而羈,生子而犧。"注:"㸯,無角。㸿,無尾。"㊁比喻醜陋。清焦循雕菰集十三上王述菴侍郎書一:"形已㸯㸿,復遠芳澤。"

犝 zǒng 作孔切,上,董韻,精。
ㄗㄨㄥˇ

"總"、"揔"的異體字。文選晉左太沖(思)吴都賦:"澶湉漠而無涯, 犝有流而爲長。"

【犝猥】混雜。漢王符潛夫論考績:"諺曰: 曲木惡直繩,重罰惡明證,此羣臣所以樂犝猥而惡考功也。"

十 畫

犖 luò 吕角切,入,覺韻,來。
ㄌㄨㄛˋ

㊀雜色牛。見説文。唐陸龜蒙甫里集三雜諷詩之二:"斯爲朽關鍵, 怒犖抉以入。"也泛指雜色之物。參見"駁犖"。㊁超絶, 特出。見"卓犖"。㊂見"犖犖"。㊃古地名。在今河南淮陽縣西北。左傳僖元年:"秋, 楚人伐鄭,鄭卽齊故也,盟於犖,謀救鄭也。"注:"犖卽檉也,地有二名。"

【犖确】石多貌。唐韓愈昌黎集三山石詩:"山石犖确行徑微, 黄昏到寺蝙蝠飛。"宋蘇軾分類東坡詩二四東坡:"莫嫌犖确坡頭路,自愛鏗然曳杖聲。"

【犖犖】㊀分明,明確。史記天官書:"此其犖犖大者。若至委曲小變,不可勝道。"㊁卓絶。唐韓愈昌黎集十六代張籍與李浙東書:"惟閤下心事犖犖,與俗輩不同,籍固已藏之胸中矣。"

犗 jiè 古喝切,去,夬韻,見。
ㄐㄧㄝ

閹過的牛。莊子外物:"任公子爲大鈎、巨緇, 五十犗以爲餌。"釋文:"犗, 犍牛也。"以刀去其陰, 今稱騸。魏書天象志二:"牛大疫,死者十八九,官車所馭巨犗數百,同日斃於路側。"

犒 kào 苦到切,去,號韻,溪。
ㄎㄠ

以酒食等物慰勞。左傳僖三三年:"寡君聞吾子將步師出於敝邑,敢犒從者。"

【犒牛】供以酒食勞軍用的牛。周禮地官牛人:"軍事,共其犒牛。"

【犒師】以酒食慰勞軍隊。左傳僖二六年:"公使展喜犒師。"又三三年:"(秦師)及滑,鄭商人弦高將市於周, 遇之, 以乘韋先,牛十二,犒師。"

【犒勞】賞勞,慰勞。吕氏春秋悔過:"使人臣犒勞以璧, 膳以十二牛。"三國志吴吴主傳曹丕報孫權書:"朕之與君, 大義已定,……不欲使進,議者怪之。故先遣使者犒勞,又遣尚書侍中踐脩前言,以定任子。君遂設辭。"

【犒賞】以酒食財物享賜將士。新唐書一五二李絳傳:"俄而田興果立, 以魏博聽命,……絳復曰:'王化不及魏博久矣,一日挈六州來歸, 不大犒賞, 人心不激。請斥禁錢百五十萬緡賜其軍。'"

㸿 xiū 正字通 思秋切,音修。
ㄒㄧㄡ

無尾牛。見"㸯㸿㊀"。

十 一 畫

犘 má 莫霞切,平,麻韻,明。
ㄇㄚˊ

大牛。爾雅釋畜:"犘牛, 出巴中, 重千斤。"清郝懿行義疏:"野牛也。……犘之爲言莽也。莽者, 大也。今俗云莽牛卽此。"

犛 máo 莫交切,平,肴韻,明。
ㄇㄠˊ

長髦牛。見説文。國語楚上:"不然,巴浦之犀、犛、兕、象,其可盡乎。"山海經中山經:"荆山,……其中多犛牛。"注:"旄牛屬,黑色,出西南徼外也。"

犝 yōng 餘封切,平,鍾韻,喻。
ㄩㄥ

頸上有肉堆的牛。史記一一七司馬相如傳上林賦:"獸則犝旄獏犛, 沈牛麈麋。"索隱:"郭璞云:'犝, 犝牛, 領有肉堆。'案: 今之犎牛也。"文選作"傭", 漢書作"庸"。

⿰牛累 léi ㄌㄟˊ 力追切，平，脂韻，來。

公牛。廣韻作"⿰牛累"。見下。

【⿰牛累牛】公牛。淮南子時則："季春之月，……乃合⿰牛累牛騰馬，游牝于牧。"注："⿰牛累牛，特牛也。"吕氏春秋季春紀作"⿱畾牛牛"，禮月令作"累牛"。

犕 fú ㄈㄨˊ 集韻 房六切，入，屋韻。

也作"犕"、"犃"。駕馭，心服。說文引易："犕牛乘馬。"今本易繫辭下作"服牛乘馬"。後漢書七一皇甫嵩傳："（董）卓風令御史中丞已下皆拜以屈嵩，既而抵手言曰：'義真犕未乎？'嵩笑而謝之。"注："犕，即古'服'字也，今河朔人猶有此言。"義真，嵩字。

⿱敏牛 mǐn ㄇㄧㄣˇ 眉隕切，上，軫韻，明。

獸名。山海經西山經："（黄山）有獸焉，其狀如牛而蒼黑，大目，其名曰⿱敏牛。"

十二畫

⿰牛豢 huàn ㄏㄨㄢˋ 字彙 胡慣切，音宦。

養。同"豢"。莊子達生："汝奚惡死，吾將三月⿰牛豢汝。"釋文："⿰牛豢，音患。司馬（彪）云：養也。"

⿰牛喬 gǎo ㄍㄠˇ

乾肉。字也作"薧"。淮南子泰族："湯之初作囿也，以奉宗廟鮮⿰牛喬之具，簡士卒習射御以戒不虞。"注："生肉爲鮮，乾肉爲⿰牛喬。"參見"薧"。

十五畫

犢 dú ㄉㄨˊ 徒谷切，入，屋韻，定。

小牛，牛子。禮禮器："天子適諸侯，諸侯膳以犢。"後漢書五四楊震傳附楊彪對曰："愧無日磾先見之明，猶懷老牛舐犢之愛。"

【犢車】牛車。三國志吳魯肅傳："今肅迎（曹）操，操當以肅還付鄉黨，品其名位，猶不失下曹從事，乘犢車，從吏卒，交游士林，累官故不失州郡也。"宋書禮志五："犢車輧車之流也。漢諸侯貧者乃乘之，其後轉見貴。孫權云：車中八牛，卽犢車也。江左御出，又載儲偫之物。"

【犢鼻】㊀人體經絡穴位名。在膝臏下骭骨上，俠解大筋中。也稱膝眼。見素問氣穴論"犢鼻二穴"注。㊁見"犢鼻褌"。

【犢沐子】相傳爲戰國時人。齊宣王時處士，年五十無妻，出薪於野，見雉雄雌相隨而飛。意動心悲，因援琴而歌，作雉朝飛操曲。見樂府詩集五七。

【犢鼻褌】短褲，或謂圍裙。史記一一七司馬相如傳："相如身自著犢鼻褌，與保庸雜作。"集解："韋昭曰：'今三尺布作，形如犢鼻矣。……今銅印言犢紐，此其類矣。'"漢書五七上司馬相如傳"犢鼻褌"清王先謙補注："吳越春秋（勾踐入臣外傳）'越王服犢鼻'。廣雅：松，褌褌也。方言：無祠袴謂之襪。郭（璞）云：袴無踦者，卽今犢鼻褌。……據此形製，但以蔽前，反繫於後，而無袴襠，卽吾楚俗所謂圍裙是也。"參閱清錢大昕十駕齋養新録四犢鼻褌。

犦 bó ㄅㄛˊ 博沃切，入，沃韻，幫。蒲角切，入，覺韻，並。

字也作"⿰牛㬥"。見下。

【犦牛】牛名。爾雅釋畜："犦牛。"注："卽犎牛也，領上肉犦胅起高二尺許，狀如橐駝，肉鞍一邊，健行者日三百餘里。今交州合浦徐聞縣出此牛。"釋文："犦，……卽今之腫領牛。"

【犦矟】古時儀仗用的兵器。刻有犦牛形，以示威武。卽"犦槊"。也作"⿰犭暴矟"。全唐詩三三三楊巨源賀田僕射子弟榮拜金吾："五侯恩澤不同年，叔姪朱門⿰犭暴矟連。"宋程大昌演繁露二犦槊："予案爾雅：'犦牛，犎牛也。'此獸抵觸百獸，無敢當者。故金吾仗刻犦牛於槊首，以碧油囊籠之，……今金吾仗以犦槊爲第一隊，則是犦槊云者，刻犎牛於槊首也。"參閱文獻通考一一八王禮十三、明方以智通雅器用。參見"爮槊"。

犣 liè ㄌㄧㄝˋ 良涉切，入，葉韻，來。

見下。

【犣牛】卽犛牛、旄牛。爾雅釋畜："犣牛。"注："旄牛也，髀膝尾皆有長毛。"釋文："犣，力涉反。字林云：'牛名也。'郭（璞）云：'旄牛也。'本或作'鬣'字，此牛多毛鬣。"

十六畫

犧 xī ㄒㄧ 許羈切，平，支韻，曉。

㊀古時宗廟祭祀用的純色牲畜。書微子："今殷民，乃攘竊神祇之犧、牷、牲。"傳："色純曰犧。"㊁見"犧尊"。

【犧人】官名。國語周上："及期，鬱人薦鬯，犧人薦醴。"注："犧人司樽，掌共酒醴。"

【犧牛】古代祭祀用的純色牛。禮曲禮下："天子以犧牛，諸侯以肥牛。"唐羅隱甲乙集九村橋詩："莫學魯人疑海鳥，須知莊叟惡犧牛。"

【犧牲】㊀供祭祀用的純色全體牲畜。書泰誓上："犧牲粢盛，既于凶盜。"後漢書二五魯恭傳奏："月令，周世所造，而所據皆夏之時也，其變者唯正朔、服色、犧牲、徽號、器械而已。"注："祭天地宗廟曰犧，卜得吉日曰牲。"引申稱爲公而捐棄生命財産等爲犧牲。㊁星名。史記天官書："牽牛爲犧牲。"

【犧媧】伏犧氏和女媧氏的合稱。宋蘇軾東坡集續集一遊三遊洞……有亭吏乞詩："洪荒無傳記，想像在犧媧。"

【犧尊】古代酒器。作犧牛形。也有於尊腹刻畫牛形者。尊，也作"樽"。詩魯頌閟宫："白牡騂剛，犧尊將將。"集傳："犧尊，畫牛於尊腹也。或曰尊作牛形，鑿其背以入酒也。"南史劉沼傳附劉杳："嘗與（沈）約坐語及宗廟犧樽，……杳曰：'此言未必可安。古者樽彝刻木爲鳥獸，鑿頂及背以出內酒。魏時魯郡地中得齊大夫子尾送女器，有犧樽作犧牛形。晉永嘉中，賊曹嶷於青州發齊景公冢又得二樽，形亦爲牛象。二處皆古之遺器，知非虛也。'"犧尊之犧，亦讀 suō。

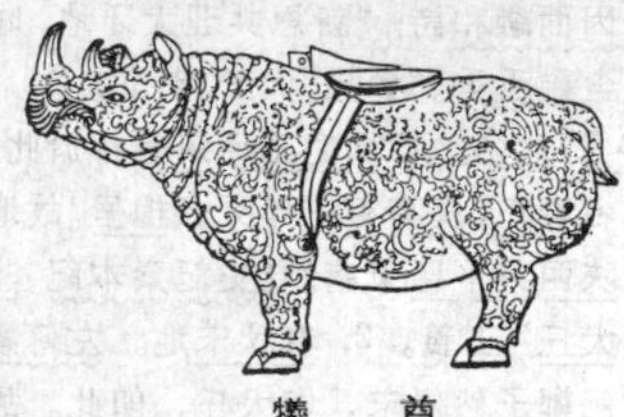

犧尊

【犧象】飾有鳥形、鳥羽或象骨的酒器。周禮春官司尊彝："掌六尊六彝之位。……其朝踐用兩獻尊，其再獻用象尊。"注："鄭司農（衆）云：'……獻讀爲犧。犧尊，飾以翡翠；象尊以象鳳凰，或曰以象骨飾尊。'"禮明堂位："著，殷尊也；犧象，周尊也。"疏："犧象周尊也者，畫沙羽及象骨飾尊也。"一說爲犧尊和象尊的合稱。左傳定十年："且犧象不出門，嘉樂不野合。"注："犧象，酒器；犧尊，象尊也。"

犧象

【犧賦】徵收供祭祀用的犧牲，猶如徵收賦税，故稱犧賦。禮曲禮下："凡家造，祭器爲先，犧賦爲次，養器爲後。"注："犧賦，以税出牲。"

犨 chōu ㄔㄡ 赤周切,平,尤韻,穿。

㊀牛息聲。也爲牛名。卽白色牛。見說文及清段玉裁注。㊁出現。呂氏春秋召類:"南家之牆犨於前而不直,西家之潦徑其宮而不止。"注:"犨,猶出。曲出子罕堂前也。"㊂姓。犨氏,姬姓,晉大夫郤犨之後。參閱通志二八氏族四以名爲氏。

【犨麋】人名。相傳爲貌醜而有德之人。犨,也作"讎"。呂氏春秋遇合:"陳有惡人焉,曰敦洽讎麋,椎顙廣顏,色如漆赭,垂眼臨鼻,長肘而盭。陳侯見而甚說之。"文選晉左太沖(思)魏都賦:"而是有魏開國之日,締構之初,萬邑譬焉,亦猶犨麋之與子都,培塿之與方壺也。"

十八畫

犦 bó ㄅㄛ

見"犦"。

犬部

犬 quǎn ㄑㄩㄢ 苦泫切,上,銑韻,溪。

狗。禮曲禮上:"效犬者,左牽之。"疏:"然通而言之,狗犬通名,若分而言之,則大者爲犬,小者爲狗。"

【犬人】官名。周禮秋官之屬,掌相犬牽犬以供祭祀。

【犬子】對己子的愛稱。史記一一七司馬相如傳:"少時好讀書,學擊劍,故其親名之曰犬子。"索隱引孟康:"愛而字之也。"後人謙稱自己的兒子爲犬子,本此。

【犬牙】犬牙形狀參差不齊,喻地形或地勢交錯。後漢書二五魯恭傳:"建初七年,郡國螟傷稼,犬牙緣界,不入中牟。"唐劉禹錫劉夢得集四朗州竇員外見示……因而繼和詩:"新恩共理犬牙地,昨日同含雞舌香。"參見"犬牙相制"。

【犬丘】地名。1.周懿王自鎬遷都於此。秦更名廢丘,漢高祖三年更名槐里。故地在今陝西興平縣東南。見史記秦本紀"非子居犬丘"正義。2.春秋宋地。左傳襄元年記鄭子然侵宋,取犬丘,卽此。故地在今河南永城縣西北。

【犬戎】古戎族的一支,在殷周時居於我國西部。周幽王十一年,申侯引犬戎入宗周攻殺幽王,平王立遷於洛邑,是爲東周。

【犬服】古代車上盛兵器的犬皮套。儀禮既夕禮:"主人乘惡車,白狗幦,蒲蔽,御以蒲菆、犬服。"注:"笭間兵服,以犬皮爲之,取堅也。"疏:"喪家乘車,亦有兵器自衛,以白犬皮爲服。"

【犬馬】臣子對君上的自卑之稱。史記三王世家霍去病上言:"臣竊不勝犬馬心,昧死願陛下詔有司,因盛夏吉時定皇子位。"漢書六九趙充國傳上書:"臣位至上卿,爵爲列侯,犬馬之齒七十六。"

【犬書】用犬傳送的書信。晉書陸機傳:"初機有駿犬,名曰黃耳,甚愛之。既而羈寓京師,久無家問,笑語犬曰:'我家絕無書信,汝能齎書取消息不?'犬搖尾作聲。機乃爲書以竹筩盛之而繫其頸,犬尋路南走,遂至其家,得報還洛。其後因以爲常。"唐李賀歌詩編一始爲奉禮憶昌谷山居:"犬書曾去洛,鶴病悔遊秦。"

【犬禍】古代對有關狗的變異非常事項,附會人事吉凶,稱爲犬禍。見漢書五行志中之上。

【犬彘】狗和豬。漢書食貨志賈誼上疏:"故貧民常衣牛馬之衣,而食犬彘之食。"喻鄙賤之人。新唐書一九二張巡傳:"巡罵(尹子琦)曰:'我爲君父死,爾附賊,乃犬彘也,安得久!'"

【犬膘】食品名。作法以犬肉和小麥白酒,煮三沸後易湯,再以小麥白酒煮令肉離骨,破雞蛋放肉中,甑中蒸乾,以石壓之,一宿可食。見北魏賈思勰齊民要術九脺奧糟苞。

【犬鋪】軍營中養警犬之處。資治通鑑二六三唐天復二年:"壬子,朱全忠穿蚰蜒壕圍鳳翔,設犬鋪、鈴架以絕內外。"注:"凡行軍下營,四面設犬鋪,以犬守之。敵來則羣吠,使營中知所警備。"

【犬馬戀】比喻臣僕對君主的懷戀。文選三國魏曹子建(植)上責躬應詔詩表:"踊躍之懷,瞻望反側,不勝犬馬戀主之情。"唐韋應物韋江州集三京師叛亂寄諸弟詩:"上懷犬馬戀,下有骨肉情。"

【犬臺宮】漢宮名。漢書四五江充傳:"初,充召見犬臺宮,自請願以所常被服冠見上。"三輔黃圖三:"犬臺宮在上林苑中,長安西二十八里。"

【犬牙相制】地界交錯,形勢如犬牙。史記孝文帝紀:"高帝封王子弟,地犬牙相制,此所謂磐石之宗也。"索隱:"言封子弟境土交接,若犬之牙不正相當而相銜入也。"也作"犬牙相錯"。漢書五三中山靖王勝傳:"諸侯王自以骨肉至親,先帝所以廣封連城,犬牙相錯者,爲磐石宗也。"

【犬吠雲中】傳說漢淮南王成仙,家中雞犬亦隨而升天。漢王充論衡道虛:"儒書言:淮南王學道,招會天下有道之人。……王遂得道,舉家升天,畜產皆仙,犬吠天上,雞鳴於雲中。"舊題晉葛洪神仙傳四作"雞鳴天上,犬吠雲中"。

一畫

犮 bá ㄅㄚˊ 蒲撥切,入,末韻,並。

㊀犬走貌。見說文。㊁通"拔"。周禮秋官有赤犮氏。見該條。

【犮乙】謂隨意書寫無法度。唐張彥遠法書要錄一:"而今之學草書者,不思其簡易之旨,直以爲杜(度)崔(瑗)之法,龜龍所見也。其攠扶柱桎,詰屈犮乙,不可失也。"

二畫

犯 fàn ㄈㄢˋ 防鋄切,上,范韻,並。

㊀侵犯,衝擊。論語泰伯:"犯而不校。"左傳僖二八年:"胥臣蒙馬以虎皮,先犯陳蔡,陳蔡奔,楚右師潰。"㊁觸犯,冒犯。左傳襄十年:"衆怒難犯,專欲難成。"㊂使用。孫子九地:"犯三軍之衆,若使一人。"漢曹操注:"犯,用也,言明賞罰,雖用衆若使一人也。"㊃指罪犯、囚犯。新唐書食貨志四:"私鬻三犯皆三百斤,乃論死。"㊄樂曲用語。謂以宮犯商,以商犯宮等。宋周邦彥有吉了犯,姜夔有淒涼犯。宋姜夔白石道人歌曲四淒涼犯注:"凡曲言犯者,謂以宮犯商,商犯宮之類。"

【犯土】謂觸犯土地神。也叫"犯土禁"。後漢書十五來歷傳:"時皇太子驚病不安,避幸安帝乳母野王君王聖舍。太子乳母王男、廚監邴吉等以爲聖舍新繕修,犯土禁,不可久御。"宋陸游劍南詩稿六五病後作:"道士言犯土,拜章安舍宅。"

【犯上】冒犯尊長或上級。論語學而:"有子曰:'其爲人也孝弟,而好犯上者,鮮矣。'"

【犯法】違犯法律禁令。國語魯下:"若欲犯法,則苟而賦,又何訪焉。"史記平準書:"故人人自愛而重犯法,先行義而後絀恥辱焉。"

【犯夜】違犯宵禁。世説新語政事:"王安期(承)作東海郡,吏録一犯夜人來。王問何處來?云:'從師家受書還,不覺日晚。'"唐律有犯夜專條,凡於閉門鼓後、開門鼓前行者皆爲犯夜。參閲唐律疏議二六雜律上犯夜。

【犯牀】謂樂調相犯。宋詩鈔陳造江湖長翁詩鈔吳節推趙楊子……攜具用韻謝之:"犯牀漫飛埃,瑶笙罷重請。"自注:"犯牀,置樂器牀,謂宫調相犯;修樂器惟笙曰請。"

【犯科】法有科條,故犯法也稱犯科。三國志蜀諸葛亮傳出師表:"若有作姦犯科及爲忠善者,宜付有司,論其刑賞,以昭陛下平明之理。"

【犯順】㊀謂以逆犯順,即造反作亂。國語魯上:"犯順不祥,以逆訓民亦不祥。"舊唐書一二一僕固懷恩傳:"懷恩逆命三年,再犯順,連諸蕃之衆,爲國大患。"㊁犯顏强諫。晉書劉毅傳:"昔馮唐答文帝,云不能用(廉)頗(李)牧而文帝怒,今劉毅言犯順而陛下歡。然以此相校,聖德乃過之矣。"

【犯禁】違犯禁令。周禮地官司稽:"掌巡市,而察其犯禁者與其不物者,而搏之。"韓非子五蠹:"儒以文亂法,俠以武犯禁,而人主兼禮之,此所以亂也。"

【犯歲】觸犯歲星。1.行星與歲星同度。後漢書天文志下:"永壽元年癸巳,熒惑犯歲星,爲姦臣謀,大將戮。"晉書天文志中:"義熙七年六月庚子,月犯歲星在畢,占曰:'有邊兵且饑。'"2.興兵侵犯歲星所在的分野,稱犯歲。晉書苻堅載記下:"太子宏曰:'今吳得歲,不可伐也。'……堅曰:'往年車騎滅燕,亦犯歲而捷之;天道幽遠,非汝所知也。'"

【犯諱】不避尊長或上官的名諱。南史王誕傳附王亮:"時有晉陵令沈巑之性粗疏,好犯亮諱,亮不堪,遂啓代之。巑之怏怏,乃造坐云:'下官以犯諱被代,未知明府諱。'"

【犯聲】樂曲的變調。如宫調之曲變商聲,商調之曲變宫聲。宋沈括夢溪筆談五樂律:"五音宫、商、角爲從聲,徵、羽爲變聲。……隋柱國鄭譯始條具七均(韻),展轉相生,爲八十四調,清濁混淆,紛亂無統,競爲新聲。自後又有犯聲、側聲、正殺、寄殺、偏字、傍字、雙字、半字之法,從、變之聲,無復條理矣。"

【犯顔】冒犯尊長的威嚴。韓非子外儲左下:"桓公問置吏於管仲,曰:'犯顔極諫,臣不如東郭牙,請立以爲諫臣。'"禮檀弓上"事親有隱而無犯"漢鄭玄注:"無犯,不犯顔而諫。"

【犯闕】用兵侵犯宫廷。舊唐書一三四馬燧傳:"四年十月,涇師犯闕,帝幸奉天,燧引軍還太原。"

【犯獵】猶言侵犯。國語吳:"(吳王夫差)乃使行人奚斯釋言於齊,曰:'……今大夫國子興其衆庶,以犯獵吳國之師徒,天若不知有罪,則何以使下國勝!'"注:"犯,陵也。獵,震也。"清王引之經義述聞二一獵震也謂震爲"虐"字之誤。

【犯難】冒險,遭難。易需:"需于郊,不犯難行也。"戰國策燕一:"秦趙相敝,而王以全燕制其後,此燕之所以不犯難也。"

【犯蹕】侵犯皇帝車駕將要經過的道路。史記一〇二張釋之傳:"廷尉奏當,一人犯蹕,當罰金。"集解:"如淳曰:乙令'蹕先至而犯者罰金四兩。'蹕,止行人。"

【犯鱗】相傳龍有逆鱗,犯之必受害,後以喻臣子向君主直諫。陳書後主紀至德四年詔:"而世無抵角,時鮮犯鱗;渭橋驚馬,弗聞廷争;桃林逸牛,未見其旨。"唐許渾丁卯集下宣城贈蕭兵曹詩:"客道恥搖尾,皇恩寬犯鱗。"

【犯由牌】處決犯人時宣布罪狀的告示牌。古今小説任孝子烈性爲神:"縣尉人等……簇擁推着任珪,前往牛皮街示衆,但見犯由牌前引,棍棒後隨。"

犰 qiú ㄑㄧㄡˊ 巨鳩切,平,尤韻,羣。

見下。

【犰狳】獸名。山海經東山經:"(餘峨之山)有獸焉,其狀如兔而鳥喙,鴟目蛇尾,見人則眠,名曰犰狳。"

三 畫

犴 1. án ㄢˊ 俄寒切,平,寒韻,疑。

也作"豻"。㊀北方的一種野狗。淮南子道應:"散宜生以千金求天下之珍,得……青犴、白虎。"

2. àn ㄢˋ 五旰切,去,翰韻,疑。

㊁古代鄉亭的拘留所。詩小雅小宛:"哀我填寡,宜犴宜獄。"今本作"岸"。釋文本岸作"犴"。荀子宥坐:"獄犴不治,不可刑也。"注:"獄謂之犴也。"

【犴₂獄】牢獄。唐韓愈昌黎集一赴江陵途中寄三學士詩:"何况親犴獄,敲榜發姦偷。"

狏 shì ㄕˋ 神帋切,上,紙韻,神。承紙切,上,紙韻,禪。

見下。

【狏狼】傳説中的獸名。山海經中山經:"蛇山……有獸焉,其狀如狐而白尾長耳,名狏狼。"

犵 gē ㄍㄜ

見下。

【犵狫】我國西南地區少數民族名。古稱僚、仡僚等。封建王朝史籍和其他著述,出於偏見或大民族思想,多於民族本名加偏旁,成爲含有侮辱性的稱謂。參見"仡₂僚"。

【犵狫裙】仡佬族服裝名。宋朱輔蠻溪叢笑:"裙幅兩頭縫斷,自足而入,闌班厚重,下一段純以紅,范史所謂獨力衣,恐是也。"明田汝成炎徼紀聞四稱作桶裙。

四 畫

狀 zhuàng ㄓㄨㄤˋ 鋤亮切,去,漾韻,牀。

㊀容貌,禮貌。戰國策秦五:"(呂)不韋使(異人)楚服而見,王后悦其狀,高其智。"史記項羽紀:"諸侯吏卒異時故繇使屯戍過秦中,秦中吏卒遇之多無狀。"㊁情狀。史記一二二張湯傳:"於是上使趙禹責湯,禹至,讓湯曰:'……今人言君皆有狀,天子重致君獄,欲令君自爲計。'"㊂敍述,描繪。莊子德充符:"自狀其過。"注:"自陳其過。"唐柳宗元柳先生集二九游黄溪記:"揭水八十步,至初潭,最奇麗,殆不可狀。"㊃文體的一種。向上級陳述事實的文書。漢王符潛夫論實貢:"歷察其狀,德侔顔淵卜冉;最其行能,多不及中。"後漢書五四楊秉傳:"南陽太守張彪……以車駕當至,因傍發調,多以入私,秉聞之,下書責讓荆州刺史,以狀副言公府。"特指訴狀。初學記十二漢鍾離岫會稽後賢記:"孔坦遷廷尉卿,獄多囚繫,坦到官,躬執辭狀,口辨曲直。"

【狀元】科舉時代稱廷試第一名爲狀元。唐制,舉人赴京應禮部考試都須投狀,因稱進士科及第的第一人爲狀元,也稱狀頭。宋開寶六年以前常稱榜首,開寶八年定禮部覆試之制,始以廷試首名稱狀元，然有時一甲三名，都稱狀元。自元以後，則僅限於稱呼殿試第一名。參閱宋朱弁曲洧舊聞三、宋趙昇朝野類要二、清趙翼陔餘叢考二八狀元榜眼探花。

【狀貌】容貌。戰國策趙一：“豫讓又漆身爲厲，滅鬚去眉，自刑以變其容，爲乞人而往乞，其妻不識，曰：‘狀貌不似吾夫，其音何類吾夫之甚也。’”史記高祖紀：“呂公者，好相人，見高祖狀貌，因重敬之。”

【狀頭】唐代進士試第一人稱狀頭。唐黃滔黃御史公集三寄翁文堯拾遺詩自注：“滔卯年冬在宛陵，夢文堯作狀頭及第。”唐崔元翰武翊黃張又新府試、進士試、博學宏辭及制科試皆第一，因有三頭之稱。參見“三頭”、“狀元”。

【狀元紅】㊀花名。牡丹的一種。宋陸游渭南文集四二天彭牡丹譜花釋名：“狀元紅者重葉深紅花，其色與鞓紅潛緋相類而天姿富貴，彭人以冠花品多葉者，謂之第一架，葉少而色稍淺者謂之第二架，以其高出衆花之上，故名狀元紅。或曰舊制進士第一人卽賜茜袍，此花如其色，故以名之。”㊁果名。荔枝的一種。相傳福建興化楓亭爲宋狀元徐鐸故居，鐸手植荔枝，命名爲延壽紅。鐸既没，人因稱狀元紅。參閱清周亮工閩小記、顧張思土風錄四狀元紅。

【狀元籌】戲具。用牙或骨竹爲籌，最大的爲狀元，爲六十四注；其次爲榜眼、探花，各三十二注；最小爲秀才，只一注；用六骰卜彩，視所擲籌的得失，局畢計籌，以所得多少分勝負。見清金學詩牧豬閒話。

犿 huān 呼官切，平，桓韻，曉。ㄏㄨㄢ

㊀獸名。玉篇謂卽貛。廣韻謂爲野豚。㊁見“連犿”。

犺 kàng 苦浪切，去，宕韻，溪。ㄎㄤˋ

健犬。見説文。引申爲健壯。廣雅釋詁：“犺，健也。”參閱清王念孫疏證。

狄 1. dí 徒歷切，入，錫韻，定。ㄉㄧˊ

㊀對我國北方地區少數民族的泛稱。也作“翟”。書仲虺之誥：“初征自葛，東征西夷怨，南征北狄怨。曰：‘奚獨後予？’”㊁古代小官。書顧命：“狄設黼扆綴衣。”禮喪大記：“無林麓則狄人設階。”注：“狄人，樂吏之賤者。”也作“翟”。㊂羽毛。禮樂記下：“然後鍾磬竽瑟以和之，干戚旄狄以舞之。”疏：“狄，羽也。”㊃姓。相傳出自姬姓，周成王母弟孝伯封於狄城，因以爲氏。漢有博士狄山。參閱新唐書宰相世系表。

2. tì 集韻 他歷切，入，錫韻。ㄊㄧˋ

㊄翦除，治理。通“剔”、“鬄”。詩魯頌泮水：“桓桓于征，狄彼東南。”釋文引韓詩作“鬄”。㊅見“狄₂狄₂”。

【狄牙】人名，卽易牙。春秋時人，以善烹調得寵於齊桓公。管仲死，與豎刁、開方專權亂齊。大戴禮三保傅：“（齊桓公）失管仲，任豎刁、狄牙，身死不葬，而爲天下笑。”漢王充論衡自紀：“狄牙和膳，肴無澹味。”參見“易牙”。

【狄希】人名。中山人，傳説善造酒，詩張的人説飲他所造的酒，可以千日醉。參見“千日酒”。

【狄₂狄₂】跳躍貌。荀子非十二子：“吾語汝學者之嵬容：……其容簡連，填填然，狄狄然。”注：“狄讀爲趯，跳躍之貌。”浮躁、不穩重之意。

【狄青】公元1008—1057年。宋汾州西河人，字漢臣。寶元初，爲延州指使，勇而善謀，經略尹洙范仲淹待之甚厚。仲淹教以兵法，青因折節讀書。以功擢升樞密副使。平生前後二十五戰，以皇祐四年上元夜襲破崑崙關之戰最著名。官至樞密使。青以士兵而爲大將，在樞密四年，著威名，不爲文臣所喜，罷爲同中書門下平章事，出判陳州。卒諡武襄。宋史有傳。

【狄香】香名。玉臺新詠一漢張衡同聲歌：“洒掃清枕席，鞮芬以狄香。”

【狄泉】水名。狄亦作“翟”。在河南洛陽市故洛陽城中。周景王死，王室内亂，尹氏奉王子朝爲王，敬王避居狄泉，卽此。敬王四年，諸侯奉敬王入成周，王子朝奔楚。見左傳僖二三年、二九年。

【狄道】縣名。漢置，屬隴西郡。以地居狄族而名。晉改爲武始縣。隋復爲狄道，屬蘭州。唐因之，天寶三年置狄道郡。故城在今甘肅臨洮縣。參閱漢書地理志下、讀史方輿紀要六十臨洮府。

【狄鞮】㊀古時的通譯官。禮王制：“五方之民，言語不通，嗜欲不同。達其志，通其欲，東方曰寄，南方曰象，西方曰狄鞮，北方曰譯。”疏：“鞮，知也，謂通傳夷狄之語與中國相知。”宋黃庭堅豫章集九款塞來享：“聖上開皇極，降書付狄鞮。”㊁地名。史記一一七司馬相如傳上林賦：“俳優侏儒，狄鞮之倡，所以娛耳目而樂心意者。”集解：“徐廣曰：‘韋昭云狄鞮，地名，在河内，出善倡者。’”文選上林賦注引晉郭璞謂狄鞮爲西戎樂名。

【狄仁傑】公元607—700年。字懷英，唐并州太原人。高宗初爲大理丞。後爲豫州刺史、洛州司馬。天授二年入爲地官侍郎同鳳閣鸞臺平章事，爲酷吏來俊臣誣害下獄，密使其子訴於武后，得免，貶彭澤令。至神功元年復相，力勸武后立唐嗣。卒贈文昌右相。睿宗時追封梁國公。宋范仲淹范文正集十一有唐狄梁公碑。新、舊唐書有傳。

狂 kuáng 巨王切，平，陽韻，羣。ㄎㄨㄤˊ

㊀顛狂，神經錯亂。書微子：“我其發出狂，吾家耄，遜于荒。”傳：“發疾生狂。”素問宣明五氣篇：“五邪所亂，邪入於陽則狂。”㊁狂妄。左傳昭二三年：“胡沈之君幼而狂。”呂氏春秋尊師：“使其心可以知，不學，其知不若狂。”注：“闇行妄發之謂狂。”㊂急躁。詩鄘風載馳：“許人尤之，衆穉且狂。”參見“狂狷”。㊃放蕩。論語陽貨：“古之狂也肆，今之狂也蕩。”㊄形容勢猛烈。唐杜甫杜工部草堂詩箋三四君不見簡蘇徯：“深山窮谷不可處，霹靂魍魎兼狂風。”㊅狂亂，急促。楚辭屈原九章抽思：“狂顧南行，聊以娛心兮。”注：“狂，猶遽也。”㊆鳥名。見“狂鳥”。

【狂人】㊀精神病患者。後漢書二九郅惲傳：“（王莽）使黄門近臣脅惲，令自告狂病恍忽，不覺所言，惲乃瞋目詈曰：‘所陳皆天文聖意，非狂人所能造。’”㊁放蕩不羈的人。唐李白李太白詩十四廬山謠寄盧侍御虛舟：“我本楚狂人，鳳歌笑孔丘。”

【狂士】狂放之士。孟子盡心下：“孔子在陳，何思魯之狂士？”注：“吾黨之士也。”世説新語任誕：“劉尹（惔）云：‘孫承公（綽）狂士，每至一處，賞翫累日，或回至半路卻返。”

【狂刃】亂刀。漢書九九下王莽傳下書：“惟公（廉丹）……忽於詔策，離其威節，騎馬呵譟，爲狂刃所害，烏呼哀哉！”

【狂心】野心，雄心。後漢書十三隗囂傳檄郡國：“（王莽）既亂諸夏，狂心益悖，……使四境之外，並入爲害。”唐白居易長慶集十六元和十三年淮寇未平……詩：“愚計忽思飛短檄，狂心便欲請長纓。”

【狂夫】㊀愚鈍的人。詩齊風東方未明：“折柳樊圃，狂夫瞿瞿。”漢書四九鼂錯傳上書言兵事：“傳曰：‘狂夫之言，而明主擇焉。’”㊁精神病患者。晉崔豹古今注中音樂:"有一白首狂夫,被髮提壺,亂流而渡,……遂墮河水死。"㊂古時婦女對其丈夫的謙稱,如後世所稱"拙夫"。漢劉向列女傳六楚野辨女:"大夫曰:'盍從我於鄭乎?'對曰:'既有狂夫昭氏在內矣。'"玉臺新詠六南朝梁何思澄南苑逢美人:"自有狂夫在,空持勞使君。"㊃豪放的人。唐杜甫杜工部草堂詩箋十九狂夫詩:"欲填溝壑唯疎放,自笑狂夫老更狂。"㊄古代驅疫逐邪的人。周禮夏官方相氏屬官有狂夫四人。左傳閔二年:"先丹木曰:'是服也,狂夫阻之。'"疏:"方相之士,蒙玄衣朱裳,主索室中毆疫,號之爲狂夫。"參見"偏衣"。

【狂且】輕狂的人。且,助詞。無義。詩鄭風山有扶蘇:"不見子都,乃見狂且。"箋:"覩狂醜之人。"

【狂生】㊀妄爲無知的人。荀子君道:"危削滅亡之情舉積此矣,而求安樂,是狂生者也。"㊁不拘小節的人。史記七九酈生傳:"(酈食其)好讀書,家貧落魄,無以爲衣食業,爲里監門吏。然縣中賢豪不敢役,縣中皆謂之狂生。"後漢書四九仲長統傳:"統性俶儻,敢直言,不矜小節,默語無常,時人或謂之狂生。"

【狂妄】放肆妄爲。荀子彊國:"威有三:有道德之威者,有暴察之威者,有狂妄之威者。此三威者,不可不孰察也。"舊唐書一三五皇甫鎛傳史臣曰:"(韋)執誼、(王)叔文乘時多僻,而欲斡運六合,斟酌萬幾;……何狂妄之甚也!"今謂極端自高自大爲狂妄。

【狂言】㊀狂妄之言。莊子知北遊:"夫子無所發予之狂言,而死矣夫。"漢書八五谷永傳與王鳳書:"將軍説其狂言,擢之皂衣之吏,厠之争臣之末。"㊁病中囈語。素問評熱病論:"狂言者是失志,失志者死。"㊂謂豪言壯語。唐杜牧樊川集別集兵部尚書席上作詩:"偶發狂言驚滿座,三重粉面一時回。"

【狂直】疏狂直率。三國志吳諸葛瑾傳:"虞翻以狂直流徙,惟瑾爲之説。"宋蘇軾分類東坡詩八懷西湖寄晁美叔同年:"嗟我本狂直,早爲世所捐。"

【狂易】指神經失常後性情狂暴。漢書九七馮昭儀傳:"(張)由素有狂易病,病發怒去,西歸長安。"注:"狂易者,狂而變易常性也。"後漢書四六陳忠傳:"又上除蠶室刑;解臧吏三世禁錮;狂易殺人,得減重論。"

【狂客】㊀狂放不羈的人。新唐書一九六賀知章傳:"知章晚節尤誕放,遨嬉里巷,自號'四明狂客'。"唐杜甫杜工部草堂詩箋十九寄李十二白二十韻:"昔年有狂客,號爾謫仙人。筆落驚風雨,詩成泣鬼神。"㊁楊花的别名。宋姚寬西溪叢語上:"昔張敏叔(景修)有十客圖。忘其名,予長兄伯聲,嘗得三十客:牡丹爲貴客,……楊花爲狂客。"

【狂勃】狂暴。晉書苻生載記:"(苻洪)謂健曰:'此兒狂勃,宜早除之,不然,長大必破人家。'"也指狂暴的行動。北史臨淮王譚傳附元孚陳便宜表:"兼其餘類,尚在沙磧,脱出狂勃,翻歸舊巢,必殘掠邑里,遺毒百姓。"

【狂泉】寓言中泉名。宋書袁粲傳妙德先生傳:"昔有一國,國中一水,號曰狂泉。國人飲此水,無不狂,唯國君穿井而汲,獨得無恙。國人既並狂,反謂國主之不狂爲狂,於是聚謀,共執國主,療其狂疾,火艾針藥,莫不畢具。國主不任其苦,於是到泉所酌水飲之,飲畢便狂。君臣大小,其狂若一,衆乃歡然。"

【狂疾】癲狂病。國語晉九:"下邑之役,董安于多。趙簡子賞之,辭;固賞之,對曰:'……今臣一旦爲狂疾,而曰必賞女,與余以狂疾賞也,不如亡!'趨而出。"文選三國魏嵇叔夜(康)與山巨源絶交書:"若趣欲共登王塗,期於相致,時爲懽益,一旦迫之,必發其狂疾,自非重怨,不至於此也。"

【狂悖】狂妄背理,猖獗。國語周下:"氣佚則不和,於是乎有狂悖之言,有眩惑之明,有轉易之名,有過慝之度。"引申爲叛亂。舊唐書一〇七永王璘傳:"璘生於宫中,不更人事,其子襄城王偒又勇而有力,馭兵權,爲左右眩惑,遂謀狂悖。"

【狂草】草書的一體。晉王羲之草書,變波磔爲圓轉,稱今草。子獻之又創一氣相串、連筆草書。至唐張旭懷素益爲狂放,稱爲狂草。其後宋米芾、元康里巎巎鮮于樞、明末傅山王鐸皆以狂草著名。

【狂狷】激進與拘謹保守。論語子路:"不得中行而與之,必也狂狷乎?狂者進取,狷者有所不爲也。"集解:"包(咸)曰:狂者進取於善道,狷者守節無爲。"狂狷皆偏於一面,泛指偏激。漢書七七劉輔傳辛慶忌等上書:"臣聞明王垂寬容之聽,崇諫争之官,廣開忠直之路,不罪狂狷之言。"

【狂率】狂妄輕率。舊唐書一九〇下蕭穎士傳:"穎士大忿,乃爲伐櫻桃賦以刺(李)林甫……其狂率不遜,皆此類也。"

【狂鳥】鳥名。1.傳説中的鳥名。山海經大荒西經:"有五采之鳥,有冠,名曰狂鳥。"爾雅釋鳥:"狂,䴇鳥。"注:"狂鳥,五色有冠。"疏:"狂,俗作鵟。"2.貓頭鷹。一説爲鴟的一種,卽鵟。爾雅釋鳥:"狂,茅鴟、怪鴟、梟鴟。"

【狂童】輕薄少年。詩鄭風褰裳:"子不我思,豈無他人?狂童之狂也且。"詩中狂童,猶狡童篇中的狡童,皆爲男女相親之暱稱,其後轉爲駡詈之詞,猶言狂妄少年。唐劉禹錫劉夢得集五平齊行:"初哀狂童襲故事,文告不來方震怒。"

【狂華】華,同"花"。㊀不依時序或不遵常則而開之花。晉書五行志上:"元帝太興四年,王敦在武昌,鈴下儀仗生華如蓮華,五六日而萎落。此木失其性。干寶以爲狂華生枯木,又在鈴閣之間,言威儀之富,榮華之盛,皆如狂華之發,不可久也。"㊁怒放盛開之花。抱朴子循本:"鄉黨之友不洽而勤遠方之求,涖官之稱不著,而索不次之顯,雖佻虛譽,猶狂華干霜以吐曜,不崇朝而零瘁矣。"

【狂惑】狂妄昏惑。荀子儒效:"兼制天下,立七十一國,姬姓獨居五十三人焉;周之子孫,苟不狂惑者,莫不爲天下之顯諸侯。"

【狂酲】沉醉。莊子人間世:"此何木焉哉!……咶其葉而口爛而爲傷,嗅之則使人狂酲三日而不已。"釋文:"李(頤)云:狂如酲也,病酒曰酲。"

【狂趡】狂奔。史記一一七司馬相如傳大人賦:"糾蓼叫奡蹋以艘路兮,蔑蒙踊躍騰而狂趡。"集解:"漢書音義:'趡,走。'"也作"狂趭"。文選晉左太沖(思)吳都賦:"猿臂骿脅,狂趭獷猤。"

【狂魄】因恐懼而精神失常。呂氏春秋論威:"敵人之悼懼、憚恐、單蕩,精神盡矣。咸若狂魄,形性相離,行不知所之,走不知所往。"

【狂獝】癲狂失常。急就篇四"疝瘕顛疾狂失響"唐顏師古注:"顛疾,性理顛倒失常,亦謂之狂獝,妄動作也。"

【狂瞽】狂,悖理;瞽,不明。書疏中常用爲自謙之詞。後漢書七九上戴憑傳:"臣無謇諤之節,而有狂瞽之言,不能以尸伏諫,偷生苟活,誠慙聖朝。"晉書郭璞傳上疏:"恥其君不爲堯舜者,亦豈維古人,是以敢肆狂瞽,不隱其懷。"

【狂簡】謂志大而於事疏略。論語公冶長:"吾黨之小子狂簡,斐然成章,不知所以裁之。"後漢書四十下班彪傳附班固東都賦:"小子狂簡,不知所裁,既聞正道,請終身誦之。"

【狂譎】㊀傳說周初齊地高士。自食不仕，太公以爲飾虛亂民，殺之。又有華士，或以爲與狂譎爲昆弟，亦以不仕爲太公所誅。見淮南子人間、王充論衡非韓。㊁狂妄奸詐。舊五代史羅紹威傳：「紹威乘間謂太祖（朱全忠）曰：『邠、岐、太原終有狂譎之志，各以興復唐室爲詞，王宜自取神器，以絕人望。』」

【狂藥】㊀指酒。酒能亂性，使人狂放，故云。晉書裴秀傳附裴楷：「長水校尉孫季舒嘗與（石）崇酣讌，慢傲過度，崇欲表免之。楷聞之，謂崇曰：『足下飲人狂藥，責人正禮，不亦乖乎！』崇乃止。」唐李羣玉集後集四索曲送酒：「簾外春風正落梅，須求狂藥解愁回。」㊁使人發狂之藥。魏書京兆王遙傳：「法慶以歸伯爲十住菩薩、平魔軍司、定漢王，自號『大乘』。……又合狂藥，令人服之，父子兄弟不相知識，唯以殺害爲事。」

【狂瀾】汹湧的波濤。常以喻社會潮流。唐韓愈昌黎集十二進學解：「障百川而東之，迴狂瀾於既倒。」

【狂飇】大風。晉陸雲陸士龍集一南征賦：「狂飇起而妄駭，行雲藹而芊眠。」唐韓愈昌黎集五寄崔二十六立之詩：「舉頭庭樹豁，狂飇卷寒曦。」

【狂奴故態】狂士的老脾氣。後漢書八三嚴光傳：「司徒侯霸與（嚴）光素舊，遣使奉書。……光不答，乃投札與之，口授曰：『君房足下：位至鼎足，甚善。懷仁輔義天下悅，阿諛順旨要領絕。』霸得書，封奏之。帝笑曰：『狂奴故態也。』」唐陸龜蒙甫里集十二嚴光釣臺詩：「不是狂奴爲故態，仲華爭得黑頭公。」仲華，光武功臣鄧禹字。

【狂花病葉】飲酒者稱醉而喧鬧者爲狂花，醉而閉目入眠者爲病葉。唐皇甫松醉鄉日月：「或有勇於牛飲者以巨觥沃之，既撼狂花復凋病葉者。飲流謂睚眥者爲狂花，且睡者爲病葉。」（宋曾慥類說四三）

狆 tún ㄊㄨㄣˊ 徒渾切，平，魂韻，定。

小豬。同「豚」，或作「豘」、「肫」。莊子德充符：「適見狆子食於其死母者。」釋文：「狆子，本又作豚。」世說新語汰侈：「武帝嘗降王武子（濟）家，……食烝狆，肥美異於常味。」

狃 niǔ ㄋㄧㄡˇ 女久切，上，有韻，娘。

㊀習慣。詩鄭風大叔于田：「將叔無狃，戒其傷女。」左傳桓十三年：「莫敖狃於蒲騷之役，將自用也。」㊁貪。國語晉一：「嗛嗛之食，不足狃也。」㊂任，充當。國語晉七：「日君乏使，使臣狃中軍之司馬。」㊃獸趾。爾雅釋獸：「闕洩多狃。」疏：「闕泄，獸名，其脚多狃。狃，指也。」

【狃忕】習慣。爾雅釋言：「狃，復也。」晉郭璞注：「狃忕復爲。」疏：「孫炎云：狃忕，前事復爲也。」也作「狃伏」。後漢書八七西羌傳：「臨羌迷吾既殺傅育，狃忕邊利，章和元年復與諸種步騎七千人入金城塞。」

狁 yǔn ㄩㄣˇ 余準切，上，準韻，喻。

見「獫狁」、「玁狁」。

五畫

狊 jù ㄐㄩˋ 古闃切，入，錫韻，見。xù ㄒㄩˋ 呼狊切，入，錫韻，曉。

㊀犬視貌。見說文。㊁鳥張兩翅。爾雅釋獸：「鳥曰狊。」注：「張兩翅。」疏：「鳥之張兩翅，狊狊然搖動者名狊，此皆氣倦體罷所須。」㊂獸名。猿屬，脣厚而碧色。見廣韻。

狖 yòu ㄧㄡˋ 余救切，去，宥韻，喻。

長尾猨。楚辭屈原九歌山鬼：「雷填填兮雨冥冥，猨啾啾兮狖夜鳴。」淮南子覽冥：「猨狖顛蹶而失木枝。」注：「狖，猨屬也。長尾而昂鼻也。」爾雅作「蜼」。

狋 1. yí ㄧˊ 牛肌切，平，脂韻，疑。

㊀犬怒貌。又兩犬鬭聲。見說文、玉篇。漢書六五東方朔傳：「（郭舍人）爲諧語曰：『令壺齟，老柏塗，伊優亞，狋吽牙，何謂也？』朔曰：『……狋吽牙者，兩犬爭也。』」注：「應劭曰：『狋音銀。』（顏）師古曰：『……狋音五伊反。』」㊁視貌。見「狋狋」。

2. quán ㄑㄩㄢˊ 巨員切，平，仙韻，羣。

㊂見「狋₂氏」。

【狋₂氏】縣名。在山西渾源縣東。漢置，屬代郡。水經注十三㶟水「㶟水又東逕狋氏縣故城北」，即此。漢書地理志下注引孟康：「狋音權，氏音精。」

【狋狋】視貌。文選漢王文考（延壽）魯靈光殿賦：「齊首目以瞪眄，徒脈脈而狋狋。」

㹞 jù ㄐㄩˋ 集韻臼許切，上，語韻。

獸名。馬之一種。同「駏」。見「岠虛」、「駏驉」。

狘 xuè ㄒㄩㄝˋ 許月切，入，月韻，曉。

獸驚走貌。說文作「㹸」。禮禮運：「麟以爲畜，故獸不狘。」疏：「狘，驚走也。」參閱清鄭珍說文新附考四「狘」。

狉 pī ㄆㄧ 集韻貧悲切，平，脂韻。

獸名。貔。同「豾」、「[illegible]」。見集韻。參見「貔」。

【狉狉】羣獸走動貌。唐柳宗元柳河東集三封建論：「草木榛榛，鹿豕狉狉。」

狒 fèi ㄈㄟˋ 扶沸切，去，未韻，並。

獸名。說文作「[illegible]」。見「狒狒」。

【狒狨】獸名。全唐詩七六一五代歐陽炯題景煥畫應天寺壁天王歌：「綵仗時驅狒狨裝，金鞭頻策騏驎馬。」

【狒狒】獸名。爾雅釋獸：「狒狒如人，被髮迅走，食人。」注：「梟羊也。」逸周書王會作「費費」。宋羅願爾雅翼十九釋獸：「狒狒……一名梟羊，噢羊，一名山𤟤，俗謂之山都，北方謂之土螻。周成王時州靡國嘗獻之。」

狓 pī ㄆㄧ 敷羈切，平，支韻，滂。

見下。

【狓猖】同「披猖」。㊀猖狂，囂張。㊁分散，飛揚。集韻：「狓猖，飛颺也。」

狔 nǐ ㄋㄧˇ 女氏切，上，紙韻，娘。

見「猗狔」。

狙 jū ㄐㄩ 七余切，平，魚韻，清。

㊀獸名。猿猴之類。莊子徐无鬼：「吳王浮於江，登乎狙之山，衆狙見之，恂然棄而走，逃於深蓁。」㊁窺伺。管子七臣七主：「從狙而好小察。」注：「狙，伺也。」

【狙公】養猿猴的老人。莊子齊物論：「狙公賦芧。」釋文：「司馬（彪）云：『狙公，典狙官也。』崔（譔）云：『養猨狙者也。』李（頤）云：『老狙也。』」又見列子黃帝。唐杜甫杜工部草堂詩箋十七乾元中寓居同谷縣作歌之一：「歲拾橡栗隨狙公，天寒日暮山谷裏。」

【狙丘】古地名。史記八三魯仲連傳「好奇偉俶儻之畫策」正義引魯仲連子：「齊辯士田巴，服狙丘，議稷下，毀五帝，罪三王，服五伯，離堅白，合同異，一日服千人。」

【狙如】傳說中的獸名。山海經中山經：「（倚帝之山）有獸焉，其狀如鼣鼠，白耳白喙，名曰狙如。」注：「即獿獿也。」

【狙伺】暗中窺伺。新唐書一五七陸贄傳:"時鳳翔節度使李楚琳殺張鎰得位,雖數貢奉,議者頗言其挾兩端,有所狙伺。"

【狙刺】伺人不備,突然行刺。新唐書二一九渤海傳:"武藝望其弟不已,募客入東都狙刺於道,門藝格之,得不死。"

【狙詐】詭詐。漢書一〇〇下敍傳:"吳、孫狙詐,申、商酷烈。"後漢書六七黨錮傳論:"霸德既衰,狙詐萌起。"注:"狙,獼猴也,以其多詐,故比之也。"

【狙擊】伺人不備,突然襲擊。史記留侯世家:"秦皇帝東遊,(張)良與客狙擊秦皇帝博浪沙中,誤中副車。"

【狙獷】驚去貌。文選漢揚子雲(雄)劇秦美新:"來儀之鳥,肉角之獸,狙獷而不臻。"

狚 dàn ㄉㄢˋ 多旱切,上,旱韻,端。
得按切,去,翰韻,端。
當割切,入,曷韻,端。

獸名。廣韻:"狚,獵狚;獸名,似狼。"

狟 huán ㄏㄨㄢˊ 胡官切,平,桓韻,匣。

豪豬。通"貆"。詩魏風伐檀:"胡瞻爾庭有縣貆兮。"釋文本作"狟"。淮南子齊俗:"狟狢得埵防,弗去而緣。"注:"狟,狟豚也。"

【狟豬】獸名。即豪豬。山海經西山經竹山"有獸焉,……名曰豪彘"晉郭璞注:"狟豬也,夾髀有粗毫,長數尺,能以脊上豪射物。"參見本草綱目五一獸二豪豬。

狎 xiá ㄒㄧㄚˊ 胡甲切,入,狎韻,匣。

㊀親近,親密。左傳襄六年:"宋華弱與樂轡少相狎,長相優,又相謗也。"禮曲禮上:"賢者狎而敬之,畏而愛之。"注:"狎,習也,近也,謂附而近之,習其所行也。"㊁習慣。左傳昭二三年:"民狎其野,三務成功。"注:"狎,安習也。"國語周中:"未狎君政,故未承命。"㊂輕侮。書泰誓:"狎侮五常,荒怠弗敬。"㊃更替。左傳襄二七年:"子言晉楚匹也,若晉常先,是楚弱也。且晉楚狎主諸侯之盟也久矣。"注:"狎,更也。"㊄擁擠。文選漢傅武仲(毅)舞賦:"車騎並狎,巃嵸逼迫。"注:"狎,謂多而相排也。"

【狎弄】㊀戲弄,玩耍。唐白居易長慶集七官舍內新鑿小池詩:"清淺可狎弄,昏煩聊漱滌。"㊁狎人弄臣。即帝王的寵臣。唐李商隱李義山文集四宜都內人:"今狎弄日至,處大家夫宮尊位,其勢陰求陽也。陽勝而陰亦微,不可久也。"

【狎客】㊀指親暱接近常共嬉遊飲宴之人。陳書江總傳:"後主之世,總當權宰,不持政務,但日與後主遊宴後庭,共陳暄、孔範、王瑳等十餘人,當時謂之狎客。"唐劉禹錫劉夢得集外集二答樂天所寄……詩:"自是官高無狎客,不論年長少歡情。"㊁指嫖客。宋孟元老東京夢華錄七駕回儀衛:"妓女舊日多乘驢,宣政間惟乘馬,……少年狎客,往往隨後。"

【狎恰】重疊,密接。唐韓愈昌黎集六華山女詩:"廣張罪福資誘脅,聽衆狎恰排浮萍。"宋蘇舜欽蘇學士集二檢書詩:"魚子或破碎,蠶兒尚狎恰。"

【狎昵】親暱。新唐書一六九李藩傳:"(王)仲舒等爲俳説廋語相狎昵,藩一見,謝不往,曰:'吾與終日,不曉所語何哉!'"

【狎翫】習熟,輕侮。左傳昭二十年:"水懦弱,民狎而翫之,則多死焉。"文選晉左太沖(思)吳都賦:"槁工檝師,選自閩禺,習御長風,狎翫靈胥。"

【狎獵】重接層疊貌。文選漢張平子(衡)西京賦:"蔕倒茄於藻井,披紅葩之狎獵。"初學記一晉成公綏雲賦:"或狎獵鱗次,參差交錯。"

【狎鬣】同"狎獵"。參同契下:"刻漏未過半兮,龍鱗狎鬣。"參見"狎獵"。

狌 1. shēng ㄕㄥ 所庚切,平,庚韻,山。

㊀即鼬鼠,俗稱黃鼠狼。同"鼪"。莊子秋水:"騏驥驊騮,一日而馳千里,捕鼠不如狸狌。"參閱清郝懿行爾雅義疏。

2. xīng ㄒㄧㄥ 集韻桑經切,平,青韻。

㊁獸名。同"猩"。見"狌$_2$狌$_2$"。

【狌$_2$狌$_2$】獸名。即猩猩。荀子非相:"今夫狌狌,形笑,亦二足而毛也,然而君子啜其羹,食其胾。"注:"狌狌,獸,似人而能言。"

狗 gǒu ㄍㄡˇ 古厚切,上,厚韻,見。

㊀犬。對言時大者名犬,小者名狗。老子:"鄰國相望,雞狗之聲相聞。"㊁熊虎之子。爾雅釋獸:"熊虎醜,其子狗。"疏:"熊虎之類,其子狗。"也作"豿"、"猗"。㊂星名。晉書天文志上:"狗二星,在南斗魁前,主吠守。"

【狗中】古職官名。史記一二五李延年傳:"延年坐法腐,給事狗中。"集解:"主獵犬也,或曰犬監。"參見"狗監"。

【狗矢】狗屎。韓非子內儲下:"燕人無惑,故浴狗矢。"新五代史孫晟傳:"(晟)與馮延巳并爲昇相,晟輕延巳爲人,常曰:'金椀玉盃而盛狗矢可乎?'"

【狗曲】對曲禮輕蔑之稱。漢書八八王式傳:"式曰:'聞之於師:客歌驪駒,主人歌客毋庸歸。今日諸君爲主人,日尚早,未可也。'江翁曰:'經何以言之?'式曰:'在曲禮。'江翁曰:'何狗曲也!'"注:"意怒,故妄發言。言狗者,輕賤之甚也。"宋趙鼎臣竹隱畸士集十見李邦直啟:"杵臼論交,居速牛醫之誚;泮雍議禮,竟招狗曲之譏。"

【狗坊】唐代皇帝畜養獵犬的場所。見"五坊"。

【狗車】用狗拖挽的車。即犬橇。元周密癸辛雜識續集上狗站:"高麗以北,地名別十八,其地極寒,海水皆冰,自八月即合,直至來年四、五月方解,人物行其上,如履平地,站車往來,悉用四狗挽之,其去如飛。"

【狗附】犬營。軍營警備設施之一。國語晉八"候遮扞衛不行"三國吳韋昭注:"晝則候遮,夜則扞衛,扞衛謂羅闔狗附也。……又二十人,爲曹輩,去壘三百步,畜犬其中,或視前後,或視左右,謂之狗附。皆昏而設,明而罷;候遮二十人,居狗附處,以視聽候望。"

【狗毒】草名。蘻的別名。見"蘻"。

【狗苟】如狗一樣的苟且偷生,不講節操。唐韓愈昌黎集三六送窮文:"朝悔其行,暮已復然,蠅營狗苟,驅去復還。"

【狗脊】草名。其莖細而葉花兩兩對生,其根大如拇指,長而多歧,狀似狗脊,故名。古人多誤以菝葜爲狗脊。參閱政和證類本草八狗脊、本草綱目十二草一狗脊。

【狗站】元代在東北地區所設用狗拖雪橇的驛站。見元史兵志四。

【狗馬】㊀指供玩好之物。莊子則陽:"譬猶狗馬,其不及遠矣。"戰國策齊四:"狗馬實外廄,美人充下陳。"㊁古代臣子對君主的自卑之詞。史記一二〇汲黯傳:"臣常有狗馬病,力不能任郡事。"三國志魏陳思王植傳上疏:"今臣志狗馬之微功,竊自惟度,終無伯樂、韓國之舉。"

【狗骨】㊀木名。即枸杞。詩小雅南山有臺"南山有杞"唐陸德明釋文:"杞音起,草木疏云:其樹如樗,一名狗骨。"北魏楊衒之洛陽伽藍記一:"(瑤光寺)珍木香草,不可勝言。牛筋狗骨之木,雞頭鴨腳之草,亦悉備焉。"參見"枸骨"。㊁草名。廣雅釋草:"麻黃莖,狗骨也。"按麻黃採莖爲藥。見本草綱目十五草四麻黃。

【狗屠】以屠狗爲業的人。戰國策韓二："聶政謝曰：'臣有老母，家貧，客游以爲狗屠，可旦夕得甘脆以養親。'"史記八六荊軻傳："荊軻既至燕，愛燕之狗屠及善擊筑者高漸離。"

【狗國】㊀對小國的蔑稱。晏子春秋雜下六："晏子使楚，楚人以晏子短，爲小門于大門之側，而延晏子。晏子不入，曰：'使狗國者從狗門入；今臣使楚，不當從此門入。'儐者更道，從大門入，見楚王。"㊁傳說國名。見逸周書王會、新五代史四夷附錄二。㊂星名。星經下："狗國四星，在建東南。"

【狗魚】㊀海鰻鱺的別名。狗魚，生東海中，類鰻鱺而大。見本草綱目四四鱗三海鰻鱺。㊁卽鯢。也叫山椒魚。詳"鯢㊁"。

【狗盜】原指披狗皮作狗形以盜物的人。韓非子外儲左下："齊有狗盜之子與刖危子戲而相誇。盜子曰：'吾父之裘獨有尾。'"史記七五孟嘗君傳："(客)有能爲狗盜者，……乃夜爲狗，以入秦宮臧中，取所獻狐白裘至。"後泛指偷盜者。漢書四三叔孫通傳："且明主在上，法令具於下，吏人人奉職，四方輻輳，安有反者？此特鼠竊狗盜，何足置齒牙間哉！"

【狗彘】狗和豬。孟子梁惠王上："雞豚狗彘之畜，無失其時，七十者可以食肉矣。"漢書四八賈誼傳陳政事疏："故此一豫讓也，反君事讐，行若狗彘，已而抗節致忠，行出庳列士，人主使然也。"

【狗監】漢代掌管皇帝獵犬的官。史記一一七司馬相如傳："蜀人楊得意爲狗監，侍上。"集解："郭璞曰：主獵犬也。"唐劉禹錫劉夢得集外集六酬宣州崔大夫見寄詩："再入龍樓稱綺季，應緣狗監說相如。"

【狗熊】獸名。熊的一種。淸屈大均廣東新語二一獸語："嶺之南，熊有三種：曰人熊，曰豬熊，曰狗熊。卽爾雅所謂'熊虎醜，其子狗'者也。……狗熊者，熊之小者也。"

【狗輩】罵人的話。晉書劉曜載記："(呼延)寔叱(陳)安曰：'狗輩！汝荷人榮寵，處不疑之地，前背司馬保，今復如此。汝自視何如主上？'"

【狗蠅】蟲名。本草綱目四十蟲二狗蠅："狗蠅，生狗身上，狀如蠅，黃色，能飛；堅皮利喙，啖咂狗血。冬月則藏狗耳中。"

【狗竇】穴壁供狗出入的洞。漢書六五東方朔傳："夫口無毛者，狗竇也。"世說新語排調："張吳興年八歲虧齒，先達知其不常，故戲之曰：'君口中何爲開狗竇？'張應聲答曰：'正使君輩從此中出入。'"此以狗竇嘲笑缺齒。

【狗寶】藥名。本草綱目五十獸一狗寶："狗寶生癩狗腹中，狀如白石，帶靑色，其理層疊，亦難得之物也。……主治噎食及癰疽瘡瘍。"

【狗獾】獸名。本草綱目五一獸二獾："狗獾似小狗而肥，尖喙，矮足，短尾，深毛，褐色，皮可爲裘領。"

【狗分例】狗的定量食物。元周密癸辛雜識續集上狗站："其狗悉諳人性，至站亦破狗分例，稍不如儀，必至嚙死其人。"明陶宗儀輟耕錄八："征東行省，每歲委官至奴兒干給散囗糧，須用站車，每車以四狗挽之，狗悉諳人性，站有狗分例，若尅減之，必嚙其主者，至死乃已。"

【狗舌草】草名。葉似車前，無文理，抽莖，花黃白，細，叢生溝渠塹濕地。入藥。參閱政和證類本草十一狗舌草。

【狗尾草】草名。卽莠。莖頂有綠色長芒，集合爲穗，形似狗尾，故名。莖入藥，治目痛，故方士稱爲光明草、阿羅漢草。參閱太平御覽九九八韋曜問答、本草綱目十六草五狗尾草。

【狗脊扇】扇名。以柄如狗脊而名。晉傅咸狗脊扇賦："尚不愧狗脊之爲號，亦焉顧九華之妙形。"(太平御覽七〇二)

【狗脚木】古守城工具。在女牆以內，根據牆之高下，植立二柱，相去五尺，柱上施橫鈎，懸竹色之屬，以防敵軍發射之矢石。見明茅元儀武備志一一二狗脚木。

【狗脚朕】罵人的話，猶云狗脚皇帝。北史魏孝静帝紀："(高)澄嘗侍帝飲，大舉觴曰：'臣澄勸陛下。'帝不悦曰：'自古無不亡之國，朕亦何用此活！'澄怒曰：'朕，朕，狗脚朕！'澄使(崔)季舒毆帝三拳，奮衣而出。"

【狗蠅梅】蠟梅的一種。宋范成大梅譜："蠟梅……凡三種，以子種出，不經接，花小香淡，其品最下，俗謂之狗蠅梅。"

【狗仗人勢】憑恃主子的權勢欺壓人。紅樓夢七四："你就狗仗人勢，天天作耗，在我們跟前逞臉！"

【狗血噴頭】喻被人粗語痛罵。儒林外史三："范進因没有盤費，走去同丈人商議，被胡屠户一口啐在臉上，罵了一個狗血噴頭。"

【狗尾續貂】文選南朝梁任彥昇(昉)爲范尚書讓吏部封侯第一表"華貂深不足之歎"注引虞預晉錄："趙王(司馬)倫篡位，時侍中常侍九十七人，每朝，小人滿庭，貂蟬半坐，時人謠曰：'貂不足，狗尾續'。"亦見晉書趙王倫傳。宋孫光憲北夢瑣言十八："亂離以來，官爵過濫，封王作輔，狗尾續貂。"後也用以泛喻事物的美惡前後不相稱者。宋黃庭堅豫章集六再次韻兼簡履中南玉詩之三："經術貂蟬續狗尾，文章瓦釜作雷鳴。"

【狗吠非主】喻人臣各忠於其主。戰國策齊六："貂勃曰：'跖之狗吠堯，非貴跖而賤堯也，狗固吠非其主也。'"漢初蒯通勸韓信反，高祖得通，將殺之，通亦引此語以自解。見史記九二淮陰侯傳。

【狗彘不若】喻品行極惡劣，連狗豬也不如。荀子榮辱："乳彘觸虎，乳狗不遠遊，不忘其親也。人也，憂忘其身，內忘其親，上忘其君，則是人也，而曾狗彘之不若也。"狗，同"狗"。

【狗豬不食其餘】喻其人極端可鄙，連狗豬也不肯吃他吃剩的東西。漢書九八元后傳："(王)舜既見，太后知其爲(王)莽求璽，怒罵之曰：'……受人孤寄，乘便利時，奪取其國，不復顧恩義。人如此者，狗豬不食其餘，天下豈有而兄弟邪！'"注："言惡賤。"三國魏曹丕取父操宮人自侍，下太后斥謂"狗鼠不食汝餘"。見世說新語賢媛。

狍 páo 薄交切，平，肴韻，並。ㄆㄠˊ

見下。

【狍鴞】神話中的獸名。山海經北山經："(鉤吾之山)有獸焉，其狀如羊身人面，其目在腋下，虎齒，人爪，其音如嬰兒，名曰狍鴞。"注："爲物貪惏，食人未盡，還害其身，像在夏鼎。左傳所謂饕餮是也。"

狐 hú 户吳切，平，模韻，匣。ㄏㄨˊ

㊀狐狸。詩衛風有狐："有狐綏綏，在彼淇梁。"㊁姓。姬姓，周平王之子狐之後，以名爲氏。或言晉唐叔之後，世爲晉卿。參閱通志二八氏族四以名爲氏。

【狐人】地名。春秋周邑。故地在今河南許昌縣。左傳定六年："鄭於是乎伐馮滑胥靡負黍狐人闕外。"後漢書郡國志二："潁陰有狐宗鄉，或曰古狐人亭。"

【狐父】地名。以產戈著稱。故地在今江蘇碭山附近。荀子榮辱："以君子與小人相賊害也，……是人也，所謂以狐父之戈钃牛矢也。"史記一一八淮南王安傳："(吳王)計定謀成，舉兵而西。破於大梁，敗於狐父。"集解："徐廣曰：'在梁碭之間。'"

【狐白】狐腋下的白毛。指精美之狐裘。禮玉藻:"士不衣狐白。"唐王維王右丞集六寓言詩之一:"須識苦寒士,莫矜狐白溫。"

【狐岐】山名。在今山西孝義縣西。一名薛頡山。山海經北山經:"又北二百里曰狐岐之山,無草木,多青碧,勝水出焉,而東北流注于汾水。"書禹貢"治梁及岐"之岐,宋蔡沈集傳以爲卽狐岐,但其地距河甚遠,恐非。參閱清崔述唐虞考信録三舜體國經野上。

【狐剌】弓之歪曲者。漢桓寬鹽鐵論非鞅:"狐剌之鑿,雖公輸子不能善其枘;畚土之基,雖良匠不能成其高。"

【狐首】狐死首丘的省語。唐詩紀事五六雍陶:"陶蜀川上第後,稍薄親黨。其舅雲安劉敬之罷舉歸三峽,責陶不寄書。……陶得詩慚赧,乃有狐首之思。"參見"狐死首丘"。

【狐胡】漢西域城國。在今新疆善鄯縣西魯克沁地。漢書九六下西域傳:"狐胡國,王治車師柳谷,去長安八千二百里。"

【狐狸】㊀獸名。狐和狸本爲兩種動物,後合指狐。詩豳風七月:"取彼狐狸,爲公子裘。"㊁比喻奸狡的小人。後漢書五六張綱傳:"漢安元年,選遣八使,徇行風俗。……唯綱年少,官次最微,餘人受命之部,而綱獨埋其車輪於洛陽都亭,曰:'豺狼當道,不問狐狸!'"時大將軍梁冀專朝政,冀弟不疑爲河南尹,綱比以豺狼。

【狐梁】古歌名。淮南子齊俗:"故狐梁之歌可隨也,其所以歌者不可爲也。"也作"瓠梁"。見該條。

【狐掖】狐腋下的皮毛。慎子:"狐白之裘,非一狐之掖。"(意林二)。掖,亦作"腋"。唐元稹長慶集十代曲江老人詩:"韜袖誇狐腋,弓弦尚鹿䏶。"

【狐偃】春秋晉人,文公之舅。字子犯,故又稱舅犯。晉獻公寵驪姬,殺太子申生,重耳(文公)奔翟,又歷至齊衞曹宋楚諸國,偃從之十九年。周襄王十六年,文公自秦入晉,自立。後文公定王室,霸諸侯,大抵皆偃之謀。見國語晉。

【狐媚】俗說狐狸善以媚態惑人。晉書石勒載記上:"大丈夫行事當礌礌落落,如日月皎然,終不能如曹孟德(操)、司馬仲達(懿)父子,欺他孤兒寡婦,狐媚以取天下也。"唐駱賓王集十爲李敬業以武后臨朝移諸郡縣檄:"入門見疾,娥眉不肯讓人;掩袂工讒,狐媚偏能惑主。"

【狐鼠】"城狐社鼠"的省語。文選南朝梁沈休文(約)奏彈王源:"雖埋輪之志,無屈權右;而狐鼠微物,亦蠹大猷。"參見"城狐社鼠"。

【狐疑】俗傳狐性多疑,因以指多疑無決斷。楚辭屈原離騷:"心猶豫而狐疑兮,欲自適而不可。"史記文帝紀元年詔:"方大臣之誅諸呂迎朕,朕狐疑,皆止朕。"參閱北齊顏之推顏氏家訓書證。

【狐駘】古地名。春秋邾地。故地在今山東滕縣東南。魯襄公四年,邾人莒人伐鄫,魯臧紇救鄫,入邾境,敗於狐駘,卽此。見左傳襄四年。

【狐魅】傳說狐狸狡猾,善於迷人。喻以陰柔惑人。北魏楊衒之洛陽伽藍記四法雲寺:"當時有婦人著綵衣者,人皆指爲狐魅。"唐張鷟朝野僉載五:"(武)周有婆羅門僧惠範,姦嬌狐魅,挾邪作蠱,咨趄鼠黠,左道弄權。"

【狐聽】相傳狐性多疑,冬日必聽河冰下無流水聲,然後行。冬日車馬渡河,必俟狐行乃敢渡。見晉郭緣生述征記、北齊顏之推顏氏家訓書證。

【狐白裘】以狐腋白毛部分製成的皮服。史記七五孟嘗君傳:"此時孟嘗君有一狐白裘,直千金,天下無雙。"也比喻精美的事物。宋胡寅斐然集三和朱成伯詩:"持身貴比琥璜爵,得句精如狐白裘。"

【狐穴詩人】唐喬子曠能詩,喜用僻事,時人稱爲狐穴詩人。見元周達觀誠齋雜記九。

【狐死兔泣】喻同類相憐。宋史四七七李全傳:"狐死兔泣,李氏滅,夏氏寧獨存?願將軍垂盼。"參見"兔死狐悲"。

【狐死首丘】傳說狐狸將死,頭必朝向出生的山丘。喻不忘本,也喻對故鄉的思念。楚辭屈原九章哀郢:"鳥飛反故鄉兮,狐死必首丘。"淮南子說林:"鳥飛反鄉,兔走歸窟,狐死首丘,寒將翔水,各哀其所生。"

【狐朋狗黨】罵人的話,指一小撮結夥作惡的壞人。元明雜劇關漢卿單刀會三:"他那裏暗暗的藏,我須索緊緊的防,都是些狐朋狗黨。"也作"狐羣狗黨"。明姚子翼上林春傳奇十四:"不如聽我老人家的說話,自今已後,把那些狐羣狗黨別,花情柳債一時休。"

【狐埋狐搰】傳說狐性多疑,埋物地下,旋又挖出以視。比喻疑心過度,作事難成。國語吳:"夫諺曰:'狐埋之而狐搰之,是以無成功。'"注:"埋,藏也;搰,發也。"

【狐假虎威】比喻假借在上有權者的威勢以恐嚇他人。戰國策楚一:"虎求百獸而食之,得狐。狐曰:'子無敢食我也。天帝使我長百獸,今子食我,是逆天帝命也。子以我爲不信,吾爲子先行,子隨我後,觀百獸之見我而敢不走乎?'虎以爲然,故遂與之行,獸見之皆走,虎不知獸畏己而走也,以爲畏狐也。"宋書恩倖傳序:"人主謂其身卑位薄,以爲權不得重,曾不知鼠憑社貴,狐藉虎威,外無逼主之嫌,內有專用之功,勢傾天下,未之或悟。"元方回桐江續集十八梅雨大水詩:"狐假虎威饒此輩,鼠穿牛角念吾民。"

【狐假鴟張】如狐之假虎威,如鴟之張翼欲噬。舊唐書僖宗紀乾符四年詔:"歷觀往代,偏數前朝,其有怙衆稱兵,憑凶構逆,……初則狐假鴟張,自謂驍雄莫敵;旋則鳥焚魚爛,無非破敗而終。"

【狐裘羔袖】狐皮製衣,羊羔皮作袖。狐皮貴而羊羔皮賤,比喻大體多善,少有不足。左傳襄十四年:"右宰穀從而逃歸,衞人將殺之,辭曰:'余不說初矣,余狐裘而羔袖。'乃赦之。"注:"言一身盡善,唯少有惡。"

狕 yǎo 於絞切,上,巧韻,影。ㄧㄠˇ

傳說中的獸名。山海經北山經:"(隄山)多馬有獸焉,其狀如豹而文首,名曰狕。"

六畫

狩 shòu 舒救切,去,宥韻,審。ㄕㄡˋ

㊀冬獵。詩魏風伐檀:"不狩不獵,胡瞻爾庭有縣貆兮。"左傳隱五年:"故春蒐、夏苗、秋獮、冬狩。"㊁燒山圍獵。國語齊:"田狩罼弋。"注:"狩,圍守而取禽也。"㊂通"獸"。詩小雅車攻"搏獸于敖",文選漢張平子(衡)東京賦引作"薄狩于敖"。參閱清惠棟九經古義五毛詩古義上。

【狩田】古代冬季練兵打獵。周禮夏官大司馬:"中冬,教大閱,……遂以狩田。"注:"冬田爲狩,言守取之,無所擇也。"疏:"教戰訖,入防田獵之事,故云遂以狩田。"

【狩獵】打獵。列女傳二楚莊樊姬:"莊王卽位,好狩獵,樊姬諫不止,乃不食禽獸之肉,王改過。"

狡 jiǎo 古巧切,上,巧韻,見。ㄐㄧㄠˇ

㊀傳說中的獸名。山海經西山經:"(玉

山)有獸焉，其狀如犬而豹文，其角如牛，其名曰狡。"㊁狡猾。呂氏春秋尊師："索盧參東方之鉅狡也，學於禽滑黎。"此指狡猾之人。㊂凶暴，狂戾。墨子節用中："古者聖人爲猛禽狡獸，暴人害民。"參見"狡憤"。㊃猜疑。管子形勢："烏鳥之狡，雖善不親。"㊄急促。文選漢王子淵(褒)洞簫賦："時奏狡弄，則彷徨翺翔。"㊅傷害。大戴禮子張問入官："勝之無犯民之言，量之無狡民之辭。"㊆美好。與"姣"、"佼"通。見"狡童"。

【狡犬】大狗。逸周書王會："匈奴狡犬。狡犬者，巨身四足果。"急就篇三："豭豶狡犬野雞雛。"注："狡犬，匈奴中大犬也，鉅口赤身。一曰狡，少犬也，謂狗之有懸蹄者也。"

【狡客】狡猾的人。山海經東山經："(硜山)有獸焉，其狀如馬而羊目，四角，牛尾，……見則其國多狡客。"

【狡扇】陰謀煽動。宋書廬江王褘傳太宗詔："且蔓草難除，燎火須撲，狡扇之徒，宜時誅剪。已詔引戮，肅正典刑。"

【狡桀】狡黠。三國志魏劉曄傳："揚士多輕俠狡桀，有鄭寶張多許乾之屬，各擁部曲。"

【狡童】美少年。詩鄭風山有扶蘇："不見子充，乃見狡童。"箋："狡童，有貌而無實。"也作"狡僮"。史記宋微子世家麥秀之詩："彼狡僮兮，不與我好兮！"

【狡猾】㊀詭詐。荀子非十二子："無不愛也，無不敬也，無與人爭也，恢然如天地之苞萬物。……如是而不服者，則可謂訞怪狡猾之人矣，雖則子弟之中，刑及之而宜。"史記秦始皇紀賈生(誼)議："卽四海之內，皆讙然各自安樂其處，唯恐有變，雖有狡猾之民，無離上之心，則不軌之臣無以飾其智，而暴亂之姦止矣。"㊁漢時律令有狡猾不道之文，常見於劾奏文書。漢書七六王章傳："(張)輔繫獄數日死，盡得其狡猾不道，百萬姦臧，威震郡中。"又八四翟方進傳："方進劾(王)立懷姦邪，亂朝政，欲傾誤主上，狡猾不道。"㊂鬼神名。古文苑六漢黃香九宮賦："翫狡猾而蹴踐𤜼，走札揭而獠桔梗。"注："皆鬼神名。"

【狡憤】煩躁不安。左傳僖十五年："今乘異產以從戎事，及懼而變，將與人易。亂氣狡憤，陰血周作，張脈僨興，外彊中乾，進退不可，周旋不能，君必悔之。"注："狡，戾也；憤，動也。氣狡憤於外，則血脈必周身而作，隨氣張動，外雖有强行而內實乾竭。"

【狡豎】狡猾的人。宋書毛脩之傳："時益州刺史鮑陋不肯進討，脩之下都上表曰：'……自提戈西赴，備嘗時難，遂使齊斧停柯，狡豎假息。'"

【狡獪】㊀嬉戲。宋書明恭王皇后傳："(廢帝)因此欲加酖害，已令太醫製藥。左右人止之曰：'若行此事，官便應作孝子，豈復得出入狡獪？'"㊁詭變，開玩笑。世說新語文學："袁彥伯作名士傳成，見謝公(安)。公笑曰：'我嘗與諸人道江北事，特作狡獪耳。'彥伯遂以箸書。"晉葛洪神仙傳七："方平笑曰：'姑故年少，吾老矣，了不喜復作此狡獪變化也。'"

【狡黠】詭詐。三國志魏鄧艾傳甘露元年詔："逆賊姜維連年狡黠，民夷騷動，西土不寧。"參見"佼黠"。

【狡蟲】㊀害蟲。呂氏春秋恃君："制禽獸，服狡蟲。"注："狡蟲，蟲之狡害者。"㊁猛獸。淮南子覽冥："淫水涸，冀州平，狡蟲死，顓民生。"注："蟲，獸也。"

【狡譎】詭詐。新唐書九二杜伏威傳："伏威狡譎多算，每剽劫，衆用其策皆效。"

【狡蠹】奸詐爲害。舊唐書食貨志下："大中五年……漕米歲四十萬斛，其能至渭倉者，十不三四。漕吏狡蠹，敗溺百端，官舟之沉，多者歲至七十餘隻。"

【狡兔三窟】喻藏身之處多，便於避禍。戰國策齊四："馮諼曰：'狡兔有三窟，僅得免其死耳。君今有一窟，未得高枕而臥也，請爲君復鑿二窟。'"

【狡兔死，走狗烹】比喻事成後卽拋棄有功之人。韓非子內儲下六微："狡兔盡則良犬烹，敵國滅則謀臣亡。"史記越王句踐世家："范蠡遂去，自齊遺大夫種書曰：'蜚鳥盡，良弓藏；狡兔死，走狗烹。'"

狤 jí ㄐㄧˊ 居質切，入，質韻，見。

㊀狂。見廣韻。

古屑切，入，屑韻，見。

㊁狤猔。見該條。

【狤猔】獸名。唐段成式酉陽雜俎前集十六廣動植："狤猔。……大者重十斤，狀似獺。其頭身四肢，了無毛，唯從鼻上竟脊至尾，有青毛，廣一寸，長三四分，獵者得之，斫刺不傷，積薪焚之不死，乃大杖擊之，骨碎乃死。"

狫 lǎo ㄌㄠˇ 正字通 魯考切，勞上聲。

見"犵狫"。

狠 1. wán ㄨㄢˊ 集韻 五還切，平，刪韻。

㊀犬鬪聲。見說文。

2. hěn ㄏㄣˇ 胡懇切，上，很韻，匣。

同"很"。㊀爭鬪，爭訟。禮曲禮上："狠，毋求勝；分，毋求多。"注："狠，鬩也，謂爭訟也。"商君書墾令："重刑而連其罪，則褊急之民不鬪，狠剛之民不訟。"㊁乖戾，狠毒。莊子漁父："見過不更，聞諫愈甚，謂之狠。"舊五代史唐莊宗紀："克寧妻素剛狠，因激怒克寧，陰圖禍亂。"㊂副詞。甚，極其。紅樓夢二八："寶玉道：'狠是，我已知道了。'"

【狠戾】狂暴。宋書晉平剌王休祐傳："休祐狠戾彊梁，前後忤上非一。"

狨 róng ㄖㄨㄥˊ 如融切，平，東韻，日。

㊀猿屬，大小類猿，長尾，尾作金色，俗稱金線狨、金絲猴。或說卽猱，語變作狨。唐杜甫杜工部草堂詩箋十七石龕："我後鬼長嘯，我前狨又啼。"參閱唐顏師古匡謬正俗六猱、宋陸佃埤雅四釋獸。㊁細布。通"絨"。見廣韻。

【狨座】狨皮製成的坐褥。宋制，文臣中書舍人以上，武臣節度使以上得用狨毛座。每歲九月用之，至三月撤。狨似大猴，生川中，其脊毛最長，色如黃金，取而縫之，數十片成一座。座背用紫綺，緣以簇四金雕法錦。參閱宋朱彧萍洲可談一、闕名百寶總珍集七狨毛座。

【狨鞍】狨皮製成的鞍墊。宋侯寘孏窟詞阮郎歸爲張丞壽："狨鞍長傍九重城，年年雙鬢青。"

狢 mò ㄇㄛˋ 莫白切，入，陌韻，明。

獸名。同"貊"。山海經中山經"崍山"晉郭璞注："邛來山……有九折坂，出狢，狢似熊而黑白駮，亦食銅鐵也。"參見"貊"。

狪 1. tōng ㄊㄨㄥ 集韻 他東切，平，東韻。

㊀獸名。見"狪狪"。

2. tóng ㄊㄨㄥˊ 集韻 徒東切，平，東韻。

㊁見"峒㊁"。

【狪狪】獸名。山海經東山經："又南三百里曰泰山……有獸焉，其狀如豚而有珠，名曰狪狪。"

狧 1. tà ㄊㄚˋ 吐盍切，入，盍韻，透。

㊀犬食。

2. shì ㄕˋ 集韻 甚尒切，上，紙韻。

㊁以舌舔食。通"舐"、"秕"。

【狧狧】貪欲。漢揚雄太玄經一狩:"狩狧狧,多欲往也。"注:"狧狧,貪欲之意也。"

【狧糠及米】比喻蠶食不已,得寸進尺。漢書三五吳王濞傳:"語有之曰:'狧糠及米。'"注:"狧,古䑛字。䑛,用舌食也。蓋以犬爲喻,言初䑛糠,遂至食米也。"史記一〇六吳王濞傳狧作"舐"。

狢 yí 弋支切,平,支韻,喻。
ㄧˊ
見下。

【狢即】傳說獸名。山海經中山經:"(鮮山)有獸焉,其狀如膜犬,赤喙,赤目,白尾,……名狢即。"

狢 hé 下各切,入,鐸韻,匣。
ㄏㄜˊ
獸名。同"貉"。見"貉"。

【狢子】罵人的話。三國志蜀關羽傳"權大怒"注引典略:"(孫權)又遣主簿先致命於羽,羽忿其淹遲,又自已得于禁等,乃罵曰:'狢子敢爾,如使樊城拔,吾不能滅汝邪!'"

狣 zhào 治小切,上,小韻,澄。
ㄓㄠˋ
猛犬。爾雅釋畜:"絕有力,狣。"疏:"犬……壯大絕有力者名狣。"

七 畫

狺 yín 語巾切,平,真韻,疑。
ㄧㄣˊ 語斤切,平,欣韻,疑。
見下。

【狺狺】㊀犬吠聲。楚辭宋玉九辯:"猛犬狺狺而迎吠兮,關梁閉而不通。"㊁借指攻擊的談論。唐白居易長慶集二七與楊虞卿書:"其餘附離之者,惡僕獨異,又信狺狺吠聲,唯恐中傷之不獲,以此得罪,可不悲乎?"

狼 láng 魯當切,平,唐韻,來。
ㄌㄤˊ
㊀食肉猛獸。詩齊風還:"並驅從兩狼兮,揖我謂我臧兮。"㊁星名。史記天官書:"其東有大星曰狼。"㊂姓。春秋晉有大夫狼瞫。又後魏官氏志改叱奴氏爲狼氏。參閱宋鄧名世古今姓氏書辯證十五唐。

【狼卜】傳說狼覓食,先卜方向。宋陸佃埤雅釋獸:"豺祭、狼卜……狼將遠逐食,必先倒立以卜所向。"

【狼山】山名。1. 在河北易縣西南。也稱郎山。其上有西水及姑姑窩等寨。新五代史晉紀開運三年"夏六月,孫方諫以狼山叛,附于契丹",即此。2. 在江蘇南通縣之南,居江海之際,與常熟福山對峙,爲海防重鎮。南朝梁陶弘景真誥十四稽神樞四作狼五山。參閱嘉慶一統志一〇六通州山川。3. 即狼居胥山。唐高適高常侍集五燕歌行:"校尉羽書飛瀚海,單于獵火照狼山。"見"狼居胥山"。

【狼心】貪婪狠毒之心。魏書桓玄傳德宗詔:"猶冀玄當洗濯胸腑,小懲大誡,而狼心弗革,悖慢愈甚。"

【狼牙】㊀草名。入藥,有毒。以根塊黑色如獸牙而名。急就篇四:"款冬、貝母、薑、狼牙。"參閱本草綱目十七草六狼牙。㊁比喻箭頭。唐李賀歌詩編四長平箭頭歌:"白翎金簳雨中盡,直餘三脊殘狼牙。"

【狼忙】匆忙,急遽。唐李中碧雲集中離家詩:"月生江上鄉心動,投宿狼忙近酒家。"五代王定保唐摭言八通榜:"(鄭)顥得之大喜,狼忙札之,一無更易。"

【狼抗】傲慢,暴戾。世說新語方正:"伯仁(周顗)曰:今主非堯舜,何能無過,且人臣安得稱兵以向朝廷!處仲(王敦)狼抗剛愎,平子(王澄)何在?"宋書始安王休仁傳:"休祐平生狼抗無賴。"

【狼尾】草名。爾雅釋草:"孟,狼尾。"注:"似茅,今人亦以覆屋。"本草綱目二三穀二狼尾草:"狼尾,莖葉穗粒並如粟,而蕙色紫黃有毛,荒年亦可采食。"

【狼吞】形容進食之猛而急。借喻貪婪無厭。漢桓寬鹽鐵論褒賢:"觴酒豆肉,遷延相讓,辭小去大,雞廉狼吞。"

【狼兵】明時稱廣西東蘭那地南丹歸順諸土司之兵爲狼兵。見明史兵志三民壯土兵、明史三一八廣西土司傳二。

【狼犺】㊀笨拙,笨重。西遊記七六:"那呆子生得狼犺,又不會騰那,這一去少吉多凶,你還去救他一救。"紅樓夢八:"胎中之兒,口有多大,怎得銜此狼犺蠢大之物。"㊁踉蹌貌。聊齋志異青蛙神:"下床出門,狼犺數步,復返身臥門內。"

【狼戾】㊀以狼性喻人之貪暴凶殘。戰國策燕一:"夫趙王之狼戾無親,大王之所明見知也。"㊁狼藉。孟子滕文公上:"樂歲粒米狼戾,多取之而不爲虐。"注:"樂歲,豐年;狼戾,猶狼藉也。"㊂交橫,縱橫。淮南子覽冥:"昔雍門子以哭見於孟嘗君,……孟嘗君爲之增欷歍唈,流涕狼戾不可止。"注:"狼戾,猶交橫也。"

【狼弧】天狼星。史記天官書:"秦之疆也,候在太白,占於狼弧。"正義:"太白狼弧,皆西方之星,故秦占候也。"

【狼毒】藥草名。有巨毒。新唐書二九〇王弘義傳:"與來俊臣競慘刻,……每移檄州縣,所至震慴。弘義輒詫曰:'我文檄如狼毒、野葛矣!'"參閱晉張華博物志七、政和證類本草十一狼毒。

【狼疾】喻昏憒。孟子告子上:"養其一指而失其肩背而不知也,則爲狼疾人也。"注:"謂醫養人疾,治其一指而不知其肩背之有疾,以至於害之,此爲狼藉亂不知治疾之人也。"

【狼荒】泛指荒遠的邊地。唐柳宗元柳先生集四二南省轉牒欲具江國圖令盡通風俗故事詩:"聖代提封盡海壖,狼荒猶得記山川。"又劉禹錫劉夢得集三十佛衣銘:"六祖未彰,其出也微,既還狼荒,憬俗蚩蚩。"

【狼狽】㊀獸名。唐段成式酉陽雜俎十六廣動植毛:"或言:狼狽是兩物,狽前足絕短,每行常駕兩狼,失狼則不能動,故世言事乖者稱狼狽。"俗謂互相勾結爲非作歹者爲"狼狽爲奸"。㊁比喻爲難窘迫。文選晉李令伯(密)陳情事表:"臣欲奉表奔馳,則劉病日篤;苟順私情,則告訴不許。……臣之進退,實爲狼狽。"

【狼章】用狼形作標誌的旗。管子兵法:"舉龍章,則行水;舉虎章,則行林;……舉狼章,則行山。"

【狼毫】狼毛。又指以鼬鼠毛所製的筆。宣和畫譜八番族:"胡瓌,范陽人,工畫番馬……凡畫橐駞及馬等,必以狼毫製筆疏染,取其生意,亦善體物者也。"參閱清梁同書筆史。

【狼望】㊀地名。漢書九四下匈奴傳:"且夫前世豈樂傾無量之費,役無罪之人,快心於狼望之北哉。"注:"匈奴中地名也。"或云邊人謂舉烽火報警爲狼望。狼望,謂狼煙候望之地。見資治通鑑三四漢哀帝建平四年注。㊁如狼之顧望。藝文類聚五三三國魏王粲大暑賦:"獸狼望以倚喘,鳥垂翼而弗翔。"

【狼扈】猶"狼藉"。周禮秋官司寇"條狼氏下士六人,胥六人,徒六十人"漢鄭玄注:"條,當爲滌器之滌。……狼,狼扈道上。"新唐書二二五安祿山傳:"賊大敗,追奔五十餘里,尸髀藉藉滿阬塹,鎧仗狼扈,自陝屬于洛。"

【狼烽】同"狼煙"。清翟均廉海塘記二四引明錢允治同汪魯二將軍登寶山看海詩:"野夫却喜狼烽息,醉飲將軍寶纛旁。"

【狼貪】比喻貪得無厭。史記項羽紀:"猛如虎,很如羊,貪如狼,彊不可使者,皆斬之。"唐韓愈昌黎集十四鄆州溪堂:"羊很狼貪，以口覆城。”

【狼淵】古地名。在今河南許昌市西。春秋楚穆王伐鄭，師次狼淵，卽此。見左傳文九年。

【狼跋】比喻進退兩難。詩豳風狼跋：“狼跋其胡，載疐其尾。”傳：“老狼有胡，進則躐其胡，退則跲其尾，進退有難，然而不失其猛。”三國志蜀法正傳：“主公之在公安也，北畏曹公之彊，東憚孫權之逼，近則懼孫夫人生變於肘腋之下，當斯之時，進退狼跋。”

【狼筅】兵器名。長一丈五尺，有竹鐵二種，附枝九層、十層，明將戚繼光施於水田中以代蒺藜與拒馬木。見武備志一〇四狼筅。

【狼煙】狼糞之煙，設防地區用作軍事上的報警信號。相傳古之烽火用狼糞，取其煙直而聚，雖風吹之不斜。唐温庭筠集一遐水謠：“狼煙堡上霜漫漫，枯葉號風天地乾。”李商隱李義山詩集四寄太原盧司空三十韻：“雞塞誰生事，狼煙不暫停。”參閱唐段成式酉陽雜俎十六廣動植毛、宋陸佃埤雅四釋獸狼。

【狼當】狼狽，敗壞。宋蘇軾西樓帖致察推子明兄書：“自顧方拙，日忤監司，若蒙體量沙汰，好一段狼當也。”朱子語類七八尚書一：“鯀也是有才智，想見只是很拗自是，所以弄得恁地狼當。”又八三春秋：“當時(晉)厲公恁地弄得狼當，被人攙掇，胡亂殺了，晉室大段費力。”

【狼𥈻】古部族名。文選晉左太沖(思)吳都賦：“烏滸、狼𥈻、夫南、西屠、儋耳、黑齒之酋，……先驅前塗。”注：“狼𥈻人夜鬻金，知其良不。”水經注三六温水“外夷皆裸身，男以竹筒掩體，女以樹葉蔽形，外名狼𥈻，所謂裸國者也。”玉篇作“狼𥉐”。參閱清沈濤銅熨斗齋隨筆七狼𥈻當作狼𥉐。

【狼餐】形容人貪食之狀。猶今云狼吞虎嚥。宋王楙野客叢書二四以物性喻人：“狼之喻尤多，言其恣食則曰狼餐。”

【狼瞫】春秋晉大夫。晉與秦戰於殽後，爲戎右。晉人伐狄，箕之役，先軫黜瞫而用續簡伯。文公二年晉秦戰於彭衙，瞫恥前此之被黜，率部先馳，戰死，晉軍乘之，大敗秦師。見左傳僖三三年、文二年。

【狼藉】散亂不整貌。也作“狼籍”。史記淳于髡傳：“履舄交錯，杯盤狼藉。”文選晉張景陽七命：“瀾漫狼藉，傾榛倒壑。”注：“說文曰：草編狼藉也。”後常喻行爲或名聲不檢。後漢書四五張酺傳：“(竇景)遣掾夏猛私謝酺曰：‘鄭據小人，爲所侵冤，聞其兒爲吏，放縱狼藉，取是曹子一人，足以驚百。’”藉，殿本作“籍”。

【狼籍】同“狼藉”。

【狼顧】㊀狼懼被襲，走常反顧。因以狼顧比喻人有所畏懼。吳子勵士：“今使一死賊伏於曠野，千人追之，莫不梟視狼顧，何者？恐其暴起而害己也，是則一人投命，足懼千夫。”㊁形容人的異相，頭反顧形似狼。晉書宣帝紀：“魏武(曹操)察帝有雄豪志，聞有狼顧相，欲驗之，乃召使前行，令反顧，面正向後而身不動。”

【狼牙拍】防守武器。拍用榆槐木造，長五尺，闊四尺五寸，厚三寸，以五寸狼牙鐵釘布於拍上，出木三寸，四面嵌一刃刀，四角釘環，以繩滑絞於滑車鈎於城上。遇敵攻城時，扯起拍落，使敵不能近前。見武備志一一二狼牙拍。

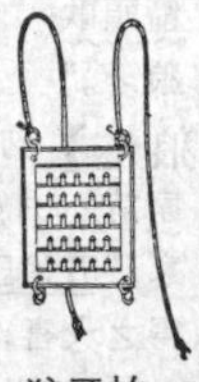
狼牙拍

【狼牙脩】古國名。梁書諸夷傳：“狼牙脩國在南海中，……去廣州二萬四千里，土氣物產與扶南略同，偏多𥮐沉婆律香等。”北史赤土傳作狼牙須，明史三二六外國錫蘭山傳作狼牙修。近人考證謂卽南海寄歸傳之郎迦戍、諸蕃志之凌牙斯，地當在馬來半島之西岸。

【狼牙棒】武器名。取堅重之木爲棒，長四五尺，用鐵抓植釘於上如狼牙，稱爲狼牙棒。見武備志一〇四狼牙棒。

狼牙棒

【狼牙箭】武器名。宋熙寧七年所造，以箭鏃之形似狼牙而銳利，故名。見宋史兵志十一器甲之制。

【狼居胥】山名。在內蒙古自治區五原縣西北黃河北岸，亦名狼山。史記一一一衞將軍驃騎列傳：“天子曰：‘驃騎將軍(霍)去病率師，躬將所獲葷粥之士……獲屯頭王、韓王等三人，將軍、相國、當户、都尉八十三人，封狼居胥山，禪於姑衍。’”

【狼湯渠】古河渠名。亦作“莨菪”。秦時稱鴻溝。楚漢戰爭中，曾以此爲中分之界。漢書地理志河南郡上：“滎陽……有狼湯渠，首受泲，東南至陳入潁，過郡四、行七百八十里。”卽此。參見“鴻溝”。

【狼頭纛】繡有狼頭之旗。隋書突厥傳：“或云其先國于四海之上，爲鄰國所滅，男女無少長盡殺之，至一兒不忍殺，刖足斷臂，棄於大澤中，有一牝狼，每啣肉至其所，兒因食之得以不死。其後遂與狼交……生十男，其一姓阿史那氏，最賢，遂爲君長，故牙門建狼頭纛，示不忘本也。”也作“狼纛”。新唐書一四二回鶻傳：“與子儀會呼延谷，可汗恃其彊，陳兵引子儀拜狼纛而後見。”

【狼子野心】謂豺狼之子不可馴服。比喻貪暴之人有險惡之心。左傳宣四年：“初，楚司馬子良生子越椒，子文曰：必殺之。是子也，熊虎之狀而豺狼之聲，弗殺必滅若敖氏矣。諺曰：‘狼子野心’，是乃狼也，其可畜乎！”

【狼餐虎嚥】比喻吃得猛而急。水滸十五：“阮家三兄弟讓吳用喫好了幾塊，便喫不得了；那三個狼飡虎食，喫了一回。”飡、飡，同“餐”。西遊記五二：“迎着裏面燈光，仔細觀看，只見那大小羣妖，一個個狼餐虎嚥，正都喫東西哩。”

狾 zhì ㄓˋ 征例切，去，祭韻，照。

狂犬。漢書五行志中之上：“左氏傳襄公十七年十一月甲午，宋國人逐狾狗。”左傳作“瘈”。參見“瘈狗”。

狹 xiá ㄒㄧㄚˊ 侯夾切，入，洽韻，匣。

窄，隘。書咸有一德：“無自廣以狹人，匹夫匹婦，不獲自盡。”管子山至數：“國之廣狹，壤之肥墝，有數。”

【狹中】㊀地名。史記秦始皇紀三十七年：“始皇出游，……至錢唐，臨浙江，水波惡，乃西百二十里，從狹中渡。”集解：“徐廣曰：(狹中)蓋在餘杭也。”宋陳鵠西塘集耆舊續聞四：“所謂狹中者，卽今富陽縣絕江而東，……江流至此極狹，去步纔一二百步，水波委蛇，始皇正從此渡，取暨陽界至會稽山。”㊁心胸狹隘。文選三國魏嵇叔夜(康)與山巨源絕交書：“吾直性狹中，多所不堪。”

【狹劣】促狹、頑劣。宋龔明之中吳紀聞一丁晉公拜老郁先生：“既坐話舊，極款密，且云：‘小年狹劣，荷先生教誨，痛加榎楚。’”宋詩鈔張九成橫浦詩鈔十九日雜興：“其間狹劣者，不售輒復躁。”

【狹斜】小街曲巷。也作“狹邪”。樂府詩集二三南朝梁顧野王長安道詩：“渭橋縱觀罷，安能訪狹邪？”又三五長安有狹斜行：“長安有狹斜，狹斜不容車。”因狹路曲巷多爲娼妓所居，後遂以指娼妓居處。南朝陳陳叔寶陳後主集楊叛兒曲：“日昏歡宴罷，相將歸狹斜。”唐白行簡李娃傳：“此狹邪女李氏宅也。”

【狹鄉】隋唐時把田少人多，不能按定制分田的地方叫狹鄉。隋書食貨志：“(文)

帝乃發使四出，均天下之田，其狹鄉，每丁纔至二十畝，老小又少焉。”唐律疏議十三戶婚中占田過限：“依令，受田悉足者爲寬鄉，不足者爲狹鄉。”狹鄉占田過限，一畝笞十，十畝加一等；二十畝又加一等。參閱新唐書食貨志一。

【狹隘】狹窄。文子下德：“故小而行大，即窮塞而不親；大而行小，即狹隘而不容。”史記八七李斯傳獄中上書：“逮秦地之狹隘。……臣盡薄材，卒兼六國，虜其王，立秦爲天子。”

【狹韻】謂字數較少之韻。宋魏慶之詩人玉屑七壓韻：“退之（韓愈）詩好押狹韻累句以示工，而不知重疊用韻之病也。”又見孔平仲珩璜新論。

【狹邪子】謂居住里巷無遠識的人。樂府詩集六三南朝梁沈約白馬篇：“寄言狹斜子，詎知隴道難。”

【狹路相逢】窄路相遇，兩方均無可退讓。玉臺新詠一古樂府詩六首之二相逢狹路間：“相逢狹路間，道隘不容車。”景德傳燈錄十二淄州水陸和尚：“有僧問：‘如何是學人用心處？’……師便喝。問：‘狹路相逢時如何？’師便攔胸托一托。”指直前行進、不瞻顧回旋之意。後多以喻仇人相見，難以相容。

狽 bèi 博蓋切，去，泰韻，幫。ㄅㄟˋ

傳說之獸名。見“狼狽”。

狸 lí 里之切，平，之韻，來。ㄌㄧˊ

獸名。似狐而小，身肥而短。同“貍”。莊子秋水：“騏驥驊騮，一日而馳千里，捕鼠不如狸狌。”參見“貍”。

【狸奴】貓的別稱。宋黃庭堅山谷外集七謝周文之送貓兒詩：“養得狸奴立戰功，將軍細柳有家風。”宋陸游劍南詩稿二六十一月四日風雨大作：“溪柴火軟蠻氈暖，我與狸奴不出門。”

【狸德】指貪得。莊子徐无鬼：“嘗語君，吾相狗也，下之執飽而止，是狸德也。”釋文：“狸德，謂貪如狐狸也。”

【狸骨帖】晉王羲之所書的字帖。荀輿能書，常寫狸骨方。羲之臨之，謂之狸骨帖。見太平廣記二〇七荀輿引尚書故實。

狷 juàn 古縣切，去，霰韻，見。ㄐㄩㄢˋ 吉掾切，去，線韻，見。

㊀褊急。參見“狷忿”、“狷急”。㊁拘謹，有所不爲。論語子路：“不得中行而與之，必也狂狷乎？狂者進取，狷者有所不爲也。”狷，孟子盡心下作“獧”。

【狷介】拘謹自守。國語晉二：“杜原款將死，使小臣圉告于申生曰：款也不才，……不能深知君之心度，棄寵求廣土而竄伏焉；小心狷介，不敢行也。”三國魏劉劭人物志上體別：“狷介之人，砭清激濁，……是故可與守節，難以變通。”

【狷忿】躁急易怒。南朝梁劉勰文心雕龍三哀弔：“或驕貴而殞身，或狷忿以乖道。”舊唐書一六二王遂傳：“遂性狷忿，不存大體。”

【狷急】性急不能受委屈。後漢書三二陰識傳附陰興：“（弟）就子豐尚酈邑公主，公生嬌妒，豐亦狷急。永平二年，遂殺主被誅。”又八一范冉傳：“以狷急不能從俗，常佩韋以自緩。”

【狷狹】器量狹隘。三國志蜀楊戲傳季漢輔臣贊：“威公狷狹，取異衆人。”威公，楊儀字。

【狷潔】潔身自守。國語晉二：“公子勉之，亡人無狷潔，狷潔不行。重賂配德，公子盡之，無愛財！人實有之，我以徼倖，不亦可乎？”新唐書一五〇常袞傳：“天寶末，及進士第。性狷潔，不妄交遊。”

⿰犭足 què 七雀切，入，藥韻，清。ㄑㄩㄝˋ

戰國宋良犬名。通“鵲”。廣雅釋獸：“韓獹、宋⿰犭足。”後泛指狗。宋王禹偁小畜集三酬种放徵君詩：“方號騤騤龍，已困狺狺⿰犭足。”參見“宋鵲”。

狴 bì 邊兮切，平，齊韻，幫。ㄅㄧˋ

獸名。也指監獄。見“狴犴”。

【狴犴】㊀傳說中的獸名。明楊慎升庵全集八一龍生九子：“俗傳龍生九子，不成龍，各有所好……四曰狴犴，形似虎，有威力，故立於獄門。”㊁監獄。漢揚雄法言吾子：“狴犴使人多禮乎？”音義：“狴犴，牢獄也。”

【狴牢】監獄。唐李商隱李義山詩集二偶成轉韻七十二句贈四同舍：“手封狴牢屯制田，直廳印鎖黃昏愁。”

狶 xí 香衣切，平，微韻，曉。ㄒㄧˊ 虛豈切，上，尾韻，曉。

豬。同“豨”。莊子知北遊：“正獲之問於監市履狶也，每下愈況。”注：“狶，大豕也。”

【狶苓】菌類植物。以塊色黑如豬屎，故名，入藥。也叫豬苓。唐韓愈昌黎集十二進學解：“忘己量之所稱，指前人之瑕疵，是所謂詰匠氏之不以杙爲楹，而訾醫師以昌陽引年而進其狶苓也。”

【狶韋】傳說古帝名。莊子大宗師：“狶韋氏得之，以挈天地。”釋文：“狶韋氏，上古帝王名。”

狳 yú 以諸切，平，魚韻，喻。ㄩˊ

獸名。見“犰狳”。

⿰犭谷 gǔ yù 古祿切，入，屋韻，見。ㄍㄨˇ ㄩˋ 余蜀切，入，燭韻，喻。

獸名。見“獨⿰犭谷”。

狻 suān 素官切，平，桓韻，心。ㄙㄨㄢ

見“狻猊”。

【狻猊】獸名。即獅子。也叫“狻麑”。穆天子傳：“狻猊野馬，走五百里。”注：“狻猊，師子，亦食虎豹。”

【狻麑】同“狻猊”。爾雅釋獸：“狻麑，如虦貓，食虎豹。”注：“即師子也，出西域，漢順帝時，疏勒王來獻犎牛及師子。”

狿 yán 以然切，平，仙韻，喻。ㄧㄢˊ 于線切，去，線韻，喻。

獸名。漢書八七上揚雄傳校獵賦：“斮巨狿，搏玄蝯。”又五七上司馬相如傳子虛賦作“蟃蜒”。

⿰犭廷 tíng 特丁切，平，青韻，定。ㄊㄧㄥˊ

獸名，猿類。文選漢張平子（衡）南都賦：“虎豹黃熊游其下，穀玃猱⿰犭廷戲其巔。”注：“張載吳都賦注：‘⿰犭廷，猨屬。’”

八畫

猋 biāo 甫遙切，平，宵韻，幫。ㄅㄧㄠ

㊀犬奔貌。引申爲迅疾貌。楚辭屈原九歌雲中君：“靈皇皇兮既降，猋遠舉兮雲中。”㊁旋風，暴風。通“飆”。爾雅釋天：“焚輪謂之頹，扶搖謂之猋。”注：“暴風從下上。”漢書刑法志：“猋起雲合。”㊂草名。爾雅釋草：“猋，藨芀。”

【猋氏】即神農。莊子山木：“左據槁木，右擊槁枝，而歌猋氏之風。”釋文：“猋氏，必遙反。古之無爲帝王也。”唐寫本作“焱”。莊子天運作“有焱氏”，釋文稱本又作“炎”。猋爲“焱”字之訛。

【猋迅】飛走迅疾如風。文選晉潘安仁（岳）射雉賦：“山鷩悍害，猋迅已甚。”

【猋忽】疾風。文選漢張平子（衡）思玄賦：“出閶闔兮降天途，乘猋忽兮馳虛無。”猋，亦作“飆”。

【猋風】旋風，疾風。禮月令孟春之月：“猋風暴雨總至。”注：“回風爲猋。”漢書五二韓安國傳：“且匈奴，輕疾悍亟之兵也，至如猋風，去如收電。”

猒 1. yàn 於豔切,去,豔韻,影。
ㄧㄢˋ 一鹽切,平,鹽韻,影。

㊀飽,滿足。通"厭"、"饜"。書洛誥:"萬年猒乃德,殷乃引考。"國語周中:"豈敢猒從其耳目心腹,以亂百度。"㊁服。後漢書四四胡廣傳駁左雄議:"今以一臣之言,剗戾舊章,衆心不猒。"㊂欺騙。淮南子主術:"上操約省之分,下效易爲之功,是以君臣彌久而不相猒。"注:"猒,欺也。"

2. yā
ㄧㄚ

㊃壓制。見"猒₂當"。

【猒₂當】 用迷信的方法,壓服抵制將來可能出現的災禍。漢書高帝紀:"秦始皇帝嘗言,東南有天子氣,於是東游以猒當之。"參見"厭當"。

猝 cù 倉没切,入,没韻,清。
ㄘㄨˋ

突然。古多作"卒"。元戴表元剡源集二一碧桃花賦:"清風徐來,鳴鳥上下,突焉階除,見此粲者,矯焉若凌虛猝墜,翕然若離羣獨至。"明史一二三陳友諒傳:"(友諒)以會師爲名,自江州猝至。"

【猝故】 突然的變故。新唐書兵志:"今外有不廷之虜,内有梗命之臣,而禁兵不精,其數削少,後有猝故,何以待之?"

【猝嗟】 怒叱聲。漢書三四韓信傳:"項王意烏猝嗟,千人皆廢。"注引李奇:"猝嗟猶咄嗟也,言羽一咄嗟,千人皆失氣也。"史記九二淮陰侯傳作"叱咤",索隱謂發怒聲。

猍 lì
ㄌㄧˋ

傳説中的獸名。山海經中山經:"樂馬之山有獸焉,其狀如彙,赤如丹火,其名曰猍,見則其國大疫。"注:"猍,音戾。"

猏 jiān 古賢切,平,先韻,見。
ㄐㄧㄢ

獸三歲曰猏。同"豣"。吕氏春秋知化:"今釋越而伐齊,譬之猶懼虎而刺猏。"

猜 cāi 倉才切,平,咍韻,清。
ㄘㄞ

㊀懷疑。左傳昭七年:"夫子從君而守臣喪邑,雖吾子亦有猜焉。"宋歐陽修六一詞清平樂:"别來音信全乖,舊朝前事堪猜。"㊁揣測。見"猜拳"。

【猜忌】 猜疑妒忌。後漢書二九申屠剛傳:"平帝時,王莽專朝,多猜忌。"

【猜忍】 殘暴無情。史記六五吳起傳:"魯人或惡吳起曰:'起之爲人,猜忍人也。'"

【猜阻】 猜疑。周書文閔明武宣諸子傳史臣曰:"高祖(宇文泰)……懲專朝之爲患,忘維城之遠圖,外崇寵位,内結猜阻,自是配天之基,潛有朽壤之墟矣。"宋陸游劍南詩稿三十太師魏國史公挽歌詞:"大度寧猜阻,羣言自中傷。"

【猜拳】 酒席間的一種游戲。清翟灝通俗編三一俳優猜拳:"(宋孫宗鑑)東皋雜録:'唐人詩有:城頭擊鼓傳花枝,席上搏拳握松子。'乃知酒席猜拳爲戲,其來已久。"按今人謂之猜單雙,其法取果粒或其他物件握手中,供人猜單雙、顔色、數目,凡三射而决勝負,中者勝,負者罰飲酒。

【猜貳】 疑忌。梁書侯景傳請降表:"臣聞股肱體合,則四海和平;上下猜貳,則封疆幅裂。"

【猜虞】 疑慮。周書文帝紀上:"朝廷若以(侯莫陳)悦堪爲邊扞,乞處以瓜、涼一藩。不然,則終致猜虞,於事無益。"

【猜嫌】 猶猜忌。三國志魏賈詡傳:"詡自以非太祖(曹操)舊臣,而策謀深長,懼見猜嫌,闔門自守,退無私交。"又蜀劉巴傳:"又自以歸附非素,懼見猜嫌,恭默守静,退無私交,非公事不言。"

【猜疑】 懷疑。後漢書五行志:"其後車騎將軍何苗,與兄大將軍進部兵還相猜疑,對相攻擊,戰於闕下。"

【猜燈】 即燈謎。明田汝成西湖遊覽志餘二十熙朝樂事:"正月十五日爲上元節,前後張燈五夜,……好事者或爲藏頭詩句,任人商揣,謂之猜燈。"參見"燈謎"。

【猜警】 因猜疑而警戒。隋書元冑傳:"(趙王元招)因賜之酒,曰:'吾豈有不善之意邪?卿何猜警如是!'"

【猜懼】 疑懼。後漢書七四上袁紹傳:"(劉)馥自懷猜懼,辭紹索去,往依張邈。"

猗 1. yī 於離切,平,支韻,影。
ㄧ

㊀長。詩小雅節南山:"節彼南山,有實其猗。"傳:"猗,長也。"集傳音醫,言其義未詳。清王引之謂當讀"阿"(ē),言南山之阿,實然廣大。見經義述聞六有實其猗。㊁歎辭。見"猗與"。㊂語助詞。通"兮"。詩衛風伐檀:"河水清且直猗。"書秦誓:"斷斷猗,無他技。"禮大學引猗作"兮"。㊃姓。漢猗頓,貲累億萬。見漢書貨殖傳。

2. yǐ 於綺切,上,紙韻,影。
ㄧˇ

㊄依靠。詩衛風淇奧:"寬兮綽兮,猗重較兮。"㊅加於。詩小雅巷伯:"楊園之道,猗于畝丘。"㊆束而採之。同"掎"。詩豳風七月:"以伐遠揚,猗彼女桑。"

3. ě 集韻倚可切,上,哿韻。
ㄜˇ

㊇樹枝柔弱貌。見"猗₃儺"。

4. wēi
ㄨㄟ

㊈見"猗₄移"。

【猗氏】 縣名。春秋郇國。漢置猗氏縣,因猗頓故居而名。屬河東郡。後爲晉令狐地。公元1954年與臨晉縣合併爲臨猗縣,屬山西省。參閱寰宇通志七九蒲州猗氏縣。

【猗₃那】 詩商頌那"猗與那與",爲歎美詞。後因合猗那二字爲柔美、盛美之貌。淮南子脩務:"今鼓舞者,繞身若環,曾撓摩地,扶旋猗那,動容轉曲,便媚擬神。"宋范祖禹范太史集三送秦主簿赴仁和詩:"看君登朝廷,奏頌助猗那。"

【猗卓】 史記一二九貨殖傳記猗頓、卓氏,猗以鹽鐵,卓以鐵山鼓鑄,皆富擬王侯。後因以猗卓爲富商的通稱。明王世貞弇州山人四部稿一四九藝苑卮言六:"吾崑山顧瑛、無錫倪元鎮俱以猗卓之資,更挾才藻,風流豪爽,爲東南之冠。"

【猗狔】 猶阿那,柔弱下垂貌。文選戰國楚宋玉高唐賦:"東西施翼,猗狔豐沛。"狔,也作"抳"、"柅"。漢書五七司馬相如傳大人賦:"掉指橋以偃蹇兮,又猗抳以招搖。"又上林賦:"紛溶萷蔘,猗柅從風。"史記皆作"旖旎"。

【猗₄移】 委曲順從。列子黃帝:"吾與之虛而猗移,不識其誰何?"注:"猗移,委移至順之貌。"莊子應帝王作"委蛇"。

【猗猗】 ㊀美盛貌。詩衛風淇奧:"瞻彼淇奧,綠竹猗猗。"㊁形容餘音裊裊。文選三國魏嵇叔夜(康)琴賦:"微風餘音,靡靡猗猗。"

【猗萎】 隨風飄搖貌。文選晉郭景純(璞)江賦:"隨風猗萎,與波潭淹。"山海經圖讚文玉玕琪樹贊:"翠葉猗萎,丹柯玲瓏。"

【猗違】 猶豫不決。漢書八一孔光傳:"又傅太后欲與成帝母俱稱尊號,羣下多順指,……上重違大臣正議,又内迫傅太后,猗違者連歲。"注:"猶依違耳。"

【猗嗟】 嘆美詞。詩齊風猗嗟:"猗嗟昌兮,頎而長兮。"

【猗頓】 春秋魯人。以經營畜牧及鹽業,十年之間,成爲豪富,貲擬王侯。因發家於猗氏,故名猗頓,世稱陶朱猗頓之富。

見史記貨殖傳、孔叢子陳士義。

【猗與】 歎美詞。詩周頌潛:"猗與漆沮,潛有多魚。"又商頌那:"猗與那與,置我鞉鼓。"

【猗靡】 ㊀隨風飄動貌。文選漢司馬長卿(相如)子虛賦:"扶輿猗靡,翕呷萃蔡。"又枚叔(乘)七發:"從容猗靡,消息陰陽。"㊁婉順貌。漢書九七上李夫人傳武帝賦:"的容與以猗靡兮,縹飄姚虖愈莊。"

【猗蘭】 漢殿名。相傳漢武帝誕生前,父景帝夢有赤彘從雲中直下,入崇蘭閣,因改閣名爲猗蘭殿。武帝即生於此殿。見舊題漢郭憲洞冥記。唐杜甫杜工部草堂詩箋二冬日洛城北謁元元皇帝廟:"仙李蟠根大,猗蘭奕葉光。"

【猗3儺】 輕盈柔順貌。同"婀娜"。詩檜風隰有萇楚:"隰有萇楚,猗儺其枝。"傳:"猗儺,柔順也。"

【猗蘭操】 琴曲名。樂府詩集五八琴曲歌辭猗蘭操引琴操:"猗蘭操,孔子所作,孔子……自衛反魯,隱谷之中,見香蘭獨茂,喟然歎曰:'蘭當爲王者香,今乃獨茂,與衆草爲伍。'乃止車援琴鼓之,自傷不逢時,託辭於香蘭云。"也稱幽蘭操。

【猗覺寮雜記】 宋朱翌撰,二卷。上卷爲詩話,止於考證典據,而不評論文字之工拙;下卷雜論文章,兼及史事。

猛 měng 莫幸切,上,梗韻,明。
ㄇㄥˇ

㊀嚴。左傳昭二十年:"寬以濟猛,猛以濟寬,政是以和。"㊁威猛,凶暴。荀子王制:"故虎豹爲猛矣,然而君子剝而用之。"禮檀弓下:"苛政猛於虎也。"㊂急驟。晉書石勒載記下:"勒統步騎四萬赴金墉,……流澌風猛,軍至冰泮清和。"㊃突然。宋林逋林和靖集二杏花詩:"隈柳旁桃斜欲墜,等鶯期蝶猛成團。"劉克莊後村集一九〇賀新郎宋庵訪梅詞:"鵲報千林喜,還猛省謝家池館,早寒天氣。"㊄姓。春秋宋有猛獲。見左傳莊十二年。

【猛士】 勇士。史記高祖紀大風歌:"大風起兮雲飛揚,威加海內兮歸故鄉,安得猛士兮守四方!"

【猛氏】 獸名。史記一一七司馬相如傳上林賦:"格瑕蛤,鋋猛氏。"索隱:"郭璞曰:'今蜀中有獸,狀如熊而小,毛淺有光澤,名猛氏。'"

【猛可】 突然,出其不意。清平山堂話本花燈轎蓮女成佛記:"那和尚猛可地吃他捽住。"水滸七:"林沖合當有事,猛可的道:'將來看。'"

【猛安】 金初,諸部之民平居以耕漁射獵爲業,有警則徵爲兵。分部,部長稱孛堇。下有謀克,猶言百夫長;十謀克爲猛安,猶言千夫長。見金史太祖紀、兵志。續文獻通考一二一兵一作"明安"。

【猛酒】 熱酒。明張存紳雅俗稽言九觴政:"主酒者酒懦爲曠官,謂酒冷也;酒猛爲苛政,謂酒熱也。俗云:'猛酒難吃',不知其爲熱酒也。"

【猛燭】 大蠟燭。周禮秋官司烜氏作"墳燭"。太平御覽八七〇魏明帝樂府:"晝作不停手,猛燭繼望舒。"也作"猛炬"。藝文類聚七四晉庾闡藏鉤賦:"督猛炬而增明,從因朗而心隔,壯顏變成衰容,神材比爲愚策。"參閱明楊慎譚苑醍醐八猛燭猛炬。

【猛火油】 卽石油。宋康與之昨夢錄謂爲日烘石熱所出之液。西北邊防城庫皆掘地作大池,縱橫丈餘以畜猛火油,用以禦敵。新五代史四夷附錄三占城、遼史太祖淳欽皇后傳皆有關於猛火油的記載。

【猛虎行】 樂府平調曲名。古辭曰"飢不從猛虎食,暮不從野雀棲",故名。三國魏曹丕、晉陸機、唐李白等皆有猛虎行篇。見樂府詩集三一。

猖 chāng 尺良切,平,陽韻,穿。
ㄔㄤ

見下。

【猖狂】 肆意妄行。莊子在宥:"浮遊不知所求,猖狂不知所往。"三國志魏董卓傳評注:"袁術無毫芒之功,纖介之善,而猖狂于時,妄自尊立。"

【猖披】 穿衣不結帶,散亂不整之貌。引申爲放縱自恣。楚辭屈原離騷:"何桀紂之猖披兮,夫唯捷徑以窘步。"注:"猖披,衣不帶之貌。"文選作"昌披"。

【猖勃】 恣意妄爲。晉書劉元海載記卽漢王令:"董卓因之,肆其猖勃;曹操父子,兇逆相尋。"魏書羊深傳:"羊深血誠奉國,秉操罔貳,閒弟猖勃,自劾請罪。"

【猖獗】 也作"猖蹷"、"猖蹶"。㊀任意橫行。漢賈誼新書俗激:"其餘猖蹶而趨之者,乃豕羊駈而往。"㊁顛覆,失敗。三國志蜀諸葛亮傳:"由是先主遂詣亮,凡三往乃見。因屏人曰:'漢室傾頹,姦臣竊命,主上蒙塵。孤不度德量力,欲信大義於天下。而智術淺短,遂用猖獗,至於今日。"梁書陳伯之傳與丘遲書:"尋君去就之際,非有他故,直以不能內審諸己,外受流言,沉迷猖蹷,以至於此!"參閱清趙翼陔餘叢考二二猖獗。

猓 guǒ 古火切,上,果韻,見。
ㄍㄨㄛˇ

見下。

【猓然】 獸名。似猴。文選晉左太沖(思)吳都賦:"狖鼯猓然,騰趠飛超。"劉逵注:"猓然,猿狖之類,居樹,色青赤有文,日南九真有之。"也作"猓猻"。唐李肇國史補下:"劍南人之採猓猻者,獲一猓猻,則數十猓猻可盡得矣。"參見"果然㊂"。

猇 xiāo 許交切,平,肴韻,曉。
ㄒㄧㄠ 胡茅切,平,肴韻,匣。

㊀虎吼聲。本作"虓"。見玉篇。㊁漢縣名,屬濟南郡。故城在今山東章邱縣北。見漢書地理志上。

【猇亭】 地名。在今湖北宜都縣境長江北岸。三國蜀章武三年吳將陸遜曾大破蜀劉備軍於此。見三國志蜀先主傳。

猙 zhēng 側莖切,平,耕韻,莊。
ㄓㄥ 疾郢切,上,靜韻,從。

㊀傳說之獸名。山海經西山經:"(章莪之山)有獸焉,其狀如赤豹,五尾一角,其音如擊石,其名如猙。"㊁見"猙獰"。

【猙獰】 凶惡貌。古今小說十三張道陵七試趙昇:"只見廟中……供養着土偶神象,猙獰可畏。"

猞 shè
ㄕㄜˋ

見下。

【猞猁猻】 獸名。野貓的一種。毛皮極貴重。亦作"失利"、"失利孫",一名土豹。見嘉慶一統志六三奉天府五土產。

猘 zhì 居例切,去,祭韻,見。
ㄓˋ

瘋狗。本作"狾",或作"瘈"。呂氏春秋首時:"鄭子陽之難,猘狗潰之。"淮南子說林:"狂馬不觸木,猘狗不自投於水。"

【猘兒】 比喻年少勇猛的人。三國志吳孫策傳:"是時袁紹方彊,而策并江東"注引吳歷"曹公(操)聞策平定江南,意甚難之,常呼:'猘兒難與爭鋒也。'"

猧 wō 集韻 烏禾切,平,戈韻。
ㄨㄛ

犬名。同"猧"。見下。參見"猧"。

【猧子】 猶言犬子。父母對兒子的愛稱。新唐書一六二李遜傳附李建:"猧子勸吾食,吾輒飽;進藥,吾意其瘳。"

猊 ní 五稽切,平,齊韻,疑。
ㄋㄧˊ

獸名。卽獅子。文苑英華一三一唐牛上士獅子賦:"窮汗漫之大荒,當崑崙之南軸,鑠精剛之猛氣,產靈猊之獸族。"參見"狻猊"。

【猊座】佛教謂佛所坐之處。也叫獅子座。全唐詩二七三戴叔倫寄禪師寺華上人次韻："猊坐翻蕭瑟，皋比喜接連。"參見"獅子座"。

【猊糖】製成獅形的糖。宋林登續博物志："後漢書顯宗紀注：以糖作狻猊形，號猊糖。"(說郛六)按范曄後漢書明帝紀無此文。

九畫

猷 yóu 以周切，平，尤韻，喻。
ㄧㄡˊ

㊀謀畫。書君陳："爾有嘉謀嘉猷，則入告爾后于內。"㊁道，法則。詩小雅巧言："秩秩大猷，聖人莫之。"書周官："若昔大猷，制治于未亂，保邦于未危。"㊂發語詞。書盤庚上："猷，黜乃心。"又大誥："王若曰：'猷，大誥爾多邦。'"

䖘 dú 徒谷切，入，屋韻，定。
ㄉㄨˊ

鼠名。山海經中山經："(甘棗之山)有獸焉，其狀如䖘鼠而文題，其名曰𪕬，食之已瘿。"廣韻作"䖘"。

臭 chuò 集韻 勑略切，入，藥韻。
ㄔㄨㄛˋ

獸名。說文作"㲋"。山海經中山經："(綸山)其獸多閭、麈、麢、臭。"注："臭，似兔而鹿脚，青色。"

猵 biān 布玄切，平，先韻，幫。
ㄅㄧㄢ 毗忍切，上，軫韻，並。

㊀獺屬。能入水食魚。也作"獱"。見"猵獺"。㊁見"猵狙"。

【猵狙】獸名。莊子齊物論："猨，猵狙以爲雌。"釋文："司馬(彪)云：'狙，一名獦牂，似猿而狗頭，憙與雌猿交也。'崔(譔)云：'猵狙，一名獦牂。'"

【猵獺】獺屬。淮南子兵略："夫畜池魚者，必去猵獺，養禽獸者，必去豺狼。"漢桓寬鹽鐵論輕重："水有猵獺而池魚勞，國有强禦而齊民消。"

猑 huī 許歸切，平，微韻，曉。
ㄏㄨㄟ 户昆切，平，魂韻，匣。

見"山猑"。

猶 1. yóu 以周切，平，尤韻，喻。
ㄧㄡˊ

㊀獸名。猴屬。也叫猶猢，似猴而足短，好登巖樹。爾雅釋獸："猶，如麂，善登木。"㊁相似，相同。論語先進："子曰：'過猶不及。'"㊂尚且。左傳宣十二年："困獸猶鬭，況國相乎？"㊃仍然。荀子榮辱："是故三代雖亡，治法猶存。"㊄庶幾，可能。詩魏風陟岵："上愼旃哉，猶來無止。"傳："猶，可也。"㊅謀畫。通"猷"。詩小雅采芑："方叔元老，克壯其猶。"三家詩皆作"猷"。㊆圖畫。周禮春官家宗人："凡以神仕者，掌三辰之法，以猶鬼神祇之居。"注："猶，圖也。"㊇罪，過失。通"訧"、"尤"。用作動詞，爲指責、詬罵之意。詩小雅斯干："式相好矣，無相猶矣。"參閱清朱駿聲說文通訓定聲。㊈通"由"。孟子公孫丑上："紂之去武丁未久也，……然而文王猶方百里起，是以難也。"㊉姓。漢學師宋恩等題名碑有文學掾猶玉，字子朝。見隸釋十四。

2. yáo
ㄧㄠˊ

⑪搖動。通"搖"。禮檀弓下："詠斯猶，猶斯舞。"注："猶當爲搖，聲之誤也。搖，謂身動搖也。"

【猶子】禮檀弓上："喪服，兄弟之子，猶子也，蓋引而進之也。"本指喪服而言，謂爲己之子期，兄弟之子亦爲期。後來因稱兄弟之子爲猶子。漢人稱爲從子。文選南朝任彥昇(昉)爲齊明帝讓宣城郡公第一表："太祖高皇帝篤猶子之愛，降家人之禮；世祖武帝，情等布衣，寄深同氣。"太祖齊道成，生子頤爲武帝，明帝蕭鸞爲道成弟道生子。參閱明環中迂叟(陳士元)俚言解一猶子從子。

【猶女】姪女。五代王定保唐摭言九防慎不至："張峴妻，顏蕘舍人猶女。"

【猶若】㊀舒和貌。荀子子道："子路趨而出，改服而入，蓋猶若也。"㊁猶如。墨子尚賢中："未知所以行之術，則事猶若未成。"㊂亦，尚且。呂氏春秋知度："舜禹猶若困，而況俗主乎？"

【猶猶】㊀徐疾得中之貌。禮檀弓上："故騷騷爾則野，鼎鼎爾則小人，君子蓋猶猶爾。"㊁猶豫，遲疑。淮南子兵略："故善用兵者，……擊其猶猶，陵其與與，疾雷不及塞耳，疾霆不暇掩目。"參見"猶與"。

【猶與】遲疑不決。同"猶豫"。禮曲禮上："卜筮者……所以使民決嫌疑，定猶與也。"漢書四四淮南王安傳："王、王后計欲毋遣太子，遂發兵，計未定，猶與十餘日。"史記一一九淮南王安傳作"猶豫"。參見"猶豫"。

【猶龍】史記六三老子傳："孔子去，謂弟子曰：'……吾今日見老子，其猶龍邪！'"本言老子之道，深遠如龍之不可測。後因以猶龍爲老子的代稱，又轉而稱有道之士。明王世貞弇州山人四部稿四二送王太史胤昌册封闔道省壽太夫人詩："猶龍紫氣將西度，如帶黃河自北來。"清詩別裁六徐振芳海陵寄李子微："猶龍久矣逃塵世，牽犢公然飲上流。"

【猶豫】遲疑不決。楚辭屈原離騷："心猶豫而狐疑兮，欲自適而不可。"六韜龍韜："善者從而不擇，巧者一決而不猶豫。"按猶豫爲雙聲字，以聲取義，本無定字，故亦作猶與、由與、尤與、猶夷等。舊說以猶豫爲二獸名，性皆多疑，非是。參閱清黃生義府上猶豫。

【猶巍】傳說之國名。元伊世珍瑯嬛記上引賈子說林上："金多陶樂，民人範磚以築垣；鐵鮮猶巍，帝后製笄以飾首。"

【猶古自】還是，尚且。元王實甫西廂記三本三折："猶古自參不透風流調法。"也作"猶兀自"。缺名小張屠四："迎門兒拜母親，猶兀自醉醺醺。"

猪 zhū 陟魚切，平，魚韻，知。
ㄓㄨ

豬的異體字。見"豬"。

猰 1. yà 烏黠切，入，黠韻，影。
ㄧㄚˋ

㊀亦作"猰"。見"猰貐"、"猰窳"。

2. qì
ㄑㄧˋ

㊁見"猰₂犬"。

【猰₂犬】瘋狗。唐李賀歌詩編二仁和里雜敍皇甫湜："洛風送馬入長關，闔扇未開逢猰犬。"參見"瘈狗"。

【猰貐】食人怪獸名。也作"猰窳"、"猰貐"。淮南子本經："猰貐、鑿齒、九嬰、大風、封豨、脩蛇，皆爲民害。"注："猰貐，音軋瘉。獸名。狀龍首，或曰似貍，善走而食人。"借喻凶惡之人。唐陸贄陸宣公集一平朱泚後車駕還京大赦制："猰貐肆其吞噬，豺狼穴於宮闕。"參見"猰貐"。

【猰窳】同"猰貐"。晉書溫嶠傳史臣曰："封狐萬里，投軀而弗顧；猰窳千羣，探穽而忘死。"此以妖獸喻凶惡之人。

猫 māo 武瀌切，平，宵韻，明。
ㄇㄠ

㊀貓的異體字。見"貓"。㊁即錨。元周密癸辛雜識續集上海蛆："(海舟)鐵猫大者重數百斤，嘗有舟遇風下釘，而風怒甚，鐵猫四爪皆折。"

猢 hú 户吳切，平，模韻，匣。
ㄏㄨˊ

見"猢猻"。

【猢猻】即猴子。唐張鷟朝野僉載："楊仲嗣躁急，號熱鏊上猢猻。"(類說四十)宋楊萬里誠齋集二四無題詩："坐看猢猻上樹頭，旁人只恐墮深溝。"

【猢猻王】嘲稱訓蒙的塾師。明郎瑛七

修類藁二六嘲學究:"近世嘲學究云:我如有道路,不做猢猻王。本秦檜之詩也,秦盖微時爲童子師,仰束脩自給,故有'若得水田三百畝,這番不做猢猻王。'"學童頑皮如猴,因喻其師爲猢猻王。

【猢猻入布袋】比喻山野之性受拘束。景德傳燈録二一真寂禪師:"僧曰:'恁麼卽學人歸堂去也。'師曰:'猢猻入布袋。'"宋歐陽修文忠集一二七歸田録:"(梅聖俞)以詩知名三十年,終不得一館職,……受敕修唐書,語其妻刁氏曰:'吾之修書,可謂猢猻入布袋矣。'刁氏對曰:'君於仕宦亦何異鮎魚上竹竿耶!'"

猱 1. náo ㄋㄠˊ 奴刀切,平,豪韻,泥。
女救切,去,宥韻,娘。

㊀獸名。猿類。同"獶"。爾雅釋獸:"猱蝯善援。"文選漢司馬長卿(相如)上林賦:"蛭蜩蠼猱。"注:"蠼猱,獮猴也。"

2. róu ㄖㄡˊ

㊁通"揉"。見"猱₂雜"。參見"吟猱"。

【猱升】猿猱上樹,比喻輕捷。詩小雅角弓:"毋教猱升木,如塗塗附。"箋:"猱之性,善登木。"

【猱兒】妓女的别稱。古雜劇元關漢卿錢大尹智寵謝天香一:"我怨那禮案裏幾個令史,他每都是我掌命司,先將那等不會彈不會唱的除了名字,早知道則做箇啞猱兒。"古今雜劇缺名百花亭一:"你看那女子扭揑做作,必是個賣笑的猱兒。"元曲選本作"倈兒"。

【猱捷】敏捷如猿。宋梅堯臣宛陵集二九飲韓仲文家:"巧詞劇猱捷,辨機如弩彍。"

【猱₂雜】混雜。宋宋敏求春明退朝録下:"昔(後唐)莊宗,……縱兵出獵,涉旬不返。於優倡猱雜之中,復自矜寫春秋,不知當時刑政何如也。"參見"獶雜"。

【猱獅狗】卷毛狗。儒林外史五三:"到了來賓樓門口,一隻小猱獅狗叫了兩聲,裏邊那個黑胖虔婆出來迎接。"

【猱虎官人】元勳臣名。元史食貨志三歲賜勳臣:"猱虎官人,五户絲。丁巳年,分撥平陽一千户。延祐六年,實有六百户,計絲二百四十斤。"按元代勳臣歲賜之制,每五户出絲一斤,輸諸有司,有司按例撥發受賜者。

猳 jiā ㄐㄧㄚ 古牙切,平,麻韻,見。

㊀"豭"的異體字,卽豬。管子戒篇:"東郭有狗嘊嘊,旦暮欲齧我猳。"吕氏春秋本味:"爝以爟火,釁以犧猳。"㊁指猴屬。唐段成式酉陽雜俎前集四境異:"北通玃猳,所育爲傖。"

【猳國】獸名。猴類。法苑珠林十一六道畜生部之餘:"蜀中西南高山之上,有物與猴相類,長七尺,能作人行,善走,逐人,名曰猳國,一名馬化,或曰玃猨。"也作"猳玃"。晉張華博物志九作"猴玃",又作"猳玃"。

猤 jì ㄐㄧˋ 其季切,去,至韻,羣。

壯勇貌。文選晉左太沖(思)吳都賦:"猿臂骿脅,狂趭獷猤。"

猧 wō ㄨㄛ 集韻 烏禾切,平,戈韻。

犬。全唐詩四二二元稹夢春遊七十韻:"鸚鵡饑亂鳴,嬌猧睡猶怒。"

【猧子】小狗。唐段成式酉陽雜俎前集一忠志:"上夏日嘗與親王碁……貴妃立於局前觀之,上數枰子將輸,貴妃放康國猧子於坐側,猧子乃上局,局子亂,上大悦。"宋陸游劍南詩稿六四習嬾自咎:"猧子巡籬落,貍奴護簡編。"也作"猧兒"。全唐詩三四六王涯宫詞之十三:"白雪猧兒拂地行,慣眠紅毯不曾驚。"

猩 xīng ㄒㄧㄥ 桑經切,平,青韻,心。
所庚切,平,庚韻,山。

㊀獸名。見"猩猩"。同"狌"。參見"狌"。㊁紅色。見"猩色"、"猩紅"。

【猩色】卽紅色。色如猩猩之血,故名。唐韓偓香奩集已涼詩:"碧闌干外繡簾垂,猩色屏風畫折枝。"

【猩血】指紅色。宋陸游劍南詩稿三一雨霽春色粲然喜而有賦:"千縷麴塵楊柳緑,萬枝猩血海棠紅。"

【猩紅】㊀似猩血之紅色。宋陸游劍南詩稿八一花下小酌:"柳色初深燕子回,猩紅千點海棠開。"㊁銀硃的别名。見本草綱目九石三銀朱。

【猩脣】猩猩嘴唇,食品中八珍之一。吕氏春秋本味:"肉之美者,猩猩之脣。"唐李賀歌詩編大堤曲:"郎食鯉魚尾,妾食猩猩脣。"宋蘇軾分類東坡詩十八次韻孔毅父集古人句見贈:"今君坐致五侯鯖,盡是猩脣與熊白。"此以珍味喻名作。

【猩猩】獸名。聲如兒啼,故傳説能人言。禮曲禮上:"猩猩能言,不離禽獸。"釋文本作"狌"。淮南子氾論:"猩猩知往而不知來,乾鵲知來而不知往。"

猲 1. xiè ㄒㄧㄝˋ 許竭切,入,月韻,曉。

㊀短嘴狗。見説文。參見"猲獢"。

2. hè qià ㄏㄜˋ ㄑㄧㄚˋ 許葛切,入,曷韻,曉。
起法切,入,乏韻,溪。

㊁喘息恐懼貌。戰國策齊一:"秦雖欲深入,則狼顧,恐韓魏之議其後也。是故恫疑虛猲,高躍而不敢進。"注:"猲,喘息,懼貌。"史記六九蘇秦傳作"虛喝"。㊂威脅。漢盜律有"恐猲"罪。參見"恐猲"。

【猲狙】獸名。山海經東山經:"北號之山,臨於北海……有獸焉,其狀如狼,赤首鼠目,其音如豚,名曰猲狙。"

【猲獢】短嘴狗。見爾雅釋畜。詩秦風駟驖作"歇驕"。參見該條。

猥 wěi ㄨㄟˇ 烏賄切,上,賄韻,影。

㊀衆多。管子八觀:"以人猥計其野。"注:"猥,衆也。以人衆之多少計其野之廣狹也。"漢王充論衡宣漢:"周有三聖,文王武王周公並時猥出。"㊁雜濫,繁瑣。後漢書六七范滂傳:"滂奏刺史二千石權豪之黨二十餘人,尚書責滂所劾猥多,疑有私故。"明史刑法志:"家人米鹽猥事,宫中或傳爲笑譃。"㊂堆積。漢書五六董仲舒傳:"科别其條,勿猥勿并。"文選晉左太沖(思)魏都賦:"山阜猥積而踦躡,泉流迸集而映咽。"㊃苟且。漢書六六楊惲傳報孫會宗書:"然竊恨足下不深惟其終始,而猥隨俗之毁譽也。"注:"猥,曲也。"㊄卑賤。抱朴子百里:"庸猥之徒,器小志近。"北齊顏之推顏氏家訓雜藝:"若官未通顯,每被公私使令,亦爲猥役。"㊅謙詞。辱。後漢書十三隗囂傳方望辭囂書:"望無耆耈之德,而猥託賓客之上,誠自愧也。"

【猥人】鄙賤之人。北齊顏之推顏氏家訓風操:"古人之所行,今人之所笑也。及南北風俗,言其祖及二親,無云家者,田里猥人,方有此言耳。"

【猥官】低級雜吏。魏書官氏志:"其穆、陸、賀、劉、樓、于、嵇、尉八姓,皆太祖已降,勳著當世,位盡王公,灼然可知者,且下司州、吏部勿充猥官,一同四姓。"

【猥昵】親暱。新唐書一七四李逢吉傳:"逢吉素厚待(茅)彙,嘗與書曰:'足下當以"自求"字僕,吾當以"利見"字君。'辭頗猥昵。"

【猥酒】下等雜酒。晉書劉弘傳下教:"又酒室中云齊中酒、聽事酒、猥酒,同用麴米,而優劣三品投醪,當與三軍同其厚薄,自今不得分别。"

【猥屑】卑鄙。新唐書一四五王縉傳:"性貪冒,縱親戚尼姑招納財賄,猥屑相稽,若市賈然。"

【猥壻】出身卑下之壻。北齊顏之推顏氏家訓治家："近世嫁娶，遂有賣女納財，買婦輸絹，比量父祖，計較錙銖，責多還少，市井無異。或猥壻在門，或傲婦擅室，貪榮求利，反招羞恥，可不慎歟！"

【猥瑣】庸俗，志氣卑劣。元李治敬齋古今黈拾遺五："猥瑣者，鄙猥瑣屑云耳，故至今謂人蹇淺卑污而不能自立者，皆謂之猥瑣。"

【猥賤】卑賤。北齊書楊愔傳："後有選人魯漫漢，自言猥賤，獨不見識。"

【猥濫】多而濫。魏書釋老志："正光已後，天下多虞，王役尤甚，於是所在編民，相與入道，假慕沙門，實避調役，猥濫之極，自中國之有佛法，未之有也。"

【猥褻】瑣碎，下流。宋蘇舜欽蘇學士集十二上執政啟："豈意謹謗臺中，章徹宸極，因猜嫌而生隙，謂猥褻以當懲。"孔平仲續世説輕詆："李義府……爲宰相，爲侍御史王義方所劾，言初以容貌爲劉洎、馬周所幸，由此得近，言詞猥褻。"

【猥諸侯】漢制，王子封爲侯者稱諸侯；羣臣異姓以功封者稱徹侯。在長安者，皆奉朝請。其有賜特進者，位在三公下，稱朝侯。位次九卿下者，但侍祠而無朝位，稱侍祠侯。其非朝侯侍祠，而以下土小國，或以肺腑宿親，若公主子孫，或奉先侯墳墓在京師者，隨時見會，稱猥諸侯。參閱通典三一職官十三歷代王侯封爵。

猨 yuán 集韻 于元切，平，元韻。
ㄩㄢ
獸名。同"猿"、"蝯"。似猴。莊子齊物論："木處則惴慄恂懼，猨猴然乎哉？"

【猨狖】泛指猿猴。楚辭屈原九章涉江："深林杳以冥冥兮，猨狖之所居。"文選漢王文考（延壽）魯靈光殿賦："狡兔跧伏於柎側，猨狖攀椽而相追。"

【猨飲】用手掬水而飲。水經注一河水："烏秅之西，有懸度之國，山溪不通，引繩而度，故國得其名也。其人……累石爲室，民接手而飲，所謂猨飲也。"

【猨臂】㊀謂臂長如猿，可以運轉自如。史記一〇九李將軍傳："廣爲人長，猨臂，其善射亦天性也。"㊁喻能攻能守、可進可退的作戰形勢。新唐書一三六李光弼傳："光弼曰：'……不如移軍河陽，北阻澤、潞，勝則出，敗則守，表裏相應，賊不得西，此猨臂勢也。'"

猦 fēng 方戎切，平，東韻，幫。
ㄈㄥ
見下。

【猦母】獸名。漢楊孚異物志猦母："猦母，狀如猿，逢人則叩頭，小打便死，得風還活。"

豫 chuān 丑緣切，平，仙韻，徹。
ㄔㄨㄢ 丑戀切，去，線韻，徹。
㊀獸名，似兔。見集韻。㊁獸走貌。後漢書六十馬融傳廣成頌："獸不得猭，禽不得瞥。"注："猭，走也。"參見"聯猭"。

猼 sōu 所鳩切，平，尤韻，山。
ㄙㄡ
㊀春獵。禮祭義："頒禽隆諸長者，而弟達乎猼狩矣。"注："春獵爲猼，冬獵爲狩。"玉篇釋爲秋獵。也作"蒐"。㊁犬名。見玉篇。

猴 hóu 户鉤切，平，侯韻，匣。
ㄏㄡ
猴子。説文作"猴"。猿屬。史記項羽紀："説者曰：'人言楚人沐猴而冠耳。果然。'"集解："張晏曰：'沐猴，獼猴也。'"

【猴王】猴中之大者。宋史四八九闍婆國傳："本國山多猴，不畏人，呼以宵宵之聲卽出，或投以果實，則其大猴二先至，土人謂之猴王、猴夫人，食畢，羣猴食其餘。"

【猴池】唐寺名。唐王勃王子安集十五益州德陽縣善寂寺碑："火炎岷岳，高臺與雁塔俱平；水浸天街，曲岸與猴池共盡。"

【猴栗】栗的一種。亦名芧栗、柯栗。南朝陳沈炯沈侍中集十二屬詩："猴栗羞芳果，雞跖引清杯。"參閱明毛晉毛詩陸疏廣要其灌其栵。

【猴棗】柿的別種。實小簇生。見本草綱目三十果二柹。

【猴薑】㊀藥名。又名石菴蕳。相傳唐玄宗以其主折傷，補骨碎有奇功，更名骨碎補。參閱政和證類本草十一骨碎補引（陳藏器）本草拾遺。㊁草名。蔓生石壁，味辣，猴以爲薑，故曰猴薑。見清屈大均廣東新語二七草語猴薑。

【猴戲】禮樂記"獿雜子女"注："獿，獼猴也。言舞者如獼猴戲也。"本擬舞姿如猴。後指耍猴爲戲。參閱清李斗揚州畫舫録十一虹橋録一、翟灝通俗編二一猴戲。

【猴刺脱】紫薇的別名。又名猴郎達。參閱唐段成式酉陽雜俎續集九支植上、廣羣芳譜三八花十七。

十 畫

獃 ái 五來切，平，咍韻，疑。
ㄞ
今讀 dāi。㊀呆癡，不明事理。宋朱敦儒樵歌上念奴嬌詞："從教他笑，如此只如此。雜劇打了，戲衫脱與獃底。"張鎡南湖集一莊器之作吾亦愛吾廬六詩見寄因次韻……詩："更有一般獃，望南看北斗。"㊁見"獃氣"。

【獃氣】質樸。明戚繼光練兵實紀雜集二練儲通論："故用領兵之人，寧過于誠實，北方所謂老實，南方所謂獃氣是也。"

猿 yuán 雨元切，平，元韻，于。
ㄩㄢ
獸名。同"猨"、"蝯"。山海經南山經："又東三百里曰堂庭之山，多棪木，多白猿。"注："今猿似獼猴而大。臂脚長，便捷。色有黑有黃。鳴，其聲哀。"

【猿公】傳説故事，歐冶子爲越王取若耶之鋌以鑄劍。時越有處女善劍，越王聘之，道逢一翁稱袁公，與之試劍，試畢飛上樹爲白猿而去。唐李賀歌詩編一南園詩之七："見買若耶溪上劍，明朝歸去事猿公。"參閱吴越春秋勾踐陰謀外傳。

【猿肱】猿臂。全唐詩三八王宏從軍行："兒生三日掌上珠，燕頷猿肱穠李膚。"參見"猨臂"。

【猿猱】泛指猿猴。唐李白李太白詩三蜀道難："黃鶴之飛尚不得過，猿猱欲度愁攀援。"

【猿騎】雜戲的一種。晉陸翽鄴中記："又：衣伎兒作獼猴之形，走馬上，或在脊，或在馬頭，或在馬尾，馬走如故，名爲猿騎。"

【猿臂笛】用猿臂骨所製的笛。唐段成式酉陽雜俎前集六樂："有人以猿臂骨爲笛，吹之，其聲清圓，勝于絲竹。"

【猿經鵄顧】道家的導引術，用以健身。雲笈七籤三二導引按摩："漢時有道士君倩者，爲導引之術，作猿經鵄顧，引挽腰體，動諸關節，以求難老也。"參見"熊經鳥伸"。

【猿鶴沙蟲】謂死於戰亂者化爲異物。藝文類聚九十引抱朴子："周穆王南征，一軍盡化，君子爲猿爲鶴，小人爲蟲爲沙。"按今本抱朴子釋滯作"山徙社移，三軍之衆，一朝盡化，君子爲鶴，小人爲沙。"後借指戰死的將士或因戰亂而死的人民。北周庾信庾子山集哀江南賦："小人則將及水火，君子則方成猿鶴。"唐李白李太白詩二古風之二八："君子變猿鶴，小人爲沙蟲。"

獏 1. pó 集韻 匹活切，入，沃韻。
ㄆㄛ
㊀見"獏且"。

2. bó ㄅㄛ 補各切,入,鐸韻,幫。

㊀見"猼₂訑"。

【猼且】 草名。卽蘘荷。也作"蓴且"。史記一一七司馬相如傳子虛賦:"江離蘪蕪,諸蔗猼且。"集解:"猼且,蘘荷也。"漢書作"巴且"。

【猼₂訑】 傳説獸名。山海經南山經:"(基山)有獸焉,其狀如羊,九尾四耳,其目在背,其名曰猼訑。"

猓 lì ㄌㄧˋ

猓猓,古籍中對西南地區少數民族倮倮族的侮辱性的稱謂。參閲清張泓滇南新語、陸次雲峒谿纖志。

獂 yuán ㄩㄢˊ 愚袁切,平,元韻,疑。

㊀獸名。同"貆"。山海經北山經:"(乾山)有獸焉,其狀如牛而三足,其名曰獂。"㊁地名。在今甘肅隴西縣東北。史記秦紀孝公元年:"於是乃出兵東圍陝城,西斬戎之獂王。"參見"貆"。

猻 sūn ㄙㄨㄣ 思渾切,平,魂韻,心。

見"猢猻"。

猾 huá ㄏㄨㄚˊ 户八切,入,黠韻,匣。

㊀擾亂。書舜典:"蠻夷猾夏,寇賊姦宄。"㊁狡黠。左傳昭二六年:"奬順天法,無助狡猾。"㊂播弄。國語晉一:"若跨其國而得其君,雖逢齒牙以猾其中,誰云弗從?"

【猾吏】 姦猾的官吏。漢王充論衡商蟲:"豪民猾吏,被刑乞貸者,威勝於官,取多於吏。"後漢書六五皇甫規傳求自効疏:"軍士勞怨,困於猾吏,進不得快戰以徼功,退不得温飽以全命,餓死溝渠,暴骨中原。"

【猾伯】 最狡妄的人。晉書羊曼傳附羊聃:"先是,兖州有八伯之號,其後更有四伯。大鴻臚陳留江泉以能食爲穀伯,豫章太守史疇以大肥爲笨伯,散騎郎高平張嶷以狡妄爲猾伯,而聃以狼戾爲瑣伯。蓋擬古之四凶。"

【猾賊】 奸狡。史記高祖紀:"懷王諸老將皆曰:'項羽爲人僄悍猾賊。'"漢書作"禍賊"。注:"好爲禍害而殘賊也。"

【猾褢】 傳説獸名。山海經南山經:"(堯光之山)有獸焉,其狀如人而彘鬣,穴居而冬蟄,其名曰猾褢。"

【猾頭】 油滑的人。同"滑頭"。朱子語類八三春秋:"左氏之病,是以成敗論是非,而不本於義理之正。嘗謂左氏是箇猾頭趨炎附勢之人。"

猺 yáo ㄧㄠˊ 餘昭切,平,宵韻,喻。

㊀獸名。見集韻。㊁舊時對我國瑶族的侮辱性稱謂。也作"傜"、"徭"。

獆 háo ㄏㄠˊ 胡刀切,平,豪韻,匣。

狗咆哮、獸吼。同"嗥"、"嘷"。見玉篇。

【獆犬】 獸名。山海經北山經:"(丹熏之山)有獸焉,其狀如鼠,而菟首麋身,其音如獆犬。"也作"獆狗"。又西山經:"又西二百六十里曰邽山,其上有獸焉,其狀如牛,蝟毛,名曰窮奇,音如獆狗,是食人。"

獅 shī ㄕ 疏夷切,平,脂韻,山。

猛獸名。獅子,古稱獸中之王。古作"師"。爾雅釋獸:"狻麑,如虦貓,食虎豹。"注:"卽師子也,出西域。"

【獅負】 寶石名。卽貓睛石。俗稱貓兒眼。見元伊世珍嫏嬛記下引志奇。

【獅貓】 貓的一種。長毛巨尾,俗稱獅子貓。宋陸游老學庵筆記三:"秦會之(檜)孫女……愛一獅貓,忽亡之,立限令臨安府訪求。"

【獅蠻】 重陽節蒸糕上的粉製飾物。宋孟元老東京夢華録八重陽:"宴聚前一二日,各以粉麪蒸糕遺送,上插剪綵小旗,摻飣果實。……又以粉作獅子蠻王之狀,置於糕上,謂之獅蠻。"又見吳自牧夢粱録五九月。

【獅子山】 山名。在江蘇南京市西北。也稱盧龍山。卽古盧龍塞。俯瞰長江,形勢險要,爲軍事要地。明初,朱元璋親率大軍敗陳友諒於此。參閲明史太祖紀一、讀史方輿紀要二十江寧府江寧縣。

【獅子吼】 ㊀佛教比喻佛祖講經,聲震世界。獅,亦作"師"。維摩經佛國品:"演法無畏,猶獅子吼。其所講説,乃如雷震。"宋蘇軾蘇文忠詩合注三六聞潮陽吳子野出家:"當爲獅子吼,佛法無南北。"㊁戲喻悍妻的怒罵聲。宋蘇軾分類東坡詩十六寄吳德仁兼簡陳季常:"龍丘居士亦可憐,談空説有夜不眠。忽聞河東師子吼,拄杖落手心茫然。"參見"河東獅子"。

【獅子花】 駿馬名。又名九花虬。唐杜甫杜工部草堂詩箋十七韋諷録事宅觀曹將軍畫馬圖引:"昔日太宗拳毛騧,近時郭家獅子花。"獅一作"師"。參見"九花虬"。

【獅子林】 園名。在江蘇蘇州市。元至正間釋天如禪師講道之所。天如築園時,延倪瓚等共計,中多奇石,狀若大小獅子,石洞螺旋,繪爲圖,取佛書獅子座爲名。清乾隆間重修擴建。爲與王氏蘭雪堂、蔣氏拙政園並稱之蘇州園林名勝。參閲清錢泳履園叢語二十園林。

【獅子牀】 佛菩薩所坐的牀。維摩詰經香積佛品:"維摩詰卽化爲九萬師子牀,嚴好如前,諸菩薩皆坐訖。"

【獅子座】 佛所坐之處。大智度論七:"佛爲人中獅子,佛所坐處若床若地,皆名獅子座。"獅,原作"師"。省作"獅座"。明謝晉庭蘭集下送清涼寺僧住安園講院詩:"鳳臺成遠别,獅座擬高登。"

【獅子峯】 山名。在浙江杭州市天竺峯西南,簡稱獅峯。爲著名的龍井茶産地,杭州市名勝之一。見讀史方輿紀要九十杭州府仁和縣靈隱山。

【獅子國】 舊名錫蘭,今斯里蘭卡共和國。獅,通作"師"。師子國名始見於晉法顯佛國記,爲梵文、巴利文的意譯。宋書梁書新舊唐書皆同。唐玄奘大唐西域記作執師子國,亦作僧伽羅國。

【獅子會】 宋時重陽節僧人舉行的法會。宋孟元老東京夢華録八重陽:"九月重陽,……諸禪寺各有齋會,惟開寶寺仁王寺有獅子會,諸僧皆坐獅子上,作法事講説,游人最盛。"

【獅子舞】 舞伎名。亦稱五方獅子舞。綴毛爲之,人居其中,像其俯仰馴狎之容。二人持繩秉拂,爲習弄之狀。歌者舞太平樂。參閲通典一四六坐立部伎。

【獅子驄】 駿馬名。唐張鷟朝野僉載五:"隋文皇帝時,大宛國獻千里馬,騣曳地,號曰師子驄。……朝發西京,暮至東洛。"

【獅吼記】 雜劇名。明汪廷訥撰。寫宋陳慥(季常)懼妻事。參見"獅子吼㊁"。

【獅頭柑】 柑的一種。雲南通志七十食貨引元李京雲南志:"北勝州有獅頭柑,狀如獅頭而色黄,其味最甜。"

十一畫

奬 jiǎng ㄐㄧㄤˇ 卽兩切,上,養韻,精。

"奬"本字。説文作"奬",解作"嗾犬厲之也"。隸作"奬"。又从大,作"奬"。引爲勸勉之意。參見"奬"。

獒 áo ㄠˊ 五勞切,平,豪韻,疑。

高大的猛犬。書有旅獒篇。左傳宣二年:"(提彌明)遂扶(趙盾)以下,公嗾夫獒焉，明搏而殺之。"爾雅釋畜："狗四尺爲獒。"

獐 zhāng 諸良切，平，陽韻，照。ㄓㄤ

獸名。同"麞"。鹿屬。淮南子主術："鹿之上山，獐不能跂也。"

【獐智】模樣，神氣。西遊記三二："你做出這様獐智，巧言令色，攝弄他去甚麼巡山，却又在這裏笑他。"亦作"張致"、"張智"。參見"張致"。

【獐頭鼠目】形容容貌委瑣。儒林外史三："周學道坐在堂上，見那些童生紛紛進來，也有小的，也有老的，儀表端正的，獐頭鼠目的，衣冠齊楚的，藍縷破壞的。"

獍 jìng 居慶切，去，映韻，見。ㄐㄧㄥ

獸名。舊題南朝梁任昉述異記上："獍之爲獸，狀如虎豹而小，始生還食其母，故曰梟獍。"又名破鏡。漢書郊祀志上"祠黄帝，用一梟破鏡"注："孟康曰：'梟，鳥名，食母。破鏡，獸名，食父。"後世因稱不孝者爲梟獍。參見"梟獍"、"破鏡㊀"。

獄 yù 魚欲切，入，燭韻，疑。ㄩ

㊀訟案。易賁："君子以明庶政，無敢折獄。"疏："勿得直用敢折斷訟獄。"論語顏淵："片言可以折獄者，其由也與？"折獄猶言斷案。㊁罪，過失。國語鄭："褒人褒姁有獄，而以爲入於王。"史記周紀作"褒人有罪"。㊂牢獄。漢蔡邕蔡中郎集外集獨斷四代獄之别名："唐虞曰士官……夏曰均臺，周曰囹圄，漢曰獄。"

【獄户】獄門，監獄。晉陸機陸士衡集九謝平原内史表："重蒙陛下愷悌之宥，回霜收電，使不隕越，復得扶老攜幼，生出獄户，懷金拖紫，退就散輩。"

【獄市】獄謂訴訟，市謂交易買賣。史記曹相國世家："參去，屬其後相曰：'以齊獄市爲寄，慎勿擾也。'"宋朱翌猗覺寮雜記下："獄如教唆詞訟，資給盜賊；市如用私斗秤欺謾變易之類，皆姦人圖利之所，若窮治則事必枝蔓，此等無所容，必爲亂，非省事之術也。"

【獄吏】管理監獄的官吏。史記絳侯周勃世家："（文帝）於是使使持節赦絳侯，復爵邑。絳侯既出，曰：'吾嘗將百萬軍，然安知獄吏之貴乎！'"

【獄犴】牢獄。荀子宥坐："三軍大敗，不可斬也；獄犴不治，不可刑也；罪不在民故也。"漢桓寬鹽鐵論刑德："幽隱遠方，折手知足，室女童婦，咸知所避，是以法令不犯而獄犴不用也。"

【獄法】司獄之法。史記八八蒙恬傳："秦王聞（趙）高彊力，通於獄法，舉以爲中車府令。"漢書七四丙吉傳："吉本起獄法小吏，後學詩、禮，皆通大義。"

【獄卒】看管獄中囚犯的差役。後漢書三一廉范傳："初，隴西太守鄧融備禮謁范爲功曹，會融爲州所舉案，范知事譴難解，……於是東至洛陽，變名姓，求代廷尉獄卒，居無幾，融果徵下獄，范遂得衛侍左右，盡心勤勞。"

【獄具】判罪定案。新唐書二〇九吉温傳："乃引囚問，震以烈威，隨問輒承，無敢违，鞭楚未收于壁，而獄具矣。"

【獄持】指以酷刑逼供。舊唐書一八六索元禮傳周矩疏："又推劾之吏，皆以深刻爲功，鑿空争能，相矜以虐。泥耳籠頭，枷研楔轂，摺脅籤爪，懸髮薰耳，卧鄰穢溺，曾不聊生，號爲'獄持'。"

【獄氣】指冤獄造成的怨氣。北齊書樊遜傳刑罰寬猛對："周官三典，棄之若吹毛；漢律九章，違之如覆手。遂使長平獄氣，得酒而後消，東海孝婦，因災而方雪。"

【獄訟】訟事。有關財物之争執爲訟，以罪名相告爲獄，對文有别，散文通言争罪之事。周禮春官司寇："以五刑聽萬民之獄訟。"韓非子解老："獄訟繁，倉廩虛，而有以淫侈爲俗，則國之傷也若以利劍刺之。"參閱左傳僖二八年"衛侯與元咺訟"疏。

【獄情】案情。陳書袁憲傳："憲詳練朝章，尤明聽斷，至有獄情未盡而有司具法者，即伺閑常爲上言之，其所申理者甚衆。"

【獄牒】刑事判決文書。南史梁昭明太子傳："獄牒應死者必降長徒，自此以下莫不減半。"梁書裴子野傳："時三官通署獄牒，子野嘗不在，同僚輒署其名，奏有不允，子野從坐免職。"

【獄漢】星名。史記天官書："獄漢星，出正北北方之野。"漢書天文志作"咸漢"。

獛 yóng 餘封切，平，鍾韻，喻。ㄩㄥ

犎牛。領有肉堆，長尾。文選漢司馬長卿（相如）上林賦："其獸則獛旄貘犛，沈牛麈麋。"史記一一七司馬相如傳上林賦作"犝"。

獓 áo 集韻 牛刀切，平，豪韻。ㄠ

見下。

【獓㹶】獸名。集韻"豪"引山海經西山經："（三危之山）有獸焉，其狀牛身四角，豪如被蓑，名曰獓㹶，是食人。"今本作"傲㹶"。

獑 chán 士咸切，平，咸韻，牀。ㄔㄢ 鋤銜切，平，銜韻，牀。

獸名。見下。

【獑猢】獸名。猨屬。毛黑，腰圍白毛如帶，前肢白毛尤長。文選漢張平子（衡）西京賦："杪木末，擭獑猢。"也作"獑胡"。史記一一七司馬相如傳上林賦："獑胡豰蛫，棲息乎其間。"

獏 mó 集韻 蒙晡切，平，模韻。ㄇㄛ

獸名。史記一一七司馬相如傳上林賦："其獸則獛旄獏犛，沈牛麈麋。"集解引郭璞："獏似熊，庳脚鋭頭。"文選司馬長卿（相如）上林賦作"貘"。

【獏猲】古代神話中的怪物。舊題漢東方朔神異經："西荒之中有人焉，長短如人，著敗衣，手虎爪，名獏猲。伺人獨行，輒食人腦。"

獟 xiāo jiāo 奴巧切，上，巧韻，泥。ㄒㄧㄠ ㄐㄧㄠ 下巧切，上，巧韻，匣。

㊀犬雜吠，轉爲擾亂。見廣韻。㊁狡獪。方言十："央亡、嚜杘、姡，獪也，江湘之間或謂之無賴，或謂之獟。"

【獟㹞】不流露思想感情。列子力命："獟㹞，情露，謇極，凌誶，四人相與遊於世。"注："獟㹞，伏態貌。"此寓言借作人名。

獌 màn 莫半切，去，换韻，明。ㄇㄢ 莫還切，平，删韻，明。無販切，去，願韻，明。

獸名。見爾雅釋獸。釋文引字林："獌，狼屬，一曰貙。"

【獌狿】獸名。見廣韻"願"。也作"蟃蜒"。見該條。

獿 sāo 集韻 蘇遭切，平，豪韻。ㄙㄠ

傳説似人猿的獸名。舊題漢東方朔神異經："西方深山有人，長尺餘，袒身捕蝦蟹以食，名山獿。"唐韓愈昌黎集四劉生詩："怪魅炫曜推蛟虬，山獿讙譟猩猩遊。"

獵 zōng 集韻 祖叢切，平，東韻。ㄗㄨㄥ

獸名。説文作"豵"。豕生一歲曰豵。又泛指幼獸。文選晉張景陽（協）七命："乃有圜文之豜，班題之獵。"參見"豵"。

【獵獵】傳説中的怪獸。晉郭璞郭弘農集二東山經圖讚鱅鱅魚從從獸蚩鼠："魚號鱅鱅，如牛虎駮。獵獵之狀，似狗六脚。蚩鼠如雞，見則旱涸。"山海經東山經今本作"從從"。

十二畫

獘 bì ㄅㄧˋ 集韻 毗祭切，去，祭韻。

仆倒。通"斃"。說文："頓仆也……春秋傳曰：'與犬，犬獘。'獘，或從死。"左傳僖四年作"斃"。

【獘勎】疲勞。北齊顏之推顏氏家訓書證："有人訪吾曰：'魏志蔣濟上書云：獘勎之民，何字也？'余應之曰：'意爲勎，即是皺倦之皺耳。'"三國志魏蔣濟傳作"弊勎"。

獞 zhuàng ㄓㄨㄤˋ

古籍中對我國少數民族壯族的侮辱性稱謂。方音讀若撞，見正字通。參閱明史廣西土司傳敍。

獜 lín 力珍切，平，真韻，來。
ㄌㄧㄣˊ 郎丁切，平，青韻，來。

㊀見"獜獜"。㊁獸名。山海經中山經："(依軲之山)有獸焉，其狀如犬，虎爪有甲，其名曰獜。"

【獜獜】象聲詞。犬纓環上的鈴聲。說文"獜"引詩："盧獜獜。"毛詩齊盧令作"令令"。參見"令令"。

獟 xiāo 五弔切，去，嘯韻，疑。
ㄒㄧㄠ

勇猛。史記一一一衛將軍驃騎傳天子嘉驃騎之功曰："誅獟駻，獲首虜八千餘級。"索隱："說文獟作趬，行疾貌。"

⿰犭欶 chēn 集韻 癡鄰切，平，真韻。
ㄔㄣ

見下。

【⿰犭欶猭】相連延貌。文選漢王子淵(褒)洞簫賦："處幽隱而奧屛兮，密漠泊以⿰犭欶猭。"

獗 jué 字彙 居月切，月韻。
ㄐㄩㄝˊ

見"猖獗"。

獠 1. liáo 落蕭切，平，蕭韻，來。
ㄌㄧㄠˊ

㊀夜獵。文選漢司馬長卿(相如)子虛賦："於是乃相與獠於蕙圃。"

2. lǎo 盧晧切，上，晧韻，來。
ㄌㄠˇ

㊁古籍中對我國少數民族仡佬族的侮辱性稱謂。㊂古時罵人之詞。唐劉肅大唐新語酷忍："(褚遂良)乃解巾，叩頭流血。高宗大怒，命引出。(武)則天隔簾大聲曰：'何不撲殺此獠！'"

【獠面】面目醜惡。唐劉肅大唐新語八聰明："賈嘉隱年七歲，以神童召見。……(李)勣曰：'此小兒作獠面，何得如此聰明？'嘉隱又應聲曰：'胡面尚爲宰相，獠面何廢聰明！'勣狀貌類胡也。"

【獠徒】打獵的人。獠，獵。文選三國魏曹子建(植)七啟："緣山置罝，彌野張罘。……鳥集獸屯，然後會圍。獠徒雲布，武騎霧散。"

獝 xù 況必切，入，質韻，曉。
ㄒㄩˋ

鳥驚飛。禮禮運："鳳以爲畜，故鳥不獝。"釋文本作"矞"。清錢大昕謂即說文走部之"趫"，訓狂走，從犬旁作"獝"爲誤字。參閱校勘記二二。

【獝狂】惡鬼名。漢書八七上揚雄傳甘泉賦："屬堪輿以壁壘兮，梢夔魖而抶獝狂。"文選漢張平子(衡)東京賦："捎魑魅，斮獝狂。"注："獝狂，惡戾之鬼名。"

【獝律】山羊。同"羖攊"。元詩選何中知非堂稿涿州道間雪霽："獝律共鴉牧，團瓢忽雞鳴。"參見"羖攊"。

獙 bì 集韻 毗祭切，去，祭韻。
ㄅㄧˋ

獙獙，獸名。山海經東山經："(姑逢之山)有獸焉，其狀如狐而有翼，其音如鴻雁，其名曰獙獙。"

獢 xiāo 許嬌切，平，宵韻，曉。
ㄒㄧㄠ

見下。

【獢勇】矯捷果敢。新五代史雷滿傳："爲人兇悍獢勇。"

十三畫

⿰犭廌 zhǎi 集韻 都買切，上，蟹韻。
ㄓㄞˇ

見下。

【⿰犭廌獬】豪强貌。魏書崔辯傳："(崔)楷性嚴烈，能摧挫豪彊。故時人語曰：'莫⿰犭廌獬，付崔楷。'"北史作"⿰彳廌⿰彳解"。

獦 gé 古達切，入，曷韻，見。
ㄍㄜˊ

見下。

【獦狚】獸名。山海經東山經："(北號之山)有獸焉，其狀如狼，赤首鼠目，其音如豚，名曰獦狚。"清郝懿行箋疏："猲狚，當爲獦狚。"參見"猲狚"。

【獦⿰羊非】狚的別名，詳"獦狚"。

【獦攦】不齊貌。文選晉潘安仁(岳)笙賦："駢田獦攦，⿰魚甲鯨參差。"

獶 nóng 奴冬切，平，冬韻，泥。
ㄋㄨㄥˊ 奴刀切，平，豪韻，泥。
女交切，平，肴韻，娘。

多毛犬。見說文。

獧 juàn 古縣切，去，霰韻，見。
ㄐㄩㄢˋ

同"狷"。㊀疾急。見說文。㊁拘謹，狷介。孟子盡心下："欲得不屑不絜之士而與之，是獧也。"論語子路作"狷"。參見"狂狷"。

【獧給】敏捷。漢董仲舒春秋繁露必仁且知："莫近於仁，莫急於智。不仁而有勇力財能，則狂而操利也；不智而辯慧獧給，則迷而乘良馬也。"

獨 dú 徒谷切，入，屋韻，定。
ㄉㄨˊ

㊀孤獨，單獨。詩小雅正月："念我獨兮，憂心慇慇。"說文："獨，犬相得而鬭也。……羊爲羣，犬爲獨也。"清段玉裁注："犬好鬭，好鬭則獨而不羣。"老而無子也稱獨。孟子梁惠王下："老而無子曰獨。"㊁特殊，獨特。莊子人間世："(顏淵)曰：回聞衛君其年壯，其行獨，輕用其國而不見其過。"㊂副詞。1.表範圍。只是，僅僅。墨子所染："非獨染絲然也，國亦有染。"史記燕召公世家："齊城之不下者，獨唯聊莒、即墨；其餘皆屬燕。"2.表反問。豈，寧，難道。詩小雅何草不黃："哀我征夫，獨爲匪民？"史記一一七司馬相如傳上林賦："且夫齊楚之事又焉足道邪！君未睹夫巨麗也，獨不聞天子之上林乎？"3.表狀態、方式。唯獨，暗自。左傳隱元年："公曰：'爾有母遺，繄我獨無。'"史記一〇六吳王濞傳："(濞)已拜受印，高帝召濞相之，謂曰：'若狀有反相。'心獨悔，業已拜，因拊其背告曰：'……慎無反。'"㊃連詞。尚且。漢劉向說苑雜言："聖人獨見疑，而況于賢者乎？"㊄獸名。埤雅四釋獸猨："獨，猨類也，似猨而大，食猨，今俗謂之獨猨。蓋猨性羣，獨性特；猨鳴三，獨鳴一，是以謂之獨也。"㊅姓。見明陳士元姓觿九屋。

【獨子】即獨生子。史記七七信陵君傳："勒兵下令軍中曰：'父子俱在軍中，父歸；兄弟俱在軍中，兄歸；獨子無兄弟，歸養。'"

【獨山】地名。元置獨山州軍民長官司，明置州，屬貴州都勻府，清因之。公元1913年改縣。屬貴州省。參閱元史地理志六、嘉慶一統志五〇二都勻府獨山州。

【獨夫】㊀衆叛親離的統治者。猶言一夫。書泰誓下："獨夫受，洪惟作威。"受，商紂名。唐杜牧樊川集一阿房宮賦："使天下之人不敢言而敢怒，獨夫之心，日益驕固。"參見"一夫㊁"。㊁無妻的男子。

管子問:"問獨夫、寡婦、孤寡、疾病者,幾何人也。"

【獨立】㊀不依靠他人而自立。易大過:"君子以獨立不懼。"㊁超羣。漢書九七上孝武李夫人傳:"(李)延年侍上起舞,歌曰:'北方有佳人,絶世而獨立。'"㊂孤立無依。文選晉李令伯(密)陳情表:"煢煢獨立,形影相弔。"五臣本作"煢煢孑立"。

【獨行】㊀隻身孤行。詩唐風杕杜:"獨行踽踽,豈無他人?"㊁志節高尚,不隨俗浮沈。禮儒行:"其特立獨行有如此者。"漢書武帝紀元狩六年:"舉獨行之君子,徵詣行在所。"後漢書有獨行傳,列操行高尚之人。

【獨步】㊀獨自步行。漢書五四李陵傳:"陵便衣獨步出營。"引申爲無與倫比之意。後漢書八三戴良傳:"良曰:'我若仲尼長東魯,大禹出西羌,獨步天下,誰與爲偶!'"㊁獨一無二,一時無兩。常用以比喻傑出人材。慎子外篇:"先生天下之獨步也。"

【獨坐】㊀專席而坐。後漢書七八單超傳:"左回天,具獨坐。"注:"獨坐,猶言驕貴無偶也。"具指具瑗,桓帝宦官,因誅梁冀有功,封東武陽侯,横暴天下。參見"三獨坐"。㊁供一人坐的小牀。釋名釋牀帳:"(牀)小者曰獨坐,主人無二,獨所坐也。"

【獨秀】超羣出衆。宋書謝莊傳:"時南平王鑠獻赤鸚鵡,普詔羣臣爲賦。太子左衞率袁淑文冠當時,作賦畢,齎以示莊,莊賦亦竟,淑見而歎曰:'江東無我,卿當獨秀;我若無卿,亦一時之傑也。'遂隱其賦。"

【獨身】隻身,單身。史記一一〇匈奴傳:"單于遂獨身與壯騎數百潰漢圍西北遁走。"文選漢司馬子長(遷)報任少卿書:"今僕不幸,早失父母,無兄弟之親,獨身孤立。"今謂不結婚者爲獨身。

【獨拔】出類拔萃。南朝梁劉勰文心雕龍雜文:"自七發以下,作者繼踵,觀枚氏首唱,信獨拔而偉麗矣。"

【獨拍】卽孤掌難鳴之意。韓非子功名:"人主之患,在莫之應。故曰一手獨拍,雖疾無聲。"

【獨孤】複姓。匈奴有獨孤部。其後人羅辰從後魏孝文徙洛陽,爲河南人,以其部爲氏。參閱通志二九氏族五代北複姓。

【獨固】㊀地名。在河北遵化縣南。水經注十四沽河:"沽水又南出峽,夾岸有二城,世謂之獨固門。以其藉險憑固,易爲依據,巖壁升聳,疎通若門,故得是名也。"㊁固守節操,堅持己見。文選晉殷仲文解尚書表:"錫文篡事,曾無獨固。"注:"曾無固守之節,亦從於衆也。"

【獨活】草藥名。莖葉皆有毛,葉爲羽狀複葉,花五瓣,白色,根可入藥。以雍州隴西一帶古代羌族居住地區出產者爲最佳,故又名羌活。傳説此草得風不摇,無風自動,故又名獨摇草。參閱政和證類本草六草獨活。

【獨豹】鴇的别名。急就篇四"鷹鷂鴇鴰翳雕尾"唐顔師古注:"鴇大鳥,其肉出尺胾,今俗呼爲獨豹,豹者,鴇聲之誤耳。"參閱宋陸佃埤雅九鴇。

【獨狢】獸名。山海經北山經:"北囂之山……有獸焉,其狀如虎而白身,犬首,馬尾,彘鬣,名曰獨狢。"

【獨梁】獨木橋。淮南子繆稱:"故若行獨梁,不爲無人,不兢其容。"

【獨鹿】㊀劍名。荀子成相:"剄而獨鹿棄之江。"注:"獨鹿與屬鏤同。"一説酒器名。參閱清王先謙集解。㊁旋風。太平御覽九引抱朴子:"用兵之要,雄風爲急,扶摇獨鹿之風,大起軍中,軍中必有反者。"㊂山名。在河北涿鹿縣西。漢武帝於元封四年,北出蕭關,歷獨鹿鳴澤,自代而還,卽此。見漢書元封四年。

【獨舂】鶡鴠的别名。方言八:"鶡鴠,周、魏、齊、宋、楚之間,謂之定甲,或謂之獨舂,自關而東,謂之城旦,或謂之倒懸,或謂之鴠鴠,自關而西,秦隴之内,謂之鶡鴠。"北堂書鈔一五六臨海異物志:"獨舂鳴聲似舂聲。"

【獨桓】木名。唐段成式酉陽雜俎續集九支植上:"獨桓樹,頓邱南應足山有之,山上有一樹,高十餘丈,皮青滑似流碧,枝幹上聳,子若五綵囊。"

【獨善】保持個人的節操。孟子盡心上:"窮則獨善其身,達則兼善天下。"魏書高允傳徵士頌:"邁則英賢,侃亦稱選,……志在兼濟,豈伊獨善。"邁,祖邁;侃,侃士倫。

【獨裁】獨理,獨斷專行。晉書慕容儁載記附李績:"慕容恪欲以績爲尚書右僕射,(慕容)暐憾績往言,不許。恪屢請,乃謂恪曰:'萬機之事,委之叔父,伯陽一人,暐請獨裁。'績遂憂死。"伯陽,績字。

【獨掌】謂獨領一署的長官。北周庾信庾子山集八代人乞致仕表:"陛下收臣以一心,任臣以獨掌,九年冀登宰輔,八歲載踐宗伯。"

【獨摇】㊀草名。1.卽合離草。見"赤箭"。2.獨活的别名。見該條。㊁木名。卽栘楊。見該條。

【獨榻】一人所坐之小榻。世説新語排調:"劉遵祖少爲殷中軍(浩)所知,稱之于庾公(亮)。庾公甚忻然,便取爲佐。既見,坐之獨榻上與語。"南史顔延之傳:"沙門釋慧琳,以才學爲文帝所賞愛,每召見,常升獨榻。"

【獨樂】㊀謂一人單獨欣賞音樂。孟子梁惠王下:"獨樂樂,與人樂樂,孰樂?"注:"孟子復問王,獨自作樂樂邪,與人共聽其樂爲樂邪?"㊁一人行樂。文選漢司馬長卿(相如)上林賦:"務在獨樂,不顧衆庶。"㊂舊縣名。1.漢置,屬上郡,東漢廢。故地在陝西米脂縣北。見漢書地理志下。2.北朝魏僑置,屬趙興郡,後廢。故地在甘肅寧縣東南。見魏書地形志下。

【獨醒】喻異乎流俗。楚辭屈原漁父:"舉世皆濁我獨清,衆人皆醉我獨醒,是以見放。"唐白居易長慶集二和詩歸樂詩:"展禽任三黜,靈均長獨醒。"

【獨斷】㊀獨自決斷。管子霸言:"獨斷者,微密之營壘也。"韓非子孤憤:"今大臣執柄獨斷,而上弗知收,是人主不明也。"㊁書名。漢蔡邕撰,二卷。記漢代制度禮文車服及諸帝世次,兼及前代禮樂。

【獨覺】㊀獨自睡醒。唐盧仝玉川子集二冬行詩:"夜半睡獨覺,爽氣盈心堂。"㊁佛教語。卽辟支,又名緣覺。以其出於無佛之世,獨自悟道,故名獨覺。俱舍論十二:"言獨覺者,謂現身中離稟至教,唯自悟道,以能自調不調他故。"又道家自悟玄理,亦稱獨覺。文苑英華七九〇唐符載廬山故女道士梁洞微石碣銘:"仙師獨覺,閉跡山水。"參閱釋氏要覽中三寶。

【獨山湖】亦稱南陽湖。在山東滕縣西北。界河、小龍河、北沙河和小荆河均流入此湖。參閱嘉慶一統志一六五兖州府一山川。

【獨户軍】元代軍名之一。元史兵志一:"既平中原,發民爲卒,是爲漢軍。或以貧富爲甲乙,户出一人,曰獨户軍。"

【獨木橋】獨木小橋。景德傳燈録九大安禪師:"如人負重擔從獨木橋上過,亦不教失腳。"宋程公許滄江塵缶編十二除夕和唐人張繼張祐卽事四絶句詩:"瘦藤忽夢尋梅去,裊裊寒溪獨木橋。"

【獨不見】樂府雜曲名。樂府解題:"獨不見,傷思而不得見也。"梁柳惲作,唐沈佺期李白等皆有此曲辭。見樂府詩集七五。

【獨石口】 地名。長城外的要隘，在河北沽源縣南。地形如鉗，僅容隻騎，險要過於居庸關。清併口外之地置獨石廳。見續文獻通考三〇五輿地一。

【獨行根】 卽馬兜鈴。見該條。

【獨秀山】 以獨秀爲名的山頗多，其中著名的有二：1.在廣西桂林市王城内，也名獨秀峯。平地孤拔，以無他峯相屬，故名。下有巖洞，南朝宋顏延之曾在此巖中讀書，因名讀書巖。參閱寰宇通志一〇七桂林府。2.在浙江嵊縣西南，舊名刻石山，又名穿山。山上有衛夫人碑。山頂有王右軍墨池。參閱浙江通志十五山川七紹興府、嘉慶一統志二九四紹興府一山川。

【獨角仙】 甲蟲名。雄者頭有兩長角，狀如水牛角。也有一角者。體黑褐，吸食樹的汁液，棲居潮濕葉叢中。見本草綱目四一蟲三天牛。

【獨松嶺】 地名。在今浙江餘杭縣西北。上有關，名獨松關。嶺路險狹，舊爲軍事要地。元至元十二年伯顏攻臨安，其右軍以步騎自建康出四安，趨獨松嶺，卽此。見元史一二七伯顏傳。

【獨奏州】 可以直接向朝廷奏事的州。新唐書二一九渤海傳："又郢、銅、涑三州爲獨奏州。"明清的直隸州倣此。參閱歷代職官表五三知府直隸州知州等官。

【獨科花】 金元明時官服，上有獨科花等標誌，以花的不同形狀和彩色標志官職高下。參見金史輿服志、元史輿服志一、明史輿服志三。

【獨處愁】 樂府雜曲名。南朝梁簡文帝（蕭綱）作。漢司馬相如美人賦："芳香郁烈，黼帳高張，有女獨處，婉然在牀，乃歌曰：'獨處室兮廓無依，思佳人兮情傷悲。'"曲名取此。見樂府詩集七六。

【獨眼龍】 唐末李克用少驍勇，臨陣出没矯捷，軍中號爲飛虎子，又號李鴉兒。一目失明，既貴，人稱獨眼龍。又五代閩主王審知養子延稟眇一目，人稱獨眼龍。見新五代史唐莊宗紀上、宋孫光憲北夢瑣言十七、五代闕名五國故事下。

【獨異志】 唐李亢撰，十卷。新唐書、宋史藝文志著録入子部小説家。今本三卷。内容雜録古事，以鬼神怪誕之事居多。

【獨婦山】 又名蜀阜山。在浙江紹興縣西北。越絶書八越絶外傳記越地傳："獨婦山者，句踐將伐吳，徙寡婦致獨山上，以爲死士示得專一也。"參閱嘉慶一統志二九四紹興府山川。

【獨睡丸】 宋包恢年八十八，爲樞密陪祀，登拜郊臺，精神康健。宰相賈似道問有何衛養之術。恢笑答曰："恢喫五十年獨睡丸。"意謂節慾卽可高壽。見元吳萊三朝野史（說郛二七）。

【獨脚蓮】 植物名。又名鬼臼。葉形似鳥掌，一年長一莖，莖枯則根爲一臼。入藥。參閱政和證類本草十一鬼臼、通志七五昆蟲草木一。

【獨脚戲】 由一個人演的戲。引申指一人行事。明孫鍾齡東郭記傳奇四三："我這獨脚戲做將出來，比你姐姐形容，可更加一分麽？"

【獨漉篇】 晉拂舞歌辭。南齊書樂志作獨祿。唐李白有獨漉篇，王建有獨漉歌。參閱樂府詩集五四、五五。

【獨輪車】 一個輪子的小車。前後二人把駕，兩旁兩人扶椅，前有驢拽，謂之"串車"。見宋孟元老東京夢華録三般載雜賣。亦稱獨轅車。宋陸游劍南詩稿三三山行："擪耳帽寬新小疾，獨轅車穩正閒遊。"參見"隻輪車"。

【獨樂園】 宋司馬光之園。故址在今河南洛陽市南郊。宋蘇軾分類東坡詩十有司馬君實獨樂園詩。後來泛指名人巨公的花園。宋趙如騰庸齋集二呈竹湖李端明詩："歲時閒會英耆社，風月稀遊獨樂園。"參閱宋李格非洛陽名園記獨樂園。

【獨頭山】 卽首陽山。參見"雷首"、"首陽山"。

【獨轅弩】 宋郭諮有巧思，所造獨轅弩，可爲軍陣之用。諮後爲鄜延路兵馬鈐轄，經許置弩五百，募士兵教之。既成，經略言其便，詔立獨轅弩軍。見宋史三二六本傳。

【獨立使君】 北周裴俠的别號。北史裴俠傳："俠嘗與諸牧守俱謁周文（帝），周文命俠别立，謂諸牧守曰：'裴俠清慎奉公，爲天下之最。'令衆中有如俠者，可與之俱立。衆皆默然，無敢應者。周文乃厚賜俠，朝野服焉，號爲'獨立使君'。"周書作"獨立君"。

【獨占鰲頭】 科舉時代稱狀元及第。朝野新聲太平樂府二盧疏齋（摯）沉醉東風舉子："脱布衣，披羅綬，跳龍門獨占鰲頭。"鰲，又作"鼇"。清洪亮吉北江詩話三："俗語謂狀元獨占鼇頭，語非盡無稽。臚傳畢，贊禮官引東班狀元，西班榜眼二人，前趨至殿陛下，迎殿試榜，抵陛，則狀元稍前，進立中陛石上，石正中鐫升龍及巨鼇，蓋警蹕出入所由，卽古所謂螭頭矣，俗語所本以此。"

【獨弦哀歌】 指故意不與俗同，以示孤傲。莊子天地："子非夫博學以擬聖，於于以蓋衆，獨弦哀歌，以賣名聲於天下者乎？"

【獨具隻眼】 景德傳燈録八普願禪師："師拈起毬子，問僧云：'那箇何似遮箇？'對云：'不似。'……許你具一隻眼。"後稱人見識高超爲獨具隻眼。參見"别具隻眼"。

【獨往獨來】 莊子在宥："出入六合，遊乎九州，獨往獨來，是謂獨有。獨有之人，是謂至貴。"本指不與人立異爲獨往獨來。後轉爲獨自往來之意。宋楊萬里誠齋集十一雪凍未解散策郡圃詩："獨往獨來銀粟地，一行一步玉沙聲。"

【獨馬小車】 明時戰車的一種。英宗時因寧夏多溝壑，總兵官張泰請造此車。其制用馬一匹駕轅，中藏兵器，遇險阻用人力推拉，便於在丘陵地帶作戰。見明史兵志四、續文獻通考一三二兵十二。

【獨絃匏琴】 絃樂器。新唐書二二二下驃國傳："有獨絃匏琴，以班竹爲之，不加飾，刻木爲虺首，張絃無軫，以絃繫頂，有四柱如龜兹琵琶，絃應太蔟。"

【獨當一面】 指材力可以擔當一方面的重任。史記留侯世家："而漢王之將獨韓信可屬大事，當一面。"舊唐書一七九張濬傳："相公握禁兵，擁大旆，獨當一面。"

【獨醒雜志】 宋曾敏行撰，十卷。敏行自號獨醒道人。書中多述兩宋軼聞，隨筆雜記，以敍事爲主，不作考證。由其子三聘編次成書。

【獨木不成林】 比喻勢孤力單，不足成事。後漢書八二崔駰傳達旨："高樹靡陰，獨木不林，隨時之宜，道貴從凡。"也作"獨樹不成林"。樂府詩集二四梁簡文帝横吹曲紫騮馬歌："獨柯不成樹，獨樹不成林。"

獫 xiǎn 虚檢切，上，琰韻，曉。
ㄒㄧㄢˇ 力驗切，去，豔韻，來。

㊀長嘴獵狗。說文："獫，長喙犬。一曰黑犬黄頭。从犬，僉聲。"詩秦風駟驖："輶車鸞鑣，載獫歇驕。"㊁見下。

【獫狁】 我國古代北方少數民族名。也作"玁狁"。史記一一〇匈奴傳："匈奴，其先祖夏后氏之苗裔也，曰淳維。唐虞以上有山戎、獫狁、葷粥，居于北蠻，隨畜牧而轉移。"集解："晉灼曰：堯時曰葷粥，周曰獫狁，秦曰匈奴。"參見"玁狁"。

獪 kuài 古外切，去，泰韻，見。
ㄎㄨㄞˋ 古賣切，去，夬韻，見。

狡猾。說文："獪，狡獪也。从犬，會聲。"方言十："央亡、嚜尿、姡，獪也。江湘之間或謂之無賴，或謂之𤞞，凡小兒多詐而獪謂之央亡，……或謂之猾，皆通語也。"參見"狡獪"。

獬 xiè 胡買切，上，蟹韻，匣。
ㄒㄧㄝˋ

見下。

【獬豸】傳說中的獸名。晉書輿服志："或說獬豸，神羊，能觸邪佞。(漢楊孚)異物志云：'北荒之中有獸，名獬豸，一角，性別曲直。見人鬬，觸不直者。聞人爭，咋不正者。楚王嘗獲此獸，因象其形，以制衣冠。'"北周庾信庾子山集三正旦上司憲府詩："蒼鷹下獄吏，獬豸飾刑官。"清代御史及按察使補服前後皆繡獬豸圖案。

獬豸

【獬廌】同"獬豸"。文選晉張景陽(協)七命："拉甝虪，挫獬廌。"注："張揖漢書注曰：'獬廌似鹿而一角也。'"

【獬扒狗】茸毛小狗。見"哈叭狗"。

【獬豸冠】法冠。後漢書輿服志下："法冠，一曰柱後，……或謂之獬豸冠。獬豸神羊，能別曲直，楚王嘗獲之，故以爲冠。"後用以比喻執法者。元曲選關漢卿玉鏡臺一："生前不懼獬豸冠，死來圖畫麒麟像。"參見"法冠"。

獥 jiào 古弔切，去，嘯韻，見。
ㄐㄧㄠˋ 胡狄切，入，錫韻，匣。
古歷切，入，錫韻，見。

狼子。爾雅釋獸："狼，牡貛，牝狼，其子獥。"

十四畫

獰 níng 乃庚切，平，庚韻，泥。
ㄋㄧㄥˊ

凶猛。唐劉餗隋唐嘉話中："有宦者恃貴寵，放鷂不避人禾稼，(萬年令楊)德幹擒而杖之二十，悉拔去鷂頭。宦者涕泣袒背以示帝，帝曰：'你情知此漢獰，何須犯他百姓。'"

【獰劣】惡劣。宋張擴東窗集一奉和朱新仲祠部六月晦日省宿……詩："駑馬策不入，獰劣如騎騾。"

【獰飆】狂風。唐韓愈昌黎集五送無本師歸范陽詩："獰飆攪空衢，天地與頓撼。"

【獰鱗】惡魚。唐孟郊孟東野集十峽哀詩之八："仄田無異稼，毒水多獰鱗。"

獱 bīn 符真切，平，真韻，並。
ㄅㄧㄣ

小獺。漢書八七揚雄傳校獵賦："蹈獱獺，據黿鼉。"注："獱，小獺也。"參見"猵"。

獳 nòu 1. 奴鉤切，平，侯韻，泥。
ㄋㄡˋ 集韻 乃豆切，去，候韻。

㊀怒犬貌。山海經中山經："又西一百二十里曰釐山……有獸焉，名曰獅，其狀如獳犬而有鱗，其毛如彘鬣。"

rú 人朱切，平，虞韻，日。
2. ㄖㄨˊ

㊀朱獳，獸名。見"朱獳"。

獮 xiǎn 息淺切，上，獮韻，心。
ㄒㄧㄢˇ

㊀秋獵。周禮夏官大司馬："中秋，教治兵，……遂以獮田。"注："秋田爲獮。"㊁殺戮。文選漢張平子(衡)西京賦："白日未及移其晷，已獮其十七八。"

獲 huò 胡麥切，入，麥韻，匣。
ㄏㄨㄛˋ

㊀出獵而得，俘獲。易解："田獲三狐。"詩小雅出車："執訊獲醜，薄言還歸。"㊁得到，收獲。書說命下："學於古訓，乃有獲。"㊂收割莊稼。通"穫"。荀子富國："今是土之生五穀也，人善治之，則畝數盆，一歲而再獲之。"注："獲，讀爲穫。"㊃謂射中鵠的。儀禮鄉射禮："獲者坐而獲。"注："射者中則大言獲，獲得也。"疏："射著正鵠亦曰獲。"㊄古代對女婢的賤稱。見"臧獲"。㊅爭取。禮曲禮上："毋固獲。"注："爭取曰獲。"

【獲鹿】縣名。屬河北省。戰國趙石邑地，漢置縣，屬恒山郡，隋分置鹿泉縣。唐天寶間以安祿山叛，因圖厭勝，改名獲鹿。宋開寶間，省石邑入獲鹿。金升爲鎮寧州。元復爲獲鹿縣。明清分別屬真定、正定府。參閱寰宇通志四真定府。

【獲旌】行射禮時，唱獲者所持的旌旗。周禮春官司常："凡射共獲旌。"

【獲雋】科舉考試得中。清洪亮吉北江詩話五："胡吏部萬青等，會試皆以對策獲雋。"

【獲嘉】縣名。屬河南省。殷之寧邑、周之脩武地。漢武帝建光元年巡游至此，聞獲南越相呂嘉，乃置縣，名獲嘉，屬河內郡。晉增置殷州。唐廢州存縣。明清皆屬衛輝府。參閱寰宇通志九衛輝府。

【獲麟】春秋哀十四年："西狩獲麟。孔子曰：'吾道窮矣。'"傳說孔子作春秋，至此而止。唐李白李太白詩二古風之一："希聖如有立，絕筆於獲麟。"

【獲麟歌】相傳孔子觀獲麟所作的歌。歌詞曰："唐虞世兮麟鳳遊，今非其時來何求？麟兮麟兮我心憂！"見孔叢子記問。

獯 xūn 許云切，平，文韻，曉。
ㄒㄩㄣ

見下。

【獯鬻】我國古代北方少數民族名。夏曰獯鬻，周曰獫狁，漢曰匈奴。孟子梁惠王下："惟智者爲能以小事大，故太王事獯鬻，勾踐事吳。"參見"玁狁"。

十五畫

獸 shòu 舒救切，去，宥韻，審。
ㄕㄡˋ

四足的哺乳動物。爾雅釋鳥："二足而羽謂之禽，四足而毛謂之獸。"書武成序："往伐歸獸。"疏："在野自生爲獸，人家養之爲畜。"

【獸人】掌有關鳥獸禁令的官員。周禮天官獸人："掌罟田獸，辨其名物。……凡田獸者掌其政令。"參見"獸虞"。

【獸工】殷制王室六工之一。即製革工。禮曲禮下："天子之六工，曰土工、金工、石工、木工、獸工、草工，典制六材。"注："獸工，函鮑韗韋裘也。"

【獸心】謂人而有禽獸之心。列子黃帝："戴髮含齒，倚而趣者，謂之人，而人未必無獸心；雖有獸心，以狀而見親矣。"參見"人面獸心"。

【獸臣】古代掌管山澤、主田獵的官。即虞人。左傳襄四年："獸臣司原，敢告僕夫。"注："獸臣，虞人。"參見"虞人"。

【獸吻】㊀門環飾。明陸容菽園雜記二："獸吻，其形似獅子，性好食陰邪，故立門環上。"㊁猶言虎口。藝文類聚四六晉孫綽太尉庾亮碑："拯神器於獸吻，扶帝座於已傾。"唐人避唐高祖李淵祖李虎諱，虎字往往改作"獸"。

獸吻

【獸面】獸形的面具。隋書柳彧傳上書："人戴獸面，男爲女服，倡優雜技，詭狀異形。"

【獸炭】製爲獸形的炭。晉書羊琇傳："琇性豪侈，費用無復齊限，而屑炭和作獸形以溫酒，洛下豪貴咸競效之。"南朝梁蕭統昭明太子集三錦帶書十二月啟："酌醇酒而據切骨之寒，溫獸炭而祛透心之冷。"

【獸侯】畫有獸形的射靶。周禮考工記

梓人:"張獸侯,則王以息燕。"

【獸脊】飾有獸形的屋脊。明史輿服志四:"今擬公主第,廳堂九間,十一架,施花樣獸脊,梁、棟、斗拱、簷桷彩色繪飾,惟不用金。"

【獸圈】苑囿内圈養野獸之處。三輔黃圖:"上林苑中有六池、市郭、宮殿、魚臺、犬臺、獸圈。"北史魏本紀一:"(永興)四年春二月癸未,登獸圈,射猛獸。"魏書獸作"虎"。

【獸虞】掌有關鳥獸禁令的官員。國語魯上:"鳥獸孕,水蟲成,獸虞於是乎禁罝羅,矠魚鼈以爲夏犒,助生阜也。"參見"獸人"。

【獸睡】喻人暗中蓄謀,待機行事。本作"虎睡",唐人避諱作"獸"。晉書杜有道妻嚴氏傳:"(何)晏等驕侈,必當自敗,司馬太傅(懿)獸睡耳。"

【獸駭】如獸之驚駭。三國志吳薛綜傳諫征公孫淵:"然其方土寒埆,穀稼不殖,民習鞍馬,轉徙無常。卒聞大軍之至,自度不敵,鳥驚獸駭,長驅奔竄,一人匹馬,不可得見,雖獲空地,守之無益。"

【獸頭】服飾上所織的獸頭花紋。隋書禮儀志:"貴妃、德妃、淑妃,是爲三妃。服褕翟之衣,……金縷織成獸頭鞶囊,佩于闐玉。"急就篇二"豹首落莫兔雙鶴"唐顏師古注:"豹首,若今獸頭錦。"

【獸錦】織有獸形圖案的錦繡。玉臺新詠八劉邈秋閨詩:"燈前量獸錦,檐下織花紋。"唐杜甫杜工部草堂詩箋十九寄李十二白二十韻:"龍舟移棹晚,獸錦奪袍新。"

【獸環】金屬製的獸頭銜着的門環。唐孫棨北里志楊妙兒:"魚鑰獸環斜掩門,萋萋芳草憶王孫。"環,也作"鐶"。唐陸龜蒙甫里集十二連昌宮詞門詩:"金鋪零落獸鐶空,斜擗雙扉細草中。"

【獸醫】治療家畜疾病的官員。周禮天官獸醫:"掌療獸病,療獸瘍。"舊唐書職官三:"獸醫掌療馬病。"

【獸爐】獸形的香爐。唐杜牧樊川集外集春思詩:"獸爐凝冷豔,羅幕蔽晴煙。"

【獸角爲城】呂氏春秋行論:"(鯀)欲得三公,怒甚猛獸,欲以爲亂。比獸之角,能以爲城;舉其尾,能以爲旌。召之不來,仿佯於野,以患帝舜。"謂鯀欲恃勇爲亂。北周庾信庾子山集一哀江南賦:"地平魚齒,城危獸角。"

【獸聚鳥散】謂聚散無常有如鳥獸。史記一一二主父偃傳諫伐匈奴:"夫匈奴之性,獸聚而鳥散,從之如搏影。今以陛下盛德攻匈奴,臣竊危之。"

獷 guǎng 居往切,上,養韻,見。
ㄍㄨㄤˇ 居猛切,上,梗韻,見。

猛悍。文選南朝梁沈休文(約)齊故安陸昭王碑文"强民獷俗"注引韓詩:"獷彼淮夷。"毛詩魯頌泮水作"憬"。參閱清陳喬樅韓詩遺說考十七獷彼淮夷。

【獷俗】獷悍的習俗。後漢書二十祭肜傳論:"且臨守偏海,政移獷俗,徼人請符以立信,胡貊數級於郊下,至乃卧鼓瀋亭,滅烽幽障者將三十年。古所謂必世而後仁,豈不然哉。"

【獷悍】蠻橫。唐柳宗元柳先生集十唐故邕管招討副使試大理寺直兼貴州刺史鄧君墓誌銘:"尨茸之下,直道有立;獷悍之内,義威必行。"

【獷厲】粗豪凌厲。唐李益李尚書詩集從軍詩序:"同時幕府選辟,多出詞人,或因軍中酒酣,或時塞上兵寢,相與拔劍秉筆,散懷於斯文,率皆出於慷慨意氣,武毅獷厲,本其涼國。"

【獷獷】粗暴無情。漢書一〇〇下敍傳:"獷獷亡秦,滅我聖文,漢存其業,六學析分。……述儒林傳第五十八。"

【獷驁】橫暴不受約束。新唐書一七一王沛傳:"是時新建府,俗獷驁,沛明示法制,蒐閱以時,軍政大治。"

獺 xié 集韻奚結切,入,屑韻。
ㄒㄧㄝˊ

獸名。卽獺。山海經中山經:"又西一百二十里曰釐山……有獸焉,名曰獺,其狀如獳犬而有鱗,其毛如彘鬣。"文選晉郭景純(璞)江賦"獱獺"注引山海經作"獺"。

獿 náo yōu 奴刀切,平,豪韻,泥。
ㄋㄠˊ ㄧㄡ 於求切,平,尤韻,影。

獸名,猿屬。同"夒"。見下。

【獿雜】混雜。禮樂記:"獿雜子女。"注:"獿或爲優。"疏:"獿雜,謂獼猴也。言舞戲之時,狀如獼猴。間雜男子婦人,言似獼猴男女無別也。"參見"猱雜"。

獵 liè 良涉切,入,葉韻,來。
ㄌㄧㄝˋ

㊀打獵。詩魏風伐檀:"不狩不獵,胡瞻爾庭有縣貆兮。"引申爲追求。漢揚雄法言學行:"耕道而得道,獵德而得德。"㊁震動。國語吳:"今大夫國子興其衆庶,以犯獵吳國之師徒。"㊂經過。文選戰國楚宋玉風賦:"獵蕙草,離秦衡。"㊃攬。史記一二七日者傳:"獵纓正襟危坐。"㊄象聲詞。文選漢王子淵(褒)洞簫賦:"或渾沌而潺湲兮,獵若枚折。"㊅踐踏。通"躐"。荀子議兵:"不殺老弱,不獵禾稼。"

【獵户】以打獵爲業的人家。宋范成大石湖集十八戲題索橋詩:"染人高曬帛,獵户遠張罝。"

【獵火】打獵時焚山驅獸之火。唐李白李太白詩一大獵賦:"羽毛揚兮九天絳,獵火燃兮千山紅。"

【獵犬】打獵用的狗。古稱田犬。文子上德:"狡兔得而獵犬烹,高鳥盡而良弓藏。"

【獵車】皇帝出獵時所乘的車。駕四馬。又名闟戟車、蹋豬車。三國魏文帝改稱蹋虎車。見宋書禮志五、晉書輿服志。

【獵郎】北魏拓跋氏起於代北,俗尚獵,故置獵郎,以豪家子弟有才勇者爲之,相當於漢代期門郎、羽林郎之類。如叔孫俊周幾等皆以熟習弓馬騎射爲獵郎。見魏書官氏志叔孫建傳、周幾傳。

【獵食】獵取食物。漢焦延壽易林十四漸之大過:"鷹鸇獵食,雉兔困急。"引申爲謀取財物。聊齋志異畫皮:"意道士借魔禳以獵食者。"

【獵酒】闖入人家,索求酒食。舊五代史常思傳:"性又鄙吝,未嘗與賓佐有酒肴之會。嘗有從事欲求謁見者,思覽刺而怒曰:'彼必是來獵酒也。'"參閱清高士奇天祿識餘上獵酒。

【獵涉】㊀經歷。宋書謝靈運傳山居賦:"野有蔓草,獵涉蘡薁。"也指瀏覽書籍。參見"涉獵"。㊁貍豆的別稱。唐蘇鶚蘇氏演義下:"貍豆,一名貍沙,一名獵涉。"

【獵師】善於打獵的人。舊題漢劉向列仙傳下毛女:"毛女者字玉姜,在華陰山中,獵師世世見之。"

【獵捷】相接貌。文選三國魏何平叔(晏)景福殿賦:"赴險凌虛,獵捷相和。"

【獵圍】打獵時四面合圍,搜捕禽獸,所合之圍稱獵圍。北周庾信庾子山集三和宇文内史春日遊山詩:"戍樓侵嶺路,山村落獵圍。"周書盧光傳:"時獵圍既合,太祖遥指山謂羣公等曰:'公等有所見不?'"

【獵較】古代風俗,打獵時爭奪獵物,以所得用爲祭祀。孟子萬章下:"孔子之仕於魯也,魯人獵較,孔子亦獵較。"後泛指打獵。水滸十一:"每日只在郊外獵較樂情。"

【獵精】獵取精華。唐李白李太白詩十五留別廣陵諸公:"晚節覺此疏,獵精草太玄。"

【獵碣】古代天子打獵時紀事的碣石。因

其形圓如鼓，也叫石鼓。宋董逌廣川書跋二石鼓文辯："世傳岐山周篆，昔謂玁碣，以形製考之鼓也。"元馬臻霞外集金臺文廟石鼓詩："玁碣鐫功事罔然，摩挲壞丘卧寒烟。"

【玁圍】唐代徵集玁户組成的軍隊。資治通鑑二三〇唐興元元年："渭北守將竇覦帥玁圍七百圍之。"注："圍結玁户爲兵，謂之玁圍。"

【玁玁】風聲。南朝宋鮑照鮑氏集五潯陽還都道中詩："鱗鱗夕雲起，玁玁晚風道。"也指風吹動旌旗所發出的聲音。唐李白李太白詩八永王東巡歌之三："雷鼓嘈嘈喧武昌，雲旗玁玁過潯陽。"

【玁攦】参差不齊。文選晉潘安仁(岳)笙賦："駢田玁攦，鉀鍒参差。"注："玁攦，不齊也。"一説，玁攦，田竹密貌。見唐張銑注。

【玁豔】搜求華麗的辭藻。明楊慎升菴集十八秋風引詩："鴻裁誰玁豔，空自拾江蘺。"俗也稱漁色爲玁豔。

【玁白鹿馬】良馬名。宋書索虜傳(拓跋)燾與太祖書："今送玁白鹿馬十二匹并氈藥等物。彼來馬力不足，可乘之。"参閱清郝懿行宋瑣語。

十六畫

獻 1. xiàn ㄒㄧㄢ 許建切，去，願韻，曉。

㊀獻祭。禮禮器："一獻質，三獻文，五獻察，七獻神。"參見"三獻㊀"。㊁奉獻。詩大雅行葦："或獻或酢，洗爵奠斝。"箋："進酒於客曰獻，客答之曰酢。"周禮地官鄉大夫："獻賢能之書于王，王再拜受之。"注："獻，猶進也。"㊂賢者。書益稷："萬邦黎獻，共惟帝臣。"傳："獻，賢也。"㊃姓。秦大夫有獻則。見風俗通姓氏下。

2. suō ㄙㄨㄛ 素何切，平，歌韻，心。

㊄見"獻₂豆"。

【獻囚】同"獻俘"。詩魯頌泮水："淑問如皋陶，在泮獻囚。"疏："囚，所虜獲者。"參見"獻俘"。

【獻臣】賢臣。書酒誥："汝劼毖殷獻臣。"傳："汝當固慎殷之善臣信用之。"全唐詩六四八方干途中寄劉沆："莫負髫年志，清朝作獻臣。"

【獻言】貢獻意見。逸周書皇門："獻言在于王所。"宋史二五六趙普傳請班師疏："方冒寵以守藩，獨獻言而阻衆。"

【獻₂豆】禮器名。殷之豆飾以玉而不雕，周飾以玉而又雕刻其柄，故别名獻豆。豆，盛物的器皿。禮明堂位："夏后氏以楬豆，殷玉豆，周獻豆。"釋文："獻，素何反。"

【獻享】奉獻酒食。漢書高帝紀上元年："乃使人與秦吏行至縣鄉邑告諭之，秦民大喜，争持牛羊酒食獻享軍士。"享，史記高祖紀作"饗"。

【獻芹】列子楊朱："昔人有美戎菽、甘枲莖、芹萍子者，對鄉豪稱之。鄉豪取而嘗之，蜇於口，慘於腹，衆哂而怨之，其人大慚。"後上書建議自謙言不足取，或以物贈人，謙言禮品微薄，稱獻芹或芹獻。唐杜甫杜工部草堂詩箋二六槐葉冷淘詩："獻芹則小小，薦藻明區區。"高適高常侍集二自淇涉黄河途中作詩之九："尚有獻芹心，無因見明主。"

【獻狀】㊀謂呈進功狀。左傳僖二八年："三月丙午，(晉侯)入曹。數之，以其不用僖負羈而乘軒者三百人也。且曰：'獻狀。'"注："言其無德居位者多，故責其功狀。"文選南朝宋顔延年(延之)赭白馬賦："簡偉塞門，獻狀絳闕。"㊁呈現形狀。宋黄庭堅豫章集八勝業寺悦亭詩："苦雨已解嚴，諸峯來獻狀。"

【獻計】貢獻計策。史記一〇〇季布傳："周氏曰：'漢購將軍急，迹且至臣家，將軍能聽臣，臣敢獻計，即不能，願先自剄。'季布許之。"南史侯景傳："有羊車兒獻計，作紙鴉繫以長繩，藏敕於中。"

【獻春】農曆正月的别稱。初學記三南朝梁元帝纂要："正月孟春，亦曰……獻春。"

【獻俘】古時軍禮之一。凱旋則獻俘於太廟以告成功。左傳僖二八年："丙申，振旅愷以入于晉，獻俘授馘，飲至大賞，征會討貳。"注："獻楚俘於廟。"舊唐書高祖紀："秦王凱旋，獻俘於太廟。"

【獻羔】進獻羔羊。爲古代祭祀之禮。詩豳風七月："四之日其蚤，獻羔祭韭。"禮月令仲春之月："天子乃鮮羔開冰，先薦寢廟。"注："鮮，當爲獻，聲之誤也。"

【獻笑】㊀因歡悦而笑。莊子大宗師："造適不及笑，獻笑不及排。"釋文："向(秀)云：獻，善也；王(叔之)云：章也，意有適，章於笑，故曰獻笑。"㊁供人取笑。梁書劉孝綽傳答湘東王書："既闕子幼(楊惲)南山之歌，又微敬通(馮衍)渭水之賦，無以自同獻笑，少酬褒誘。"宋朱熹朱文公集七六楚辭後語目録序："高唐之卒章，雖有'思萬方，憂國害，開聖賢，輔不逮'之云，亦屠兒之禮佛，倡家之讀禮耳，幾何其不爲獻笑之資，而何諷一之有哉！"也指藝人、女妓故作歡笑，以取悦於人。二刻拍案驚奇四："豔抹濃妝，倚市門而獻笑。"

【獻納】㊀指建言以供採納。文選漢班孟堅(固)兩都賦序："朝夕論思，日月獻納。"又晉潘安仁(岳)關中詩："愧無獻納，尸素以甚。"㊁祀奉，供奉。也指贈遺。漢書七五夏侯勝傳："有司遂請尊孝武帝廟爲世宗廟，……天下世世獻納，以明聖德。"宋史三一三富弼傳："(契丹主)曰：南朝遺我(歲幣)之辭當曰獻，否則曰納。弼争之……曰：自古唯唐高祖借兵於突厥，當時贈遺或稱獻納。其後頡利爲太宗所擒，豈復有此禮哉！"

【獻陵】陵墓名。1. 唐高祖(李淵)陵，在陝西三原縣東十五里。見元和郡縣志一京兆府三原縣。2. 明仁宗(朱高熾)陵，在北京市昌平縣天壽山西。見明史仁宗紀。

【獻₂尊】祭祀用的盛酒器具。即犧尊。周禮春官司尊彝："其朝踐用兩獻尊。"注："獻讀爲犧。"釋文："獻，素何反。"參見"犧尊"。

【獻替】"獻可替否"的略語，即諍言進諫之意。漢蔡邕蔡中郎集六幽冀二州刺史久缺疏："智淺謀漏，無所獻替。"文選晉袁彦伯(宏)三國名臣序贊："伯言(陸遜)蹇蹇，以道佐世，出能勤功，入能獻替。"參見"獻可替否"。

【獻捷】戰勝後進奉俘虜和戰利品。穀梁傳僖二一年："楚人使宜申來獻捷。捷，軍得也。"陳書周迪傳尚書下符討迪："收獲器械，俘虜士民，並曰私財，曾無獻捷。"

【獻詩】作詩以進，用以諷諫或歌頌。國語周上："故天子聽政，使公卿至於列士獻詩。"注："獻詩，以風也。"後朋友間以詩相贈也叫獻詩。新唐書二〇三孟浩然傳附崔顥："初，李邕聞其名，虚舍邀之，顥至獻詩。"

【獻鳩】進獻鳩鳥，以示尊老。周禮夏官羅氏："仲春，羅春鳥，獻鳩以養國老。"列子説符："邯鄲之民，以正月之旦，獻鳩於簡子。簡子大悦，厚賞之。客問其故。簡子曰：'正旦放生，示有恩也。'"

【獻歲】一年之始。楚辭宋玉招魂："獻歲發春兮，汩吾南征。"南朝宋鮑照鮑氏集三代春日行詩："獻歲發，吾將行，春山茂，春日明。"

【獻夢】周禮春官占夢："季冬，聘王夢。獻吉夢於王，王拜受之。"古人以夢占吉凶,故於季冬獻羣臣之吉夢於王,以示吉祥之兆。元戴表元剡源集二七排律十七韻賀阮侯伯子詩:"試啼賓錯愕,獻夢媼勤渠。"

【獻疑】質疑,提出疑問。列子湯問:"其妻獻疑曰:'以君之力,曾不能損魁父之丘,如太行王屋何?'"注:"獻疑,猶致難也。"唐李白李太白詩二六爲宋中丞請都金陵表:"以臣料人事得失,敢獻疑于陛下。"

【獻賦】作賦進獻,用以歌頌或諷諫。舊題漢劉歆西京雜記三:"(司馬)相如將獻賦,未知所爲。"南朝宋鮑照鮑氏集七從登香爐峯詩:"慙無獻賦才,洗汗奉毫帛。"

【獻醜】顯露醜態。後漢書郭后紀論:"及至移意愛,析嬿私,雖惠心妍狀,愈獻醜焉。"後用爲以著作示人的謙詞。宋許棐所撰自題爲獻醜集。儒林外史二八:"季葦蕭道:'先生大名,如雷灌耳,小弟獻醜,真是弄斧班門了。'"

【獻縣】縣名。屬河北省。漢樂成縣,爲河間國治。隋仁壽元年改樂壽縣,屬河間郡。隋末大業十三年,農民起義領袖竇建德建都於此,號曰金城宮。金天德三年改爲獻州,屬河北東路。明洪武八年廢州爲縣。明清皆屬河間府。參閱嘉慶一統志二一直隸河間府一。

【獻馘】古時作戰殺敵,割取敵人左耳以進,計功論賞。詩魯頌泮水:"矯矯虎臣,在泮獻馘。"傳:"馘,所格者之左耳。"

【獻藝】㊀呈獻技藝。左傳襄十四年:"百工獻藝。"㊁科舉應試。唐柳宗元柳先生集二三送元秀才下第東歸序:"獻藝春卿,當三黜之辱,可謂屈抑矣,而名益茂。"

【獻曝】列子楊朱:"昔者宋國有田夫,常衣緼黂,僅以過冬,暨春東作,自曝於日,不知天下之有廣廈隩室,綿纊狐貉。顧謂其妻曰:'負日之暄,人莫知者,以獻吾君,當有重賞也。'"後相承用爲對人饋贈的謙詞。言所獻之不足珍貴。

【獻醻】謂飲酒相酬勸。醻,同"酬"。詩小雅楚茨:"爲賓爲客,獻醻交錯。"國語周下:"獻酬交酢也。"注:"酬,勸;酢,報也。"晉陶淵明集二遊斜川詩:"提壺接賓侶,引滿更獻酬。"

【獻體】解衣裸露。左傳昭二七年:"羞者獻體改服於門外。"注:"羞,進食也;獻體,解衣。"

【獻生子】唐宋以來二月初一以青囊盛果物,互相饋贈的一種風俗。唐尉遲樞南楚新聞:"李泌請以二月一日爲中和節,人家以青囊盛百穀果實更相饋遺,務極新巧,宮中亦然,謂之獻生子。"參見"中和節"。

【獻仙音】詞調名。即法曲獻仙音。雙調,有九十二字、九十一字、八十七字三體。參閱詞譜二二法曲獻仙音。

【獻可替否】進獻可行者,除去不可行者,即諍言進諫之意。左傳昭二十年:"君所謂可,而有否焉,臣獻其否,以成其可;君所謂否,而有可焉,臣獻其可,以去其否;是以政平而民不干。"後漢書四四胡廣傳上書:"臣聞君以兼覽博照爲德,臣以獻可替否爲忠。"

獺 tǎ ㄊㄚˇ 他達切,入,曷韻,透。他鎋切,入,鎋韻,來。

獸名。通常指水獺。還有旱獺、山獺等。說文:"獺,如小狗也,水居食魚。"

【獺祭】獺捕得魚陳列水邊,猶如祭祀,稱爲獺祭魚。禮月令孟春之月:"魚上冰,獺祭魚,鴻雁來。"又王制:"獺祭魚,然後虞人入澤梁。"後因稱羅列典故、堆砌成文爲獺祭魚。宋吳炯五總志:"唐李商隱爲文,多檢閱書史,鱗次堆積左右,時謂爲獺祭魚。"清王士禎漁洋山人精華錄五戲倣元遺山論詩絶句之十一:"獺祭曾驚博奧殫,一篇錦瑟解人難。"

【獺婦】傳說水獺以猿爲婦,稱獺婦。見宋陸佃埤雅四釋獸猨引晉束皙發蒙記。參見"猵狚"。

【獺褐】獺皮衣。見新唐書二一六下吐蕃傳。

【獺繖】繖,亦作傘。晉干寶搜神記十八蒼獺:"(丁初)出行塘,日暮,迴顧有一婦人,上下青衣,戴青繖,追後呼初㨾待我。……初因急行,走之轉遠。顧視婦人,乃自投陂中。氾然作聲,衣蓋飛散。視之,是大蒼獺。衣繖皆荷葉也。"後因稱荷葉爲獺傘。元楊維楨鐵崖古樂府逸編四玉蓮曲:"波寒沉獺傘,愁殺野鴛鴦。"

【獺髓】獺的骨髓。相傳以與玉屑琥珀屑相和,可以滅瘢痕。宋蘇軾分類東坡詩十四再和楊公濟梅花十絶之七:"檀心已作龍涎吐,玉頰何煩獺髓醫。"參見"白獺髓"。

【獺皮冠】獺皮製成的帽子。後漢書八六西南夷傳:"有邑君長,皆賜印綬,冠用獺皮。"梁書陳伯之傳:"年十三四,好著獺皮冠,帶刺刀。"

十七畫

獽 ráng ㄖㄤˊ 汝陽切,平,陽韻,日。

我國古代西南地區少數民族名。見華陽國志一巴志、隋書地理志上梁州、太平寰宇記七六劍南西道五簡州風俗。

獼 lián ㄌㄧㄢˊ 力延切,平,仙韻,來。丑連切,平,山韻,澄。直閑切,平,山韻,澄。丑人切,平,真韻,徹。

見下。

【獼猭】獸疾走貌。文選晉左太冲(思)吳都賦:"䠥踰竹柏,獼猭杞柟。"唐韓偓玉山樵人集感事二十四韻詩:"鹿窮唯牴觸,兔急且獼猭。"

獮 mí ㄇㄧˊ 武移切,平,支韻,明。

母猴。見下。

【獮猴】獸名。又名沐猴、母猴。俗稱猢猻。也作"彌猴"。楚辭漢淮南小山招隱士:"獮猴兮熊羆,慕類兮以悲。"

【獮猴池】古天竺地名。也稱獮猴江。與給孤園、靈鷲山、菴羅樹、竹林園合稱佛國五精舍,在毗耶離國。見大智度論三。

【獮猴桃】落葉木果樹。即萇楚(詩檜風隰有萇楚)。也稱藤梨、陽桃、木子。藤着樹生,葉圓有毛,果實甘美,也供藥用,以爲獮猴其喜食,故名。獮,也作"獼"。唐岑參岑嘉州詩一宿太白東溪李老舍寄弟姪:"中庭井欄上,一架獮猴桃。"參閱本草綱目三三果五、清吳其濬植物名實圖考三一。

【獮猴梯】梯之小而長者,人如獮猴攀緣而上,故稱。晉書石季龍載記下:"(石)韜因宿于佛精舍,(石)宣使楊柸、牟皮、牟成、趙生等緣獮猴梯而入,殺韜,置其刀箭而去。"

【獮猴舞】古時舞蹈名。禮樂記"獶雜子女"疏:"漢書檀長卿爲獮猴舞,是狀如獮猴。"今漢書七七蓋寬饒傳作"沐猴舞"。

【獮猴鮭】腌製的獮猴肉。北堂書鈔一四六博物志:"閩越江北諸夷噉獮猴鮭。"今本博物志逸文作"獮猴鮓"。鮭,同"鮓"。

【獮猴騎土牛】喻晉升緩慢。三國志魏鄧艾傳"謚曰壯侯"注引世語:"宣王(司馬懿)爲(州)泰會,使尚書鍾繇調泰:'君釋褐登宰府,三十六日擁麾蓋,守兵馬郡;乞兒乘小車,一何駛乎?'泰曰:'誠有此。君,名公之子,少有文采,故守吏職;獮猴騎土牛,又何遲也!'"唐李白李太白詩十二贈宣城趙太守悅詩:"獮猴騎土牛,羸馬夾雙轅。"

⿰犭嬰 yīng 正字通 伊卿切，音嬰。ㄧㄥ

見下。

【⿰犭嬰如】傳說之獸名。山海經西山經："皋塗之山，薔水出焉……有獸焉，其狀如鹿而白尾，馬足人手而四角，名曰⿰犭嬰如。"注："音猳嬰之嬰。"清郝懿行謂經文⿰犭嬰當爲獿，注文猳嬰當爲猳獿，皆字形之誤。見山海經箋疏。清畢沅謂當作"玀如"。正字爲"蠗如"。參閱校本山海經注。

十八畫

獾 huān 呼官切，平，桓韻，曉。ㄏㄨㄢ

獸名。也作"貛"、"䝔"。形如家狗而脚短。穴土而居，晝伏夜出，食果實及蟲蟻。肉可食，毛皮可製裘。參閱本草綱目五一獸二獾。

獿 náo 奴刀切，平，豪韻，泥。ㄋㄠ

㊀獸名。猴屬。玉篇同"猱"。參見"獿雜"。㊁塗抹牆壁。見下。

【獿人】古代傳說中善於塗抹牆壁者。漢書八七下揚雄傳解難："獿人亡，則匠石輟斤而不敢妄斲。"注："服虔曰：'獿，古之善塗塈者也。施廣領大袖以仰塗，而領袖不汙。有小飛泥誤著其鼻，因令匠石揮斤而斲，知匠石之善斲，故敢使之也。'"

二十畫

玂 qí 渠希切，平，微韻，羣。ㄑㄧˊ

犬生一子稱玂。爾雅釋畜："犬生三猣，二師，一玂。"注："此與豬生子義同，名亦相出入。"

玃 jué 居縛切，入，藥韻，見。ㄐㄩㄝ

大猴。呂氏春秋察傳："數傳而白爲黑，黑爲白，故狗似玃，玃似母猴，母猴似人。"

【玃猱】獸名。猴屬。古文苑漢揚雄蜀都賦："猨蝠玃猱，猶穀畢方。"注："玃猱，上林賦作蠼蝚，猴屬。"史記一一七司馬相如傳子虛賦作"蠼蝚"。

玁 xiǎn 虛檢切，上，琰韻，曉。ㄒㄧㄢˇ

見下。

【玁狁】我國古代北方的少數民族。詩小雅采薇："靡室靡家，玁狁之故。"也作"獫狁"(史記匈奴傳)、"葷粥"(史記五帝紀)、"獯鬻"(三國志蜀馬超傳)、"薰育"(史記周紀)、"葷允"(漢書霍去病傳)等。參閱王國維觀堂集林別集二兮甲盤跋。

玄 部

玄 xuán 胡涓切，平，先韻，匣。ㄒㄩㄢ

㊀天青色。黑深而玄淺。泛指黑色。詩豳風七月："載玄載黃，我朱孔陽。"傳："玄，黑而有赤也。"㊁深奧，神妙。老子："玄之又玄，衆妙之門。"指道家之道。特指道家。南齊書百官志："太始六年，以國學廢，初置總明觀，玄、儒、文、史四科，科置學士各十人。"㊂易坤："天玄而地黃。"後因稱天爲玄。文選漢揚子雲(雄)甘泉賦："惟漢十世，將郊上玄。"引申爲幽遠。見'玄古"。㊃北方。見"玄天"。㊄通"懸"。見"玄圃"。宋避祖趙玄朗諱，改"玄"爲"真"字。清避康熙玄燁諱，常以"元"代"玄"，如清人著作鄭玄皆作鄭元，或缺末筆作玄。㊅姓。古諸侯國有玄氏玄都，子孫以國爲氏。見風俗通姓氏篇。

【玄一】道之本源。老子："道生一，一生二，二生三，三生萬物。"合稱爲玄一。抱朴子地真：玄一之道，亦要法也。"道教諸神有中央玄一老子及真陽元老玄一君。見雲笈七籤四二。

【玄了】猶默識，深徹了解。三國志魏崔琰傳"魯國孔融"南朝宋裴松之注："八歲小兒，能玄了禍福，聰明特達，卓然既遠，則其憂樂之情宜其有過成人，安有見父收執而曾無變容，弈碁不起若在暇豫者乎？"

【玄弋】星名。也指畫有此星之旗。文選漢張平子(衡)西京賦："建玄弋，樹招搖。"注："玄弋，北斗第八星名……今鹵簿中畫之於旗，建樹之以前驅。"也作"玄戈"。見該條。

【玄川】幽深的泉水。三國志魏管寧傳附張臶青龍四年詔："張掖郡玄川溢涌，激波奮蕩，……麟鳳龍馬，煥炳成形，文字告命，粲然著名。"

【玄女】神女。黃帝戰蚩尤，天遣玄女下授兵符，乃得勝。見史記五帝紀黃帝正義、太平御覽七九龍魚河圖。相傳六壬、遁甲諸書皆出於玄女。參見"九天玄女"。

【玄心】道心，深入事物精微的思維。維摩經註序："大秦天王，雋神超世，玄心獨悟。"

【玄文】㊀墨寫的文字。楚辭屈原九章懷沙："玄文處幽兮，矇瞍謂之不章。"注："玄，墨也。"㊁指太玄經。漢揚雄法言問神："育而不苗者，吾家之童烏乎？九齡而與我玄文。"注："童烏九齡而與揚子論玄。"

【玄王】稱商代的始祖契。詩商頌長發："玄王桓撥，受小國是達，受大國是達。"傳："玄王，契也。"箋："承黑帝而立子，故謂契爲玄王。"一說因其母吞玄鳥卵有孕，故名。參閱詩商頌玄鳥、國語周下。

【玄元】㊀謂道。晉書李玄盛傳述志賦："涉至虛以誕駕，乘有輿於本無，稟玄元而陶衍，承景靈之冥符。㊁唐初追號老子爲太上玄元皇帝，簡稱玄元。全唐詩二五八李岑玄元皇帝應見賀聖祚無疆："皇綱歸有道，帝系祖玄元。"參見"玄元皇帝"。

【玄天】㊀北方之天。呂氏春秋有始："北方曰玄天。"參見"九天"。也泛指天。莊子在宥："亂天下之經，逆物之情，玄天弗成。"唐陳子昂陳伯玉集一感遇詩之二十："玄天幽且默，羣議曷嗆嗆。"㊁山名。文選南朝宋顏延年(延之)車駕幸京口侍遊蒜山作詩："玄天高北列，日觀臨東溟。"注："馬司彪曰：玄天，山名也。"

【玄夫】指龜。唐韓愈昌黎集四孟東野失子詩："東野夜得夢，有夫玄衣巾。……再拜謝玄夫，收悲以歡忻。"注："玄夫，大靈龜，以其巾衣玄，故曰玄夫。"參見"玄衣督郵"。

【玄戈】星名。史記天官書"杓端有兩星：一內爲矛，招搖；一外爲盾，天鋒"南朝宋裴駰集解："晉灼曰：外，遠北斗也。在招搖南，一名玄戈。"也指繪有玄戈星之旗。晉書輿服志："玄戈玉刃，作會相暉。"也作"玄弋"。參見該條。

【玄丹】㊀傳說中的山名。山海經大荒西經："有玄丹之山。"注："山黑丹也。"㊁道家指心之神。雲笈七籤十一黃庭內景經若得："若得三宮存玄丹。"注："玄丹、丹元，謂心也。”參見“丹元”。

【玄月】農曆九月的別名。國語越下:“至於玄月，王召范蠡而問焉。”注:“爾雅曰:九月爲玄。”

【玄化】㊀至德的教化。文選三國魏曹子建（植）責躬詩:“玄化滂流，荒服來王。”又晉潘安仁（岳）楊荊州誄:“茫茫海岱，玄化未周。”注:“蔡邕陳留太守頌曰:玄化洽矣。”㊁吳鼓吹曲名，三國吳韋昭製十二曲之一。古今樂錄:“玄化者，言上脩文訓武，則天而行，仁澤流洽，天下喜樂也。”見樂府詩集十八。

【玄玄】㊀指天。淮南子本經:“當此之時玄玄至碭而運照。”注:“玄，天也。”㊁深遠貌。藝文類聚三七漢蔡邕翟先生碑:“玄玄焉測之則無源，汪汪焉酌之則不竭。”㊂老子言道玄之又玄，故稱道家之義理爲玄玄。文選南齊孔德璋（稚珪）北山移文:“談空空於釋部，覈玄玄於道流。”

【玄玉】黑色的玉。禮月令孟冬之月:“(天子)衣黑衣，服玄玉，食黍與彘。”楚辭宋玉招魂:“紅壁沙版，玄玉之梁些。”

【玄功】㊀影響最深遠的功績。南齊書明帝紀永泰元年詔:“仲尼明聖在躬，允光上哲，弘厥雅道，大訓生民，師範百王，軌儀千載，……玄功潛被，至德彌闡。”㊁道家指修道的功夫。雲笈七籤四十靈寶戒:“真仙内科云:玄功之人，常衣草履，不得榮華之服，犯者失道。”

【玄古】遠古，淳古。莊子天地:“故曰玄古之君，天下無爲也，天德而已矣。”晉書紀瞻傳陸機策問:“以之爲政，則黄、羲之規可踵，以之革亂，則玄古之風可紹。”黄、羲，黄帝、伏羲。

【玄石】㊀黑石。山海經中山經:“(嬰梁之山)上多蒼玉，錞于玄石。”注:“言蒼玉依黑石而生也。”水經注三八湘水:“湘鄉縣石魚山下多玄石，……色黑而理若雲母，開發一重，輒有魚形，鱗鰭首尾，宛若刻畫，長數寸，燒之作魚膏腥。”㊁指墓碑，以黑石爲之。文選南朝齊王仲寶（儉）褚淵碑文:“方高山而仰止，刊玄石以表德。”注:“禰衡顏子碑曰:‘乃刊玄石而旌之。’”㊂指磁石。見本草綱目十石四。

【玄甲】鐵鎧。文選漢班孟堅（固）封燕然山銘:“玄甲耀日，朱旗絳天。”

【玄母】道教神名。雲笈七籤十八老子中經第十神仙:“玄母，道母也。在中央，身之師也，主生養身中諸神。”又三十裏生受命帝一混合三五立成法:“所生之宗，謂元父玄母也。元父主氣化，理帝先；玄母主精變，結胞胎，精氣相成。”

【玄句】玄妙的文句。廣弘明集十八南朝宋謝靈運與諸道人辨宗論竺法綱問:“或謂因權以通，或學而非悟爾。爲玄句徒設，無關於胸情焉。”

【玄冬】冬季。漢書八七上揚雄傳校獵賦:“於是玄冬季月，天地隆烈，萬物權輿於内，徂落於外。”注:“北方色黑，故曰玄冬。”文選三國魏劉公幹（楨）贈五官中郎將詩之二:“自夏涉玄冬，彌曠十餘旬。”

【玄丘】㊀傳說地名。契之母簡狄所居。宋書符瑞志:“(簡狄)與其妹浴於玄丘之水。”全唐詩一三七儲光羲題道士房:“先生秀衡嶽，玉立居玄丘。”㊁指孔子。詳“玄聖”。

【玄仗】謂道。淮南子原道:“登高臨下，無失所秉；履危行險，無忘玄仗。”注:“玄仗，道也。”一本作“玄伏”。

【玄池】水池名。穆天子傳二:“庚戌，天子西征，至於玄池。天子三日休於玄池之上。”

【玄宅】墓穴。唐韓愈昌黎集三二鄭君墓誌銘:“洞然渾樸絶瑕讁，甲子一終反玄宅。”

【玄衣】古天子祭羣小祀所用之服。玄，赤黑色。周禮春官司服“祭羣小祀則玄冕”漢鄭玄注:“凡冕服皆玄衣纁裳。”又爲卿大夫之命服。禮王制:“周人冕而祭，玄衣而養。”疏:“儀禮:‘朝服緇布衣素裳。’緇則玄，故爲玄衣素裳。”參閱禮學卮言二禮服釋名(清經解六九二)。

【玄冰】厚冰。冰厚，色似玄，故稱玄冰。抱朴子廣譬:“玄冰未結，白雪不積，則青松之茂不顯。”文選舊題漢李少卿（陵）答蘇武書:“胡地玄冰，邊土慘烈。”

【玄圭】㊀黑色的玉，古代帝王舉行典禮所用的一種玉器。書禹貢:“禹錫玄圭，告厥成功。”傳:“玄，天色。禹功盡加於四海，故堯賜玄圭以彰顯之，言天功成。”㊁指墨。玄言其黑，圭言其形狀。宋楊萬里誠齋集十二春興詩:“急磨玄圭染霜紙，撼落花鬚浮硯水。”

【玄老】道教神名。1.中黄經:“肺首爲三焦，玄老君之所居也。”見雲笈七籤十二黄庭内景經肺“當憶此宮有座席”注。2.五星之精。雲笈七籤一〇一有五靈玄老君紀。參見“五老”。

【玄同】與天地萬物混同爲一。老子:“和其光，同其塵，是謂玄同。”莊子胠篋:“削曾史之行，鉗楊墨之口，攘弃仁義，而天下之德始玄同矣。”

【玄旨】玄妙的旨趣。全唐詩七〇二張蠙宿開照寺光澤上人院:“静室譚玄旨，清宵獨細聽。”五燈會元一東土祖師:“違順相争，是爲心病，不識玄旨。”此皆指佛教的義理。

【玄牝】道家指衍生萬物的本源。老子:“谷神不死，是謂玄牝。玄牝之門，是謂天地之根。”南齊書顧歡傳孟景翼正一論:“‘一’之爲妙，空玄絶於有景，神化贍於無窮，爲萬物而无爲，處一數而無數，莫之能名，强號爲一。在佛曰‘實相’，在道曰‘玄牝’。”

【玄沙】公元834—908年。唐末高僧。俗姓謝，法名師備。少業漁，後出家，住福州玄沙山，自成一宗，謂濟度衆生，須別開心眼，始得真佛知見。參閱景德傳燈錄十八。

【玄言】精微玄妙之言。多指佛、道宗教的義理。世說新語政事:“王(濛)與林公(支遁)共看何驃騎(充)，驃騎看文書不顧之。王謂何曰:‘我今故與林公來相看，望卿擺撥常務，應對玄言，那得方低頭看此邪?’”陳書周弘正傳:“弘正特善玄言，兼明釋典，雖碩學名僧莫不請質疑滯。”

【玄序】農曆九月的時序。九月爲玄，故云。藝文類聚十八三國魏應瑒正情賦:“清風厲于玄序，涼飇逝于中唐。”

【玄社】指黑土，卽北方的土地。史記三王世家燕王策:“維六年四月乙巳，皇帝使御史大夫湯廟立子旦爲燕王。曰:於戲，小子旦，受兹玄社！朕承祖考，維稽古，建爾國家，封于北土，世爲漢藩輔。”按諸侯王始封者必受土於天子之社廟。將封於東方者取青土，封於南方者取赤土，封於西方者取白土，封於北方者取黑土，封於上方者取黄土。各取其色物，裹以白茅，封以爲社。燕王封地在北方，故云玄社。也作“玄土”。文選漢潘元茂(勗)册魏公九錫文:“錫君玄土，苴以白茅。”

【玄芝】仙草。文選三國魏曹子建（植）洛神賦:“攘皓腕於神滸兮，采湍瀨之玄芝。”抱朴子微旨:“夫太元之山……玄芝萬株，絳樹特生，其實皆殊。”

【玄阯】水中小洲。文選漢張平子（衡）西京賦:“迺有昆明靈沼，黑水玄阯。”三國吳薛綜注:“小渚曰阯。”唐李善注:“水色黑，故曰玄阯也。”又作“玄沚”。晉陸機陸士衡集八七徵:“於是登漸臺，理俊音，鏡玄沚，望長林。”

【玄旳】見“華的”。

【玄谷】㊀深谷。藝文類聚九三三國魏應瑒慜驥賦："赴玄谷之漸塗兮，陟高岡之峻崖。"㊁道家謂腎爲玄谷。雲笈七籤十二黄庭外景經上部經："下有長城玄谷邑。"注："腸爲長城，腸爲邑，腎爲玄谷，上應南北也。"又黄庭内景經腎部稱腎爲玄闕、瓊室稱爲玄鄉。見雲笈七籤十一。

【玄牡】祭祀用的黑公畜。書湯誥："敢用玄牡，告于上天后土。"三國志蜀先主傳卽位文："皇帝備敢用玄牡，昭告皇天上帝后土神祇。"

【玄妙】幽深微妙。淮南子覽冥："夫物類之相應，玄妙深微，知不能論，辯不能解。"後漢書二八下馮衍傳顯志賦序："顯志者，言光明風化之情，昭章玄妙之思也。"

【玄宗】指宗教的玄理。文選南齊王仲寶（儉）褚淵碑文："眇眇玄宗，萋萋辭翰。"指道教。維摩經注序："而恨支竺所出，理滯於文，常恐玄宗，墜於譯人。"指佛教。

【玄官】掌祭天的官。管子幼官："六會諸侯，令曰：'以爾壤生物，共玄官，請四輔，將以禮上帝。'"

【玄空】指道。道體無形迹，故稱空。文選南朝梁沈休文（約）遊沈道士館詩："所累非外物，爲念在玄空。"

【玄穹】猶言高天。晉張華張司空集壯士篇："長劍横九野，高冠拂玄穹。"

【玄夜】黑夜。文選三國魏劉公幹（楨）公讌詩："遺思在玄夜，復與相翱翔。"

【玄府】汗孔。素問水熱穴論："所謂玄府者，汗空也。"注："汗液色玄，從空而出，以汗聚於裏，故謂之玄府。府，聚也。"

【玄武】㊀北方太陰之神。其形象爲龜，一説爲龜蛇合稱。楚辭屈原遠遊："時曖曃其曭莽兮，召玄武而奔屬。"注："呼太陰神使承衛也。"補注："説者曰：'玄武，謂龜蛇。位在北方，故曰玄。身有鱗甲，故曰武。'文選注云：'龜與蛇交曰玄武。'"禮曲禮上："行，前朱鳥而後玄武，左青龍而右白虎。"㊁北方七宿的總稱，包括斗、牛、女、虚、危、室、壁，以形如龜而名。唐杜甫杜工部草堂詩箋八魏將軍歌："酒闌插劍肝膽露，勾陳蒼蒼玄武暮。"㊂凡處於北方或後面的事物多稱玄武。唐六典七宫城："（紫宸）殿之北面曰玄武門。"又八符寶郎："（傳符之制）南方曰朱雀之符，北方曰玄武之符。"㊃黑冠卷。禮玉藻："縞冠玄武，子姓之冠也。"疏："縞冠者薄絹爲之。玄武者以黑繒爲冠卷也。"㊄地名。卽四川中江縣。舊名伍城，北周置玄武郡。隋開皇初郡廢，改作縣名。宋大中祥符五年改爲中江。參閲隋書地理志上、元和郡縣志三三梓州。

【玄花】謂眼生黑花。唐韓愈昌黎集五寄崔二十六立之詩："玄花著兩眼，視物隔褷褷。"

【玄門】㊀謂道教。老子："玄之又玄，衆妙之門。"魏書禮志一："世宗優遊在上，致意玄門，儒業文風，顧有未洽，墜禮淪聲，因之而往。"五代蜀杜光庭有玄門樞要一卷，見通志藝文略道家類。㊁謂佛教。迦才淨土論序："淨土玄門，十方咸讚。"㊂指高深的境界。世説新語言語："劉尹（惔）與桓宣武（温）共聽講禮記，桓云：'時有入心處，便覺咫尺玄門。'"㊃墓門。隋劉明暨妻梁氏墓誌："玄門將掩，勒記於斯。"（漢魏南北朝墓誌集釋圖版三九五）

【玄居】隱居。晉書束皙傳："性沈退，不慕榮利，作玄居釋以擬客難。"

【玄明】㊀謂冬日照耀。吕氏春秋有始："冬至日行遠道，周行四極，命曰玄明。"注："玄明，大明也。"㊁幽暗與光明。淮南子兵略："將欲西示之以東，先忤而後合，前冥而後明。……故勝可百合，與玄明通，莫知其門，是謂至神。"

【玄味】幽深玄妙的旨趣。世説新語輕詆："孫長樂（綽）作王長史（濛）誄云：'余與夫子，交非勢利，心猶澄水，同此玄味。'"（雲笈七籤四）南朝宋陸修静靈寶經目序："余少耽玄味，志愛經書。"

【玄采】黑色。文選晉張景陽（協）七命："天驥之駿，逸態超越，……眸瞷黑照，玄采紺發。"

【玄金】黑鐵，舊也指隕石。新唐書五行志三："貞觀八年七月……汾州青龍見，吐物在空中，光明如火，墮地地陷，掘之得玄金，廣尺，長七寸。"

【玄股】傳説之國名。山海經海外東經："玄股之國在其北，其爲人衣魚食鷗，使兩鳥夾之。"又大荒東經："有國曰玄股，黍食，使四鳥。"注："自髀以下如漆，故曰玄股。"

【玄服】黑衣服。文選戰國楚宋玉高唐賦："簡輿玄服，建雲旆，蜺爲旌，翠爲蓋。"注："冬王水，水色黑，故衣黑服。"

【玄狐】黑狐，産遼東等處，色黑毛暖，其皮爲裘，最貴重。清制，王公以上始得服玄狐。次爲貂，再次爲猞猁猻，三品以上始得服用。參閲清王士禛池北偶談四玄狐。

【玄始】東晉列國北涼沮渠蒙遜（宣武王）年號。公元 412—427 年。

【玄洲】傳説中的地名。舊題漢東方朔海内十洲記："玄洲在北海之中，戌亥之地，方七千二百里，去南岸三十六萬里。上有太玄都，仙伯真公所治，多丘山。"

【玄津】玄妙的津途。文選南朝梁王簡棲（屮）頭陀寺碑："釋網更維，玄津重枻。"注："僧叡師十二法門序曰：奏希聲於宇宙，濟溺喪於玄津。"唐駱賓王集四和王記室從趙王春日游陀山寺詩："彫談筌奧旨，妙辨漱玄津。"皆指佛教教理。

【玄室】㊀暗室。漢徐幹中論治學："譬如寶在於玄室，有所求而不見。"㊁墓室。藝文類聚四七漢張衡司徒吕公誄："去此寧寓，歸于幽堂，玄室冥冥，修夜彌長。"晉書左貴嬪（芬）傳元后誄："爰定宅兆，克成玄室。"

【玄帝】㊀北方之帝，卽黑帝。管子幼官："一會諸侯，令曰：'非玄帝之命，毋有一日之師役。'"㊁道教稱真武大帝爲玄天上帝，省稱玄帝。參見"玄天上帝"。

【玄度】㊀月亮。漢劉向列仙傳關令尹："尹喜抱關，念德爲務。挹漱日華，仰玩玄度。"唐駱賓王集四秋日送陳文林陸道士得風字詩："惟當玄度月，千里與君同。"㊁東晉許詢。世説新語言語："劉尹（惔）云：'清風朗月，輒思玄度。'"詢字玄度，以善清談著名。

【玄冠】朝服冠名。儀禮士冠禮："主人玄冠朝服，緇帶素韠。"禮玉藻："玄冠朱組纓，天子之冠也。"圖從黄以周禮書通故，冠兩旁謂之紕，外施檐謂之武，所以固武者曰緌，所以固冠者曰纓。

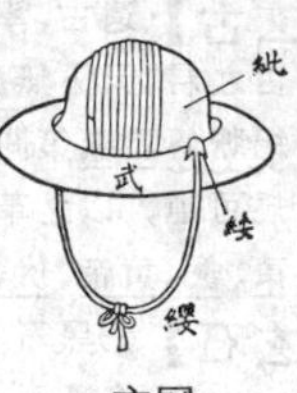

玄冠

【玄祕】神密，精義。抱朴子黄白："延易之草，或有不知；玄祕之方，孰能悉解。"五燈會元十天台韶國師法嗣："師賓主緣契，頓發玄祕。"

【玄契】默契，冥契。文苑英華八六〇唐李華杭州餘杭縣龍泉寺故大律師碑："或有默脩玄契於文義，受教頓悟於宗師。"

【玄英】㊀冬季。爾雅釋天："冬爲玄英。"注："氣黑而清英。"㊁純黑色。以喻貪濁。楚辭漢東方朔七諫怨世："服清白以逍遥兮，偏與乎玄英異色。"㊂道教神名。雲笈七籤十一黄庭内景經脾長"三老同坐各有朋"注："中玄老君居中黄庭宫，與赤城童子丹田君皓華君含明君玄英君丹元真人等爲朋也。”

【玄枵】十二星次之一。又稱“天黿”。漢書律曆志歲術:“玄枵,初婺女八度,小寒。中危初,大寒。終於危十五度。”文選晉潘安仁(岳)西征賦:“歲次玄枵,月旅蕤賓。”注:“杜預曰:……玄枵,在于虛危之次也。”

【玄思】幽思。文選南朝梁江文通(淹)雜體詩孫廷尉綽:“亹亹玄思清,胸中去機巧。”注:“(晉)許詢農里詩曰:亹亹玄思得,濯濯情累除。”

【玄胄】遠代子孫。一說謂高陽氏子孫,玄爲水色,高陽氏以水德王,故稱。文選漢班孟堅(固)幽通賦:“系高頊之玄胄兮,氏中葉之炳靈。”

【玄皇】道教神名。雲笈七籤一〇一五靈玄老君紀:“洞玄本行經云:‘……五靈玄老君者,本姓浩,字敷明,蓋玄皇之胤,太清之胄。’”又三洞經教部有天關三圖玄皇玉書。

【玄泉】㊀幽深的泉水。玄,黑色。文選漢張平子(衡)東都賦:“陰池幽流,玄泉洌清。”㊁道教稱口中津液爲玄泉。雲笈七籤十一黃庭內景經黃庭:“玄泉幽闢高崔巍。”注:“玄泉,口中之液也。”㊂瀑布。玄,通“懸”。唐孟郊孟東野集八送草書獻上人歸廬山詩:“手中飛黑電,象外瀉玄泉。”

【玄風】談玄的風氣。指論道家義理之言。世說新語文學:“初注莊子者數十家,莫能究其旨要,向秀於舊注外爲解義,妙析奇致,大暢玄風。”文選南朝梁江文通(淹)雜體詩殷東陽仲文:“求仁既自我,玄風豈外慕。”注:“玄風,謂道也。(晉)李充玄宗賦曰:慕玄風之遐裔,余皇祖曰伯陽。”

【玄俗】漢河間人。賣藥都市,七丸一錢,治百病。傳說日中行,無影。文選晉左太沖(思)魏都賦:“玄俗無影,木羽偶仙。”參閱漢劉向列仙傳。

【玄流】指皇帝的恩澤。抱朴子勖學:“玄流沾於九垓,惠風被乎無外。”文選晉袁彥伯(宏)三國名臣序贊:“仰揖玄流,俯弘時務。”

【玄酒】上古祭祀用水。禮禮運:“故玄酒在室,醴醆在户。”疏:“玄酒,謂水也。太古無酒。此水當酒所用,故謂之玄酒。”水本無色,古人習以爲黑色。後引申爲薄酒。晉書祖逖傳:“嘗置酒大會,耆老中坐流涕曰:‘吾等老矣,更得父母,死將何恨!’乃歌曰:‘幸哉遺黎免俘虜,三辰既朗遇慈父,玄酒忘勞甘瓠脯,何以詠恩歌且舞。’”

【玄海】北方之海。淮南子地形:“上者就下,流水就通,而合于玄海。”

【玄宮】㊀位於北面的宮殿。莊子大宗師:“顓頊得之,以處玄宮。”釋文:“李(頤)云:顓頊帝高陽氏。玄宮,北方宮也。”文選漢揚子雲(雄)羽獵賦:“麗哉神聖,處於玄宮。”㊁王者墓穴。晉書桓玄傳上疏:“若陛下忘先臣大造之功,信貝錦萋菲之說,臣等自當奉還三封,受戮市朝,然後下從先臣,歸先帝於玄宮耳。”唐姚合姚少監集十敬宗皇帝哀詞之一:“玄宮今一閉,終古柏蒼蒼。”㊂道觀。唐李中碧雲集上贈蒯亮處士詩:“玄宮寄宿月華冷,羽客伴吟松韻秋。”

【玄記】預言。猶言懸記。文苑英華七七九唐于邵玉版玄記頌:“神靈宣功,華芝獻壽,薦錫玄記,光資妙用。”參見“懸記”。

【玄朗】㊀高明。晉書桓溫傳上疏:“伏惟陛下稟乾坤自然之姿,挺羲皇玄朗之德。”㊁公元672—754年。唐僧名。婺州烏傷人,梁大士傅翕六世孫。字慧明,號竹溪。九歲出家學律儀,師事慧威法師,居浦陽左溪山,歷三十年不出。博究經論,精通涅槃,以止觀爲入道安心之要。爲佛教天台宗九祖之第八祖。謚明覺尊者。參閱宋高僧傳二六唐東陽清泰寺玄朗傳。

【玄冥】㊀水神,一謂雨師。左傳昭十八年:“禳火于玄冥、回祿。”注:“玄冥,水神。”禮月令孟冬之月:“其神玄冥。”㊁漢郊祀歌名。歌詞爲“玄冥陵陰,蟄蟲蓋臧”,以首二字爲篇名。見漢書禮樂志。㊂暗昧。莊子秋水:“始於玄冥,反於大通。”唐成玄英疏:“始於玄極,而其道杳冥,反於域中而大通於物也。”㊃道家稱腎之神。雲笈七籤十一黃庭內景經心神:“腎神玄冥,字育嬰。”注:“腎屬水,故曰玄冥。”

【玄悟】深切理解。晉書郭璞傳客傲:“玄悟不以應機,洞鑒不以昭曠。”

【玄朔】極北之地。藝文類聚八六三三國魏曹植橘賦:“背江川之煖氣,處玄朔之肅清。”文選晉趙景真(至)與嵇茂齊(蕃)書:“又背土之性,難以託根;投人夜光,鮮不按劍。今將植橘柚於玄朔,蔕華藕於脩陵,表龍章於裸壤,奏韶舞於聾俗,固難以取貴矣。”

【玄珪】黑玉,古禮器。同“玄圭”。後漢書五二崔駰傳達旨:“及其策合道從,克亂弭衡,乃將鏤玄珪,册顯功,銘昆吾之冶,勒景襄之鍾。”參見“玄圭㊀”。

【玄珠】黑色的明珠。1.道家佛教皆以玄珠喻道的本體。莊子天地:“黃帝遊乎赤水之北,登乎崑崙之丘,而南望還歸,遺其玄珠。”釋文:“玄珠,司馬(彪)云:‘道真也。’”廣弘明集三十上晉支遁詠懷詩之二:“道會貴冥想,罔象掇玄珠。”2.比喻寶貴的人才或事物。北齊書文苑傳序:“於是辭人才子,波駭雲屬,振鵷鷺之羽儀,縱雕龍之符采,人謂得玄珠於赤水,策奔電於崑丘。”宋黃庭堅豫章集三和答子瞻詩:“翰林貽我東南句,窗間默坐得玄珠。”此以玄珠比東坡之詩。

【玄真】㊀指道的真諦。老子:“故常無欲以觀其妙,常有欲以觀其徼。此兩者,同出而異名,同謂之玄。”又:“道之爲物……其精甚真,其中有信。”雲笈七籤十一黃庭內景經五行:“能存玄真萬事畢。”㊁淳樸。初學記七晉江統函谷關賦:“覩浮僞於末俗,思玄真乎大庭。”㊂指玉,道家相傳服玉可以長生成仙。抱朴子仙藥:“服玄真者其命不極。玄真者,玉之別名也。令人身飛輕舉,不但地仙而已。”

【玄哲】修養有道的人。藝文類聚三六晉庾闡孫登贊:“翹首丘冥,仰想玄哲。”

【玄校】指深綠色的衣服。大戴禮夏小正:“八月……玄校。”傳:“玄也者,黑也;校也者,若綠色然,婦人未嫁者衣之。”清孔廣森補注:“黑而有赤曰玄。校,讀爲絞,禮有絞衣。鄭君云:‘絞,蒼黃之色也。’廣森謂綠之近蒼黃者,若俗所稱平果綠矣。”一說謂玄鳥司分。見清徐世溥夏小正解。

【玄根】㊀道家指道之本。老子:“玄牝之門,是謂天地根。”文選晉盧子諒(諶)贈劉琨詩:“處其玄根,廓焉靡結。”㊁佛教語,謂玄妙之根性。涅槃無名經論:“仰攀玄根,俯提弱喪。”㊂道家語。1.指身軀。雲笈七籤十二黃庭內景經肝氣:“通利天道存玄根。”注:“身爲根本。”2.指口中的津液。又十一黃庭內景經脾長“含嗽金醴吞玉英”注:“金醴玉英,口中之津液。大洞經云:‘服玄根之法……咽液九過也。’”

【玄通】精微靈通。老子:“古之善爲士者,微妙玄通,深不可識。”注:“玄,天也。言其志節玄妙,精與天通也。”

【玄書】㊀即太玄經。詳“玄經”。㊁道德經謂大道“玄之又玄”,詩文中因稱道經爲玄書。梁書庾承先傳:“玄經釋典,靡不該悉；九流七略，咸所精練。"唐白居易長慶集十九新昌新居書事四十韻……詩："梵部經十二，玄書字五千。"

【玄孫】曾孫之子，卽本身以下第五世。左傳僖二八年："癸亥，王子虎盟諸侯于王庭，要言曰：'皆奬王室，無相害也，有渝此盟，明神殛之！……及其玄孫，無有老幼。'"史記七五孟嘗君傳："(田)文承間問其父嬰曰：'子之子爲何？'曰：'爲孫。''孫之孫爲何？'曰：'爲玄孫。'"

【玄圃】㊀相傳崑崙山頂，有金臺五所，玉樓十二，爲神仙所居。楚辭漢王褒九懷通路："微觀兮玄圃，覽察兮瑶光。"水經注一河水："崑崙之山三級；下曰樊桐，一名板桐。二曰玄圃，一名閬風；上曰層城，一名天庭；是爲太帝仙居。"㊁園名。六朝宫中有之。晉陸機有皇太子宴玄圃宣猷堂有令賦詩。文選注："楊佺期洛陽記曰：東宫之北曰玄圃園。"梁蕭衍嘗於宫内玄圃講述五經講疏。見梁書簡文帝紀。

【玄奘】公元602—664年。唐高僧，通稱三藏法師，民間呼爲唐僧。本姓陳，名褘，洛州緱氏人。年十三出家，博涉經論。貞觀元年自長安西行求法，歷經艱苦，抵五印度，入戒賢法師之門，學梵書，鑽研諸部。在印十七年，至貞觀十九年返抵長安。攜回經論六百五十七部。奉詔於弘法寺、大慈恩寺從事譯經，十年之間與弟子共譯七十三部，總一千三百三十卷。並據求法所經諸國見聞，撰成大唐西域記十二卷。玄奘深究法相唯識義旨，成爲佛教法相宗(唯識宗、慈恩宗)的創宗人。參閱唐冥祥大唐故三藏玄奘法師行狀、續高僧傳四京大慈恩寺釋玄奘傳。

【玄豹】比喻隱遁潛居之人。文選南齊謝玄暉(脁)之宣城新林浦向版橋詩："雖無玄豹姿，終隱南山霧。"注："列女傳曰：(陶答子)妻曰：'妾聞南山有玄豹隱霧而七日不食，欲以澤其衣毛，成其文章。'"

【玄針】㊀舊俗七夕夜，婦女對月穿針線以乞巧，所用之針稱爲玄針。也作"玄鍼"。南朝宋劉駿(孝武帝)七夕詩："沿風被弱縷，迎輝貫玄鍼。"㊁蝌蚪。晉崔豹古今注中魚蟲："蝦蟆子曰蝌蚪，一曰玄針，一曰玄魚，頭圓而尾大，尾脱而脚生。"

【玄氣】元氣，自然之氣。漢書禮樂志郊祀歌十九章齊房："玄氣之精，回復此都，蔓蔓日茂，芝成靈華。"

【玄造】天意。北周庾信庾子山集八代人乞致仕表："明惠不敢以纖負，玄造竟微于滴助。"言天意使己不得盡涓滴之助。

【玄師】有很高修養的道士。雲笈七籤四南朝宋陸修静靈寶經目序："既太虚眇邈，玄師難希，宜求之於心，卽理而斷也。"

【玄紞】古代禮冠的前後絲飾物。國語魯下："王后親織玄紞。"注："紞，冠之垂前後者，……所以懸瑱當耳者也。"抱朴子疾謬："而今俗婦女，休其蠶織之業，廢其玄紞之務。"

【玄紐】謂混雜難知。玄，猶"眩"。荀子正名："異形離心交喻，異物名實玄紐，貴賤不明，同異不别。"一說玄當作"互"。

【玄混】蒙昧昏暗。後漢書四十下班固傳典引："肇命人主，五德初始，同于草味，玄混之中。"注："幽玄混沌之中謂三皇初起之時也。"

【玄寂】守道無爲。三國魏嵇康嵇中散集一知慧用詩："大人玄寂無聲，鎮之以静自正。"世說新語棲逸："蘇門山中忽有真人，……(阮)籍登臨就之，箕踞相對。籍商略終古，上陳黄農玄寂之道，下考三代盛德之美，以問之，仡然不應。"

【玄宿】天星。全唐詩六〇九皮日休魯望讀襄陽耆舊傳見贈五百言……次韻："斑斑生造士，一一應玄宿。"

【玄扈】㊀山名。在陝西洛南縣西，與陽虚山相對。傳說黄帝在此山拜受鳳鳥啣來之圖。見初學記三十引春秋合誠圖。㊁水名。在洛南縣西，源出於玄扈山，逕至陽虚山下。因洛水東北流而注入玄扈水，故又名洛汭。山海經中山經："又東十二里曰陽虚之山，多金，臨于玄扈之水。"

【玄理】幽深微妙的義理。指老莊道家之說。晉書王湛傳："(王)濟嘗詣湛，見牀頭有周易，……濟請言之，湛因剖析玄理，微妙有奇趣，皆濟所未聞也。"梁書謝舉傳："舉少博涉多通，尤長玄理及釋氏義。"

【玄教】㊀謂至高無上的教化。晉書樂志上張華大豫舞歌："愼徽五典，玄教遐通。"㊁指佛教、道教。法苑珠林唐李儼序："玄教聿宣，緇徒允洽。"唐李咸用披沙集六吴處士寄香兼勸入道詩："空掛黄衣寧續壽，曾聞玄教在知常。"

【玄都】㊀古少昊氏時諸侯國名。逸周書史記："昔者玄都賢鬼道，廢人事天，諸臣不用，龜策是從，神巫用國，哲士在外，玄都以亡。"㊁神仙所居之處。1.玄都玉京七寶山，在大羅之上。上中下三宫，盤古真人、元始天王、太上真人等所治。見舊題晉葛洪枕中書。2.在北海中，上有太玄都，仙伯真公所治。見舊題漢東方朔十洲記。

【玄區】天域。三國魏阮籍阮步兵集答伏義書："蕩精舉於玄區之表，攄妙節于九垓之外。"

【玄陰】指冬月。藝文類聚五七三國魏王粲七釋："農功既登，玄陰戒寒。"

【玄堂】㊀古天子所居，在南爲明堂，在北爲玄堂。禮月令孟冬之月："天子居玄堂左个。"又仲冬之月："天子居玄堂大廟。"又季冬之月："天子居玄堂右个。"㊁指墓室。晉張朗碑："刊石玄堂，銘我家風。"(漢魏南北朝墓誌集解圖版十三)文選南齊謝玄暉(脁)齊敬皇后哀策文："翠帟舒皐，玄堂啓扉。"

【玄冕】天子祭羣小祀的冕服。大夫助祭亦服玄冕。周禮春官司服："祭羣小祀則玄冕。"注："玄者，衣無文，裳刺黻而已，是以謂之玄焉。"參閱清孔廣森禮學巵言二(清經解六九二)。

玄冕

【玄阯】山名。楚辭屈原天問："黑水玄阯，三危安在？"注："玄阯，山名，在西方。阯，一作沚。"

【玄帷】猶帷幄。抱朴子任能："漢高決策於玄帷，定勝乎千里，則不如(張)良(陳)平。"又釋滯："子房出玄帷而反閭巷，(韓)信(彭)越釋甲冑而修魚釣。"

【玄參】多年生草。一名重臺。野生，高四五尺。夏秋之間，莖端開小唇形花，淡黄緑色，根入藥。參閱政和證類本草八玄參、本草綱目十二草一。

【玄鳥】㊀燕子。因其羽毛黑，故名。詩商頌玄鳥："天命玄鳥，降而生商。"傳："玄鳥，鳦也。"禮月令仲春之月："是月也，玄鳥至。"㊁灰鶴。文選漢張平子(衡)思玄賦："子有故于玄鳥兮，歸母氏而後寧。"注："玄鳥，謂鶴也。"

【玄術】方術，幻術。晉書佛圖澄傳："天竺人也，本姓帛氏，少學道，妙通玄術。"

【玄渾】指天。宋朱熹朱文公集四齋居感興詩之十一："仰觀玄渾周，一息萬里奔。"

【玄尊】盛玄酒之器。儀禮大射："皆玄尊酒在北。"注："皆有玄酒之尊，重本也。"史記禮書一："大饗尚玄尊，俎上腥魚，先大羹，貴食飲之本也。"

【玄雲】㊀黑雲。文選三國魏嵇叔夜(康)琴賦："玄雲蔭其上，翔鸞集其巔。"又晉阮嗣宗(藉)詠懷詩之十:"寒風振山岡,玄雲起重陰。"㊁漢鐃歌名,古辭未詳,晉以爲鼓吹曲。見樂府詩集十九玄雲序引古今樂録。

【玄軫】猶玄軌。廣弘明集十六南朝梁沈約釋迦文佛像銘:"眇求靈性,曠追玄軫。"

【玄虛】㊀道家稱玄妙虛無的道理。韓非子解老:"聖人觀其玄虛,用其周行,强字之曰道。"後漢書四九仲長統傳:"安神閨房,思老氏之玄虛;呼吸精和,求至人之仿佛。"㊁指神智清明,性情沉靜。三國志魏管寧傳附胡昭:"玄虛静素,有夷皓之節。"㊂俗稱掩蓋真相,使人迷惑的欺騙手法。儒林外史十五:"想着他老人家,也就是個不守本分,慣弄玄虛。"今言"故弄玄虛"。

【玄著】言論深妙。晉書王戎傳:"(王)濟曰:'張華善説史漢,裴頠論前言往行,袞袞可聽;王戎談子房季札之間,超然玄著。'"

【玄華】㊀外黑内黃。禮玉藻:"雜帶:君朱緑,大夫玄華,士緇辟。"注:"大夫裨垂,外以玄,内以華。華,黃色。"㊁髮神名。唐段成式酉陽雜俎十一廣知:"髮神曰玄華。"

【玄黃】㊀黑色與黃色。易坤:"夫玄黃者,天地之雜也,天玄而地黃。"後因以玄黃指天地。文選漢揚子雲(雄)劇秦美新:"玄黃剖判,上下相嘔。"㊁指采色的絲帛。書武成:"惟其士女,篚厥玄黃,昭我周王。"傳:"言東國士女,筐篚盛其絲帛,奉迎道次,明我周王爲之除害。"㊂病貌。詩周南卷耳:"陟彼高岡,我馬玄黃。"爾雅釋詁:"虺頹、玄黃,……病也。"參閲清王引之經義述聞五我馬玄黃。

【玄菟】古郡名。漢武帝(劉徹)所置。今朝鮮咸鏡道及我國遼寧東部、吉林南部皆其地。治沃沮城,在今咸鏡道境内。昭帝(劉弗陵)時,徙治高句驪縣,在今遼寧新賓縣北。東漢中葉,復移治瀋陽縣附近。晉又徙治今咸鏡道境内。尋廢。參閲讀史方輿紀要二玄菟郡、嘉慶一統志五九奉天府建置沿革。

【玄間】猶太空。唐韓愈昌黎集十一雜説:"然龍乘是氣,茫洋窮乎玄間,薄日月,伏光景,……雲亦靈怪矣哉!"

【玄雅】省簡,未至於大雅。漢荀悦前漢紀元帝紀下論:"孝文皇帝克己復禮,躬行玄默,遂至昇平而刑罰幾措,時稱古典未能悉備,制度玄雅,禮樂之風闕焉。"

【玄勝】指超越世俗的境界。世説新語品藻:"(孫綽)曰:'下官才能所經,悉不如諸賢。……然以不才,時復託懷玄勝,遠詠老莊,蕭條高寄,不與時務經懷,自謂此心無所與讓也。'"南史謝舉傳:"舉託情玄勝,尤長佛理,注淨名經。"

【玄象】天象。日月星辰,在天成象,故稱。晉書摯虞傳思游賦:"覽玄象之韡韡兮,仍騰躍乎陽谷。"又庾冰傳:"范汪謂冰曰:'頃天文錯度,足下宜盡消禦之道。'冰曰:'玄象豈我所測,正當勤盡人事耳。'"

【玄猨】黑猿。猨,同"猿"。文選漢司馬長卿(相如)長門賦:"孔雀集而相存兮,玄猨嘯而長吟。"又晉陸士衡(機)苦寒行:"猛虎憑林嘯,玄猿臨岸歎。"猨,也作"蝯"。楚辭漢劉向九歎離世:"玄蝯失于潛林兮,獨偏棄而遠放。"

【玄滋】黑液。文選晉左太沖(思)魏都賦:"墨井鹽池,玄滋素液。"墨井即煤井,玄滋即煤油。

【玄塞】指長城。文選三國魏曹子建(植)求自試表:"臣昔從先武皇帝南極赤岸,東臨滄海,西望玉門,北出玄塞。"注:"玄塞,長城也。北方色黑,故曰玄。"

【玄義】㊀精深玄妙的義理。南齊書張融傳:"融玄義無師法,而神解過人,白黑談論,鮮能抗拒。"㊁佛教天台宗解釋諸經,於卷頭先論此經要旨,題爲玄義,相當於現代著作的緒論。如法華經玄義、金光明經玄義等是。

【玄聖】㊀泛指有道而無位的聖人。莊子天道:"夫虛静恬淡,寂漠無爲者,萬物之本也。……以此處上,帝王天子之德也;以此處下,玄聖素王之道也。"㊁指孔子。後漢書四十下班固傳:"故先命玄聖,使綴學立制,宏亮洪業。"注:"春秋演孔圖:'孔子母徵在夢感黑帝而生,故曰玄聖。'"金元好問元遺山集三天井關詩:"老天與世不相關,玄聖栖栖此迴轍。"

【玄楗】指揭示宗教精義的關鍵、路徑。猶玄鑰。楗,同"鍵"。宋詩鈔釋道潛參寥詩鈔送琳上人還杭詩:"金槌叩天玄楗廓,玉電激海明珠高。"參見"玄鑰"。

【玄感】暗相感應。猶冥感。文選晉傅季友(亮)修張良廟教:"張子房(良)道亞黃中,照鄰殆庶,風雲玄感,蔚爲帝師。"言君臣相感。宋史樂志九真宗告饗之一:"玄感薦彰,釐休誕布。"此言人與鬼神相感。

【玄暉】㊀指月亮。玄,天色。文選晉陸士龍(雲)大將軍宴會詩:"玄暉峻朗,翠雲崇靄。"㊁南齊謝朓字。唐李白李太白詩二二秋夜板橋浦汎月獨酌懷謝朓:"玄暉難再得,洒酒氣填膺。"參見"謝朓"。

【玄照】指大道。道家以道能明照萬物,故稱。弘明集三晉孫綽喻道論:"謂至德窮於堯舜,微言盡乎老易,焉復覩夫方外之妙趣,寰中之玄照乎。"

【玄鉞】鐵斧。史記周紀:"武王又射三發,擊以劍,斬以玄鉞,縣其頭小白之旗。"集解:"宋均曰:'玄鉞用鐵,不磨礪。'"晉崔豹古今注上輿服:"金斧,黃鉞也;鐵斧,玄鉞也;三代通用之以斷斬。"

【玄奧】精深微妙。文選晉成公子安(綏)嘯賦:"精性命之至機,研道德之玄奧。"後漢書七二上方術傳論:"而斯道隱遠,玄奧難原,故聖人不語怪神,罕言性命。"

【玄經】指漢揚雄所撰太玄經。後漢書五九張衡傳:"常耽好玄經,謂崔瑗曰:'吾觀太玄,乃知子雲妙極道數,乃與五經相擬。'"漢桓譚新論:"揚雄作玄書,以爲玄者天也,道也。……玄經三篇,以紀天地人之道。"

【玄漠】淵静無爲。文選晉張茂先(華)女史箴:"勿謂玄漠,神聽無響。"又盧子諒(諶)時興詩:"澹乎至人心,恬然存玄漠。"

【玄墓】山名。在江蘇吳縣西南七十里。一名袁墓山,又名萬峰山。相傳漢鄧尉隱此,故又名鄧尉山。參閲嘉慶一統志七七蘇州府山川。

【玄幕】指營房。文選晉潘安仁(岳)閑居賦:"其西則有元戎禁營,玄幕緑徽。"又關中詩:"素甲日曜,玄幕雲起。"

【玄端】緇布衣。古諸侯、大夫、士之祭服,其他冠、婚等禮亦用之。儀禮士冠禮:"玄端、玄裳、黃裳、雜裳可也。"據士冠禮文,謂玄端皆玄裳或黃裳,或雜裳。端訓正,朝祭等服皆有端名,如端冕、端委之類。參閲清段玉裁説文解字注"玄"、胡培翬儀禮士冠禮正義。

玄端

【玄精】指人體的元氣。南朝梁陶弘景真誥十:"上清真人馮延壽口訣:……夫學生之夫,必夷心養神,服食治病,使腦宫填滿,玄精不傾,然後可以存神服霞,呼吸二景耳。"

【玄製】黑衣。文選漢張平子(衡)東京賦:"侲子萬童,丹首玄製。"注:"侲子,童男童女也。丹,朱也;玄製,皁衣也。續漢書曰:'大儺,逐疫,選中黃門子弟十歲以上,十二以下,百二十人爲侲子,皆赤幘皁製，以逐惡鬼于禁中。'"

【玄鳳】黑鳳。唐陳子昂陳伯玉集一感遇詩之二五："崑崙見玄鳳，豈復嘆雲羅。"全唐詩嘆作"虞"。

【玄熊】黑熊。文選漢王文考（延壽）魯靈光殿賦："玄熊舑談以齗齗，却負載而蹲跠。"注："舑談，吐舌貌。蹲跠，踞也。"

【玄綱】指天道形成的秩序、模式。晉書陸雲傳致太常府薦張贍書："方今太清闢宇，四門啓籥；玄綱括地，天網廣羅。"南齊書王融傳上疏："偶化兩儀，均明二耀，拯玄綱於頹絕，反至道於澆淳。"

【玄談】㊀辨析名理的談論，指黃老之道。抱朴子嘉遯："積篇章爲敖庾，寶玄談爲金玉。"唐李白李太白詩十九贈李十二左司郎中崔宗之詩："清論既抵掌，玄談又絕倒。"㊁預言未來。玄，通"懸"。觀經序分義二："此乃玄談未標得處。"㊂闡述佛家義理，與"玄義"同。如華嚴玄談。又指總説佛教義理。如十玄談。

【玄霄】高空。晉書葛洪傳自序："假令奮翅則能陵厲玄霄，騁足則能追風躡景，猶欲戢勁翮於鷦鷯之羣，藏逸迹於跛驢之伍，豈況於大塊禀我以尋常之短羽，造化假我以至駑之蹇足。"

【玄髮】黑髮。藝文類聚四三三國魏文帝（曹丕）答繁欽書："素顏玄髮，皓齒丹脣。"唐杜牧樊川集二題桐葉詩："葉落燕歸真可惜，東流玄髮且無期。"

【玄駒】㊀小馬。爾雅釋畜："玄駒褭驂。"注："玄駒，小馬，別名褭驂耳。"㊁黑蟻。大戴禮夏小正十二月："玄駒賁。"傳："玄駒也者，螘也；賁者何也？走於地中也。"清孔廣森補注："螘大者曰駒，猶云馬蚍蜉也。方言曰：'蚍蜉，西南梁益之間，謂之玄駒。'"參閱晉崔豹古今注下問答釋義。

【玄厲】黑磨刀石。厲，通"礪"。文選漢司馬長卿（相如）子虛賦："瑊玏玄厲，碝石碔砆。"注："瑊玏，石之次玉者。玄厲，黑石，可用磨也。"

【玄黓】天干壬的別稱。紀年壬年叫玄黓。爾雅釋天："太歲在甲曰閼逢，……在壬曰玄黓。"淮南子天文："戌在壬曰玄黓。"注："在壬，言歲終包任萬物，故曰玄黓也。"史記曆書作"横艾"。金元好問遺山集四壬子冬至新軒張兄聖與求爲兒子阿平制名……詩："玄黓之冬客須城，問平之年纔五齡。"玄黓指壬子年。

【玄德】㊀謂潛蓄不著於外的品德。書舜典："玄德升聞，乃命以位。"傳："玄謂幽潛，潛行道德。"㊁指自然無爲的素質。老子："生而不有，爲而不恃，長而不宰，是謂玄德。"莊子天地："其合緡緡，若愚若昏，是謂玄德，同乎大順。"

【玄澤】指天子的恩澤。文選晉應吉甫（貞）晉武帝華林園集詩："玄澤滂流，仁風潛扇。"晉書郭璞傳疏："玄澤未加於羣生，聲教未被乎宇宙。"

【玄謀】神機妙算。文選漢張平子（衡）思玄賦："迴志朅來從玄謀，獲我所求夫何思。"

【玄璜】用黑玉作的半圓形的瑞玉。周禮春官大宗伯："以白琥禮西方，以玄璜禮北方。"

【玄壇】道教的齋壇。道藏有金籙齋玄壇經三朝儀等書。宋高承事物紀原七真壇淨社部第三十六道觀："周穆王尚神仙，召尹軌杜沖居終南山尹真人草樓之所，因號樓觀，蓋道觀之初也。……隋煬帝改爲玄壇，後復曰觀。"

【玄機】㊀深奧玄妙的義理。唐張説張説之集九道家四首奉敕撰之三："金爐承道訣，玉牒啓玄機。"五燈會元十羅漢琛禪師法嗣："師以玄機一發，雜務俱捐。"㊁神妙的機宜。唐柳宗元柳先生集二十劍門銘："喋血誓士，玄機在握，分命貔貅，陳爲掎角。"又外集上記鼓賦："先聖有作，後王式遵，啓玄機以求舊，運巧智而攸新。"

【玄學】道家之學。南朝宋文帝元嘉十五年，於學官立老莊之學，稱玄學。唐玄宗開元二十九年，置崇玄學，習老子莊子列子文子，謂之道舉。見宋書何尚之傳、新唐書選舉志。今稱形而上學爲玄學。

【玄默】沈靜無爲。淮南子主術："君人之道，其猶零星之尸也，儼然玄默而吉祥受福。"漢書刑法志："及孝文即位，躬脩玄默，勸趣農桑，減省租賦。"也作"玄嘿"。晉書儒林傳序："簡文玄嘿，敦悦丘墳。"

【玄應】唐僧。居京師。生卒不詳。著一切經音義。續高僧傳四十智果傳附玄應："京師沙門玄應者，亦以字學之富，皁素所推，通造經音，甚有科據矣。"參見"一切經音義1"。

【玄膺】喉中央。雲笈七籤十二黃庭外景經上部經："玄膺氣管受精府。"注："喉中之央則爲玄膺。"

【玄燭】㊀明察。北史李彪傳上表："慮周四時者，先皇之茂功也；合契鬼神者，先皇之玄燭也。"㊁月。初學記二五三國魏文帝（曹丕）與繁欽書："白日西逝，清風赴闈。羅幃徒袪，玄燭方微。"

【玄霜】仙藥名。初學記二漢武內傳："仙家上藥有玄霜、絳雪。"北齊書樊遜傳答問釋道兩教："至若玉簡金書，神經祕録，三尺九轉之奇，絳雪玄霜之異，……皆是憑虛之説，海棗之談，求之如繫風，學之如捕影。"參閱雲笈七籤七七方藥帝女玄霜掌上録。

【玄嶽】山名。嶽，也作"岳"。1.北嶽恆山的別名。水經注十三灅水："（崞）縣南面玄嶽，右背崞山。"2.即武當山。以奉真武而名。也作太嶽、元嶽。

【玄邈】高尚清遠。文選晉桓子元（温）薦譙元彥表："臣聞太朴既虧，則高尚之標顯；道喪時昏，則忠貞之義彰。故有洗耳投淵，以振玄邈之風；亦有秉心矯迹，以敦在三之節。"

【玄賾】幽微深密。世説新語雅量"王劭王薈共詣宣武"注引劭薈別傳："劭字敬倫，丞相導第五子，清貴簡素，研味玄賾，大司馬桓温稱爲鳳雛。"晉書葛洪傳："洪博聞深洽，江左絕倫，著述篇章，富於班馬，又精辯玄賾，析理入微。"

【玄礵】黑磨刀石。山海經北山經："（京山）有美玉，……其陰有玄礵。"注："玄礵，黑砥石也。"又中山經"（陽華之山）門水出焉，而東北流注于河，其中多玄礵。"注："黑砥石，生水中。"

【玄闕】㊀山名。淮南子道應："盧敖游乎北海，經乎太陰，入乎玄闕，至於蒙穀之上。"注："玄闕，北方之山也。"㊁天帝所在之處。楚辭漢劉向九歎遠逝："選鬼神於太陰兮，登閶闔於玄闕。"後世泛指官殿。文選三國魏吳季重（質）答東阿王書："至乃歷玄闕，排金門，升玉堂。"注："三輔舊事曰：未央宮北有玄武闕。"㊂腎。雲笈七籤十一黃庭內景經腎部："腎部之宮玄闕圓。"注："玄闕圓者，腎之形狀也。玄，水色，內象論也。"參見"玄谷㊁"。

【玄璧】黑色佩玉。穆天子傳三："吉日甲子，天子賓於西王母。乃執白圭玄璧以見西王母。"

【玄曠】幽深開擴。文選晉陸士衡（機）贈馮文羆遷斥丘令詩："邁心玄曠，矯志崇邈。"晉書庾敳傳意賦："飄飄玄曠之域兮，深漠暢而靡玩。"

【玄韻】幽遠的情味、風致。晉書曹毗傳對儒："既登東觀，染史筆，又據太學，理儒功，曾無玄韻淡泊，逸氣虛洞，養采幽翳，晦明蒙籠。"

【玄廬】墓舍。文選晉陸士衡（機）挽歌之二："重阜何崔嵬，玄廬竄其間。"注：

“曹植曹喈誄曰:痛玄廬之虛廓。”

【玄闗】㊀佛家指入道之門。文選南朝齊王簡栖(屮)頭陀寺碑:“於是玄闗幽楗,感而遂通。”唐白居易長慶集二十宿竹閣詩:“無勞別修道,即此是玄闗。”㊁泛指門戶。唐岑參岑嘉州詩三丘中春卧寄王子:“田中開白室,林下閉玄闗。”

【玄鏡】明鏡。鏡能照見隱微,故以喻高超的見解。三國魏曹植曹子建集七學宮頌:“玄鏡作鑑,神明昭晰。”參見“玄鑑”。

【玄壤】黑土。喻地府。梁書謝幾卿傳答湘東王書:“若令亡者有知,寧不縈悲玄壤,悵隔芳塵。如其逝者可作,必當昭被光景,歡同遊豫。”

【玄醴】㊀酒。後漢書八十下邊讓傳章華賦:“激玄醴於清池兮,靡微風而行舟;登瑶台以回望兮,冀彌日而消憂。”文選晉潘安仁(岳)金谷集作:“玄醴染朱顏,但愬杯行遲。”唐張銑注:“玄醴,黑黍酒也。”㊁指甘美的泉水。文選漢王文考(延壽)魯靈光殿賦:“玄醴騰涌於陰溝,甘露被宇而下臻。”

【玄籍】佛教經籍。維摩經注序:“至韻無言而玄籍彌布。”四分律行事鈔資持記下釋沙彌四:“玄籍通目佛教,處遠直指佛果。”

【玄纁】指黑色的幣帛。色有玄有纁。纁,黄赤色。書禹貢:“厥篚玄纁璣組。”疏:“染纁者三入而成,又再染以黑則爲緅,又再染以黑則爲緇。玄色在緅緇之間。”後世帝王常用玄纁爲聘請賢士的贄禮。抱朴子逸民:“昔(漢)安帝以玄纁玉帛聘周彦祖,桓帝以玄纁玉帛聘韋休明,順帝以玄纁玉帛聘楊仲宣,就拜侍中,不到。”

【玄鶴】黑鶴。史記一一七司馬相如傳子虛賦:“雙鶬下,玄鶴加。”又上林賦:“轔玄鶴,亂鵾雞。”古代傳說鶴千年化爲蒼,又千年變爲黑,謂之玄鶴。參閱晉崔豹古今注鳥獸。

【玄囂】人名。黄帝子,正妃嫘祖所生。史記五帝紀:“(嫘祖)生二子,其後皆有天下:其一曰玄囂,是爲青陽,青陽降居江水。其二曰昌意,降居若水。”參閱集解、索隱。

【玄覽】深察。老子:“滌除玄覽,能無疵。”漢河上公注:“心居玄冥之處,覽知萬事,故謂之玄覽也。”三國魏曹植曹子建集九下太后誄:“玄覽萬機,兼才備藝。”

【玄鑑】猶玄鏡。喻高超的見解。淮南子脩務:“誠得清明之士,執玄鑑於心。照物明白,不爲古今易意。”注:“玄,水也;鑑,鏡也。”晉陸雲陸士龍集三孫顯世(拯)贈陸士龍之八:“明明大象,玄鑑照微。”參見“玄鏡”。

【玄讌】道教稱仙境的宴會。也指御宴,帝王的宴會。讌,同“宴”。南朝梁江淹江文通集四顔特進侍宴:“重陽集清芬,下輦降玄宴。”文苑英華一〇八唐李德裕畫桐華鳳扇賦:“庶玉女之提攜,列崑墟之玄讌。”

【玄靈】神靈。文選漢班孟堅(固)封燕然山銘:“將上以攄高文之宿憤,光祖宗之玄靈,下以安固後嗣,恢拓境宇,振大漢之天聲。”

【玄玉漿】卽馬乳。一説謂指葡萄酒。見明陶宗儀輟耕録九續演雅發揮。

【玄怪録】唐牛僧孺撰。新唐書藝文志著録十卷,原書久佚,僅太平廣記録存三十一篇。今本一卷,或題唐王惲撰,實卽牛書佚文之輯本。記敍怪異,多有意顯露其出於虛構。宋人避“玄”字諱,改名幽怪録。又唐李復言有續玄怪録五卷,爲續牛書之作,今本亦不全。

【玄武門】宮門名。漢在南宮,唐代在紫宸殿之北。唐王朝初建,太子建成、齊王元吉與秦王世民不和。高祖武德九年六月,世民伏兵於玄武門,乘建成元吉入朝,殺之。立世民爲太子,決軍國事。八月太子卽位,高祖稱太上皇,次年改元貞觀。舊史稱“玄武門之變”。見新、舊唐書太宗紀、資治通鑑一九一唐武德九年。

【玄武湖】湖名。在江蘇南京市東北玄武門外。亦名後湖,又稱練湖。自東晉以來卽爲遊覽勝地,南朝諸帝常講武於此。湖周四十里,宋以後淤爲田,惟城北僅存一池,中有洲。明時置黄册庫於洲上,以官守之。解放後,加以疏浚,闢爲公園。參閱嘉慶一統志七三江寧府山川。

【玄武錢】厭勝錢之一。徑寸二分,重八銖,文:“永通萬國”,背文爲玄武星劍之象。見宋洪遵泉志十三。

【玄武蟬】黑蝴蝶,大如蝙蝠,北方名之曰玄武蟬。見宋范成大桂海虞衡志志蟲魚。

【玄明粉】藥名。亦名白龍粉。以芒硝同甘草,或朴硝同蘿蔔入砂罐火煅去水而成。入藥,爲驅熱消腫之劑。見本草綱目十一石五。

【玄英集】唐方干撰。八卷。玄英爲干私謚。干詩氣格清迥,有名咸通間。新唐書藝文志著録十卷,四庫本作八卷,已多闕佚。

【玄真子】唐張志和撰,一卷。其言略似抱朴子外篇,而文采稍遜。志和貶官遇赦之後,放浪江湖,自稱烟波釣徒,又號玄真子,所居名玄真坊。參見“張志和”。

【玄都觀】隋唐道觀名。原名通道觀,改名玄都。在長安縣崇寧坊,後廢。見長安志。唐劉禹錫劉夢得集四元和十年自朗州承召至京戲贈看花君子詩:“玄都觀裏桃千樹,盡是劉郎去後栽。”

【玄鳥氏】古官名。曆正的屬官。左傳昭十七年:“我高祖少皞摯之立也,鳳鳥適至,故紀於鳥,爲鳥師而鳥名。鳳鳥氏,曆正也。玄鳥氏,司分者也。”注:“玄鳥,燕也,以春分來,秋分去。”

【玄雲歌】曲名。舊題漢班固漢武内傳:“(西王母)又命侍女安法嬰歌玄雲之曲。”後因以指仙歌妙曲。唐李商隱李義山詩集一李肱所遺畫松詩書兩紙得四十韻:“口詠玄雲歌,手把金芙蓉。”

【玄精石】藥石名。鹹鹵津液流滲入土,年久結成石片,狀如龜背之形。入藥。見本草綱目十一石五。

【玄元皇帝】老子的尊號。唐高宗乾封元年自泰山還,過真源縣,詣老君廟,追號太上玄元皇帝。玄宗開元二十九年命兩京及諸州各置玄元皇帝廟,在京師者號玄元宮(後改太清宮),在諸州者,號紫極宮(後改太微宮)。宋清時因避諱,作“元元皇帝”。參閱唐封演封氏聞見記一道教、舊唐書高宗紀乾封元年。

【玄衣督郵】龜的別名。晉崔豹古今注魚蟲:“龜名玄衣督郵,鼈名河伯從事。”

【玄武司馬】官名。掌玄武門。後漢書三五曹襃傳:“拜襃侍中,從駕南巡,既還,以事下三公,未及奏,詔召玄武司馬班固,問改定禮制之宜。”注:“玄武司馬主玄武門。續漢志云‘宮掖門,每門司馬一人,秩比千石’也。”

【玄香太守】指墨。唐馮贄雲仙雜記六引纂異記:“稷又爲墨封九錫,拜松烟督護,玄香太守,兼亳州諸郡平章事。”

【玄酒瓠脯】謂生活淡薄,飲食只有清水和乾瓠。晉程曉贈傅休奕(咸)詩:“厥客伊何,許由巢父;厥醴伊何,玄酒瓠脯。”晉書祖逖傳:“嘗置酒大會,耆老中坐流涕歌曰:‘幸哉遺黎免俘虜,三辰既朗遇慈父,玄酒忘勞甘瓠脯,何以詠恩歌且舞。’其得人心如此。”

【玄祕塔碑】唐碑名。塔爲會昌元年大達法師所建。裴休撰文,會昌元年柳公權書,道勁謹嚴,爲柳書代表作。碑高一丈五寸，文二十八行，行五十四字，本在長樂南原，後移西安府學。現存陝西省西安碑林，碑文字以年久已多損壞。

【玄應音義】唐釋玄應撰一切經音義。又名玄應音義。詳"一切經音義 1"。

四畫

玅 miào 彌笑切，去，笑韻，明。ㄇㄧㄠˋ

"妙"的別體。見"妙"。

五畫

玆 1. xuán ㄒㄩㄢˊ 胡涓切，平，先韻，匣。

㊀黑色。說文："玆，黑也，從二玄。春秋傳曰：'何故使吾水玆。'"今本左傳哀八年作"何故使吾水滋"。釋文："滋，音玄，本亦作玆。"集韻亦作津之切，平，之韻。

2. zī ㄗ

㊀通"兹"。見"兹"。

【玆白】猛獸名。逸周書王會："正北方義渠以玆白，玆白者，若白馬，鋸牙，食虎豹。"文選南齊王元長(融)三月三日曲水詩序："紈牛露犬之玩，乘黄玆白之駟。"

六畫

率 1. shuài 所類切，去，至韻，山。ㄕㄨㄞˋ 所律切，入，質韻，山。

㊀捕鳥的網。說文："率，捕鳥畢也，象絲罔，上下其竿柄也。"引申爲網羅、聚斂。文選漢張平子(衡)東京賦："悉率百禽，鳩諸靈囿。"㊁遵循，服從。書大禹謨："惟時有苗弗率。"詩大雅假樂："不愆不忘，率由舊章。"箋："率，循也，……循用舊典之文章。"㊂楷模。漢書八六何武傳："刺史，古之方伯，上所委任，一州表率也。"㊃輕率。見"率爾"。㊄直率。論語先進："子路率爾而對，……孔子哂之。"魏書張袞傳："率心奉上，不顧嫌疑。"㊅統領或將帥。通"帥"。左傳宣十二年："率師以來，惟敵是求，克敵得屬，又何俟？"荀子富國："將率不能，則兵弱。"㊆大概，一般。漢王充論衡案書："案大才之人，率多侈縱，無實事之驗。"參見"大率㊀"。㊇類似。史記六三老子傳："故其著書十餘萬言，大抵率寓言也。"正義："率，猶類也。"

2. lǜ ㄌㄩˋ 集韻劣戌切，入，術韻。

㊈古官名。秦漢時設衛率，主領兵卒、門衛，以衛東宮。後世又置司禦率、清道率、監門率等，皆太子屬官。見文獻通考六十職官十四。㊉規格，標準。孟子盡心上："大匠不爲拙工改廢繩墨，羿不爲拙射變其彀率。"禮祭義："古之獻繭者，其率用此與？"又指比率，如算術的定率、密率。㊀㊀計算。漢書高帝紀下："郡各以其口數率，人歲六十三錢，以給獻費。"㊀㊁刷巾。見"藻率"。㊀㊂緝邊。通"綷"。禮玉藻："士練帶，率下辟。"疏："士用孰帛，練爲帶，其帶用單帛，兩邊綷而已。綷，謂纏緝也。"㊀㊃古量名。等於"鍰"、"鋝"。史記周紀："黥辟疑赦，其罰百率。"集解："徐廣曰：率卽鍰也。……孔安國曰：六兩曰鍰。"

【率土】謂境域以內。詩小雅北山："率土之濱，莫非王臣。"文選魏鍾士季(會)檄蜀文："往者漢祚衰微，率土分崩，生民之命，幾於泯滅。"

【率由】書微子之命："率由典常，以蕃王室。"詩大詩假樂："不愆不忘，率由舊章。"率由皆連下"典常"、"舊章"而言，後來單以率由，歇後用爲遵循成規舊事之意。後漢書三四梁統傳疏："文帝寬惠柔克，遭世康平，唯除省肉刑相坐之法，它皆率由，無革舊章。"

【率先】領頭，首先。史記絳侯周勃世家："上曰：'前日吾詔列侯就國，或未能行，丞相吾所重，其率先之。'乃免相就國。"晉書顧榮傳殷祐箋："榮躬當矢石，爲衆率先，忠義憤發，忘家爲國。"

【率₂更】古代掌漏刻計時的官。漢書百官公卿表上："屬官有太子率更。"注："掌知漏刻，故曰率更。"

【率性】㊀依循本性而行。禮中庸："天命之謂性，率性之謂道。"㊁猶言稟性。周書辛慶之傳："慶之位遇雖隆，而率性儉素，車馬衣服，亦不尚華侈。"

【率易】率直平易。南史孫瑒傳："常於山齋設講肆，集玄儒之士，冬夏資奉，爲學者所稱，而處己率易，不以名位驕物。"

【率素】簡單樸素。晉書羊祜傳："祜立身清儉，被服率素，祿俸所資，皆以贍給九族，賞賜軍士，家無餘財。"

【率教】遵奉教義。新唐書一九四陽城傳："簡孝秀德行升堂上，沈酗不率教者皆罷。躬講經籍，生徒斤斤皆有法度。"

【率略】直率而不拘小節。書皋陶謨"直而温，簡而廉"唐孔穎達疏："簡者，寬大率略之名。"

【率然】㊀蛇名。孫子九地："故善用兵，譬如率然。率然者，常山之蛇也。擊其首則尾至，擊其尾則首至，擊其中則首尾俱至。"晉書孫綽傳上疏："南北諸軍，風馳電赴，若身手之救痛痒，率然之應首尾，山陵既固，中原小康。"參見"常山蛇"。㊁飄然。漢書六五東方朔傳非有先生論："今先生率然高舉，遠集吳地。將以輔治寡人。"㊂輕率貌。後漢書十七賈復傳："(光武帝)曰：'郾最彊，宛爲次，誰當擊之？'復率然對曰：'臣請擊郾。'"

【率意】㊀竭盡心意。卽悉意。漢書文帝紀後元年詔："其與丞相列侯吏二千石博士議之，有可以佐百姓者，率意遠思，無有所隱。"新唐書一九九王紹宗傳："常精心率意，虛神静思以取之。"㊁任意。三國志蜀費詩傳評："楊洪乃心忠公，費詩率意而言，皆有可紀焉。"世説新語棲逸"阮步兵嘯聞數百步"注引魏氏春秋："籍常率意獨駕，不由徑路，車跡所窮，輒慟哭而反。"

【率賓】唐時渤海置率賓府，以率賓水爲名，在今綏芬河下游雙城子附近。金爲率賓路。金史有蘇濱水，一作恤品。明一統志作恤品河，卽今吉林、黑龍江間之綏芬河。參閱嘉慶一統志六八吉林廢率賓路。

【率爾】輕遽貌。論語先進："子路率爾而對曰：'千乘之國，攝乎大國之間，加之以師旅，因之以饑饉，由也爲之，比及三年，可使有勇且知方也。'"

【率履】指循守教令，躬行禮法。詩商頌長發："率履不越，遂視既發。"箋："徧省視之，教令則盡行也。"文苑英華九八二唐梁肅祭獨孤常州文："孔門四科，洪範三德，總於公躬，率履不忒。"

【率職】奉行職事。晉書樂志上食舉樂東西廂歌："既禽庸蜀，吳會是賓。肅慎率職，楛矢來陳。"

【率₂更令】官名。晉率更令，主宮殿門户及賞罰事，職如光祿勳、衛尉。唐率更令，掌宗族次序、禮樂、刑罰及漏刻之政令。資治通鑑二一〇唐開元元年："九月，壬戌，以(李)嶠子率更令暢爲虔州刺史。"參見晉書職官志、舊唐書職官志二。

【率₂更體】唐書法家歐陽詢曾任太子率更令，故稱其書體爲率更體。參見"歐陽詢"。

【率爾人】無足輕重的人。南史王僧祐傳："幼聰悟，叔父微撫其首曰：'兒神明意用，當不作率爾人。'"

【率馬以驥】以駿馬領羣馬。以能者居先之意。漢揚雄法言修身："或曰：'治己以仲尼，仲尼奚寡也？'曰：'率馬以驥，不亦可乎?'"三國志魏杜畿傳注引杜氏新書:"(曹操)稱畿功美,以下州郡,曰:'昔仲尼之於顏子,每言不能不歎,既情愛發中,又宜率馬以驥。今吾亦冀衆人仰高山,慕景行也。'"

【率爾操觚】文選晉陸士衡(機)文賦:"或操觚以率爾,或含毫而邈然。"觚,供書寫用的木簡。率爾,不經意貌。後常稱輕易下筆爲率爾操觚。多用作自謙之語。

【率獸食人】喻施行暴政。孟子梁惠王上:"庖有肥肉,廄有肥馬,民有飢色,野有餓莩,此率獸而食人也。獸相食,且人惡之,爲民父母,行政不免於率獸而食人,惡在其爲民父母也!"

旅 lú 落胡切,平,模韻,來。
ㄌㄨˊ

黑色。見說文。清汪中謂卽旅字,見經義知新記。段玉裁謂爲驢之假字,見說文解字注。

【旅弓】黑色之弓。左傳僖二八年:"賜之……彤弓一,彤矢百,旅弓矢千。"也作"盧弓"。參見"盧㊁"。

玉部

玉 yù 魚欲切,入,燭韻,疑。
ㄩˋ

㊀美石。詩小雅鶴鳴:"它山之石,可以攻玉。"㊁比喻潔白美善。見"玉手"、"玉人㊂"等。也作敬詞。見"玉音"、"玉趾"等。㊂愛護,幫助。詩大雅民勞:"王欲玉女,是用大諫。"㊃見"王"。按篆文玉石的"王"三畫距離相等,帝王的"王"一二兩畫距離相近。秦漢時"玉"隸楷承接篆體作"王",三畫不以距離區分,爲別於帝王的"王",玉石的"王"字旁加點作"玉"。治玉、朽玉及姓的玉與玉石的玉不分,又用加點的位置區分,玉石字點在下方第三畫旁,治玉、朽玉及玉姓字點在上方第二畫旁。朽玉義有別體"�",治玉、及玊姓字又與玉石字混而不分。

【玉几】可供扶倚的玉飾小案。古代帝王的用具。書顧命:"皇后憑玉几,道揚末命。"後亦用以指帝王。宋王安石臨川集六和王微之登高齋詩之二:"六朝人物隨煙埃,金輿玉几安在哉?"

【玉人】㊀琢玉工人。孟子梁惠王下:"今有璞玉於此,雖萬鎰,必使玉人彫琢之。"周禮考工記百工有玉人。疏:"謂人造玉瑞玉器之事。"㊁玉製的人像。舊題晉王嘉拾遺記八蜀:"河南獻玉人,高三尺,乃取玉人置(甘)后側。"㊂喻人容貌如玉之美。世說新語容止:"(裴楷)麤頭亂服皆好,時人以爲玉人。"晉書衛玠傳:"總角乘羊車入市,見者皆以爲玉人。"此指男子。太平廣記四八八唐元稹鶯鶯傳:"待月西廂下,迎風戶半開,拂牆花影動,疑是玉人來。"才調集三韋莊秋霽晚景:"玉人襟袖薄,斜凭翠欄干。"此指婦女。

【玉工】琢玉的人,也稱玉人。尹文子大道上:"魏王召玉工相之。……玉工曰:'此玉無價以當之,五城之都,僅可一觀。'"參見"玉人㊀"。

【玉弓】喻弦月。唐李賀歌詩編一南園之六:"尋章摘句老雕蟲,曉月當簾挂玉弓。"

【玉子】㊀謂玉苗。相傳楊伯雍居無終山,山高無水,常自汲水,以飲行人。後有一人以一斗石子與之,使至高平好地有石處種之。數歲,果見玉子生石上。見晉干寶搜神記十一。參見"玉田㊀"。宋黃庭堅豫章集四送劉季展從軍雁門詩:"石硤谷中玉子瘦,金剛窟前藥草肥。"㊁仙人名。舊題晉葛洪神仙傳八:"玉子者,姓韋,名震,南郡人也;少好學衆經,周幽王徵之不出,……後入崆峒山。"㊂棋子。唐杜牧樊川集二送國棊王逢詩:"玉子紋楸一路饒,最宜簷雨竹蕭蕭。"

【玉川】井名。在河南濟源縣瀧水北,一名玉泉。唐詩人盧仝喜飲茶,嘗汲井泉煎煮,因自號玉川子。有走筆謝孟諫議新茶詩。後世詩文中,常以玉川爲茶之故實。宋陸游劍南詩稿十一晝卧聞碾茶:"玉川七盌何須爾,銅碾聲中睡已無。"參見"七椀茶"。

【玉山】㊀喻品德儀容之美。晉書裴秀傳附裴楷:"又稱見裴叔則如近玉山,映照人也。"世說新語容止:"山公(濤)曰:'嵇叔夜(康)之爲人也,巖巖若孤松之獨立;其醉也,傀俄若玉山之將崩。'"參見"玉人㊂"。㊁山名。1.山海經西山經:"玉山,是西王母所居也。"清畢沅以爲在肅州西七十里崑崙之連麓。2.卽藍田山。唐杜甫杜工部草堂詩箋九九日藍田崔氏莊:"藍水遠從千澗落,玉山高並兩峰寒。"以山出美玉故名。參見"藍田"。3.卽懷玉山。詳"懷玉山"。㊂縣名。屬江西省。唐置,以縣北有懷玉山而名。屬衢州,後改屬信州。明清皆屬江西廣信府。見嘉慶一統志一一五廣信府一。

【玉女】㊀對他人女兒的尊稱。禮祭統:"既內自盡,又外求助,昏禮是也,故國君取夫人之辭曰:'請君之玉女與寡人共有敝邑。'"㊁神女。楚辭漢賈誼惜誓:"建日月以爲蓋兮,載玉女於後車。"文苑英華一七八徐彥伯幸白鹿觀應制詩:"金童擎紫藥,玉女獻青蓮。"㊂美女。呂氏春秋貴直:"(晉惠公)淫色暴慢,身好玉女。"

【玉斗】㊀酒器。史記項羽紀:"(沛公)曰:'我持白璧一雙,欲獻項王,玉斗一雙,欲與亞父,會其怒,不敢獻。公爲我獻之。'"㊁北斗星。以色明朗如玉,亦稱玉斗。唐李白李太白詩十三秋夜宿龍門香山寺……:"玉斗横網戶,銀河耿花宮。"

【玉心】皎潔如玉的心。唐李白李太白詩二五怨情詩:"花性飄揚不自持,玉心皎潔終不移。"

【玉文】文字的美稱。藝文類聚七六南朝梁元帝(蕭繹)荆州長沙寺阿育王像碑:"蓋聞璇璣玉衡,穹昊所以紀物;金版玉文,淳精所以播氣。"

【玉户】㊀以玉裝飾的門戶。漢書八七上揚雄傳甘泉賦:"排玉戶而颺金鋪兮,發蘭惠與穹窮。"㊁道家語,指耳竅。雲笈七籤十二黃庭外景經上部經"幽闕俠之高巍巍"注:"上部幽闕,兩耳相望,金門玉戶,上與天通。"

【玉井】㊀井的美稱。三國志魏明帝紀青龍三年"是時大治洛陽宮"注引魏略:"通引穀水過九龍殿前,爲玉井綺欄,蟾蜍含受,神龍吐出。"㊁星名。後漢書三十下郎顗傳:"臣竊見去年閏月十七日已丑夜,有白氣從西方天苑趨左足入玉井,數日乃滅。"注:"參星下四小星爲玉井。"

【玉友】宋代以糯米和酒麴所製之酒,色瑩白如玉,故名。後亦作美酒的通稱。宋呂頤浩忠穆集六與賀子忱書:"頃歲寄居南京及維揚,自釀玉友,親知以爲妙,嘗著玉友補遺一卷。"辛棄疾稼軒詞三鷓鵠天:"呼玉友，薦溪毛，殷勤野老著相邀。"參閱宋張表臣珊瑚鉤詩話三。

【玉尺】玉製的尺。世説新語術解:"後有一田父耕於野,得周時玉尺,便是天下正尺。"後以喻衡量才識高下的尺度。全唐詩一八五李白上清寶鼎:"仙人持玉尺,廢〔度〕君多少才。玉尺不可盡,君才無時休。"宋王邁臞軒集十六賀新郎送趙伯泳侍郎守温陵詞:"憶昔同時召，正青山親提,玉尺量才廊廟。"

【玉水】㊀產玉的水。文選南朝宋顔延年(延之)贈王太常詩:"玉水記方流，琁源載圓折。"注引尸子:"凡水其方折者,有玉;其圓折者,有珠也。"㊁水的美稱。唐白居易長慶集五一寄崔少監詩:"彈爲古宮調,玉水寒泠泠。"㊂水名。1. 在山東歷城縣南六十里。據水經注濟水載,玉水源於太山朗公谷,舊名琨瑞溪,亦名琨瑞水。水西北流，逕玉符山，又名玉水。2. 在湖南湘陰縣北七十里,源於玉笥山，西流入汨羅江。參閲嘉慶一統志三五四長沙府一。㊃紙名。元費著蜀箋譜:"澄心堂紙，取李氏澄心堂樣制也。……中等則名曰玉水紙。"

【玉手】潔白如玉的手。藝文類聚六九晉傅咸扇賦:"猥棄我其若遺，去玉手而潛藏。"

【玉爪】㊀爪的美稱。唐杜甫杜工部詩史補遺九見王監兵馬使説近山有白黑二鷹……之二:"萬里寒空只一日，金眸玉爪不凡材。"㊁喻指甲。全唐詩四二二元稹閨晚:"紅裙委墫階，玉爪莾朱橘。"

【玉立】㊀喻堅貞不屈。文選晉桓元子(温)薦譙元彦表:"身寄虎吻,危同朝露,而能抗節玉立，誓不降辱。"㊁喻人風姿秀美，如言亭亭玉立。唐杜甫杜工部草堂詩箋三五荊南兵馬使太常卿趙公大食刀歌:"趙公玉立高歌起，攬環結佩相終始。"

【玉札】㊀對別人書信的敬稱。全唐詩六一四皮日休懷華陽潤卿博士:"數行玉札存心久,一掬雲漿漱齒空。"㊁植物名,卽地榆。也作"玉豉"。供藥用。北魏賈思勰齊民要術十地榆:"神仙服食經云:'地榆，一名玉札。'……其實黑如豉,北方呼豉爲札，當言玉豉。"唐韓愈昌黎集十二進學解:"玉札、丹砂、赤箭、青芝、牛溲、馬勃、敗鼓之皮,俱收並蓄,待用無遺者,醫師之良也。"

【玉石】㊀玉和石。周禮秋官職金:"掌凡金玉錫石丹青之戒令,……入其玉石丹青于守藏之府。"㊁未經雕琢的玉。漢書西域傳上于闐國:"其東,水東流,注鹽澤,河原出焉。多玉石。"注:"玉石,玉之璞也。一曰石之似玉也。"㊂喻善與惡、好與壞。書胤征:"火炎崑岡，玉石俱焚。"也作"玉石俱碎"。三國志魏鍾會傳檄蜀將吏士民:"若偷安旦夕,迷而不反,大兵一發,玉石俱碎，雖欲悔之，亦無及已。"

【玉目】有光之玉。逸周書王會:"權扶玉目。"注:"權扶,南蠻也;玉目，玉之有光明者,形小也。"

【玉田】㊀傳説有楊伯雍汲水作義漿,有人就飲,飲畢,以石一斗遺贈。伯雍種石於田中,遂生白璧,其處地可一頃，名爲玉田。見晉干寶搜神記十一。南朝梁王筠王詹事集東南射山詩:"瓊漿汎金鼎,瑶池溉玉田。"㊁縣名。屬河北省。春秋無終子國地。漢爲無終縣,屬右北平郡。隋末爲漁陽縣。唐始置玉田縣,屬薊州。見寰宇通志一順天府、清孫承澤天府廣記二府縣治。

【玉甲】稱美人的指甲。宋黄庭堅山谷詞更漏子:"體妖嬈,鬟婀娜,玉甲銀筝照座。"

【玉册】玉製的簡册。晉書元帝紀:"于時有玉册見於臨安,白玉麒麟神璽出於江寧,其文曰'長壽萬年',日有重暈,皆以爲中興之象焉。"按古代帝王以玉册用於祭告、封禪，也用於册命皇太子及后妃。參閲通典五四禮封禪、宋史禮志七、十四。

【玉卮】玉製的酒杯。漢書高帝紀下:"九年冬十月,淮南王、梁王、趙王、楚王朝未央宫，置酒前殿。上奉玉卮爲太上皇壽。"注引應劭:"(玉卮)飲酒禮器也,古以角作,受四升。古卮字作觗。"

【玉瓜】瑩白如玉之瓜。抱朴子祛惑:"諸親故竟共問之:崑崙何以?答云:……有珠玉樹,沙棠、琅玕、碧瑰之樹;玉李、玉瓜、玉桃,其實形如世間桃李,但爲光明洞徹而堅,須以玉井水洗之,便軟而可食。"

【玉奴】古代或稱女子爲玉奴。1. 南齊東昏侯潘妃小字玉兒,東昏侯敗,同死。見南史王茂傳。宋蘇軾分類東坡詩十四次韻楊公濟奉議梅花之四:"月地雲階漫一樽,玉奴終不負東昏。"玉奴卽指潘妃。參閲宋吴曾能改齋漫録二以玉兒爲玉奴。2. 唐楊貴妃(太真)小名玉環。舊題唐牛僧孺周秦行紀:"太真視潘妃而對曰:'潘妃向玉奴説:懊惱東昏侯疎狂,終日出獵,故不得時謁耳。'"

【玉池】㊀池沼的美稱。南朝梁江淹江文通集十雲山讚:"藹藹玉池上,容裔帝臺前。"㊁道家稱口爲玉池。雲笈七籤十二黄庭内景經肺:"三十六咽玉池裏,開通百脉血液始。"注:"口爲玉池,亦曰華池。"㊂古代卷軸裝裱，卷首所帖之綾稱贉,唐人稱爲玉池。見宋米芾書史、明楊慎丹鉛總録七珍寶。

【玉宇】㊀天空。文選南朝宋劉休玄(鑠)擬明月何皎皎:"玉宇來清風，羅帳延秋月。"宋陸游劍南詩稿十六江月歌:"露洗玉宇清無煙,月輪徐行萬里天。"㊁瑰麗的宫闕殿宇。唐文粹一李華含元殿賦:"玉宇璇階,雲門露闕。"宋蘇軾東坡詞水調歌頭:"我欲乘風歸去,又恐瓊樓玉宇,高處不勝寒。"也指天帝的居處。雲笈七籤八釋三十九章經:"金房在明霞之上,九户在瓊闕之内,此皆太微之所館,天帝之玉宇也。"

【玉字】珍貴的文字。吴越春秋越王無余外傳六:"(禹)登宛委山,發金簡之書。案金簡玉字,得通水之理。"

【玉衣】㊀美衣。列子周穆王:"日月獻玉衣,旦旦薦玉食。"

玉衣

㊁玉製的葬服。把玉石琢成各種形狀的小薄片,角上穿孔,用金縷聯綴而成。漢書六八霍光傳:"光薨……賜金錢、繒絮,……璧珠璣玉衣。"又稱玉匣、玉柙。參見"玉匣珠襦"、"金縷玉衣"。㊂陵寢便殿中所藏御衣。唐杜甫杜工部草堂詩箋十一行次昭陵:"玉衣晨自舉,鐵馬汗常趨。"按漢書九九下王莽傳:"是月,杜陵便殿乘輿虎文衣廢藏在室匣中者出,自樹立外堂上,良久乃委地。"杜詩本此。

【玉冰】喻美潔。宋黄庭堅山谷外集補二以右軍書數種贈邱十四:"眼如霜鶻齒玉冰,擁書環坐愛窗明。"

【玉州】古地名。1. 在新疆南部。新五代史四夷于闐:"其南千三百里曰玉州,云漢張騫所窮河源出于闐,而山多玉者,此山也。"2. 在廣西欽州。全唐詩七四六陳陶題贈高閑上人:"珠還合浦老，龍去玉州貧。"參閲讀史方輿紀要一〇四廉州府烏雷廢縣。

【玉羊】月亮。藝文類聚一南朝梁劉孝綽望月有所思詩:"玉羊東北上，金虎西南昃。"

【玉米】見"玉蜀黍"。

【玉成】愛而使有成就。宋張載張横渠集一西銘:"貧賤憂戚，庸玉女於成也。"

後謂成全曰玉成，本此。西遊記五四：“那太師與驛丞對行者作禮道：‘多謝老師玉成之恩！’”

【玉羽】白潤如玉的鳥羽。南朝宋鮑照鮑氏集一舞鶴賦：“疊霜毛而弄影，振玉羽而臨霞。”

【玉尖】美人手指。元楊維楨鐵崖古樂府六續帤集二十詠學書：“歌徹陽春酒半醺，玉尖掰管蘸香雲。”

【玉竹】㊀光滑如玉的竹子。元顧瑛玉山璞稿天寶宮詞之三：“蓮花池畔暑風涼，玉竹迴文寶簟光。”㊁萎蕤的異名。詳“萎蕤”。

【玉肌】潤澤瑩潔的肌膚。多以形容女性。唐白居易長慶集六七小歲日喜談氏外孫女孩滿月詩：“桂燎熏花果，蘭湯洗玉肌。”宋歐陽修文忠集一三二蝶戀花詞之三：“瘦覺玉肌羅帶緩，紅杏梢頭，二月春猶淺。”

【玉色】㊀美好之貌。楚辭屈原遠遊：“玉色頩以脕顏兮，精醇粹而始壯。”㊁堅定之色。禮玉藻：“立容，……盛氣顛實揚休，玉色。”疏：“軍尚嚴肅，故色不變動，常使如玉也。”後因以喻操行優異。三國志魏管寧傳太僕陶丘一等薦寧曰：“經危蹈險，不易其節，金聲玉色，久而彌彰。”

【玉舟】酒杯。宋司馬光溫國文正公集十三和王少卿十日與留臺國子監崇福宮諸官赴王尹賞菊之會詩：“紅牙板急絃聲咽，白玉舟橫酒量寬。”蘇軾分類東坡詩十一次韻趙景貺督兩歐陽詩破陳酒戒詩：“明當罰二子，已洗兩玉舟。”參見“玉船”。

【玉妃】㊀即唐楊貴妃（玉環）。玄宗既返長安，追念貴妃不已，有方士自言能李少君之術，上仙山，有樓闕，門署曰玉真太妃苑。見唐白居易長慶集十二附陳鴻長恨歌傳。㊁喻雪或花。唐韓愈昌黎集五辛卯年雪詩：“白霓先啟途，從以萬玉妃。”指雪。全唐詩六一三皮日休行次野梅：“蔦拂蘿捎一樹梅，玉妃無侶獨裴回。”指花。

【玉沙】㊀沙土的美稱。才調集四曹唐仙子洞中有懷劉阮：“玉沙瑤草連溪碧，流水桃花滿澗香。”㊁謂雪。宋蘇軾分類東坡詩七興龍節侍宴前一日微雪……各賦一篇明日朝中以示定國也：“天風淅淅飛玉沙，詔恩歸沐休早衙。”㊂舊縣名。漢雲杜縣地，西魏爲建興縣，隋唐爲沔陽縣，宋初析南境置玉沙縣，屬江陵府。後廢。故地在今湖北沔陽縣境。參閱讀史方輿紀要七七安陸府。

【玉芝】芝草，以色白如玉而名，亦名白芝。後漢書五九張衡傳思玄賦：“聘王母於銀臺兮，羞玉芝以療飢。”舊題漢東方朔十洲記：“（鍾山）在北海之子地，……自生玉芝及神草四十餘種。”參閱政和證類本草六白芝。

【玉豆】玉飾的祭器。禮明堂位：“薦用玉豆雕篹。”疏：“以玉飾豆，故曰玉豆。”隋書音樂志下食舉歌之三：“金敦玉豆盛交錯，御鼓既聲安以樂。”

【玉杖】有玉飾的杖。後漢書禮儀志上養老：“明帝永平二年三月，上始帥羣臣躬養三老、五更于辟雍。……（三老）皆服都紵大袍單衣，皁緣領袖中衣，冠進賢，扶玉杖，五更亦如之，不杖。”宋羅願爾雅翼十四佳鳩：“漢仲秋之月，縣道皆按户比民，年始七十者，授之以玉杖。”

【玉李】如玉之李。金樓子自敍：“俄而星如玉李，月上金波。”參見“玉瓜”。

【玉匣】㊀漢代皇帝、王侯葬服。匣，字亦作“柙”。後漢書四三朱穆傳：“有宦者趙忠喪父，歸葬安平，僭爲璵璠、玉匣、偶人。”注：“玉匣長尺，廣二寸半，衣死者自腰以下至足，連以金縷，天子之制也。”見“玉衣㊀”。㊁玉製之匣，用以貯藏珍物。北齊劉晝劉子四因顯：“荊碳之珠，夜光之璧，薦之侯王，必藏之以玉匣，緘之以金縢。”又指劍鞘、鏡匳等。唐李白李太白詩五門有車馬客行：“雄劍藏玉匣，陰符生素塵。”李商隱李義山詩集六破鏡：“玉匣清光不復持，菱花散亂月輪虧。”

【玉局】㊀棋局的美稱。唐李商隱李義山詩集四燈：“錦囊名畫掩，玉局敗棋收。”㊁宋祠官有玉局觀提舉。宋司馬光溫國文正公集十二送羅郎中（登）管勾玉局觀詩：“官名爲玉局，已與俗塵疎。”蘇軾曾任玉局觀提舉。後稱軾爲蘇玉局。參見“玉局化”。㊂官署名。元設玉局，掌琢磨之工。參閱明陶宗儀輟耕錄二一公宇。

【玉步】從容雅步。後漢書六十下蔡邕傳釋誨：“當其無事也，則舒紳緩佩，鳴玉以步，綽有餘裕。”玉臺新詠七南朝梁簡文帝（蕭綱）詠人去妾詩：“昔時嬌玉步，含羞花燭邊。”

【玉虬】㊀虬龍。楚辭屈原離騷：“駟玉虬以乘鷖兮，溘埃風余上征。”借指用玉飾鑣勒的馬。史記一一七司馬相如傳上林賦：“於是乎背秋涉冬，天子校獵，乘鏤象，六玉虬。”㊁渾天儀上的玉飾。初學記二五漢張衡漏水轉渾天儀制：“以玉虬吐漏，水入兩壺，右爲夜，左爲晝。”唐駱賓王集五秋螢詩：“玉虬分靜夜，金螢照晚涼。”㊂指嫩筍芽。宋朱熹朱文公集三新筍詩：“下有萬玉虯，三冬卧寒土。”虯，同“虬”。

【玉角】㊀玉製酒器。周禮內宰稱瑤爵，禮明堂位稱璧角。㊁仙鹿。唐孟郊孟東野集七答盧仝詩：“獨自奮異骨，將騎玉角翔。”玉，一作“白”。

【玉延】薯蕷的別名。卽山藥。宋陸游劍南詩稿十一書懷：“久因多病疎雲液，近爲長齋進玉延。”參閱政和證類本草六薯蕷。

【玉河】河名。1. 卽今新疆于田河，因產玉而名。舊以爲河源所出，至新疆于田縣分爲三：東曰白玉河（玉龍喀什河），西曰綠玉河（喀拉喀什河），又西曰烏玉河（喀拉喀什河支流），以所產玉色爲名。見新五代史七四于闐。于田，本作于闐。2. 玉泉水亦名玉河，詳“玉泉㊀”。

【玉波】水波。唐溫庭筠集二水仙謠：“夜深天碧亂山姿，光碎玉波滿船月。”

【玉京】㊀天闕。魏書釋老志：“道家之原，出於老子，其自言也，先天地生，以資萬類。上處玉京，爲神王之宗；下在紫微，爲飛仙之主。”道家稱爲三十二帝之都，在無爲之天。唐李白李太白詩十四廬山謠寄盧侍御虛舟：“遙見仙人綵雲裏，手把芙蓉朝玉京。”㊁指帝都。藝文類聚三七南齊孔稚珪褚先生百玉碑：“闕西升妙，洛右飛英，鳳吹金闕，簫歌玉京。”

【玉刻】㊀喻花木之美如玉石所刻。全唐詩六一一皮日休石榴歌：“玉刻冰壺含露濕，斕斑似帶湘娥泣。”㊁指著作的刻本。宋秦觀淮海集七懷李公擇學士詩：“流傳玉刻皆黃絹，早晚金閨報大刀。”

【玉府】官府名。周禮天官玉府：“掌王之金玉、玩好、兵器。”也泛指寶藏之庫。文選南朝宋顏延年（延之）赭白馬賦：“祕寶盈於玉府，文駟列乎華廐。”

【玉房】㊀玉飾的房子。漢書禮樂志郊祀歌華爗爗：“神之出，排玉房，周流離，拔蘭堂。”㊁道家語。雲笈七籤十二黃庭外景經上部經：“玉房之中神門户。”注：“玉房，一名洞房，一名紫房，一名絳宮，一名明堂，玉華之下金匱鄉。”

【玉玦】玉飾的一種。玦，通“決”。形如環而有缺口，射箭鈎弦之具。史記項羽紀：“范增數目項王，舉所佩玉玦以示之者三，項王默然不應。”唐段成式酉陽雜俎一忠志：“玉玦，形如玉環，四分缺一。”參見“決拾”。

【玉苐】㊀喻初生嬰兒的手指。唐白居

易長慶集五八阿雀詩："玉芽開手爪，蘇顆點肌膚。"㊁喻嫩筍。全唐詩七〇一王貞白洗竹："錦籜裁冠添散逸，玉芽修饌稱清虛。"㊂上品的嫩茶。参閲宋趙汝礪北苑别録綱次細色第三綱。

【玉花】㊀形容白色的花。宋楊萬里誠齋集十五萬安出郭早行詩："玉花小朶是山礬，香殺行人只欲顛。"参閲廣羣芳譜三七山礬花。㊁喻雪花。宋蘇軾蘇文忠詩合注十七和田國博喜雪："玉花飛半夜，翠浪舞明年。"

【玉枕】玉製枕。舊題晉王嘉拾遺記七魏："漢誅梁冀，得一玉虎頭枕，云單池國所獻。檢其頷下，有篆書字，云是帝辛之枕，嘗與妲己同枕之，是殷時遺寶也。"晉書王澄傳："(王敦)請澄入宿，陰欲殺之。……澄手嘗捉玉枕以自防，故敦未之得發。"

【玉柄】玉製或玉飾的器物把。禮祭統"朱干玉戚"唐孔穎達疏："戚，斧也，以玉飾其柄。"南史張譏傳："(陳)後主在東宫，集宫僚置宴，時造玉柄麈尾新成，後主親執之曰：'當今雖復多士如林，至於堪捉此者，獨張譏耳。'即手授譏。"也借指器物本身。唐李白李太白詩二十同族姪評事黯遊昌禪師山池之二："高僧拂玉柄，童子獻雙梨。"此指麈尾。文苑英華二唐司空曙早夏寄元校書詩："珠荷薦果香寒簟，玉柄摇風滿夏衣。"

【玉杯】㊀玉製的杯子。韓非子説林上："玉杯象箸，必不盛菽藿。"史記宋微子世家："箕子歎曰：'彼爲象箸，必爲玉桮；爲桮，則必思遠方珍怪之物而御之矣。'"桮，同"杯"。㊁漢董仲舒春秋繁露篇名。北周庾信庾子山集一小園賦："琴號珠柱，書名玉杯。"唐杜牧樊川集二早春寄李使君……詩："拂匣調珠柱，磨鉛勘玉杯。"

【玉杵】玉製的舂杵。宋陸游劍南詩稿八玉京行："爐開沐浴時日良，清夜玉杵聞琳房。"

【玉門】㊀猶言宫闕。楚辭漢劉向九歎怨思："背玉門以犇騖兮，蹇離尤而干詬。"注："玉門，君門。言已背君門奔馳而去者，以己忠信之故，得過於衆而自求辱也。"㊁古關名。在今甘肅敦煌縣西北，陽關在其東南，古爲通西域要道。出玉門關者爲北道，出陽關者爲南道。後漢班超在西域三十一年求歸上疏稱"臣不敢望到酒泉郡，但願生入玉門關"(後漢書四七)。國秀集下唐王之煥涼州詞詩之一："羌笛何須怨楊柳，春光不度玉門關。"卽此關。参閲元和郡縣志四十肅州。㊂舊縣名。漢廢玉門關屯戍，徙其人於此置縣，故名。公元 1958 年併入玉門市。参閲元和郡縣志四十肅州。

【玉函】玉製書套。舊題晉王嘉拾遺記三周靈王："浮提之國獻神通善書二人，……佐老子撰道德經，垂十萬言，寫以玉牒，編以金繩，貯以玉函。"

【玉兔】㊀白兔。太平御覽四晉傅玄擬天問："月中何有？玉兔擣藥。"傳説月中有白兔，後因稱月爲玉兔。才調集八韓琮春愁詩："金烏長飛玉兔走，青鬢長青古無有。"㊁樂曲名。宋史樂志一："(乾德四年，和峴言)欲依月律，撰神龜、甘露、紫芝、嘉禾、玉兔五瑞各一曲，每朝會登歌首奏之。"

【玉虎】㊀白虎。河圖握矩記："令嘗野中有玉虎，晨鳴雷聲，聖人感期而興。"(古微書三三)北周庾信庾子山集八齊王進白兔表："臣聞輿圖欲遠，則玉虎晨鳴；轍迹方開，則銀麐入貢。"㊁虎形的玉器。舊題晉王嘉拾遺記四秦始皇："以淳漆各點兩玉虎一眼睛，旬日則失之，不知所在。"㊂井上轆轤。唐李商隱李義山詩集五無題之二："金蟾齧鎖燒香入，玉虎牽絲汲井廻。"

【玉果】穆天子傳一："天子大朝於黄之山，披圖視典，用觀天子之瑤器、玉果、璿珠、燭眼、黄金之膏。"注："石似美玉所謂女果者也。"後常用以形容柑橘之美或借指柑橘。南朝宋謝惠連謝法曹集柑賦："倖萍實乎江介，超玉果於崑山。"全唐詩六一三皮日休早春以橘子寄魯望："不爲韓嫣金丸重，直是周王玉果圓。"

【玉牀】玉製或玉飾的牀。世本作篇："紂作玉牀。"唐李白李太白詩十九答王十二寒夜獨酌有懷："懷余對酒夜霜白，玉牀金井冰崢嶸。"

【玉采】古博戲中的貴采，包括盧、白、雉、牛四種，擲得可取勝。明王志堅表異録技術："五木之戲，其采十二。其四爲玉采，貴也。其八爲珉采，賤也。"

【玉乳】㊀卽石鐘乳。宋蘇軾東坡集前集二十鳳咮硯銘："下集芝田啄瓊玖，玉乳金沙發靈竇。"㊁蘿蔔名。宋陶穀清異録蔬："王奭善營度，子孫不許仕宦，每年止火田玉乳蘿蔔，壺城馬面菘，可致千緡。"㊂梨的一種。見本草綱目三十果二。

【玉斧】㊀玉製的斧。元代帝王儀仗之一。卽劈正斧。元趙孟頫松雪齋集五宫中口號："一時侍衛回身立，天步將臨玉斧來。"参見"劈正斧"。㊁神話中的伐月斧。宋曾幾茶山集六癸未八月十四至十六夜月色皆佳詩："明時諒費銀河洗，缺處應須玉斧修。"㊂仙人許翽小字。宋蘇軾分類東坡詩十一次韻致政張朝奉仍招晚飲詩："至今許玉斧，猶事萼緑華。"参閲晉陶弘景真誥二與許玉斧。

【玉帛】㊀瑞玉和縑帛。古代祭祀、會盟時用的珍貴禮品。周禮春官肆師："立大祀，用玉帛牲牷；立次祀，用牲幣；立小祀，用牲。"左傳哀七年："禹合諸侯於塗山，執玉帛者萬國。"㊁泛指財物。左傳僖二三年："子女玉帛，則君有之；羽毛齒革，則君地生焉。"

【玉佩】玉石製的佩飾。詩秦風渭陽："何以贈之，瓊瑰玉佩。"参見"佩玉"

【玉兒】南齊東昏侯潘妃小字玉兒。見"玉奴1"。

玉佩

【玉版】㊀刊刻文字的白石板。韓非子喻老："周有玉版，紂令膠鬲索之，文王不予；費仲來求，因予之。"史記太史公自序："周道廢，秦撥去古文，焚滅詩書，故明堂石室金匱玉版，圖籍散亂。"㊁紙名。宋蘇軾分類東坡詩十二孫莘老寄墨之二："谿石琢馬肝，剡藤開玉版。"参閲元費著蜀牋譜。㊂牡丹的一種。宋歐陽修文忠集二洛陽牡丹圖詩："壽安細葉開尚少，朱砂玉版人未知。"㊃鱣魚的别名。参閲宋陸佃埤雅鱣、本草綱目四四鱗三鱣魚。正字通謂爲鱘之脆骨。㊄竹筍的别名。宋陳達叟本心齋疏食譜："玉版，筍也，可羹可菹。"胡仲弓葦航漫遊稿三答願齋詩筒走寄詩："今朝茹素無清供，喜得鄰分玉版羹。"

【玉弩】流星。太平御覽三四八尚書帝命驗："天鼓動，玉弩發，驚天下。"文苑英華八四二南朝陳江總梁故度支尚書陸君誄："金城失險，玉弩流災。"

【玉津】㊀地名。文選晉左太冲(思)蜀都賦："西踰金隄，東越玉津。"注："玉津，在犍爲之東北，當成都之東也。"㊁園名。1. 在河南開封縣南門外，五代後周顯德中置。夾道爲兩園，引閔河水貫其中。参閲嘉慶一統志一八七開封府古蹟。2. 在今浙江杭州市龍山北。宋紹興十七年建，淳熙中，爲孝宗與羣臣燕射之所。参見浙江通志三九古蹟一。㊂茶名。宋史食貨志下五茶上："臨江軍有仙芝、玉津、先春、綠牙之類，二十六等。"㊃唾液。雲笈七籤十一黄庭内景經黄庭"玄泉幽闕高崔巍"注："玄泉口中之液也，……一名玉津。"

【玉洞】㊀指仙洞。唐白居易長慶集六九送毛仙翁詩:"晴眺五老峰,玉洞多神仙。"㊁指鼻孔。宋俞琰席上腐談上:"鼻中氣,陽時在左,陰時在右,亥子之交,兩鼻俱通,丹家謂'玉洞雙開'是也。"

【玉室】㊀傳説仙人的住處。晉書許邁傳:"乃改名玄,……遺羲之書云:'自山陰南至臨安,多有金堂玉室,仙人芝草。'"㊁指蜂房。藝文類聚九七晉郭璞蜜蜂賦:"於是迴鶩林篁,經營堂窟,繁布金房,疊構玉室。"

【玉帝】天帝。南朝梁陶弘景真靈位業圖:"玉帝居玉清三元宫第一中位。"唐王維王右丞集四金屑泉詩:"翠鳳翊文螭,羽節朝玉帝。"按玉帝説法不一,或非指一人。雲笈七籤二五日月星辰部引北極七元紫庭祕訣有高上玉皇、太微玉帝、神君、天尊玉帝等名目。參見"玉皇"。

【玉音】㊀對人言辭的敬稱,謂其貴重。詩小雅白駒:"勿金玉爾音,而有遐心。"文選三國魏曹子建(植)七啓:"將敬滌耳,以聽玉音。"也指帝王詔旨。文選漢司馬長卿(相如)長門賦:"願賜問而自進兮,得尚君之玉音。"㊁一種樂音。尚書大傳四:"皆莫不磬折玉音金聲玉色。"注:"玉音金聲,言宏殺之調也。"後多指清脆的聲音。晉陶潛陶淵明集四讀山海經詩之七:"靈鳳撫雲舞,神鸞調玉音。"㊂唸經的聲音。宋吴自牧夢粱録一車駕詣景靈宫孟饗:"崇禋館道士二十四員,在殿墀下敍立,舉玉音法事。"

【玉度】㊀如玉的矩度。藝文類聚五八晉成公綏故筆賦:"注玉度於七經,訓河洛之讖緯。"㊁對人儀態風度的美稱。文選南朝宋謝希逸(莊)宋孝武宣貴妃誄:"誕發蘭儀,光啓玉度。"

【玉郎】㊀道家所謂仙官名。唐李商隱李義山詩集五重過聖女祠:"玉郎會此通仙籍,憶向天階問紫芝。"太平御覽六七六簡章:"(金根經)曰:青宫之内,北殿上有仙格,格上有學仙簿籙,及玄名年月深淺,金簡玉札,有十萬篇,領仙玉郎之典也。"㊁對男子青年的美稱。唐元稹長慶集十八送王十一郎游剡中詩:"想得玉郎乘畫舸,幾回明月墜雲間。"也作女子對丈夫或情人的愛稱。全唐詩八九四五代後蜀鹿虔扆臨江仙詞:"一自玉郎遊冶去,蓮凋月慘儀形。"

【玉恒】東晉列國成李期(邛都幽公)年號。公元335—337年。

【玉姿】美好的姿容。全唐詩六七王無競鳳臺曲:"一吹一落淚,至今憐玉姿。"又八〇四魚玄機代人悼亡:"曾覩夭桃想玉姿,帶風楊柳認蛾眉。"

【玉冠】㊀玉飾之冠。史記秦始皇紀附録漢班固曰:"子嬰度次得嗣,冠玉冠,佩華紱,車黄屋,從百司,謁七廟。"㊁指雞冠。南朝梁蕭綱簡文帝集一一樂府鬬雞詩:"玉冠初警敵,芥羽忽猜儔。"

【玉契】玉製的符契。新唐書車服志:"皇太子以玉契召,勘合乃赴。親王以金,庶官以銅,皆題某位姓名。"又一〇九崔神慶傳:"古者召太子用玉契,此誠重慎防萌之意,……非朝朔望而别唤者,請降墨敕玉契。"

【玉珂】馬勒,以貝飾之,色白似玉,振動則有聲。樂府詩集六七晉張華輕薄篇:"文軒樹羽蓋,乘馬鳴玉珂。"唐杜甫杜工部草堂詩箋十二春宿左省:"不寢聽金鑰,因風想玉珂。"

【玉玲】一種樂器。唐元稹長慶集二十琵琶詩:"學語胡兒撼玉玲,甘州破裏最星星。"

【玉耶】佛經中人名。玉耶經:"先爲子娶婦,(得)長者家女,名曰玉耶。"耶,廣韻引作"邪"。

【玉英】㊀玉之精華。楚辭屈原九章涉江:"登崑崙兮食玉英,與天地兮同壽,與日月兮同光。"宋洪興祖補注:"援神契曰:'玉英,玉有英華之色。'"史記文帝紀十五年:"趙人新垣平以望氣見,因説上設立渭陽五廟,欲出周鼎,當有玉英見。"㊁人體穴位名。即玉堂穴。靈樞經根結:"厥陰,根于大敦,結于玉英,絡于膻中。"㊂道家語,指津液。雲笈七籤十一黄庭内景經脾長:"含漱金醴吞玉英。"注:"金醴、玉英,口中之津液。"又十二隱藏:"兩神相會化玉英。"注:"男女陰陽自然之津液也。"

【玉指】指美人的手指。玉臺新詠十南朝梁武帝子夜歌之一:"朱口發豔歌,玉指弄嬌弦。"宋蘇軾分類東坡詩十食柑:"露葉霜枝翦寒碧,金盤玉指破芳辛。"

【玉柱】㊀玉雕成的柱。形容宫室的華麗。唐韓偓玉山樵人集苑中詩:"金階鑄出狻猊立,玉柱雕成狒秫啼。"㊁箏瑟之類,其柱或以玉爲之。藝文類聚四四南朝梁沈約詠箏詩:"秦箏吐絶調,玉柱揚清曲。"㊂額上隆起的筋肉。隋書高祖紀上:"額上有玉柱入頂,目光外射。"㊃中指。唐皇甫松醉鄉日月:"招手令曰,……以鉤戟差玉柱之旁。鉤戟,頭指;玉柱,中指也。"(類説四三)㊄大條的山藥。宋朱弁曲洧舊聞四:"(沈天休在虎頭巖採藥)見一籐引蔓甚遠而葉亦特大,疑其非也,乃共掘之,大如柱,長數尺,蓋亦山藥也,大莖可享半月,戲目爲玉柱,其後玉柱之名稍著。"

【玉柏】植物名,與石松同屬。高至五六寸,由地下莖分生多枝,葉小而密如鱗片,花紫色。養之盆中,數年不凋。一名千年柏,俗稱萬年松。參閲本草綱目二一草十一玉柏。

【玉面】㊀稱人面貌的敬詞。公羊傳宣十二年:"(楚)莊王曰:'君之不令臣,交易爲言,是以使寡人得見君之玉面,而微至乎此。'"㊁形容容顔美好。玉臺新詠九南朝梁簡文帝烏栖曲之四:"織成屏風金屈膝,朱唇玉面燈前出。"

【玉砌】用玉石砌成或裝飾的牆壁、地面、臺階等。文選南齊王元長(融)三月三日曲水詩:"鏡文虹于綺疏,浸蘭泉於玉砌。"樂府詩集六八陳後主東飛伯勞歌:"雕軒繡户花恒發,珠簾玉砌移明月。"

【玉屏】㊀玉製或玉飾的屏風。舊題漢劉歆西京雜記四漢鄒陽酒賦:"君王憑玉几,倚玉屏。"㊁縣名。屬貴州省。漢武陵郡地,明置平溪衞,隸湖廣都司。清雍正五年改縣,屬思州府。公元1958年撤銷併入銅仁縣,公元1961年復置。産竹,爲製簫良材,世傳玉屏簫。參閲嘉慶一統志五〇六思州府。

【玉虹】㊀謂虹。宋蘇軾分類東坡詩二鬱孤臺:"山爲翠浪湧,水作玉虹流。"㊁指橋。宋蘇轍欒城集十三次韻道潛南康見寄:"請君先入開元寺,待濯清溪看玉虹。"吴文英夢窗詞十二郎垂虹橋:"酹酒滄茫,倚歌平遠,亭上玉虹腰冷。"㊂指瀑布。宋陸游陸放翁全集二一故山詩之四:"落澗泉奔舞玉虹,護丹松老卧蒼龍。"

【玉食】㊀珍美的食品。書洪範:"惟辟作福,惟辟作威,惟辟玉食。"隋書高祖紀下開皇八年詔:"寶衣玉食,窮奢極侈,淫聲樂飲,俾晝作夜。"㊁古代龜卜,用火灼龜甲,裂成吉兆之紋,並塗以墨,謂之玉食。漢書九九下王莽傳下書:"予乃卜波水之北,郎池之南,惟玉食。"注:"玉食,謂龜爲玉兆之文而墨食也。"

【玉笈】玉飾的書箱。舊題漢班固漢武帝内傳:"須臾,侍女還,捧八色玉笈鳳文之蘊,以出六甲之文。"宋陸游渭南文集二六跋老子道德古文:"予求之踰二十年,乃盡得之,玉笈藏道書二千卷,以此爲首。"

【玉胞】道家語,指胞胎。南朝梁陶弘景

真誥九協昌期第一:"赤丹金精石景水母玉胞之經。"雲笈七籤二九禀生受命解胎十二結法:"三合成契,九化凝神,迴精玉胞,以成我身。"

【玉皇】道教稱天帝曰玉皇大帝,簡稱玉帝、玉皇。唐李白李太白詩十二贈别舍人弟臺卿之江南:"入洞過天地,登真朝玉皇。"雲笈七籤二四日月星辰部北斗九星所引玉皇名目,有天之太尉第一玉皇君、天之上宰第二玉皇君、天之司空第三玉皇君、天之游擊第四玉皇君、天之斗君第五玉皇君、天之太常第六玉皇君、天之上帝第七玉皇君、天之尊玉帝第八玉皇君、天之太帝第九玉皇君等。以玉皇爲稱,不止一大帝。參見"玉帝"。

【玉泉】㈠泉水的美稱。漢王充論衡談天:"河出崑崙,其高三千五百餘里。……其上有玉泉華池。"晉陸雲陸士龍集一逸民賦:"蒙玉泉以濯髮兮,臨濬谷而投簪。"㈡泉名。1.在河南濟源縣東。唐盧仝曾汲此泉煮茶。參閱大明一統志二八河南懷慶府。2.在浙江杭州市西湖,爲名勝之一。參閱浙江通志杭州府。㈢水名。出自北京市西北玉泉山下,流爲玉河,匯成昆明湖。出而東南流,環繞紫禁城,注入大通河。又稱御河,元時爲金水河。玉泉垂虹,舊爲京師八景之一。參閱元史一六四郭守敬傳、明沈榜宛署雜記四山川水。㈣山名。1.在北京市西北,頂有金行宫芙蓉殿故址,相傳章宗常避暑於此。參閱大明一統志一京師順天府。2.在湖北當陽縣西北。古名覆船山。山有泉,色白而瑩。三國時易今名。山下有玉泉寺。參閱讀史方輿紀要七七安陸府。㈤口中津液。宋黄休復茅亭客話十杜大舉:"服玉泉法,去三尸,堅齒牙髮,除百病。玉泉者,舌下兩脈津液是也。"㈥墨名。金元好問元遺山集九賦南中楊生玉泉墨詩:"萬竈玄珠一唾輕,客卿新以玉泉名。"明陸友墨史:"楊文秀,字伯達,……其法不用松炬,而用燈煤,子彬得其遺法以授耶律楚材,楚材授其子鑄,使造一萬丸,銘曰玉泉萬笏。"

【玉律】玉製的標準定音器,也用竹製。後漢書律曆志上:"殿中候,用玉律十二。"舊題晉王嘉拾遺記一:"軒轅吹玉律,正璇衡。"

【玉流】明淨如玉的流水。南朝梁蕭統昭明太子集二講解將畢賦三十韻詩依次用詩:"珠華蔭八溪,玉流通九谷。"文苑英華二沈佺期和元舍人萬頃臨池玩月戲爲新體:"玉流含吹動,金魄度雲來。"

【玉酒】美酒。藝文類聚七三南朝陳江總瑪瑙盌賦:"寶出崑崙之仙阜,觴即玄洲之玉酒。"

【玉海】㈠謂海碧澄如玉。喻博大精深。梁書朱异傳:"五經博士明山賓表薦异曰:'……玉海千尋,窺映不測。'"㈡書名。1.南齊張融自名其集爲玉海。司徒褚彦回問其故,融曰:"蓋玉以比德,海崇上善耳。"見南齊書本傳。已不傳。2.宋王應麟撰,二百卷,附辭學指南四卷,蒐羅典故,囊括舊聞,凡天文、地理以及臺閣、宫室、服食、器用等等皆分門排纂,共二百四十餘類。與太平御覽、太平廣記、册府元龜稱宋代四大類書。

【玉宫】月宫。全唐詩五二〇姚合詠鏡:"好是照身宜謝女,嫦娥飛向玉宫來。"姚少監詩集十作"月宫"。李賀歌詩編一天上謠:"玉宫桂樹花未落,仙妾採香垂珮纓。"

【玉宸】指天上宫闕。唐白居易長慶集五二和微之晨霞詩:"借問晨霞子,何如朝玉宸。"也指帝王的宫殿。宋蘇軾分類東坡詩二十次韻趙德麟雪中惜梅且餉柑酒之二:"閬苑千葩映玉宸,人間只有此花新。"

【玉容】㈠美好的容貌。文選晉陸士衡(機)擬古詩十二首之十擬西北有高樓:"玉容誰得顧,傾城在一彈。"㈡對帝王的敬稱。文選晉陸士龍(雲)大將軍讌會被命作詩一首:"俯覩嘉客,仰瞻玉容。"注:"曹植罷朝表曰:'覲玉容而慶蕩,奉懽宴而慈潤。'"

【玉案】㈠玉製之盤。周禮考工記玉人"案十有二寸"漢鄭玄注:"鄭司農(衆)云:案,玉案也。"㈡几案的美稱。唐劉長卿劉隨州集一尋洪尊師不遇詩:"道書堆玉案,仙帔疊青霞。"宋蘇軾分類東坡詩四芙蓉城:"珠簾玉案翡翠屏,雲舒霞卷千傳停。"㈢山名。1.在雲南大理縣東,亦名玉几島或穠禾島。見嘉慶一統志四七八大理府。2.在雲南昆明市西,亦名列和蒙山或棋盤山。見嘉慶一統志四七六雲南府一。

【玉座】皇帝的御座。文選南齊謝玄暉(朓)同謝諮議銅雀臺詩:"玉座猶寂寞,況乃妾身輕。"唐白居易長慶集三蠻子朝詩:"上心貴在懷遠蠻,引臨玉座近天顏。"

【玉扆】飾玉的屏風。北齊劉晝劉子七殊好:"累榭、洞房、珠簾、玉扆,人之所悦也。"唐白居易長慶集五五題崔常侍濟源莊:"籍在金閨内,班排玉扆前。"

【玉珥】㈠玉飾的劍鼻,卽劍柄與劍身相連處兩旁的突出部分。楚辭屈原九歌東皇太一:"撫長劍兮玉珥,璆鏘鳴兮琳琅。"㈡玉製的耳飾。韓非子外儲右上:"於是爲十玉珥而美其一,而獻之王。"

【玉珠】㈠用玉琢成的珠。晉書輿服志:"後漢以來,天子之冕,前後旒用真白玉珠。"㈡喻花蕾。全唐詩四八一李紳早梅橋:"東風報春春未徹,紫萼迎風玉珠裂。"

【玉珧】小蚌。卽江珧,亦名江瑶、江瑶柱。爾雅釋魚"蜃小者,珧"。文選晉郭景純(璞)江賦:"玉珧海月,土肉石華。"

【玉軑】以玉爲飾的車軸頭。其形外方内圓,俗稱釭頭。楚辭屈原離騷:"屯余車其千乘兮,齊玉軑而並馳。"注:"齊以玉爲車轄。"

【玉茗】白山茶之上品,詩詞中通稱玉茗,其花黄心緑萼,以爲貴種。宋陸游劍南詩稿六眉州郡燕大醉……宿石佛院:"釵頭玉茗妙天下,瓊花一樹真虚名。"自注:"坐上見白山茶,格韻高絶。"參閱清厲荃事物異名録花卉山茶。

【玉振】㈠謂擊磬。喻聲名之遠揚。晉書衛玠傳:"(王)敦謂(謝)鯤曰:'昔王輔嗣吐金聲於中朝,此子復玉振於江表。'"也喻聲韻之優美。唐白居易長慶集六六開成二年三月三日河南尹李待價以人和歲稔將禊於洛濱……奉十二韻以獻詩,題中有"晉公首賦一章,鏗然玉振"語。參見"金聲玉振"。㈡古琴名。見明陶宗儀輟耕録二九古琴名。

【玉桂】米如玉,薪如桂,言生活費用的昂貴。唐李賀歌詩編四出城别張友新酬李漢:"長安玉桂國,戟帶披侯門。"

【玉真】㈠謂仙人。南朝梁陶弘景真靈位業圖:"玉清三元宫……右位,太上玉真保皇道君。"唐張籍張司業集二靈都觀李道士詩:"泥竈煮靈液,掃壇朝玉真。"㈡道觀名。唐景雲二年五月改西城公主爲金仙公主、昌隆公主爲玉真公主,仍置金仙、玉真兩觀,爲公主入道修養所。見舊唐書睿宗紀、明曹學佺蜀中廣記七三神仙記三引青城甲志。㈢瑞聖花出青城山,高者尋丈,秋日開花,四出與桃花類。其白色者名玉真。見宋宋祁益部方物略記。

【玉書】㈠傳説謂天降之書。舊題晉王嘉拾遺記三周靈王:"(孔)夫子未生時,有麟吐玉書於闕里人家。"也指皇帝的詔命。又玄集中李郢上裴晉公詩:"天上玉書傳詔夜,陣前金甲受降時。"㈡論玉的書。文選三國魏文帝(曹丕)與鍾大理書:"竊見玉書稱美玉,白如截肪,黑譬純漆,赤擬雞冠,黃侔蒸栗。"㊂道教經名。即黃庭内景經。見雲笈七籤十一黃庭内景經上清。

【玉屑】㊀玉的碎末。周禮天官玉府"王齋則共食玉"注:"鄭司農(衆)云:王齋當食玉屑。"漢王充論衡書解:"故曰蕞殘滿車,不成爲道;玉屑滿篋,不成爲寶。"㊁紙名。蜀有玉屑紙。南唐後主(李煜)請蜀箋工造之。見宋高晦叟珍席放談下。

【玉陛】帝王殿階。三國志魏陳思王植傳陳審舉疏:"常願得一奉朝覲,排金門,蹈玉陛。"

【玉除】玉階。文選三國魏曹子建(植)贈丁儀詩:"凝霜依玉除,清風飄飛閣。"全唐詩五五七鄭畋五月一日紫宸侯對時屬禁直穿内而行因書六韻:"漏響飄銀箭,燈光照玉除。"

【玉骨】㊀以玉爲骨,言其儁爽、高潔。唐杜甫杜工部草堂詩箋二五徐卿二子歌:"大兒九齡色清徹,秋水爲神玉爲骨。"全唐詩八五代後蜀孟昶避暑摩訶池上作:"冰肌玉骨清無汗,水殿風來暗香滿。"㊁骨的美稱。唐李商隱李義山詩集二偶成轉韻七十二句贈四同舍:"天官補吏府中趨,玉骨瘦來無一把。"

【玉峯】㊀積雪的山峯。唐白居易長慶集十一登龍昌上寺望江南山懷錢舍人詩:"忽似青龍閣,同望玉峰時。"㊁道教七十二福地中第五十六福地,在西都京兆縣,屬仙人栢户所治。見雲笈七籤二七洞天福地七十二福地。

【玉鬯】祭祀用的玉器。國語周上:"十五年,有神降於莘,……王使太宰忌父帥傅氏及祝史,奉犧牲玉鬯往祭焉。"注:"玉鬯,鬯酒之圭,長尺二寸,有瓚,所以灌地降神之器也。"參閱清王引之經義述聞九溢玉鬯。

【玉笏】上朝時所執的玉製手版。即"珽"。禮記玉藻:"笏:天子以球玉,諸侯以象,大夫以魚須文竹。"注:"球,美玉也。"參見"珽"。

【玉皋】井上桔槔,爲汲水之器。廣弘明集二十南朝梁蕭綱(簡文帝)大法頌序:"桂薪不斧而丹甑自熟,玉皋詎牽而銀甕斯滿。"

【玉液】㊀道家言飲玉液可以長生。楚辭漢王逸九思疾世:"吮玉液兮止渴,齧芝華兮療飢。"注:"玉液瓊蘂之精華。"文選南朝梁江文通(淹)雜體詩郭弘農璞:"道人讀丹經,方士鍊玉液。"㊁美酒。唐白居易長慶集五效陶潛體詩之三:"開瓶瀉罇中,玉液黃金卮。"㊂人體穴名。明缺名至游子下黃庭:"舌之下有三穴焉,左曰金津,右曰玉液,中曰玄膺。"

【玉清】道書有玉清、上清、太清三境,皆天帝所居。藝文類聚七八南朝梁陶弘景水仙賦:"迎九玄於金闕,謁三素於玉清。"參見"三清㊀1"。

【玉梁】㊀橋梁的美稱。舊題晉王嘉拾遺記岱輿山:"北有玉梁千丈,駕无流之上……玉梁之側有斑斕。"㊁帶名。北史侯莫陳崇傳附侯莫陳順:"魏文帝還,執順手,……便解所服金鏤玉梁帶賜之。"北周庾信庾子山集一春賦:"馬是天池之龍種,帶乃荊山之玉梁。"㊂顴骨。明唐順之荊川稗編六六諸家二四相:"顴骨相連入耳,名玉梁骨。"

【玉章】玉製的書簡,也叫玉簡。雲笈七籤七瓊札:"玄書既刻於玉章,絳名始刊於靈闕。"也作對他人書簡的敬稱。

【玉毫】佛教語,指佛光。大唐西域記唐張說序:"若夫玉毫流照,甘露灑于大千。"唐張籍張司業集六題玉像堂詩:"玉毫不著世間塵,輝相分明十八身。"

【玉粒】指米。南朝梁簡文帝(蕭綱)昭明太子集序:"發私藏之銅凫,散垣下之玉粒。"北齊書顏之推傳觀我生賦:"襄陽阻其銅符,長沙閉其玉粒。"

【玉理】喻人的肌膚紋理如玉之溫潤密緻。北齊劉晝劉子七殊好:"頳顏玉理,眄視巧笑,衆目之所悦也。"

【玉珽】玉笏。禮玉藻:"天子搢珽,方正於天下也。"注:"此亦笏也……或謂之大圭,長三尺。"周書晉蕩公(宇文)護傳:"帝以玉珽自後擊之,護踣於地。"

【玉都】㊀神仙之都。同"玉京"。全唐詩五四八薛逢聽曹剛彈琵琶:"禁曲新翻下玉都,四弦振觸五音殊。"㊁道家語。指身體。雲笈七籤十二黃庭内景經隱藏:"閉塞命門保玉都。"注:"身爲玉都。"

【玉豉】地榆的别名。以花子紫黑色如豉,故又名玉豉。"北魏賈思勰齊民要術十地榆:"神仙服食經云:'地榆,一名玉札,……其實黑如豉,北方呼豉爲札,當言玉豉,與五茄煮服之可神仙。"參閱政和證類本草九地榆。參見"地榆"。

【玉勒】玉製的馬銜。北周庾信庾子山集一三月三日華林園馬射賦:"控玉勒而搖星,跨金鞍而動月。"也泛指馬。宋陸游劍南詩稿二六檢舊詩偶見在蜀日江瀆池醉歸之篇悵然有感:"正馳玉勒銜紅雨,又挾金丸伺翠衣。"

【玉莖】男子生殖器。唐王燾外臺祕要十七素女經四季補益方:"玉莖盛彊,以合陰陽。"

【玉荷】燈架。宋詩紀事十石延年燈:"燼垂金藕細,影透玉荷清。"

【玉雪】㊀白雪。南朝梁蕭統昭明太子集三十二月啓黃鍾十一月:"彤雲垂四面之葉,玉雪開六出之花。"㊁比喻潔白之物。唐韓愈昌黎集三三殿中少監馬君墓誌:"姆抱幼子立側,眉眼如畫,髮漆黑,肌肉玉雪可念,殿中君也。"指肌膚。宋范成大石湖集三三連夕大風凌寒梅已零落殆盡三絶詩之二:"玉雪飄零賤似泥,惜花還記賞花時。"指落梅。

【玉帶】玉飾的腰帶。南朝梁江淹江文通集二扇上綵畫賦:"命幸得爲綵扇兮,出入玉帶與綺紳。"唐韓愈昌黎集七示兒詩:"不知官高卑,玉帶懸金魚。"唐制,文武官三品以上服金玉帶。參閱宋趙與旹賓退録一。

【玉梢】古時用於歌舞的玉飾之竿。漢書禮樂志郊祀歌天門:"飾玉梢以舞歌,體招搖若永望。"

【玉堂】㊀宮殿的美稱。文選戰國楚宋玉風賦:"然後倘佯中庭,北上玉堂,躋于羅帷,經于洞房。"韓非子守道:"人主甘服於玉堂之中,而無瞋目切齒傾取之患。"㊁漢代殿名。文選漢揚子雲(雄)解嘲:"歷金門,上玉堂,有日矣。"三輔黃圖二漢宮:"(未央宮)有殿閣三十有二,有……玉堂。"又:"(建章宮)又有玉堂。"㊂唐宋以後,稱翰林院爲玉堂。宋蘇易簡爲學士,太宗以紅羅飛白書"玉堂之署"四字以賜。宋蘇軾蘇文忠詩合注三十夜直玉堂攜李之儀端叔詩百餘首讀至夜半書其後:"玉堂清冷不成眠,伴直難呼孟浩然。"參閱宋葉夢得石林燕語七。㊃泛稱富貴之宅。樂府詩集三四相逢行古辭:"黃金爲君門,白玉爲君堂。"全唐詩九九張柬之東飛伯勞歌:"窈窕玉堂褰翠幙,參差繡户懸珠箔。"㊄仙人所居。宋書樂志三漢曹操氣出倡之三:"乃到王母臺,金階玉爲堂,芝草生殿旁。"藝文類聚七八晉庾闡遊仙詩:"神岳竦丹霄,玉堂臨雪嶺。"

【玉晨】㊀道家語。仙號。南朝梁陶弘景真靈位業圖:"第二中位'上清高聖太上玉晨玄皇大道君',爲萬道之主。"唐鮑溶詩四贈楊鍊師詩:"明月在天將鳳管,夜涼吹向玉晨君。"㊁宮觀名。唐元稹長慶集二二寄浙西李大夫詩之三:"最憶西樓人靜後,玉晨鐘磬兩三聲。"

【玉趾】㊀敬詞，猶言貴步。左傳僖二六年：“寡君聞君親舉玉趾，將辱於敝邑，使下臣犒執事。”㊁足趾。三國魏曹植曹子建集七冬至獻襪頌：“玉趾既御，履和蹈貞。”玉臺新詠五南朝梁沈約少年新婚爲之詠：“裙開見玉趾，衫薄映凝膚。”

【玉蛆】酒面浮沫。也指酒。唐韓偓海山記：“檀板輕聲銀甲緩，醅浮香米玉蛆寒。”(説郛三二)宋蘇軾分類東坡詩十三三月十九日攜白酒鱸魚過詹使君食槐葉冷淘：“枇杷已熟粲金珠，桑落初嘗豔玉蛆。”

【玉帳】㊀玉飾的帷帳。後漢書禮儀下：“司徒至便殿，并騎皆從容車玉帳下。”舊題晉王嘉拾遺記三周穆王：“西王母乘翠鳳之輦而來……共玉帳高會。”㊁征戰時主將所居的軍帳。唐李白李太白詩四司馬將軍歌：“身居玉帳臨河魁，紫髯若戟冠崔嵬。”宋張淏雲谷雜記玉帳：“按顏之推觀我生賦云：‘守金城之湯池，轉絳宮之玉帳。’又袁卓遁甲專征賦云：‘或倚其直使之游宫，或居其貴人之玉帳。’蓋玉帳乃兵家厭勝之方位，謂主将于其方置軍帳，則堅不可犯，猶玉帳然。”(説郛三十)

【玉崑】崑崙山、羣玉山，道家傳説皆爲神仙所居之地。唐李賀歌詩編二馬詩之三：“忽憶周天子，驅車上玉崑。”

【玉笛】玉製之笛。唐李白李太白詩二五春夜洛城聞笛：“誰家玉笛暗飛聲？散入春風滿洛城。”

【玉魚】㊀玉刻之魚。舊題漢劉歆西京雜記一：“昆明池刻玉石爲魚，……漢世祭之以祈雨。”古時亦用爲殉葬之物。唐杜甫杜工部草堂詩箋二七諸將之一：“昨日玉魚蒙葬地，早時金盌出人間。”㊁佩飾。唐制，開府儀同三司及京官文武職事四品五品並給隨身金魚佩飾。宋元豐中造玉魚，賜嘉岐二王，易去金魚不用，以後遂爲親王故事。見宋程大昌演繁露十二唐時三品得服玉帶。

【玉船】玉製的酒器。宋陸游劍南詩稿五七即席之二：“要知吾輩不凡處，一吸已乾雙玉船。”

【玉姥】對他人家眷的尊稱。猶言寶眷。宋楊萬里誠齋集一〇七答朱侍講：“恭惟致政侍講殿撰尊契丈懸車里門，天相台候，動止萬福，玉姥尊稺均慶。”參閱清俞樾茶香室續鈔六玉姥。

【玉淵】㊀深淵。文選晉左太沖（思）吳都賦：“翫其磧礫而不窺玉淵者，未知驪龍之所蟠也。”注：“玉淵，水深之處，美玉所出也。”宋秦觀淮海集一寄老菴賦：“湛乎若玉淵之澄，枵然如槁木之廢。”㊁潭名。宋蘇軾東坡集十三栖賢三峽橋詩：“玉淵神龍近，雨雹亂晴晝。”明桑喬廬山紀事五：“玉淵潭在三峽中，諸水合流，奔注潭中，驚涌噴空，瀉下三峽，潭上有白石如羊，横亘中流，故名玉淵。”

【玉窗】窗的美稱。玉臺新詠七南朝梁蕭綱（簡文帝）春閨情又三韻詩：“何時玉窗裏，夜夜更縫衣。”唐王維王右丞集六班婕妤詩之一：“玉窗螢影度，金殿人聲絶。”

【玉童】仙童。南朝梁陶弘景真靈位業圖：“三天玉童，洛水神女。”全唐詩四二二元稹會真詩三十韻：“絳節隨金母，雲心捧玉童。”

【玉敦】古結盟時歃血用的器具。周禮天官玉府：“若合諸侯則共珠槃玉敦。”注：“敦，槃類，珠玉以爲飾。”

玉敦

【玉裕】姿容温裕如玉。文選晉陸士衡（機）皇太子宴玄圃宣猷堂有令賦詩：“茂德淵沖，天姿玉裕。”舊唐書八八韋承慶傳諫太子書：“殿下以仁孝之德，明叡之姿，岳峙泉渟，金貞玉裕。”

【玉琯】㊀玉製的古樂器之一。長一尺，六孔，用以定律。琯，同“管”。漢書律曆志上“竹曰管”注引孟康：“……尚書大傳，西王母來獻白玉琯。漢章帝時零陵文學奚景於泠道舜祠下得白玉琯，古以玉作，不但竹也。”北周庾信庾子山集四賦得鸞臺詩：“九成吹玉琯，百尺上瑶臺。”也泛指笳笛等管樂器。唐温庭筠集三勅勒歌塞北詩：“羌兒吹玉琯，胡姬踏錦花。”㊁喻竹子。唐白居易長慶集十五題盧祕書夏日新栽竹二十韻詩：“葉翦藍羅碎，莖抽玉琯端。”

【玉華】㊀玉的精華。楚辭漢劉向九歎遠逝：“杖玉華與朱旗兮，垂明月之玄珠。”藝文類聚八三晉郭璞瑾瑜玉贊：“鍾山之寶，爰有玉華，光彩流映，氣如虹霞。”㊁宫名。唐貞觀二十一年於坊州宜君縣鳳凰谷造玉華宫，永徽二年廢爲佛寺。見唐會要三十玉華宫。㊂道家語。指髮。雲笈七籤十一黄庭内景經若得：“雲儀玉華俠耳門。”注：“雲儀、玉華，鬢髮之號。”

【玉壺】㊀玉製的壺。後漢書五四楊震傳附楊賜：“詔賜御府衣一襲，自所服冠幘綬，玉壺革帶，金錯鉤佩。”也用以比喻高潔。文選南朝宋鮑明遠（照）代白頭吟：“直如朱絲繩，清如玉壺冰。”全唐詩一四三王昌齡芙蓉樓送辛漸之一：“洛陽親友如相問，一片冰心在玉壺。”㊁計時之器，即宫漏。唐李商隱李義山詩集五深宫：“金殿銷香閉綺籠，玉壺傳點咽銅龍。”

【玉軫】玉製的琴軫。軫，繫絃的小柱。南朝梁蕭繹梁元帝集秋夜詩：“金徽調玉軫，茲夜撫離鴻。”唐白居易長慶集六三對琴酒詩：“角樽白螺蓋，玉軫黄金徽。”

【玉楮】玉雕的楮葉。喻雖精巧但不能實用。列子説符：“宋人有爲其君以玉爲楮葉者，三年而成。”唐張九齡曲江集五敘懷詩之二：“木瓜誠有報，玉楮論無實。”

【玉虚】㊀神仙所居之境。北周庾信庾子山集二道士步虚詞之二：“寂絶乘丹氣，玄明上玉虚。”㊁宫觀名。宋史樂志十五聖像赴玉清昭應宫導引：“玉虚聖境絶纖塵，歡忭恰羣倫。”又廬江縣南有玉虚觀，又號南臺觀，相傳漢末左慈居此。見明一統志十四廬州府。

【玉陽】山名。在河南濟源縣西，有兩峯相對，稱東玉陽西玉陽。唐睿宗女玉貞公主曾居此山。唐張籍張司業集四送吴錬師歸王屋詩：“玉陽峯下學長生，洞府仙鄉已有名。”李商隱李義山詩集一李肱所遺畫松詩書兩紙得四十韻：“憶昔謝駟騎，學仙玉陽東。”皆指此山。參閱嘉慶一統志二〇二懷慶府山川。

【玉啼】喻女人淚。樂府詩集七九隋薛道衡昔昔鹽：“恆斂千金笑，長垂雙玉啼。”唐韓愈昌黎集八城南聯句：“寶唾拾未盡，玉啼墮猶鎗。”注：“洪（慶善）曰：‘此以咳唾喻珠璣，以啼泣喻玉筯也。’”

【玉鈐】㊀傳説周太公有玉鈐六篇。見舊題漢劉向列仙傳呂尚。㊁指兵書。宋歐陽修文忠集一聖俞會飲詩：“詩工鑱刻露天骨，將論縱横輕玉鈐。”梅堯臣宛陵集五十送李太保知儀州詩：“出塞開牙帳，論兵啓玉鈐。”㊂武事，軍略。唐大詔令集二中宗即位赦：“振玉鈐而殪封豕，授金鉞而斬長鯨。”全唐文八三二錢珝授右千牛衛將軍李璠等右威衛將軍制：“既曉玉鈐，俾登環衛。”

【玉策】指祕籍。猶言玉牒。漢應劭風俗通二封泰山禪梁父：“俗説岱宗上有金篋玉策，能知人年壽修短。”文選晉左太沖（思）魏都賦：“闚玉策於金縢，案圖籙於石室。”

【玉筍】筍，同笋。㊀筍的美稱。宋歐陽修文忠集七樂哉襄陽人送劉太尉從廣赴襄陽詩：“春雪動地竹走根，錦苞玉筍味争新。”㊁喻美女的手指和脚趾。唐韓偓香奩集詠手詩:"煖白膚紅玉笋芽，調琴抽線露尖斜。"唐杜牧樊川集外集詠襪詩:"鈿尺裁量減四分，纖纖玉笋裹輕雲。"㊂喻人才濟濟，如筍並立。新唐書一七四李宗閔傳:"俄復爲中書舍人，典貢舉，所取多知名士，若唐沖薛庠袁都等，世謂之'玉筍'。"

【玉腴】食品名。魚的氣囊。宋江休復江鄰幾雜志:"丁正臣齎玉腴來館中。沈休文云:福州人謂之佩羹，即今煑脬是也。"

【玉勝】玉製的婦女首飾。山海經西山經"(西王母)蓬髮戴勝"晉郭璞注:"勝，玉勝也。"南齊書高昭劉皇后傳:"后母桓氏夢吞玉勝生后。"參見"人勝"。

【玉絮】雪片，雪花。宋司馬光溫國文正公集六雪齋登普賢閣詩:"開門枝鳥散，玉絮墮紛紛。"

【玉溜】指檐間滴水結成的冰柱。南齊謝朓謝宣城集五阻雪詩:"珠霙條間響，玉溜(霤)檐下垂。"

【玉塞】指玉門關。晉書禿髮烏孤載記史臣曰:"禿髮累葉酋豪，擅强邊服，控弦玉塞，躍馬金山。"唐李白李太白集一愁陽春賦:"明妃玉塞，楚客楓林。"

【玉瑞】玉製的符信。周禮春官典瑞:"掌玉瑞玉器之藏，辨其名物，與其用事，設其服飾。"注:"人執以見曰瑞，禮神曰器；瑞，符信也。"

【玉葉】㊀樹葉的美稱。晉崔豹古今注上:"華蓋，黃帝所作也，與蚩尤戰於涿鹿之野，常有五色雲氣，金枝玉葉，止於帝上。"藝文類聚一晉陸機浮雲賦:"金柯分，玉葉散。"㊁喻帝王貴族的後代。全唐詩五一六蕭倣享太廟樂章:"金枝繁茂，玉葉延長。"樂府詩集十二五代後周盧文紀雍熙舞:"金門積慶，玉葉傳榮。"

【玉碎】喻堅貞不屈而死。南史王僧達傳:"後孝武獨召見，傲然了不陳遜，惟張目而視。……後顏師伯諂之，僧達慨然曰:'大丈夫寧當玉碎，安可以没没求活!'"北齊書元景安傳:"疏宗如景安之徒，議欲請姓高氏，景宗曰:'豈得棄本宗，逐他姓，大丈夫寧可玉碎，不能瓦全。'"

【玉署】玉堂署的簡稱。㊀宮殿。南史恩倖傳論:"故門同玉署，家號金穴。"㊁官署。南朝梁劉孝綽劉秘書集校書秘書省對雪詠懷詩:"終朝守玉署，方夜勞石扉。"後專指翰林院。全唐詩六八四吳融聞李翰林遊池上有寄:"花飛絮落水和流，玉署詞臣奉召遊。"宋歐陽修文忠集五七久在病告近方赴直偶成拙詩之一:"經時移病久端居，玉署新秋獨直廬。"㊂神仙居住的地方。唐王勃王子安集一九成宮東臺山池賦:"若夫金臺妙境，玉署仙居。"參見"玉堂"。

【玉照】宋張鎡，字功甫，張浚之後。有堂，周圍皆種梅，皎潔輝映，夜如對月，因名玉照。鎡有南湖集、玉照堂詞，其滿江紅小圃玉照堂賞梅呈洪景盧内翰詞:"玉照梅開，三百樹，香雲同色。"即詠此。

【玉路】㊀天子的皇帝專用車。路，通"輅"。周禮春官巾車:"王之五路:一曰玉路。"注:"玉路，以玉飾諸末。"宋書禮志五:"禮論輿駕議曰:'周則玉輅最尊，漢之金根，亦周之玉路也。'"㊁宮殿名。三輔黃圖二漢宮:"王莽改未央宮曰壽成室，前殿曰玉路堂，如路寢也。"

【玉鉉】易鼎:"上九，鼎玉鉉，大吉无不利。象曰:玉鉉在上，剛柔節也。"鉉，鼎扛，貫鼎耳，以舉鼎，在鼎的最高處。後比喻處於高位的大臣。三國志魏王朗傳文帝(曹丕)詔:"朕求賢於君而未得，君乃翻然稱疾，非徒不得賢，更開失賢之路，增玉鉉之傾。"唐劉禹錫劉夢得集外集四三月三日與樂天及河南李尹奉陪裴令公泛洛禊飲各賦二十韻詩:"盛筵陪玉鉉，通籍盡金閨。"

【玉鉤】鉤，也作"鈎"。㊀玉製的鈎。宋書符瑞志上:"(漢)武帝趙婕妤，家在河間，生而兩手皆拳，不可開。……武帝自披其手，既時申，得一玉鈎。"明陶宗儀輟耕録十三孫蕙蘭(淑)緑窗遺稿:"小閣烹香茗，疏簾下玉鈎。"㊁彎月。文選南朝宋鮑明遠(照)翫月城西門廨中詩:"蛾眉蔽珠櫳，玉鈎隔瑣窗。"唐李賀歌詩編一七夕:"天上分金鏡，人間望玉鈎。"

【玉節】㊀玉製的符節。節，信物。周禮地官掌節:"守邦國者用玉節。"公羊傳哀六年:"與之玉節而走之。"㊁樂器。北周庾信庾子山集三北園新齋成應趙王教詩:"玉節調笙管，金船代酒卮。"㊂藕的別名。清厲荃事物異名録三四藕引宋陶弼詩:"萬頃金沙裏，誰將玉節裁?"

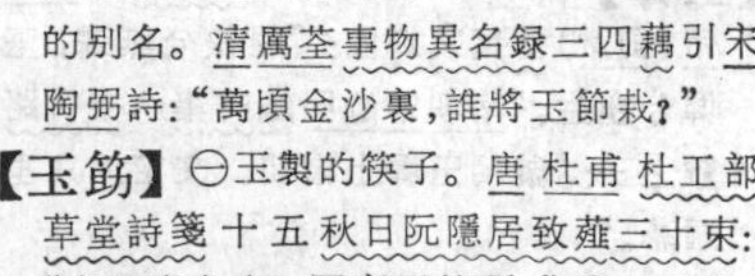
玉節

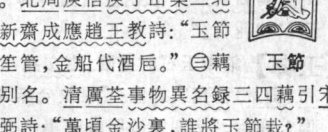

【玉筯】㊀玉製的筷子。唐杜甫杜工部草堂詩箋十五秋日阮隱居致薤三十束:"束比青芻色，圓齊玉筯頭。"㊁喻眼淚。文苑英華二一一南朝梁劉孝威獨不見詩:"誰憐雙玉筯，流面復流襟。"唐李白李太白詩二五閨情:"玉筯夜垂流，雙雙落朱顏。"㊂佛教稱人死後下垂的鼻涕爲玉筯，以爲成道之徵。明陶宗儀輟耕録二三嗓:"王(和卿)忽坐逝，而鼻垂雙涕尺餘，人皆歎駭。關(漢卿)來弔唁，詢其由。或對云:'此釋家所謂坐化也。'復問鼻懸何物?又對云:'此玉筯也。'"㊃書體名。即李斯所作的小篆。唐齊己白蓮集九謝西川曇域大師玉筯篆書詩:"玉筯真文久不興，李斯傳到李陽冰。"

【玉甃】㊀玉石砌的井。初學記七晉江逌井賦:"穿重壤之十仞兮，搆玉甃之百節。"㊁玉石砌的池。唐白居易長慶集十六題廬山山下湯泉詩:"驪山溫水因何事，流入金鋪玉甃中。"

【玉腰】弓名。宋康與之昨夢録:"西夏有竹牛，重數百斤，角甚長而黃黑相間，用以製弓極佳，尤且健勁。其近靶黑者，謂之前蘸，近梢黑者，謂之後蘸，近梢靶俱黑而弓面黃者，謂之玉腰。"(説郛十二)

【玉牒】㊀古帝王封禪所用的文書。史記封禪書:"封泰山下東方，如郊祠太一之禮。封廣丈二尺，高九尺，其下則有玉牒書。"後漢書祭祀志上:"以吉日刻玉牒書函藏金匱，璽印封之。"㊁帝王族譜。以編年體敘帝系而記其歷數，稱玉牒。唐宗正寺有修玉牒官。宋淳化六年置玉牒所，並建玉牒殿。見新唐書百官志三、宋史職官志四。㊂典册。文選晉左太沖(思)吴都賦:"烏策篆素，玉牒石記。"唐張銑注:"玉牒、石記，皆典策類也。"又晉張景陽(協)七命之一:"生必耀華名於玉牒，殁則勒洪伐於金册。"㊃神仙名籍。唐韋應物韋江州集九蕚緑華歌:"有一人兮昇紫霞，書名玉牒兮蕚緑華。"

【玉漏】玉製的計時器。初學記四唐蘇味道正月十五日詩:"金吾不禁夜，玉漏莫相催。"又崔液夜遊詩:"玉漏銀壺且莫催，鐵關金鎖徹明開。"

【玉實】果實的美稱。晉陸機陸士衡集一瓜賦:"發金榮於秀翹，結玉實於柔柯。"

【玉膏】神話中謂玉的膏脂。山海經西山經:"(峚山)丹水出焉，……其中多白玉，是有玉膏。"文選漢張平子(衡)南都賦:"芝房菌蠢生其隈，玉膏滵溢流其隅。"

【玉塵】㊀謂雪。藝文類聚二南朝梁何遜詠雪詩:"若逐微風起，誰言非玉塵。"唐白居易長慶集六七酬皇甫十早春對雪見贈詩:"漠漠復霏霏，東風散玉塵。"㊁喻白花。唐張籍張司業集六同嚴給事聞唐昌觀玉蘂近有仙過作詩之一:"千枝花裏玉塵飛，阿母宮中見亦稀。"

【玉精】㊀玉的精華。漢書禮樂志郊祀

歌五神十六:“抆嘉壇,椒蘭芳,璧玉精,垂華光。”注:“言禮神之璧乃玉之精英,故有光華也。”㊁道家語。指玉的精液。雲笈七籤十一黄庭内景經肝“攝魂還魄永無傾”注:“若有飢渴,得飲玄水玉精。”又指人的精液。又十二黄庭内景經隱藏“溉益八液腎受精”注:“咽液流下腎宫,化爲玉精也。”

【玉榮】玉花。山海經西山經:“(峚山)黄帝乃取峚山之玉榮,而投之鍾山之陽。”注:“玉榮,謂玉華也。”北周庾信庾子山集二道士步虚詞詩之七:“鳳林採珠實,龍山種玉榮。”

【玉瑱】㊀玉製的耳飾。也稱“塞耳”、“充耳”。詩鄘風君子偕老:“鬒髮如雲,不屑髢也。玉之瑱也,象之揥也。”周禮夏官弁師:“諸侯之繅斿九就,瑉玉三采,其餘如王之事,繅斿皆就,玉瑱,玉笄。”㊁玉製的鎮席器。楚辭屈原九歌東皇太一:“瑤席兮玉瑱,盍將把兮瓊芳。”注:“玉瑱,所以壓席者。”㊂玉製的柱礎。後漢書四十上班彪傳兩都賦:“雕玉瑱以居楹,裁金璧以飾璫。”注:“‘瑱’與‘磌’通;楹,柱也。雕玉爲磌以承柱也。”

【玉瑤】玉佩。詩大雅公劉“維玉及瑤”漢鄭玄箋:“民亦愛公劉之如是,故進玉瑤容刀之佩。”藝文類聚五九三國魏陳琳神武賦:“華瑠玉瑤,金麟牙琢。”

【玉臺】㊀傳説天帝居住的地方。漢書禮樂志郊祀歌天馬十:“天馬徠,龍之媒,游閶闔,觀玉臺。”楚辭漢王逸九思傷時:“登太一兮玉臺,使素女兮鼓簧。”注:“太一,天帝所居,以玉爲臺也。”㊁臺觀名。文選漢張平子(衡)西京賦:“朝堂承東,温調延北,西有玉臺,聯以昆德。”注:“皆殿與臺名也。”也泛指宫廷的臺觀。三國魏曹植陳思王集一冬至獻襪履表:“拜表奉賀,并獻紋履七量,襪若干副,茅茨之陋,不足以入金門,登玉臺也。”按南朝陳徐陵玉臺新詠取義於此。㊂鏡臺。唐文粹十三王昌齡朝來曲:“盤龍玉臺鏡,唯待畫眉人。”聊齋志異天宫:“含顰玉臺之前,凝眸寶幄之内。”

【玉蝀】橋名。在今北京市西安門東、北海與中南海之間。一名御河橋,又名金海橋。明人題詠俱稱玉蝀橋。又稱金鰲玉蝀橋。明文氏五家集六文徵明遊西苑詩:“宛轉瀛洲帶幔坡,蜿蜷玉蝀壓銀河。”參閲嘉慶一統志二京師津梁。

【玉貌】㊀如玉的容貌。古文苑二戰國楚宋玉笛賦:“擒朱脣,曜皓齒,赬顔臻,玉貌起。”也指美女。樂府詩集四三唐長孫左輔宫怨:“三千玉貌休自誇,十二金釵獨相向。”㊁稱别人容貌的敬詞。戰國策趙三:“今吾觀先生之玉貌,非有求於平原君者,曷爲久居此圍城之中而不去也。”

【玉管】㊀玉製的管。樂器。舊題漢劉歆西京雜記三:“玉管,長二尺三寸,二十六孔,吹之則見車馬山林隱轔相次,吹息亦不復見,銘曰:‘昭華之琯’。”唐白居易長慶集六八想夫憐詩:“玉管朱弦莫急催,客聽歌送十分盃。”㊁毛筆的美稱。初學記二一隋薛道衡詠苔紙詩:“今來承玉管,布字改銀鉤。”

【玉潤】㊀謂潤澤如玉。漢董仲舒春秋繁露十六執贄:“玉潤而不污,是仁而至清潔也。”文選漢班孟堅(固)東都賦:“莫不優游而自得,玉潤而金聲。”㊁女婿的美稱。晉書衛瓘傳附衛玠:“玠妻父樂廣,有海内重名,議者以爲‘婦公冰清,女婿玉潤’。”唐白居易長慶集四九得乙女將嫁於丁既納幣而乙悔丁訴之乙云未立婚書判詞:“娉財已交,亦悔而無及,請從玉潤之訴,無過桃夭之時。”

【玉潔】瑩潔如玉。三國志魏陳矯傳:“淵清玉潔,有禮有法,吾敬華子魚(歆)。”參見“冰清玉潔”。

【玉導】魏晉以來,冠幘有簪,有導。導用以引髮入冠幘以内,貴者以玉爲之。晉書桓玄傳:“益州督護馮遷抽刀而前,玄拔頭上玉導與之。”南齊書高帝紀下:“敕中書舍人桓景真曰:‘主衣中似有玉介導,此制始自大明末,後泰始尤增其麗。’”參閲明楊慎丹鉛續録八簪導。

【玉髯】指豆芽。宋詩鈔方岳秋崖小稿鈔豆苗:“平明發視玉髯磔,一夜怒長堪冰苴。”

【玉輦】古代帝王的乘輿。文選晉潘安仁(岳)藉田賦:“天子乃御玉輦,蔭華蓋。”注:“玉輦,大輦也。”唐李白李太白詩七聽新鶯百囀歌:“仗出金宫隨日轉,天回玉輦繞花行。”

【玉墀】鋪砌玉石的臺階。古文苑八漢武帝(劉徹)落葉哀蟬曲:“羅袂兮無聲,玉墀兮塵生。”南朝宋鮑照鮑氏集八擬行路難之三:“璇閨玉墀上椒閣,文窗繡户垂羅幕。”

【玉輪】月亮。唐駱賓王集二在江南贈宋五之問詩:“玉輪涵地開,劍匣連星起。”唐李商隱李義山詩集五碧城之三:“玉輪顧兔初生魄,鐵網珊瑚未有枝。”

【玉醅】美酒。南朝梁蕭統昭明太子集三錦帶書十二月啟南吕八月:“傾玉醅於風前,弄瓊駒於月下。”宋蘇軾分類東坡詩十和文與可洋州園池之二三荼蘼洞:“分無素手簪羅髻,且折霜蕤浸玉醅。”

【玉撥】形狀如撥,用以約髮的首飾。撥,彈動絃索的樂器。唐馮贄南部烟花記玉撥:“隋煬帝朱貴兒插崑山潤毛之玉撥,不用蘭膏而鬢鬟鮮潤。”

【玉樓】㊀相傳爲仙人住處。舊題漢東方朔十洲記崑崙:“其一角有積金爲天墉城,面方千里,城上安金臺五所,玉樓十二所。”唐李商隱李義山文集四李賀小傳:“長吉將死時,忽晝見一緋衣人駕赤虬,持一版,書若太古篆,……長吉了不能讀,欻下榻叩頭言,阿㜷老且病,賀不願去。緋衣人笑曰:‘帝成白玉樓,立召君爲記,……’少之,長吉氣絶。”長吉,李賀字。後稱青年文人之死爲玉樓赴召或玉樓修記,本此。宋趙必瑑秋曉先生覆瓿集四書陳孟剛童烏集後:“孟剛弱冠,頭角嶄然,……云何得疾,遽召玉樓。”㊁裝飾華麗的樓房。唐李白李太白詩五宫中行樂詞之二:“玉樓巢翡翠,金殿鎖鴛鴦。”白居易長慶集十二長恨歌:“金屋粧成嬌侍夜,玉樓宴罷醉和春。”㊂道經稱兩肩爲玉樓。宋蘇軾分類東坡詩十雪後書北臺壁之二:“凍合玉樓寒起粟,光摇銀海眩生花。”參閲宋趙令畤侯鯖録一。

【玉漿】仙人的飲料。宋書樂志三魏武帝(曹操)氣出唱:“仙人玉女,下來翺遊,驂駕六龍,飲玉漿,河水盡,不東流。”舊題晉陶潛搜神後記:“嵩高山北有大穴,莫測其深,百姓歲時遊觀。晉初,嘗有一人誤墜穴中,……又有草屋,中有二人對坐圍棋,局下有一杯白飲,墜者告以飢渴,棋者曰:‘可飲此。’遂飲之,氣力十倍,……乃出蜀中,歸洛下,問張華,華曰:‘此仙館大夫,所飲者玉漿也。’”

【玉篇】南朝梁顧野王撰。今本三十卷,五百四十二部。説文用篆文,玉篇用南北朝通行的楷書,釋字以音義爲主,於説文多有增補。原書經梁蕭愷、唐孫强、宋陳彭年屢加增改,已非顧氏之舊。今通行之大廣益會玉篇,即陳彭年增字之本,清末黎庶昌出使日本,得唐寫零本四卷,僅爲原書十分之一二,刻入古逸叢書。

【玉儀】㊀渾天儀。初學記一尚書考靈曜:“觀玉儀之旋,昏明主時。”鄭(玄)注:“以玉爲渾儀,故曰玉儀。”㊁儀容如玉。意同“玉顔”。南朝梁江淹江文通集二麗色賦:“故仙藻靈鬢,金華玉儀,其始見也若紅蓮映池,其少進也如綵雲出衣。”

【玉盤】㊀玉製成的盤。文選漢張平子

(衡)四愁詩之二:"美人贈我金琅玕,何以報之雙玉盤。"㊁喻團圓的月亮。唐李白李太白詩四古朗月行:"小時不識月,呼作白玉盤。"宋蘇軾蘇文忠詩合注十五陽關詞中秋月:"暮雲收盡溢清寒,銀漢無聲轉玉盤。"

【玉澤】㊀玉的光澤。喻美人眼睛的光輝。文選晉陸士衡(機)日出東南隅行:"美目揚玉澤,蛾眉象翠翰。"㊁瑞馬名。藝文類聚九九瑞應圖:"一本曰,玉澤馬者,師曠時來。"

【玉龍】㊀玉雕的龍。唐段成式酉陽雜俎前集十物異:"梁大同八年,戍主楊光欣獲玉龍一枚,長一尺二寸,高五寸,雕鏤精妙。"㊁指寶劍。唐李賀歌詩編一雁門太守行:"報君黃金臺上意,提攜玉龍爲君死。"㊂形容飛雪。全唐詩八五八呂巖劍畫此詩於襄陽雪中:"峴山一夜玉龍寒,鳳林千樹梨花老。"宋吳曾能改齋漫録十一引張元雪詩:"戰死玉龍三百萬,敗鱗風卷滿天飛。"又指積雪的樹枝。宋韓琦韓魏公集二十遺事:"又作喜雪詩一聯云:'危石益深鹽虎陷,老枝擎重玉龍寒。"㊃形容瀑布。金元好問遺山集十三黃華峪十絶句之六:"誰著天瓢灑飛雨,半空翻轉玉龍腰。"

【玉麈】玉柄拂麈,用麈尾製作。宋蘇軾分類東坡詩十八次韻王鞏顏復同泛舟:"舞腰似雪金釵落,談辯如雲玉麈飛。"參見"麈尾"。

【玉璜】指半圓之璧,常用爲佩飾。山海經海外西經:"左手操翳,右手操環,佩玉璜。"注:"半璧曰璜。"宋書符瑞志上:"(呂)望釣得玉璜,其文要曰:'姬受命,昌來提,撰爾雒鈐報在齊。'"

【玉磬】㊀古樂器。國語魯上:"(臧)文仲以鬯圭與玉磬,如齊告糴。"禮明堂位:"拊搏玉磬,揩擊,大琴,大瑟,中琴,小瑟,四代之樂器也。"㊁山茶名。廣羣芳譜四一徐致中山茶詩:"白茶亦數品,玉磬尤晶明。"

【玉蕊】花名。蕊,也作"蘂"、"蘂"。唐人極重玉蕊,歌詠者甚多,長安唐昌觀玉蕊花尤著名。唐劉禹錫劉夢得集外集一和嚴給事聞唐昌觀玉蘂花下遊仙二絶之一:"玉女來看玉蘂花,異香先引七香車。"全唐詩三六五作"玉蕊"。王建詩有唐昌觀玉蕊花。宋周必大有玉蕊辨證一卷。

【玉蕤】㊀玉的精華。道家所傳神仙之食。南朝梁陶弘景真誥四運象四:"仰咽金漿,咀嚼玉蕤者,立便控景登空。"㊁花。宋蘇軾東坡詞南鄉子梅花詞和楊元素:"寒雀滿疏籬,争抱寒柯看玉蕤。"㊂香名。唐馮贄雲仙雜記六好事集:"柳宗元得韓愈所寄詩,先以薔薇露灌手,薰玉蕤香後發讀,曰:'大雅之文,正當如是。'"

【玉燕】㊀釵名。舊題漢郭憲洞冥記二:"神女留玉釵以贈(漢武)帝,帝以賜趙婕妤,至昭帝元鳳中……既發匣,有白燕飛昇天,後宮人學作此釵,因名玉燕釵,言吉祥也。"唐李白李太白詩四白頭吟之二:"頭上玉燕釵,是妾嫁時物。"㊁傳説唐張説母夢玉燕飛投入懷,因有孕,生説。見五代後周王仁裕開元天寶遺事上夢玉燕投懷。

【玉樹】㊀傳説中的仙樹。山海經海内西經:"開明北,有視肉珠樹,文玉樹。"注:"五彩玉樹。"淮南子地形:"據昆侖虚以下地,……上有木禾,其脩五尋。珠樹、玉樹、琁樹、不死樹在其西。"㊁指槐樹。三輔黃圖二漢宮:"今案甘泉谷北岸有槐樹,今謂玉樹,根幹盤峙,三二百年木也。"一説爲以諸寶裝飾的樹。文選漢揚子雲(雄)甘泉賦:"翠玉樹之青葱兮,璧馬犀之瞵瑞。"注:"漢武帝故事曰:'上起神屋,前庭植玉樹,珊瑚爲枝,碧玉爲葉。'"參閱唐劉餗隋唐嘉話下、宋吳曾能改齋漫録二玉樹。㊂白雪覆蓋之樹。唐李白李太白詩十對雪獻從兄虞城宰詩:"庭前看玉樹,腸斷憶連枝。"注:"玉樹,雪中樹也。"㊃喻姿貌秀美才幹優異的人。世説新語容止:"魏明帝使后弟毛曾與夏侯玄共坐,時人謂蒹葭倚玉樹。"又傷逝:"庾文康(亮)亡,何揚州(充)臨葬云:'埋玉樹箸土中,使人情何能已已!'"

【玉頰】臉頰。玉,狀其潔白。全唐詩二七三戴叔倫早春曲:"玉頰啼紅夢初醒,羞見青鸞鏡中影。"宋蘇軾東坡集續集三和胡西曹示顧賊曹詩:"卯酒暈玉頰,紅綃卷生衣。"

【玉磚】炊餅。宋陳達叟本心齋疏食譜:"玉磚,炊餅。方切,椒鹽糝之。(贊曰)截彼圓璧,琢成方磚,有磐斯椒,薄灑以鹽。"

【玉曆】㊀指牒記符讖之類。晉干寶搜神記八:"虞舜耕於歷山,得玉曆於河際之巖,舜知天命在己,體道不倦。"南朝梁江淹江文通集六建平王慶改號啓:"竊以皇衢永謐,則玉曆惟禎。"㊁指曆書。唐張彦遠法書要録二南朝梁庾肩吾書品論:"玉曆頒正而化俗,帝載陳言而設教。"唐白居易長慶集十一郡中春宴因贈諸客詩:"是時歲二月,玉曆布春分。"

【玉壁】㊀玉砌的牆壁。晉書石季龍載記上:"於襄國起太武殿,……皆漆瓦、金鐺、銀楹、金柱、珠簾、玉壁,窮極伎巧。"㊁古城名。在山西稷山縣南。北魏文帝大統四年東道行臺王思政築,因自鎮之。北周於此置玉壁總管,爲當時重鎮,城周圍八十里,四面臨深谷。見元和郡縣志十二絳州稷山縣。

【玉衡】㊀以玉飾衡,古渾天儀的部件。書舜典:"在璿璣、玉衡,以齊七政。"又指玉飾的車衡。楚辭漢劉向九嘆遠逝:"枉玉衡於炎火兮,委兩館於咸唐。"㊁北斗第五星。見史記天官書。文選古詩十九首之七:"玉衡指孟冬,衆星何歷歷。"㊂年號。1.東晉列國成李雄(武帝)。公元311—333年。2.東晉列國成李班(哀帝)。公元334年。

【玉燭】四季氣候調和。言人君德美如玉,可致四時和氣之祥。爾雅釋天:"四時和謂之玉燭。"藝文類聚九八三國魏何晏瑞頌:"通政辰修,玉燭告祥,和風播烈,景星揚光。"隋杜臺卿採月令,按類補充推廣,撰玉燭寶典,卽以此取義。

【玉環】㊀玉製的環。韓非子説林下:"吾好珮,此人遺我玉環。"史記一〇二張釋之傳:"有人盜高廟坐前玉環,捕得,文帝怒,下廷尉治。"㊁指月亮。唐白居易長慶集五二和微之詩二十三首之三和櫛沐寄道友:"高星粲金粟,落月沉玉環。"㊂唐楊貴妃的名字。宋蘇軾分類東坡詩九孫莘老求墨妙亭詩:"短長肥瘦各有態,玉環飛燕誰敢憎。"㊃刀名。南史劉懷珍傳附劉懷慰:"今賜卿玉環刀一口。"㊄樂器名。全唐詩五一一張祜玉環琵琶:"回顧段師非汝意,玉環休把恨分明。"

【玉瑲】㊀玉飾的椽頭。文選漢王文考(延壽)魯靈光殿賦:"騈密石與琅玕,齊玉瑲與璧英。"㊁玉製的耳飾。唐李商隱李義山詩集五春雨:"玉瑲緘札何由達?萬里雲羅一雁飛。"

【玉霙】雪花。宋蘇軾分類東坡詩七雪夜獨宿柏山庵:"晚雨纖纖變玉霙,小庵高卧有餘清。"

【玉霜】㊀白霜。藝文類聚三十南朝梁蕭綱(簡文帝)與劉孝綽書:"玉霜夜下,旅雁晨飛。"唐李白李太白詩二五寄遠之十:"魯縞如玉霜,筆題月氏書。"㊁道家語。雲笈七籤十二黃庭内景經隱藏:"子丹進饌肴正黃,乃曰琅膏及玉霜。"注:"津液精氣之色象也。"

【玉薤】酒名。全唐詩一太宗皇帝(李世

民）賜魏徵："醽醁勝蘭生，翠濤過玉薤。"注："蘭生，漢武帝百味旨酒；玉薤，隋煬帝酒名也。"按薤，篆文作䪥。

【玉檢】玉製的書函蓋。漢書武帝紀"上還，登封泰山"注引孟康："王者功成治定，告成功於天。……刻石紀號，有金策石函金泥玉檢之封焉。"唐李商隱李義山詩集五贈華陽宋真人兼寄清都劉先生："玉檢賜書迷鳳篆，金華歸駕冷龍鱗。"

【玉螭】㊀雕玉爲螭的印鼻。漢衛宏漢官舊儀上："皇帝六璽，皆白玉螭虎紐。"㊁馬。宋蘇軾分類東坡詩十一書韓幹牧馬圖："紅粧照日光流淵，樓下玉螭吐清寒。"

【玉爵】玉製的酒杯。禮曲禮上："飲玉爵者弗揮。"唐白居易長慶集六六吳必監每有美酒獨酌獨醉……輒此戲酬兼呈夢得詩："不怕道狂揮玉爵，亦曾乘興換金貂。"

【玉谿】地名。1. 在河南濟源縣西北。唐李商隱少時習業玉陽王屋之山，其奠令狐公文有"故山峨峨，玉谿在中"語，玉谿當在王屋山中，後人因稱商隱爲玉谿生。元耶律楚材湛然居士集二王屋道中詩："行吟想像覃懷景，多少梅花坼玉谿。"2. 在河南靈寶縣。水經注四河水"又南至華陰潼關，渭水從西來注之"注："（玉澗）水南出玉谿。"參閱清馮浩玉谿生詩集箋注一。

【玉膾】即鱸魚膾。唐馮贄雲仙雜記十金虀玉膾引南部烟花記："吳都獻松江鱸魚，（隋）煬帝曰：'所謂金虀玉膾，東南佳味也。'"因魚肉白如玉，故名。宋陸游劍南詩稿八三夏日六言之一："未説盤堆玉膾，且看臼擣金虀。"也作"玉鱠"。參見該條。

【玉徽】玉製的琴徽。也泛作琴的美稱。唐岑參岑嘉州詩一秋夕聽羅山人彈三峽流泉："衫袖拂玉徽，爲彈三峽泉。"白居易長慶集一廢琴詩："玉徽光彩滅，朱絃塵土生。"

【玉顏】㊀美好如玉的容顏。文選戰國楚宋玉神女賦："貌豐盈以莊姝兮，苞温潤之玉顏。"河嶽英靈集中王昌齡長信宫詩："玉顏不及寒鴉色，猶帶昭陽日影來。"也指美貌的婦女。唐白居易長慶集十二長恨歌："馬嵬坡下泥土中，不見玉顏空死處。"㊁對別人的尊稱。唐白居易長慶集十九板橋路詩："曾共玉顏橋上別，不知消息到今朝。"

【玉闕】㊀指仙人的宫闕。漢張衡張河間集二週天大象賦："闢天床於玉闕，乃宴休之攸御。"水經注一河水："其北海外，又有鍾山，上有金臺玉闕，亦元氣之所含，天帝居治處也。"㊁傳説爲通往天宫的門。宋書樂志三相和歌辭魏武帝（曹操）駕六龍："奉持行，東到蓬萊山，上至天之門，玉闕下，引見得入。"㊂指皇宫。宋歐陽修文忠集十四崇政殿試賢良晚歸詩："鳳城斜日留殘照，玉闕浮雲結夜霜。"

【玉題】㊀椽頭上的玉飾。文選晉左太沖（思）蜀都賦："金鋪交映，玉題相暉。"南朝梁蕭繹梁元帝集和鮑常侍龍川館詩："玉題書仙篆，金牓燭神光。"㊁題簽的美稱。皇元風雅前集二吳草廬（澄）題閣皂山詩："九重香案分雲篆，八景琅函記玉題。"

【玉壘】山名。在四川灌縣西北。文選晉左太沖（思）蜀都賦："廓靈關以爲門，包玉壘而爲宇。"唐杜甫杜工部草堂詩箋二一登樓："錦江春色來天地，玉壘浮雲變古今。"參閱明曹學佺蜀中廣記六成都府六灌縣。

【玉蟲】㊀首飾。唐韓愈昌黎集十詠燈花同侯十一詩："黄裏排金粟，釵頭綴玉蟲。"㊁燈花。宋陸游劍南詩稿十九燕堂東偏一室……比夜乃得讀書其間戲作之二："油減玉蟲暗，灰深紅獸低。"楊萬里誠齋集十一和范至能參政寄二絶句詩："錦字展來看未足，玉蟲挑盡不成眠。"

【玉蟬】㊀首飾。唐詩紀事四四王建宫詞之六二："玉蟬金雀三層插，翠髻高叢綠鬢虛。"也指貴官冠飾。即貂蟬。宋陸游劍南詩稿三一閑中富貴："簡中得意君知否，不換金貂與玉蟬。"㊁花名。見"石蟬花"。

【玉簪】㊀首飾。韓非子内儲上七術："周主亡玉簪，令吏求之，三日不能得也。"唐韓愈昌黎集十送桂州嚴大夫詩："江作青羅帶，山如碧玉簪。"也稱"玉搔頭"。詳該條。㊁花名。也稱白萼、白鶴仙、季女。葉叢生，大如掌。花於夏秋間開放，色潔白如玉，頗清香，花蕊如簪頭，故名。宋陸游劍南詩稿四三園中觀草木有感："木筆枝已空，玉簪殊未花。"參閱本草綱目十七草六玉簪、廣羣芳譜四七玉簪。

【玉簡】㊀玉製之簡，上刻文書，以祭告名山大川之神。初學記五南朝宋劉義恭詩："金牒封梁甫，玉簡禪岱山。"道家也用玉簡。北齊書樊遜傳答問釋道兩教："至若玉簡金書，神經祕録，三尺九轉之奇，絳雪玄霜之異，……皆是憑虛之説，海棗之談，求之如繫風，學之如捕影。"㊁相傳禹鑿龍門，有神蛇身人面，探玉簡以授禹，簡長一尺二寸，以合十二時之數，使量度天地。禹即持此以平定水土。見舊題晉王嘉拾遺記二夏禹。

【玉壟】道家語。指鼻。雲笈七籤十一黄庭内景經至道："鼻神玉壟字靈堅。"注："陰壟之骨象玉也，神氣通天，出入不竭，故曰靈堅。"

【玉齍】祭祀時盛黍稷的玉器。周禮天官九嬪："凡祭祀，贊玉齍，贊后薦，徹豆籩。"注："玉齍，玉敦，受黍稷器。"

【玉廬】道家語。指人身。雲笈七籤十一黄庭内景經脾長："五岳之雲氣彭亨，保灌玉廬以自償。"保，保養；灌，澆灌。言脾胃爲倉廩之宫，能保灌一身，使之安樂而自存。參閱元李冶敬齋古今黈逸文二。

【玉璽】皇帝的玉印。古代印、璽通稱，以金或玉爲之。自秦以後，以玉爲璽，爲皇帝所專用。因以指喻皇位。唐李商隱李義山詩集五隋宫："玉璽不緣歸日角，錦帆應是到天涯。"參閱漢蔡邕獨斷上、宋書禮志五。

【玉關】即玉門關。北周庾信庾子山集一竹杖賦："親友離絶，妻孥流轉，玉關寄書，章臺留釧。"詳"玉門㊁"。

【玉蟾】月。傳説月中有蟾蜍，故用以代稱月。藝文類聚一南朝梁劉孝綽林下映月詩："攢柯半玉蟾，裛葉彰金兔。"唐李白李太白集三十初月詩："玉蟾離海上，白露濕花時。"也指月光。花間集九宋孫光憲更漏子詞："扃繡户，下珠簾，滿庭噴玉蟾。"

【玉鏡】㊀玉製的鏡子。南史江淹傳："時襄陽人開古冢，得玉鏡及竹簡古書，字不可識。"㊁喻政教清明。太平御覽八二尚書帝命驗："桀失其玉鏡，用其噬虎。"注："玉鏡，喻清明之道；噬虎，喻暴虐之風。"廣弘明集十九南朝梁蕭綱（簡文帝）奉請上開講啓："伏維陛下玉鏡宸居，金輪馭世……驅十方於大乘，運萬國於仁壽。"㊂喻明月。唐鄭谷鄭守愚集二春夕伴同年禮部趙員外省直詩："冰含玉鏡春寒在，粉傅仙闈月色多。"元許謙白雲集四題延月樓詩："巉嵯税駕紅塵息，玉鏡飛空天地白。"㊃喻平靜明澈的水面。宋釋道潛參寥子集秋日西湖之一："飛來雙鷺落寒汀，秋水無痕玉鏡清。"

【玉簫】㊀樂器。南朝梁陶弘景真誥三："玉簫和我神，金醴釋我憂。"文苑英華七一唐李百藥笙賦："挫玉簫之清管，息瓊簧之虛唱。"㊁人名。小説言韋皋少游江夏，館姜氏，與侍婢玉簫有情。韋歸，一別七年,玉簫遂絶食死。後再世,爲韋侍妾。見唐范攄雲溪友議三、□江韋玉簫傳。元喬夢符(吉)有玉簫女兩世姻緣雜劇、明楊柔勝有玉環記傳奇,皆用此故事爲題材。

【玉繩】 星名。文選漢張平子(衡)西京賦:“上飛闥而仰眺,正睹瑶光與玉繩。”注:“春秋元命苞曰:‘玉衡北兩星爲玉繩。’”亦泛指星光。唐杜甫杜工部草堂詩箋九大雲寺贊公房之三:“玉繩迥斷絶,鐵鳳森翶翔。”

【玉藻】 古代王冠垂掛的玉飾。禮玉藻:“天子玉藻,十有二旒,前後邃延。”疏:“天子玉藻者,藻謂雜采之絲繩,以貫於玉,以玉飾藻,故云玉藻也。”後漢書輿服志下冕冠:“冕冠,垂旒,前後邃延,玉藻。”

【玉蘭】 木名。榦高數丈,葉倒卵形,三四月開花,花九瓣,均著枝末,每枝一花。色白微碧,其香如蘭,故名玉蘭花。參閱明王世懋學圃雜疏、廣羣芳譜三八花譜十七玉蘭。

【玉露】 指晶瑩的露水。南朝陳徐陵徐孝穆集八爲護軍長史王質移文:“比金風已勁,玉露方圓,宜及窮秋,幸踰高塞。”唐杜甫杜工部草堂詩箋三二秋興之一:“玉露凋傷楓樹林,巫山巫峽氣蕭森。”

【玉髓】 ㊀指玉液。全唐詩六一〇皮日休以毛公泉一瓶獻上諫議因寄:“澄如玉髓潔,汎若金精鮮。”㊁香名。唐蘇鶚杜陽雜編下:“上迎佛骨入内道場,……焚玉髓之香,薦瓊膏之乳,皆九年訶陵國所貢獻也。”

【玉鑑】 指月亮。宋梅堯臣宛陵集二一次韻答王景彝聞余月下與内飲詩:“仰頭看月見新鴻,形影雙飛玉鑑中。”金元好問中州集四路鐸衛州贈子深節度詩:“平分玉鑑漁村晚,四望黄雲寡婦秋。”

【玉瓚】 古代祼祭時舀酒的禮器。以玉爲飾,故稱玉瓚。詩大雅旱麓:“瑟彼玉瓚,黄流在中。”疏:“瓚者器名,以圭爲柄,圭以玉爲之,指其體謂之玉瓚。……瓚者盛鬯酒之器,以黄金爲勺,而有鼻口,鬯酒從中流出。”

玉瓚

【玉體】 ㊀對別人身體之敬稱。猶言貴體。戰國策趙四:“竊自恕,而恐太后玉體之有所郄也,故願望見太后。”㊁形容美女的體態。文選三國魏曹植美女篇:“明珠交玉體,珊瑚間木難。”

【玉籥】 ㊀玉製的管樂器。南朝宋謝莊謝光禄集宋世祖廟歌宣太后歌:“朱玄〔弦〕玉籥,式載瓊芳。”㊁指舌。養生要訣:“玉籥,舌也。”也作“金籥”。參見“玉筦金籥”。㊂道經指人身精氣出入之處。籥,鎖。1.七竅。雲笈七籤十一黄庭内景經黄庭:“七蕤玉籥閉兩扉。”2.指陰莖。雲笈七籤十二黄庭外景經上部“閉子精門可長活”注:“以手撫弦囊,引玉籥,閉金門。”

【玉纖】 古詩十九首有“娥娥紅粉粧,纖纖出素手”之句,後因以玉纖狀美人手指。唐韓偓香奩集詠柳詩:“玉纖折得遥相贈,便似觀音手裏持。”

【玉鬢】 白髮。全唐詩二六八耿湋上巳日:“玉鬢風塵下,花林絲管中。”

【玉躞】 玉製的書畫卷軸心。躞,軸心。唐張彦遠法書要録四唐張懷瓘二王等書録:“又紙書玳瑁軸五帙五十卷並金題玉躞織成帶。”參閱明楊慎丹鉛總録八物用。

【玉鱠】 鱸魚膾。全唐詩六一三皮日休吳中言情寄魯望:“宴時不輟琅書味,齋日難判玉鱠香。”也作“玉膾”。參見“玉膾”。

【玉豔】 喻美人的容光。唐李商隱李義山詩集五天平公座中呈令狐令公:“更深欲訴蛾眉斂,衣薄臨醒玉豔寒。”

【玉山果】 榧的別名。以産於江西玉山而名。宋蘇軾分類東坡詩十送鄭户曹賦席上果得榧子:“彼美玉山果,粲爲金盤實。”見本草綱目三一果三榧實。

【玉女沙】 河南登封有八風溪,溪水南流合三交水,岸邊有沙,細潤可以澡濯,隋時常進後宫,雜以香藥,以當豆屑,號曰玉女沙。見太平寰宇記五河南府潁陽縣。

【玉女砧】 石名。舊題梁任昉述異記上:“搗衣山……山南絶險,巖有方石,昔有神女於此搗衣,其石明瑩,謂之玉女擣練碪。”碪,同“砧”。唐温庭筠集六洞户二十二韻詩:“粉白仙郎署,霜清玉女砧。”

【玉女峯】 山名。1.在陝西華山。傳説上有玉女,服玉漿。見太平廣記五九集仙録明星玉女。唐李白李太白詩十九江上答崔宣城:“太華三芙蓉,明星玉女峯。”2.在福建武夷山。宋朱熹朱文公集九武夷櫂歌詩之三:“二曲亭亭玉女峯,插花臨水爲誰容?”

【玉尖麪】 食品名。宋陶穀清異録饌羞玉尖麪:“趙宗儒在翰林時,聞中使言,今日早餼玉尖麪,用消熊棧鹿爲内餡,上甚嗜之。問其形製,蓋人間出尖饅頭也。”

【玉吐鶻】 即玉帶。遼史蕭樂音奴傳:“監障海東青鶻,獲白花者十三,賜榾柮犀并玉吐鶻。”也作“玉兔鶻”。元曲選李直夫虎頭牌二:“我繫的那一條玉兔鶻是金廂面。”參見“吐鶻”。

【玉局化】 地名。在成都市。道書云,東漢永壽元年,李老君與張道陵到此,有局脚玉牀自地而出,老君昇坐,爲道陵説南北斗經,既去而牀隱,地中因成洞穴,故名玉局化。宋時於此置玉局觀,蘇軾提舉玉局觀,即此。每年九月九日在此設藥市。參閱宋陸游老學庵筆記六、資治通鑑二七二後唐同光元年“蜀主詔於玉局化設道場”注引彭乘記。

【玉東西】 玉酒杯。宋范成大石湖集二六丙午新正書懷詩:“祝我膭周花甲子,謝人深勸玉東西。”又姜夔白石道人詩集附王炎和堯章九日送菊詩:“對花嬾舉玉東西,孤負金錢滿緑枝。”

【玉抱肚】 玉帶名。宋陸游老學庵筆記七:“王荆公(安石)所賜玉帶,闊十四掐,號玉抱肚,真廟朝趙德明所貢。”元張憲玉笥集四走馬歌:“潛蛟雙綰玉抱肚,朱鬣生光散紅霧。”

【玉芙蓉】 玉杯。唐詩紀事四四王建宫詞:“金殿當頭紫閣重,仙人掌上玉芙蓉。”

【玉花驄】 唐玄宗所畜馬有玉花驄、照夜白等。嘗命韓幹作圖。玉花驄又謂之玉面花驄。見唐鄭處晦明皇雜録。唐杜甫杜工部草堂詩箋二十丹青引贈曹將軍霸:“先帝天馬玉花驄,畫工如山貌不同。”

【玉枕骨】 舊時相士稱人腦後隆起之骨爲玉枕骨。參閱宋陶穀清異録陳設楊花枕。

【玉杵臼】 玉製的杵臼。太平廣記五十裴航引(唐裴鉶)傳奇:“我今老病,只有此女孫,昨有神仙遺靈丹一刀圭,但須玉杵臼擣之百日,方可就吞,當得後天而老。君約取此女者,得玉杵臼,吾當與之也。”亦以喻難得之物。宋陸游劍南詩稿七十寄龔立道:“難逢正似玉杵臼,易散便成風馬牛。”

【玉函方】 隋書經籍志二著録晉葛洪玉函煎方五卷。後稱有奇效的驗方爲玉函方。宋蘇軾分類東坡詩二四次韻子由清汶老龍珠丹:“天公不解防癡龍,玉函寶方出龍宫。”宋陸游劍南詩稿七七秋思之六:“若得三山安樂法,不須更覓玉函方。”

【玉具劍】劍口和把手部分用玉製成的劍。史記一〇四田叔傳漢褚少孫補:"將軍取舍人中富給者,令具鞍馬絳衣玉具劍,欲入奏之。"漢書九四下匈奴傳:"賜以冠帶衣裳……玉具劍。"注:"孟康曰:'標首鐔衛盡用玉爲之也。'鐔,劍口旁橫出者也。衛,劍鼻也。"晉人稱之爲玉頭劍。參見"玉頭劍"。

【玉版紙】一種潔白堅緻的精良宣紙。宋黃庭堅豫章集三有次韻王炳之惠玉版紙詩。元費著蜀牋譜:"今天下皆以木膚爲紙,而蜀中乃盡用蔡倫法,牋紙有玉板,有貢餘,有經屑,有表光。"

【玉版筍】筍名。原產江西吉安白鷺洲,以皮潔白如玉而名。宋惠洪冷齋夜話七東坡戲作偈語:"(蘇軾)嘗要劉器之(安世)同參玉版和尚,……至廉泉寺燒筍而食,器之覺筍味勝,問此筍何名,東坡曰:'卽玉版也,此老師善説法,要能令人得禪悅之味。'于是器之乃悟其戲。"元方回桐江續集六二月十五晚吳江二親攜酒詩:"鮮筍紫泥開玉版,嘉魚碧柳貫金鱗。"參閱明一統志五六吉安府土產。

【玉版鮓】鯉魚鱘魚的腌製品。宋梅堯臣宛陵集三九有和韓子華寄東華市玉版鮓詩,又樓鑰攻媿集一有玉板鮓次陸子亢郎中韻詩。

【玉活計】鑲玉的工藝品。清李斗揚州畫舫録十七工段營造録:"蘇州玉工,用寶砂、金剛鑽造辦仙佛人物、禽獸、爐瓶盤盂,備極博古圖諸式,其碎者則鑲嵌屏風、掛屏、插牌,謂之玉活計。"

【玉玲瓏】㊀玉飾。元曲選王實甫麗春堂一:"衲襖子綉攙絨,兔鶻碾玉玲瓏。"㊁喻清脆的聲音。唐白居易長慶集六四箏詩:"甲鳴銀玓瓅,柱觸玉玲瓏。"宋徽宗宣和花綱石有叩之聲如雜佩者名玉玲瓏。見清厲鶚東城雜記下玉玲瓏閣。㊂花的別名。1.牡丹。宋司馬光温國文正公集十四其日雨中聞姚黃開戲成詩二章……詩:"轂雨後來花更濃,前時已見玉玲瓏。"2.梅花。元詩選乙集劉秉忠江邊梅樹:"素豔乍開珠蓓蕾,暗香微度玉玲瓏。"3.水仙花。見廣羣芳譜五二水仙。4.白色千葉的茶菊。見清趙學敏本草綱目拾遺七茶菊。

【玉柱紋】相士以掌心的直紋通至中指者爲玉柱紋。見神相全篇論手玉掌圖(圖書集成六四〇藝術典相術部)。

【玉面貍】貍的一種。以尾似牛,又名牛尾貍。捕得後,飼以果實,亦名果子貍,以供食用。宋虞儔尊白堂集三和漢老弟牛尾貍韻詩:"堂饋流涎玉面貍,也知臭腐出神奇。"參閱本草綱目五一獸二貍。

【玉界尺】五代後唐趙光逢仕後唐及梁,天成中死,風神秀異,動守規矩,時人稱爲玉界尺。見宋孫光憲北夢瑣言十九玉界尺、新五代史趙光逢傳。

【玉泉子】一卷。無撰者姓氏。所記皆唐人雜事,與因話録尚書故實諸書相出入。

【玉泉山】山名。1.在北京市西北。山下有玉泉,山以泉得名。燕京八景有"玉泉垂虹"。相傳金章宗嘗避暑於此。清聖祖於山麓建有靜明園。參閱元一統志一大都路、嘉慶一統志二京師二山川。2.在湖北當陽縣西。本名覆舟山,亦名堆藍山。山有乳窟,玉泉交流其中,隋開皇天台三祖智者大師(智顗)居此,改爲玉泉。山下有玉泉寺。唐李白李太白詩十九答族姪僧中孚贈玉泉仙人掌茶:"常聞玉泉山,山洞多乳窟。"卽指此。參閱隋灌頂天台智者大師別傳、嘉慶一統志三五二荊門直隸州山川。

【玉泉宗】佛教天台宗的別名。隋智者大師(智顗)先居天台寺,説法立天台宗,後居玉泉山,人亦稱爲玉泉宗。參見"天台宗"。

【玉連環】玉製的玩飾。戰國策齊六:"秦始皇嘗使使者遺君王后玉連環,曰:'齊多知,而解此環不?'"宋朱敦儒樵歌下浣溪紗:"結子同心香佩帶,帕兒雙字玉連環,酒醒燈暗忍重看。"

【玉逍遥】㊀宋神宗御馬名。見宋張邦基墨莊漫録五。邵伯温邵氏聞見前録二謂爲仁宗御馬。㊁帽飾。金史輿服志下衣服通制:"(婦人)年老者,以皁紗籠髻如巾狀,散綴玉鈿於上,謂之玉逍遥。"㊂玉飾的象座。元歐陽玄圭齋文集二大明殿早朝詩:"馳背負琛金絡索,象身備駕玉逍遥。"

【玉脂芝】芝草名。抱朴子仙藥:"又玉脂芝,生於有玉之山,常居懸危之處,玉膏流出,萬年已上,則凝而成芝。有似鳥獸之形,色無常彩,率多似山玄水蒼玉也,亦鮮明如水精。"

【玉鹿盧】玉製的鹿盧,用作劍飾。鹿盧,也作"轆轤",絞盤。宋陸游劍南詩稿二九七十:"但存隱具金鴉嘴,那夢朝衣玉鹿盧。"明陶宗儀輟耕録二三:"霍清甫治書云:'考古圖載古衣服,今有玉轆轤,玉具劍,……此器,以塊然之璞,既解爲環,中復爲轉關,而上下之隙,僅通絲髮,作宛轉其間。"

【玉帶生】宋末文天祥所藏端硯,後歸謝翶。入元又歸楊維楨,以硯有白紋如玉帶,名爲玉帶生,命門生張憲作玉帶生歌,見玉笥集四。清朱彝尊吳士玉皆有玉帶生歌,見曝書亭集二一、清詩別裁二二。

【玉帶河】水名。舊稱陳玉帶河。清河流逕河北,自雄縣貓兒灣東至新鎮西南三十里一段更名玉帶河,下爲會通河,後會子牙河南運河入渤海。見順天府志三九河渠志四、嘉慶一統志七順天府二。

【玉帶羹】用筍與蓴菜作的羹。見宋林洪山家清供玉帶羹。

【玉帳術】指兵法、兵書。唐杜甫杜工部詩史補遺三奉送嚴公入朝十韻:"空留玉帳術,愁殺錦城人。"詳"玉帳㊂"。參閱宋張淏雲谷雜記玉帳。

【玉崑崙】唐人小説中常記崑崙奴事。以玉刻爲崑崙像作爲服飾器玩,如酒盞、酒胡子之類。唐李商隱李義山詩集四魏侯第東北樓堂郢叔言別聊用書所見成篇:"鎖香金屈戌,帶酒玉崑崙。"馮贄雲仙雜記五崑崙玉盞引青州雜記:"宇文卓方執崑崙玉盞,聽左丞檀超高譚,不覺墜地。"參見"崑崙奴"、"酒胡子"。

【玉笥山】㊀山名。1.指浙江紹興縣會稽山的一峯。初學記八會稽志:"射的北有石帆壁立,臨水漫石,宜山遥望,芃芃有似張帆,又名玉笥山,又曰石簣山。"又名宛委山。參見"宛委"。2.在湖南湘陰縣東北。一名石帆山,相傳戰國楚屈原流放時居於此山而作九歌。見湖南通志十三山川一。㊁道書所謂洞天之一。雲笈七籤二七洞天福地三十六小洞天:"第十七玉笥山洞,周迴一百二十里,名曰太玄法樂天,在吉州永新縣,真人梁伯鸞主之。"

【玉參差】鑲玉的排簫。一説玉笙。唐杜牧樊川集外集望少華詩之三:"好伴羽人深洞去,月前秋聽玉參差。"宋姜夔白石道人詩集下寄田郎:"翦燭屢呼金鑿落,倚窗閒品玉參差。"參見"參差㊂"。

【玉華宗】卽法相宗。唐玄奘曾於玉華宮譯佛經,而他又尊宗法相,後遂稱法相宗爲玉華宗。參見"法相宗"。

【玉華宮】唐宮名。故址在陝西宜君縣西南。貞觀二十年營造,當時以爲清涼勝於九成宮。永徽二年,有詔廢宮爲寺,以玉華爲名。寺內有肅成殿,玄奘法師曾於此院譯經。見元和郡縣志三坊州。

【玉華鹽】 山產的石鹽，以其潔白透明，故名。南朝梁元帝(蕭繹)金樓子五志怪：“白鹽山，山峯洞澈有如水精，……胡人和之以供國廚，名爲君王鹽，亦名玉華鹽”。也稱光明鹽。清宋長白柳亭詩話二謂北史魏明帝賜崔浩水精戎鹽一兩，即此。參閱本草綱目十一石五光明鹽。

【玉楮集】 宋岳珂撰，八卷。據自序録自理宗嘉熙二年至四年所作詩三百五十八首(四庫提要作三百八十五首)。集名取韓非子喻老、列子説符宋人刻玉爲楮葉，三年而成之意。

【玉等子】 用以比較玉質等級的標準玉。宋張世南游宦紀聞五：“宣和殿有玉等子，以諸色玉次第排定。凡玉至，則以等子比之，高下自見。今内帑有金等子，亦此法。”

【玉筍班】 唐末朝士風貌秀異有才華者，人稱玉筍，得與其列者稱玉筍班。唐鄭谷鄭守愚集九日偶懷寄左省張起居詩：“渾無酒泛金英菊，漫道官趨玉筍班。”宋王禹偁小畜集十贈禮部宋員外閣老詩：“鵷寞官重真殊拜，玉筍班清祇一身。”參閱唐趙璘因話録三、宋孫光憲北夢瑣言五沈薦人物。

【玉搔頭】 ㊀卽玉簪。舊題漢劉歆西京雜記二：“(漢)武帝過李夫人，就取玉簪搔頭，自此後宫人搔頭皆用玉，玉價倍貴焉。”唐白居易長慶集十二長恨歌傳：“花鈿委地無人收，翠翹金雀玉搔頭。”㊁傳奇名。又名萬年歡。清李漁撰，爲十種曲之一。

【玉葉冠】 唐高宗武后女太平公主爲帝后所寵，與朝政，生活豪奢。有冠，以玉爲飾，稱玉葉冠，價值連城。唐李羣玉詩集中玉真觀：“高情帝女慕乘鸞，紺髮初簪玉葉冠。”自注：“公主玉葉冠，時人莫計其價。”參閱唐鄭處晦明皇雜録下。

【玉蜀黍】 卽玉米。留青日札謂爲御麥。平涼縣志謂爲番麥，一曰西天麥。雲南志曰玉麥，陝蜀黔湖皆曰包穀，大河南北皆曰玉露秫秫。參閱清吳其濬植物名實圖考長編二穀類玉蜀黍。

【玉鉤斜】 地名。1. 在今江蘇銅山縣南戲馬臺下。唐馮翊桂苑叢談賞心亭：“咸通中丞相姑臧公(李蔚)拜端揆日，自大梁移鎮淮海，……一朝命於戲馬亭西連玉鉤斜道，開闢池沼，搆葺亭臺……因名賞心。”2. 在今揚州。宋陳師道後山居士詩話：“廣陵亦有戲馬臺，其下有路，號玉鉤斜。”相傳爲隋葬宮女處。參閱嘉慶一統志九七揚州府二古蹟吳公臺。

【玉腰奴】 指蝴蝶。宋陶穀清異録蟲：“温庭筠嘗得一句云‘蜜官金翼使’，徧示知識，無人可屬。久之，自聯其下曰‘花賊玉腰奴’，予以爲道盡蜂、蝶。”

【玉臺體】 南朝陳徐陵輯梁以前詩爲玉臺新詠十卷，除選録樂府民歌外，多爲南朝文士及梁朝諸帝有關宮廷生活，男女私情，綺靡豔麗之作。後來文人模倣擬作，稱爲宮體，亦稱玉臺體。參閱宋嚴羽滄浪詩話詩體。參見“宮體”。

【玉鼻騂】 白鼻赤毛的馬。宋蘇軾分類東坡詩十五戲周正孺二絶之二：“天廐新頒玉鼻騂，故人共弊亦常情。”

【玉樓春】 詞調名。花間集六五代後蜀顧敻詞起句爲“月照玉樓春漏促”，因取爲調名。也作惜春容、西湖曲、玉樓春令、歸朝歡令、木蘭花令。雙調五十六字，前後段各四句，三仄韻。見詞譜三。參閱清毛先舒填詞名解、謝元淮碎金詞譜。

【玉盤盂】 芍藥的一種。俗稱小牡丹。宋蘇軾分類東坡詩十四玉盤盂序：“東武舊俗，每歲四月，大會於南禪資福兩寺，芍藥供佛，而今歲最盛，凡七千餘朶，皆重跗累萼，繁麗豐碩。中有白花正圓如覆盂，其下十餘葉稍大，承之如盤，姿格絶異，獨出於七千餘朶之上，……而其名俚甚，乃爲易之。”又詩：“兩寺粧成寶瓔珞，一枝争看玉盤盂。”

【玉嬌梨】 題荑荻山人編次。二十回。作者明末清初人。故事述明正統年間，太常卿白玄，易姓名外遊，爲女及甥女選擇夫婿的故事。書中記蘇友白娶白紅玉、盧夢梨爲妻，紅玉在吳翰林家曾改名無嬌，因以名書，稱玉嬌梨。通行别本又作雙美奇緣。

【玉龍膏】 塗面之油膏。宋龐元英文昌雜録一：“今謂面油爲玉龍膏，太宗皇帝始合此藥，以白玉碾龍合子貯之，因以名焉。”

【玉頭劍】 漢制，皇帝百官平居皆佩劍，其後惟朝時帶劍。晉世改用木劍，貴者劍首用玉頭，其次用蜯、金銀、玳瑁爲雕飾。見晉書輿服志。晉張敞東宮舊事：“太子儀飾有玉頭劍。”

【玉糝羹】 以蘆菔煮成的食品。宋蘇軾分類東坡詩十三過子忽出新意以山芋作玉糝羹……：“香似龍涎仍釅白，味如牛乳更全清。莫將南海金虀膾，輕比東坡玉糝羹。”參閱宋陳達叟本心齋蔬食譜、宋林洪山家清供上。

【玉蟬花】 石蟬花的别名。見“石蟬花”。

【玉雞苗】 薔薇的别稱。宋陶穀清異録花：“東平城南許司馬後圃，薔薇花太繁，欲分於别地栽插，忽花根下掘得一石如雞狀，五色粲然，郡人遂呼薔薇爲玉雞苗。”

【玉簟秋】 詞調名。卽一翦梅。詳“一翦梅”。

【玉簪記】 傳奇名。明高濂撰。演書生潘必正與道姑陳妙常以玉簪、鴛墜互贈定情，歷經曲折終成眷屬的故事。

【玉麒麟】 玉製麒麟，古時以爲佩飾。也作“玉騏驎”。南史江夏王鋒傳：“五歲，高帝使學鳳尾諾，一學卽工。高帝大悦，以玉騏驎賜之，曰：‘騏驎賞鳳尾矣。’”宋陸游劍南詩稿一送陳德邵宮教赴行在二十韻：“同舍事容悦，腰佩玉麒麟。”

【玉蟾宮】 本指月宮。後考試中式謂入玉蟾宮，取蟾宮折桂之意。唐李咸用披沙集三春風詩：“年年三十騎，飄入玉蟾宮。”按唐制，每年取進士三十人。

【玉蟾蜍】 ㊀玉製的蟾蜍。舊題漢劉歆西京雜記六“晉靈公冢甚瑰壯，……其餘器物皆朽爛不可别，唯玉蟾蜍一枚，大如拳，腹空容五合水，光潤如新，王取以爲書滴。”㊁指月亮。全唐詩六九四褚載月(殘句)：“星斗離披煙靄收，玉蟾蜍耀海東頭。”

【玉鏡臺】 玉製的鏡臺。世説新語假譎：“温公(嶠)喪婦，從姑劉氏家值亂離散，唯有一女，甚有姿慧。姑以屬公覓婚。公密有自婚意，……卻後少日，公報姑云：‘已覓得婚處，門地粗可，壻身名宦，盡不減嶠。’因下玉鏡臺一枚，姑大喜。既婚交禮，女以手披紗扇，撫掌大笑，曰：‘我固疑是老奴，果如所卜。’”元關漢卿據此故事增飾爲雜劇，明朱鼎改撰爲傳奇，皆名爲玉鏡臺。

【玉瓏鬆】 也作“玉瓏璁”、“玉籠鬆”。㊀玉飾名。唐温庭筠詩七握柘詞：“繡衫金騕褭，花髻玉瓏璁。”宋曾鞏元豐類藁七霽淞：“記得集英深殿裏，舞人齊插玉瓏鬆。”㊁花名。金元好問遺山集十二遊天壇雜詩之二：“總道檀花香氣好，就中偏愛玉瓏鬆。”自注：“花名有玉瓏鬆。”

【玉蘂院】 唐長安唐昌觀。觀中有玉蘂花，相傳爲玄宗女唐昌公主手植，故又稱玉蘂院。參見“唐昌觀”。

【玉山學案】 對南宋汪應辰學派的論述。應辰，信州玉山人，從學於張九成汪本中胡安國等。其學博綜諸家，精於義理，但不佞佛，學者稱玉山先生。門人著名者有尤袤呂祖謙章穎等。參閱宋元學案四六玉山學案、宋史三八七汪應辰傳。

【玉女披衣】地名。南朝梁任昉述異記:"𨚗鄉西津有玉女岡,天當雨輒先涌五色氣於石間,俗謂玉女披衣。"全唐詩五八四段成式苦雨(殘句):"不願石郎戴笠,難甘玉女披衣。"按玉女峯現稱三尖峯,在今江西萍鄉市蘆溪鎮郊外,上有玉女臺和玉女墩。山上石間出現雲霧,人稱玉女披衣,預示天將下雨。見嘉慶一統志三二六袁州府山川。

【玉石俱焚】比喻不分好壞,同歸於盡。參見"玉石㊂"。

【玉匣珠襦】古代帝后諸侯王的葬飾。舊題漢劉歆西京雜記一:"漢帝送死,皆珠玉匣。"清吳偉業梅村家藏稾三永和宮詞:"玉匣珠襦啟便房,薤歌無異葬同昌。"參見"玉匣"、"珠襦"。

【玉巵無當】無底的玉杯。當,底。韓非子外儲右上:"堂谿公見昭侯曰:'今有白玉之巵而無當,有瓦巵而有當,君渴將何以飲?'君曰:'以瓦巵。'堂谿公曰:'白玉之巵美,而君不以飲者,以其無當耶?'君曰:'然'。堂谿公曰:'爲人主而漏其君臣之語,譬猶玉巵之無當。'"杯無底則水迸散,譬喻人主不密,漏泄羣臣之語。後多借喻事物華麗而不合實用。文選晉左太沖(思)三都賦序:"且夫玉巵無當,雖寶非用;侈言無驗,雖麗非經。"

【玉昆金友】對人兄弟的美稱。南史王彧傳附王銓:"銓雖學業不及弟錫,而孝行齊焉。時人以爲銓錫二王可謂玉昆金友。"後稱人兄弟爲昆玉,本此。參見"昆玉"。

【玉粒桂薪】極言生活費用的昂貴。宋王禹偁小畜集二一陳情表:"望雲就日,非無戀闕之心;玉粒桂薪,未有住京之計。"參見"玉桂"。

【玉堂嘉話】元王惲撰。八卷。記其三十四年中兩入翰林有關詞館制度的故事,所錄當時制誥特詳,多爲正史所不載。

【玉堂雜記】宋周必大撰。三卷。必大兩入翰苑,歷任掌制之職。因錄翰林故事、制度沿革及一時宣召奏對之事,編爲此書。

【玉壺野史】宋釋文瑩撰。十卷。本名玉壺清話。玉壺爲其所居之地。自序謂其收集宋初至熙寧間的文集、碑志、行狀、實錄、奏議、雜編、小說數千卷,選輯成書。多爲朝野雜記及南唐逸事。文瑩熙寧中撰湘山野錄,記宋初至仁宗以前事,此書成於元豐中,當是野錄之續編。

【玉葉金枝】指皇族。元曲選關漢卿蝴蝶夢一:"使不着國戚皇親,玉葉金枝,便是他龍孫帝子,打殺人要吃官司。"參見"金枝玉葉"。

【玉照新志】宋王明清撰。六卷。多記神怪及瑣事,間及朝野舊聞及前人逸作。王堯臣諫取燕雲疏、李長民廣汴都賦、姚平仲擬劫寨破敵露本、曾布馮燕水調歌頭排遍七章,皆首見此書。序言慶元四年於友人處得玉照古鏡一枚,乃得米芾書玉照,因以作書名。

【玉臺新詠】南朝陳徐陵輯。十卷。爲繼詩經楚辭之後的古詩選集。前八卷錄自漢至梁五言詩,第九卷爲歌行,末卷錄五言二韻之詩。保存了一部分樂府民歌及六朝前已佚詩篇,孔雀東南飛即首見於此,但大部分皆爲豔情宮體之作。有商務印書館四部叢刊影印明寒山趙氏刊本。清有紀容舒考異本、吳兆宜箋注本。

【玉潔冰清】喻人品高潔。元曲選武漢臣玉壺春一:"我得了這沉香串、翠珠囊,你收取這玉螳螂、白羅扇。四件兒是咱這玉潔冰清意堅。"參見"冰清玉潔"。

【玉燭寶典】隋杜臺卿撰。原十二卷,今存七卷。記時令,每月一卷。用禮記月令分冠各卷,引經傳百家之說,多存六朝舊籍。又引用佛經,多有嚮壁臆造之言。自序稱"案爾雅四氣和爲玉燭,周書武王說周公推道德以爲寶典",故以名書。此書宋以後亡佚,清末,黎庶昌楊守敬自日本抄得,收入古逸叢書。守敬有玉燭寶典劄記一卷,未刊。

【玉靈夫子】指古代占卜用的龜。史記一二八龜策傳:"假之玉靈夫子。"索隱:"尊神龜而爲之作號。"

【玉版十三行】法帖名。晉書法家王獻之以小楷書曹植洛神賦。宋高宗獲得九行,後賈似道又續得四行,遂命其客廖瑩中刻於玉石,稱玉版十三行。參閱清美宸英湛園題跋、張廷濟清儀閣題跋。

【玉樹後庭花】樂府吳聲歌曲。陳後主嗜聲樂,於清樂中造玉樹後庭花等曲,與幸臣等製其歌詞。歌詞綺豔,男女唱和,其音甚哀。唐李白李太白詩七金陵歌送別范宣:"天子龍沉景陽井,誰歌玉樹後庭花。"參閱隋書音樂志上。

【玉不琢,不成器】玉須經精雕細刻,始成器物。譬喻須經煅鍊培養,始能成就人材。漢班固白虎通辟雍:"故學以治性,慮以變情,故玉不琢,不成器;人不學,不知道。"

【玉函山房輯佚書】叢書名。清馬國翰輯。國翰字竹吾,山東歷城人,道光進士。此書搜輯唐以前亡佚之古籍約六百三十二種,分經、史、子三類,經部最多,有四百餘種。史、子則不僅數量少,而且體例舛錯,似爲未定稿。以其玉函山房書齋爲名。國翰又有玉函山房目耕帖三十一卷,考訂經義,採集前人成說甚備,惟案斷之語簡略。其後王仁俊又爲此書增輯續編及補編四百餘種,但未刊行,稿本現藏上海圖書館。

玊

sù 息逐切,入,屋韻,心。
ㄙㄨˋ 相玉切,入,燭韻,心。

㊀朽玉。見說文。字也作"琡"。亦讀xiù。㊁琢玉之工。見廣韻。㊂西番國名。見廣韻。㊃姓。後漢有玊況字文伯,爲陳留太守,遷司徒。見後漢書侯霸傳。

王

1. wáng 雨方切,平,陽韻,于。
ㄨㄤˊ

㊀君主的稱號。春秋周天子稱王。古代等級之分未嚴,諸侯在本國內多自稱王,如徐吳楚亦皆自稱王。古彝器時有所見。至戰國列國國君皆稱王。漢以後,王爲皇族或功臣最高的封號。左傳僖二五年:"今之王,古之帝也。"參閱王國維觀堂集林別集一古諸侯稱王說。㊁諸侯,嗣君即位後或中原地區外各族朝見天子稱王。書大禹謨:"無怠無荒,四夷來王。"詩商頌殷武:"莫敢不來享,莫敢不來王。"㊂尊稱。見"王父"。㊃物之大者。周禮天官𢿱人:"春獻王鮪。"注:"王鮪,鮪之大者。"㊄姓。見廣韻王、通志二八氏族四。

2. wàng 于放切,去,漾韻,于。
ㄨㄤˋ

㊅成就王業。孟子公孫丑上:"以力假仁者霸,霸必有大國;以德行仁者王,王不待大。"㊆君臨。詩大雅皇矣:"王此大邦,克順克比。"㊇盛。通"旺"。莊子養生主:"神雖王,不善也。"世說新語賞譽下:"司馬太傅(越)府多名士,一時儁異。庾文康(亮)云:'見子嵩(庾敳)在中,常自神王。'"

3. wǎng
ㄨㄤˇ

㊈去。通"往"。詩大雅板:"昊天曰明,及爾出王。"

【王人】㊀天子下士有功者之美稱。春秋莊六年:"春王正月,王人子突救衛。"注:"王人,王之微官也。雖官卑而見授以大事,故稱人而又稱字。"㊁複姓。漢有安平太守王人宰公。見通志二八氏族四。

【王八】㊀罵人之詞。五代前蜀主王建行八，少無賴，以屠牛、盜驢、販私鹽爲事，里人謂之賊王八。見新五代史前蜀世家。金元好問遺山集十一雜著詩之七：“泗水龍歸海縣空，朱三王八竟言功。”朱三，後梁主朱全忠。或以爲應作“忘八”，指忘禮義廉恥孝悌忠信八字。參閱清趙翼陔餘叢考三八雜種畜生王八。㊁龜的俗稱。史記龜策傳載八名龜之名，其八曰王龜。雍熙樂府二叨叨令兼折桂令：“蝦兒腰，龜兒輩，玉連環繫不起香羅帶，脊兒高，絞兒細，綠茸毛生就的王八蓋。”參閱清沈濤瑟榭叢談下。

【王子】㊀王者之子。書微子：“父師若曰王子。”傳：“微子，帝乙元子，故曰王子。”泛指貴族子弟。漢劉向説苑善説越人歌：“今夕何夕兮，搴洲中流。今日何日兮，得與王子同舟。”㊁指王子喬。文選晉張景陽（協）七命：“王子綈纓而傾耳，六馬噓天而仰秣。”參見“王子喬”。㊂複姓。周有大夫王子狐，漢有王子中同，治尚書。見通志二九氏族五。

【王弓】弓之最强者。周禮夏官司弓矢：“王弓、弧弓以授射甲革椹質者。”又考工記弓人：“往體寡，來體多，謂之王弓之屬。利射革與質。”注：“射深者用直，此又直焉，於射堅宜也。”

【王王】猶旺旺。鶡冠子泰鴻：“夫物之始也傾傾，至其有也録録，至其成形，端端王王。”注：“王王，録録之反。”

【王水】古泉名。相傳漢時，牂牁王與從人嘗止大石上，命作羹。從者曰：“無水。”王以劍擊石，水出，故名王水。參閱晉常璩華陽國志四南中志、水經注三六温水。

【王公】天子，諸侯。荀子修身：“志意修則驕富貴，道義重則輕王公。”後泛指王侯公卿，達官貴人。唐杜甫杜工部草堂詩箋二飲中八仙歌：“張旭三盃草聖傳，脱帽露頂王公前，揮毫落紙如雲煙。”

【王父】祖父。禮曲禮上：“祭王父曰皇祖考。”疏：“王父，祖父也。”爾雅釋親：“父之考爲王父。”注：“如王者尊之。”

【王允】公元137—192年。東漢太原祁縣人。字子師。靈帝時，拜豫州刺史。獻帝卽位，董卓攬朝政，驕恣不法，允任司徒，設謀交結卓部將呂布，刺殺董卓。後爲卓部李傕郭汜等所殺。後漢書六六有傳。

【王化】君王的德化。詩周南關雎序：“周南召南正始之道，王化之基。”後漢書四五張酺傳：“酺病臨危，勑其子曰：‘……吾爲三公，既不能宣揚王化，令吏人從制，豈可不務節約乎？’”

【王主】㊀有王者德行的君主。管子法法：“釣利之君，無王主焉。”注：“王主，必度義而取利。”㊁王者之女。漢書成帝紀建始元年：“賜諸侯王、丞相、將軍、列侯、太后、公主、王主、吏二千石黃金。”注：“張晏曰：‘天子女曰公主，秩比公也。王主，王之女也。’王主，翁主也，王自主婚，故曰王主。”參見“王女”。

【王旦】公元957—1017年。宋大名莘人。字子明，太平興國五年進士。以著作佐郎與修文苑英華。真宗朝，旦知樞密院，累官至宰相，在相位十餘年，務行故事，爲真宗所信賴。晚年以未能諫止託名天書行封禪事，爲世所譏，抱憾以没，卒謚文正。宋史有傳。參閱宋史紀事本末二二天書封祀。

【王母】㊀祖母。易晉：“受茲介福，于其王母。”爾雅釋親：“父之妣爲王母。”㊁西王母的略稱。後漢書五九張衡傳思玄賦：“聘王母於銀臺兮，羞玉芝以療飢。”注：“王母，西王母也。”參見“西王母”。㊂丈母的敬稱。北齊顏之推顏氏家訓風操：“中外丈人之婦，猥俗呼爲丈母，士大夫謂之王母。”㊃鳥名。唐杜甫九家集注杜詩一玄都壇歌寄元逸人：“子規夜啼山竹裂，王母晝下雲旗翻。”段成式酉陽雜俎十六羽篇：“齊郡函山有鳥，足青，嘴赤黃，素翼，絳頭，名王母使者。”參閱宋張邦基墨莊漫録一。

【王瓜】別名土瓜。禮月令孟夏之月：“王瓜生，苦菜秀。”急就篇四“芎藭原朴栝樓”唐顏師古注：“栝樓一名果蓏，一名王瓜，亦曰天瓜。”參閱本草綱目十八草七王瓜。參見“栝樓”。

【王充】公元27—約97年。東漢會稽上虞人。字仲任，少孤，曾師事班彪。家貧無書，游洛陽市肆，閲所賣書，輒能誦憶，遂通百家學説。刺史辟爲從事，轉治中，歸鄉里，從事教學和著述。著有論衡八十五篇，今存（缺招致一篇）；又養性書十六篇，已佚。其身世生平具見於論衡自紀篇。後漢書有傳。

【王吉】公元前?—前48年。漢琅邪皋虞人，字子陽。爲昌邑王中尉。王荒淫被廢，吉髡爲城旦。宣帝召爲博士諫大夫，以諫不從，謝病歸。吉與貢禹爲摯友，趣舍相同。世稱“王陽得位，貢禹彈冠”。元帝立，徵爲諫大夫，病卒於道。漢書有傳。

【王考】對祖父的尊稱。禮記祭法：“王考無廟而祭之。”疏：“王考，祖也。”後亦稱父曰王考。唐韓愈昌黎集二四監察御史元君妻京兆韋氏夫人墓誌銘：“王考夏卿以太子少保卒。”

【王老】㊀王之老臣。禮曲禮下：“其在東夷北狄西戎南蠻，雖大曰子，於内自稱曰不穀，於外自稱曰王老。”㊁老人。唐司空圖司空表聖詩集五力疾山下吳村看杏花之七：“王老小兒吹笛看，我儂試舞爾儂看。”㊂元寶錢的別稱。唐王元寶富厚，名與錢文元寶字同，因呼錢爲王老。見唐張讀宣室志（類説二五）。元方回桐江續集十六九月十三日漢臣置酒次日有詩次韻詩：“青銅未至無王老，紅袖何嫌有莫愁。”

【王臣】㊀輔助王室之臣。易蹇：“六二，王臣蹇蹇，匪躬之故。”注：“執心不回，志匡王室者也，故曰王臣。”㊁王之臣民。詩小雅北山：“率土之濱，莫非王臣。”

【王艮】公元1483—1541年。明泰州安豐場人。字汝止，號心齋，初名銀。出身貧苦，年三十八始師事王守仁，更其名爲艮。守仁弟子甚衆，獨艮以布衣列其間，聲譽出諸弟子之上，與王畿齊名。謹守王學良知之説，謂“萬物一體，宇宙在我”，而又立“百姓日用卽道”，爲泰州學派之創始人。有王心齋集，學者稱爲心齋先生。明史有傳。參閱明儒學案三二泰州學案。

【王后】㊀君王。詩大雅文王有聲：“遹追來孝，王后烝哉。”傳：“后，君也。”㊁先秦天子之后稱王后。禮祭統：“是故天子親耕於南郊，以共齊盛；王后蠶於北郊，以共純服。”漢以後，帝后稱皇后，諸王之后稱王后。漢書高帝紀下：“漢王卽皇帝位于氾水之陽。尊王后曰皇后。”

【王言】古帝王的詔勅。書咸有一德：“俾萬姓咸曰，大哉王言。”禮緇衣：“王言如絲，其出如綸。王言如綸，其出如綍。”疏：“王者出言，下所效之。”

【王社】古帝王祭土神穀神所設之壇。禮祭法：“王爲羣姓立社，曰大社；王自爲立社，曰王社。”疏：“崔氏並云：‘王社在藉田，王自所祭，以供粢盛。’”漢蔡邕獨斷上：“天子之社曰王社，一曰帝社。古者有命將行師，必於此社授以政。”

【王良】㊀春秋時晉之善御馬者。孟子滕文公下、荀子王霸、呂氏春秋審分、淮南子覽冥，皆有王良名。左傳哀二年“衞太子爲右”注以爲卽郵無卹，荀子王霸楊倞注以爲卽伯樂。㊁星名。史記天官書：“漢中四星曰天駟，旁一星曰王良。王良策馬，車騎滿野。”

【王延】薯蕷的別名。又名山藥、山藷、諸署、山芋等，見廣雅釋草“王延、藷藇、署預”疏。

【王佐】帝王的輔佐。文選南朝梁任彥昇(昉)王文憲集序：“是以宸居膺列宿之表，圖緯著王佐之符。”注：“王佐，謂賢才可以輔佐天子者。符，應也。”參見“王佐材”。

【王法】帝王所定的法律。史記一二一儒林傳：“故因史記作春秋，以當王法，其辭微而指博。”三國志魏任城威王彰傳：“太祖戒彰曰：‘居家爲父子，受事爲君臣，動以王法從事，爾其戒之。’”

【王波】蜀方言。對老人的敬稱。宋范成大吳船錄上：“發嘉州……僅行二十里，至王波渡宿。蜀中稱尊老者爲波，祖及外祖皆曰波。又有所謂天波、日波、月波、雷波者，皆尊之之稱。此王波，蓋王老或王翁也。”

【王官】㊀天子之官，與諸侯之官相對。左傳定元年：“若復舊職，將承王官。”㊁地名。在山西聞喜縣南。春秋魯文公三年秦伯伐晉，濟河焚舟，取王官及郊，卽此。見左傳文三年、水經注涑水。㊂複姓。晉有王官無地，楚有沄邑大夫王官子羽。見通志二八氏族四。

【王事】爲君王服勞的事，公事。詩小雅北山：“或棲遲偃仰，或王事鞅掌。”公羊傳哀三年：“不以家事辭王事，以王事辭家事，是上之行乎下也。”

【王昌】㊀漢趙國邯鄲人。一名王郎。詐稱是成帝真子子輿，聚兵據邯鄲，自稱天子。後爲光武(劉秀)擊敗身死。見後漢書本傳。㊁人名。唐李商隱李義山詩集六代應：“誰與王昌報消息，盡知三十六鴛鴦。”楚宮詩：“王昌且在牆東住，未必金堂得免嫌。”清高士奇天祿識餘下：“王維崔顥韓偓唐彥謙等詩中皆言王昌，其人始末已無可考。”

【王命】帝王的命令。書胤征：“胤后承王命徂征。”詩大雅烝民：“出納王命，王之喉舌。”箋：“王命者，王口所自言，承而施之也。”

【王制】王者的制度。荀子正論：“是非之封界，分職名象之所起，王制是也。”注：“王制謂王者之舊制。”唐孔穎達禮王制疏：“王制者，以其記先王班爵、授祿、祭祀、養老之法度。”禮記、荀子皆有王制篇。

【王季】周太王古公亶父的末子，文王父，名季歷。其兄太伯虞仲知古公欲立季歷以傳位文王，遂逃往荊蠻。古公卒，季立爲公。季卒，文王卽位。其後文王子武王滅商，追尊古公爲太王，公季爲王季。見史記周紀。

【王姑】祖父的姊妹。爾雅釋親：“王父之姊妹爲王姑。曾祖王父之姊妹，爲曾祖王姑，高祖王父之姊妹，爲高祖王姑。”王父，祖父。

【王室】帝王之家，朝廷，對諸侯而言。後來泛指國家。書胤征：“爾衆士同力王室，尚弼予欽承天子威命。”左傳僖二八年：“癸亥王子虎盟諸侯于王庭，要言曰：‘皆奬王室，無相害也。’”

【王迹】謂王者創業的功迹。功業可見者曰迹。書武成：“至於大王，肇基王迹。”

【王度】㊀王者的品德和器量。左傳昭十二年：“思我王度，式如玉，式如金。”㊁王者的政教。後漢書孝安帝紀贊：“安德不升，秕我王度。”安，安帝。

【王昶】㊀公元？—259年。三國魏太原晉陽人，字文舒，歷官洛陽典農、兗州刺史、司空等。卒諡穆侯。著有治論二十餘篇、兵書十餘篇。三國志魏志有傳。㊁公元1724—1806年。清江蘇青浦人，字德甫，號蘭泉，晚號述庵。乾隆十九年進士，官至刑部侍郎，後以年老乞罷。昶早負詩名，曾選其交遊詩作爲湖海詩傳，又選當代詞爲今詞綜。多藏金石碑版，撰金石萃編一百六十卷。有春融堂集。

【王勃】公元648—675年。唐絳州龍江人，字子安。六歲善文辭。曾爲沛王府修撰，以爲沛王作檄雞文，爲高宗所聞，削職。上元二年勃赴交趾省父，渡海溺死，年僅二十八。勃與楊炯盧照鄰駱賓王被稱爲初唐四傑，詩文雖沿襲六朝餘緒，但題材範圍已較寬闊。有王子安集，清蔣清翊有集注二十卷。舊唐書、新唐書皆有傳。

【王城】㊀指周代東都洛邑。故址在今河南洛陽市西。周公攝政五年，成王在豐(鎬京)，使召公營建洛邑，謂之王城，是爲東都。周公營建成周，遷殷之遺民於成周。周平王避犬戎之難，自鎬京遷居於東都王城，至敬王遷都成周，至赧王又遷王城。參閱史記周紀、宋王應麟詩地理考二王。㊁泛指帝王的都城。左傳定七年：“晉籍秦送王，己巳，王入于王城。”唐杜甫杜工部草堂詩箋十三新安吏：“中男絕短小，何以守王城？”

【王柏】公元1197—1274年。宋婺州金華人，字會之。少慕諸葛亮爲人，自號長嘯，後又以爲長嘯非“持敬”之道，乃更號魯齋。學於何基，爲朱熹三傳弟子。受聘講學於麗澤上蔡兩書院，著述甚富。著書疑，謂書有脫簡，今本不可從；又撰詩疑，辨大小序，攻駁漢儒毛公鄭玄。有魯齋集二十卷。參閱宋元學案八二北山四先生學案。

【王虺】大蛇。同“王蛇”。楚辭大招：“鰅鱅短狐，王虺騫只。”

【王建】㊀唐潁川人，字仲初。大曆十年進士，初爲渭南尉，後官侍御史。出爲陝州司馬，從軍塞上，後歸咸陽。建工樂府，與張籍齊名，宮詞百首尤爲人所傳誦。有王建詩(唐六名家集本)。㊁五代前蜀王朝的創建者。許州舞陽人。少無賴，里人稱爲“賊王八”。後爲唐僖宗宦官田令孜養子。令孜往依西川節度使陳敬瑄。王建攻陷成都，殺陳敬瑄，後又殺田令孜。天復三年，封蜀王。七年，五代梁滅唐，建自稱帝。在位十二年卒。見新五代史前蜀世家本傳。

【王屋】山名。在山西陽城垣曲兩縣間。一名天壇山。其山三重，其狀如屋，故名。書禹貢“底柱析城，至於王屋”，卽此山。參閱太平寰宇記五西京三王屋縣、讀史方輿紀要四一絳州、四九懷慶府。

【王衍】㊀公元256—311年。晉琅邪臨沂人。字夷甫。王戎從弟。官至尚書令、太尉。衍有盛才，常自比子貢，名傾一時；又善玄言，以談老莊爲事，義理若有不安，隨卽更改，世號“口中雌黃”。衍居宰輔之位，周旋諸王間，唯求自全之計。東海王司馬越死，衆推衍爲元帥，全軍爲石勒所破，被殺。見晉書王戎傳附王衍。㊁公元？—926年。五代前蜀王建之子。本名宗衍，後去“宗”字，字化源。衍繼建位，唯聲色爲事，委政於宦者宋光嗣等。後唐莊宗同光三年命將入蜀，衍迎降，尋被殺，前蜀亡。參閱新五代史前蜀世家王建傳附王衍。

【王宮】㊀帝王的宮室。書大誥：“民不靜，亦惟在王宮邦君室。”周禮天官閽人：“閽人，守王宮之中門之禁。”也泛指宮廷。周禮天官小宰：“小宰之職，掌建邦之宮刑，以治王宮之政令。”㊁祭日神的祭壇。禮祭法：“王宮，祭日也。”注：“王宮，日壇。王，君也；日稱君宮。壇，營域也。”

【王旅】帝王的軍隊。詩大雅常武：“王旅嘽嘽，如飛如翰，如江如漢。”

【王庭】㊀朝廷。易夬：“揚於王庭，孚號有厲。”疏：“王庭，是百官所在之處。”書盤庚中："咸造勿褻在王庭。"㊁月支王及匈奴單于所居之處。史記一二三大宛傳："(月支)西擊大夏而臣之，遂都嬀水北，爲王庭。"漢書六二司馬遷傳報任少卿書："且李陵提步卒不滿五千，深踐戎馬之地，足歷王庭。"

【王朗】公元？—228年。漢末東海人，字景興。獻帝時爲會稽太守。孫策起兵略地，取會稽，朗兵敗降策。建安三年，曹操徵爲諫議大夫。歷仕文帝、明帝，官至司空，封蘭陵侯。著易春秋孝經周官傳等，已佚。三國志有傳。

【王祥】公元185—269年。漢末琅邪臨沂人，字休徵。事繼母朱，以孝稱著。值世亂，避地廬江，隱居三十餘年。徐州刺史呂虔檄爲別駕，爲温令。魏高貴鄉公卽位，以與定策功，封萬歲亭侯，遷太尉。入晉，拜太保，進爵爲公。卒謚元。坊刻二十四孝中有王祥卧冰取鯉奉母事。參閱晉書本傳、世説新語德行"王祥事後母朱夫人甚謹"注。

【王振】公元？—1449年。明蔚州人。英宗時太監。侍英宗於東宮。英宗立，掌司禮監，擅權七年，公侯勳爵呼爲翁父。正統十四年，振既構釁瓦剌，挾持英宗親征，兵敗土木堡(在今河北懷來縣)，英宗被俘，振亦爲士兵所殺。明史三〇四有傳。參閱明史紀事本末三二土木之變。

【王夏】樂章名。王出入初奏之樂。周禮春官大司樂："大祭祀，……王出入，則令奏王夏；尸出入，則令奏肆夏；牲出入，則令奏昭夏。"注："三夏皆樂章名。"文選漢張平子(衡)東京賦："禮事展，樂物具，王夏闋，騶虞奏。"

【王通】公元584—618年。隋絳州龍門人，字仲淹，王勃的祖父。任蜀郡司户書佐，棄官歸，以講學著書爲業。仿春秋著元經，已佚。又依家語、法言例著中説。門人薛收等議謚文中子。中説書中多隋唐將相名臣請益之語，或疑爲其弟凝子福時依並時事，附益成書。見舊唐書一九〇上王勃傳。

【王孫】㊀王者之孫或後代。左傳哀十六年："(白公)勝怒曰：'鄭人在此，讎不遠矣，勝自厲劍，子期之。'子平見之曰：'王孫何自厲也。'"㊁公子。史記九二淮陰侯傳："大丈夫不能自食，吾哀王孫而進食，豈望報乎？"集解："如言公子也。"索隱："秦末多失國，言王孫、公子，尊之也。"㊂草名。又名牡蒙、黃孫、黃昬、旱藕，供藥用。又黃耆亦名王孫，别爲一物。參閱本草綱目十二草一黃耆及王孫。㊃猴子的别稱。初學記二九漢王延壽王孫賦："有王孫之狡獸，形陋觀而醜儀。顏狀類乎老公，軀體似乎小兒。"㊄複姓。王孫氏，姬姓。周有大夫王孫滿。衞有王孫賈，楚有王孫由于等。見通志二九氏族五。

【王途】入官的路徑。世説新語任誕"阮仲容(咸)先幸姑家鮮卑"注引竹林七賢論："咸既追婢，於是世議紛然，自魏末沈淪閭巷，逮咸寧中始登王途。"

【王姬】周王之女皆姬姓，後世因稱帝王之女曰王姬。詩召南何彼禯矣："曷不肅雝，王姬之車。"資治通鑑一一五晉義熙五年："(焦)遺子華至孝，(西秦王乞伏)乾歸欲以女妻之，辭曰：'凡娶妻者欲與之共事二親也，今以王姬之貴，下嫁蓬茅之士，誠非其匹，臣懼其闕於中饋，非所願也。'"

【王氣】舊指象徵帝王運數的祥瑞之氣。北周庾信庾子山集一哀江南賦序："頭會箕斂者，合從締交；鋤耰棘矜者，因利乘便；將非江表王氣，終於三百年乎？"唐許渾丁卯集上金陵懷古："玉樹歌殘王氣終，景陽兵合戍樓空。"

【王芻】草名。爾雅釋草："菉，王芻。"注："菉，蓐也，今呼鴟脚沙。"唐本草以爲卽藎草，荆襄人煮以染黃色。參閱政和證類本草十一藎草。

【王師】帝王的軍隊。詩周頌酌："於鑠王師，遵養時晦。"唐杜甫杜工部草堂詩箋四送高三十五書記十五韻："崆峒小麥熟，且願休王師。"

【王章】㊀謂帝王之典禮制度。左傳僖二五年："晉侯朝王，王饗醴，命之宥，請隧，弗許，曰：王章也。"㊁公元前？—前24年。漢泰山鉅平人，字仲卿。少貧，卧牛衣中，與妻對泣。以文學爲官。成帝徵爲諫議大夫、京兆尹，時帝舅王鳳輔政，章上封事力言鳳不可用，宜更選忠賢。遂爲鳳所陷害，下獄死，妻子皆徙合浦。死不以其罪，人皆以爲冤。見漢書本傳。

【王商】漢蠡吾人，字子威。父樂昌侯武爲宣帝舅。成帝建始四年代匡衡爲丞相，有威重。在位五年，爲帝元舅大司馬大將軍王鳳誣奏淫亂事免官，發病嘔血死。漢書有傳。

【王莽】公元前45—23年。漢元城人，字巨君。元帝皇后之侄。父曼早死，叔伯皆封侯，莽獨孤貧，折節讀書，敬事諸父，交結名士，聲譽甚盛。平帝立，年九歲，以莽爲大司馬，元后以太皇太后臨朝稱制，委政於莽，號安國公。平帝死，立孺子嬰爲帝，自稱攝皇帝，三年卽真，改國號曰新。紛事改革，土地皆稱王田，禁民買賣，鹽酒鐵錢等皆由官營，法令苛細，犯輕罪者，亦罪至死；又連年征戰，勞役頻繁，民不聊生，各地農民紛紛起義。莽地皇四年劉玄(更始帝)新市平林軍赤眉下江等農民軍攻入長安，殺莽。見漢書王莽傳。

【王陵】公元前？—前181年。漢沛人。高祖微時兄事陵。高祖入咸陽，陵聚衆數千人於南陽，不肯從高祖。及高祖還擊項羽，陵乃以兵屬漢。項羽取陵母，欲招降之，陵母伏劍而死。高祖定天下，封安國侯，旋任右丞相。惠帝死，呂后欲封諸呂爲王，陵以爲不可，呂后不悦，遷爲太傅，實奪其相權。陵怒謝病，杜門不朝請，十年而卒。漢書有傳。

【王冕】公元1335—1407年。明浙江諸暨人，字元章。幼貧牧牛，常入學舍聽諸生誦書。會稽韓性聞而異之，録爲弟子，遂稱通儒。後隱居九里山。善畫梅，號梅花屋主。明朱元璋(太祖)攻克婺州，招入幕府，授諮議參軍，不久病卒。明史有傳。

【王蛇】大蟒蛇。爾雅釋魚："蟒，王蛇。"注："蟒，蛇最大者，故曰王蛇。"

【王逸】漢南郡宜城人，字叔師。元初中爲校書郎，順帝時爲侍中，所著楚辭章句行於世。作賦、誄、書、論及雜文凡二十一篇，漢詩百二十三篇，多已亡佚。明輯張溥漢魏百三家集有王師叔集。後漢書有傳。

【王符】約公元85—163年。東漢安定臨涇人，字節信。少好學，終生隱居，著書三十餘篇，譏評時政。以不欲彰顯其名，故題爲潛夫論。後漢書有傳。

【王猛】公元325—375年。東晉十六國前秦北海劇人，字景略。少貧，博學好兵書，隱居華陰山。桓温入關中，猛披褐詣温，談當世事，捫蝨而言，旁若無人。温請與偕行，不就。後應苻堅招，相契如三國劉備之與諸葛亮。及堅卽位，以猛爲中書侍郎，一歲五遷，權傾内外，軍國内外萬機之務，莫不歸之。臨終，勸堅勿圖晉。堅未從，終有淝水之敗。晉書前秦載記下有傳。

【王紱】公元1362—1416年。明無錫人，字孟端。任中書舍人。未仕時，隱居九龍山，自號九龍山人。善書，山水師王蒙(叔明)，竹石師倪瓚(雲林)。畫竹尤有名，人稱明代第一。見明史文苑傳二、佩文齋書畫譜五五。畫史會要作王芾。

【王渾】公元223—297年。晉太原晉陽人，字玄沖，襲父昶爵京陵侯，遷安東將軍，都督揚州諸軍事，鎮壽春。武帝大舉伐吳，吳主孫晧送印節詣渾降，不敢進。益州刺史王濬水師先入石頭，納晧降，明日渾始渡江，奏濬不受節制及他罪狀，爲時人所譏。晉書有傳。

【王渠】古御溝名。在陝西西安城北。漢書八六王嘉傳:"爲(董)賢治大第，開門鄉北闕，引王渠灌園池。"注:"晉灼曰:'渠名也，在城東覆盎門外。'"參閱水經注十九渭水。

【王敦】公元266—324年。晉臨沂人，字處仲。娶武帝女襄城公主，拜駙馬都尉。元帝渡江，敦與從兄導，同心翼戴，授鎮東大將軍兼都督六州諸軍事，領江州刺史，尋領荊州刺史。敦既得志，擁兵不朝，意欲脅制朝廷，以沈充錢鳳爲謀主。永昌元年，以誅帝親信劉隗等爲名，起兵反，東下攻陷石頭，入朝自爲丞相。元帝死，敦退屯姑孰。明帝太寧二年再反，兵入江寧，途中病死，衆潰，戮屍懸首於市。見晉書本傳。

【王裒】晉城陽營陵人，字偉元。博學多能，痛父儀爲司馬昭所殺，誓不臣晉。母没，讀詩至"哀哀父母，生我劬勞"，流涕不已，門人爲廢蓼莪之篇。隱居教書，徵辟皆不就。家貧躬耕。及石勒攻陷洛陽，裒戀祖墓不去，被害。晉書有傳。

【王道】㊀謂先王所行之正道。書洪範:"無偏無黨，王道蕩蕩；無黨無偏，王道平平；無反無側，王道正直。"㊁儒家稱以"仁義"治天下，與"霸道"相對。孟子梁惠王上:"養生喪死無憾，王道之始也。"

【王尊】漢涿郡人，字子贛。少孤，牧羊，後師事郡文學官，遷虢令，擢安定太守。捕誅豪强張輔等，威震郡中。被劾免。旋遷益州刺史，至邛郲九折阪，知前刺史王陽至此畏險不敢前進，乃叱馭者曰:"驅之！王陽爲孝子，王尊爲忠臣！"及爲東郡太守，河水泛侵瓠子金隄，隄壞，衆奔走，尊立隄上不動，吏民還救，卒轉危爲安。漢書有傳。

【王曾】公元978—1038年。宋青州益都人，字孝先。咸平中由鄉貢試禮部及廷對，皆第一，劉子儀爲翰林學士，戲語之曰:"狀元試三場，一生喫着不盡。"曾正色曰:"曾平生之志，不在温飽。"累官至右僕射兼門下侍郎、平章事、集賢殿大學士，封沂國公。所進退士，人無知者。范仲淹勸其明舉士類，以盡相職。曾曰:"恩欲歸己，怨使歸誰？"仲淹服其言。以裁抑外戚，忤太后旨，出知青州，終判鄆州。卒謚文正。仁宗爲篆其碑曰"旌賢之碑"，大臣賜篆碑自曾始。宋史有傳。參閱五朝名臣言行録五丞相沂國王文正公。

【王琦】清浙江錢塘人，字琢崖，號載庵。與齊召南杭世駿友善。早喪妻，杜門著述。著李太白詩注三十六卷、李長吉歌詩彙解五卷。

【王菩】草名。呂氏春秋孟夏:"王菩生，苦菜秀。"注:"菩或作瓜，……案月令:'王瓜生'，注云今月令云:'王萯生。……古菩、萯通用。'"

【王弼】公元226—249年。三國魏山陽人，字輔嗣。年十餘，卽篤好老莊，與鍾會並知名。以何晏薦爲尚書郎。著道略論，注易、老子，以有皆始於無，無爲萬物的根本，掃棄舊文，專言義理，開魏晉以後玄學的先聲。卒年二十四。見三國志魏鍾會傳。

【王景】漢樂浪詽邯人，字仲通。少學易，好天文術數，深沈多技藝。明帝詔與將作謁者王吳修浚儀渠，景用堨流法，水不復爲害。又與王吳修渠築隄，自滎陽東至千乘海口，凡千餘里。建初八年，遷廬江太守，教用犂耕，勸民蠶織，境内豐給。著金人論大衍玄基。見後漢書七六王景傳。

【王鈇】鈇，斧。王者之法制其威如斧，故稱王鈇。鶡冠子博選:"王鈇非一世之器者，厚德隆俊也。"注:"王鈇，法制也。賈子(誼)曰:'權執法制，人主之斤斧。'"

【王程】奉公命差遣的旅程。唐高適高常侍集六入昌松東界山行詩:"王程應未盡，且莫顧刀鐶。"白居易長慶集七入峽次巴東詩:"萬里王程三峽外，百年生計一舟中。"

【王喬】㊀卽仙人王子喬。文選晉孫興公(綽)遊天台山賦:"王喬控鶴以沖天，應真飛錫以躡虛。"詳"王子喬"。㊁漢河東人。後漢明帝時爲葉令。傳説每初一、十五自縣詣朝，不乘車騎，太史伺其臨至，輒有雙鳧從東南飛來。於是候鳧至，舉羅張之，得一舄，視之則所賜尚書官屬履。後立廟，號葉君祠。或云，此卽古仙人王子喬。見後漢書八二上本傳。

【王溥】宋并州祁人，字齊物。好學，手不釋卷，五代漢舉進士第一，歷仕後漢後周，官中書舍人、翰林學士、右僕射。入宋進司空，封祁國公。卒謚文獻。著有唐會要五代會要及文集二十卷。史書斷代而爲會要，以溥所輯爲最早。宋史有傳。

【王源】公元1648—1710年。清大興人，字崑繩。康熙舉人。有志經世，習知前代典要及關塞險隘，攻守方略。五十六歲與李塨同師事顏元。著有平書十卷、文集二十卷。

【王詵】宋太原人，字晉卿，娶英宗女蜀國長公主，爲駙馬都尉。能詩善畫，山水畫用破墨法，善寫廣漢平原煙雲變幻的景色。有寶繪堂，藏古今書畫，以與蘇軾黄庭堅米芾等爲友，坐黨籍被貶謫。宣和畫譜著録詵作二十九種，以煙江疊嶂圖(藏上海博物館)、漁村小雪圖(藏故宫博物院)最著名。見宋史二五五王凱傳。

【王禎】元東平人，字伯善。曾任旌德永豐縣尹。著農桑通訣六集、農器圖譜二十集、穀譜十集，總稱農書。已佚。清修四庫全書，自永樂大典輯出改編爲二十二卷。

【王愷】晉東海郯人，字君夫。父肅，姊適司馬昭，生司馬炎(晉武帝)。以討楊駿功，封山都縣公。官至龍驤將軍、驍騎將軍、散騎常侍。愷既爲世族國戚，性豪侈，日用無度，無所忌憚。死謚醜。參閱世説新語汰侈。晉書有傳。

【王肅】公元195—256年。三國魏東海郯人。王朗子，字子雍，官至中領軍，加散騎常侍。善賈逵馬融之學。兩漢經學，至鄭玄合今古文而集大成，肅欲與之争勝，撰聖證論，專攻鄭氏，並僞託孔安國尚書傳論語孝經注孔子家語孔叢子以佐其説，遍爲尚書詩論語三禮左氏作注，又撰定父朗所作易傳。肅女爲司馬昭婦，生子炎(晉武帝)，以帝王之力，其注傳立於學官。附見三國志王朗傳。

【王粲】公元177—217年。三國魏山陽高平人，字仲宣，博學多識，文思敏捷。嘗往謁蔡邕，邕倒屣相迎。獻帝初避地往依荊州劉表十五年，後歸曹操，任丞相掾，累官至侍中。建安二十二年從征吳，途中病卒。粲爲建安七子之一。著有詩賦論議六十篇。三國志魏志有傳。明張溥漢魏百三家集有王侍中集一卷。

【王雎】鳥名。爾雅釋鳥:"雎鳩，王雎。"注:"雕類，今江東呼之爲鶚，好在江渚山邊食魚。"

【王業】謂帝王的基業。詩豳風七月序:"七月，陳王業也。"戰國策秦一:"據九鼎，按圖籍，挾天子以令天下，天下莫敢不聽，此王業也。"

【王會】逸周書篇名。周公以王城(洛邑)既成，大會諸侯。遂創奠朝儀、貢禮，史因作王會篇以紀之。唐柳宗元柳先生集四二古今詩:"南宮有意求遺俗,試檢周書王會篇。"參見"王城"。

【王筠】㊀公元 481—549 年。南朝梁琅邪臨沂人。字元禮,一字德柔,王僧虔孫。少有才名,沈約稱晚來名家,唯見王筠獨步。累官至光祿大夫、司徒左長史。暮年世亂,遇盜墜井死。筠自輯其文,以一官爲一集,每集十卷,末集三十卷,共一百卷行於世。文人以官職爲集名者,自筠始。梁書有傳。㊁公元 1784—1854 年。清安邱人,字貫山,號菉友,道光舉人,官山西鄉寧知縣。博涉經史,尤精說文之學,與段玉裁桂馥朱駿聲稱四大家。著有說文釋例說文句讀說文繫傳校錄文字蒙求等。其句讀折衷段玉裁,述桂馥之說,刪繁就簡,尤便初學。

【王爾】古巧匠名。韓非子姦劫弒臣:"無規矩之法,繩墨之端,雖王爾不能以成方圓。"淮南子本經:"公輸王爾,無所錯其剞劂削鋸,然猶未能贍人主之欲也。"

【王蒙】公元 1308—1385 年。元湖州人,字叔明,趙孟頫之甥。能文善畫,山水師法巨然,與倪瓚(雲林)齊名,元末,隱居黃鶴山,因號黃鶴山樵。明洪武初,爲泰安州知州。蒙曾出入胡維庸門,維庸既誅,株連及蒙,死於獄中。明史二八五有傳。

【王綱】指朝廷綱紀。文選漢揚子雲(雄)劇秦美新:"是以帝典闕而不補,王綱弛而未張。"

【王維】公元 701—761 年。唐太原祁人,字摩詰。開元九年舉進士,天寶末爲給事中。以受安祿山僞職,列三等,特原責授太子中允,晚官至尚書右丞,世稱"王右丞"。以詩畫名盛開元天寶間。山水畫以水墨渲染,蕭疏清淡,人稱其詩中有畫,畫中有詩。維篤信佛,晚年長齋。有別墅在藍田輞川,曾作輞川圖。有王右丞集畫學祕訣。新、舊唐書有傳。

【王蝱】昆蟲名。蝱,也作"虻"、"䖟"。明彭大翼山堂肆考三六昆蟲:"虻有數種,皆能啖牛馬血。木虻最大而綠色,今呼爲王虻,又呼爲舍命王。"

【王導】公元 276—339 年。晉臨沂人,王覽孫,字茂弘,少有識量,才智過人。元帝爲瑯玡王,居建康,導知天下已亂,勸王招攬賢俊以結人心。政務清靜,戶口殷實。朝野依賴,號爲仲父。及帝即位,以導爲丞相。歷事元帝、明帝、成帝三朝,出將入相,官至太傅。晉書有傳。

【王翦】秦頻陽東鄉人。善用兵,事秦始皇,平趙(始皇十九年),定燕、薊(二十一年),翦子賁擊降魏(二十二年)。初,始皇欲取楚,用李信言,出兵二十萬,大敗,乃改用翦,翦乃大破楚軍,殺楚將項燕,虜楚王負芻(二十四年),滅楚置郡縣。次年賁滅齊,秦統一全國。

【王翬】公元 1632—1717 年。清常熟人,字石谷,號耕煙,又號烏目山人,晚稱清暉老人。師王時敏,畫山水,與時敏(煙客)王鑑(圓照)王原祁(麓臺)稱清初四王。康熙中,以布衣供奉內庭,嘗繪南巡圖,其畫以元人筆法而運用唐人氣韻爲主。卒年八十六。

【王履】公元 1332—? 年。元崑山人,字安道。從金華朱震亨學醫,盡得其術。工詩文,善繪畫,曾遊華山,作圖四十幅,爲時所稱。著有傷寒立法考、醫經泝洄集等書。以卒於明初,明史入方技傳。

【王儉】公元 452—489 年。南齊琅琊臨沂人,字仲寶。南朝宋明帝時,歷官太子舍人、祕書丞。依七略撰七志四十卷,又撰元徽四部書目。入齊,遷尚書右僕射,領吏部。儉長禮學,熟悉朝儀,居官常自比謝安。卒謚文憲。南齊書、南史皆有傳。

【王畿】㊀古代稱王城附近周圍千里的地域。周禮夏官職方氏:"乃辨九服之邦國,方千里曰王畿。"唐杜甫杜工部草堂詩箋四十巴西聞收宮闕送班司馬入京:"念君經世亂,匹馬向王畿。"㊁公元 1497—1582 年。明山陰人,字汝中,號龍谿。學於王守仁。嘉靖五年進士,官至兵部郎中。以夏言斥爲僞學,謝病歸,講學於吳楚閩越之間,學者稱龍溪先生。其學主四無之說,心是"無心之心",意是"無意之意",知是"無知之知",物是"無物之物",謂任心之自然流行即可脫離生死,已與禪學相近。有龍溪全集。明史有傳。參閱明儒學案十二浙中王門學案。

【王融】公元 468—494 年。南齊琅琊臨沂人。王僧達孫。字元長,舉秀才,累官中書郎。博涉有文才,辭藻富麗。自恃家世才望,欲求執政,與竟陵王蕭子良相友善,武帝(蕭賾)病篤,融欲矯詔立子良不成,下獄賜死,年二十七。南齊書南史皆有傳。明張溥漢魏六朝百三名家集輯有王寧朔集。

【王曇】公元 1762—1819 年。清浙江秀水人,又名良士,字仲瞿。乾隆舉人。能詩文,尤工駢體,與黃仲則齊名,世稱乾隆二仲。有煙霞萬古樓文集詩選仲瞿詩錄等。參閱國朝先正事略四三。

【王學】明王守仁學派的簡稱,也稱爲陽明學派、姚江學派。參見"王守仁"。

【王嬙】漢元帝宮人王昭君名。漢書元帝紀竟寧元年作王檣,匈奴傳作王牆,文選江文通(淹)恨賦注引應劭作王嬙,嬙,即"牆"字。惟後漢書南匈奴傳作嬙,謂爲昭君之字。後來舊題漢劉歆西京雜記、通典六、新唐書樂志相沿皆作王嬙。按說文無嬙、檣字,疑當作"牆(嬙)"。參見"王昭君"。

【王濟】晉太原晉陽人,字武子,王渾子。善易及莊老。尚武帝女常山公主。累官至侍中,性豪侈,嘗買地爲馬埒,編錢鋪滿之,時人譏爲"金溝"。見晉書王渾傳。

【王濬】公元 206—285 年。晉弘農湖人,字士治。博涉經典,參羊祜軍事。祜薦爲巴州刺史,遷益州刺史。武帝謀伐吳,詔濬修舟艦,吳人於江中設鐵錐鐵鏁,濬燒斷鐵鎖,先王渾抵石頭城,納孫皓降。由是與渾有隙。卒謚武。晉書有傳。

【王謝】六朝時王謝世爲望族,故常並稱。南史侯景傳:"(景)請娶於王謝,帝曰:'王謝門高非偶,可於朱張以下訪之。'"後以王謝爲高門世族的代稱。唐劉禹錫劉賓客集二四烏衣巷詩:"舊來王謝堂前燕,飛入尋常百姓家。"

【王褒】㊀西漢蜀資中人,字子淵。宣帝時徵入都,與張子僑等並待詔,擢爲諫大夫。善詩賦。奉命往益州祀金馬碧雞之寶,卒於道。所著聖主得賢臣頌、洞簫賦皆見文選。漢書有傳。㊁公元?—577年。北周琅琊臨沂人,字子淵(唐人避李淵諱改爲子源,北史改子瀰)。王儉曾孫。博覽史傳,工文章,與庾信齊名。梁元帝時召拜吏部尚書左僕射。北周陷江陵,入西魏被留不返,官至宜州刺史,卒於位。北史周書皆有傳。明張溥漢魏六朝百三名家集有王司空集。

【王禮】㊀天子的禮節。禮明堂位:"凡四代之服器官,魯兼用之,是故魯,王禮也。"注:"王禮,天子之禮也。"㊁諸侯王之禮。漢書高帝紀下漢五年:"上壯其(田橫)節,爲流涕,發卒二千人,以王禮葬焉。"

【王鮪】大鮪魚。周禮天官𩣑人:"春獻王鮪。"注:"王鮪,鮪之大者。"疏:"亦名鱘。"文選漢張平子(衡)東京賦:"王鮪岫居,能鼈三趾。"參見"鱘"。

【王績】公元 585—644 年。唐絳州龍門人。通弟,字無功,號東皋子。隋大業中舉孝廉,授揚州六合縣丞,以非性所好,解職還鄉里。性嗜酒，嘗採自杜康儀狄以來善酒者爲作譜，又作醉鄉記。有東皋子集。新舊唐書皆有傳。

【王謨】清江西金谿人，字仁圃，一字汝上。乾隆四十三年進士，官建昌教授。慕鄭樵馬端臨之學，有志撰述，纂集漢魏叢書八十六種，江右考古録、漢唐地理書鈔等。書鈔初定輯録三百八十八種，發刻時限於資力刊爲前編四册，後編四册，有1961年中華書局影印本。

【王職】朝廷的官職或職務。左傳定四年："取於有閻之士，以共王職。"文選漢潘元茂(勗)册魏公九錫文："爰及襄王，亦有楚人不供王職。"

【王鏊】公元1450—1524年。明吴人。字濟之，成化間鄉試、會試皆第一，廷試第三。授編修，正德初，官至户部尚書、文淵閣大學士。時太監劉瑾跋扈，求去歸里，卒謚文恪。鏊博學能文，有姑蘇志震澤集等。明史有傳。

【王霸】㈠謂王業與霸業。儒家稱以德行仁政者爲王，以力假仁者爲霸。三國志魏陳矯傳："(陳)登曰：'……雄姿桀出，有王霸之略，吾敬劉玄德(備)。'"世説新語品藻："顧劭嘗與龐士元(统)宿，語問曰：'聞子名知人，吾與足下孰愈？'曰：'陶冶世俗，與時浮沈，吾不如子。論王霸餘策，覽倚仗之要害，吾似有一日之長。'"㈡唐農民政權黄巢年號。公元878—880年。

【王鑑】公元1598—1677年。清江蘇太倉人。字圓照，自號湘碧，又號染香庵主。王世貞曾孫，與王時敏同族，爲子姪行。明崇禎舉人，官廉州知府，歸里與時敏砥勵畫學。山水以董源巨然爲宗，沈雄古逸。與王時敏(煙客)、王翬(石谷)、王原祁(麓臺)稱四王。

【王十朋】公元1112—1171年。宋温州樂清人，字龜齡，號梅溪。紹興二十七年進士第一。歷知饒夔湖泉等州，後以龍圖閣學士致仕。詩文渾厚質直，懇惻條暢。有梅溪集五十卷等。參閱宋史本傳、宋元學案四四趙張諸儒學案。

【王九思】公元1468—1551年。明鄠縣人。字敬夫，號渼陂。弘治九年進士。由庶吉士授檢討，以附劉瑾官至吏部郎中。瑾敗，謫壽州同知，復被論，勒令致仕。九思才思與李夢陽何景明等齊名，後人稱爲前七子。長於散曲和雜劇。著有渼陂集碧山樂府等。

【王之渙】公元688—742年。字季陵，唐并州人，後徙绛州。其邊塞詩與王昌齡高適等齊名，聯唱迭和，名動一時，每有作，樂工卽譜以聲律。惜現僅存絶句六首。參閱唐薛用弱集異記妓伶謳詩、唐詩紀事二六。

【王士禄】公元1626—1672年。清山東新城人，字子底，號西樵。順治十二年進士，官至吏部員外郎。工詩文，詩學唐孟浩然，幽澹閒遠，與弟士祜士禛稱三王。有司勳五種集。

【王士雄】公元1808—？年。清浙江海寧人，字孟英，晚號夢隱，又號潛齋。世居杭爲醫。操術精湛，所至聞名。著有潛齋醫學叢書潛齋醫書五種四科簡效方等，以霍亂論温熱經緯最著名。

【王士禎】公元1634—1711年。清山東新城人，初名士禛，卒後因避胤禛(雍正)諱，追改士正。乾隆時，命改士禎，字子真，一字貽上，號阮亭，别號漁洋山人。順治十五年進士，官至刑部尚書。士禎善文、詞，尤工詩，以神韻爲宗，主詩壇數十年，與朱彝尊並稱"朱王"。著有帶經堂集池北偶談漁洋詩話等數十種。

【王士禛】見"王士禎"。

【王子晉】周靈王太子。逸周書太子晉："王子(晉)曰：'且吾聞汝知人年之長短，告吾！'師曠對曰：'汝聲清汗，汝色赤白，火色，不壽。'王子曰：'然。吾後三年將上賓於(天)帝所，汝慎無言，殃將及汝。'師曠歸，未及三年，告死者至。"後人因謂王子晉仙去。唐李白李太白詩二四感遇之一："吾愛王子晉，得道伊洛濱。"參見"王子喬"。

【王子喬】傳説古仙人。文選古詩十九首之十六："仙人王子喬，難可與等期。"注："列仙傳曰：'王子喬者，太子晉也，道人浮丘公接以上嵩高山。'"

【王文治】公元1730—1802年。清江蘇丹徒人，字禹卿，號夢樓。乾隆二十五年進士，殿試第三人，授翰林院編修，雲南臨安知府。出使琉球。文名播海外。辭官返里，主講杭州鎮江書院。詩文成家，工書畫，精音律，爲家樂譜曲。與同時袁枚趙翼蔣士銓並稱四大家。著有夢樓詩集。

【王夫之】公元1619—1692年。清衡陽人。字而農，號薑齋。明崇禎十五年舉人。明亡，應南明桂王之招，授行人。尋隱居於衡山石船山，築土室以居，杜門不仕，學者稱船山先生。通天文、曆數、經、史、輿地之學。其學以漢儒爲門户，以關閩爲宗，闢程朱"理在氣先"、陸王"心學良知"之説，主"天下唯器而已矣"、"天下無象外之道"、"習成而性與成"，而歸於躬行實踐。詩文亦自成家。生平所著甚多，同治初，後人彙刻爲船山遺書，凡七十種三百二十四卷。

【王引之】公元1766—1834年。清高郵人，字伯申，號曼卿。嘉慶四年進士，初授翰林院編修，官至工部尚書。卒謚文簡。精音韻、文字訓詁之學，王氏三世傳經，父念孫著廣雅疏證讀書雜志，人稱高郵王氏父子。著有經義述聞經傳釋詞(康熙)字典考證等書。

【王玄策】唐太宗時人。官右率府長史，使天竺。會中天竺王尸羅逸多死，國中大亂，其臣那伏帝阿羅那順篡立，發兵以拒玄策。玄策走至吐蕃，合泥婆羅國兵，入中天竺國城，俘阿羅那順以歸。貞觀二十二年至長安。授朝散大夫。見舊唐書一九八天竺傳。

【王世充】公元？—621年。隋西域人，徙居新豐，字行滿。本姓支，父爲王氏養子，因姓王。涉書傳，喜兵法，通龜策。煬帝數幸江都，世充爲郡丞，善候顏色，轉升江都通守。大業末，宇文化及弑煬帝於江都，世充於洛陽立越王侗爲帝，自任吏部尚書，封鄭國公。次年廢侗，自稱帝，建元曰開明，國號鄭。武德三年，爲唐兵所敗，遂降，在位前後三年。至長安，爲舊仇獨孤修德所殺。北史、新舊唐書皆有傳。

【王世貞】公元1526—1590年。明太倉人，字元美，號鳳洲，又號弇州山人。嘉靖二十六年進士。父忬，忤嚴嵩父子，以誤邊事罪，斬於西市。隆慶初，世貞與弟世懋伏闕訟父冤，卒得平反。官至南京刑部尚書。詩文與李攀龍齊名，世稱王李，同爲"後七子"領袖。攀龍歿後，世貞領袖文壇二十餘年，一時士大夫、山人、詞客以至僧道，皆奔走門下。以厭於當時臺閣體的萎靡文風，推行古文運動，提倡"文必西漢，詩必盛唐"。影響所及，成爲一時風氣。世貞晚年詩文，以平淡自然爲多，主張不復如前之偏激。有弇州山人四部稿、續稿。見明史二八七文苑傳三。

【王母桃】古代神話中西王母的仙桃，三千年一結果，食之長壽。見舊題漢班固漢武帝内傳。

【王生韈】漢高祖時張釋之爲廷尉，有王生善爲黄老言，謂釋之曰："爲我結韈"，釋之跪而結之。既已，人謂王生曰："獨奈何廷辱張廷尉，使跪結韈？"王生曰："張廷尉方今天下名臣，吾欲聊辱廷尉，使跪結韈，欲以重之。”見史記漢書張釋之傳。後因以結韈作禮賢的故事。唐許渾丁卯集上灞上逢元處士東歸詩：“何人更結王生韈，此客虛彈貢氏冠。”

【王仙芝】公元？—878年。唐濮州人。唐末農民領袖之一。乾符二年，率衆起義，破曹、濮二州。冤句（今山東菏澤市）人黃巢，聚衆響應，聲勢益大。破汝州，連下申光廬壽通舒六州，破鄂州，推動各地農民起義。五年二月，與官軍曾元裕戰於申州，失利陣亡。見新唐書二二五黃巢傳。

【王守仁】公元1472—1528年。明浙江餘姚人，字伯安，弘治十二年進士。正德初因忤宦官劉瑾，謫龍場驛丞。瑾誅，移廬陵知縣，累擢右僉都御史，巡撫南贛，總督兩廣。曾鎮壓農民起義，又平定寧王宸濠之亂，官至南京兵部尚書，封新建伯，卒謚文成。守仁主張以心爲本體，提倡“良知良能”，“格物致知，自求於心”，反對宋朱熹的“外心以求理”，提出“求理於吾心”的知行合一說。世稱姚江學派，以其曾築室故鄉陽明洞，學者稱陽明先生，也稱陽明學派。隆慶中謝廷傑合刻其所爲文爲王文成全書三十八卷。明史有傳。參閱明儒學案十。

【王安石】公元1021—1086年。宋撫州臨川人，字介甫，號半山。慶曆二年進士。仁宗嘉祐中上萬言書，主張變法。神宗熙寧二年參知政事，領三司條例使，實行新法，興農田、水利、青苗、均輸、保甲、免役、市易、保馬、方田諸法，爲舊黨所反對。熙寧九年罷相，神宗死，太皇太后高氏臨朝聽政，司馬光入相，盡罷新法。晚年退居江寧，閉門不言政，以元豐中封荆國公，世稱荆公。安石博學，於諸經皆有著作，文章詩詞皆主張文學“務爲有補於世”。所作險峭奇拔，政論尤簡潔有力，後人稱爲“唐宋八大家”之一。卒謚文。著有周官新義、唐百家詩選、臨川集等。宋史有傳。

【王次仲】秦上谷人，相傳爲古八分書的始創者。參閱水經注十三㶟水、唐張懷瓘書斷八分。參見“八分㈠”。

【王佐材】輔助帝王的才能。漢書五六董仲舒傳贊：“劉向稱董仲舒有王佐之材。雖伊吕亡以加，筦晏之屬，伯者之佐，殆不及也。”材，亦作“才”。三國志魏荀彧傳：“彧年少時，南陽何顒異之，曰‘王佐才也’。”

【王官谷】地名。在今山西永濟縣，中條山中，旁有天柱跨鶴諸峯，瀑布貽溪諸水，巖洞深邃，泉壑幽勝。唐末司空圖隱於此。見讀史方輿紀要四一平陽府臨晉縣。

【王者香】謂蘭。樂府詩集五八猗蘭操序：“琴操曰：猗蘭操孔子所作，……自衞反魯，隱谷之中。見香蘭獨茂，喟然歎曰：‘蘭當爲王者香，今乃獨茂，與衆草爲伍。’”

【王者師】帝王之師。孟子滕文公上：“有王者起，必來取法，是爲王者師也。”史記留侯世家：“有頃，父亦來，喜曰：‘當如是。’出一編書，曰：‘讀是則爲王者師矣。’”

【王肯堂】明金壇人，字宇泰，號損庵。萬曆十七年進士，授檢討。官至福建布政司參政。精於醫，著證治準繩。又有鬱岡齋筆塵，中論方藥者居十之三四。明史二二一附父樵傳。

【王叔文】公元753—806年。唐越州山陰人。以棋待詔，德宗末，侍讀東宮，常與太子（李誦）議論時政。太子（順宗）卽位，出任翰林學士，（時稱内相）又兼充度支、鹽鐵副使，掌握財權。推吏部郎中韋執誼爲宰相，用王伾韓泰柳宗元劉禹錫等，實行罷宫市，免進奉，懲貪污等措施，反對宦官專權，藩鎮割據，進行改革。會帝病，宦官俱文珍等迫順宗退位，擁立憲宗。執誼叔文等執政未滿五月而失敗。叔文貶渝州司户，次年被殺。唐柳宗元柳先生集十三有故尚書户部侍郎王君（卽叔文）先太夫人河間劉氏誌文。新、舊唐書皆有傳。參見“八司馬”。

【王昌齡】公元698—757年。唐京兆長安人（河嶽英靈集唐才子傳作太原人，唐詩紀事新唐書作江寧人）。字少伯，開元十五年進士，爲校書郎。二十二年舉弘詞科，授汜水尉，遷江寧令。以不謹細行，貶龍標尉。安史亂時歸里，爲刺史閭丘曉所殺。昌齡詩風格雄渾，七言絶詩後人常推與李白並稱，與高適王之渙齊名。有詩集五卷，已佚。全唐詩所收僅四卷。新唐書二〇三附孟浩然傳。參閱唐才子傳二。

【王念孫】公元1744—1832年。清江蘇高郵人。字懷祖，號石臞。乾隆四十年進士，官至永定河道。念孫少受業於休寧戴震，精音韻、文字、訓詁之學：分古韻爲二十一部；撰廣雅疏證二十三卷，搜羅漢魏以前古訓，詳加考證；又撰讀書雜志八十二卷，校正古書傳寫之誤。念孫父安國，子引之，三世傳經，人稱高郵王氏之學。

【王舍城】梵名曷羅闍姞利呬，在中印度摩伽陀國。以王先舍於此，故意譯爲王舍。多出香茅，亦名上茅城。見大唐西域記九、慧琳一切經音義六大般若經五一〇吉祥茅國。

【王彦章】公元863—923年。五代鄆州壽張人，字子明（舊五代史作賢明）。少從朱温（梁太祖）爲軍卒，屢以功升，梁末帝（朱友貞）時爲澶州刺史。驍勇有力，持鐵槍，馳騁如飛，軍中號王鐵槍。平居常語人曰：“豹死留皮，人死留名。”後唐軍攻兖州，彦章守東路，戰敗就擒，拒降被殺。新、舊五代史皆有傳。

【王昭君】漢南郡秭歸人，名嬙（漢書作“牆”），字昭君。（晉人避司馬昭諱，改稱明君，後人又稱明妃）元帝宫人。竟寧元年，匈奴呼韓邪單于入朝，求美人爲閼氏，帝予昭君，以結和親。昭君戎服乘馬，提琵琶出塞。入匈奴，號寧胡閼氏。生一男。呼韓邪死，子復株絫若鞮單于立，復妻昭君，生二女。卒葬於匈奴。現内蒙呼和浩特市南有昭君墓，世稱青冢。昭君事迹，見西京雜記琴操等，故事傳説，在民間流傳甚廣，敦煌有王昭君變文，後世詩歌戲曲以昭君事爲吟詠題材者，尤多不勝計。參閱漢書元帝紀、匈奴傳，後漢書南匈奴傳。

【王禹偁】公元954—1001年。宋濟州鉅野人，字元之。太平興國八年進士。任右拾遺，以敢言著稱，曾上御戎十策，陳防御契丹之計。累官左司諫、知制誥，判大理寺，後知單州。真宗時，與修太祖實録，直書史事，爲宰相所不喜，出知黄州，遷蘄州，病卒。禹偁才學敏贍，以直道自任，屢被擯斥。喜稱獎後進，當時名士，多出其門。詩文多涉規諷，風格平易，掃宋初西崑浮豔文風。有小畜集、外集四十三卷。宋史有傳。

【王保保】公元？—1375年。元平章察罕帖木兒養子。本姓王，小名保保。河南沈丘人。順帝賜名擴廓帖木兒。隨察罕於黄河南北一帶鎮壓農民起義，察罕死，襲父職。駐兵河南，與諸將孛羅帖木兒等互相攻擊。封河南王。至正二十八年，明軍北伐，保保從山西敗走甘肅，遁至阿爾泰山之北，擁兵塞上。明太祖屢招之，不應。病卒。元史、明史有傳。

【王原祁】公元1642—1715年。清太倉人，字茂京，號麓臺。康熙九年進士，累官至户部侍郎。命鑒定内府名畫，充佩文齋書畫譜總裁。原祁畫爲祖時敏親授，於淺絳法獨有心得，時敏稱其學黄公望

"形神俱得"。晚亦好用元吴鎮墨法。與時敏王鑑王翬並稱四王。弟子有同里黄鼎唐岱等,稱婁東派。著有罨畫集等。

【王時敏】公元 1592—1680 年。清太倉人。字遜之,號煙客,又號西廬老人。明大學士王錫爵孫。崇禎初以蔭官至太常寺少卿。明亡後,居家不出。畫山水,法元黄公望,從學於董其昌,爲清初畫壇領袖。精鑒賞,獎進後學,得其指授而成家者甚多。王翬吴歷皆出其門下。著西田集。

【王欽若】公元 962—1025 年。宋新喻人,字定國。擢進士,官司空、門下侍郎、同平章事、玉清昭應宫使、昭文館大學士,監修國史,封冀國公。欽若智敏過人,善迎合帝意,譖擠寇準出外。大中祥符元年真宗封泰山,祀汾陰,朝野争言符瑞,皆欽若與丁謂倡之。與丁謂林特陳彭年劉永珪被時人稱爲五鬼。嘗主修册府元龜。宋史有傳。參閲宋史紀事本末二二天書封祀。

【王慎中】公元 1509—1559 年。明晉江人,字道思,號遵巖居士,又號南江。嘉靖五年進士,官至河南參政。以忤夏言落職。自中年廢棄,致力古文,反對李夢陽何景明前七子之復古主張,推崇唐宋散文,卓然成家。與唐順之齊名,人稱王唐。有遵岩先生集。明史有傳。

【王猷定】公元 1598—1662 年。清江西南昌人,字于一,號軫石。明拔貢生。工詩文,有辯才。史可法徵爲記室。入清,不仕。文與侯方域齊名。著有四照堂集。

【王實甫】元大都人。本名德信。其撰寫雜劇,大約在元成宗大德年間(公元 1297—1307),所作據録鬼簿著録有十四種,全存的僅崔鶯鶯待月西廂記吕蒙正風雪破窰記二種。又韓彩雲絲竹芙蓉亭蘇小郎月夜販茶船兩劇各存一折曲詞。

【王鳴盛】公元 1722—1797 年。清江蘇嘉定人。字鳳喈,號禮堂,又號西莊,晚號西沚。乾隆十九年進士第二名,累官内閣學士,兼禮部侍郎,隨即左遷光禄寺卿。以母喪歸,遂不復出。居蘇州三十年,閉門讀書,經史詩文均有成就,負重名。著有尚書後案十七史商榷蛾術編等。

【王僧虔】公元 426—485 年。南朝齊琅琊臨沂人。王導五世孫。宋時除祕書,官至尚書令。入齊,轉侍中,湖州刺史。善隸書,宋武帝(劉駿)欲擅書名,忌其能,故常以拙筆書。齊高祖(蕭道成)亦善書,曾與僧虔賭書法畢,謂曰:"誰第一?"僧虔曰:"臣書,臣中第一;陛下書,帝中第一。"南齊書有傳。

【王僧孺】公元 465—522 年。南朝梁東海郯人。幼慧,家貧,常傭書以養母。仕齊梁,歷官至御史中丞。僧孺詩文秀逸,又善楷隸,多識古事。聚書萬餘卷,大多異本,與沈約任昉家書相埒。明張溥漢魏百三家集有王左丞集。梁書南史皆有傳。

【王僧辯】公元?—555 年。南朝梁太原祁人,字君才,北魏潁川太守王神念子。梁天監中隨父奔梁。初爲湘東王(蕭繹)左常侍,後任竟陵太守。侯景反,從繹討景,爲大都督,與陳霸先共復建康。繹(元帝)即帝位,爲司徒、侍中、尚書令。元帝於江陵被西魏攻殺,僧辯霸先奉晉安王(蕭方智)稱制。次年北齊高洋遣貞陽侯蕭淵明返江陵,脅僧辯奉爲帝,歸建康,霸先不可,襲殺僧辯,方智稱帝(敬帝)。後爲陳霸先襲殺。梁書有傳。南史附王神念傳。

【王審知】公元 862—925 年。五代時十國閩主。光州固始人,字信通。唐末,從其兄潮起兵,入據閩地。唐以潮爲福建觀察使,審知爲副使。潮死,審知爲武威軍節度使,封琅琊王。五代後梁太祖(朱温)封爲閩王。審知貌奇偉,乘白馬,軍中號白馬三郎。持身儉約,選任良吏,興建學校,發展海外貿易,三十年間,境内小康。新、舊五代史皆有傳。

【王餘魚】魚名。即比目魚。藝文類聚九九晉郭璞比目魚贊:"比目之鱗,别號王餘,雖有二片,其實一魚。"文選晉左太沖(思)吴都賦:"雙則比目,片則王餘。"注:"比目魚,東海所出,王餘魚,其身半也。俗云:越王鱠魚未盡,因以其半棄水中爲魚,遂無其一面。故曰王餘也。"

【王羲之】公元 303—361 年。晉琅琊臨沂人,居會稽山陰。字逸少。司徒王導從子。官至右軍將軍、會稽内史。習稱王右軍。少從叔父廙,後又從衛夫人學書,得見諸名家書法。備精諸體,草、隸、正、行,皆能博采衆長,自成一家。真行書以樂毅論黄庭經東方朔畫讚蘭亭序,草書以姨母帖初月帖憂懸帖喪亂帖最著名。羲之書自六朝以來即爲朝野所重,唐太宗酷愛羲之及其子獻之書,自是流行愈廣,世稱"書聖"。晉書有傳。參閲唐張懷瓘書斷中、宋宣和書譜十五草書。

【王錫闡】公元 1628—1682 年。清吴江人,字曉庵。通中西曆算之學,自立新法,用以測日、月食,不爽秒忽。家居,輒卧屋脊,仰察星象,竟夕不寐。著曉庵新法三晨晷志等書,爲初期溝通中西曆法的學者。參閲疇人傳三四、三五王錫闡。

【王積薪】唐代翰林棋待詔。傳説曾從玄宗南狩,寓宿於山中孤姥之家,姥兒婦授以圍棋攻守殺奪救應防拒之法,自是積薪之藝,絶無其倫。見唐薛用弱集異記一。

【王鴻緒】公元 1645—1723 年。清江蘇婁縣人,字季友,號横雲。康熙十二年進士第二名,授編修。康熙十八年詔修明史,大學士徐元文爲總裁,元文去職,繼之者爲張玉書陳廷敬。三十三年鴻緒繼爲總裁,自元文至鴻緒,俱以黄宗羲弟子萬斯同主持其事,史館纂修撰稿,皆由斯同覆審。鴻緒任撰列傳。康熙五十三年傳稿成,雍正元年又表上本紀志表稿,彙刊爲明史稿五百卷。斯同卒於康熙四十一年,相傳史稿大半出於其手。嗣後張玉書爲總裁,遂因鴻緒本編次爲明史三百三十六卷,乾隆四年書成,即今明史。鴻緒時已在史館,斯同前卒,又以不受職名,故皆不列名字。鴻緒官至户部尚書,有横雲山人集。

【王應麟】公元 1223—1296 年。宋慶元人,字伯厚。淳祐元年進士,官至禮部尚書。應麟博學多識,著有深寧集通鑑地理通釋困學紀聞玉海等二十三種。宋史有傳。

【王徽之】晉會稽人。字子猷,羲之子,獻之兄。曾爲大司馬桓温、車騎將軍桓沖參軍,官至黄門侍郎。性卓異不羈。愛竹,嘗指竹曰:"何可一日無此君邪!"居山陰時,雪霽月朗,乘小船訪戴逵,至門不入而返,人問其故,答曰:"吾本乘興而來,興盡而返,何必見戴!"晉書附王羲之傳。參閲世説新語任誕。

【王獻之】公元 344—386 年。晉琅琊臨沂人,居會稽山陰,字子敬,羲之第七子。少有盛名,高邁不羈,幼時學書,羲之授以筆陣圖。其書幾可與父亂真。所作真書以洛神賦十三行最著名,草變父羲之之字字獨立,爲上下相連之一筆書,如十二月帖一氣貫連,筆勢奔放。其後經唐人張旭懷素,遂發展爲狂草一體。累官至中書令,族弟王珉代中書令,亦能書,世稱獻之爲大令,珉爲小令。又與羲之並稱爲二王。傳附晉書王羲之傳。參閲法書要録八張懷瓘書斷中。

【王靈官】道教神名。又名玉樞火府天將。相傳爲宋徽宗時人,姓王名善,從蜀人薩守堅受符法，爲林靈素再傳弟子。明永樂中，於北京建天將廟，以靈官居三十六將之首位。宣德中，改爲火德觀。封守堅爲崇恩真君，靈官爲隆恩真君。歲時遣官致祭。見清趙翼陔餘叢考三五王靈官。

【王不留行】一名剪金花。苗、子皆可入藥。世說新語儉嗇：“衛江州(展)有知舊人投之，唯餉王不留行一斤，此人得餉便命駕。”參閱本草綱目十六草五王不留行。

【王氏五侯】見“五侯㊀1”。

【王母使者】鳥名。出齊郡函山，足青嘴赤，黄素翼，絳顙，名王母使者。神話傳説漢武帝登此山，得玉函長五寸，帝下山，玉函忽化爲白鳥飛去。山上有王母藥函，常令此鳥爲守。見唐段成式酉陽雜俎前集十六羽篇。

【王命旗牌】清代給予督撫提鎮等封疆大吏的特權標誌。凡重囚須立時處決者，即以此牌代表王命執行。其旗以藍緞製，方廣二尺六寸，兩面銷金，書滿漢令字各一。牌以椴木製，形圓，高一尺二寸，朱色，兩面鐫滿漢令字各一，飾以金，懸於槍上。槍以榆木爲之，長八尺，鐵頂，冒以黄色繪龍，垂髦，牌邊及槍杆，亦鐫滿漢令字。特置旗牌官執掌之。見清文獻通考一九四兵十六軍器。

【王楊盧駱】唐初王勃楊炯盧照隣駱賓王以文詞齊名，人稱王楊盧駱，亦號爲四傑。唐杜甫杜工部詩史補遺一戲爲六絶句之二：“楊王盧駱當時體，輕薄爲文哂未休。”參閱唐張鷟朝野僉載六、舊唐書一九〇楊炯傳。

【王魁負心】宋代流傳故事。有書生王魁與妓女敫桂英相愛，桂英資助其讀書赴考。魁將行，盟誓曰：“吾與桂英誓不相負，若生離異，神當殛之。”後魁中狀元，負盟另娶名門，桂英憤而自殺，魁亦不得其死。見摭言摭遺王魁傳(類説三四)、元周密齊東野語六。自宋以來雜劇傳奇多以此爲題材，武林舊事記官本雜劇有王魁三鄉題一本，録鬼簿著録元尚仲賢負桂英一本，太和正音譜有明楊文奎王魁不負心一本，六十種曲有明王玉峰焚香記傳奇。

【王子思歸歌】歌名。楚王子質於秦，不得歸，作歌曰：“洞庭兮木秋，涔陽兮草衰，去千乘之家國，作咸陽之布衣。”北周庾信庾子山集一哀江南賦：“豈知灞陵夜獵，猶是故時將軍；咸陽布衣，非獨思歸王子。”

二畫

玎 dīng 當經切，平，青韻，端。
ㄉㄧㄥ 中莖切，平，耕韻，知。

玉聲。見説文。

【玎玲】玉聲。金元好問遺山集九赤石谷詩：“林罅陰崖霧杳冥，石根寒溜玉玎玲。”

【玎璫】象聲詞。唐韓偓玉山樵人集秋雨内宴詩：“一帶清風入畫堂，撼真珠箔碎玎璫。”元薩都剌薩天錫詩集後集題二宫人琴壺圖：“冰絃素手彈鳳凰，玉壺投矢聲玎璫。”

玏 lè 盧則切，入，德韻，來。
ㄌㄜˋ

瑊玏，次於玉的美石。玏，也作“玏”。見“瑊玏”。

三畫

玕 gān 古寒切，平，寒韻，見。
ㄍㄢ

琅玕，質次於玉的美石。見“琅玕”。

玗 yú 羽俱切，平，虞韻，于。
ㄩˊ

似玉美石。爾雅釋地：“東方之美者，有醫無閭之珣玗琪焉。”注：“珣玗琪，玉屬。”

【玗琪】玉名。山海經海内西經：“開明北有視玉珠樹、文玉樹、玗琪樹。”注：“玗琪，赤玉屬也。”穆天子傳四：“玗琪，徽尾，凡好石之器，于是出。”

玘 qǐ 墟里切，上，止韻，溪。
ㄑㄧˇ

佩玉。見廣韻。

玓 dì 都歷切，入，錫韻，端。
ㄉㄧˋ

見下。

【玓瓅】珠光。也作“的瓅”。史記一一七司馬相如傳上林賦：“明月珠子，玓瓅江靡。”索隱引應劭：“明月珠子生於江中，其光耀乃照于江邊。”

玖 jiǔ 舉有切，上，有韻，見。
ㄐㄧㄡˇ

㊀質次於玉的黑色美石。詩王風丘中有麻：“彼留之子，貽我佩玖。”又衛風木瓜：“投我以木李，報之以瓊玖。”釋文：“字書云石黑色。”㊁大寫的“九”字。唐武后時改。見清顧炎武金石文字記三岱岳觀造像記。

四畫

玟 mín 集韻 眉貧切，平，真韻。
ㄇㄧㄣˊ

質次於玉的美石。通“珉”、“瑉”、“碅”。禮玉藻：“士佩瓀玟而緼組綬。”釋文：“玟，武巾反。字或作砇。”

玨 jué 古岳切，入，覺韻，見。
ㄐㄩㄝˊ

二玉相合爲一玨。見説文。字亦作“珏”、“玨”、“瑴”。

玩 wán 五換切，去，換韻，疑。
ㄨㄢˊ

㊀玩弄，玩耍。書旅獒：“玩人喪德，玩物喪志。”國語吳：“大夫種勇而善謀，將還玩吾國於股掌之上，以得其志。”㊁指供玩賞的物品。國語楚：“若夫白珩，先王之玩也，何寶焉？”㊂欣賞，品味。文選晉陸士衡(機)於承明作與士龍詩：“佇眄要遐景，傾耳玩餘聲。”又潘正叔(尼)贈陸機出爲吳王郎中令詩：“玩爾清藻，味爾芳風。”㊃研習，體會。易繫辭上：“是故君子居則觀其象而玩其辭，動則觀其變而玩其占。”㊄輕慢。國語周上：“先王耀德不觀兵，……觀則玩，玩則無震。”注：“玩，黷也。”

【玩巧】玩弄巧詐。史記一二九貨殖傳：“孝〔武〕昭治咸陽，因以漢都，長安諸陵，四方輻輳並至而會，地小人衆，故其民益玩巧而事末也。”

【玩世】輕蔑世事。漢書六五東方朔傳贊：“依隱玩世，詭時不逢。”注：“如淳曰：依違朝隱，樂玩其身於一世也。”宋陸游劍南詩稿八二北窗：“老無功名未足歎，滑稽玩世亦非昔。”

【玩好】賞玩嗜好的物品。好，讀hào。國語齊：“皮幣玩好，使民鬻之四方，以監其上下之所好。”注：“玩好，人所玩弄而好也。”穀梁傳僖二年：“且夫玩好在耳目之前，而患在一國之後，此中知以上，乃能慮之。”

【玩弄】㊀戲弄。列女傳三許穆夫人：“古者，諸侯之有女子也，所以苞苴玩弄，繫援于大國也。”三國志魏明帝紀青龍三年注引魏略張茂諫書：“中尚方純作玩弄之物，炫燿後園，建承露之盤。”㊁研習。漢王充論衡案書：“劉子政(向)玩弄左氏，童僕妻子皆呻吟之。”

【玩兵】謂窮兵黷武。漢劉向説苑指武：“夫兵不可玩，玩則無威；兵不可廢，廢則召寇；故明主之治國也，上不玩兵，下不廢武。”

【玩法】枉法，玩忽法令。宋王安石臨川集九六虞部郎中晁君墓志銘：“從容調職，吏莫玩法。”

【玩味】體味思索。宋蘇軾東坡題跋三

書王公峽中詩刻後:"王公進叔,出先太尉峽中石刻諸詩,反復玩味;則赤甲白鹽蠱殞黃牛之狀,凜然在人目中矣。"

【玩物】㊀供玩賞之物。晏子春秋外篇:"君之玩物,衣以文繡。"㊁賞玩所愛之物。晉陸雲陸士龍集三贈鄭曼季往返詩:"幽居玩物,顧景自頤。"

【玩索】體味思索。宋朱熹朱文公集七五送李伯諫序:"抑自其與伯諫遊而講於斯也,亦三年矣。凡持守之要,玩索之端,巨細精粗,蓋已無所不論,今使之言,其又何以加此?"朱子語類十五大學二:"致知工夫,亦只是且據所已知者,玩索推廣將去。"

【玩票】富貴人家子弟不以唱戲爲業而學戲稱玩票。清李虹若朝市叢載七詞場門:"緣何玩票異江湖,車籠當年自備儲。爲問近來諸子弟,輕財還似昔時無?"

【玩詠】玩味諷誦。三國志魏王粲傳"時又有譙郡嵇康"注引魏氏春秋:"康所著諸文論六七萬言,皆爲世所玩詠。"

【玩愒】貪圖安逸,虛度歲月。"玩歲愒日"的省語。宋史四三七真德秀傳:"杜範方攻(鄭)清之誤國,且謂其貪黷更甚於前;而德秀乃奏言此皆前權臣玩愒之罪……,其議論與範不同如此。"

【玩物喪志】習於所好而喪失本志。書旅獒:"玩人喪德,玩物喪志。"宋朱熹編上蔡先生語録中:"明道(程顥)見謝子(良佐)記聞甚博,曰:'賢却記得許多,可謂玩物喪志。'謝子被他所難,身汗面赤。"

【玩歲愒日】貪圖安逸,虛度歲月。玩,也作"翫"。左傳昭元年:"后子出而告人曰:'趙孟將死矣!主民,翫歲而愒日,其與幾何?'"注:"翫,愒,皆貪也。"宋朱熹朱文公集十一壬午應詔封事:"知陛下之志必於復讐啟土,而無玩歲愒日之心。"

玞 fū ㄈㄨ 甫無切,平,虞韻,幫。

次於玉的美石。山海經南山經:"會稽之山四方,其上多金玉,其下多玞石。"注:"玞,武夫,石似玉。今長沙臨湘出之,赤地白文,色蘢蔥不分明。"參見"珷玞"。

玦 jué ㄐㄩㄝ 古穴切,入,屑韻,見。

㊀開缺口的玉環。古時常用以贈人表示決斷、決絕。左傳閔二年:"(衛懿)公與石祁子玦,與甯莊子矢,使守。"注:"玦,玉玦,示以當決斷,矢示以禦難。"史記項羽紀:"范增數目項王,舉所佩玉玦以示之者三。"㊁戴於右拇指助拉弓弦之器。古稱韘,俗稱扳指。通"決"。禮內則:"右佩玦、捍、管、遰、大觽、木燧。"參見"決拾"。

玦

玭 pín ㄆㄧㄣ 符真切,平,真韻,並。piān ㄆㄧㄢ 部田切,平,先韻,並。

蚌的別名,也指蚌生的珠。書禹貢作"蠙"、山海經西山經作"魮"。文選三國魏何平叔(晏)景福殿賦:"流羽毛之威蕤,垂環玭之琳琅。"

【玭珠】珠名。卽蠙珠。大戴禮保傅:"銜牙玭珠,以納其間。"參見"蠙珠"。

玪 jiān ㄐㄧㄢ 古咸切,平,咸韻,見。

玪塾,次於玉的美石。見說文。也作"瑊玏",見該條。

玢 bīn ㄅㄧㄣ 府巾切,平,真韻,幫。

見下。

【玢豳】玉彩紛陳貌。漢書五七上司馬相如傳上林賦:"玫瑰碧琳,珊瑚叢生,琘玉旁唐,玢豳文磷。"史記作"瑸斒"。集解:"徐廣曰:'瑸音彬,斒音班。'"

玠 jiè ㄐㄧㄝ 古拜切,去,怪韻,見。

大圭。爾雅釋器:"珪大尺二寸謂之玠。"

【玠珪】玉器名。爾雅釋器"珪大尺二寸謂之玠"晉郭璞注引詩:"錫爾玠珪。"今本詩大雅崧高作"介圭"。

玤 bàng ㄅㄤ 步項切,上,講韻,並。

㊀質次於玉的美石。結於帶間可作佩飾。參閱清段玉裁說文解字注、桂馥說文義證。㊁古地名。在今河南府澠池縣界。左傳莊二一年:"虢公爲王宮于玤。"注:"虢地。"

玫 méi ㄇㄟ 莫杯切,平,灰韻,明。

見下。

【玫珂】美玉名。舊題漢劉歆西京雜記二:"後得貳師天馬,(武)帝以玫珂石爲鞍。"珂,同"瑰"。

【玫瑰】㊀美玉。一說石珠。史記一一七司馬相如傳子虛賦:"其石則赤玉玫瑰,琳瑉琨珸。"急就篇:"璧、碧、珠、璣、玫瑰、瓅。"注:"玫瑰,美玉名也。……或曰珠之尤精者曰玫瑰。"㊁花名。花氣香烈,供觀賞。唐白居易長慶集十九草詞畢遇芍藥初開……詩:"菡萏泥連萼,玫瑰刺繞枝。"

玬 mò ㄇㄛ 莫勃切,入,没韻,明。

玉名。玉篇:"穆天子傳云:'采石之山有玬瑶。'郭璞曰:'玉名。'"今本穆天子傳作"琡瑶"。

五畫

珌 bì ㄅㄧ 卑吉切,入,質韻,幫。

刀、劍鞘口處的玉飾叫琫,琫對面的小方玉叫珌。詩小雅瞻彼洛矣:"君子至止,鞞琫有珌。"傳:"琫,上飾;珌,下飾。……天子玉琫而珧珌,諸侯璗琫而璆珌。"

【珌佩】佩刀的裝飾。穆天子傳四:"好獻枝斯之石四十,……珌佩百隻……天子使造父受之。"

珂 kē ㄎㄜ 苦何切,平,歌韻,溪。

㊀像玉的美石。見玉篇。又螺屬,生海中,亦名珂。爾雅翼釋魚貝:"(貝)大者爲珂,黃黑色,其骨白,可以飾馬。"又名馬珂螺。入藥,去面黑。見本草綱目四六介珂。㊁馬籠頭上的裝飾品。樂府詩集六七晉張華輕薄篇:"文軒樹羽蓋,乘馬鳴玉珂。"舊題漢劉歆西京雜記二:"武帝時……或一馬之飾值百金,皆以南海白蜃爲珂,紫金爲華。"也用爲馬勒或馬的代稱。南朝梁簡文帝集二採桑詩:"連珂往淇上,接幰至叢臺。"連珂,猶言並轡,聯騎。

【珂月】馬籠頭上月形的玉飾。宋蘇軾分類東坡詩二五謫居三適之一旦起理髮:"琱鞍響珂月,實與杻械同。"

【珂里】對人鄉里的尊稱。新唐書一二七張嘉祐傳:"(嘉祐、嘉貞)昆弟每上朝,軒蓋騶導盈閭巷,時號所居坊曰'鳴珂里'。"後尊稱人的家鄉爲珂里、珂鄉,本此。

【珂珬】寶玉名。文選晉左太沖(思)吳都賦:"果布輻輳而常然,致遠流離與珂珬。"唐劉良注:"珬,老鵰化西海爲珬,已裁割若馬勒者,謂之珂。珬者,珂之本璞也。日南郡出珂珬。"

【珂馬】珂爲馬籠頭的玉飾。因以珂馬稱人所乘之馬。明黎民表瑤石山人詩稿十一送岑司理允穆之池州:"珂馬東風出漢關,故人尊酒肯追攀。"

【珂珮】㊀朝服上的玉帶。舊唐書職官志二:"凡百僚冠笏、繖幰、珂珮,各有差。常服亦如之。"㊁用螺蛤貝殼聯綴而成的腰帶。新安婦女,耳懸金環,帖於鬢側;又繞腰以螺蛤,聯穿繫之,稱爲珂珮。見太平御覽九四二雲南記。

【珂雪】喻潔白。廣弘明集二七上梁元帝(蕭繹)與蕭諮議等書:"化爲金案,奪麗水之珍;變同珂雪,高玄霜之彩。"

【珂傘】玉飾的傘蓋。唐制元日冬至立仗,大官皆備珂傘。唐元稹長慶集十五生春詩之四:"競排閶闔側,珂傘自相叢。"參閱唐李肇國史補下。參見"火城"。

【珂雪詞】清曹貞吉撰。二卷。貞吉河南安丘人,康熙三年進士。所著詩集、詞集,皆以珂雪爲名。其詞寄託深遠,風華掩映,遠過其詩,在清初頗負盛名。

珉 mín ㄇㄧㄣˊ 武巾切,平,真韻,明。

似玉的美石。字也作"瑉"、"碈"、"玟"。荀子法行:"子貢問于孔子曰:'君子之所以貴玉而賤珉者何也?爲夫玉之少而珉之多邪?'"禮聘義作"碈"。釋文:"碈,武巾反。字亦作'瑉'。"漢書五七上司馬相如傳:"其石則赤玉玫瑰,琳珉昆吾。"

【珉玉】玉石。漢書五七司馬相如傳上林賦:"珉玉旁唐,玢豳文磷。"史記一一七作"瑉玉旁唐,瑸編文鱗"。

珈 jiā ㄐㄧㄚ 古牙切,平,麻韻,見。

婦人首飾。經傳本作"加",通作"笳"。漢人增玉旁作"珈"。參閱清鄭珍説文新附考一"珈"。參見"六珈"。

玻 bō ㄅㄛ 滂禾切,平,戈韻,滂。

見"玻璃"。

【玻璃】也作"頗黎"(舊題漢東方朔十洲記)、"玻瓈"(唐李賀歌詩編一秦王飲酒)、"玻瓈"(舊唐書一九八波斯傳)。古代所説的玻璃,大抵指天然水晶石一類,有各類顏色,非後世人工所造的玻璃。參閱唐慧琳一切經音義四一六波羅蜜多經七頗胝迦寶、政和證類本草三玻瓈。

【玻璃江】水名。卽峨江。又名蟆頤津,在四川眉山縣境。以江水瑩淨如玻璃而名。宋陸游劍南詩稿四玻璃江:"玻璃江水千尺深,不如江上離人心。"又二五紀夢:"千峯廬山錦繡谷,一水蜀道玻璃江。"參閱讀史方輿紀要七一蟆頤山。

【玻璃春】酒名。宋陸游劍南詩稿四凌雲醉歸作:"玻璃春滿琉璃鍾,宦情苦薄酒興濃。"自注:"玻璃春,眉州酒名。"

【玻璃泉】泉名。在安徽滁縣西南醉翁亭側,明宋濂宋學士集翰苑別集六瑯琊山游記:"(醉翁)亭側有玻瓈泉。又名六一泉。石闌覆之,闌下壓以巨石,中疏一竅通泉,徑可五六寸,手掬飲之,溫。"

珅 shēn ㄕㄣ 集韻 升人切,平,真韻。

玉名。見集韻。清乾隆時有權臣和珅。

玷 1. diàn ㄉㄧㄢˋ 多忝切,上,忝韻,端。

㊀玉的斑點。引申爲過失、缺點。詩大雅抑:"白圭之玷,尚可磨也;斯言之玷,不可爲也。"釋文:"説文作刮。"金史世宗紀中大定十八年:"夫朝廷之政,太寬則人不知懼,太猛則小玷亦將不免於罪。"㊁玷污。常用作自謙之詞。唐杜甫杜工部草堂詩箋二三春日江村之三:"豈知牙齒落,名玷薦賢中。"元文類十七盧亘賀正旦表:"臣等久玷中書,肅承內治。"參見"玷污"。

2. diān ㄉㄧㄢ 集韻 丁兼切,平,沾。

㊀同"敁"。敁掇,以手稱物。見集韻。參見"玷捶"。

【玷污】污點。漢王充論衡累害:"以玷污言之,清受塵而白取垢;以毀謗言之,忠良見妒,高奇見噪。"

【玷辱】污辱。三國志魏袁紹傳注引漢末名士傳胡母班與王匡書:"僕與太傅馬公(日磾)、太僕趙岐、少府陰脩俱受詔命,關東諸郡,雖實嫉(董)卓,猶以銜奉王命,不敢玷辱。"文選南朝梁沈休文(約)奏彈王源:"玷辱流輩,莫斯爲甚。"

【玷缺】指人的品德有缺點,猶玉之有斑點。漢書七三韋玄成傳:"玄成復作詩,自著復玷缺之囏難,因以戒示子孫。"後漢書三十郎顗傳條上便宜:"夫災眚之來,緣類而應,行有玷缺,則氣逆於天,精感變出,以戒人君。"

【玷₂捶】用手衡量物的輕重。也作"敁掇"、"敁敠"。莊子知北遊:"大馬(大司馬)之捶鉤者,年八十矣,而不失豪芒。"注:"玷捶鉤之輕重,不失豪芒。"

玲 líng ㄌㄧㄥˊ 郎丁切,平,青韻,來。

太平御覽八〇四逸論語:"玲瑲琤瑱瑝,玉聲也。"參見下各條。

【玲玎】玉石相擊聲。全唐詩六一〇皮日休入林屋洞:"人語散澒洞,石響高玲玎。"

【玲玲】玉聲。藝文類聚二六晉曹攄述志賦:"飾吾冠之岌岌,美吾珮之玲玲。"南朝梁劉勰文心雕龍七聲律:"左礙而尋右,末滯而討前;則聲轉於吻,玲玲如振玉;辭靡於耳,纍纍如貫珠矣。"

【玲琅】玉聲。宋詩鈔劉子翬屏山集鈔聽詹溫之彈琴歌:"玲琅一鼓萬象春,鐵面霜髯不枯槁。"以玉聲形容琴聲。

【玲瓏】㊀玉聲。文選漢班孟堅(固)東都賦:"和鑾玲瓏,天官景從。"注引埤蒼:"玲瓏,玉聲也。"三輔黃圖二:"黃金爲璧帶,間以和氏珍玉,風至,其聲玲瓏然也。"㊁空明貌。文選晉左太沖(思)吳都賦:"瓊枝抗莖而敷蘂,珊瑚幽茂而玲瓏。"唐李白李太白詩五玉階怨:"却下水晶簾,玲瓏望秋月。"韋應物韋江州集九橫塘行:"玉盤的歷雙白魚,湘簟玲瓏透象牀。"

【玲瓏山】山名。在浙江臨安縣西。宋蘇軾分類東坡詩七登玲瓏山:"白雲穿破碧玲瓏,三休亭上工延月。"詩題注:"臨安圖經:玲瓏山在縣西十三里,兩山屹起,盤屈凡九折,上通絕頂,名曰九折巖,南行百許步有亭,下瞰百里山,名曰三休亭。"

【玲瓏四犯】詞調名。創自宋周邦彥。雙調,有九十九字、一百字、一百一字諸體。前後段各九句五仄韻。參閱詞譜二七。

【玲瓏山館叢刻】叢書名。清顧湘集輯。收唐張參五經文字三卷、玄度新加九經字樣一卷、劉賡稽瑞一卷,宋婁機班馬字類二卷,明葉秉敬字攣二卷,清吳鎬漢魏六朝志墓金石例三卷,附唐人志墓例一卷。

珍 zhēn ㄓㄣ 陟鄰切,平,真韻,知。

㊀珍寶。也指寶貴的人或事物。墨子尚賢:"況又有賢良之士,厚乎德行,辯乎言談,博乎道術者乎?此固國家之珍,而社稷之佐也。"漢書八七揚雄傳長楊賦:"是以遐方疏俗殊鄰絕黨之域,……莫不蹻足抗手,請獻厥珍。"㊁珍奇之食。禮王制:"七十貳膳,八十常珍。"後漢書明帝紀永平二年詔:"王侯設醬,公卿饌珍,朕親袒割執爵而酳。"注:"珍謂肴羞之屬。卽周禮'八珍'之類。"㊂重視,愛惜。左傳文八年:"書曰'公子遂,珍之也。'"

【珍圭】王之使者所持的符節。周禮春官典瑞:"珍圭以徵守,以恤凶荒。"注:"王使之瑞節。……王使人徵諸侯憂凶荒之國,則授之,執以往致王命焉。如今時使者持節矣。恤者,闓府庫振救之,凡瑞節歸,又執以反命。"

【珍怪】指珍貴或怪異的事物。楚辭宋玉招魂:"室中之觀,多珍怪些。"注:"金玉爲珍,詭異爲怪。"史記高祖紀:"諸父老皆曰:平生所聞劉季諸珍怪,當貴,且卜筮之。"此指劉邦斬白蛇及芒碭雲氣等怪異現象。

【珍玩】珍貴的玩賞物品。後漢書五行志二:"夫雲臺者,乃周家之所造也,圖書、術籍、珍玩、寶怪皆所藏在也。"

【珍奇】珍貴奇異的物品。後漢書二三竇融傳:"融復乞骸骨,輒賜錢帛,太官致珍奇。"唐韋應物韋江州集十驪山行:"時豐賦斂未告勞,海闊珍奇亦來獻。"

【珍味】珍貴的食品。隋書明克讓傳:"高祖受禪,拜太子内舍人,……太子以師道處之,恩禮甚厚,每有四方珍味,輒以賜之。"宋司馬光温國文正公集九枇杷洲詩:"周官斂珍味,漢苑結芳根。"

【珍物】㊀珍貴的食物。周禮天官内饔:"選百羞醬物珍物以俟饋。"疏:"珍物者,諸八珍之類。"㊁泛指珍貴的物品。文選漢張平子(衡)西京賦:"珍物羅生,煥若崐崘。"後漢書八八西域傳:"(天竺國)西與大秦通,有大秦珍物。"㊂瑞應之物。漢書宣帝紀神爵元年三月詔:"朕之不明,震于珍物,飭躬齋精,祈爲百姓。"

【珍重】保重,愛惜。楚辭屈原遠遊漢王逸序:"是以君子珍重其志,而瑋其辭焉。"晉王獻之王大令集珍重帖:"未知何日復得奉見,何以喻此心。惟願盡珍重理,遲此信反復知動静。"後人書信中常用珍重語,猶言善加保重。文苑英華四八八唐元稹鶯鶯傳:"臨紙嗚咽,情不能申,千萬珍重,珍重千萬。"

【珍珠】㊀珠玉珍寶。戰國策秦五:"(呂不韋)乃説秦王后弟陽泉君曰:'……君之府藏珍珠寶玉,君之駿馬盈外廐,美女充後庭,王之春秋高,一日山陵崩,太子用事,君危於累卵,不受於朝生。'"㊁蚌類所生的真珠。又名蚌珠、蠙珠。參閲唐劉恂嶺表録異上。

【珍祕】珍貴而祕藏。漢王充論衡須頌:"如題曰〔某〕甲某子之方,若言已驗嘗試,人爭刻寫,以爲珍祕。"宋宋敏求春明退朝録下:"唐相王廣津所寶,有永存珍祕圖刻。"

【珍羞】珍貴的食物。後漢書和帝紀元興元年詔:"遠國珍羞,本以薦奉宗廟。"唐李白李太白詩三行路難:"金樽清酒斗十千,玉盤珍羞直萬錢。"

【珍惜】寶重愛惜。三國志吳諸葛恪傳與陸遜書:"以爲方今人物彫盡,守德業者不能復幾,宜相左右,上熙國事,下相珍惜。"世説新語巧藝"謝太傅"注引續晉陽秋:"(顧)愷之尤好丹青,妙絶於時。曾以一廚畫寄桓玄,皆其絶者,深所珍惜。"

【珍異】指珍貴奇異之食物或用品。周禮地官質人:"質人掌成市之貨賄、人民、牛馬、兵器、珍異。"注:"珍異,四時食物。"漢劉向説苑權謀:"玩好必從,珍異是聚。"

【珍御】指珍貴的食品或用品。御,用。文選漢班孟堅(固)東都賦:"於是庭實千品,旨酒萬鍾,列金罍,班玉觴,嘉珍御,太牢饗。"後漢書八一李業傳:"朝廷貪慕名德,曠官缺位,于今七年,四時珍御,不以忘君,宜上奉知己,下爲子孫,身名俱全,不亦優乎?"

【珍華】珍貴華麗。後漢書桓帝梁皇后紀:"后藉姊兄廕埶,恣極奢靡,宫幄彫麗,服御珍華,巧飾制度,兼倍前世。"初學記二五南朝梁劉孝儀謝女出門宫賜紋絹燭啟:"殊澤曲臨,珍華兼重。"

【珍裘】珍貴的皮衣。文選晉盧子諒(諶)答魏子悌詩:"崇臺非一榦,珍裘非一腋。"南史崔祖思傳:"瓊簪玉笏,碎以爲塵;珍裘繡服,焚之如草。"

【珍禽】謂珍貴希有的禽鳥。書旅獒:"珍禽奇獸,不育于國。"唐李白李太白詩三十送史司馬赴崔相公幕:"珍禽在羅網,微命苦猶絲。"

【珍膳】珍貴的食物。漢揚雄法言孝至:"珍膳寧餬,不亦享乎!"後漢書殤帝紀延平元年詔:"今新遭大憂,歲節未和,……其減太官、導官、尚方、内署諸服御珍膳靡麗難成之物。"

【珍藏】謂所藏的珍寶。文選漢班孟堅(固)西都賦:"其陽則崇山隱天,幽林穹谷,陸海珍藏,藍田美玉。"後漢書七二董卓傳:"塢中珍藏,有金二三萬斤,銀八九萬斤,錦綺繢縠紈素奇玩,積如丘山。"

【珍寶】珍珠寶玉的總稱。戰國策齊四:"馮諼曰:'君云視吾家所寡有者,臣竊計,君宫中積珍寶,狗馬實外廐,美人充下陳。君家所寡有者以義耳!竊以爲君市義。'"

【珍饈】同"珍羞"。清洪昇長生殿上復召:"縱有天上瓊漿,海外珍饈,知他甚般滋味。"清有珍饈署,屬光禄寺。掌貢禽兔魚物。參見"珍羞"。

【珍攝】書信套語,意謂保重。清顔光敏輯顔氏家藏尺牘二屈處士大均:"秋氣漸寒,惟加珍攝爲望。"又四顔博士鼎受:"此時天氣燥濕不常,正須調養珍攝爲望。"

【珍珠菜】多年生草。高二尺許,莖似蒿稈,微帶紅色。葉似柳葉而細,頭出穗,狀類鼠尾草,穗開白花,結子小如綠豆。可食。參閲明徐光啟農政全書四九引救荒本草珍珠菜。

【珍珠蘭】即珠蘭。詳該條。

【珍席放談】宋高晦叟撰,二卷。紀上自宋太祖,下及哲宗時事,據所見聞,於朝廷典章制度沿革及士大夫的言行,分别録載,間加評論。原書已佚,今本爲修四庫全書時館臣自永樂大典中輯出。

珊

shān ㄕㄢ 蘇干切,平,寒韻,心。

㊀見"珊瑚"。㊁見"珊珊"。

【珊珊】象聲詞。凡玉、鈴、鐘、雨等聲音舒緩者常作珊珊。文選戰國楚宋玉神女賦:"動霧縠以徐步兮,拂墀聲之珊珊。"唐岑參岑嘉州詩一送張秘書……便赴江外覲省:"長安多權貴,珂珮聲珊珊。"白居易長慶集十五題盧祕書夏日新栽竹詩:"碧籠煙冪冪,珠灑雨珊珊。"步履緩慢也稱珊珊或珊珊來遲。宋缺名李師師外傳:"良久,見姥擁一姬珊珊而來。"

【珊瑚】熱帶海中的腔腸動物,骨骼相連,形如樹枝,故又名珊瑚樹。史記一一七司馬相如傳上林賦:"玫瑰碧琳,珊瑚叢生。"正義:"郭(璞)云:'珊瑚生水底石邊,大者樹高三尺餘,枝格交錯,無有葉。'"參閲世説新語汰侈"石崇與王愷爭豪"注引南洲異物志。

【珊瑚鉤】謂瑞應之物。見孝經援神契(古微書二八)。唐杜甫杜工部草堂詩箋十三奉同郭給事湯東靈湫作:"飄飄青瑣郎,文采珊瑚鉤。"比喻文采如珊瑚鉤之明潤。宋張表臣有珊瑚鉤詩話三卷,亦以文采取義。

【珊瑚網】明汪砢玉編,四十八卷,書録、畫録各二十四卷,皆以題跋居前,論説列後,大體倣珊瑚木難,與張丑清河書畫舫並爲考證書畫的重要參考書。

【珊瑚木難】明朱存理編,八卷。載所見書畫題跋,並附前人詩文。所録書畫以文徵明文嘉王穉登王騰程等所收藏居多。著録書畫之作,兼載原文及款識題跋者,以此書爲最早。三國魏曹植美女篇樂府有"明珠交玉體,珊瑚間木難",珊瑚與木難皆爲珍寶,故取以爲書名。

珎

zhēn ㄓㄣ

"珍"之俗字。見玉篇。

玳

dài ㄉㄞ 徒耐切,去,代韻,定。

同"瑇"。玉篇:"俗以瑇瑁作玳。"見"玳瑁”。

【玳瑁】 動物名。也作“瑇瑁”、“蝳蝐”。似龜，背面呈褐色和淡黃色相間的花紋，四肢具鰭足狀。甲片可作裝飾品，也可入藥。淮南子泰族：“瑶碧玉珠，翡翠玳瑁，文彩明朗，潤澤若濡。”樂府詩集六七晉張華輕薄篇：“横簪刻玳瑁，長鞭錯象牙。”參閱宋范成大桂海虞衡志。

【玳筵】 以玳瑁裝飾坐具的宴席，指盛宴。初學記十三國魏劉楨瓜賦序：“布象牙之席，薰玳瑁之筵。”樂府詩集三九南朝陳江總今日樂相樂：“綺殿文雅道，玳筵歡趣密。”

【玳瑁牛】 毛色呈玳瑁花斑的牛。南朝梁吴均吴朝請集贈周散騎興嗣詩：“朱輪玳瑁牛（一本作車），紫鞚連錢馬。”也作“玳牛”。全唐詩五八四段成式戲高侍御：“七尺髮猶三角梳，玳牛獨駕長檐車。”

【玳瑁梁】 畫有玳瑁斑文的屋梁。全唐詩九六沈佺期古意呈補闕喬知之：“盧家少婦鬱金堂，海燕雙棲玳瑁梁。”也省作“玳梁”。宋之問集下宴安樂公主宅詩：“玳梁翻賀燕，金埒倚晴虹。”

【玳瑁魚】 ㊀金鯽魚的一種。宋岳珂桯史十二：“又别有雪質而黑章，的皪若漆，曰玳瑁魚；文采尤可觀。”㊁河鲀魚的别名。清阮葵生茶餘客話五：“惟黄河匯淮二百里中出（河鲀魚），又名玳瑁魚。不甚大，豐盈柔膩，斑駁可觀。薦以青蔞、白苣，味致佳絶。”

珀

pò 普伯切，入，陌韻，滂。
ㄆㄛˋ

見“琥珀”。

六 畫

玹

jiào 古孝切，去，效韻，見。
ㄐㄧㄠˋ

見“杯玹”。

珪

guī 古攜切，平，齊韻，見。
ㄍㄨㄟ

古“圭”字，見説文。爲帝王諸侯所執的長形玉版，上圓或尖，下方，表示信符。左傳昭五年：“朝聘有珪，享覜有璋。”注：“珪以爲信。”參見“圭㊀”。

【珪璋】 ㊀珪與璋皆爲朝會所執的玉器。莊子馬蹄：“白玉不毁，孰爲珪璋？”㊁喻美德。文選三國魏文帝（曹丕）與鍾大理書：“良玉比德君子，珪璋見美詩人。”世説新語言語：“丞相（王導）因覺，謂顧（和）曰：‘此子珪璋特達，機警有鋒。’”

【珪幣】 祭祀用的玉和帛。史記封禪書：“牢具珪幣各異。”舊唐書音樂志三祀五方上帝於五郊樂章之十一：“誠備祝嘏，禮殫珪幣。”

珥

ěr 仍吏切，去，志韻，日。
ㄦˇ

㊀耳飾。説文：“珥，瑱也。”又：“瑱，以玉充耳也。”史記外戚世家：“（武）帝譴責鉤弋夫人。夫人脱簪珥叩頭。”㊁貫耳。山海經大荒東經：“東海之渚中，有神，人面鳥身，珥兩黄蛇。”注：“以蛇貫耳。”㊂卽日月旁的光暈。吕氏春秋明理：“其日有鬬蝕，有倍、僪，有暈、珥。”注：“倍、僪、暈、珥，皆日旁之危氣也。……兩旁内向爲珥。”隋書天文志下：“月暈有兩珥，白虹貫之，天下大戰。”㊃劍鼻。劍柄與劍身相接兩旁的突出部分，卽鐔。楚辭屈原九歌東皇太一：“撫長劍兮玉珥，璆鏘鳴兮琳琅。”㊄插。文選晉潘安仁（岳）秋興賦：“珥蟬冕而襲紈綺之士，此焉游處。”注：“珥猶插也。”㊅割耳。通“刵”。周禮地官山虞：“植虞旗于中，致禽而珥焉。”注：“珥者，取禽左耳以效功也。”㊆祭時用雞血塗器。通“衈”。周禮春官肆師：“以歲時序其祭祀及其祈珥。”注：“珥當爲衈，禨珥者釁禮之事。”㊇吐。通“咡”。淮南子天文：“蠶珥絲而商弦絶。”覽冥作“咡”。

【珥貂】 插貂尾。漢侍中、中常侍之冠插貂尾，加金璫，附蟬爲裝飾。三國魏曹植曹子建集九王仲宣誄：“戴蟬珥貂，朱衣皓帶。”後來泛指貴近之臣。唐韓愈昌黎集二陪杜侍御遊湖西兩寺獨宿……詩：“珥貂藩維重，政化類分陝。”

【珥筆】 ㊀謂侍從之臣插筆於冠側以備記事。三國志魏陳思王植傳上疏請存問親戚：“執鞭珥筆，出從華蓋，入侍輦轂。”㊁謂訴訟。宋黄庭堅豫章集一江西道院賦：“江西之俗，士大夫多秀而文，其細民險而健，以終訟爲能。由是玉石俱焚，名曰珥筆之民。”

【珥璫】 冠上的垂珠。又稱明璫。新唐書二二二下驃國傳：“冠金冠，左右珥璫，絛貫花鬘。”

珙

gǒng 居悚切，上，腫韻，見。
ㄍㄨㄥˇ 九容切，平，鍾韻，見。

大璧。見玉篇。或作“巩”，通作“拱”。

【珙縣】 縣名。屬四川省。唐儀鳳二年置鞏州。元末明玉珍改爲珙州。明初降爲縣，清因之。參閱嘉慶一統志三九五敍州府一。

珛

xiù 許救切，去，宥韻，曉。
ㄒㄧㄡˋ

朽玉。“王”的别體。見説文。亦讀 sù。

珕

lì 力智切，去，寘韻，來。
ㄌㄧˋ 郎計切，去，霽韻，來。

蜃屬，卽蚌蛤之類。古以珕貝作刀劍鞘上的裝飾。文選晉郭景純（璞）江賦：“珕珋璿瑰，水碧潛琘。”

玼

1\. cǐ 雌氏切，上，紙韻，清。
ㄘ 疾移切，平，支韻，從。

㊀玉色鮮潔。引申爲鮮明貌。説文：“玼，玉色鮮也。从玉，此聲。詩曰‘新臺有玼’。”今詩邶風新臺作“泚”。

2\. cī 集韻 才支切，平，支韻。
ㄘ

㊁玉病。見集韻。引申爲缺點，毛病。後漢書七八吕强傳上疏陳事：“夫立言無顯過之咎，明鏡無見玼之尤，……願陛下詳思臣言，不以記過見玼爲責。”

【玼$_2$吝】 過失。同“疵吝”。後漢書五三黄憲傳論：“黄憲言論風旨，無所傳聞，然士君子見之者，靡不服深遠，去玼吝。”注：“玼，音此。説文曰：鮮色也。據此文當爲‘疵’，作‘玼’者，古字通也。”

【玼玼】 潔白貌。元詩選陳孚交州稿過臨洛驛大雨寒甚詩：“山冰忽陰冱，急雪白玼玼。”

【玼纇】 玉病曰玼，絲節曰纇。喻過失、錯誤。資治通鑑二五九唐景福二年：“（柳）玭嘗戒其子弟曰：‘……懿行實才，人未之信，小有玼纇，衆皆指之，此其所以不可恃也。’”新唐書一六三柳玭傳家訓作：“纖瑕微纇。”

珚

yān 集韻 因蓮切，平，先韻。
ㄧㄢ

玉名。山海經中山經：“傅山……穀水出焉，而東流注於洛，其中多珚玉。”太平御覽六二引山海經作“堙”。水經注引作“瑉”。參閱清畢沅校注。

珚

guī 公回切，平，灰韻，見。
ㄍㄨㄟ

玉石。同“瑰”、“瓌”。見字彙。舊題漢劉歆西京雜記二：“（武帝）後得貳師天馬，帝以玫珚石爲鞍，鏤以金銀鍮石。”

【珚岑】 玉石的小山。南齊書張融傳海賦：“瓊池玉壑，珠岫珚岑。”

班

bān 布還切，平，删韻，幫。
ㄅㄢ

㊀分發。書舜典：“班瑞于羣后。”㊁頒布。漢書八四翟方進傳：“周公踐天子位以治天下，……制禮樂，班度量，而天下大服。”注：“班謂布行也。”㊂位次，規定等級。孟子萬章下：“周室班爵禄也如之何？”文選漢班孟堅（固）東都賦：“於是庭

實千品,旨酒萬鍾,列金罍,班玉觴。"後稱人一列爲一班。㊃等同。孟子公孫丑上:"'伯夷伊尹於孔子,若是班乎?'曰:'否。自有生民以來,未有孔子也。'"㊄回,還。見"班師"。㊅徧及。國語晉四:"車班外內,順以訓之。"注:"班,徧也。"㊆治理。荀子君道:"君者何也?……曰:'能羣也。……善生養人者也,善班治人者也。'"儀禮士虞禮注古文班或爲"辨",辨治同義。參閱清惠棟九經古義十儀禮古義下。㊇盤旋不進。易屯:"乘馬班如。"釋文:"如字。子夏傳曰:相牽不進貌。鄭(玄)本作'般'。"㊈離羣。見"班馬㊀"。㊉雜色。通"斑"。文選屈平(原)離騷:"紛緫緫其離合兮,班陸離其上下。"㊉㊀姓。秦有班壹,漢有班彪班固。參閱通志二八氏族四以名爲氏。

【班心】朝班中御史所立之處。宋蘇軾分類東坡詩十九次韻張舜民自御史出倅虢州留別:"樊口淒涼已陳迹,班心突兀見長身。"

【班方】古國名。竹書紀年上:"河亶甲五年,侁人入于班方。彭伯韋伯伐班方,侁人來賓。"

【班示】布告,宣示。後漢書明帝紀:"帝覽章,深自引咎,乃以所上班示百官。"隋書樊叔略傳:"上降璽書褒美之,賜物三百段,粟五百石,班示天下。"

【班布】㊀同頒布。後漢書十六寇恂傳附寇榮上書:"如臣犯大惡大憝,足以陳於原野,備刀鋸,陛下當班布臣之所坐,以解衆論之疑。"㊁五色布。三國志魏烏丸鮮卑東夷傳:"詔書報倭女王曰:'……(所獻)班布二匹二丈,以到。'"也作"斑布"。南史夷貊傳上:"古貝者,樹名也。其華成時如鵝毳。抽其緒,紡之以作布,布與紵布不殊。亦染成五色,織爲斑布。"

【班史】漢書爲班彪、班固、班昭所作,故稱班史。陳書陸瓊傳附陸從典:"從典篤好學業,博涉羣書,於班史尤所屬意。"文苑英華九三二唐張仲素內侍護軍中尉彭獻忠神道碑:"至漢大司馬宣,有遠績盛烈,書於班史。"

【班白】花白。同"斑白"。唐白居易長慶集五八閒忙詩:"班白霜侵鬢,蒼黃日下山。"

【班次】班列的次序。後漢書六三鄭弘傳:"時舉將第五倫爲司空,班次在下。每正朔朝見,弘曲躬而自卑。"左傳僖二八年"公會晉侯齊侯……盟於踐土"唐孔穎達疏:"會之班次以國大小爲序。"

【班匠】公輸班和匠石,皆爲古巧匠。文選漢王子淵(褒)洞簫賦:"於是班匠施巧,夔妃准法。"又晉司馬紹統(彪)贈山濤詩:"班匠不我顧,牙曠不我録。"注:"鄭玄禮記注曰:般,伎巧者也。莊子曰:匠石之齊,見櫟杜樹,匠伯不顧。司馬彪曰:匠石字伯。"此喻執政的大臣。

【班列】猶言位次。文選晉潘安仁(岳)夏侯常侍誄序:"天子以爲散騎常侍,從班列也。"唐韓愈昌黎集三八薦樊宗師狀:"忝在班列,知賢不敢不論。"

【班行】㊀按位次排列。三國志魏田豫傳:"又制爲婚姻嫁娶之禮,興舉學校講授之業,班行其衆,衆皆便之。"㊁班列。唐元稹長慶集五寄隱客詩:"況逢多士朝,賢俊若布綦,班行次第立,朱紫相參差。"

【班序】次列,班次。國語齊:"班序顛毛,以爲民紀統。"注:"班,次也。序,列也。顛,頂也。毛,髮也。統,猶經也。言次列頂髮之白黑,使長幼有等,以爲治民之經紀。"舊唐書職官志二:"凡文武百僚之班序,官同者先爵,爵同者先齒。"

【班希】玳瑁。宋毛勝水族加恩簿:"班希裁簪製器,不在金銀珠玉之下。……宜授點化使者。"注:"班希卽玳瑁。"(說郛七六)

【班告】布告。三國志吳孫綝傳:"綝遣中書郎李崇奪(嗣主孫)亮璽綬,以亮罪狀班告遠近。"

【班位】㊀等級位次。左傳襄三一年:"公孫揮能知四國之爲,而辨於其大夫之族姓、班位、貴賤、能否。"㊁同列。韓非子存韓:"韓居中國,地不能滿千里,而所以得與諸侯班位於天下,君臣相保者,以世世相教事秦之力也。"

【班底】戲班中演員所納的份金。清楊掌生夢華瑣簿:"生旦別立下處,自稱曰堂名中人。堂名中人初入班,必納千緡或數百緡有差,曰班底。班底有整股,有半股。整股者四日得登場演劇一齣。半股者八日。"後來凡除名角以外的配角,概稱班底。

【班房】明清衙役辦事之處叫班房。清洪昇長生殿賄權:"丞相爺尚未出堂,且到班房少待。"也指關押犯人的監牢。參見"三班六房"。

【班固】公元32—92年。漢扶風安陵人。字孟堅。父彪撰漢書未成,彪卒,固歸里,謀繼其父業,被人告發私改國史,繫京兆獄。弟班超爲上書辨白,獲釋。明帝詔爲蘭臺令史,後遷爲郎,典校祕書,使終成漢書。自永平中受詔,至章帝建初中,前後歷二十餘年,惟八表及天文志未竟。建初四年,章帝詔儒生博士討論五經同異,固受詔撰述成白虎通德論。和帝永元元年竇憲出征匈奴,以固爲中護軍。四年帝與宦官合謀殺憲,固被洛陽令捕繫,死獄中。後漢書有傳。參見"漢書"。

【班直】宋時皇帝隨駕的衛兵叫班直。宋史兵志一禁軍上:"禁兵者,天子之衛兵也,殿前、侍衛二司總之。其最親近扈從者,號諸班直。"

【班制】尊卑的秩序。禮檀弓下:"夫子聽衛國之政,脩其班制,以與四鄰交。"

【班首】一班人之首。元王實甫西廂記一本四折:"舉名的班首癡呆傍,覷著法聰頭做金磬敲。"指僧寺的首座。

【班春】頒布春令。後漢書八二崔駰傳:"(王莽)後以(崔)篆爲建新大尹,……(篆)稱疾不視事,三年不行縣。門下掾倪敞諫,篆乃强起班春。"宋王安石臨川集二五和錢學士喜雪詩:"公今早晚班春去,强勸涝田補歲饑。"

【班范】漢班固著漢書,南朝宋范曄著後漢書,皆有名,後人因並稱班范。唐劉知幾史通稱謂:"班范二史皆以劉玄爲目,不其慢乎?"

【班勇】後漢扶風安陵人。字宜僚,超第三子。永初元年爲軍司馬。延光二年爲西域長史。與龜兹等合兵擊走匈奴伊蠡王,永建元年又合西域諸城國兵破北匈奴呼衍王,擊走北單于兵。後以與敦煌太守張朗約期會師焉耆,勇後期免官,卒於家。見後漢書四七班超傳。

【班昭】字惠班,一名姬。班彪女,班固班超之妹。嫁曹世叔,早寡。固著漢書,八表及天文志未成而卒,和帝命昭就東觀藏書閣續成之。屢受召入宮,爲皇后及諸貴人當教師,號曰大家。著女誡等。後漢書有傳。參見"女誡"。

【班品】官員的品級。周書盧辯傳:"宣帝嗣位,事不師古。官員班品,隨意變革。"

【班馬】㊀載人離去之馬。左傳襄十八年:"邢伯告中行伯曰:'有班馬之聲,齊師其遁。'"注:"夜遁,馬不相見,故鳴。班,別也。"唐李白李太白詩十八送友人:"揮手自茲去,蕭蕭班馬鳴。"㊁班固和司馬遷的並稱。晉書陳壽傳論:"丘明既沒,班馬迭興。奮鴻筆於西京,騁直詞於東觀。"唐大詔令集八一貞觀二十年修晉書詔:"降自西京,班馬騰其茂實;逮于東漢,范謝振其芳聲。"范,范曄;謝,謝沈。

【班班】㊀形容繁密、衆多。後漢書五行志一："桓帝之初，京都童謡曰：'……車班班，入河閒。'"唐杜甫杜工部詩史補遺七憶昔之二："齊紈魯縞車班班，男耕女桑不相失。"㊁明顯，明白。後漢書八十下趙壹傳與友人書："余畏禁，不敢班班顯言，竊爲窮鳥賦一篇。"注："班班，明貌。"㊂猶彬彬。形容文雅。漢揚雄太玄經四文："文質班班，萬物粲然。"班，通"斑"，參見"斑斑"。

【班荊】鋪荊於地而坐。左傳襄二六年："伍舉奔鄭，將遂奔晉；聲子將如晉，遇之於鄭郊，班荊相與食，而言復故。"宋書陶潛傳戒子書："鮑叔敬仲，分財無猜；歸生伍舉，班荊道舊；遂能以敗爲成，因喪立功。他人尚爾，況共父之人哉。"

【班草】鋪草於地而坐。後漢書八三陳留老父傳："守外黄令陳留張升去官歸鄉里，道逢友人，共班草而言。"藝文類聚四一南朝宋謝靈運相逢行："行行即長道，道長息班草。"樂府詩集三四作謝惠連。

【班桓】盤旋，盤桓。宋蒲壽宬心泉學詩稿二純陽洞讀書……詩："羞羡鶴俯仰，空悲馬班桓。"

【班郢】班，公輸班(魯班)，古之巧匠。郢有石工，能運斤成風。以喻有絶藝的能手。唐柳宗元柳先生集二一王氏伯仲唱和詩序："操斧於班郢之門，斯强顔耳。"參見"班門弄斧"。

【班秩】官位的品級。唐杜甫杜工部詩十九奉寄李十五祕書之二："班秩兼通貴，公侯出異人。"

【班師】軍隊出征回來。書大禹謨："班師振旅。"宋史三六五岳飛傳："方指日渡河，而(秦)檜欲畫淮以北棄之，風臺臣請班師。"

【班倕】指公輸班、倕。皆古代巧匠。後漢書五二崔駰傳慰志賦："應規矩之淑質兮，過班、倕而裁之。"注："公輸班，魯人也。倕，舜時爲共工之官。皆巧人也。"

【班姬】㊀漢成帝的妃子班婕妤。南朝梁鍾嶸詩品："漢婕妤班姬，團扇短章，詞旨清捷，怨深文綺，得匹婦之致。"唐王維王右丞集九早朝詩："方朔金門侍，班姬玉輦迎。"參閱漢書九七下外戚傳班婕妤。㊁指後漢曹世叔妻班昭。後漢書八四列女傳："扶風曹世叔妻者，同郡班彪之女也。名昭，字惠班，一名姬。"參見"班昭"。

【班張】班固張衡的並稱。晉書左思傳："及賦成，時人未之重。思自以其作不謝班張，恐以人廢言；安定皇甫謐有高譽，思造而示之。"按班有兩都賦，張有二京賦，文皆見文選。

【班彪】公元3—54年。漢扶風安陵人。字叔皮。年二十餘，避難於天水，依隗囂。後至河西爲竇融從事，爲融畫策事漢。光武初，舉茂才，拜徐令。因病免官。好著作，博採遺事異聞，作西漢史後傳六十五篇，以補史記太初以後之闕。未就，其子固、女昭先後續成，即今漢書。後漢書有傳。

【班祿】㊀分爵祿等級。管子權修："察能授官，班祿賜予，使民之機也。"漢王符潛夫論有班祿篇。㊁遍施祿惠。楚辭屈原天問："何往營班祿，不但還來？"注："營，得也。班，徧也。言湯往田獵，不但驅馳往來也，還輒以所獲得禽獸徧施祿惠於百姓也。"

【班超】公元33—103年。漢扶風安陵人。字仲升。彪少子，固弟。父卒，家貧，爲官府鈔書以養母。曾投筆歎曰："大丈夫無它志略，當效傅介子張騫立功異域以取封侯，安能久事筆硯閒乎！"明帝永平十六年，率三十六人出使西域，使西域五十餘城國獲得安寧。超在西域三十一年。官至西域都護，封定遠侯。其妹班昭以其年老，爲之上書乞歸。至洛陽，拜射聲校尉。同年病卒。後漢書有傳。

【班朝】正朝儀位次。禮曲禮上："班朝治軍，涖官行法，非禮威嚴不行。"疏："班，次也。朝，朝廷也。次謂司士正朝儀之位次也。"

【班揚】班固揚雄的並稱。文選南朝宋王僧達祭顔光祿文："義窮機象，文蔽班揚。"宋王千秋審齋詞瑞鶴仙韓南澗生日："文擒黼錦，笑班揚用字未穩。"

【班資】班位，資格。唐韓愈昌黎集十二進學解："若夫商財賄之有亡，計班資之崇庳，忘己量之所稱，指前人之瑕疵，是所謂詰匠氏之不以杙爲楹，而訾醫師以昌陽引年欲進其豨苓也。"

【班瑞】頒賜瑞玉。書舜典："輯五瑞，既月，乃日覲四岳羣牧，班瑞于羣后。"史記五帝紀："班瑞。"集解："馬融曰：揖，斂也。五瑞，公侯伯子男所執，以爲瑞信也。堯將禪舜，使羣牧斂之，使舜親往班之。"正義："揖，音集。"

【班鳩】鳥名。舊題晉張華禽經："班鳩辨雛。"注："班，次序也。凡哺子，朝從上下，暮從下上，他鳥皆否。"

【班賜】頒賜。史記周紀："封諸侯，班賜宗彝。"隋書宇文述傳："帝所得遠方貢獻及四時口味，輒見班賜。"

【班劍】飾有花紋的木劍。班，通"斑"。漢制，朝服帶劍；晉代之以木，謂之班劍。南朝謂之象劍，以爲儀仗。宋書樂志四何承天鼓吹鐃歌朱路："雄戟闢曠塗，班劍翼高車。"又袁粲傳："太宗臨崩，粲與褚淵劉勔並受顧命，加班劍二十人，給鼓吹一部。"

【班駁】色采錯雜。楚辭漢劉向九歎憂苦："雜班駁與闒茸。"注："班駁，雜色也。"

【班輸】古代巧匠。漢書一〇〇上敍傳答賓戲："逢蒙絶技於弧矢，班輸榷巧於斧斤。"注："班輸即魯公輸班也。一説，班，魯班也，與公輸氏爲二人也，皆有巧藝也。"文選班孟堅(固)答賓戲作"般輸"。注："項岱曰：公輸若之族，名班。"

【班頭】頭目，首領。即班首。雍熙樂府十元闗漢卿不伏老曲："我是箇普天下郎君領袖，蓋世界浪子班頭。"

【班爵】序列爵位。左傳莊二三年："朝以正班爵之義，帥長幼之序。"

【班蘭】顔色錯雜鮮明。同"斑斕"。後漢書八六南蠻西南夷傳序："於是使迎諸子，衣裳班蘭，語言侏離，好入山壑，不樂平曠。"南史張敬兒傳："既得開府，又望班劍，語人曰：'我車邊猶少班蘭物。'"參見"班劍"。

【班枝花】即木棉花。清厲荃事物異名録三二樹木棉："閩部疏木棉花，惠安志名爲攀桂花，楊用修(愼)乃曰班枝花，與吴中所稱攀枝，蓋三名實一物也。"

【班倢伃】漢雁門郡樓煩班況女，班彪之姑。成帝時選入宫爲倢伃。後爲趙飛燕所譖，退處東宫，作賦自傷。成帝崩後，充奉園陵。漢書有傳。

【班朝録】宋人有班朝録，專録朝士官職姓名。猶後來的職官録、搢紳録。見宋洪邁容齋隨筆三筆五郎官員數。

【班門弄斧】在大匠門前舞斧，言不自量。班，公輸班(魯班)，古巧匠。宋歐陽修文忠集一四九與梅聖俞書(慶曆四年)："昨在真定，有詩七八首，今録去，班門弄斧，可笑可笑。"

【班馬字類】宋婁機撰。五卷。機以史記漢書多用古字，因集其形聲義互有異同者，按四聲編次，辨別音聲，説明假借，引用原注，間加考證。李曾伯又撰補遺，原義有缺者，補於本字之下；字有缺者，補於本韻之後。

【班馬異同】宋倪思撰，三十五卷。一名班馬異辭。以漢書多因史記之舊而增損其文，因考其辭句異同，以參得失。今傳爲劉辰翁評本。明許台仲又因倪本加以釐正，改名爲史漢方駕。

【班禪額爾德尼】西藏喇嘛教黄教教主之一，位次於達賴。班，梵語，義爲精通五明的學者；禪，藏語，義爲大；額爾德尼，滿語，義爲寶。清順治二年和碩特蒙古固始汗尊羅桑却吉爲班禪，康熙五二年援達賴例，立班禪額爾德尼封號。參閲清續文獻通考八九選舉六。

珠

zhū 章俱切，平，虞韻，照。ㄓㄨ

㊀蚌殼内所生的珍珠。書禹貢："淮夷蠙珠暨魚。"㊁玉珠。漢王充論衡率性："璆琳琅玕者，此則土地所生，……兼魚蚌之珠，與禹貢璆琳皆真玉珠也。"參閲清俞樾茶香室叢鈔四鈔二七火齊。㊂珠狀的小顆粒。唐李白李太白詩七金陵城西樓月下吟："白雲映水摇空城，白露垂珠滴秋月。"㊃喻優美的事物。禮樂記："纍纍乎端如貫珠。"注："言歌聲之著動人心。"南朝梁劉勰文心雕龍時序："茂先(張華)摇筆而散珠，太冲(左思)動墨而横錦。"㊄通"朱"。後漢書七五袁安傳附袁逢："賜以珠畫特詔祕器。"注："以朱砂畫之也。珠與朱同。"

【珠斗】北斗星。唐王維王右丞集二同崔員外秋宵寓直詩："月迥藏珠斗，雲消出絳河。"

【珠户】採珠的民户。唐劉恂嶺表録異上："廉州邊海中有洲島，島上有大池，每年刺史修貢，自監珠户入池。"

【珠火】發火燄的珠。廣弘明集二十南朝梁簡文帝大法頌序："雄雄吐色，珠火非儔。"

【珠毛】孔雀尾端毛。見唐段成式酉陽雜俎前集十六廣動植之一序。

【珠市】買賣珍珠的集市。舊題梁任昉述異記："越俗以珠爲上寶，……合浦有珠市。"清屈大均廣東新語地語四市："東粤有四市：……一曰珠市，在廉州城西賣魚橋畔。"廉州，即合浦。

【珠玉】㊀珠和玉。孟子梁惠王下："昔者大王居邠，狄人侵之，……事之以珠玉，不得免焉。"㊁喻談吐或詩文之美。晉書夏侯湛傳抵疑："咳唾成珠玉，揮袂出風雲。"唐杜甫杜工部草堂詩箋十二奉和賈至舍人早朝大明宫詩："朝罷香煙攜滿袖，詩成珠玉在揮毫。"㊂喻容貌之美。世説新語容止："驃騎王武子(濟)，是衛玠之舅，儁爽有風姿，見玠，輒歎曰：'珠玉在側，覺我形穢。'"

【珠母】㊀貝名。亦名珍珠貝。初學記二七孝經援神契："神靈滋，百寶用，則珠母璣鏡也。"唐詩紀事五一楊衡送孔周之南海謁王尚書："潮盡收珠母，沙開拾翠翎。"㊁蚌肉製成的食品。唐劉恂嶺表録異上："取小蚌肉，貫之以篾，曝乾，謂之珠母。容桂人率加脯燒之，以薦酒肉。"

【珠汗】汗點如珠。藝文類聚五晉傅玄詩："珠汗洽玉體，呼吸氣鬱蒸。"

【珠江】在廣東省境。又名粤江。上游有西江、北江、東江，三江匯合後稱珠江，以廣州附近江中有海珠石而得名。珠江匯聚廣東、廣西及雲南、貴州南部諸水，至虎門注入南海。參閲廣東通志一〇一山川略二。

【珠貝】㊀產珠之貝。管子侈靡："若江湖之大也，求珠貝者不令也。"文選晉左太沖(思)蜀都賦："騰波沸涌，珠貝氾浮。"㊁泛指珍珠寶貝。宋蘇軾分類東坡詩十一監試呈諸試官詩："貧家見珠貝，眩晃自難審。"

【珠角】豐滿的前額。北周庾信庾子山集十三周上柱國齊王憲神道碑："珠角擅奇，山庭表德，儀範清冷，風神軒舉。"

【珠官】㊀管採珠的官。唐王維王右丞集五送徐郎中詩："卉服爲諸吏，珠官拜本州。"㊁地名。故城在今廣西合浦縣南。三國吴黄武七年改合浦爲珠官郡。晉復爲合浦郡，統領合浦珠官等縣。見三國志吴吴主傳、晉書地理志下。

【珠芽】如珠之芽。喻芽之美。元黄溍黄文獻公集二芍藥芽詩："芳苗簇簇遍山阿，玉蕾珠芽未足多。"

【珠花】用珠穿綴成的首飾。玉臺新詠五范靖婦詠步摇花詩："珠華縈翡翠，寶葉間金瓊。"華，同"花"。元薩都剌薩天錫集前集上京即事詩之四："昨夜内家清暑宴，御羅涼帽插珠花。"

【珠林】美好的林木。文苑英華二唐沈佺期遊少林寺詩："長歌遊寶地，徙倚對珠林。"參見"珠樹"。

【珠厓】郡名。亦作"朱崖"。漢置。治曋都。即今廣東海口市。以位於大海中崖岸之邊，出真珠，故曰珠厓。元帝初元三年廢。三國吴赤烏五年復置，治所在徐聞，晉平吴省入合浦郡。隋大業六年又置，治所在舍城，唐武德初改爲崖州。參閲晉書地理志下交州。

【珠兒】謂男孩。詳"珠娘"。

【珠英】㊀美如連珠之花。唐李德裕李文饒文集別集九比聞龍門敬善寺有紅桂樹獨秀……詩："瓊葉潤不凋，珠英粲如織。"㊁唐時書名有三教珠英及珠英學士集，並取華美之義。

【珠柱】琴上以珠玉爲飾的弦枕木。北周庾信庾子山集一小園賦："琴號珠柱，書名玉杯。"唐杜牧樊川集二早春寄岳州李使君……詩："拂匣調珠柱，磨鉛勘玉杯。"

【珠柙】玉柙。死者殯殮的飾物。文選晉張孟陽(載)七哀詩："珠柙離玉體，珍寶見剽虜。"唐吕延濟注："珠柙，漢家送死之物，珠玉爲柙。言遭發虜掘，已離玉體。玉體者，貴美之言。"參見"珠襦玉柙"。

【珠星】如連珠之星。南朝梁元帝(蕭繹)梁元帝集詠池中燭影詩："河低扇月落，霧上珠星稀。"宋史四七二蔡京傳附蔡攸："攸獨倡爲異聞，謂有珠星璧月、跨鳳乘龍、天書雲篆之符。"

【珠胎】喻珠在蚌殼中，如懷妊。漢書八七揚雄傳羽獵賦："方椎夜光之流離，剖明月之珠胎。"轉而爲婦女懷妊之稱。

【珠海】㊀產珠的海。宋書陸徽傳薦朱萬嗣表："歷宰金山，家無寶鏤之飾；連組珠海，室靡璫珥之珍。"㊁即珠母海。詳該條。㊂即珠江。見該條。

【珠庭】㊀兩眉之間前額隆起部分。亦稱天庭。初學記九洛書甄耀度："黑帝子湯長八尺一寸，珠庭。"陳書高祖紀上梁主禪位策文："天錫智勇，人挺雄傑，珠庭日角，龍行虎步。"參見"天庭㊂"。㊁仙宫。文苑英華一九三盧思道昇天行："玉山侯王母，珠庭謁老君。"

【珠桂】米貴於珠，薪貴於桂，極言生活費用的昂貴。清顧炎武亭林詩集五寄次耕詩之二："相對愁珠桂，流民輦下多。"參見"米珠薪貴"。

【珠蚌】㊀產珠之蚌。三國魏曹植曹子建集九七啟："弄珠蜯，戲鮫人。"蜯，同"蚌"。㊁明珠。史記一二八龜策傳："明月之珠出於江海，藏於蚌中，蚗龍伏之。"北周庾信庾子山集四舟中望月詩："天漢看珠蚌，星橋視桂花。"言月光似珠之明。

【珠娘】謂女孩。舊題南朝梁任昉述異記："越俗以珠爲上寶，生女謂之珠娘，生男謂之珠兒。"

【珠淚】淚滴如珠。玉臺新詠九張率擬樂府長相思之一："空望終若斯，珠淚不能雪。"唐楊炯楊盈川集二送鄭州周司功詩："居人下珠淚，賓御促驪歌。"

【珠唾】喻人文詞之美。宋楊萬里誠齋集十三謝陳希顏惠兔耙："先生錦心冰雪腸，銀鉤珠唾千萬章。」參見「咳唾成珠」。

【珠帳】以綴珠爲飾的帳。唐唐彥謙鹿門集下詠葡萄詩：「玉盤新薦入華屋，珠帳高懸夜不收。」

【珠貫】珍珠串。亦以喻事物連貫不斷。唐張説張説之集一扈從幸韋嗣立山莊詩：「懸泉珠貫下，列帳錦屏舒。」唐白居易長慶集五一小童薛陽陶吹觱篥歌詩：「急聲圓轉促不斷，轢轢轔轔似珠貫。」

【珠豚】獸名。山海經東山經：「（泰山）其上多玉，其下多金，有獸焉。其狀如豚而有珠，名曰狪狪。」注：「狪，音如吟恫之恫。」明朱謀㙔駢雅釋獸：「狪狪，珠豚也。」

【珠鈐】兵書。宋王安石臨川集十六送鄆州知府宋諫議詩：「廟謨資石畫，兵略倚珠鈐。」

【珠殿】㊀仙宮。樂府詩集六四南齊王融神仙篇：「璧門涼月舉，珠殿秋風迴。」㊁裝飾珠寶的宮殿。新五代史劉隱傳附劉龑：「又好奢侈，采聚南海珍寶，以爲玉堂珠殿。」

【珠暉】喻月光。南朝梁吳均吳朝請集秋念詩：「團團珠暉轉，炤炤漢陰移。」

【珠塵】輕如塵埃的青砂珠。舊題晉王嘉拾遺記虞舜：「（憑霄雀）能群飛，……常遊丹海之際，時來蒼梧之野。銜青砂珠，積成壟阜，名曰珠丘。其珠輕細，風吹如塵起，名曰珠塵。」宋林逋林和靖集四孤山雪中寫望寄呈景山仙尉詩：「璚樹瑤岑略眼新，鮮飈時復颺珠塵。」

【珠翠】㊀婦女的飾物。文選漢傅武仲（毅）舞賦：「珠翠的皪而炤燿兮，華袿飛髾而雜纖羅。」也指盛裝的女子。唐王維王右丞集六寓言詩：「曲陌車騎盛，高堂珠翠繁。」㊁帳幕的裝飾。文選晉潘安仁（岳）西征賦：「縱逸遊於角觝，絡甲乙以珠翠。」㊂珍貴的食品。文選三國魏曹子建（植）七啓：「山鵽斥鷃，珠翠之珍。」注：「珠翠，珠柱也。南方異物記曰：採珠人以珠肉作鮓也。」又張銑注：「珠翠之珍，謂蜯（蚌）肉及翠鳥肉，以爲珍好也。珠生於蜯。」

【珠閣】珠飾的樓閣。唐李白李太白詩四雙燕離：「玉樓珠閣不獨棲，金窗繡户長相見。」

【珠箔】即珠簾。南朝梁劉孝威劉庶子集奉和晚日詩：「虯簷掛珠箔，虹梁卷霜綃。」唐白居易長慶集十二長恨歌：「攬衣推枕起徘徊，珠箔銀屏邐迤開。」參見「珠簾」。

【珠算】用珠盤（算盤）計數運算的方法。珠算一名始見於漢徐岳數術記遺，但與今以算盤運數不同。現代珠算起於元明之間。元劉因靜修先生文集十一有算盤詩，元曲選缺名來生債、陶宗儀輟耕録二九井珠有擂盤珠、算盤珠的記載。算盤名見於算書的，始於明吳敬九章詳註比類算法大全、程大位新編直指算法統宗等書。參閱近人李儼中國算學史八珠算術。

【珠談】喻其言談之可貴。晉書劉惔韓伯傳贊：「劉韓秀士，珠談閒起，異術同華，葳蕤青史。」

【珠履】綴珠的鞋。史記七八春申君傳：「春申君客三千餘人，其上客皆躡珠履以見趙使，趙使大慚。」文選晉左太沖（思）吳都賦：「出躡珠履，動以千百，里讌巷飲，飛觴舉白。」

【珠璣】㊀即珠寶。墨子節葬下：「諸侯死者，虛車府，然後金玉珠璣比乎身。」漢書地理志下：「處近海，多犀、象、毒冒、珠璣、銀、銅、果、布之湊。」注：「璣謂珠之不圜者也。」㊁喻詩文之美。唐杜牧樊川集三新轉南曹未敘朝散初秋暑退出守吳興書此篇以自見志詩：「一盃寬幕席，五字弄珠璣。」

【珠樹】㊀神話傳説中結珠的樹。淮南子地形：「掘崑崙墟以下地，中有增城九重，……上有木禾，其修五尋，珠樹玉樹琁樹在其西，沙棠琅玕在其東，絳樹在其南，碧樹瑤樹在其北。」參見「三珠樹㊀」。㊁謂花蕾如珠的樹。文苑英華三二二唐司空曙和李員外與舍人詠玫瑰花寄徐侍郎詩：「蒙蘢珠樹合，焕爛錦屏張。」㊂指垂掛冰柱的樹。全唐詩四九一王初望雪：「銀花珠樹曉來看，宿醉初醒一倍寒。」

【珠還】後漢孟嘗爲合浦太守，不事採求，珠之復徙者皆還故處。見後漢書七六本傳。後以珠還喻物失而復得或人去而復歸。全唐詩七四六陳陶閩中送任畹端公還京：「漢庭鳳進鵷行喜，隋國珠還水府貧。」參見「合浦珠還」。

【珠衡】指眉間有骨隆起如連珠，象玉衡星，術數家以爲帝王之相。南朝陳徐陵徐孝穆集三勸進梁元帝表：「握圖執鉞，將在御天，玉縢珠衡，先彰元后。」隋書薛道衡傳：「龍顏日角之奇，玉理珠衡之異。」

【珠蕾】喻花蕾。元王冕竹齋集梅花五首詩之三：「朔風吹寒珠蕾裂，千花萬花開白雪。」

【珠鱉】魚名。山海經東山經：「葛山之首，無草木，澧水出焉。……其中多珠鱉魚，其狀如肺而有目，六足，有珠，其味酸甘，食之無癘。」注：「鱉音鼈。」

【珠襦】用珠綴串而成的短衣。漢書六八霍光傳：「太后被珠襦，盛服坐武帳中。」注：「如淳曰：以珠飾襦也。晉灼曰：貫珠以爲襦，形若今革襦矣。」也作用殮服。參見「珠襦玉柙」。

【珠簾】用珍珠綴飾的簾子。舊題漢劉歆西京雜記二：「昭陽殿織珠爲簾，風至則鳴，如珩珮之聲。」南齊謝朓謝宣城集二玉階怨詩：「夕殿下珠簾，流螢飛復息。」

【珠櫳】華美的窗櫳。南朝宋鮑照鮑氏集七翫月城西門廨中詩：「蛾眉蔽珠櫳，玉鉤隔瑣窗。」

【珠瓔】用珠串綴成的頸飾。唐劉禹錫劉夢得集七送僧元暠南遊詩：「從此多逢大居士，何人不願解珠瓔？」

【珠囊】㊀珠綴的袋子。唐玄宗開元十八年八月，以千秋節，賜四品以上金鏡珠囊。唐張説張説之集二應制和千秋節詩：「珠囊含瑞露，金鏡抱仙輪。」參見「千秋節㊀」。㊁喻花苞。元詩選馬祖常石田集賦王叔能宅芍藥詩：「並蒂當階盤綬帶，金苞向日剖珠囊。」

【珠子褐】顏色名。明陶宗儀輟耕録十一采繪法：「珠子褐：用粉入藤黃、燕支合。」

【珠子燈】珠飾的燈籠。元周密武林舊事二燈品：「珠子燈，則以五色珠爲網，下垂流蘇，或爲龍船鳳輦樓臺故事。」

【珠玉詞】宋晏殊撰，一卷。殊詩追踪西崑體，詞學五代馮延巳，所作多爲宴遊消遣之作，以工麗見稱，不脱五代綺靡詞風。

【珠母海】又名珠池或珠海，在廣西合浦縣東南海中，因産珠得名。見舊唐書地理志四廉州下。

【珠落索】以珠玉穿結而成的頸飾品。即瓔珞。宋張元幹蘆川詞臨江仙之二荼蘼有感：「荼蘼斗帳罷熏爐，翠穿珠落索，香泛玉流蘇。」參見「瓔珞」。

【珠宮貝闕】以珠貝爲宮闕。指水神的宮殿。楚辭屈原九歌河伯：「魚鱗屋兮龍堂，紫貝闕兮朱宮。」朱，與「珠」通。元張埜古山樂府玉漏遲和人中秋韻詞：「空對珠宮貝闕，恍夜色，明於晴晝」。

【珠圍翠繞】形容豪華。朝野新聲太平樂府八元馬致遠一枝花惜春曲：「齊臻臻珠圍翠繞，冷清清綠暗紅疎。」古雜劇元鄭德輝迷青瑣倩女離魂一：「從今後只索題恨寫芭蕉，不索占夢揲蓍草，有甚心情更珠圍翠繞。」

【珠圓玉潤】喻歌聲婉轉或文詞流暢。清周濟詞辯:「北宋詞多就景敍情,故珠圓玉潤,四照玲瓏。」

【珠槃玉敦】天子與諸侯歃血爲盟用的器物。周禮天官玉府:「若合諸侯則共珠槃玉敦。」注:「敦,槃類,珠玉以爲飾。古者以槃盛血,以敦盛食。合諸侯者必割牛耳,取其血歃之以盟。珠槃以盛牛耳。……玉敦,歃血玉器。」

【珠聯璧合】喻天象。漢書律曆志一上:「日月如合璧,五星如連珠。」後以喻衆美畢集,完滿無缺。北周庾信庾子山集十四周兗州刺史廣饒公宇文公神道碑:「發源纂冑,葉派枝分;開國成家,珠聯璧合。」也作「璧合珠聯」。唐陶大舉德政碑:「馮野王之兄弟,璧合珠聯。」(金石續編六)

【珠襦玉柙】皇宗貴族的殮服。舊題漢劉歆西京雜記一:「漢帝送死皆珠襦玉匣。」匣,同「柙」。漢書九三董賢傳:「及至東園祕器,珠襦玉柙,豫以賜賢,無不備具。」注:「漢舊儀云東園祕器作棺梓,……珠襦,以珠爲襦,如鎧狀,連縫之,以黄金爲縷,要以下,玉爲柙,至足,亦縫以黄金爲縷。」

珤 bǎo ㄅㄠˇ 博抱切,上,晧韻,幫。

「寶」之古字。見玉篇、廣韻。穆天子傳一:「示女春山之珤。」注:「言此山多珍寶奇怪。」又:「乃披圖視典,用觀天子之珤器,曰:天子之珤,玉果、璿珠,燭銀、黄金之膏。」

珣 xún ㄒㄩㄣˊ 相倫切,平,諄韻,心。

見下。

【珣玗琪】玉石名。卽夷玉。爾雅釋地:「東方之美者,有醫無閭之珣玗琪焉。」説文:「珣,醫無閭珣玗琪,周書所謂夷玉也。从玉,旬聲。一曰器,讀若宣。」醫無閭,山名;珣玗琪,合三字爲玉名。玗、琪二字,又各有本義。訓器,則讀如「宣」音。參閱清段玉裁説文解字注。淮南子地形説解文同爾雅。案書顧命「夷玉在東」序疏引鄭玄注:「夷玉,東方之珣玗琪也。」珣玗琪三字連文。參見「夷玉」。

珮 pèi ㄆㄟˋ 蒲昧切,去,隊韻,並。

玉佩,佩帶的飾物。通作「佩」。文選南朝梁江文通(淹)雜體詩謝法曹惠連:「雜珮雖可贈,疏華竟無陳。」參見「佩」。

【珮珂】佩玉。全唐詩四九二殷堯藩金陵懷古:「黄道天清擁珮珂,東南王氣秣陵多。」也作「佩珂」。宋葉適水心集六題賈儼不忘室詩:「子質復粹美,藻火兼佩珂。」

【珮環】玉佩。唐常建詩集二古意之三:「寤寐見神女,金紗鳴珮環。」白居易長慶集五五將發洛中枉令狐相公手札兼辱二篇寵行以長句答之詩:「八行落泊飛雲雨,五字鎗摐動珮環。」

珞 luò ㄌㄨㄛˋ 盧各切,入,鐸韻,來。

㊀見「瓔珞」。㊁見「珞珞」。

【珞珞】喻多。一謂石惡貌。老子:「不欲琭琭如玉,珞珞如石。」漢河上公注:「琭琭喻少,珞珞喻多。」一本作「落落」。

【珞琭】宋史藝文志有珞琭子賦一卷。珞琭子爲江湖談命之人,始末已無可考。宋文天祥文山集一贈彭神機詩:「彭君絶識透黄間,不師逢弄師珞琭。」

珧 yáo ㄧㄠˊ 餘昭切,平,宵韻,喻。

㊀蜃殼。詩小雅瞻彼洛矣「鞞琫有珌」傳:「天子玉琫而珧珌。」㊁小蚌。爾雅釋魚:「蜃小者珧。」注:「珧,玉珧,卽小蚌。」㊂弓名。楚辭屈原天問:「馮珧利決,封豨是射。」爾雅釋器:「以蜃者謂之珧。」謂以蜃爲飾。

【珧華】玉名。抱朴子窮達:「珧華黎綠,連城之寶也,委之泥濘,則瓦礫積其上焉。」

珩 héng ㄏㄥˊ 户庚切,平,庚韻,匣。

佩上部的横玉。形如殘環,或上有折角,用於璧環之上。詩小雅采芑:「有瑲蔥珩。」蔥珩,禮玉藻作「蔥衡」。國語晉二:「白玉之珩六雙。」

【珩璜新論】宋孔平仲撰,一卷。本名孔氏雜説。多考證舊聞,亦論古事。珩璜皆佩玉之名,上曰珩,下曰璜,後人推重其書,因取爲書名。

七畫

琉 liú ㄌㄧㄡˊ 集韻 力求切,平,尤韻。

也作「瑠」。見「琉璃」。

【琉球】古國名。卽今琉球羣島。在我國臺灣省東北,日本國南面海上。隋時建國,自大業以來,卽與我國頻有來往。清光緒五年,日本侵佔琉球,俘其國王尚泰歸,改爲沖繩縣。參閱隋書東夷傳、明史三二三琉球傳、清續文獻通考三三一四裔一。

【琉璃】㊀天然的各種有光寶石。本名璧流璃,後省稱琉璃、流離。漢書九六上西域傳:「罽賓國……出……璧流離。」注引孟康:「流離青色如玉。」又引魏略:「大秦國出赤、白、黑、黄、青、緑、縹、紺、紅、紫十種流璃。」唐代稱爲玻璃,宋元以來稱爲寶石。參閱翻譯名義集三七寶。㊁以黏土、長石、石青等爲原料而燒成之瓦,亦稱琉璃。如宫殿樓閣所用的琉璃瓦卽是。宋司馬光温國文正公集二碧樓詩:「煙瓦疊琉璃,危樓半空倚。」

【琉球貨】原指琉球國的貢物,後以喻粗劣的物品。清郁永河海上紀略:「琉球國在閩省正東。……於中國率三歲一貢,所貢硫黄、皮紙而已。其所攜財貨惟螺與蚌殼,……外此則有紙扇、煙筒。其製陋劣,傭兒所不顧。憶吾鄉俗語,謂厭憎之物輒曰琉球貨。陋劣不自今日始,古語已云然矣。」永河,清仁和(今杭州市)人。

【琉璃河】水名。在河北良鄉南。古稱聖水。源出房山縣西北,東南經良鄉、涿州,南入新城縣注入巨馬河。宋范成大石湖集十二琉璃河詩題注:「又名劉李河,在涿州北三十里,極清泚。」又詩注:「此河大中祥符間路振乘軺録亦謂琉璃河,惟嘉祐中宋敏求入番録乃謂之六里河。」

【琉璃城】㊀地名。在四川大渡河南。唐太和五年,節度使李德裕築。見太平寰宇記七七黎州通望縣。㊁佛教故事。波羅柰國有慈童女,家貧,賣薪養母。一日至山中,見琉璃城,有四玉女擎四如意珠,作唱伎樂來迎。見法苑珠林六二忠孝業因引雜寶藏經。

【琉璃廠】在北京南城,本名海王村。明清兩代在此設窰燒製琉璃磚瓦,供營建宫殿、王公邸府之用,故名。自明以來又爲骨董書坊匯集之處。見清會典事例八七五工部物財琉璃窰、清李文藻南澗文集上琉璃廠書肆記。

【琉璃變】燒琉璃,火候有差,則生變形。猶燒造瓷器之有窰變。宋陶穀清異録地理:「劉東叔賦臘月雨云:且雨且凍山徑滑,是誰作此琉璃變?」(説郛六一)

琅 láng ㄌㄤˊ 魯當切,平,唐韻,來。

㊀玉石。舊題漢班固漢武帝内傳:「王母乃命諸侍女王子彈八琅之璈。」參見「琅玕」。㊁潔白。全唐詩六一四皮日休奉和魯望白菊:「已過重陽半月天,琅華千

點照寒煙。"㊂姓。齊有琅過。見通志二九氏族五代北四字姓。

【琅玕】㊀美石。書禹貢:"黑水西河惟雍州……厥貢惟球琳琅玕。"急就篇:"係臂琅玕虎魄龍。"注:"琅玕, 火齊珠也。一曰石似珠者也。"㊁珠樹。荀子正論:"琅玕龍茲華覲以爲實。"注:"琅玕似珠,崑崙山有琅玕樹。"㊂指竹。唐杜甫杜工部草堂詩箋二鄭駙馬宅宴洞中:"主家陰洞細煙霧,留客夏簟青琅玕。"宋蘇過斜川集三從范信中覓竹詩:"十畝琅玕寒照坐,一谿羅帶恰通船。"

【琅邪】也作"琅玡"、"瑯琊"。㊀郡名。秦置,治所在琅玡。漢後,治所屢有遷徙,至隋廢。地在今山東膠南諸城縣一帶。東晉盡失江淮以北地,太興三年又於白下(今南京市北)僑置琅玡郡,至陳廢。南朝所稱琅邪,皆指此。參閱太平寰宇記九十昇州。㊁山名。1.在山東諸城縣。秦始皇二十八年登琅邪,作臺刻石紀功德,卽此山。參閱元和郡縣志十一密州。參見"琅邪臺"。2.在安徽滁縣。東晉司馬睿(元帝)爲琅邪王,曾避地此山,故名。宋歐陽修文忠集三九醉翁亭記"其西南諸峯,林壑尤美,望之蔚然而深秀者,琅邪也",卽此山。參閱太平寰宇記一二八滁州。

【琅函】㊀書匣。五代前蜀韋莊浣花集五李氏小池亭詩:"家藏何所寶?清韻滿琅函。"㊁指道書。元傅若金傅與礪詩集五龍翔寺:"寶網自鳴空裏樂,琅函時出賜來經。"

【琅書】指道書。唐陸龜蒙甫里集十五幽居賦:"閱仙苑之琅書,安能解愠?傾洛公之金醴,幾得銷憂?"

【琅琅】㊀清朗、響亮的聲音。漢書五七司馬相如傳子虛賦:"礧石相擊,琅琅礚礚。"指金石相擊聲。宋李昭玘樂靜集十上眉揚先生:"每相過者,論先生德義,誦先生文章,堂上琅琅,終日不絕。"指讀書聲。㊁形容俊美。文選晉袁彥伯(宏)三國名臣序贊:"琅琅先生,雅杖名節。雖遇塵霧,猶振霜雪。"世說新語賞譽上:"裴令公(楷)目夏侯太初(玄)……如入宗廟,琅琅但見宗廟器。"

【琅鳥】白鳥。山海經大荒北經:"東北海之外,大荒之中,河水之間,附禺之山,帝顓頊與九嬪葬焉。……有青鳥、琅鳥、玄鳥、黃鳥。"

【琅湯】放縱。同"浪蕩"。管子宙合:"以琅湯陵轢人,人之敗也常自此。"參閱清翟灝通俗編八武功琅湯。

【琅璫】㊀鐵鎖鏈。漢書九九下王莽傳:"其男子檻車,兒女子步,以鐵鎖琅當其頸。"注:"琅當,長鏁也。"清李伯元文明小史九:"把一班秀才一齊鐵索琅璫提了上來。"㊁金屬或玉器相碰擊的聲音。唐杜甫杜工部草堂詩箋九大雲寺贊公房:"夜深殿突兀,風動金琅璫。"宋蘇軾蘇文忠詩合注一舟中聽大人彈琴詩:"風松瀑布已清絕,更愛玉佩聲琅璫。"

【琅邪臺】在山東諸城縣東南琅邪山上。秦始皇二十八年,南登琅邪,築觀臺以望東海,建碑頌德。有明拓本琅玡臺刻石,相傳丞相李斯書。石高一丈五尺,僅存十三行八十六字,已模糊難於辨識。參閱史記始皇紀二八年、清馮雲鵬金石索石索七。

【琅邪稻】新唐書一〇二李百藥傳:"七歲能屬文,父友陸乂等共讀徐陵文,有'刈琅邪之稻'之語,嘆不得其事。百藥進曰:'春秋:郕子藉稻,杜預謂在琅邪。'客大驚,號奇童。"後以琅邪稻稱兒童之早慧。

【琅璫驛】又名上亭驛。在四川梓潼縣。唐置。相傳爲唐玄宗奔蜀過此聞鈴聲處。見讀史方輿紀要六八保寧府梓潼縣白埡堡。

琋 tí dì 集韻 田黎切,平,齊韻。
ㄊㄧˊ ㄉㄧˋ 大計切,去,霽韻。

玉名。文選三國魏曹子建(植)洛神賦:"抗瓊琋以和予兮,指潛淵而爲期。"注:"琋,玉也。"

球 qiú 巨鳩切,平,尤韻,羣。
ㄑㄧㄡˊ

㊀美玉。書禹貢:"厥貢惟球琳琅玕。"球、琳皆美玉。㊁玉磬。說文:"球,玉磬也。"書益稷:"戛擊鳴球。"疏:"球,玉也。樂器惟磬用玉,故球爲玉磬。"㊂今借作"毬"字,如星球、地球。

【球玉】美玉。禮玉藻:"笏,天子以球玉,諸侯以象,大夫以魚須文竹。"

【球球】角貌。穀梁傳成七年"展觓角而知傷"晉范甯注:"觓,球球然,角貌。"

【球琳】球琳皆美玉,也比喻俊美的人才。唐李白李太白詩十六送楊少府赴選詩:"夫子有盛才,主司得球琳。"

珸 wú 五乎切,平,模韻,疑。
ㄨˊ

一作"琪"。玉篇:"珸,石次玉。亦山名,出利金。"參見"琨珸"。

琊 liǔ 力久切,上,有韻,來。
ㄌㄧㄡˇ 集韻 力求切,平,尤韻。

有光的光石。同"瑠"、"琉"。見說文。

參見"璧流離"。

珺 jùn 字彙 居運切,音郡。
ㄐㄩㄣˋ

美玉。見字彙。

琊 yé 以遮切,平,麻韻,喻。
ㄧㄝˊ

本作"邪"。說文:"邪,琅邪郡。"也作瑯琊。見"瑯琊"。

現 xiàn 胡甸切,去,霰韻,匣。
ㄒㄧㄢˋ

㊀顯露。本作"見",後作"現"。見"現身說法"。㊁今時。佛家以過去、現在、未來爲三世。俱舍論二十分別隨眠品五之二:"一世法中應有三世,……有作用時名爲現在,……若已生未已滅名現在。"㊂實有的。弘明集九南朝梁武帝(蕭衍)立神明成佛義記:"善惡交謝,生乎現境。"

【現成】原有的,已經安排好的。儒林外史一:"如今没奈何,把你雇在隔壁人家放牛,每月可以得他幾錢銀子,你又有現成飯吃,只在明日便可去了。"

【現形】顯露原身形象。宋黃庭堅豫章集十八大悲閣記:"維觀世音應物現形,或至於八萬四千手眼。"清末譴責小說有南亭亭長(李寶嘉)官場現形記。

【現狀】現在的情狀。清末我佛山人(吳沃堯)撰譴責小說二十年目睹之怪現狀。

【現相】佛教對真如而言。真如,指宇宙的本體,是不生不滅不增不減無始無終的。而宇宙客觀上則有生有滅有增有減有始有終。這種變化稱爲現相,卽轉相現一切境界之相。也稱萬法。大乘起信論義記四:"第三境界相卽是現相,……此之現相,常在本識。"

【現報】佛教稱作善惡之事得報於今生者。卽現世現報。法苑珠林九三妄語引優婆塞戒經偈:"所言雖實,人不信受,衆皆憎惡,不喜見之,是名現世惡業之報。"南齊蕭子良淨住子:"現報生報後報,此三感業之所。"

【現世現報】見"現報"。

【現身說法】謂佛力廣大,能現種種身形,向衆生說法。楞嚴經六:"我於彼前,皆現其身,而爲說法,令其成就。"景德傳燈錄一釋迦牟尼佛:"亦於十方界中現身說法。"後指用親身經歷勸戒別人。

理 lǐ 良士切,上,止韻,來。
ㄌㄧˇ

㊀治玉,對玉進行加工。韓非子和氏:"楚人和氏得玉璞楚山中,……王乃使玉人理其璞而得寶焉。"㊁治理,申辯。詩

大雅江漢："于理于理，至于南海。"世說新語言語"顧悅與簡文同年"注引中興書："初爲殷浩揚州別駕，浩卒，悅上疏理浩。"㊂治療。後漢書五二崔寔傳政論："德教者，興平之粱肉也。夫以德政除殘，是以粱肉理疾也"舊題晉王嘉拾遺記六前漢下："(低光荷) 實如玄珠，可以飾佩。花葉蕤萎，芬馥之氣，徹十餘里。食之，令人口氣常香，益脉理病。"㊃温習。漢書八一張禹傳："禹性習知音聲，……後堂理絲竹筦弦。"北齊顏之推顏氏家訓勉學："吾七歲時，誦魯靈光殿賦，至於今日，十年一理，猶不遣忘。"㊄文理，條理。荀子正名："形體色理以目異。"禮內則："濆取牛肉，必新殺者，薄切之，必絶其理。"絶其理，謂橫斷其文理筋絡。㊅道理，法則。易繫辭上："易簡而天下之理得矣。"禮仲尼燕居："禮也者，理也。"疏："理，謂道理，言禮者使萬物合於道理也。"㊆名分。禮樂記："樂者，通倫理者也。"注："理，分也。"㊇順。孟子盡心下："貉稽曰：'稽大不理於口。'"㊈獄官，法官。管子小匡："弦子旗爲理。"呂氏春秋孟秋："命理瞻傷察創，視折審斷。"㊉使者。亦指媒人。左傳昭十三年："行理之命，無月不至。"注："行理，使人通聘問者。"楚辭屈原離騷："解佩纕以結言兮，吾令蹇修以爲理。"㊀星名。漢書天文志："左角，理；右角，將。"

【理化】治理與教化。後漢書三二樊宏傳論："分地以用天道，實廩以崇禮節，取諸理化，則亦可以施於政也。"晉書刑法志汝南王(司馬)亮奏："夫禮以訓世而法以整俗，理化之本，事實由之。"

【理曲】演習歌曲。玉臺新詠南朝陳徐陵序："五日猶賒，誰能理曲？"唐王維王右丞集一洛陽女兒行："戲罷曾無理曲時，妝成祇是薰香坐。"

【理官】司法官。漢書藝文志："法家者流蓋出於理官，信賞必罰，以輔禮制。"

【理性】修養品性。後漢書六七黨錮傳序："夫刻意則行不肆，牽物則其志流，是以聖人導人理性，裁抑宕佚，慎其所與，節其所偏。"

【理事】㊀治事，辦事。後漢書二五卓茂傳："河南郡爲置守令，茂不爲嫌，理事自若。"㊁官名。清宗人府設有理事官，掌宗室事。光緒四年於日本神户、大阪、長崎、橫濱等地各設理事一人，後改爲領事，爲駐外辦理商務的外交官員。見清會典一宗人府、清會典事例一二二〇總理各國事務衙門官制出使。

【理命】人臨終時的合理遺命。對死者臨終神志不清、不合情理之亂命而言。即"治命"。唐人避李治(高宗)諱，亦作"理命"。唐顏真卿顏魯公文集十麗正殿學士殷君墓碣銘："合祔先窆，述遵理命。"權德輿權載之文集十五故……贈太傅董公神道碑銘："以其年十月丁酉，奉理命家法，薄葬公於河南縣万安山之原。"參見"治命"。

【理致】思想情趣。世說新語賞譽下："王大將軍(敦)與丞相(王導)書稱楊朗曰：'世彥識器理致，才隱明斷，既爲國器，且爲楊侯淮之子，位望殊爲陵遲，卿亦足與之處。'"北齊顏之推顏氏家訓文章："文章當以理致爲心腎，氣調爲筋骨，事義爲皮膚，華麗爲冠冕。"

【理財】管理財物。易繫辭下："理財正辭，禁民爲非曰義。"後指管理財政。

【理氣】㊀調理呼吸。文選晉潘安仁(岳)笙賦："援鳴笙而將吹，先嗢噦以理氣。"㊁宋理學以理氣並稱，以理爲宇宙的本體，氣爲其現象。天地間先有理的存在，然後陰陽之氣運行而生萬物。朱子語類輯略一理氣："未有天地之先，畢竟也只是理。有此理便有此天地；若無此理，便亦無天地，無人無物，都無該載了。有理便有氣流行，發育萬物。"

【理問】官名，掌勘核刑名。元行省有理問所，設理問、副理問。明改行省爲布政使司，仍設理問。清沿其制。參閲元史百官志七、明史職官志四、清會典事例二四吏部官制各省布政使司。

【理欲】天理與私欲。明李夢陽空同子論學下："此道不明于天下，而人遂不復知理欲同行異情之義。"

【理番】縣名。唐維州地。地據大雪山中，爲自成都出西山入吐蕃要道。宋仁宗景祐三年，改威州。清乾隆時改理番直隸廳。公元 1914 年改縣，1945 年改名理縣。屬四川省。參閲元和郡縣志三二、元豐九域志七。

【理窟】世說新語文學："張憑既前，撫軍(簡文帝)與之話言，咨嗟稱善，曰：'張憑勃窣爲理窟。'即用爲太常博士。"言富於義理，積於其身，故稱理窟。陳書徐陵傳與楊遵彥書："足下素挺詞鋒，兼長理窟。"

【理義】道理與正義。孟子告子上："故理義之悅我心，猶芻豢之悅我口。"呂氏春秋勸學："人君人親不得其所欲，人子人臣不得其所願，此生於不知理義。"

【理亂】㊀治與亂。管子霸言："堯舜之人非生而理也，桀紂之人非生而亂也。故理亂在上也。"㊁治理紛亂。魏書四八高允傳徵士頌："移風易俗，理亂解紛。"

【理會】㊀理解相同。世說新語識鑒："時人以爲山濤不學孫吴，而暗與之理會。"㊁處理，評理。宋歐陽修文忠集十四奏北界爭地界："今已縱成其計，卻欲理會，必須費力。"水滸四九："你賴我大蟲，和你官司裏去理會。"㊂理解，領會。二程全書二二上伊川(程頤)先生語八上："凡看文字非只是要理會語言，要識得聖賢氣象。"宋王明清揮麈録餘話二王俊首岳侯狀："你理會不得！我與相公從微相隨，朝廷必疑我也。"

【理解】從道理上了解。宋史四三三林光朝傳："未嘗著書，惟口授學者，使之心通理解。"

【理障】佛家稱執於文字而見理不真。圓覺經上："云何二障？一者理障，礙正知見；二者事障，續諸生死。"明何良俊四友齋叢説三二尊生："至若思索文字，忘其寢食，禪家謂之理障。"

【理論】㊀說理立論。晉常璩華陽國志後賢志李宓："著述理論，論中和仁義儒學道化之事凡十篇。"唐鄭谷鄭守愚集三故少師從翁……感舊愴懷遂有追紀詩："理論知清越，生徒得李頻。"自注："清越，江左詩僧。"㊁據理辯論。文苑英華六九〇常袞咸陽縣丞郭君墓誌銘："惟公博識强辨，尤好理論。"水滸二四："如若有人欺負你，不要和他爭執，待我回來，自和他理論。"

【理髮】梳理頭髮。晉書七九謝安傳："(桓)温後詣安，值其理髮。"

【理樂】演習樂曲。漢書八一張禹傳："後堂理絲竹筦弦"注引如淳："今樂家五日一習樂爲理樂。"

【理頭】管理衆人的首領。後漢書七五劉焉傳："(張)魯遂自號師君。其來學者，初名爲鬼卒，後號祭酒。祭酒各領部衆，衆多者名曰理頭。"

【理學】指宋明儒家哲學思想。也稱性理學、道學。漢儒治經，側重訓詁制度。宋儒則附會經義而說天人性命之理，故曰理學。參見"道學"。

【理匭使】官名。唐武后垂拱二年，鑄銅匭四，塗以青、紅、白、黑色，列於朝堂，接受四方投書，以御史中丞、侍御史一人爲理匭使。玄宗天寶九年，以匭聲近鬼，改理匭使爲獻納使。見新唐書百官志二。

【理縣譜】南齊傅琰父子有治績，有治

縣譜，子孫相傳。見南齊書本傳。唐李延壽撰南史，避李治(高宗)諱，改爲理縣譜。參見"治譜"。

【理藩院】清官署名。管理蒙古新疆西藏等少數民族事務，在咸豐十一年成立總理衙門前，並兼辦對俄外交事務。設尚書一人，左右侍郎各一人，專由滿族人員充任；額外侍郎一人，在蒙古貝勒或貝子中選任。光緒三十二年改爲理藩部。參閱清文獻通考八二職官六理藩院、清續文獻通考一二六職官十二。

【理直氣壯】理由充分，說話有氣勢。明沈采還帶記傳奇周女送飯："氣高理必長，理直氣必壯。"又百子山樵牟尼合記六分珠："我爲無辜之人，不平動氣，是一點好心，理直氣壯，那裏犯着怕他？"

【理學類編】明張九韶撰。八卷。初名格物編，吳當改爲今名。分天地、天文、地理、鬼神、人物、性命、異端七類。以周敦頤、二程(顥頤)、張載、邵雍、朱熹六家之言爲主，而以荀子以下五十三家之說爲輔。每篇末並附己見。

珵 1. chéng 直貞切，平，清韻，澄。ㄔㄥˊ

㊀美玉。楚辭屈原離騷："覽察草木其猶未得兮，豈珵美之能當？"注："珵，美玉也。相玉書言珵大六寸，其耀自照。"

2. tǐng ㄊㄧㄥˇ

㊁玉笏。同"珽"。儀禮士喪禮"竹笏"注："天子搢珽。"釋文作"珵"，監本亦作"珵"。參見"珽"。

琄 xuàn 胡畎切，上，銑韻，匣。ㄒㄩㄢˋ

玉貌。樂府詩集二南齊謝超宗肅咸樂之一："璆縣凝會，琄朱竚聲。"

【琄琄】佩玉貌。同"鞙鞙"。爾雅釋訓："皋皋琄琄，刺素食也。"參見"鞙鞙"。

琀 hán 胡紺切，去，勘韻，匣。ㄏㄢˊ

古代納於死者口中的玉，見說文。參見"唅㊀"、"含玉"。

琈 fú 縛謀切，平，尤韻，並。ㄈㄨˊ

玉名。山海經西山經："(剛山)多柒木，多㻬琈之玉。"

珽 tǐng 他鼎切，上，迥韻，透。ㄊㄧㄥˇ

玉笏。左傳桓二年："袞冕黻珽。"注："珽，玉笏也。若今吏之持簿。"釋文引徐廣："持簿，手版也。"荀子大略："天子御珽。"注："珽，大珪，長三尺，杼上終葵首。謂剡上至其首而方也。"

琁 xuán 似宣切，平，仙韻，邪。ㄒㄩㄢˊ

美玉。同"璇"、"璿"。荀子賦："琁玉瑤珠，不知佩也。"

【琁室】以琁玉修飾的房間。呂氏春秋過理："作爲琁室，築爲頃宮。"淮南子本經："晚世之時，帝有桀紂，爲琁室瑤臺象廊玉牀。"注："琁，瑤，石之似玉，以飾室臺也。……琁或作旋。"

【琁題】玉飾的椽頭。漢書八七上揚雄傳甘泉賦："蓋天子穆然珍臺閒館琁題玉英蜵蜎蠖濩之中。"注："應劭曰：'題，頭也。榱椽之頭皆以玉飾。'"琁，也作"璇"。南朝梁蕭統昭明太子集七契："璇題昭晰，珠簾彪焕。"

琇 xiù 息救切，去，宥韻，心。ㄒㄧㄡˋ 與久切，上，有韻，喻。

石之似玉者。說文作"璓"。詩衛風淇奧："有匪君子，充耳琇瑩，會弁如星。"

八畫

琮 cóng 藏宗切，平，冬韻，從。ㄘㄨㄥˊ

㊀瑞玉。周禮春官大宗伯："以玉作六器以禮天地四方，以蒼璧禮天，以黃琮禮地。"注："琮，八方，象地。"亦作爲發兵符信。公羊傳定八年"璋判白"漢何休注："琮以發兵。"㊁姓。宋有琮師古。見通志二九氏族五。

琮

【琮琤】玉石碰擊聲。全唐詩四九〇潘存實賦得玉聲如樂："后夔如爲聽，從此振琮琤。"宋楊萬里誠齋集二四將至地黃灘詩："搴篷試一望，濺雪紛琮琤。"

琯 1. guǎn 古滿切，上，緩韻，見。ㄍㄨㄢˇ

㊀古樂器名，即玉管。六孔。漢應劭風俗通聲音："尚書大傳：舜之時，西王母來獻其白玉琯。"

2. gùn 古困切，去，慁韻，見。ㄍㄨㄣˋ

㊁治金玉使發光。見廣韻、集韻。

【琯朗】星名。女星旁一小星，名始影。傳說女子於夏至夜祭始影，得好顏色；始影南並肩一星，名琯朗，男子於冬至夜祭琯朗，得好智慧。見元伊世珍瑯嬛記下引實庵紀聞。

琬 wǎn 於阮切，上，阮韻，影。ㄨㄢˇ

没有稜角的圭。見"琬圭"。

【琬圭】上端渾圓的圭。周禮考工記玉人："琬圭九寸而繅，以象德。"注："琬猶圜也，王使之瑞節也。諸侯有德，王命賜之，使者執琬圭以致命焉。"

【琬琰】㊀琬圭琰圭。書顧命："赤刀、大訓、弘璧、琬琰在西序。"注："大璧，琬琰之圭爲兩重。"孝經序："寫之琬琰，庶有補於將來。"疏："寫之琬圭琰圭之上，……而言寫之琬琰者，取其美名耳。"㊁美玉。楚辭屈原遠遊："吸飛泉之微液兮，懷琬琰之華英。"漢書五七司馬相如傳上子虛賦："鼂采琬琰，和氏出焉。"㊂喻美德。南史三九劉遵傳："立身貞固，內含玉潤，外表瀾清，言行相符，終始如一。文史該富，琬琰爲心。"

【琬琰集】宋杜大珪編。全名爲名臣碑傳琬琰集。録宋建隆乾德至建炎紹興間大臣碑傳，共一百零七卷。又明徐紘編明名臣琬琰録，共二十四卷，續録二十二卷，録明洪武至弘治間諸臣碑傳。漢蔡邕蔡中郎集四胡公碑有"論集行跡，銘諸琬琰"之語，兩書所録皆碑傳，故名。

琗 cuì 集韻 取內切，去，隊韻。ㄘㄨㄟˋ

珠玉光采錯雜。文選晉郭景純(璞)江賦："金精玉英瑱其裏，瑤珠怪石琗其表。"注："瑱琗，謂文采相雜。小(爾)雅曰：雜采曰綷。琗與綷同。"又同"璻"。見玉篇。

琛 chēn 丑林切，平，侵韻，徹。ㄔㄣ

珍寶。詩魯頌泮水："憬彼淮夷，來獻其琛。"

【琛寶】珍寶。晉書張軌傳史臣曰："茂、駿、重華，資忠踵武，崎嶇僻陋，無忘本朝，故能西控諸戎，東攘巨猾，綰累葉之珪組，賦絕域之琛賨，振曜遐荒，良由杖順之効矣。"

【琛賮】獻禮的寶物。宋史樂志十三樂章七朝會："貢職輸琛賮，皇猷焕簡編。"

琰 yǎn 以冉切，上，琰韻，喻。ㄧㄢˇ

琰圭。書顧命："琬琰在西序。"參見"琬琰"。

【琰圭】圭名。上端銳。周禮考工記玉人："琰圭九寸，判規，以除慝，以易行。"又春官典瑞："琰圭以易行，以除慝。"注引鄭司農(衆)："琰圭有鋒芒。"

【琰琰】有光澤。藝文類聚七十晉夏侯湛雀釵賦："黛玄眉之琰琰，收紅顏而發色。"

【琰魔】梵語。詳"閻羅"。

琫 běng 邊孔切，上，董韻，幫。ㄅㄥˇ

佩刀鞘上裝飾。同“鞛”、“䩬”、“琣”。詩小雅瞻彼洛矣：“君子至止，鞞琫有珌。”釋文：“琫，字又作鞛，必孔反，佩刀鞘上飾。”

琵 pí 房脂切，平，脂韻，並。ㄆㄧˊ

樂器名。見“琵琶”。

【琵琶】 ㊀樂器名。也作“批把”、“枇杷”。有四弦、六弦之別。桐木製，曲首長頸，下橢圓，面平背圓。舊皆用木撥，至唐始廢撥用手，謂之搊琵琶。宋書樂志一：“琵琶，傅玄琵琶賦曰：‘漢遣烏孫公主嫁昆彌，念其行道思慕，故使工人裁箏、筑，爲馬上之樂，欲從方俗語，故曰琵琶，取其易傳於外國也。’風俗通云：‘以手琵琶，因以爲名。’”參閱釋名釋樂器。參見“批把”。㊁魚名。詳“琵琶魚”。

琵琶

【琵琶卜】 彈琵琶以卜吉凶。占卜的一種。唐張鷟朝野僉載三：“浮休子曾於江南洪州停數日，遂聞土人何婆善琵琶卜，與同行人郭司法質焉。……郭再拜下錢，問其品秩，何婆乃調絃柱，和聲氣曰：‘箇丈夫富貴，今年得一品，明年得二品，後年得三品，更後年得四品。’”明高啟高太史集二憶遠曲詩：“陌頭空問琵琶卜，欲歸不歸在即足。”

【琵琶洲】 地名。1. 在江西餘干縣南，以形似琵琶得名。有亭，名琵琶亭。見太平寰宇記一〇七饒州餘干縣。參閱宋吳曾能改齋漫録八琵琶洲。2. 在廣東番禺縣東南江中，以形似琵琶得名，昔時閩浙舟楫皆泊於此，人烟繁盛。參閱宋史四八九注輦國傳、嘉慶一統志四四一廣州府一山川。

【琵琶亭】 亭名。在江西德化縣（今九江縣）西長江濱。唐白居易送客湓浦口，夜聞鄰舟琵琶聲，作琵琶行，後人因以名亭。見嘉慶一統志三一八九江府一古蹟。

【琵琶記】 明高則誠撰。四十二齣。據民間流傳南戲趙貞女改編。寫蔡伯喈中狀元後招贅於牛丞相府。時蔡家鄉遭災荒，其妻趙五娘獨力養家，典當俱盡，父母餓死。五娘抱琵琶，彈唱行乞，赴京尋夫，幾經周折，遂得團圓。或謂則誠作此，實有所指。見明田藝蘅留青日札摘抄二。

【琵琶骨】 古時北方契丹等族占卜的用具。炙獸類琵琶骨以定行止。元李治敬齋古今黈四：“武珪燕北雜記云：‘契丹行軍不擇日，用艾和馬糞於白羊琵琶骨上炙，破便出行，不破即不出。’……今北方炙琵琶骨者與珪記特異。所炙之法蓋有可入不可入者。疾病飲食，一動一止，悉有條理。”

【琵琶魚】 魚名。文選晉左太沖（思）吳都賦：“躍龍騰蛇，鮫鯔琵琶。”唐劉淵林注：“琵琶魚，無鱗，形似琵琶，東海有之。”參閱南朝梁任昉述異記、明馮時可雨航雜録下。

【琵琶腿】 指腿粗壯，如琵琶狀。宋張舜民畫墁録：“太祖招軍格，不全取長人，要琵琶腿，車軸身，取多力。”

【琵琶蟲】 蝨的異名。清厲荃事物異名録三九昆蟲上引山堂肆考：“宋道君北狩，至五國城，衣上見蝨，呼爲琵琶蟲，以其形類琵琶也。”道君，宋徽宗趙佶。

【琵琶別抱】 指婦女再婚。語出唐白居易琵琶行“門前冷落鞍馬稀，老大嫁作商人婦”及“千呼萬喚始出來，猶抱琵琶半遮面”句。明王濟連環記擲戟：“只指望上秦樓吹鳳簫，却緣何把琵琶彈別調？”孟稱舜鸚鵡墓貞文記哭墓：“拚把紅顏埋緑蕪，怎把琵琶別抱歸南浦，負却當年鸞錦書。”

琶 pá 蒲巴切，平，麻韻，並。ㄆㄚˊ

見“琵琶”。

琴 qín 巨金切，平，侵韻，羣。ㄑㄧㄣˊ

㊀樂器名。詩小雅鹿鳴：“我有嘉賓，鼓瑟鼓琴。”古作五弦，周初增爲七絃。凡十三徽。參閱急就篇三“竽瑟空侯琴筑箏”唐顏師古注、宋史樂志四劉昺樂書、清王念孫廣雅疏證釋樂。㊁指冢墓。水經注二一汝水：“城之東北，有楚武王冢，民謂之楚王琴。”㊂姓。春秋時有琴張，孔子弟子。見孟子盡心下。

琴

【琴川】 水名。舊時江蘇常熟縣城内有横港凡七，形若琴弦，皆西受山水，東注運河。故常熟別名琴川。諸水皆已堙塞。參閱嘉慶一統志七七蘇州府山川引琴川志。

【琴心】 ㊀寄心思於琴聲。史記一一七司馬相如傳：“是時卓王孫有女文君新寡，好音。故相如繆與令相重，而以琴心挑之。”北周庾信庾子山集六和趙王看妓詩：“臨邛若有便，爲説解琴心。”㊁琴曲名。文選南齊王仲寶（儉）褚淵碑文：“參以酒德，間以琴心。”注：“列仙傳曰：涓子作琴心三篇。”

【琴引】 古琴曲名。古琴曲體裁有曲、引、操、暢、弄等名。宋郭茂倩樂府詩集自五十七卷至六十卷，集録古代至五代的琴曲歌辭，如思歸引烏夜啼引秋風引等，以引爲稱者共十九首。

【琴史】 ㊀琴和史書。唐孟浩然集三秋登張明府海亭詩：“予亦將琴史，棲遲共取閑。”㊁宋朱長文撰，六卷。前五卷紀自古通琴理者一百四十六人，附見者九人，各列舉其事蹟。後一卷，論琴的操弄、沿革、制度、損益。

【琴羽】 琴音中的羽聲，最細而凄清。南朝梁江淹江文通集一別賦：“琴羽張兮簫鼓陳，燕趙歌兮傷美人。”

【琴曲】 彈琴的譜曲。也泛指琴聲。北周庾信庾子山集五和趙王看伎詩：“琴曲隨流水，簫聲逐鳳凰。”

【琴旨】 清王坦撰。二卷。以律吕正義爲本，考定琴律，多所闡發。

【琴材】 桐可製琴，故稱桐爲琴材。全唐詩五一八雍陶孤桐：“歲晚琴材老，天寒桂葉凋。”

【琴牀】 安放琴的器具。唐白居易長慶集六六奉和裴令公新成午橋莊緑野堂即事詩：“遊絲飄酒席，瀑布濺琴牀。”

【琴弈】 彈琴和圍棋。新五代史前蜀世家：“（王）宗壽好學，工琴弈。”宋陸游劍南詩稿五一東岡：“老惰恐作疏，時來寓琴弈。”

【琴高】 ㊀傳説戰國趙人，能鼓琴，爲宋康王舍人，學修煉長生之術，遊於冀州涿城之間。後入涿水中取龍子，與弟子期某日返。至時，高果乘赤鯉而出，留一月餘，復入水去。見法苑珠林四一潛遁引搜神記、舊題漢劉向列仙傳。抱朴子對俗：“是以蕭史偕翔鳳以凌虛，琴高乘朱鯉於深淵。”㊁借指鯉魚。宋黄庭堅豫章集九送舅氏野夫之宣城詩：“霜林收鴨脚，春網薦琴高。”趙與旹賓退録五：“今寧國府涇縣東北二十里有琴溪，……溪中有一種小魚，他處所無，俗謂琴高投藥滓所化，號琴高魚。”

【琴書】 琴和書。楚辭漢王逸九思傷時：“且從容兮自慰，玩琴書兮遊戲。”晉陶潛陶淵明集五歸去來兮辭：“悦親戚之情話，樂琴書以消憂。”

【琴師】 以彈琴爲業的藝人。宋詩鈔韓維南陽集鈔寬梅聖俞詩編：“譬如巧琴師，哀彈發絲桐。”

【琴清】琴聲清幽。唐李白李太白詩九贈清漳明府姪聿：“琴清月當户，人寂風入室。”

【琴張】春秋時衛人，名牢，字子開，一字子張，以字配姓爲琴張。孔子弟子。事迹見左傳昭二十年、孟子盡心下。左傳正義稱漢賈逵鄭衆謂卽史記六七仲尼弟子傳的顓孫師(子張)，其說不知所出。參閱清俞樾曲園雜纂三十。

【琴堂】呂氏春秋察賢：“宓子賤治單父，彈鳴琴，身不下堂，而單父治。”後以稱頌縣令，遂謂其公署爲琴堂。南朝梁蕭統昭明太子集三錦帶書十二月啟太簇正月：“敬想足下神遊書帳，性縱琴堂。談叢發流水之源，筆陣引崩雲之勢。”唐李白李太白詩十贈從孫義興宰銘：“退食無外事，琴堂向山開。”

【琴意】㊀琴的意趣。隋王通中說禮樂：“(文中)子遊汾亭，坐鼓琴。有舟而釣者過，曰：‘美哉琴意！傷而和，怨而静，在山澤而有廊廟之志，非太公之都磻溪，則仲尼之宅泗濱也。’”宋歐陽修文忠集四彈琴效賈島體詩：“琴聲雖可聽，琴意誰能論？”㊁琴的音韻節奏。宋蘇軾分類東坡詩十二破琴：“破琴雖未修，中有琴意足。”注：“破琴雖施十三弦而爲箏，而琴之音韻節奏宛然尚在。”

【琴瑟】㊀琴和瑟。書益稷：“戛擊鳴球，搏拊琴瑟以詠，祖考來格。”㊁琴瑟同時彈奏，其音諧和，故以比喻。1. 夫婦和好。詩周南關雎：“窈窕淑女，琴瑟友之。”南齊王融王寧朔集和南海王殿下詠秋胡妻詩之一：“且協金蘭好，方愉琴瑟情。”2. 朋友、兄弟的情誼融洽。三國魏曹植曹子建集九王仲宣誄：“吾與夫子，義貫丹青，好和琴瑟，分過友生。”文選晉潘安仁(岳)夏侯常侍誄：“子之友悌，和如琴瑟。”3. 事物之和於心。北周庾信庾子山集十擬連珠之四三：“忠信爲琴瑟，仁義爲庖廚。”

【琴署】縣衙。同“琴堂”。宋范仲淹范文正集尺牘下與瞧陽戚寺丞：“自至琴署，諒敎清適。”參見“琴堂”。

【琴臺】㊀彈琴之臺。南齊謝朓謝宣城集五奉和隨王殿下詩之七：“宴私移燭飲，遊賞籍琴臺。”㊁臺名。1. 在今山東單縣。相傳春秋宓子賤彈琴處。見太平寰宇記十四單州單父縣。2. 在今四川成都市。相傳漢司馬相如彈琴處。見嘉慶一統志四一一邛州直隸州古蹟。

【琴歌】㊀樂府琴曲歌辭的一種。樂府詩集六十有春秋秦百里奚妻琴歌三首、漢司馬相如琴歌二首等。㊁彈琴唱歌。唐駱賓王集八秋日於益州李長史宅宴序：“弁側山頽，自有琴歌留客。”

【琴樽】琴和酒樽。常指文士宴集。南齊謝朓謝宣城集四和宋記室省中詩：“無嘆阻琴樽，相從伊水側。”唐白居易長慶集五七答崔十八見寄詩：“明朝欲見琴樽伴，洗拭金盃拂玉徽。”

【琴調】㊀琴的音調(diào)。唐黄滔黄御史公集三贈宿松楊明府詩：“月狖聲和琴調咽，煙村景接柳條春。”㊁琴音調(tiáo)和。全唐詩六一三皮日休襄陽閒居與友生夜會：“舊絲再上琴調晚，壞葉重燒酒煖遲。”

【琴劍】琴和劍。古代文士常以隨身。廣弘明集二十南朝梁元帝(蕭繹)法寶聯璧序：“箴興琴劍，銘自盤盂。”全唐詩五五八薛能送馮温往河外：“琴劍事行裝，河關出北方。”

【琴操】㊀琴曲名。後漢書三五曹褒傳“歌詩曲操，以俟君子”唐李賢注：“操猶曲也。劉向別録曰：‘君子因雅琴之適，故從容以致思焉。其道閉塞悲愁而作者名其曲曰操，言遇災害不失其操也。’”㊁舊題漢蔡邕撰。敍各種琴曲之作者及緣由。分上下兩卷。上卷收歌詩五，操十二，引九；下卷收雜歌二十一章。按隋書經籍志著録晉廣陵相孔衍琴操三卷。後漢書六十下蔡邕本傳，止言所著有敍樂，而無琴操。而世說新語文選注、類書藝文類聚北堂書鈔引此書皆作蔡邕。疑孔衍取邕敍樂中文輯出。又舊唐書經籍志別載桓譚琴操二卷，爲後人將譚新論中之琴道篇誤爲琴操。參閱清馬瑞辰琴操校本序。

【琴蟲】傳說中的一種蛇。山海經大荒北經：“大荒之中，有山名曰不成，……有蟲，獸首蛇身，名曰琴蟲。”注：“亦蛇類也。”

【琴觴】彈琴飲酒。唐白居易長慶集六二再授賓客分司詩：“賓友得從容，琴觴恣怡悅。”

【琴譜】㊀琴的曲譜。唐張籍張司業集二和陸裴司業習静寄所知詩：“收拾新琴譜，尋封舊藥方。”㊁書名。記操琴音調指法，別造一種字記之。上記左手所按徽位，下記右手指法及所彈某弦。如芍謂左手大指按於九徽，而右手勾第三弦。唐有劉氏、周氏琴譜四卷，陳懷琴譜二十一卷。見舊唐書經籍志上。四庫著録者皆爲明以後人所撰。如楊嘉森撰琴譜正傳，楊表正撰琴譜大全、胡文煥撰文會堂琴譜等皆是。

【琴韻】琴的韻味。唐陸龜蒙零陵總記：“于頔司空嘗令客彈琴。其嫂知音，聽於簾下，曰：‘三分中一分箏聲，二分琵琶聲，絶無琴韻。’”(重校說郛四八)全唐詩六七三周朴哭陳庾：“琴韻歸流水，詩情寄白雲。”

【琴鶴】謂以琴鶴相隨。比喻爲官清廉。全唐詩六七四鄭谷贈富平李宰：“夫君清且貧，琴鶴最相親。”宋蘇軾蘇文忠詩合注三十題李伯時畫趙景仁琴鶴圖之一：“清獻先生無一錢，故應琴鶴是家傳。”參見“一琴一鶴”。

【琴囊】盛琴的布袋。宋歐陽修文忠集一二八詩話：“蘇子瞻學士，蜀人也，嘗於清井監得西南夷人所賣蠻布弓衣，其文織成梅聖俞春雪詩……以余尤知聖俞者，得之因以見遺。余家舊蓄琴一張，乃寶曆三年雷會所斲，距今二百五十年矣。其聲清越，如擊金石，遂以此布更爲琴囊。二物真余家之寶玩也。”宋陸游劍南詩稿四四夢行秦晉間有作：“驢肩雙酒榼，童背一琴囊。”

【琴心文】道教黄庭内景經的別名。宋黄伯思東觀餘論下跋黄庭内景經後：“魏(南嶽魏夫人)傳青籙文，……得道之子，當修玉文，黄庭内景其一也，亦名琴心文。”

【琴心劍膽】琴劍爲古時文人隨身之物。琴爲心，劍爲膽，喻剛柔相濟，儒雅任俠。元吴萊淵穎集四去歲留杭德興傅子建夢得句……爲續此詩卻寄董詩：“小榻琴心展，長纓劍膽舒。”

【琴棋書畫】彈琴、下棋、寫字、繪畫，皆爲舊時文士引爲風雅之事，故常四字連稱。唐張彥遠法書要録三唐何延之蘭亭記：“辯才博學工文，琴棋書畫皆得其妙。”明湯式筆花集謁金門聞嘲：“你歌舞吹彈，我琴棋書畫。”

【琴曲十二操】古琴曲名。漢蔡邕琴操上：“古琴曲有歌詩五曲，……又有十二操：一曰將歸操，二曰猗蘭操，三曰龜山操，四曰越裳操，五曰拘幽操，六曰岐山操，七曰履霜操，八曰雉朝飛操，九曰別鶴操，十曰殘形操，十一曰水仙操，十二曰懷陵操。”

珷 wǔ ㄨˇ 文甫切，上，麌韻，明。

玉石。見玉篇。參見“珷玞”。

【珷玞】玉石。亦作“武夫”、“碔砆”。戰國策魏一：“白骨疑象，武夫類玉。”文選漢王子淵(褒)四子講德論:"故美玉蘊於碔砆。"又晉陸士衡(機)演連珠:"懸景東秀,則夜光與碔砆匿耀。"

琙 yù 雨逼切,入,職韻,于。ㄩˋ

人名。東觀漢記有玄菟太守公孫琙。後漢書八五夫餘國傳琙作"域"。

琪 qí 渠之切,平,之韻,羣。ㄑㄧˊ

玉名。爾雅釋地九:"東方之美者,有醫無閭之珣、玗、琪焉。"注:"珣、玗、琪,玉屬。"唐陸龜蒙甫里集一襲美先輩以龜蒙所獻五百言……再抒鄙懷用伸酬謝詩:"因知昭明前,剖石呈清琪。"

【琪樹】㊀神話中的玉樹。文選晉孫興公(綽)遊天台山賦:"建木滅景於千尋,琪樹璀璨而垂珠。"唐白居易長慶集四牡丹芳詩:"仙人琪樹白無色,王母桃花小不香。"㊁樹名。唐李白李太白詩十二贈黃山胡公求白鷴:"照影玉潭裏,刷毛琪樹間。"全唐詩四八一李紳琪樹序:"琪樹垂條如弱柳,結子如碧珠,三年子可一熟,每歲生者相續,一年綠,二年碧,三年者紅。"

琳 lín 力尋切,平,侵韻,來。ㄌㄧㄣˊ

玉名。書禹貢:"厥貢惟球琳琅玕。"傳:"球、琳,皆玉名。琅玕,石而似珠。"

【琳札】道士齋醮所寫的表章。猶玉函。西崑酬唱集下劉筠致齋太一宮詩:"直官琳札密,太宰繡衣輕。"

【琳宇】指神仙所居之所,後泛作道觀的美稱。元揭傒斯揭文安公集二題桃源圖詩:"丹臺寒漠漠,琳宇氣熊熊。"元詩選袁易静春堂集胡西軒道院竹石詩:"解襟散幽寂,清心見琳宇。"

【琳珉】玉石名。漢書五七上司馬相如傳子虛賦:"其石則赤玉玫瑰,琳珉昆吾。"史記作"琳瑉"。文選漢班孟堅(固)西都賦:"碝磩綵緻,琳珉青熒。"

【琳宮】仙人所居之所。亦作道院的美稱。猶言琳宇。初學記二三空洞靈章經:"衆聖集琳宮,金母命清歌。"全唐詩四九二殷堯藩遊王羽士山房:"落日半樓明,琳宮事事清。"

【琳琅】琅,也作"瑯"。㊀玉石名。宋書禮志一晉謝石上書:"雕琢琳琅,和寶畢至,大啟羣蒙,茂茲成德。"㊁玉石聲。楚辭屈原九歌東皇太一:"撫長劍兮玉珥,璆鏘鳴兮琳琅。"㊂喻美好。世說新語容止:"有人詣王太尉(衍),遇安豐(王戎)、大將軍(王敦)、丞相(王導)在坐。往別屋,見季胤(王詡)、平子(王澄)。還語人曰:'今日之行,觸目見琳琅珠玉。'"此指人物。南朝梁劉勰文心雕龍時序:"建安之末,區宇方輯,……陳思(曹植)以公子之重,下筆琳琅。"此指詩文。唐唐彥謙鹿門集蟹詩:"充盤煮熟堆琳琅,橙膏醬渫調堪嘗。"此指食物。

【琳華】仙境中的花。猶言琪花,瑶花。太平御覽六七五南朝梁陶弘景真誥:"(上元夫人)腰鳳文琳華太綬。"宋朱熹朱文公集一步虛詞:"潄吐碧琳華,仰噏飛霞漿。"

【琳腴】猶言玉液瓊漿。南朝梁陶弘景真誥三運象三:"羽童捧瓊漿,玉䍃餞琳腴。"又轉指美酒。宋陸游劍南詩稿七寺樓夜月醉中戲作:"水精盞映碧琳腴,月下泠泠看似無。"

【琳館】道觀。猶言琳宇、琳宮。宋范祖禹范太史集三送鄭閎中待制提舉洞霄宮詩:"琳館遥瞻霄漢外,秋風一鶴上空虛。"

【琳琅祕室叢書】清胡樹聲收藏宋元舊本書,或手自繕録,因名其書室爲琳琅祕室。子珽繼其業,咸豐間刊印琳琅祕室叢書,因戰亂散失。光緒間董金鑑重刊爲三十九種,九十四卷。參閱清丁申武林藏書録下琳琅祕室。

琦 qí 渠羈切,平,支韻,羣。ㄑㄧˊ

㊀美玉。抱朴子博喻:"是以蟭螟之巢,無乘風之羽;溝澮之中,無宵朗之琦。"㊁奇偉,不平凡。文選戰國楚宋玉對楚王問:"夫聖人瑰意琦行,超然獨處。"㊂通"奇"。荀子非十二子:"不法先王,不是禮義,而好治怪説,玩琦辭。"注:"琦讀爲奇異之奇。"漢書九六下西域傳下:"賜以……綺繡、雜繒,琦珍凡數千萬。"注:"琦音奇。"

【琦瑋】珍奇瑰麗。漢陸賈新語術事:"故舜棄黃金於嶃巖之山,禹捐珠玉於五湖之淵,將以杜淫邪之欲,絶琦瑋之情。"楚辭漢王逸天問序:"屈原放逐,……見楚有先王之廟及公卿祠堂,圖畫天地山川神靈,琦瑋僪佹,及古賢聖怪物行事。"

琖 zhǎn 阻限切,上,產韻,莊。ㄓㄢˇ

小杯。同"盞"。禮明堂位:"爵用玉琖仍雕。"疏:"琖,夏后氏之爵名也,以玉飾之,故曰玉琖。"

琢 zhuó 竹角切,入,覺韻,知。ㄓㄨㄛˊ

㊀雕刻玉石。詩衛風淇奧:"有匪君子,如切如磋,如琢如磨。"禮學記:"玉不琢,不成器。"㊁琢磨。宋詩鈔趙抃清獻集鈔遊青城山:"良工存舊筆,老叟琢新詩。"

【琢句】琢磨詩文字句。唐釋貫休禪月集五寄匡山紀公詩:"寄言無別事,琢句似終身。"宋王安石臨川集十三憶昨詩示諸外弟:"刻章琢句獻天子,釣取薄禄歡庭闈。"

【琢刻】㊀修飾文句。唐李德裕李文饒集外集三文章論:"琢刻藻繪,珍不足貴。"㊁琢磨,砥礪。宋史四四二蘇舜欽傳:"急難不相救,又於未安寧之際,欲以義相琢刻,雖古人所不能受。"

【琢釘】古時一種兒童遊戲。世說新語言語:"孔融被收,中外惶怖。時融兒大者九歲,小者八歲,二兒故琢釘戲,了無遽容。"參閱明周亮工書影三。

【琢磨】雕玉刻石。史記禮書:"情好珍善,爲之琢磨圭璧以通其意。"常喻修養品行或修飾詩文,研討義理。梁書任昉傳劉孝標(峻)廣絶交論:"至夫組織仁義,琢磨道德,……斯賢達之素文,歷萬古之一遇。"宋王安石臨川集二九麗澤門詩:"綠瓊州渚青瑶嶂,付與詩工敢琢磨。"

琚 jū 九魚切,平,魚韻,見。ㄐㄩ

佩玉。說文:"琚,瓊琚。"詩衛風木瓜:"投我以木瓜,報之以瓊琚。"文選三國魏曹子建(植)洛神賦:"披羅衣之璀粲兮,珥瑶碧之華琚。"

琡 chù 昌六切,入,屋韻,穿。ㄔㄨˋ

玉器。爾雅釋器:"璋大八寸謂之琡。"參閱說文新附"琡"。

琥 hǔ 呼古切,上,姥韻,曉。ㄏㄨˇ

雕爲虎形的玉器。左傳昭三二年:"賜子家子雙琥,一環一璧輕服。"注:"琥,玉器。"

琥

【琥珀】松柏樹脂的化石。色黃褐或紅褐,燃燒時有香氣。紅者曰琥珀,黃而透明者曰蠟珀。入藥,也可製飾物。漢書西域傳作"虎珀",後漢書西南夷傳作"琥魄"。晉張華博物志一藥物引神仙傳:"松柏脂入地,千年化爲茯苓,茯苓化爲琥珀。琥珀一名江珠。"

【琥珀衫】雨衣。宋陶穀清異録衣服:"張崇帥廬,在鎮不法,酷于聚斂,從者數千人。出遇雨雪,衆頂蓮花帽,琥珀衫,所費油絹不知紀極。市人稱曰雨仙。”

【琥珀酒】色如琥珀的酒。唐張說之集五城南亭作:“北堂珍重琥珀酒,庭前列肆茱萸席。”亦省作“琥珀”。唐李賀歌詩編一殘絲曲:“綠鬢少年金釵客,縹粉壺中沉琥珀。”

【琥珀孫】即松脂。見宋陶穀清異錄藥。

【琥珀餳】色如琥珀的糖飴。北魏賈思勰齊民要術九琥珀餳法:“小餅如碁石,內外明徹,色如琥珀。用大麥蘖末一斗,糉米一石餘,並同前法。”

【琥珀拾芥】琥珀摩擦後生電,能吸引輕微之物。喻相互感應。易乾“同聲相應,同氣相求,……則各從其類也”唐孔穎達疏:“亦有異類相感者,若磁石引針,琥珀拾芥。”漢王充論衡亂龍:“頓牟拾芥,磁石引針。”頓牟,即琥珀的別名。

琨

kūn 古渾切,平,魂韻,見。

ㄎㄨㄣ

玉石名。書禹貢:“瑤琨篠簜。”傳:“瑤琨皆美玉。”

【琨玉】美玉。後漢書七十孔融傳論:“懍懍焉,皜皜焉,其與琨玉秋霜比質可也。”

【琨珸】也作“昆吾”、“琨珸”。㊀石之次玉者。史記一一七司馬相如傳子虛賦:“其石則赤玉、玫瑰、琳瑉、琨珸。”索隱:“琨珸,司馬彪云:石之次玉者。”㊁山名。山海經海內經:“昆吾之邱。”㊂劍名。史記一一七司馬相如傳子虛賦“琨珸”索隱引河圖:“流州多積石,名昆吾石,鍊之成鐵,以作劍,光明昭如水晶。”

琲

bèi 蒲罪切,上,賄韻,並。

ㄅㄟˋ

貫珠。文選晉左太沖(思)吳都賦:“金鎰磊砢,珠琲闌干。”注:“琲,貫也,珠十貫爲一琲。”說文新附:“琲,珠五百枚也。”

琌

líng

ㄌㄧㄥˊ

穆天子傳三:“天子大饗正公諸侯王,勤七萃之士于羽琌之上。”注:“下有羽陵,疑亦同。”按穆天子傳二作“觴天子于羽陵之上”。

琤

zhēng 楚耕切,平,耕韻,初。

ㄓㄥ

玉聲。見說文。見下。

【琤琤】象聲詞。1.水聲。梁書張纘傳南征賦:“風瑟瑟以鳴松,水琤琤而響谷。”2.玉石聲。唐李商隱李義山詩集二燕臺之一春:“夾羅委篋單綃起,香眠冷襯琤琤珮。”3.琴聲。唐孟郊孟東野集九聽琴詩:“前溪忽調琴,隔林寒琤琤。”

【琤瑽】象聲詞。1.弦聲。唐劉禹錫劉夢得集外集四牛相公見示新什謹依本韻次用以抒下情詩:“玉柱琤瑽韻,金觥雹凸稜。”2.水聲。全唐詩七〇七殷文圭玉仙道中:“山勢北蟠龍偃蹇,泉聲東漱玉琤瑽。”3.擊更聲。宋詩鈔陳造江湖長翁集鈔不寐之一:“寒更何與衰翁事,數到琤瑽殺點餘。”

琱

diāo 都聊切,平,蕭韻,端。

ㄉㄧㄠ

㊀治玉。說文:“琱,治玉也。一曰石似玉。”清段玉裁注:“經傳以雕、彫爲琱。”參見“雕”、“彫”。㊁彫飾,刻鏤。漢書七二貢禹傳奏言:“古者宮室有制,……牆塗而不琱,木摩而不刻。”注:“琱字與彫同。彫,畫也。”又九十酷吏傳序:“破觚而爲圜,斲琱而爲樸。”

【琱弓】刻鏤文采的弓。唐杜牧樊川集二題永崇西平王宅太尉愬院六韻詩:“隴山兵十萬,嗣子握琱弓。”

【琱戈】刻鏤之戈。漢書郊祀志下美陽鼎文:“賜爾旂鸞黼黻琱戈。”注:“琱戈,刻鏤之戈也。”唐高適高常侍集六部落曲:“琱戈蒙豹尾,紅旆插狼頭。”

【琱瑑】雕刻爲文。漢書六五東方朔傳非有先生傳:“二人(蜚廉惡來)皆詐僞,巧言利口以進其身,陰奉琱瑑刻鏤之好以納其心。”也作“琱琢”。抱朴子廣譬:“擿禽雖琱琢玄黃,而不任凌風之舉。”參見“彫琢”。

【琱麗】彫飾華麗。北史閻毗傳:“隋文帝受禪,以技藝侍東宮,數以琱麗之物取悅於皇太子。”

琕

1\. bǐng 補鼎切,上,迥韻,並。

ㄅㄧㄥˇ

㊀刀鞘。同“鞞”。詩小雅瞻彼洛矣:“鞞琫有珌。”釋文:“鞞字又作琕。”

2\. pián 部田切,平,先韻,並。

ㄆㄧㄢˊ

㊁班珠。同“玭”。見廣韻。

琭

lù 盧谷切,入,屋韻,來。

ㄌㄨˋ

玉名。見廣韻。

【琭琭】珍貴貌。老子:“不欲琭琭如玉,落落如石。”也作“碌碌”。後漢書二八下馮衍傳自論:“馮子以爲夫人之德,不碌碌如玉,落落如石,……夫豈守一節哉!”注:“玉貌碌碌,爲人所貴;石形落落,爲人所賤。”

九畫

瑄

xuān 須緣切,平,仙韻,心

ㄒㄩㄢ

六寸大璧。爾雅釋器:“璧大六寸謂之宣。”注:“漢書所云瑄玉是也”。古字作“珣”。參閱清鄭珍說文新附考“瑄”。

【瑄玉】璧。史記孝武紀:“皇帝始郊見泰一雲陽,有司奉瑄玉嘉牲薦饗。”

瑯

láng 魯當切,平,唐韻,來。

ㄌㄤˊ

同“琅”。見下及“琅”字各條。

【瑯琊】見“琅邪”。

【瑯嬛記】舊題元伊世珍撰。三卷。筆記小說,採集各書而成,真僞相雜,語多不經。書首載“瑯嬛福地”的傳說,因以命名。

【瑯嬛福地】傳說中的神仙洞府。晉張華遊洞宮,遇一人引至一處,大石中開,別有天地,宮室嵯峨,每室各陳奇書,有歷代史、萬國志等祕籍。華歷觀其書,皆漢以前事,多所未聞者。問其地,曰:“瑯嬛福地也。”華甫出,門自閉。見元伊世珍瑯嬛記上。

瑸

bīn 府巾切,平,真韻,幫。

ㄅㄧㄣ

見“璘瑸”。

琿

hún 戶昆切,平,魂韻,匣。

ㄏㄨㄣˊ

玉名。見玉篇。按今於地名璦琿之琿,俗讀 huī。

【琿春】縣名。屬吉林省。清末設琿春廳,屬吉林延吉府。在吉林城東南一千一百里,琿春河東岸。公元 1913 年改縣。參閱嘉慶一統志六八吉林二城堡。

瑇

dài 徒耐切,去,代韻,定。

ㄉㄞˋ

瑇瑁,即玳瑁。見該條。

【瑇席】華貴的筵席。全唐詩二唐高宗太子納妃太平公主出降:“環階鳳樂陳,瑇席珍羞薦。”也譬喻懷才待用。全唐文二五七蘇頲司農卿劉公碑:“金門之賓,就以彊學,瑇席之士,來而好問。”

【瑇瑁】形狀像龜的爬行動物,產於熱帶海中,甲殼可作裝飾品。亦作“玳瑁”。後漢書四九王符傳潛夫論浮侈:“犀象珠玉,虎魄瑇瑁。”注:“吳錄曰:瑇瑁似龜而大,出南海。”

瑟

sè 所櫛切,入,櫛韻,山。

ㄙㄜˋ

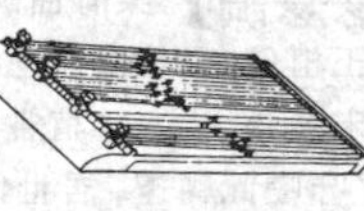
瑟

㊀樂器。今瑟二十五弦,弦各有柱,可上下移動,以定聲音的清濁高低。漢應劭風俗通聲音瑟:“世本宓羲作。八尺一寸,四十五弦。

黄帝書：泰帝使素女鼓瑟而悲，帝禁不止，故破其瑟爲二十五絃。……今瑟長五尺五寸，非正器也。"参閱急就篇三"竽瑟空侯琴筑箏"注。㊁衆多貌。詩大雅旱麓："瑟彼柞棫，民所燎矣。"㊂莊嚴貌。詩衛風淇奥："琴兮僩兮，赫兮咺兮。"㊃潔淨鮮明貌。詩大雅旱麓："瑟彼玉瓚，黄流在中。"㊄風聲。見"瑟瑟"、"蕭瑟"。

【瑟汩】象聲詞。1.風聲。藝文類聚九南朝宋謝靈運長谿賦："飛急聲之瑟汩，散輕文之漣羅。"2.流水聲。南齊謝朓謝宣城集三將遊湘水尋句溪詩："瑟汩瀉長淀，潺湲赴兩岐。"

【瑟柱】瑟上架弦之柱，又名弦柱。淮南子氾論："譬猶師曠之施瑟柱也，所推移上下者，無寸尺之度，而靡不中音。"

【瑟瑟】㊀風聲。文選三國魏劉公幹（楨）贈從弟詩之二："亭亭山上松，瑟瑟谷中風。"宋書樂志三陌上桑："風瑟瑟，木搜搜，思念公子徒以憂。"㊁珠寶名。唐鄭處晦明皇雜録："（虢國夫人）堂成，以金盆貯瑟瑟二斗，以賞匠者。"（類説十六）文獻通考三三七于闐引唐高居晦記："經吐蕃，男子冠中國帽，婦人辮髮，戴瑟瑟，云珠之好處，一珠易一良馬。"㊂碧緑貌。唐白居易長慶集十九暮江吟詩："一道殘陽鋪水中，半江瑟瑟半江紅。"

【瑟調】樂曲名。樂府相和歌之一。其曲有善哉行隴西行等三十八種，其器有笙、笛、節、琴、瑟、箏、琵琶七種。見樂府詩集三六瑟調曲引古今樂録。

【瑟縮】㊀收斂，蜷縮。吕氏春秋古樂："昔陶唐氏之始，……民氣鬱閼而滯著，筋骨瑟縮不達，故作爲舞以宣導之。"宋王安石臨川集二五和錢學士喜雪詩："山鵶瑟縮相依立，邑犬跳梁未肯歸。"㊁猶蕭瑟。狀風聲。宋蘇軾分類東坡詩六與述古自有美堂乘月夜歸："凄風瑟縮經絃柱，香霧淒迷着髻鬟。"

【瑟譜】元熊朋來撰，六卷。是書大旨，以爲在禮堂上伴唱者，惟瑟而已。自瑟教廢，而歌詩者莫爲之譜。既作瑟賦二篇，（見元文類一）發明其理，復據古義，參以新意，定爲此譜。

【瑟瑟調】樂府曲調名。三國志魏陳思王植傳"又植以前過，事事復減半"南朝宋裴松之注："植嘗爲瑟瑟調歌，辭曰：'吁嗟此轉蓬，居世何獨然！'"宋朱彧萍洲可談一："子瞻（蘇軾）曾爲先公言，書傳間出疊字，皆作二小畫於其下，樂府有瑟二調歌，平時讀作瑟瑟。後到海南，見一黥卒，自云元係教坊瑟二部頭。方知當作瑟二，非瑟瑟也。……余嘗訪教坊瑟二事，云每色以二人，如笛二箏二，總謂之色二，不作瑟字，不知果如何。"

【瑟瑟儀】遼代祈雨的一種儀式。前期，置百柱天棚。皇帝、親王、宰執以次行射柳儀。次日，植柳天棚之東南，巫以酒醴、黍稗薦植柳，祝之。皇帝、皇后祭東方畢，子弟射柳。不雨，則以水沃之。見遼史禮志一。參見"射柳"。

瑛

yīng 於驚切，平，庚韻，影。
ㄧㄥ

古籍多作"英"。㊀玉的光。太平御覽八〇四孝經援神契："神靈滋液，百寶用則玉有英華。"㊁似玉的美石。玉篇："瑛，於京切。美石似玉。……水精謂之玉瑛也。"參見"瑛瑶"。

【瑛瑶】美玉，比喻人的美德。三國魏曹植曹子建集九平原懿公主誄："於惟懿主，瑛瑶其質，協策應期，含英秀出。"

瑚

hú 户吴切，平，模韻，匣。
ㄏㄨˊ

㊀古代祭祀時盛糧食的器皿。禮明堂位："夏后氏之四連，殷之六瑚，周之八簋。"㊁見"珊瑚"。

【瑚璉】瑚、璉，皆爲古代祭祀時盛粟稷的器皿，因其貴重，常用以比喻人有才能，堪當大任。論語公冶長："子貢問曰：'賜也何如？'子曰：'女器也。'曰：'何器也？'曰：'瑚璉也。'"宋蘇軾分類東坡詩二二送程之邵簽判赴闕："念君瑚璉質，當今臺閣宜。"參閲清惠棟九經古義十六論語。

【瑚爾哈河】唐時稱呼爾罕河。上流自勒富善河北流折東，會諸水爲一。又折東北，會畢爾騰湖。又自湖之發庫東流，經舊會寧城北，又九十餘里，繞寧古塔城南，復折而北，流七百餘里，入混同江。見嘉慶一統志六七吉林一山川。

瑊

jiān 古咸切，平，咸韻，見。
ㄐㄧㄢ

見下。

【瑊玏】似玉的美石。文選漢司馬長卿（相如）子虚賦："瑊玏玄厲，碝石碔砆。"注引張揖："瑊玏，石之次玉者。"説文作"玪塾"。

瑌

ruǎn 而兖切，上，獮韻，日。
ㄖㄨㄢˇ

似玉的美石。也作"碝"、"礝"、"瑞"。史記一一七司馬相如傳子虚賦："其石則赤玉玫瑰，……瑌石武夫。"文選作"碝石"，漢書作"礝石"。

瑕

1. xiá 胡加切，平，麻韻，匣。
ㄒㄧㄚˊ

㊀赤玉色，也指赤玉。周禮考工記弓人："深瑕而澤。"文選晉木玄虚（華）海賦："瑕石詭暉，鱗甲異質。"注："瑕，玉之小赤色者也。"㊁玉的斑點。也泛指疵病、過失。左傳宣十五年："諺曰：'高下在心，川澤納汙，山藪藏疾，瑾瑜匿瑕，國君含垢。'"㊂裂痕。淮南子精神："審乎無瑕，而不與物糅。"㊃疑問副詞。何，什麽。意同"胡"。詩邶風泉水："遄臻于衛，不瑕有害。"宋朱熹集傳："瑕、何古音相近，通用。言……然豈不害於義理乎？"㊄日旁赤氣。通"霞"。文選漢揚子雲（雄）甘泉賦："吸清雲之流瑕兮，飲若木之露英。"㊅姓。春秋時有鄭大夫瑕叔盈。見左傳隱十一年。

2. xiā
ㄒㄧㄚ

㊆通"蝦"。文選漢張平子（衡）南都賦："巨蜯函珠，駮瑕委蛇。"注："瑕與蝦古字通。"

【瑕尤】缺點。唐韓愈昌黎集十七與崔羣書："至於心所仰服，考之言行而無瑕尤，窺之閫奥而不見畛域……者，唯吾崔君一人。"

【瑕丘】㊀縣名。春秋魯地，即負瑕。漢置瑕丘縣，晉廢，隋復置。宋改名嵫陽，明改名滋陽。公元 1958 年併入曲阜縣，1961 年又仍其地設兗州縣。故城在今山東兗州縣西。參閲嘉慶一統志一六五兗州府。㊁複姓。春秋魯桓公庶子食采於瑕丘，子孫以瑕丘爲氏。見漢應劭風俗通姓氏上。

【瑕吕】複姓。春秋晉有瑕吕飴甥。見左傳僖十五年。

【瑕玷】玉的斑痕。比喻事物的缺點。後漢書五九張衡傳上疏："宜收藏圖讖，一禁絶之，則朱紫無所眩，典籍無瑕玷矣。"

【瑕殄】因罪過而絶棄。書康誥："裕乃以民寧，不汝瑕殄。"傳："行寬政乃以民安，則我不汝罪過，不絶亡汝。"

【瑕城】古地名。春秋晉地。清顧炎武謂晉有二瑕：一爲左傳成六年所云郇瑕氏之地，在山西臨晉縣（古解縣今運城縣）境；一爲僖三十年燭之武所云晉許秦君之焦瑕，爲晉河外五城之二邑，在河南閿鄉縣（今靈寶縣）境。江永謂晉止一瑕，即解縣西南的故瑕城。見清顧炎武日知録三一瑕及江水注。

【瑕垢】猶言羞辱、污點。左傳宣十五

年:"諺曰:'……山藪藏疾,瑾瑜匿瑕。'國君含垢,天之道也。"唐杜甫杜工部草堂詩箋三九入衡州:"君臣忍瑕垢,河岳空金湯。"

【瑕疵】喻缺點或過失。北齊顏之推顏氏家訓省事:"或有劫持宰相瑕疵而獲酬謝。"唐柳宗元柳先生集四三祭連州凌員外司馬詩:"進身齊選擇,告路同瑕疵。"

【瑕蛤】獸名。史記一一七司馬相如傳上林賦:"格瑕蛤,鋌猛氏。"集解:"漢書音義曰:'瑕蛤、猛氏,皆獸名。'"文選上林賦作"蝦蛤"。

【瑕隙】弱點,間隙。左傳桓八年"讎有釁,不可失也"晉杜預注:"釁,瑕隙也。"文選晉劉越石(琨)勸進表:"狡寇窺窬,伺國瑕隙,黎元波蕩,無所繫心。"

【瑕適】玉上的斑痕。比喻缺點。也作"瑕讁"、"瑕璹"。管子水地:"夫玉,温潤以澤,仁也,……瑕適皆見,精也。"老子:"善行無轍迹,善言無瑕讁。"呂氏春秋舉難:"尺之木必有節目,寸之玉必有瑕璹。"

【瑕頭】染件上繫的小布條,上書物主姓名以資識別。元李治敬齋古今黈八:"染物瑕頭謎云:'在染何曾染,無生獨得生,有人來解結,見姓自分明。'"

【瑕穢】猶言過失或惡行。淮南子說山:"無内無外,不匿瑕穢。"

【瑕璺】斑點和裂紋。宋洪适歙硯說:"洞靈巖……石産於巖之左右,無定所,色捩端溪,粗而燥,復多瑕璺。"

【瑕纇】缺點,過失。唐顏師古前漢書叙例:"六藝殘缺,莫覩全文,各自名家,揚鑣分路,是以向歆班馬仲舒子雲所引諸經,或有殊異,與近代儒者訓義弗同。不可追駮前賢,妄指瑕纇;曲從後說,苟會扃塗。"

【瑕釁】㊀即瑕隙。史記八七李斯傳說秦王:"成大功者,在因瑕釁而遂忍之。"㊁指過惡。後漢書四一第五倫傳上疏:"然諸出入貴戚者,類多瑕釁禁錮之人,尤少守約安貧之節。"

【瑕瑜互見】禮聘義:"瑕不揜瑜,瑜不揜瑕。"意爲美與惡極爲分明,兩不相掩。後世謂優缺點同時並存爲瑕瑜互見。四庫提要史部傳記類一:"晦菴(朱熹)集中亦有與(呂)祖謙書曰:'名臣言行録一書,亦當時草草爲之,……初不成文字,因看得爲訂正示及爲幸'云云,則是書瑕瑜互見,朱子原不自諱。"

瑋 wěi ㄨㄟˇ 于鬼切,上,尾韻,于。

㊀玉名。見廣韻。㊁美好。文選戰國楚宋玉神女賦序:"瓌姿瑋態,不可勝贊。"

【瑋術】奇術。漢賈誼新書三瑰瑋:"今有瑋術於此:奪民而民益富也,不衣民而民益煖,苦民而民益樂,使民愈愚而民愈不罹縣網。"

【瑋寶】珍寶。文選晉陸士衡(機)辯亡論上:"巨象逸駿,擾於外閑;明珠瑋寶,耀於内府。"後漢書八六南蠻傳論:"若乃藏山隱海之靈物,沈沙棲陸之瑋寶。"注:"珠玉、金碧、珊瑚、虎魄之類。"

瑉 mín ㄇㄧㄣˊ 武巾切,平,真韻,明。

似玉的美石。同"玟"、"珉"。史記一一七司馬相如傳子虛賦:"其石則赤玉玫瑰,琳瑉琨珸。"參閱禮聘義"敢問君子貴玉而賤碈者"注及釋文。

琸 zhuō ㄓㄨㄛ

人名用字。宋有都統劉琸。見宋史四〇六崔與之傳。

瑁 mào ㄇㄠˋ 莫報切,去,号韻,明。
莫佩切,去,隊韻,明。
莫沃切,入,沃韻,明。

㊀天子所執之玉,用以合諸侯之圭者。因冒於其上,故名瑁。見說文。也作"冒"。周禮考工記玉人:"天子執冒四寸以朝諸侯。"㊁見"玳瑁"。

瑒 1. yáng ㄧㄤˊ 與章切,平,陽韻,喻。

㊀玉名。漢書九九上王莽傳:"於是莽稽首再拜,受綠韍衮冕衣裳,瑒琫瑒珌。"注:"孟康曰:'瑒,玉名也。佩刀之飾,上曰琫,下曰珌。……'瑒音蕩。"

2. zhèng ㄓㄥˋ 徒杏切,上,梗韻,定。

㊀古代祭祀用的玉器。說文:"瑒,圭。尺二寸,有瓚,以祠宗廟者也。"清段玉裁注:"(周禮考工記)玉人曰:'祼圭,尺有二寸,有瓚,以祀廟。'祼圭謂之瑒圭,瑒讀如暢。(國語)魯語謂之鬯圭。"

【瑒₂花】花名。即玉蘂花。宋洪邁容齋隨筆十:"長安唐昌觀玉蘂,乃今瑒花,又名米囊,黄魯直(庭堅)易爲山礬者。"宋葛立方韻語陽秋十六:"江南野中,有小白花,本高數尺,春開,極香,土人呼爲瑒花。瑒,玉名,取其白也。"

瑞 ruì ㄖㄨㄟˋ 是僞切,去,寘韻,禪。

㊀玉製的信物。若後世的符璽。周禮春官典瑞:"典瑞,掌玉瑞玉器之藏。"注:"瑞,符信也。"㊁祥瑞。古人附會自然界出現的某種現象爲吉祥之兆。漢王充論衡指瑞:"王者受富貴之命,故其動出見吉祥異物,見則謂之瑞。"

【瑞玉】古代五等諸侯所執之玉的統稱。儀禮覲禮:"以瑞玉有繅。"注:"瑞玉,謂:公,桓圭;侯,信圭;伯,躬圭;子,穀璧;男,蒲璧。"

【瑞禾】同穎多粒的禾。也稱嘉禾。宋史高宗紀七:"八月癸未,撫州獻瑞禾。"參見"嘉禾"。

【瑞白】指雪。宋書符瑞志下:"大明五年正月戊午元日,花雪降殿廷,時右衛將軍下殿,雪集衣,還白,上以爲瑞。"宋王十朋梅溪集後集十三有瑞白堂詩。

【瑞安】縣名。屬浙江省。漢回浦縣,東漢爲章安縣地。三國吴析置羅陽縣,孫晧改爲安陽。晉太康元年改爲安固。南朝宋、齊因之。隋省入永嘉縣。唐武德八年復置安固縣,天復二年改曰瑞安。五代及宋因之。元元貞初升爲瑞安州。明洪武二年降爲縣,明清皆屬温州府。參閱嘉慶一統志三〇四温州府。

【瑞州】州、府名。在今江西省。春秋吴地,戰國楚地。秦屬九江郡。漢晉爲建城縣地,屬豫章郡。隋唐時屬洪州。五代南唐保大十年以其地置筠州,宋因之,至寶慶初改名瑞州。元爲瑞州路,明清爲瑞州府,治所在高安縣。公元 1912 年裁府留縣。參閱嘉慶一統志三二五瑞州府。

【瑞雨】好雨。唐張九齡曲江集二和崔尚書喜雨詩:"照爛陰霞上,交紛瑞雨來。"

【瑞昌】縣名。屬江西省。漢柴桑縣地。三國吴在此屯兵拒魏,名赤烏鎮,仍屬柴桑縣。唐爲尋陽縣地,以其地偏遠,立赤烏場。五代南唐昇元三年升爲瑞昌縣。明清屬江西九江府。參閱寰宇通志四十九江府。

【瑞金】縣名。屬江西省。漢雩都縣地。唐天祐元年析雩都縣象湖鎮置瑞金監,五代南唐保大十一年升爲縣。明清因之。參閱嘉慶一統志三三三寧都州。

【瑞星】古代天文學家所謂吉祥的星,爲雜星之一。晉書天文志中:"其雜星之體,有瑞星,有妖星,有客星,有流星。"瑞星有四:一曰景星,二曰周伯星,三曰含譽,四曰格澤。參閱文獻通考二八一象緯四瑞星。

【瑞香】花名。大者名錦薰籠。宋蘇軾分類東坡詩十四有次韻曹子方龍山真覺院瑞香花詩,明楊慎謂即楚辭中的露甲,見升菴詩話十二瑞香花詩。

【瑞信】符信。北堂書鈔八一漢班固白虎通:"諸侯來朝,天子親與之合瑞信者,正君臣重法度也。"

【瑞草】㊀吉祥的草。見則以爲祥瑞,如靈芝、蓂莢是。爾雅釋草"茵,芝"晉郭璞注:"芝,一歲三華,瑞草。"全唐詩二七六盧綸奉和聖製麟德殿宴百僚:"玉欄豐瑞草,金陛立神羊。"㊁珍貴的草。唐杜牧樊川集三題茶山詩:"山實東吳秀,茶稱瑞草魁。"

【瑞雪】古人以爲初春的雪預兆豐年,故稱瑞雪。文苑英華二南朝陳張正見玄都觀春雪詩:"同雲遥映嶺,瑞雪近浮空。"

【瑞麥】多穗的麥。因其少見,古人多以爲祥瑞之兆。文苑英華二唐張聿餘瑞麥詩:"瑞麥生堯日,芃芃雨露徧。"唐陸龜蒙甫里集七風人詩之一:"一心如瑞麥,長作兩歧分。"

【瑞葉】指雪片。唐駱賓王駱臨海集三賦得春雲處處生:"暫日祥光舉,疎雲瑞葉輕。"宋劉攽中山詩話:"海陵人王綸女……吟雪詩曰:何事月娥欺不在,亂飄瑞葉落人間。"

【瑞腦】卽龍腦香。樂府雅詞宋李清照浣溪沙:"瑞腦香消魂夢斷,辟寒金小髻鬟鬆。"

【瑞節】㊀玉製的符信。周禮地官調人:"弗辟,則與之瑞節,而以執之。"注:"瑞節,玉節之剡圭也。"左傳文十二年:"不腆先君之敝器,使下臣致諸執事,以爲瑞節。"㊁吉慶時節。南朝梁江淹江文通集六建平王慶改號啟:"嘉生蠲慶,風雲瑞節。"

【瑞圖】祥瑞之圖。文選漢班孟堅(固)兩都賦白雉詩:"啟靈篇兮披瑞圖,獲白雉兮效素烏。"樂府詩集一古辭靈芝歌:"因露寢兮産靈芝,象三德兮瑞應圖。"隋書經籍志三有瑞應圖瑞圖讚各二卷。

【瑞像】指佛像。廣弘明集二七上南朝梁元帝與蕭諮議等書:"竊以瑞像放光,倏將旬日,蹈舞之深,形於寤寐;抃躍之誠,結於興寢。"唐張說張說之集一先天應制奉和同皇太子過荷恩寺詩之二:"朗朗神居峻,軒軒瑞像威。"

【瑞應】古代迷信認爲天降祥瑞以應人君之德。史記孝武紀:"天子苑有白鹿,以其皮爲幣,以發瑞應,造白金焉。"三國志吳韋曜傳:"時所在承指,數言瑞應,(孫)晧以問曜,曜曰:'此人家筐篋中物耳!'"

【瑞霞】赤色的霞。唐李商隱李義山詩集二七月二十八日夜與王鄭二秀才聽雨後夢作:"初夢龍宮寶焰燃,瑞霞明麗滿晴天。"

【瑞鶠】鳳凰的别名。舊題周師曠禽經:"(鳳凰)亦曰瑞鶠。"注:"(郭)景純註爾雅云:瑞應鳥也,雞頭,蛇頸,燕頷,龜背,魚尾,五采色,高六尺許,出爲王者之嘉瑞。"(說郛十五)

【瑞露】㊀甘露。唐孟郊孟東野集九和錢侍郎甘露詩:"玄天何以言,瑞露青松繁。"㊁酒的一種。宋蘇軾分類東坡詩十地黃:"融爲寒食餳,嘸作瑞露珍。"宋李厚注:"纂異記載田琛、鄧韶逢二書生,謂曰:'我有瑞露之酒,釀於百花之中。'與田鄧飲,其味甘香也。"

【瑞聖奴】指柑。宋陶穀清異錄果:"天寶年,內中柑樹結實,帝日與貴妃賞御,呼爲瑞聖奴。"(說郛六一)

【瑞聖花】植物名。宋宋祁益部方物略記:"瑞聖花出青城山中,榦不條,高者乃尋丈。花率秋開,四出,與桃花類,然數十跗共爲一花,繁密若綴,先後相繼,未萎也。蜀人號豐瑞花,故程相之圖以聞,更號聖瑞花。"

【瑞錦窠】唐禮部郎中掌省中文翰,謂之南宮舍人,百日內卽掌草詔命,謂員外郎廳爲瑞錦窠。猶言著作之所。見宋宋敏求春明退朝錄上。

瑗 yuàn 王眷切,去,線韻,于。
ㄩㄢˋ

孔大邊小的璧。荀子大略:"問士以璧,召人以瑗,絶人以玦,反絶以環。"爾雅釋器:"肉倍好謂之璧,好倍肉謂之瑗。"

瑜 yú 羊朱切,平,虞韻,喻。
ㄩˊ

同"瑜"。㊀美玉。山海經西山經:"齋百日以百犧,瘞用百瑜。"注:"瑜亦美玉名。"㊁美。禮聘義:"瑕不揜瑜,瑜不揜瑕。"

【瑜玉】美玉。禮玉藻:"世子佩瑜玉而綦組綬。"晉書輿服志:"(皇太子)佩瑜玉,垂組。"

【瑜伽】梵語物物相應之義。瑜伽燄口施食要集:"瑜伽,竺國語,此翻相應,密部之總名也。約而言之,手結密印,口誦真言,意專觀想,身與口協,口與意符,意與身會,三業相應,故曰瑜伽。"

【瑜亮】三國時吳周瑜和蜀諸葛亮的並稱。三國演義五七:"(瑜)言訖,昏絶。徐徐又醒,仰天長嘆曰:'既生瑜,何生亮!'"後因稱兩人才力相匹敵者爲"一時瑜亮"。清王士禛古詩選凡例:"北周寥寥,廑得子淵(王褒)子山(庾信),二人之才,一時瑜亮。"參閱清王應奎柳南隨筆續筆一生瑜生亮。

【瑜珥】玉耳飾。唐韓愈昌黎集三三殿中少監馬君墓誌:"幼子娟好静秀,瑤環瑜珥,蘭茁其牙,稱其家兒也。"

【瑜伽宗】佛教大乘,一爲中觀(大乘空宗),一爲瑜伽(大乘有宗)。晉南北朝時,印度的無著世親兩兄弟創立。世親有唯識三十頌,南北朝時傳入中國。其主要著作有瑜伽師地論。唐玄奘入印師事戒賢,賢爲瑜伽十大論師之一護法弟子。玄奘返國,撰成唯識論,發明法相唯識的宗旨,復形成唯識宗,又稱法相宗。

【瑜伽師地論】略稱瑜伽論。百卷。無著述,唐玄奘譯。爲佛教法相宗最主要的經論。佛教稱三乘的行人爲瑜伽師,瑜伽師所依所行的境界有十七聚,爲瑜伽師地,卽瑜伽師之地。此論明瑜伽師所行的十七地,故名瑜伽師地論。參閱瑜伽師地論釋。

瑀 yǔ 玉矩切,上,麌韻,于。
ㄩˇ

玉石。大戴禮保傅:"玭珠以納其間,琚瑀以雜之。"詩鄭風女曰雞鳴"知子之來之,雜佩以贈之"漢毛亨傳:"雜佩者,珩、璜、琚、瑀、衝牙之類。"宋朱熹集傳:"雜佩者,左右佩玉也。上横曰珩,下繫三組,貫以蠙珠,中組之半貫一大珠曰瑀。末懸一玉,兩端皆鋭,曰衝牙。"

瑑 zhuàn 持兖切,上,獮韻,澄。
ㄓㄨㄢˋ

㊀玉器上雕飾的凸紋。周禮考工記玉人:"瑑圭璋八寸。"注:"瑑,文飾也。"漢書九九上王莽傳:"莽曰:'誠因君(孔休)面有瘢,美玉可以滅瘢,欲獻其瑑。'卽解其瑑。"注:"蘇林曰:劍鼻也。"㊁在玉器上雕飾凸紋。漢書五六董仲舒傳賢良對策:"臣聞良玉不瑑,資質潤美,不待刻瑑,此亡異於達巷黨人不學而自知也。"

【瑑刻】雕刻爲文。金元好問中州集三黨懷英瓊花木后土像詩:"瑑刻方寸餘,遺像規汾壖。"

【瑑琮】雕飾有凸紋的琮玉。周禮考工記玉人:"瑑琮八寸,諸侯以享夫人。"

瑙 nǎo 集韻 乃老切,上,皓韻。
ㄋㄠˇ

見"瑪瑙"。

十 畫

瑬 liú 力求切,平,尤韻,來。
ㄌㄧㄡˊ

㊀帝王冕前懸垂的玉串。說文:"垂玉也,

冕飾。"清段玉裁注:"弁師作斿,玉藻从俗作旒,皆瑬之假借字。"㊁同"鎏"。玉篇:"美金也,亦作鏐。"㊂旒上垂下的裝飾物。同"旒"。見正字通。

瑢 róng 餘封切,平,鍾韻,喻。ㄖㄨㄥˊ

見"瑽瑢"。

瑭 táng 徒郎切,平,唐韻,定。ㄊㄤˊ

玉名。見玉篇。五代有石敬瑭,後晉高祖。

瑳 cuō 七何切,平,歌韻,清。ㄘㄨㄛ 千可切,上,哿韻,清。

玉色鮮白貌。詩鄘風君子偕老:"瑳兮瑳兮,其之展也。"又衛風竹竿:"巧笑之瑳,佩玉之儺。"指巧笑貌。笑時露齒,鮮白如玉。

【瑳瑳】色澤鮮白貌。宋史樂志十四乾道七年册皇太子之二:"琱珉瑳瑳,象金煌煌。"此指玉白。宋梅堯臣宛陵集三二金明池遊詩:"苑花光粲粲,女齒笑瑳瑳。"此形容齒白。

瑩 yíng 永兵切,平,庚韻,于。ㄧㄥˊ 烏定切,去,徑韻,影。

㊀玉色美石。詩齊風著:"尚之以瓊瑩乎而。"㊁玉色光潔。韓詩外傳四:"良珠度寸,雖有百仞之水,不能掩其瑩。"㊂磨琢玉石。周書蘇綽傳六條詔書之四:"夫良玉未剖,與瓦石相類;名驥未馳,與駑馬相雜。及其剖而瑩之,馳而試之,玉石駑驥,然後始分。"㊃使明淨、覺悟。文選晉左太沖(思)招隱詩:"前有寒泉井,聊可瑩心神。"南朝梁江淹江文通集四謝法曹惠連贈別詩:"點翰詠新賞,開袟瑩所疑。"

【瑩拂】拂拭使之明潔。廣弘明集十八南朝宋謝靈運與諸道人辨宗論竺法綱問:"敬披高論,深研宗極,……可謂激流導源,瑩拂發揮矣。"

【瑩娸】凋謝貌。楚辭漢王逸九思傷時:"堇荼茂兮扶疏,蘅芷彫兮瑩娸。"

【瑩澤】晶瑩而有光澤。宋周師厚洛陽牡丹記:"紫繡毬,千葉紫花也,色深而瑩澤,葉密而圓整。"(重校説郛一〇四)

【瑩鏡】明鏡。北齊劉晝新論清神:"人不照於爍金而照於瑩鏡者,以瑩能明也。"

瑪 mǎ 集韻 母下切,上,馬韻。ㄇㄚˇ

見下。

【瑪瑙】玉髓礦物的一種。品類甚多,顏色光美,可製器皿及裝飾品。舊題漢劉歆西京雜記二:"武帝時,身毒國獻連環羈,皆以白玉作之,瑪瑙石爲勒,白光琉璃爲鞍。"或作"碼碯"。參閱唐慧琳一切經音義二五大般涅槃經一瑪瑙。

瑴 jué 古岳切,入,覺韻,見。ㄐㄩㄝˊ

兩玉相合爲瑴。同"珏"。左傳莊十八年:"虢公晉侯朝王,王饗禮,命之宥,皆賜玉五瑴,馬三匹。"注:"雙玉曰瑴。"

璉 1. liǎn 力展切,上,獮韻,來。ㄌㄧㄢˇ

㊀宗廟盛黍稷的玉飾器皿。論語公冶長:"子貢問曰:'賜也何如?'曰:'女器也。'曰:'何器也?'曰:'瑚璉也。'"注:"瑚璉,黍稷之器。夏曰瑚,殷曰璉,周曰簠簋。"

2. lián ㄌㄧㄢˊ

㊁接連。通"連"。文選三國魏何平叔(晏)景福殿賦:"既櫛比而櫕集,又宏璉以豐敞。"注:"璉與連古字通。"

瑱 1. tiàn 他甸切,去,霰韻,透。ㄊㄧㄢˋ

㊀以玉塞耳。詩鄘風君子偕老:"玉之瑱也。"傳:"瑱,塞耳也。"左傳昭二六年:"以幣錦二兩,縛一如瑱。"疏:"禮以一條五采横冕上,兩頭下垂,繫黄緜,緜下又縣玉爲瑱,以塞耳。"引伸爲填充。文選晉郭景純(璞)江賦:"金精玉英瑱其裏,瑶珠怪石琗其表。"㊁玉名。南朝梁江淹江文通集四顔特進延之侍宴詩:"承榮重兼金,巡華過盈瑱。"注:"盈瑱,盈尺之玉也。"

2. zhèn 陟刃切,去,震韻,知。ㄓㄣˋ

㊂壓。通"鎮"。楚辭屈原九歌東皇太一:"瑶席兮玉瑱,盍將把兮瓊芳。"注:"瑱,一作鎮。"宋洪興祖補注:"瑱,壓也,音鎮。"玉瑱,玉製的鎮壓坐席的器具。參見"瑱₂圭"。

【瑱₂圭】瑞玉。帝王朝會時所執的圭。周禮秋官小行人:"王用瑱圭,公用桓圭。"本作"鎮圭"。參見"鎮圭"。

瑨 jìn 即刃切,去,震韻,精。ㄐㄧㄣˋ

美石次玉。見廣韻。説文作"璡"。

瑵 zhǎo 側絞切,上,巧韻,莊。ㄓㄠˇ

古代車蓋弓端伸出部分,其形如爪。漢書九九下王莽傳:"莽乃造華蓋九重,高八丈一尺,金瑵羽葆。"注:"瑵,讀曰爪,謂蓋弓頭,爲爪形。"

瑣 suǒ 蘇果切,上,果韻,心。ㄙㄨㄛˇ

㊀細小的玉聲。見説文。參見"連瑣"。㊁細小微賤。漢揚雄太玄經六成:"次六成魁,瑣。"注:"瑣,細也。"後漢書八十下劉梁傳告縣人:"昔文翁在蜀,道著巴漢;庚桑瑣隸,風移碨礧。"注:"瑣,碎也。"參見"嵬瑣"。㊂通"鎖"。鏤玉爲連環曰瑣。後以金屬爲之,作"鎖"。後漢書四九仲長統傳述志詩:"古來繞繞,委曲如瑣。"㊃宫殿門上鏤刻連瑣圖案,引伸稱宫門爲瑣。楚辭屈原離騷:"欲少留此靈瑣兮,日忽忽其將暮。"注:"靈,以喻君;瑣,門鏤也。"參見"青瑣"、"瑣闥"。㊄記録。漢書七四丙吉傳:"(馭吏)遽歸府見吉白狀,因曰:'恐虜所入邊郡二千石長吏有老病不任兵馬者,宜可豫視。'吉善其言,召東曹案邊長吏,瑣科條其人。"㊅姓。宋政和間有進士瑣政。見正字通。

【瑣伏】用鳥毛加工成的衣服。清厲荃事物異名録布帛部羽毛段:"一統志瑣伏,一名梭服,鳥毳爲之,紋如紈綺。朱澤民集謂之梭福。"

【瑣言】瑣細之言。唐劉知幾史通書事:"王隱、何法盛之徒,所撰晉史,乃專訪州閭細事,委巷瑣言,聚而編之。"

【瑣材】謂才智微小。漢書一〇〇下敍傳:"(鼂)錯之瑣材,智小而謀大,戕如發機,先寇受害。"也作"瑣才"。後漢書七八吕强傳上疏:"陛下或其瑣才,特蒙恩澤。"

【瑣連】兵器名。北堂書鈔一三五漢官解詁:"黄魏瑣連,孫吴之法。"注:"兵書有黄氏瑣連之器,蓋弩射法也。"

【瑣屑】煩細。唐岑參岑嘉州詩一佐郡思舊遊詩序:"悲州縣瑣屑,思掖垣清閒,因呈左右,省舊遊。"韓愈昌黎集二送靈師詩:"縱横雜謡俗,瑣屑咸羅穿。"

【瑣嗩】管樂器。即嗩吶。詳該條。

【瑣細】繁碎,細小。隋書經籍志二職官:"宋、齊已後,其書益繁,而篇卷零叠,易爲亡散;又多瑣細,不足可紀,故删。"唐杜甫杜工部草堂詩箋十一北征:"山果多瑣細,羅生雜橡栗。"

【瑣窗】鏤刻有連瑣圖案的窗櫺。文選南朝宋鮑明遠(照)翫月城西門解中詩:"蛾眉蔽珠櫳,玉鈎隔瑣窗。"唐李商隱李義山詩集六訪人不遇留別館:"卿卿不惜瑣窗春,去作長楸走馬身。"

【瑣碎】瑣屑,零碎。同"瑣屑"。南朝宋鮑照鮑參軍集二飛白書勢銘:"蟲虎瑣碎,又安能匹。"唐韓愈昌黎集八城南聯句詩:"竹影金瑣碎,泉音玉淙琤。"

【瑣語】書名。太康二年,汲郡人不準盜發魏襄王墓(或言魏安釐王冢),得竹書數十車。其中有瑣語十一篇,爲卜夢妖怪相書。見晉書束皙傳。又隋書經籍志有古文瑣語四卷(汲冢書)。今皆不傳。

【瑣瑣】㊀細小卑賤貌。易旅:"旅瑣瑣,斯其所取災。"詩小雅節南山:"瑣瑣姻亞,則無膴仕。"㊁謂聲音細碎。唐杜牧樊川集外集送劉三復郎中赴闕詩:"玉珂聲瑣瑣,錦帳夢悠悠。"

【瑣慧】小慧。晉書王沈傳釋時論:"至乃空嚚者以泓噌爲雅量,瑣慧者以淺利爲鎗鎗。"

【瑣器】細小之器。謙詞,喻才能微薄。藝文類聚三七晉皇甫謐讓徵聘表:"伏自惟忖:瓶瓴瑣器,實非瑚璉之求;稗稗之賤,不中粢盛之用。"

【瑣闈】鏤刻有連瑣圖案的宮中側門。唐王維王右丞集二酬郭給事詩:"晨搖玉佩趨金殿,夕奉天書拜瑣闈。"

【瑣闥】宮殿門上鏤刻連瑣圖,故稱宮門爲瑣闥。樂府詩集十二漢宗廟樂舞辭章慶舞:"霧集瑤階瑣闥,香生綺席華茵。"全唐詩一三九儲光羲奉和中書徐侍郎中書省玩白雲寄潁陽趙大:"泛灩鳷池曲,飄飄瑣闥前。"

【瑣黷】冒犯。黷,通"瀆"。全唐文六五三元稹上令狐相公詩啓:"詞旨瑣劣,冒黷尊嚴。"後人每以瑣事煩人,謙言瑣瀆,書信中常見。

【瑣窗寒】詞調名。一作"鎖寒窗"。調見宋周邦彥片玉集。因詞有"静鎖一庭愁雨"及"故人翦燭西窗語"而名。雙調,有九十八字、九十九字、一百字諸體。見詞譜二七。

【瑣尾流離】詩邶風旄丘:"瑣兮尾兮,流離之子。"傳:"瑣尾,少好之貌。流離,鳥也。少好長醜,始而愉樂,終以微弱。"箋:"云衛之諸臣,初有小善,終無成功,似流離也。"後喻處境由順利轉爲艱難。

瑤

yáo 餘昭切,平,宵韻,喻。
ㄧㄠ

㊀美玉。書禹貢:"瑤琨篠簜。"詩衛風木瓜:"投我以木桃,報之以瓊瑤。"㊁喻珍貴,如譽人之筆札曰瑤句、瑤函。全唐詩七六四譚用之寄許下前管記王侍御:"蛾泛羽觴蠻酒膩,鳳銜瑤句蜀牋新。"㊂喻光明潔白,如瑤質、瑤華。南朝梁江淹江文通集二知已賦:"聞瑤質兮可變,知余采兮一奪。"㊃同"珧"。江珧,也作"江瑤"。見"珧"。

【瑤井】星名。卽玉井四星。南朝宋鮑照鮑氏集七歧陽守風詩:"差池玉繩高,掩映瑤井没。"唐李白李太白集一明堂賦:"目瑤井之熒熒,拖玉繩之離離。"參見"玉井㊁"。

【瑤玉】美玉。南朝梁江淹江文通集二傷友人賦:"帶瑤玉而争光,握隨珠而比麗。"

【瑤札】對别人書簡的美稱。文苑英華一六八唐宇文融奉和聖製左丞相……都堂賜詩:"飛文瑤札降,賜酒玉杯傳。"

【瑤池】㊀古代神話中神仙所居。穆天子傳三:"乙丑天子觴西王母于瑤池之上,西王母爲天子謡。"唐李商隱李義山詩集六瑤池:"瑤池阿母綺窗開,黄竹歌聲動地哀。"㊁唐貞觀間置瑤池都督府,治庭州莫賀城。後改爲金滿縣,卽今新疆阜康縣。參閲讀史方輿紀要六五火州莫賀城。

【瑤光】㊀北斗七星的第七星名。淮南子本經:"瑤光者,資糧萬物者也。"注:"瑤光謂北斗杓第七星也。"宋書符瑞志上:"帝顓頊高陽氏,母曰女樞,見瑤光之星,貫月如虹,感已於幽房之宮,生顓頊於若水。"㊁寺名。北魏洛陽有瑤光寺,世宗(元恪)所建。高五十丈,尼房五百餘間。綺疏連亘,户牖相通,珍木香草,不可勝言。永安三年中,尒朱兆入洛陽,縱兵大掠,京師有"洛陽男兒急作髻,瑤光寺尼奪作婿"語。見北魏楊衒之洛陽伽藍記一瑤光寺。

【瑤函】謂珍貴的書籍。全唐文二四八李嶠昭覺寺釋迦牟尼佛金銅瑞像碑:"瑤函玉檢,答宇宙之隆平。寶網珠幢,迎天人之勝福。"唐司空圖司空表聖集三月下留丹竈詩:"瑤函真跡在,妖魅敢揚威。"後也用作對别人信札的美稱。唐黄滔黄御史公集七啓薛舍人:"金口開時,講貫則處其異等;瑤函發處,推揚則寘彼極言。"

【瑤英】美玉之一種。文選晉張景陽(協)七命之三:"錯以瑤英,鏤以金華。"注:"范子計然曰:玉英,出藍田。"

【瑤席】以玉飾席。瑤,瑤草,傳説中的仙草名。又説指用瑤草編成的坐席。皆狀華貴之意。楚辭屈原九歌東皇太一:"瑤席兮玉瑱,盍將把兮瓊芳。"文選南朝宋謝靈運石門新營所住……修竹茂林詩:"芳塵凝瑤席,清醑滿金樽。"

【瑤宮】玉飾的宮殿。南朝梁陶弘景陶隱居集許長史舊館壇碑:"瑤宮碧簡,絢采垂文,璚函玉檢,綺幕綉巾。"

【瑤草】仙草。漢東方朔東方大中集與友人書:"不可使塵網名韁拘鎖,怡然長笑,脱去十洲三島,相期拾瑤草,吞日月之光華,共輕擧耳。"也泛指珍異之草。南朝梁江淹江文通集二從冠軍建平王登廬山香爐峯詩:"瑤草正翕艳,玉樹信葱青。"

【瑤圃】美麗的園地,指神仙所居之處。楚辭屈原九章涉江:"駕青虬兮驂白螭,吾與重華遊兮瑤之圃。"南齊謝朓謝宣城集一杜若賦:"憑瑤圃而宣游,臨水木而延佇。"

【瑤姬】神女名。也作"姚姬"。文選戰國楚宋玉高唐賦序"妾巫山之女也"注引襄陽耆舊傳:"赤帝女姚姬,未行而卒,葬於巫山之陽,故曰巫山之女。楚懷王遊於高唐,晝寢,夢見與神遇,自稱是巫山之女,王因幸之,遂爲置觀於巫山之南,號爲朝雲。"唐唐彥謙鹿門集拾遺楚天詩:"不會瑤姬朝與暮,更爲雲雨待何人?"

【瑤琴】有玉飾的琴。南朝宋鮑照鮑氏集四擬古詩之七:"明鏡塵匣中,瑤琴生網羅。"

【瑤華】㊀傳説中的仙花。楚辭屈原九歌大司命:"折疏麻兮瑤華,將以遺兮離居。"注:"瑤華,玉華也。"宋洪興祖補注:"瑤華,麻花也,其色白,故比於瑤,此花香,服食可致長壽。"晉張華張茂先集遊仙詩:"列坐王母堂,黵體餐瑤華。"㊁猶瑤英。謂美玉。全唐文六九二白行簡沽美玉賦:"是以露瑤華之炯尔,就朝市而沽之。"㊂喻珍貴。南齊謝朓謝宣城集三郡内高齋閑望答吕法曹詩:"惠而能好我,問以瑤華音。"唐白居易長慶集五答元八宗簡同遊曲江後明日見贈詩:"賴聞瑤華唱,再得塵襟清。"

【瑤源】指帝王的族系。樂府詩集九北齊享廟樂辭始基樂恢祚舞:"瑤源彌濬,瓊根愈秀。"

【瑤瑟】用玉爲飾的瑟。唐李白李太白詩十三聞丹丘子於城北營石門幽居……敍舊以寄之:"松風清瑤瑟,溪月湛芳樽。"

【瑤殿】猶玉殿,指宫廷。唐杜甫杜工部草堂詩箋十六銅瓶:"亂後碧井廢,時清瑤殿深。"李賀歌詩編一秦王飲酒:"銀雲櫛櫛瑤殿明,宮門掌事報一更。"

【瑤碧】㊀玉名。山海經西山經:"(章峨之山)無草木,多瑤碧。"淮南子泰族:"瑤碧玉珠,翡翠玳瑁,文彩明朗,潤澤若濡。"㊁青空。明陳基眉庵集三雪中登黄鶴樓詩:“江山得此青無敵,頃刻銀蟾蕩瑤碧。”

【瑤臺】㊀美玉砌成之臺。極言其華麗。楚辭屈原離騷:“望瑤臺之偃蹇兮,見有娀之佚女。”淮南子本經:“晚世之時,帝有桀紂,爲旋室瑤臺,象廊玉牀。”㊁神話中爲神仙所居之地。舊題晉王嘉拾遺記十崑崙山:“崑崙山者,西方曰須彌,山對七星之下,出碧海之中,上有九層。……第九層山形漸小狹,下有芝田蕙圃,皆數百頃,羣仙種耨焉。傍有瑤臺十二,各廣千步,皆五色玉爲臺基。”唐李商隱李義山詩集六無題:“如何雪月交光夜,更在瑤臺十二層。”

【瑤踏】指珍貴的鞋子。唐溫庭筠集三觀舞妓詩:“朔音悲嘒管,瑤踏動芳塵。”此形容舞步。

【瑤漿】玉漿。喻名貴的美酒。楚辭宋玉招魂:“瑤漿蜜勺,實羽觴些。”

【瑤緘】對來書的美稱。唐王勃王子安集六宇文德陽宅秋夜山亭宴序:“啓瑤緘者,攀勝集而長懷。”白居易長慶集十七送蕭鍊師步虛詩十首卷後以二絕繼之之二:“花紙瑤緘松墨字,把將天上共誰開?”

【瑤樹】傳說中玉白色的樹。淮南子地形:“掘崑崙墟以下地,中有增城九重,……絳樹在其南,碧樹瑤樹在其北。”唐陳子昂陳伯玉集一感遇詩之六:“崑崙有瑤樹,安得采其英。”

【瑤觴】玉杯。唐王勃王子安集五越州秋日宴山亭序:“銀燭擒花,瑤觴抒興。”

【瑤籤】玉製的圖書標籤。文苑英華六六六唐顧雲謝徐學士啓:“束皙臺前,閑披碧簡;秦王府裏,時閱瑤籤。”

【瑤林瓊樹】喻人之品格高潔。世說新語賞譽上:“王戎云:太尉(王衍)神姿高徹,如瑤林瓊樹,自然是風塵外物。”

【瑤環瑜珥】喻人之品貌美好如玉。唐韓愈昌黎集三三殿中少監馬君墓誌:“幼子娟好靜秀,瑤環瑜珥,蘭茁其牙,稱其家兒也。”

瑲 qiāng ㄑㄧㄤ 七羊切,平,陽韻,清。

玉撞擊聲。詩小雅采芑:“服其命服,朱芾斯皇,有瑲葱珩。”

【瑲瑲】象聲詞。詩小雅采芑:“約軝錯衡,八鸞瑲瑲。”指鸞鈴聲。荀子富國:“撞鐘扣鼓而和,詩曰:‘鐘鼓喤喤,管磬瑲瑲。’”指樂器聲。今本詩周頌執競作“磬管將將”。

瑰 guī ㄍㄨㄟ 公回切,平,灰韻,見。戶恢切,平,灰韻,匣。

㊀美石。詩秦風渭陽:“何以贈之,瓊瑰玉佩。”㊁奇偉,珍貴。後漢書四十班固傳西都賦:“因瑰材而究奇,抗應龍之虹梁。”㊀㊁也作“瓌”。㊂見“玫瑰”。瑰,今音讀輕聲。

【瑰奇】奇偉。同“魁奇”。宋戴復古石屏詩集六讀放翁先生劍南詩草:“入妙文章本平澹,等閑言語變瑰奇。”

【瑰岸】魁偉貌。同“魁岸”。册府元龜八八三總録形貌:“(唐)程千里身長七尺,骨相瑰岸。”

【瑰姿】美麗的容貌。藝文類聚四三漢傅毅舞賦:“軼態橫出,瑰姿譎起。”

【瑰異】猶言奇異。淮南子詮言:“聖人無屈奇之服,無瑰異之行。”文選漢張平子(衡)東京賦:“瑰異譎詭,燦爛炳煥。”

【瑰瑋】珍奇,美好。漢書五七上司馬相如傳子虛賦:“若迺俶儻瑰瑋,異方殊類,……充仞其中者,不可勝計。”史記一一七司馬相如傳作“瑰偉”。宋蘇軾東坡集續集五與何正道教授書之二:“承起居佳勝,鄉校淹留,然使徐之士子,識文章瑰瑋之氣,非小補也。”

【瑰儒】博雅之儒。晉郭璞山海經序:“而譙周之徒,足爲通識瑰儒。”

【瑰麗】珍奇,華麗。文選漢張平子(衡)西京賦:“攢珍寶之玩好,紛瑰麗以奓靡。”

【瑰寶】珍寶。初學記二十晉陸雲薦張瞻文:“誠帝宮之瑰寶,清廟之偉器。”

【瑰意琦行】不凡的思想和行爲。文選戰國楚宋玉對楚王問:“夫聖人瑰意琦行,超然獨處,夫世俗之民,又安知臣之所爲哉。”

瑠 liú ㄌㄧㄡ 力求切,平,尤韻,來。

見下。

【瑠璃】寶石名。也叫吠瑠璃、璧流離。瑠,亦作“琉”。漢桓寬鹽鐵論力耕:“鼲鼦狐貉采旃文罽,充於內府;而璧玉珊瑚瑠璃,咸爲國之寶。”世說新語汰侈:“武帝嘗降王武子(濟)家,武子供饌,並用瑠璃器。”參見“吠瑠璃”。

十一畫

璋 zhāng ㄓㄤ 諸良切,平,陽韻,照。

玉器名。古代朝聘、祭祀、喪葬、發兵用以表示瑞信。其形猶如圭之上端斜削去一角,而形制大小厚薄長短,因所事不同而異。有大璋、中璋、邊璋、牙璋等。詩大雅棫樸:“濟濟辟王,左右奉璋。”傳:“半圭曰璋。”左傳昭五年:“朝聘有珪,享頫有璋。”參閱周禮冬官玉人、清吳大澂古玉圖考。

【璋瓚】古祭祀時所用的以璋爲柄的酒勺。禮祭統:“君執圭瓚祼尸,大宗執璋瓚亞祼。”注:“圭瓚、璋瓚,祼器也,以圭、璋爲柄。”

璃 lí ㄌㄧˊ 呂支切,平,支韻,來。

見“琉璃”。

璇 xuán ㄒㄩㄢˊ 似宣切,平,仙韻,邪。

美玉名。也作“璿”、“琁”。晉書顧和傳:“和奏舊冕有十二旒,皆用玉珠,今用雜珠等非禮,若不能用玉,可用白璇。”參見“琁玉”。

【璇玉】山海經中山經:“(升山)黃酸之水出焉,而北注於河,其中多璇玉。”注:“石次玉者也。孫卿曰:‘璇玉瑤珠不知佩。’璇,音旋。”按今本荀子作“琁玉”。

【璇花】花白如玉。文苑英華二唐徐彥伯遊禁苑幸臨渭亭遇雪應制:“瓊樹留宸矚,璇花入睿詞。”

【璇室】美玉裝飾之室。三國志魏楊阜傳:“桀作璇室、象廊,紂爲傾宮、鹿臺,以喪其社稷。”百衲本作“琁室”。

【璇宮】飾玉之宮。舊題晉王嘉拾遺記:“少昊以金德王,母曰皇娥,處璇宮而夜織。”類説五拾遺記有“璿宮”。唐王勃王子安集二採蓮賦:“金室麗妃,璇宮佚女。”

【璇臺】㊀玉飾之臺。相傳爲殷紂王所築。晉皇甫謐帝王世紀:“命原公釋百姓之囚,歸璇臺之珠玉。”㊁指仙人居處。晉郭璞郭弘農集二遊仙詩之十:“璇臺冠崑嶺,西海濱招搖。”

【璇閨】用玉石砌成的閨門。狀其建築華美。宋鮑照鮑氏集八擬行路難詩之三:“璇閨玉墀上椒閣,文牕繡户垂羅幕。”

【璇璣】㊀星名。指北斗魁第四星。楚辭漢王逸九思怨上:“謠吟兮中壄,上察兮璇璣。”注:“一作旋璣。”宋洪興祖補注:“北斗魁四星爲璇璣。”㊁古測天器。見“璿璣玉衡㊁”。

【璇璣圖】東晉列國前秦蘇蕙創作的一種迴文詩圖。蕙以夫竇滔被徙流沙,因織錦爲璇璣圖寄滔,共八百四十字,宛轉循環皆可誦讀。相傳其圖縱橫八寸,五色相宜,以別三五七言。宋、元間僧起宗以意推求,得三四五六七言詩三千七百五十二首，分爲七圖，明康萬民增立一圖，增讀其詩至四千二百零六首，合起宗所讀，共成七千九百五十八首。參閱晉書竇滔妻蘇氏傳、四庫提要別集—璇璣圖詩讀法。

瑹 tū ㄊㄨ 他胡切，平，模韻，透。

見下。

【瑹琈】玉名。山海經西山經：「(小華山)其陽多瑹琈之玉。」注：「瑹琈，玉名，所未詳也。」清郝懿行義疏謂卽「璵璠」的聲轉。

璈 áo ㄠ 集韻 牛刀切，平，豪韻。

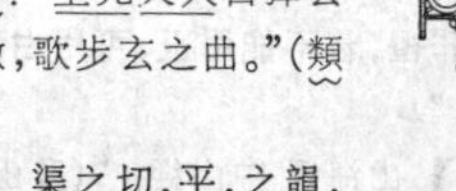
璈

古樂器。舊題漢班固漢武帝內傳：「上元夫人自彈雲林之璈，歌步玄之曲。」(類說一)

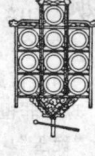

瑧 qí ㄑㄧ 渠之切，平，之韻，羣。

古代弁(皮冠)上縫合處的玉飾。也作「綦」。周禮夏官弁師：「王之皮弁會五采玉璂，象邸玉笄。」注：「璂讀如薄借綦之綦。綦，結也。皮弁之縫中，每貫結五采玉十二以爲飾，謂之綦。」又作「瑧」。晉書輿服志：「皮弁……禮『王皮弁，會五采玉璂，象邸玉笄』……其縫中名曰會，以采玉朱爲瑧。瑧，結也。」

瑾 jìn jǐn ㄐㄧㄣˋ ㄐㄧㄣˇ 渠遴切，去，震韻，羣。集韻 几隱切，上，隱韻。

美玉。楚辭屈原九章懷沙：「懷瑾握瑜兮，窮不得所示。」以美玉喻美德。參見「瑾瑜」。

【瑾瑜】美玉。左傳宣十五年：「諺曰：高下在心，川澤納汙，山藪藏疾，瑾瑜匿瑕，國君含垢，天之道也。」晉陶潛陶淵明集四讀山海經詩之四：「白玉凝素液，瑾瑜發奇光。」

璊 mén ㄇㄣˊ 莫奔切，平，魂韻，明。

玉赤色。詩王風大車：「大車哼哼，毳衣如璊。」傳：「璊，赬也。」箋：「赬……赤也。」說文引詩作「璊」。韓詩作「䵦」。參閱清陳喬樅韓詩遺說考四毳衣如䵦(清續經解一五九)。

瑿 yī ㄧ 集韻 煙奚切，平，齊韻。

㊀黑色的玉石。同「䃜」。見集韻。㊁最貴重的黑色琥珀。明宋應星天工開物十八珠玉：「琥珀最貴者名曰瑿(音依，此值黃金五倍價)，紅而微帶黑，然晝見則黑，燈光下則紅甚也。」參閱本草綱目三七木四瑿。參見「瑿珀」。

【瑿珀】古代傳說，松脂入地千年化爲茯苓，又千年爲琥珀，又千年爲瑿。瑿爲衆珀之長，故稱瑿珀。也作「瑿魄」。元袁桷清容居士集三舟中雜詠詩之九：「南山植松苗，深根定生苓；千年化瑿魄，豈比春菘榮。」參閱本草綱目三七木四瑿。

璆 qiú ㄑㄧㄡˊ 巨鳩切，平，尤韻，羣。渠幽切，平，幽韻，羣。

㊀美玉，可以爲磬。書禹貢：「梁州：厥貢惟璆鐵銀鏤砮磬。」傳：「璆，玉名。」國語晉四：「籧篨蒙璆。」㊁佩玉相擊聲。史記孔子世家：「夫人自帷中再拜，環珮玉聲璆然。」

【璆磬】玉磬。漢書二二禮樂志二：「璆磬金鼓，靈其有喜，百官濟濟，各敬厥事。」

瑺 cháng ㄔㄤˊ 集韻 辰羊切，平，陽韻。

玉。見玉篇。

璀 cuǐ ㄘㄨㄟˇ 七罪切，上，賄韻，清。

㊀玉名。見廣韻。㊁見下。

【璀璀】鮮明貌。唐杜牧樊川集二少年行：「春風細雨走馬去，珠落璀璀白罽袍。」宋蘇軾分類東坡詩十一高郵陳直躬處士畫鷹之一：「北風振枯葦，微雪落璀璀。」

【璀錯】繁盛貌。文選漢王文考(延壽)魯靈光殿賦：「下茀蔚以璀錯，上崎巇而重注。」唐李白李太白詩二四擬古之七：「人非崑山玉，安得長璀錯。」

【璀璨】也作「璀粲」、「翠粲」、「萃蔡」。㊀玉光。引申爲色彩鮮明。文選晉孫興公(綽)遊天台山賦：「建木滅景於千尋，琪樹璀璨而垂珠。」注：「璀璨，珠垂貌。」㊁衆盛貌。文選漢王文考(延壽)魯靈光殿賦：「汩磑磑以璀璨，赫燡燡而燭坤。」注：「璀璨，衆材飾貌。」晉陸機陸士衡集五爲周夫人贈車騎詩：「京城華麗地，璀璨多異人。」㊂華麗貌。文選三國魏曹子建(植)洛神賦：「披羅衣之璀粲兮，珥瑤碧之華琚。」唐李善注謂爲振衣聲，非。參見「翠粲」、「萃蔡」。

璁 cōng ㄘㄨㄥ 倉紅切，平，東韻，清。

似玉的石。見說文。廣韻作「瑽」。見下。

【璁瓏】也作「瑽瓏」。明潔貌。唐杜牧樊川集二街西長句詩：「銀鞦騕褭嘶宛馬，繡鞅璁瓏走鈿車。」宋蘇軾分類東坡詩八予昔作壺中九華詩……乃和前韻以自解云：「賴有銅盆修石供，仇池玉色自璁瓏。」

璡 jìn ㄐㄧㄣˋ 卽刃切，去，震韻，精。將鄰切，平，真韻，精。

似玉的美石。同「瑨」。見廣韻。

瑽 cōng ㄘㄨㄥ 七恭切，平，鍾韻，清。

見下。

【瑽琤】玉石相擊聲。宋袁褧楓窗小牘：「諸天既集，面覲虛皇于雲陛之下，劍珮瑽琤，交暎左右。」

【瑽瑢】佩玉撞擊聲。宋陳師道后山詩註三觀兗文忠公家六一堂圖書：「緬懷弁服士，酬獻鳴瑽瑢。」

璅 1. zǎo ㄗㄠˇ 子皓切，上，皓韻，精。

㊀似玉的石。見說文。

2. suǒ ㄙㄨㄛˇ 集韻 損果切，上，果韻。

同「瑣」。㊀玉聲。見集韻。㊁瑣碎，細小。詳「璅語」、「璅璅」。

【璅₂蛣】亦名海鏡，今稱寄居蟹。文選晉郭景純(璞)江賦：「璅蛣腹蟹，水母目蝦。」注：「南越志曰：璅蛣，長寸餘，大者長二三寸。腹中有蟹子，如榆莢，合體共生。」也作「璅珪」。南朝梁任昉述異記下：「璅珪似小蚌，有一小蟹在腹中，珪出求食，故淮海之人呼爲蟹奴。」

【璅₂語】同「瑣語」，瑣碎之語。南朝梁劉勰文心雕龍四諸子：「迄至魏晉，作者間出，讕言兼存，璅語必錄。」

【璅₂璅₂】㊀細微，細碎。文選漢張平子(衡)東京賦：「薄狩于敖，既璅璅焉，岐陽之蒐，又何足數？」北齊顏之推顏氏家訓書證：「又道經云：合口誦經聲璅璅，眼中淚出珠子碟。」形容聲音細碎。㊁言人品猥瑣。文選三國魏楊德祖(修)答臨淄侯牋：「季緒璅璅，何足以云。」季緒，劉表子脩。晉書習鑿齒傳：「鑿齒既罷郡歸，與(桓)祕書曰：『遺事猶存，星列滿目，璅璅常流，碌碌凡士，焉足以感其方寸哉！』」

【璅₂蟲】小蟲。三國魏阮籍阮步兵集答伏義書：「舒體則八維不足暢迹，促節則無間足以從容，是又瞽夫所不能瞻，璅蟲所不能解也。」

十二畫

璘 lín ㄌㄧㄣˊ 力珍切，平，真韻，來。

玉色的光彩。見玉篇。

【璘班】文彩貌。文選三國魏何平叔(晏)景福殿賦：「光明熠爚，文彩璘班。」五臣本作"璘瑞"。

【璘彬】文彩繽紛貌。文選漢張平子(衡)西京賦:"珊瑚琳碧,瓀珉璘彬。"注:"璘彬,玉光色雜也。"

【璘斌】光澤貌。北周庾信庾子山集一邛竹杖賦:"拔條勁直,璘斌色滋。"

【璘璘】色彩鮮豔貌。宋歐陽修文忠集七樂哉襄陽人送劉太尉從廣赴襄陽詩:"磊落金盤爛璘璘,槎頭縮項昔所聞。"

【璘藉】蠶箔。元龍輔女紅餘志上:"蠶箔,一名璘藉。"藉,一本作"蕃"。清王士禛漁洋山人精華録五上蠶詞詩:"白葦與儂作璘藉,黃金與儂作踟躇。"

璲 suì 徐醉切,去,至韻,邪。
ㄙㄨㄟˋ

瑞玉。詩小雅大東:"鞙鞙佩璲,不以其長。"傳:"璲,瑞也。"箋:"佩璲者以瑞玉爲佩。"

璙 liáo 落蕭切,平,蕭韻,來。
ㄌㄧㄠˊ

玉名。見説文。

璚 1. qióng 渠營切,平,清韻,羣。
ㄑㄩㄥˊ

㊀同"瓊"。見説文。㊁古占星術用語。指日旁如帶狀的氣體。晉書天文志中:"璚者如帶,璚在日四方。"

2. jué 集韻 古穴切,入,屑韻。
ㄐㄩㄝˊ

㊂同"玦"。見集韻。

【璚筵】華貴的盛宴。同"瓊筵"。南朝齊謝朓謝宣城集二送遠曲詩:"璚筵妙舞地,桂席羽觴陳。"

【璚管】玉管,樂器。元劉因靜修文集七記夢詩之一:"金母臨行有奇贈,玉簫璚管聲清佳。"

【璚露】酒的美稱。元劉因靜修文集九黑馬酒詩:"千尺銀駝開曉宴,一杯璚露灑秋天。"

璟 jǐng 俱永切,上,梗韻,見。
ㄐㄧㄥˇ 於丙切,上,梗韻,影。

玉的光彩。見廣韻。也作"璄",見集韻。

璗 dàng 徒朗切,上,蕩韻,定。
ㄉㄤˋ

黃金的別名。同"瑒"。爾雅釋器:"黃金謂之璗,其美者謂之鏐。"疏:"黃金一名璗,其精美者名鏐。"

璜 huáng 胡光切,平,唐韻,匣。
ㄏㄨㄤˊ

㊀半璧爲璜。古貴族朝聘、祭祀、喪葬、徵召的禮器。也作佩飾。周禮大宗伯:"以玄璜禮北方。"注:"半璧曰璜。"㊁佩玉。後漢書五九張衡傳思玄賦:"昭綵藻與雕琢兮,璜聲遠而彌長。"㊂見"璜璜"。

璜

【璜溪】即磻溪。傳説周太公望(呂尚)曾釣於此得玉璜,故又稱璜溪。見尚書大傳二。唐杜甫杜工部草堂詩箋五奉贈太常張卿垍二十韻:"幾時陪羽獵,應指釣璜溪。"

【璜臺】璜玉裝飾之臺。楚辭屈原天問:"璜臺十成,誰所極焉?"注:"璜,石次玉者也。……紂果作玉臺十重。"

【璜璜】明盛貌。猶言煌煌。漢揚雄法言孝至:"荒荒聖德,遠人咸慕,上也;武義璜璜,兵征四方,次也。"

璞 pú 匹角切,入,覺韻,滂。
ㄆㄨˊ

㊀未經雕琢加工的玉。孟子梁惠王下:"今有璞玉於此,雖萬鎰,必使玉人雕琢之。"尹文子大道下:"鄭人謂玉未理者璞。"又見戰國策秦三。㊁真實、古樸。戰國策齊:"歸反璞,則終身不辱。"

【璞玉渾金】未琢的玉,未煉的金,喻質性純美。世説新語賞譽上:"王戎目山巨源(濤)如璞玉渾金,人皆欽其寶,莫知名其器。"也作渾金璞玉。唐白居易長慶集三八除孔戣等官制:"渾金璞玉,方圭圓珠,雖性異質殊,皆國寶也。"

璠 fán 附袁切,平,元韻,並。
ㄈㄢˊ

美玉。即璵璠。晉陸雲陸士龍集三答顧秀才詩之五:"有斐君子,如珪如璠。"參見"璵璠"。

【璠璵】㊀魯之美玉。同"璵璠"。太平御覽八〇四逸論語:"璠璵,魯之寶玉也。孔子曰:美哉璠璵,遠而望之煥若也,近而視之瑟若也。"説文引作"璵璠"。也喻操守之美。㊁以美玉比喻美好的事物。北周庾信庾子山集五奉和永豐殿下言志詩之十:"徒知守瓴甓,空欲報璠璵。"

璑 wú 武夫切,平,虞韻,明。
ㄨˊ

三采玉。意同"瑁"。周禮夏官弁師:"諸侯之繅斿九就,瑁玉三采。"注:"三采,朱白蒼也。……故書瑁作'璑'。"

璏 zhì 直例切,去,祭韻,澄。
ㄓˋ 于歲切,去,祭韻,于。
王伐切,入,月韻,于。

玉製劍鼻。即劍柄下端與劍身相連處的玉飾。後代稱昭文帶。漢書九九上王莽傳"即解其璏"唐顏師古注:"璏字本作璏,從王,彘聲。後轉寫者訛也。璏,自雕瑑字耳,音篆也。"太平御覽八〇四引漢書作"璏"。參閲清錢泳履園叢話二玉昭文帶、吳大澂古玉圖考璏。

璣 jī 居依切,平,微韻,見。
ㄐㄧ

㊀不圓的珠或小珠。書禹貢:"厥篚玄纁璣組。"傳:"璣,珠類,生於水。……説文:珠不圜也。字書云:小珠也。"㊁北斗的第三星。史記天官書五"北斗七星"索隱:"春秋運斗樞云:斗,第一天樞,第二旋,第三璣。"今稱天璣。㊂觀測天象的儀器。見"璿璣玉衡㊀"。

【璣琲】珠串。新唐書七六楊貴妃傳:"遺鈿墮舄,瑟瑟璣琲,狼藉于道,香聞數十里。"

【璣鏡】㊀用文珠作鏡。初學記二七孝經援神契:"神靈滋,百寶用,則珠母璣鏡也。"宋均注:"文珠有光可爲鏡。"㊁贊美別人的鑑識能力,猶言明鏡。北周庾信庾子山集十三周上國柱齊王憲神道碑:"公器宇淹曠,風神透遠,璣鏡照林,山河容納。"

十 三 畫

璧 bì 必益切,入,昔韻,幫。
ㄅㄧˋ

㊀平圓形、中心有孔的玉器。詩衛風淇奧:"有匪君子,如金如錫,如圭如璧。"爾雅釋器:"肉倍好謂之璧。"疏:"肉,邊也。好,孔也。邊大倍於孔者名璧。"也作爲玉的通稱。㊁人有餽贈,不受而還之曰璧。如言璧謝、敬璧。明張居正張文忠集書牘十二答周宗侯西亭言春秋辯疑:"謹領紗鏡及佳刻三種,餘輒璧諸使者。"參見"完璧歸趙"。

【璧人】稱贊人儀容美如璧玉。世説新語容止"衛玠從豫章至下都"注引衛玠別傳:"(玠)齠齔時,乘白羊車於洛陽市上,咸曰:'誰家璧人?'於是家門州黨號爲璧人。"

【璧友】硯名。宋陶穀清異録文用璧友:"予家世寶一硯,陰有字云'璧友',似是唐物。"

【璧日】謂日正圓。陳書高祖紀上梁帝禪位策:"況乎長彗橫天,已徵布新之兆;璧日斯既,寔表更姓之符。"廣弘明集十五南朝梁簡文帝(蕭綱)菩提樹頌序:"璧日垂彩,玉蔕生烟。"

【璧水】指太學,即"泮池",也稱"璧池"、"璧沼"。文苑英華七七二南朝梁簡文帝(蕭綱)南郊頌序:"五典三墳,既蔵蕤於璧水;九流八素,亦繽紛於石渠。"宋吳自牧夢粱録十五學校:"古者天子之學,謂之'成均',又謂之'上庠',亦謂之'璧水',所以養育作成天下之士類,非州縣學比也。"

【璧月】謂月圓如璧。文苑英華七七二南朝梁簡文帝(蕭綱)南郊頌序:"乘熛祇之盛曜,卽璧月之遐照。"陳書張貴妃傳:"其曲有玉樹後庭花臨春樂等,……其略曰:'璧月夜夜滿,瓊樹朝朝新。'"

【璧田】左傳桓元年:"鄭伯以璧假許田。"後因以璧田喻良田。唐李商隱李義山文集一爲濮陽公陳許謝上表:"維彼璧田,實聯鼎邑,古之近甸,今也雄藩。"

【璧池】學宮前半圓形的水池。新唐書一六四歸崇敬傳:"古天子學曰辟雍。以制言之,壅水環繚如璧然;以誼言之,以禮樂明和天下云爾。在禮爲澤宮,故前世或曰璧池,或曰璧沼。"參見"泮水"。

【璧合】喻衆美皆集。藝文類聚二六南朝梁蕭繹(梁元帝)言志賦:"差立極而補天,驗璧合而珠連。"參見"珠聯璧合"。

【璧角】古代禘祭所用的玉爵。禮明堂位:"爵用玉琖仍雕,加以璧散、璧角。"注:"散、角,皆以璧飾其口。"按四升曰角,五升曰散。參閱儀禮特牲饋食禮"一角一散"注。

【璧沼】見"璧池"。

【璧門】漢宮門名。史記封禪書:"作建章宮……其南有玉堂、璧門。"三輔黃圖二漢宮:"(建章)宮之正門曰閶闔,高二十五丈,亦曰璧門。"後亦泛指宮門。全唐詩五八三溫庭筠元日:"威鳳蹌瑤簴,升龍護璧門。"

【璧散】古代禘祭所用的玉爵。詳"璧角"。

【璧羨】玉名。周禮春官典瑞:"璧羨以起度"。鄭玄注云:羨,不圓之貌。蓋廣徑八寸,袤一尺。賈公彥疏謂璧本徑九寸,言羨,則減傍一寸以益上下。上下一尺,則橫徑八寸。

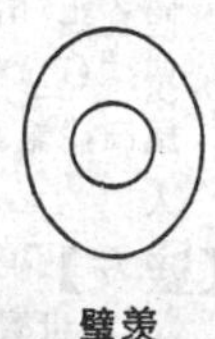
璧羨

【璧誥】刻於璧玉上的誥文。猶言玉簡。南朝梁江淹江文通集二爲蕭上銅鐘芝草衆瑞表:"威書璧誥,既信其綵;綠鱗丹字,彌驗其文。"

【璧臺】穆天子傳六:"天子乃爲之臺,是曰重璧之臺。"壘璧爲臺,狀其盛美。玉臺新詠南朝陳徐陵序:"周王璧臺之上,漢帝金屋之中。"

【璧趙】謂以原物歸還其主,亦曰"璧還"。見"完璧歸趙"。

【璧翣】㊀古代懸鐘磬的璧飾架。禮明堂位:"夏后氏之龍簨虡,殷之崇牙,周之璧翣。"注:"簨虡所以縣鐘磬也。"疏:"周之璧翣者,謂周人於此簨上畫繒爲翣,戴之以璧,下縣五采羽挂於簨角。"㊁周喪葬之飾,用以障隔柩車。禮明堂位:"周之璧翣。"疏:"周代以物爲翣,翣上戴之以璧,陳之而鄭柩車。"

【璧謝】不受餽贈之物,並表謝意。璧謝與璧趙,皆爲退回餽贈之詞,但一用僖負羈事,一用趙藺相如完璧歸趙事,出處不同。春秋晉公子重耳出亡至曹,曹共公不禮,僖負羈之妻饋之以盤飧,藏璧其中,重耳受飧返璧。璧謝之義本此。事見左傳僖二三年。參閱清褚人穫堅瓠集九集一璧謝、外方山人談徵言部璧謝。

【璧璫】屋椽上的裝飾。史記一一七漢司馬相如傳上林賦:"華榱璧璫,輦道纚屬。"索隱:"韋昭曰:'裁金爲璧,以璫榱頭。'"唐白居易長慶集十五渭村退居寄禮部崔侍郎翰林錢舍人詩:"宿露凝金掌,晨暉上璧璫。"

【璧廱】古天子所設立的太學。同"辟廱"、"辟雍"。禮王制:"大學在郊,天子曰辟廱。"大學卽太學。三輔黃圖五:"周文王辟廱,在長安西北四十里,亦曰璧廱,如璧之圓,雍之以水,象教化流行也。"

【璧流離】寶石名。卽鑽石。漢書九六上西域傳:"(罽賓國)出……珊瑚、虎魄、璧流離。"注:"此蓋自然之物,采澤光潤,踰於衆玉,其色不恒。"翻譯名義集三七寶作"吠琉璃",爲佛家七寶之一。參見"琉璃"、"吠瑠璃"。

璫 dāng 都郎切,平,唐韻,端。ㄉㄤ

㊀屋椽頭裝飾。史記一一七司馬相如傳子虛賦:"華榱璧璫,輦道纚屬。"索隱:"韋昭曰:'裁玉爲璧,以當榱頭。'"參閱清鄭珍說文新附考"璫"。㊁漢代武官的冠飾。後漢書四三朱穆傳上疏:"案漢故事,中常侍參選士人,建武以後,乃悉用宦者,自延平以來,浸益貴盛,假貂璫之飾,處常伯之任,天朝政事,一更其手,權傾海內,寵貴無極。"注:"璫以金爲之,當冠前,附以金蟬也。"後代遂以璫作爲宦官的代稱。元周密武林舊事序:"及客修門閒,聞退璫老監談先朝遺事,輒耳諦聽。"㊂耳珠。玉臺新詠一古詩爲焦仲卿妻作:"腰若流紈素,耳着明月璫。"㊃見"琅璫"。

【璫珠】上品珠。珠有九品,一寸五分以上至一寸八九分爲大品。有光彩,一邊小平,似覆釜者,名璫珠。璫珠之次爲走珠,走珠之次爲滑珠,滑珠之次爲磊螺珠,磊螺珠之次爲官雨珠,官雨珠之次爲稅珠,稅珠之次爲葱珠。見五代後晉李石續博物志十引沈懷遠南越志。參閱初學記二七引晉徐衷南方草物狀。

璪 zǎo 子皓切,上,晧韻,精。ㄗㄠˇ

用彩絲貫玉在冕前下垂的裝飾。禮郊特牲:"祭之日,王被衮以象天,戴冕,璪十有二旒。"

璩 qú 强魚切,平,魚韻,羣。ㄑㄩˊ

㊀耳環。山海經中山經作"鐻"。參閱清鄭珍說文新附考"璩"。㊁姓。唐有璩抱朴,岳州人。見通志二九氏族五代北四字姓。

璐 lù 洛故切,去,暮韻,來。ㄌㄨˋ

美玉。楚辭屈原九章涉江:"被明月兮珮寶璐。"注:"寶璐,美玉也。"

環 huán 户關切,平,删韻,匣。ㄏㄨㄢˊ

㊀璧之一種。圓形,中心有孔。左傳昭十六年:"宣子有環,其一在鄭商。"㊁凡物成圓形者叫環,如指環、耳環、臂環。文選三國魏曹子建(植)美女篇:"攘袖見素手,皓腕約金環。"㊂圍繞。周禮考工記匠人:"環涂七軌,野涂五軌。"國語越上:"三江環之,民無所移。"㊃遍及。唐韓愈昌黎集十二進學解:"轍環天下,卒老於行。"㊄長寬相等。見"環幅。"㊅姓。戰國楚有環列之尹,子孫因以此官名爲氏。見通志二八氏族四以官爲氏。

【環人】古官名。1.夏官之屬,掌以勇力御敵者。周禮夏官環人:"掌致師,察軍慝,環四方之故,巡邦國,搏諜賊,訟敵國,揚軍旅,降圍邑。"宋稱禁衛曰環衛,義本於此。2.秋官之屬,主迎送賓客。周禮秋官環人:"掌送逆邦國之通賓客,以路節達諸四方。舍則授館,令聚欜,有任器則令環之,凡門關無幾,送逆及疆。"

【環中】㊀喻空虛,超脫是非之境。莊子齊物論:"樞始得其環中,以應無窮。"注:"夫是非反覆相尋無窮,故謂之環。環中空矣。今以是非爲環,而得其中者,無是無非也。"梁惠皎高僧傳七釋叡:"後適京師,止烏衣寺,皆思徹言表,理契環中。"㊁度內。戰國策趙一:"秦與梁爲上交,秦禍案環中趙矣。"宋鮑彪注:"案、安同,故荀卿書多用案字,此言秦視趙在其度內,如物在環中。"梁書高帝紀上中興二年策封相國:"公受言本朝,輕兵赴襲,縻之長筴,制之環中。"

【環丘】仙山名。舊題晉王嘉拾遺記十:"員嶠山,一名環丘,上有方湖,周迴千里。"也作"還丘"。南朝梁任昉述異記:"員嶠山名還丘,東有雲石,廣五百里。"

【環州】地名。1.古靈州地。隋開皇十九年置環州,以大河環曲爲名。大業三年罷。唐貞觀六年復置,九年廢。故地在今寧夏中衛縣東。參閱嘉慶一統志二六四寧夏府一古蹟鳴沙故城。2.唐貞觀十二年置。天寶初改正平郡,乾元初復。宋爲環州,亦曰南環州。元初廢。故城在今廣西環江縣。參閱讀史方輿紀要一〇九慶遠府思恩縣廢環州。3.見"環縣"。

【環列】環繞排列。左傳文元年:"穆王立,以其爲大子之室與潘崇,使爲大師,且掌環列之尹。"注:"環列之尹,宮衛之官,列兵而環王宮。"宋蘇軾分類東坡詩十蘇州閭丘江君二家雨中飲酒詩之二:"五紀歸來鬢未霜,十眉環列坐生光。"

【環回】循環,旋轉。梁書武帝紀下大通元年詔:"朕思利兆民,惟日不足,氣象環回,每弘優簡。"回,也作"迴"。文選南朝宋謝希逸(莊)宋孝武宣貴妃誄:"涉姑繇而環迴,望樂池而顧慕。"

【環坐】圍繞而坐。唐元稹長慶集十一答姨兄胡靈之見寄五十韻詩:"環坐唯便草,投盤暫廢觥。"明高啓高太史集十京師苦寒詩:"山中炭賤地爐暖,兒女環坐忘卑尊。"

【環玦】㊀玉環和玉玦。漢書七一雋不疑傳:"不疑冠進賢冠,帶櫑具劍,佩環玦,褒衣博帶,盛服至門上謁。"㊁荀子大略:"絶人以玦,反絶以環。"注:"古者,臣有罪,待放於境,三年不敢去,與之環則還,與之玦則絶。"後因以環玦指取舍、去就。三國志魏袁紹傳注引漢晉春秋審配與袁譚書:"若必不悛,有以國斃,……願將軍詳度事宜,錫以環玦。"

【環林】林木環繞。文選晉潘安仁(岳)閑居賦:"其東則有明堂辟雍,清穆敞閑,環林縈映,圓海迴淵。"後借指太學。陳書沈不害傳上書:"故東膠西序,事隆乎三代;環林璧水,業盛於兩京。"

【環佩】佩玉。禮經解:"行步則有環佩之聲,升車則有鸞和之音。"佩,也作"珮"。後代多指婦女所佩的飾物。唐杜甫杜工部詩十三詠懷古跡之三:"畫圖省識春風面,環佩空歸月夜魂。"草堂詩箋本三一佩作"珮"。

【環拜】環繞而拜。周禮春官樂師:"環拜,以鍾鼓爲節。"注:"環,謂旋也;拜,直拜也。"

【環流】㊀周流如環。漢劉向説苑雜言:"孔子觀於吕梁,懸水四十仞,環流九十里。"㊁循環反復。鶡冠子環流:"物極則反,命曰環流。"

【環海】㊀周圍的海洋。南朝梁江淹江文通集五報袁叔明書:"僕聞狂士之行有三,竊嘗志之,其奇者,則以紫天爲宇,環海爲池,俾身大笑,被髮行歌。"㊁猶言海内。晉書涼武昭王李玄盛傳史臣曰:"或發迹於汧渭,或布化於邠岐,覆簣創元天之基,疏涓開環海之宅。彼既有漸,此亦同符。"

【環珮】同"環佩"。文選三國魏阮嗣宗詠懷詩之二:"交甫懷環珮,婉孌有芬芳。"唐杜牧樊川集二華清宮三十韻詩:"神仙高縹緲,環珮碎丁當。"

【環桃】桃之一種。宋陶穀清異録果:"鄴中環桃實特異,後唐莊宗曰:'昔人以橘爲千頭木奴,此不爲餘甘尉乎?'"(説郛六一)

【環挐】回旋糾結。新唐書一七三裴度傳:"時方諸道兵環挐不解,内外大恐,人累息。及度當國,外内始安。"

【環紐】門窗或箱籠上的搭扣,可以鎖合。明陶宗儀輟耕録七屈戌:"今人家窗户設鉸具,或鐵或銅,名曰環紐,卽古金鋪之遺意。北方謂之屈戌。"參見"屈戌"。

【環視】四面觀察。漢賈誼新書三親疏危亂:"動一親戚,天下環視而起,天下安可得制也。"元史二〇三田忠良傳:"忠良環視左右,目一人,對曰:'是偉丈夫,可屬大事。'"

【環堵】四圍土牆。莊子讓王:"原憲居魯,環堵之室,茨以生草,蓬户不完。"唐成玄英疏:"周環各一堵,謂之環堵,猶方丈之室也。"晉陶潛陶淵明集五五柳先生傳:"環堵蕭然,不蔽風日,短褐穿結,簞瓢屢空。"

【環帶】腰帶。淮南子説林:"滿堂之坐,視鉤各異,於環帶一也。"注:"鉤與環帶一法也,類雖異,所用者同。"

【環道】迴曲之路。後漢書祭祀志"二月,上至奉高"注引漢應劭漢官馬第伯封禪儀記:"直上七里,賴其羊腸逶迤,名曰環道。"

【環琨】玉環。文選漢張平子(衡)思玄賦:"獻環琨與琛縭兮,申厥好以玄黄。"

【環幅】正方形的布巾。儀禮士喪禮:"布巾環幅,不鑿。"注:"環幅,廣袤等也。"清胡培翬正義:"環幅廣袤等也者,謂巾之制正方也,凡布幅廣二尺二寸,廣袤等,則方矣。"

【環絰】古喪禮用麻一股爲質,别以麻周環纏繞之如環狀,故稱環絰。禮雜記上:"小斂,環絰,公大夫士一也。"疏:"環絰,一股而纏也。……今云環絰,是週迴纏繞之名。"

【環暈】日月四周的光圈。新五代史司天考二:"而五代之際,日有冠珥、環暈、纓紐、負抱、戴履、背氣。"

【環境】環繞全境。元史一四三余闕傳:"乃集有司與諸將議屯田戰守計,環境築堡寨,選精甲外扞,而耕稼于中。"今指周圍的自然條件和社會條件。

【環餅】又名寒具、饊子。以糯粉、麵粉,入少許鹽和合成,牽扭捻成環釧狀,油煎食之,故名。初學記二六晉盧諶祭法:"春祠用曼頭,餳餅、髓餅、牢丸,……冬祠用環餅也。"參閱宋莊季裕雞肋篇上、元陳元靚歲時廣記十四造環餅。

【環蓴】蓴菜在水中泥下的莖部。蓴,本作蒓,又名水葵。北朝魏賈思勰齊民要術八羹臛法:"從十月盡至三月,皆食環蓴,環蓴者,根上頭絲蓴下茇,絲蓴既死,上有根茇,形似珊瑚一寸許,肥滑處任用,深取卽苦澀。"參閱本草綱目十九草八蒓。參見"蓴"。

【環衛】卽禁衛。唐陸贄陸宣公集十二論敍遷幸之由狀:"惟陛下穆然凝邃,獨不得聞,至使兇卒鼓行,白晝犯闕,重門無結草之禦,環衛無誰何之人。"文獻通考五八職官十二:"宋朝承前代之制,有左右金吾衛,左右衛上將軍,……並爲環衛官,無定員,皆命宗室爲之,亦爲武臣之贈典。"

【環縣】縣名。屬甘肅省。五代周廣順二年置環州,顯德四年降通遠軍,宋淳化五年復爲環州,明降爲縣。明清皆屬慶陽府。參閱寰宇通志九六慶陽府。

【環龜】四面屯守。司馬法下用衆:"凡戰,背風背高,右高左險,歷沛歷圮,兼舍環龜。"北堂書鈔一一八武功六攻戰引司馬法注:"四面屯守謂之環龜。"

【環眼馬】一種劣馬。宋陸佃埤雅釋馬:"二目白曰魚。魚,今謂之環眼馬,馬之最下者也。"

【環利通索】連環鐵索。六韜虎韜軍用:"渡溝塹,飛橋一,間廣一丈五尺,長二丈以上,着轉關轆轤八具,以環利通索張之。"注:"環利通索,卽今之連環鐵索。"

【環肥燕瘦】唐玄宗貴妃楊玉環豐肥，漢成帝后趙飛燕清瘦，同稱美人，後世因謂"環肥燕瘦"，以言人體態不同，而各有風致。詩文常借以比喻各種藝術作品流派、風格、樣式各有所長，皆擅其美。宋蘇軾分類東坡詩九孫莘老求墨妙亭詩："杜陵評書貴瘦硬，此論未公吾不憑。短長肥瘦各有態，玉環飛燕誰敢憎。"

璨 càn 蒼案切，去，翰韻，清。ㄘㄢˋ

明亮。唐王建詩二白紵歌之一："天河漫漫北斗璨，宮中烏啼知夜半。"璨，本作"粲"。

【璨璨】光明貌。唐白居易長慶集二一黑龍飲渭賦："爾乃降長川，俯高岸，氣默默以黯黯，光璨璨而爛爛。"

璦 ài 烏代切，去，代韻，影。ㄞˋ

美玉。見玉篇。

【璦琿】地名。在黑龍江省。隋黑水靺鞨地，唐屬黑水府。明爲索倫、達呼哩二部所居，設都司統領。清康熙二十三年，修築城池。光緒三十四年，設璦琿直隸廳。公元1913年改縣。1956年，改爲愛輝縣。參閱嘉慶一統志七一黑龍江、清續文獻通考三〇八輿地四璦琿直隸廳。

璵 yú 以諸切，平，魚韻，喻。ㄩˊ

見下。

【璵璠】美玉名。左傳定五年："季平子行東野，還，未至，丙申，卒于房。陽虎將以璵璠斂，仲梁懷弗與。"注："璵璠，美玉，君所佩。"也比喻美好的人物。文選三國魏曹子建(植)贈徐幹詩："亮懷璵璠美，積久德逾宣。"唐杜甫杜工部草堂詩箋二九貽華陽柳少府："吾衰卧江漢，但愧識璵璠。"

【璵璧】美玉。藝文類聚十九三國魏王粲反金人贊："一言之賜，過乎璵璧。"

十四畫

璸 1. pián 集韻 蒲眠切，平，先韻。ㄆㄧㄢˊ

㊀珠名。也作"玭"、"琕"、"蠙"、"玢"。見玉篇、集韻。唐王勃王子安集十五益州德陽縣善寂寺碑："若夫玉繩高曜，分寶曆於皇階；金榜洞開，道璸暉於帝幄。"

2. bīn 集韻 悲巾切，平，真韻。ㄅㄧㄣ

㊁見"璸$_2$斒"。

【璸$_2$斒】玉的紋理。史記一一七司馬相如傳上林賦："瑉玉旁唐，璸斒文鱗。"漢書、文選都作"玢豳"。

瓋 zhè 字彙補 梯激切，音摘，入聲。ㄓㄜˋ

玉的斑點。見"瑕適"。

瓀 ruǎn 集韻 而宣切，平，仙韻。ㄖㄨㄢˇ

似玉的美石。山海經中山經："(扶豬山)其上多瓀石。"晉郭璞注作"碝石"。參見"瑌"。

【瓀玟】似玉的美石。禮玉藻："世子佩瑜玉而綦組綬，士佩瓀玟而緼組綬。"疏："瓀玟，石次玉者，賤，故士佩之。"

【瓀珉】同"瓀玟"。珉、玟音義同。文選漢張平子(衡)西京賦："珊瑚琳碧，瓀珉璘彬。"參見"瓀玟"。

璂 qí 渠之切，平，之韻，羣。ㄑㄧˊ

皮弁中縫合處的玉飾。同"璂"。見說文。參見"璂"。

瓁 huò 五郭切，入，鐸韻，疑。ㄏㄨㄛˋ

㊀玉璞。見集韻。㊁水名。管子輕重丁："決瓁洛之水，通之杭莊之間。"

璽 xǐ 斯氏切，上，紙韻，心。ㄒㄧˇ

㊀印章。也作"壐"。古者尊卑通用。秦漢以後，惟皇帝印稱璽。參閱宋書禮志五、文獻通考一一五王禮十圭璧符節璽印。㊁姓。明有璽書。見續通志八七氏族七補遺。

【璽書】古時用印章封記的文書。左傳襄二九年："公還及方城，季武子取卞，使公冶逆，璽書追而與之。"注："璽書，印封書也。"樂府詩集三二南朝梁蕭綱(簡文帝)從軍行之一："將軍號令密，天子璽書催。"參見"璽㊀"。

【璽喚】傳說中的古國名。山海經海內東經："國在流沙中者埻端、璽喚，在崑崙墟東南。"注："(璽喚)或作繭暎。"

【璽節】古時准許通商的憑證。上有印章，故名。周禮地官司市："凡通貨賄，以璽節出入之。"注："璽節，印章，如今斗檢封矣。使人執之以通商。"

【璽綬】古代印璽上繫有彩色組綬，稱璽綬。用以指印璽。漢書宣帝紀："已而羣臣奉上璽綬，即皇帝位，謁高廟。"三國志蜀先主穆皇后傳章武元年策："今以后爲皇后，遣使持節丞相亮授璽綬。"參見"璽㊀"。

璿 xuán 似宣切，平，仙韻，邪。ㄒㄩㄢˊ

美玉。同"璇"、"琁"、"旋"。太平御覽八〇四逸論語："璿、瑾、瑜，美玉也。"

【璿宮】見"璇宮"。

【璿極】言至尊無上。宋書東平王子嗣傳所生母景寧園昭容上表："故東平沖王休倩託亥璿極，岐嶷夙表，降年弗永，遺胤莫傳。"

【璿萼】謂皇族。晉書庾亮傳史臣曰："璿萼見誅，物議稱其拔本；牙尺垂訓，帝念深於負芒。"亮爲中書令，以南頓王司馬羕及羕兄宗謀廢執政，亮殺羕而廢宗。

【璿瑰】玉名。穆天子傳四："重𨘴氏之所守曰枝斯璿瑰、瑶瑤琅玕。"注："璿瑰，玉名。"文選晉郭景純(璞)江賦："瑲珋璿瑰，水碧潛琘。"

【璿臺】飾以美玉的臺。竹書紀年上："諸侯從帝，歸於冀都，大饗諸侯于璿臺。"文選南齊王元長(融)三月三日曲水詩序："至如夏后兩龍，載驅璿臺之上。"注："易歸藏曰：'昔者夏后啓筮享神於晉之墟，作爲璿臺於水之陽。'"

【璿圖】朝廷的版圖。用以比喻國家。南朝梁江淹江文通集七蕭驃騎慶平賊表："賴皇威遐制，璿圖廣馭，四海競順，其會如林。"

【璿璣玉衡】㊀以玉爲飾的天體觀測儀器，即渾儀的前身。書舜典："在璿璣玉衡，以齊七政。"疏："說文云：璿，美玉也。玉是大名，璿是玉之別稱。璣衡俱以玉飾。……璣衡者，璣爲轉運，衡爲橫簫，運璣使動於下，以衡望之，是王者正天文之器。漢世以來謂之渾天儀者是也。"㊁北斗七星。史記天官書："北斗七星，所謂'旋璣玉衡，以齊七政。'"索隱："春秋運斗樞云：'斗，第一天樞，第二旋，第三璣，第四權，第五衡，第六開陽，第七搖光。第一至第四爲魁，第五至第七爲標，合而爲斗。'文耀鉤云：'斗者，天之喉舌，玉衡屬杓，魁爲琁璣。'"按琁、旋、璇，同"璿"。

十五畫

瓄 dù 徒谷切，入，屋韻，定。ㄉㄨˊ

玉名。晉書輿服志："(九嬪)銀印青綬，佩采瓄玉。"一說圭名。見廣韻。

瓃 léi 力追切，平，脂韻，來。ㄌㄟˊ 魯回切，平，灰韻，來。

玉器。同"櫑"、"罍"。詩周南卷耳"我姑酌彼金罍"疏引韓詩說："天子以玉，諸侯大夫皆以金，士以梓。"故字或从玉，或从木。

瓈 lí 郎溪切,平,齊韻,來。
ㄌㄧˊ
也作"瓅"、"璃"。見"玻璃"。

瓊 qióng 渠營切,平,清韻,羣。
ㄑㄩㄥˊ
㊀美玉。詩衛風木瓜:"投我以木瓜,報之以瓊琚。"參閱清黃生字詁瓊。㊁比喻美好的事物。如"瓊漿"、"瓊筵"。㊂博具。如後世的骰子。列子說符"擊博樓上"注引古博經:"其擲采以瓊爲之,瓊畟方寸三分,長寸五分,銳其頭,鑽刻瓊四面爲眼,亦名爲齒,二人互擲采行碁。"宋范成大石湖集二三上元紀吳中節物俳諧體之一:"酒壚先疊鼓,燈市早投瓊。"㊃用爲丹藥的材料。雲笈七籤十二黃庭内景經肝氣:"唯待九轉八瓊丹。"注:"八瓊,丹砂、雄黃、雌黃、空青、硫黃、雲母、戎鹽、消石等物是也。"

【瓊山】㊀指崑崙山。文選晉張景陽(協)七命:"大梁之黍,瓊山之禾。"注:"瓊山禾,即崑崙之山木禾。"參見"崑崙㊀1"。㊁縣名。屬廣東省海南島。唐置,以界内有瓊山而名,屬崖州,貞觀中爲瓊州府治。故城在今縣南,宋徙今治。明清因之。參閱嘉慶一統志四五二瓊州府一。㊂山名。在今廣東瓊山縣南,有瓊山白玉二村,土石皆白,似玉而潤,故名。參閱嘉慶一統志四五二瓊州府一山川。

【瓊户】玉飾的門户。形容居室之美。唐宋之問集上明河篇詩:"複道連甍共蔽虧,畫堂瓊户特相宜。"

【瓊玉】㊀美玉。左傳僖二八年:"死而利國,猶或爲之,况瓊玉乎。"㊁比喻美好的人才或詩文。文選晉潘正叔(尼)贈侍御史王元貺詩:"崑山積瓊玉,廣廈構衆材。"唐呂延濟注:"瓊玉、衆材,以喻羣賢合成於國也。"唐元稹長慶集十二獻滎陽公五十韻詩:"句句推瓊玉,聲聲播管弦。"

【瓊田】㊀猶言玉田。舊題漢東方朔十洲記:"東海祖洲上有不死之草,生瓊田中。"用以形容肥沃的田地。宋朱熹朱文公集六公濟惠山蔬四種……芹詩:"瓊田何日種,玉本一時生。"㊁雪蓋的田地。宋夏竦文莊集三六雪後贈雪苑師詩:"玉界瓊田萬頃平,一年光景一番新。"

【瓊州】地名。唐貞觀五年置瓊州。宋仍舊,徙治所於今廣東海南島瓊山縣南。元天歷二年改爲乾寧軍民安撫司,明改爲瓊州府,清因之。參閱讀史方輿紀要一〇五瓊州府、嘉慶一統志四五二瓊州府一。

【瓊舟】玉酒杯。宋蘇軾分類東坡詩十四玉盤盂之二:"但持白酒勸佳客,直待瓊舟覆玉彝。"

【瓊玖】玉名。詩衛風木瓜:"投我以木李,報之以瓊玖。"傳:"瓊、玖,玉名。"用以比喻詩文或物品。唐張九齡曲江集二與袁補闕尋蔡拾遺會此公出行後蔡有五韻詩見贈以此篇答焉詩:"贈我如瓊玖,將何報所親。"宋梅堯臣宛陵集五八次韻和王尚書答贈花木瓜十韻:"投此瓊玖報,蓋重車馬飾。"

【瓊花】花木名。葉柔而瑩澤,花色微黃而有香。舊揚州后土祠有瓊花一株,相傳爲唐人所植,宋淳熙以後,多聚八仙(八仙花)接木移植,爲稀有珍異植物。古以洛陽揚州所產最佳。唐李白李太白詩五秦女休行:"西門秦氏女,秀色如瓊花。"參閱宋李格非洛陽名園記、元周密齊東野語十七瓊花、嘉慶一統志九七揚州府二古蹟無雙亭。

【瓊枝】㊀玉樹之枝。楚辭屈原離騷:"溘吾遊此春宮兮,折瓊枝以繼佩。"㊁比喻美好的人物。唐李商隱李義山詩集四送千牛李將軍赴闕五十韻:"照席瓊枝秀,當年紫綬榮。"

【瓊林】㊀形容披雪之樹林枝條美觀如玉。唐劉禹錫劉夢得集外集四和樂天洛下雪中宴集寄汴州李尚書詩:"遥想兔園今日會,瓊林滿眼映旂竿。"㊁庫名。唐德宗(李适)在奉天行在夾廡置瓊林、大盈二庫,別藏貢物。見新唐書一五七陸贄傳。唐白居易長慶集二重賦詩:"進入瓊林庫,歲久化爲塵。"㊂苑名。詳"瓊林苑"。

【瓊杯】玉杯。舊唐書一九〇楊炯傳:"(張)說曰:'韓休之文,如太羹旨酒,雅有典則,而薄於滋味。……王翰之文,如瓊杯玉斝,雖爛然可珍,而多玷缺。'"

【瓊室】玉飾之室。竹書紀年上:"(殷帝辛)九年,王師伐有蘇,獲妲己以歸。作瓊室,立玉門。"文選漢張平子(衡)東京賦:"固不如夏癸之瑶臺,殷辛之瓊室也。"

【瓊音】美好之聲。廣弘明集二十南朝梁蕭綱(簡文帝)玄圃園講頌:"朱堂玉砌,碧水銀沙;鳥頡頏於瓊音,樹葳蕤於妙葉。"也用以形容詩文之美。唐孟郊孟東野集六上包祭酒詩:"瓊音獨聽時,塵韻固不同。"

【瓊姿】瑰麗的容態。宋梅堯臣宛陵集十依韻和叔治晚春梅花詩:"常是臘前混雪色,却驚春半見瓊姿。"晁補之琴趣外篇二行香子梅詞:"雪裏清香,月下疎枝,更無花比並瓊姿。"

【瓊茅】靈草。古時用以占卜。文選屈平(原)離騷:"索瓊茅以筳篿兮,命靈氛爲余占之。"用靈草編結筳竹以占卜爲篿。楚辭本作"藑茅"。

【瓊英】㊀似玉的美石。詩齊風著:"俟我於堂乎而,充耳以黃乎而,尚之以瓊英乎而。"㊁比喻似玉色之物。1.雪。全唐詩五一三裴夷直和周侍御洛城雪:"天街飛轡踏瓊英,四顧全疑在玉京。"2.梅花。全唐文二〇七宋璟梅花賦:"若夫瓊英綴雪,绛萼著霜,儼如傅粉,是謂何郎。"㊂說文以瓊爲赤玉。因以比喻開紅花的花木。唐柳宗元柳先生集四三新植海石榴詩:"糞壤擢珠樹,莓苔插瓊英。"指石榴花。

【瓊柯】披雪的樹枝。樂府詩集四四子夜四時歌冬歌之七:"連山結玉巖,修庭振瓊柯。"也指秀麗的樹枝。唐韋應物韋江州集八題桐葉詩:"參差剪綠綺,瀟灑覆瓊柯。"

【瓊珠】㊀玉珠。南朝梁劉勰文心雕龍八事類贊:"文梓共採,瓊珠交贈。"㊁荔枝,圓眼乾果。宋陳達叟本心齋疏食譜:"瓊珠,圓眼乾荔也。"

【瓊畟】骰子。清厲荃事物異名録二六庶物異名疏:"古博經曰:'擲采以瓊畟。'按瓊畟,今之骰子也。"

【瓊姬】相傳爲戰國吳王夫差女名。明高啓有爲夫差女瓊姬墓所作詞。見高太史鳧藻集附扣舷集眉撫。又高迪徐賁鎦炳等皆有瓊姬墓詩。見明詩紀事十七鎦炳。

【瓊液】喻甘美的汁液。晉郭璞郭弘農集蜜蜂賦:"吮瓊液於懸峰,吸赮津乎晨景。"唐白居易長慶集十九與沈楊二舍人閣老同食勅賜櫻桃……十四韻詩:"瓊液酸甜足,金丸大小勻。"

【瓊章】喻美好的詩文。唐宋之問集下奉和春日玩雪應制詩:"瓊章定少千人和,銀樹長芳六出花。"

【瓊粒】謂米粒貴如珠玉。北齊劉晝劉子二貴農:"如值水旱之歲,瓊粒之年,則璧不可以禦寒,珠未可以充飢也。"

【瓊珶】美玉。文選三國魏曹子建(植)洛神賦:"抗瓊珶以和予兮,指潛淵以爲期。"注:"珶,玉也。"珶,也作"睇"。文苑英華七九唐盧肇湖南觀雙柘枝舞賦:"將匂玉顔,若抗瓊睇。"

【瓊琚】華美的佩玉。詩衛風木瓜:"投我以木瓜,報之以瓊琚。"傳:"瓊,玉之美者。琚，佩玉名。”比喻爲華美的詩文。唐韓愈昌黎集二三祭柳子厚文：“玉佩瓊琚，大放厥辭。”

【瓊華】㊀有光華的美石。詩齊風著：“俟我於著乎而，充耳以素乎而，尚之以瓊華乎而。”舊題漢東方朔十洲記崑崙：“碧玉之堂，瓊華之室。”㊁仙境中瓊樹之花。華，同“花”。漢書五七下司馬相如傳大人賦：“呼吸沆瀣兮餐朝霞，咀噍芝英兮嘰瓊華。”

【瓊鈎】未圓時的月。北周庾信庾子山集一燈賦：“瓊鈎半上，若木全低。”

【瓊腴】漿液的美稱。宋梅堯臣宛陵集一尹子漸歸華產茯苓若人形者賦以贈行詩：“外凝石稜紫，內蘊瓊腴白。”又侯寘嬾窟詞瑞鶴仙爲劉信叔太尉壽：“遙想薌菲龜暖，翠擁屏深，曉風傳樂，瓊腴緩酌。”此指美酒。

【瓊源】比喻帝王宗室的分支。隋書音樂志上皇曾祖太常府君神室奏凱容舞辭：“恭惟載德，瓊源方闡。”

【瓊葩】如玉之花。文苑英華五六三唐常袞中書門下賀芝草表文：“垂以金蓋，發其瓊葩，爛然紫雲之色，灼然紅蘂之秀。”唐徐夤釣磯文集七追和白舍人詠白牡丹詩：“蓓蕾抽開素練囊，瓊葩薰出白龍香。”

【瓊筵】喻珍美的筵席。文選南齊謝玄暉(朓)始出尚書省詩：“既通金閨籍，復酌瓊筵醴。”注：“(晉)袁宏夜酣賦曰：開金扉，坐瓊筵。”

【瓊瑰】㊀美石，珠玉。詩秦風渭陽：“何以贈之，瓊瑰玉佩。”傳：“瓊瑰，石而次玉。”左傳成十七年：“聲伯夢涉洹，或與己瓊瑰，食之，泣而爲瓊瑰，盈其懷。”注：“瓊，玉。瑰，珠也。”也作“瓊瓌”。瓌，同“瑰”。文苑英華一七九南朝梁簡文帝(蕭綱)侍遊新亭應令：“顧慚碔砆質，何以儷瓊瓌。”㊁比喻美好的詩文。唐高適高常侍集四酬裴員外以詩代書詩：“那能訪遐僻，還復寄瓊瑰。”

【瓊瑤】㊀美玉或美石。詩衛風木瓜：“投我以木桃，報之以瓊瑤。”傳：“瓊瑤，美玉。”釋文：“瑤音遙，說文云美石。”比喻似玉色之物。唐白居易長慶集五四西樓喜雪命宴詩：“四郊鋪素縞，萬室甃瓊瑤。”指白雪。㊁對別人酬答的禮品或投贈詩文、書信的美稱。文選南朝梁江文通(淹)雜體詩謝法曹贈別：“煙景若離遠，末響寄瓊瑤。”注：“瓊瑤，謂玉音也。”唐劉禹錫劉夢得集外集三酬太原令狐相公見寄詩：“書信來天外，瓊瑤滿匣中。”

【瓊臺】㊀夏帝癸的玉臺。也泛指華美的樓臺。北魏崔鴻十六國春秋後趙錄石勒續咸諫：“追夏商之瓊臺、瑤陛，楚章華，秦阿房，資財內竭，華夷外叛。”㊁山峯名。在今浙江天台縣天台山西北。旁有雙闕山，兩峯萬仞，屹然相向。文選晉孫興公(綽)遊天台山賦：“雙闕雲竦以夾路，瓊臺中天而懸居。”參閱讀史方輿紀要九二台州府。

【瓊瑩】似玉之石。詩齊風著：“俟我於庭乎而，充耳以青乎而，尚之以瓊瑩乎而。”

【瓊漿】喻美酒。楚辭宋玉招魂：“華酌既陳，有瓊漿些。”唐杜甫杜工部草堂詩箋三十寄韓諫議：“星宮之君醉瓊漿，羽人稀少不在傍。”

【瓊樹】㊀傳說中的樹名。漢書五七下司馬相如傳大人賦“咀噍芝英兮嘰瓊華”注引三國魏張揖：“瓊樹生崑崙西流沙濱，大三百圍，高萬仞。”㊁樹的美稱。文選南朝宋謝惠連雪賦：“庭列瑤階，林挺瓊樹。”㊂比喻美好的人品。世說新語賞譽：“王戎云：‘太尉(王衍)神姿高徹，如瑤林瓊樹，自然是風塵外物。’”唐李白李太白詩十四三山望金陵寄殷淑：“耿耿憶瓊樹，天涯寄一顏。”

【瓊館】謂道觀、仙宮。宋蘇軾分類東坡詩三洞霄宮詩：“上帝高居愍世頑，故留瓊館在凡間。”又十次韻張十七九日贈子由：“逍遥瓊館真堪羨，取次塵纓未可縻。”

【瓊蘂】㊀古代傳說中瓊樹的花蕊。似玉屑。漢書五七下司馬相如傳大人賦“咀噍芝英兮嘰瓊華”注引三國魏張揖：“瓊樹……高萬仞。華，蘂也，食之長生。”文選漢張平子(衡)西京賦：“屑瓊蘂以朝飧，必性命之可度。”注：“三輔故事曰：‘武帝作銅露盤，承天露，和玉屑飲之，欲以求仙。’楚辭曰：‘屑瓊蘂以爲糧。’”按今楚辭離騷作“精瓊靡以爲粻”。㊁喻珍美之花。文選晉陸士衡(機)擬古詩之四擬涉江采芙蓉：“上山采瓊蘂，穹谷饒芳蘭。”

【瓊蘇】美酒名。北堂書鈔一四八南岳夫人傳：“王子喬等並降，夫人設瓊蘇酒。”唐李商隱李義山詩集五隋宮守歲：“沉香夾煎爲庭燎，玉液瓊蘇作壽杯。”

【瓊靡】玉屑。楚辭屈原離騷：“折瓊枝以爲羞兮，精瓊靡以爲粻。”注：“靡，屑也。”

【瓊林苑】苑名。宋乾德二年置，在開封新鄭門外，與金明池南北相對，爲皇帝賜宴新科進士之處。故址在今河南開封縣城西。參閱宋孟元老東京夢華錄七、周城宋東京考十一、嘉慶一統志一五〇開封府二古蹟。

【瓊林宴】皇帝賜新科進士的宴會。宋初，太宗太平興國二年賜宴新科進士於瓊林苑，因有瓊林宴之名。宋吳文英夢窗詞絳都春：“花底天寬春無限，仙郎驕馬瓊林宴。”明清賜宴新科進士亦沿此稱。參閱宋史選舉志一。

【瓊花觀】寺觀名。故址在今江蘇江都縣城外。漢成帝元延二年建，因產瓊花，故名。唐改稱唐昌，宋改蕃釐院。明高啓高太史集十二逢李止冰道人詩：“后土瓊花觀，仙人黃鶴樓。”參閱嘉慶一統志九七江蘇揚州府二寺觀。

【瓊華島】在今北京北海公園內。也稱瓊島。本爲金元遺址。清順治八年建白塔，又名白塔山。燕京八景中有“瓊島春雲”或“瓊島春陰”即指此。參閱明一統志一苑囿、清孫承澤天府廣記三七名蹟。

【瓊枝玉葉】舊時對皇室子孫的頌稱。與“金枝玉葉”同。文苑英華五五七唐蕭穎士爲揚州李長史賀立皇太子表：“況瓊枝挺秀，玉葉資神，允釐監撫，儀形雅頌。”參見“金枝玉葉”。

【瓊廚金穴】喻奢侈豪富之家。舊題晉王嘉拾遺記六後漢：“郭況，光武皇后之弟也。累金數億，家僮四百餘人，以黃金爲器，……里語曰：‘洛陽多錢郭氏室，夜月晝星富無匹。’其寵者皆以玉器盛食。故東京謂郭家爲瓊廚金穴。”

【瓊樓玉宇】形容瑰麗堂皇的建築物。常用以指仙界樓臺或月中宮殿。宋蘇軾東坡詞水調歌頭中秋：“我欲乘風歸去，又恐瓊樓玉宇，高處不勝寒。”

瓆 zhì 集韻職日切，入，質韻。ㄓˋ

人名用字。東漢有劉瓆。見後漢書三十下襄楷傳。

瓅 lì 郎擊切，入，錫韻，來。ㄌㄧˋ

珠光。見“玓瓅”。

璺 wèn 亡運切，去，問韻，明。ㄨㄣˋ

器皿的裂紋。同“璺”。方言六：“器破而未離謂之璺。”周禮春官大卜“一曰玉兆，二曰瓦兆”漢鄭玄注：“兆者，灼龜發於火，其形可占者，其象似玉、瓦原之璺鏬。”釋文謂璺，依字作“璺”。參閱唐釋慧琳一切經音義六十毘奈耶律七璺裂。

十六畫

瓏 lóng ㄌㄨㄥˊ 盧紅切,平,東韻,來。

㊀古人祈雨所用的玉,上刻龍文。說文:"禱旱玉,龍文。"㊁見"玲瓏"。

【瓏玲】玉聲。同"玲瓏"。漢書八七上揚雄傳甘泉賦:"前殿崔巍兮,和氏瓏玲。"文選作"玲瓏"。玲與瓏一聲之轉。參閱清王念孫廣雅疏證釋詁。

【瓏瓏】㊀乾燥貌。唐韓愈昌黎集七感春詩之一:"亹亹新葉大,瓏瓏晚花乾。"㊁明美貌。宋梅堯臣宛陵集十七楊公蘊之華亭宰詩:"官旁種玉桂,柯葉垂瓏瓏。"

瓌 guī ㄍㄨㄟ 公回切,平,灰韻,見。

同"瑰"。參見"瑰"字各條。

【瓌材】珍奇的棟梁材。文選漢班孟堅(固)西都賦:"因瓌材而究奇,抗應龍之虹梁。"也作"瓌才"。借喻傑出的人才。

【瓌奇】奇異,珍奇。文選晉左太沖(思)吳都賦:"雕題之士,鏤身之卒……相與昧潛險,搜瓌奇。"唐韓愈昌黎集四鄭羣贈簟詩:"蘄州笛竹天下知,鄭君所寶尤瓌奇。"

【瓌姿】豔麗的姿容。文選戰國楚宋玉神女賦:"瓌姿瑋態,不可勝贊。"又三國魏曹子建(植)洛神賦:"瓌姿豔逸,儀靜體閑。"

【瓌貨】珍奇的物品。文選漢張平子(衡)西京賦:"瓌貨方至,鳥集鱗萃。"新唐書一四六李栖筠傳:"始,(徐)浩罷嶺南節度使,以瓌貨數十萬餉(元)載。"

【瓌偉】魁異。同"瓌瑋"。後漢書八十下邊讓傳蔡邕薦讓書:"若復隨輩而進,非所以章瓌偉之高價,昭知人之絶明也。"北齊書盧潛傳:"潛容貌瓌偉,善言談,少有成人志尚。"

【瓌富】珍奇富麗。文選晉孫興公(綽)遊天台山賦序:"夫其峻極之狀,嘉祥之美,窮山海之瓌富,盡人神之壯麗矣。"

【瓌傑】奇偉。三國志魏袁紹傳"吾不用田豐言"注引先賢行狀:"(豐)天姿瓌傑,權略多計。"晉書阮籍傳:"籍容貌瓌傑,志氣宏放,傲然獨得,任性不羈,而喜怒不形於色。"

【瓌瑋】宏偉。莊子天下:"其書雖瓌瑋而連犿,無傷也。"疏:"瓌瑋,宏壯也。"釋文:"瓌瑋,奇特也。"文選三國魏何平叔(晏)景福殿賦:"羌瓌瑋以壯麗,紛彧彧其難分。"

【瓌譎】宏偉詭異。文選漢王文考(延壽)魯靈光殿賦:"邈希世而特出,羌瓌譎而鴻紛。"唐劉良注:"瓌奇譎異,鴻大紛多也,言奇異之狀大而多也。"

【瓌寶】稀世的珍品。文選晉左太沖(思)吳都賦:"窺東山之府,則瓌寶溢目;覵海陵之倉,則紅粟流行。"

十七畫

瓖 xiāng ㄒㄧㄤ 息良切,平,陽韻,心。

㊀馬帶飾。文選漢張平子(衡)東京賦:"方釳左纛,鉤膺玉瓖。"三國魏薛綜注:"瓖,馬帶玦以玉飾也。"㊁通"鑲"。婦女釵釧加飾,俗謂之瓖嵌。或用金,或用玉。見正字通。今俗作"鑲"。

瓕 xiè ㄒㄧㄝˋ 蘇協切,入,怗韻,心。

玉石。見說文。後多作人名用字。

瓓 làn ㄌㄢˋ 集韻 郎旰切,去,換韻。

㊀玉的色采。見集韻。㊁見"瓓玕"。

【瓓玕】玉色的美石。藝文類聚三南朝宋鮑照冬至詩:"長河結瓓玕,層冰如玉岸。"

瓔 yīng ㄧㄥ 於盈切,平,清韻,影。

㊀似玉之石。見玉篇。㊁見"瓔珞"。

【瓔珠】玉珠。後漢書八五東夷傳:"(馬韓人)不貴金寶錦罽,……唯重瓔珠,以綴衣爲飾,及縣頸垂耳。"

【瓔珞】串珠玉而成的裝飾物。多用爲頸飾。同"纓絡"。妙法蓮華經藥草喻品:"各起塔廟高千由旬,縱廣正等五百由旬。皆以金、銀、琉璃、車渠、馬瑙、真珠、玫瑰七寶合成衆華、瓔珞、塗香、末香、燒香、繒蓋、幢幡。"南史林邑國傳:"其王者著法服,加瓔珞,如佛像之飾。"

【瓔珞篆】篆書的一體。東漢劉德升創。傳說德升夜觀星宿,擬作此體。見佩文齋書畫譜二二書家傳。

【瓔珞藤】植物名。宋陶穀清異錄草:"終南山出瓔珞藤,軟碧可愛,葉甚小,有子纍纍然纏固其上,真似瓔珞。"(說郛六一)

十八畫

瓘 guàn ㄍㄨㄢˋ 古玩切,去,换韻,見。

玉名。即珪。左傳昭十七年:"若我用瓘、斝、玉瓚,鄭必不火。"注:"瓘,珪也;斝,玉爵也;瓚,勺也;欲以禳火。"

十九畫

瓚 zàn ㄗㄢˋ 藏旱切,上,旱韻,從。

古禮器。裸祭所用盛灌鬯酒之勺。有鼻口,鬯酒從中流出。以圭爲柄稱圭瓚,以璋爲柄稱璋瓚,統名玉瓚。詩大雅旱麓:"瑟彼玉瓚,黄流在中。"參閱清朱駿聲說文通訓定聲"瓚"。

二十畫

瓛 huán ㄏㄨㄢˊ 胡官切,平,桓韻,匣。

同"桓圭"之"桓"。說文:"瓛,桓圭,公所執。从玉,獻聲。"參見"桓珪"。

瓜部

瓜 guā ㄍㄨㄚ 古華切,平,麻韻,見。

蔓生植物,種類很多,一般以所結之實爲名。有蔬瓜、果瓜之分。詩豳風七月:"七月食瓜。"指蔬瓜。禮曲禮上:"爲天子削瓜者,副之,巾以絺。"指果瓜。

【瓜分】比喻象剖瓜一様分割國土或劃分疆界。戰國策趙三:"天下將因秦之怒,乘趙之敝而瓜分之。"注:"分其地如破瓜然。"漢書四八賈誼傳:"高皇帝瓜分天下,以王功臣。"

【瓜田】㊀種瓜的田。晉陶潛陶淵明集三飲酒詩之一:"邵生瓜田中,寧似東陵時。"參見"瓜田李下"。㊁複姓。漢時有瓜田儀。見漢書九九下王莽傳。

【瓜代】左傳莊八年:"齊侯使連稱管至父戍葵丘,瓜時而往。曰:'及瓜而代。'"指瓜熟時赴戍,到來年瓜熟時派人接替。後因稱任職期滿,由別人接任爲"瓜代"。宋詩鈔劉宰漫塘詩鈔分韻送王去非之官山陰:"坐看積薪上,笑謝及瓜代。"

【瓜州】地名。1. 古西戎地。今甘肅敦煌縣。左傳襄十四年:"昔秦人迫逐乃祖吾離於瓜州。"又昭九年:"故允姓之姦,居於瓜州。"注:"瓜州,今敦煌。"2. 江蘇邗江縣南的瓜洲鎮也稱瓜州。在運河入長江處。見"瓜洲"。

【瓜戍】春秋齊襄公使連稱、管至父戍葵丘,瓜時而往,約以瓜熟而代。事見左傳莊八年。後因以瓜戍稱武官出外駐守。明鄭潛樗庵類稾二長蘆卧病簡樞密院掾陳子恭詩:"海口雲航浪接天,故人瓜戍動經年。"

【瓜李】"瓜田李下"的略語,文苑英華八四〇唐楊伯成駮太師燕國公張説謚議:"行虧半古,防闕周身;未免瓜李之嫌,而喧衆多之口。"白居易長慶集二雜感詩:"嫌疑遠瓜李,言動慎毫芒。"參見"瓜田李下"。

【瓜步】鎮名。在江蘇六合縣東南。南臨大江。水際謂之步,相傳吴人賣瓜於江畔,因以爲名。南北朝時爲兵家必争之地。北魏拓跋燾(太武帝)南征劉宋,兵至瓜步,卽此。其西有瓜步山,亦名桃葉山。參閱舊題梁任昉述異記下、清顧炎武日知録三一江乘。

【瓜洲】在江蘇邗江縣南,大運河入長江處。與鎮江市相對。又稱瓜埠洲,亦作瓜州。本爲江中沙洲,沙漸長,狀如瓜字,故名。宋陸游劍南詩稿十七書憤:"樓船夜雪瓜洲渡,鐵馬秋風大散關。"卽此瓜洲。參閱寰宇通志十九揚州府、清顧炎武日知録三一江乘。

【瓜衍】古地名。左傳宣十五年:"晉侯賞桓子狄臣千室,亦賞士伯以瓜衍之縣。"後因以瓜衍之賞稱論功行賞。宋書謝方明傳:"從兄景仁舉爲高祖(劉裕)中兵主簿,方明事思忠益,知無不爲,高祖謂之曰:'愧未有瓜衍之賞,且當與卿共豫章國禄。'"

【瓜剖】分割。同"瓜分"。唐白居易長慶集二一漢高皇帝親斬白蛇賦:"於時瓜剖區宇,蜂起英豪。"

【瓜時】瓜熟之時。史記齊世家:"瓜時而往,及瓜而代。"集解:"服虔曰:'瓜時,七月;及瓜,謂後年瓜時。'"後也謂任職期滿、等待移交的時日爲瓜時。參見"瓜代"。

【瓜瓞】瓜一代接一代生長,比喻子孫繁盛。詩大雅緜:"緜緜瓜瓞,民之初生,自土沮漆。"疏:"大者曰瓜,小者曰瓞;而瓜蔓近本之瓜必小於先歲之大瓜,以其小如瓞,故謂之瓞。"文選南朝宋傅季友(亮)爲宋公修楚元王墓教:"況瓜瓞所興,開源自本者乎?"

【瓜祭】指瓜熟時,以瓜祭祖,示不忘本。論語鄉黨:"雖蔬食,菜羹、瓜祭,必齊如也。"禮玉藻:"瓜祭上環。"疏:"瓜祭上環者,食瓜亦祭先也。"參閱明錢希言戲瑕二瓜祭上環。

【瓜犀】瓜子。文選南朝宋謝惠連祭古冢文:"庶傳餘節,瓜表遺犀。"注:"犀,瓜瓣也。"本草綱目二八菜三冬瓜:"其子謂之瓜犀,在瓤中成列,霜後取之,其肉可煮爲茹,可蜜爲果,其子仁亦可食。"

【瓜期】謂任滿更代之期,猶瓜代。宋陳造志喜賦:"揆歸塗之此由,矧瓜期之匪遥。"(歷代賦匯外集人事)參見"瓜代"。

【瓜飲】指用瓜汁代酒。南齊書竟陵文宣王子良傳:"善立勝事,夏月客至,爲設瓜飲及甘果,著之文教。"

【瓜葛】瓜和葛都是蔓生植物,比喻互相牽連。多指親戚而言。漢蔡邕獨斷下:"四姓小侯,諸侯家婦,凡與先帝先后有瓜葛者……皆會。"世説新語排調:"王長豫(悦)幼便和令,丞相(王導)愛恣甚篤。每共圍棋,丞相欲舉行,長豫按指不聽,丞相笑曰:'詎得爾?相與似有瓜葛。'"

【瓜緜】喻子孫衆盛。詩大雅緜:"緜緜瓜瓞,民之初生。"元耶律楚材湛然居士集一和冀先生韻詩:"宗親成蔕固,國祚等瓜綿。"綿,同"緜"。

【瓜潤】謂瓜得灌溉而豐美。戰國時,梁大夫宋就爲邊縣令,與楚鄰界。梁亭及楚亭皆種瓜,梁亭勤灌溉,瓜美。楚亭懶灌溉,瓜惡。楚人怒,夜往梁亭竊瓜。梁人謀報復,宋就不許,命人於夜間爲楚亭代灌,楚亭之瓜日益豐美。楚王聞之,因請交於梁王。事見漢賈誼新書七退讓。後用瓜潤作以德報怨、消除仇隙之典。晉書羊祜傳論:"桑枝不競,瓜潤空慚。垂大信於南服,傾吴人於漢渚。"

【瓜蔓】瓜蔓生,因以瓜蔓比況曲折糾結。宋蘇軾分類東坡詩十陳州與文郎逸民飲别攜手河堤上作此詩:"春風料峭羊角轉,河水渺綿瓜蔓流。"

【瓜蔞】蔓草名。也稱栝蔞。唐韓愈昌黎集八城南聯句"紅皺曬簷瓦,黄團繫門衡"宋洪興祖注:"黄團,瓜蔞也,一曰天瓜。"

【瓜練】瓜的綿瓤。本草綱目二八菜三冬瓜:"其皮堅厚,其肉肥白,其瓤謂之瓜練,白虚如絮,可以浣練衣服。"

【瓜戰】猜瓜子的遊戲。宋陶穀清異録百果:"錢氏子弟逃暑,取一瓜,各言子之的數,言定剖觀,負者張宴,謂之瓜戰。"(説郛六一)

【瓜子金】㊀砂金之一種。形如瓜子。宋司馬光涑水紀聞三:"時兩浙王錢俶方遣使致書及海物十瓶于韓王(趙普),置左右廡下。會車駕至,……卽命啟之,皆滿貯瓜子金也。"參閱元周密癸辛雜識續集下金紫銀青。㊁植物名。生於山石上,蔓細,莖葉如瓜子稍長,背有黄點,入藥,治風損。參閱清吴其濬植物名實圖考十六瓜子金。

【瓜牛廬】卽蝸廬。三國志魏管寧傳注引魏略焦先:"焦先及楊沛,並作瓜牛廬,止其中。以爲瓜當作蝸;蝸牛,螺蟲之有角者也,俗或呼黄犢。先等作圜舍,形如蝸牛蔽,故謂之蝸牛廬。"

【瓜皮船】小舟名。北堂書鈔一三七晉王瓚集雜訟:"瓜皮船本圖以倉卒用之耳,寧可以深入敵境耶。"也名瓜皮艇。清詩别裁二九陳份捉搦歌:"瓜皮艇子長二丈,小姑十撐九不上。"參閱宋吴自牧夢粱録十二湖船。

【瓜皮帽】卽小帽。亦稱瓜拉帽。明闕名松下雜抄上:"凡誕生皇子女,彌月剪胎髮。百日命名後,按期請髮者,如外之每次剃頭者然,一莖不留如佛子焉。皇子戴玄青縐紗六瓣有頂圓帽,名曰瓜拉帽。"參見"小帽"。

【瓜香草】植物名。見"龍芽草"。

【瓜蔓水】農曆五月黄河大汛,正瓜蔓之時,故名瓜蔓水。唐韓偓金鑾密記水衡記:"黄河正月水名凌解水,二三月名桃花水,四月水名麥黄水,五月以瓜蔓故名瓜蔓水。"宋陸游劍南詩稿十八題齋壁:"瓜蔓水平芳草岸,魚鱗雲襯夕陽天。"一説"四月瓜蔓水"。見明王志堅表異録二。

【瓜蔓抄】指抄没家産,濫殺無辜,輾轉株連,有如瓜蔓。明史一四一景清傳:"成祖怒,磔死,族之。籍其鄉,轉相攀染,謂之瓜蔓抄,村里爲墟。"清趙翼甌北詩鈔七言律六感事:"尚憂瓜蔓抄將及,轉恐冰山倚有痕。"

【瓜虀譜】記述醬漬瓜菜方法的書。宋張師正倦遊雜録:"韓龍圖贄,山東人。鄉里食味,好以醬漬瓜啗,謂之瓜虀。韓爲河北都漕,廨宇在大名明府中。諸軍營多鬻此物。韓嘗曰:'某營者最佳,某營者次之。'趙説嘆曰:'歐陽永叔(修)嘗撰花譜,蔡君謨(襄)亦著荔枝譜,今須請韓龍圖贄撰瓜虀譜矣。'"

【瓜田李下】喻易招惹嫌疑之地。樂府詩集三二君子行:"君子防未然,不處嫌疑間,瓜田不納履,李下不正冠。"藝文類聚四一引作三國魏曹植作。北齊書袁聿修傳:"時邢邵爲兗州刺史,別後,遣送白紬爲信。聿修退紬不受,與邢書曰:'今日仰過,有異常行,瓜田李下,古人所慎;多言可畏,譬之防川。願得此心,不貽厚責。'"

【瓜字初分】稱十六歲的女子。唐李羣玉詩集後集三醉後贈馮姬:"桂形淺拂梁家黛,瓜字初分碧玉年。"參見"破瓜"。

【瓜剖豆分】與"豆剖瓜分"同。比喻國土被分割。文選南朝宋鮑明遠(照)蕪城賦:"出入三代,五百餘載,竟瓜剖而豆分。"注:"如瓜之割肌,自各吞食。如豆之出莢,忽以分散。"

【瓜熟蒂落】雲笈七籤五六元氣論:"今生子滿三十日,即相慶賀,謂之滿月,皆以此而習爲俗矣。氣足形圓,百神俱備,如二儀分三才,體地法天,負陰抱陽,喻瓜熟蒂落,啐啄同時。"比喻條件具備,時機成熟。

【瓜皮搭李樹】謂强認親族。宋韋居安梅磵詩話中:"泉南林洪字龍發,號可山,肄業杭泮,粗有詩名,……自稱爲和靖(逋)七世孫,冒杭貫,取鄉薦,刊中興以來諸公詩,號大雅復古集,亦以己作附於後。時有無名子作詩嘲之曰:'和靖當年不娶妻,只留一鶴一童兒,可山認作孤山種,正是瓜皮搭李皮。'蓋俗云:'以强認親族者,爲瓜皮搭李樹云。'"

三 畫

瓝 bó ㄅㄛ 蒲角切,入,覺韻,並。

㊀小瓜。爾雅釋草:"瓞、瓝,其紹瓞。"注:"俗呼瓝瓜爲瓞。"㊁草名。爾雅釋草:"瓝,九葉。"清郝懿行義疏謂疑卽爲淫羊藿。

【瓝槊】作爲儀飾的一種擊杖。亦作"瓟槊"。隋書煬帝紀上大業二年:"三品以上給瓟槊。"宋宋祁宋景文公筆記上:"宣獻宋公(綬)著鹵簿記,至瓝槊,不能得其始,徧問諸儒無知者。予後十餘年,方得其義,云江左有瓝槊,以首大如瓝,故云。"參見"㯷矟"。

五 畫

瓞 dié ㄉㄧㄝ 徒結切,入,屑韻,定。

小瓜。詩大雅緜:"緜緜瓜瓞。"箋:"瓜之本實,繼先歲之瓜必小,狀似瓝,故謂之瓞。"

瓟 1. bó ㄅㄛ 蒲角切,入,覺韻,並。
ㄅㄛ 薄交切,平,肴韻,並。

㊀小瓜。同"瓝"。楚辭漢王褒九懷思忠:"抽庫婁兮酌醴,援瓟瓜兮接糧。"㊁瓠屬。俗稱葫蘆。見"瓟䶂"。

2. páo ㄆㄠ

㊂刨土。"捊"的俗體字。見唐釋慧琳一切經音義六十毘奈耶律二六瓟地。

【瓟䶂】瓜杓。舀水器具。楚辭漢劉向九歎愍命:"莞芎棄於澤洲兮,瓟䶂蠹於筐簏。"注:"瓟,瓠也,䶂,瓢也。"參見"瓠蠡"。

六 畫

瓠 qià ㄑㄧㄚ 恪八切,入,黠韻,溪。

見"瓢瓠"。

瓠 1. hú hù ㄏㄨˊ ㄏㄨˋ 户吳切,平,模韻,匣。胡誤切,去,暮韻,匣。

㊀蔬類植物,也叫扁蒲、葫蘆。詩小雅瓠葉:"幡幡瓠葉,采之亨之。"莊子逍遥遊:"魏王貽我大瓠之種。"

2. hú ㄏㄨˊ

㊁瓦壺。爾雅釋器:"康瓠謂之甈。"史記八四賈誼傳弔屈原賦:"斡棄周鼎兮寶康瓠。"

3. huò ㄏㄨㄛˋ 集韻黃郭切,入,鐸韻。

㊂見"瓠₃落"。

【瓠子】地名。在河南濮陽縣南,亦稱瓠子口。漢武帝元光三年,河决於瓠子,東南注鉅野,通於淮泗,漂害民居。元封二年,使汲仁郭昌發卒數萬人,塞瓠子決河。帝自萬里沙還臨決河,沈白馬玉璧,令羣臣將軍以下,皆負薪填決河,並作瓠子歌。功成,於其上築宫,名宣房宫,亦稱瓠子堰。見史記河渠書、水經注二四瓠子河。

【瓠山】在山東東平縣北,上有東平思王之墓。漢書宣元六王傳:"哀帝時……又瓠山石轉立。"注:"晉灼曰:'漢注作報山。'……師古曰:'報山,山名也,古作瓠字,爲其形似瓠耳。'"

【瓠巴】人名。荀子勸學:"昔者瓠巴鼓瑟,而流魚出聽。"淮南子説山:"昔者瓠巴鼓瑟而淫魚出聽。"注:"瓠巴楚人,善鼓瑟,淫魚喜音,出於水而聽之。"列子湯問謂瓠巴善鼓琴。

【瓠丘】春秋地名。亦名陽壺,其故城在山西垣曲縣南之胡里。左傳襄元年:"彭城降晉,晉人以宋五大夫在彭城者歸,置諸瓠丘。"卽此。

【瓠肥】喻胖而壯。史記九六張丞相(蒼)傳:"蒼坐法當斬,解衣服質,身長大,肥白如瓠。時王陵見而怪其美士,乃言沛公,赦勿斬。"宋蘇軾東坡集前集十九後杞菊賦:"或糠覈而瓠肥,或粱肉而墨瘦。"

【瓠梁】古代善歌的人。三國志蜀郤正傳釋譏:"薛燭察寶以飛譽,瓠梁託絃以流聲。"也作"狐梁"。淮南子齊俗:"狐梁之歌,可隨也,其所以歌者,不可爲也。"

【瓠犀】瓠中子。以潔白整齊,用以比喻美人之齒。詩衛風碩人:"齒如瓠犀,螓首蛾眉。"傳:"瓠犀,瓠瓣。"唐權德輿權載之集三雜興詩之四:"新妝對鏡知無比,微笑時時出瓠犀。"

【瓠脯】乾瓠。晉書祖逖傳:"嘗置酒大會,耆老中座流涕曰:'吾等老矣,更得父母,死復何恨!'乃歌曰:'……玄酒忘勞甘瓠脯,何似詠恩歌且舞。'其得人心如此。"

【瓠棲】瓠中之子。爾雅釋草:"瓠棲,瓣。"注:"瓠中瓣也。詩云:'齒如瓠棲。'"今詩衛風碩人作"瓠犀"。

【瓠₃落】空廓。莊子逍遥遊:"魏王貽我大瓠之種,我樹之成而實五石。……剖之以爲瓢,則瓠落無所容。"釋文:"簡文云:'瓠落,猶廓落也。'司馬(彪)云:'瓠,布護也。落,零落也。言其形平而淺,受水則零落而不容也。'"太平御覽九七九引作"廓落"。

【瓠葉】指瓠之葉。詩小雅瓠葉:"幡幡瓠葉,采之亨之。"後漢書七九上劉昆傳:"教授弟子恆五百餘人。每春秋饗射,常備列典儀,以素木瓠葉爲俎豆,桑弧蒿矢,以射'菟首'。"注:"詩小雅瓠葉詩序曰:'刺幽王弃禮而不能行,故思古之人,不以微薄廢禮焉。'……故引以瓠葉爲俎實。"

【瓠瓡】葫蘆的一種。夏末結實,秋中方熟,中剖可以爲器。見政和證類本草二九苦瓠。

【瓠羹】用瓠葉製成的菜肴。北魏賈思勰齊民要術八羹臛法:"作瓠葉羹法:用瓠葉五斤,羊肉三斤,葱二升,鹽蟻五合,口調其味。"宋袁褧楓窗小牘下:"舊京工伎,固多奇妙,卽烹煮槃案,亦復擅名。如……徐家瓠羹,鄭家油餅,王家乳酪,……皆聲稱于時。"

【瓠蘆】葫蘆。亦作"壺盧"。唐段成式酉陽雜俎酒食："若欲取水，以駱駝髑髏沈於石臼取水，轉注瓠蘆中。"參見"壺盧"。

【瓠𤮏】即壺盧。南史徐文伯傳："(祖)熙好黄老，隱於秦望山，有道士過求飲，留一瓠𤮏與之，曰：'君子孫宜以道術救世，當得二千石。'"

【瓠蠡】指用葫蘆製成的酒器。周禮春官鬯人"凡祭祀社壝用大罍，禜門用瓢齎"漢鄭玄注："瓢，謂瓠蠡也，粢盛也，……取甘瓠割去柢，以齊爲尊。"

【瓠子歌】樂府歌辭名。漢武帝作。歌詞見史記河渠書。參見"瓠子"。

八畫

𤬓 huò ㄏㄨㄛˋ 字彙 胡果切，音禍。

㊀瓜果。正字通："昔人以瓜爲菹，享祖考，燕賓客，謂之瓜果，俗因從瓜作𤬓，𤬓與果同。"㊁同"敤"。見"𤬓瓿"。

【𤬓瓿】擊動。唐韓愈昌黎集八征蜀聯句："怒鬚猶鬇鬡，斷臂仍𤬓瓿。"注："𤬓，方(崧卿)作敤，云苦果切，擊也。又云字書無'敤'字。"

九畫

㼐 pián ㄆㄧㄢˊ 部田切，平，先韻，並。

瓜之一種。廣雅釋草："白㼐，瓜屬。"晉陸機陸士衡集一瓜賦："夫其種族類數，則有括樓定桃，黄㼐白傳，……玄骭素椀，貍首虎蹯。"

十一畫

瓢 piáo ㄆㄧㄠˊ 符宵切，平，宵韻，並。

剖葫蘆做成的舀水或盛酒器。論語雍也："一簞食，一瓢飲。"莊子逍遙遊："瓠，剖之以爲瓢。"

【瓢勺】剖葫蘆而成的酒器。南齊書卞彬傳："彬性[好]飲酒，以瓠壺瓢勺杬皮爲肴。"也作"瓢杓"。南史陳慶之傳附陳暄與何秀書："何水曹(遜)眼不識盃鐺，吾口不離瓢杓，汝寧與何同日而醒，與吾同日而醉乎？"

【瓢笙】樂器名。宋史西南諸夷傳："至道元年，……太宗召見其使(牂牁)，……上因令作本國歌舞，一人吹瓢笙，如蚊蚋聲。"

瓢笙

【瓢飲】論語雍也："一簞食，一瓢飲，在陋巷，人不堪其憂。"後因以瓢飲指飲食簡素。後漢書章帝紀建初七年詔："不得……遣吏逢迎，刺探起居，出入前後，以爲煩擾，動務省約，但患不能脱粟瓢飲耳。"唐杜甫杜工部草堂詩箋五贈特進汝陽王："瓢飲唯三徑，巖棲在百層。"

【瓢壺】酒器。唐李白李太白詩二十春日陪楊江寧及諸官宴北湖感古："感此勸一觴，願君覆瓢壺。"

【瓢簞】指"一簞食，一瓢飲"，喻生活儉樸。三國魏曹植曹子建集九大司馬曹休誄："好彼蓬樞，甘彼[此]瓢簞。"晉陶潛陶淵明集八祭從弟敬遠文："冬無縕褐，夏渴瓢簞。"

𤭛 lòu ㄌㄡˋ 落侯切，去，侯韻，來。

瓜名。即王瓜。爾雅釋草"鉤，藈姑"晉郭璞注："鉤，𤭛也，一名王瓜，實如瓝瓜，正赤，味苦。"廣雅釋草："藈菇，瓠𤭛，王瓜也。"參閲政和證類本草九王瓜。

十四畫

瓣 bàn ㄅㄢˋ 蒲莧切，去，襇韻，並。

㊀瓜中實，指瓜子仁。初學記二八晉傅玄瓜賦："細肌密裏，多瓤少瓣。"文選南朝宋謝惠連祭古冢文："水中有甘蔗節及梅李核瓜瓣。"注："説文曰：'瓣，瓜中實也。'"㊁果實分瓤者亦稱瓣。唐元稹長慶集十七貶江陵途中寄樂天……詩："紫芽嫩茗和枝採，朱橘香苞數瓣分。"㊂花瓣。元楊維楨鐵崖古樂府三修月匠歌："羿家奔娥太輕脱，須臾踢破蓮花瓣。"

【瓣香】古以拈香一瓣，表示對他人的敬仰，稱瓣香。宋曹彥約昌谷集二謂仁季以二詩見遺走筆次韻詩："詩才清不羡滄浪，曾向歐曾接瓣香。"元丁鶴年集二過九江追悼李子威太守詩："瓣香遥拜九江城，太守精誠日月明。"參見"一瓣香"。

十六畫

𤮏 lú ㄌㄨˊ 集韻 龍都切，平，模韻。

葫蘆。玉篇："𤮏，瓠𤮏也。"一作"壺盧"。參見"瓠蘆"、"壺盧"。

十七畫

瓤 ràng ㄖㄤˊ 汝陽切，平，陽韻，日。女良切，平，陽韻，娘。

㊀指瓜内與子相包連，如絮而多汁的部份。初學記二八晉傅玄瓜賦："細肌密裏，多瓤少瓣。"㊁果類果實分列成的子房。唐白居易長慶集二八荔枝圖序："瓤玉瑩白如冰雪，漿液甘酸如醴酪。"

瓦部

瓦 1. wǎ ㄨㄚˇ 五寡切，上，馬韻，疑。

㊀已燒的土坯。世本一："桀作瓦屋。"㊁覆屋的瓦片。後漢書光武帝紀上："會大雷風，屋瓦皆飛。"㊂古之紡錘。以多爲陶製，故稱瓦。篆文象紡錘之形。詩小雅斯干："載弄之瓦。"傳："瓦，紡塼也。"㊃盾背拱起如覆瓦的部分。左傳昭二六年："齊子淵捷從洩聲子，射之，中楯瓦。"注："瓦，楯背。"楯，同"盾"。㊄宋元城市娛樂場所。宋張端義貴耳集："臨安中瓦在御街，士大夫必游之地，天下術士皆聚焉。"(説郛八)參見"瓦子"、"瓦市"、"瓦舍"。㊅地名。春秋衛地。春秋定八年："公會晉師于瓦。"故城在今河南東滑縣瓦崗。

2. wà ㄨㄚˋ 五化切，去，禡韻，疑。

㊆鋪瓦。廣韻："泥瓦屋。"

【瓦卜】古占卜法之一。擊瓦觀其文理分析，以定吉凶，謂之瓦卜。唐杜甫杜工部草堂詩箋三三戲作俳諧體遣悶之二："瓦卜傳神語，畬田費火耕。"明袁宏道袁中郎詩集上香光林即事用前韻："歲功聽瓦卜，天紐問杓魁。"參見"瓦兆"。

【瓦子】㊀瓦片。唐段成式酉陽雜俎怪術："元和中，江淮術士王瓊嘗在段君秀家，令坐客取一瓦子畫作龜甲懷之，一食頃取出，乃一龜。"㊁占卜的瓦。宋錢易南部新書戊："西京壽安縣，有墨石山神祠，頗靈。神龍中，神前有兩瓦子，過客投之，以卜休咎，仰爲吉，而覆爲凶。"㊂瓦舍。即妓院、茶樓、酒肆、娛樂、出售雜貨等場所。宋孟元老東京夢華録二東角樓街巷："街南桑家瓦子，近北，則中瓦，次裏瓦，其中大小勾欄五十餘座。"水滸二九："裏面坐着一個年紀小的婦人，正是蔣門神初來孟州新娶的妾，原是西瓦子裏唱説諸般宮調的頂老。"參見"瓦舍"、"瓦市"。

【瓦市】即"瓦子"。宋王明清揮麈録後録六："令釋薛而追其甥，方在瓦市觀傀儡戲，才十八九矣。捕吏以手從後拽其衣帶，回頭失聲曰：'豈非那事踈脱邪？'既至，不訊而服。"元曲選李直夫虎頭牌二："伴着火潑男也那潑女，茶房也那酒肆，在那瓦市裏穿，幾年間再没個信兒傳。"

【瓦池】墨盆。宋蘇軾分類東坡詩十三孫莘老寄墨之三："瓦池研竈煤，葦管書柿葉。"

【瓦合】㊀比喻勉强湊合。禮儒行："毁方而瓦合。"疏："方，謂物之方正，有圭角鋒芒也。瓦合，謂瓦器破而相合也。言儒者身雖方正，毁屈己之方正，下同凡衆，如破去圭角與瓦器相合也。"㊁形容臨時湊和。史記一二一儒林傳："陳涉起匹夫，驅瓦合適戍，旬月以王楚。"漢書四三酈食其傳："(沛公)問曰：'計將安出？'食其曰：'足下起瓦合之卒，收散亂之兵，不滿萬人，欲以徑入彊秦，此所謂探虎口者也。'"注："瓦合，謂如破瓦之相合，雖曰聚合，而不齊同。"史記九七酈生傳作"糾合"。

【瓦缶】小口大腹的瓦器。易坎"樽酒簋貳，用缶"晉王弼注："雖復一樽之酒，二簋之食，瓦缶之器，納此至約，自進於牖，乃可羞之於王公，薦之於宗廟，故終無咎也。"唐李商隱李義山詩集一行次西郊作一百韻："濁酒盈瓦缶，爛穀堆荆囷。"

【瓦全】喻苟且偷生。常與"玉碎"相對而言。北齊書元景安傳："天保時，諸元帝室親近者多被誅戮。疏宗如景安之徒議欲請姓高氏。(元)景皓云：'豈得棄本宗，逐他姓，大丈夫寧可玉碎，不能瓦全！'"

【瓦兆】古代的一種占卜法，卽瓦卜。兆，也作"𠦒"。周禮春官太卜："太卜掌三兆之法，一曰玉兆，二曰瓦兆，三曰原兆。"注："玉兆，帝顓頊之兆。瓦兆，帝堯之兆。原兆，有周之兆。"宋陸游劍南詩稿二八古别離："紫姑吉語元無據，況憑瓦兆占歸日。"參見"瓦卜"。

【瓦里】遼代官署名。宫帳、部族皆設瓦里。宗室、外戚、大臣犯罪者，家屬皆没入於此。見遼史國語解。

【瓦注】以瓦器作賭注。莊子達生："以瓦注者巧，以鉤注者憚，以黄金注者殙。其巧一也，而有所矜，則重外也，凡外重者内拙。"唐成玄英疏："用瓦器賤物而戲賭射者，既心無矜惜，故巧而中也。"淮南子説林作"瓦鉒"。宋蘇軾分類東坡詩十八密州宋國博以詩見寄在郡雜詠次韻答之："昔年繆陳詩，無人聊瓦注。"

【瓦花】草名。卽瓦松。全唐詩六一四皮日休奉和魯望秋賦有期次韻："應帶瓦花經汴水，更攜雲實出包山。"參見"瓦松"。

【瓦松】草名。生屋瓦上及深山石縫中。亦名瓦花、向天草、昨葉何草。唐陸龜蒙甫里集十四苔賦："高有瓦松，卑有澤葵。"宋陸游劍南詩稿七三題僧庵："人稀土花碧，屋老瓦松長。"參閲政和證類本草九、本草綱目二一草十昨葉何草。

【瓦舍】卽"瓦子"。宋吳自牧夢粱録十九："瓦舍者，謂其來時瓦合，出時瓦解之義，易聚易散也。……杭城，紹興間駐蹕於此。殿巖楊和王(沂中)因軍士多西北人，是以城内外刱立瓦舍，招集伎樂，以爲軍卒暇日娛戲之地。"參見"瓦子"。

【瓦室】用瓦蓋的屋。史記一二八龜策傳："桀爲瓦室，紂爲象郎。"

【瓦亭】㊀亭名。春秋東郡燕縣東北有瓦亭，漢東郡亦有瓦亭。見春秋定八年"公會晉師于瓦"注、後漢書郡國志三。㊁關隘名。1.東瓦亭。後漢書十三隗囂傳："牛邯軍瓦亭。"注："安定烏支縣有瓦亭故關，有瓦亭川水，在今原州南。"在今寧夏固原縣南瓦亭山。2.西瓦亭。新唐書太宗紀："踰隴山關，次瓦亭，觀馬牧。"資治通鑑唐貞觀二十年作西瓦亭。注："瓦亭水出隴山，東北斜趣，西南流，經成紀、略陽、顯親界，又東南出新陽峽，入于渭，故有東西瓦亭之别。"在今甘肅秦安縣東。

【瓦剌】㊀西部蒙古部落名。元代稱衛亦剌，明稱瓦剌，清曰厄魯特，亦作額爾特、衛拉特。後分裂爲四部：和碩特、準噶爾、杜爾伯特、土爾扈特。因有四瓦剌、額爾特四部之稱。參閲明史三二八、讀史方輿紀要四五蒙古。㊁魚名。清梁紹壬兩般秋雨盦隨筆一："西海有魚名瓦剌。其目入水則暗，出水則明。凡物皆動下頦，此魚獨動上齶；見人遠則哭，近則噬。故西域稱假慈悲者曰瓦剌。"

【瓦韋】草名。卽石韋，生在古瓦屋上者，稱瓦韋。參見"石韋"。

【瓦屋】㊀以瓦覆屋。周禮考工記匠人："葺屋參分，瓦屋四分。"㊁地名。春秋周地。春秋隱八年："秋七月庚午，宋公、齊侯、衛侯盟于瓦屋。"在今河南洧川縣之瓦屋里。

【瓦盎】瓦盆。後漢書八三逢萌傳："萌素明陰陽，知莽將敗，有頃，乃首戴瓦盎，哭於市。"宋蘇軾分類東坡詩二五夜卧濯足："瓦盎深及膝，時復冷暖投。"

【瓦釜】㊀卽瓦缶。墨子號令："葆宫之牆，必三重。牆之垣，守者皆累瓦釜牆上。"後漢書禮儀志下："東園武士執事下明器……瓦釜二，瓦甑一。"參見"瓦缶"。㊁瓦釜，物之賤者，喻庸下的人或物。楚辭屈原卜居："黄鍾毁棄，瓦釜雷鳴。"注："黄鍾，樂器，喻禮樂之士。瓦釜，喻庸下之人。雷鳴者，驚衆也。"宋黄庭堅豫章集六再次韻兼簡履中南玉詩之三："經術貂蟬續狗尾，文章瓦釜作雷鳴。"

【瓦埴】卽瓦坯。荀子性惡："夫陶人埏埴而生瓦，然則瓦埴豈陶人之性也哉。"埴，細黏土。

【瓦崗】地名。在今河南滑縣東。隋末翟讓所領導的農民起義軍，以瓦崗寨爲根據地，卽此。參閲讀史方輿紀要十六大名府。

【瓦棺】㊀燒土爲棺。禮檀弓上："有虞氏瓦棺，夏后氏堲周，殷人棺椁。"南史梁元帝諸子武烈世子方等傳論："生在蒿蓬，死葬溝壑，瓦棺石椁，何以異兹？"㊁寺名。見"瓦官寺"。

【瓦硯】漢魏未央宫銅雀臺等諸殿瓦，瓦身如半筒，面至背厚一寸弱，背平可研墨，唐宋以來人卽去其身以爲硯，俗呼瓦頭硯。參閲宋蘇易簡文房四譜三硯譜、又缺名百寶總珍集三瓦硯、明曹昭格古要論七漢末未央宫瓦硯記。

【瓦裂】如瓦墮地而碎裂。尚書大傳周傳："武王與紂戰於牧之野。紂之卒輻分，紂之車瓦裂，紂之甲魚鱗下，賀乎武王。"比喻敗壞。唐柳宗元柳先生集三十寄許京兆孟容書："立身一敗，萬事瓦裂，身殘家破，爲世大僇。"

【瓦溝】瓦楞之間的泄水溝。唐白居易長慶集五一宿東亭曉興詩："雪依瓦溝白，草遶牆根緑。"

【瓦鼓】古瓦製樂器。全唐詩七三九李建勳田家之二："木槃擎社酒，瓦鼓送神錢。"宋陸游劍南詩稿五五東園："瓦鼓息我倦，静聽幽鳥鳴。"

【瓦鼎】烹飪用的瓦器。後漢書禮儀志下："東園武士執事下明器……瓦鼎十二，容五升。"宋陸游劍南詩稿六初到榮州："地爐堆獸熾石炭，瓦鼎號蚓秋煎茶。"

【瓦鉢】素燒食器。周書盧光傳："令光

於桑門立處造浮圖，掘基一丈，得瓦鉢、錫杖各一。”宋陸游劍南詩稿十三十一月上七日蔬飯騾嶺小店：“冰蔬雪菌競登槃，瓦鉢氈巾俱不俗。”

【瓦解】喻崩潰之勢如瓦片碎裂。淮南子泰族：“武王左操黄鉞，右執白旄以麾之，則瓦解而走，遂土崩而下。紂有南面之名，而無一人之德，此失天下也。”史記一一八淮南王安傳：“於是百姓離心瓦解，欲爲亂者十家而七。”

【瓦窰】㊀燒瓦的窰。三國志魏董卓傳“掘陵墓，取寶物”南朝宋裴松之注：“武帝時，居杜陵南山下，有成瓦窰數千處。”㊁瓦，紡塼。古代婦女從事紡織，兒時即以紡塼爲玩具。後來因稱生女曰弄瓦，嘲笑生女不生男的婦女。清褚人穫堅瓠集丙弄瓦詩：“無錫鄒光大連年生女，俱召翟永齡飲，翟作詩云：‘去歲相招云弄瓦，今年弄瓦又相招。寄詩上覆鄒光大，令正原來是瓦窰。’”

【瓦甌】瓦製盆盂。唐杜荀鶴詩集溪興：“山雨溪風卷釣絲，瓦甌蓬底獨斟時。”

【瓦甑】瓦製炊具。後漢書禮儀志下：“東園武士執事下明器……瓦竈二、瓦釜二、瓦甑一，瓦鼎十二。”宋蘇轍欒城集十筠州二詠之一牛尾狸詩：“蓄租分散身爲羞，松薪瓦甑烝浮浮。”

【瓦橋】關隘名。在河北雄縣南易水上，爲五代後周三關之一。唐大曆九年，魏博帥田承嗣叛，發諸道兵討之，盧龍留後朱滔軍於瓦橋，即此。見舊唐書一四一張孝忠傳。參閱讀史方輿紀要十二保定府雄縣。參見“三關㊀4”。

【瓦甒】瓦製酒器。儀禮士喪禮：“東方之饌兩瓦甒。”禮禮器：“君尊瓦甒。”注：“瓦甒，五斗。”參閱宋聶崇義三禮圖十八。

【瓦檠】瓦製的燈架。宋陸游劍南詩稿十九雨夕：“瓦檠墮燈燼，銅碗起香縷。”又二四五更讀書示子：“牀頭瓦檠燈煜爚，老夫凍坐書縱橫。”

【瓦糧】僧、道爲蓋寺院和供僧食而求人佈施的錢物。孤本元明雜劇元戴善甫翫江亭二：“今日說道俺員外，化瓦糧來也。”古今雜劇缺名破風詩三：“白侍郎云：‘你這寺內，怎生僧人稀少？’正末云：‘山下化瓦糧去了。’”

【瓦雞】瓦製之雞。用以飾屋。喻徒有形式，而無實用。南朝梁蕭繹（元帝）金樓子立言上：“夫陶犬無守夜之警，瓦雞無司晨之益。”

【瓦隴】㊀屋頂的瓦楞。唐韓愈昌黎集九詠雪贈張籍詩：“度前鋪瓦隴，發本積牆隈。”㊁蚶的別名。因其殼形似瓦屋之壠，故又名瓦壠。可食，肉味極佳，多燒以薦酒。也稱瓦屋子、蚶子頭。見唐劉恂嶺表錄異下。

【瓦獸】瓦製的獸形飾物，屋上鴟尾之類。唐李賀歌詩編三路州張大宅病酒遇江使寄上十四兄：“莎老沙雞泣，松乾瓦獸殘。”新唐書車服志：“常參官施懸魚、對鳳、瓦獸、通栿、乳梁。”

【瓦上霜】屋瓦上的霜。喻短暫的存在。唐張籍張司業集七贈姚怤詩：“願爲石中泉，不爲瓦上霜。”宋陸游劍南詩稿四四讀老子：“人生忽如瓦上霜，勿恃强健輕年光。”

【瓦官寺】佛寺名。亦名瓦棺寺。在故金陵鳳凰臺。晉哀帝興寧二年詔遣陶官於淮水北，遂以南岸窰地施僧造寺，名慧方寺，民間以掘地有瓦棺，因稱瓦棺寺。寺有瓦官閣，高二十五丈。南唐改爲昇元寺，閣稱昇元閣。後毁於火，明初釋覺恒就地重起。唐李白李太白詩二一有登瓦官閣詩。參閱明朱國禎湧幢小品二八兩京諸寺。

【瓦楞子】蚶的別名。江南方言。唐代稱瓦屋子。見“瓦隴㊁”。

【瓦楞帽】明代平民戴的帽子，帽頂折疊似瓦楞，故名。儒林外史一：“正和秦老坐着，只見外邊走進一個人來，頭戴瓦楞帽，身穿青布衣服。”又二：“外邊走進一個人來，兩隻紅眼邊，一副鐵鍋臉，幾根黄鬍子，歪戴着瓦楞帽。”

【瓦當文】屋瓦皆仰，在兩仰瓦之間，上覆半規之瓦，舊名瓦當。也叫瓦頭、筒瓦。其所刻文字，後人稱爲瓦當文。字體多用小篆，皆隨勢詘曲，間有方整者。字數少則一二字，多則十餘字。多用吉祥語，如延年益壽、千秋萬歲之類。秦漢瓦當，或製以爲硯，或摹其形式以爲花紋。清王昶金石萃編二二瓦當文字著録三十三種。參閱清錢泳履園叢話二秦漢瓦當、馮雲鵬金石索六。

【瓦釜雷鳴】見“瓦釜㊁”。

【瓦解冰銷】比喻完全失敗或崩潰。舊唐書五三李密傳告郡縣書：“因其倒戈之心，乘我破竹之勢，曾未旋踵，瓦解冰銷。”銷，通“消”。五燈會元十六承天簡禪師法嗣利元禪師：“東方一指，乾坤肅静，西方一指，瓦解冰消。”也作“瓦解冰泮”。文選漢陳孔璋（琳）檄吳將校部曲文：“七國之軍，瓦解冰泮。”參見“冰消瓦解”。

二　畫

𤬦 wà ㄨㄚˋ 集韻 五化切，去，禡韻。

“瓦”的異體字。集韻作“瓦”，洪武正韻作“宼”。宋李誡營造法式十三瓦作制度：“造井屋之制：……上用廈𤬦，内外護縫。”

四　畫

㼚 gān ㄍㄤ 集韻 居郎切，平，唐韻。

大瓮。方言五：“㼚，甖也。”注：“今江東通名大瓮爲㼚。”唐韓愈昌黎集六瀧吏詩：“㼚大缾甖小，所任自有宜。”

瓬 fǎng ㄈㄤˇ 分罔切，上，養韻，幫。

“旊”本字。見說文。參見“旊”。

【瓬人】古時製作簋、豆以供祭祀用的工人。周禮考工記旊人：“旊人爲簋，實一觳，崇尺，厚半寸，脣寸。”

瓪 bǎn ㄅㄢˇ 布綰切，上，潸韻，幫。博管切，上，緩韻，幫。

㊀破瓦。說文：“瓪，敗瓦也。”清朱駿聲通訓定聲十四：“瓪，謂破瓦。今蘇俗瓦片字當作此。俗呼爿如辦，平聲。”㊁牝瓦，即仰瓦。見玉篇。

【瓪瓦】指仰合、錯綜覆合的瓦。宋李誡營造法式十三瓦作制度：“瓪瓦，施之於廳堂及常行瓦舍。其仰瓦，并小頭向下；合瓦，小頭向上。”又：“廳堂等用散瓪瓦者，五間以上，用瓪瓦長一尺四寸，廣八寸。”參見“甋瓦”。

瓫 pén ㄆㄣˊ 集韻 步奔切，平，魂韻。

㊀同“盆”。見集韻。㊁水溢。同“湓”。晉書食貨志杜預疏：“以常理言之，無爲多積無用之水，況於今者水澇瓫溢，大爲災害。”參見“湓㊀”。

瓮 wèng ㄨㄥˋ 烏貢切，去，送韻，影。

陶製盛器。同“甕”。方言五：“瓮，甖也。自關而東，趙魏之郊謂之瓮，或謂之甖。”淮南子原道：“蓬户瓮牖。”參見“甕牖”。

五　畫

㼜 àng ㄤˋ 集韻 於浪切，去，宕韻。

盆。一種腹大口小的盛器。同“盎”。莊子德充符：“甕㼜大癭說齊桓公，桓公說之，而視全人，其脰肩肩。”以其人形貌而借作人名。

瓴 líng 郎丁切，平，青韻，來。ㄌㄧㄥˊ

㊀盛水的瓶。淮南子修務："今夫救火者，汲水而趍之，或以甕瓴，或以盆盂。"參見"高屋建瓴"。亦用爲敲擊樂器。淮南子精神："今夫窮鄙之社也，叩盆拊瓴，相和而歌，自以爲樂矣。"㊁塼。管子度地："故高其上，領瓴之、尺有十分之三、里滿四十九者水可走也。"參閱廣雅釋室、六書故工事四。參見"瓴甋"。

【瓴甋】塼，卽甓。爾雅釋宮："瓴甋謂之甓。"文選晉張景陽(協)雜詩之五："瓴甋夸璵璠，魚目笑明月。"

【瓴甓】塼。同"瓴甋"。文選漢司馬長卿(相如)長門賦："緻錯石之瓴甓兮，象瑇瑁之文章。"北周庾信庾子山集五奉和永豐殿下言志詩之十："徒知守瓴甓，空欲報璠璵。"漢書九十尹賞傳作"令辟"。參見"令辟"。

六 畫

瓷 cí 疾資切，平，脂韻，從。ㄘˊ

用粘土、長石、石英混合燒成的堅緻的陶器。字亦作"瓷"、"甆"、"磁"。文選晉潘安仁(岳)笙賦："傾縹瓷以酌醽。"注："鄒陽酒賦曰：醪醴既成，緑瓷既啓。"

【瓷器】以瓷土燒製的器皿，爲我國古代重大發明之一。夏商時已有原始素燒瓷器(卽白陶)，以後燒製技術逐漸改進提高。至明而大盛。唐柳宗元柳先生集三九代人進瓷器狀："瓷器若干事，右件瓷器等，並藝精埏埴，制合規模。"參閱明宋應星天工開物七陶埏。

瓿 fǒu 集韻 俯九切，上，有韻。ㄈㄡˇ

瓦製盛器。同"缶"。墨子備城門："令陶者爲薄瓿。"後漢書七十孔融傳："譬如寄物瓿中，出則離矣。"注："説文曰：瓿，缶也。字書曰：瓿似缶而高。"也用爲敲擊樂器。史記八一廉頗藺相如傳："藺相如前曰：'趙王竊聞秦王善爲秦聲，請奏盆瓿秦王，以相娛樂。'"

七 畫

甋 tóng 徒紅切，平，東韻，定。ㄊㄨㄥˊ

見下。

【甋瓦】筒瓦。宋李誡營造法式十三瓦作制度："結瓦屋宇之制：一曰甋瓦，施之於殿閣亭榭等。……二曰瓪瓦，施之於廳堂及常行屋舍等。其結瓦之法：將甋瓦造畢，下鋪瓪瓦。"

瓻 chī 丑飢切，平，脂韻，徹。ㄔ

盛酒器。廣韻："瓻，酒器。大者一石，小者五斗，古之借書、盛酒瓶。"參閱清鄭珍説文新附考"瓻"。

八 畫

瓿 bù 蒲口切，上，厚韻，並。ㄅㄨˋ

古代盛醯醬之類的瓦器。口圓，腹深，圈足。漢書八七下揚雄傳："(劉歆)謂雄曰：'空自苦？今學者有祿利，然尚不能明易，又如玄何？吾恐後人用覆醬瓿也。'"注："瓿，音部，小甖也。"

瓿

【瓿甊】瓦器。方言五："瓿甊，甖也。自關而西，晉之舊都河汾之間，其大者謂之甀，其中者謂之瓿甊。"宋書五行志二："晉愍帝建興中江南歌謡曰：'……揚州破換敗，吴興覆瓿甊。'……瓿甊瓦器，又小於甒也。"

瓶 píng 薄經切，平，青韻，並。ㄆㄧㄥˊ

説文作"缾"。㊀汲水器。易井："羸其瓶。"漢書九二陳遵傳揚雄酒箴："子猶瓶矣。觀瓶之居，居井之眉。"㊁炊器。禮禮器："夫奧者，老婦之祭也。盛於盆，尊於瓶。"注："盆、瓶，炊器也。"㊂泛指小口大腹以盛液體的容器。包括以陶器、金屬等製成的。文選南朝梁沈休文(約)三月三日率爾成篇詩："象筵鳴寶瑟，金瓶泛羽巵。"注："瓶，酒器也。"㊃姓。漢有太子少傅瓶守。見漢應劭風俗通姓氏上。

【瓶香】乳香。宋洪芻香譜上："乳香，廣志云：卽南海波斯國松樹脂，有紫赤櫻桃者，名乳香。蓋薰陸之類也。……今以通明者爲勝，目曰的乳，其次曰揀乳，又次曰瓶香。然多夾雜成大塊，如瀝青之狀。又其細者，謂之香纏。"

【瓶雀】瓶中之雀。佛經以雀喻精神，瓶喻形體。瓶破雀飛，比喻形毁而神不滅。宋蘇軾分類東坡詩四三朵花："兩手欲遮缾裏雀，四條深怕井中蛇。"宋師尹注："藏經大智度論頌云：鳥來入缾中，羅縠掩缾口，縠穿鳥飛去，神明隨業走。"

【瓶笙】以瓶煮水，微沸作聲，美其名曰瓶笙。宋蘇軾分類東坡詩十二缾笙引："劉幾仲餞飲東坡，中觴，聞笙簫聲杳杳，若在雲霄間，……徐而察之，則出於雙缾，水火相得，自然吟嘯。……坐客驚嘆，得未曾有，請作缾笙詩記之。"陸游劍南詩稿四四初睡起有作："老夫徐下榻，負火聽瓶笙。"

【瓶缽】僧人食具。瓶盛水，缽盛飯。梁書范縝傳神滅論："又惑以茫昧之言，懼以阿鼻之苦，……故捨逢掖，襲横衣，廢俎豆，列缾缽，家家棄其親愛，人人絶其嗣續。"唐姚合姚少監集四寄無可上人詩："終須執瓶缽，相逐入牛頭。"

【瓶錫】僧人隨身攜帶的汲瓶和錫杖。也借指僧侶或僧侶生涯。唐齊己白蓮集三夏日荆渚書懷："中途息瓶錫，十載依公卿。"宋司馬光温國文正公集二送文慧師歸眉山詩："山鳥集掌中，巴猿侍瓶錫。"

【瓶隱】古隱者的別名。唐劉燾樹萱録："申屠有崖放曠雲泉，常攜一瓶，一日躍身入瓶中，時號瓶隱。"(類説十三)

【瓶花譜】明張謙德撰，一卷。專論瓶花，先品瓶，次品花，以及折枝插貯護瓶等事。謙德卽張丑，別撰清河書畫舫等。

【瓶爾小草】草名。一莖一葉，高二三寸，葉似馬蹄有尖，光緑無紋，就莖作小穗，色緑微黄，貼葉如著，入藥。參閱清吴其濬植物名實圖考十七石草。

【瓶罄罍恥】詩小雅蓼莪："缾之罄矣，維罍之恥。"箋："缾小而罍大，罄，盡也。缾小而盡，罍大而盈。言爲罍恥者，刺王不使富分貧，衆恤寡。"後以瓶罄罍恥比喻賢良被斥，正直受譏。北周庾信庾子山集十二思舊銘："麟止星落，月死珠傷。瓶罄罍恥，芝焚蕙歎。"

甇 dàng 丁浪切，去，宕韻，端。ㄉㄤˋ

㊀大盆。急就篇三："甀、甇、甂、甌、瓨、甖、盧。"㊁磚砌的井壁。漢書九二陳遵傳揚雄酒箴："一旦叀礙，爲甇所轠。"注："叀，縣也。甇，井以甎爲甃者也。轠，擊也。言瓶忽縣礙不得下，而爲井甇所擊，則破碎也。"㊂姓。東晉列國後秦有甇耐虎。金有甇懷英、金史一二五作党懷英。見宋鄧名世古今姓氏書辨證三三。

甀 chuí 直垂切，平，支韻，澄。ㄔㄨㄟˊ 馳偽切，去，寘韻，澄。

小口甖。戰國策東周："夫鼎者，非效醯壺醬甀耳，可懷挾提挈以至齊者。"注："甀，一作瓿。"淮南子氾論："木鉤而樵，抱甀而汲。"

瓾 měng 字彙 母耿切，音猛。ㄇㄥˇ

甂帶。淮南子説山:“弊箄甑甂，在袇茵之上，雖貪者不搏。”注:“甂，甂帶。……甂讀鼃黽之鼃也。”

九　畫

甂 biān 布玄切,平,先韻,幫。ㄅㄧㄢ

闊口食盆。孔子家語致思:“瓦甂，陋器也,煮食,薄膳也,夫子何喜之如此乎?”

【甂甌】瓦器。淮南子説林:“狗彘不擇甂甌而食，偷肥其體。”楚辭漢東方朔七諫謬諫:“甂甌登於明堂兮，周鼎潛乎深淵。”

甄 1. zhēn 職鄰切,平,真韻,照。ㄓㄣ 居延切,平,仙韻,見。

㊀製造陶器的轉輪。晉書潘尼傳釋奠頌:“若金受範，若埴在甄。”㊁推行教化或造就培養人才。文選漢班孟堅(固)典引:“乃先孕虞育夏，甄殷陶唐。”又晉左太沖(思)魏都賦:“玄化所甄，國風所稟。”參見“甄陶”。㊂鑒別，選拔。三國志吳張昭傳附張承:“承爲人壯毅忠讜,能甄識人物。”㊃彰明。文選晉潘安仁(岳)西征賦:“甄大義以明責，反初服於私門。”後漢書光武紀下贊:“光武誕命,靈貺自甄。”注:“甄，明也。”㊄軍隊左右兩翼。即春秋之左右盂。晉書周訪傳:“使將軍李恒督左甄，許朝督右甄。”文選南齊王元長(融)三月三日曲水詩序:“昭灼甄部，駔駿函列。”注:“孫子兵法曰:長陣爲甄。”參見“盂”。㊅地名。史記齊太公世家:“諸侯會桓公於甄。”集集:“杜預曰:衛地,今東郡甄城也。”今作鄄，即山東鄄城。㊆姓。東漢有甄宇。見後漢書七九儒林傳。

2. zhèn ㄓㄣˋ

㊇震動。通“震”。周禮春官典同:“薄聲甄,厚聲石。”注:“甄讀爲甄燿之甄。甄，猶掉也。”清段玉裁説文解字注:“考工記叚借爲震掉字。”

【甄宇】東漢北海安丘人。字長文。少習嚴氏春秋。建武中，徵拜博士。每臘日，詔書賜博士人各一羊，羊有大小肥瘦，宇獨取其瘦者，京師號爲“瘦羊博士”。官終太子少傅。見後漢書七九下儒林傳。

【甄后】公元?—221年。三國中山無極人,漢太保甄邯後。本袁紹次子熙之妻。曹操破紹,子曹丕(文帝)隨軍入鄴,至紹府見后姿貌絶倫,納之爲婦,生明帝及東鄉公主。黄初元年丕廢漢稱帝,寵郭后。后在鄴失意有怨言，丕怒，賜死。明帝立，追謚爲文昭皇后。見三國志魏后妃傳。

【甄序】分敍次第。南朝梁劉勰文心雕龍四史傳:“爰及太史談,世惟執簡,子長繼志,甄序帝勣。”

【甄別】鑑別,分別。三國志吳步騭傳:“騭於是條于時事業在荆州界者,諸葛瑾陸遜……石幹十一人，甄別行狀，因上疏。”樂府詩集三十南朝梁沈約長歌行之二:“銜恨豈云忘,天道無甄別。”

【甄官】官署名。始於東漢,掌甎瓦玉石之事,歷代沿襲,置甄官署令丞。宋以後廢。參閱晉書職官志、舊唐書職官志三。

【甄表】㊀分別表彰。後漢書安帝紀元初六年詔:“其賜……貞婦有節義十斛，……甄表門閭，旌顯厥行。”注:“甄，明也。”㊁表明。隋書天文志上:“乃命庾季才等，參校周齊梁陳及祖暅孫僧化官私舊圖，刊其大小，正彼疎密，依準三家星位，以爲蓋圖。旁摛始分，甄表常度，並具赤黄二道,内外兩規。”

【甄拔】甄別人材而薦舉使用之。晉書山濤傳:“出爲冀州刺史,……濤甄拔隱屈,搜訪賢才,旌命三十餘人。”南齊書王思遠傳讓官表:“臣實庸鄙,無足奬進,陛下甄拔之旨,要是許其一節。”

【甄明】辨別清楚。後漢書二五魯丕傳上疏:“臣以愚頑，顯備大位，犬馬氣衰，猥得進見，論難於前，無所甄明。”注:“甄,別也。”

【甄品】鑒別品評。新唐書一〇〇楊恭仁傳附師道:“太宗數訪羣臣才行，師道雖有所推道,而乏甄品。”

【甄陶】鍛煉成器。引申爲培育造就人才或推行教化。漢揚雄法言先知:“甄陶天下者,其在和乎?剛則甈,柔則坯。”文選三國魏何平叔(晏)景福殿賦:“amp;釐理宇宙,甄陶國風。”注:“埏埴爲器曰甄陶。”

【甄異】察別非常的人或事。後漢書二九郅惲傳:“先是長沙有孝子古初，遭父喪未葬，鄰人失火，初匍匐柩上，以身扞火,火爲之滅。惲甄異之,以爲首舉。”晉書范甯傳陳時政:“監司相容,初無彈糾,其中或有清白,亦復不見甄異。”

【甄敍】甄別而加以任用。唐陸贄陸宣公集四改梁州爲興元府升洋州爲望州詔:“應山南西道節度下將士，除扈從迎駕已經改官者,餘並即與甄敍。”

【甄甄】鳥振翼飛翔貌。楚辭漢王逸九思悼亂:“鶬鶊兮軒軒,鶉鵪兮甄甄。”

【甄綜】綜合分析,鑑別品評。三國志蜀龐統傳:“顧子(劭)可謂駑牛能負重致遠也”注:“劭就統宿，語，因問:‘卿名知人，吾與卿孰愈?’統曰:‘陶冶世俗，甄綜人物，吾不及卿。論帝王之祕策，攬倚伏之要最,吾似有一日之長。’”

【甄賞】簡拔嘉奬。晉書張光傳:“(梁王司馬)彤表光處絶圍之地，有耿恭之忠，宜加甄賞,以明奬勸。”

【甄録】選拔録用。唐劉知幾史通品藻:“正如董仲舒揚子雲亦鑽仰四科，驅馳六籍，漸孔門之教義，服魯國之儒風，與此何殊，而並可甄録。”柳宗元柳先生集三八爲裴中丞賀克東平赦表:“阻兵怙亂者,必就梟擒;懷忠抱義者,無不甄録。”

【甄濟】唐定州無極人,字孟成。居青巖山十年。天寶中,安禄山求濟於玄宗,授范陽掌書記。後安禄山反，使蔡希德封刀召濟，不從則斷頭，濟堅不應,得免。廣平王平東都,肅宗詔館濟三司署,授秘書郎，歷侍御史，大曆初卒。新、舊唐書皆有傳。

【甄藻】辨別人材。後漢書六八郭太傳贊:“林宗懷寳，識深甄藻。”注:“甄，明也。藻，猶飾也。”林宗，太字。

【甄權】唐許州扶溝人。因母病,與弟立言究習方書,遂爲名醫。隋開皇初，爲祕書省正字,稱病免。貞觀中卒,年一百零三歲。撰有脈經針方明堂人形圖各一卷。新、舊唐書皆有傳。

【甄鸞】北周中山無極人,字叔遵,官司隸校尉，漢中郡守。精於步算。著有五經算術二卷，又注周髀算經術數記遺張丘建算經九章算經等。五經算術原書已佚,今傳本自永樂大典輯出。周武帝信道教,鸞奉佛，故不爲時人所重，名亦不著。見新唐書藝文志三。

【甄官井】古蹟名。在河南洛陽縣東南。漢末董卓專朝政,自洛陽徙都西入關，焚燒宫闕,獻帝初平二年孫堅進兵入洛,掃除宗廟，堅軍城南甄官井上，令人入井，探得漢傳國璽。見三國志吳孫堅傳注。簡稱甄井。文選三國吳張士然(俊)爲吳令謝詢求爲諸孫置守冢人表:“破董卓於陽人,濟神器於甄井。”

甃 zhòu 側救切,去,宥韻,莊。ㄓㄡˋ

㊀井壁。莊子秋水:“吾跳梁乎井幹之上，入休乎缺甃之崖。”釋文:“李(頤)云:甃，如闌，以甎爲之，著井底闌也。”㊁修井。易井:“井甃無咎。”周易集解六引干寶:“以甎壘井曰甃。”又引虞翻:“以瓦甓壘井稱甃。”後以塼砌物皆稱甃。唐白居

易長慶集七官舍内新鑿小池詩:"中底鋪白沙,四隅甃青石。"㊂飾,結。唐李賀歌詩編四出城别張又新酬李漢:"光明靏不斷,腰龜徒甃銀。"

十畫

甆 cí 音韻闡微 層時切,平,支韻,從。ㄘ

"瓷"的别體。又作"瓻"。宋楊萬里誠齋集十二謝親戚寄黄雀詩:"甆瓶淺染茱萸紫,心知親賓寄鄉味。"

【甆宫】酒器名。宋陶穀清異録酒醬:"雍都,酒海也。梁奉常和泉病於甘,劉拾遺玉露春病於辛,皇甫别駕慶雲春病於釅,光禄大夫致仕韋炳,取三家酒攪合澄窨飲之,遂爲雍都第一,名甆宫集大成。甆宫,謂耀州青榼。"(説郛六一)和泉、玉露春、慶雲春,均酒名。

甈 qì 去例切,去,祭韻,溪。ㄑㄧˋ 五計切,去,霽韻,疑。

㊀瓦器。爾雅釋器:"康瓠,謂之甈。"唐柳宗元柳先生集二十井銘:"始州之人,各以罌甈負江水,莫克井飲。"㊁乾裂。漢揚雄法言先知:"甄陶天下者,其在和乎。剛則甈,柔則坯。"李軌注:"甈,燥也。坯,濕也。言失和也。"

十一畫

甋 dì 都歷切,入,錫韻,端。ㄉㄧˋ

見"瓴甋"。

甗 lú 盧谷切,入,屋韻,來。ㄌㄨˊ

見下。

【甗甎】狹長的塼。三國志魏胡昭傳"動見楷模焉"注引魏略:"(扈累)又徙詣洛陽,遂不復娶婦。獨居道側,以甗甎爲障,施一廚牀,食宿其中。"

甎 zhuān 職緣切,平,仙韻,照。ㄓㄨㄢ

同"塼"、"磚"。唐柳宗元柳先生集二十井銘序:"凡用……大甎千七百,其深入尋有二尺。"又李咸用披沙集六和友人喜相遇詩之十:"命達夭殤同白首,價高甎瓦即黄金。"參見"塼㊀"。

【甎甓】塼,磚。甓亦塼。唐劉餗隋唐嘉話上:"洛陽南市,卽隋之豐都市也。初築外垣之時,掘得一塚,無甎甓。……校其年月,當魏黄初二年。"

甍 méng 莫耕切,平,耕韻,明。ㄇㄥˊ

棟梁,屋脊。左傳襄二八年:"猶援廟桷,動於甍。"注:"甍,屋棟。"疏:"此是屋上之長材椽,所以憑依者也。今俗謂之屋脊。"宋陸游劍南詩稿五四歸三山入秋益涼欣然有賦:"碧瓦朱甍無傑屋,烏篷畫楫有新船。"

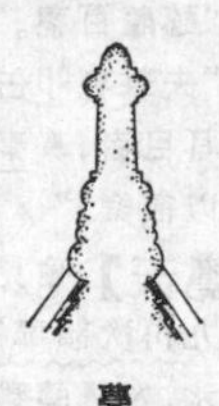
甍

【甍宇】甍,屋棟;宇,屋檐。泛指殿舍。文選漢張平子(衡)西京賦:"廛里端直,甍宇齊平。"

甌 ōu 烏侯切,平,侯韻,影。ㄡ

㊀盆盂類瓦器。淮南子説林:"狗彘不擇甂甌而食。"南齊書謝超宗傳:"超宗既坐,飲酒數甌。"㊁樂器名。詩陳風宛丘"坎其擊缶,宛丘之道"唐孔穎達正義:"缶是瓦器,可以節樂,若今擊甌。"文獻通考一三五樂考八:"擊甌,以十二磁甌爲一棣。"㊂地名。浙江温州的别稱。漢初温州一帶爲東甌王國,故稱。史記一一四東越傳:"孝惠三年……乃立搖爲東海王,都東甌,世俗號爲東甌王。"㊃姓。通"歐"。戰國吴有甌冶子。善鑄劍。見通志二六氏族二。

【甌卜】新唐書一〇九崔琳傳:"玄宗每命相,皆先書其名。一日書琳等名,覆以金甌,會太子入,帝謂曰:'此宰相名,若自意之,誰乎?'卽中,且賜酒。'太子曰:'非崔琳、盧從愿乎?'帝曰:'然。'"後世以甌卜爲擇相之稱,本此。

【甌江】水名。在浙江東南境,也稱永嘉江、永寧江、温江、慎江。有南北二源,至麗水縣合,經青田縣、永嘉縣,東入於海,江口以北卽温州灣。見讀史方輿紀要九四温州府永嘉縣永寧江。

【甌臾】瓦器。臾,通"甗"。喻地勢低窪不平。荀子大略:"語曰:流丸止於甌臾,流言止於知者。"注:"甌臾,皆瓦器也。"

【甌宰】飲宴中監行酒令的人。亦稱酒糾。宋陶穀清異録人事:"廣席多賓,必差一人慣習精俊者充甌宰,使舉職律衆。"(説郛六一)參見"酒糾"。

【甌脱】漢時匈奴語,指邊界。史記漢書舊注以爲邊境屯戍或守望之處。史記五十匈奴傳:"(東胡)與匈奴間,中有棄地,莫居,千餘里。各居其邊爲甌脱。"集解:"韋昭曰:界上屯守處。"後來泛指邊地。宋陸游劍南詩稿二一送霍監丞出守盱眙詩:"空聞甌脱嘶胡馬,不見浮屠插靈野。"參見"區脱"。

【甌越】㊀廣東海南島地區的古稱。史記趙世家:"夫翦髮文身,錯臂左衽,甌越之民也。"索隱:"劉氏云:'今珠崖、儋耳謂之甌人,是有甌越。"㊁部族名。秦漢時分布在今浙江南部,因地瀕甌江,故名。也叫東越,爲百越之一。見"東越"。

【甌寧】地名。今福建建甌縣,位於閩北山區。宋治平三年分建安建陽浦城三縣地置甌寧縣。尋廢,元祐中復置。紹興三十二年升爲建寧府治。明清相因。公元 1913 年併建安甌寧爲建甌縣。參閲寰宇通志四八建寧府。

【甌窶】喻高狹之地。史記一二六滑稽列傳:"(淳于)髡曰:'今者臣從東方來,見道旁有禳田者,操一豚蹄,酒一盂,祝曰:'甌窶滿篝,汙邪滿車,五穀蕃熟,穰穰滿家。'臣見其所持者狹而所欲者奢,故笑之。"索隱:"言豐年收掇易,可滿篝籠也。"正義:"甌窶謂高地狹小之區,得滿篝籠也。"

【甌駱】古部族名。百越之一。史記一一三南越傳:"越桂林監居翁諭甌駱屬漢,皆得爲侯。"參見"駱越"。

【甌蟻】附着在甌中的茶沫。文苑英華七九六唐陸龜蒙甫里先生傳:"先生嗜茶荈,置小園於顧渚山下,歲入茶租十許,薄爲甌蟻之費。"此卽以指茶。

【甌北詩話】清趙翼撰。十卷,續集二卷。翼號甌北,故名。正集評論自唐李白杜甫至清吴偉業等十家詩作。續集論詩格、詩體。

甐 shuǎng 疎兩切,上,養韻,山。ㄕㄨㄤˇ

用瓦石磨刷以去垢。同"磢"。廣雅釋詁三:"甐,磨也。"參見"磢"。

甊 lǒu 郎斗切,上,厚韻,來。ㄌㄡˇ

見"瓿甊"。

十二畫

甐 lìn 良刃切,去,震韻,來。ㄌㄧㄣˋ

破敝。周禮考工記輪人:"是故輪雖敝,不甐於鑿。"注:"鄭司農(衆)云:不甐於鑿,謂不動於鑿中也。玄謂甐,亦敝也。以輪之厚,石雖齧之,不能敝其鑿旁使之動。"參閲清孫詒讓周禮正義七五。

甑 zèng 子孕切,去,證韻,精。ㄗㄥˋ

瓦製煮器。後世以竹木製者稱蒸籠。字亦作"鬸"。孟子滕文公上:"許子以釜甑爨,以鐵耕乎?"周禮考工記陶人:"甑實二鬴,厚半寸,脣寸,七穿。"

【甑窒】瓦器。楚辭漢嚴忌哀時命："璋珪雜於甑窒兮，隴廉與孟娵同宮。"璋珪，玉名。喻賢愚不别。

【甑塵】煮飯瓦器下的塵土。形容生活清貧，無米下鍋，器上積滿塵土。唐徐夤釣磯文集九邑宰相訪翼日有寄詩："淵明深念郄詵貧，踏破莓苔看甑塵。"參見"塵甑"。

【甑帶】束甑之箍。詩小雅大東"無浸穫薪"三國吳陸璣毛詩草木鳥獸蟲魚疏："穫，今椰榆也。其葉如榆，其皮堅韌，剝之，長數尺，可爲絙索，又可爲甑帶。"按穫即樺樹，穫、樺古今字。甑帶又稱"甈"。參閱太平御覽七五七甑帶。

【甑墮】後漢孟敏客居太原，荷甑墮地，不顧而去。郭太見而問其意，對曰："甑以破矣，視之何益？"後以"甑墮"或"墮甑"比喻事已破敗，惋惜無益。參見"墮甑"。

【甑塵釜魚】形容家境清貧，久不治炊。後漢書八一范冉傳："所止單陋，有時糧粒盡，窮居自若，言貌無改，閭里歌之曰：'甑中生塵范史雲，釜中生魚范萊蕪。'"史雲，冉字，桓帝時爲萊蕪長。

甏 pèng 字彙 蒲孟切，彭去聲。ㄆㄥˋ

小口大腹的瓦器。清顧張思土風録十五墁謂之甏："宋元字書無甏字，惟梅氏字彙有之，音彭，去聲，瓶甕也。俗以墁爲甏。"

瓾 dēng 都騰切，平，登韻，端。ㄉㄥ

古盛祭品的瓦器。見玉篇。唐韓愈昌黎集一南山詩："或纍若盆甖，或揭若瓾豆。"

𤮭 biē ㄅㄧㄝ

盛茶酒的陶器。宋邵雍伊川擊壤集十二小車吟詩："大𤮭子中消白日，小車兒上看青天。"參閱明陸容菽園雜記九、清翟灝通俗編二六器用。

甒 wǔ 文甫切，上，麌韻，明。ㄨˇ

瓦製酒器。禮禮器："君尊瓦甒。"注："瓦甒，五斗。"甒，古文作"廡"。參見"廡㊁"。

甒

十三畫

甕 wèng 烏貢切，去，送韻，影。ㄨㄥˋ

本作"瓮"，亦作"罋"、"𦉥"。陶製盛器。易井："井谷射鮒，甕敝漏。"禮檀弓上："醯醢百甕。"史記八七李斯傳諫逐客："夫擊甕叩缶，彈箏搏髀，而歌呼嗚嗚快耳目者，真秦之聲也。"索隱："秦人鼓之以節樂。"

【甕天】喻見識狹窄。宋黃庭堅豫章集九再次韻奉答子由詩："似逢海若談秋水，始覺醯雞守甕天。"醯雞，甕中小蟲。

【甕安】縣名。屬貴州省。宋紹興中，以黃平府甕水砦授土司猶氏爲封地。明洪武十七年，猶恭以地歸附，授甕水安撫司，屬播州宣慰司。萬曆二十八年，以甕水草塘二司設甕安縣，屬平越府。清屬平越州。參閱讀史方輿紀要一二一平越軍民府黃平州。

【甕門】月城的門。城門的外垣爲月城。景德傳燈録八普願禪師："陸大夫出迎接，指城門云：人人盡喚作甕門。"參見"甕城㊀"。

【甕城】㊀城門外的月城，作掩護城門、加强防禦之用。宋曾公亮武經總要前集十二守城："門外築甕城，城外鑿壕，去大城約三十步。"又："其城外甕城，或圓或方，視地形爲之。高厚與城等，惟偏開一門，左右各隨其便。"新五代史朱珍傳："夜率其兵叩鄆城門，朱裕登陴，開門内珍軍，珍軍已入甕城而垂門發，鄆人從城上礫石以投之，珍軍皆死甕城中。"㊁鐵甕城之省。清詩别裁十二徐紈晚發京口："回首甕城山色遠，驚濤猶在海門西。"參見"鐵甕城"。

【甕㼜】喻癭瘤大如甕㼜，假形貌而作人名。莊子德充符："甕㼜大癭説齊桓公，桓公説之，而視全人，其脰肩肩。"注："甕㼜，大癭貌。"亦作"甕盎"。文苑英華六八七南朝陳徐陵與王吳郡僧智書："遂以哀駘不棄，甕盎無遺。"

【甕鼻】指説話時鼻音濃重。宋袁文甕牖閒評四："王充論衡云：'鼻不知香臭爲甕。'則知今之人以鼻不清亮者爲甕鼻，作此甕字，未爲無自也。"按論衡别通作"癰鼻"，不知香臭爲癰，聲多鼻音爲甕，義别。參閱清趙翼陔餘叢考四三甕鼻。

【甕牖】以破甕之口做窗户。指貧窮人家。莊子讓王："原憲居魯，環堵之室，茨以生草，蓬户不完，桑以爲樞而甕牖，二室，褐以爲塞，上漏下溼。"釋文："司馬(彪)云：破甕爲牖。"唐白居易長慶集五效陶潛體詩："北里有寒士，甕牖繩爲樞。"

【甕頭】㊀甕口。北魏賈思勰齊民要術七法酒："七月七日作酒法方，一石麴作燠餅，編竹甕下，羅餅竹上，密泥甕頭。"㊁初熟之酒。唐張彦遠法書要録三唐何延之蘭亭記："使留夜宿，設堈面藥酒茶果等；江東云堈面，猶河北稱甕頭，謂初熟酒也。"唐劉禹錫劉夢得集四酬樂天偶題酒甕見寄詩："門外紅塵人自走，甕頭清酒我初開。"參見"甕頭春"。

【甕雞】酒甕中的小蟲，即蠛蠓。宋朱松韋齋集一久旱新歲乃雨詩："此身羣萬生，擾擾舞甕雞。"參見"醯雞"。

【甕聽】穿井用薄皮裹甕口置於井中，可聽地下遠處音響，以防敵人挖掘地道，謂之甕聽。

甕聽

明茅元儀武備志一一三軍資乘守四器式二："甕聽，用七石甕，覆於地道内；擇耳聰人坐聽於甕下，以防城中鑿地道。"參見"地聽"。

【甕頭春】初熟酒。省稱甕頭。唐岑參岑嘉州詩二喜韓樽相過："甕頭春酒黄花脂，禄米只充沽酒資。"聊齋志異狐妾："劉視之，果得酒，真家中甕頭春也。"

【甕中捉鼈】喻所欲得者已在掌握之中。五燈會元十九昭覺勤禪師："僧曰：'甕裏怕走却鼈？'"古今名劇元康進之梁山泊李逵負荆："這是揉着我山兒的痒處，管教他甕中捉鼈，手到拿來。"

【甕牖閒評】宋袁文撰，八卷。以考訂爲主，對於經史多有分析評論。第四卷專論文字之學，大體精審。原書已亡，今本自永樂大典輯出。

【甕牖繩樞】喻貧窮人家。用破甕口作窗户，用繩作門户樞紐。文選漢賈誼過秦論："陳涉甕牖繩樞之子，甿隸之人，而遷徙之徒也。"

甓 pì 扶歷切，入，錫韻，並。ㄆㄧˋ

塼，瓴。詩陳風防有鵲巢："中唐有甓。"箋："甓，瓴甋也。"

【甓社湖】湖名。在江蘇高郵縣西北。湖東西長七十里，南北寬五十里。宋黃庭堅豫章集九呈外舅孫莘老詩："甓社湖中有明月，淮南草木借光輝。"元至正十三年，張士誠起義，淮南行省李齊出守甓社湖，即此。參閱讀史方輿紀要二三揚州府高郵州。

甔 dān 丁含切，平，覃韻，端。
ㄉㄢ 都濫切，去，闞韻，端。

㊀口小腹大的瓦器。史記貨殖傳："醬千甔。"集解："徐廣曰：'大罌缶。'"宋陸游劍南詩稿五七上巳："名花紅滿舫，美醖緑盈甔。"㊁通"儋"。見"儋石"。

【甔甀】瓦瓶。列子湯問："當國之中有

山，山名壺領，狀若甗甑。"

十四畫

甖 yīng ㄧㄥ 烏莖切，平，耕韻，影。

小口大腹的盛酒器。字亦作"罌"、"甇"。急就篇三："甀甇甂甌瓨甖盧。"注："甖，甀之大腹者也。"文選晉劉伯倫（伶）酒德頌："先生於是方捧甖承槽，銜杯漱醪，奮髯踑踞，枕麴藉糟。"

【甖枕】用甖和竹木做成的渡水桄子。宋曾鞏元豐類藁四九政要策水災："太宗淳化之歲，嘗自七月至九月雨不止，崇明門外皆浮甖枕以濟。"

【甖子口】地名。在江西鄱陽湖中，星子縣境。當長江內湖相通之要道。元至正二十三年朱元璋（明太祖）敗陳友諒於此。參閱讀史方輿紀要八三江西一鄱陽湖。

十六畫

甗 yán yǎn ㄧㄢˊ ㄧㄢˇ 語軒切，平，元韻，疑。魚蹇切，上，獮韻，疑。魚變切，去，綫韻，疑。

㊀古炊器。以青銅或陶爲之。分兩層，上可蒸，下可煮。周禮考工記陶人："陶人爲甗，實二鬴，厚半寸，脣寸。"清孫詒讓正義八一："甗，上體如甑，無底；施箅於中，容十二斗八升。下體如鬲，以承水，陞氣於上，古銅甗有存者，大勢類此。"㊁地名。春秋齊地。左傳僖十八年："宋師及齊師戰于甗，齊師敗績。"在今山東濟南市歷城縣境。

甗

【甗錡】謂山形高低屈曲，上大下小如甗。文選漢司馬長卿（相如）上林賦："巖陁甗錡，摧崣崛崎。"注："甗，甑也。錡，欹也；上大下小有似欹甑也。"

甘部

甘 gān ㄍㄢ 古三切，平，談韻，見。

㊀味美，甜。書洪範："稼穡作甘。"注："甘味生於百穀。"詩邶風谷風："誰謂荼苦？其甘如薺。"㊁悅耳動聽。左傳僖十年："幣重而言甘，誘我也。"㊂情願，樂意。詩齊風雞鳴："蟲飛薨薨，甘與子同夢。"晉陶潛陶淵明集三戊申歲六月中遇火詩："草廬寄窮巷，甘以辭華軒。"㊃嗜好，喜愛。書五子之歌："甘酒嗜音。"三國魏曹植曹子建集十藉田說："殘仁賊義，甘財悅色。"㊄古地名。1. 書甘誓："啟與有扈戰于甘之野。"注："甘，有扈郊地，今在鄠縣西。"鄠縣卽今陝西戶縣。2. 左傳僖二四年："甘昭公有寵於惠后。"注："甘昭公，王子帶也，食於甘。"甘，在今河南宜陽縣東南。㊅通"柑"。初學記二八周處風土記："甘，橘之屬，滋味甜美特異者也。"㊆姓。夏時侯國，以邑爲氏。秦有甘茂，楚有甘公，漢有甘延壽，三國吳有甘寧。參閱通志二七氏族三。

【甘山】㊀傳說中山名。山海經大荒東經："有甘山者，甘水出焉，生甘淵。"㊁山名。1. 在四川彭水縣東。有奇峰秀嶺，清泉茂樹，環鬱可觀。見嘉慶一統志四一七酉陽州。2. 在黔南。道家所稱洞天福地之一。見雲笈七籤二七甘山。

【甘心】㊀情願，願意。詩衛風伯兮："願言思伯，甘心首疾。"漢書九六上西域傳："初，武帝感張騫之言，甘心欲通大宛諸國，使者相望於道，一歲中多至十餘輩。"㊁稱心，快意。左傳莊九年："管（仲）召（忽）讎也，請受而甘心焉。"注："言欲快意戮殺之。"後漢書二四馬援傳："吾受厚恩，年迫餘日索，常恐不得死國事，今獲所願，甘心瞑目。"

【甘木】㊀傳說中的木名。山海經大荒南經："（大荒之中）有不死之國，阿姓，甘木是食。"注："甘木，卽不死樹，食之不老。"㊁結果甘甜之木。文選漢班孟堅（固）西都賦："竹林果園，芳草甘木。"

【甘分】甘心，安分。唐白居易白香山集後集十六病後喜過劉家詩："忽憶前年初病後，此生甘分不銜杯。"又徐夤釣磯集六自詠十韻詩："如今便死還甘分，莫更嫌他白髮生。"

【甘丹】喇嘛寺名。在拉薩東北。爲黃教開祖宗卡巴所創立。西藏四大本山之一。甘丹，藏語意卽樂土。西藏記上寺廟："甘丹寺，召東九十里，形勢同布達拉，極其華麗；乃宗卡巴坐床之所。山上多有遺迹，爲黃帽喇嘛發源之地。"

【甘石】戰國時齊人甘公與魏人石申，都以研究天文著稱。漢揚雄法言五百："或問，星有甘石，何如？"注："甘公、石申夫，善觀天文者也。"甘公卽甘德。參見"甘德"、"甘石星經"。

【甘州】㊀地名。漢張掖郡地，北魏始置甘州，以州東有甘峻山而名。元置甘州路總管府，明置陝西行都指揮使司於此。清改爲甘州府，屬甘肅省，治張掖縣。公元 1913 年裁府留縣，今爲張掖市。參閱通典一七四州郡四、讀史方輿紀要六三甘肅鎮。㊁羽調曲名。見樂府詩集八十近代曲辭二甘州引樂苑。參見"甘州破"。㊂詞調名。詳"八聲甘州"。

【甘旨】美味。韓詩外傳五："鼻欲嗅芬香，口欲嗜甘旨。"漢書食貨志上鼂錯論貴粟疏："夫寒之於衣，不待輕暖；飢之於食，不待甘旨。"後來多用作奉養父母之詞。文選南朝梁任彥昇（昉）啟蕭太傅固辭奪禮："飢寒無甘旨之資，限役廢晨昏之半。"唐白居易長慶集四二奏陳情狀："臣母多病，臣家素貧；甘旨或虧，無以爲養；藥餌或闕，空致其憂。"

【甘竹】竹名。似篁而茂，葉下節，味甘，合湯用之。圖經本草云卽淡竹。見晉戴凱之竹譜、政和證類本草十三竹葉。

【甘休】甘願罷休。唐李咸用披沙集六和彭進士感懷詩："人生誰肯便甘休，遇酒逢花且共遊。"

【甘言】諂媚奉承的話。史記六八商君傳："語有之矣，貌言華也，至言實也，苦言藥也，甘言疾也。"

【甘谷】㊀地名。傳說人飲谷水可以長壽。抱朴子仙藥："南陽酈縣山中有甘谷水。谷水所以甘者，谷上左右，皆生甘菊。菊花墮其中，歷世彌久，故水味爲變。其臨此谷中居民，皆不穿井，悉食甘谷水；食者無不老壽；高者百四五十歲，下者不失八九十，無夭年人，得此菊力也。"㊁縣名。屬甘肅省。宋熙寧初，曹瑋置城於此，爲戍守處。金置甘谷縣，屬秦州。參閱續文獻通考二三六輿地八、讀史方輿紀要五九鞏昌府。

【甘雨】及時雨。詩小雅甫田："以祈甘

雨,以介我稷黍。”爾雅釋天:“甘雨時降,萬物以嘉。”疏:“甘雨,卽時雨也。”

【甘松】㊀山嶺名。在今四川松潘縣西南。亦稱松葉嶺、松子嶺。唐玄宗時,吐蕃請互市於甘松嶺,卽其地。參閱新唐書二一六上吐蕃傳、太平寰宇記八一松州。㊁地名。本羌族地,前涼張駿(文王)置甘松護軍,西秦乞伏國仁(烈祖)置甘松郡。北魏置甘松縣,太和六年改置扶州。隋改爲嘉誠縣,屬同昌郡。唐武德初置松州,取州界甘松嶺爲名。今地當在四川松潘縣一帶。參閱太平寰宇記八一松州、資治通鑑七八魏景元四年注。㊂香草名。宋書范曄傳和香方序:“甘松、蘇合、安息、鬱金、㮈多、和羅之屬,並被珍於外國,無取於中土。”

【甘奇】甘羅,戰國秦人;子奇,齊人。甘羅年十二,子奇年十八,卽以才能出衆著名。後因以指年少多才之人。後漢書四四胡廣傳諫疏:“甘奇顯用,年乖彊仕;終賈揚聲,亦在弱冠。”終,終軍;賈,賈誼。參見“甘羅”、“子奇”。

【甘肥】美味濃厚的食品。韓非子外儲右上:“晉文公問於狐偃曰:寡人甘肥周於堂,卮酒豆肉集於宮,壺〔壺〕酒不清,生肉不布;殺一牛,徧於國中;一歲之功,盡以衣士卒;其足以戰民乎?”晉陶潛陶淵明集三有會而作詩:“菽麥實所羨,孰敢慕甘肥。”

【甘苦】甜味與苦味。墨子非攻上:“少嘗苦曰苦,多嘗苦曰甘,則必以此人爲不知甘苦之辨矣。”引申比喻美好的和艱苦的生活。史記燕召公世家:“燕王弔死問孤,與百姓同甘苦。”

【甘茂】戰國楚下蔡人。甘羅祖父。初爲秦將,秦武王時任左相,領兵攻下韓之宜陽,武王遂得至周。昭王時,因畏讒言,逃往齊國,客死於魏。史記有傳。

【甘泉】㊀甘美的泉水。荀子堯問:“孔子曰:爲人下者乎,其猶土也,深抇之而得甘泉焉。”㊁宮名。1.秦、漢甘泉宮。秦始皇二十七年作甘泉前殿,漢武帝建元中增廣之,建通天、高光、迎風諸殿。甘泉宮一名雲陽宮。在陝西淳化縣西北甘泉山。參閱三輔黃圖二、四,嘉慶一統志二四八邠州。2.隋甘泉宮。因面對甘泉谷而名。在陝西鄠縣西南。參閱讀史方輿紀要五三西安府。㊂山名。在陝西淳化縣西北。戰國范雎說秦昭王,謂大王之國北有甘泉、谷口,卽此。史記七九范雎傳正義引括地志:“甘泉山一名鼓原,俗名磨石嶺,在雍州雲陽縣西北九十里。”參閱讀史方輿紀要五三西安府。㊃縣名。1.秦、漢上郡雕陰縣地,隋爲洛交縣,唐天寶元年改曰甘泉,以地有泉甘美而名,屬鄜州。宋改屬延安府,明清因之。今屬陝西省。參閱嘉慶一統志二三三延安府一。2.本江都縣地,清雍正九年析置甘泉縣,與江都並爲江蘇揚州府治所。公元 1912 年併入江都縣。參閱嘉慶一統志九六揚州府一。

【甘冥】安寢恬臥。冥,同“瞑”;瞑,古眠字。莊子列禦寇:“彼至人者,歸精神乎无始,而甘冥乎无何有之鄉。”釋文:“(冥),如字,本亦作‘瞑’。又音眠。”

【甘草】藥草名。淮南子覽冥:“夫地黃主屬骨,而甘草主生肉之藥也。”急就篇四:“牡蒙、甘草、菀、藜蘆。”注:“甘草,一名蜜草,一名蕗,一名蘦,一名大苦。”根莖入藥。性平和味甘,能和百藥。參閱政和證類本草六甘草。

【甘眠】睡得很甜熟。唐白居易長慶集六五偶吟詩:“便得一年生計足,與君美食復甘眠。”參見“甘冥”。

【甘脆】美味的食品。戰國策韓二:“(嚴)仲子固進,而聶政謝曰:‘臣有老母,家貧客游,以爲狗屠,可旦夕得甘脆以養親。’”史記八六刺客傳作“甘毳”。三國志吳吳主傳黃武元年“(孫)權使太中大夫鄭泉聘劉備于白帝”注引吳書:“(泉)博學有奇志而性嗜酒,其閒居每曰:‘願得美酒滿五百斛船,以四時甘脆置兩頭,反覆没飲之……不亦快乎!’”參見“甘毳”。

【甘瓠】味甘可食之瓠。詩小雅南有嘉魚:“南有樛木,甘瓠纍之。”

【甘陵】地名。故址在今河北清河縣。本秦厝縣,屬鉅鹿郡。漢屬清河郡。東漢安帝以孝德皇后葬於厝縣,陵名甘陵,縣亦改名甘陵。參閱漢書地理志八上、後漢書安帝紀建光元年、後漢書郡國志二。

【甘淵】傳說中的深淵。山海經大荒東經:“大荒之中……有甘山者,甘水出焉,生甘淵。”傳:“水積則成淵也。”又大荒南經:“東南海之外,甘水之間,有羲和之國,有女子名曰羲和,方日浴於甘淵。”

【甘遂】草名。可入藥。廣雅釋草:“陵澤,甘遂也。”清王念孫疏證:“神農本草云:甘遂,一名主田。”太平御覽九九三本草經:“甘遂味苦寒,生川谷,治大腹疝瘕脹滿,面目浮腫,除留飲宿食。出中山。”

【甘棠】㊀木名。爾雅釋木:“杜,甘棠。”棠,喬木名,有赤、白兩種。赤者稱杜,白者稱棠。白棠卽甘棠,也稱棠梨。果實酸美可食。參閱本草綱目三十果二棠梨。㊁詩召南篇名。傳說周武王時,召伯(奭)巡行南國,曾憩甘棠樹下,後人思其德,因作甘棠詩。左傳昭二年:“武子曰:宿敢不封殖此樹,以無忘角弓,遂賦甘棠。”後用作爲稱頌官吏政績之詞。唐杜牧樊川集二奉和門下相公送西川相公兼領相印出鎮全蜀詩十八韻:“丹心懸魏闕,往事愴甘棠。”㊂湖名。在江西九江縣南。一名景星湖。唐長慶二年,刺史李渤經湖心築堤,長七百步。又立斗門蓄水、排水。以稱頌其德如召伯,故名甘棠湖。參閱讀史方輿紀要八五九江府。

【甘毳】卽“甘脆”。史記八六刺客傳:“嚴仲子固進,而聶政謝曰:‘臣幸有老母,家貧,客游以爲狗屠,可以旦夕得甘毳以養親。’”索隱:“鄒氏音脆,二義相通也。”亦作“甘膬”。文選漢枚叔(乘)七發:“飲食則溫淳甘膬,脭醲肥厚。”

【甘結】指舊時向官府寫保證書。宋宋慈宋提刑洗冤集錄頒降新例:“仍取苦主,並聽一干人等連名甘結。”亦指寫給官府的保證書。元郭畀客杭日記:“到省中領文書,取回甘結。”

【甘肅】㊀甘肅省。古雍州地。漢爲涼州。唐以後屢經分併改置。元至元十八年,置甘肅等處行中書省,以甘州肅州兩地首字命名,始有甘肅之名。明置陝西行都指揮使司於甘州,屬陝西布政使司。清康熙年間置甘肅省,以蘭州爲省會。參閱清文獻通考輿地十五、讀史方輿紀要六三甘肅鎮。㊁甘肅鎮。明邊防鎮九邊之一。鎮守地區,東起甘肅黃河以西及青海西寧一帶,西到甘肅嘉峪關。總兵官駐甘州(張掖)。參見“九邊”。

【甘寧】三國吳巴郡臨江人。字興霸。初在劉表部下,不見用。後爲孫權將領,隨周瑜破曹操,又從呂蒙拒關羽。屢立戰功,時稱江表虎臣,官至折衝將軍。三國志吳有傳。

【甘寢】安睡。莊子徐无鬼:“孫叔敖甘寢秉羽,而郢人投兵。”淮南子主術作“孫叔敖恬卧而郢人無所害〔用〕其鋒”。

【甘誓】尚書篇名。書甘誓序:“啟與有扈戰于甘之野,作甘誓。”注:“甘,有扈郊地名,將戰先誓。”啟,禹之子。有扈,國名,與夏同姓。

【甘澍】及時雨。猶言甘霖。後漢書六五段熲傳上言:“臣動兵涉夏,連獲甘澍,歲時豐稔,人無疵疫。”

【甘蔗】多年生草。原産東南亞,我國閩廣栽種甚廣,爲製糖主要原料。漢楊孚異物志："甘蔗，遠近皆有，交趾所產特醇好，本末無薄厚，其味至均。圍數寸，長丈餘，頗似竹，斬而食之，既甘；迮取汁如飴餳，名之曰糖。"世說新語排調："顧長康噉甘蔗，先食尾。問所以，云：'漸入佳境。'"古書中甘蔗異名頗多，如甘柘、諸柘、諸蔗、藷蔗、都蔗、竿蔗等皆是。

【甘櫨】 果名。淮南子地形："昆侖華丘在其東南方……楊桃、甘櫨、甘華、百果所生。"也作"甘柤"。山海經海外北經："平丘在三桑東，……甘柤、甘華、百果所生有。"注："其樹，枝幹皆赤，黃花、白葉、黑實。呂氏春秋曰：箕山之東，有甘柤焉。"今本呂氏春秋本味"柤"作"櫨"。"櫨"爲"櫨"之形誤。

【甘盤】 商王武丁之賢臣。傳說他與傅說輔佐武丁成中興之業。書說命下："台小子舊學于甘盤。"又君奭："在武丁，時則有若甘盤。"

【甘德】 戰國齊人。又稱甘公。古天文學家，著天文星占八卷，已佚。史記天官書："昔之傳天數者……在齊，甘公。"集解："徐廣曰：或曰甘公名德也，本是魯人。"晉書天文志上謂爲齊國史官，掌著天文。漢書藝文志雜占類有甘德長柳占夢二十卷，亦佚。參見"甘石星經"。

【甘霈】 即甘雨。文苑英華十四唐沈珛賀雨賦："嘉糜儲之望歲，喜甘霈之露滋。"參見"甘雨"。

【甘霖】 即甘雨。元方回桐江續集十六次韻金漢臣喜雨詩："甘霖三尺透，病體十分輕。"

【甘蕉】 香蕉的一種。多年生草，果肉甜美。晉嵇含南方草木狀上："甘蕉，望之如樹，株大者一圍餘，葉長一丈，或七八尺，廣尺餘、二尺許。花大如酒杯，形色如芙蓉，著莖末，百餘子，大名爲房，相連累，甜美，亦可蜜藏。"清吳其濬植物名實圖考長編九芭蕉引南方草木狀作"大各爲房相連累"，於文意較長。

【甘膬】 即甘脆。又作"甘毳"。見"甘毳"。

【甘薯】 同"甘藷"。見該條。

【甘藍】 甘藍類蔬菜的通稱。一名藍菜。本草綱目十六草五甘藍："此亦大葉冬藍之類也。按胡洽居士云：河東、隴西、羌胡多種食之，漢地少有，其葉長大而厚，煮食甘美。"

【甘蟲】 鳥名。舊唐書宣宗紀大中十一年："舒州吳塘堰，有衆禽成巢，闊七尺，高七丈，而水禽、山鳥、鷹隼、燕雀之類，無不馴狎。又有鳥，人面綠毛，爪喙皆紺色，其聲曰'甘'，人呼爲'甘蟲'。"

【甘藷】 一作甘薯。又稱紅薯、白薯、紅苕、地瓜、番薯等。種類頗多，根甘美，可作糧食。藝文類聚八七郭義恭廣志："甘藷似芋，剝去皮，肉白。南方以當米穀，賓客亦設之，出交趾。"晉嵇含南方草木狀上作"甘藷"。參閱本草綱目二七菜二甘藷。

【甘羅】 戰國時人。甘茂孫，十二歲事秦相呂不韋。秦始皇欲擴大河間郡，命出使趙國，說趙王割五城與秦，以功封上卿。史記附甘茂傳。

【甘蠅】 古代傳說中的神箭手。呂氏春秋聽言："造父始習於大豆，蠭門始習於甘蠅。"注："大豆、甘蠅，御射人姓名。"列子湯問："甘蠅，古之善射者，彀弓而獸伏鳥下。"

【甘醴】 甜酒，美酒。儀禮士冠禮："醴辭曰：甘醴惟厚，嘉薦令芳。"文選漢張平子（衡）南都賦："酒則九醞甘醴，十旬兼清。"

【甘露】 ㊀甘美的雨露。老子："天地相合，以降甘露。"管子小匡："時雨甘露不降，飄風暴雨數臻，五穀不蕃，六畜不育。"按古人迷信，以降甘露爲太平之瑞兆。漢宣帝元康元年甘露降未央宮。見漢書宣帝紀。㊁甘蔗的別名。清吳其濬植物名實圖考十四："甘蔗，生嶺北者開花，花苞有露，極甘，遂呼甘露。"㊂年號。1. 漢劉詢（宣帝）。公元前53—前50年。2. 三國魏曹髦（高貴鄉公）。公元256—260年。3. 三國吳孫晧（末帝）。公元265—266年。4. 東晉列國前秦苻堅。公元359—364年。5. 五代東丹王耶律倍（遼義宗）。公元926—936年。

【甘心氏】 指柑。宋陶穀清異錄茗荈："皮光業躭茗事，一日中表前嘗新柑，纔至，呼茶甚急，徑進一巨甌，題詩曰：'未見甘心氏，先迎苦口師。'"（說郛六一）

【甘州曲】 詞調名。本唐教坊曲名。開元二十四年，升胡部於堂上。至天寶，樂曲多以邊地爲名，若涼州伊州甘州之類。甘州曲詞，單調，有二十九字、三十三字二體。顧敻詞，一名甘州子。參閱宋王灼碧雞漫志、詞譜二。

【甘州破】 樂曲名。本作甘州。唐宋大曲的第三段稱"破"。唐元稹長慶集二十琵琶："學語胡兒撼玉玲，甘州破裏最星星。"後沿用爲詞調之名。

【甘豆羹】 食品名。急就篇二："餅餌，麥飯，甘豆羹。"注："甘豆羹，以洮米泔和小豆而煮之也。一曰，以小豆爲羹，不以醯酢，其味純甘，故曰甘豆羹也。"

【甘延壽】 漢北地郁郅人，字君況。少善騎射，入羽林爲郎，又爲期門，以材力獲寵，升遼東太守。元帝時，出任西域都護騎都尉。匈奴郅支單于殺漢使者，延壽與副校尉陳湯進軍康居，斬郅支單于，封爲義成侯。漢書有傳。

【甘松香】 香草名。產於川西松州及甘肅、青海等山地，味甘香，故名。中醫以根、莖入藥，也可製香料。簡稱甘松。參閱本草綱目十四草三甘松香。

【甘泉歌】 古歌謠。也稱甘泉謠。三秦記："始皇作驪山陵，周迴跨陰盤縣界，水背陵，障使東西流。運大石於渭北渚，民怨之，作甘泉之歌云：'運石甘泉口，渭水不敢流；千人唱，萬人謳，金陵餘石大如堰。'"

【甘草癖】 對好茶成癖者的雅稱。宋陶穀清異錄茗荈："宣城何子華邀客，酒半，出嘉陽嚴峻畫陸鴻漸像。子華因言……若此叟者，溺於茗事，將何以名其癖？楊粹仲曰：茶至珍，蓋未離乎草也；草中之甘，無出茶上者，宜目陸氏爲甘草癖。"

【甘棠湖】 即景星湖。見"甘棠㊂"。

【甘蔗帖】 晉王羲之書帖名。宋黃伯思東觀餘論下跋右軍甘蔗帖摹本後："此帖中云：'甘蔗十丈。'初不可曉，因思曹子建詩云：'都蔗雖甘，杖之必折'；十丈云者，恐若木千章、竹萬箇之類。蔗似竹，於文從焉。"

【甘澤謠】 唐袁郊撰。一卷。自序謂咸通中春雨澤應，故有甘澤成謠之語，因以名書。原書已佚，今本據太平廣記輯出，爲明毛晉所刊。共九短篇，寫詭異事，其陶峴、聶隱娘、紅綫三篇，尤著名。所記瑣事軼聞，可供考證。

【甘露王】 阿彌陀佛的別號。佛家稱阿彌陀之咒爲甘露咒，故謂阿彌陀爲甘露王如來。彌陀化身說法，澍甘露之雨，以是稱其德。

【甘露寺】 古蹟名。1. 在今江蘇鎮江北固山上。相傳三國吳甘露年間建，唐李德裕擴建。乾符年間寺毀。宋祥符年間始移建於北固山上。參閱讀史方輿紀要二五鎮江府。2. 在陝西華山少華峯上。唐鄭谷有少華甘露寺詩。又張喬遊華山雲際寺詩，一作遊少華山甘露寺。

【甘露乳】 即葡萄。元詩選乙集吳澄草廬集跋牧樵子蒲萄："見此西涼甘露乳，泠然齒頰出寒酥。"

【甘露瓶】直口大腹，腹下漸奔，後出爲座。俗塑觀音像旁供楊枝者，多作此形，瓶之得名或以此。圖爲清代熱河行宮（卽承德之避暑山莊）所藏。

甘露瓶

【甘露飯】佛如來的齋飯。維摩詰所說經下香積佛品：“仁者可食如來甘露味飯。”唐柳宗元柳先生集四二巽上人以竹間自採新茶見贈酬之以詩：“猶同甘露飯，佛事薰毗耶。”也稱甘露食。藝文類聚七二南朝梁劉孝威謝東宮賜淨饌啓：“糜獻牛牧，飯出龍宮；千品甘露之食，百花珍藥之果。”

【甘露廚】佛家的廚房。資治通鑑一六二梁武帝太清三年：“御甘露廚有乾苔，味酸鹹，分給戰士。”注：“釋氏謂嘗膳之所曰甘露廚。”

【甘心情願】不由外力，全出自願。宋王明清摭青雜說：“女曰：‘此事兒甘心情願也。’”

【甘石星經】晉書天文志上記諸侯之史，齊有甘德，魏有石申夫，皆掌著天文。隋書經籍志三著錄石氏星簿經讚一卷、星經二卷。唐開元占經，多引甘石之文。至宋晁公武郡齋讀書志始有甘石星經之名。今本二卷，卷數雖與隋志合，而其中時舉隋唐州名，當出宋人輯錄。

【甘雨隨車】謂甘雨隨公車而至。太平御覽十三國吳謝承後漢書：“百里嵩字景山，爲徐州刺史，境旱，嵩出巡遽，甘雨輒澍。東海、祝其、合鄉等三縣父老訴曰：‘人等是公百姓，獨不迂降？’迴赴，雨隨車而下。”後成爲稱頌地方長官德政的用語。唐駱賓王集六上兗州啓：“甘雨隨車，雲低輕重之蓋；還珠合浦，波含遠近之星。”省稱“甘雨車”。宋柳永樂章集永遇樂：“甘雨車行，仁風扇動，雅稱安黎庶。”

【甘限文書】人民向官府服役所立的文書。文書明載限期完成，否則受罰。水滸四九：“且說登州山下有一家獵户，……弟兄兩個當官受了甘限文書。”

【甘拜下風】與人比較，自認不如，願居下列。宋歐陽修文忠集十二戲答聖俞持燭之句詩：“花時浪過如春夢，酒敵先甘拜下風。”

【甘泉學案】明湛若水學派。若水號甘泉，曾從學於陳獻章。後與王守仁分主教事。主張“隨處體認天理”，合知行內外而爲一。參閱明儒學案三七甘泉學案。

【甘露之變】唐文宗大和九年時，宰相李訓、節度使鄭注謀誅宦官，訓先在左金吾大廳設伏兵，詐稱後院石榴樹上有甘露，誘使宦官仇士良等往觀，卽加誅殺。士良等至，見幕下有伏兵，驚走，事敗。訓注王涯舒元輿等皆被殺，族誅十餘家，死者千餘人。史稱“甘露之變”。見舊唐書文宗紀。

【甘露法雨】佛教徒稱如來的教法如降甘雨。妙法蓮華經七普門品：“澍甘露法雨，滅除煩惱焰。”

四畫

甚 shèn ㄕㄣˋ 時鴆切，去，沁韻，禪。常枕切，上，寢韻，禪。

㊀厲害，過分。詩大雅雲漢：“旱既太甚，滌滌山川。”左傳僖五年：“晉不可啓，寇不可翫。一之謂甚，其可再乎！”㊁超過，勝於。左傳僖二四年：“其母曰：‘盍亦求之，以死誰懟。’對曰：‘尤而效之，罪又甚焉。’”國語周上：“防民之口，甚於防川；川壅而潰，傷人必多。”㊂很。易繫辭下：“其道甚大，百物不廢。”㊃誠，真。戰國策秦四：“‘王曰：以孟嘗、芒卯之賢，帥强韓、魏之兵以伐秦，猶無奈寡人何也。今以無能之如耳、魏齊，帥弱韓、魏以攻秦，其無奈寡人何，亦明矣。’左右皆曰：‘甚然。’”注：“甚，誠也。”㊄什麼，怎麼。宋范仲淹范文正公集尺牘下仲儀待制：“昨來謝章，有事觸權貴、力排姦邪之語，此必招怨，濟箇甚事？”辛棄疾稼軒詞賀新郎賦水仙：“不記相逢曾解佩，甚多情爲我香成陣？”今音 shén。

【甚口】大口。左傳昭二六年：“有君子，白皙鬒鬚眉，甚口。”

【甚雨】急驟的暴雨。左傳襄十八年：“甚雨及之，楚師多凍。”禮玉藻：“若有疾風迅雷甚雨，則必變。”

【甚設】嚴整，齊備。戰國策韓：“嚴仲子具告曰：臣之仇韓相韓傀，傀又韓君之季父也，宗族盛多，居處兵衛甚設。”（宋鮑彪注本）。史記一二三大宛傳：“歲餘而出燉煌者六萬人……多齎糧，兵弩甚設，天下騷動。”

【甚麼】什麼。景德傳燈錄十四圓智禪師：“師見雲巖不安，乃謂曰：‘離此殼漏子，向甚麼處相見？’”宋王安石臨川集三擬寒山拾得二十首之六：“若問無眼人，這箇是甚麼。”

【甚囂塵上】喧嘩擾攘，塵土飛揚。左傳成十六年：“楚子登巢車以望晉軍子重使太宰伯州犂侍于王後，王曰：‘將發命也，甚囂，且塵上矣。’”後用以比喻議論紛紜，衆口喧騰。

六畫

甜 tián ㄊㄧㄢˊ 徒兼切，平，添韻，定。

說文作“甛”。㊀味甘。漢王充論衡超奇：“俗好高古而稱所聞，前人之業，菜果甘甜；後人新造，蜜酪辛苦。”唐慧琳一切經音義五一顯識論甜物：“牒拈反。廣雅曰：甛，甘也。家語云：剖而食之，甛如蜜似也。說文美也。从舌，甘聲。論作甜，俗字。”㊁美好。金董解元西廂記一：“曲兒甜，腔兒雅，裁剪就雪月風花。”陽春白雪後集元劉太保（秉忠）乾荷葉：“臉兒甜，話兒粘，更宜煩惱，更宜歡。”㊂酣適。宋楊萬里誠齋集三夜雨不寐：“更長酒力短，睡甜詩思苦。”

【甜瓜】一名甘瓜。又稱果瓜、香瓜等。一年生草本。品種繁多，有圓有長，有尖有扁，以其味甜美有香氣而名。參閱本草綱目三三果五、清吳其濬植物名實圖考三一甜瓜。

【甜冰】指蔓菁。清趙翼甌北詩鈔絕句二野蔌：“辣玉甜冰常饌足，不知世有乳蒸豚。”注：“楊誠齋（萬里）以蘆菔爲辣玉，蔓菁爲甜冰。”

【甜柑】柑果的一種。味甜美，爲柑中良種。類洞庭柑而大，每顆必八瓣，不待霜而黃。皮、核、葉皆入藥。見本草綱目三十果二柑。

【甜雪】指瓜果一類涼爽甘美的食品。舊題晉王嘉拾遺記三周穆王：“薦清澄琬琰之膏以爲酒，又進洞淵紅蘤、嵰州甜雪、崐流素蓮、陰岐黑棗、萬歲冰桃、千常碧藕、青花白橘。”全唐詩二九二司空曙送曲山人之衡州：“白石先生眉髮光，已分甜雪飲紅漿。”

【甜菜】㊀一名菾菜。卽莙薘菜。草本，葉可食，根能製糖。因味甜，故稱甜菜。參閱本草綱目二七菜二菾菜、清吳其濬植物名實圖考四菾菜。㊁枸杞，春生苗葉，如石榴葉而軟薄，可食。俗呼甜菜。其根名地骨。見本草綱目三六木三枸杞地骨皮。

【甜言軟語】溫柔甜蜜的話。宋趙長卿惜香樂府八柳梢青：“甜言軟語，長記那時，薰娘叮囑。”也作“甜言美語”。古今雜劇元馬致遠呂洞賓三醉岳陽樓二：“你可是甜言美語的出家人，那裏不是積福處。”

【甜言蜜語】甜蜜誘人之語。明徐復祚

宵光記傳奇三戕兄："甜言蜜語甘如飴，怎知我就裏。"亦作"甜嘴蜜舌"。紅樓夢三五："玉釧兒道：喫罷，喫罷，不用和我甜嘴蜜舌的，我可不信這樣話。"

八畫

甚 tán ㄊㄢˊ 徒含切，平，覃韻，定。

見下。

【甚崟】堂宇深邃貌。文苑英華四八唐李華含元殿賦："上極霄際，却視甚崟。"

生部

生 shēng ㄕㄥ 所庚切，平，庚韻，山。 所敬切，去，映韻，山。

㊀生長，長出。易繫辭下："天地之大德曰生。"禮月令孟夏之月："王瓜生，苦菜秀。"㊁生育，養育。詩大雅生民："不康禋祀，居然生子。"周禮天官太宰："六曰事典，……以生萬民。"㊂活。與"死"相對。詩邶風擊鼓："死生契闊，與子成說。"論語先進："未知生，焉知死？"㊃生命。孟子告子上："生亦我所欲，所欲有甚於生者，故不爲苟得也。"㊄生活。漢書五五衛青傳："人奴之生，得無笞罵足矣，安得封侯事乎。"㊅一生，一輩子。唐李商隱李義山詩集十馬嵬："海外徒聞更九州，他生未卜此生休。"㊆與"熟"相對。荀子禮論："飯以生稻。"史記項羽紀："與一生彘肩。"凡未煮熟，未成熟或未經鍛煉皆曰生。如生菜、生果、生銅、生鐵。㊇生疏。唐王建詩七村居即事："因尋寺裏薰辛斷，自別城中禮數生。"元曲選缺名馮玉蘭一："人又生，路又野。"㊈本性，天性。書君陳："惟民生厚，因物有遷。"傳："言人自然之性敦厚，因所見所習之物有變遷之道。"商君書開塞："民之生，不知則學。"㊉繼承。公羊傳莊三二年："魯一生一及，君已知之矣。"注："父死子繼曰生，兄死弟繼曰及。"⑪有才學之人，也爲讀書人的通稱。詩小雅常棣："雖有兄弟，不如友生。"史記一二一儒林傳："言禮自魯高堂生。"索隱："自漢以來儒者皆號'生'，亦'先生'省字呼之耳。"後世師稱弟子曰生，弟子自稱亦曰生，沿用而爲謙詞。唐元稹長慶集三一上門下裴相公書："今天下病溝瀆，困籠檻，思閣下藥之、養之、投之、放之者，豈特小生而已哉。"⑫戲劇角色的名稱。如正生、小生。元曲中稱末，如晚生稱晚末，眷生稱眷末。元明之際，二字通用。明余懷板橋雜記中麗品："尹春……專工戲劇排場，兼擅生旦。"⑬甚，深，很。宋林逋林和靖集二春陰："苦憐燕子寒相並，生怕梨花晚不禁。"⑭强迫。元曲選缺名馮玉蘭四："惡哏哏，便待生逼俺娘親爲匹聘。"⑮助詞。如太瘦生、可憐生、作麼生之類，唐宋人常用。唐顏師古隋遺錄引虞世南應詔嘲司花女："學畫鴉黃半未成，垂肩嚲袖太憨生。"（說郛七八）⑯通"牲"。論語鄉黨："君賜生，必畜之。"釋文："魯讀生爲牲。"⑰通"狌"。見"生生㊄"。

【生人】㊀活人。莊子至樂："視子所言，皆生人之累也，死則無此矣。"㊁養育人。漢王符潛夫論本訓："天地壹鬱，萬物化淳，和氣生人，以統理之。"㊂生民。唐人避太宗諱，避"民"字，於古籍"民"字往往改作"人"。文選三國魏孫子荆（楚）爲石仲容與孫晧書："豺狼抗爪牙之毒，生人陷荼炭之艱。"唐白居易長慶集十九初加朝散大夫又轉上柱國詩"柱國勳成私自問，有何功德及生人。"㊃不熟識的人。明陸灼艾子後語："艾子畜羊兩頭於囿，羊牡者好鬬，每遇生人，則逐而觸之。"

【生小】幼年。玉臺新詠一古詩爲焦仲卿妻作："昔作女兒時，生小出野里。"

【生口】㊀指俘虜、奴隸或被販賣的人。漢書五四蘇建傳附蘇武："區脫捕得雲中生口，言太守以下吏民皆白服，曰上崩。"三國志魏倭人傳："獻上男女生口三十人，貢白珠五千，孔青大句珠二枚。"㊁牲畜。三國志魏王昶傳注引任嘏別傳："又與人共買生口，各雇八匹。"今北方仍稱驢馬之類爲生口。通作"牲口"。

【生心】有異志。左傳莊二八年："疆埸無主，則啓戎心，戎之生心，民慢其政，國之患也。"

【生天】佛家謂死後更生於天界。正法念處經二四觀天品："一切愚癡凡夫，貪著欲樂，爲愛所縛，爲求生天，而修梵行，欲受天樂。"亦以婉言死亡。宋書謝靈運傳："太守孟顗事佛精懇，而爲靈運所輕。嘗謂顗曰：'得道應須慧業，丈人生天當在靈運前，成佛必在靈運後。'"

【生日】出生之日。漢班固白虎通姓名："殷以生日名子何？殷家質，故直以生日名子也。"隋書高祖紀仁壽三年："六月十三日是朕生日，宜令海內爲武元皇帝元明皇后斷屠。"武元，帝父楊忠；元明，帝母呂氏。

【生分】分，音 fèn。㊀乖戾，忤逆。漢書地理志下京師："故俗剛彊多豪桀侵奪，薄恩禮，好生分。"孤本元明雜劇元賈仲名荆素臣重對玉梳一："別人家女兒孝順，偏我家生分。"參閱清黃生義府下生分。㊁冷淡，疏遠。元曲選李致遠還牢末一："若取回來，不生分了他心？過幾日慢慢取吧。"紅樓夢三四："要等他們來勸咱們，那時候兒，豈不咱們倒覺生分了。"

【生公】公元 335—434 年。梁僧，名竺道生。爲羅什法師弟子。鉅鹿人。本姓魏，名道生。傳說嘗於蘇州虎丘寺講涅槃經，人皆不信；後聚石爲徒，宣講至理，石皆點頭，故世傳"生公說法，頑石點頭"。參閱南朝梁慧皎高僧傳七竺道生傳、明覺岸釋氏稽古略二竪石聽講。

【生平】㊀有生以來。史記八九張耳陳餘傳："張耳陳餘上謁陳涉，涉及左右，生平數聞張耳陳餘賢，未嘗見，見即大喜。"㊁一生。唐陳子昂陳伯玉集二題居延古城贈喬十二知之詩："無爲空自老，含歎負生平。"

【生民】㊀人民。孟子公孫丑上："率其子弟，攻其父母，自有生民以來，未有能濟者也。"㊁謂誕生或教養人。詩大雅有生民篇。詩序："生民，尊祖也。后稷生於姜嫄，文武之功起于后稷，故推以配天焉。"民賴五穀以生，初生此民者，時維姜嫄，而姜嫄實生后稷。荀子致士："凡節奏欲陵，而生民欲寬。"

【生生】㊀孳息不絶，進進不已。書盤庚中："汝萬民，乃不生生，暨予一人猷同心。"又："往哉生生，今予將試以汝遷。"易繫辭："生生之謂易。"後世言生生不已，本此。㊁安於性命之自然。莊子大宗師："殺生者不死，生生者不生。"㊂猶言生生世世。佛教指輪迴。北周庾信庾子山集十三陝州弘農郡五張寺經藏碑："蓋聞如來說法，萬萬恒沙，菩薩轉輪，生生世界。"㊃活活地。古今小說二六沈小官一鳥害七命："你道只因這個畫眉，生生的害了幾條性命。"㊄獸名。即猩猩，同"狌狌"。逸周書王會："都郭生生，……若黃狗，人面，能言。"

【生瓜】瓜名。吳越春秋夫差內傳："王行有頃，因得生瓜已熟，吳王掇而食之。"

【生衣】絹製的夏衣。唐白居易長慶集十六秋熱詩："猶道江州最涼冷，至今九月著生衣。"王建詩八秋日後："立秋日後無多熱，漸覺生衣不著身。"

【生刑】指笞杖等刑，對死刑而言。漢書刑法志："死刑既重，而生刑又輕，民易犯之。"

【生地】㊀可以保全生命的地方。史記九二淮陰侯傳："信曰：'此在兵法，顧諸君不察耳，……今予之生地皆走，寧尚可得而用之者乎？'"㊁藥名。即"地黃"。詳"地黃"。

【生成】㊀生養，撫育。全唐詩五五三姚鵠將歸蜀留獻恩地僕射："嵩萊詎報生成德，犬馬空懷感戀心。"㊁長成。唐杜甫杜工部詩史補遺三屏跡之一："桑麻深雨露，燕雀半生成。"

【生全】保全生命。呂氏春秋適音："勝理以治身則生全，以生全則壽長矣。"三國魏曹植曹子建集四離繳雁賦："蒙生全之顧覆，何恩施之隆博。"

【生年】㊀壽命。文選古詩十九首之十五："生年不滿百，常懷千歲憂。"㊁平生。後漢書七五呂布傳袁術與呂布書："術生年以來，不聞天下有劉備，備乃舉兵與術對戰。憑將軍威靈，得以破備。"

【生色】㊀見於面部的氣色。孟子盡心上："君子所性，仁義禮智根於心，其生色也，睟然見於面，盎於背，施於四體，四體不言而喻。"㊁色象鮮明生動。唐李賀歌詩編三秦宮："桐陰永巷調新馬，內屋屏風生色畫。"㊂增加光彩。儒林外史四八："他生這樣的好女兒，爲倫紀生色。"

【生冷】㊀不熟或不熱的食物。淳化閣帖釋文六王獻之帖："卿惡亦不復得妄近生冷，體氣頓至此，令人絕歎。"㊁猶言冷氣侵人。文苑英華十六唐崔損秋霜賦："沾翠幕而生冷，凍朱旗而自脆。"

【生辰】㊀有生之日，生命。北魏伏夫人昝雙仁墓誌："生辰既促，幽路未央。"(漢魏南北朝墓誌集釋圖版二四七)㊁猶生日。全唐詩七九八五代蜀花蕊夫人宮詞之二八："內家宜錫生辰宴，隔夜諸宮進御花。"

【生忌】已死者生前的誕日。明湯顯祖牡丹亭憶女："今乃小姐生忌之辰，老夫人分付香燈遙望南安澆奠。"

【生肖】舊時用十二種動物配十二地支來記人的生年。詳"十二屬"。

【生利】產生利益。左傳成二年："仲尼聞之曰：'惜也，不如多與之邑，……禮以行義，義以生利，利以平民，政之大節也。'"韓非子六反："力作而食，生利之民也。"

【生身】㊀有生以來。唐韓愈昌黎集一琴操之八雉朝飛操："生身七十年，無一妾與妃。"㊁言身之所自出。元顧瑛玉山逸稿二柳塘春小集分韻得柳字詩："全我濁世身，薦我生身母。"

【生放】放債。宋洪邁容齋隨筆五筆六俗語放錢："今人出本錢以規利入，俗語謂之放債，又名生放。"

【生育】生長，養育。詩大雅生民："載震載夙，載生載育。"淮南子原道："是故春風至而甘雨降，生育萬物。"

【生性】天性。北史齊高祖神武帝紀："(祖)謐生皇考樹，生性通率，不事家業。"

【生怕】深怕，惟恐。宋林逋林和靖集二春陰："苦憐燕子寒相並，生怕梨花晚不禁。"朱熹朱文公集三九答范伯崇書："伯恭(呂祖謙)講論甚好，但每事要鶻圇圖說作一塊，又生怕人說異端俗學之非。"

【生事】㊀舊時，人死後到下葬前，用生人之禮供奉死者。禮檀弓下："卒哭而諱，生事畢而鬼事始已。"㊁製造事端。公羊傳桓八年："遂者何，生事也。"注："生，猶造也。"漢書七十陳湯傳："(貢)禹復爭，以爲(谷)吉往必爲國取侮生事，不可許。"㊂生養之事，人生之事。晉常璩華陽國志蜀志德陽縣："德陽縣有青石祠，山原肥沃，有澤漁之利，……土地易爲生事。"唐韋應物韋江州集二寓居澧上精舍寄于張二舍人詩："道心淡泊對流水，生事蕭疏空掩門。"

【生受】爲難，麻煩。宋黃庭堅山谷詞宴桃源："生受，生受，更被養娘催繡。"言左右爲難。水滸四："那女子拜罷，便請魯提轄道：'恩人樓上去請坐。'魯達道：'不須生受，洒家便要去。'"言不須麻煩，表示謙謝。元曲選闕名冤家債主二："隨你便纘黃金過北斗，只落的乾生受。"言痛苦難受。

【生金】未經冶煉的金礦石。資治通鑑二三四唐德宗貞元九年："雲南王異牟尋遣使者三輩，一出戎州，一出黔州，一出安南，各齎生金、丹砂，詣韋皋。"唐王建詩五尋李山人不遇："生金有氣尋還遠，仙藥成窠見即移。"

【生命】猶言性命。戰國策秦三："萬物各得其所，生命壽長，終其年而不夭傷。"北史源賀傳上書："臣聞人之所寶，莫寶於生命。"

【生忿】忤逆。元曲選缺名合同文字四："我本爲行孝而來，可怎麼生忿而歸。"參見"生分㊀"。

【生知】不待學而知。論語季氏："生而知之者，上也；學而知之者，次也。"文選南朝梁任彥昇(昉)齊竟陵文宣王行狀："公道亞生知，照隣幾庶。"

【生物】㊀產生萬物。莊子天地："留動而生物，物成生理謂之形。"㊁有生命的物質。禮樂記："土敝則草木不長，水煩則魚鼈不大，氣衰則生物不遂。"又專指與死物相對的活物。莊子人間世："汝不知夫養虎者乎？不敢以生物與之，爲其殺之之怒也。"今統稱動植物爲生物。

【生阜】生長。國語魯上："鳥獸孕，水蟲成。獸虞於是乎禁罝羅，矠魚鼈，以爲夏犒，助生阜也。"

【生洲】傳說中的仙境。舊題漢東方朔十洲記："生洲，在東海丑寅之地，接蓬萊山。上有仙家數萬。"(續談助一)

【生活】㊀生存。孟子盡心上："民非水火不生活。"漢書七八蕭望之傳："於是望之仰天歎曰：'吾嘗備位將相，年踰六十矣，老入監獄，苟求生活，不亦鄙乎？'"㊁猶言境況，生計。宋書索虜傳拓拔燾與劉裕書："彼年已五十，雖自力而來，如三歲嬰兒，復何知我鮮卑常馬背中領上生活。"南史梁臨川靜惠王宏傳："宏性愛錢，百萬一聚，千萬一庫，懸一紫標，如此三十餘間。……(帝)謂曰：'阿六，汝生活大可！'"㊂泛指一切飲食起居動作。魏書胡叟傳："蓬室草筵，惟以酒自適，謂友人金城宗舒曰：'我此生活，似勝焦先。'"㊃工作，手藝。京本通俗小說碾玉觀音："依舊掛牌做生活。"古今雜劇元秦簡夫陶母剪髮留賓："老身做了些針線生活，擔饑受冷把家私營運，端的是用盡老精神。"

【生客】不熟識的客人。宋蘇軾東坡志林二："子由作栖賢僧堂記，讀之便如在堂中，……且欲與廬山結緣，予他日入山，不爲生客也。"曾幾茶山集五用逮子韻奉贈鄭禹功參議詩："下馬厭聞生客至，敲門喜見故人來。"

【生計】㊀猶言定策。晉書杜預傳上表："自秋已來，討賊之形頗露，若今中止，孫晧怖而生計，或徙都武昌，更完修江南諸城，……則明年之計或無所及。”㊁謀生之計。陳書 姚察傳：“清潔自處，貲產每虛，或有勸營生計，笑而不答。”唐白居易長慶集六二首夏詩：“料錢隨月用，生計逐日營。”

【生祠】爲活着的人所立的祠廟。漢書七一于定國傳：“其父于公爲縣獄史，郡決曹，決獄平，羅文法者，于公所決皆不恨。郡中爲之生立祠，號曰于公祠。”

【生前】活着的時候。晉陸機陸士衡集豪士賦序：“夫惡欲之大端，賢愚所共有，而游子殉高位於生前，志士思垂名於身後，受生之分，唯此而已。”

【生面】㊀面目一新，引申指新的境界、格局。參見“别開生面”。㊁陌生。宋楊萬里誠齋集二四讀淵明詩：“淵明非生面，稚歲識已早。”

【生書】未讀過的書。唐姚合姚少監集十下第詩：“閉門辭雜客，開篋讀生書。”杜荀鶴唐風集中秋日山中寄池州李常侍：“出爲羈孤營糲食，歸同弟姪讀生書。”

【生財】產生財富。管子權修：“地之生財有時，民之用力有倦。”禮大學：“生財有大道，生之者衆，食之者寡，爲之者疾，用之者舒，則財恒足矣。”

【生員】科舉時代，在太學等處學習的人統稱生員。唐代，指在太學學習的監生。員，指一定的數額。宋以後監生與生員有别。明清時代，凡經過本省各級考試取入府、州、縣學的，都稱生員，俗稱秀才。參閲魏書太祖紀天興二年、新唐書選舉志上、明俞汝楫禮部志稿二四學校學規。

【生氣】㊀元氣。難經一八難：“寸口脈平而死者，生氣獨絶於内也。”㊁指使萬物生長發育之氣。吕氏春秋季春：“生氣方盛，陽氣發泄。”也謂活力、生命力。世説新語品藻：“庾道季(龢)云：廉頗藺相如雖千載上死人，懍懍恒如有生氣。”㊂謂意氣風發。國語晉四：“子犯曰：‘二三子忘在楚乎？……未報楚惠而抗宋，我曲楚直，其衆莫不生氣，不可謂老。’”㊃因不合心意而不愉快。宋范仲淹范文正公集尺牘上與中舍：“緣三哥此病，因被二壻煩惱，遂成哽塞。……今既病深，又憂家及顧兒女，轉更生氣，何由得安。”

【生造】猶言再生，再造。宋書索虜傳南朝宋上表：“若天威既震，足使姦虜潰亡，遺民小大，咸蒙生造。”

【生芻】新割的青草。詩小雅白駒：“生芻一束，其人如玉。”後漢書五三徐穉傳：“林宗(郭泰)有母憂，穉往弔之，置生芻一束於廬前而去。”後世因稱弔喪禮物爲生芻，本此。引申指生死交情。南朝梁吴均吴朝請集贈周興嗣之一：“願持江南蕙，以贈生芻人。”

【生息】㊀生活，生存。宋李覯直講李先生集三五惜雞詩：“行行求飲食，欲以助生息。”㊁生殖蕃息。唐韓愈昌黎集三九潮州刺史謝上表：“大宇之下，生息理極。”新唐書百官志一：“凡反逆相坐，没其家，……每歲孟春上其籍，自黄口以上印臂，仲冬送於都官，條其生息而按比之。”㊂出借錢物收取利息。清阮葵生茶餘客話一子母錢：“今之以本生息者爲子金。”

【生徒】學生，門徒。後漢書二四馬援傳：“常坐高堂，施絳紗帳，前授生徒，後列女樂，弟子以次相傳，鮮有入其室者。”唐制，取士之科由學館進者曰生徒，由州縣舉者曰鄉貢，皇帝自詔選者曰制舉。見新唐書選舉志上。

【生紙】未經加工精製的紙。唐韓愈昌黎集十七與陳給事書：“送孟郊序一首，生紙寫，不加裝飾。”宋邵博聞見後録二八：“唐人有熟紙，有生紙。熟紙，所謂妍妙輝光者。其法不一。生紙非有喪故不用，退之與陳京書云送孟郊序用生紙寫，言急于自解，不暇擇耳。”

【生涯】㊀人生的極限。莊子養生主：“吾生也有涯，而知也無涯。”樂府詩集八七南朝陳沈炯獨酌謡：“生涯本漫漫，神理暫超超。”㊁生活。北周庾信庾子山集八謝趙王賚絲布等啓：“非常之錫，乃溢生涯。”唐杜甫杜工部草堂詩箋二杜位宅守歲：“誰能更拘束，爛醉是生涯。”

【生產】謀生之業。史記高祖紀：“常有大度，不事家人生產作業。”又九七陸賈傳：“迺出所使越得橐中裝賣千金，分其子，子二百金，令爲生產。”

【生理】㊀養生之理。文選晉嵇叔夜(康)養生論：“是以君子知形恃神以立，神須形以存，悟生理之易失，知一過之害生。”㊁活下去的理由。舊唐書一八八李日知傳：“元禮不離刑曹，此囚終無生理。”㊂生活，謀生之道。唐杜甫杜工部草堂詩箋十一北征：“新歸且慰意，生理焉得説。”㊃做買賣。元曲選(蕭德祥)殺狗勸夫楔子：“我打你個游手好閒，不務生理的弟子孩兒。”

【生動】靈活如生。南齊謝赫古畫品録：“六法者何？一氣韻生動是也。”宋米芾畫史晉畫：“顧愷之維摩天女飛仙在余家，女史箴横卷在劉有方家，已上筆彩生動，髭髮秀潤。”

【生聚】繁殖人口，積蓄物資。左傳哀元年：“(伍員)退而告人曰：‘越十年生聚，而十年教訓，二十年之外，吴其爲沼乎？’”

【生硬】不自然，不圓熟。朱子語類二四論語六：“思而不學則殆，雖用心思量，不曾做事上習熟，畢竟生硬，不會妥帖。”宋張炎詞源字面：“句法中有字面，蓋詞中一個生硬字用不得，須是深加鍛鍊，字字推敲。”

【生殖】孳生繁殖。左傳昭二五年：“爲温慈惠和，以效天之生殖長育。”

【生犀】㊀犀牛。後漢書章帝紀：“日南徼外蠻夷獻生犀、白雉。”也喻容貌醜陋。南史陸驗傳：“驗本無藝業，而容貌特醜，先是外國獻生犀，其形甚陋，故閭里咸謂驗爲生犀。”㊁犀角。宋張世南游宦紀聞二：“方書多言生犀，相承謂未經水火湛熾者是，或謂不然，蓋犀有捕得殺而取者爲生犀，有得其蜕角爲退犀，亦猶用鹿角法耳。”參閲宋寇宗奭本草衍義十六犀角。

【生疎】也作“生疏”。㊀不親密。唐杜荀鶴唐風集中秋日山中寄池州李常侍詩：“近來參謁陡生疎，因向雲山僻處居。”㊁不熟悉，不熟練。才調集六唐彦謙寄蔣二十四詩：“禪門澹泊無心地，世事生疎欲面牆。”宋王禹偁小畜集七賀范舍人再入西掖詩：“紅藥篇章應感動，紫泥封檢未生疎。”

【生飯】僧人在進食前，爲衆生出少許飯食施給鬼神的儀式。又叫出飯。佛教傳説昔時佛遊壙野，有鬼名壙野，純食血肉，日食一人。佛化身爲大力鬼，壙野怖伏。佛還本身，使受不殺生戒，命以後從佛弟子授飯食。見涅槃經十六。又毘奈耶雜事三一：“時訶利底母親於佛所，受三歸依並五學處，不殺生乃至不飲酒，前白佛言：‘世尊，我及諸兒，從今已去何所食噉？’佛言：‘善女，汝不須憂，於瞻部洲所有我諸聲聞弟子，每於食次出衆生食，並於行末設食一盤，呼汝名字並諸兒子，皆令飽食，永無飢苦。’”

【生結】沉香的一種。宋蔡絛鐵圍山叢談五：“沉水香其類有四，……生結，人以刀斧傷之，而後膏脈聚焉，故言生結也。”一説，不沉水的，稱生結。參閲宋洪芻香譜上沉水香、清吴其濬植物名實圖考長編十八沉香。

【生意】㊀生機。世説新語黜免：“桓玄

敗後，殷仲文還爲大司馬咨議，意似二三，非復往日。大司馬府聽前有一老槐，甚扶疎。殷因月朔與衆在聽，視槐良久，歎曰：'此樹婆娑，無復生意！'"㊁世説新語言語"庾穉恭爲荆州以毛扇上武帝"注引晉傅咸羽扇賦序："昔吴人直截鳥翼而摇之，風不減方圓扇而無加，然中國莫有生意者。滅吴之後，翕然貴之，無人不用。"生意，猶言引發興趣。後稱經商買賣之事爲生意。京本通俗小説錯斬崔寧："先前讀書，後來看看不濟，却去改業做生意。"

【生虜】 俘虜。戰國策韓一："山東之卒，被甲冒胄以會戰，秦人捐甲徒裎以趨敵，左挈人頭，右挾生虜。"

【生路】 逃生的道路。三國志魏曹仁傳："仁言於太祖曰：'圍城必示之活門，所以開其生路也。'"

【生業】 職業，産業。史記一一〇匈奴傳："其俗，寬則隨畜田獵禽獸爲生業，急則人習戰功以侵伐，其性也。"宋書謝靈運傳："靈運因父祖之資，生業甚厚。"

【生綃】 没有漂煮過的絲織品。古以生綃作畫，故也借指畫卷。唐韓愈昌黎集三桃園圖詩："流水盤迴山百轉，生綃數幅垂中堂。"

【生絹】 没有漂煮過的絹。宋米芾畫史："古畫至唐初皆生絹，至吴生周昉韓幹後來皆以熱湯半熟入粉，槌如銀板，故作人物，精彩入筆。"

【生魂】 謂活人的魂魄。唐張讀宣室志三："通州有王居士者，有道術。會昌中，刺史鄭君有幼女，甚愛之，而自幼多疾，若神魂不足者。鄭君因請居士。居士曰：'此女非疾，乃生魂未歸其身。'"元曲選缺名昊天塔一："孩兒也，你靠後些，你是生魂，我是死魄，你聽我説咱。"

【生臺】 佛教施食處。元袁桷清容居士集九贈瑛上人住洞林詩："哀猿依講席，飢鳥下生臺。"

【生魄】 ㊀古人稱農曆月之十六日爲生魄。一説爲月之三日。書顧命："惟四月，哉生魄，王不懌。"參見"哉生魄"。㊁生人的魂魄。同"生魂"。唐韓偓香奩集惆悵詩："身情長在暗相隨，生魄隨君君豈知。"

【生論】 佛家語。總稱外道一切妄計之論，其雖言不生不滅，但都是妄情分别生死之因，故名生論。楞伽經四："滅除彼生論，建立不生義。"

【生憎】 討厭，憎恨。生，極，偏。唐盧照鄰幽憂子集二長安古意詩："生憎帳額繡孤鸞，好取門簾帖雙燕。"杜甫杜工部詩史補遺四送路六侍御入朝："不憤桃花紅勝錦，生憎柳絮白於綿。"

【生趣】 ㊀生動活潑的情趣。清洪亮吉北江詩話二："東方朔之客難，枚乘之七發以及阮藉之詠懷，郭璞游仙，可云有生趣者矣。"㊁生活的情趣。聊齋志異珠兒："冷落庭闈，益少生趣。"

【生齒】 古以人生男八月而生齒，女七月而生齒，官府俱登記其數，載入户籍。周禮秋官小司寇："及大比，登民數，自生齒以上，登于天府。"後世因謂人民爲生齒。文苑英華九七四唐權德輿司徒……贈太傅馬公行狀："生齒益息，庶物蕃阜。"

【生還】 活着回來。後漢書四七班超傳妹昭上書請徵超還："緣陛下以至孝理天下，得萬國之歡心，不遺小國之臣，況超得備侯伯之位，故敢觸死爲超求哀，匄超餘年。一得生還，復見闕庭。"唐杜甫杜工部草堂詩箋十一羌村三首之一："世亂遭飄蕩，生還偶然遂。"

【生澀】 ㊀不圓熟，不流暢。唐白居易長慶集五七答蘇庶子月夜聞家僮奏樂見贈詩："不敢邀君無别境，弦生管澀未堪聽。"元魯貞桐山老農集三題趙章泉詩後："至於用字生澀，鍊句强硬，使人讀之激唇剌吻而無味，此宋末詩人之失，亦其習之然也。"㊁不光滑。宋王安石臨川集二十次韻徐仲元詠梅詩之一："玉笛悲涼吹易散，冰紈生澀畫難親。"㊂生銹。金董解元西廂二："頑羊角靶盡塵緘，生澀了雪刃霜尖。"

【生獰】 惡貌。唐韓愈昌黎集一赴江陵途中寄贈王二十補闕……詩："生獰多忿恨，辭舌紛嘲啁。"宋李覯直講李先生文集三七俞秀才山風亭小飲詩："雨意生獰雲彩黑，秋容細碎樹枝紅。"

【生壙】 生時自造的墓穴。後漢趙岐生前自營壽藏；唐司空圖作生壙，春秋嘉日，邀賓友遊詠其上。見後漢書六四、舊唐書一九〇下本傳。參閲清俞樾曲園雜纂三六小繁露生壙。參見"壽藏"。

【生類】 猶生物。文選漢張平子(衡)東京賦："方其用財取物，常畏生類之殄也。賦政任役，常畏人力之盡也。"列子説符："天地萬物與我並生類也。"注："同生是類。"

【生藥】 未經炮製之藥材，稱生藥。續傳燈録三一行機禪師："登堂説法云：圓通不開生藥舖，單單只賣死貓頭。"宋李光莊簡集十四與趙元鎮書："自至節前到今，凡拜六書，並附生药，皆未知浮沈。"药，同"藥"。

【生竇】 春秋時地名。在今山東菏澤市北。齊襄公死，公子糾在魯，糾弟小白在莒，争立。小白先入，敗魯兵，迫魯人殺子糾於生竇，即此。小白即桓公。見左傳莊九年。史記齊世家作笙瀆。集解："賈逵曰：'魯地句瀆也。'"

【生鐵】 未經煉熟的鐵。詩秦風車鄰"今者不樂，逝者其耋"疏："孫炎曰：'耋者色如生鐵。'"宋沈括夢溪筆談三："世間鍛鐵所謂'鋼鐵'者，用柔鐵屈盤之，乃以生鐵陷其間。"

【生靈】 ㊀生命。梁書沈約傳與徐勉書："而開年以來，病增慮切，當由生靈有限，勞役過差，總之凋竭，歸之暮年，牽策行止，努力祗事。"西遊記三五："似我師父、師弟，連馬四個生靈，平白的弔在洞里，我心何忍。"㊁猶生民、人民。梁書張纘傳南征賦："割疆埸於華戎，拯生靈於宇内，不被髮而左衽，繄明德其是賚。"

【生力軍】 具有强大作戰力量的部隊。商君書兵守："守有城之邑，不如以死人之力與客生力戰，其城拔者，死人之力也。"三國演義九七："背後關興引生力軍趕來，魏兵自相踐踏及落澗身死者，不知其數。"

【生人婦】 有夫之婦。三國志魏杜畿傳"進封豐樂亭侯，邑百户"注引魏略："初畿在郡，被書録寡婦，是時他郡或有已自相配嫁，依書皆録奪，……畿但取寡者，故所送少。及趙儼代畿，而所送多。文帝問畿：'前君所送何少，今何多也？'畿對曰：'臣前所録皆亡者妻，今儼送生人婦也。'"宋陸游老學庵筆記八："湯岐公(思退)初秉政，偶刑寺奏牘有云生人婦者。高廟問：'有此法否？'秦益公(檜)云：'法中有夫婦人，與無夫者不同。'"

【生公石】 即千人石。在蘇州市虎丘山劍池旁。相傳爲南朝梁竺道生説法之處。明王世貞弇州山人四部稿二邀助甫游虎丘詩："逃禪再起生公石，倚醉須唤陸羽茶。"參見"生公"、"千人石"。

【生地獄】 人間地獄。常指施行酷刑之所。資治通鑑二八七後漢天福十二年："南漢主……作離宫千餘間，飾以珠寶，設鑊湯、鐵牀、刳剔等刑，號'生地獄'。"

【生死海】 佛教比喻生死輪迴無邊際，如同大海。摩訶止觀一上："動法性山，入生死海。"全唐詩七六二五代南唐徐仲雅贈齊己："一言悟得生死海，芙蓉吐出琉璃心。"

【生辰綱】 北宋末蔡京當國，權勢顯赫。

遇生日，地方州郡皆有饋獻，號太師生辰綱。水滸十六："只見蔡夫人問道：相公，'生辰綱'幾時起程？"參閱明瞿佑歸田詩話中周公禮樂。

【生別離】生時與親人長別離。楚辭屈原九歌少司命："悲莫悲兮生別離，樂莫樂兮新相知。"文選古詩十九首之一："行行重行行，與君生別離。"

【生花筆】喻文思富麗俊逸。五代後周王仁裕開元天寶遺事下夢筆頭生花："李太白少時，夢所用之筆頭上生花，後天才瞻逸，名聞天下。"參見"夢筆"。

【生枝柑】柑的一種。似眞柑，色青皮粗，形不圓，味似石榴微酸。人以其耐久，留於枝間，候其味變甘，帶葉而折。見宋韓彥直橘錄上生枝柑。

【生查子】詞調名。本唐教坊曲名，屬南吕宫。因朱希真詞有"遥望楚雲深"句，又名楚雲深；韓淲詞有"山意入春情，都是梅和柳"句，又名梅和柳；又有"晴色入青山"句，故亦名晴色入青山。傳世作品以唐末韓偓所作爲最早。雙調，有四十字、四十一字、四十二字等體；以四十字，前後段各四句，兩仄韻爲正體。見詞譜三。按生查子，本樝梨之樝，省筆作查。見詞律三。

【生香屧】襯香料的鞋。元龍輔女紅餘志："無瑕屧牆之内，皆襯沈香，謂之生香屧。"（説郛續四四）

【生桑夢】夢桑樹生在井中。晉陳壽益都耆舊傳："何祗夢桑生井中。趙直占曰：'桑非井中之物，桑字四十八，君壽恐不過此。'祗年四十八而卒。"後遂以之喻人之死期將至。宋王銍王公四六話："元之（王禹偁）自黄移蘄州，臨終作遺表曰：'豈期游岱之魂，遂協生桑之夢。'"

【生哭人】晉武帝時，帝弟齊王司馬攸當出藩，帝壻王濟請留不許，又遣妻常山公主與甄德妻長廣公主入内，涕泣請留。帝怒謂侍中王戎曰："今出齊王，自朕家計，而甄德王濟連遣婦入來生哭人邪！"生哭人，猶哭死哭活。見世説新語方正注引晉諸公贊、晉書王濟傳。

【生菩薩】卽活菩薩，喻貌美的人。宋王讜唐語林四容止："薛調、季瓚同年進士，調美姿貌，人號爲生菩薩。"

【生頭酒】酒名。漢蔡邕蔡中郎集九上始加元服與羣臣上壽表："謹奉生頭酒九鍾，稽首再拜上千萬壽。"

【生生世世】今生、來世以至永世。南史王敬則傳："敬則將輿入迎（宋順）帝，啓譬令出，引令升車，……順帝泣而彈指：'唯願後身生生世世不復天王作因緣。'"

【生死肉骨】使死者復生，白骨長肉，感恩極至之意。左傳襄二二年："吾見申叔夫子所謂生死而肉骨也。"梁書劉孝綽傳謝啓："日月昭回，俯明枉直，……遂漏斯密網，免彼嚴棘，得使還同士伍，比屋唐民，生死肉骨，豈侔其施。"

【生吞活剥】比喻生硬地抄襲或模仿。唐劉肅大唐新語諧謔："李義府嘗賦詩曰：'鏤月成歌扇，裁雲作舞衣。自憐迴雪影，好取洛川歸。'有棗强尉張懷慶好偷名士文章，乃爲詩曰：'生情鏤月成歌扇，出意裁雲作舞衣。照鏡自憐迴雪影，時來好取洛川歸。'人謂之諺曰：'活剥王昌齡，生吞郭正一。'"明徐渭青藤書屋文集十七奉師季先生書："大約謂先儒若文公（朱熹）者，著釋速成，並欲盡窺諸子百氏之奥，是以冰解理順之妙固多，而生吞活剥之弊亦有。"

【生殺予奪】指生死賞罰之權。本作"殺生與奪"。荀子王制："貴賤殺生與奪，一也。"宋徐度卻掃編上："唐之方鎮，得專制一方，甲兵錢穀，生殺予奪皆屬焉。"

【生寄死歸】謂生如暫寄，死如歸去，不足爲欣戚。淮南子精神："生寄也，死歸也，何足以滑和。"注："滑，亂也。和，適也。"

【生張熟魏】謂互不熟悉。元宋元懷拊掌録："北都有妓女美色，而舉止生硬。士人謂之生張八。因府會，寇忠愍（準）令乞詩于魏處士野。野贈之詩曰：'君爲北道生張八，我是西州熟魏三。莫怪尊前無笑語，半生半熟未相諳。'"

【生棟覆屋】用新伐木爲棟建屋，棟易變形，屋易倒塌。比喻禍由自取。管子形勢："生棟覆屋，怨怒不及；弱子下瓦，慈母操箠。"注："言人以生棟造舍，雖至覆屋，但自咎而已，不敢怨及他人。"

【生榮死哀】謂生時榮顯，死後使人哀痛。論語子張："其生也榮，其死也哀。"此子貢謂孔子。文選三國魏曹子建（植）王仲宣誄："人誰不没，達士徇名。生榮死哀，亦孔之榮。"

【生龍活虎】比喻生氣勃勃，矯健勇猛。宋朱熹朱子語類九五程子之書一："只見得他如生龍活虎相似，更是把捉不得。"

【生米做成熟飯】喻已成事實。明沈受先三元記傳奇十遣妾："如今生米做成熟飯了，又何必如此推阻。"

五畫

甡 shēn 所臻切，平，臻韻，山。ㄕㄣ

見下。

【甡甡】衆多貌。詩大雅桑柔："瞻彼中林，甡甡其鹿。"

六畫

産 chǎn 所簡切，上，産韻，山。ㄔㄢˇ

㊀生，生育。禮鄉飲酒："東方者春，……産萬物者聖也。"史記高祖紀："已而有身，遂産高祖。"㊁出生，出産。孟子滕文公上："陳良，楚産也。"左傳僖二年："請以屈産之乘，與垂棘之璧假道於虞以伐虢。"㊂産業。孟子滕文公上："民之爲道也，有恒産者有恒心，無恒産者無恒心。"㊃樂器。似笛，三孔而短。爾雅釋樂："大籥謂之産。"

【産怨】産生怨恨。管子任法："夫曰侵而産怨，此失君之所慎也。"

【産翁】流行於某些原始民族中的一種風俗，婦女分娩後，由壻代爲坐褥，稱産翁。太平廣記四八三引南楚新聞："越俗，其妻或誕子，經三日便澡身於溪河。返，具糜以餉壻，壻擁衾抱雛，坐于寢榻，稱爲産翁。"

【産業】㊀生産與作業。史記高祖紀九年："高祖奉玉巵起爲太上皇壽，曰：'始大人常以臣無賴，不能治産業，不如仲力，今某之業所就孰與仲多？'"又六九蘇秦傳："出游數歲，大困而歸。兄弟嫂妹妻妾竊皆笑之曰：'周人之俗，治産業，力工商，逐什二以爲務。今子釋本而事咕，困不亦宜乎？'"㊁財産。文選漢東方曼倩（朔）非有先生論："減後宫之費，損車馬之用，……以與貧民無産業者。"

【産蓐】産褥熱，婦女産後的一種疾病。宋葉夢得避暑録話上："婦人疾莫大於産蓐，倉卒爲庸醫所殺者多矣。"

七畫

甦 sū ㄙㄨ

死而復生，蘇醒。同"穌"。通作"蘇"。宋趙師俠坦庵詞一剪梅："暖日烘梅冷未甦，脱葉隨風，獨見枯株。"北齊顏之推謂北朝造字，"更生爲蘇"。見顏氏家訓雜藝。知"甦"字在南北朝時已通行。參閱唐釋慧琳一切經音義一〇〇安樂集上可穌。

甤 ruí ㄖㄨㄟˊ 儒隹切，平，脂韻，日。如累切，上，紙韻，日。如壘切，上，旨韻，日。

同"蕤"。見"蕤"。

甥 shēng ㄕㄥ 所庚切，平，庚韻，山。

㊀姊妹之子稱甥。詩大雅韓奕："韓侯取妻，汾王之甥，蹶父之子。"㊁女兒之子稱甥。詩齊風猗嗟："不出正兮，展我甥兮。"傳："外孫曰甥。"㊂古代姑之子，舅之子，妻之弟，姊妹之夫，也相稱爲甥。見爾雅釋親。清郝懿行義疏："此四甥字，並生之聲借，據郭(璞)注及釋名，知古來有此稱，今所不行。"㊃女婿。見"甥館"。

【甥館】女婿的居處。孟子萬章下："舜尚見帝，帝館甥于貳室。"注："貳室，副宮也。……禮謂妻父曰外舅，謂我舅者，吾謂之甥。堯以女妻舜，故謂舜甥。"宋黄庭堅山谷外集二奉和王世弼寄上七兄先生："念嗟叔母劉，窮年寄甥館。"引申指女婿。宋陳亮龍川集二五祭葉正則外母高恭人翁氏文："恭人甥館，第一輩人，亮忝交久，義同弟昆。"

用　部

用 yòng ㄩㄥˋ 余頌切，去，用韻，喻。

㊀使用，施行。詩大雅公劉："執豕于牢，酌之用匏。"易乾："初九，潛龍勿用。"參閱清王引之經義述聞一乾師頤坎既濟言勿用。㊁效勞，出力。商君書靳令："六虱成羣，則民不用。"㊂功用，作用。論語學而："禮之用，和爲貴。"㊃費用。論語顏淵："哀公問於有若曰：'年饑，用不足，如之何？'"禮王制："冢宰制國用，必於歲之杪。"㊄器用。書微子："今殷民乃攘竊神祇之犧牷牲用，以容將食，無災。"㊅治。荀子富國："故仁人之用國，非特將持其有而已也。"㊆需要。唐李白李太白集二六與韓荊州書："生不用萬户侯，但願一識韓荊州。"㊇指吃、喝。儒林外史八："到廳升座，屬員衙役參見過了，掩門用飯。"㊈以，因此。詩小雅小旻："謀夫孔多，是用不集。"又邶風雄雉："不忮不求，何用不臧。"㊉姓。古有用國。漢有高唐令用虯。見通志二六氏族二以國爲氏引風俗通。

【用九】周易占筮之例，凡得陽爻者，用九不用七；得陰爻者，用六不用八；以九六爲動爻，七八爲不動爻。周易占動，故用九。易乾："用九，見羣龍，无首，吉。"疏："言六爻俱九，乃共成天德，非是一爻之九，則爲天德也。"

【用六】易坤："用六，利永貞。"疏："言坤之所用，用此衆爻之六。"參見"用九"。

【用心】㊀使用心力。論語陽貨："飽食終日，無所用心，難矣哉。"唐劉知幾史通忤時："墳籍事重，努力用心。"㊁存心。漢書五六董仲舒傳上疏："陛下親耕藉田以爲農先，……思惟往古，而務以求賢，此亦堯舜之用心也。"㊂盡心。孟子梁惠王上："察鄰國之政，無如寡人之用心者。"

【用世】見用於世，爲世所用。唐韓愈昌黎集二三祭柳子厚文："子之文章，而不用世；乃令吾徒，掌帝之制。"全唐詩二七三戴叔倫寄孟郊："用世空悲聞道淺，入山偏喜識僧多。"

【用武】㊀使用武力，用兵。史記留侯世家："雒陽雖有此固，……四面受敵，此非用武之國也。"㊁比喻施展才能。三國志蜀諸葛亮傳："亮説(孫)權曰：'……今(曹)操芟夷大難，略已平矣，遂破荆州，威震四海，英雄無所用武，故豫州遁逃至此。'"劉備領豫州刺史，故稱豫州。資治通鑑六五漢建安十三年作"英雄無用武之地"。

【用事】㊀行事。多指行祭祀之事。周禮春官大祝："過大山川，則用事焉。"注："用事，亦用祭事告行也。"越絶書三越絶吴内傳："昭公去至河，用事曰：'天下誰能伐楚乎？寡人願爲前列。'"㊁執政，當權。戰國策秦三："今秦太后穰侯用事，高陵涇陽佐之。"史記孝文紀詔："間者諸吕用事擅權，謀爲大逆，欲以危劉氏宗廟。"亦泛指管事。㊂當令。漢書七四丙吉傳："方春少陽用事，未可大熱。"㊃引用典故。北齊顏之推顏氏家訓文章："邢子才常曰：'沈侯文章用事，不使人覺，若胸臆語也。"邢邵，字子才；沈侯，沈約。

【用板】使用詔書。後漢書五四楊賜傳："宜絶慢傲之戲，念官人之重，割用板之恩，慎魚貫之次。"注："板謂詔書也。"

【用命】服從命令，効命。書甘誓："用命賞于祖，弗用命戮于社。"國語晉五："靡笄之役，郤獻子(克)見，公曰：'子之力也夫！'對曰：'克也以君命命三軍之士，三軍之士用命，克也何力之有焉。'"

【用度】費用，開支。漢書武帝紀元狩四年："有司言，……縣官衣食振業，用度不足，請收錫銀造白金及皮幣以足用。"

【用間】使用間諜。間音 jiàn。孫子用間："故用間有五，有因間，有内間，有反間，有死間，有生間。"參見"五間"。

【用衆】㊀使用民衆。周禮春官大宗伯："大師之禮，用衆也。"注："用其義勇。"㊁動用者衆多。吴子應變："用衆者務易，用少者務隘。"

【用錢】舊日商業用語，即經紀人的酬金。也作"佣錢"。元史刑法志三食貨："諸産金之地，有司歲徵金課，……其有巧立名色，廣取用錢，及多秤金數，剋除火耗，爲民害者，從監察御史廉訪司糾之。"

【用韻】即"押韻"。指韻文句末採用同韻字。宋歐陽修文忠集一二八詩話："退之筆力無施不可，……而余獨愛其工於用韻也。"

【用行舍藏】被任用即行其道，不任用即退而隱居。論語述而："子謂顏淵曰：'用之則行，舍之則藏，惟我與爾有是夫。'"文選漢蔡伯喈(邕)陳太丘碑文序："其爲道也，用行舍藏，進退可度。"

一　畫

甪 lù ㄌㄨˋ 字集 盧谷切，音六。

"角"字本有"禄"音，或省作"甪"。見"甪里"。

【甪里】㊀漢初隱士，商山四皓之一。史記留侯世家"顧上有不能致者，天下有四人"索隱引陳留志："甪里先生，河内軹人，太伯之後，姓周名術，字元道，京師號曰霸上先生，一曰甪里先生。"唐李匡乂資暇集上："漢四皓，其一號角里，角音禄。今多以覺音呼，乖也。是以魏子及孔氏祕記、荀氏漢紀，慮將來之誤，直書禄里，可得而明也。"㊁複姓。東漢有甪里若叔。見續通志八八氏族八。

【甪直】鎮名。在江蘇吴縣東，接崑山縣界。清時元和縣丞駐此。鎮有保聖寺，南朝梁天監二年始建。寺内天王殿，有古塑羅漢像，相傳出唐楊惠之手，現存九尊。爲全國重點文物保護單位之一。

二 畫

甫 fǔ 方矩切,上,麌韻,幫。
ㄈㄨˇ

㊀男子的美稱。禮曲禮下:"臨諸侯,畛於鬼神,曰有天王某甫。"疏:"某是天子之字,甫是男子美稱也。"本作"父"。經典中男子之字,多作某父,彝器則皆作父。古稱孔子爲尼甫,或尼父。周大夫有嘉甫,宋大夫有孔父。尊稱別人父親爲"尊甫"。問人表字曰"台甫"。參閱王國維觀堂集林三女字説。㊁開始。周禮春官小宗伯:"卜葬兆,甫竁亦如之。"注:"甫,始也。"漢書九七下孝成許皇后傳:"今吏甫受詔讀記,直豫言使后知之,非可復若私府有所取也。"㊂大。詩齊風甫田:"倬彼甫田,歲取十千。"㊃姓。詩王風揚之水:"彼其之子,不與我戍甫。"傳:"甫,諸姜也。"疏:"孔安國云:呂侯後爲甫侯。"

【甫刑】尚書呂刑篇,又稱甫刑。周穆王命呂侯據夏禹贖刑之法更從輕,以布告天下。因呂侯的後代爲甫侯,故呂刑又稱甫刑。見尚書呂刑傳。後漢書四六陳寵傳:"及爲理官,數議疑獄,常親自爲奏,每附經典,務從寬恕,……寵又鉤校律令條法,溢於甫刑者除之。"

【甫里】地名。在今江蘇吳縣東南。又名甪直。唐陸龜蒙曾隱居於此,自號甫里先生。所著甫里先生文集十六甫里先生傳自注:"甫里,松江上村墟名。"宋樓鑰攻媿集九題陸放翁卷:"茶竈筆牀懷甫里,青鞋布襪想雲門。"參見"陸龜蒙"。

【甫能】方纔。宋秦觀淮海詞鷓鴣天春閨"甫能炙得鐙兒了,雨打梨花深閉門。"樂府羣玉元任昱滿庭芳春暮曲:"甫能宴罷蘭亭會,又見春歸。"

【甫竁】開始挖墓穴。竁音 cuì,又音 chuān,墓穴。周禮春官小宗伯:"卜葬兆,甫竁,亦如之。"疏:"既得吉而始穿地爲壙,故云甫竁也。"文苑英華八三五唐褚遂良唐太宗文皇帝哀册文:"周營甫竁,漢啓泉闈。"

【甫田集】明文徵明撰。共詩十五卷,文二十卷。附録行略一卷,爲其仲子文嘉所述。徵明書畫及詩皆負盛名,詩饒逸韻,與其書畫風格略同。

【甫里集】唐陸龜蒙撰,宋葉茵編。二十卷。龜蒙詩文,多已散失,其成編者,僅笠澤叢書及松陵集。宋趙昀(理宗)寶祐中,茵始蒐採諸書,得逸詩一百七十一首,合二書所載共編爲十九卷,而以碑傳之類別爲一卷附後。咸通間龜蒙與皮日休皆在蘇州,故集中多爲兩人唱和之作。

甬 1. yǒng 余隴切,上,腫韻,喻。
ㄩㄥˇ

㊀鐘柄。周禮考工記鳧氏:"鳧氏爲鍾……舞上謂之甬,甬上謂之衡。"注:"此二名者鍾柄。"清黄生云甬謂鐘至肩處,有級而稍高,甬道之義取此;衡謂鐘上平處。注以二物爲鐘柄,誤。見義府上甬。㊁今浙江寧波市的簡稱,因境内有甬江得名。

2. tǒng 正字通 他總切,音統。
ㄊㄨㄥˇ

㊂古量器,即"斛"。禮月令仲春之月:"鈞衡石,角斗甬,正權概。"注:"甬,今斛也。"呂氏春秋仲春、史記商君傳作"斗桶"。

【甬江】在浙江鄞縣東北,一名鄞江。其上流出四明山,匯溪澗之水,引流東北,至鄞縣合奉化慈谿二江,東流至鎮海縣東入海。江口有蛟門島,東對舟山羣島。參閱浙江通志十三山川五。

【甬東】古地名。亦名翁州。即今浙江舟山島。左傳哀二二年:"十一月丁卯,越滅吳,請使吳王居甬東。"注:"甬東,越地,會稽句章縣東海中洲也。"參閱元和郡縣志二六鄮縣。

【甬道】㊀兩側築牆的通道。史記秦始皇紀二七年:"自極廟道通酈山,作甘泉前殿。築甬道,自咸陽屬之。"正義:"應劭云:謂於馳道外築牆,天子於中行,外人不見。"㊁複道;在樓閣之間架設的通道。淮南子本經:"脩爲牆垣,甬道相連。"注:"甬道,飛閣複道也。"㊂庭院裏正中的通路。水滸二三:"武松下了轎,扛着大蟲,都到廳前,放在甬道上。"

【甬橋】古橋名。一作埇橋,又名符離橋或永濟橋,在安徽宿縣北二十五里,跨古汴水上。自隋鑿汴水以來,此地舟船聚集,扼江淮要道。唐德宗時李正己遣兵扼徐州甬橋渦口,以絶江淮運路,卽此。參閱讀史方輿紀要二一宿州。

七 畫

甯 1. níng 集韻 囊丁切,平,青韻。
ㄋㄧㄥˊ

㊀願。同"寧"。漢書禮樂志郊祀歌景星:"穰穰復正直往甯,馮蠵切和疏寫平。"注:"甯,願也。言獲福既多,歸於正道,克當往日所願也。"甯可、甯願,皆此意。亦音 nìng。

2. nìng 乃定切,去,徑韻,泥。
ㄋㄧㄥˋ

㊁姓。論語公冶長有甯武子,衛大夫,名俞;武,諡。齊有甯戚,周有甯越。見元和姓纂九徑。

【甯母】古地名。春秋時魯僖公嘗會齊侯、宋公等,盟於甯母。春秋僖七年注:"高平方與縣東有泥母亭,音如甯。"今山東魚臺縣有泥母亭,卽古甯母地。參閱後漢書郡國志三山陽郡。

【甯俞】春秋時衛大夫。春秋文四年:"衛侯使甯俞來聘。"左傳作甯武子。武,爲其謚。孔子稱其"邦有道則知,邦無道則愚;其知可及也,其愚不可及也。"見論語公冶長。參閱左傳僖二八年。

【甯戚】春秋時衛人。以家貧爲人挽車。至齊,餵牛於車下,扣牛角而歌。桓公以爲非常人,召見,拜爲上卿。故事見呂氏春秋舉難、晏子春秋内篇問下四、史記八三鄒陽傳"甯戚飯牛車下"集解、淮南子道應作甯越。參見"康歌"。

【甯越】戰國人,曾爲周威王師。文選三國吳韋弘嗣(曜)博弈論:"若甯越之勤,董生之篤,漸漬德義之淵,棲遲道藝之域。"亦作寧越。史記秦始皇紀太史公曰:"於是六國之士有寧越、徐尚、蘇秦、杜赫之屬爲之謀。"索隱:"寧越,趙人。"

田 部

田 1. tián 徒年切,平,先韻,定。
ㄊㄧㄢˊ

㊀耕種的土地。詩小雅大田:"雨我公田,遂及我私。"孟子梁惠王上:"百畝之田,勿奪其時。"㊁田官。禮月令孟春之月:"王命布農事,命田舍東郊。"注:"田謂田畯,主農之官也。"㊂一種土地制。國語魯下:"季康子欲以田賦。"注:"田,一井也。"管子乘馬:"五制爲一田,二田爲

一夫,三夫爲一家。」㊃鼓。詩周頌有瞽:「應田縣鼓,靴磬柷圉。」傳以田爲大鼓,應爲小鼓。箋謂「田當作輔。輔小鼓,在大鼓旁,應鞞之屬也。聲轉字誤,變而作田。」參閱清陳喬樅毛詩鄭箋改字說四(清續經解一六〇)。㊄姓。原出媯姓,陳公子完(敬仲)奔齊,後稱田氏。見左傳莊二二年、史記田敬仲完世家。㊅打獵。通「畋」。詩鄭風叔于田:「叔于田,巷無居人。」易繫辭下:「作結繩以爲罔罟,以田以漁。」注:「以罟取獸曰田。」

2. diàn ㄉㄧㄢ

㊆耕種。通「佃」。詩齊風甫田:「無田甫田,維莠驕驕。」釋文:「田,音佃。」疏:「上'田'謂墾耕,下'田'謂土地。」

【田文】卽孟嘗君。見「孟嘗君」。

【田犬】獵狗。禮少儀:「犬則執緤,守犬、田犬,則授擯者,卽受乃問犬名。」疏:「犬有三種,……二曰田犬,田獵所用也。」

【田父】老農。史記項羽紀:「項王至陰陵,迷失道,問一田父。田父紿曰:'左。'左乃陷大澤中。」

【田主】㊀田神。周禮地官大司徒:「設其社稷之壝而樹之田主。」注:「田主,田神、后土、田正之所依也。詩人謂之田祖。」參見「田祖」。㊁田地的所有者。史記陳杞世家:「鄙語有之,牽牛徑人田,田主奪之牛。徑則有罪矣,奪之牛,不亦甚乎?」

【田功】農事。書無逸:「文王卑服,卽康功田功。」傳:「文王節儉,卑其衣服,以就其安人之功,以就田功,以知稼穡之艱難。」

【田正】農官之長。左傳昭二九年:「稷,田正也。」注:「掌播殖也。」

【田田】㊀象聲詞。禮問喪:「婦人不宜袒,故發胸、擊心、爵踊,殷殷田田,如壞牆然,悲哀痛疾之至也。」指哀哭聲。㊁葉浮水上貌。宋書三古辭江南可采蓮:「江南可採蓮,蓮葉何田田。」唐詩紀事五八李郢江亭春霽:「江籬漠漠荇田田,江上雲亭霽景鮮。」

【田衣】袈裟别名。又名田相衣。唐白居易長慶集五七從龍潭寺至少林寺題贈同遊者詩:「山屐田衣六七賢,搴芳蹋翠弄潺湲。」宋釋道誠釋氏要覽上法衣田相緣起:「僧祇律云:'佛住王舍城,帝釋石窟前經行,見稻田畦畔分明,語阿難,言:過去諸佛衣相如是,從今依此作衣相。'」

【田玘】宋藝人。以善製泥孩像著名。宋陸游老學庵筆記五:「鄜州田氏作泥孩兒名天下,態度無窮,雖京師工效之,莫能及,一對至直十縑,一床至直十千。一床者,或五或七也。……予家舊藏一卧者,有小字云,鄜畤田玘製。」

【田地】㊀耕種的土地,田產。史記留侯世家:「雒陽雖有此固,其中小,不過數百里,田地薄,四面受敵。」史記蕭相國世家:「上所爲數問君者,畏君傾動關中,今君胡不多買田地,賤貰貸以自汙?上心乃安。」㊁喻立足之處。唐陸龜蒙甫里集十三奉酬苦雨見寄詩:「不如驅入醉鄉中,只恐醉鄉田地窄。」引申爲地步、程度。景德傳燈錄十九文偃禪師:「且問爾諸人:從上來有什麼事?欠少什麼?向爾道無事,亦是謾爾也,須到遮田地始得。」

【田光】公元前?—前227年。戰國時燕人。爲人多智謀而深沉。秦滅韓趙,燕太子丹恐懼,謀刺殺秦王政。大傅鞠武因薦光。光辭年老,轉薦荆軻。因命軻過太子,欲自殺以激軻,遂自刎。見史記八六荆軻傳。

【田車】古代田獵用的車。詩小雅吉日:「田車既好,四牡孔阜。」周禮考工記:「故兵車之輪六尺有六寸,田車之輪六尺有三寸,乘車之輪六尺有六寸。」

【田里】㊀田地與住宅。周禮地官遂人:「致甿以田里,安甿以樂昏。」㊁謂故鄉。後漢書二四馬援傳朱勃詣闕上書理援:「臣年已六十,常伏田里,竊感欒布哭彭越之義,冒陳悲憤,戰慄闕庭。」唐韋應物韋江州集三寄李儋元錫詩:「身多疾病思田里,邑有流亡愧俸錢。」

【田何】漢臨淄人,字子莊。爲戰國齊田氏族。漢初遷居杜陵,號杜田生。專治易,師事東武孫虞。授弟子東武王同、洛陽周王孫、丁寬、齊伏生等。見史記一二一儒林傳、漢書八八儒林傳。

【田官】卽農官。掌農事、糧稅等。漢桓寬鹽鐵論復古:「孝武皇帝攘九夷,平百越,師旅數起,糧食不足。故立田官,置錢,入穀射官,救急贍不給。」三國志魏武帝紀建安元年「是歲用棗祗、韓浩等議,始興屯田」注引魏書:「於是州郡例置田官,所在積穀。」

【田青】螺螄。宋毛勝水族加恩簿濟饞都護田青是螺螄:「令惟爾田青,微藏淺味。」

【田舍】㊀田地和房舍。史記六九蘇秦傳:「大王之地,……地方千里。地名雖小,然而田舍廬廡之數,曾無所芻牧。」㊁泛指村舍、農家。唐杜甫杜工部草堂詩箋十八田舍:「田舍清江曲,柴門古道旁。」㊂田舍翁、田舍郎的省稱。引申爲土氣、鄉氣。抱朴子疾謬:「以傾倚申脚者爲妖妍標秀,以風格端嚴者爲田舍朴騃。」世說新語豪爽:「王大將軍(敦)少時,舊有田舍名,語音亦楚。」

【田客】㊀租種别人田地的人。卽佃農。晉書王恂傳:「又太原諸部亦以匈奴胡人爲田客,多者數千。」㊁指鼓子花。宋姚寬西溪叢語:「安石榴爲村客,鼓子花爲田客。」

【田祖】傳說的農神。詩小雅甫田:「琴瑟擊鼓,以御田祖。」傳:「田祖,先嗇也。」周禮春官籥章:「凡國祈年於田祖。」注:「祈年,祈豐年也。田祖,始耕田者,謂神農也。」參閱清陳啟源毛詩稽古編甫田(清經解十五)。

【田叟】卽田父,老年農夫。後漢書八三韓康傳:「至亭,亭長以韓徵君當過,方發人牛修道橋。及見康柴車幅巾,以爲田叟也,使奪其牛。」

【田律】古代野禁的法律。周禮秋官士師「士師之職掌國之五禁之法……四曰野禁,五曰軍禁」漢鄭玄注:「野有田律,軍有囂讙夜行之禁。」

【田家】農家。漢書六六楊惲傳報孫會宗書:「田家作苦,歲時伏臘,亨羊炰羔,斗酒自勞。」唐孟浩然集四過故人庄詩:「故人具雞黍,邀我至田家。」

【田扇】颺扇,風穀所用的農具。宋梅堯臣宛陵集五一和孫端叟寺丞農具颺扇詩:「田扇非團扇,每來場圃見。」

【田馬】打獵所用的馬。周禮夏官馬質:「馬質掌質馬。馬量三物:一曰戎馬,二曰田馬,三曰駑馬。」

【田蚡】公元前?—前131年。漢長陵人。景帝王皇后同母弟。武帝时以貴戚封武安侯。建元六年爲丞相,權移主上,因私怨殺前相竇嬰、嬰客灌夫。元光四年病死。參閱史記一〇七魏其武安侯傳、漢書五二田蚡傳。

【田租】卽田賦。官府按田畝向人民徵收的租稅。漢書食貨志上:「漢興,接秦之敝,……上於是約法省禁,輕田租,什伍而稅一。」後來稱佃農向地主交納的糧錢爲田租。

【田曹】掌管農政的官署和職官。晉太康中,有吏部、殿中及五兵、田曹、度支、左民爲六曹尚書。唐武德中王府官中有田曹參軍事一人,掌公廨、職田、弋獵,貞觀中廢。又府州官中有田曹、司田參軍事，掌園宅、口分、永業及蔭田。見晉書職官志、新唐書百官志四下。

【田常】一名田成子，又名田恒。春秋時，陳公子完以内亂奔齊，以陳氏爲田氏。其後宗族益强。至簡公時，完後人田乞，專齊政。乞死，常繼，以大斗出貸，以小斗收進，以收人心。簡公四年，田常殺簡公，擁立平公，自任齊相，齊國之政盡歸田氏。見史記田敬仲完世家。

【田假】唐制太學、國子學假期名。新唐書四四選舉志上："諸學生通二經，俊士通三經已及第而願留者，四門學生補太學，太學生補國子學。每歲五月有田假，九月有授衣假。"

【田黄】壽山石之一種。其結晶有蘿蔔紋，半透明者尤佳，用作印章，極珍貴。壽山在福建福州城北芙蓉峰下。石産於田坑者稱田黄，最佳，水坑次之，山坑又次之。其品以艾葉緑爲第一，丹砂次之，羊脂瓜瓤紅又次之。參閲清毛奇齡後觀石録、徐康前塵夢影録下。

【田畯】㊀周代勸農之官。詩豳風七月："饁彼南畝，田畯至喜。"傳："田畯，田大夫也。"㊁農神。周禮春官籥章："凡國祈年於田祖，歙豳雅，擊土鼓，以樂田畯。"注："鄭司農(衆)云：田畯，古之先教田者。"參見"田祖"。㊂泛稱農民。宋書袁湛傳上議："增賈販之税，薄疇畝之賦，則末技抑而田畯喜矣。"

【田單】戰國時齊人。燕攻齊，下七十餘城。僅莒卽墨二城未下。卽墨守將戰死，城中人推單爲將軍。單用反間計，使燕撤換其名將樂毅，用火牛突陣大破燕軍，收復齊七十餘城，以功封安平君。見史記八二田單傳。

【田結】登記土地的簿録。管子禁藏："户籍田結者所以知貧富之不訾也。"注："謂每户置籍。每田結其多少，則貧富不依訾限者可知也。"

【田路】㊀獵車。周禮夏官田僕："田僕掌馭田路，以田以鄙。"㊁田間小路。宋陳與義簡齋集十四同楊運幹黄秀才村西買山藥詩："潦縮田路寬，委虵散腰脚。"

【田鼠】獸名。也稱鼹鼠。禮月令季春之月："桐始華，田鼠化爲鴽。"

【田齊】周初，齊國原爲姜姓。戰國時，田氏奪取政權，稱田齊。其先人陳完爲陳國厲公之子，因陳國發生變亂投奔齊國，改姓田。後田氏子孫世代爲齊卿，逐漸奪得齊國政權。周安王時列爲諸侯。見史記田敬仲完世家。

【田僮】田地和僮僕。史記平準書："(賈人)敢犯令，没入田僮。"索隱："若賈人更占田，則没其田及僮僕，皆入之於官也。"

【田僕】周代掌管君王獵車的官。周禮夏官田僕："田僕掌馭田路，以田以鄙，掌佐車之政，設驅逆之車。"注："田，田獵也。鄙，循行縣鄙。"

【田賦】按田地征收的賦税。春秋哀十二年："十有二年春，用田賦。"魯宣公十五年"初税畝"，爲我國歷史上記載的田賦之始。以後或稱租，或稱税，名目累變；或收實物，或收銀錢，時有不同，然歷來爲封建王朝的主要收入。文獻通考一至七有田賦考。

【田躺】在泥道上用的交通工具。清施鴻保閩雜記："田躺，亦名泥搭，海濱人家皆有之。形如木機，三足向上，泥行如飛。潮過時，乘以掇拾螺蚌之類者。相傳爲明戚南塘(繼光)所製，以追擊倭寇。"

【田横】戰國時齊田氏的後代。秦末，其從兄田儋自立爲齊王，不久戰死，儋弟榮與榮子廣相繼爲齊王，横爲相國。韓信破齊，横自立爲齊王，率領從屬五百人逃往海島。劉邦稱帝，遣使者往招降。横與客二人往洛陽，未至二十里，羞爲漢臣，自殺。原居留島中之徒衆，聞横死，亦皆自殺。史記、漢書附田儋傳。

【田頭】㊀田邊地頭。唐韓愈昌黎集九遊城南賽神詩："麥苗含穟桑生椹，共向田頭樂社神。"㊁寺廟裏管田地的和尚。五燈會元三七石門紹遠禪師："襄州石門紹遠禪師，初在石門作田頭。"

【田錫】公元940—1003年。宋嘉州洪雅人。字表聖。太平興國三年進士第二人。歷事宋太宗、真宗二帝，以方正敢直言著名。臨死，將平時封疏焚燒，曰："吾立朝以來，章疏五十二，皆諫臣任職之常言。苟獲從，幸也。豈可藏副示後，謗時賣直耶？"所著有咸平集五十卷。見宋史二九三田錫傳。

【田燭】古代帝王郊祭時，設置於田頭照路的火燭。禮郊特牲："汜埽反道，鄉爲田燭。"注："田燭，田首爲燭也。"疏："鄉謂郊内六鄉也，六鄉之民，各于田首設燭照路，恐王祭郊之早。"宋書樂志二顔延之天地饗神歌："田燭置，爟火通。"

【田盪】推勻泥土的農器。用叉木作柄，長六尺，前貫横木五尺許。水田耕耙未勻熟，用此器平著其上推挽之，使水土相合，凹凸各平，以便插秧。與耘盪之盪，字同音異。耘盪之盪，讀如蕩；此讀湯去聲。見農政全書二二農器。

田盪

【田嬰】戰國時齊人，孟嘗君之父。歷事威王、宣王、湣王。宣王二年，嬰與田忌、孫臏共伐魏，大勝於馬陵，殺魏將龐涓。嬰相齊十一年，封於薛。號靖郭君。見史記七五孟嘗君傳。

【田疇】㊀耕熟的田地。穀地爲田，麻地爲疇。國語周下："民力彫盡，田疇荒蕪。"又齊："陸、阜、陵、墐、井、田、疇均則民不憾。"㊁三國時右北平無終人。字子泰。漢末兵起，田疇率宗族附從避居徐無山中。百姓歸之，數年間至五千餘家。曹操北征烏丸，田疇爲鄉導有功，封亭侯。疇不受，曰："豈可賣盧龍之塞，以易賞禄哉？"見三國志魏田疇傳。

【田竇】田蚡、竇嬰。文選晉曹顔遠(攄)感舊詩："廉藺門易軌，田竇相奪移。"蚡，漢景帝王皇后同母弟，封武安侯。嬰，文帝竇皇后從兄子，封魏其侯。兩人皆貴戚，門客常視兩人勢力高下而移易門户。

【田子方】戰國時魏人。名無擇。與段干木齊名。魏文侯曾師事之。田子方曾與太子擊相遇於路，擊下車拜見，子方不爲禮。擊曰："富貴者驕人乎？且貧賤者驕人乎？"子方曰："亦貧賤者驕人耳。夫諸侯而驕人，則失其國；大夫而驕人，則失其家。貧賤者，行不合，言不用，則去之楚越，若脱躧然，奈何其同之哉！"見史記魏世家。

【田千秋】卽車千秋。漢長陵人。漢武帝時爲高寢郎，上書辯戾太子冤屈，武帝悔悟，拜爲大鴻臚，後遷丞相，封富民侯。爲人敦厚，居位稱職。昭帝時，因年老特許乘小車入朝，因稱車丞相。見漢書六六車千秋傳。

【田本命】謂田的生日。元陸友仁研北雜誌："世謂正月三日爲田本命。浙西人謂之夏正三，言夏正之三日，俗以是日秤木〔水〕，以重爲上有年。"又見明王志堅表異録一天文歲時。

【田弘正】公元764—821年。唐平州盧龍人。田承嗣之侄，本名興，字安道。元和七年，承嗣孫季安死，弘正繼爲魏博節度使，示將聽命朝廷，詔書褒美，爲更名弘正。後出兵討吴元濟，逼王承宗歸唐。元和十五年，其第三子布以累立戰功授河陽節度使。弘正移鎮成德軍，父子同日拜命。次年七月，弘正及家屬、參佐、將吏等三百餘口皆爲鎮州亂軍所殺。新唐書有傳。

【田承嗣】公元704—778年。唐平州

盧龍人。開元間爲安祿山部將。祿山起兵，爲前鋒攻陷洛陽。代宗時降唐，後授魏博節度使。有衆十萬，擇其尤勇健者號牙兵，割據一方，自署官吏，賦不入朝。聽其擁有貝博魏衞相磁洺七州。新唐書有傳。

【田舍公】老農。宋書武帝紀下："袁顗盛稱上儉素之德。孝武不答，獨曰：'田舍公得此，以爲過矣。'"上，指武帝劉裕。又張興世傳："(父仲子)嘗謂興世：'我雖田舍老公，樂聞鼓角，可送一部行田時吹之。'"

【田舍奴】農家子弟。含有輕視之稱。唐薛用弱集異記二王之渙："之渙卽擨歈二子曰：'田舍奴，我豈妄哉？'"二子指王昌齡高適。

【田舍兒】農家子弟，含有輕視之意。世說新語文學："殷(浩)理小屈，遊辭不已，劉(惔)亦不復答。殷去後，乃云：'田舍兒强學人作爾馨語。'"

【田舍翁】同"田舍公"。宋錢易南部新書甲："(唐)高宗欲廢王皇后，立武昭儀，猶豫未定。許南陽(敬宗)宣言于朝曰：'田舍翁種得十斛麥，尚須換却舊婦，況天子富有四海，立一皇后，有何不可？'上意乃定。"

【田舍漢】農家男子。含有鄙薄輕視之意。唐劉餗隋唐嘉話上："太宗曾罷朝，怒曰：'會殺此田舍漢！'文德后問：'誰觸忤陛下？'帝曰：'豈過魏徵！每廷辱我，使我常不自得。'"事又見劉肅大唐新語一規諫。

【田家子】卽農家之子。三國志魏夏侯玄傳附王經："始經爲郡守，母謂經曰：'汝田家子，今仕至二千石，……可以止矣！'"

【田家鎭】地名。在今湖北蘄春縣東南，位於長江北岸，其南岸有半壁山。三國吳於此設戍。地形險要，扼湖北江西安徽三省要衝，舊時爲兵家必爭之地。參閱湖北通志三五建置十一關隘一。

【田部吏】收田租稅的官吏。史記八一廉頗藺相如傳："趙奢者，趙之田部吏也。收租稅，而平原君家不肯出租，奢以法治之，殺平原君用事者九人。"

【田月桑時】謂農忙時期。南齊書竟陵文宣王子良傳諫射雉啓："且田月向登，桑時告至，士女呼嗟，易生噂議，棄民從欲，理有未安。"

【田間詩學】清錢澄之撰。十二卷。爲研究詩經專著。自序謂於毛鄭孔三家之書取十之二，集傳取十之三，由二程子以至何楷等二十家取十之四。持論頗精核，於名物、訓詁、山川、地理，多加考證。

由

yóu 以周切，平，尤韻，喻。ㄧㄡˊ

㈠經歷。論語爲政："視其所以，觀其所由，察其所安，人焉廋哉？"㈡原因，緣故。儀禮士相見禮："某也願見，無由達。"㈢由於，因爲。史記高祖紀："由所殺蛇白帝子，殺者赤帝子，故上赤。"㈣用。詩小雅小弁："君子無易由言，耳屬于垣。"左傳襄三十年："以晉國之多虞，不能由吾子，使吾子辱在泥塗久矣。"㈤自，從。論語雍也："誰能出不由户者，何莫由斯道也。"㈥尚且，猶，還。孟子盡心上："見且由不得亟，而況得而臣之乎？"㈦猶如，好像。通"猶"。孟子梁惠王上："民歸之，由水之就下。"㈧抽生。本作"𢎘"。見"由櫱"。㈨憑證。金史選舉志四："承安三年，勅監察給由必經部而後呈省。"㈩姓。由氏，亦爲由余氏。春秋有秦相由余，漢有長沙太守由彰。參閱通志二八氏族四。

【由中】出自内心。左傳隱三年："信不由中，質無益也。"中，也作"衷"。三國志魏臧洪傳答陳琳書："且以子之才窮該典籍，豈將闇於大道，不達余趣哉。然猶復云云者，僕以是知足下之言，信不由衷，將以救禍也。"

【由田】古代管農政的長官。管子立政："相高下，視肥墝，觀地宜，明詔期，前後農夫，以時均修焉；使五穀桑麻，皆安其處，由田之事也。"

【由由】㈠怡然自得貌。孟子萬章下："與鄉人處，由由然不忍去也。"管子小問："苗……至其成也，由由乎兹免，何其君子也。"㈡猶豫。楚辭漢劉向九嘆惜賢："默順風以偃仰兮，尚由由而進之。"

【由夷】許由伯夷。許由不受堯天下之讓，伯夷義不食周粟，皆以廉潔節義著名。文選漢司馬子長(遷)報任少卿書："若僕大質已虧缺矣，雖才懷隨和，行若由夷，終不可以爲榮。"

【由旬】古代印度計長度的單位。也譯作"俞旬"、"由延"、"踰繕那"。軍行一日的行程。或言四十里，或言三十里，或言十六里。北周庾信庾子山集三奉和法筵應詔："千柱蓮花塔，由旬紫紺園。"參閱大唐西域記二數量、唐釋慧琳一切經音義九玄應音放光般若經一俞旬。

【由吾】複姓。相傳爲秦由余之後，仕吳，子孫入越，因號由吾氏。北齊有諫議大夫瑯琊沐陽公由吾道榮。見元和姓纂十八尤。

【由余】其先晉人，亡入戎，能晉言。奉使入秦見秦穆公。穆公以女樂贈戎王，戎王受而悦之。由余數諫不聽，遂奔秦。秦用由余謀伐戎，益國十二，開地千里，遂霸西戎。見史記秦紀。

【由延】古印度計里程的單位。同"由旬"。南朝宋法顯佛國記："西行十六由延，便至那竭國家醯羅城。"參見"由旬"。

【由庚】詩小雅笙詩篇名。詩序："由庚，萬物得由其道也。……有其義而亡其辭。"陳書後主紀至德二年詔："耕鑿自足，乃曰淳風，貢賦之興，其來尚矣。蓋由庚極務，不獲已而行焉。"

【由來】㈠出處，來源。荀子正論："殺人者死，傷人者刑，是百王之所同也，未有知其所由來者也。"㈡從發生到當時。世說新語德行："王子敬(獻之)病篤，道家上章應首過，問子敬由來有何異同得失。"

【由衍】行貌。縱意遊樂之意。衍，舒緩。也作"游衍"。由、游古通。文選漢馬季長(融)長笛賦："由衍識道，噍噍讙譟。"參見"游衍"。

【由拳】㈠地名。故地在今浙江嘉興縣南。本春秋吳檇李地。秦置縣，屬會稽郡。漢因之。三國吳黃龍三年改稱禾興縣，赤烏五年改嘉興。歷代因之。參閱後漢書郡國志四吳郡、嘉慶一統志二八七嘉興縣。㈡山名。在浙江餘杭縣境，別稱大辟山、青障山。晉隱士郭文舉所居，傍有由拳村，出好藤紙。見元和郡縣志二五杭州餘杭縣。

【由衷】見"由中"。

【由鹿】用以誘捕羣鹿之鹿。唐呂温呂和叔文集一由鹿賦序："貞元己卯歲，予南出襄樊之間，遇野人縶鹿而至者。問之，答曰：'此爲由鹿。由此鹿以誘至羣鹿也。'"說文有"𡆪"，囮也。亦作"圝"。卽由之本字。參閱清外方山人談徵名部圝子。

【由單】賦稅定額憑證。清陸隴其三魚堂日記下："邱象隨來，言淮安賦役全書田額之數，俱係折實之數，靳總河(輔)查其未折之數，謂其有隱匿，賴舊由單得白。"

【由衙】竹名。晉戴凱之竹譜："簹與由衙，厥體俱洪，圍或累尺，簹實衙空，南越之居，梁柱是供。"文選晉左太沖(思)吳都賦作"柚梧"。參見該條。

【由趣】來歷。由，從；趣，向。後漢書二

二劉隆傳："帝見陳留吏牘上有書，視之云，'潁川弘農可問，河南南陽不可問'，帝詰吏由趣，吏抵言於長壽街上得之。"

【由儀】詩小雅笙詩篇名。詩序："由儀，萬物之生，各得其宜也，有其義而亡其辭。"

【由歷】㊀來歷，經歷。宋書二凶傳："准望地勢，格評高下，其川源由歷，莫不踐校。"㊁履歷。資治通鑑二四二唐長慶二年詔："神策六軍使及南牙常參武官，具由歷、功績，牒送中書，量加奬擢。"注：由者，得官之由。歷者，所歷職任。"

【由繹】施展其才能。書立政："自古商人，亦越我周文王，立政、立事、牧夫、準人，則克宅之，克由繹之，茲乃俾乂。"注："言用古商湯，亦於我周文王，立政立事用賢人之法，能居之於心，能用陳之，此乃使天下治。"疏："能用陳之，謂陳列於位，用之以爲官也。王肅曰：則能居之在位，能用陳其才力，如此，故能使天下治也。"

【由櫱】再生的新枝。書盤庚上："若顛木之有由櫱，天其永我命于茲新邑。"由，古文"甹"字。櫱，又作"㰁"。說文"㰁"引商書作"甹㰁"。马部"甹，木生條也"。又木部"㰁，伐木餘也"。參閱清惠棟九經古義五毛詩古義上。

【由準氏】界尺的別稱。宋陶穀清異錄文用畦宗郎君："歐陽通善書，修飾文具，其家藏遺物尚多，皆就刻名號：硯石曰紫方館……界尺曰由準氏。"（說郛六一）

【由竇尚書】宋許及之諂事韓侂胄。侂胄生日，祝壽者畢集，及之後至，閽人掩關拒之，及之俯僂得入，不以爲恥。及之爲尚書，二年不遷，見侂胄流涕，序其知遇之意及衰遲之狀，不覺膝屈。侂胄憐之，乃遷同知樞密院事。當時有"由竇尚書，屈膝執政"之語，傳爲笑柄。竇，牆洞。見宋史三九四許及之傳。

甲 1. jiǎ ㄐㄧㄚˇ 古狎切，入，狎韻，見。

㊀植物果實或動物的硬質外殼。易解："雷雨作而百果草木皆甲拆。"三國魏曹植曹子建集四神龜賦："時有遺余龜者，數日而死，肌肉消盡，唯甲存焉。"參閱清俞樾兒笘錄四甲。㊁古代軍人所服革製護身衣。左傳成二年："擐甲執兵，固即死也。"也引申指戰士。左傳宣二年："晉侯飲趙盾酒，伏甲將攻之。"參見"甲士"。㊂天干的第一位。楚辭屈原九章哀郢："出國門而軫懷兮，甲之鼂吾以行。"引申爲首位或居於首位。漢王充論衡超奇："彼子長子雲（司馬遷揚雄），說論之徒；君山（桓譚）爲甲。"漢書九一貨殖傳："故秦楊以田農而甲一州。"注："以田地過限，從此而富，爲州中第一也。"㊃代詞。史記一〇三萬石君傳："（石）奮長子建，次子甲，次子乙，次子慶。"㊄舊時户口編制單位。見"甲長"。㊅姓。春秋楚同宗有甲氏。見莊子庚桑楚"甲氏也"釋文。

甲（圖）

2. xiá ㄒㄧㄚˊ

㊆習熟。通"狎"。詩衛風芄蘭："雖則佩韘，能不我甲。"參閱清陳喬樅韓詩遺說考三能不我狎（清續經解一五九）。

【甲乙】㊀指春季。管子四時："是故春三月，以甲乙之日發五政。"唐房玄齡注："甲乙統春之三時也。"禮月令孟春之月："其日甲乙。"疏："其當孟春、仲春、季春之時，日之生養之功，謂爲甲乙。"㊁等第，次序。後漢書六十馬融傳廣成頌："校隊案部，前後有屯，甲乙相伍，戊己爲堅。"注："甲乙謂相次也。"文始真經（關尹子）四符："有死立者，有死卧者，有死坐者，有死病者，有死藥者，等死，無甲乙之殊。"㊂甲帳、乙帳的略稱。漢武帝造帳幕，以甲、乙編次。漢書六五東方朔傳對："推甲乙之帳，燔之於四通之衢，却走馬示不復用。"注："應劭曰：帳多故以甲乙第之耳。"文選漢張平子（衡）西京賦："大駕幸乎平樂之館，張甲乙而襲翠被。"㊃甲乙經，古醫書。魏書崔彧傳："彧少嘗詣青州，逢隱逸沙門，教以素問九卷及甲乙，曾善醫術。"參見"甲乙經"。

【甲士】披甲的戰士。泛指兵士。左傳閔二年："齊侯使公子無虧帥車三百乘，甲士三千人，以戍曹。"

【甲子】㊀甲爲天干首位，子爲地支首位，用干支依次相配，如甲子、乙丑，可得六十數，統稱爲六十甲子。呂氏春秋勿躬："大橈作甲子，黔如作虜首。"參見"干支"。㊁甲子所以紀歲月，因亦以甲子爲歲月、年歲的代稱。唐杜甫杜工部草堂詩箋二二春歸："別來頻甲子，倏忽又春華。"貫休禪月集二一贈軒轅先生詩："略問先生真甲子，只言弟子是劉安。"

【甲父】㊀古部族名。故地在今山東金鄉縣境。左傳昭十六年："徐子及郯人、莒人，會齊侯盟於蒲隧，賂以甲父之鼎。"注："甲父，古國名。高平昌邑縣東南有甲父亭。"今縣南有甲父亭，古甲父國。見山東通志三五疆域古蹟二金鄉縣。㊁複姓。漢有侍御史甲父沮。參閱通志二六氏族二夏商以前國。

【甲氏】春秋時赤狄族的一支，居地在今河北曲周縣一帶，後爲晉所併。見左傳宣十六年。

【甲令】朝廷所頒發的法令。漢書三四吳芮傳贊："唯吳芮之起，不失正道，故能傳號五世，以無嗣絕。慶流支庶，有以矣夫，著于甲令而稱忠也！"注："甲者，令篇之次也。"宋朱彧萍洲可談二："甲令：海舶大者數百人，……市舶司給朱記，許用笞治其徒。"也作"令甲"。參見該條。

【甲仗】㊀披甲執兵的衛士。宋書徐羨之傳："劉穆之卒，高祖命以羨之爲吏部尚書建威將軍丹陽尹，總知留任，甲仗二十人出入。"仗，也作"杖"。晉書桓冲傳："又詔冲及謝安並加侍中，以甲杖五十人入殿。"㊁兵器。周書武帝紀下建德五年："齊衆大潰，軍資甲仗，數百里間，委棄山積。"

【甲宅】㊀指花開。即"甲拆"。宅，同"坼"。文選晉左太沖（思）蜀都賦："百果甲宅，異色同榮。"㊁豪華的宅第。唐李白李太白詩二古風之二四："中貴多黃金，連雲開甲宅。"

【甲吏】掌管製皮革的官。禮祭統："夫祭有畀、煇、胞、翟、閽者，……煇者，甲吏之賤者也。"疏："言韗人之官，掌作鼓木，張皮兩頭，鞔之以爲鼓。"煇人，周禮考工記作"韗人"。

【甲辰】東晉時西涼李暠（太祖）年號。公元404年。

【甲兵】㊀鎧甲和兵器。詩秦風無衣："王于興師，脩我甲兵。"泛指武備。唐杜甫杜工部草堂詩箋十一洗兵馬："安得壯士挽天河，淨洗甲兵長不用。"㊁指兵士。荀子王制："故不戰而勝，不攻而得，甲兵不勞而天下服。"

【甲夜】初更時分。東觀漢記顯宗孝明皇帝永平三年："甲夜讀衆書，乙更盡乃寐。"北齊顏之推顏氏家訓書證："漢魏以來，謂爲甲夜、乙夜、丙夜、丁夜、戊夜；又云鼓，一鼓、二鼓、三鼓、四鼓、五鼓；亦云一更、二更、三更、四更、五更，皆以五爲節。"

【甲庚】年齡與科第。元楊弘道小亨集三哭劉叔京詩："甲庚俱舊識，類聚不同方。"

【甲長】自宋以來地方行保甲制，爲統治人民的基層户籍編制。保設保長，甲設甲長。參閲清顧炎武日知録八里甲。

【甲坼】外殼裂開。易解："天地解而雷雨作，雷雨作而百果草木皆甲坼。"

【甲門】世家大族。同"甲族"。唐李肇國史補上："張燕公(説)好求山東婚姻，當時皆惡之。及後與張氏爲親者，乃爲甲門。"舊唐書一九〇上袁朗傳："朗孫誼……爲蘇州刺史，嘗因視事，司馬清河張沛通謁，……沛曰：'此州得一長史，是隴西李亶，天下甲門。'"

【甲帖】田契之類的文據。宋史食貨志上方田賦税："凡田方之角，立土爲埄，植其野之所宜木以封表之，有方帳，有莊帳，有甲帖，有户帖，其分煙析產，典賣割移，官給契，縣置簿，皆以今所方之田爲正。"

【甲舍】貴顯者的家宅。即甲第。漢書六七胡建傳："蓋主怒，使人上書告建侵辱長公主，射甲舍門。"注："甲舍卽甲第，公主之宅。"

【甲姓】貴族世家。唐白居易長慶集二五唐河南元府君夫人滎陽鄭氏墓誌銘序："天下有五甲姓，滎陽鄭氏居其一。"新唐書一九九柳沖傳："'郡姓'者，以中國士人差第閥閲爲之制，凡三世有三公者曰'膏粱'，……尚書、領、護而上者爲甲姓。"參見"四姓"。

【甲首】㊀春秋車戰，兵車一乘，馬四匹，車上立三人，左執弓，右持戈，中御車。甲士十人，披甲，謂之甲首。左傳桓六年："鄭太子忽帥師救齊，六月，大敗戎師，獲其二帥大良、少良，甲首三百，以獻於齊。"戰國策燕二："蘇子遂將，而與燕人戰於晉下，齊軍敗，燕得甲首二萬人。"㊁猶甲長。元曲選李直夫虎頭牌一："我偌大年紀，也無些兒名分，甲首也不曾做一個。"明民户一百户内設里長一名，甲首十名，輪年應役，催辦錢糧勾攝公事。見大明律附例四。

【甲胄】鎧甲和頭盔。書説命中："惟口起羞，惟甲胄起戎。"傳："甲，鎧；胄，兜鍪也。"

【甲科】㊀漢代考試科目名。漢書七八蕭望之傳："望之以射策甲科爲郎。"注："射策者，謂爲難問疑義書之於策，量其大小署爲甲乙之科，列而置之，不使彰顯。"有欲射者，隨其所取得而釋之，以知優劣。㊁唐宋進士分甲乙科，明清則通稱進士爲甲科，舉人爲乙科。參閲文獻通考二九選舉二舉士。

【甲香】香名。螺類。亦入藥。政和證類本草二二甲香引圖經："甲香，生南海，今嶺外閩中近海州郡及明州皆有之。"參見"甲煎"。

【甲庫】㊀儲藏甲胄的倉庫。北周庾信庾子山集十五周大將軍懷德公吳明徹墓誌銘："長沙楚鐵，更入兵欄；洞浦藏犀，還輸甲庫。"㊁收藏勅令文書檔案的地方。唐尚書省有甲庫令史七人。宋程大昌演繁露二甲庫："太和九年，勅令後應六品已下，凡自稱舊嘗有官，皆下甲庫，檢勘有無。……則甲庫也者，正收藏奏鈔之地，非甲乙之甲也。"按宋龐元英文昌雜録三説甲卽勅甲，指文書檔案的外封。

【甲馬】㊀鎧甲和戰馬。指軍備或戰事。唐杜甫杜工部詩史補遺四嚴氏溪放歌行："天下甲馬未盡銷，豈免溝壑常漂漂。"㊁神符。水滸三八："原來這戴院長……把兩個甲馬拴在兩只腿上，作起神法來，一日能行五百里；把四個甲馬拴在腿上，便一日能行八百里。"清虞兆隆天香樓偶得馬字寓用："俗於紙上畫神佛像，塗以紅黄采色，而祭賽之。畢卽焚化，謂之甲馬。"

【甲部】舊時圖書分類，分經、史、子、集四部，或各以甲、乙、丙、丁代之。甲部，卽經部。梁書到洽傳："遷司徒主簿，直待詔省，敕使抄甲部書。"參見"四部"。

【甲族】指世家大族。南齊書王僧虔傳："遷御史中丞。……甲族由來多不居憲臺。王氏分枝居烏衣者，位官微減，僧虔爲此官，乃曰：'此是烏衣諸郎坐處，我亦可試爲爾。'"

【甲帳】帳以甲乙編次，故有甲帳乙帳之稱。漢書六五東方朔傳："陛下誠能用臣朔之計，推甲乙之帳燔之於四通之衢，卻走馬示不復用，則堯舜之隆宜可與此治矣。"注："帳多故以甲乙第之耳。"漢武帝故事："上以琉璃珠玉、明月夜光雜錯天下珍寶爲甲帳，次爲乙帳。甲以居神，乙以自居。"(北堂書鈔一三二)

【甲第】㊀舊時豪門貴族的宅第。史記孝武紀："其以二千户封地士將軍(欒)大爲樂通侯。賜列侯甲第，僮千人。"集解："漢書音義曰有甲乙第次，故曰第。"杜甫杜工部草堂詩箋三醉時歌贈廣文館學士鄭虔詩："甲第紛紛厭粱肉，廣文先生飯不足。"㊁科舉考試得第一等。新唐書選舉志上："凡進士，試時務策五道、帖一大經，經、策全通爲甲第；策通四、帖過四以上爲乙第。"

【甲魚】鼈的俗稱。見清厲荃事物異名録三八水族引事物原始。

【甲煎】香名。又稱甲香。唐本草謂取蠡類之厴，燒灰合香，和臘可製口脂。磨碎成散則爲粉。亦供藥用。世説新語汰侈："石崇廁常有十餘婢侍列，皆麗服藻飾，置甲煎粉沈香汁之屬，無不畢備。"也作"夾煎"。唐李商隱李義山詩集五隋宫守歲："沉香夾煎爲庭燎，玉液瓊蘇作壽杯。"參閲政和證類本草二二甲香。

【甲榜】明清時稱進士爲甲榜，舉人爲乙榜。明吳應箕樓山堂集十九杭州書某孝廉事："士以制義起家，閲三年有春秋二試，别以鄉會之目，雋於會試者曰甲榜。"參閲清趙翼陔餘叢考二九甲榜乙榜。

【甲裳】戰袍。裳，裙，下身所服。左傳宣十二年："趙旃棄車而走林，屈蕩搏之，得其甲裳。"周書耿豪傳："沙苑之戰，豪殺傷甚多，血染甲裳盡赤。"

【甲賦】唐人稱應試之賦爲甲賦，以令甲所頒，故稱。以别於平居自作之古賦。唐皇甫湜皇甫持正集二答李生第二書："既爲甲賦矣，不得稱不作聲病文也。"

【甲蔬】菜殼。唐李賀歌詩編一南園之四："三十未有二十餘，白日長飢小甲蔬。"

【甲曆】用甲子記載歲時的日曆。唐陸贄陸宣公集二貞元改元大赦制："凡爲擇人，其在精覈，宜令清資常參官每年於吏部人中，各舉所知一人堪任縣令録事參軍者，所司依資敍注擬，便於甲曆之内，具標舉主名銜，仍牒報御史臺。"曆，也作"歷"。宋吕南公灌園集五有懷溪齋奉寄微之詩："身名不分輕如夢，甲歷誰令過若流。"

【甲館】㊀同"甲觀"。漢書九八元后傳："甘露三年，生成帝於甲館畫堂。"㊁甲等館舍。梁書沈約傳郊居賦："築甲館於銅駝，並高門於北闕。"㊂藏書之館。藝文類聚二一南朝梁蕭繹(元帝)上東宫古跡啓："師宜八分之巧，元常(鍾繇)三體之妙，史籀李斯之篆，梁鴻曹喜之書，莫不總萃桂宫，盈滿甲館。"北齊書樊遜傳上議："今所讎校，供擬極重，出自蘭臺，御諸甲館。"

【甲觀】㊀樓觀。漢太子宫有甲觀。漢書成帝紀："元帝在太子宫生甲觀畫堂。"注："應劭曰：'甲觀在太子宫甲地。'如淳曰：'甲觀，觀名。'師古曰：'甲者，甲乙丙丁之次也。'"㊁藏書之館。同"甲館㊀"。北周庾信庾子山集二哀江南賦："文詞高於甲觀，模楷盛於漳濱。"

【甲乙問】假設甲乙兩方問答，以討論疑難問題。晉書禮志中："中書令張華造甲乙之問曰：'甲娶乙爲妻，後又娶丙，匿不說有乙，居家如二嫡，無有貴賤之差。乙亡，丙之子當何服？'"

【甲乙經】全稱針灸甲乙經。也稱黃帝甲乙經，晉皇甫謐撰。十卷（一作十二卷），一百二十八篇。內容論針灸，兼及臟腑、經絡、腧六、病機、診斷、治療等，定人身腧六總數六百五十四個，對各穴的具體位置及主治證候，皆有明確敘述。後來我國醫學中有關針灸的論著，無不以此書爲基礎。書在唐代即已流傳至朝鮮日本等國。

【甲子門】地名。在今廣東陸豐縣東南石帆港口，巨石壁立，上下各有六十甲子字，因此得名。港外礁石星羅棋布，形勢險要。宋末端宗（趙昰）浮海次甲乙門，即此。參閱清屈大均廣東新語二地甲子門。

【甲骨文】商代統治者迷信鬼神，其行事以前往往用龜甲獸骨占卜吉凶，以後又在甲骨上刻記所占事項及事後應驗的卜辭或有關記事，其文字稱甲骨文。自清末在河南安陽殷墟發現有文字之甲骨，在十萬片之上，大多爲盤庚遷殷至紂亡止王室遺物。以出自殷墟，故又稱殷墟文字；因所刻多爲卜辭，故又稱貞卜文字。

【甲申雜記】宋王鞏撰。一卷，四十二條。甲申爲宋徽宗崇寧三年。書中所記，自仁宗起，迄徽宗崇寧止，隨筆記載，不以時代爲先後，皆爲東都舊聞，史傳所未詳。

【甲寅元曆】曆法名。北齊末，曆家皆以天保曆疏闊，議改曆。至後主武平七年，董峻鄭元偉因上甲寅元曆，議推算月食，不中，未行用。見隋書律曆志中。

申 shēn 失人切，平，真韻，審。ㄕㄣ

㊀表明，申述。禮郊特牲："大夫執圭而使，所以申信也。"楚辭屈原九章抽思："道卓遠而日忘兮，願自申而不得。"㊁重複，一再。書堯典："申命羲叔，宅南交。"左傳成十三年："申之以盟誓，重之以昏姻。"㊂舊時官府行文，下級對上級稱申。唐六典七工部水部郎中："其供橋雜匠料須多少，預申所司。"唐律疏議十三戶婚中部內旱澇霜雹："主司，謂里正以上。里正須言於縣，縣申州，州申省，多者奏聞。"㊃周時國名。詩王風揚之水："彼其之子，不與我戍申。"傳："申，姜姓之國。"後爲楚所滅。故地在今河南南陽市北。㊄上海的別稱。戰國時爲楚春申君黃歇封邑，故名。㊅十二支的第九位。十五時至十七時爲申時。又十二肖屬之一。漢王充論衡物勢："申，猴也。"㊆欠伸。通"呻"。莊子刻意："熊經鳥申，爲壽而已矣。"疏："如熊攀樹而自經，類鳥飛空而伸脚，斯皆導引神氣，以養形魄，延年之道，駐形之術。"㊇舒，展。通"伸"。文選漢班叔皮（彪）北征賦："行止屈申，與時息兮。"㊈姓。姜姓，炎帝四嶽之後，封於申，號申伯。子孫以國爲氏。見通志二六氏族二以國爲氏。

【申公】人名。1.漢魯人，名培。少與劉郢同師齊人浮丘伯受詩。後郢爲楚王，令申公傅其太子戊。戊爲王，不好學，對申公施徒刑，申公恥而歸魯，居家教詩，爲詩訓故。孝景帝時被詔爲太中大夫，以竇太后好黃老，不喜儒術，病免歸家。培，魯人，故所傳之詩，稱魯詩。參閱史記儒林傳、漢書儒林傳及楚元王傳。2.漢齊人。方士，相傳與仙人安期生通，受黃帝言，有鼎書，方士公孫卿進於武帝。見史記封禪書。

【申旦】通宵達旦。楚辭屈原九章思美人："申旦以舒中情兮，志沈菀而莫達。"又宋玉九辯："獨申旦而不寐兮，哀蟋蟀之宵征。"

【申申】㊀舒和貌。論語述而："子之燕居，申申如也，夭夭如也。"㊁重複。楚辭屈原離騷："女嬃之嬋媛兮，申申其詈余。"

【申令】㊀號令。史記六五孫子傳："孫子曰：'約束既明，申令不熟，將之罪也。'"㊁發布命令。南史樊毅傳："擊鼓申令，衆乃定焉。"

【申池】地名。春秋齊都城西門名申門，左右有池。故地在今山東益都縣。春秋齊懿公遊於申池，被殺；又齊靈公時，諸侯伐齊，焚申池之竹木，即此。見左傳文十八年、襄十八年。

【申守】再次告誡加强守備。左傳成十六年："將行，姜又命公如初，公又申守而行。"

【申命】再次命令。書堯典："申命羲叔，宅南交。"又："申命和叔，宅朔方。"

【申狀】舊時一種上行的公文。宋洪邁容齋隨筆九翰苑故事："公文至三省，不用申狀，但尺紙直書其事。"

【申送】舊稱向上級呈送公文。魏書盧同傳："又勳簿之法，征還之日，即應申送。"

【申奏】封建時代臣下向君主上書稱申奏。宋書孝武帝紀大明元年詔："自今百辟庶尹，下民賤隸，有懷誠抱志，擁鬱衡閭，失理負謗，未聞朝聽者，皆聽躬自申奏，大小以聞。"

【申胥】人名。伍子胥。戰國楚人，奔吳，吳與之申地，故稱申胥。見國語吳。參見"伍子胥"。

【申重】再三。荀子仲尼："頓窮則從之，疾力以申重之。"按："從之"二字衍文。

【申紅】藥名。即猴經。入藥名申紅，深山羣猴聚處極多。見者每於草間得之，色紫黑成塊，夾細草屑，傳爲母猴月水乾血。見清趙學敏本草拾遺九獸。

【申浦】㊀水名。又名申港。在江蘇江陰縣西。相傳楚相黃歇封春申君時所開，置田，有上下屯。唐興元初，韓滉造樓船戰艦三十餘艘，率領舟師五千人由海門至申浦而還，即此。見舊唐書一二九韓滉傳。參閱太平寰宇記九二江陰軍江陰縣、讀史方輿紀要二五江南七江陰縣申浦。㊁上海市上海縣的別稱。以地有黃浦江（一名春申江）而名。

【申破】上報說明。唐白居易長慶集四杜陵叟詩："九月降霜秋早寒，禾穗未熟皆青乾，長吏明知不申破，急斂暴徵求考課。"

【申徒】㊀官名。即司徒。史記留侯世家："項梁使良求韓成，立以爲韓王。以良爲韓申徒。"集解："徐廣曰：'即司徒耳，但語音訛轉，故字亦隨改。'"㊁複姓。一作申屠。詳"申屠"。

【申港】水名。又名申浦。詳"申浦㊀"。

【申冤】申理冤屈。漢焦延壽易林三蹇之困："比戶爲患，无所申冤。"唐王勃王子安集十三益州夫子廟碑："玄機應物，潛消水怪之災；丹筆申冤，俯絕山精之訟。"

【申商】戰國時申不害商鞅先秦法家。史記一〇一鼂錯傳："鼂錯者，潁川人也，學申商刑名於軹張恢先所。"

【申理】㊀治理。文子上仁："數窮於下，則不能申理；行墮於位，則不能持制。"㊁爲受冤屈者昭雪。後漢書十七馮異傳："懷來百姓，申理枉結，出入三歲，上林成都。"晉書石崇傳上表："自統枉劾以來，臣兄弟不敢一言稍自申理。戢舌鉗口，惟須刑書。"統，崇兄。

【申敕】告戒。漢書元帝紀建昭五年詔："今不良之吏，覆案小罪，徵召證案，興不急之事，以妨百姓，使失一時之作，亡終歲之功，公卿其明察申敕之。"

【申屠】複姓。相傳爲周幽王后申氏兄申侯之後，支孫居安定屠原，因以爲氏。一說：申徒狄，夏賢人，後音轉改爲申屠氏。又說，申屠，楚官號。參閱漢應劭風俗通姓氏篇上申徒氏、元和姓纂三。

【申救】替人申冤並予救助。晉書周顗傳："初(王)敦之舉兵也，劉隗勸帝盡除諸王，司空(王)導率羣從詣闕請罪，……(顗)既見帝，言導忠誠，申救甚至。"

【申訴】申述情由。後漢書四九王符傳潛夫論愛日："冤民仰希申訴，而令長以神自畜。"隋書刑法志："縣不理者，令以次經郡及州省，仍不理，乃詣闕申訴。"

【申報】向上級報告。舊唐書憲宗紀上貞元四年詔："自今已後，所有祥瑞，但令准式申報有司，不得上聞。"

【申喜】戰國楚人。淮南子說山："老母行歌而動申喜，精之至也。"注："申喜，楚人也，少亡其母，聞乞人行歌聲，感而出視之，則其母也。"

【申菽】香草名。淮南子人間："申菽，杜茝，美人之所懷服也。"注："申菽，杜茝，皆香草也。"

【申椒】香木名。楚辭屈原離騷："雜申椒與菌桂兮，豈惟紉夫蕙茝。"

【申飭】㊀檢點，整肅。漢劉向說苑脩文："脩德束躬，以自申飭，所以檢其邪心，守其正意也。"㊁告誡，約束。宋史二九二田錫傳："伏願申飭將帥，慎固封守，勿尚小功。"今言申飭，則有斥責之意。清會典事例十五承宣諭旨："張帝……率行瀆請，實屬謬妄，著傳旨嚴行申飭。"

【申結】申重結合。初學記十四漢崔駰婚禮結言："載內嘉贄，申結黎禰。"舊唐書六六房玄齡傳："及有謀臣猛將，皆與之潛相申結，各盡其死力。"

【申解】㊀解釋。左傳莊二六年"冬，虢人又侵晉"晉杜預注："或策書雖存，而簡牘散落，不究其本末，故傳不復申解，但言傳事而已。"㊁辨析。後漢書二四馬援傳附馬嚴："嚴數薦達賢能，申解冤結，多見納用。"新唐書一五〇趙憬傳："時杜黃裳遭奄人譖詆，穆贊……等爲裴延齡構擠，勢危甚，憬救護申解，皆得免。"㊂猶言申詳。宋趙彥衞雲麓漫鈔四："官府多用申解二字，……凡以狀達上官，必曰申聞。"古今雜劇元高文秀好酒趙元遇上皇："小人申解文書，來到草橋店酒肆中。"

【申憲】依法處理。世說新語規箴："漢武帝乳母，嘗於外犯事，帝欲申憲，乳母求救東方朔。"

【申韓】戰國時申不害韓非的合稱。兩人皆法家，主刑名之學，後世稱學習刑名者爲申韓之學。史記八七李斯傳："若此，然後可謂能明申韓之術，而脩商君之法。"後漢書七七陽球傳："性嚴厲，好申韓之學。"

【申證】明白的證據。後漢書十六鄧騭傳朱寵訟騭疏："罪無申證，獄不訊鞫，遂令騭等罹此酷濫，一門七人，並不以命。"

【申驅】次前鋒部隊。左傳襄二三年："齊侯伐衞。先驅，穀榮御王孫揮，召揚爲右；申驅，成秩御莒恒，申鮮虞之傅摯爲右。"注："申驅，次前軍。"

【申鑒】漢荀悅撰。五卷。漢獻帝時，悅侍講禁中，見政移曹氏，志在興革，但謀無所用，乃作此書。其政體時事篇，論制治要旨，主張"德刑並用"、"耕而勿有"。俗嫌篇，駁斥讖緯符瑞等迷信。雜言上下二篇，剖析義理。有明黃省曾注。參閱後漢書六二荀淑傳附荀悅。

【申不害】公元前？—前337年。戰國時鄭國京人。韓昭侯用爲相，內修政教，外應諸侯，十五年中，國治兵强。申子之學，本於黃老而主刑名。漢書藝文志法家有申子六篇，有清人馬國翰嚴可均黃以周等輯本。史記附老子傳。

【申包胥】春秋時楚國大夫。姓公孫，封於申，故號申包胥。戰國策作棼冒勃蘇。與伍員友好。員以父兄被害，逃奔吳國，謂包胥曰："我必復楚國。"包胥曰："子能復之，我必能興之。"後員以吳軍攻楚，入郢，包胥至秦求救，哭於秦廷七日夜，秦終出兵救楚，敗吳軍。楚昭王得返國，賞功，包胥逃而不受。事迹見左傳定四年、五年、戰國策楚一、史記秦本紀、楚世家。

【申明亭】明洪武五年，命地方里邑置申明、旌善二亭，民有善惡，卽書寫其人姓名事蹟於版榜之上。凡戶婚田土鬭毆等小事，里老在此勸導解紛。參閱明實錄洪武日錄七二、俞汝楫禮部志稿六六官司備考申明亭書罪犯、清顧炎武日知錄八鄉亭之職、又十三清議。

【申時行】公元1535—1614年。明長洲人。字汝默，號瑤泉。嘉靖四十一年進士第一，以文字受知張居正。萬曆中繼張四維爲首輔，務爲寬大，無所作爲。時未立太子，鄭貴妃有寵，生皇三子常洵，有奪嫡之意，時行屢請建儲，不從。後爲言官所論，求罷歸里。諡文定。著有賜閒堂集等。明史二一八有傳。

【申徒狄】殷末人。相傳不忍見紂亂，抱石投河而死。楚辭屈原九章悲回風："望大河之洲渚兮，悲申徒之抗迹。"申徒卽申徒狄，申徒，複姓。又見莊子外物、荀子不苟、淮南子說山、漢劉向九歎惜賢。

【申屠剛】東漢茂陵人。字巨卿。方直，常慕史鰌、汲黯之爲人。平帝時，舉賢良方正，因對策忤上意罷歸。光武建武七年徵拜侍御史，後任尚書令。帝欲出遊，剛以隴蜀未平，不宜宴安逸豫，勸諫不聽，因以頭抵輿輪，使車不得行。後以數諫忤旨。出任平陰令，終太中大夫。後漢書有傳。

【申屠嘉】公元前？—前155年。西漢梁人。初從劉邦(漢高祖)擊項羽黥布有功，累遷御史大夫。文帝時任丞相，封故安侯。廉直不受私謁，幸臣鄧通戲殿上，嘉欲殺之，爲文帝赦免。景帝時，鼂錯用事，嘉欲借錯穿鑿宗廟垣事殺錯，未成，憤恨吐血而死。漢書有傳、史記附張丞相傳。

【申屠蟠】東漢外黃人，字子龍。九歲喪父。家貧，傭爲漆工。爲郭泰蔡邕等所重。郡守召爲主簿，不就。隱居治學，博貫五經，兼治圖緯。以漢室衰落，乃絕迹於梁碭之間。中平六年，董卓廢立，荀爽陳紀等皆被脅從，獨蟠得免。後漢書有傳。

一畫

由 fú ㄈㄨˊ 分勿切，入，物韻，幫。

髑髏。說文由部："鬼頭也，象形。"是"鬼、畏、禺"等字上部所从的形體。清倪濤六藝之一錄二一二："人死髑髏也，象肉盡而骨巉岩之形。"

二畫

町 tīng ㄊㄧㄥ 他鼎切，上，迥韻，透。
tǐng ㄊㄧㄥˇ 他典切，上，銑韻，透。
他丁切，平，青韻，透。
徒鼎切，上，迥韻，定。

㊀田界。田間小路。見"町畦"。㊁田地。田畝。左傳襄二五年："町原防。"文選漢張平子(衡)西京賦："篠簜敷衍，編町成篁。"㊂土地面積名。左傳襄二五年："町原防，井衍沃。"疏："原防之地，九夫爲町，三町而當一井也。"㊃見"町畽"。

【町町】平坦貌。釋名釋州國："鄭，町也，其地多平，町町然也。"漢王充論衡語增："傳語曰：'町町若荊軻之閭。'言荊軻爲燕太子丹刺秦王，後誅軻九族；其後恚恨不已，復夷軻之一里，一里皆滅，故曰町町。"

【町畦】田界，卽田塍。比喻界限、規矩、

約束。引申爲儀節。莊子人間世："彼且爲无町畦，亦與之爲无町畦。"釋文："李(頤)曰：畔埒也。無畔埒，無威儀也。"唐韓愈昌黎集七南内朝賀歸呈同官詩："文才不如人，行又無町畦。"

【町疃】舍旁空地。詩豳風東山："町畽鹿場，熠燿宵行。"集傳："町畽，室旁隙地也。無人焉，故鹿以爲場也。"説文"疃"引詩作"町疃"。

【町疃】同"町畽"。見"町畽"。

甹 pīng ㄆㄧㄥ 普丁切，平，青韻，滂。

㊀急速。一説，任俠。漢時三輔謂輕財者爲甹。見説文"甹"。㊁見"甹夆"。

【甹夆】牽引。爾雅釋訓："甹夆，掣曳也。"注："謂牽拕。"疏："孫炎曰：謂相掣曳入於惡也。"詩周頌小毖作"拼蜂"。

男 nán ㄋㄢ 那含切，平，覃韻，泥。

㊀男子。與"女"相對。易説卦："震一索而得男，……巽一索而得女。"史記六八商君傳："民有二男以上不分異者，倍其賦。"指壯丁。㊁兒子。史記九七陸賈傳："有五男，迺出所使越得橐中裝賣千金，分其子。"也爲兒子對父母的自稱。宋歐陽修文忠集二五瀧岡阡表："男推誠保德崇仁翊戴功臣觀文殿學士。"㊂古爵位名。見"男爵"。㊃姓。禹爲姒姓，其後分封，用國爲姓，有男氏。參閲史記夏紀、宋鄧名世古今姓氏書辯證二十男。

【男女】㊀指兩性生活。禮禮運："飲食男女，人之大欲存焉。"㊁元明時的僕役自稱，相當於"小的"。明高則誠琵琶記二三："男女每常間見相公憂悶不樂，不知這箇就裏，相公何不對夫人説知？"古今小説楊思溫燕山逢故人："男女也曾問他府中來，道是天王寺後。"㊂駡人的話。金董解元西廂二："盡是没意頭搊搜男女。"

【男色】以美貌而受寵的男子。漢書九三佞幸傳贊："柔曼之傾意，非獨女德，蓋亦有男色焉。"明謝肇淛五雜俎八人部四："男色之興，自伊訓有比頑童之戒，則知上古已然矣。"

【男妾】以男子爲妾。唐李商隱李義山文集四宜都内人："武后篡既久，頗放縱，耽内習。……宜都内人曰：'……大家始今日能屏去男妾，獨立天下，則陽之剛亢明烈可有矣。'"

【男青】植物名。似女青。紅色。倒插土中即活。參閲太平御覽九六一男青、本草綱目十六草五女青。

【男事】古指男子成年後接受田地、承擔征役之事。禮内則："三十而有室，始理男事。"

【男服】古代京都以外的九等地區之一。周禮夏官職方氏："又其外方五百里曰男服。"參見"九服㊀"。

【男華】木名。文苑英華三五二南朝梁何遜七召："豔草奇色，寶樹珍名，長生靈壽，男華女貞。"

【男錢】南朝梁武帝時民間私鑄豐貨錢，徑一寸，重四銖半，文曰"布錢"。或謂婦女佩帶可以生男，因名男錢。唐段成式詩集戲高侍御七首之六："詐嫌嚼貝磨衣鈍，私帶男錢壓鬢低。"參閲通典食貨九錢幣下、文獻通考八錢幣一歷代錢幣之制、宋洪遵泉志十五厭勝品男錢。

【男爵】封建時代五等爵位的第五等。禮王制："王者之制祿爵，公、侯、伯、子、男，凡五等。"疏："其食祿受爵之人，有公、侯、伯、子、男，並南面之君，凡五等也。"

【男贄】古時貴族執以相見之物曰贄。男子所執稱男贄。左傳莊二四年："御孫曰：'男贄，大者玉帛，小者禽鳥，以章物也。'"

【男婚女嫁】指兒女嫁娶成家。用後漢向子平(長)事。唐劉禹錫劉夢得集十哭呂衡州詩："空懷濟世安人略，不見男婚女嫁時。"

【男歡女愛】男女歡愛。晉陸機陸士衡集六塘上行："男懽智傾愚，女愛衰避妍。"俗以爲男女親昵之辭。

甸 1. diàn ㄉㄧㄢ 堂練切，去，霰韻，定。

㊀古代稱都城郊外的地方。左傳襄二一年："將逃罪，罪重於郊甸。"注："郭外曰郊，郊外曰甸。"文選南朝齊謝玄暉(脁)晚登三山還望京邑詩："喧鳥覆春洲，雜英滿芳甸。"㊁田野的出產物。禮少儀："臣爲君喪，納貨貝於君，則曰納甸於有司。"㊂治理。詩小雅信南山："信彼南山，維禹甸之。"㊃元代雲南某些縣和縣以下的一些地方常稱甸。我國東北和雲南有一些地名至今尚稱爲甸。參閲元史成宗紀二、又地理志四雲南。

2. tián ㄊㄧㄢ 集韻 亭年切，平，先韻。

㊄打獵。周禮春官小宗伯："若大甸，則帥有司而饁獸于郊。"注："甸讀曰田。"㊅象聲詞。見"甸₂甸₂"。

3. shèng ㄕㄥ 集韻 石證切，去，證韻。

㊆古代征賦劃分田地、區域的單位，四丘爲甸，每甸出兵車一乘。周禮地官小司徒："九夫爲井，四井爲邑，四邑爲丘，四丘爲甸。"注："甸之言乘也，讀如衷甸之甸，甸方八里。"漢劉熙釋名釋州國："四丘爲甸。甸，乘也，出兵車一乘也。"

【甸人】古官名，掌公田。左傳成十年："晉侯欲麥，使甸人獻麥。"注："甸人，主爲公田者。"國語周中："虞人入材，甸人積薪。"注："甸人掌薪蒸之事也。"又見儀禮燕禮及士喪禮，禮喪大紀。周禮天官作"甸師"。參見該條。

【甸₂甸₂】車行聲。玉臺新詠一古詩爲焦仲卿妻作："府吏馬在前，新婦車在後；隱隱何甸甸，俱會大道口。"

【甸₂役】田獵。周禮春官司几筵："甸役，則設熊席，右漆几。"孔子家語正論："古之道，五十不爲甸役。"注："五十始老，不爲力役之事，不爲田獵之徒也。"

【甸服】古代在王畿外圍，每五百里爲一區劃，按距離遠近分侯服、甸服、綏服、要服、荒服爲五服。見書益稷及禹貢。逸周書職方、周禮夏官職方氏有侯服、甸服、男服、采服、衛服、蠻服、夷服、鎮服、藩服之稱。服内各按規定提供職貢。參見"五服㊀"、"九服㊀"。

【甸₂祝】古官名，掌四時田狩祭祝之事。見周禮春官甸祝。

【甸侯】㊀甸服内的諸侯。左傳桓二年："晉始亂，故封桓叔于曲沃，靖侯之孫欒賓傅之。師服曰：'……今晉，甸侯也，而建國，本既弱矣，其能久乎！'"㊁泛指州郡長官。唐柳宗元柳先生集四二同劉二十八院長述舊言懷感時書事奉寄澧州張員外使君……詩："繼酬天祿署，俱尉甸侯家。"

【甸師】古掌田事職貢之官。周禮天官甸師："掌帥其屬而耕耨王藉，以時入之，以共齍盛。"凡天子臣有爵者或同族有罪，皆送甸師以待刑殺。見周禮秋官掌囚、又掌戮。省作甸。穀梁傳桓十四年："甸粟而内之三宫。"注："甸，甸師，掌田之官也。"

【甸畿】古九畿之一。同"甸服"。周禮夏官大司馬："乃以九畿之籍，施邦國之政職，方千里曰國畿，其外方五百里曰侯畿，又其外方五百里曰甸畿。"參見"九服㊀"、"九畿"。

畎 quǎn ㄑㄩㄢ

廣、深一尺謂畎。同"甽"。周禮考工記匠人："耜廣五寸，二耜爲耦，一耦之伐，廣尺深尺謂之畎。"釋文："甽，古犬反。與畎同，古今字也。"

三畫

甿 méng 莫耕切,平,耕韻,明。ㄇㄥˊ

田民,農民。同"氓"。周禮地官遂人:"凡治野,以下劑致甿,以田里安甿,以樂昏擾甿,以土宜教甿。"注:"變民言甿,異外內也。"史記秦始皇紀太史公曰:"陳涉,甕牖繩樞之子,甿隸之人,而遷徙之徒。"

【甿庶】 古指農村中百姓。後來泛指平民。梁書武帝紀上:"其中有可以率先卿士,准的甿庶,菲食薄衣,請自孤始。"唐呂溫呂衡州文集六南嶽大師遠公塔銘記:"王公之珍服盈箱,甿庶之金錢布地。"

畀 bì 必至切,去,至韻,幫。ㄅㄧˋ

給予。詩小雅巷伯:"取彼譖人,投畀豺虎!"左傳昭十三年:"(楚靈王)投龜詬天而呼曰:'是區區者而不予畀,余必自取之!'"

甽 1. quǎn 姑泫切,上,銑韻,見。ㄑㄩㄢˇ

㊀田溝。古"畎"字。廣韻作"甽"。荀子成相:"舉舜甽畝,任之天下身休息。"注:"甽與畎同。"漢書三六劉向傳上封事:"欲終不言,念忠臣雖在甽畝,猶不忘君,惓惓之義也,況重以骨肉之親,又加以舊恩未報乎!"注:"甽者,田中之溝也。……一耦之伐,廣尺深尺,謂之甽,……字或作畎,其音同耳。"參閱漢書食貨志上"一晦三甽"清王先謙補注。

2. zhèn 集韻 朱閏切,去,稕韻。ㄓㄣˋ

㊁田邊水溝。見集韻。

甾 1. zī 側持切,平,之韻,莊。ㄗ

㊀水名。同"淄"。漢書地理志上:"嵎夷既略,惟、甾其道。"注:"惟、甾,二水名。……甾字或作淄,古今通用也。"書禹貢、史記夏紀作"淄"。

2. zāi 祖才切,平,咍韻,清。ㄗㄞ

㊁禍難。通"災"。史記秦始皇紀二十九年之罘刻石文:"闡并天下,甾害絕息,永偃戎兵。"

四畫

畐 1. fú 房六切,入,屋韻,並。ㄈㄨˊ

㊀容器名。無足之鬲。見清倪濤六藝之一錄二一四。㊁同"幅"。集韻屋:"幅,說文布帛廣也。或作緆,亦省畐。"

2. bī 芳逼切,入,職韻,滂。ㄅㄧ

㊂偪、逼的本字。玉篇畐:"腸滿謂之畐。"參閱清段玉裁說文解字注"畐"。

畊 gēng ㄍㄥ

古文"耕"字。晏子春秋諫下:"今齊國,丈夫畊,女子織。"

畏 1. wèi 於胃切,去,未韻,影。ㄨㄟˋ

㊀害怕。詩大雅烝民:"不侮矜寡,不畏彊禦。"老子:"民不畏死,奈何以死懼之?"㊁心服。孟子公孫丑上:"曾西蹵然曰:'吾先子之所畏也。'"㊂有戒心。論語子罕:"子畏於匡。"㊃犯法獄死曰畏。禮檀弓上:"死而不弔者三:畏、厭、溺。"疏:"畏謂有人以非罪攻己,己若不有以解說之而死者。"一說謂畏怯戰敗而死。漢班固白虎通喪服:"畏者,兵死也。"㊄弓的彎曲處。通"隈"。周禮考工記弓人:"夫角之中恒當弓之畏。"㊅見"畏壘"。

2. wēi ㄨㄟ

㊆通"威"。韓非子主道:"其行罰也,畏乎如雷霆,神聖不能解也。"

【畏友】 品格端重、使人敬畏的朋友。宋陸游渭南文集二七跋王深甫先生書簡:"此書朝夕觀之,使人若居嚴師畏友之間,不敢萌一毫不善意。"按孟子公孫丑上,曾西謂子路爲"先子之所畏"。"畏友"之義當本於此。

【畏日】 指夏天的太陽。左傳文七年"趙衰冬日之日也,趙盾夏日之日也。"注:"冬日可愛,夏日可畏。"宋蘇軾分類東坡詩十九次韻劉貢父獨直省中詩:"明窗畏日曉天暾,高柳鳴蜩午更喧。"

【畏慄】 見"畏懦"。

【畏塗】 艱險可怕的道路。莊子達生:"夫畏塗者,十殺一人,則父子兄弟相戒也,必盛卒徒而敢出焉。"塗,也作"途"。唐李白李太白詩三蜀道難:"問君西遊何時還,畏途巉巖不可攀。"

【畏影】 害怕自己的影子,喻不必要的顧忌。莊子漁父:"人有畏影惡迹而去之走者,舉足愈數而迹愈多,走愈疾而影不離身,自以爲尚遲,疾走不休,絕力而死。"

【畏龍】 見龍而懼。漢劉向新序雜事記葉公子高好龍,及龍至,驚惶無主。言其非真好龍。南朝梁蕭統昭明太子集三答湘東王書:"愛賢之情,與時而篤;冀同市駿,庶非畏龍。"

【畏懦】 膽小怯懦。史記一一四東越傳:"是時漢使大農張成、故山州侯齒將屯,弗敢擊,卻就便處,皆坐畏懦誅。"懦,也作"慄"。漢書武帝紀天漢三年:"秋,匈奴入雁門。太守坐畏慄棄市。"注:"如淳曰:軍法,行逗留畏慄者要斬。"

【畏縮】 害怕退縮。宋范成大石湖集一河豚歎詩:"異味古所珍,無事苦畏縮。"金史章宗紀二:"(提刑司)蓋多不識本職之體,而徒事細碎,以致州縣例皆畏縮而不敢行事。"

【畏壘】 莊子庚桑楚:"有庚桑楚者,偏得老聃之道,以北居畏壘之山,……居三年,畏壘大穰。"畏壘,疊韻連綿字,不平貌。字又作"碨壘"、"崼磊",莊子皆寓言,借爲山名。後來用爲鄉居之意。宋劉克莊後村集十九和季弟韻詩:"老愛家山安畏壘,早知世路險瞿塘。"

【畏獸】 舊說可以避凶邪的猛獸。晉郭璞山海經圖贊北山經猛槐:"列象畏獸,凶邪是辟。"唐裴孝源貞觀公私畫史:"畏獸圖,王廙畫。"廙,東晉人。

【畏犧】 害怕成爲祭宗廟的牛。莊子列禦寇:"或聘於莊子。莊子應其使曰:'子見夫犧牛乎?衣以文繡,食以芻叔,及其牽而入於大廟,雖欲爲孤犢,其可得乎?'"注:"樂生者畏犧而辭聘。"漢書一〇〇上敍傳幽通賦:"周賈盪而貢憤兮,齊死生與禍福,抗爽言以矯情兮,信畏犧而忌服。"周,莊周;賈,賈誼。

【畏吾兒】 民族名。即今維吾爾族。唐稱回紇。唐末,回紇衰亂,部族西遷,散居於今新疆東南部。公元1209年,歸屬蒙古帝國,稱畏吾兒。亦寫作畏吾畏兀畏兀兒畏午兒畏吾而偉兀偉兀而衛兀衛吾委吾委兀。參閱元李志常長春真人西遊記上、元史太祖紀、元朝祕史五及十一、元史新編六二氏族中色目。

【畏天知命】 謂知天命,識時務。後漢書十七馮異傳與李軼書:"昔微子去殷而入周,項伯畔楚而歸漢,周勃迎代王而黜少帝,霍光尊孝宣而廢昌邑,彼皆畏天知命,覩存亡之符,見廢興之事,故能成功於一時,垂業於萬世也。"

【畏首畏尾】 怕前怕後。比喻顧忌過多。左傳文十七年:"古人有言曰:'畏首畏尾,身其餘幾?'"

畎 quǎn 姑泫切,上,銑韻,見。ㄑㄩㄢˇ

㊀田間的水溝。說文く部作"く"。書益稷:"濬畎澮,距川。"疏:"一耦之伐,廣尺深尺謂之畎,……通水之道也。"㊁山谷。

書禹貢："岱畎，絲、枲、鉛、松、怪石。"注："畎，谷也。……岱山之谷出此五物，皆貢之。"㊂疏通。易緯乾坤鑿度上象成數生："聖人鑿開虛無，畎流大道。"

集韻 苦泫切，上，銑韻。

㊃見"畎夷"。

【畎夷】殷周時代我國古代西北部部族名。詩小雅采薇作昆夷，大雅緜作混夷，又皇矣作串夷。史記一一〇、漢書九四匈奴傳皆作畎夷。參見"犬戎"、"昆夷"。

【畎畝】田地，田間。莊子讓王："(舜)居於畎畝之中，而遊堯之門。"唐成玄英疏："壟上曰畝，壟中曰畎。"國語周下："畎畝之人，或在社稷。"

【畎澮】田間的水溝。後漢書八十上杜篤傳論都賦："畎澮潤淤，水泉灌溉，漸澤成川，粳稻陶遂。"

畋 tián ㄊㄧㄢˊ 徒年切，平，先韻，定。

㊀耕種。書多方："今爾尚宅爾宅，畋爾田。"㊁打獵。書五子之歌："畋于有洛之表，十旬弗反。"楚辭屈原離騷："羿淫遊以佚畋兮，又好射夫封狐。"

【畋獵】打獵。老子上："馳騁畋獵，令人心發狂。"

畇 yún xún ㄩㄣˊ ㄒㄩㄣˊ 羊倫切，平，諄韻，喻。相倫切，平，諄韻，心。詳遵切，平，諄韻，邪。

見下。

【畇畇】墾地平整貌。詩小雅信南山："畇畇原隰，曾孫田之。"傳："畇畇，墾辟貌。"

界 jiè ㄐㄧㄝˋ 古拜切，去，怪韻，見。

㊀邊界。詩周頌思文："無此疆爾界，陳常于時夏。"孟子公孫丑下："域民不以封疆之界，固國不以山谿之險，威天下不以兵革之利。"㊁界限。荀子禮論："求而無度量分界，則不能不爭。"㊂毗連。荀子彊國："東在楚者乃界於齊。"文選漢班孟堅(固)西都賦："右界褒斜隴首之險，帶以洪河涇渭之川。"㊃離間。漢書八七下揚雄傳解嘲："范雎，魏之亡命也，……界涇陽抵穰侯而代之，當也。"注："蘇林曰：'界，間其兄弟使疏。'"㊄分劃。文選晉孫興公(綽)遊天台山賦："赤城霞起而建標，瀑布飛流以界道。"㊅一定範圍或地位的劃分。如佛家稱境遇爲界，有慾界、色界、無色界等。社會職業，分軍界、學界、商界等。

【界方】界尺。宋杜綰雲林石譜下菜葉石："漢州郡葉菜玉石出深水，……土人澆沙水以鐵刃解之成片，爲響版或界方壓尺，亦磨礱可爲器。"

【界尺】畫直綫或壓紙的尺子。用玉或柏木製。唐歐陽通號界尺爲由準氏。唐末趙光逢以文行知名，時人以其方直溫潤，稱爲玉界尺。宋張方平樂全集四謝人贈玉界尺詩："美玉琢方潤，界尺裁方直。"參閱宋陶穀清異錄、王君玉國老談苑(說郛六一、九三)、清顧張思土風錄三界尺。

【界紙】畫有方格的紙。唐詩紀事六三路德延賦芭蕉詩："葉如斜界紙，心似倒抽書。"宋朱熹朱文公集四四與方伯謨書："其界紙又作一封，請并書之。"今稱格紙。

【界畫】以宮殿樓臺等爲主要題材的傳統畫。以作畫時用界尺作線，故稱界畫。爲宋元繪畫十三科之一。畫法本出於工匠，故又稱匠學。現存最早的界畫有唐懿德太子(李重潤)墓墓道西壁的闕樓圖。五代宋元以來衞賢馬遠夏珪王振鵬郭忠恕等皆以工界畫著名。參閱宋鄧椿畫繼七屋木舟車及十雜說論近、明陶宗儀輟耕錄二八畫家十三科。參見"匠學"。

【界稻】農曆十一月種、次年四月成熟之稻，界在兩年之間，因而得名。也稱三時稻。見清屈大均廣東新語十四食語穀。

【界橋】橋名。今已不存。故址在今河北威縣境。漢末袁紹與公孫瓚合戰於界橋南，即此。見後漢書獻帝紀初平三年。水經注九淇水作界城橋。又名袁公橋。見太平寰宇記五四魏州宗城縣。

【界藩】城名。在遼寧新賓縣西北鐵背山上。明神宗(朱翊鈞)時，努爾哈赤(清太祖)築此城，曾擊敗明杜松軍於山下。明史二三九杜桐傳附杜松作"界凡"。參閱嘉慶一統志五八興京城堡。

五畫

畝 mǔ ㄇㄡˇ 莫厚切，上，厚韻，明。

說文作"畮"。古文"畞"，亦作"畒"、"畆"、"畂"、"𤱈"。㊀田埂，田中高處。詩小雅信南山："我疆我理，南東其畝。"莊子讓王："異哉后之爲人也，居於畎畝之中，而遊堯之門。"釋文："司馬(彪)云：'壟上曰畝，壟中曰畎。'"㊁土地單位面積量詞。孟子梁惠王上："五畝之宅，樹之以桑，五十者可以衣帛矣。"急就篇三："頃町界畝畦埒封。"注："竇儼曰：小畝步百，周制也；中畝二百四十，漢制也；大畝三百六十，齊制也。"今六十平方丈爲一市畝。

【畝丘】丘地中的壟界。詩小雅巷伯："楊園之道，猗於畝丘。"

畜 1. chù ㄔㄨˋ 丑救切，去，宥韻，徹。

㊀人所飼養的禽獸。周禮天官庖人："庖人掌共六畜、六獸、六禽。"參見"六畜"。㊁積貯。穀梁傳莊二八年："國無九年之畜曰不足，無六年之畜曰急。"禮王制畜作"蓄"。㊂限制。孟子梁惠王下："(齊景公)召大師曰：'爲我作君臣相說之樂。'蓋徵招角招是也。其詩曰：'畜君何尤？'畜君者，好君也。"

2. xù ㄒㄩˋ 許竹切，入，屋韻，曉。

㊃養。易離："畜牝牛。"論語鄉黨："君賜生，必畜之。"㊄容留。左傳襄二六年："獲罪於兩君，天下誰畜之？"㊅順從。禮祭統："孝者，畜也。順於道，不逆於倫，是謂之畜。"㊆喜愛。通"慉"。詩小雅蓼莪："拊我畜我，長我育我。"箋："畜，起也。"參見"慉㊀"。㊇相傳秦非子爲周孝王牧馬，馬大蕃息。支庶以畜爲氏。見通志二八氏族四以官爲氏。

【畜生】㊀畜養的禽獸。韓非子解老："民產絕則畜生少，兵數起則士卒盡。"㊁罵人的話，言不齒於人類。隋書宣華夫人陳氏傳："夫人泫然曰：'太子無禮。'上恚曰：'畜生何足付大事，獨孤誠誤我！'"

【畜$_2$畜$_2$】勤勞貌。莊子徐无鬼："夫堯畜畜然仁，吾恐其爲天下笑，後世其人與人相食與！"

【畜產】㊀家畜禽獸。墨子雜守："民獻粟米、布帛、金錢、牛馬畜產，皆爲置平賈。"㊁罵人的話，猶言畜生。後漢書二五劉寬傳："嘗坐客，遣蒼頭市酒，迂久，大醉而還。客不堪之，罵曰：'畜產！'"

【畜德】培養品德。漢書藝文志："古之學者耕且養，三年而通一藝，存其大體，玩經文而已，是故用日少而畜德多，三十而五經立也。"

【畜積】積聚，蘊結。淮南子要略："(秦國)被險而帶河，四塞以爲固，地利形便，畜積殷富。"漢書五四李陵傳："(司馬)遷盛言：陵事親孝，與士信，常奮不顧身以殉國家之急，其素所畜積也，有國士之風。"

畔 pàn ㄆㄢˋ 薄半切，去，換韻，並。

㊀田界。左傳襄二五年："行無越思，如農之有畔。"㊁邊側。楚辭屈原漁父："遊於江潭，行吟澤畔。"㊂混亂貌。漢書一

〇〇上敍傳幽通賦："畔回穴其若兹兮，北叟頗識其倚伏。"㈣迴避。漢書七九馮奉世傳責奉世書："以將軍材質之美，奮精兵，誅不軌，百下百全之道也。今乃有畔敵之名，大爲中國羞，以昔不閑習之故邪？以恩厚未洽信約不明也？"注："如淳曰：'不敢當敵攻戰，爲畔敵也。'"隋書五行志上："陳後主造齊聖觀，國人歌之曰：'齊聖觀，寇來無際畔。'"參閱清趙翼陔餘叢考四三畔。㈤違背，背叛。通"叛"。書胤征："沈亂於酒，畔官離次。"論語陽貨："公山弗擾以費畔。"

【畔岸】㈠自縱貌。史記一一七司馬相如傳大人賦："沛艾赳螑仡以佁儗兮，放散畔岸驤以孱顏。"㈡邊際。唐韓愈昌黎集十五至鄧州北寄上襄陽于相公書："閣下負超卓之奇材，蓄剛毅之俊德，渾然天成，無有畔岸。"

【畔逆】同叛逆。史記禮書："孝景用其計，而六國畔逆，以錯首名，天子誅錯以解難。"

【畔約】違背盟約。史記秦始皇紀："荆王獻青陽以西，已而畔約，擊我南郡，故發兵誅，得其王，遂定其荆地。"

【畔散】背叛離散。史記一〇六吳王濞傳："吳大敗，士卒多飢死，乃畔散。"也作"叛散"。後漢書四九仲長統傳："又作詩二篇，以見其志。辭曰：'……叛散五經，滅棄風、雅。'"

【畔援】强恣貌。猶言跋扈。詩大雅皇矣："帝謂文王，無然畔援。"箋："畔援，猶跋扈也。"玉篇伴引詩作"伴换"，漢書敍傳注引詩作"畔换"。參閱清陳喬樅毛詩鄭箋改字説三皇矣(續清經解一六〇)。

【畔换】猶言跋扈。同"畔援"。漢書一〇〇下敍傳："項氏畔换，黜我巴、漢。"注："畔换，强恣之貌，猶言跋扈也。"也作"叛换"。唐李白李太白詩一明堂賦："于是横八荒，漂九陽，掃叛换，開混茫。"

【畔觀】漢縣。本春秋衛地。東漢建武十三年，封周後姬常爲衛公，國於此，因改名衛國縣。隋改爲觀城。故址在今山東陽谷縣西南。參閱漢書光武帝紀、嘉慶一統志一八一曹州府一觀城縣。

【畔牢愁】楚辭篇名。漢揚雄作。漢書八七上揚雄傳："又旁離騷作一篇，名曰廣騷；又旁惜誦以下至懷沙一卷，名曰畔牢愁。"注："李奇曰：'畔，離也。牢，聊也。與君相離，愁而無聊也。'"

畟 cè 初力切，入，職韻，初。
ㄘㄜˋ 子力切，入，職韻，精。

㈠見"畟畟"。㈡博具，今作"骰"。列子説符"設樂陳酒，擊博樓上"注引古博經："瓊畟方寸三分，長寸五分，鋭其頭，鑽刻瓊四面爲眼，亦名爲齒。"

【畟畟】利耜深耕快進之貌。猶言測測。詩周頌良耜："畟畟良耜，俶載南畝。"疏："以畟畟文連良耜，則是刃利之狀，故猶測測以爲利之意。"

畛 zhěn 側鄰切，平，真韻，照。
ㄓㄣˇ 章忍切，上，軫韻，照。

㈠田間的道路。詩周頌載芟："千耦其耘，徂隰徂畛。"疏："畛，謂地畔之徑路也。"左傳定四年："封畛土略。"疏："溝上有畛，容大車。"㈡界限。莊子齊物："請言其畛，有左有右，有倫有義，有分有辯，有競有爭，此之謂八德。"引申爲隔閡、隔膜。參見"畦畛"。㈢致意，祝告。禮曲禮下："臨諸侯，畛于鬼神，曰有天王某甫。"注："畛，致也。……畛或爲祗。"

【畛挈】纏累。淮南子要略："玄眇之中，精摇靡覽，棄其畛挈，斟其淑静，以統天下。"注："楚人謂澤濁爲畛挈。"

【畛域】範圍，界限。莊子秋水："泛泛乎，其若四方之無窮，其無所畛域。"唐韓愈昌黎集十七與崔羣書："窺之閫奥，而不見畛域。"

【畛畦】界限，境界。宋梅堯臣宛陵集三五依韻酬永叔再示詩："貴賤交情古未有，胸中不欲置畛畦。"釋文瑩玉壺清話六："翰林鄭文毅公晚年詩筆飄灑清放，幾不落筆墨畛畦，閒入李杜深格。"

【畛營】區域，界限。太玄經玄圖："事事其中，則陰質北斗，日月畛營。"注："畛，界也；營，營域也。……故曰：日月轉在於營域之中，各有畛界也。"

畚 běn 布忖切，上，混韻，幫。
ㄅㄣˇ

㈠用草繩或竹篾編織的盛物器具。左傳宣二年："晉靈公不君，……宰夫胹熊蹯不熟，殺之，寘諸畚，使婦人載以過朝。"周禮夏官挈壺氏："掌挈畚以令糧。"㈡農具。古代沅湘之間的方言，稱鍫爲畚。見方言五。鍫，今作"鍬"。

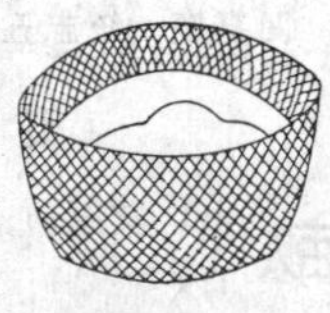
畚

【畚挶】盛土和擡土的工具。左傳襄九年："陳畚挶，具綆缶。"注："畚，簣籠；挶，土轝。"國語周中："收而場功，偫而畚挶。"注："畚，器名，土籠也。挶，舁土之器。"

【畚鍤】挖運泥土的工具。晉書石季龍傳載記論："於是窮驕極侈，勞役繁興，畚鍤相尋，干戈不息。"鍤，亦作臿。晉書束晳傳上議："以其雲雨生於畚臿，多稌生於決泄，不必望朝隮而黄潦臻，禁山川而霖雨息。"

畚鍤

留 1. liú 力求切，平，尤韻，來。
ㄌㄧㄡˊ

説文作"畱"，俗作"畄"、"畱"。㈠停留，停止。詩大雅常武："不留不處，三事就緒。"楚辭屈原離騷："欲少留此靈瑣兮，日忽忽其將暮。"㈡存留。墨子非儒下："於是厚其禮，留其封，敬見而不問其道。"㈢治理。國語楚上："今君爲此臺也，國民罷焉，財用盡焉，年穀敗焉，百官煩焉，舉國留之，數年乃成。"注："留，治之也。"㈣稽留，遲滯。易旅："君子以明慎用刑，而不留獄。"逸周書武順："均佐和敬而無留。"晉孔晁注："留，遲。"㈤等候，伺候。楚辭屈原九歌湘君："君不行兮夷猶，蹇誰留兮中洲。"莊子山木："莊周曰：此何鳥哉？……蹇裳躩步，執彈而留之。"唐成玄英疏："留，伺候也。"㈥長久。禮儒行："悉數之，乃留，更僕未可終也。"㈦不使離去。史記高祖紀："酒闌，吕公因目固留高祖。"㈧地名。一在今江蘇沛縣東南，見"留縣"；一在今河南偃師縣西南，見"劉聚"。㈨姓。詩王風丘中有麻："彼留子嗟！"注："留，大夫氏；子嗟，字也。"

2. liǔ 集韻 力久切，上，有韻。
ㄌㄧㄡˇ

㈩昴星別名。史記律書："北至于留。"參見"昴宿"。

【留下】地名。西湖西溪的俗稱。相傳宋高宗初至杭時，以其地豐厚，欲以爲都。後得鳳凰山，乃云："西溪且留下。"後人遂以爲名。參閱明田汝成西湖遊覽志十北山勝蹟、清李衛西湖志十八古蹟三引成化杭州府志。

【留心】注意。史記八八蒙恬傳："故曰用道治者不殺無罪，而罰不加於無辜，唯大夫留心。"

【留日】㈠整天，終日。逸周書大匡："哭不留日。"晉孔晁注："留，盡也。"㈡拖延時日。晏子春秋外篇不合經術者八："行表綴之數以教民，以爲煩人留日。"

【留中】君主把臣下送來的奏章，留在禁中，不批示，不交議。史記三王世家："'臣請立臣閎、臣旦、臣胥爲諸侯王。'四月癸未，奏未央宫，留中不下。"

【留牛】獸名。即犂牛。山海經南山經："又東三百里柢山，多水，無草木，有魚焉，……其音如留牛。”晉郭璞注：“莊子曰：‘執犁之狗，謂此牛也。’今本莊子天地作“執留之牛成狗”。參閱清俞樾俞樓雜纂二三讀山海經。

【留守】古代皇帝巡幸、出征時，以親王或重臣鎮守京師，得便宜行事，稱京城留守。其它行部、陪都亦有常設或間設留守者，多以地方長官兼任。漢高祖巡幸關東，呂后在京留守；見史記呂太后紀。東漢和帝南巡，以太尉張禹爲京城留守，尚非正式命官。見後漢書四四張禹傳。至北魏高祖(宏)南征，命太尉丕、廣陵王羽爲京城留守，爲正式命官之始。見魏書神元平文諸帝子孫傳。隋唐遼宋金元明均置有留守。參閱文獻通考六二職官十七留守。

【留州】唐制，諸州財賦分爲三項：一曰上供，輸往京師，供皇帝所用；二曰送使，輸往節度、觀察使府；三曰留州，即留下供州縣自用部分。此制宋代相沿，但上供部分較少。明清留州改稱存留。參閱新唐書食貨志二、文獻通考二三國用一。

【留夷】香草名。楚辭屈原離騷：“畦留夷與揭車兮，雜杜衡與芳芷。”

【留吁】春秋時赤狄族的一支。居地在今山西屯留縣東南。晉士會率師滅赤狄甲氏及留吁，即此。見水經注十濁漳水。

【留行】進行中受阻滯或停止不前。莊子說劍：“臣之劍，十步一人，千里不留行。”漢書五二韓安國傳：“今以中國之盛，萬倍之資，遣百分之一以攻匈奴，譬猶以彊弩射且潰之癰也，必不留行矣。”注：“留，止也。言無所礙也。”

【留身】臣僚退朝，請暫獨留面奏機宜。宋李心傳建炎以來繫年要錄六建炎元年六月壬戌：“執政退，(李)綱留身奏張邦昌僭逆及受僞命臣僚二事。”

【留使】見“留州”。

【留計】猶言留意。戰國策齊一：“蘇秦爲趙合從，說齊宣王曰：‘今無臣事秦之名，而有强國之實，臣固願大王之少留計。’”

【留神】留心，注意。漢書八一匡衡傳上疏：“願陛下詳覽統業之事，留神於遵制揚功，以定羣下之心。”

【留侯】漢張良的封爵。漢劉邦(高祖)定天下，使良自擇三萬户，良願封留，於是封爲留侯。見史記留侯世家。

【留後】官名。唐廣德元年，以梁崇義爲山南東道節度使留後，留後之名始此。中、晚唐時，藩鎮强大，皇帝力不能制，故節度使多有以子侄或親信爲留後者，亦有軍士、叛將自立爲留後。北宋時，設節度觀察使留後，成爲朝廷正式命官，後改稱承宣使，僅具虛銜，留後之名遂廢。參閱舊唐書一七〇裴度傳、新唐書兵志、宋高承事物紀原六。

【留連】㊀阻滯，稽遲。素問一生氣通天論：“邪氣留連，乃爲洞泄。”焦氏易林復之離：“行旅遲遲，留連齊魯。”㊁捨不得離開。宋書樂志三魏文帝燕歌行：“仰戴星月觀雲間，飛鳥晨鳴，聲氣可憐，留連顧懷不自存。”樂府詩集六七晉張華輕薄篇：“留連彌信宿，此歡難可過。”

【留師】竹蜂，黑色，嚙竹爲窠。所釀蜜，稠如糖，名留師蜜，供藥用。見政和證類本草二二蟲留師蜜。

【留情】㊀感情有所傾注。藝文類聚四七月七日南朝宋謝惠連七夕咏牛女：“留情顧華寢，遙心逐奔龍。”㊁寬恕，原諒。西遊記九五：“有人叫道：‘大聖，莫動手！莫動手！棍下留情！’”

【留都】古代王朝遷都後，在舊都常置官留守，稱留都。如明代遷都北京後，以舊都南京爲留都。明張居正張文忠集書牘四答奉常周孝泉：“今同鄉諸賢皆聚於留都冗散，雖僕之不肖，不能相引，而諸公之處心無競，自甘沈寂，其賢甚矣。”

【留犁】飯匙。漢書九四下匈奴傳：“(韓)昌、(張)猛與單于及大臣俱登匈奴諾水東山，刑白馬，單于以徑路刀、金留犁撓酒。”注：“留犁，飯匕也。”北周庾信庾子山集十三周上柱國齊王憲神道碑：“撓留犁之酒，經略不前；失燕支之山，下馬而去。”

【留寓】留滯在異鄉。中州集五金龐鑄田器之燕子圖詩：“我方留寓未歸得，爲君忍賦傷心詩。”

【留善】見善而不立即實行。荀子大略：“無留善，無宿問。”注：“有善即行，無留滯；當時即問，不俟經宿。”

【留黄】褐黄色。即“流黄”。說文“䓆”：“可以染留黄。”禮玉藻疏引梁皇侃禮記義疏作“騮黄”。後漢書禮儀下：“近臣及二千石以下皆服留黄冠。”參見“流黄㊀”。

【留髡】史記一二六淳于髡傳：“日暮酒闌，合尊促坐，男女同席，履舄交錯，杯盤狼藉，堂上燭滅，主人留髡而送客，……當此之時，髡心最歡，能飲一石。”後因稱留客住宿爲留髡。宋蘇軾分類東坡詩十聞李公擇飲傳國博家大醉之一：“縱使先生能一石，主人未肯獨留髡。”

【留牋】封建王朝大臣臨終時給君主的奏章，即遺表。三國志吳張紘傳：“今還吳迎家，道病卒。臨困，授子靖留牋。”

【留意】注意。戰國策燕二樂毅報燕惠王書：“恐侍御者之親左右之說，而不察疏遠之行也，故敢以書報，唯君之留意焉。”

【留落】㊀指際遇不好，久不得提拔。史記一一一衛將軍驃騎傳：“然而諸宿將常坐留落不遇。”漢書五五霍去病傳：“然而諸宿將常留落不耦。”注：“留謂遲留，落謂墜落，故不諧偶而無功也。”㊁木名。史記一一七司馬相如傳上林賦：“留落胥餘，仁頻并閭。”集解引郭璞：“落，欜也，中作器索。”

【留園】蘇州著名園林之一。在江蘇吳縣閶門外。始建於明代，名東園。清嘉慶初，劉恕改建爲寒碧山莊，也稱劉園。光緒二年又擴建爲東西兩園，改名留園，廣袤約四十餘畝。見吳縣志三九下第宅園林。

【留滯】停留。史記一三〇太史公自序：“而太史公留滯周南，不得與從事。”

【留臺】即留都。晉宋間，謂朝廷禁省爲臺，稱禁城爲臺城。齊梁元魏也相沿稱都城爲臺。晉惠帝永興元年爲河間王司馬顒將張方自洛陽劫入長安，僕射荀藩司隸劉暾等在洛陽爲留臺，承制行事，與長安稱東西臺。見晉書惠帝紀。又魏孝文帝遷都之際，使于烈還平城，命曰：“留臺庶政，一相參委”，見魏書于烈傳。此與明代遷都北京後，稱南京爲留都同例。

【留縣】春秋宋邑，秦置縣，北齊廢，隋復置，唐初又廢。故城在今江蘇沛縣東南。漢高祖六年封張良爲留侯，即此地。參閱嘉慶一統志一〇一徐州府留縣故城。

【留館】清制，進士經殿試後，除一甲三名授修撰及編修外，其餘再擇優選爲庶吉士，留庶常館讀書。三年後舉行散館考試，擇優留翰林院授以編修、檢討者，謂之留館；次者改任各部主事或出任知縣等。參閱清會典事例一〇五三翰林院考試散館。

【留題】遊覽名勝時，就其地有所題詠。宋陸游劍南詩稿六十客懷：“道左忽逢曾宿驛，壁間閑看舊留題。”

【留蹛】積貯不流通。史記平準書：“日者，大將軍攻匈奴，斬首虜萬九千級，留蹛無所食。”索隱：“墆(蹛)音迭，謂貯也。韋昭音滯，謂積也。又按：古今字詁‘墆’今‘滯’字，則墆與滯同。按：謂富人貯滯積穀，則貧者無所食也。”

【留難】阻撓爲難。漢桓寬鹽鐵論本議:"間者,郡國或令民作布絮,吏留難,與之爲市。"唐律疏議八衛禁下關津留難:"諸關津度人無故留難者,一日,主司笞四十。"

【留犢】三國魏時苗爲壽春縣令,就任時,駕黃牸牛,居官歲餘,牛生一犢。及其去,留其犢,謂主簿曰:"令來時本無此犢,犢是淮南所生有也。"見三國志魏常林傳注。又晉羊篇歷官清慎,有私牛於官舍產犢,及遷而留之。見晉書羊祜傳。後以留犢喻居官清廉。南朝梁蕭繹梁元帝集後臨荆州:"所冀方留犢,行當息飲羊。"

【留戀】不忍舍棄或離開。清平山堂話本錯認屍:"因此留戀在彼,全不管家中妻妾。"

【留求子】植物名。卽使君子。形如梔子,花供觀賞,果仁入藥,作驅蟲劑。見晉嵇含南方草木狀上、清屈大均廣東新語二七草留求子。參見"使君子"。

【留客住】㊀詞調名。原爲唐代教坊曲名。雙調,有九十四字、九十六字兩體。見詞譜二六。㊁一種有倒鉤的兵器。水滸二:"外面火把光中,照見鋼叉、朴刀、五股叉、留客住,擺得似麻林一般。"又二十:"看那船時,每隻船上只有五個人。船頭上立着一個人,……手裏各拿着留客住。"

【留客雨】仲夏時,一日三次雨之稱。太平御覽二二晉陸機要覽:"昔羽山有神人焉,逍遙於中岳,與左元放共遊薊子訓所,坐欲起,子訓應欲留之,一日之中三雨。今呼五月三時雨,亦爲留客雨。"宋陳元靚歲時廣記二留客雨引要覽作"五月三雨",無"時"字。

【留春令】詞調名。雙調,有五十、五十二、五十四字諸體及攤破句法等變化。晏幾道詞五十字,前段五句兩仄韻,後段四句三仄韻,爲正體。見詞譜八。

【留後門】預留後路。宋羅大經鶴林玉露十六:"劉豫入寇,趙元鎮(鼎)當國,請高宗親征。行次姑蘇,喻子才(樗)謂元鎮曰:'……今若直前,萬一蹉跌,退將安托?要須留後門,則庶幾進退有據。'"

【留真譜】古籍中宋元舊本,存留不多,收藏家訪求有得,卽按原本行格疎密,版式大小,詳細記述,但終不能曲盡其體制。清末楊守敬,將所見鈔刻古本,摹刻首尾一、二頁,以保留原書面目,題名留真譜。初編一册(宜都楊氏刊本),二編八册(觀海堂本)。

【留青日札】明田藝蘅撰。三十九卷,附玉笑零音一卷,共四十卷。仿宋沈括夢溪筆談、洪邁容齋隨筆體裁,以記事爲主,間加考訂,但內容蕪雜,不如沈洪兩家之精審。書中記有明代劉六劉七、白蓮教馬祖師起義等事,可補正史的遺缺。

【留芳後世】好的名聲傳到後代。世說新語尤悔:"桓公(溫)卧語曰:'作此寂寂,將爲文景所笑。'既而屈起坐曰:'既不能留芳後世,亦不足復遺臭萬載邪!'"

【留都聞見録】明吳應箕撰。二卷。爲應箕明末居南京時所作。原著共十三目,今僅存九目,雜記留都見聞雜事。有貴池先哲遺書刻本。

六畫

畡 gāi ㄍㄞ 集韻 柯開切,平,咍韻。

說文作"垓"。㊀古代天子所管九州之地,亦稱九畡。中央合八極故稱九。國語鄭:"故王者居九畡之田,收經入以食兆民。"注:"九畡,九州之極數。"說文引國語畡作"垓"。㊁數名。參見"垓㊂"。

畦 xī qí ㄒㄧ ㄑㄧˊ 户圭切,平,齊韻,匣。

㊀田畦。莊子天地:"(子貢)見一丈人,方將爲圃畦,鑿隧而入井,抱甕而出灌。"楚辭屈原離騷:"畦留夷與揭車兮,雜杜衡與芳芷。"注:"五十畝爲畦。"此處作動詞,卽分畦種植之意。㊁田隴,長條田塊。楚辭宋玉招魂:"倚沼畦瀛兮遙望博。"注:"畦,猶區也。"漢書食貨志上:"還廬樹桑,菜茹有畦。"

【畦丁】園丁。唐杜甫杜工部草堂詩箋三一驅豎子摘蒼耳:"畦丁告勞苦,無以供朝夕。"

【畦町】㊀地壟,田界。也泛指田園。宋書謝靈運傳山居賦:"畦町所藝,含蕊藉芳。"㊁境界,格式。宋鞏豐後耳目志:"先生(吕祖謙)嘗愛東坡過海謝表云,'……宜三黜而未已,跨萬里而獨來。'蕭然出四六畦町之外。"(說郛四一)

【畦逕】原謂田間小路。喻常規舊矩。逕,也作"徑"。唐杜牧樊川集十李賀集序:"如金銅仙人辭漢歌、補梁庾肩吾宮體謠,求取情狀,離絶遠去筆墨畦逕。"宋樓鑰攻媿集二催老融墨戲詩:"中含太古不盡意,筆墨超然絶畦逕。"

【畦畛】原指田間的界道,引申爲界限、隔閡。唐韓愈昌黎集四贈崔立之評事詩:"高士例須憐麴蘖,丈夫終莫生畦畛。"也比喻格式、常規。宣和畫譜四孫知微:"喜畫道釋,用筆放逸,不蹈襲前人筆墨畦畛。"

【畦畤】古代帝王祭祀天地五帝的處所。史記封禪書:"秦獻公自以爲得金瑞,故作畦畤櫟陽而祀白帝。"索隱:"漢舊儀云:'祭人先於隴西西縣,人先山,山上皆有土人,山下有畤,埒如菜畦,畤中各有一土封,故云畤。'"

【畦畹】山藥的別名。宋詩鈔韓維南陽集鈔從道損舅乞移山藥:"安得畦畹餘,種食羽翼生。"

【畦鹽】池水製成的鹽。史記一二九貨殖傳:"猗頓用盬鹽起。"正義:"河東鹽池是畦鹽。作'畦',若種韭一畦。"

畤 zhì shì ㄓˋ ㄕˋ 時止切,上,止韻,禪。諸市切,上,止韻,照。直里切,上,止韻,澄。

㊀古代祭天地五帝之處。說文:"天地、五帝所基址祭地。"秦有四畤:密畤、上畤、下畤、畦畤,漢有一畤:北畤。見史記封禪書。㊁水中的小片陸地。通"沚"。文選晉潘安仁(岳)河陽縣作詩之一:"歸燕映蘭畤,游魚動圓波。"

畢 bì ㄅㄧˋ 卑吉切,入,質韻,幫。

㊀古代用以捕捉禽獸的長柄網。莊子胠篋:"夫弓弩畢弋機辟之知多,則鳥亂於上矣。"詩小雅鴛鴦:"鴛鴦于飛,畢之羅之。"疏:"罔小而柄長謂之畢。"㊁古代喪祭時,通貫牲體之木叉。禮雜記上:"畢用桑。"疏:"主人舉肉之時,則以畢助主人。"㊂結束,終止。孟子滕文公上:"公事畢而後敢治私事。"左傳僖二七年:"楚子將圍宋,使子文治兵於睽,終朝而畢,不戮一人。"㊃敏捷。淮南子覽冥:"昔者王良造父之御也,……投足調均,勞逸若一,心怡氣和,體便輕畢。"注:"畢,疾也。"㊄皆,全。詩小雅無羊:"麾之以肱,畢來既升。"左傳隱十一年:"鄭師畢登。"㊅星名。詩小雅漸漸之石:"月離于畢,俾滂沱矣。"見"畢宿"。㊆簡札。禮學記:"今之教者,呻其佔畢。"參見"佔畢"。㊇周代諸侯國名。姬姓,始封之君爲周文王之子畢公高。在今陝西咸陽縣西北。㊈姓。畢公高之後,高封于畢,於是爲畢姓。參閱通志二六氏族二以國爲氏。

【畢力】盡力,竭力。吕氏春秋審分:"襄子任人則賢者畢力,人主之患,必在任人而不能用之,用之而與不知者議之也。"

【畢方】㊀傳說中的怪鳥。山海經西山經:"(章莪之山)有鳥焉,其狀如鶴,一足，赤文青質而白喙，名曰畢方，其鳴自叫也，見則其邑有譌火。”文選漢張平子(衡)東京賦：“八靈爲之震慴，况鬾蜮與畢方。”三國吴薛綜注：“畢方……老父神，如鳥兩足一翼者，常銜火在人家作怪災。”唐柳宗元柳先生集十八有逐畢方文。㊁神名。韓非子十過：“師曠曰：‘昔者黄帝合鬼神於泰山之上，駕象車而六蛟龍，畢方並轄，蚩尤居前。’”一説爲木精。淮南子氾論：“山出嘄陽，木生畢方，井生墳羊。”注：“狀如鳥，青色，赤脚，一足，不食五穀。”

【畢沅】公元1730—1797年。清江南鎮洋人。字纕蘅，號秋帆，又號靈巖山人。乾隆二十五年進士，官至湖廣總督。留心經史小學，旁及輿地金石之學。嘗謂“經義當宗漢儒，説文當宗許慎，編年史涑水先生最長。”以好士知名，學人如錢大昕邵晉涵章學誠洪亮吉黄仲則等先後在幕中。所著續資治通鑑二百二十卷，即集錢邵章等諸人之力而成。詩文有靈巖山人詩集、文集。

【畢宏】唐京兆人，寓居於蜀。天寶中爲御史，大曆二年爲給事中。善畫山水，松石奇古，著名當世。唐杜甫戲韋偃爲雙松圖歌有“天下幾人畫古松，畢宏已老韋偃少”(杜工部草堂詩箋八)，即其人。參閲唐張彦遠歷代名畫記十。

【畢門】古代王城的路寢門，一名路門，在應門内。書顧命：“二人雀弁執惠，立於畢門之内。”疏：“天子五門，皋、庫、雉、應、路也，……出畢門，始至應門之内，知畢門即是路寢之門，一名畢門。”

【畢卓】晉新蔡鮦陽人，字茂世。太興末爲吏部郎，常飲酒廢職。鄰宅釀熟，卓至其甕間盜飲，爲掌酒者所縛，明晨視之，乃畢吏部，即解縛。因與主人共飲甕側，醉後始去。後從温嶠爲平南長史，卒於官。見晉書本傳。後來詩文中多用爲嗜酒的典故。樂府詩集八七南朝陳後主獨酌謡之二：“聊奏孫登曲，仍傾畢卓杯。”

【畢昇】公元？—1051？年。北宋鍛工。於仁宗慶曆年間初用膠泥刻字，火燒令堅，成爲個體活字。活字置鐵板上，覆以脂蠟，經火熔解後，再用平板壓印，一次可印百、千本。爲世界最早的活字印刷。見宋沈括夢溪筆談十八技藝。參見“活字版”。

【畢命】㊀盡力效命。藝文類聚七後漢杜篤首陽山賦：“昌伏事而畢命，子忽覩其不祥。”昌，周文王名。三國志魏陳思王植傳求自試疏：“夫論德而授官者，成功之君也；量能而受爵者，畢命之臣也。”㊁死。文選三國魏曹子建(植)七啓：“是以雄俊之徒，交黨結論，重氣輕命，感分遺身，故田光伏劍於北燕，公叔畢命於西秦。”㊂尚書篇名。周書畢命序：“康王命作册畢，分居里，成周郊，作畢命。”

【畢逋】㊀鳥尾擺動貌。後漢書五行志一：“桓帝之初，京都童謡曰：‘城上烏，尾畢逋，公爲吏，子爲徒。’”樂府詩集二八南朝梁吴均城上烏：“焉焉〔嗚嗚〕城上烏，翩翩尾畢逋。”㊁烏的别名。樂府詩集四七唐顧況烏夜啼：“畢逋發刺月銜城，八九雛飛其母驚。”宋楊萬里誠齋集五羲娥謡：“羲和夢破欲啓行，紫金畢逋啼一聲。”

【畢原】地名。在今陝西咸陽西安附近渭水之南北，區域很廣。其在今陝西西安西南部分，爲文王武王周公陵墓所在地，史記周紀謂武王上祭於畢，周公葬畢，即指此地。其在長安咸陽二縣西北部分，又名咸陽原咸陽北阪，爲周初王季建都地，後來畢公高封於此。畢原亦名畢陌，漢朝諸陵，並在其上。清孫星衍問字堂集三有畢原畢陌考。參閲元和郡縣志一京兆府、嘉慶一統志二二七。

【畢郢】商代地名，即郢。在今陝西省咸陽東。孟子離婁下：“文王生於岐周，卒於畢郢，西夷之人也。”郢，也作程。參見“程”。

【畢宿】二十八宿之一，有星八顆。今小雪節子正二刻二分之中星。見宋史天文四。

【畢竟】究竟。唐王維王右丞集五偶然作詩：“干戈將揖讓，畢竟何者是？”唐白居易長慶集十五題王侍御池亭碑詩：“畢竟林塘誰是主？主人來少客來多。”

【畢陬】以日配月的月名。指古代農曆得甲的正月。也稱畢聚。爾雅釋天：“月在甲曰畢，……正月爲陬。”疏：“正月得甲則曰畢陬。”

【畢辜】以日配月的月名。指古代農曆得甲的十一月。爾雅釋天：“月在甲曰畢，……十一月爲辜。”疏：“十一月得甲則曰畢辜。”

【畢萬】春秋晉人，周文王子畢公高後裔。事晉獻公，以滅霍、耿、魏功，封於魏，爲大夫。其後世與韓、趙分晉，爲戰國七雄之一。參閲左傳閔元年、史記魏世家。

【畢聚】農曆正月。同“畢陬”。史記曆書：“年名‘焉逢攝提格’，月名‘畢聚’。”索隱：“聚，音娵。”見“畢陬”。

【畢罷】擺脱，抛下。元王實甫西廂記三本三折折桂令：“打疊起嗟呀，畢罷了牽挂。”元曲選關漢卿蝴蝶夢三：“指望待爲官爲相身榮貴，今日個畢罷了名和利。”

【畢羅】有餡的麵食品。唐李匡乂資暇集下畢羅：“畢羅者，蕃中畢氏羅氏好食此味，今字從‘食’，非也。”宋朱熹朱文公集三次秀野滄波館刘亵詩：“霞觴政自誇真一，香鉢何煩問畢羅。”參見“饆饠”。

【畢士安】公元940—1005年。宋代州雲中人，字仁叟，乾德四年進士，淳化中爲翰林學士。景德初，應召陳述選將、納兵、理財之策。帝以寇準剛直，難獨爲相，而士安素以德行才能見稱，因並任命爲同平章事。生平喜讀書，立身清慎，工精詞翰，有文集三十卷。卒謚文簡。見宋史本傳。

【畢公高】周文王第十五子，武王克殷，封高于畢，因以爲姓。康王時，命畢公治理東郊，作畢命篇。其後人萬，事晉獻公爲大夫。參閲書畢命、史記周本紀、魏世家。

【畢鉢羅】菩提樹的别稱。又名思惟樹。大唐西域記八摩揭陀國上菩提樹垣：“金剛座上菩提樹者，即畢鉢羅之樹也。”唐段成式酉陽雜俎前集十八廣動植木作“卑鉢羅”。見“菩提樹”。

異

yì 羊吏切，去，志韻，喻。

㊀分開。史記六八商君傳：“民有二男以上不分異者，倍其賦。”㊁不相同。論語子張：“異乎吾所聞也。”㊂其他，别的。吕氏春秋上農：“農不敢行，賈不敢爲異事，爲害於時也。”㊃奇特。史記六七仲尼弟子傳：“受業身通者七十有七人，皆異能之士也。”㊄怪異，詫異。孟子梁惠王上：“王無異於百姓之以王爲愛也。”晉陶潛陶淵明集五桃花源記：“忽逢桃花林，夾岸數百步，中無雜樹，芳草鮮美，落英繽紛，漁人甚異之。”㊅怪異的事。公羊傳隱三年：“己巳，日有食之。何以書？記異也。”注：“異者，非常可怪，先事而至者。”

【異人】㊀關係疏遠的人。詩小雅頍弁：“豈伊異人，兄弟匪他。”㊁不尋常的人。漢書五八公孫弘傳贊：“羣士慕嚮，異人並出。”晉陸機陸士衡集五爲周夫人贈車騎詩：“京城華麗地，璀璨多異人。”

【異才】傑出的才能。漢王充論衡問孔：“彼見孔子爲師，聖人傳道，必授異才，故謂之殊。”三國志魏王粲傳：“(蔡)邕曰：‘此王公孫也，有異才，吾不如也。’”也作

"異材"。漢書六四下終軍傳:"太守聞其有異材,召見軍,甚奇之,與交結。"

【異己】㊀不附和於自己。莊子在宥:"世俗之人皆喜人之同乎己,而惡人之異於己也。"孔子家語儒行:"同己不與,異己不非,其特立獨行,有如此者。"㊁指見解或政治態度與自己不同的人。晉書殷顗傳:"顗見江績亦以正直爲(殷)仲堪所斥,知仲堪當逐異己,樹置所親。"

【異心】貳心。左傳昭三一年:"若得從君而歸,則固臣之願也,敢有異心?"韓非子飾邪:"亂主在上,則人臣去公義,行私心,故君臣異心。"

【異日】㊀他日。莊子德充符:"哀公異日以告閔子。"戰國策秦一:"今先生儼然不遠千里而庭教之,願以異日。"㊁往日,從前。史記秦始皇紀二十六年:"異日韓王納地效璽,請爲藩臣,已而倍約,與趙魏合從畔秦,故興兵誅之,虜其王。"

【異母】同父不同母。史記呂后紀:"是時高祖八子:長子肥,孝惠兄也,異母。"

【異生】佛家語,猶言凡夫。梵語"婆羅(愚)必栗託(異)仡那(生)"的意譯。大毘盧遮那成佛經疏一:"凡夫者,正譯應云異生,謂由無明故,隨業受報,不得自在,墮於種種趣中,色心像類,各各差別,故曰異生也。"參閱唐釋慧琳一切經音義七一阿毘達磨順正理論八異生。

【異地】㊀不在一處。青瑣高議前集七宋秦醇趙飛燕別傳:"脫或再有過,帝復怒,事不可救,身首異地,爲天下笑。"㊁他鄉。唐李咸用披沙集五春日喜逢鄉人劉松詩:"故人不見五春風,異地相逢嶽影中。"

【異同】㊀相同和相異。漢書六七朱雲傳:"少府五鹿充宗貴幸,爲梁丘易,……元帝好之,欲考其異同,令充宗與諸易家論。"㊁不一樣。三國志蜀諸葛亮傳出師表:"宫中府中,俱爲一體,陟罰臧否,不宜異同。"

【異行】優異的行爲。後漢書順帝紀陽嘉元年:"初令郡國舉孝廉,限年四十以上,諸生通章句,文吏能牋奏,乃得應選;其有茂才異行,若顏淵子奇,不拘年齒。"

【異言】㊀異地或別國的方言。禮王制:"禁異服,識異言。"漢書九六西域傳:"自宛以西至安息國,雖頗異言,然大同,自相曉知也。"㊁不同的意見、言論。漢王充論衡自紀:"居貧苦而志不倦,淫讀古文,甘聞異言。"

【異志】有叛變的意圖。左傳成十五年:"右師(華元)視速而言疾,有異志焉。"

【異事】㊀非常之事。禮曲禮下:"輟朝而顧,不有異事,必有異慮。"一說此處"異事"指他事。見元陳澔禮記集說。㊁怪事。北齊顏之推顏氏家訓雜藝:"蕭子雲每歎曰:'吾著齊書,勒成一典,文章弘義,自謂可觀,唯以筆迹得名,亦異事也。'"㊂職司不同。詩大雅板:"我雖異事,及爾同僚。"

【異味】㊀異常的美味。左傳宣四年:"(鄭)子公之食指動,以示子家曰:'他日我如此,必嘗異味。'"㊁味道不同。漢王充論衡幸偶:"酒之成也,甘苦異味;飯之熟也,剛柔殊和。"

【異采】㊀不同尋常的文采。楚辭屈原九章懷沙:"文質疏内兮,衆不知余之異采。"㊁不同的彩色。管子宙合:"鄉有俗,國有法,食飲不同味,衣服異采。"

【異物】㊀奇巧的物品。書旅獒:"不作無益害有益,功乃成;不貴異物賤用物,民乃足。"㊁指死亡的人。史記四八賈生傳鵩鳥賦:"化爲異物兮,又何足患!"索隱:"謂死而形化爲鬼,是爲異物也。"

【異服】舊稱不合禮制的服飾。禮王制:"禁異服,識異言。"又:"作淫聲、異服、奇技、奇器以疑衆,殺。"注:"異服,若聚鷸冠、瓊弁也。"

【異客】㊀別國來的賓客。左傳襄三一年:"雖從者能戒,其若異客何!"㊁作客他鄉的人。唐王維王右丞集三九月九日憶山東兄弟詩:"獨在異鄉爲異客,每逢嘉節倍思親。"嘉,本或作"佳"。

【異迹】㊀優異的成績。後漢書章帝紀建初元年詔:"敷奏以言,則文章可採;明試以功,則政有異迹。"㊁反常的形迹。多指叛逆的行爲。梁書劉季連傳:"乃密表明帝,稱(蕭)遙欣有異迹。"

【異相】㊀與常人不同的相貌。詩大雅生民"誕寘之隘巷,牛羊腓字之"唐孔穎達疏:"知天生后稷,異之於人者,若其不異,不應棄之;異之於人,謂有奇表異相。"㊁佛家稱不同的色相。首楞嚴經八:"六善現行,則於同中顯現羣異,一一異相,各各見同。"

【異苑】南朝宋劉敬叔撰,今本十卷,與隋書經籍志二著録之卷數相同,雖不免有佚脫竄亂,内容大致完整,不似博物志、搜神記等之全出後人補輯。其誌怪異,略如魏晉小說,所記陶侃、張華、温嶠、謝靈運諸人異聞和一些古傳說,多爲唐人所引用。張華見海鳧毛、温嶠牛渚燃犀諸事,皆出此書。

【異俗】㊀不同的風俗。禮王制:"廣谷大川異制,民生其間者異俗。教使之然也。"㊁惡習。史記秦始皇紀二十八年琅邪臺刻石:"應時動事,是維皇帝。匡飭異俗,陵水經地。憂恤黔首,朝夕不懈。"

【異姪】姪婿。大戴禮六衛將軍文子:"一日三復白珪之玷,是南宫縚之行也,夫子信其仁,以爲異姪。"注:"以兄之子妻之也。"

【異書】世所罕見的書籍。抱朴子自敍:"洪投戈釋甲,徑詣洛陽,欲廣尋異書,了不論戰功。"後漢書四九王充傳"著論衡八十五篇,二十餘萬言"注引袁山松書:"充所作論衡,中土未有傳者。蔡邕入吳始得之,恒祕玩以爲談助。其後王朗爲會稽太守,又得其書,及還許下,時人稱其才進。或曰,不見異人,當得異書。問之,果以論衡之益。由是遂見傳焉。"

【異時】㊀前時,先時。史記項羽紀:"諸侯吏卒異時故繇使屯戍過秦中,秦中吏卒遇之多無狀。及秦軍降諸侯,諸侯吏卒乘勝多奴虜使之,輕折辱秦吏卒。"㊁後時,以後。史記六九蘇秦傳贊:"然世言蘇秦多異,異時事有類之者皆附之蘇秦。"

【異能】㊀傑出的才能。史記六七仲尼弟子傳:"受業身通者七十有七人,皆異能之士也。"㊁不同的功能。三國魏曹植曹子建集六當欲游南山行詩:"錐刀各異能,何所獨却前。"

【異族】㊀異姓,不同宗族。周禮春官小宗伯:"小斂大斂,帥異族而佐。"疏:"異族,據姓而言之。"㊁不同種類。文選晉左太沖(思)蜀都賦:"水物殊品,鱗介異族。"

【異域】㊀異鄉。楚辭屈原九章抽思:"好姱佳麗兮,牉獨處此異域。"㊁指外國。後漢書四七班超傳:"嘗輟業投筆,歎曰:'大丈夫無它志略,猶當效傅介子張騫立功異域,以取封侯,安能久事筆研間乎!'"唐王維王右丞集五送祕書晁監還日本國詩:"別離方異域,音信若爲通。"

【異道】㊀不同的道路。漢書五四李廣傳:"博望侯張騫將萬騎與廣俱,異道,行數百里。"㊁不同的道理、主張。楚辭屈原離騷:"何方圜之能周兮,夫孰異道而相安。"史記八七李斯傳上書:"明主聖王之所以能久處尊位,長執重勢,而獨擅天下之利者,非有異道也,能獨斷而審督責,必深罰,故天下不敢犯也。"漢書五六董仲舒傳:"今師異道,人異論,百家殊方,指意不同。"

【異等】㊀不同等級。韓非子八經主道:"禮施異等,后姬不疑。"㊁特異出衆。漢書武帝紀元封五年詔:"其令州郡察吏民有茂材異等可爲將相及使絶國者。"注:"應劭曰:'異等者,超等軼羣不與凡同也。'"

【異禀】特殊的禀賦,猶言得天獨厚。文選三國魏陳孔璋(琳)答東阿王牋:"拂鍾無聲,應機立斷,此乃天然異禀,非鑽仰者所庶幾也。"

【異義】不同的意義。墨子尚同:"古者民始生,未有刑政之時,蓋其語人異義。"漢何休公羊傳序:"傳春秋者非一,……其中多非常異義可怪之論。"

【異綵】特異的色采。唐白居易長慶集四繚綾詩:"異綵奇文相隱映,轉側看花花不定。"參見"異采㊀"。

【異端】古代儒家稱其它持不同見解的學派爲異端。論語爲政:"攻乎異端,斯害也已。"後泛稱不合正統者爲異端。抱朴子論仙:"古人學不求仙,言不語怪,杜彼異端,守此自然。"

【異説】㊀不同的主張。荀子解蔽:"今諸侯異政,百家異説,則必或是或非,或治或亂。"㊁怪誕的言論。晉書荀勖傳上議:"去奇技,抑異説,好變舊以徼非常之利者,必加其誅,則官業有常,人心不遷矣。"

【異聞】㊀異於他人的所聞。論語季氏:"子亦有異聞乎?"注:"以爲伯魚孔子之子,所聞當有異。"㊁新奇的學説。抱朴子博喻:"故博采之道弘,則異聞畢集。"

【異趣】㊀與衆不同的意趣、情旨。史記八七李斯傳上書:"非主以爲名,異趣以爲高,率羣下以造謗,如此不禁,則主勢降乎上,黨與成乎上,禁之便。"㊁趣向不同。管子形勢:"萬事之生也,異趣而同歸。"唐韓愈昌黎集二送惠師詩:"去矣各異趣,何爲浪霑巾?"㊂猶言奇趣。唐張彦遠法書要録八張懷瓘書斷中神品:"(鍾)繇善書,……點畫之間,多有異趣。"

【異數】㊀等級不同。左傳莊十八年:"王命諸侯,名位不同,禮亦異數。"㊁特殊的禮遇。文苑英華五七五唐錢珝爲徐相公讓加食邑表:"仍容素餐,兼賜奠食,祇承異數,徒冒優恩。"㊂奇異的術數。後漢書一一二上方術傳序:"漢自武帝頗好方術……自是習爲内學,尚奇文,貴異數,不乏於時矣。"

【異謀】指反叛的圖謀。晉書五行志中:"大將軍(王敦)本以腹心受伊吕之任,……明帝諒闇,又有異謀,是以下逆上,腹心内爛也。"

【異類】㊀不同種類。莊子人間世:"虎之與人異類而媚養己者,順也。"漢桓寬鹽鐵論刺議:"葶藶似菜而味殊,玉石相似而異類。"㊁指禽獸神鬼之類。列子黄帝:"異類雜居,不相搏噬也。"㊂舊時對少數民族的蔑稱。文選舊題漢李少卿(陵)答蘇武書:"終日無覩,但見異類。"異類,指匈奴人。

【異議】不同的意見。漢書四五息夫躬傳:"躬掎(公孫)禄曰:'……臣與禄異議,未可同日語也。'"北齊顔之推顔氏家訓慕賢:"内外清謐,朝野晏如,各得其所,物無異議。"

【異爨】指家族離析,分居另炊。舊唐書七七劉德威傳附劉審禮:"再從同居,家無異爨,合門二百餘口,人無間言。"

【異代交】言與古人爲友。陳書蕭允傳:"行經延陵季子廟,設蘋藻之薦,託爲異代之交,爲詩以叙意。"

【異物志】記載珍奇物類的書籍。隋書經籍志二著録有沈瑩臨海水土異物志一卷,朱應扶南異物志一卷,萬震南州異物志一卷,楊孚交州異物志一卷,舊唐書經籍志上著録有陳祈暢異物志一卷,新唐書藝文志三有沈如筠異物志三卷。

【異姓王】非與皇室同姓而封爲王者。漢書三四韓彭英盧吴傳贊:"昔高祖定天下,功臣異姓而王者八國:張耳、吴芮、彭越、黥布、臧荼、盧綰與兩韓信。"唐杜甫杜工部詩史補遺八承聞河北諸道節度入朝歡喜口號絶句之十二:"神靈漢代中興主,功業汾陽異姓王。"郭子儀以平安禄山史思明功,封汾陽王。

【異口同聲】很多人同時説出同樣的話。抱朴子道意:"左右小人,並云不可,阻之者衆,本無至心,而諫怖者,異口同聲。"又作"異口同音"。宋書庾炳之傳何承之對:"今之事跡,異口同音,便是彰著,政未測得物之數耳!"

【異曲同工】作品曲調雖異而巧妙相同。引申爲做法雖不同而效果一樣。見"同工異曲"。

【異魚圖贊】明楊慎撰。四卷。其中魚圖三卷,異魚八十七種,贊八十六首。附海錯一卷,海物三十五種,贊三十首。記水族品類及形狀性質。清胡世安有異魚圖贊箋四卷,異魚圖贊補三卷,異魚圖閏集一卷。

【異路同歸】猶殊塗同歸。謂道路不同,歸宿到一處。淮南子本經:"五帝三王,殊事而同指,異路而同歸。"又見文子精誠。路,也作"塗"。漢桓寬鹽鐵論論儒:"聖人異塗同歸,或行或止,其趣一也。"

略 lüè 離灼切,入,藥韻,來。
ㄌㄩㄝ

㊀疆界,地域。左傳莊二一年:"王與之武公之略,自虎牢以東。"㊁巡視。左傳隱五年:"公曰:'吾將略地焉。'遂往,陳魚而觀之。"疏:"略者,巡行之名也。"㊂治理,經略。書禹貢:"嵎夷既略,濰淄其道。"左傳宣十一年:"令尹蔿艾獵城沂,使封人慮事,以授司徒。量功命日,……議遠邇,略基址,……事三旬而成,不愆于素。"㊃侵略,掠奪。通"掠"。左傳宣十五年:"晉侯治兵于稷,以略狄土。"注:"略,取也。"㊄謀略,法制。書武成:"敢祇承上帝,以遏亂略。"荀子王霸:"鄉方略,審勞佚,僅畜積。"㊅簡要,粗略。莊子大宗師:"噫,未可知也,我爲汝言其大略。"荀子非相:"愚者聞其略而不知其詳。"㊆省簡。管子侈靡:"略近臣,合於其遠者,立。"注:"略,謂禮不繁也。言於近則略之,於遠則合之。"㊇稍微。世説新語任誕:"宣武(桓温)欲求救於(袁)耽,……試以告焉,應聲便許,略無慊吝。"㊈鋒利。通"䂮"。詩周頌載芟:"有略其耜,俶載南畝。"

【略人】掠賣人口。後漢書光武紀建武十三年:"詔益州民自八年以來,被略爲奴婢者,皆一切免爲庶民,或依託爲人下妻,欲去者,恣聽之,敢拘留者,比青徐二州以略人法從事。"

【略地】㊀巡視邊境。左傳隱五年:"吾將略地焉。"疏:"言欲案行邊境。"㊁攻佔、奪取敵方土地。史記八九張耳陳餘傳:"范陽令乃使蒯通見武信君曰:'足下必將戰勝然後略地,攻得然後下城,臣竊以爲過矣。誠聽臣之計,可不攻而降城,不戰而略地,傳檄而千里定,可乎?'"

【略彴】小木橋。晉郭義恭廣志:"獨木之橋曰榷,亦曰彴。"(初學記七)唐陸龜蒙甫里集九新夏東郊閑泛有懷襲美詩:"經略彴時冠暫亞,佩笭箵後帶頻搊。"

【略略】㊀款款,緩緩。唐元稹長慶集十八送友封詩:"輕風略略柳欣欣,晴色空濛遠似塵。"㊁稍微。紅樓夢三:"衆人都忙相勸慰,方略略止住。"

【略陽】㊀郡名。後漢改天水郡爲漢陽郡,獻帝初平四年分漢陽上郡地置永陽郡。三國魏改爲廣魏郡。晉武帝泰始年間改爲略陽郡。郡治臨渭。轄境在今甘肅天水以北一帶。參閱嘉慶一統志二七五秦州二古蹟。㊁縣名。屬陝西省。漢沮縣地，屬天水郡。晉時，氐族楊氏有其地，稱武興國。北魏置武興縣。隋改順政縣。唐稱興州，南宋時改沔州，置略陽縣。明清皆屬漢中府。參閱嘉慶一統志二三七漢中府一。

【略綽】隱約，模糊。朱子語類一一三朱子十："先生言，前輩諸賢多只是略綽見得箇道理便休，少有苦心理會者。"

【略賣】劫掠出賣人口。史記一〇〇欒布傳："彭越去之巨野中爲盜，而布爲人所略賣，爲奴於燕。"唐律："諸略人略賣人爲奴婢者絞。"疏議二十："略人者，謂設方略而取之；略賣人者，或爲經略而賣之。"

七畫

畱 liú ㄌㄧㄡˊ

"留"的別體字。見"留"。

畫 huà 胡麥切，入，麥韻，匣。ㄏㄨㄚˋ 胡卦切，去，卦韻，匣。

㊀劃分。左傳襄四年："芒芒禹跡，畫爲九州。"㊁截止，停止。論語雍也："力不足者，中道而廢，今女畫。"列子天瑞："終者不得不終，亦如生者之不得不生，而欲恒其生，畫其終，惑於數也。"㊂謀劃，計策。左傳哀二六年："使召六子曰：'聞下有師，君請六子畫。'"史記九二淮陰侯傳："言不聽，畫不用，故倍楚而歸漢。"㊃書法橫筆稱"畫"。唐張彥遠法書要錄一王右軍題衞夫人筆陣圖後："每作一橫畫，如列陣之排雲。"又，書寫漢字，一筆稱一畫。唐韓愈昌黎集五石鼓歌："年深豈免有缺畫，快劍斫斷生蛟鼉。"㊄橫劃過去。唐白居易長慶集十二琵琶行："曲終收撥當心畫，四弦一聲如裂帛。"㊅皺紋。靈樞經九陰陽二十五人："兩吻多畫。"㊆圖畫。漢書六八霍光傳："君未諭前畫意邪？"㊇繪畫，作圖。儀禮鄉射禮："大夫布侯，畫以虎豹。"㊈文書署名或押字判行。陳書世祖沈后傳："(高宗)自入見后及帝，極陳(劉)師知之短，仍自草敕請畫，以師知付廷尉治置。"參閱清梁同書直語補證畫稾畫押畫行。

【畫一】整齊　明白。史記曹相國世家："蕭何爲法，顜若畫一。"宋范仲淹范文正公集十三太常少卿……曹公墓誌銘："不事風威，州縣九品，必延見與語，得其善，則畫一以聞；見其過，則教之使悛。"參閱清黃生義府下畫一。

【畫工】從事繪畫的人。漢王充論衡齊世："畫工好畫上代之人。秦漢之士，功行譎奇，不肯圖。"舊題漢劉歆西京雜記二："乃使畫工圖形，案圖召幸之。諸宫人皆賂畫工，……獨王嬙不肯。"後亦指畫藝平庸者，以別於名畫家。

【畫叉】張掛畫幅用的長柄叉。宋郭若虛圖畫見聞誌六玉畫叉："張文懿(士遜)性喜書畫。……每張畫，必先施帟幕，畫叉以白玉爲之，其畫可知也。"

【畫瓦】舊時畫圖像於瓦片上以鎮邪。北齊顏之推顏氏家訓風操："偏傍之書，死有歸殺，子孫逃竄，莫肯在家，畫瓦書符，作諸厭勝，……乃儒雅之罪人，彈議所當加也。"

【畫尺】裁衣之尺。玉臺新詠七南朝梁簡文帝和徐録事見内人作卧具："龍刀橫脉脉，畫尺墮衣前。"

【畫日】㊀唐制，皇太子監國，下令書則畫日。猶天子畫可。見新唐書百官右春坊。㊁宋制，遇大赦，則令諸州祭境内名山大川及載於祀典的歷代帝王忠臣烈士。由太卜署預擇一祭祀之日，稱"畫日"。見宋史禮志吉禮。

【畫手】畫家。唐杜甫杜工部草堂詩箋二冬日洛城北謁玄元皇帝廟有吳道子畫五聖圖："畫手看前輩，吳生遠擅場。"

【畫可】批示可行。三國志魏明帝紀青龍三年注引魏略："帝常游宴在内，乃選女子知書可付信者六人，以爲女尚書，使典省外奏事，處當畫可。"

【畫布】覆蓋祭器的一種布。周禮天官冪人："祭祀，以疏布巾冪八尊，以畫布巾冪六彝。"注："宗廟可以文，畫者，畫其雲氣與？"孫詒讓正義："用玄纁錫布一幅爲巾而畫之也。"

【畫皮】聊齋志異畫皮："躡足而窗窺之，見一獰鬼，面翠色，齒巉巉如鋸，鋪人皮於榻上，執采筆而繪之。已而擲筆，舉皮如振衣狀，披於身，遂化爲女。"後因以畫皮比喻掩蓋醜惡本質的外表。

【畫史】宋米芾撰，一卷。評述平生所見自晉至宋的名畫，品題真僞，一一論次優劣，間及裝褙收藏。爲歷代鑒賞家所推崇。

【畫卯】舊時官署於卯刻辦公。吏胥差役，按時赴官署簽到，聽候差使，稱"畫卯"。元張之翰西巖集三和愚公韻詩："纔看曹掾喧畫卯，不覺庭樹陰轉午。"古今雜劇元孫仲章河南府張鼎勘頭巾二："與你一個月假限，休來衙門裏畫卯。"參見"點卯"。

【畫匠】即畫工。唐韓偓玉山樵人集格卑詩："入意雲山輸畫匠，動人風月羨琴僧。"

【畫灰】在灰上寫字。南史隱逸傳下："(陶弘景)幼有異操，年四五歲，恒以荻爲筆，畫灰中學書。"宋陸游南唐書宋齊丘傳："(烈祖)獨與齊丘議事，率至夜分。又爲高堂，不設屏障，中置灰爐而不設火。兩人終日擁爐畫灰爲字，旋即平之。"

【畫行】指主管長官在文牘上簽署同意。原署"依"字，宋時改爲"行"字。宋周必大周益國文忠公集奏議九論依字云："臣愚欲乞明降指揮，日後六部所判文案，並以'行'字代'依'字，庶幾稍嚴上下之制。"

【畫夾】分頁裝潢的畫册。今稱册頁。宋黃庭堅豫章集十二有題鄭防畫夾五首詩。

【畫邑】地名。戰國齊邑。春秋時名棘邑。故城在山東臨淄縣南。畫，一作"澅"。史記八二田單傳："燕之初入齊，聞畫邑人王蠋賢，令軍中曰：'環畫邑三十里無入'，以王蠋之故。"參閱清閻若璩四書釋地畫(清經解六)。

【畫肚】用手指於腹上揣摹書法。唐張彥遠法書要録九張懷瓘書斷下："聞虞(世南)眠布被中恆手畫肚。"宋蘇軾東坡集前集一鳳翔八觀石鼓詩："細觀初以指畫肚，欲讀嗟如箝在口。"

【畫角】古樂器名。或謂創自黃帝，或說傳自羌族。形如竹筒，本細末大，以竹木或皮爲之，亦有用銅者。外加彩繪，故稱畫角。後漸用以橫吹，發音哀厲高亢，古時軍中多用以警昏曉，振士氣。帝王外出，也用以報警戒嚴。玉臺新詠七南朝梁簡文帝和湘東王折楊柳："城高短簫發，林空畫角悲。"唐高適高常侍集五送渾將軍出塞詩："城頭畫角三四聲，匣裏寶刀晝夜鳴。"參閱通典一四四樂四、文獻通考一三八樂十。

【畫卵】彩繪圖像的雞蛋。南朝梁宗懍荆楚歲時記鬬雞鏤雞子鬬雞子："古之豪家食稱畫卵，今代猶染藍茜雜色，仍加雕鏤，遞相餉遺，或置盤俎。"北魏楊衒之洛陽伽藍記四法雲寺："晉室石崇乃是庶姓，猶能雉頭狐腋，畫卵雕薪，況我大魏天王，不爲華侈？"

【畫押】在契約或文書上書名，以表示負責，俗稱畫押。清會典事例一二二〇總理各國事務衙門交涉："十三年，與法蘭西國立界務五條，内有未定商務九條，均在京畫押。"參見"押字"。

【畫室】㊀漢書六八霍光傳:"明旦,光聞之,止畫室中不入。"畫室乃殿前西閣之室,因有堯舜禹湯桀紂等畫像,故名。漢書注引如淳謂爲計畫之室,顏師古謂爲雕畫之室。參閱清王先謙漢書補注。㊁官署名。漢黄門有畫室署。後漢書百官志三:"黄門署長,畫室署長,玉堂署長各一人。"

【畫革】在皮革上書寫。史記一二三大宛傳:"(安息)畫革旁行,以爲書記。"

【畫屏】㊀有畫飾的屏風。南朝梁江淹江文通集二空青賦:"亦有曲帳畫屏,素女綵扇。"宋林逋林和靖集二西湖詩:"混元神巧本無形,匠出西湖作畫屏。"言山光水色,有如畫屏。㊁在屏條上畫畫。元夏文彦圖繪寶鑑二吳:"曹弗興吳興人,以畫名冠絶一時,孫權命畫屏,誤墨成蠅狀,權疑其真,以手彈之。"

【畫眉】㊀用黛色描飾眉毛。漢書七六張敞傳:"又爲婦畫眉,長安中傳張京兆眉憮。"玉臺新詠八南朝梁劉孝威都縣遇見人織率爾寄婦詩:"新妝莫點黛,余還自畫眉。"㊁鳥名。體長四五寸,背黄褐色,腹淡黄色,以眼圈有白紋一線如眉,故名。宋范成大石湖集三山徑詩:"行到竹深啼鳥鬧,鵓鳩老怨畫眉嬌。"

【畫省】漢尚書省以胡粉塗壁,紫素界之,畫古烈士像,故别稱畫省,也稱粉署。唐杜甫杜工部草堂詩箋二秋興之二:"畫省香爐違伏枕,山樓粉堞隱悲笳。"參閱初學記十一引漢官典職。

【畫品】㊀品評畫家及其作品的著述。南齊謝赫有古畫品録論衆畫優劣,分爲六品。清姚最又有續畫品,但敍時代,不分品第。其後畫以畫品名者,唐有李嗣真畫後品、裴孝原畫品録,宋有徐浩畫品,清有黄鉞二十四畫品。㊁指圖畫筆法的風韻格調。唐李肇國史補上王摩詰辨畫:"王維畫品妙絶,于山水平遠尤工。"

【畫家】繪畫的專家。宣和畫譜十一山水二宋:"董源江南人也,善畫,多作山石水龍,……然畫家止以著色山水譽之。"金元好問遺山集一四秀隱居山水詩:"圖上風煙看瀟灑,畫家亦有魏夫人。"

【畫院】宫廷中的繪畫官署。宋雍熙元年翰林院置圖畫院,紹聖二年稱圖畫局。後簡稱畫院。院有待詔、祇候諸官。元不設,明復置,清廢。明曹昭新增格古要論五院畫:"宋畫院衆工,凡作一畫,必有呈稟,然後上真,所畫山水人物花木鳥獸,種種臻妙,今朝廷内畫及民間畫人物皆然。"參閱宋高承事物紀原七圖畫局。

【畫師】畫工,畫家。文苑英華二〇四隋薛道衡昭君辭:"不蒙女史進,更失畫師情。"唐王維王右丞集六偶然作詩之六:"宿世謬詞客,前身應畫師。"

【畫舫】裝飾華麗的遊船。樂府詩集二六唐劉希夷江南曲之二:"畫舫烟中淺,青楊日際微。"宋蘇軾蘇文忠詩合注二七黄魯直以詩饋雙井茶次韻爲謝:"明年我欲東南去,畫舫何妨宿太湖。"

【畫荻】宋歐陽修四歲而孤,母鄭親教之學,家貧,不能具紙筆,以荻畫地學書。見宋史三一九本傳。後因以"畫荻"爲稱頌母教的典故。宋劉克莊後村集二三挽劉母王宜人詩:"分燈照隣女,畫荻訓賢郎。"

【畫堂】堂名。在漢未央宫中,有畫飾,故稱。漢書成帝紀:"孝成皇帝,元帝太子也。母曰王皇后,元帝在太子宫生甲觀畫堂,爲世嫡皇孫。"注:"如淳曰:'甲觀,觀名。畫堂,堂名。三輔黄圖云太子宫有甲觀。'……畫堂,但畫飾耳,豈必九子母乎?霍光止畫室中,是則宫殿中通有綵畫之堂室。"亦泛指有畫飾的廳堂。文苑英華一七九南朝梁簡文帝餞廬陵内史王脩應令:"迴池瀉飛棟,濃雲垂畫堂。"

【畫魚】以有鈎之杖畫水取魚。宋蘇軾分類東坡詩二四畫魚歌:"天寒水落魚在泥,短鈎畫水爲耕犁。"蘇轍欒城集四和子瞻畫魚歌自注:"吳人以長釘加杖頭,以杖畫水取魚,謂之畫魚。"

【畫戟】古兵器,即戟。因加彩飾,故又稱畫戟。後來常作爲儀設之用。唐王維王右丞集一燕支行:"畫戟雕戈白日寒,連旗大旆黄塵没。"韋應物韋江州集一郡齋燕集詩:"兵衛森畫戟,燕寢凝清香。"參見"門戟"。

【畫黄】宋時中書省樞密院承旨起草的文件。宋會要輯稿職官一:"(熙寧)五年二月一日詔。中書省樞密院,面奉宣旨,别以黄紙書,中書令、侍郎、舍人宣奉行訖,録送門下省爲畫黄。受批降若覆請得旨及入狀得畫事,别以黄紙,亦書宣奉行訖,録送門下省爲録黄。"

【畫策】猶計畫,謀劃。史記八三魯仲連傳:"魯仲連者,齊人也。好奇偉俶儻之畫策,而不肯仕宦任職,好持高節。"又七六平原君虞卿傳太史公曰:"虞卿料事揣情,爲趙畫策,何其工也!"

【畫筌】清笪重光撰,一卷。重光清初人,書畫名家。此書論繪畫技巧,重視布局、章法;研究景物大小、高低、遠近、深淺、主客、動静諸關係。主張先有意,布局於心中而後動筆。每段有王翬惲壽平合評,文體皆用駢文。後湯貽汾以原書論說互雜,不便讀者,因重加分類,間有删正,名畫筌析覽。

【畫象】畫圖象。周禮春官司常:"司常掌九旗之物名,各有屬,以待國事……皆畫其象焉。"象,也作"像"。按古代於石上刻畫人物或故事,謂之畫象,如漢武梁祠畫象,孔子見老子畫象之類。參閱金石萃編二十、二一。參見"畫衣冠"。

【畫絶】謂畫技高超,絶無僅有。晉書顧愷之傳:"故俗傳愷之有三絶:才絶,畫絶,癡絶。"

【畫聖】技藝超凡的畫家。唐張彦遠歷代名畫記二論顧陸張吳用筆:"張(旭)既號書顛,吳(道子)宜爲畫聖。"

【畫媵】古時諸侯女出嫁,隨同陪嫁之人稱媵。畫上之詩文題跋,爲畫之陪襯,故曰畫媵。明史藝文志三著録李日華畫媵二卷。

【畫墁】粉刷牆壁,而又重行抹去。比喻勞而無用。孟子滕文公下:"有人於此,毁瓦畫墁,其志將以求食也,則子食之乎?"宋朱熹集注:"墁,牆壁之飾也。毁瓦畫墁,言無功而有害也。"宋張舜民自命集爲畫墁集,取義於此。

【畫障】畫屏。也指入畫的自然景色。宋王禹偁小畜集八春遊南靖川詩:"峯巒開畫障,畎畝列棋枰。"

【畫餅】比喻徒有虚名,無補於實用。三國志魏盧毓傳:"選舉莫取有名,名如畫地作餅,不可啖也。"唐李商隱李義山詩集四詠懷寄祕閣舊僚:"官銜同畫餅,面貌乏凝脂。"參見"畫餅充飢"。

【畫獄】即畫地爲獄。藝文類聚五十南朝梁簡文帝罷雍州恩教:"折以片言,事關往聖,寄之勿擾,傳彼昔賢,故尅木不對,畫獄無入。"參見"畫地爲牢"。

【畫龍】圖繪龍的形象。宋郭若虚圖畫見聞誌一論製作楷模:"畫龍者,析出三停,分成九似。"注:"角似鹿,頭似駝,眼似鬼,項似蛇,腹似蜃,鱗似魚,爪似鷹,掌似虎,耳似牛。"又論畫龍體要:"自昔豢龍氏殁,龍不復擾,……人不可得而見也。今之圖寫固難,惟以形似,但觀其揮毫落墨筋力精神。"

【畫諾】㊀猶畫行。在文書上簽字,表示同意照辦。後漢汝南太守宗資,委任功曹范滂。郡人爲謠曰:"汝南太守范孟博,南陽宗資主畫諾。"孟博,滂字。見後漢書六七嵩錮傳序。唐劉知幾史通辨識:"飽食安步,坐嘯畫諾。"㊁唐制,東宮令書並由皇太子畫諾。至宋至道初,改"諾"爲"準"。參閲宋王應麟困學紀聞十四攷史改東宮畫諾爲準。

【畫禪】 舊本題明僧蓮儒撰,一卷。蓮儒自稱白石山衲子,其生平未詳。所記自惠覺以下,至雪窗等善畫僧衆六十四家,品評畫作,兼論其人。所錄人物,皆采自元夏文彥圖繪寶鑑、明王世貞畫苑二書,罣漏甚多。

【畫壁】 ㊀在壁上作畫。所繪之畫,通稱壁畫。北周庾信庾子山集三登州中新閣詩:"龍來隨畫壁,鳳起逐吹簧。"唐張說張說之集八𤁋湖山寺詩之二:"楚老遊山寺,提攜觀畫壁。"參見"壁畫"。㊁在牆壁上作記號。新唐書八三漢陽公主傳:"常用鐵簪畫壁,記田租所入。"

【畫燭】 有畫飾的蠟燭。全唐詩六十李嶠燭:"兔月清光隱,龍盤畫燭新。"

【畫隱】 以畫自隱,不求仕進。宋黃庭堅豫章集二詠李伯時摹韓幹三馬次蘇子由韻簡伯時兼寄李德素詩:"李侯畫隱百僚底,初不自期人誤知。"

【畫癖】 嗜畫成癖。明劉基誠意伯集十三題宋子章效米元暉山水圖詩:"昔時米南宮,父子同畫癖。"

【畫譜】 分類記載、品評名畫或匯集名家畫法的書。前者如宣和畫譜,後者如芥子園畫傳。

【畫繼】 宋鄧椿撰,十卷。唐張彥遠作名畫記,所記畫作,起遠古至唐會昌元年止。宋郭若虛作圖畫見聞志,記會昌元年至宋熙寧七年的畫作。椿繼二家之後,記熙寧七年至乾道三年,前後九十四年,共錄畫家二百一十九人。以續張郭二家之作,故名畫繼。所列人物大多由詩文集中采輯而得,用力甚勤。

【畫鷁】 畫鷁鳥於船首。淮南子本經"龍舟鷁首"注:"鷁,大鳥也。畫其像著船頭,故曰鷁首。"晉書王濬傳:"畫鷁首怪獸於船首,以懼江神。"後因稱船爲畫鷁。樂府詩集三八南朝陳張正見泛舟橫大江之二:"波中畫鷁涌,帆上錦花飛。"

【畫鑒】 元湯垕撰,一卷。卷首有題詞,稱湯於天曆間在京師與柯九思論畫,著成此書。所論之畫,上自三國吳曹不興,下至元龔開陳琳,最後以外域畫及雜論結尾,共一百餘家。大致以筆墨氣韻鑒別真僞,類似米芾畫史。

【畫日筆】 唐末,哀帝被迫讓位,禮部尚書蘇循等奉册寶擁梁王朱全忠爲帝。朱以循爲人巧佞無節,勒歸田里。後晉王李存勗欲稱帝,循入見,蹈舞呼萬歲,稱臣,又獻大筆三十管,謂之"畫日筆"。唐制,皇太子監國,下令書則畫日。獻畫日筆,即勸進之意。見五代史蘇循傳。

【畫中人】 ㊀圖畫中的人物。宋陸游劍南詩稿二十新晴泛舟至近村偶得雙鱖而歸:"青嶂會爲身後塚,扁舟聊作畫中人。"明張煌言張蒼水集和中峯韻題友人畫像:"冰雪聰明林下客,煙霞色相畫中人。"㊁傳奇名。明粲花主人(吳炳)撰。雜采趙顏張擇葛棠等故事及元雜劇倩女離魂等事編成。關目近似牡丹亭。見曲海總目提要十一。

【畫衣冠】 傳說上古有象刑,即以異常的衣著象徵五刑(墨、劓、剕、宮、大辟)表示懲誡。以有特殊標志的衣冠代替死刑稱爲畫衣冠。慎子逸文:"有虞之誅,以幪巾當墨,以草纓當劓,以菲履當刖,以艾韠當宮,布衣無領當大辟,此有虞之誅也。……畫衣冠,異章服,謂之戮。上世用戮而民不犯也。"漢書刑法志:"蓋聞有虞氏之時,畫衣冠,異章服,以爲戮,而民弗犯,何治之至也。"參見"象刑"。

【畫眉墨】 五代時易水人張遇,善製墨,所製與李廷珪墨齊名。宮中取其墨,燒去烟,用以畫眉,稱爲畫眉墨。金元好問遺山集九賦南中楊生玉泉墨詩:"浣袖秦郎無藉在,畫眉張遇可憐生。"參閲明陸友墨史上。

【畫鹿幡】 初學記十一三國吳謝承後漢書:"鄭弘爲臨淮太守,行春,有兩白鹿隨車,夾轂而行。弘怪問主簿黃國鹿爲吉凶,賀曰:'聞三公車幡畫作鹿,明府當爲宰相。'弘後果爲太尉。"後因以"畫鹿幡"爲三公的典故。宋蘇軾東坡集後集七詩次韻答錢穆父以軾得汝陰用杭越唱酬韻作詩見寄:"玉堂不著扶犂手,霜鬢偏宜畫鹿幡。"

【畫堂春】 詞調名。宋秦觀淮海集淮海詞有詞名畫堂春,詠畫堂春色,因以爲名。雙調,四十七字,前段四句四平韻,後段四句三平韻。變格有四十六字、四十八字、四十九字諸體。見詞譜六。

【畫墁錄】 宋張舜民撰,一卷。多記宋代雜事,一時典故。舜民爲元祐黨人,出司馬光門,詩文爲時所重,有畫墁集,十卷。畫墁語出孟子滕文公下,謙言無益於世用之意。

【畫輪車】 車名。以彩漆畫輪轂,故名。其制上如輦,下如犢車,駕牛。古時顯貴不乘牛車。自漢末至宋齊梁間,爲天子至士人所常用。參閲晉書輿服志、通典六四禮二四。

【畫徵錄】 清張庚撰,三卷,又續錄二卷。全稱國朝畫徵錄。記清初至乾隆初年畫家事蹟,初錄共收二百九十九人,續錄共收一百六十七人。所記畫家,人各一傳,或合傳,事迹不著者,僅錄姓氏籍貫及所長。評論各家得失,大體持平。

【畫中有詩】 謂畫境富有詩意。詳"詩中有畫"。

【畫史彙傳】 清彭蘊璨撰,七十四卷。搜集古今畫家小傳,采書一千二百餘種,著錄七千五百餘人,以姓分韻編次。所收頗廣,但去取抉擇不精,僅以史籍所載爲據,而名人善畫但不以畫著名者反不收錄。此書作於嘉慶間,而坊刻本所載,中有咸同年間人,當出於後人增補。

【畫史會要】 明朱謀垔撰,五卷。全稱歷代畫史彙傳。陶宗儀撰書史會要,錄古代至元末書家,謀垔因按其體例撰爲畫史,採集上古至明代畫家姓名,末附畫法一卷。書中時有疎漏,但宋至明畫家姓名不顯者,多賴以傳。清康熙時命撰佩文齋書畫譜,所載畫家傳往往引自此書。

【畫地而趨】 畫地作跡,使人循跡而走。喻以禮法拘束自苦。莊子人間世:"已乎已乎,臨人以德,殆乎殆乎,畫地而趨。"注:"夫畫地而使人循之,其跡不可掩矣。"疏:"猶如畫地作跡,使人走逐,徒費巧勞,無由得掩,以己率物,其義亦然也。"

【畫地成圖】 在地上指劃,說明地理形勢。漢書五九張安世傳:"(長子千秋)還謁大將軍(霍)光,問千秋戰鬬方略,山川形勢,千秋口對兵事,畫地成圖,無所忘失。"世說新語言語"諸名士至洛水戲"注引晉陽秋:"世祖(晉武帝)嘗問漢事及建章千門萬户,(張)華畫地成圖,應對如流,張安世不能過也。"按此爲張千秋事,非安世。

【畫地刻木】 入獄受訊。梁書王僧孺傳與何偃書:"蓋畫地刻木,昔人所惡,叢棘既累,於何可聞?"參見"畫地爲牢"、"刻木爲吏"。

【畫地爲牢】 相傳上古時,於地上畫圈,令犯罪者立圈中,以示懲罰,如後代的牢獄。漢書六二司馬遷傳報任安書:"故士有畫地爲牢勢不入,削木爲吏議不對,定計於鮮也。"牢,又作"獄"。漢書五一路溫舒傳上書:"故俗語曰:'畫地爲獄,議不入;刻木爲吏,期不對。'此皆疾吏之風，悲痛之辭也。”後也喻只許在限定的範圍內活動。

【畫角三弄】樂曲名。明曹昭格古要論雜考下胡儼譙樓畫角三弄記：“畫角之曲有三弄，乃曹子建(植)所撰。其初弄曰：‘爲君難，爲臣亦難，難又難；’次弄曰：‘創業難，守成亦難，難又難；’三弄曰：‘起家難，保家亦難，難又難。’今角音嗚嗚者，皆‘難’字之曳聲耳。”按今曹植集中無此篇。

【畫虎類狗】比喻好高騖遠而無所成，反貽笑柄。後漢書二四馬援傳誡兄子嚴敦書：“効伯高不得，猶爲謹勑之士，所謂刻鵠不成尚類鶩者也。効季良不得，陷爲天下輕薄子，所謂畫虎不成反類狗者也。”時龍伯高以敦厚周愼、杜季良以豪俠好義著稱。後漢書七九上孔僖傳引時人語有“畫龍不成反爲狗”，義同。參見“刻鵠類鶩”。

【畫瓶盛糞】佛教比喻，謂人身爲幻相，諸苦所集。菩薩處胎經一：“計身如丘墓，野干之所伺。愚者深染著，耽愛不能捨，此身無反復，晝夜欲唼喋。九苦爲關楗，如畫瓶盛糞。”

【畫脂鏤冰】在油脂上作畫、冰上雕刻。比喻徒勞無功。漢桓寬鹽鐵論殊路：“故內無其質而外學其文，雖有賢師良友，若畫脂鏤冰，費日損功。”

【畫蛇添足】戰國策齊二：“楚有祠者，賜其舍人卮酒，舍人相謂曰：‘數人飲之不足，一人飲之有餘，請畫地爲蛇，先成者飲酒。’一人蛇先成，引酒且飲之，乃左手持卮，右手畫蛇曰：‘吾能爲之足。’未成，一人之蛇成，奪其卮曰：‘蛇固無足，子安能爲之足？’遂飲其酒。爲蛇足者，終亡其酒。”後以畫蛇著足、畫蛇添足、蛇足比喻做了多餘的事反而把事情弄壞。唐韓愈昌黎集三感春：“畫蛇著足無處用，兩鬢雪白趨埃塵。”明王世貞弇州山人四部稿一二九綠牡丹詩後：“因別賦一律書其後，觀者勿笑老書生畫蛇添足也。”

【畫餅充飢】三國志魏盧毓傳：“選舉莫取有名，名如畫地作餅，不可啖也。”後謂徒有虛名，無補於實用爲畫餅充飢。續傳燈錄二十行瑛禪師：“談玄說妙，譬如畫餅充飢。”也喻聊以空想自慰。宋李清照打馬圖經打馬賦：“說梅止渴，稍蘇奔競之心；畫餅充飢，少謝騰驤之志。”

【畫龍點睛】唐張彥遠歷代名畫記七：“(梁)武帝崇飾佛寺，多命(張)僧繇畫之……金陵安樂寺四白龍，不點眼睛，每云：‘點睛卽飛去。’人以爲妄誕，固請點之，須臾雷電破壁，兩龍乘雲騰去上天，二龍未點眼者見在。”後比喻在詩文中用一二精闢的詞句點明要旨爲畫龍點睛。

【畫禪室隨筆】明董其昌撰，四卷。卷一論書；卷二論畫；卷三記遊記事、評論詩文；卷四雜說小品。其昌萬曆間人，官至南京禮部尚書，書畫負一代盛名，論畫之作，多出自心得。

【畫虎畫皮難畫骨】元曲選孟漢卿魔合羅一：“你知道我是甚麽人？便好道畫虎畫皮難畫骨，知人知面不知心。”言外表易畫，骨相難於描摹。歇後用法，側重下句，猶言人心難測。

畮 mǔ 莫厚切，上，厚韻，明。ㄇㄨˇ

“畝”本字。周禮地官大司徒：“不易之地，家百畮。”

畯 jùn 子峻切，去，稕韻，喻。ㄐㄩㄣˋ

㊀古代農官。見“田畯”。㊁通“俊”。五代王定保唐摭言好放孤寒：“李太尉德裕頗爲寒畯開路，乃謫官南去，或有詩曰：‘八百孤寒齊下淚，一時南望李崖州。’”參見“寒畯”。

畲 shē ㄕㄜ

㊀我國東南地區少數民族名。也作“畬”、“輋”。元史世祖紀十三作“畬”。㊁同“畬㊁”。

畬 1. yú 以諸切，平，魚韻，喻。ㄩˊ

㊀已墾種三年的熟田。詩周頌臣工：“如何新畬。”傳：“田，二歲曰新，三歲曰畬。”

2. shē 式車切，平，麻韻，審。ㄕㄜ

㊁火耕。晉陶潛陶淵明集二和劉柴桑詩：“茅茨已就治，新疇復應畬。”唐元結元次山集十謝上表：“臣見招輯流亡，率勸貧弱，保守城邑，畬種山林，冀望秋後，少可全活。”㊂火耕地。唐杜甫杜工部草堂詩箋三十秋日夔府詠懷奉寄鄭監李賓客一百韻：“煮井爲鹽速，燒畬度地偏。”劉禹錫劉夢得集九竹枝詞之九：“銀釧金釵來負水，長刀短笠去燒畬。”

【畬田】火種的田地。唐劉禹錫劉夢得集九畬田行：“何處好畬田，團團縵山腹。鑽龜得雨卦，上山燒臥木。……下種煖灰中，乘陽拆芽蘖。蒼蒼一雨後，苕穎如雲發。”宋范成大石湖集十六勞畬耕詩序：“畬田，峽中刀耕火種之地也。春初斫山，衆木盡蹶。至當種時，伺有雨候，則前一夕火之，藉其灰以糞。”

番 1. fān 孚袁切，平，元韻，滂。ㄈㄢ

㊀更替，輪值。列子湯問：“帝恐流於西極，……乃命禺彊使巨鼇十五舉首而戴之，迭爲三番，六萬歲一交焉。”㊁量詞。1.次。世說新語文學：“於是(王)弼自爲客主數番，皆一座所不及。”宋王禹偁小畜集十一茶園十二韻詩之一：“緘縢防遠道，進獻趁頭番。”2.枚，片。文苑英華六五五北周庾信謝趙王賚乾魚啓：“蒙賚乾魚十番。”舊唐書一五三薛廷老傳：“宮中造清思院新殿，用銅鏡三千片，黃白金薄十萬番。”舊稱銀幣一元曰一番。3.種。宋蘇軾東坡詞謁金門秋夜：“低玉枕涼輕綉被，一番秋氣味。”㊂舊指我國西部及西南部的少數民族。在唐代，常指藏族，卽吐蕃。清時稱我國西部各民族爲西番。參閱舊唐書一四六西域傳吐蕃、清會典戶部番戶。㊃籬笆。通“藩”。荀子禮論：“抗折，其額以象槾茨番閼也。”注：“番，讀爲藩，藩籬也。”

2. fán 附袁切，平，元韻，並。ㄈㄢˊ

㊄獸足。“蹯”的本字。見說文。

3. bō 博禾切，平，戈韻，幫。ㄅㄛ

㊅見“番$_3$番$_3$”。

4. pó 集韻蒲波切，平，戈韻。ㄆㄛˊ

㊆地名。通“鄱”。史記六六伍子胥傳：“闔廬使太子夫差將兵伐楚，取番。”索隱：“蓋鄱陽也。”集解：“番，音普寒反，又音婆。”㊇通“皤”。見“番$_4$番$_4$”。㊈姓。詩小雅十月之交：“皇父卿士，番維司徒。”漢吳芮初封番居，其支孫以番爲氏。見宋鄧名世古今姓氏書辨證十二番。

5. pān 普官切，平，桓韻，滂。ㄆㄢ

㊉見“番$_5$禺”。⑪姓。漢書食貨志下有番係。參閱宋鄧名世古今姓氏書辨證八潘。

6. pán ㄆㄢˊ

⑫見“番$_6$禾”。

【番子】緝捕罪犯的差役。明代役長稱檔頭，專主伺察，下有番子數人爲幹事。清代番子，由協領官統率，歸刑司指使，司緝捕刑杖。另有戶司番子，司照料貢物。參閱明史刑法三、清西清黑龍江外紀三。

【番上】輪次值班。新唐書食貨志五：

"(門夫)番上不至者，閒月督課爲錢百七十；忙月，二百。"

【番户】㊀唐時罪人家屬輪番服役者之户籍。詳"雜户"。㊁清代以我國西南地區少數民族編入户籍者稱番户。清會典十七户部尚書侍郎五番户。

【番$_6$禾】地名。漢番和縣，屬張掖郡。晉改番禾，屬武威郡。南北朝皆置番和郡。北周廢郡置鎮。唐天寶中改爲天寶縣。明洪武三年，置永昌衛，治所金山，其南卽古番和地。故城在今甘肅永昌縣西。參閱漢書地理志下、晉書地理志上、嘉慶一統志二六七涼州府一。

【番代】輪番代替。北齊書唐邕傳："凡是九州軍士，四方勇募，彊弱多少，番代往還，及器械精麤，糧儲虛實，精心勤事，莫不諳知。"唐律疏議十六擅興遣番代違限："依軍防令：防人番代，皆十月一日交代。"

【番地】舊時指我國西部邊遠地區。唐時多指吐蕃。唐張籍張司業集二舊宮人："全家没番地，無處問鄉程。"

【番戍】輪流戍守。魏書食貨志："自徐揚内附之後，仍世經略江淮，於是轉運中州，以實邊鎮，百姓疲於道路。乃令番戍之兵營起屯田，又收内郡兵資，與民和糴，積爲邊備。"

【番休】輪流休息。三國志魏陳思王(曹)植傳求存問親戚疏："惠洽椒房，恩昭九族，羣后百僚，番休遞上。"新唐書一二五張説傳："時衛兵貧弱，番休者亡命略盡，説建請一切募勇彊士，優其科條，簡色役。"

【番$_3$吾】地名。1.戰國趙邑。爲秦趙争戰要地。故地在今河北磁縣。戰國策趙二："秦甲涉河逾漳，據番吾，則兵必戰於邯鄲之下矣。"卽此。2.戰國趙邑。亦作播吾、鄱吾。故地在今河北平山縣東南。史記趙世家："番吾君自代來。"參見"播吾"。

【番芋】卽番薯。見"番薯"。

【番$_4$君】卽秦代吳芮。詳"番$_4$陽"。

【番役】㊀輪番服役。新唐書兵志："自高宗武后時，天下久不用兵，府兵之法寖壞，番役更代多不以時。"㊁緝捕罪犯的差役。清步軍統領衙門有番役。又稱番子。見六部成語注解刑部。

【番直】輪班當直。魏書尒朱榮傳："榮又奏請番直，朔望之日引見三公、令僕、尚書、九卿及司州牧、河南尹、洛陽河陰執事之官，參論國治。"宋曾鞏元豐類稿七芍藥廳詩："淯外送歸情放蕩，省中番直勢拘攣。"

【番$_5$禺】秦置番禺縣，以境内有番山禺山得名。秦漢皆屬南海郡。宋初曾併入南海縣，不久復分。清代與南海縣同爲廣東省治及廣州府治。公元1913年裁府留縣，1925年改爲廣州市。參閱寰宇通志一〇二廣州府、嘉慶一統志四四二廣州府二番禺故城。

【番商】舊指前來我國内地貿易的西部少數民族商人和外國商人。宋趙汝适諸蕃志真臘國："土產象牙……等物，番商興販，用金、銀、瓷器、假錦、涼傘、皮鼓、酒、糖、醯醢之屬博易。"明史食貨志四茶法："初制，長河西等番商以馬入雅州易茶。"參見"番舶"。

【番陳】輪番列陣。陳，通"陣"。資治通鑑二六四唐天復三年："(臺)濛入(田)頵境，番陳而進，軍中笑其怯。"注："番陳者，分兵爲數部，更番列陳，整兵而後進，以備倉猝薄戰。"

【番陰】脈病名。史記一〇五倉公傳："所以知其墮馬者，切之得番陰脈。"參見"番陽"。

【番舶】指外國來華貿易的商船。宋趙汝适諸蕃志蘇吉丹："卽闍婆之支國。……有山峻極，名保老岸，番舶未到，先見此山。"

【番陽】脈病名。史記一〇五倉公傳："切其脈得番陽。"索隱："脈病之名曰番陽者，以言陽脈之翻入虛裏也。"

【番$_4$陽】縣名。秦置。卽今江西鄱陽縣。秦末吳芮爲番陽縣令，甚得民心，號曰番君。見漢書吳芮傳。

【番$_3$番$_3$】㊀勇武貌。詩大雅崧高："申伯番番。"箋："申伯之貌有威武番番然。"㊁喧嚣貌。魏書陽尼傳附陽固刺讒疾嬖幸詩之一："番番緝緝，讒言側入。"

【番$_4$番$_4$】髮白貌。史記秦紀："古之人謀黄髮番番，則無所過。"正義："音婆，字當作皤。皤，白頭貌，言髮白而更黄，故云黄髮番番。"

【番僧】㊀古代我國西部地區少數民族僧人。在明代，多指康藏的喇嘛。明會典一二五屬番："洪武初，遣人招諭。又令各族舉舊有官職者至京，授以國師……等官，俾因俗以治，自是番僧有封灌頂國師。"㊁輪值守護佛堂的僧人。亦稱堂守。

【番頭】唐時軍隊輪班值日小隊的隊長。新唐書兵志："十人爲火，五火爲團，皆有首長。又擇材勇者爲番頭，頗習弩射。"又百官志一吏部："凡勳官九百人，無職任者，番上於兵部，視遠近爲十二番，以彊幹者爲番頭。"

【番蕉】鐵樹的别名。木質堅硬。相傳枯萎時，以鐵屑爲肥，或在根部釘鐵釘，卽能復活。見明謝肇淛五雜俎十物部。

【番薯】薯之一種。也稱番芋、山芋。明萬曆時由呂宋引進，初僅在廣東福建一帶種植，後幾遍及全國。參閱明談遷棗林雜俎中、徐光啓農政全書二七蓏部甘藷、清陳世元金薯傳習録。

【番羅】紗羅織品。番，也作"蕃"。乾淳起居注："曾觀恭上壺中天慢一首，賜金束帶、紫番羅、水晶注椀一副。"元張昱可閒老人集三次林叔大都事韻之三："無端收得番羅帕，徹夜薔薇露水香。"

【番攤】賭博的一種。清張心泰粤遊小識三："東省賭博最盛，……賭具以錢，隨意抓置席間覆之，分么二三四四門，令衆出資猜之；注齊去覆，四錢一數，若筮策然；視所餘，決中否，定輸贏。中者：孤注償三倍，粘者倍償，串角、大面各如數償之。"俗稱"抓番攤"，按卽古代的"攤錢"。參見"攤錢"。

【番石榴】又名雞矢果、秋果。常綠小喬木。產於廣東，葉似女貞葉而有鋸齒，果如小石榴，味香甜，極賤，故以雞矢名之。參閱清吳其濬植物名實圖考長編三一雞矢果。

八畫

畺 jiāng 居良切，平，陽韻，見。ㄐㄧㄤ

邊界。同"疆"、"壃"。周禮地官載師："以大都之田任畺地。"注："五百里王畿界也。"漢書王子侯表序："至於孝武，以諸侯王畺土過制，或差替失軌，而子弟爲匹夫，輕重不相準。"注："畺，亦壃字也。"

【畺良耶舍】公元374—433年。南北朝高僧，西域人。宋元嘉間至京洛，譯藥王藥上觀及無量壽觀二經。見南朝梁釋慧皎高僧傳三。

當 1. dāng 都郎切，平，唐韻，端。ㄉㄤ

㊀對等，相當。禮檀弓上："既歌而入，當户而坐。"又王制："次國之上卿，位當大國之中，中當其下，下當其上大夫。"㊁擔當。戰國策燕二樂毅報燕惠王書："臣聞聖賢之君，……不以官隨其愛，能當之者處之。"後漢書十五李通傳："光武初殊不意，未敢當之。"㊂承受。文選楚宋玉風賦："有風颯然而至，王迺披襟而當之曰：'快哉此風。'"唐杜甫杜工部草堂詩箋十

八春水生二絶之二:"一夜水高二尺強,數日不可更禁當。"㈣抵當,抵敵。戰國策秦三:"以秦卒之勇,車騎之多,以當諸侯,譬若馳韓盧而逐蹇兔也。"㈤遮蔽,攔阻。左傳昭二十年:"使祝鼃寘戈于車薪以當門。"韓非子内儲説上:"夫日兼燭天下,一物不能當也。"㈥值,遇到。易繫辭下:"易之興也,其當殷之末世,周之盛德邪?當文王與紂之事邪?"墨子辭過:"當是之時,堅車良馬,不知貴也。"㈦應當。晏子春秋諫上:"昔者嬰之所以當誅者宜賞,而今之所以當賞者宜誅,是故不敢受。"史記殷紀:"我世當有興者,其在昌乎?"㈧判斷。史記八八蒙恬傳:"(趙)高有大罪,秦王令蒙毅法治之。毅不敢阿法,當高罪死,除其宦籍。"漢書六六楊惲傳:"廷尉當惲大逆無道。"注:"當謂處斷其罪。"㈨副詞。1.則。墨子辭過:"君實欲天下之治而惡其亂也,當爲宮室不可不節。"2.是,爲。後漢書和熹鄧皇后紀:"汝不習女工以供衣服,乃更務學,寧當舉博士邪?"3.乃。三國志魏温恢傳:"得無當得蔣濟爲治中邪?"㈩助詞。着。宋柳永樂章集擊梧桐詞:"便認得聽人教當,擬把前言輕負。"元曲選關漢卿拜月亭二:"你心間,索記當。我言詞,更無妄。"⑪象聲詞。見"丁當"。⑫同"襠"。儀禮鄉射禮:"韋當。"注:"直心背之衣曰當。"參見"韋當"。

2. dàng 丁浪切,去,宕韻,審。
ㄉㄤˋ

⑬適合,恰當。禮樂記:"古者,天地順而四時當。"漢劉向新序雜事:"昔者魏武子謀事而當,羣臣莫能,朝而有喜色。"⑭當作。三國志吳韋曜傳:"初見禮異時,常爲裁減,或密賜茶荈以當酒。"⑮抵押。謂用人或物作爲抵押品。左傳哀八年:"以王子姑曹當之而後止。"注:"復求吳王之子以交質。"唐白居易長慶集七一自詠老身示諸家屬詩:"走筆還詩債,抽衣當藥錢。"⑯本,同。見"當₂日"、"當₂地"等。⑰底。物器的底部。韓非子外儲説右上:"堂谿公謂昭侯曰:'今有千金之玉巵而無當,可以盛水乎?'"抱朴子廣譬:"無當之玉盌,不如全用之埏埴。"

【當下】當即,即時。三國志吳陸凱傳:"及被召,當下徑還赴都。"景德傳燈録十一俱胝和尚:"天龍和尚到庵,師乃迎禮,具陳前事,天龍豎一指示之,師當下大悟。"

【當夕】即值夕。舊指妻妾輪值侍寢。禮内則:"妻不在,妾御莫敢當夕。"魏書孝文幽皇后傳:"專寢當夕,宮人稀復進見。"

【當方】謂各方中的某一方。周禮秋官大行人"時聘以結諸侯之好"唐賈公彦疏:"此謂時會之年,當方有諸侯不順服,當方諸侯來;餘方無諸侯不順之事,身不來,即大夫來聘。"

【當心】㊀謂手齊心部,表示謹慎。禮曲禮下:"凡奉者當心,提者當帶。"後引申爲小心、留意。㊁正中。搜神記十韓憑妻何氏書:"其雨淫淫,河水大深,日出當心。"唐白居易長慶集十二琵琶行:"曲終收撥當心畫,四絃一聲如裂帛。"

【當户】㊀對着門户。禮玉藻:"君子之居恒當户。"樂府詩集二五木蘭辭:"阿姊聞妹來,當户理紅妝。"㊁匈奴官名。史記一一〇匈奴傳:"其世傳國官號,……左右大當户。"漢書宣帝紀甘露三年:"詔單于毋謁,其左右當户之羣,皆列觀。"

【當元】當初。古今雜劇元鄭德輝周公攝政楔子:"正末白:'陛下當元,本只是弔民伐罪。今來有罪的伐了,有功的賞了。'"

【當互】魚名。即鮪魚。説文:"鮥,當互也。"爾雅釋魚作"當魱"。郭璞注云:"似鯿而大鱗,肥美,多鯁。"參見"鮪"。

【當今】㊀現在。孟子公孫丑下:"當今之世,舍我其誰也。"左傳襄九年:"當今吾不能與晉爭。"㊁舊稱皇帝爲當今,猶言今上。紅樓夢二:"因當今隆恩盛德,額外加恩,至(林)如海之父,又襲了一代。"

【當午】日中,正午。唐文粹十六下李紳憫農詩之二:"鋤禾日當午,汗滴禾下土。"

【當日】㊀猶值日。國語晉九:"主將適螻,而麓不聞,臣敢煩當日。"注:"當日,直日也。……臣亦不敢煩主之直日以自白也。"㊁往日,昔日。宋陸游劍南詩稿二八古築城曲:"惟有築城詞,哀怨如當日。"

【當₂日】即日。西遊記二:"當日起來打混,暗暗維持,子前午後,自己調息。"

【當宁】路門外門屏之間曰宁。天子在此接受諸侯的朝見。禮曲禮下:"天子當宁而立。"後因稱皇帝爲當宁。文苑英華六三五唐令狐楚賀西幸改期狀:"當宁動色,再降德音。"

【當世】㊀當今,當代。韓非子六反:"今學者皆道書筴之頌語,不察當世之實事。"漢書六二司馬遷傳報任安書:"今已虧形爲埽除之隸,在闒茸之中,乃欲卬首信眉,論列是非,不亦輕朝廷,羞當世之士耶!"㊁用世,出仕。左傳昭七年:"聖人有明德者,若不當世,其後必有達人。"

【當州】㊀猶言本州。北魏李仲璇修孔子廟碑:"都督兗州諸軍事,車騎大將軍,當州大都督。"(金石萃編三一)㊁地名。漢蠶陵縣地,屬蜀郡。唐貞觀二十一年割松州通軌縣置當州。天寶元年改爲江源郡,乾元元年復用舊名。宋爲茂州所屬羈縻州。後廢。故治在今四川松潘縣疊溪營西北。參閱元和郡縣志三二劍南道中、嘉慶一統志一五三松潘直隸廳古蹟。

【當₂地】本地。舊題晉葛洪神仙傳十:"李根字子源,許昌人也,……根能變化,……致行廚能供二十人,皆精細之饌,四方奇異之物,非當地所有也。"

【當年】㊀壯年。晏子春秋不合經術者:"當年不能究其禮,積財不能贍其樂。"注:"當年,壯年也。"晉陶潛陶淵明集三飲酒詩之二:"九十行帶索,飢寒況當年。"㊁往年,昔年。晉書文苑傳序:"翰林總其菁華,典論詳其藻絢,彬蔚之美,競爽當年。"

【當₂年】本年,同一年。列子仲尼:"此道不行一國與當年,其如天下與來世矣。"韓詩外傳六:"先生者,當年霸,楚莊王是也。"

【當匈】束馬的皮帶。匈,通"胸"。後漢書二九鮑永傳:"時有矯稱侍中止傳舍者,(太守趙)興欲謁之,永疑其詐,諫不聽而出。興遂駕往,永乃拔佩刀截馬當匈,乃止。"注:"當匈,以韋爲之也。"

【當行】㊀合宜,内行。宋趙令畤侯鯖録八:"黄魯直(庭堅)間爲小詞,固高妙,然不是當行家語,是著腔子唱好詩。"嚴羽滄浪詩話詩辯:"詩道亦在妙悟,……惟悟乃爲當行,乃爲本色。"㊁宋制,官府於平時將民匠登記入册,需用時,順次差使,不得規避,應差的叫當行。見宋岳珂愧郯録十三京師木工。

【當初】過去,起初。水經注十一滱水:"蓋城地,當初山水渀盪,漂淪巨栰,阜積于斯。"

【當局】㊀謂身當其事。漢桓寬鹽鐵論刺復:"居者不知負載之勞,從旁議者,與當局者異憂。"晉書王沉傳釋時論:"姻黨相扇,毀譽交紛,當局迷於所受,聽採惑於所聞。"㊁謂本管職司。梁書朱异傳:"每四方表疏,當局簿領,諮詳請斷,填委於前,异屬辭落低,覽事下議,……頃刻之間,諸事便了。"

【當利】縣名。漢置。屬東萊郡。北齊

併入掖縣。故地在今山東掖縣西南。參閱太平寰宇記二十萊州掖縣。

【當官】 任官職。左傳文十年:"或謂子舟曰:'國君不可戮也。'子舟曰:'當官而行,何强之有?'"梁書到洽傳昭明太子與晉安王(蕭)綱令:"到子風神開爽,文義可觀,當官莅事,介然無私。"

【當事】 ㊀臨事。國語魯上:"居官者,當事不避難。在位者,恤民之患。"禮檀弓下:"大夫弔,當事而至則辭焉。"疏:"當事,當主人有大小斂殯之事也。"㊁當權者。明史可法史忠正公集二致副總馬元度:"又虞當事夙倚,以此開嫌,幾欲別有借重,而躊躇未果。"

【當直】 ㊀猶言值班。直,同"值"。宋書百官志下洗馬:"太子出則當直者前驅導威儀。"㊁僕人。清平山堂話本陰隲積善:"相辭親戚隣里,教當直王吉挑着行李迤邐前進。"

【當來】 將來。全唐詩八〇七拾得詩:"不憂當來果,惟知造惡因。"宋柳永樂章集八六子詞:"如花貌,當來便約,永結同心偕老。"

【當兔】 古車制,車轅的一端爲方形。置於軸的中央,其面凸起,其入於車底所開方孔與左右兩伏兔齊平的部件叫做當兔。以其與伏兔相當,故名。周禮考工記輈人:"十分其輈之長,以其一爲之當兔之圍。"注:"輈當伏兔者也。"參閱宋沈括夢溪筆談補筆談二器用。參見"伏兔"、"輈"。

【當室】 主持家事。猶言當家。儀禮喪服:"童子唯當室緦。"禮曲禮上:"孤子當室,冠衣不純采。"注:"當室,適子也。"

【當面】 ㊀在面前,對面。唐杜甫杜工部集五莫相疑行:"晚將末契託年少,當面輸心背面笑。"㊁宋元戲曲中習用語,謂上堂見官。古今雜劇元鄭德輝鍾離春智勇定齊三:"正旦云:'與我拏向前來。'卒子云:'理會的,當面!'"又孫仲章勘頭巾二:"(外):'甚麼人叫寃屈,拿將過來。'(張):'當面!'"

【當₂面】 雙方會晤。初學記二一後漢蔡邕書:"侍中執事,相見無期,惟是筆疏,可以當面。"

【當家】 ㊀主持家業。史記秦始皇紀三十四年李斯議:"今天下已定,法令出一,百姓當家,則力農工,士則學習法令辟禁。"㊁猶本家。北史房法壽傳附房豹:"(彥詢)病卒,豹取急,親送柩還鄉,悲痛傷惜,以爲喪當家之寶。"㊂主事之人。才調集一王建贈樞密:"不是當家頻向說,九重争得外人知。"此指皇帝。㊃自家,本人。宋楊萬里誠齋集四一寄題福帥張子儀尚書禊游堂:"不要外人來作記,當家自有筆如椽。"㊄猶言當行,內行。宋沈作喆寓簡五:"近世言翰墨之美者,多言合作,予曾問邵公濟合作何義?曰:'猶俗語當家也。'"參見"當行"。

【當扆】 猶"當宁"。扆,户牖之間畫有斧形的屏風,也作"依"。禮曲禮下:"天子當依而立,諸侯北面而見天子曰覲。"疏:"依,狀如屏風,以絳爲質,高八尺,東西當户牖之間。"梁書武帝紀天監十六年詔:"朕當扆思治,政道未明。"

【當務】 當前應作之事。管子正世:"法禁不立,則姦邪繁,故事莫急於當務。"孟子盡心上:"知者無不知也,當務之爲急。"

【當時】 當其時。孫子作戰:"雖當時有用兵之術,不能防其後患。"唐杜甫杜工部詩史補遺一戲爲六絶句之二:"楊王盧駱當時體,輕薄爲文哂未休。"

【當₂時】 即時。舊題漢東方朔十洲記:"有不死草,草形如菰苗,長三、四尺,人已死三日者,以草覆之,皆當時活。"

【當梁】 ㊀舊時以子、午、卯、酉年爲當梁年;被視爲不吉之年,忌婚娶,娶者不利於翁姑。初學記十四晉張華感婚賦:"避婚姻之俗忌,惡當梁之在斯。"唐顏真卿文忠集拾遺一更定昏禮奏:"俗忌今時以子午卯酉年,謂之當梁年。其年娶婦,舅姑不相見,蓋禮無所據,亦請禁斷。"㊁酒名。北魏賈思勰齊民要術七法酒:"作當梁酒法,當梁下置甕,故曰當梁。"

【當康】 傳說之獸名。山海經東山經:"(欽山)有獸焉,其狀如豚而有牙,其名曰當康,其鳴自叫,見則天下大穰。"

【當扈】 傳說之鳥名。山海經西山經:"(上申之山)獸多白鹿,其鳥多當扈,其狀如雉,以其髯飛,食之不眴目。"晉郭璞山海經圖贊當扈贊:"鳥飛以翼,當扈則鬚,廢多任少,沛然有餘。"

【當₂票】 貧者以實物抵押借錢,當主所具收到實物的憑證。明末鄺露(湛若)有二琴,貧則以琴出質,鄺有前當票序、後當表序。見清吳翌鳳遜志堂雜鈔。

【當陸】 草名。本草作"蓫",説文作"募"。俗稱章柳,又名王母柳。多生園圃中,葉青如牛舌,夏秋開紅紫花。參閱本草綱目十七草六商陸、爾雅釋草清郝懿行義疏。

【當國】 執政,主持國事。左傳襄二年:"于是子罕當國。"注:"當國,攝君事。"史記魯周公世家:"周公乃踐阼,代成王攝行政當國。"

【當道】 ㊀攔路。史記趙世家:"他日,簡子出,有人當道,辟之不去。"也喻作當權或當權的人。後漢書五六張晧傳附張綱:"豺狼當道,安問狐狸?"指梁冀執政。唐白居易長慶集十三代書詩一百韻寄微之詩:"下韝驚鷙雀,當道懾狐狸。"㊁車前的別名。詩周南芣苢"采采芣苢"晉陸璣疏:"芣苢一名馬舄,一名車前,一名當道,喜在牛跡中生,故曰車前當道也。"參見"車前"。

【當₂道】 符合正道。孟子告子下:"君子之事君也,務引其君以當道。"集注:"當道,謂事合於理。"

【當軸】 比喻官居要職。指主持政事。漢書六六車千秋傳贊:"車丞相履伊吕之列,當軸處中,括囊不言,容身而去,彼哉彼哉!"南史劉暄傳:"暄爲人性軟弱,當軸居政,每事讓江祏。"

【當番】 輪流值班。舊唐書職官志二:"凡散官四品已下,九品已上,並於吏部當番上下。"

【當陽】 ㊀天子南面向明而治。左傳文四年:"昔諸侯朝正於王,王宴樂之,於是乎賦湛露,則天子當陽,諸侯用命也。"隋書音樂志中食舉樂之四:"當陽端默,垂拱無爲。"㊁縣名。屬湖北省。漢置,屬南郡。漢末獻帝建安十三年曹操將精騎五千,一日一夜行三百里,追及劉備於當陽之長坂,即此地。見漢書地理志上、三國志蜀先主傳。

【當筆】 通典職官三宰相:"(唐肅宗)至德二載三月,宰相分直主政事筆,每一人知十日。(德宗)貞元十年五月八日,又分每日一人執筆。"後以輪值主政稱當筆,本此。參閱宋高承事物紀原四師保輔相部當筆。

【當然】 應當這樣。漢王充論衡命祿:"天命當然,雖逃避之,終不得離。"後漢書七十孔融傳:"以今度之,想當然耳!"

【當御】 值班,當直。左傳襄二六年:"行人子朱曰:'朱也當御。'"文選漢張平子(衡)西京賦:"內有常侍謁者,奉命當御。"

【當塗】 ㊀當仕路。指執掌大權。韓非子孤憤:"當塗之人擅事要,則外內爲之用矣。"漢書五六董仲舒傳對賢良策:"守文之君,當塗之士,欲則先王之法,以戴翼其世者甚衆。"參見"當路㊁"。㊁縣路。屬安徽省。漢置縣,屬九江郡。以江北滁州有塗山而名。晉成帝時,江北流民南渡，乃僑立當塗縣。其地在于湖宣城兩縣間。至隋省于湖入當塗，縣治移至姑孰，原當塗故城廢入宣城。明清皆屬太平府。見嘉慶一統志一一六寧國府二、一二〇太平府一。㊂三國魏的代稱。北齊書王琳傳朱瑒與徐陵書:“故典午將滅,徐廣爲晉室遺老;當塗已謝,馬孚爲魏室忠臣。”晉書地理志上總序:“平王東遷,星離豆剖,當塗取寓,瓜分鼎立。”參見“當塗高”。

【當路】㊀當仕路,掌握政權。孟子公孫丑上:“夫子當路於齊,管仲晏子之功可復許乎?”也指掌權的人。宋陳亮龍川集二八庶弟昭甫墓誌銘:“疇昔之年,當路欲置我於死地。”㊁攔路。漢書溝洫志:“大禹治水,山陵當路者毀之。”

【當熊】漢元帝與妃嬪至虎圈觀獸鬬,一熊攀欄欲上殿,妃嬪皆逃,獨馮婕伃當熊而立,左右得格殺熊。事見漢書九七下外戚傳。文選晉潘安仁(岳)西征賦:“壯當熊之忠勇,深辭輦之明智。”後來因以當熊爲女性臨危不懼,奮不顧身的典故。太平廣記四八五唐許堯佐柳氏傳:“向使柳氏以色選,則當熊辭輦之誠可繼;許俊以才舉,則曹柯澠池之功可建。”

【當鋪】舊時典質衣物的鋪子。紅樓夢八一:“有一所房子,賣給斜對過當鋪裏。”

【當賭】對付打叠。賭,也作“覩”、“堵”。金董解元西廂二:“不道飛虎慣相持,思量法聰怎當賭。”元曲選闕名馮玉蘭二:“都是你没來由攬禍災,到如今急煎煎怎當堵。”

【當盧】㊀馬頭上的鏤金飾物。詩大雅韓奕“鉤膺鏤錫”漢鄭玄箋:“眉上曰錫,刻金飾之,今當盧也。”盧,也作“顱”。樂府詩集二八北周王褒日出東南隅行:“高箱照雲母,壯馬飾當顱。”㊁賣酒的代稱。盧,放酒罎的土墩。漢書五七司馬相如傳:“盡賣車騎,買酒舍,乃令文君當盧。”盧,史記作“鑪”。也作“壚”。樂府詩集六三漢辛延年羽林郎:“胡姬年十五,春日獨當壚。”

【當璧】楚共王無適子,而有寵子五人,告禱於神,以璧遍視星辰山川,曰:“當璧而拜者,神所立也。”於是埋璧於宗廟之庭,使五人順長幼次序入拜。康王跨璧而過,靈王以肘加之,子干子晳皆遠離埋璧。平王小,抱而入,在璧上拜,伏於璧紐之上。見左傳昭元年,又十三年。後以當璧喻當國君之兆。梁書高帝紀上移檄京邑:“至尊(南康王)體自高宗,特鍾慈寵,……祥啓元龜,符驗當璧。”

【當歸】植物名。一名于歸。草本。多年生,莖高二三尺。葉邊緣有鋸齒。夏秋之間開小白花。根入藥。爾雅釋草“薜,山蘄”注:“廣雅曰:‘山蘄,當歸。’”參閱政和證類本草八當歸。

【當壚】見“當盧”。

【當關】㊀門吏,守門人。文選三國魏嵇叔夜(康)與山巨源絶交書:“卧喜晚起,而當關呼之不置,一不堪也。”唐李商隱李義山詩集三富平少侯:“當關不報侵晨客,新得佳人字莫愁。”㊁把守關口。參見“一夫當關,萬夫莫開”。

【當爐】向爐火取暖。唐駱賓王集四冬日宴詩:“促席鸞觴滿,當爐獸炭然。”

【當十錢】貨幣的一種。以一當十,稱當十錢。始於北周建德三年的五行大布錢。唐第五琦鑄乾元重寶,以一代十。其後只元用鈔,其他各代均鑄錢幣,但成色、重量,各有不同。參閱文獻通考八錢幣一、續文獻通考十一錢幣明錢。

【當句對】詩文對偶的一種,在一句中自成對偶。宋洪邁容齋隨筆續筆三詩人當句對:“唐人詩文,或於一句中自成對偶,謂之當句對。蓋起於楚辭蕙烝蘭藉,桂酒椒漿,桂櫂蘭枻,斲冰積雪。自齊梁以來,江文通(淹)庾子山(信)諸人亦如此。”按詩有“玄衮赤舄”、“鉤膺鏤錫”、“朱英綠縢”、“二矛重弓”等,皆當句成對。

【當官譽】謂居官稱職而且有聲譽。北史封隆之傳:“隆之弟興之……位瀛冀二州刺史,北平府長史,所歷有當官之譽。”周書趙肅傳:“時有高平徐招,少好法律,發言措筆,常欲辨析秋毫,歷職内外,有當官之譽。”

【當塗高】漢代讖緯之詞。後漢書七五袁術傳:“又少見讖書,言‘代漢者當塗高’,自云名字應之。又以袁氏出陳爲舜後,以黄代赤,德運之次,遂有僭逆之謀。”注:“當塗高者,魏也。然術自以‘術’及‘路’皆是‘塗’,故云應之。”又三國志魏文帝紀注:“李雲上事曰:‘許昌氣見于當塗高,當塗高者當昌於許。’當塗高者,魏也;象魏者,兩觀闕是也;當道而高大者魏。魏當代漢。”

【當路子】謂身居要職的人。文選三國魏阮嗣宗(籍)詠懷之十四:“如何當路子,磬折忘所歸。”

【當路君】指狼。抱朴子登涉:“山中寅日,有自稱虞吏者,虎也;稱當路君者,狼也。”

【當仁不讓】論語衛靈公:“當仁不讓於師。”注:“當行仁之事,不復讓於師。”今泛指遇到應該做的事,主動去做,不推辭。後漢書三五曹褒傳:“夫人臣依義顯君,竭君彰主,行之美也。當仁不讓,吾何辭哉。”

【當局者迷】身當其事者反而糊塗。也作“當局苦迷”、“當局稱迷”。宋書王微傳與王僧綽書:“且持盈畏滿,自是家門舊風,何爲一旦落漠至此!當局苦迷,將不然耶?”新唐書二〇〇元行沖傳釋疑:“客曰:當局稱迷,傍觀必審,何所謂疑而不申列?”宋辛棄疾稼軒詞十二戀繡衾:“我自是笑别人底,却元來當局者迷。”

【當頭棒喝】見“棒喝”。

【當斷不斷】指遇事猶豫不决,不能當機立斷。古成語有“當斷不斷,反受其亂”。見史記齊悼惠王世家、七八春申君傳、漢書六八霍光傳。後漢書七九上楊倫傳謂出自黄石公三略。晉書羊祜傳:“天下不如意,恒十居七八,故有當斷不斷。天與不取,豈非更事者恨於後時哉!”

畹 wǎn ㄨㄢ 於阮切,上,阮韻,影。

㊀十二畝。楚辭屈原離騷:“余既滋蘭之九畹兮,又樹蕙之百畝。”漢王逸注:“十二畝爲畹。”説文以三十畝爲畹。㊁帝王戚屬所居之處。通“苑”。參見“戚畹”。

畸 jī ㄐㄧ 居宜切,平,支韻,見。

㊀零片田地。説文“田”:“畸,殘田也。”引申爲偏頗,不整齊。荀子天論:“墨子有見於齊,無見於畸。”又:“故道之所善,中則可從,畸則不可爲,匿則大惑。”㊁特異。見“畸人”。㊂凡數之零餘者均叫畸。通“奇”。見“畸零”。

【畸人】奇特之人。莊子大宗師:“畸人者,畸於人而侔於天。”釋文:“司馬(彪)云:不耦也。不耦於人,謂闕於禮教也。”

【畸日】單日。新唐書一六二李遜傳:“故事,天子以畸日聽政,對羣臣。”參見“奇日”。

【畸行】非常奇怪的行爲。文子道原:“矜僞以惑世,畸行以迷衆。”

【畸零】整數以外的餘數。明倪元璐國賦紀略黄册:“每里編爲一册,册首總爲一圖。鰥寡孤獨不任役者,帶管于一百一十户之外而列于圖後,名曰畸零。”

畷 zhuì 陟衛切,去,祭韻,知。
ㄓㄨㄟ 陟劣切,入,薛韻,知。

㊀連結。通“綴”。禮郊特牲:“饗農及郵

表畷禽獸。」注：「郵表畷謂田畯所以督約百姓於井間之處也。」參閱清阮元揅經室集一釋郵表畷。㊁田間的道路。急就篇三：「疆畔畷伯耒犂鋤。」注：「畷，兩伯間豎道也。」文選晉左太沖(思)吳都賦：「其四野則畛畷無數，膏腴兼倍。」

九 畫

暘 1. chàng ㄔㄤˋ 丑亮切，去，漾韻，徹。

㊀說文「田」：「暘，不生也。从田，昜聲。」隸變爲「暘」。參閱清段玉裁說文解字注。

2. cháng ㄔㄤˊ

㊀地名。戰國魏邑。史記秦始皇紀：「四年，拔暘、有詭。」集解：「徐廣曰：『暘音場。』」

畽 tuǎn ㄊㄨㄢˇ

同「疃」。見「疃」。

十 畫

畿 jī ㄐㄧ 渠希切，平，微韻，羣。

㊀古稱天子所領之地。後指京城管轄的地區。詩商頌玄鳥：「邦畿千里，維民所止。」周禮地官大司徒「制其畿方千里而封樹之」唐孔穎達疏：「制其畿方千里者，王畿千里，以象日月之大，中置國城，面各五百里。」㊁方千里曰畿。見「畿田」。㊂門內，門檻。詩邶風谷風：「不遠伊邇，薄送我畿。」傳：「畿，門內也。」㊃姓。魏書官氏志俟畿氏改爲畿氏。

【畿內】古稱天子領地之內爲畿內。漢蔡邕獨斷上：「京師，天子之畿內千里，象日月，日月躔次千里。」後泛指京城轄區。

【畿田】千里之田。國語楚上：「是以其入也，四封不備一同，而至於有畿田，以屬諸侯，至於今爲令君。」

【畿赤】京城所治爲赤縣，京之旁邑爲畿縣，合稱畿赤。唐張鷟朝野僉載五：「刑部尚書李自知爲畿赤，不曾打杖行罰，其事亦濟。」參閱通典三三職官十五縣令。

【畿甸】古制王畿千里，千里之內曰甸服，去王城五百里。後泛指京城地區。文選晉陸士衡(機)五等論：「鉦鼙震於閫宇，鋒鏑流乎絳闕，然禍止畿甸，害不覃及。」晉書慕容皝載記與庾冰書：「君以椒房之親，舅氏之昵，揔據樞機，出內王命，兼擁列將州司之位，昆弟網羅，顯布畿甸。」

【畿伯】官名。北周恭帝仿周禮，定六官制度，共行用二十五年。地官大司徒有畿伯每方中大夫，正五命；小畿伯下大夫，正四命，小畿伯上士，正三命，小畿伯中士，正二命。見周書蕭圓肅、趙文表、姚僧垣等傳。

【畿服】舊稱天子的領地。後指京城地區。晉書江統傳徙戎論：「戎狄老態，不與華同，因其衰弊，遷之畿服，士庶翫習，侮其輕弱，使其怨恨之氣，毒於骨髓。」

【畿封】指王畿的疆界。周禮地官封人：「封人掌詔王之社壝，爲畿封而樹之。」注：「畿上有封，若今時界矣。」疏：「漢時界上有封樹，故舉以言之。」藝文類聚六六南朝陳張正見和諸葛覽從軍遊詩：「治兵耀武節，縱獵駭畿封。」

【畿輔】舊稱王都所在。泛指京城地區。畿，京畿；輔，如漢三輔之類。南齊書王融傳上疏：「漢家軌儀，重臨畿輔，司隸傳節，復入關河。」

【畿輦】京師地區。陳書沈炯傳陳情表：「臣之屢披丹款，頻冒宸鑒，非欲苟違朝廷，遠離畿輦。」

【畿輔通志】書名，爲直隸省的通志。清康熙十一年直隸巡撫于成龍聘郭棻創編。雍正七年田易等重修，後由李衛等總其成，十三年成書。共一百二十卷，分三十一目。同治十年，直隸總督李鴻章及黃彭年等重修，增至三百卷，分紀、表、略、錄、傳五大類。有商務印書館影印本。

【畿輔叢書】清王灝編。灝官京曹時，搜集畿輔人著作編此，書未成而灝病没，後經陶湘重爲編訂。計經部、史部各二十二種，子部三十一種，集部三十九種，其他遺書五十九種，共一百七十三種、一千五百三十卷。

十一畫

畱 liú ㄌㄧㄡˊ 力求切，平，尤韻，來。

㊀火耕。說文「畱」，引漢律：「畱田茠草。」㊁姓。宋有畱子耕，號蕭閒居士，著蕭閒詞一卷，見正字通。

【畱田】火種田。晉書殷浩傳：「開江西畱田千餘頃，以爲軍儲。」一說爲通溝灌溉之田。見晉書音義下。

【畱城】地名。在江蘇嘉定縣南門外。唐崑山縣東境有畱城鄉，宋時於此掘得唐畱城鄉莊府君墓銘。一名畱塘，又名婁塘。見清王鳴盛蛾術編下說地畱城。

十二畫

疃 tuǎn ㄊㄨㄢˇ 吐緩切，上，緩韻，透。

亦作「畽」。見「町疃」。

十四畫

疆 1. jiāng ㄐㄧㄤ 居良切，平，陽韻，見。

㊀國界，邊界。書泰誓中：「我武惟揚，侵于之疆。」孟子滕文公下：「出疆必載質。」㊁田邊。文選漢張平子(衡)東京賦：「兆民勸於疆場，感懋力以耘耔。」㊂劃分疆界。詩小雅信南山「我疆我理，南東其畝。」左傳宣八年：「楚伐舒蓼，滅之，楚子疆之。」㊃極限。詩豳風七月：「躋彼公堂，稱彼兕觥，萬壽無疆。」㊄姓。戰國晉有大夫疆劍，漢有疆華。見風俗通逸文。

2. jiàng ㄐㄧㄤˋ 集韻巨兩切，上，養韻。

㊅堅土。通「彊」。周禮地官草人：「彊檃用蕡。」集韻引作「疆」。

【疆土】國土。詩大雅江漢：「式辟四方，徹我疆土。」疏：「謂畫其土境，正定其疆界也。」史記一一八衡山王傳：「疆土千里，列爲諸侯。」

【疆宇】國土。漢書一〇〇下敘傳述武紀：「恢我疆宇，外博四荒。」

【疆吏】㊀駐守邊疆的小吏。左傳桓十七年：「於是齊人侵魯疆，疆吏來告。」㊁指地方大吏而言。清稱總督、巡撫爲封疆大吏，負保守疆域的重責也稱疆吏。

【疆事】邊界爭執之事。左傳桓十七年：「夏，及齊師戰于奚，疆事也。」注：「爭疆界也。」

【疆易】國界。易，通「埸」。荀子富國：「觀國之治亂臧否，至於疆易而端已見矣。」

【疆垂】邊境，邊疆。荀子臣道：「邊境之臣處，則疆垂不喪。」注：「垂與陲同。」

【疆界】國界，地界。詩周頌思文：「無此疆爾界，陳常于時夏。」文選南朝梁沈休文(約)齊故安陸昭王碑文：「徵賦嚴物，唯利是求；首鼠疆界，尖蠹彌廣。」

【疆理】劃分，整理。詩小雅信南山：「我疆我理。」傳：「疆，畫經界也。理，分地理也。」左傳成二年：「先王疆理天下，物土之宜而布其利。」注：「疆，界也。理，正也。」

【疆域】國土，境界。荀子君道：「縱不能用，使無去其疆域，則國終身無故。」晉書地理志上：「表提類而分區宇，判山河而考疆域。」

【疆埸】㊀國界。左傳桓十七年：「疆埸之事，慎守其一，而備其不虞。」㊁田界。詩小雅信南山：「中田有廬，疆埸有瓜。」

【疆陲】邊境。文選南朝梁任彥昇(昉)

彈曹景宗文:"玁狁侵軼,暫擾疆陲。"

【疆潦】在邊境的水潦地。左傳襄二五年:"楚蔿掩爲司馬,……辨京陵,表淳鹵,數疆潦。"注:"疆界有流潦者,計數減其租入。"

【疆徼】邊境。梁書武帝紀上令:"廢主棄常,自絶宗祀,窮凶極悖,書契未有。……遂使億兆離心,疆徼侵弱,斯人何辜,離此塗炭!"

疇 chóu 直由切,平,尤韻,澄。ㄔㄡˊ

㊀已耕作的田地。如田疇。也特指麻田。禮月令季夏之月:"可以糞田疇。"疏:"蔡(邕)云:穀田曰田,麻田曰疇。"㊁田地的分界。文選晉左太沖(思)魏都賦:"均田畫疇,蕃廬錯列。"㊂壟土。淮南子俶眞:"疇以肥壤。"注:"疇,雍壤。"㊃種類。書洪範:"帝乃震怒,不畀洪範九疇,彝倫攸斁。"㊄誰。書舜典:"疇若予工。"參見"疇咨"。㊅助詞。無義。見"疇昔"。㊆同處,同類。荀子勸學:"草木疇生,禽獸羣焉,物各從其類也。"通"儔"。國語齊:"人與人相疇,家與家相疇。"㊇報酬。通"酬"。三國志魏李通傳文帝詔:"(通)不幸早薨,子基雖已襲爵,未足疇其庸勳。"㊈籌算。通"籌"。荀子正論:"至賢疇四海,湯武是也。"注:"疇與籌同,謂計度也。"㊉古國名。國語周中:"昔摯疇之國也由大任。"注:"摯疇二國,任姓,奚仲仲虺之後。"

【疇人】㊀曆算家。史記曆書:"幽厲之後,周室微,陪臣執政,史不記時,君不告朔,故疇人子弟分散。"文苑英華五唐李程日五色賦:"疇人有秩,天紀無失。"清阮元有疇人傳。㊁同類的人。藝文類聚五七三國魏王粲七釋:"邯鄲才女,三齊巧士,名唱祕舞,承閑並理,七盤陳於廣庭,疇人儼其齊俟。"指舞人。

【疇官】指世代繼承其專業的官職。特指曆算官。史記一一八龜策傳漢褚少孫補:"雖父子疇官,世世相傳,其精微深妙,多所遺失。"參見"疇人㊀"。

【疇昔】往日。疇,助詞,無義。左傳宣二年:"將戰,華元殺羊食士,其御羊斟不與。及戰,曰:'疇昔之羊,子爲政,今日之事,我爲政。'"注:"疇昔,猶前日也。"禮檀弓上:"予疇昔之夜,夢坐奠於兩楹之間。"

【疇咨】書堯典:"帝曰:'疇咨若時登庸。'"傳:"疇,誰;庸,用也。誰能咸熙庶績,順是事者,將登用之。"後來用作訪問、訪求之意。後漢書五二崔駰傳達旨:"人有昏墊之戹,主有疇咨之憂。"晉書段灼傳上表:"陛下誠欲致熊羆之士,不二心之臣,……故宜疇咨博采,廣開貢士之路。"

【疇庸】酬報功勞。疇,通"酬"。梁書孔休源傳詔:"慎終追遠,歷代通規;褒德疇庸,先王令典。"

【疇類】同類。管子樞言:"十日不食無疇類,盡死矣。"文選晉潘安仁(岳)射雉賦:"何調翰之喬桀,邈疇類而殊才。"

【疇曩】往日。同"疇昔"。文選晉盧子諒(諶)贈劉琨詩:"借日如昨,忽爲疇曩。疇曩伊何?逝者彌疎。"唐李白李太白詩二六與韓荊州書:"此疇曩心跡,安敢不盡於君侯哉。"

十五畫

副 pì 芳逼切,入,職韻,滂。ㄆㄧˋ

分,剖開。見下。參見"副㊆"。

【副辜】剖裂牲體。周禮春官大宗伯:"以副辜祭四方百物。"注:"副,副牲胸也。副而磔之,謂磔攘及蜡祭。"

十七畫

疊 dié 徒協切,入,貼韻,定。ㄉㄧㄝˊ

說文作"曡"。㊀重疊,層。文選漢班孟堅(固)西都賦:"矢無單殺,中必疊雙。"㊁折。唐王建詩八宮詞之八:"內人對御疊花箋,繡坐移來玉案邊。"㊂恐懼。詩周頌時邁:"薄言震之,莫不震疊。"傳:"疊,懼。"㊃㲲,氎。古作"疊"。北齊書祖珽傳:"曾至膠州刺史司馬霊家飲酒,藏銅疊二面。"㊄鼓三百三十搥爲一通,鼓止角動,吹十二聲爲一疊。見明楊愼丹鉛總錄二七瑣語。

【疊州】州名。北周建德中置。隋大業初廢。唐武德復置。廣德後地入吐蕃。故址在今甘肅疊部縣境白龍江上游。因羣山重疊而得名。見讀史方輿紀要六十疊州城。

【疊棊】文選晉左太沖(思)魏都賦:"顧非累卵於疊棊,焉至觀形而懷怛。"累卵於疊棊之上,比喻岌岌可危。

【疊鼓】輕輕擊鼓。文選北齊謝玄暉(脁)鼓吹曲:"凝笳翼高蓋,疊鼓送華輈。"唐岑參岑嘉州詩七獻封大夫破播仙凱歌之三:"鳴笳疊鼓擁迴軍,破國平蕃昔未聞。"

【疊嶂】重疊的山峯。水經注三四江水:"自三峽七百里中,兩岸連山,略無闕處,重巖疊嶂,隱天蔽日。"嶂,也作"障"。樂府詩集三四隋薛道衡豫章行:"前瞻疊障千重阻,卻帶驚湍萬里流。"

【疊騎】並騎而行。文苑英華八〇九唐李勉滑州新驛記:"有疊騎擊轂塡郛翳直之日也。"

【疊韻】㊀凡兩字之韻母相同稱疊韻。南朝梁劉勰文心雕龍七聲律:"凡聲有飛沈,響有動静,雙聲隔字而每舛,疊韻雜句而必睽。"南史謝弘微傳附謝莊:"王玄謨問莊何者爲雙聲,何者爲疊韻?答曰:'玄護爲雙聲,碻磝爲疊韻。'"參閱清趙翼陔餘叢考二三雙聲疊韻。㊁賦詩重用前韻,也稱疊韻。

【疊巘】重疊的山峯。宋柳永樂章集望海潮詞:"重湖疊巘清嘉,有三秋桂子,十里荷香。"

【疊山集】宋謝枋得撰。十六卷。詩三卷,文十二卷,末卷爲附録。宋末,枋得變姓名入建寧唐石山,賣卜爲生,宋亡入閩,强徵入都,不食而死。所撰詩文,光明磊落。枋得曾讀書江西上饒山下,其間重巒疊巘,因自號疊山。後人輯其所作,因以疊山爲名。

【疊垜衫】指補釘疊壓很多的衣服。見宋陶穀清異録衣服(說郛六一)。

【疊溪營】地名。漢蜀郡蠶陵縣。唐置翼州。爲羌族聚居之地。明置疊溪右千户所。清改爲疊溪營。故址在今四川松潘縣南。參閱明史地理志四、嘉慶一統志四一九松潘直隸廳關隘。

【疊牀架屋】喻重複。北齊顏之推顏氏家訓序致:"魏晉已來所著諸子,理重事複,遞相模斅,猶屋下架屋,牀上施牀耳。"宋陸九淵象山全集二與朱元晦書:"上面加無極字,正是疊牀上之牀;下面著真體字,正是架屋下之屋。"

疋 部

疋 1. shū 所葅切,平,魚韻,山。ㄕㄨ 疏舉切,上,語韻,山。

㊀脚。說文引(管子)弟子職:“問疋何止。”今本管子作“問所何趾”。

2. yǎ 五下切,上,馬韻,疑。ㄧㄚˇ

㊁正。同“雅”。爾雅序唐陸德明釋文:“雅字,亦作疋”。古文詩之雅頌及爾雅之“雅”皆作“疋”。

3. pǐ 譬吉切,入,質韻,滂。ㄆㄧˇ

㊂量詞。通“匹”。戰國策魏:“車六百乘,騎五千疋。”才調集二溫飛卿(庭筠)織錦詞:“簇蔌金梭萬縷紅,鴛鴦艷錦初成疋。”參見“匹 1”。

4. pì ㄆㄧˋ

㊃見“疋₄似”。

【疋₄似】好像,譬如。宋范成大石湖集二六春來風雨無一日好晴因賦瓶花二絶詩:“三分春色三分雨,疋似東風本不來。”

【疋₃鳥】鴛鴦之別名。晉崔豹古今注中鳥獸:“鴛鴦,水鳥,鳧類也,雌雄未嘗相離,人得其一,則一思而至死,故曰疋鳥。”

【疋₃練】成匹的帛練。常用以比喻潮汐、瀑布、虹霓等。後漢書三三虞延傳:“延初生,其上有物若一匹練,遂上升天,占者以爲吉。”殿本作“疋練”。參見“匹練”。

𤴔 yǎ 字彙 語下切,音雅。ㄧㄚˇ

“雅”的古字。疋、𤴔本爲一字,後人分爲兩字。見字彙。

七 畫

疏 1. shū 所葅切,平,魚韻,山。ㄕㄨ

㊀開通,疏導。孟子滕文公上:“禹疏九河。”㊁分。史記九一黥布傳:“上裂地而王之,疏爵而貴之。”索隱:“按裂地是對文,故知疏卽分也。”㊂陳列。楚辭九歌湘夫人:“白玉兮爲鎮,疏石蘭兮爲芳。”㊃疏遠。親之對。禮曲禮上:“夫禮者所以定親疏,決嫌疑,別同異,明是非也。”呂氏春秋愼行:“王已奪之,而疏太子。”㊄清除,洗滌。國語楚上:“教之樂,以疏其穢,而鎭其浮。”文選晉孫興公(綽)遊天台山賦:“過靈溪而一濯,疏煩想於心胸。”注:“疏,除也。”㊅撤退。國語晉四:“文公伐原,令以三日之糧,三日而原不降,公令疏軍而去之。”㊆刻畫,雕飾。禮明堂位:“疏屛,天子之廟飾也。”疏:“疏,刻也。屛,樹也。謂刻於屛樹爲雲氣蟲獸也。”管子問:“大夫疏器。”㊇梳理。文選晉郭景純(璞)江賦:“濯翮疏風,鼓翅翻翩。”注:“疏,理也。”梳,本字作“疏”。參閱清俞樾俞樓雜纂四四枕上三字訣疏字考。㊈稀。老子:“天網恢恢,疏而不失。”禮祭義:“祭不欲疏,疏則怠,怠則忘。”㊉搜索。見“疏捕”。⑪粗糲。詩大雅召旻:“彼疏斯粺,胡不自替?”箋:“疏,粗也。謂糲米也。”謂稷爲疏,因稷米最粗,古言疏食,皆稷食。⑫赤脚。通“疋㊀”。淮南子道應:“子佩疏揖,北面立於殿下。”注:“疏,徒跣也。”⑬通“蔬”。蔬菜。周禮天官大宰:“臣妾聚斂疏材。”釋文:“疏,菜也。”⑭窗。說文作“𤴓”。史記禮書一:“疏、房、牀、第、几、席,所以養體也。”索隱:“疏,謂窗也。”⑮姓。西漢有疏廣,東漢有疏耽。見通志二九氏族五。

2. shù 所去切,去,御韻,山。ㄕㄨˋ

⑯條陳。漢書五四蘇武傳:“初(上官)桀、(桀子)安與大將軍霍光争權,數疏光過失予燕王。”注:“疏謂條錄之。”後專稱書面向皇帝陳述政見爲上疏。漢書四八賈誼傳:“誼數上疏陳政事。”⑰疏通其義。一般對舊注進行解釋或發揮,稱注疏。如十三經注疏、爾雅義疏等。

【疏匕】有雕飾的匕首柄。儀禮有司徹:“覆二疏匕于其上;皆縮俎西枋。”

【疏勺】古禮器。勺爲酌酒漿之器。形似匙,其頭刻有各種雕飾。禮明堂位:“殷以疏勺,周以蒲勺。”疏:“疏,謂刻鏤,通刻勺頭。”

【疏户】有漏隙的門。唐韋應物韋江州集四送中弟詩:“秋氣入疏户,離人起晨朝。”宋蘇舜欽蘇學士集八滄浪靜吟詩:“山蟬帶響穿疎户,野蔓盤青入破窗。”疎,同“疏”。

【疏比】卽梳篦。急就篇三:“鏡籢疏比各異工。”注:“櫛之大而麤所以理鬢者,謂之疏,言其齒稀疎也。小而細所以去蟣虱者,謂之比,言其齒密比也。皆因其體而立名也。”

【疏布】粗布。周禮天官冪人:“祭祀以疏布巾冪八尊。”疏:“疏布者,大功布爲冪,覆此八尊,故云疏布冪八尊。”

【疏失】因疏忽造成過失。北齊顏之推顏氏家訓文章:“陸機爲齊謳篇,前敍山川物產風教之盛,後章忽鄙山川之情,疏失厥體。”清會典事例七四九刑部吏律公式制書印信:“雍正七年諭:嗣後各部院衙門存貯檔案之處,應委筆帖式等官,輪班直宿巡查,以防疏失。”

【疏快】輕鬆疾速。疏,也作“疎”。金元好問中州集附樂府王逸賓浣溪沙:“林樾人家急暮砧,夕陽人影入江深,倚欄疎快北風襟。”

【疏材】㊀菜蔬。周禮天官大宰:“八日臣妾,聚斂疏材。”注:“疏材,百草根實可食者。”㊁粗疏無用之材。元范梈范德機詩集三百丈山中坐聞謹思將還:“江山淹遠望,天地保疏材。”

【疏防】玩忽職守。清李漁笠翁耐歌詞燈市詞八首和何省齋太史之五:“燈時好,霹靂震街坊,國泰不需烽火藥,全于花爆散硝黃。識者慮疎防。”疎,同“疏”。清會典事例六一一捕盜:“編立保甲,互相稽察,如遇失事,同參疏防。”

【疏狂】狂放不羈貌。唐白居易長慶集十三代書詩一百韻寄微之詩:“疎狂屬年少,閑散爲官卑。”

【疏決】謂清理積滯。後漢書七六王景傳:“景乃商度地埶,鑿山阜,破砥續,直截溝澗,防遏衝要,疎決壅積,十里立一水門,令更相洄注,無復潰漏之患。”疎,同“疏”。遼史刑法志上:“四方獄訟,積滯頗多,……乃命北府宰相蕭敵魯等分道疏決。”

【疏治】疏通治理。宋史河渠志五滹沱河:“神宗熙寧元年,河水漲溢,詔都水監、河北轉運司疏治。”

【疏宗】疏房遠族。也作“疎宗”。宋書王鎮惡傳:“鎮惡以五月五日生,家人以俗忌,欲令出繼疎宗。”

【疏宕】放縱,不拘小節。北史薛憕傳:“憕早喪父,家貧,躬耕以養祖母,有暇則覽文籍。疏宕不拘,時人未之奇也。”

【疏放】任意，無拘束。也作"疎放"。北齊書崔㥄傳附族子肇師："肇師少時疏放，長遂變節，更成謹厚。"

【疏房】㊀敞亮的房間。荀子禮論："疏房檖貌越席床笫几筵，所以養體也。"注："疏，通也。疏房，通明之房也。"㊁俗謂疏族亦稱疏房。如疏房兄弟，疏房子姪之類。

【疏雨】稀疏的雨點，小雨。唐岑參岑嘉州詩四西掖省卽事："西掖重雲開曙暉，北山疏雨點朝衣。"宋蘇軾分類東坡詩二三遊惠山之二："薄雲不遮山，疎雨不濕人。"疎，同"疏"。

【疏杼】古代諸侯的屋牆曰疏杼。尚書大傳四多士："天子賁庸，諸侯疏杼。"注："賁，大也。牆，謂之庸。大牆，正直之牆。疏，猶衰也。杼，亦牆也。言衰殺其上下不得正直。"

【疏附】㊀率臣下親附國君。詩大雅緜："予曰有疏附。"傳："率下親上曰疏附。"清葉燮已畦文集五棟亭記："今公爲天子左右疏附之臣。……公豈欲有所見其才哉。"㊁縣名。屬今新疆喀什地區。舊回莊。光緒九年劃烏蘭烏蘇河上游十一莊置。

【疏明】通達明敏。莊子應帝王："有人於此嚮疾强梁，物徹疏明，學道不勌。"

【疏音】輕清的樂調。唐元稹長慶集二四華原磬詩："泗濱浮石裁爲磬，古樂疏音少人聽。"

【疏₂奏】分條陳奏。後漢書三五張奮傳上表："臣蒙恩尤深，受職過任，夙夜憂懼，章奏不能敍心，願對中常侍疏奏。"注："疏，猶條録也。"

【疏食】㊀粗糲的食物。論語述而："飯疏食飲水，曲肱而枕之，樂亦在其中矣。"禮雜記下："疏食不足祭也。"疏："疏，粗之食。"㊁蔬菜和穀物。淮南子主術："夏取果蓏，秋畜疏食。"注："菜蔬曰疏，穀食曰食。"

【疏香】清淡的芳香，指花。草堂詩餘前集上宋李元膺洞仙歌初春詞："一年春好處，不在濃芳，小豔疎香最嬌軟。"金元好問中州集八趙伯成蠟梅詩："冷豔疎香寂寞濱，欲持何物向時人。"疎，同"疏"。

【疏泉】疏通泉流。初學記四南朝梁簡文帝三日曲水詩序："爾乃分階樹羽，疏泉泛爵，蘭觴沿泝，蕙肴來往。"宋歐陽修文忠集三九豐樂亭記："於是疏泉鑿石，闢地以爲亭，而與滁人往遊其間。"

【疏俗】遠方風俗。漢書八七下揚雄傳長楊賦："是以遐方疏俗殊鄰絕黨之域，自上仁所不化，茂德所不綏，莫不蹻足抗手，請獻厥珍。"

【疏記】分別登記。史記一一〇匈奴傳："於是(中行)説教單于左右疏記，以計課其人衆畜物。"

【疏朗】㊀俊偉。文選晉袁彥伯(宏)三國名臣頌："邈哉崔生，體正心直。天骨疏朗，牆宇高嶷。"晉書王敦傳："敦眉目疏朗，性簡脫，有鑒裁。"㊁明敞。明徐宏祖徐霞客遊記四滇遊日記五："有堂三楹橫其前，下臨絕壁，其堂窗櫺疎朗。"疎，同"疏"。

【疏索】冷淡，稀疏。唐高適高常侍集五邯鄲少年行詩："君不見今人交態薄，黄金用盡還疎索。"花間集一唐温庭筠酒泉子詞："近來音信兩疎索，洞房空寂寞。"疎，同"疏"。

【疏捕】搜捕。漢書六九趙充國傳："卬以聞，有詔將八校尉與驍騎都尉、金城太守合疏捕山間虜，通轉道津度。"注："蘇林曰：'疏，搜索。'疏字本作跡，言尋跡而捕之也。"

【疏通】㊀通達。禮經解："温柔敦厚，詩教也；疏通知遠，書教也。"史記五帝紀："疏通而知事；養材以任地。"㊁使有條理。漢書五八孟喜傳："同門梁丘賀疏通證明之。"注："疏通，猶言分別也。"㊂今謂分析調解兩方的意見，以免隔閡，也稱疏通。

【疏圃】㊀天池。淮南子覽冥："疏圃之池，浸之黄水，黄水三周復其原，是謂丹水，飲之不死。"㊁殿名。三輔黄圖："建章宫有玉堂、神明、疏圃……二十六殿。"

【疏逖】疏遠。史記一一七司馬相如傳難蜀父老："將博恩廣施，遠撫長駕，使疏逖不閉，阻深闇昧得耀乎光明。"索隱："逖，遠。言其疏遠者不被閉絕也。"

【疏族】遠族，遠親。愼子逸文："家富則疏族聚，家貧則兄弟離。"漢蔡邕蔡中郎集九濟北相崔君夫人誄："推恩中外，施浹疏族。"

【疏率】謂疏於禮法，不拘小節。梁書張稷傳："性疎率，朗悟有才略，與族兄充融卷等具知名。"

【疏理】㊀謂肌理粗疏而不緻密。周禮考工記輪人："陰也者，疏理而柔。"漢書十九鼂錯傳："揚粵之地，少陰多陽，其人疏理，鳥獸希毛，其性能暑。"㊁整理，清理。舊唐書文宗紀下："大和五年……詔疏理諸司繫囚。"

【疏勒】㊀漢西域城國。西當大月氏大宛康居孔道。故地在今新疆喀什噶爾一帶。唐置疏勒都督府。大唐西域記十二作佉沙。㊁舊府名。清置疏勒直隸州，屬新疆省，不久升府。公元 1913 年改爲疏勒縣。今屬新疆維吾爾自治區。

【疏野】㊀粗略草率。北齊顏之推顏氏家訓音辭："陽休之造切韻，殊爲疎野。"㊁曠達不拘禮法。唐柳宗元柳先生集三六上權德輿補闕温卷決進退啓："又以爲色取象恭，大賢所飫，朝造夕謁，大賢所倦，性頗疎野，竊又不能，是以有今茲之問。"

【疏略】簡略，不精細。漢書七五夏侯勝傳："(從父子建)又從五經諸儒問與尚書相出入者，牽引以次章句，具文飾說。勝非之曰：'建所謂章句小儒，破碎大道。'建亦非勝，爲學疏略，難以應敵。"

【疏趾】祭祀所用的肥雉。禮曲禮下："凡祭宗廟之禮，……雉曰疏趾。"疏："趾，足也。雉肥則兩足開張，趾相去疏也。"宋陸佃埤雅六："鷄雉醜，指間無幕，其足疏，故曰疏趾也。"

【疏脫】㊀粗心，不精細。北史孫紹傳："紹性亢直，不憚犯忤，但天性疏脫，言乍高下，時人輕之。"㊁法律用語，謂因疏忽而致犯人逃脫。清會典事例八三三刑部："凡軍犯脫逃，……其失察之該管官，交部照疏脫流犯例議處。"

【疏達】通明暢達。禮樂記下："廣大而靜，疏達而信者，宜歌大雅。"漢書三六劉向傳上諫疏："陛下慈仁篤美甚厚，聰明疏達蓋世，宜弘漢家之德，崇劉氏之美。"

【疏越】禮樂記："清廟之瑟，朱弦而疏越，壹倡而三歎，有遺音者矣。"疏："越謂瑟底孔也，疏通之，使聲遲，故云疏越。"引申爲疏導流暢。後漢書六十上馬融傳廣成頌："所以洞蕩匈臆，發明耳目，疏越蘊慉，駭恫底伏。"注："越，散也。……此言作樂，亦以疏散滯伏之象。"

【疏散】㊀分離，散開。唐李白李太白詩五東武吟："賓客日疎散，玉樽亦已空。"疎，同"疏"。今謂因自然災害或戰爭而分散人口，以減少損失，也稱疏散。㊁驅散。紅樓夢二八："吃兩劑煎藥，疏散了風寒。"

【疏疏】㊀盛服貌。韓詩外傳三："子路盛服以見孔子。孔子曰：'由疏疏者何也？'"荀子子道作"裾裾"，劉向說苑雜言作"襜襜"，孔子家語三恕作"倨倨"。㊁稀疏。唐鄭谷鄭守愚集二江際詩："杳杳漁舟破暝煙，疏疏蘆葦舊江天。"宋陸游劍南詩稿十漁翁："江煙淡淡雨疏疏，老翁破浪行捕魚。"

【疏遠】㊀指遠親。韓非子孤憤："夫以疏遠與近愛信爭，其數不勝也。"㊁謂不與之親近。漢王充論衡累害："歡則相親，忿則疏遠，疏遠怨恨，毁傷其行。"

【疏落】稀少貌。藝文類聚二南朝梁張纘秋雨賦："周小庭而密下，泫高枝而疏落。"

【疏虞】疏忽。虞，誤。宋蘇軾分類東坡詩十二畫車："上易下難須審細，左提右挈免疎虞。"疎，同"疏"。

【疏愚】粗疏愚昧。自謙之詞。唐韓愈昌黎集十八應科目時與人書："是以忘其疏愚之罪，而有是說焉。"

【疏節】㊀禮節簡略。禮玉藻："親癠，色容不盛，此孝子之疏節也。"㊁枝節不密。亢倉子農道："得時之麻，疎節而色陽。"疎，同"疏"。

【疏漏】粗疏錯漏。南齊書王晏傳："而晏每以疏漏，被上呵責，連稱疾久之。"舊唐書七九李淳風傳："今靈臺候儀，是魏代遺範，觀其制度，疎漏實多。"疎，同"疏"。

【疏誕】怪誕不羈。疏，也作"疎"。宋書顏延之傳："延之好酒疎誕，不能斟酌當世。"北齊書許遵傳："自言祿命不富貴，不橫死，是以任性疏誕，多所犯忤，高祖常容借之。"

【疏瘦】猶言清瘦。晉書許邁傳："(王)獻之雖有父風，殊非新巧；觀其字勢，疏瘦如隆冬之枯樹。"此形容字的風格。也作"疎瘦"。宋歐陽修歸田錄二："盛文肅公(度)豐肌大腹，而眉目清秀。丁晉公(謂)疎瘦如削，二公皆兩浙人也。並以文辭知名於時。"

【疏慵】懶散，怠慢。疏，同"疎"。唐白居易長慶集二閑夜詠懷因招周協律劉薛二秀才詩："世名檢束爲朝士，志性疎慵是野夫。"宋蘇軾分類東坡詩十八次韻答邦直子由之一："簿書顛倒夢魂間，知我疎慵肯見原。"

【疏網】喻刑法寬大。老子："天網恢恢，疏而不失。"後漢書二七杜林傳："大漢初興，詳覽得失，……蠲除苛政，更立疏網，海內歡欣，人懷寬德。"

【疏寮】通明的窗。文選漢張平子(衡)西京賦："何工巧之瑰瑋，交綺豁以疏寮。"注："寮，小窗也。"

【疏廟】星宿名。卽亢宿。史記天官書："其兩旁各有三星……亢爲疏廟。"索隱："元命包曰：'亢四星爲廟廷。'又文耀鉤'爲疏廟'。宋均以爲疏，外也。廟，或爲朝也。"

【疏廣】漢東海蘭陵人，字仲翁。少好學，明春秋。宣帝時爲太傅，兄子受同時爲少傅，在位五歲，俱謝病免歸。日與族人故舊賓客娛樂，不爲子孫置田產，嘗曰："(子孫)賢而多財，則損其志；愚而多財，則益其過。"見漢書七一本傳。

【疏導】疏通壅塞。後漢書和帝紀永元十年詔："隄防溝渠，……其隨宜疏導。"宋史二四九王溥傳："州境舊有通商渠，距淮三百里，歲久湮塞，(父)祚疏導之，遂通舟楫，郡無水患。"

【疏影】㊀謂物影稀疏。宋林逋林和靖詩集二山園小梅之一："疎影橫斜水清淺，暗香浮動月黃昏。"疎，同"疏"。㊁詞調名。宋姜夔作，自度曲以詠梅。張炎詞咏荷葉，易名綠意。彭元遜詞有"遺佩環浮沈澧浦"句，名解佩環。雙調，一百十字。見詞譜三五。

【疏數】㊀猶言親與疏、遠與近。禮哀公問："非禮無以別男女、父子、兄弟之親、昏姻疏數之交也。"㊁猶言稀密。後漢書律曆志中："違失其實，至爲疏數耦法。"北齊劉晝劉子閱武："疎數不成行，故士未戰而震慄。"

【疏牖】窗户。文苑英華三一三唐許渾和崔大夫新廣北樓登眺詩："修梁暗換丹楹小，疎牖全開彩檻寬。"宋張耒張右史集二二夜詩："寒生疎牖人無夢，月過中庭樹有霜。"疎，同"疏"。

【疏緩】㊀懶散遲鈍。北齊書王晞傳："且性實疏緩，不堪時務，人主恩私，何由可保，萬一披猖，求退無地，非不愛作熱官，但思之爛熟耳。"㊁寬弛。北史蘇威傳："江表自晉以來，刑法疏緩。"

【疏凝】懶散而呆板。梁書張充傳："充生平少偶，不以利欲干懷，……所以擯跡江皐，陽狂隴畔者，實由氣岸疏凝，情塗狷隔。"

【疏₂頭】㊀僧道拜懺時焚化的祝告文，上寫主人姓名及拜懺緣由等。漢王符潛夫論浮侈："或裁好繒，作爲疏頭，令工采畫，雇人書祝，虛飾巧言，欲邀多福。"紅樓夢三九："寶玉道：'我明日做一個疏頭，攢了錢，把這廟修蓋，……好不好？'"㊁緣起文字。宋李心傳建炎以來繫年要錄六六紹興三年六月注引日曆："御史中丞常同劄子：伏見(馮)檝諂事張浚，僅同僕隸。頃歲浚罷宣撫還朝，檝無以爲佞，乃作疏頭，鈔斂屬官監司郡守財物，以獻於浚。"

【疏蕪】零落荒蕪。文選南齊謝玄暉(朓)始出尚書省詩："邑里向疏蕪，寒流自清泚。"

【疏舉】列舉。漢書四八賈誼傳陳政事疏："臣竊惟事勢可爲痛哭者一，可爲流涕者二，可爲長太息者六，若其它背理而傷道者，難徧以疏舉。"注："言不可盡條記也。"

【疏闊】㊀簡略，不精密。漢書四八賈誼傳："天下初定，制度疏闊，諸侯王僭儗，地過古制。"又八九循吏傳序："漢興之初，反秦之敝，與民休息，凡事簡易，禁罔疏闊。"㊁遠隔，疏遠。北齊顏之推顏氏家訓慕賢："古人云：千載一聖，猶旦暮也；五百年一賢，猶比髆也，言聖賢之難得，疏闊如此。"南史王藻傳江斅讓婚表："制勒甚於僕隸，防閑過於婢妾，……非唯交友離異，乃亦兄弟疏闊。"

【疏屨】粗製的麻鞋或草履。儀禮喪服："布帶疏屨。"疏："疏屨，取用草之義。"

【疏謬】疏漏謬誤。魏書高允傳："著作令史閔湛……上疏，言馬(融)、鄭(玄)、王(肅)、賈(逵)雖注述六經，並多疏謬，不如(崔)浩之精微。"

【疏懶】懶散不耐拘束。文選三國魏嵇叔夜(康)與山巨源絶交書："性復疏嬾，筋駑肉緩，頭面常一月十五日不洗。"

【疏糲】粗食。文選晉左太沖(思)魏都賦："非疏糲之士所能精，非鄙俚之言所能具。"也作"疎糲"。唐韓愈昌黎集三山石詩："鋪牀拂席置羹飯，疎糲亦足飽我飢。"

【疏屬】㊀猶言遠族。史記八二田單傳："田單者，齊諸田疏屬也。"㊁斷續相接。藝文類聚八晉孫綽望海賦："洲渚迢遰以疏屬，島嶼綿邈以牢羅。"㊂山名。卽雕山，又名雕陰山。在今陝西綏德縣。山海經海內西經："貳負殺窫窳，帝乃梏之疏屬之山。桎其右足，反縛兩手與髮。"文選晉左太沖(思)吳都賦："否泰之相背也，亦猶帝之懸解，而與夫桎梏疏屬也。"

【疏躍】猶舒展、散佈。淮南子俶真："今夫萬物之疏躍枝舉，百事之莖葉條梓，皆本於一根，而條循千萬也。"

【疏瀹】洗滌。莊子知北遊："老聃曰：'汝齊〔齋〕戒疏瀹而心，澡雪而精神。'"

【疏鑿】開鑿阻塞，使之通暢。文選晉郭景純(璞)江賦："巴東之峽，夏后疏鑿。"唐杜甫杜工部草堂詩箋八禹廟："早知乘四載，疏鑿控三巴。"

【疏觀】通看。荀子解蔽："坐於室而見四海，處於今而論久遠，疏觀萬物而知其情，參稽治亂而通其度。"

【疏不間親】關係疏遠者不參與關係親

近者之間的事。韓詩外傳三:"魏文侯欲置相,召李克問曰:'寡人欲置相,非翟黃則魏成子,願卜之於先生。'李避席而辭曰:'臣聞之卑不謀尊,疏不間親,臣外居者也,不敢當命。'"三國志蜀劉封傳孟達與封書:"古人有言:'疏不間親,新不加舊。'此謂上明下直,讒慝不行也。"

【疏財仗義】猶言輕財重義。水滸十八:"那押司姓宋名江,……爲人疏財仗義,人皆稱他做孝義黑三郎。"參見"仗義疏財"。

疎 shū ㄕㄨ 所葅切,平,魚韻,山。
"疏"的俗字。見廣韻。

九　畫

疐 1. zhì ㄓ 陟利切,去,至韻,知。
㊀頓躓,跌倒。同"躓"。詩豳風狼跋:"狼跋其胡,載疐其尾。"漢桓寬鹽鐵論箴石、說文"躓"引詩,疐皆作"躓"。
2. dì ㄉㄧˋ 都計切,去,霽韻,端。
㊁花、瓜、果和根葉相連的部分。同"蒂"。禮曲禮上:"爲大夫累之,士疐之。"疏:"疐,謂脫華處。"指削瓜果而去其蒂。"

疑 1. yí ㄧˊ 語其切,平,之韻,疑。
㊀迷惑,猶豫不定。易乾:"或之者,疑之也。"商君書更法:"疑行無成,疑事無功。"㊁疑問。禮坊記:"夫禮者,所以章疑別微。"疏:"疑,謂是非不決。"㊂恐懼。禮雜記下:"有疾飲酒食肉,……皆爲疑死。"㊃怪異。易睽:"遇雨之吉,羣疑亡也。"淮南子氾論:"有立武者見疑。"㊄估量,猜測。儀禮士相見禮:"凡燕見于君,必辯君之南面;若不得,則正方,不疑君。"疏:"不可預度君之面位邪立嚮之。"㊅古官名,四輔之一。尚書大傳二:"古者天子必有四鄰:前曰疑,後曰丞,左曰輔,右曰弼。"參見"疑丞"、"四輔㊀"。
2. nǐ ㄋㄧˇ 集韻 偶起切,上,止韻。
㊆安定。詩大雅桑柔:"靡所止疑,云徂何往。"㊇比擬,類似。通"擬"。禮燕義:"不以公卿爲賓,而以大夫爲賓,爲疑也。"漢書八五谷永傳對問:"役百乾谿,費疑驪山。"注:"疑讀曰儗,儗,比也。"
3. níng ㄋㄧㄥˊ
㊈凝結。同"凝"。見"疑₃止"、"疑₃立"、"疑₃滯"。

【疑₃止】凝固,約束。卽凝止。荀子解蔽:"以可以知人之性,求可以知物之理,而無所疑止之,則沒世窮年不能偏也。"

【疑₃立】正立不動。同"凝立"。儀禮士昏禮:"婦疑立于席西。"疏:"以其禮未至而無事,故疑然自定而立,以待事也。"又鄉射禮:"賓升西階上,疑立。"

【疑丞】古官名。傳說供天子諮詢的官。禮文王世子:"虞夏商周有師保,有疑丞。"尚書大傳二:"古者,天子必有四鄰:前曰疑,後曰丞,左曰輔,右曰弼。天子有問無以對,責之疑,可志(記)而不志,責之丞。"參見"四輔㊀"。

【疑年】懷疑人之確實年齡。左傳襄三十年:"絳縣人或年長矣,無子,而往與於食,有與疑年,使之年。"疏:"有與同食者,問此老人之年,不告以實,疑其年也;使之年者,更使言其真年也。"

【疑似】是非難辨。呂氏春秋疑似:"疑似之迹,不可不察。"三國志魏杜恕傳上疏:"然孤論難持,犯欲難成,衆怨難積,疑似難分,故累載不爲明主所察。"

【疑忌】猜忌。三國志魏劉表傳:"表雖外貌儒雅,而心多疑忌,皆此類也。"唐韓愈昌黎集四張中丞傳後敍:"(許遠)位本在(張)巡上,授之柄而處其下,無所疑忌。"

【疑兵】虛設以迷惑敵人的兵。戰國策秦三:"二軍爭便之力不同,是以臣得設疑兵以待韓陣,專軍并銳,觸魏之不意。"史記九二淮陰侯傳:"信乃益爲疑兵,陳船欲渡臨晉。"

【疑事】㊀疑難的事。禮曲禮上:"疑事毋質。"魏書神元平文諸帝子孫傳:"時有諸疑事三百餘條,敕丕制決,率皆平允。"㊁做事遲疑不決。戰國策趙二:"疑事無功,疑行無名。"

【疑城】用以迷惑敵人而造的假城。三國志吳吳主傳"魏文帝出廣陵,望大江"注引干寶晉紀:"魏文帝之在廣陵,吳人大駭,乃臨江爲疑城,自石頭至于江乘,車以木楨,衣以葦席,加采飾焉,一夕而成。魏人自江西望,甚憚之,遂退軍。"

【疑故】疑難與事故。後漢書十五來歙傳:"時山東略定,帝謀西收(隗)囂兵,與俱伐蜀。復使歙喻旨。囂將王元說囂,多設疑故,久尤豫不決。"

【疑冢】爲防人盜掘而造的假墓。冢,同"塚"。新唐書一九五張琇傳:"爲葬北邙,尚恐仇人發之,作疑冢,使不知其處。"相傳曹操造疑冢七十二,在漳河上。見明陶宗儀輟耕錄二六。

【疑問】有疑義而發問。論語季氏:"疑思問,忿思難,見得思義。"魏書房景先傳:"景先作五經疑問百餘篇。"

【疑貳】因猜忌而生異心。三國志吳朱然傳附朱績:"孫綝秉政,大臣疑貳。"晉書殷浩傳:"簡文以浩有盛名,朝野推伏,故引爲心膂,以抗於(桓)溫,於是與溫頗相疑貳。"

【疑惑】懷疑,迷惑。荀子解蔽:"心枝則無知,傾則不精,貳則疑惑。"漢書八一孔光傳奏言:"天下疑惑,無所取信,虧損聖德,誠不小愆。"

【疑間】猜疑與離間。魏書王叡傳上疏:"親忠信則視聽審,遠讒佞則疑間絕。"宋史三九三彭龜年傳上疏:"至於疑間之根,盤固不去,……外人皆謂離間之機必自(陳)源始。"

【疑義】謂難於理解的文義或問題。後漢書三五鄭玄傳:"會(馬)融集諸生考論圖緯,聞玄善算,乃召見於樓上,玄因從質諸疑義。"晉陶潛陶淵明集二移居詩:"奇文共欣賞,疑義相與析。"

【疑罪】謂難於決斷的罪狀。後漢書百官志二:"凡郡國讞疑罪,皆處當以報。"唐律疏議三十疑罪:"諸疑罪,各依所犯,以贖論。"注:"疑,謂虛實之證等,是非之理均。或事涉疑似,傍無證見,或傍有聞證,事非疑似之類。"

【疑滯】疑難不通曉。三國志魏郭嘉傳注引傅子曹操與荀彧追傷郭嘉書:"又以其通達,見世事無所疑滯,欲以後事屬之。何意卒爾失之,悲痛傷心!"魏書李琰之傳:"安豐王延明博聞多識,每有疑滯,恒就琰之辨析,自以爲不及也。"

【疑₃滯】受阻而停滯不前。疑,同"凝"。楚辭屈原九章涉江:"船容與而不進兮,淹回水而疑滯。"

【疑隙】因猜疑而產生怨仇。世說新語賞譽下:"王恭始與王建武(忱)甚有情,後遇袁悅之間,逐致疑隙。"

【疑團】謂疑念結聚成團。紅樓夢八七:"妙玉聽了,呀然失色……弄得寶玉滿腹疑團,沒精打采的。"

【疑獄】難於判明的案件。禮王制:"疑獄,汜與衆共之。衆疑,赦之。"疏:"疑獄,謂事可疑難斷者也。"漢賈誼新書連語:"梁嘗有疑獄,半以爲當罪,半以爲不當。"

【疑戰】不與敵方約定日期而突襲。穀梁傳莊十年:"公敗齊師于長勺。不日,疑戰也。"注:"疑戰者,言不克日而戰,以詐相襲。"

【疑謗】被懷疑而受誹謗。宋書謝瞻傳："在郡遇疾，不肯自治，幸於不永。(弟)晦聞疾奔往，瞻見之曰：'汝爲國大臣，又總戎重，萬里遠出，必生疑謗。'時果有訴告晦反者。"

【疑難】㊀疑惑費解之事。漢書八四翟方進傳："候伺(胡)常大都授時，遣門下諸生至常所，問大義疑難，因記其說。"㊁猜忌責難。魏書盧玄傳附盧昶："高祖詔昶曰：'卿便至彼，勿存彼我，密邇江揚，不早當晚，會是朕物。卿等欲言，便無相疑難。'"

【疑燿】舊題明李贄撰，爲贄門人張萱託名之作。七卷。皆考證之文。萱曾爲中書舍人，與纂文淵閣書目，博覽古籍，故此書資料豐富。但所引之書，多有不可據之處。

【疑雨集】詩集名。明王彥泓撰。四卷。又疑雲集四卷。彥泓字次回，金壇人，好作豔體詩。其高者頗得唐李商隱遺意。彥泓生當天啓崇禎之間，政治腐敗，時事大壞，集中亦時有感時傷事之作。

【疑獄箋】清陳芳生撰，四卷。自序謂五代和凝著疑獄集二卷，其子㠓增之爲四卷。明巡按御史張景又增補六卷。芳生因加增刪，統爲三卷，附和㠓及元杜震、明李崧原序於後。又輯昔人論說讞獄成法，別爲一卷，置於卷末，統名疑獄箋。

【疑獄集】五代和凝與其子㠓同撰，四卷。又補疑獄集，六卷。爲明張景所增。所記皆平反冤獄、抉摘姦慝之事。

【疑神疑鬼】神經過敏，無中生有。清黃景仁兩當軒集五遊九華山放歌詩："疑神疑鬼呼欲出，至竟但可以石名。"

【疑心生闇鬼】由於心中懷疑而多所猜測，無中生有。宋呂本中師友雜誌："潘旻子文，溫州人，師事伊川先生(程頤)，自言有自得處，嘗聞人說鬼怪者，以爲必無此理，以爲疑心生闇鬼，最是要切議論。"

【疑人勿使，使人勿疑】古諺語。謂用人應充分信任。金史熙宗紀皇統八年："諺不云乎，'疑人勿使人，使人勿疑。'"

疒 部

疒 chuáng 士莊切，平，陽韻，牀。
ㄔㄨㄤˊ 尼戹切，入，麥韻，娘。

疾病，象人有病倚側之形。見說文"疒"。爲漢字部首之一。

二 畫

疔 dīng 集韻 當經切，平，青韻。
ㄉㄧㄥ

見下。

【疔瘡】一種毒瘡。隋巢元方諸病源候論三一丁瘡候："疔瘡者，風邪毒氣於肌肉所生也。凡有十種……初作時突起，如丁蓋，故謂之疔瘡。"元王實甫西廂記五本四折："若有此事，天不蓋，地不載，害老大小疔瘡。"

疕 bǐ 卑履切，上，旨韻，幫。
ㄅㄧˇ 匹婢切，上，紙韻，滂。

頭瘡，痂瘡。周禮天官醫師："凡邦之有疾病者，有疕瘍者，造焉；則使醫分而治之。"注："疕，頭瘍，亦謂禿也。身傷曰瘍。"清孫詒讓正義九："疕爲頭瘡專名，他瘍不得稱疕，而疕得通稱瘍。"

三 畫

疘 gāng gōng 古紅切，平，東韻，見。
ㄍㄤ ㄍㄨㄥ

病名。廣韻："文字集略云：脫疘，下部病也。"今作脫肛，讀gāng。

疛 zhǒu 陟柳切，上，有韻，知。
ㄓㄡˇ 直祐切，去，宥韻，澄。

腹病。呂氏春秋數盡："精不流則氣鬱，鬱處頭則爲腫爲風，……處腹則爲張爲疛。"注："疛，跳動，皆腹疾。"本作"府"，誤。參閱玉篇"疛"、清陳喬樅韓詩遺說考悉焉如疛。(清續經解一五九)

疦 huàn 胡玩切，去，換韻，匣。
ㄏㄨㄢˋ

癰疽一類毒瘡。莊子大宗師："彼以生爲附贅縣疣，以死爲決疦潰癰，夫若然者，又惡知死生先後之所在？"

疝 shàn 所晏切，去，諫韻，山。
ㄕㄢˋ

病名。素問長刺節論："病在少腹，腹痛不得大小便，病名曰疝。"疝，古醫籍所指甚泛，素問骨空論、隋巢元方諸病源候論二十有七疝之目。今專以小腸偏墜，陰囊腫大爲疝痛。

【疝氣】病名。即小腸串氣。因氣上下移動而痛，故名。史記一〇五倉公傳："脈來難者，疝氣之客於膀胱也。"金匱要略方論中趺蹶手指……蚘蟲："陰狐疝氣者，偏有小大，時時上下，蜘蛛散主之。"

【疝瘕】腹中氣鬱結塊之病。素問玉機真藏論："脾傳之腎，病名曰疝瘕。少腹冤熱而痛，出白，一名曰蠱。"後漢書律曆志下"(晷景)丈二尺五寸六分"南朝梁劉昭注："易緯所稱晷景長短，不與相應，今列于後……白露，晷長六尺二寸八分。當至不至，多病痤、疽、泄。未當至而至，多病水、腹閉疝瘕。"

疙 yì 魚迄切，入，迄韻，疑。
ㄧˋ

㊀癡貌。廣雅釋詁："疙，癡也。"字也作"痴"。㊁見"疙禿"。今讀gē。

【疙禿】頭上突起的瘡癤。正字通引淮南子："親母爲其子治疙禿，血流至耳，見者以爲愛之至也。"按今本淮南子齊俗作"杦禿"。

【疙疸】皮膚上腫起的疱塊，同"疙瘩"。也泛指小洞空、小結塊。古今雜劇缺名徐伯株貧富興衰記二："外邊不知那裏來的一箇窮子，穿着一領布衫，上面有一二百箇疙疸，帶着箇破氈帽子，他說是父親的姪兒。"明馮惟敏一世不服老一："酵水少些，又無生發，都做了死疙疸也，怎得好饅頭來？"

【疙瘩】㊀皮膚上腫起的疱塊。水滸五三："李逵笑道：'你不是耍，若跌下來，好個大疙瘩。'"㊁囉嗦，麻煩。儒林外史三十："又說到他娶了王太太的這些疙瘩事，杜慎卿大笑了一番。"又三二："那個難煩你算這些疙瘩帳！既拿來，又兑甚麼，收了進去就是了！"

【疙皺】皺眉，發愁。也作"圪皺"。金董解元西廂三："一雙兒心意兩相投，夫人白甚閑疙皺。"

疚 jiù 居祐切，去，宥韻，見。
ㄐㄧㄡˋ

㊀病，久病曰疚。說文作"夂"。釋名釋疾病："疚，久也，久在體中也。"㊁內心痛苦。詩小雅采薇："憂心孔疚，我行不來。"論語顏淵："內省不疚，夫何憂何懼。"㊂因喪事而悲痛。見"在疚"。

【疚心】傷心，內心不安。文選晉潘安仁(岳)秋興賦："彼四慼之疚心兮，遭一塗而難忍。"清龔自珍定盦集補己亥雜詩之七九:"言行較詳官閥略,報恩如此疢心多。"

【疢懷】同"疢心"。文選南朝宋謝希逸(莊)月賦:"悄焉疢懷,不怡中夜。"魏書世宗紀詔:"陽旱歷旬,京甸枯瘁,在予之責,夙夜疢懷。"

四畫

疢 chèn 丑刃切,去,震韻,徹。ㄔㄣˋ

㊀熱病。見説文。泛稱病。詩小雅小弁:"心之憂矣,疢如疾首。"左傳哀五年:"二三子間於憂虞,則有疾疢。"㊁嗜好成癖。左傳襄二三年:"季孫之愛我,疾疢也;孟孫之惡我,藥石也,……夫石猶生我,疢之美,其毒滋多。"

【疢疾】久病。孟子盡心上:"人之有德慧術知者,恒存乎疢疾。"集注:"疢疾,猶災患也。"周禮考工記弓人:"老牛之角紾而昔,疢疾險中。"注:"牛有久病,則角裏傷。"疏:"以疢疾爲久病,故云牛有久病,險傷也。"

疣 yóu 羽求切,平,尤韻,于。ㄧㄡˊ

皮膚上的贅生物。同"肬"。莊子大宗師:"彼以生爲附贅縣疣。"注:"若疣之自縣,贅之自附。"後稱事物多餘無用爲贅疣,本此。

【疣贅】贅肉。同"肬贅"。比喻多餘無用的東西。漢揚雄法言問道:"允治天下,不待禮文與五教,則吾以黄帝堯舜爲疣贅。"參見"肬贅"。

疤 bā 集韻 拜加切,平,麻韻。ㄅㄚ

瘡疤。本作瘢。水滸二三:"那個人先去背上看了杖瘡,便道:'作怪,這模樣想是決斷不多時的疤痕。'"

𤵜 shuì 釋類切,去,至韻,審。ㄕㄨㄟˋ

腫病。見集韻。靈樞經四時氣:"風𤵜膚脹,爲五十七痏。"注:"𤵜,音水,病貌。"

疥 jiè 古拜切,去,怪韻,見。ㄐㄧㄝˋ

㊀疥瘡,皮膚病名。文選戰國楚宋玉登徒子好色賦:"其妻……旁行踽僂,又疥且痔。"急就篇四:"痂疕疥癘癡聾盲。"注:"疥,小蟲攻齧皮膚,漼錯如鱗介也。"㊁污。見"疥壁"。㊂兩日一發的瘧疾。通"痎"。左傳昭二十年:"齊侯疥,遂痁。"疏:"疥當爲痎,痎是小瘧,痁是大瘧。"

【疥搔】病名,即疥。疥必癢,癢必搔,故稱疥搔。漢董仲舒春秋繁露五行逆順:"民病疥搔,温體足胻痛。"

【疥癙】比喻小患。猶"疥癬"。史記越王勾踐世家:"吴有越,腹心之疾;齊與吴,疥癙也。"

【疥壁】謂壁上所題書畫如疥癩。唐段成式酉陽雜俎十二語資:"大曆末,禪師玄覽住荆州陟屺寺,……張璪常畫古松於齋壁,符載讚之,衛象詩之,亦一時三絶。覽悉加堊焉。人問其故,曰:'無事疥吾壁也。'"宋詩鈔陳造江湖長翁詩鈔次韻蘇監倉:"逢人争席有時有,疥壁留詩無處無。"

【疥癬】疥瘡與癬瘡,皆爲皮膚病。比喻小患。國語吴:"夫齊魯譬諸疾,疥癬也,豈能涉江淮而與我争此地哉!"注:"疥癬在外,爲害微也。"

【疥駱駝】生疥的駱駝,比喻不美。北史劉晝傳:"制一首賦,以六合爲名,自謂絶倫。……又以示邢子才(邵),子才曰:'君此賦,正似疥駱駝,伏而無嫵媚。'"

疙 yì ㄧˋ

癡貌。"疙"本字。見廣雅釋詁。見"疙㊀"。

疫 yì 營隻切,入,昔韻,喻。ㄧˋ

㊀瘟疫,流行性急性傳染病的通稱。禮記月令:"果實早成,民殃於疫。"漢書二三刑法志:"諺曰:'鬻棺者欲歲之疫',非憎人欲殺之,利在於人死也。"㊁疫鬼。古代迷信,以爲癘役有鬼作祟。周禮夏官方相氏:"帥百隸而時難,以索室驅疫。"

【疫鬼】癘鬼。漢王充論衡訂鬼:"顓頊氏有三子,生而亡去爲疫鬼。"

【疫歲】癘疫流行之年。漢桓寬鹽鐵論救匱:"若疫歲之巫,徒能鼓口耳,何散不足之能治乎?"

【疫癘】即瘟疫。漢王充論衡命義:"饑饉之歲,餓者滿道,温氣疫癘,千户滅門。"

疧 qí 巨支切,平,支韻,羣。ㄑㄧˊ

病。詩小雅白華:"之子之遠,俾我疧兮。"傳:"疧,病也。"箋:"王之遠外我,欲使我困病。"按疧,今本作底。參閲清阮元校勘記。

五畫

疰 zhù 之戍切,去,遇韻,照。ㄓㄨˋ

㊀病名。指慢性的傳染病。疰,也作"注",有注入和久住的意思。釋名:"注病,一人死,一人復得,氣相灌注也。"太平御覽七四三引釋名注作"疰"。㊁流注。中醫外科病。爲多發性深部膿瘍,以其流竄無定,隨處可生,故名。素問五常政大論:"其動暴折瘍疰。"

【疰忤】流行病之一,俗稱中惡。宋詩鈔文同丹淵集鈔薄生鍾馗:"下有三鬼相嚅聚,初行誰家作疰忤。"

【疰夏】暑症之一,心煩身倦,體熱食少。亦稱夏痿。見明方隅醫林繩墨一、清雷豐時病疰夏。

痃 xuán 胡田切,平,先韻,匣。ㄒㄩㄢˊ

㊀病名。見"痃癖"。㊁横痃。腹股溝淋巴結腫大的一種性病,也叫便毒。參閲明陳實功外科正宗。(古今圖書集成博物彙編藝術典二二一醫部二〇一便毒)

【痃癖】病名。屬於積聚之症。"痃"和"癖"本是兩種症候,但習慣上通稱爲痃癖。清吴謙醫宗金鑑四五痃癖疝痛總括:"婦人臍之兩旁有筋突起疼痛,大者如臂,小者如指,狀類弓弦者,名曰痃。僻在兩肋之間者,名曰癖。"

症 zhèng 字彙 之盛切,音正。ㄓㄥˋ

病徵。古皆作"證"。見下。

【症候】病情,病象。宋李昴英文溪集九寶祐甲寅宗正卿上殿奏劄:"事事挂漏,色色窮空,症候轉危,景象愈蹙。"明王守仁王文成公全書二七寄楊仕德:"大抵忘己逐物,虚内事外,是近來學者時行症候。"

疴 kē 枯駕切,去,禡韻,溪。ㄎㄜ

病。也作"痾"。説文:"疴,病也,从疒,可聲。五行傳曰:'時即有口痾。'"唐駱賓王集一靈泉賦:"太夫人在遲暮之年,有温勞之疾,非滋漿不可以適口,非源泉不可以蠲痾。"一本作"疴"。參見"痾"。

病 bìng 皮命切,去,映韻,並。ㄅㄧㄥˋ

㊀疾病,生病。輕者爲疾,重者爲病。論語子罕:"子疾病。"孟子公孫丑下:"今病小愈,趨造於朝。"㊁疲倦,勞累。孟子公孫丑上:"今日病矣,余助苗長矣。"㊂缺點,毛病。史記一一二公孫弘傳:"然今日庭詰弘,誠中弘之病。"文選魏曹子建(植)與楊德祖書:"世人之著述,不能無病。"㊃憂慮,爲難。論語衛靈公:"君子病無能焉,不病人之不己知也。"論語憲問:"修己以安百姓,堯舜其猶病諸。"注:

"孔曰：病，猶難也。"㈤苦，困。廣雅釋詁："病，苦也。"左傳襄二四年："范宣子爲政，諸侯之幣重，鄭人病之。"㈥恨。左傳文十八年："與刖其父而不能病者何如？"注："言不以父刖爲病恨。"㈦恥辱。儀禮士冠禮："賓對曰：'某不敏，恐不能共事，以病吾子，敢辭。'"注："病，猶辱也。"禮儒行："今衆人之命儒也妄常，以儒相詬病。"注："詬病，猶恥辱也。"

【病夫】病人，多病的人。唐劉禹錫劉夢得集三病中一二禪客見問因以謝之詩："勞動諸賢者，同來問病夫。"柳宗元柳先生集三四與太學諸生詣闕留陽城司業書："俞扁之門，不拒病夫。"

【病忘】患健忘症。列子周穆王："宋陽里華子中年病忘。朝取而夕忘，夕與而朝忘；在塗則忘行，在室則忘坐，今不識先，後不識今。"

【病坊】㊀唐宋公家所設收養貧病平民的慈善機關。宋蘇轍欒城集後集二二亡兄子瞻端明墓誌銘："遣吏挾醫，分坊治病，活者甚衆。……後復發私橐，得黃金五十兩，以作病坊，稍畜錢粮以待之，至于今不廢。"參閱宋馬鑑續事始病坊（說郛十）。㊁喻官吏的閒職。唐代祕書監等皆閒曹，爲宰相等退職閒休之地，故時人戲稱秘書省監爲宰相病坊，少府爲給舍病坊，丞、大著爲省郎病坊，祕書郎及小著爲察官病坊。參閱兩京雜記病坊（曾慥類說四）。

【病困】爲疾病所困擾。漢書六八金日磾傳："輔政歲餘，病困，大將軍（霍）光白封日磾，臥授印綬。"

【病免】稱病免官。史記呂后紀："太后欲廢王陵，乃拜爲帝太傅，奪之相權。王陵遂病免歸。"又一一七司馬相如傳："相如既病免，家居茂陵。"

【病革】病危將死。禮檀弓上："成子高寢疾，慶遺入，請曰：'子之病革矣。'"注："革，急也。"

【病骨】猶病軀，謂病中體瘦露骨。唐李賀歌詩編一示弟："病骨猶能在，人間底事無。"宋蘇軾分類東坡詩十八次韻王定國馬上見寄："昨夜霜風入裌衣，曉來病骨更支離。"

【病酒】謂飲酒沉醉如病。詩小雅節南山"憂心如酲，誰秉國成"漢毛亨傳："病酒曰酲。"晏子春秋諫上："景公飲酒酲，三日而後發。晏子曰：'君病酒乎？'"

【病草】㊀萎黃之草。唐李中碧雲集上春日野望懷故人詩："暖風醫病草，甘雨洗荒村。"㊁艾。北魏賈思勰齊民要術三雜說："歲欲病，病草先生。"注："艾也。"

【病根】㊀病源。後漢書八二華佗傳："又有疾者，詣佗求療，佗曰：'君病根深，應當剖破腹。'"宋陸游劍南詩稿七八仲秋書事之七："靈府不搖神泰定，病根已去脈和平。"㊁喻惡習之深。宋張載張子全書七學大原下："謂之病者，爲其不虛心也。……只爲病根不去，隨所居所接而長。"

【病累】抱朴子自敍："其論文也，最撮其所得之佳者，而不指摘其病累。"指文章中有毛病或與全文不稱的字句。

【病假】因病告假。唐白居易長慶集五六病假中龐少尹攜魚酒相過詩："宦情牢落年將暮，病假聯綿日漸深。"

【病間】猶病差。論語子罕："子疾病，子路使門人爲臣。病間，曰：'久也哉，由之行詐也。'"注："孔曰：少差曰間。"方言三："差、間、知，愈也。南楚病愈者謂之差，或謂之間，或謂之知。"

【病孱】病體羸弱。唐孟郊孟東野集八送鄭僕射出節山南詩："國老出爲將，紅旗入青山；再招門下士，結束餘病孱。"宋沈遼雲巢編一寄四明神智師詩："老師多事猶相記，千里馳書慰病孱。"（沈氏三先生文集）

【病葉】枯黃的葉子。唐杜甫杜工部詩史補遺五薄遊："病葉多先墜，寒花只暫香。"宋陸游劍南詩稿六七秋興："病葉辭枝應有恨，候蟲吟壁故知時。"

【病鉤】患短曲之症。戰國策趙："武安君曰：'繓病鉤，身大臂短，不能及地。'"鉤，短傴如鉤，即所謂臂短。戰國策高誘注本在秦策五。

【病棘】病危。同"病革"。文選南齊王仲寶（儉）褚淵碑文："昔柳花疾棘，衛君當祭而輟禮；晏嬰既往，齊君趨車而行哭。"

【病廢】因病而廢職。宋蘇舜欽蘇學士集一送李生詩："李生以病廢，東入徂徠峯。"

【病樹】將枯死的樹木。唐劉禹錫劉夢得集外集一酬樂天揚州初逢席上見贈詩："沉舟側畔千帆過，病樹前頭萬木春。"宋陸游劍南詩稿六八秋懷之七："病樹有凋葉，殘蟬無壯聲。"

【病魔】言疾病連緜不愈，如魔鬼之纏身。宋劉克莊後村集四五題倪魯公詩後詩："擊蒙何止聞童稚，遣瘧猶堪去病魔。"元曲選孟漢卿魔合羅二："乾着我販賣南昌利錢好，急回來又早病魔纏着。"

【病入膏肓】左傳成十年："公夢疾爲二豎子曰：'彼良醫也，懼傷我，焉逃之？'其一曰：'居肓之上，膏之下，若我何？'醫至曰：'疾不可爲也。在肓之上，膏之下，攻之不可，達之不及，藥不至焉，不可爲也。'"後指不治之症，或喻事情惡化，已到無可挽救地步。明史三〇九李自成張獻忠傳序："莊烈之繼統也……譬一人之身，元氣羸然，疽毒並發，厥症固已甚危，而醫則良否錯進，劑則寒熱互投，病入膏肓而無可救，不亡何待哉？"

【病從口入】謂飲食不慎而致病。太平御覽三六七晉傅玄擬金人銘作口銘："病從口入，禍從口出。"

疳 gān ㄍㄢ 集韻 沽三切，平，談韻。

㊀疾病名。亦稱疳積。宋錢乙小兒直訣諸疳："疳皆脾胃病，亡津液之所作也。"明王肯堂證治準繩幼科八："兒童二十歲以下，其病爲疳；二十歲以上，其病爲癆。疳與癆，皆氣血虛憊，腸胃受傷致之，同出而異名也。"參見"疳積"。㊁瘡名。即下疳，花柳病之一種。

【疳積】病名。因營養和消化不良或因寄生蟲引起的小兒貧血症。明王肯堂證治準繩幼科八："疳積，其候面帶青黃色，身瘦肚膨脹、頭髮立、身熱、肚中微痛，此因疳盛而傳爲此候。"

疿 fèi ㄈㄟˋ 方味切，去，未韻，幫。

痱子。素問生氣通天論："汗出見濕，乃生痤疿。"注："熱怫內餘，鬱於皮裏，甚爲痤癤，微作疿瘡。"參見"疿子"。

【疿子】簡稱"疿"。夏天皮膚所生的小粒。一名汗疹，又稱痱子。宋王得臣麈史下雜志："暑月疿子，雖蛤粉陳粟，塗之不差。"

痆 nà ㄋㄚˋ 女黠切，入，黠韻，娘。

瘡病。廣雅釋詁："痆，病也。"唐韓愈征蜀聯句："念齒慰徽黧，視傷悼瘢痆。"注："瘡痕。"

疲 pí ㄆㄧˊ 符羈切，平，支韻，並。

㊀疲乏，勞累。左傳成十六年："奸時以動，而疲民以逞。"後漢書光武紀中元二年："我自樂此，不爲疲也。"㊁瘦，老。管子小匡："故使天下諸侯以疲馬犬羊爲幣。"注："疲，謂瘦也。"按：疲，經傳多寫作"罷"。罷、疲，古今字。

【疲朽】老朽。藝文類聚三七南朝梁任昉爲庾杲之與劉居士虯書："杲之牽綴疲朽，愧心已多，訪德則山林窅然，觀道則風雲目遠。」

【疲曳】衰弱委頓。後漢書二八下馮衍傳:"貧而不衰,賤而不恨,年雖疲曳,猶庶幾名賢之風。"注:"曳猶頓也。"

【疲困】疲勞貧乏。三國志蜀法正傳與劉璋牋:"計益州所仰惟蜀,蜀亦破壞,三分亡二,吏民疲困,思爲亂者十户而八。"

【疲苶】困極之貌。同"疲薾"。唐杜甫杜少陵集二二詠懷詩之一:"疲苶苟懷策,棲屑無所施。"草堂詩箋本三八苶作"薾"。參見"疲薾"。

【疲耗】指民窮財盡。後漢書光武紀下中元二年:"初,帝在兵間久,厭武事,且知天下疲耗,思樂息肩,自隴蜀平後,非儆急未嘗復言軍旅。"

【疲悴】疲勞困苦。後漢書桓帝紀詔:"方今淮夷未殄,軍師屢出,百姓疲悴,困於徵發。"也作"疲瘁"。三國志魏和洽傳:"夫立教觀俗,貴處中庸,爲可繼也。今崇一概難堪之行,以檢殊塗,勉而爲之,必有疲瘁。"

【疲軟】指辦事拖沓無能。新唐書一五一關播傳:"李希烈叛,帝以汝州據賊衝,刺史疲軟不勝任,播盛稱(李)元平,帝召見,拜右補闕。"參見"罷輭"。

【疲勞】勞苦困乏。六韜武鋒:"不戒可擊,疲勞可擊。"後漢書三三朱浮傳上疏:"連年拒守,吏士疲勞,甲冑生蟣蝨,弓弩不得弛,上下燋心,相望救護。"

【疲鈍】謂疲乏困頓。文選晉潘安仁(岳)西征賦:"勵疲鈍以臨朝,勗自强而不息。"晉書苻堅載記下:"且吾精兵若虎,利器如霜,而衄於烏合疲鈍之賊,豈非天也。"唐避高祖(李淵)祖李虎諱,改作"精兵若獸"。

【疲頑】疲乏,倦怠。宋范成大石湖集五早發竹下詩:"結束晨裝破小寒,跨鞍聊得散疲頑。"

【疲頓】勞苦困頓。三國志魏任城威王彰傳:"長史諸將皆以爲新涉遠,士馬疲頓,又受節度不得過代,不可深進違令。"

【疲匱】勞累窮乏。宋書武帝紀中已卯書:"江荆彫殘,刑政多闕,頃年事故,綏撫未週,遂今百姓疲匱,歲月滋甚。"

【疲暮】衰老之年。梁書王筠傳:"(沈約)嘗謂筠'……自謝朓諸賢零落已後,平生意好,殆將都絶,不謂疲暮,復逢於君。'"又沈約報書:"昔時幼壯,頗愛斯文,含咀之間,倏焉疲暮。"

【疲弊】困苦窮乏。三國志蜀諸葛亮傳出師表:"今天下三分,益州疲弊,此誠危急存亡之秋也。"也作"疲敝"。後漢書七四上袁紹傳:"沮授進説曰:'近討公孫(瓚),師出歷年,百姓疲敝,倉庫無積,賦役方殷,此國之深憂也。'"

【疲駑】疲劣之馬。常以喻愚鈍無能。漢書四六萬石君傳附石慶上書:"臣幸得待罪丞相,疲駑無以輔治,城郭倉廩空虛,民多流亡,罪當伏斧質。上不忍致法,願歸丞相侯印,乞骸骨,歸避賢者路。"

【疲蹇】跛行的弱馬。南齊謝朓謝宣城集三遊山詩:"託養因支離,乘閑遂疲蹇。"也自謙言材力庸劣。明高啓高太史集九送許先生歸越詩:"羣龍在廷翊昌運,疲蹇豈足追騰驤。"

【疲癃】謂衰老龍鍾或有殘疾的人。後漢書殤帝紀詔:"諸官府、郡國、王侯家奴婢劉及疲痊(癃)羸老,皆上其名。"宋張載張子全書西銘:"凡天下疲癃殘疾,惸獨鰥寡,皆吾兄弟之顛連而無告者也。"參見"罷癃"。

【疲薾】困極之貌。文選南朝宋謝靈運過始寧墅詩:"緇磷謝清曠,疲薾慙貞堅。"

【疲於奔命】爲奔走應命而疲累不堪。後漢書七四上袁紹傳:"乘虛迭出,以擾河南,救右則擊其左,救左則擊其右,使敵疲於奔命,人不得安業,我未勞而彼已困,不及三年,可坐剋也。"參見"罷於奔命"。

痂 jiā 吉牙切,平,麻韻,見。ㄐㄧㄚ

瘡痂,亦稱瘡殼。急救篇四:"痂、疕、疥、癘、癡、聾、盲。"注:"痂,創上甲也。"宋書劉穆之傳附劉邕:"邕所至嗜食瘡痂,以爲味似鰒魚。"

痁 shān 失廉切,平,鹽韻,審。ㄕㄢ 都念切,去,㮇韻,端。

瘧的一種。二日一發瘧曰痎,多日之瘧曰痁。左傳昭二十年:"齊侯疥遂痁。"疏:"痎是小瘧,痁是大瘧。"

疸 dǎn 多旱切,上,旱韻,端。ㄉㄢˋ 得按切,去,翰韻,端。

病名。中醫稱因脾胃虛熱上升形成胸悶體黄的病。素問平人氣象論:"溺黄赤,安卧者黄疸。"唐孫思邈千金方論證:"疸有五種:有黄汗、黄疸、穀疸、酒疸、女勞疸。"

疽 jū 七余切,平,魚韻,清。ㄐㄩ

結成塊狀的毒瘡。浮淺者爲癰,深厚者爲疽。靈樞經癰疽:"熱氣淳盛,下陷肌膚,筋髓枯,内連五臟,血氣竭,當其癰下,筋骨良肉皆無餘,故命曰疽。"漢王充論衡幸偶:"氣結閼積,聚爲癰,潰爲疽。"

【疽食】瘡毒腐蝕肌肉。比喻禍患蔓延。後漢書五八虞詡傳説李脩:"竊聞公卿定策,當棄涼州,……詡恐其疽食侵淫而無限極,棄之非計。"南齊書竟陵文宣王子良傳上啓:"百姓齊民,積年塗炭,疽食侵淫,邊虞方重。"

【疽囊】毒瘡植根處。比喻羣惡聚集之所。三國志魏曹爽傳"於是收爽羲訓晏颺謐……等"注引魏略:"(丁謐)雖與何晏鄧颺等同位,而皆少之,唯以勢屈於爽。爽亦敬之,言無不從。故于時謗書謂'台中有三狗,二狗崖柴不可當,一狗憑默作疽囊。'三狗謂何鄧丁,默者爽小字也。"

疻 zhǐ 章移切,平,支韻,照。ㄓ

漢律,毆人腫起無創痕者爲疻,皮破血流者爲痏。律文疻、痏有别。泛言疻、痏皆指毆傷。急就篇四:"疻痏保辜謕呼號。"注:"毆人皮膚腫起曰疻,毆傷曰痏。"參見"疻痏"。

【疻面】毆傷面部。唐詩紀事五七段成式詠醉毆妓:"捽胡雲彩落,疻面月痕消。"

【疻痏】毆傷。輕傷爲疻,重傷爲痏。漢書八三薛宣傳:"傳曰:遇人不以義而見疻者,與痏人之罪鈞。"注:"應劭曰:以杖手毆擊人,剥其皮膚,腫起青黑而無創瘢者,律謂疻痏。"清王念孫謂正文之"痏人",應作"疻人",兩疻字上下相應。段玉裁謂應劭注文謂"律謂疻"下,當作"其有創瘢者謂痏"。參閲王念孫讀書雜志四漢書十二痏人、段玉裁説文解字注"疻"。

疺 fá 集韻扶法切,入,乏韻。ㄈㄚˊ

㊀瘦。見集韻。㊁疲倦。同乏。明金幼孜北征録:"初九日早,發鳴轂鎮,天氣清爽,人馬不渴,若暄熱,人皆疺矣。"

疹 zhěn 章忍切,上,軫韻,照。1. ㄓㄣˇ

㊀腫。説文訓爲脣瘍。玉篇:"疹,瘾疹,皮外小起也。"皆謂腫之顯著於外表者。素問奇病論:"無損不足益有餘,以成其疹。"又:"無益有餘者,腹中有形而泄之,泄之則精出而病獨擅中,故曰成疹也。"謂腫之生於體内者。㊁病名。醫宗金鑑痘疹心法要訣疹門:"麻爲正疹亦胎毒。"注:"疹非一類,有痘疹、瘾疹、温疹,蓋痘疹皆非正疹也,惟麻疹爲正疹。"宋以後醫書中痘疹不分,且多詳痘而略疹。

至明呂坤撰疹科一卷，專論治疹之法。

2. chèn 彳ㄣ

㊁病。通"疢"。國語越上:"令孤子、寡婦、疾疹貧病者，納宦其子。"文選漢張平子(衡)思玄賦:"無緜攣以涬己兮，思百憂以自疹。"

【疹₂疾】病害疾苦。藝文類聚八九晉孫楚茱萸賦:"應神農之本草，療生民之疹疾。"

【疹粟】皮膚受寒，起微粒如粟。俗稱雞皮疙瘩。舊題漢伶玄趙飛燕外傳:"夜雪，期射鳥者於舍旁，飛燕露立，閉息順氣，體温舒，亡疹粟。"

疾

jí 秦悉切，入，質韻，從。ㄐㄧˊ

㊀病。分言疾病，輕者爲疾，重者爲病。書金縢:"既克商二年，王有疾，弗豫。"禮檀弓上:"曾子寢疾，病。"㊁患苦。管子小問:"凡牧民者，必知其疾。"㊂毒害之物。左傳宣十五年:"川澤納污，山藪藏疾。"如害獸毒蟲之類。㊃毛病，缺點。論語陽貨:"古者民有三疾，今也或是之亡也。"孟子梁惠王下:"寡人有疾，寡人好色。"㊄憎恨。書君陳:"爾無忿疾于頑。"論語泰伯:"人而不仁，疾之已甚，亂也。"㊅嫉妒。書秦誓:"人之有技，冒疾以惡之。"㊆急速。易說卦:"動萬物者，莫疾于雷;橈萬物者，莫疾于風。"㊇敏捷。史記殷紀:"帝紂資辨捷疾，聞見甚敏。"㊈見"前疾"。

【疾日】惡日。不吉之日。左傳昭九年:"辰在子卯，謂之疾日。"注:"疾，惡也。紂以甲子喪，桀以乙卯亡，故國君以爲忌日。"

【疾世】憎惡世俗。漢王充論衡非韓:"性行清廉，不貪富貴，非時疾世，義不苟仕。"漢王逸九思有疾世篇。

【疾言】謂急遽而言。論語鄉黨:"車中不內顧，不疾言。"列子黄帝:"惠盎見宋康王，康王蹀足謦欬疾言曰:'寡人之所說者，勇有力也;不說爲仁義者也。'"參見"疾言遽色"。

【疾作】辛勤勞作。莊子至樂:"失富者苦身疾作，多積財而不得盡用。"管子輕重乙:"故善者不如與民量其重，計其贏。民得其十，君得其三。有雜之以輕重，守之以高下，若此，則民疾作而爲上虜矣。"

【疾妒】妬忌。同"嫉妒"。史記項羽紀:"今戰能勝，(趙)高必疾妒吾功;戰不能勝，不免於死。"文選漢劉子駿(歆)移書讓太常博士:"或懷疾妬，不考情實，雷同相從，隨聲是非。"妬，同"妒"。

【疾味】指可以致病的美食。比喻邪惡的行爲。國語楚下:"吾聞國家將敗，必用姦人而嗜其疾味。"注:"疾味，味爲已生疾，喻好不善也。"

【疾疢】病害。左傳襄二三年:"臧孫曰:'季孫之愛我，疾疢也。孟孫之惡我，藥石也。美疢不如惡石。夫石猶生我，疢之美，其毒滋多。'"呂氏春秋長見注引傳作"疾疹"。

【疾首】頭痛。喻怨恨之甚。詩小雅小弁:"心之憂矣，疢如疾首。"疏:"疾首，謂頭痛也。"孟子梁惠王下:"今王鼓樂於此，百姓聞王鐘鼓之聲，管籥之音，舉疾首蹙頞而相告，曰:'吾王之好鼓樂，夫何使我至於此極言!'"參見"痛心疾首"。

【疾革】病危。同"病革"。禮檀弓下:"若疾革，雖當祭必告。"注:"革，急也。"

【疾苦】患苦。多指人民的痛苦。史記蕭相國世家:"漢王所以具知天下阨塞，户口多少，彊弱之處，民所疾苦者，以何具得秦圖書也。"唐杜甫杜工部草堂詩箋三十秋日夔府詠懷……一百韻:"宵旰憂虞軫，黎元疾苦駢。"

【疾威】猶暴虐。詩小雅雨無止:"旻天疾威，弗慮弗圖。"逸周書祭公:"次予小子，虔虔在位。昊天疾威，予多時溥愍。"

【疾病】㊀病的泛稱。周禮天官疾醫:"掌養萬民之疾病。"㊁病重。論語子罕:"子疾病，子路使門人爲臣。"注:"包曰:'疾甚曰病。'"左傳宣十五年:"初魏武子(魏犨)有嬖妾，無子。武子疾，命顆曰:'必嫁是。'疾病，則曰:'必以爲殉。'及卒，顆嫁之，曰:'疾病則亂，吾從其治也。'"

【疾疾】急遽不安貌。荀子非十二子:"禮節之中，則疾疾然，訾訾然。"

【疾眚】病患，災害。國語楚下:"夫誰無疾眚?能者早除之。舊怨滅宗，國之疾眚也。……若召而近之，死無日矣!"

【疾徑】捷徑。資治通鑑二五一唐咸通九年:"賊將王弘立引兵數萬，疾徑掩至。"注:"疾徑猶言捷徑也。不由正路，直徑而行，取其便疾。"

【疾視】怒視;顧視速疾貌。孟子梁惠王下:"夫撫劍疾視，曰:'彼惡敢當我哉?'此匹夫之勇，敵一人者也。"莊子達生:"紀渻子爲王養鬬雞，十日而問，曰:'雞已乎?'曰:'未也，方虛憍而恃氣。'……十日又問，曰:'未也，猶疾視而盛氣。'"

【疾動】發病。藝文類聚五三漢孔融與韋休甫書:"間僻疾動，不得復與足下岸幘廣坐，舉杯相於，以爲邑邑。"世說新語寵禮:"卞範之爲丹陽尹，羊孚南州暫還往卞許，云下官疾動，不堪坐。卞便開帳拂褥，羊徑上大牀，入被須枕。"

【疾雷】急雷，迅雷。莊子齊物論:"至人神矣!大澤焚而不能熱，河漢沍而不能寒，疾雷破山，風振海而不能驚。"宋陸游劍南詩稿三嘉川鋪遇小雨景物尤奇:"面前雲氣翔孤鳳，脚底江聲轉疾雷。"

【疾損】病情減輕。舊唐書文宗紀太和四年以(裴)度爲守司徒，平章軍國重事:"待疾損日，每三日、五日一度入中書。"

【疾置】驛站。爲傳遞公文書的使人停宿、換乘馬匹之所。漢書六六劉屈氂傳:"是時上避暑在甘泉宮，丞相長史乘疾置以聞。"注:"置，謂所置驛也。"又引申爲急傳。宋陳師道后山詩注六寄杜擇之:"疾置送詩驚老醜，坐曹得句自清新。"

【疾戰】㊀速戰。孫子九地:"疾戰則存，不疾戰則亡者，爲死地。"左傳昭二二年:"楚耻無功而疾戰，非吾利也。"㊁力戰，死戰。六韜豹韜突戰:"三軍疾戰，敵人雖衆，其將可虜。"

【疾醫】古官名。掌治療疾病之事。見周禮天官疾醫。

【疾雷將】唐鄭畋爲鳳翔隴西節度使，募鋭兵五百，號疾雷將。疾雷，言其行動迅速，鋭不可當。"見新唐書一八五本傳。

【疾言遽色】言語神色粗暴急躁。後漢書二五劉寬傳:"典歷三郡，温仁多恕，雖在倉卒，未嘗疾言遽色。"

【疾足先得】史記九二淮陰侯傳:"秦失其鹿，天下共逐之，於是高材疾足者先得焉。"後因以指行動神速者，遇事每占先着。參見"捷足先得"。

【疾惡若讎】謂憎恨壞人壞事如同讎敵。後漢書六六陳蕃傳上疏:"又前山陽太守翟超，東海相黄浮，奉公不橈，疾惡如讎。"文選漢孔文舉(融)薦禰衡表:"見善若驚，疾惡若讎。"

【疾風知勁草】比喻節操堅定，經得起考驗。後漢書二十王霸傳:"光武謂霸曰:'潁川從我者皆逝，而子獨留。努力!疾風知勁草。'唐太宗與蕭瑀詩:"疾風知勁草，版蕩識誠臣。"見貞觀政要五忠義、新唐書一〇一蕭瑀傳。

【疾雷不及掩耳】謂事發神速，使人不及預防。六韜龍韜軍勢:"善者從而不擇，巧者一決而不猶豫，故疾雷不及掩耳，卒電不及瞑目。"(羣書治要本)三國志魏武帝紀建安十二年:"吾順言許之，所以從其意，使自安而不爲備;因畜士卒之力，一旦擊之，所謂疾雷不及掩耳。"淮南子兵略:“疾雷不及塞耳,疾霆不暇掩目。”義同。

痄 zhà 側下切,上,馬韻,莊。 ㄓㄚˋ

㊀創口不合。見集韻。㊁病名。見“痄腮”。

【痄疨】創口不合。借以比喻不合時宜。明楊循吉楊君謙集都下將歸述懷詩:“況今一病已到骨,兼與世事多痄疨。”(明詩百三十名家集本)

【痄腮】耳下腺腫脹病。亦稱髭發毒、含腮。卽流行性腮腺炎。參閱明徐春甫古今醫統痄腮、清勅編醫宗金鑑六三痄腮。

疱 pào 集韻 披教切,去,效韻。 皮教切,去,效韻。 ㄆㄠˋ

說文作“皰”。唐慧琳一切經音義七大般若波羅蜜多經五四一腫疱引桂苑珠叢:“人面上熱氣所生瘡名疱。”參見“皰”。

痀 jū 舉朱切,平,虞韻,見。 ㄐㄩ

曲脊。見下。

【痀僂】曲背。莊子達生:“仲尼適楚,出於林中,見痀僂者承蜩,猶掇之也。”列子黄帝:“用志不分,乃凝於神,其痀僂丈人之謂乎。”參見“傴僂㊀”。

疼 téng 徒冬切,平,冬韻,定。 ㄊㄥˊ

同“痋”、“胮”。㊀痛。靈樞經刺節真邪:“寒勝其熱,則骨疼肉枯。”㊁愛憐。金瓶梅二六:“隨你怎的逐日沙糖拌蜜與他吃,他還只疼他的漢子。”

【疼痛】痛。傷寒論辨痓濕暍脈證:“太陽病,關節疼痛而煩,脈沉而細者,此名濕痹之候。”三國志蜀關羽傳:“羽嘗爲流矢所中,貫其左臂,後創雖愈,每至陰雨,骨常疼痛。”

痡 fǔ 扶雨切,上,麌韻,並。 ㄈㄨˇ

病名。脊髓後彎,不能仰視,說文訓爲俛病。宋徐鍇說文繫傳:“按爾雅注:‘戚施之疾,俯而不能仰也。’”

六 畫

痎 jiē 古諧切,平,皆韻,見。 ㄐㄧㄝ

瘧疾。卽隔日瘧。見說文。

【痎瘧】瘧疾的通名。素問生氣通天論:“夏傷於暑,秋爲痎瘧。”又陰陽應象大論同。唐元稹長慶集二一酬樂天寄生衣詩:“秋茅處處流痎瘧,夜鳥聲聲哭瘴雲。”也作“瘖瘧”。素問遺篇本病論:“霜露不時,民病瘖瘧。”

痒 1. yáng 似羊切,平,陽韻,邪。 ㄧㄤˊ

㊀病。詩小雅正月:“哀我小心,癙憂以痒。”傳:“癙、痒,皆病也。”㊁瘡。通“瘍”。禮曲禮上:“身有瘍則浴。”釋文:“瘍音恙,本或作痒。”

2. yǎng 餘兩切,上,養韻,喻。 ㄧㄤˇ

㊂癢。說文作“蛘”。周禮天官疾醫:“夏時有痒疥疾。”漢華佗華氏中藏經論癰疽瘡腫:“內虛外實者,多痒而少痛;外虛外實者,多痛而少痒。”

痍 yí 以脂切,平,脂韻,喻。 ㄧˊ

創傷。公羊傳成十六年:“楚子鄭師敗績。敗者稱師,楚何以不稱師?王痍也。王痍者何?傷乎矢也。”左傳作“夷”。經傳常以夷作“痍”。參見“夷㊉”。

痔 zhì 直里切,去,止韻,澄。 ㄓˋ

肛門病,通稱痔瘡。莊子人間世:“故解以之牛之白顙者,與豚之亢鼻者,與人有痔病者,不可以適河。”唐成玄英疏:“痔,下漏也。”文選戰國楚宋玉登徒子好色賦:“旁行踽僂,又疥且痔。”參閱唐孫思邈千金要方二三五痔。

【痔衕】卽痔漏。山海經中山經:“是多飛魚,其狀如鮒魚,食之已痔衕。”

痓 zhì 充自切,去,至韻,穿。 ㄓˋ

病名。素問氣厥論:“肺移熱於腎,傳爲柔痓。”注:“柔,謂筋柔而無力。痓,謂骨痓而不隨。氣骨皆熱,髓不內充,故骨痓強而不舉,筋柔緩而無力也。”明戴元禮證治要訣諸傷門:“痓,有剛痓柔痓,又有陰痓陽痓。痓有汗爲柔,無汗爲剛。”

痢 lì 力制切,去,祭韻,來。 ㄌㄧˋ

疾疫。傳染病的通稱。同“癘”。公羊傳莊二十年:“大災者何?大瘠也。大瘠者何?痢也。”注:“痢者,民疾疫也。”

痏 wěi 榮美切,上,旨韻,喻。 ㄨㄟˇ

㊀漢律,毆人皮破血流者爲痏。漢書八三薛宣傳:“遇人不以義而見痏者,與痏人之罪鈞,惡不直也。”參見“疻痏”。㊁針刺創痕,也以爲針刺術語。靈樞經邪氣藏府病形:“已發鍼,疾按其痏,無令其血出。”素問刺腰痛:“其病令人善言,默默然不慧,刺之三痏。”注:“三刺其處,腰痛乃除。”㊂瘡。呂氏春秋至忠:“齊王疾痏。”

痕 hén 户恩切,平,痕韻,匣。 ㄏㄣˊ

傷疤。後漢書八十下趙壹傳刺世疾邪賦:“所好則鑽皮出其毛羽,所惡則洗垢求其瘢痕。”樂府詩集五九漢蔡琰胡笳十八拍:“沙場白骨兮,刀痕箭瘢。”引申爲凡物之有跡者皆曰痕。唐岑参岑嘉州詩三長門怨:“綠錢生履跡,紅粉濕啼痕。”

【痕累】以事涉嫌疑而被株連受累。唐元稹長慶集三一上門下裴相公書:“閣下若能蕩滌痕累,洞開嫌疑,……上以副陛下咸與惟新之懷,次有以廣閣下常善救人之道。”陸贄陸宣公集一奉天改元大赦制:“應先有痕累禁錮及反逆緣坐承前恩赦所不該者,並宜洗雪。”

【痕跡】事物留下的跡象。跡,亦作“蹟”、“迹”。五代王定保唐摭言十:“趙牧不知何許人,大中咸通中,斅李長吉(賀)爲短歌,可謂蹙金結繡而無痕蹟。”宋李光莊簡集一新亭詩:“峭壁倚層霄,痕迹無鑿斧。”

【痕瑕】疤痕。喻曾犯有罪案者。舊唐書玄宗紀下:“(開元)二十七年春,……大赦天下,常赦所不免者咸赦除之。開元以來諸色痕瑕人咸從洗滌。”

【痕廢】以事涉嫌疑而罷免。新唐書一六八程异傳:“异起痕廢,能厲己竭節,悉矯革征利舊弊。”异曾以王叔文事,貶官再起。

疵 cī 疾移切,平,支韻,從。 ㄘ

㊀小病。引申爲過失,缺點。易繫辭上:“悔吝者,言乎其小疵也。”戰國策齊一:“齊貌辨之爲人也多疵。”參見“疵癘”、“吹毛求疵”。㊁挑剔,非議。荀子不苟:“正義直指,舉人之過,非毁疵也。”漢桓寬鹽鐵論非鞅:“(商鞅)功如丘山,名傳後世,世人不能爲,是以相與嫉其能而疵其功也。”

【疵物】非議世間的事物。後漢書八三逸民傳敍:“或坵俗以動其槩,或疵物以激其清。”注:“梁鴻、嚴光之流。”

【疵咎】缺點,過失。南朝梁劉勰文心雕龍十程器:“古之將相,疵咎實多。”

【疵面】晉趙孟綽號。因其臉有疵點,故名。晉王隱晉書:“趙孟字長舒。……善於清談,有國士之風。其面有疵。人有不决者,羣云當問疵面。”(太平御覽三六五)。唐張鷟龍筋鳳髓判一令史王隆判:“未申疵面之功,翻起黑頭之患。”

【疵病】缺點,毛病。爾雅釋水:“棆,無疵。”疏:“棆,美木也,無疵病,因名之。”

宋蘇軾東坡志林記六一語:"疵病不必待人指摘,多作自能見之。"

【疵國】病國。言政教不善。禮禮運:"刑肅而俗敝,則民弗歸也,是謂疵國。"疏:"刑肅嚴重,風俗凋敝,皆國之病,故云疵國。"

【疵瑕】毀責,過失。左傳僖七年:"唯我知女,女專利而不厭,予取予求,不女疵瑕也。"注:"不以汝爲罪釁也。"漢王符潛夫論實貢:"虛張高譽,彊蔽疵瑕,以相誑耀。"

【疵毀】指責缺點,加以詆毀。三國志蜀劉璋傳:"(張)松還,疵毀曹公(操),勸(劉)璋自絕。"北史李業興傳:"有乖忤,便即疵毀,乃至聲色,加以謗罵。"

【疵瘕】㊀腹病。淮南子精神:"病疵瘕者,捧心抑腹,膝上叩頭,踡跼而諦,通夕不寐。"㊁指責。宋蘇軾東坡集續集三辨道歌:"何須橫議相疵瘕,衆口並發鳴羣鴉。"

【疵癘】災害疫病。莊子逍遙遊:"其神凝,使物不疵癘而年穀熟。"釋文:"疵,病也。司馬(彪)云:毀也。一音子爾反。癘,音厲,李(頤)音賴,惡病也。"也作疵厲。晉范寧穀梁傳序:"川岳爲之崩竭,鬼神爲之疵厲。"

【疵纇】缺點,毛病。宋梅堯臣宛陵集十六許生南歸詩:"斗量入貢由掇拾,未必一一疵纇無。"宋陸游老學庵筆記八:"大抵宋(白)詩雖多疵纇,而語意絕有警拔者。"

【疵釁】過失。文選三國魏嵇叔夜(康)與山巨源絕交書:"久與事接,疵釁日興,雖欲無患,其可得乎?"

痌

tōng 他紅切,平,東韻,透。
ㄊㄨㄥ

痛。同"恫"。唐韓愈昌黎集三唐故相權公墓碑:"天子痌傷,爲之不御朝。"參見"恫㊀"。

【痌心疾首】言痛恨之極。新唐書八七蕭銑傳報董景珍書:"我先君昔事隋,職貢無廢,乃貪我土宇,滅我宗祊,我是以痌心疾首,思刷厥恥。"參見"痛心疾首"。

痊

quán 此緣切,平,仙韻,清。
ㄑㄩㄢ

病愈。莊子徐无鬼:"今予病少痊,予又且復遊於六合之外。"

痃

1. xuǎn
ㄒㄩㄢ

㊀癬的俗字。見正字通。

2. xiàn
ㄒㄧㄢ

㊁見下。

【痃₂琴】有破損的琴。全唐詩六一七陸龜蒙奉酬襲美先輩初夏見寄次韻:"蠹簡有遺字,敗琴無泛聲。"注:"(敗),一作痃。"參見"敗聲"。

痑

1. tuō 託何切,平,歌韻,透。
ㄊㄨㄛ 他干切,平,寒韻,透。

㊀馬病。見說文。後稱疲極曰痑。全唐詩六一〇皮日休上真觀:"襹褷風聲疣,跁跒地力痑。"參見"痑痑"。

2. chǐ 集韻 賞是切,上,紙韻。
ㄔ

㊁衆貌。漢書五七下司馬相如傳大人賦:"衍曼流爛痑以陸離。"

【痑痑】疲乏喘息貌。說文"痑"引詩:"痑痑駱馬。"按今本詩小雅四牡作"嘽嘽駱馬"。傳:"嘽嘽,喘息之貌。"痑嘽音近相轉,痑以指馬,嘽以指人。參見"嘽嘽㊀"。

七畫

痧

shā
ㄕㄚ

㊀病名。中醫指霍亂、中暑等急性病。明陳實功外科正宗二疔瘡:"霍亂絞腸痧及諸痰喘並用薑湯磨服。"清王凱有痧症全書。㊁痧子,麻疹的俗稱。醫宗金鑑幼科雜病心法要訣瘟疫痧疹:"痧白疹紅如粟。"

痒

shēn 所臻切,平,臻韻,山。
ㄕㄣ 踈錦切,上,寢韻,山。
蘇本切,上,混韻,心。

寒病。見說文。泛稱寒貌。唐韓愈昌黎集八城南聯句:"痒肌遭蚝刺,啾耳聞雞生。"參見"噤痒"。

痣

zhì 職吏切,去,志韻,照。
ㄓ

人體皮膚所生的有色的斑點。梁書丁貴嬪傳:"初貴嬪生有赤痣在左臂,治之不滅。"唐孫思邈千金要方二六穀米:"去黑痣面皯,潤澤皮毛。"

痘

dòu 字彙 火透切,音豆。
ㄉㄡ

病名。俗謂天花,亦稱痘瘡或天瘡。參閱元朱震亨丹溪先生心法五痘瘡、明王肯堂幼科證治準繩四痘瘡。

痚

xiāo 集韻 虛交切,平,爻韻。
ㄒㄧㄠ

哮喘病。正字通:"痚瘷,喉病;一說,久咳不已,連喘腰背相引,坐寢有音者,俗名爲痚病。"

痡

pū 普胡切,平,模韻,滂。
ㄆㄨ 芳無切,平,虞韻,滂。

㊀勞倦。詩周南卷耳:"我馬瘏矣,我僕痡矣。"疏:"孫炎曰:'痡,人疲不能行之病。'"㊁病苦。書泰誓下:"作威殺戮,毒痡四海。"傳:"痡,病也。言害所及遠。"

痏

yóu 以周切,平,尤韻,喻。
ㄧㄡ

病名。草木之有惡臭者爲莤、蕕,病之有惡臭者爲痏。通"莤"。見廣雅釋詁一。參見"莤"。

痞

pǐ 符鄙切,上,旨韻,並。
ㄆㄧ 方美切,上,旨韻,幫。
方久切,上,有韻,幫。

㊀病名。胸中懣悶結塊的病。傷寒論辨太陽脈證下:"按之自濡,但氣痞耳。"南齊書虞愿傳:"(帝)食逐夷積多,胸腹痞脹,氣將絕。"㊁俗稱流氓壞分子爲痞,如地痞、痞棍。

【痞塞】阻滯不通。同"否塞"。素問五常政大論:"其病留滿否塞。"宋史堪史載之方下爲醫總論:"故善爲醫者,一病之生,必先考其根源,定其傳受……忽隔絕痞塞不通,忽空虛微弱失守,……制之有先後,取之有輕重,條理具存,各有其常,而不可差之分毫也。"

【痞塊】腹內痞結成塊之病。元朱震亨丹溪先生心法三積聚痞塊:"痞塊在中爲痰飲,在右爲食積,在左爲血塊。"一說久瘧不止者,腹有痞塊,名曰瘧母。唐孫思邈千金要方十溫瘧:"瘧歲歲發至三歲或連月發不解者,以脅下有痞也。……此病結爲癥瘕名曰瘧母。"按即慢性脾臟腫大之症。

痙

jìng 巨郢切,上,靜韻,羣。
ㄐㄧㄥ

風强病。也稱痙攣。素問至真要大論:"諸痙項强,皆屬於濕。"傷寒論金匱要略皆有痙溼暍篇。

痛

tòng 他貢切,去,送韻,透。
ㄊㄨㄥ

㊀疼痛,痛楚。易說卦:"坎爲水,……其於人也,爲加憂,爲心病,爲耳痛。"逸周書程典:"如毛在躬,拔之痛,無不省。"㊁悲傷。禮三年問:"三年之喪,二十五月而畢,哀痛未盡,思慕未忘。"史記秦紀:"寡人思念先君之意,常痛於心。"㊂恨。國語楚下:"使神無有怨痛于楚國。"㊃憐惜。文選魏文帝(曹丕)與吳質書:"德璉(應瑒)常斐然有述作之意,其才學足以著書,美志不遂,良可痛惜。"㊄極,盡情地。管子七臣七主:"姦臣痛言人情以驚

主。"世說新語方正："(晉)武帝語和嶠曰：'我欲先痛罵王武子(濟)，然後爵之。'"

【痛切】㊀沉痛懇切。漢書三六劉向傳："向自見得信於上，故常顯訟宗室，譏刺王氏及在位大臣，其言多痛切，發於至誠。"㊁悲痛哀切。文選吳季重(質)答魏太子牋："陳(琳)徐(幹)劉(楨)應(瑒)，才學所著，誠如來命；惜其不遂，可爲痛切。"

【痛快】極舒爽暢快。唐張彥遠法書要錄一南朝宋羊欣采古來能書人名："吳人皇象能草，世稱沈着痛快。"宋朱熹朱文公集五八答徐子融書："大率子融志氣剛決，故所見亦如此痛快直截，無支離纏繞之弊。"

【痛毒】殘酷，苦痛。後漢書章帝紀元和元年詔："……自往者大獄已來，掠考多酷，鉆鑽之屬，慘苦無極。念其痛毒，怵然動心。"

【痛風】骨節疼痛病。元朱震亨丹溪先生心法四痛風："四肢百節走痛是也，他方謂之白虎歷節風證。"

【痛飲】盡情喝酒。世說新語任誕："王孝伯(恭)言：名士不必須奇才，但使常得無事痛飲酒，熟讀離騷，便可稱名士。"唐李白李太白詩十七送殷淑之三："痛飲龍笻下，燈青月復寒。"

【痛癢】㊀疾痛，作癢。晉嵇康嵇中散集七難自然好學論："夫口之於甘苦，身之於痛癢，感物而動，應事而作。"常用以比喻利害關係。晉書范弘之傳與會稽王道子牋："下官與(謝)石本無怨忌，……與(殷)浩年時邈絕，世不相及，無復藉聞，故老語其遺事耳，於下官之身有何痛癢，而當爲之犯時干主耶？"㊁比喻時弊。三國志蜀孟光傳："延熙九年秋，大赦，光於衆中責大將軍費禕，……光之指摘痛癢，多如是類。"

【痛心入骨】傷痛入於骨髓。形容傷心之至。後漢書七四下袁紹傳劉表與袁譚書："是以智達之士，莫不痛心入骨。"三國志蜀孫乾傳："後(劉)表與袁尚書，說其兄弟分爭之變，曰：'每與劉左將軍孫公祐共論此事，未嘗不痛心入骨，相爲悲傷也。'"

【痛心疾首】心傷而頭痛。謂傷心痛恨之甚。左傳成十三年："諸侯備聞此言，斯是用痛心疾首，暱就寡人。"後漢書章帝紀建初五年詔："朕之不德，上累三光，震慄切切，痛心疾首。"

【痛定思痛】悲痛的舊事，事後追思，倍增苦楚。唐韓愈昌黎集十六與李翱書："僕在京城八九年，無所取資，日求於人，以度時月，當時行之不覺也。今而思之，如痛定之人，思當痛之時，不知何能自處也。"宋文天祥文山集十三指南錄後序："嗚呼！死生晝夜事也，死而死矣，而境界危惡，層見錯出，非人世所堪，痛定思痛，痛何如哉！"

【痛哭流涕】深憤極痛之意。漢書四八賈誼傳陳政事疏："臣竊惟事勢，可爲痛哭者一，可爲流涕者二，可爲長太息者六，若其它背理而傷道者，難徧以疏舉。"宋史三七四胡銓傳："而此膝一屈，不可復伸，國事陵夷不可復振，可爲痛哭流涕長太息矣！"也作"慟哭流涕"。宋史三二一孫洙傳："慟哭流涕，極論天下事，今之賈誼也。"

【痛飲黃龍】宋史三六五岳飛傳："金將軍韓常欲以五萬衆內附。飛大喜，語其下曰：'直抵黃龍府，與諸君痛飲爾。'"意謂攻克敵京，置酒高會以祝捷。

【痛癢相關】猶言利害相關。明楊士聰玉堂薈記下："江陵(張居正)秉柄，……外而督撫，內而各部，無一刻不痛癢相關，凡奏疏所不能及者，竿牘往來，罔非至計。"參見"痛癢"。

痟 xiāo 相邀切，平，宵韻，心。
ㄒㄧㄠ

㊀頭痛病。周禮天官疾醫："春時有痟首疾。"管子地員："其泉白青，其人堅勁，寡有疥騷，終無痟酲。"注："痟，首疾也。"㊁見"痟渴"。

【痟渴】病名。玉篇："痟渴，病也。"通作"消渴"。參見"消渴"。

痟 yuān 烏玄切，平，先韻，影。
ㄩㄢ

㊀酸痛。素問陰陽別論："三陽爲病，發寒熱，下爲癰腫及爲痿厥腨痟。"注："痟，痠痛也。"㊁憂鬱。列子楊朱："晨出夜入，自以性之恒；啜菽茹藿，自以味之極。……一朝處以柔毛綈幕，薦以粱肉蘭橘，心痟體煩，內熱生病矣。"

痤 cuó 昨禾切，平，戈韻，從。
ㄘㄨㄛˊ

㊀癤。莊子列禦寇："秦王有病召醫，破癰潰痤者得車一乘。"素問生氣通天論："汗出見濕，乃生痤疿。"注："熱怫內餘，鬱於皮裏，甚爲痤癤，微作疿瘡。"㊁癰。山海經中山經："金星之山，多天嬰，其狀如龍骨，可以已痤。"注："癰痤也。"

【痤疽】癰瘡。韩非子外儲右上："夫痤疽之痛也，非刺骨髓，則煩心不可支也。"淮南子說林："治鼠穴而壞里閭，潰小皰而發痤疽。"注："痤疽，癰也。"

【痤雎】痤疽。雎，同"疽"。管子法法："故赦者，奔馬之委轡；毋赦者，痤雎之礦石也。"

【痤瘡】小癤，粉刺。明李梴醫學入門疿痤："疿痤瘡因汗出冗濕而生，輕者狀如撒粟。"(古今圖書集成博物彙編藝術典三九六醫部外科熱瘡痤疿門)

痢 lì 力至切，去，至韻，來。
ㄌㄧˋ

病名。古醫書作"利"。兼指水泄與腸道傳染病赤白痢。漢曹操魏武令："凡山水甚强寒，飲之皆令人痢。"(太平御覽七四三)參閱宋史堪史載之方下痢論。參見"利㊄"。

痗 mèi huì 莫佩切，去，隊韻，明。
ㄇㄟˋ ㄏㄨㄟˋ 荒內切，去，隊韻，曉。

病，憂傷。詩衛風伯兮："願言思伯，使我心痗。"疏："思此伯也，使我心病。"又小雅十月之交："悠悠我里，亦孔之痗。"

痠 suān 素官切，平，桓韻，心。
ㄙㄨㄢ

㊀身體酸疼。通"酸"。素問標刺熱："腎熱病者，先腰痛䯒痠，苦渴，數飲身熱。"㊁石名。山海經中山經："風伯之山，……其下多痠石。"

八　畫

痯 guǎn 古滿切，上，緩韻，見。
ㄍㄨㄢˇ

見下。

【痯痯】疲勞貌。詩小雅杕杜："檀車幝幝，四牡痯痯。"傳："幝幝，敝貌；痯痯，罷貌。"

痞 pēi pèi 芳杯切，平，灰韻，滂。
ㄆㄟ ㄆㄟˋ 集韻 滂佩切，去，隊韻。

病名。廣雅釋詁訓創，玉篇訓痂，訓瘡，訓弱。廣韻訓弱。自葉天士溫熱論始以疿爲痞，後來即稱汗疹爲痞，俗稱白痞，西醫稱水晶樣汗疹。

瘁 cuì 秦醉切，去，至韻，從。
ㄘㄨㄟˋ

㊀困病，勞累。詩小雅雨無正："匪舌是出，唯躬是瘁。"箋："瘁，病也。"又北山："或燕燕居息，或盡瘁事國。"傳："盡力勞病，以從國事。"㊁憂傷。文選戰國宋玉高唐賦："愁思無已，歎息垂淚，登高遠望，使人心瘁。"㊂毀壞。文選晉陸士衡(機)歎逝賦："悼堂構之隤瘁，愍城闕之丘荒。"

【瘁音】哀苦憔悴之音，指病弱不剛健的

言詞。文選晉陸士衡(機)文賦:"或寄辭於瘁音,徒靡言而弗華。"注:"瘁音,謂惡辭也。"

【瘁攝】失意屈辱。呂氏春秋下賢:"得道之人,……卑爲布衣而不瘁攝,貧無衣食而不憂懾,狠乎其誠自有也。"注:"瘁,病也;攝,猶屈也。"

瘀 yū ㄩ 依倨切,去,御韻,影。

病名。血液凝積。漢揚雄太玄經八太玄數:"八爲疾瘀。"急就篇四:"瘧、瘚、瘀、痛、瘼,温病。"注:"瘀,積血之病也。"

【瘀傷】血瘀,枯殘。楚辭宋玉九辯:"萷櫹槮之可哀兮,形銷鑠而瘀傷。"注:"瘀,病也。身體焦枯,疲病久也。"

瘍 yì ㄧˋ 羊益切,入,昔韻,喻。

瘧病。見廣雅釋詁。參見"脈瘍"。

痰 tán ㄊㄢˊ 徒甘切,平,談韻,定。

下呼吸道粘膜分泌的黏液。金匱要略中痰飲欬嗽病脈證:"膈上病痰滿喘欬吐。"古無痰字,借"淡"爲之。唐慧琳一切經音義二三惠苑華嚴音義六六風黃淡熱:"文字集略曰:'淡爲胸中液也。'騫師注方言曰:'淡字又作痰也。'"

【痰飲】病名。咳嗽痰喘,秋冬發,至春夏則止。金匱要略中痰飲欬嗽病脈證:"其人素盛今瘦,水走腸間,瀝瀝有聲,謂之痰飲。"

【痰喘】病名。由痰積而致喘咳。金匱要略中痰飲欬嗽病脈證:"膈上病痰滿喘欬吐。"元朱震亨丹溪先生心法二喘:"有陰虛挾痰喘者,四物湯加枳殼半夏,補陰降火。"

瘏 tú ㄊㄨˊ 同都切,平,模韻,定。

疲勞。詩周南卷耳:"陟彼砠矣,我馬瘏矣。"又豳風鴟鴞:"予所蓄租,予口卒瘏。"

【瘏悴】疲病。楚辭漢劉向九歎思古:"髮披披以鬤鬤兮,躬劬勞而瘏悴。"注:"言已履涉風霜,頭髮解亂而身罷病也。"

痳 lìn ㄌㄧㄣˋ 力尋切,平,侵韻,來。

淋病,性病的一種。釋名釋疾病:"痳,懍也;小便難,懍懍然也。"方書作"淋"。參閱漢華佗華氏中藏經中論諸淋及小便不利、明戴元禮證治要訣四小便血。參見"淋㊀"。

痲 má ㄇㄚˊ 莫霞切,平,麻韻,明。

㊀病名。見下各條。㊁俗以痘瘡的瘢痕爲痲。

【痲風】一種慢性傳染惡疾。也稱癩。廣韻:"痲風,熱病。"也作"麻風"。明戴元禮證治要訣一諸中門:"其有害大風者,古謂之癩風,俗呼爲麻風。病之至惡,無出於此。得此病而眉髮髭髯先落。"

【痲疹】一種急性傳染病。也稱疹子、痧子。俗名痲子,小兒患者最多。明王肯堂幼科證治準繩痲疹:"痲疹浮小而有頭粒,隨出卽收,不結膿疱。北人謂之糖瘡,南人謂之麩瘡,吳人謂之痧,越人謂之瘄,古所謂痲,閩人氏所謂膚疹是也。"

【痲痹】肢體癱瘓。痲,也作"麻"。宋史堪史載之方下涎論:"忽悶倒不知人事,良久復蘇,卽生麻痹。"明陳實功外科正宗四臁瘡論:"或渾身疼癢,或痲痹不仁。"

瘂 yǎ ㄧㄚˇ 烏下切,上,馬韻,影。

不能言。同"啞"。南齊書蕭坦之傳:"坦之肥黑無鬚,語聲嘶,時人號爲蕭瘂。"

【瘂門】針灸穴位名。屬督脈經。醫宗金鑑八四刺灸心法要訣督脈分寸歌:"一椎之上大椎穴,上至髮際瘂門行。"注:"一椎之上,大椎穴也。上至上髮際,瘂門穴也。"

【瘂羊僧】指愚昧不悟的僧人。喻不知禮數之人。法苑珠林二七敬僧違損引十輪經:"云何名瘂羊僧?不知犯不犯,輕重微細,罪可懺悔,愚癡無知,不近善知識,不能咨問深義,似善非善,如是等相,名曰瘂羊僧。"

痷 ān ㄢ 集韻 烏含切,平,覃韻。

見下。

【痷婪】浮泛。晉書王沈傳釋時論:"痷婪者以博納爲通濟,眂眠者以難入爲凝清。"

瘃 zhú ㄓㄨˊ 陟玉切,入,燭韻,知。

凍瘡。漢書六九趙充國傳敕讓充國:"將軍士寒,手足皸瘃。"注:"文穎曰:'皸,坼裂也,瘃,寒創也。'"

【瘃脯】臘肉。北魏賈思勰齊民要術八脯腊:"用牛、羊、麞、鹿、野豕、豬肉,或作條,或作片罷,……臘月中作條者名曰瘃脯,堪度夏。"

【瘃腊】腊製的肉食品。北魏賈思勰齊民要術八脯腊:"五味脯法用鵝、雁、雞、鴨、鶬、鳩、鳧、雉、兔、鴿、鶉、生魚皆得作,……別煮牛、羊骨肉取汁浸豉和調,一同五味脯法,浸四五日嘗味徹,便出置箔上,陰乾火炙,熟搥,亦名瘃腊,亦名瘃魚腊。"

【瘃墯】因嚴寒瘃凍而斷指。漢書六九趙充國傳上狀:"令反畔之虜竄於風寒之地,離霜露疾疫瘃墯之患。"注:"墯,謂因寒瘃而墯指者也。"

痾 ē kē ㄜ ㄎㄜ 烏何切,平,歌韻,影。

㊀病。說文作"疴"。後漢書二三竇融傳與隗囂書:"是使積痾不得遂瘳,幼孤將復流離。"怪異之病亦曰痾。漢書五行志中之上:"時則有下體生上之痾。"注:"韋昭曰:'若牛之足反出背上……。'"㊁比喻仇隙。後漢書七四下袁紹傳劉表與袁譚書:"願捐弃百痾,追攝舊義,復爲母子昆弟如初。"

痹 bì ㄅㄧˋ 必至切,去,至韻,幫。

病名。也作"痺"。通常指風、寒、濕等侵犯肌體引起關節或肌肉疼痛腫大和麻木的病狀。素問痹論:"黄帝問曰:痹之安生?岐伯對曰:風、寒、濕三氣雜至,合而爲痹也。"荀子解蔽:"故傷於濕而擊鼓鼓痹,則必有蔽鼓喪豚之費矣,而未有俞(愈)疾之福也。"

【痹矢】箭名。周禮夏官司弓矢:"恒矢、痹矢,用諸散射。"注:"恒矢,安居之矢也,痹矢象焉,二者皆可以散射也。"

痼 gù ㄍㄨˋ 古暮切,去,暮韻,見。

也作"㾮"。㊀久病。見"痼疾"。㊁長期養成的習慣或嗜好。見"痼癖"。

【痼疾】㊀積久難治的病。後漢書三三周章傳:"鄧太后以皇子勝有痼疾,不可奉承宗廟。"抱朴子微旨:"抱痼疾而言精和鵲之技,屢奔北而稱究孫吳之算,人不信者,以無效也。"參見"固疾"、"錮疾"。㊁比喻不易克服的習慣或嗜好。舊唐書一九二田遊巖傳:"帝親至其門,遊巖野服出拜,儀止謹慎,帝令左右扶止,謂曰:'先生比佳否?'答曰:'臣所謂泉石膏肓,烟霞痼疾者。'"

【痼癖】很難改變的嗜好。元詩選潘音待清軒遺稿反北山嘲:"煙霞成痼癖,聲價藉巢由。"

痱 1. féi ㄈㄟˊ 符非切,平,微韻,並。

㊀風病,偏枯。靈樞經熱病:"痱之爲病也,身無痛者,四肢不收,知亂不甚,其言微知,可治。甚則不能言,不可治也。"史記五二魏其武安侯傳:"魏其(侯竇嬰)良久乃聞,聞卽恚,病痱,不食,欲死。"

2. fèi 蒲罪切,上,賄韻,並。
ㄈㄟ 扶沸切,去,未韻,並。

㊀見"痱₂瘤"。㊁痱子,熱瘡。同"疿"。

【痱磊】同"痱瘤"。埤雅二釋魚蟾蜍:"蟾蜍吐生,腹大背黑,皮上多痱磊,跳行舒遲。"

【痱₂瘤】皮外小腫。泛指小粒塊。唐韓愈昌黎集遺文嘲鼾睡詩:"木枕十字裂,鏡面生痱瘤。"

瘌 zhì 尺制切,去,祭韻,穿。
ㄓ

癡病。山海經北山經:"(單張之山)有鳥焉,其狀如雉,而文首白翼,黃足,名曰白䳥,食之已嗌痛,可以已瘌。"

痴 chī
ㄔ

同"癡"。見"癡"。

瘁 jì 其季切,去,至韻,羣。
ㄐㄧˋ

病名。心蕩。同"悸"。說文繫傳引漢王延壽魯靈光殿賦:"心猭猭而發瘁。"文選李善注本瘁作"悸"。見"悸㊀"。

痿 wěi 於爲切,平,支韻,影。
ㄨㄟ 人垂切,平,支韻,日。

病名。身體筋肉痿縮、偏枯之病。漢書六三昌邑王賀傳:"身體長大,疾痿,行步不便。"注:"痿,風痹疾也。"素問有痿論篇。

【痿痹】肢體不能動作之病。漢書哀帝紀贊:"即位痿痹,末年寖劇。"注:"痿亦痹病也。"唐李商隱李義山詩集一行次西郊作一百韻:"如人當一身,有左無右邊。筋體半痿痹,肘腋在膿臟。"

【痿損】憔悴,枯槁。南史張邵傳附徐嗣伯:"樹邊便起一瘤如拳大。稍稍長二十餘日,瘤大膿爛,出黃赤汁斗餘,樹爲之痿損。"

【痿蹶】腿脚麻痺,不能行動。蹶,一作"躄"。呂氏春秋數盡:"處腹則爲張爲疛,處足則爲痿爲躄。"泛指廢弛停滯不前。宋蘇軾東坡集應詔集四策別十六:"其剛心勇氣,銷耗鈍眊,痿蹶而不復振。"

【痿不忘起】痿痹的人,不忘起行。史記九三韓王信傳報柴將軍書:"僕之思歸,如痿人不忘起,盲者不忘視也,勢不可耳。"唐柳宗元柳先生集四三種仙靈毗詩:"痿者不忘起,窮者寧復言。"

瘐 yǔ 集韻 勇主切,上,噳韻。
ㄩˇ

㊀病。見"瘐瘐"。㊁犯人在獄中因飢寒致病。見"瘐死"。

【瘐死】囚死於獄中。漢書宣帝紀地節四年詔:"今繫者或以掠辜若飢寒瘐死獄中,何用心逆人道也!"注:"蘇林曰:'瘐,病也,囚徒病,律名爲瘐。'……此言囚或以掠笞及飢寒及疾病而死。"宋史四二六韓晉卿傳:"四海萬里,必須繫以聽朝命,恐自今瘐死者多於伏辜者矣。"

【瘐瘐】病。爾雅釋訓:"痯痯、瘐瘐,病也。"清郝懿行義疏:"釋詁云:'痛、鰥,病也。此作痯瘐,俱聲借之字。'"

痺 1. bēi 府移切,平,支韻,幫。
ㄅㄟ

㊀鳥名。爾雅釋鳥:"鶉鶉,其雄鶛,牝痺。"一本作庳。又鳥聲。山海經南山經:"(柜山)有鳥焉,其狀如鴟而人手,其音如痺,其名爲鴸。"按清阮元爾雅校勘記據釋文、唐石經、單疏本雪窗本謂應作"庳"。參閱清俞樾俞樓雜纂二三讀山海經。

2. bì
ㄅㄧˋ

㊀痿痺之痹,俗亦作"痺"。參見"痹"。

九 畫

瘦 shòu 所祐切,去,宥韻,山。
ㄕㄡˋ

"瘦"本字。見"瘦"。

瘖 yīn 於金切,平,侵韻,影。
ㄧㄣ

啞。通"喑㊀"。引申爲默不作聲。墨子尚賢下:"此譬猶瘖者而使爲行人,聾者而使爲樂師。"國語晉四:"嚚瘖不可使言,聾聵不可使聽。"

【瘖啞】啞口不言。宋蘇軾分類東坡詩十司馬君實獨樂園:"撫掌笑先生,年來效瘖啞。"

【瘖默】猶緘默,閉口不言。唐柳宗元柳先生集三十與蕭翰林俛書:"讀周易困卦,至'有言不信,尚口乃窮'也,往復益喜,……用是更樂瘖默,思與木石爲徒,不復致意。"

瘈 1. zhì 集韻 征例切,去,祭韻。
ㄓ 居例切,去,祭韻。

㊀狂。通"狾"、"猘"。見"瘈狗"。

2. chì 集韻 胡計切,去,霽韻。
ㄔˋ 詰計切,去,霽韻。
吉曳切,去,祭韻。

㊀見"瘈₂瘲"。

【瘈狗】瘋狗。左傳襄十七年:"國人逐瘈狗,瘈狗入於華臣氏。"釋文:"字林作狾,……狂犬也。"漢書五行志中之上引左傳作"狾狗"。

【瘈₂瘲】驚風,手足痙攣。一名風病。素問診要經終論:"太陽之脈,其終也,戴眼,反折,瘈瘲。"參見"瘲瘈"。漢書藝文志醫家經方有金創瘲瘈方。

瘌 là 盧達切,入,曷韻,來。
ㄌㄚˋ

㊀痛。見方言三、說文。㊁癩,疥。見集韻。

【瘌痢】頭癬使髮禿的病。明缺名高文舉珍珠記開場:"高臺明鏡包瘌痢,耿直君前啓奏。"

瘑 guō 古禾切,平,戈韻,見。
ㄍㄨㄛ

瘡。見下。

【瘑疥】疥瘡。吳越春秋夫差內傳:"猶治救瘑疥而棄心腹之疾,發當死矣。瘑疥,皮膚之疾,不足患也。"

【瘑瘡】瘡名。生於掌中,兩手相對而生,起黃白膿皰,癢痛無時,極疲頑難治。見醫宗金鑑六八外科心法要訣瘑瘡。

瘕 jiǎ 古疋切,上,馬韻,見。
ㄐㄧㄚˇ 古訝切,去,禡韻,見。

㊀腹中結塊,腫瘤。史記一〇五倉公傳:"齊中尉潘滿如病小腹痛,臣意診其脈,曰:'遺積瘕也。'"㊁由寄生蟲引起的腹中結塊的病。山海經南山經:"(招搖之山)麗𪊨之水出焉,而西流注于海,其中多育沛,佩之無瘕疾。"史記一〇五倉公傳:"臨淄氾里女子薄吾病甚,……臣意診其脈曰:'蟯瘕。'"正義:"人腹中短蟲。"

【瘕疵】疾病。淮南子詮言:"凡治身養性,節寢處,適飲食,和喜怒,便動靜,使在己者得,而邪氣因而不生。豈若憂瘕疵之與痤疽之發而豫備之哉!"參見"疵瘕"。

【瘕癥】腹中結塊之病。比喻隱患。明劉基誠意伯集十四贈道士蔣玉壺長歌詩:"驅斥琚瑱除瘕癥,眸光照座生紫稜。"參見"癥瘕"。

瘄 mǐn 武巾切,平,真韻,明。
ㄇㄧㄣˊ

昏忽之病。也作"痻"。詩大雅桑柔:"多我覯瘄,孔棘我圉。"箋:"瘄,病也。"疏:"瘄字從病而以昏爲聲,是昏忽之病。"

瘖 shěng 所景切,上,梗韻,山。
ㄕㄥˇ

瘦。釋名釋天:"眚、瘖也,如病者瘖瘦也。"新唐書一〇二李百藥傳:"侍父母喪還鄉,……容貌癯瘖者累年。"

瘧 nüè 魚約切,入,藥韻,疑。
ㄋㄩㄝˋ

病名。素問至真要大論:"惡寒發熱如

瘧。"見"瘧疾"。

【瘧母】瘧疾久不愈，氣血虧損，瘀血結於脅下而成痞塊，叫瘧母。漢張仲景金匱要略上瘧病："病瘧以月一日發，當以十五日愈，設不差，當月盡解，如其不差當云何？師曰：'此結爲癥瘕，名曰瘧母。'"

【瘧鬼】傳說昔顓頊氏有三子，死而爲疫鬼。一居江水爲瘧鬼；一居若水爲魍魎鬼；一居人宮室，驚人小兒，爲小鬼。見晉干寶搜神記十六疫鬼。唐韓愈昌黎集七譴瘧鬼詩："如何不肖子，尚奮瘧鬼威？"

【瘧病】由瘧蚊爲媒介，周期性發作的急性傳染病。左傳襄七年："子駟使賊夜弒僖公，而以瘧疾赴於諸侯。"禮月令孟秋之月："寒熱不節，民多瘧疾。"

【瘧龜】龜的一種。生高山石下。用以燒灰，可治老瘧。以身偏頭大似鴞，又名鴞龜。見政和證類本草二十瘧甲引唐陳藏器本草拾遺。

瘍 yáng 與章切，平，陽韻，喻。
ㄧㄤˊ

癰瘡。左傳襄十九年："荀偃癉疽，生瘍於頭。"禮曲禮上："頭有創則沐，身有瘍則浴。"

【瘍醫】周禮醫官之一。周禮天官瘍醫："瘍醫掌腫瘍、潰瘍、金瘍，折瘍之祝藥劀殺之齊。"後世指治瘡傷的外科醫生爲瘍醫。

瘟 wēn 集韻 烏昆切，平，魂韻。
ㄨㄣ

疫病。人或牲畜家禽所生的急性傳染病。南朝梁宗懍荆楚歲時記："以五綵絲繫臂，名曰辟兵，令人不病瘟。"

【瘟疫】急性傳染病的總稱。抱朴子微旨："是以斷穀辟兵，厭劾鬼魅，……經瘟疫則不畏，遇急難則隱形，此皆小事而不可不知。"

【瘟神】舊時迷信傳說散播瘟疫的惡神。宋元民間有於元旦四鼓祭瘟神之俗。見元陳元靚歲時廣記七祭瘟神。

【瘟魚】鰣魚的別名。明楊慎異魚圖贊一："時魚似魴，厥味肥嫩，品高江東，價百鱸鮪。界江而西，謂之瘟魚，棄而不餌。"

瘝 guān 集韻 姑頑切，平，山韻。
ㄍㄨㄢ

㊀病。書康誥："王曰：嗚呼！小子封，恫瘝乃身，敬哉！"㊁曠廢。書冏命："非人其吉，惟貨其吉，若時瘝厥官。"宋蔡沈集傳："言不于其人之善，而惟以貨賄爲善，則是曠厥官。"

㾬 jiē
ㄐㄧㄝ

隔日發作的瘧疾。同"痎"。見"痎"。

【㾬瘧】瘧疾的通稱。也作"痎瘧"。太素二五瘧解："夫㾬瘧者，皆生於風。"楊上善注："㾬者二日一發名㾬瘧，此經但夏傷於暑，至秋爲病，或云㾬瘧，或但云瘧，不必日發，間發以定㾬也。"素問瘧論作"痎瘧"。

瘉 yù 羊朱切，平，虞韻，喻。
ㄩˋ 以主切，上，麌韻，喻。

㊀病瘳。同"愈"。漢書高帝紀上四年："漢王疾瘉，西入關，至櫟陽。"注："瘉與愈同。愈，差也。"㊁勞困之病。詩小雅角弓："不令兄弟，交相爲瘉。"又正月："父母生我，胡俾我瘉。"㊂越，更加。荀子堯問："孫叔敖曰：'吾三相楚而心瘉卑，每益祿而施瘉博，位滋尊而禮瘉恭。'"㊃高明，勝過。國語晉九："趙簡子問於壯馳兹曰：東方之士孰爲瘉？"注："瘉，賢也。"漢書藝文志："彼九家者，不猶瘉於野乎？"注："瘉與愈同。愈，勝也。"

瘇 zhǒng 集韻 竪勇切，上，腫韻。
ㄓㄨㄥˇ

足腫。同"尰"、"瘇"。漢書賈誼傳陳政事疏："天下之勢，方病大瘇。"注："如淳曰：腫足曰瘇。"

瘓 huàn 吐緩切，上，緩韻，透。
ㄏㄨㄢˋ

癱瘓。見正字通。

瘋 fēng 集韻 方馮切，平，東韻。
ㄈㄥ

㊀頭風病。見集韻、正字通。㊁癲狂。紅樓夢六二："寶玉笑道：'可不是我瘋了？往虎口裏探頭兒去呢！'"

瘦 shòu 所祐切，去，宥韻，山。
ㄕㄡˋ

㊀肌肉不豐滿。與肥相對。淮南子脩務："神農憔悴，堯瘦臞，舜黴黑，禹胼胝。"㊁纖細，峭削。唐張彥遠法書要錄八："(劉德昇)以造行書擅名……胡昭鍾繇，並師其法，世謂鍾繇行押書是也。而胡書體肥，鍾書體瘦，亦各有君嗣之美。"君嗣，德昇字。宋蘇軾分類東坡詩五與毛令方尉遊西菩提寺之二："路轉山腰未足移，水清石瘦便能奇。"㊂土壤瘠薄。宋葉適水心集七戴肖望挽詞之二："水肥應返釣，田瘦合歸犂。"

【瘦石】峭削之石。唐柳宗元柳先生集二九游黃溪記："樹益壯，石益瘦。"宋詩鈔葉夢得建康集爲山亭晚卧："瘦石聊吾伴，遥山更爾瞻。"

【瘦田】瘠薄之田。唐孟郊孟東野集三秋夕貧居述懷詩："淺井不供飲，瘦田長廢耕。"

【瘦狂】見"癡肥"。

【瘦削】猶瘦損。南朝宋鮑照鮑氏集八擬行路難詩之八："牀席生塵明鏡垢，纖腰瘦削髮蓬亂。"

【瘦雪】漸溶的雪。中州樂府金王庭筠謁金門詞："瘦雪一痕牆角，青子已妝殘蕚。不道枝頭無可落，東風猶作惡。"

【瘦硬】筆姿細勁有力。唐杜甫杜工部詩史補遺八李潮八分小篆歌："苦縣光和尚骨立，書貴瘦硬方通神。"宋蘇軾分類東坡詩九孫莘老求墨妙亭："杜陵評書貴瘦硬，此論未公吾不憑。"

【瘦詩】意境清淡的詩。宋楊萬里誠齋集十四病後覺衰詩："山意凄寒日，秋光染瘦詩。"

【瘦損】消瘦。宋蘇軾分類東坡詩十四紅梅之二："細雨裛殘千顆淚，輕寒瘦損一分肌。"金元好問遺山集十一杏花雜詩之十："垂楊也被多情惱，瘦損春風十萬條。"

【瘦龍】指墨上刻的龍紋。宋黃庭堅山谷詩注外集十六謝景文惠浩然所作廷珪墨："柳枝瘦龍印香字，十襲一日三摩挲。"也以代指墨。金元好問遺山集十二陳德元竹石詩之一："瘦龍不見金書字，試就宣和石譜看。"參閱元陸友墨史上。

【瘦米草】一名烏飯草，產於閩中。用以煮米，可使米縮，每斗僅得升許。軍行備此，便於輕騎遠行。見明包汝楫南中紀聞。

【瘦西湖】在江蘇揚州市西北。南起紅橋，北止平山堂下之蜀崗。湖身狹長，故名。清汪沆槐堂詩稿三計偕集紅橋秋禊詞："垂楊不斷接殘蕪，雁翅紅橋儼畫圖。也是銷金一鍋子，故應喚作瘦西湖。"

【瘦金體】宋徽宗書初學唐薛稷，後變其法度，自號瘦金體。結體修長，筆姿瘦硬挺拔。參閱書史會要（佩文齋書畫譜二十）。

【瘦羊博士】後漢建武中，每臘，詔書賜博士一羊，羊有大小肥瘦。博士祭酒議欲殺羊分肉，又欲投鉤，甄宇恥之，因先自取其最瘦者，由是不復有爭訟，後召會，帝問"瘦羊博士"所在，京師因以號之。見後漢書七九下甄宇傳"徵拜博士"注引東觀記。

瘊 hóu 户鉤切,平,侯韻,匣。ㄏㄡ

疣之小者名瘊,俗稱爲瘊子、千日瘡。見正字通。

【瘊子甲】甲之一種。宋沈括夢溪筆談十九器用:"凡鍛甲之法,其始甚厚,不用火,冷鍛之,比元厚三分減二乃成。其末留筋頭許不鍛,隱然如瘊子,欲以驗未鍛時厚薄,如浚河留土筍也。謂之瘊子甲。"

十 畫

瘊 shuāi 所追切,平,脂韻,山。ㄕㄨㄞ

㊀病。見廣韻。㊁減,耗。見説文。經傳皆作"衰"。唐玄應一切經音義一大方廣佛華嚴經六衰耄引禮"年五十始瘊",今本禮内則"年未滿五十"漢鄭玄注作"衰"。

【瘊廢】衰病,頽廢。急就篇四:"篤癃瘊廢迎醫匠。"注:"瘊,損耗也。廢,四支不收。"

瘥 1. cuó 昨何切,平,歌韻,從。ㄘㄨㄛˊ 子邪切,平,麻韻,精。

㊀病,小疫。詩小雅節南山:"天方薦瘥,喪亂弘多。"

2. chài 楚懈切,去,卦韻,初。ㄔㄞˋ

㊀病愈。見説文。經傳通作"差"。聊齋志異邵女:"食後果病,其痛倍切,女至剌之,隨手而瘥。"

【瘥癘】疫病。唐韓愈昌黎集八城南聯句詩:"慶流蠲瘥癘,威暢捐輶輣。"宋史樂志十二紹興祭風師:"物之流形,甚長瘥癘。八風平矣,嘉生以遂。"

瘚 jué 居月切,入,月韻,見。ㄐㄩㄝˊ

病名。逆氣。急就篇四:"瘧瘚瘀痛瘼温病。"注:"瘚者氣從下起,上行乂心脇也。"也作"厥"。見"厥㊀"。

瘛 chì 尺制切,去,祭韻,穿。ㄔˋ 胡計切,去,霽韻,匣。 昌列切,入,薛韻,穿。

病名,筋脈痙攣。素問玉機真藏論:"病筋脈相引而急,病名曰瘛。"注:"筋脈受熱而自跳掣,故名曰瘛。"

【瘛瘲】驚風病。古稱痸疾。亦作"瘈瘲"。病狀手足痙攣。見"瘈瘲"。

瘽 zhì 尺制切,去,祭韻,穿。ㄓˋ

拉,牽引。靈樞經熱病:"熱病頭痛顳顬目瘽。"言目被牽動。

瘽 bì 毗至切,去,至韻,並。ㄅㄧˋ

足氣病。説文:"瘽,足氣不至也。"五代南唐徐鍇説文繫傳:"今人言久坐則足瘽也。高士傳曰:'晉侯與亥唐坐,瘽,不敢壞坐'也。"今本高士傳作"痹"。參閲清錢坫説文解字斠詮。

瘨 diān 都年切,平,先韻,端。ㄉㄧㄢ

㊀困苦。詩大雅召旻:"瘨我饑饉,民卒流亡。"箋:"瘨,病也。"㊁"癲"本字。素問腹中論:"石藥發瘨,芳草發狂。"注:"多喜曰瘨,多怒曰狂。"㊂暈倒。戰國策楚一:"七日不得告,水漿無入口,瘨而殫悶,旄不知人。"

瘞 yì 於罽切,去,祭韻,影。ㄧˋ

埋葬。詩大雅雲漢:"上下奠瘞,靡神不宗。"傳:"上祭天,下祭地,奠其禮,瘞其物。"文選晉潘安仁(岳)西征賦:"夭赤子於新安,坎路側而瘞之。"

【瘞土】祭土。吕氏春秋任地:"有年瘞土,無年瘞土。"注:"祭土曰瘞。年,穀也。有穀祭土,報其功也;無穀祭土,禳其神也。"

【瘞玉】埋玉。古祭山必埋玉,祭川則沉璧。漢書武帝紀天漢三年:"三月行幸泰山,……還幸北地,祠常山,瘞玄玉。"北周庾信庾子山集七周祀方澤歌皇夏:"瘞玉埋俎,藏芬斂氣。"

【瘞埋】㊀祭名。同"瘞薶"。禮祭法:"燔柴於泰壇,祭天也;瘞埋於泰折,祭地也。"疏:"謂瘞繒埋牲。"㊁埋葬。北周庾信庾子山集十三周太子少保步陸碑:"況復圖畫賢妃,方在甘泉之室。瘞埋才子,即用高陽之原。"

【瘞錢】殉葬的錢幣。史記一二二張湯傳:"會人有盜發孝文園瘞錢。"集解:"如淳曰:瘞埋錢於園陵以送死。"新唐書一〇九王嶼傳:"漢以來,葬喪皆有瘞錢,後世里俗稍以紙寓錢爲鬼事。"

【瘞藏】殉葬的金玉器物。管子侈靡:"有差樊,有瘞藏。"漢書三六劉向傳上疏:"及秦惠文、武、昭、嚴襄五王,皆大作丘隴,多其瘞臧,咸盡發掘暴露,甚足悲也。"注:"瘞,埋也。"臧,同"藏"。

【瘞薶】祭名。古代祭地,瘞繒埋牲,因名瘞薶。爾雅釋天:"祭天曰燔柴,祭地曰瘞薶。"參見"瘞埋"。

【瘞玉歌】古代歌曲。北周庾信庾子山集八齊王進蒼烏表:"無令赤鳳留止,偏爲瘞玉之歌。玄鶴徘徊,獨擅御珠之舞。"傳説戰國吴王夫差女紫玉,悦童子韓重,死葬閶門外,重往弔,玉形見,宛頸而歌。見太平廣記三一六録異傳韓重。

【瘞鶴銘】碑刻。華陽真逸撰,上皇山樵書。文自左至右,筆法渾穆。在今江蘇鎮江市焦山崖石上。曾陷落江中,宋淳熙中挽出,後又墮江。清康熙時陳鵬年募工撈取,復出。共存五石。宋歐陽修集古録以爲書法類唐顔真卿,以道號相同,疑爲顧況。宋黄伯思就文格字法,考定爲南朝梁陶弘景,見所撰東觀餘論下跋瘞鶴銘後。清汪士鋐撰瘞鶴銘考,敍諸家說法甚詳。

【瘞玉埋香】指美女死亡。明高啓高太史集八聽教坊舊妓郭芳卿弟子陳氏歌:"回頭樂事浮雲改,瘞玉埋香今幾載。"

瘤 qún 渠云切,平,文韻,羣。ㄑㄩㄣˊ 五還切,平,删韻,疑。

麻痹。素問五常政大論:"皮瘤肉苛,筋脈不利。"唐柳宗元柳先生集四二酬韶州裴曹長使君寄道州吕八大使……詩:"夙志隨憂盡,殘肌觸瘴瘤。"

瘣 huì 胡罪切,上,賄韻,匣。ㄏㄨㄟˋ

病。説文瘣引詩:"譬彼瘣木。"今詩小雅小弁作"壞木"。木病萎黄無枝葉,也謂之瘣。漢徐幹中論藝紀:"木無枝葉,則不能豐其根幹,故謂之瘣。"

【瘣隤】病。易林師之臨:"玄黄瘣隤,行者勞罷。"詩卷耳作"虺隤"。見該條。

瘡 chuāng 初良切,平,陽韻,初。ㄔㄨㄤ

㊀癰疽之類,總名曰瘡。三國志魏明帝紀景初二年:"(壽春農民妻)飲人以水,及以洗瘡,或多愈者。"㊁外傷。通"創㊀"。後漢書十九耿恭傳:"傳語匈奴曰:'漢家箭神,其中瘡者必有異',因發彊弩射之,虜中矢者,視創皆沸,遂大驚。"

【瘡疣】疾苦。唐韓愈昌黎集一赴江陵途中寄題王二十補闕……詩:"酸寒何足道,隨事生瘡疣。"

【瘡痍】創傷。也比喻人民疾苦。漢書三七季布傳:"今瘡痍未瘳,(樊)噲又面諛,欲摇動天下。"史記作"創痍"。唐杜甫杜工部草堂詩箋二八雷:"故老仰面啼,瘡痍向誰訴!"

【瘡痏】創傷,瘢痕。文選漢張平子(衡)西京賦:"若其五縣遊麗辯論之士,街談巷議,彈射臧否,……所好生毛羽,所惡成瘡痏。"抱朴子擢才:"乃有播埃塵於白珪,生瘡痏於玉肌,訕疵雷同,攻伐獨立。"也譬喻民生疾苦。唐元稹長慶集二四連昌宮詞:"廟謨顛倒四海搖，五十年來作瘡痏。"

瘠 1. jí 秦昔切,入,昔韻,從。 ㄐㄧˊ

㊀瘦弱。左傳襄二一年:"(申)叔豫遂以疾辭,……楚子使醫視之,復曰:'瘠則甚矣,而血氣未動。'"㊁疾疫。公羊傳莊二十年:"夏,齊大災。大災者何?大瘠也;大瘠者何?痢也。"㊂指土地不肥沃。國語楚上:"瘠磽之地,於是乎爲之。"㊃薄,簡約。荀子富國:"將蹙然衣粗食惡,憂戚而非樂,若是則瘠,瘠則不足欲。"禮樂記:"使其曲直、繁瘠、廉肉節奏,足以感動人之善心而已矣。"疏:"瘠,謂省約。"㊄損削。左傳襄二九年:"如是可矣,何必瘠魯以肥杞?"

2. zì ㄗˋ

㊅未腐爛的屍體。通"胔"。荀子榮辱:"是其所以不免於凍餓,操瓢囊爲溝壑中瘠者也。"清王念孫謂瘠,讀爲"掩骼埋胔"之"胔"。瘠爲"胔"的借字。見讀書雜志荀子一。

【瘠土】不肥沃的土地。國語魯下:"昔聖王之處民也,擇瘠土而處之,勞其民而用之,故長王天下。"也作"瘠地"。淮南子脩務:"夫瘠地之民多有心者,勞也。"

【瘠色】容貌毁損。國語魯下:"二三婦之辱共先祀者,請無瘠色,無洵涕,無掐膺,無憂容。"

【瘠鹵】薄地,鹽鹹地。宋陸游劍南詩稿四二甲申雨:"山陰洪湖二百歲,坐使膏腴成瘠鹵。"宋史食貨志上二方田賦稅:"若瘠鹵不毛,及衆所食利山林、陂塘、溝路、墳墓,皆不立稅。"

【瘠墨】儉薄。荀子禮論:"送死不忠厚,不敬文,謂之瘠。"又:"刻死而附生謂之墨,刻生而附死謂之惑,殺生死送死之賊。"又樂論:"亂世之徵,……其養生無度,其送死瘠墨。"墨家主薄葬,故稱瘠墨。

【瘠牛僨豚】左傳昭十三年:"牛雖瘠,僨於豚上,其畏不死。"注:"僨,仆也。"魯人以晉爲無德,但晉强大而魯小弱,故晉使叔向以瘦牛自喻,强使魯人聽命。

瘜 xī 相即切,入,職韻,心。 ㄒㄧ

寄肉,瘤腫。寄肉見於外叫瘤,隱於内叫瘜。靈樞經水脹:"寒氣客於腸外,與衛氣相搏,氣不得營,因有所繫,癖而内著,惡氣乃起,瘜肉乃生。始生也,大如雞卵,稍以益大,至其成如懷子之狀。"

瘢 bān 薄官切,平,桓韻,並。 ㄅㄢ

㊀疤痕。漢書八三朱博傳:"長陵大姓尚方禁少時嘗盗人妻見斫,創著其頰,……博聞知之,以它事召見,視其面,果有瘢。"㊁皮膚之有斑者,如雀瘢、汗瘢等。紅樓夢四六:"兩邊腮上微微的幾點雀瘢。"㊂喻過失。見"洗垢求瘢"。

【瘢疕】疤痕。唐韓愈昌黎集八征蜀聯句:"念齒慰徽黧,視傷悼瘢疕。"注:"瘡痕。"

【瘢耆】馬脊瘡瘢。漢書八七下揚雄傳長楊賦:"兗鋋瘢耆,金鏃淫夷者數十萬人。"注:"孟康曰:'瘢耆,馬脊創瘢處也。'"

【瘢痕】創口留下的痕迹。北史崔贍傳:"贍經熱病,面多瘢痕。"比喻毛病,缺點。後漢書八十下趙壹傳刺世疾邪賦:"所好則鑽皮出其毛羽,所惡則洗垢求其瘢痕。"

十一畫

瘴 zhàng 之亮切,去,漾韻,照。 ㄓㄤˋ

瘴氣。舊指我國南部和西南部地區山林間濕熱蒸發致人疾病之氣。後漢書二四馬援傳:"初援在交趾,常餌薏苡實,用能輕身省慾,以勝瘴氣。"唐張九齡曲江集四夏日奉使南海在道中作詩:"秋瘴寧我毒,夏水胡不夷。"

【瘴母】瘴氣。唐鄭熊番禺雜記:"或見物自空而下,始如彈丸,漸如車輪,遂四散,人中之卽病,謂之瘴母。"(類說四)參見"鬼彈"。

【瘴江】舊指嶺南有瘴氣的江河。唐韓愈昌黎集十左遷至藍關示姪孫湘詩:"知汝遠來應有意,好收吾骨瘴江邊。"元稹長慶集十一送人之嶺南詩:"瘴江乘早度,毒草莫親芟。"

【瘴海】舊指嶺南有瘴霧的海域。唐柳宗元柳先生集四二柳州寄京中親故詩:"林邑心聯瘴海秋,牂牁水向郡前流。"白居易長慶集六九夏日與閑禪師避暑詩:"每因毒暑悲秋故,多在炎方瘴海中。"

【瘴癘】山林溫熱地區流行的惡性瘧疾等傳染病。南史任昉傳劉峻廣絶交論:"藐爾諸孤,朝不謀夕,流離大海之南,寄命瘴癘之地。"文選李善本瘴作"嶂",六臣本作"鄣"。唐杜甫杜工部草堂詩箋十四夢李白之一:"江南瘴癘地,逐客無消息。"

【瘴霧】濕熱蒸發致人疾病的霧氣。唐韓愈昌黎集三杏花詩:"浮花浪蘂鎮長有,纔開還落瘴霧中。"

【瘴雨蠻烟】指南方有瘴氣的烟雨。宋辛棄疾稼軒詞滿江紅送湯朝美自便歸:"瘴雨蠻烟,十年夢,尊前休說。"也作瘴雨蠻雲。宋陸游劍南詩稿十涪州:"使君不用勤留客,瘴雨蠻雲我欲愁。"

瘯 cù 千木切,入,屋韻,清。 ㄘㄨˋ

家畜病。見下。

【瘯蠡】六畜之病。左傳桓六年:"博碩肥腯,……謂其不疾瘯蠡也,謂其備腯咸有也。"參閱清錢大昕潛研堂文集七問答四。

瘭 biāo 集韻 卑遥切,平,宵韻。 ㄅㄧㄠ

疽病。見集韻。唐釋玄應一切經音義十八立世阿毗曇論"瘭疾"注:"癰成也。"比喻禍害。宋王安石臨川集八九廣西轉運使孫君墓碑:"瘭毒卽除,膏熨以治。"

【瘭疽】瘡毒。常生於指尖,多由輕微的創傷受到感染而引起。甚則劇痛,俗稱蝦眼。後漢書九十鮮卑傳蔡邕議:"夫邊垂之患,手足之蚧搔;中國之困,胷背之瘭疽。"注:"杜預注左傳曰:疽,惡創也。"莊子則陽:"漂疽疥癰。"釋文本作"瘭疽"。

瘼 mò 慕各切,入,鐸韻,明。 ㄇㄛˋ

病。詩小雅四月:"亂離瘼矣,爰其適歸。"傳:"瘼,病。"引申爲疾苦。三國志蜀馬超傳封斄鄉侯策:"兼董萬里,求民之瘼。"參見"民瘼"。

瘽 qín 巨斤切,平,欣韻,羣。 ㄑㄧㄣˊ
其謹切,上,隱韻,羣。
渠遴切,去,震韻,羣。

㊀勞劇之病。見爾雅釋詁一。㊁同"勤"。漢書文帝紀十三年詔:"農,天下之本,務莫大焉。今瘽身從事,而有租稅之賦,是謂本末者無以異也。"注:"晉灼曰:瘽,古勤字。"殿本作"廑"。史記孝文紀作"勤"。

瘵 1. zhì 竹例切,去,祭韻,知。 ㄓˋ

㊀赤白痢。釋名釋疾病作"滯"。玉篇作"瘵"。唐柳宗元柳先生集十吕侍御恭墓銘:"病瘤瘻,加瘵。"

2. dài 當蓋切,去,泰韻,端。 ㄉㄞˋ

㊁婦女病。白帶病。見玉篇。

瘱 yì 於計切,去,霽韻,影。 ㄧˋ

沈静，柔順。同"嫕"。漢書九七下孝平王皇后傳："爲人婉瘱有節操，自劉氏廢，常稱疾不朝。"注："瘱，静也。"

瘳 chōu ㄔㄡ 丑鳩切，平，尤韻，徹。

㊀病愈。書金縢："王翼日乃瘳。"詩鄭風風雨："既見君子，云胡不瘳。"引申爲恢復元氣。莊子田子方："寓而政於臧丈人，庶幾乎民有瘳乎！"㊁減損。國語晉二："君不度而賀大國之襲，於己也何瘳？"

瘸 qué ㄑㄩㄝ 巨靴切，平，戈韻，羣。

跛。宋王闢之澠水燕談録九雜録："(錢塘)諺謂跛爲瘸。"古今名劇元岳伯川鐵拐李三："却怎生鬅鬆着頭髮髫着個嘴，刬地拄着條粗拐瘸着條腿。"

瘻 lòu ㄌㄡˋ 盧候切，去，候韻，來。lóu ㄌㄡˊ 力朱切，平，虞韻，來。

頸腫。即瘰癧，一名鼠瘻。西醫名淋巴腺結核。淮南子説山："雞頭已瘻。"注："瘻，頸腫疾。"唐柳宗元柳先生集十六捕蛇者説："可以已大風攣踠瘻癘，去死肌，殺三蟲。"

瘰 luǒ ㄌㄨㄛˇ 郎果切，上，果韻，來。

見下。

【瘰癧】 病名。即淋巴腺結核。俗名癧子頸。靈樞經寒熱："黄帝問於岐伯曰：'寒熱瘰癧在於頸腋者，皆何氣使生？'岐伯曰：'此皆鼠瘻寒熱之毒氣也，留於脈而不去者也。'"參閲明戴元禮祕傳證治要訣十一瘡毒瘰癧。

瘵 zhài ㄓㄞˋ 側界切，去，怪韻，莊。

㊀病。詩大雅瞻卬："邦靡有定，士民其瘵。"宋陳言三因方、嚴用和濟生方標目有"勞瘵"，皆指肺病。㊁凋敝，疾苦。唐杜甫杜工部草堂詩箋三四壯遊："大軍載草草，凋瘵滿膏肓。"

癬 xuǎn ㄒㄩㄢˇ 集韻 息淺切，上，獮韻。

同"癣"。見"疥癬"。

瘲 zòng ㄗㄨㄥˋ 子用切，去，用韻，精。

見"瘈瘲"。

癕 yōng ㄩㄥ

㊀腫。戰國策秦二："夫齊，罷國也，以天下擊之，譬猶以千鈞之弩潰癕也。"㊁鼻塞。漢王充論衡别通篇："鼻不知香臭曰癕。"字彙補以癕爲"癰"的譌字。

十二畫

癆 láo ㄌㄠˊ 郎到切，去，号韻，來。

㊀積勞損削之病。明戴元禮祕傳證治要訣九虚損門五勞："五臟雖皆有勞，心腎爲多；心主血，腎主精，精竭血燥，則癆生。"參見"五勞"。㊁結核病的俗稱。多指肺結核。唐段成式異疾志："河南劉崇遠有妹爲尼，嘗有一客尼寓宿，病癆，瘦甚且死。"

【癆剌】 傷痛。唐皮日休皮子文藪二九諷遇謗："既何路以自辨兮，遂没齒而癆剌。"

瘤 liú ㄌㄧㄡˊ 力求切，平，尤韻，來。 ㄌㄧㄡˋ 力救切，去，宥韻，來。

㊀瘤子，腫瘤。釋名釋疾病："瘤，流也。血流聚所生瘤腫也。"太平御覽七四〇魏略："晉景帝(司馬師)先苦瘤，自割之。"㊁木外皮隆起的粒塊。北周庾信庾子山集一枯樹賦："戴癭銜瘤，藏穿抱穴。"注："南方草木狀曰：五嶺之間多楓木焉，久則生癭瘤。"

【瘤贅】 皮膚上贅生的肉疙瘩。舊唐書一九一孫思邈傳："蒸則生熱，否則生寒，結而爲瘤贅，陷而爲癰疽。"比喻多餘無用的事物。晉干寶搜神記六："石立土踊，此天地之瘤贅也。"參見"贅瘤"。

瘮 cǎn ㄘㄢˇ 七然切，平，仙韻，清。

痛苦。通"憯"、"慘"。漢書八五谷永傳對："又以掖庭獄大爲亂阱，榜箠瘮於炮格，絶滅人命。"又異姓諸侯王表："嚮應瘮於謗議，奮臂威於甲兵。"

療 liáo ㄌㄧㄠˊ 力照切，去，笑韻，來。

醫治，治療。説文作"藥"。周禮天官瘍醫："凡療瘍以五毒攻之。"注："止病曰療。"左傳襄二六年："今楚多淫刑，其大夫逃死於四方，而爲之謀主，以害楚國，不可救療，所謂不能也。"

【療肌】 謂可止飢餓。詩陳風衡門："泌水洋洋，可以樂飢。"魯、韓詩作"藥飢"，列女傳楚老萊妻引作"療饑"。文選漢張平子(衡)思玄賦："聘王母於銀臺兮，羞玉芝以療飢。"參閲清陳喬樅毛詩鄭箋改字説一(清續經解一六〇)。

【療貧】 猶言救窮。金元好問遺山集三閻商卿還山中詩："半世虚名不療貧，棲遲零落百酸辛。"

【療妒羹】 傳奇名。明粲花主人(吴炳)撰。寫褚大郎於揚州買妾喬小青。褚妻苗氏奇妒，小青被虐待，奄奄而斃。後經俠士韓泰斗救活潛逃，終歸楊器。炳字石渠，宜興人。

【療愁花】 即萱花。舊題南朝梁任昉述異記下："萱草一名紫萱，又呼爲忘憂草，吴中書生呼爲療愁花。"

癇 xián ㄒㄧㄢˊ 户閒切，平，山韻，匣。

癲癇。俗名羊癇風、羊角風、猪頭風。素問大奇論："心脈滿大，癇瘛筋攣。"漢王符潛夫論忠貴："哺乳太多，則必掣縱而生癇。"

癃 lóng ㄌㄨㄥˊ 力中切，平，東韻，來。

同"瘽"、"癊"。㊀疲病，衰弱多病。史記七六平原君傳："臣不幸有罷癃之病。"索隱："罷癃謂背疾，言腰曲而背隆高也。"參閲清王念孫讀書雜志三史記四。㊁小便不通。素問宣明五氣："膀胱不利爲癃。"

【癃老】 衰老病弱。晏子春秋内篇問下："公所身見癃老者七十人，振贍之。"宋史食貨志上六振恤："凡鰥、寡、孤、獨、癃老、疾廢、貧乏不能自存應居養者，以户絶屋居之。"

【癃病】 衰弱疲病。韓非子十過："晉國大旱，赤地三年，平公之身遂癃病。"漢書高帝紀下十二年詔："年老癃病，勿遣。"

【癃閟】 大小便不通。素問五常政大論："其病癃閟，邪傷腎也。"注："癃，小便不通；閟，大便乾澀不利也。"

癈 fèi ㄈㄟˋ 方肺切，去，廢韻，幫。

痼病。長期不愈的病。周禮地官族師："辨其貴賤老幼癈疾可任者。"疏："癈疾，謂癈於人事疾病，若今癃不可事者也。"急就篇："篤癃痕癈迎醫匠。"注："癈，四支不收。"參見"廢疾"。

癉 1. dàn dǎn ㄉㄢˋ ㄉㄢˇ 丁可切，上，哿韻，端。丁佐切，去，箇韻，端。集韻 得案切，去，换韻。

㊀病，勞苦。詩大雅板："上帝板板，下民卒癉。"禮緇衣引詩作"瘅"。㊁厚，盛。國語周上："古者，太史順時覛土，陽癉憤盈，土氣震發。"注："癉，厚也。"漢書六四上嚴助傳淮南王安上書："南方暑濕，近夏癉熱。"㊂憎恨。書畢命："彰善癉惡，樹之風聲。"㊃黄疸病。通"疸"。山海經西山經："(翼望之山)有獸焉……服之已癉。"注："黄癉病也，音旦。"

2. dān ㄉㄢ 都寒切，平，寒韻，端。

㊄熱症。素問奇病論:"此五氣之溢也,名曰脾癉。"注:"癉,謂熱也。"

3. tán 徒干切,平,寒韻,定。
ㄊㄢ 集韻 黨旱切,上,緩韻。

㊅風在手足病。見廣韻。似指今所謂風癱。

【癉疽】惡瘡。左傳襄十九年:"荀偃癉疽,生瘍於頭。"注:"癉疽,惡創。"

【癉暑】酷熱。宋范成大石湖集六次韻溫伯雨涼感懷詩:"窮山更癉暑,憊臥不舉頭。"

癄 qiáo 集韻 慈焦切,平,宵韻。
ㄑㄧㄠˊ

憔悴,憂患。通"憔"。見集韻。

【癄瘁】漢書禮樂志:"是以纖微癄瘁之音作,而民思憂。"注:"癄瘁,謂減縮也。"宋劉攽、清錢大昕皆言當依禮樂記"是故志微、噍殺之音作而民思憂。"讀爲噍殺。噍殺爲樂聲蹙急之義。參閱清王先謙漢書補注。參見"噍$_2$殺"。

十三畫

癔 yì 於力切,入,職韻,影。
ㄧˋ

一種精神病。多因精神受重大刺激而引起。隋巢元方諸病源候論有風癔候篇。

癚 dǎn 多旱切,上,旱韻,端。
ㄉㄢˇ

因勞而成的病。同"癉"。禮緇衣:"詩云:'上帝板板,下民卒癚。'"今詩大雅板癚作"癉"。

癕 yōng
ㄩㄥ

惡性毒瘡。同"擁"、"癰"。史記七二穰侯傳蘇代遺穰侯書:"夫齊,罷國也,以天下攻齊,如以千鈞之弩決潰癕也,必死安能弊晉楚?"

癗 lěi 落猥切,上,賄韻,來。
ㄌㄟˇ

見"痱癗"。

癘 lì 力制切,去,祭韻,來。
ㄌㄧˋ

㊀疫病。周禮天官疾醫:"四時皆有癘疾。"注:"癘疾,氣不和之疾。"左傳昭四年:"癘疾不降,民不夭札。"㊁惡疾,惡瘡疾。通"癩"。山海經西山經:"(英山)有鳥焉,其狀如鶉,黃身而赤喙,其名曰肥遺,食之已癘。"注:"疫病也;或曰惡創。"公羊傳昭二十年"惡疾也"漢何休注:"惡疾,謂瘖、聾、盲、癘、禿、跛、傴,不逮人倫之屬也。"㊂殺。管子五行:"不癘雛鷇,不夭麑麇。"注:"癘,殺也。"

【癘疫】瘟疫。墨子兼愛下:"今歲有癘疫,萬民多有勤苦凍餒轉死溝壑中者,既已衆矣。"左傳昭元年:"山川之神,則水旱癘疫之災,於是乎禜之。"

【癘疵】災害。宋史樂志七郊祀:"四月維夏,兆于重離。帝執其衡,物無癘疵。"參見"疵癘"。

癖 pǐ 芳辟切,入,昔韻,滂。
ㄆㄧˇ

㊀腹有積聚而成塊之病。俗名痞塊。唐王燾外臺秘要十二癖方:"三焦痞隔,則腸胃不能宣行,因飲水漿,便令停止不散,更遇寒氣,聚而成癖。癖者,謂僻側於兩脅之間,有時而痛是也。"㊁成爲習慣的嗜好。晉書杜預傳:"預常稱(王)濟有馬癖,(和)嶠有錢癖。武帝聞之,謂預曰:'卿有何癖?'對曰:'臣有左傳癖。'"

【癖痼】積久難治的病。文苑英華七一六唐李華雲母泉詩序:"自墨山西北,至石門東南,……盡生雲母,牆陷道路,粲粲如列星。井泉溪澗,色皆純白,鄉人多壽考,無癖痼疥搔之疾。"

【癖潔】愛清潔成了癖性。宋史四四四米芾傳:"好潔成癖,至不與人同巾器。"明李贄焚書袁中道李温陵傳:"體素癯,澹於聲色,又癖潔。"

癜 diàn 正字通 都見切,音殿。
ㄉㄧㄢˋ

皮膚長斑片的病。有白癜、紫癜兩種。隋巢元方諸病源候論有白癜候,專論白癜的病狀及其形成原因。

【癜風】皮膚病名。參閱明李時珍本草綱目二八菜茄。

癐 guì 集韻 古外切,去,泰韻。
ㄍㄨㄟˋ

阿癐癐,叫喊聲。明陶宗儀輟耕錄十一阿癐癐:"淮人寇江南日,於臨陣之際,齊聲大喊阿癐癐,以助軍威。"

癤 jiē 子結切,入,屑韻,精。
ㄐㄧㄝ

瘡癤。隋巢元方諸病源候論五十癤候:"腫結長一寸至二寸名之爲癤,亦如癰熱,痛久則膿潰,捻膿血盡便瘥。"

癙 shǔ 舒呂切,上,語韻,審。
ㄕㄨˇ

病。見爾雅釋詁上。山海經中山經:"(脫扈之山)有草焉。……名曰植楮,可以已癙。"

【癙憂】憂憊之病。詩小雅正月:"哀我小心,癙憂以痒。"傳:"癙,痒,皆病也。"

癓 wēi 無非切,平,微韻,明。
ㄨㄟ

脚脛潰瘍。爾雅釋訓"既微且尰"釋文:"微,字書作癓。三倉云:足創。"見"微㊈"。

十四畫

癠 jì 徂奚切,平,齊韻,從。
ㄐㄧˋ 徂禮切,上,薺韻,從。
在詣切,去,霽韻,從。

病。禮玉藻:"親癠,色容不盛。"注:"癠,病也。"

⿸疒親 chèn
ㄔㄣˋ

病。同"疢",也作"⿸疒尔"。南朝宋鮑照鮑氏集九謝賜藥啓:"⿸疒親同山嶽,蒙靈藥之賜。"

癡 chī 丑之切,平,之韻,徹。
ㄔ

㊀不聰慧,獃。急就篇四:"痂疕疥癘癡聾盲。"注:"癡,不慧也。"世說新語賞譽下:"王藍田(述)爲人晚成,時人乃謂之癡。"㊁癲狂。漢書七三韋玄成傳:"(父)賢薨,玄成在官聞喪,又言當爲嗣,玄成深知其非賢雅意,即陽爲病狂,臥便利,妄笑語昏亂。……案事丞相史乃與玄成書曰:'古之辭讓,必有文義可觀,故能垂榮於後,今子獨壞形貌,蒙耻辱,爲狂癡,光曜晻而不宣。微哉子之所託名也!'"㊂愛好至入迷。新唐書九五竇威傳:"貫覽羣言,家世貴,子弟皆喜武力,獨威尚文,諸兄詆爲書癡。"

【癡小】年少無知。唐白居易長慶集四井底引銀瓶詩:"寄言癡小人家女,愼勿將身輕許人。"

【癡心】癡迷不捨之情。宋秦觀淮海集十三月晦日偶題詩:"節物相催各自新,癡心兒女挽留春。"元王實甫西廂記三本四折:"自古人云:'癡心女子負心漢',今日反其事了。"

【癡狂】㊀癲狂病。淮南子俶真:"夫人之所受於天者,耳目之於聲色也,口鼻之於芳臭也,肌膚之於寒燠,其情一也;或通於神明,或不免於癡狂者何也?其所爲制者異也。"漢王充論衡率性:"有癡狂之疾,歌啼於路,不曉東西,……不知饑飽,性已毀傷,不可如何。"㊁無知狂亂。唐元稹長慶集九六年春遣懷詩之七:"童稚癡狂撩亂走,繡毬花仗滿堂前。"

【癡雨】久下不止的雨。元詩選張養浩雲莊類稿久雨初霽書所寓壁:"癡雨歇簷滴,頑雲開日華。"

【癡叔】晉王湛兄弟宗族皆以爲癡。武帝(司馬炎)每見湛兄子王濟,常調之曰:

"卿家癡叔死未?"後濟漸得湛實，因答曰:"臣叔不癡。"並推其才在山濤以下，魏舒以上。湛於是顯名。參閱世説新語賞譽上、晉書王湛傳。

【癡牀】唐侍御史號雜端，地位尊重，其食座之南設横榻謂之南牀，殿中監察不得坐。亦謂之癡牀，言處其上者，倨坐如癡。見唐杜佑通典職官六侍御史。

【癡物】猶言蠢東西，罵人的話。舊五代史盧程傳:"莊宗怒，謂郭崇韜曰:'朕誤相此癡物，敢辱予九卿!'促令自盡。"

【癡肥】肥胖而無所用心。南史沈慶之傳附沈昭略:"嘗醉，晚日負杖携家賓子弟至婁湖苑，逢王景文子約，張目視之曰:'汝是王約邪？何乃肥而癡。'約曰:'汝沈昭略邪？何乃瘦而狂。'昭略撫掌大笑曰:'瘦已勝肥，狂又勝癡。'"

【癡客】㊀月季花的別稱。宋姚寬西溪叢語:"昔張敏叔有十客圖，忘其名。予長兄伯聲，嘗得三十客……玫瑰爲刺客，月季爲癡客。"㊁留連忘返的遊客。明高啓高太史集九同謝國史遊鍾山逢鐵冠先生:"莫嫌癡客暮未返，日墮江水鴉飛還。"

【癡風】閩中瀕海，每歲七八月多東北風，俗稱癡風。宋蒲壽宬心齋學詩稿四寒日暮景:"落日行人急，癡風過翼稀。"見宋范正敏遯齋閒覽。

【癡骨】稱人資質愚鈍。見"妍皮不裹癡骨"。

【癡笑】傻笑。唐盧仝玉川子集一示添丁詩:"父憐母惜摑不得，却生癡笑令人嗟。"

【癡掙】發抖，發噤。元曲選缺名珠砂擔一:"我又不敢問他，問他姓名，早則是打了個渾身癡掙。"又高文秀黑旋風一:"他可慣聽我這莽壯聲，諕他一個癡掙。"

【癡雲】停滯不動之雲。唐李商隱李義山詩集一房中曲:"嬌郎癡若雲，抱日西簾曉。"宋陸游劍南詩稿十七芒種後經旬無日不雨偶得長句:"癡雲不散常遮塔，野水無聲自入池。"

【癡鈍】猶愚笨，遲鈍。北齊顔之推顔氏家訓音辭:"梁世有一侯，嘗對元帝飲謔，自陳癡鈍，乃成颸段。"宋蘇軾分類東坡詩二四王中父哀詞:"堪笑東坡癡鈍老，區區猶記刻舟痕。"

【癡絶】癡獃絶頂。常指有才智的人在某一方面的疏略。晉書顧愷之傳:"故俗傳愷之有三絶:才絶、畫絶、癡絶。"宋陸游劍南詩稿三二舟中戲書:"英雄到底是癡絶，富貴但能妨醉眠。"

【癡頑】愚頑無知。常作爲自謙之詞。唐王建詩五昭應官舍:"癡頑終日羨人閑，却喜因官得近山。"

【癡漢】愚蠢的人，笨拙的人。北史齊文宣帝紀:"曾有典御丞李集面諫，比帝有甚於桀紂，帝令縛置流中……如此數四，集對如初。帝大笑曰:'天下有如此癡漢，方知龍逢比干非是俊物。'"水滸二四:"自古道:'駿馬却馱癡漢走，美妻常伴拙夫眠。'"

【癡龍】神話傳説，洛中有洞穴，有人誤墜穴中，見有大羊，羊髯有珠，取而食之。後出以問張華，華曰:"此癡龍也。"見法苑珠林四一引幽明録。唐韓定辭酬馬彧詩:"崇霞臺上神仙客，學辨癡龍藝最多。"(唐詩紀事七一)。宋蘇軾蘇文忠詩合注三七次韻子由清汶老龍珠丹:"天公不解防癡龍，玉函寶方出龍宫。"

【癡騃】癡呆笨拙。周禮秋官司刺"三赦曰蠢愚"漢鄭玄注:"蠢愚，生而癡騃童昏者。"元曲選缺名來生債三:"跳不出這塵寰世界，我覷了委實癡騃。"

【癡錢】稱租賃房屋的錢。宋陶穀清異録人事錢井經商:"僦屋出錢號曰癡錢。故僦賃取直者，京師人指爲錢井經商。"

【癡聾】見"不癡不聾"。

【癡凍蠅】比喻僵化不活潑。宋黄庭堅豫章集二八題樂毅論後:"小字莫作癡凍蠅，樂毅論勝遺教經。"

【癡人説夢】五燈會元二十道行禪師:"佛説三乘十二分頓漸偏圓，癡人前不得説夢。"本指不能對癡人説夢，恐其信以爲真。後因以癡人説夢指妄談荒誕不實之事。宋葉□愛日齋叢鈔三:"始東坡(蘇軾)詩云:'我笑陶淵明，種秫二頃半，婦言既不用，還有責子歎。'蘇公肯亦效癡人説夢邪。"

【癡兒騃女】天真無知的少男少女。宋秦觀草堂詩餘四宋謙父賀新郎七夕詞:"巧拙豈關今夕事，奈癡兒騃女流傳謬。"

【癡頑老子】契丹滅晉，契丹主耶律德光詢晉相馮道曰:"爾是何等老子?"對曰:"無才無德癡頑老子。"見新五代史馮道傳。宋詩鈔戴復古石屏詩鈔送別朱兼僉:"黄堂若問癡頑老，新有登樓十二詩。"

【癡黠各半】晉顧愷之在桓温府，温常云:"愷之體中，癡黠各半，合而論之，正得平耳。"見世説新語文學"或問顧長康"注引宋明帝文章志、晉書顧愷之傳。

癟 biě ㄅㄧㄝˇ 蒲結切，入，屑韻，並。芳滅切，入，薛韻，滂。

枯病。見玉篇。又枯萎，扁縮。明郎瑛七修類藁十三黄蔡葉:"張士誠委弟士信爲丞相，……時士信專用黄敬夫、蔡彦文、葉得新，然三人黄書生，蔡業醫，葉星士也。吳中因作十七字詩:'丞相做事業，專用黄蔡葉，一夜西風起，乾癟。'"按清雷浚説文外編十六:"説文無癟字，禾部秕，不成粟也。案不成粟者，俗語秕穀是也。本卑禮切，重讀如鼈，別製癟字，俗音俗字也。"參見"乾癟"。

十五畫

癢 yǎng ㄧㄤˇ 餘兩切，上，養韻，喻。

皮膚受刺激，即產生欲搔的感覺。禮内則:"以適父母舅姑之所，及所，下氣怡聲，向衣燠寒，疾痛苛癢，而敬抑搔之。"

【癢心】内心煩悶。淮南子修務:"則雖王公大人有嚴志頡頏之行者，無不憛悇癢心而悦其色矣。"

癥 zhēng ㄓㄥ 陟陵切，平，蒸韻，知。

腹中結塊之病。舊題漢華佗華氏中藏經上積聚癥瘕雜蟲論:"癥有勞、氣、冷、熱、虚、實、風、濕、食、藥、思、憂之十二名也。"

【癥結】㊀腹中結塊的病。史記一〇五扁鵲傳:"扁鵲以其言飲藥三十日，視見垣一方人，以此視病，盡見五藏癥結，特以診脈爲名耳。"㊁喻指事物疑難之處或難於解決的關鍵。清江藩漢學師承記一閻若璩:"年二十，讀尚書至古文，即疑二十五篇之譌，沉潛二十餘年，乃盡得其癥結所在。"

【癥瘕】腹中結塊的病，堅者爲癥，成物形者爲瘕。抱朴子用刑:"夫癥瘕不除，而不修越人之術者，難圖老彭之壽也。"隋巢元方諸病源候論十九有癥瘕。

療 liào ㄌㄧㄠˋ 力照切，去，笑韻，來。

療治。詩陳風衡門"泌水洋洋，可以樂饑"漢鄭玄箋:"泌水之流洋洋然，饑者見之，可以飲以療饑。"魯韓詩本作"療飢"。參閱清陳喬樅鄭箋改字説一(續清經解一六〇)。

十六畫

癩 lài ㄌㄞˋ 落蓋切，去，泰韻，來。盧達切，入，曷韻，來。

惡瘡；麻風。説文作"癘"，原指疫疾。唐人始作"癩"。見唐慧琳一切經音義四一波羅蜜多經三癩病。參見"厲㊄"。

【癩子】 猶言無賴。五代十國中荊南地狹兵弱,介於吳楚之間,其主高從海利他國所予,所至稱臣,故諸國皆稱爲高癩子。俗語謂無恥惟利是圖者爲癩子,猶言無賴。見宋馬永易實賓録十四高癩子。

【癩可】 宋僧祖可,居廬山能詩,詩列江西派。身被惡疾,人號癩可。宋楊萬里誠齋集十七過烏沙望大塘石峰詩:"山如可師癩滿頂,石如陳三癭聯頸。"

【癩風】 麻瘋病。唐孫思邈千金翼方二一萬病:"風熱徹五藏,飲食雜穢,蟲生至多,食人五藏骨髓皮肉筋節,久久壞敗,名曰癩風。"參閱明戴元禮秘傳證治要訣一中風、明方賢奇效良方五三癘風。

【癩蝦蟆】 蟾蜍。借喻醜陋的人。水滸一〇一:"王慶那敢則聲,抱頭鼠竄,奔出廟門來,噀一口唾,叫聲道:'啐,我恁地這般獃!癩蝦蟆怎想吃天鵝肉!'"

【癩兒刺史】 北魏瀛州刺史崔暹,貪暴殘忍,大爲民患。嘗出獵州北,單騎至民村,見途旁有汲水婦人,因問曰:"崔瀛州何如?"婦人不知爲暹,答曰:"百姓何罪,得如此癩兒刺史。"見魏書崔暹傳。

瀝 lì ㄌㄧˋ 郎擊切,入,錫韻,來。

病名。見"瘰瀝"。

癩 tuí ㄊㄨㄟˊ 集韻 徒回切,平,灰韻。

見下。

【癩疝】 疝氣病。素問脉解:"厥陰所謂癩疝。"靈樞經癩皆作"㿉"。

十七畫

癮 yǐn ㄧㄣˇ 集韻 倚謹切,上,隱韻。

㊀内病。見玉篇。㊁積久成癖的嗜好。如烟癮、酒癮。清林則徐林文忠公政書使粵奏稿四瀝陳民間烟土槍具仍宜收繳片:"所以欲去其癮,先去其槍,有如理髮而奪其櫛,作字而奪其筆,雖酷嗜者亦無可如何,非第使之明志也。"

【癮㾉】 皮膚病的一種。漢張仲景(機)傷寒論一平脈法:"脈浮而大,浮爲風虛,大爲氣强,風氣相搏,必成癮㾉。"唐孫思邈千金翼方中風作"癮瘮"。

癭 yǐng ㄧㄥˇ 於郢切,上,静韻,影。

㊀頸部的囊狀瘤子。莊子德充符:"甕㼜大癭說齊桓公,桓公說之;而視全人,其脰肩肩。"文選晉嵇叔夜(康)養生論:"頸處險而癭。"㊁咽喉病。吕氏春秋盡數:"輕水所,多禿與癭人。"注:"癭,咽疾。"㊂樹木外部隆起如瘤之處。北齊劉晝劉子因顯:"夫樟木盤根鉤枝,癭節蠹皮,輪菌擁腫,則衆眼不顧。"

【癭木】 指楠樹樹根。凡楠樹樹根贅肬甚大,可製爲器械。唐張籍張司業集二和左司元郎中秋居詩之六:"醉依班藤杖,閑眠癭木牀。"

【癭杯】 楠木根製成的杯子。新唐書一九六武攸緒傳:"盤桓龍門、少室間,冬蔽茅椒,夏居石室,所賜金銀鐺鬲、野服,王公所遺鹿裘、素障、癭杯,塵皆流積,不御也。"又作"癭柟杯"。全唐詩六一四皮日休夏景無事因懷章來二上人之一:"滄景微陰正送梅,幽人逃暑癭柟杯。"

【癭牀】 楠木牀。唐陸龜蒙甫里集十三寂上人院聯句詩:"癭牀空默坐,清景不知斜(皮日休)。"

【癭相】 宋王欽若狀貌短小,頸有附疣,時人稱爲癭相。見宋史二八三本傳。

【癭樽】 有癭瘤的木製成的酒杯。全唐詩七八九李益與宣供奉攜癭樽歸杏溪園聯句:"千畦抱甕園,一酌癭樽酒。"唐李白李太白詩二四有咏山樽二首,第一首題作咏柳少府山癭木樽。

【癭木瓢】 以癭木做的酒瓢。明高啓高太史集十七醉仙圖詩:"酒滿長生癭木瓢,花開仙館宴春宵。"

癬 xuǎn ㄒㄩㄢˇ 息淺切,上,獮韻,心。

皮膚病名。山海經中山經:"(渠豬之山)其中是多豪魚,狀如鮪,赤喙尾赤羽,可以已白癬。"

【癬疥】 ㊀皮膚病。隋巢元方諸病源候論二諸癩候:"令人多瘡,猶如癬疥。"㊁比喻輕微的禍害。宋蘇軾蘇東坡集内制集四賜朝議大夫試户部尚書李常乞除沿邊一州不允詔:"與其自請捍邊,治癬疥之疾,曷若盡瘁事國,幹心膂之憂。"參見"疥癬"。

十八畫

癯 qú ㄑㄩˊ 其俱切,平,虞韻,羣。

瘦。漢應劭風俗通七太尉汝南陳蕃:"昔子夏心戰則癯。"唐李賀歌詩篇二仁和里雜敍皇甫湜:"大人乞馬癯乃寒,宗人貸宅荒厥垣。"參見"臞"。

【癯仙】 骨姿清瘦的仙人。宋蘇軾蘇文忠詩合注三十余與李廌方叔相知久矣……作詩送之:"歸家但摻凌雲賦,我相夫子非癯仙。"宋陸游劍南詩稿十七射的山觀梅之二:"凌厲冰霜節愈堅,人間乃有此癯仙。"此以梅花喻仙人。

【癯惙】 瘦弱疲乏。新唐書一六四丁公著傳:"父喪,負土作冢,貌力癯惙。"

癰 yōng ㄩㄥ 於容切,平,鍾韻,影。

惡性膿瘡。又作"廱"。莊子列禦寇:"秦王有病召醫,破癰潰痤者得車一乘。"靈樞經脈度:"六府不和,則留爲癰。"

【癰疽】 惡瘡名。也作"廱疽"。中醫稱大而淺者爲癰,屬陽症;深者爲疽,屬陰症。靈樞經癰疽:"癰疽之發於節而相應者,不可治也。……疽者上之皮大以堅,上如牛領之皮。癰者其皮上薄以澤。此其候也。"比喻大的隱患。淮南子人間:"夫積愛成福,積怨成禍,若癰疽之必潰也,所浼者多矣。"

十九畫

癱 tān ㄊㄢ 正字通 徒干切,音灘。

風癱。筋脈拘急,麻痺不仁,肌體功能喪失。漢張仲景金匱要略上中風歷節:"風引湯除熱癱癇。"

癲 diān ㄉㄧㄢ 都年切,平,先韻,端。

神經錯亂,言行失常的病。靈樞經邪氣藏府病形:"肺脈急甚爲癲疾。"難經五十九難:"狂癲之病,何以別之?然,狂疾之始發,少臥而不饑,自高賢也,自辨智也,自貴倨也,妄笑好歌樂,妄行不休,是也。癲疾始發,意不樂,直視僵仆,其脈三部俱盛,是也。"

【癲癇】 神經病的一種。俗稱羊癇風或猪頭瘋。神農本草經上經:"防葵,味辛寒,主疝瘕……癲癇驚邪狂走。"

癶 部

癶 bō 北末切,入,末韻,幫。ㄅㄛ

兩足張開而有所撥除。見說文。今用作部首。

四 畫

癸 guǐ 居誄切,上,旨韻,見。ㄍㄨㄟˇ

㈠天干的第十位。爾雅釋天:"太歲……在癸曰昭陽。"又:"月……在癸曰極。"㈡測度。史記律書:"癸之爲言揆也,言萬物可揆度,故曰癸。"㈢姓。相傳出姜姓,春秋齊癸公之後。見宋邵思姓解三。

【癸水】㈠婦女月經。唐張泌粧樓記:"紅潮,謂桃花癸水也,又名入月。"㈡灕江的別稱。宋范成大桂海虞衡志雜志:"癸水,桂林有古記,父老傳誦之,略曰:'癸水繞東城,永不見刀兵。'癸水,灕江也。"

【癸巳類稿】清俞正燮撰。十五卷。原名米鹽録。爲考訂經史,旁及輿地、天文、醫書、道梵、方言之作。以選刻在道光癸巳之歲,故名。王藻(菽原)爲之刊刻。後以遺稿尚多,張穆又取以刊入連筠簃叢書。名癸巳存稿,亦十五卷。

【癸穴庚渦】道家稱口中液爲癸穴庚渦。見明王志堅表異録十六。

【癸辛雜識】元周密撰。分前集、後集、續集、別集共六卷,以作於杭州癸辛街,故名。所記遺文軼事,足資考據者頗多。

發 bá 蒲撥切,入,末韻,並。ㄅㄚˊ

㈠用脚除草。說文:"以足蹋夷草也。从癶从殳。春秋傳曰:發夷蘊崇之,絶其本根。"今本左傳隱六年作"芟夷"。㈡見"發骫"。

【發骫】盤旋屈曲。漢書五七上司馬相如傳子虛賦:"崔錯發骫,坑衡閜砢。"注:"崔錯,交雜也。發委,蟠戾也。……骫,古委字。"

七 畫

登 dēng 都滕切,平,登韻,端。ㄉㄥ

㈠祭器名。也作"豋"、"登"。詩大雅生民:"卬盛于豆,于豆于登。"傳:"木曰豆,瓦曰登。豆,薦菹醢也;登,大羹也。"參閱清阮元校勘記。㈡升,自下而上。左傳隱十一年:"潁考叔取鄭伯之旗蝥弧以先登。"楚辭屈原九章惜頌:"欲釋階而登天兮,猶有曩之態也。"㈢進。呂氏春秋仲夏:"農乃登黍。"注:"登,進。植黍熟,先進之。"㈣高。國語晉九:"臣聞之:君子……哀名之不令,不哀年之不登。"㈤成熟。孟子滕文公上:"五穀不登,禽獸偪人。"㈥登記。周禮地官遂人:"以歲時登其夫家之衆寡及其六畜車輦。"又秋官司民:"掌登萬民之數,……歲登下其死生。"㈦取。禮月令季夏之月:"命漁師伐蛟,取鼉,登龜,取黿。"注:"龜言登者,尊之也。"㈧立時,卽刻。三國志吳鍾離牧傳"遷南海太守"注引會稽典録:"牧遣使慰譬,(曾夏等)登皆首服。"玉臺新詠一古詩爲焦仲卿妻作:"登卽相許和,便可作婚姻。"

【登丁】伐木聲。唐韓愈昌黎集八城南聯句:"桑變忽蕪蔓(韓愈),樟裁浪登丁(孟郊)。"

【登三】㈠謂功德登於三王之上。史記一一七司馬相如傳難巴蜀父老:"方將增封泰山、加梁父之事,鳴和鸞,揚樂頌,上咸五,下登三。"集解:"韋昭曰:咸同於五帝,登三王之上。"文館詞林三四六北魏高允南巡頌並序:"雖春陽之暎,無以況其仁,雲雨之施,不足齊其澤,故能登三比五,以道極濟者矣。"㈡謂帝王與道、天、地三者並尊。唐李商隱李義山文集三賀相國汝南公啓:"聖上初九潛泉,登三佩契。"參閱清馮浩樊南文集詳注三。

【登天】㈠升天。左傳成十年:"小臣有晨夢負公登天。"引申指登帝位。素問上古天真論:"(黃帝)長而敦敏,成而登天。"參閱清俞樾讀書餘録一內經素問。㈡比喻極難。孟子盡心上:"道則高矣美矣,宜若登天然。"

【登用】進用。史記夏本紀:"舜登用,攝行天子之政。"唐杜甫杜工部草堂詩箋五上韋左相二十韻:"才傑俱登用,愚蒙但隱淪。"

【登仕】作官。梁書武帝紀蕭衍上齊帝表:"且聞中間立格,甲族以二十登仕,後門以過立試吏,求之愚懷,抑有未達。"

【登仙】成仙。楚辭屈原遠遊:"貴真人之休德兮,美往世之登仙。"常用以比喻聲名直上或升遷顯要地位。文選南朝梁劉孝標廣絶交論:"陸大夫宴喜西都,郭有道人倫東國,公卿貴其籍甚,縉紳羨其登仙。"新唐書一二八倪若水傳:"班景倩自揚州採訪使入爲大理少卿,過州,若水餞于郊,顧左右曰:'班公是行若登仙,吾恨不得爲騶僕!'"

【登州】春秋時牟子國。戰國屬齊。秦爲齊郡地。漢屬東萊郡。唐置登州,故治在今山東牟平縣,後遷治蓬萊。明清爲登州府。公元 1913 年裁撤。參閱讀史方輿紀要三六登州府。

【登名】具名上奏。史記周紀:"維天建殷,其登名民三百六十夫,不顯亦不賓滅,以至今。"唐韓愈昌黎集四燕河南府秀才詩:"功曹上言公,是月當登名。"

【登戒】佛家語,卽受戒。景德傳燈録十三洛陽荷澤神會大師法嗣:"黃州大石山福琳禪師,荊州人也,……幼歸釋氏,就玄静寺謙著禪師剃度登戒。"參見"受戒㈡"。

【登延】引進。魏書高允傳徵士頌序:"於是偃兵息甲,修立文學,登延儁造,酬咨政事。"唐陸贄陸宣公集七請許臺省長官舉薦屬吏狀:"但速登延之路,罕施練覈之方,遂使先進者漸益凋訛,後來者不相接續。"

【登東】俗稱廁所爲東圊,簡稱爲東,因稱上廁所爲登東。京本通俗小說拗相公:"荊公見屋旁有個坑廁,討一張毛紙,走去登東。"警世通言五呂大郎還金完骨肉:"那客人說起自不小心,五日前侵晨到陳留縣解下搭膊登東。偶然官府在街上過,心慌起身,却忘記了那搭膊。"

【登阼】卽位。世說新語方正:"元皇帝既登阼,以鄭后之寵,欲舍明帝而立簡文。"阼亦作"祚"。宋書謝靈運傳:"太祖登祚,誅徐羨之等,欲徵爲祕書監,再召不起。"

【登明】叢辰名。舊時星命家六壬術,有十二月將神名,正月日月會於亥,神名登明。漢王充論衡難歲:"或上十二神登明、從魁之輩,工伎家謂之皆天神也。"宋沈括夢溪筆談七象數一:"余按登明者,正月三陽始兆於地上,見龍在田,天下文明,故曰登明。"

【登祚】進位。漢蔡邕蔡中郎集三琅邪王傳蔡君碑銘:"若時徵庸,登祚王臣。"

參見"登阼"。

【登封】㊀登山封禪。史記封禪書:"遂登封太山,至於梁父,而後禪肅然。"全唐詩五一〇張祜憲宗皇帝輓歌詞:"武帝虛好道,文帝未登封。"㊁縣名。屬河南省。古陽城地。傳說禹避舜之子於陽城,卽此。秦置陽城縣。漢分置崇高縣,皆屬潁川郡。東漢省入崇高陽城縣。隋大業初改名嵩陽。唐初省入陽城。武后萬歲登封元年改名登封。五代後周省陽城入登封,宋金元明清因之。參閱嘉慶一統志二〇五河南府。

【登相】㊀進位宰相。宋沈括夢溪筆談九人事一:"潞公自慶歷八年登相,至七十九歲以太師致仕。"㊁草名。卽東蘠,又名沙蓬。生於北方沙地,籽可食。按遼史西夏傳作"登廂"。參閱宋王明清揮麈錄四、宋史高昌國傳。參見"東蘠"。

【登降】㊀尊卑,上下。墨子非儒:"孔某盛容脩飾以蠱世,弦歌鼓舞以聚徒,繁登降之禮以示儀。"史記一一七司馬相如傳子虛賦:"其南則有平原廣澤,登降陁靡。"㊁增減。左傳桓二年:"夫德儉而有度,登降有數,……百官於是乎戒懼,而不敢易紀律。"參閱清王引之經義述聞春秋左傳上。

【登科】唐制,舉子放榜,止稱及第,待選服官,由吏部覆試,獲中,方稱登科。如韓愈自稱"四舉於禮部乃一得,三選於吏部卒無成",卽僅及第而未登科。唐高適高常侍集六河西送李十七詩:"開禮知才子,登科及少年。"唐以後凡應試得中卽稱登科。參閱五代王仁裕開元天寶遺事下泥金帖子。

【登衍】豐收。後漢書明帝紀永平十年詔:"昔歲五穀登衍,今茲蠶麥善收,其大赦天下。"注:"登,成也。衍,饒也。"

【登涉】登山涉水。晉書苻堅載記下附苻朗:"每談虛語玄,不覺日之將夕;登涉山水,不知老之將至。"宋陸游劍南詩稿七三梅市暮歸:"時逢佳山水,尚復快登涉。"

【登記】登錄,記載於册籍。明臣奏議三三李頤條陳海防疏:"兵部量發馬價,於密、薊、永三道,每道二萬兩,聽專備前項買馬造器及海防雜辦一應必需之物,詳爲登記。"

【登高】㊀升至高處。荀子勸學:"吾嘗跂而望矣,不如登高之博見也。"㊁指重九登高的風俗。南朝梁吳均續齊諧記記汝南桓景,從費長房遊學,累年。長房謂之曰:"九月九日汝家當有災,宜急去,令家人各作絳囊,盛茱萸以繫臂,登高飲菊花酒,此禍可除。"景於是日,齊家登山。夕還,雞犬牛羊一時暴死。登高始於此。後漸失避災之意,惟相承爲故事。如南朝宋劉裕爲宋公時,在彭城九日出項羽戲馬臺講武習射(南齊書禮志上)、南齊武帝於永明五年九日出商飈館(世呼九日臺)登高宴羣臣(南齊書武帝紀),皆爲九日故事。唐王維王右丞集十四九月九日憶山東兄弟詩:"遙知兄弟登高處,遍插茱萸少一人。"按隋文帝嘗於正月十五日,與近臣登高(見隋書元胄傳);唐韓愈有人日城南登高詩(見昌黎集六);是古人登高,不限於九月九日。

【登真】猶言登仙。唐李白李太白詩十二贈別舍人弟臺卿之江南:"入洞過天地,登真朝玉皇。"隋書經籍志四記南朝梁陶弘景有登真隱訣,言神仙之事。

【登陟】卽登上。文選晉孫興公(綽)遊天台山賦序:"舉世罕能登陟,王者莫由禋祀,故事絕於常篇,名標於奇紀。"文館詞林六九五東晉元帝改元赦令:"武皇受終,登陟帝位。"

【登時】立卽。三國志吳孫策傳"客擊傷策"注引吳錄:"(許貢囚高岱母)岱言……若得入見,事自當解。遂通書自白,貢卽與相見。才辭敏捷,好自陳謝,貢登時出其母。"唐律疏議十八夜無故入人家:"諸夜無故入人家者,笞四十,主人登時殺者勿論。"

【登造】進用。宋書謝莊傳上表:"故楚書以善人爲寶,虞典以則哲爲難。進選之軌,既弛中代,登造之律,未闡當今。"唐韓愈昌黎集二薦士詩:"聖皇索遺逸,髦士日登造。"

【登庸】㊀舉用。書堯典:"帝曰:疇咨若時登庸。"傳:"疇,誰。庸,用也。誰能咸熙庶績,順是事者,將登用之。"㊁指皇帝登位。文選四八漢揚子雲(雄)劇秦美新:"臣伏惟陛下以至聖之德,龍興登庸,欽明尚古,作民父母,爲天下主。"

【登基】帝王卽位。清平山堂話本張子房慕道記:"話說漢朝年間,高祖登基,駕坐長安大國。"

【登陴】陴,城上女牆。引申爲守城。左傳昭十八年:"今執事撊然授兵登陴,將以誰罪?"文選二二南朝梁徐敬業(悱)古意酬到長史溉登琅邪城詩:"登陴起遐望,迴首見長安。"

【登國】北魏拓跋珪(道武帝)年號。公元386—395年。

【登崇】進用推尊。唐韓愈昌黎集十二進學解:"方今聖賢相逢,治具畢張,拔去兇邪,登崇俊良,占小善者率以錄,名一藝者無不庸。"

【登敍】指官吏的升遷和銓敍。晉書應詹傳上疏:"莅官雖美,當以素論降替;在職實劣,直以舊望登敍。……以此責成,臣未見其兆也。"

【登第】科舉考試取錄時須評定等第,因稱應考中式爲登第。唐鄭谷鄭守愚集三贈劉神童:"還家雖解喜,登第未知榮。"新唐書選舉志上:"通四經業成,上於尚書,吏部試之,登第者加一階放選。其不第則習業如初。"

【登假】對帝王死去的諱稱。禮曲禮下:"告喪,曰天王登假。"注:"登,上也。假,已也。上已者,若仙去云耳。"列子黃帝:"天下大治,幾若華胥氏之國,而帝登假。"

【登朝】進用於朝廷。漢書一〇〇下敍傳:"賈生(誼)矯矯,弱冠登朝。"文苑英華一七七唐王翰奉和聖製送張尚書巡邊詩:"登朝身許國,出閫將辭家。"

【登場】㊀穀物收獲後登上晒場。唐白居易長慶集十孟夏思渭村舊居寄舍弟詩:"日暮麥登場,天晴蠶拆簇。"㊁進考場應試。唐柳宗元柳先生集三六上大理崔大卿應制舉不敏啓:"登場應對,刺繆經旨,不可以言乎學。"㊂上臺。紅樓夢一:"亂哄哄你方唱罷我登場,反認他鄉是故鄉。"清趙翼甌北詩鈔絕句二論詩:"詞客爭新角短長,迭開風氣遞登場。"

【登極】帝王卽位。又稱登樞。北魏李挺墓誌:"永熙登極,授散騎常侍。"(漢魏南北朝墓誌集釋圖版五九二)。唐律疏議長孫無忌進律疏表:"昔周后登極,呂侯闡其茂範;虞帝納麓,臯陶創其彝章。"又:"體國經野,御辨登樞。"注:"北極爲天樞,居其所而衆星拱之,人君之象。故人君卽位曰登極,亦曰登樞。"

【登閎】高遠。漢書八七上揚雄傳校獵賦:"歷五帝之寥廓,涉三皇之登閎。建道德以爲師,友仁義與爲朋。"

【登遐】㊀古代某些部族人死火葬稱爲登遐。墨子節葬下:"秦之西,有儀渠之國者,其親戚死,聚柴薪而焚之,燻上,謂之登遐。"㊁對人死去的諱稱。同"登假"。詩大雅下武"三后在天"漢鄭玄箋:"此三后既没,登遐,精氣在天矣。"晉書夏侯湛傳昆弟誥:"且九齡而我王母薛妃登遐。"世說新語文學"孫子荆(楚)除婦服作詩"注引孫楚除婦服詩:"時邁不停,日月電流,神爽登遐,忽已一周。"後來專稱帝王之死。梁書元帝紀告四方檄:"外監陳瑩之至,伏承先帝登遐,宮車晏駕,奉諱驚號,五内摧裂。"參閱宋王楙野客叢書二八諒闇登遐。參見"登假"。

【登登】象聲詞。詩大雅緜:"度之薨薨,築之登登。"指築牆聲。唐李賀歌詩編二感諷之一:"縣官踏餐去,簿吏復登登。"指脚步聲。宋蘇軾分類東坡詩九孫莘老求墨妙亭:"龜趺入坐螭隱壁,空齋晝靜聞登登。"指打碑聲。

【登頓】上下,行止。文選南朝宋謝靈運過始寧墅詩:"山行窮登頓,水涉盡洄沿。"唐高適高常侍集四酬裴員外以詩代書詩:"登頓宛葉下,棲遑襄鄧隈。"

【登歌】升堂奏歌。古代舉行祭典、大朝會時樂師登堂而歌。其所奏的歌名登歌。周禮春官大師:"大祭祀,帥瞽登歌,令奏擊拊。"注:"鄭司農(衆)云:登歌,歌者在堂也。"禮文王世子:"登歌清廟,既歌而語以成之也。"

【登壇】升登壇場。古時帝王即位、祭祀、會盟、拜將,多設壇場,舉行隆重儀式。三國志魏臧洪傳答陳琳書:"昔張景明親登壇喢血,奉辭奔走,卒使韓牧讓印,主人得地。"指會盟。後漢書獻帝紀"皇帝遜位,魏王丕稱天子"注引獻帝春秋:"乃爲壇於繁陽故城,魏王登壇,受皇帝璽綬。"指即帝位。史記淮陰侯傳唐司馬貞索隱述贊:"相國深薦,策拜登壇。"指拜將。

【登霞】上升雲表。楚辭屈原遠遊:"載營魄而登霞兮,掩浮雲而上征。"注:"抱我靈魂而上升也。霞謂朝霞,赤黄氣也。"

【登臨】登山臨水。也指游覽。楚辭宋玉九辯:"憭慄兮若在遠行,登山臨水兮送將歸。"史記一一一衛將軍驃騎傳:"禪於姑衍,登臨翰海。"晉書阮籍傳:"或登臨山水,經日忘歸。"

【登翼】進用輔佐。文選五六漢班孟堅(固)燕然山銘:"有漢元舅曰車騎將軍竇憲,寅亮聖明,登翼王室。"注:"登翼,謂登用輔翼。"也作"登翊"。唐文粹八六韋處厚上宰相薦皇甫湜書:"伏以燕國張公説登翊聖明,底寧泰階,推心旁求,虚己下納。"

【登攀】攀援登高。南朝宋鮑照鮑氏集六詠蕭史:"火粒願排棄,霞霧好登攀。"唐李白李太白詩二一登太白峰:"西上太白峰,夕陽窮登攀。"

【登山屐】南朝宋謝靈運尋山陟嶺,常著木屐,上山則去其前齒,下山去其後齒。見宋書本傳。後因稱之爲登山屐。唐文粹十四釋貫休古意詩之七:"一種爲枯槁,得作登山屐。"

【登仕郎】散官名。隋置,歷代因之。清代爲正九品文官階。見隋書百官志下、歷代職官表六八。

【登伽佗】唐時驃國錢幣名。形如半月,號登伽佗,亦曰足彈佗。見新唐書二二二下驃國傳。

【登春臺】老子:"衆人熙熙,如享太牢,如春登臺。"後以登春臺比喻盛世安樂氣象。文選晉潘安仁(岳)秋興賦:"仰羣儁之逸軌兮,攀雲漢以游騁。登春臺之熙熙兮,珥金貂之炯炯。"

【登科記】科舉時代及第士人的名録。唐代極重進士,進士登科稱爲登龍門。好事者因舉及第人姓名,編次爲登科記。宋人稱爲進士小録。唐劉禹錫劉賓客集二五贈致仕滕庶子先輩詩:"朝服歸來晝錦榮,登科記上更無名。"參閱唐封演封氏聞見記二貢舉、五代王定保唐摭言一述進士上篇。清徐松著登科記考三十卷,起於武德,迄於天祐,對唐代登第人物考證頗詳。

【登高水】九月黄河水。黄河隨時漲落,人常舉物候爲水勢之名。九月以重陽紀節,故稱登高水。見宋史河渠志一。

【登徒子】戰國楚宋玉作登徒子好色賦,言登徒子好色,其妻醜陋,而登徒子悦之。登徒,複姓;子,男子的通稱。後世因稱好色者爲登徒子。賦見文選。

【登聞鼓】古代帝王爲了表示聽取臣下諫議或冤情,懸鼓於朝堂外,許擊鼓上聞,謂之登聞鼓。其事起於晉,唐時長安洛陽並置登聞鼓,宋真宗景德四年置登聞鼓院,掌收臣民章奏。明以後置於通政院。參閱宋吴曾能改齋漫録一登聞鼓院之始、明實録七洪武實録三四。

【登賢書】科舉時代稱鄉試中式爲登賢書。明彭大翼山堂肆考廖自升序:"彭先生少習舉業,爲諸生最著,穎冠軍諸生者二十有餘年,竟不獲一登賢書。"參見"賢書"。

【登龍門】也省作"登龍"。㊀比喻得到有名望者的接待和援引而提高身價。後漢書六七李膺傳:"膺獨持風裁,以聲名自高,士有被其容接者,名爲登龍門。"注:"以魚爲喻也。龍門,河水所下之口,在今絳州龍門縣。辛氏三秦記曰:'河津一名龍門,水險不通,魚鼈之屬莫能上,江海大魚薄集龍門下數千,不得上,上則爲龍也。'"唐李白李太白集二六與韓荆州書:"一登龍門,則聲譽十倍。"李商隱李義山文集二爲濮陽公陳許舉人自代狀:"人驚吞鳳之才,士切登龍之譽。"㊁科舉時代凡會試中式,致身榮顯,也叫登龍門。唐封演封氏聞見記二貢舉:"故當代以進士登科爲登龍門,解褐多拜清緊,十數年間,擬迹廟堂。"

【登瀛洲】比喻士人得榮寵,如登仙界。瀛洲,傳説中的仙山。唐武德四年,太宗爲太子,於宮城西開文學館,以房玄齡杜如晦等十八人爲學士,凡分三番,備顧問,訪以政事,在選中者,爲人所慕向,謂之登瀛洲。見新唐書一〇二褚亮傳。省作"登瀛"。宋劉克莊後村集二哭毛易甫詩:"垂二十年猶入幙,後三四榜盡登瀛。"

【登高自卑】謂事之進行有順序。禮中庸:"辟(譬)如行遠必自邇,辟如登高必自卑。"也作"升高自下"。書太甲下:"若升高必自下,若陟遐必自邇。"

【登高能賦】韓詩外傳七:"孔子遊於景山之上,子路子貢顔淵從。孔子曰:君子登高必賦,小子願者何?"按詩鄘風定之方中"卜云其吉"漢毛亨傳謂大夫有九能,五曰升高能賦。漢書藝文志:"傳曰:'不歌而頌謂之賦,登高能賦可以爲大夫。'"

【登峯造極】升上山峰絶頂。比喻造詣精絶。世説新語文學:"佛經以爲祛練神明,則聖人可致。簡文云:'不知便可登峯造極不?然陶練之功,尚不可誣。'"清顧炎武亭林文集四與人書之十七:"君詩之病在於有杜,君文之病在於有韓歐,有此蹊徑於胸中,便終身不脱依傍二字,斷不能登峯造極。"

【登堂入室】喻指學藝造詣精絶,深得師傳。漢書藝文志詩賦:"詩人之賦麗以則,辭人之賦麗以淫。如孔氏之門人用賦也,則賈誼登堂,相如入室矣,如其不用何?"宋吴炯五總志:"如徐師川(俯)、余荀龍(爽)、洪玉父(炎)昆弟、歐陽元老,皆黄(庭堅)門登堂入室者,實自足以名家。"

發

1. fā ㄈㄚ 方伐切,入,月韻,幫。

㊀發射。詩召南騶虞:"彼茁者葭,壹發五豝。"引申爲箭的量詞。漢書九四下匈奴傳:"弓一張,矢四發。"注:"服虔曰:'發,十二矢也。'韋昭曰:'射禮三而止,每射四矢,故以十二爲一發也。'發猶今言箭一放兩放也。今則以一矢爲一放也。"㊁出發,啓程。詩齊風東方之日:

"在我闥兮，履我發兮。"史記八六荆軻傳:"今太子遲之，請辭決矣，遂發。"㊂生長，發生。詩大雅生民:"實發實秀。"疏:"發者，穗生於苗，初發苗生也。"禮月令仲春之月:"是月也，日夜分，雷乃發聲。"㊃興起，奮發。孟子告子下:"舜發於畎畝之中。"㊄顯現，發揚。禮樂記:"樂必發於聲音，形於動靜。"左傳桓二年:"文物以紀之，聲明以發之。"㊅散發。書武成:"散鹿臺之財，發鉅橋之粟。"㊆啓發，闡明。論語述而:"不憤不啓，不悱不發。"又爲政:"退而省其私，亦足以發。"注:"發明大體。"㊇發表，發布。詩小雅小旻:"發言盈庭，誰敢執其咎。"荀子彊國:"發誡布令而敵退。"㊈揭發。列子力命:"四人相與游於世，胥如志也，窮年不相擿發，自以行無戾也。"注:"發謂攻其惡也。"漢書五十鄭當時傳:"司馬安爲淮陽太守，發其事；當時以此陷罪。"㊉開發，打開。詩周頌噫嘻:"駿發爾私，終三十里。"莊子胠篋:"將爲胠篋探囊發匱之盜而爲守備。"⑪震動。老子:"天無以清，將恐裂；地無以寧，將恐發。"⑫古部族名。逸周書王會:"發人麃麃者，若鹿迅走。"注:"發，亦東夷。"

2. bō ㄅㄛ 集韻 北末切，入，末韻。

⑬見"發₂發₂"。

【發凡】揭示全書或某一學科的要旨或體例。文選晉杜元凱(預)春秋左氏傳序:"其發凡以言例，皆經國之常制，周公之垂法，史書之舊章。"

【發心】發自内心。漢書八十淮陽憲王傳報張博書:"子高乃幸左顧存恤，發心惻隱，顯至誠，納以嘉謀，語以至事，雖亦不敏，敢不諭意。"三國志魏孫禮傳:"禮爲死事者設祀哭臨，哀號發心。"

【發引】舊時出殯，柩車啓行，送喪者執紼前導，稱發引。引，挽車之索。也作"靷"，又稱紼。後世以整疋白布爲之，結於車杠兩端，前接於翣。柩行，引布前導。後漢書八一范式傳:"投其(張劭)葬日，馳往赴之，式未見到而喪已發引。"參見"引㊈"、"引布"。

【發中】發自内心。後漢書和熹鄧皇后紀太后賜周、馮貴人策:"先帝早棄天下，孤心煢煢，靡所瞻仰，夙夜永懷，感愴發中。"又四二東海恭王彊傳上疏:"連年被疾，爲朝廷憂念。皇太后、陛下哀憐臣彊，感動發中。"

【發生】萌發，滋長。爾雅釋天:"春爲發生，夏爲長嬴，秋爲收成，冬爲安寧。"注:"此四時之别號。尸子皆以爲太平祥風。"文選漢張平子(衡)東京賦:"既春游以發生，啓諸蟄於潛户。"

【發外】顯現於外。禮樂記:"是故情深而文明，氣盛而化神，和順積中，而英華發外，唯樂不可以爲僞。"淮南子繆稱:"文者所以接物也。情繫於中，而欲發外者也。"

【發行】猶啓程。漢書九四下匈奴傳:"搜諧單于立八歲，元延元年，爲朝二年發行。"注:"欲會二年歲首之朝禮，故豫發其國而行。"今指批發、發售。

【發志】激發意志。易豐:"有孚發若，信以發志也。"疏:"信以發志者，雖處幽闇而不爲邪，是以有信以發其豐大之志。"

【發見】顯現，顯出。史記天官書:"日月暈適，雲風，此天之客氣，其發見亦有大運。"宋蘇軾分類東坡詩八焦千之求惠山泉詩:"遇險則發見，臭味實一族。"

【發作】㊀顯現動作於外。禮樂記:"四暢交於中，而發作於外。"疏:"四暢謂陰陽剛柔也。四者通暢，交在身中，而發見動作於身外也。"㊁突然發生。三國志吴孫皎傳孫權讓皎書:"近聞卿與甘興霸(寧)飲，因酒發作，侵凌其人。"指發脾氣。晉郭璞洞林:"揚州從事愼曜伯婦病困經日，發作有時。"(太平御覽九〇五)指發病。

【發狂】精神失常，瘋癲。老子:"馳騁田獵，令人心發狂。"晉書孔愉傳附孔羣:"與從兄愉同行於横塘，遇之(匡術)，愉止與語，而羣初不視術，術怒欲刃之。愉下車抱術曰:'吾弟發狂，卿爲我宥之。'"

【發泄】散發，舒發。莊子列禦寇:"水流乎無形，發泄乎太清。"吕氏春秋季春紀:"生氣方盛，陽氣發泄。"

【發育】猶發生。禮中庸:"大哉聖人之道，洋洋乎發育萬物，峻極於天。"今指人自初生至長成的過程。

【發明】㊀啓發，開擴。文選戰國楚宋玉風賦:"發明耳目，寧體便人。"唐吕延濟注:"言能開耳目之明。"後漢書六十上馬融傳廣成頌:"所以洞蕩匈臆，發明耳目，疏越蘊憤，駭恫底伏。"㊁闡明，推陳出新。史記七四孟子荀卿傳:"(愼到等)皆學黄老道德之術，因發明序其指意。"漢書三六劉歆傳:"初左氏傳多古字古言，學者傳訓故而已，及歆治左氏，引傳以解經，轉相發明，由是章句義理備焉。"㊂傳説中的神鳥名。説文:"鷫，五方神鳥也。東方曰發明。"後漢書五行志二"爲孽者四"注引叶圖徵:"似鳳有四，並爲妖：一曰鷫鷞，……二曰發明，烏啄，大鷃，大翼，大脛。"

【發洪】暴發大水。宋釋文瑩玉壺清話:"唐陸羥續水經嘗言，蛇雉遺卵於地，千年而生蛟。蛟，龍屬。……其蛟破殼之日，害於一方，洪水飄蕩，吴人謂之發洪。"(説郛八)

【發迹】謂立功揚名。多指由卑微而逐漸富貴。史記一一七司馬相如傳封禪文:"后稷創業於唐，公劉發迹西戎。"又一三〇太史公自序:"秦失其政，而陳涉發迹。"也作"發跡"。文選漢揚子雲(雄)解嘲:"公孫創業於金馬，驃騎發跡於祁連。"漢書八七下揚雄傳作"發迹"。

【發春】謂春天萬物發生。楚辭宋玉招魂:"獻歲發春兮，汨吾南征。"注:"言歲始來進，春氣奮揚，萬物皆感氣而生，自傷放逐獨南行也。"

【發背】發於背部。史記項羽紀:"(范增)行未至彭城，疽發背而死。"文選漢司馬子長(遷)報任少卿書:"每念斯恥，汗未嘗不發背沾衣也。"後稱背疽爲發背。唐封演封氏聞見記十祛惑:"有白岑者，善療發背，海外有名而深祕其方。"

【發昫】天明待發。周禮地官鼓人"凡軍旅，夜鼓鼜"漢鄭玄注:"司馬法曰:昏鼓四通爲大鼜，夜半三通爲晨戒，旦明五通爲發昫。"

【發皇】啓發，開擴。文選漢枚叔(乘)七發:"分決狐疑，發皇耳目。"唐張銑注:"皇，明也。"

【發姦】揭發壞人壞事。韓非子制分:"發姦之密，告過者免罪受賞，失姦者必誅連刑。"漢書七六尹翁歸傳:"案事發姦，窮竟事情，(田)延年大重之。"

【發冢】掘墓。也作"發塚"。莊子外物:"儒以詩禮發冢。大儒臚傳曰:'東方作矣，事之何若？'"元史刑法志一:"但犯强竊盜賊、僞造寶鈔、略賣人口、發塚放火，犯姦及諸死罪，並從有司歸問。"

【發祥】詩商頌長發:"濬哲維商，長發其祥。"謂商受天命而爲帝王，發見禎祥，慶流子孫。後漢書四十下班彪傳附班固典引:"發祥流慶，對越天地者，舄奕乎千載。"注:"言發禎祥以流慶於子孫。"後因謂帝王生長、創業或民族文化起源之地爲發祥地。

【發起】㊀生長，發生。淮南子繆稱:"父之於子也，能發起之，不能使無憂尋。"論衡感類:"陰陽不和，災變發起。"㊁開啓，啓發。淮南子要略:"以莙凝天地，發起陰陽。"晉書段灼傳上表:"辭義實淺，不足採納，然臣私心，誠謂有可發起覺悟遺忘。"㊂揭發。漢書七六張敞傳："敞以耳目發起賊主名區處，誅其渠帥。"㊃發動。隋書禮儀志三："將帥先教士目，使習見旌旗指麾之蹤，發起之意，旗臥則跪。"今稱首先建議創舉一事爲發起。

【發軔】啓行。軔，剎車木，行車必先去軔，故稱。楚辭屈原離騷："朝發軔於蒼梧兮，夕余至乎縣圃。"後以比喻事物的開端。聊齋志異瑞雲："此奴終身發軔之始，不可草草。"

【發配】舊刑律：軍遣、流徙等罪，根據罪名的輕重，決定道里的遠近。流放所至之地稱配所，解到時稱到配，起解時稱發配。明李開先林冲寶劍記十九："媳婦，今日孩兒發配出城，早來到十里長亭，咱每在這裏等候孩兒，相見一面。"

【發梁】㊀拆毀橋梁。左傳襄二八年："陳無宇濟水而戕舟發梁。"㊁繞梁不絕。形容歌聲悠揚。漢書禮樂志郊祀歌惟泰元："發梁楊羽申以商。"注："發梁，歌聲繞梁也。"

【發悖】心驚，恐怖。文選漢王文考(延壽)魯靈光殿賦："魂悚悚其驚斯，心猥猥而發悖。"

【發硎】莊子養生主："今臣之刀十九年矣，所解數千牛矣，而刀刃若新發於硎。"唐成玄英疏："硎，砥礪石也。……其刀鋭利猶若新磨者也。"後以發硎比喻鋒利。唐杜甫杜工部草堂詩箋十六秦州見勅目薛三璩授司議郎……凡三十韻："握劍知埋獄，提刀見發硎。"

【發動】㊀奮起行動。莊子天運："然則人固有尸居而龍見，雷聲而淵默，發動如天地者乎？"淮南子兵略："應敵必敏，發動必亟。"㊁謂開始行動。史記一二八龜策傳漢褚少孫補："聞古五帝、三王發動舉事，必先決蓍龜。"

【發達】盛大，興旺。唐文粹九七蕭穎士蓬池禊飲序："禊，逸禮也，鄭風有之，蓋取諸勾萌發達，陽景敷煦。"

【發越】㊀疾速貌。漢書七五李尋傳對傳喜問："太白發越犯庫，兵寇之應也。"㊁散發。文選漢司馬長卿(相如)上林賦："郁郁菲菲，衆香發越。"注："郭璞曰：香氣散射也。"㊂昂揚。北史文苑傳序："江左宮商發越，貴於清綺；河朔詞義貞剛，重乎氣質。"

【發軫】出發，出發點。三國魏曹植曹子建集九王仲宣誄："發軫北魏，遠迄南淮。"南齊書顧歡傳袁粲駁夷夏論："孔老治世爲本，釋氏出世爲宗，發軫既殊，其歸亦異，符合之唱，自由臆說。"

【發喪】人死公告於衆。左傳莊四年："(楚武)王遂行，卒於樠木之下，……濟漢而後發喪。"史記高帝紀二年："以義帝死，發喪，臨三日。"

【發揮】發揚，闡發。易乾文言："六爻發揮，旁通情也。"疏："發謂發越也，揮謂揮散也。言六爻發越揮散，旁通萬物之情也。"唐柳宗元柳先生集四三哭連州凌員外司馬詩："六學誠一貫，精義窮發揮。"

【發揚】㊀奮起。見"發揚蹈厲"。㊁煥發。禮禮器："德發揚，詡萬物。"呂氏春秋過理："容貌充滿，顏色發揚。"㊂宣布，宣揚。漢書八三薛宣傳："(王莽)發揚其罪，使使者以太皇太后詔賜主藥。"㊃引薦，起用。後漢書三二樊宏傳附樊準上疏："臣愚以爲宜下明詔，博求幽隱，發揚巖穴，寵進儒雅。"

【發發】風吹迅疾貌。詩小雅蓼莪："南山烈烈，飄風發發。"傳："發發，疾貌。"

【發$_2$發$_2$】衆多貌。一說魚躍聲。詩衛風碩人："施罛濊濊，鱣鮪發發。"傳："發發，盛貌。"釋文："馬(融)云：魚著罔尾發發然。"

【發棠】孟子盡心下："齊饑。陳臻曰：國人皆以夫子將復爲發棠，殆不可復。"注："棠，齊邑。孟子嘗勸齊王發棠邑之倉以振貧窮。"後因稱告請賑濟爲發棠之請。

【發策】㊀發出策問。策，猶試題。漢書五八公孫弘傳："上乃使朱買臣等難弘置朔方之便，發十策，弘不得一。"宋史四二八尹焞傳："少師事程頤，嘗應舉，發策有誅元祐諸臣議，……不對而出。"㊁發動策劃。後漢書二九郅惲傳："方今鎮、歲、熒惑並在漢分翼、軫之域，去而復來，漢必再受命，福歸有德。有如順天發策者，必成大功。"

【發喬】宋吳自牧夢粱錄妓樂："分付副淨色發喬，副末色打諢。"發喬，謂假作愚謬情態，供人嘲諷。

【發源】江河開始流出的水源。爾雅釋水："江、河、淮、濟爲四瀆。四瀆者，發源注海者也。"文選漢張平子(衡)南都賦："爾其川瀆，則滍、澧、藥、濜，發源巖穴。"借指事物的開端。南朝梁劉勰文心雕龍二頌讚："發源雖遠，而致用蓋寡。"

【發福】稱人發胖的客氣話。紅樓夢二九："(張道士)又向賈母笑道：'哥兒越發發福了。'賈母道：'他外頭好，裏頭弱。'"

【發義】闡發義理。三國魏曹植曹子建集八求通親親表："高談無所與陳，發義無所與展。"文選晉杜元凱(預)春秋左氏傳序："其微顯闡幽，裁成義類者，皆據舊例而發義，指行事以正褒貶。"

【發落】處置。古雜劇元關漢卿錢大尹智寵謝天香一："今日升堂坐起早衙，有該僉〔簽〕押的文書，將來我發落。"

【發歲】一年起始。楚辭屈原九章思美人："開春發歲兮，白日出之悠悠。"文選南齊王元長(融)三月三日曲水詩序："於時青鳥司開，條風發歲，粵上斯巳，惟暮之春。"

【發遣】㊀猶發送。有强迫使行之意。後漢書六十下蔡邕傳："中常侍徐璜左悺等五侯擅恣，聞邕善鼓琴，遂白天子，勅陳留太守督促發遣。"㊁處理。安排。唐白居易長慶集五八自問詩："老慵難發遣，春病易滋生。"

【發節】謂季節開始。三國魏曹植曹子建集二閒居賦："感陽春之發節，聊輕駕之遠翔。"晉陸機陸士衡集二行思賦："商秋肅其發節，玄雲霈而垂陰。"

【發鳩】山名。在山西高平縣西北。嶺曰鳳頭山，濁漳水所出，又名發苞鹿谷廉山。山海經北山經："(發鳩之山)多柘木，有鳥焉，其狀如烏，……名曰精衛。"參閱嘉慶一統志路安府山川。

【發解】唐時取士，頒格於州、縣，合格者，謂之選人，由所在州郡發遣解送至京參與禮部會試，稱發解。宋沿其制。明時於各直省舉行鄉試，中式者稱爲舉人，也稱發解。宋史選舉志一崇寧三年詔："天下取士，悉由學校升貢，其州郡發解及試禮部法並罷。"參閱新唐書選舉志、宋史選舉志一。

【發端】開端，創始。後漢書律曆志三下："又上兩元，而月食五星之元，並發端焉。"晉書荀崧傳上疏："臣以爲三傳雖同曰春秋，而發端異趣，案如三家異同之說，此乃義則戰爭之場，辭亦劍戟之鋒，於理不可得共。"南朝梁劉勰文心雕龍二詮賦："仲宣靡密，發端必遒。"

【發齊】荀子禮論："昏之未發齊也，太廟之未入尸也。"史記禮書作"大昏之未廢齊也"。索隱："廢齊，謂婚禮父親醮子而迎之前，故曲禮云'齊戒以告鬼神'是昏禮有齊也。"意爲未行告神以前，禮尚未備，如太古時習俗的質樸。一說卽致醮。清王先謙荀子集解引俞樾曰："齊當讀醮，發猶致也，昏禮，父親醮子而命之迎。未發醮者，未致醮也。"

【發榜】科舉時代揭示考試成績之名次，謂之發榜。全唐詩五五二李宣古和主司王起詩："恩光忽逐曉春生，金榜前頭忝姓名。」

【發聞】顯揚，播揚。書呂刑：「上帝監民，罔有馨香德，刑發聞惟腥。」韓非子說疑：「衆歸而民留之，以譽盈於國，發聞於主，主不能理其情，因以爲賢。」

【發蒙】㊀啓發蒙昧。易蒙：「初六發蒙，利用刑人。」疏：「以能發去其蒙也。」文選漢枚叔(乘)七發：「發蒙解惑，不足以言也。」後稱兒童開始入學爲發蒙。續傳燈錄二七宗杲禪師：「年十三方從學發蒙，未半月棄去出家，十七落髮受具。」㊁比喻輕而易舉。漢書四四淮南王安傳：「一日發兵，即刺大將軍衞青，而說丞相(公孫)弘下之，如發蒙耳。」注：「晉灼曰：如發去物上之蒙，直取其易也。」

【發憤】㊀勤奮。論語述而：「發憤忘食，樂以忘憂。」唐李白李太白詩五白馬篇：「發憤去函谷，從軍向臨洮。」㊁發洩憤懣。楚辭屈原九章惜誦：「惜誦以致愍兮，發憤以抒情。」史記一三〇太史公自序：「詩三百篇，大抵賢聖發憤之所爲作也。」

【發墨】硯石磨墨易濃稱爲發墨。宋歐陽修文忠集七二硯譜：「歙石出於龍尾溪，其石堅勁，大抵多發墨，故前世多用之。」又一四八與蔡君惠公書：「前夕承惠紅絲硯，誠發墨，若謂勝端石，則恐過論。」

【發興】㊀發兵興師。漢書六四上嚴助傳：「閩越復興兵擊南越。南越守天子約，不敢擅發兵，而上書以聞。上多其義，大爲發興，遣兩將軍將兵擊閩越。」興，音 xīng。㊁起發興致。唐杜甫杜工部草堂詩箋二三春日江村詩之二：「客身逢故舊，發興自林泉。」興，音 xìng。

【發邁】啓行。後漢書七二董卓傳：「帝亦思舊京，因遣使敦請(李)傕求東歸，十反乃許。車駕即日發邁。」藝文類聚三二後漢徐淑答夫秦嘉書：「想嚴妝已辦，發邁在近，誰謂宋遠，企予望之！」

【發機】撥動弩牙。孫子勢：「故善戰者，其勢險，其節短；勢如彍弩，節如發機。」淮南子原道：「其縱之也若委衣，其用之也若發機。」注：「機，弩機關，言其疾也。」

【發禮】致送賀禮。禮檀弓「晉獻文子成室，晉大夫發焉」漢鄭玄注：「文子，趙武也。作室成，晉君獻之，謂賀也。諸大夫亦發禮以往。」唐權德輿權載之集三二開州刺史新宅記：「古之成室，主人落之，賓亦發焉。德輿與文編游久，聆其功善，寓此直書，用代發禮。」

【發燭】類似火柴的引火物。削松木爲小片，其薄如紙，鎔硫黃塗木片頂分許，用以發火及代燈燭，名曰發燭，又名焠兒。宋初名引光奴。見明陶宗儀輟耕錄五發燭。參見「引光奴」。

【發擿】㊀揭發，檢舉。後漢書三八法雄傳：「善政事，好發擿姦伏。」隋書裴蘊傳：「拜京兆贊治，發擿纖毫，吏民攝憚。」㊁解說疑難。梁書諸葛璩傳：「復師徵士臧榮緒。榮緒著晉書，稱璩有發擿之功，方之壺遂。」

【發覆】揭除蔽障。莊子田子方：「丘之於道也，其猶醯雞與？微夫子之發吾覆也，吾不知天地之大全也。」

【發難】難，音 nàn。㊀首事，起事。左傳定十四年：「梁嬰父惡董安于。謂知文子曰：不殺安于，使終爲政於趙氏，趙氏必得晉國。盍以其先發難也，討於趙氏。」史記一三〇太史公自序：「天下之端，自(陳)涉發難。」㊁問難。後漢書三七桓榮傳「大師在是」注引東觀(漢)記：「時執經生避位發難，上謙曰：'大師在是'也。」

【發藥】謂善言勸人以當藥石。莊子列禦寇：「列子提屨跣而走，暨乎門，問曰：'先生既來，曾不發藥乎？'」列子黃帝發藥作「廢藥」。晉張湛注：「廢，置也。曾無善言以當藥石也。」宋黃庭堅山谷外集補三贈別幾復詩：「佳友在門忘燕寢，故人發藥見平生。」

【發願】許下心願。阿彌陀經：「應當發願，生彼國土。」唐白居易長慶集七十畫彌勒上生幀記：「常日日焚香佛前，稽首發願，願當來世與一切衆生，同彌勒上生，隨慈氏下降。」

【發矇】撥開矇眼的事物。比喻開拓眼界。禮仲尼燕居：「三子者既得聞此言也於夫子，昭然若發矇矣。」文選三國魏應休璉(璩)與從弟君苗君胄書：「閒者北遊，喜歡無量。登芒濟河，曠若發矇。」楚辭漢東方朔七諫沈江：「將方舟而下流兮，冀幸君之發矇。」注：「冀幸懷王開其矇惑之心。」

【發覺】暴露，發現。史記高祖紀：「九年，趙相貫高等事發覺，夷三族，廢趙王(張)敖爲宣平侯。」漢書九十咸宣傳：「於是作沈命法，曰：'羣盜起不發覺，發覺而弗捕滿品者，二千石以下至小吏主者皆死。'」

【發露】揭發暴露。後漢書四六陳寵傳附陳忠上疏：「是以盜發之家，不敢申告，……其大章著不可掩者，乃肯發露。」

【發日敕】詔勑的一種。唐中書掌詔旨，公文形式之制有七，其四曰發日敕。凡增減官員、廢置州縣、徵發兵馬、除免官爵、授六品以下官等用之。新、舊唐書作「發敕」。見唐六典九中書省。

【發石車】古代攻城戰具。以機發石連擊敵人的一種武器。三國志魏袁紹傳：「太祖(曹操)乃爲發石車，擊紹樓，皆破，紹衆號曰霹靂車。」注引魏氏春秋：「以古有矢石，又傳言'旝動而鼓'，說文曰'旝，發石也'，於是造發石車。」參見「霹靂車」。

【發運使】唐有水陸發運使，即轉運使。宋淳化四年置發運使，專指總領江淮等六路漕運之官，各路則仍稱轉運使。下有副使、判官。掌經度山澤財貨之源，漕淮浙江湖六路儲廩以輸中都，而兼制茶鹽、泉寶之政，及專舉刺官吏之事，紹興二年罷。參閱宋張邦基墨莊漫錄四、宋史食貨志上三漕運。

【發言盈庭】謂衆人聚議，人多言雜，莫衷一是。盈庭，擠滿廳堂。形容衆多。詩小雅小旻：「謀夫孔多，是用不集。發言盈庭，誰敢執其咎。」

【發姦擿伏】揭發隱匿的壞人壞事。謂吏治精明。漢書七六趙廣漢傳：「尤善爲鉤距以得事情，……其發姦擿伏如神，皆此類也。」

【發揚蹈厲】本指舞蹈時動作的威武。又比喻精神振奮，意氣風發。禮樂記：「發揚蹈厲，大(太)公之志也。」史記樂書：「發揚蹈厲之已蚤，何也？答曰：'及時事也。'」正義：「發，初也。揚，舉袂也。蹈，頓足蹋地。厲，顏色勃然如戰色也。」

【發策決科】命題考試。漢揚雄法言學行：「或曰：書與經同而世不尚，治之可乎？曰：可。或人啞爾笑曰：須以發策決科。」注：「射以決科，經以策試，今徒治同經之書，而不見策用，故笑之。」

【發號施令】發布命令。也作「發號布令」。書冏命：「發號施令，罔有不臧。」吳子勵士：「夫發號布令而人樂聞，興師動衆而人樂戰，交兵接刃而人樂死。此三者，人之所恃也。」

【發蒙振落】揭去蒙蓋物，振落枯葉。比喻輕而易舉。史記一二〇汲黯傳：「好直諫，守節死義，難惑以非。至如說丞相(公孫)弘，如發蒙振落耳。」

【發蹤指示】謂放狗逐獸。比喻指揮作戰的人。史記蕭相國世家：「夫獵，追殺獸兔者狗也，而發蹤指示獸處者人也。」漢書三九蕭何傳蹤作「縱」。注：「發縱，謂解紲而放之也。指示者，以手指示之，今俗言放狗。」

【發昏章第十一】 發昏，昏絕。“章第十一”無義。古書或分章，如孝經卽分某某章第幾。後人倣效置於詞語末，以加强詞語輕鬆戲謔的意味。水滸二六：“那西門慶一者冤魂纏定，二乃天理難容，三來怎當武松勇力，只見頭在下，脚在上，倒撞落在當街心裏去了，跌得個發昏章第十一。”金瓶梅九四：“這劉二那裏依從，儘力把(陳)經濟打了個發昏章第十一。”

白部

白 bái 傍陌切，入，陌韻，並。ㄅㄞˊ

㊀白色。詩小雅白駒：“皎皎白駒，食我場苗。”古以爲服喪之色。史記八六荆軻傳：“太子及賓客知其事者，皆白衣冠以送之。”㊁潔淨。易説卦：“巽爲木，爲風，……爲白，爲長。”疏：“爲白，取其風吹去塵故潔白也。”楚辭屈原九章橘頌：“精色內白，類可任兮。”㊂彰明，清楚。荀子不苟：“身死而名彌白。”史記秦始皇紀二八年琅邪臺刻石：“聖智仁義，顯白道理。”㊃真率，坦白。逸周書謚法：“外內貞復曰白。”莊子天地：“機心存於胸中，則純白不備。”㊄日光，天明。禮曾子問：“當室之白，尊于東房，是謂陽厭。”注：“當室之白，謂西北隅得户明者也。”宋蘇軾經進東坡文集事略一前赤壁賦：“相與枕藉乎舟中，不知東方之既白。”㊅明白，得昭雪。漢書三七田叔傳：“趙王敖事白，得出。”㊆禀告，陳述。史記一二六西門豹傳：“巫嫗弟子是女子也，不能白事，煩三老爲入白之。”傳統戲劇中説白部分的標識，唐維摩詰經變文中已用白字，以别於唱。㊇空白，空無所有。舊唐書一一三苗晉卿傳：“而奭手持試紙，竟日不下一字，時謂之曳白。”㊈不付代價地取用。宋歐陽修文忠集一一七乞放行牛皮膠鰾：“更不支得價錢，令人户白納。”袁甫蒙齋集六是日上不視事繳進前奏事劄子：“鬻牒固非美事，猶有物以予之，今履畝則白取矣。”㊉猶言單是，單只爲。紅樓夢六：“要是白來逛逛呢便罷，有什麼説，只管告訴二奶奶。”㊀㊀酒杯或罰酒的杯。漢書一〇〇上敍傳：“及趙李諸侍中皆引滿舉白，談笑大噱。”參見“大白㊂”。㊀㊁葱蒜的根。世説新語儉嗇：“陶(侃)性儉吝，及食，噉薤，庾(亮)因留白。陶問用此何爲，庾云：‘故可種。’”㊀㊂通“伯”。見“白喜”。㊀㊃姓。楚太子建之子勝，封於白，後人以邑爲氏。見唐白居易長慶集二九太原白氏家狀。

【白丁】 ㊀平民，没有功名的人，猶言白身。隋書李敏傳：“(隋文帝)謂(樂平)公主曰：‘李敏何官？’對曰：‘一白丁耳。’”㊁未隸兵籍的民壯。宋書沈攸之傳：“發三吳民丁，攸之亦被發，既至京都，詣領軍將軍劉遵考，求補白丁隊主。遵考謂之曰：‘君形陋不堪隊主。’”又鄧琬傳：“琬遣龍驤將軍廖琰率數千人，並發廬陵白丁攻(劉)襲。”

【白三】 傳統戲中老生所戴假鬚之一種，卽白色的三綹長鬚。

【白下】 地名。東晉咸和三年，陶侃討蘇峻，築白石壘，後因以爲城。故城在今南京市北。唐武德九年，更金陵爲白下，移治白下故城。故今亦稱南京市爲白下。參閱嘉慶一統志七四江寧府。

【白土】 縣名。漢置，屬上郡。故城在今內蒙伊克昭盟，舊鄂爾多斯左翼中旗南。參閱嘉慶一統志五四三鄂爾多斯白土舊城、漢書二八地理志下。

【白士】 猶言寒士、白衣。晉書羊祜傳與從弟琇書：“既定邊事，當角巾東路，歸故里，爲容棺之墟。以白士而居重位，何能不以盛滿受責乎！”

【白刃】 鋒利的刀。莊子秋水：“白刃交於前，視死若生者，烈士之勇也。”

【白及】 草名。高一二尺，葉狹長，夏月開花，色紅紫或白。根入藥，能補肺止血，白色，連及而生，故名白及。亦作“白芨”。參閱政和證類本草十白及。

【白小】 卽銀魚。唐杜甫杜工部詩史補遺六白小：“白小羣分命，天然二寸魚。”

【白山】 山名。1. 祁連山。後漢書明帝紀永平十七年注引西河舊事：“白山冬夏有雪，故曰白山，匈奴謂之天山，過之皆下馬拜焉。在蒲類海百里之內。”參見“天山㊀”。2. 在南京市東。南朝宋昇明中，劉述與從弟秉，謀誅蕭道成，事敗走白山。陳章載去官，有田十餘頃在江乘之白山。皆指此山。見宋書宗室傳長沙王義欣附、陳書章載傳。3. 長白山。見“長白”、“白山黑水”。

【白元】 道經所謂肺神。雲笈七籤十一黄庭內景經肺：“喘息呼吸體不快，急存白元和六氣。”注：“白元君，主肺宮也。”

【白心】 ㊀使心得明白澄清。莊子天下：“願天下之安寧，以活民命，人我之養畢足而止，以此白心。”㊁指潔白的心。唐張九齡曲江集二酬宋使君見貽詩：“但願白心在，終然涅不緇。”

【白水】 ㊀左傳僖二四年：“及河，子犯以璧授公子曰：‘臣負羈紲從君巡於天下，臣之罪多矣，臣猶知之而況君乎，請由此亡。’公子曰：‘所不與舅氏同心者，有如白水！’”言與舅氏同心之明，如此白水，猶詩言“謂予不信，有如皦日”。後以白水爲表示信守不移之詞。文選南朝梁劉孝標(峻)廣絶交論：“援青松以示心，指白水而旌信。”㊁水名。1. 楚辭屈原離騷：“朝吾將濟於白水兮，登閬風而緤馬。”注：“淮南子言：白水出崑崙之山，飲之不死。”2. 白水江，源出四川阿壩藏族自治州松潘縣東境。流入甘肅文縣，爲東川河，東北合清江，東南入於羌水，今稱白水江。自漢至南北朝爲羌族聚居地區。㊂關名。1. 後漢李固出爲廣漢雒令，至白水關，解印綬，還漢中，卽此。見後漢書六三本傳。關城在梁州金牛縣西。在今陝西寧强縣境。2. 也叫關頭。在今四川廣元縣，卽舊昭化縣西北。漢劉備圖蜀，由關頭進據涪城卽此。見三國志蜀龐統傳。㊃縣名。屬陝西省。春秋彭衙地。漢粟邑縣。北魏和平三年改白水，以水爲名。清屬陝西同州府。公元 1958 年併入蒲城縣。參閱寰宇通志九二西安府同州。㊄見“白水真人”。

【白日】 ㊀太陽。文選戰國楚宋玉神女賦序：“其始來也，耀乎若白日初出照屋梁。”文苑英華三一二唐王之渙登鸛鵲樓詩：“白日依山盡，黄河入海流。”㊁白天。三國志魏龐淯傳：“淯母娥自傷父讎不報，乃幃車袖劍，白日刺(李)壽於都亭前。”也泛指時日、時光。漢王符潛夫論浮侈：“此等之儔，既不助長農工女，無有益於世，而坐食嘉穀，消費白日，毁敗成功。”

【白手】 空手。聊齋志異紅玉：“約半年，人煙騰茂，類素封家。生曰：'灰燼之餘，卿白手再造矣。'"

【白月】也稱白分。印度曆法，以月的盈缺立黑白之名。月盈至滿爲白分，稱爲白月；月虧至晦爲黑分，稱爲黑月。大唐西域記二濫波國："月盈至滿謂之白分，月虧至晦謂之黑分。黑分或十四日十五日，月有小大故也。黑前白後，合爲一月。"

【白爪】江西景德鎭市製瓷器所用土，出安徽祁門山中。土人採石後，舂細淘盡，製如方塼，名白爪。爪，讀"敦"，上聲。爲景德方音，凡造瓷之土，皆從此名。參閱清朱琰陶説一説今。

【白打】㊀蹴踘戲名。兩人對踢爲白打，三人角踢爲官場，勝者有采。唐王建詩八宮詞之八二："寒食內人長白打，庫中先散與金錢。"才調集三韋莊長安清明詩："內官初賜清明火，上相閑分白打錢。"參閱明王志堅表異錄十。㊁指白手相搏，卽拳術。傳説十八般武藝，白打居最末。見明朱國禎湧幢小品十二兵器、清周亮工閩小記上白打。

【白民】㊀傳説古南方國名。山海經海外西經："白民之國，在龍魚北，白身被髮，有乘黃，其狀如狐，背上有角。"注："言其人體洞白。"㊁猶言白丁。北魏楊衒之洛陽伽藍記一城內："於是出詔，濫死者普加褒贈……白民贈郡鎭。"

【白田】㊀漢九眞太守任延始教民耕犁，火耨耕藝，法與中原相同，名爲白田。種白穀，七月火作，十月登熟；名赤田，種赤穀，十二月作，四月登熟；所謂兩熟之稻。㊁旱田。晉書傅玄傳上疏："近魏初課田，不務多其頃畝，但務修其功力，故白田收至十餘斛，水田收數十斛。"

【白氏】我國古代少數民族氐族的一部。或稱白氐，或稱青氐蚺氐，各有長，以其服色不同而異名。見魏書氐傳、文獻通考三三三四裔。

【白汗】冷汗。因怖懼而流汗。戰國策楚四："夫驥齒至矣，服鹽車而上大行，蹄申膝折，尾湛胕潰，漉汁灑地，白汗交流，外阪遷延，負轅而不能上。"宋鮑彪注："白汗，不緣暑而汗也。"晉書夏統傳："聞君之談，不覺寒毛盡戴，白汗四布，顏如渥丹，心熱如炭，舌縮口張，兩耳壁塞也。"

【白衣】㊀古未仕者著白衣，猶後世稱布衣。史記一二一儒林傳："武安侯田蚡爲丞相，絀黃老刑名百家之言，延文學儒者數百人，而公孫弘以春秋白衣爲天子三公，封以平津侯。天下之學士靡然鄉風矣。"晉書陶侃傳："侃坐免官，王敦表以侃白衣領職。"㊁官府給役小吏之服。漢書七二龔勝傳："（夏侯常）卽應曰：'聞之白衣，戒君勿言也，奏事不詳，妄作觸罪！'"注："白衣，給官府趨走賤人，若今諸司亭長掌固之屬。"㊂佛教徒服黑色衣，稱俗人爲白衣。維摩詰經上善權品："雖爲白衣，奉持沙門，至賢之行，居家爲行。"參見"白黑"。

【白州】秦置象郡，漢爲合浦縣地。唐武德四年置白州，宋廢。今廣西博白縣。參閱太平寰宇記一六七白州。

【白圭】㊀白玉。詩大雅抑："白圭之玷，尚可磨也；斯言之玷，不可爲也。"㊁人名。1. 戰國魏文侯時人，善經商。見史記一二九貨殖傳。2. 名丹，圭乃其字，亦戰國時人，善治水。見孟子告子下。自漢趙岐注孟子，卽附會與魏相白圭爲一人。見清閻若璩四書釋地續。

【白地】㊀白色質地。世説新語文學下："孫興公（綽）道曹輔佐（毗），才如白地明光錦，裁爲負版絝，非無文采，酷無裁製。"㊁猶言無緣無故。唐李白李太白詩二五越女詞："相看月未墮，白地斷肝腸。"

【白老】㊀唐白居易晚年，極喜李商隱詩，云："我死得爲爾子足矣。"後商隱有子，遂以白老名命。既長，略無文性，溫庭筠嘗戲之曰："以爾爲樂天後身，不亦忝乎！"見宋蔡寬夫詩話。㊁指貓。中州集五王良臣貍奴畫軸詩："三生白老與烏員，又現吳生小筆前。"參閱宋徐鉉稽神錄二廬樞。

【白羽】㊀白色羽毛。孟子告子上："白羽之白也，猶白雪之白。"㊁以羽毛爲材料製成的器物。1. 箭。史記一一七司馬相如傳："彎蕃弱，滿白羽，射游梟。"正義："文穎云：'引弓盡箭鏑爲滿，以白羽羽箭，故云白羽也。'"2. 白羽扇。宋蘇軾分類東坡詩二三射獵三祭常山回小獵："聖朝若用西涼簿，白羽猶能效一揮。"㊂春秋地名，卽析縣。今河南內鄉縣有析縣故城。楚遷許於白羽卽其地。見左傳昭十八年。

【白沙】㊀地名。1. 在江西波陽縣西。漢武帝使下瀨將軍出白沙，卽此。見漢書九五南粵王傳。2. 廣東新會縣東有白沙村，明陳獻章居此爲號，世稱獻章爲白沙先生。㊁關名。在河南光山縣西南，北魏景明四年，元英破梁將吳子陽於白沙，卽此。見魏書世宗紀。

【白社】地名。1. 在今河南偃師縣內，其地有叢祠，故名。抱朴子雜應："洛陽有道士董威輦常止白社中，了不食，陳子敍共守事之，從學道。"後人稱隱士所居爲白社。唐劉禹錫劉夢得集一遊桃源一百韻詩："居安白社貧，志傲玄纁辟。"2. 在湖北荊門縣南。古隱士之居，以白茅爲廬，因名。相傳唐都官鄭谷常居於此。參閱嘉慶一統志三五二荊門州。

【白劫】白日搶劫。北魏元脩義爲吏部尚書，唯專貨賄，授官大小，皆有定價。中散大夫高居求上黨郡缺，脩義不與，居對大衆呼天唱賊，指脩義爲"京師白劫"。見魏書景穆十二王傳。

【白別】分辨明白。三國志魏公孫淵傳注引魏略赦遼東文："若苗穢害田，隨風烈火，芝艾俱焚，安能白別乎？"參見"別白"。

【白足】南朝梁慧皎高僧傳十釋曇始："義熙初，復還關中，開導三輔。始足白於面，雖跣涉泥水，未嘗沾濕，天下皆稱白足和上。"後因謂僧爲白足。唐李白李太白詩十二自梁園至敬亭山見會公……因有此贈："何當移白足，早晚臨蒼山。"李商隱李義山詩集五天平公座中……爲僧徒故有第五句："白足禪僧思敗道，青袍御史擬休官。"

【白身】指沒有官職出身的人。唐時節度幕職，多由長官辟署，歷久始奏朝廷授官。授官而未通朝籍者亦稱白身。唐高適高常侍集八送桂陽孝廉詩："桂陽少年始入秦，數經甲科猶白身。"陸贄陸宣公集二冬至大禮大赦制："天下諸使諸將軍士三品已上賜爵一級，四年已下加一階，白身人賜勳三轉。"

【白役】官署中定額以外的差役。古今圖書集成祥刑典五六律令四二："又題准凡衙門供役，止許正身，有私用白役者，將正身及白役俱杖一百，革役。"

【白狄】春秋時我國北方地區狄族的一部。狄，亦作"翟"。其衣尚白，故名。散居在山西陝西西北一帶，隗姓，與晉互通婚姻。左傳成十三年："夏四月戊午，晉侯使呂相絕秦曰：'……白狄及君同州，君之仇讎，而我昏姻也。'"又襄十八年："十八年春，白狄始來。"注："白狄，狄之別名。"

【白法】佛家稱世間一切善法曰白法，如倫理修身之類。廣弘明集二七下南齊蕭子良淨住子淨行法門十種慚愧門十七："涅槃經云：有二白法能救衆生，一慚二愧。慚者自不作惡，愧者不教他作。"法苑珠林一〇三懺悔："悔罪要方，慚愧爲本。我慚此罪，不預人流，愧我此罪，不蒙天罰，是爲白法。"

【白河】㊀銀河。唐杜甫杜工部史詩補遺三送嚴侍郎到綿州同登杜使君江樓宴："不勞朱户閉，自待白河沉。"㊁縣名。屬陝西省。明成化十一年析洵陽縣置，以白石河而名。清屬興安府。參閱嘉慶一統志二四一興安府一。㊂水名。1.即沽河。今潮白河上源之一，源出河北沽源縣獨石口外的土山，至北京密雲縣與潮河合爲潮白河，南至通縣，爲北運河；又南至天津與海河合，由直沽入渤海。參閱畿輔通志七七水道三白河。2.在河南西南部。源出南召縣伏牛山，東南流至湖北與唐河合爲唐白河，於襄樊市注入漢水。3.即淯水。詳"淯水"。

【白波】㊀白浪。莊子外物："白波若山，海水震蕩。"唐李白李太白詩十三廬山謠寄盧侍御虛舟："黃雲萬里動風色，白波九道流雪山。"㊁山谷名。在今山西曲沃縣侯馬鎮北。東漢中平五年，黃巾軍餘部郭泰等在此起義，舊史誣稱爲白波賊。見後漢書獻帝紀、七二董卓傳。

【白於】山名。一名女郎山。在陝西靖邊縣南。上多松柏，下多櫟檀。洛水源出山南。參閱山海經西山經、元和郡縣志三慶州洛源縣。

【白衫】唐宋時便服，亦稱涼衫。唐時白衫也兼爲凶服之用。宋乾道中，禮部侍郎王曮上疏禁服白衫，後遂專作凶服用。見舊唐書八五唐臨傳、宋史輿服志五。

【白卷】没有寫出答案的考試問卷。明許自昌橘浦記傳奇應試："你不肯也罷，難道我就遞了白卷出來不成？"清黃六鴻福惠全書三蒞任考經承："按其所掌出題，詞義略通、字蹟清秀者陟之；其交白卷、類塗鴉者黜之。"

【白事】即言事。南朝梁任昉文章緣起白事："漢孔融主簿作白事書。白，告也，明告其事也。"宋王得臣麈史諧謔："百官赴政事堂議事，……京官自下聲喏而升立，白事訖，退。"

【白雨】㊀暴雨。宋司馬光溫國文正公集五和復古大雨詩："白雨四注垂萬縆，坐間斗寒衣可增。"㊁關中方言謂雹爲白雨。見明王志堅表異録一天文象緯。

【白芷】植物名。多年生草本，可入藥。史記三王世家："傳曰'蘭根與白芷，漸之滫中，君子不近，庶人不服'者，所以漸然也。"芷，楚辭多作"茝"，故本草亦名白茝。

【白直】㊀南北朝時在官當直無月給的人員，常爲諸王鎮帥隨從，出行則夾車護衛。見宋書禮志五、朱超石傳、黃回傳、劉義恭傳、二凶傳，南齊書蕭嶷傳、梁書蕭偉傳、魏書元琛傳。後來泛指官府額外的差役。宋蘇軾東坡集續集七與蕭朝奉書："賤官重累，敢望矜恤，特爲於郡中諸公，醵借白直數十人，送至方口。"㊁爽性，坦率。宋朱熹朱文公集四八答吕子約書："不若放下，只白直自看子思説底。"朱子語類三九論語二一："如今人恁地文理細密，倒未必好，寧可是白直粗疏底人。"

【白松】木名。榦高十丈餘，皮色暗褐，剝落後則呈乳白色，故亦稱白皮松。清查慎行人海記上："去(北京)香山二里許，爲鮑公寺，亦内官墓。中有白松八株，圍皆三抱，掩映殿宇，人行其下，衣上不見日色。"

【白門】㊀古代把天地八方分爲八門，西南方爲白門。淮南子地形："八紘之外，乃有八極，……西南方曰編駒之山，曰白門。"注："金氣白，故曰白門。"文選漢張平子(衡)思玄賦："厥白門而東馳兮，云台行乎中野。"㊁南朝宋都城建康城西門。西方金，金氣白，故稱白門。後遂稱金陵爲白門。見南齊書二三王儉傳。唐李白李太白詩十五金陵酒肆留別詩："白門柳花滿店香，吳姬壓酒喚客嘗。"㊂漢下邳城門名。漢末建安三年曹操討吕布，圍下邳，生擒布於白門城樓。見三國志魏吕布傳。下邳，今江蘇宿遷縣地。

【白虎】㊀西方七宿的合稱，即奎、婁、胃、昴、畢、觜、參。禮曲禮上："行前朱鳥而後玄武，左青龍而右白虎。"疏："前南後北，左東右西，朱鳥、玄武、青龍、白虎，四方宿名也。"㊁石灰的別名。見本草綱目九石三石灰。

【白果】銀杏的果實。詳"銀杏"。

【白帖】唐白居易所撰六帖的省稱。詳"白孔六帖"。

【白金】古指銀。爾雅釋器六："白金謂之銀。"説文："銀，白金也。"

【白兔】㊀俗傳月中有兔，故多以白兔、玉兔喻月。唐杜甫杜工部草堂詩箋三一八月十五夜月之一："此時瞻白兔，直欲數秋毫。"唐白居易長慶集五一勸酒詩："天地迢迢自長久，白兔赤烏相趁走。"㊁明馮惟訥古詩紀四竇玄妻古怨歌："煢煢白兔，東走西顧，衣不如新，人不如故。"注："竇玄狀貌絶異，天子使出其妻，妻以公主，妻悲怨寄書及歌與玄，時人憐而傳之，亦名豔歌。"後用作棄婦的典故。

【白狐】狐的一種。夏毛灰褐色，此時常稱爲青狐，冬毛變白，毛皮珍貴。古以白狐爲瑞。見宋書符瑞志中。

【白版】㊀自漢以來官皆有印。授官以板書，而無印章，稱爲白板。板，亦作"版"。晉書趙王倫傳："金銀冶鑄，不給於印，故有白版之侯，君子恥服其章，百姓亦知其不終矣。"㊁門。唐白居易長慶集十五渭村退居寄禮部崔侍郎翰林錢舍人詩一百韻："晝扉扃白版，夜碓擣黃粱。"

【白姑】道教謂三尸蟲之一。蟲有三名，伐人三命，亦號三尸。上尸青姑，伐人眼；中尸白姑，伐人腹；下尸血姑，伐人胃命。見唐段成式酉陽雜俎二玉格、雲笈七籤六十録神誡戒序。

【白帝】㊀五帝之一。周禮天官冢宰大宰"祀五帝"疏："五帝者……西方白帝白招拒。"又古以蛇神爲白帝，秦文公夢蛇，作鄜畤，祭白帝；漢劉邦所斬蛇自稱白帝子。見史記封禪書及高祖紀。㊁城名。在今四川奉節縣城東瞿塘峽口。東漢公孫述至魚復，見白氣如龍出井中，自以爲瑞，改魚復爲白帝。三國時蜀漢以此爲防吳重鎮，改名永安。唐李白李太白詩二二早發白帝："朝辭白帝彩雲間，千里江陵一日還。"即此地。見太平寰宇記一四八夔州奉節縣、三國志蜀先主傳。

【白亭】湖名。即白亭海，一名小闊端海子，又名休屠澤。水色潔白，因以爲名。唐於其地置白亭軍。在甘肅民勤縣東北，今名魚海子。參閱太平寰宇記一五二涼州姑臧縣。

【白首】人老髮白。史記一〇三萬石君傳："長子建爲郎中令，……建老白首，萬石君尚無恙。"文苑英華二一一南朝梁江洪胡笳曲："紅顏征戍兒，白首邊城將。"

【白契】舊時買賣田宅未經地方官蓋印的文契，即指未納稅的契據。宋鄭剛中北山文集一論白契疏："竊見典賣田宅，法限六十日投印，又六十日請契。恐其故違限約，則扼以倍納之稅。恐其因倍而畏，則寬以赦放之限。疑若無弊矣，而其弊今有不勝言者。買產之家，類非貧短，但契成則視田宅已爲己物，故吝惜官稅，自謂收藏白契，不過倍納而止。"

【白苧】㊀苧的一種。詳"苧"。㊁詞調名。即白紵。古樂府有白紵曲，見樂府詩集五五。宋人借舊曲名，別倚新聲。雙調有一百二十五字、一百二十一字諸體。見詞譜三六。

【白茅】多年生草。其地下莖白軟有節，味甜可食。入藥。古代常用以包裹充祭祀的禮物。易噬嗑大過"初六，藉用白茅无咎"，詩召南野有死麕"野有死麕，白茅包之"，皆指此草。

【白柰】㊀柰的一種。藝文類聚八六果柰："張掖有白柰，酒泉有赤柰。"參見"柰㊀"。㊁晉成帝時，三吳女子相與簪白花，望之如素柰，傳言天公織女死。俄而后死。見晉書成恭杜皇后傳。後因用柰花爲悼帝后的故事。宋陳之茂爲寧德皇后訃音撰疏文，有語云："十年罹難，終弗返於蒼梧；萬國銜冤，徒盡簪於白柰。"后隨徽宗被俘，死於金國。見宋洪邁容齋隨筆四筆六用柰花事。

【白相】吳語方言，閒游的意思。也作"薄相"、"孛相"。明馮夢龍雙雄記五青樓憶舊："我做小娘官樣，天生極會白相。"清王鑨秋虎丘遇故："趁此清爽，正好上去白相白相。"

【白屋】㊀古代平民住屋不施采，故稱白屋。漢書六四上吾丘壽王傳："三公有司，或由窮巷，起白屋，裂地而封。"注："白屋，以白茅覆屋也。"㊁指平民。漢書七八蕭望之傳說霍光："今士見者，皆先露索挾持，恐非周公相成王，躬吐握之禮，致白屋之意。"㊂古狄族的一部。文選漢潘元茂（勗）册魏公九錫文："鮮卑丁令，重譯而至，單于白屋，請吏帥職。"注："博物志曰：北方五狄……五曰白屋。然白屋今秣羯也。"

【白眉】三國蜀漢馬良，字季常，兄弟五人皆用"常"爲字，並有才名。良眉有白毛，才學尤爲出衆，鄉里諺曰："馬氏五常，白眉最良。"見三國志蜀馬良傳。後世稱兄弟行中才俊特出者曰白眉，本此。唐高適高常侍集四酬秘書弟兼寄幕下諸公詩序："族弟祕書，雁序之白眉者，風塵一別，俱東西南北之人。"李白李太白詩十六對雪奉餞任城六父秩滿歸京："季父有英風，白眉超常倫。"

【白削】白刃。古用竹簡，書字有誤則以刀削之，因名刀爲削。三國志吳甘寧傳："寧先以銀盌酌酒自飲兩盌，乃酌與其都督。都督伏不肯時置，寧引白削置膝上，呵謂之曰：'卿見知於至尊，孰與甘寧？卿何以獨惜死乎！'"

【白帢】古代未仕者戴的白帽。漢末曹操以資財乏匱，擬古皮弁，裁縑布爲白帢，以易舊服。晉陸機臨逮前釋戎服著白帢見牽秀，又張茂以官非朝命，遺命白帢入棺，不用朝服。見晉書五行志上、陸機傳、張軌傳附張茂。

【白旄】用作飾物的白羽毛。太平御覽三四一三國蜀諸葛亮與孫權書："所送白旄薄少，重見辭謝，益以增慚。"魏書蠕蠕傳："阿那瓌等拜辭，詔賜阿那瓌……露絲銀纏槊二張并白旄。"

【白叟】白髮老人。唐韓愈昌黎集一元和聖德詩："卿士庶人，黃童白叟，踊躍歡呀，失喜噎歐。"

【白酒】禮內則："酒清、白。"言酒有清酒和白酒之別。太平御覽八四四引魏略："太祖（曹操）時禁酒，而人竊飲之，故難言酒，以白酒爲賢人，清酒爲聖人。"三國志魏徐邈傳作"平日醉客，謂清酒者爲聖人，濁者爲賢人"。後來泛指美酒爲白酒，如言玉液、瓊漿，皆言其色白。玉臺新詠十梁武帝子夜夏歌："玉盤著朱李，金杯盛白酒。"樂府詩集四四著録爲王金珠作。

【白海】淮南子地形："上者就下，流水就通，而合於白海。"注："西方之海。"

【白席】古代北方民間吉凶宴會相禮的人。宋孟元老東京夢華録四筵會假賃："凡民間吉凶筵會，……以至托盤、下請書、安排坐次，尊前執事歌說勸酒，謂之白席人。"陸游老學庵筆記八："北方民家，吉凶輒有相禮者，謂之白席，多鄙俚可笑。"

【白唐】㊀羽毛白而帶黑色的鷹。唐段成式酉陽雜俎前集二十肉攫部："白唐，唐者黑色也，謂斑上有黑色。"㊁鶉雛的別名。見宋寇宗奭本草衍義十六鶉。

【白袍】㊀白色袍服，又指穿此服的軍人。梁書陳慶之傳："慶之麾下，悉著白袍，所向披靡。先是洛陽童謡曰：'名師大將莫自牢，千兵萬馬避白袍。'"㊁庶人所穿的服裝。唐馬縞中華古今注中袍衫："秦始皇三品以上綠袍深衣，庶人白袍，皆以絹爲之。"士子未仕者亦服白袍。唐李肇國史補下："或有朝客譏宋濟曰：'近日白袍子何太紛紛？'濟曰：'蓋由緋袍子紫袍子紛紛化使然也。'"

【白祥】舊時認爲罕見的白色禽獸突然出現，是不吉之兆。漢書五行志中之上："時則有白眚白祥。"宋書五行志三："晉成帝咸和二年正月，有五鷗鳥集殿庭。此又白祥也。是時庾亮苟違衆謀，將召蘇峻，有言不從之咎，故白祥先見也。"也有認爲是吉祥之兆的。北史李崇傳："又有白狼、白兔、白雀、白雉、白鳩等集於園間。羣下以爲白祥，金精所誕，皆應時邕而至。"

【白馬】㊀白色的馬。宰馬歃血，古多用於盟誓或祭河。戰國策魏一："刑白馬以盟於洹水之上，以相堅也。"史記呂太后紀："王陵曰：'高帝刑白馬，盟曰：非劉氏而王，天下共擊之。'"㊁古縣名。衛漕邑地。漢以爲縣，屬東郡，以地有白馬山而名。漢末袁紹遣顏良攻東郡太守於白馬，良爲關羽所斬，即此。隋開皇十九年改屬滑州。至明廢。故城在今河南滑縣東。參閱太平寰宇記九滑州白馬縣。㊂津名。在河南滑縣北。詳"白馬津"。㊃城名。1. 亦曰白馬戍。在陝西勉縣西。漢爲陽平關。南北朝謂之白馬城，南朝宋元嘉時，氐王楊難當襲梁州，攻白馬，北魏使淳于誕行華陽郡事，兼主白馬戍，皆指此。參閱水經注二七沔水。2. 在今山西臨汾縣境。水經注六汾水："汾水又南逕白馬城西，魏刑白馬而築之，故世謂之白馬城，今平陽郡治。"㊄複姓。相傳微子乘白馬朝周，因以爲氏。一說漢公孫瓚在幽并常乘白馬，因以爲氏。見通志二八氏族四以事爲氏。

【白起】戰國時秦將，郿人。善用兵，昭王用之，戰勝攻取，凡七十餘城，封武安君。長平之戰，坑殺趙降卒四十萬，後與應侯范雎有隙，稱病不起，免爲士卒，遷陰密，被迫自殺。見史記七三本傳。崇文總目兵家類有白起神妙行兵法三卷，疑爲後人依託，今亦不存。

【白骨】死人骨。國語吳："越王許諾，乃命諸稽郢行成於吳曰：'……君王之於越也，繄起死人而肉白骨也。'"樂府詩集二七魏武帝蒿里："白骨露於野，千里無雞鳴。"

【白烏】㊀烏之白者，古以爲瑞。見宋書符瑞志下。㊁隋末向海明年號。公元613年。

【白狼】㊀白色的狼，古以爲祥瑞。瑞應圖："白狼，王者仁德明哲則見。"㊁縣名。漢置。屬右北平郡。晉以來稱爲白狼城，北魏併入建德郡廣都縣。故城在今遼寧凌源縣南。參閱清吳卓信漢書地理志補注七二白狼。㊂漢西南夷部族名。見後漢書八六西南夷傳。

【白徒】未受過軍事訓練的人。管子七法選陳："以教卒練士擊毆衆白徒。"注："白徒，謂不練之卒，無武藝。"金史百官志四："且沿河亭障各駐鄉兵，彼皆白徒，皆不用。"

【白商】指秋天。文選晉張景陽（協）七命："若乃白商素節，月既授衣，天凝地閉，風厲霜飛。"注："周禮：'西方白'禮記:'孟秋之月,其音商。'"素節,也指秋天。

【白毫】如來三十二相之一。佛家傳說世尊眉間有白色毫毛,右旋宛轉,如日正中,放之則有光明,初生五尺,成道時一丈五尺,名白毫相。法華經句解一序品:"爾時,佛放眉間白毫相光。"宋蘇軾分類東坡詩九南寺千佛閣詩:"千金用盡身無事,坐看香煙遶白毫。"參見"三十二相"。

【白望】㊀虛名。晉書陳頵傳與王導書:"中華所以傾弊,四海所以土崩者,正以取才失所,先白望而後實事。"㊁唐代宮市所遣在市采辦人員,以其在市中左右望,白取民物,故人稱爲白望。唐韓愈昌黎集外集七順宗實録二:"貞元末,以宦者爲使,抑買人物,……置白望數百人於兩市,並要鬧坊,閱人所賣物,但稱宮市,卽斂手付與。"參見"宮市㊁"。㊂狗名。舊題漢劉歆西京雜記四:"茂陵少年李亨,好馳駿狗,逐狡獸,……狗則有修毫、釐睫、白望、青曹之名。"

【白麻】㊀植物,卽苘麻。見該條。㊁詔書舊皆用白紙,唐高宗上元間,以白紙易蠹,改用麻紙。凡由翰林院學士草制,凡立皇后太子、施赦、討伐、除免三公將相,皆用白麻書,封付閣門,由閣門集朝士拆封宣讀施行。唐白居易長慶集四杜陵叟詩:"白麻紙上書德音,京畿盡放今年稅。"參閱唐會要五七翰林院、宋程大昌演繁露四黃麻白麻。

【白鹿】白色的鹿。古代迷信常以白鹿爲祥瑞。國語周上:"王不聽,遂征之,得四白狼、四白鹿以歸。"宋書二八符瑞志中:"白鹿,王者明惠及下則至。"

【白袷】白色夾衣。世說新語雅量"顧和始爲揚州從事"注引(裴啟)語林:"周侯(顗)飲酒已醉,著白袷,憑兩人來詣丞相(王導)。"唐李商隱李義山詩集五春雨:"悵卧新春白袷衣,白門寥落意多違。"

【白琁】蚌珠名。隋書禮儀志六:"陳永定元年,武帝卽位。侍中顧和奏:'今不能備玉珠,可用白琁。'從之。蕭驎子云:'白琁,蚌珠是也。'"

【白雪】㊀古曲名。樂府詩集五七白雪歌序:"琴集曰:白雪,師曠所作,商調曲也。"參見"陽春白雪"。㊁詞調名,宋楊無咎創作。楊詞題本賦雪,故卽以白雪名調。雙調,九十五字。見詞譜二四。

【白梃】白色棒杖。呂氏春秋簡選:"鋤櫌白梃,可以勝人之長銚利兵。"注:"梃,杖也。"梃,一本作"挺"。漢賈誼新書一過秦下:"然陳涉率散亂之衆數百,奮臂大呼,不用弓戟之兵,鉏櫌白梃,望屋而食,橫行天下。"

【白梅】鹽梅。以鹽漬而色發白,故稱白梅。北魏賈思勰齊民要術四種梅杏:"作白梅法,梅子酸核初成時摘取,夜以鹽汁漬之,晝則日曝,凡作十宿,十浸十曝便成。調鼎和齏,所在多入也。"

【白堊】石灰岩的一種,色白不透明。精製成粉末,和入油類,塗飾門屏,俗謂之白墡,也可爲肥料。呂氏春秋察微:"六曰使治亂存亡,若高山之與深谿,若白堊之與黑漆,則無所用智,雖愚猶可矣。"參見"白土"、"白善"。

【白盛】用蜃灰粉飾牆使白。周禮冬官考工記下:"四旁兩夾窻,白盛。"注:"蜃灰也。盛之言成也。以蜃灰堊牆,所以飾成宮室。"

【白雀】後秦姚萇年號,公元 384—385 年。

【白眼】㊀眼因躁怒而多白。易說卦:"其於人也,爲寡髮,爲廣顙,爲多白眼。"疏:"取躁人之眼,其色多白也。"㊁世說新語簡傲"嵇康與呂安善"注引晉百官名:"(阮)籍能爲青白眼,見凡俗之士,以白眼對之。"後以白眼表示鄙薄厭惡。宋劉克莊後村集八贈高九萬並寄孫季蕃詩:"紫髯長拂地,白眼冷看見。"

【白魚】㊀傳說周武王渡河,中流,有白魚躍入王舟中,武王俯取以祭。或附會爲周興滅紂之瑞。見史記周紀。漢王充論衡指瑞:"夫鳳驎之來,與白魚赤烏之至無以異也。……世見武王誅紂,出遇魚烏,則謂天用魚烏命使武王誅紂,事相似類,其實非也。"㊁蠹魚,又名衣魚。爾雅釋蟲:"蟫,白魚。"疏:"此衣書中蟲也。一名蟫,一名白魚,一名蛃魚。本草謂之衣魚是也。"

【白鳥】㊀白羽之鳥,如鶴鷺之類。詩大雅靈臺:"白鳥翯翯。"又周頌振鷺"振鷺于飛"漢毛亨傳:"鷺,白鳥也。"㊁蚊。大戴禮夏小正:"丹鳥羞白鳥,丹鳥者,謂丹良也;白鳥者,謂蚊蚋也。"丹良卽螢火蟲,古代相傳其食蚊蚋。南朝梁元帝(蕭繹)金樓子五志怪:"荆州高齋,盛夏之月無白鳥,余亟寢處於其中。"

【白紵】細而潔白的夏布。樂府詩集五五晉白紵舞歌詩序:"其譽白紵曰:質如輕雲色如銀。"宋陸游劍南詩稿二林亭書事:"吏退林亭夏日長,烏紗白紵自生涼。"

【白渠】漢代關中平原的人工灌溉渠道。在陝西三原縣西北。漢武帝太始二年,趙中大夫白公奏穿渠,引涇水,起谷口,入櫟陽,注渭中,長二百里,溉田四千五百餘頃,名曰白渠。見漢書溝渠志。參見"三白渠"。

【白善】白土。卽白堊。土以黃爲正色,白者爲惡色,故名堊。後人諱言惡,呼爲白善。善,通作"墡"。見本草綱目七土一白堊。

【白粧】指女子的粉粧。南朝梁天監中,武帝詔宮人梳迴心髻、歸真髻,作白粧青黛眉。唐白居易長慶集一四江岸梨詩:"最似孀閨少年婦,白粧素袖碧紗裙。"參閱五代後唐馬縞中華古今注中頭髻。

【白道】㊀明道。荀子正名:"說行則天下正,說不行則白道而不冥窮,是以聖人之辨說也。"㊁月球所行的軌道。漢書天文志:"月有九行者:黑道二,出黃道北;赤道二,出黃道南;白道二,出黃道西;青道二,出黃道東。"㊂地名。在今內蒙古土默特旗。魏書太宗明帝紀泰常四年:"冬十有二月癸亥,西巡,至雲中,踰白道,北獵野馬於辱孤山。"㊃暮行道路光色顯白,故稱白道。唐李商隱李義山詩集六無題:"白道縈迴入暮霞,斑騅嘶斷七香車。"

【白過】明白的過失。漢書八五谷永傳對言:"竊恐陛下舍昭昭之白過,忽天地之明戒,聽晻昧之瞽說,歸咎乎無辜,倚異乎政事,重失天心,不可之者也。"

【白琥】古代祭祀用的虎形白玉。周禮春官宗伯上:"以玉作六器,以禮天地四方。……以白琥禮西方。"宋蘇軾分類東坡詩十二龍尾硯歌:"黃琮白琥天不惜,顧恐貪夫死懷璧。"

白琥

【白報】㊀陳告。禮玉藻"大夫拜賜而退"唐孔穎達疏:"拜竟則退,不待白報,恐君召進答已故也。"㊁佛家語。善業曰白業。善業所感之清淨果報,曰白報。

【白喜】卽太宰嚭,春秋吳大夫。史記吳太伯世家作伯嚭,吳越春秋四闔閭內傳作"白喜"。參見"太宰嚭"。

【白越】布名。後漢書十上明德馬后傳:"諸貴人當徙居南宮,太后感析別之懷,各賜王赤綬,加安車駟馬,白越三千端。"注:"白越,越布。"

【白描】用墨鈎勒輪廓不着顏色的畫法,稱白描。多用於人物、花卉畫。唐吳道子、北宋李公麟(龍眠)、元張渥皆以白描名家。元張昱可閒老人集一李龍眠畫醉中八仙歌："龍眠白描誰不賞？胸次含空生萬象。"

【白華】㊀詩經篇名。1.詩小雅篇名。詩序以爲周人刺幽后而作。幽王得褒姒而黜申后，以妾爲妻，周人乃作白華。漢書八五谷永傳上疏："以廣繼嗣之統，息白華之怨。"2.詩小雅逸詩篇名。詩序："白華，孝子之絜白也。……有其義而亡其辭。"文選有晉束廣微（晳）補亡詩白華。唐杜甫杜工部草堂詩箋十二送李校書二十六韻："南登吟白華，已見楚山碧。"箋："白華，喻其行之潔也。"㊁草名。卽野菅。詩小雅白華："白華菅兮，白茅束兮。"

【白萍】白魚子。晉崔豹古今注中魚蟲："白魚赤尾者曰魧，一曰魧。或云雌者爲白魚，雄者曰魧魚，子好羣泳水上者，名曰白萍。"唐陸龜蒙甫里集八鬢美以魚牋見寄因謝詩："向日乍驚新繭色，臨風時辯白萍文。"

【白菖】卽菖蒲。見"菖蒲"。

【白菜】古稱菘。以長出苗葉呈嫩黃色，又稱黃芽菜。參見"菘"。

【白蓉】木名。一名皋蘇。見該條。

【白棓】卽白棒杖。三國志魏鍾會傳："會已作大坑，白棓數千，欲悉呼外兵入。"注："棓與棒同。"聊齋志異羅剎海市："武士數十騎，背雕弧，荷白棓，晃耀填擁。"

【白晳】膚色潔白。左傳昭二六年："（冉豎）以告平子曰：'有君子白晳，鬒鬚眉，甚口。'平子曰：'必子彊也。'"唐李白李太白詩二五越女詞二："吳兒多白晳，好爲蕩舟劇。"

【白間】㊀弓弩名。後漢書四十上班彪傳附班固兩都賦："招白間，下雙鵠，揄文竿，出比目。"注："招，猶舉也，弩有黃間之名，此言白間，蓋弓弩之屬。"文選西都賦作"白鷳"，釋爲鳥名。㊁窗。文選魏何平叔（晏）景福殿賦："皎皎白間，離離列錢。"注："白間，靑瑣之側，以白塗之，今猶謂之白間。"

【白登】㊀山名。在山西大同市東。山上有白登臺。漢七年匈奴冒頓曾圍漢高祖於白登，七日乃解，卽此。見史記九三韓王信傳。㊁縣名。金置，元廢。故城在今山西陽高縣南，今其地曰白登鋪。參閱嘉慶一統志一四六大同府。

【白黑】世俗之人與僧徒。衆人衣白，僧徒衣黑。猶言緇素。南朝梁慧皎高僧傳六晉釋智林與周顒書："貧道捉麈尾以來，四十餘年，東西講說，謬重一時。其餘義統，頗見宗錄，唯有此途，白黑無一人得者。"唐白居易長慶集五九華嚴經社石記："（南）操歡喜發願，願於白黑衆中，勸十萬人，人轉華嚴經一部。"

【白景】太陽。唐李賀歌詩編二古悠悠行："白景歸西山，碧華上迢迢。"

【白帽】南朝皇帝平時著高頂白紗帽，至陳則爲上下通服，皇太子在宮則戴烏紗帽。在永福省則戴白紗帽。隋初皇帝及官員平時戴烏紗帽，接賓客時則戴白紗帽。唐因之，形制小異。又以白帽爲喪服。南史安成康王秀傳："初，秀之西也，郢州人相送出境，聞其疾，百姓商賈咸爲請命。及薨，四州人裂裳爲白帽哀哭以迎送之。"參閱隋書禮儀志六、通典五七禮十七帽。

【白筆】古時上下皆執笏。平時搢笏於腰，垂紳帶，帶垂三尺。有事書於笏，故常簪筆。魏晉以來，以手版代笏，笏頭置白筆。後來僅爲儀飾。唐制，七品以上官用白筆以代簪。唐李賀歌詩編二仁和里雜敍皇甫湜"還家白筆未上頭"卽指此。參閱晉崔豹古今注上、宋書禮志五。

【白傅】唐白居易開成初，授同州刺史，不拜，改太子少傅。後來詩文中常省稱爲白傅。宋范仲淹范文正公集二和葛閎寺丞接花歌："西都尚有名園處，我欲抽身希白傅。"

【白溝】河名。巨馬河自河北淶水縣流入南，到定興縣西。至縣南爲白溝河。因宋遼分界於此，故也名界河。參閱資治通鑑二八四後晉開運二年"契丹踰白溝而去"注、嘉慶一統志十三保定府二山川巨馬河。

【白瑞】廣東高要縣七星巖所產石，色純白，可爲柱礎及几案、盤盂。磨爲乾粉，婦女用以敷面。見清屈大均廣東新語五錦石。

【白著】㊀顯明。漢書七九馮奉世傳："威功白著，爲世使表。"㊁正稅以外，橫取於民，謂之白著。唐闕名大唐傳載："乾元二年，御史中丞元載爲江淮五道租庸使，高户定數徵錢，謂之白著榷酤。"參閱宋宋敏求春明退朝錄下、元陳世隆北軒筆記。

【白萼】卽玉簪。見"玉簪㊁"。

【白楊】㊀樹名。晉崔豹古今注下草木："白楊葉圓，靑楊葉長。"文選古詩十九首之十三："白楊何蕭蕭，松柏夾廣路。"又十四："白楊多悲風，蕭蕭愁殺人。"㊁地名。隋書何妥傳："時蘭陵蕭昚亦有儁才，住靑楊巷，妥住白楊頭，時人爲之語曰：'世有兩儁，白楊何妥，靑楊蕭昚。'其見美如此。"

【白榆】㊀樹名。見爾雅釋木。唐岑參岑嘉州詩三輪臺卽事："三月無青草，千家盡白榆。"㊁指星。樂府詩集三七隴西行："天上何所有，歷歷種白榆。"

【白虜】東晉時氐族苻氏建秦政權，常呼鮮卑族慕容氏所建之燕政權爲白虜。晉書苻堅載記下太史令王彫引讖："當有艸付臣又土，滅東燕，破白虜。"按艸付臣又土，卽"苻堅"二字。

【白粲】㊀漢刑法，令罪人選白米以供祭祀之用。漢書惠帝紀："上造以上及內外公孫耳孫有罪當刑及當爲城旦舂者，皆耐爲鬼薪白粲。"注："取薪給宗廟爲鬼薪，坐擇米使正白爲白粲。皆三歲刑也。"㊁白米。宋書何子平傳："揚州辟爲從事史，月俸得白米，輒貨市粟麥。人或問曰：'所利無幾，何足爲煩？'子平曰：'尊老在東，不辦常得生米，何心獨饗白粲。'"

【白暗】詩人多用方言，南人謂象牙爲白暗，意謂真僞高下難辨。見宋釋惠洪冷齋夜話一詩用方言。明李日華六研齋筆記二筆四："胡人謂犀黑暗，象白暗，可以名墨，亦可以名茶。"

【白業】佛家語。謂善業。大乘義章七黑白四業義："一黑黑業，二白白業……。言黑黑者，是不善業，不善鄙穢，名之爲黑，因果俱黑，名黑黑業；言白白者，是其善業，善法鮮淨，名之爲白，因果俱白，名白白業。"元丁鶴年集三送鎧犖外侍者還定水寺詩："侍者還山修白業，何須門外問三車。"

【白雉】古代迷信以白雉爲祥瑞。春秋感精符："王者德流四表，則白雉見。"（太平御覽九一七白雉）

【白滿】傳統劇戲裝中假鬚，滿口白鬚。如草橋關之姚期、南天門之徐福等用之。

【白蒿】草名。卽蘩。爾雅釋草"蘩，皤蒿"晉郭璞注："白蒿。"參閱明鮑山野菜博錄上。

【白團】㊀扇之一種。晉王珉與嫂婢通，珉好持白團扇，婢製白團扇歌以贈珉。見古今樂錄三一。玉臺新詠上梁簡文帝怨詩："秋風與白團，本自不相安。"㊁雞蛋。唐唐臨冥報記下："使者令儀同拜王。王問：'汝爲帝作食，前後進白團幾枚？'儀同不識白團，顧左右，左右教曰：'名雞卵爲白團也。'"㊂白甜瓜。宋孟元老東京夢華錄八端午："端午節物：百索艾花、銀樣鼓兒花、花巧畫扇、香糖果子、糉子、白團、紫蘇、菖蒲、木瓜，並皆茸切以香藥相和，用梅紅匣子盛裹。"本草綱目三三果甜瓜："以色得名，則有烏瓜、白團、黃甗、白甗、小青、大斑之別。"

【白銅】銅鎳合金。廣雅釋器："白銅謂之鋈。"詩秦風小戎"陰靷鋈續"疏："金銀銅鐵，總名爲金。此說兵車之飾，或是白銅白鐵，未必皆白銀也。"

【白鳳】㊀鳥名。舊題漢郭憲洞冥記一："帝既躭於靈怪，常得丹豹之髓，白鳳之膏。磨青錫爲屑，以蘇油和之，照於神壇，夜暴雨，光不滅。"㊁貓名。唐張泌粧樓記二："張摶好貓，其一曰東守，其二曰白鳳，皆價值數金。"

【白澒】卽水銀。淮南子四地形："白天九百歲生白礜，白礜九百歲生白澒，白澒九百歲生白金。"

【白𣹗】周穆王八駿之一。列子周穆王："命駕八駿之乘，右服驊騮而左綠耳，右驂赤驥而左白𣹗。"參見"八駿"。

【白論】空言。沒有根據的話。晉書劉毅傳論九品疏："況今九品，所疏則削其長，所親則飾其短。徒結白論，以爲虛譽。"

【白駒】㊀白馬。詩小雅白駒："皎皎白駒，食我場苗。"詩序謂大夫刺宣王不能用賢而作。春秋穀梁傳晉范甯序："君子之路塞，則白駒之詩賦。"文選晉曹顏遠（攄）思友人詩："感時歌蟋蟀，思賢詠白駒。"㊁莊子知北遊："人生天地間，若白駒之過郤，忽然而已。"引申卽以白駒指光陰。宋陸游劍南詩稿五六寄題胡基仲故居："浮雲每歎成蒼狗，空谷誰能縶白駒。"

【白髮】人老，髮由黑而變白。漢書二七下之上五行志："白髮，衰年之象。"唐杜牧樊川集四送隱者詩："公道世間唯白髮，貴人頭上不曾饒。"

【白撰】㊀漢幣名。漢書食貨志："故白金三品：其一曰重八兩，圜之，其文龍，名'白撰'，直三千；二曰以重差小，方之，其文馬，直五百；三曰復小，橢之，其文龜，直三百。"史記平準書作"白選"。㊁無根據的議論。猶言杜撰。宋陳亮龍川集十謝陳同知啓："第以當路之見憎，況復旁觀之共謗，怨家白撰於其外，獄吏文致於其中。"朱子語類八七禮曰："開元禮煞可看，唯是五禮新儀全然不是，當時做這文字時，不曾用得識禮底人，只是胡亂變易古文白撰，全不考究。"

【白醉】㊀酒醉。抱朴子疾謬："於是臘鼓垂無賴之子，白醉耳熱之後，結黨合羣，遊不擇類。"㊁溫暖如飲酒而醉。南朝梁劉孝儀北使還與永豐侯書："倦握蟹螯，亟覆鰕椀，未改朱顏，略多白醉。"唐開元時高太素隱商山起六逍遙館，各製一銘，其三爲冬日方出，銘曰："金鑼騰空，映簷白醉。"見清異錄天文潤骨丹（說郛六一）。

【白鴈】白色的鴈。左傳哀七年："曹鄙人公孫彊好弋，獲白鴈。"宋彭乘續墨客揮犀七白鴈至則霜降："北方有白鴈，似鴈而小，色白，秋深則來，白鴈至則霜降，河北人謂之霜信。杜甫詩云'舊國霜前白鴈來'，卽此也。"鴈，同"雁"。

【白墮】北魏河東人劉白墮，善釀酒，其酒醇美，朝貴遠相餉遺，踰於千里。見北魏楊衒之洛陽伽藍記四城西。後因稱美酒爲白墮。宋蘇轍欒城集一次韻子瞻病中大雪詩："殷勤賦黃竹，自勸飲白墮。"參見"劉白墮"。

【白墨】白色之墨。研後色變黑。宋蘇易簡文房四譜五墨譜："近黟歙間有人造白墨，色如銀，迨研訖，卽與常墨無異，卻未知所製之法。"

【白嘲】諷喻嘲謔。唐劉肅大唐新語十三諧謔："溫彥博爲吏部侍郎，有選人裴略被放，乃自贊於彥博，稱解白嘲。彥博卽令嘲廳前叢竹，略曰：'竹冬月不肯凋，夏月不肯熱，肚裏不能容國士，皮外何勞生枝節。'又令嘲屏牆，略曰：'高下八九尺，東西六七步，突兀當廳坐，幾許遮賢路。'……博慚而與官。"

【白澤】傳說中神獸名。傳說黃帝巡狩東至海，登桓山，於海濱得白澤神獸，能言，達於萬物之情。帝令以圖寫之，以示天下。後因以爲章服圖案，唐開元有白澤旗，天子出行儀仗所用；明有白澤補，爲貴戚之服飾。參閱雲笈七籤一〇〇軒轅本紀。

白澤

【白龍】㊀傳說中白色的龍。墨子貴義："帝以甲乙殺青龍於東方，以丙丁殺赤龍於南方，以庚辛殺白龍於西方，以壬癸殺黑龍於北方。"㊁五代十國南漢劉龑年號。公元925—927年。

【白賴】詭詐，無理取鬧。水滸三三："我想他如何肯干罷，必然要和你動文書。今晚我先上清風山去躲避，你明日却好去和他白賴，終久只是不和相毆的官司。"又四九："毛仲義道：'我家昨夜自射得一個大蟲，如何來白賴我的？'"

【白燕】古代以白燕爲瑞應的象徵，白燕至則以爲吉祥。宋書符瑞志下："白燕者，師曠時，銜丹書來至。"又"漢章帝元和中，白燕見郡國。"明袁凱有白燕詩，爲當時所重，稱爲袁白燕。見明史二八五文苑傳。

【白樸】㊀唐白居易撰白氏制樸的簡稱。唐元稹元氏長慶集二二酬樂天餘思不盡加爲六韻之作詩："元詩駁雜真難辨，白樸流傳用轉新。"自注："樂天於翰林中書取書詔批答詞等撰爲程式，禁中號曰白樸，每有新入學士求訪，寶重過於六典也。"宋史藝文志著錄白氏製樸一卷。參閱宋王楙野客叢書三十白樸。㊁人名。公元1226—1307年。元陝州人，居於真定。字太素，一字仁甫，號蘭谷。父華仕金爲樞密院判。師事元好問。入元，移家金陵不仕，放浪山水以終。所作有詞集天籟集，雜劇十六種，現存梧桐雨牆頭馬上東牆記三種與散曲套曲四篇、小令十六首。與馬致遠鄭光祖關漢卿齊名，稱四大家。

【白氅】古時衛士所穿的披風。新唐書儀衛志上："武衛鷲氅，驍衛白氅，左右衛黃氅。"

【白戰】徒手作戰。用以比喻作禁體詩，不得用某些常用的字眼。宋蘇軾分類東坡詩七聚星堂雪詩序："與客會飲聚星堂，忽憶歐陽文忠公（修）作守時，雪中約客賦詩，禁體物語，於艱難中特出奇麗。"詩："當時號令君聽取，白戰不許持寸鐵。"

【白學】僧徒服緇，稱世俗爲白，世俗之學爲白學。南朝宋釋慧琳著均善論，假託白學先生，訪於黑學道士，以匡所不逮。見南史迦毗黎國傳。參見"白黑"。

【白鯗】石首魚乾。諸魚乾者皆稱鯗，石首味美，獨得白鯗之名。參閱宋羅願爾雅翼二九釋魚"鮸"。參見"石首魚"。

【白醝】白酒。釋名："酒，紅曰醍，綠曰醽，白曰醝。"宋書王玄謨傳："（孝武）嘗爲玄謨作四時詩，曰：'……𦞦醬調秋菜，白醝解冬寒。'"王玄謨爲北人，孝武帝作此嘲之，白醝卽古之盎齊。見周禮注疏天官酒正注。參見"盎齊"。

【白檀】㊀縣名。1. 漢置。屬漁陽郡。在今河北承德市灤河南岸。東漢廢。漢武帝報李廣書"將軍其率師東轅，彌節白檀"，卽此地。見漢書五四李廣傳。2. 北魏置。在今北京市密雲縣北。㊁白色的檀香。見"檀香"。

【白賺】誑騙。明俞弁山樵暇語三："白賺，方言也。……（明）沈石田贈僧立雪庭詩云:'熱鬧場中不着脚，却於冷地作根基。何如一掃都乾淨，留與人間白賺誰。'"

【白糧】明初都南京,就近向蘇松常嘉湖五府，輸運內府白熟粳糯米十七萬四十餘石，各府部糙粳米四萬四千餘石，稱爲白糧，令民自運。清代向江浙額徵白糧，額九萬九千石，分運京通二倉，備分交內倉並酒醋麵局、光祿寺及支發王公百官廩祿之用。見明史食貨志三、清文獻通考四三國用五漕運。

【白醪】卽糯米酒。北魏賈思勰齊民要術七白醪酒記此酒的釀造方法甚詳。唐白居易長慶集十三代書詩一百韻寄微之詩:"白醪充夜酌，紅粟備晨炊。"

【白藏】㊀秋天。爾雅釋天:"春爲青陽，夏爲朱明，秋爲白藏，冬爲玄英。"注:"氣白而收藏。"周書武帝紀下建德四年詔:"今白藏在辰，涼風戒節，厲兵詰暴，時事惟宜。"㊁倉庫名。文選晉左太沖(思)魏都賦:"白藏之藏，富有無隄，同賑大內，控引世資。"注:"白藏庫在西城下，有屋一百七十四間，爾雅曰:'秋爲白藏'，因以爲名也。"

【白璧】古以白璧爲重寶。戰國策燕:"臣請獻白璧一雙，黃金千鎰，以爲馬食。"史記七六虞卿傳:"虞卿者，游說之士也。躡蹻擔簦，說趙孝成王，一見，賜黃金百鎰，白璧一雙;再見爲趙上卿。"

【白題】㊀匈奴部族名。俗以白塗其額，故名。史記九五灌嬰傳:"所將卒斬胡白題將一人。"集解:"服虔曰:'胡，名也。'"參閱南史夷貊下。㊁古代北方少數民族的笠帽。唐杜甫杜工部草堂詩箋十五秦州雜詩之三:"馬驕珠汗落，胡舞白題斜。"參閱宋張邦基墨莊漫錄二。

【白雞】㊀白色雞。山海經中山經:"(蟼山)其神狀皆人面獸身，其祠之毛用一白雞，祈而不糈，以彩衣之。"㊁晉書謝安傳:"悵然謂所親曰:'昔桓溫在時，吾常懼不全。忽夢乘溫輿行十六里，見一白雞而止。乘溫輿者，代其位也。十六里，止今十六年矣。白雞主酉，今太歲在酉，吾病殆不起乎!'"故後人用白雞比喻不祥之歲。宋王安石臨川集十七詩奉送覺之奉使東川詩:"後會更期黃耇日，相看且度白雞年。"謝安卒於乙酉，安石生於辛酉。

【白簡】㊀古御史有所彈奏，用白簡。簡本爲竹或木片，自紙行用後，書箋亦通稱簡。晉傅玄爲御史中丞，每有奏劾，或值日暮，捧白簡，整簪帶，坐而待旦。於是貴游懾伏，臺閣生風。見晉書四七本傳。文選梁任彥昇(昉)彈曹景宗:"臣謹奉白簡以聞。"後因稱彈劾之章奏曰白簡。㊁道家祭告神祇的書札。唐陸龜蒙甫里集十和傷開元觀道士詩:"何事神超入杳冥，不騎孤鶴上三清。多應白簡迎將去，卽是朱陵鍊更生。"參見"玉簡"。

【白癡】因病或先天不足而智力特別低下的人。左傳成十八年"周子有兄而無慧，不能辨菽麥，故不可立"晉杜預注:"不慧，蓋世所謂白癡。"

【白醭】白霉。北魏賈思勰齊民要術八作酢神酢法:"必須以冷水澆之，不爾酢壞。其上有白醭浮。"宋楊萬里誠齋集三八初秋戲作山居雜興俳體十二解之八:"自暴晕書舊間新，淨揩白醭拂黃塵。"

【白蟻】㊀蟻之一種。因巴蜀多產，故又名巴蟻。對房屋及木製器具的破壞力很大。唐元稹長慶集四蟻子詩序:"巴蟻衆而善攻欂棟，往往木容完具，而心節朽壞。"宋蘇軾分類東坡詩九兩橋之二:"千年誰在者，鐵柱羅浮西，獨有石鹽木，白螘不敢躋。"螘，同"蟻"。㊁馬名。晉張華博物志四:"周穆王八駿:赤驥、飛黃、白蟻、華騮、騄耳、騧騟、渠黃、盜驪。"穆天子傳作"白義"。參見"八駿"。

【白藤】又名沙藤，其莖堅韌，可製器物。唐李賀歌詩編一送沈亞之歌:"白藤交穿織書笈，短策齊裁如梵夾。"以白藤爲原料所製的紙稱白藤紙。唐李肇翰林志:"凡賜與徵召宣索處分曰詔，用白藤紙。"(說郛九十)

【白顛】㊀額有白毛之馬。詩秦風車鄰:"有車鄰鄰，有馬白顛。"疏:"釋畜云:馬的顙白顛，舍人曰:的，白也。顙，額也。額有白毛，今之戴星馬也。"㊁白頭。晉書束晳傳玄居釋:"丹墀步紈袴之童，東野遺白顛之叟。"也指老人。宋王之道相山集七和劉與可詩:"遠信占黃耳，清游任白顛。"

【白蘭】西羌族部落，以居白蘭山而名。其地東北接吐谷渾，西至北利摸徒，南界郝鄂。相當於今青海南部及四川西部一帶。唐初爲吐蕃所併。北史有白蘭傳。

【白蘋】一種水中浮草。卽馬尿花。南朝宋鮑照鮑參軍集二送別王宣城詩:"既逢青春獻，復值白蘋生。"玉臺新詠五南朝梁柳惲江南曲:"汀洲採白蘋，日暖江南春。"

【白鏹】銀的別名。明沈璟埋劍記傳奇上婦功:"舊賜青蚨猶在篋，又蒙白鏹濟饑月。"

【白籍】東晉在江南建都後，過江北方人口稱爲僑户。户籍用白紙書寫，以別於土著之用黃紙書寫，稱爲白籍。晉書成帝紀咸康七年:"實編户王公以下皆正土斷、白籍。"

【白鶴】鳥名。又名仙鶴、仙禽，也單稱鶴。吳越春秋二闔閭內傳:"金鼎、玉杯、銀樽、珠襦之寶皆以送女，乃舞白鶴於吳市中，令萬民隨而觀之。"古代有關神仙的傳說，往往有白鶴。如穆天子傳有舞白鶴事，劉向列仙傳言蕭史能致孔雀白鶴於庭，干寶搜神記有丁令威化鶴故事等。

【白露】㊀秋天的露水。詩國風蒹葭:"蒹葭蒼蒼，白露爲霜。"禮月令孟秋之月:"涼風至,白露降，寒蟬鳴。"㊁二十四節氣之一，在陽曆每年九月八日前後。逸周書時訓:"白露之日鴻鴈來，……秋分之日，雷始收聲。"

【白疊】布名。也作"白氎"。用棉紗織成。史記一二九貨殖傳"榻布皮革千石"集解引漢書音義:"榻布，白疊也。"正義:"白疊，木棉所織，非中國有也。"梁書高昌傳:"多草木，有實如繭，繭中絲如細纑，名爲白疊子,國人多取織以爲布。布甚軟白，交市用焉。"按此草實，卽棉花，唐時始入中國。後來用野蠶絲或毛製成的織物，亦往往沿用白氎之稱。

【白麟】麟，古代傳說中的鹿屬動物，古人視爲吉祥的徵兆。漢書武帝紀:"元狩元年冬十月，(武帝)行幸雍，祠五畤。獲白麟，作白麟之歌。"注:"麟，麇身、牛尾，馬足，黃色，圜蹄，一角，角端有肉。"

【白鷴】鳥名。又名銀雉，似山雞而白色。產於我國南部。舊題漢劉向西京雜記四:"閩越王獻高帝石蜜五斛，蜜燭二百枚，白鷴、黑鷴各一雙。"唐李白李太白詩十二贈黃山胡公求白鷴:"請以雙白璧，買君雙白鷴。"鷴，也作"鵰"。

【白曬】用鮮果在日下曝曬而製成果乾。宋蔡襄荔枝譜六:"紅鹽之法，民間以鹽梅鹵浸佛桑花爲紅漿，投荔枝漬之，曝乾色紅而甘酸，可三、四年不蟲，脩貢與商人皆便之，然絶無正味。白曬者正爾，烈日乾之，以核堅爲止。"特指乾荔。宋蘇轍欒城集後集二奉同子瞻荔支歎詩:"北遊京洛墮紅塵，箬籠白曬最稱珍。"

【白鷺】㊀鳥名。全身羽毛雪白，嘴及脚黑色。爾雅釋鳥"鷺，舂鉏"晉郭璞注:"白鷺也。"唐王維王右丞集四積雨輞川莊作詩:"漠漠水田飛白鷺，陰陰夏木囀黃鸝。"㊁北魏官名。魏書官氏志:"(道武帝)每於制定官號,……皆擬遠古雲鳥之義,……以伺察者爲候官,謂之白鷺,取其延頸遠望。"

【白丁香】植物名,開白花的丁香。清陳維崧陳迦陵儷體文集一有白丁香花賦。

【白土寨】又名白土鎮,現屬安徽蕭縣,以産白土而得名。唐代晚期,因壽州窑缺乏胎土原料,作坊遷移至此,燒造白瓷。瓷史上稱爲蕭窑。宋蘇軾任徐州軍州事,遣人就地採煤,其後附近瓷窑均以煤爲燃料。明清二代續有開採,今爲皖北主要煤産地之一。

【白弔搭】傳統劇中老者所戴假鬚,式如黑弔搭而白,丑角如翠屏山的潘老丈所用。

【白日鬼】指白日間公然竊騙之徒。宋劉跂暇日記:"宋浙江號賊曰白日鬼,多在舟舡中作禍。彼中人見誕謾者,指爲白日鬼。"(説郛四)明田汝成西湖游覽志餘二五委巷叢談:"宋時臨安,四方輻輳浩穰之區,游手游食,姦黠繁盛。……有以僞易真者,至以紙爲衣,以銅鉛爲銀,以土木爲香藥,變換如神,謂之白日鬼。"按元周密武林舊事六游手作"白日賊"。

【白日撞】白日闖入人家行竊的小偷。古今小説沈小霞相會出師表:"你莫非是白日撞麽?强裝麽公差名色,掏摸東西的。"宋時謂之白日鬼。

【白公隄】隄名。1.在蘇州虎丘山下,爲白居易任蘇州刺史時所築。見嘉慶一統志七八蘇州府。2.在杭州錢塘門北石函橋,爲白居易任杭州刺史時所築。新唐書一一九白居易傳:"爲杭州刺史,始築堤捍錢塘湖,鍾洩其水,溉田千頃。"此堤久已荒廢。又自西湖斷橋向西,過錦帶橋,連接孤山,直到西泠橋,有堤稱白隄,又名白沙隄。相傳爲白居易所築。按長慶集二十錢塘湖春行詩:"最愛湖東行不足,緑楊陰裏白沙隄。"可見此隄乃原有,非白居易所築。明萬曆年間重修,名十錦塘,又名十景塘,爲西湖名勝之一。參閲清毛奇齡西湖詩話。

【白公勝】?一前479年。春秋楚平王太子建之子,名勝,又稱王孫勝。封於白,因以爲姓。太子建以讒亡奔宋,後奔鄭,爲鄭人所殺,勝與伍子胥奔吳。平王死,昭王立,勝歸楚爲巢大夫,亟欲報仇。惠王十年,襲殺令尹子西、司馬子期,劫惠王,自立爲王。後葉公子高起兵,勝敗,自縊死。參閲國語楚下、史記楚世家。

【白玉腴】酒名。宋韓駒陵陽集三還朝飲酒詩:"往時看曝石渠書,内酒均頒白玉腴。"

【白玉樓】傳説唐詩人李賀將死時,有緋衣人駕赤虬,持版書,云:"當召長吉。"賀下榻叩頭言:"阿㜷老且病,賀不願去。"緋衣人笑曰:"帝成白玉樓,立召君爲記,天上差樂,不苦也。"少之,賀氣絶。見唐文粹九九李商隱李賀小傳。後世祭文稱文人之死爲白玉樓成,本此。

【白玉盤】㈠指明月。唐李白李太白詩四古朗月行:"小時不識月,呼作白玉盤。"㈡指白瓷盤。唐杜甫杜工部草堂詩箋二九種萵苣:"登于白玉盤,藉以如霞綺。"

【白石郎】樂府詩集四七著録神弦歌,序引古今樂録稱神弦歌十一曲,第五曲曰白石郎。又白石郎曲:"白石郎,臨江居,前導江伯後從魚。"列仙傳有白石先生,就白石山居,常煮白石爲糧。唐李商隱李義山詩集四玄微先生:"藥裹丹山鳳,棊函白石郎。"

【白石壘】地名,在今南京市北,本名白石陂。東晉時,陶侃攻蘇峻,從其部將李根議,於此處築壘,一宿而壘成。峻率步騎萬餘,四面圍攻不克。見晉書陶侃傳。後又稱白下城,唐武德九年改金陵爲白下縣,移治於此,故又爲金陵的别稱。參閲讀史方輿紀要二十江寧府。參見"白下"。

【白四喜】㈠傳統劇中丑角臉譜的一種。在眼鼻間塗一塊白色。㈡傳統劇所戴假鬚的一種,式如黑四喜而色白,如賣馬劇中店主東等所用。

【白衣客】布衣從軍者。宋書顔師伯傳:"(卜)天生率軍主劉懷珍、白衣客朱士義、殿中將軍孟繼祖等擊之。"

【白衣冠】喪弔的冠服。史記八六荆軻傳:"(軻)遂發。太子及賓客知其事者,皆白衣冠以送之。"荆軻往刺秦王,難於生還,故服白衣冠以示訣别。

【白衣會】㈠古代占卜謂喪事的徵兆。白衣,喪服。會,指二星會合。史記天官書:"昴曰髦頭,胡星也,爲白衣會。"髦頭,漢書作"旄頭"。唐李筌神機制敵太白陰經八熒惑占:"火入亢,有白衣會,主將死,人多疾疫。"㈡帝室有喪,公卿素服而朝,謂之白衣會。後漢書皇后紀下:"董卓令帝出奉常亭舉哀,公卿皆白衣會,不成喪也。"注:"有凶事素服而朝,謂之白衣會。"

【白沙堤】即"白公堤"。見"白公隄2"。

【白豆蔻】植物名。種子有香味,初出微青,熟則變白。子與果實皆入藥。參閲唐段成式酉陽雜俎前集十八白荳蔻、政和證類本草九白荳蔻。

【白牡丹】花名。比喻白皙美麗的女性。唐崔崖贈女妓李端端詩:"覓得驊騮被繡鞍,善和坊里取端端,揚州近日無雙價,一朵能行白牡丹。"見唐范攄雲溪友議五。

【白拈賊】徒手竊取他人的物品,又不留痕迹者,謂之白拈賊。五燈會元二十提刑吳偉明:"要識臨濟小廝兒,便是當年白拈賊。"義真禪師創臨濟宗,對學人提撕棒喝,不落痕迹,故以白拈賊爲喻。

【白招拒】古謂五方帝之一,西方白帝之神。禮月令"天子乃以元日祈穀於上帝"注:"春秋緯文,紫微宫爲大帝,大微爲天庭,中有五帝座,是即靈威仰、赤熛怒、白招拒、叶光紀、含樞紀。祈穀郊天之時,各祭所感之帝。"晉書天文上作"白招矩"。

【白居易】公元772—846年,唐太原人。字樂天。貞元十六年進士,拔萃科考試後,授祕書省校書郎。元和初翰林學士,遷左拾遺。因上表諫事,忤權貴,貶江州司馬。累遷杭蘇二州刺史。後詔還,授太子少傅。晚年居洛陽香山,號香山居士。主張"文章合爲時而著,歌詩合爲事而作"。其詩淺顯平易,傳稱老嫗都解,流布甚廣。早期所賦諷諭詩,尤爲世重。與元稹並稱元白。又與劉禹錫齊名,稱劉白。有白氏長慶集。新、舊唐書皆有傳。

【白虎通】見"白虎通義"。

【白虎幡】有白虎圖像的旗,作爲帝王詔令傳信之用。唐人諱虎字,謂之白獸幡。其用法不一。晉制,以白虎威猛,主殺,故督戰用白虎幡;騶虞爲仁獸,故解兵罷戰用騶虞幡。後來亦作傳布朝廷政令之用。參閲晉崔豹古今注上輿服、晉書職官志、隋書禮儀志三。

【白虎樽】宋書禮志一:"魏制,……正旦元會,設白虎樽於殿庭。樽蓋上施白虎,若有能獻直言者,則發此樽飲酒。"唐人諱虎字,改稱白獸樽。宋蘇軾分類東坡詩十九次韻王定國得潁倅之二:"麤翻白獸樽中酒,歸煮青泥坊底芹。"

【白虎觀】漢代宫觀名。東漢章帝建初四年,於此會羣儒,講議五經同異,用皇帝名義制成定論,名白虎議奏。見後漢書章帝紀。參見"白虎通義"。

【白兔公】 仙人名。全唐詩二四五韓翃送齊山人歸長白山詩:"舊事仙人白兔公,掉頭歸去又乘風。"抱朴子極言所記仙人名有白兔公子。

【白兔記】 傳奇名。也稱劉智遠白兔記,元末人撰,姓名不詳。寫劉智遠投軍,妻李三娘在母家備受折磨,生子後託人送劉智遠處撫養。十餘年後,其子射獵追踪白兔而見母,一家團圓。今有汲古閣刊本二卷,凡三十二齣;明富春堂刊本二卷,凡三十九折。參見"劉智遠"。

【白洋河】 水名,經江蘇泗陽縣西北六十里的白洋鎮流入黄河。卽潼水的下游。舊爲巨浸,望之如洋,故名。清順治年黄河水決南徙,河口遂淤涸。參閱嘉慶一統志一〇〇徐州府山川。

【白洋淀】 又稱白陽淀,澤名。在河北徐水縣新安鎮南,周環六十餘里,猪龍等水由南注入,匯集淀中,爲古雍奴澤九十九澱之一。參閱畿輔通志五九山川三。

【白眉神】 明清妓院供神像名。像長髯偉貌,騎馬持刀,與流行關羽像略肖,但眉白而眼赤。人相詈時指對方爲白眉赤眼兒者,必大恨。見明沈德符敝帚齋剩語上神名訛稱。

【白馬王】 卽三國魏曹操之子曹彪,曾封白馬王。曹植有贈白馬王彪詩,甚著名。見三國志魏楚王彪傳、文選該詩題注。

【白馬氐】 古代西南地區氐族的一部。漢武帝元鼎六年於其地置武都郡。分布地在今四川西北部及甘肅南部。其豪族楊氏,居成州仇池,晉元康六年建仇池國,至北魏正始三年滅。參閱史記一一五西南夷傳、魏書氐傳。

【白馬寺】 在河南洛陽市東郊。東漢明帝時攝摩騰竺法蘭初自西域以白馬馱經而來,舍於鴻臚寺。永平十一年,創建白馬寺,爲佛教入華後最早的寺院。後經唐宋元明歷代重修。參閱南朝梁慧皎高僧傳一攝摩騰、北魏楊衒之洛陽伽藍記四白馬寺。

【白馬津】 水名。又名黎陽津、鹿鳴津、白馬水。在河南滑縣北,舊爲河水分流處,今已堙没。戰國時,張儀説趙王守白馬之津,蘇代説燕王決白馬之口;漢初,使劉賈渡白馬之津,燒楚積聚;東漢末,關羽斬顔良解白馬圍,皆指此地。見嘉慶一統志二〇〇衛輝府一山水。

【白馬篇】 樂府歌辭篇名。相傳三國魏曹植見人乘白馬而作。以寫從軍任俠,許國立功爲内容。後南朝宋鮑照、梁沈約以至唐李白皆有此作。見樂府詩集六三齊瑟行白馬篇。

【白馬驛】 驛名。唐末李振屢舉進士不第,故深嫉朝貴公卿,天祐二年,因勸朱全忠聚裴樞獨孤損等及朝士貶官者三十餘人於白馬驛,迫令自殺。既死,振又言於全忠曰:"此輩常自謂清流,宜投之黄河,使爲濁流!"全忠笑而從之。見資治通鑑二六五唐天祐二年並注。

【白骨觀】 佛教言身是幻相,僅見白骨。楞嚴經五:"優婆尼沙陁卽從座起,頂禮佛足,而白佛言:'我亦觀佛,最初成道,觀不淨相,生大厭離,悟諸色性,以從不淨,白骨微塵,歸於空虛。'"宋蘇軾分類東坡詩四次韻定慧欽長老見寄:"幽人白骨觀,大士甘露滅。"

【白狼河】 水名。1. 又名白狼水。源出山東昌樂縣東南擂鼓山(丹山),北流經濰坊市東注入萊州灣。參閱山東通志三二疆域三山川。2. 卽大凌河。全唐詩九六沈佺期古意呈補闕喬知之:"白狼河北音書斷,丹鳳城南秋夜長。"才調集三作"白駒河北軍書斷"。

【白鹿山】 卽古白狼山,在今遼寧凌源縣。晉末後燕慕容熙與其后北登白鹿山,東過青嶺,南臨滄海,卽此山。參閱水經注十四大遼水。

【白鹿洞】 在江西星子縣北廬山五老峯下。唐貞元中李渤與兄涉隱居讀書於此,畜一白鹿,因名。五代南唐昇元中在此建學館。宋咸平五年置書院,後廢。南宋朱熹知南康軍,重建修復,爲講學之所。與石鼓(一説爲嵩陽)、應天、嶽麓並稱宋代四大書院。參閱宋陳舜俞廬山記二敍山南、嘉慶一統志三一六南康府一學校。

【白鹿原】 地名。卽霸上,在陝西藍田縣西,灞水行經原上。相傳周平王時有白鹿出於此,故名。東晉桓温伐秦時,將軍桓沖曾在此破秦苻雄兵。參閱後漢書郡國志一京兆尹"新豐有驪山"注引三秦記、宋程大昌雍録四。

【白鹿紙】 紙名。江西龍虎山道士寫符籙之紙,有碧、黄、白三種,稱籙紙。白色者瑩澤光淨可愛,元趙孟頫常用以寫字作畫,寬幅而長者稱大白籙。後因此名不雅,改稱白鹿紙。見清錢大昕恒言録六文翰。

【白雪曲】 琴曲名。相傳爲春秋時晉師曠所作。至唐高宗時,吕才又依琴中舊曲,重定曲調高下,以高宗所撰雪詩爲白雪歌詞,編於樂府。參閱樂府詩集五七白雪歌、舊唐書七九吕才傳。參見"陽春白雪"。

【白接䍦】 白頭巾。世説新語任誕:"山季倫(簡)爲荆州,時出酣暢,人爲之歌曰:'山公時一醉,徑造高陽池。日莫倒載歸,茗芋無所知。復能乘駿馬,倒著白接䍦。'"䍦,又作"羅"。唐李白李太白詩五襄陽曲之二:"頭上白接羅,倒着還騎馬。"

【白翎雀】 卽百靈鳥。生於北方,雌雄和鳴,嚴凍大寒,亦不易地。元世祖忽必烈曾命伶人碩德閭製曲,爲元代教坊歌曲。曲調開始雍容和緩,結尾急激煩促,少有餘不盡之意。元張憲玉笥集三白翎雀詩:"摩訶不作兜勒聲,聽奏筵前白翎雀。"楊維楨鐵崖古樂府七有白翎鵲詞二章。參閱明陶宗儀輟耕録二十白翎雀、清高士奇天禄識餘下。

【白符鳩】 古拂舞曲。符,也作"附"、"鳧"、"浮"。出自江左。舊云吴舞,而其歌非吴辭。亦陳於殿庭。晉楊泓序云:"自到江南見白符舞,或言白鳧鳩舞,云有此來數十年矣。察其辭旨,乃是吴人患孫皓虐政,思屬晉也。"南史檀道濟傳:"(元嘉)十三年春,將遣還鎮,下渚未發,有似鷁鳥集船悲鳴。會上疾動,(彭城王劉)義康矯詔召入祖道,收付廷尉,及其子……八人并誅。時人歌曰:'可憐白浮鳩,枉殺檀江州。'"樂府詩集四九著録南朝梁吴均白附鳩、白浮鳩各一首。參閱宋書樂志一、南齊書樂志。

【白紵山】 山名。在安徽當塗縣東。本名楚山,傳説晉桓温登山奏樂,好爲白紵歌,因改今名。參閱嘉慶一統志一二〇太平府一山川。

【白紵歌】 樂府名,吴之舞曲,其詞盛稱舞者姿態之美,現存歌詞以晉之白紵舞歌爲最早。梁武帝令沈約改其詞爲子夜四時歌。後爲此歌命名白紵者,只一曲;命名子夜者,共四曲。樂府詩集五五著録白紵舞歌詩序。南朝白紵舞歌詩及唐人仿作共十六家。參閱宋書樂志二、通志樂略一。

【白紵舞】 盛行於晉、南朝各代的江南民間舞蹈,隋唐清商樂中仍有此舞。宋書樂志一:"又有白紵舞,按舞詞有巾袍之言;紵本吴地所出,宜是吴舞也。"

【白雲山】 在廣東廣州市北郊。山上有景泰寺九龍泉蒲澗等名勝古蹟,是著名的風景區。解放後闢爲公園。參閱嘉慶一統志四四一廣州府一山川。

【白雲司】 傳説黄帝時,以雲命官,秋官爲白雲。見史記五帝紀"命爲雲師"注引應劭。刑部屬秋官，故亦稱刑官爲白雲之司。文苑英華三八六唐孫逖授裴敦復刑部尚書制:"委之刑柄，俾踐白雲之司。錫以身章，更增金印之秩。"宋王禹偁小畜集十送都官梁員外同年之江南轉運詩:"出職未吟紅藥樹，轉官新入白雲司。"自注:"都官刑部正司。"

【白雲集】元許謙撰，四卷。謙受業於金履祥，盡傳其學。家居四十年，晚年自號白雲山人。講明朱熹之學，不甚留意於文字辭藻；然其詩於理趣之中頗富形象，文亦醇古，無宋人語錄之氣。

【白雲鄉】傳說謂仙人所居之地。舊題漢伶玄飛燕外傳:"是夜進合德，帝大悦，以輔屬體，無所不靡，謂爲温柔鄉。謂嫕曰:'吾老是鄉矣，不能效武皇帝求白雲鄉也。'"唐劉禹錫劉夢得集七送深法師遊南嶽詩:"師在白雲鄉，名登善法堂。"

【白雲謠】相傳穆天子與西王母宴飲於瑶池之上，西王母爲天子謠，因首句爲"白雲在天，山陵自出"，故名白雲謠。見明馮惟訥古詩紀前集三。

【白雲觀】道教著名寺觀之一。在北京市西便門外。唐爲天長觀，開元二十七年建。金泰和三年改名太極宫。元太祖成吉思汗以全真長春真人邱處機主掌全國道教事，擴建更名長春宫。處機死卽葬於此。明洪武二十七年更名白雲觀。今觀爲清乾隆二十一年重修。參閱畿輔通志一七八古蹟二五寺觀一、嘉慶一統志二京師二古蹟。

【白陽刃】刀名。樂府詩集六一三國魏左延年秦女休行:"左執白陽刃，右據宛魯矛。"也作"白羊子"。淮南子脩務"羊頭之銷"漢高誘注:"白羊子，刀也。"

【白葉茶】茶葉名。宋宋子安東溪試茶錄茶名:"茶之名有七:一曰白葉茶……芽葉如紙，民間以爲茶瑞。"

【白鳩郎】漢鄭弘遷臨淮太守，郡民徐憲在喪致哀，有白鳩來巢户側，弘舉憲爲孝廉。朝廷稱爲白鳩郎。見晉干寶搜神記十一。

【白鳩篇】卽白鳧鳩舞辭。南齊書樂志三作"白鳩辭"。

【白蓮社】也稱蓮社。晉釋慧遠與慧永劉遺民雷次宗等共十八人結社於廬山東林寺，同修淨土之法，因號白蓮社。當時陳郡謝靈運恃才傲物，少所推重，一見遠公，肅然心服，爲鑿東西二池種白蓮，求入淨社，遠以靈運心雜不許。見宋陳舜俞廬山記二敍北山、三十八賢傳社主遠法師。參見"蓮社"。

【白蓮教】發源於佛教的白蓮社。元稱白蓮會、白蓮宗。元末紅巾軍劉福通韓山童，皆以白蓮教義聚結羣衆。至明始稱爲白蓮教，又叫聞香教。清爲八卦教、天理教。明永樂時唐賽兒、天啓時徐鴻儒、清嘉慶時姚之富林清李文成等，皆以教主身份爲起義領袖。

【白蓮集】五代後唐釋齊己撰。十卷。詩多五言近體，風格道勁。

【白蓮會】㈠舊時廬山行香拜佛的羣衆集會。宋陸游渭南文集四五入蜀記三:"七日，往廬山。……是日，車馬及徒行者憧憧不絶，云上觀，蓋往太平宫焚香，自八月一日至七日乃已。謂之白蓮會。"㈡見"白蓮教"。

【白銅蹄】梁時歌謡名。南齊末蕭衍行雍州府事，鎮襄陽。時有童謡云:"襄陽白銅蹄，反縛揚州兒。"時有附會者言白銅蹄謂馬；白，金色。又義師之興，實以鐵騎，揚州之士，將皆面縛降服。齊東昏侯二年起兵襄陽，入建康，尋自稱帝(梁武帝)。衍旣卽位，更造新聲，自爲詞三曲，又令沈約爲三曲。以被絃管。見隋書音樂志上。唐人所作襄陽曲多作"白銅鞮"。李白李太白詩五襄陽曲:"襄陽行樂處，歌舞白銅鞮。"又七襄陽歌:"襄陽小兒齊拍手，攔街争唱白銅鞮。"

【白撞雨】粤方言，凡天晴暴雨忽作，雨不避日，雨點大而疏，謂之白撞雨，也叫白雨。民諺曰:"早禾壯，宜白撞。"見清屈大均廣東新語一天語。參見"白雨"。

【白蝦浦】白龍江的别名。在福建閩侯縣城南。五代時，南唐攻福州，吳越將余安領兵自海道前往救援，至白蝦浦，海岸泥淖，因布竹簣而行。既登陸，大敗南唐兵，遂取福州。參閱嘉慶一統志四二五福州府一山川。

【白膠香】楓實的香脂，可入藥，治風疹浮腫。見晉嵇含南方草木狀。

【白練裙】南朝宋羊欣年十二作隸書，爲吳興太守王獻之所愛重。欣夏月著新絹裙晝寢，獻之見之，書裙數幅而去。欣加臨摹，書法益工。見南史羊欣傳。唐陸龜蒙甫里集九懷楊召文楊鼎文二秀才詩:"重思醉墨縱横甚，書破羊欣白練裙。"

【白龍江】卽岷江，又名桓水。源出甘肅岷縣東南分水嶺，東南流至武都縣兩河口，與白水江合。參閱讀史方輿紀要五九階州白水江、嘉慶一統志二五五鞏昌府一山川。

【白龍堆】沙漠名，在新疆以東，天山南路。也稱龍堆。漢書九六上西域傳:"然樓蘭國最在東垂，近漢，當白龍堆，乏水草，嘗主發導，負水儋糧，送迎漢使。"

【白頭吟】樂府楚調曲名。舊題漢劉歆西京雜記三:"司馬相如將聘茂陵人女爲妾，卓文君作白頭吟以自絶，相如乃止。"後來所傳白頭吟"皚如山上雪"，玉臺新詠列爲古樂府六首之一，宋書樂志大曲中稱爲古辭白頭吟，樂府詩集收兩篇，前首謂爲本辭，後首謂晉樂所奏，皆不言卓文君作。南朝宋鮑照、陳張正見、唐李白張籍皆有白頭吟樂府；白居易反其意作反白頭吟。諸篇俱見樂府詩集四一。

【白頭翁】㈠指白髮老人。唐白居易長慶集五七重陽石上賦白菊詩:"還似今朝歌酒席，白頭翁入少年場。"㈡鳥名。身間青，腦上暈深團，一點鮮白，故名。三國志吳諸葛恪傳"恪之才捷，皆此類也"注引江表傳:"曾有白頭鳥集殿前，(孫)權曰:'此何鳥也?'恪曰:'白頭翁也。'"參閱宋王質林泉結契一。㈢草名。又名野丈人、胡王使者、奈何草。因近根處有白茸，狀如白頭老翁，故以爲名。其根、花均可入藥。唐李白李太白詩二四有見野草中有名白頭翁者詩。參閱本草綱目十二草一。

【白頭達】南齊莊嚴寺有僧達，精通内外之學，達少白頭，時人稱爲白頭達。見梁慧皎高僧傳八釋道慧。唐貫休禪月集五送崔使君詩:"吾皇必用整乾坤，莫忘江頭白頭達。"

【白螞蟻】舊時稱爲人居間説合、促成買賣獲取佣金的人。傳説白蟻能入箱篋食銀，遺矢雪白，溶化猶可成銀。以此種人無縫不鑽、善賺銀錢，故名。見清顧張思土風錄七白螞蟻。

【白螺山】在今湖北監利縣東南，與湖南臨湘縣鴨欄山隔江相對，是荆江一大關隘。山皆白土，其形似螺，故名。山下有白螺磯，其旁有白螺洲。參閱讀史方輿紀要七八荆州府。

【白鴿標】舊時賭博的一種，盛行於廣東一帶。標主以千字文二十句爲母，每日於二十句中散出二十字，令人覆射。每標十字，若十字皆射中，中者可得數百倍之利，其餘依次而降，射中四個字以下者爲負。參閱清梁紹壬兩般秋雨庵隨筆四。

【白額虎】㈠老虎。晉周處少時凶暴，爲鄉里所惡。人以南山白額猛獸、長橋下蛟與處合稱三害。後處殺虎斬蛟，改過自新，終成善士。見世説新語自新。唐王維王右丞集一老將行：“射殺山中白額虎，肯數鄴下黄鬚兒。”㊁喻凶惡之人。新唐書二〇九吉温傳：“日中獄具，(李)林甫以爲能。温嘗曰：‘若遇知己，南山白額虎不足縛。’”

【白羅衫】戲曲名。清人所撰（一謂明人所撰），作者不詳。演涿州進士蘇雲赴任途中遇盜，夫婦失散，其子爲盜所養，後案破重圓事。情節與太平廣記一二一崔尉子引原化記故事大體相似。

【白獸樽】酒器名。見“白虎樽”。

【白獸闥】白虎殿的大門。漢未央宫有白虎殿。唐避太祖李虎諱，改爲獸。白獸闥，即白虎門。唐杜甫杜工部草堂詩箋十一北征：“淒涼大同殿，寂寞白獸闥。”

【白獺髓】三國吴孫和寵鄧夫人，因酒醉舞如意杖，誤傷鄧頰，出血，命太醫合藥，太醫言得白獺髓，雜以玉和琥珀屑，愈後可滅瘢痕。見舊題晉王嘉拾遺記(類説五)、唐段成式酉陽雜俎前集八黥。全唐詩七二七孫棨題妓王福娘牆：“寒肌不耐金如意，白獺爲膏郎有無？”

【白鬚公】北齊崔伯謙任濟北太守，有善政。任南鉅鹿守，事無巨細，必自親覽。民有貧弱未理者，皆曰：“我自有白鬚公，不慮不決。”見北齊書崔伯謙傳。

【白蠟樹】落葉樹。又名梣皮、青榔木等。枝葉可飼養白蠟蟲。又女貞亦稱蠟樹，别爲一種。參閲本草綱目三六木三女貞。

【白蠟蟲】介殼蟲的一種。棲於白蠟樹或女貞樹上。幼蟲集於新嫩枝條之上，嚙皮入咂，分泌蠟質，漸次布滿全枝，人採集爲白蠟。唐宋以前澆燭入藥所用白蠟皆爲蜜蠟。自元以後始漸廣泛利用白蠟。見明曹學佺蜀中廣記六一方物記三木、本草綱目三九蟲一白蠟。

【白鷺車】隋名鼓吹車。赤質。上有朱柱，柱杪刻木爲鷺，衔鵝毛筩，紅綬帶。每駕用四馬，駕士十八人。見隋書禮儀志五、宋史輿服志一。

【白鷺洲】㊀在南京市西南長江中。唐李白李太白詩二一登金陵鳳凰臺：“三山半落青天外，二水中分白鷺洲。”宋開寶八年曹彬破南唐兵於白鷺洲，進圍金陵，即此。見嘉慶一統志七三江寧府山川。㊁在江西吉安縣東贛江中，舊有白鷺洲書院。宋江萬里知吉州時，曾聘請歐陽守道任教。清康熙三十年重建。見嘉慶一統志三二七吉安府學校。

【白鷺縗】用白鷺的長翰毛編製的白外衣。資治通鑑一四三齊東昏侯永元二年：“又訂出雉頭、鶴氅、白鷺縗。”注：“白鷺縗，鷺頭上毦也。鶴氅、鷺縗，皆取其潔白。詩疏曰：鷺，水鳥，毛白而潔，頂上有毛毵毵然，此即縗也。爾雅釋鳥曰：鷺，舂鉏。郭璞曰：白鷺也，頭、翅、背上皆有長翰毛，今江東人取以爲睫攡名之曰白鷺縗。”海物異名記作“白鷺蓑”（類説六）。

【白鹽井】㊀舊屬雲南姚州，今爲鹽豐縣治。傳説南詔蒙氏時有羝羊舐土，驅趕不走，掘地得滷泉，因名白羊井，復訛爲白鹽井。華陽國志南中志四云“青蛉縣有鹽官”，即此。參閲讀史方輿紀要一一六姚安軍民府姚州。㊁在四川鹽源縣西，爲川中井鹽的著名産地。清代設有典史。參閲嘉慶一統志四〇〇寧遠府鹽源縣。

【白鹽灘】即白鹽池。在陝西定邊縣西北。北魏和唐置鹽州、隋置鹽州郡、唐景龍三年置白池縣，皆因鹽池得名。明成化九年，王越曾率軍出榆林，經白鹽灘，襲韃靼軍營於紅鹽池，即此。見元和郡縣志四鹽州、明史一七一王越傳。

【白鸚鵡】唐開元中，嶺南獻白鸚鵡，通曉言詞，宫中呼爲雪衣女。後爲鷹所搏而死，葬於苑中，爲立冢，名鸚鵡冢。見唐鄭處誨明皇雜録(太平御覽九二四)、宋樂史楊太真外傳下。

【白山黑水】即長白山和黑龍江。金史世紀：“生女直地有混同江、長白山，混同江亦號黑龍江，所謂‘白山黑水’是也。”後言白山黑水，泛指東北地區。清詩別裁十六唐孫華鷹坊歌與夏重愷功同賦：“白山黑水出異産，在昔遼代曾窮搜。”

【白孔六帖】類書名。亦稱唐宋白孔六帖。白氏六帖三十卷，又名白氏經史事類六帖，唐白居易撰。宋孔傳續撰三十卷，稱後六帖。合兩書爲一編，約始於南宋末。通行本作一百卷，不知何人所分。白帖采擇各書中成語、典故，或摘句，或提要，分類編次，體例略同北堂書鈔。自宋代即通行有注無注兩本。晁公武稱注爲其曾祖所作。孔傳續作，全仿白帖，增補内容。今本白孔六帖，不分門類，而有子目千餘，排列並無次第，但所引録唐以前古籍零星材料及唐宋人詩文，可供參考。

【白日見鬼】宋陸游老學庵筆記六：“自元豐官制，尚書省復二十四曹，繁簡絶異，在京師時有語曰：‘吏、勳、封、考，筆頭不倒；……工、屯、虞、水，白日見鬼。’”謂工部四曹無事可做，清閑之極。後稱事之離奇古怪或無中生有者爲白日見鬼。

【白日昇天】㊀指成仙。魏書釋老志：“其爲教也，咸蠲去邪累，澡雪心神，積行樹功，累德增善，乃至白日昇天，長生世上。”㊁喻人之驟貴。五代王定保唐摭言七好放孤寒：“李涼公(逢吉)下三十三人皆取寒素。時有詩曰：‘元和天子丙申年，三十三人同得仙，袍似爛銀文似錦，相將白日上青天。’”

【白水真人】東漢劉秀(光武帝)生於南陽白水鄉，讖稱白水真人。唐李白李太白詩七南都行：“白水真人居，萬商羅鄽闤。”參見“白水㊄”。

【白石道人】㊀宋姜夔的别號。夔，字堯章，鄱陽人。寓居武康，與白石洞天爲鄰，潘轉翁號之曰白石道人。㊁羊的别名。見“叱石成羊”。

【白田雜著】清王懋竑撰。八卷。體例與黄伯思東觀餘論略同。主要爲考證辨論之文。懋竑於朱熹之學用力甚深，曾校定朱子年譜，而不苟附合；對於經史也常有獨到的見解。

【白衣公卿】唐人極重進士，宰相多由進士出身，推重進士稱爲白衣卿相，言身爲白衣之士，而有卿相之資。五代王定保唐摭言一散序進士：“進士科始於隋大業中，盛於貞觀永徽之際，縉紳雖位極人臣，不由進士者，終不爲美。以至歲貢常不減八九百人，其推重謂之‘白衣公卿’，又曰‘一品白衫’。”也作“白衣卿相”。元曲選吴昌齡張天師二：“小生不才殺者波也是國家白衣卿相，你則道我不認得你哩。”

【白衣秀士】指没有功名的讀書人。元曲選馬致遠岳陽樓二：“至如吕巖，當初是個白衣秀士、未遇書生，上朝求官，在邯鄲道王化店遇着鍾離師父，再三點化，纔得成仙了道。”水滸十一回有梁山泊頭領王倫，綽號白衣秀士。

【白衣尚書】東漢尚書鄭均乞骸骨歸家。元和二年，章帝東遊經任城到均家，命均終身領取尚書俸禄。當時稱之爲白衣尚書。見後漢書二七本傳。

【白衣送酒】晉陶潛好酒而不能常得。九月九日於宅邊東籬下菊叢中摘菊盈把，坐於其側，未幾，江州刺史王弘命白衣人送酒至，即便就酌，酣飲而歸。見南朝宋檀道鸞續晉陽秋。

【白衣宰相】謂無官職而有宰相權勢的

人。唐令狐綯輔政,子滈恃父勢,恣受貨賂,左拾遺劉蛻、起居郎張雲上疏指斥其惡,且言滈居當時,謂之白衣宰相。見新唐書一六六令狐滈傳。

【白衣蒼狗】同"白雲蒼狗"。宋張元幹蘆川詞瑞鷓鴣彭德器出示胡邦衡新句次韻:"白衣蒼狗變浮雲,千古浮名一聚塵。"劉克莊後村別調沁園春和吳尚書叔永詞:"笑是非浮論,白衣蒼狗;文章定價,秋月華星。"

【白衣觀音】菩薩名。梵名半拏囉縛悉寧(伴陀羅縛字尼)。又名大白衣、白處觀音,爲胎藏界觀音院之一尊。因此尊常著白衣,坐白蓮中,故就其被服稱白衣,就其住處稱白處。白者,表菩薩淳淨之心。參閱大日經疏五。

【白沙學案】指明陳獻章學派。陳爲新會白沙里人。少受學於吳與弼(康齋),習程朱之學,而己所得者在於陸九淵(象山),自稱得見此心之體,天地宇宙,皆自我出。故教人靜坐,爲入學功夫。弟子有湛若水(甘泉)。白沙心性之學,至王守仁(陽明)而集大成。參閱明儒學案五白沙學案。

【白板天子】没有國璽的皇帝。南齊書輿服志:"乘輿傳國璽,秦璽也。晉中原亂没胡,江左初無之,北方人呼晉家爲'白板天子'。"

【白虎通義】漢班固撰,四卷,四十四篇。記録漢章帝建初四年在白虎觀議五經同異的結果。當時成篇者有白虎議奏、白虎通德論,又命班固撰集成書,名白虎通義。議奏久亡,通義行而通德論亦廢。自晉以來省稱白虎通。其書多引古義,兼收讖緯家説。清盧文弨有校刻本,自稱凡元明以來僞謬之處,十去八九,最稱善本。

【白兔御史】唐王弘義常於鄉里傍舍求瓜,主不予。弘義乃狀言瓜園中有白兔,縣官命人逐捕,斯須園苗皆盡。內史李昭德因曰:"昔聞蒼鷹獄吏,今見白兔御史。"蓋刺其仗勢貪殘之意。

【白兔擣藥】傳説月中有白兔擣仙藥。樂府詩集三四相和歌辭董逃行五解之四:"教敕凡吏受言,採取神藥若木端。白兔長跪擣藥蝦蟆丸,奉上陛下一玉柈,服此藥可得神仙。"唐李白李太白詩把酒問月:"白兔擣藥秋復春,姮娥孤棲與誰鄰?"

【白首同歸】文選晉潘安仁(岳)金谷集作詩:"春榮誰不慕,歲寒良獨希;投分寄石友,白首同所歸。"此謂友誼堅貞,白首不渝。世説新語仇隙:"孫秀既恨石崇不與緑珠,又憾潘岳昔遇之不以禮。……後收石崇歐陽堅石(建),同日收岳。石先送市,亦不相知。潘後至。石謂潘曰:'安仁,卿亦復爾邪?'潘曰:'可謂白首同所歸。'"後謂年俱老而同時命終。

【白面書生】少年文士。含有年輕識淺的意思。宋書沈慶之傳:"丹陽尹徐湛之,尚書江湛並在坐,上使湛之等難慶之。慶之曰:'……陛下今欲伐國,而與白面書生輩謀之,事何由濟!'"

【白眉赤眼】㊀平白無故。金瓶梅五二:"玉樓你怎的恁白眉赤眼兒的?我在那裏討個貓來!"紅樓夢三四:"白眉赤眼兒的,作什麼去呢?到底説句話兒,也像件事啊。"㊁妓院所供之神。詳"白眉神"。

【白虹貫日】古人附會爲預示君王遇害的天象異兆。戰國策魏:"夫專諸之刺王僚也,彗星襲月;聶政之刺韓傀也,白虹貫日;要離之刺慶忌也,倉鷹擊於殿上。"又附會爲精誠感天之兆。史記八三鄒陽傳:"昔者荆軻慕燕丹之義,白虹貫日,太子畏之。"南齊褚淵眼多白睛,人稱白虹貫日。見南齊書本傳。

【白馬三郎】唐末王審知狀貌雄偉,隆準方口,常乘白馬,軍中號白馬三郎。審知,後梁封閩王。卒後,子鏻稱帝,建閩政權,追尊審知爲太祖。見新五代史閩世家。

【白馬非馬】戰國時公孫龍學派的名辯命題。戰國策秦:"夫刑名之家,皆曰白馬非馬也。"白馬非馬,揭示事物與概念之間,個體與一般之間的差別,包含事物皆是可分的思想。

【白馬將軍】三國時,魏將龐德善戰,曾射蜀大將關羽中額。德常乘白馬,羽軍稱之爲白馬將軍。見三國志魏龐德傳。

【白毫之賜】佛藏經下了戒品九:"如來滅後,白毫相中百千億分,其中一分供養舍利及諸弟子,……設使一切世間人皆共出家,隨順法行,於白毫相百千億分,不盡其一。"後因稱供養僧徒之物曰白毫之賜。

【白鹿書院】見"白鹿洞"。

【白魚入舟】周武王伐紂,王渡孟津,中流有白魚躍入舟中。附會者以爲滅商之象。見"白魚㊀"。

【白雲蒼狗】比喻世事變幻無常。唐杜甫杜工部草堂詩箋三三可歎:"天上浮雲如白衣,斯須改變如蒼狗。"清姚鼐惜抱軒詩集十慧居寺:"白雲蒼狗塵寰感,也到空林釋子家。"

【白雲親舍】比喻思親。唐劉肅大唐新語六舉賢:"(閻立本)特薦(狄仁傑)爲并州法曹,其親在河陽別業,仁傑赴任於并州,登太行,南望白雲孤飛,謂左右曰:'吾親所居,近此雲下!'悲泣,佇立久之,候雲移乃行。"又見新唐書一一五本傳。按六朝人已以白雲爲思親友之喻,如文選南齊謝玄暉(朓)拜中軍記室辭隨王牋:"白雲在天,龍門不見。"

【白黑分明】清濁、是非分明。漢書八三薛宣傳:"宣數言政事便宜,舉奏部刺史郡國二千石,所貶退稱進,白黑分明,繇是知名。"

【白駒過隙】比喻光陰迅速。莊子知北遊:"人生天地之間,若白駒之過郤,忽然而已。"史記九十魏豹傳:"人生一世間,如白駒過隙耳。"索隱:"莊子云'無異騏驥之馳過隙',則謂馬也。小顏云'白駒謂日影也。隙,壁隙也'。以言速疾,若日影過壁隙也。"

【白龍魚服】白龍化魚,喻貴人微行之危。漢劉向説苑正諫:"昔白龍下清泠之淵,化爲魚,漁者豫且射中其目。白龍上訴天帝,天帝曰:'當是之時,若安置而形?'白龍對曰:'我下清泠之淵化爲魚。'天帝曰:'魚固人之所射也。若是,豫且何罪夫!'"文選漢張平子(衡)東京賦:"白龍魚服,見困豫且。"

【白頭如新】謂久交而不相知,與新交無異。史記八三鄒陽傳:"諺曰:有白頭如新,傾蓋如故。"清胡鳴玉訂譌雜録一白頭如新:"今人以白頭如新,作久而敬之,情好不替解。非。漢鄒陽傳語曰:有白頭如新,傾蓋如故,何則?知與不知也。謂不相知者,雖頭白如新識;相知者,雖傾間如舊識也。故孟康注曰:初相識至白頭不相知。"

【白璧微瑕】白玉璧上有小斑點,比喻很好的人或事物還有小缺陷。南朝梁蕭統昭明太子集四陶淵明集序:"故更加搜求,粗爲區目,白璧微瑕者,惟在閑情一賦。"也作"白玉微瑕"。唐吳兢貞觀政要五公平十六:"小人非無小善,君子非無小過。君子小過,蓋白玉之微瑕;小人小善,乃鉛刀之一割。"

【白蠟明經】唐張鷟朝野僉載:"張鷟號青錢學士,以其萬選萬中。時有明經董萬九上不第,號白蠟明經,與鷟爲對。"(類説四十)蠟性光滑不著物,戲稱其屢舉不第。

【白氏長慶集】唐白居易撰。五十卷。

元稹於穆宗長慶四年爲之編纂並作序故名。後增編至七十五卷，至宋散失四卷。今存七十一卷。凡詩三十七卷，文三十四卷。清汪立名重爲編次四十卷，附年譜二卷。以居易晚年居香山，自號香山居士，題名白香山集。

【白玉蓮花杯】宋王永年者，娶宗室女，得右班殿直，監汝州稅。永年嘗置酒，延竇卞楊繪於私室，永年妻以左右手掬酒以飲卞繪，謂之白玉蓮花杯。見宋魏泰東軒筆錄七。張邦基墨莊漫錄二作"白玉蓮花盞"。

【白虎通德論】見"白虎通義"。

【白石道人歌曲】宋姜夔撰。四卷，別集一卷。有宋鐃歌十四首，越九歌十首，琴曲一首，詞八十四首。夔精通音律，詞音調諧婉，結構完密，越九歌旁注律呂字譜，琴曲旁注減字譜，自製曲旁記宋俗字譜，爲考訂宋代詩詞音樂及記譜法的重要資料。

一畫

百 1. bó bǎi ㄅㄛˊ ㄅㄞˇ 博陌切，入，陌韻，幫。

㊀數詞。十的十倍。說文："百，十十也。从一白。數，十十爲一百；百，白也。十百爲一貫；貫，章也。"參閱清段玉裁注。㊁概數。言其多，如"百家"、"百姓"、"百戰百勝"，見各該條。㊂百倍。詩秦風黃鳥："如可贖兮，人百其身。"禮中庸："人一能之，已百之。"疏："謂他人性識聰敏，一學則能知之，己當百倍用功而學，使能知之，言己加心精勤之多恒百倍於他人也。"㊃凡。見"百爾"。㊄姓。漢南陽有百政，見漢書九十咸宣傳。

2. mò ㄇㄛˋ

㊅勉力。左傳僖二八年："距躍三百，曲踊三百。"注："百，猶勸也。"釋文："勸音陌。"疏："言每跳皆勉力爲之。"按清顧炎武謂百音陌，猶阡陌之"陌"。三百，蓋躍踊之度，大約有此。參閱左傳杜解補正僖二八年。

【百一】㊀詩篇名。見"百一詩"。㊁百中得一，極言其難以遇到。漢王符潛夫論述赦："下士冤民，能至闕者萬無數人，其得省問者，不過百一；空遣去者，復十六七。"唐韓愈昌黎集一別知賦："惟知心之難得，斯百一而爲收。"㊂猶言百零一。南朝梁陶弘景補晉葛洪肘後救急方得一百一首名肘後百一方。㊃謂百裏挑一。宋王璆撰是齋百一選方三十卷。百一，言其選錄之精。

【百二】㊀百分之二。史記高祖紀漢六年："秦，形勝之國，帶河山之險，縣隔千里，持戟百萬，秦得百二焉。"集解："蘇林曰：得百中之二焉，秦地險固，二萬人足當諸侯百萬人也。"一說謂百之二倍。索隱："虞喜云：百二者，得百之二。言諸侯持戟百萬，秦地險固，一倍於天下，故云得百二焉，言倍之也。蓋言秦兵當二百萬也。"㊁指山河險固之地。周書賀蘭祥傳檄吐谷渾："天鑑有周，世篤英聖，遂廓洪基，奄荒萬寓。固則神皋西獄，險則百二猶在。"唐王維王右丞集五遊悟真寺詩："山河窮百二，世界滿三千。"

【百工】㊀指各種工匠。莊子徐无鬼："庶人有旦暮之業則勸，百工有器械之巧則壯。"㊁衆官。書堯典："允釐百工，庶績咸熙。"傳："工，官。"㊂周代職官名。指主管營建製造等事的官。周禮考工記："國有六職，百工與居一焉。"注："百工，司空事官之屬，……司空掌營城廓，建都邑，立社稷宗廟，造宮室車服器械監百工者。"

【百丈】㊀極言其高或長。晉書宋纖傳："丹崖百丈，青壁萬尋。"唐韓愈昌黎集九次同冠峽詩："落英千尺墮，遊絲百丈飄。"㊁用以牽船的篾纜。宋書朱超石傳："時軍人緣河南岸牽百丈，河流迅急，有漂度北岸者，輒爲虜所殺略。"唐杜甫杜工部草堂詩箋二九秋風之一："吳檣楚柂牽百丈，暖向成都寒未還。"宋程大昌演繁露十五百丈："杜詩舟行多用百丈，問之蜀人，云水峻，岸石又多廉稜，若用索牽，卽遇石，輒斷不耐，故劈竹爲六瓣，以麻索連貫其際，以爲牽具，是名百丈。百丈，以長言也。"㊂人名。卽唐大智禪師懷海。見"懷海"。

【百口】㊀全家，或近親一族。後漢趙岐逃仇四方，匿姓名，賣餅北海市中。時安丘孫嵩見岐，察非常人，停車呼與共載，密問岐曰："我北海孫賓石，闔門百口，執能相濟。"岐卽以實告之，遂以俱歸。見後漢書六四趙岐傳。晉書周顗傳："初(王)敦之舉兵也，劉隗勸帝盡誅諸王，司空(王)導率羣從詣闕請罪，值顗將入，導呼顗謂曰：'伯仁，以百口累卿。'"㊁百人。北史楊素傳："仁壽初，代高熲爲尚書左僕射，賜良馬十匹、牝馬二百匹、奴婢百口。"

【百川】泛指衆川。詩小雅十月之交："百川沸騰，山冢崒崩。"莊子秋水："秋水時至，百川灌河。"淮南子氾論："百川異源，而皆歸於海。"漢王充論衡書虛："夫地之有百川也，猶人之有血脈也。"

【百六】㊀古謂百六陽九爲厄運。漢書八五谷永傳對言："陛下承八世之功業，當陽數之標季，遭無妄之卦運，直百六之災阸，三難異科，雜焉同會。"文選晉袁彥伯(宏)三國名臣序贊："百六道喪，干戈迭用。"唐呂延濟注："四千六百一十七歲爲一元，一百六歲曰陽九之厄。"參見"陽九"。㊁指寒食節。距冬至一百六日，故云。宋詩鈔沈與求龜谿集鈔曾宏父將往霅川見內相葉公以詩爲別次其韻以自見："時魚苦筍過百六，又到一年春盡頭。"參見"一百五日"。

【百户】㊀猶言百家。淮南子氾論："堯無百户之郭，舜無植錐之地。"㊁官名。元置，明因之。爲衛所之官，掌兵百人，官與兵多世襲。見元史百官志二、明史職官志一。

【百王】歷代帝王。荀子不苟："百王之道，後王是也。"漢書武帝紀贊："漢承百王之弊，高祖撥亂反正。"

【百夫】百人。泛指多人。詩秦風黃鳥："維此奄息，百夫之特。"注："百夫之中最雄俊也。"國語吳："大夫種乃獻謀曰：'……夫一人善射，百夫決拾。'"

【百尺】船上的帆柱。文選晉木玄虛(華)海賦："於是候勁風，揭百尺，維長綃，挂帆席，望濤遠決，冏然鳥逝。"注："百尺，帆檣也。"

【百尹】百官之長。書顧命："乃同召太保奭，……師氏、虎臣、百尹、御事。"注："百尹，百官之長及諸御治事者。"

【百日】㊀概數，指相當長的時間。唐韓愈昌黎集五雙鳥詩："兩鳥忽相逢，百日鳴不休。"㊁舊指人死後滿一百日。魏書胡國珍傳："又詔，自始薨至七七，皆爲設千僧齋，令七人出家；百日設萬人齋，二七人出家。"

【百氏】猶言諸子百家。漢書一〇〇下敍傳："凡漢書，敍帝皇，……緯六經，綴道綱，總百氏，贊篇章。"文選南齊孔德璋(稚珪)北山移文："其始至也，將欲排巢父，拉許由，傲百氏，蔑王侯，風情張日，霜氣傲秋。"

【百末】酒名。漢書禮樂志郊祀歌景星："百末旨酒布蘭生。"注："百末，百草華之末也。旨，美也，以百草華末雜酒，故香且美也。事見春秋繁露。"繁露文在執贄篇。

【百世】猶言百代。歷時長久之意。詩大雅文王："文王孫子，本支百世。"孟子離婁上:“名之曰幽厲,雖孝子慈孫,百世不能改也。”

【百石】漢吏佐禄秩之低者。漢書百官公卿表上:“百石以下,有斗食、佐史之秩,是爲少吏。”又七六趙廣漢傳:“廣漢奏請,令長安游徼獄吏百石,其後百石吏皆差自重,不敢枉法妄繫留人。”

【百司】朝廷大臣、王公以下百官的總稱。書立政:“左右攜僕,百司庶府。”北史齊文襄(高澄)紀武定五年:“在朝百司,怠惰不勤,有所曠廢者,免所居官。”

【百用】多種開支。荀子富國:“利足以生民,皆使衣食百用出入相揜。”注:“百用,雜用,養生送死之類。”管子乘馬:“百事治,則百用節矣。”

【百仞】八尺爲仞。百仞,極言其高、深。莊子田子方:“嘗與汝登高山,履危石,臨百仞之淵,若能射乎?”藝文類聚八十南朝梁簡文帝詠煙詩:“映光飛百仞,從風散九層。”

【百吏】猶言百官。國語周上:“王乃使司徒咸戒公卿百吏庶民……命農大夫咸戒農用。”唐白居易長慶集六四洛下送牛相公出鎮淮南詩:“萬人開路看,百吏立班迎。”

【百全】考慮周到,百無一失。淮南子兵略:“若雷之擊,不可爲備,所用不復,故勝可百全。”漢書七九馮奉世傳:“以將軍材質之美,奮精兵,誅不軌,百下百全之道也。”

【百合】植物名。又名重箱、摩羅、强瞿、中逢花。根如胡蒜,白色,重疊相合如蓮瓣,故名百合。其紅黄色有斑點者稱卷丹。參閲政和證類本草八草百合、農政全書五一救荒本草百合。

【百年】㊀極言時間之長。北史韓顯宗傳上言:“今令伎作之家,習士人風禮,則百年難成。令士人兒童,效伎作容態,則一朝可得。”㊁指一生。宋蘇軾分類東坡詩四蒜山松林中可卜居余欲僦其地地屬金山故作此詩與金山元長老:“問我此生何所歸,笑指浮休百年宅。”人壽罕過百歲,故以百年爲死之婉稱,如言百年之後。

【百舌】鳥名,即反舌,也稱鶷鵴。以其鳴聲反復如百鳥之音,故名。立春後鳴囀不已,夏至後即無聲。人或畜之,入冬即死。太平御覽九二三郭愔百舌詩:“百舌鳴高樹,弄音無常則。”唐杜甫杜工部草堂詩箋二一百舌:“百舌來何處,重重祇報春。”參見“反舌㊀”。

【百行】多方面的品行。詩衛風氓“士之耽兮,猶可説也”箋:“士有百行,可以功過相除。”三國志魏王昶傳戒子書:“夫孝敬仁義,百行之首,行之而立,身之本也。”

【百牢】㊀指各種牲畜。左傳哀七年:“夏,公會吴于鄫。吴來徵百牢。”㊁古關名。在今陝西沔縣西南。隋置白馬關,後以黎陽有白馬關,改名百牢。參閲嘉慶一統志二三八漢中府二。

【百技】㊀猶言百工。荀子富國:“故百技所成,所以養一人也。”一人,指國君。㊁各種伎倆。文選三國魏嵇叔夜(康)與山巨源絶交書:“千變百伎,在人目前。”五臣本作“技”。

【百忍】唐鄆州壽張人張公藝,九代同居。麟德中,高宗祀泰山,路過鄆州,至其家,問何以能此?公藝請紙筆,但於紙上書百餘“忍”字。見舊唐書一八八張公藝傳。

【百里】㊀謂地小。孟子公孫丑下:“然而文王猶方百里起,是以難也。”荀子仲尼:“故善用之,則百里之國足以獨立矣;不善用之,則楚六千里爲讐人役。”㊁泛指面積寬廣。莊子盜跖:“然而黄帝不能致德,與蚩尤戰於涿鹿之野,流血百里。”㊂古時一縣轄地約百里,因以百里爲縣之代稱。抱朴子百里:“煩劇所鍾,其唯百里,衆役於是乎出,誅求之所叢赴。”世説新語言語:“李弘度(充)常歎不被遇,殷揚州(浩)知其家貧,問:‘君能屈志百里不?’李答曰:‘北門之歎,久已上聞;窮猿奔林,豈暇擇木。’遂授剡縣。”亦以百里指縣令。唐李陽冰庾賁德政碑:“庾公今之賢百里也,龔兵頌之。”(金石萃編九五)㊃複姓。秦相百里奚之後,其先虞人,家於百里,因以爲氏。後漢有徐州刺史吉陽亭侯百里嵩,陳留人。見通志二七氏族三以地爲氏。

【百男】百子,謂多男。詩大雅思齊:“大姒嗣徽音,則百斯男。”注:“百男舉成數,言其多也。”宋王安石臨川集五八賀生皇子表三:“臣聞史紀文慶之延,豈惟十子;詩歌姒徽之繼,爰至百男。”

【百足】㊀馬蚿的别名。大者名馬陸。中斷成兩段,頭尾仍可各行而去。見晉張華博物志二。文選三國魏曹元首(冏)六代論:“故語曰:百足之蟲,至死不僵,扶之者衆也。”紅樓夢二:“古人有言,百足之蟲,死而不僵。如今雖説不似先年那樣興盛,較之平常仕宦人家,到底氣象不同。”㊁蜈蚣,即蝍蛆,俗謂之百足。參閲宋陸佃埤雅十釋蟲。

【百法】佛教唯識宗説明世間、出世間萬象之法,總稱爲百法。唐白居易長慶集十七醉吟:“空王百法學未得,姹女丹砂燒卽飛。”景德傳燈録二六法齊禪師:“長壽第二世法齊禪師,婺州人也,姓丁氏,始講百法因明二論。”

【百官】謂官數有百。書周官:“(成王)曰:唐虞稽古,建官惟百。”荀子正論:“古者天子千官,諸侯百官。”亦以泛指衆官。書大禹謨:“率百官,若帝之初。”南史宋本紀中前廢帝景和元年:“時帝凶悖日甚,誅殺相繼,内外百官,不保首領。”

【百刻】古時以刻漏計時,一晝夜分爲一百刻。唐白居易長慶集五五花前有感爲呈崔相公劉郎中詩:“四時輪轉春常少,百刻支分夜苦長。”宋沈括夢溪筆談七象數一:“余以理求之,冬季日行速,天運已朞,而日已過表,故百刻而有餘;夏至日行遲,天運未朞而日已至表,故不及百刻。”

【百怪】㊀多種怪異、怪物。漢王充論衡訂鬼:“人之且死,見百怪。”宋蘇轍欒城集三和子瞻泗州僧伽塔詩:“蛟龍百怪不敢近,迴風倒浪歸無蹤。”㊁多種奇想。唐韓愈昌黎集五調張籍詩:“精誠忽交通,百怪入我腸。”

【百事】衆多的事。禮祭義:“孝子將祭祀,……以修宫室,以治百事。”唐白居易長慶集六答卜者詩:“除却須衣食,平生百事休。”

【百兩】謂車。詩召南鵲巢:“之子于歸,百兩御之。”宋朱熹集傳:“兩,一車也,一車兩輪,故謂之兩。”此詩言親迎之禮甚盛。後亦用以指出嫁。唐周遇霍夫人墓誌:“遂適彭城公,百兩之後,一與之齊,嚴奉舅姑,敬恭戚族。”(金石萃編一一四)

【百昌】指各種生物而言。莊子在宥:“今夫百昌,皆生於土,而反於土,故余將去女,入无窮之門,以遊无極之野。”唐成玄英疏:“夫百物昌盛,皆生於地,及其彫落,還歸於土。”宋錢惟演春雪賦:“春陽已中,百昌俱作。”

【百念】種種思念。南朝梁何遜何記室集相送詩:“客心已百念,孤遊重千里。”玉臺新詠九陳徐陵雜曲:“緑黛紅顔兩相發,千嬌百念情無歇。”

【百舍】舍,止宿。百舍,謂止宿百次,卽長途跋涉之意。莊子天道:“士成綺見老子而問曰:吾聞夫子聖人也,吾固不辭遠道而願來見,百舍重趼,而不敢息。”釋文:“百舍,司馬(彪)云:百日止宿也。”戰國策宋:"公輸般爲楚設機將以攻宋,墨子聞之,百舍重繭,往見公輸般謂之曰……"

【百朋】指很多貨貝。詩小雅菁菁者莪:"既見君子,錫我百朋。"箋:"古者貨貝,五貝爲朋,賜我百朋,得禄多,言得意也。"

【百姓】㊀指百官。書堯典:"百姓昭明,協和萬邦,黎民於變時雍。"詩小雅天保:"羣黎百姓,徧爲爾德。"皆以百姓與黎民對稱。㊁指平民,庶民。論語憲問:"修己以安百姓,堯舜其猶病諸。"疏:"百姓謂衆人也。"荀子彊國:"入境,觀其風俗,百姓樸,其聲樂不流汙,其服不挑。"或謂古代民無姓,有姓者皆有土有官爵。其後民亦有姓,故民庶亦稱百姓。四書中百姓凡二十五見,惟"百姓如喪考妣三年"指百官。參閱明楊慎丹鉛總録二五瑣語、清閻若璩四書釋地又續百姓(清經解八)。

【百度】㊀指時間,謂晝夜百刻。禮樂記:"八風從律而不姦,百度得數而有常。"注:"百度,百刻也,言日月晝夜不失正也。"㊁猶言百事。書旅獒:"不役耳目,百度惟貞。"也指各種制度。北史蘇綽傳論:"周文提劍而起,百度草創。"

【百衲】指僧衣。衲,謂補綴。百衲,謂補綴之多。文苑英華二三五皇甫冉題昭上人房詩:"沃州傳教後,百衲老空林。"也作"百納"。唐白居易長慶集十八戲贈蕭處士清禪師詩:"三盃嵬峩忘機客,百納頭陁任運僧。"

【百城】謂多城。南史樂法才傳:"武帝嘉其清節,曰:'居職若斯,可以爲百城表矣。'"參見"南面百城"。

【百拜】㊀多拜的意思。禮樂記:"壹獻之禮,賓主百拜。"注:"百拜以喻多。"唐呂温呂和叔集二河南府試贖帖賦得鄉飲酒詩:"百拜賓儀盡,三終樂奏長。"清顧炎武謂古人之拜,如今之鞠躬,故通計一席之間,賓主交拜,近至於百。見日知録二八百拜。㊁明以來與師友或貴官書札常稱百拜。見清顧張思土風録十百拜。

【百重】㊀猶言多層。後漢書四十班固傳西都賦:"陛戟百重,各有攸司。"初學記五南朝梁庾肩吾賦得山詩:"刻削臨千仞,嵯峨起百重。"㊁猶百代。文選南朝梁陸佐公(倕)石闕銘序:"物覩雙碣之容,人識百重之典。"

【百泉】㊀指衆泉。詩大雅公劉:"逝彼百泉,瞻彼溥原。"唐韋應物韋江州集七藍嶺精舍詩:"日落羣山陰,天秋百泉響。"㊁泉名。1.在河南輝縣西北。一名百河。泉通百道,故名。宋邵雍曾隱居於此。參閱嘉慶一統志一九九衛輝府一。參見"百源㊁"。2.在甘肅涇川縣西。泉源溢出者數十,四時不涸。參閱嘉慶一統志二七二涇州一。3.在北京昌平縣西南。平地涌出,多不勝數。大者有三,曰原泉、黄泉、響泉。參閱嘉慶一統志七順天府二。㊂隋縣名,屬平涼郡。唐因之,隸關内道原州。故城在今甘肅平涼縣西北。參閱嘉慶一統志二五九平涼府二。

【百家】指先秦諸子,舉成數而言。荀子解蔽:"今諸侯異政,百家異説,則必或是或非,或治或亂。"史記五帝紀贊:"學者多稱五帝,尚矣。然尚書獨載堯以來;而百家言黄帝,其文不雅馴,薦紳先生難言之。"

【百索】㊀多種求索。荀子王制:"脩火憲,養山林,藪澤草木魚鱉百索,以時禁發,使國家足用,而財物不屈,虞師之事也。"注:"百索,上所索百物也。"㊁漢時民族於五月五日,以五色朱索飾門户,云可以避惡氣。後代於是日以五色綫帶兒項上,或以繫臂,以避不祥,謂之百索。亦名長命縷。又稱避兵繒。唐李商隱李義山文集二爲滎陽公謝端午賜物狀:"右中使至,奉宣恩旨,賜臣端午紫衣一副、百索一軸、銀器二事、大將衣三副。"參閱唐韓鄂歲華紀麗二端午、宋陳元靚歲時廣記二一結百索。

【百草】謂衆草。莊子庚桑楚:"夫春氣發而百草生,正得秋而萬寶成。"越絶書八越絶外傳記地傳:"神農嘗百草、水土甘苦。"

【百乘】兵車百輛。孟子梁惠王上:"千乘之國,弑其君者,必百乘之家。"注:"百乘之家,謂大國之卿,食采邑,有兵車百乘之賦者也。"

【百般】各式各樣。唐韓愈昌黎集九游城南晚春詩:"草樹知春不久歸,百般紅紫鬭芳菲。"杜牧樊川集四初春有感寄歙州邢員外詩:"跡去夢一覺,年來事百般。"

【百常】十六尺爲常,言其高。文選漢張平子(衡)西京賦:"通天訬以竦峙,徑百常而莖擢。"訬,五臣本作"眇"。南齊謝朓謝宣城集三觀朝雨詩:"既灑百常觀,復集九成臺。"

【百頃】㊀古代一頃百畝,百頃喻土地的廣大。漢書九九下王莽傳:"遂營長安城南,提封百頃。"唐杜甫杜工部草堂詩箋三陪鄭廣文遊何將軍山林之二:"百頃風潭上,千章夏木清。"㊁地名。卽仇池。在甘肅成縣境。因其地約百頃,故又名百頃。漢獻帝建安中,氐族大帥楊騰子駒,自天水徙居仇池。魏拜爲百頃氐王。見水經注二十漾水。參見"仇池㊀"。

【百貨】多種多樣的貨物。管子乘馬:"是故百貨賤則百利不得,百利不得則百事治,百事治則百用節矣。"唐柳宗元柳先生集十八招海賈文:"上黨易野恬以舒,蹈蹂厚土堅無虞。岐路脉布彌九區,出無入有百貨俱。"

【百禄】百福,多種福禄。詩商頌長發:"敷政優優,百禄是遒。"傳:"遒,聚也。"晉書夏侯湛傳昆弟誥:"乃歌曰:明德復哉,家道休哉,世祚悠哉,百禄周哉!"

【百善】猶言衆善。呂氏春秋孝行:"夫執一術而百善至,百邪去。天下從者,其維孝也。"

【百越】我國民族名,又地名。又作"百粤"。史記八七李斯傳獄中上二世書:"非地不廣,又北逐胡貉,南定百越,以見秦之彊。"古南方之國,以越爲大,自句踐六世孫無彊爲楚所敗,諸子散處海上,其著者,東越無諸,都東冶,至漳泉,爲閩越。東海王搖,都於永嘉,爲甌越。自湘漓而南,爲西越。牂牁西上邕雍綏建,爲駱越。江浙閩粤之地,皆爲越族所居,故稱百越。唐柳宗元柳先生集四二登柳州城樓寄漳汀封連四州詩:"共來百越文身地,猶自音書滯一鄉。"

【百揆】㊀古代總領國政的長官。書舜典:"納於百揆,百揆時敍。"後漢書百官志一:"太尉公一人。"注引古史考:"舜居百揆,總領百事,説者以百揆堯初别置,於周更名冢宰。"㊁猶百度。泛指庶政。後漢書五九張衡傳:"百揆允當,庶績咸熙。"新唐書一六二獨孤及傳陳時政疏:"官亂職廢,將墮卒暴,百揆隳刺,如沸粥紛麻。"㊂猶百官。世説新語賞譽下:"桓公(温)語嘉賓(郗超):阿源(殷浩)有德有言,向使作令僕,足以儀刑百揆,朝廷用違其才耳。"

【百晬】封建時代,小兒生百日宴會,謂之百晬。宋孟元老東京夢華録五育子:"生子百日置會,謂之百晬,至來歲生日謂之周晬,羅列盤琖於地,盛果木飲食、官誥筆研、筭秤等經卷針線應用之物,觀其所先拈者以爲徵兆,謂之試晬,此小兒之盛禮也。"

【百爲】多種行爲。書多方:"乃胥惟虐於民,至於百爲,大不克開。"傳:"桀之衆士,乃相與惟暴虐於民,至於百端所爲,言虐非一。」

【百粤】同「百越」。漢書高帝紀：「前時，秦徙中縣之民南方三郡，使與百粤雜處。」參見「百越」。

【百結】㊀聯疊成扣的織物。楞嚴經五：「阿難白佛言：『世尊，此寶疊華，緝績成巾，雖本一體，如我思惟，如來一綰，得一結名，若百綰成，終名百結。』」唐溫庭筠詩集一織錦詞：「錦中百結皆同心，蘂亂雲盤相問深。」㊁以碎布結成之衣，謂之百結衣。北堂書鈔一二九引王隱晉書：「董威輦忽見洛陽，止宿白社中，得殘碎繒，輒結以爲衣，號曰百結。」後常指衣多補綴。南史到溉傳答任昉詩：「余衣本百結，閩中徒八蠶。」㊂指心中的憂鬱。文苑英華一九五唐聶夷中飲酒樂：「一愁〔飲〕解百結，再飲破百憂。」㊃丁香花的別名。宋蘇軾分類東坡詩五留題顯聖寺：「幽人自種千頭橘，遠客來尋百結花。」

【百源】㊀山川衆水之源。禮月令仲夏之月：「命有司爲民祈祀山川百源，大雩帝，用盛樂。」注：「山川百源，能興雲雨者也，衆水始所出爲百源。」呂氏春秋仲夏作「百原」。㊁地名，亦泉名。卽百泉。北宋邵雍隱於共城蘇門山百源之上。共城卽今河南輝縣，蘇門山在縣西北，亦名百門山。參見「百泉㊁」。

【百葉】㊀牛羊等之胃，多皺褶，故名。周禮天官醢人「羸醢，脾析」漢鄭玄注：「鄭司農云：脾析，牛百葉也。」㊁三國志魏高堂隆傳遺疏：「（始皇）自謂本枝百葉，永垂洪暉，豈寤二世而滅，社稷崩圮哉！」百葉，言其盛。㊂花重瓣，或物之重疊者稱百葉。唐韓愈昌黎集九題百葉桃花詩：「百葉雙桃晚更紅，窺牕映竹見玲瓏。」全唐詩七一七曹松江西逢僧省文：「百葉巖前霜欲降，九枝松上鶴初歸。」㊃曆書。宋史四六八閻文應傳：「左右引陳氏女入宮，父號陳子城，仁宗披百葉擇日。」

【百感】謂多感慨。文選南朝梁江文通（淹）別賦：「是以行子腸斷，百感悽惻。」文苑英華三三〇唐羅鄴蟬詩：「纔入新秋百感生，就中蟬噪最堪驚。」

【百辟】㊀諸侯。辟卽君。詩大雅假樂：「百辟卿士，媚于天子。」文選漢張平子（衡）東京賦：「然後百辟乃入，司儀辨等，尊卑以班。」注：「百辟，諸侯也。」後也泛指公卿大官。宋書孔琳之傳奏劾徐羨之：「羨之內居朝右，外司輦轂，位任隆重，百辟所瞻。」

【百歲】㊀百年。史記貨殖傳：「居之一歲，種之以穀；十歲，樹之以木；百歲，來之以德。」㊁古人以爲人不過百歲，因諱言死，常稱死爲百歲。詩唐風葛生：「百歲之後，歸於其居。」注：「居，墳墓也。」史記高祖紀：「已而呂后問：『陛下百歲後，蕭相國卽死，令誰代之？』上曰：『曹參可。』」

【百會】㊀言技藝甚多，無所不能。宋鄧椿畫繼四縉紳韋布：「靳東發字茂遠，……其性多能，尤工畫藝，人目之爲靳百會。」㊁頭頂的鍼灸穴位。史記一〇五扁鵲傳：「扁鵲乃使弟子子陽厲鍼砥石，以取外三陽五會。」注：「正義：五會，謂百會、胷會、聽會、氣會、臑會也。」參見「三陽㊂」。

【百雉】謂三百丈長的城牆。左傳隱元年：「祭仲曰：『都城過百雉，國之害也。』」雉，度名。古代計算城牆面積的單位：方丈曰堵，三堵曰雉，一雉之牆，長三丈，高一丈。

【百端】㊀多種多樣。史記一二八龜策傳：「至今上卽位，博開藝能之路，悉延百端之學。」㊁世說新語言語：「衛洗馬（玠）初欲渡江，形神慘顇，語左右云：『見此芒芒，不覺百端交集！』」端爲代詞，百端指種種感想。後來卽以百端指百感。唐韓愈昌黎集二此日足可惜贈張籍詩：「思之不可見，百端在中腸。」

【百嘉】猶言百善。國語楚下：「天明昌作，百嘉備舍。」宋歐陽修文忠集九四代進奉土貢狀：「右臣伏以百嘉咸茂，允賴聖功，九貢所儀，備存方志。」

【百爾】猶言凡百。所有。詩邶風雄雉：「百爾君子，不知德行。」注：「百猶凡也。言凡爾君子豈不知德行也。」

【百隟】猶百孔。言隙穴甚多。隟，同「隙」。淮南子泰族：「故事有鑿一孔而開百隟，樹一物而生萬葉者，所鑿不足以爲便，而所開足以爲敗。」

【百僚】百官。書皐陶謨：「百僚師師，百工惟時。」注：「僚，工，皆官也。」僚，也作「寮」。漢書成帝紀河平元年：「公卿大夫其勉悉心，以輔不逮，百寮各修其職，惇任仁人，退遠殘賊。」

【百寮】見「百僚」。

【百論】龍樹弟子提婆造，後秦鳩摩羅什譯。二卷。原分二十品，每品各有五偈，從偈數因名百論。其書破障蔽大小乘之執，以申大小乘之兩正。與中論十二門論合爲三論宗的主要經典。

【百穀】穀類的總稱。穀非一種，舉其成數，故稱百穀。易離：「日月麗乎天，百穀草木麗乎地。」詩小雅大田：「俶載南畝，播厥百穀。」

【百慮】種種思慮。易繫辭下：「天下同歸而殊塗，一致而百慮。」唐杜甫杜工部草堂詩箋十一羌村之二：「蕭蕭北風勁，撫事煎百慮。」

【百罹】多種不幸和憂患。詩王風兔爰：「我生之后，逢此百罹，尚寐無吪。」南齊書東昏侯紀永元三年宣德太后令：「未亡人不幸，驟此百罹，感念存没，心焉如割！」

【百濟】古國名。本出扶餘，古爲馬韓諸國之一。傳說爲後漢末夫餘王尉仇台之後，初以百家濟海而立國，因以爲名。晉時據有遼西晉平二郡。自晉以後，吞併諸國，盡有馬韓故地。其盛時屢與高句麗新羅戰。隋開皇初及唐武德貞觀中頻遣使來華，後爲唐高宗（李治）所滅。故地在朝鮮半島西南部。參閱通典一八五百濟、舊唐書一九九上百濟傳。

【百濮】我國古代民族名。左傳文十六年：「麇人率百濮聚於選，將伐楚。」疏：「釋例曰：『建寧郡南有濮夷，濮夷無君長總統，各以邑落自聚，故稱百濮也。』建寧故城，在今湖北石首縣東南七十里。

【百蟄】冬眠的各類蟲魚。宋蘇軾分類東坡詩七次韻舒堯文祈雪霧猪泉詩：「行看積雪厚埋牛，誰與春工掀百蟄。」

【百戲】古散樂雜技，如扛鼎、尋橦、吞刀、爬竿、履火、耍龍燈之類。後漢書安帝紀延平元年：「乙酉罷魚龍曼延百戲。」舊唐書敬宗紀寶慶二年：「九月丁丑朔，大合宴於宣和殿，陳百戲，自甲戌至丙子方已。」

【百錬】古寶刀名。晉崔豹古今注上輿服：「吳大皇帝有寶刀三：……一曰百錬，二曰青犢，三曰漏景。」

【百瀆】水名。在江蘇宜興縣。其在縣西南者曰上瀆，在縣東北者曰下瀆。嘉慶一統志八六常州府山川引宋單鍔水利書：「古人以荆溪不足以勝數郡奔注之水，故於震澤之口開瀆百條。……今大半堙塞。宣和二年，趙霖修百瀆五十八條，長六十二里。」

【百體】㊀謂身體的各部。禮樂記：「使耳目鼻口心知百體，皆由順正，以行其義。」㊁百官的體屬。國語鄭：「合十數以訓百體。」注：「十數，自王以下，位有十等，……百體，百官各有體屬也，合此十數之位，以訓導百官之體也。」㊂指書法的百種體格。唐張彥遠法書要錄二梁庾元威論書：「湘東王遣沮陽令韋仲定爲九十一種，次功曹謝善勛增其九法，合成百體。”

【百籟】諸物爲風激動所發之聲。文選晉張景陽(協)雜詩:“淒風爲我嘯,百籟坐自吟。”注:“百籟,謂諸孔穴草木風所激而爲聲。”全唐詩六一一李嶠石淙:“鳥和百籟疑調管,花發千巖似畫屏。”

【百鷯】鳥名。卽伯勞。大戴禮二夏小正:“五月……鴂則鳴。鴂者,百鷯也;鳴者,相命也。”參見“伯勞”。

【百靈】百神。文選漢班孟堅(固)東都賦:“禮神祇,懷百靈。”晉陸機陸士衡集七太山吟詩:“幽塗延萬鬼,神房集百靈。”

【百蠻】詩大雅韓奕:“以先祖受命,因時百蠻。”王畿以外有蠻服,泛指地區以內的各族爲百蠻。轉指爲與華夏對稱的諸少數民族。文選漢班孟堅(固)東都賦:“内撫諸夏,外綏百蠻。”參見“九服㊀”。

【百一帖】法帖名。王萬慶摹刻。大要筆圓、字方、傍密、閒豁、血濃、骨老、筋藏、肉潔,筆筆造古意,字字有來歷。見清馮武書法正傳。

【百一詩】詩篇名。文選有三國魏應璩百一詩一首。百一之名其説不一。1.璩詩百言爲一篇,故稱百一。2.璩詩共有百篇,以譏切時事,已焚棄其九十九,僅存一首爲自勉之作。3.據璩詩序有“安知百慮有一失乎”語,謂爲曹爽而作。參閱百一詩序、清凌揚藻蠡勺編二三百一詩。

【百八丸】念珠的别名。有一百八顆成串,故稱。宋陶穀清異録器具:“和尚市語,以念珠爲百八丸。”(説郛六一)念珠之數,百有八,故云。也叫百八牟尼。省作百八。明黄粹吾續西廂昇仙記自悟:“我將手中百八不相忘,向蒲團跏趺裏時合掌。”參見“牟尼”。

【百八鐘】佛寺朝暮擊鐘,共一百零八下,故稱百八鐘。百丈清規八法器:“大鐘,……曉擊則破長夜,警睡眠;暮擊則覺昏衢,疏冥昧。引杵宜緩,揚聲欲長,凡三通,各三十六下,總一百八下。”

【百子瓮】謂多子瓜果。宋陶穀清異録上百果:“果中子繁者,惟夏瓜、冬瓜、石榴,故嗜果者目爲百子瓮。”(説郛六一)

【百子帳】㊀北方遊牧民族的帳篷,供宴飲或居住用。南齊書魏虜傳:“以繩相交絡,紐木枝棖,覆以青繒,形制平圓,下容百人坐,謂之爲‘繖’,一云‘百子帳’也。於此下宴息。”梁書河南王傳:“有屋宇,雜以百子帳,卽穹廬也。”㊁婚禮所用之帳。全唐詩四七八陸暢雲安公主下降奉詔作催粧:“催鋪百子帳,待障七香車。”宋程大昌演繁露十三百子帳:“唐人昏禮,多用百子帳,特貴其名與婚宜,而其制度則非有子孫衆多之義,蓋其制本出戎虜,特穹廬拂廬之具體而微者耳。捲柳爲圈,以相連瑣,可張可闔,爲其圈之多也,故以百子總之,亦非真有百圈也。”

【百子鈴】古時車上的鈴。舊題晉王嘉拾遺記七魏:“文帝所愛美人姓薛,名靈芸,常山人也,……帝以文車十乘迎之,……前有雜寶爲龍鳳,銜百子鈴,鏘鏘和鳴,響於林野。”唐詩紀事三十司空曙和耿拾遺元旦早朝:“門響雙魚鑰,軍喧百子鈴。”

【百子圖】㊀祝子孫衆多之圖。宋辛棄疾稼軒詞九鷓鴣天祝良顯家牡丹一本百朵:“恰如翠幙高堂上,來看紅衫百子圖。”清吳敬梓儒林外史二八:“三間敞廳,……中間懸着一軸百子圖的畫。”㊁雜劇名。明人作,或謂清人作。演晉鄧攸事。攸棄子全姪,後竟無子。劇翻其事,言攸子爲他人所得,後復歸於攸,子孫衆多,元帝爲作百子圖,故名。參閱曲海總目提要三十。

【百六公】南朝梁張綰字孝卿,少與兄纘齊名。湘東王繹嘗策之百事,綰對闕其六,號爲百六公。見南史張綰傳。

【百六掾】晉元帝爲丞相時,招延四方之士,多辟府掾,時人謂之百六掾。見晉書元帝紀建武元年、虞悝傳。後以百六掾爲掾屬之通稱。宋李曾伯可齋雜藁續藁前六挽別大參詩:“百六掾間無足紀,二三子側每相隨。”

【百夫長】統率百人的卒長,也稱卒帥。書牧誓有千夫長,百夫長。唐楊炯楊盈川集二從軍行:“寧爲百夫長,勝作一書生。”

【百夫雄】指勇氣出衆的人,猶言豪傑。文選漢王仲宣(粲)詠史詩:“生爲百夫雄,死爲壯士規。”唐陳子昂陳伯玉集二送別出塞詩:“平生聞高義,書劍百夫雄。”

【百五日】指寒食節。詳“一百五”、“一百五日”。

【百不知】唐代婦人的首飾。宋王讜唐語林六補遺:“長慶中,京城婦人首飾,有以金碧珠翠,笄櫛步搖,無不具美,謂之百不知。”

【百尺竿】喻極高之竿。唐鄭處誨明皇雜録上:“時教坊有王大娘者,善戴百尺竿,竿上施木山,狀瀛洲、方丈,令小兒持絳節,出入於其間,歌舞不輟。”唐李商隱李義山詩集六詠史:“北湖南埭水漫漫,一片降旗百尺竿。”參見“百尺竿頭”。

【百尺堰】地名。水經注二二渠水:“谷水又東,逕陳縣南,又東流入于新溝水,又東南注于潁,謂之交口。水次有大堰,卽古百尺堰也。”三國魏嘉平三年司馬懿討王淩,大軍掩至百尺,卽此。見三國志魏王淩傳。陳縣,今河南淮陽縣。

【百尺樓】㊀猶言高樓。漢末陳登字元龍,在廣陵有威名。卒後,劉備在劉表座論天下人物,座中許汜曰:“昔見元龍,元龍自上大牀卧,使客卧下牀。”備曰:“君求田問舍,言無可采,如小人欲卧百尺樓上,卧君於地,何但上下牀之間耶?”見三國志魏陳登傳。世説新語黜免:“殷中軍(浩)廢後,恨簡文曰:‘上人箸百尺樓上,儋梯將去。’”㊁詞調名。卽卜算子,因秦湛詞有“極目烟中百尺樓”句而名。參見“卜算子㊀”。

【百日紅】紫薇花的别名。四五月始花,開謝接續,可至八九月,故名。見廣羣芳譜三八花譜紫薇。又赬桐别名有百日紅。宋陸游劍南詩稿三思政堂東軒偶題“赬桐花畔見紅蕉”自注:“赬桐,嘉州謂之百日紅。”

【百中經】書名,三卷,不詳撰者。爲自紹興二十一年以上,百二十年曆日的節本。見文獻通考二一九經籍四六。又星命術士所用之書亦有百中經,見元陶宗儀輟耕録二九日家安命法、四庫全書總目提要子部術數類存目二。

【百世師】可爲百代師表的人。孟子盡心下:“聖人,百世之師也。伯夷柳下惠是也。”宋蘇軾經進東坡文集事略五五韓文公廟碑:“匹夫而爲百世師,一言而爲天下法。”

【百目瓶】佛書稱土製的燈籠,因籠壁多穿小孔,故曰百目。毘奈耶雜事十三:“苾芻夏月然燈損蟲,佛言應作燈籠。……此更難得,應作百目瓶。苾芻不解如何當作。佛言令瓦師作如燈籠形,傍邊多穿小孔。”

【百代城】謂堅固可以經久的城。管子霸形:“因以鄭城與宋水爲請於楚,楚人不許,遂退七十里而舍,使軍人城鄭南之地,立百代城焉。”

【百全計】極安全的計畫。南史齊廢帝東昏侯紀:“范雲謂光尚曰:‘君是天子要人,當思百全計。’”

【百年身】一生。南朝宋鮑照鮑氏集五行藥至城東橋詩:“爭先萬里塗,各事百年身。”

【百年詩】 記述人一生歷程的詩。唐吴兢樂府古題要解下百年詩:“起總角至百年,歷述其幼小、丁壯、耆耄之狀,十歲爲一首。陸士衡(機)至百二十時也。”按陸機所作也叫百年歌,自十歲至百二十歲,共十首。見陸士衡集七。

【百年歌】 樂曲名。唐末李克用破孟方立後,置酒於三垂岡。樂作,伶人奏百年歌,陳其衰老之狀,聲調悽苦。克用引滿,捋鬚指李存勗曰:“老夫壯心未已,二十年後,此子必戰於此。”見舊五代史莊宗紀一。

【百圾碎】 哥窯所産陶器名。明陸深春風堂隨筆:“哥窯淺白斷紋,號百圾碎。宋時有章生一、生二兄弟,皆處州人,主龍泉之琉田窯。生二所陶青器,純碎如美玉,爲世所貴,卽官窯之類。生一所陶者色淡,故名哥窯。”參見“哥窯”。

【百君子】 ㊀周對殷舊臣的一種稱呼。書召誥:“予小臣敢以王之讎民、百君子、越友民,保受王威命明德。”㊁衆君子,猶言諸君、諸位。北史楊固傳刺讒疾嬖幸詩之二:“凡百君子,宜其慎矣。覆車其鑒,近可信矣。”

【百步洪】 地名。在江蘇銅山縣,卽呂梁。一名徐州洪。泗水所經,洪有亂石峭石,流水迅急,凡百餘步,故名。宋蘇軾分類東坡詩八百步洪:“長洪斗落生跳波,輕舟南下如穿梭,水師絶叫鳧雁起,亂石一線争磋磨。”極狀流水險急。參閱讀史方輿紀要二九徐州。

【百里才】 治理一邑的才能。三國志蜀龐統傳:“統以從事,守耒陽令。在縣不治,免官。吴將魯肅遺先主書曰:‘龐士元(統)非百里才也,使處治中別駕之任,始當展其驥足耳。’”唐駱賓王駱臨海集三餞鄭安陽入蜀詩:“地是三巴俗,人非百里才。”

【百里奚】 奚,也作“傒”。春秋時秦穆公之賢相。原爲虞大夫。晉獻公滅虞,虜奚,以爲秦穆公夫人陪嫁之臣。奚以爲恥,逃至宛,被楚人所執。秦穆公聞其賢,用五羖羊皮贖之,後來委以國政,稱爲五羖大夫。與蹇叔、由余等共助穆公建成霸業。關於百里奚事蹟,先秦漢人傳說不一,參閱清俞正燮癸巳類稿十一百里奚事異同論。

【百足蟹】 古代傳說有百足之蟹。舊題漢郭憲洞冥記三:“天漢二年……善苑國嘗貢一蟹,長九尺,有百足四螯,因名百足蟹,煮其殼,勝於黄膠,亦謂之螯膠,勝於鳳喙之膠也。”

【百谷王】 指江海。衆谷之水必注於江海,故名。老子:“江海所以能爲百谷王者,以其善下之。故能爲百谷王。”

【百官圖】 宋范仲淹作。仲淹以國之治亂,由於用人不由於道,因於景祐三年上此圖,説明百官遷進次第。見宋歐陽修文忠集二十文正范公碑、玉海五六藝文圖。

【百官鐸】 明倪元璐作。相當於後世所謂陞官圖。有譜四卷,卷首列圖例十餘條。對明代官制利弊,頗寓微意,並自標其旨曰“彼以叫闟,此以呼盧;兒童習之可以嬉,君相察之可以治;故名百官鐸。”其法用四骰擲采,分德、才、功、贓,以判黜陟,而決勝負。

【百兩篇】 卽百二篇,漢東萊張霸僞造的尚書。霸分析合二十九篇以爲數十,又采左氏傳、書敍爲作首尾,共百二篇。篇或數簡,文意淺陋。已佚。見漢書八八孔安國傳。

【百花王】 花的美稱。1.謂牡丹。唐皮日休牡丹詩:“落盡殘紅始吐芳,佳名喚作百花王。”(淵鑑類函四〇五)2.山石榴花。唐白居易長慶集五五山石榴花詩:“好差青鳥使,封作百花王。”

【百花洲】 地名。在江西南昌市東,東湖北。宋紹興中,曾在此練水軍。見嘉慶一統志三〇八南昌府山川。

【百花舞】 舞蹈名。採蘭雜志:“越嶲國有吸華絲,凡華著之,不卽墮落,用以織錦。漢時國人奉貢。武帝賜麗娟二兩,命作舞衣。春暮宴於華下,舞時故以袖拂落華,滿身都著,舞態愈媚,謂之百華之舞。”華,同花。

【百花潭】 溪名。1.卽浣花溪。在四川成都市西。附近有杜甫宅。唐杜甫杜工部草堂詩箋二三懷錦水居止之二:“萬里橋南宅,百花潭北莊。”參閱太平寰宇記七二益州華陽縣。2.宋時潁州亦有百花潭。宋蘇軾分類東坡詩十九次韻王定國得潁倅二首之一:“莫向百花潭上去,醉翁不見與誰春。”醉翁,指宋歐陽修。

【百乳彝】 周代酒器名。宣和博古圖八周百乳彝:“周身皆乳,凡二百一十有六。”

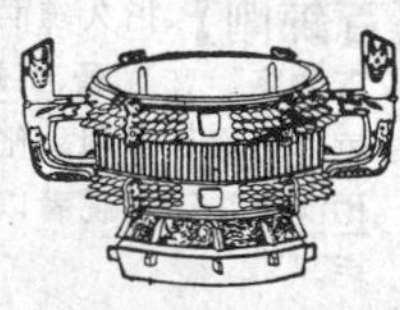
百乳彝

【百和香】 多種香料配製而成的香料。舊題漢班固漢武帝内傳:“至七月七日,乃修除宫掖之内,……燔百和之香,張雲錦之帳。”詩話總龜二博識引古詩:“博山爐中百和香,鬱金蘇合與都梁。”亦以指花香。宋范伯禹范太史集二和蜀公紫薇花再發寄中書舍人詩:“賓朋須醉千鍾酒,蜂蝶争偷百和香。”

【百衲本】 宋董逌廣川書跋十:“蔡君謨(襄)妙得古人書法,其書晝錦堂,每字作一紙,擇其不失法度者,裁截布列,連成碑形,當時謂百衲本,故宜勝人也。”謂集綴而成如百衲衣。後稱以殘缺善本輯補而成之書爲百衲本,如商務印書館影印百衲本宋本資治通鑑、輯集影印之百衲本二十四史。

【百衲衣】 僧衣。衲謂補綴。百衲,極言其補綴之多。全唐詩八一〇釋法照送無著禪師歸新羅:“尋山百衲弊,過海一杯輕。”宋陸游劍南詩稿五九懷昔:“朝冠挂了方無事,卻愛山僧百衲衣。”

【百衲琴】 拼綴桐木條加膠漆而合成的琴,似衣之百衲,故名。唐李綽尚書故實:“唐汧公李勉好雅琴,嘗取桃梓之精者雜綴爲之,謂之百衲琴。”(太平廣記二〇三李勉)

【百衲碑】 指宋蔡襄所書歐陽修晝錦堂記。宋韓琦於相州建晝錦堂,歐陽修爲作記,蔡襄爲書石,時稱三絶。襄書時每一字必寫數十遍,必合作而後用,以故書成特精絶。世稱百衲碑。歐文見歐陽文忠集四十。見明王世貞弇州山人四部稿一三六晝錦堂記。

【百面雷】 謂縱擊腰鼓之聲如雷。宋蘇軾分類東坡詩十四惜花:“腰鼓百面如春雷,打徹涼州花自開。”宋范成大石湖集二六元夕後連陰詩:“誰能腰鼓催花信,快打涼州百面雷。”

【百眉圖】 多種畫眉式樣之圖。宋陶穀清異錄粧飾:“瑩姐,平康妓也。……畫眉日作一樣。唐斯立戲之曰:‘西蜀有十眉圖,汝眉癖若是,可作百眉圖。’”(説郛六一)參見“十眉圖”。

【百家衣】 舊俗,爲嬰兒向衆鄰乞取零碎布帛合以製衣,謂穿之可長壽致福。後也比喻拼湊而成的詩文。宋釋惠洪冷齋夜話三山谷集句貴拙速不貴巧遲:“集句詩,山谷謂之百家衣體。”陸游劍南詩稿二一次韻和楊伯子主簿見贈:“文章最忌百家衣,火龍黼黻世不知。”參見“斂衣”。

【百家姓】 村塾雜字書,以姓氏編成四言韻文,其數有百,故名。書無編者姓氏。通行本共四百七十二字。宋王明清玉照新志三:“如市井間所印百家姓,明清嘗詳考之,似是兩浙錢氏有國時小民所著，何則？其首云：'趙錢孫李'，蓋錢氏奉正朔，趙乃本朝國姓，所以錢次之；孫乃忠懿(錢俶)之正妃；又其次，則江南李氏。次句云：'周吳鄭王'，皆武肅(錢鏐)而下后妃。"按宋人別有千姓編，明人亦有千家姓。參見"千家姓"。

【百益紅】棗的別名。宋陶穀清異錄果："百益一損者棗，一益百損者梨。醫氏目棗爲百益紅，梨爲百損黃。"(説郛六一)

【百草霜】指竈突或烟囱上的煤炱或草木灰。又名竈突墨、竈額墨。其質輕細，故謂之霜，舊以入藥。見本草綱目七十一百草霜。

【百孫院】唐代諸王居於長安安國寺東附院大宅，分院居住，號十王宅。其後諸孫成長，玄宗又於十宅外置百孫院。見舊唐書一〇七玄宗諸子傳。參見"十王宅"。

【百將傳】宋張預撰，翟道安注。一百卷。選擇歷代名將百人，始於周太公望，終於五代劉鄩，各爲之傳，綜論其行事兵略，立說未免近迂。

【百鳥裙】以衆鳥羽毛織成的裙。唐中宗女安樂公主使尚方合百鳥毛織二裙，正視旁視，日中影中，各爲一色，百鳥之狀，並見裙中。見舊唐書五行志。

【百斛舟】載重百斛的大船。宋蘇軾分類東坡詩十二書晁說之考牧圖後："我昔在田間，但知羊與牛。川平牛背穩，如駕百斛舟。"

【百幅被】指極寬大之被。梁書裴之橫傳："不事產業，(兄)之高以其縱誕，乃爲狹被蔬食以激厲之。之橫歎曰：'大丈夫富貴，必作百幅被。'"及後立功，爲吳興太守，果作百幅被。

【百結衣】見"百結㊀"。

【百塔寺】唐代僧寺名。在陝西西安市南。本隋時至相道場，亦名至相寺。唐爲信行禪師塔院，至大曆中，建百塔寺，以慕信行者皆立塔藏骨於信行塔之左右，故稱百塔。參閱清王昶金石萃編五七唐道安禪師塔記及跋。

【百辟刀】古刀名。藝文類聚六十魏武帝令："往歲作百辟刀五枚，適成，先以一與五官將(曹丕)，其餘四，吾諸子中有不好武而好文學，將以次與之。"

【百歲羹】謂虀。即切碎的腌菜或醬菜。宋陶穀清異錄蔬菜："俗號虀爲百歲羹，言至貧亦可具，雖百歲可長享也。"(説郛六一)

【百壽湯】以久沸之水煎茶，其湯稱百壽湯。宋陶穀清異錄茗荈引蘇廙仙芽傳載作湯十六法："百壽湯(一名白髮湯)，人過百息，水踰百沸，或以話阻，或以事廢，始取用之，湯已失性矣。"(説郛六一)

【百壽圖】舊時摹寫古今各體壽字，爲百壽圖，以爲祝壽之用。清錢曾讀書敏求記一字學百壽字圖一卷，記南宋紹定時静江令史渭於夫子巖刻百壽字。明正德時昆明趙璧編百壽字書，分二十四體。紅樓夢七一："賈母問道：'前兒這些人家送禮來的，共有幾家有圍屏？'鳳姐兒道：'共有十六家，有十二架大的……一面泥金百壽圖的是頭等。'"

【百篇科】唐宋以詩賦取士，另設百篇科，有請求終場作百篇以表現捷才者，卽命試。宋龔明之中吳紀聞一孫百篇："吳士孫發嘗舉百篇科，故皮日休贈以詩云：'百篇宮體喧金屋，一日官銜下玉除。'"按百篇舉成數而言，言其數多，未必正爲一百篇。

【百諫圖】宋畫家靳東發集古今諫諍事例一百件，製爲圖說，名百諫圖。見宋鄧椿畫繼四搢紳韋布。

【百錢遊】晉阮脩出行，常以百錢掛杖頭，遇酒店，酣飲而歸。見晉書本傳。宋蘇軾分類東坡詩七初入廬山之三："芒鞋青竹杖，自掛百錢遊。"陳師道后山詩註二和江秀才獻花之三："過我可爲千日醉，從公難作百錢遊。"

【百濯香】香料名。舊題晉王嘉拾遺記八吳："(孫亮)爲四人合四氣香，殊方異國所出，凡經踐躡宴息之處，香氣沾衣，歷年彌盛，百浣不歇，因名百濯香。"

【百戲衣】古時歌舞的服裝。魏書景穆十二王樂浪王忠傳："忠愚而無智，性好衣服。遂著紅羅襦，繡作領，碧紬袴，錦爲緣。帝謂曰：'朝廷衣冠，應有常式，何爲著百戲衣？'"

【百鍊金】久鍊而成的精金。舊題漢劉歆西京雜記一："戚姬以百鍊金爲彄環，照見指骨，上惡之，以賜侍兒鳴玉耀光等各四枚。"

【百鍊剛】指久鍊而成的優質鋼。剛卽古鋼字。文選晉劉越石(琨)重贈盧諶詩："何意百鍊剛，化爲繞指柔。"注："應劭漢書注曰：'說者以金取堅剛，百鍊不耗。'"

【百韻牋】箋紙品名。元費著牋紙譜："近年有百韻牋，則合以兩色材爲之，其橫，視常紙長三之二，可以寫詩百韻，故云。人便其縱闊，可以放筆快書，凡紙皆有連二、連三、連四。"

【百藥長】指米酒。古服藥多以酒下，故稱。漢書食貨志下王莽詔："夫鹽，食肴之將；酒，百藥之長，嘉會之好；鐵曰〔田〕農之本。"

【百囊網】有許多囊的魚網。又名百囊罟。詩豳風九罭"九罭之魚，鱒魴"唐孔穎達疏："孫炎曰：九罭，謂魚之所入有九囊也。郭璞曰：緵，今之百囊網也。"爾雅釋器"九罭，魚網也"注："今之百囊罟。"

【百體書】謂書法有百種體。南朝梁庾元威論書："齊末王融圖古今雜體，有六十四書，少年崇傚，家藏紙貴。……湘東王遣沮陽令韋仲定爲九十一種，次功曹謝善勛增其九法，合成百體。"見唐張彥遠法書要錄二。

【百了千當】十分妥帖、有着落。續傳燈錄二二普鑑佛慈禪師："不如屛淨塵緣，豎起脊梁骨，著些精彩，究教七穿八穴，百了千當，向水邊林下，長養聖胎，亦不枉受人天供養。"

【百八煩惱】佛家謂六根與六塵相接而生六不同。六不同指好、惡、平、苦受、樂受、不苦不樂受。六六相乘，得三十六。去、來、今三世，皆有此煩惱，故曰百八煩惱。智度論七："煩惱名一切結使，結有九結，使有七，合爲九十八結。如迦旃延子阿毘曇義中說，十纏九十八結爲百八煩惱。"

【百丈竿頭】佛教比喻修道達到很高境界。景德傳燈錄十招賢大師："師示一偈曰：'百丈竿頭不動人，雖然得入未爲真；百丈竿頭須進步，十方世界是全身。'"五燈會元二十淨全禪師作"百尺竿頭"。後言"百尺竿頭，更進一步"，比喻不滿足已有的成就，要爭取更大進步。宋朱熹朱子文集三六答陳同甫書："老兄人物英偉奇特，……但鄙意更欲賢者百尺竿頭，進取一步，將來不作三代以下人物。"又六四答鞏仲至書："故聊復言之，恐或可少助百尺竿頭更進一步之勢也。"

【百丈佛圖】塔名。北史西域傳："小月氏國都富樓沙城。……其城東十里有佛塔，周三百五十步，高八十丈。自佛塔初建計至武定八年，八百四十二年，所謂百丈佛圖也。"

【百丈清規】唐洪州百丈山大智禪師懷海，始創禪門之規式，稱百丈清規，也稱古清規，今不傳。後元百丈山德輝禪師奉勅改修，稱勅修百丈清規。共八卷，分爲九章。

【百子全書】叢書名，一名子書百家。清光緒元年湖北崇文書局彙刊。分儒家二十二種，兵家十種，法家六種，農家一種，術數二種，雜家二十八種，小說家十六種，道家十五種，合爲百種。此書編次無緒，校讎不精，以搜羅甚廣，故通行頗廣。

【百子金丹】明郭偉編。十卷。分文武內外奇正等六編。所採上自周秦，下迄明代，往往詭立名目，如文選有三國魏曹植七啟，其文設爲鏡機子問答，此書卽割取其中一段，題爲鏡機子等。

【百川學海】叢書名。宋古鄮山人左圭輯。這是僅存於今的宋人彙刊書。叢書之刻，始於此，共十集，一百種，一百七十七卷。明吳永續之，共三十集。馮可賓又廣之以十集。按漢揚雄揚子法言一學行云"百川學海，而至於海"，書之命名卽取於此。

【百犬吠聲】見"吠聲"。

【百尺竿頭】高竿的頂端。1. 唐吳融商人詩："百尺竿頭五兩斜，此生何處不爲家。"(永樂大典三五〇〇)此指船桅。2. 宋葉夢得石林詩話中晏元獻題詠上竿伎："百尺竿頭裊裊身，足騰跟掛駭旁人。"此指雜技。詩話總龜十三："王文穆(欽若)罷相帥，朝士皆有詩，陳從易詩最佳，云：'千重浪里平安過，百尺竿頭穩下來。'"此喻官位之高。參見"百丈竿頭"。

【百孔千瘡】比喻殘破缺漏之多。唐韓愈昌黎集十八與孟尚書書："漢氏已來，羣儒區區修補，百孔千瘡，隨亂隨失。"引申指弊病弱點之多。宋李昴英文溪集九寶祐甲寅宗正卿上殿奏劄："外侮內攻之多虞，百孔千瘡之畢露。"也作"百孔千創"。宋周必大益公題跋三跋宋運判昞奏藁："黎庶凋瘵，百孔千創。"

【百宋一廛】清黃丕烈藏書室。丕烈字蕘圃，平生好藏書，嘗得宋刻本百餘種，因題其書室爲百宋一廛。時顧千里主黃氏家，因倣明代豐坊爲錫山華夏真賞齋作真賞齋賦，作百宋一廛賦。

【百折不撓】謂屢受挫折而不屈服，指品節剛毅。漢蔡邕蔡中郎集一太尉橋公碑："有百折而不撓，臨大節而不可奪之風。"

【百步穿楊】言善射。史記周紀謂楚養由基"去柳葉百步而射之，百發而百中之"。後云百步穿楊本此。鏡花緣七三："卽如當日養由基百步穿楊，至今名傳不朽者，因其能穿楊葉，並非說他射中楊樹就算善射。"

【百里負米】見"負米"。

【百身何贖】藝文類聚三八南朝梁徐悱妻(劉令嫻)祭夫文："一見無期，百身何贖。"言雖百死其身亦不足以償所失之人。按詩秦風黃鳥："如可贖兮，人百其身。"語相反而義相同。

【百宜枝杖】酴醾(一名荼蘼)木插枝的別名。宋陶穀清異錄花："酴醾木香，事事稱宜，故賣插枝者，云百宜枝杖，此洛社故事也。"

【百事大吉】謂諸事順利。明田汝成西湖遊覽志餘二十熙朝樂事："正月朔日，……簽柏枝於柿餅，以大橘承之，謂之百事大吉。"按柏柿大橘與"百事大吉"諧音。

【百花生日】見"花朝"。

【百發百中】㊀謂善射，百不失一。史記周紀："楚有養由基者，善射者也。去柳葉百步而射之，百發而百中之。"北齊書皮景和傳："每與使人同射，百發百中，甚見推重。"㊁比喻料事高明，算無遺策。紅樓夢九七："那身子頓覺健旺起來，只不過不似從前那般靈透。所以鳳姐的妙計，百發百中。"

【百源學案】指北宋邵雍的學派，以其居河南輝縣蘇門山百源，故名。雍師事李之才，紹陳摶之學，以爲天下萬物之理，皆在太極圖象之中，撰皇極經世一書。宋以後，言圖書象數者多以雍爲宗。門人有王豫 張崏 呂希哲 呂希績 呂希純等。參閱明黃宗羲宋元學案九、十。

【百廢俱興】謂各種應辦之事全都興辦起來。宋范仲淹范文正公集七岳陽樓記："慶曆四年春，滕子京(宗諒)謫守巴陵郡，越明年，政通人和，百廢具興，乃重修岳陽樓。"

【百戰百勝】謂每戰必勝。鄧析子無厚："廟筭千里，帷幄之奇；百戰百勝，黃帝之師。"管子七法選陳："是故以衆擊寡，以治擊亂，以富擊貧，以能擊不能，以教卒練士擊敺衆白徒，故十戰十勝，百戰百勝。"

【百鍛千鍊】謂寫文章詩詞要經過多次推敲。唐皮日休皮子文藪四劉棗强碑："有李太白百歲，有是業者，雕金篆玉，牢奇籠怪，百鍛爲字，千鍊成句，雖不在躅太白，亦後來之佳作也。"

【百蟲將軍】古代傳說神名。水經注十五洛水："又有百蟲將軍顯靈碑，碑云：'將軍姓伊氏，諱益，字隤敳。帝高陽之第二子伯益者也。'"

【百石卒史碑】全稱孔廟置守廟百石卒史孔龢碑。碑載孔子十九世孫麟廉請置百石卒史一人掌管孔廟中禮器事。魯相乙瑛上書朝廷，司徒吳雄司空趙戒轉奏皇帝，詔魯相選四十以上通一經者爲之。漢永興元年，立碑以紀其事。碑在山東曲阜縣孔廟。百石卒史，卽領百石俸祿的卒史。三國志 通典均誤爲"百户吏卒"、水經注誤爲"百夫吏卒"、山東通志闕里志誤爲"百户卒史"，故也稱百户碑。見隸釋一、金石萃編八、趙搢金石存六隸漢魯相置孔廟卒史碑。

【百越先賢志】明區大任撰，四卷。大任爲粵順德人。因而搜採古百越地區自東漢以來人物，共一百二十人，寫爲傳記。資料大抵依據史傳，雖間有遺漏，但體例嚴謹。每傳之末，必註明所據爲某書，以示非出杜撰。

【百聞不如一見】聽別人述說百次，不如眼見一次確實。漢書六九趙充國傳："上遣問焉，曰：'將軍度羌虜何如？當用幾人？'充國曰：'百聞不如一見，兵難隃度，臣願馳至金城，圖上方略。'"

【百無一用是書生】清黃景仁兩當軒集一雜感詩："十有九人堪白眼，百無一用是書生。"景仁才高不遇，年三十四卽卒。此句本以抒發抑鬱不平之意，後來多引以泛指文人之志大才疏，或用爲自謙之辭。

【百足之蟲，死而不僵】見"百足"。

㿝 qié ㄑㄧㄝ

姓。宋有㿝鬱慶。見宋史真宗紀二咸平六年。

二畫

皁 zào ㄗㄠ 昨早切，上，晧韻，從。

通作"皂"。㊀差役。古代一種身份，在士以下，服勞役。左傳昭七年："人有十等。……故王臣公，公臣大夫，大夫臣士，士臣皁，皁臣輿，輿臣隸，隸臣僚，僚臣僕，僕臣臺。"後來官府之雜役稱皁隸。見"皁隸"。㊁黑色。漢書四八賈誼傳陳政事疏："且帝之身，自衣皁綈，而富民牆屋被文繡。"㊂見"皁莢"。㊃牛馬食槽。通"槽"。呂氏春秋權勳："若受我而假我道，是猶取之內府而藏之外府也，猶取之內皁而著之外皁也，君奚患焉？"漢書五一鄒陽傳獄中上書："今人主沈諂諛之辭，牽帷廧之制，使不羈之士，與牛驥同皁，此鮑焦所以憤於世也。"㊄馬十二匹爲一皁。周禮夏官校人："乘馬一師四圉，三乘爲皁。"

【皁巾】黑色頭巾。唐段成式酉陽雜俎

前集八驍引尚書大傳:"虞舜象刑，犯墨者皁巾。"

【皁斗】橡子。周禮 地官 大司徒:"其植物,宜皁物。"注:"皁物,柞栗之屬。今世間謂柞實爲皁斗。"柞實，殻形如斗，故名。可製染料。

【皁白】黑白，比喻是非。詩 大雅 桑柔"匪言不能，胡斯畏忌"箋:"賢者見此事之是非，非不能分別皁白言之於王也。"宋書王微傳告弟僧謙靈文:"冲和淹通,內有皁白,舉動尺寸,吾每咨之。"

【皁衣】漢代官吏制服。漢書七八蕭望之傳:"(張)敞曰:'……敞備皁衣二十餘年,嘗聞罪人贖矣,未聞盜賊起也。'"注:"雖有四時服,至朝皆著皁衣。"又八五谷永傳與王鳳書:"將軍說其狂言，擢之皂衣之吏，廁之争臣之末，不聽浸潤之譖，不食膚受之愬。"皂，卽"皁"。

【皁角】卽皁莢。元 方回 桐江續集十一简楊華父詩:"何如覓皁角，浣濯暑服膩。"參見"皁莢"。

【皁物】柞栗之屬,可作黑色染料。周禮地官大司徒:"一曰山林，其動物，宜毛物,其植物,宜皁物。"

【皁莢】皁莢樹的果實。可去污垢。急就篇四:"半夏皁莢艾橐吾。"注:"皁莢樹，一名雞栖。"南齊書虞玩之傳:"(王)儉(仲寶)方盥，投皁莢於地。"又劉休傳記休妻於宅後開小店，親賣埽帚皁莢。是以皁莢盥濯，在南齊已通行。

【皁棧】餵馬的槽櫪及馬脚下防濕的木板,泛指馬厩。莊子馬蹄:"連之以羈馽,編之以皁棧。"唐成玄英疏:"皁，謂槽櫪也。棧,編木爲椗,安馬脚下,以去其濕,所謂馬床也。"唐李商隱李義山文集三爲賀拔員外上李相公啟:"牧駑駘于皁棧之中,刻蚣蟥于樂懸之上。"

【皁游】旌旗的黑色流蘇。史記五秦紀:"帝舜曰:'咨爾費，贊禹功,其賜爾皁游。'"索隱:"游音旒。"

【皁蓋】古代車上的黑色篷蓋。後漢書輿服志上:"中二千石、二千石皆皁蓋,朱兩轓。"後來卽以爲郡守之稱。唐杜甫杜工部草堂詩箋一陪李北海宴歷下亭時邑人蹇處士等在坐:"東藩駐皁蓋，北渚淩青河。"宋司馬光溫國文正公集九送祖擇之守陝詩:"陌頭瞻皁蓋，獨立涕飄零。"

【皁澗】水名。1.在河南 新安縣東。水經注十六穀水:"皁澗水注之，水出新安縣東,南流逕毋丘興墓東,又南逕函谷關西,……又東流入於穀。"2.在河南宜陽縣西南,隋煬帝大業三年營顯仁宮,南接皁澗，北跨洛濱。卽此。見隋書煬帝紀上。

【皁頭】舊時衙門差役的頭領。儒林外史五四:"官府坐在三堂上，叫值日的皂頭把萬中書提了進來。"

【皁隸】奴隸。左傳襄十四年:"庶人工商,皁隸牧圉,皆有親暱,以相輔佐也。"後稱舊時衙門的差役爲皁隸。明洪武四年規定皁隸公使人服制,穿皁盤領衫,戴平頂巾,結白搭膊,帶牌。參閱明俞汝楫禮部志稿十八士庶中服、環中迂叟(陳士元)俚言解一皁隸。

【皁鵰】㊀黑色鵰。一名鷲。河嶽英靈集中王昌齡城傍曲:"邯鄲飯來酒未消，城北原平製皂鵰。"參閱埤雅六鵰。㊁喻嚴正令人生畏的官吏。唐王志愔爲左臺御史,執法剛正,百官畏憚,時人稱爲皁鵰,言其顧瞻人吏，如鵰鶚之視燕雀。見舊唐書一〇〇王志愔傳。

【皁櫪】馬槽。唐 元結 元次山集三漫酬賈沔州詩:"豈欲皁櫪中,争食麬與藖。"

【皁囊】漢制,羣臣上章表,如事涉秘密,則封以皁囊。後漢書九十蔡邕傳:"以邕經學深奧,故密特稽問,宜披露失得,指陳政要,……具對經術,以皁囊封上。"注引漢官儀:"凡章表皆啓封，其言密事得皁囊也。"唐杜牧樊川集二長安雜題長句之四:"束帶謬趨文石陛，有章曾拜皁囊封。"

【皁輪車】黑輪的牛車。晉書二五輿服志:"皁輪車,駕四牛,形制猶如犢車,但皁漆輪轂,上加青油幢,朱絲繩絡。諸王三公有勳德者特加之。"

【皁絲麻線】黑絲、麻線,黑白分明,借喻是非差錯。清平山堂話本錯認屍:"在我家中,我自照管着他,有甚皁絲麻線?"京本通俗小說錯斬崔寧:"我自半路見小娘子,偶然伴他行一程,路途上有甚皁絲麻線,要勒掯我同去?"

【皁羅特髻】詞調名。宋蘇軾詞有此調。詞中有"正髻鬟初合"句,因以爲名。雙調,八十一字。前段九句四仄韻,後段六句三仄韻。見詞譜十九。

皀

1. jí ㄐㄧˊ 居立切,入,緝韻,見。
彼及切,入,緝韻,幫。
許良切,平,陽韻,曉。

㊀穀香。見說文。

2. bī ㄅㄧ 彼側切,入,職韻,幫。

㊁同粒。北齊顏之推顏氏家訓勉學:"吾在益州,與數人同坐,初晴日明,見地上小光,問左右此是何物?有一蜀豎就視,答云:'是豆逼耳。'相顧愕然,不知所謂。命取將來,乃小豆也。窮訪蜀土,呼粒爲逼,時莫之解。吾云:'三蒼說文,此字白下爲匕,皆訓粒。通俗文,音方力反。'衆皆歡悟。"

皃

mào ㄇㄠˋ 莫教切,去,效韻,明。
莫角切,入,覺韻,明。

古"貌"字。見"貌"。

三畫

皔

hàn ㄏㄢˋ 集韻 侯旰切,去,翰韻。

白。字亦作"皯"。藝文類聚六三晉張協玄武館賦:"爛若丹霞,皎如素雪,璀璨皓皔,華璫四垂。"

的

1. dì ㄉㄧˋ 都歷切,入,錫韻,端。

㊀鮮明，明白。文選宋玉神女賦:"眉聯娟以蛾揚兮,朱脣的其若丹。"禮中庸:"小人之道,的然而日亡。"㊁箭靶的中心。詩小雅賓之初筵:"發彼有的,以祈爾爵。"荀子勸學:"是故質的張而弓矢至焉。"㊂引申爲目的、標準。梁書鍾嶸傳詩評:"淄澠並汎,朱紫相奪,諠呼競起,准的無依。"㊃古代婦女用朱色點於面部的裝飾。藝文類聚三五漢繁欽弭愁賦:"點圓的之熒熒,映雙輔而相望。"㊄蓮子。爾雅釋草:"荷,芙渠,……其實蓮,其根藕,其中的。"注:"蓮中子也。"㊅助詞。讀輕聲。紅樓夢六:"他家人又不認得我,去了也是白去的。"

2. dí ㄉㄧˊ

㊆確實,的確。三國志魏崔林傳:"餘國各遣子來朝,閒使連屬,林恐所遣或非真的,權取疏屬賈胡,因通使命。"唐白居易長慶集五六送鶴與裴相臨別贈詩:"穩上青雲勿迴顧,的應勝在白家時。"

【的的】明白,昭著。淮南子說林:"的的者獲,提提者射。"注:"的的,明也,爲衆所見,故獲。"漢劉向新序雜事二:"故(吳)闔閭用子胥以興,夫差殺之而亡;(燕)昭王用樂毅以勝,惠王逐之而敗;此的的然若白黑。"

【的₂耗】確實消息。宋趙鼎建炎筆錄上庚戌二月二十四日:"彈杜充,且奏陳乞先罷相,後得投降的耗,當別議罪。"

【的₂當】㊀確實。唐齊己白蓮集九寄南嶽諸道友詩:"謾爲楚客蹉跎過,却是邊鴻的當來。"宋秦觀淮海集後集四秋興擬白樂天詩:"不因霜葉辭林去,的當山翁未覺秋。"㊁恰當。宋蘇洵嘉祐集十一上歐陽內翰第一書:"陸贄之文,遣言措意,切近的當,有執事之實。"

【的博】嶺名。在今四川紅原縣。唐韋皋命大將董勔張芬分兵西山,踰的博嶺,圍維州,卽此。見新唐書一五八韋皋傳。也作"滴博"。唐杜甫杜工部草堂詩箋二二奉和軍城早秋:"已收滴博雲間戍,更奪蓬婆雪外城。"

【的₂對】恰當的對句。宋歐陽修文忠集一二七歸田錄二:"寇萊公(準)在中書,與同列戲云:'水底日爲天上日。'未有對。而會楊大年(億)適來白事,因請其對。大年應聲曰:'眼中人是面前人。'一坐稱爲的對。"

【的歷】光亮、鮮明貌。初學記三十唐虞世南詠螢詩:"的歷流光小,飄颻弱翅輕。"唐韋應物韋江州集九橫塘行:"玉盤的歷矢白魚,湘簟玲瓏透象牀。"也作"的礰"。後漢書八九張衡傳思玄賦:"離朱脣而微笑兮,顏的礰以遺光。"注:"的礰,明也。"又作"的皪"、"的𤾁"。文選漢司馬長卿(相如)上林賦:"明月珠子,的皪江靡。"宋蘇軾分類東坡詩十一趙令晏崔白大圖幅徑三丈:"風蒲半折寒鴈起,竹間的𤾁橫江梅。"

【的盧】馬名。三國蜀劉備、晉庾亮皆有馬名的盧。傳說馬駿,而乘者往往不吉。世說新語德行"庾公(亮)乘馬有的盧"注引伯樂相馬經:"馬白額入口至齒者名曰榆鴈,一名的盧。奴乘客死,主乘棄市,凶馬也。"晉書庾亮傳作"的顱"。參閱三國志蜀先主傳注引世語、晉傅玄乘輿馬賦序(太平御覽八九七)。

【的顙】白額馬。易說卦:"震爲雷,……爲的顙。"疏:"白額爲的顙,亦取動而見也。"釋文:"的,丁麻反,說文作馰。"

【的皪】見"的歷"。

【的₂一確二】猶言一是一、二是二。元曲選關漢卿三勘蝴蝶夢一:"怕不待的一確二,早招承死罪無辭。"參見"丁一確二"。

四 畫

皆 jiē ㄐㄧㄝ 古諧切,平,皆韻,見。

㈠都,俱。總括之辭。易解:"雷雨作而百果草木皆甲拆。"㈡普遍。詩周頌豐年:"以洽百禮,降福孔皆。"左傳襄二年引詩皆作"偕"。㈢一道。書湯誓:"時日曷喪,予及汝皆亡。"孟子梁惠王上引書皆作"偕"。

【皆大歡喜】人人得其所欲,無不滿意。法華經七普賢菩薩勸發品:"佛說是經時,……一切大會,皆大歡喜。"維摩經菩薩行品:"爾時彼諸菩薩,聞說是法,皆大歡喜。"

皇 1. huāng ㄏㄨㄤ 胡光切,平,唐韻,匣。

㈠大。詩大雅皇矣:"皇矣上帝,臨下有赫。"㈡君主。上古有三皇,秦漢後稱君主爲皇帝。見"皇帝"。㈢對先代或神明的敬稱。楚辭屈原離騷:"皇覽揆余初度兮,肇錫余以嘉名。"又屈原遠遊:"鳳皇翼其承旂兮,遇蓐收乎西皇。"注:"西皇所居在于西,海之神也。"㈣天。詩大雅文王:"思皇多士,生此王國。"楚辭屈原離騷:"皇剡剡其揚靈兮,告余以吉故。"㈤盛美。詩小雅采芑:"服其命服,朱芾斯皇。"傳:"皇,猶煌煌也。"儀禮聘禮:"賓入門皇升堂讓。"注:"皇,自莊盛也。"㈥毛色黃白相雜的馬。詩魯頌駉:"薄言駉者,有驈有皇。"㈦冢前和寢門的闕稱皇。左傳莊十九年:"亦自殺也,而葬於絰皇。"又宣十四年:"楚子聞之,投袂而起,屨及于窒皇。"㈧冠名。禮王制:"有虞氏皇而祭。"注:"皇,冕屬也,畫羽飾焉。"㈨鳥名。1. 爾雅釋鳥:"皇,黃鳥。"2. 鳳凰的凰古作皇。楚辭屈原離騷:"鸞皇爲余先戒兮,雷師告余以未具。"注:"皇,雌鳳也。"㈩植物名。似燕麥。爾雅釋草:"皇,守田。"⑪通"遑"。禮表記引國風:"我今不閱,皇恤我後。"今詩邶風谷風皇作"遑"。⑫姓。春秋宋戴公子充石,字皇父。子孫以王父字爲皇父氏,或去父稱皇氏。春秋時齊有皇士。參閱通志二八氏族四以爵爲氏。

2. kuāng ㄎㄨㄤ

⑬匡正。通"匡"。詩豳風破斧:"周公東征,四國是皇。"

3. kuàng ㄎㄨㄤˋ

⑭通"況"。書秦誓:"我皇多有之。"公羊傳文十二年作"而況乎我多有之。"

【皇人】㈠帝王的親族。穆天子傳五:"黃之池,其馬歕沙,皇人威儀;黃之澤,其馬歕玉,皇人受穀。"㈡傳說中山名。山海經西山經:"皇人之山,其上多金玉,其下多青雄黃。"㈢道家稱泰壹氏爲皇人。宋羅泌路史前紀三:"泰壹氏,是爲皇人,開圖挺紀,執大同之制,調大鴻之氣,正神明之位者也。"

【皇士】詩大雅文王:"思皇多士,生此王國。"後取皇士字指賢能之士。文選漢韋孟(賢)諷諫詩:"左右陪臣,斯惟皇士。"後漢書八十上傅毅傳迪志詩:"武丁興商,伊宗皇士。"注:"伊,惟。宗,尊也。詩曰:'思皇多士。'皇,美也,言武丁所以能興殷者,惟尊皇美之士。謂傅說。"

【皇子】皇帝的兒子。史記孝文紀二年三月:"有司請立皇子爲諸侯王。"遼史有皇子表。

【皇上】君主時代臣下對皇帝的稱呼。文選晉陸士衡(機)皇太子宴玄圃宣猷堂有令賦詩:"皇上纂隆,經教弘道。"指晉惠帝。

【皇王】猶言大王。詩大雅文王有聲:"四方攸同,皇王維辟。"宋朱熹集傳:"皇王,有天下之號,指武王也。"魏書禮志四清河王元懌上表:"未聞有皇王垂範,國無一定之章;英賢贊治,家制異同之式。"

【皇天】尊言天。書大禹謨:"皇天眷命,奄有四海,爲天下君。"漢許愼五經異義引尚書說:"天有五號:尊而君之,則曰皇天;元氣廣大,則稱昊天;仁覆閔下,則稱旻天;自上監下,則稱上天;據遠視之蒼蒼然,則稱蒼天。"

【皇父】人名。1. 周幽王時卿士。詩小雅十月之交:"皇父孔聖,作都于向。"2. 周初宋人。左傳文十一年:"初,宋武公之世,鄋瞞伐宋,司徒皇父,帥師禦之。"

【皇州】指帝都。南朝宋鮑照鮑氏集二代結客少年場行詩:"昇高臨四關,表裏望皇州。"唐李白李太白詩二古風之十八:"衣冠照雲日,朝下散皇州。"

【皇考】對亡父的尊稱。禮曲禮下:"父曰皇考,母曰皇妣。"楚辭屈原離騷:"帝高陽之苗裔兮,朕皇考曰伯庸。"唐宋人碑誌常稱父曰皇考,如宋歐陽修瀧岡阡表(文忠集二五)。宋徽宗時始禁民間用皇考字,自後只用皇族之家。又亡祖以上也稱皇考。詩周頌雝:"假哉皇考,綏予孝子。"箋:"皇考,斥文王也。"禮祭法:"是故王立七廟,……曰皇考廟。"參見"考妣"。

【皇后】㈠君主。皇,大。后,君。書顧命:"皇后憑玉几,道揚末命。"㈡皇帝的正妻。古但稱后。秦以後天子稱皇帝,后遂稱皇后。史記文帝紀元年:"三月,有司請立皇后。薄太后曰:'諸侯皆同姓,立太子母爲皇后。'"

【皇初】後秦姚興(高祖)年號。公元394—398年。

【皇甫】複姓。春秋宋戴公之子曰皇父,因氏命族爲皇父氏。至秦改皇甫。見唐白居易長慶集六一唐……皇甫公墓誌銘序、新唐書宰相世系表五下。

【皇妣】對亡母的尊稱。參見"皇考"。

【皇宗】帝王的宗室。魏書陽平王傳附欽:"衍弟欽,字思若,……少好學,早有令譽,時人語曰:'皇宗略略,壽安思若。'"

【皇穹】指天。文選漢揚子雲(雄)劇秦美新:"登假皇穹,鋪衍下土。"又晉潘安仁(岳)寡婦賦:"仰皇穹兮歎息,私自憐兮何極。"

【皇祇】㊀地神。晉書樂志上地郊饗神歌:"整泰圻,竢皇祇。"㊁天地之神。文選南朝宋顏延年(延之)三月三日曲水詩序:"皇祇發生之始,后王布和之辰。"注:"皇,天神也。祇,地神也。"

【皇門】㊀路寢左門。竹書紀年下成王元年:"庚午,周公誥諸侯於皇門。"㊁外城之門。郭門。左傳宣十二年:"楚子圍鄭,……三月克之,入自皇門,至于逵路,鄭伯肉袒牽羊以迎。"㊂王門。楚辭漢王褒九懷:"亂曰:皇門開兮照下土,株穢除兮蘭芷覩。"

【皇居】帝王的宮室。文選漢孔文舉(融)薦禰衡表:"鈞天廣樂,必有奇麗之觀;帝室皇居,必蓄非常之寶。若衡等輩,不可多得。"

【皇侃】公元 488—545 年。南朝梁吳郡人。受業於會稽賀瑒。曾任國子助教,員外散騎侍郎。通音韻,精研三禮孝經論語,撰有論語義疏。南宋時佚,清乾隆間得於日本,已有竄亂,非皇氏之舊。另有禮記講疏禮記義疏孝經義疏,已佚,清馬國翰玉函山房輯佚書有輯本傳世。南史梁書入儒林傳。梁書作皇侃。

【皇邸】帝王座後的屏風。周禮天官掌次:"王大旅上帝,則張氈案,設皇邸。"

【皇姑】㊀稱丈夫的亡母。禮曾子問:"不祔于皇姑,……示未成婦也。"儀禮士昏禮:"祝曰:某氏來婦,敢告於皇姑某氏。"㊁皇帝之姊妹及姑稱皇姑。參見"皇舅"。

【皇始】年號。1. 前秦苻健(高祖)。公元 351—354 年。2. 北魏拓跋珪(道武帝)。公元 396—397 年。

【皇室】帝王的家族。南史齊高帝紀:"皇室多難,釁起戚藩。"

【皇帝】㊀封建時代君主的稱號。秦以後天子始稱皇帝。史記秦始皇紀二六年:"王曰:去泰,著皇,采上古帝位號,號曰皇帝。"㊁尊稱前代的帝王。皇,君。書呂刑:"皇帝哀矜庶戮之不辜,報虐以威。"又:"皇帝清問下民,鰥寡有辭于苗。"㊂指三皇五帝。莊子齊物論:"長梧子曰:是皇帝之所聽熒也,而丘也何足以知之?"釋文:"皇帝本又作黃帝。"

【皇祐】宋趙禎(仁宗)年號。公元 1049—1054 年。

【皇祖】㊀帝王的祖先。詩小雅信南山:"獻之皇祖,曾孫壽考。"左傳哀二年:"衛太子禱曰:'曾孫蒯聵敢昭告皇祖文王。'"明制,朝廷祭告宗廟,高祖而上,概稱皇祖。見剡溪漫筆。㊁已故的祖父。梁書沈約傳郊居賦:"伊皇祖之弱辰,逢時艱之孔棘。"宋歐陽修文忠集二五瀧岡阡表:"皇祖府君,累贈金紫光祿大夫太師中書令兼尚書令。"

【皇神】天神。晉書樂志上天郊饗神歌:"整泰壇,禮皇神。"

【皇建】年號。1. 北齊高演(孝昭帝)。公元 560—561 年。2. 夏趙安全(襄宗)。公元 1210—? 年。

【皇皇】㊀美盛貌。詩大雅假樂:"穆穆皇皇,宜君宜王。"㊁光明貌。詩小雅皇皇者華:"皇皇者華,于彼原隰。"傳:"皇皇,猶煌煌也。"國語越下:"天道皇皇,日月以爲常。"㊂通達貌。莊子知北遊:"其來無迹,其往無崖,無門無房,四達之皇皇也。"㊃心不安貌。同"惶惶"。孟子滕文公下:"孔子三月無君,則皇皇如也。"㊄匆忙貌。同"遑遑"。漢書五六董仲舒傳對策:"夫皇皇求財利,常恐乏匱者,庶人之意也。皇皇求仁義,常恐不能化民者,大夫之意也。"注:"皇皇,急速之貌。"

【皇泰】隋楊侗(恭帝)年號。公元 617—618 年。

【皇荂】古俗曲名。荂,同"華"。見"折楊皇荂"。

【皇娥】傳說中古帝少昊氏之母。見舊題晉王嘉拾遺記一少昊。

【皇族】帝王家族。晉書王彌傳:"彌長史張嵩諫曰:'……平洛之功,誠在將軍,然劉曜皇族,宜小下之。'"

【皇乾】謂天。後漢書六一黃瓊傳下疏:"賴皇乾眷命,炎德復輝,光武以神武天挺,繼統興業。"

【皇莊】明英宗天順五年殺太監曹吉祥,以所沒收田產作爲宮中莊田,始有皇莊之名。以後相承不改,至武宗即位,以太監劉瑾爲司禮監,掌大權,媚上取寵,皇莊範圍,巧取豪奪,跨州連縣,盤剝人民,官不敢問。嘉靖時雖有意清刷,但僅改皇莊之名爲官田。皇莊爲明中葉後一大弊政,迄至明亡。參閱明蕭良幹拙齋十議皇莊子粒議、明史食貨志一田制。

【皇鳥】卽凰。逸周書王會:"巴人以比翼鳥,方煬以皇鳥。"注:"皇鳥配於鳳者也。"

【皇極】㊀帝王統治的準則。書洪範:"五、皇極,皇建其有極。"晉書武帝紀策晉王敕:"地平天成,萬邦以乂,應受上帝之命,協皇極之中。"㊁指帝王之位或王室。文選晉干令升(寶)晉紀總論:"至於世祖,遂享皇極。"宋書謝晦傳上表:"(徐)羨之及(傅)亮或宿德元臣,姻婭皇極;或位總文武,位班三事。"

【皇華】詩小雅有皇皇者華篇,詩序謂爲君遣使臣之作。後來遂用皇華作使人或出使的典故。宋書謝靈運傳撰征賦序:"余攝官承乏,謬充殊役,皇華愧於先雅,靡鹽顇於征人。"唐杜甫杜工部草堂詩箋二六寄韋有夏郎中:"萬里皇華使,爲僚記腐儒。"

【皇象】三國吳廣陵江都人。字休明,工書法,師杜度,尤以草書著稱。相傳天發神讖碑吳大帝碑卽爲象書。參閱三國志吳趙達傳注引吳錄、法書要錄八張懷瓘書斷中。

【皇統】㊀帝王歷代相傳的世系。後漢書十六鄧禹傳附鄧騭上疏:"援立皇統,奉承大宗,聖策定於神心,休烈垂於不朽。"㊁金完顏亶(熙宗)年號。公元 1141—1149 年。

【皇媧】指傳說中煉石補天的女媧氏。金元好問中州集三黨世傑瓊花木后土像:"皇媧化萬象,賦受無奇偏。"

【皇猷】帝王的謀劃。隋書牛弘傳請依古制修立明堂議:"今皇猷遐闡,化覃海外,方建大禮,垂之無窮。"

【皇辟】㊀亡夫。禮曲禮下:"(祭)父曰皇考,……夫曰皇辟。"㊁猶言大君。隋書王劭傳上書:"河圖皇參持曰:'皇辟出,承元訖……。'皇辟出者,皇,大也;辟,君也。大君出,蓋謂至尊受命出爲天子也。"

【皇舅】已故的夫父。儀禮士昏禮:"若舅姑既沒,則婦入三月乃奠菜,……祝告稱婦之姓曰:'某氏來歸,敢奠嘉菜於皇舅某子。'"

【皇圖】封建帝王的版圖。文選漢班孟堅(固)東都賦:"披皇圖,稽帝文。"唐李賀歌詩編四出城別張又新酬李漢:"皇圖跨四海,百姓拖長紳。"

【皇舞】宮庭舞名,持五色采羽而舞。周禮春官樂師:"凡舞:有帗舞……有皇舞。"注:"鄭司農(衆)云:皇舞者,以羽冒覆頭上,衣飾翡翠之羽。"

【皇綱】封建帝王統治天下的紀綱。文選漢班孟堅(固)答賓戲:"廓帝紘,恢皇綱。"後漢書五八臧洪傳:"漢室不幸,皇綱失統,賊臣董卓乘釁縱害,禍加至尊,流毒百姓。"

【皇慶】元愛育黎拔力八達(仁宗)年號。公元1312—1313年。

【皇墳】即三皇之三墳書。唐韓愈昌黎集二醉贈張秘書詩:"險語破鬼膽,高詞媲皇墳。"宋蘇軾分類東坡詩二二子由生日以檀香觀音像及新合印香銀篆槃爲壽:"君少與我師皇墳,旁資老聃釋迦文。"參見"三墳"。

【皇興】北魏拓跋弘(獻文帝)年號。公元467—471年。

【皇儲】皇太子。文選晉陸士衡(機)漢高祖功臣頌:"馬煩轡殆,不釋擁樹;皇儲時人,平城有謀。"

【皇輿】國君所乘之車,借喻爲國君、朝廷。文選戰國楚屈平離騷:"豈余身之殫殃兮,恐皇輿之敗績。"

【皇覽】三國魏諸臣集,自五經羣書,分類爲篇,以供皇帝閱讀,故稱皇覽。撰者或言爲劉劭王象,或言爲王象繆襲。據魏略稱書分四十餘部,每部數十篇,合八百餘萬字。爲我國最早的類書。新唐書藝文志三著録南朝宋何承天、徐爰各有皇覽。各書隋唐後佚。清孫馮翼有輯本一卷,僅存逸禮家墓記二類八十餘條,尚不及四千字。

【皇孋】即皇后。後漢書皇后紀贊:"祁祁皇孋,言觀貞淑。"注:"孋亦儷也。……案:字書無孋字,相傳音麗。蕭該音離。"

【皇子陂】地名。在今陝西西安縣南。陂北有秦皇子冢,故名。隋文帝改爲永安陂。唐杜甫杜工部草堂詩箋三重過何氏之二"雲薄翠微寺,天清皇子陂",即此。參閱水經注一九渭水、太平寰宇記二五雍州萬年縣。

【皇太后】皇帝之母。漢書九七外戚傳序:"漢興,因秦之稱號,帝母稱皇太后,祖母稱太皇太后。"參見"太后"。

【皇史宬】在北京東華門外舊太廟東南。明嘉靖十三年建,爲收藏列朝實録及玉牒之所。清因之。見清顧炎武亭林文集五書吴潘二子事、嘉慶一統志一京師四官署。

【皇甫冉】公元714—767年。唐丹陽人,字茂政。少即能文,張九齡呼爲小友。天寶十五年舉進士第一,授無錫尉。大曆初,累遷右補闕。與弟曾皆負詩名。有皇甫冉集。新唐書載文藝傳。

【皇甫汸】公元1498—1582年。明長洲人,字子循。皇甫涍弟。嘉靖四十四年進士。官至雲南僉事。能詩文,尤工書法。著有百泉子緒論解頤新語皇甫司勳集。明史附皇甫涍傳。

【皇甫涍】公元1497—1546年。明長洲人。字子安。嘉靖十一年進士。好學工詩,與兄沖及弟汸、濂,皆有才名,時稱皇甫四傑。官至浙江按察僉事。其後同里人張鳳翼燕翼獻翼並負才名。吴人因有"前有四皇,後有三張"之語。著有皇甫少元集。明史載文苑傳三。

【皇甫規】公元104—174年。漢朝那人,字威明。漢桓帝延熹中舉中郎將。黨獄起,一時賢者多受株連,規恥不得與,竟上書自訟,朝廷置不問。所著賦銘表教書檄牋記等,凡二十七篇。明張溥輯百三家集有皇甫司農集。後漢書有傳。

【皇甫嵩】公元?—195年。東漢朝那人。字義真。皇甫規兄子。少好詩書,習弓馬。漢靈帝時,以鎮壓黄巾起義有功,領冀州牧,拜太尉。後漢書有傳。

【皇甫謐】公元215—282年。晉朝那人,字士安,號玄晏先生。漢太尉嵩曾孫。年二十餘始力學,受業於鄉人席坦,有志著述,屢徵不就。後得風痹疾,猶手不釋卷。著有帝王世紀列女傳高士傳甲乙經等。晉書有傳。

【皇穹宇】在北京天壇公園内。舊爲天壇中藏神位之所,在圜丘後稍北。圜形。舊時皇帝祀圜丘。前一日,先至皇穹宇拈香齋宿。見嘉慶一統志一京師壇廟天壇。

【皇祖考】指亡祖。禮曲禮下:"祭王父曰皇祖考。"

【皇祖妣】指亡祖母。禮曲禮下:"祭王父曰皇祖考,王母曰皇祖妣。"

【皇極數】宋邵雍作皇極經世書,以易六十四卦分配元會運世年月日辰,以證古今治亂,數皆前定,稱爲皇極數。

【皇極曆】曆法名。隋劉焯撰。其推五星以氣日法爲度法,較開皇曆精密。又推日月食的日期時刻,食之起訖,食分多少,及應食不食,不應食而食諸法,皆爲開皇曆所無。並立定朔法、定氣法,及盈縮躔衰法,爲後世所宗。見隋書律曆志中、下。

【皇覺寺】寺名。在今安徽鳳陽縣東南二里,明太祖(朱元璋)少時家貧乞食,曾在此寺爲僧。洪武初敕建,改名龍興寺。見嘉慶一統志一二六鳳陽府寺觀。

【皇王大紀】宋胡宏撰。八十卷。用編年體,記上自盤古,下迄周末傳説史事。以帝譽以前,無可考信,姑記其事,自堯以後,用皇極經世曆,起甲辰始著年紀。博採經傳,並附論斷。

【皇天后土】指天地。文選晉李令伯(密)陳情表:"臣之辛苦,非獨蜀之人士及二州牧伯所見明知,皇天后土,實所共鑒。"金元好問中州癸集十何宏中(定遠)述懷詩:"姓名不到中興曆,付與皇天后土知。"

【皇甫子昌】宋時人,工繪畫,尤擅長水仙梅蘭。爲畫家趙孟堅(子固)表弟,得其親傳,佳處往往出於孟堅之上。見佩文齋書畫譜五二畫家傳。

【皇甫規妻】漢中郎將皇甫規之妻,貌美善文,常爲規草書記。規死,董卓謀取爲婦,不從,罵卓遇害。見後漢書八四皇甫規妻傳。

【皇甫誕碑】通稱皇甫君碑。在今陝西長安縣。唐于志寧撰文,歐陽詢正書。碑主皇甫誕爲安定朝那人,字元憲。仕隋爲并州總管府司馬,加儀同三司。卒贈柱國左光禄大夫,封弘義郡公,謚明公。隋仁壽四年卒,而立碑無年月,以于之官職考之,當在唐貞觀初。歐書爲少年時手筆,最爲妍潤。碑舊在鳴犢鎮墓前,後移省城,本剥二十餘字,後中斷,又亡五十餘字。故舊榻以未斷本爲貴。見金石萃編四四、清孫星衍寰宇訪碑録三。

【皇皇者華】詩小雅篇名。見"皇華"。

【皇清經解】一名學海堂經解。宣宗道光間,兩廣總督阮元所輯,刊於廣州學海堂。此書彙集清代學者的經解,共一百八十八種,一千四百零八卷。至光緒間,王先謙又輯皇清經解續編,刊於江陰南菁書院,共二百九種,一千四百三十卷。合正續二編,集清代經學著作之大成。近人撰有皇清經解正續編目,頗便於檢查。

【皇極經世書】宋邵雍撰。十二卷。述自堯至後周顯德末治亂興亡的歷史。雍持太極象數之學,以心爲太極,由心而有萬物,用以造宇宙生成的結構模式,並用卦象推算古往今來治亂盛衰的命運,多涉誕妄。

【皇祐新樂圖記】宋阮逸胡瑗等奉敕撰。凡三卷。宋仁宗時以景祐間李照所定之樂多穿鑿,特詔校定鍾律,依周禮及歷代史志,立議鑄金爲範。至宋皇祐五年樂成奏上,列圖爲記,其中、下二卷,對鍾磬晉鼓及三牲鼎鸞刀制度,有所考定。

皅 pā ㄆㄚ 字彙 普巴切，音葩。

亂貌。靈樞經十一衞氣行："天與地同紀，紛紛皅皅，終而復始。"

皈 guī ㄍㄨㄟ

同"歸"。宋楊萬里誠齋集三晚皈再度西橋詩之一："皈近溪橋東復東，蓼花近路舞西風。"參見"皈依"。

【皈依】佛教稱身心反歸向佛、法、僧。後來道教醮章文字亦沿用"皈依"字。全唐詩一三四李頎宿瑩公禪房聞梵："始覺浮生無住着，頓令心地欲皈依。"參見"三歸"。

五畫

皋 1. gāo ㄍㄠ 古勞切，平，豪韻，見。

也作"臯"、"皐"。㊀湖沼。詩小雅鶴鳴："鶴鳴于九皋，聲聞于野。"㊁岸，水旁地。楚辭屈原離騷："步余馬於蘭皋兮，馳椒丘且焉止息。"注："澤曲曰皋。"漢書五一賈山傳至言："江皋河瀕，雖有惡種，無不猥大。"㊂通"滈"。荀子大略："望其壙，皋如也，顚如也。"㊃見"皋比"。㊄姓。春秋越有大夫皋如，漢有司徒長史皋誨。參閱通志二八氏族四以名爲氏。

2. háo ㄏㄠ 集韻 乎刀切，平，豪韻。

㊅呼告。通"嗥"。周禮春官大祝："來瞽令皋舞。"注："皋，讀爲卒嗥呼之嗥。"釋文："皋，音嗥，户高反。"禮禮運："及其死也，升屋而號，告曰：'皋某復。'"

3. gū ㄍㄨ 集韻 攻乎切，平，模韻。

㊆橐皋，地名。見"橐皋"。

【皋比】㊀虎皮。皋，通"虋"。左傳莊十年："公子偃……自雩門竊出，蒙皋比而先犯之。"㊁虎皮的坐席。全唐詩二七三戴叔倫寄禪師寺華上人次韻之二："猊座翻蕭索，皋比喜接連。"後來常指學師的座席。清龔自珍定盦文集補上哭鄭八丈詩"論交兩世文，問字兩兒趨"自注："余兩幼兒曰橙曰陶，丈爲啟蒙，設皋皮焉。"

【皋月】農曆五月的別名。見爾雅釋天月名。

【皋牢】牢籠。後漢書六十上馬融傳廣成頌："彌綸阬澤，皋牢陵山。"注："皋牢，猶牢籠也。孫卿子曰：'皋牢天下而制之，若制子孫。'"今荀子王霸皋牢作"罣牢"。

【皋門】㊀王宮的外門。詩大雅緜："迺立皋門，皋門有伉。"傳："王之郭門曰皋門。"㊁橋名。晉惠帝時造，元康二年改爲石橋，名皋門橋。文選晉潘安仁（岳）西征賦："爾乃越平樂，過街郵，秣馬皋門，稅駕西周。"卽此。參閱水經注十六穀水。

【皋皋】輕慢。詩大雅召旻："皋皋訿訿，曾不知其玷。"傳："皋皋，頑不知道也。"參閱清馬瑞辰毛詩傳箋通釋二七。

【皋狼】漢縣名。屬西河郡。戰國策趙一記知伯使人之趙，請蔡皋狼之地，趙襄子弗與，卽此地。在今山西離石縣境。參閱清吳卓信漢書地理志補注六一西河郡。

【皋陶】㊀也稱咎繇。傳說舜之臣，掌刑獄之事。偃姓。春秋英六諸國，傳稱皆爲皋陶後人。見書舜典、史記五帝紀舜、清梁玉繩漢書人表考二咎繇。㊁鼓木。周禮考工記韗人："韗人爲皋陶，長六尺有六寸，左右端廣六寸，中尺厚三寸。"

【皋魚】春秋時人。韓詩外傳九："孔子行，聞哭聲甚悲。孔子曰：'驅驅，前有賢者。'至，則皋魚也。……孔子辟車與之言，曰：'子非有喪，何哭之悲也？'皋魚曰：'吾失之三矣。少而學，游諸侯，以後吾親，失之一也。高尚吾志，間吾事君，失之二也。與友厚而小絶之，失之三也。樹欲靜而風不止，子欲養而親不待也，……吾請從此辭矣。'立槁而死。"文選漢馬季常（融）長笛賦："澹臺載尸歸，皋魚節其哭。"後因以皋魚之泣爲無以養親之典。

【皋鼓】大鼓名。也作"鼛鼓"。周禮考工記韗人："爲皋鼓，長尋有四尺，鼓四尺，倨句磬折。"參見"鼛鼓"。

【皋搖】神名。文選漢揚子雲（雄）甘泉賦："於是欽柴宗祈，燎薰皇天，皋搖泰壹。"五臣本作"招搖泰一"。

【皋禽】指鶴。文選南朝宋謝希逸（莊）月賦："聆皋禽之夕聞，聽朔管之秋引。"注："詩曰：'鶴鳴九皋。'皋禽，鶴也。抱朴子曰：'峻概獨立，而皋禽之響振也。'"今本抱朴子博喻作"衆禽"。

【皋稽】神名。淮南子地形："皋稽，閶闔風之所生也。"注："皋稽，天神也。"

【皋橋】橋名。在江蘇吳縣閶門內。漢皋伯通居此橋而得名。唐白居易長慶集五一憶舊遊詩："閶門曉嚴旗鼓出，皋橋夕鬧船舫迴。"卽此。參閱太平寰宇記九一蘇州吳縣。參見"皋伯通"。

【皋盧】木名。葉大，味苦澀，似茶，可代飲料。全唐詩六〇九皮日休吳中苦雨因書一百韻寄魯望："十分煎皋盧，半榼挽醽醁。"

【皋雞】鳥名。逸周書王會："蜀人以文翰。文翰者，若皋雞。"注："鳥有文彩者，皋雞似鳧，冀州謂之澤特也。"按說文"翰"、爾雅釋鳥"鶾天雞"疏引王會皋雞皆作"翬雉"。

【皋鼬】地名。春秋時鄭邑。春秋定四年："五月，公及諸侯盟於皋鼬。"故地在今河南臨潁縣。

【皋壤】澤旁洼地。莊子知北遊："山林與？皋壤與？使我欣欣然而樂與？"南齊書謝朓傳與蕭子隆牋："皋壤搖落，對之惆悵；岐路東西，或以嗚咽。"

【皋蘭】㊀澤中所生蘭草。楚辭宋玉招魂："皋蘭被徑兮斯路漸。"㊁山名。在甘肅蘭州市。漢武帝元狩二年驃騎將軍霍去病出隴西轉戰六日，過焉支山千有餘里，合短兵，鏖皋蘭下，卽此。見漢書五五霍去病傳。隋開皇元年立蘭州，卽以皋蘭山取名。見元和郡縣志三九隴右道蘭州。㊂縣名。漢金城縣。清乾隆三年置皋蘭縣，屬蘭州府。公元 1913 年裁府。參閱嘉慶一統志二九二蘭州府一。今分別劃歸甘肅蘭州、白銀二市。

【皋蘇】木名。相傳木汁味甜，食之不飢，可以釋勞。初學記二七三國魏王朗與魏太子書："奉讀歡笑，以藉飢渴，雖復萱草忘憂，皋蘇釋勞，無以加也。"藝文類聚二二一應瑒報龐惠恭書："雖萱草樹背，皋蘇在側，悒憒不逞，祇以增毒。"參見"白薈"。

【皋伯通】漢時吳人，爲郡中富豪。梁鴻與其妻孟光至吳，依附伯通，居廡下，爲人賃舂。光每具食，舉案齊眉。伯通見而異之，使居室內，以賓禮相待。見後漢書八三梁鴻傳。

【皋亭山】在今浙江杭州市。元至元十三年，伯顏兵入臨安，駐軍皋亭山，俘宋主㬎等一行北去，卽此。參閱元史一二七伯顏傳、浙江通志九山川一。

【皋陶謨】尚書篇名。記禹皋陶伯益之事。

六畫

皐 gāo ㄍㄠ

同"皋"。見"皋"。

皎 jiǎo ㄐㄧㄠ 古了切，上，篠韻，見。

㊀白而亮。詩陳風月出："月出皎兮，佼人僚兮。"㊁光明貌。文選三國魏曹子建

(植)洛神賦:"遠而望之,皎若太陽升朝霞;迫而察之,灼若芙渠出深波。"㊂姓。五代有交州牙將皎公羨。見新五代史南漢世家。

【皎皎】㊀潔白貌。詩小雅白駒:"皎皎白駒,食我場苗。"㊁光明貌。楚辭屈原遠遊:"時曖曃以遥見兮,精皎皎以往來。"文選三國魏嵇叔夜(康)雜詩:"皎皎亮月,麗于高隅。"

【皎潔】光白貌。唐張九齡曲江集三感遇詩之一:"蘭葉春葳蕤,桂華秋皎潔。"才調集二顧況悲歌之五:"我心皎潔君不知,轆轤一轉一惆悵。"

【皎厲】矜持自高。晉書魏舒傳:"不修常人之節,不爲皎厲之事,每欲容才長物,終不顯人之短。"

【皎鏡】㊀明潔澄澈。文選南朝梁沈休文(約)新安江至清淺深見底貽京邑游好詩:"洞澈隨清淺,皎鏡無冬春。"㊁猶言明鏡。全唐文八九四羅隱投禮部鄭員外啟:"伏以皎鏡無私,雖容屢照,醫門多病,應倦施功。"

皏 pěng 普幸切,上,耿韻,滂。
ㄆㄥˇ

淺白色。素問風論:"岐伯曰:'肺風之狀,多汗惡風,色皏然白。'"

七畫

皕 bì 彼側切,入,職韻,幫。
ㄅㄧˋ

二百。見說文。

【皕宋樓】清光緒年間,浙江歸安陸心源藏書樓名。以藏有宋版書二百種,故名皕宋。心源官至福建鹽運使,藏書極富,分建皕宋樓、十萬卷樓收藏。皕宋樓儲宋元所刊及名人手鈔手校之本,陸著有皕宋樓藏書志一百二十卷。今書已散失,盡爲日人所有。

皖 wǎn 户板切,上,潸韻,匣。
ㄨㄢˇ

地名。春秋時有皖國。漢置縣,屬廬江郡。在今安徽潛山縣北。近代爲安徽省的簡稱。參閱漢書地理志上、太平寰宇記一二五舒州。

【皖口】地名。在今安徽懷寧縣西,爲皖水入長江口處,一名山口鎮。三國吳諸葛恪請於孫權乞率衆屯田廬江皖口,乘機輕兵襲舒,權不許,卽此。見三國志吳諸葛恪傳。

【皖山】一名潛山,也稱皖公山。在安徽潛山縣西北,綿亘深遠,與霍山相接界。最高峯峭拔如柱,故稱天柱。見讀史方輿紀要二六安慶府潛山。參見"天柱㊂1"。

【皖水】今名長河。源出安徽潛山縣西北天堂山,東南流經縣東,會潛水,南至石牌市,與太湖縣東諸水滙合,東流至皖口入江。見太平寰宇記一〇九安慶府山川、一二五舒州懷寧縣。

【皖城】地名。春秋皖國。東漢皖縣治所,其城在皖水之北,故號皖城。故城在今安徽潛山縣北。東漢光武建武十七年卷人李廣等聚衆起事,攻没皖城,後爲馬援所破,卽此。見後漢書二四馬援傳。參閱太平寰宇記一二五舒州。

【皖公山】卽皖山。唐李白李太白詩二一江上望皖公山:"奇峯出奇雲,秀木含秀氣。清宴皖公山,巉絶稱人意。"

皓 hào 胡老切,上,晧韻,匣。
ㄏㄠˋ

說文作"晧"。㊀光亮,潔白。詩陳風月出:"月出皓兮,佼人懰兮。"㊁指老人。唐李白李太白詩七金陵歌送別范宣:"送爾長江萬里心,他年來訪南山皓。"參見"商山四皓"。㊂通"昊"。見"皓天"。

【皓天】天。同"昊天"。荀子賦:"皓天不復,憂無疆也。"注:"皓與昊同。"參見"皇天"。

【皓月】明月。才調集四曹唐張碩重寄杜蘭香詩:"皓月隔花追款别,瑞烟籠樹省淹留。"

【皓白】雪白。史記留侯世家:"及燕置酒,太子侍,四人從太子,年皆八十有餘,鬚眉皓白,衣冠甚偉。"

【皓旰】明亮。楚辭漢劉向九歎怨思:"曳彗星之皓旰兮,撫朱爵與鵕鸃。"皓,一本作"晧"。文選南朝宋謝惠連雪賦:"主夫繽紛繁鶩之貌,皓旰皦絜之儀,……固展轉而無窮,嗟難得而備知。"

【皓侈】明盛。文選漢枚叔(乘)七發:"此亦天下之靡麗,皓侈廣博之樂也,太子能彊起游乎?"

【皓首】年老白頭。文選漢李少卿(陵)答蘇武書:"丁年奉使,皓首而歸。"又與蘇武詩之三:"努力崇明德,皓首以爲期。"

【皓紗】紗之團花疎朶,輕薄如紙者。明末蔣崑丘製,當時名重京師。見清俞樾茶香室續鈔二二皓紗。

【皓皓】㊀潔白貌。詩唐風揚之水:"揚之水,白石皓皓。"㊁曠達貌。大戴禮記衛將軍文子:"常以皓皓,是以眉壽,是曾參之行也。"㊂廣大。同"浩浩"。史記二九河渠書瓠子歌:"皓皓旰旰兮,閭殫爲河!"㊃光明。漢揚雄法言淵騫:"明星皓皓,華藻之力也歟。"

【皓溔】無邊際貌。文選晉左太沖(思)魏都賦:"恒碣碪碍於青霄,河汾浩涆而皓溔。"參見"灝溔"。

【皓膠】凝凍貌。楚辭大招:"霧雨淫淫,白皓膠只。"注:"皓,一作浩。"

八畫

皙 xī 先擊切,入,錫韻,心。
ㄒㄧ

㊀面色白。詩鄘風君子偕老:"揚且之皙也。"左傳昭二六年:"有君子,白皙,鬒鬚眉,甚口。"泛指潔白。㊁棗的一種。爾雅釋木:"皙,無實棗。"注:"不著子者。"

【皙幘】牙齒整齊而潔白。幘,通"齰"。左傳定九年:"犂彌辭曰:'有先登者,臣從之,皙幘而衣貍製。'"注:"皙,白也。幘,齒上下相值。"

十畫

皜 hào 集韻 下老切,上,晧韻。
ㄏㄠˋ

潔白。孔叢子五陳士義:"火浣布,必投諸火,布則火色,垢乃灰色,出火振之,皜然疑乎雪焉。"

【皜皜】光亮潔白貌。孟子滕文公上:"江漢以濯之,秋陽以暴之,皜皜乎不可尚已。"

皠 hé 胡沃切,入,沃韻,匣。
ㄏㄜˊ 胡覺切,入,覺韻,匣。

光澤潔白。文選三國魏何平叔(晏)景福殿賦:"悠悠玄魚,皠皠白鳥。"注:"毛詩:'白鳥翯翯。'毛萇曰:'翯翯,肥澤也。'翯與皠音義同。"參見"翯翯"。

皝 huǎng 胡廣切,上,蕩韻,匣。
ㄏㄨㄤˇ

人名。晉有慕容皝。見晉書慕容皝載記。

皚 ái 五來切,平,咍韻,疑。
ㄞˊ

潔白。玉臺新詠一古樂府皚如山上雪:"皚如山上雪,皎若雲間月。"

【皚皚】白貌。太公金匱書刀:"刀利皚皚,無爲汝開。"(意林一)文選漢班叔皮(彪)北征賦:"飛雲霧之杳杳,涉積雪之皚皚。"

皞 hào 集韻 下老切,上,晧韻。
ㄏㄠˋ

㊀白。說文作"皞",集韻作"皡"。㊁通"昊"。見"皞天"。

【皞天】皇天。同"昊天"。莊子人間世:"易之者皞天不宜。"漢書七七鄭崇傳詔:

"朕幼而孤,皇太太后躬自養育,免于襁褓,……欲報之德,皞天罔極。"注:"皞字與昊同。"參見"昊天"。

【皞皞】廣大自得貌。同"浩浩"。孟子盡心上:"霸者之民,驩虞如也;王者之民,皞皞如也。"

皛 1. xiǎo ㄒㄧㄠˇ 胡了切,上,篠韻,匣。

㊀皎潔,光明。文選晉潘安仁(岳)關中詩:"虛皛滴德,謬彰甲吉。"晉陶潛陶淵明集三述酒詩:"素礫皛脩渚,南嶽無餘雲。"

2. pāi ㄆㄞ 普伯切,入,陌韻,滂。莫百切,入,陌韻,明。

㊀拍。文選晉左太沖(思)蜀都賦:"皛貙氓於葽草,彈言鳥於森木。"皛,五臣本作"拍"。李善注:"皛當爲拍。"

【皛淼】幽深貌。文苑英華七一唐李百藥洞簫賦:"於是乃使夫匠人陵皛淼,(眛)明幽窅,攀重巄,閱豐篠。"

【皛飯】宋曾慥高齋漫錄:"東坡(蘇軾)嘗謂錢穆父(勰)曰:'尋常往來,須稱家有無,草草相聚,不必過爲具。'一日,穆父折簡召坡食皛飯。乃至,乃設飯一盂,蘿蔔一碟,白湯一盞而已。蓋以三白爲皛也。"飯、菜、湯,三者皆白,故戲稱皛飯。

【皛渼】白。文選晉郭景純(璞)江賦:"極望數百,沆瀁皛渼。"注:"皛渼,深白之貌。"

【皛皛】明潔貌。晉陶潛陶淵明集三辛丑歲七月赴假還江陵夜行塗中詩:"昭昭天宇闊,皛皛川上平。"

十一畫

皟 cē ㄘㄜ 楚革切,入,麥韻,初。

㊀潔淨。才調集五元稹古決絕詞:"我自顧悠悠而若雲,又安能保君皟皟之如雪。"㊁貧瘠。管子輕重乙:"皟山,諸侯之國也。"

皠 cuǐ ㄘㄨㄟˇ 七罪切,上,賄韻,清。

潔白。唐韓愈昌黎集八闘雞聯句:"腷膊戰聲喧,繽翻落羽皠。"注:"皠,白也。"

【皠皠】潔白。宋蘇舜欽蘇學士集十五祭舅氏文:"執牽西送,長江之限,丹旐的的,素帆皠皠,死生隔絕,今又獨回。"

十二畫

皤 pó ㄆㄛˊ 蒲波切,平,戈韻,並。博禾切,平,戈韻,幫。

㊀白。易賁:"六四,賁如皤如。"疏:"皤是素白之色。"金元好問中州樂府密國公子瑜(完顏璹)臨江仙:"盧郎心未老,潘令鬢先皤。"㊁老貌。文選漢班孟堅(固)東都賦:"皤皤國老,乃父乃兄。"引申指老人。宋宋祁宋景文公筆記上:"蜀人謂老爲皤,取皤皤黃髮義。"㊂大腹。左傳宣二年:"城者謳曰:'睅其目,皤其腹,棄甲而復。'"疏:"皤是腹之狀,腹以大爲異,故爲大腹也。"

【皤腹】大肚子。唐杜牧樊川集一雨中作詩:"濁醪氣色嚴,皤腹瓶罌古。"

【皤皤】㊀頭髮斑白貌。漢書一〇〇下敍傳:"營平皤皤,立功立論。"後漢書三二樊準傳疏:"又多徵名儒,以充禮官,……故朝多皤皤之良,華首之老。"㊁豐富貌。文選晉左太沖(思)魏都賦:"豐肴衍衍,行庖皤皤。"

十三畫

皣 wěi ㄨㄟˇ 音韻闡微 羽詭切,上,紙韻,喻。

古花字。後漢書五九張衡傳思玄賦:"歌曰:'天地烟煴,百卉含皣。'"注:"張揖字詁曰:'皣,古花字也。'"文選六臣本作"含葩"。新唐書二二〇東夷百濟傳:"王服大袖紫袍,……烏羅冠,飾以金皣;羣臣絳衣,飾冠以銀皣。"

皦 jiǎo ㄐㄧㄠˇ 古了切,上,篠韻,見。

㊀分明。論語八佾:"樂其可知也。始作,翕如也。從之,純如也,皦如也。"注:"其音節明也。"㊁白。說文:"皦,玉石之白也。"魏書高閭傳:"忠者,發心以附道。譬如玉石,皦然可知。"

【皦日】白日。詩王風大車:"謂予不信,有如皦日。"文選晉左太沖(思)魏都賦:"雷雨窈冥而未半,皦日籠光於綺寮。"

【皦皦】㊀潔白貌。後漢書九一黃瓊傳李固與瓊書:"常聞語曰:'嶢嶢者易缺,皦皦者易汙。'陽春之曲,和者必寡,盛名之下,其實難副。"㊁明亮。三國魏曹植曹子建集四蟬賦:"聲皦皦而彌厲兮,似貞士之介心。"

十五畫

皫 piǎo ㄆㄧㄠˇ 敷沼切,上,小韻,滂。

㊀白色。見玉篇。㊁鳥羽變色失去潤澤。禮內則:"鳥皫色而沙鳴,鬱。"注:"皫色,毛變色也。"釋文本作"麃"。

皪 lì ㄌㄧˋ 郎擊切,入,錫韻,來。

明珠。見"玓皪"。

十六畫

皬 hè ㄏㄜˋ 集韻 曷各切,入,鐸韻。

白。同"皠"。史記一一七司馬相如傳大人賦:"低回陰山翔以紆曲兮,吾乃今目睹西王母皬然白首。"漢揚雄太玄經五內:"次七,枯垣生莠皬頭,內其雉婦有。"晉范望注:"白而不純謂之皬。"參見"皠"。

十七畫

皭 jiào ㄐㄧㄠˋ 子肖切,去,笑韻,精。在爵切,入,藥韻,從。

潔淨。史記八四屈原傳:"濯淖汙泥之中,蟬蛻於濁穢,以浮游塵埃之外,不獲世之滋垢,皭然泥而不滓者也。"

【皭皭】潔淨貌。韓詩外傳一:"故新沐者必彈冠,新浴者必振衣,莫能以己之皭皭,容人之混污然。"

皮部

皮 1. pí ㄆㄧˊ 符羈切,平,支韻,並。

㊀皮膚,動植物體的表面層。左傳僖十四年:"皮之不存,毛將安傅?"漢書高帝紀:"以竹皮爲冠。"㊁製過的獸皮。公羊傳宣十二年:"皮不蠹。"注:"皮,裘也。"也指獸毛。書禹貢:"織皮崐崘析支渠搜西戎即敍。"注:"織皮,毛布。"㊂獸皮製成的箭靶。即皮侯。儀禮鄉射禮:"禮,射不主皮。"注:"主皮者,無侯,張獸皮而射之,主於獲也。"㊃表面的。見"皮相"。㊄姓。相傳周卿士樊仲皮之後,以皮爲

姓。漢有諫議大夫皮究。見元和姓纂二。

2. pī ㄆㄧ

㈥剥去。通"披"。見"皮₂面"。

【皮山】㊀漢西域城國。治皮山城。西與西夜接，西南當罽賓烏弋山離道。漢成帝遣使送罽賓使者歸國，至皮山而還，即此。見漢書九六西域傳皮山。㊁縣名。在今新疆維吾爾自治區西南。漢爲皮山國。清光緒九年置縣。土名皮什南。參閱清續文獻通考三二一輿地十七。

【皮氏】戰國魏地。秦置皮氏縣，漢屬河東郡。北魏時，以其地有龍門山，改爲龍門縣。宋改爲河津縣。故城在今山西河津縣境。參見"河津㊁"。

【皮弁】古冠名。用白鹿皮製作，爲視朝的常服。其縫合處名會。會有結飾，綴以五采玉，名璂，也寫作綦。天子十二會，十二璂，下以次遞減。冠頂名邸，用象骨製成。隋唐自皇太子至六品以上官，皆戴皮弁。見後漢書輿服志下。

皮弁

【皮服】以皮毛爲衣。書禹貢："島夷皮服。"疏："居島之夷，常衣鳥獸之皮。"北史魏臨淮王譚傳元孚陳便宜表："皮服之人，未嘗粒食，宜從俗因利，拯其所無。"

【皮室】耶律阿保機（遼太祖）以行營爲宫，選各部豪健置腹心部，號皮室軍。至耶律德光（遼太宗）又擴充至三十萬人，分南北左右皮室及黄皮室等名號，爲御衞親軍。見遼史兵衞志中、百官志二、國語解。

【皮冠】古時田獵之冠。國君田獵，招虞人，以此爲符信。左傳襄十四年："衞獻公戒孫文子甯惠子食，……不釋皮冠而與之言，二子怒。"

【皮相】從表面上看，只看外表。史記九七酈生傳："夫足下欲興天下之大事，而成天下之大功，而以目皮相，恐失天下之能士。"韓詩外傳十："吳延陵季子遊於齊，見遺金，呼牧者取之。牧者曰：'……吾有君不君，有友不友，當暑衣裘，君疑取金者乎？'延陵季子知其爲賢者，請問姓字，牧者曰：'子乃皮相之士也，何足語姓字哉！'遂去。"

【皮₂面】剖去面上的皮。戰國策韓二："聶政大呼，所擊殺者數十人，因自皮面、抉眼、屠腸，遂以死。"注："去面之皮。"一說以刀剌其面皮，使人不識。見史記八六聶政傳索隱。

【皮侯】用獸皮連綴製成的射靶。用虎皮製的稱虎侯，熊皮製的稱熊侯。周禮考工記："張皮侯而棲鵠，則春以功。"參見"侯㊀"。

【皮軒】虎皮製成的車。漢皇帝出行車駕有皮軒。史記一一七司馬相如傳上林賦："拖蜺旌，靡雲旗，前皮軒，後道游。"集解："皮軒，革車也，或云即曲禮'前有士師，則載虎皮'者也。"

【皮島】島名。在遼寧南大海中，地廣衍，形勢險要。明天啟間，毛文龍曾屯駐此島，與遼東明軍成犄角之勢。見讀史方輿紀要二七金州衞。

【皮袋】喻人的身體。景德傳燈錄九黄蘗希運禪師："且當人事宜不能體會得，但知學言語，念向皮袋裏安著，到處稱我會禪，還替得汝生死麽？"宋劉克莊後村集四八寓言詩："赤肉團終當敗壞，臭皮袋死尚貪癡。"

【皮船】堅木爲骨，蒙以皮革的小船。晉書慕容垂載記："遂徙營就西津，爲牛皮船百餘艘，載疑兵列杖，泝流而上。"唐白居易長慶集三蠻子朝詩："泛皮船兮渡繩橋，來自巂州道路遥。"黄河上游甘肅青海一帶渡船多用皮船。

【皮硝】硝石可柔皮，故稱皮硝。又稱朴硝。入藥。見本草綱目十一石五。

【皮傅】以膚淺見解牽强附會。後漢書五九張衡傳上疏："且河洛六蓺，篇録已定，後人皮傅，無所容篡。"注："揚雄方言曰：'秦晉言非其事謂之皮傅。'謂不深得其情核，皮膚淺近，强相傅會也。"

【皮幣】㊀毛皮和繒帛。孟子梁惠王下："昔者大王居邠，狄人侵之；事之以皮幣，不得免焉。"注："皮，狐貉之裘；幣，繒帛之貨也。"㊁漢武帝時幣名。以白鹿皮方尺，緣以藻繢，直四十萬。行一年餘廢不行。見史記平準書。

【皮膚】人和動物包在肌肉外部的組織。素問四氣調神大論："去寒就温，無泄皮膚。"也比喻浮淺。文子纘義道德："以耳聽者，學在皮膚；以心聽者，學在肌肉；以神聽者，學在骨髓。"

【皮艦】蒙以牛皮的戰船。宋書張興世傳："時興世城壘未固，司徒建安王休仁……命沈攸之、吳喜、佼長生、劉靈遺等以皮艦二十，攻賊濃湖，苦戰連日，斬獲千數。"

【皮子麫】純麫。宋詩鈔陳造江湖長翁詩鈔房陵十首之五："已戒日供皮子麫，更教晚稻飽霜收。"自注："麫皆墋，不墋者曰皮子麫。"

【皮日休】公元 834？— 883？年。唐襄陽人。字逸少，後改襲美。曾隱居鹿門山，自號鹿門子，又號醉士、酒民。咸通八年進士，任太常博士。善屬文，撰鹿門隱書六十篇，多譏切時政。與陸龜蒙友善唱和，時稱皮陸。乾符中黄巢起義軍入長安，授日休翰林學士，尋以讖刺被殺。有皮子文藪、松陵唱和詩集。

【皮弁服】古天子的朝服。冠以皮弁，故名。周禮春官司服："眡朝，則皮弁服。"注："皮弁之服，十五升白布衣，積素以爲裳。"史記禮書："皮弁布裳。"正義："以鹿子皮爲弁也。"

【皮樹中】中，古代禮射時盛計數籌碼用的器具，其刻成皮樹獸形者稱皮樹中。儀禮鄉射禮："君國中射，則皮樹中。"注："皮樹，獸名。"

皮樹中

【皮子文藪】唐皮日休撰，因其文稿多如澤藪，故名。全書十卷，文九卷，凡二百篇；詩一卷。其與陸龜蒙唱和之詩見於松陵唱和集者，不復編入。

【皮可漏子】佛書中比喻人的身體。俗稱書束袋（即信封）爲可漏子。圓悟佛果禪師語録三普説："先師常云，莫學玻璃瓶子禪，輕輕被人觸着便百雜碎。參時須參皮可漏子禪，任是向高峯頂上撲下，亦無傷損。"

【皮裏晉書】梁書劉孝綽傳："孝綽子諒，字求信。少好學，有文才，尤博悉晉代故事，時人號曰：'皮裏晉書'。"言專研晉事，十分爛熟。

【皮裏陽秋】言人表面不作評論，內心有所褒貶。晉書褚裒傳："裒少有簡貴之風，……譙國桓彝見而目之曰：'季野有皮裏陽秋。'言其外無臧否，而內有所褒貶也。"又見世説新語賞譽下。原作"皮裏春秋"，因晉簡文宣鄭太后名春，晉人避諱，以"陽"代"春"。

【皮之不存，毛將安傅】左傳僖十四年："冬秦饑，使乞糴于晉，晉人弗與。慶鄭曰：'背施無親，幸災不仁，貪愛不祥，怒鄰不義，四德皆失，何以守國？'虢射曰：'皮之不存，毛將安傅？'"言晉前違約不予秦城，已結深怨；更何在乎拒給秦糴。皮以喻事之大者，毛以喻事之次者。後轉喻事物失其根本，處於無所著落之境。

三 畫

皯 gǎn 古旱切,上,旱韻,見。
ㄍㄢˇ
枯槁焦黑。楚辭屈原漁父"顏色憔悴"漢王逸注:"皯,黴黑也。"列子黃帝:"燋然肌色皯黣,昏然五情爽惑。"

四 畫

皮 pī 正字通 四依切,音披。
ㄆㄧ
張開。見下。

【皮皻】開口貌。古文苑六漢王延壽王孫賦:"口嗛呥以鹼齴,脣𪖜䪼以皮皻。"注:"皮,疋卑反。皻,如卑反。開口貌。"

五 畫

皰 pào 匹皃切,去,效韻,滂。
ㄆㄠˋ 防教切,去,效韻,並。
人或動物表皮所起的水泡或膿泡。同"疱"。淮南子説林:"潰小皰而發痤疽。"千金方二二癰疽第二則:"凡腫,根廣一寸已下名癤,一寸以上爲小癰,如豆粒大者名皰子。"

六 畫

皱 pī 敷羈切,平,支韻,滂。
ㄆㄧ
古"披"字。漢書八七上揚雄傳甘泉賦:"回猋肆其碭駭兮,翍桂椒,鬱栘楊。"

皵 guì 正字通 古惠切,音貴。
ㄍㄨㄟˋ
極疲乏。同"尯"。顏氏家訓書證:"有人訪吾曰:'魏志蔣濟上書云:弊尯之民,是何字也?'余應之曰:'意爲尯卽是皵倦之皵耳。'"廣韻、集韻作"皵"。

七 畫

皴 cūn 七倫切,平,諄韻,清。
ㄘㄨㄣ
㊀皮膚受凍而皺裂。梁書武帝紀:"執筆觸寒,手爲皴裂。"㊁毛糙。唐白居易長慶集十九與沈楊二舍人閣老同食勅賜櫻桃翫物感恩因成十四韻詩:"肉嫌盧橘厚,皮笑荔枝皴。"㊂國畫繪法之一。見"皴法"。

【皴法】國畫的一種繪法。先鉤成山石樹木輪廓,用側筆蘸水墨染擦,以顯脈絡紋理及凹凸向背。皴法有大斧劈、小斧劈、披麻、卷雲、雨點、荷點、解索、折帶等名稱。唐李思訓創小斧劈皴,重鉤勒,畫家稱爲北宗。唐王維創雨點皴,重渲染,畫家稱爲南宗。

【皴皵】粗厚裂拆。唐釋玄應一切經音義二十無名羅刹經上卷引埤蒼:"樹皮甲錯粗厚亦曰皴皵。"宋盧炳烘堂詞減字木蘭花詠梅呈萬教:"孤芳好處,消得騷人題妙句。皴皵寒枝,未必生綃畫得宜。"

【皴劈】皴裂。唐詩紀事六七張孜雪詩:"豈知飢寒人,脚手生皴劈。"

【皴皮生】荔枝的別名。荔枝殼粗,故稱。宋蘇軾分類東坡詩十廉州龍眼質味殊絶可敵荔支:"獨使皴皮生,弄色映琱俎。"

八 畫

皵 qì què 七迹切,入,昔韻,清。
ㄑㄧˋ ㄑㄩㄝˋ 七雀切,入,藥韻,清。
粗厚裂拆。爾雅釋木:"大而皵,楸;小而皵,榎。"疏:"大者,老也,皵,措皮也。謂樹老而皮粗皵者爲楸。小,少也;樹小而皮粗皵者爲榎。"參見"皴皵"。

九 畫

皸 jūn 舉云切,平,文韻,見。
ㄐㄩㄣ 居運切,去,問韻,見。
皮膚凍裂。見下。

【皸裂】指皮膚凍裂。元詩紀事九宋无戰城南:"凍指控絃指斷折,寒膚著鐵膚皸裂。"

【皸瘃】凍瘡。漢書六九趙充國傳:"將軍士寒,手足皸瘃。"注:"文穎曰:'皸,坼裂也,瘃,寒創也。'"

皻 zhā
ㄓㄚ
面部所生的粉刺。見"皻"。

十 畫

皺 zhòu 側救切,去,宥韻,莊。
ㄓㄡˋ
㊀面有紋,物有摺痕皆曰皺。唐韓愈昌黎集一南山詩:"前低劃開闊,爛漫堆衆皺。"唐張彥遠法書要録四唐張懷瓘二王等書録:"晉代裝書,直草渾雜,背紙皺起。"㊁緊蹙。西遊記七十:"皺蛾眉,淚淹星眼。"

【皺眉】蹙緊雙眉。表示不悦、憂慮等的神態。宋邵雍伊川擊壤集七詔三下答鄉人不起之意詩:"生平不作皺眉事,天下應無切齒人。"

十 一 畫

皻 zhā 側加切,平,麻韻。莊。
ㄓㄚ
面部所生的粉刺。也作"皻"。素問生氣通天論:"勞汗當風,寒薄爲皻,鬱乃痤。"注:"皻刺長於皮中,形如米,或如針,久者上黑,長一分餘。色白黄而瘛于玄府中,俗曰粉刺。"

十 三 畫

皽 zhāo 止遥切,平,宵韻,照。
1. ㄓㄠ
㊀皮肉上的薄膜。禮内則:"濯手以摩之,去其皽。"注:"皽,謂皮肉之上魄莫也。"
2. zhǎn 知演切,上,獮韻,知。
ㄓㄢˇ 旨善切,上,獮韻,照。
㊀皮寬貌。見廣韻。

十 五 畫

皾 bó 北角切,入,覺韻,幫。
ㄅㄛˊ
表皮虛起。見玉篇。

皿 部

皿 mǐn 武永切,上,梗韻,明。
ㄇㄧㄣˇ
㊀泛指盤碗一類器具。説文:"皿,飯食之用器也。象形,與豆同意。"古代豆爲食肉器,皿爲飲食用器,豆有幂,皿有耳。㊁覆器之具。孟子滕文公下:"牲殺器皿,衣服不備,不敢以祭。"注:"皿,所以覆器者也。"

三 畫

盂 yú 羽俱切,平,虞韻,于。
ㄩˊ
㊀盛湯漿或食物之器。史記一二六淳于髡傳:"操一豚蹄,酒一盂。"㊁行獵陣名。左傳文十年:"遂道以田孟諸,宋公爲右盂,鄭伯爲左盂。"㊂地名。1.春秋

盂

時宋地。春秋僖二一年:"宋公楚子蔡侯鄭伯許男曹伯會于盂。"故地在今河南睢縣。2.見"盂縣"。㈣姓。春秋晉有盂丙,衛有盂黶。見通志二七氏族三以邑爲姓。

【盂城】江蘇高郵城的別稱。本爲生長蒲草沼澤之地。其城四隅皆低,城基獨高,狀如覆盂,故稱。宋秦觀淮海集後集二送孫誠之尉北海詩:"吾鄉如覆盂,地據揚楚脊。環以萬頃湖,黏天無四壁。"參閱明一統志十二揚州府古跡。

【盂縣】屬山西省。春秋晉分祁氏之邑爲七,盂卽其一。戰國時屬趙。漢爲縣,中廢。在今縣西。北魏爲石艾縣地。隋開皇十六年,置原仇縣,大業二年改盂縣,從漢舊名,屬太原郡。金升爲盂州,元因之。明降州爲縣,屬太原府,清雍正二年改屬平定州。參閱寰宇通志七八太原府、嘉慶一統志一四九平定州。

【盂蘭盆】㈠盂蘭,梵語爲烏藍婆拏,意譯爲救倒懸。盆爲食器。謂置百味五果於盂蘭盆中,供養衆佛僧,仰佛僧的恩光,以解脱餓鬼倒懸之苦。舊俗七月十五中元節延僧尼結盂蘭盆會,誦經施食,義始於此,俗謂之放燄口。參閱唐釋玄應一切經音義三四盂蘭盆、韓諤歲時紀麗三中元。㈡北宋祭祀之物。東京(開封)風俗,每中元節,具素食祭祖先,織竹爲盆,中置紙錢,下以一竹竿支撑,用火燒,視盆倒所向而占冬之寒温。或以竹竿破爲三脚,上織燈窩,稱爲盂蘭盆,掛搭衣服冥錢於上燒之,貢素食,穄米飯,祭祖先以告秋成。參閱宋陸游老學菴筆記七、宋孟元老東京夢華録八中元節。

【盂方水方】謂水因器而成形。喻上行下效。荀子君道:"君者槃也,槃圓而水圓;君者盂也,盂方而水方。"又見韓非子外儲左上。

【盂蘭盆經】佛經名,一卷。西晉竺法護譯。此經説盂蘭盆的緣起及修法。

四　畫

盃 bēi 布回切,平,灰韻,幫。ㄅㄟ

同"桮"、"杯"。見"杯"。

【盃槃舞】見"杯柈舞"。

【盃酒解怨】飲酒言歡,消解仇怨。謂棄嫌修好。新唐書一二七張延賞傳:"(李)晟因爲子請婚,延賞不許。晟曰:'吾武夫雖有舊惡,盃酒間可解。儒者難犯,外睦而内含怒,今不許婚,釁未忘也。'"俗稱"杯酒解怨",本此。

盅 1. chōng 敕中切,平,東韻,徹。ㄔㄨㄥ 直弓切,平,東韻,澄。

㈠空虛。説文引老子:"道盅而用之。"今道德經作"沖",沖爲盅的借字。

2. zhōng ㄓㄨㄥ

㈡今稱杯類爲盅,如酒盅、茶盅。

盆 pén 蒲奔切,平,魂韻,並。ㄆㄣ

㈠盛物之器。禮禮器:"盛於盆,尊於瓶。"注:"盆缾,炊器也。"㈡量器。周禮考工記陶人:"盆,實二鬴。"注:"量六斗四升曰鬴。"參見"盆鼓"。㈢浸淹。禮祭義:"夫人繅,三盆手。"注:"三盆手者,三淹也。凡繅,每淹大揔而手振之,以出緒也。"㈣姓。漢有中郎將盆謐。見風俗通姓氏篇上。

【盆弔】封建時代禁卒私行在獄中將犯人倒植處死的一種非法酷刑。永樂大典戲文小孫屠題目"遭盆弔没興小孫屠"。水滸二八:"衆囚徒道:'他到晚把兩碗乾黄倉米飯,和些臭鮝魚來與你吃了,趁飽帶你去土牢裏,把索子綑翻,一牀乾藁薦把你捲了,塞住了你七竅,顛倒豎在壁邊,不消半個更次,便結果了你性命,這個喚做盆弔。'"

【盆草】以盆育五穀,稱其苗爲盆草。宋黄休復茅亭客話二范處士:"蜀人每中元節多用盆盎生五穀,俗謂之盆草,盛以供佛。"

【盆景】於盆中布置自然景物,以供陳設玩賞。唐章懷太子墓甬道壁畫有手持盆景的侍女二人。元人稱些子景。爲我國傳統的園林藝術之一。參閱明文震亨長物志一室廬山齋、清劉鑾五石瓠盆景。

【盆鼓】以盆量物。盆,量器。荀子富國:"今是土之生五穀也,人善治之,則畝數盆,一歲而再獲之;然後瓜桃棗李,一本數以盆鼓。"注:"鼓,量也。數以盆鼓,謂數度以盆量之也。"

盈 yíng 以成切,平,清韻,喻。ㄧㄥ

㈠充滿。詩周南卷耳:"采采卷耳,不盈頃筐。"又小雅楚茨:"我倉既盈,我庾維億。"㈡圓滿。禮禮運:"和而後月生也,是以三五而盈,三五而闕。"疏:"盈謂月光圓滿。"㈢增長,富餘。通"贏"。見"盈縮"、"盈餘"。㈣見"盈盈"。㈤姓。晉欒盈,姬姓,子孫以盈爲氏。見通志二八氏族四以名爲氏。

【盈川】㈠滿川。唐陸龜蒙甫里集五藥魚詩:"盈川是毒流,細大同時死。"㈡古縣名。唐先天元年,改盈隆縣爲盈川。天寶元年又改爲洋水。楊炯爲盈川令,其所作題名盈川集,卽此。參閱舊唐書地理志三、新唐書二〇一楊炯傳。

【盈月】滿月。謂農曆十五夜之月。三國志魏管輅傳"無幾,曹爽等誅,乃覺悟云"注引輅別傳:"三五盈月,清耀燭夜。"

【盈科】謂水灌滿坑窪。孟子離婁下:"源泉混混,不舍晝夜,盈科而後進,放乎四海,有本者如是,是之取爾。"注:"盈,滿;科,坎。"後也比喻滿足。宋朱熹朱文公集二聞善決江河詩:"勇如爭赴壑,進豈待盈科。"

【盈盈】㈠美好貌。多指人之風姿、儀態。文選古詩十九首之二:"盈盈樓上女,皎皎當窗牖。"玉臺新詠一古樂府日出東南隅行:"盈盈公府步,冉冉府中趨。"㈡清澈貌。文選古詩十九首之十:"盈盈一水間,脈脈不得語。"金元好問中州集中州樂府宋党懷英感皇恩詞:"盈盈別淚,散作半空疎雨。"㈢充積。針灸甲乙經九脾胃大腸受病發腹脹滿腸中鳴短氣:"腹中腸鳴,盈盈然食不化。"

【盈缺】盈滿與損缺。指月光的圓缺。魏書律曆志三:"弦望有盈缺,明晦有修短。"唐宋之問集上冬宵引詩:"獨坐山中兮對松月,懷美人兮屢盈缺。"文選南朝梁江文通(淹)雜體詩擬謝臨川靈運:"江海經邅迴,山嶠備盈缺。"注引南朝宋謝靈運登廬山詩:"但欲淹昏旦,遂復經盈缺。"

【盈朒】見"盈不足"。

【盈虛】滿與空。易豐:"天地盈虛,與時消息。"莊子秋水:"消息盈虛,終則有始。"

【盈貫】㈠謂滿引弓。莊子田子方:"列御寇爲伯昏无人射,引之盈貫。"釋文引司馬彪:"貫,鏑也。"㈡滿貫。謂所積甚多,達到極限。貫,串錢繩。左傳宣六年:"使疾其民,以盈其貫,將可殪也。"唐白居易長慶集七一狂吟七言十四韻詩:"俸隨日計錢盈貫,禄逐年支粟滿囷。"參閱宋吕本中紫微雜説、清顧炎武左傳杜解補正(清經解一)。參見"貫盈"。

【盈溢】謂過滿,布滿。漢書溝洫志九:"如有霖雨,旬日不霽,必盈溢。"文選漢張平子(衡)東京賦:"聲教布濩,盈溢天區。"

【盈羡】盈餘。新唐書九二羅藝傳:"涿郡號富饒,伐遼兵仗多在,而倉庤盈羡。"

【盈餘】多餘。後漢書四二馬援傳:"從容謂官屬曰:吾弟少游常哀我慷慨多大志,曰:‘士生一世,但取衣食裁足,……致求盈餘,但自苦耳!’”參見“贏餘”。

【盈積】 滿積。文選晉潘安仁(岳)悼亡詩:“寢息何時忘,沉憂日盈積。”宋書武帝紀中:“九月,公至長安。長安豐全,帑藏盈積,公先收其彝器、渾儀、土圭文屬,獻于京師,其餘珍寶珠玉,以班賜將帥。”

【盈縮】 有餘與不足。常引申爲伸屈、長短、進退、壽夭等意。戰國策秦三:“進退盈縮變化,聖人之常道也。”淮南子俶真:“盈縮卷舒,與時變化。”

【盈川集】 唐楊炯撰。原集三十卷,久佚。明萬曆中龍游童佩重加輯録十卷,分賦八首,詩三十四首,雜文三十九篇。附録一卷,爲贈答評論之作。炯曾官盈川,因以名集。其詩以五律爲長,與王勃駱賓王盧照鄰齊名,稱唐初四傑。

【盈不足】 我國古代計算盈虧的一種算術方法,藉有餘不足以求隱雜之數。本爲周禮九數之一。周禮地官保氏“六曰九數”注:“九數:方田、粟米、差分、少廣、商功、均輸、方程、贏不足、旁要。”九章算術七盈不足:“今有(人)共買物,(每)人出八,盈三;(每)人出七,不足四。問:人數物價各幾何?答曰:七人,物價五十三。”後也作“贏不足”、“盈朒”、“盈肭”。見宋王應麟小學紺珠四九數。

【盈千累萬】 極言數量之多。清會典事例七三六刑部名例律乾隆元年諭:“有等不肖之員,平日任意侵吞帑項,及至問罪著追,將所有貲財藏匿寄頓,乃混開欠項,竟至盈千累萬。”

【盈車之魚】 謂大魚。列子湯問:“詹何以獨繭絲爲綸,芒鍼爲鉤,荆篠爲竿,剖粒爲餌,引盈車之魚。”注:“家語曰:‘鯤魚,其大盈車。’”

【盈車嘉穟】 傳説燕昭王時有白鸞獨飛,啣千莖穟,穟於空中自生花實,落地則生根葉,一歲百穫,一莖滿車,故曰盈車嘉穟。穟,通“穗”。見舊題晉王嘉拾遺記四燕昭王。

五畫

益 yì ㄧˋ 伊昔切,入,昔韻,影。

㊀“溢”本字。原意爲水溢出器皿。引申爲水漲。吕氏春秋察今:“荆人欲襲宋,使人先表澭水,澭水暴益。”參閱説文以及清王筠説文釋例、朱駿聲説文通訓定聲。㊁利益,好處。書大禹謨:“滿遭損,謙受益。”論語季氏:“益者三友,……友直、友諒、友多聞,益矣。”㊂富饒。吕氏春秋貴當:“其友皆孝悌純謹畏令,如此者,其家必日益。”㊃進一步,增加。論語子路:“子路問政,子曰:‘先之勞之。’請益。曰:‘無倦。’”請益,意謂請求作進一步解釋。三國志吴諸葛恪傳:“恪父瑾面長似驢,孫權大會羣臣,使人牽一驢入,長檢其面,題曰諸葛子瑜。恪跪曰:‘乞請筆益兩字。’因聽與筆。恪續其下曰‘之驢’。”㊄資助,補助。戰國策秦二:“甘茂攻宜陽,……三鼓之而卒不上,於是出私金以益公賞。”㊅副詞。1.更,愈加。孟子梁惠王下:“如水益深,如火益熱。”2.逐漸。漢書五三景十三王傳廣川王去:“初去年十四五,事師受易,師數諫正去。去益大逐之。”㊆卦名。☳☴震下巽上。見易益。㊇益州,省稱益。見“益州”。㊈姓。見通志二九氏族五代北四字姓入聲。漢有益强、益壽,宋有益暢。

【益友】 於己有益之友。論語季氏:“益者三友,損者三友。”三國志吴吕岱傳:“(徐)原好直言,岱時有得失,原輒諫諍,又公論之。……及原死,岱哭之甚哀,曰:‘德淵,吕岱之益友,今不幸,岱復於何聞過!’”德淵,原字。

【益州】 ㊀州名。漢武帝時置。三國蜀於益州分置梓潼等五郡。三國魏至南齊皆分置益州爲梁益二州。隋開皇初廢。益州故地大部在今四川省境內。唐宋時曾先後改蜀郡、成都府爲益州。參閲嘉慶一統志三八三成都府。㊁郡名。漢元封二年置。三國蜀建興三年改爲建寧郡,晉太安二年復置益州郡,永嘉二年廢。其地大部在今雲南省境內。參閲嘉慶一統志四七六雲南府一。

【益都】 縣名。屬山東省。漢北海郡地。三國魏於壽光縣南益都城置益都縣。北齊天保七年徙秦郡於此。歷代因之。參閲太平寰宇記十八青州益都縣。

【益陽】 縣名。屬湖南省。秦舊縣,漢屬長沙郡。以地在益水之陽而名。歷代因之。故城在今縣東,爲魯肅所築。漢獻帝建安二十年孫權曾使魯肅將萬人屯此以拒關羽。參閲寰宇通志五五長沙府。

【益智】 ㊀增益智慧。宋葉適水心集七送趙幾道邵武司户詩:“書多前益智,文古後垂名。”㊁植物名。藝文類聚八七廣志:“益智葉似蘘〔蘘〕荷,長丈餘,其根有小枝,高者八、九寸,無葉萼,其子叢生著之,大如棗,中辨黑,皮白,核小者曰益智。”㊂龍眼的别名。見廣雅釋木。

【益壽】 增益壽命。史記武帝紀:“黄金成以爲飲食器則益壽。”參見“延年益壽”。

【益稷】 尚書篇名。書益稷疏:“禹言暨益、暨稷,是禹稱其二人。二人佐禹有功,因以此二人名篇。”

【益母草】 草藥名,又名茺蔚子。本草綱目十五草四茺蔚:“此草及子皆茺盛密蔚,故名茺蔚,其功宜於婦人及明目益精,故有益母之稱。”參見“茺蔚”。

【益津關】 古關名。在河北霸縣,唐置。五代後周顯德六年建爲霸州,與瓦橋、淤口合稱三關。參閲畿輔通志六七關隘一。參見“三關㊀4”。

【益智粽】 以益智拌合米所做的粽。藝文類聚八七晉顧徽廣州記:“益智……一枝有十子,子肉白滑,四破去之,取外皮蜜煮爲粽,味辛。”又舊題北魏崔鴻十六國春秋:“(晉)安帝元年,盧循爲廣州刺史,循遺(劉)裕益智粽,裕乃答以續命湯。”

【益古演段】 元李治撰,三卷。治取算書益古集移訂條目,鑑定圖式,演爲六十四題,故名。其中有草,有條段,有圖,有義。草卽立天元一法,條段卽方田、少廣等法,圖卽繪其加減開方之理,義則隨圖解之。治别有測圓海鏡,皆爲闡述天元術而作。

【益州名畫録】 宋黄休復撰,二卷。所録畫家分爲逸、神、妙、能四格,妙、能又各分爲上、中、下三品。起唐肅宗乾元,訖宋太祖乾德,共五十八人。所取事蹟皆與蜀有關,詩文典故,所載尤詳。

【益部方物略記】 宋宋祁撰,一卷。祁官益州時,因沈立劍南方物略補其闕遺而成此書。收録草木類四十一,藥類九,鳥獸類八,蟲魚類七,共六十五種。每種均有圖和贊,並附注其形狀於題下。

盍 hé ㄏㄜˊ 胡臘切,入,盍韻,定。

説文作“盇”。隸作“盍”。㊀合。見爾雅釋詁。㊁何不。副詞。論語公冶長:“顏淵季路侍。子曰:‘盍各言爾志。’”國語魯:“君盍以名器請糴于齊?”

【盍旦】 鳥名。禮坊記:“詩云:‘相彼盍旦,尚猶患之。’”注:“盍旦,夜鳴求旦之鳥也。”疏稱引詩在小雅角弓,今本角弓無,蓋是逸詩。月令作“鶡旦”。參見“鶡旦”。

【盍各】 論語公冶長有“盍各言爾志”語,後以盍各爲歇後語,猶言各懷己見。梁書庾肩吾傳蕭綱與湘東王書:“若以今文爲是,則昔賢爲非;若(以)昔賢可稱,則今體宜棄。俱爲盍各,則未之敢許。”全唐文二四五李嶠爲朝集使絳州刺史孔禎等進大酺詩表："同盇各於二三，冀揄揚於萬一。"

【盇稚】古時氐族之自稱。三國志魏烏丸鮮卑東夷傳評"記述隨事，豈常也哉"注引魏略西戎傳："（氐人）其種非一，……其自相號曰盇稚。"

【盇簪】聚首。盇，合；簪，插於髮髻或連冠於髮的長針；指衣冠會合。易豫："勿疑，朋盇簪。"唐杜甫杜工部草堂詩箋二杜位宅守歲："盇簪喧櫪馬，列炬散林鴉。"參閱清俞樾曲園雜纂一朋盇簪。

盋

bō 北末切，入，末韻，幫。
ㄅㄛ

同"鉢"。見廣韻。唐道宣續高僧傳八釋法上："法衣瓶盋以外，更無餘財。"

【盋盂】同"鉢盂"。漢書六五東方朔傳"置守宮盂下，射之皆不能中"唐顏師古注："盂，食器也，若盋而大，今之所謂盋盂也。"參見"鉢盂"。

盎

àng 烏浪切，去，宕韻，影。
ㄤ 烏朗切，上，蕩韻，影。

㊀一種大腹斂口之盆。淮南子精神："其取之地而已爲盆盎也，與其未離於地也無以異。"急就篇三："甀缶盆盎甕罃壺。"注："缶、盆、盎，一類耳。缶即盎也，大腹而斂口；盆則斂底而寬上。"㊁盛貌。孟子盡心上："君子所性，仁義禮智根於心，其生色也睟然，見於面，盎於背，施於四體，四體不言而喻。"

【盎盎】㊀盛貌。韓詩外傳九："得堯之顙，舜之目，禹之頸，皋陶之喙，從前視之，盎盎乎似有王者。"㊁洋溢貌。唐杜牧樊川集十李賀集序："春之盎盎，不足爲其和也。"宋蘇軾分類東坡詩十一竹間亭小酌……呈趙景貺陳履常："盎盎春意動，溦溦夜未央。"

【盎齊】白酒。五齊之一。周禮天官酒正："辨五齊之名，……三曰盎齊。"注："盎，猶翁也，成而翁翁然，葱白色，如今酇白矣。"釋文："酇白，即今白醝酒也。"參見"五齊"。

【盎龜】龜的一種。南越志："初寧縣里多盎龜，殼薄狹而燥，頭似鵝，不與常龜同，而能嚙犬也。"（太平廣記四六五盎龜）

【盎盂相敲】比喻家庭口角。聊齋志異青蛙神："且盎盂相敲，皆臣所爲，無所涉於父母。"

盈

wēn 烏渾切，平，魂韻，影。
ㄨㄣ

"温"本字。凡温和、温柔、温暖者，皆當作盈。自温行而盈字遂廢。見清段玉裁說文解字注"盈"。詳"温"。

盉

hé 户戈切，平，戈韻，匣。
ㄏㄜ 胡卧切，去，過韻，匣。

古代酒器。青銅器。多爲斂口，大腹，三足或四足，有長流、鋬和蓋；異形盉則流在頂而欵足，古時饗祭，盉爲煮鬳醴之器。一說謂盉爲温酒或調和酒水以節制濃淡之器。參閱宋董逌廣川書跋二盉銘、近人王國維觀堂集林三說盉。

盉

盌

wǎn 烏管切，上，緩韻，影。
ㄨㄢ

飲食器具的一種。也作"椀"、"碗"、"鋺"。方言四："盂，宋楚魏之間，或謂之盌。盌，謂之盂，或謂之銚鋭。盌謂之櫂，盂謂之柯。"抱朴子廣譬："無當之玉盌，不如全用之埏埴。"

【盌注】宋時雜手伎之一。俗稱"弄盌注"。夏竦有詠盌注詩："舞拂挑珠復吐丸，遮藏巧便百千般。"見宋魏泰東軒筆錄二。

【盌脱】謂人如脱於同一模型之盌，個個如此。唐張鷟朝野僉載四："則天革命，舉人不試皆與官，起家至御史、評事、拾遺、補闕者不可勝數。張鷟爲謡曰：'補闕連車載，拾遺平斗量，杷推侍御史，椀脱校書郎。'"宋蘇軾東坡集前集十三次韻王郎見慶生日並寄茶詩："但信櫝藏終自售，豈知盌脱本無橅。"

六畫

盖

gài
ㄍㄞ

"蓋"的俗體字。

盔

kuī 苦回切，平，灰韻，溪。
ㄎㄨㄟ

㊀盂屬。見廣韻灰韻。玉篇："盔，鉢也。"㊁指護首之頭盔，即甲胄之胄。漢謂之兜鍪。明史職官志二："四川道協管工部，營繕所，……兵仗、銀作、巾帽、鍼工、器皿、盔甲、軍器、寶源、皮作、鞍轡、織染、柴炭、抽分竹木各局。"

盔

【盔甲】古戰時護體之具。盔用以護首，甲用以護身，均用金屬製成。清制官之盔甲，外用錦緞包縫，兵士用布。

盛

1. shèng 承正切，去，勁韻，禪。
ㄕㄥ

㊀興盛，旺盛。國語越下："盈而不溢，盛而不驕。"禮月令季春之月："生氣方盛，陽氣發泄。"㊁豐盛。見"盛饌"。㊂極點。莊子德充符："平者，水停之盛也。"史記蕭相國世家："高祖以蕭何功最盛，封爲酇侯，所食邑多。"㊃贊美。文選漢張平子（衡）東都賦："盛夏后之致美，爰敬恭於神明。"㊄養，撫育。尚書大傳金縢："周公盛養成王。"注："盛，猶長也。"㊅姓。漢有盛吉。參閱通志二六氏族二以國爲氏。

2. chéng 是征切，平，庚韻，羣。
ㄔㄥ

㊆祭祀時置於容器中的黍稷等祭品曰盛。引申謂容器曰盛。受物之器。左傳桓六年："粢盛豐備。"禮喪大記："食粥於盛，不盥。"注："盛，謂今時杯杅也。"㊇以器受物。詩召南采蘋："于以盛之，維筐及筥。"莊子逍遙遊："魏王貽我以大瓠之種，我樹之成而實五石，以盛水漿，其堅不能自舉也。"㊈通"郕"。春秋時國名。春秋隱五年："秋，衛師入盛。"左傳作"郕"。

【盛王】有盛德之王。禮祭義："虞夏殷周，天下之盛王也，未有遺年者。"

【盛介】對來使的敬稱。常用於書信中。宋李光莊簡集十五與胡邦衡書："盛介至，辱真翰，三復感歎，不容於懷。"

【盛年】謂壯年。漢書七六張敞傳張敞上昌邑王書："今天子以盛年初即位，天下莫不拭目傾耳，觀化聽風。"

【盛壯】㊀强壯。韓非子外儲左上："子盛壯成人，其供養薄，父母怒而誚之。"㊁指月滿。史記一一〇匈奴傳："舉事而候星月，月盛壯則攻戰，月虧則退兵。"

【盛京】滿族人稱入關前的舊都爲盛京，即今遼寧瀋陽市。後金天命十年，努爾哈赤自遼陽遷都於此。皇太極天聰八年尊爲盛京。崇德元年改號爲清。世祖（福臨）順治元年遷都燕京（今北京市），遂以盛京爲留都。康熙初爲鎮守遼東等處將軍治地，光緒末爲奉天省治。參閱嘉慶一統志五七盛京統部。

【盛事】大事，美事。文選魏文帝（曹丕）典論論文："文章經國之大業，不朽之盛事。"唐杜甫杜工部詩九送重表姪王砅評事使南海："至尊均嫂叔，盛事垂不朽。"

【盛門】猶言豪門，望族。晉書夏侯湛傳："湛族爲盛門，性頗豪侈。"

【盛明】昌盛而修明。後漢書八四曹世叔妻（班昭）傳上疏："妾昭得以愚朽，身當盛明，敢不披露肝膽，以効萬一。"

【盛典】盛大的典儀。隋書音樂志上北

郊皇帝初獻奏登歌之一:"盛典弗愆,羣望咸秩。"也指隆盛的恩典。明田藝蘅留青日札摘抄二宅:"許令子孫永遠居住,如此不惟厲仕者廉謹之心,亦祖父舍宅門蔭子孫之盛典也。"

【盛服】謂衣冠齊整。禮中庸:"齊明盛服,以承祭祀。"左傳宣二年:"(趙盾)盛服將朝,尚早,坐而假寐。"也指華美的服飾。文苑英華二一三隋薛道衡和許給事善心戲場轉韻詩:"假面飾金銀,盛服摇珠玉。"

【盛怒】㊀大怒。國語魯上:"寡君不佞,不能事疆埸之司,使君盛怒以暴露於敝邑之野,敢犒輿師。"㊁宋玉風賦有"盛怒於土囊之口"語,因以盛怒指風。唐杜甫杜工部詩史補遺十北風:"今晨非盛怒,便道即長驅。"

【盛流】名流。猶言勝流。宋書武帝紀上:"高祖(劉裕)名微位薄,盛流皆不與相知。"又向靖傳:"(子柳)字玄季,有學義才能,立身方雅,無所推先,諸盛流並容之。"

【盛唐】㊀唐代自開元至大曆間,爲唐詩的全盛時期,爲唐詩分期者,稱爲盛唐。詩人如王維 孟浩然李白 杜甫 高適 岑參等,皆一時之俊。參見"三唐"。㊁山名。在安徽桐城縣。漢武帝元封五年南行巡狩,至于盛唐,即此。參閱漢書武帝紀、嘉慶一統志一〇九安慶府一山川。

【盛夏】夏季中最熱之時。漢書五行志中之下:"盛夏日長,暑以養物。"漢王充論衡雷虛:"盛夏之時,雷電迅疾,擊折樹木,壞敗房屋,時犯殺人。"

【盛氣】㊀旺盛之氣。禮玉藻:"盛氣顛實揚休。"注:"盛聲中之氣,使之闐滿,其息若陽氣之體物也。"㊁蓄怒欲發的神態。戰國策趙四:"左師觸讋願見太后,太后盛氣而揖之。"㊂浮氣,驕氣。莊子達生:"紀渻子爲王養鬬雞,十日而問:'雞已乎?'曰:'未也。'……十日又問,曰:'未也,猶疾視而盛氣。'"明史三〇八嚴嵩傳:"乃復用夏言,帝爲加嵩少師以慰之。言至,復盛氣陵嵩,頗斥逐其黨,嵩不能救。"

【盛族】指名門望族。宋書劉穆之傳:"時晉綱寬弛,威禁不行,盛族豪右,負勢陵縱。"唐杜甫杜工部詩史補遺十奉送二十三舅録事之攝郴州:"賢良歸盛族,吾舅盡知名。"

【盛暑】大熱天。北齊書封隆之傳附子子繪:"高祖(高歡)總名羣僚議其進止,……但以時既盛暑,方爲後圖,遂命班師。"

【盛滿】㊀富足,充實。管子形勢:"地大國富,民衆兵强,此盛滿之國也。"㊁自滿,滿足。北齊劉晝新論七誡盈:"聖人知盛滿之難持,每居德而謙冲。"

【盛德】㊀大德。1.指盛美之事。左傳僖七年:"夫諸侯之會,其德刑禮義無國不記,記姦之位,君盟替矣。作而不記,非盛德也。"2.指人的品德。史記六三老子傳:"吾聞之,良賈深藏若虛,君子盛德,容貌若愚。"3.敬稱有德之人。世說新語企羡:"(庾亮)後取殷浩爲長史,始到,庾公欲遣王(胡之)使下都,王自啓求住,曰:'下官希見盛德,淵源始至,猶貪與少日周旋。'"淵源,浩字。㊁年號。大理段智興(功極帝),公元1176—1180年。

【盛編】對別人著作的美稱,猶言巨著。宋曾鞏元豐類稿十六答孫都官書:"盛編尚且借觀,而先以此謝。"

【盛樂】指衆樂齊奏。禮月令仲夏之月:"命有司爲民祈祀山川百源,大雩帝,用盛樂。"注:"自鞀鞞至柷敔皆作,曰盛樂。"

【盛₂樂】地名。漢成樂縣,屬定襄郡。東漢建安二十年并雲中定襄五原朔方爲新興郡,縣遂廢。北魏之先什翼犍始居雲中之盛樂宮,於故城南築盛樂城。永熙中又置盛樂郡。參閱漢書地理志下、嘉慶一統志一六〇歸化城六廳。地在今内蒙古和林格爾。

【盛澤】鎮名。屬江蘇吳江縣,地產綢綾,號爲吳綾,俗稱盛紡。迄今仍爲絲綢重要產區。見嘉慶一統志七八蘇州府二關隘。

【盛顔】少壯時的容顔。南朝宋鮑照鮑氏集三代貧賤苦愁行:"盛顔當少歇,鬢髮先老白。"老或作"生"。

【盛鬋】女子鬢髮濃密盛美貌。楚辭宋玉招魂:"盛鬋不同制,實滿宮些。"清吳偉業梅村家藏稿三永和宮詞:"豐容盛鬋固無雙,蹴踘彈棊復第一。"

【盛饌】謂豐盛的飲食。論語鄉黨:"有盛饌,必變色而作。"世說新語雅量:"羊固拜臨海,竟日皆美供,雖晚至亦獲盛饌。"

【盛譽】㊀極大的聲譽。世說新語賞譽下"揚州獨步王文度"注引續晉陽秋:"時人爲一代盛譽者語曰:大才槃槃謝家安,江東獨步王文度(坦之),盛德日新郗嘉賓(超)。㊁極力稱讚。新唐書一三〇裴漼傳附裴寬:"會河北部將入朝,盛譽寬政。"

【盛世佐】清秀水人,字庸三。乾隆時官貴州龍里知縣。撰儀禮集編四十卷,又訂正楊復儀禮圖,辨證甚詳。

【盛德舞】漢舞名。漢宣帝採高祖廟樂武德舞爲盛德舞,爲武帝廟祭祀奏舞之用。見漢書禮樂志。參見"武德舞"。

【盛名難副】謂名過其實。後漢書六一黃瓊傳李固與瓊書:"常聞語曰:'嶢嶢者易缺,皦皦者易汙。'陽春之曲,和者必寡;盛名之下,其實難副。"

【盛服先生】指儒者。以其戴儒冠,著儒服,衣冠齊整,故稱。漢書五一路溫舒傳上宣帝書:"秦之時,羞文學,好武勇,……故盛服先生不用於世。"

【盛肥丁瘦】宋盛度豐肌大腹,而眉目清秀,丁謂疎瘦如削。二人皆浙人,並以文辭知名,時人稱盛肥丁瘦。見宋歐陽修歸田録二。

【盛氣臨人】以威嚴的氣勢壓人。宋樓鑰攻媿集八八敷文閣學士宣奉大夫致仕贈特進汪公行狀:"時户部侍郎李公椿年建議行經界,選公爲龍游縣覆實官,約束嚴峻,已量之田隱藏畝步,不以多寡率至黥配,盛氣臨人,無敢忤者。"今多作"盛氣凌人"。

【盛筵難再】謂良會之不易重逢。唐王勃王子安集五滕王閣詩序:"勝地不常,盛筵難再。"

盒

hé ㄏㄜˊ 侯閤切,入,合韻,匣。

㊀盤覆,盤蓋。見廣韻。㊁底蓋相連、體積較小的盛器。

【盒子】煙火之一種。舊時俗傳二月十九日爲觀音誕辰,人於是日醵錢施放盒子,花樣甚多。參閱清張燾津門雜記中煙火盒子。今稱藏物器爲盒子。

【盒子會】明時南京妓院姿藝有名的妓女,或二十、三十人結成手帕姊妹。每於農曆正月十五日上元節聚飲,各用盒裝異物相賽,以物之精美高下爲勝,負者罰酒酌勝者,稱盒子會。見明余懷板橋雜記下附録引沈周盒子會辭序。

七畫

盗

dào ㄉㄠˋ 徒到切,去,号韻,定。

㊀竊取。左傳僖二四年:"竊人之財,猶謂之盗,況貪天之功以爲己力乎?"孟子萬章下:"夫謂非其有而取之者,盗也。"㊁竊取財物的人。論語陽貨:"色厲而内荏,譬諸小人,其猶穿窬之盗也與?"老子:"絕巧棄利,盗賊無有。"㊂指讒佞之

人。詩小雅巧言："君子信盜，亂是用暴。"

【盜人】盜賊。墨子大取："遇盜人而斷指以免身，利也；其遇盜人，害也。"

【盜汗】病名。熟睡中出汗，中醫謂因患者陰虛所致。金匱要略方論上血痺虛勞："男子平人脈虛弱細微者，善盜汗也。"

【盜言】猶讒言。詩小雅巧言："盜言孔甘，亂是用餤。"疏："險盜之人，其言甚甘，使人信之而不已。"

【盜庚】旋覆花的別名。見爾雅釋草。本草綱目十五草旋覆花："蓋庚者，金也；謂其夏開黃花盜竊金氣也。"參見"旋覆花"。

【盜狗】偷吃東西的狗。漢末曹操征吳，丁斐隨行。以私換官牛，爲人告發，奪官送獄。曹操謂近侍曰："我之有斐，譬如人家有盜狗而善捕鼠，盜雖有小損而完我囊貯。"遂復斐官。事見三國志魏曹爽傳"於是收爽、羲、訓、晏、颺、謐、軌、勝、範、當等，皆伏誅，夷三族"注引魏略。

【盜竽】猶言盜首。竽爲五音之長，故稱。韓非子解老："竽先則鍾瑟皆隨，竽唱則諸樂皆和。今大姦作，則俗之民唱，俗之民唱，則小盜必和。故服文采，帶利劍，厭飲食，而貨資有餘者，是之謂盜竽矣。"老子作"盜夸"。

【盜泉】古泉名。尸子："(孔子)過於盜泉，渴矣而不飲，惡其名也。"文選晉陸士衡(機)猛虎行："渴不飲盜泉水，熱不息惡木陰。"盜泉在山東泗水縣。縣境之泉凡八十有七，相傳惟盜泉不流，餘皆匯爲泗河。參閱嘉慶一統志一六五兗州府一山川。

【盜恩】竊取功賞。資治通鑑二三八唐元和六年："(李惟簡)以爲邊將當謹守備，蓄財穀以待寇，不當覩小利，起事盜恩。"注："生事邀功，竊取官賞，是爲盜恩。"

【盜烏】漢潁川太守黃霸，常密行伺察。有吏出，食於道旁，有鵶攫去所食之肉。人告於霸。吏還，霸慰勞曰："甚苦！食於道旁乃爲烏所盜肉。"吏驚，以爲霸俱知其起居，所問不敢有所隱。見漢書八九黃霸傳。後即以盜烏喻人明察善斷。北周庾信庾子山集十五故周大將軍趙公墓銘："盜烏懸察，疑蛇立辯。"

【盜跖】相傳爲春秋末期人。名跖(一作蹠)，柳下屯(今山東西部)人。孟子滕文公下："仲子所居之室，伯夷之所築與？抑亦盜跖之所築與？"荀子不苟："盜跖吟口，名聲若日月，與舜禹俱傳而不息。"莊子盜跖篇言跖爲柳下惠弟，並記其與孔子論辯之語。案孔子與跖不同時，莊子特借寓言以發揮其絕仁棄智之説而已。

【盜嫂】與嫂私通。漢陳平及直不疑皆有被誣盜嫂之事，見史記陳丞相世家、漢書四六直不疑傳。後因以稱虛構男女事而進行中傷誣衊。

【盜詩】唐楊衡初隱廬山，有竊其詩文以登第者。衡既見其人，盛怒曰："'一一鶴聲飛上天'，在否？"答曰："此句知兄最惜，不敢偷。"衡笑曰："猶可恕也。"見唐詩紀事五一楊衡。

【盜儒】指言行不一的儒生。新唐書一七四李逢吉等傳贊："夫口道先王語，行如市人，其名曰'盜儒'。"

【盜驂】乘人不覺解去駕車的馬匹。漢書七六韓延壽傳："延壽在東郡時試騎士，……使騎士戲車弄馬盜驂。"注："孟康曰：'戲車弄馬之技也，馳盜解驂馬，御者不見也。'"

【盜囊】盛盜物的袋。漢桓寬鹽鐵論孝養："高臺極望，食案方丈，而不可爲孝，老親之腹非盜囊也，何故常盛不道之物？"宋梅堯臣宛陵集三四聞進士販茶詩："浮浪書生亦貪利，史笥經箱爲盜囊。"

【盜鑄】私鑄貨幣。漢書文帝紀五年："除盜鑄錢令。更造四銖錢。"又食貨志四下賈誼諫曰："令禁鑄錢，則錢必重；重則其利深，盜鑄如雲而起，棄市之罪又不足以禁矣。"

【盜驪】淺黑色之馬，爲周穆王八駿之一。見穆天子傳四。參見"八駿"。

【盜亦有道】莊子胠篋："故跖之徒問於跖曰：'盜亦有道乎？'跖曰：'何適而无有道邪！'"莊子本意在抒説道無不在的論點，後泛稱即使爲非作惡的人，亦有固定的一套規矩、辦法。

【盜憎主人】謂邪惡之人憎恨正直之人。左傳成十五年："初，伯宗每朝，其妻必戒之曰：'盜憎主人，民惡其上，子好直言，必及於難。'"後漢書二四馬援傳上疏："初，(隗)囂遣臣東，……及臣還反，報以赤心，實欲導之於善，非敢譎以非義，而囂自挾姦心，盜憎主人，怨毒之情遂歸於臣。"

【盜鍾掩耳】喻自欺。宋朱熹朱文公集二四與鍾戶部論虧欠經總制錢書："爲戶部者又爲之變符檄，急郵傳，切責提刑司，提刑司下之州，州取辦於縣……而議者必且以爲朝廷督責官吏補發，非有與於民也，此又與盜鍾掩耳之見無異。"參見"掩耳盜鈴"。

【盜不過五女門】後漢書六六陳蕃傳："鄙諺云：'盜不過五女門'，以女貧家也。"言家有五女，須教養遣嫁，必致家貧，故盜不往。

八畫

盞 zhǎn 阻限切，上，産韻，莊。ㄓㄢˇ

也作"琖"、"醆"。見廣韻。㈠小杯。方言五："盞，桮也。……自關而東趙魏之間曰槭，或曰盞。"注："最小桮也。"㈡量詞。唐張鷟朝野僉載三："睿宗先天二年正月十五十六夜，於京師安福門外作燈輪，……燃五萬盞燈，簇之如花樹。"杜甫杜工部草堂詩箋二三撥悶："聞道雲安麴米春，纔傾一盞卽醺人。"

【盞石】石名。在山東掖縣北，臨大海，方圓五步，上有凹坑。傳説爲秦始皇所鑿，以盛酒醢，祈祭百神。參閱嘉慶一統志一七四萊州府一古蹟鑿星石。

盟 1. méng míng 武兵切，平，庚韻，明。ㄇㄥˊ ㄇㄧㄥˊ

㈠在神前誓約、結盟。禮曲禮下："約信曰誓，涖牲曰盟。"疏："盟者殺牲歃血，誓於神也。……盟之爲法，先鑿地爲方坎上，割牲牛耳，盛以珠盤，又取血，盛以玉敦。用血爲盟書，成乃歃血而讀書。"左傳僖二八年："癸亥，王子虎盟諸侯于王庭，要言曰：'皆獎王室，無相害也。有渝此盟，明神殛之！'"前盟字，動詞；後盟字，名詞。㈡我國蒙古等少數民族，合數部落爲盟，今爲行政區域名，如伊克昭盟。相當於地區。

2. mèng 莫更切，去，映韻，明。ㄇㄥˋ

㈢見"盟₂津"。

【盟主】同盟之領袖。左傳襄二六年："(趙)文子言於晉侯曰：'晉爲盟主，諸侯或相侵也，則討而使歸其地。'"三國志魏武帝紀："(袁術等)同時俱起，兵衆各數萬，推(袁)紹爲盟主。"

【盟府】掌管保存盟書的官府。左傳僖二六年："昔周公太公股肱周室，夾輔成王，成王勞而賜之盟，曰：'世世子孫，毋相害也。'載在盟府，大史職之。"

【盟₂津】古地名，卽孟津。舊址在河南孟津縣東。古史記周武王伐紂，東觀兵於此，諸侯不期而會者八百，故稱盟津。參閱水經注五河水、太平寰宇記五偃師縣。參見"孟津㈠"。

【盟首】盟書之章首。左傳襄二三年："將

盟臧氏，季孫召外史掌惡臣，而問盟首焉。"注:"盟首，載書之章首。"

【盟書】古代盟誓的文書。也稱"載書"。周禮秋官大司寇:"凡邦之大盟約，涖其盟書而登之于天府。"古之盟書，皆有數本。一本埋於盟所或沉於河，與盟者各持一本歸，藏於祖廟或司盟之府。

【盟詛】猶盟誓。大事曰盟，小事曰詛。荀子大略:"誥誓不及五帝，盟詛不及三王。交質子不及五伯。"周禮春官詛祝:"作盟詛之載辭，以敍國之信用，以質邦國之劑信。"

【盟鷗】與鷗鳥爲盟友，喻退隱。宋陸游劍南詩稿四雨夜懷唐安:"小閣簾櫳頻夢蝶，平湖煙水已盟鷗。"戴復古石屏集三子淵送牡丹詩:"海上盟鷗客，人間失馬翁。"

盝 lù ㄌㄨˋ 盧谷切，入，屋韻，來。

㊀滲漏以去水。通"漉"、"盪"。周禮考工記㡛氏:"清其灰而盝之，而揮之。"爾雅釋詁:"盝，竭也。"㊁小匣。唐白居易長慶集五五宿杜曲花下詩:"籃轝爲臥舍，漆盝是行廚。"新唐書一八〇李德裕傳:"敬宗立，侈用無度，詔浙西上脂盝粧具。"

九畫

監 1. jiān ㄐㄧㄢ 古銜切，平，銜韻，見。

㊀自上臨下，監視。詩大雅皇矣:"監觀四方，求民之莫。"國語周上:"(周厲王)得衛巫，使監謗者。"㊁古代視日光附會人事預言吉凶的一種方法。見"十煇"。㊂牢獄的俗稱。

2. jiàn ㄐㄧㄢˋ 格懺切，去，鑑韻，見。

㊃照視。通"鑑"、"鑒"。書酒誥:"古人有言，曰:人無於水監，當於民監。"傳:"視水見己形，視民行事見吉凶。"引申爲借鑒之義。書召誥:"我不可不監於有夏，亦不可不監於有殷。"論語八佾:"周監於二代，郁郁乎文哉!"㊄官署名。如中書監、祕書監。參見各該條。㊅宦官，太監。史記秦紀:"(衛鞅)因景監求見孝公。"正義:"監，閹人也。"

【監₂本】五代後唐時，宰相馮道、李愚請令判國子監田敏校正九經，刻板印賣，後來因稱歷代國子監刊印之書爲監本。明代於南北兩京國子監刊印經史，因又有南監本、北監本之別。

【監司】㊀猶言監察。後漢書十七賈復傳:"轉相監司，以擿發其姦。"㊁指監察地方屬吏之官。後漢書三一蘇章傳附蘇不韋:"時魏郡李暠爲美陽令，與中常侍具瑗交通，貪暴爲民患，前後監司畏其勢援，莫敢糾問。"監司之名始此。宋置轉運使監察各路，始以監司爲通稱。明按察使及按察分司，以按察爲職，亦稱監司。清代司道以監督府縣爲專責，通稱監司。

【監₂生】明清入國子監就讀者，統稱監生。唐元和二年置東都監生一百員，爲監生名之始。明設國子監，令各地擇諸生學行優者，送國子監就學；舉人會試不第，亦得入國子監。入學者，舉人稱舉監，生員稱貢監，品官子弟稱廕監，捐貲稱例監。至景泰中始開納粟入監之例。清代監生有恩監、廕監、優監、例監之別。乾隆以後監生，多指由捐納而得，並不入監就讀。光緒三十一年立學部，廢國子監，監生之名遂廢。參閱新唐書選舉志上、明史選舉志一、清趙翼陔餘叢考二八監生。

【監奴】掌管家務的奴僕。漢書六八霍光傳:"光愛幸監奴馮子都，常與計事。"注:"監奴，謂奴之監知家務者也。"後漢書七八張讓傳:"讓有監奴典任家事。"

【監州】官名。通判的別稱。南朝梁蕭景曾以安右將軍監揚州，人稱蕭監州，監州之稱始此。見梁書蕭景傳。宋初，鑑於五代藩鎮割據之患，於各州設通判，人選往往出於朝廷特命，其名爲知州之佐，也稱監州，對地方長官起監督作用。參閱文獻通考六三職官十七郡丞通判。參見"通判"。

【監₂地】清初沿明制，於甘肅設苑馬七監，後停止，以其地給民墾種爲監地。見清會典十七戶部。

【監兌】清制，漕運兌運，每省委派府佐監察，凡米色之好壞，兌運之延滯，及運軍水手盜賣漕米，滲水和沙或私帶客貨，強橫生事等弊，責令監兌官嚴行禁戢。參閱清會典事例二〇四戶部漕運。

【監利】縣名。屬湖北省。漢華容縣地，三國吳置監利縣，尋廢。晉復置，屬南郡。歷代相因之。參閱寰宇通志五三荆州府。

【監作】官名。唐制，凡少府、將作、軍器三監，以及監內所屬諸署、諸監，皆置監作，自二至十人。見新唐書百官志三。

【監門】㊀守門人。周禮地官司門:"祭祀之牛牲繫焉，監門養之。"注:"監門，門徒。"荀子榮辱:"故或祿天下而不自以多，或監門御旅、抱關擊柝而不自以爲寡。"㊁官府名。爲監門府的省稱。隋初，有左右監門府將軍，掌宮殿門禁及守衛事。唐左右監門府置大將軍、中郎將等官，龍朔二年改府爲衛。參閱文獻通考五八職官十二左右監門衛。㊂宋設六部監門官，以京朝官充任，掌部僚出入謁假事，謂之部門，也稱門官。參閱文獻通考五三職官六六部監門。

【監軍】官名。史記六四司馬穰苴傳記齊景公使穰苴將兵，以莊賈監軍，爲監軍一名之始。漢武帝置監軍使者。東漢魏晉皆有，省稱監軍，也稱監軍事；又有軍師、軍司，皆爲監軍之職。隋末或以御史監軍事，唐玄宗始以宦官爲監軍，明以御史爲監軍。清不設。參閱文獻通考五九職官十三監軍。

【監修】自北齊隋以來，以大臣領修國史，謂之監修。唐貞觀三年，移史館於禁中，在門下省北，自後由宰相監修國史，遂成故事。參閱舊唐書職官志二。

【監₂書】謂國子監版本的書。宋陸游劍南詩稿六八荷鋤:"膽怯沽官釀，瞳昏讀監書。"國子監印本字大清晰，便於閱覽。參見"監₂本"。

【監郡】秦漢御史，外督州郡，稱監郡。見漢書百官公卿表上。全唐詩五六〇薛能暇日寓懷寄朝中親友:"臨生白髮方監郡，遲恥青衣懶上樓。"

【監候】清刑律判處死刑立卽執行者稱立決；等候秋審再行裁定者稱監候。有斬監候與絞監候之別。見清會典事例七二三刑部五刑。

【監視】猶監督。漢書七三韋賢傳附韋玄成自責詩之五:"四方羣后，我監我視，威儀車服，唯肅是履!"北史齊宣帝紀:"有司監視，必令豐備。"

【監國】古時君王外出，太子留守，代行處理國政，謂之監國。左傳閔二年:"(太子)君行則守，有守則從，從曰撫軍，守曰監國，古之制也。"後也有以諸王監國的，如五代後唐明宗李嗣源、明弘光帝朱由崧未正式卽位前，皆稱監國。明末魯王(朱以海)在浙東稱監國。清末溥儀卽位年幼，由父醇王載灃攝政，也稱監國。

【監₂寐】不脫衣冠而睡，猶言假寐。後漢書桓帝紀建和三年詔:"監寐寤歎，疢如疾首。"注:"監寐言雖寢而不寐也。"又五七劉陶傳上議:"屏營傍偟，不能監寐。"注:"監寐猶寤寐也。"

【監搜】自魏晉以來，凡入殿奏事官，以御史一人立殿門外，搜索而後許入，謂之監搜。至唐太和中始罷。見宋葉夢得石林燕語二。參閱新唐書文宗紀太和元年。

【監廚】 監管炊事。後漢書八十禰衡傳:"又問:'荀文若(彧)、趙稚長云何?'衡曰:'文若可借面弔喪,稚長可使監廚請客。'"

【監試】 監督考試。三國志魏司馬朗傳:"年十二,試經爲童子郎,監試者以其身體壯大,疑朗匿年。"清制鄉試監臨官亦稱監試官。

【監督】 ㊀監察督促。周禮地官鄉師"遂治之"漢鄭玄注:"治,謂監督其事。"後漢書七十荀彧傳曹操表:"臣聞古之遣將,上設監督之重,下建副二之任,所以尊嚴國命而鮮過者也。"㊁官職名稱。清末習用之,如京通十三倉監督,崇文門左右翼監督,大學堂監督,銀行總監督等等。

【監察】 猶監督。後漢書四六陳忠傳上疏:"故三公稱日冢宰,……入則參對而議政事,出則監察而董是非。"

【監撫】 指監國與撫軍。陳書陸琰傳陳後主與江總書:"吾監撫之暇,事隙之辰,頗用譚笑娛情。"參見"監國"、"撫軍"。

【監盤】 清制,凡州縣官有典守錢糧之職者,去任時應將所典守的錢糧,移交接任。後任必須點盤清楚而後接收,同時由上級派人到場監視,謂之監盤。參閱清會典十九戶部。

【監德】 木星於正月晨見東方時的別名。史記天官書:"歲星左行在寅,歲星右轉居丑。正月,與斗、牽牛晨出東方,名曰監德。"文苑英華七九〇北周庾信思舊銘:"歲在攝提,星居監德。"

【監臨】 ㊀到場察看,卽監督臨視之意。史記八九陳餘傳陳中豪傑父老說陳涉曰:"且夫監臨天下諸將,不爲王不可,願將軍立爲楚王也。"㊁指負責實地監察的上官。漢書刑法志:"於是招進張湯趙禹之屬,作見知故縱監臨部主之法。"注:"見知人犯法不舉者爲故縱,而所監臨部州有罪,並連坐也。"參閱唐律疏議十一職制。㊂清制,鄉會試時,除派主考官外,另派大員一人爲監臨,監察試事,防止營私舞弊事,在京以順天府尹充任,外任以督撫充任。見六部成語註解吏部監臨主守。

【監護】 督察。史記陳丞相世家:"是日乃拜平爲都尉,使爲參乘,典護軍。諸將盡讙,曰:'大王一日得楚之亡卒,未知其高下,而卽與同載,反使監護軍長者!'"後漢書十五來歙傳:"詔使留屯長安,悉監護諸將。"

【監河侯】 莊子外物謂莊周家貧往貸粟於監河侯。後用爲借貸之典。宋蘇軾分類東坡詩十七莫笑銀杯小答喬太傅:"請君莫笑銀杯小,爾來歲旱東海窄。會當拂衣歸故丘,作書貸粟監河侯。"

【監察御史】 官名。秦以御史監理諸郡,漢罷其名,至晉太元中置檢校御史,掌行馬外事,北魏北齊北周因之。隋開皇二年改檢校御史爲監察御史,唐制監察御史十五人,隸御史臺察院,掌分察百官、巡撫州縣獄訟、祭祀及監諸軍出使等。宋元明清皆因之。參閱通典二四職官六、文獻通考五三職官七監察侍御史。

盡

1. jǐn ㄐㄧㄣˇ 慈忍切,上,軫韻,從。

㊀器中空。見說文。㊁竭,完。易繫辭上:"書不盡言,言不盡意。"引申爲達於極限。莊子齊物論:"至矣盡矣,不可以加矣。"㊂止,終。漢書諸侯王表序:"自鴈門以東,盡遼陽,爲燕代。"㊃月終。農曆三十日爲大盡,二十九日爲小盡。見"大盡"。㊄死。後漢書八四皇甫規妻傳:"妻謂持杖者曰:'何不重乎?速盡爲惠。'遂死車下。"㊅皆,悉。左傳昭二年:"周禮盡在魯矣。"

2. jǐn ㄐㄧㄣˇ 卽忍切,上,軫韻,精。

㊆聽任,縱令。禮曲禮上:"虛坐盡後,食坐盡前。"俗作"儘",見"儘"。

【盡力】 竭盡材力。左傳成十三年:"勤禮莫如致敬,盡力莫如敦篤。"管子形勢:"人主之所以使下盡力而親上者,必爲天下致利除害也。"

【盡心】 竭其心力。書康誥:"往盡乃心,無康好逸豫,乃其乂民。"孟子梁惠王上:"寡人之於國也,盡心焉耳矣。"

【盡日】 自早至晚,猶終日。淮南子氾論:"是以盡日極慮而無益於治。"三國志魏武帝紀:"(董卓將徐)榮見太祖所將兵少,力戰盡日,謂酸棗未易攻也,亦引兵還。"

【盡言】 ㊀竭盡其言。易繫辭上:"書不盡言。"疏:"書所以記言,言有煩碎,或楚夏不同,有言無字,雖欲書錄,不可盡竭於其言,故云書不盡言也。"㊁猶極言、直言。左傳襄三一年:"子於鄭國,棟也。棟折榱崩,僑將厭焉,敢不盡言。"國語周下:"唯善人能受盡言。"

【盡命】 ㊀謂効死。宋書張暢傳:"音儀容止,衆皆矚目,見者皆爲盡命。"北史魏彭城王傳:"士於布衣,猶爲知己盡命,況臣託靈先皇,誠應竭股肱之力。"㊁終天年。漢荀悅申鑒俗嫌:"壽必用道,所以盡命。"

【盡室】 ㊀全家,猶言一家子。左傳成二年:"使屈巫聘于齊,且告師期,巫臣盡室以行。"注:"室家盡去。"㊁滿座。猶言一屋子。文選晉潘安仁(岳)笙賦:"樂聲發而盡室歡,悲音奏而列坐泣。"

【盡情】 ㊀傾吐真情。左傳昭十三年:"雖獲歸骨於晉,猶子則肉之,敢不盡情。"㊁從意所欲。唐李中碧雲集下和潯陽宰感舊絕句之五:"昔歲尋芳忻得侶,江堤物景盡情看。"

【盡意】 ㊀充分表達心意。易繫辭上:"言不盡意。"疏:"意有深邃委曲,非言可寫,是言不盡意也。"南齊蕭子良竟陵王集一答王僧虔書:"伯英之筆,窮神盡意。"㊁同"盡情"。唐元稹長慶集十四遣春詩之一:"逢酒判身病,拈花盡意憐。"

【盡瘁】 竭盡心力。詩小雅北山:"或燕燕居息,或盡瘁事國。"左傳昭七年引詩作"憔悴"。

【盡歲】 整年。宋陸游劍南詩稿六六初夏閒居之三:"白首史官閒盡歲,祇將搜句答流光。"

【盡節】 盡心竭力,保全節操。多指赴義捐生。管子形勢:"入則務本疾作,以實倉廩;出則盡節死敵,以安社稷。"漢書七六王尊傳公乘興等上書:"尊盡節勞心,夙夜思職,卑體下士,厲奔北之吏,起沮傷之氣。"

【盡齒】 ㊀盡其年壽。國語晉一:"非義不盡齒。"㊁指衰老。逸周書程典:"牛羊不盡齒,不屠。"

【盡頭】 終點,盡處。唐杜甫杜工部詩史補遺一漫興之五:"腸斷春江欲盡頭,杖藜徐步立芳洲。"宋蘇軾東坡集續集十次韻章子厚飛英留題詩:"黃公酒肆如重過,杳杳白蘋天盡頭。"

【盡禮】 完全做到符合禮節。論語八佾:"事君盡禮,人以爲諂也。"後漢書二七張湛傳:"後告歸平陵,望寺門而步。主簿進曰:'明府位尊德重,不宜自輕。'湛曰:'……父母之國,所宜盡禮,何謂輕哉?'"

【盡辭】 說完要說的話。國語晉四:"鄭人以詹予晉,晉人將烹之。詹曰:'臣願獲盡辭而死,固所願也。'"

【盡歡】 ㊀極意承歡。禮檀弓下:"啜菽飲水,盡其歡,斯之謂孝。"文選南朝齊王仲寶(儉)褚淵碑文:"盡歡朝夕,人無間言。"㊁縱情歡樂。南史孔淳之傳:"王敬弘……至則盡歡共飲，迄暮而歸。”唐李白李太白詩三將進酒：“人生得意須盡歡，莫使金樽空對月。”

【盡言集】宋劉安世撰。十三卷。安世就學於司馬光，立朝敢言，屢遭貶斥。集中文章，多危言正論，所論諸事，史不全載，可資以考見時政。

【盡忠報國】竭盡忠貞，報効國家。北史顏之儀傳：“劉昉鄭譯等矯遺詔，以隋文帝爲丞相輔少主，……逼之儀署。之儀厲聲謂昉等曰：‘……公等備受朝恩，當盡忠報國，奈何一旦欲以神器假人！’”宋史三六五岳飛傳：“初命何鑄鞫之，飛裂裳以背示鑄，有‘盡忠報國’四大字，深入膚理。”

【盡善盡美】謂完美至極。論語八佾：“子謂韶，盡美矣，又盡善也；謂武，盡美矣，未盡善也。”韶，舜時樂名。武，武王時樂名。大戴禮一哀公問五義：“雖不能盡善盡美，必有所處焉。”

【盡態極姸】使儀態極盡其美艷。唐杜牧樊川集一阿房宮賦：“一肌一容，盡態極姸，縵立遠視而望幸焉。”

【盡信書不如無書】孟子盡心下：“盡信書，則不如無書。吾於武成，取二三策而已矣。”書，尚書。武成，尚書篇名。言武王伐紂，殺人血流漂杵，孟子以爲不足信。後泛指不要拘泥書本。

盬 xù ㄒㄩˋ 集韻 呼昊切，入，錫韻。

見下。

【盬町山】山名。漢書地理志上益州郡律高縣：“西石空山出錫，東南盬町山出銀、鉛。”律高縣，漢置，後廢。地當今雲南馬龍縣東。

盠 lí ㄌㄧˊ 郎奚切，平，齊韻，來。lǐ ㄌㄧˇ 盧啓切，上，薺韻，來。

㊀以瓢爲飲器。㊁簞。盛飯的圓形竹器。皆見廣韻。

【盠頂】房屋名。清震鈞天咫偶聞十瑣記：“內城房式，異於外城，……大房東西，必有套房名曰耳房，左右有東西廂，必三間，亦有耳房，名曰盠頂。”

十 畫

盤 pán ㄆㄢˊ 薄官切，平，桓韻，並。

本作“槃”、“鎜”，俗作“柈”。㊀淺而敞口的盛物器。左傳僖二三年：“乃饋盤飧，置璧焉。”南朝梁江淹江文通集二學梁王兔園賦：“碧玉作椀，銀爲盤。”㊁古代沐浴器。青銅製，盛行於商周。禮大學：“湯之盤銘曰：‘苟日新，日日新，又日新。’”疏：“湯之盤銘者，湯沐浴之盤而刻銘爲戒。”㊂迴繞，盤曲。文選漢司馬長卿（相如）子虛賦：“其山則盤紆岪鬱。”參見“盤馬”。㊃安樂，遊樂。書秦誓：“民訖自若是多盤，責人斯無難。”又無逸：“文王不敢盤于游田。”㊄查問，查點。敦煌卷季布罵陣：“夜深不必盤姓名，僕是去年罵陣人。”見“盤門”、“盤點”。㊅通“磐”。見“盤石”。㊆通“鞶”。見“盤囊”。

盤

【盤山】山名。本名四正山。又名盆山。位於天津薊縣西北。相傳古有田盤先生在此隱居，故名。山勢雄秀，分上、中、下三盤，上盤之勝以松，中盤以石，下盤以水。清代建有行宮，名静寄山莊。見嘉慶一統志七順天府山川。

【盤牙】同“盤互”。漢王符潛夫論述赦：“又重饋部吏，吏與通姦，利入深重，幡黨盤牙。”參見“盤互”。

【盤互】相互交結。漢書三六劉向傳上封事：“內有管蔡之萌，外假周公之論，兄弟據重，宗族盤互，歷上古至秦漢，外戚僭貴未有如王氏者也。”注：“盤結而交互也。（互）字或作牙，謂若犬牙相交入之意也。”

【盤石】巨石。喻穩定堅固。荀子富國：“爲民者否，爲利者否，爲忿者否，則國安於盤石，壽於旗翼。”注：“盤石，盤薄大石也。”漢書文帝紀：“高帝王子弟，地犬牙相制，所謂盤石之宗也。”史記孝文紀作“槃石”。

【盤古】盤古氏。我國神話中開天闢地首出創世的人。太平御覽二三國吳徐整三五曆紀：“天地渾沌如雞子，盤古生其中。萬八千歲，天地開闢，陽清爲天，陰濁爲地，盤古在其中。一日九變，神於天，聖於地。天日高一丈，地日厚一丈，盤古日長一丈。”參閱舊題南朝梁任昉述異記上。

【盤江】廣西黔江的上游。有南北二源，皆在雲南境內烏蒙山脈。南盤江上游稱八達河。北盤江古稱牂牁水，上游稱可渡河。二江於廣西凌雲縣西北的雅亭墟相合，合後總稱紅水河。參閱嘉慶一統志五〇一安順府山川。

【盤州】唐置。秦時爲黔中地，漢屬牂牁郡，蜀隸興古郡。唐武德間置西平州，貞觀八年改爲盤州。元爲普安路地。故治在今貴州盤縣境。參閱舊唐書地理志四、元史地理志四。

【盤谷】地名。在今河南濟源縣北。唐李愿曾隱居讀書於此。韓愈昌黎集十九有送李愿歸盤谷序。參閱嘉慶一統志二〇二懷慶府一山川。

【盤庚】殷商君主，湯九世孫祖丁之子，繼兄陽甲卽位。時王室衰亂，盤庚率衆自奄（今山東曲阜）遷都於殷（今河南安陽）。商復興。史稱殷商。參閱史記殷紀、竹書紀年上。盤庚五遷，將治亳殷，臣民安土重遷，羣相咨怨，乃作書告諭，卽書盤庚三篇。見書盤庚序。一說盤庚崩，殷復衰，百姓思盤庚而作。見史記殷紀。

【盤盂】盛物之器。圓者爲盤，方者爲盂。於盤上刻文，用以紀功或作警省之資。墨子非命下：“鏤之金石，琢之盤盂，傳遺後世子孫。”漢書藝文志雜家著録孔甲盤盂二十六篇。

【盤松】松老久爲空氣所壓，枝成盤狀，稱盤松。也有以人工紮成爲盆景者。宋周必大玉堂雜記：“春桃盤松，其詳不可得而知也。嘗見御製盤松贊墨本云：‘天錫瑞木，得自嶔岑，枝蟠數萬，幹不倍尋，怒騰雲勢，静奏琴音。’”

【盤門】蘇州城西南門名。古水陸城門所存僅此，爲全國重點文物保護單位之一。唐陸廣微吳地記：“盤門古作蟠門，嘗刻木作蟠龍，鎮此以厭越，又云：水陸相半，沿洄屈曲，故名盤門。”

【盤陀】陀，也作“陁”。㊀石不平貌。唐王建詩二北邙行：“蒿草少於松柏樹，澗底盤陀石漸稀。”宋蘇軾分類東坡詩五遊金山寺：“中泠南畔石盤陁，古來出没隨濤波。”也指不平之石。宋陸游劍南詩稿二九山園雜賦：“偶據盤陀坐，還扶楖栗行。”㊁謂回旋曲折。水滸四七：“好個祝家莊，盡是盤陀路，容易入得來，只是出不去。”㊂鞍墊。唐杜甫杜工部草堂詩箋八魏將軍歌：“星纏寶校金盤陁，夜騎天駟超天河。”㊃冶煉破銅。新唐書食貨志四：“先是諸鑪鑄錢窳薄，鎔破錢及佛像，謂之‘盤陀’。”

【盤阿】古稱隱者樂居之處。詩衛風考槃：“考槃在澗，碩人之寬……考槃在阿，碩人之薖。”槃，盤桓。元袁桷清容居士集三七曾祖母李氏追封趙國夫人制：“盤阿共隱，饁畝如賓。”

【盤迴】盤曲回旋。舊題漢班固漢武帝內傳：“霞滅，見赤龍盤迴棟間。”南朝梁江淹江文通集三渡泉嶠出諸山之頂詩：“崩壁迭枕臥，嶄石屢盤迴。”

【盤香】以香料與榆皮麵作糊，壓成長

條，製爲盤狀，謂之盤香。其合香之法，與線香略同。亦作"蟠香"。

【盤拏】盤曲作攫拏狀。唐杜甫杜工部詩史補遺八李潮八分小篆歌："八分一字直百金，蛟龍盤拏肉屈强。"

【盤紆】盤回紆曲。文選戰國楚宋玉高唐賦："水澹澹而盤紆兮，洪波淫淫之溶滴。"淮南子本經："木巧之飾，盤紆刻儼，嬴鏤雕琢，詭文回波。"注："盤，盤龍也。紆，曲屈。"

【盤馬】跨馬盤旋。世説新語雅量："(庾)翼便爲於道開鹵簿盤馬，始兩轉，墜馬墮地，意色自若。"唐韓愈昌黎集三雉帶箭詩："將軍欲以巧服人，盤馬彎弓惜不發。"

【盤桓】㊀逗留不進貌。漢書一〇〇上敍傳幽通賦："承靈訓其虚徐兮，竚盤桓而且俟。"㊁廣大貌。文選晉陸士衡(機)擬青青陵上柏詩："名都一何綺，城闕鬱盤桓。"㊂曲折，盤曲。髻、釵之盤曲者也以之爲名。後漢梁冀妻孫壽作盤桓髻。晉崔豹古今注下雜注："長安婦人好爲盤桓髻。"全唐詩六八五吴融箇人三十韻："髻學盤桓綰，妝依宛轉成。"

【盤郢】春秋吴王寶劍名。即"磐郢"。南朝梁江淹江文通集三銅劍讚："吴王闔閭冢……扁諸之劍三，盤郢、魚腸之劍在焉。"參見"磐郢"。

【盤飣】以果餌堆放盤中作供飾。宋灌園耐得翁都城紀勝四司六局："果子局專掌裝簇、盤飣、看果、時果，準備勸酒。"宋范成大石湖集二七冬日田園雜興詩之八："莫嗔老婦無盤飣，笑指灰中芋栗香。"

【盤剥】㊀搬運裝卸。宋朱熹朱文公集二六與顔提舉劄子："而舟船艱得，裝發遲緩，盤剥留滯，耗折百端。"㊁盤算剥削。紅樓夢一〇五："所抄家資，内有借券，實係盤剥。"

【盤渦】水流迴旋成渦。文選晉郭景純(璞)江賦："盤渦谷轉，凌濤山頹。"唐杜甫杜工部草堂詩箋十八梅雨："竟日蛟龍喜，盤渦與岸回。"

【盤旋】㊀迴旋周轉。淮南子氾論："夫弦歌鼓舞以爲樂，盤旋揖讓以脩禮。"抱朴子廣譬："箕踞之俗，惡盤旋之容；被髮之域，憎章甫之飾。"㊁留連，盤桓。唐韓愈昌黎集十九送李愿歸盤谷序："是谷也，宅幽而勢阻，隱者之所盤旋，友人李愿居之。"

【盤瓠】也作"槃瓠"。古代傳説爲帝高辛氏之犬，其毛五色。帝募天下有能得戎吴將軍之頭者，妻以少女。槃瓠銜頭來，帝以女配之。槃瓠負女入南山石室，爲夫婦，子孫繁殖，分布於西南各地。參閱後漢書南蠻傳、晉干寶搜神記十四。

【盤問】詳細查問究竟。唐大詔令集一〇五令百官言事詔："其理匭使但以任投匭人移表狀於匭中，依常進來，不須勒留副本，並妄有盤問。"

【盤盓】旋繞。文選晉木玄虚(華)海賦："盤盓激而成窟，消沸潎而爲魁。"

【盤遊】娛樂游逸。書五子之歌："(太康)乃盤遊無度，畋于有洛之表，十旬弗反。"釋文："本或作槃。"參見"槃遊"。

【盤道】盤曲的山路。水經注二七沔水："西北二面，連峯接崖，莫究其極。從南爲盤道。"

【盤費】旅費。文獻通考一〇六兵十二："淳熙十五年侍衛步軍都虞候梁師雄言，……更乞令沿路都統司分定驛程，各差素有心力將官一員，從各司量給盤費，責令與諸軍所委官共同提點。"古今雜劇元鄭德輝王粲登樓一："爭奈小生家寒，無有盤費。"

【盤跚】猶蹣跚。走路緩慢、搖擺貌。藝文類聚九六晉潘尼鼈賦："既顛墜於巖岸，方盤跚而雅步。"文苑英華三唐薛曜舞馬篇："婉轉盤跚殊未已，懸空步驟紅塵起。"也作"盤珊"。全唐詩六一四皮日休夏景無事因懷章來二上人之二："佳樹盤珊枕草堂，此中隨分亦閑忙。"此爲婆娑貌。

【盤街】走街串巷。宋吴自牧夢粱錄十六鯗鋪："又有盤街叫賣，以便小街狹巷主顧。"也作"盤街兒"。元曲選李文蔚燕青博魚一："拼的長街市上盤街兒叫化去咱！"

【盤詰】反復追問。元曲選張國賓合汗衫四："盤詰奸細，緝捕逃賊。"水滸三二："到處雖有牓文，武松已自做了行者，於路却没人盤詰他。"

【盤飧】指飯菜。左傳僖二三年："乃饋盤飧，置璧焉。"唐杜甫杜工部詩史補遺一客至："盤飧市遠無兼味，樽酒家貧只舊醅。"

【盤辟】㊀猶盤旋。漢書八八儒林傳徐生"而魯徐生善爲頌"注引蘇林："不知經，但能盤辟爲禮容。"指曲折動作的禮節。參見"盤旋㊀"。㊁旋繞曲折。世説新語排調："明帝問周伯仁(顗)：'真長(劉惔)如何人？'答曰：'故是千斤犗特。'王公(導)笑其言，伯仁曰：'不如捲角牸，有盤辟之好。'"言有旋角之牝牛，可以取悦於人。

【盤銘】銘辭刻在盤上者。1. 商湯盤銘。禮大學："湯之盤銘曰：'苟日新，日日新，又日新。'"2. 周武王盤銘。大戴禮武王踐阼："盥盤之銘曰：'與其溺於人也，寧溺於淵。溺於淵，猶可游也；溺於人，不可救也。'"

【盤舞】舞名。漢有柈舞。晉有杯柈舞。柈，同"盤"。詳"杯柈舞"。

【盤鴉】形容婦女的髻形。全唐詩五五七孟遲蓮塘："脈脈低回殷袖遮，臉横秋水髻盤鴉。"宋梅堯臣宛陵集十九次韻和酬永叔詩："公家八九姝，鬒髮如盤鴉。"

【盤踞】盤結據守。唐杜甫杜工部詩史補遺六古栢行："落落盤踞雖得地，冥冥孤高多烈風。"陸龜蒙甫里集九算山詩："水繞蒼山固護來，當時盤踞實雄才。"後多用以喻把持佔據勢位。如言"盤踞要津"。

【盤盤】㊀曲折回環貌。唐李白李太白詩三蜀道難："青泥何盤盤，百步九折縈巖巒。"杜牧樊川集一阿房宮賦："盤盤焉，囷囷焉，蜂房水渦，矗不知乎幾千萬落。"㊁南海古國名。在西南海曲中，北與林邑隔小海，自交州船行四十日乃至。自南朝時起即與我國友好往來。故地一般以爲在今泰國南部。參閱南史七八、舊唐書一九七盤盤傳。

【盤龍】盤屈交結之龍。常刻繪其狀以飾器物。北周庾信庾子山集一鏡賦："鏤五色之盤龍，刻千年之古字。"也用以喻物之形態。唐段成式酉陽雜俎前集十物異："元街縣有泉，泉眼中水交旋如盤龍。"宫詞小纂明朱有燉元宫詞之三六："梨花素臉髻盤龍，南國嬌娃乍入宫。"

【盤據】把持據守，指勢力深固。梁書武帝紀上中興二年策封相國："惟此羣凶，同惡相濟，……水陸盤據，規援夏首。"又詔："而本朝危切，樊、郢遐遠，凶徒盤據，水陸相望。"

【盤錯】盤曲交錯。舊題晉王嘉拾遺記三周靈王："聚天下異木神工，得崿谷陰生之樹。其樹千尋，文理盤錯。"

【盤薄】據持牢固貌。南朝梁江淹江文通集三豫章頌："下貫金壤，上籠赤霄，盤薄廣結，捎瑟曾喬。"也作"盤礴"。唐白居易長慶集二有木詩之四："有木名杜梨，陰森覆丘壑，心蠹已空朽，根深尚盤礴。"

【盤鵰】迴翔的鵰。五代前蜀韋莊浣花集三清河縣樓作詩："盤鵰迥印天心没，遠水斜牽日脚流。"宋陸游劍南詩稿八城東馬上作之二:“邊頭插羽無傳檄，篋裏盤鵰有舊袍。”此指袍上有盤鵰圖形。

【盤饌】盤中飯菜，通指飲食。唐韓愈昌黎集五送劉師服詩:“草草具盤饌，不待酒獻酬。”

【盤纏】㊀日常費用，用度。宋王溥五代會要二七倉:“共一十文足，充備倉夫斗袋人夫及諸色吃食、紙筆、鋪襯、盤纏支費。”宋蕭德藻樵夫詩:“一擔乾柴古渡頭，盤纏一日頗優游。”(清光聰諧有不爲齋隨筆丁) ㊁專指旅費。古今雜劇元張國賓羅李郎大鬧相國寺二:“我往京師去無有盤纏，怎生是好?”

【盤囊】繫於腰帶間之囊，用以盛手巾等細物。晉書鄧攸傳:“夢行水邊，見一女子，猛獸自後斷其盤囊。”盤，也作“鞶”。參見“鞶囊”。

【盤鬱】曲折盛美。唐段成式酉陽雜俎前集二玉格:“至此山，廓然宮殿盤鬱，樓臺博敞。”宋郭若虛圖畫見聞誌五故事拾遺王維:“嘗於清源寺壁畫輞川圖，巖岫盤鬱，雲水飛動。”

【盤中詩】傳爲漢蘇伯玉妻思夫之作。玉臺新詠九著録撰人作晉傅玄。全詩共二十七韻，四十九句，寫於盤中，讀時從中央以周四角，屈曲成文，寓宛轉回環之意，爲回文詩體的一類。參閱宋嚴羽滄浪詩話詩體。

【盤江橋】橋名。在貴州北盤江上。爲貴州雲南間交通孔道。明崇禎中建，爲鐵索橋。故址在今貴州關嶺縣（舊安南縣)晴隆縣(舊永寧州)之間。橋已毁。參閱嘉慶一統志五一〇興義府津梁。

【盤豆館】地名。在河南省靈寶縣境。相傳漢武帝過此，父老以牙盤獻豆而名。西魏大統三年，宇文泰使于謹爲前鋒，攻盤豆，拔之，進克宏農。唐李商隱李義山詩集五有出關宿盤豆館對叢蘆有感詩。參閱讀史方輿紀要四八河南府閿鄉縣。

【盤洲集】宋洪适撰，十八卷，附録一卷，拾遺一卷。适工於儷偶，精金石之學，撰隸釋、隸續。集中碑、傳跋文諸作，皆據舊刻，考訂北史、唐書之誤，足供參考。

【盤遊飯】飯食名。宋蘇軾仇池筆記下盤遊飯骨董羹:“江南人好作盤遊飯，鮓脯膾炙無不有，埋在飯中。里諺曰掘得窖子。”一作“團油飯”。宋陸游老學庵筆記二引北户録:“嶺南俗，家富者婦產三日，或匝月洗兒，作團油飯，……即東坡所記盤遊飯也。二字語相近，必傳者之誤。”

【盤龍江】水名。在今雲南省境内。一名滇池河，源自嵩明州故邵甸縣梟勒山中，凡九十九泉，合流經昆明東，南入滇池。見嘉慶一統志四七六雲南府山川。

【盤龍癖】晉劉毅，小字盤龍，嗜賭。曾在東府聚衆賭博，下注達數百萬。見晉書劉毅傳。後因稱嗜賭博者爲有“盤龍癖”。

【盤水加劍】漢代大臣自請處死的一種表示。漢書四八賈誼傳上疏陳政事:“故其在大譴大何之域者，聞譴何則白冠氂纓，盤水加劍，造請室而請罪耳。”注引如淳:“水性平，若己有正罪，君以平法治之也。加劍，當以自刎也。或曰，殺牲者以盤水取頸血，故示若此也。”

【盤根錯節】以樹木根節盤曲錯雜，比喻事情的繁難複雜。魏書甄琛傳上表:“今河南郡是陛下天山之堅木，盤根錯節，亂植其中。”宋陳亮龍川詞三部樂七月二十六日壽王道甫:“從來別真共假，任盤根錯節，更饒倉卒。”參見“槃根錯節”。

【盤鈴傀儡】配有盤鈴樂器的傀儡雜技。唐韋絢劉賓客嘉話録:“大司徒杜公(佑)在維揚也，嘗召幕賓閑語:‘我致政之後，必買一小駟八九千者，飽食訖而跨之，著一麤布襴衫，入市看盤鈴傀儡，足矣!’”元許有壬圭塘小稿水調歌頭庚寅秋即席次可見壽韻詞:“敢效歸鄉錦繡，且就盤鈴傀儡，終日看兒嬉。”

十一畫

盧

lú ㄌㄨˊ 落胡切，平，模韻，來。

㊀飯器。見説文。㊁黑色。書文侯之命:“盧弓一，盧矢百。”傳:“盧，黑也。”左傳僖二八年作“玈”。㊂瞳人。漢書八七上揚雄傳甘泉賦:“玉女無所眺其清盧兮，虙妃曾不得施其蛾眉。”注:“服虔曰:‘盧，目童子也。’”文選作“矑”。㊃良犬。詩齊風盧令:“盧令令，其人美且仁。”傳:“盧，田犬也;令令，犬頷下環聲。”漢劉向説苑善説:“臣聞周氏之譽，韓氏之盧，天下疾狗也，見菟而指屬，則無失菟矣。”㊄矛戟的柄。國語晉四:“侏儒扶盧。”注:“盧，矛戟之柲。”㊅酒家安放盛酒器的土壚。同“壚”、“罏”。漢書食貨志下:“請法古令，官作酒以二千五百石爲一均，率開一盧以賣。”參閱宋王楙野客叢書一臣瓚誤引事。參見“壚㊀”。㊆樗蒱五子俱黑叫盧，爲最勝之采。晉書劉毅傳:“既而四子俱黑，其一子轉躍未定，(劉)裕厲聲喝之，即成盧焉。”詳“盧雉”。㊇春秋齊地。在今山東長清縣西南。左傳隱三年:“齊鄭盟于石門，尋盧之盟也。”㊈姓。齊太公之後傒食采於盧，因邑爲氏。秦有盧敖，漢有盧綰。參閱元和姓纂十一模。

【盧山】山名。原名故山，在山東諸城縣。相傳因秦始皇時博士燕人盧敖避世隱居此山而名。有休糧洞聖燈岩飲酒臺等名勝。參閱山東通志二六青州府諸城縣。

【盧女】漢末曹操宮女，善鼓琴。樂府詩集七三盧女曲:“樂府解題曰:‘盧女者，魏武帝時宮人也，故將軍陰升之姊，七歲入漢宮，善鼓琴，至明帝崩後出嫁，爲尹更生妻。’”後來詩文常用“盧女”字，泛指宮人而言。唐王維王右丞集二奉和楊駙馬六郎秋夜即事詩:“對坐彈盧女，同看舞鳳皇。”也作“盧姬”。樂府詩集七三唐崔顥盧姬篇:“盧姬小小魏王家，緑鬢紅脣桃李花。”

【盧氏】縣名。屬河南省。春秋虢莘川地。漢置縣，屬弘農郡。西北有盧氏山，因以爲名。盧氏山也名石城山，或言盧敖得道於此。參閱寰宇通志八五陝州。

【盧仝】唐范陽人，號玉川子。家貧好讀書，初隱少室山，不求仕進。曾爲月蝕詩，譏諷當時宦官。韓愈稱其工。甘露之變，爲宦官所殺。有玉川子集。新唐書一七六韓愈傳附有盧仝傳。

【盧奴】古中山鮮虞地，漢置縣，爲中山國治。内有水色正黑，俗名爲黑水池。或云水黑曰盧，不流曰奴。北齊廢。今河北定縣地。參閱水經注十一滱水。

【盧牟】猶言規模。淮南子要略:“原道者，盧牟六合，混沌萬物。”

【盧杞】唐滑州人。字子良。貌醜，好口辯。德宗時爲相，專權自恣。陷害楊炎、顏真卿，排斥宰相張鎰。藩鎮叛亂，杞以籌軍資爲名，收括財貨，繼又徵收間架、除陌之税，怨聲滿天下。李懷光反，暴揚杞罪惡，貶死於澧州。舊唐書一三五、新唐書二二三下入姦臣傳。

【盧狗】戰國韓地良犬。三國志魏陳思王植傳上疏求自試:“臣聞騏驥長鳴，伯樂昭其能;盧狗悲號，則韓國知其才。”參見“韓盧”。

【盧前】舊唐書一九〇楊炯傳:“炯與王勃盧照鄰駱賓王以文詞齊名，海内稱王楊盧駱，亦號爲‘四傑’。炯聞之，謂人曰:‘吾愧在盧前，恥居王後。’”後因以盧前爲自愧不敢當的謙詞。明王鏊震澤集二送楊尚絅……四進士歸省詩:"不伐子甘爲孟後,虛名吾自愧盧前。"

【盧胡】笑聲在喉間。後漢書四八應劭傳:"夫覩之者掩口盧胡而笑。"注:"闕子曰:宋之愚人得燕石梧臺之東,歸而藏之,以爲大寶。周客聞而觀之,主人父齋七日,端冕之衣,釁之以特牲,革匱十重,緹巾十襲。客見之,俛而掩口,盧胡而笑曰:'此燕石也,與瓦甓不殊。'"

【盧耽】傳説晉人盧耽,仕州爲治中,少習仙術。每夕輒凌空歸家,曉則還州。嘗于元會至朝,不及朝列,化爲白鶴,飛至闕前。見水經注三七泿水引鄧德明南康記。唐李白李太白詩十一贈盧司户詩:"借問盧耽鶴,西飛幾歲還。"耽,一作"躭"。

【盧能】唐禪宗慧能,俗姓盧,傳五祖弘忍衣鉢,稱六祖。明張羽静居集五涉世寄道衍詩:"但得遺風追賈島,不須虛譽繼盧能。"參見"慧能"。

【盧師】山名,在今北京市西翠微山後。相傳隋僧盧師居此,馴服大青小青二龍子。山有盧師寺,元建大天源延聖寺,明改名清涼寺。見明劉侗、于奕正帝京景物略六盧師山。

【盧敖】秦時燕人。秦始皇召爲博士,使求神仙。敖亡而不返。見淮南子道應。後泛指隱者。唐李白李太白詩十八涇川送族弟錞:"問我何事來,盧敖結幽期。"

【盧植】公元?—192年。漢末涿人,字子幹。少與鄭玄師事馬融,能通古今學。融多列女倡歌舞於前,植侍講數年,未嘗一盼。歷官北中郎將、尚書等職,曾參與鎮壓黄巾農民起義軍。後以反對董卓免官,避卓禍隱於上谷。見後漢書六四盧植傳。

【盧跗】盧,盧人扁鵲,春秋時良醫;跗,俞跗,相傳黄帝時良醫。見史記一〇五扁鵲傳。文選晉左太沖(思)蜀都賦:"神農是嘗,盧跗是料。"

【盧溝】水名。即今永定河。源出山西洪濤山,東流經河北,稱盧溝河。以其流濁而易乾,也稱渾河。出盧溝橋下東南流,至天津入海河。清康熙間隄濬下流,改名永定河。今上游稱桑乾河,官廳以下稱永定河。宋范成大石湖集十二盧溝詩注:"此河,宋敏求(入番記)謂之盧菰,即桑乾河也,今呼盧溝。"參閲讀史方輿紀要十直隸一、嘉慶一統志五直隸統部形勢。

【盧雉】舊時賭博的勝采。古樗蒲法,其骰五枚,上黑下白,黑者刻二爲犢,白者刻二爲雉,擲之全黑爲盧,二雉三黑爲雉,最爲貴采。見唐李肇國史補下。聊齋志異賭符:"明明梟色,呵之,皆成盧雉。"

【盧綰】公元前256—前193年。漢豐人,與高祖(劉邦)同里同日生。高祖在沛起事,綰以客從,入漢中爲將軍,擊破臧荼,立爲燕王。後以陳豨叛漢事見疑,復以韓信彭越被殺,懼及己,奔入匈奴,病死。見史記九三盧綰傳。

【盧龍】㊀古地名。三國魏稱盧龍郡,唐置盧龍節度使。地在今河北省唐山承德一帶。參閲讀史方輿紀要十七永平府、嘉慶一統志五直隸統部建置沿革。㊁縣名,屬河北省。本爲商孤竹國,春秋爲肥子國。漢置肥如縣。隋改盧龍縣,盧龍郡治所。明清爲永平府治。參閲寰宇通志三永平府。

【盧橘】果名,一名金橘。生時青盧色,熟則金黄色,故有盧橘、金橘之名。入藥。盧橘之名,始見於史記一一七司馬相如傳上林賦。參閲明陶宗儀輟耕録二六盧橘、本草綱目三十果二金橘。

【盧醫】古代良醫,即扁鵲。以家於盧國,因亦稱盧醫。後泛指良醫。明盧象昇盧忠肅公書牘與少司成吴葵菴書之八:"使庸醫妄投藥劑,嗜慾朘其元神,盧醫望而卻走,然後再從而往治,其能幾倖萬一乎!"參見"扁鵲"。

【盧鏜】明汝寧衛(今河南汝南)人。嘉靖時襲福建都指揮僉事,防禦倭寇。歷任浙江副總兵、江南、浙江總兵,有將略。後因誅汪直,進都督同知。防海屢立戰功。與俞大猷同稱名將。後以主帥胡宗憲敗,鏜遂去官。見明史二一二盧鏜傳。

【盧罌】漢書七六趙廣漢傳:"廋索私屠酤,椎破盧罌。"注:"盧所以居罌,罌所以盛酒也。"此謂盧爲罌瓮所居之處,以其一邊高,形如鍛家盧,故名。一説謂盧、罌皆酒器。

【盧女曲】樂府雜曲歌詞名。唐王維王右丞集二扶南曲歌詞之二:"齊歌盧女曲,雙舞洛陽人。"參見"盧女"。

【盧文弨】公元1717—1795年。清杭州人,字召弓,一作紹弓,號抱經。乾隆十七年進士,官翰林院侍讀學士,提舉湖南學政,歷主江浙各書院講席。潛心漢學,與戴震段玉裁友善。好校書,校刊抱經堂叢書十五種,以精審著名。又合經、史、子、集三十八種,摘字而注,名爲羣書拾補。自著書有抱經堂集三十四卷、儀禮注疏詳校十七卷、鍾山劄記四卷、龍城劄記三卷等。

【盧世榮】公元?—1258年,元大名人。阿合馬專政時,以賄進,爲江西榷茶運使,後以罪廢。世祖時,爲右丞,掌財政,總鈔法、鹽鐵、榷酤、商税、田賦等,大肆搜刮天下。爲右丞百餘日被誅。元史有傳。

【盧行者】公元638—713年。唐禪宗六祖慧能,俗姓盧,號行者,隨五祖弘忍習佛法,受弘忍衣鉢。宋蘇軾蘇文忠詩合注三九答周循州:"前身自是盧行者,後學過呼韓退之。"參見"慧能"。

【盧多遜】宋河内人。五代後周顯德初舉進士。宋太宗時官中書侍郎、平章事,加兵部尚書。博涉經史,參與修撰五代史。後以與秦王(趙)廷美交通罪,配流崖州卒。宋史有傳。

【盧見曾】公元1690—1768年,清德州人,字抱孫,號澹園,又號雅雨山人。康熙六十年進士,出知四川洪雅縣。乾隆間,官至兩淮鹽運使。曾招集名士補刻朱彝尊經義考成完書,又刻尚書大傳戴禮,選輯山左詩鈔。著有雅雨堂詩文及塞外集。

【盧眉娘】唐南海人,即眉娘。以其眉如線且長,故名。時年十四,能於一尺絹上繡法華經七卷,字如粟粒,點畫分明。曾以絲一縷分爲三縷,染成五彩,於掌中結飛蓋五重,中有十洲、三島、天人、玉女、臺殿、麟鳳之象,而外列執幢捧節之童千餘。順宗時入宫,宫中稱爲神姑。元和中,度爲道士,放歸南海,賜號逍遥。見唐蘇鶚杜陽雜編中。

【盧象昇】公元1600—1639年。明宜興人,字建斗,天啟二年進士,官至兵部尚書。曾參與鎮壓高迎祥李自成率領的農民起義軍。崇禎十一年,清兵南下,京師戒嚴,命象昇率兵入援,與清兵遇,戰死。謚忠烈,清謚忠肅。著有忠肅集行世。明史有傳。

【盧溝橋】在北京市西南,跨永定河(金時稱盧溝河)上。初建於金章宗大定二十九年,成於明昌三年。本名廣利橋,長二百餘步,由十一孔石拱組成,橋旁石欄上有精刻石獅四百八十五頭,姿態各殊,生動雄偉。金元以來,爲京師交通要道。"盧溝曉月"爲燕京八景之一。公元1937年7月7日,日本侵略軍向我駐防盧溝橋的部隊突然進攻,我國全面抗戰開始,即在此地。參閲金史河渠志、嘉慶一統志九順天府四津梁。

【盧楞伽】唐畫家,也作盧稜伽,長安人。學畫於吴道子。所畫似吴而工細。

曾隨唐玄宗入蜀。嘗於大聖慈寺畫行道僧，顏真卿爲之題名，時號二絶。見宣和畫譜二盧楞伽。

【盧照鄰】唐范陽人，字昇之。官新都尉。後得疾，手足攣廢，退居具茨山下。著五悲文以自明。病既久，自投潁水死。照鄰博學善屬文，與王勃楊炯駱賓王齊名，人稱"初唐四傑"。有文集二十卷。舊唐書有傳。

【盧至長者】佛經人名。盧至家巨富而極吝嗇。帝釋化身爲盧至，到其家大開寶庫，將財物盡施與衆人。盧至訴於國王，王不能斷決，引真假盧至到佛所。佛爲説法，得皈依佛法。見盧至長者因緣經。

盦 ān 烏含切，平，覃韻，影。
ㄢ 安盍切，入，盍韻，影。

㊀器皿的蓋。説文："盦，覆蓋也。"㊁古器物名。宣和博古圖有周交虬盦。㊂庵之借用字，多見於人名。

盦

盥 guàn 古滿切，上，緩韻，見。
ㄍㄨㄢ 古玩切，去，换韻，見。

㊀洗手。以手承水沖洗。左傳僖二三年："奉匜沃盥。"疏："盥，澡手也。"沃者，自上而澆爲沃，手受之而下流於槃爲盥。參閲清段玉裁説文解字注。㊁洗手之器。北周庾信庾子山集十六周安昌公夫人鄭氏墓誌銘："承姑奉盥。"㊂祭名。通"灌"、"祼"。易觀："盥而不薦，有孚顒若。"集解引漢馬融注："盥者，進爵灌地，以降神也。"

【盥耳】洗耳。後漢書五二崔駰傳達旨："故士或掩目而淵潛，或盥耳而山棲。"注："盥，洗也。許由字武仲，隱於沛澤之中。堯聞之，乃致天下而讓焉。由以爲污，乃臨池洗耳。"

【盥櫛】梳洗。莊子寓言："陽子居不答，至舍，進盥漱巾櫛，脱屨户外。"南史謝裕傳附謝述："述盡心視湯藥，飲食必嘗而後進，衣不解帶不盥櫛者累旬。"

【盥薇】用薔薇露洗手。舊題唐馮贄雲仙雜記六大雅之文："柳宗元得韓愈所寄詩，先以薔薇露灌手，薰玉蕤香後發讀，曰：'大雅之文，正當如是。'"尺牘用語有"盥薇維頌"，本此。

十二畫

盪 dàng 他浪切，去，宕韻，透。
ㄉㄤ

也作"蕩"。㊀移動。易繫辭上："剛柔相摩，八卦相盪。"左傳昭二六年："茲不穀震盪播越，竄在荆蠻。"㊁洗滌。沖激。漢書藝文志："聊以盪意平心，同死生之域，而無怵惕於胸中。"唐柳宗元柳先生集十五晉問："若江漢之水，疾風驅濤，擊山盪壑。"引申爲廓清、清除，見"盪滌㊀"。又謂滌器。見説文。㊂衝殺。晉書劉曜載記隴上歌："丈八蛇矛左右盤，十盪十決無當前。"㊃塗抹。猶言搪。新唐書食貨志四："江淮多鉛錫錢，以銅盪外。"

【盪主】別帥，副將。陳書高祖紀上有盪主戴冕曹宣，帳内盪主黄叢，廢帝紀光大二年有盪主侯法喜孫泰，沈恪傳有盪主王僧志。清顧炎武日知録七奡盪舟："古人以左右衝殺爲盪陣，其鋭卒謂之跳盪，別帥謂之盪主。"

【盪舟】㊀以手推舟。論語憲問："羿善射，奡盪舟。"注："奡多力，能陸地行舟。"一説謂以舟師衝鋒陷陣。見清顧炎武日知録七奡盪舟。㊁划船。唐劉禹錫劉夢得集八採菱行："盪舟遊女滿中央，採菱不顧馬上郎。"

【盪突】衝撞。同"唐突"。唐柳宗元柳先生集十五晉問："盪突硉兀，轉騰冒没，類秦神驅石以梁大海。"

【盪風】唐鄭熊番禺雜記："廣俗，婿未見妻之父母，先飲酒一大杯，謂之盪風。"(類説四)謂盪除行路風寒。

【盪浦】捕蟹的一種方法。宋傅肱蟹譜下盪浦摇江："吴人於港浦間，用篙引小舟，沉鐵脚網以取之，謂之盪浦。"

【盪滌】㊀沖洗，清除。漢書食貨志下："後二年，世祖受命，盪滌煩苛，復五銖錢，與民更始。"舊唐書七二虞世南等傳贊："文皇盪滌，刷清蒼昊。"㊁澡器。漢服虔通俗文："澡器謂之盪滌。"(玉函山房輯佚本)

【盪樣】營造術語。指建築物全部布局的草圖、描畫或模型。舊時經管建築營造設計的機構稱"盪樣局"。北京雷發達家，自明末以來，世世承辦内庭工程，當盪樣局差事。辛亥革命後，雷氏後人以家藏設計畫稿及模型售于北平圖書館。圖紙現存北京圖書館善本部，模型實物藏中國歷史博物館。

【盪盪】空曠貌。漢書郊祀志下谷永上書："聽其言，洋洋滿耳，若將可遇；求之盪盪如係風捕景，終不可得。"又八七上揚雄傳河東賦："參天地而獨立兮，廓盪盪其亡雙。"

盩 zhōu 張流切，平，尤韻，知。
ㄓㄡ

㊀山曲。見"盩厔㊀"。㊁引。㊂也作"盭"。通"抽"。吕氏春秋節喪："犯流矢，蹈白刃，涉血盩肝以求之。"注："盩，古抽字。"

【盩厔】縣名。漢武帝時置，屬右扶風。山曲曰盩，水曲曰厔，因山水之曲折而名。今作"周至"。屬陝西。見漢書地理志上、太平寰宇記三十盩厔縣。

盫 qiáo 巨嬌切，平，宵韻，羣。
ㄑㄧㄠ

碗類器皿。方言十三："椀謂之盫。"紅樓夢四一："那一隻形似鉢而小，也有三個垂珠篆字，鐫着'點犀盫'，妙玉斟了一盫與黛玉。"

十三畫

盬 gǔ 公户切，上，姥韻，見。
ㄍㄨˇ

㊀鹽池名。左傳成六年："必居郇瑕氏之地，沃饒而近盬。"注："盬，鹽也。猗氏縣鹽池是。"宋王禹偁小畜集三寄題陝府南溪兼簡孫何兄弟詩："常聞有盬南，日夕塵埲埲。"㊁未煎之鹽。周禮天官鹽人："凡齊事，鬻盬以待戒令。"㊂不堅實。漢書四五息夫躬傳詔："器用盬惡，孰當督之！"㊃止息。詩唐風鴇羽："王事靡盬，不能蓺稷黍。"參閲清王引之經義述聞五王事靡盬。㊄象吸飲聲，也借指吸飲。左傳僖二八年："晉侯夢與楚子搏，楚子伏己而盬其腦。"

【盬鹽】池鹽。史記一二九貨殖傳："猗頓用盬鹽起。"隋書食貨志："掌鹽掌四鹽之政令。……二曰盬鹽，引池以化之。"

十五畫

盭 lì 郎計切，去，霽韻，來。
ㄌㄧˋ 練結切，入，屑韻，來。

與"戾"同。㊀狠戾。史記一一七司馬相如傳難蜀父老："舉踵思慕，若枯旱之望雨，盭夫爲之垂涕，况乎上聖。"㊁背棄，違離。漢書三二張耳陳餘傳贊："何鄉者慕用之誠，後相背之盭也。"㊂疾名。漢書四八賈誼傳上疏陳政事："病非徒瘇也，又苦䟡盭。"注："言足蹠反戾，不可行也。"㊃草名，可染緑，因又爲緑色綬名。通"綟"。漢書百官公卿表上："諸侯王，高帝初置，金璽盭綬。"

目　部

目 mù ㄇㄨˋ 莫六切,入,屋韻,明。

㊀眼睛。易鼎:"巽而耳目聰明。"國語吳:"(伍員)將死,曰:'以懸吾目於東門,以見越之入,吳國之亡也。'"㊁看,注視。以目視物。史記項羽紀:"范增數目項王,舉所佩玉玦以示之者三。"㊂孔眼。韓非子外儲右下:"善張網者,引其綱,不一一攝萬目而後得。"㊃條目,細目。論語顏淵:"子曰:'克己復禮爲仁。……'顏淵曰:'請問其目。'"注:"知其必有條目,故請問之。"周禮天官宰夫:"一曰正,掌官法以治要;二曰師,掌官成以治凡;三曰司,掌官法以治目。"㊄稱,言。穀梁傳隱元年:"段,鄭伯弟也……以其目君,知其爲弟也。"注:"目君,謂稱鄭伯。"又閔元年:"其不目而曰仲孫,疏之也。"注:"不目,謂不言公子慶父。"㊅品評。後漢書六八許劭傳:"曹操微時,常卑辭厚禮,求爲己目。"注:"令品藻爲題目。"世說新語賞譽下:"世目周侯(顗)嶷如斷山。"

【目下】㊀眼前,身邊。三國志魏王基傳:"淮南之逆,非吏民思亂也,儉等誑脅迫懼,畏目下之戮,是以尚羣聚耳。"又蜀楊洪傳:"不如留向朗,朗情僞差少;(張)裔隨從目下,效其器能,於事兩善。"㊁即是,馬上。宋孟元老東京夢華録一大內:"東華門外,市井最盛,……客要一二十味下酒,隨索目下便有之。"

【目成】㊀男女鍾情,以目通意。楚辭屈原九歌少司命:"滿堂兮美人,忽獨與余兮目成。"注:"獨與我睨而相視,成爲親親也。"唐元稹長慶集十一答姨兄胡靈之見寄五十韻詩:"傳盞加分數,横波擲目成。"㊁親眼看見。明宋應星天工開物序:"事物而既萬矣,必待口授目成而後識之,其與幾何?"

【目色】㊀視力。文選戰國楚宋玉神女賦:"目色髣髴,乍若有記,見一婦人,狀甚奇異。"㊁眼色。南朝陳徐陵徐孝穆集五答諸求官人書:"夫人君賓用,并是前緣,……梁武帝云:'世間人言有目色,我特不目色范悌。'自此而論,豈非前業。"此謂加以青睞。

【目送】以目光相送。左傳桓元年:"宋華父督見孔父之妻于路,目逆而送之,曰:'美而豔。'"史記留侯世家:"四人爲壽已畢,趨去。上目送之。"

【目前】眼前。後漢書五一陳龜傳上疏:"且牧守不良,或出中官,懼逆上旨,取過目前。"列子楊朱:"目前之事,或存或廢,千不識一。"

【目逃】眼睛受到突然刺激而轉避。孟子公孫丑上:"北宮黝之養勇也,不膚橈,不目逃。"

【目耕】比喻刻苦讀書。元王逢梧溪集四上目耕軒詩:"身耕勞百骸,目耕勞兩瞳。身耕口體常不充,目耕奚止穀在中。"明毛晉藏書之所有目耕樓,清馬國翰玉函山房輯佚書有目耕帖三十一卷。

【目連】也稱作目犍連、摩訶目犍連。釋迦牟尼十大弟子之一。母死,墮餓鬼道中,目連親以十方威神之力,入嶽使母得脱餓鬼之苦。唐代説唱文學目連變文即取材於目連救母的故事。後戲曲、寶卷多取此題材,成爲民間最流行的佛教故事之一。參閱盂蘭盆經、法華文句一、法華玄贊一。

【目笑】目視之而輕笑。表示輕視。史記七六平原君傳:"平原君竟與毛遂偕。十九人相與目笑之而未發也。"

【目眥】眼角,眼眶。史記項羽紀:"(樊)噲遂入,披帷西嚮立,瞋目視項王,頭髮上指,目眥盡裂。"眥,也作"眦"。

【目想】凝思。文選晉潘安仁(岳)寡婦賦:"窈冥兮潛翳,心存兮目想。"晉陸雲陸士龍集四爲顧彥先贈婦詩之一:"目想清慧姿,耳存淑媚音。"

【目禁】用眼色制止别人説話或行動。新唐書一五一關播傳:"嘗論事帝前,播意不可,避坐欲有所言,(盧)杞目禁輒止。"

【目語】以目示意。三國志吳周魴傳與曹休牋四:"目語心計,不宣脣齒。"新唐書七六則天武皇后傳:"初,元舅大臣怫旨,不閲歲屠覆,道路目語,及(上官)儀見誅,則政歸房帷,天子拱手矣。"

【目精】眼珠子。世説新語巧藝:"顧長康(愷之)畫人,或數年不點目精。人問其故,顧曰:'四體妍蚩,本無關於妙處,傳神寫照,正在阿堵中。"

【目論】比喻見識短淺。史記越王句踐世家:"今王知晉之失計,而不自知越之過,是目論也。"文選南朝梁王簡棲(屮)頭陀寺碑文:"穿鑿異端者,以違方爲得一;順非辯僞者,比微言於目論。"

【目録】按次序編排以供查考的圖書或篇章的名目。漢書一〇〇下敍傳:"劉向司籍,九流以别。爰著目録,略序洪烈。"東漢鄭玄有三禮目録一卷,爲以目録作書名之始。舊唐書經籍志、新唐書藝文志均有目録類。後研究書籍目録、各本異同、刊印源流的學問,皆稱爲目録學。

【目擊】目光觸及,熟視。晉書葛洪傳:"於餘杭山見何幼道郭文舉,目擊而已,各無所言。"後稱親眼看到爲目擊。猶言目覩。唐孫棨北里志鄭合敬先輩:"嘗聞大中以前,北里頗爲不測之地,故王金吾式、令孤博士滈,皆目擊其事。"參見"目擊道存"。

【目攝】以嚴厲的目光威懾。史記八六荆軻傳:"與蓋聶論劍,蓋聶怒而目之。荆軻出,……蓋聶曰:'固去也,吾曩者目攝之!'"

【目聽】㊀古代聽訟法之一。周禮秋官小司寇:"以五聲聽獄訟,求民情。一曰辭聽,二曰色聽,三曰氣聽,四曰耳聽,五曰目聽。"注:"觀其眸子,視不直則眊然。"㊁列子仲尼:"老聃之弟子有亢倉子者,得聃之道,能以耳視而目聽。"後因以看人語態即知其意爲目聽。聊齋志異青梅:"梅亦善侯,能以目聽,以眉語,由是一家俱憐愛之。"

【目不見睫】眼睛看不見自己的睫毛。比喻眼光短淺,無自知之明。史記越王勾踐世家:"吾不貴其用智之如目,見豪毛而不見其睫也。"宋王安石臨川集二再用前韻寄蔡天啓:"遠求而近遺,如目不見睫。"也省作"目睫"。後漢書四十下班彪傳論:"(班)固傷(司馬)遷博物洽聞,不能以智免極刑;然亦身陷大戮,智及之而不能守之。嗚呼,古人所以致論於目睫也!"

【目不窺園】形容專心攻讀。漢書五六董仲舒傳:"下帷講誦,弟子傳以久次相授業,或莫見其面。蓋三年不窺園,其精如此。"

【目不識丁】舊唐書一二九張延賞傳附張弘靖:"今天下無事,汝輩挽得兩石力弓,不如識一丁字。"後譏誚人一字不識或没有學問爲目不識丁。明臣奏議三七楊漣劾魏忠賢二十四大罪疏:"金吾之堂，口皆乳臭；詰敕之館，目不識丁。”亦作“眼不識丁”。宋文天祥文山集十四不睡詩：“眼不識丁馬前卒，隔床鼾鼻正陶然。”

【目中無人】看不起人，不把人放在眼裏。紅樓夢六五：“他那一種輕狂豪爽、目中無人的光景，早又把人的一團高興逼住，不敢動手動脚。”

【目牛無全】卽目無全牛。文選晉孫興公(綽)遊天台山賦：“害馬已去，世事都捐；投刃皆虛，目牛無全。”明宋濂宋文憲公全集三八演連珠：“蓋聞民既大安則樂世如砥，策能戡亂則目牛無全。”參見“目無全牛”。

【目光如炬】眼光像火炬那樣發亮。形容憤怒之極。南史檀道濟傳：“道濟見收，憤怒氣盛，目光如炬，俄爾間引飲一斛。”後也用以比喻見識深遠。

【目使頤令】用眼色和下頷示意以役使別人。形容驕横的神態。新唐書二〇二王翰傳：“家畜聲伎，目使頤令，自視王侯，人莫不惡之。”

【目送手揮】文選晉嵇叔夜(康)贈秀才入軍詩之四：“目送歸鴻，手揮五絃，俯仰自得，游心泰玄。”形容手眼并用，意趣自得。後也比喻做事兩面兼顧或語義雙關。

【目迷五色】老子：“五色令人目盲，五音令人耳聾。”意思是五色紛呈令人眼花繚亂。唐李程應試作日五色賦，主考未能辨識其才，遂落第。後經楊於陵推薦，始補擢登科。宋蘇軾分類東坡詩二一送李方叔：“平生謾説古戰場，過眼終迷日五色。”用以諷喻考官眼力不足，不識真才。參閱五代王定保唐摭言八、十三。

【目指氣使】用眼神和氣色示意以役使別人。形容驕横傲慢的神態。漢劉向説苑君道：“今王將東面目指氣使以求臣，則廝役之材至矣；南面聽朝不失揖讓之禮以求臣，則人臣之材至矣。”漢書七二貢禹傳上書：“行雖犬彘，家富勢足，目指氣使，是爲賢耳。”

【目挑心招】眉目挑逗，心神招喚。史記一二九貨殖傳：“今夫趙女鄭姬，設形容，揳鳴琴，揄長袂，躡利屣，目挑心招，出不遠千里，不擇老少者，奔富厚也。”明許自昌水滸記邂逅：“你不惜目挑心招，無俟招摇過市。”

【目食耳視】用眼吃，用耳看。比喻顛倒錯亂。宋司馬光温國文正公集七四迂書官失：“世之人不以耳視而目食者，鮮矣。……衣冠所以爲容觀也，稱禮〔體〕斯美矣。世人捨其所稱，聞人所尚而慕之，豈非以耳視者乎？飲食之物所以爲味也，適口斯善矣。世人取果餌而刻鏤之、朱綠之，以爲盤案之玩，豈非以目食者乎？”

【目窕心與】眉目傳情，內心默許。文選漢枚叔(乘)七發：“雜裾垂髾，目窕心與。”注：“窕，當爲挑。”參見“目挑心招”。

【目無全牛】莊子養生主：“庖丁釋刀對曰：‘……始臣之解牛之時，所見無非牛者；三年之後，未嘗見全牛也。”後因以“目無全牛”比喻技藝精湛純熟。唐楊承和梁守謙功德銘：“操利柄而目無全牛，執其吭如薅豢悦口。”(金石萃编一〇七)

【目擊道存】眼光一觸及，便知“道”之所在。莊子田子方：“仲尼曰：若夫人者，目擊而道存矣，亦不可以容聲矣。”唐成玄英疏：“夫體悟之人，忘言得理，目裁運動而元道存焉，無勞更事辭費容其聲説也。”世説新語棲逸“阮步兵(籍)嘯聞數百步”注引竹林七賢論：“籍歸，遂著大人先生論，所言皆胸懷間本趣，大抵謂先生與己不異也。觀其長嘯相和，亦近乎目擊道存矣。”

【目擩耳染】耳目經常接觸某種環境而受到熏陶。唐韓愈昌黎集二七清河郡公房公墓碣銘：“公胚胎前光，生長食息，不離典訓之內，目擩耳染，不學以能。”注：“擩或作濡，……擩亦染也。”今通作“耳濡目染”。

【目瞪口呆】驚恐或受窘貌。水滸十九：“林沖把桌子只一脚，踢在一邊；搶起身來，衣襟底下掣出一把明晃晃刀來，搭的火雜雜。……嚇得小嘍囉們目瞪口呆。”紅樓夢三三：“寶玉聽了這話，不覺轟了魂魄，目瞪口呆。”

二畫

盯 chéng zhěng 直庚切，平，庚韻，澄。ㄔㄥ ㄓㄥ 張梗切，上，梗韻，知。見下。

【盯䀮】直視。唐韓愈昌黎集八(與孟郊)城南聯句詩：“鼻偷困淑郁，眼瞟强盯䀮。”注：“上音棖，下音盲。玉篇：視貌。”按：後一句爲孟郊之句。今本玉篇作“䀮盯”。參見該條。

三畫

盲 1. máng 武庚切，平，庚韻，明。ㄇㄤ

㊀失明，瞎。老子：“五色令人目盲。”㊁驟，疾速。見“盲風”。㊂昏暗。荀子賦：“列星殞墜，旦暮晦盲。”

2. wàng 字彙 巫放切，音望。ㄨㄤ

㊃看。通“望”。周禮天官內饔：“豕盲眂而交睫，腥。”注：“杜子春云：盲眂當爲望視。”禮內則作“望視”。

【盲女】舊時多指以賣唱爲生的失明女子。清阮葵生茶餘客話十二：“盲女琵琶，元時已有之，至今江淮尤甚。……元瞿存齋(佑)過汴梁詩：‘陌頭盲女無愁恨，能撥琵琶説趙家。’”

【盲左】春秋魯太史左丘明作左傳。史記一三〇太史公自序有“左丘失明，厥有國語”，後因沿稱爲盲左。

【盲目】瞎眼。喻没有識見。唐李商隱李義山詩集一行次西郊作一百韻：“近年牛醫兒，城社更扳緣。盲目把大旆，處此京西藩。”

【盲臣】古代典樂之官，常以盲者充任，故別稱盲臣。韓詩外傳八：“晉平公使范昭觀齊國之政，……范昭不説，起舞，顧太師曰：‘子爲我奏成周之樂，願舞。’太師對曰：‘盲臣不習。’”

【盲風】疾風。禮月令孟秋之月：“盲風至，鴻雁來，玄鳥歸。”北周庾信庾子山集三擬詠懷詩之十五：“壯冰初開地，盲風正折膠。”

【盲湯】謂未開的水。宋龐元英談藪：“俗以湯之未滚者爲盲湯，初滚曰蟹眼，漸大者曰魚眼。其未滚者無眼，所謂盲也。”(説郛三一)

【盲棋】指下圍棋不經意著子。宋洪咨夔平齋文集六和黄伯淵見寄詩之一：“窮裏埋頭傾啞酒，涼邊趁手應盲棋。”

【盲瞽】喻無知。漢王充論衡謝短：“夫知今不知古，謂之盲瞽。”

【盲人摸象】喻對事物未作全面了解而各執一偏。大般涅槃經三二：“爾時大王，卽喚衆盲各各問言：‘汝見象耶？’衆盲各言：‘我已得見。’王言：‘象爲何類？’其觸牙者卽言象形如蘆菔根，其觸耳者言象如箕，其觸頭者言象如石，其觸鼻者言象如杵，其觸脚者言象如木臼，其觸脊者言象如床，其觸腹者言象如甕，其觸尾者言象如繩。”也作“盲人説象”。元黄溍黄文獻集十一書袁通甫詩後：“吾儕碌碌，從俗浮沈，與先生相去遠甚，而欲强加評品，正如盲人説象，知其鼻者謂象如杵，知其牙者謂象如蘆菔根。”

【盲人瞎馬】喻處境極其危險。世説新語排調：“桓南郡(玄)與殷荆州(仲堪)語次。……次復作危語，……殷有一參軍在坐云:'盲人騎瞎馬,夜半臨深池。'"

盱 xū 况于切,平,虞韻,曉。
ㄒㄩ

㊀張目。易豫:"盱豫,悔。"㊁憂,病。詩小雅都人士:"我不見兮,云何盱矣。"箋:"盱,病也;思之甚,云何乎,我今已病也。"爾雅釋詁上:"盱……憂也。"㊂大。通"訏"。漢書地理志下引詩:"恂盱且樂,惟士與女,伊其相謔。"注:"盱,大也。"今本詩鄭風溱洧作"訏"。㊃草名。可入藥。爾雅釋草:"盱,虺牀。"注:"蛇牀也,一名馬牀。"參見"蛇牀"。㊄姓。見明陳士元姓觿二虞。

【盱盱】張目直視貌。荀子非十二子:"吾語汝學者之嵬容,……盱盱然。"

【盱眙】縣名,屬江蘇省。春秋時吳國善道地。秦置縣。二世二年項羽奉楚懷王孫心爲義帝,都於此。漢屬臨淮郡。晉義熙年間改爲盱眙郡。隋初廢郡仍爲縣。唐時曾稱西楚州、建中縣,宋元明仍爲盱眙縣。參閱太平寰宇記十六泗州盱眙縣、讀史方輿紀要二一鳳陽府。

【盱衡】揚眉舉目。漢書九九上王莽傳陳崇奏:"當此之時,公運獨見之明,奮亡前之威,盱衡厲色,振揚武怒。"注:"孟康曰:眉上曰衡。盱衡,舉眉揚目也。"文選南朝梁劉孝標(峻)廣絶交論:"見一善則盱衡扼腕,遇一才則揚眉抵掌。"後也稱觀察、縱觀爲盱衡,如盱衡大局。

直 zhí 除力切,入,職韻,澄。
ㄓˊ

俗作"直"。㊀不彎曲。詩小雅大東:"周道如砥,其直如矢。"㊁正直。書舜典:"直而溫,寬而栗。"荀子修身:"是謂是,非謂非,曰直。"㊂伸,平反。孟子滕文公下:"且夫枉尺而直尋者,以利言也。"唐韓愈昌黎集三一唐故江南西道觀察使……太原王公神道碑銘:"公獨省問,爲計度論議,直其寃。"㊃當,臨。儀禮士冠禮:"主人玄端爵韠,立于阼階下,直東序西面。"史記項羽紀:"直夜潰圍南出。"㊄值班,值勤。晉書庾珉傳:"珉爲侍中,直于省内。"㊅適宜的處所。通"職"。詩魏風碩鼠:"樂國樂國,爰得我直。"參閱清王引之經義述聞五爰得我直。㊆價值。通"值"。史記梁孝王世家:"初,孝王在時,有罍樽,直千金。"按直所付的錢貨也叫"直"。後漢書四二任城王尚傳:"取官屬車馬刀劍,下至衛士米肉,皆不與直。"世説新語任誕:"(溫嶠)與庾亮善,於舫中大喚亮曰:'卿可贖我!'庾卽送直,然後得還。"㊇連詞。但是。晉書王羲之傳與殷浩書:"吾素志無廊廟,直王丞相(導)時果欲内吾,誓不許之,手跡猶存,由來尚矣。"㊈副詞。1.徑直。漢書四三陸賈傳:"(陳)平常燕居深念。賈往,不請,直入坐。"2.卽,卽使。唐杜牧樊川集一池州送孟遲先輩詩:"人生直作百歲翁,亦是萬古一瞬中。"3.僅僅。孟子梁惠王上:"直不百步耳,是亦走也。"㊉姓。漢有直不疑。史記漢書均有傳。

【直日】㊀謂當值之日。國語晉九"臣敢煩當日"三國吳韋昭注:"當日,直日也……臣亦不敢煩主之直日以自白也。"南史殷不害傳:"不害與舍人庾肩吾直日奏事。"㊁逐日。漢書七五京房傳:"其説長於災變,分六十四卦,更直日用事,以風雨寒溫爲候。"

【直月】謂值班之月。周禮地官賈師"凡國之賣價,各帥其屬,而嗣掌其月"漢鄭玄注:"價,買也。……鄭司農(衆)云:'謂官有所斥令賣,賈師帥其屬而更相代,直月爲官賣之,均勞逸。'"

【直立】立身正直。荀子榮辱:"辯而不説者爭也,直立而不見知者勝也。"注:"直立,謂己直人曲。"

【直史】秉筆直書的史臣和史書。南朝梁任昉任中丞集答劉孝綽詩:"直史兼褒貶,轄司專疾惡。"宋書王曇首傳:"豈可因國之災,以爲身幸。陛下雖欲私臣,當如直史何!"

【直北】正北。史記封禪書:"文帝出長門,若見五人於道北,遂因其直北立五帝壇。"唐杜甫杜工部集十八小寒食舟中作詩:"雲白山青萬餘里,愁看直北是長安。"

【直兵】指劍矛之類的兵器。晏子春秋雜上:"曲刃鉤之,直兵推之,嬰不革矣。"墨子魯問:"昔白公之禍,執王子閭,斧鉞鉤要,直兵當心。"注:"直兵,劍矛之屬。"

【直沽】在河北武清縣東南,衛河白河丁字沽合流之處。大、小直沽,卽天津之海河。明詩紀事十二劉三吾蘇門卽事:"粳稻至今誰阻遏,海門元與直沽通。"參閱讀史方輿紀要十一直隸二順天府、明史河渠志四。

【直長】官名。北魏置。隋唐分別屬門下省、殿中省之六尚局。宋祕書省太史局亦置有直長之官。參閱隋書百官志中、新唐書百官志二、宋史職官志四。

【直音】以同音單字注音。宋陳振孫直齋書録解題三:"春秋直音三卷,德清丞方淑智善撰,劉給事一止爲作序。以學者或不通音切,故於每字切脚之下,直注其音。蓋古文未有反切,爲音訓者皆如此。"

【直亮】正直信實。漢蔡邕蔡中郎集外集一司空房楨碑:"邪慝是仇,直亮是與。"參見"直諒多聞"。

【直指】㊀直言指責。荀子不苟:"正義直指,舉人之過,非毁疵也。"㊁直前,直向。周禮考工記輪人:"輻也者,以爲直指也。"疏:"入轂入牙,並須直指,不邪曲也。"後漢書十七岑彭傳:"自引兵乘利直指墊江,攻破平曲。"㊂官名。朝廷直接派往地方處理問題的官員。也稱直指使者。漢書武帝紀天漢二年:"遣直指使者暴勝之等衣繡衣杖斧分部逐捕。"又江充爲謁者,使匈奴還,授爲直指繡衣使者,督三輔盜賊。見漢書四五江充傳。參見"繡衣直指"。

【直是】卽使是。唐李賀歌詩編一春坊正字劍子歌:"直是一片荆軻心,莫教照見春坊字。"

【直泉】噴涌直上的水泉。公羊傳昭五年:"直泉者何?涌泉也。"疏:"謂此泉直上而出。"

【直致】直率表述。唐殷璠河嶽英靈集序:"至如曹劉,詩多直致,語少切對。"文苑英華六六四唐顧雲投西邊節度使啓:"盡披肝膈,布在牋毫,事逼丹誠,言多直致。"

【直躬】以直道立身。論語子路:"吾黨有直躬者,其父攘羊,而子證之。"證父攘羊事,又見莊子盜跖、呂氏春秋當務。宋史二五六趙普傳陳王元僖上言:"必須公正之人典掌衡軸,直躬敢言,以辨得失。"參閱清劉寶楠論語正義十六子路。

【直恁】竟然這樣。京本通俗小説錯斬崔寧:"(夫人)便對家人道:'官人直恁負恩!甫能得官便娶了二夫人。'"警世通言二:"你如今又不死,直恁枉殺了人!"

【直徑】㊀徑直,直接。史記一一七司馬相如傳大人賦:"西望崑崙之軋沕洸忽兮,直徑馳乎三危。"㊁數學名詞。也稱圓徑。卽以圓周爲界,通過圓心的直線。宋沈括夢溪筆談十八技藝:"置圓田,徑半之以爲弦,又以半徑減去所割數,餘者爲股,各自乘,以股除弦,餘者開方除爲勾,倍之爲割田之直徑,以所割之數自乘,退一位倍之。"

【直宿】指在宮中值夜。周禮天官宮正:"次舍之衆寡"漢鄭玄注:"次,諸吏直宿。"後漢書七八孫程傳:"尚書郭鎮時卧病,聞之,卽率直宿羽林出南止車門。"

【直視】目光注視前方。三國志魏崔琰傳:"對賓客虬鬚直視,若有所瞋。"

文選南朝宋鮑明遠(照)蕪城賦:"直視千里外,唯見起黃埃。"

【直掇】 卽直裰。宋蘇轍欒城集十四答孔平仲惠蕉布詩之二:"更得雙蕉縫直掇,都人渾作道人看。"參見"直裰"。

【直道】 ㊀正直之道。論語衛靈公:"斯民也,三代之所以直道而行也。"漢書八一孔光傳:"傅太后果從復道朝夕至帝所,求欲稱尊號,貴寵其親屬,使上不得直道行。"㊁直通的道路。隋書張衡傳:"帝上太行,開直道九十里,以抵其宅。"

【直筆】 指如實記載史實。晉書慕容盛載記:"(周公)戮伐同氣,逞其私忿,何忠之有乎?但時無直筆之史,後儒承其謬談故也。"唐劉知幾史通曲筆:"但古來唯聞以直筆見誅,不聞以曲詞獲罪。"

【直裰】 古代家居常服,斜領大袖,四周鑲邊的袍子。也指僧衣道袍。宋郭若虛圖畫見聞誌一論衣冠異制:"晉處士馮翼,衣布大袖,周緣以皁,下加襴,前繫二長帶,隋唐朝野服之,謂之馮翼之衣,今呼爲直裰。"宋李光莊簡集七贈傳神陳生詩:"直裰還紹岸幅巾,三年海外見來頻。"參閱馬鑑續事始袍(說郛十)。

【直腸】 心地耿介坦率。唐韓偓玉山樵人集病中聞復官詩:"也知恩澤招讒口,還痛神祇誤直腸。"

【直領】 外衣領口的式樣。漢桓寬鹽鐵論散不足:"古有庶人耋老而後衣繡,其餘則麻枲而已。……及其後,則絲裏枲衣,直領無褘,袍合不緣。"漢書五三廣川惠王越王傳"刺方領繡"注引晉灼:"今之婦人直領也。"參閱釋名釋衣服。

【直講】 ㊀唐置直講,無定員。長安四年定爲四人,掌佐博士、助教講授經術。宋增至十人,須年四十及進士九經出身,先試講然後就職。每二員共講一經。參閱宋孫逢吉職官分紀二一直講。㊁以白話講解經書。明高拱爲裕王(卽穆宗)講官,從日講之例,講四子書,先訓句解,次敷陳大義。有日進直講五卷。

【直聲】 ㊀真實的言論。漢書七六張敞傳上封事:"今朝廷不聞直聲,而令明詔自親其文,非策之得者也。"㊁正直的名聲。宋戴復古石屏詩集三聞杜儀甫出臺:"諸老多慚德,斯人有直聲。"宋史三一六唐介傳:"梅堯臣李師中皆賦詩激美,由是直聲動天下。"

【直轅】 春秋時要塞名,卽今河南信陽武勝關。古又稱武陽關,澧山關,爲義陽三關之一。左傳定四年:"還塞大隧直轅冥阨。"注:"三者,漢東之隘道。"參閱宋王應麟通鑑地理通釋十三齊重鎭。

【直隸】 ㊀宋制以州領縣,其直屬京師者稱直隸。如利州路有三泉縣,唐隸興元府,宋乾德五年,直隸京師。元代,不屬諸路及宣慰司行省的府縣,亦稱直隸。參閱元豐九域志八利州路、元史百官志七。㊁舊省名。卽今河北省。明太祖置北平布政司,成祖遷都,以南京爲南直隸,北平爲北直隸。清初置直隸省。公元1928年改爲河北省。參閱明史地理志一京師。

【直廬】 值宿的處所。文選晉陸士衡(機)贈尚書郎顧彥先詩之二:"朝遊遊層城,夕息旋直廬。"藝文類聚八八晉傅咸桑樹賦序:"世祖昔爲中壘將軍,於直廬種桑一株,迄今三十餘年,其茂盛不衰。"

【直不疑】 漢南陽人。文帝時爲郎,遷至太中大夫。吳楚七國反,不疑以二千石從軍。景帝時爲御史大夫。少時,同舍郎亡金,意不疑竊,不疑買金償之。後郎得亡金,大慙。不疑無兄,人誣其盜嫂,不疑亦不自明,因有長者之稱。史記漢書有傳。

【直如弦】 謂正直如弓弦。後漢書五行志一:"順帝之末,京都童謠曰:'直如弦,死道邊,曲如鉤,反封侯。'"樂府詩集三二梁吳均從軍行:"微誠言不愛,終自直如弦。"

【直脚梅】 卽野梅。野生,不經栽接者,又名直脚梅。草稍小而疎瘦,有清香,實小而硬。見宋范成大梅譜。

【直賣店】 零售不設座位的酒店。宋灌園耐得翁都城紀勝酒肆:"除官庫子庫脚店之外,其餘皆謂之拍户。……直賣店,謂不賣食次也。"

【直學士】 官名。唐門下省弘文館、中書省集賢殿書院皆設有直學士。宋設有直學士院,總閣、龍圖、天章諸閣皆置學士、直學士之官。參閱新唐書百官志二、宋史職官志二。

【直隸州】 明清行政區域的名稱。明清省之下有府、州,州又有散州、直隸州之別。散州屬於府,直隸州不屬於府而直屬於布政司。參閱清朝續文獻通考一一五職官一各省官制通則。

【直隸廳】 清制,不屬於府而直屬行省,則爲直隸廳。其制與直隸州相等。但直隸州皆有屬縣,直隸廳除奉天鳳凰、四川敘永外,均無屬縣。參見"直隸州"。

【直木必伐】 古成語。木成材者必被斬伐。逸周書周祝:"甘泉必竭,直木必伐。"莊子山木、文子符言作"直木先伐",墨子親士作"招木近伐"。

【直言無諱】 直率而言,無所隱諱。晏子春秋重而異者:"晏子相景公,其論人也,見賢而進之,不同君所欲;見不善則廢之,不辟君所愛。行己而無私,直言而無諱。"晉書劉波傳上疏:"臣鑒先徵,竊維今事,是以敢肆狂瞽,直言無諱。"

【直情徑行】 任憑自己的意志而徑直行事。禮檀弓下:"禮有微情者,有以故興物者,有直情而徑行者,戎狄之道也,禮道則不然。"疏:"謂直肆己情而徑行之也。"

【直諒多聞】 謂正直、誠實而見識廣。論語季氏:"益者三友,……友直、友諒、友多聞,益矣。"漢書三六楚元王傳贊:"指明梓柱以推廢興,昭矣!豈非直諒多聞,古之益友與!"

【直齋書録解題】 宋陳振孫撰。振孫字伯玉,號直齋,安吉人。傳録夾漈鄭氏方氏林氏吳氏舊書五萬餘卷,且仿晁公武郡齋讀書志作解題。以歷代古籍,分爲五十三類,有所評述,故稱解題。原書久佚,清初於永樂大典輯出,訂爲二十二卷。古代目録書現存崇文總目、晁公武郡齋讀書志、尤袤遂初堂書目及此書四種。崇文書目有注已佚;遂初堂書目僅列書名,其可考見諸書源流者,惟晁志及此書而已。

盰 qiān 集韻 倉先切,平,先韻。 ㄑㄧㄢ

見下。

【盰瞑】 茂密貌。文選漢張平子(衡)南都賦:"攢立叢駢,青冥盰瞑。"注:"言林木攢羅,衆色幽昧也。"

四 畫

相 1. xiāng 息良切,平,陽韻,心。 ㄒㄧㄤ

㊀共,交互。易咸:"柔上而剛下,二氣感應以相與。"也表示一方對另一方有所動作。史記八三鄒陽傳獄中上書:"臣聞明月之珠,夜光之璧,以闇投人於道路,人無不按劍相眄者。"㊁質地,實質。詩大雅棫樸:"追琢其章,金玉其相。"傳:"相,質也。"㊂姓。亦讀去聲。見通志二九氏族五平聲、去聲。

2. xiàng 息亮切,去,漾韻,心。 ㄒㄧㄤˋ

㊃視,觀察。詩鄘風相鼠:"相鼠有皮,人而無儀。"左傳隱十一年:"量力而行之,相時而動。"㊄占視。書召誥:"成王在豐,欲宅洛邑,使召公先相宅。"傳:"相所居

而卜之。"㊅形貌。荀子非相:"則形相雖惡而心術善,無害爲君子也;形相雖善而心術惡,無害爲小人也。"㊆選擇。周禮春官簭人:"上春相簭。"注:"相,謂更選擇其蓍也。"㊇輔助,扶助。易泰:"后以財成天地之道,輔相天地之宜,以左右民。"論語衞靈公:"固相師之道也。"疏:"此固是相導樂師之禮也。"㊈贊禮,贊禮的人。周禮秋官司儀:"掌九儀之賓客擯相之禮。"注:"出接賓曰擯,入贊禮曰相。"論語先進:"宗廟之事,如會同,端章甫,願爲小相焉。"㊉古官名。後專指宰相。呂氏春秋舉難:"相也者,百官之長也。"史記陳涉世家:"王侯將相寧有種乎!"⑪古樂器名。禮樂記:"始奏以文,復亂以武,治亂以相。"注:"相即拊也,亦以節樂。拊者,以韋爲表,裝之以糠,糠一名相,因以名焉。"⑫舂穀時的號子聲。禮曲禮上:"鄰有喪,舂不相。"注:"相,謂送杵聲。"⑬農曆七月的別名。爾雅釋天:"正月爲陬,二月爲如,……七月爲相。"注:"皆月之別名。"⑭星名。見"相星"。⑮古地名。書咸有一德:"河亶甲居相。"傳:"相,地名,在河北。"

【相$_2$人】觀察人的形貌以占測其命運。左傳文元年:"王使內史叔服來會葬。公孫敖聞其能相人也,見其二子焉。"荀子非相:"相人,古之人無有也,學者不道也。"

【相干】㊀互相干犯。國語鄭:"姜嬴荊芈,實與諸姬代相干也。"引申爲相關涉、妨礙。紅樓夢十三:"寶玉笑道:'不用忙,不相干。這是急火攻心,血不歸經。'"參見"不相干"。㊁相求。宋蘇軾東坡集續集五與蒲傳正書:"退居之後,決不能食淡衣粗,杜門絕客,貧親知相干,決不能不應副。"

【相土】商代人名。詩商頌長發:"相土烈烈,海外有截。"左傳襄九年:"陶唐氏之火正閼伯,居商丘,祀大火,而火紀時焉。相土因之,故商主大火。"注:"相土,契孫,商之祖也。"

【相$_2$火】中醫學名詞。古醫理以心爲君火;腎爲相火,遊行三焦,寄於肝膽。二火相合,以溫養臟腑推動功能活動。素問天元紀大論:"君火以明,相火以位。"元朱震亨格致餘論相火:"惟火有二:曰君火,人火也;曰相火,天火也。火內陰而外陽,主乎動者也。故凡動皆屬火。……因其動而可見,故謂之相。"

【相$_2$王】宰相而又封王者。三國志魏陳留王奐紀"己卯,進晉公(相國司馬昭)爵爲王"注引漢晉春秋:"(荀)顗曰:'相王尊重,何侯與一朝之臣皆已盡敬。'"

【相尤】相互指責。淮南子俶真:"古之人有處混冥之中,神氣不蕩于外,萬物恬漠以愉靜,……交被天和,食于地德,不以曲故,是非相尤。"

【相$_2$公】㊀指丞相。文選三國魏王仲宣(粲)從軍詩之一:"相公征關右,赫怒震天威。"注:"曹操爲丞相,故曰相公也。"漢魏以來拜相者必封公,故稱曰相公。明洪武廢丞相之職,自後無相公之稱。㊁舊時妻子對丈夫的敬稱。元曲選缺名舉案齊眉四:"梁鴻云:'夫人諸穿上者。'正旦云:'相公,我不敢穿。'"㊂舊時對人的尊稱,多指富貴家子弟。清翟灝通俗編五仕進:"今凡衣冠中人皆僭稱相公,或亦綴以行次,曰大相公、二相公。"張際亮金臺殘淚記三雜記:"北方市人通曰爺,訊其子弟或曰相公。南方市人通曰相公。吳下自呼其子弟亦曰相公。"㊃舊稱男妓。見清張燾津門雜記中下處。

【相打】打架。宋書黃回傳:"回因下都,於宣陽門與人相打。"晉書諸葛長民傳:"長民富貴之後,常一月中輒十數夜眠中驚起,跳踉,如與人相打。"

【相$_2$字】將一字分合筆形,附會人事,以占斷吉凶。宋何薳春渚紀聞二謝石拆字:"謝石……以相字言人禍福,求相者,但隨意書一字,卽就其字離拆而言,無不奇中。"參見"拆字"。

【相羊】卽徜徉,漫遊、徘徊之意。楚辭屈原離騷:"折若木以拂日兮,聊逍遥以相羊。"注:"逍遥、相羊,皆遊也。"漢書九七上孝武李夫人傳武帝悼李夫人:"念窮極之不還兮,惟幼眇之相羊。"注:"相羊,翺翔也。"也作"相佯"。後漢書五九張衡傳思玄賦:"會帝軒之未歸兮,悵相佯而延佇。"注:"相佯,猶徘回也。"

【相存】互相慰問。文選漢司馬長卿(相如)長門賦:"孔雀集而相存兮,玄猨嘯而長吟。"又魏武帝(曹操)短歌行:"越陌度阡,枉用相存。契闊談讌,心念舊恩。"唐王維王右丞集二瓜園詩:"窮巷正傳呼,故人儻相存。"

【相好】㊀彼此親密。詩小雅斯干:"兄及弟矣,式相好矣。"左傳成十三年:"昔逮我(晉)獻公及(秦)穆公相好,戮力同心。"㊁男女相愛。孔叢子五陳士義:"李由之母少寡,與李音竊相好而生由。"

【相$_2$好】佛書稱釋迦牟尼有三十二種相,八十二種好,因以相好爲佛身塑像的敬稱。廣弘明集十五南朝宋謝靈運佛影銘序:"容儀端莊,相好具足。"唐白居易長慶集二六東林寺經藏西廊記:"建修多羅藏一所,土木丹漆之外,飾以多寶,相好嚴麗,鄰諸鬼功。"

【相$_2$君】丞相,宰相。史記七九范雎傳:"天下之事皆決於相君。"後漢書三二陰識傳:"初,陰氏世奉管仲之祀,謂爲'相君'。"

【相$_2$步】古代樂師多用盲人,扶助導引他們的人叫相步。禮禮器:"故禮有擯詔,樂有相步。"注:"相步,扶工也。"

【相里】複姓。戰國有相里勤,爲三墨之一。參閱莊子天下、通志二八氏族四以官爲氏。

【相坐】㊀相應,相關連。莊子天地:"謂己道人,則勃然作色;謂己諛人,則怫然作色。而終身道人也,終身諛人也。……是始終本末不相坐。"㊁謂一人犯法,株連他人同時治罪。淮南子泰族:"商鞅爲秦立相坐之法,而百姓怨矣。"注:"相坐之法,一家有罪,三家坐之。"參見"連坐"。

【相$_2$攸】㊀詩大雅韓奕:"蹶父孔武,靡國不到。爲韓姞相攸,莫如韓樂。"箋:"(蹶父)爲其女韓侯夫人姞氏視其所居,韓國最樂。"後因稱擇婿爲相攸,本此。㊁選擇或察看善地。宋蘇軾分類東坡詩十六再和闆正輔表兄將至以詩迎之:"餘齡會有適,獨往豈相攸。"

【相於】相親相厚。漢王符潛夫論釋難:"夫堯舜之相於,人也,非戈與伐也,其道同仁,不相害也。"藝文類聚五三漢孔融與韋林甫書:"疾動,不得復與足下岸幘廣坐,舉杯相於,以爲邑邑。"

【相$_2$杵】舂穀時的勞動號子聲。史記六八商君傳:"五羖大夫死,秦國男女流涕,童子不歌謠,舂者不相杵。"集解:"鄭玄曰:相謂送杵聲,以聲音自勸也。"隋李則墓誌:"於是相杵停音,鄰歌斷曲。"(漢魏南北朝墓誌集釋圖版三八五之二)

【相$_2$板】察看官員所執手板,附會人事預言吉凶命運的一種占卜方法。南史庾道愍傳:"道愍尤精相板,宋明帝時,山陽王休祐屢以言語忤顏,見道愍,託以己板爲他物,令道愍占之。"

【相知】摯友,知己。楚辭屈原九歌少司命:"悲莫悲兮生別離,樂莫樂兮新相知。"唐王維王右丞集十酌酒與裴迪詩:"白首相知猶按劍,朱門先達笑彈冠。"

【相$_2$室】㊀指執政大臣,丞相。韓非子孤憤:"故主失勢而臣得國,主更稱蕃臣,而相室剖符,此人臣之所以譎主便私也。」漢書五行志中之下：「記曰：不當華而華，易大夫；不當實而實，易相室。」注：「相室猶言相國，謂宰相也。合韻故言相室。相室者，相王室。」㊁隨嫁的婦女。戰國策趙三：「公甫文伯官於魯，病死，……其母聞之，不肯哭也。相室曰：『焉有子死而不哭者乎？』」宋鮑彪注：「室家之相。此女也，男曰家老。」

【相持】雙方對立，互不相下。戰國策魏四：「秦、趙久相持於長平之下而無決。」史記高祖紀：「楚、漢久相持未決。」

【相柳】卽相繇，古代神話傳說中共工之臣。九首人面蛇身而青，食於九山。後爲禹所殺，其血腥臭，沾地，地不生穀。參閱山海經海外北經、大荒北經。

【相₂星】星名。漢石申星經：「相星在北極斗南，總領百司。」唐李德裕李衛公會昌一品集二十郊壇回輿……兼呈二相公詩：「相星環日道，蒼馬近龍媒。」

【相思】想念。漢書九七上孝武李夫人傳：「遙望見好女如李夫人之貌，還幄坐而步。又不得就視，上（漢武帝）愈益相思悲感。」後多謂男女相思慕。唐詩紀事十六王維：「紅豆生南國，秋來發幾枝，贈君多采擷，此物最相思。」全唐詩一二八題作相思。

【相₂馬】觀察品評馬的優劣。莊子徐无鬼：「吾相馬，直者中繩，曲者中鉤，方者中矩，圓者中規，是國馬也。」呂氏春秋觀表：「古之善相馬者，……若趙之王良，秦之伯樂、九方堙，尤盡其妙矣。」

【相殺】相互剋服、制約。神農本草經三序例：「藥有陰陽配合，子母兄弟，根莖葉實，草石骨肉。有單行者，有相須者，有相使者，有相畏者，有相惡者，有相反者，有相殺者，凡此七情，合和視之。當用相須相使者良，勿用相惡相反者。若有毒，宜制，可用相畏相殺者。」

【相₂婆】古代稱宰相爲相公，因而也有稱其妻爲相婆者。宋曾慥高齋漫錄：「老姥自言病痁求藥，公（王安石）隨行偶有藥，取以遺之。姥酬以麻綿一縷，云：『相公可將歸人事相婆也。』公笑而受之。」

【相₂國】卽宰相。戰國趙武靈王傳少子何爲王，以肥義爲相國，見史記趙世家。史傳所記相國一名始此。秦有丞相，又有相國。漢高祖初卽位，置丞相，十一年更名相國。漢魏以降，其位望尊於丞相。參見「丞相」、「宰相」。

【相將】㊀相共，相隨。漢王符潛夫論救邊：「相將詣闕，諧辭禮謝。」唐李賀歌詩編四官街鼓：「幾回天上葬神仙，漏聲相將無斷絕。」㊁行將。宋楊萬里誠齋集江西道院集十五日明發石口遇順風詩：「掛帆未了青泥過，轉眼相將玉笥邊。」

【相₂烏】藥草名，馬蘭的一種。一名烏葵，如蘭香，赤莖，生山陽。入藥。見政和證類本草三十相烏。本草綱目十四草三馬蘭作「相烏」。

【相₂術】觀察人的形貌，預言命運的一種方術。三國志魏朱建平傳：「善相術，於閭巷之間，效驗非一。」

【相得】㊀相配，相稱。易繫辭：「天數五，地數五，五位相得，而各有合。」注：「天地之數各五，五數相配，以合成金木水火土。」禮王制：「凡居民，量地以制邑，度地以居民，地邑民居，必參相得也。」㊁互相投合。易革：「二女同居，其志不相得，曰革。」漢書五十汲黯傳：「上曰：『君薄淮陽邪？吾今召君矣。顧淮陽吏民不相得，吾徒得君重，臥而治之。』」

【相₂翔】徘徊。周禮秋官野廬氏：「若有賓客，則令守涂地之人聚㰂之，有相翔者誅之。」注：「相翔，猶昌翔觀伺者也。鄭司農（衆）云：……有姦人相翔於賓客之側，則誅之，不得令寇盜賓客。」

【相距】㊀相持，對峙。史記高祖紀：「漢王軍滎陽南，……與項羽相距歲餘。」㊁相隔，距離。明宋濂宋學士文集鑾坡後集六玉兔泉聯句引：「獨予父子與孟兼居越西，相距僅半舍。」

【相喚】相互呼喚。唐韋應物韋江州集十聽鶯曲：「東方欲曙花冥冥，啼鶯相喚亦可聽。」宋時浙江方言也稱見面打招呼爲「相喚」。宋周遵道豹隱紀談：「一九至二九，相喚不出手。」相見時應例唱喏，天寒納手袖中，故云不出手。

【相嵌】鑲嵌。宋趙希鵠洞天清錄集古鐘鼎彝器辨：「余嘗見夏琱戈于銅上相嵌以金，其細如髮。夏器大抵皆然。歲久金脫，則成陰文竅，以其刻畫成凹也。相嵌，今俗譌爲商嵌。」

【相須】互相配合，相依。詩小雅谷風「習習谷風，維風及雨」漢毛亨傳：「興也。風雨相感，朋友相須。」漢書律曆志上：「規矩相須，陰陽位序，圜方乃成。」

【相煩】以事請託辦理。後漢書二四馬援傳：「諸曹時白外事，援輒曰：『此丞、掾之任，何足相煩。』」晉書宣帝紀魏青龍四年：「徵帝（司馬懿）詣京師，天子曰：『此不足以勞君，事欲必克，故以相煩耳。』」

【相萬】相差極大。韓詩外傳四：「人同材鈞，而貴賤相萬者，盡心致志也。」漢書七九馮奉世傳：「故少發師而曠日，與一舉而疾決，利害相萬也。」注：「相比則爲萬倍也。」

【相當】㊀相敵，相抵。韓非子內儲下六微：「二軍相當，兩旗相望。」漢書五四蘇武傳：「匈奴留漢使郭吉、路充國等，前後十餘輩。匈奴使來，漢亦留之以相當。」㊁相稱。初學記二八宋子侯董嬌嬈詩：「花花自相對，葉葉自相當。」唐大詔令集六五長慶二年敍用勳舊武臣德音：「若勳伐素高、人才特異者，倘有相當用處，卽具名聞奏。」

【相₂鼠】詩鄘風篇名。詩以鼠起興譏諷當時貴族統治者的貪濁無禮。後因以諷刺無禮。唐張鷟龍筋鳳髓判三左右監門衛：「贓賄溢室，謗訟盈庭，外不懼於乘驄，內無慚於相鼠。」

【相₂臺】銅雀臺的別稱。臺在相州，今河北臨漳縣。見永樂大典二六〇五秀野堂脞記。參見「銅雀臺㊀」。

【相聞】㊀彼此都能聽到。謂距離不遠。老子：「鄰國相望，雞犬之聲相聞。」㊁互通信息。後漢書十三隗囂傳帝（劉秀）報以手書：「自今以後，手書相聞，勿用傍人解構之言。」

【相對】兩相對應，相向。儀禮士昏禮：「婦乘以几，從者二人，坐持几相對。」唐李白李太白詩二一望天門山：「兩岸青山相對出，孤帆一片日邊來。」

【相₂輪】塔上㮶蓋。翻譯名義集二十寺塔壇幢窣堵波：「佛造迦葉佛塔，上施㮶蓋，長表輪相。經中多云相輪，以人仰望而瞻相也。」

【相撲】我國傳統體育項目之一。古稱角觝，猶今之摔跤。太平御覽七五五晉王隱晉書：「襄城太守責功曹劉子篤曰：『卿郡人不如潁川人相撲。』篤曰：『相撲下技，不足以別兩國優劣。』」續傳燈錄四曇隱禪師：「上堂：『山僧平生意好相撲，秖是無人搭對，今日且共首座搭對。』捲起袈裟下座，索首座相撲。」參閱宋吳自牧夢粱錄二十角觝。

【相親】互相親近。韓非子初見秦：「當是時也，趙氏上下不相親也，貴賤不相信也。」

【相₂親】舊時議婚的一種俗禮。舊婚禮，兒女婚嫁，男家擇日，備酒禮詣女家，兩親相見，稱爲相親。參閱宋吳自牧夢粱錄二十嫁娶。

【相₂縣】古地名。1. 商代相土居地。春秋時宋共公都此。秦置相縣，秦以後歷代因之。北周時廢。在今安徽宿縣境。

參閱水經注二四漳水、讀史方輿紀要二一宿州。2.商代河亶甲居地。春秋晉東陽，戰國魏爲鄴邑。東晉列國趙石虎自襄國移都於此。後魏道武帝(拓跋珪)依舊名，立相州。隋開皇時置相縣，大業初廢。唐初仍置，武德五年復廢。今河北臨漳縣境。參閱讀史方輿紀要四九彰德府安陽縣。

【相罵】㊀唾罵。漢賈誼新書九大政上:"故紂自謂天王也，桀自謂天子也，已滅之後，民以相罵也。"㊁對罵。左傳僖二八年"晉侯夢與楚子搏，楚子伏己而盬其腦"唐孔穎達疏:"服虔云:如俗語相罵云唓女腦矣。"舊五代史盧損傳:"與任贊劉昌素薛鈞高總同年擢第，所在相詬，時人謂之相罵榜。"

【相₂禮】贊禮。左傳宣十六年:"晉侯使士會平王室，定王享之，原襄公相禮。"國語楚上:"問誰相禮，則華元駟騑。"

【相繇】見"相柳"。

【相識】相互認識。左傳襄二九年:"(吳季札)聘於鄭，見子產，如舊相識。"唐白居易長慶集十二琵琶引:"同是天涯淪落人，相逢何必曾相識!"也指相識的人。唐劉長卿劉隨州集九別嚴士元詩:"東道若逢相識問，青袍今日誤儒生。"

【相₂體】宰相的器識與風度。後漢書三三朱浮傳論:"吳起與田文論功，文不及者三，朱買臣難公孫弘十策，弘不得其一，終之田文相魏，公孫宰漢，誠知宰相自有體也。"金劉祁歸潛志七:"又在位者，臨事往往不肯分明可否，相習低言緩語，互推讓，號養相體。吁!相體果安在哉!"

【相人偶】互相親切致意。禮中庸"仁者，人也"漢鄭玄注:"人也，讀如相人偶之人，以人意相存問之言。"儀禮聘禮"入每門，每曲揖"漢鄭玄注:"每門輒揖者，以相人偶爲敬也。"

【相₂牛經】關於識別牛的優劣的著作。世說新語汰侈"王君夫有牛名八百里駮"南朝梁劉孝標注:"相牛經曰:牛經出寧戚，傳百里奚。"隋書經籍志三著録梁有齊侯大夫甯戚相牛經、王良相牛經、高堂隆相牛經各二卷，均亡佚。宋陸游劍南詩稿七八農家之二:"頻過闘雞舍，閑學相牛經。"

【相₂印法】古時觀視印章篆文以占卜吉凶的方法。太平御覽六八三相印書:"相印法本出陳長文，長文以語韋仲將;印工楊利從仲將授法，以語許士宗……仲將問長文從誰得法，長文曰:本出漢世。又印工宗養以法語程申伯。"隋書經籍志三著録韋氏相板印法指略抄、程申伯相印法各一卷，均亡佚。

【相見歡】詞調名。唐薛昭蘊作。本唐教坊曲名。雙調，三十六字。前段三句三平韻，後段四句兩仄韻兩平韻。南唐李煜詞有"無言獨上西樓，月如鈎"句，又名秋夜月、上西樓、西樓子。康與之詞名憶真妃，張揖詞有"唯有漁竿明月上瓜州"句，因名月上瓜州、烏夜啼。見詞譜三。

【相見灣】河灣名。在江蘇泰興縣東。俗名龍開河。河形委曲，舟行雖有先後，至此則帆檣相望，可呼而應，因名。見讀史方輿紀要二三揚州府泰興縣。

【相₂府蓮】樂府曲名。南齊尚書左僕射王儉領吏部，一時所辟，皆才名之士，時人以入儉府爲蓮花池，謂如紅蓮映綠水。其後語訛爲想夫憐。宋虞儔尊白堂集四和廣文俞同年賀太守詩:"側聞已上中和頌，試請重歌相府蓮。"參閱唐李肇國史補下、樂府詩集八十近代曲辭二相府蓮。

【相和歌】古歌名。宋書樂志三:"相和，漢舊歌也。絲竹更相和，執節者歌。"參閱樂府詩集二六相和歌辭解題。

【相斫書】謂記載戰爭的史書，指左傳。三國志魏王肅傳"大司農弘農董遇等，亦歷注經傳，頗傳於世"注引魏略:"(魚)豢又常從(隗禧)問左氏傳，禧答曰:'……左氏直相斫書耳，不足精意也。'"按春秋紀事二百四十二年，左傳書中書侵者五十八，書伐者二百十三，戰事不絕，故稱相斫。後也指兵法諸書。宋陸游劍南詩稿十一對酒:"孫吳相斫書，了解亦何益!"

【相思子】紅豆的異名。唐李匡乂資暇集下:"豆有圓而紅其首烏者，舉世呼爲相思子，卽紅豆之異名也。其木，斜斫之則有文，可爲彈博局及琵琶槽。其樹也，大株而白枝，葉似槐。其花與皂莢花無殊。其子若穭豆，處于甲中，通身皆紅。李善云其實赤如珊瑚是也。"參見"相思樹"。

【相思木】木名。舊題南朝梁任昉述異記上:"昔戰國時，魏國苦秦之難。有以民從征戍秦，久不返，妻思而卒。既葬，塚上生木，枝葉皆向夫所在而傾，因謂之相思木。"玉臺新詠十梁武帝歡聞歌之二:"南有相思木，合影復同心。"

【相思引】詞調名。此調有兩體:四十六字的押平聲韻，又名玉交枝、定風波令、琴調相思引;四十九字的押仄聲韻，又名鏡中人。見詞譜六。

【相思曲】古樂府曲名。樂府詩集四六清商曲辭三懊儂歌解題:"古今樂録曰:'懊儂歌者，晉石崇綠珠所作，惟絲布澀難縫一曲而已，後皆隆安初民間訛謠之曲。宋少帝更製新歌三十六曲，齊太祖常謂之中朝曲。梁天監十一年，武帝敕法雲改爲相思曲。'"玉臺新詠十南朝梁王僧孺春思:"復聞黃鳥吟，今作相思曲。"

【相思病】指男女雙方愛慕之極而又不能如願所引起的病症。京本通俗小說菩薩蠻:"他不是害什麽心病，是害的相思病。"

【相思草】㊀植物名。舊題南朝梁任昉述異記上:"今秦趙間有相思草，狀如石竹，而節節相續。一名斷腸草，又名愁婦草，亦名霜草，人呼寮莎。"㊁煙草的別名。清沈穆本草洞詮:"煙草一名相思草，言人食之，則時時思想，不能離也。"

【相思樹】木名。1.文選晉左太沖(思)吳都賦:"楠榴之木，相思之樹。"晉劉淵林注:"相思，大樹也。材理堅，邪斫之則文，可作器。其實如珊瑚，歷年不變，東冶有之。"2.古代傳說，宋康王奪其舍人韓憑妻何氏，夫婦皆自殺，兩冢相望，宿夕之間，冢頂各生大梓木，旬日長大盈抱，兩樹屈體相就，根交於下，枝錯於上。又有鴛鴦一對，恒棲樹上，晨夕不去，交頸悲鳴。宋人哀之，因號其木爲相思樹。見晉干寶搜神記十一。

【相竿摩】猶請託。後漢書七二董卓傳"時人號'竿摩車'"注:"竿摩謂相逼近也。今俗以事干人者，謂之'相竿摩'。"

【相₂風烏】古代候風器。三輔黃圖五臺榭:"郭延生述征記曰:'長安宮南有靈臺，高十五仞，上有渾儀，張衡所制。又有相風銅烏，遇風乃動。'"也省作"相烏"。唐韓偓香奩集夏日詩:"相風不動烏龍睡，時有幽禽自喚名。"

【相₂馬經】關於識別馬之優劣的著作。梁有伯樂相馬經二卷，隋有相馬經一卷，已亡佚。見隋書經籍志三。

【相逢行】樂府清調曲名。亦名相逢狹路間行，長安有狹斜行。樂府詩集三四相和歌辭清調曲相逢行解題:"樂府解題曰:古詞文意與雞鳴曲同。晉陸機長安狹斜行云:伊洛有岐路，岐路交朱輪。則言世路險狹邪僻，正直之士無所措手足矣。唐李賀有難忘曲，亦出於此。"

【相₂國寺】見"大相國寺"。

【相反相成】指在一個方面互相排斥，

在另一個方面互相補充促進。漢書藝文志諸子:"其言雖殊,辟猶水火,相滅亦相生也。仁之與義,敬之與和,相反而皆相成也。"

【相₂君之背】史記九二淮陰侯傳:"齊人蒯通知天下權在韓信,欲爲奇策而感動之。……通曰:'相君之面,不過封侯,又危不安。相君之背,貴乃不可言。'"通欲勸信反,"背"字雙關,故以隱語動之。

【相₂門有相】舊時謂宰相後代必有宰相才者。史記七五孟嘗君傳:"文聞將門必有將,相門必有相。"梁書王暕傳附王訓:"十六召見文德殿,應對爽徹。上目送久之,謂朱异曰:'可謂相門有相矣。'"

【相知恨晚】以相交太晚爲憾。形容情投意合。史記一〇七魏其武安侯傳附灌夫:"(魏其灌夫)兩人相爲引重,其游如父子然。相得驩甚,無厭,恨相知晚也。"後作"相知恨晚",本此。

【相依爲命】相互依靠度日。文選晉李令伯(密)陳情事表:"母孫二人,更相爲命。"宋蘇轍欒城集四七爲兄軾下獄上書:"臣早失怙恃,惟兄軾一人,相須爲命。"後常作"相依爲命"。聊齋志異王成:"小人無恒產,與(鶉)相依爲命。"

【相₂風使帆】猶言看風使帆。比喻爲人處世,隨風倫倒。宋陸游劍南詩稿七四醉歌:"相風使帆第一籌,隨風倒柂更何憂。"

【相視莫逆】相見傾心,情投意合。莊子大宗師:"子祀、子輿、子犁、子來四人相與語曰:'孰能以无爲首,以生爲脊,以死爲尻,孰知死生存亡之一體者,吾與之友矣。'四人相視而笑,莫逆於心,遂相與爲友。"

【相得益章】相互配合,作用益顯。漢書六四下王褒傳聖主得賢臣頌:"若堯、舜、禹、湯、文、武之君,獲稷、契、皋陶、伊尹、吕望,明明在朝,穆穆列布,聚精會神,相得益章。"也作"相得益彰"。清厲荃事物異名録孫士毅序:"事物異名録四十卷,慈谿厲明府靜薌先生原輯,晉軒學使關前輩(槐)增纂而釐訂之者也。……是編採擇宏富,區別精審,真兩賢相得益彰也。"

【相煎何急】世說新語文學:"文帝(曹丕)嘗令東阿王(曹植)七步中作詩,不成者行大法。應聲便爲詩曰:'煮豆持作羹,漉菽以爲汁。萁在釜下然,豆在釜中泣:本自同根生,相煎何太急!'帝深有慚色。"後因以相煎何急比喻兄弟或內部之間一方加於另一方的迫害。參見"七步成詩"。

【相敬如賓】形容夫妻相互尊敬,如對待賓客。左傳僖三三年:"初,臼季使,過冀,見冀缺耨,其妻饁之,敬,相待如賓。"後漢書八三龐公傳:"居峴山之南,未嘗入城府。夫妻相敬如賓。"

【相₂臺九經】九經相臺本的簡稱。宋岳珂刊。宋代九經刊版,以廖剛按建安余氏、興國于氏本校訂重刻爲善本。珂又合其家塾所藏名本二十三種反覆讐校,重刊於相臺書塾,最爲精審。參閱珂撰刊正九經三傳沿革例。

【相驚伯有】左傳昭七年:"鄭人相驚以伯有,曰:'伯有至矣!'則皆走,不知所往。"注:"襄三十年,鄭人殺伯有,言其鬼至。"後因稱自相驚擾爲相驚伯有。

眉

méi ㄇㄟˊ 武悲切,平,脂韻,明。

㊀眉毛。莊子漁父:"有漁父者下船而來,須眉交白。"㊁邊側。漢書九二陳遵傳揚雄酒箴:"觀瓶之居,居井之眉。"處高臨深,動常近危。㊂題額。穆天子傳三:"天子遂驅升于弇山,乃紀名迹于弇山之石,而樹之槐,眉曰西王母之山。"又書頁的上端稱書眉。

【眉山】㊀形容女眉如遠山。舊題漢劉歆西京雜記二:"(卓)文君姣好,眉色如望遠山。"宋歐陽修六一詞踏莎行:"驀然舊事上心來,無言斂皺眉山翠。"㊁縣名,屬四川省。漢爲武陽縣地,屬犍爲郡。隋爲通義縣。宋太平興國初,改爲眉山縣,元併縣入眉州,明復降爲縣。清爲眉州,公元 1913 年改縣。參閱讀史方輿紀要七一眉州。

【眉月】㊀喻女眉如新月。樂府詩集五十南朝梁武帝(蕭衍)遊女曲:"氛氳蘭麝體芳滑,容色玉耀眉如月。"全唐詩三二褚亮詠花燭:"靨星臨夜燭,眉月隱輕紗。"㊁新月。唐白居易長慶集五八天津橋詩:"眉月晚生神女浦,臉波春傍窈娘堤。"

【眉目】㊀眉和眼,也泛指容貌。漢書六一霍光傳:"(光)疏眉目,美須頿。"三國志魏崔琰傳:"琰聲姿高暢,眉目疏朗。"後多用以喻稱文章條理或事情的頭緒。㊁衆人的表率、榜樣。唐劉禹錫劉夢得集二八唐……贈司空奚公神道碑:"轉吏部員外郎,是曹在南宮爲眉目,在選士爲司命。"

【眉宇】眉額之間。人面部有眉額,如房屋之有檐宇,故稱眉宇。文選漢枚叔(乘)七發:"太子曰:'僕未能也。'然陽氣見於眉宇之間,侵淫而上,幾滿大宅。"也泛指人的容貌。唐杜甫杜工部草堂詩箋二四八哀詩之四贈太子太師汝陽郡王璡:"汝陽讓帝子,眉宇真天人。"新唐書一九四元德秀傳:"房琯每見德秀,歎息曰:'見紫芝眉宇,使人名利之心都盡。'"紫芝,德秀字。

【眉州】古地名。禹貢梁州之域,秦蜀郡地,漢爲犍爲郡。北魏廢帝二年因峨眉山之名改稱眉州。元歸屬嘉定路,以州治爲眉山縣。明洪武降州爲縣,後又復爲州。公元 1913 年廢州改眉山縣。參閱讀史方輿紀要七一眉州。

【眉斧】文選漢枚叔(乘)七發:"皓齒蛾眉,命曰伐性之斧。"後因取眉斧字指女色。宋蘇軾東坡集後集三次韻錢穆父王仲至同賞田曹梅花詩:"鬢霜未易掃,眉斧真自伐。"劉克莊後村集十一梅州楊守鐵菴詩:"身重豈容眉斧伐,時危猶要脊梁擔。"

【眉連】傳說仙女名。酒家陽都女,兩眉生而相連。有仙人犢子牽黄犢來過,眉連悅之,遂留相奉侍,與犢子在市中住數十年乃去。見列仙傳下犢子。文選晉左太沖(思)魏都賦:"昌容練色,犢配眉連。"

【眉峯】猶眉山,形容女子眉之美好。宋黄庭堅山谷詞歸田樂引:"憶我、唤我、見我、嗔我,天甚教我怎生受!看承幸廝句,又是尊前眉峯皺。"草堂詩餘三宋康伯可滿庭芳冬景:"梳粧懶,脂輕粉薄,約略淡眉峯。"

【眉婚】以眉目傳情,相許成婚。宋洪瑹空同詞行香子代贈:"十年心事,兩字眉婚,問幾時,真箇行雲。"

【眉瑑】古代圭璧等玉飾品兩孔之間刻爲溝道,兩邊突出部分叫眉瑑。周禮春官典瑞"駔圭、璋、璧、琮、琥、璜之渠眉"漢鄭玄注:"皆爲開渠爲眉瑑。"唐賈公彥疏:"此六玉,兩頭皆有孔,又於兩孔之間爲溝渠,於溝之兩畔稍高爲眉瑑。"

【眉睫】㊀眉和睫毛。泛指形貌。莊子庚桑楚:"向吾見若眉睫之間,吾因以得汝矣。"唐成玄英疏:"吾昔觀汝形貌已得汝心。"也指人的臉色、眼色。魏書崔亮傳:"弟妹飢寒,豈可獨飽?自可觀書於市,安能看人眉睫乎!"㊁切近。韓非子用人:"不去眉睫之禍,而慕賁、育之死;不謹蕭牆之患,而固金城於遠境。"宋王安石臨川集二遊土山示蔡天啟詩:"定林瞰土山,近乃在眉睫。"

【眉語】謂以眉之舒斂示意或傳情。唐李白李太白詩二二上元夫人:“眉語兩自笑,忽然隨風飄。”參見“眉來眼去”。

【眉壽】頌祝語,長壽之意。周代金文銘刻有“萬年眉壽”、“眉壽無疆”、“眉壽永命”等語。“眉”字本爲同音假借,舊説或以爲年壽高者眉長是壽徵,故曰眉壽。詩豳風七月:“爲此春酒,以介眉壽。”又商頌烈祖:“綏我眉壽,黃耇無疆。”參閱清朱駿聲説文通訓定聲履部“眉”。清鄭業斆獨笑齋金石文攷二有眉壽綰綽攷。

【眉憮】指眉式樣美好。漢書七六張敞傳:“敞爲京兆,……又爲婦畫眉,長安中傳張京兆眉憮。”唐張説張燕公集五贈崔二安平公樂世詞:“自憐京兆雙眉憮,會待南來五馬留。”全唐詩作“眉嫵”。

【眉嫵】㊀雙眉嫵媚可愛。見“眉憮”。㊁詞調名,一名百宜嬌。雙調,一百零三字。前段十一句五仄韻,後段十一句七仄韻。見詞譜。

【眉黛】古代婦女以黛畫眉,因以眉黛指眉。唐李商隱李義山詩集六代贈之二:“總把春山掃眉黛,不知共得幾多愁。”參閱宋趙彥衛雲麓漫鈔三。

【眉子石】徽州羅紋山産硯石,石上以有紋如眉,故稱。宋蘇軾分類東坡詩十二有眉子硯歌。參閱宋張邦基墨莊漫錄五、唐積歙州硯譜品目。

【眉目如畫】謂容貌端麗。後漢書二四馬援傳:“爲人明須髮,眉目如畫。”

【眉花眼笑】形容十分高興。西遊記二:“孫悟空在旁聞講,喜得他抓耳撓腮,眉花眼笑。”也作“眉開眼笑”。明鄭之文旗亭記二一:“見你終日眉頭不展,面帶憂色,不曾有一日眉開眼笑,端的爲着甚事?”

【眉來眼去】㊀玉臺新詠八南朝梁劉孝威郗縣遇見人織率爾寄婦:“窗疏眉語度,紗輕眼笑來。”因以“眉來眼去”形容以眉目示意或傳情。元曲選關漢卿魯齋郎三:“他兩個眉來眼去,不由我不暗暗躊躇,似這般啞謎兒,教咱怎猜做。”也作“眼去眉來”。又白仁甫牆頭馬上二:“是這牆頭擲果裙釵,馬上摇鞭狂客,説與你箇聰明的妳妳,送春情是這眼去眉來。”㊁全宋詞王觀卜算子送鮑浩然之浙東:“水是眼波橫,山是眉峰聚。欲問行人去那邊,眉眼盈盈處。”因以“眉來眼去”指目前所見。宋辛棄疾稼軒詞滿江紅贛州席上呈太守陳季陵侍郎:“落日蒼茫,風纔定片帆無力。還記得眉來眼去,水光山色。”

【眉清目秀】謂容貌俊美。古今雜劇缺名張于湖誤宿女真觀二:“我見他眉清目秀,動静語默,是箇非常的人。”

省

1. xǐng 息井切,上,静韻,心。ㄒㄧㄥˇ

㊀察看。易觀:“先王以省方觀民設教。”㊁檢查,反省。論語學而:“吾日三省吾身。”㊂明白。列子楊朱:“實僞之辯,如此其省也。”注:“省,猶察也。”㊃問候。禮曲禮上:“昏定而晨省。”注:“省,問其安否何如。”㊄古代王使臣聘于諸侯之禮曰省。周禮秋官小行人:“存、覜、省、聘、問臣之禮也。”又大行人:“王之所以撫邦國諸侯者,歲徧存,三歲徧覜,五歲徧省。”注:“存、覜、省者,王使臣於諸侯之禮,所謂閒問也。”

2. shěng 所景切,上,梗韻,山。ㄕㄥˇ

㊅節約,減省。孟子梁惠王上:“省刑罰,薄税斂。”左傳僖二一年:“貶食省用,務穡勸分。”㊆災害,過失。通“眚”。書説命中:“惟干戈省厥躬。”釋文:“省,息井反,一本作眚。”公羊傳莊二二年:“肆大省。”春秋、穀梁傳皆作“眚”。㊇官署名。漢制總羣臣而聽政爲省,治公務之所爲寺。尚書、中書、門下各官署皆設於禁中,因稱爲省。沿用既久,遂以省爲官署名稱。㊈行政區域名。元時中央置中書省,於各路設行中書省,稱爲行省。明改行省爲布政使司,自後卽以省爲地方行政區域的通稱。參閱元史地理志一。

3. xiǎn 集韻息淺切,上,獮韻。ㄒㄧㄢˇ

㊉秋時狩獵之稱。通“獮”。禮明堂位:“是故夏礿、秋嘗、冬烝、春社、秋省而遂大蜡,天子之祭也。”注:“省讀爲獮。獮,秋田名也。”

【省方】視察四方。易觀:“先王以省方觀民設教。”疏:“以省視萬方,觀看民之風俗,以設於教。”淮南子精神:“禹南省方,濟於江。”

【省元】宋制,禮部試進士第一名稱省元。禮部屬尚書省,故稱。見文獻通考三十選舉。

【省₂中】宮禁之内。漢書昭帝紀:“帝姊鄂邑公主益湯沐邑,爲長公主,共養省中。”文選晉左太沖(思)魏都賦:“禁臺省中,連闥對廊。”注:“漢制王所居曰禁中,諸公所居曰省中。”參閱三輔黃圖六雜錄。參見“省㊇”。

【省事】視事。猶今稱辦公。後漢書禮儀志中:“擇吉辰而後省事。”世説新語政事:“丞相(王導)末年略不復省事,政封籙諾之。”

【省₂事】㊀省中之事。新唐書百官志一:“左右僕射,各一人,從二品,掌統理六官,爲令之貳,令闕則總省事,劾御史糾不當者。”㊁精簡事務。淮南子泰族:“省事之本,在於節用。”晉書荀勗傳:“省吏不如省官,省官不如省事。”㊂辦事吏名。1.南朝宋尚書省屬吏。宋書孔琳之傳奏劾尚書令徐羡之:“尚書令省事倪宗又牽威儀手力擊臣下人。”2.北周傳令之吏。周書賀拔岳傳:“岳以輕騎數十與(尉遲)菩薩隔水交言,……菩薩乃自驕踞,令省事傳語岳。……省事恃隔水,應對不遜,岳舉弓射之,應弦而倒。”

【省₂陌】古時金屬錢幣,以百數爲一百者謂之足陌,不足百數作爲一百者謂之省陌。陌借爲“百”。宋歐陽修文忠集一二七歸田錄二:“用錢之法,自五代以來,以七十七爲百,謂之省陌,今市井交易,又尅其五,謂之依除。”參閱宋王應麟困學紀聞十三、清顧炎武日知錄十一短陌。

【省耕】古代帝王巡視春耕。孟子梁惠王下:“春省耕而補不足,秋省斂而助不給。”注:“春省耕,間耒耜之不足;秋省斂,助其力不給也。”

【省納】審察接納。禮喪服小記:“陳器之道,多陳之而省納之可也。”楚辭離騷漢王逸敍:“屈原履忠被譖,……遭時暗亂,不見省納。”

【省₂眼】唐代吏部官的别稱。唐李肇國史補下:“舊説吏部爲省眼。”宋樓鑰攻媿集十六謝權吏部尚書表:“去省眼者五年,遂躐登于冢宰;離班心者一載,遽首列于後臣。”參閱宋洪邁容齋隨筆四筆十五官稱别名。

【省₂略】簡忽,疏略。三國志蜀楊戲傳:“戲性雖簡惰省略,未嘗以甘言加人,過情接物。”史記南朝宋裴駰集解序:“粗有所發明,而殊恨省略。”

【省₂試】唐宋時由尚書省舉行的考試。又稱會試。唐姚合姚少監集三寄楊茂卿校書詩:“到京就省試,落籍先有名。”元以後,分省考試也稱省試,卽鄉試。

【省₂瘦】消瘦。後漢書四五袁閎傳“阿母出見閎驚”注引謝承後漢書:“乳母從内出,見在門側,面貌省瘦,爲其垂泣。”

【省墓】掃墓。南齊書沈文季傳:“休祐被殺,雖用葬禮,僚佐多不敢至。文季獨往省墓展哀。”

【省親】探望父母或其他尊親。新唐書一九四陽城傳:“引諸生告之曰:‘……諸生有久不省親者乎？'明日謁城還養者二十輩。"

【省₂錢】即省陌。宋洪邁容齋隨筆三筆四省錢百陌："太平興國二年，始詔民間，緡錢定以七十七爲百。自是以來，天下承用，公私出納皆然，故名省錢。"參見"省陌"。

【省₂題】唐宋科舉制，由尚書省所出的詩題。宋劉攽貢父詩話："自唐以來，試進士詩號省題，近年能詩者亦時有佳句。"宋俞成螢雪叢說一詩題用全句對："省題詩，考官以古人詩句命題，尾字屬平，全押在第二韻上，不拆破者，並用全句對全句。曩嘗省試'王度日清夷'詩，許琮以'聖圖天廣大'爲對，並是老杜全句，最爲難得。"

【省₂藤】藥名。一名赤藤、紅藤。入藥，作驅蟲用。見政和證類本草十三引本草拾遺省藤。

【省₂闥】禁中，宮中。漢書八五谷永傳對："臣永幸得給事中出入三年，雖執干戈守邊垂，思慕之心常存於省闥。"文選晉潘安仁(岳)爲賈謐作贈陸機詩："優遊省闥，弭筆華軒。"

【省覽】考慮，鑒察。漢書七七蓋寬饒傳："狂夫之言，聖人擇焉。唯裁省覽。"

【省₂可裏】休要，免得。金董解元西廂六："省可裏晚眠早起，冷茶飯莫吃。"元曲選岳伯川鐵拐李二："這衣服但存幾件，……把似遇節迎寒您子母每穿，省可裏熬煎。"

【省₂油燈】燈名。宋陸游老學庵筆記十："(宋綬)宋文安公集中有省油燈盞詩，今漢嘉有之，蓋夾燈盞也。一端作小竅，注清冷水於其中，每夕一易之。尋常盞爲火所灼而燥，故速乾；此獨不然，其省油幾半。"

【省₂事三】藕的別名。宋陶穀清異錄上百菓門："北戎蓮實，狹長少味；出藕頗佳，然止三孔，用漢語轉譯其名，曰省事三。"

眈

dān 徒含切，平，覃韻，定。
ㄉㄢ 丁含切，平，覃韻，端。

見下。

【眈眈】㊀威視之貌。易頤："虎視眈眈，其欲逐逐。"也作"耽耽"。漢書一〇〇下敘傳："六世耽耽"注引易作"虎視耽耽，其欲浟浟。"㊁深邃貌。文選晉左太沖(思)魏都賦："翼翼京室，眈眈帝宇。"

昡

hǔn 集韻戶衮切，上，混韻。
ㄏㄨㄣˇ

疾貌。見"眩昡"。

盹

dǔn 之閏切，去，稕韻，照。
ㄉㄨㄣˇ

閉目小睡。陽春白雪後集二楊果賞花時曲："唱道則聽得玉漏聲頻，搭伏定鮹枕頭兒盹。"元曲選馬致遠漢宮秋四："恰纔我打了個盹，王昭君就偷走回去了。"

眄

miǎn 彌殄切，上，銑韻，明。
ㄇㄧㄢˇ 莫甸切，去，霰韻，明。

斜視。史記八三鄒陽傳獄中上書："臣聞明月之珠，夜光之璧，以闇投人於道路，人無不按劍相眄者。"晉陶潛陶淵明集五歸去來兮辭："引壺觴以自酌，眄庭柯以怡顏。"

【眄眄】邪視貌。淮南子覽冥："卧倨倨，興眄眄。"注："眄眄然視無智巧貌也。"清王念孫謂眄眄當爲"盱盱"，形近而譌。參閱讀書雜誌十三。

【眄睞】㊀顧盼。文選古詩十九首之十六："眄睞以適意，引領遥相睎。"世說新語識鑒："褚(裒)問庾(亮)曰：'聞孟從事佳，今在此不？'庾云：'試自求之。'褚眄睞久之，指嘉曰：'此君小異，得無是乎？'"㊁眷顧。文選南朝梁任彥昇(昉)到大司馬記室牋："咳唾爲恩，眄睞成飾。"唐劉長卿劉隨州集七早春贈別趙居士……詩："顧予尚羈束，何幸承眄睞。"

【眄睨】邪視貌。表示輕傲的神態。莊子山木："君獨不見夫騰猿乎？其得柟梓豫章也，攬蔓其枝，而王長其間，雖羿逢蒙不能眄睨也。"後漢書三二陰興傳："夫外戚家苦不知謙退，嫁女欲配侯王，取婦眄睨公主，愚心實不安也。"

【眄視指使】目側視，隨手揮動，形容驕傲的神態。戰國策燕二："馮几據杖，眄視指使，則廝役之人至矣。"

眇

1. miǎo 亡沼切，上，小韻，明。
ㄇㄧㄠˇ

㊀偏盲，一眼瞎。易履："眇能視，跛能履。"三國志魏陳思王植傳"文帝卽位，誅丁儀丁廙并其男口"注引魏略："丁掾(晏)好士也，卽使其兩目盲，尚當與女，何況但眇？"也指兩眼瞎。㊁細小，低微。莊子德充符："眇乎小哉！所以屬於人也。"見"眇身"。㊂諦視，仔細看。漢書一〇〇上敘傳班固答賓戲："若迺牙、曠清耳於管絃，離婁眇目於豪分，……僕亦不任廁技於彼列，故密爾自娛於斯文。"㊃遠，高。莊子庚桑楚："夫全其形生之人，藏其身也，不厭深眇而已矣。"荀子王制："彼王者不然，仁眇天下，義眇天下，威眇天下。"

2. miào
ㄇㄧㄠˋ

㊄精微。通"妙"。漢書律曆志上："(劉)向子歆究其微眇，作三統曆及譜以說春秋。"注："眇，……又讀曰妙。"

【眇志】高尚的志向。楚辭屈原九章悲回風："介眇志之所惑兮，竊賦詩之所明。"

【眇身】封建帝王自稱。漢書武帝紀元鼎五年詔："朕以眇身託于王侯之上，德未能綏民，民或飢寒，故巡祭后土以祈豐年。"注："眇，細末也。"

【眇徂】遠逝。晉陶潛陶淵明集一贈長沙公族祖之一："禮服遂悠，歲月眇徂。"

【眇₂指】精妙之旨。漢書八七下揚雄傳解難："今吾子乃抗辭幽說，閎意眇指，獨馳騁於有亡之際。"注："眇讀曰妙。"參見"妙旨"。

【眇眇】㊀微小。書顧命："眇眇予末小子，其能而亂四方，以敬忌天威。"史記秦始皇紀二六年："寡人以眇眇之身，興兵誅暴亂。"㊁遼遠，高遠。楚辭屈原九章悲回風："登石巒以遠望兮，路眇眇之默默。"文選晉陸士衡(機)文賦："心懔懔以懷霜，志眇眇而臨雲。"㊂遠視貌。楚辭屈原九歌湘夫人："帝子降兮北渚，目眇眇兮愁予。"㊃風吹動貌。文選漢張平子(衡)思玄賦："雲菲菲兮繞余輪，風眇眇兮震余旟。"

【眇風】衰敝之風。後漢書二八下馮衍傳顯志賦："摛道德之光耀兮，匡衰世之眇風。"

【眇茫】卽渺茫，遼闊而迷茫看不清的樣子。漢王充論衡知實："神者，眇茫恍惚無形之實。"也作"眇芒"。唐韓愈昌黎集七感春詩之三："死者長眇芒，生者困乖隔。"參見"渺茫"。

【眇視】㊀偏盲，以一眼視物。易履："眇能視，跛能履。"宋晁補之雞肋集一夢覿賦："惟一盲而兩默兮，與目萍爲何機；豈眇視不足與明兮，萍非寄而終離。"㊁微視，偷看。楚辭宋玉招魂："娭光眇視，目曾波些。"注："眇，眺也。"㊂輕視。古今雜劇元關漢卿裴度還帶二："此人見小生身上藍縷，故云如此。特地眇視於小生，好世情也呵！"

【眇₂論】精妙之論，卽妙論。眇，通"妙"。史記一二九貨殖傳："俗之漸民久矣，雖戶說以眇論，終不能化。"漢書八八張山拊傳谷永疏："嚴然總五經之眇論，立師傅之顯位，……卒然早終，尤可悼痛。"

【眇睹】視貌。文選晉木玄虛(華)海賦：

"羣妖遘迕，眇睎冶夷。"

【眇緜】㊀遠視。漢揚雄法言先知："知其道者其如視，忽眇緜作眪。"㊁幽遠。唐張九齡曲江集五題畫山水障："對翫有佳趣，使我心眇綿。"

【眇默】遠貌。文選南朝宋顏延年(延之)還至梁城作詩："眇默軌路長，憔悴征戍勤。"又南朝齊王仲寶(儉)褚淵碑文："感逝川之無捨，哀清暉之眇默。"

【眇邈】久遠。梁書鍾嶸傳詩評："古詩眇邈，人代難詳，推其文體，固是炎漢之制，非衰周之唱也。"

【眇眇忽忽】隱約不清。文選漢司馬長卿(相如)子虛賦："眇眇忽忽，若神仙之髣髴。"史記作"縹乎忽忽"。省作"眇忽"。唐獨孤及毘陵集二十祭相里造文："話音存乎耳目，惟音形眇忽，無前期可望。"

眨

zhǎ 側洽切，入，洽韻，莊。
ㄓㄚˇ

眼睛一合一張。景德傳燈錄二九德敷問答須知起倒詩："眨眼參差千里莽，低頭思慮萬重灘。"宋張耒柯山集十二寄楊應之詩："揚眉鼠子事輕肥，眨眼小兒夸謹厚。"

盻

xì 胡計切，去，霽韻，匣。
ㄒㄧˋ 五計切，去，霽韻，疑。

怒視。戰國策韓二："韓挾齊魏以盻楚。"三國志魏許褚傳："褚瞋目盻之，超不敢動。"校點本作"盼"。按盼、眄、盻三字形近，多互譌。參閱清段玉裁說文解字注、俞樾茶香室叢鈔十四眄盻盼。

【盻刀】相術用語，謂目光凶惡。晉書陳訓傳："甘侯(卓)頭低而視仰，相法名爲盻刀。又目有赤脈，自外而入，不出十年，必以兵死。"盻，殿本作"盼"，標點本作"眄"。

【盻盻】恨視貌。孟子滕文公上："爲民父母，使民盻盻然，將終歲勤動，不得以養其父母。"漢趙岐注作勤苦不息之貌。

【盻倩】盻，目美；倩，笑貌。形容美麗多姿。詩衛風碩人："巧笑倩兮，美目盻兮。"漢蔡邕蔡中郎集外集三青衣賦："盻倩淑麗，皓齒蛾眉。"

【盻辰勾】急切盼望。辰勾即水星，因爲極難見，故以喻盻望渺茫的事。元曲選馬致遠青衫淚四："比及我博的個富貴榮華，恰便似盻辰勾，逢大赦，得重回改嫁。"

盼

pàn 匹莧切，去，襇韻，滂。
ㄆㄢˋ

㊀眼睛黑白分明貌。詩衛風碩人："巧笑倩兮，美目盼兮。"詩今本作"盻"。唐石經作"盼"。參閱清阮元校勘記。㊁看，重視。宋書謝晦傳上表："與羨之、亮等同被齒盼。"㊂企望。聊齋志異封三娘："悅而好之，轉用盼注。"

眊

mào 莫報切，去，号韻，明。
ㄇㄠˋ 莫角切，入，覺韻，明。

㊀目不明。孟子離婁上："胸中正，則眸子瞭焉；胸中不正，則眸子眊焉。"引申爲昏憒，糊塗。漢書五行志下之上："人君貌言視聽思心五事皆失，不得其中，則不能立萬事，失在眊悖，故其咎眊也。"㊁老年。同"耄"。漢書武帝紀元狩元年詔："哀夫老眊孤寡鰥獨或匱於衣食，甚憐愍焉。"注："眊，古耄字，八十曰耄。"

【眊眊】昏憒。韓詩外傳六："不聞道術之人，則冥於得失，不知亂之所由，眊眊乎其猶醉也。"

【眊悼】老年與幼年。眊，通"耄"。禮曲禮："八十、九十曰耄，七年曰悼。悼與耄雖有罪，不加刑焉。"漢書平帝紀元始四年詔："及眊悼之人刑罰所不加，聖王之所制也。"

【眊聵】眼昏耳聾。新唐書一七四元稹傳獻言："比來茲弊尤甚，師資保傅，不疾廢眊聵，即休戎罷帥者處之。"

【眊矂】失意，煩惱。宋蘇軾東坡集十二與潘三失解後飲酒詩："顧我自爲都眊矂，憐君欲鬬小嬋娟。"劉克莊後村集二四代舉人主司問答詩："遂令眊矂舉子，不滿冬烘主司。"參見"毷氉"。

眴

xuán 胡涓切，平，先韻，匣。
ㄒㄩㄢˊ

眼睛轉動貌。大戴禮本命："(人生)三月而徹眴，然後能有見。"注："眴，精也，轉視貌。"

眛

1\. mèi 莫拜切，去，怪韻，明。
ㄇㄟˋ 莫撥切，入，末韻，明。

㊀目遠視。見說文。清段玉裁說文解字注："冥當作瞑，目雖合而能遠視也。"

2\. wù 集韻 文拂切，入，勿韻。
ㄨˋ

㊁茫昧貌。見"眛₂穆"。

【眛₂穆】深微貌。同"沕穆"。漢劉向說苑指武："魯石公劍，迫則能應，感則能動，眛穆無窮，變無形像。"參見"沕穆"。

眡

shì
ㄕˋ

"眂"的誤字。見"眂"。

盾

1\. dùn 徒損切，上，混韻，定。
ㄉㄨㄣˋ 食尹切，上，準韻，神。

㊀盾牌，古代兵器，用以防護。詩秦風小戎："龍盾之合，鋈以觼軜。"周禮夏官司兵："掌五兵五盾。"注："五盾，干櫓之屬。"㊁星名。史記天官書："杓端有兩星，一內爲矛，招摇；一外爲盾，天鋒。"

2\. yǔn
ㄩㄣˇ

㊂見"中盾"。

【盾威】指兵力士氣。宋毛滂東堂集三次韻曹子方詩："盾威正赫忽衰殘，人意渾如水面寬。"

【盾鼻】盾牌的把手。資治通鑑一六〇南朝梁太清元年："(荀)濟少居江東，博學能文，與上有布衣之舊，……常謂人曰：'會於盾鼻上磨墨檄之。'"注："於盾鼻上磨墨作檄以聲其罪。"按：北史荀濟傳作"楯上"。也作"楯鼻"。唐劉禹錫劉夢得集二五劉氏集略說："俄被召爲記室參軍，會出師於淮上，恒磨墨於楯鼻，或寢止羣書中。"

看

1\. kàn 苦旰切，去，翰韻，溪。
ㄎㄢˋ

㊀探望，訪問。韓非子外儲左下："梁車爲鄴令，其姊往看之。"世說新語賢媛："王尚書惠嘗看王右軍(羲之)夫人，問：'眼耳未覺惡不？'"㊁視，觀察。世說新語規箴："殷覬病困，看人政見半面。"三國志吳周魴傳致曹休牋："今此郡民，雖外名降首，而故在山草，看伺空隙，欲復爲亂。"㊂看待。唐高適高常侍集下詠史詩："不知天下士，猶作布衣看。"㊃照料，招待。宋范成大石湖集三田家留客行："木臼新舂雪花白，急炊香飯來看客。"㊄料理。元曲選缺名馮玉蘭二："家童，你且看些飯來，與俺食用咱。"㊅助詞。表示試一試的意思。唐白居易長慶集五四眼病詩之二："人間方藥應無益，爭得金篦試刮看。"

2\. kān 苦寒切，平，寒韻，溪。
ㄎㄢ

㊆守護。隋書辛公義傳："土俗畏病，若一人有疾，即合家避之，父子夫妻不相看養。"唐王建詩二寒食行："寒食家家出古城，老人看屋少年行。"

【看竹】晉王徽之愛竹，在吳中見有人家竹好，逕入門看竹，看畢，直欲出門，主人大不堪，令左右閉門不聽出。王乃留坐，盡歡而去。見世說新語簡傲。後來詩文中以看竹爲名士超逸不拘禮法之典。唐王維王右丞集十春日與裴迪過新昌里訪吕逸人不遇詩："到門不敢題凡鳥，看竹何須問主人。"

【看官】話本和舊小說中對聽衆的稱呼，

是說書人的口吻。水滸四九：“說話的，却是什麼計策，下來便見。看官牢記這段話頭。”又五一：“我兒且走一遭，看官都待賞你。”

【看花】唐時進士試，及第者，有在長安城内看花的風俗。唐孟郊孟東野集三登科後詩：“春風得意馬蹄疾，一日看盡長安花。”宋錢易南部新書甲：“施肩吾與趙嘏同年不睦，嘏舊失一目，以假珠代其精。故施嘲之曰：‘二十九人同及第，五十七隻眼看花。’”

【看果】供祭祀或觀賞用的果品，多以土、木、蠟等製作。宋陶穀清異録下薰燎奪真盤飣：“周祖創造供薦之物，……靈前看果，雕香爲之。”宋樓鑰北行日録下：“卓前設青玉花六朵，看果用金壘子高叠七層，皆梨瓜之屬。”

【看承】護持，看待。宋詩鈔韓琦安陽集鈔和袁陟節推龍興寺芍藥：“問得龍興好事僧，每歲看承不敢暇。”宋辛棄疾稼軒詞四滿江紅中秋寄遠：“但願長圓如此夜，人情未必看承別。”

【看看】㊀細看。全唐詩一五九孟浩然耶溪泛舟：“看看似相識，脈脈不得語。”一本作“相看”。㊁眼看着。有即將之意。唐劉禹錫劉賓客集外集五和楊侍郎憑見寄詩之二：“看看瓜時欲到，故侯也好歸來。”宋辛棄疾稼軒詞千秋歲金陵壽史帥致道時有版築役：“莫惜金尊倒，鳳詔看看到。”

【看棚】搭建供覽望的臨時建築物。五代王定保唐摭言三：“咸通十三年三月，新進士集於月燈閣，爲蹙鞠之會，擊拂既罷，痛飲於佛閣之上，四面看棚櫛比。”

【看詳】審定。公文用語。宋王安石臨川集六二有看詳雜議文。宋王明清揮麈録一：“中外臣庶，家有收得三館所少書籍，每納一卷給千錢，送判館看詳。”

【看經】誦讀佛經。唐釋貫休禪月集古意詩之九：“看經竹窗邊，白猿三兩枝。”後世稱念經爲看經。

【看樓】供觀望的臺棚。唐鄭處誨明皇雜録下：“每正月望夜，又御勤政樓觀作樂，貴臣戚里官設看樓。”遼史食貨志下：“東平郡城中置看樓，分南北市，禺中交易市北，午漏下交易市南。”

【看覷】照料，照顧。元曲選關漢卿竇娥寃楔子：“小生目下就要上朝進取功名去，留下女孩兒在此，只望婆婆看覷則箇。”又缺名硃砂擔楔子：“大嫂，你好生看覷家中，侍奉父親。”

【看街樓】可觀街景的臨街樓。南唐劉崇遠金華子雜編上：“(李)景讓最剛正，奏彈無所避，爲御史大夫。宰相宅有看街樓子，皆封泥之，懼其糾劾也。”元曲選缺名連環計二：“昨日與奶奶在看街樓上，見一行步從擺着頭踏過來。”

【看新婦】舊時新婚，親友有看新婦的風俗。世說新語方正：“于時謝尚書求其小女婚，……於是，王右軍往謝家看新婦，猶有恢之遺法，威儀端詳，容服光整。”是晉時已有此風。參見“戲婦”。

【看錢奴】即守財奴，譏人之鄙吝者。明陶宗儀輟耕錄十七引元錢霖哨遍：“試把賢愚窮究，看錢奴自古呼銅臭。”元曲選有鄭廷玉看錢奴買寃家債主雜劇一種。

【看人眉睫】看人臉色。猶言仰人鼻息。魏書崔亮傳：“時隴西李沖當朝任事，亮從兄光往依之，謂亮曰：‘安能久事筆硯，而不往託李氏也？彼家饒書，因可得學。’亮曰：‘弟妹飢寒，豈可獨飽？自可觀書於市，安能看人眉睫乎！’”

【看朱成碧】謂心亂目眩，不辨五色。玉臺新詠六南朝梁王僧孺夜愁示諸賓詩：“誰知心眼亂，看朱忽成碧。”樂府詩集八十唐武則天如意娘：“看朱成碧思紛紛，憔悴支離爲憶君。”

【看風使帆】喻隨機應變。續傳燈録八圓通禪師：“看風使帆，正是隨波逐浪；截斷衆流，未免依前滲漏。”也作“看風使船”。清墨浪子西湖佳話十一斷橋情迹：“老娘是個走千家，踏萬户，極聰明的人，須看風使船，且待他口聲如何。”

【看殺衛玠】晉衛玠美姿容，從豫章至都，圍觀者如堵牆。玠先有疾，體不堪勞，病甚而死。時永嘉六年，二十七歲，時人謂看殺衛玠。見世說新語容止。

【看屋梁著書】梁書太祖五王傳附蕭恭：“下官歷觀時人，多有不好歡樂，乃仰眠床上，看屋梁而著書，千秋萬歲，誰傳此者。”言世不重文，不必爲著述而自苦。

五　畫

眞 zhēn 側鄰切，平，真韻，照。ㄓㄣ

俗作“真”。㊀本原，本性。老子：“窈兮冥兮，其中有精，其精甚真。”莊子秋水：“謹守而勿失，是謂反其真。”㊁真實。與假相對。吕氏春秋疑似：“戎寇真至，幽王擊鼓，諸侯兵不至。”漢書宣帝紀黄龍元年詔：“使真僞毋相亂。”㊂正。與副、邪相對。漢書五三河間獻王德傳：“從民得善書，必爲好寫與之，留其真。”注：“真，正也。留其正本。”文選古詩十九首之四：“令德唱高言，識曲聽其真。”注：“真，猶正也。”㊃實授官職。漢書七六張敞傳：“守太原太守，滿歲爲真。”參見“真除”。㊄漢字的一種書體。南史王彬傳：“三真六草，爲天下寶。”見“真書”。㊅肖像，摹畫的人像。景德傳燈録十四本童和尚：“因門僧寫真呈師，師曰：‘此若是我，更呈阿誰？’”㊆姓。漢有太尉長史真祐。宋有真德秀。參閲通志二九氏族五平聲。

【真一】道家指保持本性，自然無爲。鬼谷子下本經陰符：“信心術，守真一而不化。”南朝梁陶弘景真誥二：“專守真一者，則頭髮不白，秃者更鬒。”

【真人】㊀道家稱存養本性的得道的人。莊子大宗師：“且有真人而後有真知。何謂真人？古之真人，不逆寡，不雄成，不謨士。”道教相沿稱所謂修真得道者爲真人。三國魏曹植曹子建集六飛龍篇：“我知真人，長跪問道。”歷代王朝常以真人作道士的稱號。如唐玄宗稱莊子爲南華真人、列子爲沖虛真人；元太祖封丘處機爲長春真人等。㊁謂帝王。史記秦始皇紀三五年：“吾慕真人，自謂‘真人’，不稱‘朕’。”文選漢張平子(衡)南都賦：“方今天地之睢剌，帝亂其政，豺虎肆虐，真人革命之秋也。”真人，指漢光武帝。參見“白水真人”。㊂謂有才德的人。世説新語德行：“太史奏真人東行。”注：“陳仲弓(寔)從諸子姪造荀(淑)父子，于時，德星聚。太史奏五百里賢人聚。”

【真子】佛教稱信順佛法，繼承佛道的人。涅槃經壽命品一：“成就如是無量功德，一切皆是佛之真子。”

【真王】㊀正式受封的王。對臨時暫署的假王而言。史記九二淮陰侯傳：“大丈夫定諸侯，即爲真王耳，何以假爲！”㊁道家所謂仙官。晉葛洪枕中書：“天真皇人、三天真王駕九龍之輿是也。”

【真元】指人的元氣。唐元稹長慶集五韋氏館與周隱客杜歸如泛舟詩：“時物欣外獎，真元隨内修。”宋蘇轍欒城集十四病退詩：“病根欲去真元在，昨夜夢遊何有鄉。”

【真牙】即顛牙。牙之最後生者，也名智齒。素問上古天真論：“女子七歲腎氣盛，齒更髮長，……三七腎氣平均，故真牙生而長極。”又：“丈夫八歲腎氣實，髮長齒更，……三八腎氣平均，筋骨勁強，故真牙生而長極。”

【真丹】古印度對我國的稱謂。宋書天竺傳元嘉五年，國王月愛遣使奉表曰：

"聖賢承業，如日月天，於彼眞丹，最爲殊勝。" 唐釋玄應一切經音義四大灌頂經六："振旦，或言眞丹，并非正音，應言支那，此云漢國也。"

【眞主】封建社會所謂的眞命天子。後漢書十五王常傳："今劉氏復興，卽眞主也，誠思出身爲用，輔成大用。"三國志蜀後主傳景曜六年注引王隱晉書鄧艾報後主書："王綱失道，羣英並起，龍戰虎爭，終歸眞主，此蓋天命去就之道也。"

【眞本】書籍的原本。南史劉之遴傳："時鄱陽嗣王範得班固所撰漢書眞本獻東宮。"也指書畫的原作。宋郭若虛圖畫見聞誌二："嘗觀所畫水墨羅漢，云是(貫)休公入定觀羅漢眞容後寫之，故悉是梵相，形骨古怪，其眞本在豫章西山雲堂院供養。"

【眞宅】傳統觀念謂人死後的眞正歸宿。漢書六七楊王孫傳報祁侯書："千載之後，棺槨朽腐，迺得歸土，就其眞宅。"列子天瑞："鬼，歸也，歸其眞宅。"注："眞宅，太虛之域。"

【眞州】古地名。1.唐揚子縣白沙地，五代唐爲迎鑾鎭，屬永貞縣。宋乾德二年升爲建安軍，大中祥符六年以鑄眞宗像成，更名眞州。明洪武二年廢。今爲江蘇儀徵縣。參閱宋樓鑰攻媿集五四眞州修城記、嘉慶一統志九六揚州府一。2.唐天寶五年置昭德郡，乾元元年改爲眞州，故址在今四川茂汶羌族自治縣西北。見元和郡縣志三三劍南道。

【眞行】書法的一種。以楷書爲體而具有行書筆意的一種書體。唐張懷瓘書斷："胡昭字孔明……其能籀書，眞行又妙。"明陸深書輯："劉德昇小變楷法，謂之行書，兼眞謂之眞行，帶草謂之行草。"

【眞妃】道家女仙名號。見"九華眞妃"。

【眞如】佛教指永恒常在的實體、實性。宇宙全體，卽是一心，不生不滅，故名爲眞。此眞心，無異無相，故名爲如。成唯識論二："勿謂虛幻，故說爲實。理非妄倒，故名眞如。不同餘宗，離色心等，有實常法，名曰眞如。"

【眞言】佛教語。梵語曼陀羅的意譯。舊譯爲呪。大日經開題："當知眞言果，悉離於因緣。"參見"呪㈡"。

【眞吾】指脫去外相的本質的吾。宋蘇軾分類東坡詩十二六觀堂老人草書詩："清露未晞電已徂，如滅滅盡乃眞吾。"參見"眞我"。

【眞君】㈠猶眞宰。莊子齊物論："其遞相爲君臣乎。其有眞君存焉。"參見"眞宰"。㈡道家稱修仙得道的人。南朝梁陶弘景眞靈位業圖："左卿仙侯眞君許君。"唐李商隱李義山詩集一戊辰會靜中出貽同志二十韻："蒨璨玉琳華，翺翔九眞君。"

【眞定】地名。戰國趙東垣邑。漢高祖十一年更名眞定縣。武帝元鼎四年置眞定國，治此，屬冀州。宋金爲眞定府治。清雍正元年改名正定。今爲河北正定縣。參閱漢書地理志下、嘉慶一統志二七正定府一。

【眞官】道家所謂仙官。唐釋皎然集三宿道士觀詩："清佩聞虛步，眞官方宿朝。"唐陸龜蒙甫里集九和懷華陽潤卿博士詩之一："幾降眞官授隱書，洛公曾到夢中無。"

【眞空】佛教指超出一切色相意識的眞實境界。衆生由迷眞空而受幻色，菩薩因修般若慧觀，照了幻色，卽是眞空。四分律含注戒本疏行宗記一上之一："眞空者，卽滅諦涅槃，非僞故眞，離相故空。"唐李商隱李義山詩集四五言四十韻詩一章："嘉賓增重價，上士悟眞空。"

【眞性】本性。天性。莊子馬蹄："馬，蹄可以踐霜雪，毛可以禦風寒，齕草飲水，翹足而陸。此馬之眞性也。"唐釋皎然集三西溪獨泛詩："眞性憐高鶴，無名羨野山。"

【眞武】傳說中北方之神。玄武，本爲北方七宿之名。七宿中虛危兩宿，形似龜蛇，因稱玄武。玄，龜；武，蛇。宋諱"玄"字，因稱眞武。宋趙彥衞雲麓漫鈔九："朱雀、玄武、青龍、白虎爲四方之神。祥符間，避聖祖諱，始改玄武爲眞武，……後興醴泉觀得龜蛇，道士以爲眞武現，繪其像爲北方之神。"參見"玄武㈠㈡"。

【眞的】確實。猶言"的眞"。三國志魏崔林傳："餘國各遣子來朝，閒使連屬，林恐所遣或非眞的，權取疏屬賈胡，因通使命，利得印綬。"宋劉宰漫塘詩鈔鵶去鵲來篇："且應除豁見眞的，孰恃强梁敢逋負。"

【眞柑】柑中上品。一名乳柑。宋韓彥直橘録："眞柑在品類中最貴可珍，其柯木與花實皆異凡木，……結實顆皆圓正，膚理如澤蠟，始霜之旦，園丁採以獻，風味照座。擘之則香霧噀人。"參閱廣羣芳譜六五果譜十二柑。

【眞相】佛教語。猶言實相、本相。後魏楊衒之洛陽伽藍記一城内："修梵寺有金剛，鳩鴿不入，鳥雀不棲。菩提達摩云：得其眞相也。"唐白居易長慶集四十畫大羅天尊讚文："爰命國工，俾陳繪事，眞相儼若，玄風穆如。"今謂事物的本來面目爲眞相。

【眞界】指寺宇。唐釋皎然集六題餘不溪廢寺詩："武原離亂後，眞界積塵埃。"又三奉同盧使君幼平遊精舍寺詩："眞界隱青壁，春山凌白雲。"

【眞宰】天爲萬物的主宰，故稱眞宰。莊子齊物論："必有眞宰，而特不得其眹。"唐杜甫杜工部草堂詩箋七遣興之一："吾衰將焉託，存歿再嗚呼。蕭條病益甚，獨在天一隅。"

【眞容】肖像。廣弘明集二九上北魏高允鹿苑賦："注誠端思，仰模神影，庶眞容之髣髴，燿金暉之煥炳。"唐王建詩八宫詞之二六："看著中元齋日到，自盤金線繡眞容。"

【眞素】不做作，自然坦率。世說新語德行："殷仲堪既爲荆州，值水儉，食五盌，盤外無餘肴，飯粒脫盤席間，輒拾以啖之。雖欲率物，亦緣其性眞素。"

【眞珠】通作珍珠。見"珍珠"。

【眞眞】唐進士趙顔於畫工處得一軟障，繪婦人甚麗。畫工自稱神畫，並謂此女名眞眞，呼其名百日必應，應後以百家綵灰酒灌之，女則活。顔如其言，女果下障，言談飲食如常，終歲生一子。後顔疑女爲妖，眞眞卽攜其子復上軟障而沒，惟畫上多添一兒。見唐杜荀鶴松窗雜記。宋范成大石湖集十七去年多雪苦寒梅花至元夕猶未開詩："花定有情堪索笑，自憐無術喚眞眞。"

【眞書】卽楷書、正書。宋歐陽修文忠集一三〇學眞草書："自此已後，隻日學草書，雙日學眞書。"參見"楷書"。

【眞剛】㈠劍名。舊題晉王嘉拾遺記十昆吾山："越王句踐使工人……採金鑄之以成八劍之精。一名揜日，……八名眞剛，以切玉斷金，如削土木矣。"㈡謂辦事果斷。宋史四〇五袁甫傳："所謂眞剛者，當爲之事必行，不當爲者則斷在勿行。"

【眞除】封建官吏試守期滿，拜授實職，謂爲眞除。漢書平帝紀："一切滿秩如眞。"注："如淳曰：'諸官吏初除，皆試守一歲迺爲眞，食全奉。"

【眞率】直爽，坦率。宋書陶潛傳："貴賤造之者，有酒輒設，潛若先醉，便語客：'我醉欲眠，卿可去。'其眞率如此。"世說新語賞譽下："簡文道王懷祖(述)才既不長，於榮利又不淡，直以眞率少許，便足對人多多許。"

【眞理】佛教指宗教教義，卽所謂最純眞的道理。南朝梁釋慧皎高僧傳四支遁：

“郗超後與親友書云:‘林法師神理所通,玄拔獨悟,實數百年紹明大法,令真理不絶,一人而已。’”南朝梁蕭統昭明太子集五令旨解二諦義:“真理虛寂,惑心不解。”後泛指正確的道理。宋華鎮雲溪居士集九用韻贈陳縣丞詩:“明明真理與時紛,曾把清心仔細論。”

【真常】佛教語。謂如來的教義(法)真實常在。楞嚴經四:“一切圓滅,獨妙真常。”景德傳燈録二九梁寶誌十四頌色空不二:“不識圓通妙理,何時得會真常。”

【真番】漢郡名。漢武帝元封三年於古朝鮮地置真番臨屯樂浪玄菟四郡。昭帝始元五年將臨屯真番并入樂浪郡。見讀史方輿紀要三八山東九外國附考。

【真筌】見“真詮”。

【真源】㊀真正的本源。南朝梁劉潛劉豫章集和昭明太子鍾山解講詩:“迴輿下重閣,降道訪真源。”㊁縣名。戰國楚苦縣地。相傳謂老子生地。漢爲縣,屬淮陽國。晉改谷陽,以在谷水之陽而名。唐乾封元年以其爲老子生地,改爲真源。載初元年又改仙源。宋大中祥符七年改爲衛真。今爲河南鹿邑縣。參閲太平寰宇記十二河南道、嘉慶一統志一九三歸德府一。

【真詮】對所奉經典的正確解釋。唐杜甫杜工部草堂詩箋三十秋日夔州詠懷奉寄鄭監李賓客一百韻:“落帆追宿昔,衣褐向真詮。”也作“真筌”。唐劉禹錫劉夢得集三十大唐曹溪第六祖大鑒禪師第二碑:“我立真筌,揭起南國,無脩而脩,無得而得。”

【真跡】書畫者的手筆。跡,也作“迹”、“蹟”。唐張懷瓘書斷四二王真跡:“開元十六年五月内出二王真跡及張芝、張昶等書總一百六十卷。”杜甫杜工部草堂詩箋八戲題王宰畫山水圖歌:“能事不受相促迫,王宰始肯留真跡。”

【真經】道家經籍。隋書經籍志四:“(嵩山道士寇謙之)又遇神人李譜,云是老君玄孫,授其圖籙真經,劾召百神,六十餘卷。”唐天寶時,詔號莊子爲南華真經,列子爲冲虛真經,文子爲通玄真經,亢桑子爲洞靈真經。見新唐書藝文志三。

【真誥】南朝梁陶弘景撰。二十卷,分爲七篇。先是顧歡抄寫道經,纂真迹一書,記楊羲與許翽父子自稱得南嶽魏夫人所授上清大洞真經及符籙等,弘景又重加纂輯。書中第二篇甄命授,大部分剽取佛教四十二章經,託爲道家書諸真所述。其記神仙降形書寫歌詩,爲後來扶乩等迷信方術所本。

【真際】指不生不滅的宇宙本體,猶言真如、真諦。文選南朝梁王簡棲(巾)頭陁寺碑文:“蔭法雲於真際,則火宅晨涼;曜慧日於康衢,則重昏夜曉。”梁武帝(蕭衍)寶亮法師涅槃義疏序:“空空不能測其真際,玄玄不能窮其妙門。”見南朝梁釋慧皎高僧傳八。

【真箇】的確。箇,助詞。唐韓愈昌黎集九盆池詩之一:“老翁真箇似童兒,汲水埋盆作小池。”

【真賞】指符合實際的贊賞。梁書王筠傳:“(沈)約製郊居賦,……乃要筠示其草,……筠皆擊節稱贊。約曰:‘知音者希,真賞殆絶,所以相要,政在此數句耳。’”金元好問遺山集九别周卿弟詩:“苦心亦有孟東野,真賞誰如高蜀州。”

【真興】東晉列國夏赫連勃勃(世祖)年號。公元419—424年。

【真諦】佛教語。真即真實無妄,諦,猶義,謂最真實的道理。對俗諦而言,世間法爲俗諦,出世間法爲真諦。廣弘明集二一南朝梁蕭統解二諦義令旨:“二諦者,一是真諦,二名俗諦。”唐白居易長慶集六八題香山新經堂招僧詩:“誰能來此尋真諦,白老新開一藏經。”

【真檀】即檀香。全唐詩六一四皮日休寄題羅浮軒轅先生所居:“紅翠數聲瑶室響,真檀一炷石樓深。”

【真隱】真正的隱士。南史何尚之傳:“(尚之)致仕,於方山著退居賦以明所守,……尚之既任事,上待之愈隆,於是袁淑乃録古來隱士有迹無名者,爲真隱傳以嗤焉。”唐杜甫杜工部詩史補遺一獨酌詩:“薄劣慚真隱,幽偏得自怡。”

【真臘】古國名。漢代的扶南,唐稱真臘。新、舊唐書均有傳。明時其國自稱甘孛智,後訛爲甘破蔗,萬曆後改爲柬埔寨。歷代疆域大小常有改變。參閲續文獻通考二三九四裔三。

【真一酒】酒名。宋蘇軾在嶺南自釀。宋蘇軾分類東坡詩二四真一酒詩引:“米麥水三一而已。此東坡先生真一酒也。”詩:“人間真一東坡老,與作青州從事名。”又自注:“真一色味,頗類予在黄州日所醖蜜酒也。”

【真元節】宋代節日。宋徽宗迷信道教,政和三年定以二月十五日太上混元上德皇帝(老子)生日爲真元節。見宋史禮志十五。

【真言宗】佛教宗派名。即密宗。傳三密(語密、身密、意密)之法,口誦真言爲語密,故又稱真言宗。參見“密宗”。

【真珠船】宋王應麟困學紀聞八經説:“王微之云:‘觀書每得一義,如得一真珠船。’”明王世貞弇州山人四部稿一七三宛委餘編十八:“余久不得頻婆末利花果二字義,近於宋板翻譯名義集考出,伲若獲真珠船者。”皆以真珠船喻非常寶貴的事物。明胡侍雜採經史故事及小説家言成書,題名真珠船,即取此義。

【真珠簾】真珠穿成的簾子。唐釋貫休禪月集一洛陽塵:“真珠簾中,姑射神人。文金線玉,香成暮雲。”

【真娘墓】唐有吴妓真娘,時人比之蘇小小,死後葬於吴宫之側。今江蘇蘇州市虎丘山有真娘墓。唐白居易長慶集十二真娘墓詩:“真娘墓,虎丘道。不識真娘鏡中面,唯見真娘墓頭草。”後來文人好事者過吴,大多有過真娘墓憑弔之作。參閲唐范攄雲溪友議六。

【真率會】宋司馬光罷政在洛,常與故老遊集,相約酒不過五行,食不過五味,號真率會。見宋邵伯温聞見前録十。

【真德秀】公元1178—1235年。宋蒲城人。字景元,後改希元。寧宗慶元五年進士,官至參知政事。世稱西山先生,謚文忠。德秀初有重名,及爲宰相,首以尊崇道學正心誠意勸理宗,隨又進所著大學衍義,皆非時務所急,衆大失望。其學以朱熹爲宗,著有大學衍義、文章正宗、西山集等。宋史有傳。

【真才實學】指真正的才能學問。宋曹彦約昌谷集八辭免兵部侍郎兼修史恩命申省狀:“兩史院同修之官,亦必自編修檢討而後序進,更須真才實學,乃入兹選。”泛指真正的本領。水滸二九:“這一撲有名,唤做玉環步、鴛鴦脚,這是武松的真才實學,非同小可。”

【真金烈火】真金雖經火煉,本色不變,比喻經考驗而節操不變。明徐渭四聲猿雌木蘭替父從軍二:“非自獎真金烈火,儻好比濁水紅蓮。”

【真知灼見】明確而透徹的見解。明朱元弼猶及編引:“往予時有猶及編,出入自隨,所載俱盛德事,非真知灼見不與也。”

【真個銷魂】有詹天遊於駙馬楊鎮宴席,見鎮姬人粉兒,因作詞:“白藕香中見西子,玉梅花下遇昭君,不曾真個也銷魂。”見元俞焯詩詞餘話(説郛四三)。後詩文小説戲曲中多以真個銷魂指男女發生性的關係。

【真賞齋帖】明法帖名。無錫華氏輯,

文徵明鈎摹，意簡甫刻。上卷爲鍾繇季直表，中卷王羲之袁生帖，下卷萬歲通天帖。刻石一度爲火所毁，經華氏重刻，故拓本有火前火後之分。

【真諦三藏】公元 508—569 年。古西印度優禪尼國人，名波羅末陀，意譯爲真諦。南朝梁大同十二年來中土，至死共二十三年。時南北對峙，戰亂頻繁，諦流浪各地，備嘗諸苦，但不廢譯經之業，先後譯出經論紀傳共六十四部二百七十八卷，其主要譯作有金光明經攝大乘論唯識論俱舍論大乘起信論等。參閱續高僧傳一拘那羅陀(真諦)傳、歷代三寶記九、十一、十二。

【真臘風土記】元周達觀撰。一卷。達觀於元成宗元貞元年隨元使赴真臘，大德元年返國，前後三年，因記所聞見，共四十則，可補元史佚缺。

眝 zhù 直吕切，上，語韻，澄。
ㄓㄨˋ

遠視。文選晉陸士衡(機)弔魏武帝文："登雀臺而羣悲，眝美目其何望。"

眩 1. xuàn 黄練切，去，霰韻，匣。
ㄒㄩㄢˋ

㊀兩眼昏黑發花。戰國策燕三："左右既前斬荆軻，秦王目眩良久。"㊁迷惑，迷亂。荀子正名："彼誘其名、眩其辭而無深於其志義者也。"㊂通"炫"。見"眩燿"。

2. huàn 集韻 胡辨切，去，襉韻。
ㄏㄨㄢˋ

㊃戲法。通"幻"。史記一二三大宛傳："條枝在安息西數千里，……國善眩。"參見"眩₂人"。

【眩₂人】表演幻術的人。漢書六一張騫傳："而大宛諸國發使隨漢使來，觀漢廣大，以大鳥卵及犛靬眩人獻於漢。"注："眩讀與幻同。卽今吞刀吐火、植瓜種樹、屠人截馬之術皆是也。"

【眩眃】目視不明貌。文選漢張平子(衡)思玄賦："繽連翩兮紛暗曖，儵眩眃兮反常閭。"後漢書注爲"疾皃"。

【眩眩】幽遠貌。漢揚雄法言問明："眩眩乎惟天爲聰，惟天爲明。"

【眩眠】目不安貌。史記一一七司馬相如傳大人賦："視眩眠而無見兮，聽惝怳而無聞。"漢書五七下作"眩泯"。

【眩惑】迷亂。國語周下："不精則氣佚，氣佚則不和，於是乎有狂悖之言，有眩惑之明，有轉易之名，有過慝之度。"淮南子氾論："同異嫌疑者，世俗之所眩惑也。"

【眩瞀】眼睛昏花，視物不明。國語吴："(王乃命有司)明日徇於軍，曰：'有眩瞀之疾者，以告。'"後漢書二六韋彪傳附韋豹："且眩瞀滯疾，不堪久待，選薦之私，非所敢當。"

【眩燿】㊀光彩奪目。楚辭漢劉向九歎惜賢："揚精華以眩燿兮，芳鬱渥而純美。"注："眩燿，光貌。一作耀。"漢王充論衡説日："仰察之，日光眩耀，火光盛明，不能堪也。"㊁迷惑。淮南子氾論："嫌疑肖象者，衆人之所眩耀。"

眜 miè 莫八切，入，黠韻，明。
ㄇㄧㄝˋ

惡視貌。唐韓愈昌黎集八(與孟郊)征蜀聯句："强睛死不閉，獷眼困逾眜。"(孟郊)

眎
shì 常利切，去，至韻，禪。
ㄕˋ 神至切，去，至韻，神。

㊀古"視"字。淮南子氾論："夫鴟目大而視不若鼠。"易頤"虎視眈眈"，周易集解本作"眎"。㊁通"示"。漢書六九趙充國傳上狀："循河湟漕穀至臨羌，以眎羌虜。"注："眎，亦示字。"

眛
mèi 莫佩切，去，隊韻，明。
ㄇㄟˋ 莫貝切，去，泰韻，明。

目不明。左傳僖二四年："耳不聽五聲之和爲聾，目不別五色之章爲眛。"引申爲愚暗不明。又："卽聾從眛，與頑用嚚，姦之大者也。"説文"眛"、"眜"同訓目不明。清段玉裁謂"眛"字乃後人所增。見説文解字注四上"眛"。

眜 mò 莫撥切，入，末韻，明。
ㄇㄛˋ

㊀目不正。參見"眜"。㊁通"冒"。文選晉左太沖(思)吴都賦："相與眜潛險，搜瓌奇。"

眘 shèn 集韻 時刃切，去，震韻。
ㄕㄣˋ

古"慎"字。史記七六虞卿傳："此飾説也，王眘勿予！"

眠 mián 莫賢切，平，先韻，明。
ㄇㄧㄢˊ

㊀睡覺。後漢書四一第五倫傳："吾子有疾，雖不省視而竟夕不眠。"㊁假死，裝死。山海經東山經："又南三百里曰餘峨之山，……有獸焉，其狀如菟，而鳥喙鴟目蛇尾，見人則眠。"注："言佯死也。"㊂某些動物在一段時間内不吃不動的生理現象。北周庾信庾子山集四歸田詩："社雞新欲伏，原蠶始更眠。"㊃倒伏，横陳。三輔舊事："漢苑中有柳，狀如人形，號曰人柳，一日三眠三起。"(清張澍輯)。唐司空圖詩品典雅："眠琴緑陰，上有飛瀑。"

【眠牀】卧具。古代也以牀爲卧具，爲與坐具之牀相區别，因稱卧具爲眠牀。南史魚弘傳："有眠牀一張，皆是蹙柏，四面周帀，無一有異。"又豫章王綜傳："于時大乏，唯有眠牀故阜複帳，卽下付之。"

【眠桅】船停下帆倒桅。水鄉行船風俗，諱言"倒"字，故稱"眠"。唐元稹長慶集十九遭風二十韻："後侣逢灘方拽窓，前宗到浦已眠桅。"

【眠娗】㊀卽腼腆。娗，音 tián。列子力命："眠娗諈諉勇敢怯疑，四人相與游於世。"注："眠娗，不開通之貌。"按眠娗等皆爲假託人名。明田汝成西湖遊覽志餘二五委巷叢談："杭人言……蘊藉不躁暴者曰眠娗。"㊁嘲笑欺謾之語。方言十："眠娗、脉蜴、賜施、茭媞、譠謾、㦣忚，皆欺謾之語也。楚郢以南，東揚之郊通語也。"注："六者亦中國相輕易蚩弄之言也。"

【眠雲】指山居，山中多雲，故云。唐劉禹錫劉夢得集五西山蘭若試茶歌："欲知花乳清泠味，須是眠雲卧石人。"陸龜蒙甫里集六和旅泊吴門韻詩："茅峯曾醮斗，笠澤久眠雲。"

【眠輿】可供卧息的轎子。南史陳新安王伯固傳："在州不知政事，日出田獵，或乘眠輿至於草間，輒呼人從游，動至旬日。"按類後之所謂滑竿。

【眠蠶】蜕皮時休眠的蠶。北周庾信庾子山集十六周大將軍隴東郡公侯莫陳君夫人竇氏墓誌銘："室委眠蠶，衣留畫雉。"參閱宋秦觀蠶書時食。

【眠花宿柳】指狎妓。金瓶梅一："終日閒遊浪蕩，一自父母亡後，專一在外眠花宿柳，惹草招風。"

眒 1. shēn 失人切，平，真韻，審。
ㄕㄣ

㊀疾速。見"倏眒"。

2. shèn 試刃切，去，震韻，審。
ㄕㄣˋ

㊁張目。唐柳宗元柳先生集四一又祭崔簡旅櫬歸上都文："躁戾佻險，睒眒欺苟。"

【眒忽】猶倏忽。指暫短的時間。玉臺新詠二晉左思嬌女詩："貪華風雨中，眒忽數百適。"

眕 zhěn 章忍切，上，軫韻，照。
ㄓㄣˇ

穩重，克制。左傳隱三年："夫寵而不驕，驕而能降，降而不憾，憾而能眕者鮮矣。"疏："憾而不能眕，言其心難自抑。"

眙 1. chì 丑吏切，去，志韻，徹。
ㄔˋ

㊀直視。史記一二六淳于髡傳："六博投壺，相引爲曹，握手無罰，目眙不禁。"㊁驚視。文選漢王文考（延壽）魯靈光殿賦："觀藝於魯，覩斯而眙。"注："愕視曰眙，本爲藝而來，見此驚也。"

2. yí 與之切，平，之韻，喻。
ㄧ

㊀盱眙。縣名。見"盱眙"。

眣 shùn 舒閏切，去，稕韻，審。
ㄕㄨㄣˋ

目動，以目示意。同"瞚"、"瞬"。公羊傳成二年："郤克眣魯衛之使，使以其辭而爲之請。"本或作"眣"，爲眣字之誤。見清阮元校勘記。

眡 shì 承矢切，上，旨韻，禪。
ㄕˋ 都奚切，平，齊韻，端。

古"視"字。㊀看，視。周禮天官太宰："及執事，眡滌濯。"注："眡音視，本又作視。"㊁比，如。周禮天官食醫："凡食齊眡春時，羹齊眡夏時，醬齊眡秋時，飲齊眡冬時。"注："眡音視。"疏："眡猶比也。"

【眡祲】古官名。掌望氣預言災祥之事。周禮春官眡祲："掌十煇之法，以觀妖祥，辨吉凶。"宋書文帝袁皇后傳顏延之哀策："象物方臻，眡祲告沴。"

【眡瞭】古官名。扶持瞽師，兼掌作樂。周禮春官眡瞭："掌凡樂事，播鼗，擊頌磬笙磬，掌火師之縣，凡樂事相瞽。"疏："按序官，眡瞭三百人，皆所以扶工。以其扶工之外無事而兼使作樂。"

眑 yǒu 於糾切，上，黝韻，影。
ㄧㄡˇ

見下。

【眑眑】幽靜貌。漢書禮樂志安世房中歌："清思眑眑，經緯冥冥。"注："眑眑，幽靜也。"

眚 shěng 所景切，上，梗韻，山。
ㄕㄥˇ

㊀眼睛生翳。說文："眚，目病生翳也。"宋范成大石湖集十二晚步宣華舊苑詩："歸來更了程書債，目眚昏花燭穗垂。"㊁災異，疾苦。易復："有災眚。"釋文："子夏傳云：傷害曰災，妖祥曰眚。鄭（玄）云：異自內生曰眚，自外曰祥，害物曰災。"文選漢張平子（衡）東京賦："勤恤民隱，而除其眚。"㊂過失。左傳僖三三年："且吾不以一眚掩大德。"㊃削減。通"省"。周禮地官大司徒："以荒政十有二，聚萬民，……七曰眚禮。"

【眚災】因過失而造成災害。書舜典："眚災肆赦，怙終賊刑。"傳："眚，過；災，害。……過而有害，當緩赦之。"

【眚沴】災害。後漢書三十下郎顗傳上對："罷將作之官，減彫文之飾，損庖廚之饌，退宴私之樂，……如是，則景雲降集，眚沴息矣。"注："眚沴謂災氣。"

【眚病】一種病名。漢書九七馮昭儀傳："是歲，孝王薨，有一男，嗣爲王，時未滿歲，有眚病。"注："孟康曰：'災眚之眚，謂妖病也。'服虔曰：'身盡青也。'蘇林曰：'名爲肝厥，發時脣口手足十指甲皆青。'"

眢 yuān 一丸切，平，桓韻，影。
ㄩㄢ 於袁切，平，元韻，影。

㊀眼枯不明。見說文。參閱六書故"眢"。㊁井枯無水。見下。

【眢井】枯井。左傳宣十二年："目於眢井而拯之。"注："廢井也。字林云：井無水也。"

六畫

眷 juàn 居倦切，去，線韻，見。
ㄐㄩㄢˋ

㊀顧，回視。詩大雅皇矣："乃眷西顧，此維與宅。"㊁懷念，器重。文選南朝宋謝靈運於南山往北山經湖中瞻眺詩："撫化心無厭，覽物眷彌重。"宋書蕭惠開傳："晉安王子勛反，惠開乃集將佐謂之曰：'……吾奉武文之靈，兼荷世祖之眷，今便當投袂萬里，推奉九江。'"㊂親屬，眷屬。新五代史裴皞傳："裴氏自晉魏以來，世爲名族，居燕者號'東眷'，居涼者號'西眷'，居河東者號'中眷'。"

【眷口】家屬。聊齋志異聶小倩："甯以新居，久不成寐。聞舍北喁喁，如有家口。……甯意其鄰人眷口，寢不復聽。"

【眷生】舊時姻親互稱。初結婚之家，尊長對卑幼自稱眷生，卑幼對尊長自稱眷晚生，平輩者稱眷弟。清時翰林官謁外省督撫，也自稱年家眷晚生或年家眷侍生。明朱存理鐵網珊瑚書品九記元人筆札，有"眷生張端莊肅奉書"、"眷晚生邵亨貞頓首九拜"等稱謂。參閱清王應奎柳南隨筆二。

【眷任】愛重信任。新唐書一三九房琯傳："帝雖恨琯喪師，而眷任未衰。"

【眷言】回顧貌。言，語辭，無義。文選晉陸士衡（機）贈尚書郎顧彥先詩之二："沈稼湮梁潁，流民泝荊徐。眷言懷桑梓，無乃將爲魚。"梁書武帝紀上永元三年令："受任邊疆，推轂萬里，眷言瞻烏，痛心在目。"

【眷佑】眷顧佑助。書微子之命："乃祖成湯，克齊聖廣淵，皇天眷佑，誕受厥命。"

【眷注】垂愛關注。宋王禹偁小畜集七送趙令公西京留守詩："元老優游盛，明君眷注隆。"

【眷拔】愛重提升。世說新語寵禮："王珣郗超並有奇才，爲大司馬（桓溫）所眷拔，珣爲主簿，超爲參軍。"

【眷命】眷愛並賦以重任。書大禹謨："皇天眷命，奄有四海，爲天下君。"

【眷眷】依戀嚮往貌。後漢書五九張衡傳思玄賦："魂眷眷而屢顧兮，馬倚輈而俳回。"文選三國魏王仲宣（粲）登樓賦："情眷眷而懷歸兮，孰憂思之可任？"

【眷愛】愛念。廣弘明集二八上南朝梁王筠與雲僧正書："弘法之情，既無彼此，眷愛之深，特希降屈。"

【眷顧】詩大雅皇矣："乃眷西顧，此維與宅。"後因取眷顧字，作垂愛關注之意。漢書八七下揚雄傳長楊賦："於是上帝眷顧高祖，高祖奉命，順斗極，運天關，……一日之戰，不可殫記。"

【眷屬】家屬，親屬。南齊書江斅傳王儉啟："江忠簡（湛）胤嗣所寄，唯斅一人，傍無眷屬。"梁書侯景傳高澄與景書："若能卷甲來朝，垂櫜還闕者，當授豫州刺史。……君門眷屬，可以無恙，寵妻愛子，亦送相還。"也指夫妻。元王實甫西廂記五本四折："永老無別離，萬古常完聚，願普天下有情的都成了眷屬。"參見"媵屬"。

【眷戀】思慕，愛戀。文選晉束廣微（皙）補亡詩之一："眷戀庭闈，心不遑安。"又潘安仁（岳）在懷縣作詩之一："徒懷越鳥志，眷戀想南枝。"

眯 1. mǐ 莫禮切，上，薺韻，明。
ㄇㄧˇ

㊀物入目中。莊子天運："夫播穅眯目，則天地四方易位矣。"

2. mì 集韻蜜二切，去，至韻。
ㄇㄧˋ

㊁夢魘。莊子天運："遊居寢臥其下，彼不得夢，必將數眯焉。"唐成玄英疏："眯，魘也。"

3. mī
ㄇㄧ

㊂眼皮微合。見"眯$_3$矓"。

【眯$_3$矓】眼皮微合，似視不視的神氣。明玩花主人粧樓記押問："可笑他眯矓目，枉有睛；充子耳，不納聲。"

眹 zhèn 直引切，上，軫韻，澄。
ㄓㄣˋ

㊀眼珠，瞳人。漢劉向新序雜事一："昔

平公閒居，師曠侍坐，平公曰：'子生無目眹，甚矣子之墨墨也！'"㊁徵兆，迹象。通"朕"。莊子齊物論："若有真宰，而特不得其眹。"一説眹爲"朕"的訛體。參閱清朱駿聲説文通訓定聲。

【眹兆】事物的跡象、先兆。宋史四〇〇楊大全傳上疏："然則事有幾微於眹兆者，可諫陛下乎？"參見"眹兆"。

眭 1. huī 户圭切，平，齊韻，匣。ㄏㄨㄟ 許維切，平，脂韻，曉。

㊀目深視貌。淮南子原道："今人之所以眭然能視，瞀然能聽，……明是非者何也？氣爲之充，而神爲之使也。"㊁見"眭盱"。

2. suī 息爲切，平，支韻，心。ㄙㄨㄟ

㊂姓。趙大夫食采眭邑，因以爲氏。漢有眭弘，北魏有眭夸。見元和姓纂二。

【眭盱】健貌。同"睢盱"。見廣韻。

眶 kuàng 去王切，平，陽韻，溪。ㄎㄨㄤ

眼眶。本作"匡"。唐詩紀事二四王昌齡箜篌引："眼眶滴淚深兩眸。"參見"匡㈧"。

眲 nè 尼戹切，入，麥韻，娘。ㄋㄜ

輕視。方言十："揚越之郊，凡人相侮以爲無知，謂之眲。眲，耳目不相信也。"列子黄帝："子華之門徒……顧見商丘開年老力弱，面目黎黑，衣冠不檢，莫不眲之。"

眼 1. yǎn 五限切，上，產韻，疑。ㄧㄢ

㊀目，眼睛。莊子盜跖："比干剖心，子胥抉眼，忠之禍也。"㊁孔穴，小孔。唐白居易長慶集五九錢塘湖石記："湖中又有泉數十眼，湖耗則泉湧，雖盡竭湖水而泉用有餘。"韓鄂歲華紀麗三七夕："穿針眼，掛犢鼻。"㊂要點。宋嚴羽滄浪詩話詩辯："其用功有三：曰起結，曰句法，曰字眼。"㊃線索，見證。水滸四七："這酒店却是梁山泊新添設做眼的酒店。"古今小説三八任孝子烈性爲神："教地方公同作眼，將梁公家家財什物變賣了。"㊄量詞。水滸七四："只有兩眼房，空着一眼，一眼是個山東貨郎，扶着一個病漢賃了。"

2. ěn 集韻魚懇切，上，混韻。ㄣ

㊅突出貌。周禮考工記輪人："望其轂，欲其眼也。"

【眼力】㊀目之功能。唐姚合姚少監集五武功縣中作詩之三："簿書銷眼力，盃酒耗心神。"㊁見識。宋蘇軾分類東坡詩三越州張中舍壽樂堂："張君眼力覰天奧，能遣荊棘化堂宇。"

【眼下】猶言目前。唐白居易長慶集六九會昌二年春題池西小樓詩："雖貧眼下無妨樂，縱病心中不與愁。"

【眼孔】㊀眼眶。唐張鷟朝野僉載四引張元一嘲武懿宗詩："裹頭極草草，掠鬢不葦葦。未見桃花面皮，漫作杏子眼孔。"㊁猶言眼界。新唐書二二五安禄山傳："帝爲禄山起第京師，以中人督役，戒曰：'善爲部署，禄山眼孔大，毋令笑我。'"

【眼目】㊀謂眼睛，眼珠。北史周太祖紀："此小兒眼目異。"㊁猶言眼光。宋陳振孫直齋書録解題四經世紀年："取通鑑中言論之精確者表而出之，……去取甚嚴，可以見前輩讀書眼目之高。"㊂指主要之處。圓覺經下："十二部經清淨眼目。"略疏："良以推窮迷本，照徹覺源，是以理貫羣經，義無不盡，於此若解，諸教焕然，若不了之，何知正道，故云眼目。"

【眼衣】蒙眼障塵之紗。宋周煇清波雜志五："煇出疆時，以二月旦過淮，雖辦綿裘之屬，俱置不用，亦嘗用紗爲眼衣障塵，反致悶悶，亦除去。"

【眼色】㊀用眼傳情示意。元王實甫西廂記四本一折："空調眼色，經今半載，這其間委實難捱。"㊁見識。紅樓夢六六："那日正是和尚們進來繞棺，咱們都在那裏站着，他只站在頭裏擋著人。人説他不知禮，又没眼色。"

【眼冷】謂以冷眼看人。唐詩紀事六九羅虬比紅兒之三八："十年東北看燕趙，眼冷何曾見一人。"

【眼波】喻目光似流動的水波。唐韓偓香奩集席上有贈詩："小鬟斜侵眉柳去，媚霞横接眼波來。"杜牧樊川集外集宣州留贈詩："爲報眼波須穩當，五陵遊宕莫知聞。"

【眼底】眼前，眼中。唐白居易長慶集五一自問行何遲詩："眼底一無事，心中百不知。"元王實甫西廂記四本三折："未登程先問歸期，雖然眼底人千里，且盡生前酒一杯，未飲心先醉。"

【眼花】目力昏眩。唐李白李太白詩三俠客行："眼花耳熱後，意氣素霓生。"杜甫杜工部草堂詩箋二飲中八仙歌："知章騎馬似乘船，眼花落井水底眠。"參見"耳熱眼花"。

【眼穿】喻盼望殷切。唐韓愈昌黎集十酒中留上襄陽李相公詩："眼穿長訝雙魚斷，耳熱何辭數爵頻。"唐李商隱李義山詩集三落花："腸斷未忍掃，眼穿仍欲稀。"

【眼神】雲笈七籤十一黄庭内景經至道："眼神明上字英玄。"俗謂眼之神色爲眼神。

【眼前】當前，現在。唐杜甫杜工部草堂詩箋十四示姪佐："多病秋風落，君來慰眼前。"白居易長慶集六八足疾詩："幸有眼前衣食在，兼無身後子孫憂。"

【眼枯】淚盡眼乾，形容傷心之極。唐杜甫杜工部草堂詩箋十三新安吏："莫自使眼枯，收汝淚縱横。"

【眼界】謂視力所能及的範圍。多喻指精神境界。唐王維王右丞集四青龍寺曇壁上人兄院集詩："眼界今無染，心空安可迷。"唐彦謙鹿門集中遊清涼寺詩："一塵不到心源淨，萬有俱空眼界清。"

【眼笑】形容喜悦。玉臺新詠八南朝梁劉孝威郄縣遇見人織率爾歌婦詩："窗疎眉語度，紗輕眼笑來。"

【眼眶】眶，本作"匡"。唐文粹十二王昌齡箜篌引："顔色飢枯掩面羞，眼眶滴淚深兩眸。"

【眼電】謂目光明亮如電。世説新語容止："裴令公(楷)目王安豐(戎)眼爛爛如巖下電。"宋蘇軾分類東坡詩二二賀子由生第四孫："爛爛開眼電，磽磽峙頭玉。"

【眼腦】眼睛。金董解元西廂二："從者諸人二百餘，一個個……，生得眼腦甌摳，人材孟浪。"元王實甫西廂記一本四折："害相思的饞眼腦，見他時須看個十分飽。"

【眼語】謂以目傳情示意。南朝梁蕭統昭明太子集二擬古詩之二："眼語笑靨近來情，心懷心想甚分明。"新五代史韓建傳："天子與宫人眼語，幕下有兵仗聲，恐公不免也。"

【眼綫】謂引領捕役緝拿罪犯的人。也作"眼線"。説文："罣，司視也"清桂馥義證："凡吏出捕，輒將兩人，一通信息，謂之線，一能識認，謂之眼。"清會典事例七八四刑部刑律賊盜強盜二："至拏獲盜犯之眼綫，如曾爲夥盜，悔罪將同伴指獲，致被供出者，如在五日以外，照傷人首盜聞拏投首例擬斬監候。"

【眼學】北齊顔之推顔氏家訓勉學："談説製文，援引古昔，必須眼學，勿信耳受。"眼學，自己閲讀；耳受，聽別人講述。

【眼鏡】用水晶、玻璃等材料磨成的透鏡，明代中葉自海外傳入我國，稱爲珍物，後國人自造，漸次流行。初名靉靆，後稱眼鏡。明吳寬有謝人送西域眼鏡詩。清趙翼甌北詩鈔五言古二初用眼鏡詩："相傳宣德年，來自番舶駕，內府賜老臣，貴值兼金價。初本嵌玻璃，薄若紙新研，中土遞倣造，水晶亦流亞。"參閱清姚之駰元明事類鈔三十眼鏡。

【眼巴巴】形容急切盼望。元明雜劇元賈仲名呂洞賓桃柳昇仙夢三："一帶雲山似圖畫，眼巴巴幾時得到京華。"吳騷合編中呂二張伯起解語一枝花："懸望眼巴巴，悄無言粧聾作啞。"

【眼中人】舊相識的人，或心中所想望的人。文選晉陸士龍(雲)答張士然詩："感念桑梓域，髣髴眼中人。"注："感此憶桑梓，而思見親識也。眼中人謂親識也。"南朝梁何遜何水部集霖雨不晴懷郡中遊聚詩："不見眼中人，空想山南寺。"

【眼中刺】猶眼中釘。喻所厭惡的人。唐白居易長慶集四新樂府母別子詩："新人迎來舊人棄，掌上蓮花眼中刺。"

【眼中釘】喻所極憎惡之人。舊題唐馮贄雲仙雜記九拔釘錢："趙在禮在宋州，所爲不法，百姓苦之。一日制下，移鎮永興，百姓相賀曰：'眼中拔却釘矣，可不快哉！'"又作"眼中疔"。元曲選缺名陳州糶米一："我見了那窮漢，似眼中疔、肉中刺，我要害他，只當捏爛柿一般，值個甚的？"

【眼似刀】謂目光犀利明亮。全唐詩五五二李宣古杜司空席上賦："能歌姹女顏如玉，解引蕭郎眼似刀。"

【眼明囊】古代民俗於八月製小錦囊，親友餉遺，以取露拭目。藝文類聚七十梁簡文帝(蕭綱)眼明囊賦序："俗之婦人，八月旦多以錦翠珠寶爲眼明囊，因競凌晨取露以拭目。"參閱南朝梁吳均續齊諧記、宗懍荊楚歲時記。歲時記作八月十四日事。

【眼兒媚】詞調名。雙調四十八字，前段五句三平韻，後段五句兩平韻。此爲正體，另有變格。因左譽詞有"斜月小闌干"句，韓淲詞有"東風拂檻露猶寒"句，故又名小闌干、東風寒；此調在陸游詞中名秋波媚。參閱詞譜七。

【眼前瘡】喻言目前的痛苦。唐文粹十六下聶夷中傷田家詩："二月賣新絲，五月糶秋穀，醫得眼前瘡，剜却心頭肉。"

【眼挫裏】眼角，眼梢。元王實甫西廂記一本二折："胡伶淥老不尋常，偷睛望，眼挫裏抹張郎。"吳騷合編四毛蓮石夜行船曲："眉尖上，眼挫側，先留下幾分恩愛。"

【眼花耳熱】形容酒飲微醉、精神亢奮的神態。唐李白李太白詩三俠客行："眼花耳熱後，意氣素霓生。"宋陸游劍南詩稿七五野飲："眼花耳熱言語多，霍然已醒如過燒。"

【眼淚洗面】喻悲泣。宋陸游避暑漫抄："又韓玉汝家，有李國主(煜)歸朝後與金陵舊宮人書云：'此中日夕，只以眼淚洗面。'"

【眼不見爲淨】成語。含有不以爲然而又無能爲力，只好聽任的意思。宋趙希鵠調燮類編四蟲魚："凡販賣蝦米及甘蔗者，每用人溺灑之，則鮮美可愛，所謂眼不見爲淨也。"

眲 ér 集韻 人之切，平，之韻。
ㄦˊ

調和。同"聏"。莊子天下："語心之容，命之曰心之行，以聏合驩，以調海內。"釋文："聏，崔(譔)本作'眲'，……和也。眲和萬物，物合則歡矣。"宋王安石臨川集九六虞部郎中晁君墓誌銘："從容調眲，史莫玩法。"

眸 móu 莫浮切，平，尤韻，明。
ㄇㄡˊ

㊀眼珠。也指眼睛。孟子離婁上："存乎人者，莫良於眸子。"唐杜甫杜工部草堂詩箋九哀江頭："明眸皓齒今何在，血污遊魂歸不得。"古本作"牟"，漢人加目作"眸"。參閱清鄭珍說文新附考二"眸"。㊁低目而視。荀子大略："今夫亡箴者，終日求之而不得。其得之，非目益明也，眸而見之也。"清俞樾云眸當讀爲瞐，說文瞐"低目視也"，與牟聲相近。見諸子平議十五荀子四。

眴 1. shùn 舒閏切，去，稕韻，審。
ㄕㄨㄣˋ

同"瞚"、"瞬"。㊀目轉動，以目示意。史記項羽紀："須臾，(項)梁眴籍曰：'可行矣！'"㊁驚貌。莊子德充符："適見㹠子食於其死母者，少焉眴若皆棄之而走。"

2. xuàn 集韻 翾縣切，去，霰韻。
ㄒㄩㄢˋ

㊂眼睛昏花。通"眩"。文選漢揚子雲(雄)劇秦美新："臣常有顛眴病，恐一旦先犬馬填溝壑。"

3. xún 集韻 松倫切，平，諄韻。
ㄒㄩㄣˊ

㊃見"眴₃卷"。

【眴₃卷】縣名。漢置，屬安定郡。見漢書地理志下。注引應劭："眴音旬日之旬，卷音箘簬之箘。"故城在今寧夏中衛縣東。

【眴₂眴₂】眼花。素問刺瘧："腎瘧者，令人洒洒然，……目眴眴然。"

【眴₂煥】鮮明貌。文選楚宋玉風賦："至其將衰也，被麗披離，衝孔動楗，眴煥粲爛，離散轉移。"

【眴₂轉】眼目眩亂。後漢書四十上班固傳西都賦："攀井幹而未半，目眴轉而意迷。"

眳 míng 莫迥切，上，迥韻，明。
ㄇㄧㄥˊ 亡井切，上，靜韻，明。

眉睫之間。文選漢張平子(衡)西京賦："眳藐流眄，一顧傾城。"參見"名㊆"。

眵 chī 叱支切，平，支韻，穿。
ㄔ

目汁凝結，俗稱眼屎。唐韓愈昌黎集五短燈檠歌："夜書細字綴語言，兩目眵昏頭雪白。"

眺 tiào 他弔切，去，嘯韻，透。
ㄊㄧㄠˋ

視，遠視。國語齊："正其封疆，無受其資，而重爲之皮幣，以驟聘眺於諸侯。"補音本眺作"覜"，覜眺，古字通。梁書張纘傳南征賦："眺君褊之雙峯，徒臨風以增想。"

【眺望】自高處四望。呂氏春秋仲夏季："可以居高明，可以遠眺望。"

【眺矚】自高處遠望。世說新語輕詆："桓公(溫)入洛，過淮泗，踐北境，與諸僚屬登平乘樓，眺矚中原，慨然曰：'遂使神州陸沈，百年丘墟，王夷甫(衍)諸人不得不任其責！'"

䀪 háng 集韻 寒剛切，平，唐韻。
ㄏㄤˊ

鳥向下飛。同"頏"。又作"翃"、"䴊"。漢書八七上揚雄傳甘泉賦："柴虒參差，魚頡而鳥䀪。"注："柴虒參差，不齊貌也；頡䀪，上下也。"

眽 mò 莫獲切，入，麥韻，明。
ㄇㄛˋ

視。漢書八七上揚雄傳河東賦："瞰帝唐之嵩高兮，眽隆周之大寧。"注："眽即'覓'字。"

【眽眽】視貌。楚辭漢王逸九思逢尤："魂煢煢兮不遑寐，目眽眽兮寤終朝。"注："眽，一作脈，一作眩。"

眥 zì 疾智切，去，寘韻，從。
ㄗˋ 在詣切，去，霽韻，從。
七懈切，去，卦韻，牀。

也作"眦"。㊀眼眶。史記一一七司馬相如傳子虛賦："弓不虛發，中必決眥。"漢書作眦。列子湯問："離朱子羽，方晝拭眥揚眉而望之，弗見其形。”㊁衣領交接處。見“衣眥”。㊂見“睚眥”。

【眥占】側目而視，表示輕蔑。吳越春秋四闔閭內傳：“於是椒丘訢投劍而嘆曰：‘吾之勇也，人莫敢眥占者，(要)離乃加吾之上，此天下壯士也。’”

【眥裂】眼眶爲裂。形容盛怒。史記項羽紀：“(樊噲)瞋目視項王，頭髮上指，目眥盡裂。”唐柳宗元柳先生集四三韋道安詩：“一聞激高義，眥裂肝膽橫。”

【眥溢】同“眥裂”。文選漢王子淵(褒)四子講德論：“浮遊先生色勃眥溢曰：‘是何言與？’”參見“眥裂”。

【眥搣】按摩眼眶。謂以兩手按摩目眥，可以保護目力。莊子外物：“静然可以補病，眥搣可以休老，寧可以止遽。”清郭慶藩集釋引郭嵩燾説，謂眥搣當謂左右眥不能流盼，可以閉目養神，故曰休老。

眾

1. zhòng 之仲切，去，送韻，照。ㄓㄨㄥˋ

通作“衆”。㊀多。左傳桓十一年：“師克在和不在眾。”國語周上：“人三爲眾。”㊁眾人，大家。論語衛靈公：“眾惡之，必察焉；眾好之，必察焉。”㊂眾事。禮仲尼燕居：“凡眾之動得其宜。”疏：“眾，謂萬事也。”㊃佛教稱其教教徒人數爲眾，有僧若干謂若干眾。大乘義章十：“所言僧者，外國正音名曰僧伽，此方翻譯名和合眾，行德不乖，名之爲和，和者非一，目之爲眾。”今語“大衆”，本此。

2. zhōng 職戎切，平，東韻，照。ㄓㄨㄥ

㊄見“貫衆”。

【眾子】古代稱嫡長子以外的諸子。儀禮喪服：“昆弟，爲衆子。”注：“衆子者，長子之弟及妾子，……大夫則謂之庶子。”

【眾生】㊀泛指有生命者。禮祭義：“衆生必死，死必歸土。”疏：“衆生……言物之羣衆而生。”㊁佛書指一切有情、假衆緣而有生的人或物。梵語“僕呼繕那”，或“薩多婆”、“薩埵”，唐玄奘義譯爲有情。法華經一序品：“六道衆生，生死所趣。”六道指天、人、阿修羅、餓鬼、畜生、地獄。㊂指畜牲。駡人的話。水滸三十：“常言道：‘衆生好度人難度。’原來你這廝外貌像人，倒有這等禽心獸肝！”

【眾芳】衆花。文選戰國楚宋玉風賦：“迴穴衝陵，蕭條衆芳。”常用以喻各色的人。楚辭屈原離騷：“昔三后之純粹兮，固衆芳之所在。”

【眾妙】萬物的玄理。老子：“玄之又玄，衆妙之門。”隋書徐則傳晉王廣(煬帝)與則書：“夫道德衆妙，法體自然，包涵二儀，混成萬物，人能弘道，道不虛行。”

【眾醫】尋常一般的醫生。史記一〇五倉公傳：“齊郎中令循病，衆醫皆以爲蹷入中，而刺之。”無特殊醫術者。列子力命：“矯氏謂季梁曰：‘汝寒温不節，虛實失度，病由飢飽色欲，精慮煩散，非天非鬼，雖漸，可攻也。’季梁曰：‘衆醫也，亟屏之。’”

【眾香國】維摩詰經下香積佛品十：“有國名衆香，佛號香積。”後來詩文中譬喻百花爛熳的境界。宋楊萬里誠齋集二三木犀初發呈張功父詩：“移將天上衆香國，寄在梢頭一粟金。”

【眾口難調】言人多意見多，不易做到使人人滿意。梨園樂府上元鄧玉賓中呂粉蝶兒曲：“羊羹雖美，衆口難調。”

【眾口鑠金】古諺語。喻輿論影響的强大。國語周下：“故諺曰：‘衆心成城，衆口鑠金。’”注：“鑠，銷也。衆口所毁，雖金石猶可銷也。”又鬼谷子權篇、晏子春秋諫上、戰國策魏一、史記八三鄒陽傳、楚辭九章惜誦、王充論衡言毒皆有此語。

【眾心成城】喻心齊力大。國語周下：“故諺曰：‘衆心成城，衆口鑠金。’”注：“衆心所好，莫之能敗，其固如城也。”藝文類聚六三風俗通：“衆心成城，俗説曰衆人同心者，可共築起一城。同心共飲，錐陽酒可盡也。”現多作“衆志成城”。

【眾叛親離】形容十分孤立。左傳隱四年：“夫州吁阻兵而安忍，阻兵無衆，安忍無親，衆叛親離，難以濟矣。”三國志魏公孫瓚傳注引魏晉春秋袁紹與瓚書：“既乃殘殺老弱，幽士憤怨，衆叛親離，孑然無黨。”

【眾怒難犯】古諺語。左傳襄十年：“衆怒難犯，專欲難成。”又昭十三年：“衆怒不可犯也。”晉書李特載記：“弱而不可輕者，百姓也，今促之不以理，衆怒難犯，恐爲禍不淺。”

【眾呴漂山】衆口呵氣，足以動山。喻人衆力量雄厚。漢書五三中山靖王勝傳：“衆呴漂山，聚蟁成靁。”注：“應劭曰：‘呴，吹也。’漂，動也。”漂，也作“飄”。後漢書二八下馮衍傳“衍由此得罪”注引衍與陰就書：“衆呴飄山，當爲灰土。”

七畫

睆

huǎn 户板切，上，潸韻，匣。ㄏㄨㄢˇ

㊀同“睅”。見説文。㊁渾圓貌。詩小雅杕杜：“有杕之杜，有睆其實。”㊂明星貌。詩小雅大東：“睆彼牽牛，不以服箱。”㊃光澤貌。禮檀弓上：“華而睆，大夫之簀與。”簀，竹席。

【睆睆】視貌。莊子天地篇：“睆睆然在纆繳之中，而自以爲得。”

睇

dì 特計切，去，霽韻，定。ㄉㄧˋ

斜視，流盼。禮內則：“升降出入揖遊，不敢噦噫，咳嚏，欠伸，跛倚，睇視。”楚辭屈原九歌山鬼：“既含睇兮又宜笑，子慕予兮善窈窕。”

睫

1. jié 即葉切，入，葉韻，精。ㄐㄧㄝˊ

㊀目旁毛。同“睫”。史記一〇五扁鵲傳：“流涕長潸，忽忽承睫。”㊁閉目。韓非子説林上：“今有人見君，則睫其一目，奚如？”

2. zhǎ 集韻 側洽切，入，洽韻。ㄓㄚˇ

㊂目動。同“眨”。見集韻。

睒

shǎn 集韻 失冉切，上，琰韻。ㄕㄢˇ

見下。

【睒睒】眨目貌，指目頻頻動。見集韻。

睄

shào 集韻 所教切，去，效韻。ㄕㄠˋ

小視。見集韻。或謂同“瞧”。見正字通。

【睄窕】幽冥。楚辭漢王逸九思疾世：“日陰曀兮未光，闃睄窕兮靡睹。”

晛

xiàn 胡典切，上，銑韻，匣。ㄒㄧㄢˋ

見下。

【晛睆】美好貌。詩邶風凱風：“晛睆黄鳥，載好其音。”

【晛晛】小視貌。喻怯懦。唐韓愈昌黎集三六鱷魚文：“刺史雖駑弱，亦安肯爲鱷魚低首下心，伈伈晛晛，爲民吏羞以偷活於此邪？”

睅

hàn 户板切，上，潸韻，匣。ㄏㄢˋ

目大突出貌。左傳宣二年：“睅其目，皤其腹，棄甲而復。”

睊

juàn 古縣切，去，霰韻，見。ㄐㄩㄢˋ

視貌。見下。

【睊睊】側目相視。表示忿恨的神態。孟子梁惠王下：“饑者弗食，勞者弗息，睊睊胥讒，民乃作慝。”

睎

xī 香衣切，平，微韻，曉。ㄒㄧ

㊀望。淮南子氾論：“夫繩之爲度也，可卷而伸也，引而伸之，可直而睎。”後漢書

四十上班彪傳附班固西都賦:"於是睎秦嶺,睋北阜。"㊁仰慕。漢揚雄法言學行:"睎驥之馬,亦驥之乘也;睎顏(淵)之人,亦顏之徒也。"

【睎古】 追想古昔。猶言懷古。文選晉陸士衡(機)弔魏武帝文:"既睎古以遺累,信簡禮而薄葬。"

睃 1. jùn ㄐㄩㄣ 集韻 祖峻切,去,稕韻。

㊀斜着眼睛看。水滸三十:"武松又見這兩個公人,與那兩個提朴刀的擠眉弄眼,打些暗號,武松早睃見,自瞧了八分尷尬,只安在肚裏,卻且只做不見。"明湯顯祖牡丹亭玩真:"恁橫波來迴顧影,不住的眼兒睃。"現代漢語讀 suō。

2. juān ㄐㄩㄢ 集韻 遵全切,平,仙韻。

㊁人名字。漢有魯文王劉睃。見漢書五三景十三王傳。

睋 é ㄜ 五何切,平,歌韻,疑。

㊀視。文選漢班孟堅(固)西都賦:"於是睎秦嶺,睋北阜。"㊁須臾,不久。通"俄"。公羊傳定八年:"睋而鋟其板。"

八 畫

督 dū ㄉㄨ 冬毒切,入,沃韻,端。

㊀察視,督率。漢書六四下王褒傳聖主得賢臣頌:"如此,則使離婁督繩,公輸削墨,雖崇臺五增,延袤百丈而不溷者,工用相得也。"舊唐書一七〇裴度傳:"臣請身自督戰。"㊁謂大將。後漢書四六郭躬傳:"軍征,校尉一統於督。"㊂正。左傳僖十二年:"謂督不忘。"疏:"謂女功德,正而不可忘。"㊃中,中間。莊子養生主:"緣督以爲經,可以保身,……可以盡年。"釋文:"李(頤)云:緣,順也;督,中也;經,常也。"參見"督脈"。㊄姓。春秋宋大夫華父督之後。望出巴郡。晉欒氏臣有督戎。見元和姓纂十沃。

【督亢】 ㊀地名。戰國時爲燕國膏腴之地。在今河北涿縣東。燕太子丹遣荆軻攜督亢圖,入秦廷謀刺秦王政,即此地。見戰國策燕三、史記八六荆軻傳。㊁水名。即今河北省的拒馬岔河,歷房山固安新城入白溝河。水經注十二巨馬水:"又東督亢溝水注之,水上承淶水于淶谷,引之,則長津委注,遏之,則微川輟流。"

【督府】 猶言軍府。北齊書崔伯謙傳:"世宗以爲京畿司馬,勞之曰:'卿騁足瀛部,已著康歌,督府務殷,是用相授。'"宋蘇軾經進東坡文集事略二五徐州謝表:"分符高密,已竊名邦,改命東徐,復塵督府。"

【督軍】 官名。1. 漢建武初,征伐四方,權置督軍御史,事畢則罷,蓋爲監軍之官。三國尚有。三國志蜀孟光傳"處光之右,蓋以此也"注引傅暢裴氏家記:"(裴儁)子越,字令緒,爲蜀督軍。"2. 統兵的長官。三國志魏高堂隆傳:"泰山太守薛悌命爲督郵。郡督軍與悌争論,名悌而呵之。"金石萃編二三載魏上尊號碑,列曹仁曹真曹休夏侯尚臧霸等,皆冠以使持節行都督督軍官號,位在相國太尉御史大夫之下,爲當時最高統兵之官。辛亥革命,各省有都督,後改爲督軍,統治一省軍務。

【督脈】 中醫學名詞。奇經八脈之一。身後之中脈曰督脈。督爲中之義。其循行路綫,起於尾閭骨端長强穴下的會陰部,隨脊柱直上到頸項風府穴,脈氣入於腦部,上巔,下循到鼻部止。見素問骨空論。

【督責】 督察責罰。史記八七李斯傳上二世書:"夫賢主者,必且能全道而行督責之術者也。"索隱:"督者,察也。察其罪,責之以刑罰也。"

【督過】 督察責備,猶言"督責"。史記項羽紀:"項王曰:'沛公安在?'(張)良曰:'聞大王有意督過之,脫身獨去,已至軍矣!'"

【督郵】 官名。漢置。爲郡守佐吏,掌督察糾舉所領縣違法之事。每郡分二部至五部,每部置督郵一人。參閱漢書七六尹翁歸傳、後漢書百官志五郡守、通典三三職官十五總論郡佐。

【督課】 督責考核。漢書七一雋不疑傳:"逐捕盜賊,督課郡國。"三國志吳主傳嘉禾三年詔:"兵久不輟,民困於役,歲或不登。其寬諸逋,勿復督課。"

【督趣】 督促。漢書食貨志四上:"使者馳傳督趣。"注:"趣讀曰促。"也作"督促"。後漢書三十楊厚傳:"永建二年順帝特徵,詔告郡縣督促發遣。"

【督標】 清代各省召募漢民,編爲綠旗兵,其歸總督統轄者曰督標。參閱清文獻通考一七九兵一兵制。

【督撫】 清代各省置總督與巡撫,合稱督撫。

【督厲】 督率策勵。三國志吳諸葛瑾傳:"瑾避席曰:'瑾與殷模等……在流隸之中,蒙生成之福,不能躬身督厲,陳答萬一,至令模等孤負恩惠,自陷罪戾。'"

【督護】 武官名。起於西晉。南北朝時,凡居方面鎮將,其部將有督護,晉書王弘傳記以參軍蒯恒爲義軍督護,王浚傳有督護王昌,王敦傳有高官督護繆恒,北魏北齊三公僚屬亦有督護。見隋書二七百官志中。

【督糧道】 官名。明代各省皆置之,負責督運漕糧。清代置於漕運各省,掌糧米運漕之事。見明史七五職官志四、清朝通典三三職官十一漕運各官。

【督護歌】 南朝宋吳聲歌曲名。詳"丁督護"。

睕 wàn ㄨㄢ 烏貫切,去,換韻,影。

睕眒,大目。見廣韻。

【睕睕】 深目貌。晉書石季龍載記上:"太子詹事孫珍問侍中崔約曰:'吾患目疾,何方療之?'約素狎珍,戲之曰:'溺中則愈。'珍曰:'目何可溺?'約曰:'卿目睕睕,正耐溺中。'"

睟 suì ㄙㄨㄟ 雖遂切,去,至韻,心。

㊀潤澤貌。孟子盡心上:"君子所性……其生色也,睟然見於面,盎於背,施於體。"㊁純一。漢揚雄法言君子:"牛,玄,騂白,睟而角。"

【睟容】 容貌温和潤澤。文選晉左太沖(思)魏都賦:"魏國先生,有睟其容。"又用作敬詞,稱人容顏。南齊王元長(融)三月三日曲水詩序:"睟容有穆,賓儀式序。"此指齊武帝(蕭賾)。用于書牘,猶言尊顏。明章懋楓山集二與陶都憲書:"夙欽偉望,未獲一瞻睟容,恒切傾慕。"

【睟面盎背】 謂有德者之儀態。孟子盡心上:"君子所性……其生色也,睟然見於面,盎於背,施於四體,四體不言而喻。"

睠 juàn ㄐㄩㄢ 居倦切,去,線韻,見。

反顧。同"眷"。詩小雅大東:"睠言顧之,潸焉出涕。"荀子宥坐、後漢書五七劉陶傳引詩睠皆作"眷"。文選南朝宋顏延年(延之)還至梁城作詩:"振策睠東路,傾側不及羣。"

【睠睠】 反顧貌。詩小雅小明:"念彼共人,睠睠懷顧。豈不懷歸,畏此譴怒。"楚辭漢劉向九歎憂苦:"思念郢路兮,還顧睠睠。"

【睠顧】 懷念。史記八四屈原傳:"屈平既嫉之,雖放流,睠顧楚國,繫心懷王。"

睒 shǎn ㄕㄢ 失冉切,上,琰韻,審。
吐濫切,去,闞韻,透。

㊀暫視貌。見"睒睰"。㊁窺視。漢揚雄太玄經六晝:"晝復睒天，不覩其畛。"㊂閃爍。北周衛元嵩元包經仲陽:"電炟炟，其光睒也。"

【睒閃】閃爍。聊齋志異聶小倩:"物如夜叉狀，電目血口，睒閃攫拏而前。"

【睒睒】閃爍貌。唐韓愈昌黎集三東方半明詩:"殘月暉暉，太白睒睒。"

【睒睗】㊀疾視。文選晉左太沖(思)吳都賦:"忘其所以睒睗，失其所以去就。"㊁光閃爍。唐韓愈昌黎集五寄崔二十六立之詩:"雷電生睒睗，角鬣相撐披。"

【睒睰】暫視。文選晉郭景純(璞)江賦:"鮫鯥跻踞於垠隒；獱獺睒睰乎廣空。"

睛

jīng 子盈切，平，清韻，精。
ㄐㄧㄥ

㊀眼珠。北魏楊衒之洛陽伽藍記一城內:"植棗種瓜，須臾之間，皆得食之。士女觀者，目亂睛迷。"㊁視力。靈樞經邪氣藏府病形:"陽氣上走於目而爲睛；其別氣走於耳而爲聽。"

睫

jié 卽葉切，入，葉韻，精。
ㄐㄧㄝˊ

說文作"睞"。㊀睫毛，眼瞼上下邊緣的細毛。莊子庚桑楚:"向吾見若眉睫之間，吾因以得汝矣。"㊁眨眼。列子仲尼:"矢來注眸子，而眶不睫。"

睦

mù 莫六切，入，屋韻，明。
ㄇㄨˋ

㊀和睦，親厚。書堯典:"九族既睦，平章百姓。"禮禮運:"講信修睦。"㊁通"穆"。見"睦睦"。

【睦州】州名。隋仁壽三年置，治所雉山。大業初改爲遂安郡，唐武德四年復爲睦州，天寶初曰新定郡，乾元初復爲睦州。宋宣和三年改曰嚴州。轄境相當於今浙江桐廬、建德、淳安三縣地。境內山川雄偉。宋宣和二年十月，方臘領導農民軍起義於此。參閱隋書地理志下、讀史方輿紀要八九嚴州府。

【睦睦】敬貌。史記一一七司馬相如傳:"旼旼睦睦，君子之能。"漢書五七下司馬相如傳作"旼旼穆穆"。

【睦鄰】與鄰家、鄰國親善相處。宋高宗宣聖及七十二弟子贊:"臣目睦鄰息兵，首開學校，教養多士，以遂忠良。"(金石萃編一四九)

【睦親】宗族中的近親。漢書七三韋賢傳韋孟諷諫詩:"嗟嗟我王，漢之睦親。"注:"睦，密也，言服屬近。"晉書庾純傳附庾旉諫表:"元勳睦親，顯以殊禮。"

睹

dǔ 當古切，上，姥韻，端。
ㄉㄨˇ

㊀看見。同"覩"。莊子秋水:"今我睹子之難窮也，吾非至於子之門，則殆矣，吾長見笑於大方之家。"㊁察看。呂氏春秋召類:"趙簡子將襲衛，使史默往睹之。"

睞

lài 洛代切，去，代韻，來。
ㄌㄞˋ

㊀瞳仁不正。見說文。㊁旁視。文選三國魏曹子建(植)洛神賦:"明眸善睞，靨輔承權。"

睚

yá 五懈切，去，卦韻，疑。
ㄧㄚˊ

見下。

【睚眥】怒目而視。借指小怨小忿。史記七九范睢傳:"一飯之德必償，睚眥之怨必報。"也作"睚眦"、"厓眥"。戰國策韓二:"夫賢者以感忿睚眦之意，而親信窮僻之人，而政獨安可嘿然而止乎?"政，聶政自稱。漢書八一孔光傳:"以太后指風光令上之，厓眥莫不誅傷。"

【睚眦】同"睚眥"。晉書苻堅載記下附王猛:"微時一餐之惠，睚眦之忿，靡不報焉，時論頗以此少之。"

睗

shì 施隻切，入，昔韻，審。
ㄕˋ

目疾視。見說文。參見"睒睗㊀"。

睜

zhēng 疾郢切，上，静韻，從。
ㄓㄥ

張目。雍熙樂府十四元王德信集賢賓退隱曲:"睜着眼張着口儘胡謅。"水滸三二:"武行者睜着雙眼喝道:'你這廝好不曉道理。'"

睬

cǎi
ㄘㄞˇ

理會，答理。本作"採"。古今雜劇元王實甫破窰記三:"不是這老泰山爲人忒歹，親女婿昂然不睬。"水滸二四:"他若見我這般説，不睬我時，此事便休了。"參見"採㊃"。

睔

gùn 古困切，去，慁韻，見。
ㄍㄨㄣˋ

大目貌。春秋襄二年有鄭伯睔。漢書古今人表作"綸"。南齊書張融傳海賦:"既動崩五山之勢，瞷睔煥七曜之文。"

睡

shuì 是僞切，去，寘韻，禪。
ㄕㄨㄟˋ

㊀睡覺。漢書四八賈誼傳陳政事疏:"將吏被介胄而睡。"㊁倦而閉目，瞌睡。史記六八商君傳:"(秦)孝公既見衛鞅，語事良久，孝公時時睡，弗聽。"

【睡仙】續仙傳:"夏侯隱每登山渡水，閉目美睡，同行聞其鼾聲，而行不蹉跌，人謂之睡仙。"(類説三)也用以稱閒散常得高眠的人。宋陸游劍南詩稿二五晝眠:"珥貂碧落應無分，且向人間作睡仙。"

【睡相】五代後蜀徐光溥爲相，遇事輒發，李昊等疾之；後乃遇事不言，每聚議，假寐而已，時號睡相。見類説三七外史檮杌。

【睡香】花名。也名瑞香，以廬山所産最有名。傳説有僧晝寢石上，夢中聞花香，既覺，尋香求得此花，因名睡香。後來謂此花乃花中祥瑞，改稱瑞香。見宋陶穀清異錄花睡香。一説本名瑞香，睡字後人所改。見宋吳曾能改齋漫錄上。

【睡草】植物名，又名睡菜、瞑菜。南朝梁任昉述異記下:"桂林有睡草，見之則令人睡。一名醉草，亦呼爲懶婦箴。"參見"瞑菜"。

【睡鄉】入睡後的境界。宋蘇軾東坡集續集十二有睡鄉記。陸游劍南詩稿二三睡鄉:"不如睡鄉去，萬事風馬牛。"

【睡媒】使人入睡之媒介。宋范成大石湖集十七西樓秋晚:"客愁天遠詩無託，吏案山横睡有媒。"陸游劍南詩稿十二遣興:"酒盃不解爲愁敵，書卷纔開作睡媒。"

【睡蓮】植物名。初秋開花，重瓣，晝開夜下垂若睡，故稱。見唐段成式酉陽雜俎十九草、清屈大均廣東新語二七草睡蓮。

【睡鴨】古代一種香爐，造型爲鳧鴨入睡狀，故名。中空可以焚香，煙從口出，以爲玩好。唐李商隱李義山詩集五促漏:"舞鸞鏡匣收殘黛，睡鴨香爐換夕熏。"

【睡魔】人疲乏時，急遽欲睡，詩文中比方爲由於魔力催促，稱爲睡魔。宋李覯直講李先生文集三七答丘寺丞示月蝕詩:"一夜吟公月蝕詩，睡魔驚走醉魂飛。"蘇軾東坡集續集二贈包安静先生之二:"建茶三十斤，不審味如何?奉贈包居士，僧房戰睡魔。"

睢

1\. suī 息遺切，平，脂韻，心。
ㄙㄨㄟ 香季切，去，至韻，曉。

㊀水名。左傳成十五年:"出舍于睢上。"見"睢水"。㊁恣意。詳"恣睢"。

2\. huī 許規切，平，支韻，曉。
ㄏㄨㄟ 許維切，平，脂韻，曉。

㊂仰目視貌。詳"睢₂睢"。㊃見"睢₂盱"、"睢₂瞁"。

【睢水】古水名。也名睢河。爲古蒗蕩渠的支津。史記項羽紀:"楚又追擊至靈壁東睢水上。"正義引括地志云:"睢水首受浚儀縣莨蕩水，東經取慮，入泗。過郡四，行千二百六十里。"今上游自河南睢縣以上，爲惠濟河道所佔，在杞縣陳留之間，更有一支入惠濟河，餘俱湮；下游在安徽蕭縣宿縣靈壁宿遷泗縣等地，若斷若續，入於淮水。

【睢州】地名。春秋宋地。秦置襄邑縣。宋都開封，崇寧間建四輔州，以此爲東輔，改名拱州。金天德三年改名睢州，以水經睢口而名。宋元皆以襄邑爲州治。明省襄邑，併爲睢州。明清皆屬歸德府。公元1913年改爲睢縣。參閱寰宇通志八三開封府上。

【睢$_2$盱】㊀仰視貌。文選漢張平子(衡)西京賦："迾卒請候，武士赫怒。緹衣韎韐，睢盱拔扈。"唐大詔令集一二五中和四年平楊師立詔："據蛙井以睢盱，固牛涔而旅拒。"㊁朴素貌。文選漢王文考(延壽)魯靈光殿賦："鴻荒朴略，厥狀睢盱。"參見"睢$_2$睢$_2$盱盱㊀"。㊂喜悦貌。易豫"六三，盱豫悔"唐孔穎達疏："盱謂睢盱。睢盱者，喜説之貌。"宋朱熹朱文公集二六與袁寺丞書："今行年五十，乃復變其所守，爲睢盱，以求苟免於譴辱。"

【睢苑】卽梁苑。全唐詩四四張大安奉和別越王："離襟愴睢苑，分途指鄴城。"也名睢園。唐王勃王子安集五滕王閣詩序："睢園綠竹，氣凌彭澤之樽；鄴水朱華，光照臨川之筆。"參見"梁苑"。

【睢$_2$剌】謂乖剌。喻禍亂。文選漢張平子(衡)南都賦："方今天地之睢剌，帝亂其政，豺虎肆虐，真人革命之秋也。"

【睢陵】古縣名。漢置，屬臨淮郡。北齊廢。卽今江蘇睢寧縣地。見漢書地理志上、嘉慶一統志一〇一徐州府二古蹟。

【睢陽】地名。春秋宋地，周初微子封國。秦爲睢陽縣，屬碭郡，以位於睢水之陽而名。漢屬梁國。隋開皇間改名宋城，爲宋州治所，當汴渠之衝要。唐置郡，改縣爲宋城，至德二載安慶緒遣將攻城，張巡許遠合力固守，援乏城陷，皆不屈死，卽此。故城在今河南商丘縣南。參閱漢書地理志下、元和郡縣志七宋州。

【睢$_2$睢$_2$】仰目視貌。漢書五行志中之下："(雉)飛集於庭，歷階登堂，萬衆睢睢，驚怪連日。"

【睢寧】縣名。屬江蘇省，漢置睢陵縣，屬臨淮郡，以地臨睢水而名。金興定二年改置睢寧縣，屬南京路泗州。清屬江蘇徐州府。參閱金史地理志中、嘉慶一統志一〇一徐州府一。

【睢$_2$瞗】驚視貌。古文苑四揚雄蜀都賦："龍睢瞗兮羅布列，枚孤施兮纖繳出。"

【睢陽曲】樂曲名。宋書樂志一："(梁)孝王築睢陽城，方十二里，造倡聲，以小鼓爲節，築者下杵以和之。後世謂此聲爲睢陽曲。"

【睢$_2$睢$_2$盱盱】㊀天地未闢前，元氣渾朴貌。文選漢揚子雲(雄)劇秦美新："權輿天地未袪，睢睢盱盱。"㊁橫暴貌。莊子寓言："而睢睢盱盱，而誰與居。"注："睢睢盱盱，跋扈之貌，人將畏難而疏遠。"

睭 zhǒu ㄓㄡˇ

見下。

【睭睭】深貌。淮南子兵略："深哉睭睭，遠哉悠悠。"

睨 nì ㄋㄧˋ 五計切，去，霽韻，疑。

㊀斜視。左傳哀十三年："旨酒一盛兮，余與褐之父睨之。"禮中庸："執柯以伐柯，睨而視之，猶以爲遠。"㊁偏斜。莊子天下："日方中方睨，物方生方死。"參見"倪㊅"。

睥 pì ㄆㄧˋ 匹詣切，去，霽韻，滂。

見下。

【睥睨】也作"俾倪"、"辟倪"、"埤院"。㊀斜視。後漢書四九仲長統傳："消搖一世之上，睥睨天地之間。"參見"俾$_2$倪㊀"。㊁占察，窺伺。北齊顏之推顏氏家訓誡兵："睥睨宮閫，幸災樂禍。"㊂城上短牆。初學記二四南朝梁王筠和新渝侯巡城詩："罘罳分曉色，睥睨生秋霧。"參見"埤$_2$堄"。㊃皇帝車杠。見"俾$_2$倪㊂"。

睩 lù ㄌㄨˋ 盧谷切，入，屋韻，來。

視貌。楚辭宋玉招魂："蛾眉曼睩，目騰光些。"

【睩睩】謹視貌。楚辭漢王逸九思憫上："哀世兮睩睩，諓諓兮嗌喔。"

睪 1. yì 羊益切，入，葉韻，喻。
ì 尼輒切，入，葉韻，娘。

㊀伺視，偵伺。見説文。

2. zé ㄗㄜˊ

㊁通"澤"。見"睪$_2$芷"。

3. gāo ㄍㄠ

㊂高貌。也寫作"睾"。通"皋"。孔子家語困誓："自望其廣，則睪如也。"荀子大略作"皋如"。㊃陰丸。靈樞經經脈："經脛上睪結于莖。"

4. hào ㄏㄠˋ

㊄通"皡"。見"睪$_4$睪$_4$"。

【睪$_3$牢】牢籠，籠絡。荀子王霸："睪牢天下而制之，若制子孫。"注："言盡牢籠天下也。"後漢書六十馬融傳廣成頌"皋牢陵山"注引荀子作"皋牢"。

【睪$_2$芷】香草。荀子正論："乘大路趨越席以養安，側載睪芷以養鼻。"史記禮書作"臭茝"。

【睪$_4$睪$_4$】廣大貌。荀子解蔽："睪睪廣廣，孰知其德。"

睘 qióng ㄑㄩㄥˊ

"瞏"之俗字。見"瞏"。

九　畫

瞀 mào ㄇㄠˋ 莫候切，去，候韻，明。
莫角切，入，覺韻，明。

㊀眼睛昏花。莊子徐无鬼："予適有瞀病。"㊁垂目謹視。見"瞀瞀㊀"。㊂錯亂，紊亂。楚辭屈原九章惜誦："申侘傺之煩惑兮，中悶瞀之忳忳。"㊃愚昧。見"溝瞀"。㊄昏暗。文選南朝宋顏延年(延之)北使洛詩："陰風振涼野，飛雪瞀窮天。"㊅披髮。淮南子道應："於是乃去其瞀而載之木。"

【瞀光】古隱士，卽務光。莊子讓王作"瞀光"。參見"務光"。

【瞀芮】小蟲名。莊子至樂："瞀芮生乎腐蠸。"埤雅十一蚊："蓋蚋喜亂飛，似蚊而小……一名瞀芮。"

【瞀亂】㊀昏亂。文選戰國楚宋玉九辯："慷慨絶兮不得，中瞀亂兮迷惑。"㊁紊亂，紛亂。南史張貴妃傳："閹宦便佞之徒，內外交結，轉相引進。賄賂公行，賞罰無常，綱紀瞀亂矣。"

【瞀瞀】㊀垂目謹視貌。荀子非十二子："綴綴然，瞀瞀然，是弟子之容也。"注："瞀瞀然，不敢正視之貌。"㊁昏昧貌。南朝梁何遜何水部集七召："至乃喀喀死于道邊，瞀瞀填于溝壑。"何記室集作"貿貿"。

【瞀儒】愚昧無知的儒生。荀子非十二子："世俗之溝猶瞀儒，嚾嚾然不知其所非也。"注："瞀，闇也。"按儒效篇作"溝瞀"，楚辭九辯作"怐愗"，漢書五行志作"傋霿"，説文作"穀瞀"，皆以聲爲義，猶爲衍文。見清王先謙集解。參見"溝瞀"。

睿 ruì ㄖㄨㄟˋ 以芮切，去，祭韻，喻。

通達；明智。同"叡"。書洪範："思曰

睿，……睿作聖。」後常用爲稱頌皇帝的套語。參見「叡」。

【睿木】指神靈的美木。藝文類聚八八晉郭璞甘水聖木讚：「醴泉睿木，養齡盡性，增氣之和，袪神之冥，何必生知，然後爲聖。」

【睿化】封建臣下稱皇帝所施之教化。藝文類聚十四南朝梁沈約賀齊明帝登祚啓：「伏惟陛下，大聖在躬，……道風遐被，睿化神行。」唐王勃王子安集十一拜南郊頌序：「雖睿化無方，比神圖而絕唱，而小臣不佞，撫洪筆而當仁。」

【睿哲】聖明。用作對皇帝的敬詞。文選漢張平子(衡)東京賦：「睿哲玄覽，都茲洛宮。」唐魏徵魏鄭公集奉和正日臨朝應制詩：「百靈侍軒后，萬國會塗山，豈如今睿哲，邁古獨光前。」

【睿陵】陵墓名。1. 五代漢劉知遠(高祖)陵。在河南登封縣東測景臺左。見舊五代史漢高祖紀下。2. 金阿骨打(太祖)陵。在北京房山縣西北大房山。見金史太祖紀皇統四年。

【睿圖】㊀稱皇帝的圖謀、規畫。隋書音樂志下文舞辭：「皇矣上帝，受命自天。睿圖作極，文教遐宣。」舊唐書一五七王彥威傳：「臣謬司邦計，虔奉睿圖，輒纂事功，庶裨聖覽。」㊁指孔子的圖像。文選南朝宋顏延年(延之)皇太子釋奠會作：「虞庠飾館，睿圖炳睟。」

【睿藻】稱皇帝及后妃所作的詩文。唐宋之問集下夏日仙萼亭應制詩：「睿藻光岩穴，宸襟洽薜蘿。」

【睿覽】猶言聖覽。文苑英華二五唐錢起蓋地圖賦：「廣豎亥之遐步，資重華之睿覽。」

瞇 mì 集韻 彌計切，去，霽韻。ㄇㄧˋ

目微合貌。見「瞇瞇」。

【瞇瞇】雙目微合。謂細視。明湯顯祖牡丹亭尋夢：「是這等荒涼地面，沒多半亭臺靠邊，好是咱瞇瞇色眼尋難見，明放著白日青天。」

睚 yǎo 集韻 伊鳥切，上，篠韻。ㄧㄠˇ

見下。

【睚眇】深遠分散貌。文選晉木玄虛(華)海賦：「朱𦣌綠煙，睚眇蟬蜎。」

睽 kuí 苦圭切，平，齊韻，溪。ㄎㄨㄟˊ

㊀違背，乖離。莊子天運：「三皇之知，上悖日月之明，下睽山川之精，中墮四海之施。」漢揚雄法言重黎：「守失其微，天下孤睽。」注：「睽猶乖離也。」㊁周易卦名。☲☱兌下離上。疏：「睽者，乖異之名。」㊂見「睽睽」。

【睽合】離合。宋書謝靈運傳山居賦：「信荒極之綿眇，究風波之睽合。」文選南朝梁陸佐公(倕)新刻漏銘：「不謬圭撮，無乖黍累，又可以校運筭之睽合，辨分天之邪正。」

【睽孤】乖離而獨處。易睽：「九四，睽孤，遇元夫。」漢書諸侯王表：「(諸侯)小者淫荒越法，大者睽孤橫逆，以害身喪國。」

【睽索】分散。宋蘇舜欽蘇學士集四送閔永言赴彭門詩：「一旦又睽索，千里成闊疎。」

【睽罛】高峻深邃貌。文選漢張平子(衡)西京賦：「駁娑駘盪，燾奡桔桀；枍詣承光，睽罛庨豁。」唐顏真卿顏魯公文集十三梁吳興太守柳惲西亭記：「豁達其外，睽罛其中，雲軒水閣，當亭無暑。」

【睽違】差失，分離。漢書唐顏師古序例：「匡正睽違，激揚鬱滯。」唐姚合姚少監集四寄陝府內兄郭冏端公詩：「睽違逾十年，一會豁素誠。」參見「睽違」。

【睽睢】張目貌。文選漢王文考(延壽)魯靈光殿賦：「仡欺㹮以鵰䀮，顤顟顠而睽睢。」

【睽睽】張目注視貌。唐韓愈昌黎集十四鄆州谿堂詩序：「而公承死亡之後，掇拾之餘，剝膚椎髓，公私掃地赤立，新舊不相保持，萬目睽睽，公於此時，能安以持之，其功爲大。」

【睽疑】離散疑異。建炎以來繫年要錄九建炎元年九月宗澤請車駕還京師表：「獨懷忠憤，糾進義兵，力抗敵鋒，率多俘馘，然久闕王師之助援，已深民庶之睽疑。」

【睽離】分離，離散。世說新語文學：「桓玄下都，羊孚……從京來詣門，牋云：『自頃世故睽離，心事淪蘊，明公啓晨光於積晦，澄百流以一源。』」唐韓愈昌黎集二二祭郴州李使君文：「念睽離之在期，謂此會之難文。」

【睽攜】分離。文選南朝宋謝靈運南樓中望所遲客詩：「即事怨睽攜，感物方悽感。」

【睽車志】宋郭彖撰。六卷。皆記鬼怪神異之事。易睽有「載鬼一車」語，故書取睽車爲名。

瞁 xù 呼臭切，入，錫韻，曉。ㄒㄩˋ 許役切，入，昔韻，曉。

驚視貌。見下。

【瞁睞】驚視貌。宋文鑑七周邦彥汴都賦：「觀土木之妙，冠蓋之富，煒爗煥爛，心駴神悸，瞁睞而不敢進。」

睼 tiàn 他甸切，去，霰韻，透。ㄊㄧㄢˋ

視。文選漢班孟堅(固)東都賦：「弦不睼禽，轡不詭遇。」又張平子(衡)思玄賦：「覩所睼而弗識兮，矧幽冥之可信。」

暖 xuān 況晚切，上，阮韻，曉。ㄒㄩㄢ

大目。唐韓愈昌黎集四陸渾山火和皇甫湜用其韻詩：「齒牙嚼齧舌腭反，電光磹頳目暖。」

睮 yū 集韻 容朱切，平，虞韻。ㄩ

見下。

【睮睮】諂媚貌。文選漢韋孟諷諫詩：「睮睮諂夫，諤諤黃髮。」

睺 hóu 戶鉤切，平，侯韻，匣。ㄏㄡˊ

半盲。見方言十二。一曰深目。見集韻。

瞍 sǒu 蘇彫切，平，蕭韻，心。ㄙㄡˇ

沒有眼珠而看不見東西；瞎子。詩大雅靈臺：「鼉鼓逢逢，矇瞍奏公。」

瞂 fā 房越切，入，月韻，並。ㄈㄚ

古兵器名。逸周書王會：「鮫瞂利劍爲獻。」晉孔晁注：「瞂，盾也，以鮫皮作之。」也作「馺」。文選漢張平子(衡)西京賦：「植鍛縣馺，用戒不虞。」按方言九作「瞂」，詩秦風小戎作「伐」，史記孔子世家作「撥」，蘇秦傳作「吷」，皆爲通假字。

睾 gāo ㄍㄠ

㊀俗「皋」、「臯」字。列子天瑞：「望其壙睾如也。」參閱唐顏元孫干祿字書。㊁見「睾丸」。

【睾丸】男子及雄性動物生殖器官的一部分。外腎，精巢。俗作「睪」。靈樞經邪氣藏腑病形篇：「小腸病者，小腹痛，腰脊控睾而痛。」

十畫

瞥 yíng 戶扃切，平，青韻，匣。ㄧㄥˊ

迷惑。淮南子原道：「今人之所以眭然能視，瞥然能聽。」瞥，本作「瞥」。參閱清段玉裁說文解字注「瞥」。

瞎 xiā 許鎋切，入，鎋韻，曉。ㄒㄧㄚ

㊀一目閉合。十六國春秋前秦苻生：「吾

聞瞎兒一淚，信乎？"㊁目盲。唐孟郊孟東野詩集七寄張籍詩："西明寺後窮瞎張大祝，縱爾有眼誰爾珍。"引申爲盲目行事。清李玉清忠譜四："堪輿本行，全憑瞎闖。"

【瞎摸魚】兒童游戲名。類似今之捉迷藏。明沈榜宛署雜記十七民風一瞎摸魚："羣兒牽繩爲圓城，空其中方丈。城中輪著二兒，各用帕厚蒙其目如瞎狀。一兒手執木魚，時敲一聲，而旋易地以誤之。一兒候聲往摸，以巧遇奪魚爲勝。"

【瞎字不識】宋馬永卿嬾真子四："魯臧武仲名紇，孔子之父，鄹人，紇乃叔梁紇也，皆音恨發反，而世人多呼爲核。有一說，唐蕭穎士輕薄，有同人誤呼武仲名，因曰：汝紇字也不識。或以爲瞎字也不識，誤矣。"俗諺譏人之不識字者爲瞎字不識。

⿰目差 chá ㄔㄚˊ

淮南子原道："所謂天者，純粹樸素，質直皓白，未始有與雜糅者也。所謂人者，偶⿰目差智故，曲巧僞詐，所以俛仰於世人，而與俗交者也。"按偶⿰目差對純粹言，⿰目差與"差"同，舛錯之義。

瞑 1. míng 莫經切，平，青韻，明。ㄇㄧㄥˊ

㊀閉目。左傳文元年："謚之曰靈，不瞑，曰成，乃瞑。"疏："桓譚以爲：自縊而死，其目未合，尸冷乃瞑，非由謚之善惡也。"㊁目力昏花。晉書山濤傳乞退疏："臣耳目聾瞑，不能自勵，君臣父子，其間無文，是以直陳愚情，乞聽所請。"

2. mián 莫賢切，平，先韻，明。ㄇㄧㄢˊ

㊂假寐，小睡。通"眠"。莊子知北遊："神農隱几闔户晝瞑，妸荷甘日中奓户而入。"

3. miàn 莫甸切，去，霰韻，明。ㄇㄧㄢˋ

㊃見"瞑₃眩"。

【瞑弓】弓名。新唐書二二二上南蠻傳："永昌之西，野桑生石上，其林上屈兩向而下植，取以爲弓，不筋漆而利，名曰瞑弓。"殿本"林"作"材"。

【瞑目】㊀閉目。六韜龍韜軍勢："是以疾雷不及掩耳，迅電不及瞑目。"漢王充論衡死僞："(精魂)安能復入身中，瞑目闔口乎？"㊁喻死而無憾。後漢書二四馬援傳："常恐不得死國事，今獲所願，甘心瞑目。"文選南朝梁劉孝標(峻)廣絶交論："及瞑目東粵，歸骸洛浦，繐帳猶懸，門罕漬酒之彦；墳未宿草，野絶動輪之賓。"

【瞑臣】眼睛失明之臣。逸周書太子晉："師曠不可，曰：請使瞑臣往與之言。"注："師曠，晉大夫。無目，故稱瞑。"

【瞑₃眩】頭暈目眩。書說命上："若藥弗瞑眩，厥疾弗瘳。"疏："瞑眩者，令人憤悶之意也。方言云：凡飲藥而毒，東齊海岱間或謂之瞑，或謂之眩。郭璞云：瞑眩亦通語也。"也喻以逆耳之言規勸人過。漢荀悅申鑒雜言："殷高宗能葺其德，樂瞑眩以瘳疾。"

【瞑₂菜】卽綽菜。又名睡菜、醉草、懶婦箴。晉嵇含南方草木狀上："綽菜，夏生於池沼間，葉類茨菰，根如藕條，南海人食之，云令人思睡，呼爲瞑菜。"參閱本草綱目二八睡菜。

【瞑瞑】昏暗迷亂。荀子非十二子："酒食聲色之中，則瞞瞞然，瞑瞑然。"注："瞑瞑，視不審之貌。"

瞌 kē 集韻克盍切，入，盍韻。ㄎㄜ

欲睡貌。唐白居易長慶集八自望秦赴五松驛馬上偶睡睡覺成吟詩："體倦目已昏，瞌然遂成睡。"

【瞌睡】困倦而思睡。景德傳燈錄二八師備大師："滿目覷不見，滿耳聽不聞，此兩處不省得，便是瞌睡漢。"宋朱敦儒樵歌下木蘭花慢詞："飯飽酒香，瞌睡之時知上牀。"

瞋 chēn 昌真切，平，真韻，穿。ㄔㄣ

㊀張目。見"瞋目"。㊁怒。同"嗔"。南史范曄傳："曄問曰：'汝瞋我邪？'(子)藹曰：'今日何緣復瞋，但父子同死，不能不悲耳。'"宋書曄傳作"恚"字。參見"嗔㊁"。

【瞋目】㊀猶張目。莊子秋水："鴟鵂夜撮蚤，察毫末；晝出，瞋目而不見丘山。"㊁猶怒目。史記八六荆軻傳："復爲羽聲忼慨，士皆瞋目，髮盡上指冠。"

【瞋面戲】雜戲名。文獻通考一四七樂考二十散樂百戲："瞋面戲。唐有此戲。其狀以手舉足加頸上。時劉吃陁奴能不用手而脚自加頸，何其妙邪！"

⿰目䍃 yǎo 以沼切，上，小韻，喻。ㄧㄠˇ

視貌。文選晉木玄虛(華)海賦："羣妖遘迕，眇⿰目䍃冶夷。"

⿰目脩 tī 他歷切，入，錫韻，透。ㄊㄧ

失意視貌。文選晉左太沖(思)魏都賦："吳蜀二客矆焉相顧，⿰目條焉失所。"⿰目條，說文解字繫傳引作"⿰目脩"。

瞏 qióng 渠營切，平，清韻，羣。ㄑㄩㄥˊ

驚視貌。見說文。俗作"睘"，古籍中多用之。素問診要經終論："少陽終者，耳聾，百節皆縱，目睘絶系。"

【瞏瞏】孤獨無所依。詩唐風杕杜："獨行瞏瞏，豈無他人。"釋文："瞏本亦作煢，又作焭。"參閱清陳啓源毛詩稽古編杕杜(清經解十五)。

十一畫

瞚 shùn 舒閏切，去，稕韻，審。ㄕㄨㄣˋ

目動，眨眼。同"瞬"、"眴"。莊子庚桑楚："終日視而目不瞚，偏不在外也。"呂氏春秋安死："夫死，其視萬歲猶一瞚也。"

⿰目窒 dīe 丁結切，入，屑韻，端。ㄉㄧㄝ

見下。

【⿰目窒⿰目血】惡貌。宋吳處厚青箱雜記四："人之心相，外見於目，……盱睢⿰目窒⿰目血者，惡性人也。"

⿰目郭 huò 虛郭切，入，鐸韻，曉。ㄏㄨㄛˋ

見"瞑⿰目郭"。

瞝 chī 集韻抽知切，平，支韻。ㄔ

遍看，環視。史記八四賈生傳弔屈原賦："瞝九州而相君兮，何必懷此都也。"漢書作"歷"。

⿰目旋 xuán 似宣切，平，仙韻，邪。ㄒㄩㄢˊ

見下。

【⿰目旋⿰目旋】目美好貌。同"嫙"。靈樞經通天："陰陽和平之人，其狀委委然，隨隨然，顒顒然，愉愉然，⿰目旋⿰目旋然，豆豆然。"

瞡 guī 律恚切，去，寘韻，見。ㄍㄨㄟ 居悸切，去，至韻，見。

視貌。見廣韻。

【瞡瞡】拘泥淺陋貌。荀子非十二子："學者之嵬容，……莫莫然，瞡瞡然。"

瞙 mò 慕各切，入，鐸韻，明。ㄇㄛˋ

目病。俗以目瞖曰瞙。唐釋慧琳一切經音義六一毘奈耶律三一眼瞙："韻詮曰：瞙，眼病也。文字典說云：如皮間膜也，從目。"

瞢 1. méng 莫中切，平，東韻，明。ㄇㄥˊ 武登切，平，登韻，明。

㊀直視不審。文選漢王子淵(褒)洞簫賦:"魚瞰雞睨,垂喙蛩轉,瞪瞢忘食。"㊁昏暗。楚辭屈原天問:"冥昭瞢闇。"㊂煩悶。左傳襄十四年:"不與於會,亦無瞢焉。"㊃羞慚。國語晉三:"臣得其志,而使君瞢,是犯也。"

2. mèng 莫鳳切,去,送韻,明。
ㄇㄥˋ

同"夢"。㊄做夢。晏子春秋諫上:"(齊)景公舉兵將伐宋,師過泰山,公瞢見二丈夫立而怒,其怒甚盛。"㊅古澤名。即雲夢。周禮夏官職方氏:"正南曰荊州,其山鎮曰衡山,其澤藪曰雲瞢。"漢書一〇〇上敘傳:"子文初生,棄於瞢中,而虎乳之。"左傳宣四年作"夢中"。參見"雲夢"。

【瞢瞢】昏晦,暗昧。漢揚雄太玄經六瞢:"物失明貞,莫不瞢瞢。"唐韓愈昌黎集六贈別元十八協律之一:"瞢瞢莫訾省,默默但寢飯。"

【瞢騰】謂神志不清,朦朧迷糊。同"懵騰"。唐韓偓玉山樵人集格卑詩:"惆悵後塵流落盡,自抛懷抱醉瞢騰。"唐宋諸賢絕妙詞選五宋晁叔用如夢令春情:"牆外轆轤金井,驚夢瞢騰初省。"

瞞 1. mán 母官切,平,桓韻,明。
ㄇㄢˊ

㊀閉目貌。逸周書寶典:"淺薄閒瞞,其謀乃獲。"㊁隱藏實情。唐寒山子詩之二〇八:"我見瞞人漢,如籃盛水走。"㊂姓。左傳哀十六年有瞞成,後訛變爲"滿"。見風俗通姓氏下。

2. mén 集韻 謨奔切,平,魂韻。
ㄇㄣˊ 母版切,上,潸韻。

㊃慚愧。莊子天地:"子貢瞞然慙,俯而不對。"㊄宋元時口語,用同"們"。宋沈瀛竹齋詞醉鄉曲:"說與賢瞞,這軀殼,安能久仗憑。"

【瞞瞞】神志昏亂貌。荀子非十二子:"酒食聲色之中,則瞞瞞然,瞑瞑然。"

【瞞心昧己】指行事姦詐,違背良心。古今名劇元岳伯川鐵拐李三:"我想這做屠户的雖是殺生害命,還强似俺做吏人的瞞心昧己、欺天害人也。"

【瞞天昧地】昧心欺人。古今雜劇缺名鬧銅臺一:"我那日離山營,到銅城,見倉官壞法胡行徑,專瞞天昧地不公平。"

【瞞天過海】極言欺騙手段,無所不至。明阮大鋮燕子箋七購倖:"我做提控最有名,瞞天過海無人問,今年大比期又臨,嗏,只要賺幾貫銅錢養阿正。"

【瞞上不瞞下】指通同作弊,不使消息上聞。古今雜劇闕名梁山七虎鬧銅臺一:"升斗上面尅除粮,一心瞞上不瞞下。"儒林外史四:"方才有幾個教親共備了五十斤牛肉,請一位老師父求我,說是要斷盡了,他們就没有飯喫,求我略寬鬆些,叫做瞞上不瞞下。"

瞟 piǎo 撫招切,平,宵韻,滂。
ㄆㄧㄠˇ 敷沼切,上,小韻,滂。

㊀目病。唐釋玄應一切經音義十八鞞婆沙論五"若瞟"注:"目病也。"㊁邪視。金瓶梅五八:"他伴打耳挣的不理我,還拏眼兒瞟着我。"

【瞟眇】視不分明貌。文選漢王文考(延壽)魯靈光殿賦:"忽瞟眇以響像,若鬼神之髣髴。"

䝤 lì 郎計切,去,霽韻,來。
ㄌㄧˋ

伺視。方言十:"䁦、䝤、闚、貼、占,伺視也。凡相竊視,南楚謂之闚,……或謂之䝤。"也作"䝤"。文選晉郭景純(璞)江賦:"爾乃䝤雰祲於清旭,覘五兩之動靜。"

瞖 yì 於計切,去,霽韻,影。
ㄧˋ

眼疾。指眼珠所生的白膜。宋史二四三謝皇后傳:"后生而黧黑,瞖一目。"古字作"翳",見唐釋玄應一切經音義一翳目。

瞠 chēng 丑庚切,平,庚韻,徹。
ㄔㄥ

張目直視。莊子田子方:"顏淵問於仲尼曰:'夫子步亦步,夫子趨亦趨,夫子馳亦馳,夫子奔逸絕塵,而回瞠若乎後矣。'"

【瞠目】張目直視。宋陸游劍南詩稿三十醉歌詩:"醉倒村路兒扶歸,瞠目不記問是誰。"

【瞠眼】五代周天平軍節度使韓通爲京城巡檢,性剛而寡謀,肆威虐,時人謂之韓瞠眼。趙匡胤陳橋兵變,通爲亂兵所殺。見宋司馬光涑水紀聞一。

䁟 qì 七計切,去,霽韻,清。
ㄑㄧˋ 丑例切,去,祭韻,徹。
初八切,入,黠韻,初。

視,察。文選南朝宋顏延年(延之)贈王太常詩:"聆龍䁟九淵,聞鳳窺丹穴。"

【䁟惠】觀賞贊美。文選魏嵇叔夜(康)琴賦:"輕行浮彈,明嫿䁟惠。"

瞛 cōng 集韻 七恭切,平,鍾韻。
ㄘㄨㄥ

目光亮貌。文選晉張景陽(協)七命:"有圓文之犴,斑題之䶂,鼓鬣風生,怒目電瞛。"

十二畫

瞥 piē 普蔑切,入,屑韻,滂。
ㄆㄧㄝ

㊀過目,眼光掠過。淮南子說林:"鼈無耳而目不可以瞥,精於明也。"後漢書五九張衡傳思玄賦:"遊塵外而瞥天兮,據冥翳而哀鳴。"㊁暫現。文選晉潘安仁(岳)河陽縣作詩之一:"熲如槁石火,瞥若截道飇。"注:"張衡舞賦曰:瞥若電滅。"後漢書八十下禰衡傳孔融薦衡疏:"目所一見,輒誦於口,耳所瞥聞,不忘於心。"

【瞥列】迅疾貌。全唐文六九〇符載江陵陸侍御宅讌集觀張員外畫松石圖:"𢷎霍瞥列,毫飛墨噴。"也作"瞥裂"。唐柳宗元柳先生集四三行路難之一:"披霄決漢出沆漭,瞥裂左右遺星辰。"

【瞥記】清梁玉繩撰,七卷。卷一、二爲經,三、四爲史,五爲子,六爲詩文,七爲雜事,皆爲讀書有得所作考釋之文。

【瞥眼】猶轉眼。比喻時間飛逝。唐杜甫杜工部草堂詩箋三七解憂:"呀坑瞥眼過,飛櫓本無蒂。"

【瞥瞥】謂暫現。楚辭漢王逸九思守志:"日瞥瞥兮西没,道遐迥兮阻嘆。"全唐詩九五沈佺期入少密溪:"遊魚瞥瞥雙釣童,伐木丁丁一樵叟。"

瞳 tóng 徒紅切,平,東韻,定。
ㄊㄨㄥˊ

㊀瞳孔。史記項羽紀:"舜目蓋重瞳子,又聞項羽亦重瞳子。"㊁無知直視貌。莊子知北遊:"汝瞳焉如新生之犢,而無求其故。"

【瞳人】瞳孔。視他人目,因其能映己像,故稱瞳人。唐李賀歌詩編一唐兒歌:"骨重神寒天廟器,一雙瞳人剪秋水。"又玄集上錄題作杜家唐兒歌。

【瞳矇】見"童蒙"。

瞵 lín 力珍切,平,真韻,來。
ㄌㄧㄣˊ 良刃切,去,震韻,來。

瞪眼看。文選晉左太沖(思)吳都賦:"鷹瞵鶚視。"又晉潘安仁(岳)射雉賦:"奮勁骹以角槎,瞵悍目以旁睞。"

【瞵盼】顧盼,瞻望。楚辭漢王褒九懷昭世:"流星墜兮成雨,進瞵盼兮上丘墟。"宋洪興祖補注:"瞵,力辰切,視貌。"

【瞵㻞】文彩繽紛。猶言斕斑。漢書八七上揚雄傳甘泉賦:"翠玉樹之青葱兮,璧馬犀之瞵㻞。"

瞰 kàn 苦濫切,去,闞韻,溪。
ㄎㄢˋ

㊀遠望。漢書八七上揚雄傳校獵賦:"東

瞰目盡，西暢亡厓。”㊁俯視。後漢書光武紀上：“遂圍之數十重，列營百數，雲車十餘丈，瞰臨城中。”

瞫 shěn 式任切，上，寑韻，審。
ㄕㄣˇ

㊀深視。見說文。㊁人名字。春秋晉有狼瞫。見左傳文二年。

瞭 liǎo 盧鳥切，上，篠韻，來。
ㄌㄧㄠˇ 洛蕭切，平，蕭韻，來。

㊀眼珠明亮。孟子離婁上：“胸中正，則眸子瞭焉。”㊁明。楚辭宋玉九辯：“堯舜之抗行兮，瞭冥冥而薄天。”宋洪興祖補注：“瞭音了，明也。一音杳。”

【瞭若指掌】指着自己手掌給別人看，形容十分明白清楚。宋史四二七道學傳序：“(周敦頤)作太極圖說通書，推明陰陽五行之理，命於天而性於人者，瞭若指掌。”

瞲 xuè 呼決切，入，屑韻，曉。
ㄒㄩㄝˋ

㊀驚視。荀子榮辱：“俄而粲然有秉芻豢稻粱而至者，則瞲然視之曰：‘此何怪也！’”注：“瞲然，驚視貌。”㊁暫視。見“睒瞲”。

瞤 shùn 如勻切，平，諄韻，日。
ㄕㄨㄣˋ

㊀目動。俗謂眼跳。舊題漢劉歆西京雜記三：“夫目瞤得酒食。”唐張文成遊仙窟：“昨夜眼皮瞤，今朝見好人。”㊁肌肉掣動。素問氣交變大論：“筋骨繇復，肌肉瞤酸。”

瞯 1. jiàn 集韻 居莧切，去，襉韻。
ㄐㄧㄢˋ

亦作“瞷”。㊀窺視。孟子離婁下：“王使人瞯夫子，果有以異於人乎？”注：“瞯，視也。”一本作“瞷”。

2. xián 戶閒切，平，山韻，匣。
ㄒㄧㄢˊ

㊁目上視。文選晉張景陽(協)七命：“眸瞯黑照，玄采紺發。”注：“說文曰：瞯，戴目也。”㊂英武貌。文選晉潘安仁(岳)馬汧督誄：“瞯然馬生，傲若有餘。”㊃姓。濟南有瞯氏。見史記酷吏傳。

瞪 dèng 宅耕切，平，耕韻，澄。
ㄉㄥˋ 直陵切，平，蒸韻，澄。
文證切，去，證韻，澄。

直視。文選漢王文考(延壽)魯靈光殿賦：“齊首目以瞪眄，徒脈脈而狋狋。”晉書郭文傳：“文瞪眸不轉，跨躡華堂如行林野。”後謂怒目直視爲瞪。

瞶 1. wèi 以醉切，去，至韻，喻。
ㄨㄟˋ

㊀目疾。見廣韻。

2. guì 居胃切，去，未韻，見。
ㄍㄨㄟˋ

㊁極視。見玉篇。㊂見“眊瞶”。

䁲 mái 莫佳切，平，佳韻，明。
ㄇㄞˊ

偷視。漢揚雄太玄經三衆：“師孕唁之，哭且䁲。”宋司馬光注引范(望)曰：“弔生曰唁，竊視稱䁲。”

瞬 shùn 舒閏切，去，稕韻，審。
ㄕㄨㄣˋ

同“眴”、“瞚”。㊀眨眼。六韜龍韜：“善者從而不擇，巧者一決而不猶豫，故疾雷不及掩耳，卒電不及瞬目。”(羣書治要)列子湯問：“技將終，倡者瞬其目，而招王之左右侍妾。”㊁一眨眼工夫，形容時間短暫。文選晉陸士衡(機)文賦：“觀古今於須臾，撫四海於一瞬。”

【瞬息】一眨眼一呼吸，形容極短的時間。晉陶潛陶淵明集五感士不遇賦序：“寓形百年而瞬息已盡，立行之難而一城莫賞，此古人所以染翰慷慨，屢伸而不能已者也。”魏書世祖紀正平二年下：“雅長聽察，瞬息之間，下人無以措其姦隱。”

瞧 qiáo 字彙 慈消切，音樵。
ㄑㄧㄠˊ

㊀目昏蒙。三國魏嵇康嵇中散集七難自然好學論：“覩文籍則目瞧，修揖讓則變傴，襲章服則轉筋，譚禮典則齒齲。”㊁看。陽春白雪後集五關漢卿雙調新水令：“怕別人瞧見咱，掩映在酴醾架。”

十三畫

瞽 gǔ 公戶切，上，姥韻，見。
ㄍㄨˇ

㊀目盲。莊子逍遙遊：“瞽者無以與乎文章之觀。”引申指沒有識別的能力。論語季氏：“未見顏色而言，謂之瞽。”㊁樂官。古代樂官多以瞽者爲之，因即以瞽官之稱。書胤征：“瞽奏鼓，嗇夫馳，庶人走。”詩周頌有瞽：“有瞽有瞽，在周之庭。”

【瞽史】官名。瞽，樂官；史，太史，掌陰陽記事。國語周上：“庶人傳語，瞽史教誨。”注：“瞽，樂太師。史，太史也，掌陰陽天時禮法之書，以相教誨者。”

【瞽言】謙詞，謂如瞽者無見之妄言。漢書八五谷永傳上對：“臣幸得備邊部之吏，不知本朝失得，瞽言觸忌諱，罪當萬死。”後漢書二八上桓譚傳：“臣前獻瞽言，未蒙詔報，不勝憤懣，冒死復陳。”

【瞽宗】殷代學宮名。周禮春官宗伯：“凡有道者有德者使教焉，死則以爲樂祖，祭於瞽宗。”注：“明堂位曰：‘瞽宗，殷學也；泮宮，周學也。’以此觀之，祭於學宮中。”參閱禮文王世子“禮在瞽宗，書在上庠”清孫希旦集解。

【瞽說】不合事理之謬論。漢書八五谷永傳：“此欲以政事過差丞相父子、中尚書宦官，檻塞大異，皆瞽說欺天者也。”注：“瞽說，言不中道，若無目之人也。”文選漢班叔皮(彪)王命論：“距逐鹿之瞽說，審神器之有授。”

【瞽瞍】舜父之別名。書大禹謨：“祗載見瞽瞍。”又堯典“瞽子”漢孔安國傳：“舜父有目不能分別好惡，故時人謂之瞽，配字曰瞍。”史記五帝紀作瞽叟。

【瞽矇】樂官名。周禮春官序官：“瞽矇上瞽四十人，中瞽百人，下瞽百又六十人。”注：“鄭司農(衆)云：無目眹謂之瞽，有目眹而無見謂之矇。”又宗伯：“瞽矇掌播鼗、柷、敔、塤、簫、管、弦、歌。”

【瞽議】妄議。猶瞽說。文苑英華六九四唐盧俌論突厥疏：“臣少慕文儒，不習軍旅，奇正之術，多媿前良，獻替是司，輕陳瞽議。”

䁾 miè 莫結切，入，屑韻，明。
ㄇㄧㄝˋ

目眶紅腫。俗作“𥌢”。急就篇四：“癉熱瘻痔眵䁾眼。”注：“䁾，目眥傷赤也。”

瞿 1. qú 其俱切，平，虞韻，羣。
ㄑㄩˊ

㊀兵器，戟屬。刃體無轉折，有孔可穿於柄上。書顧命：“一人冕，執瞿，立于西垂。”疏：“瞿，蓋今三鋒矛。”㊁姓。商器有瞿父鼎。以地爲氏。漢有漢南太守瞿茂。見漢應劭風俗通姓氏篇。

2. jù 九遇切，去，遇韻，見。
ㄐㄩˋ

㊂驚視貌。莊子徐无鬼：“子綦瞿然喜曰：‘奚若？’”漢書三五吳王濞傳：“膠西王瞿然駭曰：‘寡人何敢如是！’”㊃驚愕，驚悸。禮雜記下：“見似目瞿，聞名心瞿。”

【瞿上】古城名。在四川雙流縣東。相傳蠶叢氏所都。晉常璩華陽國志三蜀志：“後有王曰杜宇，……或治瞿上。”以孔子弟子商瞿曾居於此，亦稱商瞿里。參閱讀史方輿紀要六七成都府雙流縣。

【瞿如】鳥名。山海經南山經：“東五百里，曰禱過之山，……有鳥焉，其狀如鵁，而白首三足，人面，其名曰瞿如，其鳴自號也。”

【瞿所】相傳漢武帝遊上林，見一好樹，問東方朔，對曰："名善哉。"後數歲，復問朔，朔曰："名爲瞿所。"帝曰："何名與前不同也？"朔曰："人生爲兒，長爲老；昔爲善哉，今爲瞿所。萬物豈有定哉？"見太平廣記一七三東方朔引小説。

【瞿唐】峽名。在四川奉節縣東，又名廣溪峽夔峽，爲長江三峽之首。兩崖峻峭對峙，中貫一江，灩澦堆正當其口，於江心突兀而出。地當全蜀江路之門户，歷史上爲軍事上攻守必爭之地。參閱水經注三三江水、太平寰宇記一四八夔州奉節縣。

【瞿聃】佛陀與老子，爲佛道兩教宗奉的教主。宋劉克莊後村集四十用居後弟強甫韻詩之二："作飲中仙殊不惡，何須苦淡學瞿聃。"

【瞿曇】梵語音譯。也作喬達摩。佛教創始人釋迦牟尼，本迦毗羅城淨飯王子，姓瞿曇，字悉達多。見大般涅槃經十九梵行品五。後以瞿曇爲佛之代稱。宋蘇轍欒城集後集三還潁川詩："平生事瞿曇，心外知皆假。"

【瞿₂瞿₂】㊀驚視、神情不安貌。詩齊風東方未明："折柳樊圃，狂夫瞿瞿。"傳："瞿瞿，無守之貌。"禮檀弓上："既殯，瞿瞿如有求而弗得。"㊁謹慎、勤勉貌。詩唐風蟋蟀："好樂無荒，良士瞿瞿。"素問靈蘭祕典論："窘乎哉消者瞿瞿，孰知其要。"注："瞿瞿，勤勤也。"

【瞿鏞】清常熟人，字子雍。父紹基好購書，廣購宋元善本，築恬裕堂以藏之。鏞承父志，收藏宋元善本，積十餘萬卷，爲吳中最大藏書家，工金石文字，多所辨析。著有鐵琴銅劍樓藏書目録續金石萃編稿集古印譜等。參閱鐵琴銅劍樓藏書目録清宋翔鳳序。

【瞿式耜】公元 1590—1650 年。明常熟人，字起田。萬曆四十四年進士。崇禎初擢户科給事中。後坐事罷官廢居。福王立南京，起右僉都御史，巡撫廣西。與丁魁楚等擁立桂王。進東閣大學士，兼掌吏部事。及桂王奔全州，式耜自請留守桂林。清順治七年清兵攻桂林，城破與總督張同敞皆被執，不屈死。道光時，編其詩文章疏爲瞿忠宣公集十卷，第九卷爲式耜獄中所作浩氣吟，附張同敞所著別山遺稿。明史有傳。

【瞿景淳】明常熟人，字師道，號昆湖。嘉靖二十三年進士，授編修，典制誥。清正自持。累官禮部侍郎，兼翰林院學士。總校永樂大典，修嘉靖實録，以疾累乞歸，卒謚文懿。有制敕稿制科集詩文集。明史有傳。

【瞿硎先生】晉時隱者。姓名不詳。太和末，常居宣城郡界文脊山中，山有瞿硎，因以爲名。大司馬桓溫嘗往訪之，命伏滔爲之銘贊。見晉書隱逸傳。

【瞿曇悉達】天竺人。唐玄宗時官太史監，開元六年受詔譯佛曆，稱九執曆。並著有大唐開元占經一百十卷。見新唐書藝文志三、玉海十律歷歷法下唐九執歷。參見"開元占經"。

瞼 jiǎn 居奄切，上，琰韻，見。ㄐㄧㄢ

眼外皮。北史姚僧垣傳："(帝)至河陰遇疾，口不能言，瞼垂覆目，不得視。"參閱清鄭珍説文新附考二瞼。

瞻 zhān 職廉切，平，鹽韻，照。ㄓㄢ

㊀向上或向前看。詩邶風雄雉："瞻彼日月，悠悠我思。"㊁敬仰。見"瞻望㊁"。

【瞻仰】瞻望，仰視。詩大雅雲漢："瞻卬昊天，有嘒其星。"漢書八六師丹傳尚書令唐林疏："京師識者咸以爲宜復丹邑爵，使復朝請，四方所瞻卬也。"注："卬，讀曰仰。"卬、仰，古今字。

【瞻依】尊仰而親近之。詩小雅小弁："靡瞻匪父，靡依匪母。"箋："此言人無不瞻仰其父取法則者，無不依恃其母以長大者。"

【瞻笏】南宋朝拜儀式。宋陸游老學庵筆記二："紹興中，朝參止磬折遂拜，今閤門習儀，先以笏叩額拜，拜皆然，謂之瞻笏。"

【瞻烏】詩小雅正月："瞻烏爰止，于誰之屋。"傳："富人之屋，烏所集也。"疏："此視烏於所止，當止於誰之屋乎？以興視我民人所歸，亦當歸於誰之君乎？"後因以瞻烏比喻亂世流離失所的民人。梁書高帝紀上永元三年令："吾身籍皇家，曲荷先顧，受任邊疆，推轂萬里，眷言瞻烏，痛心在目。"文選南朝梁陸佐公(倕)石闕銘序："在齊之季，昏虐君臨，……民怨神怒，衆叛親離，踳地無歸，瞻烏靡託。"

【瞻望】㊀遠望。詩邶風燕燕："瞻望弗及，實勞我心。"陳書徐陵傳與楊遵彥書："吾奉違溫凊，仍屬亂離……瞻望鄉關，何心天地？"㊁仰望。後漢書六三杜喬傳："先是李固見廢，内外喪氣，羣臣側足而立，唯喬正色無所回橈，由是海内歎息，朝野瞻望焉。"

【瞻葛】複姓。世本宋景公時有大夫瞻葛祁。參閱通志二九氏族五複姓。

【瞻對】朝覲奏對。宋史四五七魏野傳上言："豈意天慈，曲垂搜引，……但以嘗嬰心疾，尤疎禮節，麋鹿之性，頓纓則狂，豈可瞻對殿墀，仰奉清燕。"

【瞻禮】瞻仰禮拜。景德傳燈録八無業禪師："後聞馬大師禪門鼎盛，特往瞻禮。"

【瞻前顧後】㊀兼顧前後，比喻作事謹慎，考慮周到。楚辭屈原離騷："瞻前而顧後兮，相觀民之計極。"後漢書五九張衡傳："向使能瞻前顧後，援鏡自戒，則何陷於凶患乎？"㊁指顧慮過多，行事猶豫不決。朱子語類八："且如項羽救趙，既渡，沈船破釜，持三日糧，示士必死無還心，故能破秦。若瞻前顧後，便做不成。"

【瞻雲就日】見"就日瞻雲"。

十四畫

矉 pín 必鄰切，平，真韻，幫。ㄆㄧㄣ

㊀恨而張目。説文："矉，恨張目也。从目，賓聲。詩曰：國步斯矉。"今詩大雅桑柔作"國步斯頻"。㊁皺眉。同"顰"。莊子天運："故西施病心而矉其里。"太平御覽三九二、七四一引作"嚬"。參見"嚬"。

【矉蹙】皺眉頭。莊子列禦寇"雖欲爲孤犢，其可得乎"晉郭象注："樂生者畏犧而辭聘，髑髏聞生而矉蹙。"參見"頻顣"。

矐 huò 許縛切，入，藥韻，曉。ㄏㄨㄛ

㊀驚視。同"矆"。見廣韻。㊁見"矐睒"。

【矐睒】㊀光色閃爍不定。文選晉木玄虛(華)海賦："呵歘掩鬱，矐睒無度。"㊁閃電。狀電光之疾，亦作"霍閃"。見清翟灝通俗編一天文霍閃。

矇 méng 莫紅切，平，東韻，明。ㄇㄥ

㊀盲，眼失明。見"矇瞍"。㊁盲人。樂官。國語楚上："史不失書，矇不失誦。"㊂愚昧無知。禮仲尼燕居："二三子既得聞此言也於夫子，昭然若發矇矣。"漢王充論衡量知："人未學問曰矇。"

【矇冒】昏闇冒昧。三國志蜀郤正傳釋譏："聞仲尼之贊商，感鄉校之益己，彼平仲之和羹，亦進可而替否，故矇冒瞽説，時有攸獻。"

【矇昧】㊀目不明。太平御覽七四〇漢蔡邕瞽師賦："夫何矇昧之瞽兮，心窮忽以鬱伊。"㊁指没有文明以前的原始狀態。同"蒙昧"。三國志蜀郤正傳釋誨："昔在鴻荒，矇昧肇初。"

【矇昬】目昏花不明。唐韓愈昌黎集一南山詩:"時天晦大雪,淚目苦矇昬。"

【矇瞍】㊀盲者。國語晉四:"矇瞍不可使視,嚚瘖不可使言。"楚辭屈原九章懷沙:"玄文處幽兮,矇瞍謂之不章。"㊁樂師。古以盲者任之。詩大雅靈臺:"鼉鼓逢逢,矇瞍奏公。"傳:"有眸子而無見曰矇,無眸子曰瞍。"箋:"凡聲,使瞽矇爲之。"宋蘇軾分類東坡詩二鳳翔八觀石鼓:"遂因鼓鼙思將帥,豈爲考擊煩矇瞍。"

【矇矇】模糊不分明。文選漢班孟堅(固)幽通賦:"吻昕寤而仰思兮,心矇矇猶未察。"漢書一〇〇上敍傳作"蒙蒙"。

䁪 mián 武延切,平,仙韻,明。
ㄇㄧㄢ

同"矊"。㊀瞳子黑。見方言二。㊁含情脈脈。楚辭宋玉招魂:"靡顏膩理,遺視䁪些。"注:"遺,竊視也;䁪,脈也……心中䁪脈,時時竊視。"

【䁪眇】凝眸遠視貌。文選晉郭景純(璞)江賦:"冰夷倚浪以傲睨,江妃含嚬而䁪眇。"

十五畫

䁾 miè 莫結切,入,屑韻,明。
ㄇㄧㄝ

目眶紅腫。本作"蔑"。呂氏春秋盡數:"處目則爲䁾爲盲。"注:"䁾,眵也。"釋名釋疾病:"目眥傷赤曰䁾;䁾,末也,創在目兩末也。"

矍 jué 居縛切,入,藥韻,見。
ㄐㄩㄝ

㊀驚惶、急視貌。文選漢班孟堅(固)東都賦:"主人之辭未終,西都賓矍然失容。"宋蘇軾分類東坡詩八湖上夜歸:"睡眼忽驚矍,繁燈鬧河塘。"㊁見"矍鑠"。

【矍踢】驚動貌。漢書八七上揚雄傳河東賦:"河靈矍踢,爪華蹈衰。"

【矍矍】㊀目不正貌。易震:"震索索,視矍矍。"疏:"矍矍,視不專之容。"㊁急迫。猶汲汲。唐柳宗元柳先生集十一故秘書郎姜君墓誌銘:"若君者,銀朱於始生,鐘鼎以及莊,不矍矍於進取,不施施於驕伉。"

【矍鑠】老而勇健。後漢書二四馬援傳:"時年六十二,帝愍其老,未許之。援自請曰:'臣尚能被甲上馬。'帝令試之。援據鞍顧眄,以示可用。帝笑曰:'矍鑠哉是翁也!'"注:"矍鑠,勇貌也。"

【矍相圃】在山東曲阜縣闕里西。禮射義:"孔子射於矍相之圃。"注:"矍相,地名也。樹菜蔬曰圃。"參閱後漢書郡國志二魯國、嘉慶一統志一六五兗州府曲阜縣學。

矎 xuān 火玄切,平,先韻,曉。
ㄒㄩㄢ 休正切,去,勁韻,曉。

㊀視。見廣雅釋詁一。㊁見下。

【矎䀹】直視。唐張志和玄真子中鶩鸃:"睢盱矎䀹察乎瞳。"

【矎矎】㊀眼花繚亂貌。文選漢王文考(延壽)魯靈光殿賦:"耳嘈嘈以失聽,目矎矎而喪精。"㊁目發亮,猶言炯炯。唐李觀李元賓文集六高宗夢得説賦:"言霏霏而無瑕,目矎矎而有光。"

十六畫

矐 huò 呵各切,入,鐸韻,曉。
ㄏㄨㄛ 虛郭切,入,鐸韻,曉。

目失明,使目失明。史記八六荆軻傳:"秦皇帝惜其(高漸離)善擊筑,重赦之,乃矐其目。"索隱:"一音角。説者云以馬屎燻令失明。"

矑 lú 落胡切,平,模韻,來。
ㄌㄨ

㊀視。見玉篇。㊁瞳子。眼珠。文選漢揚子雲(雄)甘泉賦:"玉女亡所眺其清矑兮,宓妃曾不得施其蛾眉。"注:"服虔曰:矑,目童子也。"漢書作"盧"。

十八畫

矔 guàn 古玩切,去,換韻,見。
ㄍㄨㄢ 古患切,去,諫韻,見。

瞪視,環顧。方言六:"梁益之間,瞋目曰矔,轉目顧視亦曰矔。"古文苑五漢劉歆遂初賦:"空下時而矔世兮,自命已之取患。"

十九畫

矗 chù 初六切,入,屋韻,初。
ㄔㄨ 丑六切,入,屋韻,徹。

㊀長直貌。文選晉左太沖(思)吳都賦:"橚矗森萃,蓊茸蕭瑟。"㊁聳立貌。唐杜牧樊川集一阿房宮賦:"蜂房水渦,矗不知乎幾千萬落。"㊂直率。北周衞元嵩元包經一:"語其義則矗然而不誣。"注:"直而不妄。"

【矗矗】高峻貌。漢書五七上司馬相如傳上林賦:"於是乎崇山矗矗,巃嵸崔巍。"

矖 xǐ 所綺切,上,紙韻,山。
ㄒㄧ 呂支切,平,支韻,來。

視,遠視。後漢書六十上馬融傳廣成頌:"目矖鼎俎,耳聽康衢。"文選南朝宋謝惠連七月七日夜詠牛女詩:"蹀足循廣除,瞬目矖曾穹。"

【矖曠】遠望。文選梁江文通(淹)雜體詩侍宴:"觴望分寰遂,矖曠盡郡甸。"一本作"矖目"。

矕 mǎn 武板切,上,潸韻,明。
ㄇㄢ

㊀視。後漢書六十上馬融傳廣成頌:"右矕三塗,左概嵩嶽。"㊁覆蓋。漢書一〇〇上敍傳答賓戲:"今吾子幸游帝王之世,躬帶冕之服,浮英華,湛道德,矕龍虎之文舊矣。"

二十畫

矙 kàn 集韻 苦濫切,去,闞韻。
ㄎㄢ

窺視。同"瞰"。孟子滕文公下:"陽貨矙孔子之亡也,而饋孔子蒸豚。"

矘 tǎng 他朗切,上,蕩韻,透。
ㄊㄤ

見下。

【矘眄】直視貌。後漢書三四梁冀傳:"爲人鳶肩豺目,洞精矘眄。"

矆 huò 許縛切,入,藥韻,曉。
ㄏㄨㄛ

驚視貌。同"䁟"。文選晉左太沖(思)魏都賦:"先生之言未卒,吳蜀二客矆焉相顧。"

二十一畫

矚 zhǔ 之欲切,入,燭韻,照。
ㄓㄨ

視,望。世説新語輕詆:"桓公(溫)入洛,過淮泗,踐北境,與僚屬登平乘樓,眺矚中原。"

【矚目】注視。同"屬目"。宋書張暢傳:"舉哀畢,改服著黃韋袴褶,出射堂簡人,音儀容止,衆皆矚目。"

矛　部

矛 máo 莫浮切,平,尤韻,明。
ㄇㄠˊ

㊀兵器名。長柄,有刃,用以刺敵。長兩丈的叫酋矛,兩丈四尺的叫夷矛,三叉的叫厹矛。書牧誓:“稱爾戈,比爾干,立爾矛。”㊁星名。見“矛盾㊁”。

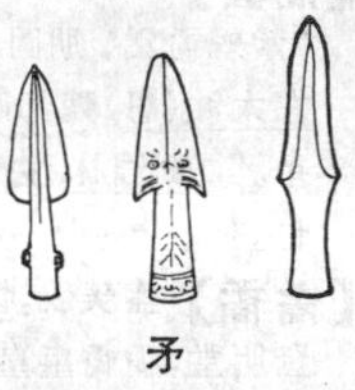
矛

【矛盾】㊀喻事物互相抵觸。也作“矛楯”。韓非子難一:“楚人有鬻楯與矛者,譽之曰:‘吾楯之堅,物莫能陷也。’又譽其矛曰:‘吾矛之利,於物無不陷也。’或曰:‘以子之矛,陷子之楯,何如?’其人弗能應也。”梁書許懋傳封禪議:“假使三王皆封泰山禪梁甫者,是爲封泰山則有傳世之義,禪梁甫則有揖讓之禮,或欲禪位,或欲傳子,義既矛盾,理必不然。”㊁星名。史記天官書:“杓端有兩星,一內爲矛,招搖;一外爲盾,天鋒。”

【矛槊】矛長丈八曰槊。北魏崔鴻十六國春秋後涼錄呂光:“胡便弓馬,善矛槊,鎧如連鎖,射不可入。”宋歐陽修文忠集五四雪詩:“顧雖陋邦文士衆,巨筆人人把矛槊。”以矛槊喻筆,言其鋒利。

【矛鋋】泛指短柄兵器。鋋,鐵柄小矛。漢書四九鼂錯傳:“萑葦竹蕭,屮木蒙蘢,支葉茂接,此矛鋋之地也。長戟二不當一。”以地形利於短兵器,故稱矛鋋之地。

四　畫

矜 1. jīn 巨巾切,平,欣韻,羣。
ㄐㄧㄣ 居陵切,平,蒸韻,見。

㊀矛柄。文選漢賈誼過秦論:“鉏耰棘矜,非銛於鉤戟長鎩也。”㊁憐憫。書泰誓上:“天矜于民,民之所欲,天必從之。”南史齊宣孝陳后傳:“后家貧,少勤織作,家人矜其勞,或止之,后終不改。”㊂苦痛。莊子在宥:“愁其五藏以爲仁義;矜其血氣以規法度,然猶有不勝也。”㊃危險。詩小雅菀柳:“曷予靖之,居以凶矜。”㊄惜。書旅獒:“不矜細行,終累大德。”㊅崇尚。漢書地理志下:“故至今其土多好經術,矜功名,舒緩闊達而足智。”又四八賈誼傳陳政事疏:“嬰以廉恥,故人矜節行。”㊆莊重。論語衛靈公:“君子矜而不爭,羣而不黨。”㊇威嚴。楚辭漢劉向九歎憂苦:“留思北顧,涕漸漸兮,折銳摧矜,凝氾濫兮。”後漢書二十銚期傳:“長八尺二寸,容貌絶異,矜嚴有威。”㊈尊敬。見“矜式”。㊉自負賢能。書大禹謨:“汝惟不矜,天下莫與汝爭能;汝惟不伐,天下莫與汝爭功。”國語晉一:“衆弗利,焉能勝翟。今矜翟之善,其志益廣。”㊀㊀竦。文選漢張平子(衡)思玄賦:“魚矜鱗而並凌兮,鳥登木而失條。”唐呂延濟注:“矜,竦其鱗也。”李善注:“矜,寒貌。”

2. guān 集韻 姑頑切,平,刪韻。
ㄍㄨㄢ

㊁㊁病。通“瘝”。詩小雅何草不黃“何草不玄,何人不矜。”後漢書和帝紀:“朕寤寐恫矜,思弭憂釁。”㊀㊂年老無妻之人。通“鰥”。禮王制:“老而無妻者謂之矜,老而無夫者謂之寡。”史記五帝紀:“衆皆言於堯曰:‘有矜在民間,曰虞舜。’”

【矜人】貧病可哀憐的人。詩小雅鴻雁:“爰及矜人,哀此鰥寡。”傳:“矜,憐也。”

【矜大】驕傲自大。後漢書明帝紀論:“日晏坐朝,幽枉必達,內外無倖曲之私,在上無矜大之色。”

【矜功】自誇其功。國語越下:“天道盈而不溢,盛而不驕,勞而不矜其功。”戰國策齊四:“故曰:矜功不立,虛願不至,此皆幸樂其名,華而無其實德者也。”

【矜式】尊重效法。孟子公孫丑下:“我欲中國而授孟子室,養弟子以萬鍾,使諸大夫國人皆有所矜式,子盍爲我言之!”藝文類聚六九晉傅咸竹杖銘:“嘉茲奇竹,質勁體直,立比高節,示世矜式。”

【矜全】愛惜而保全之。後漢書六十上馬融傳論:“夫事苦,則矜全之情薄;生厚,故安存之慮深。”

【矜伐】居功自誇。國語晉五:“郤子勇而不知禮,矜其伐而恥國君。其與幾何?”注:“矜,大也;伐,功也。”淮南子氾論:“成王既壯,周公屬籍致政,北面委質而臣事之,……無擅恣之志,無矜伐之色。”

【矜尚】誇耀,爭出人上。呂氏春秋節喪:“今世俗大亂之主,愈侈其葬,則心非爲乎死者慮也,生者以相矜尚也。”宋書武三王(劉)義恭傳太祖(劉裕)誡書:“禮賢下士,聖人垂訓,驕侈矜尚,先哲所去。”

【矜物】恃才傲物。物,類,指同輩的人。陳書徐陵傳:“爲一代文宗,亦不以此矜物,未嘗詆訶作者。”又岑之敬傳:“性謙謹,未嘗以才學矜物,接引後進,恂恂如也。”

【矜侉】矜其所能以自誇大。書畢命:“驕淫矜侉,將由惡終。”也作“矜夸”。漢書地理志下:“太原上黨又多晉公族子孫,以詐力相傾,矜夸功名。”

【矜哀】憐憫。左傳成十三年:“君若惠顧諸侯,矜哀寡人,而賜之盟,則寡人之願也。”漢荀悅申鑒政體:“故先王之刑也,官師以成之,棘槐以斷之,情訊以寬之,朝市以共之,矜哀以恤之。刑斯斷,樂不舉,愼之至也。”

【矜恃】驕傲自負。三國志吳陸遜傳:“當禦(劉)備時,諸將軍或是孫策時舊將,或公室貴戚,各自矜恃,不相聽從。”

【矜恤】憐惜。後漢書七九下周澤傳:“中元元年,遷黽池令,奉公剋己,矜恤孤羸,吏人歸愛之。”宋書袁湛傳附弟豹上議:“自卷甲卻馬,甫一二年,積弊之黎,難用克振,實仁懷之所矜恤,明教之所爰發也。”

【矜前】自負以前的名聲。北周庾信庾子山集一哀江南賦:“鎮北(即邵陵王綸)之負譽矜前,風飇凜然。水神遭箭,山靈見鞭。”清倪璠注:“矜前者,綸卒爲(侯)景所敗,還奔京口,其譽不終也。”

【矜持】莊重,拘謹,含有做作、不自然的意思。世說新語雅量:“郗太傅(鑒)在京口,遣門生與王丞相(導)書求女婿。丞相語郗信:‘君往東廂,任意選之。’門生歸白郗曰:‘王家諸郎,亦皆可嘉,聞來覓婿,或自矜持,唯有一郎坦腹臥如不聞。’”南朝宋鮑照鮑氏集五答客詩:“愛賞好偏越,放縱少矜持。”

【矜負】高傲自負。北史李業興傳:“雖在貧賤,常自矜負,若禮待不足,縱於權貴,不爲之屈。”

【矜高】㊀高傲。三國志蜀魏延傳:“延既善養士卒,勇猛過人,又性矜高,當時皆避下之。”㊁誇耀,崇尚。猶言矜尚。晉書王衍傳:“累居顯職,後進之士,莫不景慕放效。選舉登朝,皆以爲稱首。矜高浮誕,遂成風俗焉。”

【矜矜】堅強貌。詩小雅無羊:“爾羊來

思，矜矜兢兢。"傳："矜矜兢兢，以言堅强也。"

【矜倨】傲慢自大。南史蔡廓傳論："至於矜倨之失，蓋其風俗所通，格以正道，故亦名教之深尤也。"

【矜恕】體恤寬恕。後漢書四六郭躬傳："躬家世掌法，務在寬平，及典理官，決獄斷刑，多依矜恕。"

【矜莊】端莊持重。周禮地官保氏"二曰賓客之容"注引漢鄭司農(衆)："賓客之容，嚴恪矜莊。"後漢書二七張湛杜林傳贊："杜林據古，張湛矜莊。"

【矜貴】㊀高自尊貴。列子楊朱："不逆命，何羨壽；不矜貴，何羨名。"晉書王恭傳："自在北府，雖以簡惠爲政，然自矜貴，與下殊隔。"㊁珍貴。紅樓夢一一六："惟有白石花欄圍着一顆青草，葉頭上略有紅色，但不知是何名草，這樣矜貴？"

【矜誇】驕傲自大。北齊顏之推顏氏家訓文章："孫楚矜誇凌上，陸機犯順履險。"

【矜肆】驕縱。新唐書一四五元載傳："(魚)朝恩已誅，載得意甚，益矜肆。"

【矜₂寡】即鰥寡。詩大雅蒸民："不侮矜寡，不畏彊禦。"疏："不欺侮於鰥寡孤獨之人。"禮禮運："矜寡孤獨廢疾者，皆有所養。"

【矜飾】誇耀裝飾。漢桓寬鹽鐵論通有："然民淫好末，侈靡而不務本，田疇不修，男女矜飾。"

【矜憫】憐惜。晉書王濬傳桓温表："今濬有二孫，年出六十，室如懸磬，餬口江濱。……誠宜加恩，少垂矜憫，追録舊勳，纂錫茅土。"也作"矜愍"。文選晉李令伯(密)陳情表："願陛下矜愍愚誠，聽臣微志，庶劉僥倖，保卒餘年。"劉，密祖母。

【矜奮】猶奮勉。管子形勢："矜奮自功，而不因衆人之力。"唐韓愈昌黎集三一柳州羅池廟碑："三年，民各自矜奮，……於是老少相教語，莫違侯令。"

【矜寵】自恃有寵而驕。新五代史安重誨傳："雖其盡忠勞心，時有補益，而恃功矜寵，威福自出。"

【矜競】猶競爭。陳書陸琰傳："琰寡慾，鮮矜競，遊心經籍，晏如也。"

【矜嚴】端莊嚴肅。漢書六五東方朔傳非有先生論："將儼然作矜嚴之色，深言直諫，上以拂主之邪，下以損百姓之害，則忤於邪主之心，歷於衰世之法，故養壽命之士，莫肯進也。"初學記十一晉謝承後漢書："(魏)朗性矜嚴，閉門整法，長吏希見，動有禮序，室家相待如賓，子孫如事嚴重焉。"

【矜驕】傲慢。明劉基誠意伯集十三感春詩之六："周器忌盈滿，老子戒矜驕。"

【矜糾收繚】急躁暴戾。荀子議兵："矜糾收繚之屬爲之化而調。"唐楊倞注謂矜爲夸汏，糾爲好發擿人過，收爲掠美，繚爲繚繞，言委曲，四者皆鄙陋之人，以被化而得調和。參閱清王念孫讀書雜志荀子五。

【矜矜業業】戒慎自持貌。同"兢兢業業"。文選漢韋孟諷諫詩："矜矜元王，恭儉静一。"三國志魏王基傳與司馬師書："天下至廣，萬幾至猥，誠不可不矜矜業業，坐而待旦也。"參見"兢業"。

七畫

矟 shuò 所角切，入，覺韻，山。ㄕㄨㄛˋ

矛屬。同槊。釋名釋兵："矛長丈八尺曰矟，馬上所持，言其矟，矟便殺也。"北堂書鈔一二四晉庾翼與燕王書："今致朱漆矟弱弓一弄，丈八矟一枚。"

【矟旄】槊上纓，以羽毛爲之。宋書竟陵王誕傳："眠中夢人告之曰：'官須髮爲矟旄。'"

矞 1. yù 餘律切，入，術韻，喻。ㄩˋ

㊀以錐穿物。見說文、廣雅釋詁。㊁彩雲。古以爲祥瑞。通"霱"。古文苑十一漢董仲舒雨雹對："雲則五色而爲慶，三色而成矞。"

2. jué 集韻古穴切，入，屑韻。ㄐㄩㄝˊ

㊂權詐。同"譎"。見"矞₂宇"。

3. xū ㄒㄩ

㊃驚懼貌。通"獝"。周禮春官大司樂"凡六樂者，一變而致羽物"漢鄭玄注引禮記禮運："鳳以爲畜，故鳥不矞。"今本禮記矞作"獝"。

【矞₂宇】詭詐，譎詭。荀子非十二子："矞宇嵬瑣。"注："矞與譎同，詭詐也。……宇，大也，放蕩恢大也。"清俞樾諸子平議十二荀子一："讀矞爲譎是矣，訓宇爲大則與譎誼不倫；宇當讀爲訏。說文言部，訏，詭譌也。然則矞宇猶言譎詭矣。"

【矞皇】神名。漢書五七下司馬相如傳大人賦："左玄冥而右黔雷兮，前長離而後矞皇。"史記作"潏湟"。

【矞雲】彩色瑞雲。漢揚雄太玄經六割："紫蜺矞雲，朋圍日，其疾不割。"文選晉左太沖(思)魏都賦："矞雲翔龍，澤馬于阜。"劉淵林注："矞雲者，外赤内青也。"

【矞矞】盛美貌。漢揚雄太玄經二交："物登明堂，矞矞皇皇。"

八畫

矠 1. cè 楚革切，入，麥韻，初。ㄘㄜˋ

㊀矛屬。見說文。

2. zé 士革切，入，麥韻，牀。ㄗㄜˊ

㊁以矛刺取物。國語魯上："獸虞於是乎禁罝羅，矠魚鼈以爲夏犒，助生阜也。"

十一畫

矡 qín 巨巾切，平，真韻，羣。ㄑㄧㄣˊ 巨斤切，平，欣韻，羣。

矛柄。同"矜"。漢書三一陳勝項籍傳贊引漢賈誼過秦論："鉏耰棘矜，不敵於鉤戟長鎩。"唐顏師古注："矜與矡同，矡謂矛鋌之杷也。……言往者秦銷兵刃，陳涉起時但用鉏耰及戈戟之矡以相攻戰也。"

十五畫

𥍯 bào 集韻弼角切，入，覺韻。ㄅㄠˋ

見"𥍯矟"。

【𥍯矟】古代儀仗之一。新唐書儀衛志上衙："又二人持𥍯矟，皆佩橫刀，𥍯矟以黄金塗末。"也作"爆矟"。參見"爆矟"。

十九畫

𥎊 zuǎn 子算切，去，换韻，精。ㄗㄨㄢˇ 七亂切，去，换韻，清。

小矛。周書王思政傳："思政亦作火𥎊，因迅風便投之土山。"隋書煬帝紀大業五年："己丑，制民間鐵叉、搭鉤、𥎊刃之類，皆禁絶之。"

矢 部

矢 shǐ ㄕˇ 式視切,上,旨韻,審。

㊀箭。以竹爲箭,以木爲矢。易繫辭下:"弦木爲弧,剡木爲矢。"㊁投壺之籌。禮投壺:"投壺之禮,主人奉矢。"釋文:"壺,器名,以矢投其中射之類。"㊂正直,端正。書盤庚上:"出矢言。"傳:"出正直之言。"漢揚雄法言五百:"聖人矢口而成言,肆筆而成書。"注:"矢,正也;肆,操也。"㊃誓。詩衞風考槃:"獨寐寤言,永矢弗諼。"論語雍言:"子見南子,子路不說。夫子矢之曰:'予所否者,天厭之!天厭之!'"㊄施佈,陳列。詩大雅江漢:"矢其文德,洽此四國。"春秋隱五年:"春,公矢魚于棠。"㊅通"屎"。左傳文十八年:"(襄)仲以君命召惠伯,……乃入,殺而埋之馬矢之中。"

【矢人】造箭之人。周禮考工記下:"矢人爲矢。"孟子公孫丑上:"矢人唯恐不傷人。"

【矢心】開陳本心。唐韓愈昌黎集二三祭柳子厚文:"設祭棺前,矢心以辭。"

【矢夫】正直之臣。漢揚雄太玄經一羨:"次六,大虛既邪,或直之,或翼之,得矢夫。測曰:虛邪矢夫,得賢臣也。"注:"矢夫,直臣也。"

【矢石】箭與石。古代作戰,發矢抛石以打擊敵人。墨子雜守:"矢石無休。"左傳襄十年:"五月庚寅,荀偃、士匄帥卒攻偪陽,親受矢石。"

【矢言】正直之言。書盤庚上:"率籲衆慼,出矢言。"傳:"出正直之言。"文選晉潘安仁(岳)西征賦:"扞矢言而不納,反推怨以歸咎。"

【矢箙】裝箭的器具,用皮革或竹子等材料製成。周禮夏官司弓矢:"中春獻弓弩,中秋獻矢箙。"注:"箙,盛矢器也,以獸皮爲之。"也作"矢服"。宋沈括夢溪筆談十九器用:"古法以牛革爲矢服。卧則以爲枕,取其中虛,附地枕之。數里內有人馬聲,則皆聞之,蓋虛能納聲也。"

矢箙

二 畫

矣 yǐ ㄧˇ 于紀切,上,止韻,于。

語氣助詞。㊀表示陳述。1. 表示已然。左傳僖二八年:"晉侯在外,十九年矣。"2. 表示將然。論語陽貨:"諾,吾將仕矣。"3. 表示堅決、肯定。易繫辭下:"德薄而位尊,知小而謀大,力小而任重,鮮不及矣。"㊁猶"哉",表示感嘆。書牧誓:"逖矣!西土之人。"㊂猶"乎"。表示疑問。論語季氏:"危而不持,顛而不扶,則將焉用彼相矣?"㊃猶"耳"。戰國策趙三:"則連有赴東海而死矣,吾不忍爲之民也。"史記八三魯仲連傳矣作"耳"。㊄猶"也"。詩小雅車攻:"允矣君子,展也大成。"禮緇衣引作"允也君子"。

三 畫

矤 shěn ㄕㄣˇ

古"矧"字,見"矧"。

知 1. zhī ㄓ 陟離切,平,支韻,知。

㊀知道,了解。書皋陶謨:"知人則哲。"論語憲問:"知我者其天乎?"又爲政:"知之爲知之,不知爲不知,是知也。"㊁見解,知識。商君書更法:"有獨知之慮者,必見驁於民。"荀子王制:"草木有生而無知,禽獸有知而無義。"注:"知爲性識也。"㊂交好,相契。左傳昭四年:"公孫明知叔孫於齊。"楚辭屈原九歌少司命:"悲莫悲兮生別離,樂莫樂兮新相知。"㊃知遇,優遇。論語衞靈公:"君子不可小知,而可大受也。"唐岑參岑嘉州詩一北庭西郊候封大夫受降回軍獻上:"何幸一書生,忽蒙國士知。"㊄見,表現。左傳僖二八年:"晉侯聞之而後喜可知也。"注:"喜見於顏色。"呂氏春秋自知:"文侯不悦,知於顏色。"注:"知,猶見也。"㊅主持,執掌。易繫辭上:"乾知大始,坤作成物。"左傳襄二六年:"公孫揮曰:'子產其將知政矣,讓不失禮。'"後世官職上知字,始此。見宋魏了翁讀書雜鈔一。㊆病愈。素問刺瘧:"一刺則衰,二刺則知,三刺則已。"漢揚雄方言三:"知,愈也。南楚病愈者謂之差,……或謂之知。"

2. zhì ㄓˋ 集韻知義切,去,寘韻。

㊇同"智"。知、智古今字。易蹇:"見險而能止,知矣哉。"論語子罕:"擇不處仁,焉得知。"論語智皆作"知"。

【知人】謂能識別人的賢愚善惡。書皋陶謨:"知人則哲,能官人。"禮檀弓下:"晉人謂(趙)文子知人。"

【知$_{2}$士】謂足智多謀之人。莊子徐无鬼:"知士无思慮之變則不樂。"唐成玄英疏:"世屬艱危,時逢禍變,知謀之士思而慮之,如其不然,則不樂也。"

【知己】謂了解自己的人。晏子春秋雜上:"越石父對曰:'臣聞之,士者詘乎不知己,而申乎知己。'"戰國策趙一:"豫讓遁逃山中,曰:'嗟乎!士爲知己者死,女爲説己者容,吾其報知氏之讎矣。'"也謂情誼深厚的朋友。唐王勃王子安集三杜少府之任蜀州詩:"海內存知己,天涯若比鄰。"

【知方】謂知禮法。論語先進:"可使有勇,且知方也。"注:"方,義方。"荀子君道:"尚賢使能,則民知方。"

【知心】謂彼此相契,能互知心事。文選漢李陵答蘇武書:"人之相知,貴相知心。"五燈會元四二繼鵬禪師:"相識滿天下,知心能幾人?"

【知止】言適可而止。老子:"知足不辱,知止不殆,可以長久。"禮大學:"知止而后有定,定而后能靜。"

【知化】曉知事物的變化。易繫辭下:"過此以往,未之或知也,窮神知化,德之盛也。"疏:"窮極微妙之神,曉知變化之道,乃是聖人德之盛極也。"

【知母】植物名。一名蚔母,又名蝭母、蚔母等。即爾雅之薚,莐,藩。根莖入藥,有清熱生津作用。見政和證類本草八知母。

【知交】相知之友。呂氏春秋節喪:"野人之無聞者,忍親戚兄弟知交以求利。"史記一二〇鄭當時傳:"年少官薄,然其游知交皆其大父行,天下有名之士也。"

【知州】官名。宋代初州有刺史,別命京官大臣權知軍州事,以分其柄。其後罷刺史,專用知州,總理州郡政事,省稱知州。明清時始定知州爲官稱。有直隸州與散州知州之別,前者地位稍低於知府,後者地位與知縣實際無別。參閱清顧炎武日知録九知州。

【知名】㊀有名於時,爲人所知。史記八

六豫讓傳:"豫讓者,晉人也,故嘗事范氏及中行氏,而無所知名。"唐李白李太白詩九讀諸葛武侯傳懷贈長安崔少府叔封昆季:"毋令管與鮑,千載獨知名。"㊁通名。禮曲禮上:"男女非有行媒,不相知名。"

【知言】㊀有遠見之言。左傳襄十四年:"秦伯問於士鞅曰:'晉大夫其誰先亡?'對曰:'其欒氏乎?'……秦伯以爲知言。"㊁由言辭察知真意。孟子公孫丑上:"何謂知言?曰:'詖辭知其所蔽;淫辭知其所陷;邪辭知其所離;遁辭知其所窮。'"

【知更】主管更漏的人。唐王建詩二溫泉宮行:"夜開金殿看星河,宮女知更月明裏。"元詩選宋无翠寒集長門怨:"知更阿監羅襪冰,瞑對星河玉階立。"

【知足】謂自知滿足,卽持盈保泰之意。老子:"禍莫大於不知足,咎莫大於欲得,故知足之足常足矣。"文選三國魏曹子建(植)責躬詩:"危軀受命,知足免戾。"

【知我】深切了解我。左傳昭十三年:"子產歸,未至,聞子皮卒,哭且曰:'吾已,無爲爲善矣,唯夫子知我。'"史記六二管仲傳:"生我者父母,知我者鮑子也。"

【知兵】通曉軍事。史記項羽紀:"宋義論武信君之軍必敗,居數日,軍果敗。兵未戰而先見敗徵,此可謂知兵矣。"

【知府】官名。唐於京都及創業駐幸之地,特置爲府。其長官稱爲尹。宋代命朝臣出守列郡爲府的長官,稱爲權知某府事,簡稱知府。明代始正式稱知府。管轄數州縣,爲府一級行政長官,清代沿襲之。參閱清顧炎武日知錄九知府、歷代職官表下五三。

【知事】官名。1. 地方長官。宋時命朝臣出任列郡,稱爲權知某府或某軍、某州或某縣事,知事之稱,來源於此。後稱知府、知州、知縣。辛亥革命後,廢府、州,以知縣爲縣知事,後改稱縣長。2. 屬官。金於大興府按察司、招討司皆置知事。元明清因之。元之户部各庫,禮部、兵部各司、各衛、各親軍,明清之通政司,各府、各衛及按察司、鹽運司俱置知事,直屬於本署長官。

【知非】淮南子原道:"故蘧伯玉年五十,而知四十九年非。"全唐詩三三三楊巨源和令狐郎中:"自稟道情齠亂異,不同蘧玉學知非。"此謂有所覺悟,而知昨日之非。後也謂五十歲爲知非之年。宋李清照金石錄後序:"余自少陸機作賦之二年,至過蘧瑗知非之兩歲,三十四年之間,憂患得失,何其多也!"唐司空圖、宋趙抃都以"知非子"爲別號。

【知命】㊀認識天命。易繫辭上:"旁行而不流,樂天知命,故不憂。"論語爲政:"五十而知天命。"後因以知命爲五十歲之代稱。文選晉潘安仁(岳)閑居賦序:"自弱冠涉乎知命之年,八徙官而一進階。"㊁謂知窮達之分。論語堯曰:"不知命,無以爲君子也。"疏:"命謂窮達之分。"荀子榮辱:"自知者不怨人,知命者不怨天。"

【知津】知道過河擺渡的口子。猶言識途。論語微子:"長沮桀溺耦而耕,孔子過之,使子路問津焉。長沮曰:'夫執輿者爲誰?'子路曰:'爲孔丘。'……曰:'是知津矣。'"文苑英華二唐許敬宗安德山池宴集:"獨歎高陽晚,歸路不知津。"

【知客】佛寺中主管接待賓客的僧人。唐懷海勑修百丈清規四兩序章:"知客,職典賓客。"水滸六:"少刻,只見智清禪師出來,知客向前稟道:'這僧人從五臺山來,有真禪師書在此。'"

【知音】㊀謂精通音律。禮樂記:"是故知聲而不知音者,禽獸是也;知音而不知樂者,衆庶是也。"呂氏春秋長見:"晉平公鑄爲大鐘,使工聽之,皆以爲調矣。師曠曰:'不調,請更鑄之。'平公曰:'工皆以爲調矣。'師曠曰:'後世有知音者,將知鐘之不調也。'"㊁呂氏春秋本味記伯牙善鼓琴,鍾子期善聽琴,鍾子期死,伯牙破琴絶絃,終身不復鼓琴。後世因謂知己爲知音。三國志魏王粲傳附吳質注引魏略曹丕與質書:"昔伯牙絶絃於鍾期,仲尼覆醢於子路,愍知音之難遇,惜門人之莫逮也。"

【知院】官名。五代晉以桑維翰知樞密院事,宋元因其制,遂有知院之稱。

【知情】了解内情,常用爲法律術語。後漢書七十孔融傳:"融乃獨議曰:'日磾以上公之尊……漢律與罪人交關三日已上,皆應知情。"唐律雜律增乘驛馬:"諸增乘驛馬者,一疋徒一年,一疋加一等。主司知情,與同罪。"

【知遇】謂賞識寵遇。南史南康愍王曇朗傳:"(父)休先少倜儻有大志,梁簡文之在東宮,深被知遇。"唐白易居長慶集二七爲人上宰相書:"某伏覩先皇帝之知遇相公也,雖古君臣道合者無以加也。"

【知幾】預知事之幾微。易繫辭下:"子曰:知幾其神乎?"文選三國魏王仲宣(粲)贈文叔良詩:"旣慎爾主,亦迪知幾,探情以華,覩著知微。"

【知愛】了解愛重。宋書謝靈運傳:"靈運少好學,博覽羣書,文章之美,江左莫逮。從叔混特知愛之。"南史羊欣傳:"欣年十二時,王獻之爲吳興太守,其知愛之。"

【知會】猶言通知、照會。明方以智通雅二六事制:"唐武后甲申轉帖百官令拜表,百官但赴拜,不知何事。蓋若今之都吏送知會、部堂堂帖,使司官知之。轉帖猶今日之知會也。"紅樓夢十七:"賈珍先去園中,知會衆人。"

【知縣】官名。其名始於唐。管理縣事爲知縣。唐有權知縣令、知縣事之稱,謂本非縣令而使之管縣中之事。唐姚合爲武功尉,作詩有"今朝知縣印,夢裏百憂生"語(姚少監詩集五)。宋初始以朝官爲知縣。建隆四年詔吏部選幕職官爲知縣,遂罷令而設知縣。其稱直沿至辛亥革命以後,公元 1912 年後改稱縣知事,後改稱縣長。參閱宋趙彥衛雲麓漫鈔十、清顧炎武日知錄九知縣。

【知禮】㊀通曉禮教。論語八佾:"子入大廟,每事問,或曰:孰謂鄹人之子知禮乎?"又述而:"陳司敗問昭公知禮乎?孔子曰:知禮。"㊁宋僧名。公元 960—1028年。名法智,字約言。七歲出家,習天台教觀。常居四明山,世稱四明尊者。唐末,天台教典因戰亂殘毀不全。高麗遣沙門諦觀持論疏諸文入華,授天台宗義寂,寂傳義通,義通以授知禮,大興教義,使天台宗中興,稱十七祖。真宗時賜法智大師號。著有金光明經金文句記、觀音別行疏記、十不二門指要鈔等。參閱續高僧傳四一淨讀篇。

【知瓊】神女名。相傳三國魏濟北郡從事掾弦超赴洛,至濟北魚山下,遇神女知瓊,遂同乘至洛爲室家。晉張華爲作神女賦。見晉干寶搜神記一。又作智瓊。唐劉禹錫劉夢得集十夔州竇員外使君見示悼妓詩……:"寂寞魚山青草裏,何人更立智瓊祠。"

【知舊】相識的舊友。三國志魏田疇傳:"疇盡將其家屬及宗人三百餘家居鄴,太祖(曹操)賜疇車馬穀帛,皆散之宗族知舊。"世說新語儉嗇:"衛江州(展)有知舊人投之,都不料理,唯餉王不留行一斤,此人得餉便命駕。"

【知識】㊀相識見知的人。莊子至樂:"吾使司命復生子形,爲子骨肉肌膚,反子父母妻子知識,子欲之乎?"文選漢孔文舉(融)論盛孝章書:"歲月不居,時節如流,……海内知識,零落殆盡,惟有會稽盛孝章尚存。"㊁指人對事物的認識。

清洪亮吉洪北江集一真僞："孩提之時，知飲食而不知禮讓，然不可謂非孩提時之真性也。至有知識，而後知家人有嚴君之義焉。"參見"善知識"。

【知覺】㊀發覺。後漢書三一杜詩傳："初，禁網尚簡，但以璽書發兵，未有虎符之信，詩上疏曰：'……如有姦人詐僞，無由知覺。'"㊁感官認識客觀的作用。宋朱熹中庸章句序："心之虛靈知覺，一而已矣。"

【知更雀】鳥名。五代後周王仁裕開元天寶遺事上："裴耀卿勤於王事，夜看案牘，晝決獄訟。常養一雀，每夜至初更時有聲，至五更時則急鳴，因呼爲知更雀。"

【知更魚】知更漏之魚。元伊世珍瑯嬛記引缺名採蘭雜志："薛若社好讀書，往往徹夜，……僧因就水中捉一魚，赤色，與薛曰：此謂知更魚，夜中每至一更，則爲之一躍。薛蓄盆中，置書几，至三更，魚果三躍，薛始就寢，更名曰代漏龍。"

【知制誥】官名。唐初以中舍人或前行正郎爲之，掌外制。開元末，改翰林供奉爲學士院，入院一歲，則遷知制誥，專掌內命，典司詔誥，未知制誥者，不得起草作文書，但作顧問，參侍行幸而已。宋初因之，爲清要之職。元豐時罷。明代翰林或內閣學士得兼此職。清廢。參閱唐六典中書省中書舍人、宋費袞梁谿漫志二學士帶知制誥。

【知風草】植物名。出嶺南。叢生若藤蔓，本地人視其節以占一歲風候，每一節則一風，無節則無風。見寰宇通志一〇六瓊州府土產知風草。

【知貢舉】唐宋時特派主持進士考試之官。五代王定保唐摭言十四主司稱意記元和十一年中書舍人權知貢舉李逢吉，是科及第三十三人，試策後拜相。至清代，知貢舉例由禮部長官擔任。

【知從律】對見人犯法，不加舉告的刑律。後漢書三四梁統傳："(武帝)重首匿之科，著知從之律。"注："知縱謂見知故縱。武帝時立見知故縱之罪，使張湯等著律。"從與"縱"通。參見"見知"。

【知微曆】曆法名。金用大明曆，至大定二十年，因日蝕不驗，詔趙知微重修，名知微曆，亦名重修大明曆。歲差約七十五年八月差一度，比紀元稍密。見金史曆志上。

【知聲蟲】蟲名。爾雅釋蟲"國貉蟲蠁"宋邢昺疏："蛹蟲俗呼爲蠁，一名國貉。說文曰：知聲蟲也。"參閱清段玉裁說文解字"蠁"。參見"蟲蠁"。

【知不足齋】清乾隆間，安徽歙縣鮑廷博藏書齋名，取大戴禮記"學然後知不足"爲義。廷博流寓浙江桐鄉之鄔鎮，藏書極富，四庫館開，進書六百餘種。輯刊知不足齋叢書共三十集，二百二十種。所收爲舊刻舊鈔本，皆取全書，校讎精審。其後有高承勛續知不足齋叢書、缺名倣知不足齋叢書、鮑廷爵後知不足齋叢書。

【知$_2$水仁山】論語雍也："子曰：知者樂水，仁者樂山。"宋朱熹注："知者達於事理而周流無滯，有似於水，故樂水。仁者安於義理，而厚重不遷，有似於山，故樂山。"

【知白守黑】老子："知其白，守其黑，爲天下式。"道家主無爲，言處世對是非黑白，雖白，當如闇昧無所見，如是可以全生免禍，爲天下法式。

【知彼知己】深知敵我雙方情況。孫子謀攻："故曰：知彼知己，百戰不殆。不知彼而知己，一勝一負；不知彼，不知己，每戰必殆。"

【知雄守雌】謂棄剛守柔，與人無爭。老子："知其雄，守其雌，爲天下谿。"

【知盡能索】謂才盡力竭。史記一二九貨殖傳："農工商賈畜長，固求富益貨也。此有知盡能索耳，終不餘力而讓財矣。"

【知難而退】知其難爲而後退。左傳宣十二年："見可而進，知難而退，軍之善政也。"

【知易行難】書說命中："說拜稽首曰：非知之艱，行之惟艱。"注："言知之易，行之難，以勉高宗。"明王守仁主"知行合一"，本此。近代孫中山"知難行易"的理論，源于此而反其義。

【知不足齋叢書】見"知不足齋"。

【知人知面不知心】古諺語。言知人之難。元曲選孟漢卿魔合羅一："你知道我是什麼人？便好道畫虎畫皮難畫骨，知人知面不知心。"明沈自晉翠屏山反誑："知人知面不知心，從來信然，分明破綻些兒見。"

【知其一，不知其二】謂所見偏狹，未爲全面。猶言片面之見。詩小雅小旻："不敢暴虎，不敢馮河，人知其一，莫知其它。"戰國策趙三："樓緩曰：'虞卿得其一，未知其二也。'"晉書羊祜傳："祜女夫勸祜有所營置，令有歸戴者，豈不美乎，祜默然不應。退告諸子曰：'此可謂知其一不知其二。'"

【知無不言，言無不盡】言就有所知，毫無保留的說出來。宋蘇洵嘉祐集四衡論遠慮："聖人之任腹心之臣也，……知無不言，言無不盡，百人譽之不加密，百人毀之不加疎。"明王崇慶元城(劉安世)語錄解："公徧歷言路，正色立朝，知無不言，言無不盡。"

四 畫

矧 shěn ㄕㄣˇ 式忍切，上，軫韻，審。

本作"矤"，或作"敓"、"訠"。㊀況。詩小雅伐木："相彼鳥矣，猶求友聲。矧伊人矣，不求友生。"㊁亦，又。書康誥："王曰，封，元惡大憝，矧惟不孝不友。"又酒誥："汝劼毖殷獻臣侯甸男衛，矧太史友、內史友、越獻臣百宗工，矧惟爾事服休服采，矧惟若疇圻父薄違農父。"㊂齒齦。禮曲禮上："笑不至矧。"注："齒本曰矧，大笑則見。"

五 畫

矩 jǔ ㄐㄩˇ 俱雨切，上，麌韻，見。

㊀畫直角或方形用的曲尺。孟子離婁上："不以規矩，不能成方員。"荀子不苟："五寸之矩，盡天下之方也。"㊁法則。論語爲政："七十而從心所欲，不踰矩。"㊂刻誌作出標記。周禮考工記輪人："凡斬轂之道，必矩其陰陽。"

【矩尺】木工所用之尺。其形中折，成直角。俗稱曲尺或魯班尺。

【矩矱】規則法度。文選戰國楚屈原離騷："曰勉升降以上下兮，求矩矱之所同。"楚辭作"榘矱"。楚辭漢嚴忌哀時命："上同鑿枘於伏戲兮，下合矩矱於虞唐。"參見"榘矱"。

【矩齋雜記】清施閏章撰。二卷。閏章字尚白，號愚山，與修明史，清初以詩文著名，此書多記見聞雜事，兼涉神怪，爲隨筆散記之作。

七 畫

短 duǎn ㄉㄨㄢˇ 都管切，上，緩韻，端。

㊀短促。與"長"相對。書堯典："日短星昴，以正仲冬。"指時間。莊子至樂："綆短者不可以汲深。"指空間。㊁不足。楚辭屈原卜居："夫尺有所短，寸有所長。"世說新語文學："何平叔(晏)注老子未畢，見王弼自說注老子旨，何意多所短，不復得作聲，但應諾諾。"㊂缺點或過失。新唐書一九八顏師古傳："時薛道衡爲襄州總管，與之推舊，佳其才，每作文章，令

指摘疵短。"之推，師古祖。㈣指出別人的缺點。史記八四屈原傳："令尹子蘭聞之大怒，卒使上官大夫短屈原於頃襄王。"㈤夭折。見"短折"。

【短功】新唐書百官志三："功有長短，役有輕重。自四月距七月爲長功；二月、三月、八月、九月爲中功；自十月距正月爲短功。"按自陰曆十月至正月，晝日較短。工人每日工作時間亦短，故謂之短功。

【短世】猶短命。漢書一〇〇下敍傳："孝惠短世，高后稱制。"

【短至】冬至。冬至日，日晷最短，故云。禮月令："仲冬之月……是月也，日短至。"參見"日至"。

【短羽】㈠羽毛短少。晉書葛洪傳自序："豈況大塊禀我以尋常之短羽，造化假我以至駑之蹇足？"以短羽喻材力的淺短。㈡小鳥。文選晉張景陽(協)七命："愁洽百年，苦溢千歲，何異促鱗之游汀濘，短羽之棲翳薈。"

【短折】夭折，早死。書洪範："六極：一曰凶短折。"傳："短，未六十。折，未三十。"禮曲禮下："壽考曰卒，短折曰不祿。"

【短李】唐李紳爲人短小精悍，詩最有名，時號短李。唐白居易長慶集十三代書詩一百韻寄微之："笑勸遷辛酒，閒吟短李詩。"參閱新唐書一八一本傳。

【短見】㈠淺陋的見識。呂氏春秋長見："智所以相過，以其長見與短見也。"抱朴子微旨："世人信其臆斷，仗其短見，自謂所度，事無差錯。"㈡謂自殺。明孟稱舜嬌紅記雙逝："孩兒也，爹娘在此，你怎麽這等短見！"

【短角】吹角之一種。元胡元游傲軒吟稿送李德仁任祁陽和平巡檢詩："健兒提酒酌大斗，短角細吹梅花箭。"

【短兵】兵器之短者，如刀劍等。楚辭屈原九歌國殤："操吳戈兮被犀甲，車錯轂兮短兵接。"史記一一〇匈奴傳："其長兵則弓矢，短兵則刀鋋。"也指持短兵器的士兵。商君書境內："千石之令，短兵百人。八百之令，短兵八十人。"

【短長】㈠猶言久暫。左傳文十三年："邾子曰：命在養民，死之短長，時也。"㈡即長短。管子明法解："尺寸尋丈者，所以得長短之情也。故以尺寸量短長，則萬舉而萬不失矣。"㈢是非，優劣。後漢書二二馬武傳："時醉在御前，面折同列，言其短長，無所避忌。"世說新語文學："(服虔)聞崔烈集門生講(春秋)傳，……每當至講時，輒竊戶壁間，既知不能踰己，稍共諸生敍其短長。"㈣高矮。宋蘇軾分類東坡詩九孫莘老求墨妙亭："短長肥瘦各有態，玉環飛燕誰敢憎。"㈤過與不及。史記越王句踐世家："而朱公長男不知其意，以爲殊無短長也。"㈥猶言生殺。書盤庚上："矧予制乃短長之命。"傳："況我制汝死生之命。"㈦短長術，指戰國時縱橫游說之說。史記六國年表："務在彊兵并敵，謀詐用而從衡短長之說起。"參見"短長書"。

【短命】壽命短促。論語雍也："有顏回者好學，不遷怒，不貳過，不幸短命死矣！"又爲詈辭。梨園樂府新聲上元侯正卿黃鍾醉花陰曲："短命寃家，斷不了疎狂性！"

【短狐】即蜮。一名射工。詩小雅何人斯"爲鬼爲蜮，則不可得"漢毛亨傳："蜮，短狐也。"清段玉裁謂狐應作"弧"。因此蟲以氣射害人，故謂之短弧。所射之氣爲矢，其體爲弧。參閱說文解字注"蜮"。

【短計】淺短的謀畫。文選南朝宋鮑明遠(照)升天行："窮塗悔短計，晚志重長生。"

【短亭】舊時於城外五里處設短亭，十里處設長亭，以爲行人休止之所。北周庾信庾子山集一哀江南賦："十里五里，長亭短亭。"參見"十里長亭"。

【短陌】以不足一百實數的錢當作一百使用。抱朴子微旨："取人長錢，還人短陌。"參閱清顧炎武日知錄十一短陌。參見"省錢"。

【短後】謂衣之後幅較短，便於動作。莊子說劍："吾王所見劍士，皆蓬頭突鬢垂冠，曼胡之纓，短後之衣。"唐岑參岑嘉州詩一北庭西郊候封大夫受降回軍獻上："自逐定遠侯，亦着短後衣。"

【短書】㈠雜記之書。漢王充論衡骨相："在經傳者較著可信；若夫短書俗記，竹帛胤文，非儒者所見，衆多非一。"㈡謂短書札。文苑英華一二六南朝梁元帝玄覽賦："報蕩子之長信，送仙人之短書。"宋趙彥衛雲麓漫鈔七："唐國子祭酒李涪刊誤云：短書出晉宋兵革之際，時國禁書疏，非弔喪問疾不得行尺牘。……啓事論兵，皆短而緘之，貴易於隱藏。"

【短氣】㈠呼吸短促。靈樞經癲狂："短氣，息短不屬，動作氣索。"㈡喪氣。淳化閣帖七晉王羲之帖："當今人物眇然，而艱疾苦此，令人短氣。"

【短視】近視。苕溪漁隱叢話後集二六一居士："藝苑雌黃云：(歐陽修)送劉貢父(攽)守維揚作長短句云：'平山欄檻倚晴空，山色有無中。'平山堂望江左諸山甚近，或云永叔短視，故云山色有無中。"永叔，修字。

【短喪】謂減少服喪之年月。古喪禮父母喪，喪期三年。孟子盡心上："齊宣王欲短喪。"

【短筆】謙言文筆拙劣。宋書王弘之傳："弘之(元嘉)四年卒，時年六十三。顏延之欲爲作誄，書與弘之子曇生曰：'……況僕託慕末風，竊以敍德爲事，但恨短筆不足書美。'"

【短路】攔路搶劫。古今雜劇闕名徐伯株貧富興衰記："看他穿的裌子布衫靴子帽，則怕有短路的。"儒林外史三九："木耐將曾經短路遇郭孝子及將他收爲徒弟的一番話，說了一遍。"

【短綆】短繩。也喻學識淺陋。荀子榮辱："故曰短綆不可以汲深井之泉，知不幾者不可與及聖人之言。"北周庾信庾子山集五奉和永豐殿下言志詩之七："自憐循短綆，方欲問長沮。"

【短褐】古平民所服粗布之衣。短，"裋"之借字。墨子公輸："今有人於此，……舍其錦繡，鄰有短褐，而欲竊之。"史記七五孟嘗君傳："今君後宮蹈綺縠，而士不得短褐。"

【短調】唐人稱七字一句的歌詩爲長調，五字一句者爲短調。唐李賀歌詩編二申胡子觱篥歌序："申胡子……自稱學長調短調，久未知名。"

【短錢】不足實數的錢。金史食貨志三："二月，上聞上京修內所，市民物不卽與直，又用短錢，……時民間以八十爲陌，謂之短錢，官用足陌，謂之長錢。"

【短韻】短小的詩文。文選晉陸士衡(機)文賦："或託言於短韻，對窮迹而孤興。"又："故踸踔於短韻，放庸音以足曲。"

【短主簿】晉王珣郗超並爲大司馬桓溫所器重，珣爲主簿，超爲記室參軍。珣狀短小，超多鬚，時人語曰："髯參軍，短主簿，能令公喜，能令公怒。"見世說新語寵禮。

【短句詩】謂短句之詩，略似後來的絕句。南史武陵昭王曄傳："性剛穎儁出，與諸王共作短句詩，學謝靈運體，以呈高帝。帝報曰：'見汝二十字，諸兒作中，最爲優者。'"

【短長書】戰國策之別稱。漢劉向上戰國策敍："中書本號，或曰國策，或曰國事，或曰短長，或曰事語，或曰長書，或曰修書，臣向以爲戰國時游士輔所用之國，爲之策謀，宜爲戰國策。"

【短歌行】樂府相和歌辭平調曲名。漢末曹操曹丕曹叡晉傅玄陸機等皆有此作。晉崔豹古今注中音樂:"長歌,短歌,言人生壽命長短分定,不可妄求也。"南朝陳智匠古今樂録:"王僧虔技録云:'短歌行仰瞻一曲,魏氏遺令,使節朔奏樂,魏文製此辭,自撫箏和歌。'"樂府又有長歌行。長歌、短歌,言其歌聲之長短。

【短小精悍】身材短小而精明强幹。史記一二四郭解傳:"解爲人短小精悍。"後也用來稱文章、發言等之簡短有力者。

【短衣窄袖】古代北方少數民族的服裝。宋沈括夢溪筆談一故事一:"中國衣冠,自北齊以來,乃全用胡服。窄袖,緋綠短衣,長靿靴,有鞢䪍帶,皆胡服也。"元薩都剌薩天錫集後集相逢行贈別舊友治將軍詩:"一年相逢白下門,短衣窄袖呼郎君。"

【短綆汲深】唐嚴挺之大智禪師碑銘:"顧才不稱物,短綆汲深。"(金石萃編八一)喻材力不相稱,不能成事。參見"短綆"。

【短簫鐃歌】古代軍樂。後漢書禮儀志中"高祖定秦之月,元年歲首也"注引漢蔡邕禮樂志云:"其短簫、鐃歌,軍樂也。其傳曰'黄帝岐伯所作,以建威揚德,風勸士'也。蓋周官所謂'王師大獻則令凱樂,軍大獻則令凱歌'也。"

矬 cuó 昨禾切,平,戈韻,從。ㄘㄨㄛˊ

短。晉司馬彪肯綮録:"身短曰矬。"(説郛二四)

【矬陋】矮小醜陋。抱朴子塞難:"而或矬陋尫弱,或且黑且醜。"北史宋世景傳附宋道璵:"形貌矬陋而好臧否人物,時論甚疾之。"

八畫

矲 yà 集韻 衣駕切,去,禡韻。ㄧㄚˋ

見"矲矮"。

矮 ǎi 烏蟹切,上,蟹韻,影。ㄞˇ

㊀身材短。見説文。㊁物不高大者。如矮牆、矮凳等。元詩選楊允孚灤京雜咏之二六:"憑君莫笑穹廬矮,男是公侯女是妃。"

【矮屋】㊀低小之屋。喻有志不遇。五代王仁裕開元天寶遺事三依冰山:"張生及第爲華陰簿,爲守令所抑,嘆曰:'大丈夫有淩雲蓋世之志,而拘於下位,若立身於矮屋中,使人擡頭不得。'"㊁科舉時代士子應試場所,極爲簡陋低小,因而稱矮屋。

【矮人看場】言己無真見,隨聲附和。元程端禮程氏家塾讀書分年日程二:"不可先看他人議論,如矮人看場,無益;然亦不可先立主意不虚心也。"也作"矮人觀場"。明李贄續焚書二聖教小引:"余自幼讀聖教,不知聖教;尊孔子,不知孔子何自可尊。所謂矮子觀場,隨人説妍,和聲而已。"

【矮子看戲】猶矮人看場。朱子語類一一六朱子十三:"其有知得某人詩好,某人詩不好者,亦只是見已前人如此説,便承虚接響説取去,如矮子看戲相似,見人道好,他也道好。及至問著他那裏是好處,元不曾識。"

十二畫

矰 zēng 作滕切,平,登韻,精。ㄗㄥ

㊀古代繫生絲以射鳥雀的箭。史記六三老子傳:"走者可以爲罔,游者可以爲綸,飛者可以爲矰。"㊁短矢。國語吳:"萬人以爲方陣,皆白裳、白旂、素甲、白羽之矰,望之如荼。"

【矰弋】繫有生絲之射鳥短矢。莊子應帝王:"且鳥高飛以避矰弋之害,鼷鼠深穴乎神丘之下以避熏鑿之患,而曾二蟲之無知!"楚辭屈原九章惜誦:"矰弋機而在上兮,罻羅張而在下。"

【矰矢】箭名,古代八矢之一。用以射飛鳥。周禮夏官司弓矢:"矰矢、茀矢,用諸弋射。"注:"結繳於矢謂之矰。矰,高也。茀矢象焉,茀之言刜也。二者皆可以弋飛鳥。刜,羅之也,前於重,又微輕,行不低也。"參見"八矢"。

【矰繳】繫有絲繩用以射鳥的短箭。同"矰弋"。戰國策楚四:"不知夫射者方將修其莾盧,治其矰繳,將加己乎百仞之上。"史記留侯世家:"戚夫人泣,上曰:'爲我楚舞,吾爲若楚歌。'歌曰:'鴻鵠高飛,一舉千里。……雖有矰繳,尚安所施!'"

矯 jiǎo 居夭切,上,小韻,見。ㄐㄧㄠˇ

㊀使曲者改變爲直,糾正。荀子性惡:"故枸木必將待檃栝烝矯然後直,鈍金必將待礱厲然後利。"韓非子孤憤:"能法之士,必强毅而勁直。不勁直,不能矯姦。"㊁假託,詐稱。墨子非命上:"我聞于夏人矯天命,布命于下。"公羊傳僖三三年:"(弦高)矯以鄭伯之命犒師焉。"㊂高舉。通"撟"。楚辭屈原九章惜誦:"矯茲媚以私處兮,願曾思而遠身。"文選漢揚子雲(雄)解嘲:"矯翼厲翮。"㊃强貌。通"蹻"。禮中庸:"故君子和而不流,强哉矯!"㊄姓。春秋時晉國有矯父,東漢有矯慎。見廣韻。

【矯亢】謂故意與人違異,擡高自己的身分。宋秦觀淮海集八財用策上:"晉人王衍者,口不言錢,而指以爲阿堵物,臣竊笑之,以爲此乃姦人故爲矯亢,盜虚名於暗世也。"

【矯世】矯正世俗。漢書六七楊王孫傳:"王孫報曰:'蓋聞古之聖王,緣人情不忍其親,故爲制禮,今則越之,吾是以臝葬,將以矯世也。'"

【矯制】假託朝命以行事。史記一二〇汲黯傳:"河南貧人傷水旱萬餘家,或父子相食。臣謹以便宜,持節發河南倉粟以振貧民。臣請歸節,伏矯制之罪。"

【矯首】舉頭。後漢書五九張衡傳思玄賦:"仰矯首以遥望兮,魂憒惘而無疇。"文選三國魏應休璉(璩)與廣川長岑文瑜書:"土龍矯首於玄寺,泥人鶴立於闕里。"

【矯虔】用詐力强取。書呂刑:"罔不寇賊鴟義,姦宄奪攘矯虔。"參閲清顧炎武日知録二矯虔。

【矯情】掩飾真情。漢董仲舒董膠西集士不遇賦:"雖矯情而獲百利兮,復不如正心而歸一善。"後漢書六六王允傳:"時董卓尚留洛陽,朝政大小,悉委之於允,允矯情曲意,每相承附,……故得扶持王室於危亂之中。"後謂故違常情以立異爲矯情。

【矯敕】詐稱詔令。資治通鑑二二一唐肅宗上元元年:"興慶宮先有馬三百匹,(李)輔國矯敕取之,纔留十四。"注:"矯敕,猶言矯詔也。"

【矯健】强壯,勇武。聊齋志異青娥:"以紙裹藥末,熏生兩足訖,試使行,不惟痛止,兼益矯健。"

【矯詔】詐稱皇帝之詔書。漢書九三石顯傳:"顯故投夜還,稱詔開門入。後果有上書告顯顓命矯詔開宮門,天子聞之,笑以其書示顯。"

【矯揉】使曲者變直爲矯,使直者變曲爲揉。也作"矯輮"。易説卦:"坎,……爲矯輮。"宋衷王廙本輮作"揉"。南朝梁劉勰文心雕龍鎔裁:"立本有體,意或偏長,趨時無方,辭或繁雜,蹊要所司,職在鎔裁,檃括情理,矯揉文采也。"後謂裝模作樣的舉止爲矯揉造作。

【矯飭】 故意做作，掩蓋真相。同“矯飾”。新唐書孫偓傳：“偓性通簡，不矯飭，嘗曰：‘士苟有行，不必以己長形彼短，己清彰彼濁。’”

【矯飾】 ㊀整飭。荀子性惡：“是以爲之起禮義，制法度，以矯飾人之情性而正之，以擾化人之情性而導之也。”㊁故意做作，掩蓋本真。後漢書章帝紀元和二年詔：“夫俗吏矯飾外貌，似是而非，揆之人事則悦耳，論之陰陽則傷化，朕甚饜之，甚苦之。”

【矯誣】 假託名義，進行誣陷。書仲虺之誥：“夏王有罪，矯誣上天。”國語周上：“其刑矯誣，百姓携貳。”注：“以詐用法曰矯，加誅無罪曰誣。”

【矯摩】 按摩。趙太子暴疾，扁鵲過趙，遂爲診之，“子容擣藥，子明吹耳，陽儀反神，子越扶形，子游矯摩，太子遂得復生。”見漢劉向説苑辨物。

【矯激】 ㊀猶矯情。後漢書四一第五倫傳論：“然而君子侈不僭上，儉不逼下，豈尊臨千里而與牧圉等庸乎？詎非矯激，則未可以中和言也。”㊁謂詩文風格立異偏激。唐李肇國史補下：“元和已後，爲文筆，則學奇詭于韓愈，學苦澀于樊宗師，歌行則學流蕩于張籍，詩章則學矯激于孟郊。”

【矯輮】 同“矯揉”。見該條。

【矯矯】 ㊀武勇貌。詩魯頌泮水：“矯矯虎臣，在泮獻馘。”㊁出衆之貌。漢書一〇〇下敍傳：“賈生矯矯，弱冠登朝。”

【矯枉過正】 言欲矯正枉曲，不能得中，反至太過。後漢書四九仲長統傳理亂：“當君子困窮之時，跼高天，蹐厚地，猶恐有鎮壓之禍也，逮至清世，則復入於矯枉過正之檢。”三國志魏陳思王植傳曹丕報書：“本無禁固諸國通問之詔也，矯枉過正，下吏惶譴，以至于此耳。”也作“矯枉過直”。漢書九七下孝成許皇后傳：“吏拘於法，亦安足過？蓋矯枉者過直，古今同之。”

【矯情鎮物】 故作安閒，表示鎮定，使人不測。晉書謝安傳：“(謝)玄等既破(苻)堅，有驛書至，安方對客圍棋，看書既竟，便攝放牀上，了無喜色，棋如故。客問之，徐答云：‘小兒輩遂已破賊。’既罷，還內，過戶限，心喜甚，不覺屐齒之折，其矯情鎮物如此。”

十四畫

矱 huò yuē ㄏㄨㄛˋ ㄩㄝ 憂縛切，入，藥韻，影。一號切，入，陌韻，影。胡麥切，入，麥韻，匣。

法度。説文作“蒦”，廣韻作“彠”。後漢書五二崔駰傳附崔篆慰志賦：“協準矱之員度兮，同斷金之玄策。”

十五畫

矲 bà ㄅㄚˋ 薄蟹切，上，蟹韻，並。

短。也作“罷”。方言十：“啙、矲，短也。……桂林之中謂短矲。矲，通語也。”周禮春官典同“陂聲散”漢鄭玄注：“陂，讀爲人短罷之罷。”釋文：“短罷，皮買反，字或作矲，音同。”

【矲矮】 短小，低矮。宋陸游劍南詩稿二三寓歎之二：“醉撫酒壺憐矲矮，卧看香岫愛嶙峋。”又作“矲矬”。見集韻。參閱宋王楙野客叢書二四用事相等。

石 部

石 shí ㄕˊ 常隻切，入，昔韻，禪。

㊀巖石，石頭。莊子秋水：“吾在天地之間，猶小石小木之在大山也。”㊁石刻，碑碣。吕氏春秋求人：“故功績銘乎金石，著於盤盂。”㊂石鍼，藥石。素問病能論：“夫氣盛血聚者，宜石而寫之。”唐王冰注：“石，砭石也。”左傳襄二三年：“季孫之愛我，疾疢也；孟孫之惡我，藥石也。美疢不如惡石。”㊃樂器，石磬。八音之一。書益稷：“於，予擊石拊石，百獸率舞。”參見“八音”。㊄硬，堅固。素問示從容論：“沉而石者，是腎氣內著也。”㊅量詞。1. 容量單位。十斗爲石。漢書食貨志上：“治田百畮，歲收畮一石半。”2. 重量單位。百二十斤爲石。書五子之歌：“關石和鈞，王府則有。”漢書律曆志上：“三十斤爲鈞，四鈞爲石。”石，今讀dàn。㊆大。通“碩”。見“石畫”。㊇姓。春秋衞有大夫石碏。見元和姓纂十。

【石人】 ㊀石製人像，多置於墓道旁。明羅頎物原葬原：“周宣王始置石鼓、石人、猊、虎、羊、馬。”㊁比喻人無感受，徒具人形。史記一〇七魏其武安侯傳：“太后怒，不食，曰：‘今我在也，而人皆藉吾弟，令我百歲後，皆魚肉之矣。且帝寧能爲石人邪！’”正義：“顏師古云：‘徒言有人形耳。’按：今俗云人不辦事，駡云杌杌若木人也。”

【石工】 官名。殷制六工之一。周爲刮摩之工，如玉人、磬人等是。見禮曲禮下。參閱周禮考工記下玉人、磬氏疏。後也稱石匠爲石工。宋史三三五种世衡傳：“鑿地百五十尺，始至于石，石工辭不可穿。”

【石丈】 宋米芾好石，知無爲軍，入州廨，見立石甚奇，即命袍笏拜之，呼爲石丈。宋史四四四本傳作“石兄”。參閱宋葉夢得石林燕語十。參見“拜石”。

【石女】 陰道生理構造不完全、不通人道的女子。南朝齊蕭子良淨住子奉養僧田門：“熱血之相可尋，石女之倫不遠。”也叫“石婦”。漢揚雄太玄經四廓：“次二，廓無子，室石婦。”唐王涯注：“室於石女，無復嗣續之道。”

【石火】 擊石所發的火星。因其一發即滅，多用以形容人生之短暫。文選晉潘安仁(岳)河陽縣作詩之一：“熲如槁石火，瞥若截道飆。”注：“古樂府詩曰：鑿石見火能幾時？”唐白居易長慶集五六對酒之二：“蝸牛角上争何事？石火光中寄此身。”

【石尤】 傳説石氏女嫁尤郎。尤爲商遠行，妻阻之，不從。尤久不歸，妻思念致病，臨亡嘆曰：“吾恨不能阻其行，以至於此。今凡有商旅遠行，吾當作大風爲天下婦人阻之。”故稱逆風、頂頭風爲石尤或石尤風。玉臺新詠十南朝宋孝武(劉裕)丁督護歌之一：“督護征初時，儂亦惡聞許，願作石尤風，四面斷行旅。”唐陳子昂陳伯玉集二初入峽苦風寄故鄉親友詩：“寧知巴峽路，辛苦石尤風。”參閱宋洪邁容齋詩話四、元伊世珍瑯嬛記引江湖紀聞。

【石友】 ㊀情誼堅如金石之友。文選晉潘安仁(岳)金谷集作詩：“投分寄石友，白首同所歸。”唐杜牧樊川集二奉和門下相公送西川相公兼領相印鎮全蜀詩：“同心真石友，寫恨蔑河梁。”㊁指硯。宋詩鈔王炎雙溪集鈔題童壽卿博堂：“剡溪來楮生，歙穴會石友。”

【石介】 公元1005—1045年。宋兗州奉符人。字守道。天聖八年進士。官國子監直講。著文指摘時政，無所忌諱。慶曆中擢太子中允，作慶曆聖德詩，爲夏竦所忌。忌者言其詐死，投奔契丹，詔發棺以驗，因杜衍等力請始免。常以師道自居，學者稱徂徠先生。有石徂徠集二卷，清張伯行輯。宋史有傳。

【石主】石製神主，古禮社稷用石主。新唐書一九九張齊賢傳："後魏天平中，遷太社石主，其來尚矣。"宋史禮志五："禮部以謂社稷不屋而壇，當受霜露風雨，……故用石主，取其堅久。"

【石平】㊀州名。元初阿僰族據此，得石坪，聚爲居邑，名曰石坪。至元七年，改邑爲石平州，隸臨安路。在今雲南紅河哈尼族彝族自治區西南部。參閱元史地理志四、讀史方輿紀要一一五石屏州。㊁北周劉没鐸年號，公元 576—577 年。

【石本】石刻的搨本。宋米芾寶章待訪録："(顔真卿寒食帖)綾紙書，在中書舍人錢勰處，世多石本。"

【石民】作爲國家柱石的人民。管子小匡："桓公曰：'定民之居，成民之事，奈何？'管子對曰：'士農工商四民者，國之石民也。'"注："四者國之本，猶柱之石也，故曰石也。"孫詒讓謂石當作"碩"，石、碩古字通。見札迻四管子。

【石田】多石不可耕的田。比喻無用。左傳哀十一年："得志於齊，猶獲石田也，無所用之。"後因以指貧瘠之地。唐杜甫杜工部草堂詩箋十五寄贊上人："亭午頗和暖，石田又足收。"

【石印】石上的有色紋理。三國志吴孫皓傳"鄱陽言歷陽山石文理成字"注引江表傳："歷陽縣有石山臨水，高百丈，其三十丈所，有七穿駢羅，穿中色黄赤，不與本體相似，俗相傳謂之石印。"

【石交】指感情深厚牢不可破的友誼或友人。史記六九蘇秦傳："大王誠能聽臣計，即歸燕之十城，燕無故而得十城，必喜；秦王知以己之故而歸燕之十臣，亦必喜；此所謂棄仇讎而得石交者也。"明王世貞弇州山人四部稿一三八贈吴文定行卷山水："白石翁(沈周)生平石交獨吴文定公(寬)，而所圖以贈文定行者，卷幾五丈許，凡三年而後就。"

【石衣】苔藻。梁書沈約傳郊居賦："其水草則蘋萍芡芰，菁藻蒹菰，石衣海髮，黄荇緑蒲。"

【石州】㊀州名。戰國時爲趙離石邑。漢置離石縣，屬太原郡。北周改置石州。明萬曆二十三年改名永寧州，屬汾州府。清因之。公元 1912 年改爲離石縣。治所今山西離石縣。參閱寰宇通志六八太原府。㊁唐商調曲名。唐李商隱李義山詩集六代贈之二："東南日出照高樓，樓上離人唱石州。"

【石耳】固著石面的苔蘚類植物。唐皮日休皮子文藪十過雲居院玄福上人舊居詩："龕上已生新石耳，壁間空帶舊茶煙。"參閱宋王質林泉結契三石耳。

【石阡】府名。漢爲牂牁郡地。晉分置夜郎郡。唐初置夜郎縣。元置石阡等處軍民長官司。明置石阡府，屬貴州布政司。清因之，屬貴州。公元 1913 年改石阡縣。屬貴州省。參閱嘉慶一統志五〇五石阡府。

【石竹】草名。亦名石竹子。葉似小竹葉而細窄，亦有節，開紅白小花如錢。常植於庭院供觀賞用。六朝至唐衣飾常用爲圖案。唐李白李太白詩五宫中行樂詞："山花插寶髻，石竹繡羅衣。"王建詩五題花子贈渭州陳判官："黠録斜蒿新葉嫩，添紅石竹晚花鮮。"

【石亨】公元？—1460 年。明渭南人。嗣世父職，爲寬河衛指揮僉事。曾從于謙守京師，擊退瓦剌軍，封侯，總帥京軍團營。景泰八年景帝病，亨與曹吉祥等乘機迎英宗復位，進爵爲公，殺于謙范廣等，又數興大獄，其部曲親故得官者達四千餘人。勢燄薰灼，權侔人主，爲英宗所忌。天順四年，以圖謀不軌罪，下獄死。明史有傳。

【石車】古之砲車，用以發石擊敵。後漢書七四上袁紹傳："紹爲高櫓，起土山，射營中，〔營中〕皆蒙楯而行。(曹)操乃發石車擊紹樓，皆破，軍中呼曰'霹靂車'。"注："以其發石聲震烈，呼爲霹靂，即今之抛車也。"參見"抛車"。

【石圻】石岸。文選南朝宋鮑明遠(照)樂府八首苦熱行："湯泉發雲潭，焦煙起石圻。"全唐詩一一八孫逖江行有懷："秋水明川路，輕舟轉石圻。"

【石劫】介殼動物。也作石蜐。藝文類聚七七南朝梁江淹石劫賦序："石劫一名紫藭，蚌蛤類也，春而發華，有足畢者。"按石劫，春時盛生，每潮來，殼中伸細脚攫取食物，攢簇如聚蕊，古人誤以花。唐王維王右丞集五送元中丞轉運江淮詩："去問珠官俗，來經石劫春。"

【石杠】兩頭聚石，以木橫架之可行如橋，故名石杠。爾雅釋宫："石杠謂之徛。"注："聚石水中以爲步渡彴也。"文選晉左太沖(思)魏都賦："石杠飛梁，出控漳渠。"

【石材】柱下石礎。尚書大傳多士："大夫有石材。"注："柱下磌也。"

【石匣】地名。在北京市密雲縣東北。亦名石匣營。以營西有石如匣而名。明弘治十四年於此築城，周四里有奇。清於此置行宫，設副將駐守。見畿輔通志六七關隘一。

【石君】山名。在江西南康縣西南。俗名董嶺，接大庾縣界。有三石形甚似人，中者爲君，左曰夫人，右曰女郎。見太平寰宇記一〇八虔州。

【石角】㊀一種石製兵器。北史齊平秦王歸彦傳："魏時山崩，得石角二，藏在武庫。文宣入庫，賜從臣兵器，特以二石角與歸彦。"㊁突出而尖鋭之石。唐杜甫杜工部草堂詩箋十二奉陪鄭駙馬韋曲之一："石角鈎衣破，籐枝刺眼新。"宋蘇轍欒城集十遊廬山山陽七詠三峽石橋詩："江聲雰靷瞿塘口，石角參差灩澦前。"

【石泓】㊀凹石積水而成的小潭。唐柳宗元柳先生集二九石渠記："踰石而往，有石泓，昌蒲被之，青鮮環周。"宋歐陽修文忠集五三幽谷晚飲詩："山勢抱幽谷，谷泉含石泓。"㊁指硯。宋黄庭堅豫章集六次韻王斌老所畫横竹詩："晴窗影落石泓處，松煤淺染飽霜兔。"

【石泐】石刻。宋歐陽修文忠集五三石篆詩："山中老僧憂石泐，印之以紙磨松煤。"

【石泥】石粉末與泥土混和之物，古代封禪時作爲封泥用。漢班固白虎通三封禪："或曰封者，金泥銀繩，或曰石泥金繩，封之以印璽。"舊唐書禮儀三："爲石泥以泥石磩，其泥，末石和方色土爲之。"

【石油】一種天然液體燃料。宋沈括夢溪筆談二四雜誌一："鄜延境内有石油。舊説'高奴縣出脂水'，即此也。……此物後必大行。"我國石油之名，始見於此。

【石刻】刻有文字、圖畫的碑碣或石壁。金元好問遺山集十二濟南雜詩之五："石刻燒殘譏集辭，雄樓傑觀想當時。"

【石抹】姓。遼之述律氏，遼亡入金，改爲石抹氏。漢姓稱蕭。金史國語解姓氏："石抹曰蕭。"元史一五〇石抹也先傳："其先，嘗從蕭后舉族入突厥，及后還而族留。至遼爲述律氏，號稱后族。遼亡，改述律氏爲石抹氏。"

【石林】㊀山名。在河南洛陽市東南。後漢書六十上馬融傳廣成頌："金山、石林，殷起乎其中。"注："石林，大石山也，一名萬安山，在河南郡境。"參閱嘉慶一統志二〇五河南府山川。㊁園名。在浙江吳興西門外。下山之南，産石奇巧，羅布山間，故名。宋葉夢得於此築亭，因自號石林。見宋杜綰雲林石譜上下山石。

【石門】㊀地名。1. 春秋齊地，在山東平陰縣北。春秋隱三年冬，齊侯鄭伯盟於石門，卽此。2. 在河南鄭州市西北。有兩處，一爲漢靈帝建寧四年於敖城西北壘石爲門，以遏浚儀渠口，名之石門。敖城在敖山之上。另一處在滎澤合黃河之口，謂之滎口石門。漢平帝後滎澤已塞爲平地。參閱水經注濟水、嘉慶一統志一八六開封府。㊁縣名。1. 屬湖南省。漢零陽縣，屬武陵郡。三國吳析置天門郡，晉置澧陽縣爲郡治。隋廢爲石門縣，以縣東有橫嶺，鑿而爲門，又西江岸有石橋，北有石嶂崖，南有石臼山，望之如門，故名。明清屬澧州。見寰宇通志五四澧州。2. 舊縣名。見"崇德㊀"。㊂山名。1. 在廣州市西北。漢武帝元鼎六年冬，樓船將軍楊僕以精卒自尋陿，破石門，得越船粟，卽此。史記一一三南越傳索隱引廣州記："(石門)在番禺縣北三十里。昔呂嘉拒漢，積石鎭江，名曰石門。"2. 在河北内丘縣西北。晉時後趙主石勒遣石虎進據石門，因取襄國。五代初晉王李存勗以張文禮之亂，自石門趣鎭州，卽此。見讀史方輿紀要十五順德府。3. 在山東曲阜縣東北，上有石門寺。唐李白有魯郡東石門送杜二甫詩（李太白詩十七)。見嘉慶一統志一六五兗州府。4. 在甘肅臨夏西南。卽臯蘭山門。漢武帝元狩二年霍去病出隴西至臯蘭，卽此。見元和郡縣志三九蘭州鳳林縣。㊃城門名。春秋魯都城外門。論語憲問："子路宿於石門。"

【石弦】簫的別名。見佚名三餘帖。（重校説郛三二)

【石虎】公元 295—349 年。字季龍，羯族，東晉列國後趙主石勒之侄。勒死，虎廢勒子弘，自立爲趙天王，遷都於鄴，後又稱帝。在位十五年，窮奢極侈，勞役繁興，刑罰嚴酷，民不聊生。虎死，其子十三人，八人自相殘害，五人先後爲其部將冉閔所殺，後趙亡。見晉書石季龍載記。

【石囷】石造倉庫。晉書劉驎之傳："嘗採藥至衡山，深入忘反，見有一澗水，水南有二石囷，一囷閉，一囷開，水深廣不得過。……或説囷中皆仙靈方藥諸雜物，驎之欲更尋索，終不復知處也。"

【石牀】石製之牀。南史宋武帝紀："帝素有熱病，並患金創，末年尤劇，坐卧常須冷物，後有人獻石牀，寢之，極以爲佳，乃嘆曰：'木牀且費，而況石邪。'卽令毁之。"唐賈島長江集四贈無懷禪師詩："禪定石牀暖，月移山樹秋。"

【石乳】㊀鐘乳石。北周庾信庾子山集三奉和趙王隱士詩："洞風吹户裏，石乳滴窗前。"㊁茶名。宋時茶分二類：曰片茶，曰散茶。片茶分龍、鳳、石乳、白乳之類十二等。石乳，至道中造。見宋顧文薦負暄雜録建茶品第(説郛十八)、宋史食貨志下茶。

【石洫】用石鋪築的通水渠道。後漢書二九鮑永傳附鮑昱："後拜汝南太守。郡多陂池，歲歲決壞，年費常三千餘萬。昱乃上作方梁石洫，水常饒足，灌田倍多，人以殷富。"注："洫，渠也。以石爲之，猶今之水門也。"

【石室】㊀古代宗廟中藏神主的石函。左傳莊十四年"先君桓公，命我先人，典司宗祏"晉杜預注："宗祏，宗廟中藏主石室。"㊁藏圖書檔案之室。史記一三〇太史公自序："紬史記石室金匱之書。"索隱："案石室金匱，皆國家藏書之處。"㊂岩洞。後漢書八六南蠻傳："槃瓠得女，負而走入南山，止石室中。所處險絶，人跡不至。"㊃山中隱居之室。晉書嵇康傳："康又遇王烈，共入山……又於石室中見一卷素書。"唐于鄴詩集贈隱者："石室掃無塵，人寰與此分。"(唐詩百名家全集)㊄石造之室，喻極穩固。三國志吳賀邵傳上疏："近劉氏據三關之險，守重山之固，可謂金城石室，萬世之業。"

【石亭】地名。在安徽潛山縣東北。三國吳孫權黄武七年五月，鄱陽太守周魴僞叛，誘魏將曹休出兵，秋八月，權至皖口，使將軍陸遜督諸將大破休於石亭，卽此。

【石首】㊀縣名。屬湖北省。漢華容縣地，晉分置石首縣，言大江北無丘陵，渡江始有石山，言石自此而爲首。南朝宋廢，唐復置。明清屬荆州府。見寰宇通志五三荆州府。㊁城名。卽江寧之石頭城。初學記六隋薛道衡祭江文："直趨金陵，行登石首。"㊂魚名。見"石首魚"。

【石城】㊀謂壘石爲城，至爲堅固。漢書食貨志上鼂錯論貴粟疏："神農之教曰：'有石城十仞，湯池百步，帶甲百萬，而亡粟，弗能守也。'"㊁縣名。1. 漢置，屬丹陽郡，隋改爲秋浦。故城在今安徽貴池縣西南。參閱晉書地理志下、清陳芳績歷代地理沿革表三一。2. 漢合浦郡地。南朝宋分置羅州。唐置石城縣，以石城水爲名，屬羅州。故城在今廣東廉江縣。參閱讀史方輿紀要一〇四高州。3. 屬江西省。漢雩都縣地，五代唐置，屬虔州。以山多石，聳峙如城而名。明屬贛州府，清屬寧都直隸州。參閱讀史方輿紀要八八贛州府。㊂石頭城的省稱。文選晉左太沖(思)吳都賦："戎車盈於石城，戈船掩乎江湖。"參見"石頭㊂"。

【石苞】公元？—272 年。字仲容，晉渤海南皮人。爲人多智謀，容儀偉麗，不修小節。三國魏末，爲大將軍司馬師中護軍司馬，後進位征東大將軍、驃騎將軍。及司馬炎(武帝)稱帝，遷大司馬。晉書有傳。

【石南】植物名。高至七八尺。正二月間開花，花甚細碎，聚集成毬。淡白緑色，秋結實。舊時江南地區常植於墓地。葉入藥。見太平御覽九一魏王花木志、宋寇宗奭本草衍義十五石南。

【石韋】草名。叢生，蔓延石上，生葉如皮，故名。亦名金星草。生於瓦屋上者名瓦韋。見政和證類本草八石韋。

【石屏】㊀山石壁立如屏。唐高適高常侍集二宴韋司户山亭院："苔徑試窺踐，石屏可攀倚。"㊁古州名。宋時名石坪邑，元至元七年改邑爲州，明洪武十五年改曰石屏州。公元 1913 年改石屏縣，屬雲南省。參閱讀史方輿紀要一一五臨安府。

【石炭】卽煤。水經注十漳水："石墨可書，又燃之難盡，亦謂之石炭。"唐貫休禪月集十三寄懷楚和尚詩："鐵盂湯雪早，石炭煮茶遲。"參閱明張萱疑耀二石炭。

【石泉】㊀山石中流出的泉水。楚辭屈原九歌山鬼："山中人兮芳杜若，飲石泉兮蔭松柏。"㊁縣名。1. 屬陝西省。秦爲漢中郡地。漢爲安陽縣地。晉置長樂縣，爲晉昌郡治。西魏更名爲石泉縣。清因之，屬興安府。見嘉慶一統志二四一興安府。2. 漢時蜀郡汶江道地。晉爲汶山郡地。唐置石泉縣，屬茂州。明屬龍安府，清因之。公元 1914 年改北川縣，屬四川省。見嘉慶一統志三九九龍安府。

【石浦】地名，在浙江象山縣西南。明洪武三十年置千户所，遷巡檢司於此。清時設廳，辛亥革命後併入象山縣。參閱明史地理志五浙江寧波府、嘉慶一統志二九二寧波府。

【石窌】春秋齊邑名。在今山東長清縣境。左傳成二年："齊侯以爲有禮。既而問之，辟司徒之妻也，予之石窌。"

【石馬】石刻之馬,多列于陵墓前。漢書五五霍去病傳"爲冢象祁連山"唐顏師古注:"在茂陵旁,冢上有竪石,冢前有石人馬者是也。"唐杜甫杜工部草堂詩箋十一玉華宮詩:"當時侍金輿,故物獨石馬。"

【石晉】五代石敬瑭所建的後晉政權。(公元 936—946 年)自敬瑭至出帝,二主國亡。後人爲别於三國後之西晉東晉,稱爲石晉。

【石烈】女真語。指縣以下行政機構。相當於鄉。阿保機(太祖)小字啜里只,爲迭刺部霞瀨益石烈鄉耶律彌里人。遼史一一六國語解:"霞瀨益石烈,鄉名。諸宮下皆有石烈,設官治之。"

【石砫】地名。今四川石柱縣。宋置石砫安撫司,元爲石砫軍民府,又升軍民安撫司,明爲石砫宣撫司,清改石砫直隸廳。公元 1913 年改石砫縣。明末秦良玉曾統兵駐守於此。參閱讀史方輿紀要七三石柱宣撫司。

【石笋】見"石筍"。

【石筍】挺直的大石,其狀如筍,故名。筍,也作"笋"。晉常璩華陽國志三蜀志:"時蜀有五丁力士,能移山,舉萬鈞,每王薨,輒立大石,長三丈,重千鈞,爲墓志:今石笋是也,號曰笋里。"唐杜甫杜工部草堂詩箋十九石笋行:"君不見益州城西門,陌上石笋雙高蹲。"園林中供觀賞之太湖石,亦有名石笋者。參閱宋杜綰雲林石譜上石笋。

【石脈】石頭的脈絡紋理。唐韋應物韋江州集七龍門遠眺詩:"花樹發煙華,淙流散石脈。"唐詩紀事二四王昌齡出郴山口至疊石灣野人室中寄張十一詩:"石脈盡横亘,潛潭何時流。"

【石留】見"石溜"。

【石師】猶碩師,賢師。莊子外物:"嬰兒生,無石師而能言,與能言者處也。"釋文:"石,本又作'碩'。案,石碩古字通用。"

【石紐】古地名,相傳爲夏禹生地。史記夏本紀"夏禹名曰文命"正義引漢揚雄蜀王本記:"禹本汶山郡廣柔縣人也,生於石紐。"三國志蜀秦宓傳:"禹生石紐,今之汶山郡是也。"在今四川汶川縣境。

【石砮】石製的箭頭。國語魯下:"有隼集于陳侯之庭而死,楛矢貫之,石砮其長尺有咫。"宋陸游劍南詩稿四八建安陳希周官海南爲余致兩拄杖……桄榔也:"雨漬嵐侵蘚暈重,石砮楛矢正相同。"

【石液】墨之一種,以點燃石油所薰之煙灰所製。宋沈括夢溪筆談二四雜誌一:"鄜延境内有石油,……燃之如麻,但煙甚濃,所霑幄幕皆黑。予疑其煙可用,試掃其煤以爲墨。黑光如漆,松墨不及也。遂大爲之,其識文爲'延州石液'者是也。"

【石渚】㊀水中的小石洲。文苑英華一二六南朝梁元帝玄覽賦:"臨石渚其如鏡,玩弱柳其猶絲。"㊁見"石奢"。

【石埭】㊀石隄。宋林逋林和靖集一上湖閒泛艤舟石函因過下湖小墅詩:"青山連石埭,春水入柴扉。"宋蘇軾東坡集十五再過超然臺贈太守霍翔詩:"願公談笑作石埭,坐使城郭生溪灣。"㊁舊縣名。漢陵陽縣地,三國吴置石埭場。唐永泰二年析秋浦浮梁黟三縣地置石埭縣。縣西有三巨石,稱頭埭、中埭、三埭,皆横卧溪中。三溪爲鎖璉溪、鴻陵溪、管溪。縣因以爲名。宋元明清因之。公元 1959 年併入太平縣。屬安徽省。

【石勒】公元 274—333 年。東晉列國後趙的創建者。羯族。上黨武鄉人,字世龍。幼時行販洛陽,爲人傭耕,被掠賣與茌平人師懽爲奴。會成都王穎故將公師藩起兵爲穎報仇,勒往投。藩敗死,乃歸匈奴族劉淵,淵使將兵,攻陷州郡甚多。用漢人張賓爲幕僚,據襄國,東晉太興二年建立政權,稱趙王。後俘劉曜,滅前趙,統一中國北方大部分地區。東晉咸和五年稱帝,改元建平,史稱後趙。見晉書石勒載記。

【石華】介類,肉可食,附生於海中石上。肉如蠣房,殼如牡蠣而大,可飾户牖天窗。參閱屠本畯閩中海錯疏下介部。文選晉郭景純(璞)江賦:"王珧海月,土肉石華。"注:"石華附石生,肉中啖。"

【石奢】春秋楚昭王相。剛直廉正,無所阿避。見有殺人者,奢追之,乃其父,縱其父而還。自縶,使人言於王,自謂罪當死。王赦其罪。奢曰:"王赦其罪,上惠也;伏誅而死,臣職也。"遂不受令,自刎而死。見史記一一九循吏傳。呂氏春秋高義作石渚。

【石國】古西域國名。在今蘇聯烏兹别克共和國首都塔什干一帶。歷南北朝至唐,皆與中國交通。其王姓石,唐顯慶三年曾於其地置大宛都督府。參閱隋書西域傳、唐會要九九石國、新唐書一四六下西域傳康國。

【石崇】公元 249—300 年。晉南皮人。字季倫。石苞子。生於青州,故小字齊奴。歷任散騎常侍、荆州刺史等職。嘗劫遠使商客,致富不貲。於河陽置金谷園,奢靡成風,與貴戚王愷羊琇等以豪侈相尚。與潘岳陸機陸雲等俱附事賈后賈謐,時號二十四友。永康元年趙王倫廢殺賈后等,崇以黨與免官。又爲倫嬖人孫秀所譖,被殺。

【石郵】風名。唐李商隱李義山詩集四擬意:"去夢隨川後,來風貯石郵。"參見"石尤"。

【石斛】植物名。生於高山岩石地或附生樹幹上,細若小草,長三四寸,夏日開花。以葉形如釵,故又名金釵石斛。又經久耐乾,得水卽活,又名千年竹。供觀賞,花葉入藥。參閱宋寇宗奭本草衍義七石斛。

【石婦】㊀婦女石像。唐白居易長慶集一蜀路石婦詩:"道傍一石婦,無記復無銘。傳是此鄉女,爲婦孝且貞。"㊁指望夫石。元楊維楨鐵崖先生古樂府一石婦操引:"石婦卽望夫石也,在處有之。"參見"望夫石"。

【石渠】㊀石子鋪築的水渠。文選魏劉公幹(楨)公讌詩:"清川過石渠,流波爲魚防。"唐孟浩然集一疾愈過龍泉精舍呈易業二上人詩:"石渠流雪水,金子耀霜橘。"㊁見"石渠閣"。

【石湖】湖名。1. 在江蘇蘇州西南,界吴縣吴江間,風景優勝。西南通太湖,北通横塘,東入胥門運河。相傳爲范蠡入五湖之口。宋范成大晚年居地,隨地勢高下,面湖築亭榭,孝宗(趙昚)書"石湖"二字以賜,因自號石湖居士。成大死後不久卽荒廢。見宋陳振孫直齋書録解題十八。

【石窖】鑿石而成的地窖。宋蘇軾分類東坡詩五留題峽州甘泉寺:"清泉不可挹,涸盡空石窖。"

【石窗】㊀指山間的石穴。唐陸龜蒙甫里集六四明山詩之一石窗:"石窗何處見,萬仞倚晴虛。"㊁指石砌製的窗。唐姚合姚少監集三寄元緒上人詩:"石窗紫蘚牆,此世此清涼。"

【石菌】靈芝。古爲瑞草之稱。文選漢張平子(衡)思玄賦:"漱飛泉之瀝液兮,咀石菌之流英。"藝文類聚二九南朝梁簡文帝送别詩:"石菌生懸葉,江槎流卧枝。"

【石椁】古墓中置棺的石室。禮檀弓上:"昔者夫子居于宋,見桓司馬自爲石椁,三年而不成,夫子曰:'若是其靡也,死不如速朽之愈也。'"也作"石槨"。莊子則陽:"掘之數仞,得石槨焉。"

【石棧】於山險之地,鑿石架木爲路。唐

李白李太白詩三蜀道難:“地崩山摧壯士死,然後天梯石棧相鉤連。”柳宗元柳先生集四三法華寺石門精室詩:“松溪窅窱入,石棧夤緣上。”

【石畫】漢書九四下匈奴傳揚雄諫書:“時奇譎之士、石畫之臣甚衆。”注:“鄧展曰:‘石,大也。’”石,通“碩”。宋王安石臨川集十六送鄆州知府宋諫議詩:“廟謨資石畫,兵略倚珠鈐。”

【石陽】地名,亦稱石梵。在今湖北黃陂縣西。漢建安十五年,曹操使夏侯尚文聘圍江陵,又遣聘別屯沔口,止石梵。其後,孫權以五萬衆圍聘於石陽,不克而還,卽此地。見讀史方輿紀要七六黃州府黃陂縣。

【石跗】碑碣等的石基。舊唐書禮儀志一:“周設石距十八,如碑之狀,去壇二步,其下石跗入地數尺。”

【石溜】㊀指貧瘠之地。戰國策韓一:“韓王曰:‘成皋,石溜之地也,寡人無所用之。’”也作“石留”。文選晉左太沖(思)魏都賦:“隰壤瀸漏而沮洳,林藪石留而蕪穢。”㊁山中流水之石澗。南齊謝朓謝宣城集三遊山詩:“杳杳雲竇深,淵淵石溜淺。”

【石窟】㊀山之石穴。晉書郭瑀傳:“(郭瑀)隱於臨松薤谷,鑿石窟而居。”唐段成式酉陽雜俎十物異秦鏡:“舞溪古岸石窟有方鏡,徑丈餘。”㊁佛寺的一種,也叫石窟寺。就山壁開鑿而成,窟內刻佛像及宣揚佛教教義和佛教故事的羣像,亦用泥塑或壁畫。我國石窟的開鑿約始於東晉末,直至元明,而以北魏隋唐爲最盛。著名的有燉煌、龍門、雲崗等處。參閱魏書釋老志。

【石鼓】㊀相傳周宣王時,製鼓形石十塊,上刻史籀所作的紀功頌,今存北京故宮博物院。詳“石鼓文”。㊁山名。全國以石鼓名山者甚多,如陝西寶雞、廣東東莞、安徽廣德、湖南衡陽等,皆有石鼓山。多因山有大石如鼓而得名。見讀史方輿紀要五五鳳翔府、一〇一廣州府。

【石碏】春秋時衛大夫。其子厚與公子州吁交往甚密,州吁與厚密謀殺桓公而自立。碏因誘州吁及厚至陳國殺之,迎立公子晉爲衛君,春秋讚美其能大義滅親,謂之純臣。見左傳隱三年至四年。

【石鼎】古石製煎烹之器。唐韓愈昌黎集二一有石鼎聯句詩。宋范成大石湖集四病中絕句之三:“石鼎颼颼夜煮湯,亂拖芝朮鬬溫涼。”

【石腸】心腸如石。比喻意志堅强。宋范成大石湖集三四惜交賦:“雖君子之石腸兮,固將徇乎市虎。”

【石經】㊀古謂刻石的儒家經典。如 1.漢石經。靈帝熹平四年刻石,蔡邕書,字爲隸體。2.魏石經。齊王正始中刻石,字爲古文、篆、隸三體。3.唐石經。文宗開成二年開始刻石,共十二經,無孟子。字爲楷書。4.蜀石經。五代蜀廣政元年開始刻石,字爲楷書。其他如宋仁宗嘉祐六年刻開封府石經,宋高宗紹興十三年刻御書石經,淸乾隆五十八年十三經刻石,嘉慶八年曾加磨改等,皆有關石經之刻製。參閱宋王應麟困學記聞八經說、淸顧炎武石經考。㊁北朝以來,佛教將佛經刻於石上,亦名石經。詳“石經山”。

【石漆】卽石油。晉張華博物志九:“酒泉延壽縣南有山出泉,水大如筥,注地爲溝,其水有脂,如煑肉汁,挹取若著器中,始黃後黑,如不凝膏,然之極明,與膏無異,膏車及水碓缸甚佳,但不可食,彼方人謂之石漆。”明楊愼埶林伐山三石漆:“延州高奴縣有石脂水,水膩,浮水面如漆,採以膏車及炷燈,謂之石漆。宋時用以燒烟造墨,謂之延州石液。”

【石蜜】㊀用甘蔗煉成的糖。凝結成塊者爲石蜜,輕白如霜者爲糖霜,堅白如冰者爲冰糖。唐太宗時自古印度得石蜜匠人,在越州用甘蔗製造,後來推廣於產蔗各地。參閱續高僧傳四京大慈恩寺釋玄奘傳、明王世貞弇州山人四部稿一五八宛委餘編三。㊁野蜂所釀的蜜。見“崖蜜”。

【石趙】指東晉石勒所建的後趙。七世。公元 319—351 年。梁書元帝紀王僧辯等勸進表:“所待陛下昭告后土,虔奉上帝,……便當盡司寇之威,窮蚩尤之伐,執石趙而求璽,斬姚秦而取鍾。”

【石榴】植物名。以漢武帝時張騫自西域城國安國傳入內地,故名安石榴。夏月開花,果實形如毬,熟則色紅而開裂。根皮入藥。又有丹若、塗林等名,分見各該條。參閱初學記二八晉張華博物志、政和證類本草二三安石榴。

【石閨】指傳說中仙女所居的巖洞。宋蘇軾分類東坡詩八留題仙遊潭中興寺:“獨攀書室窺巖竇,還訪仙姝款石閨。”寺東有玉女洞,故云。

【石閭】山名。在山東泰安縣南。漢武帝太初三年東巡,四月封泰山,禪石閭,卽此山。見漢書武帝紀。

【石像】石刻的肖像。梁書阮孝緒傳:“其恒供養石像,先有損壞,心欲治補,經一夜忽然完復。”

【石髮】生於水邊石上的苔藻。初學記二七晉周處風土記:“石髮,水苔也,青綠色,皆生於石也。”唐陸龜蒙甫里集十四苔賦:“高有瓦松,卑有澤葵,散巖竇者石髮,補空田者垣衣。”

【石槽】㊀石製的水槽。三國志魏華佗傳“成病竟發,無藥可服,以至於死”注引佗別傳:“冬十一月中,佗令坐石槽中,平旦用寒水汲灌,云當滿百。”北魏楊衒之洛陽伽藍記一景樂寺:“北連義井里,井里北門外,有桑樹數株,枝條繁茂,下有甘井一所,石槽鐵罐,供給行人飲水。”㊁琵琶上用來架絃的石格子。唐段安節樂府雜錄琵琶:“開元中有賀懷智其樂器以石爲槽,鵾雞筋作絃,用鐵撥彈之。”

【石麪】石脂的一種。入藥。舊時災民不得已時或用來充饑,但食後不能消化,常因此而死亡。參閱本草綱目九石三石麪。

【石墨】㊀古用石炭(煤)作墨,故稱石墨。晉陸雲陸士龍集八與兄平原書:“一日上三臺,曹公藏石墨數十萬片,云燒此消復可用,然烟中人不知,兄頗見之不?今送二螺。”參閱宋蘇易簡文房四譜五墨譜、蘇軾東坡題跋五書沈存中石墨。㊁黑石脂。又名石涅。此乃石脂之黑者,亦可爲墨。南人謂之畫眉石。參閱政和證類本草三黑石脂、本草綱目九石三五色石脂。

【石幢】佛教寺院中刻有經文的天石柱。全唐詩二〇一岑參酬暢當嵩山尋麻道士見寄:“陰洞石幢微有字,古檀松樹半無枝。”

【石盤】㊀用石鑿成的盤。南朝梁元帝(蕭繹)金樓子六雜記上:“(子路)復懷石盤,曰:‘夫子知虎在水,而使我取水,是欲殺我也。’乃欲殺夫子。問:‘上士殺人如之何?’曰:‘用筆端。’‘中士殺人如之何?’曰:‘用語言。’‘下士殺人如之何?’曰:‘用石盤。’子路乃棄盤而去。”㊁平整如盤的大石。全唐詩六六七鄭損泛香亭:“山溜穿雲來幾里,石盤和蘚鑿何年。”

【石廩】山峰名。衡山五峰之一。在湖南衡山縣境。唐韓愈昌黎集三謁衡嶽廟遂宿嶽寺題門樓詩:“紫蓋連延接天柱,石廩騰擲堆祝融。”李冲昭南嶽小錄五峰:“石廩峰,遠望如倉廩,其上方闊十丈……又有小石廩峰,下有舜廟。”

【石頭】㊀地名。在江西南昌市北。水

經注三九贛水："贛水又逕(豫章)郡北，爲津步，……水之西岸，有盤石，謂之石頭，津步之處也。"㈡山名。在南京市江寧縣西。北緣大江，南抵秦淮之口。見讀史方輿紀要二十江寧府。㈢城名。亦稱石首城，又稱石城。戰國楚威王滅越，置金陵邑。漢建安十六年，孫權徙治秣陵，改名石頭。吳時爲土塢，晉義熙中始加磚累石。因山爲城，因江爲池，地形險固，爲攻守金陵必爭之地。隋平陳，毀建康城邑，更於石頭置蔣州。唐武德四年爲揚州治，九年，揚州移治江都，此城遂廢。故址在今南京市西石頭山後。見讀史方輿紀要二十江寧府。

【石燕】形狀如燕的石塊。出零陵。傳説遇風雨卽飛，雨止還化爲石。南朝陳徐陵徐孝穆集八移齊文："長沙鵩鳥，靡復爲妖。湘川石燕，自然還僻。"唐許渾丁卯集上金陵懷古詩："石燕拂雲晴亦雨，江豚吹浪夜還風。"見初學記一庾仲雍湘州記、又五顧愷之啟蒙記。

【石奮】公元前？一前124年。漢河内温縣人。年十五爲小吏，侍高祖。高祖愛其恭敬，召其姊爲美人。文帝時，累官至太中大夫，太子太傅。景帝卽位，以爲九卿。子建、慶等四人，皆以謹慎小心著名，官至二千石，景帝號奮爲萬石君。景帝末年，以上大夫祿歸老，卒於家。史記、漢書皆有傳。

【石錢】石上所生形圓如錢的苔蘚。唐李賀歌詩編三昌谷詩五月二十七日作："石錢差復藉，厚葉皆蟠膩。"

【石糞】用於施肥的青石灰。清屈大均廣東新語五石語："從化之北九珠山，是多青石，居民燔灰以糞田，名曰石糞。"

【石壕】地名。在河南陝縣東南。唐杜甫杜工部草堂詩箋十三石壕吏："暮投石壕村，有吏夜捉人。"見宋王應麟困學紀聞十八。

【石磴】石級，石階。南朝梁蕭統昭明太子集二開善寺法會詩："牽蘿下石磴，攀桂陟松梁。"唐曹唐曹從事詩集送羽人王錫歸羅浮："石磴倚天行帶月，鐵橋通海入無塵。"也作"石蹬"。水經注六汾水："山有羊腸坂，在晉陽西北。石蹬縈行，若羊腸焉，故倉、坂取名矣。"

【石黛】古代女子畫眉用的青黑色顏料。南朝陳徐陵玉臺新詠序："南都石黛，最發雙蛾；北地燕支，偏開兩靨。"唐李益李尚書詩集府試古鏡："石黛曾留殿，朱光適在宮。"

【石磯】水邊突出的石灘。唐韓愈昌黎集二一送區册序："與之翳嘉林，坐石磯，投竿而漁，陶然以樂。"李賀歌詩編一南園之八："窗含遠色通書幌，魚擁香鉤近石磯。"

【石癖】愛石成癖。宋杜綰雲林石譜袁(州)石："臨江士人魯子明有石癖，嘗親訪其處，以漁舟載歸瀟灑，列置所居。"

【石闕】㈠石築之闕。漢劉向説苑反質："秦始皇既兼天下，大侈靡，……立石闕東海上朐山界中，以爲秦東門。"㈡宮觀名。漢武帝起甘泉苑，苑中起宮殿臺閣百餘所，有石闕、封巒、鳷鵲等觀。文選漢司馬長卿(相如)上林賦："蹷石闕，歷封巒，過鳷鵲，望露寒，下棠黎，息宜春。"參閱三輔黄圖二漢宮甘泉宮。

【石瀨】水激石間而成的急流。楚辭屈原九歌湘君："石瀨兮淺淺，飛龍兮翩翩。"南朝梁江淹江文通集十草木頌序："飢猨搜索，石瀨戔戔。"

【石譜】輯録各種石的色澤形狀用途及產地、采法的書。宋杜綰著有雲林石譜、清諸九鼎撰有石譜。

【石藥】泛指礦物類藥物，如五石散之類。周禮天官疾醫"以五味五穀五藥養其病"注："五藥，草、木、蟲、石、穀也。"疏："石謂磁石白石之類。"素問腹中論："夫子數言熱中消中，不可服高粱、芳草、石藥。石藥發瘨，芳草發狂。"

【石關】漢宮觀名。在甘泉宮中。文選漢揚子雲(雄)甘泉賦："逴逴離宮般以相燭兮，封巒石關迆靡乎連屬。"參見"石闕㈡"。

【石獸】石刻之獸，多置於陵墓之前，其類有獅、象、馬、羊等。宋書禮志二："漢以後，天下送死奢靡，多作石室石獸碑銘等物。"唐制，墓前石獸，三品以上爲六，五品以上爲四。元趙孟頫松雪齋文集四岳鄂王墓詩："鄂王墳上草離離，秋日荒涼石獸危。"

【石鏡】㈠石製之鏡。舊題南朝梁任昉述異記下："武都大夫化爲女子，……蜀王娶以爲妻，無幾物故，遂葬於成都郭中，以石鏡一枚，長二丈，高五尺，同葬之。"參閱明曹學佺蜀中廣記三成都府三。㈡如鏡的山石。1. 在江西廬山。水經注三九廬江水："(廬)山東有石鏡，照水之所出。有一圓石，懸崖明淨，照見人形，晨光初散，則延曜入石，豪細必察，故名石鏡焉。"2. 在湖南祁陽縣。宋杜綰雲林石譜下："永州祁陽縣浯溪山巖之側，有立石一片，廣數尺，色深青潤，光可照物十數步，土人謂之石鏡。"㈢山名。在浙江臨安縣南。其東峰有圓石如鏡，故名。錢鏐爲臨安人，既貴，唐昭宗名其所居營爲衣錦營，又升爲衣錦城，石鏡山改名爲衣錦山。見讀史方輿紀要九十杭州府。㈣水母的別名。見本草綱目四四鱗四海蛇。參見"水母㈢"。

【石鯨】石刻之鯨。相傳秦始皇於宮中引渭水作昆明池，池中築土爲蓬萊山、豫章臺，刻石爲鯨魚，長三丈。隋江總秋日昆明池詩："蟬噪金隄柳，鷺飲石鯨波。"(初學記三)唐杜甫杜工部草堂詩箋三二秋興之七："織女機絲虛夜月，石鯨鱗甲動秋風。"參閱初學記三引三秦記、三輔黄圖四池沼。

【石蟹】產於溪澗石穴之蟹，殼堅色赤。宋蘇軾蘇文忠詩合注十九丁公默送蝤蛑："溪邊石蟹小于錢，喜見輪囷赤玉盤。"

【石竇】石穴。水經注十一滱水："始築兩宮，開四門，穿北城，累石爲竇，通池流于城中……自漢及燕，池水逕石竇。石竇既毀，池道亦絶。"

【石髓】石鍾乳。入藥。晉書嵇康傳："又康遇王烈，共入山，烈嘗得石髓如飴，卽自服半，餘半與康。"唐劉禹錫劉夢得集八桃源行："筵羞石髓勸客飡，燈爇松脂留客宿。"

【石鱗】水流石上，波起如魚鱗，故曰石鱗。宋蘇軾分類東坡詩一八月七日初入贛過惶恐灘："長風送客添帆腹，積雨浮舟減石鱗。"

【石顯】公元前？一前32年。字君房，漢濟南人。宣帝時，以中書官爲僕射。元帝時爲中書令。爲人外巧慧而内陰險，常持詭辯以中傷人，先後譖殺蕭望之、京房、賈捐之及斥罷周堪、劉更生等。貴幸傾朝，結黨營私，天子賞賜及臣下賄賂的資財達一萬萬。成帝時遷長信中太僕，後免官，徙歸故郡，憂懣不食，途中病死。漢書有傳。

【石子河】在河南鞏縣東南。隋末李密陳兵於石子河東大敗隋將劉長恭；又王世充與密相持，夾石子河而軍，世充卒爲密所敗，均卽此。參閱讀史方輿紀要四八河南府。

【石子岡】地名。岡，也作"堈"。1. 在南京南門外。三國志吳諸葛恪傳："建業南有長陵，名曰石子岡，葬者依焉。"後孫峻殺恪，投其尸於石子岡，卽此。2. 在河北邯鄲西。上有趙簡子墓。見晉書石季龍載記下。

【石尤風】逆風，頂頭風。參見"石尤"。

【石牛門】古成都城的西南門，又稱市橋門。秦孝文王以李冰爲蜀守，冰作石犀五頭以壓水。後轉置犀牛二頭，一在市橋門，因又稱石牛門。參閱晉常璩華陽國志蜀志、明曹學佺蜀中名勝記一成都府。

【石牛道】古棧道名。又叫金牛道、劍閣道。從今陝西沔縣西南行，可通四川昭化縣。水經注二七沔水上引來敏本屬論:"秦惠王欲代蜀而不知道，作五石牛，以金置尾下，言能屎金。蜀王負力令五丁引之成道。秦使張儀司馬錯尋路滅蜀，因曰石牛道。"一說指褒斜道。在今陝西眉縣至褒城之間。元和郡縣志二二興元府褒城縣:"褒城道一名石牛道，張良令漢王燒絶棧道，示無還心，卽此道也。"

【石手軍】善以手投石打擊敵人的部隊。宋史四五一陳文龍傳:"興化有石手軍者，能擲石中人，議者以其不足用，罷之，石手軍亦畔，復命文龍爲知軍，平之。"

【石田集】元馬祖常撰。有詩賦五卷，文十卷。所居有石田山房，因以名其書。元大德延祐後，文章頗盛，祖常才力富贍，文以秦漢爲文，詩則圓密清麗，皆爲當時學者所效慕。

【石臼河】在河北行唐縣西，因石臼谷而得名。也名滋河，東入新樂縣界爲木刀溝。東漢永平中治虖沱石臼河，欲令通漕，卽此。今已淤塞。參閱後漢書十六鄧訓傳、讀史方輿紀要十四真定府。

【石臼湖】在江蘇高淳縣西。明洪武中議通蘇浙糧運，命崇山侯李新開臙脂岡，引石臼湖水會於秦淮，以爲運河，因名臙脂河。參閱讀史方輿紀要二十江寧府。

【石決明】鮑魚的貝殼。肉可食，爲珍味，亦供藥用。見宋寇宗奭本草衍義十七石決明。

【石延年】公元994—1041年，宋宋城人。字曼卿。讀書通大略，爲文勁健，工詩善書，少以意氣自豪，喜劇飲。官至太子中允。與歐陽修爲摯交。身後，好事者傳爲芙蓉城主。宋史有傳。參見"芙蓉城"。

【石林詞】宋葉夢得撰。一卷。其詞婉麗，有温李之風，晚年所作能於簡淡中時出雄傑，頗與蘇軾相近。

【石門頌】東漢石刻，在漢中褒城縣。石門卽漢中褒斜谷通道。東漢桓帝建和二年漢中太守王升就谷中磨厓刻石，頌楗爲楊孟文復通石門功德。字徑二寸，共二十二行，一行三十或三十一字。書體勁挺多姿，於漢隸中別具一格。參閱宋歐陽修文忠集一三六集古録跋尾後漢司隸楊君碑、清畢沅關中金石記一楊夢文石門頌。

【石門銘】石刻。在漢中褒城縣。石門卽漢中褒斜谷通道，自晉南遷，此道已廢。北魏正始元年，漢中獻地，梁秦二州刺史羊祉開復舊路，左校令賈三德共成其事。始於四年十月，訖永平二年正月畢功，銘卽記其事。撰著者不詳，書者爲太原郡王遠之，字大二寸左右，書體高渾飄逸，爲北魏石刻的精品。參閱宋歐陽修文忠集一三七集古録跋尾後魏石門銘，清王森文石門碑醳王遠石門銘。

【石首局】南朝梁鼓吹曲名，沈約製。南朝宋齊，并用漢鼓吹曲。梁武帝時，沈約製鼓吹曲十二，其第九卽石首局，取首句以爲曲名。內容爲歌頌梁武帝蕭衍興師平京城，廢南齊東昏侯而定大事。見隋書音樂志上、樂府詩集二十沈約梁鼓吹曲之九。石首卽石頭，故址在今南京市。參見"石頭"。

【石首魚】海産魚類，如黄魚等，以頭蓋骨內，有骨二枚，大如豆，色白堅如石，故名。見初學記三十臨海異物志、宋吳曾能改齋漫録十五石首魚。

【石城樂】樂府西曲歌名。南朝宋臧質所作，共五首。石城在竟陵，質嘗爲竟陵郡，於城上眺矚，見羣少年歌謡通暢，因作此曲。曲辭五首，見舊唐書音樂志二、樂府詩集四七清商曲辭四。

【石柱記】唐顏真卿撰並書，刻石樹於湖州杼山，記載吳興山川、陵墓、古蹟、古器頗詳。宋孫莘老知湖州，取而貯於墨妙亭。原石已漫漶。清朱彝尊依鄭元慶搜得之宋本四卷，補德清武康二縣，合爲五卷。鄭元慶又一一爲之箋釋。見石柱記清朱彝尊鄭元慶等序。

【石屏詞】宋戴復古撰，一卷。復古居石屏山，號石屏，爲陸游門人，以詩名。詞作不多，收録三十三首，風格與游相近。其滿江紅、水調歌頭諸調，豪情壯采，氣勢雄邁，直逼蘇辛。

【石凍春】酒名。唐李肇國史補下:"酒則有郢州之富水，烏程之若下，滎陽之土窟春，富平之石凍春。"唐鄭谷鄭守愚集二贈富平李宰詩:"易得連宵醉，千缸石凍春。"

【石梁河】水名，卽濡須水，在安徽省。宋紹興十一年淮北宣撫判官劉錡與金兀朮夾石梁河而陣，大敗金兵，卽此。見宋史三六六劉錡傳、讀史方輿紀要二六廬州府。

【石虛中】硯的擬人別稱。又曰卽墨侯。見宋蘇易簡文房四譜三硯譜。

【石渠閣】閣名，漢宮中藏書之處，在未央宮殿北。漢初蕭何造，以藏入關所得秦之圖籍。其下礱石爲渠以導水，因爲閣名。至成帝時，又於此藏祕書。宣帝甘露三年與諸儒韋玄成梁丘賀等講論於石渠，卽此。見漢書八八施讎傳、三輔黄圖六閣。

【石敢當】唐宋以來，人家門口，或街衢巷口，常立一小石碑，上刻"石敢當"三字，以爲可以禁壓不祥。急就篇一:"石敢當。"注謂首字爲姓，下二字爲虛構之名，言所當無敵。宋仁宗慶曆四年，於福建莆田發現唐代宗大曆五年"石敢當"石碑，可見此俗由來已久。見宋王象之輿地紀勝一三五福建路。

【石犀渠】水名，卽郫江，在四川境，由灌縣流經郫縣至成都與錦江匯合。相傳秦李冰導江穿渠，作石犀五頭以壓水，因名。參閱水經注三三江水。

【石堡城】古城名，在今青海西寧市西南。唐時屬隴右道，先後置振武軍天威軍。宋蘇軾分類東坡詩二開元遺事之一:"朔方老將風流在，不取西蕃石堡城。"卽此。

【石牌市】舊地名，卽今安徽懷甯縣治。地通四邑，商旅輻聚，亦曰石牌口。宋開寶七年，樊若水請用浮梁濟采石，先試舟於石牌口，卽此。參閱讀史方輿紀要二六安慶府。

【石鼓文】唐初在天興三時原出土的十塊鼓形石，上刻籀文(大篆)四言詩，每塊十首爲一組。發現時文字已殘缺不全，其內容及刻石時代衆說紛紜。唐張懷瓘等謂是周宣王大狩所作，宋董逌程大昌等斷爲周成王時所作，鄭樵因其文往往與秦器相合，又指爲秦刻。金馬定國以爲是北周時之物。近人考證定爲秦刻，敍述當時貴族畋獵遊樂生活。鼓文唐時已損，宋歐陽修所見僅四百八十五字，後人所見，字數愈少。清乾隆時別選貞石摹勒鼓文，便人拓印，於是石鼓文遂有新舊二種。原石現藏北京故宮博物院。參閱近人郭沫若石鼓文研究。

【石敬瑭】公元892—942年。五代後晉之建立者，父臬捩雞，爲沙陀李克用部將。敬瑭爲後唐明宗壻，官河東節度使，守太原，於清泰三年引契丹兵滅後唐，受契丹册封爲晉帝，建號天福。割燕雲十六州予契丹，歲貢帛三十萬匹，並稱契丹主爲"父皇帝"，自稱"兒皇帝"。次年契丹改國號爲遼。以招納吐谷渾爲遼所責難，抑鬱而死。見舊五代史、新五代史晉高祖紀。

【石獅子】 列於宮殿衙署門外兩旁的石獸，其形卷髮巨眼，張吻施爪，俗稱爲石獅子。見清朱象賢聞見偶録器宇世儀。

【石經山】 山名，在今北京市房山縣西南，以藏有佛教石經得名。舊名白帶山，亦稱小西天。自北齊慧思大師、隋靜琬法師發願刻佛經起，唐遼金元明歷代皆續刻佛經於石洞中。現存經版萬餘。見明劉侗于奕正帝京景物略八石經山。參見"石經"。

【石經考】 清顧炎武撰。一卷。敍述漢魏唐五代後蜀宋石經刻石經過，詳其沿革異同，大體精當。後萬斯同以顧書詳漢魏而略唐宋，因别撰石經考，采諸家之説，加以補充證明，較顧書詳備。又杭世駿有石經考異詳辯，與萬書互有詳略。

【石榴裙】 大紅裙。玉臺新詠六何思澂南苑逢美人詩："風捲葡萄帶，日照石榴裙。"又九梁元帝烏棲曲："交龍成錦鬬鳳紋，芙蓉爲帶石榴裙。"

【石龍子】 爬行動物。卽蜥蜴。俗名四脚蛇。大者長七八寸。入藥。見宋寇宗奭本草衍義十七石龍子。參見"蜥蜴"。

【石嶺關】 在山西陽曲縣東北，北界忻縣，爲并代雲朔要衝，地勢險固。唐初，突厥入晉陽，自石嶺以北皆留軍戍守。宋太宗以郭進爲太原石嶺關都部署，斷燕薊援師。元順帝亦命孛羅帖木兒守石嶺關以南。參閱讀史方輿紀要四十太原府。

【石點頭】 晉缺名蓮社高賢傳道生法師："師被擯南還，入虎丘山，聚石爲徒，講涅槃經，……羣石皆爲點頭。"後謂講道説理説服力強、感化力大爲頑石點頭。

【石蟬花】 植物名。花紫萼五出，形狀似蟬，故名石蟬，色白者號玉蟬花。見宋宋祁益部方物略記。

【石鏉餅】 食物名。詳"䭔餅"。

【石麒麟】 ㊀石雕的麒麟。舊題漢劉歆西京雜記三："觀前有三梧桐樹，樹下有石麒麟二枚，刊其脅爲文字，是秦始皇酈山墓上物也。"㊁對兒童前程遠大的贊語。陳書徐陵傳："時寶誌上人者，世稱其有道，陵年數歲，家人攜以候之，寶誌手摩其頂，曰：'天上石麒麟也。'"

【石鐘山】 山名。在江西湖口縣，有二：一在縣治南，名上鐘山；一在縣治北，名下鐘山。山皆高五、六百尺，周十里許，其勢相向，下多石穴，風水相激，聲如洪鐘。宋蘇軾經進文集事略四九有石鐘山記。參閱讀史方輿紀要八五九江府。

【石鐘乳】 石灰岩洞頂部的簷冰狀物。以形似鐘乳而質爲石，故名。卽鐘乳。詳該條。

【石鹽木】 南方木名。堅實經久，不易爲蟲蛀腐蝕。宋蘇軾分類東坡詩九兩橋引："栖禪院僧希固，築進兩岸爲飛閣九間，盡用石鹽木，堅若鐵石。"又西新橋："千年誰在者，鐵柱羅浮西，獨有石鹽木，白蟻不敢躋。"

【石田詩選】 明沈周撰。華汝德編。十卷。仿分類杜詩之例，分爲三十一目。周以畫名一代。其詩擬白居易蘇軾陸游，亦爲世所愛重，往往不甚經意，而有自然真趣。見明史二九八沈周傳。

【石沉大海】 比喻杳無信息；事一點没有下文。古今雜劇元張國賓羅李郎大鬧相國寺二："出門去没一個人知道，恰便似石沉大海，鐵墜江濤，無根蓬草，斷線風箏。"

【石林詩話】 宋葉夢得撰，一卷。夢得出蔡京之門，其論詩，推重王安石，而不滿於歐陽修蘇軾諸人，但夢得詩文皆有成就，論詩多出心得，非浮泛之談。

【石林燕語】 宋葉夢得撰，十卷。所記多有關北宋之典章制度、宮殿建設及佚史遺事，尤詳於官制科目，足補史傳之缺。宋汪應辰曾作石林燕語辨、宇文紹奕作石林燕語考異，對夢得舊文訛誤，多有訂正。

【石室金匱】 以石爲室，以金爲匱，爲朝廷藏書之處。參見"石室"。

【石破天驚】 極言震動之甚。唐李賀歌詩編一李憑箜篌引："女媧鍊石補天處，石破天驚逗秋雨。"後常用以指文章議論出人意表。清劉獻廷廣陽雜記四："向予見楚辭聽直一書，能使靈均别開生面，每出一語，石破天驚，雖穿鑿附會不少，然皆能發人神智。"

【石渠隨筆】 清阮元撰，爲乾隆五十六年間奉勅續編石渠寶笈時所作筆記，八卷。阮目睹內府所藏歷代書畫真蹟，手自釐定。於每一書畫之內容、特徵，皆詳爲記録。所作評論考訂，常發前人所未發。

【石渠寶笈】 清乾隆九年張照等撰，正編四十五篇。五十六年阮元等撰續編八十八册，嘉慶二十年英和等撰三編一〇八册。記載內府所藏歷代書畫真蹟。分書册、畫册、書畫合册、書卷、畫卷、書畫合卷、書軸、畫軸、書畫合軸九類，每類又分上、次兩等。於每一書畫真蹟，皆詳記其紙絹、尺寸、款識、印記、題詠、跋尾等項。僅正編有商務印書館涵芬樓影印本。

【石湖詩集】 宋范成大撰，三十四卷。范居石湖，自號石湖居士，因以石湖名其所著。成大詩與楊萬里陸游齊名，所作早年大抵學晚唐，自官新安後，變以婉峭，自爲一家。清沈欽韓有石湖詩集註。

【石鼓書院】 書院名，在湖南衡陽石鼓山。當蒸水湘江匯合處。唐爲尋真觀，元和間李寬讀書其中。宋至道中於故址建書院。南宋淳熙中重建，朱熹爲作記。與白鹿洞應天嶽麓三書院合稱宋四大書院。見宋朱熹朱文公集十九衡州石鼓書院記。

【石墨鐫華】 ㊀指碑銘。南朝梁劉勰文心雕龍三誄碑贊："石墨鐫華，頹影豈忒。"㊁書名。明趙崡撰，六卷，又附録二卷。崡嗜愛古碑，遠遊尋訪，每至碑所，輒審視搨摹。歷時三十年，著録二百五十三種，其書雖不及宋歐陽修集古録、趙明誠金石録之博，而多兩家所未見，見解亦較兩家爲確。附録二卷載尋訪古碑之遊記與詩，可見其求索之勤。

【石頭和尚】 公元？—790年。唐希遷禪師之號。希遷，端州高要陳氏子，出家曹溪。師事六祖慧能高弟行思。天寶初，居衡山南寺，寺東有石，其狀如臺，乃結庵其上，時號石頭和尚。著有參同契、草庵歌。見宋高僧傳九唐南嶽石頭山希遷禪師。

【石門文字禪】 宋釋惠洪撰，三十卷。大半爲詩，其次爲古文，亦有偈贊詞賦諸體。集中有寂音自序一文，自述生平事蹟頗詳。

【石笥山房集】 清胡天游撰。文集六卷，補遺一卷；詩集十二卷，補遺、續補遺各二卷；年譜一卷。天游工駢文，亦能詩，尤精經學，論著皆散見文集中。其文造句鍊字，淵奧似唐樊宗師，詩具備衆體，氣格略與文同。

二　畫

矴 dìng 丁定切，去，徑韻，端。ㄉㄧㄥˋ

停船時用來固定船身位置的石墩。也作"椗"、"碇"。三國志吳董襲傳："(黄)祖横兩蒙衝挾守沔口，以栟閭大紲繫石爲矴。”宋蘇軾東坡集後集五兩橋詩引：“羅浮道士鄧守安始作浮橋，以四十舟爲二十舫，鐵鎖石矴，隨水漲落。”

【矴石】鎮舟之石。也作“碇石”。新唐書一三〇楊瑒傳：“吏請立石紀德，瑒曰：‘事益於人，書名史氏足矣。若碑頌者，徒遺後人作碇石耳。’”也有用鐵製的。宋范致明岳陽風土記：“江岸沙磧中有冶鐵數枚，俗謂鐵枷，重千斤，……或云以此厭勝，辟蛟蜃之患，或以爲矴石，疑其太重，非舟人所能舉也。”

三 畫

砊 máng ㄇㄤ 莫郎切，平，唐韻，明。

山名。在江蘇碭山縣東南。漢高祖劉邦曾亡匿於砊碭山澤間。見史記高祖紀。漢書高帝紀砊作“芒”。參見“芒碭”。

矸 1. gàn ㄍㄢ 古案切，去，翰韻，見。

㊀史記八三鄒陽傳“甯戚飯牛車下”南朝宋裴駰集解引甯戚歌：“南山矸，白石爛。”唐司馬貞索隱：“矸者，白淨貌也。”

2. gān ㄍㄢ

㊁見“丹矸”。

矼 1. gāng ㄍㄤ 古雙切，平，江韻，見。

㊀石橋。爾雅釋宮：“石杠謂之徛。”參見“石杠”。

2. qiāng ㄑㄧㄤ 集韻 枯江切，平，江韻。

㊁愨實貌。莊子人間世：“且德厚信矼，未達人氣；名聞不争，未達人心。”釋文：“信矼，徐(邈)古江切，崔(譔)音控。”

矹 wù ㄨ 五忽切，入，没韻，疑。

㊀見下。㊁見“硉矹”。

【矹矹】勤勉貌。同“兀兀”。宋岳珂桯史十四八陣圖詩：“常山之蛇中首尾，蟆中矹矹何物客。”參見“兀兀㊂”。

矺 tuō ㄊㄨㄛ 他各切，入，鐸韻，透。

古代分裂肢體的酷刑。意同“磔”。史記八七李斯傳：“殺大臣蒙毅等，公子十二人僇死咸陽市，十公主矺死於杜。”

矻 kū ㄎㄨ 苦骨切，入，没韻，溪。

見下。

【矻矻】勞極貌。漢書六四下王褒傳聖主得賢臣頌：“故工人之用鈍器也，勞筋苦骨，終日矻矻。”

四 畫

砉 xū ㄒㄩ 呼昊切，入，錫韻，曉。

象聲詞。1. 皮骨相離聲。莊子養生主：“砉然嚮然，奏刀騞然。”2. 物相離聲。樂府詩集五七唐沈佺期霹靂引：“客有鼓瑟於門者，奏霹靂之商聲，始戛羽以騞砉，終扣宫而砰駖。”

【砉欻】細小窸窣聲。唐韓愈昌黎集三六送窮文：“屏息静聽，如聞音聲，若嘯若啼，砉欻嘎嚶。”

【砉騞】箭破空聲。唐元稹長慶集二六小胡笳引：“潺湲疑是雁鵾鵜，砉騞如聞發鳴鏑。”劉禹錫劉夢得集二飛鳶操：“旗尾飄揚勢漸高，箭頭砉騞聲相似。”

砊 1. kēng ㄎㄥ 客庚切，平，庚韻，溪。苦浪切，去，宕韻，溪。

㊀砊硠，石聲。見廣韻。

2. kāng ㄎㄤ 集韻 丘岡切，平，唐韻。

㊁見“砊₂礚”。

【砊₂礚】雷聲。文選漢張平子(衡)思玄賦：“凌驚雷之砊礚兮，弄狂電之淫裔。”

研 1. yán ㄧㄢ 五堅切，平，先韻，疑。

本作“揅”。㊀磨，碾。北魏賈思勰齊民要術九醴酪煮杏酪粥法：“打取杏仁，以湯脱去黄皮，熟研，以水和之，絹濾取汁。”㊁研究，探討。易繫辭上：“夫易，聖人之所以極深而研幾也。”

2. yàn ㄧㄢ 吾甸切，去，霰韻，疑。

㊂通“硯”。後漢書四七班超傳：“嘗輟業投筆歎曰：‘……安能久事筆研間乎？’”

【研₂北】宋稗類鈔五詩話：“晁説之以道作感事詩云：‘干戈難作牆東客，疾病猶存研北身。’上句用避世牆東王君公事；而研北身乃漢上題襟集段成式書云：‘杯宴之餘，常居研北。’又云：‘長疏研北，天機素少。’又云：‘筆下詞人，研北諸生。’蓋言几案面南，人坐研之北也。”謂從事著述。

【研究】窮究事理。南朝宋謝莊謝光禄集改定刑獄表：“督郵賤吏，非能異於官長，有案驗之名，而無研究之實。”南朝梁釋慧皎高僧傳六釋慧遠答姚興書：“欲令作大智論序，以申作者之意，……緣來告之重，輒粗綴所懷，至於研究之美，當復期諸明德。”

【研求】研究探索。世説新語賞譽下“林下諸賢”注引名士傳：“(阮)瞻字千里，夷任而少嗜欲，不修名行，自得於懷，讀書不甚研求，而識其要。”北史馬敬德傳：“遂留意於春秋左氏，沈思研求，晝夜不倦。”

【研味】研求欣賞。世説新語雅量“王劭王薈共詣宣武”注引劭薈别傳：“劭字敬倫，丞相導第五子，清貴簡素，研味玄賾，大司馬桓温稱爲鳳雛。”

【研₂室】硯匣。宋陶穀清異録下文用：“歐陽通善書，修飾文具，其家藏遺物尚多，皆就刻名號，研室曰紫方館。”

【研討】研究討論。唐韓愈昌黎集三八進順宗皇帝實録表狀：“脩成順宗皇帝實録五卷，……(李)吉甫慎重其事，欲更研討，比及身殁，尚未加工。”

【研₂席】硯和坐席，指學習之所。晉書劉弘傳：“少家洛陽，與武帝同居永安里，又同年，共研席。”

【研核】研究考查。三國志吴張温傳駱統理温表：“若澹神留思，纖粗研核，情何嫌而不宣，事何昧而不昭哉？”

【研桑】指古之善計算者計然與桑弘羊。計然也作計研，故云。文選漢班孟堅(固)答賓戲：“和鵲發精於鍼石，研桑心計於無垠。”晉書律曆志下魏尚書郎楊偉表：“臣之所建景初曆，……雖復使研桑心算，隸首運籌，重黎司晷，羲和察景，……皆未能並臣如此之妙也。”

【研精】精深的研究。後漢書六四盧植傳：“能通古今學，好研精而不守章句。”文選漢孔安國(子國)尚書序：“於是遂研精覃思，博考經籍，採摭羣言，以立訓傳。”

【研窮】詳研窮究。宋陳亮龍川集二十甲辰答朱元晦秘書：“研窮義理之精微，辯析古今之同異。”元曲選孟漢卿魔合羅四：“你教我怎研窮，難決斷，這其間詳細。”

【研摩】研究揣摩。宋歐陽修文忠集三讀徂徠集詩：“官學三十年，六經老研摩。”參見“摩研”。

【研₂癖】好硯成癖。宋何薳春渚紀聞九吴興許採五硯：“吴興許採，……自爲兒時，已有研癖。所藏具四方名品，幾至百枚，猶求取不已。常言：吾死，則以硯甃壙，無遺恨矣。”

【研覈】研究考核。文選漢張平子(衡)東京賦：“由余以西戎孤臣，而悝繆公於宫室，如之何其以温故知新，研覈是非，近於此惑？”陳書姚察傳：“尤好研覈古今，誰正文字，精采流贍，雖老不衰。”

【研鑽】即鑽研。爾雅晉郭璞序：“璞不

揆檮昧，少而習焉，沈研鑽極二九載矣。」宋樓鑰攻媿集四送淳丞上虞詩：「尚友更從游，問學加研鑽。」

【研₂北雜志】元陸友撰。二卷。友取唐段成式漢上題襟集序中「杯宴之餘，常居硯北」語，自號硯北生，因以名其筆記。所錄多爲佚文瑣事。友精鑒賞，兼工隸楷，故於古碑、篆隸、書畫、古器等，均考索甚詳。

【研京練都】南朝梁劉勰文心雕龍六神思：「人之稟才，遲速異分，……張衡研京以十年，左思練都以一紀。雖有巨文，亦思之緩也。」漢張衡作二京賦，精思傅會，十年乃成。晉左思作三都賦，構思十二年(晉書左思傳作十年)。後因謂行文構思縝密，經年累月曰研京練都。

砆 fū ㄈㄨ 正字通 撫孤切，音孚。

次於玉的美石。山海經南山經：「會稽之山，四方，其上多金玉，其下多砆石。」注：「砆，武夫，石似玉，今長沙臨湘出之，赤地白文，色蘢葱不分明。」參見「碔砆」。

砑 1. yà ㄧㄚˋ 吾駕切，去，禡韻，疑。

㊀在物體上碾磨使堅實發亮。又玄集中張祜上牛相公詩：「帶盤白鼷鼠，袍砑紫犀牛。」

2. yá ㄧㄚˊ

㊁見「砑₂蟲」。

【砑光】用石碾磨紙、皮、布帛等物，使之密實光澤。唐韓偓玉山樵人集信筆詩：「繡疊昏金色，羅揉損砑光。」

【砑金】以金砑碾於器皿上的工藝。宋陶穀清異錄上釋族：「晉天福三年，賜僧法城跋遮那。王言云：『……今遣內官賜卿砑金虛縷沈水香紐列環一枚，至可領取。』」跋遮那，結袈裟的環鈕。元詩選曹文晦書所見：「柳黃鶴袖桃花裙，釵梁砑金光射人。」

【砑綾】砑光之綾。宋周邦彥片玉詞下虞美人：「砑綾小字夜來封，斜倚曲闌凝睇數歸鴻。」方千里和清真詞醉桃源：「良宵相對一燈青，相思寫砑綾。」

【砑螺】紫貝。也叫文貝。畫家用以砑物，故又名砑螺。其貝殼可以入藥。參見「紫貝」。

【砑₂蟲】昆蟲名。即蚜蟲，吸取植物的液汁，爲農業害蟲。元周密癸辛雜識別集上燈檠去蟲：「桃樹生小蟲，滿枝黑如蟻，俗名砑蟲。」

【砑羅】砑光之羅。明高啟高太史集二秦箏曲：「嬌絃細語發砑羅，臂動玉釧鳴相和。」

【砑光帽】用砑光絹所製的帽。常於宴舞時戴之。唐南卓羯鼓錄：「(汝南王)璡常戴砑絹帽打曲，上自摘紅槿花一朵，置於帽上笪處，二物皆極滑，久之方安。遂奏舞山香一曲，而花不墜落。」宋蘇軾東坡題跋三記謝中舍詩：「徐州倅李陶，有子年十七八，素不甚作詩。忽詠落梅詩云：『流水難窮目，斜陽易斷腸。誰同砑光帽，一曲舞山香。』」

【砑紙版】箋紙名。宋陶穀清異錄下文用：「姚顗子姪善造五色牋，光緊精華。砑紙版乃沈香刻山水、林木、折枝、花果、獅鳳、蟲魚、壽星、八仙、鐘鼎文，幅幅不同。文鏤奇細，號砑光小本。」

砌 1. qì ㄑㄧˋ 七計切，去，霽韻，清。

㊀台階。文選漢班孟堅(固)西都賦：「於是玄墀釦砌，玉階彤庭。」㊁堆砌。宋釋文瑩玉壺詩話：「冰片角巾簪澗月，綿紋拳石砌苔機。」蘇軾奏議集九乞外補迴避賈易劄子：「臣聞賈易購求臣罪，……必欲收拾砌累，以成臣罪。」

2. qiè ㄑㄧㄝˋ

㊂見「砌₂末」。

【砌₂末】元雜劇劇情中所用的演具，相當於今之道具。如賈仲名對玉梳楔子「旦取砌末科」，指全副頭面釧鐲及玉梳；李好古張生煮海二「仙姑取砌末科」，指銀鍋金錢鐵杓等物。後多省作「切末」。

【砌臺】古代王侯家所建的登臨觀賞之臺。又稱撩撩臺。全唐詩三六七張仲素春遊曲之二：「騁望登香閣，爭高下砌臺。」又四八四楊汝士建節後偶作：「抛却弓刀上砌臺，上方臺榭與雲開。」參閱宋高承事物紀原八宮室居處部。

砐 è ㄜˋ 五合切，入，合韻，疑。

見下。

【砐硪】高聳貌。意同「岌峩」。一云搖動貌。文選晉郭景純(璞)江賦：「陽侯砐硪以岸起，洪瀾涴演而雲迴。」唐張銑注：「砐硪，高大貌，言波高廻也。」唐李善注：「砐硪，搖動貌。」

砂 shā ㄕㄚ 所加切，平，麻韻，山。

㊀「沙」之俗字。指石之細碎者。宋書五行志一：「吳郡桐廬縣暴風雷電，揚砂折木。」也泛指細碎如沙之物。唐白居易長慶集二續古詩之五：「何意掌上玉，化爲眼中砂。」㊁中藥硃砂的簡稱，也稱「丹砂」。宋蘇軾東坡集續集三辨道歌：「一丹休別內外砂，長修久餌須升遐。」

【砂壺】陶質茶壺之一種。以宜興紫砂壺爲著名。明許次紓茶疏甌注：「往時龔春茶壺，近日時彬所製，大爲時人寶惜，蓋皆以粗砂製之，正取砂無土氣耳。」清陳鴻壽也以製砂壺著稱，製品稱曼生壺。

【砂頭】舊日迷信之堪輿家，以「砂」、「水」、「龍」、「虎」等爲選擇墓地的術語。地形前面或旁邊隆起可作墓穴之地稱砂頭。參閱水龍經湖蕩聚砂格。

【砂礫】呈顆粒狀的細碎石子。同「沙礫」。北齊顏之推顏氏家訓文章：「加以砂礫所傷，慘於矛戟；諷刺之禍，速乎風塵。」

砋 zhǐ ㄓˇ 集韻 渚市切，上，止韻。

擣衣石。漢揚雄太玄經六止：「上九：折于株木，輆于砋石，止。」本又作「砥」、「砥」。

砒 pī ㄆㄧ 匹迷切，平，齊韻，滂。

廣韻作「磇」。亦稱信石。入藥。有劇毒。詳「砒石」。

【砒石】中藥之一種。呈粉末狀，有劇毒。生者名砒黃，俗名黃信；經鍊製者名砒霜，俗名白信。以砒石性猛如貔，故名；因信州產者最佳，又名信石。參閱本草綱目十石四砒石。

砅 lì ㄌㄧˋ 力制切，去，祭韻，來。

履石渡水。說文引詩「深則砅」。今詩邶風匏有苦葉砅作「厲」。參見「厲㊄」、「厲揭」。

砭 biān ㄅㄧㄢ 府廉切，平，鹽韻，幫。方驗切，去，豔韻，幫。

㊀石鍼。見「砭石」。㊁以石針刺病。古醫療法之一種，已失傳。後泛指以針刺皮肉治病。新唐書七六則天武皇后傳：「帝(唐高宗)頭眩不能視，侍醫張六仲、秦鳴鶴曰：『風上逆，砭頭血可愈。』」又引申爲刺或規諫。如寒風砭骨。清龔自珍定盦集補古今體詩上有所思：「茶香砭骨後，花影上身時。」㊂救治。唐韓愈昌黎集二喜侯喜至贈張籍張徹詩：「又如心中疾，箴石非所砭。」宋王安石臨川集十二和平甫舟中望九華山詩：「浪荒不走職，民瘼當誰砭。」

【砭石】石塊磨製的尖石或石片，用以治癰疽，除膿血。爲我國最古的醫療用具。後以金屬爲工具爲針。素問異法方宜論:"其病皆爲癰瘍，其治宜砭石。"注:"砭石謂以石爲鍼也。山海經曰:高氏之山有石如玉,可以爲鍼,則砭石也。"

【砭灸】與鍼灸同,古治病之法。按病者之經穴,刺以石鍼曰砭,灼以艾火曰灸。史記一〇五倉公傳:"法不當砭灸,砭灸至氣逐。"詳"鍼灸"。

【砭針】卽砭石。南史王僧孺傳:"侍郎全元起欲注素問,訪以砭石。僧孺答曰:……(山海經)東山經:高氏之山多針石。郭璞云:可以爲砭針。"今本山海經作"箴石"。參見"砭石"。

【砭割】謂以石針治病，也以喻忍痛去惡。漢揚雄太玄經二達:"次七:達於砭割,前亡後賴。"注:"割愛去惡,如砭割之去病,雖有亡,後得其利。"

【砭愚】自勉之詞,謂針砭愚昧。宋張載曾作砭愚以自勉。又曾書其學堂雙牖,右書"訂頑",左書"砭愚",程頤以爲易起爭端,改訂頑曰西銘,砭愚曰東銘。見宋朱熹近思録二。

砏 pīn ㄆㄧㄣ 普巾切,平,諄韻,滂。

㊀見"砏矶"。㊁見"砏磤"。

【砏汃】水沖擊聲。文選漢張平子(衡)南都賦:"流湍投濺,砏汃輣軋。"注:"砏汃輣軋,波相激之聲也。"

【砏磤】㊀石相擊聲。楚辭漢王褒九懷危俊:"鉅寶遷兮砏磤,雉咸雊兮相求。"㊁大雷。見廣韻。

砎 jiè ㄐㄧㄝˋ 古拜切,去,怪韻,見。 ㄐㄧㄝˊ 古黠切,入,黠韻,見。

堅實。晉書孔愉傳附孔坦與劉聰書:"知將軍忿疾醜類,翻然同舉,承問欣豫,慶若在己,何知幾之先覺,砎石之易悟哉!"

砍 kǎn ㄎㄢˇ 正字通 苦感切,音坎。

用刀斧等猛力把東西劈開。西遊記四:"悟空道:'我只站下不動,任你砍幾劍罷。'"

五畫

砣 tuó ㄊㄨㄛˊ 集韻 徒禾切,平,戈韻。

㊀磚。也作"堶"。見集韻。㊁碾輪石。見正字通。秤錘俗稱"砣"。

砫 1. zhǔ ㄓㄨˇ 集韻 腫庾切,上,噳韻。

㊀石室。見玉篇。

2. zhù ㄓㄨˋ

㊀地名用字。宋景定時置石砫安撫司。明爲石砫宣撫司,清爲直隸廳,卽今四川石柱縣。見"石砫"。

砰 pēng ㄆㄥ 普耕切,平,耕韻,滂。

象聲詞。文選晉潘安仁(岳)西征賦:"砰揚桴而振塵,繣瓦解而冰泮。"列子湯問:"徐以氣聽,砰然聞之若雷霆之聲。"

【砰宕】舟擊水聲。文選晉左太沖(思)吳都賦:"汩乘流以砰宕;翼颸風之䬐䬒。"

【砰訇】象大聲。藝文類聚七九南朝陳沈炯歸魂賦:"其水則砰訇瀄汩,或寬或疾,擊萬瀨而相奔,聚千流而同出。"唐李白李太白詩三梁甫吟:"我欲攀龍見明主,雷公砰訇震天鼓。"也作"砰轟"。唐元稹長慶集十一答姨兄胡靈之見寄五十韻詩:"春郊纔爛熳,夕鼓已砰轟。"

【砰砰】鼓聲。晉陸機陸士衡集四鼓吹賦:"鼓砰砰以輕投,簫嘈嘈而微音。"

【砰湃】波濤洶湧之聲。宋歐陽修文忠集十五秋聲賦:"初淅瀝以蕭颯,忽奔騰而砰湃,如波濤夜驚,風雨驟至。"

【砰磅】水流激蕩聲。文選漢司馬長卿(相如)上林賦:"沈沈隱隱,砰磅訇磕。"

【砰磷】深峻貌。史記一一七司馬相如傳大人賦:"徑入雷室之砰磷鬱律兮,洞出鬼谷之崫礨嵬磈。"

【砰隱】大聲。漢書禮樂志郊祀歌天門:"佻正嘉吉弘以昌,休嘉砰隱溢四方。"又郊祀志下劉向對:"(陳寶)直祠而息,音聲砰隱,野雞皆雊。"

【砰礚】聲音宏大。文選漢揚子雲(雄)羽獵賦:"噍噍昆鳴,鳧鷖振鷺,上下砰礚,聲若雷霆。"又晉潘安仁(岳)藉田賦:"簫管嘲哳以啾嘈兮,鼓鞞硡隱以砰礚。"也作"砰磕"。抱朴子論仙:"仙法欲静寂無爲,忘其形骸,而人君撞千石之鍾,伐雷霆之鼓,砰磕嘈嗽,驚魂蕩心。"

砡 yù ㄩˋ 魚菊切,入,屋韻,疑。

疊石齊頭貌。見"䂪砡"。

砢 1. luǒ ㄌㄨㄛˇ 來可切,上,哿韻,來。

㊀見"磊砢"。㊁見"問砢"。

2. kē ㄎㄜ 集韻 丘何切,平,歌韻。

㊂次玉之石。同"珂"。見集韻。

砸 zá ㄗㄚˊ

打碎。紅樓夢九:"只聽豁啷一響,(書篋子)砸在桌上,書本、紙片、筆、硯等物,撒了一桌;又把寶玉的一碗茶也砸的碗碎茶流。"

破 pò ㄆㄛˋ 普過切,去,過韻,滂。

㊀碎裂,毀壞。詩豳風破斧:"既破我斧,又缺我斨。"荀子勸學:"風至苕折,卵破子死。"㊁打敗,攻克。墨子非儒:"齊吳破國之難,伏尸以言術數。"漢王充論衡詰術:"武王終以破紂。"㊂剖分,解析。禮中庸:"故君子語大,天下莫能載焉;語小,天下莫能破焉。"南齊書王僧虔傳:"談故如射,前人得破,後人應解。"㊃耗費。宋韓見素西嶽廟乳香記後記:"南嶽諸殿日破乳香一兩,西嶽諸殿共十一處,乃日破半兩,古人焚香,其儉如此。"(金石萃編一二六宋四)㊄曲調名。唐人以曲遍中繁聲爲入破,如水調歌凡十一叠,第六叠爲入破;以曲半調入急促,破其悠長而轉爲繁碎,故名破。參閱明胡震亨唐音癸籤十五樂通四。參見"入破"。

【破亡】滅亡。史記八二田單傳:"王蠋曰:'……齊王不聽我諫,故退而耕於野。國既破亡,吾不能存,今又劫之以兵爲君將,是助桀爲暴也。'"漢王符潛夫論忠貴:"竊亢龍之極貴者,未嘗不破亡也;成天地之大功者,未嘗不蕃昌也。"

【破心】竭其真誠。猶言剖心。後漢書七六孟嘗傳楊喬上書:"臣前後七表言故合浦太守孟嘗,而身輕言微,終不蒙察。區區破心,徒然而已。"參見"剖心㊀"。

【破五】舊時習俗,正月初五日名破五,以前五日禁婦女往來。見清震鈞天咫偶聞十。

【破分】宋制,州縣催徵財賦官物已達九成以上者謂之破分,諸司不再催理,户部亦置不問。宋朱熹朱文公集十一戊申封事:"徒使版曹經費闕乏日甚,督趣日峻,以至廢去祖宗以來破分良法,而必以十分登足爲限。"

【破月】不圓之月。唐李賀歌詩編一南園之十三:"古刹疏鐘度,遥嵐破月懸。"

【破瓜】瓜字可分剖成二八字,故詩文中習稱女子十六歲爲破瓜之年。藝文類聚四三晉孫綽情人歌:"碧玉破瓜時,郎爲情顛倒。"樂府詩集四五作碧玉歌,謂宋汝南王作。宋陸游劍南詩稿十五無題:"碧玉當年未破瓜,學成歌舞入侯家。"參閱清翟顥通俗編二二婦女破瓜。

【破字】㊀用本字來説明通假字,謂之破字,爲古代注疏訓詁字義之一法。如曰某當作某,或曰某讀如某。如詩魯頌泮水:"桓桓于征,狄彼東南。"箋:"狄當作剔,剔,治也。"唐孔穎達正義:"毛無破字之理，瞻仰傳以狄爲遠，則北狄亦爲遠也。”言毛傳仍訓狄爲遠，不同於鄭箋將“狄”破字讀爲剔。㊁ 舊時占卜法之一種，卽拆字。北齊顏之推顏氏家訓書證:“潘(岳)陸(機)諸子，離合詩賦，拭卜破字經及鮑照謎字，皆取會流俗，不足以形聲論之也。”破字經卽占卜家所用拆字書之屬。隋書經籍志有破字要訣一卷。參見“拆字”。

【破竹】 比喻順利無阻，極言其易。晉書杜預傳:“今兵威已振，譬如破竹，數節之後，皆迎刃而解，無復著手處也。”

【破戒】 佛家語。本指受戒僧人違反戒律，後泛指破除約束、規矩。宋秦觀淮海集三十與參寥大師簡:“頃聞公不作詩，有一小詩奉戲，又已復破戒矣，可謂熟處難忘也。”

【破步】 邁大步。古今雜劇元李文蔚燕青博魚三:“我見他破步撩衣往前行。”水滸十六:“(楊志)撩衣破步，望着黃泥崗下便跳。”

【破羌】 ㊀古縣名。漢置，屬金城郡。三國廢。故城在今青海樂都縣碾伯鎮東。參閱嘉慶一統志二七〇西寧府二。㊁漢將軍名號。漢酒泉太守辛武賢元帝時官破羌將軍。見漢書六九趙充國傳。

【破斧】 ㊀詩經篇名。詩豳風破斧序:“破斧，美周公也，周大夫以惡四國焉。”爲周公東征時人所作。㊁古歌名。夏后氏孔甲，因其養子之足爲斧所斫，感而作此歌。見呂氏春秋音初。

【破例】 打破常例。唐司空圖司空表聖詩集五戲題試衫:“從此玉皇須破例，染霞裁賜地仙衣。”宋朱熹朱文公集三六答陳同甫:“大字甚荷不鄙，但尋常不欲爲寺觀寫文字，不欲破例。”

【破的】 射中箭靶。晉書謝尚傳:“嘗與(庾)翼共射，翼曰:‘卿若破的，當以鼓吹相賞。’尚應聲中之。”也喻發言中肯。世說新語品藻:“劉尹(惔)至王長史(濛)許清言，時苟子(脩)年十三，倚牀邊聽。既去，問父曰:‘劉尹語何如尊?’長史曰:‘韶音令辭不如我，往輒破的勝我。’”

【破家】 ㊀自毀其家。漢王符潛夫論忠貴:“或以背叛橫逆不道，或以德薄不稱其貴，……殭屍破家，覆宗滅族者，皆無功於民氓者也。”後漢書六七張儉傳:“儉得亡命，困迫遁走，望門投止，莫不重其名行，破家相容。”㊁毀人之家。明敖英東谷贅言上:“人有恒言:‘破家縣令，滅門刺史。’予謂此言，强宗豪右，當常論之，庶幾不敢作奸犯科。”

【破冢】 ㊀地名。在湖北江陵縣東三十里大江東岸。世說新語排調:“顧長康(愷之)作殷荊州(仲堪)佐，請假還東，……至破冢，遭風大敗。作牋與殷曰:‘地名破冢，真破冢而出。行人安穩，布颿無恙。’”㊁書體之一。以出自墓中而名。卽汲冢書。唐段成式酉陽雜俎前集十一廣知:“百體書中有懸針書、垂露書、秦王破冢書、金鵲書、……半草書。”

【破格】 打破尋常的格局、規格。宋楊萬里誠齋集二六過上湖嶺望招賢江南北山詩:“曉日秋山破格奇，青紅明滅舞清漪。”明張居正張文忠集書牘四答楚按院陳燕野:“監利李尹，不費兵力，收此奇功，允宜破格優録。”

【破夏】 僧人不守安居禁足之制，出法界而外遊，謂之破夏。景德傳燈録十二臨濟義玄禪師:“和尚住數日乃辭去，黃蘗曰:‘汝破夏來，不終夏去。’”唐詩紀事七七釋善生送玉禪師:“入郭隨緣住，思山破夏歸。”

【破除】 除去，使歸爲無。唐韓愈昌黎集三贈鄭兵曹詩:“盃行到君莫停手，破除萬事無過酒。”全唐詩五六一薛能老僧:“勸師莫羡人間有，幸是元無免破除。”

【破產】 傾家蕩產。漢書元帝紀永光四年詔:“頃者有司……奏徙郡國民以奉園陵，令百姓遠棄先祖墳墓，破產失業，親戚別離。”唐盧照鄰幽憂子集七寄裴舍人諸公遺衣藥直書:“余不幸遇斯疾，母兄哀憐，破產以供醫藥。”

【破族】 謂全族被戮。史記一二八龜策傳序:“素有眦睚不快，因公行誅，恣意所傷，以破族滅門者，不可勝數。”

【破眼】 ㊀指圍棋中之點眼。唐白居易長慶集五六和春深詩之十七:“一先争破眼，六聚鬬成花。”㊁開眼。宋范成大石湖集十五虎牙灘:“驚心度石林，破眼見村舍。”

【破琴】 毀壞其琴。呂氏春秋本味:“鍾子期死，伯牙破琴絕絃，終身不復鼓琴。”又晉戴逵善鼓琴，太宰武陵王司馬晞使人召逵，逵對使者破琴，曰:“戴安道不爲王門伶人!”安道，逵字。見晉書本傳。

【破塊】 ㊀謂暴雨毀傷農田。漢桓寬鹽鐵論水旱:“當此之時，雨不破塊，風不鳴條。”㊁擊碎土塊。宋楊萬里誠齋集二四夢種菜詩:“背秋新理小園荒，過雨畦丁破塊忙。”

【破散】 祭名。宋王溥五代會要三寒食拜埽“漢乾祐三年三月寒食，隱帝奉皇后幸南御園家祭”注:“人君奉先之道，無寒食野祭，近代莊宗，每年寒食出祭，謂之破散，故襲而行之。”

【破費】 卽花錢。宋蘇軾東坡集續集二讀開元天寶遺事詩之三:“破費八姨三百萬，大唐天子要纏頭。”

【破啼】 停止哭。宋劉攽公是集十二和弟自京師來詩:“破啼强爲笑，意氣徒衰翁。”

【破鈔】 花錢，破費。明馬佶人十錦塘傳奇十二:“邂逅間就當老丈破鈔。”參閱清梁同書頻羅庵遺集十四直語補證。

【破落】 破敗衰落。元方回桐江續集三旅次感事詩:“破落餘神廟，荒殘少富家。”參見“破落户”。

【破睡】 驅除睡意。唐白居易長慶集五五贈東鄰王十三詩:“驅愁知酒力，破睡見茶功。”

【破慳】 出錢。含有勉强、無可奈何的意思。元方回桐江續集十四永樂估酒詩:“楮幣破慳捐一券，瓦户絶少約三升。”

【破蓬】 霓名。清施鴻保閩雜記一:“破蓬，斷霓也。海中六七月間，見之必有疾風猛雨，其狀如海上破蓬半片孤懸，故名。”元周密癸辛雜識續集作“短蓬”。

【破綻】 ㊀裂縫。元方回桐江續集九登屋東山作詩:“壞屋如敝衣，隨意補破綻。”㊁漏洞，毛病。朱子語類一〇四自論爲學工夫:“且將聖人書來讀，讀來讀去，一日復一日，覺得聖賢言語漸漸有味，却回頭看釋氏之説，漸漸破綻罅漏百出。”古今雜劇元戴善夫陶學士醉寫風光好一:“大宋皇帝遣翰林院學士陶穀來我國中，……分付韓太守看他一言一動，略有纖毫破綻，便報與我知道。”

【破撥】 絃樂器的一種彈法。卽劇彈。唐段成式酉陽雜俎六藝絶樂:“開元中，段師能彈琵琶，用皮絃，賀懷智破撥彈之，不能成聲。”劉禹錫劉夢得集九泰娘歌:“低鬟遠視抱明月，纖指破撥生胡風。”

【破墨】 國畫水墨畫技法之一。卽使用不同墨色，濃淡相間，以顯示物象的界限輪廓，使畫面更爲生動。唐張彥遠歷代名畫記十唐下:“(王維)工畫山水，體涉今古，……余曾見破墨山水，筆迹勁爽。”

【破甑】 喻不屑一顧之事。世説新語黜免:“鄧竟陵(遐)免官後，赴山陵，過見大司馬桓公(溫)，公問之曰:‘卿何以更瘦?’鄧曰:‘有愧於叔達(孟敏)，不能不恨於破甑。’”參見“墮甑”。

【破曉】天初明。宋楊萬里誠齋集二五郡圃曉步因登披仙閣詩之一："昨來風日較暄些，破曉來遊特地佳。"陸游劍南詩稿十八杏花："念當載酒醉花下，破曉啼鶯先喚人。"

【破礪】即破毀。列子天瑞一："事之破礪，而後有舞仁義者，弗能復也。"

【破膽】驚怖之甚。韓非子存韓："趙氏破膽，荆人狐疑。"

【破顏】㊀開顏而笑。全唐詩二八〇盧綸落第歸終南別業："落羽羞言命，逢人强破顏。"唐彥謙鹿門集拾遺登興元城觀烽火詩："褒姒冢前烽火起，不知泉下破顏無？"㊁形容初開的花朵。唐李白李太白詩二十宴陶家亭子："池開照膽鏡，林吐破顏色。"

【破題】㊀唐宋詩賦，起首幾句點破題意，謂之破題。唐李肇國史補："李程試日五色賦，既出闈，楊於陵見其破題云：'德動天鑒，祥開日華。'"宋歐陽修六一居士詩話："梅聖俞（堯臣）嘗於范希文（仲淹）席上賦河豚魚詩云：'春洲生荻芽，春岸飛楊花。河豚當是時，貴不數魚鰕。'河豚常出於春暮，羣遊水上，食絮而肥，南人多與荻芽爲羹，云最美。故知詩者謂祇破題兩句，已道盡河豚好處。"明清八股文之首二句，亦沿稱爲破題，爲固定程式。參閱清趙翼陔餘叢考二破題。㊁泛指開始，第一遭。元王實甫西廂記四本三折："却告了相思回避，破題兒又遭別離。"元曲選石君寶秋胡戲妻一："却正是一夜夫妻百夜恩，破題兒勞他夢魂。"

【破鏡】㊀喻夫婦分別。太平御覽七一七神異經："昔有夫妻將別，破鏡各執半以爲信。"又南朝陳徐德言夫妻分別事，見"破鏡重圓"。㊁惡獸名。也稱獍。漢書郊祀志上："古天子常以春解祠，祠黄帝用一梟、破鏡。"注："孟康曰：'破鏡，獸名，食父。'"㊂惡鳥名。楞嚴經七："及破鏡鳥，以毒樹果，抱爲其子，子成，父母皆遭其食。"

【破鏑】發言中肯。同"破的"。宋蘇軾分類東坡詩十八次韻王鞏南遷初歸二首之一："歸來貌如故，妙語仍破鏑。"參見"破的"。

【破體】㊀破乾坤純陽純陰之體。參同契下上篇注："麻衣曰，乾坤錯離，乃生六子，六子即是乾坤破體。"㊁書體之一。唐張彥遠法書要録三徐浩論書："厥後鍾（繇）善真書，張（旭）稱草聖，右軍（王羲之）行法，小令（王獻之）破體，皆一時之妙。"獻之書變其父行體而爲行草並用，故稱破體。㊂不合正體之俗字。唐李商隱李義山詩集二韓碑："文成破體書在紙，清晨再拜鋪丹墀。"

【破天荒】唐代荆州每歲解送舉人，多不成名，號曰天荒。至大中四年劉蜕以荆解及第，刺史崔鉉特給錢七十萬貫爲破天荒錢，蜕謝書有："五十年來，自是人廢；一千里外，豈曰天荒。"見五代王定保唐摭言二、宋孫光憲北夢瑣言四。又江西自宋初以來，士人未有以狀元及第者。紹聖四年何昌言始以對策居第一。謝民師以詩寄昌言云："萬里一時開驥足，百年今始破天荒。"見宋曾敏行獨醒雜志二。後來用以泛指前所未有、第一次出現的新事物。

【破帆風】巨風。元婁元禮田家五行論風："夏秋之交火風，及有海沙雲起，俗呼謂之風潮，古人名之曰颶風，……航海之人見此，則又名破帆風。"

【破羌帖】字帖名。晉王羲之書。晉永和十二年秋，桓溫破羌族姚襄於伊水，謝尚鎮洛，以病不行。帖中敘溫兵勝及喜尚病少差，當即爲是時所書。見佩文齋書畫譜七一破羌帖。

【破故紙】藥名。詳"補骨脂"。

【破陣子】詞調名。本唐教坊曲名。因破陣樂詞調另度新聲。一名十拍子。雙調，六十二字，前後段各五句，三平韻。見詞譜十四。

【破陣舞】唐武舞。唐太宗貞觀七年製秦王破陣樂舞圖，舞式左圓右方，先偏後伍，交錯屈伸，首尾迴互，以象戰陣之形。舞者皆被甲執戟，雷大鼓，雜以龜茲之樂。見舊唐書音樂志一、二。

【破陣樂】㊀唐法部大曲。唐太宗貞觀七年製秦王破陣樂之曲，使呂才協音律，李百藥虞世南褚亮魏徵等製歌辭。包括三變（大段）、十二陣、五十二遍，以討叛爲主題，歌頌太宗征伐四方的武功。見唐劉餗隋唐嘉話中、舊唐書音樂志二。㊁詞調名。原爲唐教坊曲名。正宮，雙調，一百三十三字，前段十四句，五仄韻，後段十六句，五仄韻。又一體，前段四仄韻。見詞譜三七。

【破落户】衰敗的舊家，也指敗家子弟之遊蕩無賴者。南宋潛説友咸淳臨安志八九："紹興二十三年四月甲戌，上謂大臣曰：'近令臨安府收捕破落户，編置外州，本爲民間除害，而所謂小火下者，乃爲人訴其恐嚇取錢，安有供具，甚非爲民除害之本意。可令有司子細根治，務得其實。'"水滸十二："楊志看那人時，原來這人是京師有名的破落户潑皮，叫做没毛大蟲牛二，專在街上撒潑、行凶、撞鬧。"

【破傷風】病名。以病菌自傷口侵入體内而起。不及早治可以致命。宋洪邁夷堅志丁九張顏承節："僕回舟謂其妻曰：'我爲主公所擊，已中破傷風，恐不得治。'"

【破涕爲笑】猶言轉悲爲喜。文選晉劉越石（琨）答盧諶詩一首並書："時復相與，舉觴對膝，破涕爲笑，排終身之積慘，求數刻之暫歡。"

【破釜沉舟】孫子九地："焚舟破釜，若驅羣羊而往，驅而來，莫知所之。"史記項羽紀："項羽乃悉引兵渡河，皆沉船，破釜甑，燒廬舍，持三日糧，以示士卒必死，無一還心。"後以破釜沉舟比喻下定決心，義無返顧。明史可法史忠正公集請出師討賊疏："我即卑宮菲食，嘗膽卧薪，聚才智之精神，枕戈待旦，合方州之物力，破釜沉舟，尚恐無救於事。"

【破觚爲圜】史記一二二酷吏傳："漢興，破觚而爲圜，斲雕而爲朴。"八稜有隅者爲觚，圜，同"圓"；使有角而改爲光圓，比喻破除嚴刑峻法。梁書良吏傳史臣曰："梁興破觚爲圓，斲雕爲朴。"

【破壁飛去】宣和畫譜一張僧繇："嘗於金陵安樂寺畫四龍，不點目睛，謂點即騰驤而去。人以謂誕。固請點之，因爲落墨。才及二龍，果雷電破壁。徐視畫，已失之矣。"後以破壁飛去喻人之驟然飛黄騰達。

【破鏡重圓】南朝陳太子舍人徐德言，娶後主妹樂昌公主，時陳政方亂，德言知國破時兩人不能相保，因破鏡與妻各執半，約他年正月望日賣於都市，冀得相見。及陳亡，妻果没入楊素家。德言依期至京，見有蒼頭賣半鏡，因引至其居，出半鏡合之。題詩曰："鏡與人俱去，鏡歸人未歸。無復姮娥影，空留明月輝。"樂昌得詩，悲泣不食。素知之，即召德言，還其妻。見唐孟棨本事詩情感。後以破鏡重圓比喻夫婦離散或離婚後重又完聚。

砧 zhēn ㄓㄣ 知林切，平，侵韻，知。

同"碪"。㊀搗衣石。文選南朝宋謝惠連擣衣詩："櫚高砧響發，楹長杵聲哀。"㊁椹板。通"椹"。宋孫光憲北夢瑣言七盧詩三遇："又有'餓貓臨鼠穴，饞犬舐魚砧'之句，爲成中令汭見賞。"參見"砧斧"。

【砧杵】擣衣石與棒槌。喻浣洗。樂府詩集四四子夜四時歌秋歌之一:"佳人理寒服,萬結砧杵勞。"

【砧斧】謂椹(砧)板與斧鉞,爲古代殺人刑具。戰國策秦三:"今臣之胸不足以當椹質,要(腰)不足以待斧鉞,豈敢以疑事嘗試於王乎?"椹與"砧"同。唐韓愈昌黎集一元和聖德詩:"解脫攣索,夾以砧斧。"

【砧鑕】古代殺人刑具,伏其上以受斧。也作"椹質"。宋歐陽修文忠集九四蔡州再乞致仕第二表:"愚衷懇迫,尚敢瀆煩,將再干於冕旒,宜先伏於砧鑕。"參見"椹質"。

【砧基簿】登載田畝基址之册籍,猶後世魚鱗册之類。文獻通考五田賦五宋紹興十二年:"詔人户田產,多有契書,而今來不上砧基簿者,皆没官。"

【砧基道人】明清寺院道觀掌管寺產繳納差稅的僧人。明實録太祖實録二三一:"(洪武)二十三年命禮部榜示天下僧寺道觀,凡歸併大寺,設砧基道人一人,以主差稅。"

砠 1. jū ㄐㄩ 七余切,平,魚韻,清。

說文作"岨"。㊀戴土石山。詩周南卷耳:"陟彼砠矣,我馬瘏矣。"傳:"石山戴土曰砠。"一說戴石土山。參閱爾雅釋山。

2. zū ㄗㄨ

㊁秤錘。清劉獻廷廣陽雜記四:"予在武昌,見鹽店招牌書曰:重砠白鹽。……問之宗夏,宗夏曰:'砠,秤錘也,音租。鹽每包重八斤四兩,製權兩之而衡其輕重曰砠。如其數者爲重砠也。'"

砯 pìng ㄆㄧㄥ 集韻 蒲應切,去,證韻。

水擊巖聲。文選晉郭景純(璞)江賦:"砯巖鼓作,㶁㴧㵖㵐。"唐李白李太白詩三蜀道難:"飛湍瀑流爭喧豗,砯崖轉石萬壑雷。"

【砯砰】車聲。唐韓愈昌黎集八城南聯句:"馳門填偪仄,競墅輾砯砰。"

砛 zhěn ㄓㄣˇ 集韻 之人切,平,真韻。

石不平貌。見集韻。

【砛砛】難動貌。漢揚雄太玄經六難:"次七:拔石砛砛,力没以引。測曰:拔石砛砛,乘時也。"

砟 zuò ㄗㄨㄛˋ 在各切,入,鐸韻,從。

見下。

【砟硌】巖石層叠不齊貌。樂府詩集二六魏武帝(曹操)氣出唱之三:"遊君山,甚爲真,磪磈砟硌,爾自爲神。"

砲 pào ㄆㄠˋ 集韻 披教切,去,效韻。

以機發石爲礮,也作"砲"。自後有以火藥發射鐵彈丸的重型火器。字亦從火作"炮"。宋書樂志三三國魏明帝善哉行我徂:"發砲若雷,吐氣成雨。"同"礮"。元史二〇三亦思馬因傳:"十年,從國兵攻襄陽未下,亦思馬因相地勢,置砲于城東南隅,重一百五十斤,機發,聲震天地,所擊無不摧陷,入地七尺。"參見"礮"。

砥 dǐ ㄉㄧˇ 旨夷切,平,脂韻,照。
zhǐ ㄓˇ 諸氏切,上,紙韻,照。
職雉切,上,旨韻,照。

㊀磨石,細者爲砥,粗者爲礪。書禹貢:"礪砥砮丹。"傳:"砥細於礪,皆磨石也。"㊁平,均。國語魯下:"先王制土,籍田以力,而砥其遠邇。"注:"砥,平也,平遠邇所差也。"

【砥厄】寶玉名。戰國策秦三:"范子(睢)因王稽入秦,獻書昭王曰:'……臣聞周有砥厄,宋有結綠,梁有懸黎,楚有和璞。此四寶者,工之所失也,而爲天下名器。'"史記七九范睢傳作"砥砨"。

【砥石】磨刀石。漢王充論衡明雩:"砥石劘厲,欲求銛也。"也作"厎石"。漢書六七梅福傳上書:"故爵祿束帛者,天下之厎石,高祖所以厲世摩鈍也。"

【砥矢】詩小雅大東:"周道如砥,其直如矢。"後以砥矢喻平直。漢蔡邕蔡中郎集一朱公叔謚議:"其在帝室,正身危行,言如砥矢,策合神明。"

【砥尚】謂激厲品德,知所尊向。魏書儒林傳序:"世祖始光三年春,別起太學於城東,後徵盧玄高允等,而令州郡各舉才學。於是人多砥尚,儒林轉興。"

【砥室】以砥石爲壁的屋舍。楚辭宋玉招魂:"砥室翠翹,挂曲瓊些。"注:"以砥石爲壁,平而滑澤。"

【砥柱】㊀山名。亦名三門山,原在今河南三門峽市東北黃河中。河水至此分流,包山而過。南曰鬼門,中曰神門,北曰人門,三門之廣約三十丈,唯人門修廣可行舟;南門險急,舟筏入者,往往舟覆人亡。因山見水中若柱,故名砥柱。今因修三門峽水庫,山已不見。史記夏紀:"道河積石,至於龍門,南至華陰,東至砥柱,又東至于盟津。"書禹貢作厎柱。參閱史記夏紀"砥柱"集解、水經注四河水。㊁喻堅强不屈。唐劉禹錫劉夢得集二詠史詩之一:"世道劇頹波,我心如砥柱。"見"中流砥柱"。

【砥墆】不流通。管子法法:"故農夫不失其時,百工不失其功,商無廢利,民無游日,財無砥墆。"

【砥德】砥礪德行。淮南子道應:"文王砥德修政,三年而天下二垂歸之。"南朝宋鮑照鮑氏集六與伍侍郎別詩:"欽哉慎所宜,砥德乃爲盛。"

【砥礪】砂石,磨石。細者爲砥,粗者爲礪。山海經東山經:"(葛山)至於葛山之尾,無草木,多砥礪。"引申爲磨鍊,磨厲。禮儒行:"博學以知服,近文章,砥礪廉隅。"也作"砥厲"。荀子性惡:"桓公之葱,太公之闕,……此皆古之良劍也,然而不加砥厲則不能利。"史記八三鄒陽傳獄中上梁孝王書:"臣聞盛飾入朝者不以利汙義,砥厲名號者不以欲傷行。"

【砥屬】征服平定,皆來歸屬。史記五帝紀:"日月所照,莫不砥屬。"集解引王肅:"砥,平也。四遠皆平而來服屬。"

【砥行立名】磨煉德行,建立功名。史記六一伯夷傳:"閭巷之人,欲砥行立名者,非附青雲之士,惡能施于後世哉?"

【砥柱中流】譬喻挺立在激流之中,堅持不屈。元侯克中艮齋詩集三題韓蘄王世忠卷後:"砥柱中流障怒濤,折衝千里獨賢勞。"參見"中流砥柱"。

【砥節礪行】磨鍊節操與德行。漢蔡邕蔡中郎集二郭有道林宗碑:"若乃砥節礪行,直道正辭,貞固足以幹事,隱括足以矯時。"礪一本作"勵"。唐劉知幾史通品藻:"紀僧珍砥節礪行,終始無瑕。"也作"砥身礪行"。梁書儒林傳序天監七年詔:"建國軍民,立教爲首,砥身礪行,由乎經術。"

砮 nǔ ㄋㄨˇ 奴古切,上,姥韻,泥。
ㄋㄨˊ 乃都切,平,模韻,泥。

石製箭鏃。書禹貢:"礪砥砮丹。"國語魯下:"於是肅慎氏貢楛矢石砮,其長尺有咫。"

六畫

砮 lüè ㄌㄩㄝˋ 離灼切,入,藥韻,來。

鋒利。本作"䂮",通"略"。爾雅釋詁"剡䂮利也"唐顏師古匡謬正俗六引張揖古今字詁:"古作䂮,一本作砮。"

砮 gǒng ㄍㄨㄥˇ 居悚切,上,腫韻,見。

水邊大石。文苑英華三四唐趙冬曦三門賦:"搖騰砮嶼,刷蕩岍穴。"

【砦溪】水名。在福建莆田縣。見嘉慶一統志四二七興化府山川湘溪。宋黃徹有砦溪詩話十卷,見宋史藝文志八。

硋 ài ㄞ 五漑切,去,代韻,疑。

同"礙"。列子黃帝:"雲霧不硋其視,雷霆不亂其聽。"後漢書八二上方術傳序:"夫物之所偏,未能無蔽,雖云大道,其硋或同。"

硎 1. xíng ㄒㄧㄥ 户經切,平,青韻,匣。

㊀磨刀石。莊子養生主:"今臣之刀十九年矣,所解數千牛矣,而刀刃若新發於硎。"

2. kēng ㄎㄥ 客庚切,平,庚韻,溪。

㊁同"坑"。見下。

【硎₂岸】深谷。藝文類聚四九南朝梁王僧孺太常敬子任府君傳:"下帷閉户,投斧懸梁,雖玄姜書淫,文勝經溢,康成之忽忘所往,公叔之顛墜硎岸,無以異也。"

【硎₂穽】即坑井。北周庾信庾子山集一哀江南賦:"荒谷縊於莫敖,冶父囚於羣帥,硎穽摺拉,鷹鸇批攢,冤霜夏零,憤泉秋沸。"

研 yán ㄧㄢ

同"硏"。見"硏"。

硉 lù ㄌㄨˋ 勒没切,入,没韻,來。

㊀礌,擊。文選漢枚叔(乘)七發:"上擊下律,有似勇壯之卒。"注:"律當爲硉。"文苑英華三四唐趙冬曦三門賦:"硉岩腰而沫沸,淙隘口而湍洄。"㊁見"硉矹"。

【硉矹】也作"硉兀"。高聳、突出。文選晉郭景純(璞)江賦:"碧沙瀢瀜而往來,巨石硉矹以前卻。"唐杜甫杜工部草堂詩箋十三瘦馬行:"東郊瘦馬使我傷,骨骼硉矹如堵牆。"韓愈昌黎集五送進士劉師服東歸詩:"低頭受侮笑,隱忍硉兀冤。"

硍 1. xiàn ㄒㄧㄢ 胡簡切,上,產韻,匣。

㊀象聲詞。鍾聲。同"硯"。

2. kěn ㄎㄣ

㊁咬。同"啃"。西遊記五三:"使如意鈎子把大聖鈎着腳一跌,跌了個嘴硍地。"

硐 1. tóng ㄊㄨㄥ 徒紅切,平,東韻,定。

㊀磨。太平御覽七六二漢服虔通俗文:"填礭曰硐。"

2. dòng ㄉㄨㄥˋ

㊁山洞。通"峒"。見正字通。參見"峒㊁"。

硃 zhū ㄓㄨ 章俱切,平,虞韻,照。

見"硃砂"。

【硃卷】明清科舉制度,鄉、會試卷考生用墨筆書寫叫墨卷,然後再由專門謄録的人用硃筆謄寫,不書姓名,只編號碼,使閱卷者不能識認筆迹,謂之硃卷。見明史選舉志二。又考中的人,把取中的文字刻印送人也叫硃卷。儒林外史二:"周進道:'老先生的硃卷,是晚生熟讀過的,後面兩大股文章,尤其精妙。'"

【硃砂】礦物名。本作朱砂。亦稱丹砂。爲煉汞的主要材料。大者成塊,小者爲六角形結晶,色鮮紅。供藥用,亦可作顏料。以出湖南辰州者最佳,故又稱辰砂。參見"朱砂"。

【硃諭】唐制,降詔之外,有所訪於羣臣,則用朱書御札。後來明清皇帝御札,猶用朱書。習稱硃諭。見明于慎行穀山筆塵一制典下。

【硃批諭旨】清制,内外奏章或特降之旨,由皇帝硃筆批示書寫,明其出於親筆。胤禛(世宗)批摺奏尤勤,所批往往至數千言,後以付刊,題作雍正硃批諭旨。

硌 1. luò ㄌㄨㄛˋ 盧各切,入,鐸韻,來。

㊀大石貌。山海經西山經:"又北百二十里,曰上申之山。上無草木,而多硌石。"注:"硌,磊硌,大石貌也。"

2. gè ㄍㄜˋ

㊁物受其他硬物壓、擠、墊而受損。紅樓夢十六:"秦哥兒是弱症,怕炕上硌的不受用,所以暫且挪下來鬆泛些。"㊂象聲詞。見下。

【硌吱】象聲詞。紅樓夢三八:"老祖宗只管邁大步走,不相干,這竹子橋規矩是硌吱硌吱的。"

硇 náo ㄋㄠ 集韻 尼交切,平,爻韻。

廣雅作"𥑢"、"磠"。俗作"碙",訛作"砲"、"硇"。見下。

【硇砂】礦物名。供藥用。古代戰爭火攻時,用以配製"毒火"。參閱本草綱目十一石五硇砂、明宋應星天工開物佳兵火藥料。

砦 zhài ㄓㄞˋ 豺夬切,去,夬韻,牀。

同"寨"。守衛用的栅欄、營壘。三國志吳朱桓傳附朱異:"多設屯砦,置諸道要。"宋書鄧琬傳:"先於姥山及諸周分立營砦。"參見"寨"。

【砦栅】營壘四周所設的障礙物。以上端削尖的竹木,疏落植於地中,以阻攔敵兵。宋書柳元景傳:"(程)天祚又於東南據高丘,屯砦栅。"也作"柴栅"。又:"劭以元景壘塹未立,可得平地決戰,既至,柴栅已堅。"

七 畫

硰 shā zuǒ ㄕㄚ ㄗㄨㄛˇ 所加切,平,麻韻,山。作可切,上,果韻,精。千可切,上,哿韻,清。

地名用字。史記絳侯世家:"後擊韓信軍於硰石,破之。"正義:"在樓煩縣西北。"

硩 chè tì ㄔㄜˋ ㄊㄧˋ 丑列切,入,薛韻,徹。他歷切,入,錫韻,透。

㊀擿取。説文作"硩"。文選晉左太沖(思)吳都賦:"精曜潛穎,硩陊山谷。"㊁見下。

【硩蔟氏】古官名。職掌搗毁妖鳥之巢。周禮秋官序官"硩蔟氏"注:"鄭司農(衆)云:'硩讀爲擿,蔟讀爲爵蔟之蔟,謂巢也。'"疏:"(鄭)玄謂硩古字,從石折聲者,以石投擲毁之。"

硡 hōng ㄏㄨㄥ 集韻 平萌切,平,耕韻。呼宏切,平,耕韻。

宏大之聲。文選晉潘安仁(岳)藉田賦:"簫管嘲哳以啾嘈兮,鼓鞞硡隱以砰磕。"注:"硡與訇音義同。"

硠 láng ㄌㄤˊ 魯當切,平,唐韻,來。

石聲。文選晉左太沖(思)吳都賦:"菈擸雷硠,崩巒弛岑。"注:"菈擸雷硠,崩弛之聲。"唐韓愈昌黎集五調張籍詩:"垠崖劃崩豁,乾坤擺雷硠。"

【硠硠】㊀象聲詞。唐柳宗元柳先生集十五晉問:"丁丁登登,硠硠稜稜,若兵車之乘凌。"㊁堅强貌。文選晉潘安仁(岳)馬汧督誄:"慨慨馬生,硠硠高致。"一本作"琅琅"。

【硠磕】也作"硠礚"。㊀雷聲。楚辭漢王逸九思怨上:"雷霆兮硠磕,雹霰兮霏霏。"㊁物相擊聲。東觀漢記一世祖光武皇帝紀:"門下有繫馬著鼓者,馬驚硠磕。"

硨 chē ㄔㄜ 尺遮切,平,麻韻,穿。

見下。

【硨磲】㊀次玉的美石。見玉篇。㊁軟

體動物車渠的貝殼，本作"車渠"，後人加石字作"硨磲"。見"車渠"。

硬 yìng 五争切，去，諍韻，疑。ㄧㄥˋ

㊀堅實。"柔軟"之對。本作"鞕"。隋侯白啟顏録："韓僕射皋小瘡，令醫傅膏藥，藥不濡，公問之，醫云：'天寒膏硬。'"（類説十四）宋梅堯臣宛陵集二一送倪孝傑殿丞簽判潞州詩："我今存若亡，似竹空有節。人皆欲吹置，老硬不可截。"㊁堅强，强硬。宋史三七三洪皓傳："悟室或答或歎，忽發怒曰：'汝作知事官，而口硬如許，謂我不能殺汝耶？'"㊂勁直有力。唐杜甫杜工部詩史補遺八李潮八分小篆歌："苦縣光和尚骨立，書貴瘦硬方通神。"㊃生硬，勉强。宋朱熹朱文公集四三答陳仲明："開卷之後，經文本意，又多被先儒硬説殺了，令人看得意思局促，不見本來開物成務活法。"

【硬雨】雹之别稱。宋呂居仁軒渠録："紹興十七年五月初，臨安大雨雹，太學屋瓦皆碎，學官申朝廷修，不可言雹，稱爲硬雨。"（説郛七）

【硬黄】經過染色及塗蠟的紙。用黄蘗染色，取其避蠹，可以久藏，紙經加漿，光澤瑩滑，善書者多取以臨帖作字。敦煌出土寫經多用硬黄紙。宋蘇軾分類東坡詩十八次韻秦觀秀才見贈……詩："新詩説盡萬物情，硬黄小字臨黄庭。"參閱宋趙希鵠洞天清禄集古翰墨真蹟辯、明李日華紫桃軒雜綴三。

【硬漢】㊀剛直不阿的男子。宋張鎡南湖集二奉祠雲臺題陳希夷畫像詩："世間大事硬漢了，物有所重有所輕。"宋史四〇九高斯德傳："初，自性厚賂宦者言於理宗曰：'斯德以緡錢百萬進，願易近地一節。'理宗曰：'高某硬漢，安得有是？'"㊁指凶狠霸道的人。水滸二九："憑着我胸中本事，平生只是打天下硬漢，不明道德的人。"

【硬語】豪邁的話。唐韓愈昌黎集二薦士詩："横空盤硬語，妥帖力排奡。"全宋詞辛棄疾賀新郎同父見和再用前韻："硬語盤空誰來聽，記當時，只有西窗月。"

䂖 máng 武方切，平，陽韻，明。ㄇㄤˊ

䂖硝，也作"硭硝"、"芒硝"。見"芒硝"。

硤 xiá 侯夾切，入，洽韻，匣。ㄒㄧㄚˊ

山峽。淮南子兵略："硤路津關，大山名塞，……一人守隘，而千人弗敢過也，此謂地勢。"

【硤石】㊀地名。1. 在河南孟津縣西。爲黄河津濟處，以石路阻隘故稱。晉永嘉末魏浚率流民數百家保河陰之硤石，北魏永安二年尒朱榮攻元顥自硤石夜渡，皆此處。參閱水經注穀水、讀史方輿紀要四八河南府孟津縣。2. 在河南陝縣東南。卽古之崤陵關。漢爲陝縣地，屬弘農郡。唐貞觀十四年移崤縣於此，以地有硤石塢，因名硤石縣。宋熙寧六年廢。清在此關口設巡司戍守。參閱太平寰宇記六陝州、讀史方輿紀要四八河南府陝州。㊁山名。1. 在安徽壽縣西北。三國魏甘露元年諸葛誕據壽春，司馬昭遣王昶軍破硤石以逼之，卽此。參閱水經注三十淮水、讀史方輿紀要二一鳳陽府壽州。2. 在浙江海寧縣東北，又名紫微山。山之西爲硤石鎮。參閱讀史方輿紀要九十杭州府海寧縣。

硜 kēng 口莖切，平，耕韻，溪。ㄎㄥ

㊀擊石聲。史記樂書："石聲硜，硜以立别，别以致死。君子聽磬聲則思死封疆之臣。"㊁見"硜硜"。

【硜硜】固執。論語子路："言必信，行必果。硜硜然，小人哉！"漢桓寬鹽鐵論論儒："故小枉大直，君子爲之。今硜硜然守一道，……不足稱也。"

硝 xiāo 相邀切，平，宵韻，心。ㄒㄧㄠ

㊀礦物名。清趙翼甌北詩鈔五言古一古詩十九首："硝磺製火藥，世乃無利兵。"見"硝石"。㊁用芒硝處理皮革使發軟稱硝。明宋應星天工開物乃服裘："其老大羊皮，硝熟爲裘。"

【硝子】用礦石燒成的假水晶。明曹昭格古要論六硝子："假水晶用藥燒成者，色暗青，有氣眼。或有黄青色者，亦有白者，但不潔白明瑩，謂之硝子。"今日本猶稱玻璃爲硝子。

【硝石】卽天然硝酸鉀。硝，本作"消"。我國古代用爲製造火藥之原料。入藥。抱朴子仙藥："服五雲之法，……或以露於鐵器中，以玄水熬之爲水；或以硝石合於筒中，埋之爲水。"五雲，指雲英、雲珠、雲液、雲母、雲沙。參見"消石"。

硯 yàn 五甸切，去，霰韻，疑。ㄧㄢˋ

㊀石滑不澀。見説文。㊁磨墨用具，古用瓦爲硯，後常以石爲之。唐劉禹錫劉夢得集七送鴻舉師游江西詩："使君灩頭揀石硯，白帝城邊尋野蔬。"

【硯山】㊀硯之一種。依石之天然形狀，中鑿爲硯，刻石爲山，硯附於山，故稱硯山。見宋蔡絛鐵圍山叢談六（説郛十二）。㊁山名。在福建建陽縣。舊名夫子案山。山有石，端平若案，有微黑點隱隱若硯，故名。見嘉慶一統志三三一建寧府。

【硯瓦】瓦硯。唐以前多用瓦硯，後來雖通用石硯，猶稱硯瓦。硯，也作"研"。唐貫休禪月集八有硯瓦詩，詩中有"應念研磨苦，無爲瓦礫看"句。唐韓愈昌黎集三六毛穎傳擬人稱硯爲陶泓，皆指以瓦爲硯。參閱宋米芾書史、程大昌演繁露續集五硯。

【硯田】硯臺。文人恃文墨爲生，故謂硯爲硯田。宋蘇軾分類東坡詩七次韻孔毅父久旱已而甚雨之一："我生無田食破硯，爾來硯枯磨不出。"清蔣超伯南漘楛語三硯："近得一硯，上有（伊秉綬）先生銘云：'惟硯作田，咸歌樂歲。墨稼有秋，筆耕無稅。'"

【硯史】書名。1. 宋米芾撰。一卷。記硯二十六種，辨端歙二石甚詳。其中用品條，言石理當以發墨爲上；性品條，論石質剛柔；樣品條，述歷代硯之形製。2. 清高鳳翰撰。四卷。記硯一百六十五方，拓爲硯圖一百十二幅。翰素喜硯，所藏皆手琢，自爲銘詞。

【硯池】謂凹形硯。藝文類聚五八晉傅玄硯賦："節方圓以定形，鍛金鐵而爲池。"全唐詩六九二杜荀鶴題弟姪書堂："窗竹影摇書案上，野泉聲入硯池中。"後也指硯端低窪儲水處。

【硯屏】置於硯端以障風塵之屏，多以玉、石、漆木爲之，與立於案頭之小掛屏類似。宋歐陽修文忠集有月石硯屏歌寄蘇子美詩。宋趙希鵠洞天清禄集研屏辯："古無研屏，或銘研，多鐫於研之底與側。自東坡（蘇軾）山谷（黄庭堅）始作研屏，既勒銘於研，又刻於屏，以表而出之。"研，通"硯"。

【硯席】硯臺與座席。指學習。北史魏陳留王虔傳附元暉："周文禮之，命與諸子遊處，每同硯席，情契甚厚。"舊唐書五九許紹傳高祖降敕書："而公追硯席之舊歡，存通家之曩好，明鑒去就之理，洞識成敗之機，……逾越江山，遠申誠款。"高祖與紹舊爲同學，故云。

【硯滴】水注，書滴。爲滴水於硯的用具。唐釋皎然集五送裴秀才往會稽山讀書詩："硯滴穿池小，書衣種楮多。"宋杜綰雲林石譜中祈闔石："鼎州祈闔山出石，石中有黄土，目之爲太乙餘糧。色紫黑，其質磊磈，大小圓扁，外多霑綴碎石，滌盡黃土，卽空虛。間有小如拳者，可貯水爲研滴。"研，通"硯"。

【硯臺】卽硯。唐司空圖司空表聖詩集三偶詩之一："夕陽照個新紅葉，似要題詩落硯臺。"

【硯箋】宋高似孫撰。四卷。首卷記端硯，二卷記歙硯，各附以詩文，原有硯圖四十二式，已佚。三卷記諸硯品，共六十五種。四卷錄前人之爲諸硯所作詩文。此書備採各家之說，敍述詳而有據。清曹寅刻入楝亭十二種。

【硯譜】記述硯之出產及評論各種硯石質材高下的專著。宋唐詢撰硯譜二卷，今已佚。今存有南宋人李之彥硯譜一卷，又有葉樾傳宋人端溪硯譜、另佚名歙州硯譜、端溪硯譜各一卷，明沈仕硯譜一卷。

【硯蟾】蟾蜍形的硯滴。宋陸游劍南詩稿十四不睡："水冷硯蟾初薄凍，火殘香鴨尚微煙。"

【硯務官】造硯之官。宋歐陽修文忠集一三〇試筆南唐硯："當南唐有國時，於歙州置硯務，選工之善者，命以九品之服，月有俸廩之給，號硯務官，歲爲官造硯有數。"

硞 kù 苦沃切，入，沃韻，溪。
ㄎㄨˋ

㊀石聲。見說文。㊁水石相激狀。文選晉郭景純(璞)江賦："幽㵎積岨，礐硞礐礭。"注："礐硞礐礭，皆水激石嶮峻不平之貌。"

硪 é 五何切，平，歌韻，疑。
ㄜ 五可切，上，哿韻，疑。

高貌。見"砐硪"。

确 1. què 胡覺切，入，覺韻，匣。
ㄑㄩㄝˋ

㊀瘠薄。亦作"埆"。文選晉左太沖(思)吳都賦："庸可共世而論巨細，同年而議豐确乎！"㊁堅實，通"確"。後漢書五二崔寔傳："論當世便事數十條，名曰政論，指切時要，言辯而确。"㊂敲擊。通"搉"。世說新語文學："樂(廣)亦不復剖析文句，直以麈尾柄确几。"

2. jué
ㄐㄩㄝˊ

㊃角勝負。通"角"。漢書五四李廣傳："李廣材氣，天下亡雙，自負其能，數與虜确，恐亡之。"

【确瘠】石多土薄。資治通鑑二三九唐憲宗元和八年："況天德故城僻處确瘠，去河絕遠，烽候警急，不相應接。"

【确犖】指山石凹凸不平正。唐劉禹錫劉夢得集二五弔馬文："結爲确犖，融爲坳堂。"

硟 xiān chǎn 相然切，平，仙韻，心。
ㄒㄧㄢ ㄔㄢˇ 昌戰切，去，線韻，穿。

用圓滑石塊碾壓布帛，使之密實而光亮。急就篇二："縹綟綠紈皁紫硟。"注："硟，以石輾繒，色尤光澤也。"

八畫

碆 bō 博禾切，平，戈韻，幫。
ㄅㄛ 薄波切，平，戈韻，並。

用石箭頭著於絲絃上，射擊飛鳥。本作"磻"。史記楚世家："則出寶弓，碆新繳，射噣鳥於東海。"集解："徐廣曰：'以石傅弋繳曰碆。'"後漢書六十上馬融傳廣成頌："矰碆飛流，纖羅絡縸。"

【碆盧】用弓發射打鳥的石箭頭。戰國策楚四："黃鵠因是以游乎江海，……不知夫射者，方將脩其碆盧，治其矰繳，將加己乎百仞之上。"碆，一本作"箤"。

碁 qí 渠之切，平，之韻，羣。
ㄑㄧˊ

"棋"的別體。見"棋1"。

碇 dìng 集韻丁定切，去，徑韻。
ㄉㄧㄥˋ

停船時穩定船身的石墩。本作"矴"。唐李商隱李義山詩集五贈劉司户："江風揚浪動雲根，重碇危檣白日昏。"韓愈昌黎集三三唐正議大夫尚書左丞孔公墓誌銘："蕃舶之至泊步，有下碇之稅，始至有閱貨之燕。"參見"矴"。

碗 wǎn
ㄨㄢˇ

㊀圓形敞口的食器。本作"椀"、"盌"。唐劉餗隋唐嘉話上："(海陵王李)元吉恃其膂力，每親行圍。王充召單雄信告之，酌以金碗，雄信盡飲，馳馬而出，槍不及海陵者尺。"㊁自宋以來，燈籠一盞稱一碗。見清俞樾茶香室四鈔二七燈籠稱碗。

碚 bèi
ㄅㄟˋ

㊀地名用字。也作"培"。湖北宜昌西北有蝦蟆碚。宋歐陽修文忠集一、蘇軾東坡集續集一、陸游劍南詩稿二均有蝦蟆碚詩，歐陽修於詩題下注云："今土人寫作背字，音佩。"蘇軾詩題作"培"。㊁"碚礧"。

【碚礧】卽蓓蕾，花之含苞未放者。玉臺新詠十南朝梁皇太子(簡文)有所思詩之三："入林看碚礧，春至定無賒。"

碎 suì 蘇內切，去，隊韻，心。
ㄙㄨㄟˋ

㊀破碎。史記八一藺相如傳："大王必欲急臣，臣頭今與璧俱碎於柱矣！"㊁瑣屑。漢書八九黃霸傳："米鹽靡密，初若煩碎，然霸精力能推行之。"

【碎金】㊀零篇傑作。金，言其可貴。世說新語文學："桓公(溫)及謝安石(安)作簡文謚議，看竟，擲於坐上諸客曰：'此是安石碎金。'"宋黃庭堅山谷內集十二宋懋宗寄夔州五十詩之一："五十清詩是碎金，試教擲地有餘音。"以後或用爲書名，如宋晁迥雜錄儒釋道三家之言，以爲修身養性之助，題爲法藏碎金錄。㊁狀物之小而色黃。宋蘇軾分類東坡詩三次韻子由所居之一："堂後種秋菊，碎金收辟寒。"指菊瓣。王安石臨川集十九次韻張子野竹林寺詩之二："風泉隔屋撞哀玉，竹月緣階貼碎金。"指透過竹葉的月影。

【碎首】謂撞碎其首。漢書八五杜鄴傳："鄴對曰：'臣聞禽息憂國，碎首不恨；卞和獻寶，刖足願之。'"漢王充論衡儒增："儒書言，禽息薦百里奚，繆公未聽，禽息當門仆頭碎首而死。繆公痛之，乃用百里奚。"

【碎務】瑣碎的事務。三國志蜀楊戲傳贊麋子仲注引襄陽記："(諸葛)亮嘗自校簿書，(楊)顒直入諫曰：'……勞其體力，爲此碎務，形疲神困，終無一成。……流汗竟日，不亦勞乎？'"晉書劉毅傳："後司徒舉毅爲青州大中正，尚書以毅懸車致仕，不宜勞以碎務。"

【碎粧】後周宮女的一種裝飾。五代唐馬縞中華古今注中花子："至後周，又詔宮人帖五色雲母花子作碎粧以侍宴。"

【碎義】支離破碎的僻義。漢書藝文志："後世經傳既已乖離，博學者又不思多聞闕疑之義，而務碎義逃難，便辭巧說，破壞形體。"

【碎葉】古城名。爲唐代西部邊防重鎮，以城臨碎葉水，故名。調露元年，都護王方翼築，四面十二門。與龜茲于闐疏勒謂之四鎮。天寶七載，北庭節度使王正見伐安西，城毀。據郭沫若攷證，唐李白卽出生於此。故址在今蘇聯吉爾吉斯共和國托克馬克城附近。參閱新唐書地理志七下、西域傳下石國。

【碎職】治理雜務的職位。北史劉桃符傳："舉孝廉，射策甲科。歷碎職，累遷中書舍人，以勤明見知。"

【碎蟻】釀酒初熟，面有浮滓，其狀若蟻，

故稱碎蟻。唐李賀歌詩編三送廉光祿北征:"清蘇和碎蟻,紫膩卷浮杯。"

碔 wǔ 文甫切,上,麌韻,明。ㄨˇ

似玉的美石。見"碔砆"。

【碔砆】似玉的美石。也作"武夫"、"珷玞"。文選漢司馬長卿(相如)子虛賦:"瑊玏玄厲,碝石碔砆。"注:"碔砆,赤地白采,葱蘢白黑不分。"史記一一七、漢書五七司馬相如傳皆作"武夫"。又漢王子淵(褒)四子講德論:"故美玉蘊於碔砆,凡人視之怢焉。"參見"武夫㊂"、"珷玞"。

碐 léng 集韻 閭承切,平,蒸韻。ㄌㄥˊ 盧登切,平,登韻。

㊀石貌。見集韻。㊁見"碐磳"。

【碐磳】不平貌。唐孟郊孟東野集二寒江吟:"荻洲素浩渺,碕岸澌碐磳。"元詩選戊集貢師泰玩齋拾遺寄贈圓修鍾道人:"寶塔今成第幾層,浮雲不隔石碐磳。"

碏 què 七雀切,入,藥韻,清。ㄑㄩㄝˋ

人名用字。春秋時衛有大夫石碏。漢石經公羊傳四年作石踖。參閱清惠棟九經古義十三公羊古義上。

碅 yā 於加切,平,麻韻,影。ㄧㄚ

見"碝碅"。

碄 lín 集韻 犂針切,平,侵韻。ㄌㄧㄣˊ

見下。

【碄碄】幽深貌。後漢書五九張衡傳思玄賦:"趨谽嘲之洞穴兮,摽通淵之碄碄。"

碕 1. qí 渠羈切,平,支韻,羣。ㄑㄧˊ

㊀曲岸。同"圻"。文選漢揚子雲(雄)羽獵賦:"探巖排碕,薄索蛟螭。"參見"圻㊀"。㊁山脈長貌。見"碕嶺"。

2. qǐ 墟彼切,上,紙韻,溪。ㄑㄧˇ

㊂見"碕₂礒"。

【碕岸】曲岸。文選晉左太沖(思)吳都賦:"碕岸爲之不枯,林木爲之潤黷。"南朝宋鮑照鮑氏集九登大雷岸與妹書:"磪石爲之摧碎,碕岸爲之齏落。"

【碕嶺】漫長起伏的山嶺。文選晉郭景純(璞)江賦:"厓隒爲之泐嵃,碕嶺爲之嵒崿。"注引許慎曰:"碕,長邊也。"

【碕₂礒】山石錯落不平貌。楚辭漢淮南小山招隱士:"嶔崟碕礒兮,碅磳魂硊。"

碙 gāng ㄍㄤ

地名用字。見下。

【碙洲】卽碉洲島。在廣東雷州灣外東海島東南海中。南宋帝昺景炎二年以元兵漸近,自潮州淺灣入海居此,三年卒,陸秀夫張世傑復立昺弟昺,升碙洲爲翔龍縣。也作"碉洲"。參閱讀史方輿紀要一〇四高州府吳川縣。

碍 ài ㄞˋ

"礙"之俗體。唐釋齊己白蓮集四船窗詩:"舉頭還有碍,低眼卽無妨。"紅樓夢十八:"迸砌防階水,穿簾碍鼎香。"

碈 gǔn 古本切,上,混韻,見。ㄍㄨㄣˇ

㊀鐘聲閉塞不揚。周禮春官典同:"凡聲,高聲碈。"注:"(鄭)玄:高鍾形大上下大也,高則聲上藏,衮然旋如裹。"㊁滚動。宋樓鑰攻媿集一題龍眠畫騎射抱毬戲詩:"綉毬飛碈最難射,十中三四稱爲優。"

碅 jūn 集韻 區倫切,平,諄韻。ㄐㄩㄣ

見下。

【碅磳】山石高危貌。楚辭漢淮南小山招隱士:"嶔崟碕礒兮,碅磳魂硊。"唐柳宗元柳先生集四十祭李中明文:"紆委碅磳兮,鵾鶬夜啼。"

硊 yín 魚金切,平,侵韻,疑。ㄧㄣˊ

同"崟"。

硾 1. zhuì 馳僞切,去,寘韻,澄。ㄓㄨㄟˋ

㊀使物下沉。同"錘"。呂氏春秋勸學:"是拯溺而硾之以石也,是救病而飲之以堇也。"

2. chuí ㄔㄨㄟˊ

㊁舂,擣。通"捶"。宋米芾畫史:"第一池紙勻硾之,易軟少毛,澄心其製也。"

硼 péng 集韻 披耕切,平,耕韻。ㄆㄥˊ

㊀石名。見玉篇。㊁象聲詞。見"硼砰"、"硼隱"。㊂見"硼砂"。

【硼砂】藥名。無機化合物。可爲製造光學玻璃、搪瓷等原料。供藥用名月石。本草綱目十一石五蓬砂:"名義未解,一作硼砂。"又:"硼砂生西南番,有黃白二種,西者白如明礬,南者黃如桃膠,皆是煉結成,如硇砂之類。"

【硼砰】水聲。唐獨孤及毘陵集補遺招北客文:"渤澥硼砰,會於滄溟。"

【硼隱】鼓聲。藝文類聚五九三國魏文帝述征賦:"伐靈鼓之硼隱兮,建長旗之飄颻。"

碉 diāo 字彙 都聊切,音凋。ㄉㄧㄠ

軍事上防守或瞭望用的工事建築。宋李新跨鼇集八答李丞用其韻詩:"頑雲垂翼山碉暗,喬麥饒花雪嶺開。"

【碉卡】碉堡哨卡。清文獻通考二八六輿地十八平定兩金川告成太學碑文:"兩路夾擊,遂得美諾,鼠竄狼奔,金川助惡"注:"南路自達烏至僧格宗皆峭壁懸崖,碉卡林立。"

【碉房】石室。清陸次雲峒谿纖志上松潘苗:"松潘,古冉駹地。積雪凝寒,盛夏不解,人居累石爲室,高者至十餘丈,名曰碉房。"

碓 1. duì 都隊切,去,隊韻,端。ㄉㄨㄟˋ

㊀舂米穀的設備。漢桓譚新論:"宓犧之制杵舂,萬民以濟,及後人加巧,因延力借身重以踐碓,而利十倍。"利用水利舂米的裝置叫水碓。見該條。

2. duī ㄉㄨㄟ

㊁小丘。古"堆"字。史記河渠書:"蜀守(李)冰鑿離碓,辟沫水之害。"參見"堆㊁"。

【碓投】文選漢馬季長(融)長笛賦:"頵淡滂流,碓投瀺穴。"注:"碓投,似碓之所投也。"形容水流衝擊如碓舂下投。

【碓顙】高額頭。眉額突出如碓。吳越春秋王僚使公子光傳三:"(專諸)碓顙而深目,虎膺而熊背。"

碑 1. bēi 彼爲切,平,支韻,幫。ㄅㄟ

㊀古代立於宮廟前視日影的豎石。儀禮聘禮:"上當碑南陳。"注:"宮必有碑,所以識日景,引陰陽也。"㊁宮廟大門內拴牲口的石頭。禮祭義:"祭之日,君牽牲,穆荅君,卿大夫序從。既入廟門,麗於碑。"注:"麗猶繫也。"㊂古代用以引棺木入墓穴的木柱,後用石。禮檀弓下:"公室視豐碑。"碑上或書文字,記死者事迹功勳。最初隨埋土中,後來又樹於墓道之口,稱爲神道碑。古碑上方往往有穿孔,卽爲貫索引棺而下的遺象。參閱唐封演封氏聞見記六碑碣。

2. pō ㄆㄛ

㊃見"碑₂池"。

【碑文】刻於碑上之文。後漢書八十下禰衡傳:"(黄)祖長子射,爲章陵太守,尤善於衡。嘗與衡俱遊,共讀蔡邕所作碑文。"南齊書庾杲之傳:"杲之歷在上府,以文學見遇。上造崇虛館,使爲碑文。"

【碑₂池】傾斜而下。意同"陂陁"。古文苑漢揚雄蜀都賦:"岬嵃嶱岬,方彼碑池。"

【碑表】卽石碑。宋書禮志二:"晉武帝咸寧四年,又詔曰:'此石獸碑表,既私褒美,興長虛僞,傷財害人,莫大於此。一禁斷之。'"文選南朝梁任彥昇(昉)爲卞彬謝修卞忠貞墓啟:"而年世貿遷,孤裔淪塞,遂使碑表蕪滅,丘樹荒毀。"

【碑林】地名。因石碑林立而得名。地在今陝西西安市内。唐末,朱温毁長安都城,五代梁因將城外石碑移入新城之内,宋元祐二年又再徙,卽今碑林地。自宋以來歷代皆有修葺。乾隆四十六年陝西巡撫畢沅加以改建,解放後又加整新,定爲全國重點文物保護單位。碑林共收藏漢魏至清代碑志共二千三百餘件,包括唐文宗開成二年開成石經、漢隸書曹全碑、唐智永張旭懷素草書千字文等。

【碑帖】石刻文字的搨本。古代無紙,書於帛者曰帖。帛難久存,因摹刻於石碑,也相承稱帖,因統稱搨本曰碑帖。

【碑版】指刻於石上的記載文字。版,也作"板"。文選南朝宋謝靈運入華子崗是麻源第三谷詩:"圖牒復摩滅,碑版誰聞傳。"

【碑淚】猶悲淚。碑、悲音同。樂府詩集四六吴聲歌曲華山畿之八:"將懊惱,石闕晝夜題,碑淚常不燥。"宋范成大石湖集十少卿直閣鄭公挽歌詞:"鬢霜三館直,碑淚五州春。"

【碑陰】碑的背面。水經注二三陰溝水:"漢故中常侍長樂太僕特進費亭侯曹君之碑,延熹三年立,碑陰又刊詔策。"宋蘇軾分類東坡詩二一送表忠觀錢道士歸杭:"墮淚行看會祠下,挂名争欲刻碑陰。"

【碑誌】卽碑文。南史劉勰傳:"勰爲文長於佛理,都下寺塔及名僧碑誌,必請勰製文。"新唐書一二五張説傳:"爲文屬思精壯,長於碑誌,世所不逮。"

【碑碣】碑刻的總稱。方者爲碑,圓者爲碣。自唐以來墓道五品以上用碑,龜趺螭首;五品以下用碣,方趺圓首。然世多混用。南朝梁劉勰文心雕龍三誄碑:"自後漢以來,碑碣雲起,才鋒所斷,莫高蔡邕。"參閲清潘昂霄金石例一。

【碑銘】碑文和銘文。碑誌中之韻文爲銘。後漢書六八郭太傳:"蔡邕爲其文,既而謂涿郡盧植曰:'吾爲碑銘多矣,皆有慙德,唯郭有道無愧色耳。'"

【碑牓】碑匾。周書趙文深傳:"文深少學楷隸,……筆勢可觀。當時碑牓,惟文深及冀儁而已。"牓,也作"榜"。宣和書譜十二:"方(米)芾書時,其寸紙數字人争售之,以爲珍玩。至於請求碑榜,而户外之屨常滿。"

【碑嶺】在新疆哈密縣北,原名庫舍圖嶺。庫舍圖,卽碑。因嶺上有碑,故名。唐將侯君集姜行本出征高昌,師還,過此嶺,見有漢班超紀功碑,行本磨去古刻,更刊紀功碑文。見新唐書九一姜行本傳、嘉慶一統志五二一哈密山川。

【碑額】碑首,碑的上方。碑首或刻螭、虎、龍、雀以爲飾,書額字體多用篆隸,篆書稱篆額,隸書稱題額。參閲元吾丘衍學古編上、清王芑孫碑版文廣例六。

【碑傳集】書名。1.宋杜大珪編。全名名臣碑傳琬琰集,一百七卷,集録宋代自建隆迄紹興間的名臣碑傳。2.清錢儀吉撰。初名百家獻徵録,後改名五百家銀管集,再改今名,一百六十卷。據各省通志及名人文集中自碑傳文字,起清初下至道光,分類編次。後繆荃孫作續碑傳集,閔爾昌著碑傳集補。所録皆清代人物碑傳。清史藝文志有所著録。

碌 lù ㄌㄨˋ 盧谷切,入,屋韻,來。力玉切,入,燭韻,來。

㊀玉貌。見"碌碌㊀"。㊁見"碌碌㊁㊂㊃"。㊂見"碌碡"。

【碌青】卽石緑,顔料名,也可入藥。碌,一作"緑"。唐宣州宣城郡土貢有碌青,見新唐書地理志五。參見"緑青"。

【碌碌】㊀石貌。老子:"不欲琭琭如玉,落落如石。"後漢書二八下馮衍傳自論:"馮子以爲夫人之德不碌碌如玉,落落如石,風興雲蒸,一龍一蛇,與道翱翔,與時變化,夫豈守一節哉。"㊁平庸無能。史記一二二酷吏傳太史公曰:"九卿碌碌奉其官,救過不贍,何暇論繩墨之外乎?"㊂車輪轉動聲。唐賈島長江集一古意詩:"碌碌復碌碌,百年雙轉轂。"宋陸游劍南詩稿三七季秋已寒節令頗正喜而有賦:"風色肅肅生麥隴,車聲碌碌滿魚塘。"㊃忙碌。紅樓夢二二:"從前碌碌却因何?到如今,回頭試想真無趣。"

【碌碡】平地碾穀脱粒的農具,用石滚及樞架構成,以牛馬或人力牽引。也作"磟碡"、"碌碡"。宋范成大石湖集二七春日田園雜興詩之六:"繫牛莫礙門前路,移繫門西碌碡邊。"

九　畫

碰 pèng ㄆㄥˋ

相撞。同"掽"。

【碰和】紙牌之戲。以六十頁爲一具,四人合局,以次抹牌,謂之默和。餘二十頁,另一人掌之,謂之把和。又或於六十頁之外,更加一具,則每種各四頁,每人各得二十頁之外,其餘頁皆掩覆,次第另抹,以備棄取,名曰碰和。見牧猪閒話紙牌。今凡鬬牌皆謂之碰和。

【碰壺】紙牌之戲,卽碰和之類。清李斗揚州畫舫録十一虹橋録下:"畫舫多作牙牌葉格諸戲。……次之碰壺,以十壺爲上,四人合局,三人輪鬬,每一人歇,謂之作夢。……色目有斷么、飄壺、全葷諸名目。"

碧 bì ㄅㄧˋ 彼役切,入,昔韻,幫。

㊀青緑色的玉石。山海經西山經:"又西百五十里曰高山,其上多銀,其下多青碧。"注:"碧亦玉類也。今越巂會稽縣東山出碧。"㊁青緑色。世説新語汰侈:"君夫(王濟)作紫絲布步障,碧綾裏四十里。"㊂姓。見姓苑。

【碧瓦】青緑色琉璃瓦。唐杜甫杜工部詩史補遺三越王樓歌:"孤城西北起高樓,碧瓦朱甍照城郭。"李商隱李義山詩集三令狐舍人説昨夜西掖翫月因戲贈:"涼波衝碧瓦,曉暈落金莖。"

【碧玉】㊀青玉。山海經北山經:"又北三百里曰維龍之山,其上有碧玉,其陽有金,其陰有鐵。"舊題晉王嘉拾遺記三周穆王:"穆王卽位三十二年,巡行天下,馭黄金碧玉之車。"㊁樂府詩集四五吴聲曲辭碧玉歌引樂苑:"碧玉歌者,宋汝南王所作也。碧玉,汝南王妾名。"詩集收三首,後二字首句皆爲"碧玉小家女",後因稱貧家女爲小家碧玉。參見"小家碧玉"。㊂女婢。唐白居易長慶集五六南國試小樂詩:"紅萼紫房皆手植,蒼頭碧玉盡家生。"

【碧血】莊子外物:"故伍員流于江,萇弘死於蜀,藏其血,三年化而爲碧。"後常指忠臣志士爲正義目標而流的血。元詩選鄭元祐僑吴集汝陽張御史死節歌:"孤忠既足明丹心,三年猶須化碧血。"

【碧空】蔚藍的天空。文苑英華一九二南朝梁簡文帝京洛篇:"夜輪懸素魄,朝光蕩碧空。"唐許渾丁卯集上酬河中杜侍御重寄詩:"五色如絲下碧空,片帆還遶楚王宮。"

【碧青】顏料名。卽石青。古稱白青。亦名魚目青。南齊書李珪之傳:"滎陽毛惠素爲少府卿,吏才强而治事清刻。勑市銅官碧青一千二百斤供御畫,用錢六十萬。"參閱政和證類本草三白青。

【碧城】仙人所居之城。太平御覽六七四上清經:"元始(天尊)居紫雲之闕,碧霞爲城。"唐李商隱李義山詩集五碧城之一:"碧城十二曲闌干,犀辟塵埃玉辟寒。"

【碧香】酒名。唐陸龜蒙甫里集十三夜會問答十首之七:"錦鯨薦,碧香紅膩承君宴。"宋蘇軾分類東坡詩十三送碧香酒與趙明叔教授詩:"碧香近出帝子家,鵝兒破殼酥流盎。"

【碧海】綠色的海。舊題漢東方朔十洲記:"扶桑在東海之東岸,岸直,陸行登岸一萬里,東復有碧海,海廣狹浩汗,與東海等,水既不鹹苦,正作碧色,甘香味美。"唐李商隱李義山詩集六常娥:"常娥應悔偷靈藥,碧海青天夜夜心。"

【碧草】綠草。南朝梁江淹江文通集三陰長生:"憂傷永不至,光顏如碧草。"唐杜甫杜工部草堂詩箋十八蜀相:"映階碧草自春色,隔葉黄鸝空好音。"

【碧桃】㊀重瓣的桃花。卽千葉桃。又名碧桃花。花重瓣,不結實,白色粉紅至深紅,或洒金。全唐詩二四八郎士元聽鄰家吹笙:"重門深鎖無尋處,疑有碧桃千樹花。"唐詩紀事六九羅虬比紅兒:"匼匝千山與萬山,碧桃花下景常閑。"參閱廣羣芳譜二五花譜四桃花。㊁桃實的一種。見本草綱目二九果一桃。

【碧脆】細菜所捲之餅。宋詩鈔方岳秋崖小藁春盤:"擎將碧脆捲月明,嚼出宫商帶詩馥。"

【碧華】玉華,指月亮。唐李賀歌詩編二古悠悠行:"白日歸西山,碧華上迢迢。"

【碧虛】㊀天空。唐杜甫杜工部草堂詩箋三十秋野之一:"秋野日疏蕪,寒光動碧虛。"才調集九李端巫山高詩:"巫山十二重,皆在碧虛中。"㊁指水。唐李賀歌詩編三釣魚:"斜竹垂青沼,長綸貫碧虛。"

【碧雲】南朝梁江淹江文通集四休上人怨別詩有"日暮碧雲合,佳人殊未來"之句,後遂常用爲別僧之語。唐韋應物韋江州集三寄皎然上人詩:"願以碧雲思,方君怨别餘。"許渾丁卯集上和劉三復送僧南歸詩:"碧雲千里暮愁合,白雪一聲春思長。"

【碧椀】琉璃碗。全唐詩六七一唐彥謙敍別:"翠盤擘脯臙脂香,碧碗敲冰分蔗漿。"碗,同"椀"。宋孟元老東京夢華録四食店:"吾輩入店,則用一等琉璃淺稜椀,謂之碧椀。"

【碧落】天空。唐許渾丁卯集上送張厚淛東修謁詩:"青山有雪松當澗,碧落無雲鶴生龍。"白居易長慶集十二長恨歌:"上窮碧落下黃泉,兩處茫茫皆不見。"

【碧漢】天空。漢,天河。初學記十五南朝陳江總和衡陽殿下高樓看妓詩:"起樓侵碧漢,初日照紅粧。"唐徐夤釣磯文集十鵲詩:"香閨報喜行人至,碧漢填河織女回。"

【碧霄】天空。唐李白李太白詩十九訓岑勛以詩見招:"中逢元丹丘,登嶺宴碧霄。"錢起錢考功集十四田鶴詩:"田鶴望碧霄,無風亦自舉。"

【碧樹】㊀玉樹。淮南子地形:"掘崑崙墟以下地,中有增城九重,…… 碧樹瑶樹在其北。"注:"碧,青玉也。"文選漢班孟堅(固)西都賦:"珊瑚碧樹,周阿而生。"㊁綠色的樹。列子湯問:"碧樹而冬生,實丹而味酸。"唐許渾丁卯集上京口閑寄京洛友人詩:"一樽酒盡青山暮,千里書回碧樹秋。"

【碧盧】似玉之美石。淮南子氾論:"故劒工惑劒之似莫邪者,唯歐冶能名其種;玉工眩玉之似碧盧者,唯猗頓不失其情。"注:"碧盧或云碔砆。猗頓,魯之富人,能知玉理。"

【碧鮮】青翠鮮潤之色。文選晉左太沖(思)吳都賦:"其竹……檀欒嬋娟,玉潤碧鮮。"唐杜甫杜工部草堂詩箋二六槐葉冷淘詩:"碧鮮俱照筯,香飯兼苞蘆。"

【碧雞】㊀山名。在雲南昆明市西,峯巒碧色,石壁如削,俯瞰滇池。見寰宇通志一一一雲南府山川。㊁神名。詳"金馬碧雞"。

【碧藕】神話中仙人所食之藕。舊題晉王嘉拾遺記三周穆王:"西王母乘翠鳳之輦而來,……又進萬歲冰桃,千常碧藕。"宋晏幾道小山詞鷓鴣天之十八:"碧藕花開水殿涼,萬年枝外轉紅陽。"

【碧油幢】㊀青綠色的油布帷幕。南齊公主所乘車用碧油幢。見南齊書輿服志。唐時御史也用此。唐許渾丁卯集上留別趙端公:"却願煙波阻風雪,待君同拜碧油幢。"㊁指綠色的軍幕。樂府詩集九三唐張仲素塞下曲之二:"獵馬千羣雁幾雙,燕然山下碧油幢。"

【碧芳酒】酒名。唐馮贄雲仙雜記涼物:"房壽六月召客,……編香藤爲俎,刳椰子爲杯,搗蓮花,製碧芳酒,調羊酪,造含風鮓,皆涼物也。"

【碧玲瓏】形容碧綠色的多孔通明的異石。宋蘇軾分類東坡詩七登玲瓏山:"翠浪舞飜紅罷亞,白雲穿破碧玲瓏。"又九壺中九華:"念我仇池太孤絶,百今歸買碧玲瓏。"參見"壺中九華"。

【碧翁翁】謂天。宋陶穀清異録天文:"晉出帝不善詩,時爲俳諧語,詠天詩曰:'高平上監碧翁翁。'"

【碧紗㡡】幃障之屬,以木作架,頂及四周,蒙以綠紗,夏令張之,以避蚊蠅。唐王建詩五贈王處士:"松樹當軒雪滿地,青山掩障碧紗㡡。"㡡,也作"廚"。紅樓夢三:"賈母便說:'將寶玉挪出來,同我在套間暖閣里。把你林姑娘暫且安置在碧紗廚里。"

【碧紗籠】唐王播少孤貧,客居揚州惠昭寺木蘭院,隨僧齋食,爲諸僧所不禮。後播貴,重遊舊地,見昔日在該寺壁上所題詩句,僧用碧紗蓋護,因題曰:"二十年來塵撲面,如今始得碧紗籠。"見五代王定保唐摭言七起自寒苦。又宋魏野嘗從寇準游陝府僧舍,各有留題。後復同游,見準詩,已用碧紗籠蓋護,而野詩獨否,塵昏滿壁,從行官妓卽以袂拂塵,野徐曰:"若得常將紅袖拂,也應勝似碧紗籠。"見宋吳處厚清箱雜記六。參見"飯後鐘"。

【碧琅玕】喻綠竹美如玉石。唐歐陽詹歐陽行周集三題華十二判官汝州宅內亭詩:"新柳摇門青翡翠,修篁浮徑碧琅玕。"

【碧雲寺】在北京市西郊香山。元爲碧雲庵。明正德中擴建爲寺。依山爲寺,歷階數百級,始達佛殿,金碧鮮妍,當時爲諸寺之冠。明清兩代,續有增修。參閱明劉侗于奕正帝京景物略六、清孫承澤天府廣記三八寺廟。

【碧雲騢】㊀馬名。騢,亦作"霞"。宋折德扆得駿馬,口旁有碧紋如雲霞,因目曰碧雲霞,進於太宗。見宋王闢之澠水燕談録八事誌、釋文瑩玉壺清話八。㊁書名。宋魏泰撰,託名梅堯臣撰,一卷。歷詆朝士。其大意謂:廏馬,以其色碧如雲霞,故稱。然馬有旋毛,雖貴而不能掩其旋毛之醜。

【碧琳侯】指鏡。擬人的稱謂。唐陸龜蒙甫里集九和夏景沖澹偶作詩之二:"莫道仙家無好爵,方諸還拜碧琳侯。"方諸,古月下取水之器,可以爲鏡。

【碧落碑】唐碑。唐總章三年，高祖子韓王元嘉四男爲其母房太妃所立。原在絳州龍興宮，宮有碧落尊像，篆文刻其背，故世傳爲碧落碑。見宋歐陽修六一題跋五唐龍興宮碧落碑、金石萃編五七唐十七。

【碧筩杯】盛夏以荷葉所製的酒器。唐段成式酉陽雜俎七酒食："歷城北有使君林，魏正始中，鄭公慤，三伏之際，每率賓僚避暑於此，取大蓮葉置硯格上，盛酒二升，以簪刺葉，令與柄通，屈莖上輪囷如象鼻，傳噏之，名爲碧筩杯。"宋蘇軾分類東坡詩二三泛舟城南……四首之三："碧筩時作象鼻彎，白酒微帶荷心苦。"

【碧靛子】寶石名。明曹昭新增格古要論六珍寶論："碧靛子，出南蕃、西蕃，青綠色，好者頗與馬價珠相類，有黑綠色者低，皆不甚值錢。又謂之北靛子。宜鑲嵌用。"

【碧雞坊】地名，在今四川成都市。古成都有坊一百二十，第四曰碧雞坊。宋陸游劍南詩稿十一病中久止酒有懷成都海棠之盛："碧雞坊裏海棠時，彌月兼旬醉不知。"唐杜甫杜工部草堂詩箋十八西郊："時出碧雞坊，西郊向草堂。"宋蘇軾分類東坡詩三次韻蔣穎叔凝祥池："似知金馬客，時夢碧雞坊。"

【碧鴉犀】寶石名。也稱碧砑璽、碧鴉玐，皆譯音。質如水晶，有紅黃紫三色。紅者色如桃花，紫者如玫瑰，黃者如秋葵，皆通明。見清紀昀閱微草堂筆記十五姑妄聽之一、福格聽雨叢談六。

【碧蘿春】江蘇洞庭東山所產茶名。其初碧螺峯石壁間有野茶數株，每歲按季而采。其葉得熱氣，發異香，採者呼爲嚇殺人香。康熙三十八年清聖祖(玄燁)南巡至太湖，巡撫宋犖以此茶進，帝以名不雅，改稱碧螺春。見清王應奎柳南隨筆續筆二。

【碧巖録】亦名碧巖集。宋圜悟於澧州夾山靈泉院碧巖方丈爲評述雪竇重顯頌古百則而作。圜悟弟子宗杲，以與禪宗教外別傳、不立文字之真趣不合，燒棄其書。元人又重加傳刻，黃蘗大智爲之注釋，書名改作種電鈔。

【碧霞元君】西晉時卽有泰山神女的傳說，宋真宗東封，命於泰山頂建昭應祠，封天仙玉女碧霞元君。明清祠名改稱碧霞靈應宮。參閱清顧炎武山東考古録考碧霞元君、張爾岐蒿庵閒話。

【碧雞漫志】宋王灼撰。一卷。詳載曲調源流，首爲總論，述古初至唐宋聲歌遞變之由，次列涼州伊州霓裳羽衣水調歌清平樂菩薩蠻等二十八調，記得名之緣起與其變化沿革。灼作此書時適居碧雞坊，故名。

碥 biǎn 方典切，上，銑韻，幫。
ㄅㄧㄢˇ

㊀登車的履石。見玉篇。㊁位於急流之中形勢險峻的小片石地。長江自嘉州至荆門灘間有閻王碥燕子碥。見明朱國禎湧幢小品二六江上灘險。

磓 zhuì 集韻 直類切，去，至韻。
ㄓㄨㄟˋ

從高下落。"墜"本字。漢書天文志："星磓至地，則石也。"注："如淳曰：磓，亦墜也。"又一〇〇下敍傳述外戚傳："薄姬磓魏，宗文產德。"

磆 huǐ 集韻 虎委切，上，紙韻。
ㄏㄨㄟˇ

敗壞。同"毀"。淮南子俶真："處玄冥而不闇，休於天鈞而不磆。"注："磆，敗也。"列子天端："事之破磆，而後有舞仁義者，弗能復也。"

碶 qì
ㄑㄧˋ

讀如契，字書不載，閘外出入之處。宋史河渠志七："行春橋又名南石碶，碶面石板之下，歲久損壞空虛，每受潮水，演溢奔突，出於石縫。"

碡 dú zhōu 直六切，入，屋韻，澄。
ㄉㄨˊ ㄓㄡ 徒谷切，入，屋韻，定。
徒沃切，入，沃韻，定。

見"碌碡"。

磌 zhēn 集韻 伊真切，平，諄韻。
ㄓㄣ

山名。山海經東山經："又南五百里曰磌山，南臨磌水。"

碪 1. zhēn 知林切，平，侵韻，知。
ㄓㄣ

亦作"砧"。㊀擣衣石。南朝宋鮑照鮑氏集九登大雷岸與妹書："回沫冠山，奔濤空谷，碪石爲之摧碎，碕岸爲之齏落。"

2. ǎn 集韻 五感切，上，感韻。
ㄢˇ

㊁同"嵁"。見"碪₂碍"。

【碪₂碍】高貌。文選晉左太沖(思)魏都賦："恒碣碪碍於青霄，河汾浩涆而皓溔。"

碟 dié
ㄉㄧㄝˊ

盛食品的小盤。唐人作"疊"、"楪"。宋曾慥高齋漫録一日，穆父(錢勰)折簡召坡(蘇軾)食皛飯，及至，乃設飯一盂，蘿菔一碟，白湯一盞而已。"水滸三七："取三分飯食、羹湯、菜蔬，交他三個喫了。莊客收了碗碟，自入裏面去。"

碩 shí shuò 常隻切，入，昔韻，禪。
ㄕˊ ㄕㄨㄛˋ

㊀大。詩秦風駟鐵："奉時辰牡，辰牡孔碩。"㊁通"石"。1.比喻堅固。見"碩交"。2. 古時也稱容量單位石爲碩。唐韓愈昌黎集五河南令舍池臺詩："欲將層級壓籬落，未許波瀾量斗碩。"劉禹錫劉夢得集二十謝恩賜粟麥表："特放開成年青苗錢並賜斛㪷六萬碩。"

【碩人】㊀美人。詩衛風碩人："碩人其頎，衣錦褧衣。"箋："碩，大也。言莊姜儀表長麗俊好，頎頎然。"㊁賢德之人。詩邶風簡兮："碩人俁俁，公庭萬舞。"魏書高祖孝文帝紀延興二年詔："碩人所以窮處幽仄，鄙夫所以超分妄進，豈所謂旌賢樹德者也。"㊂婦人封贈之號。宋政和初，定命婦等級大夫以上封碩人。見宋官制舊典(永樂大典二九七二)。

【碩士】㊀賢能之士。新五代史宦者傳論："故前後左右者日益親，則忠臣碩士日益疎，而人主之勢日益孤。"㊁積學之士。宋曾鞏元豐類稿十六與杜相公書："宿師碩士，傑立相望。"

【碩女】賢德之女。詩小雅車舝："辰彼碩女，令德來教。"

【碩交】指感情深厚牢不可破的友誼或友人。文選三國魏阮元瑜(瑀)爲曹公作書與孫權："孤與將軍，恩如骨肉，……而忍絶王命，明棄碩交，實爲佞人所構會也。"注："碩與石古字通。"

【碩老】年高望重博學之士。文選漢揚子雲(雄)劇秦美新："是以耆儒碩老，抱其書而遠遜。"晉書劉寔傳："右丞劉坦上言曰：'……(寔)懸車告老，二十餘年，浩然之志，老而彌篤，可謂國之碩老，邦之宗模。'"

【碩言】大話。浮誇之言。詩小雅巧言："蛇蛇碩言，出自口矣。"箋："碩，大也；大言者，言不顧其行，徒從口出，非由心也。"宋朱熹集傳訓爲善言。

【碩果】豐碩的果實。易剝："上九，碩果不食，君子得輿。"疏："碩果不食者，處卦之終，獨得完全，不被剝落，猶如碩大之果，不爲人食也。"文選晉左太沖(思)魏都賦："碩果灌叢，圍木竦尋。"後謂難得之物僅存者曰碩果。

【碩茂】繁盛。漢書一〇〇下敍傳："公族蕃滋，支葉碩茂。"

【碩記】謂難能可貴的記述。方言晉郭

璞序:"辨章風謡而區分,曲通萬殊而不雜,真洽見之奇書,不刊之碩記也。"清初徐文靖有管城碩記,卽取此意。

【碩畫】遠大的計謀。文選晉左太冲(思)魏都賦:"碩畫精通,目無匪制。"也作"石畫"。參見"石畫"。

【碩量】寬宏大量。藝文類聚四五晉孫綽太宰郗鑒碑:"至德碩量,天實挺之。"文選晉干令升(寶)晉紀總論:"昔高祖宣皇帝(司馬懿)以雄才碩量,應運而仕。"

【碩鼠】㊀詩魏風篇名,共三章。詩序:"國人刺其君重斂,蠶食於民,不脩其政,貪而畏人,若大鼠也。"後因以碩鼠指貪黷自肥的官吏。魏書辛雄傳上疏:"委斗筲以共治之重,託碩鼠以百里之命,皆貨賄是求,肆心縱意。"㊁大鼠,卽鼫鼠。詳"鼫"。㊂螻蛄的別名。見晉崔豹古今注中魚蟲。

【碩輔】謂賢良輔佐之臣。唐韓愈昌黎集一元和聖德詩:"天錫皇帝,厖臣碩輔。"

【碩膚】指盛美的德行。詩豳風狼跋:"公孫碩膚,赤舄几几。"傳:"碩,大;膚,美也。"

【碩德】大德。晉書索襲傳:"陰澹奇而造焉,出而歎曰:'索先生碩德名儒,真可以諮大義。'"

【碩儒】大儒。穀梁傳晉范寗集解序:"而漢興以來,瓌望碩儒,各信所習,是非紛錯,準裁靡定。"後漢書六二荀淑傳附荀爽:"又南遁漢濱,積十餘年,以著述爲事,遂稱爲碩儒。"

【碩大無朋】詩唐風椒聊:"彼其之子,碩大無朋。"箋:"碩,謂壯貌佼好也;大,謂德美廣博也;無朋,平均不朋黨。"後用爲巨大無比之意。

【碩學名儒】學問精深博洽聞名之士。南史姚察傳:"時碩學名儒,朝端在位,咸希旨注同。"

碝 ruǎn 而兗切,上,獮韻,日。
ㄖㄨㄢˇ

似玉之石。文選漢司馬長卿(相如)子虛賦:"瑊玏玄厲,碝石碔砆。"注引張揖:"碝石,碔砆,皆石之次玉者。碝石,白者如冰,半有赤色。"漢書五七上司馬相如傳作"礝石"。

【碝碱】似玉之石。文選漢班孟堅(固)西都賦:"於是玄墀釦砌,玉階彤庭;碝碱綵緻,琳珉青熒。"

碈 mín 武巾切,平,真韻,明。
ㄇㄧㄣˊ

似玉之石。同"瑉"、"珉"、"玟"。禮聘義:"子貢問於孔子曰:'敢問君子貴玉而賤碈者,何也?'"注:"碈,石似玉,或作玟也。"

碭 dàng 徒浪切,去,宕韻,定。
ㄉㄤ 徒郎切,平,唐韻,定。

㊀帶花紋的石頭。文選魏何平叔(晏)景福殿賦:"墉垣碭基,其光昭昭。"㊁溢出,振蕩。莊子庚桑楚:"吞舟之魚,碭而失水,則蟻能苦之。"文選吳都賦注引莊子作"蕩"。見"碭駭"。㊂廣大。淮南子本經:"當此之時,玄玄至碭而運照。"㊃地名。見"碭山"。

【碭山】㊀縣名。屬安徽省。本秦碭縣地,漢屬梁國。以地出碭石而名。隋改置碭山縣。明清皆屬徐州。公元1955年由江蘇省劃歸安徽省。參閱太平寰宇記十四單州、寰宇通志二徐州。㊁山名。在碭山縣東南。漢劉邦(高祖)隱於芒、碭山澤間,卽此。參閱太平寰宇記十二亳州永城縣、讀史方輿紀要二九徐州府。

【碭突】衝撞,抵觸。文選漢馬季長(融)長笛賦:"瀉瀑噴沫,犇遯碭突。"文苑英華七一南朝梁簡文帝箏賦:"奔電碭突而彌固,嚴風猗拔而無傷。"

【碭郡】郡名,秦置,以碭山名。治碭縣。漢改郡爲梁國。北魏於下邑城置碭郡,北齊廢。地包有河南開封以東及商邱、山東金鄉單縣、安徽碭山亳縣一帶地。見魏書地形志中徐州碭郡、讀史方輿紀要二九徐州府碭山縣。

【碭駭】振蕩。漢書八七上揚雄傳甘泉賦:"回猋肆其碭駭兮,翍桂椒,鬱移楊。"注:"碭,過也;駭,動也。"文選漢馬季長(融)長笛賦:"震鬱怫以憑怒兮,耾碭駭以奮肆。"注:"碭,突也。"

碨 wěi 烏賄切,上,賄韻,影。
ㄨㄟ

見下。

【碨柍】衆聲洶洶貌。文選漢馬季長(融)長笛賦:"充屈鬱律,瞋菌碨柍。"注:"皆衆聲鬱積競出之貌。"也作"碨泱"。南齊書張融傳海賦:"觸山磙石,汙瀴滐泦。碨泱濆泂,流柴碑矸。"

【碨硿】不平貌。文選晉郭景純(璞)江賦:"踞蝳森衰以垂翹,玄蠣磈磥而碨硿。"宋詩鈔劉子翬屏山集鈔食蠣房詩:"嵌巖各包藏,碨硿相附積。"

【碨磊】不平貌。文選晉木玄虛(華)海賦:"澎濞灪磙,碨磊山壟。"唐韓愈昌黎集八鬬雞聯句:"磔毛各噤瘁,怒瘿争碨磊。"也作"碨礧"。唐杜甫杜少陵集四驄馬行:"隅目青熒夾鏡懸,肉駿碨礧連錢動。"

【碨磥】山名。同"畏壘"。後漢書八十下劉梁傳告縣人:"昔文翁在蜀,道著巴漢;庚桑瑣隸,風移碨磥。"參見"畏壘"。

碣 jié 渠列切,入,薛韻,羣。
ㄐㄧㄝ 其謁切,入,月韻,羣。

㊀方者爲碑,圓者爲碣。漢人碑碣並稱。字本從木,卽楬櫫之楬。後人用石代木,因通用碣字。漢國三老袁良碑銘:"才本德曜其碣。"(隸釋六)字亦作"嵑"。參見"楬㊀"、"嵑㊁"。㊁界碑。魏書序紀:"自杏城以北八十里,迄長城原,夾道立碣,與晉分界。"㊂標出。同"揭"。漢書揚雄傳校獵賦:"鴻濛沆茫,碣以崇山。"文選三國魏何平叔(晏)景福殿賦:"於是碣以高昌崇觀,表以建城峻廬。"

【碣石】古山名。在河北昌黎西北。書禹貢:"夾右碣石,入于海。"又:"太行、恒山至于碣石,入于海。"因遠望其山,穹窿似冢,山頂有巨石特出,其形如柱,故名。秦始皇三十二年,漢武帝元封元年皆曾東巡至此,刻石觀海。按書傳但云海畔山,不詳在何地。漢書地理志下云在右北平郡驪成縣西南,驪成今河北樂亭。魏書地理志、隋書地理志言在盧龍。漢書武帝紀注引文潁謂在臨楡,爲後來主昌黎説之本。參閱讀史方輿紀要十直隸一、嘉慶一統志十六永平府、胡渭錐指十二(清經解)。

【碣磍】猛獸發威貌。文選漢揚子雲(雄)長楊賦:"然後陳鐘鼓之樂,鳴鞀磬之和,建碣磍之虡。"注:"孟康曰:碣磍之簴,刻猛獸爲之,故其形碣磍而盛怒也。"

【碣館】碣石宮,戰國燕昭王爲騶衍所築之館。史記七四孟子傳:"(騶衍)如燕,昭王擁彗先驅,請列弟子之座而受業,築碣石宮,身親往師之。"注:"碣石宮在幽州薊縣西三十里寧臺之東。"唐陳子昂陳伯玉集二燕昭王詩:"南登碣石館,遥望黃金臺。"文苑英華七八八唐玄宗石橋銘:"梁園勝躅,碣館佳遊。"

【碣石篇】樂府舞曲歌辭。漢末曹操北征烏桓,經碣石,出盧龍塞,作詩,首二句"車臨碣石,以觀滄海",宋書樂志題作碣石步出夏門行。南齊書題作碣石,分觀滄海、冬十月、土不同、龜雖壽四解,記軍行所至風景及個人心情感受,晉用爲拂舞歌詩。參閱樂府詩集五四晉拂舞歌詩、晉書樂志下。

【碣石衛】地名。卽碣石灣,在廣東省陸豐縣南。明洪武二十三年置,築城,環以濠溝。清康熙時設總兵鎮守,雍正時設海防同知駐此,爲水師重地。參閱讀史方輿紀要一〇三惠州府、嘉慶一統志四四五惠州府關隘。

【碣石調幽蘭】古琴曲譜，又名猗蘭。題南朝梁丘公撰。卷首小序稱丘公，會稽人，梁末隱於九疑山，妙絶楚調，於幽蘭一曲，尤特精絶。有唐寫卷子本一卷，收入古逸叢書。

碫 duàn ㄉㄨㄢˋ 丁貫切，去，換韻，端。

礪石。孫子埶："兵之所加，如以碫投卵者，虛實是也。"

碓 1. duī ㄉㄨㄟ 都回切，平，灰韻，端。

㊀撞擊。文選晉木玄虛(華)海賦："岑嶺飛騰而反覆，五嶽鼓舞而相碓。"

2. chuí ㄔㄨㄟˊ

㊁敲，擊。同"搥㊁"。唐李賀歌詩編四官街鼓："碓碎千年日長白，孝武秦皇聽不得。"

碞 yán ㄧㄢˊ 五咸切，平，咸韻，疑。魚金切，平，侵韻，疑。

㊀積石高峻貌。見清段玉裁說文解字注。㊁僭越。書召誥："王不敢後，用顧畏於民碞。"疏："碞卽巖也，參差不齊之意，故爲僭也。"

十畫

硌 luò ㄌㄨㄛˋ 吕角切，入，覺韻，來。

硌確，石撞擊聲。文選晉郭景純(璞)江賦："幽澗積岨，礐硞硌確。"唐劉良注："礐硞硌確，石聲也。"

碚 hóng ㄏㄨㄥˊ 户冬切，平，冬韻，匣。乎宋切，去，宋韻，匣。

象聲詞。見下。

【碚礲】石落聲。唐韓愈昌黎集八征蜀聯句："投奅鬧碚礲，填隍㽉偛傄。"全唐詩六一〇皮日休三縹緲峰："翠壁內有室，叩之虛碚礲。"

碚 jiá ㄐㄧㄚˊ 古黠切，入，黠韻，見。

見"碣碚"。

磋 cuō ㄘㄨㄛ 七何切，平，歌韻，清。七過切，去，過韻，清。

爲象牙加工曰磋。說文作"瑳"。詩衛風淇澳："如切如磋，如琢如磨。"傳："治骨曰切磋，象曰磋，玉曰琢，石曰磨。"後來引申爲商量研究。見"切磋"。

磅 páng ㄆㄤˊ 普郎切，平，唐韻，滂。撫庚切，平，庚韻，滂。

㊀象聲詞。文選漢司馬長卿(相如)上林賦："沈沈隱隱，砰磅訇磕。"注："司馬彪曰：砰磅訇磕，皆水聲也。"㊁見"磅唐"、"磅礴"。

【磅唐】周圍廣大貌。古文苑二戰國楚宋玉笛賦："其處磅唐千仞，絶谿凌阜，隆崛萬丈，盤石雙起。"文選漢馬季長(融)長笛賦："酆琅磊落，駢田磅唐。"參見"旁唐"。

【磅硠】鼓聲。文選漢張平子(衡)思玄賦："觀壁壘於北落兮，伐河鼓之磅硠。"

【磅磕】雷霆聲。文選漢張平子(衡)西京賦："礔礰激而增響，磅磕象乎天威。"

【磅礴】盛大，充滿。也作"旁薄"。宋文天祥文山集十四指南後録正氣歌："是氣所磅薄，凜烈萬古存。"參見"旁薄"。

碻 què ㄑㄩㄝˋ 苦角切，入，覺韻，溪。

㊀確實。同"確"。見玉篇。㊁見"碻磝"。

【碻磝】㊀城名。漢東郡茌平縣故城，其西南卽河津，稱碻磝津。北魏於此置濟州。參見"濟州"。㊁山名。在山東東阿縣南。城南舊有土堆三，俗名虛糧冢，相傳卽南朝宋檀道濟唱籌量沙處。參閱讀史方輿紀要三三東平州東阿縣。

確 què ㄑㄩㄝˋ 苦角切，入，覺韻，溪。

㊀堅固，剛强。易乾："樂則行之，憂則違之，確乎其不可拔，潛龍也。"㊁真實，牢靠。也作"碻"。見"確論"、"確實"。

【確山】縣名，屬河南省。春秋江國，漢爲安昌縣，屬汝南郡。隋改朗山，宋因避諱，改爲確山。明 清皆屬河南汝寧府。參閱元和郡縣志九蔡州、寰宇通志八七汝寧府。

【確然】堅固貌。漢書八六師丹傳太皇太后詔："關內侯師丹端誠於國，不顧患難，執忠節，據聖法，分明尊卑之制，確然有柱石之固，臨大節而不可奪，可謂社稷之臣矣。"

【確實】真實可靠。梁書武帝紀中天監二年詔："可申敕諸州，月一臨訊，博詢擇善，務在確實。"

【確論】精確的評論。魏書羊深傳上疏："且魏武在戎，尚修學校；宣尼確論，造次必儒。"新唐書九八王珪傳："時珪與(房)玄齡、李靖、温彥博、戴冑、魏徵同輔政。帝以珪善人物，且知言，因謂曰：'……且自謂孰與諸子賢？'對曰：'……至激濁揚清，疾惡好善，臣於數子有一日之長。'帝稱善。而玄齡等亦以爲盡己所長，謂之確論。"

【確鬬】指兩軍正面決戰。資治通鑑二六九後梁貞明三年："聞晉王與梁人確鬬，騎兵死傷不少。"注："確，堅也。凡戰者，隨兵勢而爲進退離合，至於確鬬則兩敵相當，用實力而鬬，惟堅耐而用長技乃勝耳。"

磁 cí ㄘˊ 集韻 牆之切，平，之韻

㊀本作"礠"。省從兹。見"磁石"。㊁通"瓷"。見"磁器"。參閱清俞樾茶香室四鈔二七窰器稱磁之誤。

【磁石】石名。也作"礠石"、"慈石"。俗稱吸鐵石，今稱磁鐵。有吸引鐵、鎳、鈷等金屬的屬性。淮南子覽冥："若以慈石之能連鐵也，而取其引瓦，則難矣。"漢王充論衡亂龍："頓牟掇芥，礠石引針。"亦供藥用。參閱政和證類本草四磁石。

【磁州】縣名。漢武安縣地。隋於此置磁州，以縣西有磁山出磁石，因取爲名。元爲廣平路。明省滏陽入磁州，改屬彰德府。清屬直隸廣平府，公元1913年改爲縣，屬河北省。參閱元和郡縣志十五河東道礠州、寰宇通志九一彰德府。

【磁器】本謂磁州窰所出的瓷器。後也寫瓷器爲磁器。明謝肇淛五雜俎十二物四："今俗語窰器謂之磁器者，蓋河南磁州窰最多，故相沿名之。"

【磁州窰】古窰名。在河南舊彰德府磁州。其製器優者，與定器相似，但無淚痕。見明曹昭新增格古要論七古窰器論、清朱琰陶說二磁州窰。

磏 lián ㄌㄧㄢˊ 集韻 離鹽切，平，鹽韻。

㊀赤色的厲石。見說文。引申爲激厲。見"磏勇"。㊁通"廉"。韓詩外傳一："仁道有四，磏爲下。"

【磏勇】以勇自勵。韓非子六反："行劍攻殺，暴憿之民也，而世尊之曰磏勇之士。"

磝 1. áo ㄠˊ 五交切，平，肴韻，疑。

㊀山多小石曰磝。說文作"嶅"。見釋名釋山。

2. qiāo ㄑㄧㄠ 集韻 丘交切，平，爻韻。

㊁硬石。同"磽"。見集韻"磽"。㊂見"碻磝"。

【磝磝】山多石貌。唐韓愈昌黎集一別知賦："山磝磝其相軋，樹蓊蓊其相摎。"

【磝₂磝₂】堅硬瘠薄的土地。漢焦延壽易林十五巽之蹇："磝磝禿白，不生黍稷。"

磒 yǔn 于敏切,上,軫韻,于。
ㄩㄣˇ

墜落。同"隕"。說文"磒"引春秋傳:"磒石于宋五。"今本左傳僖十六年磒作"隕"。

磑 1. wèi 五對切,去,隊韻,疑。
ㄨㄟˋ 五灰切,平,灰韻,疑。

㊀石磨。急就篇三:"碓磑扇隤舂簸揚。"注:"磑所以䃺也,亦謂之碨。古者雍父作舂,魯班作磑。"㊁磨。漢揚雄太玄經五疑:"陰陽相磑,物咸彫離。"

2. ái 集韻 魚開切,平,咍韻。
ㄞˊ

㊂見"磑₂磑₂"

【磑船】舂米船,形如水車。宋陸游劍南詩稿三棧路書事:"危閣聞鈴馱,湍流見磑船。"清王士禎蜀道驛程記九:"江間多磑船,如水車之製,泊急溜中,碓磑舂簸,悉用水功,軋鴉之聲不絕。"

【磑₂磑₂】㊀高貌。文選戰國楚宋玉高唐賦:"盤岸巑岏,裖陳磑磑。"漢書禮樂志安世房中歌:"磑磑卽卽,師象山則。"㊁白貌。同"皚皚"。文選漢枚叔(乘)七發:"白刃磑磑,矛戟交錯。"㊂堅固貌。文選漢張平子(衡)思玄賦:"行積冰之磑磑兮,清泉沍而不流。"

磕 kē 苦盍切,入,盍韻,溪。
ㄎㄜ 苦曷切,入,曷韻,溪。

㊀敲擊。唐杜牧樊川集一大雨行詩:"雲纏風束亂敲磕,黃帝未勝蚩尤長。"㊁鼓聲。漢書八七上揚雄傳甘泉賦:"登長平兮雷鼓磕,天聲起兮勇士厲。"文選作"礚"。㊂大聲。文選晉成公子安(綏)嘯賦:"硼硠震隱,訇磕嘞嘈。"㊃叩頭也稱爲磕頭。讀如克。見"磕頭"。

【磕匝】周圍,圍繞。全唐詩三九閻立本巫山高:"巫山磕匝翠屏開,湘江碧水遶山來。"唐韓愈昌黎集五月蝕詩效玉川子作:"後時食月罪當死,天羅磕帀何處逃汝刑?"帀,同"匝"。

【磕牙】閒談,聊天。京本通俗小說碾玉觀音:"咸安王捺不下烈火性,郭排軍禁不住閒磕牙。"聊齋志異二鳳陽士人:"聽蕉聲一陣一陣細雨下,何處與人閒磕牙?"

【磕磕】象聲詞。南朝宋劉敬叔異苑四:"西秦乞伏熾磐都長安,端門外有一井,人常宿汲水亭之下,而夜聞磕磕有聲,驚起照視,瓮中如血,中有丹魚。"

【磕頭】跪拜。宋洪邁夷堅支志戊五任道元:"任深悼前非,磕頭謝罪。"參見"叩頭"。

【磕牙料嘴】謂口舌之爭。古今雜劇元關漢卿陳母教子三:"我可也不和你暢叫揚疾,誰共你磕牙料嘴。"元曲選缺名舉案齊眉三:"喒與你甚班輩,自來不相會,走將來磕牙料嘴。"

磌 tián 徒年切,平,先韻,定。
ㄊㄧㄢˊ 職鄰切,平,真韻,照。

㊀象聲詞。公羊傳僖十六年:"霣石記聞,聞其磌然,視之則石,察之則五。"參見"填㊃"。㊁柱下石礎。文選漢班孟堅(固)西都賦:"雕玉磌以居楹,裁金璧以飾璫。"後漢書四十上班固傳兩都賦作"瑱"。參見"瑱"。

磊 lěi 落猥切,上,賄韻,來。
ㄌㄟˇ

㊀石累積貌。見"磊砢㊀"、"磊磊㊀"。㊁高大貌。文選晉木玄虛(華)海賦:"潤泊栢而迆颺,磊匒匌而相豗。"

【磊砢】㊀委積、衆多貌。文選漢司馬長卿(相如)上林賦:"蜀石黃碝,水玉磊砢。"㊁壯大貌。文選漢王文考(延壽)魯靈光殿賦:"萬楹叢倚,磊砢相扶。"㊂樹木多節,以喻人之有奇材異能。世說新語賞譽上:"庾子嵩(顗)目和嶠如千丈松,雖磊砢有節目,施之大廈,有棟梁之用。"晉書和嶠傳作"磥砢"。又排調:"孝武屬王珣求女壻,曰:'王敦桓溫磊砢之流,既不可復得,……正如真長(劉惔)敬之(王獻之)比,最佳。'"

【磊塊】㊀石塊。宋陸游劍南詩稿十三蔬圃:"藭闢荆榛盡,鉏犂磊塊無。"㊁壘石高低不平喻阻梗或心中鬱結不平。宋沈括夢溪筆談五樂律:"字則有喉、脣、齒、舌等音不同,當使字字舉本皆輕圓,悉融入聲中,令轉換處無磊塊。此謂聲中無字,古人謂之如貫珠,今謂之善過度是也。"

【磊嵬】高險貌。唐韓愈昌黎集七記夢詩:"隆樓傑閣磊嵬高,天風飄飄吹我過。"

【磊𡡉】猶言累墜、累贅。說文"𡡉":"磊𡡉,重聚也。"近人章炳麟新方言二:"今謂物之重,事之艱,皆曰磊𡡉,或爲纍墜。"

【磊落】㊀多貌。後漢書六十下蔡邕傳釋誨:"連衡者六印磊落,合縱者駢組流離。"指衆印錯雜。文選晉潘安仁(岳)閒居賦:"石榴蒲桃之珍,磊落蔓衍乎其側。"指果實繁多。㊁高大。文選晉郭景純(璞)江賦:"衡霍磊落以連鎮,巫廬嵬崫而比嶠。"也比喻人的俊偉。世說新語豪爽:"桓(溫)既素有雄情爽氣,加爾日音調英發,敍古今成敗由人,存亡繫才,其狀磊落,一坐嘆賞。"㊂錯落分明,引申指人灑脫不拘,直率開朗。南朝梁劉勰文心雕龍二明詩:"慷慨以任氣,磊落以使才。"唐韓愈昌黎集七七與于襄陽書:"世之齷齪者既不足以語之,磊落奇偉之人又不能聽焉。"磊,也作"礧"。

【磊磈】衆石累積貌。猶磈磊。也用以喻胸中不平之氣。元詩選龔璛存悔齋集春日寄懷書臺:"酒澆磊磈澆不平,況復不飲難爲情。"

【磊磊】㊀石衆多貌。楚辭屈原九歌山鬼:"采三秀兮於山間,石磊磊兮葛蔓蔓。"文選古詩十九首之三:"青青陵上柏,磊磊磵中石。"㊁圓轉貌。南朝梁劉勰文心雕龍三雜文:"夫文小易周,思閒可贍,足使義明而辭淨,事圓而音澤,磊磊自轉,可稱珠耳。"㊂指胸次分明。唐柳宗元柳先生集三一與韓愈論史官書:"徒信人口語,每每異辭,日以滋久,則所云磊磊軒天地者,決必沈沒。"

【磊石山】山名。在湖南湘陰縣北,以山石嵯峨相疊因名。水經注三八湘水:"湘水自汨羅口西北逕磊石山西,而北對青草湖,亦或謂之爲青草山也。"宋紹興中岳飛曾於此立磊石砦。

碾 niǎn 女箭切,去,線韻,娘。
ㄋㄧㄢˇ 集韻 尼展切,上,獮韻。

"輾"別體字,見廣韻。㊀研磨穀物、茶葉等的工具。魏書崔亮傳:"亮在雍州,讀杜預傳,見爲八磨,嘉其有濟時用,遂教民爲碾。及爲僕射,奏於張方橋東堰穀水造水碾磨數十區,其利十倍,國用便之。"宋陳師道後山詞南柯子同王立之督茶:"塵生銅碾網生羅,一諾十年猶未,意如何?"又製藥所用的碾槽也叫碾。㊁研磨。唐司空圖司空表聖詩集五暮春對柳之二:"正是階前開遠信,小娥旋拂碾新茶。"㊂碾壓。唐白居易長慶集十七潯陽春春來詩:"金谷踏花香騎入,曲江碾草鈿車行。"

【碾伯】地名。漢神爵二年置破羌縣,屬金城郡。東晉末南涼呂光置樂都郡。南涼禿髮烏孤嘗都此。北魏爲鄯州治,隋爲西平郡治,唐爲鄯州治,宋曰邈川城。明初置碾伯衞。清改爲碾伯縣,屬甘肅省。公元1928年改樂都縣,劃歸青海省。參閱嘉慶一統志二六九西寧府。

【碾磑】利用水力,使水磨的機械裝置自然轉動,可以作灌溉及糧食加工之用。北齊書高堂隆傳:"又鑿渠引漳水周流城郭,造治水碾磑,並有利於時。"通典食貨二水利田:"往日鄭白渠溉田四萬餘頃,今爲富商大賈競造碾磑，堰遏費水，渠流梗澀。」

磉 sǎng 蘇朗切，上，蕩韻，心。ㄙㄤˇ

柱下石。梁書扶南國傳：「（穿土）可深九尺許，方至石磉，磉下有石函。」

磎 xī 苦奚切，平，齊韻，溪。ㄒㄧ

山谷。同「谿」。文選漢馬季長（融）長笛賦：「託九成之孤岑兮，臨萬仞之石磎。」

磔 zhé 陟格切，入，陌韻，知。ㄓㄜˊ

㊀古時分裂祭牲以祭神叫磔。呂氏春秋季春紀：「九門磔禳，以畢春氣。」爾雅釋天：「祭星曰布，祭風曰磔。」㊁陳尸曰磔。又分裂肢體的酷刑亦稱磔。卽車裂。荀子宥坐：「女以諫者爲必用邪？吳子胥不磔姑蘇東門外乎？」漢書景帝紀中二年：「改磔曰棄市，勿復磔。」㊂張開。見「磔毛」、「磔卓」。㊃書法右下爲磔，卽捺。唐歐陽詢八法（一作唐顏真卿八法頌）：「啄騰凌而速進，磔抑趞以遲移。」見佩文齋書畫譜三論書引書苑菁華。

【磔毛】羽毛四張。晉書桓温傳：「少與沛國劉惔善，惔嘗稱之曰：『温眼如紫石稜，鬚作蝟毛磔。』」唐韓愈昌黎集八鬭雞聯句：「磔毛各噤痒，怒瘦爭碨磊。」

【磔石】以石投人，軍中習武的一種基本訓練。梁書元帝紀告四方檄：「挾輈曳牛之侶，拔距磔石之夫，騎則逐日追風，弓則吟猿落雁。」參見「投石超距」。

【磔卓】卓立貌。唐韓愈昌黎集一南山詩：「秋霜喜刻轢，磔卓立癯瘦。」

【磔索】象聲詞。唐陸龜蒙甫里集三和古杉三十韻：「磔索珊瑚涌，森嚴獬豸窺。」宋詩鈔補張九成橫浦集鈔補十一月忽見雪片居此七年未嘗有也：「瓦溝聲磔索，珠琲亂衣襟。」

【磔格】風吹竹聲。元詩選二黃公望管夫人竹窩圖：「翠蛟翔舞劃煙霧，霜戟磔格敲天風。」

【磔磔】象聲詞。宋蘇軾分類東坡詩一往富陽新城李節推先行三日留風水洞見待：「春山磔磔鳴春禽，此間不可無我吟。」指鳥聲。

磤 yǐn 於謹切，上，隱韻，影。ㄧㄣˇ

雷聲。也作「磤」。見玉篇。文選三國魏何平叔（晏）景福殿賦：「體洪剛之猛毅，聲訇磤其若震。」注：「毛詩傳曰：磤，雷聲也。」按詩召南殷其靁作「殷」。殷、磤，古今字。

磐 pán 薄官切，平，桓韻，並。ㄆㄢˊ

㊀大石，紆迴層迭的山石。易漸：「鴻漸于磐。」注：「磐，山石之安者。」疏引馬融：「山中石磐紆，故稱磐也。」文選晉木玄虛（華）海賦：「擘洪波，指太清，竭磐石，栖百靈。」㊁盤桓不去。後漢書四一宋意傳上疏：「又西平王羨等六王，……當早就蕃國，爲子孫基阯。而室弟相望，久磐京邑。」

【磐互】交相勾連。漢書三六楚元王傳附劉向上封事：「兄弟據重，宗族磐互，歷上古至秦漢，外戚僭貴，未有如王氏者也。」注：「磐結而交互也。（互）字或作牙，謂若犬牙相交入之意也。」晉書王濬傳上書：「今（王）渾之支黨姻族，外內皆根據磐牙，並處世位。」

【磐石】扁厚的大石。文選戰國楚宋玉高唐賦：「磐石險峻，傾崎崕隤。」史記孝文帝紀：「高帝封王子弟，地犬牙相制，此所謂磐石之宗也。」索隱：「言其固如磐石，此語見太公六韜。」

【磐桓】不進貌。磐與「盤」、「槃」通。易屯：「象曰：雖磐桓，志行正也。」後漢書五九張衡傳上疏：「今乘雲高蹻，磐桓天位，所謂將隆大會，必先倥偬之也。」參見「盤桓」。

【磐郢】寶劍名。相傳春秋越歐冶子造劍，一曰魚腸；二曰盤郢，一名豪曹；三曰湛盧。越王取以進於吳。吳王闔閭女死，取磐郢以殉。見吳越春秋四闔閭內傳。

【磐辟】退縮迴旋貌。文選晉潘安仁（岳）射雉賦：「周環回復，繚繞磐辟。」注：「漢書曰：『何武所舉者，磐辟雅拜。』」今本漢書八六何武傳作「槃辟」。

【磐維】猶屏障，多指分封的藩國。舊五代史唐末帝紀上太后令：「自少主之承祧，爲奸臣之擅命，離間骨肉，猜忌磐維，既輕易於藩垣，復驟興於兵甲。」參見「盤維」。

【磐礴】廣大貌。文選晉郭景純（璞）江賦：「虎牙嵥豎以屹崒，荆門闕竦而磐礴。」

磈 kuǐ 口猥切，上，賄韻，溪。ㄎㄨㄟˇ 於鬼切，上，尾韻，影。

見下。

【磈硊】山石高險貌。楚辭漢淮南小山招隱士：「嶔岑碕礒兮，硱磳磈硊。」

【磈磊】㊀壘積的石塊。猶壘塊。常以喻心中鬱結不平之氣。也作「磈礧」。南朝梁何遜何水部集和劉諮議守風詩：「蕭條疾帆流，磈礧衝波白。」金元好問遺山集十一論詩之五：「縱橫詩筆見高情，何物能澆磈磊平。」參見「塊磊」。㊁多節之木。木身不平直，也稱磈磊。爾雅釋木「枹遒木魁瘣」晉郭璞注：「謂樹木叢生根枝節目，盤結磈磊。」釋文：「魁瘣，讀若磈磊。」

【磈磥】不平貌。文選晉郭景純（璞）江賦：「踞蟕森衰以垂翹，玄蠣磈磥而碨硊。」注：「磈磥碨硊，不平之貌。」

【磈磈磈磈】山石攢積貌。文選晉左太沖（思）吳都賦：「爾其山澤則……磈磈磈磈，滮滮涆涆，磝硪乎數州之間，灌注乎天下之半。」

磃 sī 息移切，平，支韻，心。ㄙ

見下。

【磃氏】館舍名。漢書郊祀志上：「是時上求神君，舍之上林中磃氏館。」

十一畫

磨 1. mó 莫婆切，平，戈韻，明。ㄇㄛˊ

㊀治，物體相磨擦。詩衛風淇奧：「有匪君子，如切如磋，如琢如磨。」㊁滅。後漢書八九南匈奴傳論：「千里之差，興自毫端，失得之源，百世不磨矣。」㊂困苦挫折。見「磨折」、「磨難」。

2. mò 摸臥切，去，過韻，明。ㄇㄛˋ

㊃磨粉用具。本稱磑。見明徐光啓農政全書二三農器礱。

【磨$_2$車】載有石磨的車。晉陸翽鄴中記：「石虎有指南車，……又有磨車，置石磨于車上，行十里輒磨麥一斛。凡此車皆以朱彩爲飾，惟用將軍一人，車行則衆並發，車止則止。」

【磨折】猶言磨難、挫折。唐白居易長慶集五三酬微之詩：「由來才命相磨折，天遣無兒欲怨誰。」宋蘇軾分類東坡詩十五贈張刁二老：「惟有詩人被磨折，金釵零落不成行。」

【磨治】猶言磨光。唐李商隱李義山詩集二韓碑：「長繩百尺拽碑倒，麤砂大石相磨治。」

【磨室】宮名。史記八十樂毅傳報燕惠王書：「大呂陳於元英，故鼎反乎磨室。」戰國策燕二作「歷室」。

【磨衲】袈裟名。六祖大師法寶壇經九宣詔：「其年（唐中宗神龍元年）九月三日，有獎詔諭師曰：『……感荷師恩，頂戴無已，并奉磨衲袈裟及水晶鉢，勅韶州刺史修飾寺宇，賜師舊居爲國恩寺。'"宋釋惠洪石門文字禪五同游雲蓋分題得雲字詩："世味如嚼蠟，喜著磨衲裙。"

【磨城】地名。在湖北當陽縣。水經注三二沮水："沮水又東南逕驢城西磨城東，又南逕麥城西，昔關雲長(羽)詐降處，自此遂叛。傳云：子胥造驢磨二城以攻麥邑，卽諺所云'東驢西磨，麥城自破'者也。"

【磨研】猶琢磨。唐韓愈昌黎集二送靈師詩："材調真可惜，朱丹在磨研。"注："磨研，猶琢磨也。"

【磨涅】磨礪浸染。喻所經受的考驗或外界的影響。論語陽貨："不曰堅乎？磨而不磷；不曰白乎？涅而不緇。"唐劉知幾史通浮詞："亦有開國承家，美惡昭露，皎如星漢，非磨涅所移，而輕車塵點，曲加粉飾，求諸近史，此類尤多。"

【磨淬】鍛煉，磨厲。唐韓愈昌黎集七南內朝賀歸呈同官詩："法吏多少年，磨淬出角圭。"

【磨勘】㊀唐宋時定期勘驗官員政績，以定升遷，稱爲磨勘。宋范仲淹范文正公集奏議上奏重定臣僚轉官及差遣體例："舊制京朝官三周年磨勘，私罪並曾降差遣者四周年，贓罪者五周年。今後內外差遣京朝官無贓私罪者，依舊三周年。"㊁明清科試，對鄉、會試卷，派人覆核試卷，檢查詞句書法是否符合規定，謂之磨勘。參閱明黃佐翰林記十一評駁進呈試録、清孫承澤天府廣記十七禮部磨勘。㊂反復琢磨，推求學理。清黃宗羲明儒學案二十太常王塘南先生時槐："塘南之學，八十年磨勘至此，可謂洞徹心境者矣。"

【磨滅】㊀消失，湮滅。文選漢司馬子長(遷)報任少卿書："古者富貴而名磨滅，不可勝記。"㊁受折磨，磨難。元王實甫西廂記四本四折："則離得半箇日頭，却早又寬掩過翠裙三四褶，誰曾經這般磨滅。"元曲選缺名陳州糶米一："罷罷罷，也是俺這百姓的命該受這般磨滅。"

【磨鉛】古人以鉛粉筆書寫文字，筆鈍則磨之使尖。磨鉛，勤於書寫之意。唐杜牧樊川集二早春寄岳州李使君……詩："拂匣調珠柱，磨鉛勘玉杯。"

【磨調】南人清曲，每字抑揚，謂之磨調。明魏良輔曲律："北曲與南曲，大相懸絕，有磨調、絃索調之分。……南曲字少而調緩，緩處見眼，故詞情少而聲情多。北方在弦索，宜和歌，故氣易粗。南方在磨調，宜獨奏，故氣易弱。"

【磨瑩】磨治。晉書戴邈傳上疏："又貴遊之子，……不及盛年，講肄道義，使明珠加磨瑩之功，荆璞發採琢之業，不亦良可惜乎！"隋書高熲傳："(隋文帝)因謂熲曰：'獨孤公猶鏡也，每被磨瑩，皎然益明。'"熲父賓，於北周時賜姓獨孤氏，故帝以此稱熲。

【磨蝎】星名。十二宫之一。又作"磨羯"。宋蘇軾東坡志林一退之平生多得謗譽："退之詩云：'我生之辰，月宿直〔南〕斗。'乃知退之以磨蝎爲身宫，而僕乃以磨蝎爲命。平生多得謗譽，殆是同病也。"按韓愈此詩，題爲三星行。三星，指斗、牛、箕。身宫，謂生日干支。命，謂立命之宫。迷信星象者，因謂生平遇事多折磨不利者爲遭逢磨蝎。元尹廷高玉山樵唱中挽尹曉山詩："清苦一生磨蝎命，凄涼千古耒陽墳。"

【磨蟻】言如蟻之旋磨。晉書天文志上："天員如張蓋，地方如棊局。天旁轉如推磨而左行，日月右行，隨天左轉，故日月實東行，而天牽之以西没。譬之於蟻行磨石之上，磨左旋而蟻右去，磨疾而蟻遲，故不得不隨磨以左迴焉。"宋釋惠洪石門文字禪七題嶽麓深固軒詩："凭高俯城郭，車馬環磨螘。"螘，"蟻"本字。

【磨鏡】古代以金屬爲鏡，須常加磨治使明，因有以磨鏡爲業者。北堂書鈔一三六鏡："磨鏡取資。"注引海內士品："徐孺子常事江夏黃公，黃公薨，往會其葬，家貧無以自資，以磨鏡具自隨，每至所在，賃磨取資，然後能達。"

【磨礪】猶言磨鍊。同"摩厲"。漢王充論衡率性："陽遂取火於天，五月丙午日中之時，消爍五石，鑄以爲器，磨礪生光，仰以向日，則火來至。"

【磨礱】㊀磨擦。漢書五一枚乘傳："磨礱底厲，不見其損，有時而盡。"唐高彥休唐闕史上裴丞相古器："耕人墾田，得古鐵器曰盎，……既洗滌之，復磨礱之，隱隱有古篆九字帶盎之腰。"㊁比喻鍛鍊、鑽研。唐韓愈昌黎集十六答呂毉山人書："以吾子自山出，有朴茂之厚意，恐未磨礱以世事。"宋陸游劍南詩稿四六示友："學問更當窮廣大，友朋誰與共磨礱。"

【磨刀雨】農曆五月十三日下雨，稱磨刀雨。是日相傳爲關羽磨刀過江與吳將相會之期，屆時必雨。諺云：大旱不過五月十三。見清富察敦崇燕京歲時記、張燾津門雜記上。

【磨穴硯】硯磨成穴，喻筆墨工夫之深。宋缺名硯譜一篋磨穴硯："古人有學書於人者數年，自以藝成，告而去。師曰：'吾有一篋物可附於某處。'及至山下，絶無所付人，封題亦不甚密，乃啟之，皆磨穴者硯數十枚，方知師夙所用者，乃返山，服膺至皓首，方畢其藝。"

【磨兜堅】謂慎言。宋蘇象先丞相魏公譚訓作"磨兜鞬"，袁文甕牖閒評八作"磨兜堅"。參見"摩兜鞬"。

【磨喝樂】見"摩睺羅㊂"。

【磨崖碑】唐碑名。碑文名大唐中興頌，元結撰，顏眞卿書。書字奇偉。碑在祁陽浯溪石崖上，俗謂之磨崖碑。參閱宋歐陽修文忠集一四〇集古録跋尾七唐中興頌。

【磨環川】水名。在甘肅甘南藏族自治州臨潭縣西。唐天寶十三載哥舒翰破吐蕃於臨洮西磨環川，於其地置神策軍，卽此。見新唐書兵志。

【磨杵作針】喻持之以恆，功到自然成。明曹學佺蜀中廣記上川南道彭山縣："志云，縣東北二十五里有磨鍼溪，在象耳山下。相傳李白讀書山中，學未成棄去，適過是溪，逢老媪方磨鐵杵，問何爲，曰：'欲磨作鍼耳'。白感其言，遂還卒業。"今俗亦有"若要功夫深，鐵杵磨成針"之諺語。針亦作鍼。

【磨穿鐵硯】喻立志不變。新五代史桑維翰傳："初舉進士，主司惡其姓，以桑喪同音。人有勸其不必舉進士，可以從佗求仕者，維翰慨然，乃著日出扶桑賦以見志。又鑄鐵硯以示人曰：'硯弊則改而佗仕。'卒以進士及第。"又見舊五代史桑維翰傳注引春渚記聞。後亦喻筆墨功夫之精深。

【磨拳擦掌】形容激動振奮的樣子。水滸五二："李逵在外面聽得堂裏哭泣，自己磨拳擦掌價氣，問從人，都不肯說。"磨，也作"摩"。

【磨磚成鏡】喻事不能成。景德傳燈録五南嶽懷讓禪師："開元中有沙門道一住傳法院，常日坐禪。……師乃取一塼，於彼庵前石上磨。一曰：'師作什麼？'師曰：'磨作鏡。'一曰：'磨塼豈得成鏡邪？'(師曰)：'坐禪豈得作佛邪？'"塼，同"磚"。

磬 qìng ㄑㄧㄥˋ 苦定切，去，徑韻，溪。

㊀樂器。以玉、石或金屬爲材，形狀如矩。書禹貢："泗濱浮磬。"傳："泗水涯水中見石，可以爲磬。"宋王黼等博古

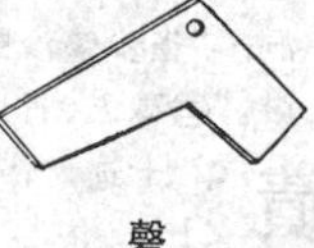
磬

圖二六磬總說："今茲之磬，非玉非石，乃鑄金而爲之。"㊁佛寺中敲擊以集僧衆的鳴器或鉢型的銅樂器。唐姚合姚少監集四寄無可上人詩："多年松色別，後夜磬聲秋。"㊂身形曲折似磬。禮曲禮上"立如齊"漢鄭玄注："磬且聽也。"疏："磬者，謂屈身如磬之折殺。"㊃見"磬控"。㊄懸而縊殺之。禮文王世子："公族其有死罪，則磬于甸人。"㊅空，盡。通"罄"。淮南子覽冥："金積折廉，璧襲無理，磬龜無腹。"

【磬氏】治磬的刮摩工。周禮考工記磬氏："磬氏爲磬。……已上則摩其旁，已下則摩其耑。"

【磬石】山名。在安徽靈璧縣北。山在泗水之南，尚書云"泗濱浮磬"，卽此。其山出石可以爲磬，擊之，其聲清亮，後世多取供樂府之用。參閱太平寰宇記十七淮陽軍下邳縣。

【磬折】㊀謂身傴折如磬之背，以示恭敬。禮曲禮下："立則磬折垂佩。"莊子漁父："今漁父杖拏逆立，而夫子曲要磬折，言拜而應，得無太甚乎？"㊁言樂聲之悠揚婉轉。文選晉潘安仁(岳)笙賦："訣厲悄切，又何磬折。"注："磬折，言其聲若磬形之曲折也。"

【磬師】古官名。周禮春官有磬師，掌教擊磬，擊編鐘，教縵樂燕樂之鐘磬。

【磬控】謂善御馬。詩鄭風大叔于田："抑磬控忌，抑縱送忌。"傳："騁馬曰磬，止馬曰控。"清馬瑞辰謂磬控雙聲，縱送疊韻，皆爲御者馳逐之貌，不當如毛傳字各爲義。見毛詩傳箋通釋八。

【磬口梅】蠟梅之一種。宋范成大范村梅譜："蠟梅本非梅類，以其與梅同時，香又相近，色酷似蜜脾，故名蠟梅。凡三種。……經接，花疏，雖盛開，花常半含，名磬口梅。言似僧磬之口也。"(說郛七十)

磏 kāng ㄎㄤ 集韻 丘岡切，平，唐韻。

象聲詞。見下。

【磏礚】大聲。三國魏阮籍阮步兵集大人先生傳："建長星以爲旗兮，擊雷霆之磏礚。"

磢 zú ㄗㄨˊ 千木切，入，屋韻，清。

㊀箭頭。同"鏃"。唐李賀歌詩編二黃家洞："雀步蹙沙聲促促，四尺角弓青石磢。"㊁磟磢，石地不平貌。見集韻。

磧 qì ㄑㄧ 七迹切，入，昔韻，清。

㊀淺水中的沙石。唐律疏議二七雜律下茹船不如法："激水爲湍，積石爲磧。"㊁沙漠，不生草木的沙石地。北史魏紀："北征蠕蠕，追破之於大磧南商山下。"唐岑參岑嘉州詩三磧西頭送李判官入京："尋河愁地盡，過磧覺天低。"

【磧日】照在沙原上的太陽。唐賈島長江集四送陳判官赴綏德詩："身暖蕉衣窄，天寒磧日斜。"

【磧北】漠北。隋書陰壽傳："至是，令壽率步騎數萬，出盧龍塞以討之。……(高)寶寧棄城奔於磧北，黃龍諸縣悉平。"

【磧尾】沙漠末端狹窄之處。舊唐書一九六下吐蕃傳："東北去莫賀延磧尾，闊五十里，向南漸狹小，北自沙州之西，乃南入吐渾國，至此轉微，故號磧尾。"

【磧鹵】鹹鹵沙石之地。文選漢班孟堅(固)封燕然山銘："經磧鹵，絕大漠。"唐李周翰注："磧，石地；鹵，鹹地也。"

【磧歷】淺水中的沙石。一云阪名。史記一一七司馬相如傳上林賦："陵三嵕之危，下磧歷之坻。"集解謂是阪名。

【磧礫】河灘上的細石。文選漢張平子(衡)西京賦："僵禽斃獸，爛若磧礫。"又晉左太沖(思)吳都賦："翫其磧礫，而不窺玉淵者，未知驪龍之所蟠也。"

磚 zhuān ㄓㄨㄢ 字彙 朱緣切，音專。

用黏土燒製成的建築材料。同"甎"、"塼"。北齊顏之推顏氏家訓終制："蒙詔賜銀百兩，已於揚州小郊北地燒磚，便值本朝淪沒，流離如此，積十年間，絕於還望。"宋本作"塼"。晉書吳逵傳："晝則傭賃，夜燒磚甓，晝夜在山，未嘗休止。"

【磚位】朝官班位的標識。宋史職官志一："仍令(參知政事)不押班，不知印，不升政事堂。殿廷別設磚位，敕尾著銜降宰相，月俸雜半給之。"

【磚褐】顏色名。明陶宗儀輟耕錄十一采繪法："凡調合服飾器用顏色者，緋紅，用銀朱紫花合。……磚褐，用粉入煙合。"

硜 kēng ㄎㄥ 音韻闡微溪耕切，平，庚韻，溪。

說文作"硻"。同"硜"。㊀簡陋。漢桓寬鹽鐵論水旱："器多堅硜，善惡無所擇。"㊁淺陋而固執。唐韓愈昌黎集八城南聯句："畢景任詩趣，焉能守硜硜。"

碱 qì ㄑㄧ 倉歷切，入，錫韻，清。

㊀次於玉的美石。後漢書四十上班彪傳附班固西都賦："碝碱采緻，琳珉青瑩。"注："碝、碱、琳、珉，並石次玉者。"㊁臺階。通"砌"。唐白居易長慶集二六草堂記："碱階用石，冪窗用紙。"

磢 chuǎng ㄔㄨㄤ 初兩切，上，養韻，初。

㊀以瓦石磨刷以去污垢。山海經西山經"錢來之山……其下多洗石"晉郭璞注："澡洗可以磢體去垢圿。"㊁磨擦。文選晉木玄虛(華)海賦："飛澇相磢，激勢相沏。"

【磢錯】猶磨擦。文選晉郭景純(璞)江賦："潛演之所汨淈，奔溜之所磢錯。"注："磢，磨也，言奔溜急而磨錯岸石。"

磟 liù lù ㄌㄧㄡ ㄌㄨ 盧谷切，入，屋韻，來。

磟碡，破土塊、碾場脫穀的農具。卽碌碡。見玉篇。今讀 liù-zhóu。

【磟碡】農具名。亦作礣碡、碌碡。以石爲圓筒形，中貫以軸，外加木框，曳行而轉壓之，以平場圃，亦以碾禾麥。南方以木爲之，長橢圓形而有觚棱，其圓筒形者則謂之輥軸。參閱農政全書二一農器磟碡。

磟碡

磥 lěi ㄌㄟ 落猥切，上，賄韻，來。

石多貌。也作"礧"。文選戰國宋玉高唐賦："礫磥磥而相摩兮，巆震天之礚礚。"

【磥硊】高聳貌。文選漢王文考(延壽)魯靈光殿賦："層櫨磥硊以岌峩，曲枅要紹而環句。"也作"磥硊"。北齊劉晝新論韜光："分條布葉，輪菌磥硊。"

【磥砢】樹木多節，比喻人之有奇材異能。同"磊砢㊂"。晉書和嶠傳："太傅從事中郎庾顗見而歎曰：'嶠森森如千丈松，雖磥砢多節目，施之大廈，有棟梁之用。'"世說新語賞譽上作"磊砢"。唐皮日休皮子文藪十七愛詩李翰林："磥砢千丈松，澄澈萬尋碧。"

【磥硌】大聲。文選三國魏嵇叔夜(康)琴賦："碓踔磥硌，美聲將興。"一曰壯大貌。

【磥落】壯偉貌。同"磊落㊁"。晉書索靖傳草書勢："體磥落而壯麗，姿光潤以粲粲。"

【磥魁】心中的悶鬱不平之氣。同"壘塊"、"磊塊"。宋劉敞公是集十五和焦生石字韻詩："酌酒澆磥魁，賦詩聽警策。"

磞 pēng ㄆㄥ 集韻 披庚切，平，庚韻。

象聲詞。見下。

【磞硠】大聲。文選晉成公子安(綏)嘯

賦:"磞硠震隱,訇磕𠹭嘈。"

磪 cuī ㄘㄨㄟ 集韻 昨回切,平,灰韻。

㊀山高峻貌。同"崔"。見"磪磈"。㊁折傷。通"摧"。費鳳別碑序:"肝磪意悲,感切傷心。"(隸釋九)

【磪磈】高峻貌。也作"磪嵬"。樂府詩集二六三國魏曹操氣出唱之三:"磪磈砟硌,爾自爲神。"漢李翕西狹頌:"刻臽磪嵬,減高就埤。"(金石萃編十四)

磣 chěn ㄔㄣˇ 初朕切,上,寑韻,初。

㊀食物中夾雜沙土。唐元稹長慶集十七送嶺南崔侍御詩:"桄榔麪磣檳榔澀,海氣常昏海日微。"引申指眼光。唐張文成遊仙窟:"入穹崇之室宇,步步心驚;見儻閬之門庭,看看眼磣。"宋梅堯臣宛陵集二四雨中宿謝胥裴三君書堂詩:"夜短竟無寢,困瞳劇塵磣。"㊁見"磣黷"。

【磣黷】紛亂,混亂。隋書許善心傳梁史序傳:"屬陰戎入潁,羯胡侵洛,沸騰磣黷,三季所未聞;掃地滔天,一元之巨厄。"

【磣可可】磪磪實實,實實在在。古今名劇元喬吉兩世姻緣二:"想則想于咱不志誠,空說下磣可可海誓山盟。"陽春白雪前集二小令壽陽曲馬東籬:"心間事,說與他,動不動早言兩罷。罷字兒磣可可你道是要,我心裏怕那不怕。"

十二畫

磲 qú ㄑㄩˊ 强魚切,平,魚韻,羣。

硨磲,石之次玉者。也作"磲"。見"硨磲"。

磷 1. lín ㄌㄧㄣˊ 力珍切,平,真韻,來。

㊀水在石間。本作"粼"。見"磷磷㊀"。㊁色采鮮明貌。見"磷磷㊂"。㊂磷火,同"燐"。漢王充論衡論死:"人之兵死也,世言其血爲磷。"

2. lìn ㄌㄧㄣˋ 良刃切,去,震韻,來。

㊃薄,損傷。論語陽貨:"不曰堅乎?磨而不磷。"

【磷磷】㊀水石明淨貌。文選三國魏劉公幹(楨)贈從弟詩之一:"汎汎東流水,磷磷水中石。"全唐詩五三宋之問始安秋日:"卷雲山角角,碎石水磷磷。"㊂色澤鮮明貌。史記一一七司馬相如傳上林賦:"磷磷爛爛,采色澔汗。"

【磷₂緇】論語陽貨:"不曰堅乎?磨而不磷;不曰白乎?涅而不緇。"磷,謂因磨而致薄損,緇,謂因染而變黑,後以磷緇比喻受環境影響而起變化。唐杜甫杜工部草堂詩箋三一夔府書懷四十韻:"文園終寂寞,漢閣自磷緇。"韋應物韋江州集二秋集罷還途中作謹獻壽春公黎公詩:"何以酬明德,歲晏不磷緇。"

磳 zēng ㄗㄥ 作滕切,平,登韻,精。仕兢切,平,蒸韻,牀。

石貌。唐元結元次山集六丹崖翁集銘:"磳磳丹崖,其下誰家。"

【磳田】猶梯田。清周亮工閩小紀上磳田:"閩中壤狹田少,山麓皆治爲隴畝,昔人所謂磳田也。"

【磳硊】山險峻貌。文選漢劉安招隱士:"嶔崟碕礒兮,硱磳硊。"

磽 qiāo ㄑㄧㄠ 口交切,平,肴韻,溪。苦交切,上,篠韻,溪。

㊀多石瘠薄之地。孟子告子上:"雖有不同,則地有肥磽,雨露之養,人事之不齊也。"㊁惡,敗壞。後漢書六九竇武傳"梟首洛陽都亭"注引續漢志:"京師童謠曰:'……嚼復嚼,今年尚可後年磽。'"㊂薄。西遊記八四:"形細翼磽輕巧,滅燈撲燭投明。"

【磽确】土地瘠薄。韓詩外傳三:"餘衍之財有所流,故豐膏不獨樂,磽确不獨苦。"詩含神霧:"其地磽确而收,故其民儉而好畜。"(古微書二三)

【磽陿】瘠薄狹小。漢書景帝紀元年:"郡國或磽陿,無所農桑毄畜。"

【磽薄】地質貧瘠。文苑英華八一二唐梁肅通愛敬陂水門記:"旱暵得其溉,霖潦得其歸,化磽薄爲膏腴者,不知幾千萬畝。"

磿 jìn ㄐㄧㄣ 集韻 咨林切,平,侵韻。

小石塊。舊題梁任昉述異記上:"玉門西南有一國,國中有山石磿千枚,名爲霹靂磿,從春雷而磿減,至秋磿盡,雷收復生,年年如此。"

磵 jiàn ㄐㄧㄢ 玉篇 古晏切。

水澗。文選古詩十九首之三:"青青陵上栢,磊磊磵中石。"宋書鄧琬傳:"(劉)胡遣其副孫犀及張靈焦度鐵騎五四,越磵取(劉)亮。"

磴 1. dèng ㄉㄥ 都鄧切,去,嶝韻,端。

㊀石階。北周庾信庾子山集三和從駕登雲居寺塔詩:"重巒千仞塔,危磴九層臺。"文選南朝宋謝靈運入華子崗是麻源第三谷詩:"銅陵映碧澗,石磴瀉紅泉。"㊁石橋。文選晉孫興公(綽)遊天台山賦:"跨穹隆之懸磴,臨萬丈之絶冥。"

2. tèng ㄊㄥ 集韻 台隥切,去,隥韻。

㊂增益。文選晉郭景純(璞)江賦:"磴之以瀿濆,渫之以尾閭。"注:"磴,猶益也。"五臣本作"蹬"。

【磴道】登山石徑。唐李白李太白詩五北上行:"磴道盤且峻,巉巖凌穹蒼。"岑參岑嘉州詩一與高適薛據同登慈恩寺:"登臨出世界,磴道盤虛空。"

磾 dī ㄉㄧ 都奚切,平,齊韻,端。

㊀黑石。廣韻引說文:"染繒〔繒〕黑石,出琅邪山。"按,今本說文無"磾"字。㊁人名。西漢有金日磾,東漢有馬日磾。

磈 lěi wéi wěi ㄌㄟˇ ㄨㄟˊ ㄨㄟˇ 五罪切,上,賄韻,疑。

高峻貌。見"磪磈"。參見"磈磈磈磈"。

磻 1. bō ㄅㄛ 集韻 補過切,去,過韻。

㊀結於箭身絲繩上的石塊。文選漢張平子(衡)西京賦:"磻不特絓,往必加雙。"三國吴薛綜注:"沙石膠絲爲磻。"又三國魏嵇叔夜(康)贈秀才入軍詩之四:"流磻平原,垂綸長川。"

2. pán ㄆㄢ 薄官切,平,桓韻,並。

㊁見"磻₂溪"。

【磻₂溪】在陝西寶雞市東南,源出南山。北流入於渭。一名璜河。傳說爲周太公望未遇文王時垂釣之處。水經注十七渭水:"渭水之右,磻溪水注之。水出南山茲谷,乘高激流,注於溪中。溪中有泉,謂之茲泉。泉水潭積,自成淵渚。卽呂氏春秋所謂太公釣茲泉也。今人謂之丸谷。石壁深高,幽隍邃密,林障秀阻,人跡罕交。東南隅有一石室,蓋太公所居也。水次平石釣處,卽太公垂釣之所也。其投竿跽餌,兩厀遺跡猶存,是有磻溪之稱也。"

礁 jiāo ㄐㄧㄠ

㊀海洋中隱現水面的巖石。古字書無此字。㊁煤焦。明方以智物理小識七:"煤則各處產之,臭者燒熔而閉之成石,再鑿而入爐曰礁,可五日不絶火,煎礦煮石,殊爲省力。"

磼 zá ㄗㄚˊ 徂合切,入,合韻,從。

見下。

【磔磔】山高峻貌。史記一一七司馬相如傳上林賦："嵯峨磔磔，刻削峥嵘。"漢書、文選作"礁礁"。

磶 xí 思積切，入，昔韻，心。ㄒㄧˊ

柱下石。文選漢張平子（衡）西京賦："雕楹玉磶，繡栭雲楣。"

磯 jī 居依切，平，微韻，見。ㄐㄧ

㊀水冲擊巖石。見說文。引申爲激發、觸犯。孟子告子下："親之過小而怨，是不可磯也。"注："磯，激也。"㊁水邊石灘或突出的大石。梁書張弘策傳："緣江至建康，凡磯、浦、村落，軍行宿次，立頓處所，弘策逆爲圖策，皆在目中。"唐李賀歌詩編一南園詩之八："窗含遠色通書幌，魚擁香鈎近石磯。"

磿 lì 郎擊切，入，錫韻，來。ㄌㄧˋ

㊀俘虜。逸周書世俘："馘磿億有十萬七千七百七十有九。"㊁古喪禮寫執綍者名字的版。周禮地官遂師："道野役及窆，抱磿。"磿，或作"磨"。㊂通"曆"。見"磿室"。

【磿室】戰國時燕宫名。推算曆象之所。史記八十樂毅傳遺燕惠王書："大吕陳於元英，故鼎反乎磿室。"戰國策燕二作"曆室"。

磺 huáng 集韻 胡光切，平，唐韻。ㄏㄨㄤˊ 古猛切，上，梗韻。

磺石，硫磺。清趙翼甌北詩鈔五言古一古詩十九首："硝磺製火藥，世乃無利兵。"

十三畫

礌 1. lèi 集韻 盧對切，去，隊韻。ㄌㄟˋ

㊀大石。同"礧"。北周庾信庾子山集三擬詠懷詩之二七："羅梁猶下礌，楊排久飛灰。"魏書李崇傳："鷲峡之口積大木，聚礌石，臨崖下之，以拒官軍。"

2. lěi 集韻 魯猥切，上，賄韻。ㄌㄟˇ

㊁同"磊"。見"礌礌落落"。

【礌礌落落】行事光明。晉書石勒載記下："大丈夫行事當礌礌落落，如日月皎然，終不能如曹孟德（操）司馬仲達（懿）父子，欺他孤兒寡婦，狐媚以取天下也。"

礓 jiāng 居良切，平，陽韻，見。ㄐㄧㄤ

見下。

【礓磔】小石。爾雅釋山"多小石磝"晉郭璞注："多礓磔。"宋司馬光涑水記聞三："（孫）何爲轉運使，令人負礓磔自隨，所至散之地，吏應對小誤，則于地倒曳之。"

礎 chǔ 創舉切，上，語韻，初。ㄔㄨˇ

柱下石礅。淮南子說林："山雲蒸，柱礎潤。"注："礎，柱下石，礩也。"

【礎潤而雨】以空氣中濕度增大，柱下石發生濕潤現象，表示天將雨的徵兆。淮南子說林："山蒸雲，柱礎潤。"宋文鑑九七蘇洵（？）辨奸論："月暈而風，礎潤而雨，人皆知之。"

礒 gǎn 古禫切，上，感韻，見。ㄍㄢˇ

古代封禪所用的石匣。新唐書禮樂志四："高宗乾封元年，封泰山，……石礒以方石再累，皆方五尺，厚一尺，刻方其中以容玉匱。"

礗 sù 先鳥切，上，篠韻，心。ㄙㄨˋ 息逐切，入，屋韻，心。

礗石。山海經北山經："京山有美玉……其陰有玄礗。"注："（玄礗）黑砥名也。"

礔 pī 集韻 匹歷切，入，錫韻。ㄆㄧ

同"霹"。見"礔礰"。

【礔礰】迅猛的雷聲。同"霹靂"。文選漢張平子（衡）西京賦："礔礰激而增響，磅礚象乎天威。"晉書楚王瑋傳："其日大風，雷雨礔礰。"

【礔礰車】同"霹靂車"。見該條。

礋 zhāi 集韻 直格切，入，陌韻。ㄓㄞ

㊀見"礋磓"。㊁見"礰"。

【礋磓】相傳爲西方異獸名。集韻"礋"字注引舊題漢東方朔神異經："西方有獸，長短如人，羊頭猴尾，名礋磓，健行。"今本神異經無此文。

礉 hé 集韻 下革切，入，麥韻。ㄏㄜˊ

㊀核對切實。通"覈"。見集韻。㊁峻刻，苛刻。史記六三老子韓非傳太史公曰："韓子引繩墨，切事情，明是非，其極慘礉少恩。"

礜 yù 羊洳切，去，御韻，喻。ㄩˋ

礦物名。山海經西山經："皋塗之山，……有白石焉，其名曰礜，可以毒鼠。"

【礜石】礦物名。有毒，蒼白二色者入藥。諸礜石生於山，則草木不生，霜雪不積；生於水，則水不冰凍。唐驪山温泉，古人以爲地下有礜石所致。唐李賀歌詩編二堂堂："華清源中礜石湯，徘徊白鳳隨君王。"參閱宋杜綰雲林石譜下、政和證類本草五。

礐 què 苦角切，入，覺韻，溪。ㄑㄩㄝˋ 胡谷切，入，屋韻，匣。胡沃切，入，沃韻，匣。力摘切，入，麥韻，來。

㊀水激石聲。文選晉木玄虛（華）海賦："彯沙礐石，蕩颾島濱。"㊁多大石的山。爾雅釋山："多大石礐。"疏："山多此盤石者名礐。"

【礐硞】水激石洶湧起伏貌。文選晉郭景純（璞）江賦："幽澗積岨，礐硞㿿確。"注："礐硞㿿確，皆水激石嶮峻不平之貌。"

十四畫

礝 ruǎn 集韻 乳兖切，上，獮韻。ㄖㄨㄢˇ

次于玉之美石。說文作"碝"。見下。

【礝石】次于玉的美石。漢書五七上司馬相如傳子虛賦："其石則……瑊玏玄厲，礝石武夫。"史記作"瑌石"。山海經中山經："西五十里曰扶猪之山，其上多礝石。"注："今鴈門山中出礝石，白者如冰，水中有赤色者。"

礞 méng ㄇㄥˊ

見下。

【礞石】礦物名。又名青礞石。産於江北諸山，以出於盱山者爲佳。有青白二色，青色者細研爲粉，入藥。見政和證類本草五。

礚 kē 集韻 丘蓋切，去，泰韻。ㄎㄜ

象聲詞。同"磕"。楚辭漢劉向九歎逢紛："譬彼流水，紛揚礚兮。"指水聲。文選漢揚子雲（雄）羽獵賦："騁騁駻礚。"指車騎喧聲。

【礚礚】象聲詞。楚辭屈原九章悲回風："憚涌湍之礚礚兮，聽波聲之洶洶。"此爲急流聲。史記一一七司馬相如傳子虛賦："礧石相擊，琅琅礚礚，若雷霆之聲，聞乎數百里之外。"此爲轟擊聲。

礰 lěng 力摘切，入，麥韻，來。ㄌㄥˇ

礰礋，打草田器。見廣韻引字林。

礛 jiān 古銜切，平，銜韻，見。ㄐㄧㄢ

見"礛諸"。也作"厱"。見集韻"銜"。

【礛諸】治玉之石。淮南子修務："玉堅

無敵，鏤以爲獸；首尾成形，礛諸之功。”也作“礛䃴”。北齊劉晝劉子六慎言：“斯言一玷，非礛䃴所磨，樞機既發，豈駭電所追。”

【礛磻】石鏃。戰國策楚四：“被礛磻，引微繳，折清風而抎矣。”

礙 ài 五溉切，去，代韻，疑。ㄞ

㊀限止，阻擋。漢揚雄法言問道：“聖人之治天下也，礙諸以禮樂。”列子力命：“獨往獨來，獨出獨入，孰能礙之！”㊁遮蔽。唐岑參岑嘉州詩一與高適薛據同登慈恩寺：“四角礙白日，七層摩蒼穹。”

【礙眼】眼光接觸所及。唐杜牧樊川集一送沈處士赴蘇州……詩：“譬如匠見木，礙眼皆不棄。”今謂見到不欲見之物爲礙眼。

十五畫

礦 kuàng 古猛切，上，梗韻，見。ㄎㄨㄤ

說文作“磺”，古文作“丱”，通作“鑛”。見“鑛”。

礬 fán 附袁切，平，元韻，並。ㄈㄢ

礬石。爲透明結晶體，可入藥。有白、青、黃、黑、絳五種。俗稱白色者爲明礬。參閱政和證類本草三礬石。

【礬山】宋代士大夫暑月讌客，席上置礬山，堆於盤中，用以象冰。宋陸游陸放翁集四三入蜀記一：“乾道五年閏五月二十五葉夢錫侍郎招飲，案間設礬山數盆，望之如雪。”

【礬書】用明礬水寫的書信。明礬水寫字，濕時始能顯跡，可藉以保密。宋李心傳建炎以來繫年要錄一元年正月：“曹輔至興仁，守臣徽猷閣待制贛南縣曾楙詰之，輔乃裂衣襟出御筆蠟封，乃樞密院礬書，以遺楙。”

【礬樓】北宋酒樓名。在汴京（開封）東華門外景明坊。又名白礬樓。以商賈鬻礬於此，改爲酒樓，故名礬樓。或誤傳爲樓主之姓。其後更名豐樂樓，宣和間更修爲三層高樓。見宋吳曾能改齋漫錄九白礬樓、東京夢華錄二酒樓。參見“樊樓”。

【礬頭】國畫山水的一種畫法。明陶宗儀輟耕錄十八叙畫：“山石多作礬頭，亦爲稜面，落筆便見堅重之性，皴淡即生窊凸之形，破墨之功尤難。”

礥 xián 胡田切，平，先韻，匣。ㄒㄧㄢ

艱難。漢揚雄太玄經一礥：“陽氣微動，動而礥礥，物生之難也。”又太玄經一閑：“陽氣閑於陰，礥然物咸見閑。”注：“礥然者，陽欲出不能之皃也。”

礪 lì 力制切，去，祭韻，來。ㄌㄧˋ

㊀磨石。見“礪石”、“礪砥”。㊁磨治。書費誓：“礪乃鋒刃，無敢不善。”本作“厲”。見“厲㊀”。

【礪石】磨刀石。山海經中山經：“又北三十五里，曰陰山，多礪石文石。”注：“礪石，石中磨者。”

【礪砥】㊀磨石，粗者爲礪，細者爲砥。書禹貢：“礪砥砮丹。”傳：“砥細於礪，皆磨石也。”㊁磨鍊。元袁桷清容居士集四善之僉事兄南歸述懷百韻詩：“相期在霄漢，薄祿慎礪砥。”

【礪山帶河】山如厲石，河如衣帶。喻年代無窮。礪，也作“厲”。漢書高惠高后文功臣表：“封爵之誓曰：‘使黃河如帶，泰山若厲，國以永存，爰及苗裔。’”注：“帶，衣帶也。厲，砥厲石也。河當何時如衣帶，山當何時如厲石，言如帶厲，國猶永存，以及後世之子孫也。”

【礪戈秣馬】磨戈飼馬。喻作好戰鬭準備。舊唐書八四劉仁軌傳：“雖妖孽充斥，而備預甚嚴，宜礪戈秣馬，擊其不意，彼既無備，何攻不克？”參見“厲兵秣馬”。

礧 1. lèi 盧對切，去，隊韻，來。ㄌㄟˋ

㊀以石投物。漢書五七上司馬相如傳子虛賦：“礧石相擊，硠硠礚礚。”注：“礧石，轉石也。”㊁指守禦時用以投擲的木、石等。宋書沈慶之傳：“山多木石，積以爲礧。”㊂沉重。見“礧磙”。

2. léi 集韻 盧回切，平，灰韻。ㄌㄟˊ

㊃撞擊。文選晉郭景純（璞）江賦：“觸曲厓以縈繞，駭崩浪而相礧。”

3. lěi 落猥切，上，賄韻，來。ㄌㄟˇ

㊄通“磊”。見“礧$_3$砢”、“礧$_3$魄”、“礧$_3$礧$_3$”。

【礧$_3$砢】樹木多節，比喻人有奇材異能。同“磊砢㊁”。晉書庾敳傳：“敳更器（溫）嶠，目嶠森森如千丈松，雖礧砢多節，施之大厦，有棟梁之用。”世說新語作“磊砢”。

【礧磙】重。沉墜。凡物不輕便者，皆謂之礧磙，見廣韻。今言“累墜”。

【礧$_3$魄】石塊。同“磊塊”。唐杜甫杜工部草堂詩箋八三川觀水漲：“枯查卷拔樹，礧魄共充塞。”

【礧$_3$礧$_3$】分明貌。唐杜甫杜工部草堂詩箋八白沙渡：“水清石礧礧，沙白灘漫漫。”

礫 lì 郎擊切，入，錫韻，來。ㄌㄧˋ

小石。文選戰國楚宋玉高唐賦：“礫磥磥而相摩兮，巆震天之礚礚。”

【礫石】小石。韓詩外傳三：“夫太山不讓礫石，江海不辭小流，所以成其大也。”

礩 zhì 之日切，入，質韻，照。ㄓˋ

㊀礎，柱下石。淮南子說林“山雲蒸，柱礎潤”漢高誘注：“礎，柱下石，礩也。”㊁阻塞不通。同“窒”。周書熊安生傳：“時朝廷既行周禮，公卿以下多習其業，有宿疑礩滯者數十條，皆莫能詳辨。”

礨 lěi 集韻 魯猥切，上，賄韻。ㄌㄟˇ

㊀地勢突然高出貌。文選漢司馬長卿（相如）上林賦：“崴磈嵔瘣，丘虛堀礨，隱轔鬱壘，登降施靡。”史記司馬相如傳作“壘”。㊁小土堆。見“礨空”。

【礨空】蟻穴，小穴。莊子秋水：“計四海之在天地之間也，不似礨空之在大澤乎？”清郭嵩燾說“礨空”言高下之勢。礨者，突然而高；空者，窪然而下。見清郭慶藩莊子集釋。

十六畫

礱 lóng 盧紅切，平，東韻，來。ㄌㄨㄥˊ 盧貢切，去，送韻，來。

磨物。國語晉八：“趙文子爲室，斲其椽而礱之。”也作“礲”。淮南子說林：“舌之與齒，孰先礲也。”後專用爲磨穀去殼之具，以堅木鑿齒爲之，亦有上用木而下鑲接石者。見明宋應星天工開物四粹精攻稻。

【礱淬】磨厲鍛煉。唐白行簡李娃傳：“子行穢跡鄙，不侔於他士，當礱淬利器，以求再捷，方可以連衡多士，爭霸羣英。”（太平廣記四八四）

【礱蜃】火蚌。文子纘義上禮：“鑽山石，挈金玉，擿礱蜃，消銅鐵，而萬物不滋。”

礲 lóng ㄌㄨㄥˊ

同“礱”。見該條。

䃴 zhū 章魚切，平，魚韻，照。ㄓㄨ

見“礛諸”。

礭 què 字彙 苦角切，音却。ㄑㄩㄝˋ

㊁險峻不平貌。文選晉郭景純（璞）江賦：“幽澗積岨，礐硞礐碻。”注：“礐硞礐碻，皆水激石險峻不平之貌。”㊂堅，剛。同“確”。晉右將軍鄭烈碑：“秉碻然之大節。”（隸續四）㊂敲，擊。北堂書鈔一三四郭子：“何次道（充）往王丞相（導）許，丞相以麈尾碻牀，呼何共坐。”

礮 pào 匹皃切，去，效韻，滂。ㄆㄠˋ

古代以機發石的戰具。亦作“砲”。新唐書八四李密傳：“命護軍將軍田茂廣造雲旝三百具，以機發石，爲攻城械，號‘將軍礮’。”後借用爲火礮字。也作“炮”。南宋末，元以西域人亦思馬因與阿老瓦丁所造大礮攻襄陽，重一百五十斤，機發時聲大震耳，所擊無不摧陷，爲我國正史著録戰争中用火礮之始。見元史方技附工藝傳。

【礮手】發礮的士兵。遼史聖宗紀二統和四年：“詔南京留守休哥遣礮手西助斜軫。”

【礮石】礮車所拋之石。也叫拋石。文選晉潘安仁（岳）閒居賦：“礮石雷駭，激矢蝱飛。”注：“礮石，今之拋石也。……范蠡兵法：‘飛石重二十斤，爲機發，行三百步。’”

【礮車】古代攻戰的器械。也叫“拋車”、“霹靂車”。宋史太祖紀建隆二年：“二月丙寅，幸飛山營，閱礮車。”參見“霹靂車”。

【礮車雲】雲名。雲起，大風即起，飛砂走石。宋蘇軾分類東坡詩一六月七日泊金陵阻風待鍾山泉公書寄詩爲謝：“今日江頭天色惡，礮車雲起風欲作。”礮，也作“砲”。宋王之道相山集十一次韻高守無隱苦熱詩：“鬱蒸還起砲車雲，旱氣方隆雨未能。”

礰 lì 集韻 狼狄切，入，錫韻。ㄌㄧˋ

同“歷”。見“礔礰”。

碍 què ㄑㄩㄝˋ

見下。

【碍碻】水激石聲。南朝梁江淹江文通集二學梁王兔園賦：“哱碻碍碻，紫燕丹駮，㕦默綺綆，若斷若續。”

十七畫

礴 bó 傍各切，入，鐸韻，並。ㄅㄛˊ

見“磅礴”。

礶 xiàn 先念切，去，㮇韻，心。ㄒㄧㄢˋ

見下。

【礶磹】電光。舊題漢東方朔海内十洲記：“獸䖍脣良久忽叫，如天大雷霹靂，又兩目如礶磹之交光，光朗衝天。”

十九畫

礳 mò 模卧切，去，過韻，明。ㄇㄛˋ

“磨”的本字。㊀石磨。淮南子脩務：“砥礪礳監，莫見其損，有時而薄。”㊁磨碎。淮南子原道：“攻大礳堅，莫能與之争。”

示部

礻 1. qí 巨支切，平，支韻，羣。ㄑㄧˊ

㊀地神。同“祇”。周禮春官大宗伯：“大宗伯之職，掌建邦之天神、人鬼、地礻之禮。”

2. shí 集韻 市之切，平，之韻。ㄕˊ

㊀姓。春秋晉有礻眯明。見史記晉世家。左傳宣二年作提彌明。見宣二年傳。

示 shì 神至切，去，至韻，神。ㄕˋ

㊀表示。書武成：“歸馬於華山之陽，放牛於桃林之野，示天下弗服。”禮仲尼燕居：“是故古之君子，不必親相與言也，以禮樂相示而已。”㊁以事告人。老子：“國之利器，不可以示人。”莊子應帝王：“嘗試與來，以予示之。”釋文：“示之，本亦作視。”漢書示多作“視”。㊂置。詩小雅鹿鳴：“人之好我，示我周行。”參閲清惠棟九經古義一周易古義上、陳喬樅毛詩鄭箋改字説二鹿鳴（續經解一六〇）。

【示威】表示威武。左傳文七年：“叛而不討，何以示威？”又昭十三年：“是故明王之制，使諸侯歲聘以志業，間朝以講禮，再朝而會以示威。”

【示疾】得病。唐劉軻玄奘塔銘：“自示疾至於昇神，奇應不可殫紀。”（金石萃編一一三）宋釋贊寧高僧傳十八唐泗州普光王寺僧伽傳：“四年庚戌示疾，勅自内中往薦福寺安置，三月二日儼然坐亡，神彩猶生，止瞑目耳。”

【示弱】表示比别人力弱。左傳僖八年：“期年狄必至，示之弱矣。”三國志魏武帝紀建安十六年：“連車樹柵，爲甬道而能，既爲不可勝，且以示弱。”

【示衆】明示於衆。左傳昭十三年：“諸侯有間矣，不可以不示衆。”世説新語捷悟：“人餉魏武（曹操）一桮酪，魏武噉少許，蓋頭上題合字以示衆，衆莫能解。次至楊修，修便噉曰：‘公教人噉一口也，復何疑？’”

【示現】佛教指佛菩薩應機緣而現種種之身，如觀音示現之三十三身。華嚴經二三十地品：“常有諸佛大神通力，隨衆生心，而爲示現。”

【示滅】佛家語，佛菩薩及高僧之死稱示滅。文苑英華八六一唐李華東都聖善寺無畏三藏碑：“山王高妙，海月圓深，因於示滅，空悲鶴林。”白居易長慶集七十奉國寺神照師塔銘序：“以開成十三年冬十二月示滅於奉國寺禪院，……報年六十三，僧夏四十四。”

【示兒編】宋孫奕撰。即履齋示兒編。凡總説一卷，經説五卷，文説、詩説共四卷，正誤三卷，雜説四卷，字説六卷，共二十三卷。自序稱：考評經傳，漁獵訓詁，非敢以污當代英明之眼，姑以示之子孫，故名曰示兒編。其書説經多尚新解，説文字多據説文經典釋文，字音字訓，辨别異同，可資考證。

一畫

礼 lǐ 盧啟切，上，薺韻，來。ㄌㄧˇ

古文“禮”字。見玉篇。詩魯頌閟宫“犧尊將將”唐孔穎達正義：“阮諶礼圖云：‘犧尊飾以牛。’”今爲“禮”的簡化字。

二畫

礽 réng 如乘切，平，蒸韻，日。ㄖㄥˊ

㊀福。見玉篇。㊁自本身下至八世爲仍孫。仍，亦作“礽”。參見“仍孫”。

三 畫

社 shè 常者切,上,馬韻,禪。ㄕㄜˋ

㊀土地之神。左傳昭二九年:"共工氏有子曰句龍,爲后土,……后土爲社。"參見"后土"。祭土神也曰社。詩小雅甫田:"以我齊明,與我犧羊,以社以方。"㊁指祭土神之所,卽社宮、社廟。左傳昭十七年:"伐鼓於社。"書禹貢"厥貢惟土五色"漢孔安國傳:"王者封五色土爲社,建諸侯,則各割其方色土與之,使立社。"㊂古代地方基層行政單位,相當於"里"。左傳昭二五年:"自莒疆以西,請致千社。"注:"二十五家爲社。"疏:"禮有里社,……以二十五家爲里,故知二十五家爲社也。"又:方六里爲社。見管子乘馬士農工商。後世志趣信仰相同者結合的團體亦稱社。如晉慧遠結蓮社、明張溥建復社,以及各種文社、詩社之類。㊃社日的省稱。宋詩鈔徐鉉騎省集鈔寒食日作:"過社紛紛燕,新晴淡淡霞。"㊄社倉、社學等有時也省稱爲社。明會要五六社倉:"宋則準民間正税之數,取二十之一以爲社。"續文獻通考五十學校郡國鄉黨之學:"令各府州縣,訪保明師,民間幼童年十五以下者,送社讀書。"

【社火】㊀節日迎神賽會所扮演的雜戲、雜耍。宋范成大石湖集二三上元紀吳中節物……詩"顛狂社舞呈"注:"民間鼓樂謂之社火,不可悉記,大抵以滑稽取笑。"孟元老東京夢華錄八六月……二十四日神保觀神生日:"天曉,諸司及諸行百姓獻送甚多,其社火呈於露臺之上,所獻之物,動以萬數。"㊁同"伙"。水滸五八:"但是來尋山寨頭領,必然是社火中人故舊交友,豈敢有失祇應?"

【社友】志趣相同者結社,互稱爲社友。宋蘇軾分類東坡詩二二次韻劉景文送錢蒙仲之二:"寄語竹林社友,同書桂籍天倫。"

【社日】古代祀社神之日。漢以後,一般用戊日,以立春後第五個戊日爲春社,立秋後第五個戊日爲秋社,適當春分、秋分前後。漢以前,只有春社,漢以後始有春秋二社。間或也有四時致祭者。南朝梁宗懍荆楚歲時記:"社日,四鄰並結綜會社,牲醪,爲屋於樹下,先祭神,然後饗其胙。"唐杜甫杜工部草堂詩箋三八燕子來舟中作詩:"舊入故園嘗識主,如今社日遠看人。"參閱禮月令"仲春之月"注疏、宋丘光庭兼明書一社日。

【社公】㊀土地之神。後漢書八二下費長房傳:"遂能醫療衆病,鞭笞百鬼,及驅使社公。"㊁舊稱生而眉髮皆白者,男曰社公,女曰社婆。俗稱"天老"。宋俞琰席上腐談上:"又有頭如雪而肌肉純白者,或者以爲社日受胎,故男曰社公,女曰社婆。"㊂齊人呼蜘蛛爲社公。見方言十一"鼅鼄"注。

【社正】㊀卽里正,爲一里之長,里社行祭,担任主祭。唐會要十上后土諸里祭社稷儀:"前一日,社正及諸社人應祭者,各清齋一日,於家正寢。"參見"里正"。㊁明代社倉主持人之一。明會要五六社倉:"令各府按設社倉,令民二、三十家爲一社,擇家殷實而有行義者一人爲社首,處事公平者一人爲社正。"

【社肉】社祭時所供之肉,也稱福肉,祭後分給各户。史記五六陳丞相世家:"里中社,平爲宰,分肉食甚均。"宋陸游劍南詩稿四十齋中夜賦:"秋衣漸製聞砧杵,社肉初分謝蕨薇。"

【社君】㊀主社稷的君主。史記殷紀"伊尹……從湯言素王及九主之事"集解引劉向別錄:"九主者,有法君,……三歲社君,凡九品。"索隱:"按:……三歲社君,謂在襁褓而主社稷,若周成王、漢昭、平等是也。"參見"九主"。㊁鼠的别稱。抱朴子登涉:"寅日,有自稱虞吏者,虎也。……子日,稱社君者,鼠也。"按卽城狐社鼠之意。

【社長】㊀古鄉官,卽里正。全唐詩十顧況田家:"縣帖取社長,嗔怪見官遲。"元代,凡十家立一社,擇一人作社長,位低於里正。元史刑法四捕亡:"諸奴婢背主而逃,……鄰人、社長、坊里正知不首捕者,笞三十七。"參見"里正"。㊁結社的主持人。紅樓夢三七:"我一個社長自然不彀,必要再請兩位副社長。"

【社前】社日以前所採的茶葉,爲茶的最上品。清沈自南藝林彙考引三山老人語錄:"茶之佳品造在社前;其次則在火前,謂寒食前也;其下則雨前,謂穀雨前也。"

【社首】㊀山名。在山東泰安縣西南,上有壇,爲古代帝王封禪之所。史記封禪書記周成王封泰山,禪社首,舊唐書禮儀志三記高宗封泰山,禪社首,卽此。㊁向社倉借貸的主持人。文獻通考二一市糴社倉:"凡借貸者,十家爲甲,甲推其人爲之首;五十甲則本倉自擇一公平曉事者爲社首。"亦指社倉負責人。明會要五六社倉:"令各府按設社倉,令民二三十家爲一社,擇家殷實而有行義者一人爲社首。"

【社酒】社祭之酒,俗謂飲之可治耳聾。宋陸游劍南詩稿四社日"幼學已忘那用忌,微聾自樂不須醫"自注:"古謂社酒治聾。"又十八新晴:"社酒家家醉,春蕪處處耕。"

【社宮】古帝王、諸侯社祭之所。左傳哀七年:"初,曹人或夢衆君子立於社宮而謀亡曹。"唐會要十上后土:"季冬蜡之明日,又祭社稷於社宮,如春秋二仲之禮。"

【社倉】積穀備荒的義倉。始於隋代,因爲鄉社所設,並自行經營管理,故名社倉。後也有設於州縣而由官府直接主持的,其制代有不同。參閱隋書食貨志、文獻通考二一市糴社倉、元史食貨志四常平義倉、明會要五六社倉、清史稿食貨志二倉庫。

【社鬼】卽土地神。漢書九九下王莽傳:"莽遣使者分赦城中諸獄囚徒,皆授兵,殺豨飲其血,與誓曰:'有不爲新室者,社鬼記之。'"

【社祭】祭地神。周禮地官鼓人:"以雷鼓鼓神祀,以靈鼓鼓社祭。"

【社飯】社祭時所供的飯食。宋孟元老東京夢華錄八秋社:"八月秋社,……貴戚宮院以豬羊肉、腰子、奶房、肚肺、鴨餅、瓜薑之屬,切作棊子片樣,滋味調和,鋪於飯上,謂之社飯。"

【社會】㊀古時社日,里社舉行的賽會。後泛指節日演藝集會。唐裴孝源貞觀公私畫史載有晉史道碩畫田家社會圖。宋孟元老東京夢華錄八秋社:"八月秋社,……市學先生預斂諸生錢作社會。……春社,重午,重九,亦是如此。"㊁志趣相同者結合的團體。醒世恒言鄭使節立功神臂弓:"原來大張員外在日,起這個社會,朋友十人,近來死了一兩人,不成社會。"

【社鼠】託身於土地廟的老鼠,比喻仗勢作惡的人。韓非子外儲右上:"君亦見夫爲社者乎?樹木而塗之,鼠穿其間,掘穴託其中,燻之則恐焚木,灌之則恐塗阤,此社鼠之所以不得也。"又見晏子春秋問上、韓詩外傳七、説苑政理。參見"城狐社鼠"。

【社稷】土、穀之神。周禮春官大宗伯:"以血祭祭社稷五祀五嶽。"注:"社稷土穀之神,有德者配食焉。"白虎通義三社稷:"人非土不立,非穀不食,……故封土立社,示有土也;稷,五穀之長,故立稷而祭之也。"歷代封建王朝必先立社稷壇壝；滅人之國，必變置滅國的社稷。因以社稷爲國家政權的標志。孟子盡心下："民爲貴，社稷次之，君爲輕。"

【社燕】燕，春社來，秋社去，故謂社燕。唐韓偓玉山樵人集甌水禽："依倚雕梁輕社燕，抑揚金距笑晨雞。"宋林逋林和靖集四春日齋中詩："空堦重疊上垣衣，白晝漸長社燕歸。"

【社樹】㊀古代立社種樹，爲社的標志。莊子人間世："匠石之齊，至乎曲轅，見櫟社樹，其大蔽數千牛，絜之百圍，其高臨十仞而後有枝，其可以爲舟者旁十數。"㊁鄉里的代稱。唐韓愈昌黎集九奉酬振武胡十二丈大夫詩："戎旆暫停辭社樹，里門先下敬鄉人。"

【社學】明清設於鄉社間的學校。明太祖洪武八年正月詔令京師及郡縣置社學。清制各州縣於大鄉鉅鎮，各置社學，凡近鄉子弟，年十二以上，二十以下，有志學文者，皆可入學肄業，入學者得免差役。見續文獻通考五十學校郡國鄉黨之學、清通考七十學校直省鄉黨之學。

【社櫟】莊子人間世記齊曲轅有櫟社樹，高大而不中用，匠石棄而不顧。後因以社櫟爲不材之木，比喻無用之人。宋蘇軾蘇文忠詩合注三十次前韻送程六表弟："君才不用如澗松，我老得全猶社櫟。"

【社翁雨】社日所降之雨。又叫社公雨。元陳元靚歲時廣記十四降社雨："提要録：'社公社母不食舊水，故社日必雨，謂之社翁雨。'"宋陸游劍南詩稿四二小圃獨酌："數點霏微社公雨，兩叢閑淡女郎花。"也簡稱社雨。劍南詩稿五三東軒花時將過感懷之二："社雨晴時燕子飛，園林何許覓芳菲。"

【社零星】社日羹名。宋陶穀清異録饌羞："予偶以農幹至莊墅，適秋社，莊丁皆戲呈社零星，蓋用豬羊雞鴨粉麪蔬菜爲羹。"

【社稷臣】關係國家安危的大臣。孟子盡心上："有安社稷臣者，以安社稷爲悦者也。"禮檀弓下："公再拜稽首請於尸曰：'有臣柳莊也者，非寡人之臣，社稷之臣也。'"

【社稷壇】古代帝王、諸侯和州縣祭土神、穀神之所，多爲社、稷二壇，亦有合爲一壇者。白虎通義一社稷社稷之壇："其壇大如何？春秋文義曰：天子之社稷廣五丈，諸侯半之。其色如何？春秋傳曰：天子有大社焉，東方青色，南方赤色，西方白色，北方黑色，上冒以黃土。"

祀 sì 詳里切，上，止韻，邪。ㄙ

㊀祭祀。書洪範有八政，三曰祀。國語周上："夫祀，國之大節也。"㊁祭神之所。禮檀弓下："吳侵陳，斬祀殺厲。"注："祀，神位有屋樹者。"又："過墓則式，過祀則下。"㊂殷代稱年曰祀。書伊訓："惟元祀，十有二月，乙丑，伊尹祠於先王。"注："祀，年也。夏曰歲，商曰祀，周曰年，唐虞曰載。"

【祀天】古代冬至祀天於南郊，夏至祀地於北郊，爲封建王朝的大典。周禮春官典瑞："四圭有邸，以祀天，旅上帝。"史記封禪書："冬至日，祀天於南郊，迎長日之至。"參見"封禪"。

【祀典】祭祀的禮儀和制度。國語魯上："凡禘、郊、祖、宗、報，此五者國之典祀也。加之以社稷山川之神，皆有功烈於民者也，及前哲令德之人，所以爲明質也。及天之三辰，民所以瞻仰也；及地之五行，所以生殖也，及九州名山川澤，所以出財用也。非是，不在祀典。"唐杜甫杜工部草堂詩箋三七望嶽："邦家用祀典，在德非馨香。"

【祀姑】幡名。文選晉左太沖（思）吳都賦："坐組甲，建祀姑。"注引國語："吳王夫差出軍，與晉爭長，……官帥擁鐸，建祀姑。"祀姑，今本國語吳語作"肥胡"，韋昭注："肥胡，幡也。"

【祀竈】竈爲古代五祀之一，漢以前於夏季行祀竈。呂氏春秋孟夏："孟夏之月，……其祀竈，祭先肺。"漢以後改在臘月舉行。見後漢書三二陰識傳。後世祀竈多於農曆十二月二十三日或二十四日舉行。參閱宋孟元老東京夢華録十十二月、明謝肇淛五雜俎二天部、清顧張思土風録一祀竈。

祁 qí 渠脂切，平，脂韻，羣。ㄑㄧ

㊀盛，大。詩小雅吉日："瞻彼中原，其祁孔有。"㊁地名。見"祁縣"。㊂姓。春秋晉有祁氏。見通志二七氏族以邑爲氏。

【祁山】山名1. 在甘肅西和縣西北。三國時，諸葛亮伐魏出祁山，即此。參閱水經注二十漾水。參見"六出祁山"。2. 在安徽祁門縣東北。上有石室，號青蘿岩，旁有涌泉，號乳泉，味甘美。參閱讀史方輿紀要二八徽州府祁門縣。

【祁祁】衆盛貌。詩召南采蘩："被之祁祁，薄言還歸。"又豳風七月："春日遲遲，采蘩祁祁。"參閱清王引之經義述聞五被之祁祁。

【祁門】縣名。屬安徽省。秦黟縣地。縣西南有兩巨石，夾溪矗立，號閶門。唐永泰初，方清率飢民於此起義，衆數萬，置閶門縣。起義軍失敗後，唐改置祁門縣，以縣東北有祁山，西南有閶門而名。明清皆屬徽州府。產紅茶著名，人稱祁紅。見寰宇通志十二徽州府。

【祁連】山名。又名白山、雪山。古祁連山有南北之分。南祁連在新疆南部，自葱嶺而東，包括古昆侖山、阿爾金山以及今之祁連山（在甘肅省南部），即漢書六六上西域傳之南山。北祁連即今新疆之天山，横貫新疆中部，自葱嶺分支，蜿蜒而東，隨地易名，綿延數千里，即漢書六六上西域傳之北山。匈奴語呼天爲祁連，見史記一一〇匈奴傳"攻祁連山"索隱引西河舊事。

【祁奚】春秋晉人。晉悼公時爲中軍尉，年老請退；公問可代者，初薦其仇解狐，將任之而解狐死。又問，薦其子祁午。因有"外舉不隱仇，内舉不隱子"之稱。見左傳襄三年、國語晉七。史記晉世家作祁傒。

【祁寒】嚴寒。書君牙："冬祁寒，小民亦惟曰怨咨。"南朝梁鍾嶸詩品上："若乃春風春鳥，秋月秋蟬，夏雲暑雨，冬月祁寒，斯四候之感諸詩者也。"

【祁陽】縣名。屬湖南省。漢泉陵縣地，屬零陵郡。三國吳析置。隋併入零陵縣，唐復置。故城在今縣東南，元徙今治，明清皆屬永州府。參閱寰宇通志五六永州府。

【祁縣】縣名。屬山西省。春秋時晉大夫祁奚食邑於此，漢置祁縣，屬太原郡。北齊廢，隋復置。故城在今縣城東南。明清皆屬山西太原府。參閱寰宇通志七八太原府。

【祁韻士】公元1751—1815年。清壽陽人，字鶴皋。乾隆四十三年進士，授編修，充國史纂修官，累官户部郎中。坐事戍伊犁，不久赦還。治史，於疆域山川形勝，尤所留意。撰有外藩蒙古部王公表傳、藩部要略、西域釋地、西陲要略、萬里行程記、已庚编、書史輯要、詩文集等。

礿 yào 以灼切，入，藥韻，喻。ㄧㄠ

古代宗廟四時祭之一。禮王制："天子諸侯宗廟之祭，春曰礿，夏曰禘，秋曰嘗，冬曰烝。"注："此蓋夏殷之祭名。周則改之，春曰祠，夏曰礿。"也作"禴"。見"禴"。

四畫

祊 bēng 甫盲切,平,庚韻,幫。ㄅㄥ

㊀廟門旁祭祖曰祊，也作"鬃"。詩小雅楚茨:"祝祭于祊，祀事孔明。"箋:"說文作鬃，云門內祭先祖所徬徨也。"祊有二種，一是正祭之日，既設祭於廟，又求神於廟門之內；一是明日繹祭之時，於廟門外西室設饌亦稱祊。㊁廟門。本作"閍"。禮郊特牲:"索祭祝于祊。"注:"廟門曰祊，謂之祊者，以於繹祭名也。"㊂邑名。春秋隱八年:"三月，鄭伯使宛來歸祊。"注:"祊，鄭祀泰山之邑。在瑯邪費縣東南。"其地在今山東費縣境內。

祆 xiān 呼煙切,平,先韻,曉。ㄒㄧㄢ

波斯拜火教神名。本祇作"天"，其後加示旁爲"祆"。參閱唐慧琳一切經音義三六掬嗢耶宣怛囉經祆祠。

【祆教】 即古波斯瑣羅亞斯德（舊譯作蘇魯支）所創教名。其教稱宇宙內善惡二道，不斷鬬爭，最後善勝惡滅。教徒以火最純潔，奉爲善神的徵象，故人或稱爲火教或拜火教。於南北朝時傳入中國，唐代曾置祆正，從七品，管理其教，唐中葉漸廢不傳。宋贊寧大宋僧史略下大秦末尼:"火祆教法，本起大波斯國，號蘇魯支，……貞觀五年，有傳法穆護何祿將祆教詣闕聞奏。"

【祆道】 即波斯火教，亦曰火祆。梁書蔡撙傳:"天監九年，宣城郡吏吳承伯挾祆道，聚衆攻宣城。"

【祆廟】 拜火教祆神之廟。唐貞觀五年，勅令長安崇化坊立祆寺，號大秦寺，又名波斯寺。又開封及鎮江亦有祆神寺廟。見續談助二、王瓘北道刊志、張邦基墨莊漫錄四、僧史略下大秦末尼。

祉 zhǐ 敕里切,上,止韻,徹。ㄓ

福。詩大雅皇矣:"既受帝祉，施于孫子。"又魯頌閟宮:"既多受祉，黃髮兒齒。"

祅 yāo 於喬切,平,宵韻,影。ㄧㄠ

地面的反常變異現象。天反時爲災，地反物爲祅。本作"䄏"，通"妖"。荀子天論:"故水旱不能使之飢渴，寒暑不能使之疾，祅怪不能使之凶。"漢書禮樂志郊祀歌西顥:"姦僞不萌，祅孽伏息。"樂府詩集一漢郊祀歌祅作"妖"。

祋 duì duó 丁外切,去,泰韻,端。ㄉㄨㄟ ㄉㄨㄛ 丁括切,入,末韻,端。

㊀古兵器，即殳。詩曹風候人:"彼候人兮，何戈與祋。"㊁古時城郭市里，高懸羊皮，有不當入而欲入者，暫下以驚牛馬，曰祋。見說文。

【祋祤】 縣名。漢景帝二年置，屬左馮翊。魏改爲銅官縣。故城在今陝西耀縣東。祋祤字皆從示，爲祭神求福之意。相傳漢宣帝時有鳳凰來集，故呼爲鳳凰臺。參閱嘉慶一統志二二八西安府故蹟。

祇 1. qí 巨支切,平,支韻,羣。ㄑㄧˊ

㊀地神。同"示"。論語述而:"誄曰:禱爾於上下神祇。"㊁安適，安定。詩小雅何人斯:"壹者之來，俾我祇也。"箋:"壹者之來見我，我則知之，是使我心安也。"㊂大。見"祇悔"。㊃病。通"疷"。易坎:"祇既平，无咎。"

2. zhǐ 集韻 章移切,平,支韻。ㄓ

㊄恰好，僅僅。詩小雅何人斯:"胡逝我梁，祇攪我心。"漢書六二司馬遷傳報任少卿書:"今雖欲自彫瑑曼辭以自解，無益於俗不信，祇取辱耳。"

【祇林】 即祇園，也稱祇樹林。古印度憍薩羅國祇陀太子的園林，爲祇洹精舍所在地。後泛稱寺院。藝文類聚七六相宮寺碑:"鹿苑豈殊，祇林何遠。"唐詩紀事二十李頎題璿公山池:"遠公遁跡廬山岑，開士幽居祇樹林。"參見"祇洹精舍"。

【祇陀】 梵語。亦譯逝多。義譯爲勝。波斯匿王統治的城池名。亦爲王太子名。給孤長者就勝太子買園地，爲佛建立精舍，稱爲祇園，或稱祇洹祇陀祇樹給孤獨園。見唐慧琳一切經音義十金剛般若波羅蜜經祇樹、翻譯名義集三帝王。

【祇宮】 周宮殿名，在今陝西渭南縣境。竹書紀年下穆王元年:"冬十月築祇宮於南鄭。"也作"祇宮"。左傳昭十二年:"昔穆王欲肆其心，周行天下，將皆必有車轍馬跡焉。祭公謀父作祈招之詩，以止王心，王是以獲没於祇宮。"孔子家語作"支宮"。

【祇悔】 大悔。易復:"不遠復，无祇悔，元吉。"後漢書三十下郎顗傳上章:"伏惟陛下躬日昃之聽，温三省之勤，思過念咎，務消祇悔。"九家注本作"⿰多支"，訓多。參閱清王引之經義述聞一无祇悔。

【祇園】 祇樹給孤獨園之略稱。爲釋迦牟尼去舍衛國說法時與僧徒停居之處。唐白居易長慶集五四題東武丘寺六韻詩:"香刹看未遠，祇園入漸深。"唐慧琳一切經音義十:"祇樹，梵語也，或云祇陀，或云祇洹，或云祇園，皆一名也。"參見"祇陀"、"祇洹精舍"。

【祇洹精舍】 ㊀也作"祇園精舍"。古印度憍薩羅國舍衛城豪商給孤獨長者須達，在王舍城聽如來講法，深爲敬慕。回國，欲購祇陀太子的園林建立精舍獻如來。祇陀戲言:布金遍地乃賣。須達乃傾家布金。祇陀感其誠，二人同心建立精舍，名祇陀園林須達精舍，省稱祇園精舍。請如來居之說法。參閱晉釋法顯佛國記、大涅槃經二九、大唐西域記六室羅伐悉底國。㊁泛指佛寺。宋書范泰傳:"暮年事佛甚精，於宅西立祇洹精舍。"

祈 qí 渠希切,平,微韻,羣。ㄑㄧˊ

㊀對天或神明告求。書召誥:"王其德之用，祈天永命。"禮禮器:"君子曰，祭祀不祈。"注:"祈，求也。"詩大雅行葦:"酌以大斗，以祈黃耇。"㊁請求。梁書劉峻傳:"自謂所見不博，更求異書，聞京師有者，必往祈借。"㊂都城周圍之地。通"畿"、"圻"。詩小雅祈父序"祈父，刺宣王也"唐孔穎達疏:"此職掌封畿兵甲，當作畿字，今作祈。"㊃通"禨"。見"祈珥"。

【祈父】 周代官名，即司馬。詩小雅祈父:"祈父，予王之爪牙。"傳:"祈父，司馬也。職掌封圻之兵甲。"也作"圻父"。書酒誥:"矧惟若疇圻父，薄爲農父。"疏:"司馬主圻封，故云圻父。"

【祈羊】 殺羊而祭。管子形勢:"山高而不崩，則祈羊至矣；淵深而不涸，則沈玉極矣。"注:"山不崩，淵不涸，興雨之祥，故羊玉而祈祭。烹羊以祭，故曰祈羊。"參閱郭沫若等管子集校二。

【祈死】 禱求速死。表示對世事悲憤絕望的心情。國語晉六:"反自鄢，范文子謂其宗祝曰:'……君多私，今以勝歸，私必昭，昭私難必作，吾恐及焉。凡吾宗祝，爲我祈死，先難爲免。'"宗祝，主祭祀祈禱的人。

【祈年】 ㊀祈禱豐年。詩大雅雲漢:"祈年孔夙，方社不莫。"㊁秦宮名。漢書地理志上:"雍，秦惠公都之，……祈年宮，惠公起。"祈，也作"蘄"。參見"蘄年宮"。㊂清殿名。見"祈穀壇"。

【祈祈】 舒緩貌。詩小雅大田:"有渰萋萋，興雨祈祈。"傳:"祈祈，徐也。"呂氏春秋務本引詩作"祁祁"。後漢書四十班彪傳下附班固靈臺詩:"習習祥風，祈祈甘雨。」

【祈招】詩經篇名。左傳昭十二年：「昔穆王欲肆其心，周行天下，將皆必有車轍馬跡焉，祭公謀父作祈招之詩，以止王心，王是以獲没於祗宮。」傳記此詩六句，餘已逸不傳。

【祈珥】古時殺牲取血以祭之禮。周禮春官肆師：「以歲時序其祭祀，及其祈珥。」注：「玄謂祈當爲進禨之『禨』，珥當爲『衈』，禨衈者，釁禮之事。」

【祈望】㊀春秋齊官名，掌漁鹽之利。左傳昭二十年：「海之鹽蜃，祈望守之。」疏：「海是水之大神，有時祈望祭之，因以祈望爲主海之官也。」㊁祭名。漢應劭風俗通八祀典：「自高祖受命，郊祀祈望，世有所增。」

【祈報】祭名。春祈豐年，秋報神功。又遇水旱則祈，既如願而報。禮郊特牲：「祭有祈焉，有報焉。」晉書禮志上：「太社爲羣姓祈報，祈報有時，主不可廢。」

【祈福】求神明賜福。抱朴子明本：「儒者祭祀以祈福，而道者履正以禳邪。」

【祈禱】向神明禱告以求福。後漢書五七欒巴傳：「郡土多山川鬼怪，小人常破貲産以祈禱。」宋史高宗紀五紹興五年：「癸丑，以久旱減膳、祈禱。」

【祈嚮】企求，嚮往。莊子天地：「而今也以天下惑，予雖有祈嚮，不可得也，不亦悲乎！」

【祈蠶】祭祀蠶神，祝求蠶事豐收。宋陸游劍南詩稿三二春夏之交風日清美欣然有賦之一：「户户祈蠶喧鼓笛，村村乘雨築陂塘。」

【祈禳】祈求福祥，祛除災變。文選漢張平子（衡）東京賦：「馮相觀祲，祈褫禳災。」

【祈穀壇】即北京天壇的祈年殿。明初建立，原名大享殿，爲合祀天地之所。清制每年正月在此祀天祈穀。因大享之名與祈穀之義不符，故於乾隆十七年改名爲祈年殿。參閱昭代經濟言十高儀議典禮、清會典事例八六四工部大祀。

五畫

祕 mì ㄇㄧˋ 兵媚切，去，至韻，幫。

㊀神。神祕不可測之意。見說文、玉篇。㊁隱密。史記陳丞相世家：「高帝既出，其計祕，世莫得聞。」㊂希奇。文選漢張平子（衡）西京賦：「祕舞更奏，妙材騁伎。」㊃閉。文選南朝宋謝靈運入彭蠡湖口詩：「靈物恡珍怪，異人祕精魂。」注：「毛萇詩傳曰：祕，閉也。」

【祕方】㊀祕不外傳的技藝。宋陸游劍南詩稿十三食齊：「采擷無闕日，烹飪有祕方。」㊁祕傳藥方。宋趙蕃淳熙稿一冬至後五夕頻夢陳擇之詩：「蜀中富名士，匪卜亦隱醫。祕方苟有傳，寄我無或遺。」

【祕文】罕見的典籍。文選漢班孟堅（固）西都賦：「啓發篇章，校理祕文。」

【祕色】瓷器上的青色釉彩。宋趙德麟侯鯖録六：「今之祕色甆器，世言錢氏（鏐）有國，越州燒進爲供奉之物，不得臣庶用之，故云祕色。」按唐陸龜蒙甫里集十二祕色越器詩云：「九秋風露越窯開，奪得千峯翠色來。好向中宵盛沆瀣，共嵇中散鬬遺杯。」又徐夤釣磯文集十有貢餘祕色茶盞詩。可知唐時已有祕色，非自錢氏始。參閱清朱琰陶説二古窯考。

【祕府】古代禁中藏祕籍之所。文選漢揚子雲（雄）劇秦美新：「是以發祕府，覽書林。遥集乎文雅之囿，翱翔乎禮樂之場。」又劉子駿（歆）移書讓太常博士：「皆古文舊書，多者二十餘通，藏於祕府，伏而未發。」

【祕計】密謀，妙計。漢書高帝紀下七年：「遂至平城，爲匈奴所圍，七日，用陳平祕計得出。」南朝陳徐陵徐孝穆集三讓五兵尚書表：「參聞祕計，弗解單于之兵；飛箭馳書，未動聊城之將。」

【祕祝】官名。史記封禪書：「祝官有祕祝，即有菑祥，輒祝祠移過於下。」漢書文帝紀十三年：「夏，除祕祝。」注：「應劭曰：『祕祝之官，移過於下，國家諱之，故曰祕也。』」

【祕要】㊀奧旨精義。後漢書八二上任文公傳：「父文孫，明曉天官風角祕要。」抱朴子極言：「（黄帝）故能畢該祕要，窮道盡真，遂昇龍以高躋，與天地乎罔極也。」㊁祕密緊要。魏書任城王澄傳：「故凡所奏事，閣道通之，蓋以祕要之切，防其宣露。」

【祕記】指讖緯之類的書籍。漢書藝文志有圖書祕記十七篇。後漢書三十上楊厚傳：「祖父春卿，善圖讖學，爲公孫述將。漢兵平蜀，春卿自殺，臨命戒子統曰：『吾綈袠中，有先祖所傳祕記，爲漢家用，爾其修之。』」

【祕書】㊀祕密之書。1. 指宮禁中藏書。漢書三六劉向傳：「詔向領校中五經祕書。」後漢書三十上蘇竟傳與劉龔書：「走昔以摩研編削之才，與國師公從事出入，校定祕書。」2. 指讖緯圖籙之類。後漢書三五鄭玄傳：「遂博稽六蓺，粗覽傳記，時覩祕書緯術之奧。」3. 指朝廷機要文書。魏置祕書令，即掌此項文籍。㊁掌典籍或起草文書之官。前者如漢以來的祕書監、祕書郎，後者如魏祕書令、祕書丞。北齊顔之推顔氏家訓勉學：「梁朝全盛之時，貴遊子弟，多無學術。至於諺云：『上車不落則著作，體中何如則祕書。』」唐李商隱李義山詩集六有代祕書贈弘文館諸校書詩。

【祕密】不外傳的機要事宜。晉書劉隗傳：「與尚書令刁協並爲元帝所寵，……隗雖在外，萬機祕密，皆豫聞之。」魏書劉昺傳：「（徐）義恭小心謹慎，謙退少語，（茹）皓等死後，彌見幸信，長侍左右，典掌機密。」

【祕訣】祕密的訣竅。文苑英華九〇六唐楊炯後周明威將軍梁公神道碑：「被玉軸之文章，三冬遽定；窮金壇之祕訣，百戰不孤。」李白李太白詩十六送方士趙叟之東平：「趙叟得祕訣，還從方士游。」

【祕奧】指隱微難明的事理。隋書庾季才傳：「天地祕奧，推測多途，執見不同，或致差舛。」

【祕經】㊀指緯書。後漢書三十蘇竟傳與劉龔書：「夫孔丘祕經，爲漢赤制，玄包幽室，文隱事明。」注：「祕經，幽祕之經，即緯書也。」㊁珍異罕見之書。北齊謝朓謝宣城集一高松賦：「閲品物於幽記，訪叢育於祕經。」

【祕閣】㊀古代禁中藏書之所。也稱祕館、祕府。文選晉陸士衡（機）弔魏武帝文序：「機始以臺郎，出補著作，遊乎祕閣，而見魏武帝遺令。」宋釋文瑩玉壺清話一：「興國中，太宗建祕閣，選三館書以實焉。」㊁指尚書省。三國志魏王基傳：「（王）朗書劾州曰：『今州取宿衛之臣，留祕閣之吏，所希聞也。』」文選晉陸士衡（機）答賈長淵詩：「往踐蕃朝，來步紫微。升降祕閣，我服載暉。」㊂作書枕臂之具，亦稱臂擱。明屠隆考槃餘事四文房器具箋祕閣：「有倭人造黑漆祕閣，如圭元首方下，闊二寸餘，肚稍虛起，恐惹字黑，長七寸，上描金泥花樣，其質輕如紙，爲祕閣上品。」

【祕器】棺材。漢制，大臣死，帝賜東園祕器。東園，署名，屬少府，主作凶器。漢書九三董賢傳：「及至東園祕器，珠襦玉柙，豫以賜賢，無不備具。」

【祕學】指道術。晉書陳訓傳：「少好祕學，天文、算曆、陰陽、占候無不畢綜，尤善風角。」

【祕籍】罕見之書。藝文類聚四九晉潘岳故太常任府君畫贊:"遂管祕籍,辯章舊史。"唐詩紀事五七段成式:"博學強記,多奇篇祕籍。"

【祕書省】掌圖籍的官署。漢桓帝置祕書監,掌禁中圖書祕記。漢末曹操爲魏王,置祕書令,典尚書奏事,文帝(曹丕)分祕書立中書,置監令,而別以他官領祕書監。晉祕書寺與中書不相統攝。梁改爲省。隋以祕書與尚書、門下、內史、殿中爲五省。唐因之。宋以祕書爲寄祿官,無職守。元曰祕書監。明清不設此官,圖籍皆藏內府。參閱通典二六職官諸卿祕書監、宋高承事物紀原六祕書省、續通典三十職官八。

【祕書監】官名。東漢桓帝時置,典司圖籍。自隋至宋置祕書省,以監爲長官,少監次之。元以祕書監爲官署,卿爲之長,屬官有太監、少監、監承等。明洪武十三年廢。見通典二六職官諸卿祕書監、續通典三十職官八。

【祕殿珠林】清乾隆九年敕撰。二十四卷。據清內府所藏釋典道家書畫,別爲編録,彙成此書。包括歷代名人書畫、印本刻絲繡錦、諸臣書畫、石刻木刻經典、語録、科儀及供奉經像等。

袜 mèi 集韻 明秘切,去,至韻。ㄇㄟˋ

鬼魅。同"魅"。山海經海內北經:"袜,其爲物,人身黑首從目。"注:"袜,即魅也。"

祛 qū 集韻 丘於切,平,魚韻。ㄑㄩ

說文作"祛"。㊀除去。文選晉殷仲文南州桓公九井作詩:"伊余樂好仁,惑祛吝亦泯。"一本作"祛"。㊁見"祛祛"。

【祛祛】强健貌。詩魯頌駉:"薄言駉者,……以車祛祛。"唐石經作"祛祛"。參閱清阮元校勘記。

【祛塵風】指能除去衣服上垢污的風。舊題晉王嘉拾遺記十崑崙山:"崑崙山有昆陵之地,……又有祛塵之風,若衣服塵污者,風至吹之,衣則淨如浣濯。"

【祛疑說】宋儲泳撰。一卷。泳平生篤好術數,久而知其詐僞,乃作此書以辨之。其中論醫理、雜藝,考陰陽五行家言,闢方士幻妄之術與黃白之說,皆平易切實,足以破除迷信。

祜 hù 侯古切,上,姥韻,匣。ㄏㄨˋ

福。詩小雅信南山:"獻之皇祖,曾孫壽考,受天之祜。"

祏 shí 常隻切,入,昔韻,禪。ㄕˊ

宗廟藏神主的石匣。左傳昭十八年:"使祝史徙主祏於周廟。"注:"祏,廟主石函。"疏:"每廟木主皆以石函盛之,當祭則出之,事畢則納於函,藏於廟之北壁之內,所以辟火灾也。"

【祏室】藏宗廟神主石函之室。宋程大昌演繁露一祏室:"宗廟神主皆設石函,藏諸廟室之西壁,故曰祏室。室必用石者,防火也。"一說廟主藏之於廟之北壁之內。參見"祏"。

祐 yòu 于救切,去,宥韻,于。ㄧㄡˋ

指神明的佑助。也作"佑"。易大有:"自天祐之,吉,无不利。"釋文:"本作'佑',馬融作'右'。"

【祐陵】宋徽宗被俘,死於金國。紹興十二年金人送還遺體,葬於臨安,葬地稱永祐陵。宋人著作常以祐陵爲徽宗的代稱。

祓 fú 方肺切,去,廢韻,幫。ㄈㄨˊ 敷勿切,入,物韻,滂。

古除災祈福的儀式。左傳僖六年:"武王親釋其縛,受其璧而祓之。"注:"祓,除凶之禮。"又昭十八年:"祓禳於四方,振除火災,禮也。"

【祓除】古代除凶去垢的儀式。歲首於宗廟社壇行之,三月於水濱行之。周禮春官女巫:"掌歲時祓除釁浴。"注:"歲時祓除,如今三月上巳如水上之類。"引申泛指使心純潔。國語周上:"民之所急在大事,先王知大事之必以衆濟也,是故祓除其心,以和惠民。"注:"祓猶拂也。"參見"祓禊"。

【祓禊】古代民俗,三月上巳日到水濱洗濯,洗去宿垢,稱祓禊。後漢書禮儀志上:"是月(三月)上巳,官民皆絜於東流水上,曰洗濯祓除,去宿垢疢,爲大絜。"自三國魏後但用三月三日。北周庾信庾子山集一三月三日華林園馬射賦:"雖行祓禊之飲,即用春蒐之儀。"參見"上巳"。

【祓飾】除舊飾新。漢書五七下司馬相如傳封禪文:"猶兼正列其義,祓飾厥文,作春秋一藝。"注:"祓,除也;祓飾者,言除去舊事,更飾新文也。"

【祓濯】猶言洗濯。初學記四晉張華三月三日後園會詩:"合樂華池,祓濯清川,汎彼龍舟,泝遊洪源。"新唐書一九八蕭德言傳:"德言晚節,學愈苦,每開經,輒祓濯束帶危坐。"

祠 cí 似兹切,平,之韻,邪。ㄘˊ

㊀春祭。詩小雅天保:"禴祠烝嘗。"注:"春曰祠,夏曰禴,秋曰嘗,冬曰烝。"㊁祈禱。周禮春官小宗伯:"禱祠於上下神示(祇)。"注:"求福曰禱,得求曰祠。"㊂廟堂。史記陳涉世家:"又間令吳廣之次近所旁叢祠中,夜篝火。"又一〇三萬石君傳:"(慶)爲齊相,舉齊國皆慕其家行,不言而齊國大治,爲立石相祠。"

【祠宇】祠堂。文選晉夏侯孝若(湛)東方朔畫贊:"徘徊路寢,見先生之遺像;逍遥城郭,觀先生之廟宇。"

【祠尾】宮殿樑間的短柱。即鴟尾。北齊顏之推顏氏家訓書證:"或問曰:'東宮舊事何以呼鴟尾爲祠尾?'答曰:'張敞者,吳人。不甚稽古,隨宜記注,逐鄉俗訛謬,造作書字耳。吳人呼祠祀爲鴟祀,故以祠代鴟字。'"

【祠兵】古代出兵作戰前的一種禮儀。公羊傳莊八年:"出曰祠兵,入曰振旅,其禮一也。"疏:"祠兵有二義,一則祠其兵器,二則殺牲以享士卒,故曰祠兵矣。"

【祠官】古代掌管祭祀、祠廟的官。史記封禪書:"及秦并天下,令祠官所常奉天地名山大川鬼神可得而序也。"漢書武帝紀建元元年五月詔:"河海潤千里,其令祠官修山川之祠。"

【祠部】官名。三國魏有祠部尚書,掌禮制,晉以後因之,北周改爲禮部,隋唐別置祠部曹,屬於禮部,專掌祠祀、享祭、天文、漏刻、國忌、廟諱、卜筮、醫藥及僧尼之事。見通典職官五、新唐書百官志一。

【祠堂】舊時祭祀祖宗或賢能有功德者的廟堂。漢書五九張安世傳:"賜塋杜東,將作穿復土,起冢祠堂。"又八九循吏傳:"文翁終於蜀,吏民爲立祠堂,歲時祭祀不絕。"唐杜甫杜工部草堂詩箋十八蜀相詩:"丞相祠堂何處尋,錦官城外柏森森。"

【祠祿】宋制,大臣罷職,令管理道教宮觀,以示優禮,無職事,但借名食俸,謂之祠祿。如王安石以觀文殿大學士爲集禧觀使,呂公著以資政殿學士提舉中太一宮,皆是。

【祠竈】祀祭竈神。史記封禪書:"是時,李少君亦以祠竈、穀、道卻老方見上。"又:"少君言上曰:'祠竈則致物,致物而丹砂可化爲黃金,黃金成以爲飲食器則益壽,益壽而海中蓬萊僊者乃可見,見之以封禪則不死,黃帝是也。……'於是天子始親祠竈。"

祖 1. zǔ ㄗㄨˇ 則古切，上，姥韻，精。

㊀祖廟。書舜典："受終于文祖。"傳："文祖者，堯文德之祖廟。"周禮考工記匠人："左祖右社，面朝後市。"注："祖，宗廟。"㊁祖先，祖父。詩大雅生民序："生民，尊祖也。"疏："祖之定名，父之父耳。但祖者，始也，己所從始也。自父之父以上皆得稱焉。此后稷之於成王乃十七世祖也。"㊂對開國君主的尊稱。禮祭法："殷人禘嚳而郊冥，祖契而宗湯；周人禘嚳而郊稷，祖文王而宗武王。"㊃宗派或事物的首創人。如佛家有三十六祖之稱。參見"祖師"。㊄仿效。禮鄉飲酒義："亨狗於東方，祖陽氣之發於東方也。"㊅熟悉。國語魯下："是故天子大采朝日，與三公九卿祖識地德。"㊆祭名。出行以前，祭祀路神。詩大雅韓奕："韓侯出祖，出宿於屠。顯父餞之，清酒百壺。"箋："祖，將去而犯軷也。"左傳昭七年："公將往，夢襄公祖。"注："祖，祭道神。"引申爲餞行送別。世説新語方正："杜預之荆州，頓七里橋，朝士悉祖。"參閱清俞正燮癸巳存稿十三祖祭。㊇姓。漢有祖沂，晉有祖逖。見通志二八氏族四以次爲氏。

2. juē ㄐㄩㄝ

㊈見"祖₂厲"。

【祖乙】 殷代帝王名。河亶甲子。河亶甲時，殷道中衰，祖乙既即位，用巫賢爲相，成中興之業。見史記殷紀。漢書二十古今人物表謂爲河亶甲之弟。

【祖己】 殷武丁（高宗）之賢臣。相傳高宗祭成湯，有飛雉登鼎耳而鳴，武丁以爲不祥，祖己乃作高宗彤日，諫武丁修政行德，於是"天下咸驩，殷道復興"。見書高宗彤日、史記殷紀。

【祖本】 書籍法帖最先的刻本。清翁方綱蘇齋題跋下賜潘貴妃蘭亭原刻本："此宋高宗賜潘貴妃本，王弇州（世貞）以爲理宗者，誤也。今慈谿姜氏、湖州錢氏皆有此本重刻之石，此其祖本也。"

【祖生】 晉祖逖。見"祖生鞭"。

【祖江】 神話人名。亦作葆江。文選漢張平子（衡）思玄賦："瞰瑶谿之赤岸兮，弔祖江之見劉。"晉陶淵明陶靖節集四讀山海經詩之十一："窫窳强能變，祖江遂獨死。"又作"葆江"。山海經西次三經："又西北四百二十里，曰鍾山，其子曰鼓。其狀如人面而龍身，是與欽䲹殺葆江于昆侖之陽。"後漢書張衡傳思玄賦注引山海經作祖江。

【祖伊】 殷紂臣。西伯昌（周文王）舉兵伐黎，取其地。祖伊恐，懼將及商，因告紂以天命民情之可畏，紂不聽。書西伯戡黎爲史官録祖伊之語。黎，史記殷紀作"飢"。

【祖考】 祖先。生曰父，死曰考。書君牙："今命爾予翼，作股肱心旅，纘乃舊服，無忝祖考。"

【祖宗】 對始祖及先世中有功德者的尊稱。禮祭法："有虞氏禘黄帝而郊嚳，祖顓頊而宗堯。"疏："祖，始也，言爲道德之初始，故云祖也；宗，尊也，以有德可尊，故云宗。"文選漢班孟堅（固）典引："宏亮洪業，表相祖宗。"漢蔡邕注："始受命爲祖，繼中爲宗，皆不毁廟之稱也。"後爲先世的通稱。

【祖武】 祖先的行迹。詩大雅下武："昭兹來許，繩其祖武。"箋："祖考所履踐之迹。"初學記十一南朝梁沈約悼故中書侍郎王融："眷言懷祖武，一簣望成峰。"

【祖述】 師法前人，加以陳説。禮中庸："仲尼祖述堯舜，憲章文武。"宋龔頤正芥隱筆記作詩祖述有自："（陰）鏗有'花逐下山風'，杜（甫）有'雲逐度溪風'，祖述有自，青出於藍也。"

【祖尚】 宗奉提倡。世説新語輕詆"桓公入洛"注引晉陽秋："夷甫（王衍）將爲石勒所殺，謂人曰：'吾等若不祖尚浮虚，不至於此！'"

【祖洲】 神話地名。相傳在東海之中，地方五百里，有不死草，生玉田中，可使死人復活。秦始皇命方士徐福率童男童女五百人乘船往尋，一去不返。見舊題漢東方朔海內十洲記。唐李商隱李義山文集五祭張書記文："迴生乏祖洲之草，續斷無弱水之膠。"

【祖祖】 猶言以祖爲祖。漢黄石公三略上略："世能祖祖，鮮能下下。祖祖爲親，下下爲君。"唐李咸用披沙集六和彭進士秋日遊靖居山寺詩："問着盡能言祖祖，見時應不是真真。"

【祖神】 路神。漢應劭風俗通義祀典："共工之子曰脩，好遠遊，舟車所至，足跡所達，靡不窮覽，故祀以爲祖神，祖者徂也。"宋書曆志上引漢崔寔四民月令作黄帝之子累祖。

【祖送】 餞行。文選雜歌荆軻歌序："燕太子丹使荆軻刺秦王，丹祖送於易水上。"後漢書四二東平憲王蒼傳："有司復奏遣蒼，乃許之。……於是車駕祖送，流涕而訣。"

【祖思】 葬禮的器物。宋史禮二七凶禮三："入壙有當壙、當野、祖思、祖明、地軸、十二時神、誌石、券石、鐵券各一。"

【祖訓】 祖先的訓誨。書五子之歌："皇祖有訓：民可近，不可下。"明洪武八年頒祖訓録，亦稱皇明祖訓。見明實録十四太祖洪武實録八二。

【祖席】 送别的宴席。唐姚合姚少監集二送韓湘赴江西從事詩："行裝有兵器，祖席盡詩人。"韓偓玉山樵人集雜家詩："祖席諸賓散，空郊匹馬行。"

【祖師】 一派學術、技藝或宗教的創始人。漢書七九下定陶丁姬傳："定陶丁姬，哀帝母也，易祖師丁將軍（寬）之玄孫。"唐陸淳春秋啖趙集傳纂例一三傳得失議："三傳之義本皆口傳，後之學者乃著竹帛，而以祖師之目題之。"唐韓偓玉山樵人集遊江南水陸院詩："除却祖師心法外，浮生何處不堪愁。"

【祖逖】 公元 266—321 年。晉范陽遒縣人。字士稚，少孤，輕財好俠，慷慨有節操，博覽古今書記。累遷太子中舍人、豫章王從事中郎。時晉室大亂，逖率部曲百餘家渡江，中流擊楫而誓曰："祖逖不能清中原而復濟者，有如大江！"元帝時爲豫州刺史，自募軍，收復黄河以南爲晉土。死時，豫州士女如喪父母。晉書有傳。

【祖習】 宗奉學習。魏書釋老志："諸深大經論十有餘部，更定章句，辭義通明，至今沙門共所祖習。"

【祖陵】 遼耶律阿保機（太祖）陵墓。在今內蒙古自治區林西縣。見遼史太祖紀下天顯二年。

【祖國】 祖籍所在之國。明史三三二西域傳四默德那："默德那，回回祖國也，地近天方。"今指自己的國家爲祖國。

【祖帳】 爲出行者餞行時所設之帳幕。南朝宋鮑照鮑參軍集五數詩："六樂陳廣坐，祖帳揚春風。"唐王維王右丞集四齊州送祖三詩："祖帳已傷離，荒城復愁入。"

【祖奠】 ㊀祭祀祖宗。孔叢子六問軍禮："有司簡功行賞，不稽于時。其用命者，則加爵受賜于祖奠之前；其奔北犯令者，則加刑罰戮于社主之前。"㊁古人安葬，於出殯前夕設奠以告亡靈。晉潘岳潘安仁集南陽長公主誄："容車戒路，祖奠在庭。"

【祖道】 古人於出行前祭祀路神稱祖道。後因稱餞行爲祖道。史記一二六滑稽傳漢褚少孫補："（東郭先生）出宮門，行謝主人。故所以同官待詔者，等比祖道於都門外。"漢書六六劉屈氂傳："貳師將軍李廣利將兵出擊匈奴，丞相爲祖道，送至渭橋。"

【祖載】將葬之際，舉柩升車上，行祖祭禮，謂之祖載。後漢書六十下蔡邕傳上封事："〔桓〕思皇后祖載之時，東郡有盗人妻者亡在孝中，本縣追捕，乃伏其辜。"注引周禮鄭玄注："祖謂將葬祖祭於庭，載謂升柩於車也。"文選晉陸士衡(機)挽歌之二："死生各異倫，祖載當有時。"

【祖業】㊀祖先所創立的功業。書君奭"時則有伊陟臣扈，格于上帝"漢孔安國傳："伊陟臣扈，率伊尹之職，使其君不隕祖業，故至天之功不隕。"漢書六四下終軍傳上書："夫天命初定，萬事草創，及臻六合同風，九州共貫，必待明聖潤色，祖業傳於無窮。"㊁祖傳的産業。宋范成大桂海虞衡志志蠻："其田，計口給民，不得典賣，惟自開荒者由己，謂之祖業口分田。"

【祖筵】送別之宴。唐白居易長慶集五七長樂亭留別詩："優詔幸分四皓秩，祖筵慚繼二疏歡。"宋尹洙河南集五郢州送路綸寺丞並詩："今日江頭送歸客，葦花深處祖筵開。"

【祖傳】祖先或祖師所傳授。唐賈島賈長江集六送空公往金州詩："松生師坐石，潭滌祖傳盂。"隋唐演義四："他祖傳有兩條流金熟銅鐧，稱來可有一百三十觔。"

【祖舅】祖母的兄弟。晉書應詹傳："鎮南大將軍劉弘，詹之祖舅也。"

【祖$_2$厲】古縣名。在今甘肅省靖遠縣西南。漢置，屬安定郡。晉廢，前梁復置，均屬武威郡。北魏移縣治於平涼縣境，屬隴東郡。漢書武帝紀元鼎五年注引李斐謂祖厲，音嗟賴(juē lài)。玉篇作"祖"，從衣不從示。參閱讀史方輿紀要六二靖遠衞。

【祖龍】指秦始皇。史記秦始皇紀："(三十六年)秋，使者從關東夜過華陰平舒道，有人持璧遮使者曰：'爲吾遺滈池君。'因言曰：'今年祖龍死。'使者問其故，因忽不見，置其璧去。使者奉璧具以聞。始皇默然良久，曰：'山鬼固不過知一歲事也。'退言曰：'祖龍者，人之先也。'使御府視璧，乃二十八年行渡江所沉璧也。"集解："蘇林曰：'祖，始也；龍，人君象。謂始皇也。'"文選晉潘安仁(岳)西征賦："憶江使之反璧，告亡期於祖龍。"

【祖餞】設宴餞別出行之人。後漢書八十下高彪傳："時京兆第五永爲督軍御史，使督幽州，百官大會，祖餞於長樂觀。"三國志魏管輅傳："館陶令諸葛原遷新興太守，輅往祖餞之，賓客並會。"

【祖錢】清制：京局鑄錢，先以象牙刻作錢樣，然後以精銅作成祖錢，再用祖錢翻沙，鑄成母錢。

【祖禰】祖先。禰，父死以神主入廟供奉稱禰。抱朴子博喻："銳鋒産乎鈍石，明火熾乎闇木，……是以不可以父母限重華，不可以祖禰量衞霍也。"

【祖臘】祭名。祖祭路神；臘，年終之祭。後漢書九獻帝紀二五年："皇帝遜位，魏王丕稱天子，奉帝爲山陽公，……以天子車服郊祀天地、宗廟、祖、臘，皆如漢制。"又四六陳寵傳："父子相與歸鄉里，閉門不出入，猶用漢家祖臘。人問其故，咸曰：'我先人豈知王氏(王莽)臘乎？'"注："應劭風俗通曰，共工之子好遠遊，死爲祖神。漢家火盛於午，故以午日爲祖也。臘者，歲終祭衆神之名。"

【祖母綠】寶石名。明胡侍墅談祖母綠："祖母綠即元人所謂助木剌也，出回回地面，其色深綠，其價極貴，而大者尤罕得聞。成化間，官裏以銀數千兩買得重四五兩者一塊，以爲希世之寶。"參閱明張應文清祕藏上論珠寶、田藝蘅留青日札摘抄二貓睛祖母綠。

【祖生鞭】晉劉琨與祖逖爲友，聞逖被用，乃致書親故云："吾枕戈待旦，志梟逆虜，常恐祖生先吾著鞭。"見晉書六二劉琨傳。後常以此爲勉人努力進取的典故。唐李白李太白詩十二贈宣城宇文太守兼呈崔侍御："多逢勳絶兒，先著祖生鞭。"亦省稱"祖鞭"。宋張榘芸窗詞賀新郎次拙逸劉真孺維揚客中韻："任你祖鞭先著了，占鷗天浩蕩觀浮沒。"

【祖沖之】人名。公元429—500年。字文遠，南朝宋范陽薊人。精研曆算之學。時用何承天所製曆，比古十一家爲密，沖之猶以爲疏，大明六年上表改曆，未施行。嘗注九章，造綴術數十篇；又開密法，推求圓周率爲3.1415926—3.1415927，比西人於1579年僅算到十位小數早一千多年。又創製指南車、木牛流馬、千里船等，皆不傳。南齊書及南史皆有傳。

【祖孝孫】唐幽州范陽人。博學，曉曆算。隋開皇間爲協律郎，與樂官蔡子元于普明等參定雅樂。又從毛爽習京房律法，以爽所授演十二律六十音。唐高祖時爲著作郎、歷吏部郎、太常少卿。武德七年受命與祕書監竇璡修定雅樂，斟酌南北，考以古音，製十二樂合三十二曲八十四調。舊唐書有傳。

【祖英集】宋釋重顯撰，二卷。輯詩二百二十首。其五言近體，有宋初九僧詩遺意；七言絶句，風致清婉，惟内容多涉禪宗教義，非專爲吟詠之作。

【祖師堂】寺院安置初祖達摩之所。

【祖師禪】佛教禪宗主張以心傳心，祖輩相傳，不立文字之禪，與楞伽經之如來禪相對而言。以如來禪爲教内未了之禪，以祖師禪爲教外別傳至極之禪。景德傳燈録十一仰山慧寂禪師："師問香嚴：'師弟近日見處如何？'嚴曰：'某甲卒説不得。'乃有偈曰：'去年貧未是貧，今年貧始是貧。去年無卓錐之地，今年錐也無。'師曰：'汝只得如來禪，未得祖師禪。'"宋蘇軾分類東坡詩五廣州蒲澗寺："昔日菖蒲方士宅，後來薝蔔祖師禪。"

【祖暅之】南朝宋范陽薊人。沖之之子。字景爍，仕至太舟卿。史稱暅之少傳家業，究極精微，多巧思。南朝梁武帝天監三年，更修其父所製甲子元曆，九年頒行，稱大明曆，沿用至陳。南史附祖沖之傳。

【祖庭事苑】宋睦庵撰，凡八卷，摘解雲門録以下録中的熟語故事，分二千四百餘目。

神 shén ㄕㄣ 食鄰切，平，真韻，神。

㊀天神，神靈。周禮春官大司樂："以祀天神。"注："謂五帝及日月星辰也。"也指人死後的魂靈。楚辭屈原九歌國殤："身既死兮神以靈，子魂魄兮爲鬼雄。"㊁謂事理玄妙，神奇。易繫辭上："陰陽不測之謂神。"注："神也者，變化之極，妙萬物而爲言，不可形詰者也。"㊂指人的意識和精神。荀子天論："天職既立，天功既成，形具而神生。"文選南朝梁江文通(淹)別賦："造分手而銜涕，感寂寞而傷神。"㊃謂表情氣色。見"神色"。㊄人像。寫照叫傳神。見"傳神㊁"。㊅姓。漢有騎都尉神曜。見漢應劭風俗通姓氏篇。

【神士】古官名。掌置神位。周禮春官宗伯："凡以神士者無數，以其藝爲之貴賤之等。"注："以神士者，男巫之俊，有學問才知者。"

【神工】形容技藝精巧，似非人力所能爲。宋趙彦衞雲麓漫鈔八唐柳公權親筆啓草："方茲獨步，誰敢爭衡。況藝奮神工，時推妙翰。"宋蘇軾東坡集前集十五海市詩:"心知所見皆幻影，敢以耳目煩神工!"

【神子】舊時對祖先遺像的敬稱。清舒紹言等武林新年雜詠代圖:"歲終懸祖先遺像，新年晨夕設供，至落鐙而罷。……俗稱祖先遺像爲神子，今謂之神姿。"

【神口】謂出口成章，如有神助。北魏時,尚書令王肅詠悲平城詩,彭城王元勰使肅再詠，誤語爲悲彭城詩，爲肅所嘲戲。時祖瑩在座,謂自有悲彭城詩,因應聲朗誦其詩。肅甚嗟賞。勰大悦，退而稱瑩:"卿定是神口。"見魏書、北史祖瑩傳。

【神女】㊀女神。文選戰國楚宋玉神女賦:"夫何神女之姣麗兮，含陰陽之渥飾。"藝文類聚二十南朝梁蕭繹(元帝)孝德傳序:"地出黃金，天降神女，感通之至，良有可稱。"㊁文選戰國楚宋玉高唐賦序:"(懷王)夢見一婦人曰:'妾，巫山之女也，爲高唐之客，聞君遊高唐，願薦枕席。'王因幸之。"後遂據此稱妓女爲神女。唐李商隱李義山詩集五無題之二:"神女生涯原是夢,小姑居處本無郎。"㊂鵲的別名。見晉崔豹古今注中鳥獸、五代後唐馬縞中華古今注下。

【神王】㊀謂精神旺盛。王,即"旺"。莊子養生主:"澤雉十步一啄,百步一飲,不蘄畜乎樊中，神雖王不善也。"世說新語賞譽:"司馬太傅(越)府多名士，一時儁異，庾文康(亮)云:見子嵩(庾敳)在其中，常自神王。"㊁佛教對大神的敬稱。佛祖統紀三七法運塞志:"(梁武帝天監六年)郝騫、謝文華等八十人，應詔西行求像。……騫負像東還，乃渡大海，嘗聞甲冑之聲在後。忽異僧禮像而言曰:'毘舍羅神王護像至彼，廣作佛事。'言訖而隱。"唐元稹長慶集十三度門寺詩:"道場居士置，經藏大師封。太子知栽植，神王守要衝。"

【神木】㊀指松栢之類四季長青、壽命極長的樹木。古人以爲常服其籽實可以長生。文選漢張平子(衡)西京賦:"神木靈草,朱實離離。"注:"神木,松栢靈壽之屬。"晉郭璞山海經圖讚不死國:"赤泉駐年，神木養命。"㊁藥名。卽茯神心内木,又名黃松節。入藥,治偏風、筋攣、心悸等症。參閱本草綱目三七木四茯苓。㊂縣名。屬陝西省。舊爲勝州地。唐天寶初，割連谷、銀城二縣之地置新秦縣，宋乾德五年升爲建寧軍,金爲神木寨,元初於此置雲州，至元六年改爲神木縣。參閱讀史方輿紀要五七延安府。

【神水】㊀靈異之水。北周庾信庾子山集十三温湯碑:"醴泉消疾，聞乎建武之朝;神水蠲痾,在乎咸康之世。"唐韓鄂歲華紀麗一:"雁序南迴,斗衡東指,貯神水以効祥。"注:"立春日貯水,謂之神水,釀酒不壞。"本草綱目五水神水:"金門記云:五月五日午時有雨，急伐竹，竿中必有神水,瀝取爲藥。"㊁人唾液之別稱。本草綱目五二人口津唾:"人舌下有四竅，兩竅通心氣，兩竅通腎液。心氣流入舌下爲神水，腎液流入舌下爲靈液。"㊂水銀的代名。見唐梅彪石藥爾雅上飛鍊要訣釋諸藥隱名。

【神父】古時稱頌賢能明察的地方官吏之詞。如東漢汝陰太守鮑德、南陽太守宋登，舊史皆有神父之稱。見後漢書二九、又七九上本傳。

【神丹】神仙服用的靈丹。宋陸游劍南詩稿四三齋中雜興之三:"神丹卒難求，百疾起如渭。"鄱陽五家集元吳存蝶戀花閲周南翁所藏書畫……詞:"傀儡場中青紫棺，縱有神丹，俗胃無由换。"

【神主】㊀古代宗廟内所設已死國君的牌位，以木或石製成。也簡稱"主"。後漢書光武紀上建安二年:"大司徒鄧禹入長安,遣府掾奉十一帝神主,納於高廟。"注:"神主,以木爲之,方尺二寸,穿中央，達四方。天子主長尺二寸，諸侯主長一尺，虞主用桑，練主用栗。"後世民間也爲死者立神主，又稱靈牌或神位。參閲清吳榮光吾學録初編十七喪禮門。見"主㊅"。㊁指帝王。言其能代天地神靈施行號令。書咸有一德:"眷求一德，俾主神主。"注:"天求一德,使伐桀,爲天地神祇之主。"史記夏紀:"於是天下皆宗禹之明度數聲樂，爲山川神主。"㊂指民。左傳襄十八年:"棄好背盟，陵虐神主。"注:"神主,民也。"

【神功】㊀神人的功績。也指神奇的功績。文選南朝梁劉孝標(峻)辯命論:"覩湯武之龍躍，謂龕亂在神功。"唐杜甫杜工部草堂詩箋十一行次昭陵:"天屬尊堯典,神功協禹謨。"㊁唐武則天年號。公元697年。萬歲通天二年九月改元神功，次年一月又改。見舊唐書則天皇后紀。

【神册】㊀謂上天的符命。南朝梁江淹江文通集三齊太祖高皇帝誄:"神册天開,雄略世出。"㊁遼耶律億(太祖)年號。公元916—921年。

【神仙】㊀道家謂得道成仙的人,能長生不死，來去無方。也作"神僊"。史記封禪書:"其明年，東巡海上，考神僊之屬，未有驗者。"文選晉郭景純(璞)遊仙詩之六:"神仙排雲出，但見金銀臺。"㊁形容人的神采清朗灑脱、氣概不凡。後漢書六八郭太〔泰〕傳:"後歸鄉里，衣冠諸儒送至河上，車數千兩。林宗唯與李膺同舟而濟，衆賓望之，以爲神仙焉。"世說新語企羡:"(孟昶)嘗見王恭乘高輿，被鶴氅裘，于是微雪，昶於籬間窺之，歎曰:'此真神仙中人!'"

【神丘】㊀社壇。古代祭祀土地神所用的臺。莊子應帝王:"鼷鼠深穴乎神丘之下，以避熏鑿之患。"㊁山岳的尊稱。猶言神山。文選漢班孟堅(固)封燕然山銘:"敻其邈兮亘地界，封神丘兮建隆嵑。"

【神池】㊀靈異的池。文選漢班孟堅(固)西都賦:"離宮別館三十六所，神池靈沼往往而在。"㊁縣名。屬山西省。漢樓煩縣地。北魏在此置神武郡。隋改神武縣,唐併入鄯陽縣,遼復神武縣,金、元廢縣併入武州。明設神池堡，清雍正三年改神池縣，屬寧武府。城西門外有池水一區,冬夏不竭,水旱不盈涸,卽神池,縣名由此。參閱嘉慶一統志一四七寧武府。

【神宇】㊀供奉神靈的屋宇。漢董仲舒春秋繁露十六求雨:"取三歲雄雞與三歲豭豬，皆燔之於四通神宇。"文選晉潘安仁(岳)寡婦賦:"仰神宇之寥寥兮，瞻靈衣之披披。"唐劉良注:"神宇，靈室也。"㊁猶神州。藝文類聚三八晉郭璞南郊賦:"廓清紫衢，電掃神宇。"㊂謂神情器宇。世說新語雅量:"王子猷(徽之)、子敬(獻之)曾俱坐一室。上忽發火，子猷遽走避，不惶取屐;子敬神色恬然，徐喚左右扶憑而出，不異平常。世以此定二王神宇。"

【神守】㊀神情專一。三國志蜀蔣琬傳:"時新喪元帥,遠近危悚,琬出類拔萃,處羣僚之右，既無戚容，又無喜色，神守舉止,有如平日。"宋書南郡王(劉)義宣傳:"魯秀，竺超民等猶爲之爪牙，欲收合餘燼，更圖一決。而義宣惛墊，無復神守，入内不復出。"㊁鼈的別名。春秋范蠡養魚經:"至四月納一神守，六月納二神守，八月納三神守。神守者，鼈也。"本草綱目四五介一鼈:"淮南子曰:'鼈無耳而守神。'神守之名以此。"

【神交】㊀憑神靈交結。漢書一〇〇上敍傳答賓戲:"殷説夢發於傅巖，周望兆動於渭濱，齊甯激聲於康衢，漢良受書於邳沂，皆竢命而神交，匪言詞之所信。"

說，殷傅說；望，周太公望；甯，春秋齊甯戚；良，漢張良。㊁精神之交。指以道義相交，推心置腹。三國志吳諸葛瑾傳“時或言瑾別遣親人與(劉)備相聞”注引江表傳孫權報陸遜書：“孤與子瑜可謂神交，非外言所間也。”子瑜，諸葛瑾字。初學記六晉袁宏山濤別傳：“陳留阮籍、譙國嵇康並高才遠識，……濤初不識，一與相遇，便爲神交。”後又以尚未見面而仰慕其人引之爲友爲神交。儒林外史十七：“可惜有位牛布衣，只是神教，未曾會面。”

【神州】㊀指中國。史記七四騶衍傳：“以爲儒者所謂中國者，於天下乃八十一分居其一分耳。中國名曰赤縣神州，赤縣神州內自有九州，禹之序九州是也，不得爲州縣數。”後世以神州泛指中國。文選晉劉越石(琨)答盧諶詩：“火燎神州，洪流華域。”㊁指京都。文選晉左太沖(思)詠史詩之五：“皓天舒白日，靈景耀神州。”

【神色】神情容色。後漢書二五劉寬傳：“夫人欲試寬令恚，伺當朝會，裝嚴已訖，使侍婢奉肉羹，翻汙朝衣。婢遽收之，寬神色不異，乃徐言曰：‘羹爛汝手？’”世說新語雅量：“夏侯太初(玄)嘗倚柱作書，時大雨，霹靂破所倚柱，衣服焦然，神色無變，書亦如故。”

【神后】㊀卽后土。指土地神。書湯誥：“敢昭告于上天神后。”宋蔡沈傳：“神后，后土也。”㊁神明的君主。書盤庚中：“予念我先神后之勞爾先。”疏：“殷之先世神明之君，惟有湯耳，故知神后謂湯也。”

【神君】㊀對神靈的敬稱。韓非子說林上：“不如相銜負我以行，人以我爲神君也。”史記封禪書：“是時上求神君，舍之上林中蹏氏觀。”㊁古時對賢良官吏的稱頌。言其清廉正直如神。後漢書六一荀淑傳：“出補朗陵侯相。莅事明理，稱爲神君。”世說新語方正“盧志於衆坐”注引晏書：“(陸)遜字伯言，……初領海昌令，號神君。”

【神采】人的精神、風采。同“神彩”。陳書江總傳：“爾操行殊異，神采英拔，後之知名，當出吾右。”元盛熙圖畫考二筆法引見聞志：“凡畫氣韻本乎遊心，神采生於用筆，用筆之難，斷可識矣。”

【神坐】㊀神靈的坐位。也作“神座”。周禮地官遂師“大喪，使帥其屬以幄帟先”漢鄭玄注：“幄帟先，所以爲葬窆之間，先張神坐也。”梁書蕭琛傳：“郡有項羽廟，土民名爲憤王，甚有靈驗，遂於郡廳事安施牀幕爲神座。”㊁卽神主。宋黃伯思東觀餘論下跋四皓碑後：“近歲商於耕夫，得漢世石刻數種，有云：園公神坐，綺里季神坐，甪里先生神坐。”參見“神主㊂”。

【神秀】㊀神奇秀美。文選晉孫興公(綽)遊天台山賦序：“天台山者，蓋山嶽之神秀也。”也指神采俊秀。唐杜牧樊川集一杜秋娘詩：“眉宇儼圖畫，神秀射朝輝。”㊁唐僧名(公元?—706年)。俗姓李，汴州尉氏人。隋末出家，至蘄州雙峯東山寺，從禪宗第五祖弘忍，爲上座，倡漸悟說，是禪宗北宗的創始者。弘忍示滅，神秀移住江陵，唐武后聞其名，召至都下。張說嘗從之問法要，執弟子禮。神龍二年於東都天宮寺示滅。謚號大通禪師。事見景德傳燈錄四。文苑英華八五六有唐張說荊州玉泉寺大通禪師碑。參見“南北宗㊀”。

【神位】㊀神的牌位。周禮春官小宗伯：“掌建國之神位，右社稷，左宗廟。”淮南子時則孟冬之月：“是月，命太祝禱祀神位，占龜策，審卦兆，以察吉凶。”㊁天神所處的方位。宋許洞虎鈐經二論將：“隨五行運轉，應神位出入，以變用兵，敵人不測其所來。”

【神兵】㊀指軍隊。謂作戰勇猛如神。文選晉陸士衡(機)辯亡論上：“神兵東驅，奮寡犯衆。”唐杜甫杜工部草堂詩箋四十送靈州李判官：“近賀中興主，神兵動朔方。”㊁神靈的兵器。指劍。文選晉張景陽(協)七命：“此蓋希世之神兵，子豈能從我而服之乎？”唐呂向注：“劍能威天下，故比之神兵。”唐白居易長慶集一李都尉古劍詩：“勸君愼所用，無作神兵羞。”

【神妙】謂變化巧妙，不可測知。易說卦：“神也者，妙萬物而爲言者也。”文選三國魏曹子建(植)求自試表：“臣昔從先武皇帝，南極赤岸，東臨滄海，西望玉門，北出玄塞，伏見所以行軍用兵之勢，可謂神妙矣。”唐杜甫杜工部草堂詩箋十七韋諷錄事宅觀曹將軍畫馬圖：“國初已來畫鞍馬，神妙獨屬江都王。”

【神京】卽帝都。樂府詩集八南朝宋謝莊世祖孝武皇帝歌：“刷定四海，肇構神京。”文選南齊謝玄暉(朓)齊敬皇后哀策文：“懷豐沛之綢繆兮，背神京之弘敞。”

【神祇】天地之神。書微子：“今殷民，乃攘竊神祇之犧牷牲，用以容，將食無災。”釋文：“天曰神，地曰祇。”國語魯上：“豈唯寡君與二三臣實受君賜，其周公太公及百辟神祇實永饗而賴之。”

【神武】㊀神明而威武。易繫辭上：“古之聰明叡知，神武而不殺者夫。”漢書刑法志：“漢興，高祖躬神武之材，行寬仁之厚，總擥英雄，以誅秦項。”㊁唐代皇帝禁軍北衙軍的一部。新唐書兵志：“自肅宗以後，北軍增置威武、長興等軍，名類頗多，而廢置不一。唯羽林、龍武、神武、神策、神威最盛，總曰左右十軍矣。”㊂五代後晉時大理段思平年號。公元?—944年。

【神奇】神妙奇特，多指事物變化莫測。莊子知北遊：“萬物一也，是其所美者爲神奇，其所惡者爲臭腐；臭腐復化爲神奇，神奇復化爲臭腐，故曰通天下一氣耳。”後言“化腐朽爲神奇”，本此。

【神明】㊀卽神祇。易說卦：“昔者聖人之作易也，幽贊於神明而生蓍。”也專指日神。史記封禪書：“或曰東北神明之舍，西方神明之墓也。”集解：“神明，日也。”㊁猶神聖。後漢書四十下班彪傳附班固典引：“備哉燦爛，真神明之式也。”㊂謂無所不知，如神之明。韓非子內儲上：“周主下令索曲杖，吏求之數日不能得，周主私使人求之，不移日而得之。……吏乃皆悚懼其所，以君爲神明。”淮南子兵略：“見人所不見謂之明，知人之所不知謂之神，神明者先勝者也。”㊃指人的精神。莊子齊物論：“勞神明爲一，而不知其同也。”世說新語言語：“何平叔(晏)云：‘服五石散，非唯治病，亦覺神明開朗。’”㊄漢臺名。在建章宮內，臺上立銅仙人，有承露盤。見三輔黃圖三。

【神物】神奇靈異之物。易繫辭上：“天生神物，聖人則之。”疏：“謂天生蓍龜，聖人法則之。”淮南子覽冥：“昔者，師曠奏白雪之音，而神物爲之下降，風雨暴至。”注：“神物卽神化之物，謂玄鶴之屬。”也指神靈。史記封禪書：“上卽欲與神通，宮室被服非象神，神物不至。”

【神帛】卽招魂幡。舊時迷信，人死，於喪屋掛長條布帛，以招死者之魂。文獻通考一二二王禮十七神帛：“紹興三十一年五月二十二日，禮部侍郎金安節等言：檢會典故，切詳神帛之制，雖不經見，然考之於古，蓋復之遺意也。禮運曰：‘及其死也，升屋而號，告曰，皐某復。’然古之復者以衣，今用神帛招魂，其意蓋本於此。”參見“復㊃”。

【神往】極其向往。言身雖在而心已往。文選晉陸士龍(雲)答兄機詩：“神往同逝感，形留悲參商。”

【神亭】地名。在江蘇丹陽縣。漢建安中，孫策擊劉繇於曲阿，與繇將太史慈戰於神亭，幾爲慈所執，即此。見三國志吳太史慈傳。參閱讀史方輿紀要二五鎮江府丹陽縣庱亭。

【神迹】神靈的事迹或靈異的現象。也作“神跡”。文選晉陸士衡(機)漢高祖功臣頌：“游精杳漠，神迹是尋。”一本作“神跡”。大唐西域記四薩他泥溼伐羅國：“城西北四五里，有窣堵波，高二百餘尺，無憂王之所建也。甎皆黃赤色，甚光淨。中有如來舍利一升，光明時照，神迹多端。”

【神姿】指人的風度姿態。世說新語賞譽：“王戎云：太尉(王衍)神姿高徹，如瑤林瓊樹，自然是風塵外物。”

【神勇】舊唐書五五劉黑闥傳：“善觀時變，素驍勇，……常間入敵中覘視虛實，或出其不意，乘機奮擊，多所克獲，軍中號爲神勇。”

【神思】㊀神隨意往，留心思考。南朝梁劉勰文心雕龍六神思：“古人云：形在江海之上，心存魏闕之下，神思之謂也。”㊁泛指思慮，思緒。三國志吳陸凱傳：“建衡元年疾病，(孫)晧遣中書令董朝問所欲言，凱陳……(姚信等)皆社稷之楨幹，國家之良輔，願陛下重留神思，訪以時務。”晉書劉寔傳附劉智：“平原管輅謂人曰：‘吾與劉潁川兄弟語，使人神思清發，昏不假寐。’”

【神品】鑒賞家對書畫等之評第，其爲極等者曰神品。唐張彥遠法書要錄八張懷瓘書斷神品：“篆、籀、八分、隸書、草書、章書、飛白、行書，謂之八體，而右軍(王羲之)皆在神品。”元夏文彥圖繪寶鑑一六法三品：“故氣韻生動，出於天成，人莫窺其巧者，謂之神品；筆墨超絕，傳染得宜，意趣有餘者，謂之妙品；得其形似而不規矩者，謂之能品。”

【神皇】㊀天。鶡冠子泰鴻：“神聖踐承翼之位，以與神皇合德。”注：“神皇，蓋昊天也。”㊁神仙。三國魏曹植曹子建集六飛龍篇：“授我仙藥，神皇所造。”㊂神明的皇帝。一般作尊稱。全唐詩一三七儲光羲送丘健至州敕放作時任下邽縣：“元戎啓神皇，廟堂發嘉謀。”唐武則天稱聖母神皇。見新唐書則天武后紀。

【神俊】謂天姿傑出。南朝梁釋慧皎高僧傳二鳩摩羅什：“西域諸國，咸伏什神俊，每年講說，諸王皆長跪座側，令什踐而登焉。”江淹江文通集一傷愛子賦序：“生而神俊，必爲美器。”晉書鳩摩羅什傳作“神儁”。

【神姦】鬼神作怪爲害之情。左傳宣三年：“鑄鼎象物，百物而爲之備，使民知神姦。”文選漢張平子(衡)西京賦：“禁禦不若，以知神姦。”注：“止其不順，知鬼神之姦情。”姦，同“奸”。後稱巧於作姦的人爲神奸。清黃六鴻福惠全書二三保甲部調集符信：“然非有神奸巨盜，黨羽衆多，大夥鹽徒，親行擒捕者，斷不得徵集。”

【神效】神奇的效力。世說新語言語“何平叔云服五石散”注引秦丞相寒食散論：“寒食散……魏尚書何晏首獲神效，由是大行於世，服者相尋也。”

【神衷】指帝王的意志。南史郭祖深傳上封事：“執事皆同而不和，答問唯唯而已。入對則言聖旨神衷，出論則云誰敢逆耳。”文苑英華一七〇北齊袁奭從駕遊山詩：“從天響仙蹕，春望動神衷。”

【神速】形容非常快速。史記一二二王溫舒傳：“奏行不過二三日，得可事。論報，至流血十餘里。河內皆怪其奏，以爲神速。”唐杜甫杜工部草堂詩箋八故武衛將軍挽詞之二：“橫行沙漠外，神速至今稱。”

【神根】㊀神妙之根。藝文類聚八九齊王儉靈丘竹賦：“神根合拱，楨幹百尋。”㊁道家語，指身軀。雲笈七籤十二上清黃庭內景經玄元章：“結珠固精養神根。”注：“結珠，謂咽液先後相次如結珠。固精，不妄洩。神根，形軀也。”

【神通】㊀精神契合。三國志魏陳思王植傳上疏陳審擧之義：“(伊尹、呂尚)及其見擧於湯武、周文，誠道合志同，玄謨神通。”㊁心思通達。亢倉子用道：“靜則神通，窮則意通，貴則語通，富則身通，理勢然也。”㊂佛教謂佛菩薩具備的各種神祕莫測的能力。後也指神奇的本領。方廣大莊嚴經九成正覺品：“佛告諸比丘，如來於菩提樹下，初成正覺，現佛神通，遊戲自在，不可勝載，若欲說者，窮劫不盡。”唐李白李太白詩十贈崔公：“攬彼造化力，持爲我神通。”

【神峯】指人的神采氣概。也作“神鋒”。世說新語賞譽上：“王平子(澄)目太尉(王衍)：‘阿兄形似道而神鋒太儁。’”晉書王戎傳百衲本作“神峯”。梁書王規傳皇太子與湘東王繹令：“威明昨宵奄復殂化，甚可痛傷。其風韻道正，神峯標映，千里絕迹，百尺無枝。”威明，規字。

【神倉】貯放祭祀用穀物的倉。周禮地官廩人“大祭祀則供其接盛”漢鄭玄注：“大祭祀之穀，藉田之收，藏於神倉者也。”禮記月令：“藏帝籍之收於神倉，祗敬必飭。”

【神氣】㊀自然元氣。禮孔子閒居：“地載神氣，神氣風霆，風霆流形，庶物露生。”疏：“神氣謂神妙之氣。”㊁靈異的雲氣。史記封禪書：“長安東北有神氣，成五采，若人冠絻焉。”㊂指精神、氣魄。莊子田子方：“夫至人者，上闚青天，下潛黃泉，揮斥八極，神氣不變。”三國志吳張紘傳“紘著詩賦銘誄十餘篇”注引吳書陳琳答張紘書：“此間率少於文章，易爲雄伯，……今景興在此，足下與子布在彼，所謂小巫見大巫，神氣盡矣。”㊃神態。世說新語雅量：“嵇中散(康)臨刑東市，神氣不變。”晉書庾冰傳：“時有妄爲尚書符，勑宮門宰相不得前，左右皆失色，冰神氣自若，曰：是必虛妄。”

【神祕】深奧隱祕，不可測知。南朝梁蕭衍梁武帝集二遊仙詩：“水華究靈奧，陽精測神祕。”文苑英華五六四李嶠百寮賀瑞石表：“或詞隱密微，或氣藏讖緯；莫究天人之際，罕甄神祕之心。”

【神皋】指京都一帶的良田。文選漢張平子(衡)西京賦：“爾乃廣衍沃野，厥田上上，實爲地之奧區神皋。”又南朝梁任彥昇(昉)齊竟陵文宣王行狀：“公內樹寬明，外施簡惠，神皋載穆，轂下以清。”唐李周翰注：“神皋，良田也，謂京畿之內也。”

【神情】謂精神意態。世說新語賢媛：“王夫人神情散朗，故有林下風氣；顧家婦清心玉映，自是閨房之秀。”梁書傅昭傳：“(袁)顗嘗來昭所，昭讀書自若，神色不改。顗歎曰：‘此兒神情不凡，必成佳器。’”

【神異】指神靈奇異的現象。孔子家語五五帝德：“高辛生而神異，自言其名。”宋書謝靈運傳山居賦：“表神異於緯牒，驗感應於慶靈。”

【神都】㊀指帝都。晉書赫連勃勃載記大夏龍雀銘：“古之利器，吳楚湛盧。大夏龍雀，名冠神都。”唐杜甫杜工部草堂詩箋三三贈李八祕書別三十韻：“玄朔巡天步，神都憶帝車。”㊁地名。即洛陽。唐高宗以洛陽爲東都，武則天光宅元年改東都爲神都，中宗神龍元年復東都舊稱。見新唐書則天皇后紀。

【神爽】㊀魂靈，即精爽。世說新語文學“孫子荊除婦服作詩以示王武子”注引晉孫楚詩：“時邁不停，日月電流，神爽登遐，忽已一周。”北齊顏之推顏氏家訓歸心：“夫有子孫，自是天地間一蒼生耳，何預身事？而乃愛護，遺其基址，況於己之神爽，頓欲棄之哉！"㊁精神俊爽。梁書張率傳舞馬賦："徒觀其神爽，視其豪異，軼跨野而忽踰輪，齊秀騏而並末駟。"

【神將】㊀古代指天、地、兵、日、月、陰、陽、四時諸神。史記封禪書："八神將自古而有之，或曰太公以來作之。"道家及神話傳説也指統帥天兵的神。雲笈七籤一一九道教靈驗記："汝勿驚駭，吾奉太上符命，與諸神將密衛於汝。"㊁能充分運用天時地利人和的大將。宋許洞虎鈐經二論將："一曰天將，二曰地將，三曰人將，四曰神將，……若以天爲表，以地爲裏，以人爲用，舉三將而兼之，此之謂神將也。"也指勇武絶倫的猛將。新五代史寇彥卿傳："(梁)太祖圍鳳翔，以彥卿爲都排陣使，彥卿乘烏馳突陣前，太祖目之曰：'眞神將也！'"

【神彩】指人的精神、風采。藝文類聚四六南朝梁沈約齊太尉王儉碑："精明外朗，神彩傍映。"晉書王戎傳："幼而穎悟，神彩秀徹。"

【神鳥】神異的鳥，常指鳳凰。漢焦延壽易林十二井之賁："神鳥五色，鳳凰爲主。"急就篇四"鳳爵鴻鵠雁鶩雉"唐顏師古注："鳳，神鳥也。"

【神術】神妙的方術。後漢書八二上王喬傳："喬有神術，每月朔望，常自縣詣臺朝。帝怪其來數，而不見車騎，密令太史伺望之；言其臨至，輒有雙鳧從東飛來；於是候鳧至，舉羅張之，但得一隻舄焉。"

【神童】㊀特別聰慧的兒童。古今以神童著稱者甚多，如漢末杜安(三國志杜襲傳注引先賢行狀)、三國魏任嘏(三國志魏王昶傳注引任嘏别傳)、晉杜育(世説新語品藻注引晉諸公讚)、南朝梁謝莊、謝幾卿、劉孝綽、劉顯(梁書本傳)、北齊徐之才(北齊書)、唐李百藥(唐詩紀事四)、宋賈黄中(宋釋文瑩玉壺清話七)。㊁唐宋時科舉考試特設有童子科，赴舉者稱應神童試。新唐書二〇一王勃傳附楊炯："楊炯，華陰人。舉神童，授校書郎。"宋史二五四趙贊傳："贊七歲誦書二十七卷，應神童舉。"參見"童子科"。

【神遊】㊀精神或夢魂往遊。列子周穆王："化人曰：吾與王神遊也，形奚動哉？"藝文類聚三七南朝梁沈約謝竟陵王勅撰高士傳啓："迹屈巖廊之下，神遊江海之上。"㊁神交。南朝梁江淹江文通集三自序傳："所與神遊者唯陳留袁叔明而已。"㊂死的婉稱。宋王安石臨川集四五八月一日永昭陵且表："率土方涵於聖化，賓天遽馆於神遊。"

【神道】㊀神妙不測的造化自然。易觀："觀天之神道，而四時不忒，聖人以神道設教，而天下服矣。"疏："神道者，微妙無方，理不可知，目不可見，不知所以然而然，謂之神道。"也指神明之道。文選漢王文考(延壽)魯靈光殿賦："敷皇極以創業，協神道而太寧。"晉張載注："協和神明之道而天下太寧，皆謂初漢之盛時也。"㊁神仙之術。後漢書八二下左慈傳："慈少有神道。……因求銅盤貯水，以竹竿餌釣於盤中，須臾引一鱸魚出。"㊂墓道。意爲神行的道路。漢書六八霍光傳："太夫人顯改光時所自造塋制而侈大之。起三出闕，築神道，北臨昭靈，南出承恩。"後漢書四二中山簡王焉傳："大爲修冢塋，開神道。"注："墓前開道，建石柱以爲標，謂之神道。"

【神智】指人的聰明才智。晉陶潛陶淵明集六感士不遇賦："咨大塊之受氣，何斯人之獨靈，稟神智以藏照，秉三五而垂名。"魏書李先傳："太祖問先曰：'天下何書最善，可以益人神智？'"

【神御】㊀帝王巡幸。文選南朝宋顏延年(延之)車駕幸京口三月三日侍遊曲阿後湖作詩："神御出瑤軫，天儀降藻舟。"㊁供神所用之物。特指帝王的遺像。唐律疏議二七毀神御之物："祠令：'……神御，謂供神所御之物。'"供奉帝王遺像的殿稱神御殿。宋史禮志十二："(治平)四年，建英德殿，奉英宗神御。凡七十年間，神御在宮者四，寓寺觀者十有一。"又："神御殿，古原廟也，以安放先朝之御容。"

【神媒】古代傳説中掌婚姻之神。宋羅泌路史後紀二："(女皇氏媧)少佐太昊，禱於神祈，而爲女婦，正姓氏，職昏因，通行媒，以重萬民之則，是曰神媒。"

【神意】神情意態。世説新語雅量："桓公(温)伏甲設饌，廣延朝士，因此欲誅謝安王坦之。王甚遽，問謝曰：'當作何計？'謝神意不變，曰：'晉阼存亡，在此一行。'相與俱前。"又任誕："王長史(濛)謝仁祖(尚)同爲王公(導)掾，長史云：'謝掾能作異舞。'謝便起舞，神意甚暇。"

【神瑞】㊀神異祥瑞。南齊書樂志："永明六年，赤城山雲霧開朗，見石橋瀑布，爲從來所罕覩也。山道士朱僧標以聞，上遣主書董仲民案視，以爲神瑞。"㊁北魏拓拔嗣(明元帝)年號。公元414—416年。

【神聖】㊀聖明。莊子天道："老子曰：夫巧知神聖之人，吾自以爲脱焉。"左傳昭二六年："王甚神聖，無惡於諸侯。"㊁對帝王的尊稱。文選漢揚子雲(雄)羽獵賦："麗哉神聖，處於玄宮。"注："禮記月令曰：'季冬，天子居玄堂右个。'"㊂指神靈。舊題黄石公素書安禮："非其神聖，自然所鍾。"水滸四二："(數個士兵)口裏聲聲都只叫道：'神聖救命則個。'"

【神鼎】㊀寶鼎的美稱。史記封禪書："聞昔泰帝興神鼎一，一者壹統，天地萬物所繫終也。"寶鼎爲國之重器，引申指國命。宋書袁顗傳："王室不造，昏凶肆虐，神鼎將淪，宗稷幾泯。"也指道家煉丹藥之鼎。抱朴子金丹："取九轉之丹，内神鼎中。"㊁後涼呂隆(後主)年號。公元401—403年。

【神農】㊀傳説古帝名。古史又稱炎帝、烈山氏。相傳始教民爲耒、耜以興農業，嘗百草爲醫藥以治疾病。參閲晉皇甫謐帝王世紀。㊁土神。禮記月令季夏之月："毋發令而待，以妨神農之事也。"注："土神稱曰神農者，以其主於稼穡。"㊂古人名。莊子知北遊："妸荷甘與神農同學於老龍吉。"唐成玄英疏："神農者非三皇之神農也，則後之人物耳。"

【神鉦】㊀指帝王征伐所用之鉦。晉書樂志下王珣歌孝武帝："神鉦一震，九域來同。"參見"鉦"。㊁指石受水激而發出的如鉦的聲音。文選晉左太冲(思)魏都賦："神鉦迢遰於高巒，靈響時驚於四表。"唐李周翰注："鄴西北有鼓山，上有石鼓之形，俗云時時自鳴，故稱靈響驚警也。"南朝梁任昉述異記上："(洞庭山)東有石樓，樓下兩石，扣之清越，所謂神鉦。"

【神筭】神妙的計謀。筭，通"算"。後漢書七六王渙傳："又能以譎數發擿姦伏。京師稱歎，以爲渙有神筭。"注："智筭若神也。"文選南齊王仲寶(儉)褚淵碑文："公實仰贊宏規，參聞神筭。"

【神稱】印度古時用以稱量罪人的衡器。法苑珠林一一〇賞罰引證："唐王玄策行傳云：'摩伽陀國法，若犯罪者，不加栲掠，唯以神稱稱之。稱人之法：以物與人輕重相似者置稱一頭，人處一頭。兩頭衡平者，又作一符，亦以别物等其輕重，即以符繫人項上；以所稱别物添前物，若人無罪，即稱物頭重，若人有罪，則物頭輕。據此輕重以善惡科罪。'"

【神解】㊀極强的理解力。世説新語術解："阮咸妙賞，時謂神解。"南齊書張融傳："融玄義無師法，而神解過人。"㊁道家指神魂脱離肉體而升仙。雲笈七籤七三內丹大還心鏡："心爲出世之宗，丹爲延年之藥，服之陽宫，卽陰司落名，已後縱往，亦神解上仙。此真聖之言不惑矣。"

【神傷】神情傷感。世説新語惑溺"荀奉倩與婦主篤"注引(荀)粲别傳："驃騎將軍曹洪女有色，粲於是聘焉。……後婦病亡，未殯；傅嘏往唁粲，粲不明而神傷。……痛悼不能已已，歲餘亦亡，亡時年二十九。"

【神經】神祕之書。多指道教的典籍。後漢書八二上方術傳敍："神經怪牒，玉策金繩，關扃於明靈之府，封縢於瑶臺之上者，靡得而闚也。"廣弘明集二四北齊樊孝謙答沙汰釋李詔表："至若玉簡金書，神經秘録，三尸九轉之奇，……皆是憑虚之説。"

【神嘉】北魏稽胡人劉蠡升自稱天子的年號。公元 525—535 年。參閱周書異域傳上稽胡。

【神鳳】㊀謂鳳。古以鳳爲神鳥，故稱。舊題晉王嘉拾遺記二："孔子相魯之時，有神鳳游集，至哀公之末，不復來翔，故曰鳳鳥不至。"㊁三國吴孫權(大帝)年號。公元 252 年。

【神像】神仙之像。太平廣記三四唐裴鉶崔煒傳："後有事於城隍廟，忽見神像有類使者，又覩神筆上有細字，乃侍女所題也。"通典四五禮五方丘"祠后土於汾陰"自注："舊祠堂爲婦人塐像，武太后時移河西梁山神塐像就祠中配焉，至(開元)十一年，有司遷梁山神像於祠外之别室。"

【神霄】道家謂天的最高層。宋史四六二林靈素傳："(林靈素見徽宗)曰：'天有九霄，而神霄爲最高。'"靈素所作符書，自名神霄録。

【神駒】良馬。也用以比喻人的聰慧不凡。魏書裴駿傳："駿幼而聰慧，親表異之，稱爲神駒。"宋朱熹朱文公集一遠游篇詩："上有孤鳳翔，下有神駒驤。"

【神遷】道家稱死爲神遷。漢劉向列仙傳上寇仙："寇先惜道，術不虚傳，景公戮之，尸解神遷。"唐蘇鶚杜陽雜編中："永貞元年，南海貢奇女盧媚娘，……及後神遷，香氣滿室。"

【神蔡】龜。藝文類聚五五南朝梁簡文帝納涼詩："游魚吹水沫，神蔡止荷心。"參見"大蔡"。

【神鴉】烏鴉。以棲息於神祠而稱。唐杜甫杜工部草堂詩箋四十過洞庭湖："護堤盤古木，迎棹舞神鴉。"宋辛棄疾稼軒詞永遇樂京口北固亭懷古："可堪回首，佛貍祠下，一片神鴉社鼓。"

【神龍】㊀古以龍爲神物，稱龍爲神龍。史記三皇紀："有媧氏之女，爲少典妃，感神龍而生炎帝。"楚辭漢賈誼惜誓："神龍失水而陸居兮，爲螻蟻之所裁。"㊁唐武則天年號。李顯(中宗)復位，仍沿稱神龍，公元 705—707 年。

【神䴥】北魏拓跋燾(太武帝)年號。公元 428—431 年。

【神機】㊀神妙的機關。淮南子齊俗："神機陰閉，剞劂無迹，人巧之妙也。"也指神妙的計謀。晉書陶侃傳佐史辭詣王敦："州將陶使君孤根特立，從微至著，……志陵雲霄，神機獨斷，徒以軍少糧懸，不果獻捷。"㊁指心神。太平廣記七六安禄山術士："唐安禄山多置道術人。謂術士曰：'我對天子亦無恐懼，唯見李相則神機悚戰。'"李相，指李林甫。㊂指織布機。藝文類聚六五漢王逸機婦賦："爾乃窈窕淑媛，美色貞怡，解鳴珮，釋羅衣，披華幕，登神機，乘輕杼，攬牀帷，動摇多容，俯仰生姿。"

【神曆】北遼梁王耶律雅里年號。公元 1123 年。

【神縣】赤縣神州的省稱。文選南朝梁江文通(淹)雜體詩之二四："太微凝帝宇，瑶光正神縣。"注："史記鄒衍曰：中國名曰赤縣神州。"舊唐書音樂志三祭神州樂章："大矣坤儀，至哉神縣。"

【神器】㊀人爲萬物之靈，故稱人爲神器。器，物。老子："天下神器，不可爲也。"注："人乃天下之神物也，神物好安静，不可以有爲治。"㊁指帝位。漢書一〇〇上敍傳班彪王命論："游説之士，至比天下於逐鹿，幸捷而得之，不知神器有命，不可以智力求也。"也指帝王符璽之類。文選晉張士然(悛)爲吴令謝詢求爲諸孫置守冢人表："破董卓於陽人，濟神器於甄井。"注："韋昭曰：'神器，天子璽符也。'"㊂神異的器物。如寶劍之類。文選晉張景陽(協)七命："神器化成，陽文陰縵。"唐吕向注："神器，劍也。"

【神龜】㊀古代以龜甲卜吉凶，故稱龜爲神龜。莊子外物："仲尼曰：神龜能見夢於元君，而不能避余且之網。"一説龜壽五千年謂之神龜。見舊題南朝梁任昉述異記上。㊁北魏元詡(孝明帝)年號。公元 518—520 年。

【神駿】㊀指馬的神情駿逸。世説新語言語："支道林(遁)嘗養數匹馬，或言道人畜馬不韻，支曰：貧道重其神駿。"唐杜甫杜工部草堂詩箋十七韋諷録事宅曹將軍畫馬詩："可憐九馬争神駿，顧視清高氣深穩。"㊁良馬。舊題晉王嘉拾遺記七魏："帝引(曹)洪上馬共濟，行數百里，瞬息而至，馬足毛不濕，時人謂之乘風而行，亦一代神駿也。"

【神爵】也作"神雀"。㊀鳥名。或謂卽鳳。漢書宣帝紀元康三年夏六月詔："前年夏，神爵集雍。今春，五色鳥以萬數飛過屬縣。"注："晉灼曰：'漢注大如鷃爵，黄喉，白頸，黑背，腹斑文也。'"後漢書二八下馮衍傳顯志賦："神雀翔於鴻崖兮，玄武潛於嬰冥。"注："神雀，謂鳳也。"㊁鸞鳥的别稱。南史齊始安貞王道生傳："(建武元年)太極東堂畫鳳鳥，題爲神鳥，而改鸞鳥爲神雀。"㊂漢劉詢(宣帝)年號。公元前 61—前 58 年。

【神醫】醫術精妙如神的醫師。列子力命："盧氏曰：'汝疾不由天，亦不由人，亦不由鬼。稟生受形，既有制之者矣，亦有知之者矣。藥石其如汝何？'季梁曰：'神醫也！'重貺遣之。"

【神叢】神祠的叢樹。戰國策秦三："應侯謂昭王曰：亦聞恒思有神叢與？恒思有悍少年，請與叢博，曰：'吾勝叢，叢籍我神三日；不勝叢，叢困我。'乃左手爲叢投，右手自爲投，勝叢。叢籍其神三日，叢往求之，遂弗歸。五日而叢枯，七日而叢亡。"

【神韻】指人的風度氣韻。宋書王敬弘傳昇明二年詔："故侍中光禄大夫開府儀同三司敬弘神韻冲簡，識宇標峻。"南朝梁慧皎高僧傳六釋慧遠："遠神韻嚴肅，容止方稜，凡豫瞻睹，莫不心形戰慄。"後世也用以評論詩文書畫。清吴陳琰蠶尾續集序："味外味者何？神韻也。詩得古人之神韻，卽昌谷所云：'骨重神寒天廟器。'詩品之貴，莫過於此矣。"

【神璽】㊀古代皇帝八璽之一。隋書禮儀志："皇帝八璽，有神璽，有傳國璽，皆寶而不用。"新唐書車服志："天子有傳國璽及八璽，皆玉爲之。神璽以鎮中國，藏而不用。"㊁北涼段業(涼王)年號。公元 397—399 年。

【神麴】釀酒酵母。北魏賈思勰齊民要術七造神麴并酒："造酒法，用黍米一斛，神麴二斗，水八斗。"唐元稹長慶集十三飲致用神麴酒三十韻詩："七月調神麴，三春釀緑醽。"亦供藥用。見本草綱目二五穀四神麴。

【神獸】靈獸。多指虬龍之類。楚辭屈原九章涉江"駕青虬兮驂白螭"漢王逸

注:"虬、螭,神獸。"晉書呂光載記:"龍者神獸,人君利見之象。"

【神瀵】 傳説中泉水名。列子湯問:"當(終北)國之中有山,山名壺領,狀若甔甀,頂有口,狀若員環,名曰滋穴,有水湧出,名曰神瀵。臭過蘭椒,味過醪醴。"注:"郭璞云:今河東汾陰有水,中如車輪許大,濆沸湧出,其深無底,名曰瀵。"文苑英華一七〇唐徐彥伯幸新豐温泉宮應制詩:"湧疑神瀵濤,澄若帝臺漿。"參閱明楊慎丹鉛總録二十詩話神瀵。

【神鑒】 稱人的鑒别能力。言其明察如神。晉書郭璞傳請省刑疏:"若臣言可採,或所以爲塵露之益;若不足採,所以廣聽納之門。願陛下少留神鑒,賜察臣言。"又王珣傳桓玄與會稽王司馬道子書:"其崎嶇九折,風霜備經,雖賴明公神鑒,亦識會居之故也。"

【神靈】 ㊀神異,威靈。史記五帝紀:"(黃帝)生而神靈,弱而能言。"又秦始皇紀:"今海内賴陛下神靈,一統皆爲郡縣。"㊁神明。史記封禪書:"神靈之休,佑福兆祥。"亦指造化之神。列子湯問:"神靈所生,其物異形。"㊂魂魄。大戴禮五曾子天圓:"陽之精氣曰神,陰之精氣曰靈;神靈者,品物之本也。"

【神虈】 香草名。即白芷。虈,音 xiāo。文選晉張景陽(協)七命:"仰折神虈,俯采朝蘭。"唐陸龜蒙甫里集八和襲美見訪不遇詩:"爲愁煙岸老神虈,扶病呼兒斸翠苕。"參見"白芷"。

【神女廟】 古蹟名。在今四川巫山縣東。相傳赤帝女瑤姬,未行而卒,葬於巫山之陽,故曰巫山之女。戰國時楚宋玉作高唐賦,謂懷王遊高唐夢與神女遇,於巫山南置朝雲觀。後世附會其事,因建神女廟以祀之。一説瑤姬爲西王母女,稱雲華夫人,助禹驅鬼神,斬石疏波,有功於世,故後人爲之立神女廟。參閱宋范成大吳船録上、嘉慶一統志三九八夔州府二祠廟。

【神女賦】 賦篇名。戰國楚宋玉作。楚襄王與宋玉遊於雲夢,夜夢與神女遇,其狀甚麗,遂使宋玉作賦,極言神女之美。賦見文選。參閱宋姚寬西溪叢話上。

【神水峽】 地名。在同官縣(今陝西銅川市)東北,兩崖峻削,道從石峽中行,至爲險阻。舊設金鎖關於此。見讀史方輿紀要五四西安府同官縣。

【神仙傳】 晉葛洪撰,十卷。所録共八十四人。其中容成公彭祖二條與列仙傳重出,餘皆補列仙傳所未載。

【神足月】 佛家以正、三、五、九爲長齋月,在此月中,諸天以神足巡行四天下,故名。智度論一三:"六日神足月,受持清浄戒。"也作"神變月"。雜阿含經四十:"於月八日、十四日、十五日及神變月,受戒布薩。"

【神武門】 宮門名。1.在建康。爲宮之西門,本作神虎門。南朝宋陶弘景永明十年,脱朝服挂神虎門,上表辭禄,卽此。今晉書南北諸朝史,皆唐初諸臣所定,以避唐太祖李虎諱,改虎爲"武"字。宋蘇軾分類東坡詩二二再送蔣穎叔帥熙河之二:"歸來趁别陶弘景,看掛衣冠神武門。"2.北京紫禁城(今故宮)北門。

【神弦歌】 祀神所用的樂曲。共十一曲:一宿阿,二道君,三聖郎,四嬌女,五白石郎,六青溪小姑,七湖就姑,八姑恩,九採菱童,十明下童,十一同生。其辭皆晉人所作,唐李賀也有神弦曲和神弦别曲,見樂府詩集四七。

【神明宰】 明察如神的地方官。唐詩紀事十一沈佺期餞唐永昌:"洛陽舊有神明宰,輦轂由來天地中。"

【神和子】 傳説中的仙人名。五代時人。姓突屈,名無爲,字無不爲。其所著亦名神和子。見宋蘇轍龍川别志下。

【神異經】 舊題漢東方朔撰。晉張華注。一卷。不見於漢書藝文志。隋書經籍志著録,新唐書藝文志作二卷。所記皆荒誕無稽的事物。但文采綺麗,後來詞賦家經常引用。自宋陳振孫書録解題以來卽疑其僞,當爲魏晉南北朝時文士所依託。

【神童詩】 書名。舊日訓蒙所用。宋汪洙撰,洙字德温,鄞縣人。元符三年進士,仕觀文殿大學士,謚文莊。九歲善詩,有汪神童詩,共數十首,後人以其詩增補成集,舊時流行於村塾。參閱明朱國楨湧幢小品二四神童詩。

【神道碑】 立在墓道上的碑。上記死者生平。漢楊震碑,首題作"故太尉楊公神道碑銘"。參閱宋吳曾能改齋漫録二墓路稱神道、顧文薦負暄雜録碑碣(説郛十八)。

【神智體】 一種近乎文字遊戲的詩體。以其能啟人神智,故名。宋神宗熙寧間,遼使至,以能詩自誇,帝命蘇軾爲館伴,遼使以詩詰軾,軾曰:"賦詩亦易事也,觀詩難事耳。"遂作晚眺詩以示之,詩云:"長亭短景無人畫,老大橫拖瘦竹笻,回首斷雲斜日暮,曲江倒蘸側山峯。"其詩以意寫之,僅十二字,有長寫,有短寫;有橫寫,有側寫;有反寫,有倒寫。遼使觀之,惶惑莫知所云,自是不復言詩。見宋桑世昌回文類聚。其法,亭字寫極長,景字寫極短,畵(畫)寫作畫,下無人。老字寫稍大,拖字橫寫,笻字竹頭寫極細,首字反寫,雲字上雨下云,中間距離稍遠,暮字下日斜寫,江字寫作氵工,蘸字倒寫,峯字山旁側寫。見圖。

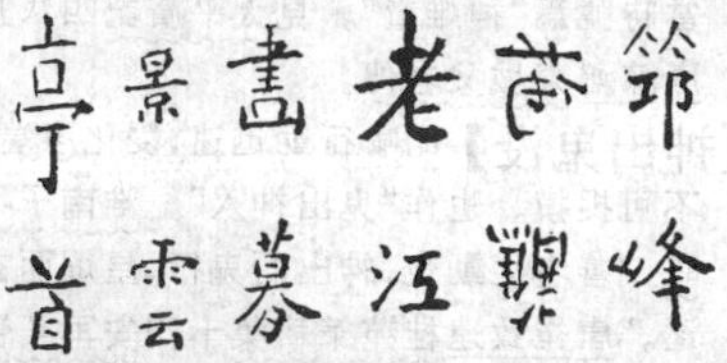

【神策軍】 唐代禁軍名。唐玄宗時哥舒翰於臨洮西磨環川,置神策軍,以成如璆爲軍使。及安禄山反,神策故地淪没,卽詔以北衙軍使衛伯玉所部兵號"神策軍",鎮陝州,以中使魚朝恩爲觀軍容使監其軍,後朝恩引入禁中。以中官竇文場監神策軍,馬有麟爲左神策大將軍,遂爲皇帝禁軍之一,勢在他禁軍上。參閱新唐書兵志、缺名大唐傳載。

【神鳳操】 琴曲名。又名儀鳳歌、鳳凰來儀。樂府詩集五七神鳳操題解:"古今樂録曰:'周成王時,鳳凰翔舞,成王作此歌。'謝希逸(莊)琴論:'成王作神鳳操,言德化之感也。'"

【神龍曆】 曆法名。唐中宗詔南宮説等治新曆,以神龍乙巳爲元,故名神龍曆。又因成于景龍年間,故又名景龍曆。不久睿宗卽位,遂廢不行。見舊唐書律曆志一。

【神機營】 明代禁軍中的火鎗營,爲我國較早使用近代武器的軍隊。永樂二十二年置三大營:其一爲神機營,選勳臣二人提督之。有左哨、右哨、左掖、右掖、中軍十五司及前駕馬隊,官兵共七萬五千七十一人。清續置,以親貴大臣統領,平時守衛於紫禁城中及三海(中南海北海什刹海)牆外,皇帝出巡則扈從。參閱明實録宣德實録四二、黃瑜雙槐歲鈔五京軍邊軍,明史兵志四。

【神龜曆】 曆法名。北魏時張龍祥李業興等九家共修,以成於神龜年間,故名神龜曆。北魏孝明帝以曆成,改元正光,因名正光曆,頒行。參閱魏書律曆志三上。

【神臂弓】 一種强弩。又名强臂弩。宋熙寧元年,西夏人李定(一作李宏)獻偏架弩,因命副都知張若水等製造,身長三尺二寸,弦長二尺五寸,射二百四十步,用於邊，稱爲鳳凰弓。紹興中又加改造，名克敵弓。參閱宋沈括夢溪筆談十九器用、王明清揮麈三録三、洪邁容齋三筆十六神臂弓。

【神雞童】唐賈昌的綽號。唐玄宗好鬬雞，建雞房，選六軍小兒五百人，使馴擾教飼，而以賈昌爲五百小兒長。開元十四年三月，昌衣鬬雞服，會玄宗於温泉，當時號爲"神雞童"。見太平廣記四八五唐陳鴻東城父老傳。

【神出鬼没】比喻行動迅速，變化多端，不可捉摸。也作"鬼出神入"。淮南子兵略："善者之動也，神出而鬼行，星燿而玄逐。"唐崔致遠桂苑筆耕集十四安再榮管臨淮都："前件，官，夙精韜略，歷試機謀，嘗犯重圍，决成獨戰，實可謂神出鬼没。"後也泛指行動迅速或變化多端。唐張彦遠法書要録七張懷瓘書斷上："幽思入于毫間，逸氣彌於宇内，鬼出神入，追虛捕微，則非言象詮蹄所能存亡也。"朱子語類八七小戴禮："只如周易許多占卦淺近底物事盡無了，却空有箇繫辭説得神出鬼没。"

【神通廣大】指神仙法力無所不能。孤本元明雜劇缺名時真人四聖鎖白猿二："倚仗他神通廣大，欺負我軟弱囊揣。"古今雜劇二郎神鎖齊天大聖："齊天大聖神通廣大，變化多般，小聖難以和他鬬勝也。"今指人辦法多，含貶義。

【神荼鬱壘】二神名。讀如伸舒鬱律。傳説善治鬼，故世人奉爲門神。也作荼與鬱雷或荼與鬱壘。漢王充論衡訂鬼："山海經又曰：'滄海之中，有度朔之山，上有大桃木，其屈蟠三千里，其枝間東北曰鬼門，萬鬼所出入也。上有二神人，一曰神荼，一曰鬱壘，主閱領萬鬼。惡害之鬼，執以葦索而以食虎。於是黄帝乃作禮以時驅之，立大桃人，門户畫神荼鬱壘與虎，懸葦索以御凶魅。'"又見後漢書禮儀志中注引山海經。按今本山海經無此文。戰國策齊三"今子東國之桃梗也"漢高誘注作荼與、鬱雷，漢應劭風俗通八桃梗作荼與、鬱壘。參閱宋羅泌路史餘論三神荼鬱壘、清俞正燮癸巳類稿一桃茢桃符義。

【神道設教】順應自然之勢以教化萬物。易觀："觀天之神道，而四時不忒，聖人以神道設教，而天下服矣。"後指假託鬼神之道以治人。後漢書十三隗囂傳："(方)望至，説囂曰：'足下欲承天順民，輔漢而起，宜急立高廟，稱臣奉祠，所謂神道設教，求助人神者也。'"

【神頭鬼面】謂競奇立異，故弄玄虛。明葉盛水東日記六論作詩云："後之膚學務異之徒，……句雕字鎪，叫噪嚣牙，神頭鬼面，以爲新奇，良可歎也！"

【神機火鎗】火發兵器名。明永樂中，命内臣效交趾人法所製。用生、熟赤銅相間，或用鐵者，大小不等，大者發用車，次及小者用架、用樁、用托。因立神機營，爲營中所用主力武器。參閲明史兵志四。

祝 1. zhù 之六切，入，屋韻，照。ㄓㄨˋ

㊀男巫，祠廟中司祭禮之人。詩小雅楚茨："工祝致告，徂賚孝孫。"史記封禪書："始名山大川在諸侯，諸侯祝各自奉祠，天子官不領。"㊁以言告神祈福。史記六六淳于髡傳："見道旁有禳田者，操一豚蹄，酒一盂，祝曰：'甌窶滿篝，汙邪滿車，五穀蕃熟，穰穰滿家。'"頌禱人也叫祝。莊子天地："華封人曰：嘻，聖人！請祝聖人。使聖人壽。"㊂斷。公羊傳哀十四年："子路死，子曰：'噫，天祝予！'"㊃織。通"屬"。詩鄘風干旄："素絲祝之，良馬六之。"參閲清陳啟源毛詩稽古編竿旄。(清經解十五) ㊄通"注"。周禮天官瘍醫："掌腫瘍、潰瘍、金瘍、折瘍之祝藥。"疏："祝，注也，注藥於瘡。"㊅古國名。周武王封黄帝之後於祝，爲春秋齊所滅。見竹書紀年下平王三年、史記周紀。㊆姓。見通志二六氏族二以國爲氏。

2. zhòu 職救切，去，宥韻，照。ㄓㄡˋ

㊇詛咒。詩大雅蕩："侯作侯祝，靡届靡究。"

【祝予】公羊傳哀十四年記子路死，孔子歎曰："天祝予！"祝，斷，窮絶之意。後因用祝予爲悼念後輩死亡之詞。世説新語傷逝："羊孚年三十一卒，桓玄與羊欣書曰：'賢從情所信寄，暴疾而殞，祝予之歎，如何可言！'"

【祝史】㊀古司祝之官。祝古爲史官，故稱祝史。因作辭以事神，故稱祝；以其執書以事神，故稱史。左傳桓六年："上思利民，忠也；祝史正辭，信也。"禮王制："凡執技以事上者，祝史射御醫卜及百工。"㊁泛指道廟主事之人。宋魏泰東軒筆録六："南京有高辛廟，平日絶無祈祭，縣令抑勒祝史，僅能酎十千。"

【祝付】即囑咐。宋劉克莊後村集一九〇賀新郎送黄成父還朝詞："多少法筵龍象衆，聽靈山祝付些兒話。"

【祝延】祝人長壽。漢書九七孝元傅昭儀傳："爲人有材略，善事人，下至宫人左右，飲酒酹地，皆祝延之。"唐沈亞之沈下賢集二文祝延："古之得人者，皆祝延之。"

【祝其】㊀古地名，即春秋時夾谷。左傳定十年："公會齊侯于祝其，實夾谷。"注："夾谷，即祝其也。"其地在今山東萊蕪縣東南。㊁複姓。春秋宋戴公之子公子祝其爲大司寇，子孫因以爲氏。漢有清河都尉祝其承先。見漢應劭風俗通義姓氏下。

【祝板】古代祭祀用以書寫祝文之板。儀禮聘禮"不及百名書於方"唐賈公彦疏："云方板者，以其百名以下，書之於方，若今之祝板。"板，或作版。新唐書禮樂二："祝板，其長一尺一分，廣八寸，厚二分，其木梓，楸。"宋制皇帝親祠用竹册，常祠用祝板，宫觀用青詞。清制天壇祝板用純青紙朱書，地壇用黄紙黄緣墨書，日壇用朱紙朱書，太廟社稷中祀羣祀等用白紙黄緣墨書，或用白紙墨書。

【祝柯】古地名。春秋屬齊。春秋襄十九年："春王正月，諸侯盟於祝柯。"左傳作督揚，公羊傳作祝阿。漢置祝阿縣，屬平原郡。故城在今山東長清縣東北。唐初移置縣治，在今山東夏津縣之舊禹城。參閲讀史方輿紀要三一濟南府禹城縣。

【祝栗】古地名。爾雅釋地："東至於泰遠，西至於邠國，南至於濮鈆，北至於祝栗，謂之四極。"清邵晉涵謂即涿鹿之轉聲。

【祝圉】複姓。春秋衞祝圉之後，漢有侍御史祝圉遥。見通志二九氏族五以名爲氏。

【祝詞】祭時致禱之辭。宋書樂二："祝詞罷祼，序容輟縣。"亦作"祝辭"。金史禮四："夫祭有祝辭，本告神明。"

【祝詛】訴於鬼神，使降禍於憎惡之人。世説新語賢媛："漢成帝幸趙飛燕，飛燕讒班婕妤祝詛，於是考問。"

【祝犂】古代以干支紀年，干支又各有專名。太歲在己曰祝犂。史記曆書："祝犂協洽二年。"索隱："祝犂，己也。……協洽，未也。"正義："二年己未歲也。"

【祝福】祝告祈福。漢焦延壽易林謙之節："王母祝福，禍不成災。"一本福作"⿰礻留"。

【祝鳩】即鵓鴣。詳"鵓鴣"。

【祝禽】指開網祝禽，使之飛去。比喻給予生路。梁書王僧孺傳致何炯書："解網祝禽，下車泣罪。"唐駱賓王集九姚州破設蒙儉露布："而祝禽疎網，徒闕三面之恩；毒虺挺袄，逾肆九頭之暴。”

【祝嘏】告神祈福之辭。禮禮運：“脩其祝嘏，以降上神。”注：“祝，祝爲主人饗神辭也；嘏，祝爲尸致福於主人之辭也。”後世謂祝壽爲祝嘏。清袁枚小倉山房詩文集續集二八嚴道甫侍讀五十壽序：“雖然有介壽之文，而無期頤昌熾尋常祝嘏之詞，則自余始也。”

【祝₂禮】卽咒詛。禮，古“詛”字。漢書王子侯表上鄗侯舟：“征和四年，坐祝禮上，要斬。”

【祝髮】斷髮。穀梁傳哀十三年：“吳，夷狄之國也，祝髮文身。”列子湯問：“南國之人，祝髮而裸。”後謂削髮爲僧曰祝髮。續傳燈録三五妙峯善禪師：“年十三，卽辭家祝髮，受業德淸齊政院。”

【祝幣】㊀祭祀時太祝陳獻幣帛。左傳成五年：“山有朽壤而崩，可若何？國主山川，故山崩川竭，君爲之不舉，降服、乘縵、徹樂、出次、祝幣、史辭，以禮焉。”㊁祭神的幣帛。金史禮志四：“凡國有大事皆告。或一室，或遍告及原廟，並一獻禮，用祝幣。”

【祝餘】傳説中的草名。山海經南山經：“招搖之山，……有草焉，其狀如韭而青花，其名曰祝餘，食之不饑。”

【祝融】高辛氏火正。管子五行：“昔者黃帝……得祝融而辯於南方。”左傳昭二九年：“木正曰句芒，火正曰祝融。”相傳祝融死後爲火神。呂氏春秋四月：“其帝炎帝，其神祝融。”注：“祝融，顓頊氏後，老童之子吳回也，爲高辛氏火正，死爲火官之神。”

【祝釐】祭而祈福。史記孝文紀十四年詔：“今吾聞祠官祝釐，皆歸福朕躬，不爲百姓，朕甚愧之。”釐，通“禧”。漢書文帝紀注：“釐，本字作禧，假借用耳，同音僖。”

【祝雞】猶呼雞。漢劉向説苑尊賢：“田讓對曰：‘君之賞賜，不可以功及也，君之誅罰，不可以理避也。猶舉杖而呼狗，張弓而祝雞矣。’”漢焦延壽易林二師之旅：“張弓祝雞，雄父飛去。”

【祝鯁】祝願老人飲食不鯁噎。宋劉克莊後村集三一七十四吟詩之五：“齒豁未須煩祝鯁，臂攣殊不礙持螯。”參見“祝鮐祝鯁”。

【祝允明】公元1460—1526年。明長洲人。字希哲，號枝山，又號枝指生。弘治五年舉人，官興寧知縣，遷應天通判。博學善文，工書，其狂草下筆縱横，於似無規則中見功力。玩世不恭，不問生產。有祝氏集略三十卷、懷星堂集三十卷。明史有傳。

【祝由科】古人迷信以符咒治病者。唐太醫署醫分四科，有咒禁科，元明太醫院分十三科，有祝由科。素問移精變氣論：“余聞古之治病，惟其移精變氣，可祝由而已。”注：“祝説病由，不勞鍼石而已。”祝由十三科自敍：“有疾病者，對天祝告其由，故名曰祝由科。”

【祝虎院】伊斯蘭教徒以稱猶太教堂。天方典禮擇要解十四居處：“殴若堂，天主教寺，祝虎院，祝乎德寺，俗謂挑筋教也。”祝虎、祝乎德皆爲猶太的音譯。

【祝英臺】民間傳説東晉穆帝時，會稽梁山伯，與上虞祝英臺同遊學三年。祝歸後，梁往探訪，始知祝爲女子。梁欲求婚，而祝已許字鄮城馬氏。梁後爲鄮令，病卒，葬城西淸道原。次年，祝適馬氏，趁舟過梁塚，風濤阻舟不能前。祝登岸臨塚哀慟，地忽裂，遂與梁並埋。宰相謝安聞知，奏封爲義婦塚。見寧波府志三六逸事。

【祝鳩氏】古官名。左傳昭十七年：“我高祖少皞，摯之立也，鳳鳥適至，故紀於鳥，爲鳥師而鳥名。……祝鳩氏，司徒也。”

【祝髮記】傳奇名，明張鳳翼撰。根據南朝梁末徐孝克鬻妻以奉母事，略加增飾而成。徐事見南史及陳書本傳。參閱曲海總目提要七祝髮記。

【祝融峯】衡山的最高峯，在湖南衡山縣西北。全唐詩一二九崔興宗同王右丞送瑗公南歸：“銅瓶與竹枝，來自祝融峯。”宋朱熹朱文公集五醉下祝融峯作詩：“濁酒三杯豪氣發，朗吟飛下祝融峯。”皆指此。

【祝雞翁】傳説中善養雞的仙人。舊題漢劉向列仙傳上：“祝雞翁者，洛人也。居尸鄉北山下，養雞百餘年。雞有千餘頭，皆立名字，暮棲樹上，晝放散之。欲引呼名，卽依呼而至。”

【祝英臺近】詞調名。又名祝英臺、英臺近、寶釵分、月底修簫譜、燕鶯語、寒食詞等。雙調七十七字，前段八句三仄韻，後段八句四仄韻，此爲正體。另有變格。見詞譜十八。

【祝鮐祝鯁】古代養老之禮。老人進食時多哽噎，故置人於前後祝之，使不哽噎。漢書五一賈山傳至言：“天子之尊，四海之内其義莫不爲臣。然而養三老於大學，親執醬而餽，執爵而酳，祝鮐在前，祝鯁在後。”注：“鮐，古饐字，謂食不下也。以老人好饐鯁，故爲備祝以祝之。”

祚 zuò ㄗㄨㄛˋ 昨誤切，去，暮韻，從。

㊀福，賜福。左傳宣三年：“天祚明德，有所厎止。”參見“祚胤”。㊁皇位。史記秦楚之際月表：“平定海内，卒踐帝祚，成於漢家。”文選漢班孟堅(固)東都賦：“往者王莽作逆，漢祚中缺。天人致誅，六合相滅。”㊂年歲。三國魏曹植曹子建集五元會詩：“初歲元祚，吉日惟良。”

【祚命】賜予皇位。晉書樂志上張華正德舞歌：“曰皇上天，玄鑒惟光，……祚命於晉，世有哲王。”

【祚胤】指福及子孫。詩大雅既醉：“君子萬年，永錫祚胤。”箋：“天又長予女福祚，至于子孫。”因又指後嗣爲祚胤。唐司馬貞補史記三皇紀：“蓋聖人德澤廣大，故其祚胤繁昌久長云。”

祔 fù ㄈㄨˋ 符遇切，去，遇韻，並。

㊀祭名。新死者與祖先合享之祭。止哭之次日，奉死者之神主祭於祖廟，謂之祔祭。祭畢，仍奉神主還家，至大祥(死後兩周年)後，始遷入廟。左傳僖三三年：“凡君薨，卒哭而祔。”注：“以新死者之神，祔之於祖。”㊁合葬。禮檀弓上：“季武子曰：‘周公蓋祔。’”注：“祔謂合葬，合葬自周公以來。”

祇 zhī ㄓ 旨夷切，平，脂韻，照。

恭敬。詩商頌長發：“昭假遲遲，上帝是祇。”書費誓：“祇復之，我商賚汝。”史記魯周公世家作“敬復之”。按，祇與“適”、“是”、“提”、“疷”、“衹”等字音近，常相通假；又與“衹”、“秖”、“秪”等字形近，古籍中常多混用。

【祇回】心懷敬意而流連徘徊。史記孔子世家贊：“適魯，觀仲尼廟堂，車服禮器，諸生以時習禮其家，余祇回留之不能去云。”

【祇仰】敬仰。魏書胡叟傳：“密雲左右皆祇仰其德，歲時奉以麻布穀麥，叟隨分散之，家無餘財。”

【祇奉】敬奉。晉書成帝紀咸康八年詔：“司徒琅邪王岳親則母弟，體則仁長，……肆爾王公卿士，其輔之！以祇奉祖宗明祀，協和内外，允執其中。”三國魏阮籍阮步兵集大人先生傳：“汝又焉得挾金玉萬億，祇奉君上而全妻子乎？”

【祇承】敬承，恭奉。書大禹謨：“文命敷於四海，祇承于帝。”傳：“言其外布文德教命，内則敬承堯舜。”文選晉陸士衡

(機)答賈長淵詩:“祗承皇命,出納無違。”

【祗祗】 祗,敬;重言,用以加强辭義。漢書六三武五子傳策文:“嗚呼!悉爾心,祗祗兢兢,乃惠乃順,毋桐好逸,毋邇宵人,惟法惟則。”

【祗若】 恭順。書說命上:“后克聖,臣不命其承,疇敢不祗若王之休命!”傳:“言王如此,誰敢不敬順王之美命而諫者乎!”又冏命:“下民祗若,萬邦咸休。”傳:“下民敬順其命,萬邦皆美其化。”一本作“祇若”。

【祗候】 ㊀恭迎,問候。魏書劉休賓傳:“(尹)文達詣(慕容)白曜,詐言‘聞王臨境,故來祗候’。”又楊播傳附楊津:“津以身在禁密,不外交遊,至於宗族姻表,罕相祗候。”㊁官名。宋代祗候,分置於東、西上閤門,與閤門宣贊舍人並稱閤職,祗候分佐舍人。元代,各省、路、州、縣分别設祗候、曳剌若干名,爲供奔走役使的衙役。參閱宋史職官志六東西上閤門、大元聖政國朝典章六十工部三役使祗候人。按元明間官府衙役、勢家僕從頭目,也稱祗候或祗候人。古今雜劇元關漢卿竇娥冤三:“丑扮官人引祗候上。”

【祗庸】 恭敬而守恒常之道。周禮春官大司樂:“以樂德教國子,中和祗庸孝友。”注:“祗,敬;庸,有常也。”文選漢揚子雲(雄)劇秦美新:“恢崇祗庸爍德懿和之風,廣被搢紳講習言諫箴誦之塗。”

【祗從】 隨從執役的人,多指官府衙役或官紳家聽差。也稱祗從人。古今雜劇關漢卿魯齋郎楔子:“正末引祗從上。”又缺名漁樵記四:“祗從人慢慢的擺開頭踏行者!”

【祗遹】 遵循。書康誥:“今民將在祗遹乃文考,紹聞衣德言。”傳:“今治民將在敬循汝文德之父,繼其所聞,服行其德言,以爲政教。”元史英宗紀延祐七年詔:“朕祗遹貽謀,獲承丕緒,念付託之惟重,顧繼述之敢忘。”

【祗應】 供奉,當差。陳書後主紀卽位詔:“老農懼於祗應,俗吏因而舞文。”宋范仲淹范文正公集奏議下奏乞在京并諸道醫學教授生徒:“如外面私習得醫道精通,有近上朝臣三人奏舉者,……方得入翰林院祗應。”

【祗承人】 官府辦雜務的衙役。唐柳宗元柳先生集三五謝李中丞安撫崔簡戚屬啓:“循念始終,感懼無地,謹勑祗承人沈澹奉啓陳謝,下情輕黷。”

【祗候人】 宋代稱隨嫁女子,古稱媵妾。宋莊季裕雞肋編下:“古所謂媵妾者,今世俗西北名曰祗候人,或云左右人。”明時泛指官府執役的小吏或富貴人家的僕從。

【祗應司】 元代官署名。屬大都留守司,掌内府諸王府第工程,修禳應辦寺觀營繕,領工匠七百户。設大使一員,從五品。又上都留守司兼本路都總管府也設祗應司,掌粧鑾、油染、裱褙之事。大使一員,從五品。見元史百官志六。

【祗應弟子】 衙役的女兒。宋胡寅斐然集十五繳湖北漕司辟許宜卿爲桃源令:“謹按許宜卿者,建炎二年曾知湘陰縣,到任未幾,卽取祗應弟子爲妻,……爲潭州帥臣所劾。”

祘 suàn 蘇貫切,去,换韻,心。ㄙㄨㄢ

計數。古“筭”字。說文:“明視以筭之,从二示。”逸周書曰:“士分民之祘,均分以祘之也。”今本逸周書無此語。清朱駿聲說文通訓定聲:“按四横六直,象觚之形,實卽筭字之古文也。”

祟 suì 雖遂切,去,至韻,心。ㄙㄨㄟ

鬼神予人的災禍。莊子天道:“一心定而王天下,其鬼不祟,其魂不疲。”左傳昭元年:“寡君之疾病,卜人曰:‘實沈臺駘爲祟。’”

六畫

祥 xiáng 似羊切,平,陽韻,邪。ㄒㄧㄤˊ

㊀幸福,吉利。禮禮運:“蝦以慈告,是謂大祥。”㊁吉凶的徵兆。左傳僖十六年:“是何祥也?吉凶焉在?”本通指吉凶。禮中庸:“國家將興,必有禎祥;國家將亡,必有妖孽。”此指吉兆。史記殷紀:“亳有祥桑穀共生於朝,一暮大拱。”尚書大傳洪範五行傳:“時則有服妖,時則有龜孽,時則有雞禍,時則有下體生于上之痾,時則有青眚青祥。”此指凶兆。後多以吉兆爲祥,而以凶兆爲不祥。㊂喪祭名。禮檀弓上:“魯人有朝祥而莫歌者,子路笑之。”父母死後十三個月而後祭曰小祥;二十五個月而後祭曰大祥。參見“大祥”、“小祥”。㊃通“詳”。史記太史公自序論六家要指:“嘗竊觀陰陽之術,大祥而衆忌諱,使人拘而多畏。”漢書六二司馬遷傳作“大詳”。

【祥刑】 用刑詳審謹慎。書吕刑:“有邦有土,告爾祥刑。”傳:“有國土諸侯,告汝以善用刑之道。”

【祥車】 葬時以死者生前所乘車作魂車,表示從吉。禮曲禮上:“祥車曠左。”疏:“祥猶吉也。吉車爲平生時所乘也,死葬時因爲魂車。鬼神尚吉,故葬魂乘吉車也。”

【祥金】 ㊀精煉的優質金屬。唐劉禹錫劉夢得集二八唐故朝議郎守尚書吏部侍郎……奚公神道碑:“推是風鑒,移于太冶,則鎔範之内,無非祥金。”元張翥蛻庵集二并州歌送張彦洪使畢還河東:“祥金百煉乃利器,桐尾半焦方賞音。”㊁指鐘、鎛一類的金屬樂器。宋史樂志十三淳熙十二年加上太上皇帝太上皇后尊號十一首之十一:“有美英瑶,於昭祥金。”

【祥英】 瑞雪。雪兆年豐,故稱祥英。全唐詩七六徐彦伯苑中遇雪應制:“千鍾聖酒御筵披,六出祥英亂繞枝。”

【祥風】 和風。漢書六四下王褒傳聖主得賢臣頌:“恩從祥風翺,德與和氣游。”文選漢班孟堅(固)東都賦靈臺詩:“習習祥風,祁祁甘雨。”

【祥桑】 妖桑。竹書紀年上:“太戊遇祥桑,側身修行。”參見“祥㊁”。

【祥符】 ㊀吉祥的符瑞。後漢書光武紀中元元年羣臣奏:“今天下清寧,靈物仍降,陛下情存損挹,退而不居,豈可使祥符顯慶,没而無聞?宜令太史撰集,以傳來世。”㊁縣名。戰國時爲魏都大梁。漢名浚儀縣,屬陳留郡。宋大中祥符二年,改名祥符縣。其地在今河南開封市境。參閱寰宇通志三開封府上。㊂宋趙恒(真宗)年號大中祥符的簡稱。公元1008—1016年。

【祥琴】 古代親喪兩周年舉行祭禮時所鼓之琴。禮記喪服四制:“喪不過三年,苴衰不補,墳墓不培,祥之日,鼓素琴。”疏:“大祥之日得鼓素琴。”宋蘇軾東坡集後集一次韻趙景貺督兩歐陽詩破陳酒戒詩:“祥琴雖未調,餘悲不敢留。”參見“大祥”。

【祥雲】 瑞雲。北周庾信庾子山集一四周衮州刺史宇文公神道碑:“豈直白石開渠,青鹽换粟,祥雲入境,行雲隨軒而已哉!”唐杜牧樊川集二長安雜題長句詩之五:“祥雲輝映漢宫紫,春光繡畫秦川明。”

【祥瑞】 吉祥符瑞。瑞本爲圭璧璋琮的總稱,引申爲瑞氣感應,若合符節之義。漢書九八元后傳京兆尹王章奏事:“上順天心,下安百姓,此正義善事,當有祥瑞,何故致災異?”漢劉向新序雜事二:“成王任周召,而海内大治,越裳重譯,祥瑞並降。"

【祥禽】瑞鳥。藝文類聚九二晉成公綏烏賦序:"有孝烏集余之廬,乃喟而歎曰:余無仁惠之德,祥禽曷爲而至哉!夫烏之爲瑞久矣,以其反哺識養,故爲吉烏。"此指烏鴉。

【祥興】南宋趙昺(衛王)年號,公元1278—1279年。

【祥麟】古以麒麟爲瑞獸,故稱祥麟。宋史樂志一:"(興國)九年,嵐州獻祥麟。"

【祥麟威鳳】麒麟與鳳凰,古代傳爲吉祥之禽獸,僅見於太平盛世。也比喻非常難得的人才。元許有壬圭塘樂府二摸魚子登洞庭湖連天樓和劉光遠韻詞:"人間世,何處祥麟威鳳,繁華一枕春夢。"又王逢梧溪集四上二胡節士詩:"祥麟威鳳不可招,斷霞落日鴉明滅。"

祫 xiá 侯夾切,入,洽韻,匣。ㄒㄧㄚˊ

古代祭名。集合遠近祖先神主於太廟合祭。原於天子諸侯喪事完畢時舉行。行禮之年,經無明文,通常三年行一次。禮曾子問:"祫祭於祖,則祝迎回廟之主。"疏:"祫,合祭;祖,大祖。三年一祫。"參閱宋史禮志十禘祫。

祪 guǐ 過委切,上,紙韻,見。ㄍㄨㄟˇ

遷毁祖神主於太廟的祭禮。爾雅釋詁上:"祔,祪,祖也。"注:"祔,付也。付新死者於祖廟。祪,毁廟主。"

祧 tiāo 吐彫切,平,蕭,透。ㄊㄧㄠ

古作"濯"。㊀祀遠祖、始祖之廟。禮祭法:"天下有王,分地建國,置都立邑,設廟、祧、壇、墠而祭之。……遠廟爲祧。"左傳襄九年:"以先君之祧處之。"注:"諸侯以始祖之廟爲祧。"㊁古代帝王立七廟,對其世次疏遠之祖,則依制遷去神主藏於祧,故遷去神主也稱祧。周禮春官守祧:"掌守先王先公之廟祧。"注:"遷主所藏曰祧。"㊂承繼爲後嗣。參見"承祧"、"兼祧"。

票 1. piāo 撫招切,平,宵韻,滂。ㄆㄧㄠ

說文作"㶾"。㊀飛光。漢揚雄太玄經五沈:"見票如累,明利以正于王。"注:"票,飛光也;累,明也。"㊁輕舉貌。漢書禮樂志郊祀歌赤蛟:"票然逝,旗逶蛇。"㊂疾速。漢書八二王商傳:"遣票輕吏微求人罪,欲以立威。"亦作"慓"。漢書高帝紀:"項羽爲人慓悍禍賊。"清段玉裁謂票與"熛"音義皆同,引申爲凡輕鋭之稱,讀平聲。見說文解字注。

2. piào ㄆㄧㄠˋ

㊃以紙片爲票,始於明人。見"票2擬"。

【票客】漢書高惠高后文功臣表:"(淮陰侯韓信)亡從入漢,爲連敖票客。"注:"高紀及信傳並云爲治粟都尉,而此云票客,參錯不同。或者以其票疾而賓客禮之,故云票客也。"史記作"典客"。清王先謙漢書補注謂票客當爲"典客"之誤。

【票姚】勁疾貌。漢代以爲武官名。漢書五五霍去病傳:"大將軍受詔,予壯士,爲票姚校尉。"注:"票姚,勁急之貌也。"史記一一一霍去病傳作"剽姚",漢紀十三孝武紀作"票鷂",一本作"嫖姚"。票,漢書注引服虔音飄,作平聲,唐人李白杜甫王維等詩中皆作平聲,同服注。參閱元李治敬齋古今黈三。

【票禽】迅疾的飛禽。漢書八七上揚雄傳校獵賦:"亶觀夫票禽之紲隃,犀兕之抵觸。"又八七下揚雄傳長楊賦:"簡力狡獸,校武票禽。"

【票2銀】清代完納税金的憑證,也稱紅票。以後演變爲兑取銀錢的憑證,一般爲辦理存款及匯兑業務的銀號及票號所發,並可作爲現銀使用。

【票2擬】明代自宣德以後,凡政府重要文書,由內閣首輔先行擬定辦法,將所擬批答之辭,墨書寫於票籤之上,送呈皇帝批准,謂之票擬。入內後,由司禮監承旨批覆,以用硃筆,故稱批紅。清代則由批本處翰林中書照旨批録滿字,再下內閣學士批録漢字。參閱明史宦者傳、姚之駰元明事類鈔六法制票旨。

【票騎】漢代將軍的稱號。同"驃騎"。漢書五五霍去病傳:"元狩二年春,爲票騎將軍,將萬騎出隴西,有功。"參見"驃騎"。

祡 chái 士佳切,平,佳韻,牀。ㄔㄞˊ

燒柴焚燎以祭天神。說文"祡"引虞書:"至于岱宗,祡。"今本書舜典作"柴"。

祭 1. jì 子例切,去,祭韻,精。ㄐㄧˋ

㊀祀祖祀神。無牲而祭曰薦,薦而加牲曰祭。通言皆稱祭。禮祭統:"祭者,所以追養繼孝也。"論語八佾:"祭如在,祭神如神在。"㊁舊小說中指施放法寶。封神演義四十:"今晚初更,各將異寶祭於空中。"

2. zhài 側界切,去,怪韻,莊。ㄓㄞˋ

㊀姓。周公子祭伯之後。春秋鄭有祭仲足。見通志二七氏族略三以邑爲氏。

【祭文】文體名。祭祀時誦讀之文。文選有祭文類。祭文內容,大別有四:祈禱雨晴,驅逐邪魅,干求福降,哀悼死亡,而以哀悼死亡爲主。有散文、韻文、駢文等體。韻文中以四言爲正體,如晉陶潛祭程氏妹文、南朝宋謝惠連祭古冢文。參閱明徐師曾文體明辨祭文。

【祭天】祭祀天神。公羊傳僖三一年:"魯郊何以非禮?天子祭天,諸侯祭土。"注:"郊者,所以祭天也,天子所祭,莫重於郊。"

【祭主】主祭之人。易震彖:"出,可以守宗廟社稷,以爲祭主也。"疏:"出謂君出巡狩等事也。君出則長子留守宗廟社稷,攝祭主之禮事也。"

【祭地】祭祀地神。禮祭法:"瘞埋於泰折,祭地也。"疏:"謂瘞繒埋牲祭神州地祇於北郊也。"

【祭2仲】春秋鄭大夫,字足,故又稱祭仲足。鄭莊公時,嘗從公敗周王師於繻葛,有寵,爲鄭卿。莊公卒,祭仲立昭公。宋國執祭仲,劫其改立厲公。見左傳隱元年、桓十一年。

【祭祀】㊀祭神祭祖,統稱祭祀。書說命中:"黷于祭祀,時謂弗欽。"後漢書有祭祀志。㊁指祭品。紅樓夢五八:"可巧這日乃是清明之日,賈璉已備下年例祭祀,帶領賈環、賈琮、賈蘭三人去往鐵檻寺祭柩燒紙;寧府賈蓉也同族中人各辦祭祀前往。"

【祭告】祭前以祭事告神。宋沈括夢溪筆談一故事:"按唐故事,凡有事於上帝,則百神皆預遣使祭告。"宋史真宗紀三:"盜發後漢高祖陵,論如律,并劾守土官吏,遣內侍王克讓以禮治葬,知制誥劉筠祭告。"

【祭2肜】公元?—73年。漢潁陽人。祭遵從弟,字次孫。光武初,歷任黄門侍郎、偃師長、襄賁令。後爲遼東太守,幾三十年,屢與鮮卑戰,多立邊功。明帝永平中,拜太僕,伐北匈奴,不見敵而還,以逗留畏懦免官下獄。出獄數日,嘔血死。後漢書有傳。

【祭門】廟堂之門。穀梁傳桓三年:"禮,送女,父不下堂,母不出祭門,諸母兄弟不出闕門。"注:"祭門,廟門也。"

【祭服】祭祀時所用的禮服。禮曲禮

祭服

下："無田禄者，不設祭器；有田禄者，先爲祭服。"注："祭器可假，祭服宜自有。"穀梁傳桓十四年："天子親耕，以共粢盛；王后親蠶，以共祭服。"

【祭冠】古時祭天及其他祭禮所用之冠。禮王制："有虞氏皇而祭，深衣而養老；夏后氏收而祭，燕衣而養老；殷人冔而祭，縞衣而養老；周人冕而祭，玄衣而養老。"皇、收、冔、冕，皆古人祭祀之冠。晉司馬彪謂夏收、殷冔，俱指爵弁。見後漢書輿服志下。

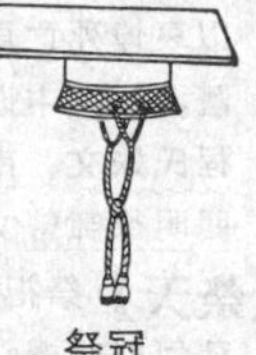
祭冠

【祭陌】地名。又稱紫陌。故址在今河北臨漳境内。水經注十濁漳水："漳水又北逕祭陌西，戰國之世，俗巫爲河伯取婦，祭於此陌。魏文侯時，西門豹爲鄴令……淫祀雖斷，地留祭陌之稱焉。又慕容儁投石虎尸處也。田融以爲紫陌也。"參閱讀史方輿紀要四九彰德府臨漳縣。

【祭酒】㊀酹酒祭神。儀禮鄉飲酒禮："坐挩手，遂祭酒。"古時饗宴酹酒祭神必由尊者或老者一人舉酒祭地，遂謂位尊者或年長者爲祭酒。史記七四荀卿傳："齊襄王時，而荀卿最爲老師。齊尚脩列大夫之缺，而荀卿三爲祭酒焉。"㊁官名。漢平帝時置六經祭酒，秩上卿，後置博氏祭酒，爲五經博士之首。晉初改爲國子祭酒，隋唐以後稱國子監祭酒，爲國子監之主管官，至清末廢。參閱歷代職官表三四國子監。㊂漢末五斗米道中的一種稱號。三國志魏張魯傳："以鬼道教民，自號'師君'。其來學道者，初皆名'鬼卒'，受本道已信，號'祭酒'。各領部衆，多者爲治頭大祭酒。……不置長吏，皆以祭酒爲治，民夷便樂之。"又見後漢書七四下劉焉傳。

【祭尊】古代的鄉官。猶祭酒。漢賈誼新書時變："驕恥偏而爲祭尊，黥劓者攘臂而爲祭政，行爲狗彘也。"清桂馥札樸八金石文字："古銅印有始樂單祭尊，萬歲單祭尊。案，始樂、萬歲皆里名。祭尊，鄉官，猶祭酒。"

【祭詩】相傳唐賈島常以歲除，取一年所得詩，祭以酒脯曰："勞吾精神，以是補之。"見唐馮贄雲仙雜記四引金門歲節。宋戴復古石屏集三壬寅除夜詩："杜陵分歲了，賈島祭詩忙。"

【祭₂遵】公元?—33年。東漢潁陽人，字弟孫。曾從光武征河北，爲軍市令、刺姦將軍。建武二年，拜征虜將軍，封潁陽侯。在軍賞賜皆與將士，家無餘財，取士皆用儒術，雖在軍中，不忘雅樂。身後列爲雲臺二十八將之一。後漢書有傳。

【祭器】祭祀所用的禮器，如樽、彝、簠、簋、籩、豆之類。禮曲禮下："大夫、士去國，祭器不踰竟。"注："此用君禄所作，取以出竟，恐辱親也。"

【祭竈】祭祀竈神。初爲夏祭，漢以後改爲臘祭。漢班固白虎通五祀："夏祭竈。竈者，火之主，人所以自養也，夏亦火王，長養萬物。"舊時民間多以農曆十二月二十四日爲祭竈日。宋劉克莊後村集三歲晚書事詩："誰能却學癡兒女，深夜潛燒祭灶香。"

【祭公謀父】周卿士。穆王將征犬戎，祭公謀父諫，以爲先王"耀德不觀兵"，作祈招之詩。王不從。見左傳昭十二年、國語周上。

七 畫

裖 shèn ㄕㄣˋ 時忍切，上，軫韻，禪。

古代帝王祭天地神的肉。今通作"脤"、"蜃"。說文："裖，社肉。盛之以蜃，故謂之裖。天子所以親遺同姓。从示，辰聲。春秋傳曰：'石尚來歸裖。'"今本春秋定十四年作"脤"。參閱清段玉裁說文解字注。

祴 gāi ㄍㄞ 古哀切，平，咍韻，見。

古樂名。周禮春官笙師："以教祴樂。"注："祴樂，祴夏之樂。"詳"祴夏"。

【祴夏】古樂章名。也作"陔夏"。周禮春官鍾師："凡樂事以鍾鼓奏九夏：王夏、肆夏、昭夏、納夏、章夏、齊夏、族夏、祴夏、驁夏。"注："夏，大也；樂之大歌有九。……客醉而皆出，奏陔夏，公出入奏驁夏。"

祲 jīn ㄐㄧㄣ 子心切，平，侵韻，精。子鴆切，去，沁韻，精。

㊀陰陽二氣相侵所形成的徵象不祥的雲氣。荀子王制："相陰陽，占祲兆，……知其吉凶妖祥，傴巫跛擊之事也。"左傳昭十五年："吾見赤黑之祲，非祭祥也，喪氛也。"㊁盛。文選漢班孟堅(固)東都賦："天官景從，祲威盛容。"唐李周翰注："祲，盛也；謂盛其威容。"

祰 gào ㄍㄠˋ 苦浩切，上，皓韻，溪。古沃切，入，沃韻，見。

告祭。古代天子諸侯將出，祭其祖而告之。周禮大祝"二曰造"，禮記曾子問"諸侯適天子必告于祖"，"造"、"告"皆即祰的借字。參閱清朱駿聲說文通訓定聲"祰"。

八 畫

禀 bǐng ㄅㄧㄥˇ

見"稟"。

祺 qí ㄑㄧˊ 渠之切，平，之韻，羣。

吉，福。詩大雅行葦："壽考維祺，以介景福。"漢書禮樂志郊祀歌之三青陽："羣生啿啿，惟春之祺。"

【祺祥】㊀吉祥。宋史樂志十一熙寧望祭嶽鎮海瀆之四："不涸不童，誕降祺祥。"㊁清載淳(穆宗)年號。公元1861年7—10月。旋改同治。

禓 zhà ㄓㄚˋ 鋤駕切，去，禡韻，牀。

古代歲終之祭。通作"蜡"，也作"臘"。廣雅釋天："臘，□也。禓，索也。夏曰清祀，殷曰嘉平，周曰大禓，秦曰臘。"參見"蜡"。

祼 guàn ㄍㄨㄢˋ 古玩切，去，換韻，見。

古代帝王以酒祭奠祖先或賜賓客飲之禮。也作"灌"、"果"。書洛誥："王入太室祼。"疏："祼者灌也。王以圭瓚酌鬱鬯之酒以獻尸，尸受祭而灌於地。因奠不飲，謂之祼。"周禮秋官大行人："以同邦國之禮，而待其賓客。上公之禮，……擯者五人，廟中將幣，三享王禮，再祼而酢。"注："祼讀爲灌。再灌，再飲公也。"又春官大宗伯"大賓客則攝而載果"漢鄭玄注："果讀爲祼。代王祼賓客以鬯。"鬯，鬱鬯酒。

【祼玉】古代舉行祼事時所用玉器。周禮春官鬱人："凡祼玉，濯之陳之，以贊祼事。"注："祼玉，謂圭瓚、璋瓚。"

【祼圭】古代酒器。帝王用以盛酒祭奠祖先或賜賓客飲。周禮春官典瑞："祼圭有瓚，以肆先王，以祼賓客。"注："於圭頭爲器可以挹鬯祼祭謂之瓚。"疏："鬯即鬱鬯也。言祼言祭，祼據賓客，祭據宗廟也。"又考工記玉人："祼圭尺有二寸，有瓚。"注："瓚如盤，其柄用圭，有流前注。"

【祼事】指以酒祭奠祖先及賜賓客飲之事。周禮秋官鬱人："凡祭祀、賓客之祼事，和鬱鬯以實彝而陳之。"疏："天地大神至尊不祼，至於山川及門社等事，在鬯人，亦無祼，此云祭祀，唯據宗廟耳。其賓客祼，則大行人云'公再祼之'等是也。"

【祼將】助王酌酒以祭奠祖先或飲諸侯。也作"果將"。詩大雅文王:"殷士膚敏,祼將于京。"周禮天官小宰:"凡祭祀,贊王幣爵之事,祼將之事。"注:"將,送也;祼送,送祼。謂贊王酌鬱鬯以獻尸。"又春官肆師:"大賓客,涖筵几,築鬻,贊果將。"注:"酌鬱鬯授大宗伯載祼。"

裯 dǎo ㄉㄠˇ 都晧切,上,晧韻,端。

爲牲畜祈禱。周禮春官甸祝:"裯牲裯馬。"注:"裯,禱也。爲馬禱無疾,爲田禱多獲禽牲。"

祿 lù ㄌㄨˋ 盧谷切,入,屋韻,來。

㊀福。詩大雅既醉:"其胤維何,天被爾祿。"又商頌玄鳥:"殷受命咸宜,百祿是何。"箋:"百祿是何,謂當擔負天之多福。"㊁俸祿,官吏的俸給。左傳僖二十四年:"介子推不言祿,祿亦不及。"禮王制:"位定,然後祿之。"注:"與之以常食。"㊂姓。商紂子武庚字祿父,其後以字爲氏。見風俗通姓氏篇下。

【祿米】古代官吏俸給皆以米計,因稱祿米。宋陸游劍南詩稿四六書卧初起書事:"忽有故人分祿米,呼兒先議贖雷琴。"

【祿位】指官職。周禮天官大宰:"以八則治都鄙……四曰祿位,以馭其士。"注:"祿,若今月奉也;位,爵次也。"全唐詩一三三李頎別梁鍠:"雖云四十無祿位,曾與大軍掌書記。"

【祿命】古指人生祿食運數。祿指盛衰興廢,命指富貴貧賤。史記一二七司馬季主傳:"夫卜者多言誇嚴以得人情,虛高人祿命以説人志。"文選三國漢禰正平(衡)鸚鵡賦:"嗟祿命之衰薄,奚遭時之險巇。"

【祿食】俸祿。漢書食貨志上:"稅給郊社宗廟百神之祀,天子奉養百官祿食庶事之費。"唐鄭谷鄭守愚集三送吏部曹郎中免官南歸詩:"桑麻勝祿食,節序免鄉愁。"

【祿祿】平庸,隨世浮沈貌。莊子漁父:"故聖人法天貴真,不拘於俗。愚者反此,不能法天而恤於人,不知貴真,祿祿而受變於俗,故不足。"一本作"錄錄"。

【祿養】仕而受祿以養親。漢焦延壽易林四革之觀:"祿養未富,終無災咎。"北史辛雄傳:"雄常爲祿養論,稱仲尼陳五孝,自天子至庶人,無致仕之文。"

【祿餌】指官位俸祿。謂以祿位引人,如以餌釣魚。宋史四二二陳仲微傳:"祿餌可以釣天下之中才,而不可啖嘗天下之豪傑。"

【祿潤】指官吏俸祿收入。北史源賀傳附源懷:"時詔以姦吏犯罪,每多逃遁,……自今犯罪,不問輕重,藏竄者悉皆遠流;若永避不出,兄弟代徙。懷乃奏曰:'……案守宰犯罪,逃走者衆,祿潤既優,尚有玆失,及蒙恩宥,卒然得還。今獨苦此等,恐非均一之法。'"

【祿豐】㊀俸祿豐厚。管子宙合:"爵尊卽肅士,祿豐則務施。"㊁縣名。屬雲南省。古爲祿琫甸白村,烏㸑族居之。元至元中置祿豐縣。參閱讀史方輿紀要一一四雲南府。

【祿勸】縣名。元爲祿勸州,清改爲祿勸縣。今屬雲南省楚雄彝族自治州。參閱讀史方輿紀要一一六武定軍民府。

【祿籍】登記祿位的簿册。書大禹謨"天祿永終"傳:"天之祿籍,長終汝身。"疏:"祿謂福祿,籍謂名籍,言享大福保大名也。"

禁 1. jìn ㄐㄧㄣˋ 居蔭切,去,沁韻,見。

㊀制止。易繫辭下:"禁民爲非曰義。"荀子議兵"兵者所以禁暴除害也。"㊁法令習俗所避忌的事。禮曲禮上:"入竟而問禁,入國而問俗。"㊂指宮殿。宮殿門戶皆設禁,故稱禁。文選三國魏劉公幹(楨)贈徐幹詩:"拘限清切禁,中情無由宣。"又南朝宋顏延年(延之)直東宮答鄭尚書詩:"兩閨阻通軌,對禁限清風。"㊃監獄。晉書苻丕載記:"(徐)義誦觀世音經,至夜中,土開械脱,於重禁之中若有人導之者,遂奔楊佺期。"㊄禽獸之圈。周禮地官囿人:"掌囿游之獸禁。"管子五行:"令命祝宗選禽獸之禁。"㊅巫術禁呪之法。後漢書八二下徐登傳:"登乃禁溪水,水爲不流,(趙)炳復次禁枯樹,樹卽生荑。"㊆古代舉行祭禮時承放酒樽之器。儀禮士冠禮:"尊于房户之間,兩甒有禁。"注:"名之爲禁者,因爲酒戒也。"㊇古代北方少數民族樂名。周禮春官鞮鞻氏"掌四夷之樂"注:"四夷之樂,……北方曰禁。"

2. jīn ㄐㄧㄣ 居吟切,平,侵韻,見。

㊈禁受。唐杜甫杜工部草堂詩箋三三舍弟觀赴藍田取妻子到江陵喜寄之二:"巡簷索共梅花笑,冷蘂疏枝半不禁。"㊉腰帶。通"紟"。荀子非十二子:"其冠絻,其纓禁緩。"注:"禁,或曰讀爲紟。"

【禁方】祕方。史記一〇五扁鵲傳:"(長桑君)乃呼扁鵲私坐,間與語曰:'我有禁方,年老,欲傳與公,公毋泄。'"

【禁火】舊俗於寒食節禁火寒食,稱禁火日。南朝梁宗懍荆楚歲時記:"去冬節一百五日,卽有疾風甚雨,謂之寒食,禁火三日。"唐張説張燕公集一奉和寒食作應制詩:"從來禁火日,會接清明朝。"參見"寒食"。

【禁切】禁絶,限制。漢書元帝紀永光二年詔:"至今有司執政,未得其中,施與禁切,未合民心。"注:"施惠褊薄,禁令煩苛。"又七七鄭崇傳:"上責崇曰:'君門如市人,何以欲禁切主上?'"

【禁止】㊀制止。左傳襄八年:"孤也與其二三臣,不能禁止,不敢不告。"㊁軟禁。雖未下獄,使人看守,禁其出入,不得與親黨交通。三國志吳胡綜傳:"左將軍朱據、廷尉郝普稱(隱)蕃有王佐之才。……後蕃謀叛,事覺伏誅,普見責自殺,據禁止,歷時乃解。"晉書石崇傳上表:"此月二十日忽被蘭臺禁止符,以統蒙宥,恩出非常,臣晏然私門,曾不陳謝,復見彈奏,訕辱理盡。"統,崇兄。

【禁中】秦漢制,皇帝宮中稱禁中,言門户有禁,非侍衛及通籍之臣,不得入內。至漢元帝皇后父名禁,改稱省中,省卽省察之意。史記八七李斯傳:"二世用其計,乃不坐朝廷見大臣,居禁中。"又絳侯周勃世家:"頃之,景帝居禁中,召條侯賜食。"參閱三輔黃圖六雜錄。

【禁內】㊀宮內。猶禁中。後漢書二七趙典傳:"建和初,四府表薦,徵拜議郎,侍講禁內。"㊁節慾。漢書九七上孝昭上官皇后傳:"(霍)光欲皇后擅寵有子,帝時體不安,左右及醫皆阿意,言宜禁內,……後宮莫有進者。"

【禁令】有所禁止的法令。周禮天官宰夫:"宰夫之職,掌治朝之法,以正王及三公、六卿、大夫、羣吏之位,掌其禁令。"管子治國:"舜非嚴刑罰,重禁令,而民歸之矣。"

【禁地】不得擅入之地。多指帝王園囿,禁止人擅入樵採、射獵。三國志魏高柔傳:"帝大怒曰:'劉龜當死,乃敢獵吾禁地!'"

【禁忌】忌諱。漢書藝文志陰陽家:"及拘者爲之,則牽於禁忌,泥於小數,舍人事而任鬼神。"後漢書三十下郎顗傳上章:"臣生長草野,不曉禁忌,披露肝膽,書不擇言。"

【禁步】古時綴在婦女裙邊或鞋上的小金鈴。行時跨步稍大,卽丁噹作聲,被認爲失禮。清平山堂話本快嘴李翠蓮記:

"金銀珠翠插滿頭，寶石禁步身邊挂。"

【禁兵】㊀皇帝武庫中的兵器。文選漢張平子(衡)西京賦："武庫禁兵，設在蘭錡。"㊁皇帝的親兵。後漢書十九耿弇傳附耿秉："帝每巡郡國及幸宮觀，秉常領禁兵宿衛左右。"文選干令升(寶)晉紀總論："國政迭移於亂人，禁兵外散於四方，方岳無鈞石之鎮，關門無結草之固。"

【禁坐】皇帝座位。後漢書七六循吏傳序："(光武)數引公卿郎將，列於禁坐。廣求民瘼，觀納風謠。"

【禁近】翰林院官署在禁中，與皇帝所居相近，故稱禁近。唐大詔令集五七元稹令狐楚衡州刺史制："早以文藝，得踐班資，憲宗念才，擢居禁近。"新唐書九六杜如晦傳附杜審權："審權清重寡言，性長厚，居翰林最久，終不漏禁近語。"

【禁夜】禁止夜行。初學記四唐蘇味道正月十五夜詩："金吾不禁夜，玉漏莫相催。"

【禁林】㊀帝王的苑囿、園林。文選漢班孟堅(固)西都賦："毛羣內闐，飛羽上覆，接翼側足，集禁林而屯聚。"㊁翰林院的別稱。唐元稹長慶集十八奉和竇容州詩："禁林聞道長傾厦，池水那能久滯龍。"宋蘇轍欒城集四七辭召試中書舍人第二狀："內外兩制，素號要途，兄軾頃已擢在禁林，臣今安敢復據西掖。"

【禁花】㊀宮禁中之花。唐曹唐曹從事詩集漢武帝於宮中宴西王母："劍佩有聲宮樹靜，星河無影禁花寒。"㊁木香的別稱。宋朱弁曲洧舊聞三："木香有二種，……京師初無此花，始禁中有數架，花時民間或得之，相贈遺，號禁花，今則盛矣。"

【禁呪】舊時的一種巫術，用以禁制疾病、邪祟。抱朴子至理："吳越有禁呪之法，甚有明驗。"舊五代史唐莊宗紀天祐十六年："帝以重賄召募能破賊艦者，於是獻技者數十，或言能吐火焚舟，或言能禁呪兵刃，悉命試之，無驗。"

【禁扁】元王士點撰，五卷。記載歷代宮殿、門觀、池館、苑籞諸名。考證頗詳，可補三輔黃圖之所遺。書名取義於三國魏何晏景福殿賦"爰有禁楄"。楄，同"扁"。

【禁軍】皇帝的親兵。唐制，禁兵分屬南北衙，屬南衙者爲諸衛兵，屬北衙者爲禁軍。宋皇朝建立，收境內甲兵，悉萃京師，名爲禁軍。開寶時入籍者十九萬三千人，慶曆時諸邊多事，禁軍增至八十二萬六千人。宋徽宗以童貫將禁軍，闕額至二十四萬，至靖康之禍，在籍止存三萬人而已。参閱新唐書兵志、宋史兵志禁軍上、下。

【禁垣】宮牆之內。指帝王居處。唐呂溫呂和叔文集一奉和張舍人閣中直夜……詩："涼生子夜後，月照禁垣深。"唐彥謙鹿門集續補遺賀李昌時禁苑新命詩："玉簡金文直上清，禁垣丹地閉嚴扃。"

【禁城】宮城。文選南朝宋顏延年(延之)拜陵廟作詩："夙御嚴清制，朝駕守禁城。"唐岑參岑嘉州詩四送郭僕射節制劍南："鐵馬鍜紅纓，幡旗出禁城。"

【禁₂持】㊀擺布。宋辛棄疾稼軒詞鷓鴣天："一夜清霜變鬢絲，怕愁剛把酒禁持。"石孝友金谷遺音西江月詞："惜你十分撋就，把人一味禁持。"㊁折磨，虐害。元明雜劇關漢卿五侯宴一："我可也受禁持喫打罵敢無重數。"

【禁苑】帝王園囿。史記平準書："是時禁苑有白鹿而少府多銀錫。"文選漢張平子(衡)西京賦："上林禁苑，跨谷彌阜。"

【禁柳】宮中種植的柳樹。唐羅隱甲乙集五寒食日早春城東詩："禁柳疎風細，牆花拆露鮮。"

【禁架】方士禁呪之術。後漢書八二下徐登傳："登年長，(趙)炳師事之，……但行禁架，所療皆除。"

【禁省】卽禁中。禁中亦稱省中，合之稱禁省。後漢書三七桓榮傳附桓郁："父子給事禁省，更歷四世。"文選晉潘安仁(岳)西征賦："禁省鞠爲茂草，金狄遷於灞川。"參見"禁中"。

【禁旅】卽禁軍。漢蔡邕蔡中郎集外集一司空袁逢碑："乃尹京邑，總齊禁旅。"唐韋應物韋江州集七觀早朝詩："禁旅下城列，爐香起中天。"

【禁書】㊀祕藏之書。史記一〇五倉公傳："臣意卽避席再拜謁，受其脈書上下經、五色診、奇咳術……接陰陽禁書，受讀解驗之，可一年所。"㊁禁止刊印流通之書。宋蘇轍欒城集四五乞裁損待高麗事件劄子："卽不許買禁物禁書及諸毒藥。"清初屢興文字獄，有禁書總目一卷。

【禁掖】宮中旁殿。泛指帝王所居，猶言禁中、禁垣。唐杜甫杜工部草堂詩箋三奉留贈集賢院崔于二學士："欲整還鄉旆，長懷禁掖垣。"白居易長慶集二三祭李侍郎文："(元)稹與居易，旋登禁掖，公領銓衡，職勤務劇。"

【禁煙】㊀寒食節。古代逢此節日禁止煙爨。亦稱禁火。全唐文四一五常衮大赦京畿三輔制："屬禁煙之令節，方薦鮪於寢園。"宋王禹偁小畜集八寒食詩："郊原曉綠初經雨，巷陌春陰乍禁煙。"參見"寒食節"。㊁宮禁之煙霧。全唐詩五一九李遠贈弘文杜校書："漠漠禁煙籠遠樹，泠泠宮漏響前除。"

【禁楄】宮殿四角的短椽。文選魏何平叔(晏)景福殿賦："爰有禁楄，勒分翼張。"注："楄，附陽馬之短桷也。"

【禁₂當】禁受，承當。唐杜甫杜工部草堂詩箋十八春水生二絶之二："一夜水高二尺强，數日不可更禁當。"宋林光朝艾軒集六與范帥至能書之一："某歲中兩至南海，覺得筋水殊不堪，若更宿留，恐厲毒之氣，乘衰憊而來，卻如何禁當得？"

【禁漏】卽宮漏。漏，古代的計時器。唐元稹長慶集十七哀病驄詩："曾聽禁漏驚衙鼓，慣踏康衢怕小橋。"五代前蜀韋莊浣花集一宮怨詩："一辭同輦閉朝陽，耿耿寒宵禁漏長。"

【禁網】法令。謂禁令布張如網。網，亦作"罔"。漢書八九循吏傳序："漢興之初，反秦之敝，與民休息，凡事簡易，禁罔疏闊。"後漢書三一杜詩傳："初，禁網尚簡，但以璽書發兵，未有虎符之信。"

【禁錢】漢制，少府掌山澤陂池之稅，名爲禁錢，藏於宮中，以供皇帝之用。東漢稱中藏錢。漢書六四下賈捐之傳："大司農錢盡，乃以少府禁錢續之。"注："少府錢主供天子，故曰禁錢。"參見"中藏"。

【禁錮】禁止封閉，勒令不準作官，猶後世之永不敍用。漢書七二貢禹傳："孝文皇帝時，貴廉絜，賤貪污，賈人贅壻及吏坐贓者，皆禁錮不得爲吏。"後漢書六七黨錮傳序："於是又詔州郡，更考黨人門生故吏父子兄弟，其在位者免官禁錮，爰及五屬。"也作"禁固"。文選漢蔡伯喈(邕)陳太丘碑文序："會遭黨事，禁固二十年。"

【禁衛】對宮廷的警備保衛。三國志魏高堂隆傳："王公設險，以固其國，都城禁衛，用戒不虞。"北齊書趙郡王琛傳："既居禁衛，恭勤慎密，率先左右。"也指禁衛人員。宋史三五八李綱傳上："綱傳旨語左右曰：'敢復有言去者斬！'禁衛皆拜伏呼萬歲，六軍聞之，無不感泣流涕。"

【禁闈】指宮禁之中。闈，宮中小門。後漢書六一周舉傳太后詔："故太尉周舉，……出入京輦，有欽哉之績，在禁闈有密靜之風。"唐岑參岑嘉州詩五和祠部王員外雪後早教卽事："西山落月臨天仗，北闕晴雲捧禁闈。"

【禁藏】宮禁儲藏的財物。史記平準書："天子乃損膳，解乘輿駟，出御府禁藏以贍之。"參見"禁錢"。

【禁闥】宫禁之中。闥,門。史記一二〇汲黯傳:"臣願爲中郎,出入禁闥,補過拾遺,臣之願也。"漢書六八霍光傳:"光爲奉常〔車〕都尉光祿大夫,出則奉車,入侍左右,出入禁闥二十餘年,小心謹慎,未嘗有過,甚見親信。"

【禁籞】宫中。籞,藩籬,指宫垣。宋蘇軾分類東坡詩十九葉公秉王仲至見和次韻答之:"共喜鴛鸞歸禁籞,心知日月在重霄。"元方回桐江續集十趙賓暘唐師善見和湧金門望次韻詩之二:"頹城磚甓墮平湖,禁籞彫殘故苑無。"

【禁臠】㊀晉元帝渡江,在建業,公私窘困。每得一豚,羣下不敢食,輒以進帝,項上一臠尤美,人呼爲禁臠。見晉書謝混傳。後因以指珍貴美好的事物。唐杜甫杜工部草堂詩箋二四八哀詩故秘書少監武功蘇公源明:"前後百卷文,枕籍皆禁臠。"㊁喻他人不得染指之物。世説新語排調:"孝武屬王珣求女壻,……珣舉謝混。後袁山松欲擬謝婚,王曰:'卿莫近禁臠。'"又見晉書混傳。後因以禁臠爲帝壻之典。宋樓鑰攻媿集七七跋王都尉湘鄉小景:"國家盛時,禁臠多得名賢,而晉卿(王詵)風流尤勝。"

【禁衛軍】警衛皇宫之軍隊。漢之郎衛、兵衛,唐之南北衙兵,宋之禁軍,明之侍衛上直軍,清之御前侍衛及八旗護軍營等皆是。參閲文獻通考一五五兵七禁衛兵、清文獻通考一八〇兵二禁衛兵。

【禁體詩】詩體的一種。指明某某字不得入詩。宋歐陽修六一詩話:"有進士許洞者,善爲辭章,俊逸之士也。因會諸詩僧,分題出一紙,約曰:'不得犯此一字'其字乃山水風雲竹石花草雪霜星月禽鳥之類,於是諸僧皆閣筆。"參閲清趙翼陔餘叢考二三禁體詩。

九畫

禘 dì 特計切,去,霽韻,定。ㄉㄧˋ

祭名。約有三類:1.郊祭之禘,即祭天之祭。論語八佾:"禘自既灌而往者,吾不欲觀之矣。"集注:"(唐)趙伯循(匡)曰:禘,王者之大祭也。王者既立始祖之廟,又推始祖所自出之帝,祀之於始祖之廟,而以始祖配之。"2.殷祭之禘,天子諸侯宗廟的大祭,與"祫"並稱爲殷祭。三年一祫,行禮之年,經無明文,惟公羊傳謂五年而再盛祭,禮緯云五年一禘。後世多用三十月或四十二月。參閲宋史禮志十禘祫。3.時祭之禘。宗廟四時祭之一,每年夏季舉行。禮王制:"天子諸侯宗廟之祭,春曰礿,夏曰禘,秋曰嘗,冬曰烝。"

【禘郊】祭天於國都之南郊。文選漢張平子(衡)東京賦:"躬三推於天田,修帝籍之千畝,供禘郊之粢盛,必致思乎勤已。"

禊 xì 胡計切,去,霽韻,匣。ㄒㄧˋ

古代民俗,於三月上旬巳日於水濱洗濯,祓除不祥,清去宿垢,稱爲禊。攜飲食在野宴飲,稱爲禊飲。自三國魏後,但用三月三日,不用上巳。文選晉潘安仁(岳)閑居賦:"或宴于林,或禊于汜。"晉書王羲之傳蘭亭序:"永和九年,歲在癸丑,暮春之初,會于會稽山陰之蘭亭,修禊事也。"按藝文類聚六一三國魏劉楨魯都賦:"及其素秋二七,天漢指隅,民胥祓禊,國于水游",是秋亦有禊。參閲南齊書禮志上、元陳元靚歲時廣記十八上巳上。

【禊帖】晉王羲之所書蘭亭序,因記蘭亭修禊事,故稱禊帖。宋高宗(趙構)翰墨志六九:"至若禊帖,則測之益深,擬之益嚴,姿態横生,莫造其源。"元詩選鮮于樞困學齋集題唐模蘭亭墨蹟詩:"君家禊帖評甲乙,和璧隋珠價相敵。"

【禊飲】臨水修禊,宴飲行樂。文選南齊王元長(融)三月三日曲水詩序:"禊飲之日在兹,風舞之情咸蕩。"舊唐書中宗紀:"(景龍四年)三月甲寅,幸臨渭亭修禊飲,賜羣官柳棬以辟惡。"參見"祓禊"。

【禊寶】藕的別名。宋陶穀清異錄二果禊寶:"崔遠家墅在長安城南,就中禊池産巨藕,貴重一時,相傳爲禊寶,又曰玉臂龍。"

福 fú 方六切,入,屋韻,幫。ㄈㄨˊ

㊀古稱富貴壽考等爲福。書洪範:"五福:一曰壽,二曰富,三曰康寧,四曰攸好德,五曰考終命。"㊁降福,保佑。易謙:"鬼神害盈而福謙。"左傳莊十年:"小信未孚,神弗福也。"㊂祭神的酒肉。國語晉二:"驪姬以君命命申生曰:'今夕君夢見齊姜,必速祠而歸福。'"注:"福,胙肉也。"㊃封建時代婦女行禮致敬稱福。明田藝蘅留青日札一拜:"古時婦女皆肅拜也,今則但微屈其膝而躬不曲,其名曰起曰福。"㊄相稱。通"副"。文選漢張平子(衡)西京賦:"仰福帝居,陽曜陰藏。"注:"福,猶同也。"

【福力】指神靈福祐之力。漢焦延壽易林五觀之坎:"獨蒙福力,時災不至。"大唐西域記四秣莵羅國:"在昔如來行經此處時,有獼猴持蜜奉佛。佛令水和,普徧大衆,獼猴喜躍,墮坑而死,乘兹福力,得生人中。"

【福人】有福之人。元史一四八嚴實傳:"(太宗)數顧實謂侍臣曰:'嚴實,真福人也。'"

【福山】㊀縣名,屬山東省。漢腄縣地,屬東萊郡。唐屬登州。北宋末,金人南下,劉豫建僞齊政權,析登州之兩水鎮置福山縣,歷代相承。今屬煙台專區。見寰宇通志七六登州府。㊁山名。1.在山東福山縣西北,縣以此名。見讀史方輿紀要三六登州府。2.在江蘇常熟縣北。山形似覆釜,亦名覆釜山。南宋韓世忠控守福山,以備金人海道之師,即此。向爲江防重地,清於此置福山鎮總兵。見讀史方輿紀要二四蘇州府。3.在安徽婺源縣西南,又名太極山。左有總雲洞,爲明湛若水講學之地。見嘉慶一統志一一二徽州府。

【福田】㊀佛家謂積善行可得福報,猶如播種田地,秋穫其實。唐釋道世諸經要集八興福修福緣引佛説福田經:"佛告天帝,復有七法廣施,名曰福田,行者得福,即生梵天。"南齊蕭子良(竟陵王)淨住子奉養僧田門:"盛德可觀,六道歸依而出有;高行難擬,七衆相從爲福田。"㊁北宋嘉祐前京師有東西福田院,八年增置南北福田院,收容老幼廢疾之人。見宋范祖禹范太史集十四乞不限收養貧民劄子。

【福安】㊀縣名。屬福建省。唐爲長溪縣地。宋淳祐四年析長溪縣地置福安縣。元隸福寧州。明初屬福州府,成化九年,復改屬福寧州。清因之。今屬寧德地區。參閲讀史方輿記要九六福寧州。㊁舊時書信中對長輩問安之詞。

【福州】府名。漢爲閩越王國。唐開元十三年置福州。元改爲路,明清爲府,領九縣,公元 1912 年廢。府治閩侯,即今福建省福州市。參閲讀史方輿紀要九六福州府。

【福地】㊀謂安樂之地。文選南齊王元長(融)三月三日曲水詩序:"芳林園者,福地奥區之湊,丹陵若水之舊。"北史韓麒麟傳:"王業所基,聖躬所載,其爲神鄉福地,實亦遠矣。"㊁指神仙所居之地。樂府詩集六四陳張正見神仙篇:"神嶽吹笙遥謝手,當知福地有神才。"道家有三十六洞天、七十二福地之說，福地名目見雲笈七籤二七七十二福地、事林廣記前集六仙境。

【福利】幸福利益。後漢書四九仲長統傳昌言理亂："是使姦人擅無窮之福利，而善士挂不赦之罪辜。"

【福門】指富貴積家之家。魏書刁雍傳："(刁遵)嘗經篤疾，幾死，見神明救免，言是福門之子，當享長年。"

【福物】祭神用的供品。特指祭神之牲物。水滸二："且説兩個牌軍買了福物，煮熟，在廟等到巳牌，也不見來。"拍案驚奇一："叩門進去，只見燈燭熒煌，三牲福物，正在那裏獻神。"

【福建】省名。在我國東南沿海。北連浙江，西鄰江西，南通廣東，與臺灣省隔海相望。周爲七閩地，秦爲閩中郡，漢初爲閩越王國，唐屬江南道，宋爲福建路，元置福建行中書省，明置福建承宣布政使司。清因之。今爲福建省，省會福州市。參閱讀史方輿記要九五福建。

【福星】㊀古稱木星爲歲星，謂其所在有福，故又名福星。唐李商隱李義山詩集二無愁果有愁曲北齊歌："東有青龍西白虎，中含福星包世度。"㊁比喻爲民造福之人。宋王禹偁小畜集十送寇諫議赴青州詩："歸夢尋温樹，行塵動福星。"林逋林和靖集四寄上金陵馬右丞詩："金陵土著多蒙賴，分解三迴見福星。"參見"一路福星"。

【福食】道家稱祭神用的食品。抱朴子道意："每供福食，無有限劑，市買所具，務於豐泰。"

【福酒】古祭餘之酒。宋書禮志一："太祝令各酌福酒，合置一爵中，跪進皇帝，再拜伏。飲福酒訖，博士、太常引帝從東階下，還南階。"

【福庭】猶福地。古人指神仙、有道者所居。文選晉孫興公(綽)遊天台山賦："仍羽人於丹邱，尋不死之福庭。"全唐詩一五三李華雲母泉："訪道出人世，招賢依福庭。"

【福草】古謂祥瑞之草。禮斗威儀："君乘木而王，其政昇平，則福草生廟中。"(古微書十九)宋書符瑞志中："福草者，宗廟肅，則生宗廟之中。"

【福晉】滿語。親王、世子、郡王之妻稱福晉。清會典一宗人府："凡福晉夫人之號，各視其夫之爵以爲差。親王正室封親王福晉，世子正室封世子福晉，郡王正室封郡王福晉。親王封側福晉四人，世子、郡王封側福晉三人。"參閱清梁章鉅稱謂錄十一宗室妻。

【福氣】猶言富貴氣。宋黃庭堅豫章集二八跋翟公巽所藏石刻："樂毅論舊石刻斷軼其半者，字瘦勁無俗氣。……完書者是國初翰林侍書王著寫，用筆圓熟，亦不易得，如富貴人家子，非無福氣，但病在韻耳。"

【福清】縣名。屬福建省。本長樂縣地。唐聖曆元年析閩縣地置萬安縣。五代閩爲福清縣。元改福清州。明清復爲縣，皆屬福州府。見讀史方輿紀要九六福州府。

【福鹿】斑馬。形狀像騾，身有條紋，原產非洲。見明馬歡瀛涯勝覽阿丹國。明史三二六阿丹傳作"花貓鹿"，忽魯謨斯傳作"福祿"。

【福陵】清愛新覺羅努爾哈赤(太祖)陵墓。在今遼寧省瀋陽天柱山。

【福堂】㊀謂幸福之所。吳越春秋勾踐入臣外傳："大夫文種前爲祝，其辭曰：'皇天祐助，前沉後揚，禍爲德根，憂爲福堂。'"魏書刑罰志："夫人幽苦則思善，故囹圄與福堂同居。"㊁指仙人所居之處。漢焦延壽易林十一損之豫："南歷玉山，東入玉闕，登上福堂，飲萬歲漿。"

【福將】指運氣好，所至如意的將領。宋魏泰東軒筆錄一："(宋)真宗次澶淵，一日語萊公(寇準)曰：'今虜騎未退，而天雄軍截在敵後，萬一陷没，河朔皆虜境也。何人可爲朕守魏？'萊公曰：'當此之際，無方略可展。古人有言，知將不如福將。臣觀參知政事王欽若，福祿未艾，宜可爲守。'"

【福祿】㊀福分與祿位。詩小雅鴛鴦："君子萬年，福祿宜之。"淮南子人間："君子致其道而福祿歸焉。"㊁見"福鹿"。

【福鼎】縣名，屬福建省。本霞浦縣地，清乾隆四年析置福鼎縣，屬福寧府。見嘉慶一統志四三六福寧府。

【福寧】州、府名。秦爲閩中郡地，漢爲會稽郡冶縣地。元至元二十三年置福寧州。明初改爲縣，成化中升爲直隸州，清雍正十二年改爲府。公元 1913 年廢。府治即今福建省霞浦縣。參閱嘉慶一統志四三六福寧府。

【福慧】福德智慧。國清百錄三隋煬帝楊廣遣使入天台爲智顗建功德願文："設以辯才，千萬億偈，讚師福慧，終不能盡。"文苑英華八六二唐李華揚州龍興寺經律院和尚碑："音樂樹下，常流福慧之泉；雪山峯頭，仰見清涼之日。"

【福履】猶福祿。詩周南樛木："樂只君子，福履綏之。"傳："履，祿也。"

【福德】因善行所得的福利。漢焦延壽易林四謙之困："四夷慕德，來興我國，文君陟降，同受福德。"北史任城王雲傳附子嵩："嵩身備三仗，免冑直前，勇冠三軍，將士從之，(齊將陳)顯達奔潰。帝大悦曰：'任城康王大有福德，文武頓出其門。'"

【福澤】福利恩澤。宋張載張子全書一西銘："富貴福澤，將厚吾之生也；貧賤憂戚，庸玉女於成也。"明方孝孺遜志齋集十五希董堂記："使富貴而事功昭乎時，福澤加乎民，君子固有取焉。"

【福田衣】袈裟之別名。佛教謂世之福田能生功德，又因袈裟之條紋與田畝相似，故名。唐姚合姚少監集二送清敬闍梨歸浙西詩："自翻貝葉偈，人施福田衣。"參見"福田"。

【福建子】宋時往往稱福建籍人爲福建子。王安石行新政，引呂惠卿爲助，驟致執政。及安石去位，惠卿極意排之，無所不至。安石晚年於鍾山書院多寫"福建子"三字，以寓其憾。惠卿，晉江人。見宋朱彧萍洲可談三、邵伯溫聞見前錄十二。

【福康安】公元 ?—1796 年。清滿洲鑲黃旗人，姓富察，字瑶林。大學士傅恒之子。以勛戚由三等侍衛擢任軍機大臣。乾隆間多年用兵，鎮壓甘肅回民起義、臺灣林爽文起義和湘黔苗民起義。歷任雲貴、四川、閩浙、兩廣總督。官至大學士，封貝子，圖形紫光閣。卒謚文襄。性好奢侈，糜費無度。喜著深絳色衣，一時官場争效之，名爲福色。參閱清李元度國朝先正事略二二福文襄公事略。

【福祿酒】明崇禎十四年，李自成農民起義軍攻破洛陽，殺福王常洵。自成兵以常洵血雜鹿醢嘗之，號"福祿酒"。見明史三〇九李自成傳。

【福至心靈】舊謂人交好運時心思亦靈敏。宋畢仲詢幕府燕閒錄："(吳參政)常草制以示歐陽文忠，稱之，因戲曰：'君福至心靈。'"(説郛十四)資治通鑑二八六後漢天福十二年"戊寅，帝還至晉陽"元胡三省注："鄙語有之：'福至心靈，禍來神昧。'"

【福建通志】書名。七十八卷。清雍正七年，浙閩總督、兵部尚書郝玉麟等承詔監修，乾隆二年書成。分三十類，繪有沿海島嶼諸圖。較福建輿地舊著如宋梁克家三山志、明黃仲昭八閩通志等爲詳備。

【福過災生】享福過度則生災禍。猶言

樂極生悲。晉書庾亮傳上書讓中書監："小人祿薄，福過災生，止足之分，臣所宜守。"

【福善禍淫】使行善者得福，作惡者受禍。書湯誥："天道福善禍淫，降災于夏，以彰厥罪。"傳："政善，天福之；淫過，天禍之。"

【福惠雙修】既有福，又聰明。惠，通"慧"。太平樂府七元馬致遠青杏子姻緣曲："天賦兩風流，須知是福惠雙修。"

【福無雙至】福事不重來。原作"福不重至"。漢劉向說苑權謀："此所謂福不重至，禍必重來者也。"諺語有"福無雙至，禍不單行"。水滸三七："宋江聽罷，扯定兩個公人說道：'却是苦也！正是：福無雙至，禍不單行。'"

【福聖承道】也分作福聖、承道，西夏李諒祚（毅宗）年號。公元1053—1056年。

禋

yīn 於真切，平，真韻，影
ㄧㄣ

㊀煙祭。升煙以祭天。詩周頌維清："維清緝熙，文王之典，肇禋。"箋："文王受命始祭天。"㊁泛指祭祀。詩大雅先民："克禋克祀，以弗無子。"參見"禋祀㊀"。

【禋祀】㊀對天神之祭。以祭神的牲體和玉帛置於柴上，燒柴煙起升上，表示告天。周禮春官大宗伯："以禋祀祀昊天上帝。"注："禋之言煙，……燔燎而升煙，所以報陽也。"㊁泛指祭祀。左傳隱十一年："吾子孫其覆亡之不暇，而況能禋祀許乎？"又桓六年："故務其三時，脩其五教，親其九族，以致其禋祀。"

【禋潔】潔祀之意。國語楚下："而能知……忠信之質，禋潔之服，而敬恭明神者，以爲之祝。"初學記十三後漢崔駰北巡頌："禋潔享祈，歆嘗百神。"

禖

méi 莫懷切，平，灰韻，明。
ㄇㄟˊ

媒神，後世祀之以求嗣。禮月令仲春之月："以大牢祠于高禖。"漢書六三武五子傳戾太子據："初，上年二十九乃得太子，甚喜，爲立禖。"注："禖，求子之神也。"參見"高禖"。

【禖宮】周后稷母姜嫄廟名。詩魯頌閟宮"閟宮有侐"漢毛亨傳："閟，閉也。先妣姜嫄之廟在周，常閉而無事。孟仲子曰：是禖宮也。"疏："蓋以姜嫄祈郊禖而生后稷，故名姜嫄之廟爲禖宮。"

【禖祝】祀禖的祝辭。漢書六三武五子傳戾太子據："初，上年二十九乃得太子，甚喜，爲立禖，使東方朔枚皋作禖祝。"當時朔撰皇太子生賦，皋作立皇子禖祝，見五一枚皋傳。

禕

yī 於離切，平，支韻，影。
ㄧ

美好。文選漢張平子（衡）東京賦："漢帝之德，侯其禕而。"三國吳薛綜注："禕，美也。"

禎

zhēn 陟盈切，平，清韻，知。
ㄓㄣ

吉祥。詩周頌維清："迄用有成，維周之禎。"箋："禎，祥也。"

【禎石】古人以爲徵象吉祥瑞應之石。册府元龜二四帝王部符瑞三："唐太宗以武德九年八月卽位。……（九月）壬戌，林州獻禎石，隱起成文曰：'聖主某大吉，子孫五千歲。'素質玄字，篆隸相參。"

【禎明】南朝陳叔寶（後主）年號。公元587—589年。

【禎祥】吉兆。禮中庸："國家將興，必有禎祥。"疏："禎祥，吉之萌兆。"三國志魏管寧傳："夫神以知來，不追已往，禎祥先見，而後廢興從之。"

禓

shāng 式羊切，平，陽韻，審。
ㄕㄤ
與章切，平，陽韻，喻。

㊀強死（死於非命）之鬼。因亦指驅逐強鬼之祭爲禓。禮郊特牲："鄉人禓，孔子朝服立于阼階。"注："禓，強鬼也。謂時儺，索室毆疫逐強鬼也。"論語鄉黨作"鄉人儺，朝服立于阼階"。按言鬼，則曰禓；言驅逐此鬼，則曰儺。參見"儺㊀"。㊁道上之祭。急就篇四："謁禓塞禱鬼神寵。"

禔

tí zhī 章移切，平，支韻，照。
ㄊㄧˊ ㄓ 是支切，平，支韻，禪。
集韻 田黎切，平，齊韻。

㊀福，安。見"禔福"。㊁但，適。通"祇"。史記一〇八韓長孺傳："臣以三萬人衆不敵，禔取辱耳。"漢書禔作"祇"。

【禔身】猶言安身。漢揚雄揚子法言修身："其爲中也弘深，其爲外也肅括，則可以禔身矣。"金史高汝礪傳贊："高汝礪祇身清慎，練達事宜，久居相位，雖爲大夫士所鄙，而人主寵遇不衰。"

【禔福】安福。漢書五七司馬相如傳藉蜀父老爲辭："遐邇一體，中外禔福，不亦康乎？"注："禔，安也。"史記一一七司馬相如傳作"提福"。

禍

huò 胡果切，上，果韻，匣。
ㄏㄨㄛˋ

也作"旤"。㊀災殃。詩小雅何人斯："二人從行，誰爲此禍。"漢書五行志上："劉向治穀梁春秋，數其旤福，傳以洪範，與（董）仲舒錯。"㊁使得禍，危害。墨子法儀："惡人賊人者，天必禍之。"左傳昭元年："然宋之盟，子木有禍人之心，武有仁人之心，是楚所以駕於晉也。"子木，楚公子圍；武，晉趙文子。

【禍水】漢趙飛燕有妹合德，美容貌，成帝召入宮，有宣帝時披香博士淖方成，在帝後唾曰："此禍水也，滅火必矣！"見舊題漢伶玄飛燕外傳。按五行家說漢以火德王，此謂趙合德得寵必使漢亡，如人之滅火。後以禍水稱得寵而敗壞國家的女性。

【禍母】㊀禍事的根源。漢焦延壽易林一否之巽："杜口結舌，言爲禍母。"㊁佛教傳說中可以致禍之怪物。法苑珠林五九慎禍載：昔有一國王使臣買"禍"。天神則化作一人，持鐵鎖縛一怪物，其狀如豬，名曰禍母，於市中賣之。使臣以千金買得，禍母日須食針，因課民進針，一國擾亂。王乃燒殺禍母，禍母躍走入城，城邑悉爲燒盡。此以禍母比喻各種能使人毀滅的欲念或事物。

【禍始】災禍之起因。莊子刻意："不爲福先，不爲禍始，感而後應，迫而後動。"三國志魏袁紹傳："出長子譚爲青州，沮授諫紹：'必爲禍始。'"

【禍首】倡亂之人。左傳昭四年："申無宇曰：'楚禍之首，將在此矣。'"唐杜甫杜工部草堂詩箋三三寫懷之二："禍首燧人氏，厲階董狐筆。"

【禍胎】禍害的苗頭。文選漢枚叔（乘）諫吳王書："福生有基，禍生有胎，納其基，絶其胎，禍何自來？"唐白居易長慶集六閒卧有所思詩："權門要路是身災，散地閒居少禍胎。"

【禍泉】禍之源泉。指酒而言。宋陶穀清異録六一酒漿禍泉："置之缾中，酒也；酌于杯，注于腸，善惡喜怒交矣，禍福得失岐矣。倘夫性昏志亂，膽脹身狂，平日不敢爲者爲之，平日不敢言者言之。言騰烟焰，事墮穽機，是豈聖人賢人乎？一言蔽之，曰禍泉而已。"

【禍根】禍事的根源。漢書九四下匈奴傳："右率陳饒謂諸將率曰：'……如令視印，見其變改，必求故印，此非辭說所能距也。既得而復失之，辱命莫大焉。不如椎破故印，以絶禍根。'"漢王符潛夫論斷訟："凡諸禍根，不早斷絶，則或轉而滋蔓。"

【禍梯】禍患發生的由來。史記趙世家："毋爲怨府，毋爲禍梯。"

【禍機】指禍患潛伏，一觸卽發，有如機括。文選南朝宋鮑明遠（照）苦熱行：

"生軀蹈死地，昌志登禍機。"梁書江淹傳:"(建平王)景素與腹心日夜謀議，淹知禍機將發，乃贈詩十五首以諷焉。"

【禍不單行】禍事之來，往往接連，不止一端。景德傳燈錄十一紫桐和尚:"師曰，禍不單行。"西遊記十五:"這纔是福無雙降，禍不單行。"

【禍從口出】謂言語不慎，足以召禍。太平御覽三六七引晉傅玄口銘:"病從口入，禍從口出。"易頤"君子以愼言語節飲食"正義:"先儒云: 禍從口出，患從口入。"也作"禍從口生"。釋氏要覽下:"一切衆生，禍從口生，口舌者鑿身之斧也。"

【禍棗災梨】古時木刻書多用棗木、梨木，因謂濫刻無用之書爲禍棗災梨。清紀昀閱微草堂筆記六:"至於交通聲氣，號召生徒，禍棗災梨，遞相神聖。"

【禍福倚伏】言禍福相因，往往福因禍生，而禍藏於福。老子:"禍兮福之所倚，福兮禍之所伏。"史記八四賈誼傳:"禍兮福所倚，福兮禍所伏。"索隱:"倚者，立身也。伏，下身也。以言禍福遞來，猶如倚伏也。"

【禍福無門】言禍福之來無定。左傳襄二三年:"禍福無門，唯人所召。"

禗 sī 息兹切，平，之韻，心。
ㄙ

見"禗禗"。

【禗禗】不安，欲去貌。漢書禮樂志郊祀歌之十九赤蛟:"靈禗禗，象輿轙。"舊唐書音樂志三靈具醉:"靈具醉，杳熙熙；靈將往，眇禗禗。"

十　畫

禚 zhuó 之若切，入，藥韻，照。
ㄓㄨㄛˊ

春秋齊國地名，在今山東長清縣境。左傳莊二年:"夫人姜氏會齊侯于禚。"禚，公羊傳穀梁傳皆作"郜"，說文玉篇皆作"䅵"。

禡 mà 莫駕切，去，禡韻，明。
ㄇㄚˋ

古代行軍於所止處祭神曰禡。其神或云黃帝，或云蚩尤。詩大雅皇矣:"是類是禡。"傳:"於內曰類，於野曰禡。"疏:"初出兵之時，於是爲類祭，至所征之地，於是爲禡祭。"

【禡牙】古時出師行祭牙旗之禮。唐封演封氏聞見記五:"軍前大旗，謂之牙旗。出師則有建牙、禡牙之事。"宋史禮志二四:"太宗征河東，出京前一日，遣右贊善大夫潘愼修出郊，用少牢一，祭蚩尤，禡牙。"唐陳子昂柳宗元集中皆有禡牙文。

禛 zhēn 側鄰切，平，真韻，照。
ㄓㄣ

至誠感神而得福。清代雍正帝名胤禛，因避諱，以"禎"、"正"等字代"禛"。

禠 sī 息移切，平，支韻，心。
ㄙ

福。文選漢張平子(衡)東京賦:"馮相觀祲，祈禠禳災。"注:"謂求祈福而除災害也。"

禜 yǒng yíng 爲命切，去，映韻，于。
ㄩㄥˇ ㄧㄥˊ 永兵切，平，庚韻，于。

古代禳除災害之祭，臨時圈地，以茅草捆紮，圍成祭祀場所。周禮春官大祝:"掌六祈以同鬼神示。……四曰禜。"左傳昭元年:"山川之神，則水旱癘疫之災，於是乎禜之；日月星辰之神，則雪霜風雨之不時，於是乎禜之。"

【禜門】祭國門之神。周禮春官鬯人:"禜門用瓢齎。"唐柳宗元柳先生集四一有禜門文。

十一畫

禮 zǔ 集韻 莊助切，去，御韻。
ㄗㄨˇ

祈禱鬼神加禍於人，同"詛"、"謯"。漢書五行志上:"(劉)屈氂復坐祝禮要斬。"注:"禮，古詛字也。"

禤 xuān 字彙 呼淵切，音喧。
ㄒㄩㄢ

姓。明有禤明德。今廣東有此姓。

十二畫

禧 xī 許其切，平，之韻，曉。
ㄒㄧ

幸福，吉祥。見爾雅釋詁下、說文"禧"。

禫 dàn 徒感切，上，感韻，定。
ㄉㄢˋ

祭名。喪家除服之祭禮。儀禮士虞禮:"中月而禫。"漢鄭玄以二十五月爲大祥，二十七月而禫，二十八月而作樂。王肅以二十五月爲大祥，其月爲禫，二十六月而作樂。晉代用王肅議，歷朝用鄭玄議，宋以後民間大祥後稱禫，卽除服。參閱禮檀弓上"孟獻子禫"疏、宋呂本中紫微雜說、清孫星衍五松園文稿一祥禫不同月辨。

禪 1. shàn 時戰切，去，線韻，禪。
ㄕㄢˋ

㈠封土爲壇，掃地而祭。古代皇帝巡遊，封泰山而祭天，禪小丘以祭山川。禪，古作"墠"。大戴禮保傅:"封泰山而禪梁父。"史記秦始皇紀二八年:"始皇東行郡縣，上鄒嶧山，立石，與諸生議刻石頌秦德，議封禪望祭山川之事。"參見"封禪"。㈡傳受，莊子寓言:"萬物皆種也，以不同形相禪。"唐成玄英疏:"禪，代也。……運運遷流而更相代謝。"㈢以帝王之位傳人。孟子萬章上:"唐虞禪。"史記惠景間侯者年表:"至孝惠時，唯獨長沙全，禪五世，以無嗣絕。"參見"禪讓"。

2. chán 市連切，平，仙韻，禪。
ㄔㄢˊ

㈣梵語"禪那"的省稱。意譯"思維修"。靜思之意。見"禪那"。㈤泛指有關佛教的事物。北魏楊衒之洛陽伽藍記一景林寺:"寺西有園，多饒奇果，春鳥秋蟬，鳴聲相續。中有禪房一所，內置祇洹精舍。"

【禪₂心】謂寂定之心。南朝梁江淹江文通集四吳中禮石佛詩:"禪心暮不雜，寂行好無私。"全唐詩一三四李頎題璿公山池:"片石孤峯窺色相，清池皓月照禪心。"

【禪₂那】梵語。義譯作"思維修"，省作"禪"。禪定，靜思息慮之意。楞嚴經一:"殷勤啟請十方如來，妙奢摩他，三摩禪那，最初方便。"注:"禪那，華言靜慮。"唐白居易白香山集後集六二三適訪道友詩:"禪那不動處，混沌未鑿時。"

【禪₂宗】佛教之別派。相傳如來以心印付囑迦葉爲禪宗初祖，二十八傳至達摩，來中國，爲東土初祖。後以衣鉢相傳，二祖慧可，三祖僧璨，四祖道信，五祖弘忍。弘忍之下有慧能神秀。慧能之禪行於南方，稱南宗。南宗又分爲南嶽(傳馬祖)、青原(傳石頭)兩支。南嶽下又分臨濟曹洞溈仰雲門法眼五家。臨濟下又有黃龍楊岐兩支，號稱五家七宗。法眼傳入高麗，溈仰至五代晉時已亡，惟雲門曹洞臨濟存，而臨濟尤盛。南宗直指人心，見性成佛，不立文字，號爲頓門，又名心宗。神秀之禪行於北方，主張漸悟，號爲漸門，數傳後卽衰微不振。

【禪₂定】佛家語。謂坐禪時住心於一境，冥想妙理。禪定與布施、持戒、忍辱、精進合稱六度，爲成佛的基本功夫。大乘義章十三:"禪定之心正取所緣，名曰思維，……所言定者，當體爲名，心住一緣，離於散動，故名爲定。"南朝梁釋慧皎高僧傳十一竺曇猷:"燉煌人，少苦行，習禪定，後遊江左，止剡之石城山。"參見"六波羅蜜"。

【禪$_2$杖】佛教徒坐禪欲眠時，用以觸使警醒的杖。釋氏要覽下："禪杖，以竹葦爲之，用物包一頭，令下坐執行，坐禪昏睡，以軟頭點之。"後來也作行杖之用。明劉基誠意伯集十三春谷詩爲竹西和尚賦："過橋禪杖落，坐石袈裟祖。"

【禪$_2$林】佛教寺院。寺院多建於山林之地，故稱。北周庾信庾子山集十三陝州弘農郡五張寺經藏碑："春園柳路，變入禪林；蠶月桑津，迴成定水。"唐常建詩三潭州留別："宿帆謁郡佐，悵別依禪林。"

【禪$_2$門】指佛教禪宗的教門。唐唐彥謙鹿門集續補遺寄蔣二十四詩："禪門澹泊無心地，世事生疎欲面牆。"景德傳燈錄八無業禪師："後聞馬大師禪門鼎盛，特往瞻禮。"

【禪$_2$牀】坐禪之牀。唐賈島長江集四送天台山僧詩："寒蔬修淨食，夜浪動禪牀。"景德傳燈錄六洪恩禪師："仰山初領新戒，到謝戒，師見來，於禪牀上拍手，云：和和。"

【禪$_2$客】㊀僧人。唐白居易長慶集五四自思益寺次楞伽寺作詩："行逢禪客久相問，坐倚漁舟一自思。"司空圖司空表聖詩集五移桃栽："禪客笑移山上看，流鶯直到檻上來。"㊁宋人張景修(敏叔)作十客圖，對十種花各予以名目，如以牡丹爲貴客，梅花爲清客等，元人又名梔子花爲禪客。見元程棨三柳軒雜識。

【禪$_2$悅】謂耽好禪理，心神恬悅。華嚴經淨行品："若飯食時，當願衆生，禪悅爲食，法喜充滿。"廣弘明集二八下梁武帝摩訶般若懺文："願諸衆生，離染著相，迴向法喜，安住禪悅。"

【禪$_2$師】僧侶之尊稱。聖善住意天子所問經下："何等比丘得言禪師？文殊師利答言：此禪師者，於一切法，一行思量；所謂不生，若如是知，得言禪師。"宋書夷蠻傳："時鬭場寺多禪僧，京師爲之語曰：鬭場禪師窟，東安談義林。"東安，寺名。

【禪$_2$寂】謂僧侶坐禪寂定。唐杜甫杜工部草堂詩箋七夜聽許十誦詩愛而有作："余亦師粲可，身猶縛禪寂。"韓偓玉山樵人集永明禪師房詩："支公禪寂處，時有鶴來巢。"

【禪陵】後漢獻帝陵墓。以漢禪魏而名。在今河南修武縣北。見後漢書獻帝紀建安三十五年。

【禪$_2$堂】參禪之所，猶言僧堂。楞嚴經十："若未能誦，寫於禪堂。若帶身上，一切諸魔，所不能動。"全唐文二三五沈佺期峽山寺賦："思殿臨岸，禪堂枕江。"

【禪傍】棺木。禪，本作"樿"。莊子人間世："七圍八圍，貴人富商之家求禪傍者斬之。"疏："禪旁，棺材也。亦言棺之全一邊而不兩合者，謂之禪旁。……商賈之家，求大板爲棺材者當斬取之。"後並名截成方柱形的棺木爲沙方，沙方與"禪傍"，乃一聲之轉。

【禪$_2$源】謂佛教參禪之理論根源。景德傳燈錄十三圭峰宗密禪師："遂著禪源諸詮，……其都序略曰：禪是天竺之語，具云禪那，翻云思維修，亦云靜慮，皆是定慧之通稱也。源者，是一切衆生本覺真性，亦名佛性，亦名心地，悟之名慧，修之名定，定慧通名爲禪。此性是禪之本源，故云禪源。"

【禪讓】古代傳説，以帝位讓授於賢者，稱爲禪讓。後漢書八三高鳳傳論："潁陽洗耳，恥聞禪讓。"書堯典"堯典"唐孔穎達疏："若堯舜禪讓聖賢，禹湯傳授子孫。"

【禪$_2$觀】謂參禪。唐孟棨本事詩事感："太和末，敕僧尼試經若干紙，不通者，勒還俗。(李)章武時爲成都少尹，有山僧來謁云：'禪觀有年，未嘗念經，今被追試，前業棄矣，願長者宥之。'"唐錢起錢考功集五送僧歸日本詩："水月通禪觀，魚龍聽梵聲。"

【禪$_2$鑽】謂以談禪爲鑽營干進之術。宋徐度却掃編上："呂申公(公著)素喜釋氏之學。及爲相，務簡淨，罕與士大夫接；惟能談禪者，多得從容。於是好進之徒，往往幅巾道袍，日遊禪寺，隨僧齋粥，談説佛理，覬以自售，時人謂之禪鑽云。"清趙翼甌北詩鈔七言律六魚釜："只愁呂相遊僧寺，多少禪鑽競送迎。"

【禪$_2$月集】五代蜀僧貫休撰。凡二十五卷，又補遺一卷。貫休與皎然齊己在僧人中皆有詩名，詩以豪放稱。其集本名西嶽集。蜀乾德五年，其門人曇域尋檢舊稿及記憶所得，爲之刻印，題名禪月集。

【禪$_2$和子】參禪之人，和尚。宋圜悟勤碧岩語錄一："如今禪和子，問著也道，我亦不知不會，爭奈同途不同轍。"續傳燈錄三一師遠禪師："這公案直須還他透頂透底漢方能了得，此非止禪和子會不得，而今天下叢林中出世爲人底，亦少有會得者。"省作"禪和"。元張可久小山樂府寨兒令鑑湖即事曲："白髮禪和，墨本東坡，相伴住山阿。"

【禪$_2$門五宗】禪門六祖之後，分爲臨濟溈仰雲門法眼曹洞五宗，謂之禪門五宗。參見"禪宗"。

禨 1. jī ㄐㄧ 居依切，平，微韻，見。

㊀事神以求福去災。列子説符："楚人鬼而越人禨。"參見"禨祥"。

2. jì ㄐㄧˋ 集韻 其既切，去，未韻。

㊁濯髮後所飲之酒。通"⿰酉幾"。禮玉藻："君子……日五盥，沐稷而靧粱，櫛用樿櫛，髮晞用象櫛，進禨進羞，工乃升歌。"

【禨祥】㊀祈求鬼神以致福。漢書五三彭祖傳："彭祖不好治宮室禨祥，好爲吏。"注："禨，鬼俗也。"㊁吉凶。淮南子氾論："夫見不可布於海內，聞不可明於百姓，是故因鬼神禨祥而爲之立禁，總形推類而爲之禨祥。"注："禨祥，吉凶。禁，戒。"

禦 yù ㄩˋ 魚巨切，上，語韻，疑。

㊀抗拒，抵擋。易蒙："上九……利禦寇。"莊子馬蹄："馬，蹄可以踐霜雪，毛可以禦風寒。"㊁制止，防備。國語晉二："恐其如壅大川，潰而不可救禦也。"又周中："國有郊牧，疆有寓望，藪有圃草，囿有林池，所以禦災也。"㊂見"禦兒"。

【禦夷】軍鎮名。爲北魏六鎮之一。太和中爲防禦柔然入侵而置。故址在今河北赤城東北。水經注十四濡水："濡水出禦夷鎮東南"，即此。參閱讀史方輿紀要十八保安右衛。

【禦兒】古地名。國語越上："勾踐之地，南至于句無，北至于禦兒。"注："今嘉興禦兒鄉是也。"史記一一四東越傳："樓船將軍率錢唐轅終古斬徇北將軍，爲禦兒侯。"正義："禦字今作'語'。語兒鄉在蘇州嘉興縣南七十里，臨官道也。"漢書九五閩粵王傳作"語兒"。史記建元以來侯者年表作"蘌兒"。在浙江舊崇德縣境。崇德，今爲桐鄉縣。

【禦侮】扞禦侵侮。詩大雅緜："予曰有禦侮。"傳："武臣折衝曰禦侮。"疏："禦侮者，有武力之臣，能折止敵人之衝突者，是能扞禦侵侮，故曰禦侮也。"此指能扞禦侵侮的武臣。

十三畫

禮 lǐ ㄌㄧˇ 盧啓切，上，薺韻，來。

㊀祭神以致福。見説文。參閱近人王國維觀堂集林六釋禮。㊁規定社會行爲的法則、規範、儀式的總稱。論語爲政："道之以德，齊之以禮，有恥且格。"荀子禮

論："先王惡其亂也，故制禮義以分之。"㊂以禮相待，對人表示敬意。禮月令季春之月："聘名士，禮賢者。"㊃禮品。禮表記："無辭不相接也，無禮不相見也。"晉書陸納傳："及受禮，唯酒一斗，鹿肉一柈。"㊄儒家經典名。見"三禮㊀"、"禮經"。㊅姓。春秋衛有禮至，見左傳僖二四年；東漢有禮震，見後漢書六九上歐陽歙傳。

【禮文】謂禮節儀式。漢書禮樂志："周監於二代，禮文尤具，事爲之制，曲爲之防。"文選漢王子淵（褒）四子講德論："禮文既集，文學夫子降席而稱曰：俚人不識，寡見尠聞。"

【禮生】相禮者。梁書劉毅傳："自國子禮生射策高第，爲寧海令。"舊時祭祀孔廟及先賢祠堂在旁規唱起、跪、叩首之儀者稱禮生。見清梁章鉅稱謂錄二八贊禮、六部成語註解禮部禮生。

【禮防】禮法。謂禮法可以禁亂，如堤防可以止水，故曰禮防。禮經解："夫禮，禁亂之所由生，猶坊止水之所自來也。"三國魏曹植曹子建集三洛神賦："收和顏而靜志兮，申禮防以自持。"

【禮法】禮儀法度。荀子修身："故學也者，禮法也。夫師以身爲正儀而貴自安者也。"注："效師之禮法，以爲正儀。"世說新語簡傲："高坐道人於丞相（王導）坐，恒偃卧其側，見卞令（望之）肅然改容，曰：'彼是禮法人。'"

【禮宗】遵守禮法的規範。東漢皇甫規妻，善文，能草書。規卒，董卓謀取爲婦，不從，遂爲卓害。後人圖畫其貌，號曰禮宗。見後漢書八四皇甫規妻傳。

【禮官】掌禮儀之官。周禮春官序官："乃立春官宗伯，使帥其屬而掌邦禮，以佐王和邦國，禮官之屬。"史記禮書："余至大行禮官，觀三代損益，乃知緣人情而制禮，依人性而作儀，其所由來尚矣。"

【禮命】按禮制規定百官遷升的文書。周禮天官冢宰小宰："以官府之八成經邦治……五曰聽祿位以禮命。"孫詒讓正義："禮命者，國之禮籍，王之策命，若典命內史所掌是也。"後漢書五四楊震傳："常客居於湖，不答州郡禮命數十年。"三國志魏田疇傳注引先賢行狀曹操令："及孤奉詔征定河北，遂服幽都，將定胡寇，特加禮命，疇卽受署，陳建攻故蹊路所由。"

【禮物】㊀典禮文物。書微子之命："統承先王，修其禮物，作賓于王家。"藝文類聚三八三國魏王粲荆州文學記："遂訓六經，講禮物，諧八音，協律呂，修紀曆，理刑法。"㊁婚娶時所備禮品。通典五八嘉禮三公侯大夫士婚禮："後漢……其禮物凡三十種。"後來泛指一般饋贈品。

【禮拜】致禮於所信仰的神佛。舊題漢班固漢武故事："不祭祀，但燒香禮拜。"世說新語排調："何次道（充）往瓦官寺，禮拜甚勤。"唐白居易長慶集六遊悟真寺詩："抖擻塵埃衣，禮拜冰雪顏。"

【禮俗】禮儀習俗。周禮天官大宰："以八則治都鄙。……六曰禮俗。"三國志魏王粲傳："（阮）瑀子籍，……官至步兵校尉"注引魏氏春秋："籍曠達不羈，不拘禮俗。"

【禮容】禮節法度。史記孔子世家："孔子爲兒嬉戲，常陳俎豆，設禮容。"樂府詩集二十南朝梁沈約鼓吹曲辭於穆："纓佩俯仰，有則備禮容。"

【禮記】書名。爲西漢人戴聖編定，共四十九篇，採自先秦舊籍。有漢鄭玄注及唐孔穎達正義。以同時戴德別有記八十五篇，稱大戴禮，此書亦稱小戴記。隋書經籍志言二戴書皆取自劉向所校一百三十一篇，而聖又自大戴八十五篇中删爲四十六篇。按劉向時代，遠在二戴以後，二戴書同異不一，皆不足信，清代經學家已多證其非。

【禮書】㊀載祭祀程序之書。周禮春官大史："戒及宿之日，與羣執事讀禮書而協事；祭之日，執書以次位常。"疏："言執書者，謂執行祭禮之書，若今儀注。"㊁宋陳祥道撰，一百五十卷。其書本王安石新經義之說，時與漢鄭玄立異，雖不免偏頗，然綜其大致，則貫通經傳，縷析條分，於唐人論禮之說及聶崇義三禮圖多有補正。

【禮射】天子諸侯等的射禮。禮射義"故天子之大射，謂之射侯"唐孔穎達疏："凡天子諸侯及卿大夫禮射有三：一爲大射，是將祭擇士之射；二爲賓射，諸侯來朝天子入而與之射也。或諸侯相朝而與之射也；三爲燕射，謂燕息而與之射。"

【禮部】官署名，爲六部之一，掌禮樂、祭祀、封建、宴樂及學校貢舉的政令。後漢尚書吏曹兼掌齋祀。魏晉爲祠部，北魏又稱儀曹。後周有禮部而不言職事，隋唐皆爲禮部。清末改爲典禮院。參閱通典二三職官五禮部尚書、清續文獻通考一二二職官八京文職。

【禮教】謂禮儀教化。列子楊朱："衞之君子多以禮教自持，固未足以得此人之心也。"世說新語品藻"正始中人士比論"注引晉諸公讚："晉受禪，（荀顗）封臨淮公，德望清重，留心禮教，卒諡康公。"

【禮堂】講學習禮之堂。後漢書三五鄭玄傳戒子書："末所憤憤者，徒以亡親墳壟未成，所好羣書，率皆腐敝，不得於禮堂寫定，傳於其人。"

【禮畢】樂舞名。晉太尉庾亮卒，家伎追思亮，因假爲其面，執翳以舞，象其容，又取其諡號以名之，謂之"文康樂"。每奏九部樂終則陳之，故又以"禮畢"爲名。見隋書音樂志下。

【禮運】禮記篇名。禮禮運題疏："按鄭（玄）目錄云：'名曰禮運者，以其記五帝三王相變易、陰陽轉旋之道。此於（劉向）别錄屬通論。"

【禮遇】以禮相待之意。世說新語讒險："袁悅有口才，能短長說，亦有精理，始作謝玄參軍，頗被禮遇。"

【禮意】㊀禮經之意義。書周官"總宰掌邦治，統百官，均四海"唐孔穎達疏："或據禮文，或取禮意，雖言有小異，義皆不殊。"㊁以禮貌表敬意。漢書七一雋不疑傳："（暴）勝之知不疑非庸人，敬納其戒，深接以禮意，問當世所施行。"

【禮節】行禮的分寸等級。荀子非十二子："遇友則修禮節辭讓之義。"淮南子修務："長無兄弟，少無父母，目未嘗見禮節，耳未嘗聞先古。"

【禮鼠】鼫鼠的別名，又稱黄鼠、拱鼠。天氣晴和時，在穴口交前足如人拱揖之狀。唐韓愈昌黎集八城南聯句詩："禮鼠拱而立，駭牛躅且鳴。"參閱宋陸佃埤雅釋蟲鼠、明鎦績霏雪錄。

【禮經】㊀指儀禮。左傳隱七年："凡諸侯同盟，於是稱名，故薨則赴以名，告終稱嗣也，以繼好息民，謂之禮經。"注："此言凡例，乃周公所制禮經也。漢書藝文志謂之禮古經，并云'禮經三百'是也。"梁陳以後始有儀禮之稱。㊁指周禮。漢書藝文志謂之周官經。三禮中儀禮、周禮爲經，禮記爲記，自漢劉歆始稱周官爲周禮。

【禮說】清惠士奇撰，十四卷。其書不載禮記本文，惟標有所辨證者，依經文次序編次。於古音古字多爲之分別疏通，於周制及漢鄭玄注所云漢制，皆旁引經史，考求其源委。

【禮貌】對人恭敬有禮。孟子告子下："雖未行其言也，迎之致敬以有禮，則就之。禮貌衰，則去之。"注："禮者，接之以禮也；貌者，顏色和順，有樂賢之容。"呂氏春秋報更："魏氏人張儀，材士也，將西遊於秦，願君之禮貌之也。"

【禮數】禮儀的等級。左傳莊十八年："王

命諸侯，名位不同，禮亦異數。"文選南朝梁任彥昇(昉)出郡傳舍哭范僕射詩："平生禮數絕，式瞻在國楨。"唐封演封氏聞見記九遷善："(田神功)遂令屈請諸判官謝之，曰：'神功武將，起自行伍，不知朝廷禮數，比來錯受判官等拜。'"

【禮儀】行禮之儀式。詩小雅楚茨："獻醻交錯，禮儀卒度。"史記禮書："至秦有天下，悉內六國禮儀，采擇其善。"後漢書隋書舊唐書並有禮儀志。

【禮緯】漢緯書名。起於哀帝平帝之間，說經而大量吸收圖讖之說，多怪誕無稽。六經與孝經皆有緯，有含文嘉稽命徵斗威儀等，已亡佚。有明人古微書、清人玉函山房輯佚本。

【禮樂】禮與樂的合稱。呂氏春秋孟夏："乃命樂師習合禮樂。"禮王制："春秋教以禮樂，冬夏教以詩書。"白虎通有禮樂篇，漢書有禮樂志。

【禮憲】㊀禮與法。荀子勸學："不道禮憲，以詩書為之，譬之猶以指測河也，以戈舂黍也，以錐飡壺也，不可以得之矣。"㊁典禮。後漢書三五曹褒傳："朝廷禮憲，宜時刊立。"

【禮縣】縣名，屬甘肅省。漢為武都郡嘉陵道地，東漢為上祿縣地。北魏於縣置漢陽郡。隋開皇初郡廢，十八年改縣曰長道，屬漢陽郡。唐屬成州，後復置長道縣。元廢縣置禮店文州軍民元帥府，明洪武四年改置禮店千戶所，至成化九年置禮縣，屬陝西鞏昌府秦州。清屬甘肅秦州。見明史地理志三陝西、嘉慶一統志二七四秦州一。

【禮器】㊀禮記篇名。禮器題疏："案鄭(玄)目錄云：名為禮器者，以其記禮使人成器之義也。……此於(劉向)別錄屬制度。"器，指形名度數。㊁祭器。史記孔子世家太史公曰："適魯，觀仲尼廟堂車服禮器。"

【禮錢】漢靈帝賣官鬻爵，求官者所輸之錢，謂之禮錢。後漢書三一羊續傳："六年，靈帝欲以續為太尉。時拜三公者，皆輸東園禮錢千萬。"太平御覽八三六三國魏桓範世論："靈帝置西園之邸，賣爵，號曰禮錢。"

【禮闈】㊀南北朝至唐稱尚書省為禮闈。文選南朝宋任彥昇(昉)王文憲集序："出入禮闈，朝夕舊館。"注："十洲記曰：崇禮門，即尚書上省門，崇禮東建禮門，即尚書下舍門；然尚書二門名禮，故曰禮闈也。"初學記十一唐任希古和左僕射燕公春日端居述懷詩："禮闈通政本，文昌總國均。"㊁唐以後指禮部或禮部試進士之所。唐杜甫杜工部草堂詩箋十哭長孫侍御："禮闈曾擢桂，憲府舊乘驄。"劉禹錫劉夢得集四宣上人遠寄賀禮部王侍郎放牓後詩因而繼和詩："禮闈新牓動長安，九陌人人走馬看。"宋王禹偁小畜集八謫居感事詩："禮闈冠多士，御試拜丹墀。"自注："八年予忝春官首薦。"明清禮部試進士，亦稱禮闈。

【禮辭】以禮辭謝。儀禮燕禮："賓少進，禮辭。"唐韓愈昌黎集二十送幽州李端公序："某禮辭曰：公，天子之宰，禮不可如是。"

【禮懺】佛家語。禮拜三寶，懺悔所造之罪。梁書庾詵傳："晚年以後，尤遵釋教，宅內立道場，環遶禮懺，六時不輟。"南朝梁慧皎高僧傳五竺僧輔："後憩荆州上明寺，單蔬自節，禮懺翹勤，誓生兜率，仰瞻慈氏。"唐釋智昇撰集諸經禮懺儀二卷。今通稱拜懺。

【禮韡】祭禮所用之韡。韡，同"靴"。古祭服有赤黑二舃。其制以木置履下，乾腊不畏泥溼。祭時脫舃升壇，祭畢降壇納舃。見晉崔豹古今注輿服。唐宋以後，公服用韡，祭服仍用舃；明嘉靖中，始罷脫舃之禮，改用禮韡。

禮韡

【禮體】謂禮的本體。文苑英華三八〇唐常袞授李季卿右散騎常侍李尚書右丞制："雅有學行，通於禮體。"舊唐書穆宗紀長慶元年："宰臣崔植、杜元穎奏請，坐日所有君臣獻替，事關禮體，便隨日撰錄，號為聖政紀，歲終付史館。"

【禮拜堂】宗教徒崇奉教主誦經行禮之處。宋周去非嶺外代答三外國門下大秦國："王少出，惟誦經禮佛，遇七日，即由地道往禮拜堂拜佛。"今專指基督教及天主教行禮之處。

【禮部試】科舉時代禮部主會試，故稱禮部試。宋以後稱會試。新五代史李懌傳："予少舉進士登科，蓋偶然爾。……假令予復就禮部試，未必不落第，安能與英俊為准格？"參見"會試"。

【禮儀使】唐宋時，國有大禮，皆任命大臣掌其事，謂之禮儀使。舊唐書禮儀志一："開元十年，詔國子司業韋縚為禮儀使，專掌五禮。"

【禮器碑】碑名。全名為魯相韓勑造孔廟禮器碑，通稱禮器碑。東漢桓帝永壽二年，韓勑為魯相，重造孔廟禮器，時人立碑以記之。碑在今山東曲阜孔廟。全文十六行，雜用讖緯。隸書，書法高妙古逸，與曹全碑同稱漢隸精品。見隸釋一。參閱宋董逌廣川書跋五韓明府碑。

【禮尚往來】禮貴有來有往。禮曲禮上："禮尚往來。往而不來，非禮也；來而不往，亦非禮也。"宋胡寅斐然集四寄唐堅伯詩："禮尚往來思報玖，情深汲引屢拋甎。"

【禮記集解】清孫希旦撰，六十一卷。首取漢鄭玄注唐孔穎達正義，芟其繁蕪，摘其樞要，下及宋元以來諸儒之說，無不博觀約取，解說惟求其通，不囿於漢宋門戶之見。其於名物制度，尤為考索精詳。

【禮記集說】宋衛湜撰，一百六十卷。以禮記漢鄭玄注及唐孔穎達正義為主，採漢至宋專言禮之書共一百四十四家，至他書之涉及禮記者，尚不在數。其書初不為人所重，自明永樂中胡廣等修五經大全，以集說簡便易明，因舍舊注，而用集說，並定為科舉取士的程式。

【禮書通故】清黃以周撰，一百卷。此書會通三禮，分為四十九類，博采衆說而折衷之，不墨守一家之言。故其學雖以漢鄭玄為宗，亦有駁正鄭義者。較秦蕙田五禮通考，博或不及，而精則過之。末八卷為儀節圖、名物圖，考訂精審，出張惠言儀禮圖之上。

【禮書綱目】清江永撰，八十五卷。略仿朱熹儀禮經傳通解之例，然參考羣經，洞悉條理，於熹書的舛錯有所糾正，並補其所未及。

【禮部韻略】韻書名。宋景德四年丘雍戚綸所定，今已不存。景祐四年丁度重修，改名禮部韻略，五卷。此為科舉程式之書，故附有貢舉條式一卷。共收九千五百九十字。後紹興三十二年毛晃表進所撰增修互注禮部韻略五卷，增二千六百五十五字，現存禮部韻略，即紹興增修本。參閱宋許觀東齋記事禮部韻、文獻通考一八九經籍十六。

【禮賢下士】屈身以尊待賢人，延攬羣士。宋書江夏王(劉)義恭傳太祖(劉裕)誡書："禮賢下士，聖人垂訓；驕侈矜尚，先哲所去。"

禬 guì huì 古外切，去，泰韻，見。
ㄍㄨㄟˋ ㄏㄨㄟˋ 黃外切，去，泰韻，匣。

㊀祈福除殃的祭祀。周禮天官女祝："掌以時招、梗、禬、禳之事。"注："除災害曰禬。禬，猶刮去也。"㊁古時諸侯聚合財物接濟盟國之禮。周禮春官大宗伯："以禬禮哀圍敗。"注："同盟者合會財貨以更其所喪。"疏："國被禍敗，喪失財

物，則同盟之國會合財貨歸之，以更其所喪。”

【禬解】祭祀神祇，祈禱消除災害。新唐書八九段文昌傳：“從帥荆南，州或旱，禬解必雨。”

十四畫

禰 1. nǐ 奴禮切，上，薺韻，泥。ㄋㄧˇ

㊀父死在宗廟中立主曰禰。周禮春官甸祝：“舍奠於祖廟，禰亦如之。”注：“鄭司農（衆）云：禰，父廟。”公羊傳隱元年“惠公者何？隱之考也”漢何休注：“生稱父，死稱考，入廟稱禰。”㊁隨行之神主。禮文王世子：“其在軍，則守於公禰。”注：“公禰，行主也。”按：古軍旅之事，常載木主而行，在外覲出，雖非考廟，亦稱禰。㊂地名。詩邶風泉水：“出宿于泲，飲餞于禰。”韓詩作“坭”。其地在今山東菏澤西。

2. mí ㄇㄧˊ

㊃姓。漢有禰衡。

【禰₂衡】公元 173—198 年。東漢平原般人，字正平。少有才辯，而氣剛傲物。與孔融交好，融薦於曹操。操召爲鼓吏，令其改服鼓吏之裝，欲辱之。衡於操前裸身更衣，後又至操營門外大罵。操怒，謂孔融曰：“禰衡豎子，孤殺之猶雀鼠耳！顧此人素有虛名，遠近將謂孤不能容之。”乃送衡於劉表，表又送之於江夏太守黄祖處，終爲黄祖所殺。文選有衡撰鸚鵡賦。後漢書有傳。

禱 dǎo 都晧切，上，晧韻，端。ㄉㄠˇ 都導切，去，号韻，端。

祈神求福。論語述而：“子疾病，子路請禱。”國語晉九：“衛莊公禱。”注：“禱，謂將戰時請福也。”

禷 yàn 於琰切，上，琰韻，影。ㄧㄢˋ

祭名。去除邪惡之祭。遼史禮志三軍儀：“或皇帝服介冑，祭諸先帝宫廟，乃閱兵。將行，牝牡麃各一爲禷祭。”又國語解：“凡出征，以牝牡麃各一祭之曰禷，禷祭：……詛敵也。”

十七畫

禳 ráng 汝陽切，平，陽韻，日。ㄖㄤˊ

祭名。去邪除惡之祭。周禮天官女祝：“掌以時招梗禬禳之事，以除疾殃。”注：“卻變異曰禳。禳，攘也。”又春官雞人：“凡祭祀，面禳釁，共其雞牲。”疏：“禳，謂禳去惡祥也。”

禴 yuè 以灼切，入，藥韻，喻。ㄩㄝˋ

祭名。四時之祭。詩小雅天保：“禴祠烝嘗，于公先王。”傳：“春曰祠，夏曰禴，秋曰嘗，冬曰烝。”易萃：“引吉無咎，孚乃利用禴。”注：“禴，殷者〔春〕祭名也。”禴亦作礿。

十八畫

禷 lèi 力遂切，去，至韻，來。ㄌㄟˋ

祭名。古文尚書説以非時祭，以事類告爲禷；今文説爲祭天的别名。爾雅釋天：“是禷是禡，師祭也。”注：“師出征伐，類於上帝。”詩大雅皇兮禷作“類”。經典通作“類”。

禸 部

禸 róu 人九切，上，有韻，日。ㄖㄡˊ

獸足踏地。篆作“蹂”。也作“厹”。爾雅釋獸：“貍、狐、貒、貈醜，其足蹯，其跡禸。”疏：“其指頭著地處名禸。”

四畫

禺 1. yù 牛具切，去，遇韻，疑。ㄩˋ

㊀獸名。猴屬，似獮猴而大，赤目長尾。山海經南山經：“（招搖之山）其狀如禺而白耳，其名曰狌狌，食之善走。”一説即“果然”。見“果然㊂”。

2. yú 遇俱切，平，虞韻，疑。ㄩˊ

㊁猶區域。管子侈靡：“王者上事，霸者生功，言重本，是爲十禺。”注：“禺，猶區也。十禺，謂十里之地，每里爲一禺，故曰十禺。”㊂隅。見“禺₂中”。㊃寓，寄託。史記封禪書：“時駒四匹，木禺龍欒車一駟，木禺車馬一駟，各如其帝色。”索隱：“禺，一音寓，寄也。寄龍形於木，寓（鳥）馬亦然。一音偶，亦謂偶其形於木也。”

3. yóng 集韻 魚容切，平，鍾韻。ㄩㄥˊ

㊄見“禺₃禺₃”。

4. ǒu ㄡˇ

㊅偶，對。見“禺₄筴”。

【禺₂中】日近午。即“隅中”。淮南子天文：“（日）至于衡陽，是謂隅中。”遼史食貨志下：“東平郡城中置看樓，分南北市，禺中交易市北，午漏下交易市南。”

【禺₂谷】同“禺淵”。古代傳説日落的地方。山海經大荒北經：“大荒之中有山名曰成都載天，有人珥兩黄蛇，把兩黄蛇，名曰夸父。夸父不量力，欲追日景，逮之于禺谷。”注：“禺淵，日所入也。今作‘虞’。”

【禺₃禺₃】魚名。文選漢司馬長卿（相如）上林賦：“禺禺魼鰨。”注：“郭璞曰：禺禺，魚。皮有毛，黄地黑文。禺音顒。”集韻作“鰅”。

【禺₂淵】見“禺₂谷”。

【禺₄筴】據成年男女食鹽者之口數而立册。管子海王：“禺筴之商，日二百萬。”注：“禺讀爲偶。偶，對也。商，計也。對其大男大女食鹽者之口數而立筴，以計所税之鹽，一日計二百萬合，爲二百鍾。”

【禺虢】傳説中的海神。山海經大荒東經：“東海之渚中有神，人面鳥身，珥兩黄蛇，踐兩黄蛇，名曰禺虢。黄帝生禺虢，禺虢生禺京，禺京處北海，禺虢處東海，是惟海神。”注：“虢，一本作號。”海内經有禺號，帝俊之子。

【禺彊】海神。山海經海外北經：“北方禺彊，人面鳥身，珥兩青蛇，踐兩青蛇。”注：“字玄冥，水神也。”又見大荒東經、大荒北經。莊子大宗師作禺强。釋文引簡文云：一名禺京，黄帝之孫。吕氏春秋求人：“（禹）北至……禺彊之所。”注：“禺彊，天神也。”

禹 yǔ 王矩切，上，麌韻，于。ㄩˇ

㊀蟲名。見説文。㊁遠古夏部落領袖。見“夏禹”。㊂姓。相傳爲夏禹之後。見漢應劭風俗通姓氏篇下。

【禹穴】㊀在浙江紹興縣之會稽山。傳

說爲夏禹葬地。史記太史公自序:"二十而南游江淮,上會稽,探禹穴。"集解引張晏:"禹巡狩至會稽而崩,因葬焉。上有孔穴,民間云禹入此穴。"一說爲禹藏書之處。見嘉慶一統志二九四紹興府一古蹟。㊁在陝西洵陽縣東。高八尺,深九尺,旁鐫禹穴二字。穴右有泉,味甚清洌,相傳禹決漢水時居此。見嘉慶一統志二四二興安府二古蹟。

【禹功】禹的功績。詩小雅信南山序:"(幽王)不能脩成王之業,疆理天下,以奉禹功。"清胡渭禹貢錐指序:"中國之水,莫大於河,禹功之美,莫著於河。"

【禹步】跛行。相傳禹治水辛苦,身病偏枯,足行艱難,故名。尸子廣澤:"禹於是疏河決江,十年不窺其家,足無爪,脛無毛,偏枯之病,步不能過,名曰禹步。"漢揚雄法言重黎:"昔者姒氏治水土,而巫步多禹。"晉李軌注:"姒氏,禹也,治水土,涉山川,病足,故行跛也,……而俗巫多效禹步。"故後代巫師道士作法的步法亦稱禹步。北齊書陸法和傳:"法和與宋莅兄弟入朝,……法和遥見鄴城,下馬禹步。辛術謂曰:'公既萬里歸誠,主上虛心相待,何爲作此術?'"全唐詩一四三王昌齡武陵開元觀黃鍊師院之一:"松間白髮黃尊師,童子燒香禹步時。"

【禹甸】詩小雅信南山:"信彼南山,維禹甸之。"毛傳訓甸爲治,漢鄭玄箋謂六十四井爲甸,甸方八里,言禹立爲丘甸之法。後人用鄭義,稱中國九州之地爲禹甸。宋方夔富山遺稿九苦熱詩之一:"誰是蒼生霖雨手,普將禹甸釀西成。"

【禹門】即龍門,相傳爲禹所鑿,故稱禹門。在山西河津縣西。五代前蜀韋莊浣花集一柳谷道中作却寄詩:"心如嶽色留秦地,夢逐河聲出禹門。"

【禹迹】禹治洪水,足迹遍於九州,故稱九州大地爲禹迹。書立政:"其克詰爾戎兵,以陟禹之迹。"傳:"以升禹治水之舊迹。"左傳襄四年:"芒芒禹迹,畫爲九州。"

【禹城】縣名,屬山東省。春秋齊邑。漢改爲祝阿縣,屬平原郡。唐天寶元年以縣西南有禹息故城,改名禹城。乾元二年遷治今縣地。明清屬山東濟南府。參閱元和郡縣志十齊州、寰宇通志七一濟南府一。

【禹韭】草名。見"麥門冬"。

【禹浪】宋范仲淹范文正集一贈樊秀才詩:"明年桃李開,禹浪如霞高,之子可變化,咫尺登金鼇。"河津一名龍門,又名禹門。水險浪急,古代傳說魚鼈之類皆不能上,上即成龍。因以禹浪比喻時勢際會,人得因緣昇遷。參見"登龍門"。

【禹貢】尚書夏書篇名。大約成書於周秦之際。篇中把當時中國劃分爲九州,記述各區域的山川分布、交通、物產狀況以及貢賦等級等,保存了我國古代的重要的地理資料。後來地誌之書,自漢書地理志、水經注以及後來各代地理專著,無不以禹貢爲依據。歷代解釋禹貢之著述甚多,成爲專門之學。清胡渭所撰禹貢錐指,是一部總結性的著作。

【禹書】舊傳山海經爲禹所撰,故有禹書之稱。唐柳宗元柳先生集十八逐畢方文:"問之禹書,畢方是祟。"

【禹域】禹治水,別九州,故稱中國爲禹域,與"禹迹"同。參見"禹迹"。

【禹陵】夏禹的陵墓。在浙江紹興縣會稽山。相傳禹南巡至會稽而亡。宋乾德中,立禹廟於會稽,置守陵五户;明洪武中,設陵户二人。參閱漢書地理志上會稽郡、浙江通志一禹陵圖說。

【禹碑】即岣嶁碑。見該條。

【禹縣】地名。古夏禹國,春秋鄭櫟邑,戰國名陽翟,爲韓都;秦漢爲潁川郡治。明改爲禹州,屬河南開封府,清因之。公元1913年改禹縣,屬河南省。參閱嘉慶一統志一八六開封府一。

【禹績】禹治水的功績。詩大雅文王有聲:"豐水東注,維禹之績。"藝文類聚五九三國魏阮瑀紀征賦:"遂臨河而就濟,瞻禹績之茫茫。"

【禹王臺】古蹟。1. 在河南開封市。原名吹臺,相傳爲春秋師曠吹律遺址,漢梁孝王增築之。後有繁姓居其側,故又名繁臺。唐天寶中,李白杜甫高適聚於吹臺,飲酒賦詩,後人因於臺上建三賢祠。明人爲紀念夏禹治水的功績,於臺上建禹廟,遂稱吹臺爲禹王臺。參閱宋歐陽忞輿地廣記五四京、祥符縣志十四古蹟。2. 在山東郯城縣東北。相傳禹治水鑿馬陵山通沭水而西,築臺於此,以鎮水勢。參見山東通志三六古蹟三郯城縣。

【禹門渡】在山西河津縣西北,即古龍門關。明清設有禹門渡巡檢司。參閱嘉慶一統志一五五絳州一。

【禹會村】一名禹墟,在今安徽懷遠縣東南,相傳爲禹會諸侯的遺蹟。宋蘇軾分類東坡詩二濠州七絕之一塗山:"樵蘇已入黃熊廟,烏鵲猶朝禹會村。"

【禹餘糧】㊀一種岩石,呈大小圓石片或砂粒狀,常膠附褐鐵礦上,中有空處含黏土,勻細清潔,色黃,可入藥。傳說禹治水時棄其餘糧而化爲此石,故名。入藥。又名白餘糧、太一餘糧。參閱政和證類本草三禹餘糧。㊁薛草。一名自然穀。晉張華博物志六:"海上有草焉名薛,其實食之如大麥,從七月稔熟,……名曰自然穀,或曰禹餘糧。"參閱本草綱目二三穀二薛草。㊂麥門冬別名。見"麥門冬"。

【禹貢錐指】清胡渭撰,二十卷,圖一卷。書首有圖四十七幅。全書於九州分域,山川脈絡,援古驗今,博引諸家舊說,議論詳明,爲研究禹貢的總結性專門著作。

六 畫

离 chī 丑知切,平,支韻,徹。
ㄔ
㊀"魑"、"螭"的本字。說文作"离"。隸作"离"。參閱清段玉裁說文解字注"离"。㊁同"離"。晉書宣帝紀:"司馬公(懿)尸居餘氣,形神已離。"殿本作"离"。

禼 xiè 集韻 私列切,入,薛韻。
ㄒㄧㄝ
見"离"。

七 畫

离 xiè 私列切,入,薛韻,心。
ㄒㄧㄝ
殷始祖契,本作离。史記三代世表:"离爲殷祖。"也作卨、契、偰。史記一一七司馬相如傳子虛賦:"禹不能名,契不能計。"文選作"卨"。參閱清朱駿聲說文通訓定聲"离"。

禺 fèi 集韻 父沸切,去,未韻。
ㄈㄟ
同"狒"。見集韻。見下。

【禺禺】即狒狒。文選晉左太沖(思)吳都賦:"猩猩啼而就禽,禺禺笑而被格。"注:"禺禺,梟羊也。……善食人,大口,其初得人,喜而笑,却脣上覆額,移時而後食之。人因爲筒貫於臂上,待執人,人即抽手從筒中出,鑿其脣於額而得禽之。"

八 畫

禽 qín 巨金切,平,侵韻,羣。
ㄑㄧㄣ
㊀走獸總名。左傳宣十二年:"使攝叔奉麋獻焉。曰:'以歲之非時,獻禽之未至,敢膳諸從者。'"文選三國魏曹子建(植)

名都篇："馳騁未能半，雙兔過我前。……左挽因右發，一縱兩禽連。"㊂鳥獸總稱。三國志魏華佗傳附吳普樊阿："吾有一術，名五禽之戲，一曰虎，二曰鹿，三曰熊，四曰猨，五曰鳥。"㊂指鳥類。孟子梁惠王上："君子之於禽獸也，見其生，不忍見其死。"爾雅釋鳥："二足而羽謂之禽，四足而毛謂之獸。"後來多以禽專指鳥類。㊃捉，逮住。通"擒"。左傳僖三三年："瑕覆于周氏之汪，外僕髡屯禽之以獻。"㊄姓。魯伯禽之後。高士傳有禽慶，莊子有墨翟弟子禽滑釐。見宋邵思姓解三。

【禽色】畋獵與女色。新唐書一七四元稹傳獻言："願令皇太子洎諸王齒胄講業，行嚴師問道之禮，輟禽色之娛，資游習之善，豈不美哉！"

【禽言】㊀鳥語，鳥鳴。唐宋之問集下謁禹廟詩："猿嘯有時答，禽言常自呼。"㊁詩體名。以鳥名象聲取義，用以寓意抒情。宋梅堯臣有禽言詩四首，見宛陵集四。蘇軾仿其體作"五禽言"。見分類東坡詩十三。

【禽息】㊀春秋秦人。後漢書七六孟嘗傳"楊喬上書薦(孟)嘗"唐章懷太子注："禽息，秦大夫，薦百里奚而不見納。繆公出，當車以頭擊闑，腦乃播出，曰：'臣生無補於國，不如死也。'繆公感寤，而用百里奚，秦以大化。"㊁見"禽息鳥視"。

【禽羞】用飛禽作成的美味食品。儀禮聘禮："禽羞俶獻比。"注："禽羞，謂成熟有齊和者，俶獻四時珍美新物也。"

【禽荒】沈迷於田獵。書五子之歌："內作色荒，外作禽荒。"國語越下："出則禽荒，入則酒荒。"

【禽鹿】猶言禽獸。史記八七李斯傳："處卑賤之位而計不爲者，此禽鹿視肉，人面而彊行者耳。"三國志魏倭人傳："所居絕島，方可四百餘里，土地山險，多深林，道路如禽鹿徑。"

【禽滑】即禽滑釐。墨子弟子。北齊劉晝劉子十九流："墨者，尹佚墨翟禽滑胡非之類也，儉嗇謙愛，尚賢右鬼非命。"詳"禽滑釐"。

【禽經】一卷。舊題師曠撰，晉張華注，實皆後人依託。所載均爲飛禽之類。宋陸佃埤雅始引其書。

【禽儀】指婚姻聘禮。禽，指鴈。古婚禮納采用鴈。聊齋志異公孫九娘："(朱)出金爵一、晉珠百枚，曰：'他無長物，聊代禽儀。'"也作"禽妝"。又續黃粱："又且平民膏腴，任肆吞食，良家女子，强委禽妝。"參見"委禽"。

【禽獸】㊀飛禽走獸的統稱。也單指獸類。書旅獒："珍禽奇獸，不育于國。"禮曲禮："鸚鵡能言，不離飛鳥；猩猩能言，不離禽獸。"㊁猶畜牲，罵人之語。孟子滕文公下："無父無君，是禽獸也。"㊂亂倫之行。詳"禽獸行"。

【禽犢】荀子勸學："君子之學也，以美其身；小人之學也，以爲禽犢。"注："禽犢，餽獻之物也。"言小人之學，無裨於身心，但爲玩好而已，故以禽犢爲譬。

【禽滑釐】戰國初人，曾學於子夏，後爲墨子弟子。墨子爲止楚攻宋，命禽滑釐率弟子三百人，持其守圉之器，助宋守城。參閱墨子公輸、備城門。列子楊朱作"禽滑黎"；呂氏春秋當染作"禽滑𪏹"、尊師作"禽滑黎"；漢書古今人表作"禽屈釐"、儒林傳作"禽滑氂"。

【禽獸行】指違背人倫的行爲。管子八觀："倍人倫而禽獸行，十年而滅。"後謂亂倫爲禽獸行。史記荊燕世家燕王澤："王孫定國，與父康王姬姦，生子男一人，奪弟妻爲姬。……詔下公卿，皆議曰：'定國禽獸行，亂人倫，逆天，當誅。'"

【禽困覆車】猶言困獸猶鬬。戰國策韓三："爲（韓）公仲謂向壽曰：'禽困覆車。'"宋鮑彪注："禽，所獲獸也，能覆獵者之車，不可忽。"史記七一甘茂傳："韓公仲使蘇代謂向壽曰：'禽困覆車。'"集解："譬禽獸得困急，猶能抵觸傾覆人車。"

【禽息鳥視】喻養尊處優，無益於世。三國志魏陳思王(曹)植傳求自試疏："虛荷上位而忝重祿，禽息鳥視，終於白首，此徒圈牢之養物，非臣之所志也。"

十畫

禺 yú ㄩ

古喪車之飾。荀子禮論："無帾絲禺縷翣，其貊以象菲帷幬尉也。"注："絲禺，未詳，蓋亦喪車之飾也。……禺讀爲魚，謂以銅魚縣於池下。"

禾 部

禾 hé ㄏㄜˊ 戶戈切，平，戈韻，匣。

㊀泛指穀類。詩豳風七月："九月築場圃，十月納禾稼。"㊁粟。詩豳風七月："黍稷重穋，禾麻菽麥。"秦漢以前，禾皆指粟，即今小米。後世始以稻爲禾。宋張舜民畫墁集一打麥詩："麥秋正急又秧禾，豐歲自少凶歲多。"

【禾水】又名旱禾江，在江西泰和縣西。源出禾山，流經永新、廬陵(今吉安)，入贛江。見讀史方輿紀要八七吉安府泰和縣。

【禾役】禾之行列。詩大雅生民："禾役穟穟，麻麥幪幪，瓜瓞唪唪。"

【禾生耳】莊稼因雨滂生黑穗病。唐張鷟朝野僉載一："又諺云：秋雨甲子，禾頭生耳。"宋蘇軾東坡文集事略二秋陽賦："禾已實而生耳，稻方秀而泥蟠。"

二畫

私 sī ㄙ 息夷切，平，脂韻，心。

㊀凡屬於一己者皆曰私。對"公"而言。古字作"厶"。書周官："以公滅私，民其允懷。"詩小雅大田："雨我公田，遂及我私。"後來因以私爲自己的謙稱。晉書荀勗傳上議："若欲省官，私謂九寺可并於尚書，蘭臺宜省付三府。"㊁指家臣。儀禮士相見禮："某也夫子之賤私。"㊂私下，指退居獨處的生活。論語爲政："吾與回言終日，不違，如愚。退而省其私，亦足以發，回也不愚。"回，顏淵。㊃私自。左傳宣十六年："晉侯使士會平王室，定王享之，原襄公相禮，殽烝，武子私問其故。"武子，士會謚。㊄隱祕，暗中活動之事。史記項羽紀："項王乃疑范增與漢有私，稍奪之權。"㊅發生不正當的男女關係。戰國策燕一："臣鄰家有遠爲吏者，其妻私人。"㊆偏愛。儀禮燕禮："寡君，君之私也。"參見"私阿"。㊇溲溺，小便。左傳襄十五年："師慧過宋朝，將私焉。"㊈生殖器。舊題漢伶玄趙飛燕外傳："早有私病，不近婦人。"

【私人】㊀古時王室公卿大夫的家臣。詩大雅崧高："王命傅御，遷其私人。"新唐書百官志一:“開元二十六年,又改翰林供奉爲學士,別置學士院,專掌内命。……其後,選用益重,而禮遇益親,至號爲‘内相’,又以爲天子私人。”㊁有權勢者的親舊。詩小雅大東:“私人之子,百僚是試。”傳:“私人,私家人也。”漢書四八賈誼傳上疏陳政事:“數年之後,諸侯之王大抵皆冠,血氣方剛,漢之傅相稱病而賜罷,彼自丞尉以上偏置私人,如此,有異淮南、濟北之爲邪!”後用於一般親戚故舊,如“濫用私人”。㊂指謀自已利益的個人。韓非子五蠹:“行貨賂而襲當塗者則求得,求得則私安,私安則利之所在,安得勿就?是以公民少而私人衆矣。”

【私子】非嫡生子,對嫡子宗子而言。逸周書皇門:“其善臣以至有分私子,苟克有常,罔不有通,咸獻言在于王所。”注:“私子,庶孼也。”

【私心】㊀謂個人之心念。文選漢司馬子長(遷)報任少卿書:“僕誠私心痛之。”㊁謂利己之心。管子任法:“羣臣百姓人慮利害,而以其私心舉措。”

【私火】古代設官掌火之政令,四時鑽燧改火,頒新火而禁舊火。唐宋清明日賜百官新火,猶存初民始有火時之遺俗。民間日常生活用火稱私火。周禮夏官司爟“司爟”漢鄭玄注:“爟爲私火。”唐賈公彥疏:“民間理爨之火爲私火。”

【私夫】俗言姘夫。漢書八二王商傳:“前頻陽耿定上書言商與父傅通,及女弟淫亂,奴殺其私夫,疑商教使。”注:“私夫,女弟之私與姦通者。”

【私田】㊀相傳古井田畫九區,中爲公田,外八區稱私田。穀梁傳宣十五年:“私田稼不善則非吏,公田稼不善則非民。”參見“井田”。㊁私人所有之田地。漢書五行志中之上:“諸侯夢得土田,爲失國祥,而況王者畜私田財物,爲庶人之事乎!”

【私史】私家所撰之史書。宋李心傳建炎以來朝野雜記六嘉泰禁私史:“頃秦丞相(檜)既主和議,始有私史之禁。”

【私白】封建時代謂閹兒。舊唐書敬宗紀寶曆二年:“詔朝官及方鎮人家不得置私白身。”新唐書二〇七吐突承璀傳:“是時,諸道歲進閹兒,號‘私白’,閩、嶺最多。”

【私奴】舊時私家所有的奴僕,以別於王朝、官府所有因罪没官的官奴。漢書五行志中之上:“置私田於民間,畜私奴車馬於北宮。”晉書元帝紀建武元年:“西陽王(司馬)羕及群僚參佐州征牧守等上尊號,……帝慨然流涕曰:‘孤,罪人也,惟有蹈節死義,以雪天下之恥,庶贖鈇鉞之誅,吾本琅邪王,諸賢見逼不已。’乃呼私奴,命駕將返國。”

【私交】私人的交往、接觸。管子侈靡:“明無私交,則無内怨。”三國志魏賈詡傳:“懼見猜疑,闔門自守,退無私交,男女嫁娶,不結高門。”

【私地】暗地,私下。唐王建詩三貽小尼師:“春晴階下立,私地弄花枝。”又八宫詞之五九:“聖人生日明朝是,私地教人屬内監。”

【私曲】㊀不公正。管子五輔:“故善爲政者,田疇墾而國邑實,朝廷閒而官府治,公法行而私曲止。”元曲選缺名神奴兒三:“你可甚平生正直無私曲。”㊁謂私衷。後漢書三十下郎顗傳對言:“尚書職在機衡,宫禁嚴密,私曲之意,羌不得通。”

【私行】㊀謂官吏以私事出行。禮曲禮下:“大夫私行出疆必請。”注:“私行,謂以已事也。”疏:“私行,謂非爲君行也。疆,界也。既非公事,故宜必請也。”公羊傳莊二八年:“臧孫辰告糴於齊。告糴者何?請糴也。何以不稱使?以爲臧孫辰之私行也。”㊁猶言私訪。警世通言九李謫仙醉草嚇蠻書:“此事聞於他郡,都猜道朝廷差李學士出外私行觀風考政,無不化貪爲廉,化殘爲善。”

【私忌】私家的忌日。指父母及祖父母、曾祖父母死日。北齊書畢義雲傳:“義雲乃乖例,署表之日,索表就家先署,臨日遂稱私忌不來。”宋史禮志二六羣臣私忌:“開寶敕文:應常參官及内殿起居職官等,自今刺史、郎中、將官以下遇私忌,請準式假一日,忌前之夕,聽還私第。”參見“忌日㊀”。

【私利】猶言一已之利益。管子禁藏:“民多私利者,其國貧。”史記一二七日者傳:“事私利,枉主法。”

【私身】宋時稱無役的百姓。宋吳自牧夢粱録十九雇覓人力:“六部朝奉雇倩私身、轎番、安童等人。”警世通言十三三現身包龍圖斷寃:“烘動縣前縣後官身、私身,搓肩擦背,只爲貪那賞物,都來睹先争看。”

【私法】私家所定的法則。晉梅陶在鄉里立月旦評,王隱曰:“尚書稱‘三載考績,三考黜陟幽明’何得一月便行褒貶!”陶曰:“此官法也。月旦,私法也。”見晉書祖逖傳附祖納。

【私卒】㊀屬私人之兵。左傳襄二五年:“以其私卒先擊吳師,吳師奔。”㊁猶言親兵。國語吳:“越王乃中分其師,以爲左右軍,以其私卒君子六千人爲中軍。”注:“私卒君子,王所親近,有志行者。”

【私房】舊時兄弟同居,稱各自的住室爲私房。北史崔挺傳附崔孝演:“孝偉等奉孝芬盡恭順之禮,坐食進退,孝芬不命則不敢也,雞鳴而起,且温顔色,一錢尺帛,不入私房。”也指私下的積蓄。元曲選缺名舉案齊眉三:“不知嬤嬤平日可曾攢下的些私房,不論多少,攢發與秀才前去。”

【私府】漢代皇后諸侯貴戚等藏錢的府庫,以別於皇帝的少府。漢書五一路温舒傳:“上善其言,遷廣陽私府長。”注:“藏錢之府,天子曰少府,諸侯曰私府。”又九七下孝成許皇后傳上疏:“陛下見妾在椒房,終不肯給妾纖微内邪?若不私府小取,將安所仰乎?”

【私門】㊀行私請託的門路。荀子君道:“然後明分職,序事業,材技官能,莫不治理,則公道達而私門塞矣,公義明而私事息矣。”㊁謂權豪之門。史記八七李斯傳諫逐客書:“昭王得范睢,廢穰侯,逐華陽,彊公室,杜私門,蠶食諸侯,使秦成帝業。”㊂猶言家門。文選晉潘安仁(岳)西征賦:“甄大義以明責,反初服於私門。”㊃指暗娼。儒林外史四一:“這些地方,都是開私門的女人住,這女人眼見的也是私門了。”

【私阿】偏愛,私心阿好。楚辭屈原離騷:“皇天無私阿兮,覽民德焉錯輔。”注:“竊愛爲私,所私爲阿。”

【私附】晉南北朝時世家豪族挾藏的依附人口。南齊書劉懷珍傳:“懷珍北州舊姓,門附殷積,啓上門生千人充宿衛,孝武大驚,召取青、冀豪家私附得數千人,士人怨之。”晉書山濤傳附山遐:“時江左初基,法禁寬弛,豪族多挾藏户口,以爲私附。”

【私帑】古代皇帝的私財。新唐書一三四王鉷傳:“鉷迎帝旨,歲進錢鉅億萬,儲禁中,以爲歲租外物,供天子私帑。帝以鉷有富國術,寵遇益厚。”

【私客】依附於私人的門客。漢書八五谷永傳對言:“陛下棄萬乘之至貴,樂家人之賤事,……崇聚僄輕無義小人以爲私客,數離深宫之固,挺身晨夜,群下相隨,……已數年矣。”三國志吳呂範傳:“後避亂壽春,孫策見而異之,範遂自委昵,將私客百人歸策。”

【私計】㊀個人的計謀。戰國策燕三:“丹之私計,愚以爲誠得天下之勇士,使於秦，寵以重利，秦王貪其贄，必得所願矣。"㊁便於一己的計謀。三國志魏曹爽傳司馬懿奏："殿中宿衛，歷世舊人，皆復斥出，欲置新人，以樹私計，根據槃牙，縱恣日甚。"

【私衷】自心真實之情。舊唐書高宗紀下："近納劉延景女，觀其極有孝行，復是私衷一喜。"聊齋志異辛十四娘："辛曰：'君卓犖士，傾風已久，但有私衷，所不敢言耳。'"

【私面】㊀古代謂使者非公會以私人身份見國君。左傳昭六年："楚公子棄疾如晉，報韓子也。過鄭，鄭罕虎公孫僑游吉從鄭伯以勞諸柤，辭不敢見，固請見之，見。如見王，以其乘馬八匹私面。"注："私見鄭伯。"周禮秋官司儀："及禮，私面，私獻，皆再拜稽首，君答拜。"注："私面，私覿也。"參見"私覿"。㊁古謂居官者以私事相見。三國志吳諸葛瑾傳："權遣瑾使蜀通好劉備，與其弟亮俱公會相見，退無私面。"

【私昵】親近愛幸的人。書說命中："官不及私昵，惟其能。"也作"私暱"。左傳襄二五年："非其私暱，誰敢任之。"注："私暱，所親愛也。"

【私家】㊀古稱大夫以下之家。禮禮運："冕弁兵革，藏於私家，非禮也。"㊁猶言私人。魏書李彪傳上表："國之大籍，成於私家，末世之弊，乃至如此，史官之不遇，時也。"㊂謂個人之家。墨子號令："釋守事而治私家事，卒民相盜家室嬰兒，皆斷無赦。"㊃謀取私利以利其家。書呂刑："無或私家于獄之兩辭。"宋蔡沈集傳："誠敬篤至，表裏洞徹，無少私曲，然後能察其情也。"

【私恩】謂私人的恩惠。韓非子飾邪："必明於公私之分，明法制，去私恩。"史記三王世家："使諸侯王封君得推私恩分子弟戶邑，錫號尊建百有餘國。"

【私徒】私家的徒隸。戰國策韓一："公仲躬率其私徒以鬬於秦，願公之熟計之也。"

【私淑】孟子離婁下："予未得爲孔子徒也，予私淑諸人也。"注："淑，善也。我私善之於賢人耳，蓋恨其不得學於大聖也。"後遂稱未得身受其教而宗仰其人爲私淑。明王世貞弇州山人四部稿一二四上馮少宰書："大雅宏度，不幸而不得奉几席稱受經諸生，幸得爲私淑足矣。"

【私情】㊀私人的情感。管子八觀："諫臣死而諛臣尊，私情行而公法毀。"史記一二六淳于髡傳："若朋友交遊，久不相見，卒然相覩，歡然道故，私情相語，飲可五六斗徑醉矣。"㊁不正當的男女愛情。水滸六二："主人平昔只顧打熬氣力，不親女色，娘子舊日和李固原有私情，今日推門相就，做了夫妻。"

【私處】㊀己之居處。楚辭屈原九章惜誦："矯茲媚以私處兮，願曾思而遠身。"㊁生殖器。明楊慎雜事秘辛："私處墳起。"此指女性者。

【私販】私行販賣公家專賣的貨物。新唐書食貨志四："武宗即位，鹽鐵轉運史崔珙又增江淮茶稅。……故私販益起。"亦曰私販賣。漢書七二貢禹傳："又欲令近臣自諸曹侍中以上家亡得私販賣，與民爭利。"

【私累】家累。南齊書豫章文獻王傳上啟："府州郡邸舍，非臣私有，今巨細所資，皆是公潤，臣私累不少，未知將來罷州之後，或當不能不試學營覓以自贍。"

【私欲】指不正當的個人欲望。左傳昭十三年："苛慝不作，盜賊伏隱，私欲不違，民無怨心。"淮南子說山："公道不立，私欲得容者，自古及今，未嘗聞也。"

【私第】官員之私人住宅。北周庾信庾子山集十六周譙國公夫人步陸孤氏墓誌銘："建德元年七月九日薨於成都私第，春秋二十有一。"唐賈島長江集六酬姚合校書詩："公堂朝共到，私第夜相留。"

【私惠】㊀私相饋贈。禮緇衣："私惠不歸德，君子不自留焉。"漢荀悅申鑒政體："有公賜無私惠，有公怒無私怨。"㊁私恩。管子法禁："行公道以爲私惠。"舊唐書六四巢王元吉傳："初平東都之日，偃蹇顧望，不急還京，分散錢帛，以樹私惠。"

【私壻】非正式婚配之壻。漢劉向說苑建本："昔者，東夷慕諸夏之義，有女，其夫死，爲之內私壻，終身不嫁。不嫁則不嫁矣，然非貞節之義也。"

【私喪】家屬之喪。儀禮聘禮："若有私喪，則哭于館，衰而居，不饗食。"注："私喪，謂其父母也。"禮雜記上："大夫有私喪之葛。"注："私喪，妻子之喪也。"

【私貺】私人的饋贈。新唐書一四二路隋傳："穆宗立，與韋處厚並擢侍講學士，再遷中書舍人、翰林學士。每除制出，以金幣來謝者，隋却之曰：'公事而當私貺邪？'"

【私智】個人的智慧。含有片面、自以爲是的意思。管子禁藏："吏多私智者，其法亂。"注："私智則營己而背公，故多亂。"史記項羽紀太史公曰："自矜功伐，奮其私智而不師古。"

【私意】私心。管子明法："私意者，所以生亂長姦而害公正也。"漢書三六楚元王傳附劉歆移書讓太常博士："猶欲抱殘守缺，挾恐見破之私意，而無從善服義之公心。"

【私賄】私自餽贈。左傳成二年："王以鞏伯宴而私賄之，使相告之曰：'非禮也，勿籍。'"

【私債】謂個人所負之債。漢桓寬鹽鐵論鹽鐵取下："高枕談臥無叫號者，不知憂私債與吏正戚者之愁也。"唐皮日休皮子文藪十橡媼歎："農時作私債，農畢歸官倉。"

【私語】㊀以私事請託。史記一〇一袁盎傳："丞相曰：'使君所言公事，之曹與長史掾議，吾且奏之；卽私邪，吾不受私語。'"㊁私相密談。史記齊世家："九年，景公使晏嬰之晉，與叔向私語曰：'齊政卒歸田氏。田氏雖無大德，以公權私，有德於民，民愛之。'"唐白居易長慶集十二長恨歌："七月七日長生殿，夜半無人私語時。"

【私蓄】個人所積蓄的財物。蓄，亦作"畜"。禮內則："子婦無私貨，無私畜。"南史桓護之傳附桓閎："閎弟子曇深，以行義稱。爲臨城縣，罷歸，得錢十萬，以買宅奉兄，退無私蓄。"

【私請】私自請謁。荀子成相："下不私請。"注："請，謁。……羣下不私謁。"左傳襄二三年："紇非能害也，知不足也，非敢私請；苟守先祠，無廢二勳，敢不辟邑。"

【私賞】功賞以外的私情恩惠。商君書算地："私賞禁於下，則民力摶於敵。"後漢書五八傅燮傳："（車騎將軍趙忠）遣弟城門校尉延致殷勤，延謂燮曰：'南容少答我，常侍萬戶侯不足得也。'燮正色拒之，曰：'遇與不遇，命也；有功不論，時也。傅燮豈求私賞哉！'"南容，燮字。

【私親】己之親屬。禮內則："婦若有私親兄弟，將與之，則必復請其故賜，而后與之。"漢書八十定陶共王劉康傳："上以太子奉大宗後，不得顧私親。"

【私諱】卽家諱。禮曲禮上："君所無私諱。"注："謂臣言於君前，不辟家諱，尊無二。"梁書張稷傳："復爲司馬、新興永寧二郡太守，郡犯私諱，改永寧爲長寧。"稷父張永，故稱私諱。參見"家諱"。

【私謁】以私事謁見請託。詩周南卷耳序："內有進賢之志，而無險詖私謁之心。"傳："謁，請也。"史記九六張丞相傳附申屠嘉:"嘉爲人廉直,門不受私謁。"

【私諡】周制,人死卒哭而諱,將葬之時爲諡以易其名。下大夫以下不得請諡於上,親族門生故吏,爲之立諡,稱私諡。如春秋柳下諡惠,黔婁諡康。東漢陳寔卒於家,海内赴弔者三萬餘人,刊石立碑,諡爲文範先生。隋王通,門人私諡爲文中子。參閲清王芑孫碑版廣例四書先生書私諡例、江藩隸經文二私諡非禮辨。

【私憾】私人間的怨恨。左傳宣二年:"以其私憾,敗國殄民。"後漢書四八應奉傳附應劭駮議:"今(尹)次(史)玉公以清時釋其私憾,阻兵安忍,僵屍道路。"

【私燕】㊀謂私家親屬故舊的宴會。漢王充論衡語增:"如私燕賞賜飲酒乎?則賞賜飲酒,宜與下齊。"㊁指男女衽席間私事。漢書九七下孝成趙皇后傳耿育疏:"乃反覆校省内,暴露私燕,誣汙先帝傾惑之過,成結寵妾妬媚之誅。"

【私積】猶私蓄。左傳襄五年:"君子是以知季文子之忠於公室也。相三君矣,而無私積,可不謂忠乎!"

【私錢】㊀私鑄的錢。資治通鑑一七五陳太建十三年:"初,周、齊所鑄錢凡四等,及民間私錢,名品甚衆,輕重不等。隋主患之,……悉禁古錢及私錢。"㊁私人所有之錢。後漢書四一鍾離意傳"出爲魯相"注引意別傳:"意爲魯相,到官,出私錢萬三千文,付户曹孔訢修夫子車。"

【私艱】謂父母之喪。文選晉潘安仁(岳)懷舊賦序:"余既有私艱,且尋役于外。"注:"私艱,謂家難也。"

【私藏】私有的財產。漢書宣帝紀"二年春,以水衡錢爲平陵,徙民起第宅"注引應劭:"水衡與少府皆天子私藏耳。"後漢書七八張讓傳:"帝本侯家,宿貧,每歎桓帝不能作家居,故聚爲私臧,復臧寄小黄門常侍錢各數千萬。"臧,同"藏"。

【私願】私心願望。漢書七二貢禹傳上書:"誠恐一旦蹎仆氣竭,不復自還,洿席薦於宫室,骸骨棄捐,孤魂不歸,不勝私願,願乞骸骨,及身生歸鄉里,死亡所恨。"後漢書六七李膺傳荀爽貽李膺書:"方今天地氣閉,大人休否,智者見險,投以遠害,雖匱人望,内合私願,想其欣然,不爲恨也。"

【私議】私自評議。禮曲禮下:"公事不私議。"漢書六十杜延年傳奏記霍光:"聞者民頗言獄深,吏爲峻詆,今丞相所議,又獄事也,如是以及丞相,恐不合衆心,羣下讙譁,庶人私議,流言四布,延年竊重將軍失此名於天下也。"

【私黨】私結之黨與。韓非子八姦:"父兄大臣上請爵禄於上,而下賣之以收財利,及以樹私黨。"漢書八三薛宣傳谷永上書:"宣無私黨游説之助,……是用越職陳宣行能,唯陛下留神考察。"

【私屬】家衆,家丁。左傳宣十七年:"郤子(克)至,請伐齊,晉侯弗許,請以其私屬,又弗許。"又王莽改制,更名天下田曰王田,奴婢曰私屬,皆不得賣買。見漢書食貨志上、九九中王莽傳。

【私覿】㊀奉使外國而以私人身分見所在國國君。論語鄉黨:"私覿,愉愉如也。"注:"鄭曰:'覿,見也。既享,乃以私禮見。'"禮郊特牲:"朝覲,大夫之私覿,非禮也。"疏:"朝覲,謂君親往鄰國行朝覲之禮,大夫從君而行,輒行私覿,是非禮也。"㊁同僚之間非公事相見。南齊書蕭惠基傳:"尚書令王儉朝宗貴望,惠基同在禮閤,非公事不私覿焉。"

【私鑄】私人鑄鐵或鑄錢。歷代鐵、錢皆由官府鑄造,私鑄有罪。史記平準書:"敢私鑄鐵器煮鹽者,釱左趾,没入其器物。"隋書食貨志:"至普通中,乃議盡罷銅錢,更鑄鐵錢。人以鐵賤易得,並皆私鑄。"唐杜甫杜工部草堂詩箋三六歲晏行:"往日用錢捉私鑄,今許鉛錫和青銅。"

【私讎】私人之間的仇恨。左傳哀五年:"初范氏之臣王生,惡張柳朔,言諸昭子,使爲柏人(宰)。昭子曰:'夫非而讎乎?'對曰:'私讎不及公。'"史記八一廉頗藺相如傳:"今兩虎共鬬,其勢不俱生,吾所以爲此者,以先國家之急而後私讎也。"

【私鬬】私人間之格鬬。韓非子顯學:"夫斬首之勞不賞,而家鬬之勇尊顯,而索民之疾戰距敵而無私鬬,不可得也。"史記六八商君傳:"民勇於公戰,怯於私鬬,鄉邑大治。"

【私史獄】以私家撰史而引起的文字獄。特指清初南潯莊氏明史案。順治時,南潯富民莊允誠之子廷鑨,購得明故相朱國楨所作明史稿,招聘名士修輯,並補崇禎朝事而刊印,題名明史輯略。書中有指斥清廷之語。歸安知縣吳之榮以索詐不遂,乃向清廷告發,因成大獄。時廷鑨已前死,發墓戮屍焚骨,並籍其家。允誠瘐死獄中,牽涉而死者七十餘人。見清虞山黄人大獄記。

【私房話】不讓別人知道的祕密話。二刻拍案驚奇六:"金生與翠翠雖然夫妻相見,説不得一句私房話。"

【私窠子】俗稱私娼爲私窠子,或私科子。元曲選關漢卿救風塵三:"不問官妓私科子,只等有好的來你客店里,你便來叫我。"明謝肇淛五雜俎八人部四、清李斗揚州畫舫録九小秦淮録作"私窠子"。

禿 tū ㄊㄨ 他谷切,入,屋韻,透。

㊀無髮。穀梁傳成元年:"季孫行父禿,……聘於齊,齊使禿者御禿者。"㊁物脱落曰禿。見"禿節"。㊂姓。祝融後八姓,一曰禿。見國語鄭。

【禿丁】譏嘲僧人的話。唐彦琮琳法師別傳上:"禿丁之誚,閭里盛傳;胡鬼之謠,昌言酒席。"也作"禿士"。宋陶穀清異録上釋族紫纖方:"獲嘉禿士貫微,僭奢如貴要子弟。"

【禿人】僧人。出家爲僧須落髮,故稱。涅槃經三:"爾時多有爲飢餓,故發心出家,如是之人名爲禿人。"

【禿巾】古代以幘包髮,戴巾不加幘者稱禿巾。後漢書七十孔融傳路粹奏融狀:"融爲九列,不遵朝儀,禿巾微行,唐突宫掖。"

【禿山】無樹木之山。淮南子道應:"石上不生五穀,禿山不游麋鹿。"

【禿友】禿筆的別稱。筆用久則毛禿,故稱。見宋陶穀清異録下文用。參見"退鋒郎"。

【禿袖】短袖衣,私居之服。參見"半袖"、"禿衿小袖"。

【禿翁】史記一〇七魏其武安侯傳:"武安(侯田蚡)已罷朝,出止車門,召韓御史大夫(安國)載,怒曰:'與長孺共一老禿翁,何爲首鼠兩端?'"長孺,安國字。時竇嬰已罷官家居,孤立無援,故以禿翁爲喻。

【禿裙】不貼邊的裙。列女傳六明德馬后:"身衣大練,御者禿裙不緣。"

【禿筆】因久寫脱去鋒毛的筆。唐杜甫杜工部草堂詩箋八題壁上韋偃畫馬歌:"戲拈禿筆掃驊騮,欻見騏驎出東壁。"

【禿楬】禮明堂位"夏后氏以楬豆"漢鄭玄注:"楬,無異物之飾也。……齊人謂無髮爲禿楬。"楬豆,不加雕飾的食器。

【禿節】使臣出使所持之節頭旄毛,因停留歲月長久而脱盡。後漢書五九張衡傳應閒:"貫高以端辭顯義,蘇武以禿節效貞。"

【禿瘡】生於頭部,多指白癬或白癬性髮瘡。患處頭髮脱落,成爲禿頂。新五代史雜傳楊光遠:"光遠既病禿,而妻又跛其足也,人謂之語曰:'自古豈有禿瘡天子,跛脚皇后邪?'"

【秃髮】㊀毛髮脱落。宋詩鈔沈遼雲巢詩鈔寄慶復允中:“坐想故人應見憶,如今秃髮不勝斑。”㊁鮮卑族複姓。東晉十六國有南涼國主秃髮烏孤。鮮卑語謂被覆爲秃髮。見晉書載記。

【秃蔽】凋疏。金元好問遺山集一同希顏再登箕山詩:“桂樹不復見,秃蔽餘秋篠。”

【秃鶖】㊀頭頂無毛的水鳥,以魚爲食。又名扶老。詩小雅白華“有鶖在梁”漢毛亨傳:“鶖,秃鶖也。”參閱晉崔豹古今注中鳥獸。㊁嘲稱無髮之人。資治通鑑一四一齊永泰元年:“(齊明帝殂),大中大夫羊闡入臨,無髮,號慟俯仰,幘遂脱地,帝(東昏侯)輟哭大笑,謂左右曰:‘秃鶖啼來乎!’”

【秃角犀】犀角貴重,因嘲人之虚有其表而無實才者爲秃角犀。新唐書一六六杜佑傳:“悰於大議論往往有所合,然才不周用。雖出入將相,而厚自奉養,未嘗薦進幽隱,佑之素風衰焉,故時號秃角犀。”悰,佑孫。

【秃衿小袖】無領短袖之衣。唐李賀歌詩編三秦宮詩:“秃衿小袖調鸚鵡,紫繡麻鞋踏哮虎。”宋蘇軾分類東坡詩十三觀杭州鈐轄歐育刀劍戰袍:“秃衿小袖雕鶻盤,大刀長劍龍蛇插。”

秀 xiù ㄒㄧㄡˋ 息救切,去,宥韻,心。

㊀穀類抽穗開花曰秀。詩大雅生民:“實發實秀。”㊁草類結實。詩豳風七月:“四月秀葽。”傳:“不榮而實曰秀;葽,草也。”㊂草木之花。文選漢武帝秋風辭:“蘭有秀兮菊有芬,攜佳人兮不能忘。”㊃特異,優秀,茂盛。禮王制:“司徒論選士之秀者而升之學,曰俊士。”素問四氣調順大論:“夏三月,此謂蕃秀,天地氣交,萬物華實。”㊄美好。楚辭大招:“容則秀雅,稺朱顏只。”㊅元明稱人之等第。見“不郎不秀”。㊆姓。出姓苑。見宋鄧名世古今姓氏書辨證三四宥。

【秀士】謂德才優異之士。呂氏春秋懷寵:“舉其秀士而封侯之,選其賢良而尊顯之。”注:“秀士,儁士。”禮王制:“命鄉論秀士,升之司徒,曰選士。”注:“秀士,鄉大夫所考,有德行道藝者。”泛稱優秀的人。文選晉阮嗣宗(籍)詠懷詩之十七:“三楚多秀士,朝雲進荒淫。”清亦稱秀才曰秀士。

【秀才】意謂才能優秀。管子小匡:“農之子常爲農,樸野而不慝,其秀才之能爲士者,則足賴也。”注:“有秀異之材,可爲士者。”秀才之稱始見此。至漢始爲舉士之科目。漢武帝元封四年令諸州歲各舉秀才一人。後漢避光武帝(劉秀)諱,改稱茂才。三國魏後復稱秀才。隋時最重此科,唐與明經進士並立科目。宋時凡應舉者皆稱秀才,明清專以稱入縣學之生員。參閱宋書百官志下、通典十五選舉、清顧炎武日知録十六。

【秀山】㊀縣名。屬四川省。三國蜀酉陽縣地。元爲酉陽州地,屬懷德府,明屬酉陽宣撫司,清雍正十三年置秀山縣,屬四川酉陽州。見元史地理志三、嘉慶一統志四一七酉陽直隸州。㊁山名。1.一名虎頭山,俗名虎頭門,今名虎門,在廣東東莞縣西南海中。宋端宗避元兵走此。見宋史瀛國公紀。參見“虎門”。2.一名青山,又名螺峯,在今雲南通海縣南。宋時大理段氏曾建啟祥宮於此。見嘉慶一統志四七九臨安府山川。3.在安徽貴池縣西南,爲貴池水源所出。見太平寰宇記一〇五池州貴池縣。

【秀女】清制:每三年選閱八旗駐防及外任旗員之女,年十四而合條件者,入後宮備妃嬪之選,或配近支宗室,謂之秀女。參閱清會典事例一宗人府天潢宗派婚嫁。

【秀水】㊀縣名,屬浙江省。明宣德五年析嘉興縣地置,地瀕秀水,因以爲名。爲浙江嘉興府治。清因之。參閱明史地理志五嘉興府、嘉慶一統志二八七嘉興府一。㊁水名。在今浙江嘉興縣北,卽南湖之下流,北入運河。相傳水浮五色,亦稱繡水。見浙江通志十一山川三。

【秀世】秀異超世。文選南朝梁任彦昇(昉)爲范尚書(雲)讓吏部封侯第一表:“乃祖玄平,道風秀世,爰在中興,儀刑多士。”玄平,雲祖范汪字。

【秀出】英秀出衆。國語齊:“於子之鄉,有拳勇股肱之力,秀出於衆者,有則以告。”後漢書八二上謝夷吾傳第五倫命班固作書薦夷吾:“竊見會稽太守謝夷吾,出自東州,厥土塗泥,而英姿挺特,奇偉秀出,才兼四科,行包九德,仁足濟時,知周萬物。”

【秀州】地名。春秋時吳越分界之地。五代時吳越置秀州。宋慶元初廢。包有舊浙江嘉興府、江蘇松江府地。見輿地廣記二三兩浙路下、讀史方輿紀要九一嘉興府。

【秀孝】秀才與孝廉,爲科舉的兩種名目。自漢以來,隋唐以前,州舉秀才,郡舉孝廉。宋書孝武紀孝建二年詔:“褒甄之科,精爲其格,四方秀孝,非才勿舉,獻答允值,卽就銓擢。”

【秀眉】㊀年老者常有一二眉毫特長,舊説以爲壽徵,謂之秀眉。詩小雅南山有臺“樂只君子,遐不眉壽”漢毛亨傳:“眉壽,秀眉也。”漢桓寬鹽鐵論散不足:“古聖人勞躬養神,節欲適情,尊天敬地,履德行仁,是以上天歆焉,永其世而豐其年。故堯秀眉高彩,享國百載。”參見“眉壽”。㊁謂秀美之眉。後漢書三五鄭玄傳:“身長八尺,飲酒一斛,秀眉明目,容儀溫偉。”

【秀容】地名。1.亦名秀容川,其地包括山西西北部,桑乾河汾河下游、黄河東岸一帶地。分南北二部。北魏時尒朱氏世爲北秀容酋長,置梁郡城,在今山西朔縣西北。南秀容立秀容護軍,治所在今山西嵐縣南。參閱元和郡縣志十四嵐州秀容城。2.北魏永興二年置秀容郡,領秀容石城肆盧敷城四縣。郡治秀容縣。北齊廢郡。隋以縣屬忻州,爲州治地,明廢。地在今山西忻縣西北。參閱魏書地形志上肆州、太平寰宇記四二忻州秀容縣。

【秀華】漢書禮樂志安世房中歌之一:“金支秀華,庶旄翠旌。”注:“臣瓚曰:‘樂上衆飾,有流羽葆,以黄金爲支,其首敷散,若草木之秀華也。’”指樂器上花朵形的飾物。

【秀發】本謂穀物生長茂盛。語出詩大雅生民“實發實秀”。後常用以形容人之才具和器宇。晉陸機陸士衡集十辨亡論上:“武烈(孫堅)既没,長沙桓王(孫策)逸才命世,弱冠秀發,招攬遺老,與之述業。”南朝梁慧皎高僧傳五竺僧敷道嵩與道安書:“敷公研微秀發,非吾等所及也。”也指詩文之俊逸或山勢之挺拔。唐杜甫杜工部草堂詩箋二五石硯:“平公今詩伯,秀發吾所羨。”宋曾鞏元豐類稿四麻姑山送南城尉羅君詩:“愛此層崖峻壑之秀發,開軒把酒可縱觀。”

【秀業】謂學業。初學記十南朝梁沈約爲晉安王謝南兗州章:“臣以苶孱,幼無秀業。”

【秀實】禾吐華曰秀,成穀曰實。用以喻指人之成年。晉書陸機陸雲傳制:“挺珪璋於秀實,馳英華於早年。”參見“秀而不實”。

【秀麗】清秀美好。陳書高祖紀上:“此地山川秀麗,當有王者興。”

【秀霸】劍名。梁陶宏景古今刀劍録:“後漢光武秀……未貴時,在南陽鄂山得一劍,文曰‘秀霸’,小篆書,帝常服之。”

【秀才人情】秀才貧窮者多，故常稱交際餽贈禮之薄者爲秀才人情。明玩花主人粧樓記考試："今夜本待買付三牲祭你，只是不曾得你好處。自古道，秀才人情半張紙，聊備一盃水酒，和你作別。"

【秀外惠中】謂外貌清秀，內心聰慧。唐韓愈昌黎集十九送李愿歸盤谷序："曲眉豐頰，清聲而便體，秀外而惠中。"也作"秀外慧中"。聊齋志異香玉："卿秀外慧中，令人愛而忘死。"

【秀而不實】吐穗開花而不結實。常喻人有秀異的資質而終無結果。論語子罕："苗而不秀者有矣夫，秀而不實者有矣夫。"梁書徐勉傳答客喻："故秀而不實，尼父爲之歎息；析彼岐路，楊子所以留連。"

【秀色可餐】極贊婦女容色之美。文選晉陸士衡（機）日出東南隅行："鮮膚一何潤，秀色若可餐。"也用以形容山川秀麗。宋辛棄疾稼軒詞二臨江仙探梅："腊向青山餐秀色，爲渠着句清新。"

三 畫

秆 gǎn 古旱切，上，旱韻，見。ㄍㄢˇ

謂禾莖。同"稈"。左傳昭二七年："或取一秉秆焉。"注："秆，藁也。"

秊 nián 奴顛切，平，先韻，泥。ㄋㄧㄢˊ

"年"本字。隸作"年"。見說文。

秉 bǐng 兵永切，上，梗韻，幫。ㄅㄧㄥˇ

㊀禾盈把曰秉。詩小雅大田："彼有遺秉，此有遺滯。"㊁執持，拿住。詩邶風簡兮："左手執籥，右手秉翟。"㊂操持。詩鄘風定之方中："匪直也人，秉心塞淵。"㊃權柄。同"柄"。管子小匡："治國不失秉。"左傳哀十七年："國子實執齊柄。"史記七九蔡澤傳"百日之內持國秉"索隱引左傳作"秉"。㊄古量詞。論語雍也："冉子與之粟五秉。"儀禮聘禮："十斗曰斛，十六斗曰籔，十籔曰秉。"㊅姓。漢有秉寬。見元和姓纂七梗。

【秉軸】猶言秉鈞。軸卽車軸，以當車之重任，故以喻樞要的官職。宋楊伯嵒臆乘宰相稱號："人爵之崇，莫若秉軸。"亦曰"當軸"，參見該條。

【秉鈞】喻執國政。鈞爲衡石，秉鈞猶言持衡，謂國輕重，皆出其手。指宰相的職位。文選晉干令升（寶）晉紀總論："選者爲人擇官，官者爲身擇利，而秉鈞當軸之士，身兼官以十數。"注："毛詩曰：秉國之鈞，四方是維。"今本詩小雅節南山鈞作"均"。唐白居易長慶集十七江西裴常侍以優禮見待……用伸感謝詩："他日秉鈞如見念，壯心直氣未全銷。"

【秉鉞】掌握兵權。詩商頌長發："武王載旆，有虔秉鉞。"周禮夏官大司馬："若師有功，則左執律，右秉鉞，以先愷樂獻於社。"

【秉彝】執守天之常道。詩大雅烝民："民之秉彝，好是懿德。"傳："彝，常。"箋："秉，執也。……民所執持有常道。"

【秉鐸】㊀漢武帝時置武功爵，共十一級，其第六級曰秉鐸。見史記平準書集解。㊁指作教官。以其執鐸而宣教令，故稱。明王世貞弇州山人四部稿一二四上馮少宰書："伏惟相公秉鐸三吳，豪俊蝟起，咸喜自門下，而獨世貞以間出，無所比數，如牛溲馬勃，欲一附於藥籠之物而不果。"參見"木鐸㊁"。

【秉燭夜遊】言及時行樂。文選三國魏文帝（曹丕）與吳質書："少壯真當努力，年一過往，何可攀援！古人思炳燭夜遊，良有以也。"宋書樂志三古詞西門行："人生不滿百，常懷千歲憂，晝短而夜長，何不秉燭遊？"

秄 zǐ 卽里切，上，止韻，精。ㄗˇ

培土於禾根。同"耔"。詩小雅甫田："或耘或耔。"傳："耔，雝本也。"疏："耔，當作秄。……說文：'秄，雝禾本'，本傳訓也。"

秈 xiān 相然切，平，仙韻，心。ㄒㄧㄢ

稻名。稻之黏性小而早熟者曰秈，俗呼早稻。方言："江南呼粳爲秈。"參閱本草綱目二二穀秈。

秅 chá 宅加切，平，麻韻，澄。ㄔㄚˊ

古數量詞。四百把爲一秅。儀禮聘禮："禾三十車，車三秅。"疏："四秉曰筥，十筥曰稯，十稯曰秅，四百秉爲一秅。"

四 畫

秌 qiū ㄑㄧㄡ

"秋"的本字。見說文。篆作"秌"，隸作"秋"。

科 kē 苦禾切，平，戈韻，溪。ㄎㄜ

㊀品類，等級。論語八佾："射不主皮，爲力不同科，古之道也。"㊁法令，條律。三國志蜀諸葛亮傳出師表："若有作姦犯科及爲忠善者，宜付有司，論其刑賞。"㊂判處。釋名釋典藝："科，課也，課其不如法者。"參見"科罪"。㊃開科取士的條例名目。文選三國吳韋弘嗣（昭）博弈論："設程試之科，垂金爵之賞。"古時分科取士，以所設科目而言，有博學鴻詞科、經濟特科等。同一科目中以等級而言，進士爲甲科，舉人爲乙科。以開科年歲而言，有甲子科，乙丑科之類。參見"科目"、"科甲"。㊄封建王朝官事分曹曰科。如明代有吏、户、禮、兵、刑、工六科給事中。見續文獻通考五二職官二。㊅物體中空，坎地。易說卦："離爲火，……其於木也，爲科上槁。"孟子離婁下："原泉混混，不舍晝夜，盈科而後進，放乎四海。"㊆傳統戲劇中角色的動作，元雜劇稱科，宋元南戲作"介"。見"科白"。㊇量詞。今作"棵"。廣雅釋詁三："今謂草木一本曰一科。"唐李白李太白詩十訪道安陵遇蓋還爲余造真籙臨別留贈："昔日萬乘墳，今成一科蓬。贈言若何重，實此輕華嵩。"㊈姓。見宋鄧名世古今姓氏書辨證十二戈。

【科斗】蝌蚪。蛙或蟾蜍的幼體。莊子秋水："還虷蟹與科斗，莫吾能若也。"

【科比】法律條文和事例。後漢書二八上桓譚傳："今可令通義理明習法律者，校定科比，一其法度。"注："科謂事條，比謂類例。"

【科目】分科取士的項目。唐制取士之科，有秀才，有明經，有進士，有俊士，有明法，有明字，有明算等，見於史者五十餘科，又有大經小經之目，故稱科目。明清雖僅有一科，仍沿稱科目。參閱新唐書選舉志上、清顧炎武日知錄十六科目。

【科甲】漢唐舉士考試，皆有甲乙丙等科，後因通稱科舉爲科甲。金史裴滿亨傳："章宗卽位，諭之曰：'朕左右侍臣多以門第顯，惟爾繇科甲進。'"元曲選喬孟符金錢記一："幾年窗下學班馬，吾豈匏瓜，指望待一舉登科甲。"明清特指舉人及進士入仕者爲科甲出身。

【科令】補充法律正文的令文條例。後漢書和帝紀永元十一年詔："市道小民，但且申明憲綱，勿因科令，加虐羸弱。"三國蜀諸葛亮有科令上下篇，已佚，見三國志本傳。

【科白】傳統戲劇中，動作爲科，言語爲白，始於元人雜劇。

【科名】科舉的名目。唐杜牧樊川集十八朱載言除循州刺史……制："或以吏理進官，或以科名入仕。"唐詩紀事四九蔡京："京以進士舉登學究科，時謂好及第惡科名，有錦上披蓑之誚焉。"唐科第以進士爲上，學究爲下，故云。

【科車】古代車之一種。宋書禮志五引晉令："又車無蓋者曰科車。"遁甲開山圖："霍山南嶽諸君，服青錦之袍，戴啟之冠，佩道君之玉策而來，或駕科車，或駕龍虎。"詩文中因以之稱仙人之車。唐李商隱李義山詩集一戊辰會静中出貽同志二十韻："科車遏故氣，侍香傳靈氛。"

【科抑】定額攤派。宋朱熹朱文公集十三延和奏劄三："伏覩近降指揮，早傷州縣上户賑糶，止令勸諭，毋得科抑。……欲乞且令州縣將未勸諭者，權以去年認數爲約；已勸諭者，權據見認之數爲準。"

【科防】條律禁令。文選漢陳孔璋（琳）爲袁紹檄豫州："加其細政苛慘，科防互設，罾繳充蹊，坑穽塞路，舉手挂網羅，動足觸機陷，是以兗豫有無聊之民，帝都有吁嗟之怨。"

【科則】賦役的條款。清會典事例一六二户部十一田賦有田賦科則，爲徵收田賦的細則。

【科段】指文章的段落。朱子語類一三九論文上："韓（愈）不用科段，直便説起，去至終篇，自然純粹成體，無破綻。"

【科班】舊時招收兒童教習戲曲演出的組織。其個人投師學藝之年，亦稱某科。學習期三年，同科者以兄弟稱，遲一科者稱前後輩。見清福格聽雨叢談十一。

【科配】猶攤派。多指臨時增加的租稅。舊唐書九八裴耀卿傳："其年，車駕東巡，州當大路，道里綿長，而户口寡弱，耀卿躬自條理，科配得所。"宋史河渠志一歐陽修上疏："又商胡初決之時，欲議修塞，計用梢芟一千八百萬，科配六路一百餘州軍。"

【科條】法令條規。戰國策秦一："科條既備，民多僞態。"晉書刑法志："漢興以來，三百二年，憲令稍增，科條無限。"

【科參】明制，不設門下省長官，保留六科給事中，掌封駮之職。凡内廷擬旨，須先下部，其中有不合者，給事中得加駮正繳還，稱爲科參。見清顧炎武日知録九封駮。

【科第】根據科條，規定次第等級。漢書元帝紀永光元年："詔丞相、御史舉質樸敦厚遜讓有行者，光禄歲以此科第郎、從官。"注："每歲依此科考校，定其第高下，用知其人賢否也。"後多指科舉登第。太平廣記四八四唐白行簡李娃傳："今秀士苟獲擢一科第，則自謂可以取中朝之顯職，擅天下之美名。"宋王安石臨川集二二送陳舜俞制科東歸詩："君今壯歲收科第，我欲它時看事功。"

【科道】明清都察院衙門，設吏、户、禮、兵、刑、工六科給事中，及京畿遼瀋等各道監察御史，統稱科道。古今小説四十沈小霞相會出師表："（嚴嵩）兒子嚴世蕃由官生直做到工部侍郎，……科道衙門皆其心腹爪牙。"

【科場】科舉考試的場所。宋范仲淹范文正公集尺牘中與韓魏公："承寵示科場文字中瑕病，不勝降服，大是大是，非公精識，取笑天下。"歐陽修文忠集一五〇與曾舍人書："今歲科場，偶滯遐舉，畜德養志，愈期遠到，此鄙劣之望也。"

【科試】唐制取士有秀才、明經、進士等科，分科考試稱科試。唐白居易長慶集二八與元九書："家貧多故，二十七方從鄉試，既第之後，雖專於科試，亦不廢詩。"清制，各省學政，周歷各府州，考試欲應鄉試的生員，謂之科試。

【科罪】依律斷罪。晉書王濬傳："濬至京師，有司奏濬表既不列前後所被七詔月日，又赦後違詔不受（王）渾節度，大不敬，付廷尉科罪。"

【科雉】雉名。古代迷信，謂射科雉之人，不出三月必死。見漢劉向説苑立節。

【科網】猶言法網。後漢書七七酷吏傳序："自中興以後，科網稍密，吏人之嚴害者，方於前世省矣。"南齊書竟陵文宣王（蕭）子良傳上啟："今科網嚴重，稱爲峻察。負罪離釁，充積牢户。"

【科徵】派收稅捐。元詩選方回桐江集朱橋早行詩："幸此歲稍稔，庶足供科徵。"

【科諢】插科打諢。指傳統劇演出中角色所作的滑稽動作和道白。紅樓夢二二："且知賈母喜熱鬧，更喜謔笑科諢，便先點了一出，却是劉二當衣。"

【科頭】結髮不戴冠。戰國策韓一："秦帶甲百餘萬，車千乘，騎萬匹，虎摯之士，跿跔科頭，貫頤奮戟者，至不可勝計也。"注："不著兜鍪。"三國志魏王粲傳注引魏略："時天暑熱，（曹）植因呼常從取水自澡訖，傅粉。遂科頭拍袒，胡舞五推鍛，跳丸擊劍。"

【科舉】隋文帝廢九品中正制，改由諸州歲貢三人。至煬帝乃置進士等科。唐代科目多至五十餘，故曰科舉。其後宋用帖括，明清用八股試士，亦沿科舉之稱。自科舉行而薦舉漸廢。至光緒三十一年明令廢科舉。

【科斷】依法判刑。唐律："若有餘罪及更犯者，聽以歷代之官當。"疏議二名例二："若有餘罪者，謂二官當罪之外，仍有餘徒；或當罪雖盡而更犯法、未經科斷者，聽以歷任降所不至告身以次當之。"舊五代史食貨志："如違省價，買賣之人，依盜鑄錢律文科斷。"

【科斗書】我國古代文字之一種。又名科斗文。以頭粗尾細如科斗而名。科斗書之名，起於漢鄭玄，魏晉之間，其説尤盛。魏三字石經中古文，皆頭粗尾細，是所謂科斗書者卽古文。其後宋句中正等效此體書説文中古文，郭忠恕用以寫汗簡，吕大臨薛尚功等用以摹寫彝器款識，下至清人西清古鑑仍用其體。

【科布多】原蒙古部落名。元時爲諸王分封之地。其地東至烏里雅蘇臺界，西至伊犁塔爾巴哈臺巴里坤界，南至瀚海界，北與俄羅斯接境。有科布多城，爲清乾隆二十六年設參贊大臣駐地，屬烏里雅蘇臺將軍，轄金山額魯特八部二十九旗。今爲蒙古人民共和國科布多巴彥烏列蓋二省及烏布蘇諾爾省的大部分和蘇聯圖瓦自治州唐努山以南的一部地。參閱嘉慶一統志五二二科布多。

【科名草】靈芝草的别名。宋陶穀清異録上科名草："杜荀鶴舍前椿樹生芝草，明年及第，以漆彩飾之，安几硯間，號科名草。"

【科爾沁】我國蒙族部落名。明初於此置福餘外衛。以元後烏梁海酋領爲都指揮，掌衛事。今爲内蒙古自治區哲里木盟。參閱嘉慶一統志五二七科爾沁。

秔 jīng ㄐㄧㄥ 古行切，平，庚韻，見。

不黏的稻。也作"稉"、"粳"。漢書六五東方朔傳："（武帝）旦明入山下，馳射鹿豕狐兔，手格熊羆，馳騖禾稼稻秔之地。"注："稻，有芒之穀總稱也。秔，其不黏者也。音庚。"宋書陶潛傳："公田悉令種秫稻，妻子固請種秔，乃使二頃五十畝種秫，五十畝種秔。"

秋 qiū ㄑㄧㄡ 七由切，平，尤韻，清。

㊀穀物成熟、收成。書盤庚上："若農服田力穡，乃亦有秋。"㊁四季之一，農曆七至九月。詩衛風氓："將子無怒，秋以爲期。"也指三個季度。又王風采葛："一日不見，如三秋兮。"疏："三秋，謂九月也。設言三春、三夏，其義亦同。"㊂猶年。史記梁孝王世家："上與梁王燕飲，嘗從容言曰：'千秋萬歲後傳於王。'"

㈣時機，日子。史記八七李斯傳："今秦王欲吞天下，稱帝而治，此布衣馳騖之時而游説者之秋也。"正義："言秋時萬物成熟，今爭彊時，亦説士成熟時。"三國志蜀諸葛亮傳出師表："今天下三分，益州疲弊，此誠危急存亡之秋也。"㈤飛貌，騰躍貌。漢書禮樂志安世房中歌之七："飛龍秋，游上天。"注："蘇林曰：'秋，飛貌也。'莊子有秋駕之法者，亦言駕馬騰驤，秋秋然也。"參見"秋秋"。㈥姓。春秋魯有秋胡子。見列女傳五魯秋潔婦。

【秋士】謂士之暮年不遇者。淮南子繆稱："春女思，秋士悲。"注："春女感陽則思，秋士見陰而悲。"

【秋千】傳統游戲器械。木架上懸兩繩，下拴横板，人在板上或站或坐，兩手握繩，使前後擺動。相傳春秋時齊桓公北伐山戎，始傳中國。一説爲漢武帝後庭之戲，本云千秋，祝壽之詞。後世倒語爲秋千。見宋張有復古編、高承事物紀原八。參見"鞦韆"。

【秋水】㈠秋日之水。唐王勃王子安集五滕王閣詩序："落霞與孤鶩齊飛，秋水共長天一色。"㈡喻劍。唐白居易長慶集一李都尉古劍詩："湛然玉匣中，秋水澄不流。"㈢喻鏡。唐鮑溶詩六古鑑："曾向春窗分綽約，誤迴秋水照蹉跎。"㈣喻神色之清澈。唐杜甫杜工部草堂詩箋二五徐卿二子歌："大兒九齡色清澈，秋水爲神玉爲骨。"㈤喻眼波。唐白居易長慶集六四箏詩："雙眸剪秋水，十指剥春葱。"

【秋分】二十四節氣之一，卽每年夏至後，太陽行至秋分點之日。陽曆爲九月二十三或二十四日，晝夜長短平均。周禮春官典瑞"以朝日"漢鄭玄注："天子常春分朝日，秋分夕月。"

【秋成】謂穀物經秋而有成。漢嚴遵道德指歸論大成若缺："春生、夏長、秋成、冬熟。"唐杜牧樊川集三八月十二日得替後移居雲溪館……詩："萬家相慶喜秋成，處處樓臺歌板聲。"

【秋收】穀類多秋熟，故以秋爲收成之期。荀子王制："春耕夏耘，秋收冬藏。"

【秋社】古人立社，本爲春日祈農之祭，其後倡爲春祈秋報之説，於立秋後第五戊日，農家收穫已畢，立社設祭，以酬土神，稱秋社。唐韓偓玉山樵人集不見詩："此身願作君家燕，秋社歸時也不歸。"宋吳自牧夢梁錄四八月："秋社日，朝廷及州縣差官祭社稷于壇，蓋春祈而秋報也。"

【秋河】天河。文選南朝齊謝玄暉（朓）暫使下都夜發新林至京邑贈西府同僚詩："秋河曙耿耿，寒渚夜蒼蒼。"參見"天河㈠"。

【秋波】㈠秋天的水波。唐李白李太白集十七魯郡東石門送杜二甫詩："秋波落泗水，海色明徂徠。"㈡形容美目清如秋水。宋蘇軾分類東坡詩八百步洪詩之二："佳人未肯回秋波，幼輿欲語防飛梭。"歐陽澈飄然先生詞玉樓春："個人風韻天然俏，入鬢秋波常似笑。"

【秋官】周設六官，以司寇爲秋官。唐武后以刑部爲秋官，旋復舊。後世多習稱刑部爲秋官。見通典職官五尚書下刑部尚書。

【秋事】謂秋收之事。管子幼官："十二期風至，戒秋事。"大戴禮九千乘："方秋三月，收斂以時，於時有事，嘗新于皇祖皇考，食農夫九人，以成秋事。"

【秋眉】衰白的眉毛。唐李賀歌詩編一浩歌："看見秋眉換新綠，二十男兒那刺促？"

【秋秋】飛翔貌。荀子解蔽："詩曰：'鳳凰秋秋，其翼若干，其聲若簫，有鳳有凰，樂帝之心。'"注："其雌凰，秋秋，猶蹌蹌，謂舞也。"逸詩，今詩中無之。漢書八七上揚雄傳校獵賦："秋秋蹌蹌，入西園，切神光。"注："秋秋蹌蹌，騰驤之貌。"

【秋風】㈠秋季之風。文選漢武帝（劉徹）秋風辭："秋風起兮白雲飛，草木黄落兮鴈南歸。"又南朝梁沈休文（約）鍾山詩應西陽王教："春光發壟首，秋風生桂枝。"㈡干謁者求人資助。儒林外史四："高要地方肥美，或可秋風一二。"參見"打秋風"。

【秋律】古時以十二音配十二月，秋律卽秋天。唐李賀歌詩編一送沈亞子歌："請君待旦事長鞭，他日還轅及秋律。"

【秋浦】縣名。隋開皇十九年置，屬宣城郡。五代吳順義六年更名貴池。見隋書地理志下、太平寰宇記一〇五池州貴池縣。故城在今安徽貴池縣境。

【秋扇】文選漢班婕妤怨歌行："新裂齊紈素，皎潔如霜雪。裁爲合歡扇，團團似明月。出入君懷袖，動摇微風發。常恐秋節至，涼風奪炎熱。弃捐篋笥中，恩情中道絶。"扇至秋則無用，喻婦人因年老色衰而見棄。樂府詩集四三南朝梁劉孝綽班婕妤："妾身似秋扇，君恩絶履綦。"

【秋貢】㈠謂秋時舉行的科舉。文苑英華二八四唐喻鳧送友人下第歸寧："旋應赴秋貢，詎得久承歡。"宋史選舉志二："舊制，秋貢春試，皆置別頭場，以待舉人之避親者。"㈡謂秋季的貢物。唐皮日休皮子文藪一惜義鳥詩："商人每秋貢，所貴復如何。"

【秋氣】謂秋日蕭條、肅殺之氣。呂氏春秋仲秋紀："命有司申嚴百刑，斬殺必當，……天子乃儺，禦佐疾以通秋氣。"漢董仲舒春秋繁露十一："木居東方而主春氣，火居南方而主夏氣，金居西方而主秋氣，水居北方而主冬氣。"又："春氣愛，秋氣嚴，夏氣樂，冬氣哀。"楚辭宋玉九辯："悲哉秋之爲氣也，蕭瑟兮草木摇落而變衰。"後亦謂人意興低沉爲有秋氣。

【秋卿】周以秋官掌刑法，故世以刑部官爲秋卿。唐劉禹錫劉夢得集外集一答白刑部聞新蟬詩："何事秋卿詠，逢時亦悄然。"

【秋娘】㈠人名。1. 謝秋娘。唐李德裕家姬。德裕鎮浙西日，姬死，爲作望江南曲。見唐段安節樂府雜錄。2. 杜秋娘。唐金陵人，年十五爲李錡妾。元和間錡叛，以抗朝命不受逮被殺，秋娘籍没入宫。有寵於憲宗。穆宗卽位，命秋爲皇子璋王傅母。王被罪廢削，秋得賜歸故鄉，窮老以終。唐杜牧樊川集一有杜秋娘詩。㈡喻美人。唐白居易長慶集十二琵琶行："曲罷曾教善才伏，粧成每被秋娘妬。"俗稱婦女年老色衰者爲秋娘。

【秋毫】㈠鳥獸之毛，至秋更生，細而末鋭，謂之秋毫。孟子梁惠王上："明足以察秋毫之末，而不見輿薪，則王許之乎？"常以喻事物之微細者。韓非子外儲左下："西門豹爲鄴令，清剋潔慤，秋毫之端無私也。"也作"秋豪"。莊子齊物論："天下莫大於秋豪之末而太山爲小。"㈡指毛筆。宋蘇易簡文房四譜二韋充筆賦："今也文章具舉，翰墨皆陳，秋毫以削，寶匣以新。"

【秋荼】荼至秋則花葉繁密，以喻刑法苛細。漢桓寬鹽鐵論刑德："昔秦法繁於秋荼，而網密於凝脂。"文選南齊王元長（融）永明九年策秀才文之三："傷秋荼之密網，惻夏日之嚴威。"

【秋陽】農曆五六月間的太陽。孟子滕文公上："秋陽以暴之。"注："秋陽，周之秋，夏之五六月，盛陽也。"

【秋試】科舉時代秋季舉行的考試。宋葉夢得避暑錄話下："歐陽文忠公（修）爲舉子時，客隨州秋試，試左氏失之誣論。"明清科舉時，鄉試在仲秋，故亦稱秋試。

【秋禊】古俗以農曆七月十四日爲秋禊。古人祓禊多於季春上巳舉行，其後又有秋禊，於是日在水邊作遊嬉活動，猶社日本爲仲春祈農之祭，而俗亦有表示慶收成的秋社。藝文類聚六一三國魏劉楨魯都賦："及其素秋二七，天漢指隅，民胥祓禊，國于水游。"是漢末已行秋禊。

【秋暉】秋天的日光。文選晉陸士衡(機)贈馮文羆遷斥丘令詩："及子春華，後爾秋暉。"注："春華，喻少年。秋暉，喻老成也。"參見"春華秋實"。

【秋節】㊀秋季的節候。文選古辭長歌行："常恐秋節至，焜黃華蘂衰。"又三國魏王仲宣(粲)從軍詩之二："涼風厲秋節，司典告詳刑。"㊁傳統風俗稱農曆八月十五日爲秋節，卽中秋節。參見"中秋"。

【秋實】穀實。管子國蓄："夏貸以收秋實。"比喻人的德行成就。三國志魏邢顒傳劉楨與曹植書："採庶子之春華，忘家丞之秋實。"參見"春華秋實"。

【秋豪】卽"秋毫"，喻細微之物。詳"秋毫"。

【秋榜】秋試之榜。明唐寅六如居士集二漫興詩之二："秋榜才名標第一，春風絃管醉千場。"

【秋審】淸制，各省死罪人犯，每歲審擬，分爲情實、緩決、可矜、可疑四項，報部。八月間刑部會同九卿各官詳核分擬，請旨裁定。其情實人犯裁定時，有予勾、免勾之別，予勾者立卽執行，免勾者暫緩執行。因其時爲秋間，故稱秋審。參閱淸會典事例一〇二一都察院各道秋審朝審。

【秋請】秋季朝見皇帝。史記一〇六吳王濞傳："吳王恐，爲謀滋甚。及後使人爲秋請。"集解："孟康曰：'律，春曰朝，秋曰請，如古諸侯朝聘也。'"

【秋駕】駕馬的技術。呂氏春秋博志："尹儒學御三年而不得焉，苦痛之，夜夢受秋駕於其師。……今日將教子以秋駕。"注："秋駕，御法也。"文選南齊王元長(融)三月三日曲水詩序："念負重於春冰，懷御奔於秋駕。"

【秋興】因秋日而感懷。文選晉潘安仁(岳)有秋興賦，唐杜甫杜工部草堂詩箋三二有秋興詩八首。

【秋豫】古之王者於秋季收穫時視察農事。豫，巡遊。孟子梁惠王下："夏諺曰：'吾王不遊，吾何以休；吾王不豫，吾何以助，一遊一豫，爲諸侯度。'"注："豫亦遊也。"晏子春秋問下："春省耕而補不足者謂之遊，秋省實而助不給者謂之豫。"文選漢張平子(衡)東都賦："度秋豫以收成，觀豐年之多稌。"

【秋學】舊時村塾，七月開館，至冬則散，稱秋學。先澤殘存淸王鳴盛練川雜詩之十九："兒童幾隊開秋學，正好涼生積雨時。"

【秋霜】㊀秋季之霜。史記八七李斯傳："故秋霜降者草花落，水搖動者萬物作，此必然之效也。"㊁喻嚴肅。漢荀悅申鑒雜言上："喜如春陽，怒如秋霜。"後漢書四二廣陵思王荆傳："當爲秋霜，無爲檻羊。"注："秋霜，肅殺於物。"㊂喻白髮。唐李白李太白集八秋浦歌之十五："不知明鏡裏，何處得秋霜。"

【秋聲】秋時西風作，草木零落，多肅殺之聲，曰秋聲。北周庾信庾子山集十六周譙國公夫人步陸孤氏墓誌銘："樹樹秋聲，山山寒色。"唐孟郊孟東野詩六分水嶺別夜示從弟寂："古木搖霽色，離風動秋聲。"宋歐陽修有秋聲賦，見文忠集十五。

【秋闈】同"秋試"。科舉時代，鄉試例於八月舉行，故稱秋闈。宋方夔富山遺稿四洪平齋有官舍見月三首……詩："憶昔戰秋闈，不復返隻輪。"元黃溍黃文獻集一試院同諸公爲主試官作："右轄升庸日，秋闈獻藝初。"

【秋獮】古謂秋季的田獵。左傳隱五年："故春蒐，夏苗，秋獮，冬狩。"注："獮，殺也。以殺爲名，順秋氣也。"

【秋蟲】秋多蟲，入夜輒鳴，如蟋蟀之屬。南朝梁江淹江文通集一青苔賦："春禽悲兮蘭茎紫，秋蟲吟兮蕙實黃。"唐杜甫杜工部草堂詩箋十五除架："秋蟲聲不去，暮雀意何如。"

【秋蟬】蟬之一種。一名鳴蜩。體長，略似蚱蟬，而翅黃褐色，不透明，腹下暗黃，有白粉，秋間鳴於日暮，其聲相續甚長，無高低相間之節奏。也指寒蟬之類。列子仲尼："公儀伯曰：'臣之力能折春螽之股，堪秋蟬之翼。'"唐鄭谷鄭守愚集二江際詩："萬頃白波迷宿鷺，一林黃葉送殘蟬。"全唐詩本殘作"秋"。

【秋羅】絲織物，質薄而輕，有條紋，產於吳江等處。唐温庭筠詩一張靜婉采蓮曲："秋羅拂水碎光動，露重花多香不銷。"

【秋牡丹】㊀植物名。植於園圃，高至二三尺，秋月開淡紅色花，供觀賞。見羣芳譜花譜二。㊁芙蓉的別名。宋詩鈔陳造江湖長翁詩鈔四月望再遊西湖："更與蘇堤漚鷺約，辦舟來賞牡丹秋。"自注："俗目芙蓉秋牡丹。"

【秋胡行】樂府相和歌辭淸調曲名。舊題漢劉歆西京雜記六："魯人秋胡，娶妻三月而遊宦，三年休，還家。其婦採桑於郊，胡至郊而不識其妻也，見而悅之，乃遺黃金一鎰。妻曰：'妾有夫遊宦不返，幽閨獨處，三年于茲，未有被辱于今日也。'採不顧，胡慚而退，至家，問家人妻何在？曰：'行採桑於郊，未返。'既還，乃向所挑之婦也。夫妻並慙，妻赴沂水而死。"故事又見列女傳五魯秋潔婦。後人哀而賦詩，作秋胡行。後又取其調而言秋胡妻事，也稱秋胡行。見樂府詩集三六秋胡行四解題解。

【秋風辭】漢武帝行幸河東，祠后土。中流與羣臣飲燕，作秋風辭，共九句。辭見文選。

【秋茶褐】顏色名。明陶宗儀輟耕錄十一采繪法："秋茶褐，用土黃入三綠槐花合。"

【秋崖集】宋方岳撰，四十卷。洪焱祖爲岳作小傳，稱其詩文四六不用古律，以意爲之，語或天出，可謂兼盡其短長。在宋後期，與劉克莊(後村)齊名。集原有三十一卷、八十三卷二本，後以兩本參校，刪除重複，以類合編爲四十卷，卽今本。

【秋風過耳】言漠不關心。吳越春秋一吳王壽夢傳："季札讓逃去，曰：'……富貴之於我，如秋風之過耳。'"

【秋豪無犯】不取民一點一滴。常形容行軍紀律嚴明。史記項羽紀："(沛公)曰：'吾入關，秋豪不敢有所近。'"後漢書十七岑彭傳："彭首破荆門，長驅武陽，持軍整肅，秋豪無犯。"

种 chóng 直弓切，平，東韻，澄。ㄔㄨㄥˊ

姓。漢有种暠。後漢書有傳。

【种放】宋河南洛陽人，字名逸。七歲能屬文。父令舉進士，不從。父卒，與母隱居終南山，以講習爲業。終身不娶，自稱退士，又號雲溪醉侯。隱居三十年，眞宗時召爲左司諫，不久辭歸。後屢至闕下，俄復還山。宋史有傳。

秒 miǎo 亡沼切，上，小韻，明。ㄇㄧㄠˇ

㊀禾芒。見"秒忽"。㊁古代計算積餘成閏的時間單位。隋書律曆志下："凡日不全爲餘，積以成餘者曰秒。"今以一分鐘六十分之一爲秒。㊂角之計算單位。六十秒爲一分，六十分爲一度。宋沈括夢溪筆談八象數二："前世修曆，……未曾實考天度。其法須測驗每夜昏、曉、夜半月及五星所在度秒。"㊃古長度單位。隋書律曆志上："蠶所生吐絲爲忽，十忽爲秒，十秒爲毫。"㊄古容量單位。隋書律曆志上："孫子算術曰：'六粟爲圭，十圭

爲秒,十秒爲撮。'"

【秒忽】喻極其細微。漢書一〇〇下敍傳:"產氣黃鍾,造計秒忽。"注:"劉德曰:'秒,禾芒也。忽,蜘蛛網細者也。'"

秕 bǐ ㄅㄧˇ 卑履切,上,旨韻,幫。

㊀中空的穀。也作"粃"。書仲虺之誥:"若苗之有秀,若粟之有秕。"㊁敗壞。後漢書安帝紀贊:"安德不升,秕我王度。"

【秕政】不善之政。國語晉七:"(悼)公使祁午爲軍尉,歿平公,軍無秕政。"注:"秕,以穀喻也。"後漢書六一黃瓊傳:"昔高皇帝……降德流祚,至於哀平,而帝道不綱,秕政日亂,遂使姦佞擅朝,外妾專恣。"

秖 zhī ㄓ 丁尼切,平,脂韻,知。

㊀穀始熟曰秖。見廣韻。㊁只。通"祇"。漢書五一鄒陽傳獄中上書:"故無因而至前,雖出隨珠和璧,秖結怨而不見德。"

【秖重衣衫不重人】指人勢利,只重外表。續傳燈錄二二繼昌禪師:"五陵公子爭誇富,百衲高僧不厭貧,近來世俗多顛倒,秖重衣衫不重人。"五燈會元十七秖作"祇"。

五畫

秦 qín ㄑㄧㄣˊ 匠鄰切,平,真韻,從。

㊀古國名。嬴姓,周孝王封伯翳之後非子爲附庸,與以秦邑。秦襄公始立國,至秦孝公,日益富强,爲戰國七雄之一。春秋時,奄有今陝西省地,故習稱陝西爲秦。參閱史記秦紀。㊁朝代名。秦始皇先後滅六國,統一中國。傳二世,十五年,爲漢所滅。見史記秦始皇紀。又東晉時苻堅稱秦,史稱前秦,爲姚萇所滅,仍其國號,史稱後秦。乞伏乾歸亦稱秦,史稱西秦。見晉書苻堅載記、姚萇載記、乞伏乾歸載記。㊂漢時西域諸國稱中國爲秦。漢書九六下西域傳:"匈奴縛馬前後足,置城下,馳言:'秦人,我匄若馬。'"注:"謂中國人爲秦人,習故言也。"㊃姓。秦末,子嬰降漢,子孫以國爲氏。見元和姓纂三真。

【秦川】㊀地名。自大散關以北達於岐雍,夾渭川南北岸,沃野千里,以秦之故國,故稱秦川。約包括今陝甘兩省之地。唐李白李太白詩三烏夜啼:"機中織錦秦川女,碧紗如烟隔窗語。"㊁水名。即甘肅清水縣的清水。見水經注十七渭水。

【秦火】指秦始皇焚書之事。唐孟郊孟東野集四秋懷詩之十五:"秦火不爇舌,秦火空爇文。"唐李翱李文公集十陵廟日時朔奏議:"周禮不載日祭月祭,惟四時之祭禴祠蒸嘗,漢朝皆雜而用之,蓋遭秦火,詩書禮經燼滅,編殘簡缺,漢乃求之,先儒穿鑿,各伸己見。"

【秦中】今陝西爲古秦國之地,故稱秦中,也稱關中。史記高祖紀:"是日,大赦天下。田肯賀,因說高祖曰:'陛下得韓信,又治秦中。'"集解:"如淳曰:'時山東人謂關中爲秦中。'"唐杜甫杜工部草堂詩箋三二秋興之六:"迴首可憐歌舞地,秦中自古帝王州。"

【秦皮】梣木之皮。或訛爲樳木,又訛爲秦。又說以出秦地而名。皮入藥。參閱本草綱目三五木二。參見"梣"。

【秦安】縣名,屬甘肅省。漢隴縣地,屬天水郡。晉爲新陽縣地,北魏爲略陽縣地,隋爲隴城縣地,唐因之。宋爲納甲城。金正隆中置秦安縣。自金以來,皆屬秦州。參閱明史地理志三鞏昌府、讀史方輿紀要五九鞏昌府。

【秦州】州名。1.三國魏分隴西郡置,以秦初封爲名。晉置狄道郡,初治冀城,後改鎮上邽。北魏改上邽爲上封,仍爲州治。後遂專以上邽爲秦州,並置天水郡。見晉書地理志上、魏書地形志下。2.晉武帝泰始五年僑置,治南鄭,宋齊因之。即今陝西南鄭縣。見宋書州郡志三、南齊書州郡志下。

【秦艽】草名。以產於甘肅涇川、陝西鄜縣者爲良,故名。二月、八月採根暴乾入藥。味苦辛,無毒。主治風痺等病。參閱政和證類本草八秦艽。

【秦系】唐會稽人,字公緒。天寶末,避亂剡溪。後客泉州,隱居南安之九日山,注老子,經年不出。與劉長卿善,常以詩相贈答。後居秣陵,年八十餘卒。新唐書入隱逸傳。

【秦宓】三國蜀綿竹人,字子勑。少有才學,州郡辟命,輒以疾辭。劉備既稱帝,出兵征吳,宓陳天事不利,忤備意下獄。諸葛亮領益州牧,選宓爲別駕,尋爲左中郎將、長水校尉。與吳使張溫辯難,對答如流,溫大敬服。遷大司農卒。三國志有傳。

【秦青】㊀古之善歌者。列子湯問:"薛譚學謳於秦青,未窮青之技,自謂盡之,遂辭歸。秦青弗止,餞於郊衢,撫節悲歌,聲振林木,響遏行雲,薛譚乃謝求反,終身不敢言歸。"㊁古善相馬者秦牙管青。文選晉張景陽(協)七命:"秦青不能識其衆尺,方堙不能覩其若滅。"注:"呂氏春秋曰:古者善相馬者管青,善相脣吻,秦牙相前,皆天下良士也。"淮南子齊俗記善相馬者有伯樂韓風秦牙管青。

【秦宮】東漢大將軍梁冀嬖奴,官至太倉令。爲冀妻孫壽愛幸,得出入壽寢所,內外兼寵,威權大震。見後漢書三四梁冀傳。唐李賀歌詩編有秦宮詩,即詠此。

【秦晉】春秋時秦晉二國世爲婚姻,後遂稱兩姓聯姻爲秦晉之好。世說新語言語"衛洗馬初欲渡江"注引衛玠別傳:"娶樂廣女,裴叔道曰:'妻父有冰清之姿,壻有璧潤之望,所謂秦晉之匹也。'"唐白行簡李娃傳:"明日命媒氏通二姓之好,備六禮以迎之,遂如秦晉之偶。"匹、偶,皆爲門當户對之意。

【秦淮】水名。有二源。東源出句容縣華山,南流;南源出溧水縣東廬山,北流。二源會合於方山,西經金陵(今南京市)城中,北入長江。相傳秦始皇於方山掘流,西入江,亦曰淮,因稱秦淮。歷代爲著名的遊覽之地。唐杜牧樊川集四泊秦淮詩:"煙籠寒水月籠沙,夜泊秦淮近酒家。"即此水。南宋以來已大部淤塞。見宋史河渠志。

【秦釵】藝文類聚三二漢秦嘉報妻(徐淑)書:"聞得此鏡,既明且好,形觀文彩,世所希有,意甚愛之,故以相與。并寶釵一雙,……寶釵可以耀首。"後因以秦釵爲釵的通稱。唐韓偓香奩集寄恨:"秦釵枉斷長條玉,蜀紙空留小字紅。"

【秦郵】地名。即今江蘇省高郵縣。古曰邗溝。秦築臺置郵亭,故名。漢置高郵縣,以秦郵亭而名。見太平寰宇記一三〇高郵軍高郵縣。

【秦棧】古代入蜀之道,山路懸險,往往須架木而渡,名曰棧道。以其自秦入蜀,又稱秦棧。唐李白李太白詩十八送友人入蜀:"芳樹籠秦棧,春流遶蜀城。"

【秦椒】即花椒。以產於秦地,故名。見宋寇宗奭本草衍義十四秦椒。

【秦越】春秋秦越二國,一在西北,一在東南,相去極遠,故言疏遠者常以秦越作比喻。唐韓愈昌黎集十四爭臣論:"今陽子(城)在位不爲不久矣,而未嘗一言及於政,視政之得失,若越人視秦人之肥瘠,忽焉不加喜戚於其心。"宋史食貨志上六:"監察御史趙順孫言:'願陛下課官吏,使之任牛羊芻牧之責;勸富民,使之無秦越肥瘠之視。'"

【秦腔】戲曲自元人院本後,演爲曼綽、

弦索二種。弦索流行於北部，徽人歌之爲樅陽腔，湖廣人歌之爲襄陽腔，陝西人歌之爲秦腔。秦腔自唐宋元明以來，音皆如此，後復間以弦索，實與崑曲同體，惟用竹木節樂，俗稱梆子，與崑曲之止用綽板定眼者少殊。見清戴璐藤陰雜記、秦雲擷英小譜。

【秦嘉】 東漢隴西人。字士會。爲郡上掾。玉臺新詠一有嘉贈婦詩三首，嘉妻徐淑答詩一首，敍夫婦惜別互矢忠誠之情，爲歷代所傳頌。

【秦箏】 類似瑟的絃樂器。傳爲秦蒙恬所造。文選晉潘安仁(岳)笙賦："晉野悚而投琴，況齊瑟與秦箏。"見漢應劭風俗通聲音箏、舊唐書音樂志二。

【秦篆】 卽小篆。漢書藝文志："蒼頡七章者，秦丞相李斯所作也；爰歷六章者，車府令趙高所作也；博學七章者，太史令胡母敬所作也：文字多取史籀篇，而篆體復頗異，所謂秦篆者也。"參見"小篆"。

【秦興】 隋末薛舉年號。公元 617—618 年。

【秦龜】 山中旱龜。生於陰土，二月、八月取。入藥。參閱政和證類本草二十秦龜。

【秦學】 以秦爲師法之學。宋史三四六陳次升傳："入太學，時學官始得王安石字說，招諸生訓之，次升作而曰：'丞相豈秦學邪？美商鞅之能行仁政，而爲李斯解事，非秦學而何？'坐屏斥。"

【秦贅】 春秋秦俗家富子壯卽分户，家貧子壯卽出贅。見漢書四八賈誼傳陳政事疏。後因稱贅壻爲秦贅。唐杜甫杜工部詩史補遺八遣悶："倚着如秦贅，過逢類楚狂。"

【秦聲】 秦地的歌曲。史記八七李斯傳諫逐客書："夫擊甕、叩缶、彈箏、搏髀，而歌呼嗚嗚快耳者，真秦之聲也。"漢書六六楊敞傳附楊惲報孫會宗書："家本秦也，能爲秦聲。"

【秦檜】 公元 1090—1155 年。宋江寧人，字會之。政和五年登第。金人虜徽欽二帝，檜隨從至金。爲金主弟撻懶縱歸。紹興間爲相，力主和議，反對恢復，深得高宗寵信，先後殺岳飛，竄張浚，排趙鼎，凡主戰之臣，誅鋤殆盡。在相位十九年，擅權陰毒，察事吏卒，布滿京城，而高宗寵信不衰，死時猶得贈申王，謚忠獻。寧宗開禧二年，追奪王爵，改謚繆醜。宋史入姦臣傳。

【秦嶺】 我國地理上的南北分界線。古籍中指山脈在陝西省境南的終南山。亦稱太一山、南山。文選漢班孟堅(固)西都賦："於是睎秦嶺睋北阜。"注："秦嶺，南山也。漢書曰：秦地有南山。"唐韓愈昌黎集十左遷至藍關示姪孫湘詩："雲橫秦嶺家何在？雪擁藍關馬不前。"參見"南山㈠"。

【秦瓊】 公元 ?—638 年。唐歷城人，字叔寶。隋末歸高祖，事秦王(太宗)。太宗素聞其勇，厚加禮遇。從討王世充劉黑闥等，皆率先突陣，官至左武衛大將軍。卒贈徐州都督，陪葬昭陵。與長孫無忌等同被圖形於凌煙閣。新舊唐書皆有傳。

【秦鏡】 傳説故事，秦宮有方鏡，廣四尺，高五尺九寸，表裏有明。人直來照之，影則倒見；以手捫心而來，則見腸胃五臟；人有疾病，掩心而照，卽知病之所在。人有邪心，照之見膽張心動。見舊題漢劉歆西京雜記三。唐劉長卿劉隨州集九溫湯客舍詩："且喜禮闈秦鏡在，還將醜妍付春官。"後人稱頌斷獄清明者曰秦鏡高懸，本此。

【秦觀】 公元 1049—1100 年。宋揚州高郵人，字少游，又字太虛，號淮海居士。舉進士不中。元祐初以蘇軾薦，除太學博士，校勘祕書省圖籍。紹聖初以名列黨籍通判杭州，又以增損實錄罪，貶監處州酒稅，復編置橫雷二州，遇赦北歸至藤州卒。觀雖出於蘇軾之門，詩詞皆自名家，詞名尤盛，以善於刻畫，用字精密，富有情韻見稱。有淮海集四十六卷、長短句三卷。

【秦九韶】 公元 1202—1261 年。宋普州安岳人。字道古。早歲侍親於金之中都，因得訪習於太史，又嘗從隱者受數學。及長，寓居湖州。精研星象、音律、算術以至營造等事。撰數書九章，所論大衍求一術與正負開方術，爲具有世界意義的創造。後以精於曆學被薦於朝廷，得知瓊州、梅州，卒於梅。參閱數書九章自序、元周密癸辛雜識續集下秦九韶。

【秦吉了】 鳥名，亦稱了哥，又稱吉了。唐李白李太白詩二五自代內贈詩："安得秦吉了，爲人道寸心。"舊唐書音樂志二："今案嶺南有鳥，似鸜鵒而稍大，乍視之，不相分辨，籠養久，則能言，無不通，南人謂之吉了，亦云料。"

【秦良玉】 公元？—1648 年。明四川忠州人，石砫宣撫使馬千乘妻。千乘死，代統其衆，所部號白桿兵。天啓元年，率部援遼。崇禎三年，復入援京師。後歸蜀，張獻忠等所率的農民起義軍入川，竹菌坪一戰，秦軍大敗，所部三萬人盡潰。大西政權建立，良玉猶據境頑抗，後病死。明史有傳。

【秦孝公】 公元前 381—前 338 年。戰國時秦君，名渠梁。穆公十五世孫。任用商鞅，法令大行，秦國富强。參閱戰國策秦一、史記秦紀。

【秦始皇】 公元前 259—前 210 年。嬴姓，名政。初卽位，政在太后與丞相呂不韋。九年，殺長信侯嫪毒，遷太后於雍，廢呂不韋，自親政。先後滅六國。稱皇帝，自爲始皇帝。廢封建，置三十六郡；收天下兵器，聚之咸陽；統一法度，車同軌，書同文；築長城，治馳道。又用丞相李斯議，焚書坑儒，偶語詩書者棄市，是古非今者族誅，令民以吏爲師。信方士說，求神仙，數巡幸，侈修宮室，以供遊觀。卒於沙丘，在位二十六年。死後一年，陳勝吳廣劉邦項梁項籍等各地起事，出現我國歷史上第一次全國性農民大起義之局。見史記秦始皇紀。

【秦皇島】 島名。又作秦王島。在河北臨榆縣西南海中，相傳秦始皇曾駐蹕於此，故名。見畿輔通志六一山川五永平府臨榆縣。

【秦望山】 山名。1. 在浙江紹興縣東南。水經注四十漸江水："秦望山在州城正南，爲衆峯之傑，陟境便見。史記云：秦始皇登之以望南海，自平地以取山頂，七里，懸隥孤危，徑路險絕。"一説在浙江餘杭縣。明田汝成西湖遊覽志二四浙江勝蹟："秦望山，去城南一十二里，高一百六十丈，相傳秦始皇東遊江滸，欲度會稽，登山而望，故名秦望。"2. 在江蘇江陰縣西南。本名峨耳山，相傳秦始皇南巡嘗登此四望，故名秦望山。見讀史方輿紀要二五常州府江陰縣。

【秦婦吟】 唐末韋莊作。篇中詠黄巢起義軍進入長安時軍民流離情狀，當時流傳甚廣，時人至稱莊爲秦婦吟秀才。莊後顯貴爲蜀相，自諱所作，故不入浣花集中。久無傳本，敦煌所出卷子本八種，文字有小異，皆已流散國外。公元 1924 年羅振玉印入敦煌零拾中。

【秦琵琶】 樂器名。又名秦漢子。傳爲秦時所作，故名。舊唐書音樂志二："秦琵琶一，臥箜篌一。"又："初，秦長城之役，有弦鼗而鼓之者。……今清樂奏琵琶，俗謂之'秦漢子'，圓體修頸而小，疑是弦鼗之遺制。其他皆充上鋭下，曲項，形制稍大，疑此是漢制。兼似兩制者，謂之'秦漢'，蓋謂通用秦漢之法。"又見新唐書禮樂志十二。

【秦越人】戰國時名醫，卽扁鵲。詳"扁鵲"。

【秦漢子】卽秦琵琶。見該條。

【秦蕙田】公元 1702—1764 年。淸金匱人，字樹峯，號味經。乾隆元年進士，官至刑部尚書。通經能文章，尤精於三禮，撰五禮通考二百六十二卷。又好治易及音韻、律呂、算數之學，皆有著述。諡文恭。參見"五禮通考"。

【秦穆公】公元前?—前 621 年。嬴姓，名任好。成公弟。秦自周平王時，襄公有岐西之地，始列爲諸侯。至穆公時，用百里奚蹇叔等，勵精圖治，國勢日强。又用由余謀伐西戎，益國十二，開地千里，遂霸西戎，爲西方諸侯伯。在位三十九年。爲春秋五霸之一。見左傳及史記秦紀。

【秦女休行】樂府雜曲歌辭。三國魏左延年作。略言女休爲燕王婦，爲宗報讎，殺人都市，以赦得免死。晉傅玄、唐李白皆有秦女休行之作。見樂府詩集六一。

【秦庭之哭】春秋時吳師陷楚都，楚大夫申包胥赴秦乞師，倚立秦庭，日夜號哭，七日之內，不進飮食，秦哀公深爲感動，卽出師救楚。事見左傳定四年。後因謂向他處乞師求救爲秦庭之哭，或省作"哭秦庭"。北周庾信庾子山集一哀江南賦："鬼同曹社之謀，人有秦庭之哭。"唐杜甫杜工部草堂詩箋十六秦州見勑目……喜遷官兼述索居凡三十韻："獨慙投漢閣，俱議哭秦庭。"

【秦樓謝館】舊指城市中喫喝玩樂之所。詞林摘豔一元李邦祐轉調淘金令："花衢柳陌，恨他去胡沾惹；秦樓謝館，恠他去閑遊冶。"

【秦王破陣樂】樂曲名。詳"七德舞"。

秘
mì 集韻 兵媚切，去，至韻。
ㄇㄧˋ

"祕"的異體字。集韻至韻有"秘"字。見"祕"字各條。

秤
1. chēng 昌孕切，去，證韻，穿。
ㄔㄥ

"稱"的異體字。㊀衡定物體重量的器具。古代指使用大型權器的等臂大天平，自唐以來專指提係杆秤。北堂書鈔三七三國蜀諸葛亮雜言："吾心如秤，不能爲人作輕重。"太平御覽三七六輕重作"低昂"。

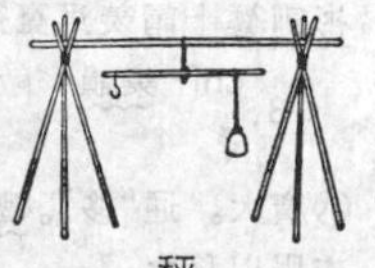
秤

2. chēng 處陵切，平，蒸韻，穿。
ㄔㄥ

㊀以秤衡計斤兩。唐賈島長江集九贈牛山人詩："鑿石養蜂休買蜜，坐山秤藥不爭星。"引申爲權衡。唐牛僧孺温佶神道碑："天將秤其德而甘其家。"（金石續編十一）㊁量詞。小爾雅四衡："斤十謂之衡，衡有半謂之秤。"

【秤₂水】淸梁章鉅農候雜占四："凡魚躍離水面，謂之秤水，主水漲，高多少，則離水多少。"

【秤₂象】三國志魏鄧哀王(曹)沖傳："時孫權曾致巨象，太祖欲知其斤重，訪之羣下，咸莫能出其理。沖曰：'置象大船之上，而刻其水痕所至，稱物以載之，則校可知矣。'太祖大悅，卽施行焉。"稱，同"秤"。後以秤象爲明察的典故。元方回桐江續集十次韻張仲實見贈詩："物我重輕了了事，可能秤象待蒼舒。"蒼舒，沖字。

【秤鎚】秤錘。秤物時用以使秤平衡的鐵錘。續傳燈錄二四法恭禪師："踏着秤鎚硬似鐵，八兩元來是半斤。"又嗣宗禪師："露柱本是木頭，秤鎚秖是生鐵，諸人若到諸方，莫道山僧饒舌。"

【秤₂斤注兩】形容斤斤計較，顧小不顧大。猶言拈斤播兩。朱子語類一〇九論取士："那時士人所做文字極粗，更無委曲柔弱之態，所以亦養得氣宇。只看如今秤斤注兩，作兩句破頭，如此是多少衰氣！"參見"拈₂斤播兩"。

【秤₂薪而爨】喻惟着意於瑣碎小事，察察爲明。淮南子泰族："蓼菜成行，甂甌有堇，稱薪而爨，數米而炊，可以治小而未可以治大也。"唐張鷟朝野僉載一："韋莊頗讀書，數米而炊，秤薪而爨，炙少一臠而覺之。"

秣
mò 莫撥切，入，末韻，明。
ㄇㄛˋ

㊀飼料。周禮天官大宰："以九式均節財用，……七曰芻秣之式。"㊁餵養。詩周南漢廣："之子于歸，言秣其馬。"

【秣馬】餵飽馬匹。左傳文七年："訓卒利兵，秣馬蓐食，潛師夜起。"文選三國魏嵇叔夜（康）贈秀才入軍詩之四："息徒蘭圃，秣馬華山。"此爲息養之義。參見"厲兵秣馬"。

【秣陵】地名。在今江蘇江寧縣。歷代更名凡六：1.楚威王以其地有王氣，埋金鎭之，號曰金陵。2.秦始皇改爲秣陵，在舊江寧縣東南秣陵橋東北。3.漢末建安十六年，孫權遷都於此，改名建業。晉平吳分爲二邑，自淮水以南爲秣陵，北爲建業。卽今江寧縣。4.旋分淮水南爲秣陵。義熙中移於鬭場柏社，在江寧縣東南，爲古丹陽郡。5.後又移治小長干巷。隋併入江寧。6.宋景德二年置秣陵鎭，亦在江寧縣東南。見宋馬光祖建康志十五秣陵縣、讀史方輿紀要二十江寧府。

【秣陵關】在今江蘇江寧縣南。宋置秣陵鎭，元置巡司及稅務，明置秣陵關，今有鎭。見讀史方輿紀要二十江寧府。

秫
1. shú 食聿切，入，術韻，神。
ㄕㄨˊ

㊀稷(高粱)之黏者謂秫。可以釀酒。晉陶潛陶淵明集二和郭主簿詩："舂秫作美酒，酒熟吾自斟。"古籍中對其他穀物小黏者亦常稱秫。爾雅孫炎注、齊民要術謂黏粟爲秫，本草圖經謂黏黍爲秫，皆因時因地而異名。

2. shù
ㄕㄨˋ

㊁長針。通"鉥"。戰國策趙二："黑齒雕題，鯷冠秫縫，大吳之國也。"

秬
jù 其呂切，上，語韻，羣。
ㄐㄩˋ

黑黍。詩大雅生民："誕降嘉種，維秬維秠，維穈維芑。"

【秬鬯】祭祀時灌地所用的以鬱金草合黍釀造的酒，色黃而芬香。書洛誥："予以秬鬯二卣，曰明禋，拜手稽首，休享。"疏："釋草云：'秬，黑黍。'釋器云：'卣，中罇也。以黑黍爲酒，煮鬱金之草，築而和之，使芬香調暢，謂之秬鬯。'"參閱宋程大昌演繁露七秬鬯。

秠
pī 敷悲切，平，脂韻，滂。
ㄆㄧ
匹鄙切，上，紙韻，滂。
芳婦切，上，有韻，滂。
匹尤切，平，尤韻，滂。

黑黍的一種。詩大雅生民："誕降嘉種，維秬維秠，維穈維芑。"疏："漢和帝時，任城生黑黍，或三四實，實二米，得黍三斛八斗。則秬是黑黍之大名，秠是黑黍之中有二米者，別名之爲秠。"

租
zū 則吾切，平，模韻，精。
ㄗㄨ

㊀田賦。亦指一切賦稅。史記孝文紀十三年："其除田之租稅。"又一〇二馮唐傳："李牧爲趙將，居邊，軍市之租皆自用饗士。"索隱："案謂軍中立市，市有稅。稅卽租也。"今稱賃人之物付值爲租。如房租。㊁積蓄。詩豳風鴟鴞："予所蓄租。"

【租挈】田賦的契約。挈，同"契"、"絜"。漢書溝洫志："今內史稻田租挈重，不與郡同，其議減。"注："租挈，收田租之約令也。"

【租稅】 舊時田賦及其他稅款的總稱。墨子辭過：“以其常正，收其租稅，則民費而不病。”

【租徭】 租稅及勞役。舊唐書一三二李抱真傳：“籍户丁男，三選其一，有材力者免其租徭。”

【租賦】 田租賦稅。漢書武帝紀元封五年詔：“其赦天下，所幸縣毋出今年租賦。”

【租庸使】 官名。唐開元以前，財賦之事歸户部、度支，以本司郎中、侍郎主其事。又置鹽鐵轉運使。開元十一年，宇文融除句當租庸地稅使，爲租庸使之始。往往以戰事而設，兵罷則止。常以宰相領其職。五代梁唐皆置租庸使，領錢穀事，廢鹽鐵户部度支之官。參閱舊唐書食貨志上、新五代史張延朗傳。參見“三司㊀”。

【租庸調】 唐制，丁男、中男授田一頃，歲輸粟二石，謂之租。隨鄉土所産歲輸綾絹絁各二丈，布加五分之一。輸綾絹絁者，兼輸綿三兩；輸布者，麻三斤，謂之調。凡丁，歲無償服役二十日。若不服役，每日交絹三尺，謂之庸。有事加役二十五日，免調；加役三十日，免租調。見舊唐書四八食貨志上、資治通鑑一八七唐武德二年“初定租、庸、調法”注。

【租銖律】 以錢代實物納賦的法令。漢書食貨志下：“除其販賣租銖之律，租稅祿賜皆以布帛及穀，使百姓壹意農桑。”注：“租銖，謂計其所賣物價，平其錙銖而收租也。”

秧

yāng 於良切，平，陽韻，影。ㄧㄤ

㊀禾苗。唐高適高常侍集六廣陵別鄭處士詩：“溪水堪垂釣，江田耐插秧。”引申爲凡可以移栽的初生草木皆曰秧。㊁魚苗曰魚秧。也指其他某些初生動物。古今圖書集成禽蟲典一三七魚部引豫章漫抄：“今人家池塘所蓄魚，其種皆出九河，謂之魚苗，或曰魚秧。”

【秧田】 育秧田。宋詩鈔王阮義豐集鈔謝趙宰拜襄敏墓并留題之一：“麗日借黄催麥壠，惠風吹緑散秧田。”

【秧馬】 插秧所用的農具。宋蘇軾分類東坡詩二四秧馬歌引：“予昔遊武昌，見農夫皆騎秧馬。以榆棗爲腹，欲其滑；以楸桐爲背，欲其輕。腹如小舟，昂其首尾，背如覆瓦，以便兩髀雀躍于泥中，繫束藁其首以縛秧。”

【秧針】 謂稻秧初茁，穎細如針。全宋詞盧炳減字木蘭花：“緑水千畦，慚愧秧針出得齊。”明謝晉庭蘭集下牧牛圖詩：“水田高下秧針緑，桑暗不聞鳴布穀。”

秩

zhì 直一切，入，質韻，澄。ㄓ

㊀俸禄。左傳莊十九年：“王奪子禽祝跪與詹父田，而收膳夫之秩。”㊁官吏的職位或品級。左傳文六年：“教之防利，委之常秩。”注：“常秩，官司之常職。”㊂次序。書堯典：“寅賓出日，平秩東作。”禮王制：“八十月告存，九十日有秩。”疏：“秩，常也。君則日使人以常膳致之。”㊃十年爲一秩。唐白居易長慶集七一喜老自嘲詩：“行開第八秩，可謂盡天年。”㊄鳥名。見“秩秩㊃”。

【秩序】 猶言次序。文選晉陸士衡（機）文賦：“謬玄黄之秩序，故淟涊而不鮮。”一本作“袟敍”。

【秩宗】 禮官，主郊廟之官。書舜典：“帝曰：‘俞，咨伯，汝作秩宗。’”唐張説張燕公集十五贈太尉裴公神道碑：“遷禮部尚書，加上柱國，又特降恩命，兼右衛大將軍，典秩宗。”後世習稱禮部爲秩宗。

【秩秩】 ㊀清明。詩大雅假樂：“威儀抑抑，德音秩秩。”箋：“秩秩，清也。……教令又清明，天下皆樂。”傳與集注訓爲“有常”。㊁順序貌。詩小雅賓之初筵：“賓之初筵，左右秩秩。”荀子仲尼：“貴賤長少，秩秩焉莫不從桓公而貴敬之。”㊂流行貌。詩小雅斯干：“秩秩斯干，幽幽南山。”㊃鳥名。爾雅釋鳥：“秩秩，海雉。”注：“如雉而黑，在海中山上。”

【秩敍】 指更番宿衛的次第，一月之次爲秩，一歲之次爲敍。周禮天官宫伯：“掌其政令，行其秩敍，作其徒役之事。”疏：“秩，謂依班秩受禄。敍者，才藝高下爲次第。”參閲清王引之經義述聞八。

【秩滿】 服官任滿。南史虞荔傳附虞寄：“前後所居官，未嘗至秩滿，裁朞月，便自求解退。”

秭

zǐ 將几切，上，旨韻，精。ㄗ

㊀數位名。1.謂億億。詩周頌豐年：“豐年多黍多稌，亦有高廩，萬億及秭。”疏：“言數萬至萬曰億，數億至億曰秭。”2.古代十等數之一。億、兆、京、垓、秭、壤、溝、澗、正、載爲十等數。在運用中分爲上、中、下三等數，下數，十垓爲秭；中數，萬萬垓爲秭；上數，垓垓爲秭。見漢徐岳數術記遺。孫子算經、算學啓蒙言萬萬垓爲秭。後來算書中以萬垓爲一秭。㊁見“秭鳺”、“秭歸”。

【秭鳺】 杜鵑鳥名。又名子規。史記曆書：“於時冰泮發蟄，百草奮興，秭鳺先滜。”集解：“徐廣曰：‘秭音姊，鳺音規。子鳺鳥也，一名鷤鴂。’”

【秭歸】 縣名。屬湖北省。古夔國。漢置縣，屬南郡。北魏改長寧，隋復名。唐建歸州，明併縣入州，清因之。公元1912年改州爲縣，1914年復名爲秭歸縣。古代傳説屈原生於此地，原放逐前暫止此，原姊亦來歸，後人因名其地曰秭歸。秭、姊音同。參閲水經注三四江水。

六畫

秺

dù 當故切，去，暮韻，端。ㄉㄨˋ

同“秅”。㊀禾束。見玉篇。㊁地名。史記建元以來侯者年表：“秺。”集解：“漢書音義曰：‘音妒。在濟陰成武，今有亭矣。’”在今山東成武縣境。

秸

jiē 古黠切，入，黠韻，見。ㄐㄧㄝ

農作物脱後剩下的莖稈。書禹貢：“二百里納銍，三百里納秸服。”傳：“秸，本或作稭。”漢書地理志上引書作“銍”。

稠

tōng 集韻 徒東切，平，東韻。ㄊㄨㄥ

禾莖節間中空之處。吕氏春秋審時：“得時之禾，長稠長穗。”亢倉子農道：“得時之稻，莖葆長稠，穗如馬尾。”

移

1\. yí 弋支切，平，支韻，喻。ㄧˊ

㊀遷徙。書多士：“我乃明致天罰，移爾遐逖。”㊁改變。書畢命：“既歷三紀，世變風移。”㊂搖動。禮玉藻：“疾趨則欲發，而手足毋移。”孟子滕文公下：“富貴不能淫，貧賤不能移，威武不能屈，此之謂大丈夫。”㊃施予。史記一〇四田叔傳：“鞅鞅如有移德於我者，何也？”㊄官府文書之一種。後漢書光武帝紀更始元年：“於是置僚屬，作文移。”南朝梁劉勰文心雕龍四檄移：“及劉歆之移太常，辭剛而義辨，文移之首也。”參見“移文”。㊅姓。漢有弘農太守移良。見漢應劭風俗通氏篇上。

2\. yì 集韻 以豉切，去，寘韻。ㄧˋ

㊆羡慕。禮郊特牲：“順成之方，其蜡乃通，以移民也。”注：“移之言羡也。”清宋彬訓纂十謂羡爲寬衍之意。

3\. chǐ 集韻 敞尒切，上，紙韻。ㄔˇ

㊇廣大。通“侈”。禮表記：“容貌以文之，衣服以移之。”

【移山】 見“愚公移山”。

【移文】 ㊀猶檄文。南齊孔稚圭有北山移文。見文選。文苑英華一六七唐曹唐三年冬大禮之五:"今日病身慚小隱,欲將泉石勒移文。"㊁以公文發往平行機關。舊唐書一一四王播傳:"貞元末,倖臣李實爲京兆尹,恃恩頗橫,嘗遇播於途,不避。故事,尹避臺官。播移文詆之,實怒,後奏播爲三原令,欲挫之。"

【移天】舊禮教婦以夫爲天,故再嫁爲移天。唐孟郊孟東野集三去婦詩:"一女事一夫,安可再移天。"

【移日】日影移動,言時間長久。公羊傳成二年:"二大夫出,相與踦閭而語,移日,然後相去。"史記一〇七武安侯傳:"當是時,丞相入奏事,坐語移日,所言皆聽。"

【移玉】挪動脚步,請人前來的敬辭。玉,玉步的省稱。聊齋志異絳妃:"夢二女郎,被服艷麗,近請曰:'有所奉託,敢屈移玉。'"參見"玉步㊀"。

【移民】移飢民於豐收之地。周禮秋官士師:"若邦兇荒,則以荒辯之法治之,令移民通財,糾守緩刑。"注:"移民,就賤救困也。"

【移年】逾年。宋書桂陽王休範傳:"禮則君臣,樂則兄弟,升級賜賞,動不移年。"

【移刻】過一段時間。唐韓偓迷樓記:"曾未移刻,則聖躬起入後宮。"宋呂南公灌園集四老樵詩:"低眉索價退聽言,移刻纔蒙酬與半。"

【移剌】女真族姓。金史列傳有移剌温移剌道移剌子敬等。亦作伊喇、耶律。見金史金國語解、續通志八二氏族二。

【移宮】明三案之一。明光宗(朱常洛)死,其寵妃李選侍仍居乾清宮。熹宗(朱由校)旣立,大臣劉一燝周嘉謨及言官楊漣左光斗等懼妃自宮中挾熹宗以干國政,乃奉熹宗暫居慈慶宮,迫選侍移宮,居仁壽殿,是爲移宮之案。參閱清趙翼廿二史劄記三五三案、明史紀事本末六八三案。

【移病】作書稱病。多爲居官者求退的婉辭。漢書七一疏廣傳:"卽日父子俱移病。滿三月賜告,廣遂稱篤,上疏乞骸骨。"注:"移病,卽移書言病也。一曰以病而移居。"

【移疾】卽移病。北史高允傳附高德正:"德正甚憂懼,乃移疾,屏居佛寺,兼學坐禪,爲退身之計。"新唐書八九秦瓊傳:"後稍移疾,嘗曰:'吾少長戎馬間,歷二百餘戰,數重創,出血且數斛,安得不病乎?'"

【移書】㊀移送文書。韓非子存韓:"二國事畢,則韓可以移書定也。"漢書三六劉歆傳:"哀帝令歆與五經博士講論其義,諸博士或不肯置對,歆因移書太常博士,責讓之。"㊁官文書的一種,用於平行官署之間。廣韻支移:"官書公府不相臨敬,則爲移書,箋表之類也。"

【移時】少頃,一段時間。三國志魏武紀建安十六年:"韓遂請與公相見,……於是交馬語移時,不及軍事,但說京都舊故,拊手歡笑。"世說新語簡傲:"鍾(會)要于時賢儁之士俱往尋(嵇)康,康方大樹下鍛,……傍若無人,移時不交一言。"

【移情】變易人的情操。儒林外史二九:"杜慎卿道:'小弟得會先生,也如成連先生刺船海上,令我移情。'"

【移國】猶言篡國。後漢書光武帝紀贊:"炎正中微,大盜移國。"大盜,指王莽。北周庾信庾子山集一哀江南賦序:"粵以戊辰之年,建亥之月,大盜移國,金陵瓦解。"大盜指侯景。

【移晷】猶移日。晷,日影。文選漢張平子(衡)西京賦:"白日未及移其晷,已獮其什七八。"文選南朝梁昭明太子序:"歷觀文囿,泛覽辭林,未嘗不心遊目想,移晷忘倦。"參見"移日"。

【移鼎】遷移九鼎,喻改朝換代。後漢書七十孔融傳論:"若夫文舉之高志直情,其足以動義槩而忤雄心。故使移鼎之迹,事隔於人存;代終之規,啓機於身後也。"文舉,融字。宋書武帝紀論:"桓温雄才蓋世,勳高一時,移鼎之業已成,天人之望將改。"

【移節】㊀改換節奏。初學記十四南朝梁庾肩吾侍宴宣猷堂應令:"豔舞時移節,新歌屢上絃。"㊁變節。唐張鷟朝野僉載三:"吾誓不移節,而爲此所撓,蓋吾容貌未衰故也。"㊂古使者擁節以行。故後謂地方大吏移任他地爲移節。

【移樽】移酒而飲。樽,酒杯。北周庾信庾子山集七周祀圜丘歌皇夏飲福酒:"受釐徹俎,飲福移樽。"唐白居易長慶集六九李留守相公見過池上汎舟舉酒話及翰林舊事因成四韻以獻之詩:"引棹尋池岸,移樽就菊叢。"

【移春檻】唐楊國忠子弟,春時,以花植於檻中。以板爲底,以木爲輪,使人牽之自轉,所至之處,牽檻在前,稱爲移春檻。見五代周王仁裕開元天寶遺事五。

【移轅賞】北齊劉晝劉子履信:"吳起不虧移轅之賞。"注:"起欲伐秦,恐士卒不信,乃埋車轅於市東門,書曰:'有能移著西門者,給田百畝,黃金百斤。'三日無敢移。更書曰:'能移者給田五百畝,黃金五百斤。'時一人來移,卽賜之田五百畝,金五百斤。於是士卒勇於攻戰,伐秦遂克。"秦商鞅嘗懸金令民徙國都南門之木於北門(史記六八商君傳),事正相類,皆欲樹立法令威信,使民必從。

【移天易日】玩弄手法,顛倒真相,欺上瞞下。晉書齊王冏傳:"趙庶人(趙王司馬倫)聽任孫秀,移天易日,當時喋喋,莫敢先唱。"也作"移天徙日"、"移天換日"。魏書太武五王元深傳上書:"往者元叉執權,移天徙日,而(元)徽託附,無翼而非。"明范世彥磨忠記崔田會勘:"緘默處自有關節,遷選時豈無話說,端的是移天換日。"

【移孝作忠】移孝父母之心以事君。孝經廣揚名:"君子之事親孝,故忠可移於君。"唐李商隱李義山文集一爲濮陽公陳許謝上表:"責忠孝之兩全,則忠因移孝;正文武之二道,則武可輔文。"

【移東就西】彼此挪易。指只求隨時應付,不作經久之計。唐陸贄陸宣公集二一論裴延齡姦蠹書:"移東就西,便爲課績;取此適彼,遂號羨餘。"也作"移東換西"。宋朱熹朱文公集四八答呂子約書:"若方討得一個頭緒,……又卻計較以爲未有效驗,遂欲別作調度,則恐一生只得如此移東換西,終是不成家計也。"

【移花接木】栽植花木,有移栽、插壓、貼接等法。見廣群芳譜天時譜。後喻巧用手段互易以處理人事。聊齋志異一陸判:"斷鶴續鳧,矯作者妄;移花接木,創始者奇。"紅樓夢一〇九:"二則寶釵恐寶玉思鬱成疾,不如稍示柔情,使得親近,以爲'移花接木'之計。"

【移郊移遂】古代對不受教者移地而教的法制。禮王制:"命鄉簡不帥教者以告,耆老皆朝于庠。元日,習射上功,習鄉上齒,大司徒帥國之俊士與執事焉,不變,命國之右鄉簡不帥教者移之左,命國之左鄉簡不帥教者移之右,如初禮。不變,移之郊,如初禮。不變,移之遂,如初禮。不變,屏之遠方,終身不齒。"

【移風易俗】改變風氣與習俗。荀子樂論:"故樂行而志清,禮修而行成,耳目聰明,血氣和平,移風易俗,天下皆寧,美善相樂。"史記八七李斯傳諫逐客書:"孝公用商鞅之法,移風易俗,民以殷盛,國以富彊。"

【移宮換羽】變換樂調。宋周邦彥片玉詞意難忘美人:"知音見說無雙,解移宮換羽,未怕周郎。"宋史樂志一序:"審乎此道，以之制作，器定聲應，自不奪倫，移宫换羽，特餘事耳。」

七 畫

稂 láng 魯當切，平，唐韻，來。
ㄌㄤˊ

㊀害禾苗的雜草。一名童粱。詩曹風下泉：「洌彼下泉，浸彼苞稂。」㊁姓。今江西永新有此姓。

【稂莠】兩種害禾苗的雜草。國語魯上：「自是，子服之妾衣不過七升之布，馬餼不過稂莠。」注：「稂，童稂也。莠，草似稷而無實也。」漢王符潛夫論述赦：「養稂莠者傷禾稼，惠奸宄者賊良民。」後用以比喻害群之人。唐韓愈昌黎集三十平淮西碑：「大慝適去，稂莠不薅。」

稊 tí 杜奚切，平，齊韻，定。
ㄊㄧˊ

㊀草名。結實如小米。莊子秋水：「計中國之在海內，不似稊米之在太倉乎？」㊁樹木再生的嫩芽。通「荑」。易大過：「枯楊生稊。」集解六引漢虞翻：「稊，穉也。楊葉未舒稱稊。」詩豳風七月「猗彼女桑」正義引周易作「枯楊生荑」。

【稊氣錢】私下零星積攢的錢。元曲選賈仲名百花亭四：「是高邈平日積儹下稊氣錢二萬貫。」參見「梯己」、「體己」。

稅 1. shuì 舒芮切，去，祭韻，審。
ㄕㄨㄟˋ

㊀歷代官府取於民者，或按人口，或按户數，或按地段，其初皆收穀布帛等實物，概稱賦稅，或省稱稅。後漢桓帝延熹八年於常稅以外，又按地收錢。至唐併租庸調爲一，以錢輸稅，分春秋兩次繳納，稱兩稅。漢書食貨志：「稅謂公田什一及工商衡虞之入也。」參閱文獻通考二歷代田賦之制。㊁抽稅。唐王建詩三汴路即事：「草市迎江貨，津橋稅海商。」㊂租賃。太平廣記四八四唐白行簡李娃傳：「生跪拜，前致詞曰：『聞茲地有隙院，願稅以居，信乎？』」㊃釋放，解脫。也作「說」，又讀爲「脫」。左傳莊九年：「管仲請囚。鮑叔受之，及堂阜而稅之。」釋文：「稅本又作說。同吐活切，又失銳切。」呂氏春秋愼大：「乃稅馬於華山，稅牛於桃林。」㊄以財物贈人。禮檀弓上：「未仕者不敢稅人，如稅人則以父兄之命。」疏：「稅人，謂以物遺人也。」也專指以財物助人辦理喪事，猶賻贈。史記九七陸賈傳：「及平原君(朱建)母死，……辟陽侯(審食其)乃奉百金往稅。列侯貴人以辟陽侯故，往稅凡五百金。」㊅姓。明陳士元姓觿七：「盛弘之荆州記云：建平信陵有稅氏。……宋登科記有稅挺。」

2. tuì 集韻 吐外切，去，泰韻。
ㄊㄨㄟˋ

㊆補行服喪之禮。禮檀弓上：「小功不稅。」注：「日月已過，乃聞喪而服曰稅。」

3. tuàn 集韻 吐玩切，去，换韻。
ㄊㄨㄢˋ

㊇通「褖」。見「稅₃衣」。

4. yuè
ㄩㄝˋ

㊈和悦。通「悦」。史記禮書：「凡禮始乎脱，成乎文，終乎稅。」索隱：「(稅)音悦。言禮終卒和悦人情也。」

5. huì
ㄏㄨㄟˋ

㊉通「繐」。見「稅₅服」。

6. tuō 集韻 他括切，入，末韻。
ㄊㄨㄛ

⑪解，脱。通「挩」、「脱」。見「稅₆介」、「稅₆服」等。

【稅₆介】脱掉鎧甲。指戰事停息。漢書一〇〇下敍傳：「叔孫奉常，與時抑揚，稅介免胄，禮義是創。」也作「稅甲」。三國魏曹植曹子建集八求自試表：「願西尚有違命之蜀，東有不臣之吳，使邊境未得稅甲，謀士未得高枕者，誠欲混同宇內，以致太和也。」

【稅₃衣】黑衣。古代婦人六服之一。禮雜記上：「繭衣裳，與稅衣，纁袡爲一。」疏：「與稅衣者，稅謂黑衣也。」又喪大記：「士妻以稅衣。」疏：「稅衣，六衣之下也，士妻得服之。」本字作「褖」。參閱清陳喬樅禮記鄭讀考三(清續經解一六四)。

【稅法】關於徵稅的法規。詩小雅甫田「倬彼甫田，歲取十千」唐孔穎達疏：「言民之治田，則歲取十千，宜爲官之稅法。稅法而言十千，爲有限之數。」新唐書食貨志二：「至德宗相楊炎，遂作兩稅法，……稅法既行，民力未及寬，而朱滔、王武俊、田悦合從而叛，用益不給，而借商之令出。」

【稅₆服】脱去衣服。左傳襄二八年：「陳須無以(景)公歸，稅服而如內宫。」釋文：「稅，吐活反，一音如字。」

【稅₅服】一種以細紗布製的喪服。左傳襄二七年：「公喪之，如稅服，終身。」注：「稅即繐也。喪服繐縗裳，縷細而希，非五服之常。」

【稅契】舊時購買田宅，立契約後向官府納稅，官府在契約上蓋印爲憑證，謂之稅契。隋書食貨志：「晉自過江，凡貨賣奴婢馬牛田宅，有文券，率錢一萬，輸估四百入官，賣者三百，買者一百。」爲史書中記稅契之始。參閱清趙翼陔餘叢考二七稅契。

【稅屋】租賃住房。太平廣記四八六唐薛調無雙傳：「(王)仙客稅屋，與(塞)鴻、(採)蘋居。」

【稅畝】我國古代按畝征稅的賦稅制度。春秋宣十五年：「初稅畝。」注：「公田之法，十取其一；今又履其餘畝，復十收其一。」

【稅₆駕】猶解駕，停車。謂休息或歸宿。史記八七李斯傳：「物極則衰，吾未知所稅駕也！」文選三國魏曹子建(植)洛神賦：「爾迺稅駕乎蘅皋，秣駟乎芝田。」

【稅額】征稅的定額。舊唐書食貨志元和十五年八月中書門下奏：「起元和十六年已後，並改配端匹斤兩之物爲稅額，如大曆已前租庸課調，不計錢，令其折納。」宋史食貨志上：「要在均平，爲民除害，不增稅額。」

【稅₆驂】孔子至衛，遇舊館人喪，出使子貢解所乘驂馬作賻禮。稅驂，即解卸駕車之馬。見禮檀弓上。後因以稅驂爲臨故人之喪或追念已死故人的典故。三國志魏武帝紀「公臨祀(袁)紹墓哭之流涕」注引孫盛：「夫匿怨友人，前哲所恥；稅驂舊館，義無虛涕，苟道乖好絶，何哭之有！」也借以稱亡故。文苑英華三〇一南朝梁沈約傷韋景猷詩：「稅驂止營校，淪跡委泥沙。」參見「脱驂」。

【稅課司】官名。明清置。掌管稅收及稅契等事。各府皆有，以從九品大使司其事。縣則爲稅課局。參閱明史職官志四稅課司、歷代職官表關稅各差。

【稅外方圓】唐時藩鎮于朝廷規定稅額外，又立各種名目，巧取豪奪，括取民間財物，進貢皇帝，稱爲稅外方圓。舊唐書食貨志：「先是興元克服京師後，府藏盡虛，諸道初有進奉，以資經費，復時有宣索。其後諸賊既平，朝廷無事，常賦之外，進奉不息。……貢入之奏，皆曰臣於正稅外方圓，亦曰羨餘。」資治通鑑二三五唐貞元十二年「藩鎮多以進奉市恩，皆云『稅外方圓』」元胡三省注：「折則成方，轉則成圓，言於常稅之外，别自轉折以致貨財也。」

稉 gēng 古行切，平，庚韻，見。
ㄍㄥ

稻類。同「秔」。也作「粳」。漢書八七下揚雄傳長楊賦：「馳騁稉稻之地，周流梨栗之林。」文選作「秔稻」。文選晉左太沖(思)魏都賦：「水澍稉稌，陸蒔稷黍。」參見"秔"。

稍 shāo shào 所教切,去,效韻,山。ㄕㄠ ㄕㄠ

㊀廩食。官府發給的糧食。儀禮聘禮:"赴者至,則衰而出,惟稍受之。"注:"稍,稟食也。"後俗語指財物。見"稍物"。㊁小。見"稍事"。引申爲稍微、略爲。史記周勃世家:"勃恐,不知置辭。吏稍侵辱之。"㊂逐漸。史記項羽紀:"項王乃疑范增與漢有私,稍奪之權。"㊃甚,頗。文選南朝梁江文通(淹)恨賦:"紫臺稍遠,關山無極。"唐李白李太白詩三前有樽酒行之一:"落花紛紛稍覺多,美人欲醉朱顏酡。"㊄周制指離王城三百里的地域。周禮地官序官"稍人下士四人"漢鄭玄注:"距王城三百里曰稍。"見"稍地"。㊅捎帶。同"捎"。元曲選關漢卿救風塵二:"我這隔壁有個王貨郎,他如今去汴梁做買賣,我寫一封書稍將去,着俺母親和趙家姐姐來救我。"

【稍人】官名。掌修治溝塗之事。周禮地官稍人:"掌令丘乘之政令。"注:"掌令都鄙脩治井邑丘甸縣都之溝涂。"

【稍地】周代稱距王城三百里的地域爲稍地,給大夫作采邑。周禮地官載師:"以公邑之田任甸地,以家邑之田任稍地。"疏:"名三百里地爲稍者,以大夫地少,稍稍給之,故云稍也。"

【稍事】小事。周禮天官膳夫:"凡王之稍事,設薦脯醢。"注:"(鄭)玄謂稍事,有小事而飲酒。"

【稍物】財物。二刻拍案驚奇八:"鄭十道:'若挨得進去,須要稍物,方才可賄。'沈將仕道:'吾隨身篋中有金寶千金,又有二三千張茶券子可以爲稍。'"

【稍食】指按月發給的官俸。周禮天官宮正:"幾其出入,均其稍食。"注:"稍食,祿稟。"疏:"云稍食祿稟者,稍則稍稍與之,則月俸是也。"

【稍侵】常指病情逐漸加重。漢書八二史丹傳:"竟寧元年,上寢疾,傅昭儀及定陶王常在左右,而皇后太子希得進見。上疾稍侵,意忽忽不平。"注:"稍侵,言漸篤也。"

【稍稍】㊀漸漸,逐漸。戰國策趙二:"秦之攻韓魏也則不然,無有名山大川之限,稍稍蠶食之,傅之國都而止矣。"史記七六平原君傳:"居歲餘,賓客門下舍人稍稍引去者過半。"㊁已而,隨即。唐李白李太白詩十六送王屋山人魏萬還王屋:"稍稍來吳都,徘徊上姑蘇。"全唐書一四一王昌齡初日:"斜光入羅幕,稍稍親絲管。"㊂纔,剛。文苑英華三三五唐顧況李供奉彈箜篌歌:"李供奉,儀容質,身才稍稍六尺一。"

【稍禮】古時朝聘賓客有事停留期間,主人供給其飲食,謂之稍禮。周禮天官漿人:"共賓客之稍禮。"清孫詒讓正義:"蓋凡朝聘賓客,始至則有飧,既行禮則有饔,若其有事留閒,則別給稟食,其禮殺於飧饔,蓋有米穀酒漿而無牲牢。"

【稍餼】官府發給的糧食。周禮考工記玉人:"以祀山川,以致稍餼。"注:"致稍餼,造賓客納稟食也。"

稆 lǚ 集韻 兩舉切,上,語韻。ㄌㄩˇ

野生的禾。同"穭"。後漢書獻帝紀建安元年:"羣僚飢乏,尚書郎以下自出採稆。"注:"埤蒼曰:'穭,自生也。'稆與穭同。"晉書索綝傳:"自長安以西,不復奉朝廷,百官飢乏,採稆自存。"參見"穭"。

程 chéng 直貞切,平,清韻,澄。ㄔㄥˊ

㊀度、量的總名。荀子致仕:"程者,物之準也。"注:"程者,度量之總名也。"又長度單位名。說文:"十髮爲程,十程爲分,十分爲寸。"又指容量。禮月令孟冬之月:"陳祭器,按度程。"注:"程,謂器所容也。"㊁法式,規章。商君書定分:"不中程,爲法令以罪之。"呂氏春秋慎行:"始而相與,久而相信,卒而相親,後世以爲法程。"㊂效法。詩小雅小旻:"哀哉爲猶,匪先民是程。"㊃定限,定額。漢書刑法志:"(秦始皇)晝斷獄,夜理書,自程決事,日縣石之一。"注:"服虔曰:'縣,稱也。石,百二十斤也。始皇省讀文書,日以百二十斤爲程。'"㊄里程,路程。唐白居易長慶集十四同李十一醉憶元九詩:"忽憶故人天際去,計程今日到涼州。"㊅考核,衡量。商君書戰法:"兵起而程敵,政不若者勿與戰,食不若者勿與久。"禮儒行:"程功積事,推賢而進達之。"㊆顯示。文選漢張平子(衡)西京賦:"假僮程材,上下翩翻。"又晉陸士衡(機)文賦:"辭程才以效伎,意司契而爲匠。"㊇蟲名。莊子至樂:"青寧生程。"㊈古地名。在今陝西咸陽市東。竹書紀年上:"(帝辛)三十三年密人降于周師,遂遷於程。"孟子離婁下作"畢郢"。㊉姓。傳說爲顓頊重黎之後,周有程伯休父。見元和姓纂五清。

【程文】科舉考試用作示範的文章。因應試者必須依此程式作文,故稱爲程文。始於五代。宋蘇轍欒城集後集二三歐陽文忠公神道碑:"及公考試禮部,亡兄子瞻(軾)以進士試稠人中,公與梅聖俞(堯臣)得其程文,以爲異人。"明以後將試官所擬作者稱爲程文,士子所作者稱墨卷。參閱清顧炎武日知錄十六程文、趙翼陔餘叢考二九程文墨卷。

【程式】規程,法式。商君書定分:"主法令之吏有遷徙物故,輒使學讀法令所謂,爲之程式,使日數而知法令之所謂。"宋書何承天傳安邊論:"諸所課仗,並加雕鐫,別造程式。若有遺鏃亡刃及私爲盜竊者,皆可立驗,於事爲長。"

【程朱】宋程顥、程頤與朱熹提倡性理之學,以主敬存誠爲本,成一學派,世稱程朱之學。參見"程顥"、"程頤"、"朱熹"。

【程度】㊀指道德、知識、技能等所達到的水平。唐韓愈昌黎集十六答崔立之書:"乃復自疑,以爲所試與得之者,不同其程度,及得觀之,余亦無甚愧焉。"㊁期限,進度。宋蘇轍欒城集九遊金山寄揚州鮮于子駿從事邵光詩:"我行有程度,欲去空自惜。"樓鑰攻媿集一〇九贈銀青光祿大夫宇文公墓誌銘:"惟專意於學,自爲程度,風雨不渝。"㊂格式標準。宋陳亮龍川集一上孝宗皇帝第三書:"自憂制以來,退而讀書者六七年矣,雖蚤夜以求皇帝王伯之略,而科舉之文不合於程度不止也。"

【程限】㊀使人遵循的標準、界限。全唐詩六八七吳融贈廣利大師歌:"化人之心固甚難,自化之心更不易。化人可以程限之,自化元須有其志。"唐李商隱李義山文集四李賀小傳:"未嘗得題然後爲詩,如他人思量牽合以及程限爲意。"㊁期限。貞觀政要三擇官:"或糾彈聞奏,故事稽延,案雖理窮,仍更盤下。去無程限,來不責遲,一經出手,便涉年載。"

【程書】史記秦始皇紀:"天下之事無小大皆決於上,上至以衡石量書,日夜有呈(程),不中呈,不得休息。"後因稱每日必須批閱的公文爲"程書"。宋范成大石湖集十七晚步宣華舊苑詩:"歸來更了程書債,目眚昏花燭穗垂。"

【程途】路程。唐韓偓玉山樵人集見別離者因贈之詩:"白髭兄弟中年後,瘴海程途萬里長。"

【程普】三國吳右北平土垠人,字德謀。初爲州郡吏,從孫堅征伐。堅卒,隨孫策平定江南有功。策卒,同張昭等共輔孫權,赤壁之戰,與周瑜爲左右都督,大破曹操軍於烏林。官至江夏太守、盪寇將軍。三國志有傳。

【程鄉】㊀地名。漢南郡縣地。南齊置程

鄉縣。五代南漢於縣置敬州，宋改梅州。明廢梅州，縣屬潮州府。清改置嘉應直隸州，省程鄉縣。今爲廣東梅縣治。參閱嘉慶一統志四五六嘉應州。㈢水名。水經注三九耒水："(郴)縣有淥水，出縣東俠公山，西北流而南，屈注於耒，謂之程鄉溪。郡置酒官，醞於山下，名曰程酒。"水在今湖南資興縣境，有"程鄉綠水"之景。參閱嘉慶一統志三七七郴州山川程水。

【程試】㈠按規定的程式考試。後漢書五七欒巴傳："雖幹吏卑末，皆課令習讀，程試殿最，隨能升授。"三國志吳韋曜傳論博奕："博選良才，旌簡髦俊，設程試之科，垂金爵之賞。"㈡科舉考試的試卷。唐李綽尚書故實："郭侍郎承嘏嘗寶惜書法一卷，每攜隨。兵初應舉，就雜文試，寫畢，夜色猶早，以紙緘裹置於篋中，及納所寶書帖。却歸鋪，於燭籠下取書帖觀覽，則程試宛在篋中，怱遽驚嗟，計無所出，來往於棘圍門外，見一老吏，……願以錢三萬見酬。公悅而許之，逡巡齎程試往，而易書帖出授公。公媿謝而退。"

【程墨】科舉時代的應試文字。以有一定的程式，故稱程墨。明吳應箕樓山堂集十七歷朝科牘序："先是歷科程墨選者不一人，而窮極流弊，惟予選爲甚。"儒林外史十一："歷科程墨、各省宗師考卷，肚裏記得三千餘篇。"

【程儀】贈給遠行者的財物。明西湖居士詩賦盟雙謁："郎君遠來，當爲滌塵，……少刻送程儀到尊寓。"也作"程敬"。警世通言十一蘇知縣羅衫再合："(高知縣)便分付門子，於庫房取書儀十兩，送與蘇雨爲程敬。"

【程頤】公元1033—1107年。宋洛陽人，字正叔，世稱伊川先生。哲宗初，擢崇政殿說書，後出爲西京國子監管勾監事。紹聖中，以黨論放歸，四年送涪州，移峽州，旋遇赦歸。少與兄顥俱學於周敦頤，同爲北宋理學創立者。講學三十餘年，門人甚衆。治學以大學論語孟子中庸爲標指，而達於六經，以窮理爲本。著有易傳春秋傳等。宋史有傳。參閱宋元學案十五、十六伊川學案。

【程邈】秦下邽人，字元岑，相傳爲隸書的創始者。始爲縣獄吏，得罪始皇，幽繫雲陽獄中，苦思十年，變大小篆方圓而爲隸書三千字奏之，始皇稱善，用爲御史。以奏事繁多，篆字難成，乃用隸字以爲隸人佐書，故名隸書。見唐張彥遠法書要錄七張懷瓘書斷。一說，小篆亦爲程邈所作。見漢書藝文志"古文、奇字、篆書、隸書、繆篆、蟲書"唐顏師古注。

【程顥】公元1032—1085年。宋洛陽人。字伯淳，世稱明道先生。舉嘉祐二年進士，爲鄠、上元主簿。神宗(趙頊)熙寧初，爲太子中允、監察御史裏行。與王安石議新政不合，改外任。哲宗(趙煦)立，召爲宗正丞，未行而卒。與弟頤同受學於周敦頤，並稱"二程"。其學泛涉諸家，出入老、釋，返求之於六經。其學謂天卽理；爲學以"識仁"爲主，而仁須以"誠敬"存之。在洛陽講學十餘年，弟子稱受其教"如坐春風"。後人輯其著作爲二程遺書。宋史入道學傳。參閱宋元學案十三、十四明道學案。

【程大位】明新安人，字汝思，號賓渠。專治算學。少遊吳楚，遇算書卽購之，反復玩味。年六十乃以平生研究所得及與師友共同探討的成果，撰成算法統宗十四卷。其書以古九章爲目，雜採古來相傳舊法，後附難題。卷末算經源流一篇，提供了明代算家及算法的資料。見清阮元疇人傳三一。

【程大昌】公元1123—1195年。宋休寧人，字泰之。紹興二十一年進士。孝宗(趙眘)時，累官至吏部尚書。光宗(趙惇)時，以龍圖閣學士致仕，卒謚文簡。嗜學，博覽群籍。著有禹貢論雍錄考古編演繁露北邊備對等。宋史入儒林傳。

【程子衣】見"道袍"。

【程不識】漢時人。文帝時爲邊郡太守，與李廣同禦匈奴。廣治軍簡易，不識治軍嚴明，二人皆爲當時名將。史記附見李將軍傳，漢書附見李廣傳。

【程廷祚】公元1691—1767年。清上元人，字啟生，號綿莊，晚號青溪居士。乾隆初，以諸生舉博學鴻詞，未入等，自此不復應鄉舉。其學以顏元爲主，嘗問學於李塨，讀書甚博，而歸於實用。治經以墨守漢學宋學爲非，留心於天文、地理、食貨、河渠、兵、農、禮、樂之事。著有易通大易擇言尚書通議青溪詩說春秋識小錄禮說魯說易說辯正晚書訂疑等書。見清史稿四八〇本傳。

【程知節】公元？—665年。唐濟州東阿人，本名齩金。隋末依李密，爲瓦崗軍內軍驃騎。密敗，屬王世充。後歸唐，從李世民(太宗)擊破宋金剛竇建德王世充等。歷任瀘州都督、左領軍大將軍，封盧國公。高宗時率軍西征，無功而還，免官。新舊唐書皆有傳。

【程修己】唐冀州人，字敬之。畫學周昉，精山水、竹石、花鳥、人物、異獸等。寶歷中，應明經科試登第，以畫藝精妙著名。見佩文齋書畫譜四七、歷代畫史彙傳三三。

【程晉芳】公元1718—1784年。清江都人，字魚門，號蕺園。乾隆三十六年進士，以吏部員外郎爲四庫全書纂修官，書成改編修。喜購書，有藏書三萬卷。晚年窮困，客死於關中。著有諸經答問尚書今文釋義羣書題跋蕺園詩文集等書。

【程敏政】公元？—1499？年。明休寧人，字克勤。十歲以神童薦，命於翰林院讀書。舉成化進士，歷左諭德，侍講東宮。孝宗時官至禮部右侍郎。弘治十二年主會試，被誣劾鬻題，下獄。獲釋後，憤恚而卒。文與李東陽齊名。撰有新安文獻志明文衡宋遺民錄宋紀篁墩集等書。明史入文苑傳。

【程嘉燧】公元1565—1643年。明休寧人，字孟陽，號松圓。工詩善畫，人稱松圓詩老，著有松圓浪淘集十八卷。僑居嘉定，與唐時升婁堅並稱練川三老。謝三賓爲嘉定知縣，合三人及李流芳詩刻成書，稱嘉定四先生集。明史入文苑傳。

【程瑤田】公元1725—1814年。清歙州人。字易疇。乾隆三十五年舉人，授太倉州學正。嘉慶初，舉孝廉方正。爲江永門人。好學深思，著述長於旁搜曲證，不屑依傍傳注，常有創見。年老目盲，猶口授孫輩成琴音記一書，戴震稱其精密，自以爲不如。著有禹貢三江考九穀考磬折古義水地小記解字小記釋草釋蟲小記等書。

【程門立雪】宋程頤門人楊時游酢，一日往見頤。時值大雪，頤偶然瞑目而坐，二人遂侍立不去。待頤覺，時酢始辭別，門外已雪深一尺。見宋史四二八楊時傳。後人因用"程門立雪"爲尊師重道的故實。元謝應芳龜山藁七楊龜山祠詩："卓彼文靖公，早立程門雪，載道歸東南，統緒賴不絕。"文靖，楊時謚。參見"立雪"。

稩

juān ㄐㄩㄢ 古玄切，平，先韻，見。

麥莖。見說文。也作"⿱艹稩"。五代南唐徐鍇繫傳引晉潘岳射雉賦："窺覘稩葉。"今本文選作"⿱艹稩"。唐李善注謂⿱艹稩與"稩"同。

稃

fū ㄈㄨ 芳無切，平，虞韻，滂。

穀粒的殼。古籍多作"孚"。爾雅釋草："秠，一稃二米。"宋范成大石湖集二三上元紀吳中節物俳諧體三十二韻詩："撚粉團欒意，熬稃腷膊聲。」自注：「炒糯穀以卜。」參閱清桂馥說文義證。參見「孚甲」。

稌 tú 他胡切，平，模韻，透。ㄊㄨˊ 他魯切，上，姥韻，透。

稻。詩周頌豐年：「豐年多黍多稌。」一說專指稉稻。周禮天官食醫：「凡會膳食之宜，牛宜稌。」注：「鄭司農（衆）云：『稌，稉也。』」一說專指糯稻。晉崔豹古今注下草木：「稻之黏者爲黍，亦謂稌爲黍。」

稀 xī 香衣切，平，微韻，曉。ㄒㄧ

㊀稀疏。文選三國魏武帝（曹操）短歌行：「月明星稀，烏鵲南飛。」㊁稀少。漢賈誼新語本行：「國不興無事之功，家不藏無用之器，所以稀力役而省貢獻也。」文選古詩十九首之五：「不惜歌者苦，但傷知音稀。」㊂稀薄，不濃。宋蘇軾分類東坡詩十八次韻田國博部夫南京見寄之一：「火冷餳稀杏粥稠，青裙縞袂餉田頭。」

【稀罕】少有；因稀少而認爲難得、可貴。同「希罕」。古今名劇元鄭光祖王粲登樓一：「兀那店小兒，我見了我叔父呵，稀罕還你這幾貫錢！」金瓶梅一：「咱聽得一件稀罕的事兒來與哥說，要同哥去瞧瞧。」

【稀年】七十歲的代稱。卽「古稀之年」的省稱。宋李昴英文溪詞水調歌頭壽參徐意一：「地位到公輔，耆艾過稀年。」參見「古稀」。

八 畫

稟 1. bǐng 筆錦切，上，寢韻，幫。ㄅㄧㄥˇ

俗作「禀」。㊀承受。書說命上：「臣下罔攸稟命。」左傳昭二六年：「先王所稟於天地，以其爲民也。」注：「稟，受也。」㊁下對上言事曰稟。宋書劉穆之傳：「賓客輻輳，求訴百端，內外諮稟，盈堦滿室。」參閱清俞樾茶香室續鈔九申稟。

2. lǐn 集韻 力錦切，上，寢韻。ㄌㄧㄣˇ

㊂賜人以穀。也作「廩」。漢書文帝紀元年詔：「今聞吏稟當受鬻者，或以陳粟，豈稱養老之意哉！」急就篇三：「稟食縣官帶金銀。」注：「讀曰廩，一作廩。」

【稟白】屬吏向上官報告。宋趙升朝野類要四雜制：「尚書省密院屬官，于入局日，分持所議事上都堂，稟白宰執而施行之。」

【稟帖】明清州縣地方官對上司有所報告請示的文書名詳文。有時不便或不必見於詳文者用稟帖。儒林外史五：「湯知縣把這情由細細寫個稟帖，稟知按察司。」參閱清黃六鴻福惠全書五蒞任部稟帖贅說。

【稟性】舊稱天所賦予人的品性資質。後漢書八十下酈炎傳詩二篇之一：「賢愚豈常類，稟性在清濁。」北史王伽傳隋文帝詔：「凡在有生，含靈稟性，成知好惡，並識是非。」

【稟承】承受，聽命。南史章昭達傳：「（陳武帝）頻使昭達往京口，稟承計畫。」宋陸游老學庵筆記六：「一府三守，不知當時如何分職事，……官屬胥吏，何所稟承。」

【稟命】受命，請命。左傳閔二年：「師在制命而已。稟命則不威，專命則不孝，故君之嗣適不可以帥師。」

【稟朔】奉行正朔。喻臣服。文選晉左太沖（思）魏都賦：「思稟正朔，樂率貢職。」又南朝宋顏延年（延之）三月三日曲水詩序：「穹居之君，內首稟朔。卉服之酋，迴面受吏。」

【稟氣】承受天地自然之氣。宋書謝靈運傳史臣曰：「雖虞夏以前，遺文不覩，稟氣懷靈，理無或異。」

【稟₂假】俸給和借貸。後漢書百官志：「兵曹掾史主兵事器械。稟假掾史主稟假禁司。」又四四張禹傳：「後連歲災荒，府臧空虛，禹上疏求入三歲租稅，以助郡國稟假。詔許之。」注：「稟，給也；假，貸也。」

【稟賦】舊稱人所稟受的資質。宋陸游劍南詩稿八一示子遹：「我家稽山下，稟賦良偏奇。」宋詩鈔陳造江湖長翁集鈔戲作：「書生稟賦紙樣薄，平日扶衰惟粥藥。」

稕 1. zhǔn 之閏切，去，稕韻，照。ㄓㄨㄣˇ

㊀捆束的禾稈。說文新附：「稕，束稈也。」元缺名越調凭闌人：「簇簇攢攢圍柳葩，草稕斜簽門外插。」

2. dùn ㄉㄨㄣˋ

㊁囤。見「草稕」。

稡 cuì 正字通 將遂切。ㄘㄨㄟˋ

聚集。同「萃」。爾雅晉郭璞序：「綴集異聞，會稡舊說。」

稑 lù 力竹切，入，屋韻，來。ㄌㄨˋ

㊀後種先熟的穀類。也作「穋」。周禮天官內宰：「上春，詔王后帥六宮之人，而生穜稑之種，而獻之于王。」注：「鄭司農（衆）云：先種後熟謂之穜，後種先熟謂之稑。」釋文：「稑，音六，本又作穋。」㊁豐稔。國語越下：「不亂民功，不逆天時，五穀稑熟，民乃蕃滋。」

稜 1. léng 魯登切，平，登韻，來。ㄌㄥˊ

㊀物體上的邊角或尖角。說文作「棱」。文選漢班孟堅（固）西都賦：「設壁門之鳳闕，上觚稜而棲金爵。」後漢書四十上班固傳稜作「棱」。㊁威勢。漢書五四李廣傳武帝報書：「是以名聲暴於夷貉，威稜憺乎鄰國。」㊂打。醒世因緣八九：「你氣頭子上稜兩棒槌，萬一稜殺了，你與他償命，我與他償命？」

2. lèng 正字通 魯鄧切。ㄌㄥˋ

㊃田間土壟。唐宋人約計田畝的單位。唐杜甫杜工部草堂詩箋三十秋日夔府詠懷奉寄鄭監李賓客一百韻：「塹抵公畦稜，村依野廟壖。」陸龜蒙甫里集十三奉酬苦雨見寄詩：「我本曾無一稜田，平生嘯傲空漁舡。」

【稜伽】山名。也作「楞伽」。新唐書二二一下西域傳：「師子，居西南海中，延袤二千餘里，有稜伽山，多奇寶。」參見「楞伽山」。

【稜角】㊀物體的邊角或尖角。唐韓愈昌黎集一南山詩：「晴明出稜角，縷脈碎分繡。」㊁譬喻指人的鋒芒。宋富弼韓國華神道碑：「以監察御史召，彈擊有稜角，巖然望于臺閣。」（金石萃編一三五）。趙必𤩽秋曉先生覆瓿集一和朱水卿韻詩之二：「怕有傷時句，磨教稜角無。」

【稜威】威嚴，威勢。三國志魏武帝紀封魏公策：「蘄陽之役，橋蕤授首，稜威南邁，（袁）術以隕潰。」南史梁武帝紀封梁公策：「公稜威直指，勢踰風電，旌旗小臨，全州稽服。」

【稜稜】㊀嚴寒貌。文選南朝宋鮑明遠（照）蕪城賦：「稜稜霜氣，蔌蔌風威。」㊁威嚴貌。世說新語容止：「孫興公（綽）見林公（支遁），稜稜露其爽。」新唐書一一四崔融傳附崔從：「從爲人嚴偉，立朝稜稜有風望。」

【稜層】猶嶙峋。㊀高峻突兀。唐宋之問集上嵩山天門歌：「紛窈窕兮巖倚披以鵬翅，洞膠葛兮峯稜層以龍鱗。」㊁瘦削。法苑珠林九阿脩羅部述意：「修羅道者……形容長大，恒弊飢虛，體貌粗鄙，每懷瞋毒，稜層可畏，擁聳驚人。」

【稜錢】錢名。新唐書食貨志：「江淮有官鑪錢、偏鑪錢、稜錢。」官，謂官府鑄造的錢；偏，謂私家鑄造的錢；稜錢爲有稜角的錢。又有大而重稜的，號重稜錢。

【稜礲】稜石逐級相叠貌。金元好問遺山集十三發南樓度雁門關詩之二："稜礲石磴倚高梯，穹谷無人緑樹齊。"一本作"稜礲"。

稙 zhí 竹力切，入，職韻，知。ㄓ

早種的穀物。詩魯頌閟宮："黍稷重穋，稙稺菽麥。"傳："先種曰稙，後種曰稺。"北魏賈思勰齊民要術三種穀："穀田必須歲易，二月三月種者爲稙禾，四月五月種者爲稺禾。"

【稙長】長婦。釋名釋親屬："青徐人謂長婦曰稙長。禾苗先生者曰稙，取名於此也。"

稘 jī 居之切，平，之韻，見。ㄐㄧ

周年。"期"本字，也作"朞"。說文"稘"引虞書："稘三百有六旬。"今書堯典作"朞"。新唐書九一溫大雅傳附溫彥博："我見其不逮再稘矣。"

稏 yà 衣嫁切，去，禡韻，影。ㄧㄚˋ

見"䆉稏"。

稞 1. kē 苦禾切，平，戈韻，溪。ㄎㄜ

㊀大麥的一種，即青稞。通稱稞麥。見廣韻。

2. huà 胡瓦切，上，馬韻，匣。ㄏㄨㄚˋ

㊁顆粒純淨的好穀。見說文。

稒 gù 古暮切，去，暮韻，見。ㄍㄨˋ

見下。

【稒陽】地名。漢置縣，屬五原郡。北出爲光祿城。見漢書地理志下。治所在今內蒙古包頭市東。

稛 kǔn 苦本切，上，混韻，溪。ㄎㄨㄣˇ

用繩捆束。見下。

【稛載】捆載，滿載。國語齊："諸侯之使垂櫜而入，稛載而歸。"一本作"稇載"。舊時常以"稛載而歸"爲贊商人獲利而歸的敬語。參見"擔載"。

稔 rěn 如甚切，上，寑韻，日。ㄖㄣˇ

㊀穀物成熟。國語吳："吳王夫差既殺申胥，不稔於歲。"後漢書三八法雄傳："在郡數歲，歲常豐稔。"㊁古代穀物一年一熟，因稱年爲稔。左傳襄二七年："已侈所謂，不及五稔者，夫子之謂矣。"㊂事物醞釀成熟。文選南朝梁任彥昇(昉)奏彈劉整："惡積釁稔，親舊側目。"唐柳宗元柳先生集五箕子碑："向使紂惡未稔而自斃，武庚念亂以圖存，國無其人，誰與興理？"後稱熟悉爲稔。

【稔年】豐收之年。唐陸龜蒙甫里集八小雪後書事詩："鄰翁意緒相安慰，多説明年是稔年。"

【稔色】謂容貌豔美。金董解元西廂一："臉兒稔色百媚生，出得門兒來慢慢地行。"元曲選白仁甫牆頭馬上二："則爲畫眉的張敞風流，擲果的潘郎稔色。"

稠 1. chóu 直由切，平，尤韻，澄。ㄔㄡˊ

㊀多，密。漢書百官公卿表上："縣大率方百里，其民稠則減，稀則曠。"文選晉束廣微(晳)補亡詩之三："黍發稠華，禾挺其秀。"㊁濃厚。北魏賈思勰齊民要術種穀："撓令洞洞如稠粥。"㊂姓。漢書功臣表有常樂侯稠雕。

2. tiáo 集韻 田聊切，平，蕭韻。ㄊㄧㄠˊ

㊃同"調"。見"稠₂適"。

3. tiào 集韻 徒弔切，去，嘯韻。ㄊㄧㄠˋ

㊄動搖貌。見"稠₃㩁"。

【稠直】稠密而直。唐白居易長慶集十歎老詩之二："我有一握髮，梳理何稠直。"李商隱李義山詩集一李肱所遺畫松詩兩紙得四十韻："竦削正稠直，婀娜旋敷峯。"

【稠桑】古驛名。在今河南靈寶縣城北。即春秋桑田，虢公敗戎於此。北魏孝武帝(元修)西奔關中過稠桑，即此。見太平寰宇記六陝州靈寶縣、讀史方輿紀要四八河南府閿鄉縣。

【稠₃㩁】動搖貌。漢書八七上揚雄傳河東賦："嘻嘻旭旭，天地稠㩁。"

【稠₂適】調順通適。莊子天下："其於本也，弘大而辟，深閎而肆；其於宗也，可謂稠適而上遂矣。"釋文："稠音調。本亦作調。"

【稠概】繁密。晉書天文志上王蕃論考度："蕃以古制局小，星辰稠概，(張)衡器傷大，難可轉移，更制渾象，以三分爲一度，凡周天一丈九寸五分四分分之三也。"

【稠濁】繁多而混亂。戰國策秦一："科條既備，民多偽態；書策稠濁，百姓不足。"

【稠疊】稠密而重疊。文選南朝宋謝靈運過始寧墅詩："巖峭嶺稠疊，洲縈渚連緜。"也形容多而頻繁。唐張說張說之集二五贈戶部尚書河東公楊君神道碑："璽書勞俠，辱賞稠疊。"

【稠人廣衆】謂人衆多。史記一〇七灌夫傳："諸士在己之左，愈貧賤，尤益敬，與鈞。稠人廣衆，薦寵下輩。士亦以此多之。"也作"稠人廣坐"。三國志蜀關羽傳："先主爲平原相，以羽(張)飛爲別部司馬，分統部曲。先主與二人寢則同牀，恩若兄弟，而稠人廣坐，侍立終日，隨先主周旋，不避艱險。"

稚 zhì 直利切，去，至韻，澄。ㄓˋ

本作"稺"，也作"穉"。㊀幼小。穀梁傳僖十年："(麗姬)有二子，長曰奚齊，稚曰卓子。"引申爲年幼者皆稱稚。見"稚子"、"稚質"。㊁晚。尚書考靈曜："百穀稚熟，日月光明。"㊂姓。商先契爲子姓，其後分封，以國爲姓，有稚氏。見史記殷紀。

【稚子】幼子。也泛指小兒。史記八四屈原傳："(楚)懷王稚子子蘭勸王行。"文選晉陶淵明(潛)歸去來辭："僮僕歡迎，稚子候門。"

【稚川】道家傳説的仙都。僧契虛曾入商山，見山頂有城邑宮闕，珍珠寶玉交映於雲霞之外，謂是仙都稚川，爲稚川真君所居。見唐張讀宣室志一。按稚川，晉葛洪字。洪好神仙之事，死後，人以爲成仙。

【稚密】縝密。也作"密稚"。漢揚雄太玄經密"萬物丸蘭，咸密無間"晉范望注："萬物完茂，丸蘭然稚密無有間隙。"又"初一，窺之無間"晉范望注："水性稚密，故無間也。"

【稚齒】謂年少。列子楊朱："(公孫)穆之後庭，比房數十，皆擇稚齒婑媠者以盈之。"

【稚質】少女。淮南子修務："蔡之幼女，衛之稚質，梱纂組，雜奇彩，抑黑質，揚赤文，禹湯之智不能逮。"

【稚錢】南朝梁有五銖稚錢。徑一分半，重四銖，文曰五銖，源流出於五銖，但稍狹小，東境稱爲稚錢，三吳皆用之。見通典食貨九錢幣下梁、宋洪遵泉志六。

【稚恭帖】法帖名。晉王羲之書。帖辭云："羲之死罪，復想朝廷清和，稚恭遂進鎮，東西齊舉，想克定有期也。羲之死罪。"稚恭，晉庾翼字。宋米芾推爲天下法書第二，右軍行書第一。見佩文齋書畫譜七一。

稗 bài 傍卦切，去，卦韻，並。ㄅㄞˋ

㊀稻田雜草，似禾。左傳定十年："若其

不具,用秕稗也。”漢桓寬鹽鐵論散不足:“古者燔黍食稗而熚豚以相饗。”㊁稗實細小,又非穀物,故以稗形容卑微。見“稗官”、“稗販”。㊂精米。通“粺”。文選三國魏曹子建(植)七啟“芳菰精稗”注:“稗與粺,古字通。”

【稗史】記録遺聞瑣事之書。有別於正史,故稱稗史。元仇遠有稗史一卷,元徐顯有稗史集傳一卷。清人輯有明季稗史彙編。

【稗官】小官。漢書藝文志:“小說家者流,蓋出於稗官。街談巷語,道聽途說者之所造也。”注:“稗官,小官。漢名臣奏唐林請省置吏,公卿大夫至都官稗官各減什三,是也。”後也稱野史小說爲稗官。宋韓淲澗泉日記上:“今祕閣之書,下至稗官小說,無所不有。”清江藩國朝漢學師承記六紀昀:“公一生精力粹於(四庫全書)提要一書,又好爲稗官小說,而懶於著書。”

【稗海】㊀傳說的遠海。漢王充論衡談天:“在東南隅名曰赤縣神州,復更有八州,每一州者四海環之,名曰稗海。九州之外,更有瀛海。”㊁叢書名。明萬曆時會稽商濬編刊,共七十四種,四百四十八卷,所收皆歷代筆記小說,而以唐宋時撰述爲多。

【稗販】買賤賣貴以取利。梁書武帝紀上移檄京邑:“掖庭有稗販之名,姬姜被干殳之服。”

【稗沙門】謂破戒無行的僧人。大寶積經:“譬如麥田,中有稗麥,其形似麥,不可分別。爾時田夫,作如是念,謂此稗麥,盡是好麥,後見穟生,爾乃知非。如是沙門,在於衆中,似是持戒有德行者。施主見時,謂盡是沙門,而彼癡人,實非沙門,是名稗沙門。”見宋洪邁容齋隨筆五稗沙門。

九畫

稨 biān 集韻 卑眠切,平,先韻。ㄅㄧㄢ

籬上豆。即扁豆。廣韻作“藊”。

稬 nuǎn nuò 乃管切,上,緩韻,泥。ㄋㄨㄢ ㄋㄨㄛ

黏稻。見說文。也作“穤”、“糯”。

稧 jì 几利切,去,至韻,見。ㄐㄧ

稠密。史記齊悼惠王世家:“深耕稧種,立苗欲疏,非其種者,鋤而去之。”

稰 xū 相居切,平,魚韻,心。ㄒㄩ 私呂切,上,語韻,心。

㊀成熟晚的稻子。即今晚稻。禮內則:“飯:黍、稷、稻、粱、白黍、黃粱、稰、穛。”注:“孰(熟)穫曰稰。”㊁精米。通“糈”。漢書八七揚雄傳反離騷:“費椒稰以要神兮,又勤索彼瓊茅。”

秸 jiē 古諧切,平,皆韻,見。ㄐㄧㄝ 古黠切,入,黠韻,見。

農作物的莖稈。今作“秸”。也作“稭”、“鞂”。史記封禪書:“埽地而祭,席用葅稭。”集解:“(漢)應劭曰:‘稭,禾藁也。去其皮以爲席。’”今北方稱高粱稈爲秫秸,豆稈爲豆秸,麥稈爲麥秸。

稱 1. chēng 處陵切,平,蒸韻,穿。ㄔㄥ

㊀測定物的輕重。易謙:“稱物平施。”禮月令季春之月:“蠶事既登,分繭稱絲效功,以共郊廟之服。”㊁舉。詩豳風七月:“躋彼公堂,稱彼兕觥。”左傳襄八年:“女何故稱兵於蔡?”㊂推舉,薦舉。左傳襄三年:“祁奚請老,晉侯問嗣焉,稱解狐。”㊃頌揚。國語周中:“君子不自稱也,非以讓也,惡其蓋人也。”禮表記:“故君子……稱人之美,則爵之。”㊄聲言,說。史記九二淮陰侯傳:“常稱義兵不用詐謀奇計。”唐韓愈昌黎集二十送董邵南序:“燕趙古稱多感慨悲歌之士。”㊅名號,稱號。漢趙岐孟子題辭解:“子者,男子之通稱也。”㊆姓。漢書功臣表有新山侯稱忠。

2. chèn 昌孕切,去,證韻,穿。ㄔㄣ

㊇相當,符合。荀子富國:“德必稱位,位必稱祿,祿必稱用。”也指相應酬答。漢書八一孔光傳上書:“臣光智淺短,犬馬齒數,誠恐一旦顛仆,無以報稱。”㊈古代計算衣服的量詞。猶言一套。禮喪大記:“衣必有裳,謂之一稱。”左傳閔二年:“歸(衛戴)公乘馬,祭服五稱。”㊉通“趁”。醒世恒言十七張孝基陳留認舅:“稱身邊還有得三四兩銀子,可做盤纏,且往遠處逃命。”

3. chèng ㄔㄥˋ

⑪衡物輕重的器具。亦作“秤”。自唐以後專指提系杆秤爲秤。參見“秤”。

【稱₂心】符合自己的心願。晉陶潛陶淵明集一時運詩之二:“揮茲一觴,陶然自樂,稱心而言,人亦易足。”

【稱引】引證。史記七四孟軻傳附騶衍:“稱引天地剖判以來,五德轉移,治各有宜,而符應若茲。”文選漢孔文舉(融)論盛孝章書:“凡所稱引,自公所知,而復有云者,欲公崇篤斯義。”

【稱₂旨】符合皇帝旨意。漢書八一孔光傳:“成帝初卽位,舉爲博士。數使録冤獄,行風俗,振贍流民,奉使稱旨,由是知名。”

【稱快】謂快意。晉書楊駿傳附楊濟:“猛獸突出,帝命王濟射之,應弦而倒。須臾復一出,濟受詔又射殺之,六軍大叫稱快。”

【稱兵】舉兵,興兵。禮月令孟春之月:“是月也,不可以稱兵。”

【稱制】行使皇帝權力。漢書高后紀:“惠帝崩,太子立爲皇帝,年幼,太后臨朝稱制。”注:“天子之言,一曰制書,二曰詔書。制書者,謂爲制度之命也,非皇后所得稱。今呂太后臨朝行天子事,斷決萬機,故稱制詔。”晉書姚萇載記:“萇乃從(尹)緯謀,以太元九年自稱大將軍、大單于、萬年秦王,大赦境內,年號白雀,稱制行事。”

【稱₃耗】舊時徵糧,在規定數量之外,借口損耗多收之數。資治通鑑二九〇後周廣順元年:“凡倉場、庫務掌納官吏,無得收斗餘、稱耗。”注:“稱耗,稱計斤鈞石之外,又多取之以備耗折。”今指稱物中的損耗。

【稱₂娖】行列整齊貌。後漢書四二中山簡王傳:“今五國各官騎百人,稱娖前行。”注:“稱娖,猶齊整也。”

【稱許】贊許。晉書刁協傳:“協久在中朝,諳練舊事,凡所制度,皆稟於協焉,深爲當時所稱許。”

【稱₂情】合乎情感的要求。禮三年問:“三年之喪何也?曰:稱情而立文,因以飾羣。”注:“稱情而立文,稱人之情輕重而制其禮也。羣謂親之黨也。”晉陶潛陶淵明集六感士不遇賦:“靡潛躍之非分,常傲射以稱情。”

【稱責】貸予。責同“債”。周禮天官小宰:“以官府之八成,經邦治:一曰聽政役以比居。……四曰聽稱責以傅別。”注:“稱責謂貸予,傅別謂券書也。”

【稱道】陳說,宣揚。韓非子說疑:“稱道往古,使良事沮,善禪其主,以集精微。”新唐書二〇一杜審言傳附杜甫:“數上賦頌,因高自稱道。”

【稱提】南宋發行紙幣(交子、會子),按發行數額提取現金作儲備,到期兌換,此項儲備金名爲稱提。宋史高宗紀紹興十四年:“是歲,四川宣撫司始取民戶稱提錢歲四十萬緡,以備軍費。”參閱文獻通考九錢幣二歷代錢幣之制、宋史食貨志下三會子。

【稱貸】舉債,告貸。孟子滕文公上:“將

終歲勤動，不得以養其父母，又稱貸而益之，使老稚轉乎溝壑。」宋陸游劍南詩稿三八過鄰家：「年豐稱貸少，酒賤往來頻。」

【稱₂意】㊀正合人之心意。漢書七七蓋寬饒傳：「以寬饒爲太中大夫，使行風俗，多所稱舉貶黜，奉使稱意。」三國志蜀彭羕傳：「數令羕宣傳軍事，指授諸將，奉使稱意，識遇日加。」㊁稱心如意。唐高適高常侍集五題李別駕壁詩：「一生稱意能幾人，今日從君問終始。」

【稱號】名號，名目。史記一一二主父偃傳徐樂上書言世務：「及至秦王，蠶食天下，并吞戰國，稱號曰皇帝。」後漢書十一劉盆子傳：「今將軍擁百萬之衆，西向帝城，而無稱號，名爲羣賊，不可以久。」又八十上劉珍傳：「又撰釋名三十篇，以辯萬物之稱號云。」

【稱亂】舉兵作亂。書湯誓：「非台小子，敢行稱亂，有夏多罪，天命殛之。」

【稱慶】猶言道賀。北史魏德深傳：「貴鄉吏人，歌呼滿道，互相稱慶。」

【稱歎】贊美，贊歎。三國志吳虞翻傳「太末徐陵」注引會稽典錄：「陵子平，字伯先，童齔知名，翻甚愛之，屢稱歎焉。」

【稱謂】㊀稱呼，名稱。晉書孝武文李太后傳司馬道子啟：「雖幽顯同謀，而稱謂未盡，非所以仰述聖心，允答天人。宜崇正名號，詳案舊典。」隋書經籍志三有稱謂五卷，北周盧辯撰；又清梁章鉅著稱謂錄，二十三卷。㊁述說，陳述。宋書武帝紀晉安帝授劉裕策：「事遂永代，功高開闢，理微稱謂，義感朕心。」文選南齊王簡栖(屮)頭陀寺碑文：「然爻繫所筌，窮於此域，則稱謂所絕，形乎彼岸矣。」

【稱貓】宋蘇軾東坡集前集二十郭忠恕畫贊：「逢人無貴賤，口稱貓。」宋陸游劍南詩稿五三初歸雜詠之二：「偶爾作官羞問馬，頹然對客但稱貓。」謂避免談及政事，故作敷衍之詞。

【稱舉】薦舉，稱道。史記秦始皇紀二世元年：「(趙高曰)今高素小賤，陛下幸稱舉，令在上位，管中事。大臣鞅鞅，特以貌從臣，其心實不服。」漢書七八蕭望之傳：「(弘)恭、(石)顯奏『望之、(周)堪、(劉)更生朋黨相稱舉，數譖訴大臣，毀離親戚，欲以專擅權勢。』」

【稱₂職】才能適合其職務，勝任。文選漢揚子雲(雄)劇秦美新：「數蒙渥恩，拔擢倫比，與羣賢並，媿無以稱職。」世說新語賢媛：「許允爲吏部郎，多用其鄉里，魏明帝遣虎賁收之。……既至帝覈問之。允對曰：『舉爾所知，臣之鄉人，臣所知也。陛下檢校爲稱職與不，若不稱職，臣受其罪。』」

【稱觴】舉杯祝酒。漢崔寔四民月令正月之朔：「子婦孫曾，各上椒酒於其家長，稱觴舉壽，欣欣如也。」南齊謝朓謝宣城集一三日侍華光殿曲水宴代人應詔詩之九：「降席連綏，稱觴接武。」

【稱贊】稱譽贊同。魏書張烈傳：「高祖曰：『……太子步兵張烈每論軍國之事，時有會人意處，朕欲用之，何如？』彭城王稱贊之，遂敕除陵江將軍、順陽太守。」

【稱₂意才】令人滿意的人才。宋書自序：「(劉)義季在江陵，安西府中兵(參軍)久缺，敕太祖求人，上答曰：『稱意才難得。』」

【稱₂意華】花名。見「須曼那」。

【稱₂心如意】心滿意足。宋朱敦儒樵歌中感皇恩詞：「稱心如意，賸活人間幾歲？洞天誰道在，塵寰外。」

【稱孤道寡】謂居帝王之位。因古代帝王自稱「孤」或「寡人」，故云。元明雜劇元關漢卿單刀會三：「俺哥哥稱孤道寡世無雙，我關某匹馬單刀鎮荊襄。」

【稱₂體裁衣】南齊書張融傳賜融衣詔：「今送一通故衣，意謂雖故，乃勝新也。是吾所著，已令裁減稱卿之體。」明楊基眉菴集八初春詩之一：「踏青鞋韈平頭製，試暖衣裳稱體裁。」後人作「量體裁衣」，借以喻按照實際情況辦事。

稯

1. zōng ㄗㄨㄥ 子紅切，平，東韻，精。

㊀計算禾把的單位。國語魯下：「其歲，收田一井，出稯禾、秉芻、缶米，不過是也。」參見「秅」。㊁布八十縷爲稯。通「緵」。見說文「稯」清段玉裁注。

2. zǒng ㄗㄨㄥˇ

㊂見「稯₂稯₂」。

【稯₂稯₂】聚貌。同「總總」。莊子則陽：「其鄰有夫妻臣妾登極者，子路曰：『是稯稯者何爲者邪？』」

種

1. zhǒng ㄓㄨㄥˇ 之隴切，上，腫韻，照。

㊀植物的種子。詩大雅生民：「誕降嘉種，維秬維秠，維穈維芑。」也可用於動物。禮祭義：「世婦之吉者，使入蠶於蠶室，奉種浴於川。」㊁族類，種族。書盤庚中：「乃有不吉不迪，顛越不恭，暫遇姦宄，我乃劓殄滅之，無遺育，無俾易種于茲新邑。」史記陳涉世家：「王侯將相寧有種乎！」也指人的後嗣。晉書劉頌傳：「聞(張)華子得逃，喜曰：『茂先，卿尚有種也！』」茂先，華字。㊂事物的類別。漢書藝文志：「序六藝爲九種。」北周庾信庾子山集一春賦：「新年鳥聲千種囀，二月楊花滿路飛。」

2. zhòng ㄓㄨㄥˋ 之用切，去，用韻，照。

㊃栽種。詩大雅生民：「種之黃茂，實方實苞。」

【種人】同一部族的人。後漢書光武帝紀下建武十三年：「廣漢徼外白馬羌豪率種人內屬。」

【種子】農作物的種子。宋書文帝紀元嘉十七年詔：「前所給揚南徐二州百姓田糧種子，……應督入者，悉除半。今半有不收處，都原之。」借以指傳宗接代的人。明史一四一方孝孺傳：「殺孝孺，天下讀書種子絕矣！」

【種₂户】佃户。元黃溍金華黃先生集二九吳府君碑：「其寢疾也，遺命捐種户逋租猶三千石。」

【種₂牙】補牙。宋樓鑰攻媿集七九贈種牙陳安上：「陳生術妙天下，凡齒之有疾者，易之以新，纔一舉手，使人終身保編貝之美。」也作「種齒」。宋陸游劍南詩稿五六歲晚幽興之二：「卜塚治棺輸我快，染鬚種齒笑人癡。」

【種₂玉】㊀楊伯雍居終南山，常汲水於嶺上以供人飲。三年，有一人飲後與之石子一斗，謂選好地種之可生玉，並可得好婦。楊種石果得玉。右北平徐公有好女，人求之多不許。楊往求，徐言如得白璧一雙即聽婚。楊於種玉處得白璧五雙，遂聘徐女。見晉干寶搜神記十一。後遂稱兩家通婚爲種玉之緣。㊁指道家仙境的景色。文苑英華二二八唐盧綸酬暢當嵩山尋道士見寄詩：「開雲種玉嫌山淺，渡海傳書怪鶴遲。」元虞集道園學古錄三賦壺洲詩：「傳聞海上有玄洲，曾是安期舊所遊。千頃白雲都種玉，一杯弱水不勝舟。」

【種末】猶言後嗣。隋書高祖外家呂氏傳：「(呂)永吉從父道貴，性尤頑騃，言詞鄙陋。初自鄉里徵入長安，上見之悲泣。道貴略無戚容，但連呼高祖名，云：『種末定不可偷，大似苦桃姊。』」苦桃，隋文帝(楊堅)母小名。

【種₂生】宋孟元老東京夢華錄八七夕：「七月七夕……又以菉豆、小豆、小麥於磁器內以水浸之，生芽數寸，以紅藍綵縷束之，謂之種生。」也曰「種五生」。元曲選白樸梧桐雨一：「小小金盆種五生，供養鵲會丹青幰，把一箇米來大蜘蛛兒抱定。”

【種₂瓜】㊀秦召平，故東陵侯，秦亡後，家貧，於長安城東門種瓜爲業。唐李白李太白詩二古風之九：“青門種瓜人，舊日東陵侯。富貴故如此，營營何所求。”參見“召₂平”、“東陵瓜”。㊁古時雜伎幻術名。演者作剖腹種瓜狀，頃刻開花結實。舊唐書音樂志二：“後魏北齊，亦有魚龍辟邪、……種瓜拔井之戲。”

【種別】按類區分。漢書三六劉歆傳：“歆乃集六藝羣書，種別爲七略。”

【種性】種屬的特性。宋釋德洪石門文字禪二七跋狄梁公傳：“予聞虎生三日，其氣食牛；駃騠七日，而超其母。蓋其種性殊特，不幸而趣異類中耳。”

【種姓】㊀指宗族。史記一一〇匈奴傳：“父子兄弟死，取其妻妻之，惡種姓之失也。故匈奴雖亂，必立宗種。”㊁古印度畫分嚴格的等級集團。如婆羅門、剎帝利、吠奢、戍陀羅等。大唐西域記二：“印度種姓，族類羣分，而婆羅門特爲清貴。”

【種₂殖】栽種繁殖。呂氏春秋孝行：“凡爲天下治國家者，必務本而後末。所謂本者，非耕耘種殖之謂，務其人也。”北齊顏之推顏氏家訓治家：“蔬果之蓄，園場之所產，鷄豚之善，塒圈之所生，爰及棟宇器械，樵蘇脂燭，莫非種殖之物也。”

【種智】“一切種智”的省稱。智度論二七：“一切種智，是佛事，聲聞辟支佛，但有總一切智，無有一切種智。”見“一切種智”。

【種落】部族聚居的地方。也指部族。三國志魏夏侯淵傳：“諸羌在(韓)遂軍者，各還種落。”晉書赫連勃勃載記：“祖豹子招集種落，復爲諸部之雄。”

【種種】㊀誠懇貌。莊子胠篋：“舍夫種種之民，而悅夫役役之佞。”㊁髮短貌。左傳昭三年：“余髮如此種種，余奚能爲。”宋陳師道后山詩註九送孝忠落解南歸：“短髮我今能種種，曉粧他日看娟娟。”㊂猶件件、事事。玉臺新詠一古詩爲焦仲卿妻作：“物物各自異，種種在其中。”宋陸游劍南詩稿二四晚飯罷小立門外有作：“病嗟短髮紛紛白，老覺初心種種非。”

【種₂德】布行德惠。書大禹謨：“臯陶邁種德，德乃降，黎民懷之。”傳：“臯陶布行其德，下治於民，民歸服之。”

【種₂麥得麥】比喻有其因必得其果。呂氏春秋用民：“夫種麥而得麥，種稷而得稷，人不怪也。”

十畫

稾 gǎo 古老切，上，晧韻，見。ㄍㄠ

㊀禾稈。史記蕭相國世家：“願令民得入田，毋收稾爲禽獸食。”㊁箭幹。文選漢馬季長(融)長笛賦：“特箭稾而莖立兮，獨聆風於極危。”㊂寫詩文的草底。史記八四屈原傳：“懷王使屈原造爲憲令，屈平屬草稾未定，上官大夫見而欲奪之，屈平不與。”㊃草書。見“稾書”。

【稾人】周禮地官有稾人，掌供內外宂食者、耆老、孤子等之食，管理祭犬。地官序官注：“鄭司農(衆)云：‘稾讀爲犒師之犒。’主宂食者，故謂之犒。”

【稾本】香草名。一年生。根可入藥。史記一一七司馬相如傳子虛賦：“揭車衡蘭，稾本射干。”集解引郭璞曰：“稾本，稾茇；射干，十月生，皆香草。”楚辭漢王逸九思憫上：“藅藅兮靑葱，稾本兮萎落。”淮南子氾論作“藁本”。

【稾定】定稿。新唐書一七九王涯傳：“涯文有雅思，永貞元和間，訓詁溫麗，多所稾定。”

【稾城】縣名。屬河北省。漢置，屬真定國。後漢屬鉅鹿郡。明屬真定府，清屬正定府。見嘉慶一統志二七正定府。

【稾茇】香草名。卽稾本。山海經西山經：“(臯塗之山)有草焉，其狀如藁茇，其葉如葵而赤背，名曰無條，可以毒鼠。”稾，亦作“藁”。

【稾砧】稾，也作“藁”。玉臺新詠十古絕句之一：“藁砧今何在，山上復有山，何當大刀頭，破鏡飛上天。”古代處死刑，罪人席稾伏於椹上，以鈇斬之。椹，砧板。鈇與“夫”同音，故隱語稾椹爲夫(丈夫)。後相承以稾砧爲丈夫的代稱。宋唐庚眉山唐先生文集二二自笑詩：“兒餒嗔郎罷，妻寒望稾砧。”參閱宋許顗許彥周詩話、明周祈名義考五人部。

【稾街】漢長安街名。招待國內各族君長或使人的邸第，皆在此街。漢書七十陳湯傳上疏：“斬郅支首及名王以下，宜縣頭稾街蠻夷邸間。”三輔黃圖作“藁街”。舊唐書一九八西戎傳：“郊郊之西，卽爲戎狄，藁街之邸，來朝亦稀。”

【稾鞂】郊祭時所用之粗席。禮禮器：“莞簟之安，而稾鞂之設。”疏：“稾鞂，除穗粒，取稈稾爲席郊祭，不用莞簟之可安，而用設稾鞂之麤席，亦修古也。”

穀 gǔ 古祿切，入，屋韻，見。ㄍㄨ

㊀糧食作物之總稱。書洪範：“歲月日時無易，百穀用成。”周禮天官大宰：“一曰三農，生九穀。”注引漢鄭司農(衆)：“九穀：黍、稷、秫、稻、麻、大小豆、大小麥。”㊁俸祿。古以穀米爲俸祿，故稱祿爲穀。詩小雅天保：“天保定爾，俾爾戩穀。”論語憲問：“邦有道穀；邦無道穀，恥也。”㊂養育。詩小雅甫田：“以祈甘雨，以介我稷黍，以穀我士女。”戰國策齊六：“乃布令，求百姓之饑寒者收穀之。”㊃生，活。詩王風大車：“豈不爾思，畏子不奔。穀則異室，死則同穴。”㊄善良。書洪範：“凡厥正人，既富方穀。”㊅通“告”。禮檀弓：“齊穀王姬之喪，魯莊公爲之大功。”注：“穀當爲告，聲之誤也。”㊆童子。通“穀”。莊子駢拇：“臧與穀二人，相與牧羊，而俱亡其羊。”注：“崔(譔)本穀作‘穀’，云孺子曰穀。”㊇古楚人稱“乳”爲穀。左傳宣四年：“楚人謂乳穀，謂虎於菟，故命之曰鬬穀於菟。”

【穀人】農夫。漢揚雄法言先知：“穀人不足於晝，絲人不足於夜。”

【穀犬】蝦蟆的別名。宋梅堯臣宛陵集十七貽妄怒詩：“西蜀亦取之，水田名穀犬。”

【穀水】河名。1. 在今江蘇碭山縣南，睢水的支流，也叫碭水。史記項羽紀“日中大破漢軍，漢軍皆走，相隨入穀泗水”，卽此。參閱水經注二三獲水。2. 在河南。出河南澠池縣，經澠池合澠水，又東合澗水爲澗河。國語周下“靈王二十二年，穀洛鬬將毀王宮”，卽此水。參閱水經注十六穀水。

【穀旦】良晨。詩陳風東門之枌：“穀旦于差，南方之原。”

【穀圭】古代諸侯用以講和或聘女的玉製禮器。又稱穀璧。周禮春官典瑞：“穀圭以和難，以聘女。”注：“穀，善也，其飾若粟文然。”又考工記玉人：“穀圭七寸，天子以聘女。”參見“圭㊀”。

【穀茇】農具名。管子小匡：“具備其械器用，比耒耜穀茇。”注：“穀茇小於耒耜，一人執之，以隨耒耜之後，重治其闕遺。”

【穀伯】嘲稱食量大的人。晉書羊聃傳：“大鴻臚陳留江泉以能食爲穀伯。”

【穀雨】節氣名。二十四節之一。逸周書周月：“春三月中氣：雨水、春分、穀雨。”又時訓：“穀雨之日，萍始生。又五日，鳴鳩拂其羽。又五日，戴勝降于桑。”唐李羣玉詩集後集三月五日陪裴大夫泛長沙東湖：“鳥弄桐花日，魚翻穀雨萍。”

【穀林】地名。也作穀陵，卽成陽。舊史

稱堯葬於穀林。今山東菏澤縣東北有堯陵，在舊雷澤城西，與濮縣接界。見史記五帝紀堯"凡二十八年而崩"集解、嘉慶一統志一八一曹州府陵墓。

【穀板】宋民間七夕的一種陳設。宋孟元老東京夢華錄八七夕："又以小板上傅土，旋種粟令生苗，置小茅屋花木，作田舍家小人物，皆村落之態，謂之穀板。"

【穀昌】古縣名。漢武帝將軍郭昌平滇地，因置郭昌縣，後漢章帝時改名穀昌。南朝梁廢。故城在今雲南昆明縣北。見晉常璩華陽國志南中志穀昌縣、嘉慶一統志四七六雲南府古蹟。

【穀城】㊀縣名。1.春秋周邑。漢置縣，晉廢。故城在今河南洛陽市西北。左傳定八年單子伐穀城，卽此。參閱太平寰宇記三西京一河南縣。2.東漢置，北齊廢。卽今山東東阿縣。本春秋齊穀邑。春秋莊七年"冬，夫人姜氏會齊侯於穀"，卽此。參閱嘉慶一統志一六六兗州府東阿廢縣。3.屬湖北省。漢爲筑陽縣，蕭何子封筑陽侯，卽此。隋改穀城。明清皆屬襄陽府。參閱寰宇通志五二襄陽府。㊁山名。一名黃石山。在今山東東阿縣東北。史漢記圯上老人語張良後十三於濟北穀城山下相見，又漢高祖以魯公禮葬項羽於穀成，皆卽此。事見史記項羽紀、留侯世家。參閱太平寰宇記十三鄆州東阿縣。

【穀風】古代以東風育化萬物，謂之谷風，或稱穀風。漢書九九下王莽傳："其夕穀風迅疾，從東北來。"注："穀風卽谷風。"參見"谷風"。

【穀氣】飲食的精氣，指食物的營養成分。後漢書八二下華佗傳："人體欲得勞動，但不當使極耳。動摇則穀氣得銷，血脈流通，病不得生。"太平御覽七三九晉楊泉物理論："穀氣勝元氣，其人肥而不壽；元氣勝穀氣，其人瘦而壽。"

【穀梁】㊀春秋穀梁傳之簡稱。見"穀梁傳"。㊁複姓。魯大夫采邑，因氏。子夏弟子有穀梁赤。見元和姓纂十屋。

【穀道】㊀避穀不食之道，古方士所謂長生不老之術。史記封禪書："是時李少君亦以祠竈、穀道、卻老方見上，上尊之。"一說謂卽穀僊之術。見"穀僊"。㊁後陰，指直腸。見醫宗金鑑。

【穀僊】古方士僞作種穀得金之術。漢書二五下郊祀志："莽篡位二年，興神僊事，……又種五梁禾於殿中，各順色置其方面，先鬻鶴髓、毒冒、犀玉二十餘物漬種，計粟斛成一金。言此黃帝穀僊之術也。"王先謙漢書補注引錢大昭："李少君之穀道，疑卽此也。李奇以爲辟穀不食之道，非是。"

【穀熟】地名。在今河南商丘縣東南。商南亳。春秋宋穀丘。漢置薄縣，屬山陽郡。又改穀陽縣，以穀水而名。後漢廢熟城，合爲穀熟。其西有南亳城。參閱水經注二四睢水、太平寰宇記十二宋州。

【穀穀】象聲詞。1.鼠叫。唐段成式酉陽雜俎續集二支諾臯中："有鼠數百，穀穀作聲。"2.鳥鳴。宋歐陽修文忠集三啼鳥詩："陂田遶郭白水滿，戴勝穀穀催春耕。"

【穀璧】古時子爵諸侯所執之玉。周禮春官典瑞："子執穀璧，男執蒲璧。"

穀璧

【穀梁赤】戰國魯人。穀梁複姓，名俶，字元始。一名赤。受經於子夏，爲經作傳，卽穀梁傳。

【穀梁傳】春秋穀梁傳的省稱。戰國穀梁赤撰，晉范寧注，唐楊士勛疏。內容以釋春秋經的義例，與公羊左傳合稱春秋三傳。漢魏以來，注穀梁者有尹更始唐固孔演江熙等十餘家，自范寧集解行後，諸家皆廢。清鍾文烝有穀梁補注，用力甚勤。

【穀賤傷農】豐收之年，商人壓抑糧價，使農民受害。漢書昭帝紀元鳳六年詔："夫穀賤傷農，今三輔太平穀減賤，其令以叔粟當今年賦。"新五代史馮道傳："穀貴餓農，穀賤傷農。"

稼

jià 古訝切，去，禡韻，見。
ㄐㄧㄚˋ

㊀種植穀物。詩魏風伐檀："不稼不穡，胡取禾三百廛兮。"注："種之曰稼，斂之曰穡。"㊁禾之秀實爲稼。詩豳風七月："九月築場圃，十月納禾稼。"集傳："禾者，穀連藁稭之總名，禾之秀實而在野曰稼。"後來泛指田地上的作物。宋沈括夢溪筆談二六藥議："一畝之稼，則糞溉者先牙，一丘之禾，則後種者晚實，此人力之不同也。"

【稼桑】接種桑樹。元俞宗本種樹書："浙閩植桑，斬其葉而植之，謂之稼桑。卻以螺殼覆其頂，恐梅雨侵損其皮故也。二年卽盛。"

【稼卿】秦置理粟內史，漢武帝太初元年改名大司農。唐龍朔二年改稱司稼。後來詩文中因稱主農之官爲稼卿。宋胡錡耕禄稿代良粗謝表："猥衡芻賤，濫竽稼卿。"

【稼穡】種穀曰稼，收穫曰穡。泛指農業勞動。書無逸："君子所其無逸，先知稼穡之艱難。"詩魯頌閟宮："奄有下國，俾民稼穡。"

【稼軒詞】宋辛棄疾撰，四卷。共收詞四百二十七首(稼軒長短句本，收詞共五百七十二首)，棄疾號稼軒，少年時參加抗金，立志恢復中原，爲當權者所疑忌，不得展其才用，抑鬱憤激之情，皆寄之於詞。繼承蘇軾詞風，慷慨激昂，熱情洋溢，以豪放爲主，以文爲詞，往往問答如話，議論風生，小令短篇，清新委婉，爲宋代詞人一大家。後人常與蘇軾並稱爲蘇辛。

稿

gǎo
ㄍㄠˇ

"稾"的異體字。見"稾"。

稸

xù 許竹切，入，屋韻，曉。
ㄒㄩˋ 丑六切，入，屋韻，徹。

積蓄。見下。

【稸積】積蓄。戰國策魏四："或以年穀不登，稸積竭盡，而不可恃者。"鮑彪本作"畜積"。史記七九蔡澤傳："勸民耕農利土，一室無二事，力田稸積，習戰陣之事。"

稵

zhuó 之若切，入，藥韻，照。
ㄓㄨㄛˊ 古沃切，入，沃韻，見。

禾稈的皮。呂氏春秋審時："得時之麥，……薄稵而赤色。"

稹

zhěn 章忍切，上，軫韻，照。
ㄓㄣˇ

㊀植物叢生。爾雅釋言："苞，稹也。"注："今人呼物叢緻者爲稹。"㊁密緻。周禮考工記輪人："陽也者，稹理而堅。"注："稹，致也。"謂陽木文理堅緻。

稽

1. jī 古奚切，平，齊韻，見。
ㄐㄧ

㊀考核，計數。易繫辭下："於稽其類，其衰世之意邪？"注："稽，猶考也。"周禮夏官大司馬："簡稽鄉民，以用邦國。"㊁相合，一致。禮儒行："儒有今人與居，古人與稽。"㊂計較，争論。漢書四八賈誼傳陳政事疏："婦姑不相說，則反脣而相稽。"㊃停，留止。管子君臣上："是以令出而不稽。"㊄至，到。莊子逍遙遊："之人也，物莫之傷，大浸稽天而不溺。"㊅姓。見元和姓纂十二齊。

2. qǐ 康禮切，上，齊韻，溪。
ㄑㄧˇ

㊆叩頭至地。見"稽首"。㊇有繒衣的戟。通"棨"。國語吳："行頭皆官帥，擁鐸拱

稽。”參見“桀戟”。

【稽古】㊀書堯典舜典大禹謨皋陶謨諸篇，皆以“曰若稽古”開端，傳訓稽爲考，言稽考古道。漢鄭玄信緯，訓稽爲“同”，訓古爲“天”，猶言同天。後遂以“曰若稽古”爲帝王詔諭的套語。㊁研習古事。後漢書三七桓榮傳：“榮大會諸生，陳其車馬印綬，曰：‘今日所蒙，稽古之力也。’”南朝梁劉勰文心雕龍四史傳：“是以在漢之初，史職爲盛。……必閱石室，啟金匱，抽裂帛，檢殘竹，欲其博練于稽古也。”

【稽式】㊀楷式，不易的準則。老子：“民之難治，以其智多。故以智治國，國之賊；不以智治國，國之福。知此二者亦稽式；常知稽式，是謂玄德。”河上本或作“楷式”。㊁效法。後漢書七九儒林傳：“建武五年，乃修起太學，稽式古典。”

【稽考】考核。宋史三四五鄒浩傳上書：“陛下善繼神宗之志，善述神宗之事，孝德至矣。尚有五朝聖政盛德，願稽考而繼述之，以揚七廟之光，貽福萬世。”

【稽延】拖延。北齊書邢邵傳請置學奏：“昔劉向有言，王者宜興辟雍，陳禮樂以風天下。……臣以爲當今四海清平，九服寧宴，經國要重，理應先營，脫復稽延，則劉向之言徵矣。”

【稽固】停留。後漢書六五段熲傳：“涼州刺史郭閎貪共其功，稽固熲軍，使不得進。”注：“稽固猶停留也。”

【稽₂首】舊時所行跪拜禮。有二說：1.行跪拜禮時，頭至地。書舜典：“禹拜稽首，讓於稷契暨皋陶。”疏：“周禮太祝辨九拜，一曰稽首。稽首爲敬之極，故爲首至地。”2.行跪拜禮時，兩手拱至地，頭至手，不觸及地。荀子大略：“平衡曰拜，下衡曰稽首，至地曰稽顙。”注：“稽首，亦頭至手，而手至地，故曰下衡。稽顙，則頭觸地。”

【稽故】延滯。後漢書十六鄧禹傳附鄧訓：“訓擁衛稽故，令不得戰。”注：“時迷吾子迷唐，別與武成種羌合兵萬騎，來至塞下，未敢攻訓，先欲脅月氏胡。稽故謂稽留事故也。”

【稽留】㊀停留。史記一二六淳于髡傳：“若乃州閭之會，男女雜坐，行酒稽留，六博投壺，……髡竊樂此，飲可八斗而醉二參。”樂府詩集三七隴西行：“促令辦麤飯，慎莫使稽留。”㊁延滯。周書武帝紀上建德三年詔：“自今以後，男年十五，女年十三已上，爰及鰥寡，所在軍民，以時嫁娶，務從節儉，勿爲財幣稽留。”㊂監獄名。晉張華博物志：“夏曰念室，殷曰動止，周曰稽留，三代之異名也。又狴犴者，亦獄別名。”

【稽淹】阻滯。晉書禿髮利鹿孤載記：“又攻呂隆昌松太守孟禕于顯美，尅之，(利鹿瓜弟)傉檀執禕而數之，曰：‘……卿固守窮城，稽淹王憲，國有常刑，於分甘乎？’”

【稽程】滯誤行程。樂府詩集三七南朝梁簡文帝(蕭綱)隴西行之三：“迴山時阻路，絕水極稽程。”

【稽詣】猶停頓。文選漢王子淵(褒)洞簫賦：“優游流離，躊躇稽詣，亦足耽兮。”注：“稽詣，言聲稽留，如有所詣也。”

【稽滯】拖延。後漢書六十下蔡邕傳上疏：“三公明知(幽冀)二州之要，所宜速定，……而不顧爭臣之義，苟避輕微之科，選用稽滯，以失其人。”周書申徽傳：“徽性勤敏，凡所居官，案牘無大小，皆親自省覽。以是事無稽滯，吏不得爲姦。”

【稽疑】決斷疑事。書洪範：“次七曰明用稽疑。”疏：“明用卜筮以考疑事。”

【稽遲】滯留，耽誤。南齊書張融傳：“融風止詭越，坐常危膝，行則曳步，翹身仰首，意制甚多。隨例同行，常稽遲不進。”

【稽₂顙】舊喪禮居父母之喪時跪拜賓客之禮，以額觸地，表示極度悲痛。禮檀弓上：“拜而后稽顙，頹乎其順也。”釋文：“稽顙，觸地無容。”後亦用於請罪。漢書五四李廣傳武帝報書：“夫報忿除害，捐殘去殺，朕之所圖於將軍也。若迺免冠徒跣，稽顙請罪，豈朕之指哉？”參見“稽₂首”。

【稽古閣】宋州學藏書閣名。湖北武昌保存有宋代稽古閣，紹熙時建，朱熹有記。見宋史徽宗紀、嘉慶一統志三三六武昌府二古蹟。

【稽古録】宋司馬光撰，二十卷。爲編年史書，上起傳說中的伏羲，下至宋英宗(趙曙)治平末年。於歷代興衰治亂得失，皆附有評論。宋龔頤正有續稽古録一卷。

【稽神録】書名。宋徐鉉撰，六卷。記述唐末五代異聞，不外明因果，講報應，志鬼神靈異，談怪物變化等等，其中故事，大都收入太平廣記。

稺 zhì 直利切，去，至韻，澄。ㄓ

同“穉”、“稚”。㊀幼苗。詩魯頌閟宮：“黍稷重穋，稙稺菽麥。”傳：“先種曰稙，後種曰稺。”㊁幼童。詩鄘風載馳：“許人尤之，衆稺且狂。”注：“是乃衆幼稺且狂。”又：“稺，本又作穉。”參見“稚”、“穉”各條。

【稺子】㊀國子，貴族子弟。史記五帝紀：“以夔爲典樂，教稺子。”集解：“鄭玄曰：‘國子也。’案：尚書作‘胄子’。”㊁童子。見“稚子”。

【稺齒】謂年少。後漢書三十下郎顗傳對言：“昔顏子十八，天下歸仁；子奇稺齒，化阿有聲。”注：“子奇齊人，年十八爲阿邑宰，出倉廩以振貧乏，邑內大化。見說苑。”

稷 jì 子力切，入，職韻，精。ㄐㄧ

㊀穀物名。別稱粢、穄、糜。古今著録，所述形態不同，漢以後誤以粟爲稷，唐以後又以黍爲稷。以爲最早的穀物，古稱百穀之長，穀神，農官皆名稷。詩王風黍離：“彼黍離離，彼稷之苗。”爾雅釋草：“粢，稷。”參閱清吳其濬植物名實圖考一。㊁五穀之神。左傳昭二九年：“有烈山氏之子曰柱，爲稷，自夏以上祀之；周棄亦爲稷，自商以來祀之。”漢蔡邕獨斷上：“以稷五穀之長也，因以稷名其神也。”㊂農官名。左傳昭二九年：“稷，田正也。”㊃迅速，敏捷。詩小雅楚茨：“既齊既稷，既匡既勑。”㊄日西斜。意通“昃”。穀梁傳定十五年：“戊午，日下稷，乃克葬。”注：“稷，昃也。”㊅地名。1.春秋晉地。左傳宣十五年：“壬午，晉侯治兵於稷。”注：“稷，晉地。”在今山西稷山縣境。2.春秋楚地。左傳定五年：“子蒲曰：吾未知吳道，使楚人先與吳人戰，而自稷會之。”注：“稷沂皆楚地。”在今河南桐柏縣境。3.春秋齊都城臨淄城西地。左傳昭十年：“五月庚辰，戰於稷。”注：“祀后稷之處。”參見“稷下”。㊆姓。漢有上津令稷嗣。見漢應劭風俗通姓氏篇。

【稷下】古地名。在戰國齊都城臨淄稷門。齊宣王喜文學游說之士，於稷門設館，招騶衍淳于髡田駢接予慎到環淵等七十六人，賜第，爲上大夫，不治事而議論。有稷下學士之稱。見史記田敬仲完世家。

【稷山】㊀縣名。屬山西省。漢聞喜縣地，屬河東郡。北魏置高涼縣，隋改名稷山縣，唐因之。以境有稷神山爲名。明清屬平陽府。見寰宇通志七九平陽府絳州。㊁山名。在今山東臨淄縣境。見史記田敬仲完世家“是以齊稷下學士復盛”索隱。

【稷正】農官名。漢應劭風俗通祀典稷神：“春秋左氏傳有烈山氏之子曰柱，能殖百穀疏果，故立以爲稷正也。”周棄亦以爲稷正也。”

【稷狐】棲於稷廟中的狐狸,比喻仗勢作惡的人。漢劉向說苑善說:“且夫狐者,人之所攻也;鼠者,人之所燻也。臣未嘗見稷狐見攻,社鼠見燻也。何則?所託者然也。”參見“城狐社鼠”。

【稷神】古謂五穀之神。漢蔡邕獨斷上:“稷神,蓋厲山氏之子柱也。柱能殖百穀,帝顓頊之世,舉以爲田正,天下賴其功。周棄亦播殖百穀。以稷五穀之長也,因以稷名其神也。”

【稷食】以稷穀爲飯,指粗糲之食。禮玉藻:“子卯,稷食菜羹,夫人與君同庖。”疏:“稷食者,食飯也。以稷穀爲飯,以菜爲羹而食之。”

【稷雪】卽霰。在下雪前或下雪時所下的小冰粒。也叫粒雪、米雪。以圓如稷粒而稱。說文:“霰,稷雪也。”

【稷愼】古國名。卽肅愼。逸周書王會:“西面者正北方稷愼大麈。”參見“肅愼”。

【稷嗣】秦末叔孫通以文學徵,待詔博士。漢二年歸漢王劉邦,授博士,號稷嗣君。爲漢王制禮,官至丞相。見史記九九叔孫通傳。文選晉陸士衡(機)漢高祖功臣頌:“稷嗣制禮,下肅上尊。”

【稷蜂社鼠】棲於稷廟之蜂,社廟之鼠。比喻仗勢作惡的人。韓詩外傳八:“稷蜂不攻,而社鼠不熏,非以稷蜂社鼠之神,其所託者善也。”參見“城狐社鼠”。

稻 dào 徒晧切,上,晧韻,定。ㄉㄠˋ

五穀之一。詩豳風七月:“八月剝棗,十月穫稻。”周禮夏官職方氏:“其畜宜鳥獸,其穀宜稻。”古之稻,皆指糯稻,宋以後始兼指粳稻。見清程大中四書逸箋二稻。

【稻人】官名。周禮地官之屬有稻人,掌管種稻田。注:“以水澤之地種穀也。”禮曲禮:“天子之六府,曰司土、司木、司水、司草、……”疏:“司草,四也,於周爲稻人也,掌稼種下地及除草萊。”

【稻孫】刈稻後再長出的餘穗。宋劉攽彭城集十二晨興詩:“水涸看魚族,田收長稻孫。”宋葉寘坦齋筆衡:“米元章爲無爲守,秋日與寮佐登樓燕集,遙望田間青色如剪,元章曰:‘秋已晚矣,刈穫告功,而田中復青,何也?’亟呼老農問之,農曰:‘稻孫也。稻已刈,得雨復抽餘穗,故稚色如此。’”(說郛十八)

【稻畦】稻田。文苑英華一六四唐方干東山瀑布詩:“掛巖遠勢穿松塢,擊石殘聲注稻畦。”

【稻雲】稻田無際,遠望如雲。宋范成大石湖集四田舍詩:“樂哉今歲事,天末稻雲黃。”

【稻蟹】食稻之蟹。國語越下:“又一年,王召范蠡而問焉,曰:‘吾與子謀吳,子曰未可也,今其稻蟹不遺種,其可乎?’”注:“蟹食稻。”謂吳田地荒蕪,國無餘粮。

【稻田衣】袈裟,以繡作方格似稻田,故名。唐王維王右丞集二五能禪師碑:“多絕羶腥,效桑門之食;悉棄罟網,襲稻田之衣。”參見“水田衣”。

【稻粱謀】指鳥覓食。唐杜甫杜工部草堂詩箋六同諸公登慈恩寺塔:“君看隨陽雁,各有稻粱謀。”後喻人謀求衣食。清龔自珍定盦集補編古今體詩上咏史:“避席畏聞文字獄,著書都爲稻粱謀。”

十一畫

穈 mén mí 集韻 謨奔切,平,魂韻。ㄇㄣˊ ㄇㄧˊ 忙皮切,平,支韻。

粱,紅色,穀(粟)的良種。也作“虋”、“藆”、“糜”。詩大雅生民:“誕降嘉種,維秬維秠,維穈維芑。”

穎 yǐng 餘頃切,上,靜韻,喻。ㄧㄥˇ

㊀帶芒的穀穗。詩大雅生民:“實堅實好,實穎實栗。”疏:“穎是禾穗之挺,……言其穗重而穎垂也。”㊁尖頭。文選晉左太沖(思)吳都賦:“鉤爪鋸牙,自成鋒穎。”也指錐芒。見“穎脫”。㊂喻才能拔尖。三國志吳陸遜傳附陸抗上疏:“故大司農樓玄、散騎中常侍王蕃、少府李勖,皆當世秀穎,一時顯器。”㊃毛筆頭。唐韓愈有毛穎傳。見昌黎集三六。㊄刀鐶。禮少儀:“刀卻刃授穎。”疏:“穎,謂刀鐶也。”

【穎秀】聰敏秀出。晉陸雲陸士龍集五吳故丞相陸公誄序:“穎秀崇華,景逸扶桑。”

【穎悟】聰慧出人。宋書謝靈運傳:“靈運幼便穎悟,(祖)玄甚異之,謂親知曰:‘我乃生瑍,瑍那得生靈運?’”瑍生而不慧,故稱。

【穎哲】聰明。藝文類聚五一南朝宋傅亮尚書八座封諸皇弟皇子奏:“第某皇弟皇子等,神姿穎哲,大成俱茂,地均魯衞,德兼庸賢。”

【穎脫】㊀史記七六平原君傳:“平原君曰:‘夫賢士之處世也,譬若錐之處囊中,其末立見。……毛遂曰:‘臣乃今日請處囊中耳。使遂蚤得處囊中,乃穎脫而出,非特其末見而已。’”穎,錐芒。言穎全體脫出,非止露尖而已。比喻能充分顯現其才能。北齊書魏收傳:“收本以文才,必望穎脫見知,位既不遂,求修國史。”㊁謂超脫世俗的拘束。晉書陶潛傳:“穎脫不羈,任真自得,爲鄉鄰之所貴。”

【穎露】充分顯現。三國志魏董昭傳對議建五等:“明公忠節穎露,天威在顏,耿弇牀下之言,朱英無妄之論,不得過耳。昭受恩非凡,不敢不陳。”

穅 kāng 苦岡切,平,唐韻,溪。ㄎㄤ

也作“糠”。穀皮。莊子天運:“夫播穅眯目,見天地四方易位矣。”

【穅秕】㊀穀穅和癟穀。指粗食、飼料。後漢書安帝紀元初四年詔:“又月令仲秋養衰老,授几杖,行穈粥,方今案比之時,郡縣多不奉行,雖有穈粥,穅秕相半。”㊁穅秕皆微賤之物,用以嘲笑或表示蔑視。晉書孫綽傳:“綽性通率,好譏調。嘗與習鑿齒共行,綽在前,顧謂鑿齒曰:‘沙之汰之,瓦石在後。’鑿齒曰:‘簸之颺之,穅秕在前。’”穅,百衲本作“糠”。五代孫光憲北夢瑣言六李磎行狀:“唐代韓愈柳宗元,洎李翺李觀皇甫湜數君子之文,陵轢荀孟,穅秕顏謝。”

【穅覈】穅中的粗屑。指粗食。史記陳丞相世家:“人或謂陳平曰:‘貧何食而肥若是?’其嫂嫉平不視家生産,曰:‘亦食穅覈耳。’”百衲本作“糠覈”。

【穅鐙】一種照明用的麻稈。清楊賓柳邊紀略四:“穅鐙,俗名蝦棚。以米穅和水,順手粘麻稭,曬乾,長三尺餘,插架上或木牌,燃之,光與燭等,而省費。然中土人多用油鐙。”鐙,卽燈。

積 jī 子智切,去,寘韻,精。ㄐㄧ 資昔切,入,昔韻,精。

㊀聚,積蓄。詩周頌載芟:“載穫濟濟,有實其積,萬億及秭。”左傳僖三三年:“敝邑爲從者之淹,居則具一日之積,行則備一夕之衞。”注:“積,芻米菜薪。”後泛指一般的積累。㊁堆疊,累積。易升:“君子以順德,積小以高大。”宋書樂志三魏武帝步出夏門行:“錢鎛停置,農收積場。”㊂多。周禮地官遺人:“掌邦之委積,以待施惠。”注:“少曰委,多曰積。”㊃病名。如寒積、食積等。靈樞經百病始生:“積之始生,得寒乃生,厥乃成積也。”㊄算學中乘得之數曰積。如面積、體積等。九章算術商功:“今有圓錐,下周三丈五尺,高五丈一尺,問積幾何?”㊅功業。通“績”。荀子禮論:“積厚者流澤廣。”㊆通“迹”。漢有迹射士,言尋迹而射之。後漢書十五鄧晨傳:“晨發積射士

千人。」注:「積與迹同,古字通用。」

【積欠】 歷次所欠的款項。新五代史安重誨傳:「恃功矜寵,威福自出。……恐天下議己,因取三司積欠二百餘萬,請放之,冀以悦人而塞責。」宋蘇軾東坡集續集三和陶詩和飲酒之十一:「詔書寬積欠,父老顏色好。」

【積世】 ㊀累代,世代。後漢書明帝紀永平十二年五月詔:「今百姓送終之制,競爲奢靡。……糜破積世之業,以供終朝之費。」㊁老於世故。金董解元西廂三:「是俺失所算,謾摧挫,被這個積世的老虔婆瞞過我。」

【積石】 ㊀山名。1. 大積石,即今大雪山,在青海南部,土名阿木奈瑪勒占木遜山,蒙古語曰木素鄂拉,禹導河自此。2. 小積石,在今甘肅臨夏西北,即古唐述山。史記夏紀:「浮於積石,至於龍門西河。」即此。參閱嘉慶一統志五四六青海厄魯特。㊁ 州名。金置。本唐宋積石軍。金置積石州,元因之。明廢,在廓州西,即今青海貴德縣。參閱讀史方輿紀要六四積石城。㊂關名。在臨洮府河州之西北,今甘肅臨夏縣西北,接青海循化縣界。隋名臨津關,唐置積石軍。明置茶馬司,爲與邊民市易之處。參閱讀史方輿紀要六十臨洮府河州。

【積冰】 山名。淮南子地形:「北方曰積冰,曰委羽。」注:「北方寒冰所積,因以爲名。」

【積羽】 古地名。竹書紀年:「穆王北征,行流沙千里,積羽千里,征犬戎取其五王。」文選晉郭景純(璞)江賦:「產䴸積羽,往來勃碣。」唐張銑注:「積羽,地名,方千里,羣鳥產乳䴸毛之處。」

【積卒】 星宿名。晉書天文志上:「積卒十二星,在房心南,主爲衛也。」宋史天文志三:「按步天歌,積卒十二星屬心,晉志在二十八宿之外,唐武密書與步天歌合。乾象新書乃以積卒屬房宿爲不同,今兩存其說。」

【積委】 積聚,儲備。墨子節葬下:「大國之所以不攻小國者,積委多,城郭修,上下調和。」參見「委積」。

【積弩】 ㊀連射之弩。淮南子兵略:「積弩陪後,錯車衛旁。」參見「連弩」。㊁武官職稱。後漢書十六鄧禹傳有積弩將軍馮愔。晉武帝太始四年罷振威揚威護軍,置左右積弩將軍。太康中置積射積弩督。每督二千五百人,各置將軍。通典職官十八、十九秩品列三國魏、晉官品第四品皆有積弩將軍。

【積威】 積久的威力。漢書六二司馬遷傳報任安書:「猛虎處深山,百獸震恐,及其在穽檻之中,搖尾而求食,積威約之漸也。」

【積重】 積蓄,積聚。禮祭統:「上有大澤則惠必及下,顧上先下後耳。非上積重而下有凍餒之民也。」漢董仲舒春秋繁露度制:「孔子曰:『不患貧而患不均,故有所積重,則有所空虛矣。』」

【積案】 堆滿几案。隋書李諤傳上書:「連篇累牘,不出月露之形;積案盈箱,唯是風雲之狀。世俗以此相高,朝廷據此擢士。」後也以指累積没有處理的案件,如稱「積案如山」。

【積氣】 積聚的大氣,指天。列子天瑞:「天,積氣耳,亡處亡氣,若屈伸呼吸,終日在天中行止,奈何憂崩墜乎?」

【積習】 積久而成的習慣。漢董仲舒春秋繁露天道施:「積習漸靡,物之微者也。」蔡邕蔡中郎集外集述行賦:「唐虞眇其既遠兮,常俗生於積習。」

【積貫】 積久而慣習。熟能生巧之意。淮南子修務:「今夫盲者,目不能別晝夜,分白黑,然而搏琴撫弦,參彈復徽,攫援摽拂,手若蔑蒙,不失一弦,……何則?服習積貫之所致。」

【積敝】 謂積久敝敗。荀子王制:「如是則彼日積敝,我日積完;彼日積貧,我日積富。」後漢書六三李固傳陽嘉二年對策:「積敝之後,易致中興。」

【積塊】 積聚的土塊,指地。列子天瑞:「地,積塊耳,充塞四虛,亡處亡塊,若躇步跐蹈,終日在地上行止,奈何憂其壞?」

【積漸】 逐漸積成。漢書四八賈誼傳陳政事疏:「安者非一日而安也,危者非一日而危也,皆以積漸然,不可不察也。」

【積聚】 ㊀聚集,聚斂。禮月令孟冬之月:「命司徒循行積聚,無有不斂。」後漢書七八呂强傳上疏陳事:「宮女無用,填積後庭,天下雖復盡力耕桑,猶不能供。……況終年積聚,豈無憂怨乎!」也指積蓄的財物。左傳襄九年:「魏絳請施舍,輸積聚以貸。」㊁病名。難經四五十五難:「積者,陰氣也。其始發有常處,其痛不離其部,上下有所終始,左右有所窮處。聚者,陽氣也。其始發無根本,上下無所留止。其痛無常處,謂之聚。故以是別知積聚也。」

【積穀】 儲存穀物。漢書七十鄭吉傳:「宣帝時,吉以侍郎田渠黎,積穀,因發諸國兵攻破車師。」漢宣帝時用耿壽昌議始置常平倉,以平穀價,爲建倉積穀之始。參見「常平倉」。

【積薪】 採集或堆疊薪柴。國語周中:「虞人入材,甸人積薪。」史記一二〇汲黯傳:「陛下用羣臣如積薪耳,後來者居上。」

【積鐵】 謂聚鐵以作屏蔽。韓非子內儲上:「是以明主推積鐵之類,而察一市之患。」注:「積鐵爲室,盡以備矢,則體不傷;積疑爲心,盡以備臣,則姦不生。」

【積水潭】 在今北京市區西北部,東西一里餘,南北半里許。舊名海子套,亦稱淨業湖,北岸有淨業寺。元時既開通惠河,運輸船直達積水潭。自明初改築京城,與運河截而爲二,積土日高,已非舊觀。今指近德勝橋者爲積水潭,稍東南者爲什剎海,再東南者爲蓮花泡子。參閱嘉慶一統志二京師二山川玉河注、又津梁德勝橋注。

【積分法】 元代國子監考核學生學習成績的方法。國子監國子生月試一次,辭理俱優者爲上等,準一分。理優辭平者爲中等,準半分。至年底通計一年積分,得八分以上者,陞充高等生員。不學習課業或違反規矩者,初犯罰一分,再犯罰二分,三犯除名。見元史選舉志一學校。

【積竹杖】 纏竹合成的手杖。漢書六三昌邑王傳:「賀到濟陽,求長鳴雞,道買積竹杖。」注:「文穎曰:『合竹作杖也。』」

【積翠池】 池榭名。漢唐宮中皆有積翠池。見唐段成式酉陽雜俎十物異、新唐書九七魏徵傳。

【積甲山齊】 兵甲堆疊如山,極言其多。後漢書十一劉盆子傳:「樊崇乃將盆子及丞相徐宣以下三十餘人肉袒降,上所得傳國璽綬、更始七尺寶劍及玉璧各一,積兵甲宜陽城西,與熊耳山齊。」唐張說張說之集十七贈涼州都督上柱國太原郡開國公郭知運碑:「積甲山齊而有餘,收馬谷量而未盡。」

【積羽沈舟】 喻積輕可成重,積小患可致大災。戰國策魏一:「臣聞積羽沈舟,羣輕折軸,衆口鑠金,故願大王之熟計也。」

【積年累月】 謂時間長久。北齊顏之推顏氏家訓後娶:「況夫婦之義,曉夕移之,婢僕求容,助相說引,積年累月,安有孝子乎!」

【積金至斗】 斗,指北斗星。比喻積金極多。唐杜牧樊川集二昔事文皇帝三十二韻詩:「億萬持衡價,錙銖挾契論。堆時過北斗,積處滿西園。」新唐書八九尉遲敬德傳:「隱太子嘗以書招之,贈金皿一車。敬德以聞。王曰:『公之心如山岳然，雖積金至斗，豈能移之？然恐非自安計。'"

【積重難返】積習深久，不易改革。清趙翼二十二史劄記二十："而抑知其始，實由于假之以權，掌禁兵，筦樞要，遂致積重難返，以至此極也哉。"

【積厚流廣】言根基深厚，則影嚮廣遠。荀子禮論："所以別積厚，積厚者流澤廣，積薄者流澤狹也。"注："積與績同，功業也。"也作"積厚流光"。大戴禮禮三本："所以別積厚者流澤光，積薄者流澤卑。"光，光大。

【積毀銷骨】謂毀謗者多，使受毀者無以自存。史記七十張儀傳："衆口鑠金，積毀銷骨。"文選漢鄒陽於獄上書自明："衆口鑠金，積毀銷骨。"注："讒毀之言，骨肉之親爲之銷滅。"

【積微成著】言事細微時，人所不察，積多積久，便成顯著。荀子大略："夫盡小者大，積微者箸，德至者色澤洽，行盡而聲問遠。"箸，同"著"。宋書曆志上何承天表："夫圓極常動，七曜運行，離合去來，雖有定勢，以新故相涉，自然有毫末之差，連日累歲，積微成著。"

【積穀防飢】唐敦煌變文父母恩重經講經文："人家積穀本防飢，養子還徒〔圖〕被老時。"流行口語有積穀防飢，養兒防老。

【積薪厝火】比喻形勢危殆。漢書四八賈誼傳陳政事疏："夫抱火厝之積薪之下而寢其上，火未及燃，因謂之安，方今之勢，何以異此？"

【積古齋鐘鼎彝器欵識】清阮元撰，十卷。元取孫星衍錢坫張廷濟等十二家藏商周秦漢器搨本及其自藏自搨之本，加以考釋，以代分，以器別，集成是書。共五百六十器，對於經訓文字，多所辨正。

穛 jiào ㄐㄧㄠˋ 子肖切，去，笑韻，精。

物縮小稱穛。見玉篇。

【穛核】荔枝的一種。宋范成大桂海虞衡志志果："荔枝……昭平出穛核，臨賀出綠色者尤勝。"

穮 biāo ㄅㄧㄠ 集韻 卑遙切，平，宵韻。弭沼切，上，小韻。

禾芒。宋書律曆志上："秋分而禾穮定，穮定而禾熟。律之數十二，故十二穮而當一粟，十二粟而當一寸。"注："穮，禾穗芒也。"穮，或作"蔈"，訛作"穊"。淮南子主術："寸生於穊，穊生於日。"參閱清王念孫讀書雜志淮南內篇九。

穉 zhì ㄓˋ

"穉"的異體字。見"穉"。

穄 jì ㄐㄧˋ 子例切，去，祭韻，精。

禾屬，似黍而不黏。也叫穈子。穆天子傳二："馬九百，羊牛三千，穄麥百載。"唐本草注："本草有稷不載穄，稷卽穄也。今楚人謂之稷，關中謂之穈，呼其米爲黃米。"見政和證類本草二六稷米。

穊 jì ㄐㄧˋ

同"穊"。見"穊"。

穆 mù ㄇㄨˋ 莫六切，入，屋韻，明。

㊀溫和。詩大雅烝民："吉甫作誦，穆如清風。"㊁壯美。詩周頌清廟："於穆清廟，肅雝顯相。"㊂肅靜。漢書禮樂志郊祀歌天門："天門開，詄蕩蕩，穆並騁，以臨饗。"㊃和睦。通"睦"。三國魏曹植曹子建集六豫章行："周公穆康叔，管蔡則流言。"注："穆，睦也。二字古通用。"㊄通"默"。見"穆然㊀"。㊅古宗廟排列的次序。始祖廟居中，以下父子遞爲昭穆，左爲昭，右爲穆。禮王制："天子七廟，三昭三穆。"參見"昭穆"。㊆姓。宋穆公之後。左傳有穆伯，漢有穆生。見元和姓纂屋。

【穆卜】誠敬以求卜。書金縢："既克商二年，王有疾，弗豫。二公曰：'我其爲王穆卜。'"宋蔡沈傳："愚謂古者國有大事，卜則公卿百執事皆在，誠一而和同，以聽卜筮，故名其卜曰穆卜。"藝文類聚六三北魏溫子昇閶闔門上梁祝文："良辰是簡，穆卜無違。"

【穆民】伊斯蘭教徒自稱。謂爲伊斯蘭教創立人穆罕默德的信衆。清劉智天方典禮擇要解中稱伊斯蘭教衆爲穆民。

【穆生】漢魯人。嘗與楚元王(劉交)、申公同受詩於浮丘伯。仕元王爲中大夫。穆生不喜酒，元王置酒，常爲生設醴。元王死，子戊嗣位，初常設醴以待，後忘設，因曰："醴酒不設，王之意怠"，遂稱病謝去。後申生等果以諫王不聽被刑。見漢書三六楚元王傳。

【穆忞】杳然無形。淮南子原道："穆忞隱閔，純德獨存。"

【穆昆】女真語，或譯作"謀克"。金時兵制，以三百户爲穆昆，十穆昆爲明安，以户徵兵，相當於清代的佐領。參閱金史太祖紀、續文獻通考一二一兵考一。參見"謀克"。

【穆清】指天。史記一三〇太史公自序："漢興以來，至明天子，獲符瑞，封禪，改正朔，易服色，受命於穆清。"

【穆陵】㊀地名。左傳僖四年："南至於穆陵，北至於無棣。"注："穆陵，無棣皆齊境也。"一說春秋楚地。史記齊太公世家"南至穆陵"唐司馬貞索隱："今淮南有故穆陵門，是楚之境。"㊁南宋理宗葬於會稽之永穆陵。宋人及後人著作中以穆陵稱理宗。

【穆然】㊀猶默然。文選漢東方曼倩(朔)非有先生論："於是吳王穆然，俛而深惟。"注："穆猶默，靜思貌也。"㊁整肅貌。晉書謝鯤傳："(王)敦曰：'君能保無變乎？'對曰：'鯤近日入覲，主上側席，遲得見公，宮省穆然，必無虞矣，公若入朝，鯤請侍從。'"

【穆稜】㊀縣名。屬黑龍江省。清宣統二年置。滿語穆稜爲馬，其地爲産馬之區。㊁河名。又稱穆倫河。發源於吉林的老爺嶺，下游爲大穆稜河。爲烏蘇里江的最大支流。穆稜，蒙語爲江。

【穆滿】周穆王名滿。穆王西征犬戎，穆天子傳演述其事，稱王乘八駿見西王母。唐溫庭筠集四馬嵬驛詩："穆滿曾爲物外遊，六龍經此暫淹留。"參見"周穆王"。

【穆穆】㊀端莊盛美貌。詩大雅文王："穆穆文王，於緝熙敬止。"禮曲禮下："天子穆穆。"疏："威儀多也。"㊁肅敬，恭謹。漢揚雄太玄四禮："次二，目穆穆，足肅肅，乃貫以棘。測曰：穆穆肅肅，敬出心也。"㊂清明，柔和。漢書禮樂志郊祀歌天門："月穆穆以金波，日華燿以宣明。"玉臺新詠一古詩八首之八："穆穆清風至，吹我羅裳裾。"㊃沉靜。世說新語賞譽上："王平子(澄)目太尉(王衍)：'兄形似道而神鋒太儁。'太尉答曰：'誠不如卿落落穆穆。'"又見晉書王澄傳。

【穆陵關】關隘名。1.在今山東臨朐縣南大峴山上，地勢險峻，春秋齊國南境。左傳僖四年"南至于穆陵，北至于無棣"，卽此。參閱讀史方輿紀要三十山東一。2.在今湖北麻城縣北。一作木陵關。南北朝時爲軍事要地。梁天監初，張囂之攻北魏淮南，取木陵戍，卽此。參閱嘉慶一統志三四一黃州府二關隘。

【穆彰阿】公元1782—1856年。滿族鑲藍旗人，姓郭佳氏，字鶴舫，嘉慶十年進士。受道光帝信任，自道光七年任軍機大臣十餘年。當國時，外侮日重，力主和議，罷林則徐鄧廷楨，信用琦善耆英奕山等，喪權辱國。門生故吏，多登要職，時稱“穆黨”。咸豐元年革職。

【穆護砂】詞調名。唐人張祜有五言曲辭一首，題曰穆護砂，見樂府詩集八十。後人因舊曲名改爲此調。雙調，一百六十九字。見詞律二十、詞譜三九。

【穆護歌】樂府名。一作牧護。景德傳燈録三十有蘇溪和尚牧護歌一首，首句爲“聽説納僧牧護”，以“打破畫餅歸去”結句，皆爲六言。宋黄庭堅豫章集二五題牧護歌後謂在黔中聞賽神者夜歌，歌詞有“聽説儂家牧護”，“奠酒燒錢歸去”，謂是自敍生平之歌。宋姚寬西溪叢話上以爲出於祆教徒祀神之詞。參閲宋洪邁容齋隨筆四筆八、明胡震亨唐音癸籤十三穆護子。

【穆天子傳】書名。六卷。晉武帝太康二年，汲人不準盜發魏襄王墓，始得此書，古文。六卷，八千五百一十四字。詔荀勗和嶠以隸字寫定。晉郭璞注本稱周王遊行記。今本前卷記周穆王西巡狩之事，後二卷記在畿田畋遊及盛姬事。參閲晉書束皙傳、宋晁公武郡齋讀書志傳記。

穌 sū 素姑切，平，模韻，心。ㄙㄨ

蘇醒。“蘇”的本字。法苑珠林十二六道引南齊王琰冥祥記：“(趙泰)常卒心痛，須臾而死，……留屍十日，平旦喉中有聲如雨，俄而穌活。”詳“蘇”。

十二畫

穛 dào 徒到切，去，号韻，定。ㄉㄠ

一莖六穗的嘉禾。史記一一七司馬相如傳：“穛一莖六穗於庖。”索隱：“鄭玄云：‘穛，擇也。’”漢書穛作“導”。參閲清黄生字詁穛。

【穛官】官名。掌管擇米。漢少府屬官有穛官。東漢改屬大司農。見漢書百官公卿表上。穛作“導。”新唐書百官志三有穛官署，掌穛擇米麥。

穜 1. tóng 徒紅切，平，東韻，定。ㄊㄨㄥ 直容切，平，鍾韻，澄。

㊀先種後熟的穀類。見“穜稑”。

2. zhòng 集韻 朱用切，去，用韻。ㄓㄨㄥ

㊁“種”的本字。見説文。

【穜稑】禾名。謂穜與稑。周禮天官内宰：“上春，詔王后帥六宫之人，而生穜稑之種，而獻之于王。”注引鄭司農(衆)：“先種後孰謂之穜，後種先孰謂之稑。”文選晉潘安仁(岳)藉田賦：“后妃獻穜稑之種，司農撰播殖之器。”

穟 suì 徐醉切，去，至韻，邪。ㄙㄨㄟ

㊀禾苗茂美貌。見下。㊁穀類結實的頂端部分。通“穗”。唐李賀歌詩編四艾如張：“隴東卧穟滿風雨，莫信籠媒隴西去。”

【穟穟】禾苗茂盛貌。詩大雅生民：“荏菽旆旆，禾役穟穟。”

穗 suì 徐醉切，去，至韻，邪。ㄙㄨㄟ

㊀穀類結實的頂端部分。詩王風黍離：“彼黍離離，彼稷之穗。”傳：“穗，秀也。”古文作“采”。㊁植物之穗狀花實。全唐詩三〇七謝良輔孟冬：“江南孟冬天，荻穗軟如綿。”本草綱目三一果三檳榔：“其擢穗似黍，其綴實似穀。”也指絲綫綴成的穗狀物。㊂燈花，燭花。全唐詩六八三韓偓懶卸頭：“時復見殘燈，如煙墜金穗。”宋范成大石湖集十七晚步宣華舊苑詩：“歸來更了程書債，目眚昏花燭穗垂。”㊃廣州别稱穗垣，或省作穗。見“五羊城”。

【穗石洞】山洞名。在廣東南海縣仙山之南。相傳戰國高固相楚時，有五仙人乘五羊，各持穀穗，一莖六出，遺穗於州人，騰空而去，羊化爲石。今廣州市號羊城，簡稱穗，本此。見嘉慶一統志四四一廣州府一山川。

穛 zhuō 側角切，入，覺韻，莊。ㄓㄨㄛ

未熟而收之禾，早熟穀。禮内則：“飯：黍稷、稻粱、白黍、黄粱、稰穛。”注：“熟穫曰稰，生穫曰穛。”疏：“穛是斂縮之名，明以生穫，故其物縮斂也。”

穖 jǐ 居狶切，上，尾韻，見。ㄐㄧ

禾穗的粟粒。吕氏春秋審時：“得時之禾……疏穖而穗大。”注：“穖，禾穗果臝也。”

十三畫

穡 sè 所力切，入，職韻，山。ㄙㄜ

㊀收穫穀物。又泛指耕耘收穫。詩魏風伐檀：“不稼不穡，胡取禾三百廛兮？”傳：“種之曰稼，斂之曰穡。”書盤庚上：“若農服田力穡，乃亦有秋。”疏：“穡是秋收之名，得爲耕穫摠稱。”㊁愛惜。通“嗇。”左傳僖十一年：“貶食省用，務穡勸分。”注：“穡，儉也。”論衡明雩、文選魏公九錫文注引皆作“務嗇”。㊂鈎連。管子度地：“樹以荆棘，上相穡著者，所以爲固也。”注：“穡，鈎也，謂荆棘科條相鈎連也。”

【穡人】農夫。左傳襄四年：“邊鄙不聳，民狎其野，穡人成功。”

【穡夫】農夫。同穡人，也作嗇夫。書大誥：“若穡夫，予曷敢不終朕畝？”墨子兼愛中“不爲暴勢奪穡人黍稷狗彘”清畢沅注：“田夫謂之嗇夫，穡與嗇通。”

穠 nóng 女容切，平，鐘韻，娘。ㄋㄨㄥ

花木繁盛貌。見玉篇廣韻。後泛指盛美，見下各條。

【穠華】㊀詩召南何彼襛兮言王姬下嫁事。後來詩文中書襛作“穠”，以穠華作爲公主的代稱。文苑英華四〇三唐蘇頲授裴君士太子少詹事制：“外以凝正，中惟雅實，地稱垂棘之寶，門降穠華之貴。”門降，言公主曾嫁於其家，因詩何彼襛矣係言王姬下嫁事，遂以穠華指代公主。穠，與“襛”通。㊁繁盛的花朵。唐白居易長慶集十四和夢遊春詩：“秀色似可餐，穠華如可掬。”陸龜蒙甫里集十一和重題薔薇詩：“穠華自古不得久，況是倚春春已空。”華，同“花”。㊂新唐書二〇一文藝傳上：“(張)説曰：‘……許景先如豐肌膩理，雖穠華可愛，而乏風骨。’”華，華美。

【穠纖】猶大小粗細。文選三國魏曹子建(植)洛神賦：“穠纖得衷，脩短合度。”李善本作“襛纖”。

【穠豔】㊀美豔。太平廣記四五二唐沈既濟任氏傳：“是時吴王之女有第六者，則(韋)崟之内妹，穠豔如神仙，中表素推第一。”又四八七蔣防霍小玉傳：“資質穠豔，一生未見，高情逸態，事事過人。”㊁鮮豔的花朵。唐李白李太白詩五清平調：“一枝穠豔露凝香，雲雨巫山枉斷腸。”此以花比美人。

穢 huì 於廢切，去，廢韻，影。ㄏㄨㄟ

㊀荒蕪，田中雜草。荀子富國：“民貧，則田瘠以穢。田瘠以穢，則出實不半。”漢書六六楊惲傳報孫會宗書：“田彼南山，蕪穢不治。”㊁污濁，醜陋。書盤庚中：“今予命汝一，無起穢以自臭。”晉書衛玠傳：“珠玉在側，覺我形穢。”也特指糞。晉書殷浩傳：“錢本糞土，故將得錢而夢穢。”㊂淫亂。見“穢德”。

【穢土】佛教稱此世界曰穢土，猶言濁世。對淨土而言。觀無量壽佛經疏妙宗鈔一：“堪忍穢土，多受衆苦，義言苦域。”

【穢史】北齊魏收奉詔作魏史。對有夙怨者，常没其善。宗祖姻戚，多被書録，飾以美言。每言：“何物小子，敢共魏收作色，舉之則使上天，按之當使入地。”於時衆口誼然，號爲穢史。見北史魏收傳。

【穢行】鄙賤、不正經的行爲。世説新語品藻：“孫興公（綽）、許玄度（詢）一時名流，或重許高情，則鄙孫穢行；或愛孫才藻，而無取於許。”注引續晉陽秋：“綽雖有文才，而誕縱多穢行，時人鄙之。”

【穢德】指邪惡的行爲舉動。書泰誓中：“無辜籲天，穢德彰聞。”傳：“紂之穢德，彰聞天地。言罪惡深。”左傳昭二六年：“君無穢德，又何禳焉？”

【穢褻】醜惡，多指男女之間淫亂的言行。北齊書司馬子如傳：“子如性滑稽，不治檢裁，言戲穢褻，識者非之。”宋路振九國志九南漢蘇章：“從（劉）隱討盧延昌于韶州，……翌日進逼其城，城上望樓中有人罵隱，言頗穢褻，隱慙甚，不敢視左右。”

【穢囊】佛教謂人的肉體。神僧傳八釋文爽：“翌日，有狼呀張其口，奮躍欲噬咋之狀者三。爽閔其饑，復自念曰：‘穢囊無恪，施汝一飱，願疾成堅固之身，汝受吾施，同歸善會。’”

十四畫

穧 jì 子例切，去，祭韻，精。
ㄐㄧˋ 在詣切，去，霽韻，從。

收割穀物。收割後的禾束也稱穧。詩小雅大田：“彼有不穫稺，此有不斂穧。”疏：“穧者，禾之鋪而未束者。”參閱清段玉裁説文解字注“穧”。

穫 huò 胡郭切，入，鐸韻，匣。
ㄏㄨㄛˋ

收割，收成。詩豳風七月：“八月其穫。”又：“十月穫稻。”國語吳：“以歲之不穫也，無有誅焉。”

穩 wěn 烏本切，上，混韻，影。
ㄨㄣˇ

㊀安定，平穩。世説新語排調：“（顧愷之）作牋與殷（仲堪）云：行人安穩，布颿無恙。”唐杜甫杜工部詩十放船：“江流翠自在，坐穩興悠哉。”㊁穩妥，妥貼。唐杜甫杜工部草堂詩箋四十長吟：“賦詩歌句穩，不免自長吟。”

【穩帖】穩當妥貼。唐陸龜蒙甫里集十一和館娃宮懷古：“波神自厭荒淫主，勾踐樓船穩帖來。”宋蘇軾東坡集續集十一與孫知損運使書：“所條上數事，亦甚穩帖，不至張皇。”也作“穩貼”。宋劉才邵𣺌溪居士集二書翠波亭詩：“虛亭恰當穩貼處，不愁景物驕莫隨。”朱子語類四十論語二二：“曾點與漆雕開只争箇生熟，曾點説得驚天動地，開較穩貼。”

【穩重】安定。宋詩鈔韓琦安陽集鈔柳絮：“一春情緒空撩亂，不是天生穩重花。”後來稱端莊、不輕浮爲穩重。元曲選孟德耀舉案齊眉四：“小姐穩重，有老相公同老夫人在於門首，你接待他去咱。”

【穩便】㊀穩妥，便利。貞觀政要一論政體：“以天下之廣，四方之衆，千端萬緒，須合變通，皆合百司商量，宰相籌畫，于事穩便，方可奏行。”㊁客套語，猶言自便、請便。宋辛棄疾稼軒詞十鵲橋仙席上和趙晉臣敷文：“高車駟馬，金章紫綬，傳語渠儂穩便。”水滸四：“師父穩便，小人趕趁些生活，不及相陪。”

【穩婆】收生婆。元曲選武漢臣老生兒一：“我急煎煎去把那穩婆和老娘尋，恨不得曲躬躬將他土塊的這軀頭來拜。”明陶宗儀輟耕録十四婦女曰娘：“子謂母曰娘，而世謂穩婆曰老娘。”又舊驗屍的女役也稱穩婆。見六部成語註解刑部。

【穩健】安穩健壯。唐李肇國史補上劉晏見錢流：“馬取穩健，不擇毛色。”謂人作事慎重，不輕浮冒失也曰穩健。

【穩當】牢靠妥當。唐杜牧樊川集外集宣州留贈詩：“爲報眼波須穩當，五陵遊宕莫知聞。”宋朱熹朱文公集三九答范伯崇：“子貢所以請問其次者，蓋謂自省見得有未穩當處。”

【穩稱】猶言適度，適合。唐杜甫杜工部草堂詩箋四麗人行：“背後何所見，珠壓腰衱穩稱身。”宋邵雍伊川擊壤集九平日遊園常策筇詩：“危扶醉歸路，穩稱病來身。”

【穩審】沉着慎重。宋沈端節克齋詞西江月：“幸自心腸穩審，怎禁眼腦迷奚，招愁買恨帶人疑，一味笑吟吟地。”

【穩情取】十拿九穩。元曲選鄭德輝王粲登樓楔子：“憑着我高才和這大手，穩情取談笑覓封侯。”又缺名百花亭三：“憑著俺驅兵領將萬人敵，穩情取一舉成名天下知。”

十五畫

穬 kuàng 古猛切，上，梗韻，見。
ㄎㄨㄤˋ

㊀有芒的穀物。見説文。㊁脱殼的大麥。文選晉潘安仁（岳）馬汧督誄：“内焚穬火薰之，潛氏殲焉。”注：“崔寔四人（民）月令曰：‘四月可糴穬。’注曰：‘大麥之無皮毛者曰穬。’”

【穬麥】大麥的一種。穬麥芒長，實熟時自然脱粒，粒外有皮。可以造麴，或作飼料。北魏賈思勰齊民要術大小麥：“穬大麥類，早晚無常。”參閲政和證類本草二五穬麥。

穮 biāo 甫遥切，平，蕭韻，並。
ㄅㄧㄠ

耘田，除草。左傳昭元年：“譬如農夫，是穮是蔉，雖有饑饉，必有豐年。”

【穮蔉】左傳昭元年“是穮是蔉”，穮，翻地；蔉，培土；皆爲耕作之事。後因以穮蔉泛指辛勤勞作。宋蘇過斜川集三次韻程秀才求作其先人墓銘詩：“但知穮蔉勤吾事，要以凶豐畀後圖。”劉克莊後村集四十謝韓孔惠見訪詩：“莫向明時嗟不遇，乃翁穮蔉子逢年。”

穲 bà 白駕切，去，禡韻，並。
ㄅㄚˋ

見“穲稏”。

【穲稏】稻名。全唐詩六九七韋莊稻田：“緑波春浪滿前陂，極目連雲穲稏肥。”浣花集本作“耙稏”。宋曾鞏元豐類稿三遊麻姑山詩：“斗迴地勢平如削，穲稏百頃黄參差。”一説穲稏爲稻多或稻搖動貌。見明李詡戒菴漫筆。

穭 lǚ 力舉切，上，語韻，來。
ㄌㄩˇ

禾自生叫穭。也作“稆”。後漢書獻帝紀：“尚書郎以下自出採稆。”注：“埤倉曰：‘穭，自生也。’”唐劉禹錫劉夢得集一登司馬錯故城詩：“廢井抽寒菜，荒臺生穭穀。”參見“旅生”。

十七畫

穰 1. ráng 汝陽切，平，陽韻，日。
ㄖㄤˊ

㊀黍莖的内包部分。説文：“穰，黍梨已治者。”清段玉裁注：“已治，謂已治去其箬皮也，謂之穰者，莖在皮中，如瓜瓤在瓜皮中也。”㊁豐收。管子國蓄：“歲有凶穰，故穀有貴賤。”參見“穰歲”、“穰穰”。㊂果實之肉。通“瓤”。見正字通。

2. rǎng 如兩切，上，養韻，日。
ㄖㄤˇ

㊃繁盛。漢書七六張敞傳：“京兆典京師，長安中浩穰，於三輔尤爲劇。”注：“穰，盛也，言人衆之多也。”㊄地名。戰國韓邑。秦昭王母宣太后異父弟魏冉封穰侯，即此。後置縣，漢屬南陽郡。今河南鄧縣地。見史記七二穰侯傳。㊅祈福。通“禳”。史記一二六滑稽傳：“見道傍有穰田者。”索隱：“謂爲田求福穰。”

【穰衣】蒿草製成之衣。孔子家語四六本：“衣穰而提贄。”三國魏王肅注：“穰，蒿草衣。”參閲晉崔豹古今注輿服。

【穰苴】見"司馬穰苴"。

【穰₂侯】公元前?—前 265? 年。魏冉，戰國秦人，秦昭王母宣太后之異父弟。自惠王武王任職用事。昭王立，年幼，宣太后授冉爲政，封於穰，益封陶，號穰侯。舉白起爲將，先後伐韓魏齊楚，秦益强，冉功最高，權傾一國。昭王三十六年，魏人范雎入秦，説昭王親政，免相，出關就封。史記有傳。

【穰歲】豐收之年。韓非子五蠹："穰歲之秋，疏客必食。"

【穰穰】豐盛，衆多。詩周頌烈祖："自天降康，豐年穰穰。"又執競："磬筦將將，降福穰穰。"傳："穰穰，衆也。"

【穰₂穰₂】紛亂貌。同"攘攘"。漢桓寬鹽鐵論毁學："司馬子(遷)言：'天下穰穰，皆爲利往。'"史記一二九貨殖傳作"壤壤"。

稰 zhuō 側角切，入，覺韻，莊。ㄓㄨㄛ

説文作"穛"。㊀早收的麥稻等穀物。文選漢張平子(衡)南都賦："冬稌夏稰，隨時代熟。"唐劉良注："稰，麥也。"㊁選擇。楚辭宋玉招魂："稻粢稰麥，挐黄粱些。"注："稰，擇也。擇麥中先熟者。"

穴部

穴 xué 胡決切，入，屑韻，匣。ㄒㄩㄝ

㊀土室。詩大雅緜："古公亶父，陶復陶穴，未有家室。"㊁孔洞。孟子滕文公下："不待父母之命，媒妁之言，鑽穴隙相窺，踰牆相從，則父母國人皆賤之。"文選戰國楚宋玉高唐賦："陬互横啎，背穴偃蹠。"㊂動物的巢穴。荀子勸學："蟹六跪二螯，非蛇蟺之穴無可寄託者，用心躁也。"㊃壙穴。詩王風大車："穀則異室，死則同穴。"箋："穴，謂塚壙中也。"㊄人體可以進行針灸的部位。素問氣穴論："凡三百六十五穴，鍼之所由行也。"㊅洞穿。漢書五二灌夫傳："今日斬頭穴匈，何如程李?"程，程不識；李，李廣。唐柳宗元柳先生集十六天説："蟲之生而物益壞，食齧之，攻穴之，蟲之禍物也滋甚。"

【穴氏】古官名。周禮秋官穴氏："掌攻蟄獸，各以其物火之。"注："蟄獸，熊羆之屬，冬藏者也。將攻之，必先燒其所食之物於其外，以誘出之，乃可得也。"

【穴出】從旁側而出。爾雅釋水："氿泉穴出，穴出，仄出也。"

【穴見】淺薄的見解。謂如從孔穴外窺，所見不廣。後漢書四六陳寵傳附陳忠上疏："臣忠心常獨不安，是故臨事戰懼，不敢穴見有所興造。"

【穴處】㊀穴居。楚辭屈原天問："厥嚴不奉帝何求，伏匿穴處爰何云!"漢書七五翼奉傳上封事："猶巢居知風，穴處知雨，亦不足多，適所習耳。"注："巢居，烏鵲之屬；穴處，狐狸之類也。"㊁喻知識短淺。後漢書十三隗囂傳王遵與牛邯書："而王之將吏，群居穴處之徒，人人抵掌，欲爲不善之計。"注："穴處，言所識不遠也。"北史雷紹傳："生世不學，其猶穴處，何所見焉?"

【穴鼻】兔之别名。明王志堅表異録一："易乾鑿度曰：'月三日成魄，八日成光；蟾蜍體就，穴鼻始明。'穴鼻，兔也。"

【穴蟲】穴居的蟲獸。宋陸佃埤雅十一："鼠，穴蟲之揔名也。"

【穴居野處】夜居洞窟，晝處牧野。易繫辭下："上古穴居而野處，後世聖人易之以宫室。"

一 畫

穵 wā 烏八切，入，黠韻，影。ㄨㄚ

"挖"的本字。見説文、廣雅釋詁三。西遊記一："只見海邊有人捕魚、打雁、穵蛤、淘鹽。"後"挖"行而"穵"廢。

二 畫

究 jiū 居祐切，去，宥韻，見。ㄐㄧㄡ

㊀窮，極。易説卦："其究爲躁卦。"注："究，極也。"莊子盜跖："窮美究勢，至人之所不得逮，賢人之所不能及。"㊁推尋，深求。詩小雅節南山："家父作誦，以究王訩。"又常棣："是究是圖，亶其然乎?"㊂謀劃。詩大雅皇矣："維彼四國，爰究爰度。"㊃畢竟，到底。清龔自珍定盦文集補已亥雜詩之一二四："九州生氣恃風雷，萬馬齊瘖究可哀。"㊄山溪瀨盡頭之處。水經注三六温水："九德浦内逕越裳究、九德究、南陵究。……扶南記：山溪瀨中謂之究。晉書地理志曰：郡有小水五十二，並行大川，皆究之謂也。"

【究究】㊀憎惡。詩唐風羔裘："羔裘豹袖，自我人究究。"㊁不止貌。楚辭漢劉向九歎遠逝："長吟永欷，涕究究兮。"注："長歎歔欷，涕旁流不可止也。"

【究竟】㊀猶窮極。漢書八十淮陽憲王傳："承間進問五帝三王究竟要道。"㊁完畢。三國志吴魯肅傳："肅因責數(關)羽曰：'……今已得益州，既無奉還之意，但求三郡，又不從命。'語未究竟，坐有一人曰：'夫土地者，惟德所在耳，何常之有!'"㊂畢竟，到底。唐人多作"至竟"，參見"至竟"。

【究塗】把道路走完。意謂不半途而廢。漢王符潛夫論讚學："當世學士，恆以萬計，而究塗者無數十焉。"

【究詰】深入追問。新唐書一五七陸贄傳上書："又有遇敵而守不固，陳謀而功不成，責將帥，將相曰資糧不足；責有司，有司曰須給無乏，更相爲解，而朝廷含糊，未嘗究詰。故抱直者吞聲，罔上者不慚。"陸宣公集十九論緣邊守備事宜狀作"窮究"。

【究竟法】佛教指破除妄執，解脱生死，得成正覺的大法。五燈會元二四祖大醫禪師："牛頭山法融禪師，……忽一日歎曰：'儒道世典，非究竟法，般若正觀，出世舟航'，遂隱茅山，投師落髮。"

三 畫

空 1. kōng 苦紅切，平，東韻，溪。ㄎㄨㄥ

㊀空虚。管子五輔："倉廩實而囹圄空。"㊁罄盡，空其所有。詩小雅大東："小東大東，杼柚其空。"傳："空，盡也。"漢王充論衡薄葬："世俗輕愚信禍福者，畏死不懼義，重死不顧生，竭財以事神，空家以送終。"㊂天空。列子黄帝："乘空如履實，寢虚若處牀。"唐黄滔黄御史公集四和吴學士……詩："春雪下盈空，翻疑臘未窮。"㊃佛教指超乎色相現實的境界爲空。般若波羅蜜多心經："照見五蘊皆空。"大乘義章："空者，理之别目，絶衆相，故名爲空。"㊄虚構。梁劉勰文心雕龍六神思："意翻空而易奇，言徵實而難巧也。"㊅廣大。文選晉左太沖(思)詠史詩

之四："寥寥空宇中，所講在玄虛。"注："空，廓也。"㈦徒然。謂事無實效。史記越王勾踐世家："今遣少子，未必能生中子也，而先空亡長男。奈何？"㈧只，僅。唐李白李太白詩七江上吟："屈平詞賦懸日月，楚王臺榭空山丘。"杜甫杜工部草堂詩箋十塞蘆子："邊兵盡東征，城內空荆杞。"

2. kǒng 集韻 苦動切，上，董韻。ㄎㄨㄥˇ

㈨穴竅。與"孔"通。莊子秋水："計四海之在天地之間也，不似礨空之在大澤乎？"釋文："空，音孔；礨孔，小穴也。"韓非子飭令："利出一空者其國無敵；利出二空者，其兵半用；利出千空者民不守。"商君書靳令、管子國蓄空作"孔"。㈩人體經穴處。素問刺瘧："開其空，出其血，立寒。"㈪墓穴。唐濟度寺尼蕭法願墓志："乃以其季十月十七日營空於少陵原之側。"（金石萃编五四）㈫見"空₂道"。

3. kòng 苦貢切，去，送韻，溪。ㄎㄨㄥˋ

㈬窮，匱乏。詩小雅節南山："不弔昊天，不宜空我師。"傳："空，窮也。"論語先進："回也其庶乎，屢空！"㈭潔滌。全唐詩一四四常建題破山寺後禪院："山光悦鳥性，潭影空人心。"㈮空暇，可乘之機。元曲選馬致遠漢宮秋二："我得空逃走了，無處逃奔。"紅樓夢三九："我們村莊上種地種菜，……那裏有個坐着的空兒？"

【空亡】古代用干支紀日，十干配十二支，所餘二支，謂之空亡。亦稱孤虛。迷信的人謂爲凶辰。唐劉禹錫劉夢得集五燕爾館破屏風所畫至精……詩："畫時應遇空亡日，賣處難逢識別人。"參見"孤虛㈠"。

【空王】佛家語，佛之尊稱。佛説世界一切皆空，故稱空王。諸經集要一三寶引觀佛三寶經："昔過去久遠，有佛出世，號曰空王。"唐白居易長慶集十七醉吟詩："空王百法學未得，姹女丹砂燒即飛。"

【空木】傳説堯死後用中空之木作棺，後因以空木稱棺。漢劉向説苑反質："昔堯之葬者，空木爲櫝，葛藟爲緘。"晉陶潛陶淵明集四擬挽歌辭之一："魂氣散何之，枯形寄空木。"

【空中】天空。列子天瑞："夫天地，空中之一細物。有中之最巨者，難終難窮。"

【空白】天。唐李賀歌詩編一李憑箜篌引："吳絲蜀桐張高秋，空白凝雲頹不流。"

【空有】佛教以一切法實有或謂一切法虛無，皆爲偏執，必空有兩忘，始爲真諦。後漢書八八西域傳論："詳其清心釋累之訓，空有兼遣之宗，道書之流也。"注："不執著爲空，執著爲有。兼遣謂不空不有，虛實兩忘也。"唐李白李太白詩七僧伽歌："嗟予落魄江湖久，罕遇真僧説空有。"

【空同】㈠山名。即崆峒。莊子在宥："聞廣成子在於空同之上，故往見之。"列子湯問作"空峒"。參見"崆峒㈠3"。㈡複姓。即"空桐"。詳該條。

【空言】㈠虛而不實之言。吕氏春秋知度："至治之世，其民不好空言虛辭。"㈡不起作用的話。史記一三〇太史公自序："我欲載之空言，不如見之於行事之深切著明也。"注："空言，謂褒貶是非也。空立此文，而亂臣賊子懼也。"

【空劫】佛家謂世界起滅有成、住、壞、空四劫。空劫在壞劫之後，自初禪梵世以下，世界空虛，猶如黑穴，無晝夜日月，唯有黑暗。見大明三藏法數十八四劫。

【空谷】猶言深谷。詩小雅白駒："皎皎白駒，在彼空谷。"文選西都賦注引韓詩作"穹谷"。水經注河水四："邃岸天高，空谷幽深；澗道之峽，車不方軌，號曰天險。"參見"穹谷"。

【空空】㈠虛心貌。論語子罕："有鄙夫，問於我，空空如也。"㈡誠實、惇樸貌。同"悾悾"。吕氏春秋下賢："空空乎其不爲巧故也。"注："空空，慤也。"大戴禮王言："君先立於仁，則大夫忠而士信，民敦，工璞，商慤，女憧，婦空空。"參見"悾悾"。㈢佛教謂一切皆空，無執着。空是假名，假名亦空，因稱空空。大智度論四六："何等爲空空？一切法空，是空亦空；非常非滅故，……是名空空。"文選南齊孔德璋（稚珪）北山移文："談空空於釋部，覈玄玄於道流。"

【空青】㈠謂青色天空。唐杜甫杜工部詩史補遺六不離西閣之二："江雲飄素練，石壁斷空青。"㈡礦石名。青色，産於山谷銅礦中。又名楊梅青。入藥，也作雕刻工藝原料。南朝梁江淹江文通集二有空青賦。參閱政和證類本草三空青。

【空₂巷】人都從街上走了出來，形容人們爭先恐後看熱鬧的景況。宋陸游劍南詩稿四二開歲半月湖村梅開無餘……詩："居人空巷看，疑是湖中仙。"

【空花】㈠虛幻之花。比喻妄念。南朝梁蕭統昭明太子集講解將畢賦三十韻詩："意樹登空花，心蓮吐輕馥。"參見"空華"。㈡雪花。宋洪朋洪龜父集下喜雪詩："漫天乾雨紛紛闇，到地空花片片明。"

【空門】佛教謂色相世界，皆是虛妄，能破除偏執，由空而得涅槃，以空爲入道之門，故稱空門。大智度論十八："空門者，生空法空。"釋氏要覽上稱謂空門子："何者空門？謂觀諸法無我我所，諸法從因緣生，無作者受者，是名空。"後泛稱佛家爲空門。唐白居易長慶集十六閑吟詩："自從苦學空門法，銷盡平生種種心。"

【空明】通明透徹。唐韓愈昌黎集二二祭郴州李使君文："航北湖之空明，覷鱗介之驚透。"指湖水。宋蘇軾東坡集前集十五海市詩："東方雲海空復空，群仙出没空明中。"指天色。

【空侗】蒙昧無知貌，同"倥侗"。唐柳宗元柳先生集一貞符："孰稱古初朴蒙空侗而無爭？越乃奮敚鬬怒震動，專肆爲虐威。"參見"倥侗"。

【空洞】謂空無所有。世説新語排調："王丞相（導）枕周伯仁（顗）郗，指其腹曰：'卿此中何所有？'答曰：'此中空洞無物，然容卿輩數百人。'"

【空弮】謂張弓而無矢。漢書六二司馬遷傳報任安書："李陵一呼勞軍，士無不起，……張空弮，冒白刃，北首爭死敵。"注："李奇曰：'弮，弩弓也。'（顔）師古曰：'陵時矢盡，故張弩之空弓，非是手拳也。'"全唐詩六〇九皮日休魯望昨以五百言見貽因迭和："縱有命世才，不如一空弮。"參閱宋程大昌演繁露二弮。

【空首】古代行禮的一種形式，九拜之一。周禮春官大祝："辨九㩏（古"拜"字）：一曰稽首，二曰頓首，三曰空首……。"注："稽首，拜頭至地也；頓首，拜頭叩地也；空首，拜頭至手，所謂拜手也。"

【空相】佛教指一切皆空之相。相，表象。大智度論六："虛空有相汝不知，故言無，無色處是虛空相。"又："因緣生法，是名空相。"

【空₂便】空子，機會。元曲選白仁甫梧桐雨二："止不過奏説邊庭上造反，也合看空便覷遲疾緊慢。"又缺名馬陵道三："數日不得空便，未敢接談。"

【空侯】樂器名。也作"坎侯"。即箜篌。史記封禪書："禱祠太一后土，始用樂舞，益召歌兒，作二十五弦及空侯，琴瑟自此起。"參見"坎侯"、"箜篌"。

【空拳】㈠徒手無所憑藉。漢桓寬鹽鐵論險固："戍卒陳勝，無將帥之任，師旅之衆，奮空拳而破百萬之師。"唐白居易長慶集二八與元九書："策蹇步於利足之途，張空拳於戰文之場。”㈢空弓。言矢用盡。拳，古通“弮”。漢書五四李廣傳附李陵：“士張空拳，冒白刃，北首爭死敵。”注：“文穎曰：拳，弓弩拳也。師古曰：拳字與絭同，音去權反，又音眷。”參見“空弮”。

【空桐】㈠山名，即崆峒。史記五帝紀：“（黃帝）西至于空桐，登雞頭。”參見“崆峒”。㈡古地名。在今河南虞城縣。左傳哀二六年：“（宋）公遊于空澤，辛巳卒于連中。大尹興空澤之士千甲，奉公自空桐入，如沃宮。”注：“梁國虞縣東南有地名空桐。”其地有空桐澤，又名空澤。參閱讀史方輿紀要五十歸德府虞城縣。㈢複姓。商之後以國爲姓，有空桐氏。晉惠帝時有空桐機。見史記殷紀。通志二九氏族五作“空同氏”。

【空桑】㈠地名。古代傳說伊尹生於空桑。河南開封縣陳留鎮南有空桑城。參閱太平寰宇記一雍丘縣。㈡古代傳說中之山名。在魯地，出琴瑟之材。見周禮春官大司樂、山海經東山經、北山經、淮南子本經訓。一說在楚地。㈢瑟名。夏至祀地奏樂用空桑。楚辭大招：“魂乎歸徠，定空桑只。”注：“空桑，瑟名也。周官云：古者絃空桑而爲瑟。……或曰：空桑，楚地名。”漢書禮樂志郊祀歌景星：“空桑琴瑟結信成。”注：“空桑，地名也，出善木，可爲琴瑟也。”

【空造】㈠謂無贄而往謁見。漢王符潛夫論交際：“貧賤難得適……空造以爲無意，奉贄以爲欲貸。”後來書信中用作訪友不遇之詞。㈡憑空揑造。漢書一〇〇上敍傳：“大司空甄豐遣屬馳至兩郡諷吏民，而劾（公孫）閎空造不祥，（班）穉絶嘉應，嫉害聖政，皆不道。”

【空疎】空放與粗略。宋書武三王（劉）義真傳：“徐羨之等嫌義真與（謝）靈運（顏）延之暱狎過甚，故使范晏從容戒之。義真曰：‘靈運空疎，延之隘薄，魏文帝云鮮能以名節自立者，但性情所得，未能忘言於悟賞，故與之遊耳。’”疎，也作“疏”。北齊顏之推顏氏家訓文章：“顏延年負氣摧黜，謝靈運空疏亂紀。”

【空華】虛幻的花。比喻妄念。華，同“花”。圓覺經：“譬彼病目，見空中華及第二月。”又：“此無名者，非實有體，如夢中人，夢時非無，及至於醒，了無所得，如衆空華，滅於虛空，不可言說。”參見“空花㈠”。

【空₂黃】空白的公文書。皇帝詔書，多用黃紙傳抄。故稱黃。宋史三五三張叔夜傳：“擢中書舍人，給事中。時吏惰不虔，凡命令之出於門下者，預列銜，使書名而徐塡其事，謂之‘空黃’。叔夜極陳革其弊。”

【空₂道】衝要的道路。同“孔道”。史記一二三大宛傳：“樓蘭姑師小國耳，當空道，攻劫漢使王恢等尤甚。”參見“孔道”。

【空喉】㈠謂痛飲。五代王定保唐摭言十：“（姚）巖傑遽飲酒一器，憑欄嘔噦，須臾即席，還（盧）肇令曰：‘凭欄一吐，已覺空喉。’”宋樓鑰攻媿集十一戲題十四弦詩：“曲終勸客杯無算，一吐空喉醉不知。”㈡一種捕狗器，即索套。宋趙令畤侯鯖錄七引宋滕元發偷狗賦：“既欲思於實腹，遂乃設於空喉。”注：“空喉，取狗器也。”

【空飯】白飯，有米飯而無菜。唐范攄雲溪友議十一：“嘗遇玄朗上人者，……家有（王）梵志詩：‘空飯手捻鹽，亦勝設酒肉。’”

【空羣】唐韓愈昌黎集二一送溫處士赴河陽軍序：“伯樂一過冀北之野，而馬羣遂空。夫冀北馬多天下，伯樂雖善知馬，安能空其羣邪？解之者曰：吾所謂空，非無馬也，無良馬也。”後因以喻識別人才，有才能的人皆得拔擢。宋陸游劍南詩稿四十陳阜卿先生爲兩浙轉運司考試官……：“冀北當年浩莫分，斯人一顧每空羣。”

【空說】空泛無用之說。後漢書六五段熲傳上書：“案（張）奐爲漢吏，身當武職，駐軍二年，不能平寇，虛欲修文戢武，招降獷敵，誕辭空說，僭而無徵。”易繫辭上“舉而錯之天下之民，謂之事業”唐孔穎達疏：“作易者，本爲立教故也；非是空說，易道不關人事也。”

【空碧】指清澈蔚藍的天光或水色。唐司空圖詩品清奇：“載行載止，空碧悠悠。”唐白居易長慶集二十西湖晚歸迴望孤山寺贈諸客詩：“煙波澹蕩搖空碧，樓殿參差倚夕陽。”

【空匱】財用空乏。漢陸賈新語至德：“上困於用，下飢於食……倉廩空匱，外人知之，於是爲宋陳衞所伐。”後漢書二六伏湛傳上疏：“今京師空匱，資用不足，未能服近而先事邊外，……誠臣之所惑也。”

【空奪】藥名。即蛇蛻。山海經中山經：“崍山其木多檀柘，其草多韰韭，多藥空奪。”注：“即蛇皮蛻也。”

【空箏】玩具名。即“空鐘”。詳該條。

【空談】不切實際的話。南朝梁劉勰文心雕龍五封禪：“西鶼東鰈，南茅北黍，空談非徵，勳德而已。”

【空澤】古澤名。在河南虞城縣。本春秋宋國地，舊時爲汴渠所經，後湮沒。左傳哀二六年“宋景公遊於空澤”卽此。又名空桐澤。水經注二三獲水：“獲水又東南逕空桐澤北，澤在虞城東。”

【空頭】㈠虛名無實。北史斛律金傳：“中書舍人李若誤奏，……帝罵若云：‘空頭漢合殺！’”西遊記六八：“哄我去買素麵，燒餅、饝饝我吃，原來都是空頭！”㈡虧空。紅樓夢一〇六：“現在這幾年，庫內的銀子出多入少，雖沒貼補在內，已在各處做了好些空頭。”

【空濛】混蒙迷茫之狀，多形容烟嵐、雨霧。文選南齊謝玄暉（朓）觀朝雨詩：“空濛如薄霧，散漫似輕埃。”全唐詩九六沈佺期嶽館：“空濛朝氣合，窈窕夕陽開。”唐杜甫杜工部草堂詩箋七渼陂西南臺：“仿像識鮫人，空濛辨魚艇。”

【空薄】三國志吳吳主傳“此言之誠，有如大江”注引魏略孫權與魏王（曹丕）牋：“（孫）權本性空薄，文武不昭，昔承父兄成軍之緒，得爲先王（曹操）所見奬飾，遂因國恩，撫綏東土。”南朝宋鮑照鮑氏集九爲柳令謝驃騎表：“顧循空薄，屢墜成命。”

【空闊】廣大曠遠。宋洪朋洪龜父集上遊天宮詩上方瑜道人出漫題詩：“乾坤更空闊，川嶽謝埃塊。”

【空鐘】即空竹，也叫空箏。俗稱地龍，地牛黃。民間傳統玩具。明劉侗帝京景物略二春場：“空鐘者，刳木中空，旁口，盪以瀝青，卓地如仰鐘，而柄其上之平，別一繩繞其柄，別一竹尺有孔，度其繩而抵格空鐘，繩勒右却，竹勒左却。一勒，空鐘轟而疾轉。……製徑寸至八九寸。”

【空靈】㈠湘水灘名。在湖南湘潭市。梁書王僧辯傳“李洪雅又自零陵率衆出空靈灘，稱助討（陸）納”，卽此。唐杜甫杜工部草堂詩箋三七次空靈岸：“空靈霞石峻，楓栝隱奔峭。”㈡超逸靈活，不着迹象。清沈德潛古詩源七陸機：“士衡詩亦大家，……遂開出排偶一家，西京以來，空靈矯健之氣，不復存矣。”士衡，機字。

【空同集】明李夢陽撰。六十六卷。計賦三卷，詩三十四卷，文二十九卷。夢陽號空同子。工詩文，主張寫詩古體必漢魏，近體必盛唐。故其詩多似擬作，造就不高。

【空空兒】唐人小說記劍俠空空兒爲魏博節度使謀殺陳許節度使劉昌裔，昌裔以侍女聶隱娘計得免，空空兒恥於不中，逸去。見太平廣記一九四聶隱娘引傳奇。俗謂竊賊曰妙手空空兒。

【空首布】古幣名。爲我國歷史上最早發現的金屬鑄幣。清李佐賢古泉匯十空首布：“布形類鏟，故俗呼鏟布。其首中空。吉金録謂空處納柄，抱以行市。……貨布文字考謂空處納竹篾，從穿孔橫貫其篾，令無脱。”以其首有穿孔，故稱空首。

空首布

【空城雀】樂府雜曲歌辭。樂府詩集六八雜曲歌辭空城雀：“樂府解題曰：鮑照空城雀云：‘雀乳四鷇，空城之阿。’言輕飛近集，茹腹辛傷，免網羅而已。”後來唐人李白王建聶夷中劉駕等皆有此作，並見樂府詩集。

【空頂幘】古時童子的頭巾。後漢書十一劉盆子傳“盆子時年十五……（劉）俠卿爲制絳單衣，半頭赤幘”唐李賢注：“半頭幘卽空頂幘也，其上無屋，故以爲名。”

【空頭敕】空白詔書。宋邵博聞見前録九：“（韓琦）坐政事堂，以頭子勾任守忠者，立庭下，數之曰：‘汝罪當死，責蘄州團練副使，蘄州安置。’取空頭敕塡之，差使臣卽日押行。”

【空中樓閣】空中所見的樓臺觀閣。卽海市蜃樓。比喻1.高明通達。二程全書遺書七：“邵堯夫（雍）猶空中樓閣。”元侯克中艮齋詩集三邵子無名公傳：“醉裏乾坤元廣元，空中樓閣更高明。”2.虛構的事物。清黃六鴻福惠全書三蒞任部考代書：“（代書）類多積年訟師，慣弄刀筆，……所以空中樓閣，祇憑三寸雞毛；座上秦銅，莫辨五里昏霧。”

【空穴來風】謂户穴通風。文選戰國楚宋玉風賦：“枳句來巢，空穴來風。”注引司馬彪曰：“門户孔空，風善從之。”唐白居易長慶集三五初病風詩：“朽株難免蠹，空穴易來風。”後用以比喻流言之乘隙而入。

【空名告身】空白的補官文憑。新唐書食貨志一：“肅宗卽位，……明年，鄭叔清與宰相裴冕建議，以天下用度不充，諸道得召人納錢，給空名告身，授官勳邑號。”參見“告身”。

【空谷足音】空谷中的足聲。喻難得的人物或言論。莊子徐无鬼：“夫逃虛空者……聞人足音，跫然而喜矣。”清顧炎武日知録七九經：“在宋已爲空谷之足音，今時則絶響矣。”

【空前絶後】以前未曾有過，後來亦難重見。形容非常傑出、獨一無二的事物。法書要録八張懷瓘書斷中：“杜氏（度）傑有骨力，……張芝喜而學焉，轉精其巧，可謂草聖，超前絶後，獨步無雙。”清俞樾俞樓雜纂三六佚詩淸奇古怪詩之二：“南華又法淮陰戰，都是空前絶後來。”

穹 qiōng 去宮切，平，東韻，溪。
ㄑㄩㄥ

㊀物狀隆起曰穹。見“穹隆”。㊁高，大。爾雅釋詁：“穹，大也。”文選漢司馬長卿（相如）長門賦：“正殿塊以造天兮，鬱並起而穹崇。”注：“穹崇，高貌。”㊂深。見“穹谷”。㊃天。文選南朝宋謝宣遠（瞻）九日從宋公戲馬臺集送孔令詩：“輕霞冠秋日，迅商薄淸穹。”通作“空”。周禮考工記輈人：“穹者三之一。”注：“鄭司農（衆）云，讀爲志無空邪之‘空’。”㊄窮盡。詩豳風七月：“穹窒熏鼠，塞向墐户。”傳：“穹，窮；窒，塞也。”

【穹天】古人視天形圓如穹隆，故名。晉書天文志：“虞喜族祖河間相聳又立穹天論云：天形穹隆如雞子，幕其際，周接四海之表，浮於元氣之上。譬如覆奩以抑水，而不没者，氣充其中故也。”文選晉陸士衡（機）演連珠：“臣聞日薄星迴，穹天所以紀物；山盈川沖，后天所以播氣。”

【穹谷】深谷。文選漢班孟堅（固）西都賦：“其陽則崇山隱天，幽林穹谷。”注：“穹谷，深谷也。”

【穹旻】天。唐柳宗元柳先生集十八憎王孫文：“毀成敗實兮更怒喧，居民怨苦兮號穹旻。”

【穹昊】天。藝文類聚七六梁元帝荆州長沙市阿育王像碑：“蓋聞璇機玉衡，穹昊所以紀物；金版玉文，淳精所以播氣。”北齊書文宣紀武定八年魏帝遜位册：“是以仰協穹昊，俯從百姓，敬以帝位式授於王。”

【穹冥】天。唐貫休禪月集二三山居詩：“一菴冥目在穹冥，菌枕松牀蘚陣青。”宋史樂志十登安之曲：“薦號穹冥，登名祖禰。”

【穹窒】盡行堵塞。詩豳風七月：“穹窒熏鼠，塞向墐户。”傳：“穹，窮；窒，塞也。”疏：“言窮盡塞其窟穴也。”又東山：“洒埽穹窒，我征聿至。”箋：“穹窒，鼠穴也。”言治盡其鼠穴。

【穹隆】㊀凡物狀中間高四周低者，皆曰穹隆。周禮冬官考工記輈人“穹者三之一”漢鄭玄注：“穹隆者，居轂面三分之一。”漢揚雄太玄玄告：“天穹隆而周乎下，地旁薄而向乎上，人藼藼而處乎中。”㊁屈曲貌。史記一一七司馬相如傳上林賦：“穹隆雲撓。”索隱：“服虔云：水急旋回如雲屈曲也。”文選漢張平子（衡）西京賦：“於是鈎陳之外，閣道穹隆。”㊂瓜名。舊題晉王嘉拾遺記六後漢：“明帝陰貴人夢食瓜甚美，帝使求諸方國，時燉煌獻異瓜種，恒山獻巨桃核，瓜名穹隆，長三尺而形屈曲，味美如飴。”

【穹嵌】山高險處。全唐詩一四一王昌齡奉贈張荆州：“邑西有路緣石壁，我欲從之卧穹嵌。”文苑英華七一〇唐陶翰仲春群公遊田司直城東別業序：“出迴塘而入蒼翠，更指深亭；因曲岸而捫穹嵌，忽升絶頂。”

【穹蒼】指天。穹言其形，蒼言其色。詩大雅桑柔：“靡有旅力，以念穹蒼。”唐李白李太白詩五出自薊北門行：“兵威衝絶幕，殺氣淩穹蒼。”

【穹閭】氈帳。同“穹廬”。史記天官書：“故北夷之氣，如群畜穹閭。”索隱：“鄒云：一作弓閭。天文志作弓字，音穹，蓋謂以氈爲閭，崇穹然。”

【穹窮】香草名。水經注三河水：“河水又東，端水入焉，水西出號山，山海經曰，其木多漆椶，其草多穹窮。”今本山海經西山經號山、中山經洞庭之山皆作“芎藭”。參見“芎藭”。

【穹窿】物狀中高而周下垂。同“穹隆”。南朝梁蕭綱梁簡文帝集二京洛篇：“重門遠照耀，天閣復穹窿。”何遜何水部集七召宮室：“複道耿介而連宮，阿閣穹窿而仰漠。”

【穹廬】氈帳。史記一一〇匈奴傳：“匈奴父子乃同穹廬而卧。”樂府詩集八六敕勒歌：“敕勒川，陰山下，天似穹廬，籠蓋四野。”

【穹壤】天地。宋尹洙河南集十一答光化軍致仕李康伯率府書：“某泊於風波，自取放逐，閣下齒髮未衰，遺榮養高，同處茲世，其識慮相去，何穹壤之異也。”

【穹靈】天神。北史魏孝明帝紀：“穹靈降佑，麟趾衆繁。”

穸 xì 祥易切，入，昔韻，邪。
ㄒㄧˋ

㊀深夜。見“窀穸”。㊁晚上。通“夕”。唐史承節漢鄭康成碑：“年過四十乃歸鄉，假田播殖，以娛朝穸。”（金石萃編七六）

四畫

穽 jǐng 疾郢切，上，静韻，從。
ㄐㄧㄥˇ 疾政切，去，勁韻，從。

獵取野獸的陷坑。本字作"阱"。書費誓:"杜乃擭,斂乃穽,無敢傷牿。"漢桓寬鹽鐵論毀學:"無仁義之德而有富貴之祿,若蹈坎穽,食於懸門之下。"

穿 chuān 昌緣切,平,仙韻,穿。 ㄔㄨㄢ

㊀穿孔,鑿通。詩召南行露:"誰謂鼠無牙?何以穿我墉。"引申爲挖掘。禮月令:"穿竇窖,修囷倉。"㊁洞孔。周禮考工記陶人:"甑實二鬴,厚半寸,脣寸,七穿。"宋書劉秀之傳:"廳事柱有一穿,(劉)穀之謂子弟及秀之曰:'汝等試以栗遥擲此柱,若能入穿,後出必得此郡。'"㊂破敗。公羊傳宣十二年:"古者杅不穿,皮不蠹,則不出於四方。"注:"穿,敗也。"莊子山木:"衣弊履穿,貧也,非憊也。"㊃通過。漢王充論衡狀留:"針錐所穿,無不暢達。"南朝梁庾信庾子山集一對燭賦:"燈前桁衣疑不亮,月下穿針覺最難。"㊄穿戴。世說新語雅量:"庾(敳)時頹然已醉,幘墮几上,以頭就穿取。"紅樓夢十三:"鳳姐聞聽,嚇了一身冷汗,出了一回神,只得忙忙的穿衣服。"㊅貫通。漢書六二司馬遷傳贊:"貫穿經傳,馳騁古今,斯以勤矣。"

【穿方】 挖土爲立方,用以計算定量。三國志魏明帝紀景初元年注引魏略董尋諫文:"今陛下既尊羣臣,……而使穿方負土,面目垢黑,沾體塗足,衣冠了鳥。"參閱元李治敬齋古今黈四。

【穿穴】 牽强回護,同"穿鑿㊁"。宋朱熹朱文公集四八答呂子約書:"緣文生義,附會穿穴,只好做時文,不是講學也。"

【穿札】 射穿鎧甲。札,鎧甲上的葉片。韓詩外傳八:"景公得弓而射,不穿三札,……此弓者,太山之南烏號之柘,騂牛之角,荆麋之筋,河魚之膠也,四物者天下之練材也,不宜穿札之少如此。"世說新語方正"杜預之荆州"注引王隱晉書:"預無伎藝之能,身不跨馬,射不穿札,而每有大事,輒在將相之限。"

【穿耳】 耳上穿孔,飾以珠環。一種婦女習俗,古今中外諸民族多有之。男子間亦有穿耳者。三國志吴諸葛恪傳注引恪別傳:"母之於女,恩愛至矣,穿耳附珠,何傷於仁?"參閱清翟灝通俗編二二婦女。

【穿孝】 俗稱喪服曰孝,故著喪服曰穿孝。參閱清趙翼陔餘叢考四三穿孝。

【穿空】 ㊀謂破敝而有洞孔。漢書七二鮑宣傳上書:"今貧民菜食不厭,衣又穿空,父子夫婦不能相保,誠可爲酸鼻。"注:"厭,飽足也,空,孔也。"㊁穿入天空。文苑英華三三五唐羅隱薛陽陶觱篥歌:"穿空激遠不可遏,髣髴似向伊水頭。"猶言聲徹雲霄。

【穿胸】 傳說中的民族名。淮南子地形:"自西南至東南方……交股民,不死民,穿胷民,反舌民。"文選南朝梁陸佐公(倕)石闕銘:"穿胸露頂之豪,箕坐椎髻之長,莫不援旗請奮,執銳争先。"山海經海外南經作"貫匈"。

【穿執】 穿靴執笏,省稱穿執。宋會要輯稿帝系四:"有詔諸院十歲已上穿執及未穿執者,日須誦書學書,既午方得歸院。"又遼代朝謁常服稱穿執。見遼史儀衛志二。

【穿楊】 謂善射者能穿楊柳之葉。戰國策西周:"楚有養由基者,善射,去柳葉者百步而射之,百發百中。"全唐詩四七李涉看射柳枝:"萬人齊看翻金勒,百步穿楊逐箭空。"後用以比喻文章技藝必然得售。北史崔廓傳附崔賾答河南王書:"況復桑榆漸暮,藜藿屢空,舉燭無成,穿楊盡棄。"唐唐彥謙鹿門集續補遺送樊瑄司業還朝詩:"愜心頻拾芥,應手屢穿楊。"

【穿窬】 穿壁翻牆。指偷竊行爲。論語陽貨:"色厲而內荏,譬諸小人,其猶穿窬之盜也與。"注:"穿,穿壁;窬,窬牆。"晉書虞預傳論:"叔寧寡聞,穿窬王氏,雖勒成一家,未足多尚。"叔寧,預字,竊王隱晉書,別著成晉書,故史臣稱爲穿窬。一說窬,空也;穿窬猶言穿户。參閱清劉寶楠論語正義。

【穿鼻】 ㊀言聽命於人,如牛鼻之穿繩而不能自主。梁書武帝紀上建武二年:"徐孝嗣才非柱石,聽人穿鼻。"文苑英華三三五唐羅隱薛陽陶觱篥歌:"掃除桀黠似提箒,制壓權豪若穿鼻。"㊁古代某些地區少數民族的習俗。見後漢書八六南蠻西南夷傳。

【穿蹄】 馬行日久,蹄鐵磨穿,比喻疲勞。三國魏徐幹中論審大臣:"無異策穿蹄之乘而登太行之險,亦必顛躓矣。"唐岑參岑嘉州詩三祁四再赴江南別:"別多人換鬢,行遠馬穿蹄。"

【穿踰】 穿壁翻牆。指偷竊行爲。孟子盡心下:"人能充無穿踰之心,而義不可勝用也。"三國志魏陳羣傳:"若用古刑,使刑者下蠶室,盜者刖其足,則永無淫放穿踰之姦矣。"

【穿錐】 寫字時縱畫由下逆引而上,謂之穿錐。比喻不學無術。北齊書厙狄干傳:"干不知書,署名爲'干'字,逆上畫之,時人謂之穿錐。"北史厙狄干傳作"穿鎚"。

【穿鑿】 ㊀鑿通。漢書溝洫志:"奏請穿鑿六輔渠,以益溉鄭國傍高卬之田。"漢焦延壽易林十二井之歸妹:"穿鑿道路,爲君除舍。"㊁於理不可通者,强求其通。猶言牽强附會。漢書禮樂志王吉疏:"今俗吏所以牧民者,非有禮義科指,可世世通行者也,以意穿鑿,各取一切。"㊂深究琢磨。唐劉知幾史通自敍:"莫不鑽研穿鑿,盡其利害。"

【穿中記】 古代壙中之題誌,屬墓碣之類。漢碑有張氏穿中記(隸釋十三)。清全祖望鮚埼亭集二一有五嶽遊人穿中柱文即仿此體例而作。參閱清郭麐金石例補二穿中有記例。

【穿角履】 謂履角穿洞,指破舊之鞋。魏書王慧龍傳附王遵業:"遵業從容恬素,若處丘園。嘗著穿角履,好事者多毁新履以學之。"

【穿針樓】 漢宮女於七月七日登開襟樓,穿七子針。南齊武帝起層城觀,七夕宮女登之穿針,稱穿針樓。藝文類聚四南朝梁庾肩吾奉使江州舟中七夕詩:"莫言相送浦,不及穿針樓。"參閱舊題漢劉歆西京雜記一、元陳元靚歲時廣記二六穿針樓。參見"乞巧"。

【穿中柱文】 古墓誌之類。宋洪适隸釋十三有張賓公妻穿中二柱文。清全祖望之五嶽遊人穿中柱文,即仿此體例。見清全祖望鮚埼亭集。

【穿雲裂石】 形容聲音高揚激昂。宋蘇軾蘇文忠詩合注二十一李委吹笛詩敍:"呼之使前,則青巾紫裘,腰笛而已。既奏新曲,又快奏數弄,嘹然有穿雲裂石之聲。"陳亮龍川集十七好事近詞:"穿雲裂石韻悠揚,風細斷還鑿。"

【穿壁引光】 舊題漢劉歆西京雜記二:"匡衡字稚圭,勤學而無燭,鄰舍有燭而不逮,衡乃穿壁引其光,以書映光而讀之。"後常用爲刻苦勤學之典。

窀 zhūn 陟綸切,平,諄韻,知。 ㄓㄨㄣ

見下。

【窀穸】 墓穴。長埋謂之窀,長夜謂之穸。左傳襄十三年:"唯是春秋窀穸之事,所以從先君於禰廟者,請爲靈若厲,大夫擇焉。"注:"窀,厚也;穸,夜也。厚夜,猶長夜。春秋謂祭祀,長夜謂葬埋。"疏:"夜不復明,死不復生,故長夜謂葬埋也。"後漢書五七劉陶傳陳事疏:"死者悲於窀穸,生者戚於朝野。"轉指爲埋葬。文選南朝宋謝惠連祭古冢文:"輪移北隍,窀穸東麓。"

突 tū 陀骨切,入,没韻,定。ㄊㄨ

㊀卒然。易離:"突如其來如。"疏:"突然而至,忽然而來。"㊁衝撞。文選漢王文考(延壽)魯靈光殿賦:"遭漢中微,盜賊奔突。"注:"突,唐突也。"㊂凸出。呂氏春秋任地:"子能以窐爲突乎?"㊃穿掘。左傳襄二五年:"宵突陳城。"注:"突,穿也。"㊄烟囱。淮南子人間:"千里之隄以螻螘之穴漏,百尋之屋以突隙之煙焚。"

【突兀】高貌。藝文類聚八晉曹毗涉江賦:"狂飆蕭瑟以洞駭,洪濤突兀而橫峙。"唐杜甫杜工部詩史補遺二茅屋爲秋風所破歎:"嗚呼,何時眼前突兀見此屋,吾廬獨壞受凍死亦足!"今引申謂猝然之事爲突兀。

【突禿】髮短而頂禿。荀子非相:"楚之孫叔敖,期思之鄙人也,突禿長左。"

【突門】城下之小門。敵初來營列未定或有機可乘守軍可以潛自小門進行突擊。墨子備突:"城百步,一突門。"後漢書二三竇融傳上書:"(隗)囂又引公孫述將,令守突門。臣融孤弱,介在其閒,雖承威靈,宜速救助。"注:"突門,守城之門。"參閱神機制敵太白陰經四守城具。

【突郎】即螳。螳字的反切。宋洪邁容齋三筆十六切脚語:"世人語音,有以切脚而稱者,亦間見於書史中。如以蓬爲勃籠,槃爲勃闌,……螳爲突郎。"

【突梯】謂無隅角。圓滑之貌。楚辭屈原卜居:"將突梯滑稽,如脂如韋,以潔楹乎?"注:"轉隨俗也。"

【突將】衝鋒突陣的勇將。三國志蜀諸葛亮傳注引漢晉春秋上書:"自臣到漢中,中間朞年耳,然喪趙雲陽羣馬玉……等及曲長屯將七十餘人,突將無前。"舊唐書一三三李愬傳:"始募敢死者三千人以爲突將,愬自教習之。"

【突厥】古代阿爾泰山一帶的游牧民族。北魏拓跋燾(太武帝)滅沮渠氏,有阿史那以五百家奔投柔然(茹茹),居於金山(阿爾泰),爲鐵工。金山狀似兜牟,方言稱兜牟爲突厥,因以名其部。隋唐之際,占有漠北之地,東西萬里,分爲東西二部,後爲回紇所滅。留在我國者,多與回紇諸族混同。其轉徙西方的部分,爲大食所録用,勢漸强大,先後曾建立伽色尼、郭耳、塞爾柱、花剌子模等邦國。蒙古興起,諸地皆爲蒙古所併。周書、隋書、新舊唐書皆有突厥傳。

【突圍】突破包圍,脱身而出。三國志魏張遼傳:"遼復還突圍拔出餘衆。"宋書劉康祖傳:"夜入人家,爲有司所圍守,康祖突圍而出。"

【突騎】突擊敵軍的騎兵。漢書四九鼂錯傳:"若夫平原易地,輕車突騎,則匈奴之衆易撓亂也。"注:"突騎,言其驍鋭可用衝突敵人也。"後漢書二二景丹傳:"丹等縱突騎擊,大破之,追奔十餘里,死傷者從橫。丹還,世祖謂曰:'吾聞突騎天下精兵,今乃見其戰,樂可言邪?'"

【突欒】團字的切音。宋洪邁容齋隨筆三筆十六切脚語:"世人語音有以切脚而稱者,亦間見之於書史中。如以蓬爲勃籠,槃爲勃闌,鐸爲突落,叵爲不可,團爲突欒。"宋詩鈔王廷珪盧溪集鈔初寒方葺火閣而會溪城周子康惠竹簾火爐甯公端惠蒲團……:"正憂坐客寒無席,遺我新蒲入突欒。"

穾 yào 烏叫切,去,嘯韻,影。ㄧㄠ

㊀幽深隱暗之處。同"窔"。楚辭宋玉招魂:"冬有穾廈,夏室寒些。"參見"窔"。㊁深竅聲。莊子齊物論:"夫大塊噫氣,其名爲風。……叫者,譹者,穾者,咬者,前者唱于而隨者唱喁。"注:"此略舉異竅之聲殊。"唐成玄英疏:"穾者,深也,若深谷然。"

五畫

窅 yǎo 烏皎切,上,篠韻,影。ㄧㄠ 於交切,平,肴韻,影。

㊀深遠。文選南齊謝玄暉(朓)敬亭山詩:"緣源殊未極,歸徑窅如迷。"㊁凹下。通"坳"、"眑"。見"窅窊"。

【窅眇】深遠貌。同"杳眇"。文選南齊王元長(融)三月三日曲水詩序:"然窅眇寂寥,其獨適者已。"參見"杳眇"。

【窅窅】㊀猶冥冥,潛藏隱晦貌。鶡冠子天則:"舉善不以窅窅,拾過不以冥冥。"宋陸佃注:"不以潛晦舉人之善,必著見而後置之。"㊁深貌。唐韓愈昌黎集四剝啄行詩:"窅窅深塹,其墉甚完。"

【窅窊】坳突起伏貌。漢書禮樂志安世房中歌:"都荔遂芳,窅窊桂華。"注:"蘇林曰:'窅音窅胅之窅。窊音窊下之窊。'孟康曰:'窅、出;窊、入,都良薜荔之香,鼓動桂華也。'(顏)師古曰:'……桂華之形,窅窊然也。'"

【窅冥】深遠幽隱貌。同"窈冥"。淮南子道應:"若我南遊乎岡㝗之野,北息乎沈墨之鄉,西窮窅冥之黨,東開鴻濛之先,此其下無地而上無天,聽焉無聞,視焉無矚。"

【窅娘】五代南唐李後主宮嬪。纖麗善舞。後主作六尺金蓮,命窅娘以帛纏足,舞蓮花中。見清錢載十國詞箋略。

【窅然】深遠貌。莊子知北遊:"夫道窅然難言哉,將爲汝言其崖略。"又逍遥遊:"(堯)往見四子(王倪齧缺被衣許由)藐姑射之山、汾山之陽,窅然喪其天下焉。"釋文:"李(頤)云:窅然,猶悵然。"唐成玄英疏:"窅然者寂寥,是深遠之名。"深遠則難知,故有悵然自失之意。

【窅窱】深遠貌。水經注二四汶水:"石壁窅窱,如無道徑。……仰視巖石,松樹鬱鬱蒼蒼,如在雲中。"宋王安石臨川集二一送道光法師詩:"一路紫苔通窅窱,千崖青靄落潺湲。"

【窅窳】漢書禮樂志安世房中歌有"窅窊桂華"句,後因以"窅窳"作桂花的別稱。"窳"、"窊"同。清龔自珍定盦文集續集已亥雜詩:"三秋不貰夫容马,九月猶開窅窳花。"參見"窅窊"。

⿱穴甲 yā 烏甲切,入,狎韻,影。ㄧㄚ

㊀針刺,入脈刺穴。見説文。㊁相牛法。北魏賈思勰齊民要術六養牛馬驢騾:"當陽⿱穴甲(夾尾株前兩膁)中間,脊骨欲得⿱穴甲。"注:"⿱穴甲則雙脊,不⿱穴甲則爲單脊。"

⿱穴句 yǎo ㄧㄠ

同"窅"、"窈"。見"⿱穴句窱"。

【⿱穴句窱】幽遠深邃貌。文選漢張平子(衡)西京賦:"望⿱穴句窱以徑廷,眇不知其所返。"注:"⿱穴句窱徑廷,過度之意也。言入其中皆迷惑不識還道也。"唐白居易長慶集五一題西亭詩:"直廊抵曲房,⿱穴句窱深且虛。"

窋 zhuó 竹律切,入,術韻,知。ㄓㄨㄛ

㊀物在穴中貌。唐韓愈昌黎集八征蜀聯句詩:"跧梁排郁縮,闖竇揳窋窡。"㊁通"窟"。吳越春秋王僚使公子光傳:"公子光伏甲士於窋室中。"史記作"窟室"。

【窋⿱穴咤】物在穴中突出貌。文選漢王文考(延壽)魯靈光殿賦:"綠房紫菂,窋⿱穴咤垂珠。"言突露於蓮房外,形如垂珠。

窆 biǎn 方驗切,去,豔韻,幫。ㄅㄧㄢ

葬時穿土下棺。周易、禮記檀弓下作"封"、左傳昭十二年作"塴"。周禮地官鄉師:"及窆,執斧以涖匠師。"注:"窆,謂葬下棺也。春秋傳曰:日中而塴,禮記所謂封者。"參閱清惠棟九經古義二周易古義下。

【窆石】古用以引棺下隧之石。明袁華可傳集拜劉龍川墓歸飲清真觀詩:"披荆弔遺迹,窆石臨嵳峩。"浙江紹興禹陵有窆石,形長橢圓,上有穿,傳爲禹葬會稽時所遺。見嘉慶一統志二九四紹興府一。

【窆器】古葬棺時所用的石柱。周禮春官冢人:"及窆,以度。爲丘隧。共喪之窆器。"注:"窆器,下棺豐碑之屬。"

窄 zhǎi 側伯切,入,陌韻,莊。ㄓㄞˇ

㊀狹小。三國魏衛覬西嶽華山亭碑:"處所逼窄,屑窣有聲。"(隸釋二)唐韓偓玉樵山人集裊娜詩:"裊娜腰肢淡薄粧,六朝宮樣窄衣裳。"㊁迫促,不寬裕。唐杜甫杜工部草堂詩箋三一驅豎子摘蒼耳:"亂世誅求急,黎民糠籺窄。"

【窄韻】謂詩韻字少的韻部。宋歐陽修六一詩話:"聖俞(梅堯臣)戲曰:'前史言退之(韓愈)爲人木強,若寬韻可自足,而輒傍出;窄韻難獨用,而反不出;豈非其拗强而然歟?'"

窌 1. jiào 匹皃切,去,效韻,滂。ㄐㄧㄠˋ 集韻 居效切,去,效韻。

㊀地窖。周禮考工記匠人:"囷、窌、倉、城,逆牆六分。"注:"穿地曰窌。"荀子榮辱:"餘刀布,有囷窌,然而衣不敢有絲帛。"注:"窌,窖也,地藏曰窖。"

2. liáo 力嘲切,平,肴韻,來。ㄌㄧㄠˊ

㊁深空之貌。文選漢馬季長(融)長笛賦:"庨窌巧老,港洞坑谷。"注:"庨窌巧老,深空之貌。"

3. liù 力救切,去,宥韻,來。ㄌㄧㄡˋ

㊂地名。見"石窌"。

窊 wā 烏瓜切,平,麻韻,影。ㄨㄚ

㊀低下。漢書禮樂志安世房中歌:"都荔遂芳,窅窊桂華。"注:"窊音窊下之窊。"㊁低陷地。也作"窪"。爾雅釋地"下溼曰隰"晉郭璞注:"李巡曰:下溼謂土地窊下。"宋魏泰東軒筆錄十二:"其婢執箕箒治地,至堂前熟視地之窊處。"

【窊隆】高下起伏貌。文選漢馬季長(融)長笛賦:"波瀾鱗淪,窊隆詭戾。"注:"窊隆,高下貌。"晉書索靖傳草書狀:"騏驥暴怒逼其轡,海水窊隆揚其波。"

【窊樽】形狀窪陷可作酒樽用的山石。唐元結元次山集四窊樽詩:"巉巉小山石,數峰對窊亭,窊石堪爲樽,狀類不可名。"又六窊樽銘:"道州城東有左湖,湖東二十步有小石山,山顛有窊石可以爲樽。"

窈 yǎo 烏皎切,上,篠韻,影。ㄧㄠˇ

深、遠、幽靜。見下各條。

【窈九】閩中以正月二十九日爲窈九,謂是日天氣常窈晦。見明謝肇淛五雜俎二。參見"窮九"。

【窈糾】安舒貌。詩陳風月出:"佼人僚兮,舒窈糾兮。"傳:"窈糾,舒之姿也。"

【窈眇】美好。文選南朝梁劉孝標(峻)辨命論:"觀窈眇之奇舞,聽雲和之琴瑟。"

【窈冥】㊀幽暗貌。史記項羽紀:"於是大風從西北而起,折木發屋,揚沙石,窈冥晝晦,逢迎楚軍。"集解:"徐廣曰:窈亦作窅字。"㊁深遠,奧妙。淮南子覽冥:"得失之度,深微窈冥,難以知論,不可以辯說也。"

【窈窈】㊀深遠、奧秘。莊子在宥:"至道之精,窈窈冥冥;至道之極,昏昏默默。"淮南子精神:"古未有天地之時,惟像無形,窈窈冥冥,芒芠漠閔,澒濛鴻洞,莫知其門。"㊁幽暗。文選漢司馬長卿(相如)長門賦:"浮雲鬱而四塞兮,天窈窈而晝陰。"

【窈娘】唐武后時,補闕喬知之有侍婢窈娘,美麗善歌舞,爲武承嗣所奪。知之怨惜,因作綠珠篇密以送與窈娘,窈娘感憤自殺。承嗣大怒,因諷酷吏誅喬知之。見唐孟棨本事詩情感、舊唐書一九〇中喬知之傳。唐張鷟朝野僉載二作"碧玉"。

【窈窕】㊀美好貌。詩周南關雎:"窈窕淑女,君子好逑。"玉臺新詠一古詩爲焦仲卿妻作:"還家十餘日,縣令遣媒來,云有第三郎,窈窕世無雙。"㊁妖冶貌。後漢書八四曹世叔妻傳女誡:"入則亂髮壞形,出則窈窕作態。"㊂深邃貌。文選晉潘安仁(岳)哀永逝文:"撫靈櫬兮訣幽房,棺冥冥兮埏窈窕。"指墓下隧道。文選晉郭景純(璞)江賦:"潛逵傍通,幽岫窈窕。"晉陶潛陶淵明集五歸去來兮辭:"既窈窕以尋壑,亦崎嶇而經丘。"指山水。三國魏曹植曹子建集六飛龍篇:"晨遊泰山,雲霧窈窕。"指雲氣。全唐詩八一喬知之秋閨:"窈窕九重閨,寂寞十年啼。"指宮室。

【窈漏】前陰穴之別名。素問骨空論:"督脈者起于少腹以下骨中央,女子入繫廷孔,其孔,溺孔之端也。"

【窈藹】深遠貌。文選南朝梁江文通(淹)雜體詩之二六王徵君:"窈藹瀟湘空,翠瀾澹無滋。"

六畫

窏 wū 集韻 汪湖切,平,模韻。ㄨ

見"窏洿"。

【窏洿】低曲不平貌。文選漢馬季長(融)長笛賦:"運裛窏洿;岡連嶺屬。"注:"窏洿,卑曲不平也。"

窔 yào 烏叫切,去,嘯韻,影。ㄧㄠˋ

㊀幽深。文選漢司馬長卿(相如)上林賦:"夷嵕築堂,累臺增成,巖窔洞房。"注:"言於巖窔底爲室,潛通臺上也。"㊁室中東南隅名窔。卽安户之處。儀禮既夕禮:"比奠,舉席埽室,聚諸窔,布席如初。"參見"宎"。

【窔奧】室之東南隅曰窔,西南隅曰奧。喻事物深奧之處。淮南子道應:"此猶光乎日月而載列星,陰陽之所行,四時之所生,其比夫不名之地,猶窔奧也。"注:"則如窔奧中也。"也作"突奧"。漢書一〇〇上敍傳:"守突奧之熒燭,未仰天庭而覩白日也。"注:"突、奧,室中之二隅也。"

窐 1. guī 古攜切,平,齊韻,見。ㄍㄨㄟ 户圭切,平,齊韻,匣。

㊀空,孔穴。楚辭漢嚴忌哀時命:"璋珪雜於甑窐兮,隴廉與孟娵同宮。"周禮考工記鳧氏"于上之攠謂之隧"注:"隧在鼓中,窐而生光,有似夫隧。"

2. qiāo ㄑㄧㄠ

㊁深貌。見"窐₂寥"。

3. wā ㄨㄚ

㊂低下貌。同"洼"、"窪"。吕氏春秋任地:"子能以窐爲突乎。"注:"窐,容汙下也。"

【窐孔】小洞。南齊書王敬則傳:"敬則從入宮,至承明門,門郎疑非蒼梧(王)還,敬則慮人觇見,以刀環塞窐孔,呼開門甚急。"

【窐₂寥】空深貌。文選戰國楚宋玉高唐賦:"俯視崝嶸,窐寥窈冥。"注:"窐寥,空深貌。窐,苦交切;寥,音勞。"

【窐衡】圭竇衡門的省稱。指處士棲隱之所。晉書隱逸傳:"徵聘之禮賁於巖穴,玉帛之贄委於窐衡。"參見"圭竇"、"衡門"。

窒 1. zhì 陟栗切,入,質韻,知。ㄓ

㊀填塞。詩豳風七月:"穹窒熏鼠,塞向墐户。"㊁杜塞,制止。易損:"君子以懲忿窒欲。"㊂月陽謂窒。爾雅釋天:"月在

庚曰窒。」參見「窒相」。

2. dié ㄉㄧㄝˊ

㈣見「窒₂皇」。

【窒相】農曆七月。爾雅釋天：「月在庚曰窒，在辛曰塞。」又：「七月爲相，八月爲壯。」宋邢昺疏：「七月得庚，則曰窒相；八月得辛，則曰塞壯。」

【窒₂皇】寢門闕。左傳宣十四年：「楚子聞之，投袂而起，屨及於窒皇，劍及於寢門之外。」呂氏春秋行論「履及諸庭」注引傳作「絰皇」。參見該條。

【窒欲】見「懲忿窒欲」。

【窒礙】障礙。指行事或議論不可通之處。宋蘇轍欒城集四一北使還論北邊事劄子五道一：「如無窒礙，乞早賜施行。」金史移剌慥傳：「慥取皇統舊制及海陵續降，通類校前，通其窒礙，略其繁碎。」

窄 zhà 集韻 陟嫁切，去，禡韻。 ㄓㄚˋ

見「窋窄」。

窑 yáo ㄧㄠˊ

「窯」的異體字。見正字通。

窕 1. tiǎo 徒了切，上，篠韻，定。 ㄊㄧㄠˇ

㈠放肆。見說文。㈡細。左傳昭二一年：「小者不窕，大者不摦。」注：「窕，細不滿。」㈢空隙。荀子賦：「充盈大宇而不窕，入郄穴而不逼者與？」㈣美好。方言二：「秦晉之間，凡美色，或謂之好，或謂之窕。」

2. tiào 集韻 他弔切，去，嘯韻。 ㄊㄧㄠˋ

㈤輕佻。通「佻」。左傳成十六年：「楚師輕窕。固壘而待之，三日必退。」㈥挑逗。文選漢枚叔(乘)七發：「雜裾垂髾，目窕心與。」注：「窕，當爲挑。」

3. yáo ㄧㄠˊ

㈦通「姚」。見「窕₃冶」。

【窕言】欺詐不實之言。韓非子難二：「李兌〔克〕曰：『語言辨，聽之說，不度於義，謂之窕言。』」文選晉左太沖（思）魏都賦「牽膠言而踰侈」注引李克書作「膠言」。

【窕₃冶】妖豔貌。荀子禮論：「故其立文飾也，不至於窕冶。」注：「窕，讀爲姚。」參見「姚冶」。

【窕貨】不正當的財貨。韓非子難二：「無山林澤谷之利，而入多者，謂之窕貨。」集解：「窕貨者，虛貨不可恃以爲富也。」

【窕邃】幽深貌。三國魏阮籍阮步兵集一東平賦：「其居處壅翳蔽塞，窕邃弗章，倚以陵墓，帶以曲房。」

七 畫

窒 qìng 苦定切，去，徑韻，溪。 ㄑㄧㄥˋ

空，盡。同「罄」。說文引詩：「瓶之窒矣。」今詩小雅蓼莪作「罄」。

窘 jiǒng 渠殞切，上，軫韻，羣。 ㄐㄩㄥˇ

困迫。詩小雅正月：「終其永懷，又窘陰雨。」傳：「窘，困也。」史記一〇〇季布傳：「項籍使將兵，數窘漢王。」

【窘厄】窘迫困厄。晉書愍帝紀建興四年：「京師饑甚，米斗金二兩，人相食，死者太半。太倉有麴數十麩，麴允屑爲粥以供帝，至是復盡。帝泣曰：『今窘厄如此，外無救援，死於社稷，是朕事也。』」

【窘步】因惶急而不得前行。楚辭屈原離騷：「何桀紂之昌披兮，夫唯捷徑以窘步。」文選南朝宋顏延年(延之)和謝靈運詩：「弱植慕端操，窘步懼先迷。」

窖 jiào 古孝切，去，效韻，見。 ㄐㄧㄠˋ

㈠藏物之地穴。禮月令仲秋之月：「穿竇窖，修囷倉。」注：「穿竇窖者，入地隋曰竇，方曰窖。」呂氏春秋作「窌」。㈡穿地藏物，窖藏。史記一二九貨殖傳：「秦之敗也，豪傑皆爭取金玉，而任氏獨窖倉粟。」㈢指用心深。莊子齊物論：「與接爲構，日以心鬭，縵者，窖者，密者。小恐惴惴，大恐縵縵。」

窗 chuāng 楚江切，平，江韻，初。 ㄔㄨㄤ

本作「囪」。同「窓」、「窻」、「牕」、「窗」、「牎」、「牕」。㈠天窗。漢王充論衡別通：「開戶內日之光，日光不能照幽；鑿窗啟牖，以助戶明也。」㈡旁窗。周禮考工記匠人：「四旁兩夾窻。」文選古詩十九首之二：「盈盈樓上女，皎皎當牕牖。」

【窗格】窗上之格子。宋沈括夢溪筆談一故事一：「學士院……玉堂東承旨閣子窗格上有火燃處，太宗嘗夜幸玉堂，蘇易簡爲學士，已寢遽起，無燭具衣冠，宮嬪自窗格引燭入照之。至今不欲更易，以爲玉堂一盛事。」

八 畫

窣 sù 蘇骨切，入，沒韻，心。 ㄙㄨˋ

㈠猝出。見說文。引申爲拂過。見「窣地㈡」。㈡象聲詞。多指摩擦聲。唐李賀歌詩編一南園詩之二：「宮北田塍曉氣酣，黃桑飲露窣宮簾。」參見「窸窣」。㈢見「勃窣」。

【窣地】㈠突然地。唐詩紀事二唐明皇初入秦川路逢寒食：「洛川芳樹映天津，灞岸垂楊窣地新。」㈡猶言拂地。宋史五行志三：「理宗朝，宮妃繫前後裙而窣地，名趕上裙。」元人小令集缺名寄生草三：「人百歲，七十稀，想着他羅裙窣地宮腰細。」

【窣堵】佛塔。「窣堵波」之省。宋王安石臨川集十七北山三詠寶公塔詩：「道林真骨葬青霄，窣堵千秋未寂寥。」參見「窣堵波」。

【窣磕】突然碎崩之聲。太平廣記四二六齊諧記吳道宗：「東陽郡太末縣吳道宗，少失父，與母居，未娶婦。一日，道宗他適，隣人聞屋中窣磕之聲，窺不見其母，但有烏斑虎在屋中。」

【窣堵波】梵語佛塔。安放佛物或經文，或埋藏有名僧人骨、牙、髮等。古譯作方墳、圓塚、靈廟等。大唐西域記一縛喝國：「伽藍北有窣堵波，高二百餘尺，金剛泥塗，衆寶厠飾，中有舍利。」宋王安石臨川集二九與道原過西莊遂遊寶乘詩：「周顒宅作阿蘭若，婁約身歸窣堵波。」

窢 huò 集韻 忽域切，入，職韻。 ㄏㄨㄛˋ
忽麥切，入，麥韻。

逆風聲。莊子天下：「其風窢然，惡可而言？」注：「逆風所動之聲。」釋文：「窢，亦作䴘，又作閾。」唐成玄英疏作迅速貌。

窟 kū 苦骨切，入，沒韻，溪。 ㄎㄨ

㈠洞穴。戰國策齊四：「狡兔有三窟，僅得免其死耳。」㈡土室。禮禮運：「昔者先王，未有宮室，冬則居營窟，夏則居橧巢。」疏：「謂於地上累土而爲窟。」㈢人或物之聚集處多稱爲窟。文選晉郭景純(璞)遊仙詩之一：「京華遊俠窟，山林隱遯棲。」元曲選王實甫麗春堂四：「我恰離了這雲水窟，早來到是非場。」㈣窟居。文選晉潘安仁(岳)西征賦：「鶩雉雊於臺陂，狐兔窟於殿傍。」

【窟穴】㈠洞穴。韓非子說疑：「或伏死於窟穴，或槁死於草木。」晏子春秋諫下：「其不爲橧巢者，以避風也；其不爲窟穴者，以避溼也。」參見「堀穴」。㈡指藏身匿居之所。漢書七六趙廣漢傳：「郡中盜賊，閭里輕俠，其根株窟穴所在，……皆知之。」

【窟室】掘地爲室。左傳襄三十年：「鄭伯有耆酒，爲窟室，而夜飲酒，擊鍾焉，朝至未已。”史記八六專諸傳：“(公子)光伏甲士於窟室中，而具酒請王僚。”吳越春秋王僚使公子光傳作“窋室”。

【窟窟】勤奮不懈貌。同“矻矻”。世説新語品藻：“有人以王中郎比車騎。車騎聞之曰：‘伊窟窟成就。’”王中郎指王坦之，車騎指謝玄。參見“矻矻”。

【窟籠】孔，洞。今作“窟窿”。宋宋祁宋景文公筆記上釋俗：“孫炎作反切語，本出於俚俗常言，尚數百種。故謂就爲鯽溜……謂孔曰窟籠，不可勝舉。”清平山堂話本洛陽三怪記：“房裏牀頭邊，有箇大窟籠。”喻指破綻、漏洞。元曲選孫仲章勘頭巾二：“這上面都是窟籠，又無招伏，無贓仗。”

【窟礧子】木偶戲。通典一四六樂六：“窟礧子，亦曰魁礧子。作偶人以戲，善歌舞，本喪樂也，漢末始用之於嘉會。北齊後主高緯尤所好。高麗之國亦有之。今閭市盛行焉。”也作“窟磊子”。文苑英華二一二有唐梁鍠窟磊子人詩，唐詩紀事二九作梁鍠詠木老人。

窞 dàn 徒感切，上，咸韻，定。
ㄉㄢ

坎中小穴。易坎：“入於坎窞，勿用。”文選漢馬季長(融)長笛賦：“嶰壑澮帨，𡾊窞巖寝。”

【窞穽】捕獸的坎洞陷穽。唐韓愈昌黎集十二守戒：“今人有宅於山者，知猛獸之爲害，則必高其柴楥而外施窞穽以待之。”

窡 zhuō 丁滑切，入，黠韻，端。
ㄓㄨㄛ

㊀穴中見。見説文。唐韓愈昌黎集八征蜀聯句詩：“跧梁呀郁縮，闖竇揳窟窡。”㊁櫓上的孔洞。插在船身之上。唐元稹長慶集二十南昌灘詩：“櫓窡動摇妨作夢，巴童指點笑吟詩。”

窠 kē 苦禾切，平，戈韻，溪。
ㄎㄜ

㊀昆蟲鳥獸棲息之所。三國志魏管輅傳：“家室倒縣，門户衆多，藏精育毒，得秋乃化，此蠭窠也。”文選晉左太沖(思)蜀都賦：“穴宅奇獸，窠宿異禽。”引申指矮小的住房。宋劉子翬屏山集策杖詩：“空田依壠峻，斷藁布窠匀。”㊁小穴，洞孔。靈樞經大惑論：“五藏六府之精氣，皆上注於目而爲之精，精之窠爲眼。”㊂古人刻印時，欲其匀整，先爲界格，謂之擘窠。宋趙希鵠洞天清録集古鐘鼎辨：“漢印多用五字，不用擘窠。”又綾錦之類，爲界格花紋者，也叫窠。唐崔令欽教坊記：“聖壽樂舞，衣錦皆各繡一大窠，皆隨其衣本色。”參閲新唐書車服志。㊃印文空白之處。唐李賀歌詩編四沙路曲：“獨垂重印押千官，金窠篆字紅屈盤。”㊄植物一株謂之一窠。通“棵”。唐段成式酉陽雜俎十九草：“興唐寺有牡丹一窠。”又王建詩八宫詞之七四：“勑賜一窠紅躑躅，謝恩未了奏花開。”

【窠名】款目，條項。宋朱熹朱文公集十一戊申封事：“臣聞虞允文之爲相也，蓋取版曹歲入窠名之必可指擬者，號爲歲終羡餘之數而輸之内帑。”

【窠臼】現成格式，如窠巢與舂臼。喻指蹈襲故常，不能自出心裁。宋朱熹朱文公集三九答許順之書：“此正是順之從來一個窠臼，何故至今出脱不得？”元方回桐江續集一滕元秀詩集序：“今公之詩，零落十不一存，……有誠齋(楊萬里)亦有放翁(陸游)，有江西亦有唐人，跳脱窠臼，擺落脂膩，無近世卑陋酸嘶之作。”

九畫

窪 wā 烏瓜切，平，麻韻，影。
ㄨㄚ

同“窊”。㊀小積水處。老子十九：“窪則盈，敝則新。”㊁凹下。唐白居易長慶集六七奉和思黯相公以李蘇州所寄太湖石……詩：“共削琅玕笋，窪剜馬瑙罍。”宋蘇軾分類東坡詩十二張幾仲有龍子石硯以銅劍易之：“我家銅劍如赤虵，君家石硯蒼璧橢而窪。”

【窪尊】唐開元中湖州別駕李適之登峴山，以山上有石竇如酒尊，可注斗酒，因建亭名曰窪罇。大曆中顏真卿爲郡守，曾登亭與僚友宴集，有登峴山觀李左相石尊聯句：“李公登飲處，因石爲窪尊。”見顏魯公集十二。或作“窪樽”。宋蘇軾蘇文忠詩合注四三和陶歸去來兮辭：“挹吾天醴，注之窪樽。”參見“窊尊”。

【窪隆】㊀高下不平。晉書張駿傳黄斌議：“夫法制所以經綸邦國，篤俗齊物，既立必行，不可窪隆也。”㊁凸凹。宋蘇軾東坡集二三書蒲永昇畫後：“古今畫水，多作平遠細皺，其美者，不過能爲波頭起伏，使人至以手捫之，謂有窪隆，以爲至妙矣。”

窨 yìn 於禁切，去，沁韻，影。
ㄧㄣ

㊀地室，地窖。後漢書光武帝紀下“詔死罪繫囚皆一切募下蠶室”唐李賢注：“蠶室，宫刑獄名。宫刑者畏風，須暖，作窨室蓄火如蠶室，因以名焉。”元曲選關漢卿救風塵一：“窨子裏秋月，不曾見這等食。”㊁窨藏。宋張邦基墨莊漫録二：“令衆香蒸過，入磁器，有油者，地窨窨一月。”㊂見“窨約”。

【窨約】隱約，思忖。也作“暗約”。元曲選孟漢卿魔合羅二：“似這般無顛無倒，越教人厮窨約。”又李直夫虎頭牌三：“告相公心中暗約，將法度也須斟酌。”

窫 yà 烏黠切，入，黠韻，影。
ㄧㄚ

見“窫窳”。

【窫窳】㊀獸名。山海經北山經：“少咸之山，無草木，多青碧，有獸焉，其狀如牛而赤身人面馬足，名曰窫窳。”又海内南經：“窫窳，龍首，居弱水中。”注：“窫窳，本蛇身人面，爲貳負臣所殺，復化而成此物也。”爾雅釋獸作“猰貐”。㊁比喻暴虐殘害。文選漢揚子雲(雄)長楊賦：“昔有彊秦，封豕其土，窫窳其民。”注引李奇：“以喻秦貪婪，殘食其人也。”周書文帝紀上檄方鎮：“高歡廣布腹心，跨州連郡，端揆禁闈，莫非親黨，皆行貪虐，窫窳生人。”

窩 wō
ㄨㄛ

㊀鳥獸昆蟲的巢穴。本作“窭”。意通“窠”。元人小令集缺名水仙子春日卽事：“魚鱗玉尺戲晴波，燕嘴芹泥補舊窩。”缺名紅繡鞋：“不戀麒麟閣，跳出虎狼窩。”人的安身處也稱窩。見“安樂窩”。㊁藏匿。朱子語類四四論語二六：“若有克伐怨欲，而但禁制之使不發出來，猶關閉所謂賊者在家中，只是不放出去在外作過，畢竟是窩藏。”㊂凹陷處。宋侯寘孏窟詞阮郎歸爲邢魯仲小鬟賦：“拚惱亂，儘妖嬈，微窩生臉潮。”清諸九鼎石譜吉祥雲石：“下有圓窩，緑色。”㊃差使。元曲選李行道灰闌記一：“我如今將這頭面，兑换些銀兩，買個窩兒，做開封府公人去。”

【窩刀】青狐皮的別名。嘉慶一統志六三奉天府五土産：“青狐，亦名窩刀，毛色兼黄黑，貴重次於玄狐。”

【窩主】窩藏罪犯或贓物的主家。元典章四九刑部十一窩主：“雖曰窩主，而有起意糾合，指引上盜，分受贓物，身雖不行，既係元謀，合爲首論。”明陳洪謨繼世紀聞三：“内官張忠姪張茂，爲大賊窩主。”也作“窩家”。清會典事例八五八刑部：“凡逃人逃走，换住數家被獲，將末家斷作窩家。”

【窩逃】藏匿逃亡者的窩主。清會典事例八五八刑部：“若彼處土著之人，將逃人隱匿不行舉出，經旁人出首拏獲者，將隱匿之人，照窩逃例，分別治罪。”

【窩脱】元代高利貸出放的銀兩，或作“斡脱”。專管放貸的機關名斡脱所。元曲選闕名貨郎旦三：“我死後，你去催趲窩脱銀，就跟尋你那父親去咱。”

【窩集】吉林黑龍江一帶的原始森林，落葉常數尺，泉水雨水皆不流，盡爲泥淖，人行甚難，當地稱窩集，也作“窩稽”、“烏集”、“兀集”，義爲老林。或用作地域名，如色齊窩集 穆棱窩集 窩集嶺 窩集口等，參閱清史稿地理志三。

【窩闊台】見“元太宗”。

【窩停主人】藏匿罪犯或贓物的人。卽窩主。宋洪邁夷堅志四六李五郎：“爲盜有求不愜，誣爲窩停主人，訴於郡不見察，故陷黨中。”

窬 yú 羊朱切，平，虞韻，喻。
ㄩˊ 度侯切，平，侯韻，定。
徒侯切，去，候韻，定。

㊀門邊小洞。禮儒行：“篳門圭窬，蓬户甕牖。”注：“圭窬，門旁窬也，穿牆爲之如圭矣。”㊁空。見“窬木”。㊂清糞物的空道。同“牏”、“竇”。史記一〇三萬石傳：“取親中帬廁牏，身自浣滌。”集解：“孟康曰：廁，行清；窬，行中受糞者也。東南人謂鑿木空中如曹謂之窬。”

【窬木】中空的木頭，指刳木爲舟。淮南子氾論：“古者大川名谷，衝絶道路，不通往來也，乃爲窬木方版，以爲舟航。”注：“窬，空也；方，並也；舟相連爲航也。”又泰族：“埏埴以爲器，窬木而爲舟。”

十 畫

窯 yáo 餘昭切，平，宵韻，喻。
ㄧㄠˊ

也作“窰”、“窑”。㊀燒製磚瓦和陶瓷器皿的竈。説文：“窯，燒瓦竈也。”漢服虔通俗文下：“陶竈曰窯。”製造陶瓷器的場所也叫窯。㊁陶瓷器的代稱。如柴窯、汝窯等。參閲明曹昭格古要論七古窯器論。㊂舊社會的娼寮，俗稱窯子，娼妓叫窯姐。

【窯變】指燒窯時因坯體上所塗不同油漿，互相滲透、變化，形成斑駁燦爛的釉面。清谷應泰博物要覽二：“（官、哥）二窰燒出器皿時，有窰變狀類蝴蝶、禽鳥、麐、豹等像。本於本色泑外變色，或黄或紫紅，肖形可愛。”

窴 tián 徒年切，平，先韻，定。
ㄊㄧㄢˊ 堂練切，去，霰韻，定。

㊀“填”本字。將凹陷處墊平或塞滿。墨子雜守：“外宅，溝井可窴。”注：“窴同填。”楚辭屈原天問：“洪泉極深，何以窴之。”宋洪興祖補注：“窴與填同。”㊁見“窴𥨨”。

【窴渾】漢時要塞名。詳“窳渾”。

【窴𥨨】指樂聲悠緩。文選漢馬季長（融）長笛賦：“惆悵怨懟，窳圔窴𥨨。”注：“窴𥨨，聲緩也。”一説指樂聲不暢。見集韻。

【窴滅】淤塞。漢書溝洫志：“哀帝初，平當使領河隄，奏言‘九河今皆窴滅’。”

【窴顏】山名。今祁連山。史記一一一霍去病傳記追匈奴至窴顏山趙信城，得匈奴積粟食軍，卽此山。

窮 qióng 渠弓切，平，東韻，羣。
ㄑㄩㄥˊ

㊀終極。荀子富國：“縱欲而不窮，則民心奮而不可説也。”楚辭屈原九歌雲中君：“覽冀州兮有餘，橫四海兮焉窮。”㊁止，盡。書微子之命：“作賓于王家，與國咸休，永世無窮。”禮樂記：“夫物之感人無窮，而人之好惡無節，則是物至而人化物也。”㊂困厄。論語衛靈公：“君子亦有窮乎？”孟子盡心上：“窮不失義，達不離道。”㊃貧苦。荀子大略：“多有之者富，少有之者貧，至無有者窮。”㊄尋根究源。易説卦：“窮理盡性，以至於命。”㊅古國名。左傳襄四年：“有窮后羿。”

【窮九】古代風俗，以正月二十九爲窮九。此日各家掃除屋室塵穢，投於水中，稱爲送窮。見元陳元靚歲時廣記十三號窮子。

【窮子】窮神。唐韓愈昌黎集三六送窮文自注引文宗備問云：“顓頊高辛時，宫中生一子，不着完衣，宫中號爲窮子。其後正月晦死，宫中葬之，相謂曰：‘今日送卻窮子’，自爾相承送之。”

【窮井】枯井。唐駱賓王集一靈泉頌序：“昔漢臣忠烈，窮井飛於一時；姜婦孝思，潛波移於七里。”

【窮天】季冬，一年將盡的季節。文選南朝宋顏延年（延之）北使洛詩：“陰風振涼野，飛雪瞀窮天。”

【窮日】㊀盡一日。孟子公孫丑下：“去則窮日之力而後宿哉！”注：“極日力而宿。”㊁癸亥日。以甲子日推而周行，至癸亥爲終一甲，故稱窮日。迷信的説法以此日爲忌。後漢書十六鄧禹傳：“明日癸亥，（王）匡等以六甲窮日不出，禹因得更理兵勒衆。”

【窮石】㊀古地名。左傳襄四年：“昔有夏之方衰也，后羿自鉏遷于窮石。”在今山東德州境。見水經注五河水。一説在今湖北英山縣。見宋羅泌路史後記十四夷羿傳。㊁山名。楚辭屈原離騷：“夕歸次於窮石兮，朝濯髮乎洧盤。”淮南子地形：“弱水出自窮石。”注：“窮石，山名也，在張掖北塞水也。”

【窮民】㊀指鰥寡孤獨者。孟子梁惠王下：“老而無妻曰鰥，老而無夫曰寡，老而無子曰獨，幼而無父曰孤。此四者，天下之窮民而無告者。”㊁貧窮之民。墨子非命上：“昔上世之窮民，貪於飲食，惰於從事，是以衣食之財不足。”

【窮乏】窮苦。孟子告子上：“鄉爲身死而不受，今爲所識窮乏者得我而爲之，是以不可以已乎？”淮南子主術：“故國無九年之畜，謂之不足；無六年之積，謂之憫急；無三年之畜，謂之窮乏。”

【窮冬】季冬，指將盡的冬令。唐杜甫杜工部草堂詩箋十九建都十二韻：“窮冬客劍外，隨事有田園。”韓愈昌黎集三天星送楊凝郎中賀正詩：“正當窮冬寒未已，借問君子行安之。”

【窮交】指患難之交。漢書九二游俠傳序：“趙相虞卿棄國捐君，以周窮交魏齊之厄。”注：“魏齊，虞卿之交也，將爲范雎所殺，卿救之也。”文選南朝梁劉孝標（峻）廣絶交論：“是以伍員濯溉於宰嚭，張王撫翼於陳相，是曰窮交。”張耳，入漢封趙王；陳餘立武臣爲趙王，居相位，故稱陳相。

【窮忙】終日爲謀衣食而奔走不暇。宋陸游老學庵筆記六：“吏勳封考，筆頭不倒，户度金倉，日夜窮忙。”宋楊萬里誠齋集退休集三六重九前四日晝睡獨覺詩：“去年重九窮忙過，可遣今年更作忙。”

【窮老】㊀老而且貧。漢書樓護傳：“吕公以故舊窮老託身於我，義所當奉。遂養吕公終身。”㊁垂老。文選南朝宋鮑明遠（照）東武吟詩：“少壯辭家去，窮老還入門。”㊂終老。晉郭璞山海經圖贊下獄：“爰有芊草，青華白實，食之無夭，雖不增齡，可以窮老。”

【窮究】㊀追根尋源。淮南子覽冥：“今若夫申韓商鞅爲治也，掙拔其根，無棄其本，而不窮究其所由生，何以至此也。”後漢書四十上班彪傳附班固：“及長，遂博貫載籍，九流百家之言，無不窮究。”㊁喻聊天。元王實甫西廂記四本二折：“夜坐時，停了鍼綫，共姐姐閑窮究。”

【窮里】里巷的隱祕之處。漢書七六趙廣漢傳：“長少年數人，會窮里空舍，謀共劫人。”

【窮谷】幽谷。左傳昭四年：“深山窮谷，

固陰沍寒。"漢應劭風俗通祀典:"古者,日在北陸,而藏冰深山窮谷。"

【窮治】徹底處理、整治。史記平準書:"自公孫弘以春秋之義繩臣下取漢相,張湯用峻文決理爲廷尉,於是見知之法生,而廢格沮誹窮治之獄用矣。"

【窮巷】陋巷。戰國策秦一:"且夫蘇秦,特窮巷掘門、桑户棬樞之士耳。"文選戰國楚宋玉風賦:"夫庶人之風,塕然起於窮巷之間,……邪薄入甕牖,至於室廬。"

【窮奇】㊀神名。淮南子地形:"窮奇,廣莫風之所生也。"注:"窮奇,天神也。"㊁惡獸名。山海經西山經:"邽山,其上有獸焉,其狀如牛,蝟毛,名曰窮奇,音如獋狗,是食人。"又見海内北經。史記一一七司馬相如傳上林賦:"赤首圜題,窮奇象犀。"㊂古帝少皞氏子。左傳文十八年:"少皞氏有不才子,毁信廢忠,崇飾惡言……天下之名,謂之窮奇。"漢服虔謂卽共工。見史記五帝紀"天下謂之窮奇"集解。後來泛指凶惡的人。元方回桐江續集九擬詠貧士詩之七:"末季尚貪慾,高位多窮奇。"

【窮客】指燈花。宋張景修(敏叔)以牡丹梅花等十種,各加標目,稱爲貴客清客等,各賦一詩,作十客圖。其後好事者又擴大爲三十客,名孤燈爲窮客。見宋姚寬西溪叢語上。

【窮神】㊀深究事物的精微道理。易繫辭下:"窮神知化,德之盛也。"疏:"窮極微妙之神,曉知變化之道。"漢應劭風俗通怪神:"其探賾索隱,窮神知化,雖眭孟京房無以過也。"㊁俗呼窮人曰窮神。元王實甫西廂記三本三折:"便做道摟得慌呵,你也索覷咱,多管是餓得你箇窮神眼花。"此以窮神喻急色。

【窮相】迷信的説法,指注定貧困不會顯達的形貌。唐段成式酉陽雜俎前集十二語資:"李白名播海内,玄宗於便殿召見。……及出,上指白謂(高)力士曰:'此人固窮相。'"唐彦謙鹿門集拾遺見煬帝寶帳詩:"漢文窮相作前王,慳惜明珠不斗量。"

【窮秋】深秋,秋末。樂府詩集五五南朝宋鮑明遠(照)白紵歌之五:"窮秋九月荷葉黄,北風驅雁天雨霜,夜長酒多樂未央。"唐杜甫杜工部草堂詩箋十五寄張十二山人彪三十韻:"窮秋正搖落,回首望松筠。"

【窮泉】㊀掘地及泉。文選南朝宋謝惠連祭古冢文:"忝揔徒旅,版築是司,窮泉爲壍,聚壤成基。"㊁墓中。指九泉之下。文選晉潘安仁(岳)哀永逝文:"委蘭房兮繁華,襲窮泉兮朽壤。"唐白居易長慶集十七李白墓詩:"可憐荒隴窮泉骨,曾有驚天動地文。"

【窮紀】㊀古以一年爲一紀,十二月爲年終之月,故稱窮紀。禮月令季冬之月:"日窮于次,月窮于紀。"注:"紀,會也。"疏:"月窮于紀者,去年季冬,月與日相會於玄枵。自此以來,月與日相會於他辰,至此月窮盡,還復會於玄枵,故云月窮于紀。"初學記南朝梁元帝(蕭繹)纂要:"十二月季冬,亦曰暮冬、杪冬、除月、暮節、暮歲、窮稔、窮紀。"㊁指記錄無遺。文選晉陸士衡(機)吳趨行詩:"淑美難窮紀,商榷爲此歌。"

【窮海】荒僻濱海之區。文選南朝宋謝靈運登池上樓詩:"徇祿反窮海,卧痾對空林。"注:"窮海,謂永嘉郡也。"

【窮通】貧困與顯達。莊子讓王:"古之得道者。窮亦樂,通亦樂,所樂非窮通也。"晉陶潛陶淵明集二歲暮和張常侍詩:"窮通靡攸慮,顦顇由化遷。"唐李白李太白詩七笑歌行:"男兒窮通當有時,曲腰向君君不知。"

【窮桑】㊀傳説古帝少皞氏居於窮桑,故亦號少皞爲窮桑。左傳昭二九年:"世不失職,遂濟窮桑。"晉杜預注、皇甫謐帝王世紀皆以窮桑在魯北,謐引或説云卽曲阜。㊁傳説中的巨桑。舊題晉王嘉拾遺記少昊:"窮桑者,西海之濱有孤桑之樹,直上千尋,葉紅椹紫,萬歲一實,食之,後天而老。"

【窮鬼】㊀傳説中使人貧困的鬼。山海經西山經:"東望恒山四成,有窮鬼居之。"唐韓愈昌黎集七送窮文:"三揖窮鬼而告之曰:聞子行有日矣。"㊁舊時譏稱窮人語。全唐詩五一一張祜感歸:"鄉人笑我窮寒鬼,還似襄陽孟浩然。"宋劉克莊後村集五答婦兄林公遇詩之三:"自笑如窮鬼,相從不記年。"

【窮途】㊀路盡。世説新語棲逸"阮步兵嘯聞數百步"注引魏氏春秋:"阮籍常率意獨駕,不由徑路,車跡所窮,輒痛哭而反。"北周庾信庾子山集三擬詠懷詩之四:"唯彼窮途哭,知余行路難。"㊁指境遇困窘。吳越春秋王僚使公子光傳:"(伍子胥)乞食溧陽,適會女子,……子胥曰:'夫人賑窮途,少飯亦何嫌哉?'"宋陸游劍南詩稿三十窮途:"窮途多感慨,老境少知聞。"

【窮域】荒遠的邊境。宋梅堯臣宛陵集五八送李學士公達北使詩:"萬里使窮域,山川入馬蹄。"

【窮陰】猶窮冬。文選南朝宋鮑明遠(照)舞鶴賦:"於是窮陰殺節,急景凋年。"注:"神農本草經曰:'秋冬爲陰。'"唐孟浩然集三赴京途中遇雪:"窮陰連晦朔,積雪滿山川。"

【窮達】困阨與顯達。後漢書五三申屠蟠傳:"安貧樂潛,味道守真,不爲燥濕輕重,不爲窮達易節。"注:"易曰:窮則獨善其身,達則兼善天下。"宋陸游劍南詩稿三八昊體寄張季良:"兩家子孫各長大,他年窮達毋相忘。"

【窮絝】襠袴。漢書九七上孝昭上官皇后傳:"(霍)光欲皇后擅寵有子,……雖宫人使令皆爲窮絝,多其帶。"注:"服虔曰:'窮絝,有前後當,不得交通也。絝古袴字,卽今之緄襠袴也。'"

【窮愁】困窮而憂傷。史記七六虞卿傳太史公曰:"然虞卿非窮愁,亦不能著書以自見於後世云。"唐杜甫杜工部草堂詩箋十二奉贈王中允維:"窮愁應有作,試誦白頭吟。"

【窮經】深入研究經籍。宋蘇轍欒城集二七范鎮可侍讀太乙宫使:"謂白首窮經之樂,尚可推以與人;而真祠訪道之遊,足使退而養志。"

【窮酸】窮而迂腐,對没有功名的讀書人的譏稱。元明雜劇元高文秀好酒趙元遇上皇二:"你這三個窮酸,怎生喫了酒不還錢?"古今雜劇元鄭德輝翰林風月四:"那窮酸每一投得了官呵,胸胦在九霄雲外。"

【窮閭】貧者所居之里。莊子列禦寇:"(曹商)見莊子曰:'夫處窮閭阨巷,困窘織屨,槁項黄馘者,商之所短也。'"

【窮髮】謂極荒遠之地。莊子逍遥遊:"窮髮之北,有冥海者,天池也。"釋文:"髮猶毛也。山以草木爲髮。窮髮言極荒遠之地也。"文選南朝宋謝靈運游赤石進帆海詩:"周覽倦瀛壖,況乃陵窮髮。"

【窮閻】僻巷。荀子儒效:"(儒者)雖隱於窮閻漏屋,人莫不貴之,貴道誠存也。"宋陸游劍南詩稿四五春來食不繼戲作:"久卧窮閻困負薪,何妨掃盡太倉陳。"

【窮蹙】困惑。蹙,古通"戚"。文選戰國楚宋玉九辯:"悲憂窮蹙兮獨處廓,有美一人兮心不繹。"蹙,楚辭作"戚"。

【窮蟬】傳説古帝名。顓頊之子,舜之高祖。見史記五帝紀。

【窮露】指貧窮没有依靠的人。楞嚴經一:"惟願如來,哀愍窮露,發妙明心,開我道眼。"

【窮措大】舊譏稱貧窮的讀書人。五代王定保唐摭言十五賢僕夫:"當今北面官人,入則內貴,出則使臣,到所在打風打雨,你何不從之?而孜孜事一箇窮措大,有何長進!"何光遠鑑戒錄十引陳裕大慈寺齋頭鮮于闍梨詩:"面折掇齋窮措大,笑迎搽粉阿尼師。"

【窮凶極惡】言凶惡之至。漢書九九下王莽傳贊:"滔天虐民,窮凶極惡,毒流諸夏,亂延蠻貉。"三國志吳孫權傳黃龍元年盟書:"天降喪亂,皇綱失序,逆臣乘釁,劫奪國柄,始於董卓,終於曹操,窮凶極惡,以覆四海。"

【窮年累世】世世代代。荀子榮辱:"人之情,食欲有芻豢,衣欲有文繡,行欲有輿馬,又欲夫餘財蓄積之富也,然而窮年累世,不知不足,是人之情也。"

【窮形盡相】謂摹擬逼真。文選晉陸士衡(機)文賦:"雖離方而遯圓,期窮形而盡相。"唐盧照鄰幽憂子集七益州長史胡樹禮爲亡女造畫贊:"窮形盡相,陋燕壁之含丹;寫妙分容,嗤吳屏之墜筆。"

【窮兵黷武】指好戰不止。三國志吳陸抗傳上疏:"今不務富國彊兵,力農蓄穀,……而聽諸將徇名,窮兵黷武,動費萬計,士卒彫瘁,寇不爲衰,而我已大病矣。"唐李白李太白詩四登高丘而望遠海:"窮兵黷武今如此,鼎湖飛龍安可乘。"又作"窮兵極武"。三國志蜀後主傳"五年春"注引諸葛亮集:"今旍麾首路,其所經至,亦不欲窮兵極武,其有棄邪從正簞食壺漿以迎王師者,國有常典,封寵大小,各有品限。"

【窮兒暴富】指意外成爲富有。宋蘇軾東坡集續集十二答程全父推官書之五:"兒子比抄得唐書一部,又借得前漢欲抄。若了此二書,便是窮兒暴富也。"

【窮神知化】深究事物的精微道理。易繫辭下:"窮神知化,德之盛也。"也作"窮神觀化"。文選晉陸士衡(機)漢高祖功臣頌:"永言配命,因心則靈。窮神觀化,望影揣情。"

【窮相骨頭】唐鄭光業應試之夕,有一同人突入試鋪,光業爲輟半鋪之地。其人復曰:"欲茶。"光業欣然與之烹煎。揭榜,光業狀元及第。其人首貢一啟,敍一宵之素。略曰:"既取水,更煎茶;當時不識貴人,凡夫肉眼;今日之俄爲後進,窮相骨頭。"見五代王定保唐摭言十二輕佻。參見"窮相"。

【窮寇勿迫】古兵家語,有"窮寇勿迫"、"歸衆勿迫"之語,見孫子軍爭、後漢書七一皇甫嵩傳引司馬法。逸周書武稱"追戎無恪,窮寇不格",皆謂勿迫窮寇於死地,使之致死於我,造成重大的損害。

【窮理盡性】深究事物的義理、人的本性。易說卦:"窮理盡性,以至於命。"疏:"窮極萬物深妙之理,究盡生靈所稟之性。"

【窮鳥入懷】比喻處境困窘投靠於人。三國志魏邴原傳"(劉)政窘急往投原"注引魏氏春秋:"政投原曰:'窮鳥入懷。'原曰:'安知斯懷之可入邪?'"北齊顏之推顏氏家訓省事:"窮鳥入懷,仁人所憫,況死士歸我,當棄之乎?"

【窮達有命】窮困和顯達皆由命定。文選漢班叔皮(彪)王命論:"窮達有命,吉凶由人。"宋書沈攸之傳:"早知窮達有命,恨不十年讀書!"

【窮源竟委】禮學記:"三王之祭川也,皆先河而後海,或源也,或委也,此之謂務本。"疏:"言三王祭百川之時,皆先祭河而後祭海也。或先祭其源,或後祭其委。河爲海本,源爲委本。"後因以窮源竟委比喻深究事物的始末。

【窮當益堅】處境愈窮困,志節愈應堅定。後漢書二四馬援傳:"轉游隴漢間,常謂賓客曰:'丈夫爲志,窮當益堅,老當益壯。'"也作"窮且益堅"。唐王勃王子安集五滕王閣詩序:"老當益壯,寧知白首之心;窮且益堅,不墜青雲之志。"

【窮鼠齧狸】比喻被迫過甚而拼命反抗,猶困獸猶鬭。漢桓寬鹽鐵論詔聖:"死不再生,窮鼠齧貍。"

【窮猿奔林】比喻人窮困急覓棲身之地。世說新語言語:"李弘度(充)嘗歎不被遇。殷揚州(浩)知其家貧,問:'君能屈志百里不?'李答曰:'北門之歎,久已上聞;窮猿奔林,豈暇擇木。'遂授剡縣。"

【窮則變,變則通】指事物處於窮盡即須改變,改變然後能開通久長。易繫辭下:"易窮則變,變則通,通則久。"疏:"黃帝已上衣鳥獸之皮,其後人多獸少,事或窮乏,故以絲麻布帛而制衣裳,是神而變化使民得宜也。"

窱 tiǎo 土了切,上,篠韻,透。
ㄊㄧㄠˇ 他弔切,去,嘯韻,透。

深邃。文選漢張平子(衡)西京賦:"望窈窱以徑廷,眇不知所返。"

【窱窱】形容歌聲悠揚宛轉。唐李賀歌詩編一洛姝真珠:"玉喉窱窱排空光,牽雲曳雪留陸郎。"

窳 1. yǔ 以主切,上,麌韻,喻。
ㄩˇ

㊀粗劣。不堅實。多指器物的質地。韓非子難一:"東夷之陶者,器苦窳,舜往陶焉,期年而器牢。"㊁羸弱。文選漢枚叔(乘)七發:"血脈淫濯,手足墮窳。"㊂懶惰。商君書墾令:"愛子惰民不窳,則故田不荒。"㊃獸名。即猰窳。文選漢張平子(衡)西京賦:"摣狒猬,批窳狻。"參見"猰窳"。

2. wā 烏瓜切,平,麻韻。
ㄨㄚ

㊄低下。同"窊"。

【窳$_{2}$窔】坎空之狀。元夏文彥圖繪寶鑑二:"王宰……畫山水樹石,出於象外,多畫蜀山,玲瓏窳窔,巉嵯巧峭。"

【窳渾】漢縣,屬朔方郡。其西北有雞鹿塞。其地在今內蒙古自治區杭錦後旗西南。漢都尉韓說從大將軍衛青出窳渾,至匈奴右賢王庭,即此。見史記一一一衛青傳。漢書衛青傳作"寘渾"。

【窳惰】懶惰。商君書墾令:"農無得糶,則窳惰之農勉疾。"惰,也作"憜"。韓非子南面:"是以愚贛窳憜之民,苦小費而忘大利也。"

【窳楛】指脆弱不堅牢。荀子議兵:"械用兵革,窳楛不便利者弱。"注:"窳,器病也,音庾;楛,濫惡;謂不堅固也。"

【窳圔】指樂聲低迴。文選漢馬季長(融)長笛賦:"惆悵怨懟,窳圔寘赦。"注:"窳圔,聲下貌。"

十一畫

窨 jìn 子鴆切,去,沁韻,精。
ㄐㄧㄣˋ

㊀引以灌溉之水。同"浸"。漢書地理志上:"川曰三江,窨曰五湖。"注:"窨,古浸字也。……浸謂引以灌溉者也。"㊁逐漸。漢書五行志七上:"其後窨盛,五將世權,遂以亡道。"也作"寖"、"𥨊"。漢書七二王吉傳:"質樸日銷,恩愛寖薄。"又九九下王莽傳:"吏氣𥨊傷,徒費百姓。"㊂古地名。今河南沈丘縣地。春秋時楚國昭王封孫叔敖子於此。參閱漢書地理志上、讀史方輿紀要四七開封府。

窺 1. kuī 去隨切,平,支韻,溪。
ㄎㄨㄟ

㊀暗中偷看。禮少儀:"不窺密,不旁狎,不戲色。"㊁從內往外看。老子:"不出戶,可以知天下;不窺牖,可以知天道。"㊂觀看。墨子明鬼:"先庶國節窺戎,與殷人戰乎牧之野。"注:"窺戎即觀兵。"

2. kuǐ 集韻犬蘂切,上,紙韻。
ㄎㄨㄟˇ

㈣半步。通“跬”。漢書四五息夫躬傳:“京師雖有武蠭精兵,未有能窺左足而先應者也。”注:“蘇林曰:‘窺音跬。’”

【窺宋】戰國楚宋玉作登徒子好色賦,有“臣里之美者,莫若臣東家之子,……然此女登牆闚臣三年,至今未許也。”闚,同“窺”。後以窺宋爲女子愛慕追求男子之典。唐羅隱甲乙集十粉詩:“郎若姓何應解傅,女能窺宋不勞施。”全唐詩六八五吴融卽席十韻:“住處方窺宋,平生未嫁盧。”

【窺伺】窺間伺隙有所圖謀。唐吕温吕和叔集三代論伐劍南更發兵表:“吐蕃盟好未定,窺伺在心,間諜往來,急於郵傳。”唐柳宗元柳先生集十七種樹郭橐駝傳:“視駝所種樹,或移徙,無不治,且碩茂蚤實以蕃,他植者雖窺伺傚慕,莫能如也。”

【窺涉】㈠涉獵。指學習。漢王充論衡薄葬:“通人知士,雖博覽古今,窺涉百家,條入葉貫,不能審知。惟聖心賢意,方比物類,爲能實之。”㈡闚涉。廣弘明集二二南朝梁沈約神不滅論:“人品以上,賢愚殊性,不相窺涉,不相曉解,燕北越南,未足云匹。”

【窺基】公元632—682年。唐京兆長安人。本姓尉遲,字洪道。貞觀二十二年奉敕爲玄奘弟子,入大慈恩寺,學五天竺語,預玄奘譯場,參譯大小乘經論。自著有瑜伽論略纂、因明入正理論疏等十四種。基以法苑義林章唯識述記成立法相宗。世稱慈恩大師。參閱宋高僧傳四唐京兆大慈恩寺窺基傳。

【窺鼎】潛謀廢舊朝,自建新王朝。鼎,封建國家的重器,爲國家政權的徵象。唐徐夤釣磯文集二朱虛侯唱田歌賦:“當其吕氏窺鼎,劉宗履冰,社稷蹇崩,邦家凌替。”

【窺窬】伺隙而動。三國志吴華覈傳:“昔海虜窺窬東縣,多得離民,地習海行,狃於往年,盜鈔無日。”文選晉劉越石(琨)勸進表:“方今鍾百王之季,當陽九之會,狡寇窺窬,伺國瑕隙,黎元波蕩,無所繫心。”也作“窺覦”、“窺闒”。晉書桓溫傳:“然以雄武專朝,窺覦非望。”魏書尉元傳上表:“若(彭城)儲糧廣戍,雖劉彧師徒悉動,不能窺闒淮北之地。”

【窺管】從管孔中觀看。比喻見識狹小。晉陸雲陸士龍集七與陸典書之五:“所謂窺管以瞻天,緣木而求魚也。”唐李商隱李義山詩集四寄太原盧司空三十韻:“自頃徒窺管,於今愧挈瓶。”參見“管窺”。

【窺覬】暗中希求。宋書袁顗傳明帝與顗書:“高祖之孫,文王之子,……若不子民南面,將使神器何歸?而羣小構慝,安生窺覬。”宋歐陽修文忠集十五憎蒼蠅賦:“乃衆力以攻鑽,極百端而窺覬。”

【窺豹一斑】比喻只見局部未見整體。世説新語方正:“王子敬(獻之)數歲時,嘗看諸門生樗蒲,見有勝負,因曰:‘南風不競。’門生輩輕其小兒,迺曰:‘此郎亦管中窺豹,時見一斑。’”後人本此而言窺豹一斑。宋李光莊簡集十五與胡邦衡書:“三經新解未能徧讀,然嘗鼎一臠,窺豹一斑,亦足見其大略矣。”

窶 jù 其矩切,上,麌韻,群。
ㄐㄩˋ

貧而簡陋。本字作“寠”。詩北風北門:“終窶且貧,莫知我艱。”注:“窶者,無禮也;貧者,困於財。”莊子外物:“夫不忍一世之傷,而驁世之患,抑固窶邪,亡其略弗及邪?”參見“寠”、“寠藪”。

【窶人子】貧窮人家子弟。漢書六八霍光傳:“又諸儒生多窶人子,遠客飢寒,喜妄説狂言,不避忌諱,大將軍常讎之。”漢劉向説苑正諫:“吾乃皇帝之假父也,窶人子何敢乃與我亢!”

窸 xī 息七切,入,質韻,心。
ㄒㄧ

見下。

【窸窣】象聲詞。一種細碎的聲音。唐杜甫杜工部草堂詩箋六自京赴奉先縣詠懷五百字:“河梁幸未拆,枝撐聲窸窣。”唐李賀歌詩編四神弦:“寒雲山鬼來座中,紙錢窸窣鳴飈風。”

窵 diào 多嘯切,去,嘯韻,端。
ㄉㄧㄠˋ

深遠。見説文。

【窵佃】宋時土地賦税,按田地人口規定應納苗米及税錢。但以地方建置,分合變更,往往有地已他屬,而應納錢米仍在,有税無田;他屬之地,成爲有田無税。其無田所納之税,民間稱包套,法令稱窵佃。紹興中行經界法,重新勘定田地境界,隨定認税。見文獻通考五田賦五。

十二畫

窾 kuǎn 苦管切,上,緩韻,溪。
ㄎㄨㄢˇ

㈠空。莊子養生主:“依乎天理,批大郤,道大窾。”注:“窾,當爲款。款,空也。”淮南子説山:“見窾木浮而知爲舟,見飛蓬轉而爲車。”㈡法,條款。淮南子俶真:“窾領天地,襲九窾,重九熱。”注:“窾,法也。”

【窾識】古代鐘鼎彝器上刻鑄的文字。同“款識”。宋史樂志四:“先是端州上古銅器,有樂鐘,驗其窾識,乃宋成公時。”

竀 chēng 丑庚切,平,庚韻,徹。
ㄔㄥ 丑貞切,平,清韻,徹。

㈠正視。見説文。㈡赤色。通“赬”。見下。

【竀尾】赤色魚尾。左傳哀十七年:“如魚竀尾,衡流而方羊裔焉。”注“竀,赤色。魚勞則尾赤。”參見“赬尾”。

窿 lóng 力中切,平,東韻,來。
ㄌㄨㄥˊ

見“穹窿”。

竁 cuì 此芮切,去,祭韻,清。
ㄘㄨㄟˋ 楚税切,去,祭韻,初。
尺絹切,去,線韻,穿。

㈠穿地爲墓穴。周禮春官小宗伯:“卜葬兆甫竁亦如之。”疏:“既得吉,而始穿地爲壙,故云甫竁也。”小爾雅廣名:“壙,謂之竁;下棺,謂之窆;塡竁,謂之封宰冢也。”㈡洞窟。文選南朝宋顏延年(延之)宋郊祀歌之一:“月竁來賓,日祭奉土。”

復 fù 房六切,入,屋韻,並。
ㄈㄨˋ 芳福切,入,屋韻,滂。

㈠地上覆土成室爲復。詩大雅緜:“古公亶父,陶復陶穴,未有家室。”説文引作“復”。㈡巖穴。文選漢馬季長(融)長笛賦:“嶰壑澮帨,嶰窖巖復。”注:“復,窟也。”

十三畫

竄 cuàn 七亂切,去,换韻,清。
ㄘㄨㄢˋ

㈠逃匿。國語周上:“我先王不窋,用失其官,而自竄于戎狄之間。”注:“竄,匿也。”㈡隱藏。漢書四八賈誼傳:“鸞鳳伏竄兮,鴟鴞翱翔。”㈢放逐。書舜典:“流共工于幽洲,放驩兜于崇山,竄三苗于三危,殛鯀于羽山,四罪而天下咸服。”㈣改易。三國志魏武帝紀建安十六年:“公又與(韓)遂書,多所點竄,如遂改定者。”唐韓愈韓昌黎集二答張徹詩:“漬墨竄舊史,磨丹注前經。”㈤指藥力達到患處。史記一〇五倉公傳:“卽竄以藥,旋下,病已。”㈥措,安置。荀子大略:“民不困財,貧窶者有所竄其手。”注:“竄,容也。”㈦縱跳。清蘧園負曝閑談九:“孫老六説:‘咱們搶過他的先!’一使襠勁,那馬便兩耳一聳,長嘶一聲,直竄過去。”

【竄定】删正改定。唐元稹長慶集四七獨孤朗授尚書都官員外郎制:“是用命爾遞遷諫列，次補外郎，竄定闕文，裁成義類。」

【竄逐】流放。唐李白李太白詩十一贈易秀才：「蹉跎君自惜，竄逐我因誰。」又十五贈別鄭判官：「竄逐勿復哀，慚君問寒灰。」

【竄點】刪改塗抹。唐段成式酉陽雜俎前集十二語資：「王勃每爲碑頌，先墨磨數升，引被覆面而臥。忽起一筆書之，初不竄點，時人謂之腹藁。」

【竄端匿跡】指掩飾事由真相。淮南子人間：「夫事之所以以難知者，以其竄端匿跡，立私於公，倚邪於正而以勝惑人之心者也。」

竅 qiào ㄑㄧㄠˋ 苦弔切，去，嘯韻，溪。

㊀孔，洞。禮禮運：「天秉陽，垂日星；地秉陰，竅於山川，播五行。」莊子庚桑楚：「出無本，入無竅。」㊁指耳目口鼻等器官之孔。韓非子解老：「人之身三百六十節，四肢，九竅，其大具也。」素問陰陽應象大論：「清陽出上竅，濁陰出下竅。」注：「上竅謂耳目鼻口；下竅謂前陰後陰。」㊂貫通。淮南子俶真：「神農黃帝，剖判大宗，竅領天地。」

【竅中】人中。明郎瑛七修類藁十五人中：「人有九竅，自人中而上皆雙，自人中而下皆單，故云此則可名爲竅中矣。」

【竅窕】貫通。淮南子要略：「說山說林者，所以竅窕穿鑿百事之壅遏，而通行貫扃萬物之窒塞者也。」

十五畫

竇 dòu ㄉㄡˋ 徒候切，去，候韻，定。

㊀地穴。禮月令仲秋之月：「是月也，可以築城郭，建都邑，穿竇窖。」注：「穿竇窖者，入地隋曰竇，方曰窖。」左傳哀元年：「后緡方娠，逃出自竇。」㊁孔道。禮禮運：「故禮義也者，……所以達天道，順人情之大竇也。」注：「竇，孔穴也。」㊂潰決。國語周下：「不防川，不竇澤。」㊃姓。傳說夏帝相失國，后緡，逃出自竇，奔歸有仍氏，生子曰少康。少康二子杼龍，留居有仍，遂爲竇氏。見新唐書宰相世系表一下。

【竇武】公元？—168年。東漢平陵人，字游平。桓帝后竇氏之父，竇融玄孫。少以經行著名。桓帝死，擁立靈帝，任大將軍，與太傅陳蕃同心輔政，謀誅中常侍曹節王甫等，事敗被害。後漢書有傳。

【竇毅】公元？—582年。北朝茂陵人，字天武。初仕魏，入周後拜大將軍。隋時爲定州總管，以謹慎自守見稱。以女妻李淵（唐高祖），卽竇后。周書、新舊唐書皆有傳。

【竇憲】公元？—92年。東漢平陵人，字伯度。竇融曾孫，和帝母竇太后之胞兄。章帝死，和帝十歲繼位，竇太后臨朝，憲官居侍中，後獲罪懼誅，自請擊匈奴贖死，領兵出塞三千餘里，大破匈奴，登燕然山，刻石紀功而還，拜大將軍，總攬大權。和帝旣長，憤其驕縱，與中常侍鄭衆等合謀，迫令自殺。後漢書有傳。

【竇融】公元前16—公元62年。東漢初平陵人，字周公。累世仕宦河西。更始時，據河西，稱五郡大將軍。光武稱帝，決策附漢，授涼州牧。因隨光武西征隗囂有功，被封爲安豐侯。平隴蜀後，拜爲冀州牧，旋卽升任大司空。自以非舊臣，謙恭自守，光武欲安新人，於融子孫多封列侯，一時顯貴無比。諡戴侯。後漢書有傳。

【竇建德】公元573—621年。隋漳南人。世代爲農。初爲隋募民隊長，縣官疑其與農民起義軍交通，捕殺建德全家。建德遂聚衆起事，據河北諸郡，稱夏王，建號五鳳。隋大業十四年煬帝南遊江都，爲宇文化及所殺，化及引衆西還，建德擊殺之。時王世充在洛陽自稱鄭王，奉越王侗爲帝，建德亦奉朝命。世充旋殺侗自稱帝，建德亦稱夏帝。唐武德三年，李世民（秦王）擊世充，建德出兵救世充，四年，戰敗被俘，斬於長安，起事前後六年。新、舊唐書有傳。

【竇禹鈞】五代後周漁陽人。與兄禹錫以詞學名，累官右諫議大夫。嘗建義塾，延請名儒以教貧士。藏書極富，五子儀儼侃偁僖，相繼登科，號爲竇氏五龍。俗傳「五子登科」，語本此。宋史附竇儀傳。

【竇滔妻】名蘇蕙，晉始平人，字若蘭。善屬文。嫁竇滔。滔，苻堅時爲秦州刺史，被徙流沙，蕙因織錦爲迴文旋圖詩贈滔，以寄離思。其詩迴環誦讀，皆能成文，詞甚悽惋。晉書有竇滔妻傳。樂府詩集七九隋薛道衡昔昔鹽有「採桑秦氏女，織錦竇家妻」詩句，卽指此。

十六畫

竉 lǒng ㄌㄨㄥˇ 力董切，上，董韻，來。

孔穴。北齊顏之推顏氏家訓書證：「古無二字，又多假借……獵化爲獦，寵變成竉。」注：「竉，孔也，故從穴。」

竈 zào ㄗㄠˋ 則到切，去，号韻，精。

㊀炊物之處。戰國策趙一：「臼竈生鼃。」史記六五孫子傳：「齊軍入魏地爲十萬竈，明日爲五萬竈。」㊁竈神。論語八佾：「與其媚於奧，寧媚於竈。」見「竈神」。㊂祭名。史記武帝紀：「於是天子始親祠竈。」參見「五祀3」。

【竈丁】指煮鹽爲業的人。明代經濟言三陸深處置鹽法事宜疏：「大抵壞兩淮之鹽法者多勢要，壞兩浙之鹽法者多私販，而竈丁之苦，則一而已矣。」

【竈户】自宋以來經官府准許設竈煮鹽、户籍屬鹽場的人家。宋史食貨志下三：「其鬻鹽之地曰亭場，民曰亭户，或謂之竈户。」

【竈王】竈神的俗稱。唐詩紀事六十李廓鏡聽詞：「匣中取鏡祠竈王，羅衣掩盡明月光。」

【竈地】燒竈製鹽的場地。清會典事例二二二户部鹽法：「天津縣歸併富國場，原額竈地及新增竈地，每畝徵銀三釐八毫有奇。」

【竈君】卽竈神。戰國策趙三：「復塗偵謂君曰：『昔日臣夢見君。』君曰：『子何夢？』曰：『夢見竈君。』」元方回桐江續集二五歲除次韻全君玉有懷詩：「鄉儺禮失求諸野，小鬼應猶畏竈君。」

【竈門】㊀竈的燒火口。墨子備梯：「五步一竈，竈門有鑪炭。」㊁馬蹄印之名。清高士奇天祿識餘上跨竈：「海客日談曰：馬前蹄之上有兩空處，名竈門。」

【竈突】竈上煙囱。呂氏春秋諭大：「竈突決，則火上焚棟。」孔叢子論勢：「竈突炎上，棟宇將焚。」

【竈神】古竈祀之神。爲五祀之一。禮月令孟夏之月：「其帝炎帝，其神祝融，……其祀竈。」淮南子氾論「故炎帝於火而死爲竈」漢高誘注：「炎帝神農，以火德王天下，死託祀於竈神。」舊時民間以臘月二十四日爲竈神上天之日（北方多爲二十三日），向天帝陳說人間善惡。參閱唐段成式酉陽雜俎諾皐記上、清俞正燮癸巳存稿十三竈神。

【竈馬】舊俗祭竈神，以紙印竈神像，供於竈門之下，名爲竈馬。參閱宋孟元老東京夢華録十二月、清顧張思土風録一祀竈。

【竈陘】竈邊置物處。禮月令孟夏之月「其祀竈」漢鄭玄注：「祀竈之禮，先席於門之奧，東面設主於竈陘。」疏：「竈陘，謂竈邊承器之物，以土爲之。」

【竈税】煮鹽户交納之税。北史崔挺傳附崔昂:"右僕射崔暹奏請海圻煮鹽,有利軍國。文襄以問昂,昂曰:'……請準關市,薄爲竈税,私館官給,彼此有宜。'"

【竈觚】竈口平地突出之處。太平御覽引莊子逸篇:"仲尼讀春秋,老聃踞竈觚而聽。觚,竈額也。"

【竈瘃】凍瘡的别名。正字通"瘃":"今俗呼足跟凍瘡曰竈瘃。"

【竈籍】煮鹽竈丁的户籍。清會典十七户部:"凡民之著於籍,其别有四,一曰民籍,二曰軍籍,三曰商籍,四曰竈籍。"注:"竈户卽爲竈籍。"

【竈鼈】土鼈的别名。本草名土鼈、地鼈。闕子:"故竈鼈至腥臊不可加,然而病者爲之輕體,萬乘爲之解怒。"(玉函山房輯佚本)

【竈下養】古舊奴僕制度下對庖人廚工的蔑稱。後漢書十一劉玄傳:"或有膳夫庖人,多著繡面衣、錦袴、襜褕、諸于,罵詈道中。長安爲之語曰:'竈下養,中郎將。爛羊胃,騎都尉。爛羊頭,關内侯。'"

【竈山蘭】蘭花的一種。羣芳譜三蘭竈山:"一名緑衣郎,有十五萼,色碧玉,花枝間體膚鬆美,顒顒昂昂,雅特閑麗,真蘭中之魁品也。"

十七畫

竊 qiè 千結切,入,屑韻,清。ㄑㄧㄝˋ

㊀盗取。墨子非攻上:"今有一人,入人園圃,竊其桃李。"㊁盗物之人。莊子山木:"君子不爲盗,賢人不爲竊。"㊂非所據而據之。史記孔子世家:"竊仁人之號,送子以言。"集解:"謙言竊仁者之名。"㊃謙指自己,私下。論語述而:"述而不作,信而好古,竊比於我老彭。"孟子公孫丑上:"昔者竊聞之,子夏、子游、子張,皆有聖人之一體。"㊄暗暗地。左傳莊十年:"公子偃曰:'宋師不整,可敗也,宋敗,齊必還,請擊之。'公弗許,自雩門竊出,蒙皋比而先犯之。"㊅察。荀子哀公:"竊其有益與其無益,君其知之矣。"注:"竊宜爲察,察其有益與其無益。"㊆淺。爾雅釋獸:"虎竊毛謂之虦猫。"注:"竊,淺也。"

【竊丹】扈鳥的别稱,羽毛爲淺紅色,故名。爾雅釋鳥:"棘扈竊丹。"左傳昭十七年"九扈爲九農正"唐孔穎達疏:"棘扈竊丹,爲果驅鳥者也。"扈,同"鳸"。

【竊玄】扈鳥的别稱。羽毛爲淺黑色,故名。爾雅釋鳥:"夏鳸竊玄。"左傳昭十七年"九鳸爲九農正"唐孔穎達疏:"夏扈竊玄,趣民耘苗者也。"扈,同"鳸"。

【竊位】指居其位不勸其事。論語衛靈公:"臧文仲其竊位者與!知柳下惠之賢,而不與立也。"疏:"魯大夫臧文仲知賢不舉,偷安於位,故曰竊位。"後漢書三四梁統傳附梁竦:"梁竦作七序而竊位素餐者慙。"

【竊命】指盗用國家的權柄。後漢書四九仲長統傳昌言法誡:"光武皇帝愠數世之失權,忿彊臣之竊命,矯枉過直,政不任下。"文選晉陸士衡(機)辯亡論上:"昔漢氏失御,姦臣竊命。"

【竊笑】心以爲非而私下譏笑。戰國策秦一:"臣聞,天下陰燕陽魏,連荆固齊,收餘韓成從,將西南以與秦爲難,臣竊笑之。"列子力命:"見不仁之君,見諂諛之臣,臣見此二者,臣之所爲獨竊笑也。"

【竊脂】鳥名。1.扈鳥的别稱,羽毛爲淺白色。爾雅釋鳥:"桑鳸竊脂。"左傳昭十七年"九扈爲九農正"唐孔穎達疏:"桑扈竊脂,爲蠶驅雀者也。"扈,同"鳸"。2.火鵶。山海經中山經:"又東一百五十里曰崌山,……有鳥焉,狀如鴞而赤身白首,其名曰竊脂,可以禦火。"參閲明曹學佺蜀中廣記五九方物鳥。

【竊眸】偷眼看人。唐段成式酉陽雜俎續集五寺塔記上:"常樂坊趙景公寺,隋開皇三年置。……西中三門裏,吴生(道玄)畫龍及刷天王鬚,筆蹟如鐵。有執爐天女,竊眸欲語。"

【竊黄】扈鳥的别稱,羽毛爲淺黄色。爾雅釋鳥:"冬鳸竊黄。"左傳昭十七年"九鳸爲九農正"唐孔穎達疏:"冬扈竊黄,趣民蓋藏者也。"扈,同"鳸"。

【竊鈇】指竊取王權。漢書諸侯王表:"自幽平以後,日以陵夷,至虖阸陿河洛之間,分爲二周,有逃責之臺,被竊鈇之言。"注:"鈇鉞,王者以爲威,用斬戮也。言周室衰微,政令不行於天下,雖有鈇鉞,無所用之,是謂私竊隱藏之耳。"

【竊號】盗用皇帝的名號。史記一一三南越傳:"老臣妄竊帝號,聊以自娱,豈敢以聞天王哉!"文選晉孫子荆(楚)爲石仲容與孫晧書:"師不踰時,梁益肅清,使竊號之雄,稽顙絳闕。"

【竊據】指割據者非法佔據。新唐書一二五司舒翰傳:"數奏言禄山雖竊據河朔,不得人心,請持重以敝之,待其離隙,可不血刃而擒。"

【竊藍】扈鳥的别稱,羽毛爲淺藍色。爾雅釋鳥:"秋鳸竊藍。"左傳昭十七年"九扈爲九農正"唐孔穎達疏:"秋扈竊藍,趣民收斂者也。"扈,同"鳸"。

【竊蟲】小蟲名。唐封演封氏聞見記八竊蟲:"人家有小蟲,至微而響甚細,尋之,卒不可見,俗人以其難見,號竊蟲,云有此者不祥。"

【竊藥】古代神話,后羿請不死之藥於西王母。姮娥竊以奔月,入月中爲仙。見淮南子覽冥。後以竊藥指求仙之事。唐李商隱李義山詩集六月夜重寄宋華陽姊妹:"偷桃竊藥事難兼,十二城中鎖彩蟾。"

【竊竊】㊀形容聲音之細微。列子湯問:"其所觸也,竊竊然有聲。"金史一三二唐括辯傳:"於是,旦夕相與密謀,護衛將軍特思議之,以告悼后曰:'辯等因間每竊竊偶語,不知議何事。'"㊁猶察察。莊子齊物論:"且有大覺而後知此大夢也,而愚者自以爲覺,竊竊然知之。"

【竊玉偷香】指男女間的偷情。元王實甫西廂記一本二折:"雖不能勾竊玉偷香,且將這盼行雲眼睛兒打當。"竊玉,舊指唐楊妃竊寧王玉笛事(楊妃外傳);偷香,指晉賈充女以充所得西域奇香私遺韓壽事(晉書賈充傳),近人據雍熙樂府太平樂府散曲,多以鄭生與韓壽對舉,但鄭生事已無可考。

【竊鉤竊國】喻小盗被重懲,而大盗則獲富貴。莊子胠篋:"彼竊鉤者誅,竊國者爲諸侯,諸侯之門而仁義存焉。"釋文:"鉤,謂帶也。"疏:"鉤者,腰帶鉤也。"

立 部

立 lì 力入切,入,緝韻,來。ㄌㄧˋ

㊀站,直身不動。左傳成六年:"公揖而入,獻子從公立於寢庭。"㊁樹立。如言立德、立功、立言等。參見"立德"。㊂成,成就。論語爲政:"吾十有五而志于

學，三十而立。"後人因稱年三十曰立。晉陶潛陶淵明集八祭從弟敬遠文:"年甫過立，奄與世辭。"㈣設置。易說卦:"觀變於陰陽而立卦。"左傳桓二年:"吾聞國家之立也，本大而末小，是以能固。故天子建國，諸侯立家。"㈤君主卽位曰立。左傳隱三年:"桓公立，乃老。"㈥卽刻。史記七七魏公子傳:"語未及卒，公子立變色，告車趣駕，歸救趙。"

【立人】㈠猶言立身。易說卦:"立人之道，曰仁與義。"㈡猶言樹人。使人得以自立。論語雍也:"夫仁者，己欲立而立人，己欲達而達人。"㈢人中曰立人。釋名釋形體:"鼻下曰立人，取立於鼻下，狹而長，似人立也。"㈣"人"字作偏旁時書作"亻"，稱立人。宋姜夔續書譜位置:"假如立人、挑土、田、王、衣、示一切偏旁，皆須令狹長，則右有餘地矣。"

【立士】能自立之士。韓詩外傳三:"四體不掩，則鮮仁人；五藏空虛，則無立士。"

【立子】㈠立太子或世子。公羊傳隱元年:"立適以長，不以賢；立子以貴，不以長。"後漢書光武紀下建武十九年詔:"春秋之義，立子以貴。"㈡論語爲政有"三十而立"語，因謂成年之子爲立子。隋鄭子信韋略墓誌:"家無立子，妻女孤煢。"(見漢魏南北朝墓誌集釋圖版三七四)

【立木】㈠豎木於地上。列子湯問:"泰豆乃立木爲塗，僅可容足，計步而置，履之而行，趣走往還，無跌失也。造父學之，三日盡其巧。"宋史河渠志五:"景祐二年，懷敏知雄州，又請立木爲水則，以限盈縮。"㈡直木。晏子春秋諫下:"橫木龍蛇，立木鳥獸。"

【立功】見"立德"。

【立本】㈠樹立根本。易繫辭下:"剛柔者，立本者也。"藝文類聚八一晉夏侯湛宜男花賦:"結纖根以立本兮，靈渥液於青雲。"㈡樂名。孝經緯援神契:"伏羲樂名扶來，亦曰立本。"(古微書二八)

【立冬】節候名，在陽曆十一月初七、八日。禮月令孟冬之月:"是月也以立冬。"注:"呂氏春秋曰:秋分四十六日而立冬，故多在是月也。"

【立仗】帝王的儀仗，分立於皇宮諸門及殿廷。新唐書儀衛志上:"每月以四十六人立內廊閤外，號曰內仗。"宋蘇軾分類東坡詩十一戲書伯時畫御馬好頭赤:"豈如廐馬好頭赤，立仗歸來卧斜日。"

【立瓜】儀仗名。元史輿服志二儀仗:"立瓜，制形如瓜，塗以黃金，立置，朱漆棒首。"

立瓜

【立地】㈠卽時，立刻。唐王建詩八霓裳詞之二:"一時跪拜霓裳徹，立地階前賜紫衣。"㈡立於地上。參見"頂天立地"、"立地京兆尹"。

【立竹】喻挺秀獨立。宋蘇軾分類東坡詩十與臨安令宗人同年劇飲:"如今莫問老與少，兒子森森如立竹。"

【立年】舊稱三十歲爲立年。晉陶潛陶淵明集三飲酒詩之十九:"是時向立年，志意多所恥。"南朝梁慧皎高僧傳五釋曇徽:"年十二投道安出家，……十六方許剃髮，於是專務佛理，鏡測幽凝，未及立年，便能講說。"參見"而立"。

【立名】㈠樹立名聲。史記六一伯夷傳:"閭巷之人，欲砥行立名者，非附青雲之士，惡能施於後世哉?"㈡猶沽名釣譽。漢書四六直不疑傳:"不好立名，稱爲長者。"

【立言】創立學說。左傳襄二四年:"其次有立言，雖久不廢，此之謂不朽。"舊唐書一六〇韓愈傳:"愈所爲文，務反近體，抒意立言，自成一家新語。後學之士，取爲師法。"

【立志】自立的志向，立定志向。孟子萬章下:"故聞伯夷之風者，頑夫廉，懦夫有立志。"注:"懦弱之人，更思有立義之志也。"禮樂記:"絲聲哀，哀以立廉，廉以立志。"

【立車】㈠車名。後漢書輿服志上:"乘輿、金根、安車、立車，輪皆朱班重牙。"晉書輿服志:"車，坐乘者謂之安車，倚乘者謂之立車，亦謂之高車。"㈡停車。史記七九范雎傳:"有頃，穰侯果至，勞王稽，因立車而語曰:'關東有何變?'"

【立身】謂樹立己身。孝經開宗明義:"立身行道，揚名於後世，以顯父母，孝之終也。"文選古詩十九首之十一:"盛衰各有時，立身苦不早。"

【立法】設立法制。荀子議兵:"因其民，襲其處，而百姓皆安，立法施令，莫不順比。"史記律書:"王者制事立法，物度軌則，壹禀於六律，六律爲萬事根本焉。"

【立表】立木爲表，以測日影、水位。史記六四司馬穰苴傳:"穰苴既辭，與莊賈約曰:'旦日日中會於軍門。'穰苴先馳至軍，立表下漏待賈。"漢書四五息夫躬傳:"天子使躬持節領護三輔都水。躬立表，欲穿長安城，引漕注太倉下以省轉輸。"

【立武】㈠謂立武事。禮樂記:"鐘聲鏗，鏗以立號，號以立橫，橫以立武。君子聽鐘聲，則思武臣。"疏:"橫以立武者，言壯氣充滿，所以武事可立也。"㈡樹立威嚴。漢書六七胡建傳上奏:"臣聞軍法，立武以威衆，誅惡以禁邪。"

【立長】立年長者爲嗣。左傳昭二六年:"九月，楚平王卒，令尹子常欲立子西，曰:'大子壬弱，其母非適也，……子西長而好善，立長則順，建善則治。'"魏書長孫嵩傳:"立長則順，以德則人服。"

【立事】建立事業。漢書刑法志:"書曰:'立功立事，可以永年。'言爲政而宜於民者，功成事立，則受天禄而永年命。"注:"今文泰誓之辭也。"魏書盧玄傳:"(崔)浩大欲齊整人倫，分明姓族。玄勸之曰:'夫創制立事，各有其時，樂爲此者，詎幾人也?宜其三思。'"

【立命】謂修身以順從天命。孟子盡心上:"殀壽不貳，修身以俟之，所以立命也。"參見"安身立命"。

【立祠】建立祠堂。漢書八九朱邑傳:"初邑病且死，屬其子曰:'我故爲桐鄉吏，其民愛我，必葬我桐鄉。'……及死，其子葬之桐鄉西郭外，民果共爲邑起冢立祠，歲時祠祭。"

【立春】節候名，在農曆二月初四、五日。呂氏春秋孟春:"先立春三日，大史謁之天子，曰:'某日立春，盛德在木。'"

【立政】書有立政篇，相傳周公作以誡成王。篇內有"繼自今立政，其勿以憸人"，又"繼自今，後王立政，其惟克用常人"，皆指推行政事而言。史記一一九石奢傳:"殺人者，臣之父也。夫以父立政，不孝也；廢法縱罪，非忠也，臣罪當死。"

【立枷】明代最殘酷的刑具。清代稱站籠。犯者直立木籠以內，籠頂枷於犯者頸上，往往數日卽死。始於明太監劉瑾，沿用至辛亥革命後始廢。參閱明沈德符萬曆野獲編十八刑部、明史刑法志三。

【立威】樹立威望。史記七九蔡澤傳:"夫商君爲秦孝公明法令，禁姦本，……是以兵動而地廣，兵休而國富，故秦無敵於天下，立威諸侯。"

【立秋】節候名，在農曆八月初八、九日。呂氏春秋孟秋紀:"先立秋三日，大史謁之天子，曰:'某日立秋，盛德在金。'"

【立信】樹立信用。漢書律曆志上:"虞書曰:'乃同律度量衡'，所以齊遠近立民信也。"後漢書二四馬援傳與楊廣書:"且來君叔(歙)天下信士，朝廷重之，其意依依，常獨爲西州言；援商朝廷，尤欲立信於此，必不負約。"

【立容】佇立時的儀容。禮玉藻:"氣容肅，立容德。"又:"立容辨，卑毋諂。"立容德，言直立不動；立容辨，言有佩倚、佩垂、佩委之不同，宜辨別其所宜。參閱清孫希旦集解。

【立效】猶立功。三國志蜀關羽傳："吾極知曹公待我厚，然吾受劉將軍厚恩，誓以共死，不可背之。吾終不留，吾要當立效以報曹公乃去。"

【立夏】節候名。在農曆五月初六、七日。呂氏春秋孟夏："立夏之日，天子親率三公九卿大夫，以迎夏於南郊。"

【立員】曆家算法之一。員，同"圓"。宋書律曆志下："至若立圓舊誤，張衡述而弗改；漢時斛銘，劉歆詭謬其數，此則算氏之劇疵也。"

【立雪】中土禪宗二祖慧可初參達摩，夜降大雨雪，堅立不動，遲明積雪過膝。並取利刀自斷左臂，置於師前。師知是法器，因傳衣鉢。見景德傳燈録三菩提達摩。又宋游酢楊時初見程頤，頤瞑目而坐，二人侍立。及覺，門外之雪已深一尺。見二程語録十七引侯仲良侯子雅言、宋史楊時傳。後遂以立雪爲就學師門的典故。全唐詩六四九方干贈江南僧："繼後傳衣者，還須立雪中。"此用慧可事。元虞集道園學古録十二回吳先生慶初度啟："將事昔念於聚星，就業常容於立雪。"此用游楊事。

【立教】示人軌範以教之。漢書武帝紀建元元年詔："古之立教，鄉里以齒，朝廷以爵，扶世導民，莫善於德。"書序："舉其宏綱，撮其機要，足以垂世立教。"

【立異】㊀違反。南史崔慧景傳："柳惔、沈佚之等謂寶玄曰：'崔護軍威名既重，乃誠可見。既已脣齒，忽中道立異。彼以樂歸之衆，亂江而濟，誰能拒之？'"㊁標異於衆。宋鄧椿畫繼三軒冕才賢："龍眠居士李公麟，字伯時，……獨專意於佛矣。其佛像每務出奇立異，使世俗驚惑，而不失其勝絕處。"

【立報】立志報效。三國志吳周魴傳與曹休牋："魴仕東典郡，始願已獲，銘心立報，永矣無貳。"

【立戟】㊀唐制，官、階、勳三品以上者得於邸院門前立戟。如張儉崔琳兄弟三人皆立戟，人稱三戟張家、三戟崔家。參閱續事始立戟（説郛十）。參見"三戟"。㊁謂豎戟以刺。吳越春秋王僚使公子光傳："使專諸置魚腸劍魚中進之，既至王僚前，專諸乃擘炙魚，因推匕首，立戟交軹倚專諸胸。"

【立朝】指國君在位或大臣執政於朝。史記六八商君傳："君之危若朝露，……秦王一旦捐賓客而不立朝，秦國之所以收君者，豈其微哉？"漢蔡邕蔡中郎集二文範先生陳仲弓銘："其立朝事上也，恭順貞厲，含章直方。"

【立象】取法萬物形象。如：乾爲馬，坤爲牛，及乾爲首，坤爲腹之類。易繫辭上："聖人立象以盡意，設卦以盡情僞。"

【立業】建立事業。漢荀悦前漢紀序："斯皆明主賢臣，命世立業，羣后之盛勛，髦後之遺事。"

【立愛】立其君之所愛。左傳文六年："趙孟曰：'立公子雍，好善而長，先君愛之，且近於秦，秦舊好也。置善則固，事長則順，立愛則孝，結舊則安。'"

【立節】樹立名節。淮南子氾論："季襄陳仲子，立節抗行，不入洿君之朝，不食亂世之食，遂餓而死。"文選舊題漢李少卿（陵）答蘇武書："誠以虛死不如立節，滅名不如報德也。"

【立傳】猶言作傳。晉書藝術傳序："逮丘明首唱，敍妖夢以垂文；子長繼作，援龜策以立傳。"又陳壽傳："壽父爲馬謖參軍，謖爲諸葛亮所誅，壽父亦坐被髡。諸葛瞻又輕壽。壽爲亮立傳，謂亮將略非長，無應敵之才；言瞻惟工書，名過其實。議者以此少之。"

【立談】喻極短的時間。文選漢揚子雲（雄）解嘲："或七十説而不遇，或立談而封侯。"

【立懻】謂立勇以示威。列子説符："吾不侵犯之，而乃辱我以腐鼠，此而不報，無以立懻於天下。"唐柳宗元柳先生集五唐故特進……南府君睢陽廟碑："睢陽之事，不唯以能死爲勇，善守爲功，所以出奇以耻敵，立懻以怒寇，俾其專力於東南，而去備於西北。"

【立德】樹立聖人之德。左傳襄二四年："大上有立德，其次有立功，其次有立言，雖久不廢，此之謂不朽。"疏："立德，謂創制垂法，博施濟衆，聖德立於上代，惠澤被於無窮。"

【立錐】喻極小之地。呂氏春秋爲欲："無立錐之地，至貧也。"漢書食貨志上引董仲舒："富者田連仟伯，貧者亡立錐之地。"

【立仗馬】㊀唐武后萬歲通天元年置仗內六閑：飛龍、祥麟、鳳苑、鵷鸞、吉良、六羣。飛龍廐每日以八馬列於宮門之外，號南衙立仗馬，隨仗下而退。見新唐書百官志二殿中省。㊁新唐書二二三李林甫傳："林甫居相位凡十九年，固寵市權，蔽欺天子耳目，諫官皆持祿養資，無敢正言者。補闕杜璡再上書言政事，斥爲下邽令。因以語動其餘曰：'……君等獨不見立仗馬乎？終日無聲，而飫三品芻豆，一鳴則黜之矣，後雖欲不鳴，得乎？'"後因以立仗馬比喻貪戀厚祿而不敢有作爲的人。宋文珦潛山集六三術詩："由來立仗馬，有媿脱韝鷹。"

【立部伎】唐時教坊樂部分坐部、立部二部。堂下立奏，謂之立部伎；堂上坐奏，謂之坐部伎。立部伎又分安樂、太平樂、破陣樂、慶善樂、大定樂、上元樂、聖壽樂、光聖樂八部。唐白居易長慶集三立部伎："立部伎，鼓笛諠，舞雙劍，跳七丸，嫋巨索，掉長竿。……坐部退爲立部伎，擊鼓吹笙和雜戲。"參閱唐會要三三讌樂、新唐書禮樂志二。

【立地成佛】五燈會元十九紹興府東山覺禪師："廣額正是箇殺人不眨眼底漢，颺下屠刀，立地成佛。"禪宗以人人皆有佛性，積惡之人，轉念爲善，即可成佛。宋朱熹朱文公集四三答李伯諫（甲申）："所謂便欲當人立地成佛者，正如將小樹來噴一口水，便要他立地干雲蔽日，豈有是理？"

【立地書廚】喻學問淵博。宋史三四七吳時傳："時敏於爲文，未嘗屬稿，落筆已就，兩學目之曰：'立地書廚。'"

【立竿見影】竿立而影現，喻收效迅速。舊題東漢魏伯陽參同契中考異："立竿見影，呼谷傳響。"

【立地京兆尹】宋鄭戩知開封府。府吏馮元，姦巧擅權，通結顯貴，人號立地京兆尹。以元雖胥吏，侍立官傍，而權與官埒，故稱。戩窮治其罪，流於海島。見宋曾慥類説二名臣傳。

四　畫

竑 hóng　ㄏㄨㄥˊ　户萌切，平，耕韻，匣。

量度。周禮考工記輪人："故竑其輻廣以爲之弱，則雖有重任，轂不折。"注："鄭司農（衆）云：竑讀如紘綖之紘，謂度之。"

五　畫

竚 zhù　ㄓㄨˋ　直呂切，上，語韻，澄。

久立。同"佇"。楚辭屈原九歌大司命："結桂枝兮延竚，羌愈思兮愁人。"參見"佇㊀"。

【竚眙】立視。楚辭屈原九章思美人："思美人兮，覽涕而竚眙；媒絕路阻兮，言不可結而詒。"竚，亦作"佇"。文選晉左太沖（思）吳都賦："士女佇眙，商賈駢坒。"

竝 bìng ㄅㄧㄥˋ 蒲迥切，上，迥韻，並。

"並"本字。見"並"。

站 zhàn ㄓㄢˋ 陟陷切，去，陷韻，知。

㊀直立，立定。明戚繼光紀效新書十三射法："凡射，或對賊對把，站定觀把子或賊人，不許看扣。"㊁中途暫駐之處。元代通用站字，明洪武元年改各站爲驛。清代於各省腹地所設的稱驛，軍報所設的稱站。但一般通稱站。儒林外史一："王冕一路風餐露宿，九十里大站，七十里小站，一徑來到山東濟南府地方。"㊂坐立不動貌。見集韻。

【站夫】驛卒。清梁章鉅稱謂錄二六各役站夫引顧炎武天下郡國利弊書："自漢以來，驛傳之馬，皆官置之，站夫之名，肇見於元，蓋自此遂爲民役矣。"

【站赤】元時謂驛站。元史兵志四："元制站赤者，驛傳之譯名也。……凡站，陸則以馬以牛，或以驢，或以車，而水則以舟。其給驛傳璽書，謂之鋪馬聖旨。……其官有驛令，有提領。"

【站籠】明清時一種殘酷的刑具。即立枷。見"立枷"。

竛 líng ㄌㄧㄥˊ 郎丁切，平，青韻，來。

見下。

【竛竮】孤單，孤立貌。同"伶俜"。廣弘明集二九上梁武帝孝思賦序："年未髫齔，內失所恃，餘喘竛竮，孀媼相長。"宋蘇軾分類東坡詩四芙蓉城："逸樓飛步高竛竮，仙風鏘然韻流鈴。"

竘 qǔ ㄑㄩˇ 驅雨切，上，麌韻，溪。

高壯貌。淮南子人間："受令而爲室，其始成，竘然善也。"

六　畫

章 zhāng ㄓㄤ 諸良切，平，陽韻，照。

㊀樂竟爲一章。見說文。樂書之篇章亦曰章。禮曲禮下："既葬，讀祭禮，喪復常，讀樂章。"文詞意盡語止，亦謂之一章。唐白居易長慶集三新樂府序："首句標其目，卒章顯其志。"㊁法規。史記高祖紀："與父老約，法三章耳：殺人者死，傷人及盜抵罪。"引申爲規則、條理。唐韓愈昌黎集十九送孟東野序："其爲言也，亂雜而無章。"㊂奏章。漢蔡邕獨斷："凡群臣上書於天子者有四名：一曰章，二曰奏，三曰表，四曰駮議。"㊃成事成文曰章。孟子盡心上："君子之志於道也，不成章不達。"㊄采色。書皋陶謨："天命有德，五服五章哉。"㊅印章。初學記二六漢衛宏漢舊儀："丞相、將軍，黃金印龜鈕，文曰章。……千石、六百石、四百石，銅印鼻鈕，文曰印。"㊆大材曰章。史記貨殖傳："水居千石魚陂，山居千章之材。"㊇古曆法以十九年爲一章。見周髀算經下。㊈顯，表白。易姤："天地相遇，品物咸章也。"國語晉二："章父之惡，取笑諸侯，吾誰鄉而入？"㊉木名。豫樟亦作"豫章"。同"樟"。史記一一七司馬相如傳子虛賦："其北則有陰林巨樹，楩柟豫章。"⑪尊章，猶言舅姑。同"嫜"。漢書五三廣川惠王（劉）越傳："背尊章，嫖以忽。"注："尊章猶言舅姑也。"⑫姓。系出姜姓，相傳齊太公支孫封國於鄣，子孫去邑爲章氏。見元和姓纂五陽。

【章水】江西贛江的西源。源出崇義縣聶都山。東北流經大庾、南康，入贛縣，與貢水合流爲贛江。古稱豫章水，亦名南江。山海經海內東經："贛水出聶都東山，東北注江。"以此爲贛江正源。參閱太平寰宇記一〇八虔州贛縣。

【章仇】複姓。秦將章邯降項羽，封雍王。漢滅雍，邯子孫處仇山，因號章仇氏。見唐章仇元素碑（金石萃編八八）。通志二八氏族四以事爲氏謂章氏，齊公族，漢有章弁，因避仇，遂加"仇"字。唐長安元年，右史知貢舉張說下進士有章仇嘉勉。

【章句】㊀章節與句子。南朝梁劉勰文心雕龍七章句："夫人之立言，因字而生句，積句而爲章，積章而成篇。"又："然章句在篇，如繭之抽緒，原始要終，體必鱗次。"㊁分析古書的章節句讀。漢書七五夏侯勝傳："勝從父子建，字長卿，自師事勝及歐陽高，左右采獲，又從五經諸儒問與尚書相出入者，牽引以次章句，具文飾說。勝非之曰：'建所謂章句小儒，破碎大道。'"漢書藝文志六藝略，尚書有歐陽，大小夏侯章句，春秋有公羊穀梁章句。

【章丘】縣名。屬山東省。漢陽丘縣，屬濟南郡。北齊天保七年置高唐縣，隋改章丘，以縣南有章丘山，故名。明清皆屬山東濟南府。見太平寰宇記十九齊州。

【章安】佛教天台宗第二祖灌頂，唐常州義興人，以先世避地居章安，人稱章安大師。詳"灌頂㊁"。

【章灼】㊀彰明顯著。三國志蜀李嚴傳："九年春，（諸葛）亮軍祁山，平催督運事，……亮具出其前後手筆書疏本末，平違錯章灼。平辭窮情竭，首謝罪負。"李嚴，後改名平。㊁光顯照耀。文選三國魏何平叔（晏）景福殿賦："故其華表則鎬鎬鑠鑠，赫奕章灼，若日月之麗天也。"

【章甫】殷時冠名。即緇布冠。古冠禮，始加緇布冠。儀禮士冠禮："章甫，殷道也。"注："章，明也。殷質，言以表明丈夫也。甫，或爲父，今文爲斧。"文選三國魏嵇叔夜（康）與山巨源絕交書："唯達者爲能通之，此足下度內耳，不可自見好章甫，強越人以文冕也。"

章甫

【章身】㊀指衣服。左傳閔二年："衣，身之章也，佩，衷之旗也。"俗稱衣服爲章身之具，本此。㊁彰顯其身。漢書一〇〇下敘傳："淵哉若人！實好斯文。……潛於篇籍，以章厥身。"述揚雄傳第五十七。

【章京】官名。清代凡都統、副都統以至各衙門辦理文書的人員，多稱章京。如都統稱固山章京，副都統稱梅勒章京，總兵官稱按班章京，以及軍機章京、總理衙門章京之類。

【章武】三國蜀劉備（昭烈帝）年號。公元221—223年。

【章拒】章魚的別名。又名章鋸，以其魚似鋸，故名。見蟫史。本草綱目四四鱗四章魚下作"章舉"。參見"章舉"。

【章邯】秦二世時官少府。陳勝起義，二世發驪山徒，使邯爲將。先後破周章陳勝項梁魏咎等，進圍鉅鹿及棘原，爲項羽所破，遂降。從羽入關，立爲雍王，王咸陽以西，都廢丘。漢高祖還定三秦，邯敗走自殺。見史記項羽紀、高祖紀。

【章和】漢劉炟（章帝）年號。公元87—88年。

【章服】以圖文爲等級標誌的禮服。史記孝文紀十三年詔："蓋聞有虞氏之時，畫衣冠異章服以爲僇，而民不犯。何則？至治也。"據夏書，古以日月、星辰、山龍、華蟲、宗彝、藻火、粉米、黼黻、希繡等爲古天子冕服十二章，此爲章服之始。有九章（衣五章、裳四章）、七章（衣三章、裳四章）、五章（衣三章、裳二章）、三章（衣一章、裳二章）之別。凡冕服，皆玄衣纁裳。見周禮春官司服注及疏。

【章奏】漢制，羣臣上書有章、奏、表、駮議之別，後來通向皇帝上陳的文書爲章奏。漢書七四魏相傳:"相明易經,有師法,好觀漢故事及便宜章奏,以爲古今異制,方今務在奉行故事而已。"參閱後漢書四四胡廣傳"文武試牋奏"注引漢雜事。

【章指】漢趙岐注孟子,每章之末,括其大旨,間作韻語,謂之章指。文選注中所引趙岐孟子章指,卽此。其後唐陸善經注孟子,删去岐章指與原注。南宋正義出,託名孫奭撰,盡删章指正文,或取其語散入正義,明國子監刊十三經,承用此本,原本遂佚。參閱清錢大昕十駕齋養新録三孟子章旨。

【章皇】猶彷徨。文選漢揚子雲(雄)羽獵賦:"章皇周流,出入日月,天與地沓。"

【章草】流行於東漢時的一種草書。相傳爲漢黄門令史游所作。解散隸體,而保留隸書的波磔,字不連寫,可以用於章奏,故稱章草。至張芝改連寫,遂成今草。參閱唐張彦遠法書要録七、張懷瓘書斷上章草。

【章章】㊀昭著貌。荀子法行:"故雖有珉之雕雕,不若玉之章章。"漢書九一貨殖傳:"自元成訖王莽,京師富人杜陵樊嘉、茂陵摯網、平陵如氏苴氏、長安丹王君房、豉樊少翁王孫大卿,爲天下高訾……此其章章尤著者也。"㊁失據貌。漢揚雄太玄二進:"測曰:狂章章,進不中也。"又法言寡見:"昔在姬公,用於周而四海皇皇,奠枕於京;孔子用於魯,齊人章章,歸其侵疆。"

【章部】步曆以十九年爲一章,四章爲一部。部,亦作"蔀"。左傳僖五年"春,王正月,辛亥朔,日南至"唐孔穎達疏:"步曆之始,以朔旦冬至爲首曆之上元,其年是十一月朔旦冬至,至十九年閏餘盡,復得十一月朔旦冬至,故以十九年爲一章,積章成部,積部成紀,治曆者以此章部爲法,因此可以明其術數,推之而知氣朔也。"

【章惇】宋建州浦城人,字子厚。嘉祐四年進士。熙寧初,爲編修三使條例官。哲宗初,知樞密院事,高太后聽政,黜知汝州。哲宗親政,起爲尚書左僕射兼門下侍郎,盡復熙寧新政,力排元祐黨人,並引用蔡卞林希上官均等,皆居要位。徽宗初,罷知越州,尋貶睦州,卒。宋史入姦臣傳。

【章陵】㊀唐文宗(李昂)陵。地在今陝西銅川市舊富平縣西北天乳山。見舊唐書武宗紀開成五年。㊁漢光武帝(劉秀)祖考陵。在湖北棗陽縣東。見後漢書十四城陽恭王祉傳。

【章程】章術法式。史記一三〇太史公自序:"於是漢興,蕭何次律令,韓信申軍法,張蒼爲章程,叔孫通定禮儀。"集解"如淳曰:'章,曆數之章術也。程者,權衡丈尺斛斗之平法也。'"後泛指辦事的規程條例。金史劉箬傳:"或請釐革河南官吏之濫雜者,箬答曰:'廢齊用兵江表,求一切近効,其所用人不必皆以章程,故有不試弓馬而握兵柄者。'"

【章臺】㊀宫名。戰國時建,以宫内有章臺而名。在陝西長安縣故城西南隅。史記八一藺相如傳記秦王坐章臺見相如,相如奉璧奏秦王,卽此臺。在臺下有街名章臺街。漢京兆尹張敞罷朝會,走馬過章臺街,卽此。見漢書七六張敞傳。參閱宋程大昌演繁露七章臺。㊁門名。漢洛陽北宫有章臺門。太平御覽一八三引漢宫殿名:"洛陽有泰夏門……章臺門。"參見"北宫㊂"。

【章舉】卽章魚。唐韓愈昌黎集六初南食貽元十八協律詩:"章舉馬甲柱,鬬以怪自呈。"注:"章舉有八脚,身上有肉如臼,亦曰章魚。"

【章懋】公元 1436—1521 年。明蘭谿人。字德懋,號闇然子。憲宗成化年會試第一,舉進士,授編修。因與同官黄仲昭等上疏諫阻元夕張燈,廷杖,改南京大理左評事,復遷福建僉事。在任時,建議與外商互通貿易以裕商民,政績甚著。年四十一致仕歸,鄉居不入城市,專以讀書講學爲事,人稱楓山先生。後起用,爲南監司業,嘉靖時官至南京禮部尚書。有楓山集、楓山語録。明史有傳。

【章句學】指訓詁之學,深究一章一句之義。後漢書六二韓韶傳:"子融,字元長。少能辯理,而不爲章句學。聲名甚盛,五府並辟。"

【章佩監】官署名。元置。秩正三品。掌收御服寶帶。其長官有監卿、太監、少監、監丞等。所屬有御帶庫,掌管繫腰偏束等帶及條環諸物,供奉御用,以備賜予;又異珍庫,掌管御用珍寶及后妃公主首飾寶物。見元史百官志六。

【章陸神】刻章陸根爲人形,自稱呪之能知禍福,籍以斂錢,名章陸神。章陸,木名。一名商陸。俗作樟柳人。見清張爾岐蒿菴閒話一。

【章斌舞】古舞名。三國魏有武始咸熙章斌三舞,皆執羽籥。及晉又改羽籥舞曰宣文舞,昭武舞曰宣武舞。見三國志魏明帝紀、晉書樂志上。

【章華臺】臺名。1.春秋楚靈王造。在今湖北監利縣西北。左傳昭七年"楚子成章華之臺,願與諸侯落之",卽此。參閱宋沈括夢溪筆談辯證二、清俞正燮癸巳類稿二章華臺考。2.春秋齊景公造。史記田敬仲完世家"蘇代自燕來,入齊,見於章華東門",卽此。

【章程書】八分書的别名。秦始皇時上谷王次仲所作。時人以寫篇章或法令,亦謂之章程書。見唐張懷瓘書斷上八分。參見"八分㊀"。

【章臺柳】㊀唐韓翃有姬柳氏,安史亂,兩人奔散,柳出家爲尼。韓爲平盧節度使侯希逸書記,使人寄柳詩曰:"章臺柳,章臺柳,昔日青青今在否?縱使長條似舊垂,亦應攀折他人手。"後柳爲蕃將沙吒利所劫,翃以虞候許俊以計奪還,重得團圓。見太平廣記四八五引唐許堯佐柳氏傳、孟棨本事詩情感一。㊁詞調名。後人以唐韓翃寄柳氏詩採作詞譜,以起句爲名,單調,二十七字。見詞律一。

【章學誠】公元 1738—1801 年。清會稽人。字實齋。乾隆四十三年進士,官國子監典籍。歷主北方各書院講席。深於史學。其於古今學術,輒能條别,而得其宗旨,立論多前人所未發。著有文史通義校讐通義實齋文集。所修和州亳州永清縣諸志,體例精嚴,爲世所重。

【章回小説】分章回敍事之白話小説。明郎瑛七修類稿二二辯證類小説:"小説起宋仁宗時,蓋時太平盛久,國家閑暇,日欲進一奇恠之事以娱之,故小説得勝頭迴之後,卽云話説趙宋某年。"此爲章回小説之由起。

【章懷太子】公元 657—684 年。名李賢,字明允,高宗第六子,始封潞王,上元二年立爲太子,受詔監國。賢嘗令右庶子張大安注范曄後漢書,行於世。調露二年以忤武后,廢爲庶人。文明元年,則天臨朝,迫令自殺。睿宗卽位,追贈皇太子,謚章懷。見舊唐書八六高宗中宗諸子傳。

竟 ㄐㄧㄥˋ

jìng 居慶切,去,映韻,見。

㊀窮,終。史記高祖紀:"及見怪,歲竟,此兩家常折券棄責。"㊁窮究其事曰竟。漢書六八霍光傳:"(霍)山等愈恐,相謂曰:'此縣官重太后,故不竟也。'"㊂總指,自始至終。見"竟日"。㊃副詞。畢竟,終於。史記六一伯夷傳:"盜跖日殺不辜,……竟以壽終。"後漢書八三嚴光傳:"帝曰:'子陵,我竟不能下汝邪?'"子

陵,光字。

集韻 舉影切,上,梗韻。

㊄疆界。同"境"。禮曲禮上:"入竟而問禁,入國而問俗,入門而問諱。"左傳莊二七年:"卿非君命不越竟。"

【竟日】終日,自朝至暮。晉書謝安傳:"征西大將軍桓溫請爲司馬……既到,溫甚喜,言生平,歡笑竟日。"世說新語雅量:"羊固拜臨海,竟日皆美供,雖晚至亦獲盛饌。"

【竟陵】地名。本楚地。秦昭襄王使白起攻楚,取巫黔中之郡,拔鄢郢,東至竟陵,卽此。秦置縣。漢屬江夏郡。宋齊置郡,梁末廢。故城在今湖北天門縣西北。

【竟寧】漢劉奭(元帝)年號。公元前33年。

【竟體】全身。南史謝覽傳:"(梁)武帝目送良久,謂徐勉曰:'覺此生芳蘭竟體,想謝莊政當如此。'自此仍被賞味。"覽爲莊孫。

【竟陵體】明嘉靖中王世貞李攀龍主張文必秦漢,詩必盛唐,擬古之風大盛。萬曆時袁宗道、宏道、中道兄弟三人起而矯王李之弊,提倡獨抒性靈,袁爲公安人,稱公安體。同時竟陵人鍾惺(伯敬)、譚元春(友夏)於性靈之外,又尚幽深孤峭,人稱竟陵體。惟兩人學不甚富,詩文好用怪字險韻,故境界狹隘,格局不高。參閱明史二八八袁宏道傳附鍾惺譚元春。

【竟山樂錄】淸毛奇齡撰,四卷。據明寧王朱權唐樂笛色譜爲準,以解五音十二律,還相爲宮,盡駁古人之說。唐以來教坊舊調,金以來院本遺音,多賴此編以存。書本奇齡所作,而託於其父鏡所傳,鏡字竟山,故以竟山樂錄爲題。

七 畫

竦 sǒng ㄙㄨㄥˇ 息拱切,上,腫韻,心。

㊀引領舉足。漢書三三韓王信傳:"士卒皆山東人,竦而望歸。"史記九三作"跂而望歸"。引申爲企待。文選三國魏曹子建(植)求自試表:"夫臨搏而企竦,聞樂而竊者,或有賞音而識道也。"㊁肅敬。見"竦神"。㊂執。楚辭屈原九歌少司命:"竦長劍兮擁幼艾。"㊃懼,震驚。同"悚"。詩商頌長發:"不戁不竦,百祿是總。"漢書五四李廣傳:"故怒形則千里竦,威振則萬物伏。"㊄震動。通"聳"。文選晉木玄虛(華)海賦:"若乃霾曀潛銷,莫振莫竦。"又晉張景陽(協)七命:"舉戈林竦,揮鋒電滅。"晉書張協傳竦作"聳"。㊅勸說。通"慫"。漢書八七下揚雄傳長楊賦:"迺時以有年出兵,整輿竦戎。"

【竦企】猶言企望。晉書衛恒傳四體書勢引漢崔瑗草書勢:"竦企鳥跱,志在飛移;狡獸暴駭,將奔未馳。"唐張九齡曲江集一荔枝賦:"聞者歡而竦企,見者訝而驚仡。"參見"企竦"。

【竦秀】聳立秀出貌。宋書謝靈運傳山居賦:"孤岸竦秀,長洲芊綿。既瞻既眺,曠矣悠然。"北史王肅傳:"誦宣讀詔書,言制抑揚,風神竦秀,百僚傾屬,莫不嘆美。"

【竦峙】聳立。文選漢張平子(衡)西京賦:"通天訬以竦峙,徑百常而莖擢。"宋書樂志三魏武帝(曹操)步出夏門行:"東臨碣石,以觀滄海,水何淡淡,山島竦峙。"

【竦息】惶恐不安貌。同"悚息"。漢書一〇〇上敍傳:"卽拜(班)伯爲定襄太守,定襄聞伯素貴,年少,自請治劇,畏其下車作威,吏民竦息。"三國志魏陳思王植傳陳審舉疏:"又聞豹尾已建,戎軒騖駕,陛下將復勞玉躬,擾掛神思,臣誠竦息,不遑寧處。"

【竦斯】傳說之鳥名。山海經北山經:"(灌題之山)有鳥焉,其狀如雌雉而人面,見人則躍,名曰竦斯,其鳴自呼也。"

童 tóng ㄊㄨㄥˊ 徒紅切,平,東韻,定。

㊀男有罪爲奴曰童。易旅:"旅卽次,懷其資,得童僕貞。"漢書九一貨殖傳:"童手指千。"注:"童,奴婢也。"參閱淸汪中述學釋童。㊁年幼未成人曰童。說文作"僮"。釋名釋長幼:"十五曰童,故禮有陽童。"㊂牛羊無角者曰童。詩大雅抑:"彼童而角,實虹小子。"㊃山無草木曰童。荀子王制:"斬伐養長不失其時,故山林不童而百姓有餘財也。"㊄頂禿曰童。唐韓愈昌黎集十二進學解:"頭童齒豁,竟死何裨。"㊅愚昧。漢賈誼新書道術:"反慧爲童。"㊆眼珠。通"瞳"。漢書三一項籍傳贊:"舜蓋重童子,項羽又重童子。"史記項羽紀作"瞳"。㊇姓。相傳顓頊子老童之後。見元和姓纂一東。

【童土】謂無草木之地。莊子徐无鬼:"堯聞舜之賢,舉之童土之地,曰:冀得其來之澤。"

【童子】㊀未成年的人。詩衛風芄蘭:"芄蘭之支,童子佩觿。"㊁瞳子。晉書趙至傳:"嵇康每曰:'卿頭小而銳,童子白黑分明,有白起之風矣。'"

【童山】不生草木之山。管子國准:"有虞之王,枯澤童山。"

【童女】未笄的少女。釋名釋長幼:"十五曰童,……女子之未笄者,亦稱之也。"

【童心】童稚之心。左傳襄三一年:"於是昭公十九年矣,猶有童心,君子是以知其不能終也。"唐劉禹錫劉夢得集外集八送周魯儒赴舉詩:"童心便有愛書癖,手指今餘把筆痕。"

【童牙】謂幼小。後漢書五二崔駰傳達旨:"唐且華顛以悟秦,甘羅童牙而報趙。"甘羅年十二使趙。事見史記七一甘茂傳附。

【童牛】㊀未長角的小牛。易大畜:"童牛之牿,元吉。"㊁旄牛的別稱。後漢書八六南蠻西南夷傳:"有旄牛,無角,一名童牛,肉重千斤,毛可爲毦。"

【童丱】指將冠而未成人者。晉書慕容廆載記:"安北將軍張華雅有知人之鑒,廆童丱時往謁之,華甚嘆異。"宋蘇軾分類東坡詩二三和子由蠶市:"憶昔與子皆童丱,年年廢書走市觀。"注:"丱音慣,束髮之貌。"

【童生】明淸科舉,凡中學以前,無論年齡老幼,皆稱童生;入學以後則稱生員。參閱明史選舉志。

【童男】未冠的男兒。樂府詩集六三雜曲歌辭晉傅玄雲中白子高行:"童女掣電,童男挽雷車。"

【童昏】㊀年幼無知。國語晉四:"聾聵不可使聽,童昏不可使謀。"童,一本作"僮"。㊁泛指知識淺陋。文選晉陸士衡(機)演連珠之二十八:"是以利盡萬物,不能叡童昏之心;德表生民,不能救棲遑之辱。"

【童冠】年將及冠的童子。三國志蜀向朗傳:"上自執政,下及童冠,皆敬重焉。"晉陶潛陶淵明集一時運詩:"延目中流,悠悠清沂,童冠齊業,閑詠以歸。"

【童枯】謂山林不茂,川澤無水。周禮天官司書"以知山林川澤之數"漢鄭玄注:"山林川澤,童枯則不稅。"疏:"山林不茂爲童,川澤無水爲枯。"又專指草木言。水經注三四江水:"縣北有女觀山,……山木枯悴,鞠爲童枯。"

【童律】神名。古代神話,夏禹治水,獲渦水神無支祈,禹授之童律,不能制;又授之烏木田,又不能制。又授庚辰,庚辰能制,鎖無支祈於淮陰龜山下,使淮水得安然入海。見唐李公佐古岳瀆經(漢唐地理書抄本)。

【童容】古時以幃障婦人車旁如裳，以爲裝飾，謂之童容。詩衛風氓"漸車帷裳"漢鄭玄箋:"幃裳，童容也。"疏:"鄭司農(衆)云:容爲襜車。山東謂之裳幃，或曰童容。"

【童羖】無角的羊羔。指不存在的事物。詩小雅賓之初筵:"由醉之言，俾出童羖。"傳:"羖羊不童也。"箋:"女從行醉者之言，使女出無角之羖羊，脅以無然之物，使戒深也，羖羊之牲，牝牡有角。"

【童孫】猶言幼孫。書呂刑:"幼子童孫，皆聽朕言。"唐李商隱李義山詩集一行次西郊作一百韻:"健兒庇旁婦，衰翁舐童孫。"

【童真】沙彌的别名。亦稱有髮童子。童子未破身，故名。唐釋玄應一切經音義五央掘魔羅經二:"童真是沙彌别名，……梵云究摩囉浮多，究摩羅者，是彼土八歲未冠者童子總名。浮多，此云真，亦言實也。"

【童烏】漢揚雄法言問神:"育而不苗者，吾家之童烏乎？九齡而與我玄文。"童烏，雄子。後因以童烏作早慧或幼殤者之典。三國魏嵇康嵇中散集一重作四言詩之四:"顏回短折，不及童烏。"宋劉克莊後村集十悼阿駒詩之六:"情知泪是衰翁血，更爲童烏滴數行。"

【童貫】公元？—1126年。宋開封人，字道輔。少出内侍李憲門，善測人主旨意。徽宗(趙佶)時，以供奉官主杭州明金局。蔡京之進用，貫實引之。京既相，用兵青唐，貫出監軍，時人稱京爲公相，貫爲媼相。貫以鎮壓方臘起義軍，進封太師，封廣陽郡王。金將粘罕南侵，貫爲河北宣撫，逃奔入都。時欽宗已受禪，於是諫官議者蜂起，謫竄英州，未至，詔數其十大罪，誅死。見宋史宦者傳三。

【童童】㊀樹蔭下垂貌。三國志蜀先主傳:"舍東南角籬上有桑樹生，高五丈餘，遥望見童童如小車蓋。"藝文類聚八八引作"幢幢"。㊁光潔貌。淮南子漢高誘敍:"時民歌之曰:'一尺繒，好童童。'"清胡文英吳下方言考一好童童:"按童童，光潔不壞貌。吳中謂物未壞曰好童童；物之光滑者曰光童童。"㊂光禿，指木無枝葉。宋梅堯臣宛陵集十七楊公蘊之華亭宰詩:"今年拗都盡，禿株立童童。"

【童粱】稂，卽狼尾草。三國吳陸璣毛詩草木鳥獸蟲魚疏上浸彼苞稂:"禾秀爲穗而不成，崱嶷然謂之童粱，今人謂之宿田翁，或謂守田也。"

【童蒙】幼稚識未開知的兒童。易蒙:"匪我求童蒙，童蒙求我。"疏:"蒙者，微昧闇弱之名。"又泛指知識低下。淮南子齊俗:"古者，民童蒙不知東西，貌不羡乎情，而言不溢乎行。"亦作"瞳矇"。漢王充論衡自然:"純德行而民瞳矇，曉惠之心未形生也。"

【童謠】兒童歌謡。不用樂器伴奏而歌唱曰謠。左傳昭二五年:"吾聞文武之世，童謠有之，曰:'鸜之鵒之，公出辱之，……鸜鵒鸜鵒，往歌來哭。'"國語鄭:"且宣王之時，有童謠曰:'檿弧箕服，實亡周國。'"

【童騃】童幼癡愚。唐韓愈昌黎集一謝自然詩:"果州南充縣，寒女謝自然。童騃無所識，但聞有神仙。"

【童齔】兒童。三國志魏辛毗傳諫伐吳:"今日之計，莫若脩范蠡之養民法，管仲之寄政，……十年之中，彊壯未老，童齔勝戰，兆民知義，將士思奮，然後用之，則役不再舉矣。"又吳虞翻傳"初，山陰丁覽，太末徐陵……翻一見之，便與友善"注引會稽典録:"陵子平，字伯先，童齓知名，翻甚愛之，屢稱嘆焉。"齓，同"齔"。

【童顏】謂面色如幼童。南朝宋鮑照鮑氏集六詠蕭史詩:"蕭史愛少年，嬴女希童顏。"後人因謂年老而貌尚少壯者曰鶴髮童顏。

【童觿】詩衛風芄蘭:"童子佩觿。"後因稱少年爲童觿。觿，用象牙或獸角製的解結的用具。宋趙鼎臣竹隱畸士集十一謝陳漕薦啟:"會延世以疏恩，遽濫巾而入仕，彼其已慚於鵜翼，悸兮仍愧於童觿。"

【童子郎】古時常選童子，秀異能通經者拜爲郎，號童子郎。如東漢謝廉趙建章，年始十二，各能通經，左雄並奏爲童子郎。魏司馬朗亦年十二試經爲童子郎。又有以父功拜者，如東漢臧洪，年十年，以父功拜童子郎，知名太學。見通考三五選舉八童科。

【童子科】唐制，凡十歲以下，能通一經，及孝經論語，每卷誦文十通者，予官。通七者，與出身，謂之童子科。宋乾道間劉砥與弟礪皆中童子科；又賈黄中六歲中童子科，十五歲舉進士。參閲文獻通考三五選舉八童科。

【童子幘】未冠者所服之頭巾。後漢書輿服志下:"未冠童子幘無屋者，示未成人也。"也作"半頭幘"、"空頂幘"。又十一劉盆子傳:"盆子時年十五，……俠卿爲制絳單衣，半頭赤幘。"注:"半頭幘卽空頂幘也，其上無屋，故以爲名。……東宫故事曰:'太子有空頂幘一枚。'卽半頭幘之製也。"

【童男女】未婚嫁的青少年。史記封禪書:"始皇自以爲至海上而恐不及矣，使人乃齎童男女入海求之。船交海中，皆以風爲解。"

【童蒙訓】宋呂本中撰，三卷。是書爲其家塾訓課之本。所記有師友遺聞及立身處世讀書仕宦之要。本中曾祖公著，祖希哲，父好問，爲北宋故家，由此書可以見封建官僚世家教育子弟的梗概。

【童牛角馬】謂違背常態。漢揚雄太玄經三更:"童牛角馬，不今不古。測曰:童牛角馬，變天常也。"注:"更物之性，而爲治術，非天常道也。"

【童溪易傳】宋王宗傳撰，三十卷。宗傳字景孟，淳熙八年進士，其説宗尚王弼，抨擊以象數説易之誤，與楊簡慈湖易傳宗旨相類。

竣 jùn ㄐㄩㄣ 七倫切，平，諄韻，清。

退伏。國語齊:"有司已於事而竣。"後因以已事、事畢爲竣。

竢 sì ㄙ 牀史切，上，止韻，牀。

等待。同"俟㊀"。國語晉四:"質將善，而賢良贊之，則濟可竢也。"

八 畫

竫 jìng ㄐㄧㄥ 疾郢切，上，静韻，從。

㊀安静。後漢書五二崔駰傳慰志賦:"竫潛思於至賾兮，騁六經之奥府。"㊁結撰，撰集。公羊傳文十二年:"何賢乎繆公？以爲能變也。其爲能變奈何？惟諓諓善竫言，俾君子易怠。"注:"竫，猶撰也。"㊂見"竫人"。

【竫人】古代神話中小人國名。人長九寸。山海經大荒東經:"有小人國名靖人。"注:"(靖)或作竫，音同。"唐柳宗元柳先生集四三行路難詩之一:"北方竫人長九寸，開口抵掌更笑喧。"列子湯問作"静人"。

竪 shù ㄕㄨ

"豎"别體字。見"豎"。

九 畫

竭 jié ㄐㄧㄝ 其謁切，入，月韻，羣。

㊀負擔。禮禮運:"五行之動，迭相竭也。"釋文:"竭義作揭，其列反。負戴也。"㊁乾涸。古字多作"渴"。詩大雅召

旻:"池之竭矣，不云自頻。"國語周上:"昔伊洛竭而夏亡，河竭而商亡。"㊂窮盡。禮曲禮上:"君子不盡人之歡，不竭人之忠。"荀子修身:"齊明而不竭，聖人也。"㊃亡。呂氏春秋權勳:"脣竭而齒寒。"

【竭力】竭盡其力。論語學而:"事父母能竭其力，事君能致其身。"禮祭義:"竭力從事，以報其親，不敢弗盡也。"

【竭蹶】力竭顛仆。荀子儒效:"故近者歌謳而樂之，遠者竭蹶而趨之。"注:"竭蹶，顛倒也。"議兵篇作"竭蹷"。

【竭澤而漁】排盡池水、湖水以捕魚。喻盡其所有不留餘地。呂氏春秋義賞:"竭澤而漁，豈不獲得，而明年無魚。"淮南子主術作"不涸澤而漁"、漢劉向說苑權謀作"乾澤而漁"。

端 duān 多官切，平，桓韻，端。ㄉㄨㄢ

㊀事物的一頭，一方面。孫子勢:"循環之無端，孰能窮之?"禮中庸:"執其兩端，用其中於民。"注:"兩端，過與不及也。"㊁開頭。孟子公孫丑上:"惻隱之心，仁之端也。"引申爲緣由。晉陸機陸士衡集六君子行:"福鍾恒有兆，禍集非無端。"㊂古布帛長度名。絹曰匹，布曰端。古絹以四丈爲一匹，布以六丈爲一端。唐以四丈爲匹，六丈爲端。左傳昭二六年"以幣錦二兩"晉杜預注:"二丈爲一端，二端爲一兩，所謂匹也。"參閱王國維遺書內編釋幣下歷代布帛修廣價值考。㊃南北朝時稱幕僚之職曰端。府幕爲府端，州幕爲州端。宋書陸徽傳表:"九綜州綱，三端府職。"㊄直，正。禮玉藻:"目容端，口容止。"㊅詳審。戰國策趙一:"(郗疵)對曰:'韓魏之君，視疵端而趨疾。"㊆古諸侯祭服。周禮春官司服:"其齊服，有玄端、素端。"疏:"案玉藻云:諸侯玄端而祭。……諸侯祭宗廟之服。"㊇雙手捧物。紅樓夢六:"聽得那邊說道'擺飯'，漸漸地人纔散出去，只有伺候端菜的幾個人。"㊈副詞。1.正好。漢書九七下孝成許皇后傳上疏:"妾薄命，端遇竟寧前。"2.果真。宋蘇軾東坡詞水龍吟:"料多情夢裏，端來見我，也參差是。"3.究竟。陸游劍南詩稿十四幽事:"餘年端有幾，風月且婆娑。"㊉姓。古有端氏國，爲晉所滅，晉大夫食采于端，因以爲氏。見明陳士元姓觿二四寒。

【端一】農曆五月初一日。元陳元靚歲時廣記二一端五上:"京師市廛人，以五月初一日爲端一。初二日爲端二，數以至五謂之端五。"

【端人】正直之士，正派人。孟子離婁下:"夫尹公之他，端人也，其取友必端矣。"注:"端人，用心不邪辟。"

【端士】正直之士。漢書四八賈誼傳陳政事疏:"於是皆選天下之端士孝悌博聞，有道術者以衛翼之，使與太子居處出入。"

【端下】妖星名。晉書天文志中:"天美、天欃……端下，皆辰星之所生也。出以壬寅日，有兩黑方在其旁。"

【端方】猶言正直。宋書王敬弘傳:"敬弘形狀短小，而坐起端方，桓玄謂之彈棋八勢。"唐韓愈昌黎集三八冬薦官殷侑狀:"久從使幕，亮直著名，朴厚端方，少見倫比。"

【端木】複姓。孔子弟子有端木賜。見史記六七仲尼弟子傳。參見"子貢"。

【端五】即端午。午、五二字古通。見"端午"。

【端匹】布帛長度名。資治通鑑二三八唐元和五年:"悉罷諸道行營將士，共賜布帛二十八萬端匹。"注:"唐制:布帛六丈爲端，四丈爲匹。"

【端尹】㊀京畿長官。宋書劉秀之傳詔:"往歲逆臣交構，首義萬里，及職司端尹，贊戎兩宮，嘉謀徽譽，實彰朝野。"秀之，大明二年官丹陽尹。㊁秦漢有詹事官，唐有詹事府，詹事一人，掌內外衆務，糾彈非違，總判府事；置少詹事一人以貳之。龍朔二年，改詹事爲端尹。唐大詔令集五五元和六年李藩太子詹事制:"宜輟黃樞之重，尚居端尹之崇。"

【端日】元旦，正月初一日。唐韓鄂歲華紀麗一元日"八節之端"自注:"端爲資始，亦云四始。"又云:"端日，謂履端者也。"

【端公】㊀唐侍御史的俗稱，以其位居御史臺之首。通典二四職官六侍御史:"侍御史之職有四，……臺內之事悉主之，號爲臺端，他人稱之曰端公。其知雜事者，謂之雜端，最爲雄劇。"㊁宋代官府公人之稱。水滸八:"只見巷口酒店裏酒保來說道:'董端公，一位官人在小人店中請說話。'……原來宋時的公人，都稱呼端公。"㊂舊時指託神惑衆，斂取財物的師巫。見宋趙彥衛雲麓漫鈔十二、明俞汝楫禮部志稿四五奏疏、明實錄英宗正統實錄二一。

【端午】㊀農曆五月初五。亦作"端五"、"重五"。初學記四晉周處風土記:"仲夏端午，烹鶩角黍。"㊁指農曆初五。唐玄宗八月初五日生，以其日爲千秋節。張說上大衍曆序云:"謹以開元十六年八月端午，赤光照室之夜獻之。"參閱宋洪邁容齋隨筆一八月端午。

【端月】正月。史記秦楚之際月表"端月"唐司馬貞索隱:"二世二年正月也。秦諱正，故云端月也。"唐韓鄂歲華紀麗一元日:"位正元陽，氣和端月。"

【端平】宋趙昀(理宗)年號。公元1234—1236年。

【端正】㊀正直。莊子天地:"至德之世，不尚賢，不使能，上如標枝，民如野鹿，端正而不知以爲義，相愛而不知以爲仁。……是故行而〔無〕迹，事而無傳。"㊁指容貌整齊。史記一二一公孫弘傳:"太常擇民年十八已上，儀狀端正者，補博士弟子。"才調集二顧況梁廣畫花歌:"上元夫人最小女，頭面端正能言語。"

【端石】端溪所産之石。唐宋以來皆采作硯材。端溪有西中東三洞，東洞所産者尤美，俗亦稱大東洞。以有青眼者最貴重，黃赤爲下。見唐李肇國史補下貨賄通用物、宋歐陽修文忠集七二硯譜、吳曾能改齋漫錄十五端州石。

【端右】謂尚書省長官。晉書王述傳乞骸骨疏:"臣忝端右，而以疾患，禮敬廢替，猶謂可有差理。"又王恭傳:"(會稽王)道子常集朝士，置酒於東府，尚書令謝石因醉爲委巷之歌，恭正色曰:'居端右之重，集藩王之第，而肆淫聲，欲令羣下何所取則?'"

【端由】事的原由經過。唐南卓羯鼓錄:"旋而琵琶者爲同輩告訐，稱六七年前，其父自縊，不得端由。"

【端衣】古祭祀時所穿的禮服。荀子哀公:"夫端衣玄裳，絻而乘路者，志不在於食葷。"注:"端衣玄裳，卽朝玄端也，絻與冕同，鄭(玄)云:'端者取其正也。'"

【端州】地名。隋以高要郡置，後改爲信安郡，唐復爲端州，宋廢。今爲廣東高要縣。境東南有端溪，出硯石，所製硯稱端硯。參閱讀史方輿紀要一〇一高要縣高峽山。

【端行】直身而疾走。禮玉藻:"端行，頤霤如矢。"注:"此疾趨也，端，直也。"

【端門】㊀宮殿南面正門。史記呂后紀:"代王(文帝)卽夕入未央宮。有謁者十人持戟衞端門。"㊁魯之城門。公羊傳哀十四年"撥亂世，反諸正，莫近諸春秋"漢何休注:"得麟之后，天下血書魯端門。"㊂星名。晉書天文志上:"南蕃中二星間曰端門。"

【端居】猶言平居。梁書傅昭傳:"終日端居,以書記爲樂,雖老不衰,博極古今。"唐王維王右丞集五登裴迪秀才小臺作詩:"端居不出户,滿目望雲山。"

【端明】宫殿名。1. 五代後唐明宗同光二年改解卸殿爲端明殿,置端明殿學士,使進讀四方書奏,以馮道趙鳳任之,班在翰林學士之上。2.宋明道二年,改承明殿爲端明殿,復置端明殿學士,改在翰林學士之下。見文獻通考五四職官八端明殿學士。

【端委】㊀朝服之端正而寬長者曰端委。左傳昭元年:"吾與子弁冕端委,以治民臨諸侯,禹之力也。"疏:"服虔云:'禮衣端正無殺,故曰端;文德之衣尚褒長,故曰委。'"㊁端,玄端,黑赤色的禮服;委,委貌,禮帽。國語周上:"晉侯端委以入。"注:"衣玄端,冠委皃,諸侯祭服也。"參見"委貌"、"玄端"。

【端的】㊀究竟,委細。樂府詩集四六讀曲歌:"闊面行負情,詐我言端的。"宋柳永樂章集征部樂:"憑誰去,花衢覓。細說此中端的。"㊁果然,實在。唐李中碧雲集下送紹明上人之毗陵詩:"回期端的否,千里路悠悠。"景德傳燈録二五清聳禪師:"師問僧:'汝會佛法麼?'曰:'不會。'師曰:'汝端的不會?'曰:'是。'"

【端拱】㊀端身拱手。莊子山木:"木聲與人聲犁然,有當於人之心,顏回端拱還目而窺之。"晉書張忠傳:"冬則縕袍,夏則帶索,端拱若尸。"㊁謂帝王斂手無爲而治。文苑英華二隋煬帝冬至乾陽殿受朝詩:"端拱朝萬國,守文繼百王。"㊂宋趙炅(太宗)年號。公元 988—989 年。

【端相】審視,細看。唐司空圖司空表聖文集十障車文:"且子細思量,内外端相,事事相稱,頭頭相當。"

【端倪】頭緒;邊際。莊子大宗師:"反覆終始,不知端倪。"文選南朝宋謝靈運遊赤石進帆海詩:"溟漲無端倪,虛舟有超越。"

【端副】尚書令爲百官之長,稱端右、端揆;尚書僕射位次於令,爲副貳之職,故稱端副。文苑英華三八〇南朝梁沈約王亮王瑩加授詔:"門下,京輔華貫,端副要重,政首民經,任切朝寄。"魏書李平傳:"平自在度支,至於端副,夙夜在公,孜孜匪懈。"

【端莊】端正莊重。廣弘明集十五南朝宋謝靈運佛影銘序:"容儀端莊,相好具足。"指容貌。宋蘇軾分類東坡詩十一和子由論書:"端莊雜流麗,剛健含婀娜。"指字體方正。

【端冕】古代朝服。端,玄端;冕,大冠。禮樂記:"魏文侯問於子夏曰:'吾端冕而聽古樂,則唯恐卧;聽鄭衛之音,則不知倦。'"國語楚下:"聖王正端冕,以其不違心。"參見"玄端"。

【端揆】尚書省長官。晉書職官志:"(漢)建安十三年,罷漢台司,更置丞相,而以曹公(操)居之,用兼端揆。"梁書沈約傳:"初,約久處端揆,有志台司,論者咸謂爲宜,而帝終不用。"時約爲尚書令。

【端貳】泛稱尚書省長副之官。晉書苻登載記附徐嵩:"(苻)堅甚奇之,謂其叔父成曰:'人爲長吏,故當應耳。此年少落落,有端貳之才。'"

【端硯】以廣東德慶縣端溪產石所製之硯。自唐以來,即爲人重,唐劉禹錫劉夢得集四唐秀才贈端州紫石硯以詩答之詩中已有"端州石硯人間重"之句,李賀歌詩編三楊生青花石硯歌有"端州石工巧如神"之句。入宋名益盛,鑒别之法,亦漸以精密。參閱宋缺名端溪硯譜、寰宇通志一〇二肇慶府土產端硯、清吳蘭修端溪硯史。

【端陽】農曆五月初五日。元歐陽玄圭齋集四漁家傲詞:"五月都城猶衣裌,端陽蒲酒新開臘。"

【端溪】縣名。漢置,屬蒼梧郡。明洪武九年省。今爲廣東德慶縣。縣東有端溪水,其地有三洞,產硯石著稱於世。參閱讀史方輿紀要一〇一德慶州。參見"端石"、"端硯"。

【端詳】㊀細審。文選晉潘安仁(岳)楊荆州誄:"庶獄明慎,刑辟端詳。"唐白居易長慶集十四和夢遊春詩一百韻:"端詳筮仕蓍,磨拭穿楊鏃。"㊁端莊安詳。世說新語方正:"於是王右軍(羲之)往謝家看新婦,猶有(謝)恢之遺法,威儀端詳,容服光整。"周書寇儁傳:"儁身長八尺,鬚鬢皓然,容止端詳,音韻清朗。"

【端肅】㊀端莊嚴肅。宋書范泰傳:"(王)忱嗜酒,醉輒累旬,及醒則儼然端肅。"㊁舊時書牘中稱呼敬詞。清翟灝通俗編九儀節引沈文初政記:"洪武三年正月,諭中書省曰:今人書劄,多稱稽首、頓首、再拜、百拜,非實禮也,宜定其式。禮部儀:凡致書於尊者稱端肅奉書,答則端肅奉復。敵己者稱奉書奉啓而已。"

【端罩】清代章服。清搏沙拙老閒處光陰下:"國朝章服之極珍貴者,爲元狐褡褸,滿文曰端罩,雖親王亦非賜賚不能服。若既薨没,即當呈繳,奉旨賞還,方敢藏於家。……其式似表衣而較寬,長毛外向,左右衩微高,各懸飄帶一。"

【端端】㊀猶言端正。漢王充論衡詰術:"端端之日有十邪,而將一有十名也。"㊁唐代名妓,姓李。崔涯有詩"覓得黄騮被繡鞍,善和坊裏取端端,揚州近日渾成差,一朵能行白牡丹",即此人。見唐范攄雲溪友議五。

【端蒙】太歲在乙曰端蒙。爾雅釋天作"旃蒙"。見史記曆書。參見"旃蒙"。

【端緒】頭緒。淮南子兵略:"一晦一明,孰知其端緒。"漢書八十宣元六王傳淮陽憲王欽報張博書:"既開端緒,願卒成之。"

【端愨】正直誠實。國語齊:"惟慎端愨以待時,使民以勸。"荀子修身:"愚款端愨,則合之以禮樂,通之以思索。"

【端箭】發箭前,以一目凝視目標。唐張鷟朝野僉載四:"修文學士馬吉甫眇一目,〔目〕爲端箭師。"一目斜,猶如横撚箭之狀,故郎中張元一以端箭稱之。元詩選有馬祖常題明皇端箭圖詩。

【端凝】莊重。舊唐書一六八馮宿傳附馮定:"文宗以其端凝若植,問其姓氏,翰林學士李珏對曰:'此馮定也。'"宋史二八二李沆傳:"嘗侍曲宴,太宗目送之曰:'李沆風度端凝,真貴人也。'"

【端闈】王宫西北方的門。文選漢班孟堅(固)西都賦:"列鐘虡於中庭,立金人於端闈。"注:"爾雅曰:宫中門謂之闈。"

【端麗】端莊而美麗。後漢書皇后紀序:"漢法,常因八月筭人,遣中大夫與掖庭丞及相公,於洛陽鄉中閱視良家童女,年十三以上,二十已下,姿色端麗,合法相者,載還後宫,擇視可否,乃用登御。"

【端午索】舊時端午節結於項間的彩帶。明劉侗于奕正帝京景物略二春場:"(五月)五日之午前,……項各綵繫,垂金錫,若錢者,若鎖者,曰端午索。"

【端正月】中秋月。唐韓愈昌黎集九和崔舍人詠月詩:"三秋端正月,今夜出東溟。"

【端正樹】石楠樹的異名。宋樂史楊太真外傳下:"上發馬嵬,行至扶風道,道傍有花,寺畔有石楠樹團圓,愛玩之,因呼爲端正樹,蓋有所思也。"

【端溪硯史】清吳蘭修撰,三卷。首卷記端州產石,並附圖。次卷論石品、石色等,兼及硯工、用硯、藏硯等法。三卷載貢硯、開坑及逸事。是書綜採前人記硯諸書,依次編列,以詳備見稱。

【端溪硯譜】一卷,不著撰者名。有宋

孝宗淳熙十年榮芑跋，稱傳自葉樾。其書前論石之所出，與石質石眼，次論價，次論形製，終以石病。於地產優劣，石品高下，記述甚詳。

十一畫

竱 zhuǎn 旨兗切，上，獮韻，照。ㄓㄨㄢˇ

㊀等，均齊。見説文。㊁見"竱心"。

【竱心】齊心。唐韓愈昌黎集十四鄆州谿堂詩序："治成制定，衆志大固，惡絶於心，仁行於色，竱心一力，以供國家之職。"

【竱本】謂使事之根本等齊均衡。國語齊："式權以相應，比綴以度，竱本肇末。"注："謂先等其本，以正其末。"

十二畫

頾 xū 集韻 詢趨切，平，虞韻。ㄒㄩ

立而待。漢書八四翟方進傳："(涓)勳私過光禄勳辛慶忌，又出逢帝舅成都侯(王)商道路，下車立，頾過，乃就車。"今字多作"需"、"須"。

十三畫

竵 wāi 火媧切，平，佳韻，曉。ㄨㄞ

不正。"歪"的本字。宋趙叔向肯綮録："竵，物之不正。"參閲清段玉裁説文解字注。

【竵匾法】漢字書法之一。宋沈括夢溪筆談十七書畫："(徐)鉉嘗自謂吾晚年始得竵匾之法。凡小篆喜瘦而長，竵匾之法，非老筆不能也。"宋朱熹朱文公集八四跋徐騎省所篆項王亭賦後："騎省(徐鉉)自言：晚乃得竵匾法。今觀此卷，縱橫放逸，無毫髮姿媚意態，其爲老筆亡疑。"

十五畫

競 jìng 渠敬切，去，映韻，羣。ㄐㄧㄥˋ

㊀强，强勁。左傳宣元年："於是晉侯侈，趙宣子(盾)爲政，驟諫而不入，故不競於楚。"又襄十八年："又歌南風，南風不競。"㊁争逐。詩大雅桑柔："君子實維，秉心無競。"吕氏春秋分職："以其財賞，而天下皆競。"

【競心】争勝之心。世説新語品藻："桓公(温)少與殷侯(浩)齊名，常有競心。桓問殷：'卿何如我？'殷云：'我與我周旋久，寧作我。'"

【競走】搶先而行。莊子天下："逐萬物而不反，是窮響以聲，形與影競走也。"世説新語雅量："看道邊李樹多子，折枝諸兒競走取之。"

【競津】奔競之路。晉書殷仲堪傳答桓玄文："端本正源者雖不能無危，其危易持。苟啟競津，雖未必不安，而其安難保。"

【競病】南朝梁曹景宗既破魏軍，振旅凱旋歸，梁武帝(蕭衍)宴於華光殿，令沈約賦詩。時韻已盡，惟餘"競病"二字。景宗操筆成詩曰："去時兒女悲，歸來笳鼓競。借問行路人，何如霍去病。"武帝與在座者皆嗟嘆不已。見南史曹景宗傳。後因以競病爲作詩押險韻之典。宋蘇軾分類東坡詩十八王鞏屢約重九見訪既而不至……："老守無何惟日飲，將軍競病自詩鳴。"

【競逐】猶競争。漢書九二游俠傳序："外戚大臣魏其(竇嬰)、武安(田蚡)之屬競逐於京師。"後漢書十七馮異傳："當兵革始起，擾攘之時，豪傑競逐，迷惑千數。"

【競爽】争榮，争勝。左傳昭三年："齊公孫竈卒。司馬竈見晏子，曰：'又喪子雅矣。'晏子曰：'惜也……二惠競爽猶可，又弱一個焉，姜其危哉。'"注："子雅子尾皆齊惠公之孫也。競，彊也；爽，明也。"南朝梁鍾嶸詩品上："自王揚枚馬之徒，詞賦競爽，而吟詠靡聞。"

【競渡】謂賽船。南朝梁宗懍荆楚歲時記："是日競渡採雜藥：'按：五月五日競渡，俗爲屈原投汨羅日，傷其死，故並命舟檝以拯之……州將及士人，悉臨水而觀之。'"隋書地理志下："屈原以五月望日赴汨羅，土人追至洞庭不見，……因爾鼓櫂争歸，競會亭上，習以相傳，爲競渡之戲。"

【競渡船】㊀用以競渡的輕舟。舊唐書敬宗紀："己未，詔王播造競渡船二十隻供進。"也作"競渡舟"。新唐書一二六張九齡傳附張仲方："帝(敬宗)時詔王播造競渡舟三十艘，度用半歲運費。"參見"龍舟"。㊁譏争權奪利的貴人。宋邵博聞見後録三十："又有貴人號競渡船者，以其唯利是競也。席大光作言官，擊之曰：'某别名競渡船，中貯無賴之小人，外較必争之微利也。'士大夫矚傳之。"

竹　部

竹 zhú 張六切，入，屋韻，知。ㄓㄨˊ

㊀竹子。一種多年生的禾本科木質常緑植物。詩衛風淇奧："瞻彼淇奥，緑竹猗猗。"㊁指竹簡。見"竹帛"、"竹簡"。㊂指竹製管樂器，如笙笛之類。禮樂記："金、石、絲、竹，樂之器也。"參見"八音"。㊃姓。相傳殷末孤竹君子伯夷叔齊讓國，周時隱於首陽山，後子孫以竹爲姓。漢有擬陽侯竹晏、宋有進士竹滋。見通志二氏族二以國爲氏。

【竹人】㊀吹奏竹製管樂器的樂工。舊唐書音樂志："登歌工人坐堂上，竹人立堂下，所謂'琴瑟在堂，竽笙在庭'也。"㊁大竹中的實。全唐詩六一四皮日休送羊振文先輩往桂陽歸覲："竹人臨水迎符節，風母穿雲避信旗。"自注："曹毘湘中賦云：'篔簹中實，内有實，狀如人也。'"

【竹工】製造竹器的工人。宋王禹偁小畜集十七黄州新建小竹樓記："竹工破之，刳去其節，用代陶瓦。"又："吾聞竹工云：竹之爲瓦僅十稔。"

【竹巾】竹笠的别稱。宋俞琰席上腐談上："氍之異名曰毛席，毯之異名曰毛褥，猶竹笠呼爲竹巾。"

【竹山】縣名。屬湖北省。古庸國地，秦名上庸。漢置縣，屬漢中郡。南朝梁改名安城縣，西魏改竹山，隋以後因之。明清皆屬湖北鄖陽府。參閲嘉慶一統志三四九鄖陽府。

【竹王】漢時夜郎王。傳説生於大竹中，故名。晉常璩華陽國志四南中志寧州："有竹王者，興於遯水。有一女子浣於水濱，有三節大竹流入女子足間，推之不肯去。聞有兒聲，取持歸破之，得一男兒。長養，有才武，遂雄夷狄，氏以竹爲姓。"原自立爲夜郎侯，武帝時歸附漢，封王。後被殺。夜郎人尊之爲竹王三郎神。見後漢書八六西南夷傳夜郎、法苑珠林七九引異苑。

【竹牛】獸名。據范資玉堂閒話仲小小：疊宕潘岷之境，多産竹牛，一名野牛，色純黑。每飲齕之處，則拱木叢竹，踐之成塵。獵人以毒矢射之，卽斃。踣之如山，積肉如阜，一牛致肉數千斤，新鮮者甚美，縷如紅絲綫。宋康與之昨夢録："西夏有竹牛，重數百斤，角甚長而黄黑相間，用以製弓極佳，尤且健勁。"

【竹布】用竹練麻所織的布。後漢書四九王符傳浮侈篇"葛子升越，筩中女布"注引沈懷遠南越志曰："蕉布之品有三，有蕉布，有竹子布，又有葛焉。雖精麤之殊，皆同出而異名。"新唐書地理志七上："(嶺南道)厥貢：金銀、孔翠、犀、象、綵藤、竹布。"

【竹母】竹的老根。宋釋贊寧筍譜："今吴會間八月，鄉人往往掘土採鞭頭爲筍，向市而鬻，然終傷損春筍，而且害竹母。"

【竹奴】竹几。宋方夔富山遺稿八雜興詩："涼與竹奴分半榻，夜將書孏伴孤燈。"參見"竹夫人"。

【竹刑】古刑書。因寫在竹簡上，故名。左傳定九年："鄭駟歂殺鄧析而用其竹刑。"注："鄧析，鄭大夫，欲改鄭所鑄舊制，不受君命，而私造刑法，書之於竹簡，故言竹刑。"

【竹西】古亭名。唐杜牧樊川集三題揚州禪智寺詩："誰知竹西路，歌吹是揚州。"全唐詩五五〇趙嘏山中寄盧簡求："竹西池上有花開，日日幽吟看又回。"後人因於其處築竹西亭，又名歌吹亭，在揚州府甘泉縣(今江蘇揚州市)北。見嘉慶一統志九七揚州府二古蹟。

【竹肉】生在竹根節上的菌類。又名竹蓐、竹菰、竹蕈、竹實。唐段成式酉陽雜俎十九廣動植草："江淮有竹肉，生竹節上，如彈丸，味如白雞。"參閲本草綱目二八菜五竹蓐。

【竹枝】㊀樂府名。唐劉禹錫於貞元中在沅湘所創新詞。見劉夢得集九竹枝詞引。其形式爲七言絶句，唐人所作多以寫旅人離思愁緒，或兒女柔情，後人所作多歌詠風土人情。參閲樂府詩集八一竹枝。㊁詞調名。又名巴渝辭。本出於樂府竹枝詞。單調，有十四字、二十八字兩體。見詞譜一。

【竹林】㊀竹子叢生處。山海經大荒北經："(附禺之山)丘南，帝俊竹林在焉，大可爲舟。"㊁比喻親密的友誼。晉書山濤傳："(濤)與嵇康、吕安善，後遇阮籍，便爲竹林之交，著忘言之契。"參見"竹林七賢"。竹林七賢中阮籍阮咸爲叔姪，故後世也以竹林比喻叔姪關係。唐李白李太白詩二十陪侍郎叔游洞庭醉後之一："今日竹林宴，我家賢侍郎。"㊂鳥名。唐杜甫杜工部草堂詩箋十七乾元中寓居同谷縣作歌之四"林猿爲我啼清晝"宋蔡夢弼會箋："或引(宋蔡絛)西清詩話：'林猿'，古本作'竹林'，乃鳥名也。嘗有客自同谷來，籠一禽，大如雀，色正青，善鳴，問其名，曰：此竹林鳥也。"

【竹帛】竹指竹簡，帛指白絹，古代初無紙，用以書寫文字。墨子明鬼："古者聖王必以鬼神爲其務，鬼神厚矣，又恐後世子孫不能知也，故書之竹帛傳遺後世子孫。"後用以指書册、史乘。漢書五四蘇建傳附蘇武："今足下還歸，揚名於匈奴，功顯於漢室，雖古竹帛所載，丹青所畫，何以過子卿！"子卿，蘇武字。晉陸機陸士衡集六長歌行："但恨功名薄，竹帛無所宣。"

【竹秋】指竹筍成熟期。宋釋贊寧筍譜："凡百穀各以其初生爲春，熟爲秋。若筍，以鞭行時分芽、露白月爲春。……及乎外苞内實，冒土而生，當二三月爲秋。"明彭大翼山堂肆考時令："二月爲竹秋。"

【竹胎】指筍。見説文："筍，竹胎也。"筍外擘苞裹而生，故稱竹胎。全唐詩六一四皮日休夏景無事因懷章來二上人之一："水花移得和魚子，山蕨收時帶竹胎。"

【竹宫】用竹建造的宫室。漢書禮樂志："以正月上辛用事甘泉圜丘，……夜常有神光如流星止集于祠壇，天子自竹宫而望拜。"三輔黄圖三："竹宫，甘泉祠宫也，以竹爲宫，天子居中。"後以"竹宫"作壇祠的泛稱。宋劉克莊後村集二三蒙恩復畀明道祠寄呈趙克勤吏部詩之一："白頭重得爲僚友，同爲君王轄竹宫。"

【竹姬】一種消暑器具。卽竹几。清厲荃事物異名録十九竹夫人竹姬："(明)石珤苦熱行：'竹姬染汗光模糊。'按竹姬卽竹夫人。"參見"竹夫人"。

【竹素】竹簡和白絹。指書、史。意同"竹帛"。三國志吴陸凱傳諫孫晧疏："明王聖主取士以賢，不拘卑賤，故其功德洋溢，名流竹素。"文選晉張景陽(協)雜詩之九："遊思竹素園，寄辭翰墨林。"注："風俗通曰：劉向爲孝成皇帝典校書籍，皆先書竹，爲易刊定，可繕寫者以上素也，今東觀書竹素也。"

【竹馬】兒童遊戲時當馬騎的竹竿。後漢書三一郭伋傳："始至行郡，到河西美稷，有童兒數百，各騎竹馬，道次迎拜。"世説新語方正："(諸葛靚)與(晉)武帝有舊，……相見禮畢，酒酣，帝曰：'卿故復憶竹馬之好不？'"後人常用兒童騎竹馬迎郭汲事稱頌地方官吏。唐白居易長慶集五五贈楚州郭使君詩："笑看兒童騎竹馬，醉攜賓客上仙舟。"全唐詩五四九趙嘏淮信賀滕邁台州："旌旆影前横竹馬，詠歌聲裏樂樵童。"

【竹書】古代無紙，記事於竹簡上，編綴成册，後世謂之竹書。也稱竹簡書。晉書束皙傳："太康二年，汲郡人不準盗發魏襄王墓，或言安釐王墓，得竹書數十車。"南齊書文惠太子傳："時襄陽有盗發古塚者，相傳云是楚王塚，大獲寶物玉屐、玉屏風、竹簡書、青絲編。簡廣數分，長二尺，皮節如新。"

【竹孫】竹枝根末端所生的新枝。卽孫竹。宋蘇軾分類東坡詩二庚辰歲人日作詩……今斯言乃驗："不用長愁掛月村，檳榔生子竹生孫。"自注："海南勒竹每節生枝如竹竿大，蓋竹孫也。"范成大石湖集二八三月十六日石湖書事之二："菱母尚能瘦，竹孫如許長。"

【竹笑】形容竹遇風擺動的姿態。宋蘇軾東坡集二十石室先生畫竹贊："竹亦得風，夭然而笑。"元李衎竹譜詳録二竹態："竹得風，其體夭屈謂之竹笑。"

【竹紙】唐以前文獻尚無竹紙記載。北宋時書家始用竹紙，至南宋遂普遍推用。故宫博物院所藏舊題王羲之雨後帖、王獻之中秋帖，皆爲北宋人摹本，卽書於竹紙之上。

【竹笘】兒童學習寫字的竹片。説文："籥，書僮竹笘也。"清段玉裁注："蓋以白墡染之，可拭去再書者。"白墡，白堊土。

【竹魚】魚名。唐劉恂嶺表録異下："竹魚，産江溪間，形如鱸魚大而少骨，青黑色，鱗下間以朱點，鬣可翫，或烹以爲羹臛，肥而美。"

【竹兜】一種有座而無轎廂的竹轎。多爲登山之用。明李華璽召集："(劉)孟弢具湖舫邀遊觀音山，距山趾十里，登陸乘竹兜。"王世貞弇州山人四部稿七三遊東林天池記："至雲峯寺改乘小竹兜子，以四人牽而上，若溯流觧艋，可四里許，至登高亭。"

【竹報】唐段成式酉陽雜俎續集十支植下："衛公(李德裕)言北都惟童子寺有竹一窠，纔長數尺，相傳其寺綱維，每日報竹平安。"後稱家書爲竹報，本此。

【竹黄】藥名。又叫竹膏。宋釋贊寧筍譜："鏞竹筍出廣州。……其内出黄，可療風癇疾，名天竹黄。……一説竹黄是南海邊竹内塵沙加於竹，凝結成。"參閲本草綱目三七木五竹黄。

【竹萌】筍的異名。爾雅釋草:"筍,竹萌。"疏:"凡草木初生謂之萌,筍則竹之初生者,故曰'筍,竹萌'也。"宋蘇軾分類東坡詩二十送筍芍藥與公擇之一:"故人知我意,千里寄竹萌。"

【竹笅】炊用的枯竹。宋詩鈔陳造江湖長翁詩鈔房陵之九:"城中竹笅今年貴,鹽茗新來免闕供。"注:"賣枯竹供爨曰竹笅。古巧反。"

【竹葉】㊀竹的葉子。晉書胡貴嬪傳:"宫人乃取竹葉插户,以鹽汁灑地而引帝車。"㊁酒名。文選晉張景陽(協)七命:"乃有荆南烏程,豫北竹葉。"唐白居易長慶集十七薔薇正開春酒初熟……詩:"甕頭竹葉經春熟,階底薔薇入夏開。"

【竹筧】用竹架接的引水槽。宋陸游劍南詩稿三一閉户:"地爐枯葉夜煨芋,竹筧寒泉晨灌蔬。"

【竹實】㊀竹子所結的實,狀如小麥。又名竹米。韓詩外傳八:"鳳乃止帝東國,集帝梧桐,食帝竹實,没身不去。"世說新語棲逸:"阮步兵(籍)嘯聞數百步"注引魏氏春秋:"嘗遊蘇門山,有隱者莫知姓名,有竹實數斛杵臼而已。"㊁菌類。見"竹肉"。

【竹蓐】見"竹肉"。

【竹篨】用竹編的轎。公羊傳文十五年"筍將而來也"漢何休注:"筍者,竹篨,一名編輿,齊魯以此名之曰筍。將,送也。"

【竹龍】㊀古代攻城之具。新五代史王彥章傳附劉仁贍:"世宗攻壽州,圍之數重,以方舟載礮,自淝水中流擊其城;又束巨竹數十萬竿,上施版屋,號爲'竹龍',載甲士以攻之。"㊁以竹連接引水。宋陳郁話腴:"(慈谿縣慶安寺)寺後有泉,出於深谷,僧以巨竹連筒引行數里。……舒亶有詩云:'松蓋作雲遮十里,竹龍行雨出千山。'"

【竹輿】山轎。宋陳淵默堂先生文集八過崇仁暮宿山寺書事詩:"驛路泥塗一尺深,竹輿高小歷千岑。"

【竹雞】㊀鳥名。生江南,形比鷓鴣小,好啼,喜居竹林。全唐詩六六九章碣寄友人:"竹裏竹雞眠蘚石,溪頭鸂鶒踏金沙。"㊁草名。卽鴨跖草。見本草綱目十六草五鴨跖草。

【竹譜】書名。1.晉戴凱之撰,一卷。記竹類七十餘種,以四言韻語敍述,並自爲注。注中所引晉以前書,多存古義。2.元李衎撰,七卷。分畫竹、墨竹、竹態、墨竹態四門,古今載籍中語及竹者,皆爲采摭,於畫法言之甚詳,並及黏幀礬絹調色和墨之法。

【竹簡】古無紙,用以記事的竹片。穆天子傳晉荀勖序:"汲郡民不準盜發古冢所得書也,皆竹簡素絲編,以臣勖前所考定古尺度其簡,長二尺四寸,以墨書,一簡四十字。"

【竹鼦】鼠屬。在竹林穴居。鼦,亦作"鼬"。新唐書地理志山南道房州房陵郡土貢有竹鼦。宋王禹偁小畜集三、蘇軾蘇文忠詩合注五有竹鼦詩。參見"鼦"。

【竹山詞】宋蔣捷撰,一卷。捷宋末人,入元不仕,隱居竹山。其詞題材甚廣,洗鍊縝密,語多創新,於辛棄疾稼軒詞爲近。

【竹夫人】古消暑之具,卽竹几。編青竹爲長籠,或取整段竹中間通空,四周開洞以通風,暑時置牀席間。唐時名竹夾膝,至宋始稱竹夫人,又稱竹姬。宋蘇軾分類東坡詩十三送竹几與謝秀才:"留我同行木上座,贈君無語竹夫人。"陸游劍南詩稿六六初夏幽居:"瓶竭重招麴道士,牀頭新聘竹夫人。"

【竹皮冠】秦末劉邦微時以竹皮所作之冠。既貴,常服之,人稱劉氏冠。見史記漢書高祖紀。以於宗廟祭祠時用之,又稱齋冠。以形似鵲尾,又稱鵲尾冠。隋書禮儀志作竹葉冠。

【竹夾膝】竹几。唐陸龜蒙甫里集九有以竹夾膝寄贈襲美詩。參見"竹夫人"。

【竹坡詞】宋周紫芝撰,三卷。紫芝,字少隱,宣城人。自號竹坡居士。其詞初學晏幾道,晚乃摒除穠麗,自爲一格。

【竹使符】漢代分與郡國守相的信符。右留京師,左與郡國。漢書文帝紀二年九月:"初與郡國守相爲銅虎符、竹使符。"注引應劭:"竹使符,皆以竹箭五枚,長五寸,鐫刻篆書,第一至第五。"後亦用以代指州郡長官。唐張九齡曲江集三登荆州城樓詩:"自罷金門籍,來參竹使符。"

【竹迷日】見"竹醉日"。

【竹葉舟】唐李玫異聞實録云江南人陳季卿,遊長安,十年不歸。一日於青龍寺訪僧不遇,見壁間有寰瀛圖,歎曰:"得此徑歸,不悔無成。"旁有一翁笑曰:"此何難。"乃折堦前竹葉,置圖上渭水中,謂陳曰:"注目於此,如願矣。"陳熟視之,恍然登舟,至家團聚。待復返青龍寺,山翁尚擁褐而坐。宋范成大石湖集二八重送伯卿詩:"故人竹葉舟,歲晚夢漂泊。"元范子安撰竹葉舟雜劇,卽演此事。見元曲選。

【竹葉冠】見"劉氏冠"、"竹皮冠"。

【竹葉清】酒名。也作"竹葉青"。樂府詩集六七晉張華輕薄篇:"蒼梧竹葉清,宜城九醖醝。"古今雜劇元高文秀遇上皇三:"問甚麼秋泉竹葉青,九醖荷葉杯?"

【竹葉碑】漢碑。碑陰載吏人官爵姓氏,似爲報德題名而立。碑面隱隱有竹葉文,而正面無文字,金石家稱之爲竹葉碑。見金石萃編十九。

【竹醉日】栽竹之日。宋范致明岳陽風土記:"五月十三日謂之龍生日,可種竹,齊民要術所謂竹醉日也。"宋陸游放翁逸稿葺圃詩:"曾求竹醉日,更問柳眠時。"也稱竹迷日。元陳元靚歲時廣記二竹迷日引(宋)劉延世竹迷日種竹詩:"梅蒸方過有餘潤,竹醉由來自古云。掘地聊栽數竿竹,開簾還當一溪雲。"

【竹練布】卽竹布。晉嵇含南方草木狀下:"箪竹,葉疎而大,一節相去五六尺,出九真,彼人取嫩者,碰浸紡績爲布,謂之竹練布。"練,一本作"疎"。

【竹籩方】古代盛棗栗的禮器。儀禮聘禮:"夫人使下大夫,勞以二竹籩方,玄被纁裏有蓋。"注:"竹籩方者,器名也,以竹爲之,狀如籩而方。"

竹籩方

【竹中高士】晉張廌家有苦竹數十頃,在竹中爲屋,常居其中。王羲之聞而往訪,廌逃避竹中,不與相見。郡人稱廌爲竹中高士。見浙江通志一九三隱逸引永嘉郡志。

【竹林七賢】三國魏末陳留阮籍、譙國嵇康、河内山濤、河南向秀、籍兄子咸、琅邪王戎、沛人劉伶相與友善,常宴集於竹林之下,時人號爲竹林七賢。見三國志魏王粲傳附嵇康注引魏氏春秋、世說新語任誕。

【竹林精舍】古天竺五精舍之一,又稱竹園精舍。在王舍城傍。本迦蘭陀的竹林,迦蘭陀歸佛後,卽以竹園奉佛立精舍,爲如來說法之所。參閱大唐西域記九摩揭陀國迦蘭陀竹園。

【竹苞松茂】比喻根基穩固,枝葉繁榮。詩小雅斯干:"如竹苞矣,如松茂矣。"傳:"苞,本也。"疏:"以竹言苞,而松言茂,明各取一喻,以竹筍叢生而本概,松葉隆冬而不彫,故以爲喻。"後常用作祝長壽或宫室落成時的頌詞。明范世彥磨忠記二楊漣家慶:"親壽享,願竹苞松茂,日月悠長。"

【竹屋癡語】宋高觀國撰,一卷。觀國,

山陰人，字賓王。其詞清新挺拔，與史達祖齊名。

【竹書紀年】書名。晉書束皙傳記太康二年，汲郡人不準盜發魏襄王墓（或言安釐王冢），得竹書數十車。中有紀年十三篇，記夏以來至周幽王爲犬戎所滅，以事接之，三家分，仍述魏事至安釐王之二十年，相傳爲戰國魏之史書。因其爲竹簡，後人名爲竹書紀年。此書宋時佚，今本二卷，係後人輯集，有題爲南朝梁沈約注。清朱有曾有汲冢紀年存真，近人王國維有古本竹書紀年輯校。

【竹書統箋】清徐文靖撰，十二卷。前編爲伏羲神農紀年考；次爲雜述，敍竹書的源流。紀年則各條之下依舊題沈約注作箋，對地理、世系，有所考證、訂正。

【竹報平安】謂平安家書。見"竹報"。

【竹溪六逸】唐開元末，李白與孔巢父韓準裴政張叔明陶沔居泰安府徂徠山下之竹溪，日縱酒酣歌，時號竹溪六逸。見新唐書二〇二李白傳。

【竹頭木屑】世說新語政事："陶公（陶侃）作荆州時，敕船官悉錄鋸木屑，不限多少。咸不解此意。後正會值積雪，始晴，聽事前除雪後猶濕，於是悉用木屑覆之，都無所妨。官用竹皆令錄厚頭，積之如山，後桓宣武（桓溫）伐蜀，裝船悉以作釘。"後因以竹頭木屑比喻細微的事物。宋鄭樵夾漈遺稿三上宰相書："竹頭木屑之積，亦云多矣，將欲一旦而用之可也。"

二 畫

竺 1. zhú 張六切，入，屋韻，知。ㄓㄨˊ

㊀廣雅釋草："竺，竹也。"清王念孫疏證："竹、竺同聲字。"㊁天竺，古國名。見"天竺"。㊂姓。見廣韻。又天竺僧徒初入中國，多以竺爲氏，我國僧人常有取師姓爲姓的。如竺道生。

2. dǔ 冬毒切，入，沃韻，端。ㄉㄨˇ 丁木切，入，屋韻，端。

㊃厚。通"篤"。楚辭屈原天問："稷維元子，帝何竺之。"清俞樾謂竺當讀"毒"，訓爲憎惡。見俞樓雜纂二四讀楚辭。

【竺皇】指釋迦牟尼佛。文苑英華二三八唐陳陶題豫章西山香城寺詩："十地嚴宮禮竺皇，旃檀樓閣半天香。"

【竺乾】印度的別稱。唐慧祥古清涼傳上立名標化："但博望張騫，尋河源於天菀；沙門法顯，求正覺於竺乾。"也指佛。唐白居易長慶集十九新昌新居書事四十韻因寄元郎中張博士詩："大底宗莊叟，私心事竺乾。"

【竺經】卽佛經，因出天竺國，故名。全唐詩七二三李洞敍舊遊記栖白："老着重袍坐石房，竺經休講白眉長。"

【竺法蘭】中印度人，爲天竺學者之師。相傳後漢明帝永平中隨攝摩騰入中國，後卒於雒陽。譯出四十二章經等五部。近人考證明帝無派人取經之事，四十二章爲魏晉時人託名攝摩騰竺法蘭作，實無其人。參閱高僧傳一竺法蘭。

【竺道生】公元？—435年。南朝宋鉅鹿人，本姓魏，寓居彭城。後遇沙門竺法汰，遂出家，改姓竺。先從法汰受業，又學於鳩摩羅什，初至吳虎丘，旬日中學徒數百；又去廬山，爲山中僧衆所敬服。著有二諦論佛性當有論法身無色論佛無淨土論應有緣論。見高僧傳七竺道生。

竻 lè 盧則切，入，德韻，來。ㄌㄜˋ

㊀竹根。見玉篇。㊁竹名。見"竻竹"。

【竻竹】竹名。多刺，人用以爲藩籬。肇興新州舊無城，宋紹興二十年郡守黃濟募民取竻竹爲城，環表一千二百八十丈，稱爲竻竹城。廣東通志二一〇金石略有竻竹城記。

三 畫

竿 1. gān 古寒切，平，寒韻，見。ㄍㄢ

㊀竹的主幹。詩衛風竹竿："籊籊竹竿，以釣于淇。"㊁竹簡。見"竿牘"。㊂竹一棵謂一竿。北周庾信庾子山集一小園賦："一寸二寸之魚，三竿兩竿之竹。"

2. gàn 集韻居案切，去，翰韻。ㄍㄢˋ

㊃衣架。爾雅釋器："竿謂之箷。"疏："凡以竿爲衣架者名箷。"

【竿蔗】卽甘蔗。三國志魏文帝紀評"才藝兼該"注引三國魏曹丕典論自敍："時酒酣耳熱，方食竿蔗，便以爲杖，下殿數交，三中其臂，左右大笑。"參見"甘蔗"。

【竿摩】㊀車名。後漢書七二董卓傳："卓遂僭擬車服，乘金華青蓋，爪畫兩轓，時人號'竿摩車'，言其服飾近天子也。"注："竿摩謂相逼近也，今俗以事干人者，謂之'相竿摩'。"㊁干求。清黃宗羲吾悔集三張元岵先生墓誌銘："許淮安同生初見先生，語之曰：'爲官自居鄉始，子其慎諸。'先生由此一生無竿摩郡縣之事。"

【竿牘】書札。莊子列禦寇："小夫之知，不離苞苴竿牘，敝精神乎蹇淺，而欲兼濟道物，太一形虛。"釋文："司馬（彪）云：竿牘，謂竹簡爲書，以相問遺，脩意氣也。"宋朱彧萍洲可談二："陽翟田望勤於竿牘，……日發數十函不倦。"

【竿頭進步】比喻更上進一步。景德傳燈錄十景岑禪師："師示一偈曰：百尺竿頭不動人，雖然得入未爲真，百丈竿頭須進步，十方世界是全身。"後稱學業的進步爲竿頭日進。

竽 yú 羽俱切，平，虞韻，于。ㄩˊ

管樂器名。楚辭屈原九歌東皇太一："疏緩節兮安歌，陳竽瑟兮浩倡。"漢應劭風俗通聲音竽："管三十六簧也，長四尺二寸。今二十三管。"公元1972年長沙馬王堆一號漢墓出土的隨葬器物中有竽，二十二管，分前後兩排。

竾 chí 集韻陳知切，平，支韻。ㄔˊ

管樂器名。同"篪"。禮月令："調竽笙竾簧。"呂氏春秋仲夏紀作"調竽笙壎篪"。參見"篪"。

四 畫

笇 suàn 蘇貫切，去，換韻，心。ㄙㄨㄢˋ

㊀計算。同"筭"。史記一〇六吳王濞傳："上方與鼂錯調兵笇軍食。"㊁竹器。見玉篇。

笐 gāng 古郎切，平，唐韻，見。ㄍㄤ

㊀竹的行列。見說文。㊁農具名。也作"抗"。收穫時遇霖雨，恐禾稼積垜變霉，用木作架，以竹竿爲檔，倒置禾穗於其上。見農政全書二二農器。

笐

笄 jī 古奚切，平，齊韻，見。ㄐㄧ

㊀簪，用以插定髮髻或弁冕。儀禮士冠禮："皮弁笄，爵弁笄。"注："笄，今之簪。"笄有兩種，安髮之笄男女皆有，固冕弁之笄惟男子有之。㊁女子成年之禮。儀禮士昏禮："女子許嫁，笄而醴之稱字。"注："笄，女之禮，猶冠男也。"禮內則："女子……十有五年而笄。"

笄

【笄丱】謂初成年之時。漢徐幹中論修本："故君子修德，始乎笄丱，終乎鮐背。"

【笄年】謂女子初加笄之年。唐白居易長慶集七對酒示行簡詩："復有雙幼妹，弃年未結縭。"

【笄冠】謂初成年時。通典九一禮五一五服年月降殺之四大功殤服九月七月:"笄冠有成人之容,婚嫁有成人之事。"

【笄頭山】在甘肅平涼縣西。屬崆峒山,以形似名。又作雞頭山、幵頭山。詳"雞頭㊀"。

⿱⺮屯 dùn ㄉㄨㄣˋ 徒損切,上,混韻,定。

盛糧食的器物。淮南子精神:"守其篅⿱⺮屯。"急救篇三:"⿱⺮屯篅篋筥籅箅篝。"注:"⿱⺮屯篅,皆所以盛米穀也,以竹木簟席。若泥塗之則爲⿱⺮屯,⿱⺮屯之言屯也,物所屯聚也。織草而爲之則曰篅,取其圓團之然也。"

⿱⺮互 hù ㄏㄨˋ 胡誤切,去,暮韻,匣。

㊀絞繩的器具。見説文。㊁竹筍名。見下。

【⿱⺮互筍】筍的一種。宋釋贊寧筍譜:"⿱⺮互筍,七月生,至十月間,縉雲以南多出;味苦節疎。大於箭筍少許,山人採剝,以灰汁熟煮之,都爲金色,然後可食,苦味減而甘,食甚佳也。"

笋 sǔn ㄙㄨㄣˇ 思尹切,上,準韻,心。

同"筍"。見"筍"。

笆 bā ㄅㄚ 伯加切,平,麻韻,幫。傍下切,上,馬韻,並。

㊀竹名。卽笆竹。見廣韻。㊁有刺竹籬。見廣韻。

【笆籬】編竹爲垣,卽籬笆。唐劉禹錫劉夢得集六逢韓七中丞詩之五:"溪中士女出笆籬,溪上鴛鴦避畫旗。"

笈 jí ㄐㄧˊ 其立切,入,緝韻,羣。其輒切,入,葉韻,羣。楚洽切,入,洽韻,初。巨業切,入,業韻,羣。

書箱。後漢書六三李固傳"常步行尋師,不遠千里"注引三國吳謝承後漢書:"固改易姓名,杖策驅驢,負笈追師三輔,學五經,積十餘年。"

【笈囊】猶言書袋。唐張籍張司業集七祭退之詩:"學詩爲衆體,久乃溢笈囊。"

笓 1. pí ㄆㄧˊ 部迷切,平,齊韻,並。

㊀捕蝦的竹器。廣雅釋器:"箳笭謂之笓。"太平御覽八三四引韓詩:"九罭之魚。罭,取鰕笓(芘)也。"

2. bì ㄅㄧˋ 集韻 毗至切,去,至韻。

㊁梳頭用具。同"篦"。見集韻。

【笓箆】卽篦梳。清厲荃事物異名録十九器用笓箆:"事物原始:'神農作笓箆。'按笓箆謂篦也。方言作編箆。"

笑 xiào ㄒㄧㄠˋ 私妙切,去,笑韻,心。

㊀歡笑。易旅:"旅人先笑後號咷。"㊁譏笑。詩邶風終風:"終風且暴,顧我則笑。"傳:"笑,侮之也。"孟子梁惠王上:"以五十步笑百步,則何如?"本作"咲"。也作"咲"。參閱清俞樾第一樓叢書八之二笑字形聲考。

【笑林】藝文類聚十九晉孫楚笑賦:"信天下笑林,調謔之巨觀也。"後來專記可笑之事的書,常以笑林爲題。隋書經籍志三有笑林三卷,後漢給事中邯鄲淳撰。新唐書藝文志三有何自然笑林三卷。宋史藝文志五有路氏笑林三卷。書皆久佚,今有清馬國翰玉函山房輯佚書存邯鄲淳笑林一卷。

【笑柄】供人笑謔的事。清趙翼甌北詩鈔絶句一納涼:"夜深歸去就横陳,一語應添笑柄新。"

【笑疾】晉陸雲有笑疾,嘗著縗絰上船,於水中顧見其影,大笑落水,人救獲免。又宋扈蒙有笑疾,雖在帝前不自禁。見晉書陸雲傳、宋史二六九扈蒙傳。

【笑敖】調笑開心。詩邶風終風:"謔浪笑敖,中心是悼。"疏:"笑,心樂也;敖,意舒也。"

【笑窩】臉上的酒窩。宋洪咨夔平齋文集四泥溪詩之一:"晚花酣暈淺,平水笑窩輕。"此以花擬人。也作"笑渦"。元張翥蛻巖詞上多麗爲友生書所見:"偶回頭,笑渦透臉,蟬影弄釵。"

【笑嬪】春秋齊頃公六年,晉使郤克至齊。郤克跛,公使婦人隔帷觀之。郤克登,婦人笑於房,克怒,出而誓曰:"所不此報,無能涉河!"至十年,郤克以晉魯衛之師伐齊,大敗齊師於鞌。事見左傳宣十七年、成二年。北齊劉晝劉子慎隟:"郈孫以鬬雞亡身,齊侯以笑嬪破國,皆以輕蔑細怨,忘樹禍端,以酒食戲笑之故,敗國滅身,爲天下笑,不慎故也。"

【笑靨】㊀笑時面頰上的酒窩。南朝梁蕭統昭明太子集二擬古詩:"眼語笑靨迎來情,心懷心想甚分明。"㊁古時婦女貼在臉上的裝飾品。五代前蜀韋莊浣花集一歎落花:"西子去時遺笑靨,謝娥行處落金鈿。"

【笑矣乎】㊀表示嘲笑之意的語詞。唐李白李太白詩七笑歌行:"笑矣乎,笑矣乎,君不見曲如鉤,古人知爾封公侯。"㊁一種食之可致笑疾的菌類。宋陶穀清異録上蔬笑矣乎:"菌蕈有一種,食之令人得乾笑疾,士人戲呼爲笑矣乎。"

【笑面虎】原指平日和善而處事嚴厲的人。宋龐元英談藪:"王公衮祖墓爲守人墓所掘,事發,守墓人被官府處以杖刑,又往王家認罪,王以酒相待,卽拔劍斬之。公衮性甚和,平居常若嬉笑,人謂之笑面虎。"水滸中梁山泊好漢朱富綽號笑面虎。今多稱外貌和善而內懷奸險的人爲笑面虎。

【笑靨兒】果食名。宋孟元老東京夢華録八七夕:"七月七夕,……以油麪糖蜜,造爲笑靨兒,謂之果食,花樣奇巧百端。"

【笑比河清】宋包拯立朝剛毅,貴戚宦官爲之斂手,聞者皆憚之。人以拯笑比黃河清。見"黃河清"。

【笑面夜叉】指面常帶笑容而心地狠毒的人。宋陳次升讜論集三彈蔡京第三狀:"洗垢索瑕,中傷士類,……毒流天下,實不忍聞,主行雖在章惇,(蔡)卞實啓之,時人目之爲笑面夜叉,天下之所共知也。"劉克莊後村集二一雜記詩:"貶削村夫子,褒崇笑夜叉。"

【笑逐顏開】形容喜見於色,滿臉高興。京本通俗小説西山一窟鬼:"教授聽得説罷,喜從天降,笑逐顏開道:'若還真個有這人時,可知好哩!'"水滸四二:"衆人扶策(宋太公)下轎上廳來,宋江見了,喜從天降,笑逐顏開。"

【笑裏藏刀】唐李義府貌狀温恭,與人言嬉怡微笑,凡忤意者,必加傾陷。時人言義府笑中有刀。見舊唐書八二本傳。後人遂以笑裏藏刀比喻人的陰險。唐白居易長慶集五七不如來飲酒詩:"且滅嗔中火,手磨笑裏刀。"元曲選關漢卿單刀會一:"那時間相看的是好,他可便喜孜孜笑裏藏刀。"

【笑罵從汝】謂我行我素,不顧人之笑罵。宋史三二九鄧綰傳:"熙寧三年冬,通判寧州。時王安石得君專政,……又貽以書頌,極其佞諛。安石薦於神宗,驛召對。……果除集賢校理、檢正中書孔目房。鄉人在都者皆笑且罵,綰曰:'笑罵從汝,好官須我爲之。'"通鑑輯覽七七作"笑罵從他笑罵,好官還我爲之"。

笏 hù ㄏㄨˋ 呼骨切,入,没韻,曉。

㊀古朝會時所執的手板,有事則書於上,以備遺忘。古代自天子至士皆執笏,後世惟品官執之,清始廢。禮玉藻:"笏,天

子以球玉，諸侯以象，大夫以魚須文竹，士竹本，象可也。”晉書輿服志：“手版卽古笏矣。尚書令、僕射、尚書手版頭復有白筆，以紫皮裹之，名曰笏。”參閱文獻通考一一一王禮六。㊁鑄金銀爲條板，形似笏。因稱一枚爲一笏。五代南唐劉崇遠金華子雜編下：“衆情危懼，共請主人，願以白金十笏贖之。……五百兩銀，不時齊足。”五十兩爲一笏，相當於後世的一錠。

笏

【笏擊】唐段秀實建中初爲司農卿，四年朱泚據長安反，以秀實有人望，使騎往迎。一日泚召議事，語至僭位，秀實怒而起，奪座中源休笏擊中泚額，秀實遇害。又貞元中裴延齡判度支，權勢方橫，人無敢忤。一日，會田鎬第，酒酣，吏部侍郞顏少連挺笏起欲擊延齡曰：“段秀實笏擊賊臣，今吾笏將擊姦臣！衆勸而止。”事見新、舊唐書本傳。

【笏囊】盛笏的袋。舊唐書九九張九齡傳：“故事皆搢笏於帶，而後乘馬，九齡體羸，常使人持之，因設笏囊。笏囊之設，自九齡始也。”

【笏頭帶】古大臣服飾之一。宋宋敏求春明退朝錄中：“太宗製笏頭帶以賜輔臣，其罷免尚亦服之。”又下：“太宗命創方團毬路帶，亦名笏頭帶，以賜二府大臣。”

笢 shì ㄕˋ

鑰匙。雲笈七籤十二上清黃庭內景經玄元：“玉笢金籥常完堅。”注：“籥，鎖籥；笢，或爲匙也。”唐李商隱玉谿生詩一日高：“鍍鐶故錦縻輕拖，玉笢不動便門鎖。”本作“筊”，誤。

笊 zhào 側絞切，上，巧韻，莊。
ㄓㄠˋ 側教切，去，效韻，莊。

竹器。見下。

【笊籬】用竹篾編成的杓形漉器。唐段成式酉陽雜俎前集一忠志：“安祿山恩寵莫比，錫賚無數，其所錫品目，有桑落酒、……銀笊籬。”景德傳燈錄十五令遵禪師：“問如何是有漏，師曰：笊籬。曰如何是無漏，師曰：木杓。”

笫 zǐ 阻史切，上，止韻，莊。
ㄗˇ

竹編的牀板。左傳襄二七年：“牀笫之言不踰閾。”也用爲牀的代稱。方言五：“牀，齊魯之間謂之簀，陳楚之間或謂之笫。”

五 畫

笵 fàn 防鍐切，上，范韻，並。
ㄈㄢˋ

法則，模範。通“範”。見“範”。

笠 lì 力入切，入，緝韻，來。
ㄌㄧˋ

㊀笠帽。詩小雅無羊：“何蓑何笠，或負其餱。”急就篇三：“竹器簦笠簟籧篨。”注：“簦笠，皆所以禦雨也。大而有把，手執以行謂之簦；小而無把，首戴以行謂之笠。”㊁覆物之器。見“笠轂”。

【笠澤】水名。卽松江（今吳淞江）。左傳哀十七年：“三月越子伐吳，吳子御之笠澤，夾水而陳。”唐陸廣微吳地記：“松江一名松陵，又名笠澤。……其江之源，連接太湖。”參見“松江㊀”。

【笠轂】古代兵車上覆蓋之器。左傳宣十四年：“伯芬射王，汏輈，鼓跗，著於丁寧；又射，汏輈，以貫笠轂。”注：“兵車無蓋，尊者則邊人執笠，依轂而立，以禦寒暑，名曰笠轂。”疏：“服虔云：‘笠轂，轂之蓋如笠，所以蔽轂上，以禦矢也。’一曰車轂上鐵也。或曰：兵車旁幔輪，謂之笠轂。”也代指兵車。北周庾信庾子山集一哀江南賦：“居笠轂而掌兵，出蘭池而典午。”

【笠澤叢書】唐陸龜蒙撰。四卷，補遺一卷。龜蒙隱居笠澤，以所撰多詩文小品，叢脞細碎，故以叢書爲名。與後來集同類之書爲一套之叢書義別。

笘 shān 丁愜切，入，怗韻，端。
ㄕㄢ 集韻 詩廉切，平，鹽韻。

㊀折竹箠。見說文。㊁兒童學習寫字的竹簡。說文：“潁川人名小兒所書寫爲笘。”參見“佔畢”。

笴 gě gǎn 古我切，上，哿韻，見。
ㄍㄜˇ ㄍㄢˇ 古旱切，上，旱韻，見。

箭桿。周禮考工記：“妢胡之笴，吳粵之金錫。”注：“笴，矢幹也。”

笨 bèn 蒲本切，上，混韻，並。
ㄅㄣˋ 布忖切，上，混韻，幫。

㊀粗笨。見“笨伯”、“笨車”。㊁愚笨。見“笨鳥先飛”。

【笨車】無裝飾的車。一說粗笨的車。宋書顏延之傳：“（延之）常乘羸牛笨車，逢竣鹵簿，卽屏往道側。”竣，延之之子。又劉凝之傳：“夫妻共乘薄笨車，出市買易，周用之外，輒以施人。”

【笨伯】粗笨的人。晉書羊曼傳附羊聃：“大鴻臚陳留江泉以能食爲穀伯，豫章太守史疇以大肥爲笨伯。”後也指不聰明、愚蠢的人爲笨伯。清方薰山靜居詩話：“作詩雖曰學力，然天資妙者，雖所見不大，亦別有風致，非笨伯語使人可厭。”

【笨鳥先飛】古今雜劇元關漢卿陳母教子一：“二哥，你得了官也，我和你有箇比喻，我似那靈禽在後，你這等坌鳥先飛。”坌、笨義同。今指才力不如人而趕先一步，多用作自謙之詞。

笥 sì 相吏切，去，志韻，心。
ㄙˋ

盛衣物或飯食的方形盛器。以萑葦或竹爲之。書說命中：“惟衣裳在笥，惟干戈省厥躬。”禮曲禮上：“凡以弓劍苞苴簞笥問人者，操以受命，如使之容。”注：“簞笥，盛飯食者，圜曰簞，方曰笥。”

笢 mín 武巾切，平，真韻，明。
ㄇㄧㄣˊ 武盡切，上，軫韻，明。

㊀竹的表皮，剖之成篾。見說文。㊁刷頭髮使之貼伏光澤的毛刷，俗稱笢子。見正字通。㊂見“笢笏”。

【笢笏】吹笛時手循笛孔貌。文選漢馬季長（融）長笛賦：“笢笏抑隱，行入諸變。”注：“笢笏抑隱，手循孔之貌。”

第 dì 特計切，去，霽韻，定。
ㄉㄧˋ

本作“弟”。㊀次序。左傳哀十六年：“楚國第，我死，令尹、司馬，非勝而誰。”史記蕭相國世家：“平陽侯曹參身被七十創，攻城略地，功最多，宜第一。”㊁房屋。帝王賜給臣下房屋有甲乙次第，故房屋稱“第”。漢書高帝紀下：“爲列侯食邑者，皆佩之印，賜大第室。”㊂科第。科舉考中式者分甲乙等第，故考試中式也名“第”，中者稱及第，不中者稱落第。唐白居易長慶集二八與元九書：“家貧多故，二十七方從鄉試，旣第之後，雖專於科試，亦不廢詩。”㊃但，且。史記陳丞相世家：“陛下第出僞遊雲夢，會諸侯於陳。”又九二淮陰侯傳：“陰使人至（陳）豨所，曰：‘第舉兵，吾從此助公。’”

【第二】㊀位居第二。史記陳丞相世家：“於是孝文帝乃以絳侯勃爲右丞相，位次第一；平徙爲左丞相，位次第二。”㊁複姓。漢武帝徙戰國齊諸田於諸陵，以門秩次第，田廣之孫田登爲第二氏。見通志二八氏族四以次爲氏。

【第八】複姓。齊諸田之後，田廣弟田英爲第八門，因以爲氏。王莽時有講學大夫第八矯。見通志二八氏族四以次爲氏。

【第下】對公侯大官的敬稱。猶言門下、閣下。晉書司馬道子傳附司馬元顯：“然桓氏世在西藩，人或爲用，而第下之所控引，止三吴耳。"又："使劉牢之爲前鋒，而第下以大軍繼進，桓玄之首必懸於麾下矣。"

【第五】複姓。齊諸田之後。漢章帝時有第五倫。見通志二八氏族四以次爲氏。

【第巴】西藏官名。其職大小各異。一爲有權勢的第巴，代喇嘛理事，主持西藏政務。如康熙三十二年，封其第巴爲圖伯特國王，賜金印。一爲主管瑣事的，如司門第巴、司楷粑第巴、司草第巴、司柴第巴、司帳房第巴、司牛羊廠第巴等。見嘉慶一統志五四七西藏建置沿革、清會典事例九七七理藩院設官西藏官制。

【第宅】指貴族的住宅。文選古詩十九首之三："長衢羅夾巷，王侯多第宅。"注："魏王奏事曰：出不由里門，而面大道者名曰第。"

【第家】猶世家。漢書九九上王莽傳："今安漢公起于第家，輔翼陛下，四年于玆，功德爛然。"

【第一手】謂無敵手。唐段安節樂府雜録琵琶："貞元中有康崑崙第一手。"又觱篥："大曆中，幽州有王麻奴者，善此伎，河北推爲第一手。"

【第一香】謂花中的最芳香者。宋陸游劍南詩稿五六初春書懷之四："清泉冷浸疎梅蕊，共領人間第一香。"廣羣芳譜四三江奎茉莉詩："他年我若修花史，列作人間第一香。"

【第一泉】煎茶用的最佳泉水。明許次紓茶疏擇水："古人品水，以金山中泠爲第一泉。"

【第一流】猶言第一等。世説新語品藻："桓大司馬(温)下都，問真長(劉惔)曰：'聞會稽王語奇進，爾邪？'劉曰：'極進，然故是第二流中人耳！'桓曰：'第一流復是誰？'劉曰：'正是我輩耳！'"唐許渾丁卯集上聽吹鷓鴣詩："金谷歌傳第一流，鷓鴣清怨碧雲愁。"

【第一乘】佛教大乘的異名。華嚴經五一："過於二乘，名爲大乘，第一乘，勝乘，最勝乘，上乘，無上乘，利益一切衆生乘。"

【第一義】佛教指最上最深的妙理。大乘義章一："第一義者，亦名真諦，第一是其顯勝之目，所以名義。"全唐詩一三二李頎題神力師院："每聞第一義，心淨琉璃光。"明儒學案十八羅洪先論學書："力行是孔門第一義。"

【第二流】第二等，多指人的品德材能或地位。世説新語品藻："世論温太真(嶠)是過江第二流之高者，時名輩或説人物第一將盡之間，温常失色。"

【第二碑】重刻的墓碑。唐劉禹錫劉夢得集十哭吕衡州時余方謫居詩："朔方徙歲行當滿，欲爲君刊第二碑。"

【第五倫】漢京兆長陵人，字伯魚。建武時舉孝廉。歷官會稽太守。漢章帝初立，代牟融爲司空。奉公盡節，言事無所依違，爲漢名臣，時人比之前朝貢禹。後漢書有傳。

笳 jiā　古牙切，平，麻韻，見。
ㄐㄧㄚ

古管樂器名。漢時流行於西域一帶少數民族間，初捲蘆葉吹之，與樂器相和，後以竹爲之。魏晉以後，以笳笛爲年樂，入鹵簿。後漢書八四蔡琰傳悲憤詩："胡笳動兮邊馬鳴，孤雁歸兮聲嚶嚶。"

【笳管】管樂器名。即觱篥。南史阮孝緒傳："外兄王晏顯貴，屢至其門，孝緒度之必至顛覆，聞其笳管，穿籬逃匿，不與相見。"

笪 dá　當割切，入，曷韻，端。
ㄉㄚˊ　多旱切，上，旱韻，端。
　　得按切，去，翰韻，端。

㊀粗竹席。覆舟蓋屋用。方言五"符篖"晉郭璞注："似籧篨，直文而粗，江東呼笪。"宋沈括夢溪筆談二四雜誌一："趙韓王治第，……蓋屋皆以板爲笪，上以方磚甃之，然後布瓦，至今完壯。"㊁箬。唐南卓羯鼓録："(汝南王)璡，常戴砑絹帽。打曲，上自摘紅槿花一朵，置於帽上笪處。"㊂拉船的竹索。元周密齊東野語二十舟人稱謂有據："余生長澤國，每聞舟子呼造帆曰歡，以牽船之索曰彈子，……內地謂之笪。"㊃笞，擊。樂府詩集三八古辭婦病行："莫我兒飢且寒，有過慎莫笪笞。"㊄見"笪卻日"。㊅姓。宋有笪深、笪揆。見通志二九氏族五入聲。

【笪卻日】日蝕之日。契丹謂日蝕爲笪。宋錢易南部新書癸："(盧文進)嘗云，陷契丹中，屢入絶塞，正晝方獵，忽天色晦黑，衆星燦然，問蕃人，云所謂笪卻日也。以此爲常，頃之，乃明，方午也。"陸游南唐書九盧文進傳作"笪日"。

【笪重光】清江南句容人。字在辛，號江上外史，亦稱鬱岡掃葉道人。順治九年進士，官御史，巡按江西，後以劾明珠棄官歸里。工書畫，著有茅山志書筏畫筌等。

笛 dí　徒歷切，入，錫韻，定。
ㄉㄧˊ

管樂器名。古作"篴"。竹製，左一孔爲吹口，次孔加竹膜，右六孔皆上出，又謂之橫吹。古笛爲竪笛，即後世的簫。參閲漢應劭風俗通聲音笛、宋書樂志一。

【笛師】黑蜂別稱。方言十一"蠭……其大而蜜，謂之壺蠭"晉郭璞注："今黑蠭穿竹木作孔亦有蜜者，或呼笛師。"

笭 líng　郎丁切，平，青韻，來。
ㄌㄧㄥˊ　力鼎切，上，迥韻，來。

㊀車前橫木下縱橫交錯的竹木條。釋名釋車："笭，橫在車前，織竹作之，孔笭笭也。"一説古代車子前後和兩旁遮蔽風雨的竹簾。見清朱駿聲説文通訓定聲"坤"。㊁船中承放器物的竹板。見"笭牀"。㊂竹籠。盛土之器。説文："籠，……一曰笭也。"

【笭牀】船中編竹爲板，以承放器物，名曰笭牀。釋名釋船："舟中牀以薦物者曰笭，言但有簀如笭牀也。南方人謂之笭突，言濕漏之水，突然從下過也。"

【笭箵】裝魚的竹籠。也總稱漁具爲笭箵。唐陸龜蒙甫里集五漁具詩序："所載之舟曰舴艋，所貯之器曰笭箵。"又九新夏東郊閒泛有懷襲美詩："經略彴時冠暫亞，佩笭箵後帶頻搊。"宋蘇舜欽蘇學士集七松江長橋未明觀魚詩："我實宦遊無況者，擬來隨爾帶笭箵。"

笲 fán　附袁切，平，元韻，並。
ㄈㄢˊ　扶晚切，上，阮韻，並。
　　皮變切，去，線韻，並。

竹器。禮昏義："婦執笲，棗栗段脩以見。"釋文："器名。以葦若竹爲之，其形如筥，衣之以青繒，以盛棗栗腶脩之屬。"

笞 chī　丑之切，平，之韻，徹。
ㄔ

㊀用鞭、杖、竹板抽打。墨子魯問："譬有人於此，其子强粱不材，故其父笞之。"㊁古代五刑之一，用竹板或荆條打人背部或臀部。漢書刑法志："當笞者笞臀。"參閲唐律疏議一笞刑。

【笞杖】㊀以杖抽打。唐律疏議一笞刑："當劓者笞三百，此即笞杖之目，未有區分。"㊁施行笞刑的刑具。新唐書刑法志："笞杖，大頭二分，小頭一分有半。"

【笞掠】拷打。淮南子時則："命有司省囹圄，去桎梏，毋笞掠，止獄訟。"史記五宗世家："吏求捕(常山王劉)勃大急，使人致擊笞掠，擅出漢所疑囚者。"

【笞搒】拷打。猶笞掠。宋陸游劍南詩稿三二農家歎："一身入縣庭，日夜窮笞搒。"

【笞婦翁】北齊劉晝劉子傷讒："昔直不疑未嘗有兄，而讒者謂之盜嫂；第五倫三娶孤女，而世人謂笞婦翁妐。此皆聽虛而責響，視空而索影，悖情倒理，誣罔之甚也。”言無故而受人誣衊中傷。參見“撾婦翁”。

笙 shēng 所庚切，平，庚韻，山。ㄕㄥ

㊀管樂器名。大者十九簧，小者十三簧。詩小雅鹿鳴：“我有嘉賓，鼓瑟吹笙。”參閱爾雅釋樂及晉郭璞注。㊁竹簟。方言五：“簟，宋魏之間謂之笙。”

笙

【笙師】古樂官名。周禮春官：“笙師：掌教龡竽、笙、塤、籥、簫、篪、篴、管，舂牘、應、雅，以教祴樂。”

【笙詩】詩小雅有南陔白華華黍由庚崇立由儀六篇。小序謂有義亡其辭。唐陸德明釋文謂南陔諸詩，在孔子刪定三百一十一篇內，遭戰國及秦而亡。子夏序詩，篇義合編，故詩雖亡而義猶在。宋朱熹集傳目南陔諸詩爲笙詩，有聲無辭，猶今之曲譜。

【笙鏞】兩種樂器名。鏞，大鐘。書益稷：“笙鏞以間，鳥獸蹌蹌。”疏：“吹笙擊鍾，以次迭作。”

【笙磬同音】謂音聲和諧。詩小雅鼓鐘：“鼓瑟鼓琴，笙磬同音。”傳：“笙磬，東方之樂也。同音，四懸皆同也。”也比喻人的關係融洽。舊唐書六六房玄齡杜如晦傳贊：“笙磬同音，惟房與杜。”

笮 1. zé 側伯切，入，陌韻，莊。ㄗㄜˊ

㊀屋上簀席。以竹或葦編成，鋪在椽上瓦下。周禮考工記匠人“殷人重屋”漢鄭玄注：“重屋，複笮也。”㊁盛箭的竹器。儀禮既夕禮：“役器，甲冑干笮。”注：“笮，矢箙。”㊂壓榨，排擠。後漢書十九耿恭傳：“恭於城中穿井十五丈不得水，吏士渴乏，笮馬糞汁而飲之。”新唐書二〇三李商隱傳：“以爲詭薄無行，共排笮之。”㊃姓。東漢有笮融。見後漢書七三陶謙傳。

2. zuó 在各切，入，鐸韻，從。ㄗㄨㄛˊ

㊄引舟的竹索。通“筰”。宋書樂志四漢鼓吹鐃歌上陵曲：“桂樹爲君船，青絲爲君笮。”唐杜甫杜工部草堂詩箋十八桔柏渡：“連笮動嫋娜，征衣颯飄颻。”㊅通“鑿”。國語魯上：“中刑用刀鋸，其次用鑽笮。”注：“笮，黥刑也。”

【笮橋】橋名。在今四川成都西南。本名彝里橋（一作夷里橋），因以竹索爲之，故又名笮橋。晉永和四年桓温伐蜀，蜀主李勢悉衆出戰於笮橋，軍敗降於温，卽此地。參閱讀史方輿紀要六七成都府華陽縣。

笱 gǒu 古厚切，上，厚韻，見。ㄍㄡˇ

捕魚的竹具，口有插逆向竹片，魚入卽不得復出。詩邶風谷風：“毋逝我梁，毋發我笱。”參閱宋程大昌演繁露二筌蹄。

【笱門】險要的隘口。淮南子兵略：“硤路津關，大山名塞，龍蛇蟠却，笠居羊腸，道發笱門，一人守隘而千人弗敢過也，此謂地勢。”注：“笱，竹笱，所以捕魚，其門可入而不得出。”

符 fú 防無切，平，虞韻，並。ㄈㄨˊ

㊀古代朝廷用以傳達命令、調兵遣將的憑證。以竹木或金玉爲之。上書文字，剖而爲二，各存其一，用時相合以爲徵信。孫子九地：“夷關折符，無通其使。”史記孝文紀：“初與郡國守相爲銅虎符、竹使符。”集解：“應劭曰：‘銅虎符第一至第五，國家當發兵，遣使者至郡合符，符合乃聽受之。竹使符皆以竹箭五枚，長五寸，鐫刻篆書，第一至第五。’”㊁祥瑞的徵兆。禮仲尼燕居“萬物服體”漢鄭玄注：“謂萬物之符長，皆來爲瑞應也。”釋文：“符謂甘露醴泉之屬；長謂麟鳳五靈之屬。”㊂道士用以驅鬼治病等的秘密文書。見“符籙”。㊃符合。漢書八七上揚雄傳甘泉賦：“同符三皇，録功五帝。”㊄通“孚”。見“符甲”。㊅姓。相傳魯頃公孫公雅爲秦符璽令，因以爲氏。後漢有符融。見元和姓纂虞。

符

【符水】道家用以治病的所謂神水。卽將符籙燒成灰溶於水中。後漢書七一皇甫嵩傳：“（張角）奉事黄老道，畜養弟子，跪拜首過，符水呪説以療病。”宋書羊欣傳：“素好黄老，常手自書章，有病不服藥，飲符水而已。”

【符甲】種子的外皮。史記律書：“甲者，言萬物剖符甲而出也。”索隱：“符甲猶孚甲也。”參見“孚甲”。

【符竹】漢郡守受竹使符，後來因以符竹爲郡守的典故。唐白居易長慶集四四忠州刺史上表：“臣得爲昇平之人，遭遇已極；況居符竹之寄，榮幸實多。”參見“竹使符”。

【符拔】獸名。後漢書四七班超傳：“月氏嘗助漢擊車師有功，是歲貢奉珍寶、符拔、師子。”注：“續漢書曰：符拔，形似麟而無角。”清俞樾謂卽山海經北山經之騂馬，見俞樓雜纂二三讀山海經。參見“桃拔”。

【符采】玉的紋理光彩。也作“符彩”。山海經西山經：“（峚山）五色發作”晉郭璞注：“言符彩互映色。”王子靈符應曰：赤如雞冠，黄如蒸栗，白如割肪，黑如醇漆，玉之符彩也。”文選晉左太沖（思）蜀都賦：“其間則有虎珀、丹青、江珠、瑕英、金沙、銀鑠，符采彪炳，暉麗灼爍。”

【符命】㊀古代謂天賜祥瑞與人君，以爲受命的憑證。漢書六三燕刺王旦傳：“王莽時，皆廢漢藩王爲家人，（劉）嘉獨以獻符命封扶美侯，賜姓王氏。”宋書武帝紀晉帝禪位策：“昔在上葉，深鑒玆道，是以天祿既終，唐虞弗得傳其嗣；符命來格，舜禹不獲全其謙。”㊁敍述祥瑞徵兆爲帝王歌功頌德的文章。漢書八七下揚雄傳京師語：“爰清静，作符命。”文選有“符命”一體，收司馬相如封禪文、揚雄劇秦美新、班固典引三篇。

【符契】㊀猶符節。韓非子主道：“是以不言而善應，不約而善增；言已應則執其契，事已增則操其符，符契之所合，賞罰之所生也。”文選晉袁彥伯（宏）三國名臣序贊：“衰世之中，保持名節，君臣相體，若合符契，則燕昭（王）、樂毅，古之流也。”㊁猶符命。漢書九九上王莽傳受金匱神嬗下書：“皇天上帝隆顯大佑，成命序統，符契圖文，金匱策書，神明詔告，屬予以天下兆民。”

【符瑞】祥瑞的徵兆。猶言吉兆。史記封禪書：“未有睹符瑞見而不臻乎泰山者也。”漢書七七劉輔傳上成帝書：“臣聞天之所與必先賜以符瑞，天之所違必先降以災變，此神明之徵應，自然之占驗也。”

【符節】古代朝廷用作憑證的信物。符以竹、木或金屬爲之，上書文字，剖分爲二，各執其一，使用時以兩片相合爲驗。周禮地官掌節：“門關用符節。”戰國策燕二樂毅報燕惠王書：“臣乃口受令，具符節，南使臣於趙。”也用以形容事物兩相吻合。孟子離婁下：“得志行乎中國，若合符節，先聖後聖，其揆一也。”

【符傳】古代出征時朝廷發給將領的憑證。後漢書二三竇固傳：“明年，復出玉門擊西域，詔耿秉及騎都尉劉張皆去符傳以屬固。”注：“專將兵者並有符傳，擬合之取信。”

【符應】古代迷信，謂天降的祥瑞與人事相應爲符應。猶“瑞應”。史記封禪書：“天瑞下，宜立祠上帝，以合符應。”又七四騶衍傳:"稱引天地剖判以來,五德傳移,治各有宜,而符應若茲。"

【符離】古縣名。本楚邑,秦置縣,漢屬沛郡,唐屬宿州。元至元二年省縣併入宿州。故城在今安徽宿縣符離集。南宋隆興元年張浚督師北伐,全軍潰於符離,盡失軍資,即此。參閱讀史方輿紀要二一宿州。

【符璽】古代帝王的印信。莊子胠篋:"爲之符璽以信之,則並與符璽而竊之。"史記秦始皇紀:"奉其符璽,以歸帝者。"

【符攝】符書公文。宋書庾悅傳:"於是解悅都督將軍官,以刺史移鎮豫章,……符攝嚴峻,數相挫辱。"又謝方明傳:"方明深達知體,不拘文法,闊略苛細,務存綱領。州臺符攝,即時宣下,緩民期會,展其辦舉。"

【符籙】道家的秘密文書。屈曲作篆籀及星雷之文爲符,記諸天曹官屬佐吏之名爲籙。隋書經籍志著録符籙共十七部,一百〇三卷。魏書顯祖紀天安元年三月:"辛亥,帝幸道壇,親受符籙。"後世道士用以召神驅鬼、治病延年的符,也稱符籙。唐鄭綮開天傳信記:"道士葉法善,精於符籙之術。"

【符驗】符合應驗。荀子性惡:"凡論者貴其有辨合,有符驗。"晉書鮑靚傳:"年五歲,語父母云:'本是曲陽李家兒,九歲墜井死。'其父母尋訪得李氏,推問皆符驗。"

【符讖】符命和讖緯。三國志蜀後主傳"丞相亮出屯漢中"注引諸葛亮集(劉)禪三月下詔:"昭烈皇帝(劉備)體明叡之德,光演文武,……奉順符讖,建位易號。"舊唐書一七六楊嗣復傳:"帝延英謂宰臣曰:'人傳符讖之語,自何而來?'嗣復對曰:'漢光武好以讖書決事,近代隋文帝亦信此言,自是此説日滋。'"

【符節令】秦稱符璽令。漢少府屬官,主符節事,遣使掌授節。有令、丞。後漢有令無丞。見漢書百官公卿表上。

【符寶郎】唐門下省有符璽郎四人,屬符節令。從六品上,掌皇帝八寶及國之符節。宋代因之,元改爲典瑞院,明改爲尚寶司卿。參閱通典二一職官三、續通典二五職官三。

筎 nú ㄋㄨˊ 乃都切,平,模韻,泥。
乃故切,平,暮韻,泥。
女加切,平,麻韻,娘。

鳥籠。楚辭屈原九章懷沙:"鳳皇在筎兮,雞鶩翔舞。"注:"筎,籠落也。"

【筎鳳】囚於籠中的鳳。比喻有才而不得展布的人。宋郭印雲溪集六故人蒲朝達沿檄道經廣漢……詩:"轅駒局促思千里,筎鳳葳蕤空六翮。"

六 畫

筊 jiǎo ㄐㄧㄠˇ 古巧切,上,巧韻,見。
胡茅切,平,肴韻,匣。

㊀竹纜。説文:"筊,竹索也。"五代南唐徐鍇繫傳引史記河渠書漢武帝歌:"搴長筊兮沈美玉。"今本史記作"茭"。㊁簫名。爾雅釋樂:"大簫謂之言,小者謂之筊。"疏:"李巡曰:小者聲揚而小,故言筊;筊,小也。"㊂同"珓"。見"杯珓"。

筐 kuāng ㄎㄨㄤ 去王切,平,陽韻,溪。

筐

㊀方形盛物的竹器。詩召南采蘋:"于以盛之,維筐及筥。"傳:"方曰筐,圓曰筥。"㊁牀名。見"筐牀"。㊂小簪。淮南子齊俗:"柱不可以摘齒,筐不可以持屋。"注:"筐,小簪也。"

【筐牀】方正安適的卧床。莊子齊物論:"與王同筐牀,食芻豢,而後悔其泣也。"釋文:"司馬(彪)云:'筐牀,安牀也。'崔(譔)云:'筐,方也。一云正牀也。'"淮南子詮言:"心有憂者,筐牀衽席,弗能安也。"

【筐篋中物】言尋常的事物。三國志吴韋曜傳:"時所在承指數言瑞應。(孫)晧以問曜,曜答曰:'此人家筐篋中物耳。'"

笄 jī ㄐㄧ

同"笄"。見"笄"。

等 děng ㄉㄥˇ 多肯切,上,等韻,端。
多改切,上,海韻,端。

㊀台階的級。論語鄉黨:"出,降一等,逞顏色,怡怡如也。"吕氏春秋召類:"故明堂茅茨蒿柱,土階三等,以見節儉。"㊁指高下次序。禮檀弓上:"夫子曰:'獻子加於人一等矣。'"後漢書二六蔡茂傳:"以高等擢拜議郎,遷侍中。"㊂輩,類。史記七六平原君傳:"公等録録,所謂因人成事者也。"漢書九七下趙皇后傳司隸解光奏:"(曹)宫曰:'善臧我兒胞,丞知是何等兒也。'"㊃同樣。史記陳涉世家:"陳勝吴廣乃謀曰:'今亡亦死,舉大計亦死,等死,死國可乎?'"漢書郊祀志:"今年得寶鼎,其冬辛巳朔旦冬至,與黄帝時等。"㊄比較,衡量。孟子公孫丑上:"由百世之後,等百世之王,莫之能違也。"㊅等待。唐詩紀事六三路德延孩兒詩:"等鵲潛籬畔,聽蛩伏砌邊。"景德傳燈録二七布袋和尚:"師在街衢立,有僧問:'和尚在遮裏做什麽?'師曰:'等個人。'"

【等人】立等以招募人員,合於等者爲等人。三國志魏典韋傳:"(韋)將應募者數十人,皆重衣兩鎧,……賊弓弩亂發,矢至如雨,韋不視,謂等人曰:'虜來十步,乃白之。'等人曰:'十步矣。'又曰:'五步乃白。'等人懼,疾言'虜至矣'!"

【等子】衡器名。一種稱量金珠或珍貴藥物的小秤。今稱"戥子"。宋李廌師友談記:"邢和叔嘗曰:'子之文銖兩不差,非秤上秤來,乃等子上等來也。'"

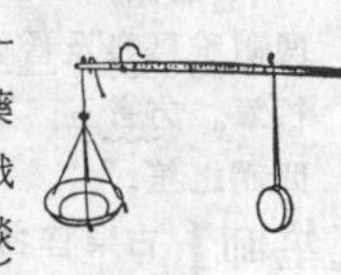
等子

【等夷】同輩。史記留侯世家:"今諸將皆陛下故等夷,乃令太子將此屬,無異使羊將狼,莫肯爲用。"

【等列】㊀等級位列。左傳隱五年:"昭文章,明貴賤,辨等列,順少長。"漢書四八賈誼傳陳治安策:"故古者聖王制爲等列,内有公卿大夫士,外有公侯伯子男,然後有官師小吏,延及庶人,等級分明。"㊁並列。史記九二淮陰侯傳:"(韓)信由是日夜怨望,居常鞅鞅,羞與絳灌等列。"絳,絳侯周勃;灌,灌嬰。㊂等第排列。五代王定保唐摭言二元和元年登科記京兆等第榜敍:"天府之盛,神州之雄,選才以百數爲名,等列以十人爲首。"

【等威】與不同身份相稱的威儀。左傳宣十二年:"貴有常尊,賤有等威。"

【等差】等級次序。漢書九二游俠傳序:"古者天子建國,諸侯立家,自卿大夫以至于庶人各有等差。"漢荀悦前漢紀三漢六年:"羣臣皆曰:'臣等披甲執兵,多者百餘戰,攻城略地,各有等差。'"史記蕭相國世家作"大小各有差"。

【等衰】㊀猶等差。左傳桓二年:"故天子建國,諸侯立家,卿置側室,大夫有貳宗,士有隸子弟,庶人工商各有分親,皆有等衰。"㊁分成等級。唐劉知幾史通品藻:"若孔門達者,顏稱殆庶,至於他子,難爲等衰。"

【等倫】同輩。漢書七〇甘延壽傳:"少以良家子善騎射爲羽林,投石拔距絶於等倫。"唐杜甫杜工部詩史補遺九奉賀陽城郡王太夫人……詩:"富貴當如此,尊榮邁等倫。"

【等級】根據一定標準而確定的差別、等次。商君書賞刑:"所謂壹刑者,刑無等級,自卿相將軍以至大夫庶人,有不從王令，犯國禁，亂上制者，罪死不赦。”

【等第】唐代京兆府經考試後，擇優解送禮部應試的前十名士子。唐李肇國史補下：“京兆府考而升者，謂之等第。”五代王定保唐摭言二京兆府解送：“神州（指京都）解送，自開元天寶之際，率以在上十人，謂之等第，必求名實相副，以滋教化之源。”今泛指名次。

【等閑】也作“等閒”。㊀尋常，隨便。唐白居易長慶集十二琵琶引：“今年歡笑復明年，秋月春風等閑度。”李商隱李義山詩集六青陵臺：“莫許韓憑爲蛺蝶，等閑飛上別枝花。”㊁平白地。唐劉禹錫劉夢得集九竹枝詞之七：“長恨人心不如水，等閒平地起風波。”

【等頭】㊀齊頭。唐白居易長慶集六六喜夢得自馮翊歸洛兼呈令公詩：“甲子等頭憐共老，文章敵手莫相猜。”居易與劉禹錫（夢得）同歲，故稱等頭。㊁猶言等閒。唐元稹長慶集十一送東川馬逢侍御使回十韻詩：“流年等頭過，人世各勞勞。”清李調元方言藻下：“等閒與等頭，皆唐人方言，輕易之辭也。”

【等儔】同輩。三國志蜀秦宓傳答王商書：“詠原憲之蓬户，時翱翔於林澤，與沮溺之等儔，聽玄猿之悲吟。”

【等韻】我國古代研究漢語發音原理、發音方法和音韻結構的一門學科。一般都按主元的洪細、前顎介音的有無等把韻母分等，故稱等韻。等韻往往用聲韻調配合表，以表述對漢語音韻的分析結果。著名的等韻著作有宋佚名韻鏡、鄭樵七音略、舊題司馬光切韻指掌圖、元劉鑑切韻指南。

【等身金】與人體重量相等的金。舊唐書一五二郝玼傳：“贊普下令國人曰：‘有生得郝玼者，賞之以等身金。’”宋張先張子野詞歸朝歡：“寶猊煙未冷，蓮臺香蠟殘痕凝，等身金，誰能得意，買此好光景。”

【等身書】宋史二六五賈黄中傳：“黄中幼聰悟，方五歲，（父）玭每旦令正立，展書卷比之，謂之‘等身書’，課其誦讀。”清龔自珍定盦文集續集己亥雜詩之一三七：“故人有子尚饘粥，抱君等身大著作。”

【等慈寺碑】碑刻名。唐顏師古撰文。貞觀初，唐太宗於汜水（屬今河南滎陽縣）東北破王世充竇建德處，爲陣亡將士立寺，以記功薦福，同時立此碑。碑高一丈四寸，廣四尺六寸，正書篆額，具北碑風格。見金石萃編四二。

笻

qióng ㄑㄩㄥ 渠榮切，平，鍾韻，羣。

竹名。可爲杖，故杖也叫笻。宋黄庭堅豫章集十一次韻德儒五丈新居並起詩：“稍喜過從近，扶笻不駕車。”

【笻竹】竹名。史記一二三大宛傳、漢書六一張騫傳言邛都邛山出竹，可以作杖。其後加竹作“笻”。又名扶老竹。唐李賀歌詩編四巫山高：“丁香笻竹啼老猿。”

筑

zhú ㄓㄨˊ 直六切，入，屋韻，澄。
張六切，入，屋韻，知。

㊀古弦樂器名。史記八六荆軻傳：“高漸離擊筑，荆軻和而歌。”清陳元龍格致鏡原四六：“（筑）形如琴，十三弦。鼓法：以左手扼之，右手以竹尺擊之，隨調應律唐代編入雅樂。”

筑

㊁貴州貴陽市明初爲貴筑長官司，清爲貴筑縣，後因省稱筑。見嘉慶一統志四九九貴陽府。

【筑陽】古穀國。秦置筑陽縣，以地在筑水之北得名。漢屬南陽郡。故城在今湖北穀城縣東。參閱嘉慶一統志三四七襄陽府。

策

cè ㄘㄜˋ 楚革切，入，麥韻，初。

㊀馬鞭。左傳文十三年：“（士會）將行，繞朝贈之以策。”禮曲禮上：“君車將駕，則僕執策立於馬前。”㊁以鞭擊馬。論語雍也：“孟之反不伐，奔而殿，將入門，策其馬曰：‘非敢後也，馬不進也。’”㊂杖。莊子齊物論：“師曠之枝策也。”釋文：“司馬（彪）云：枝，拄也。策，杖也。”文選晉孫興公（綽）遊天台山賦：“振金策之鈴鈴。”注：“金策，錫杖也。”㊃簡。連編諸簡謂之策。也作“册”、“筴”。儀禮聘禮：“百名以上書於策，不及百名書於方。”注：“策，簡也。”㊄策書，古命官授爵，用策書爲符信。周禮春官内史：“凡命諸侯及孤卿大夫則策命之。”左傳僖二八年：“策命晉侯爲侯伯。”㊅文體之一種。如漢賈誼之治安策，董仲舒之賢良對策。㊆謀略。禮仲尼燕居：“田獵戎事失其策。”注：“策，謀也。”吕氏春秋簡選：“此勝之一策也。”注：“策，謀術也。”㊇占卜用的蓍草。楚辭屈原卜居：“詹尹乃釋策而謝曰：‘……用君之心，行君之意，龜策誠不能知此事。’”

【策士】謀士。史記七一樗里子甘茂傳太史公曰：“甘羅年少，然出一奇計，聲稱後世，雖非篤行之君子，然亦戰國之策士也。”

【策名】謂出仕。左傳僖二三年：“策名委質，貳乃辟也。”疏：“古之仕者，於所臣之人書己名於策，以明繫屬之也。”文選漢李少卿（陵）答蘇武書：“勤宣令德，策名清時，榮問休暢，幸甚幸甚。”

【策杖】扶杖。三國魏曹植曹子建集六苦思行：“策杖從我遊，教我要忘言。”世説新語企羨：“王丞相（導）拜司空，桓廷尉（彝）作兩髻葛帬，策杖路邊窺之。”

【策府】古代帝王藏書之所。同“册府”。穆天子傳二：“天子北征東還，乃循黑水。癸巳，至于羣玉之山，……阿平無險，四徹中繩，先王之所謂策府。”注：“言往古帝王以爲藏書册之府，所謂藏之名山者也。”

【策括】爲應付科舉考試而編纂的問答提要。宋蘇軾東坡文集事略二九議學校貢舉狀：“近世士人纂類經史，綴緝時務，謂之策括；待問條目，搜抉略盡，臨時剽竊，竄易首尾，以眩有司，有司莫能辨也。”

【策書】㊀簡策書牘。史記三王世家漢褚少孫補：“竊從長老好故事者取其封策書，編列其事而傳之，而況大丈夫之事摩！”漢書一〇〇上敍傳：“夫以匹婦之明，猶能推事理之致，探禍福之機，而全宗祀於無窮，垂策書於春秋。”㊁皇帝命令之一種，多用於封土授爵、任免三公。漢蔡邕獨斷上：“漢天子正號曰皇帝，……其命令，一曰策書，二曰制書，三曰詔書，四曰戒書。”又：“策書。策者，簡也。……以命諸侯王三公。其諸侯王三公之薨于位者，亦以策書誄謚其行而賜之，如諸侯之策。三公以罪免，亦賜策。”

【策問】㊀漢以來試士，以政事、經義等設問，寫在簡策上，使之條對。也稱對策。漢武帝六年詔策問賢良，其後公孫弘董仲舒皆以對策進。參見“對策”。㊁卜筮占問。越絶書十四越絶德序外傳記：“范蠡因心知意，策問其事，卜省其辭，吉耶凶耶？”

【策稜】公元？—1750年。清蒙古喀爾喀部人。康熙時尚公主，授和碩額駙。雍正元年，封多羅郡王。九年，從征噶爾丹有功，進封和碩親王。先是喀爾喀僅三部，至是增置賽音諾顏部，令策稜及其子孫世爲其部之札薩克。

【策畫】籌謀，計畫。文選晉干令升（寶）晉紀總論“籌畫軍國”注引晉紀：“魏武帝爲丞相，命高祖（司馬懿）爲文學掾，每與謀策畫，多善。”

【策策】象聲詞。唐韓愈昌黎集一秋懷詩

之一:"秋風一披拂，策策鳴不已。"唐白居易長慶集六冬夜詩:"策策窗户前，又聞新雪下。"

【策試】科舉時試士用對策，故謂之策試。後漢書四四徐防傳:"伏見大學試博士弟子，……每有策試，輒興諍訟，論議紛錯，互相是非。"

【策電】喻疾速。明何景明何大復集十四游獵篇:"驅霆策電偏天地，虎驟龍馳倏煙靄。"

【策論】宋慶曆以後科舉考試項目有經義、詩賦、策論。策爲策問，試者按問逐條對答；論者論議時事。參閲文獻通考三一選舉四。

【策勳】謂紀功於策。左傳桓二年:"反行，凡公行，告于宗廟，飲至、舍爵、策勳焉，禮也。"文選晉潘安仁(岳)楊荆州誄:"誄德策勳，考終定謚。"

【策學】封建時代專爲應付科舉而編輯的短文集。新唐書一一二薛登傳上疏:"煬帝始置進士等科，後生復相馳競，赴速趨時，緝綴小文，名曰策學，不指實爲本，而以浮虚爲貴。"

【策應】指兩部分軍隊配合協同作戰。宋李心傳建炎以來繫年要録二年二月:"詔諸路有警報，鄰近三百里内州軍，不拘路分，互相策應。"宋劉克莊後村集四哀江帥張常詩之一:"豈無人策應，撓纛坐江邊。"

【策勵】督促勉勵。弘明集十一南齊蕭子良與孔中丞稚圭書:"孜孜策勵，良在於斯，雖未有奉遵，亦意不忘之。"

【策駑】鞭策駑鈍之馬。比喻駑劣無用。藝文類聚四六北魏温子昇爲西河王謝太尉表:"臣聞拂羽決起，力謝摩天；策駑載馳，功微送日，將短翮難以陵高，駑乘無由致遠。"

筆 bǐ 鄙密切，入，質韻，幫。ㄅㄧˇ

㊀書寫繪畫的文具。與紙、墨、硯合稱"文房四寶"。禮曲禮上:"史載筆，士載言。"莊子田子方:"宋元君將畫圖，衆史皆至，受揖而立，舐筆和墨，在外者半。"㊁書寫，記載。史記孔子世家:"至於爲春秋，筆則筆，削則削，子夏之徒不能贊一辭。"㊂指散文。南朝梁劉勰文心雕龍九總術:"今之常言，有文有筆，以爲無韻者筆也，有韻者文也。"唐趙璘因話録二商部下:"韓文公與孟東野友善，韓公文至高，孟長於五言，時號孟詩韓筆。"

【筆力】㊀寫字運筆的工力。唐張彦遠法書要録一晉衛夫人筆陣圖:"善筆力者多骨，不善筆力者多肉。"南齊書王僧虔傳:"孔琳之書天然放縱，極有筆力，規矩恐在羊欣後。"㊁詩文的氣勢工力。唐元稹長慶集十代曲江老人百韻詩:"李杜詩篇敵，蘇張筆力勻。"

【筆公】北魏古弼頭形尖，魏太武帝名之爲"筆頭"，時人因稱弼爲筆公。見魏書本傳。

【筆札】㊀猶今言紙筆。札，木簡。古無紙，書於札。史記一一七司馬相如傳:"相如曰:'有是，然此乃諸侯之事，未足觀也。請爲天子游獵賦，賦成奏之。'上許，令尚書給筆札。"㊁指公文、書信。漢書九二樓護傳:"與谷永俱爲五侯上客，長安號曰'谷子雲筆札，樓君卿脣舌'，言其見信用也。"漢王充論衡自紀:"材小任大，職任刺劉，筆札之思，歷年寢廢。"㊂指書法。宋歐陽修文忠集附録五事迹:"先公筆札，精勁雄偉，自爲一家。當世士大夫有得數十字，皆藏以爲寶，而未嘗爲人書石。"

【筆吏】抄寫文字的小吏。宋歐陽修歸田録:"余六人者，懽然相得，羣居終日，長篇險韻，衆製交作。筆吏疲於寫録，僮史奔走往來。"

【筆舌】意旨。人之意旨皆由筆與舌表達之，故云。漢揚雄法言問道:"孰有書不由筆，言不由舌，吾見天常爲帝王之筆舌也。"唐柳宗元柳先生集二五送徐從事北遊序:"苟聞傳必得位，得位而以詩禮春秋之道施於事，及於物，思不負孔子之筆舌，能如此，然後可以爲儒。"

【筆法】寫字運筆的方法。南朝陳姚最續畫品劉璞:"右胤祖之子，少習門風，至老筆法不渝前制。"唐顔真卿顔魯公集十二懷素上人草書歌序:"某早歲嘗接游居，屢蒙激勸，教以筆法。"今也謂文章結構修辭之法爲筆法。

【筆直】極直，不歪邪。唐詩紀事二八顧況露青竹杖歌:"亭亭筆直無皴節，磨捋形相一條鐵。"宋楊萬里誠齋集三六芍藥詩:"何以築花宅，筆直松樹子。"

【筆虎】唐李陽冰工篆書，人號之爲筆虎。見宋周越法書苑(類説五八)。

【筆牀】放毛筆的文具。南朝陳徐陵玉臺新詠序:"琉璃硯匣，終日隨身；翡翠筆牀，無時離手。"明屠隆文具雅編筆牀:"筆牀之製，行世甚少。有古鎏金者，長六七寸，高寸二分，闊二寸餘，如一架然，可卧筆四矢。以此爲式，用紫檀烏木爲之，亦佳。"

【筆洗】洗毛筆的小盂。有玉製、銅製、陶製各種，式樣、花色繁多。陶製筆洗，以宋官哥窯所産，粉青紋清朗者爲最著名。見明屠隆文具雅編筆洗。

【筆架】架筆的文具。唐杜甫杜工部草堂詩箋三二題栢大兄弟山居屋壁之二:"筆架霑窗雨，書籤映隙曛。"五代後周王仁裕開元天寶遺事下占雨石:"學士蘇頲，有一錦紋花石，鏤爲筆架。"

【筆削】古代無紙，書寫於竹簡木札上，遇有訛誤，則以刀削去並用筆改正之。後世因稱修改文字爲筆削。史記孔子世家:"至於爲春秋，筆則筆，削則削，子夏之徒不能贊一辭。"隋書虞綽傳:"奉詔與秘書郎虞世南、著作佐郎庾自直等撰長洲玉鏡等書十餘部。綽所筆削，帝未嘗不稱善。"

【筆星】彗星之類。以其尾如筆端，故名。釋名釋天:"筆星，星氣有一枝，末鋭似筆也。"

【筆海】㊀謂文章之海。猶文苑。唐司空圖司空表聖文集十擢英集述:"誠欲兼搜于筆海，亦當閒掇於蘭叢。"㊁插筆的文具。紅樓夢四十:"筆海内插的筆如樹林一般。"

【筆記】㊀古稱散文爲筆，與"辭賦"等韻文對稱時，也稱筆記。藝文類聚四九南朝梁王僧孺太常敬子任府君傳:"辭賦極其清深，筆記尤盡典實。"南朝梁劉勰文心雕龍十才略:"路粹楊修，頗懷筆記之工；丁儀邯鄲，亦含論述之美。"㊁隨筆記録的短文。宋宋祁著有筆記，始以筆記名書。南宋以來，凡雜記見聞者，常以筆記爲名，如龔頤正的芥隱筆記，陸游的老學庵筆記。也有異其名爲筆談、筆録、隨筆者，如沈括的夢溪筆談，楊彦齡的楊公筆録，洪邁的容齋隨筆。明人亦有名爲日記者，如葉盛的水東日記。

【筆耕】以筆代耕。卽靠文字工作維持生活。藝文類聚五八晉華嶠後漢書:"班超投筆歎曰:'大丈夫安能久事筆耕乎!'"文選南朝梁任彦昇(昉)爲蕭揚州薦士表:"既筆耕爲養，亦傭書成學。"

【筆格】卽筆架。有玉、銅、瓷各種，每種式樣花色繁多。藝文類聚五八有南朝梁簡文帝(蕭綱)詠筆格詩、吴均筆格賦。參閲宋蘇易簡文房四譜二、明屠隆文具雅編筆格。

【筆陣】㊀謂寫字運筆如行陣。晉衛夫人著有筆陣圖，論述寫字運筆之法。晉王羲之題筆陣圖後:"夫紙者，陣也；筆者，刀矟也。"見唐張彦遠法書要録一。㊁謂詩文雄健有力如軍陣。南朝梁蕭統昭明太子集三錦帶書十二月啟太簇正月:“談叢發流水之源,筆陣引崩雲之勢。”唐杜甫杜工部草堂詩箋六醉歌行:“詞源倒流三峽水,筆陣獨掃千人軍。”

【筆乘】 見“焦氏筆乘”。

【筆研】 即筆硯。漢書八三薛宣傳:“性密靜有思,思省吏職,求其便安。下至財用筆研,皆爲設方略,利用而省費。”後漢書四七班超傳:“久勞苦,嘗輟業投筆歎曰:‘大丈夫無他志略,猶當效傅介子、張騫立功異域,以取封侯,安能久事筆研間乎?’”

【筆硯】 本指筆和硯。借指書寫、著作之事。北齊顏之推顏氏家訓雜藝:“王褒地冑清華,才學優敏,後雖入關,亦被禮遇,猶以工書,崎嶇碑碣之間,辛苦筆硯之役。”宋劉攽彭城集十八遣悶詩:“若能全瘵詩書癖,用底聊均筆硯勞。”

【筆意】 ㊀指書畫的意態、風格。新唐書九七魏徵傳:“(徵子)叔瑜,豫州刺史,善草隸,以筆意傳其子華及甥薛稷。”㊁指詩文的意境、工力。宋范成大石湖集三一喜收知舊書復畏答書二絶詩:“筆意不如當日健,鬢邊應也雪千莖。”

【筆塚】 埋筆的墳。唐李肇國史補中:“長沙僧懷素,好草書,自言得草聖三昧。棄筆堆積,埋於山下,號曰筆塚。”

【筆勢】 ㊀書畫運筆的氣勢。晉書王羲之傳:“尤善隸書,爲古今之冠。論者稱其筆勢,以爲飄若游雲,矯若驚龍。”㊁詩文的氣勢。後漢書附范曄獄中與諸甥姪書:“吾雜傳論,皆有精意深旨,既有裁味,故約其詞句。至於循吏以下及六夷諸序論,筆勢縱放,實天下之奇作。”

【筆聖】 指出類拔萃的書法家。唐張彥遠法書要録一南齊王僧虔論書:“崔(瑗)杜(度)之後,共推張芝、仲將,謂之筆聖。”仲將,三國魏韋誕字。

【筆跡】 ㊀字跡。也作“筆迹”、“筆蹟”。文選晉陸士衡(機)謝平原内史表:“片言隻字,不關其間;事蹤筆跡,皆可推校。”注:“蔡邕書曰:‘惟是筆跡可以當面。’”北齊顏之推顏氏家訓雜藝:“蕭子雲每歎曰:‘吾著齊書,勒成一典,文章宏義,自謂可觀。唯以筆迹得名,亦異事也。’”㊁書畫的真跡。唐杜甫杜工部詩史補遺五韋諷録事宅觀曹將軍畫馬圖:“貴戚權門得筆跡,始覺屏障生光輝。”

【筆路】 書畫詩文的落筆、格調。南朝陳姚最續畫品:“謝赫……筆路纖弱,不副壯雅之懷。”宋王應麟詞學指南:“李漢老曰:‘爲文之法,有筆力,有筆路。……筆路則常拈弄時轉開拓,不拈弄便荒廢。’”

【筆端】 筆頭。也指寫出來的文字。宋書劉穆之傳:“爲憲司,甚得志,彈王僧達云:‘蔭籍高華,人品冗末’,朝士莫不畏其筆端。”參見“三端”。

【筆精】 ㊀謂文章的精妙。古以有韻者爲文,無韻者爲筆。南朝梁江淹江文通集一別賦:“雖淵雲之墨妙,嚴樂之筆精,……詎能摹暫離之狀,寫永訣之情者乎。”淵,王褒,字子淵;雲,揚雄,字子雲;嚴,嚴安;樂,徐樂。皆漢時人。㊁謂書畫筆法的精妙。唐李白李太白詩二二王右軍:“掃素寫道經,筆精妙入神。”

【筆算】 謂用筆寫數以爲計算,區別於籌算、珠算而言。清數學家梅文鼎曆算全書中有筆算五卷。其後紀大奎撰筆算便覽五卷,列加減乘除,次開方、句股、容方諸術,次開立方,皆以筆算爲主,而以籌算輔之,述梅氏之義,爲初學而作。

【筆談】 隨筆記録的著作。以筆談爲書名,始於宋沈括夢溪筆談。括自序:“思平日與客言者,時紀一事於筆,則若有所晤言,蕭然移日,所與談者,唯筆硯而已,謂之筆談。”後也稱以文字交換意見或發表意見爲筆談。

【筆趣】 謂書法的情趣。南史蕭思話傳附蕭引:“引善隸書,爲時所重,宣帝嘗披奏事,指引署名曰:‘此字筆趣翩翩,似鳥之欲飛。’”

【筆墨】 本指筆與墨。借指詩文及寫作之事。漢書八七下揚雄傳:“上長楊賦,聊因筆墨之成文章,故藉翰林以爲主人,子墨爲客卿以風。”漢戚伯著碑:“才略胥通,筆墨敏疾。”(隸釋十二)

【筆鋒】 ㊀毛筆毫端的尖鋒。全唐詩六五一方干盧卓山人畫水:“海色未將藍汁染,筆鋒猶傍墨花行。”㊁詩文書法所表露的鋒芒、氣勢。南朝宋鮑照鮑氏集四擬古之二:“兩説窮舌端,五車摧筆鋒。”唐李白李太白詩八草書歌行:“墨池飛出北溟魚,筆鋒殺盡中山兔。”

【筆諫】 借筆進行規勸。舊唐書一六五柳公綽傳附柳公權:“穆宗政僻,嘗問公權筆何盡善,對曰:‘用筆在心,心正則筆正。’上改容,知其筆諫也。”宋蘇軾分類東坡詩十一柳氏二外甥求筆迹二首之二:“何當火急傳家法,欲見誠懸筆諫時。”誠懸,柳公權字。

【筆戰】 執筆手顫。宋張舜民畫墁集四自題畫扇詩:“眼昏筆戰誰能畫,無奈霜紈似月圓。”今多指以文字爭論問題。

【筆𥳑】 銅筆套。也稱筆帽。唐段成式酉陽雜俎前集十五諾皋記下:“下有大蝦蟇如疊,挾二筆𥳑。”

【筆髓】 謂書法用筆的精神。唐虞世南著有筆髓法一卷,見宋史藝文志經小學類。宋陳思輯書苑菁華作筆髓論。宋李洪芸菴類稿三次韻子都兄寄伯封論書詩:“競作墨豬無健骨,誰知筆髓貴豐筋。”

【筆生花】 ㊀彈詞名。清邱心如撰,三十二回。記姜德華被點秀女,投水自殺獲救,換男裝,入京應試,中狀元,官至宰相,並與未婚夫文少霞幾經波折,還女裝成婚。故事仍沿公子落難中狀元老套,不同者易男爲女,反映舊社會中上層婦女的一些幻想。㊁李白故事。見“夢筆生花”。

【筆帖式】 官名。蒙語必闍赤,滿語巴克什。元代怯薛下掌書記者曰必闍出。順治入關後,漢語譯爲筆帖式。其初爲文職的賜名。康熙時,各部院衙門皆置筆帖式,有繙譯、繕本、貼寫等名目,掌翻譯滿漢章奏文籍等事。有七品、八品、九品之分。參閱歷代職官表五吏部、福格聽雨叢談一。

【筆陣圖】 書名。舊題晉衛夫人作。一卷。論執筆用筆之法。載唐張彥遠法書要録一。宋朱長文輯墨池編,則以爲王羲之作。新、舊唐書均未著録此書。内容無甚深旨,蓋出於後人僞託。

筒 tǒng ㄊㄨㄥˇ 徒紅切,平,東韻,定。

㊀管,竹筒。吕氏春秋古樂:“昔黄帝令伶倫作爲律……次制十二筒。”注:“六律六吕各有管,故曰十二筒。”漢王充論衡量知:“截竹爲筒,破以爲牒,加筆墨之迹,乃成文字。”㊁捕魚具。文選晉郭景純(璞)江賦:“筒灑連鋒。”一本作“筩”。宋蘇軾分類東坡詩八夜泛西湖之三:“漁人收筒及未曉,船過惟有菰蒲聲。”

【筒車】 利用河流汲水,便於高地灌溉的一種機械設備。以木爲輪,下半置水中,輪周安裝圓筒,水輪大小及水筒多寡,視岸之高下及水流緩急而定。見明宋應星天工開物一乃粒水利筒車及具圖。

【筒炙】 古時一種烹調方法。也叫黄炙。北魏賈思勰齊民要術九炙法擣炙:“用鵝鴨麞鹿猪羊肉,細研熬和,調如啗炙,若解離不成,與少麵,竹筒六寸圍,長三尺,削去青皮,節悉淨去,以肉薄之,空下頭,令手捉炙之。”

【筒桂】 即“箘桂”,見該條。

【筒糉】 食品名。以菰葉裹粘米,用綵絲縛之,即後世的糉子。初學記四五月五曰:"進筒梭,一名角黍,一名梭。"

【筒箭】藏於竹筒內的暗箭。爲袖箭之屬。新唐書一八六劉巨容傳:"浙西突陣將王郢反,攻明州,巨容以筒箭射郢死。"通鑑釋文辯誤十一通鑑二五三:"今按唐制,武舉有筒射,今軍中亦有之。筒射之箭,長纔尺餘,剖筒之半,長與常弓所用箭等,留二三寸不剖。爲竅以傳弦,內箭筒中,注箭弦上。筒旁爲一竅,穿小繩繫於腕,彀弓既發,豁筒向手,皆激矢射敵,中者洞貫,所謂筒箭也。"

【筒中布】世說新語雅量:"王戎爲侍中,南郡太守劉肇遺筒中箋布五端。"晉書戎傳作"筒中細布五十端"。文選晉左太沖(思)蜀都賦"黃潤比筒,籯金所過"劉淵林注:"黃潤,謂筒中細布也。"

筌

quán ㄑㄩㄢˊ 此緣切,平,仙韻,清。

竹製捕魚器具。文選晉郭景純(璞)江賦:"洊澱爲涔,夾潨羅筌。"莊子外物作"荃"。也爲捕魚用具的總稱。唐陸龜蒙甫里集五漁具詩序:"緡而竿者總謂之筌。"

【筌相】宋王安石欲行新政,引陳升之自助,升之心非新法,而竭力爲之用,安石德之,故使先己爲相。升之甫得志,求解條例司,又時與安石立異。時人稱爲"筌相",取"得魚忘筌"之義。見宋史三一二本傳。

【筌蹄】㈠莊子外物:"荃者所以在魚,得魚而忘荃;蹄者所以在兔,得兔而忘蹄。"荃,本作"筌"。後遂以"筌蹄"比喻爲達到某種目的的手段或工具。尚書序疏:"故易曰:'書不盡言,言不盡意。'是言者意之筌蹄,書言相生者也。"唐白居易長慶集七一禽蟲十二章序:"莊列寓言,風騷比興,多假蟲鳥以爲筌蹄。"㈡南朝貴族、士大夫講經說法時所執之具,大概爲拂塵之類。南史侯景傳:"上索筌蹄,曰:'我爲公講。'命景離席,使其唱經。"又:"牀上常設胡牀及筌蹄。"

答

dá ㄉㄚˊ 都合切,入,合韻,端。

應答之答,古皆假用"荅"字;今通作"答"。㈠應對。儀禮鄉射禮記:"既發,則答君而俟。"注:"答,對也。"書顧命:"燮和天下,用答揚文武之光訓。"傳:"言用和道和天下,用對揚聖主文武之大教。"㈡回話。書顧命:"王再拜,興,答曰:'眇眇予末小子,其能而亂四方,以敬忌天威。'"㈢報答。孟子離婁上:"禮人不答,反其敬。"

【答拜】回拜。書顧命:"太保受同,降,盥,以異同,秉璋以酢,授宗人同,拜,王答拜。"左傳文十三年:"鄭伯拜,公答拜。"

【答記】答問的札記。後漢書五四楊震傳附楊脩:"籌(曹)操有問外事,乃逆爲答記。勑守舍兒:'若有令出,依次通之。'既而果然。"

【答颯】不振作貌,以喻不得志。南史鄭鮮之傳:"范泰嘗衆中讓誚鮮之曰:'卿與傅(亮)、謝(晦)俱從聖主有功關、洛,卿乃居僚首,今日答颯,去人遼遠,何不肖之甚。'鮮之熟視不對。"宋文同丹淵集十八送張宗益知相州詩:"應憐共試金坡者,答颯渾如鄭鮮之。"

【答遝】果名。漢書五七上司馬相如傳上林賦:"荅遝離支。"注:"張揖曰:荅遝似李,出蜀。"荅,同"答"。

【答應】㈠報應,允諾。後漢書五行志一注引蔡邕伯夷叔齊碑:"熹平五年,天下大旱,禱請名山,求獲答應。"㈡明清宮人有答應之稱。清王士禎池北偶談二五焦桂花:"曹升六(貞吉)舍人,曾於內庫檢視書籍,見庫房柱上有嘉靖間一帖。……後書答應焦桂花傳。"秦蘭徵天啟宮詞上"長隨賫到鏤金盤"注:"答應、長隨,內官之卑者,職掌召對欽賜各項奔走之役。"參閱清梁章鉅稱謂錄十列宮。

【答客難】漢東方朔上書陳農戰彊國之計,辭數萬言,終不見用,因著答客難以自慰喻。後揚雄作解嘲,班固作答賓戲,韓愈作進學解,皆仿其體。

【答刺孫】酒。亦作"打剌孫"。古今雜劇缺名李嗣源奪紫泥宣一:"明日個使臣來到,答刺孫把他犒勞;他們在帳中飲酒,俺厨房裏只情耍笑。"

【答臘鼓】我國古代西北地區少數民族的一種樂器。文獻通考一三六樂九革之屬:"答臘鼓,龜茲疏勒之器也,其制如羯鼓,抑又廣而短。以指揩之,其聲甚震,亦謂之揩鼓也。"

筅

xiǎn ㄒㄧㄢˇ 蘇典切,上,銑韻,心。

㈠刷洗用的帚。同"箲"。宋吳自牧夢粱錄十三諸色雜貨所載諸貨名目有筅帚。㈡兵器。見"狼筅"。

筈

kuò ㄎㄨㄛˋ 古活切,入,末韻,見。

箭的末端。晉陸機陸士衡集五爲顧彥先贈婦詩:"離合非有常,譬彼弦與筈。"文選作"括"。參見"括㈤"。

筋

jīn ㄐㄧㄣ 舉欣切,平,欣韻,見。

㈠動物肌腱或骨頭上的韌帶。周禮天官瘍醫:"凡藥,以酸養骨,以辛養筋。"㈡竹名。見"筋竹"。

【筋斗】百戲之一。以頭委地倒挺翻身的雜技。南朝稱"擲倒伎"。唐崔令欽教坊記:"(漢武帝時)教坊一小兒,筋斗絕倫,……緣長竿上,倒立,尋復去手。久之,垂手抱竿,翻身而下。"朱子語錄一〇一程氏門人:"如孟子說反身而誠,本是平直,伊川(程頤)亦說得分明,到後來人說時,便如空中打箇筋斗。"俗語又稱"觔斗"、"跟頭"。

【筋竹】竹名。晉戴凱之竹譜:"筋竹長二丈許,圍數寸,至堅利,南土以爲矛;其筍未成竹時,堪爲弩弦。"參閱元李衎竹譜詳錄三竹品。

【筋書】指瘦硬缺肉的書體。唐張彥遠法書要錄一晉衛夫人筆陣圖:"善筆力者多骨,不善筆力者多肉;多骨微肉者謂之筋書,多肉微骨者謂之墨豬。"

【筋節】筋肉關節。唐元稹長慶集二四驃國樂詩:"從舞跳趫筋節硬,繁詞變亂名字訛。"書法或文詞的轉折承接處,遒勁有力者,也稱有筋節。參閱唐張彥遠法書要錄一晉衛夫人筆陣圖。

筍

1. sǔn ㄙㄨㄣˇ 思尹切,上,準韻,心。

㈠竹根所生的嫩芽,外有籜包裹,可食。成長後籜脫而生枝葉爲竹。也作"笋"。詩大雅韓奕:"其蔌維何,維筍及蒲。"㈡古代懸鐘磬的橫木。同"簨"。見"筍虡"、"筍業"。㈢竹的青皮,俗稱篾青。見"筍席"。㈣榫頭。同"榫"。史記七四孟子傳"持方枘欲內圜鑿"唐司馬貞索隱:"方枘是筍也。"

2. sùn ㄙㄨㄣˋ 集韻須閏切,去,稕韻。

㈤竹輿。公羊傳文十五年:"脅我而歸之,筍將而來也。"注:"筍者,竹箯,一名編輿。齊魯以北名曰筍。"

【筍江】水名。在福建晉江縣,爲晉江的一段。因江岸有大石聳立如筍而得名。參閱讀史方輿紀要九九泉州府晉江縣。

【筍枯】即筍乾。宋陸游劍南詩稿七一以菜茹飲酒自嘲:"海客留苔脯,山僧餉筍枯。"

【筍席】以篾青編造的竹席。書顧命:"敷重筍席。"疏:"孫炎曰:取筍竹之皮以爲席也。"

【筍虡】古代懸鐘磬的架。橫曰筍,直曰虡。也作"筍簴"、"簨虡"、"栒虡"。周禮考工記梓人:"梓人爲筍虡。"參見"簨虡"、"栒虡"。

【筍業】古代懸鐘磬的器具。也作"簨業"。文選漢張平子(衡)西京賦:"負筍業而餘怒,乃奮翅而騰驤。"三國吳薛綜注:"縣鍾格曰筍,植曰虡,又以板置上名爲業。"隋書音樂志下牛弘食舉歌之六:"栒蒲在位,簨業張,加籩折俎,爛成行。"

【筍鞋】以筍殼製的鞋。宋詩鈔徐照芳蘭軒集鈔贈江心寺欽上人:"客至啓幽户,筍鞋行曲廊。"

【筍輿】竹輿。一稱編輿。宋王安石臨川集三十臺城寺側獨行詩:"獨往獨來山下路,筍輿看得緑陰成。"

【筍鞭】竹的地下莖,即竹根。唐齊己白蓮集十湘妃廟詩:"廟荒松朽啼飛猩,筍鞭迸出階基傾。"宋陸游劍南詩稿四九對食喜詠:"洗鬴烹蔬甲,攜鉏劚筍鞭。"

【筍譜】宋釋贊寧撰。一卷,分五節,介紹筍的名類、產地、食法以及有關筍的典故、論述。所引古書,今多已散佚。

筨 gòng 古送切,去,送韻,見。
ㄍㄨㄥˋ

盛杯器籠。說文:"筨,桮笿也。"桮笿,方言五作"桮落"。一曰盛箸籠。

【筨䉶】㊀船帆。廣雅釋器:"筨䉶謂之笨。"清王念孫疏證:"說文:栙,栙雙也。笨,栙雙也。徐鍇繫傳引字書:筨䉶,帆也。筨䉶與栙雙同。廣韻云:栙䉶,帆未張。"㊁酒篘。即濾酒器。見集韻。

筏 fá 房越切,入,月韻,並。
ㄈㄚˊ 北末切,入,末韻,幫。

竹或木編成的渡水工具。說文作"橃"。方言九:"簰謂之筏;筏,秦晉之通語也。"北堂書鈔一三五東觀漢記:"吳漢平成都,乘筏從江下。"今本筏作"桴"。

笐 háng 胡郎切,平,唐韻,匣。
ㄏㄤˊ 户庚切,平,庚韻,匣。

見下。

【笐篖】竹編粗席。方言五:"笐篖,自關而東,周洛楚魏之間謂之倚佯;自關而西謂之笐篖;南楚之外謂之篖。"注:"似籧篨,直文而粗,江東呼笪。"

七　畫

筦 guǎn 古滿切,上,緩韻,見。
ㄍㄨㄢˇ

㊀筟,維絲之具。見說文。㊁樂器名。詩周頌執競:"鐘鼓喤喤,磬筦將將。"㊂主管。史記平準書:"而桑弘羊爲大農丞,筦諸會計事。"㊃鑰匙。戰國策趙三:"天子巡狩,諸侯辟舍,納于筦鍵。"㊀㊂㊃同"管"。

【筦轄】管理。新唐書九九劉洎傳:"比者勳親在位,品非其任,功勢相傾,……筦轄玩弛,綱紀不振。"

筤 láng 魯當切,平,唐韻,來。
ㄌㄤˊ

㊀見"蒼筤"。㊁儀仗中的曲柄傘。宋沈括夢溪筆談一故事一:"輦後曲蓋謂之筤,兩扇夾心,通謂之扇筤,皆繡,亦有銷金者,即古之華蓋也。"

【筤筅】即狼筅。兵器名。見"狼筅"。

筭 suàn 蘇貫切,去,换韻,心。
ㄙㄨㄢˋ

㊀古計數的工具,即"算籌"。見說文。㊁數。禮喪服大記:"大斂,君大夫士祭服無筭。"疏:"筭,數也。大斂之時,所有祭服皆用之,無限數也。"㊂計謀。文選晉陸士衡(機)弔魏武帝文:"長筭屈於短日,遠跡頓於促路。"㊃計口徵賦。見"筭人"。㊀至㊃同"算"。

【筭人】計口徵賦。後漢書皇后紀序:"漢法常因八月筭人,遣中大夫與掖庭丞及相工,於洛陽鄉中閱視良家童女……乃用登御。"注引漢儀注:"八月初爲筭賦,故曰筭人。"參見"算賦"。

筠 yún 爲贇切,平,真韻,于。
ㄩㄣˊ

堅韌的竹皮。禮禮器:"其在人也,如竹箭之有筠也,如松柏之有心也。"疏:"筠是竹外青皮。"引申爲竹之別稱。唐韋應物韋江州集二閒居贈友詩:"青苔已生路,綠筠始分籜。"

【筠州】地名。唐武德七年置筠州,後省。南唐復置筠州,宋因之。至宋理宗(趙昀)因避諱改瑞州。舊治即今江西高安縣。參閱讀史方輿紀要八四瑞州府。

【筠竹】斑竹。唐李賀歌詩編一湘妃:"筠竹千年老不死,常伴秦娥蓋湘水。"

【筠連】縣名,屬四川省。漢通西南,以爲定州寨,唐爲定川州,宋省爲縣。元置筠連州,明改縣。明清皆屬敍州府。參閱寰宇通志六二敍州府筠連縣。

【筠筒】竹筒。唐沈亞之沈下賢集一五月六日發石頭城……詩:"蒲葉翦刀綠,筠筒楚粽香。"傳說戰國楚屈原五月五日投汨羅死,楚人哀之,於此日以竹筒盛米投水以祭。見南朝梁吳均續齊諧記。

【筠管】筆管。指筆。唐韓偓玉山樵人集安貧詩:"窗裏日光飛野馬,案頭筠管長蒲盧。"宋林逋林和靖集四清河茂才以良筆及詩爲惠次韻奉答詩:"郊翰秋勁愈於錘,筠管温温上玉輝。"

【筠箭】堅韌質美的箭竹。比喻人堅貞高尚的品格。禮禮器:"其在人也,如竹箭之有筠也,如松栢之有心也。"藝文類聚三七南朝梁劉峻與宋玉山元思書:"天誕英逸,獨擅民秀,心貞筠箭,德潤珪璋。"

【筠籠】㊀覆於香爐上的竹籠。北周庾信庾子山集一對燭賦:"蓮帳寒檠窗拂曙,筠籠熏火香盈絮。"㊁竹籃。唐杜甫杜工部詩史補遺一野人送朱櫻:"西蜀櫻桃也自紅,野人相贈滿筠籠。"

【筠溪樂府】宋李彌遜撰。一卷。長短調八十一首,長調多學蘇軾與柳永周邦彥,才力稍弱,纖穠別爲一派。短調以秀韻見稱。彌遜字似之,號筠溪翁。連江人,居吳縣。有筠溪集二十四卷。

筢 pá 字彙 蒲巴切,音琶。
ㄆㄚˊ

五齒的竹筢,用以取草。見字彙。

筮 shì 時制切,去,祭韻,禪。
ㄕˋ

以蓍草占休咎。書大禹謨:"龜筮協從,卜不習吉。"詩衛風氓:"爾卜爾筮,體無咎言。"傳:"龜曰卜,蓍曰筮。"

【筮仕】古人將出仕,先占吉凶,謂之筮仕。左傳閔元年:"初,畢萬筮仕於晉。"後遂稱入官爲筮仕。唐白居易長慶集七答故人詩:"自從筮仕來,六命三登科。"宋王禹偁小畜集三除夜詩:"筮仕已十年,明朝三十九。"

【筮儀】宋朱熹撰。本爲周易本義内之一篇,根據繫辭傳及儀禮,斟酌古今,專言筮易儀式。仍用揲蓍之法,以蓍之奇耦而定爻卦,作爲占卜之據。所用蓍策之數,見於易學啓蒙,兩書蓋相輔而行。

【筮短龜長】左傳僖四年:"筮短龜長,不如從長。"筮龜皆用於占卜凶吉,龜著象,筮衍數,物先有象而後有數,故曰筮短龜長。

筴 1. cè 楚革切,入,麥韻,初。
ㄘㄜˋ

同"策"。㊀卜筮所揲之蓍。儀禮士冠禮:"筮人執筴抽上韇,兼執之,進受命於主人。"禮曲禮上:"龜爲卜,筴爲筮。"㊁計謀。史記留侯世家:"留侯善畫計筴。"㊂簡書。國語魯上:"季子(展禽)之言,不可不法也,使書以爲三筴。"㊃小箕。莊子人間世:"鼓筴播精,足以食十人。"釋文:"鼓筴,初革反,徐(邈)又音頰。司馬(彪)云:鼓,簸也;小箕曰筴。"一曰鼓筴爲揲蓍鑽龜。見釋文。

2. jiā 古協切,入,怗韻,見。
ㄐㄧㄚ

㊄箸類。同"梜"。唐陸羽茶經中器:"火

筴,一名筯〔筯〕。"㈥挾制、鉗制。唐韓愈昌黎集二八曹成王碑:"掇黄岡,筴漢陽。"

節 jié ㄐㄧㄝˊ 子結切,入,屑韻,精。

㈠竹節。也泛指植物枝幹交接的部位。易説卦:"艮爲山……其於木也,爲堅多節。"詩邶風旄丘:"旄丘之葛兮,何誕之節兮。"㈡骨節相銜接之處。素問至真要大論:"厥陰在泉,客勝,則大關節不利。"注:"大關節,腰膝也。"㈢事的一端爲一節。淮南子説林:"見象牙乃知其大於牛,見虎尾乃知其大於貍,一節見而百節知也。"㈣節令,節日。古以立春、立夏、立秋、立冬及二分、二至爲八節;後分一年爲二十四節。史記太史公自序:"夫陰陽四時、八位、十二度、二十四節各有教令。"唐王維王右丞集三九月九日憶山東兄弟詩:"獨在異鄉爲異客,每逢嘉節倍思親。"㈤時期。國語越下:"天節不遠,五年復反。"注:"節,期也。五年再閏,天數一終,故復反也。"史記外戚世家:"太史公曰:'(吕后)及晚節色衰愛弛。'"㈥符節。古時使臣執以示信之物。周禮地官掌節:"掌守邦節而辨其用,以輔王命。守邦國者用玉節,守都鄙者用角節。凡邦國之使節,山國用虎節,土國用人節,澤國用龍節……門關用符節,貨賄用璽節,道路用旌節,皆有期以反節。"㈦氣節,操守。左傳成十五年:"子臧辭曰:'前志有之曰:聖達節,次守節,下失節。'"㈧禮節。論語微子:"長幼之節,不可廢也。"㈨節制,節約。易頤:"君子以慎言語,節飲食。"墨子節葬:"葬埋者,人之死利也,夫何獨無節於此乎?"㈩適度,法度。禮中庸:"喜怒哀樂之未發,謂之中;發而皆中節,謂之和。"⑪樂器。編竹形如箕,以圜竹二,上合下開,劃之發聲,以節樂。見大清會典圖三九。文選晉左太沖(思)蜀都賦:"巴姬彈絃,漢女擊節。"⑫節奏,節拍。楚辭屈原九歌東君:"展詩兮會舞,應律兮合節。"⑬柱上斗拱。論語公冶長:"臧文仲居蔡,山節藻棁。"⑭卦名。☵☱。兑下坎上。⑮高峻貌。通"截"。詩小雅節南山:"節彼南山,維石巖巖。"

【節士】有節操之人。韓詩外傳十:"吾聞之,節士不以辱生。"

【節下】敬稱。秦漢以來稱皇帝爲陛下,稱皇太子爲殿下,稱將領爲節下。後來於使臣或地方疆吏亦稱節下。晉書殷仲堪傳與桓玄書:"願節下弘之以道德,運之以神明,隱心以及物,垂理以禁暴。"宋書沈慶之傳:"會詔使至,不許退,諸將並謂宜留(蕭)斌復問計於慶之。慶之曰:'閫外之事,將所得專,制從遠來,事勢已異。節下有一范增而不能用,空議何施?'"參閱唐段成式酉陽雜俎一禮異、清顧炎武日知録二四閣下。

【節文】節制修飾。禮檀弓下:"辟踊,哀之至也。有筭,爲之節文也。"史記九九叔孫通傳:"叔孫通曰:'五帝異樂,三王不同禮。禮者,因時世人情爲之節文者也。'"

【節本】書籍文件經過删節而存其精華的刊本。宋樓鑰攻媿集拾遺通鑑總類序:"資治通鑑,不刊之書也。司馬公自言精力盡於此書,而士夫鮮有能徧讀者。始則以科舉而求簡便,世所傳節本,自謂得此足矣。"

【節目】㈠樹木枝幹交接之處爲節,紋理糾結不順的部分爲目。禮學記:"善問者如攻堅木,先其易者,後其節目,及其久也,相説以解。"世説新語賞譽上:"庾子嵩目和嶠森森如千丈松,雖磊砢有節目,施之大厦,有棟梁之用。"㈡條目,項目。北周庾信庾子山集十一趙國公集序:"若使言乖節目,則曲臺不顧。"唐韓愈昌黎集十七上張僕射書:"有小吏持院中故事節目十餘事來示愈。"

【節用】謂減省費用。論語學而:"敬事而信,節用而愛人,使民以時。"墨子有節用篇。

【節序】節令的順序。唐杜甫杜工部草堂詩箋十四立秋後題:"日月不相饒,節序昨夜隔。"元方回桐江續集十九次韻張中白元日詩:"忽忽節序梅花老,衮衮塵埃世事新。"

【節制】㈠節度法制。荀子議兵:"秦之鋭士,不可以當桓文之節制;桓文之節制,不可以敵湯武之仁義。"後因稱軍律嚴整之師爲節制之師。㈡節儉克制。晉書高密文獻王泰傳:"當時諸王,惟泰及下邳王晃以節制見稱。"㈢調度管束。晉書徐邈傳:"(司馬)道子將以邈爲吏部郎,邈以波競成俗,非己所能節制,苦辭乃止。"㈣節度使之簡稱。唐高適高常侍集四李雲征南蠻詩序:"天寶十一載有詔伐西南夷,右相楊公兼節制之寄。"宋史四八〇吴越錢氏傳:"(錢鏐)據有吴越,昭宗授以杭越兩藩節制。"

【節物】應時節的景物。晉書律曆志上:"周禮,太師掌六律、六吕,以合陰陽之聲。……此皆所以律述時氣效節物也。"文選晉陸士衡(機)擬古詩之六擬明月何皎皎:"踟躕感節物,我行永已久。"

【節宣】謂養生之道,勞逸有節,以宣散其氣。左傳昭元年:"僑聞之,君子有四時,朝以聽政,晝以訪問,夕以修令,夜以安身,於是乎節宣其氣,勿使有所壅閉湫底,以露其體。"南史康絢傳:"四瀆天所以節宣其氣,不可久塞,若鑿湫東注,則游波寬緩,堰得不壞。"

【節奏】樂音的高下緩急。禮樂記:"樂者,心之動也;聲者,樂之象也;文采節奏,聲之飾也。"文選三國魏文帝(曹丕)典論論文:"譬諸音樂,曲度雖均,節奏同檢,至於引氣不齊,巧拙有素,雖在父兄,不能以移子弟。"

【節帥】節度使之略稱。新唐書一四九劉晏傳:"李靈耀反,河南節帥或不奉法,擅征賦,州縣益削。"宋史二七四翟守素傳:"新進後生,多至節帥,而守素久次不遷,殊無殞穫意。"清督撫也稱節帥。

【節約】節儉。墨子節葬:"綸組節約,車馬藏乎壙。"後漢書百官志一:"世祖(光武)中興,務從節約,并官省職,費減億計。"

【節度】㈠謂節序度數。史記天官書:"斗爲帝車,……分陰陽,建四時,均五行,移節度,定諸紀,皆繫於斗。"㈡規則,分寸。漢王充論衡明雩:"日月之行,有常節度,肯爲徙市,故離畢之陰乎?"漢書八三朱博傳:"又勅,官屬多褒衣大袑,不中節度,自今掾史衣皆令去地三寸。"㈢部署,節制調度。後漢書六五皇甫規傳:"得承節度,幸無咎譽。"三國志魏武帝紀建安二十三年注引魏書:"自作兵書十餘萬言,諸將征伐,皆以新書從事,臨事又手爲節度。"㈣官名。三國吴主孫權初置節度官,使典掌軍糧。至唐景雲二年,以賀拔延嗣爲涼州都督,充河西節度使。自後節度遂爲領兵之官,節制一方,迄五代宋不改。參見"節度使"。

【節旄】節以竹爲之,柄長八尺。節上所綴牦牛尾飾物,稱節旄。漢書五四蘇武傳:"(武)杖漢節牧羊,卧起操持,節旄盡落。"也指旄節。舊唐書懿宗紀咸通三年五月敕:"別擇良吏,付以節旄。"宋司馬光温國文正公集十送裴中舍赴太原幕府詩:"元戎台鼎舊,大府節旄新。"

【節氣】季節,氣候。樂府詩集三二南朝宋謝靈運燕歌行:"盛冬初寒節氣成,悲風入閨霜依庭。"參見"二十四氣"。

【節候】時令氣候。南齊書褚炫傳:"從宋明帝射雉,至日中,無所得。……炫獨曰:'今節候雖適,而雲露尚凝,故斯翬之禽，驕心未警。'"唐韓愈昌黎集四遊青龍寺贈崔大補闕詩:"須知節候卽風寒，幸及亭午猶妍暖。"

【節級】㊀次第。魏書釋老志熙平二年詔:"年常度僧，……若無精行，不得濫采，若取非人，刺吏爲首，以違旨論，太守縣令，綱僚節級連坐，統及維那移五百里外異州爲僧。"唐律疏議九職制上大祀不預申期:"以故廢祠祀事者，所由官司徒二年。應連坐者各依公坐法節級得罪。"㊁唐宋時軍中小校。舊唐書懿宗紀咸通十年九月制:"如本廂本將，今後有節級員闕，且以行營軍健量材差置，用酬征伐之勤。"宋史兵志十熙寧六年詔:"軍士選爲節級，取兩營有功者，功等以先後，又等以重輕，又等以傷多者爲上。"㊂宋元地方獄吏有節級。武林舊事一登門肆赦記樓下排立次第有三院罪囚獄級，獄級爲獄節級的省稱。水滸梁山泊頭領中有兩院押牢節級戴宗(三十六回)。

【節族】㊀猶言節奏。漢書六四下嚴安傳上書:"調五聲使有節族，雜五色使有文章。"注:"蘇林曰:'族音奏。'節，止也。奏，進也。"㊁節爲骨節，族爲骨肉交錯聚結的部位。淮南子泰族:"四枝節族，毛蒸理泄，則機樞調理，百脉九竅，莫不順比。"

【節堂】唐宋時節度使藏旌節之廳堂。新唐書百官四下:"(節度使)入境，州縣築節樓，迎以鼓角，……鎖節樓、節堂，以節院使主之，祭奠以時。"宋葉夢得石林燕語六:"節度使旌節，門旗二，龍虎旌一，節一，麾槍二，豹尾二，凡八物。……受賜者，藏于公宇私室，皆別爲堂，號節堂。"

【節欲】謂克制欲念。荀子正名:"凡語治而待寡欲者，無以節欲，而困於多欲者也。"欲，也作"慾"。宋鞏豐鞏氏耳目志雜言:"養生莫若節欲。"(說郛十二)

【節婦】㊀有高節的婦女。樂府詩集三六晉傳玄秋胡行之一:"奈何秋胡，中道懷邪。美此節婦，高行巍峩。"㊁封建社會指年三十以下夫死不嫁獨居至五十以上的婦女。見明俞汝楫禮部志稿六五旌表備考。

【節義】謂節操與義行。後漢書安帝紀元初六年乙卯，詔:"(賜)貞婦有節義十斛，甄表門閭，旌顯厥行。"注:"節謂志操。義謂推讓。"魏書北史並有節義傳。

【節鼓】古樂器。狀如博局，中開圓孔，恰容其鼓，擊之以節樂。北周庾信庾子山集一春賦:"月入歌扇，花承節鼓。"見通典一四四樂四。

【節概】志節氣概。漢書六六楊惲傳報孫會宗書:"夫西河魏土，文侯所興，有段干木田子方之遺風，漂然皆有節概，知去就之分。"

【節鉞】符節與斧鉞。孔叢子問軍禮:"天子當階南面，命授之節鉞，大將受，天子乃東面西向而揖之，示弗御也。"漢末獻帝授曹操節鉞，錄尚書省。三國魏曹爽拜大將軍，假節鉞都督中外諸軍事。歷代因之，有"假節鉞"之稱。明初拜大將軍儀，先授節，次授鉞。其後無聞。

【節節】象聲詞。宋書符瑞志中:"鳳凰者，仁鳥也……其鳴，雄曰'節節'，雌曰'足足'。"

【節解】㊀舊時斷四肢、分解骨節的酷刑。晉書石季龍載記下:"(石虎)又誅其四率已下三百人，宦者五十人，皆車裂節解，棄之漳水。"㊁草木凋零，枝葉脫落。國語周中:"天根見而水涸，本見而草木節解。"注:"本，氐也。謂寒露之後，十日陽氣盡，草木之枝節，皆理解也。"文選晉左太沖(思)吳都賦:"草木節解，鳥獸腯膚。"

【節樓】唐宋節度使所居之樓。見新唐書百官志、宋劉壎隱居通議二九地理前代軍壘。

【節儉】節約儉省。呂氏春秋召類:"故明堂茅茨蒿柱，土階三等，以見節儉。"後漢書四一第五倫傳上疏:"然詔書每下寬和，而政急不解；務存節儉，而奢侈不止者；咎在俗敝，羣下不稱故也。"

【節操】氣節操守。韓非子五蠹:"其帶劍者聚徒屬，立節操，以顯其名，而犯五官之禁。"漢書九七下孝平王皇后傳:"爲人婉瘱有節操，自劉氏廢，常稱疾不朝會。"

【節鎭】謂節度使。宋史二五五王彥超傳:"翌日，皆罷行德等節鎭。"嘉靖設巡撫總督爲地方長官，亦稱節鎭。明張居正張文忠集書牘四答總憲李石塘:"公正直清亮，人倫冠冕，淹處節鎭，未允物情，且夕當別有處分。"

【節孝祠】封建王朝爲宣揚舊倫常禮教、在各地所建旌表節孝婦女的祠堂。清會典三十禮部:"京師暨各省府州縣衛，各建……節孝祠一，祠外建大坊，應旌表者題名其上，身後設位祠中。"

【節孝集】宋徐積撰，三十卷，附錄一卷。附錄記載作者事實。積山陰人，治平四年進士。三歲喪父，事母以孝聞，政和中賜謚節孝處士。積師事胡瑗，文頗縱逸，與唐盧仝爲近。

【節度使】官名。唐初，武將行軍稱總管，本道則稱都督。永徽以後，都督帶使持節者稱節度使。不帶節者不稱。景雲二年，賀拔延嗣爲涼州都督，充河西節度使，自此始有節度使之號。節度使封郡王，掌總軍旅，專誅殺。其初，僅於邊地有之，天寶初，置安西北庭河西朔方河東范陽平盧隴右劍南嶺南等十節度使，以後遍設於國內。一節度使統管一道或數州，軍事民政，用人理財，皆得自主。安史之亂，地方武將，亦往往署節度使名號，自置官屬；大者連州數十，小者猶兼三四，父死子繼，號爲留後，世稱藩鎭。宋以節度使爲虛銜，遼金皆設此官，元廢。參閱文獻通考五九職官十三節度使。

【節節高】舊時民間於正月初一，以冬青、柏枝、芝麻梗插於簷頭，吉語謂爲節節高。遷居時，先以竹入，倚於簷，也稱節節高。見明田汝成西湖遊覽志餘二十熙朝盛事、清顧祿清嘉錄十二節節高。

【節上生枝】喻問題旁出，事外復生事端。宋朱熹朱文公集四八答呂子約書:"若左遮右攔，前拖後拽，隨語生解，節上生枝，則更讀萬卷書，亦無用處也。"後多作"節外生枝"。元耶律楚材湛然居士集七題黃山墨竹便面詩:"題破本來真面目，何妨節外更生枝。"古今名劇元楊顯之瀟湘雨二:"兀的是閒言語，甚意思，他怎肯道節外生枝?"

【節度判官】節度使屬官。二人，分判倉曹、兵曹、騎曹、胄曹事。與行軍司馬通署公文。見通典三二職官十四。

【節哀順變】節抑悲哀，以順應變故。禮檀弓下:"喪禮，哀戚之至也；節哀，順變也，君子念始之者也。"後多用爲慰唁友人遭父母喪之辭。

筩 tǒng 徒紅切，平，東韻，定。ㄊㄨㄥˇ

㊀竹筒。漢書律曆志上:"黃帝使泠綸，自大夏之西，昆侖之陰，取竹之解谷生，其竅厚均者，斷兩節間而吹之，以爲黃鐘之宮。制十二筩以聽鳳之鳴。"㊁捕魚具。文選晉郭景純(璞)江賦:"筩灑連鋒，罾罾比船。"注:"筩灑，皆釣名也。"一本作"筒"。

【筩中】布名。卽"筒中布"。後漢書四九王符傳潛夫論浮侈:"葛子升越，筩中女布。"注:"揚雄蜀都賦曰:布則蜘蛛作絲，不可見風，筩中黃潤，一端數金。"參見"筒中布"。

筲 shāo 所交切，平，肴韻，山。ㄕㄠ

竹器。論語子路："斗筲之人，何足算也。"注："筲，竹器，容斗二升。"俗謂淘米器曰筲箕。儀禮既夕禮："筲三，黍稷麥。"注："筲，畚種類也。其容蓋與簠同，一觳也。"

筲

筥 jǔ 居許切，上，語韻，見。ㄐㄩˇ

㊀圓形竹筐。詩召南采蘋："于以盛之，維筐及筥。"㊁量詞。刈下的稻聚攏成把曰筥。儀禮聘禮："四秉曰筥，十筥曰稯。"疏："即今人謂之一鋪兩鋪也。"

筥

筸 gān ㄍㄢ

湖南辰州有筸子溪。清康熙時設鎮筸總兵，駐鳳凰廳，即今鳳凰縣。見湖南通志三十關隘二。

筯 zhù 遲倨切，去，御韻，澄。ㄓㄨˋ

㊀食具。同"箸"。世說新語忿悁："王藍田（述）性急，嘗食雞子，以筯刺之不得，便大怒，舉以擲地。"㊁火箝。五代蜀缺名玉溪編事仲庭預："時方凝寒，（蜀嘉）王以舊火爐送學院，庭預方獨坐歎息，以筯撥灰，俄灰中得一雙金火筯。"

筧 jiǎn 古典切，上，銑韻，見。ㄐㄧㄢˇ

引水的長竹管。唐白居易長慶集五九錢塘湖石記："（錢唐湖）北有石函，南有筧，凡放水溉田，每減一寸，可溉十五餘頃，每一復時，可溉五十餘頃。"

筟 fū 芳無切，平，尤韻，滂。ㄈㄨ

織緯之具。錠子。見"筳㊀"。

筨 hán 胡男切，平，覃韻，匣。ㄏㄢ

竹名。見下。

【筨簜】竹名。也作"箘簜竹"。其粗如脚指，堅厚修直，腹中白膜闌隔，狀如濕𥎊生衣。筍未成竹前，常有細蟲嚙之，筍皮脫去之後，嚙處往往成赤文，頗似繡畫。見晉戴凱之竹譜、元李衎竹譜詳録六異色品。

筳 tíng 特丁切，平，青韻，定。ㄊㄧㄥˊ

㊀絡絲的器具。說文："筳，維絲筦也。"清段玉裁注："維，箸絲於筟車也。按絡絲者必以絲耑箸於筳，今江浙尚呼筳。"㊁小竹枝。文選漢東方曼倩（朔）答客難："以管窺天，以蠡測海，以筳撞鐘。"漢書六五東方朔傳作"莛"。

【筳篿】古楚越間用靈草編結在斷竹枝上以占卜的法術。楚辭屈原離騷："索藑茅以筳篿兮，命靈氛爲余占之。"注："筳，小折竹也。楚人名結草折竹以卜曰篿。"參閱元吳萊淵穎集十一范氏莛篿卜法序。

筣 lí 里之切，平，之韻，來。ㄌㄧˊ 郎奚切，平，齊韻，來。

㊀竹名。見廣韻。㊁見"筣筵"。

【筣筵】㊀織竹爲障、用來捕取河蝦的漁具。全唐詩六一一皮日休釣磯："窪處著筣筵，竅中維舴艋。"㊁竹籬笆。太平御覽七六六魏略："裴潛爲尚書令，妻子貧乏，織筣筵以自給。"晉傳咸傳中丞集劾夏侯駿事："令史張濟，案行城東，見有新立屋間筣筵障二十丈，推問是少府夏侯駿所作，請免駿官。"

筵 yán 以然切，平，仙韻，喻。ㄧㄢˊ

㊀墊底的竹席。詩大雅行葦："或肆之筵，或授之几。"㊁布席。儀禮士冠禮："主人之贊者筵于東序。"注："筵，布席也。"㊂席位。見"經筵"。

【筵席】㊀鋪於地上之坐具。禮樂記："鋪筵席，陳尊俎，列籩豆。"周禮春官序官"司几筵下士二人"漢鄭玄注："筵亦席也。鋪陳曰筵，藉之曰席。然其言之筵席通矣。"疏："設席之法，先設者皆言筵，後加者爲席。"㊁古人席地而坐，飲食都置在几筵間，後因稱招人飲食爲設筵，稱酒席爲筵席。元王實甫西廂記二本三折："敢著小姐和張生結親呵，怎生不做大筵席，會親戚朋友。安排小酌爲何？"

【筵宴】酒席宴會。宋缺名釋常談上周郎："周瑜，字公瑾，妙於音律。每有筵宴，所奏音樂，小有誤失，瑜必舉目瞪視。"

筱 xiǎo 先鳥切，上，篠韻，心。ㄒㄧㄠˇ

㊀小竹。同"篠"。見說文。㊁俗借用爲"小"字，專用於人名。

筰 zuó 在各切，入，鐸韻，從。ㄗㄨㄛˊ

㊀竹索。同"笮"。釋名釋船："引舟者曰筰。"㊁迫促。周禮春官典同："侈聲筰。"注："侈謂中央約也，侈則聲迫筰，出去疾也。"㊂古代西南地區少數民族名。漢書五一枚乘傳："南距羌筰之塞，東當六國之從。"

【筰都】古部落國名。又稱筰。史記一一六西南夷傳："自嶲以東北，君長以什數，徙、筰都最大。"索隱："服虔曰：'二國名。'"故治在今四川漢源縣東南。

【筰關】地名。古筰都國地。漢唐蒙通夜郎，即從筰關入。地在今四川漢源縣東南。見讀史方輿紀要七一眉州青神縣。

八 畫

箈 chí 集韻 澄之切，平，之韻。ㄔˊ 堂來切，平，咍韻。

小竹筍。周禮天官醢人："加豆之實：……箈菹、鴈醢、筍菹、魚醢。"注："箈，箭萌。"爾雅釋草、說文作"𥰭"。

箔 bó 傍各切，入，鐸韻，並。ㄅㄛˊ

㊀簾。文選南朝梁任彥昇（昉）奏彈劉整劉寅妻范訴狀："（劉整）忽至户前，隔箔攘拳大駡。"唐白居易長慶集十二長恨歌："攬衣推枕起徘徊，珠箔銀屏邐迤開。"㊁蠶簾。養蠶用的竹篩、竹席。世說新語言語"南郡龐士元"注引司馬徽別傳："有人臨蠶求簇箔者，徽自棄其蠶而與之。"北魏賈思勰齊民要術五種桑柘芥："薄布薪於箔上，散蠶訖，又薄以薪覆之。"㊂擊成極薄的金屬片。如金箔、錫箔。南齊書高帝紀下："不得以金銀爲箔，乘具不得金銀度。"

箜 kōng 苦紅切，平，東韻，溪。ㄎㄨㄥ

見"箜篌"。

【箜篌】樂器名。釋名釋樂器謂爲師延所作，爲空國之侯所存，故亦稱空侯。宋書樂志二謂空侯，初名坎侯。漢武帝令樂人侯暉依琴作坎侯，言其坎坎應節奏。隋書音樂志下謂出自西域，西涼有卧箜篌，豎箜篌。舊唐書音樂志二謂依琴制作，似瑟而小，七弦，用撥彈之，如琵琶。公元 1969 年新疆吐魯番阿斯塔那唐墓 230 號墓出土有絹畫舞樂屏風，上畫有樂伎豎抱彈撥箜篌，其形似瑟而小，七弦，與舊唐書所述相符。

箜　篌

【箜篌引】漢曲，爲相和歌辭，也叫公無

渡河。晉崔豹古今注音樂:"箜篌引,朝鮮津卒霍里子高妻麗玉所作也。子高晨起,刺船而櫂,有一白首狂夫,披髮提壺,亂流而渡,其妻隨呼止之,不及,遂墮河水死。於是援箜篌而鼓之,作公無渡河之歌,聲甚悽愴。曲終,自投河而死。霍里子高還,以其聲語妻麗玉,玉傷之,乃引箜篌而寫其聲,聞者莫不墮淚飲泣焉。麗玉以其聲傳隣女麗容,名曰箜篌引焉。"

管 guǎn 古滿切,上,緩韻,見。 ㄍㄨㄢ

㊀樂器名。詩周頌有瞽:"簫管備舉。"漢書律曆志:"八音,……竹曰管。"

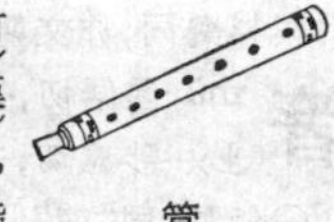
管

㊁指細長圓形中空之物。莊子秋水:"是直用管闚天,用錐指地也,不亦小乎?"晉崔豹古今注下草木:"漆樹,以剛斧斫其皮開,以竹管承之,汁滴管中,即成漆也。"㊂筆彄。禮內則:"右佩玦、捍、管、遰、大觿、木燧。"注:"管,筆彄也。"又筆桿也稱管。詩邶風靜女:"靜女其孌,貽我彤管。"箋:"彤管,筆赤管也。"後因稱筆爲管。如執筆叫握管。㊃管鑰。左傳僖三二年:"杞子自鄭使告於秦曰:'鄭人使我掌北門之管,若潛師以來,國可得也。'"注:"管,籥也。"㊄樞要。荀子儒效:"聖人也者,道之管也,天下之道管是矣;百王之道一是矣。"㊅管制,管理。戰國策秦三:"淖齒管齊之權。"史記七九范雎傳:"李兌管趙,囚主父於沙丘。"引申爲管理之區域。如嶺南五管,見"五管"。㊆貫,包容。禮樂記:"樂統同,禮辨異,禮樂之説,管乎人情矣。"注:"管,猶包也。"㊇包管,保證。西遊記十一:"今日既有書來,陛下寬心,微臣管送陛下還陽,重登玉闕。"㊈姓。周文王子叔鮮封於管,因以爲氏。見元和姓纂七。

【管子】舊題戰國齊管仲撰,二十四卷,原本八十六篇,今佚十篇。舊題唐房玄齡注,晁氏讀書志認爲唐尹知章作,明劉績又作補注,清戴望又有校正,對舊注多所訂證。據近人研究,多認爲戰國秦漢時人假託之作。

【管勾】㊀辦理。宋司馬光溫國文正公集四九乞罷免役錢依舊差役劄子:"舊日差役之時,所差皆土著良民,各有宗族田產,使之管勾諸事,各自愛惜,少敢大段作過。"㊁宋以管勾爲官稱。如御史臺有管勾臺事之類。金元之世,各職司多置管勾,內而尚書省、中書省、樞密院、御史臺及各府院司監;外而行中書省、廉訪司、宣慰司以及河橋、鹽場、鷹坊等皆有其官。元之管勾,大都掌出納文移皮藏籍帳,或以照磨兼任。清代惟孔廟有此官,掌祀田錢穀之出入。

【管穴】喻所見之小。後漢書四六陳忠傳上疏:"若嘉謀異策,宜輒納用;如其管穴,妄有譏刺,雖苦口逆耳,不得事實,且優游寬容,以示聖朝無諱之美。"晉書孫惠傳與東海王(司馬)越書:"思以管穴,毗佐大猷。"

【管同】公元1780—1831年。清上元人,字異之。道光舉人,工文章,以桐城姚鼐爲宗,兼工詩。著有因寄軒文集皖水詞存七經紀聞。

【管仲】?—公元前645年。春秋齊潁上人。名夷吾,字仲。初事公子糾,後相齊桓公,主張通貨積財,富國强兵,九合諸侯,一匡天下,使桓公成爲春秋五霸之首。現存管子一書,爲後人假託之作。參閱史記六二管晏列傳。

【管見】喻見識狹小。抱朴子勤求:"故世間道士知金丹之事者萬無一也,而管見之屬,謂仙法當具在於紛若之書,及於祭祀拜伏之間而已矣。"晉書陸雲傳上司馬冏書:"臣備位大臣,職在獻可,苟有管見,敢不盡規。"

【管事】史記八七李斯傳:"(趙)高曰:'高固內官之廝役也,幸得以刀筆之文進入秦宮,管事二十餘年,未嘗見秦免罷丞相功臣有封及二世者也,卒皆以誅亡。'"後稱受僱管理家事或庶務之人爲管事。

【管青】古善相馬者。淮南子齊俗:"伯樂韓風秦牙管青,所相各異,其知馬一也。"注:"四子皆古善相馬者。"

【管弦】管樂和絃樂。總指音樂。淮南子原道:"夫建鍾鼓,列管弦。"後漢書和熹鄧皇后紀:"書述唐虞而帝道崇,故雖聖明,必書功於竹帛,流音於管弦。"參見"管絃"。

【管叔】姬鮮,周武王弟,周公兄。周滅商,封於管,使相紂子武庚。武王死,成王年少,周公攝政,管叔與蔡叔挾武庚作亂,周公東征,殺管叔而放蔡叔。見史記管蔡世家。

【管軍】掌管軍事。宋范仲淹范文正公集奏議上許懷德差遣:"如王信狄青,實有武勇,堪任管軍,亦恐未有大功,遷轉太速。"

【管城】㊀地名。1. 周初武王弟管叔封此。春秋屬鄭,戰國屬韓。漢以後爲中牟縣。隋開皇十六年置管城縣,明廢。故城即今河南鄭州市。參閱太平寰宇記九鄭州。2. 在今湖北鍾祥縣激水北。晉桓石虔擊破閻震於激水,進克管城,擒震,即此。見晉書桓石虔傳。㊁借指筆。宋蘇軾分類東坡詩十二次韻范純父涵星硯月石風林屏:"陶泓不稱管城沐,醉石可助平泉醒。"參見"管城子"。

【管待】照顧接待。古今雜劇缺名黑旋風二:"婆婆,若有梁山上那兩個哥哥來時,好生管待他。"水滸六六:"蔡節級只認得柴進,便請入裏面去,見成杯盤,隨即管待。"

【管涔】山名。在山西靜樂縣東北,爲陰山系之支脈,自靜樂跨寧武朔縣縣界,周迴數百里。山海經北山經:"在河之東,其首枕汾,其名曰管涔之山。其上無木而多草,其下多玉,汾水出焉,而西流注于河。"或作菅涔山,以其山多菅草而名。見太平寰宇記四一嵐州靜樂縣。

【管家】管理家務的僕人。明嘉靖時嚴嵩專朝政,文選郎中萬寀、武選職方郎中祁祥奔走嵩門,時人呼兩人爲文武管家。儒林外史二四:"向知縣託家裏親戚出來陪,他也斷不敢當,落後叫管家出來陪,他纔歡喜了,坐在管家房裏有説有笑。"

【管記】管理文牘之職。南史陸慧曉傳附陸琎:"弘雅有識度,好學能屬文。後主在東宮徵爲管記,仍兼中舍人。"

【管庫】掌庫藏的小官。禮檀弓下:"所舉於晉國,管庫之士七十有餘家,生不交利,死不屬其子焉。"注:"管庫之士,府史以下官長所置也。舉之於君,以爲大夫士也。"

【管晏】春秋齊相管仲晏嬰。仲相桓公,嬰相景公,兩人皆名顯諸侯。史記合兩人爲管晏列傳。後言大臣多能善治者,常以管晏並稱。淮南子主術:"執術而御之,則管晏之智盡矣。"史記八六荊軻傳:"是謂委肉當餓虎之蹊也,禍必不振矣!雖有管晏,不能爲之謀也。"

【管商】管仲商鞅,相齊秦,行法治,使兩國霸諸侯。後言大臣能治國富强者常以管商並稱。戰國策齊四:"而治可爲管商之師,説義聽行,能致其主霸王如此者五人。"

【管絃】細樂的通稱。管指簫管等,絃指琴瑟等。漢書一〇〇下敍傳班固東都賦:"鐘鼓鏗鎗,管絃曄煜。"晉書王羲之傳蘭亭集序:"雖無絲竹管絃之盛,一觴一詠,亦足以暢敍幽情。"

【管葛】謂管仲諸葛亮,皆古之名相。後以管葛並稱,指足智多謀、建立大業的人。世說新語賞譽下:"殷淵源(浩)在墓所幾十年,于時朝野,以擬管葛,起不起以卜江左興亡。"

【管輅】公元208—256年。三國魏平原人。字公明,明周易,善卜筮,相傳所占無不應。三國志入方技傳。

【管寧】公元158—241年。三國魏北海朱虛人,字幼安。少與華歆同席讀書,有乘軒冕過門者,歆廢書往觀,寧與割席分座。漢末避亂居遼東,聚徒講學,三十七年始歸,文帝拜爲大中大夫,明帝拜爲光祿勳,皆辭不就。三國志魏有傳。

【管管】無所依據。詩大雅板:"靡聖管管,不實於亶。"

【管蔡】周管叔鮮與蔡叔度,皆武王之弟。古史相傳,武王死,成王幼,周公攝政。管蔡流言於國中曰:"公將不利於孺子。"周公懼而避居東都。其後,成王迎公歸,管蔡遂挾紂子武庚叛。周公出兵,殺武庚管叔,放蔡叔,亂始平。後以管蔡喻亂國之臣。漢書六五東方朔傳:"朔曰:……慶父死而魯國全,管蔡誅而周室安。"參閱書金縢、史記管蔡世家。

【管樂】管仲與樂毅。管仲,春秋齊之名相,樂毅,戰國燕之名將。後管樂並稱,指有抱負有治國才能之人。三國志蜀諸葛亮傳:"身長八尺,每自比於管仲樂毅,時人莫之許也。"唐高適高常侍集四奉酬睢陽李太守詩:"未能方管樂,翻欲慕巢由。"

【管鮑】春秋齊管仲與鮑叔牙交情深厚,仲嘗言:"生我者父母,知我者鮑子也。"見史記六二管仲傳。後因稱知交友情爲管鮑。唐杜甫杜工部草堂詩箋七貧交行:"君不見管鮑貧時交,此道今人棄如土。"

【管轄】㊀管以開閉門户,轄以解脱車輪。管轄,喻機要之地。太平御覽二四九晉孫綽爲功曹參軍駁事牋:"綱紀居管轄之任,以糺司外內。"㊁管理、統轄。晉書涼武昭王傳上表:"又敦煌郡大衆殷,制御西域,管轄萬里,爲軍國之本。"

【管闚】喻所見者狹小。莊子秋水:"是直用管闚天,用錐指地也,不亦小乎?"也作"管窺"。後漢書章帝紀建初二年詔:"朕在弱冠,未知稼穡之艱難,區區管窺,豈能照一隅哉!"參見"以管窺天"。

【管蠡】管闚蠡測的省語。隋書史祥傳答晉王書:"斯固道高周誦,契協商皓,豈在管蠡,所能窺測。"參見"管闚蠡測"。

【管籥】㊀樂器名。籥,同"龠"。孟子梁惠王下:"今王鼓樂於此,百姓聞王鐘鼓之聲,管籥之音,舉疾首蹙頞而相告。"注:"管,笙。籥,簫。或曰,籥若笛短而有三孔。"管,也作"筦"。莊子盜跖:"今富人,耳營鐘鼓筦籥之聲,口嗛於芻豢醪醴之味。"㊁鎖匙。禮月令孟冬之月:"坏城郭,戒門閭,修鍵閉,慎管籥。"注:"管籥,搏鍵器也。"疏:"以鐵爲之,似樂器之管籥,搢於鏁内以搏取其鍵也。"籥,今通作"鑰"。引申指入門的關鍵。宋書顏延之傳庭誥:"非鄙無因而生,侵侮何從而入,此亦持德之管籥,爾其謹哉!"

【管色譜】卽工尺譜。音樂十二律之簡稱。用之於簫管,故名。也稱"笛色譜"。唐以後,其法盛行。四上尺工六,相當於宮商角徵羽。度曲協音,聲共十,卽五、凡、工、尺、上、一、四、六、勾、合,於律呂各闕其一,猶雅音之缺商。

【管城子】唐韓愈昌黎集三六毛穎傳:"遂獵,圍毛氏之族,拔其毫,載穎而歸……秦皇帝使(蒙)恬賜之湯沐而封諸管城,號曰管城子。"毛穎傳以筆擬人,後人遂以管城子爲筆的别稱。宋黄庭堅豫章集三戲呈孔毅父詩:"管城子無食肉相,孔方兄有絶交書。"

【管道昇】公元1262—1319年。元吳興人,字仲姬。嫁趙孟頫,世稱管夫人。畫墨竹蘭梅,筆意清絶。也工山水佛像。書牘行楷,與孟頫相似,幾不能辨。

【管中窺豹】喻只見局部,而未見全體。世說新語方正:"王子敬(獻之)數歲時,嘗看諸門生摴蒱,見有勝負,因曰:'南風不競。'門生輩輕其小兒,廼曰:'此郎亦管中窺豹,時見一斑。'"宋陸游劍南詩稿五三江亭:"濠上觀魚非至樂,管中窺豹豈全斑。"

【管闚筐舉】喻孤陋寡聞,見識狹窄。三國志蜀郤正傳釋譏:"夫人心不同,實若其面,子雖光麗,既美且豔,管闚筐舉,守厥所見,未可以言八紘之形埒,信萬事之精練也。"

【管闚蠡測】喻見識狹小淺薄。漢書六五東方朔傳答客難:"語曰:'以筦闚天,以蠡測海。'"筦,同"管";闚,同"窺"。紅樓夢三六:"我昨兒晚上的話竟說錯了,怪不得老爺說我是'管窺蠡測'!"

箊 yū ㄩ 央居切,平,魚韻,影。

竹名。見"箖箊"。

箐 1. jīng ㄐㄧㄥ 子盈切,平,清韻,精。

㊀細竹名。宋書謝靈運傳山居賦"其竹則二箭殊葉"自注:"巨者竿挺之屬,細者無箐之流也。"

2. qiàn ㄑㄧㄢ 集韻 倉甸切,去,霰韻。

㊀張竹弓弩曰箐。見集韻。㊁滇黔一帶多稱大竹林爲箐。嘉慶一統志五〇〇貴州貴陽府形勢:"山廣箐深,重岡疊砦。"

【箐鷄】鳥名。清張澍續黔書八:"逸周書王會解云:'蜀人以文翰。文翰者,甚翟雉。'今水西出箐鷄,高尺許,或畜之,見人輒避去,終不馴擾。而長尾白羽,羽之周遭,黑文緣之,如淡墨所畫,是箐鷄與杉鷄同,亦文翰之類也。"

箸 zhù ㄓㄨˋ 遲倨切,去,御韻,澄。陟慮切,去,御韻,知。

㊀飯具,同"筯"。俗稱筷。韓非子喻老:"昔者紂爲象箸而箕子怖。"漢書四十周亞夫傳:"獨置大胾,無切肉,又不置箸。"史記絳侯世家作"櫡"。㊁顯明。通"著"。荀子王霸:"致忠信,箸仁義,足以竭人矣。"㊂附着,穿着。戰國策趙一:"兵箸晉陽三年矣。"宋鮑彪注:"箸,言附其城。"一本作"着"。世說新語方正:"今見鬼者云:箸生時衣服,若人死有鬼,衣服復有鬼邪?"

箍 gū ㄍㄨ 古胡切,平,模韻,見。

以篾束物。見廣韻。也稱束物之環。如銅箍、鐵箍、竹箍。朱子語類二七論語九里仁:"如一箇桶,須是先將木來做成片子,却將一箇箍來箍斂。若無片子,便把一箇箍去箍斂,全然盛水不得。"

箝 qián ㄑㄧㄢ 巨淹切,平,鹽韻,羣。

夾住。戰國策燕二:"今者臣來過易水,蚌方出曝,而鷸啄其肉,蚌合而箝其喙。"

【箝口】脅制使人不敢説話。或緘默不肯説話,如加箝於其口上。漢書四九爰盎傳:"(高帝)欲以致天下賢英士大夫,日聞所不聞,以益聖。而君自閉箝天下之口,而日益愚。"

【箝語】謂禁民偶語。漢書異姓諸侯王表:"(秦)墮城銷刃,箝語燒書。"注:"謂箝籋其口,不聽妄言也,卽所謂禁耦語者也。"

箖 lín ㄌㄧㄣ 力尋切,平,侵韻,來。

箖竹,筍味甚美。竹漸長,只梢上有葉,極高,可作幡竿。見宋釋贊寧筍譜。

【箖箊】竹名。吳越春秋九句踐陰謀外傳記袁公與越女試劍事,袁公以箖箊竹爲劍,試時飛上樹,變爲白猿。文選晉左太沖(思)吳都賦:"其竹則篔簹箖箊,桂箭射筒。"注:"箖箊是袁公所與越女試劍竹者也。"

箋 jiān 則前切,平,先韻,精。 ㄐㄧㄢ

㊀注釋古書,表明作者之意,或斷以己意。漢鄭玄注釋諸經,皆稱"注",獨注毛詩稱"箋"。㊁文體名。本奏記之類,上太子諸王之書亦稱箋。文選有吳質答魏太子牋等。箋與"牋"同。㊂小幅而華貴的紙張。古用以題詠或寫書信,故信札也名箋,通作"牋"。唐薛濤好製小箋,世稱薛濤箋。元費著有蜀箋譜。

【箋布】布名。即筒中布。世說新語雅量:"王戎爲侍中,南郡太守劉肇遺筒中箋布五端。"晉書王戎傳作"筒中細布"。參見"筒中布"。

【箋注】指注釋文字。唐韓愈昌黎集二四施先生墓銘:"古聖人言,其旨密微,箋注紛羅,顛倒是非。"

【箋香】香名。以産南海者最稱名貴。産北海者,聚於欽州,氣味與沉香相類,其品略次。見宋范成大桂海虞衡志志香。梁書林邑傳作"棧香"。

箒 zhǒu 之九切,上,有韻,照。 ㄓㄡˇ

帚的異體。南齊書劉休傳:"(帝)令休於宅後開小店,使(休妻)王氏親賣掃箒皂莢以辱之。"

【箒卜】見"帚卜"。

箑 shà 山輒切,入,葉韻,山。 ㄕㄚˋ 山洽切,入,洽韻,山。

扇。淮南子精神:"知冬日之箑,夏日之裘,無用於己,則萬物變爲塵埃矣。"方言五:"扇自關而東謂之箑。"箑,又音 jié,見集韻。

箛 gū 古胡切,平,模韻,見。 ㄍㄨ

㊀竹名。文選漢張平子(衡)南都賦:"其竹則籦籠䈽篾,篠簳箛箠。"㊁吹器,即笳。急就篇四:"箛篍起居課後先。"注:"箛,吹鞭也;篍,吹筩也。起居謂晨起夜卧及休食時也,言督作之司,吹鞭及竹筩爲起居之節度。"宋書樂志二鼓吹:"應劭漢鹵簿圖,唯有騎執箛。箛卽笳,不云鼓吹。"按通雅及正字通謂:箛始用笳管,後以銅作器,唐有銅角,卽其遺制。

算 suàn 蘇管切,上,緩韻,心。 ㄙㄨㄢˋ

㊀數,計數。論語子路:"斗筲之人,何足算也。"儀禮鄉飲酒:"無算爵,無算樂。"注:"算,數也。賓主燕飲,爵行無數,醉而止也。"㊁計謀。列子力命:"自長非所增,自短非所損,算之所亡,若何?"注:"算,猶智也。"㊂通"筭"。古投壺及射計勝負的籌碼。禮投壺:"算,長尺二寸。"㊃竹器。見"算器"。按"算"、"筭"二字,古書互爲通假。

【算計】㊀計算。淮南子俶真:"是故仁義不布,而萬物蕃殖,賞罰不施,而天下賓服。其道可以大美興,而難以算計舉也。"㊁計劃。後漢書五二崔駰傳附崔寔政論:"萬動祖廟,享號中宗。算計見效,優於孝文。"算,百衲本作"筭"。

【算部】謂壽命。宋張淏雲谷雜記三:"太宗嘗顧錢若水,謂左右曰:'若水風骨秀邁,神仙姿格,苟用之,則才力有餘,朕只疑其算部促隘。'"

【算袋】貯筆硯之袋。舊唐書輿服志:"上元元年八月又制:'一品已下帶手巾、算袋,仍佩刀子、礪石。'"資治通鑑二〇六唐神功元年:"賜以緋算袋。"注:"唐初職事官三品以上賜金裝刀、礪石,一品以下則有手巾、算袋。開元以後,百官朔望朝參,外官衙日,則佩算袋,各隨其所服之色,餘日則否。"

【算術】㊀計數之術。漢書律曆志上:"紀於一,協於十,長於百,大於千,衍於萬,其法在算術。"後漢書二四馬援傳附馬續:"續字季則,七歲能通論語,十三明尚書,十六治詩,博觀羣籍,善九章算術。"一本作"筭"。㊁推算曆象之術。北史信都芳傳:"少明算術,兼有巧思。"

【算髮】斑白的頭髮。明陶宗儀輟耕錄十八宣髮:"人之年壯,而髮斑白者,俗曰算髮,以爲心多思慮所致。"參見"宣髮"、"蒜髮"。

【算賦】漢代的人丁稅。漢書高帝紀上:"(四年)八月,初爲算賦。"注:"如淳曰:'漢儀注民年十五以上至五十六出賦錢,人百二十爲一算,爲治庫兵車馬。'"參閱文獻通考十戶口一。

【算盤】珠算所用之器。以木爲之,四周作框,中植縱桿若干名曰檔。每檔貫木珠七枚,用橫木隔爲上二下五。橫木名曰梁。梁下每珠作一,梁上每珠作五。其左檔各珠皆爲右檔之十倍。用時,可依口訣,上下撥動算珠,進行計算。珠算計數簡便迅捷,爲我國商店普遍施用的計算工具。元劉因靜修先生文集十一有五言絕句算盤詩,算盤名稱之見於算書者以明景泰年間吳敬九章詳註比類算法大全、萬曆年間程大位新編直指算法統宗爲最早。

【算曆】謂算術曆象。晉書郭璞傳:"好古文奇字,妙於陰陽算曆。"也作"筭歷"。北史信都芳傳:"算歷玄妙,機巧精微。"

【算器】㊀古代投壺及射用以貯筭籌之器,本作"筭器"。儀禮大射儀"賓之弓矢與中籌豐"漢鄭玄注:"中,閭中,算器也。"㊁竹器。史記一二〇鄭當時傳:"莊廉,又不治其産業,仰奉賜以給諸公。然其餽遺人,不過算器食。"索隱:"謂竹器,以言無銅漆也。"

【算博士】㊀唐初駱賓王文好以數對,如"秦地重關一百二,漢家離宮三十六",時人號爲算博士。見唐張鷟朝野僉載六。㊁唐制,宮內置宮教博士二人,掌教宮人書、算、衆藝。見唐六典十二、新唐書百官志二。

【算緡錢】漢代賦制之一。漢武帝元狩四年初算緡錢。商人及手工業者自報其所有各以貨直,以緡錢二千爲一算;諸作有租及鑄,以緡錢四千爲一算。參閱文獻通考十四征榷一。

【算經十書】唐國子監算學及科學明算科,習周髀算經、九章算術、海島算經、孫子算經、五曹算經、夏侯陽算經、張丘建算經、五經算術、綴術、緝古算經十種。其中綴術、夏侯陽算經至宋初亡。海島算經亡於明,九章算術亦殘缺不全。清乾隆時開四庫全書館,戴震自永樂大典輯集九章算術、海島算經等,其後孔繼涵刊入微波榭叢書,題爲算經十書。

箄 bì 博計切,去,霽韻,幫。 ㄅㄧˋ

蓋於蒸飯器底的竹席,可以防漏落。急就篇三:"笆篅箯筥篔箄篝。"注:"箄,蔽甑底者也。"參見"箄㊂"。

箇 gè 古賀切,去,箇韻,見。 ㄍㄜˋ

古也作"个"、"個"。㊀竹一枝爲箇。見說文。引申爲計量的單位。荀子議兵:"操十二石之弩,負服矢五十个。"唐詩紀事二十李適之(全唐詩一〇九題爲罷相作)詩:"爲問門前客,今朝幾箇來?"㊁指示代詞。這,那。唐李白李太白詩八秋浦歌之十五:"白髮三千丈,緣愁似箇長。"舊唐書五三李密傳:"(隋煬)帝曰:'箇小兒視瞻異常,勿令宿衛。'"㊂助詞。唐韓愈昌黎集九盆池詩:"老翁真箇似童兒,汲水埋盆作小池。"

【箇人】猶言彼人。唐封演封氏聞見記九淳信:"(陸)元方告其人曰:'此宅子甚好,但無出水處。'買者聞之,遽辭不置,子侄以爲言。元方曰:'汝太奇,豈可爲錢而誑箇人!'"宋陳亮龍川詞念奴嬌至金陵:"因念舊日山城,箇人如畫,已作中州想。"

【箇般】猶言這般。宋張榘芸窗詞千秋歲爲壑翁母夫人壽:"黑頭公相貴,膝下歡娛笑,君知否?箇般福分人間少。"

【箇裏】這裏,其中。唐王維王右丞集二同比部楊員外十五夜遊有懷靜者季雖言詩:"香車寶馬共喧闐,箇裏多情俠少年。"劉禹錫劉夢得集九竹枝詞之八:"箇裏愁人腸自斷,由來不是此聲悲。"

【箇樣】這樣。宋蘇軾分類東坡詩六記夢:"不信天形真箇樣,故應眼力自先窮。"劉克莊後村集二送真舍人帥江西詩之三:"海神亦歎公清德,少見歸舟箇樣輕。"

【箇儂】猶言彼人或此人。唐韓偓韓內翰別集贈漁者詩:"箇儂居處近誅茅,枳棘籬兼用荻梢。"宋范成大石湖詩集二九餘杭初出陸:"霜毛瘦骨猶千騎,少見行人似箇儂。"

【箇舊】地名,屬雲南省。又作個舊。本舊蒙自縣之箇舊街,清置廳,屬雲南臨安府。光緒間設府同知,駐此。公元 1913 年改爲縣。今爲箇舊市。

【箇中人】猶言此中人。宋蘇軾分類東坡詩十一李頎秀才善畫山以兩軸見寄仍有詩次韻答之詩:"平生自是箇中人,欲向漁舟便寫真。"聊齋志異武技:"既是憨師弟子,同是箇中人,無妨一戲。"

【箇兒錢】清制,南省兑交漕米,每石給各倉經紀銀二分;又官員等領米,每石給倉役二十文上下,並稱爲箇兒錢。參閱清會典事例一八四户部倉庾坐糧廳職掌。

箘 jùn 渠殞切,上,軫韻,羣。
ㄐㄩㄣˋ 去倫切,平,真韻,溪。

㊀竹的一種。書禹貢:"惟箘簬楛,三邦厎貢厥名。"孔傳及正義皆以爲兩種竹名。按箘簬,雙音詞。見清段玉裁說文解字注。㊁棋類。參見"簙"。

【箘桂】植物名。桂之一種。楚辭屈原離騷:"雜申椒與箘桂兮,豈維紉乎蕙茝。"參閱政和證類本草十二箘桂。

箕 jī 居之切,平,之韻,見。
ㄐㄧ

㊀簸箕。1.揚米去糠的器具。戰國策齊六:"齊嬰兒謠曰:大冠若箕,脩劍拄頤。"2.掃除所用以受塵土的器具。禮曲禮上:"凡爲長者糞之禮,必加帚於箕上。"㊁展兩足如箕。禮曲禮上:"立毋跛,坐毋箕。"㊂星名。見"箕宿"。㊃姓。商有太師箕子,春秋晉有大夫箕鄭。見宋邵思姓解二。

【箕卜】即卜紫姑。宋陸游劍南詩稿五十有箕卜詩。詳"箕姑"。

【箕子】商紂諸父,封國於箕,故稱箕子。紂暴虐,箕子諫不聽,乃披髮佯狂爲奴,爲紂所囚。周武王滅商,釋箕子之囚,以箕子歸鎬京。今尚書有洪範,相傳箕子爲武王而作。見史記殷紀。

【箕山】㊀山名。全國以箕山爲名的甚多,其尤著名者有:1.在河南登封縣東南。相傳堯時巢父許由隱於箕山,其後伯益避禹之子於箕山之陰,皆此。亦稱崿嶺,又名許由山。見嘉慶一統志二五〇河南府山川。2.在山西和順縣(舊遼縣)東。相傳爲許由隱處。唐置箕州,即以此山而名。見嘉慶一統志一五九遼州山川。3.在河南范縣西南。俗謂爲許由讓位避居處。見嘉慶一統志一八九曹州府山川。4.在山東益都縣東。亦名峨山,又名香山,或曰箕陵。晉左思齊都賦:"箕嶺鎮其左。"即指此。見水經注二六巨洋水、太平寰宇記十八青州益都縣。㊁古代傳說許由避世,隱於箕山,後遂以箕山爲退隱的典故。三國志王粲傳曹丕與吳質書:"而偉長(徐幹)獨懷文抱質,恬淡寡欲,有箕山之志,可謂彬彬君子矣。"世說新語棲逸:"許玄度(詢)隱在永興南幽穴中,每致四方諸侯之遺。或謂許曰:'嘗聞箕山人,似不爾耳。'"

【箕斗】二星宿名。詩小雅大東:"維南有箕,不可以播揚;維北有斗,不可以挹酒漿。"宋蘇軾分類東坡詩三和三舍人省上詩:"嗟君妙質皆瑚璉,顧我虛名但箕斗。"

【箕尾】莊子大宗師:"傅說……乘東維,騎箕尾,而比於列星。"言傅說死後,其精神跨於箕尾二宿之間,爲傅說星。後來詩文中常以騎箕尾指國家重臣的死亡。宋史三六〇趙鼎傳自書銘旌:"自騎箕尾歸天上,氣作山河壯本朝。"

【箕坐】箕踞而坐,其形如箕。漢王充論衡率性:"背畔王制,椎髻箕坐。"參見"箕踞"。

【箕谷】地名。在今陝西漢中縣北。漢馮異追戰公孫述將程焉於箕谷,三國蜀相諸葛亮使趙雲鄧芝據箕谷,皆此。見後漢書十七馮異傳、三國志蜀諸葛亮傳。

【箕伯】風師。箕星之神。文選漢張平子(衡)思玄賦:"屬箕伯以函風兮,澄澳湣而爲清。"注:"風俗通曰:風師者,箕星也。主簸揚,能致風氣。"

【箕姑】舊時江浙一帶民間習俗,於正月中元夜,取飯箕,披之衣服,插箸爲口,兩人扶之使書沙盤;或視箕口起落,以卜一年吉咎。稱箕爲箕姑,亦稱紫姑。宋陸游劍南詩稿五十有箕卜詩。參閱元陳元靚歲時廣記十二卜飯箕。

【箕倨】伸足而坐。同"箕踞"。淮南子齊俗:"胡貉匈奴之國,縱體拖髮,箕倨反言而國不亡者,未必無禮也。"參見"箕踞"。

【箕宿】二十八宿之一。東方蒼龍七宿之末宿。今夏至節子初三刻十四分之中星。

【箕裘】謂克承父業。禮學記:"良冶之子,必學爲裘;良弓之子,必學爲箕。"良冶、良弓,指冶金、造弓能手,其子弟習見多聞,因能善繼世業。晉書陳壽等傳史臣曰:"允源(虞傅)將率之子,篤志典墳;紹統(司馬彪)戚藩之胤,研機載籍;咸能綜緝遺文,垂諸不朽,豈必克傳門業,方擅箕裘者哉!"

【箕會】苛斂民財,猶言箕斂。淮南子人間:"當此之時,男子不得修農畝,婦人不得剡麻考縷,羸弱服格於道,大夫箕會於衢,病者不得養,死者不得葬,於是陳勝起於大澤,奮臂大呼,天下席卷而至於戲。"注:"箕會,以箕於衢會斂。"

【箕帚】指家內灑掃之事。國語吳:"句踐請盟:一介嫡女,執箕帚以晐姓於王宮;一介嫡男,奉槃匜以隨諸御。"後因以箕帚爲妻的代稱。文選南朝宋王景玄(微)雜詩:"箕帚留江介,良人處鴈門。"

【箕賦】苛斂民財。淮南子氾論:"秦之時……頭會箕賦,輸於少府。"注:"箕賦,似箕然,斂民財,多取意也。"參見"箕斂"。

【箕踞】莊子至樂:"莊子妻死,惠子弔之,莊子則方箕踞鼓盆而歌。"古時無椅榥,坐於席上,坐則跪,行則膝前,足皆向後,以是爲敬。若伸兩足,則手據膝,故若箕狀。箕踞爲傲慢不敬之容。見宋朱翌猗覺寮雜記下。

【箕潁】晉皇甫謐高士傳許由:"由於是遁而耕於中嶽,潁水之陽,箕山之下。"後人因謂隱者所居之地曰箕潁。文選南朝宋謝靈運擬魏太子鄴中集詩徐幹序:"少無宦情,有箕潁之心事,故仕世多素辭。"梁書謝朏傳明帝詔:"還斂跡康衢,拂衣林沚,抱箕潁之餘芳,甘頗領而無悶。"

【箕踵】狀物之前寬後窄,如簸箕之形。文選戰國楚宋玉高唐賦:"箕踵漫衍,芳草羅生。"注:"箕踵,前闊後狹,似箕衍平貌，言山勢如箕之踵也。」

【箕潁】相傳堯時高士許由隱於箕山，周末莊周釣於濮水，兩人皆志在隱遁避世。後因以箕潁作退隱的典故。文選南朝宋謝靈運擬魏太子鄴中集詩徐幹：「搖蕩箕潁情，窮年迫憂慄。」

【箕斂】苛斂民財。史記八九張耳陳餘傳：「外內騷動，百姓罷敝，頭會箕斂，以供軍費。」集解：「漢書音義曰：『家家人頭數出穀，以箕斂之。』」魏書出帝紀：「遂立彝諳輕賦，冀收天下之意，隨以箕斂之重，終納十倍之征，掩目捕雀，何能過此？」

【箕疇】卽洪範九疇，古代相傳爲箕子所述，故曰箕疇。元袁桷清容居士集四次韻瑾子過梁山濼三十韻詩：「彝倫著箕疇，偉功傳遷史。」

【箕子操】琴曲名。又稱箕子吟。相傳商紂習爲淫佚，箕子諫不聽，乃佯狂爲奴，隱而鼓琴以自悲，後人傳其詞爲箕子操。見史記微子世家。樂府詩集五七有箕子操詞。

【箕山歌】琴曲名。一名箕山操。古代傳說帝堯時有高士許由，堯欲讓以帝位而不受。堯既卒，乃作箕山之歌，以明其志。見南朝陳沙門智匠古今樂錄。

【箕帚妾】爲嫁女的謙辭。言司灑掃之事。史記高祖紀：「高祖竟酒。呂公曰：『……臣有息女，願爲季箕帚妾。』」

【箕風畢雨】書洪範：「庶民惟星，星有好風，星有好雨，……月之從星，則以風雨。」傳：「箕星好風，畢星好雨。」藝文類聚七南朝梁吳均八公山賦：「箕風畢雨，育嶺生峨。」月經於箕星之度則多風，離於畢星之度則多雨，比喻百姓的好惡隨時不同，王者施政，必須順乎民情所向。

箏

zhēng 側莖切，平，耕韻，莊。
ㄓㄥ

樂器名。古有彈箏、搊箏，今均失傳。急就篇三：「竽瑟空侯琴筑箏。」注：「箏，亦小瑟類也，本十二弦，今則十三。」漢應劭風俗通六聲音：「箏，謹案禮樂記，五絃筑身也。今并涼二州，箏形如瑟，不知誰所改作也。或曰秦蒙恬所造。」

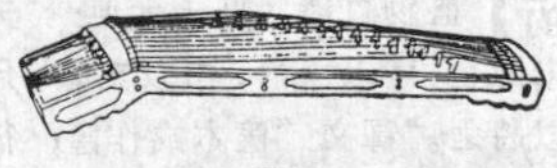

箏

【箏雁】謂箏柱上排列作雁形的徽帶。宋陸游劍南詩稿十一雪中感成都：「感事鏡鸞悲獨舞，寄書箏雁恨慵飛。」元詩選朱德潤存復齋續集八月九日武林達宣差招宴時武良弼太守廉山御史同席：「冰弦戛擊箏雁度，玉板拍裂鳴鼉鼉。」

箈

niàn 集韻 奴店切，去，桥韻。
ㄋㄧㄢ 諾叶切，入，帖韻。

舟用竹索。唐白居易長慶集十一初入峽有感詩：「苒蒻竹篾箈，欹危檝師趾。」

劄

1. zhā 竹洽切，入，洽韻，知。
ㄓㄚ

㊀刺著。見「劄青」。㊁屯扎。宋尹洙河南集二四申揀選軍馬狀：「其步人年六十上，便且令在河中駐劄。」陳規守城錄三：「(孔)彥舟又自隨州領人馬至本府城下，圍繞劄寨。」

2. zhá
ㄓㄚˊ

㊂見「劄₂子」。

【劄₂子】唐人奏事，非表非狀者稱牓子。宋人稱劄子。凡百官上殿奏事或兩制以上非時有所奏陳，皆用劄子。見宋歐陽修歸田錄二。後世惟用爲上司行下之公文。參閱清俞樾曲園雜纂三六小繁露咨劄子。

【劄青】在皮膚上刺出圖形，以青色加以點飾，其圖象遂永著膚上，謂之劄青。又叫雕青、點青。唐段成式酉陽雜俎八黥：「蜀小將韋少卿，韋表微堂兄也。少不喜書，嗜好劄青。」

【劄客】宋代大城市中，生活困難的歌女，往酒樓在筵前歌唱勸酒，索取錢物，稱劄客。見宋孟元老東京夢華錄二飲食果子。明田汝成西湖遊覽志十三城內勝蹟作「擦坐」。

【劄₂記】或稱札記，爲文體之一種，多爲校勘、考證文字。宋人謂之考，如魏了翁有古今考；或稱考異，如朱熹有韓文考異。清乾嘉諸儒，翻刻古書，一字之異，臚列諸本，考其原委得失，往往著成劄記，附於本書之後，也有題勘誤考異等名稱的。以劄記爲書名，始於清閻若璩之潛邱劄記。參閱清葉名澧橋西雜記札。

箠

chuí 竹垂切，平，支韻，知。
ㄔㄨㄟˊ

㊀馬鞭。史記八九張耳陳餘傳：「夫武臣、張耳、陳餘杖馬箠下趙數十城，此亦各欲南面而王，豈欲爲卿相終己邪？」㊁杖刑。漢書刑法志景帝中六年詔：「笞者，所以教之也，其定箠令。」注：「箠，策也，所以擊者也。」

【箠楚】箠，杖；楚，荊木。指杖刑。文選漢司馬子長(遷)報任少卿書：「其次關木索被箠楚受辱。」注：「箠楚，皆杖木之名也。」參閱宋趙彥衛雲麓漫鈔五。

箙

fú 房六切，入，屋韻，並。
ㄈㄨˊ

箙

盛箭之器。周禮夏官司弓矢：「中秋獻矢箙。」

箄

1. bēi 府移切，平，支韻，幫。
ㄅㄟ 并弭切，上，紙韻，幫。

㊀捕魚的小竹籠。方言十三：「簏小者南楚謂之簍，自關而西秦晉之間謂之箄。」唐陸龜蒙甫里集五漁具詩序：「矢魚之具……編而沉之曰箄。」㊁覆蓋甑底的竹席。世說新語夙惠：「客與太丘(陳寔)論議，二人(紀、諶)進火，俱委而竊聽，炊忘箸箄，飯落釜中。」紀字元方，諶字季方，寔子。

2. pái 集韻 蒲街切，平，佳韻。
ㄆㄞˊ

㊂大筏。後漢書十六鄧訓傳：「縫革爲船，置於箄上以渡河。」

【箄₂船】縛竹木以當渡船的筏。後漢書八六西南夷傳哀牢夷：「其王賢栗遣兵乘箄船，南下江漢。」

九　畫

篊

hóng 集韻 胡公切，平，東韻。
ㄏㄨㄥˊ

魚梁。唐段成式酉陽雜俎前集十物異：「晉時錢塘有人作篊，年收魚億計，號爲萬尺篊。」唐陸龜蒙甫里集八寄吳融詩：「到頭江畔從漁事，織作中流萬尺篊。」

箲

xiǎn 蘇典切，上，銑韻，心。
ㄒㄧㄢˇ

炊具，用以洗滌釜甑。以竹爲之。也作「筅」。見廣韻。

篇

piān 芳蓮切，平，仙韻，滂。
ㄆㄧㄢ

竹簡。古時文字皆著之于篇。後因稱首尾完整的文字爲篇。如論語二十篇，一篇猶一卷；詩三百篇，一篇猶一首。後來文字書於帛，故稱卷。漢書藝文志易皆稱篇，詩皆言卷，其餘一類之中，或篇或卷不一。

【篇什】詩經的雅頌十篇爲一什。後因稱詩篇爲篇什。晉書樂志：「三祖紛綸，咸工篇什。」南朝梁鍾嶸詩品：「永嘉時，貴黃老，稍尚虛談，于時篇什，理過其辭，淡乎寡味。」

【篇海】字書名。金韓孝彥撰，共十五卷。以玉篇五百四十二部，依三十六字母編排。更取類篇及龍龕手鑑等書增雜部三十七，共五百七十九部。其子道昇，又改併爲四百四十四部。盡收殊體僻字，然舛謬甚多。

【篇章】文字著作。漢王充論衡超奇："或興論立說，結連篇章者，文人鴻儒也。"文選三國魏吳季重(質)答魏太子牋："優游典籍之場，休息篇章之圃。"唐陸龜蒙甫里集八次和襲美病後春思詩："七字篇章看月得，伯勞言語傍花聞。"

【篇翰】猶篇章。一般指詩文。文選南朝宋鮑明遠(照)擬古之三："十五諷詩書，篇翰靡不通。"梁昭明太子（蕭統）文選序："記事之史，繫年之書，所以褒貶是非，紀別異同，方之篇翰，亦已不同。"

【篇籍】書籍。三國志魏袁渙傳："今天下大難已除，文武並用，長久之道也，以爲可大收篇籍，明先聖之教，以易民視聽。"

箭 jiàn ㄐㄧㄢˋ 子賤切，去，線韻，精。

㊀小竹。周禮夏官職方氏："東南曰揚州，……其利金錫竹箭。"注："箭，篠也。"參見"箭竹"。㊁古代以弓發射之武器。方言九："箭，自關而東謂之矢，江淮之間謂之鍭，關西曰箭。"急就篇三："弓弩箭矢鎧兜鉾。"注："以竹曰箭，以木曰矢。"㊂古代置漏下用以標記時刻之物。周禮夏官挈壺氏"分以日夜"漢鄭玄注："漏之箭，晝夜共百刻。"孫詒讓正義："蓋壺以盛水爲漏，下當有槃以承之，箭刻百刻，樹之槃中，水下槃內，淹箭以定刻。"㊃古博具。韓非子外儲說左上："秦昭王令工施鉤梯而上華山，以松柏之心爲博，箭長八寸，棊長八寸。"㊄蘭花一莖爲一箭。尺牘新鈔十一許友與周減齋先生書之六："齋頭秋蕙，竟發一箭。"

【箭衣】古代射者之服。袖端去其下半，僅可覆手，以便於射，謂之箭袖。明葉紹袁啓禎記聞錄七："撫按有司申飭，衣帽有不能備營帽箭衣者，許令黑帽綴以紅纓，常服改爲箭袖。"清制有箭衣外罩，以戎裝爲禮服。

【箭竹】竹的一種。晉戴凱之竹譜："箭竹，高者不過一丈，節間三尺，堅勁中矢，江南諸山皆有之，會稽所生最精好。故爾雅云：東南之美者，有會稽之竹箭焉。"

【箭風】謂傷人的惡風。宋高似孫緯略二避風："孫思邈論衛生，以爲人當避暗風、箭風。"

【箭書】繫於箭上的書信。射之以通意。宋史二七八雷德驤傳附雷有終："官軍圍城，每射箭招誘，……得箭書，(張)錯悉焚之。"

【箭袖】見"箭衣"。

【箭笄】竹製簪子。儀禮喪服："箭笄長尺，吉笄尺二寸。"清翟灝通俗編二五服飾："古喪制：婦人笄用篠竹，曰箭笄，或用白理木曰榔笄，亦曰惡笄，其吉笄乃用象骨爲之。"

【箭筍】小筍。宋釋贊寧筍譜："十二月生，會稽以來諸山絶多，或叢生或蔓延，可如筯大，長三四寸。"宋陸游劍南詩稿十七春遊至樊江戲示坐客："芼羹箭筍美如玉，點豉絲蓴滑縈筯。"

【箭端】矯正箭笴的工具。箭笴以楊木柳木樺木爲質，取圓直之幹削成，別用數寸之木刻槽一道曰箭端，箭笴必取範於端，以使首尾均停。參見清會典事例七一〇兵部軍器弓箭之制。

【箭筈嶺】在今陝西隴縣南岐山最高處。舊置關於此，名箭筈關。爲金宋相持之地。見讀史方輿紀要五五鳳翔府汧陽縣。

範 fàn ㄈㄢˋ 防錽切，上，范韻，並。

㊀模器。本字作"笵"。荀子强國："刑笵正，金錫美，工冶巧，火齊得。"㊁規範。後漢書五九張衡傳應閒："恥一物之不知，有事之無範。"文選南朝梁沈休文(約)齊故安陸昭王碑文："立行可模，置言成範。"㊂使之合乎法度。孟子滕文公下："吾爲之範我馳驅，終日不獲一。"

【範式】模範。南朝梁劉勰文心雕龍八事類："至於崔班張蔡，遂捃摭經史，華實布濩，因書立功，皆後人之範式也。"

【範圍】規範，概括。易繫辭上："範圍天地之化而不過。"集解引九家易："範者法也，圍者周也。言乾坤消息，法周天地，而不過於十二辰也。"本謂以天地爲範，而理得周備。後多用作周圍界限之義。宋方夔富山遺稿四贈心梅黃教諭詩："試將握筭推，不出範圍內。"

【範疇】類型。書洪範："天乃錫禹洪範九疇。"疏："疇是輩類之名，故爲類也，言其每事自相類者有九。"今用爲哲學術語。

[illegible] báo ㄅㄠˊ 蒲角切，入，覺韻，並。

竹名。漢楊孚異物志："有竹曰[illegible]，其大數圍。節間相去局促，中實滿，堅强以爲屋榱，斷截便以爲棟梁，不復加斤斧也。"又見晉戴凱之竹譜。

[illegible] jǐn ㄐㄧㄣˇ 正字通 居影切，音謹。

竹名。古文苑四漢揚雄蜀都賦："其竹則鍾龍茶[illegible]，野篠紛苞。"宋章樵注："[illegible]，音謹，皮白如霜，大者宜爲[illegible]。"

箬 ruò ㄖㄨㄛˋ 而灼切，入，藥韻，日。

㊀竹筍皮。唐柳宗元柳先生集四二柳州峒氓詩："青箬裹鹽歸峒客，綠荷包飯趁虛人。"㊁竹名。也作"篛"。宋書朱百年傳："携妻孔氏入會稽南山，以伐樵採箬爲業。"詳"箬竹"。

【箬竹】也叫篛竹。竹之一種。元李衎竹譜詳錄三："箬竹又名篛竹，出江浙及閩廣，處處有之。葉類簝竹，但多生傍枝。榦如箭竹，高者不過五七尺。江西人專用其葉爲茶罨，云不生邪氣，以此爲貴。"

【箬笠】用箬竹葉或篾編結成的寬邊帽。樂府詩集八三唐張志和漁父歌之一："青箬笠，綠蓑衣，春江細雨不須歸。"

【箬溪】水名。在浙江長興縣南。南岸有村曰上箬，北岸曰下箬，唐時村人取下箬水釀酒，以醇美著名。唐白居易長慶集五一郡齋旬假命宴……詩："萍醅箬溪醑，水鱠松江鱗。"參見"下箬"。

箱 xiāng ㄒㄧㄤ 息良切，平，陽韻，心。

㊀指車箱。詩小雅甫田："乃求千斯倉，乃求萬斯箱。"㊁凡可藏物，有底、蓋者都叫箱。太平御覽九六九魏武帝(曹操)爲兗州牧上書："山陽郡有美梨，謹上甘梨三箱。"㊂指正廳兩旁的房室。通"廂"。儀禮公食大夫禮："賓升，公揖，退於箱。"漢書四二周昌傳："呂后側耳於東箱聽。"注："正寢之東西室皆曰箱，言似箱篋之形。"參閱宋王楙野客叢書一東箱。

【箱籠】㊀盛衣物的器具。南齊書高帝紀上："至是又上表禁民間華僞雜物：……不得作鹿行錦及局脚檉柏床、牙箱籠雜物。"㊁竹製雉籠。文選晉潘安仁(岳)射雉賦："眄箱籠以揭驕，睨驍媒之變態。"注："凡竹器，箱方而密，籠圓而疏。"

篋 qiè ㄑㄧㄝˋ 苦協切，入，帖韻，溪。

箱。大曰箱，小曰篋。左傳昭十三年："衛人使屠伯饋叔向羹與一篋錦。"

【篋衍】盛物竹器。莊子天運："夫芻狗之未陳也，盛以篋衍，巾以文繡，尸祝齊戒以將之。"釋文："篋本或作筐；衍，李(頤)云：笥也。"

【篋笥】藏物之竹器。文選漢班婕妤怨歌行："棄捐篋笥中，恩情中道絶。"晉書溫嶠傳陶侃表："故大將軍嶠……臨卒之際，與臣書別，臣藏之篋笥，時時省視。」

【篋中書】戰國策秦二：「樂羊反而語功，(魏)文侯示之謗書一篋。」後因稱誹謗之辭爲篋中書。宋陸游劍南詩稿一劉太尉挽歌辭之二：「智出常情表，功如定計初，云何媢公者，不置篋中書。」

【篋中集】唐元結編，一卷。所錄沈千運王季友于逖孟雲卿張彪趙微明及其弟融七人之詩，共二十四首。詩皆淳古淡泊，不加雕飾，爲結所選定。以盡篋中所有，因以篋中名集。

箴 zhēn 職深切，平，侵韻，照。ㄓㄣ

㊀縫衣的工具。同「針」、「鍼」。禮內則：「衣裳綻裂，紉箴請補綴。」用以刺病的用具也稱箴。漢書藝文志：「醫經者，……而用度箴石湯火所施，調百藥齊和之所宜。」㊁規諫，告誡。書盤庚：「無或敢伏小人之攸箴。」左傳宣十二年：「箴之曰：民生在勤，勤則不匱，不可謂驕。」㊂文體名。以規戒爲主題。漢書八七揚雄傳贊：「箴莫善於虞箴，作州箴。」㊃量詞。計羽數的單位。爾雅釋器：「一羽謂之箴，十羽謂之縳。」

【箴尹】春秋楚官名。主規諫。左傳宣四年有箴尹克黃，襄十五年有箴尹公子追舒。

【箴石】卽石針。古代治病之具。山海經東山經：「高氏之山，其上多玉，其下多箴石。」注：「可以爲砥針治癰腫者。」漢桓寬鹽鐵論鹽鐵箴石：「縣官所招舉賢良文學，而及親民偉仕，亦未見其能用箴石而醫百姓之疾也。」

【箴砭】砭，古代治病的石針。以諭治病痛比喻指出糾正錯誤。抱朴子勤求：「昔之著道書者多矣，莫不務廣浮巧之言，以崇玄虛之旨，未有究論長生之階徑，箴砭爲道之病痛，如吾之勤勤者也。」後引申爲規諫之意。

【箴疵】水鳥名。漢書五七上司馬相如傳上林賦：「箴疵䴔盧，羣浮乎其上。」注引張揖：「箴疵似魚虎而蒼黑色。」史記作「鱵鴜」。

【箴規】猶規諫。漢王符潛夫論明闇：「夫田常囚簡公，踔齒懸湣王，二世亦嘗聞之矣，然猶復襲其敗迹者何也？過在於不納卿士之箴規，不受民氓之謠言。」

【箴魚】魚名。山海經東山經：「(栒狀之山)识水出焉，而北流注于湖水，其中多箴魚，其狀如儵，其喙如箴，食之無疫疾。」

【箴膏肓】漢鄭玄撰，一卷。鄭玄又有起廢疾一卷，發墨守一卷。初，何休好公羊學，著公羊墨守左氏膏肓穀梁廢疾，玄因作此以攻休。原本久佚，今傳本凡箴膏肓二十餘條，起廢疾四十餘條，發墨守四條，爲後人從諸書所引，掇拾成編。

篃 mèi 明祕切，去，至韻，明。ㄇㄟ

竹名。見下。

【篃竹】竹名。太平御覽九六三晉戴凱之竹譜：「篃竹，江漢間謂之箭竿，一尺數節，葉大如扇，可以衣篷。」篃，亦作「䉋」。山海經西山經：「英山，……其陽多箭䉋。」注：「今漢中郡出䉋竹，厚裏而長節，根深，筍冬生地中，人掘取食之。」參見「篃笴」。

箳 píng 薄經切，平，青韻，並。ㄆㄧㄥ 府盈切，平，清韻，幫。

車前障蔽塵土的掩蔽物。前曰藩，後曰箳，旁曰輸，總曰茀。見玉篇、字彙。

【箳篂】車幡，以之屏蔽塵土。廣雅釋器：「箳篂，蔽篃也。」唐白居易長慶集十七江州至忠州至江陵已來舟中示舍弟五十韻詩：「箳篂州乘送，艛艓驛船迎。」參見「屏星」。

葭 jiā 字彙 古牙切。ㄐㄧㄚ

吹器。同「笳」。宋書樂志一：「葭，杜摯笳賦云：『李伯陽入西戎所造。』漢舊注曰：『笳，號曰吹鞭。』……笳卽葭也。」北堂書鈔一一一樂七引杜摯作「笳」。

箵 xǐng 蘇挺切，上，迥韻，心。ㄒㄧㄥ

㊀竹名。見集韻。㊁見「笭箵」。

箾 1. shuò 所角切，入，覺韻，山。ㄕㄨㄛ

㊀舞者所執之竿。左傳襄二九年：「見舞象箾南籥者。」注：「象箾，舞所執。」釋文：「箾音朔。」㊁舞曲名。荀子禮論：「故鐘鼓管磬，琴瑟竽笙，韶、夏、護、武、汋、桓、箾、簡象，是君子之所以爲愅詭其所喜樂之文也。」注：「箾音朔。賈逵曰：舞曲名。」

2. xiāo 蘇彫切，平，蕭韻，心。ㄒㄧㄠ

㊂箾韶，傳說舜時樂名。見說文。書益稷作「簫韶」，左傳襄二九年作「韶箾」。

3. qiào ㄑㄧㄠ

㊃刀劍套子。同「鞘」。唐李賀歌詩編二公莫舞歌：「腰下三看寶玦光，項莊掉箾攔前起。」

【箾₂蔘】高長貌。文選漢司馬長卿(相如)上林賦：「紛溶箾蔘，猗狔從風。」史記一一七司馬相如傳作「蕭蔘」，漢書作「萷蔘」。也作「箾槮」。宋朱熹朱文公集五蓮林詩：「入門流綠波，竹樹何箾槮。」

篕 kuài 苦怪切，去，怪韻，溪。ㄎㄨㄞ 苦回切，平，灰韻，溪。古賣切，去，夬韻，見。

箭竹名。見說文。晉戴凱之竹譜：「篃亦篃徒，概節而短，江漢之間謂之篕竹。」

【篕笴】篃竹之筍。晉戴凱之竹譜「篃亦篃徒」注引晉郭義恭廣志：「魏時漢中太守王圖，每冬獻筍，俗謂之篕笴。」

篎 miǎo 亡沼切，上，小韻，明。ㄇㄧㄠ 彌笑切，去，笑韻，明。

小管樂器名。爾雅釋樂：「大管謂之簥，其中謂之篞，小者謂之篎。」

箟 sí 息兹切，平，之韻，心。ㄙ

竹名。元李衎竹譜詳錄四異形品上引廣志：「箟竹堪作笛，筍味苦無肉，不中食。亦有止如筆管大者，初成竹時亦可鎚作麻用。」

【箟簩】竹名。晉嵇含南方草木狀下：「箟簩竹，皮薄而空多，大者徑不過二寸，皮麄澀。……出大秦。」唐李商隱李義山詩集二射魚曲：「思牢弩箭磨青石，繡額蠻渠三虎力。」以相傳箟簩出思牢而名。參閱唐劉恂嶺表錄異、元李衎竹譜詳錄四異形品上。

篅 chuán 市緣切，平，仙韻，禪。ㄔㄨㄢ

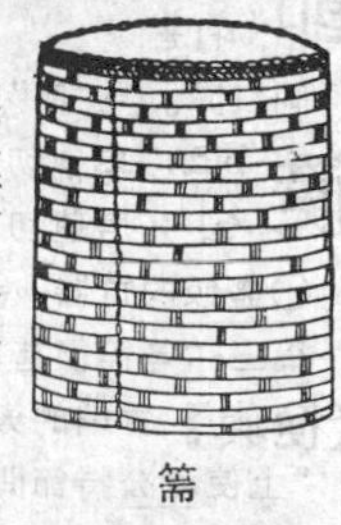

篅

貯藏穀物的圓囤。淮南子精神：「今贛人敖倉，予人河水，……有之不加飽，無之不爲之飢，與守其篅笹，有其井，一實也。」注：「篅笹，受穀器。」

篙 tái 徒哀切，平，咍韻，定。ㄊㄞ 徒亥切，上，海韻，定。胥里切，上，止韻，心。

箭竹的筍名。掘自地下者爲筍，穿地出土爲篙，如今之春筍。同「箈」。爾雅釋草：「篙，箭萌。」說文：「篙，竹萌也。」

箹 kē 苦禾切，平，戈韻，溪。ㄎㄜ

竹名。見廣韻。

篍 qiū 七由切，平，尤韻，清。ㄑㄧㄡ

吹筒。說文作「𥫫」。急就篇四：「箛篍起居課後先。」注：「篍，吹筩也。」漢王充論衡順鼓：「小而緩者用鈴篍。」孫詒讓謂篍當作「篍」，形近而誤。見札迻九。

筍 sǔn 思尹切,上,準韻,心。
ㄙㄨㄣˇ
同"筍"、"笋"。見玉篇廣韻。莊子至樂:"羊奚比乎不筍,久竹生青寧。"列子天瑞筍作"筍"。

篁 huáng 胡光切,平,唐韻,匣。
ㄏㄨㄤˊ
㊀竹田,竹林。史記八十樂毅傳遺燕惠王書:"薊丘之植,植於汶篁。"集解引徐廣:"竹田曰篁。"楚辭屈原九歌山鬼:"余處幽篁兮終不見天,路險難兮獨後來。"㊁竹的通稱。唐柳宗元柳先生集四二靑水驛叢竹詩:"簷下疎篁十二莖,襄陽從事寄幽情。"

【篁竹】㊀竹名。晉戴凱之竹譜:"篁竹,堅而促節,體圓而質堅,皮白如霜粉,大者宜行〔作〕船,細者爲笛。"㊁竹叢。漢書六四上嚴助傳:"臣聞越非有城郭邑里也,處谿谷之間,篁竹之中,習於水鬭,便於用舟。"

【篁筍】篁竹之筍。其皮墨紫色,實心,取之細切,鹽漬少頃,以漿水漬,再宿瀝乾,罐藏泥封,謂之筍筍,也名筍葅。見宋釋贊寧筍譜。

【篁墩集】明程敏政撰,九十三卷。敏政,成化二年進士,居於歙縣篁墩,因以名集。敏政詩文格不甚高,門戶之見甚深,然徵引淹博,可資考證。

節 jié
ㄐㄧㄝˊ
同"節"。見"節"。

箯 biān 卑連切,平,仙韻,幫。
ㄅㄧㄢ 房連切,平,仙韻,並。
㊀盛飯的竹器。大曰箯,小曰筥。急就篇三:"笆篅箯筥箅篝篝。"㊁見下。

【箯輿】竹編的輿床。史記八九張耳傳:"上使泄公持節問之箯輿前。"集解:"韋昭曰:'輿如今輿牀,人輿以行。'"漢書注:"箯輿者,編竹木以爲輿形,如今之食輿矣。(貫)高時榜笞刺爇委困,故以箯輿處之也。"

篌 hóu 戶鉤切,平,侯韻,匣。
ㄏㄡˊ
見"箜篌"。

篆 zhuàn 持兗切,上,獮韻,澄。
ㄓㄨㄢˋ
㊀書體名。見"篆書"。㊁名字印章多爲篆文,故稱名爲篆,稱字爲次篆。朋友酬應互稱臺篆、雅篆。官印也稱篆。如接印叫接篆,代理叫攝篆。㊂指盤香或香的烟縷。宋蘇軾分類東坡詩五宿臨安淨土寺:"閉門羣動息,香篆起烟縷。"㊃鐘口處或車轂約上所刻畫的條形圖案花紋。通"瑑"。周禮宗伯巾車:"服車五乘,孤乘夏篆,卿乘夏縵。"又考工記鳧氏:"鐘帶謂之篆。"

【篆刻】比喻書寫和精心爲文。玉臺新詠二晉左思嬌女詩:"握筆利彤管,篆刻未期益。"文選南朝梁任彥昇(昉)爲范尚書讓吏部封侯第一表:"固嘗鑽厲求學,而一經不治;篆刻爲文,而三冬靡就。"唐呂延濟注:"篆謂篆書,刻謂雕刻文章也。"後指雕刻印章爲篆刻。

【篆書】篆書有大小兩種。王莽時,損改秦八體書爲六體書。其三曰篆書,專指小篆而言。參閱清段玉裁說文解字注十五上。參見"小篆"。

【篆素】篆書於素帛。篆,大篆書。素,謂帛。文選晉左太沖(思)吳都賦:"烏策篆素,玉牒石記。"注:"烏策,烏書於策也,篆素,篆書於素也。"後泛稱書法。晉書王羲之傳論:"所以詳察古今,研精篆素,盡善盡美,其惟王逸少乎!"逸少,羲之字。

【篆蓋】墓誌銘例用兩石相合,以一石爲蓋。蓋石題死者爵里姓氏,習慣用篆書,謂之篆蓋。

【篆額】於碑頭處篆書碑名。舊唐書一九〇下李華傳:"華嘗爲魯山令元德秀墓碑,顏真卿書,李陽冰篆額,後人爭模寫之,號爲'四絕碑'。"

【篆隸考異】清周靖撰。二卷,分三百五十七部。辨別篆隸同異,以隸字爲綱。於合六書者注曰隸,不合六書者注曰俗;於隸相通而篆則不相假借者注曰別。各列篆文於其下,辨析甚詳。靖此書用意與宋張有復古編略同;惟有書以韻分,此以偏旁分;有書以篆領隸,此書以隸領篆。

十 畫

篣 1. páng 步光切,平,唐韻,並。
ㄆㄤˊ
㊀竹名。見"篣竹"。
2. péng 薄庚切,平,庚韻,並。
ㄆㄥˊ
㊁竹籠。方言十三:"籠,南楚江沔之間謂之篣。"注:"今零陵人呼籠爲篣。"㊂笞擊。通"搒㊀"。後漢書三三虞延傳:"明年,遷洛陽令。是時陰氏有客馬成者,常爲姦盜,延收考之。陰氏屢請,獲一書輒加篣二百。"注:"篣,棰也。"

【篣竹】竹名。晉戴凱之竹譜:"百葉參差,生自南垂,傷人則死,醫莫能治,亦曰篣竹,厥毒若斯。"注:"百葉竹,生南垂界,甚有毒,傷人必死,一枝百葉,因以爲名。"

【篣₂格】笞擊。後漢書四六陳寵傳上疏:"斷獄者急於篣格酷烈之痛,執憲者煩於詆欺放濫之文。"注:"篣,即榜也,古字通用。聲類曰:'笞也。'說文曰:'格,擊也。'"

【篣₂楚】笞擊。楚,刑人的木杖。後漢書七四上袁紹傳檄豫州:"故太尉楊彪歷典二司,元綱極任,(曹)操因睚眥,被以非罪,篣楚并兼,五毒俱至,觸情放慝,不顧憲章。"

【篣₂筤】放置茶葉的竹器。唐陸羽茶經上:"芘莉,一曰羸子,一曰篣筤。以二小竹長三尺,軀二尺五寸,柄五寸,以篾織方眼,如圃人土羅。闊二尺,以列茶也。"

【篣₂婦公】毆打岳父。也謂搗婦翁。後漢書四一第五倫傳:"帝戲謂倫曰:'聞卿爲吏篣婦公,不過從兄飯,寧有之邪?'倫對曰:'臣三娶妻皆無父。少遭飢亂,實不敢妄過人食。'帝大笑。"後用爲誣陷的典故。參見"撾婦翁"。

篕 1. cī 集韻 叉宜切,平,支韻。
ㄘ
㊀見"篸篕"。
2. cuō 昨何切,平,歌韻,從。
ㄘㄨㄛ
㊁籠屬。見廣韻。宋孟元老東京夢華錄三般載雜賣:"又有馳騾驢馱子,或皮或竹爲之,如方匾竹篕兩搭背上。"

篙 gāo 古勞切,平,豪韻,見。
ㄍㄠ
撑船的竿。淮南子說林:"以篙測江,篙終而以水爲測,惑矣。"樂府詩集四八古辭襄陽樂:"上水郎檐〔擔〕篙,下水搖雙櫓。"

【篙人】以撑船爲業的人。新唐書一七二杜亞傳:"方春,南民爲競度戲,亞欲輕駛,乃髹船底,使篙人衣油綵衣,沒水不濡。"宋黃庭堅山谷外集八十月十三日泊舟白沙江口詩:"篙人持更柝,相語聞並船。"

【篙師】撑船熟手。唐杜甫杜工部草堂詩箋十八水會渡:"篙師暗理楫,歌笑輕波瀾。"宋戴埴鼠璞篙師:"海壖呼篙師爲長年。……古今詩話謂川陝以篙手爲三長老。蓋推一船之最尊者言之。"

【篙梢】篙,撑篙者;梢,持舵者。篙梢謂熟練的操舟人。資治通鑑一八二隋大業九年:"(楊)玄感選運夫少壯者得五千餘人,丹陽、宣城篙梢三千餘人,刑三牲誓衆,且諭之曰:'主人無道,不以百姓爲念,死遼東者以萬計。今與君等起兵,以救兆民之弊，何如？'"

篝 gōu ㄍㄡ 古侯切，平，侯韻，見。

竹籠。楚辭宋玉招魂："秦篝齊縷，鄭緜絡些。"史記一二六淳于髡傳："祝曰：'甌窶滿篝，汙邪滿車，五穀蕃熟，穰穰滿家。'"

【篝火】籠罩的火。宋王安石臨川集十九寄張先郎中詩："篝火尚能書細字，郵筩還肯寄新詩。"宋姜夔白石道人詩集下除夜自石湖歸苕溪："桑間篝火卻宜蠶，風土相傳我未諳。"

【篝燈】卽燈籠，以籠蔽燈。宋宋祁景文集十七西齋夜思詩："漏壺漸促星榆轉，獨背篝燈擁薄衾。"宋史二八七陳彭年傳："彭年幼好學，母惟一子，愛之，禁其夜讀書。彭年篝燈密室，不令母知。"

【篝火狐鳴】秦末陳勝將起義，置火篝籠之中，使隱約如燐火，更作狐鳴，曰："大楚興，陳勝王"，以發動衆戍卒起事。見史記陳涉世家。後因以指密謀策劃起事。

篤 dǔ ㄉㄨˇ 冬毒切，入，沃韻，端。

㊀厚實。詩唐風椒聊："椒聊之實，蕃衍盈匊，彼其之子，碩大且篤。"㊁篤厚，真誠，純一。論語泰伯："君子篤於親，則民興於仁。"呂氏春秋孝行："莅官不敬，非孝也。朋友不篤，非孝也。"㊂指病勢的沉重。史記七九蔡澤傳："(秦)昭王彊起應侯(范雎)，應侯遂稱病篤。"

【篤生】謂生而不平凡。猶得天獨厚。詩大雅大明："長子維行，篤生武王。"傳："篤，厚。"箋："天降氣于大姒，厚生聖子武王。"一說"篤"爲語詞，參閱清馬瑞辰毛詩傳箋通釋二四。

【篤老】謂年老之甚。漢書七一疏廣傳："卽日父子俱移病。滿三月賜告，廣遂稱篤，上疏乞骸骨，上以其年篤老，皆許之。"

【篤行】㊀專心實行。禮中庸："博學之，審問之，慎思之，明辨之，篤行之。"㊁行爲惇厚。史記七一樗里子傳太史公曰："甘羅年少，然出一奇計，聲稱後世，雖非篤行之君子，然亦戰國之策士也。"

【篤志】專心致意。論語子張："博學而篤志，切問而近思，仁在其中矣。"漢書七三韋賢傳："賢爲人質朴少欲，篤志於學，兼通禮尚書，以詩教授，號稱鄒魯大儒。"

【篤降】猶篤生。藝文類聚二十漢禰衡魯夫子碑："煌煌上天，篤降若人，邈矣悠哉，千祀一鄰。"參見"篤生"。

【篤實】忠厚老實。易大畜："大畜，剛健篤實煇光，日新其德。"梁書明山賓傳："山賓性篤實，家中嘗乏用，貨所乘牛。既售受錢，乃謂買主曰：'此牛經患漏蹄，治差已久，恐後脱發，無容不相語。'"

【篤癃】指病重或廢疾之人。後漢書光武紀建武二十九年："春二月……庚申，賜天下男子爵，人二級；鰥、寡、孤、獨、篤癃、貧不能自存者粟，人五斛。"

【篤論】確當評論。漢書五六董仲舒傳贊："至(劉)向曾孫龔，篤論君子也，以(劉)歆之言爲然。"晉書范甯傳陳時政："斯誠并兼者之所執，而非通理者之篤論也。"

【篤劇】病勢危急。漢王充論衡率性："古貴良醫者，能知篤劇之病所從生起，而以針藥治而已之。"又恢國："是故微病，恒醫皆巧；篤劇，扁鵲乃良。"

【篤耨】香料名。也作"篤傉"。宋陸游劍南詩稿七四書枕屏："西域兜羅被，南番篤耨香。"宋缺名百寶總珍集八篤傉："篤傉，泉廣路客販到，如白膠香相類，如黑篤傉，多是合香使用。此香氛氳不散。"參閱本草綱目三四木一篤耨香。

【篤學】勤學。史記六一伯夷傳："伯夷叔齊雖賢，得夫子而名益彰；顏淵雖篤學，附驥尾而行益顯。"

【篤禄學士】宋方勺泊宅編上："近歲除直祕閣者尤多，兩浙市舶張苑進篤禄香得之，時號篤禄學士。"篤禄卽篤耨，香名。見"篤耨"。

築 zhù ㄓㄨˋ 張六切，入，屋韻，知。

㊀擣土之杵。左傳宣十一年："稱畚築，程土物。"㊁擣土使堅實。詩大雅緜："築之登登。"儀禮既夕禮："甸人築坅坎，隸人涅厠。"注："築，實土其中，堅之。"㊂修建。墨子非攻中："自恃其力，伐其功，譽其志，怠於教，遂築姑蘇之臺，七年不成。"㊃觸，擊。三國志魏夏侯玄傳注引魏氏春秋："大將軍(司馬師)怒使勇士以刀環築(李豐)腰殺之。"五代前蜀韋莊浣花集三丙辰年鄜州遇寒食城外醉吟詩之五："永日迢迢無一事，隔牆聞築氣毬聲。"㊄居室。唐杜甫杜工部詩史補遺三畏人："畏人成小築，褊性合幽棲。"

【築氏】古時作書，以書刀刻簡札，製造書刀的工師稱爲築氏。周禮考工記："築氏爲削(書刀)，長尺博寸。"正義："築，擣也。攻金之事，必椎擣而成；故作削之工，謂之築氏。"

【築底】徹底。元方回桐江續集二一乙未歲除詩："盍簪列炬渾如夢，不似今年築底窮。"

【築捺】整治堤防。宋史河渠志東南諸水下："嘉定十二年，臣僚言……乞下浙西諸司，條具築捺之策，務使捍堤堅壯，土脈充實，不爲怒潮所衝。"

【築毬】古雜伎。以杖擊或以足踢球。唐缺名盧氏雜説："僖宗在藩邸，好築毬，有煉腿之語。"(類説四九)。南唐尉遲偓中朝故事："(段)安節少年，因冷節與儕類數人築氣毬，落于此宅中。"宋孟元老東京夢華録六元宵："游人已集御街兩廊下，奇術異能，歌舞百戲，……蘇十孟宣築毬。"

【築壘】建築土壘。晉書石苞傳："苞亦聞吳師將入，乃築壘遏水以自固。……帝謂爲必叛，欲討苞而隱其事，遂下詔以苞不料賊勢，築壘遏水，勞擾百姓，策免其官。"

【築城曲】樂府雜曲歌辭名。淮南子人間："(秦皇)因發卒五十萬，使蒙公楊翁子將，築修城。西屬流沙，北擊遼水，東結朝鮮。"後因有築城曲，內容均涉修築長城事。如唐張籍築城曲："築城去，千人萬人齊抱杵，……杵聲未定人皆死，家家養男當門户，今日作君城下土。"參閱樂府詩集七五。

【築室反耕】表示長期屯兵没有去意。左傳宣十五年："楚師將去宋，……申叔時僕曰：'築室反耕者，宋必聽命。'從之。"注："築室於宋，分兵歸田，示無去志。"三國志魏臧洪傳答陳琳書："況僕據金城之固，驅士民之力，散三年之畜，以爲一年之資，匡困補伐，以悦天下，何圖築室反耕哉！"

【築室道謀】喻己無主見，而與不相干的人共謀，必難成功。詩小雅小旻："如彼築室于道謀，是用不潰于成。"箋："如當路築室，得人而與之謀所爲，路人之意不同，故不得遂成也。"參見"作舍道邊"。

篥 lì ㄌㄧˋ 力質切，入，質韻，來。

㊀竹名。見"篥竹"。㊁見"觱篥"。

【篥竹】竹之一種。北朝魏賈思勰齊民要術十竹："吳録曰：日南有篥竹，勁利，削爲矛。"按篥竹當爲簟竹之誤。詳"簟"。

箾 shāo ㄕㄠ 所交切，平，肴韻，山。

㊀筲箕，盛飯器。見説文。急就篇三"笆篅篗筥籅箄篝"唐顏師古注："筥，一名箾，受五升。"參見"筲"。㊁刀劍的套子。同"鞘"。宋書樂志四拂舞歌詩獨禄篇：

"刀鳴鞘中，倚牀無施。"

篚 fěi 府尾切，上，尾韻，幫。 ㄈㄟˇ

竹器。方曰筐，圓曰篚。書禹貢："厥貢漆絲，厥篚織文。"孟子滕文公下："其君子實玄黃于篚，以迎其君子。"

篴 dí 徒歷切，入，錫韻，定。1. ㄉㄧˊ

管樂器。"笛"的異體字。見廣韻。周禮春官笙師："掌教龡竽，笙，塤，籥，簫，箎，篴，管，舂牘，應，雅，以教祴樂。"注："今時所吹五空竹篴。"

篷 péng 薄紅切，平，東韻，並。 ㄆㄥˊ

㊀船篷。唐杜牧樊川集二獨酌詩："何如釣船雨，篷底睡秋江。"全唐詩三三皮日休寄懷南陽潤卿："何事對君猶有媿，一篷衝雪返華陽。"此指船。其他防雨遮陽之具也可稱篷，如車篷、斗篷、帳篷。㊁帆。三國演義四九："箭到處，射斷徐盛船上篷索，那篷索落下水，其船便橫。"㊂車蓋弓架。方言九："車枸簍……南楚之外謂之篷。"注："卽車弓也。"

【篷窗】卽船窗。宋詩鈔汪元量水雲集鈔湖州歌之十："靠着篷窗垂兩目，船頭船尾爛弓刀。"

篛 ruò 集韻日灼切，入，藥韻。 ㄖㄨㄛˋ

同"箬"。宋陸游劍南詩稿二春日："銀盃酒色家家綠，篛笠煙波處處寬。"參見"箬笠"。

篨 chú 直魚切，平，魚韻，澄。 ㄔㄨˊ

見"籧篨"。

篳 bì 卑吉切，入，質韻，幫。 ㄅㄧˋ

㊀荆條竹木之屬，可以編列籬落或簡陋的門牆。見"篳門圭窬"。㊁見"篳篥"。

【篳篥】古管樂器，卽觱篥。北史高麗傳："樂有五弦、琴、箏、篳篥、橫吹、簫、鼓之屬。"參見"觱篥"。

【篳門圭窬】篳門，編荆竹爲門；圭窬，穿壁爲户，上銳下方，其狀如圭。言貧者居室之陋。禮儒行："篳門圭窬，蓬户甕牖。"也作"篳門閨竇"。左傳襄十年："篳門閨竇之人，而皆陵其上，其難爲上矣。"

【篳路藍縷】篳路，用荆竹編的車，亦稱柴車；藍縷，敝衣。左傳宣十二年："篳路藍縷，以啟山林。"又昭十二年："篳路藍縷，以處草莽。"言駕柴車，穿破敝衣裳，以開闢土地。後謂艱苦創業爲篳路藍縷。

篹 cuàn 初患切，去，諫韻，初。 ㄘㄨㄢˋ

㊀用强力奪取。墨子兼愛中："凡天下禍篹怨恨，其所以起者，以不相愛生也。"孟子萬章上："居堯之宫，逼堯之子，是篹也，非天與也。"㊁人體會陰部位。素問骨空論："其絡循陰器合篹間，繞篹後。"注："督脈別絡，自溺孔之端，分而各行，下循陰器，乃合篹間也。所謂間者，謂在前陰後陰之兩間也。"

【篹弒】殺君奪位。史記秦紀："上下交爭怨而相篹弒，至於滅宗。"漢書六二司馬遷傳："爲人臣子不通於春秋之義者，必陷篹弒誅死之罪。"

篔 yún 王分切，平，文韻，于。 ㄩㄣˊ

見"篔簹"。

【篔簹】竹名。皮薄，節長而竿高。漢楊孚異物志："篔簹生水邊，長數丈，圍一尺五六寸，一節相去六七尺，或相去一丈。廬陵界有之。"唐柳宗元柳先生集四三構法華寺西亭詩："菡萏溢嘉色，篔簹遺清班。"

【篔簹谷】谷名。在陝西洋縣西北十里。谷中多竹。宋文同(與可)曾於此建披雲亭，現已無遺跡，今存文與其表弟蘇軾所樹碑。宋蘇軾東坡集七和文與可洋川園池三十首中有篔簹谷詩。參閱嘉慶一統志八七漢中府一山川。

篘 chòu 初救切，去，宥韻，初。 ㄔㄡˋ

㊀副。1. 妾。見"篘室"。2. 副車。文選漢張平子(衡)西京賦："屬車之篘，載獫猲獢。"唐張銑注："屬車，後車也；篘，副也。"3. 副職。宋趙與時賓退録一："三司副使曰篘。"㊁萃萃。文選南朝梁江文通(淹)顏特進侍宴詩："中坐溢朱組，步櫚篘瓊弁。"㊂齊。正字通："篘，齊飛順疾也。"見"篘羽"。㊃量詞。南史武陵王紀傳："黃金一斤爲餅，百餅爲篘，至有百篘。"

【篘羽】謂儀仗隊列整齊如禽羽。新唐書一〇五上官儀傳："時以雍州司士參軍韋絢爲殿中侍御史，或疑非遷。儀曰：'此野人語也。御史供奉赤墀下，接武夔龍，篘羽鵷鷺，豈雍州判佐比乎？'"

【篘弄】小曲，雜曲。文選漢馬季長(融)長笛賦："聽篘弄者，遥思於古昔。"注："篘弄，蓋小曲也。"唐李周翰注："篘，雜；弄，曲。"

【篘室】左傳昭十一年："泉丘人有女，夢以其帷幕孟氏之廟，遂奔僖子，……僖子使助薳氏之篘。"注："篘，副倅也。薳氏之女爲僖子副妾，別居在外，故僖子納泉丘人女，令副助之。"後來通稱妾爲篘室。見清梁章鉅稱謂録五。

篘 chōu 楚鳩切，平，尤韻，初。 ㄔㄡ

用篾編成的漉酒具。唐詩紀事六五杜荀鶴："舊衣灰絮絮，新酒竹篘篘。"案第二篘作動詞，以篘漉取。宋朱敦儒樵歌下浣溪紗詞："銀海清泉洗玉杯，恰篘白酒冷偏宜，水林檎嫩折青枝。"

篗 yuè 王縛切，入，藥韻，影。 ㄩㄝˋ

絡絲的用具。同"籰"。見廣韻。見"䈬"。

篠 xiǎo 先鳥切，上，篠韻，心。 ㄒㄧㄠˇ

小竹，可爲箭。説文作"筱"。書禹貢："篠簜既敷。"晉戴凱之竹譜："海中之山曰島山，有此篠。大者如筋，內實外堅，拔之不曲。生既危埇，海又多風，枝葉稀少，狀若枯筋。"

【篠驂】竹馬。唐詩紀事九徐彥伯："徐彥伯爲文多變易求新，以……竹馬爲篠驂，月兔爲魄兎。進士效之，謂之徐澁體。"

篩 shāi 疏夷切，平，脂韻，山。 ㄕㄞ

㊀竹名。廣韻："篩竹，一名太極，長百丈，南方以爲船。出神異經。"㊁篩子，竹編用具，底面多小孔，用以分離物質的粗細。也作"簁"。急就篇三"簁箄箕帚筐篋簍。"唐顏師古注："簁所以籮去粗細者也，今謂之篩。大者曰簁，小者曰箄。"才調集九李洞喜鸞公自蜀歸詩："掃石月盈箒，濾泉花滿篩。"㊂用篩子過物叫篩。漢書五一賈山傳："篩土築阿房之宫。"㊃敲擊。見"篩鑼"。㊄斟酒。水滸三八："酒保斟酒，連篩了五七遍。"

【篩鑼】㊀連聲敲鑼。宋趙彥衛雲麓漫鈔九："又中原人以擊鑼爲篩鑼；今南方亦有言之者。"西遊記六："搖旗擂鼓各齊心，吶喊篩鑼都助興。"㊁卽"鈔鑼"。見該條。

篦 bì 邊兮切，平，齊韻，幫。 ㄅㄧˋ

㊀梳髮用具。疏者謂之梳，密者謂之篦。唐白居易長慶集十二琵琶行："鈿頭雲篦擊節碎，血色羅裙翻酒汙。"㊁以篦篦髮。唐杜甫杜工部詩史補遺八水宿遣興奉呈羣公："耳聾須畫字，髮短不勝篦。"

篪 chí 直離切，平，支韻，澄。 ㄔˊ

㊀古管樂器。詩小雅何人斯："伯氏吹

壎，仲氏吹篪。"爾雅釋樂："大篪謂之沂。"注："篪，以竹爲之，長尺四寸，圍三寸，一孔上出一寸三分，名翹，横吹之。小者尺二寸。廣雅云：八孔。"疏："鄭司農(衆)注周禮云：'篪，七空。蓋不數其上出者，故七也。'"字也作"箎"，"竾"，"鯱"。見集韻。㊁竹名。見下。

篪

【篪竹】竹名。水經注三八湘水："(君山)東北對編山，山多篪竹。兩山相次，去數十里；迴峙相望，孤影若浮。"

十一畫

簆 kòu 苦候切，去，候韻，溪。ㄎㄡˋ

織機的打緯部件。長方形，有齒，經線從簆齒穿過，拉簆卽可將緯線扣緊。見廣韻、天工開物上乃服穿經。

篰 bù 蒲口切，上，厚韻，並。ㄅㄨˋ

㊀簡牘。同"簿"。說文："篰，萠爰也。"五代南唐徐鍇說文繫傳："字書萠爰，簡牘也。"清段玉裁說文解字注："許(愼)書無簿字。篰，葢卽今之簿字也。"㊁竹篾所編的籠子。宋朋九萬烏臺詩案與王鞏往來詩賦："熙寧五年內，王鞏送到官酒十瓶，果子兩篰與(蘇)軾。"朱熹朱文公集十八按唐仲友第三狀："有客人販到鮝鮭一舡，凡數百篰。"

簏 lù 盧谷切，入，屋韻，來。ㄌㄨˋ

竹箱。楚辭漢劉向九嘆怨思："淹芳芷於腐井兮，棄雞駭於筐簏。"三國志魏陳思王植傳注引世語："太子……以車載廢簏，內朝歌長吳質與謀。"

【簏簌】物下垂貌。全唐詩五九〇李郢張郎中宅戲贈之一："薄雪燕蓊紫燕釵，釵垂簏簌抱香懷。"也作"麗㲄"。唐李賀歌詩編一春坊正字劍子歌："挼絲團金懸麗㲄，神光欲截藍田玉。"

簇 1. cù 千木切，入，屋韻，清。ㄘㄨˋ

㊀小竹。見廣韻。㊁叢聚或堆集成團。南朝陳沈炯沈侍中集爲百官勸進陳武帝表："豐露呈甘，卿雲舒簇。"㊂量詞。唐杜甫杜工部草堂詩箋十八江畔獨步尋花七絕之五："桃花一簇開無主，可愛深紅映淺紅。"㊃極，最。見"簇新"。㊄承蠶作繭的工具，以藁草或竹等扎成。蠶將吐絲，由曲簿移於蠶簇上。唐王建詩二簇蠶辭："新婦拜簇願蠒稠，女灑桃漿男打鼓。"

2. còu ㄘㄡˋ

㊅同"蔟"。音律十二律中第三律爲太簇。見史記律書律數、呂氏春秋孟春、淮南子時則作"太蔟"。

【簇仗】宫庭儀仗按隊齊集，唐人謂之簇仗。唐杜甫杜工部草堂詩箋十二晚出左掖："晝刻傳呼淺，春旗簇仗齊。"

【簇坐】團聚而坐。元袁桷清容居士集十六皇城曲："蚩氓聚觀汗揮雨，士女簇坐唇搖風。"

【簇拍】樂拍名，音調急促。猶今之快板。樂府有簇拍陸州、簇拍相府蓮曲辭。見樂府詩集七九近代曲辭。

【簇金】繡金攢簇爲飾。元張憲玉笥集三神絃十一曲之三："雙頭牡丹大如斗，簇金小帽銀花鏤。"參見"蹙金"。

【簇酒】張羅所得的酒。唐馮贄雲仙雜記四簇酒："辛洞好酒而無資，常携榼登人門，每家取一盞投之，號爲簇酒。"

【簇飣】積疊果餌於盤上以爲陳設。宋葛長庚玉蟾先生詩餘鷓鴣天燈夕天谷席上作："人似玉，酒如餳，果盤簇飣不知名。"元周密乾淳歲時記元夕："競以金盤鈿合簇飣饋遺，謂之市食合兒。"(說郛六九)

【簇新】極新，時新。宋詩鈔費氏花蕊集鈔宮詞之六："厨盤進食簇時新，侍宴無非列近臣。"官場現形記十九："署院舉目一看，見他二人都是穿的簇新袍褂。"

【簇箔】蠶吐絲時承蠶的竹席。世說新語言語"南郡龐士元"注引司馬徽別傳："有人臨蠶求簇箔者，徽自棄其蠶而與之。"

【簇輦】指在輿旁任傳呼、簇擁之役。金史儀衛志上："諸班直隊二千九百四十五人：鈞容直三百六人……簇輦茶酒班三十一人。"

【簇蝶】花名。唐段成式酉陽雜俎續集九支植上："簇蝶花。花爲朶，其簇一蘂，蘂如蓮房，色如退紅，出溫州。"又名萬蝴蝶、玉蝴蝶。參閱宋趙彥衞雲麓漫鈔四。

【簇擁】衆人護衛或圍着。元曲選王實甫麗春堂一："滿地綠茸茸，更打着軍兵簇擁。"明沈璟博笑記十："在門外有諸人簇擁。"

【簇簇】叢列、叢聚狀。唐韓愈昌黎集十祖席詩："野晴山簇簇，霜曉菊鮮鮮。"韋莊浣花集一登漢高廟閒眺詩："天畔晚峯青簇簇，檻前春樹碧團團。"

【簇花宴】陳列羣花的宴席。元郝經郝文忠公集十一望京府賞紅梅詩："入門下馬簇花宴，紅蓮舊府花正新。"

篲 huì 祥歲切，去，祭韻，邪。ㄏㄨㄟˋ

掃帚。莊子達生："(田)開之操拔篲以侍門庭。"史記高祖紀："太公擁篲，迎門卻行。"

【篲篠】竹名。可做掃帚，故名。晉戴凱之竹譜："篲篠中掃箒，細竹也。特異他篠。見廣志。至大者不過如箭，長者不出一丈。"

簀 zé 側革切，入，麥韻，莊。ㄗㄜˊ

㊀竹席。禮檀弓上："華而睆，大夫簀與！"注："簀，謂牀笫也。"史記七九范雎傳："雎詳死，卽卷以簀，置廁中。"㊁叢聚貌。通"積"。詩衞風淇奧："瞻彼淇奧，綠竹如簀。"參閱清陳啟源毛詩稽古編淇奧(清經解十五)。

簰 pái 集韻蒲街切，平，佳韻。ㄆㄞˊ

見下。

【簰洲】地名。也作簰洲，在湖北嘉魚縣東北，有上下二洲。其地回複，舟行風色不常，俗名拗簰洲。參閱讀史方輿紀要七六武昌府嘉魚縣。

簙 1. tuán 度官切，平，桓韻，定。ㄊㄨㄢˊ

㊀圓形的竹器。見說文。

2. zhuān 職緣切，平，仙韻，照。ㄓㄨㄢ

㊁古楚地人用靈草編結筳竹，占卜人事稱簙。楚辭屈原離騷："索瓊茅以筳簙兮，命靈氛爲余占之。"注："楚人名結草折竹以卜曰簙。"

簎 cè 測戟切，入，陌韻，初。ㄘㄜˋ 秦昔切，入，昔韻，從。

以叉刺取魚鼈。周禮天官鼈人："鼈人掌取互物，以時簎魚鼈龜蜃。"注："簎，謂以杈刺泥中搏取之。"後漢書六十上馬融傳廣成頌："滅短狐，簎鯨鯢。"

篻 piǎo 敷沼切，上，小韻，滂。ㄆㄧㄠˇ 彌遙切，平，宵韻，明。

竹名。卽筋竹。可製爲弩矢方戟等武器。文選晉左太沖(思)吳都賦："柚梧有篁，篻簩有叢。"劉逵注引異物志："篻竹大如戟槿，實中勁强，交趾人銳之爲矛，甚利。"

簌 sù 集韻蘇谷切，入，屋韻。ㄙㄨˋ

見下。

【簌簌】㊀象聲詞。唐段成式酉陽雜俎

一支諸皋上:"頃間,聞垣土動簌簌,崔生意其蚍鼠也。"宋蘇轍欒城集六喜雪贈李公擇詩:"沉沉夜未眠,簌簌聲初落。"㊁流淚貌。南唐二主詞李璟攤破浣溪沙:"簌簌淚珠多少恨,倚欄干。"

⿱竹聊 liáo ㄌㄧㄠˊ 落蕭切,平,蕭韻,來。

竹名。晉戴凱之竹譜:"⿱竹聊、豐二種,至似苦竹,而細軟肌薄。⿱竹聊筍亦無味,江漢間謂之苦⿱竹聊……齒有文理也。"

⿱竹稍 shāo ㄕㄠ 集韻 師交切,平,爻韻。

同"梢"。㊀物的一頭。文選漢馬季長(融)長笛賦:"纖末奮⿱竹稍,錚鐄嚳嗝。"唐張銑注:"⿱竹稍,頭也。"㊁船舵尾。見類篇。

簋 guǐ ㄍㄨㄟˇ 居洧切,上,旨韻,見。

簋

古代祭祀宴享時盛黍稷的器皿。詩秦風權輿:"於我乎,每食四簋。"傳:"四簋,黍稷稻粱。"釋文:"内方外圓曰簋,以盛黍稷;外方内圓曰簠,用貯稻粱,皆容一斗二升。"說文簋:"黍稷方器也。"簋形方圓不一,其初用瓦,近世出土者以銅製者最常見,形狀亦以圓者爲多。

【簋廉】盛酒的瓦器。漢王充論衡無形:"陶者用埴爲簋廉,簋廉壹成遂至毀敗,不可復變。"廉當作"廡",形近而誤。廡通"甒"。甒,盛酒瓦器。

⿱竹遞 dì ㄉㄧˋ 集韻 大計切,去,霽韻。

見下。

【⿱竹遞鐘】琴名。文選漢王子淵(褒)聖主得賢臣頌:"雖伯牙操⿱竹遞鐘,蓬門子彎烏號,猶未足以喻其意也。"注:"晉灼曰:'⿱竹遞,音迭遞之遞。二十四鍾,各有節奏,擊之不常,故曰遞鍾。'瓚以爲楚辭曰:'奏伯牙之號鍾';馬融長笛賦曰:'號鍾高調。'號鍾,琴名也。謂伯牙以善鼓琴,不說能擊鍾也。"漢書六四下王褒傳作"遞鍾"。

篹 1. suǎn ㄙㄨㄢˇ 蘇管切,上,緩韻,心。

㊀祭器名。禮明堂位:"薦用玉豆雕篹。"注:"篹,籩屬也。"疏:"以竹爲之,形似筥,亦薦時用也。雕鏤其柄,故曰彫篹也。"㊁撰述。漢書一〇〇下敍傳:"太初以後,闕而不録,故探篹前記,綴輯所聞,以述漢書。"

2. zhuàn ㄓㄨㄢˋ 集韻 雛綰切,上,潸韻。

㊂具餐。通"饌"。漢書九八元后傳:"獨置孝元廟故殿以爲文母篹食堂,既成,名曰長壽宮。"注:"晉灼曰:篹,具也。"

簂 guì ㄍㄨㄟˋ 古對切,去,隊韻,見。

婦人覆於髮上的首飾。通"幗"。後漢書九十烏桓傳:"婦人至嫁時乃養髮,分爲髻,著句決,飾以金碧,猶中國有簂步搖。"注:"字或爲'幗',婦人首飾也。"參見"幗"。

⿱竹堇 jīn ㄐㄧㄣ 集韻 舉欣切,平,欣韻。

竹名。文選漢張平子(衡)南都賦:"其竹則鐘龍⿱竹堇篾,篠簳箛箠。"注引戴凱之竹譜:"⿱竹堇,皮白如霜,大者宜爲篙。"參閱政和證類本草十三竹葉。

篾 miè ㄇㄧㄝˋ 莫結切,入,屑韻,明。

㊀竹名。書顧命:"敷重篾席。"傳:"篾,桃枝竹。"㊁竹皮。成條的竹片。唐唐彥謙鹿門集下蟹詩:"扳罾拖網取賽多,篾簍挑將水邊貨。"

【篾片】舊指豪門富家幫閒的清客。明西泠長芙蓉衫傳奇清歡:"做了場篾片,只落得奔走兩頭,掃興掃興。"儒林外史五二:"(毛二鬍子)原有二千銀子的本錢,後來鑽到胡三公子家做篾片,又賺了他兩千銀子。"

【篾簃】挽舟的繩索。唐白居易長慶集十一初入峽有感詩:"苒蒻竹篾簃,欹危檝師趾。"

簍 lǒu ㄌㄡˇ 郎斗切,上,厚韻,來。
ㄌㄡ 落侯切,平,侯韻,來。
力主切,上,麌韻,來。

篾簍,用篾或荆條編成的筐。方言十三:"簍,籅也。"又:"籅小者南楚謂之簍。"急就篇:"簁箄箕帚筐篋簍。"唐顏師古注:"簍者,疏目之籠,亦言其孔樓樓然也。"宋梅堯臣宛陵集二九和韓五持國乞分道損山藥之什詩:"欲分欄下苗,馳奴仍置簍。"

篸 1. cēn ㄘㄣ 集韻 初簪切,平,侵韻。

㊀見"篸差"。

2. zān ㄗㄢ 作含切,平,覃韻,精。
作勘切,去 勘韻,精。

㊁"簪"的異體字。首笄。見集韻。樂府詩集二六南朝梁沈約江南曲:"羅衣織成帶,墮馬碧玉篸。"㊂插住。唐白居易長慶集六四同諸客嘲雪中馬上妓詩:"銀篦穩篸烏羅帽,花襜宜乘叱撥駒。"

【篸管】洞簫。北周庾信庾子山集三夜聽擣衣詩:"龍文縷剪刀,鳳翼纏篸管。"參見"參$_2$差㊂"。

【篸差】古樂器名。洞簫,即無底的排簫。楚辭屈原九歌湘君:"望夫君兮未來,吹參差兮誰思。"注:"參差,洞簫也。"宋洪興祖補注:"一作篸差。"參見"參$_2$差㊂"。

簃 yí ㄧˊ 弋支切,平,支韻,喻。
直離切,平,支韻,澄。

閣邊小屋。見說文、爾雅釋宮。也作"誃"、"謻"。見集韻。

【簃臺】臺名。太平御覽一七七引帝王世紀:"周赧王雖居天子之位,爲諸侯所侵逼,與家人無異,貰於民,無以歸之,乃上臺以避之,故周人因名其臺曰逃債臺。故洛陽南宮簃臺是也。"帝王世紀今本作"謻臺"。

篼 dōu ㄉㄡ 當侯切,平,侯韻,端。

㊀飼馬籠。梁慧皎高僧傳五釋道安:"前行得人家,門裏有二馬榻,榻間懸一馬篼,可容一斛。"㊁兜子。竹輿。見正字通。參見"兜子"。

【篼籠】竹編的小轎。唐會要三一内外官章服雜録:"大和六年六月勅,……胥吏及商賈妻,並不得乘奚車及檐子,聽乘葦輦車及篼籠,舁不得過二人。"

簁 shī ㄕ 所宜切,平,支韻,山。
xǐ ㄒㄧˇ 所綺切,上,紙韻,山。

竹器。同"篩"。急就篇三:"簁箄箕帚筐篋簍。"注:"簁,所以籮去麤細者也,今謂之篩。大者曰簁,小者曰箄。"唐韓愈昌黎集九喜雪獻裴尚書詩:"宿雲寒不卷,春雪墮如簁。"

【簁簁】魚躍掉尾聲。唐白居易長慶集六二南池早春有懷詩:"簁簁魚尾掉,瞥瞥鵝毛換。"

十二畫

簜 dàng ㄉㄤˋ 吐郎切,平,唐韻,透。
徒郎切,上,蕩韻,定。

㊀大竹。書禹貢:"篠簜既敷。"爾雅釋草"簜竹"晉郭璞注:"簜,竹別名。"宋邢昺疏:"李巡曰:竹節相去一丈曰簜。孫炎曰:竹闊節者曰簜。"㊁管樂器。儀禮大射禮:"簜在建鼓之間。"注:"簜,竹也,謂笙簫之屬。"

【簜札】紙名。明楊慎升庵集六三邉櫛:"札,櫛也,相比如櫛也……可知簜札今之玉版牋。"

簩 láo 魯刀切，平，豪韻，來。
ㄌㄠ

見下。

【簩竹】竹之一種。又名百葉竹。文選晉左太沖(思)吳都賦"柚梧有篁，篻簩有叢"注引異物志："簩竹有毒，夷人以爲觚，刺獸中之則必死。"參閱晉戴凱之竹譜(說郛六六)。

簧 huáng 胡光切，平，唐韻，匣。
ㄏㄨㄤ

樂器中有彈性的薄片，用以振動發聲。詩小雅鹿鳴："吹笙鼓簧，承筐是將。"疏："吹笙之時，鼓其笙中之簧以樂之。"

【簧言】欺人的假話。唐李白李太白詩九雪讒詩贈友人："坦蕩君子，無悦簧言。"

【簧惑】喻巧言惑衆。宋李心傳建炎以來繫年要錄九建炎元年宗澤請車駕還京師疏："由陛下寅畏過當，駐蹕別都，俯詢奸謀，預圖遷幸，使狡獪簧惑，敢爾橫肆。"

【簧鼓】笙竽等皆有簧，吹之則鼓動出聲。喻以巧言惑人。詩小雅巧言："巧言如簧，顏之厚矣。"莊子駢拇："枝於仁者，擢德塞性，以收名聲，使天下簧鼓以奉不及之法，非乎，而曾史是已。"注："則曾史之簧鼓天下，使失其真性，甚於桀跖也。"

簙 bó 補各切，入，鐸韻，幫。
ㄅㄛ

弈，棋類。古代博戲的一種。通作"博"。楚辭宋玉招魂："菎蔽象棊，有六簙些。"注："投六箸，行六棊，故爲六簙也。"方言五："簙謂之蔽，或謂之箘，秦晉之間謂之簙，吳楚之間或謂之蔽，或謂之箭裏。"參見"博㈤"。

簠 fǔ 方矩切，上，麌韻，幫。
ㄈㄨ 甫無切，平，虞韻，幫。
芳遇切，去，遇韻，滂。

古祭祀燕享，以盛稻粱的器皿。形狀長方，口向外侈，有四短足。禮樂記："簠簋俎豆，制度文章，禮之器也。"簠，古文本作"医"或"匚"。以竹木爲之，其後以銅爲之。大抵簠多方而有圓者，簋多圓而有方者。參見"簋"。

簠

【簠簋不飾】簠簋皆祭器，不飾，謂不整齊。簠簋不飾，比喻爲官不廉正。漢書四八賈誼傳陳政事疏："古者大臣有坐不廉而廢者，不謂不廉，曰'簠簋不飾'。"飾，通"飭"。後世彈劾官吏貪污，多用"簠簋不飭"一語。

簟 diàn 徒玷切，上，忝韻，定。
ㄉㄧㄢ

㊀竹席。詩小雅斯干："下莞上簟，乃安斯寢。"禮內則："凡內外，雞初鳴，咸盥漱，衣服，斂枕簟。"㊁竹名。見"簟竹"。

【簟竹】竹名。初學記二八沈懷遠南越志："博羅縣東蒼州足簟竹，銘曰：'簟竹既大，薄且空中，節長一丈，其長如松。'"

【簟茀】車上席篷。詩齊風載驅："載驅薄薄，簟茀朱鞹"傳："簟，方文席也，車之蔽曰茀。"

【簟簟】平正貌。釋名釋牀帳："布之簟簟然平正也。"

篕 qióng 渠容切，平，鍾韻，羣。
ㄑㄩㄥ 去宮切，平，東韻，溪。
曲恭切，平，鍾韻，溪。

見下。

【篕籠】形似穹窿的車篷。方言九："車枸簍，宋魏陳楚之間謂之筱，或謂之篕籠……南楚之外謂之篷。"

簪 zān 作含切，平，覃韻，精。
ㄗㄢ 側吟切，平，侵韻，莊。

㊀插定髮髻或冠的長針。韓非子內儲說上："周主亡玉簪，令吏求之，三日不能得也。"史記一二六淳于髡傳："前有墜珥，後有遺簪。"㊁插，戴。文苑英華一七一唐李嶠扈從還洛呈侍從羣官詩："並輯蛟龍書，同簪鳳皇筆。"㊂連綴。儀禮士喪禮："以爵弁服簪裳于衣左。"注："簪，連也。"㊃疾速。易豫："勿疑朋盍簪。"傳："簪，疾也。"疏："盍，合也；簪，疾也。若能不疑於物，以信待之，則衆陰羣朋合聚而疾來也。"清王引之謂簪爲"撍"的借字。見經義述聞一朋盍簪。

簪

【簪合】相傳汾陰女子吳淑姬，有玉簪墜地而折，已而夫亡。父欲嫁之，女曰："玉簪重合則嫁。"得遇士子楊子冶，心動，一日啓奩視之，簪已完合，因以簪寄子冶，結爲夫婦。見元林坤誠齋雜記上。

【簪花】㊀古代遇典禮宴會佳節，男女皆戴花。唐杜牧樊川集四爲人題贈詩之二："有恨簪花懶，無寥鬭草稀。"宋司馬光溫國公集十和吳省副梅花半開招憑由張司封飲詩："從車貯酒傳呼出，側弁簪花倒載回。"參閱清趙翼陔餘叢考三一簪花。㊁書體之一。明王彥泓疑雨集三有女郎手寫余詩十首……詩："江令詩才猶剩錦，衛娘書格是簪花。"見"簪花格"。

【簪笏】古代笏以書事，簪筆以備書。臣僚奏事，執笏簪筆，即謂簪笏。故也稱做官爲簪笏。文苑英華七七八梁簡文帝馬寶頌序："羽林中權，分階列校，簪笏成行，貂纓在席。"唐王勃王子安集五滕王閣詩序："舍簪笏於百齡，奉晨昏於萬里。"

【簪紱】簪，冠簪；紱，絲製之纓帶。皆古禮服之制，以喻顯貴。晉陸機陸士衡集十晉平西將軍孝侯周處碑："簪紱揚名，臺閣摽著。"梁書謝朏傳高祖表："昔居朝列，素無宦情。賓客簡通，公卿罕預。簪紱未褫，而風塵擺落。"

【簪組】簪，冠簪，組，冠帶。簪組，指官服或顯貴。唐王維王右丞集五留別丘爲詩："親勞簪組送，欲趁鶯花還。"唐白居易長慶集六蘭若寓居詩："薜衣换簪組，藜杖代車馬。"

【簪菊】古人於重陽日插戴菊花謂之簪菊。元周密武林舊事三重九："都人是月飲新酒，汎萸簪菊。"

【簪筆】古代朝見，插筆於冠，以備記事。史記一二六西門豹傳褚少孫補："西門豹簪筆磬折，嚮河立待良久。"正義："簪筆，謂以毛裝簪頭，長五寸，插在冠前，謂之爲筆，言插筆備禮也。"宋書禮志五："紳垂三尺，笏者有事則書之，故常簪筆，今之白筆，是其遺象。三臺五省二品文官簪之，王公侯伯子男卿尹武冠不簪，加內侍位者簪之。"

【簪裾】顯貴者的服飾。借指顯貴。南史張裕傳附張充與王儉書："而茂陵之彥，望冠蓋而長懷。渭川之甿，佇簪裾而竦歎。"梁書張充傳作"佇衣車而聳歎"。北周庾信庾子山集四奉和永豐殿下言志詩之二："星橋擁冠蓋，錦水照簪裾。"

【簪裊】秦漢時爵位名。在第三級。漢書百官公卿表上："爵：一級曰公士，二上造，三簪裊。"注："以組帶馬曰裊。簪裊者，言飾此馬也。"也作"簪褭"。後漢書百官志五"承秦賜爵十九等"注引劉劭爵制："三爵曰簪褭，御駟馬者。要褭，古之名馬也。駕駟馬者其形似簪，故曰簪褭也。"

【簪導】首飾名，用以束髮。隋書禮儀志七："自王公已下服章，皆繡爲之。祭服冕，皆簪導、青纊充耳。"又："簪導，案釋名云：'簪，建也，所以建冠於髮也。一曰笄。笄，係也，所以拘冠使不墜也。導，所以導擽鬢髮，使入巾幘之裏也。'"宋蘇軾分類東坡詩九次韻子由詩之三椰子冠："規摹簡古人争看，簪導輕安髮不知。"

【簪戴】簪冠插花。宋史輿服志五：“幞頭簪花，謂之簪戴。中興，郊祀、明堂禮畢回鑾，臣僚及扈從並簪花，恭謝日亦如之。……太上兩宮上壽畢，及聖節、及錫宴、及賜新進士聞喜宴，並如之。”所賜花色，按品級各有不同。

【簪纓】古代官吏的冠飾，因以喻顯貴。南朝梁蕭統昭明太子集三錦帶書十二月啟姑洗三月：“龍門退水，望冠冕以何年？鵷路頹風，想簪纓於幾載？”唐張說張說之集八灉湖山寺詩之一：“若使巢由同此意，不將蘿薜易簪纓。”

【簪花格】唐張彥遠法書要錄二袁昂古今書評：“衛恒書如插花美女，舞笑鏡臺。”後稱書法娟秀工整者爲簪花格。明王彥泓疑雨集三即事詩之五：“含毫愛學簪花格，展畫慙看出浴圖。”

簭 shì 時制切，去，祭韻，禪。ㄕˋ

㊀咬。同“噬”。周禮考工記梓人：“凡攫閷援簭之類，必深其爪，出其目，作其鱗之而。”疏：“攫著則殺之，援攬則噬之。”㊁以蓍草占卜。通“筮”。見“簭人”。

【簭人】周代掌占卜之官。同“筮人”。周禮春官簭人：“掌三易，以辨九簭之名。”疏：“此簭人掌三易者，若卜用三龜。此筮人用三易，故云掌三易也。”

簝 liáo 落蕭切，平，蕭韻，來。ㄌㄧㄠˊ 魯刀切，平，豪韻，來。

古代宗廟盛肉的器皿。周禮地官牛人：“凡祭祀共其牛牲之互，與其盆簝以待事。”注：“鄭司農(衆)云：‘……盆、簝，皆器名。盆所以盛血，簝受肉籠也。’”

簨 sǔn 思尹切，上，準韻，心。ㄙㄨㄣˇ

古代懸掛鐘磬鼓的橫架。見下。

【簨虡】古代懸鐘磬鼓的木架。其橫木謂之簨，簨旁所立二柱謂之虡。簨之兩端，刻龍鳳爲飾。兩虡之下，承之以趺，刻伏獅或卧鳧爲飾。鐘則飾以獸，磬則飾以鳥。禮明堂位：“夏后氏之龍簨虡。”注：“簨虡，所以縣鐘磬也。橫曰簨，飾之以鱗屬；植曰虡，飾之以臝屬羽屬。”也作“簨簴”。南齊書禮志上：“雖金石輟響，而簨簴充庭。”參見“栒虡”、“筍虡”。

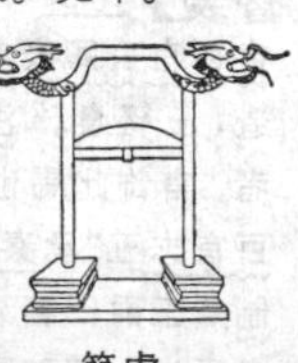
簨虡

簻 zhuā 陟瓜切，平，麻，韻，知。ㄓㄨㄚ

同“檛”。㊀鞭，杖。文選漢馬季長(融)長笛賦：“剡其上孔洞通之，裁以當簻便易持。”注：“簻，馬策也。”㊁樂器的管。宋沈括夢溪筆談五：“簻，管也。古人謂樂之管爲簻。”參見“檛㊂”。

簢 mǐn 眉殞切，上，軫韻，明。ㄇㄧㄣˇ

竹名。爾雅釋草：“簢筡中。”注：“言其中空，竹類。”清郝懿行義疏：“是簢筡皆析竹，析竹必須中空者，因以爲竹名焉。”

簡 jiǎn 古限切，上，產韻，見。ㄐㄧㄢˇ

㊀古代用以書寫的狹長竹片。急就篇三：“簡札檢署槧牘家。”注：“竹簡以爲書牒也。”晉杜預春秋序：“大事書之於策，小事簡牘而已。”㊁信札，書牘。南齊書陸慧曉傳附顧憲之議：“縣簡送郡，郡簡呈使。”唐柳宗元柳先生集三四答貢士元公瑾論仕進書：“辱致來簡，受賜無量。”㊂手版。唐高彥休唐闕史下太清宮玉石像：“工役掘地，得玉石人，滌去泥壤，則簪裾端簡，如龍之像。”㊃簡要。易繫辭上：“易則易知，簡則易從。”論語雍也：“居敬而行簡，以臨其民，不亦可乎。”㊄怠慢，倨傲。孟子離婁下：“右師(王驩)不悅，曰：‘……孟子獨不與驩言，是簡驩也。’”呂氏春秋驕恣：“自驕則簡士。”注：“簡，傲也。”㊅選擇，分別。書冏命：“愼簡乃僚。”禮王制：“簡不肖以絀惡。”㊆檢閱，查檢。左傳桓六年：“秋大閱，簡車馬。”㊇情實。禮王制：“有旨無簡，不聽。”注：“簡，誠也。”疏：“言犯罪者雖有其意，而無誠實者，則不論之以爲罪也。”㊈大。通“僩”。詩邶風簡兮：“簡兮簡兮，方將萬舞。”㊉通“諫”。左傳成八年：“詩曰：猶之未遠，是用大簡。”今本詩大雅板作“諫”。⑪鞭類兵器。通“鐧”。宋史兵志十一：“知并州楊偕遣陽曲縣主簿楊拯獻龍虎八陣圖及所製神盾、劈陣刀、手刀、鐵連槌、鐵簡。”西遊記九十：“雪獅精使一條三楞簡，徑來奔打。”⑫姓。相傳爲晉大夫狐鞫居之後，鞫伯姬姓，號續簡伯，子孫以簡爲姓。見通志二八氏族四以諡爲氏。

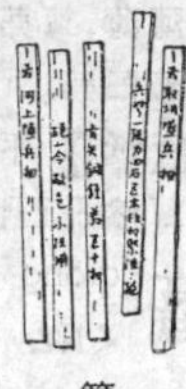
簡

【簡子】㊀藤類果實。北朝魏賈思勰齊民要術十藤：“簡子，藤生，緣樹木，……實如梨，赤如雄雞冠，核如魚鱗。取生食之，淡泊無甘苦。出交阯合浦。”㊁打擊樂器。明王圻三才圖會三器用：“簡子，以竹爲之，長二尺許，濶四五分，厚半之。其末俱略反外，歌時用二片合擊之以和者也。”㊂便札。古今小說二九月明和尚度柳翠：“却說承局賫着小盒兒並簡子，來到水月寺中，只見老道人在殿上燒香。”

【簡札】古未有紙，書於竹簡木札之上，故稱書牘爲簡札。漢王充論衡自紀：“猶吾文未集於簡札之上，藏於胸臆之中，猶玉隱珠匿也。”後漢書六七范滂傳：“滂對曰：‘臣之所舉，自非叨穢姦暴，深爲民害，豈以汙簡札哉。’”

【簡古】單純古樸。宋蘇軾分類東坡詩九次韻子由詩之三椰子冠：“規摹簡古人爭看，簪導輕安髮不知。”宋陸游渭南文集三十又跋花間集：“故歷唐季五代，詩愈卑，而倚聲者輒簡古可愛。”

【簡民】惰慢之民。司馬法天子之義：“古者賢王，明民之德，盡民之善，故無廢德，無簡民。”

【簡州】地名。1.秦蜀郡地，西魏置武康郡，隋郡廢。仁壽初置簡州。轄區相當今四川簡陽、資陽等縣地。明移治今簡陽。參閱讀史方輿紀要六七成都府。2.秦桂林郡地，南朝梁增置簡陽郡，隋改置簡州，又改爲緣州。唐武德六年改爲南簡州，貞觀八年改爲橫州。即今廣西橫縣。參閱讀史方輿紀要一一〇南寧府橫州。

【簡圭】大玉圭。淮南子說山：“周之簡圭，生於垢石。”注：“簡圭，大圭。美玉出於石中，故曰生垢石。”

【簡至】簡易通達。世說新語品藻：“司馬文王(昭)問武陔，曰：‘陳玄伯(泰)何如其父司空(羣)？’陔曰：‘通雅博暢，能以天下聲教爲已任者，不如也。明練簡至，立功立事過之。’”

【簡弛】惰慢放蕩。新唐書七九隱太子建成傳：“建成小字毗沙門。資簡弛，不治常檢，荒色嗜酒，畋獵無度。”

【簡任】選拔任用。後漢書二九申屠剛傳：“又數言皇太子宜時就東宮，簡任賢保，以成其德。”

【簡辰】擇日。初學記十南朝宋謝莊太子元服上太后表：“練日簡辰，昭備元服。”

【簡孚】核實可信。書呂刑：“五辭簡孚，正于五刑。”傳：“五辭簡核，信有罪驗，則正之於五刑。”

【簡狄】商祖契之母。有娀氏之女，帝嚳之妃。傳說吞燕卵而孕生契。楚辭屈原天問：“簡狄在臺嚳何宜？玄鳥至貽女何喜？”漢書古今人表作“簡逷”。參閱大戴禮帝繫篇、史記殷紀、漢劉向列女傳契母簡狄。

【簡放】㊀選出放歸。北齊書後主紀："又詔掖庭、晉陽、中山宮人等及鄴下、并州太官官口二處，其年六十已上及有癃患者，仰所司簡放。"㊁清外官道府以上官，由特旨授職者稱簡放。清會典事例五十吏部漢員開列："交吏部帶領引見，聽候簡放。"

【簡直】簡明質直。宋葉夢得避暑錄話下："程光祿師孟，吳下人。樂易純質，喜爲詩，效白樂天而尤簡直，至老不改吳語。"宋史三九三彭龜年傳："龜年學識正大，議論簡直，善惡是非，辨析甚嚴。"

【簡拔】選拔。文選三國蜀諸葛孔明(亮)出師表："侍中侍郎郭攸之費禕董允等，此皆良實，志慮忠純，是以先帝簡拔，以遺陛下。"

【簡畀】揀選而授與之。書多方："簡畀殷命，尹爾多方。"疏："(天)命我代殷爲王，正汝衆方諸侯。言天授我以此世也。"

【簡明】簡要易明。宋洪邁容齋隨筆一解釋經旨："解釋經旨，貴於簡明。"

【簡易】㊀簡略而便易。墨子非命中："惡恭儉而好簡易。"史記九九叔孫通傳："高帝悉去秦苛儀法，爲簡易。"㊁簡慢輕忽。晏子春秋諫上："及其衰也，行安簡易，身安逸樂。"注："簡，簡略也、簡慢也。易，輕忽也。"

【簡帖】信帖。元王實甫西廂記三本二折："我是相國的小姐，誰敢將這簡帖來戲弄我！"古今小說三五簡帖僧巧騙皇甫妻："打開看，裏面一對落索環兒，一雙短金釵，一箇簡帖兒。"

【簡忽】簡慢忽略。後漢書五二崔駰傳附崔寔政論："俗人拘文牽古，不達權制，奇偉所聞，簡忽所見，烏可與論國家之大事哉！"新唐書一八〇李德裕傳："時(敬)帝昏荒，數遊幸，狎比羣小，聽政簡忽。"

【簡版】宋人以版作書帖，謂之簡版。宋陸游老學庵筆記三："元豐中，王荆公(安石)居半山，好觀佛書。每以故金漆版書藏經名，遣人就蔣山寺取之。人士因有用金漆版代書帖與朋儕往來者。已而苦其露泄，遂有作兩版相合，以片紙封其際者。久之其製漸精，或又以緣囊盛而封之。南人謂之簡版，北人謂之牌子，後又通謂之簡版或簡牌。"也作"簡板"。宋周必大益公題跋八題六一先生九帖："宣和後簡板盛行，日趨簡便，親舊往來之帖遂少。"

【簡要】簡明切要。世說新語賞譽上："吏部郎闕，文帝問其人於鍾會。會曰：'裴楷清通，王戎簡要，皆其選也。'"又："王濬沖(戎)、裴叔則(楷)二人總角詣鍾士季(會)，須臾去後，客問鍾曰：'向二童何如？'鍾曰：'裴楷清通，王戎簡要。'"

【簡約】簡易節約。文選晉何敬祖(劭)贈張華詩："鎮俗在簡約，樹塞焉足摹。"

【簡記】記事的竹簡、策書。禮王制："大史典禮，執簡記，奉諱惡。"注："簡記，策書也。"

【簡素】㊀竹簡與絹帛，古代用以寫字。水經注三九耒水："洲西即蔡倫故宅，旁有蔡子池。倫，漢黃門。順帝之世，擣故魚網爲紙，用代簡素，自其始也。"㊁簡約樸素。宋書裴松之傳："博覽文集，立身簡素。"梁書蕭眎素傳："在人間及居職，並任情通率，不自矜高，天然簡素。"

【簡連】高傲貌。荀子非十二子："吾語汝學者之嵬容，其冠絻，其纓禁緩，其容簡連。"注："簡連，傲慢不前之貌。"

【簡書】古時無紙，有事書之於簡，謂之簡書。後因以泛指文書、信札。詩小雅出車："豈不懷歸，畏此簡書。"傳："簡書，戒命也。鄰國有急，以簡書相告，則奔命救之。"唐李商隱李義山文集三爲舉人獻韓郎中琮啟："仰瞻几閣，伏待簡書。"

【簡策】以竹爲簡，合數簡穿聯爲策。事少則書之於簡；事多則書之於策。合稱簡策。管子宙合："是故聖人著之簡筴，傳以告後進。"筴，同"策"。參閱清毛奇齡春秋毛氏傳(清經解十七)。

【簡慢】猶怠慢。呂氏春秋孝行："今有人於此，行於親重，而不簡慢於輕疏，則是篤謹孝道。"宋尹洙河南先生文集十上鄧州范資政啟："今明公鎮鄧，鄧距隨不遠，……若遂無尺紙以奉左右，則何以逃簡慢之責？"

【簡槧】卽簡版。元周密癸辛雜識前集："古無簡槧，陸務觀(游)謂始於王荆公(安石)，其後盛行。淳熙末始用竹紙，高數寸濶尺餘者，簡版幾廢。"參見"簡版"。

【簡閱】猶考察，檢閱。漢王充論衡亂龍："上古之人，有神荼鬱壘者，昆弟二人，性能執鬼，居東海度朔山上，立桃樹下，簡閱百鬼。"宋書索虜傳："(垣)謙之領(劉)泰之軍副殿中將軍程天祚督戰，至譙城，更簡閱人馬，得精騎千一百匹，直向汝陽。"

【簡選】選拔。呂氏春秋簡選："簡選精良，兵械銛利。"後漢書三一賈琮傳："簡選良吏試守諸縣，歲間蕩定，百姓以安。"

【簡稽】檢視與稽核。周禮天官小宰："經邦治……二曰，聽師田以簡稽。"注："簡，猶閱也；稽，猶計也，合也。合計其士之卒伍，閱其兵器。"管子問："時簡稽帥馬牛之肥膌，其老而死者皆舉之。"

【簡編】古人或書於簡，或書帛、紙，編次成書，後因泛稱書爲簡編。唐韓愈昌黎集六符讀書城南詩："燈火稍可親，簡編可卷舒。"

【簡練】㊀精選訓練。禮月令孟秋之月："選士厲兵，簡練桀俊，專任有功，以征不義。"漢書四五息夫躬傳詔："簡練戎士，繕修干戈。"㊁精心研摩，熟練掌握。戰國策秦一："(蘇秦)乃夜發書，陳篋數十，得太公陰符之謀，伏而誦之，簡練以爲揣摩。"

【簡緣】減省外務，猶言寡慾。宋晁迥昭德新編："揚湯止沸，不如徹薪；制心息慮，不如簡緣。"(說郛二九)

【簡闊】疏略。宋書良吏傳論："漢世戶口殷盛，刑務簡闊，郡縣治民，無所橫擾。"後漢書六七黨錮傳序："及漢祖杖劍，武夫勃興，憲令寬賒，文禮簡闊。"

【簡擢】選拔。宋葉適水心集二蘄州到任謝表："皇帝陛下，詳於使臣，察於知遠，簡擢疎賤。"一本作"柬擢"。

【簡簡】大貌。詩商頌那："奏鼓簡簡，衎我烈祖。"箋："其聲和大簡簡然。"又周頌執競："降福簡簡，威儀反反。"傳："簡簡，大也。"

【簡牘】卽書牘。古時無紙，書於木片曰牘，書於竹版曰簡。文選晉杜元凱(預)春秋左氏傳序："諸侯亦各有國史，大事書之於策。小事簡牘而已。"唐呂向注："大竹曰策，小竹爲簡，木版爲牘。"北史李元護傳："雖以將用自達，然亦頗覽文史，習於簡牘。"

【簡齋集】宋陳與義撰，六十卷。與義字去非，號簡齋。師法杜甫，推重蘇軾黃庭堅陳師道，在南宋時名聲甚盛。嚴羽滄浪詩話詩體稱與義詩"亦江西派而小異"，至元方回瀛奎律髓乃以杜甫爲一祖，以黃庭堅陳師道及陳與義爲三宗。

簹 duò 徒果切，上，果韻，定。ㄉㄨㄛˋ

竹名。見"筡簹"。

簦 dēng 都滕切，平，登韻，端。ㄉㄥ

有長柄的笠，猶今之傘。國語吳："遵汶伐博，簦笠相望於艾陵。"注："簦笠備雨器。"史記七六虞卿傳："虞卿者，游說之士也。躡蹻檐簦，說趙孝成王。"

簞 dān 都寒切，平，寒韻，端。ㄉㄢ

㊀盛飯用的竹器。論語雍也:"一簞食,一瓢飲,在陋巷之中,人不堪其憂,回(顏淵)也不改其樂。"禮曲禮上:"凡以弓劍苞苴簞笥問人者,操以受命,如使之容。"疏:"簞圓笥方,俱是竹器,亦以葦爲之。"㊁瓢。通"觶"。方言五:"𧮭,陳楚宋魏之間或謂之簞。"參閱清朱駿聲說文通訓定聲。

【簞竹】竹名。晉嵇含南方草木狀下:"簞竹,葉疏而大,一節相去六七尺,出九真,彼人取嫩者,碓浸紡績爲布,謂之竹疏布。"

【簞瓢】簞,食器;瓢,飲器。簞瓢,喻生活簡樸。文選漢班孟堅(固)答賓戲:"顏潛樂於簞瓢,孔終篇於西狩。"晉陶潛陶淵明集五五柳先生傳:"環堵蕭然,不蔽風日,裋褐穿結,簞瓢屢空,晏如也。"參見"簞食瓢飲"。

【簞醪】㊀樽酒。也作"單醪"。文選晉張景陽(協)七命:"單醪投川,可使三軍告捷。"注引黃石公記:"昔良將之用兵也,人有饋一簞之醪投河,令迎流而飲之。"㊁水名。在紹興府西。相傳春秋時,越王句踐師行之日,有獻壺漿者,受之投水上流,士卒競飲,勇氣倍增。又名投醪河、勞師澤。參閱浙江通志十五山川。

【簞食壺漿】公羊傳昭二五年:"高子執簞食,與四脡脯;國子執壺漿。曰:'吾寡君聞君在外,餕饔未就,敢致糗于從者。'"孟子梁惠王下:"簞食壺漿,以迎王師。"簞,盛飯竹器。漿,以米所熬的汁。言踴躍犒勞軍隊。

【簞食瓢飲】喻生活貧苦。漢書九一貨殖傳:"顏淵簞食瓢飲,在于陋巷。"注:"一簞之飯,一瓢之飲,至貧也。"

簣 kuì 求位切,去,至韻,羣。ㄎㄨㄟˋ

盛土竹器。書旅獒:"爲山九仞,功虧一簣。"

【簣籠】盛土器。左傳襄九年"陳畚挶,具綆缶"晉杜預注:"畚,簣籠。"

簚 mì 集韻莫狄切,入,錫韻。ㄇㄧˋ

車前欄杆上的覆蓋物。同"幭"。禮曲禮下:"鞮屨素簚,乘髦馬。"注:"簚,覆笭也。"參見"幭"。

簬 wú 武夫切,平,虞韻,明。ㄨˊ

黑皮竹。北魏賈思勰齊民要術十竹:"簬竹,黑皮,竹浮有文。"

簝 fù 方六切,入,屋韻,幫。ㄈㄨˋ

竹實。晉戴凱之竹譜:"萌筍苞籜,夏多春鮮,根榦將枯,花簝乃縣。……簝,竹實也。"

簠 yǔ 魚巨切,上,語韻,疑。ㄩˇ

禁苑。見說文。亦作"籞"。詳"籞"。

【簠宿】漢宮苑名。漢書九八元后傳:"夏遊簠宿鄠杜之間。"注:"簠宿苑,在長安城南,今之御宿川是也。"參見"御宿"。

簢 mèi 明祕切,去,至韻,明。ㄇㄟˋ

竹名。亦作"䈿"。山海經西山經:"(英山)其陽多箭簢。"注:"今漢中郡出簢竹,厚裏而長節,根深。筍冬生地中,人掘取食之。"參見"䈿竹"。

十三畫

簿 1. bù 裴古切,上,姥韻,並。ㄅㄨˋ

㊀登記、書寫所用的册籍。史記一〇二張釋之傳:"上問上林尉諸禽獸簿。"漢書食貨志下:"乘傳求利,交錯天下,因與郡縣通姦,多張空簿,府臧不實,百姓俞病。"㊁文狀。史記一〇九李將軍傳:"大將軍使長史急責(李)廣之幕府對簿。"㊂鹵簿,侍從儀仗。史記一一七司馬相如傳上林賦:"鼓嚴簿,縱獠者。"集解引漢書音義:"簿,鹵簿也。"㊃笏。三國志蜀秦宓傳:"宓以簿擊頰。"注:"簿,手版也。"㊄閱歷。漢書八四翟方進傳:"先是逢信已從高弟郡守歷京兆、太僕爲衛尉矣,官簿皆在方進之右。"注:"簿謂伐閱也。"

2. bó 傍各切,入,鐸韻,並。ㄅㄛˊ

㊅蠶具。通"箔"。見廣韻。

【簿伍】儀從。魏書李元護傳:"吾嘗以方伯簿伍至青州,士女屬目。"

【簿記】記載於簿籍之上。新唐書百官志二:"教學則簿記課業,供奉几案、紙筆,皆預待焉。"

【簿書】㊀記錄財物出納的簿籍。周禮天官司書"以敍其財,受其幣"注引鄭司農(衆):"謂受財幣之簿書也。"㊁官署文書。漢書禮樂志:"而大臣特以簿書不報期會爲故。"注:"簿,文簿也。故爲大事也。言公卿但以文案簿書報答爲事也。"又玄集姚合武功縣居詩:"簿書銷眼力,盃酒耗心神。"

【簿責】謂以案牘詰責之。史記絳侯周勃世家:"書既聞上,上下吏,吏簿責條侯。"漢書五九張湯傳:"上以湯懷詐面欺,使使八輩簿責湯。"注:"以文簿次第一一責之。"

【簿曹】掌簿書的官吏。後漢書百官志四:"簿曹從事,主財穀簿書。"

【簿最】帳務出納文書。新唐書一三一李石傳:"陛下節用度,去冗食,簿最不得措其姦,則百司治。"又一四〇呂諲傳:"哥舒翰節度河西,表度支判官,歷太子通事舍人。性靜慎,勤總吏職,諸僚或出游,諲獨頹然據案,鉤視簿最。"

【簿閥】先代官籍。文選南朝梁沈休文(約)奏彈王源:"王源見告窮盡,即索(滿)璋之簿閥,……源父子因共詳議,判與爲婚。"陳書周敷傳:"(周)迪素無簿閥,恐失衆心,倚敷族望,深求交結。"也作"簿伐"。梁書傅昭傳:"博極古今,尤善人物,魏晉以來,官宦簿伐,姻通內外,舉而論之,無所遺失。"

【簿領】登記的文簿。文選三國魏劉公幹(楨)雜詩:"沈迷簿領書,回回自昏亂。"注:"簿領,謂文簿而記錄之。"抱朴子應嘲:"說崑山之多玉,不能賑原憲之貧;覩藥藏之簿領,不能治危急之疾。"

【簿歷】履歷,登記記錄。新唐書選舉志下:"然考校之法,皆在書判簿歷、言辭俯仰之間,侍郎非通神,不可得而知。"也作"簿曆"。舊唐書八九姚班傳進節愍太子書:"臣聞銀牓銅樓,宮闈嚴祕,門閣來往,皆有簿曆。"

簺 sài 先代切,去,代韻,心。ㄙㄞˋ

㊀圍棋有簺,四采。以至即格不能行,故稱簺。南齊書沈文季傳:"尤善簺及彈棋,簺用五子。"漢書六四上吾丘壽王傳"年少,以善格五召待詔"唐顏師古注:"(鮑宏)簺法曰:'簺白乘五,至五格不得行,故云格五。'即今戲之簺也。"參見"格五"。㊁以竹木編成的魚簖,截水捕魚。隋書乞伏慧傳:"曾見人以簺捕魚者,出絹買而放之。"

簾 lián 力鹽切,平,鹽韻,來。ㄌㄧㄢˊ

障蔽門窗的竹簾。漢書九七下孝成趙皇后傳:"嚴持篋書,置飾室簾南去。"

【簾波】簾影搖曳如波紋狀。唐李商隱李義山詩集二燒香曲:"玉珮呵光銅照昏,簾波日暮衝斜門。"

【簾官】宋以來科舉制度,凡鄉會試同考官名簾官;閱卷諸官名內簾,彌封收掌等官名外簾,皆不得出堂簾之外,統稱簾官。明史選舉志二:"在外提調、監試等謂之外簾官,在內主考、同考謂之內簾官。"

【簾押】鎮簾之具。唐李商隱李義山詩集四燈:"影隨簾押轉,光信簟文流。"

【簾眷】皇太后垂簾聽政,大臣爲其所顧眷,稱簾眷。宋劉延世孫公談圃上:"子瞻(蘇軾)以温公(司馬光)論薦,簾眷甚厚。"

【簾試】宋代吏部銓選,凡中選人除同進士出身及恩科人員外,皆須赴吏部長貳廳前簾試,以防代筆之弊。中試後始得許參選。見兩朝綱目備要二紹熙二年。

【簾幌】簾子及帷幔。梁書范縝傳:"人之生譬如一樹花,……隨風而墮,自有拂簾幌墜於茵席之上,自有關籬牆落於糞溷之側。"

【簾箔】用竹子或蘆葦編成的方簾。三輔黃圖二:"未央宮漸臺西,有桂宮,中有光明殿,皆金玉珠璣爲簾箔。"唐李白李太白詩六擣衣篇:"明月高高刻漏長,真珠簾箔掩蘭堂。"

篔 tán ㄊㄢ

縴索。明黃福奉使安南水程日記:"夾傍有小徑,舟子得以牽篔。"

【篔羨銀】清代漕運科目篔夫銀和羨餘銀的合稱。清會典事例一九五戶部漕運:"各省漕船到通,除山東河南路近不給篔夫銀外,其江蘇安徽江西浙江湖北湖南六省漕糧按實過壩正米覈算,每石給篔夫銀一分。又按到通漕船實數,山東河南每船給羨餘銀一兩,江蘇安徽每船二兩,江西浙江湖北湖南每船四兩。凡有挂欠漕糧者,按所欠米數,以通幫篔羨銀均派扣除。"

籀 zhòu 直祐切,去,宥韻,澄。ㄓㄡˋ

㊀讀書。說文解字敍:"學僮十七已上始試,諷籀書九千字,乃得爲吏。"諷籀,言諷誦其文而抽繹其義。㊁抽取。唐李儼道因法師碑:"揮兔豪而匪固,籀魚網而終滅。"(金石萃編五四)㊂古代字體之一。見"籀文"。

【籀文】我國古代書體之一。卽大篆。以著錄於史籀篇,故稱籀文。通行於戰國秦,與篆文近似。說文中標明籀文者有二百二十五字,皆與小篆異體。參閱唐張彥遠法書要錄七唐張懷瓘書斷上籀文、王國維史籀篇敍錄。參見"史籀篇"。

【籀史】宋翟耆年撰,原書二卷,今僅存上卷。其書採錄金石遺文,各爲論說,因其多篆籀,故名。首載宣和博古圖,與薛尚功歷代鐘鼎彝器款識相近,而不及薛書詳備。

【籀誦】周宣王太史籀與黃帝史官沮誦的合稱,傳說爲篆書之祖。漢蔡邕蔡中郎集外傳篆勢:"般倕揖讓而辭巧,籀誦拱手而韜翰。"

簸 1. bǒ ㄅㄛˇ 布火切,上,果韻,幫。補過切,去,過韻,幫。

㊀播揚。詩大雅生民:"或舂或揄,或簸或蹂。"㊁顛動。文選漢張平子(衡)西京賦:"蕩川瀆,簸林薄。"

2. bò ㄅㄛˋ

㊂見"簸₂箕"。

【簸弄】猶播弄,玩弄。唐韓愈昌黎集六別趙子詩:"婆娑海水南,簸弄明月珠。"後謂造言生事,顛倒是非爲簸弄。宣和遺事前集:"蔡京蔡卞爲人反復變詐,欺陷忠良,天下不安,皆由京卞二人簸弄。"

【簸揚】謂播動揚去穀類中的糠秕。詩小雅大東:"維南有箕,不可以簸揚。"

【簸頓】猶簸弄。唐韓愈昌黎集七讀東方朔雜事詩:"簸頓五山踣,流漂八維蹉。"宋文鑑一〇四李清臣勢原策:"簸頓關紐,嬉弄機樞。"

【簸₂箕】揚去穀物中糠秕的工具。唐詩紀事六二鄭嵎津陽門:"大開內府恣供給,玉缶金筐銀簸箕。"景德傳燈錄十一法真禪師:"簸箕有脣,米不跳去。"

【簸蝩】蝗蟲的別名。漢書文帝紀後六年"夏四月,大旱,蝗"唐顏師古注:"蝗卽螽也,食苗爲災,今俗呼爲簸蝩。……蝩音鍾。"

【簸蕩】顛簸動蕩。南朝宋鮑照鮑氏集八擬行路難詩之八:"陽春妖冶二三月,從風簸蕩落三家。"

【簸錢】擲錢爲賭戲。唐王建詩五宮詞之九三:"暫向玉花階上坐,簸錢贏得兩三籌。"

【簸羅】吹奏樂器名。元楊維楨鐵厓逸編七王左轄席上夜宴詩:"醉歸不怕金吾禁,門外一聲吹簸羅。"也作"簸邏"。元王逢梧溪集二古從軍行詩之三:"令下簸邏鳴,鐵騎分四驅。"

【簸羅迴】㊀北魏樂器,角笛。唐時金吾掌的大角。舊唐書音樂志二:"按今大角,此卽後魏世所謂簸羅迴者是也,其曲亦多可汗之辭。"㊁北魏歌曲名。隋書音樂志中:"天興初,吏部郎鄧彥海,奏上廟樂,創制宮懸,而鐘管不備。樂章既闕,雜以簸羅迴歌。"

簳 gǎn ㄍㄢˇ 古旱切,上,旱韻,見。

㊀小竹。文選漢張平子(衡)南都賦:"其竹則鍾龍篁篾,篠簳箛箠。"注:"簳,小竹也。"㊁箭幹。通"笴"。山海經中山經:"(休與之山)有草焉,其狀如蓍,赤葉而本叢生,名曰夙條,可以爲簳。"注:"中箭笴也。"列子湯問:"乃以燕角之弧,朔蓬之簳射之,貫蝨之心而懸不絕。"㊂擀,用棍棒碾軋。景德傳燈錄二五文遂禪師:"問如何是吹毛劍?師曰:'簳麵杖。'"

簬 lù ㄌㄨˋ 洛故切,去,暮韻,來。

竹名。可製箭幹。同"簵"。書禹貢:"惟箘簬楛,三邦厎貢厥名。"

簫 1. xiāo ㄒㄧㄠ 蘇彫切,平,蕭韻,心。

㊀竹製管樂器。古稱排簫爲簫。編排竹管爲之,大者二十三管,小者十六管,長短不同,如鳥翼狀。後稱單管直吹者爲簫。急就篇三:"鐘磬鞀簫鼙鼓鳴。"參閱爾雅釋樂、漢應劭風俗通聲音簫。參見"排簫"。㊁弓梢。亦作"弰"。禮曲禮上:"右手執簫,左手承弣。"疏:"簫,弓頭。頭稍剡差,邪似簫,故謂爲簫也。"

2. xiào ㄒㄧㄠˋ

㊂小竹。通'篠'。文選漢馬季長(融)長笛賦:"林簫蔓荆,森槮柞樸。"

【簫勺】㊀古樂名。漢書禮樂志安世房中歌:"行樂交逆,簫勺羣慝。"注:"晉灼曰:'簫,舜樂也。勺,周樂也。言以樂征伐也。'"㊁銷爍。喻征服、消滅。唐韓愈昌黎集八晚秋郾城夜會聯句:"恩澤誠布濩,嚚頑已簫勺。"

【簫史】人名。傳說爲春秋時人。卽蕭史。見"蕭史"。

【簫局】薰籠的別名。明王志堅表異錄五:"記事珠:簫局,古熏籠,一名秦篝。"

【簫笙】簫與笙。皆竹製管樂器。晉戴凱之竹譜:"簫笙之選,有聲四方,質清氣亮,衆管莫伉。"宋秦觀淮海集八蓬萊閣詩:"千里勝形歸俎豆,七州和氣入簫笙。"

【簫鼓】簫與鼓。文選漢武帝秋風辭:"橫中流兮揚素波,簫鼓鳴兮發棹歌。"也指簫鼓之聲。又南朝宋鮑明遠(照)出自薊北門行:"簫鼓流漢思,旌甲被胡霜。"

【簫韶】相傳舜之樂名。也作"韶箾"。書益稷:"簫韶九成,鳳皇來儀。"傳:"韶,舜樂名。言簫見細器之備。"疏:"簫乃樂器,非樂名。簫是樂器之小者。"參見"韶箾"。

【簫管】㊀樂器。詩周頌有瞽:"既備乃奏,簫管備舉。"集傳:"簫,編竹爲之。管如蓬，併兩而吹之者也。”文選晉潘安仁(岳)藉田賦：“簫管嘲哳以啾嘈兮，鼓鞞硡礚以砰磕。”㊁單管簫，也名尺八、中管、豎篴。文選南朝宋鮑明遠(照)升天行：“鳳臺無還駕，簫管有遺聲。”

【簫樓】即鳳臺。文苑英華一七六盧藏用侍宴安樂公主莊應制詩：“菊浦香隨鸚鵡泛，簫樓韻逐鳳凰吟。”參見“鳳女臺”。

【簫䙕】即今之短絮襖。文選晉潘安仁(岳)藉田賦“掎裳連䙕”唐李善注：“方言曰：複襦，江湖之間或謂之簫䙕。”今本方言四江湖作江湘，簫䙕作“箭褹”。

【簫鐃歌】古軍樂名。相傳漢時張騫得之於西域。凡八曲。金鐃如鈴而無舌，有柄執之以止鼓。見唐六典十四太樂署、雲笈七籤一〇〇軒轅紀。

篖 dāng 都郎切，平，唐韻，端。ㄉㄤ

㊀竹名。見“篔篖”。㊁車檔。謂車前後之蔽。也作“䈴篂”。參見“䈴篂”。

篆 jǔ 居許切，上，語韻，見。ㄐㄩˇ

圓底筐。同“筥”。呂氏春秋季春：“具栚曲篆筐。”注：“員底曰篆，方底曰筐，皆受桑器也。”

簬 lù 洛故切，去，暮韻，來。ㄌㄨˋ

竹名。可製箭。同“簵”。戰國策趙一：“其堅則箘簬之勁，不能過也。”參見“簵”。

篽 yù 於六切，入，屋韻，影。ㄩˋ

淘籮。方言五：“炊篽謂之縮。”注：“漉米篽也。”

簽 qiān 集韻 千廉切，平，鹽韻。ㄑㄧㄢ

同“籤”。㊀以記號標出。宋司馬光溫國文正公集四八乞降臣民奏狀劄子：“即乞依臣前奏，降付三省，委執政官擇其可取者用黄紙簽出，再進入，或留置左右，或降付有司施行。”㊁署名押字。宋朱熹等近思録十政事：“先生(程頤)因言，……吏人押申轉運使狀，頤不曾簽。”㊂官府交吏逮捕犯人的籤牌。紅樓夢四：“便發簽差公人立刻將兇犯家屬拿來拷問。”

【簽判】宋代於各州府選派京官充任判官時稱簽書判官廳公事，簡稱簽判，掌諸案文移事務。宋高承事物紀原六簽判：“宋朝之制，諸州府幕官大藩鎮以京朝官簽署節度觀察判官者曰簽判，治平中，避英宗嫌名改署曰書。”

【簽押】署名或畫押。宋沈括夢溪筆談一故事：“曾見唐人堂帖，宰相簽押。”

【簽軍】金元時每遇戰事，强迫壯男當兵，謂之簽軍。三朝北盟會編二四四引宋張棣金虜圖經：“虜人用兵專尚騎，間有步者，乃簽差漢兒，悉非正軍。虜人取勝，全不責於簽軍，惟運薪水，掘壕塹，張虛勢，搬糧草而已。”參閱金史兵制。

【簽書】官名。宋太平興國四年以兵部員外郎石熙載爲樞密直學士簽書樞密院事，簽書之名自此始。元豐官制行，罷之。元祐初復置。參閱宋孫逢吉職官分紀十二簽書院事、洪邁容齋隨筆三筆四樞密稱呼。

【簽揭】謂粘簽揭出，以爲標識。宋史三五一張商英傳上疏：“願下禁省檢索前後章牘，付臣等看詳，簽揭以上，陛下與大臣斟酌而可否焉。”

【簽廳】宋代簽書有判官廳，贊郡政總理諸案文移，斟酌可否，謂之簽廳。宋史職官志七：“凡簽廳文字，並依尚書左右司、樞密院檢詳房體式。”又：“監司有幹官，州郡有職官，以供簽廳之職。”

簷 yán 余廉切，平，鹽韻，喻。ㄧㄢˊ

同“檐1”，也作“櫚”。㊀屋簷。釋名釋宮室：“簷，檐也。接檐屋前後也。”唐高適高常侍集八同陳留崔司户早春宴蓬池詩：“隔岸春雲邀翰墨，傍簷垂柳報芳菲。”㊁凡物下覆，四旁冒出的邊都叫簷。唐李商隱李義山詩集六飲席代官妓贈兩從事：“新人橋上着春衫，舊主江邊側帽簷。”

【簷牙】簷際翹出如牙的一種建築裝飾。唐杜牧樊川集一阿房宮賦：“廊腰縵迴，簷牙高啄。”

【簷宇】屋檐。南史庾域傳：“有雙鳩……每聞哭泣之聲，必飛翔簷宇，悲鳴激切。”唐高適高常侍集三苦雨寄房四昆季詩：“滴瀝簷宇愁，寥寥談笑疎。”

【簷馬】屋簷下所掛風鈴。同“檐馬”。宋王洋東牟集一七月八日小雨詩：“日影弄簾纖，簷馬鳴細碎。”元陳芬芸窗私志：“元帝作薄玉龍數十枚，以繡線懸於簷外，名曰簷馬。夜中因風相擊，聽之無異竹，今之鐵馬其遺製也。”(宛委山堂本説郛三一)參見“檐馬”。

十四畫

籍 1. jí 秦昔切，入，昔韻，從。ㄐㄧˊ

㊀簿册，書籍。史記一〇二馮唐傳：“夫士卒盡家人子，起田中從軍，安知尺籍伍符。”文選漢班孟堅(固)答賓戲：“劉向司籍，辨章舊聞。”㊁門籍。漢書元帝紀初元五年：“令從官給事宮司馬中者，得爲大父母父母兄弟通籍。”注：“籍者，爲二尺竹牒，記其年紀名字物色，縣之宮門，案省相應，乃得入也。”參見“籍貫”。㊂登記。史記項羽紀：“籍吏民，封府庫。”㊃没收入官。太平御覽七〇五中興書：“王敦害周顗，籍其家，止見素簏中故絮。”㊄税。詩大雅韓奕：“實墉實壑，實畝實籍。”箋：“籍，税也。”孫子作戰：“善用兵者，役不再籍，糧不三載。”㊅皇位。通“阼”。荀子儒效：“履天子之籍。”㊆姓。晉大夫荀林父爲中行伯，孫伯黡以王父字爲伯氏，司晉之典籍，故亦謂之籍氏。見通志二八氏族四。

2. jiè ㄐㄧㄝˋ

㊇通“藉”。漢書九十義縱傳：“治敢往，少温籍。”史記一二二作“蘊藉”。

【籍2在】顧賴，慰藉。唐杜甫杜工部草堂詩箋二十送韋書記赴安西：“白頭無籍在，朱紱有哀憐。”金元好問遺山集九賦南中楊生玉泉墨詩：“浣袖秦郎無籍在，畫眉張遇可憐生。”按元李治謂：籍在，顧賴之意。舊注云無籍在朝列。參閱敬齋古今黈拾遺三。

【籍田】古時帝王於春耕前親耕農田，以奉祀宗廟。且寓勸農之意。詩周頌載芟序：“載芟，春籍田而祈社稷也。”傳：“籍田，甸師氏所掌，王載耒耜所耕之田，天子千畝，諸侯百畝。籍之言借也，借民力治之，故謂之籍田。”也作“藉田”。漢書文帝紀詔：“其開藉田，朕親率耕，以給宗廟粢盛。”

【籍没】没收財物入官。三國志魏王脩傳：“袁氏(紹)政寬，在職勢者多畜聚。太祖(曹操)破鄴，籍没審配等家財物貲以萬數。”又吴華覈傳上疏：“奪其播殖之時，而責其今年之税，如有逋懸則籍没財物，故家户貧困，衣食不足。”

【籍甚】盛大，盛多。漢書四三陸賈傳：“賈以此游漢廷公卿間，名聲籍甚。”史記九七陸生傳作“藉甚”。文選南朝齊王仲寶(儉)褚淵碑文：“光昭諸侯，風流籍甚。”唐劉良注：“籍甚，言多也。”參閱元李治敬齋古今黈七。

【籍馬】收税徵購馬匹。左傳襄二五年：“量入脩賦，賦車，籍馬。”疏：“賦與籍，俱是税也；税民之財，使備車馬。”一説將馬之毛色年齒登入簿册，以備軍用。見晉杜預注。

【籍貫】祖居或出生地。籍，祖先户籍；貫，鄉貫，如言某省某縣某鄉人。魏書食貨志詔:"自昔以來，諸州户口，籍貫不實,包藏隱漏，廢公罔私，富强者并兼有餘，貧弱者户口不足。"明張居正張文忠集三進職官書屏疏:"謹屬吏部尚書張瀚、兵部尚書譚綸,備查兩京在外文武職官，府部以下知府以上各姓名籍貫出身資格，造爲御屏一座，……以便朝夕省覽。"

【籍籍】㊀紛擾。漢書五三江都易王非傳遺徵臣書:"國中口語籍籍，慎無復至江都。"又六六劉屈氂傳:"事籍籍如此，何謂秘也。"注:"籍籍，猶紛紛也。"㊁縱横交錯貌。史記一一七司馬相如傳上林賦:"佗佗籍籍，填坑滿谷，掩平彌澤。"漢書六三燕刺王旦傳:"髮紛紛兮寘渠，骨籍籍兮亡居。"注:"籍籍，從横貌也。"㊂形容名聲甚盛。文選南朝宋袁陽源(淑)倣白馬篇詩:"籍籍關外來，車徒傾國鄽。"唐韓愈昌黎集七送僧澄觀詩:"借問經營本何人？道人澄觀名籍籍。"

籃 lán ㄌㄢˊ 魯甘切,平,談韻,來。

㊀有提梁的盛物器。廣雅釋器:"籃，筐也。"唐白居易長慶集一放魚詩:"曉日提竹籃，家童買春蔬。"㊁薰籠。方言十三"籠……或謂之笯"晉郭璞注:"亦呼籃。"吴語稱薰籠爲烘籃。見清朱駿聲説文通訓定聲。㊂籃輿省作籃。唐白居易長慶集六二再授賓客分司詩:"乘籃城外去，繫馬花前歇。"

【籃舁】竹轎。同"籃輿"。宋司馬光溫國公集十五和子駿新荷詩:"新荷滿沼綠，籃舁出門疎。"

【籃輿】竹轎。宋書陶潛傳:"潛有脚疾，使一門生二兒轝籃輿，既至，便欣然共飲酌。"也作"籃轝"。唐白居易長慶集五二和三月三十日四十韻:"范蠡有扁舟，陶潛有籃轝。"參見"编輿"。

籌 chóu ㄔㄡˊ 直由切,平,尤韻,澄。

㊀數碼。儀禮鄉射禮:"箭籌八十。"漢書五行志下之上:"籌，所以紀數。"㊁謀畫。史記高祖紀:"夫運籌策帷帳之中，決勝於千里之外，吾不如子房(張良)。"㊂壺矢。禮投壺:"籌，室中五扶，堂上七扶，庭中九扶。"

【籌馬】古投壺記勝負之具。禮少儀"不擢馬"唐孔穎達疏:"投壺立籌爲馬，馬有威武，射者所尚也。凡投壺每一勝，輒立一馬，至三馬而成勝。"後來博局以物計數，沿稱籌馬。明袁宏道袁中郎詩集上步少倩韻懷景升:"歌樓夜雨臘燈紅，袖壓金巵點籌馬。"參閱清趙翼陔餘叢考四三籌馬。

【籌略】猶謀略。三國志吴呂蒙傳孫權論:"又子明少時，孤謂不辭劇易，果敢有膽而已，及身長大，學問開益，籌略奇至，可以次於公瑾，但言議英發不及之耳。"子明，蒙字；公瑾，周瑜字。梁書太祖五王傳蕭範:"範雖無學術，而以籌略自命。"

【籌畫】謀畫。漢書九九上王莽傳上書:"受羣賢之籌畫，而上以聞，不能得什伍。"三國志魏鄧艾傳甘露元年詔:"艾籌畫有方，忠勇奮發，斬將十數，馘首千計。"

【籌策】㊀古代計算用具。老子:"善計不用籌策，善閉無關楗而不可開。"㊁猶謀畫。戰國策魏四:"大王已知魏之急而救不至者，是大王籌策之臣無任矣。"史記六五孫子傳贊:"孫子籌策龐涓明矣，然不能蚤救患於被刑。"

【籌算】㊀古時以刻有數字的竹籌計算，謂之籌算。漢書九一貨殖傳:"運籌算，賈滇蜀民，富至童八百人，田池射獵之樂擬於人君。"㊁謀畫。三國志魏鄧艾傳"艾州里時輩南陽州泰"南朝宋裴松之注:"(泰)後歷兗豫州刺史，所在有籌算績效。"

【籌議】籌算計議。周書蘇亮傳:"亮有機辯，善談笑，太祖甚重之。有所籌議，率多會旨。"

【籌筆驛】古驛名。在四川廣元縣北。亦稱朝天驛。相傳三國蜀相諸葛亮出師運籌於此。唐宋皆因舊名。唐李商隱李義山詩集五有籌筆驛詩，杜牧樊川集四有和野人殷潛之題籌筆驛十四韻詩。

【籌邊樓】樓名。在四川成都西郊。唐李德裕建。四壁畫邊地險要，日與習邊事者籌畫其上。宋淳熙中爲四川制置使范成大重建於子城西南。明又改建於都院之東。已圮。宋陸游渭南文集十八有籌邊樓記。

【籌海圖編】明胡宗憲撰，十三卷。詳載沿海衝要、日本入貢、倭寇始末及戰守經略等。

籉 tái ㄊㄞˊ 徒哀切,平,咍韻,定。

笠的一種。古作"臺"。詩小雅都人士:"彼都人士，臺笠緇撮。"傳:"臺所以禦暑，笠所以禦雨也。"釋文:"爾雅作籉，草名。"文選南朝齊謝玄暉(朓)在郡卧病呈沈尚書:"連陰盛農節，籉笠聚東菑。"

籈 zhēn ㄓㄣ 側鄰切,平,真韻,照。

擊敔的木版。爾雅釋樂:"所以鼓敔，謂之籈。"參見"柷敔"。

篝 gōu ㄍㄡ 集韻 居侯切,平,侯韻。

籠。同"篝"。史記一二八龜策傳:"以夜捎兔絲去之，即以篝燭此地燭之。"集解:"徐廣曰:篝，籠也。蓋然火而籠罩其上也。音溝。陳涉世家曰'夜篝火'也。"今本陳涉世家作"篝"。

籋 niè ㄋㄧㄝˋ 奴協切,入,帖韻,泥。尼輒切,入,葉韻,娘。

㊀鑷子。周禮夏官司弓矢"如數並夾"漢鄭玄注:"並夾，矢籋也。"以鑷鉗取。宋蘇軾分類東坡詩十九和孫叔静兄弟李端叔唱和:"病骨瘦欲折，霜髯籋更疎。"㊁踏。通"躡"。漢書禮樂志郊祀歌之九:"志俶儻，精權奇，籋浮雲，晻上馳。"注:"蘇林曰:籋音躡。言天馬上躡浮雲也。"

籊 tì ㄊㄧˋ 他歷切,入,錫韻,透。徒歷切,入,錫韻,定。

見下。

【籊籊】竹長而鋭。詩衛風竹竿:"籊籊竹竿，以釣于淇。"

籧 jù ㄐㄩˋ 其呂切,上,語韻,羣。

支撑簨的兩根立柱。同"虡"。詳"簨虡"。

十五畫

籓 fān ㄈㄢ 甫煩切,平,元韻,幫。

㊀籮箕之屬。廣雅釋器:"籓，籮箕也。"㊁樊籬。同"藩"。宋辛棄疾竊憤録:"行至一古廟，無籓籬之蔽，惟有石像數身。"

籔 1. shù ㄕㄨˋ 所矩切,上,麌韻,山。

㊀古量名。儀禮聘禮:"門外米三十車，車秉有五籔。"疏:"十六斗曰籔，十籔曰秉。"

2. sǒu ㄙㄡˇ 蘇后切,上,厚韻,心。

㊁淘米竹器。同"箕"。見方言五清戴震疏證。

籑 zhuàn ㄓㄨㄢˋ 七戀切,去,線韻,牀。

説文作"籑"。㊀飲食。通"饌"。儀禮特牲饋食禮:"籑者，舉奠許諾。"漢書八五杜鄴傳:"陳平共壹飯之籑而將相加驩。"注:"陳平用陸賈説，以五百金爲絳侯具食是也。"㊁著述。通"撰"。漢書六二司馬遷傳贊:"自古書契之作而有史官，其載籍博矣。至孔氏籑之。"注:"籑與撰同。"

十 六 畫

籠 1. lóng 盧紅切,平,東韻,來。
ㄌㄨㄥˊ 力鍾切,平,鍾韻,來。

㊀以竹片編織之器。周禮地官遂師:"共丘籠。"疏:"土曰丘，謂共爲丘之籠器以盛土也。"漢書九九上王莽傳:"負籠荷鍤。"㊁籠檻。莊子天地:"夫得者困可以爲得乎？則鳩鴞之在於籠也，亦可以爲得矣。"㊂竹名。見"籠竹"。㊃包舉,籠罩。史記平準書:"大農之諸官，盡籠天下之貨物,貴卽賣之,賤則買之。"文選南朝梁江文通(淹)雜體詩鮑參軍:"寒陰籠白日,太谷晦蒼苔。"

2. lǒng ㄌㄨㄥˇ

㊄大的竹箱。見"箱籠㊀"。㊅見"籠$_{2}$統"、"籠$_{2}$絡"等。

【籠巾】宋代朝服冠飾之一種。宋史輿服志四:"貂蟬冠一名籠巾,織藤漆之,形正方,如平巾幘。飾以銀,前有銀花,上綴玳瑁蟬,左右爲三小蟬,銜玉鼻,左插貂尾。三公、親王侍祠大朝會,則加于進賢冠而服之。"

【籠竹】竹之一種。又名慈竹、羅浮竹。唐杜甫杜工部詩七堂成:"榿林礙日吟風葉,籠竹和煙滴露梢。"見宋宋祁益部方物略記、元李衎竹譜詳錄三竹品一。

【籠利】控制貿易以謀利。宋梅堯臣宛陵集三九送淮南轉運李學士君錫詩:"淮南舟車衝,三楚籠利長。"宋史三三二陸詵傳論:"其子師閔爲時籠利,無足取者。"

【籠炊】蒸餅的別名。元周密齊東野語四:"昔仁宗時,宮嬪謂正月爲初月,餅之蒸者爲炊。"參閱清厲荃事物異名錄十五饅頭。

【籠東】潰敗、不振作貌。北史李穆傳:"芒山之戰,周文(宇文泰)馬中流矢,驚逸墜地,敵人追及,左右皆散,穆下馬,以策擊周文背,因大駡曰:'籠東軍士,爾曹主何在？爾獨住此！'敵人見其輕侮,不疑是貴人,遂捨而過。"參見"東籠"。

【籠$_{2}$侗】指年幼未成才者。論語泰伯"枉而不直,侗而不愿"南朝梁皇侃疏:"侗,謂籠侗,未成器之人也。"

【籠城】漢時匈奴地名。卽龍城。漢書五五衛青傳:"青至籠城,斬首虜數百。"見"龍城"。

【籠括】猶言囊括、席卷。公羊傳哀十四年"涕沾袍"唐徐彥疏:"項羽因胡亥之虐,而籠括天下。"

【籠脫】鳥名。廣雅釋鳥:"籠脫,鴲也。"唐王建詩五宮詞之二四:"內鷹籠脫解紅絛,鬭勝爭先出手高。"

【籠$_{2}$絆】猶言羈絆。隋書盧思道傳孤鴻賦:"雖籠絆朝市且三十載,而獨往之心未始去懷抱也。"

【籠裙】隋唐時一種舞裙。五代後唐馬縞中華古今注中:"隋大業中,煬帝……又制單絲羅以爲花籠裙,常侍宴供奉宮人所服。"唐白居易長慶集十六見紫薇花憶微之詩:"一蕤暗淡將何比,淺碧籠裙襯紫巾。"

【籠媒】以經過訓練的鳥置於籠中,以鳴聲招集同類,乘其近前而加以掩捕。鳥稱籠媒。唐李賀歌詩編四艾如張:"隴東卧穟滿風雨,莫信籠媒隴西去。"

【籠$_{2}$統】渾然,概括。三國志魏鍾會傳"初會弱冠與山陽王弼並知名"注引孫盛:"易之爲書,窮神知化,非天下之至精,其孰能與此？世之注解,殆皆妄也。況弼以傅會之辨而欲籠統玄旨者乎？"宋韋居安梅磵詩話中:"鄭安晚(清之)丞相未貴時,賦冬瓜詩云:'翦翦黃花秋後春,霜皮露葉護長生。生來籠統君休笑,腹內能容數百人。'"

【籠$_{2}$絡】籠與絡皆爲羈絆牲畜的工具,引申爲駕馭,控制之意。尹文子大道下:"用得其道,則天下治,失其道則天下亂。過此而往,彌綸天地,籠絡萬品。治道之外,非羣生所餐挹,聖人錯而不言也。"宋史四三五胡安國傳:"自蔡京得政,士大夫無不受其籠絡,超然遠跡不爲所汙如安國者實鮮。"

【籠罩】㊀籠,捕魚器;罩,亦稱篧,取魚的竹器。唐李賀歌詩編三春歸昌谷:"韓鳥處矰繳,湘鯈在籠罩。"㊁如籠之罩於事物之上。猶言高出而無所不包。抱朴子暢玄:"玄者,自然之始祖,而萬殊之大宗也,……其高則冠蓋乎九霄,其曠則籠罩乎八隅。"魏書張白澤傳上表:"若能聽受忠誨,明我話言,則萬乘之盛不失位於域中,天子之聲必籠罩於無外。"

【籠蓋】高出在上。世說新語賞譽上:"王太尉(衍)曰:'見裴令公(楷)精明朗然,籠蓋人上,非凡識也。若死而可作,當與之同歸。'或云王戎語。"

【籠餅】饅頭。宋陸游劍南詩稿十三巢:"便覺此身如在蜀,一盤籠餅是豌巢。"自注:"蜀中雜彘肉作巢饅頭,佳甚,唐人正謂饅頭爲籠餅。"

【籠銅】鼓聲。唐柳宗元柳先生集四二同劉二十八院長寄澧州張使君……詩:"蹀躞驄先駕,籠銅鼓報衙。"也作"籠僮"。初學記二十唐沈佺期則天門觀赦詩:"籠僮上西鼓,振迅廣場鷄。"

【籠僮】見"籠銅"。

【籠燭】燈籠。全唐詩六三九張喬遊南岳:"澗松聞易老,籠燭晚生明。"宋曾鞏元豐類稿七早起赴行香詩:"井轆聲急推寒玉,籠燭光繁秉絳紗。"

【籠$_{2}$叢】鬆散。北魏賈思勰齊民要術二小豆:"豆角三青兩黃,拔而倒豎籠叢之,生者均熟,不畏嚴霜。"

【籠鬉】玉簪。同"瓏璁"。唐王建詩八唐昌觀玉蘂花:"一樹籠鬉玉刻成,飄廊點地色輕輕。"宋曾鞏元豐類稿七霧淞詩:"記得集英深殿裏,舞人齊插玉籠鬉。"

【籠籠】朦朧,隱約。唐孟郊孟東野集九石楠樹詩:"籠籠抱靈秀,簇簇抽芳膚。"

【籠桶衫】單衣之類。舊題唐馮贄雲仙雜記一籠桶衫柿油巾:"杜甫在蜀,日以七金,買黃兒米半籃,細子魚一串,籠桶衫,柿油巾,皆蜀人奉養之粗者。"

【籠街喝道】言儀從之盛。舊唐書一六五温造傳舒元褒等上疏:"臣聞元和長慶中,中丞行李不過半坊,今乃遠至兩坊,謂之'籠街喝道'。"

籟 lài ㄌㄞˋ 落蓋切,去,泰韻,來。

㊀管樂器。說文謂爲三孔龠。按籟爲樂管中虛部分,中虛故能發聲。史記一一七司馬相如傳子虛賦:"摐金鼓,吹鳴籟。"集解引漢書音義:"籟,簫也。"參閱宋蕭參希通錄籟(說郛十七)。㊁從空穴中發之聲。莊子齊物論:"地籟則衆竅是已,人籟則比竹是已,敢問天籟。"也泛指聲音。全唐詩一四四常建題破山寺後禪院:"萬籟此都寂,但餘鐘磬音。"

籜 tuò ㄊㄨㄛˋ 他各切,入,鐸韻,透。

㊀竹皮,筍殼。文選南朝宋謝靈運於南山往北山經湖中瞻眺詩:"初篁苞綠籜,新蒲含紫茸。"㊁草名。山海經中山經:"(甘棗山)有草焉,葵本而杏葉,黃華而莢實,名曰籜,可以已瞢。"

【籜龍】筍名。唐盧仝玉川子集一寄男抱孫詩:"丁寧囑託汝,汝活籜龍不？"宋蘇軾分類東坡詩十和文與可洋川園池篔簹谷:"漢川修竹賤如蓬,斤斧何曾赦籜龍。"

籧 qú 強魚切,平,魚韻,羣。
ㄑㄩˊ

㊀見"籧篨"。㊁圓形竹器。通"筥"。見"籧筐"。

【籧篴】竹席。方言五:"簟,宋魏之間謂之笙,或謂之籧篴。"也作"籧篴"。唐陸龜蒙甫里集二消夏灣詩:"日爲籧篴徒,分作衹裯響。"注:"渠曲二音,簟之異名。"簟,竹席。

【籧筐】養蠶用具。禮月令季春之月:"具曲植籧筐。"注:"時所以養蠶器也。"釋文:"籧,亦作筥。方曰筐,圓曰筥。"

【籧篨】㊀粗竹席。方言五:"簟,其粗者謂之籧篨。"宋王安石臨川集十四獨飯詩:"窗明雨不借,榻淨一籧篨。"范成大石湖集十九離池陽十里清溪口復阻風詩:"恰從秋浦挂籧篨,又泊清溪十里餘。"此指船帆。㊁有醜疾不能俯身之人。詩邶風新臺:"燕婉之求,籧篨不鮮。"傳:"籧篨,不能俯者。"國語晉四:"籧篨不可使俛。"案竹席之粗者用以爲囷,其狀臃腫,類人之突胸者,因以名之。也以喻觀人顏色而爲辭之人。參閱清馬瑞辰毛詩傳箋通釋四新臺。

籚 lú 落胡切,平,模韻,來。
ㄌㄨˊ

㊀飯器。儀禮士昏禮"婦執笲棗"漢鄭玄注:"笲,竹器而衣者,其形蓋如今之筥簾籚矣。"㊁竹名。晉戴凱之竹譜:"有竹象籚,因以爲名,東甌諸郡,沿海所生,肌理勻淨,筠色潤貞,凡今之篪,匪茲不鳴。"

籛 jiān 則前切,平,先韻,精。
ㄐㄧㄢ 即淺切,上,獮韻,精。

姓。見下。

【籛鏗】人名。相傳古之長壽者。或說即彭祖,或說爲老子。世本云年八百歲。見世本、大戴禮帝繫、論語述而"竊比於我老彭"宋邢昺疏。

籙 lù 力玉切,入,燭韻,來。
ㄌㄨˋ

㊀帝王自稱其所謂天賜的符命之書。文選漢張平子(衡)東京賦:"高祖膺籙受圖,順天行誅。"㊁簿籍。三國志吳孫策傳"策陰欲襲許,迎漢帝"注引江表傳:"今此子已在鬼籙,勿復費紙筆也。"文選南朝齊孔德璋(稚圭)北山移文:"籠張趙於往圖,架卓魯於前籙。"㊂道教的秘文。隋書經籍志四:"其受道之法,初受五千文籙,次受三洞籙……籙皆素書,記諸天曹官屬佐吏之名有多少。"

衛 wèi 于歲切,去,祭韻,于。
ㄨㄟˋ

細竹名。晉戴凱之竹譜:"衛尤勁薄,博矢之賢。"廣雅釋草:"衛,箭也。"

十七畫

籟 jú 居六切,入,屋韻,見。
ㄐㄩˊ

審問罪人。同"鞠"。楚辭屈原天問:"皆歸射籟,而無害厥躬。"注:"籟,窮也。……一作鞠。"

籣 lán 落干切,平,寒韻,來。
ㄌㄢˊ

盛矢袋。漢書七六韓延壽傳:"被甲鞮鞪居馬上,抱弩負籣。"注:"籣,盛弩矢者也,其形如木桶。"

籦 zhōng 職容切,平,鍾韻,照。
ㄓㄨㄥ

見下。

【籦籠】竹的一種。也作"籦龍"、"鍾龍"。文選漢張平子(衡)南都賦:"其竹則籦籠、篁篾、篠簳、箛箠。"注:"籦籠,竹名也。"又馬季長(融)笛賦:"惟籦籠之奇生兮,于終南之陰崖。"參閱晉戴凱之竹譜、元李衎竹譜詳錄五。

籤 qiān 七廉切,平,鹽韻,清。
ㄑㄧㄢ

㊀標識,於竹片上書符號。凡標題皆曰籤。同"簽"。新唐書藝文志一:"兩都各聚書四部,……其本有正有副,軸帶帙籤,皆異色以別之。"㊁一頭尖銳的細長杆子。唐韓愈昌黎集四苦寒詩:"將持匕著食,獨指如排籤。"宋史三一二王珪傳附王卒:"削竹籤十六,穿于革。"㊂穿,刺。見"籤爪"。㊃題於簡上的書札,以籤白事亦曰籤。南北朝掌啟事的官稱典籤。宋書范泰傳:"時會稽王世子元顯專權,內外百官請假,不復表聞,唯籤元顯而已。"陳書世祖紀:"每雞人伺漏,傳更籤於殿中,乃勅送者必投籤於階石之上,令鎗然有聲。"參見"典籤"。㊄卜具。舊時寺廟中以竹片編號貯筒中,令迷信者抽之以卜吉凶,謂之籤。參見"籤詩"。

【籤爪】以竹籤刺手指足趾的酷刑。新唐書二〇九酷吏傳序:"泥耳籠首,枷楔兼暴,拉脅籤爪,縣髮熏目,號曰'獄持'。"

【籤帥】官名。即典籤。南朝時置于諸王國,常以皇帝近侍充之,名爲典領文書,實則監制諸王行動,其權甚大,故有籤帥之稱。梁書江革傳:"時少王行事多傾意於籤帥,革以正直自居,不與籤帥等同坐。"參見"典籤"。

【籤詩】舊時寺廟中以竹籤爲卜具,上寫詩句,迷信的人抽籤根據詩意附會人事,以決吉凶,謂之籤詩。宋釋文瑩玉壺清話三:"盧多遜相生曹南。方幼,其父攜就雲陽道觀小學……得一籤,歸示其父。詞曰:'身出中書堂,須因天水白。登仙五十二,終爲蓬海客。'父見頗喜,以爲吉讖。"

【籤縢】謂書籤和書囊。新唐書一九九馬懷素傳:"是時文籍盈漫,皆炱朽蟫斷,籤縢紛舛。"

【籤籌】漏箭,滴水計時儀器中標示時刻的籤子。唐李賀歌詩編三崇義里滯雨:"南宮古簾暗,濕景傳籤籌。"

籥 yuè 以灼切,去,藥韻,喻。
ㄩㄝˋ

㊀本作"龠"。古管樂器。有吹籥舞籥二種:吹籥似笛而短小,三孔;舞籥長而六孔,可執作舞具。詩邶風簡兮:"左手執籥,右手秉翟。"傳:"籥,六孔。"釋文:"以竹爲之,長三尺,執之以舞。"疏:"籥雖吹器,舞時與羽並執,故得舞名。"㊁吹火的竹筒。老子:"天地之間,其猶橐籥乎。"㊂鎖鑰。通"鑰"。書金縢:"啓籥見書。"疏:"籥,開藏之管也。"墨子號令:"諸城門吏,各入請籥;開門已,輒復上籥。"

【籥口】即鑰口。比喻閉口不言。越絕書六外傳紀策考:"忠臣籥口,不得一言。"又十五敘外傳記:"籥口鍵精,深自誡也。"

【籥牡】鎖及鑰匙。南史戴法興傳:"法興臨死,封閉庫藏,使家人謹錄籥牡。"

【籥師】古官名。周禮春官籥師:"掌教國子舞羽歈籥。"疏:"此籥師掌文舞,故教羽籥。"

【籥章】古官名。周禮春官籥章:"掌土鼓豳籥。"注:"豳籥,豳人吹籥之聲章。"疏:"聲章,……豳詩之等是也。"

籢 lián 力鹽切,平,鹽韻,來。
ㄌㄧㄢˊ

鏡匣。急就篇:"鏡籢疏比各異工。"注:"鏡籢,盛鏡之器,若今鏡匣也。"參見"匳"、"奩"。

籞 yù 魚巨切,上,語韻,疑。
ㄩˋ

㊀禁苑。周圍有籬落,禁人往來。漢書宣帝紀地節二年詔:"池籞未御幸者,假與貧民。"㊁指苑囿的牆垣、籬落。初學記三隋盧思道納涼賦:"積歊蒸於簾攏,流煩溽於園籞。"

十八畫

簖 duàn ㄉㄨㄢˋ

漁具名。編竹爲栅，置水中以截斷魚之去路而捕取之者，皆稱簖。唐陸龜蒙甫里集五滬詩題注：“滬，吴人今謂之簖。”清洪亮吉卷施閣文集乙集四與孫季逑書：“魚田半頃，圍此蟹簖。”

篗 shuāng ㄕㄨㄤ 所江切，平，江韻，山。

篾席編成的船帆。南越志：“南海有盧頭木，葉如甘蔗，織以爲帆，名曰篗。”參見“栟篗”。

籩 biān ㄅㄧㄢ 布玄切，平，先韻，幫。

籩

古代祭祀燕享時用以盛果脯等的竹編食器。形制如豆，容四升。爾雅釋器：“竹豆謂之籩。”國語周中：“品其百籩。”

【籩人】周代官名。周禮天官籩人：“籩人，掌四籩之實。”注：“籩，竹器如豆者，其容實皆四升。”

【籩豆】籩豆爲祭祀的禮器，因以籩豆代指祭祀。論語泰伯：“籩豆之事，則有司存。”漢書三三劉歆傳責讓五經博士：“棄籩豆之禮，理軍旅之陳。”注：“籩豆，禮食之器也。以竹曰籩，以木曰豆。”

【籩祭】周代祭名。儀禮特牲饋食禮：“祝贊籩祭，尸受祭之。”注：“籩祭，棗栗之祭也。”

十九畫

籬 lí ㄌㄧˊ 吕支切，平，支韻，來。

籬笆。楚辭宋玉招魂：“蘭薄户樹，瓊木籬些。”三國志蜀先主傳：“舍東南角籬上有桑樹生，高五丈餘。”

【籬笆】用竹、葦或樹枝等編成起隔離作用的栅欄。元詩百一鈔八繆鑑詠鶴：“青山修竹矮籬笆，㲯㲘林泉隱者家。”

【籬落】卽籬笆。抱朴子自敍：“貧無僮僕，籬落頓決，荆樹叢於庭宇，蓬莠塞乎階霤。”唐劉禹錫劉夢得集九龍陽縣歌：“鵁鶄驚鳴逸籬落，橘柚垂芳照牕户。”

【籬鷃】籬間小鳥。文選戰國楚宋玉對楚王問：“夫蕃籬之鷃，豈能與之料天地之高哉。”宋歐陽修文忠集五送徐生之澠池詩：“出門相送親與友，何異籬鷃瞻雲鵬。”

【籬壁間物】謂家園所産之物。世説新語排調：“桓玄素輕桓崖，崖在京下有好桃，玄連就求之，遂不得佳者。玄與殷仲文書以爲嗤笑曰：‘德之休明，肅愼貢其楛矢；如其不爾，籬壁間物，亦不可得也。’”

籮 luó ㄌㄨㄛˊ 魯何切，平，歌韻，來。

竹器。底方上圓，可作盛物或淘米之用。宋范成大石湖集二六雪中聞牆外鬻魚菜者求售之聲甚苦有感之一：“飯籮驅出敢偷閒，雪脛冰鬚慣忍寒。”

二十畫

籯 yíng ㄧㄥˊ 以成切，平，清韻，喻。

筐籠一類的盛物竹器。也作“籝”。漢書七三韋賢傳：“遺子黄金滿籯，不如一經。”文選晉左太沖(思)蜀都賦：“黄潤比筒，籯金所過。”劉逵注引韋賢傳籯作“籝”。

籰 yuè ㄩㄝˋ 王縛切，入，藥韻，于。

籰

絡絲具。説文作“篗”。續傳燈錄二三道隆首座：“慕陳尊宿高世之風，掩關不事事，日鬻數籰自適，人無識者。”參閲農政全書三四絲籰。

二十六畫

籲 yù ㄩˋ 羊戍切，去，遇韻，喻。

呼告。書召誥：“夫知保抱攜持厥婦子，以哀籲天，徂厥亡出執。”

【籲天】謂呼天告冤。書泰誓中：“無辜籲天，穢德彰聞。”宋曾鞏元豐類稿七訓介甫還自舅家書所感詩：“籲天高未動，望歲了如何。”

【籲俊】謂求賢。書立政：“籲俊尊上帝。”傳：“招呼賢俊，與共尊事上天。”

米部

米 mǐ ㄇㄧˇ 莫禮切，上，薺韻，明。

㊀穀物去殼後的種子。特指稻米。周禮地官舍人：“掌米粟之出入，辨其物。”疏：“黍稷稻粱苽大豆六者皆有米，麻與小豆小麥三者無米，故云九穀六米。”宋陸游劍南詩稿八十夜寒：“米貴僅供糜粥用，自傷無力濟元元。”㊁古代貴族衣服上的繡紋。通“絲”。書益稷：“藻、火、粉、米、黼、黻、絺繡。以五采彰施于五色，作服。”疏：“米若聚米者，刺繡爲米，類聚米形也。”參見“粉米㊀”。㊂點。元曲選張壽卿紅梨花二：“想才郎没半米兒塵俗性。”㊃姓。漢西域有城國米國，後人以國爲姓。參閲通志二六氏族二以國爲氏、宋鄧名世古今姓氏書辨證二四米。

【米罕】羊肉。古今雜劇元關漢卿哭存孝一：“米罕整斤吞，抹鄰不會騎。”又缺名破天陣一：“俺正在帳房喫了些米罕，往後山中打筋陡耍去。”也作“米哈”。又缺名射柳蕤丸記三：“好米哈喫上幾塊。”

【米果】食品名。卽“粔籹”。宋陸游劍南詩稿五七初夏：“白白瓷筒美，青青米果新。”自注：“蜀人名粽爲瓷筒，吴中名粔籹爲米果。”參見“粔籹”。

【米芾】公元 1051—1107 年。宋太原人，後徙居襄陽，字元章。號鹿門居士，又稱海嶽外史、襄陽漫士。累官禮部員外郎，知淮陽軍，世亦稱米南宫。性好潔，世號水淫；行多違世異俗，人稱米顛。家藏古帖，有晉人法書，故名其齋爲寶晉齋。書法得王獻之筆意，超妙入神，與蘇軾黄庭堅蔡襄並稱四大家。山水遠宗王洽，近師董源，别出新意，自成一派。喜蓄金石古器，尤嗜奇石，世有元章拜石之語。著有寶晉英光集、書史、畫史、硯史等書。宋史文苑有傳。

【米脂】縣名。屬陝西省。漢西河郡圁陰縣地。唐爲米脂川，宋置米脂砦。金改米脂縣，明清屬陝西綏德州。縣東有米脂水，西南流入無定河，其地沃宜粟，米汁如脂，故名米脂水，地卽以水而名。明末闖王李自成卽米脂李繼遷寨人。參閲讀史方輿紀要五七綏德州米脂縣。

【米雪】米粒狀之雪，卽霰。宋陸佃埤雅十九釋天：“説文曰：‘霰，稷雪也。’閩俗謂之米雪，言其霰粒如米，所謂稷雪，義蓋如此。今名濇雪，亦曰溼雪。”也作“米粒雪"。明謝肇淛五雜俎一天部一:"霰,雪之未成花者,今俗謂之米粒雪,雨水初凍結成者也。"

【米國】隋唐時西域城國。大唐西域記作弭秣賀,原居祁連山東北昭武城,爲昭武九姓之一。參閱隋書西域米國、新唐書西域下康國、大唐西域記一弭秣賀國。

【米賊】東漢末張陵居於蜀鵠鳴山作道書,人從受道者出五斗米。子衡孫魯相繼據巴蜀之地,舊史稱米賊。見後漢書七五劉焉傳、三國志魏張魯傳。參見"五斗米道"。

【米潘】淘米水。潘,米泔水。新唐書二二二上南詔傳:"越賧之西,多薦草,産善馬……飲以米潘,七年可御,日馳數百里。"

【米廩】春秋魯國學校。魯以祭祀祖先之米藏於此,故名。禮明堂位:"米廩,有虞氏之庠也。序,夏后氏之序也。"注:"庠序,亦學也,庠之言詳也,於以考禮詳事也,魯謂之米廩,虞帝上孝,令藏粢盛之委焉。"

【米顛】宋米芾之別號。芾行止違世脫俗,人目之曰米顛。宋文天祥文山集二周蒼厓入吾山作圖詩贈之:"三生石上結因緣,袍笏横斜學米顛。"也作"米狂"。金元好問遺山集四換得雲臺帖喜而賦詩:"米狂雄筆照萬古,北宗草書纔九人。"詳"米芾"。

【米瀾】淘米水。同"米潘"。禮內則"面垢,燂潘請靧"漢鄭玄注:"潘,米瀾也。"

【米鹽】喻瑣碎、煩碎。韓非子說難:"米鹽博辯,則以爲多而交之。"注:"米鹽之爲物,積羣萃以成斛,謂博明細雜之物,則謂已多合而猥交之也。"漢書八九黃霸傳:"米鹽靡密,初若煩碎,然霸精力能推行之。"注:"米鹽,言碎而且細。"

【米纜】俗稱米線、米粉。大米製成之細條食品,我國南方多食之。宋樓鑰攻媿集四陳表道惠米纜詩:"江西誰將米作纜,捲送銀絲光可鑑。"也作"米欒"。宋詩鈔陳造江湖長翁詩鈔旅館三適自注:"予以病愈不食麵,此所嗜也,以米欒代之。"參閱清姚範援鶉堂筆記四八雜識四。

【米友仁】公元1085—1165年。宋米芾子,字元暉,一字尹仁,自稱嬾拙老人。官至兵部侍郎、敷文閣直學士。書畫能傳家學,略變其父所爲,自具風格,世稱小米。傳世者有瀟湘奇觀、雲山得意等圖。參閱宋史四四四米芾傳、圖繪寶鑑四、歷代畫史彙傳四五。

【米家山】宋米芾善畫山水,其子友仁能傳家學,所作清秀脫俗,自成一家,因稱其所繪山水爲米家山。明汪珂玉珊瑚網名畫題跋四有元人題米家山。

【米倉山】在今陝西南鄭縣南,位於陝川交界,東與大巴山相連。自南鄭經此山爲入蜀要道,路皆險峻,古稱米倉道。古代用兵,自陝入蜀,多出此道。參閱讀史方輿紀要五六漢中府米倉道、南鄭縣米倉山、明一統志三四漢中府山川。

【米萬鍾】公元?—1628年。明關中人,入籍宛平,字仲詔,號友石,萬曆二十二年進士,歷官江西按察使,爲宦官魏忠賢黨倪文煥所劾,削籍,後起爲太僕少卿。多蓄奇石,善書畫,尤善畫石。書法聞名當世,有南董(其昌)北米之稱,著有澄澹堂文集、詩集、篆隸訂僞。明史文苑有傳。

【米漢雯】清宛平人,字紫來,號秀嵓,米萬鍾孫。順治十八年進士,歷知長葛建昌二縣,康熙十八年舉鴻博,授編修,遷中允。好學工詩,兼善小令。善畫山水,書畫承家法,亦有小米之稱。金石篆刻,無不精通。著有漫園詩集、始存集。參閱國朝先正事略三九李漁村先生事略附傳、歷代畫史彙傳四五。

【米囊花】即罌粟花。罌粟子所開的花,一名米囊,又名御李。罌粟花唐以前不著錄,開寶本草著錄入米穀下品。參閱政和證類本草二六罌子粟。

【米巫祭酒】東漢末年有五斗米道,初學道者爲"鬼卒",受道已信者號"祭酒"。祭酒領有部衆,衆多者爲治頭大祭酒。張魯據漢中時,祭酒又爲地方行政官吏。隸續三米巫祭酒張普題字,普自署名號爲米巫祭酒。隸釋三漢白石神君碑陰凡主簿十六人,都督一人,祭酒六人。參閱三國志魏張魯傳。

【米珠薪桂】極言柴米之貴。戰國策楚三:"楚國之食貴於玉,薪貴於桂。"後以言物價昂貴。元侯克中艮齋詩集十三自警:"米如珠玉薪如桂,猶欲兒孫食肉糜。"明錢子正綠苔軒集四有弟久不見詩:"有弟久不見,米珠薪桂秋。"

二　畫

籴 dí ㄉㄧˊ 徒歷切,入,錫韻,定。

買穀米。同"糴"。宋陸游劍南詩稿八二初夏雜興:"問裏家書到,貧時籴賈平。"一本作"糴"。明高則誠琵琶記二十五娘吃糠:"把些衣服首飾之類盡皆典賣,籴些糧米做飯與公婆吃。"

三　畫

籸 shēn ㄕㄣ 所臻切,平,臻韻,山。

粉滓。見廣韻。一說粥凝。見類篇。宋黃庭堅豫章集十一陳榮緒惠示之字韻詩推獎過實非所敢當輒次高韻詩之三:"飢蒙青籸飯,寒贈紫陀尼。"參見"青精飯"。

【籸盆】舊俗於除夕焚松柴以祭祀祖先及神靈,謂之籸盆。又稱燒火盆。宋曾布曾公遺錄九:"密院據開封狀,乞燒籸盆,奏從之。"清王鳴盛練川雜詠:"燒罷籸盆添旺相,家家春帖換新題。"自注:"除夕然火鑪於門外曰籸盆,亦名旺相。"參閱宋劉昌詩蘆浦筆記四籸盆。

籺 hé ㄏㄜˊ 胡結切,入,屑韻,匣。

米麥的碎屑。同"麧"。唐杜甫杜工部草堂詩箋三一驅豎子摘蒼耳:"亂世誅求急,黎民糠籺窄。"韓愈昌黎集二馬厭穀:"馬厭穀兮士不厭糠籺,土被文繡兮士無裋褐。"參見"糠覈"。

籹 nǚ ㄋㄩˇ 尼呂切,上,語韻,娘。

見"粔籹"。

四　畫

粈 róu ㄖㄡˊ 人九切,上,有韻,日。

雜飯。同"鈕"、"糅"。見說文。清薛傳均說文問答疏証五:"說文無糅字,粈,雜飯也。鈕,訓亦同,皆屬糅之正體。一切經音義云:'糅,古文粈鈕二形。'"

【粈雜】混雜。宋書鄧琬傳傳檄:"夫旦、奭與三監並時,金、霍與上官共主,邪正粈雜,何世無之。"

粆 shā ㄕㄚ 集韻 師加切,平,麻韻。

蔗飴。通作"沙"。見集韻。俗謂之沙糖。見正字通。

粃 bǐ ㄅㄧˇ 集韻 補履切,上,旨韻。

中空或不飽之穀。同"秕"。墨子備城門:"灰、康、粃、杯、馬矢,皆謹收藏之。"漢劉向新序刺奢:"鄭穆公有令,食鳧雁,必以粃,無得以粟。"引申爲不良、敗惡。見"粃政"。

【粃政】不良的弊政。同"秕政"。晉書文帝紀景元三年鄭沖等勸進文:"朝無粃政,人無謗言。"又郭璞傳上疏:"官方不審則粃政作,懲勸不明則善惡渾。"

【粃滓】猶糟粕。新唐書一七四楊嗣復

傳："才者自異，汰去粃滓者，菁華乃出。"

【粃糠】㊀癟穀和米糠，喻瑣碎無價值之物。莊子逍遥遊："是其塵垢粃糠，將猶陶鑄堯舜者也，孰肯以物爲事。"疏："散爲塵，膩爲垢，穀不穀爲粃，穀皮曰糠，皆猥物也。"宋蘇軾經進東坡文集事略五五韓文公廟碑："下與濁世掃粃糠，西游成池略扶桑。"㊁鄙視。視之如粃糠。唐孫樵集四蕭相國真讚："粃糠魏丙，肩袂稷契。"

【粃謬】錯誤。同"紕繆"。後漢書六四盧植傳上書："臣前以周禮諸經，發起粃謬，敢率愚淺，爲之解詁。"注："粃，粟不成。諭義之乖僻也。"參閱宋王楙野客叢書二一粃繆皮傳。

粉

fěn ㄈㄣˇ 方吻切，上，吻韻，幫。

㊀米細末，化妝用的粉末。急就篇三："芬薰脂粉膏澤筩。"注："粉謂鉛粉及米粉，皆以傅面取光潔也。粉之言分也，研使分散也。"㊁穀物粉末製成的食品。元曲選武漢臣老生兒三："這早晚搭下棚，宰下羊，漏下粉，蒸下饅頭。"㊂塗飾，妝飾。漢揚雄太玄經五視："粉其題。"注："粉，飾也。"㊃碾碎，砸碎。新五代史四夷附録三："乃發其墓，粉其骨而颺之。"㊄白色。見"粉米"。

【粉水】水名。1.在今湖北。又名粉漬河、粉青河。南朝梁任昉述異記上："粉水出房陵永清谷，取其水以漬粉，卽鮮潔有異於常，謂之粉水。"2.在今四川。晉常璩華陽國志巴志江州縣："縣下有清水穴，巴人以此水爲粉，則膏暉鮮芳，貢粉京師，因名粉水。"

【粉父】駙馬之父。參見"粉侯"。

【粉本】畫稿。唐韓偓玉山樵人集商山道中詩："却憶往年看粉本，始知名畫有工夫。"清方薰山静居畫論上："畫稿謂粉本者，古人於墨稿上，加描粉筆，用時撲入縑素，依粉痕落墨，故名之也。"

【粉米】㊀古代貴族禮服上所繡之花紋。也作"黺絲"。書益稷："日、月、星辰、山、龍、華虫，作會；宗彝、藻、火、粉米、黼、黻、絺繡，以五采彰施於五色作服。"疏引漢鄭玄注以粉米爲白米，指白色米形花紋。僞孔傳："粉，若粟冰；米，若聚米。"分粉米爲二物。㊁指花粉。元詩選初編郝經陵川集野蓼："細蕊亦鮮潔，粉米糅丹素。"

【粉定】瓷器。江西景德鎮仿定窑之瓷器，用青田石粉爲骨燒造，名爲粉定。見清程哲窰器説。參閲清寂園叟匋雅。

【粉昆】謂駙馬之兄。見"粉侯"。

【粉金】㊀卽金粉，以膠水調和，可作字畫，俗呼金油。宣和書譜五景審："審於内景經，必粉金而寫之，蓋亦非率爾而作也。"㊁指黄色花粉。元詩選二集吾丘衍竹素山房詩古采蓮："霏霏粉金飄晚塘，浮蘭舟，鼓桂檝，歌采蓮，爲君發，遲遲歸來弄明月。"

【粉省】尚書省。同"粉署"。宋黄庭堅山谷詩注内集十一黄潁州挽詞之三："粉省雙飛入，泉臺相與歸。"胡仲弓葦航漫稿二爲續芸賦詩："粉省他年事，清名當自期。"

【粉侯】卽駙馬，皇帝之壻。三國魏何晏面如傅粉，娶魏公主，賜爵爲列侯。後因稱駙馬爲"粉侯"。又推而稱其父爲"粉父"，兄弟爲"粉昆"。宋文及甫與邢恕書稱韓忠彦爲粉昆，以忠彦兄嘉彦爲帝壻，又稱王師約之父克臣爲粉爹。見元周密浩然齋雅談上，宋史刑法志二粉爹字作"粉父"。聊齋志異雲蘿公主："一婢以紅巾拂塵，移諸(楸枰)案上曰：'主日耽此，不知與粉侯孰勝？'……甫三十餘着，婢竟亂之，曰：'駙馬負矣。'"

【粉紅】淡紅色。宋蘇軾分類東坡詩十三戲作鮰魚："粉紅石首仍無骨，雪白河豚不藥人。"

【粉堞】白色女牆。唐駱賓王集三晚泊江鎮詩："夜烏喧粉堞，宿鴈下蘆洲。"唐杜甫杜工部草堂詩箋三二秋興之二："畫省香爐違伏枕，山樓粉堞隱悲笳。"

【粉絮】以綿作的粉撲。北周庾信庾子山集一鏡賦："懸媚子於搔頭，拭釵梁於粉絮。"

【粉碎】破碎如粉。世説新語術解："數日中果震，栢粉碎。"宋楊萬里誠齋集三三池口移舟入江再泊十里頭潘家灣阻風不止詩："大波一跳入天半，粉碎銀山成雪片。"

【粉署】尚書省之别稱。漢代尚書省皆用胡粉塗壁，畫古賢人列女。後世因稱尚書省爲粉署。唐杜甫杜工部草堂詩箋三十秋日夔府詠懷奉寄鄭監李賓客一百韻："霧雨銀章澁，馨香粉署妍。"高適高常侍集七真定卽事奉贈韋使君二十八韻詩："擢才登粉署，飛步躡雲衢。"參閲漢應劭漢官儀上。

【粉飾】㊀打扮，裝飾。史記一二六西門豹傳："巫行視小家女好者，云是當爲河伯婦……共粉飾之。"引申爲奬譽，誇美。韓詩外傳五："善粉飾人者，故人樂之。"三國志吴周瑜傳諸葛瑾等疏："故將軍周瑜子胤，昔蒙粉飾，受封爲將。"㊁實際無足觀而刻意塗飾。梁書賀琛傳封奏："獨緘胸臆，不語妻子，辭無粉飾，削藁則焚。"唐劉知幾史通浮詞："亦有開國承家，美惡昭露，皎如星漢，非磨涅所移，而輕事塵黠，曲加粉飾，求諸近史，此類頗多。"參見"粉飾太平"。

【粉墨】㊀傅面所用之白粉和畫眉所用的黛墨。後漢書八三梁鴻傳："今乃衣綺縞，傅粉墨，豈鴻所願哉！"明臧晉叔元曲選序："而關漢卿輩争挾長技自見，至躬踐排場，面傅粉墨。"㊁修飾文辭。北齊顔之推顔氏家訓風操："凡親屬名稱，皆須粉墨，不可濫也。"㊂繪畫所用之顔色。因借指畫。唐杜甫杜工部草堂詩箋十三畫鶻行："乾坤空峥嵘，粉墨且蕭瑟。"宋王安石臨川集一燕侍郎山水詩："仁人義士埋黄土，秖有粉墨歸囊褚。"㊃猶言黑白。後漢書六一黄瓊傳上諫疏："陛下不加清澂，審别真僞，復與忠臣並時顯封，使朱紫共色，粉墨雜糅，所謂抵金玉於沙礫，碎珪璧於泥塗，四方聞之，莫不憤歎。"

【粉澤】㊀謂粉黛脂澤，化妝所用。也指裝飾。初學記二一太公六韜："禮者，天理之粉澤。"宋司馬光潛虚戛："偶人粉澤，徒飾外也。"㊁修飾，掩蓋。新唐書張説傳："善用人之長，多引天下知名士，以佐佑王化，粉澤典章，成一王法。"又一四一盧從史傳："既得志，寖恣不道，至奪部將妻，而能辯給粉澤其非。"

【粉頭】㊀妓女。元曲選馬致遠青衫泪一："經板似粉頭排日唤，落葉似官身弔名差。"水滸五一："如今(白秀英)見在勾欄裏説唱諸般品調，……都頭如何不去睃一睃？端的是好個粉頭！"也指不正經的婦女。水滸二四："那婆子謝了官人，起身睃這粉頭時，一鍾酒落肚，鬨動春心。"㊁傳統戲劇中净角大花面之一種，用粉塗面以示奸佞。如三國戲中的曹操司馬懿，四進士中的顧讀等。

【粉霜】中藥名。以汞粉精煉成霜，故稱粉霜，又名水銀霜、白雪。辛温有毒，供藥用。參閲本草綱目九金石三。

【粉闈】同"粉署"。唐韋應物韋江州集三寄職方劉郎中詩："歸來坐粉闈，揮筆乃縱横。"宋歐陽修文忠集十送孟都官知蜀州詩："名郎出粉闈，佳郡古關西。"

【粉黛】㊀婦女化妝品。粉以傅面，黛以畫眉。韓非子顯學："故善毛嗇西施之美，無益吾面，用脂澤粉黛，則倍其初。"後漢書六六陳蕃傳上疏："萬人飢寒，不聊生活，而采女數千，食肉衣綺，脂油粉黛，不可貲計。”㊁借喻美女。唐白居易長慶集十二長恨歌：“迴眸一笑百媚生，六宮粉黛無顏色。”

【粉鎗】茶名。也作“粉槍”。此茶初生如針有白毫，故名。見唐張又新煎茶水記述煮茶泉品。參閱明郎瑛七修類稿二十茶旗鎗。

【粉指痕】謂婦女手指粉黛之痕迹。唐張泌妝樓記：“徐州張尚書妓女多涉獵，人有借其書者，往往粉指痕並印於青編。”

【粉荔枝】宋元時洛陽風俗，用粉做荔枝，以迎新年。元瞿祐四時宜忌正月事宜：“洛陽人家，正月元日造絲雞、蠟燕、粉荔枝。”

【粉團花】花名。夏初開花，雌雄蕊叢集成毬，大者直徑達二寸。元張昱可閒老人集二閒居春晝詩：“幾日春殘不在家，堦前開遍粉團花。”明楊基眉菴集十一有粉團兒花詩。

【粉蝶兒】㊀詞調名。宋毛滂東堂詞有“粉蝶兒，這回共花同活”句，因取以爲名。雙調，七十二字。見詞譜十六。㊁曲牌名。屬中呂宮。元曲選馬致遠青衫泪四有中呂粉蝶兒。參閱曲譜二中呂宮、七南中呂宮。

【粉白黛黑】謂婦女之妝飾。楚辭大招：“粉白黛黑，施芳澤只。”注：“言美女又工粧飾，傅著脂粉，面白如玉，黛畫眉鬢，黑而光淨。”淮南子脩務：“雖粉白黛黑，弗能爲美者，嫫母仳倠也。”也作“粉白墨黑”、“粉白黛綠”。戰國策楚三：“彼鄭周之女，粉白墨黑，立於衢閭。”唐韓愈昌黎集十九送李愿歸盤谷序：“飄輕裾，翳長袖，粉白黛綠者，列屋而閑居。”

【粉骨碎身】身軀粉碎，謂死。有不惜生命之義。唐顏真卿顏魯公集二馮翊太守上表謝：“誓當粉骨碎身，少酬萬一。”金史紇石烈良弼傳：“臣竊維自來人臣受知人主，無逾臣者，臣雖粉骨碎身，無以圖報。”也作“粉身灰骨”。唐張鷟遊仙窟：“玉饌珍奇，非常厚重，粉身灰骨，不能酬謝。”

【粉飾太平】謂本非太平盛世，而以太平景象裝飾之。宋王楙燕翼貽謀錄二：“咸平景德以後，粉飾太平，服用寖侈。”馬端臨文獻通考自序：“又況榮途捷徑，旁午雜出，蓋未嘗由學而升者滔滔也。於是所謂學者，姑視爲粉飾太平之一事。”

五畫

粒 lì ㄌㄧˋ 力入切，入，緝韻，來。

㊀穀米之粒。孟子滕文公上：“樂歲粒米狼戾。”注：“粒米，粟米之粒也。”舊題晉王嘉拾遺記十員嶠山：“粟穗高三丈，粒皎如玉。”也泛指穀物。見“粒食”。㊁以穀米爲食。書益稷：“烝民乃粒，萬邦作乂。”傳：“米食曰粒。”魏書陽平王傳：“凡人絶粒，七日乃死。”㊂量詞。凡細小之物，常以粒計。唐李賀歌詩編四有五粒小松歌。唐文粹十六下李紳憫農詩之一：“春種一粒粟，秋收萬顆子。”

【粒食】謂以穀物爲食。禮王制：“北方曰狄，衣羽毛，穴居，有不粒食者矣。”疏：“地氣寒少五穀，故有不粒食者。”新唐書一九二張巡傳：“昨出睢陽時，將士不粒食已彌月。”

粹 bǎn ㄅㄢˇ 博管切，上，緩韻，幫。

屑米餅。同“餅”。南朝梁宗懍荊楚歲時記：“是日（三月三日）取鼠麴汁蜜和粉，謂之龍舌粹，以厭時氣。”

粔 jù ㄐㄩˋ 其呂切，上，語韻，羣。

見下。

【粔籹】食品。搓麵成細條，組之成束，扭作環形，以油炸之。古稱寒具、膏環，今曰饊子。楚辭宋玉招魂：“粔籹蜜餌，有餦餭些。”注：“言以蜜和米麵，熬煎作粔籹。”宋陸游劍南詩稿三六九里：“陌上鞦韆喧笑語，擔頭粔籹簇青紅。”參閱宋朱翌猗覺寮雜記上。

粘 nián ㄋㄧㄢˊ 女廉切，平，鹽韻，娘。

膠著。同“黏”。晉書殷仲堪傳：“仲堪食常五椀，盤無餘肴，飯粘落席間，輒食以噉之。”唐韓愈昌黎集二二祭河南張員外文：“洞庭漫汗，粘天無壁。”

【粘皮帶骨】謂過於執著、呆板。朱子語類八一詩二：“不是聖人之徒，便是盜賊之徒，此語大槩是如此，不必恁粘皮帶骨看。”又作“粘皮骨”。宋葛立方韻語陽秋二：“作詩貴雕琢，又畏有斧鑿痕；貴破的，又畏粘皮骨，此所以爲難。”也用以比喻不乾脆，不爽利。警世通言十一蘇知縣羅衫再合：“原來趙三爲人粗暴，動不動自誇道：‘我是一刀兩段的性子，不學那粘皮帶骨。’”

粗 cū ㄘㄨ 徂古切，上，姥韻，從。

同“麁”、“麤”。㊀稷類粗糧，粗米。左傳哀十三年：“粱則無矣，麤則有之。”詩大雅召旻“彼疏斯粺”漢鄭玄箋：“疏，麤也，謂糲米也。”㊁粗略。荀子正名：“故愚者之言，芴然而粗。”文選漢司馬長卿（相如）難蜀父老：“請爲大夫粗陳其略。”㊂粗大，粗糙。禮月令孟夏之月：“其器高以粗。”注：“粗，猶大也。”南史孔琳之傳附孔顗：“衣冠器用莫不粗率。”也指聲音。禮樂記：“其怒心感者，其聲粗以厲。”

【粗官】唐代重内輕外，不經臺省而出爲節鎮者，人稱粗官。宋劉斧青瑣高議前集五名公詩話引符彥卿知汴州詩：“爲報長安冠蓋道，粗官到底是男兒。”參見“麤官”。

【粗糙】粗疏，不細致。宋吳泳鶴林集三二答唐廣夫書：“間有自拔於流俗，則遂以學問驕人，外粗糙而不密，内顛實而不虛。”朱子語類五二孟子二：“孟施舍北宮黝便粗糙，曾子便細膩爾。”

【粗茶淡飯】飲食不精，喻生活簡樸。宋黃庭堅豫章集八四休居士詩序：“四休（孫昉）笑曰：‘粗茶淡飯飽卽休，補破遮寒煖卽休，三平二滿過卽休，不貪不妒老卽休。’”元謝應芳龜巢集沁園春屋東老梅一株……撫玩復自和此曲詞：“餘無事，只粗茶淡飯，儘有餘歡。”參見“麤茶淡飯”。

粕 pò ㄆㄛˋ 匹各切，入，鐸韻，滂。

酒滓。見“糟粕”。

六畫

粢 1. zī ㄗ 卽夷切，平，脂韻，精。

㊀穀類總稱。周禮春官小宗伯“辨六齍之名物與其用”漢鄭玄注：“齍讀爲粢。六粢，謂六穀：黍、稷、稻、粱、麥、苽。”㊁稷的別名。見爾雅釋草。左傳桓二年：“粢食不鑿。”

2. cí ㄘˊ 集韻 才資切，平，脂韻。

㊂通“餈”。見“粢₂糲”。

【粢盛】祭品。指盛在祭器内之黍稷。左傳桓六年：“粢盛豐備。”注：“黍稷曰粢，在器曰盛。”疏：“粢是黍稷的別名，亦爲諸穀之揔號。祭之用米，黍稷爲多，故云黍稷曰粢。……盛，謂盛於器，故云在器曰盛。”孟子滕文公下：“諸侯耕助，以供粢盛。”也作“齍盛”、“齊盛”。

【粢₂糲】粗劣的食物。史記八七李斯

傳:"粢糲之食,藜藿之羹。"索隱:"粢者,稷也。糲者,麤粟飯也。"列子力命:"食則粢糲,居則蓬室。"注:"粢,稻餅也。味類籺,米不碎。"

粧 zhuāng ㄓㄨㄤ

"妝"之異體字。亦作"糚"。㊀妝飾。文選古詩十九首之二:"娥娥紅粉粧,纖纖出素手。"南史梁元帝徐妃傳:"妃以帝眇一目,每知帝將至,必為半面粧以俟。"㊁婦女妝飾物。元曲選喬孟符金錢記四:"別賜黃金五十斤,與夫人柳眉兒添粧。"㊂假裝。見"粧聾做啞"。參見"妝"字各條。

【粧幺】故意作態,裝腔作勢。元曲選石君寶秋胡戲妻二:"這也是你李家大户無緣法,非關是我女兒忒煞會粧么。"又鄭德輝㑳梅香二:"誰敢湯着你那楊柳小蠻腰,今番輪到我粧么。"么,幺之俗字。

【粧奩】婦女梳妝時所用的鏡匣等物。同"妝奩"。北周庾信庾子山集一鏡賦:"暫設粧奩,還抽鏡屜。"也作"糚奩"。唐韓愈昌黎集十大行皇太后挽歌詞之三:"只有朝陵日,糚奩一暫開。"參見"妝奩"。

【粧點】妝飾。北史馮淑妃傳:"帝至晉州,……將士乘勢欲入,帝勑且止,召淑妃共觀之。淑妃粧點,不獲時至,周人以木拒塞,城遂不下。"引申為做作、點綴。宋呂祖謙呂東萊文集四與朱侍講元晦:"祭文謹錄呈,雖病中語言無次序,然卻無一字粧點做造也。"金董解元西廂一:"藥欄兒邊,鈎窗兒外,粧點新晴;花染深紅,柳拖輕翠。"參見"妝點"。

【粧鑾】宋李明仲營造法式二:"布彩于梁棟科栱或素象什物之類者,俗謂之粧鑾。"清孫星衍寰宇訪碑錄有解澤民撰南禪寺粧鑾佛像記。

【粧腔作勢】指使出各種姿態,假意做作。明西湖居士鬱輪袍悞薦:"窮秀才粧腔作勢,賢王子隆禮邀賓。"

【粧模作樣】謂故作姿態。元曲選缺名凍蘇秦三:"百般粧模作樣,訕笑寒酸魍魎。"明朱權荊釵記傳奇十九:"窮酸魍魎,對我行輒敢數黑論黃,粧模作樣。"

【粧聾作啞】假裝聾啞,不予理睬。元曲選馬致遠青衫淚四:"則道白侍郎正是我生死的冤家,從頭認都不差,可怎生粧聾作啞。"也作"粧聾做啞"。元王實甫西廂記三本三折:"叉手躬身,粧聾做啞。"

粞 xī ㄒㄧ 先稽切,平,齊韻,心。
ㄒㄧ 蘇來切,平,咍韻,心。

碎米。宋蘇軾蘇文忠詩合注八吳中田婦歎:"汗流肩頳載入市,價錢乞與如糠粞。"

粟 sù ㄙㄨˋ 相玉切,入,燭韻,心。

㊀古以粟為黍、稷、粱、秫的總稱。今稱粟為穀子,去殼後稱小米。在古呼為粱,故周禮九穀、六穀之名,皆有粱無粟。漢以後始以穗大而毛長粒粗者為粱,穗小而毛短粒細者為粟。參閱本草綱目二三穀二。㊁糧食的通稱。韓非子顯學:"徵賦錢粟,以實倉庫。"㊂指顆粒如粟之物。也用以比喻微小。山海經南山經:"(柜山)其中多白玉,多丹粟。"注:"細丹砂如粟也。"宋蘇軾經進東坡文集事略一前赤壁賦:"寄蜉蝣於天地,渺滄海之一粟。"㊃肌膚觸寒所生顆粒。舊題漢伶元飛燕外傳:"體溫舒,亡疹粟。"宋陸游劍南詩稿十一雪後苦寒行饒撫道中有感:"重裘猶粟膚,連酌無醉顏。"㊄姓。漢有治粟都尉,後人以官為氏。見通志二八氏族略四以官為氏。

【粟山】山名。1.在今河北唐縣北。唐水出古中山城之西,城內有小山,若委粟,故名粟山。山上有委粟關。參閱水經注十一滱水、讀史方輿紀要十二保定府唐縣。2.在今河北武安縣東南。相傳秦將白起拒趙廉頗於此。趙將絕糧,起命將士以布囊盛粟,積至山巔,趙軍乃退,土人因呼為粟山。參閱明一統志二八彰德府山川。

【粟文】謂粟粒狀花紋。周禮春官典瑞"穀圭,以和難,以聘女"漢鄭玄注:"穀,善也。其飾若粟文然。"

【粟末】水名。即今第二松花江,源出吉林省東南白頭山天池,與嫩江匯合後始稱松花江。新唐書二一九黑水靺鞨傳:"(粟末部)依粟末水以居。"魏書勿吉傳作"速末水"。

【粟米】㊀泛指穀類食糧。孟子盡心下:"有布縷之征、粟米之征、力役之征。"㊁九章算術之一。周禮地官保氏"六曰九數"漢鄭玄注:"九數:方田、粟米、差分、少廣、商功、均輸、方程、贏不足、旁要。"粟為米之率,諸米不等,以粟為率,故叫粟米。主論按率(百分率)以粟求米;次論按率以甲物易乙物;傍論以一定度量衡之甲物易一定度量衡之乙物而求相易之率。參閱九章算術二粟米、唐李籍九章算術音義。

【粟金】如粟狀小粒之金。唐王建詩八宮詞之三四:"粟金腰帶象牙錐,散插紅翎玉突支。"宋史二四七趙師罿傳:"(韓)侂冑生日,百官爭貢珍異,師罿最後至,出小合……啓之,乃粟金蒲萄小架,上綴大珠百餘。"

【粟眉】以黛點補眉。東觀漢記六明德馬皇后:"(后)眉不施黛,獨左眉角小缺,補之如粟。"西崑酬唱集宋楊億宣曲二十二韻:"粟眉長占額,蠆髮俯侵纓。"

【粟飯】粗米飯。宋書宗愨傳:"鄉人庾業,家甚富豪,方丈之膳,以待賓客,而愨至,設以菜葅粟飯,謂客曰:'宗軍人,慣噉粗食。'"參見"脫粟"。

【粟錯】細微差錯。舊唐書僖宗紀廣明元年制:"吏部選人粟錯及除駁放者,除身名渝濫欠考外,並以比遠殘闕收注。"册府元龜六三三銓選條制五:"今後宜令所司點簡文書,如有粟錯,詳酌事理,非藏奸隱倖者,不要駮放。"

粥 1. zhōu ㄓㄡ 之六切,入,屋韻,照。

㊀稀飯。禮檀弓上:"饘粥之食。"疏:"厚曰饘,希曰粥。"宋梅堯臣宛陵集七田家語詩:"愁氣變久雨,鐺缶空無粥。"

2. yù ㄩˋ 余六切,入,屋韻,喻。

㊁賣。同"鬻"。禮曲禮下:"君子雖貧,不粥祭器。"㊂養育。同"育"。周禮秋官脩閭氏:"掌比國中宿互㯩者,與其國粥。"注:"粥,養也。"㊃出。漢揚雄太玄經五沈:"雕鷹高翔,沈其腹,好蠅惡粥。"晉范望注:"粥,出也。"

【粥面】謂濃茶或醇酒表皮所呈稀粥之狀。宋宋子安東溪試茶錄壑源:"其茶甘香特勝,近焙受水,則渾然色重,粥面無澤。"宋蘇軾分類東坡詩一過高郵寄孫君孚:"樂哉何所憂,社酒粥面醲。"

【粥魚】僧寺於黎明擊木招呼衆僧會聚食粥,木象魚形,故稱粥魚。宋蘇軾分類東坡詩三奉勅祭西太一和韓川韻之三:"夢蝶猶飛旅枕,粥魚已響枯桐。"呂渭老聖求詞魚家傲:"落月杜鵑啼未了,粥魚忽報千山曉。"參見"木魚㊀"。

【粥粥】象聲詞。雞相呼聲。唐韓愈昌黎集一雉朝飛操:"隨飛隨啄,羣雌粥粥。"

【粥₂粥₂】㊀卑謙貌。禮儒行:"其難進而易退也,粥粥若無能也。"釋文:"粥,徐本作鬻。章六反,卑謙貌,一音羊六反。"㊁敬畏貌。漢書禮樂志二安世房中歌之二:"粥粥音送,細齊人情。"注引晉灼曰:"粥粥,敬懼貌也。細,微也。以樂送神,微感人情,使之齊肅也。"

【粥鼓】黎明時僧寺集衆食粥的鼓聲。宋蘇軾分類東坡詩七大風留金山兩日：“灊山道人獨何事，半夜不眠聽粥鼓。”宋范成大石湖集二十華山寺詩：“魂清骨冷不成眠，徹曉跏趺聽粥鼓。”

【粥₂熊】人名。同“鬻熊”。周文王師，封於楚。見“鬻熊”。

【粥廠】荒年或隆冬官府施粥以賑濟饑民之處。清會典事例二七一戶部蠲恤：“凡拯濟飢民，近城之地，仍設粥廠。”

【粥餳】甜粥。又稱寒食粥。隋杜臺卿玉燭寶典二：“醴者火粳米或大麥作之酪，擣杏子人煮作粥。”注：“今世悉作大麥粥，研杏人爲酪，別者一錫〔餳〕沃之也。”宋蘇軾分類東坡詩六趙德麟餞飲湖上舟中對月：“新火發茶乳，温風散粥餳。”

【粥飯僧】但能吃飯而無一用之僧，也指飽食終日無所用心之人。新五代史李愚傳：“廢帝亦謂愚等無所事，常目宰相曰：‘此粥飯僧爾！’以謂飽食終日，而無所用心也。”宋陸游劍南詩稿七八戲題：“莫輕凡骨未飛騰，要勝人間粥飯僧。”

粣 1. cè ㄘㄜˋ 集韻 測革切，入，麥韻。

㊀粽子。南齊書虞悰傳：“世祖幸芳林園，就悰求扁米粣。”一說卽饊子。見正字通。

2. sè ㄙㄜˋ 集韻 桑革切，入，曷韻。色責切，入，麥韻。

㊀“糝”。北魏賈思勰齊民要術九作菹藏生菜法蒲菹：“欲令色黄，煮小麥時時粣之。”

粤 yuè ㄩㄝˋ 王伐切，入，月韻，于。

㊀助詞。用於句首或句中，與“曰”通。漢書律曆志下引書武成：“粤五日甲子，咸劉商王紂。”史記周紀：“粤詹雒伊，毋遠天室。”漢書一〇〇上敍傳幽通賦：“尚粤其幾，淪神域兮！”㊁古民族名。同“越”。居於江浙閩粤一帶，總稱百粤。㊂廣東廣西古爲百粤之地，故稱兩粤。也專稱廣東爲粤。

【粤江】珠江的舊稱。見“珠江”。

【粤秀山】今名越秀山。在廣州市北，高二十餘丈，上有越王臺故址，一名越王山。明洪武十三年於山嶺建鎮海樓，爲市內著名的古代建築物。永樂初，指揮使花英於山巔起觀音閣，山半建半山亭，俗呼觀音山。參閱嘉慶一統志四四一廣州府山川。

【粤犬吠雪】粤中少雪，犬見則吠。喻少見多怪。唐柳宗元柳先生集三四答韋中立論師道書：“前六七年，僕來南。二年冬，幸大雪踰嶺被南越中數州。數州之犬皆蒼黄吠噬狂走者累日，至無雪乃已。”宋楊萬里誠齋集十八荔枝歌：“粤犬吠雪非差事，粤人語冰夏蟲似。”

【粤雅堂叢書】清伍崇曜輯刊，以其居稱粤雅堂，故名。凡二十集一百二十八種，續刻十集五十八種，三編二十二種。所收書多名著。崇曜廣東富商，先刊嶺南遺書、粤十三家集等。崇曜所刻書皆延請譚瑩（玉生）校勘，叢書所收各書跋文，雖皆書崇曜名，多出瑩手。

七畫

粱 liáng ㄌㄧㄤˊ 吕張切，平，陽韻，來。

㊀古與粟同物異名，卽穀子。詩小雅甫田：“黍稷稻粱，農夫之慶。”禮曲禮下：“黍曰薌合，粱曰薌萁。”參見“粟㊀”。㊁指粟類中的優良品種。禮曲禮下：“歲凶，年穀不登……大夫不食粱。”疏：“大夫食黍稷，以粱爲加，故凶年去之也。”引申爲精細之糧。左傳哀十三年：“吳申叔儀乞糧於公孫有山氏，……對曰：‘粱則無矣，麤則有之。’”

【粱肉】謂美食佳餚。韓非子五蠹：“故糟糠不飽者不務粱肉，短褐不完者不待文繡。”唐杜甫杜工部草堂詩箋三醉時歌贈鄭廣文：“甲第紛紛厭粱肉，廣文先生飯不足。”

【粱糗】粱製的乾糧。左傳哀十一年：“國人逐之，故出，道渴，其族轅咺進稻醴粱糗腶脯焉。”韓詩外傳六：“（郭君）曰：‘吾饑欲食。’御者進乾脯粱糗。”

【粱稻謀】以禽鳥覓食，比喻人之謀生計。元袁桷清容居士集四飲酒雜詩之四：“陽鳥乘南雲，飄飄振奇翮，迫此粱稻謀，居移遂成客。”參見“稻粱謀”。

粮 liáng ㄌㄧㄤˊ 吕張切，平，陽韻，來。

粮食。同“糧”。墨子非攻中：“粮食輟絶而不繼。”文選漢張平子（衡）思玄賦“餐沆瀣以爲粻”自注：“粻，粮也。”見“糧”。

粳 jīng ㄐㄧㄥ 古行切，平，庚韻，見。

不黏之稻。本作“秔”，也作“稉”。今稱早稻爲秈，晚稻爲粳。米曰粳米。參閱清程瑶田九穀考二稻。

【粳稻】不黏之稻，其米謂之粳米。史記一二六優孟傳：“薦以木蘭，祭以粳稻。”後漢書八十上杜篤傳論都賦：“漸漬成川，粳稻陶遂，厥土之膏，畝價一斤。”

粰 fū ㄈㄨ 縛謀切，平，尤韻，奉。

麩皮，米糠。同“稃”。晉書會稽王道子傳：“於是公私匱乏，士卒唯給粰橡。”

粲 càn ㄘㄢˋ 蒼案切，去，翰韻，清。

㊀精米。詩鄭風緇衣：“適子之館兮，還，予授子之粲兮。”傳訓粲爲餐；宋朱熹集傳謂粟之精鑿者爲粲。參閱清段玉裁說文解字注七上粲。㊁鮮明。詩唐風葛生：“角枕粲兮，錦衾爛兮。”文選三國魏曹子建（植）贈徐幹詩：“圓景光未滿，衆星粲以繁。”㊂美貌。見“粲者”。㊃笑貌。見“粲然㊂”。

【粲谷】籥的別名。唐馮贄南部烟花記一樂器名：“（籥）一名長嘯，一名粲谷。”

【粲者】詩唐風綢繆：“今夕何夕，見此粲者。”疏：“女三爲粲，粲，美物也……然粲者，衆女之美稱也。”後用爲美麗女性的通稱。

【粲花】形容言談之美，猶如百花粲爛。五代後周王仁裕開元天寶遺事下粲花之論：“（李白）每與人談論，皆成句讀，如春葩麗藻，粲於齒牙之下，時人號曰李白粲花之論。”

【粲然】㊀精潔貌。荀子榮辱：“俄而粲然有秉芻豢稻粱而至者。”㊁明白，明亮。荀子非相：“欲觀聖王之跡，則於其粲然者矣。”漢書五八兒寬傳：“光輝充塞，天文粲然。”㊂露齒笑貌。穀粱傳昭四年：“軍人粲然皆笑。”唐李白李太白詩二古風之五：“粲然啓玉齒，授以鍊藥説。”

【粲粲】鮮明貌。詩小雅大東：“西人之子，粲粲衣服。”文選晉束廣微（晳）補亡詩之二：“粲粲門子，如磨如錯。”

【粲爛】同“燦爛”。㊀鮮明貌。文選戰國楚宋玉風賦：“眴煥粲爛，離散轉移。”又漢司馬長卿（相如）上林賦：“皓齒粲爛，宜笑的皪。”㊁辭藻華麗。文選漢張平子（衡）思玄賦：“文章奐以粲爛兮，美紛紜以從風。”三國志吳薛綜傳：“綜承詔，卒造文義，信辭粲爛。”

八畫

粹 1. cuì ㄘㄨㄟˋ 雖遂切，去，至韻，心。

㊀純粹。易乾：“剛健中正，純粹精也。”荀子非相：“博而能容淺，粹而能容雜。”注：“粹，專一也。”㊁精粹，精華。藝文類聚五十南朝宋傅亮故安城太守傅府君銘：“含章蘊粹，佩蘭〔藉〕蕙。”㊂齊全，集

聚。通"萃"。荀子正名:"凡人之取也,所欲未嘗粹而來也;其去也,所惡未嘗粹而往也。"注:"粹,全也。"

2\. suì 集韻 蘇對切,去,隊韻。
ㄙㄨㄟ

㈣通"碎"。見"粹₂折"。

【粹白】 純白。呂氏春秋用衆:"天下無粹白之狐,而有粹白之裘,取之衆白也。"資治通鑑二周顯王十年:"此四君者道非粹白,而商君尤稱刻薄。"

【粹₂折】 破碎斷折。荀子儒效:"故能小而事大,辟之是猶力之少而任重也,舍粹折無適也。"注:"粹讀爲碎。除碎折之外無所之適,言必碎折。"

【粹器】 純良的人才。全唐文七六三沈珣授韋慤鄂岳節度使制文:"紳冕令才,人倫粹器。"

精 jīng 子盈切,平,清韻,精。
ㄐㄧㄥ

㈠純淨的上等米。莊子人間世:"鼓筴播精,可以食十人。"清郭慶藩集釋謂精當作"糈"。引申爲物之純淨無雜質者,如言酒精、香精等。㈡精華。易乾:"剛健中正,純粹精也。"㈢古謂生成萬物的靈氣。莊子在宥:"吾欲取天地之精,以佐五穀,以養民人。"㈣精力,精神。莊子刻意:"形勞而不休則弊,精用而不已則勞。"文選戰國楚宋玉神女賦:"精交接以來往兮,心凱康以樂歡。"㈤精液。易繫辭下:"男女構精,萬物化生。"㈥神靈,鬼怪。舊題晉王嘉拾遺記前漢上:"勿輕萬乘之尊,惑此精魅之物。"㈦精細。粗之反。論語鄉黨:"食不厭精,膾不厭細。"禮王制:"布帛精麤不中數,……不粥於市。"㈧舂鑿使碎。楚辭屈原離騷:"折瓊枝以爲羞兮,精瓊靡以爲粻。"注:"精,鑿也。"㈨精誠,純一。管子心術下:"形不正者德不來,中不精者心不治。"注:"精,誠至之謂也。"㈩精通。唐韓愈昌黎集十二進學解:"業精于勤荒於嬉,行成于思毁于隨。"⑪明亮。史記天官書:"天精而見景星。"漢書七五李尋傳說王根:"日月光精,時雨氣應。"注:"精謂光明也。"⑫花。通"菁"。文選戰國楚宋玉風賦:"徘徊於桂椒之間,翱翔於激水之上,將擊芙蓉之精。"注:"廣雅曰:菁,華也。精與菁古字通。"

【精一】 精粹純一。書大禹謨:"惟精惟一,允執厥中。"疏:"惟當一意,信執其中正之道。"文苑英華五四唐杜甫朝享太廟賦:"公卿淳古,士卒精一。"

【精力】 ㈠精神和體力。漢書八九黃霸傳:"米鹽靡密,初若煩碎,然霸精力能推行之。"㈡專心致力。漢書八八顏安樂傳:"家貧,爲學精力,官至齊郡太守丞。"後漢書三六鄭興傳附鄭衆:"衆字仲師。年十二,從父受左氏春秋,精力於學。"

【精夫】 古代南方少數民族對頭領的稱謂。後漢書八六南蠻傳:"名渠帥曰精夫,相呼爲姎徒。"又:"建武二十三年,精夫相單程等據其險隘,大寇郡縣。"

【精手】 精銳的士兵。宋書殷琰傳:"(劉)勔乃以疲弱守營,簡選千百精手,配(呂)安國及軍主黃回等。"梁書高帝紀上:"東昏又遣征虜將軍王珍國率軍主胡虎牙等列陣於航南,悉配精手利器,尚十餘萬人。"

【精白】 潔白,純潔。史記天官書:"五、六十里見稍雲精白者,其將悍,其士怯。"漢書五一賈山傳至言:"天下之士莫不精白以承休德。"注:"厲精而爲潔白也。"

【精列】 ㈠蟋蟀。同"蜻蛚"。周禮考工記梓人"以注鳴者"漢鄭玄注:"注鳴,精列屬。"㈡鳥名。卽鶺鴒。廣雅釋鳥:"鵋鳥精列鶺鴒鵧也。"清王念孫疏證:"精列者,鶺鴒之轉聲也。"

【精光】 ㈠日月之光。文選漢司馬長卿(相如)長門賦:"衆雞鳴而愁予兮,起視月之精光。"泛指精華光采。三國魏阮籍阮步兵集詠懷詩之三九:"良弓挾烏號,明甲有精光。"㈡指儀容,聲威。史記一〇五扁鵲傳:"言臣齊勃海秦越人也,家在於鄭,未嘗得望精光侍謁於前也。聞太子不幸而死,臣能生之。"晉書陳敏傳東海王司馬越與敏書:"金聲振於江外,精光赫於揚楚。"

【精芒】 光芒。晉書張華傳:"大盆盛水,置劍其上,視之者精芒眩目。"唐李白李太白詩五出自薊北門行:"虜陣橫北荒,胡星耀精芒。"

【精到】 精細周到。宋朱熹朱文公集三九答范伯崇書:"良由務以智力採取,全無涵養之功,所以至此,可以爲戒,然其思索精到處,亦何可及也。"元夏文彥圖繪寶鑑一賞鑒:"蓋古人筆法圓熟,用意精到,初若率易,愈玩愈佳。"

【精明】 ㈠晴明,光明。淮南子覽冥:"於是日月精明,星辰不失其行。"宋司馬光溫國文正公集三苦寒行:"陰煙苦霧朝夕散,旭日不復能精明。"㈡猶言精誠,誠信。禮祭統:"是故君子之齊也,專致其精明之德也。"㈢精細明察。國語楚下:"夫神以精明臨民者也。"漢書七一于定國傳:"冬月請治讞,飲酒益精明。"新唐書一〇三蘇弁傳:"弁通學術,吏事精明,承(裴)延齡後,平賦緩役,略煩苛,人賴其寬。"

【精忠】 形容赤誠的忠心。抱朴子博喻:"是以比干匪躬而剖心於精忠,田豐見微而夷戮於言直。"宋岳飛與金人相拒,屢戰皆捷。紹興三年高宗親書"精忠岳飛"四字,製旗以給飛。見宋史三六五岳飛傳。

【精采】 優美有文采。陳書姚察傳:"尤好研覈古今,諟正文字,精采流贍,雖老不衰。"

【精金】 精煉之金屬。世說新語文學:"精金百鍊,在割能斷。"

【精舍】 ㈠學舍。後漢書六七黨錮傳:"(劉)淑少學明五經,遂隱居,立精舍講授,諸生常數百人。"三國志魏武帝紀建安十五年注引魏武故事己亥令:"於譙東五十里築精舍,欲秋夏讀書,冬春射獵。"㈡道士、僧人修煉居住之所。三國志吳孫策傳"策陰欲襲許,迎漢帝"注引江表傳:"時有道士瑯琊于吉,先寓居東方,往來吳會,立精舍,燒香讀道書,制作符書以治病。"晉書孝武帝紀:"帝初奉佛法,立精舍於殿內,引諸沙門以居之。"世說新語棲逸:"康僧淵在豫章,去郭數十里立精舍,旁連嶺,帶山川,芳林列於軒庭,清流激於堂宇。"㈢指心而言。管子內業:"定心在中,耳目聰明,四枝堅固,可以爲精舍。"注:"心者,精之所舍。"

【精神】 ㈠古謂天地萬物之精氣。禮聘儀:"精神見於山川,地也。"注:"精神亦爲精氣也。"㈡猶神志,心神。莊子列禦寇:"彼至人者,歸精神乎无始,而甘冥乎无何有之鄉。"文選戰國楚宋玉神女賦序:"晡夕之後,精神怳忽,若有所喜。"㈢精力,活力。漢書五一鄒陽傳獄中上書:"今也天下布,衣窮居之士,身在貧羸,……雖竭精神欲開忠於當世之君,則人主必襲按劍相眄之迹矣。"世說新語傷逝:"支道林喪法虔之後,精神霣喪,風味轉墜。"㈣銀錢的別名。清褚人穫堅瓠廣集一文士潤筆:"馬懷祖嘗爲人求文字於祝枝山,枝山問曰:'是現精神否?'俗以銀錢爲精神也。"謂有現銀,則文字有精神,故名。

【精英】 猶精華。唐杜牧樊川集一阿房宮賦:"燕趙之收藏,韓魏之經營,齊楚之精英。幾世幾年,摽掠其人,倚疊如山。"宋蘇軾經進東坡文集事略三四乞校正陸贄奏議箚子:"聚古今之精英,實治亂之龜鑑。"

【精悍】精銳强悍。史記一二四郭解傳："解爲人短小精悍。"三國志魏武帝紀建安十六年："公(曹操)勑諸將，關西兵精悍，堅壁勿與戰。"

【精致】工美的情趣。晉書左思傳皇甫謐序三都賦："至若此賦，擬議數家，傅辭會義，抑多精致。"梁書崔靈恩傳："性質朴無風采，及解經析理，甚有精致。"

【精通】㊀精誠貫通，猶言感應。莊子刻意："一之精通，合於天倫。"呂氏春秋精通："聖人南面而立，以愛利民爲心，號令未出而天下皆延頸舉踵矣，則精通乎民也。"㊁精曉、貫通。文選晉左太冲(思)魏都賦："碩畫精通，目無匪制。"唐李咸用披沙集五贈陳望堯詩："若說精通事藝長，詞人爭及孝廉郎。"

【精氣】㊀陰陽元氣。易繫辭上："精氣爲物，遊魂爲變，是故知鬼神之情狀。"楚辭宋玉九辯："乘精氣之摶摶兮，騖諸神之湛湛。"㊁人之元氣。素問生氣通天論："陰平陽祕，精神乃治，陰陽離決，精氣乃絕。"㊂精誠之氣。漢王充論衡感虛："杞梁從軍不還，其妻痛之，嚮城而哭，至誠悲痛，精氣動城，故城爲之崩也。"

【精深】精密深遠。文苑英華三八二唐常袞授郗昂知制誥制："有精深之學，實究儒玄。"新唐書二〇一杜甫傳贊："甫又善陳時事，律切精深，至千言不少衰，世號'詩史'。"

【精密】精確細密。三國志蜀姜維傳諸葛亮與張裔等書："姜伯約(維字)忠勤時事，思慮精密。"舊唐書七九李淳風傳："時戊寅曆法漸差，淳風又增損劉焯皇極曆，改撰麟德曆奏之，術者稱其精密。"

【精祲】陰陽災害之氣。淮南子泰族："故國危亡而天文變，世惑亂而虹蜺息，萬物有以相連，精祲有以相蕩也。"注："精祲，氣之侵入者也。"漢書八一匡衡傳上疏："臣聞天人之際，精祲有以相盪，善惡有以相推。"注："祲謂陰陽氣相浸漸以成災祥者也。"

【精爽】㊀猶精神。左傳昭七年："用物精多，則魂魄强，是以有精爽，至於神明。"疏："精亦神也，爽亦明也，精是神之未著，爽是明之未昭。"三國志魏蔣濟傳上疏："歡娛之躭，害于精爽；神太用則竭，形太勞則斃。"㊁謂魂靈。文選晉潘安仁(岳)寡婦賦："睎形影於几筵兮，馳精爽於丘墓。"全唐詩五七〇李群玉題二妃廟："不知精爽歸何處，疑是行雲秋色中。"

【精彩】㊀神采。文選戰國楚宋玉神女賦："目略微眄，精彩相授。老態橫出，不可勝紀。"注："精神光彩相授與也。"宋曾鞏元豐類稿二上人詩："瑤魁精彩浮蒼龍，江城四面生春風。"㊁出色，妙絕。宋惠洪冷齋詩話四詩忌："今人之詩，例無精彩，其氣奪也。"朱子語錄一〇一程子門人："謝氏(顯道)發明得較精彩，然多不穩貼。"

【精進】㊀精幹而有上進心。漢書一〇〇上敍傳："乃召屬縣長吏，選精進掾史。"注："精明而進趨也。"㊁佛教以佈施、持戒、忍辱、精進、禪定、知慧爲成佛的基本功，稱六度。能持善樂道不自放逸，爲精進。無量壽經上："勇猛精進，志願無惓。"世說新語術解："郗愔信道，甚精勤，常患腹內惡，諸醫不可療。聞于法開有名，往迎之。既來便脈云：'君侯所患，正是精進太過所致耳。'"

【精細】㊀精致細密。三國志吳是儀傳："服不精細，食不重膳。"㊁精深細密。南齊書孔稚圭傳上表："律書精細，文約例廣。"㊂清醒。古今名劇宮天挺(大用)范張雞黍二："眼見的這病覷天遠，入地近，無那話的人也。大嫂，趁我精細，囑付你咱，母親也近前。"

【精華】㊀指事物最精粹的部分。史記天官書："城郭室屋門戶之潤澤，次至車服畜產精華。"後漢書六二荀淑傳附荀悅申鑒："榮辱者，賞罰之精華也。"㊁光輝，光耀。紅樓夢四九："精華欲掩料應難，影自娟娟魄自寒。"

【精絕】㊀漢西域城國。在龜兹之南，東接且末，西界扜彌，南至戎盧，王治在精絕城。後爲鄯善所併。故地在今新疆維吾爾自治區民豐縣北。見漢書西域傳上。㊁精妙絕倫。宋蘇軾分類東坡詩十六代書答梁先："一經通明傳節侯，小楷精絕規摹歐。"

【精誠】真誠。莊子漁父："真者，精誠之至也，不精不誠，不能動人。"後漢書四二光武十王廣陵思王訓傳詐作郭況書："精誠所加，金石爲開。"王充論衡感虛："精誠所加，金石爲虧。"

【精勤】專心勤奮。後漢書二六馮勤傳："以圖議軍糧，在事精勤，遂見親識。"

【精當】精確的當。文苑英華三九四唐常袞授崔益侍御史制："事必精當，勤而有成。"宋劉攽貢父詩話："景祐中，宋宣獻(庠)上楊太妃挽詩云：'神歸梁小廟，禮祔漢餘陵。'文士稱其用事精當。"

【精微】精細隱微。禮中庸："故君子尊德性而道問學，致廣大而盡精微，極高明而道中庸。"文選晉成公子安(綏)嘯賦："玄妙足以通神悟靈，精微足以窮幽測深。"

【精粹】淳美。漢書刑法志："夫人宵天地之額，懷五常之性，聰明精粹，有生之最靈者也。"後漢書五九張衡傳思玄賦："歙神化而蟬蛻兮，朋精粹而爲徒。"

【精精】獸名。山海經東山經："(䠶隅之山)有獸焉，其狀如牛而馬尾，名曰精精，其鳴自叫。"

【精審】精密確實。晉書裴秀傳："今祕書既無古之地圖……亦不備載名山大川。雖有粗形，皆不精審，不可依據。"又范寧傳："初寧以春秋穀梁氏未有善釋，遂沉思積年，爲之集釋，其義精審，爲世所重。"

【精練】㊀精熟。三國志魏鍾會傳："有才數技藝，而博學精練名理，以夜續晝，由是獲聲譽。"梁書庾承先傳："玄經釋典，靡不該悉；九流七略，咸所精練。"㊁精强幹練。文選晉孫子荆(楚)爲石仲容與孫皓書："國富兵强，六軍精練。"㊂金之代稱。文選漢王子淵(褒)四子講德論："精練藏於鑛朴，庸人視之忽焉。"注："精練，金也。金百練不耗，故曰精練也。"五臣本作"精煉"。

【精銳】㊀精練勇銳。戰國策魏四："恃王國之大，兵之精銳，而攻邯鄲以廣地尊名。"世說新語雅量"謝公與人圍棊"注引謝車騎傳："(苻)堅進屯壽陽，玄爲前鋒都督，與從弟琰等選精銳決戰，射傷堅，俘獲數萬。"㊁精心銳思。文選漢王子淵(褒)四子講德論："吐情素而披心腹，各悉精銳以貢忠誠。"

【精廬】同"精舍"。㊀講讀之所。後漢書七九下儒林傳論："精廬暫建，贏糧動有千百。"㊁佛寺。北齊書楊愔傳："至碻磝戍，州內有愔家舊佛寺，入精廬禮拜。"唐韋應物韋江州集三寄皎然上人詩："吳興老釋子，野雪蓋精廬。"

【精緻】細密。唐張彥遠歷代名畫記一論畫六法："中古之畫，細密精緻而臻麗，展(子虔)、鄭(法士)之流是也。"又司空圖司空表聖文集二與李生論詩書："王右丞(維)、韋蘇州(應物)澄澹精緻，格在其中矣，豈妨於道舉哉。"

【精簡】㊀精細簡拔。南史陳暄傳："陳天康中，徐陵爲吏部尚書，精簡人物，縉紳之士皆嚮慕焉。"㊁精練簡賅。宋文同丹淵集十八秦韶詩："文章既精簡，字畫亦佳妙。"

【精覈】詳細考覈。也作"精核"。後漢書順帝紀陽嘉二年詔:"今刺史二千石之選,歸任三司,其簡序先後,精覈高下,歲月之次,文武之宜,務存厥衷。"文選漢馬季長(融)長笛賦序:"博覽典雅,精核數術。"

【精蘊】精微深奥的内容。宋文天祥文山集一贈莆陽卓大著順寧精舍三十韻:"後來得西銘,精蘊發洙泗。"

【精蘭】佛寺。明王世貞弇州山人四部稿十二歸自東九汎西九訪善權詩:"改策向精蘭,散履躡青坻。"參見"精舍㊁"、"蘭若"。

【精鑒】善於識別。唐劉長卿劉隨州集七客舍贈別韋九建赴任河南……詩:"香名冠二陸,精鑒逢山濤。"宋歐陽修文忠集一三八集古録跋尾五隋丁道護啟法寺碑:"蔡君謨(襄)博學君子也,於書尤稱精鑒,余所藏書未有不更其品目者。"

【精靈】㊀靈魂。文選晉左太沖(思)吳都賦:"舜禹游焉,没齒而忘歸,精靈留其山阿,翫其奇麗也。"弘明集四南朝宋顔延之釋達性論:"若徒有精靈,尚無體狀,未知在天當何憑以立。"㊁神明。文選晉夏侯孝若(湛)東方朔畫讚:"墟墓徒存,精靈永戢。"抱朴子道意:"若乃精靈困於煩擾,榮衛消於役用,煎熬形氣,刻削天和。"㊂神妙,機靈。唐杜甫杜工部草堂詩箋十六秦州見敕目薛三據授司議郎……兼述索居三十韻:"交期余潦倒,材力爾精靈。"

【精華録】清王士禛自定詩集,十卷。亦稱漁洋精華録。士禛論詩以神韻爲主,其所作風致清新,音節自然流利,爲清初詩人一大宗。惠棟爲之訓纂。

【精奇里江】在黑龍江北岸的支流。發源於外興安嶺,南流入黑龍江。康熙時於江北設兵駐屯,根據咸豐八年瑷琿條約被迫劃入沙俄。參閱嘉慶一統志七一黑龍江山川精奇里江注。

【精金良玉】喻人品純潔或物品精良。宋程頤程明道先生行狀:"先生資稟既異,而充養有道,純粹如精金,温潤如良玉。"

【精金美玉】喻物之精粹美好。宋蘇軾經進東坡文集事略四六答謝民師書:"歐陽文忠公(修)言文章如精金美玉,市有定價,非人所能以口舌定貴賤也。"

【精益求精】猶言好上加好,達到盡善盡美。論語學而"詩云如切如磋,如琢如磨"宋朱熹集注:"言治骨角者既切之而復磋之,治玉石者既琢之而復磨之治之,已精而益求其精也。"清王夫之宋論二太宗:"精而益求其精,備而益求其備。"

【精義入神】精研事物之微義,達到神妙的境地。易繫辭下:"精義入神,以致用也。"疏:"用精粹微妙之義入於神化。"

【精衛填海】傳説炎帝之少女,名女娃,遊於東海而溺死,化爲精衛鳥,常銜西山之木石,以填於東海。見山海經北山經。文選晉左太沖(思)吳都賦:"精衛銜石而遇繳,文鰩夜飛而觸綸。"

【精奇尼哈藩】滿文爵名。清乾隆元年改用漢文,以精奇尼哈藩爲一、二、三等子。見清朝通典職官十。

粻 zhāng 陟良切,平,陽韻,知。ㄓㄤ

米糧。詩大雅崧高:"以峙其粻,式遄其行。"楚辭屈原離騷:"折瓊枝以爲羞兮,精瓊爢以爲粻。"注:"音張,食米也。"

粼 lín 力珍切,平,真韻,來。ㄌㄧㄣ 良刃切,去,震韻,來。

水在石間貌。又水清石見貌。文選晉郭景純(璞)江賦:"或頮彩輕漣,或焆曜崖粼。"

【粼粼】清澈貌。詩唐風揚之水:"揚之水,白石粼粼。"傳:"粼粼,清澈也。"謂水中石清澈可見。宋詩鈔方岳秋崖小藁鈔寄友人:"面熱青山亦故人,霜逢肯負月粼粼。"指月光。

九畫

糍 cí ㄘ

糍糕。説文作"餈"。見下。

【糍糕】一種用糯米蒸煮的食品。宋孟元老東京夢華録三馬行街鋪席:"冬月,雖大風雪陰雨,亦有夜市,……糍糕、團子、鹽豉湯之類。"又洪邁夷堅志補十七湖田陳曾二:"共説張婆家女子因吃糍糕被噎而死。"

稫 bì 符逼切,入,職韻,並。ㄅㄧ

以火乾肉。同"𤐣"、"𤆀"。後凡以火乾物皆稱稫。周禮天官籩人"膴,鮑魚,鱐"漢鄭玄注:"鮑者,於稫室中糗乾之。"

椹 sǎn 桑感切,上,感韻,心。ㄙㄢ

以米和羹。同"糝"。墨子非儒下:"孔某窮於陳蔡之間,藜羹不椹。"荀子宥坐:"七日不火食,藜羹不椹。"注:"椹與糝同。"

粺 bài 傍卦切,去,卦韻,並。ㄅㄞ

㊀精米。詩大雅召旻:"彼疏斯粺,胡不自替。"傳:"彼宜食疏,今反食精粺。"鄭玄箋:"米之率,糲十粺九。"㊁稗子。通"稗"。墨子經説下:"唱無過〔遇〕,無所周〔用〕若粺。"孔子家語一相魯:"若其不具,是用粃粺。"注:"粺,草之似穀者。"

糊 hú 户吳切,平,模韻,匣。ㄏㄨ

㊀稠粥。説文作"黏"、"粘"。字又作"餬"。爾雅釋言:"餬,饘也。"疏:"饘,厚粥也。……糊卽餬之或體。"㊁漿糊。唐馮贄雲仙雜記五引宣武盛事:"日用麪一斗爲糊,以供緘封。"㊂塗抹或黏結物品。世説新語巧藝"謝太傅云"注引晉陽秋:"(顧愷之)曾以一廚書寄桓玄,皆其絶者,深所珍惜,悉糊題其前。"文選南朝宋鮑明遠(照)蕪城賦:"製磁石以禦衝,糊頳壤以飛文。"注:"糊,黏也。"又泛指遮掩。唐文粹六三鄭愚大圓禪師碑銘:"雲糊天,月不明。"

【糊口】猶言謀求生活。有生活艱難、勉强維持之義。同"餬口"。魏書崔浩傳:"今既糊口無以至來秋,來秋或不熟,將如之何?"

【糊名】唐武后時,以吏部選人多不實,乃令試卷皆糊姓名,使試官以文定等第,不至受親友請託而營私舞弊。至宋太宗時又推行於科舉考試,以後歷代相承爲科試定例。又稱爲"彌封"。參閱唐劉餗隋唐嘉話下、清顧炎武日知録十七糊名。參見"彌封"。

【糊突】謂人頭腦不清或不明事理。同"糊塗"。元王實甫西廂記三本一折:"一箇價糊突了胸中錦綉。"古今名劇元馬致遠雷轟薦福碑楔子:"如今越聰明越受聰明苦,越癡呆越享了癡呆福,越糊突越有了糊突富。"

【糊塗】謂人頭腦不清或不明事理。也泛指事之模胡混亂。太平廣記四九三郭務静引唐張鷟朝野僉載:"滄州南皮丞郭務静性糊塗。"宋史二八一吕端傳:"太宗欲相端,或曰:'端爲人糊塗。'太宗曰:'端小事糊塗,大事不糊塗。'"

糅 róu 女救切,去,宥韻,娘。ㄖㄡ

混雜。儀禮鄉射禮:"無物,則以白羽與朱羽糅。"楚辭屈原九章懷沙:"同糅玉石兮,一槩而量。"漢書三六劉向傳上疏:"邪正雜糅,忠讒並進。"

【糅莒】掺雜混合。莒,通"旅"。陳列之意。戰國策漢劉向序:"所校中戰國策書,中書餘卷,錯亂相糅莒。"

【粰雜】謂亂雜。梁書王規傳："門無粰雜，坐闕號呶。"

稰 xǔ 私呂切，上，語韻，心。
ㄒㄩˇ 疎舉切，上，語韻，山。

㊀糧食，糧餉。史記一二九貨殖傳："醫方諸食技術之人，焦神極能，爲重稰也。"宋王安石臨川集二四送張頡仲舉知奉新："老吏閉門無重稰，荒山開隴有新粳。"㊁祭神用的精米。楚辭屈原離騷："巫咸將夕降兮，懷椒稰而要之。"注："椒，香物所以降神；稰，精米，所以享神。言巫咸將夕從天上來下，願懷椒稰要之，使占玆吉凶也。"山海經南山經："稰用稌米。"

稯 zòng 作弄切，去，送韻，精。
ㄗㄨㄥˋ

稯子，又作"粽子"，食品名。以箬葉裹米，蒸煮熟之，形如三角。古用黏黍，故謂之角黍。太平御覽八五一晉周處風土記："俗以菰葉裹黍米，以淳濃灰汁煮之令爛熟，於五月五日及夏至啖之。一名稯，一名角黍，蓋取陰陽尚相裹米分散之時像也。"宋陸游劍南詩稿五一過鄰家："端五數日間，更約同解稯。"

糌 zān
ㄗㄢ

見下。

【糌粑】藏語炒麵。將炒熟的青稞麥磨成麵粉，以酥油茶拌和而食，爲藏族人民的主食。參閱西藏記下飲食。

糇 hóu 户鉤切，平，侯韻，匣。
ㄏㄡˊ

乾糧。同"餱"。詩大雅公劉："迺裹餱糧，于橐于囊。"釋文："餱，音侯，食也；字或作糇。"文選漢張平子(衡)思玄賦："屑瑤蕊以爲糇兮，㪺白水以爲漿。"

十 畫

糆 miàn 莫甸切，去，霰韻，明。
ㄇㄧㄢˋ

碎米。見玉篇。

【糆粍】以碎米煮湯，用作飲料。北魏賈思勰齊民要術九煮糆："宿客足作糆粍。糆米一斗，以沸湯一升沃之，……漉出滓，以糆箒舂取勃，勃別出一器中，折米白煮，取汁爲白飲。"

糖 táng 徒郎切，平，唐韻，定。
ㄊㄤˊ

飴糖。古時以麥製飴，卽今之麥芽糖。字作"餳"。唐以後始用甘蔗等製糖。字又作"醣"。參閱清鄭珍說文新附考三糖。

【糖食】奉承，甜言蜜語。元曲選八李文蔚燕青博魚二："他糖食我，說我是南海觀音第一尊。"

【糖霜】熬製成的糖。古有餳，乃煎米糱而成。三國吳孫亮使中藏吏取交州所獻甘蔗餳。至唐太宗遣使至摩竭陀國取熬糖法，詔揚州取蔗作瀋。以後遂有糖霜之名。宋蘇軾蘇文忠詩合注二四送金山鄉僧歸蜀開堂："冰盤薦琥珀，何似糖霜美。"指紅糖霜。黃庭堅在戎州作頌答梓州雍熙長老寄糖霜詩云："遠寄糖霜知有味，勝於崔子水晶鹽。"指糖霜，卽今白糖。參閱宋洪邁容齋隨筆五筆六糖霜譜、王灼糖霜譜一、本草綱目三三果五沙糖。

【糖蟹】糟蟹。南齊書周顒傳："後何胤言斷食生，猶欲食白魚、䱇脯、糖蟹，以爲非見生物。學生鍾岏曰：'䱇之就脯，驟於屈伸；蟹之將糖，躁擾彌甚。'"參閱宋陸游老學庵筆記六。

【糖霜譜】宋王灼撰，一卷，凡七篇。敍唐代糖霜的緣起、製法、性味及有關雜事等。糖霜，四庫提要指爲沙糖，近人考爲冰糖。

糕 gāo 集韻 居勞切，平，豪韻。
ㄍㄠ

用米粉、麪粉等爲原料製成的一種食品。同"餻"。宋孟元老東京夢華錄八重陽："都人多出郊外登高，……前一二日各以粉麪蒸糕遺送。"

糒 bèi 平秘切，去，至韻，並。
ㄅㄟˋ

乾飯。史記一〇九李將軍(廣)傳："大將軍(衛青)使長史持糒醪遺廣。"漢書五四李陵傳："令軍士人持二升糒，一半冰，期至遮虜鄣者相待。"

糔 xiǔ 息有切，上，有韻，心。
ㄒㄧㄡˇ

見下

【糔溲】以水調粉麪。禮內則："爲稻粉，糔溲之以爲酏。"注："糔讀與滫瀡之滫同。"參閱清陳喬樅禮記鄭讀考三（清續經解一六四）。

糙 cāo 七到切，去，號韻，清。
ㄘㄠ

㊀沒有精碾的粗米。舊唐書食貨志："令東都出遠年糙米及粟，就市給糶。"㊁粗，草率。朱子語類五二孟子二："孟施舍北宫黝便粗糙，曾子便細膩爾。"

糗 qiǔ 去久切，上，有韻，溪。
ㄑㄧㄡˇ

㊀乾糧。書費誓："峙乃糗糧。"疏："鄭玄云：糗，擣熬穀也，謂熬米麥使熟，又擣之以爲粉也。"孟子盡心下："舜之飯糗茹草也，若將終身焉。"注："糗，飯乾糒也。"㊁冷粥。國語楚下："（楚）成王聞子文之朝不及夕也，於是乎每朝設脯一束，糗一筐，以羞子文。"注："糗，寒粥也。"

【糗芳】芳香的乾糧。楚辭屈原九章惜誦："播江離與滋菊兮，願春日以爲糗芳。"補注："江離與菊以爲糗糒，取其芳香也。"

【糗糒】乾糧。後漢書十三隗囂傳："囂病且餓，出城餐糗糒，恚憤而死。"北魏賈思勰齊民要術九飧飯："作粳米糗糒法：取粳米汰灑作飯，曝令燥擣細磨，粗細作兩種折。"按一本作"餱糒"。

十一畫

糜 mí 靡爲切，平，支韻，明。
ㄇㄧˊ

㊀粥。禮問喪："故鄰里爲之糜粥，以飲食之。"㊁爛。通"靡"。楚辭漢王逸九思傷時："愍貞良兮遇害，將夭折兮碎糜。"三國魏曹植曹子建集十令禽惡鳥論："得惡者，莫不糜之齒牙，爲害身也。"㊂浪費。通"靡"。見"糜費"。㊃姓。三國時魏有糜信，官樂平太守，有春秋穀梁傳注十二卷，理何氏漢議二卷。見隋書經籍志一。

【糜沸】謂如粥在鍋中沸騰。比喻動亂紛擾。淮南子兵略："攻城略地，莫不降下，天下爲之糜沸螘動。"後漢書五四楊彪傳："無故捐宗廟，棄園陵，恐百姓驚動，必有糜沸之亂。"注："如糜粥之沸也。詩曰：'如沸如羹。'"

【糜草】草藥名。卽葶藶。呂氏春秋孟夏："糜草死，麥秋至。"注："糜草，薺亭歷之類。"禮月令作"靡草"。參見"亭歷"、"葶藶"。

【糜費】浪費。三國志魏衛覬傳上疏："不益於好而糜費功夫，誠皆聖慮所宜裁制也。"梁書王神念傳："先有神廟，妖巫欺惑百姓，遠近祈禱，糜費極多。"

【糜滅】破碎毀滅。漢書五一賈山傳至言："雷霆之所擊，無不摧折者；萬鈞之所壓，無不糜滅者，今人主之威，非特雷霆也；勢重非特萬鈞也。"三國魏曹植曹子建集吁嗟篇："秋隨野火燔，糜滅豈不痛。"

【糜弊】窮苦疲困。漢嚴遵道德指歸論四以正治國篇："百姓糜弊，國家空虛，是戰之所爲作也。"

【糜軀】謂獻出生命。樂府詩集五三魏曹植鼙舞歌聖皇篇："思一効筋力，糜軀以報國。"南齊書王僧虔傳檀珪書："僕一門……祖兄二世，糜軀奉國，而致子姪餓死草壤。」

糠 kāng 苦岡切，平，唐韻，溪。ㄎㄤ

穀皮。本作「穅」。莊子達生：「爲彘謀，曰不如食以糠糟而錯之牢筴之中。」參見「穅」。

【糠市】貧民聚居之處。舊題唐馮贄雲仙雜記八糠市：「洛陽振德坊，皆貧民，例享糟糠之薄，賀知章目爲糠市。」

【糠星】星名。屬箕宿。漢甘公石申星經下箕宿：「箕前亦名糠星，大明歲豐，小微天下饑荒。」

【糠粃】同「糠秕」。㊀穀皮和癟穀。管子禁藏：「(民之食)果蓏素食當十石，糠粃六畜當十石。」㊁比喻細碎之事或無價值之物。三國志魏荀彧傳注引何劭荀粲傳：「(粲)常以爲子貢稱夫子之言性與天道不可得聞，然則六籍雖存，固聖人之糠粃。」北齊顏之推顏氏家訓省事：「守門詣闕，獻書言計，率多空薄，高自矜夸，無經略之大體，咸糠粃之微事。」

【糠粞】粗惡的食物。宋陸游劍南詩稿三太息之二：「仕宦十五年，曾不飽糠粞。」

【糠糜】粗劣的食物。唐韓愈昌黎集三六送窮文：「飫於肥甘，慕彼糠糜。」

【糠覈】粗惡的飯食。覈，麥糠中的粗屑。史記陳丞相世家：「人或謂陳平曰：『貧何食而肥若是？』其嫂嫉平之不視家生產，曰：『亦食糠覈耳。』」集解：「徐廣曰：『覈音核。』孟康曰：『麥糠中不破者也。』」宋蘇軾蘇文忠詩合注十一次韻沈長官之一：「不獨飯山嘲我瘦，也應糠覈怪君肥。」參見「糠覈」。

粺 bì ㄅㄧˋ

見下。

【粺糘】黏鳥之膠質物。唐陸龜蒙甫里集十九禽暴：「江之南，(鳥)不能弋羅，常藥而得之。粺糘塗枝，叢植于陂，一中千萬，膠而不飛。是藥也，出於長沙豫章之涯，行賈貨錯，歲售於射鳥兒。」注：「(粺糘音)上箆下西。」

糟 zāo 作曹切，平，豪韻，精。ㄗㄠ

㊀未清帶滓的酒爲糟。禮內則：「飲重醴、稻醴、清糟。」注：「糟，醇也。」楚辭屈原漁夫：「衆人皆醉，何不餔其糟而歠其醨？」後來直稱酒滓爲糟。急就篇三：「糟糠汁滓稾莝芻。」㊁以酒或酒糟漬物。晉書孔愉傳附孔羣：「公不見肉糟淹更堪久邪？」新唐書地理志：「安州安陸郡，中都督府。土貢：青紵布、糟筍瓜。」㊂酒味。宋楊萬里誠齋集四和李天麟詩之一：「可口端何似，霜螯略帶糟。」㊃後謂事機敗壞或物之朽爛曰糟。參見「糟蹋」。

【糟丘】積釀酒所餘的糟滓堆積成山。比喻沉溺於酒。北堂書鈔一四六六韜：「紂爲君，以酒爲池，迴首糟丘而牛飲者三千人。」漢王充論衡語增：「紂爲長夜之飲，糟丘、酒池，沉湎於酒，不舍晝夜，是必以病。」

【糟牀】榨酒器具。唐杜甫杜工部草堂詩箋十一羌村之二：「賴知禾黍收，已覺糟牀注。」唐陸龜蒙甫里集九看壓新醅寄懷襲美詩：「曉壓糟牀漸有聲，旋如荒澗野泉清。」

【糟粕】酒滓。喻廢物或惡食。常與精華對稱。淮南子道應：「今聖人之所言者，亦以懷其實，窮而死，獨其糟粕在耳。」漢劉向新序雜事二：「凶年飢歲，士糟粕不厭，而君之犬馬有餘穀粟。」

【糟魄】同糟粕。莊子天道：「然則君之所讀者，古人之糟魄已夫。」釋文：「本又作粕。」

【糟漿】泛指酒。列子楊朱：「望門百步，糟漿之氣，逆於人鼻。」唐元稹長慶集十一答姨兄胡靈之見寄五十韻詩：「糟漿聞漸足，書劍訝無成。」

【糟頭】斥罵好酒者之詞。古今雜劇元高文秀好酒趙元遇上皇一：「父親，我守著那糟頭，也不是常法。」明沈自晉翠屏山傳奇反誑：「阿呀你這糟頭，被我三言兩語，怎麼長，怎麼短，就聽信了。」

【糟壇】酒會之所。猶言酒壇。明袁宏道袁中郎詩集下浣溪莊落成同社中諸友賦詞之二：「糟壇屢建三章約，花社新頒九錫文。」

【糟糠】㊀酒滓、穀皮，喻粗劣的食物。韓非子五蠹：「故糟糠不飽者，不務粱肉；短褐不完者，不待文繡。」戰國策韓八：「一歲不收，民不厭糟糠。」㊁後漢書二六宋弘傳：「弘曰：『臣聞貧賤之知不可忘，糟糠之妻不下堂。』」謂貧賤時，與共食糟糠。後因以糟糠爲妻的代稱。宋孫光憲北夢瑣言五：「近代李頻黃匪躬皆嶺表人，頻即遣其糟糠，別婚士族。」

【糟麴】酒母。泛指酒。宋蘇軾分類東坡詩十八次韻子由種杉竹詩：「糟麴有神薰不醉，雪霜誇健巧相沾。」也作「糟麯」。元劉因靜修文集四飲山亭雨後詩：「却笑劉伶糟麯底，豈知身亦屬螟蛉。」

【糟糠氏】豬之別名。宋陶穀清異錄獸：「僞唐陳喬食蒸肫曰：『此糟糠氏面目殊乖，而風味不淺也。』」(說郛六一)

粧 zhuāng 集韻 側羊切，平，陽韻。ㄓㄨㄤ

妝飾，打扮。同「妝」，又作「粃」、「糚」。文選漢司馬長卿(相如)上林賦：「靚粧刻飾，便嬛綽約。」注：「郭璞曰：靚粧，粉白黛黑也。」

糞 fèn 方問切，去，問韻，幫。ㄈㄣˋ

㊀掃除。也作「拚」。禮曲禮上：「凡爲長者糞之禮，必加帚於箕上。」釋文：「拚，本又作糞。……掃席前曰拚。」㊁糞便，污穢。左傳僖二八年：「榮季曰：『死而利國，猶或爲之，況瓊玉乎，是糞土也，而可以濟師，將何愛焉。』」㊂肥田，施肥。孟子滕文公上：「凶年，糞其田而不足。則必取盈焉。」禮月令季夏之月：「可以糞田疇，可以美土疆。」

【糞土】腐土，穢土。論語公冶長：「糞土之牆，不可杇也。」比喻令人厭惡的事物。左傳襄十四年：「衛侯其不得入矣。其言糞土也，亡而不變，何以復國？」引申爲鄙視。唐羅隱甲乙集六秦中富人詩：「糞土金玉珍，猶嫌未奢侈。」

【糞除】掃除。左傳昭三年：「張趯使謂大叔曰：『自子之歸也，小人糞除先人之敝廬，曰：子其將來。』」後漢書四一第五倫傳：「載鹽往來太原上黨，所過輒爲糞除而去。」

【糞棋】低劣的棋藝。宋沈括夢溪筆談十人事：「(林)逋高逸倨傲，多所學，唯不能棋。嘗謂人曰：『逋世間事皆能之，唯不能擔糞與著碁。』」清翟灝通俗編二一藝術屎詩糞棋：「以棋比糞，今嘲低棋曰糞棋，此其出典。」

【糞箕】盛垃圾的器具。同「拚箕」。唐釋法琳辯正論七信毀交報陳子良注引幽明錄：「斯須見承閣西頭來，一手捉掃箒糞箕，一手捉把，亦問家消息。」續傳燈錄二七宗杲禪師：「師高聲叫曰：行者將糞箕掃箒來！」

【糞溷】糞坑，厠所。梁書范縝傳答蕭子良：「人之生譬如一樹花，同發一枝，俱開一蔕，隨風而墮，自有拂簾幌墜於茵席之上，自有關籬牆落於糞溷之側。」

【糞壤】穢土，肥土。楚辭屈原離騷：「蘇糞壤以充幃兮，謂申椒其不芳。」漢王充論衡率性：「深耕細鋤，厚加糞壤，勉致人功，以助地力。」

【糞土臣】猶賤臣。臣下自謙之詞。晉書禮志下答皇帝納采璽書文：「皇帝嘉命，訪婚陋族，備數采擇。……前太尉參軍、都鄉侯糞土臣何琦稽首頓首，再拜承詔。"

【糞掃衣】僧人穿的用碎布拼綴而成的舊衣。又稱衲衣、功德衣。唐釋慧琳一切經音義十一大寶積經二糞掃衣："糞掃衣者，多聞知足上行比丘常服衣也。此比丘高行制貪，不受施利，捨棄輕妙上好衣服，常拾取人間所棄糞掃中破帛，於河澗中浣濯令淨，補納成衣，名糞掃衣，今亦通名納衣。"

糝 sǎn 桑感切，上，感韻，心。ㄙㄢˇ

說文作"糂"。㊀以米和羹。莊子讓王："七日不火食，藜羹不糝。"禮內則："析稌犬羹兔羹，和糝不蓼。"注："凡羹齊宜五味之和米屑之糝。"㊁飯粒。北魏賈思勰齊民要術八："炊秔米飯爲糝。"續傳燈錄三十普賢元素禪師："囊無繫蟻之絲，厨乏聚蠅之糝。"吳方言稱飯粒爲飯米糝。㊂泛指散粒狀的東西。唐韓愈昌黎集五送無本師歸范陽："始見洛陽春，桃枝綴紅糝。"㊃濺。太平樂府二金元好問雙調驟雨打新荷曲："驟雨過，珍珠亂糝，打遍新荷。"

【糝糝】紛散貌。文苑英華一四三唐盧照隣同崔少監作雙槿樹賦："糝糝衰夙，婀娜隈綏。"宋范成大石湖集二九木瓜詩："沈沈黛色濃，糝糝金沙絢。"

十二畫

糩 yè 烏結切，入，屑韻，影。ㄧㄝ

糉子類食品。北魏賈思勰齊民要術九糉糩法食次曰糩："用秫稻米末，絹羅，水蜜溲之，如强湯餅麵。手搦之令長尺餘，廣二寸餘。四破以棗栗肉上下著之，偏與油塗，竹箬裹之。爛蒸。奠二。箬不開，破去兩頭，解去束附。"

糦 chì 昌志切，去，志韻，穿。ㄔ

祭祀時所盛黍稷稻粱之屬。說文作"饎"。詩商頌玄鳥："龍旂十乘，大糦是承。"參閱清陳喬樅韓詩遺說考十八大糦是承（續經解一五五九）。

糪 pì 匹寐切，去，至韻，滂。ㄆㄧ

下出氣。同屁。山海經東山經："（東始之山）泚水出焉，……多茈魚，其狀如鮒，一首而十身，其臭如蘪蕪，食之不糪。"

糧 liáng 呂張切，平，陽韻，來。ㄌㄧㄤ

㊀穀食。周禮地官廩人："凡邦有會同師役之事，則治其糧與其食。"注："行道曰糧，謂糒也。"㊁田賦。宋史高宗紀八："庚戌，以四川經、總、制及田晟錢糧錢共百三十四萬緡充增招軍校費。"元史食貨志一："成宗大德六年，申明稅糧條例。"

【糧仗】糧食與武器。宋書袁顗傳："顗反意已定，而糧仗未足，且欲奉表於太宗。"魏書費穆傳："援軍不至，兼行路阻塞，糧仗俱盡。"

【糧長】明清鄉設糧長，掌管糧稅之事，以富户任之。參閱明史食貨志二、清顧炎武日知錄八鄉亭之職。

【糧重】糧食輜重。史記一一〇匈奴傳："私從馬凡十四萬匹，糧重不與焉。"

【糧道】㊀官名。明各省設督糧道，以布政司參政參議任之。清廢參政參議，於有漕糧之省分置督糧道，司漕運，有專管一省者，如浙江福建是；有兼管兩省者，如江安督糧道管江蘇安徽二省是，簡稱糧道。參閱明史職官志四、清會典事例一九七户部漕運。㊁運糧的道路。史記六九蘇秦傳："齊、魏各出銳師以佐之，韓絕其糧道。"

【糧臺】軍行時調發糧餉的機關。清會典事例二四一户部釐稅："直省釐局……又設立江北釐捐，歸大營糧臺經理。"

【糧料院】官署名。主批發軍政人員的廩祿。唐季以三司大將軍爲都督糧料使。宋初尚緣其制，後改用京官，置糧料院。凡文武百官諸司諸軍俸料，以券準給。見歷代職官表八户部倉場衙門表。

十三畫

糲 lì ㄌㄧˋ

粗米。同"糲"。漢書六二司馬遷傳："糲粱之食，藜藿之羹。"注："張晏曰：'一斛粟七斗米爲糲，音賴。'"參見"糲"。

十四畫

糯 nuò 集韻 奴卧切，去，過韻。ㄋㄨㄛˋ 奴亂切，去，換韻。

黏稻。說文作"稬"。米性甚黏，可以釀酒，製糕餳。又名秫稻。俗作"穤"。見正字通。

糰 tuán 集韻 徒官切，平，桓韻。ㄊㄨㄢˊ

粉餌，俗稱糰子。用粉或米製成的球形食品，如湯糰子。唐白居易長慶集三九寒食日過棗糰店詩："寒食棗糰店，春低楊柳枝。"

十五畫

糲 lì 力制切，去，祭韻，來。ㄌㄧˋ 落蓋切，去，泰韻，來。盧達切，入，曷韻，來。

粗米。同"糲"。韓非子五蠹："糲粢之食，藜藿之羹。"

【糲食】粗米飯。梁書武帝紀下："日止一食，膳無鮮腴，惟豆羹糲食而已。"南史作"糲飯"。宋陸游劍南詩稿一醉中歌："投劾行矣歸園廬，莫厭糲飯嘗黄菹。"

十六畫

糱 niè 魚列切，入，薛韻，疑。ㄋㄧㄝˋ

俗作"蘖"。㊀萌芽。見說文。㊁釀酒或製醬時引起發酵作用的塊狀物質。書說命下："若作酒醴，爾惟麴糱。"楚辭大招："吳醴白糱，和楚瀝只。"注："糱，米麴也。"參見"麴糱"。

糴 dí 徒歷切，入，錫韻，定。ㄉㄧˊ

買入穀物。左傳隱六年："冬京師來告饑，公爲之請糴於宋衛齊鄭。"又莊二八年："冬饑，臧孫辰告糴于齊。"

十九畫

糶 tiào 他吊切，去，嘯韻，透。ㄊㄧㄠˋ

賣出穀物。史記一二九貨殖傳："夫糶，二十病農，九十病末，末病則財石出，農病則草不辟矣。"末謂商賈。

二十一畫

糷 làn 郎旰切，去，翰韻，來。ㄌㄢˋ

粥之稠而黏者。俗稱糷飯。亦作"爛"。爾雅釋器："摶者，謂之糷。"

糳 zuò 則落切，入，鐸韻，精。ㄗㄨㄛˋ

舂，也指舂成的精米。楚辭屈原九章惜誦："擣木蘭以矯蕙兮，糳申椒以爲糧。"注："糳，一作鑿。"說文："糲米一斛舂爲九斗曰糳。"後來古籍多借鑿爲"糳"。

糸部

糸 1. mì ㄇㄧˋ 莫狄切,入,錫韻,明。

㊀細絲。說文:"細絲也,象束絲之形。"五代南唐徐鍇繫傳:"一蠶所吐爲忽,十忽爲絲。糸,五忽也。"㊁微小。見玉篇。

2. sī ㄙ 集韻 新茲切,平,之韻。

㊂"絲"字的省寫。見集韻。

一畫

系 xì ㄒㄧˋ 胡計切,去,霽韻,匣。

㊀聯屬。自上而連屬於下謂爲系。同"繫"。說文:"系,繫也。"㊁繼承。文選漢班孟堅(固)東都賦:"系唐(堯)統,接漢緒。"引申爲世系、譜系。新唐書二二四周智光傳:"少賤,失其先系。"㊂辭賦末尾總結全文之詞。文選漢張平子(衡)思玄賦:"系曰:天長地久歲不留,……獲我所求夫何思。"唐李善引舊注:"系,繫也。言繫一賦之前意也。"㊃繩,帶。通"繫"、"係"。後漢書輿服志下:"武冠,俗謂之大冠,環纓無蕤,以青系爲緄。"㊄姓。楚有系益。見廣韻。

【系孫】遠世子孫。舊唐書一六〇柳宗元傳:"字子厚,河東人,後魏侍中濟陰公之系孫也。"

【系録】譜牒。記載一姓世系的書册。新唐書九五高士廉傳贊:"遭晉播遷,胡醜亂華,百宗蕩析,士去墳墓,子孫猶挾系録,以示所承。"又藝文志著録柳冲撰大唐姓族系録二百卷。

【系璧】繫於帶間的小璧。說文:"玤,石之次玉者,以爲系璧。"

糺 jiū ㄐㄧㄡ

同"糾"。見"糾"。

二畫

糾 1. jiū ㄐㄧㄡ 居黝切,上,黝韻,見。

亦作"糺"。㊀絞合的繩索。引申爲纏繞,糾纏。楚辭屈原九章悲回風:"糺思心以爲纕兮,編愁苦以爲膺。"參見"糾纏"。㊁集結,收集。左傳僖二四年:"召穆公思周德之不類,故糾合宗族于成周而作詩。"㊂舉發,矯正。書冏命:"繩愆糾謬,格其非心。"周禮秋官大司寇:"以五刑糾萬民。"㊃曲折。南朝梁何遜何水部集渡連圻詩之一:"洑流自洄糾,激瀨視奔騰。"

2. jiǎo ㄐㄧㄠˇ 集韻 舉夭切,上,小韻。

㊄見"窈糾"。

【糾正】督察改正。晉書石鑒傳:"仕魏,歷尚書郎、侍御史、尚書左丞、御史中丞,多所糾正,朝廷憚之。"

【糾糾】纏結貌。詩魏風葛屨:"糾糾葛屨,可以履霜。"傳:"糾糾,猶繚繚也。"又見小雅大東。

【糾紛】㊀雜亂,紛擾。史記一一七上司馬相如傳子虛賦:"交錯糾紛,上干青雲。"文選晉左太沖(思)魏都賦:"至乎勍敵糾紛,庶土罔寧,聖武興言,將曜威靈。"㊁重疊交結。唐盧照鄰幽憂子集一至望喜矚目言懷貽劍外知己詩:"碧流遞縈注,青山互糾紛。"唐文粹三三李華弔古戰場文:"河水縈帶,羣山糾紛。"

【糾發】督察舉發。後漢書五六王龔傳附王暢:"暢深疾之,下車奮厲威猛,其豪黨有釁穢者,莫不糾發。"

【糾察】舉發檢察。後漢書六五皇甫規傳對策:"在位素餐,尚書怠職,有司依違,莫肯糾察。"新唐書一九二賈隱林傳:"德宗見隱林,偉其貌,……因令糾察行在。"

【糾彈】舉發彈劾官吏的過失。新唐書一七四元稹傳上疏:"輒昧死條上十事:一、教太子,正邦本;……八、許方幅糾彈;九、禁非時貢獻;十、省出入游畋。"

【糾謬】矯正錯誤。書冏命:"繩愆糾謬,格其非心。"舊唐書一八九下王元感傳:"長安三年,表上其所撰尚書糾謬十卷。"

【糾繩】舉發懲處。梁書徐勉傳論喪疏:"請自今士庶,直悉依古,三日大斂,如有不奉,加以糾繩。"

【糾纆】繩索。引申爲纏繞聯結。史記八四賈誼傳服鳥賦:"夫禍之與福兮,何異糾纆。"集解:"禍福相爲表裏,如糾纆繩索相附會也。"文選晉孫子荆(楚)征西官屬送於陟陽侯作詩:"吉凶如糾纆,憂喜相紛繞。"

【糾纏】交相纏繞。也作"糾纆"。鶡冠子世兵:"禍乎福之所倚,福乎禍之所伏,禍與福如糾纏。"一本作"糾纆"。宋黃庭堅豫章集二八跋翟公巽所藏石刻:"柳公權謝紫絲鞋帖筆勢往來如用鐵絲糾纏,誠得古人用筆意。"後謂煩擾不休爲糾纏。聊齋志異董生:"既歸,女笑要之。怫然曰:'勿復相糾纏,我行且死!'"

三畫

紆 yū ㄩ 憶俱切,平,虞韻,影。

㊀屈曲,回旋。周禮考工記矢人:"中弱則紆,中强則揚。"文選戰國楚宋玉高唐賦:"水澹澹而盤紆兮,洪波淫淫之溶㵝。"㊁繫,垂。文選漢張平子(衡)東京賦:"紆皇組,要干將。"㊂姓。東晉列國後秦有肥鄉侯始平紆邈。見廣韻。

【紆行】屈曲而行。周禮考工記梓人:"卻行,仄行。連行,紆行。"疏:"紆,曲也。以其蛇行屈曲,故謂之紆行也。"

【紆徐】從容寬緩貌。文選漢司馬長卿(相如)子虛賦:"襞積褰縐,紆徐委曲。"文苑英華一七二南朝梁劉孝綽三日侍華光殿曲水宴詩:"妍歌已嘹亮,妙舞復紆徐。"

【紆軫】㊀委屈和隱憂。楚辭屈原九章惜誦:"背膺牉以交痛兮,心鬱結而紆軫。"注:"紆,曲也,軫,隱也。言已不忍變心易行,則憂思鬱結,胸背分裂,心中交引而隱痛也。"㊁盤曲。後漢書二八下馮衍傳顯志賦:"馳中夏而升降兮,路紆軫而多艱。"注:"紆軫猶盤曲也。"㊂回車,枉駕。軫,車的代稱。晉書陶潛傳:"刺史王弘以元熙中臨州,甚欽遲之,後自造焉。潛稱疾不見,既而語人云:'我性不狎世,因疾守閑,幸非潔志慕聲,豈敢以王公紆軫爲榮耶!'"

【紆餘】曲折延伸貌。1.形容山水地勢。史記一一七司馬相如傳上林賦:"紆餘委蛇,經營乎其内。"唐柳宗元柳先生集二九石渠記:"曲行紆餘,睨若無窮。"2.形容人的才氣從容。唐韓愈昌黎集十二進學解:"紆餘爲妍,卓犖爲傑。"3.形容歌聲文章婉曲多姿。宋書樂志四三國魏繆襲魏鼓吹曲十一邕熙:"歌聲一何紆餘,雜笙簧。"宋蘇洵嘉祐集十一上歐陽内翰第一書:"執事之文,紆餘委備,往復百折。"

【紆譎】曲折多變。漢書八七上揚雄傳甘泉賦："陵高衍之嶮崊兮，超紆譎之清澄。"明張岱陶菴夢憶一焦山："放舟焦山，山更紆譎可喜。"

【紆體】屈身。漢書一〇〇上敘傳答賓戲："徒樂枕經籍書，紆體衡門。"

【紆鬱】㊀深曲貌。文選漢王文考（延壽）魯靈光殿賦："屹山峙以紆鬱，隆崛岉乎青雲。"㊁抑鬱，鬱結。楚辭漢劉向九歎憂苦："願假簧以舒憂兮，志紆鬱其難釋。"

【紆朱拖紫】比喻地位顯貴。紫朱指高官所佩印綬的顏色。唐白居易長慶集五四歲暮寄微之詩之二："若並如今是全活，紆朱拖紫且開眉。"明張居正張文忠集五再辭恩命疏："紆朱拖紫，揖讓人主之前；當軸秉衡，平章軍國之重。"

【紆青拖紫】繫佩印綬。比喻地位顯貴。文選漢揚子雲（雄）解嘲："紆青拖紫，朱丹其轂。"注："東觀漢記曰：印綬，漢制，公侯紫綬，九卿青綬。"

紂 zhòu ㄓㄡˋ 除柳切，上，有韻，澄。

㊀馬緧。即駕車馬後部的革帶。見說文。方言九："車紂，自關而東，周洛韓鄭汝潁而東謂之鍬，或謂之曲綯，或謂之曲綸，自關而西謂之紂。"㊁商代最末的君主名。詳"紂王"。

【紂王】商代最末的君主。帝乙之子，名受，號帝辛。史稱紂王。曾平定東夷，使中原文化逐漸傳播到淮河長江流域。紂材力過人，知足以拒諫，言足以飾非，暴斂重刑，百姓怨望。周武王東伐至盟津，諸侯叛商者八百。戰於牧野，紂軍倒戈，紂兵敗自焚於鹿臺。見史記殷紀。

【紂棍】繫於牛馬驢尾下的橫木。周禮考工記輈人"必緧其牛後"漢鄭玄注："緧者，轡絡之類，一曰馬紂。"清梁同書直語補證紂棍："驢後絡以橫木，俗名紂棍。"

【紂絕陰天宮】道家所謂洞天六宮之一。唐段成式酉陽雜俎二玉格："六天，一曰紂絕陰天宮，……六曰敢司連苑宮。人死皆至其中。"

紅 1. hóng ㄏㄨㄥˊ 戶公切，平，東韻，匣。

㊀紅色。古指淺紅色。論語鄉黨："君子不以紺緅飾，紅紫不以爲褻服。"楚辭宋玉招魂："紅壁沙版，玄玉梁些。"注："紅，赤白色。"後泛指各種紅色。史記一一七司馬相如傳大人賦："紅杳渺以眩湣兮，猋風涌而雲浮。"索隱引晉灼："紅，赤色皃。"㊁呈現紅色，變紅。漢書六四下賈捐之傳罷珠厓對："太倉之粟紅腐而不可食。"㊂草名。見"紅草"。㊃姓。漢初楚元王子富封於紅，子孫以封地爲姓。見元和姓纂一東。

2. gōng ㄍㄨㄥ 集韻沽紅切，平，東韻。

㊄通"工"。見"紅₂女"。㊅通"功"。史記文帝紀："（柩）已下，服大紅十五日，小紅十四日，纖七日，釋服。"參見"大功"、"小功"。

【紅丁】菌的別稱。以形似而稱。宋陸游劍南詩稿六三對酒之二："黃甲如盤大，紅丁似蜜甜。"

【紅巾】古代農民起義軍和愛國武裝，常以紅巾裹頭，史籍上因稱紅巾。其著名者如：1. 宋末，張福莫簡在四川利州路興元府率領士兵起義，以紅巾蒙首，號紅巾隊。見宋史四〇三張威傳。2. 元末，韓山童劉福通等利用白蓮教發動起義，以紅巾爲號。至正十一年五月，韓山童事洩被害，劉福通逃往潁州正式起義，江淮流域紛紛響應：徐壽輝起兵蘄黃，布王三孟海馬起兵湘漢，芝蔴李起兵豐沛；次年，郭子興據濠州響應，朱元璋投入爲郭子興部屬。均屬紅巾系統，時皆謂之"紅軍"，也稱"香軍"，成爲最終推翻元朝的主力。見明史一二二韓林兒傳。

【紅丸】明光宗即位後，遇疾，內侍崔文昇與鴻臚寺官李可灼進紅丸，帝服之而死，是爲紅丸之案。與"挺擊"、"移宮"稱爲三案。朝野議論不一。魏忠賢欲乘此以清除異己，乃編三朝要典，以誣陷東林黨人。崇禎立，忠賢貶死，而三案之爭不已，明亡始止。參閱明史紀事本末六八三案。

【紅₂女】古指從事紡織、縫紉、刺繡等的婦女。也作"工女"。漢書四三酈食其傳："農夫釋耒，紅女下機，天下之心未有所定也。"注："紅讀曰工。"史記九七酈食其傳作"工女"。參見"工女"。

【紅牙】樂器名。1. 調節樂曲節拍的拍板。多用檀木做成，色紅，故名。宋司馬光溫國文正公集十三和王少卿十日與留臺……諸官赴王尹賞菊之會詩："紅牙板急絃聲咽，白玉舟橫酒量寬。"辛棄疾稼軒詞一滿江紅建康史帥致道席上賦："佳麗地，文章伯；紅牙拍。"2. 泛指檀木做的樂器。宋史四八〇錢俶傳："俶貢白金五萬兩，錢萬萬，銀飾箜篌方響羯鼓各四、紅牙樂器二十二事。"遼史太宗紀天顯七年："秋七月，……壬辰，唐遣使遺紅牙笙。"

【紅友】酒的別稱。宋羅大經鶴林玉露八："常州宜興縣黃土村，東坡（蘇軾）南遷北歸，嘗與單秀才步田至其地。地主攜酒來餉，曰：'此紅友也。'"古人酒以紅爲惡，白爲美，酒紅則濁，白則清，故稱薄酒爲紅友。參閱清虞兆隆天香樓偶得白酒。

【紅毛】明清時稱荷蘭人爲紅夷或紅毛夷。見明史三二五外國傳和蘭、清俞正燮癸巳存稿五臺灣。

【紅玉】紅色的玉石。古人常以比喻美人。舊題漢劉歆西京雜記一："趙后體輕腰弱，善行步進退，女弟昭儀不能及也；但昭儀弱骨豐肌，尤工笑語，二人並色如紅玉。"唐李賀歌詩編二貴主征行樂："春營騎將如紅玉，走馬捎鞭上空綠。"

【紅本】㊀明宦官劉瑾專權時，凡奏章必先具紅揭投劉瑾，號紅本；然後交通政司，號白本。見明史三〇四劉瑾傳。㊁清制，凡本章經皇帝批定後由內閣用朱書批發者稱紅本。清代設有收發紅本處，掌紅本的分發和收儲。參閱清會典事例十四內閣職掌收發紅本。

【紅生】㊀肉食品烹調術之一。將切碎的肉片下鍋略炒即吃，有色紅味鮮的特點。與"紅生"相對，久煮者稱"白熟"。宋趙德麟侯鯖錄一："東坡（蘇軾）云：世之對偶，如'紅生''白熟'、'手文''脚色'二對，無復加也。"元周密武林舊事九高宗幸張府節次略："直殿官大煠下酒：鴨簽，水母膾……紅生水晶膾。"㊁傳統戲劇角色名。以生角塗飾紅色臉譜，表現忠勇耿直。如走麥城中的關羽，拔子都中的潁考叔等。

【紅汗】舊對婦女所出汗的美稱。全唐詩二八四李端胡騰兒："揚眉動目踏花氈，紅汗交流珠帽偏。"

【紅豆】㊀相思木所結子。實成莢，子大如豌豆，微扁，色鮮紅或半紅半黑。古常以比喻愛情或相思。唐王維王右丞集十五相思詩："紅豆生南國，秋來發幾枝，勸君多採擷，此物最相思。"參見"相思木"。㊁赤小豆俗稱紅豆。見本草綱目二四穀赤小豆。

【紅妝】指婦女的盛裝。以色尚紅，故稱。也作"紅粧"、"紅糚"、"紅裝"。樂府詩集二五古辭木蘭詩之一："阿姊聞妹來，當户理紅妝。"一本作"紅粧"。文選南朝齊謝玄暉（朓）和王主簿怨情詩："徒使春帶賒，坐惜紅粧變。"後常用以代指美女。宋蘇軾分類東坡詩十四海棠詩："只恐夜深花睡去，更燒高燭照紅粧。"聊齋志異西湖主："無何，紅裝數輩，擁一女郎至亭上坐。"

【紅定】舊俗定婚時男方送給女方的聘禮。元曲選缺名鴛鴦被三："當初也無紅定，無媒證。"又康進之李逵負荊一："你還不知道！纔此這杯酒是肯酒，這褡膊是紅定，把你這女孩兒與俺宋公明哥哥做壓寨夫人。"

【紅雨】㊀紅色的雨。缺名致虛雜俎："（唐）天寶十三年，宮中下紅雨，色若桃花。"㊁比喻落花。唐劉禹錫劉夢得集二百舌吟詩："花枝滿空迷處所，搖動繁英墜紅雨。"李賀歌詩編四將進酒："況是青春日將暮，桃花亂落如紅雨。"

【紅拂】相傳隋末李靖以布衣謁越國公楊素，楊侍婢羅列，中有一執紅拂者，貌美，深情矚目李。李歸逆旅，夜五更，紅拂妓特來投，兩人相與奔歸太原。見太平廣記一九三虯髯客引五代前蜀杜光庭虯髯傳。

【紅兒】唐官妓名。詳"比紅兒"。

【紅炸】傳統戲化妝所用扎鬚的一種。炸也作扎，即將鬚的中央剪去一綹，另加色鬚一綹垂頷下。分黑蒼白紅四種。紅炸表示其人粗豪，如洪羊洞中孟良、鎖五龍中單雄信、取洛陽中馬武皆用之。參閱近人齊如山中國劇之組織五髯鬚扎鬚。

【紅春】胭脂名。宋陶穀清異錄裝飾："（唐）僖昭時，都下娼家競事妝唇，婦女以此分妍否。其點注之工，名色差繁，其略有燕脂暈品、石榴嬌、大紅春、小紅春。"（說郛六一）

【紅缸】燈名。文苑英華一四九唐舒元輿牡丹賦："角銜紅缸，爭嚬翠娥，灼灼夭夭，逶逶迤迤。"明楊慎藝林伐山十一紅缸星缸月缸："白樂天涼風詩：'紅缸霏微滅，碧幌飄飖開。'張光朝詩：'星缸凝夜暉。'陸魯望詩：'月缸曉屏碧。'皆謂燈也。"

【紅袖】指婦女的紅色衣袖。南齊書樂志王儉白紵辭："聲發金石媚笙簧，羅袿徐轉紅袖揚。"也代指美女。唐白居易長慶集五四對酒吟詩："今夜還先醉，應煩紅袖扶。"才調集四杜牧南陵道中詩："正是客心孤迥處，誰家紅袖倚江樓。"

【紅粉】婦女化裝用的胭脂與白粉。文選古詩十九首之二："娥娥紅粉妝，纖纖出素手。"也代指美女。唐李商隱李義山詩集五馬嵬之二："冀馬燕犀動地來，自埋紅粉自成灰。"

【紅草】㊀草名。1.即葒草。也稱蘢古、水紅、水葓。生水澤中，高達丈餘，莖大而赤，花紅白色。詩鄭風山有扶蘇"隰有游龍"漢毛萇傳："龍，紅草也。"爾雅釋草："紅，蘢古，其大者蘬。"注："俗呼紅草爲蘢鼓，語轉耳。"2.古時傳說的一種瑞草。見唐段成式酉陽雜俎前集十九草。㊁泛指紅色的草。文苑英華二二五唐曹唐小遊仙詩之十二："紅草青林日半斜，閑乘小鳳出彤霞。"

【紅娘】㊀唐元稹作鶯鶯傳，寫張生與崔鶯鶯相愛，經崔婢紅娘從中設謀撮合促成兩人的結合。見太平廣記四八八鶯鶯傳。後人據以演爲西廂記雜劇，流傳極廣，紅娘遂成爲助人完成美滿婚姻的人或物的代稱。清李漁十二樓合影樓一："綠波慣會作紅娘，不見御溝流出墨痕香。"㊁曲名。唐元稹長慶集十一病聞幕中徵樂詩："紅娘留醉打，觥使及醒差。"自注："舞引紅娘抛打，曲名。"㊂蟲名。見"紅娘子㊀"。

【紅淚】㊀舊題晉王嘉拾遺記七魏："文帝（曹丕）所愛美人，姓薛，名靈芸。……靈芸聞別父母，歔欷累日，淚下霑衣。至升車就路之時，以玉唾壺承淚，壺則紅色。既發常山，及至京師，壺中淚凝如血。"後因稱婦女的眼淚爲紅淚。唐李賀歌詩編一蜀國絃："誰家紅淚客，不忍過瞿塘。"也泛指悲傷的眼淚或血淚。明張鳳翼紅拂記傳奇破鏡重符："痛煞煞當時鏡分，哭啼啼各自搵紅淚。"㊁指花露。文苑英華三二三唐羅隱庭花詩："向晚寂無人，相偎墮紅淚。"㊂指燭融化時流滴如淚。唐白居易長慶集三十夜宴惜別："箏怨朱絃從此斷，燭啼紅淚爲誰流？"

【紅雪】㊀泛指紅色的花，如櫻桃花、桃花等。唐白居易長慶集二五同諸君攜酒早看櫻桃花詩："綠餳粘盞杓，紅雪壓枝柯。"明楊基眉菴集二草堂芙蓉孟冬始開……詩："憶昔開元太液池，綠水朱欄颭紅雪。"㊁化妝品名。唐劉禹錫劉夢得集十七代李中丞謝賜紫雪面脂等表："奉宣聖旨，賜臣紫雪、紅雪、面脂口脂各一合。"又王建詩八宮詞之六七："黃金合裏盛紅雪，重結香羅四出花。"

【紅教】西藏喇嘛教的一支派。見"喇嘛教"。

【紅船】㊀紅色的彩船。宋蘇軾東坡集前集十一與胡祠部遊法華山詩："使君年老尚兒戲，綠棹紅船舞澎湃。"㊁元末陳友諒起事，建號漢，其水師有赤龍船。至正二十三年朱元璋與友諒之軍，大戰於鄱陽湖，友諒敗死，元璋以所獲赤龍船改運俘囚，後來因習稱運囚之船爲紅船。明楊循吉吳中故語三學罵王敬："劉（瑀）次日召諸生責之曰：王敬家有三條玉帶，汝輩小兒何能與之抗？且說永樂間秀才罵內使，皆發充軍，汝謂無紅船載汝輩耶？"參閱明徐禎卿翦勝野聞。㊂救生船的別稱。見清會典事例九二九工部船政救生船。

【紅裙】婦女穿的裙。樂府詩集二八南朝陳後主（叔寶）日出東南隅行："紅裙結未解，綠綺自難徽。"也指婦女。唐韓愈昌黎集二醉贈張祕書詩："長安衆富兒，盤饌羅羶葷；不解文字飲，惟能醉紅裙。"

【紅粟】舊史稱漢文景帝時太倉之粟，儲積多至紅腐不可食。後來因用紅粟比喻糧食富足。文選晉左太沖（思）吳都賦："窺東山之府，則瓌寶溢目；覵海陵之倉，則紅粟流衍。"文苑英華六四六唐駱賓王代徐敬業傳檄天下文："海陵紅粟，倉儲之積靡窮；江浦黃旗，匡復之功何遠。"

【紅陽】漢縣名。屬南陽郡。漢成帝河平二年，封其舅王立於此，稱紅陽侯。故址在今河南舞陽縣西北紅山之南。參閱讀史方輿紀要五一南陽府舞陽縣。

【紅牋】一種精美的小幅紅紙。也作"紅箋"。多作名片、請柬或題詩詞用。唐白居易長慶集十七江樓夜吟元九律詩成三十韻："斜行題粉壁，短卷寫紅牋。"一本作"紅箋"。五代後周王仁裕開元天寶遺事上風流藪澤："長安有平康坊，妓女所居之地，京都俠少，萃集于此。兼每年新進士以紅牋名紙，遊謁其中，時人謂此坊爲風流藪澤。"

【紅絲】五代後周王仁裕開元天寶遺事上牽紅絲娶婦："郭元振少時，美風姿，有才藝。宰相張嘉貞欲納爲婿。元振曰：'知公門下有女五人，未知孰陋，事不可倉卒，更待忖之。'張曰：'……吾欲令五女各持一絲，幔前使子取便牽之，得者爲壻。'元振欣然從命。遂牽一紅絲綫，得第三女，大有姿色。"後因以紅絲比喻姻緣。

【紅鉛】㊀婦女裝扮用的胭脂、鉛粉。唐温庭筠集二江南曲："扇薄露紅鉛，羅輕壓金縷。"㊁舊時術士稱婦女的月經。見本草綱目五二人婦人月水。

【紅綃】㊀紅色薄綢。常用做手帕、頭巾、衣服等。唐元稹長慶集六寄吳士矩端公五十韻詩："箏弦玉指調，粉汗紅綃拭。"㊁唐傳奇中人名。唐大曆中，有崔生往視一勳臣疾，勳臣命歌舞妓紅綃爲崔生進食，又命送崔生出院，二人遂相愛慕。崔生歸後，神迷意奪。家中有崑崙奴磨勒，於月圓夜負崔生入勳臣宅，與紅綃相會，遂負崔生與紅綃潛出，促成二人結合。見太平廣記一九四崑崙奴引唐裴鉶傳奇。

【紅塵】㊀飛揚的塵土，形容繁華熱鬧。文選漢班孟堅(固)西都賦："闐城溢郭，旁流百廛，紅塵四合，煙雲相連。"也指繁華熱鬧的地方。南朝陳徐陵徐孝穆集一洛陽道詩之一："綠柳三春暗，紅塵百戲多。"㊁佛道等家稱人世爲紅塵。宋陸游渭南文集四九鷓鴣天詞之五："插脚紅塵已是顛，更求平地上青天。"元曲選王子一誤入桃源二："我本爲厭紅塵跳出樊籠，只待要撥開雲霧登丘隴，身世外無擒縱。"

【紅蓮】㊀紅色蓮花。樂府詩集七二古辭西洲曲："開門郎不至，出門採紅蓮。"㊁早稻名。唐陸龜蒙甫里集八別墅懷歸詩："遥爲晚花吟白菊，近炊香稻識紅蓮。"宋范成大吳郡志三十土物下："紅蓮稻，自古有之。……此米中間絶不種，二十年來農家始復種，米粒肥而香。"

【紅翠】鳥名。全唐詩六一四皮日休寄題羅浮軒轅先生所居："紅翠數聲瑶室響，真檀一炷石樓深。"自注："(紅翠)山鳥名。"

【紅閨】少女的住房。文苑英華三四六唐王諲後庭怨："君不見紅閨少女端正時，夭夭桃李仙容姿。"

【紅潮】㊀婦女的月經。也稱天癸。五代後唐張泌粧樓記："紅潮，謂桃花癸水也，又名入月。婦女之經，月必一至，如潮之有信，故有此稱。"㊁臉上泛起紅暈。宋蘇軾東坡詞西江月之四："雲鬢風前綠卷，玉顔醉裏紅潮。"

【紅輪】㊀卽紅綸巾，婦女所佩的披巾。北周庾信庾子山集三奉和趙王美人春日詩："步搖釵朶〔梁〕動，紅輪披〔帔〕角斜。"唐李賀歌詩編二嘲謝秀才之四："淚濕紅輪重，栖烏上井梁。"㊁指太陽。文苑英華一五一唐太宗賦得白日半西山詩："紅輪不暫駐，烏飛豈復停。"

【紅樓】紅色的樓。泛指華麗的樓房，多富貴家婦女所居。唐段成式酉陽雜俎續集五寺塔記上："長樂坊安國寺紅樓，睿宗在藩時舞榭。"唐李白李太白詩七侍從宜春苑奉詔賦："東風已綠瀛洲草，紫殿紅樓覺春好。"唐白居易長慶集二秦中吟議婚："紅樓富家女，金縷繡羅襦。"

【紅皺】指乾棗。唐韓愈昌黎集八城南聯句："紅皺曬檐瓦，黄團繫門衡。"

【紅線】㊀我國古代文學作品中人名。唐潞州節度使薛嵩家青衣紅線，能文善武，有技藝，掌牋表，號内記室。時魏博節度使田承嗣將併潞州，薛日夜憂悶。紅線夜奔魏博，入田寢所，取其牀頭金合歸，以示儆戒。田乃遣使謝薛。紅線後辭去，不知所終。見唐袁郊甘澤謠紅線。五朝小説、説薈題楊巨源撰。㊁同赤繩。元韓奕韓山人集清平樂壽内詞："當初黄卷相逢，後來紅線相從，此去白頭相守，榴花無限薰風。"

【紅鞓】紅色皮帶，宋金官員的一種服飾。宋王栐燕翼貽謀録一："舊制，中書舍人、諫議大夫、權侍郎，並服黑帶，佩金魚。霍端友爲中書舍人，奏事，徽宗皇帝顧其帶，問云：'何以無别於庶官？'端友奏：'非金玉，無用紅鞓者。'乃詔四品從官改服紅鞓黑犀帶，佩金魚。"金史輿服志下："五品，服紫者紅鞓烏犀帶，佩金魚；服緋者紅鞓烏犀帶，佩銀魚。"

【紅蕉】卽美人蕉。形似芭蕉而矮小，花色紅豔。多生長於温、熱帶。唐白居易長慶集十八東亭閒望詩："綠桂爲佳客，紅蕉當美人。"宋范成大桂海虞衡志志花："紅蕉花，葉瘦類蘆箬，心中抽條，條端發花。葉數層，日拆一兩葉。色正紅，如榴花、荔子，其端各有一點鮮綠，尤可愛。春夏開，至歲寒猶芳。"

【紅橋】㊀紅欄杆的橋。唐白居易長慶集五三新春江次詩："鴨頭新綠水，鴈齒小紅橋。"㊁橋名。在江蘇揚州市。清吳綺揚州鼓吹詞序紅橋："在城西北二里，崇禎間形家設以鎖水口者。朱欄數丈，遠通兩岸，雖彩虹卧波，丹蛟截水，不足以喻。而荷香柳色，雕楹曲檻，鱗次環繞，綿亙十餘里……誠一郡之麗觀也。"

【紅螺】螺類的一種。肉可食。殼堅實，可爲酒器。唐劉恂嶺表異録下："紅螺，大小亦類鸚鵡螺，殼薄而紅，亦堪爲酒器。刳小螺爲足，綴以膠漆，尤可佳尚。"因用爲酒杯的代稱。唐陸龜蒙甫里集十一和醉中寄一壺并一絶詩："酒痕衣上雜莓苔，猶憶紅螺一兩盃。"宋陸游劍南詩稿六三對酒之一："素月度銀漢，紅螺斟玉醪。"

【紅顔】㊀婦女豔麗的容貌。漢書九七上孝武李夫人傳漢武帝悼李夫人賦："既激感而心逐兮，包紅顔而弗明。"也代指美麗女子。唐白居易長慶集十八後宮詞："紅顔未老恩先斷，斜倚熏籠坐到明。"清吳偉業梅村家藏稿三圓圓曲："痛哭六軍皆縞素，衝冠一怒爲紅顔。"㊁喻指少年。南朝宋鮑照鮑氏集八擬行路難詩之一："紅顔零落歲將暮，寒光宛轉時欲沈。"唐李白李太白詩九贈孟浩然："紅顔棄軒冕，白首卧松雲。"

【紅藍】草名。又名紅花、黄藍。其花紅色，葉片似藍。花可製染料、胭脂，也可入藥。晉張華博物志謂漢張騫得自西域。北魏賈思勰齊民要術五種紅藍花梔子專述其種植法及製胭脂法。參閲晉崔豹古今注下草木、本草綱目十五草四紅藍花。

【紅藥】花名。卽芍藥。文選南齊謝玄暉(朓)直中書省詩："紅藥當階翻，蒼苔依砌上。"

【紅鵶】指太陽。古代神話日中有三足烏。鵶，卽烏。宋文同丹淵集二野田黄雀行："搥鼉鏗鯨宴瑶臺，紅鵶弄翼春徘徊。"參見"金烏"。

【紅麴】麴(麯)類的一種。色紅，故稱。用於食品加色、調味和防腐，如製造紅酒、紅糟和紅腐乳等；也可入藥。初學記二六三國魏王粲七釋："瓜州紅麴，參糅相半，軟滑膏潤，入口流散。"宋蘇軾分類東坡詩十六次韻(錢)穆父馬上寄(蔣)穎叔之一："剩與故人尋土物，臘糟紅麴寄駝蹄。"參閲本草綱目二五穀四紅麴。

【紅羅】㊀輕軟紅色的絲織品。多用以製作婦女衣裙。文選漢班孟堅(固)西都賦："紅羅颯纚，綺組繽紛。"漢書六七下孝成班倢伃傳自悼賦："感帷裳兮發紅羅，紛綷縩兮紈素聲。"㊁荔枝的異名。廣東荔枝，有玉英子、燋核、沉香、丁香、紅羅等名。見廣羣芳譜六十果譜荔支一引鄭熊廣中荔支譜。

【紅蠶】蠶老吐絲，其體透紅，稱紅蠶。漢揚雄太玄經六將："上九，紅蠶緣于枯桑，其繭不黄。"唐陸龜蒙甫里集三雜諷詩之一："紅蠶緣枯桑，青繭大如甕。"

【紅鸞】㊀神話傳説中一種紅色的仙鳥。全唐詩八五四杜光庭題都慶觀："三仙一一駕紅鸞，仙去雲閒遶古壇。"㊁星相家迷信，説天上有紅鸞星，主人間婚姻喜事。元曲選關漢卿竇娥寃二："孩兒，你可曾算我兩箇的八字，紅鸞天喜幾時到命哩？"古今名劇元喬吉(孟符)詩酒揚州夢四："紅鸞天喜星相照，今日相逢事不難。"

【紅一字】傳統戲中所用一字形的假鬚，紅色。黑色者則稱黑一字。均爲上唇短髭，連鬢。帶此鬚者，多爲莽壯而不修邊幅的人，如戰宛城之典韋。參閲近人齊如山中國劇之組織五鬍鬚一字鬚。

【紅叱撥】唐天寶中，大宛進汗血馬六匹，一曰紅叱撥。也泛指駿馬。唐元稹長慶集四望雲騅馬歌："登山縱似望雲騅，平地須饒紅叱撥。"才調集三韋莊長安清明詩："紫陌亂嘶紅叱撥，綠楊高映畫鞦韆。"參見"叱撥"。

【紅白事】俗稱婚嫁喜慶爲紅事，喪葬爲白事，總稱紅白事。清錢泳履園叢話三三雜記上紅白盛事："蘇杭之間，每呼婚喪喜慶爲紅白事，其來久矣。"清會典事例八五八八旗都統："頒卹賞之式。凡紅白事，賞倖給於部，賞銀給於旗。"

【紅羊劫】指國難。古人迷信，以丙午、丁未是國家發生災禍的年份，而丙、丁均屬火，色赤，未屬羊，故稱。或謂午屬馬，因稱丙午爲赤馬，丁未爲紅羊。全唐詩四九二殷堯藩李節度平虜："太平從此銷兵甲，記取紅羊換劫年。"元袁桷清容居士集十張虛靖圓庵區曰歸鶴次韻詩："紅羊赤馬悲滄海，白虎蒼龍儼大庭。"

【紅夷礮】明時稱荷蘭製大炮爲紅夷礮。明史兵志四："萬曆中……大西洋船至，復得巨礮，曰紅夷。長二丈餘，重者至三千斤，能洞裂石城，震數十里。"清代諱言夷字，稱爲紅衣礮。

【紅沙日】舊時陰陽家以每季的孟月酉日、仲月巳日、季月丑日忌婚嫁，稱紅沙日。見協紀辨方書三六辨譌紅沙。

【紅芍藥】詞調名。雙調，九十一字，前後段各八句五仄韻。見詞譜二二。

【紅雨樓】明萬曆間，福建閩縣徐𤊹藏書樓名。𤊹字興公，居鼇峰，積書至五萬三千餘卷，與曹學佺謝肇淛埒，有紅雨樓家藏書目四卷，又紅雨樓題跋二卷。

【紅拂記】傳奇劇名。明張鳳翼撰。三十四齣。主要本五代前蜀杜光庭虬髯客傳，演李靖與紅拂女遇合，虬髯客傾家助李靖，使佐李世民起事創立唐王朝的故事。當時流傳很廣。

【紅剥銀】清代專作漕運經費的賦銀。顺治初定制：漕船至天津起剥，分運至通州，設紅剥船六百隻，每船給田十頃，收租贍船，免其徵科。康熙三十九年裁革，將原田按畝起科，歸入地丁奏銷；仍照原收租數，分派各省，於漕糧項下編徵，解糧道庫支發，稱紅剥銀。其銀用於置造垈船器具及開支夫役工食。見清會典事例二〇三户部漕運剥船。

【紅桐觜】鳥名。宋宋祁益部方物略記："紅桐觜，出永康軍山谷中，綘體若赭，惟羽間差黑，人亦畜之，然不能久也。"

【紅娘子】㊀相傳爲明末農民起義軍女將領之一。江湖藝人出身。崇禎十三年在杞縣率衆起義，與其夫李信（巖）同投李自成起義軍。參閲清吳偉業綏寇紀略九通城擊、明史三〇九李自成傳。㊁蟲名。即樗雞，又名灰蟬、灰花蛾。宋詩鈔韓琦安陽集鈔涼樹池上二闋之二："行困老樗陰下坐，兒童争喜拾紅娘。"元趙文青山集七麥熟詩："一丸蘿蔔吾豈無，悲歌不怕紅娘子。"參閲本草綱目四十蟲二樗雞。

【紅勒帛】㊀紅帛做的腰帶。宋陸游老學庵筆記九："士人家子弟，無貧富皆着蘆心布衣，紅勒帛，狹如一指大。稍異此，則共嘲笑，以爲非士流也。"㊁批改文字時用紅筆塗抹之跡。宋沈括夢溪筆談九人事："嘉祐中，士人劉幾，累爲國學第一人，驟爲怪嶮之語，學者翕然劾之，遂成風俗。歐陽公深惡之。會公主文，決意痛懲。……有一舉人論曰：'天地軋，萬物茁，聖人發。'公曰：'此必劉幾也。'戲續之曰：'秀才剌，試官刷。'乃以大朱筆横抹之，自首至尾，謂之紅勒帛，判'大紕繆'字榜之。既而果幾也。"後因稱塗抹批改文字爲"紅勒"。聊齋志異陸判："朱獻窗稿，陸輒紅勒之，都言不佳。"

【紅梅記】傳奇劇名。明周朝俊撰，袁宏道删改潤色。主要演宋裴舜卿與盧氏女昭容以紅梅作合，及賈似道妾李慧娘鬼魂救裴舜卿的故事。今存有玉茗堂批評本，共三十四齣。參閲曲海總目提要七。

【紅梨記】傳奇劇名。明徐復祚撰。三十齣。內容本元張壽卿紅梨花雜劇，改換劇中人物姓名，擴充篇幅。演趙汝州（伯疇）與教坊妓女謝素秋的離合故事。參閲曲海總目提要三。

【紅雲宴】古稱荔枝熟時舉行的宴會爲紅雲宴。席上及窗壁皆置荔枝，望之如紅雲，故稱。宋陶穀清異録果紅雲宴："嶺南荔枝，固不逮閩蜀，劉鋹每年設紅雲宴，正紅荔枝熟時。"又見宋顧文薦負暄雜録欑枝（説郛十八）。

【紅絲硯】山東益都出紅絲石，石質赤黄，有紅纹如刷絲，縈繞石面。人琢爲硯，名紅絲硯。唐彦猷作硯録，以此石爲上品，蘇易簡硯譜謂硯有四十餘品，以青州紅絲石爲第一，端州斧柯山石爲第二，歙州龍尾石爲第三。參閲宋杜綰雲林石譜下紅絲石、王闢之澠水燕談録八事誌。

【紅蓮米】紅色黍米的别稱。爾雅謂之虋。浙人呼爲紅蓮米。江南多白黍，間有紅者，呼爲赤蝦米。見本草綱目二三穀二丹黍米。

【紅靺鞨】寶石名。色紅，産于靺鞨，其地在今松花江牡丹江及黑龍江下游一帶。舊唐書肅宗紀上元二年："楚州刺史崔侁獻定國寶玉十三枚：一曰玄黄天符，……七曰紅靺鞨，大如巨栗，赤如櫻桃。"宋文同丹淵集三朱櫻歌："君王日午坐猗蘭，翡翠一盤紅靺鞨。"

【紅綬花】見"綬花"。

【紅樓夢】㊀原名石頭記，又名金玉緣。一百二十回。前八十回爲曹霑（雪芹）撰，後四十回爲高鶚（蘭墅）續。曹書初爲寫本，僅流傳於親友間，乾隆五十六年始刊行。此書版本甚多，有八十回本和一百二十回本兩個系統。八十回本多附有脂硯齋評語，有脂評甲戌本（乾隆十九年）、己卯本（乾隆二十四年）、庚辰本（乾隆二十五年）等，皆爲手抄。此外通行者有 1912 年有正書局石印的戚蓼生序本。一百二十回本最早是乾隆五十六年和五十七年程偉元的活字排印本，一般稱爲程甲本和程乙本。此後，還有許多版本陸續出現。全書以賈寶玉、林黛玉的婚姻悲劇爲主線，寫賈府之由盛而衰，反映當時的社會生活的各種矛盾，揭示封建制度的黑暗、腐敗及其必然没落的歷史趨勢；而對封建禮教的犧牲者賈寶玉和林黛玉等，寄予深切的同情。全書近百萬言，規模宏大而結構謹嚴，形象鮮明，爲我國古典小説傑作之一。㊁傳奇劇名。清仲雲澗撰。分上下二卷。上卷三十二折，本小説紅樓夢故事；下卷二十四折，則續其事，大旨在改原悲劇爲喜劇，以賈林大團圓收場。

【紅豬牙】珍寶名。明曹昭格古要論六珍寶紅豬牙："紅豬牙出西蕃，如蚌，棗色，纹理粗細與象牙相似，世傳多年龍牙。多作刀靶、扇柄。假者以白象牙用藥煮成者。"

【紅螺山】山名。即螺山，也稱螺盤山。在今北京市懷柔縣北。相傳山頂有潭，潭中有螺如斗，色殷紅，時放燄光，照射林麓，故名紅螺山。見明劉侗于奕正帝京景物略八畿輔名蹟、畿輔通志五七山川一。

【紅麒麟】製成麒麟形的獸炭。宋蘇軾分類東坡詩四贈月長老："白灰如積雪，中有紅麒麟，勿觸紅麒麟，作灰維那嗔。"

【紅繡鞋】㊀北詞曲牌名。屬中吕調套曲。見雍熙樂府十八雜曲。㊁舊時酷刑刑具之一，鑄鐵爲鞋，燒紅强令犯人穿在脚上。清昭槤嘯亭續録三圖文襄公厚德:"公掌刑曹時，與姚端恪公同定律例，將明代酷法盡皆刪除，……又毀明代鎮撫司酷刑，如吕公絲、紅繡鞋諸虐具，以免後人效法。"

【紅爛熳】顏色鮮紅而美麗。唐白居易長慶集十九西省對花憶忠州東坡新花樹因寄題東樓詩:"最憶東坡紅爛熳，野桃山杏水林檎。"

【紅躑躅】紅杜鵑花的別稱。唐白居易長慶集十六題元八谿居詩:"晚葉尚開紅躑躅，秋房初結白芙蓉。"王建詩八宮詞之七四:"勑賜一窠紅躑躅，謝恩未了奏花開。"

【紅鹽池】地名。在陝西定邊縣西北，與寧夏鹽池縣接界。明成化九年，大同巡撫王越等襲破韃靼於紅鹽池，卽此。見明史一七一王越傳。

【紅衣大礮】明末清初仿照荷蘭大炮所造的炮。用鐵鑄成，也稱"紅衣鐵礮"。紅衣，爲"紅夷"的轉稱。後金天聰五年曾鑄紅衣大礮，礮身鐫文曰"天祐助威大將軍"。清會典八六八旗都統:"礮，有神威無敵大將軍銅礮、九節十成銅礮、……紅衣鐵礮。"

【紅豆書莊】清惠棟藏書處。在江蘇蘇州城東南冷香溪北。惠棟祖周惕，聞東禪寺有紅豆樹，相傳爲白鶴禪師所種，老而朽，復萌新枝，乃移一枝植階前，自號紅豆主人；父士奇，人稱紅豆先生；棟因亦以紅豆名藏書處，稱紅豆書莊。有百歲堂書目三卷。見清陳康祺郎潛紀聞四。

【紅杏尚書】宋宋祁曾官工部尚書，善填詞，所作玉樓春詞有"紅杏枝頭春意鬧"句。時人張先因稱宋爲"紅杏枝頭春意鬧尚書"。見宋范正敏遯齋閒覽。後簡作"紅杏尚書"。

【紅男綠女】盛服出遊的男女。清舒位修簫譜傳奇擁髻:"紅男綠女，到今朝野草荒田。"也作"綠女紅男"。清富察敦崇燕京歲時記萬壽寺:"萬壽寺在西直門外五六里，門臨長河，乃皇太后祝釐之所。每至四月，自初一日起，開廟半月。遊人甚多，綠女紅男，聯蹁道路。"

【紅情綠意】指豔麗的春日景色。文苑英華一六九唐趙彥昭立春日侍宴內出剪綵花應制詩:"花隨紅意發，葉就綠情新。"宋文同丹淵集六約春詩:"紅情綠意知多少，盡入涇川萬樹花。"

【紅葉題詩】唐人小說記紅葉題詩故事頗多，事同而人物各異。如 1.唐宣宗時，盧渥赴京應舉，偶臨御溝，拾得紅葉，葉上題詩云:"流水何太急，深宮盡日閒；殷勤謝紅葉，好去到人間。"後宣宗放出部分宮女，許從百官司吏，渥得一人，卽題詩紅葉上者。見唐范攄雲溪友議十。2.唐僖宗時于祐，於御溝得紅葉，上有詩句，同雲溪友議。後在河中娶得遣放宮人韓氏，卽題詩者。見宋劉斧青瑣高議前集五流紅記。3.唐玄宗時顧況於苑中流水上得一大梧葉，上題詩云:"一入深宮裏，年年不見春，聊題一片葉，寄與有情人。"況亦於葉上題詩和之。見唐孟棨本事詩。4.唐德宗時賈全虛於御溝見一花流至，旁連數葉，上題詩句與本事詩稍有不同。全虛悲想其人，爲之流淚。事聞於德宗，得知爲王才人養女鳳兒所題。德宗因以鳳兒賜全虛。見宋王銍補侍兒小名錄。後來元人雜劇如白樸韓翠蘋御水流紅葉、李文蔚金水題紅怨皆演此故事。

【紅綾餅餤】一種精美的食餅。外裹紅綾，故稱。多爲帝王及高官貴戚家食。宋葉夢得避暑錄話下:"唐御膳以紅綾餅餤爲重。昭宗光化中，放進士榜，得裴格等二十八人，以爲得人，會燕曲江，乃令大官特作二十八餅餤賜之。盧延讓在其間。後入蜀爲學士，既老，頗爲蜀人所易。延讓詩素平易近俳，乃作詩云:'莫欺零落殘牙齒，曾喫紅綾餅餤來。'王衍聞知，遂命供膳，亦以餅餤爲上品，以紅羅裹之。至今蜀人工爲餅餤，而紅羅裹其外，公廚大燕，設爲第一。"也作"紅綾餤"。宋樓鑰攻媿集十一齒落戲作詩:"休憶紅綾餤，難呑栗棘蓬。"

【紅顏薄命】舊稱美貌女子早死或遇人不淑爲紅顏薄命。元曲選缺名鴛鴦被三:"總則我紅顏薄命，真心兒待嫁劉彥明，偶然間却遇張舜卿。"明沈鯨雙珠記傳奇真武靈應:"争奈他淚血紛紛如霰，紅顏薄命，古今常見。"

紎 zī ㄗ 側持切，平，之韻，莊。

同"緇"。禮檀弓上:"紎衣。"釋文:"紎，本又作緇。"見"緇"。

紀 1. jì ㄐㄧˋ 居里切，上，止韻，見。

㊀絲縷的頭緒。禮禮器:"紀散而衆亂。"墨子尚同上:"譬若絲縷之有紀，罔罟之有綱。"㊁治理，綜理。詩大雅棫樸:"勉勉我王，綱紀四方。"傳:"以罔罟喻爲政，張之爲綱，理之爲紀。"國語周上:"稷則徧誡百姓，紀農協功。"㊂法度準則。書伊訓:"先王肇修人紀，從諫弗咈。"呂氏春秋孟春:"無變天之道，無絶地之理，無亂人之紀。"㊃紀律。後漢書十六鄧禹傳:"(三輔)百姓不知所歸，聞禹乘勝獨尅而師行有紀，皆望風相攜負以迎軍。"㊄歲、日、月、星辰、曆數，皆稱紀。書洪範:"五紀:一曰歲，二曰日，三曰月，四曰星辰，五曰曆數。"㊅古代紀年的單位。1.十二年爲一紀。書畢命:"既歷三紀。"傳:"十二年曰紀。"2.一千五百年爲一紀。史記天官書:"三十歲一小變，百年中變，五百載大變；三大變一紀，三紀而大備。"3.一世爲一紀。文選漢班孟堅(固)幽通賦:"皇十紀而鴻漸兮，有羽儀於上京。"注:"紀，世也。言先人至漢十世，始進仕。"㊆記載。通"記"。左傳桓二年:"夫德儉而有度，登降有數，聲明以發之，文物以紀之。"文選漢張平子(衡)東京賦:"咸用紀宗存主，饗祀不輟。"注:"紀，録也。"㊇舊史體裁之一，記一代帝王事蹟，爲全史之綱。如史記高祖本紀、新唐書太宗紀等。參見"本紀㊂"。㊈僕人。見"紀綱㊂"。㊉基址。詩秦風終南:"終南何有，有紀有堂。"注:"紀，基也。"⑪古國名。姜姓，春秋時爲齊所滅。見左傳隱元年。故地在今山東壽光縣東南。

2. jǐ ㄐㄧˇ

⑫姓。春秋紀侯之後，漢有紀信。見元和姓纂六止。

【紀元】歷史上紀年的起算年代。我國古時皆以新君卽位的次年爲元年，每易一君，卽改元，而不設年號。西周厲王失位，周召二相共理國事，國號共和，爲有年號之始。秦惠文王十四年更爲元年，爲在位之君改元之始。然其後未施行。至漢，文帝卽位十六年，詔更以明年爲元年；武帝卽位改元，以建元爲年號，在位五十四年，改元十次。自此以訖於元，皆沿襲其制，有一年而改元二次者，亦偶有新君襲用先君之元及年號者。明清以來，君主卽位改元，仍用年號，但中間不改元。參閱史記周紀、秦紀、十二諸侯年表。

【紀年】記算年歲。左傳襄三十年:"臣小人也，不知紀年。"文苑英華一七五唐鄭愔奉和幸上官昭容院山亭獻詩之二:"十五萱知月，三千桃紀年。"

【紀$_{2}$昌】傳說古代之善射者。學射於飛衛。以馬尾毛懸蝨於窗前，能射穿蝨心而懸毛不斷。見列子湯問。

【紀$_{2}$昀】公元 1724—1805 年。清河間人。字曉嵐。乾隆十九年進士，官至禮部尚書、協辦大學士。博覽羣書，乾隆間修四庫全書，昀任總纂，校訂整理，用功甚勤；著録各書皆撰提要，冠於卷首。未著録者則爲存目。卒謚文達。著有閲微草堂筆記等。昀孫樹馨輯集其所著爲紀文達公遺集，十六卷。

【紀₂信】公元前？—前204年。漢趙城人。楚漢相争時爲劉邦部將。項羽圍劉邦於滎陽，事急，信僞爲劉邦出降，邦得逃脱，羽怒，燒殺信。見史記項羽紀。

【紀律】綱紀法規。左傳桓二年："文物以紀之，聲明以發之，以臨照百官，百官於是乎戒懼而不敢易紀律。"唐元稹長慶集四一批宰臣請上尊號第二表："百吏雖存，官業多曠；萬目雖設，紀律未張。"後多稱軍法曰紀律。宋釋文珦潛山集三昨日出城南詩："軍中紀律嚴，致死無敢奔。"

【紀極】終極，限度。左傳文十八年："縉雲氏有不才子，貪于飲食，冒于貨賄，……聚斂積實，不知紀極。"後漢書五四楊震傳上疏："(阿母王聖)奉養聖躬，雖有推燥居溼之勤，前後賞惠，過報勞苦，而無厭之心，不知紀極。"

【紀實】記其事實。宋詩鈔汪元量水雲集鈔鳳州："走筆成詩聊紀實，峨峩風土出蹲鴟。"

【紀綱】㊀法度。書五子之歌："今失厥道，亂其紀綱，乃底滅亡。"傳："亂其法制，自致滅亡。"禮樂記："然後聖人作，爲父子君臣，以爲紀綱。"㊁治理。國語晉四："此大夫管仲之所以紀綱齊國，裨輔先君而成霸者也。"㊂管理。後代指僕人。左傳僖二四年："秦伯送衛於晉三千人，實紀綱之僕。"注："諸門户僕隸之事，皆秦卒共(供)之，爲之紀綱。"聊齋志異長清僧："夫人遣紀綱至，多所饋遺。"

【紀曆】記時的曆法。晉陶潛陶淵明集二桃花源詩："雖無紀曆誌，四時自成歲。"元張憲玉笥集九遊黄公洞十八韻詩："紀曆何嘗知晉魏，流光端可繼彭籛。"

【紀録】文字記載。漢王充論衡超奇："古昔之遠，四方辟匿，文墨之士，難得紀録。"魏書序紀："淳樸爲俗，簡易爲化，不爲文字，刻木紀契而已，世事遠近，人相傳授，如史官之紀録焉。"

【紀元編】清李兆洛撰，三卷。上卷紀元總載，自漢迄明，按代排列，并附歷代非正統年號(包括農民起義軍政權、地方割據政權、叛亂集團政權等的年號)、外國年號和錢文年號。中卷紀元甲子表，起漢武帝建元元年，止清同治十年，按年排列，并將非正統紀元系於正統紀元之下。附補建元以前歷代甲子表，起黄帝元年，止漢景帝後三年。春秋戰國諸侯甲子系於其下。下卷紀元編韻，將所有年號按韻排列。卷末紀元編韻補。全書編次整齊，搜羅完備，便於查檢。

【紀元曆】曆法名。宋徽宗(趙佶)崇寧五年，蔡京命姚舜輔改曆，以帝即位之日爲元，因稱紀元曆。崇寧五年頒行，訖宋孝宗(趙眘)乾道三年，凡行六十二年。參閲宋史律曆志十二、十三。

【紀羣交】三國志魏陳羣傳："魯國孔融高才倨傲，年在紀羣之間，先與紀友，後與羣交，更爲紀拜，由是顯名。"紀，陳羣父。北齊書陸卬傳："甚爲河間邢邵所賞。邵又與卬父子彰交遊，嘗謂子彰曰：'吾以卿老蚌遂出明珠，意欲爲羣拜紀可乎？'"後因稱累世之交爲紀羣交。

【紀綱地】伸張法紀的地方。比喻諫官的職務。新唐書一六四盧景亮傳附王源中："臺憲者，紀綱地，府縣責成之所。"唐杜甫杜工部詩史補遺五送韋諷上閬州録事參軍："操持紀綱地，喜見朱絲直。"

【紀太山銘】碑刻名。在山東泰安縣。唐玄宗(李隆基)開元十四年撰並書。字徑六寸許，共二十四行，每行五十一字。額題"紀太山銘"四字，字徑一尺九寸。書體雖小變漢法，而婉縟雄逸，有飛動之勢。銘刻於崖上，高約三丈，椎拓不易，故流傳甚少。見金石萃編七六。

【紀事本末】以事爲綱的一種史書體裁。宋袁樞以資治通鑑紀一事而隔數卷，不易稽查，乃自出新意，作通鑑紀事本末四十二卷，分類排纂，以一事爲一編，各詳其起訖，自爲標題，部目分明，始末了然。遂開紀事本末一體。繼之有明陳邦瞻宋史紀事本末、元史紀事本末，清谷應泰明史紀事本末，清楊陸榮三藩紀事本末、高士奇左傳紀事本末等。

【紀效新書】明戚繼光撰，十八卷。爲繼光任浙江參將時練兵備倭時之作。分十八篇，各篇皆有圖説，以欲所部皆能通曉，文詞通俗近口語。所載皆其試於行陣，實用有效，故以"紀效"爲書名。

【紀録彙編】叢書名。明沈節甫編。共一百二十三種，二百十六卷。收入明初至嘉靖以前的君臣雜記、詩評、志怪、時事之作，卷帙甚富，而體例不免冗雜。萬曆時刊行。

紃 xún ㄒㄩㄣ 詳遵切，平，諄韻，邪。食倫切，平，諄韻，神。

㊀圓形細帶。禮内則："(女子)治絲繭，織紝組紃，學女事。"疏："組、紃俱爲絛(縧)也。……皇氏云：組是綬也。然則薄濶爲組，似繩者爲紃。"㊁法則。淮南子精神："以道爲紃，有待而然。"注："紃者，法也。"㊂通"循"。見"紃察"。

【紃察】反復考察。荀子非十二子："終日言成文典，及紃察之，則倜然無所歸宿。"注："紃，與'循'同。"及，本又作"反"。

【紃屨】粗麻繩編製成的鞋。荀子富國："布衣紃屨之士誠是，則雖在窮閻漏屋，而王公不能與之争名。"注："紃，絛(縧)也。謂編麻爲之，粗繩之屨也。"

紇 hé ㄏㄜˊ 下没切，入，没韻，匣。胡結切，入，屑韻，匣。

㊀下等的絲。見説文。㊁人名字。春秋魯有叔梁紇，孔子父。見左傳襄十年。㊂回紇，古民族名。見該條。

【紇干】㊀山名。又名紇真山，在今山西大同縣東。山上終年積雪。鳥雀往往凍死。故人語曰：'紇真山頭凍死雀，何不飛去生處樂。'"參閲太平寰宇記五一朔州鄯陽縣引冀州圖。㊁唐末朱全忠遣寇彦卿迫昭宗東遷洛陽，昭宗與左右皆哭，相語曰："紇干山頭凍死雀，何不飛去生處樂！"見新五代史寇彦卿傳。參閲宋吴曾能改齋漫録二紇干字無據。㊂複姓。北齊有紇干氏。見廣韻。

【紇那】踏曲的和聲。唐劉禹錫劉夢得集九紇那曲之一："同郎一回顧，聽唱紇那聲。"又竹枝詞之二："今朝北客思歸去，回入紇那披緑羅。"

【紇那曲】曲調名。唐代民間有歌詞："得体(dē dǒng)，紇那也，紇囊得体耶；潭裏船車鬧，揚州銅器多。三郎當殿坐，看唱得体歌。"見舊唐書一〇五韋堅傳。紇那之名始此。劉禹錫有紇那曲，見劉夢得集九。後入詞作詞調，單調二十字，四句三平韻。見詞譜一。

【紇邏敦】青草。紇羅爲突厥語青色的音譯，敦爲草或草原的音譯。唐白居易長慶集四新樂府陰山道："陰山道，陰山道，紇邏敦肥水泉好。"

紉 rèn ㄖㄣˋ 女鄰切，平，真韻，娘。

㊀將兩縷捻成單繩。楚辭屈原離騷："扈江離與辟芷兮，紉秋蘭以爲佩。"又漢賈誼惜誓："傷誠是之不察兮，並紉茅絲以爲索。"㊁縫綴，以線穿針。禮内則："衣裳綻裂，紉箴(鍼)請補綴。"聊齋志異俠女："見母作衣履，便代縫紉。"㊂按摩。管子霸形："狄伐邢衛，桓公不救，裸體紉胸稱疾。"注："紉，猶摩也。自摩其胸，若有所

痛患也。”㈣柔而結實，不易斷裂。通“韌”。樂府詩集七三焦仲卿妻：“君當作磐石，妾當作蒲葦，蒲葦紉如絲，磐石無轉移。”

【紉緝】比喻修補。元柳貫柳待制文集一貫草草南歸伯生馳詩見別舟中次韻詩：“因憐菅蒯材，分寸强紉緝。”

約 yuē ㄩㄝ 於笑切，去，笑韻，影。於略切，入，藥韻，影。

㈠纏縛。詩小雅斯干：“約之閣閣。”疏：“謂以繩纏束之。”戰國策齊四：“魯連乃爲書約之以射城中。”也指繩索。左傳哀十一年：“公孫揮命其徒曰：‘人尋約，吳髮短。’”㈡屈曲。謂如繩之彎曲。楚辭宋玉招魂：“土伯九約，其角觺觺些。”注：“約，屈也。觺觺(yí)，猶狺狺，角利貌。”㈢約束，檢束。論語子罕：“夫子循循然善誘人，博我以文，約我以禮。”㈣阻止。戰國策燕二：“秦召燕王，燕王欲往，蘇代約燕王，……燕昭王不行。”㈤簡單，簡略。荀子不苟：“(君子)總天下之要，治海内之衆，若使一人。故操彌約而事彌大。”㈥節儉。荀子榮辱：“約者有筐篋之藏，然而行不敢有輿馬。”㈦窮困。論語里仁：“不仁者不可以久處約，不可以長處樂。”㈧卑下。國語吳：“王不如設戎，約辭行成，以喜其民。”㈨預先規定須共同遵守的條文或條件。禮學記：“大信不約。”史記項羽紀：“懷王與諸將約曰：‘先破秦入咸陽者王之。’”參見“約劑”。㈩辦備。戰國策齊四：“(馮煖)於是約車治裝，載券契而行。”⑪邀結，邀請。戰國策齊三：“齊衛交惡，衛君甚欲約天下之兵以攻齊。”元王實甫西廂記三本三折：“今日小姐着俺寄書與張生，當面偌多般假意兒，詩内却暗約着他來。”⑫大概。水滸三九：“只見前面一聲胡哨響，山城坡下跳出一夥好漢，約有四五十人。”

【約束】㈠纏縛。莊子駢拇：“約束不以纆索。”㈡規約。史記八一藺相如傳：“又趙括既代廉頗，悉更約束，易置軍令。”㈢限制。周禮秋官“司約下士二人”漢鄭玄注：“約，言語之約束。”後漢書二四馬援傳：“條奏越律與漢律駮者十餘事，與越人申明舊制以約束之。”

【約法】㈠以法令相約束。韓詩外傳十：“鮑叔薦管仲曰：臣所不如管夷吾者五：……制禮約法於四方，臣弗如也。”㈡簡省法令。漢賈誼新書過秦下：“約法省刑，以持其後。”

【約指】戒指。玉臺新詠一三國魏繁欽定情詩：“何以致殷勤，約指一雙銀。”

【約莫】粗計，大略。水滸三十：“仰面看天時，約莫三更時分。”

【約略】大概，簡要。晉皇甫謐帝王世紀：“西南望步廣里，北眺翟泉，二處相距遠近，約略相同也。”(太平寰宇記三引)唐白居易長慶集五四答客問杭州詩：“爲我踟躕停酒盞，與君約略説杭州。”

【約從】戰國時指關東各諸侯國聯合以共同對秦。戰國策秦一：“約從散横，以抑强秦。”史記周紀：“西周恐，倍(背)秦，與諸侯約從。”正義：“關東地，南北長，長爲從，六國共居之。關西地，東西廣，廣爲横，秦獨居之。”參見“合從連衡”。

【約黄】古代婦女的一種妝飾樣式。即在鬢角塗飾微黄。玉臺新詠七梁簡文帝美女篇：“約黄能效月，裁金巧作星。”也喻指美人。唐李商隱李義山詩集一效長吉：“君王不可問，昨夜約黄歸。”

【約劑】古代用作憑證的契約、文券。周禮秋官司約：“掌邦國及萬民之約劑，治神之約爲上，治民之約次之。”注：“劑，謂券書也。”又：“凡大約劑，書于宗彝，小約劑，書于丹圖。”注：“大約劑，邦國約也。……小約劑，萬民約也。”

【約法三章】史記高祖紀：“吾與諸侯約，先入關者王之，吾當王關中。約，法三章耳：殺人者死，傷人及盜抵罪。”後漢書四八楊終傳建初元年上疏：“高祖平亂，約法三章。”後來泛稱訂立簡明的條款，使人共同遵守，稱約法三章。

【約定俗成】指事物的名稱，經人相約命定，習用既久爲社會所公認。荀子正名：“名無固宜，約之以命。約定俗成謂之宜，異於約則謂之不宜。”

紈 wán ㄨㄢˊ 胡官切，平，桓韻，匣。

㈠白色細絹。漢書地理志下齊地：“故其俗彌侈，織作冰紈綺繡純麗之物，號爲冠帶，衣履天下。”㈡見“紈牛”。

【紈牛】小牛。逸周書王會：“卜盧以紈牛。紈牛者，牛之小者也。”紈與“綄”同。後來字訛作“紈”。文選南齊王元長(融)三月三日曲水詩序：“紈牛露犬之玩，乘黄兹白之駟。”注：“紈牛，小牛也。”

【紈扇】細絹製成的團扇。玉臺新詠五南朝梁江淹班婕妤扇詩：“紈扇如團月，出自機中素。”

【紈素】精緻潔白的細絹。文選漢班婕妤怨歌行：“新裂齊紈素，皎潔如霜雪。”後漢書五四楊秉傳上疏：“(宦豎)居法王公，富擬國家，飲食極肴饍，僕妾盈紈素。”

【紈絝】細絹製成的褲。也作“紈袴”。漢書一〇〇上敍傳：“數年，金華之業絶，出與王許子弟爲羣，在於綺襦紈絝之間，非其好也。”注：“紈，素也。綺，今細綾也。并貴戚子弟之服。”後因以泛指富貴人家的子弟，含鄙薄意。唐杜甫杜工部草堂詩箋三奉贈韋左丞丈二十二韻：“紈袴不餓死，儒冠多誤身。”宋史二八六魯宗道傳：“時執政多任子於館閣讀書，宗道曰：‘館閣育天下英才，豈紈絝子弟得以恩澤處邪！’”

【紈綺年】謂少年。隋書盧思道傳勞生論：“紈綺之年，伏膺教義，規行矩步，從善而登。”

四畫

紊 wèn ㄨㄣˋ 亡運切，去，問韻，明。

亂。書盤庚上：“若網在綱，有條而不紊。”

素 sù ㄙㄨˋ 桑故切，去，暮韻，心。

㈠白色生絹。禮玉藻：“大夫素帶，辟垂。”玉臺新詠一古詩八首之一：“新人工織縑，故人工織素。”㈡白色。詩召南羔羊：“羔羊之皮，素絲五紽。”舊時遇凶喪之事用白色，故特指喪服。見“素服”、“素冠”、“素車”。㈢空。有名無實或有實無名。見“素餐”、“素王”、“素封”。㈣樸素，純潔。老子：“見素抱樸，少私寡欲。”莊子刻意：“純素之道，唯神是守。……能體純素，謂之真人。”㈤始，本。尚書大傳虞夏傳：“定以六律、五聲、八音、七始，着其素，蔟以爲八，此八伯之事也。”注：“素，猶始也，蔟，猶聚也。”漢劉向説苑反質：“是謂伐其根素，流於華葉。”㈥平素，往常，舊時。晏子佚文：“孔子見，景公曰：‘先生素不見晏子乎？’”史記項羽紀：“居鄛人范增年七十，素家居，好奇計。”㈦預先。國語吳：“夫謀，必素見成事焉，而後履之。”㈧現在。禮中庸：“君子素其位而行，不願乎其外。”宋朱熹注：“素，猶現在也。言君子但因現在所居之位，而爲其所當爲。”㈨誠心，真情。通“愫”。戰國策秦三：“夫公孫鞅事孝公，極身毋二，……竭智能，示情素。”注：“素、愫通，誠也。”唐白居易長慶集六村中留李三固言宿詩：“勿嫌村酒薄，聊酌論心素。”㈩蔬食。見“素食㈣”。⑪姓。後魏有素延耆。見魏書鄯善傳。

【素一】純樸。南朝梁江淹江文通集十齊太祖高皇帝誄：“迹去繁參，情歸素一。”

【素士】寒素的士人。三國志魏賈詡傳:“文帝(曹丕)使人問詡自固之術，詡曰:‘願將軍恢崇德度，躬素士之業，朝夕孜孜,不違子道,如此而已。’”宋書謝瞻傳:“及還彭城，言於高祖(劉裕)曰:‘臣本素士,父祖位不過二千石。’”

【素女】㊀傳説中的神女名。與黄帝同時。或言其長於音樂。史記封禪書:“太帝使素女鼓五十弦瑟。”古文苑四揚雄太玄賦:“聽素女之清聲兮，觀宓妃之妙曲。”或言其知陰陽天道。吴越春秋勾踐伐吴外傳:“越王還於吴，當歸，而問於范蠡曰:‘何子言之，其合於天?’范蠡曰:‘此素女之道，一言即合大王之事。’”或言其善房中術。漢王充論衡命義:“素女對黄帝陳五女之法,非徒傷父母之心,乃又賊男女之性。”隋書經籍志三著録有素女養生要方、素女祕道經、素女方等。㊁天河神女。晉謝端於邑下得一大螺，取歸貯甕中畜之。一日早出潛歸，於籬外偷窺,見一少女從甕中出。問從何來,答曰:“我天漢中白水素女。”見舊題晉陶潛搜神後記五。

【素心】㊀本心，素願。晉書孫綽傳上疏:“播流江表，已經數世，存者長子老孫，亡者丘隴成行，雖北風之思，感其素心,目前之哀,實爲交切。”唐李白李太白詩十一贈從弟南平太守之遥之二:“素心愛美酒，不是顧專城。”㊁心地純潔。晉陶潛陶淵明集二移居詩之一:“聞多素心人,樂與數晨夕。”文選南朝宋顔延年(延之)陶徵士誄:“弱不好弄,長實素心。”

【素王】㊀指遠古帝王。史記殷紀:“伊尹處士,湯使人聘迎之，五反，然後肯從湯,言素王及九主之事。”索隱:“按:素王者太素上皇,其道質素，故稱素王。”㊁有帝王之德而未居其位的人。莊子天道:“以此處上,帝王天子之德也;以此處下,玄聖、素王之道也。”注:“有其道爲天下所歸而無其爵者，所謂素王自貴也。”㊂漢王充論衡定賢:“孔子不王，素王之業在春秋。”抱朴子博喻:“是以立素王之業者,不必東魯之丘;能洽掩枯之仁者，不必西都之昌。”後來儒家專以素王稱孔子。

【素支】箭靶。文選南朝宋顔延年(延之)赭白馬賦:“經玄蹄而雹散，歷素支而冰裂。”注:“玄蹄，馬蹄也;素支，月支也;皆射帖名也。”參見“月支㊀”。

【素友】情誼純潔的朋友，舊友。文選南朝宋王僧達祭顔光禄文:“清交素友，比景共波。”唐韋應物韋江州集一慈恩伽藍清會詩:“素友俱薄世，屢招清景賞。”

【素手】㊀潔白的手。文選古詩十九首之二:“娥娥紅粉妝，纖纖出素手。”㊁空手。西遊記七三:“三藏道:‘貧僧素手進拜，怎麽敢勞賜齋?’”

【素功】素王的功德。漢書六七梅福傳:“今陛下誠能據仲尼之素功，以封其子孫，則國家必獲其福。”

【素交】猶素友。文選南朝梁劉孝標(峻)廣絶交論:“斯賢達之素交，歷萬古而一遇。”唐杜甫杜工部草堂詩箋二二過故斛斯校書莊之二:“素交零落盡，白首淚雙垂。”

【素衣】白色衣服。詩唐風揚之水:“素衣朱襮，從子于沃。”此作中衣(穿在朝服、祭服裏面的衣服)。禮曲禮下:“大夫士去國，逾竟，爲壇位，鄉國而哭。素衣、素裳、素冠。”此爲凶服。文選晉陸士衡(機)爲顧彦先贈婦詩之一:“京洛多風塵，素衣化爲緇。”

【素臣】孔子據魯史修春秋，漢人稱爲素王;而左丘明又據春秋作傳，故後人尊之爲素臣。晉杜預春秋左傳序:“説者以仲尼自衛反魯，修春秋，立素王，丘明爲素臣。”

【素沙】㊀即白絹。周禮天官内司服:“掌王后之六服:褘衣、……素沙。”注:“素沙者，今之白縳也。”㊁白沙。唐杜甫杜工部草堂詩箋六曲江三章之一:“白石素沙亦相蕩，哀鴻獨叫求其曹。”

【素車】塗以白土的車。一説未經雕飾上漆的車。用於凶喪之事。周禮春官巾車:“王之喪車五乘:……素車，棼蔽，犬禩，素飾，小服皆素。”注:“素車，以白土堊車也。”禮玉藻:“年不順成，則天子素服，乘素車，食無樂。”參見“素車白馬”。

【素足】潔白的脚。晉陶潛陶淵明集六閑情賦:“願在絲而爲履，附素足以周旋。”唐李白李太白詩二五越女詞之四:“東陽素足女，會稽素舸郎。”

【素身】指無官爵的人。猶言白丁。魏書明帝紀孝昌元年三月詔:“可令第一品以下五品以上，人各薦其知，不限素身居職。”

【素官】無實權的閒官。世説新語任誕“桓南郡被召作太子洗馬”注引桓玄别傳:“玄初拜太子洗馬，時朝廷以(桓)温有不臣之心，故抑玄爲素官。”玄，桓温子。也作“素宦”。南史謝弘微傳:“志在素宦，畏忌權寵。”

【素門】平常門第。魏晉六朝常與世族豪門對稱。宋書蔡廓傳附蔡興宗:“吾素門平進，與主上甚疎，未容有患。”文選南朝梁任彦昇(昉)爲范尚書讓吏部封侯第一表:“臣素門凡流，輪翮無取。”

【素尚】清廉高尚的情操。文選南朝梁任彦昇(昉)王文憲集序:“或功銘鼎彝，或德標素尚。”南史王曇首傳:“幼有素尚,兄弟分財,曇首唯取圖書而已。”

【素宦】猶言素官。見“素官”。

【素室】㊀平常人家。南史后妃傳論:“衣不文繡,色無紅采,永巷貧空,有同素室。”㊁不加華飾的房間。新唐書一九四司空圖傳:“作亭觀素室，悉圖唐興節士文人，名亭曰休休。”

【素客】宋張景修(敏叔)以牡丹梅花等十種花，繪爲十客圖，名丁香花爲素客。見宋龔明之中吴紀聞四花客詩。參見“十客㊂”。

【素封】無官爵封邑而擁有資財的富人。史記一二九貨殖傳:“今有無秩禄之奉，爵邑之入，而樂與之比者，命曰‘素封’。”正義:“古不仕之人自有園田收養之給，其利比於封君，故曰‘素封’也。”聊齋志異醫術:“張由是稱素封，益以聲價自重，聘者非重貲安輿不至焉。”參見“封君㊀”。

【素故】舊交。後漢書三三馮魴傳:“我與(申屠)季雖無素故，士窮相歸，要當以死任之，卿爲何言?”

【素相】指有宰相之才而未居相位的人。漢王充論衡超奇:“孔子作春秋以示王意,然則孔子之春秋，素王之業也;諸子之傳書，素相之事也。”參見“素王”、“素臣”。

【素食】㊀不勞而食。詩魏風伐檀:“彼君子兮，不素食兮。”宋黄庭堅山谷詩注内集一贛上食蓮有感詩:“甘飡恐腊毒，素食則懷慚。”㊁生食。墨子辭過:“古之民未知爲飲食時，素食而分處。”㊂平時所食。儀禮喪服:“既練，舍外寢，始食菜果，飯素食。”注:“素，猶故也，謂復平時食也。”㊃蔬食。也指僧人齋食。漢書六八霍光傳:“徵昌邑王典喪，……居道上不素食。”注:“素食，菜食無肉也。言王在道常肉食，非居喪之制也。”唐顔師古匡謬正俗三:“今俗謂桑門齋食爲素食。”

【素秋】秋季。古代五行説，以金配秋，其色白，故稱素秋。文選晉張茂先(華)勵志詩:“星火既夕，忽焉素秋。”至秋則草木漸彫落，因以素秋比喻晚暮。文選晉潘正叔(尼)贈陸機出爲吴王郎中令詩:“予涉素秋，子登青春。”注:“素秋喻老，青春喻少也。劉楨與臨淄侯書曰：肅以素秋則落。”

【素風】㊀純樸潔白的風尚。常指家風或遺風。文選南朝宋傅季友(亮)爲宋公修楚元王墓教：“素風道業，作範後昆。”宋蘇軾蘇文忠詩合注八題永叔會老堂：“嘉謀定國垂青史，盛事傳家有素風。”㊁秋風。初學記三南朝梁元帝纂要：“秋曰白藏，……風曰商風、素風、淒風、高風、涼風、激風、悲風。”

【素侯】猶素封。宋蘇軾分類東坡詩九和劉長安題薛周逸老亭周善飲未七十致仕：“雖辭功與名，其樂實素侯。”參見“素封”。

【素書】㊀古人書信寫在白絹上，因稱素書。文選古辭飲馬長城窟行：“呼兒烹鯉魚，中有尺素書。長跪讀素書，書中意何如。”後來雖通行用紙，仍沿稱書信爲素書。唐杜甫杜工部詩史補遺六寄岑嘉州：“不見故人十年餘，不道故人無素書。”㊁兵書名。舊題黄石公撰，宋張商英注。以道、德、仁、義、禮五者爲主旨，取老子之説爲注釋。本文及注文大多如出一人之手，宋陳振孫直齋書錄解題十二稱爲依託之作，疑卽商英所撰。

【素娥】月中女神名嫦娥。月色白，故又稱素娥。又作爲月的代稱。文選南朝宋謝希逸(莊)月賦：“引玄兔於帝臺，集素娥於后庭。”宋范成大石湖集四枕上詩：“素娥脈脈翻愁寂，付與風鈴語夜長。”參見“嫦娥”。

【素商】秋季。古以商音配秋，故名秋爲素商。初學記三南朝梁元帝纂要：“(秋)亦曰三秋、九秋、素秋、素商、高商。”參見“素秋”。

【素族】㊀普通氏族。對世家豪族而言。南齊書高帝紀下建元三年三月庚申詔：“吾本布衣素族，念不到此，因藉時來，遂隆大業。”㊁素爲世族。梁書太宗王皇后傳：“(父騫)嘗從容謂諸子曰：‘吾家門户，所謂素族，自可隨流平進，不須苟求也。’”

【素問】古醫書。漢書藝文志著錄黄帝內經十八卷，無素問之名。隋書經籍志始著錄黄帝素問九卷。唐王砅注。王砅以素問九卷、靈樞經九卷以當漢志的內經十八卷。漢志陰陽家別有黄帝泰素，又因書內記黄帝與岐伯相問答，故以素問爲名。今本二十四卷，八十一篇。內容論述解剖、生理、病理、診斷、衛生等各個方面。諸注家著名者有唐王砅、明吳崑馬蒔、清張志聰等。此書係我國最早的中醫理論著述，當爲秦漢間人總結舊説而作。

【素粧】淡粧。宋王明清揮麈錄餘話一：“妃素粧無珠玉飾，綽約若仙子。”也作“素妝”。明湯顯祖牡丹亭傳奇鬧塾：“素妝纔罷，欵步書堂下，對淨几明窗瀟灑。”

【素琴】不加裝飾的琴。禮喪服四制：“祥之日，鼓素琴。”晉書陶潛傳：“性不解音，而畜素琴一張。”

【素誠】平素蓄積的誠意。唐劉肅大唐新語八文章韓思彥酬賀遂亮詩：“累日同遊處，通宵款素誠。”姚合姚少監詩集四寄陝府內兄郭冏端公詩：“睽違逾十年，一會豁素誠。”

【素業】清素之業。三國志魏徐邈傳評：“徐邈淸尚弘通，胡質素業貞粹，王昶開濟識度，王基學行堅白。”北齊顏之推顏氏家訓勉學：“及至冠婚，體性稍定，因此天機，倍須訓誘。有志尚者，遂能磨礪，以就素業；無履立者，自兹墮慢，便爲凡人。”

【素節】㊀秋令時節。文選晉張景陽(協)雜詩之三：“金風扇素節，丹霞啟陰期。”初學記三南朝梁元帝纂要：“秋曰白藏，……節曰素節、商節。”㊁清白的操守、氣節。全唐詩八一喬知之羸駿篇：“丹心素節本無求，長鳴向君君不留。”新唐書一二三盧藏用傳：“始隱山中時，有意當世，人目爲隨駕隱士。晚乃徇權利，務爲驕縱，素節盡矣。”

【素端】古代的一種祭服。周禮春官司服：“其齊服，有玄端、素端。”疏：“素端者，卽上素服，爲札荒祈請之服也。”札，疫病；荒，饑饉。參見“玄端”。

【素塵】㊀聚積的灰塵。唐李白李太白詩五門有車馬客行：“雄劍藏玉匣，陰符生素塵。”㊁指雪。唐李商隱李義山詩集四殘雪：“旭日開晴色，寒空失素塵。”

【素對】清白的配偶。南齊書王思遠傳：“宋建平王景素辟爲南徐州主簿，深見禮遇。景素被誅，左右離散，……景素女廢爲庶人，思遠分衣食以相資贍，年長，爲備笄總，訪求素對，傾家送遣。”

【素魄】月的別稱。也指月光。樂府詩集三九南朝宋鮑照煌煌京洛行之二：“夜輪懸素魄，朝天蕩碧空。”唐盧仝玉川子集二月蝕詩：“却吐天漢中，良久素魄微。”

【素髮】白髮。文選晉潘安仁(岳)秋興賦：“斑鬢髟以承弁兮，素髮颯以垂領。”

【素履】淳樸的行爲。易履：“初九，素履往，无咎。”注：“履道惡華，故素乃無咎。”唐李鼎祚集解引漢荀爽：“素履者，謂布衣之士。”三國志魏毛玠傳評：“毛玠清公素履。”宋書王弘之傳王敬弘奏：“前衛將軍參軍武昌郭希材素履純潔，嗣徽前武，……宜加旌聘，賁于丘園。”

【素賞】㊀預先行賞。管子輕重乙：“管子入復桓公曰：終歲之租金四萬二千金，請以一朝素賞軍士。”㊁平素所欣賞。唐王勃王子安集七送李十五序：“雖相思爲贈，終結想於華滋；而素賞無睽，曷申情於麗藻。”

【素質】㊀白色質地。逸周書克殷：“及期，百夫荷素質之旗于王前。”爾雅釋鳥：“伊洛而南，素質五采皆備成章曰翬；江淮而南，素質五采皆備成章曰鷂。”㊁猶本質。管子勢：“正靜不爭，動作不貳，素質不留，與地同極。”文選晉張茂先(華)勵志詩：“如彼梓材，弗勤丹漆，雖勞朴斲，終負素質。”㊂寶刀名。北堂書鈔一二三三國魏文帝(曹丕)典論：“余造百辟寶刀三：……其三鋒似嚴霜，刀身劍鋏，名曰素質。”

【素樸】樸素，簡樸無華。素，生絲；樸，原始木材。莊子馬蹄：“同乎無知，其德不離；同乎無欲，是謂素樸；素樸而民性得矣。”吕氏春秋士容：“乾乾乎取舍不悦，而心甚素樸。”

【素餐】不勞而食。詩魏風伐檀：“彼君子兮，不素餐兮。”後多以素餐指無功食祿。後漢書五一陳龜傳上疏：“臣無文武之材，而忝鷹揚之任，上慙聖朝，下懼素餐。”也作“素飡”。漢王充論衡量知：“素者，空也。空虛無德，飡人之祿，故曰素飡。”

【素積】細褶白布衫。儀禮士冠禮：“皮弁，服素積。”注：“積猶辟也。以素爲裳，辟蹙其要中。”宋俞琰席上腐談上：“古之素積，卽今之細褶布衫也。”也作“素績”。漢書九七下外戚傳孝平王皇后：“遣少府夏侯藩，……及太卜、太史令以下四十九人賜皮弁素績。”注：“績字或作積。積謂襞積之。”

【素屨】無采飾的鞋子，居喪大祥後所穿。周禮天官屨人：“掌王及后之服屨，爲赤舃、黑舃、赤繶、黄繶、青句、素屨、葛屨。”疏：“素屨者，大祥時所服，去飾也。”

【素懷】平素的懷抱。北齊顏之推顏氏家訓終制：“先有風氣之疾，常疑奄然，聊書素懷，以爲汝誡。”

【素蟻】酒面白色泡沫。樂府詩集六七晉張華輕薄篇：“浮醪隨觴轉，素蟻自跳波。”

【素馨】植物名。又稱耶悉茗。佛書中稱鬘華，爲梵文蘇摩那的省譯。花白色，香氣芳冽，畏寒，養於温室中，供觀賞。宋劉克莊後村集十二卽事詩："着身素馨國，苟令未爲香。"參閲宋吳曾能改齋漫録十五素馨花。

【素豔】白色的花瓣。唐杜甫杜工部草堂詩箋十丁香："細葉帶浮毛，疎枝披素豔。"唐白居易戲題木蘭花："紫房日照燕脂拆，素豔風吹膩粉開。"

【素馨斜】見"花田"。

【素口罵人】喻僞善。宋李之彥東谷所見茹素："今之人每于斗降、三八、庚申、甲子、本命日茹素，謂之齋戒，不知其平日用心如何也。況在茹素之日，事至吾前，輒趨利狥欲，損人害物，不知其茹素何爲也。古語兩句甚好：寧可葷口念佛，莫將素口罵人。"(説郛七七)

【素車白馬】白車白馬。古代用於凶、喪。史記高祖紀："秦王子嬰素車白馬，係頸以組，封皇帝璽符節，降軹道旁。"後漢書八一范式傳："乃見有素車白馬，號哭而來。"

【素面朝天】不施脂粉而朝見皇帝。宋樂史楊太真外傳："封大姨爲韓國夫人，三姨爲虢國夫人，八姨爲秦國夫人，同日拜命，皆月給錢十萬爲脂粉之資。然虢國不施妝粉，自衒美豔，常素面朝天。"(説郛三八)

【素絲良馬】詩鄘風干旄："素絲紕之，良馬四之。"箋："素絲者以爲縷，以縫紕旌旗之旒縿。"宋朱熹集傳："言衞大夫乘此車馬，建此旌旗，以見賢者。"舊時因以素絲良馬爲禮遇賢士之詞。

【素絲羔羊】詩召南羔羊："羔羊之皮，素絲五紽，退食自公，委蛇委蛇。"宋朱熹集傳："南國化文王之政，在位皆節儉正直，故詩人美其衣服有常，而從容自得如此也。"後因以素絲羔羊譽正直廉潔的官吏。後漢書二六宋弘傳附宋漢哀册："其令將相大夫會葬，加賜錢十萬，及其在殯，以全素絲羔羊之絜焉。"

索
suǒ 蘇各切，入，鐸韻，心。
ㄙㄨㄛ 山戟切，入，陌韻，山。

㊀粗繩。書五子之歌："懍乎若朽索之馭六馬。"墨子備蛾傳："以木爲上衡，以麻索大徧之。"㊁撚繩使緊。詩豳風七月："晝爾于茅，宵爾索綯。"楚辭屈原離騷："矯菌桂以紉蕙兮，索胡繩之纚纚。"㊂尋求，探尋。墨子尚賢中："索天下之隱事遺利，以上事天。"楚辭屈原離騷："路曼曼其脩遠兮，吾將上下而求索。"㊃索取，討取。莊子外物："君乃言此，曾不如早索我於枯魚之肆。"唐杜甫杜工部詩史補遺二少年行："不通姓字粗豪甚，指點銀瓶索酒嘗。"㊄選擇。左傳襄二年："以索馬牛。"注："索，簡擇好者。"㊅盡。書牧誓："古人有言曰：'牝雞無晨，牝雞之晨，惟家之索。'"左傳襄八年："悉索敝賦，以討于蔡。"㊆離散，孤獨。漢王充論衡問孔："如自知未足，倦極晝寢，是精神索也。"文選晉陸士衡(機)答賈長淵詩："分索則易，攜手實難。"㊇須，應，得。元曲選白仁甫梧桐雨一："雖無人竊聽，也索悄聲兒海誓山盟。"又缺名凍蘇秦三："點湯是逐客，我則索起身。"㊈古地名。1.故地在今河南滎陽縣。秦末劉邦與項羽戰於京、索間之索，卽此地。參閲元和郡縣志八鄭州滎陽縣。2.漢縣。屬武陵郡，順帝時更名漢壽。卽今湖南漢壽縣。見歷代地理沿革表三十。㊉姓。相傳周成王分魯公商民六族，其一爲索氏。東漢有燉煌長史索班。見元和姓纂十九鐸。

【索水】水名，卽今索河，古名旃然水鴻溝水，在河南京縣西南嵩渚山，與東關水同源分流。京索之間爲劉邦項羽戰爭之所。見水經注七濟水、太平寰宇記九鄭州滎陽縣。

【索合】尋求志同道合的人。楚辭漢王襃九懷昭世："歷九州兮索合，誰可與兮終生。"注："周遍天下求雙匹也。"

【索性】表示乾脆，直截了當。宋朱熹朱文公集二四與魏之履書："只是士大夫不肯索性盡底裏説話，不可專咎人主。"劉克莊後村集四七霜菊詩："不隨蒲柳變，索性待梅花。"

【索居】散處，獨居。禮記檀弓上："吾離羣而索居，亦已久矣。"注："索，猶散也。"晉陶潛陶淵明集二和劉柴桑詩："直爲親舊故，未忍言索居。"

【索郎】桑落酒。桑落反音爲索郎。水經注四河水四："民有姓劉名墮者，宿擅工釀，採挹河流，醞成芳酎，懸食同枯枝之年，排于桑落之辰，故酒得其名矣。……自王公庶友牽拂相招者，每云索郎有顧。思同旅語，索郎反語爲桑落也。"後也作酒的通稱。宋王洋東牟集六以麵換祖孝酒詩："若論本是同根物，好遣桄榔換索郎。"

【索粉】豆類做的粉絲。也稱綫粉。宋陸游老學庵筆記一："集英殿宴金國人使，九盞：第一，肉鹹豉；……第七，柰花索粉。"

【索索】㊀恐懼貌。易震："震索索，視矍矍。"疏："索索，心不安之貌。"㊁冷落貌。北周庾信庾子山集三擬詠懷詩之一："索索無真氣，昏昏有俗心。"㊂象聲詞。藝文類聚六隋江總貞女峽賦："山蒼蒼以墜葉，樹索索而摇枝。"唐白居易長慶集十五渭村退居……一百韻詩："傳呼鞭索索，拜舞佩鏘鏘。"

【索笑】求笑，取笑。唐杜甫杜工部草堂詩箋三三舍弟觀赴藍田取妻子到江陵喜寄之二："巡簷索近梅花笑，冷蕊疎枝半不禁。"宋陸游劍南詩稿十一梅花："不愁索笑無多子，惟恨相思太瘦生。"

【索倫】中國東北地區少數民族名。卽鄂温克族。明以前稱爲通古斯、雅庫特，清代稱爲索倫。明末清初對我國東北地區的索倫、達斡爾、鄂倫春等族總稱爲"索倫部"。參閲清西清黑龍江外記三。

【索莫】沮喪，寂寥，無生氣貌。樂府詩集七十南朝宋鮑照擬行路難之九："今日見我顏色衰，意中索莫與先異。"南朝梁劉勰文心雕龍六風骨："思不環周，索莫乏氣。"也作"索漠"、"索寞"。唐李白李太白詩九贈范金卿之一："祇應自索漠，留舌示山妻。"宋王禹偁小畜集十一暮春詩："索寞紅芳又一年，老郎空解惜春殘。"

【索訶】梵語娑婆的音譯。義譯爲能忍，堪忍。佛教稱釋迦牟尼所攝化的衆生所住世界爲"索訶世界"，爲三千大千世界的通名。詳"娑婆世界"。

【索強】争強，恃強。宋秦觀淮海居士長短句下品令："幸自得，一分索强，教人難喫。"毛滂東堂詞浣溪沙詠梅："月樣嬋娟雪樣清，索强先占百花春。"

【索然】㊀流涙貌。同"潸然"。莊子徐无鬼："子綦索然出涕曰：'吾子何爲以至於是極也。'"㊁離散貌。晉書羊祜傳上伐吳疏："蜀之爲國，非不險也。……至劉禪降服，諸營堡者索然俱散。"㊂寂寞。舊五代史郭崇韜傳："(崇韜幕府)將吏輻輳，降人争先賂遺，都統府唯大將省謁，牙門索然。"

【索靖】公元244—303年。晉敦煌龍勒人。字幼安。張芝姊孫。舉賢良方正，對策高第。善書法，尤善章草，出於韋誕而峻險過之。時衞瓘爲尚書令，靖爲郎，人稱"一臺二妙"。官至後將軍，封安樂亭侯。晉書有傳。參閲唐張彥遠法書要録八張懷瓘書斷中、宣和書譜十四。

【索葦】卽葦索。古代民俗，元旦懸葦索於門，言可以禦凶邪。文選漢張平子

(衡)東京賦:"度朔作梗,守以鬱壘,神荼副焉,對操索葦。"三國吳薛綜注:"東海中度朔山,有二神,一曰神荼,二曰鬱壘,領衆鬼之惡害者,執以葦索而用食虎。"

【索虜】南北朝分治,各有國史,皆以正統自居,南朝稱北爲索虜,北朝稱南爲島夷,皆含蔑視之意。也稱索頭、索頭虜。北方諸族編髮爲辮,故以索稱。見宋書索虜傳。

【索漠】見"索莫"。

【索寞】見"索莫"。

【索頭】即索虜。見"索虜"。

【索橋】用繩索聯繫兩岸爲橋。建於山高谷深、水勢險急處,以鐵索、藤索或篾索數條,平列兩山之間,上鋪木板,兩旁以巨索爲欄,雲南貴州多有之。又有用巨竹筒貫以籐、鐵索,繫於兩岸者,人過則縛於筒上,用遊索往來牽渡。名溜筩橋。其以篾索爲之者,晉常璩華陽國志中稱爲笮橋。參閱金川瑣記五篾索橋、六溜筩橋。

【索盧】㊀水名。在河北棗强縣西北。也名漢盧河。古衡河分流。參閱讀史方輿紀要十四真定府棗强縣。㊁縣名。1.北朝魏置,因索盧河而得名。屬冀州長樂郡。北齊省入棗强。故址在今河北棗强縣東。參閱魏書地形志上、歷代地理沿革表二四。2.晉置,屬廣川郡。北魏屬長樂郡。北齊省。地在今山東恩縣北。參閱嘉慶一統志一六八東昌府。3.南朝梁初置,屬新寧郡。隋屬新州,大業初廢。唐武德四年復置,乾元後省入新興縣。地在今廣東新興縣南。參閱讀史方輿紀要一〇一肇慶府新興縣臨允廢縣。

【索隱】尋求事物隱僻之理。易繫辭上:"探賾索隱,鉤深致遠,以定天下之吉凶,成天下之亹亹者,莫大乎蓍龜。"唐司馬貞撰史記索隱,自序稱:"探求異聞,採摭典故,解其所未解,申其所未申,故以索隱爲名。"

【索饗】求其神而祭之。禮郊特牲:"蜡也者,索也。歲十二月,合聚萬物而索饗之也。"注:"(索)謂求索也。"又:"饗者,祭其神也。"

【索鬭雞】求鬭的公雞。比喻人横暴凶惡。五代王仁裕開元天寶遺事下索鬭雞:"李林甫爲性很狡,不得士心,每有所行之事,多不協羣議,而面無和氣。國人謂林甫精神剛戾,常如索鬭雞。"

紋 wén 無分切,平,文韻,明。ㄨㄣ

㊀古代絲織物。廣韻:"紋,綾也。"㊁絲織物上的紋路或花紋。也泛指物品上的皺痕或花紋。玉篇:"紋,音文。綾紋也。"文苑英華三五唐太宗(李世民)小池賦:"疊風紋兮連復連,折迴流兮曲復曲。"

【紋理】物體面上顯現的線形條紋。宋沈括夢溪筆談二一異事:"予嘗於壽春漁人處得一餅,言得於淮水中,凡重七兩餘,面有二十餘印,背有五指及掌痕,紋理分明。"元張之翰西巖集四奮學士送簟詩:"清寒氣骨帶冰雪,横斜紋理含風漪。"

【紋楸】圍棋棋盤。唐杜牧樊川集二送國棋王逢詩:"玉子紋楸一路饒,最宜簷雨竹蕭蕭。"宋向子諲酒邊詞上減字木蘭花之二:"晝戟森閒,玉子紋楸手共談。"也作"文楸"。唐温庭筠詩集二謝公墅歌:"文楸方罫花參差,心陣未成星滿池。"

【紋銀】清代通行的一種標準銀兩。含銀成色較高,表面有皺紋,形似馬蹄,故也稱足紋或馬蹄銀。清黄六鴻福惠全書六錢穀部地丁搭錢:"地下錢糧,七分徵銀,三分搭錢,原爲流通國寶起見,制錢十文,作紋銀一錢。"

紡 fǎng 妃兩切,上,養韻,滂。ㄈㄤˇ

㊀將絲麻纖維製成紗或綫。左傳昭十九年:"託於紀鄣,紡焉以度而去之。"疏:"紡謂紡麻作纑也。"㊁絲織物名,即紡綢。儀禮聘禮:"迎大夫賄,用束紡。"㊂懸掛。國語晉九:"(范)獻子執(董叔)而紡於庭之槐。"清黄生謂紡當讀爲綳。説文:"綳,束也。"即今綁字,音轉爲bǎng。見清黄生字詁紡。

【紡車】用輪摇轉的紡紗工具。宋陸游劍南詩稿五九初寒示鄰曲:"荻叢缺處見漁火,蓬户閉時聞紡車。"元王禎農書載有木棉紡車圖。

【紡塼】鎮定紡車的磚頭。詩小雅斯干"載弄之瓦"唐孔穎達疏:"瓦,紡塼,婦人所用。"也作"紡磚"。清王應奎柳南隨筆二:"余見今世紡車之式,下有木一縱一横,往往以磚鎮之,或于縱木上,或于横木上,蓋防其摇動也。豈即所謂紡磚乎?"

【紡綢】絲織物。舊時以出浙江杭州者品質最佳,稱杭紡。江蘇吳江之盛澤鎮所産,謂之盛紡。皆爲素地,作衣料。其質薄而輕者,亦稱素綢,常作衣裏。

【紡績】古代紡多指紡絲,績亦作"緝",多指緝麻。紡絲用檷、籆,緝麻用紡錘。漢書食貨志上:"男子力耕,不足糧餉;女子紡績,不足衣服。"

紞 gěng 集韻 古杏切,上,梗韻。ㄍㄥˇ

井架上汲水的繩索。同"綆"。漢書五一枚乘傳上書諫吳王:"泰山之霤穿石,單極之紞斷幹。"注:"晉灼曰:紞,古綆字也。"

紞 dǎn 都敢切,上,敢韻,端。ㄉㄢˇ

㊀帽帶。左傳桓二年:"衡、紞、紘、綖,昭其度也。"疏:"紞者,縣瑱之繩,垂於冠之兩旁。"㊁縫在被端的絲帶,以别首尾。儀禮士喪禮:"緇衾,赬裏,無紞。"疏:"被本無首尾,生時有紞爲記,識前後。"㊂鼓聲。晉書鄧攸傳吳人歌:"紞如打五鼓,雞鳴天欲曙。"

【紞紞】擊鼓聲。宋黄庭堅山谷詩注外集十一和答魏道輔寄懷之三:"相思牛羊下,城鼓寒紞紞。"陸游劍南詩稿十八燕堂春夜:"南樓紞紞下疎更,一點紗籠滿院明。"

紜 yún 王分切,平,文韻,于。ㄩㄣˊ

見"紜紜"、"紛紜"。

【紜紜】多而紛亂貌。孫子勢:"紛紛紜紜,鬥亂而不可亂也。"唐白居易長慶集十朱陳村:"機梭聲札札,牛驢走紜紜。"

紖

1\. miè 莫結切,入,屑韻,明。ㄇㄧㄝˋ

㊀細微。通"蔑"。廣雅釋詁:"幾、……糸、紖、緲、麼,微也。"清王念孫疏證:"紖之言蔑也。廣韻引倉頡篇云:'紖,細也。'(書)君奭:'兹迪彝教,文王蔑德。'鄭注云:'蔑,小也。'正義云:'小謂精微也。'"

2\. miǎn 玉篇 彌善切。ㄇㄧㄢˇ

㊁思念貌。通"緬"。宋王安石臨川集二二示德逢詩:"先生貧敝古人風,紖想桑桑在眼中。"

純

1\. chún 常倫切,平,諄韻,禪。ㄔㄨㄣˊ

㊀絲。論語子罕:"子曰:麻冕,禮也。今也純,儉,吾從衆。"注:"純,絲也。"㊁純一,純粹。詩周頌維天之命:"於乎不顯,文王之德之純。"㊂美,善。禮郊特牲:"毛、血,告幽全之物也。告幽全之物者,貴純之道也。"注:"純,謂中外皆善。"㊃大,篤厚。見"純臣"。㊄皆。周禮考工記玉人:"諸侯純九,大夫純五。"注:"純,猶皆也。"

2\. zhǔn 之尹切,上,準韻,照。ㄓㄨㄣˇ

㈥邊緣，鑲邊。禮曲禮上：「爲人子者，父母存，冠衣不純素。」荀子正論：「治古無肉刑，而有象刑。……殺，赭衣而不純。」

3. tún ㄊㄨㄣˊ　集韻 徒渾切，平，魂韻。

㈦包裹。詩召南野有死麕：「野有死鹿，白茅純束。」傳：「純束，猶包之也。」釋文：「……鄭徒尊反。」㈧絲綿布帛一段曰純。戰國策秦一：「革車百乘，錦繡千純，白璧百雙，黃金萬溢。」

4. zhǔn ㄓㄨㄣˇ

㈨見「純$_{4}$純$_{4}$」。

5. quán ㄑㄩㄢˊ　集韻 從緣切，平，僊韻。

㈩全，成雙成對。儀禮鄉射禮：「二算爲純，……一算爲奇。」注：「純，猶全也。」

6. dūn ㄉㄨㄣ

⑪見「純$_{6}$庬」。

【純衣】絲衣。儀禮士冠禮：「純衣，緇帶。」注：「純衣，絲衣也。餘衣皆用布，唯冕與爵弁服用絲耳。」清王引之謂純當讀爲「黗」，黃黑色。見經義述聞十純衣。

【純臣】忠純篤實之臣。左傳隱四年：「君子曰：『石碏，純臣也，惡州吁而厚與焉。大義滅親，其是之謂乎？』」厚，碏子。

【純吏】純良的官吏。三國志魏梁習傳「(王)思亦能吏，然苛碎無大體，官至九卿，封列侯」注引魏略苛吏傳：「文帝詔曰：『薛悌駁吏，王思郤嘉純吏也。』」

【純狐】古部落名。傳說羿相寒浞之妻爲純狐氏女。楚辭屈原天問：「浞娶純狐，眩妻爰謀。」注：「浞，羿相也……言浞娶於純狐氏女，眩惑愛之，遂與浞謀殺羿也。」

【純$_{6}$庬】純樸敦厚。楚辭屈原九章惜往日：「心純庬而不泄兮，遭讒人而嫉之。」注：「素性敦厚，慎言語也。」參見「敦龐」。

【純$_{4}$純$_{4}$】專一。同「忳$_{2}$忳$_{2}$」。莊子山木：「純純常常，乃比於狂。」唐成玄英疏：「純純者材素，常常者混物。」楚辭宋玉九辯：「紛忳忳之願忠兮。」補注本作「純純」。參見「忳$_{2}$忳$_{2}$」。

【純陰】純一的陰氣。書洪範「潤下作鹹，炎上作苦，曲直作酸」唐孔穎達疏：「水既純陰，故潤下趣陰；火是純陽，故炎上趣陽；木、金陰陽相雜，故可曲直改更也。」宋張載正蒙一參兩：「地純陰，凝聚於中，天浮陽，運旋於外。」參見「純陽」。

【純陽】純一的陽氣。古代以爲陰陽二氣，合成宇宙萬物，火爲純陽，水爲純陰。易乾「乾，元亨利貞」唐孔穎達疏：「言此卦之德，有純陽之性。」北堂書鈔一四九漢蔡邕月令章句：「天有純陽積剛，運轉無窮。」

【純鈞】劍名。越絕書十一外傳記寶劍：「歐冶乃因天之精神，悉其技巧，造爲大刑三，小刑二：一曰湛盧，二曰純鈞，三曰勝邪，四曰魚腸，五曰巨闕。」文選晉左太沖(思)吳都賦：「吳鈎越棘，純鈞湛盧。」唐劉良注：「純鈞、湛盧，二劍名也。」一本作「純鉤」。

【純鉤】劍名。淮南子脩務：「夫純鉤魚腸之始下型，擊則不能斷，刺則不能入，及加之砥礪，摩其鋒鍔，則水斷龍舟，陸剸犀甲。」注：「純鉤，利劍名。」參見「純鈞」。

【純粹】㊀純一不雜，精美無瑕。純，無疵點的素絲；粹，精米。易乾文言：「大哉乾乎，剛健中正，純粹精也。」楚辭屈原離騷：「昔三后之純粹兮，固衆芳之所在。」注：「至美曰純，齊同曰粹。」㊁純樸。韓非子六反：「嘉厚純粹，整穀之民也，而世少之曰愚戇之民。」

【純嘏】猶言大福。詩小雅賓之初筵：「錫爾純嘏，子孫其湛。」又大雅卷阿：「豈弟君子，俾爾彌爾性，純嘏爾常矣。」

【純熟】精通，熟練。宋蘇軾分類東坡詩四次韻定慧欽長老見寄詩之四：「真源未純熟，習氣餘陋劣。」水滸十八：「這宋江自在鄆城縣做押司。他刀筆精通，吏道純熟。」

【純樸】㊀未經斫雕的全木。莊子馬蹄：「故純樸不殘，孰爲犧樽？」㊁純一樸素。韓非子大體：「故至安之世，法如朝露，純樸不散，心無結怨，口無煩言。」也作「純朴」。抱朴子明本：「曩古純朴，巧僞未萌。」

【純篤】純樸敦厚。後漢書四三朱穆傳崇厚論：「先進者既往而不反，後來者復習俗而追之。是以虛華盛而忠信微，刻薄稠而純篤稀。」

【純儒】純粹之儒者。漢武帝從董仲舒議，尊儒術。自此稱宗奉孔孟之說者爲純儒。漢書一〇〇下敘傳：「抑抑仲舒，再相諸侯，……讜言訪對，爲世純儒。」後漢書三五鄭玄傳：「玄質於辭訓，通人頗譏其繁，至於經傳洽孰，稱爲純儒，齊魯間宗之。」

【純懿】純，大；懿，美。指高尚完美的德行。漢蔡邕蔡中郎集二郭有道太原郭林宗碑：「於休先生，明德通玄，純懿淑靈，受之自天。」三國志魏管寧傳太僕陶丘一等薦寧：「伏見太中大夫管寧，應二儀之中和，總九德之純懿。」

【純陽巾】一名樂天巾。頂有寸帛折疊，如竹簡垂於後。稱純陽巾，以「仙人」呂純陽而得名；稱樂天巾，以唐代詩人白樂天(居易)而名。見明王圻三才圖會。

純陽巾

紑

fōu ㄈㄡ　匹尤切，平，尤韻，滂。甫鳩切，平，尤韻，幫。芳否切，上，有韻，滂。

鮮潔貌。詩周頌絲衣：「絲衣其紑，載弁俅俅。」傳：「紑，絜鮮貌。」宋史樂志十一紹興祀嶽鎮海瀆之十二：「璞兮其温，絲兮其紑。是薦潔蠲，神兮安留。」

紌

qiú ㄑㄧㄡˊ　字彙 巨周切，音求。

蜀錦名。古文苑四漢揚雄蜀都賦：「尒乃其人，自造奇錦，紌縹緅緝，縿緣盧中。」注：「蜀錦名件不一，此其尤奇者。」

紘

hóng ㄏㄨㄥˊ　戶萌切，平，耕韻，匣。

㊀古代冠冕上着於頷下的帶子，帶子兩端上結於笄。周禮夏官弁師：「玉笄朱紘。」注：「紘一條屬兩端於武。」疏：「謂以一條繩先屬一頭於左旁笄上，以一頭繞於頤下，至句上於右相笄上繞之。」國語魯下：「王后親織玄紞，公侯之夫人，加之以紘綖。」㊁編磬成組的繩子。儀禮大射：「鼗倚于頌磬西紘。」㊂維，包舉。淮南子原道：「横四維而含陰陽，紘宇宙而章三光。」㊃網。文選漢揚子雲(雄)羽獵賦：「沇沇溶溶，遥噱乎紘中。」漢書五七上揚雄傳作「紭」。紭、紘，古今字。參見「八紘」。㊄廣大。通「宏」。淮南子精神：「夫天地之道，至紘以大。」

【紘綱】網索。文選晉歐陽堅石(建)臨終詩：「天網布紘綱，投足不獲安。」也泛指網。藝文類聚十四南朝梁沈約齊明帝謚議：「聰明神武，逖聽遐聞，萬目備張，紘綱靡漏。」

紓

shū ㄕㄨ　傷魚切，平，魚韻，審。神與切，上，語韻，神。

㊀舒緩，延緩。詩小雅采菽：「赤芾在股，邪幅在下，彼交匪紓，天子所予。」左傳襄八年：「民急矣，姑從楚以紓吾民。」㊁解除。左傳襄二九年：「禍未歇也，必三年而後能紓。」注：「紓，解也。」

【紓難】解除禍患。左傳莊三十年：「鬭穀於菟爲令尹，自毁其家，以紓楚國之難。」後漢書五一龐參傳段恭疏：「昔白起賜死，諸侯酌酒相賀；季子來歸，魯人喜其紓難。"季子，春秋吳公子季札。

紖 zhèn ㄓㄣˋ 直引切，上，軫韻，澄。

牛鼻繩。禮少儀："牛則執紖，馬則執靮，皆右之。"今泛指拴牲口的繩。

紐 niǔ ㄋㄧㄡˇ 女久切，上，有韻，娘。

㊀紐襻。器物上用以提攜的部分。淮南子說林："龜紐之璽，賢者以爲佩。"㊁紐釦，帶的結扣。禮玉藻："士錦帶，弟子縞帶，並紐約用組。"疏："紐謂帶之交結之處，以屬其紐，約者謂以物穿紐約結其帶。"㊂本，根據。莊子人間世："是萬物之化也，禹舜之所紐也。"釋文："簡文云：紐，本也。"參見"樞紐"。㊃赤脈。史記一〇五扁鵲傳："上有絕陽之絡，下有破陰之紐。"注："素問云：'紐，赤脈也。'"㊄聲母，漢字音節開頭的輔音。㊅姓。隋書孝義傳有紐回。

級 jí ㄐㄧˊ 居立切，入，緝韻，見。

㊀等第。特指官階的品級。禮月令季秋之月："授車以級，整設于屏外。"史記秦始皇紀："百姓內粟千石，拜爵一級。"㊁階級。階一層爲一級。禮曲禮上："拾級聚足，連步以上。"㊂秦制：戰爭中斬敵之首，一首賜爵一級，謂之首級。斬敵十首，即爲十級。後漢書光武紀上更始元年："光武奔之，斬首數十級。"

紗 1. shā ㄕㄚ 所加切，平，麻韻，山。

㊀絹之輕細者曰紗。古作"沙"，周王后夫人之服，以白紗縠爲裏，謂之素沙。見周禮天官內司服。六朝以後，在織物中以紗爲特重，用亦最廣，凡公服皆用皂紗絳紗，冠則用烏漆紗，不僅用爲暑月之服。㊁棉之紡成絲縷者也稱紗，俗曰棉紗。

2. miǎo ㄇㄧㄠˇ 集韻 弭沼切，上，小韻。

㊂細微。或作"仯""㑤"。見集韻。

【紗₂紗₂】細微。漢揚雄太玄經六堅："鐵蜹紗紗，縣于九州。"注："言鐵德者，德輕如毛，民鮮能舉之，故言紗紗也。"蜹爲"德"之借字。紗，又作"緲"。

【紗帽】㊀古代君主或官員所戴的一種帽子。以紗製成，故名。北齊書平秦王歸彥傳："齊制，宮內唯天子紗帽，臣下皆戎帽，特賜歸彥紗帽以寵之。"周書長孫儉傳："儉乃着帬襦紗帽，引客宴於別齋。"明代始定爲文武官常禮服。後即泛指官帽。明湯顯祖南柯記傳奇臥轍："白頭紗帽保平安，職掌批行和帶管，有的錢鑽。"紅樓夢一："因嫌紗帽小，致使鎖枷扛。"㊁夏季的涼帽。唐白居易長慶集六三夏日作："葛衣疎且單，紗帽輕復寬，一衣與一帽，可以過炎天。"

【紗幮】即紗帳。唐司空圖司空表聖詩集四王官之二："盡日無人只高卧，一雙白鳥隔紗幮。"也作"紗廚"。

納 nà ㄋㄚˋ 奴答切，入，合韻，泥。

㊀入。書舜典："夙夜出納朕命，惟允。"史記五帝紀作"出入"。㊁引進，接納。儀禮燕禮："小臣納卿大夫，卿大夫皆入門右。"左傳文十六年："諸侯誰納我？且既爲人君，而又爲人臣，不如死。"㊂收藏，藏入。詩豳風七月："九月築場圃，十月納禾稼。"書金縢："乃納册于金縢之匱中。"㊃貢獻，繳納。書禹貢："百里賦納總，二百里納銍，三百里納秸服。"㊄取。國語晉六："殺三郤而尸諸朝，納其室以分婦人。"㊅補縫，補綴。通"衲"。漢王充論衡程材："刺繡之師，能縫帷裳；納縷之工，不能織錦。"太平御覽八一九魏志魏武（曹操）令："吾衣皆十歲也，歲歲解浣補納之耳。"㊆駟馬車上兩旁兩匹馬的內側韁繩。通"軜"。荀子正論："三公奉軶持納。"

【納甲】漢京房、三國虞翻以納甲說易，以八卦與十干、五行、五方相配合，故名。爲卜筮家以卦爻分配干支五行所本。其說歸納如下：

納　甲

木	東	☰（甲，十五日） ☷（乙，廿九日）
火	南	☶ 艮（丙，廿三日） ☱ 兌（丁，八日）
土	中	☵ 坎（戊） ☲ 離（己）
金	西	☳ 震（庚，三日） ☴ 巽（辛，十六日）
水	北	☰ 乾（壬） ☷ 坤（癸）

震爲一陽始生之象，當月之初三上弦。兌爲更加一陽之象，當初八。乾☰三爻皆陽，當十五之滿月。至巽☴則爲一陰萌之象，當十六日。艮☶更增一陰，當二十三日之下弦。坤☷三爻皆陰，當二十九日之晦。日月皆會滅於北方之壬癸，更入於中之戊己。至次月一陽始生，重爲震象。陽氣充實之甲，與陰氣盛滿之乙，各納入北方壬癸之中，故稱納甲。參閱漢京房京氏易傳下、宋沈括夢溪筆談七象數一。

【納布】布名。宋書徐湛之傳："初，高祖微時，貧陋過甚。嘗自往新洲伐荻，有納布衫襖等衣，皆敬皇后手自作。高祖既貴，以此衣付公主曰：'後世若有驕奢不節者，可以此衣示之。'"

【納交】猶結交。宋史四〇九張忠恕傳："始魏了翁嘗勉忠恕以'植立名節，無隤家聲'。及是嘆曰：'忠獻（浚）有後矣！'真德秀聞之，更納交焉。"參見"內交"。

【納衣】僧衣。亦作衲衣、百衲衣。南朝梁釋慧皎高僧傳六釋慧持："持形長八尺，風神俊爽，常躡草屣，納衣半脛。"

【納吉】古婚禮有六禮。納幣之前，卜得吉兆，備禮通知女家，婚姻乃定。儀禮士昏禮："納吉用鴈，如納采禮。"疏："未卜時，恐有不吉，婚姻不定，故納吉乃定也。"參見"六禮㊁"、"納幣"。

【納言】㊀官名。掌出納王命。書舜典："命汝作納言，夙夜出納朕命，惟允。"傳："納言，喉舌之官，聽下言納於上，受上言宣於下。"漢王莽依古制，有納言將軍嚴尤。北周改侍中爲納言，隋大業十二年又改爲侍內。唐武德四年復爲侍中。參見"侍中"。㊁皇帝近臣尚書等所用幘巾。後漢書輿服志下："尚書幘收，方三寸，名曰納言，示以忠正，顯近職也。"

【納步】猶言留步。明陶宗儀輟耕錄五先輩謙讓："徐永之先生爲江浙提舉日，客往訪之者，無間親疏貴賤，必送之門外。凡客請納步，則曰，不可，婦人送迎不踰閾。"

【納宜】舊時書信中祝人安健之辭，猶言納福。藝文類聚三七南朝梁任昉爲庾杲之與劉居士虯書："金涼佇運，想恒納宜。沖明在襟，履候無爽。"

【納采】古婚禮六禮之一。男方具送求婚的禮物。即行聘。儀禮士昏禮："昏禮：下達納采，用鴈。"疏："納采，言納者，以其始相采擇，恐女家不許，故言納。"

【納音】古樂十二律爲黃鐘、太簇、姑洗、蕤賓、夷則、无射、大呂、夾鐘、仲呂、林鐘、南呂、應鐘，每律有宮、商、角、徵、羽五音，合六十音。以六十甲子相配合，按金、火、木、水、土五行之序旋相爲宮。稱爲納音。參閱宋沈括夢溪筆談五樂律一、清錢大昕潛研堂文集三納音説。

【納貢】㊀諸侯或藩屬向天子貢獻方物。史記齊太公世家："命燕君復修召公之政，納貢于周，如成康之時。"㊁明代准許人捐納錢財入國子監，由生員納捐的稱納貢；由普通身份納捐的稱例監。性質與清代的例貢相近。見明史選舉志一。聊齋志異胡四娘："東海李蘭台見而器之，收諸幕中，資以膏火，爲之納貢，使應順天舉，連戰皆捷，授庶吉士。"

【納陛】鑿殿基爲登升的陛級，納之於檐下，不使露而升，故名。爲古代賜給有特殊功勛者的"九錫"之一。漢書九九上王莽傳："朱户納陛。"注："孟康曰：納，内也。謂鑿殿基際爲陛，不使露也。"文選漢潘元茂(勖)册魏公九錫文："君研其明哲，思帝所難，官才任賢，群善必舉，是用錫君納陛以登。"參見"九錫"。

【納納】㊀濡濕貌。楚辭漢劉向九歎逢紛："裳襜襜而含風兮，衣納納而掩露。"注："納納，濡濕貌也。"㊁廣大包容貌。唐杜甫杜工部草堂詩箋三七野望："納納乾坤大，行行郡國遥。"

【納涼】乘涼。南朝陳徐陵徐僕射集内園逐涼詩："納涼高樹下，直坐落花中。"唐杜甫杜工部草堂詩箋八陪諸貴公子……納涼晚際遇雨之一："竹深留客處，荷淨納涼時。"

【納禄】辭去官爵。國語魯上："若罪也，則請納禄與車服而違署。"宋朱熹朱文公集續集五與章侍郎茂獻書："某自四月初大病至今，中間危急，已爲納禄之請。"

【納款】歸順，降服。文選南齊王元長(融)永明十一年策秀才文："故選將開邊，勞來安集，加以納款通和，布德修禮。"晉書赫連勃勃載記功德頌："河源望旗而委質，北虜欽風而納款。"

【納粟】也作"内粟"、"入粟"。㊀古代富民向官府捐獻糧食，以換取官爵或減免刑罰。史記秦始皇紀四年："百姓内粟千石，拜爵一級。"漢書食貨志上鼂錯論貴粟疏："今募天下入粟縣官，得以拜爵，得以除罪。"以後封建王朝於兵興或歲荒之時，往往行納粟之制，以補財用。㊁明清兩代，富家子弟捐納財貨於官府，以入國子監肄業，稱爲監生，可不經過府州縣學考試，直接參加省城或京城的考試。其制始於明景泰元年。見明史選舉志一。

【納隍】文選漢張平子(衡)東京賦："人或不得其所，若已納之於隍。"按孟子萬章下謂伊尹"思天下之民，匹夫匹婦，有不與被堯舜之澤者，若己推而内之溝中。"賦用此義，後因以納隍指出民於水火之心。宋書王僧達傳求徐州啓："民有咨瘼之聲，君表納隍之志，下有愆弊之苦，上無侈豫之情。"

【納喇】滿族姓。也作"那拉"、"納蘭"。續通志八二氏族略二金以姓爲氏："納喇氏。世紀安國軍節度使納喇邦烈；承安二年進士第一納喇呼喇勒。"清通志三氏族略三滿洲八旗姓："納喇氏，散處葉赫烏拉哈達輝發張城費得里等地方。"康熙時大學士明珠及清末慈禧太后，皆爲葉赫納喇氏。

【納福】三國志魏明帝紀："當營衛帝室，蠲邪納福。"本爲來祥致福之義，後用爲問候之辭。義爲享福、受福。元王禮麟原集後集十二喜遷鶯代人送鎦宰考滿並遷新居詞："自今四時納福，遥對深山如綉。"

【納鉢】見"捺鉢"。

【納節】㊀謂納還朝廷所賜之旌節。新唐書一五〇齊映傳："滑亳節度使令狐彰署掌書記，彰疾甚，引映託後事。映因説彰納節，歸諸子京師。"㊁唐代節度使改官尚書僕射侍郎，亦稱納節，由舍人院出制，不降麻。見宋宋敏求春明退朝録中。

【納誨】謂進納諫誨。書説命上："朝夕納誨，以輔台德。"傳："言當納諫誨直辭，以輔我德。"三國志魏三少帝紀高貴鄉公丙寅詔："必有三老五更，以崇至敬，乞言納誨，著在惇史。"

【納幣】即古婚禮六禮中的納徵。納吉之後，擇日具書，遣人送聘禮於女家，女家受物復書，婚姻乃定。亦稱文定，俗稱過定。春秋莊二二年："冬，公如齊納幣。"注："納幣即納徵。"參見"納徵"。

【納牖】易坎："樽酒簋貳，用缶，納約自牖，終无咎。"指樽酒簋飯，皆由窗間出入。宋程頤易程傳三："納約，謂進結於君之道；牖，開通之義。室之暗也，故設牖，所以通明。自牖，言自通明之處，以況君心所明處，……人臣以忠信善道結於君心，必自其所明處乃能入也。"所説各異。後人據程傳稱導人於善爲納牖。

【納徵】古婚禮六禮之一。也稱"納幣"。納聘之意。儀禮士昏禮："納徵，玄纁、束帛、儷皮，如納吉禮。"注："徵，成也。使使者納幣以成婚禮。"疏："納此，則昏禮成，故云徵也。"參閱清俞樾茶香室經説七納徵。

【納錫】猶言入貢。書禹貢："九江納錫大龜。"疏："言此大龜，錫命乃貢之也。"北周庾信庾子山集七燕射歌辭羽調曲："滌九川而賦税，乘三危而納錫。"

【納谿】漢江陽縣地，屬犍爲郡。宋皇祐置納谿寨，後升爲縣。明清皆屬四川瀘州。公元 1965 年改爲納溪。今屬四川宜賓專區。參閱寰宇通志六八瀘州。

【納贄】饋送初見面的禮物。楚辭漢王逸九思守志："謁玄黄兮納贄，崇忠貞兮彌堅。"聊齋志異胡氏："直隸有巨家欲延師。忽一秀才踵門自薦，主人延之，詞語開爽，遂相知悦，秀才自言胡氏。遂納贄館之。"

【納麓】書舜典："納于大麓，烈風雷雨不迷。"麓，本謂山足。僞孔傳訓麓爲録。言堯納舜使大録萬機之政。後襲僞傳，以納麓指總攬大政。文選南朝梁沈休文(約)齊故安陸昭王碑文："時皇上納麓在辰，登庸伊始。"

【納蘭】滿族姓納喇氏。亦作那拉氏。見"納喇"。

【納屨踵決】納鞋而其後跟即破。極言其生活貧困。莊子讓王："曾子居衛，……十年不製衣，正冠而纓絶，捉衿而肘見，納屨而踵決。"

【納蘭性德】公元 1655—1685 年。清滿洲正黄旗人。本名成德，字容若。大學士明珠之子。康熙十二年進士。官至一等侍衛。博覽群書，擁書數萬卷，以貴公子延接文士，與陳維崧姜宸英顧貞觀相友善。吴兆騫以科場案遣戍寧古塔，性德爲斡旋，得贖歸。鄉試出徐乾學之門，其所輯通志堂經解，實出乾學之手。有飲水詞、側帽詞，自然有風致，卓然名家。卒年纔三十一，乾學輯其所著詩文爲通志堂集。

【納書楹曲譜】清葉堂訂譜，王文治參訂。分正、續、外三集，凡十卷。補遺四卷。四夢全譜八卷。曲皆有譜，譜必協宫。並對淆訛之文義，四聲之離合，詳加辨析。

紕 1. pí ㄆㄧˊ 符支切，平，支韻，並。

㊀在衣冠、旗幟上鑲飾緣邊。詩鄘風干旄："素絲紕之，良馬四之。"也指冠服的緣飾。禮玉藻："縞冠素紕，既祥之冠也。"

2. pī ㄆㄧ 匹夷切，平，脂韻，滂。

㊀理。方言六："紕繹督雉，理也。秦晉之間曰紕。"㊁錯誤。見"紕₂繆"。

3. bǐ 集韻 補履切,上,旨韻。
ㄅㄧˇ
㊃見"紕₃罽"。

【紕₂越】錯誤,過失。藝文類聚五五南朝梁王僧孺臨海伏府君集序:"賈馬盧鄭,非無紕越;荀郭何王,彌多踳謬。"

【紕₂漏】謬誤。世説新語有紕漏篇,皆記謬誤或不合之事,如晉王敦不識澡豆,稱爲乾飯等事。

【紕₃罽】古代西北氐族人所織的獸毛布。逸周書王會:"請令以丹青、白旄、紕罽、江歷、龍角、神龜爲獻。"

【紕₂繆】錯誤。禮大傳:"五者(治親、報功、舉賢、使能、存愛)一得於天下,民無不足,無不贍者;五者一物紕繆,民莫得其死。"注:"紕繆,猶錯也。"繆亦作"謬"。南朝宋裴松之上三國志注表:"若乃紕謬顯然,言不附理,則隨違矯正,以懲其失。"

紟

jīn 居吟切,平,侵韻,見。
ㄐㄧㄣ 巨禁切,去,沁韻,羣。
㊀衣服的結帶。見説文。也作"衿"。禮內則:"衿纓綦屨。"釋文:"本又作紟。"㊁單被。儀禮士喪禮:"緇絞紟衾二。"

紛

fēn 府文切,平,文韻,滂。
ㄈㄣ
㊀旗上的飄帶。文選漢揚子雲(雄)羽獵賦:"青雲爲紛,紅蜺爲繯。"注:"紛,旗旒也。"㊁盛多貌。楚辭屈原離騷:"紛吾既有此內美兮,又重之以修能。"㊂亂,雜。墨子尚同中:"當此之時,本無有敢紛天子之教者。"楚辭宋玉招魂:"士女雜坐,亂而不分些,放敶組纓,班其相紛些。"㊃糾紛,争執。老子:"挫其鋭,解其紛。"史記一二六滑稽傳:"談言微中,亦可以解紛。"㊄通"帉"。見"紛帨"。

【紛云】同"紛紜"。漢書五七下司馬相如傳難蜀父老文:"威武紛云,湛恩汪濊。"注:"紛云,盛貌。"史記作"紛紜"。

【紛更】變亂更改。史記一二〇汲黯傳:"何乃取高皇帝約束紛更之爲?"集解:"如淳曰:'紛,亂也。'"

【紛披】㊀和緩貌。文選漢王子淵(褒)洞簫賦:"其仁聲則若颽風紛披,容與而施惠。"㊁多,盛。文選南朝梁沈休文(約)宋書謝靈運傳論:"六義所因,四始攸繫,升降謳謡,紛披風什。"唐杜甫杜工部草堂詩箋五九日寄岑參:"是節東籬菊,紛披爲誰秀?"㊂散亂。北周庾信庾子山集一枯樹賦:"重重碎錦,片片真花,紛披草樹,散亂煙霞。"唐韓愈昌黎集五寄崔二十六立之詩:"下馹入省門,左右驚紛披。"

【紛沓】紛至沓來,形容頻繁。南齊書蕭穎胄傳移檄:"幕府親貫甲冑,授律中權,董帥熊羆之士十有五萬,征鼓紛沓,雷動荆南。"宋史三八六王剛中傳:"羽檄紛沓,從容裁決,皆中機會。"

【紛若】㊀盛多貌。易巽:"巽在牀下,用史巫紛若,吉无咎。"㊁多而雜。宋蘇軾東坡集續集三復改科賦:"探經義之淵源,是非紛若;考辭章之聲律,去取昭然。"

【紛拏】同"紛挐"。見"紛挐"。

【紛帨】拭物的佩巾。禮內則:"左佩紛帨。"注:"紛帨,拭物之佩巾也。今齊人有言紛者。"紛,通"帉"。帉,拭物巾。見玉篇"巾"。

【紛員】同"紛紜"。漢書禮樂志郊祀歌象載瑜:"赤鴈集,六紛員。"員、云(紜)古字通。參見"紛紜"。

【紛挐】牽持雜亂。淮南子本經:"芒繁亂澤,巧僞紛挐,以相摧錯。"史記一一一衛將軍驃騎傳:"時已昏,漢匈奴相紛挐,殺傷大當。"按漢書五五霍去病傳注:"紛挐,亂相持搏也。"挐訓牽引,紛挐字當作"拏"。拏訓搏持。今本説文挐拏二篆訓釋互易,故古籍中紛挐亦有作"紛拏"者。參閱清段玉裁説文解字注"挐"、"拏"。

【紛紜】多盛貌,又雜亂貌。文選漢班孟堅(固)東都賦:"千乘雷起,萬騎紛紜。"唐呂延濟注:"紛紜,多也。"楚辭漢劉向九嘆遠逝:"腸紛紜以繚轉兮,涕漸漸其若屑。"注:"紛紜,亂貌。"

【紛紛】㊀雜亂貌。管子樞言:"紛紛乎若亂絲,遺遺乎若有從治。"㊁忙亂。孟子滕文公上:"何爲紛紛然與百工交易?何許子之不憚煩?"㊂盛多貌。史記天官書:"若煙非煙,若雲非雲,郁郁紛紛,蕭索輪囷,是謂卿雲。"

【紛猋】飛揚貌。文選漢傅武仲(毅)舞賦:"纖縠蛾飛,紛猋若絶。"

【紛華】繁華盛麗。史記禮書:"自子夏,門人之高弟也,猶云'出見紛華盛麗而説,入聞夫子之道而樂,二者心戰,未能自決'。"漢書九一貨殖傳序:"雖見奇麗紛華,非其所習,辟猶戎翟之與于越,不相入矣。"

【紛溶】繁盛貌。文選漢司馬長卿(相如)上林賦:"紛溶萷蔘。"史記作"紛容"。

【紛葩】㊀盛多貌。文選漢馬季長(融)長笛賦:"紛葩爛漫,誠可喜也。"㊁比喻議論不一,七嘴八舌。世説新語輕詆"簡文與許玄度共語"注引郈原別傳:"魏五官中郎將曾與羣賢共論曰:'今有一丸藥,得濟一人疾,而君父俱病,與君邪?與父邪?'諸人紛葩。"

【紛綸】㊀雜亂貌。史記一一七司馬相如傳封禪書:"紛綸葳蕤,堙滅而不稱者,不可勝數也。"漢書作"紛輪"。㊁淵博,浩繁。後漢書八三井丹傳:"少受業太學,通五經,善談論,故京師爲之語曰:'五經紛綸井大春。'"注:"紛綸,猶浩博也。"㊂衆多,忙亂。文選漢班孟堅(固)東都賦:"豈特方軌並跡,紛綸后辟,理近古之所務,蹈一聖之險易云耳哉!"又南朝齊孔德璋(稚圭)北山移文:"常綢繆於結課,每紛綸於折獄。"

【紛敷】分張,盛貌。文選晉潘安仁(岳)西征賦:"黄壤千里,沃野彌望,華實紛敷,桑麻條暢。"

【紛緼】盛貌。楚辭屈原九章橘頌:"紛緼宜脩,姱而不醜兮。"文選漢班孟堅(固)東都賦寶鼎詩:"寶鼎見兮色紛緼,煥其炳兮被龍文。"

【紛錯】雜亂,複雜。楚辭漢劉向九歎憂苦:"思余俗之流風兮,心紛錯而不受。"魏書陽固傳演賾賦:"見衆兆之紛錯,覩變化之無方。"

【紛擾】混亂,動亂不安。後漢書九十鮮卑傳蔡邕議:"關東紛擾,道路不通。"三國志魏袁術傳與陳珪書:"今世事紛擾,復有瓦解之勢矣,誠英乂有爲之時也。"

【紛羅】雜然羅列。唐韓愈昌黎集二四施先生墓銘:"古聖人言,其旨密微,箋注紛羅,顛倒是非。"元稹長慶集二五有酒詩之三:"念萬古之紛羅,我獨慨然而浩歌。"

【紛纚】繁多貌。後漢書五二崔駰傳達旨:"若夫紛纚塞路,凶虐播流,人有昏墊之厄,主有疇咨之憂。"

【紛至沓來】連二連三,言多而頻繁。宋朱熹朱文公集四十答何叔京:"夫其心儼然肅然,常若有所事,則雖事物紛至而沓來,豈足以亂吾之知思。"樓鑰攻媿集五二洪文安公小隱集序:"禪位之詔,登極之赦,尊號改元等文,紛至沓來,從容應之,動合體制。"

【紛紅駭緑】形容花葉繁盛,隨風摇動。唐柳宗元柳先生集二九袁家渴記:"每風自四山而下,振動大木,掩苒衆草,紛紅駭緑,蓊勃香氣。"宋范成大石湖詩集二三嘲風:"紛紅駭緑驟飄零,癡騃封姨没性靈。"

紒

jì 集韻 吉詣切,去,霽韻。
ㄐㄧˋ 吉屑切,入,屑韻。

結髮。同"結㈩"、"髻"。儀禮士冠禮："將冠者，采衣紒。"注："紒，結髮。古文紒爲結。"

紝 rén 如林切，平，侵韻，日。
ㄖㄣˋ 汝鴆切，去，沁韻，日。

㊀織布帛的絲縷。禮內則："執麻枲，治絲繭，織紝組紃，學女事，以共衣服。"疏："紝爲繒帛。"墨子非攻下："婦人不暇紡績織紝。"注："紝，機縷也。"紝，同紙。㊁用綫穿針。金董解元西廂六："一雙春筍玉纖纖，貼兒裏拈線，把繡針兒穿。行待紝針關，却便紝針尖。"

紞 mào 莫報切，去，号韻，明。
ㄇㄠˋ

絹帛上的毛疵。急就篇二："綿繡縵紞離雲爵。"注："紞，謂刺也。"廣韻："紞，刺也。絹帛紞起如刺也。"

紙 zhǐ 諸氏切，上，紙韻，照。
ㄓˇ

㊀紙張。我國古代四大發明之一。本指漂洗蠶繭時附著於筐之絮渣。後指以絲爲原料之縑帛。自發明擣布而成之紙後，別造"帋"字，從巾。後成爲書寫用紙的通稱。公元1957年陝西灞橋漢墓曾發現西漢早期紙張，爲迄今發現的世界最早的植物纖維紙。參閱後漢書七八蔡倫傳。㊁量詞。張數。北齊顏之推顏氏家訓勉學："鄴下諺云：'博士買驢，書卷三紙，未有驢字。'"

【紙衣】紙做的衣服。宋蘇易簡文房四譜四紙譜三之雜說："山居者常以紙爲衣，蓋遵釋氏云，不衣蠶口衣者也。然服甚煖。"宋史四六二甄棲真傳："室成，不食一月，與平居所知敍別，以十二月二日衣紙衣卧磚塌卒。"

【紙馬】俗稱甲馬。古時祭祀用牲幣，後演變爲用偶馬(卽木馬)。唐王璵以紙爲幣，用紙馬以祀鬼神。後世紙上畫神像，塗以彩色出售，祭賽既畢則焚之，謂之紙馬。或謂昔時畫神像於紙，皆畫馬以爲乘騎之用，故稱紙馬。宋史禮志二七記契丹賀正使爲本國皇后成服後，有焚紙馬、舉哭事。舊時有專售此類冥器的商店稱紙馬鋪。參閱宋孟元老東京夢華錄七清明節、清趙翼陔餘叢考三十紙馬。

【紙帳】紙作的帳子。用藤皮繭紙纏於木上，以索纏緊，勒作皺紋，不用糊，以線折縫。以稀布爲頂，取其透氣。帳上常畫梅花蝴蝶等爲飾。唐齊己白蓮集一夏日草堂作詩："沙泉帶草堂，紙帳卷空牀。"宋朱敦儒樵歌上鷓鴣天詞："道人還了鴛鴦債，紙帳梅花醉夢閒。"參閱宋趙希鵠調燮類編二衣服。

【紙魚】卽蠹魚。見該條。

【紙窗】紙糊的窗。唐白居易長慶集十七晚寢詩："紙窗明覺晚，布被暖知春。"

【紙貴】世說新語文學記晉庾闡作揚都賦，人人競寫，都下紙爲之貴。又晉書左思傳，思成三都賦，張華稱思爲班固張衡之流，於是豪貴之家競相傳寫，洛陽爲之紙貴。後因以紙貴作爲著作風行之典。唐劉禹錫劉夢得文集外集二和留守令狐相公答白賓客詩："君來不用飛書報，萬户先從紙貴知。"

【紙牌】賭具的一種。唐人有葉子戲。至明代有紙牌，長二寸許，廣約半寸。在民間流行甚廣。其後又有馬釣，以四人爲一局。見明錢希言戲瑕二葉子戲。

【紙鳶】風箏，俗稱鷂子。以細竹爲骨，黏以薄絹或紙，作鳶形，斜綴絲，可引綫乘風而上。唐元稹長慶集二五有鳥詩之七："有鳥有鳥羣紙鳶，因風假勢童子牽。"宋陸游劍南詩稿一觀村童戲溪上："竹馬踉蹡衝淖去，紙鳶跋扈挾風鳴。"參閱唐李冗獨異志中、宋高承事物紀原八紙鳶。

【紙劄】紙做的冥器。元曲選岳伯川鐵拐李四："今日是俺哥哥的頭七，請了幾個和尚，買了些紙劄，與哥哥看經。"也作"紙札"。紅樓夢十四："這八個人單管各處油燈、蠟燭、紙札。"

【紙錢】舊時迷信，鑿紙爲錢，祭祀時燒化給死者。漢以來葬喪者埋錢於壙中，爲死者所用，稱瘞錢。魏晉以後以紙寓錢，稱紙錢。唐張籍張司業集一北邙行："寒食家家送紙錢，鴟鳶作窠銜上樹。"白居易長慶集十二寒食野望吟詩："風吹曠野紙錢飛，古墓纍纍春草綠。"參閱唐封演封氏聞見記六紙錢。

【紙鴟】卽紙鳶。北史彭城王勰傳附拓跋韶："世哲從弟黄頭，使與諸囚自金鳳臺各乘紙鴟以飛，黄頭獨能至紫陌乃墜。"資治通鑑一六二梁太清三年："臺城與援軍信命久絶，有羊車兒獻策，作紙鴟，繫以長繩，寫敕於內，放以從風，冀達衆軍。"參見"紙鳶"。

【紙上談兵】戰國趙括少時學兵法，與父奢談兵事，奢不能難。後括代廉頗爲將，爲秦將白起所敗。藺相如稱括徒能讀其父書傳，不知通變。見史記八一廉頗藺相如傳附趙奢。後世因稱空談不切實際爲"紙上談兵"，本此。紅樓夢七六："可見咱們天天是舍近求遠，現有這樣詩人在此，却天天去紙上談兵。"

【紙醉金迷】謂金彩奪目迷人。也作"金迷紙醉"。宋陶穀清異錄居室："癰醫孟斧唐末寓蜀中，……有一小室，窗牖煥明，器皆金飾，紙光瑩白。……所親見之曰：此室暫憩，令人紙醉金迷。"(說郛六一)後用以比喻驕奢豪華的享樂生活。

五　畫

紮 1. zā 側八切，入，黠韻，莊。
ㄗㄚ

㊀纏住弓弝。見廣韻。也作"紥"。引申爲捆紮。物一束，稱一紮。

2. zhá
ㄓㄚˊ

㊁駐紮。如紮營。

累 1. lěi 力委切，上，紙韻，來。
ㄌㄟˇ

㊀堆集，積聚。說文作"絫"。老子："九層之臺，起於累土。"史記六五呂不韋傳："呂不韋，陽翟大賈人也，往來販賤賣貴，家累千金。"㊁重疊。楚辭宋玉招魂："層臺累榭，臨高山些。"㊂多次，連續。晉書楊佺期傳："佺期自湖城入潼關，累戰皆捷。"

2. lèi 良僞切，去，寘韻，來。
ㄌㄟˋ

㊃牽連，妨礙。莊子天下："不累於俗，不飾於物。"史記高祖紀："諸城未下者，聞聲爭開門而待，足下通行無所累。"㊄連累。書旅獒："不矜細行，終累大德。"㊅煩勞，付託。莊子秋水："莊子釣於濮水，楚王使大夫二人往先焉。曰：'願以竟(境)內累矣。'"戰國策齊三："小國英桀之士皆以國事累君。"㊆憂患，危難。莊子至樂："諸子所有，皆生人之大累也。"㊇過失。鄧析子無厚："君有三累，臣有四責。何謂三累？惟親所信，一累；以名取士，二累；近故親疎，三累。"㊈家室。晉書戴洋傳："(孫)混欲迎其家累。"參見"累重"。

3. luǒ
ㄌㄨㄛˇ

㊉裸露。通"倮"。禮曲禮："爲天子削瓜者副之，巾以絺。爲國君者華之，巾以綌。爲大夫累之。"注："累，倮也，謂不巾覆也。"釋文："累，力果反。一音如字。"

4. léi 玉篇 力隹切。
ㄌㄟˊ

⑪繩索。同"纍"。通"縲"。莊子外物："夫揭竿累，趣灌瀆，守鯢鮒，其於得大魚難矣。"釋文："本或作纍。"引申爲綑綁。荀子成相："世之衰，讒人歸，比干見刳箕子

累。"參見"係累"。㊂通"𠹌"。見"累₄牛"。

【累子】 多層食盒。宋蘇軾東坡集續集四與滕達道書之十八:"某好攜具野飲,欲問公求紅朱累子兩卓(桌),二十四隔者,極爲左右費。"

【累丸】 堆疊起來的彈丸。莊子達生:"仲尼適楚,出於林中,見痀僂者承蜩,猶掇之也。仲尼曰:'子巧乎!有道邪?'曰:'我有道也。五六月累丸二而不墜,則失者錙銖;累三而不墜,則失者十一;累五而不墜,猶掇之也。'"唐元稹長慶集二七善歌如貫珠賦:"方內累丸之重疊,豈比沉泉之撩亂。"

【累₄牛】 交配期的公牛;泛指公牛。禮月令季春之月:"乃合累牛騰馬,遊牝於牧。"吕氏春秋季春紀作"纍牛",淮南子時則作"𠹌牛"。

【累世】 歷代。荀子榮辱:"人之情,……又欲夫餘財蓄積之富也,然而窮年累世不知不足,是人之情也。"史記八三魯仲連傳遺燕將書:"故去感忿之怨,立終身之名;棄忿悁之節,定累世之功,是業與三王爭流,而名與天壤相弊也。"

【累₂句】 猶病句。舊題漢劉歆西京雜記三:"枚皋文章敏疾,長卿(司馬相如)制作淹遲,皆極一時之譽;而長卿首尾温麗,枚皋時有累句,故知疾行無善迹矣。"宋書臨川王道規傳附鮑照:"上好爲文章,自謂物莫能及,照悟其旨,爲文多鄙言累句,當時咸謂照才盡,實不然也。"

【累年】 歷年,多年。漢桓寬鹽鐵論論功:"及先帝,征不義,攘無德,以昭仁聖之路,純至德之基,聖王累年仁義之積也。"漢書七十陳湯傳耿育上書:"雪國家累年之恥,討絕域不羈之君。"

【累足】 猶重足。兩足相疊,不敢正立。史記一〇六吴王濞傳:"吴王身有內病,不能朝請二十餘年,嘗患見疑,無以自白,今脅肩累足,猶懼不見釋。"

【累卵】 堆疊起來的蛋,極易傾倒打碎,比喻非常危險。韓非子十過:"故曹小國也,而迫於晉楚之間,其君之危,猶累卵也。"戰國策秦五:"王之春秋高,一日山陵崩,太子用事,君危於累卵,而不壽於朝生。"

【累洽】 謂太平相承。文選漢班孟堅(固)兩都賦:"至於永平之際,重熙而累洽。"唐張銑注:"熙,光明也;洽,合也。言光武既明而明帝繼之,故曰重熙累洽也。"

【累重】 ㊀疊積繁多,厚重。楚辭漢東方朔七諫沈江:"衆輕積而折軸兮,原咎雜而累重。"三國志吴華覈傳爲文曰:"滋潤含垢,恩貸累重。"㊁家屬資產。漢書九四上匈奴傳:"匈奴聞,悉遠其累重於余吾水北。"注:"累重謂妻子資產也。"後也指子女衆多。清翟灝通俗編十五:"今人自言妻妾子女曰賤累,子女多曰累重。"

【累茵】 孔子家語致思:"親歿之後,南遊於楚,從車百乘,積粟萬鍾,累茵而坐,列鼎而食,願欲食藜藿爲親負米,不可復得也。"茵,墊、毯之類。後因稱對已故父母的哀思爲累茵之悲。唐元稹長慶集五〇追封李逢吉母王氏:"孝子之於事親也,貧則有啜菽之歡,仕則有捧檄之慶,離則有陟屺之歎,歿則有累茵之悲。"

【累氣】 ㊀猶屏息。後漢書六七劉祐傳:"時中常侍蘇康管霸用事於內,遂固天下良田美業,山林湖澤,民庶窮困,州郡累氣。"注:"累氣,屏息也。"㊁滯重的文氣。宋書謝靈運傳論:"雖清辭麗曲,時發乎篇,而蕪音累氣,固亦多矣。"

【累息】 ㊀猶屏息。因恐懼或情緒緊張而不敢呼吸。後漢書七六任延傳:"自是威行境內,吏民累息。"㊁長嘆。楚辭漢劉向九嘆離世:"立江界而長吟兮,愁哀哀而累息。"漢書九七下外戚傳班倢伃賦:"每寤寐而絫息兮,申䋣佩以自思。"注:"絫,古累字。"

【累₂掯】 ㊀麻煩勞累。紅樓夢十:"你不許累掯他,不許招他生氣,叫他靜靜兒的養幾天就好了。"㊁北京方言,勒索、苛求之意。紅樓夢二二:"果然拿不出來也罷了;金的、銀的、圓的、扁的,壓塌了箱子底,只是累掯我們!"

【累累】 ㊀猶屢屢。穀梁傳十三年:"吴,東方之大國也,累累致小國以會諸侯。"㊁重疊。漢董仲舒春秋繁露十五順命:"春秋列序位卑尊之陳,累累乎可得而觀也。"㊂連續不絕。漢書五行志下之下:"明年,中國諸侯果累累從楚而圍蔡。"㊃聯貫成串,多貌。漢焦延壽易林三否之剝:"桃李花實,累累日息;長大成就,甘美可食。"

【累₃紲】 綑犯人的繩索。引申爲囚禁、牢獄。史記六七仲尼弟子傳:"孔子曰:'(公冶)長可妻也,雖在累紲之中,非其罪也。'"集解:"孔安國曰:累,黑索也,紲,攣也。所以拘罪人。"論語公冶長作"縲絏"。漢書六二司馬遷傳報任安書:"僕雖怯耎欲苟活,亦頗識去就之分矣,何至自湛溺累紲之辱哉!"

【累棊】 高疊棋子,極易傾倒,比喻非常危險。戰國策秦四:"物至而反,冬夏是也;致至而危,累棊是也。"

【累黍】 ㊀古代以黍粒爲計量基準,累黍,即以一定方式排列黍粒,爲分、寸、尺等及音樂律管之長度;爲合、升、斗等以計容積;爲銖、兩、斤等以計重量。三者相互參校。見漢書律曆志上。㊁指一點一滴的累積。宋劉克莊後村集五初宿囊山和方雲臺韻詩:"累黍功名成未易,跳丸歲月去堪驚。"

【累葉】 猶"累世"。後漢書十九耿弇傳論:"三世爲將,道家所忌,而耿氏累葉以功名自終。"

【累德】 猶積德。荀子宥坐:"今夫子累德、積義、懷美,行之日久矣,奚居之隱也?"史記周紀:"崇侯虎譖西伯於殷紂曰:'西伯積善累德,諸侯皆嚮之,將不利於帝。'"

【累₂德】 有損於道德。莊子庚桑楚:"解心之謬,去德之累……惡、欲、喜、怒、哀、樂六者,累德也。"北齊顏之推顏氏家訓治家:"借人典籍,……或有狼籍几案,分散部秩,多爲童幼婢妾所點污,風雨犬鼠所毁傷,實爲累德。"

【累騎】 兩人共乘一騎。世說新語任誕:"阮仲容(咸)先幸姑家鮮卑婢,及居母喪,姑當遠移。初云當留婢,既發,定將去。仲容借客驢箸重服自追之,累騎而返,曰:'人種不可失。'"

【累繭】 手足上磨出的厚繭。後漢書二八上馮衍傳田邑報書:"三王背叛,赤眉害主,未見兼行倍道之赴,若墨翟累繭救宋,申包胥重胝存楚,衞女馳歸唁兄之志。"

【累七齋】 佛教追薦死人的儀式。人死後每七日齋祭一次,至七七日。又稱齋七。見釋氏要覽下雜記。

【累屋重架】 謂層次重疊。唐劉知幾史通序例:"濫觴肇迹,容或可觀,累屋重架,無乃太甚。"一本作"累屋重起"。

【累塊積蘇】 重疊的土塊和堆積的柴草。形容居室的簡陋。列子周穆王:"化人之宫,構以金銀,絡以珠玉,……帝之所居,王俯而視之,其宫榭若累塊積蘇焉。"金元好問遺山集五游泰山詩:"積蘇與累塊,分明是九垓。"

【累牘連篇】 謂文辭之多。或含有煩複冗長的意思。宋史選舉志二洪邁言:"寸晷之下,惟務貪多,累牘連篇,何由精妙?"參見"連篇累牘"。

紵 zhù ㄓㄨˋ 直吕切,上,語韻,澄。

苧麻。書禹貢:"厥貢漆枲絺紵。"詩陳風

東門之池："東門之池，可以漚紵。"也指用苧麻爲原料織成的粗布。禮喪服大記："凡陳衣不詘，非列采不入，絺、綌、紵不入。"淮南子人間："冬日被裘罽，夏日服絺紵。"

【紵嶼】傳說爲東海中島嶼名，以嶼上多苧而名。或說卽秦時琅玡方士徐市偕童男女數千人出海求仙人去而不返所止之處。抱朴子金丹列海中大島嶼有會稽之東翁洲、亶洲、紵嶼，卽此。參閱舊題晉葛洪神仙傳十宮嵩、太平御覽七八二外國記。

紽 tuó ㄊㄨㄛˊ 徒河切，平，歌韻，定。

古時計算絲縷的單位。五絲爲紽。詩召南羔羊："羔羊之皮，素絲五紽。"一說爲縫合之意。參閱唐孔穎達疏、清王引之經義述聞五素絲爲紽。

紸 zhù ㄓㄨˋ 字彙 陟慮切，音註。

安放。荀子禮論："紸纊聽息之時，則夫忠臣孝子，亦知其閔已，然而殯殮之具，未有求也。"注："紸讀爲注，紸纊卽屬纊也。"紸纊，古人以新綿放在臨終者的口鼻前，伺察是否斷續呼吸。參見"屬纊"。

絃 xián ㄒㄧㄢˊ 胡田切，平，先韻，匣。

㊀琴瑟類樂器上撥動使發音的生絲綫。今多用銅絲、鋼絲等。本作"弦"。禮樂記："昔者舜作五弦之琴以歌南風。"唐李商隱李義山詩集五錦瑟："錦瑟無端五十絃，一絃一柱思華年。"參見"弦㊀"。㊁絃樂。如琴瑟琵琶之類。通稱絲，古爲八音之一。漢桓譚新論琴道："八音之中，惟絃爲最，而琴爲之首。"參見"八音"。㊂古以琴瑟和諧喻夫婦，因稱妻死爲"斷絃"，續娶爲"續絃"。

【絃索】㊀樂器上的絃。唐元稹長慶集二四連昌宮詞："夜半月高絃索鳴，賀老琵琶定場屋。"也指絃樂器。聊齋志異書癡："女乃喜，授以絃索，限五日工一曲。"㊁金元以來或稱琵琶、三絃等絃樂伴奏的戲曲、曲藝爲絃索，一般指北曲。如金董解元西廂記，又稱絃索西廂。

【絃桐】琴的別稱。桐，造琴的良材。文選南朝宋謝希逸（莊）月賦："於是絃桐練響，音容選和。"注："絃桐，琴也。"

【絃誦】古代學校授詩，以琴瑟配樂歌咏爲絃歌，不配樂只朗讀爲誦，合稱絃誦。泛指學習授業。舊唐書音樂志一："三五之代，世有厥官，故虞廷振干羽之容，周人立絃誦之教。"宋蘇軾分類東坡詩二四潘推官母李氏挽詞："杯盤慣作陶家客，絃誦常叨孟母鄰。"參見"弦誦"。

【絃歌】古詩皆可以配琴瑟等樂，歌咏誦讀，稱絃歌。泛指學習、授業。呂氏春秋愼人："殺夫子者無罪，藉夫子者不禁，夫子絃歌鼓舞，未嘗絶音。"參見"弦歌"。列子仲尼："絃歌誦書，終身不輟。"也指禮樂教化。

【絃管】絃樂和管樂。抱朴子論仙："又況絃管之和音，山龍之綺粲，安能賞克諧之雅韻，暐曄之鱗藻哉！"參見"弦管"。

【絃徽】琴上繫絃的繩。也指琴面指示音節的標誌。晉書陶潛傳："性不解音，而蓄素琴一張，絃徽不具，每朋酒之會，則撫而和之，曰：'但識琴中趣，何勞絃上聲。'"

【絃外音】指語有含蓄，言外別有不盡之意。宋陸游劍南詩稿八三雨後殊有秋意："只歎鼻端無妙斲，豈知絃外有遺音。"清沈德潛唐詩別裁二十李白評注："七言絶句以語近情遥，含吐不露爲貴；只眼前景、口頭語而有絃外音，使人神遠，太白有焉。"

絆 bàn ㄅㄢˋ 博慢切，去，換韻，幫。

㊀套住馬足的繩。見說文。急就篇三作"靽"。㊁約束，牽制。藝文類聚六漢揚雄交州箴："爰是開闢，不羈不絆。"晉書文帝紀景元三年："今絆姜維於沓中，使不得東顧。"

【絆驥】淮南子俶真："身蹈于濁世之中，而責道之不行也，是猶兩絆騏驥而求其致千里也，置猨檻中，則與豚同，非不巧捷也，無所肆其能也。"後以喻人受拘束不能自由發揮其所長。北周庾信庾子山集三謹贈司寇淮南公詩："絆驥還千里，垂鵬更九飛。"

絉 1. wà ㄨㄚˋ 集韻 勿發切，入，月韻。

㊀襪子。同"襪"、"韈"。淮南子說林："鈞之縞也，一端以爲冠，一端以爲絉，冠則戴致之，絉則蹍履之。"

2. mò ㄇㄛˋ 集韻 莫葛切，入，末韻。

㊁袜肚。同"袜"。見"袜"。

紺 gàn ㄍㄢˋ 古暗切，去，勘韻，見。

天青色，深青透紅之色。論語鄉黨："君子不以紺緅飾。"莊子讓王："子貢乘大車，中紺而表素。"

【紺宇】佛寺。也稱紺園。唐王勃王子安集十五益州德陽縣善寂寺碑："朱軒夕朗，似遊明月之宮；紺宇晨融，若對流霞之闕。"

【紺珠】唐開元間宰相張說有紺色珠一顆，或有遺忘之事，持弄此珠，便煥然明曉，因名記事珠。見五代後周王仁裕開元天寶遺事上記事珠。後因以比喻博記。類事中如宋朱勝非撰紺珠集，摘録小說異聞；王應麟編小學紺珠，記事物名數，皆取此意。

【紺髮】佛教傳說如來毛髮爲紺琉璃色，故名。也稱紺頂。北魏楊衒之洛陽伽藍記序："陽門飾毫眉之象，夜臺图紺髮之形。"後來泛指道士姿容，如唐白居易長慶集六九毛仙翁詩"紺髮絲並緻，齠容花並妍"，又李羣玉詩集上玉真觀"高情帝女慕乘鸞，紺髮初簪玉葉冠"，皆指男女道士而言。

【紺蝶】昆蟲名。晉崔豹古今注魚蟲："紺蝶，一曰蜻蛉。似蜻蛉而色玄紺，……好以七月連飛闇天。"

【紺幰】天青色車幔。隋書禮儀志五："犢車，……五品以上，紺幰碧裏，皆白銅裝。"唐王勃王子安集一春思賦："河陽別舍抵長河，丹輪紺幰相經過。"

【紺珠集】宋朱勝非集。十三卷。其書皆抄撮說部，摘録數語，分類編排，供備忘檢閱之用。所録之書，多爲古本。

紲 1. xiè ㄒㄧㄝˋ 私列切，入，薛韻，心。

㊀韁繩，繩索。也作"緤"、"絏"。國語晉四："從者爲羈紲之僕，居者爲社稷之守，何必罪居者？"三國志吳董襲傳："（黃）祖横兩蒙衝挾守沔口，以栟閭大紲繫石爲矴。"㊁拴，縛。楚辭屈原離騷："朝吾將濟於白水兮，登閬風而紲馬。"文選漢張平子（衡）東京賦："揥項軍於垓下，紲子嬰於軹塗。"㊂弓⿰韋必。卽竹製的弓檠，縛在弓裏以防損傷的用具。周禮考工記弓人："譬如終紲。"注："紲，弓⿰韋必。"

2. yì ㄧˋ

㊃超越。通"跇"。漢書八七上揚雄傳校獵賦："亶觀夫票禽之紲隃，犀兕之抵觸。"注："紲與跇同。紲，度也。……紲音弋制反。"

絾 yuè ㄩㄝˋ 王伐切，入，月韻，于。

㊀彩織品。急就篇二："履、舄、鞜、裒、絾、緞、紃。"注："絾，織綵爲之，一名車馬飾，卽今之織成也。"清朱駿聲說文通訓定聲十三泰部："紱絛綖紃之屬，如今織成之貴子闌干旗邊織邊珠絹邊類可緣飾

物者，古織爲乘車及騎從之象，故曰車馬飾。”㊁紵布。見廣韻。類篇作“細布”。

紱 fú ㄈㄨˊ 分勿切，入，物韻，幫。

㊀繫官印的絲帶。也代指官印。漢書九四下匈奴傳：“授單于印紱，詔令上故印紱。”文選漢張平子（衡）西京賦：“降尊就卑，懷璽藏紱。”㊁蔽膝，縫於長衣之前。爲祭服的服飾。周制帝王、諸侯及諸國的上卿皆朱紱。通“韍”、“芾”。易困：“朱紱方來。”疏：“紱，祭服也。”

【紱冕】㊀古時禮服。同“黻冕”。淮南子俶真：“繁登降之禮，飾紱冕之服。”也作“紱絻”。淮南子泰族：“待媒而結言，聘納而取婦，紱絻而親迎。”㊁比喻高官顯位。文選漢班孟堅（固）西都賦：“英俊之域，紱冕所興，冠蓋如雲，七相五公。”唐柳宗元柳先生集八故銀青光祿大夫……開國伯柳公（渾）行狀：“味道腴以代膏粱，含德輝而輕紱冕，遺榮養素，恬淡如也。”

紼 fú ㄈㄨˊ 分勿切，入，物韻，幫。

㊀大麻索。通“綍”。詩小雅采菽：“汎汎楊舟，紼纚維之。”㊁牽引棺材的繩索。在廟舉柩的繩索叫紼，在路引柩車的繩索叫引。左傳昭三十年：“晉之喪事，敝邑之間，先君有所助執紼矣。”注：“紼，輓索也。禮，送葬必執紼。”參閱孫詒讓札迻二釋名釋喪制。㊂結官印的絲帶。通“紱”。漢書七四丙吉傳：“臨當封，吉疾病，上（宣帝）將使人加紼而封之，及其生存也。”注：“紼，繫印之組也。”㊃蔽膝。縫於長衣之前，爲古代禮服的一種服飾。通“韍”、“芾”、“紱”。漢班固白虎通紼冕：“紼者何謂也？紼者蔽也，行以蔽前。……天子朱紼，諸侯赤紼。詩云：‘朱紼斯皇，室家君王。’又‘赤紼金舄，會同有繹。’”今詩小雅斯干車攻皆作“芾”。

【紼絻】古代禮服。同“黻冕”、“紱冕”。逸周書命訓：“以紼絻當天之福，以斧鉞當天之禍。”也作“紼冕”。三國魏曹植曹子建集九文帝誄：“紼冕崇麗，衡紞維新，尊肅禮容，矚之若神。”

紘 hóng ㄏㄨㄥˊ 户萌切，平，耕韻，匣。

同“紭”。見“紭”。

紹 1. shào ㄕㄠˋ 市沼切，上，小韻，禪。

㊀承繼。書盤庚上：“天其永我命于茲新邑，紹復先王之大業底綏四方。”漢書八四翟方進傳王莽大誥：“乃紹天明意，詔余卽命居攝踐祚。”㊁介紹。見“紹介”。

2. chāo ㄔㄠ 集韻 蚩招切，平，宵韻。

㊂緩慢。詩大雅常武：“匪紹匪遊，徐方繹騷。”箋：“紹，緩也。”宋朱熹集傳訓糾緊。

【紹介】爲人引進。介，在賓主之間傳話的人。古禮，賓至用介傳辭；介不止一人，相承而傳，故稱紹介。戰國策趙三：“平原君遂見辛垣衍曰：‘東國有魯連先生，其人在此，勝請爲紹介而見之於將軍。’”

【紹衣】書康誥：“紹聞衣德言。”言繼承舊聞善事，被服奉行先人的德化和教言。清全祖望字紹衣，卽取此義。

【紹定】宋趙昀（理宗）年號。公元1228—1233年。

【紹武】南明朱聿𨮁（唐王）年號。公元1646年。

【紹述】宋神宗年號熙寧、元豐，其時推行新法。神宗死，哲宗嗣立，年號元祐，以年幼，太皇太后高主政，盡廢新法。八年太皇太后死，哲宗親政，次年改元紹聖，任章惇執政，以紹述熙寧元豐新政爲名，盡復高太后臨朝時所廢新法。哲宗死，向太后臨朝聽政，罷斥章惇，新政又廢。徽宗卽位，次年改元崇寧，相蔡京，復行熙豐紹聖新法。元祐元符間凡反對新政者，自司馬光以下四十四人，死者追貶，生者罷官竄逐，於端禮門立黨人碑。舊史稱爲“紹述之政”。參閱宋史紀事本末四三元祐更化、四六紹述。

【紹泰】南朝梁蕭方智（敬帝）年號。公元555年。

【紹聖】宋趙煦（哲宗）年號。公元1094—1097年。

【紹漢】三國時公孫淵年號。公元237—238年。

【紹熙】㊀繼承前業，發揚昌盛。文選晉盧子諒（諶）贈劉琨詩：“濬哲惟皇，紹熙有晉。”㊁宋趙惇（光宗）年號。公元1190—1194年。

【紹興】㊀縣名。屬浙江省。春秋時越國都。秦置山陰縣。漢屬會稽郡。南朝陳析爲山陰會稽兩縣。隋大業初併入會稽。唐析會稽復置山陰縣。宋以後屬紹興府、路。公元1912年廢府，併山陰會稽爲紹興縣。參閱浙江通志一建置。㊁年號。1. 南宋趙構（高宗）。公元1131—1162年。2. 西遼耶律夷列（仁宗）。公元1151—1163年。

【紹繚】纏繞。樂府詩集十六漢鐃歌之十二有所思：“有所思，乃在大海南。何用問遺君？雙珠瑇瑁簪，用玉紹繚之。”

【紹興國子帖】帖名。二十卷。宋紹興間，以宮廷所藏淳化舊帖刻板，置之國子監，其首尾與淳化閣本略無少異。見宋曹士冕法帖譜系雜說上紹興國子監本、清周行仁閣帖源流考。

組 zhàn ㄓㄢˋ 丈莧切，去，襉韻，澄。

縫補。樂府詩集三九古辭豔歌行之一：“故衣誰當補？新衣誰當綻？賴得賢主人，覽取爲吾組。”

組 zǔ ㄗㄨˇ 則古切，上，姥韻，精。

㊀絲帶。禮內則：“織紝組紃。”疏：“組紃俱爲絛也。”史記高祖紀：“秦王子嬰素車白馬，係頸以組。”㊁編織。詩鄘風干旄：“素絲組之，良馬五之。”編結也稱組。見“組甲㊀”。後凡事物成套、人員結合，皆可稱組。㊂古代佩印用組。引申以組爲官印或作官的代稱。去官則稱解組。後漢書二八上馮衍傳田邑報衍書：“君長、敬通揭節垂組，自相署立。”參見“解組”。㊃華麗。荀子樂論：“亂世之徵，其服組，其容婦，其俗淫……治世反是也。”

【組甲】㊀以絲帶連結皮革或鐵片而成的鎧甲。管子五行：“天子出令，命左右司馬衍組甲厲兵，合什爲伍。”注：“組甲，謂以組貫甲也。”另說爲漆甲成組文或以組爲甲裏。見左傳襄三年“組甲三百”注及疏。㊁兵士、軍隊的代稱。左傳襄三年：“使鄧廖帥組甲三百、被練三千以侵吳。”南朝梁江淹江文通集九北伐詔：“組甲十萬，鐵騎千馬。”

【組帳】華美的帷帳。組，繫帳的絲帶。文選晉嵇叔夜（康）贈秀才入軍詩之五：“微風動袿，組帳高褰。”抱朴子暢玄：“組帳霧合，羅幬雲離，西毛陳於閑房，金觴華以交馳。”

【組綬】古代帝王、諸侯、大夫、士佩玉爲飾，繫玉的絲帶稱組綬。禮玉藻：“天子佩白玉而玄組綬，公侯佩山玄玉而朱組綬，大夫佩水蒼玉而純組綬，世子佩瑜玉而綦組綬，士佩瓀玟而緼組綬。”

【組練】㊀左傳襄三年：“（楚子重）使鄧廖帥組甲三百、被練三千以侵吳。”組甲、被練皆指將士的衣甲服裝。後因借指爲：1. 精銳的部隊。文選南朝宋謝玄暉（朓）和伏武昌登孫權故城詩：“北拒溺驂鑣，西龕收組練。”宋辛棄疾稼軒詞水調歌頭舟次揚州……：“漢家組練十萬，列艦聳層樓。”2. 軍士之武裝軍容。唐杜牧樊川集二東兵長句十韻詩:"羽林東下雷霆怒,楚甲南來組練明。"㊁繩索。新五代史劉守光傳:"晉王至太原,(劉)仁恭父子曳以組練,獻于太廟。"

【組織】㊀經緯相交,織作布帛。呂氏春秋先己"詩曰執轡如組"漢高誘注:"組讀組織之組。夫組織之匠,成文於手,猶良御執轡於手而調馬口以致萬里也。"也指織成的織物。南朝梁劉勰文心雕龍二銓賦:"麗辭雅意,符采相勝,如組織之品朱紫,畫繪之著玄黃。"㊁凡詩文的結構,事物的安排使有次序,皆稱組織。文選南朝梁劉孝標(峻)廣絶交論:"至夫組織仁義,琢磨道德。……斯賢達之素交,歷萬古而一遇。"南朝梁劉勰文心雕龍一原道:"及至夫子,繼聖獨秀,……雕琢情性,組織辭令。"㊂構陷,猶言羅織。唐李白李太白詩十敍舊贈江陽宰陸調:"邀遮相組織,呵嚇來煎熬。"

【組麗】華美。漢揚雄法言吾子:"或曰霧縠之組麗。"宋葛立方韻語陽秋一:"大抵欲造平淡,當自組麗中來;落其華芬,然後可造平淡之境。"

【組纓】結冠的絲帶。墨子公孟:"昔者楚莊王鮮冠組纓,絳衣博袍,以治其國。"禮玉藻:"玄冠朱組纓,天子之冠也。……玄冠丹朱組纓,諸侯之冠也。"參閱後漢書輿服志下。

紬 1. chóu ㄔㄡˊ 直由切,平,尤韻,澄。

㊀粗綢。用廢繭殘絲紡成粗絲織成的平紋織物。急就篇二:"絳緹絓紬絲絮綿。"注:"抽引麤繭緒紡而織之曰紬。"

2. chōu ㄔㄡ 集韻 丑鳩切,平,尤韻。

㊀抽引。文選戰國楚宋玉高唐賦:"紬大絃而雅聲流,冽風過而增悲哀。"㊁綴集。史記太史公自序:"(父)卒三歲而遷爲太史令,紬史記石室金匱之書。"

【紬₂績】緝織,綴集。史記曆書:"紬績日分,率應水德之勝。"索隱:"紬績者,女工紬緝之意,以言造曆算運者猶若女工緝而織之也。"

【紬₂繹】理出頭緒。漢書八五谷永傳:"燕見紬繹,以求咎愆。"注:"紬讀曰抽。紬繹者,引其端緒也。"二程全書四二伊川先生(程頤)語十:"吾四十歲以前讀誦,五十以前研究其義,六十以前反覆紬繹,六十以後著書。"

細 xì ㄒㄧˋ 蘇計切,去,霽韻,心。

說文作"𦃃"。㊀微,小。1.與大相對。老子:"天下皆謂我道大,似不肖。夫唯大,故似不肖;若肖,久矣其細也夫。"左傳襄四年:"吾子舍其大而重拜其細,敢問何禮也?"2.與粗相對。國語周下:"大不踰宮,細不過羽。"㊁瑣屑,柔嫩。左傳襄二九年:"其細已甚。"注:"譏其煩碎。"宋蘇軾東坡集前集一東湖:"絲緡雖强致,瑣細安足戲!"參見"細柳㊀"。㊂精致,精密。漢王符潛夫論浮侈:"衣必細緻,履必麛麂。"

【細人】㊀見識短淺的人。禮檀弓上:"君子之愛人也以德,細人之愛人也以姑息。"㊁地位卑微的人。韓非子說難:"故與之論大人,則以爲閒己矣;與之論細人,則以爲賣重。"㊂年輕的侍女。宋李廌師友談記:"惟宰相王文正公(旦)不邇聲色,素無後房姬媵,上(宋仁宗)乃曰:'朕賜旦細人二十,卿等分爲教之,俟藝成,皆送旦家。'"後也用以稱年幼人,猶"小孩"。㊃奸細。前漢書平話下:"(文)帝見(周)亞夫閉營,三軍將令,緊把寨門,軍士不放帝入去,切恐夾帶細人入來。"

【細子】㊀猶小子。自謙之詞。靈樞經禁服:"雷公問於黃帝曰:'細子得受業,通于九鍼六十篇。'"㊁獼猴桃的別名。又名羊桃。見"羊桃"。參閱本草綱目十八下草七羊桃。

【細小】㊀猶小。漢書郊祀志下:"今此鼎細小,又有款識,不宜薦見於宗廟。"㊁指家眷。晉干寶搜神記五:"此間頃來甚多草穢,君載細小,作此輕行,大爲不易。"

【細民】小民,平民。晏子春秋問上:"治徧細民。"注:"治理所及,不遺一小民。"韓非子和氏:"當今之世,大臣貪重,細民安亂,甚於秦楚之俗。"

【細旦】宋時元宵節有舞隊之戲,男性裝扮的舞者稱細旦。戴珠翠冠,插花,舞時姿態婀娜如女性。見宋吳自牧夢粱錄一元宵。細旦,後來傳統戲劇中稱小旦。

【細仗】古時皇帝或皇太子朝會或出行時儀仗隊之一,規模次於大仗。南朝宋齊宿衛之官,有細鎧官、細鎧將、細仗主等。唐司空圖司空表聖詩集三楊柳枝壽盃詞之四:"臺城細仗曉初移,詔賜千官禊飲時。"唐宋細杖之制,見新唐書儀衛志上、下,宋史儀衛志一殿庭立仗、二行幸儀衛。

【細行】㊀小事小節。書旅獒:"不矜細行,終累大德。"文選三國魏文帝(曹丕)與吳質書:"觀古今文人,類不護細行,鮮能以名節自立。"㊁微行,便服出行。三國志蜀譙周傳上疏:"(漢光武帝)及在洛陽,嘗欲小出,車駕已御,銚期諫曰:'天下未寧,臣誠不願陛下細行數出。'即時還車。"

【細辛】草名,入藥。又名小辛、少辛。山海經中山經"(浮戲之山)其東有谷,因名曰蛇谷,上多少辛"晉郭璞注:"細辛也。"宋書謝靈運傳山居賦:"摭曾嶺之細辛,拔幽澗之溪蓀。"參閱本草綱目十三草二細辛。

【細君】㊀古時諸侯的妻稱小君,也稱細君。後爲妻的通稱。漢書六五東方朔傳:"歸遺細君,又何仁也?"注:"細君,朔妻之名也。一說:細,小也,朔則自比於諸侯,謂其妻曰小君。"唐韓愈昌黎集二岳陽樓別竇司直詩:"細君知蠶織,稚子已能餉。"後也特指妾。清俞正燮癸巳類稿七釋小補楚語笄内則總角義:"小妻曰妾……曰細君。"㊁人名。漢元封中烏孫使使獻馬,願得尚漢公主,爲昆弟。武帝乃遣江都王建女細君爲公主,嫁烏孫王。見漢書九六下西域傳。

【細作】㊀間諜,密探。左傳宣八年"晉人獲秦諜"晉杜預注:"諜,徒協反,間也。今謂之細作。"續高僧傳六釋曇鸞傳:"既達梁朝,時大通中也,乃通名曰:'北國虜僧曇鸞故來奉謁。'時所司疑爲細作,推勘無有異詞,以事奏聞。"㊁精巧的工藝製品。宋書孝武紀詔:"凡用非軍國,宜悉停功,可省細作并尚方雕文靡巧,金銀塗飾。"南朝宋、齊、梁和北朝齊等皆有細作署掌監製細作工藝。見隋書百官志中。

【細兒】㊀最小的兒子。宋袁文甕牖閒評一:"世有孃惜細兒之語。"㊁猶細人,小人。宋蘇軾分類東坡詩二四孔長源挽詞一:"南荒尚記誅元惡,東越誰能事細兒?"

【細故】小事。史記一一〇匈奴傳漢文帝遺匈奴書:"朕追念前事,薄物細故,謀臣計失,皆不足以離兄弟之驩。"文選賈誼鵩鳥賦:"細故蔕芥兮,何足以疑。"

【細要】見"細腰"。

【細柳】㊀嫩柳。舊題漢劉歆西京雜記四:"枚乘爲柳賦,其辭曰:'……階草漠漠,白日遲遲,吁嗟細柳,流亂輕絲。'"唐杜甫杜工部草堂詩箋九哀江頭:"江頭宮殿鎖千門,細柳新蒲爲誰綠?"㊁古時指日落之處。漢王充論衡說日:"儒者論日旦出扶桑,暮入細柳。扶桑,東方地;細柳,西方野也。……如實論之,日不出於扶桑，入於細柳。”㊂古地名。1.在今陝西咸陽市西南。有細柳倉，卽漢周亞夫屯軍處。見“細柳營”。2.在今陝西西安市西南。史記一一七司馬相如傳上林賦“登龍臺，掩細柳”，又漢書九二游俠傳記萬章所在城西柳市，後漢書郡國志一所指細柳聚，皆指此。見元和郡縣志一長安縣。

【細眉】㊀細長的眉毛。藝文類聚一九晉孫楚反金人銘：“時悅廣額，下作細眉。”宋林逋和靖詩集二蝶：“細眉雙聳敵秋毫，荏苒芳園日幾遭。”㊁北齊富商私鑄的一種小錢。隋書食貨志：“至乾明、皇建之間，往往私鑄。鄴中用錢，有赤熟、青熟、細眉、赤生之異。”

【細侯】後漢書三一郭伋傳：“郭伋字細侯……始至行部，到西河美稷，有童兒數百，各騎竹馬，道次迎拜。伋問‘兒曹何自遠來’。對曰：‘聞使君到，喜，故來奉迎。’”後因以指官吏到任，受人歡迎。唐劉禹錫劉夢得集六奉送浙西李僕射相公赴鎭詩：“郡人重得黃丞相，童子爭迎郭細侯。”宋陳師道後山集六寄侍讀蘇尚書：“一時賓客餘枚叟，到處兒童說細侯。”

【細馬】㊀良馬。舊唐書職官志三太僕寺：“凡馬有左右監，以別其粗良。……細馬稱左，粗馬稱右。”㊁小馬。唐李白李太白詩二五對酒：“蒲萄酒，金叵羅，吳姬十五細馬馱。”

【細弱】㊀纖細微弱。史記吳太伯世家“其細已甚”集解：“服虔曰：‘其風細弱已甚，攝於大國之閒，無遠慮持久之風。’”㊁妻子兒女。泛指家屬。後漢書二七杜林傳：“林與弟成及同郡范逡孟翼等，將細弱俱客河西。”晉書王廙傳上疏：“是以昔忝濮陽，棄官遠迹，扶侍老母，携將細弱，越長江歸陛下者，誠以道之所存，願託餘蔭故也。”

【細務】瑣事，無關緊要的事務。抱朴子崇教：“澄視於秋毫者，不見天文之煥炳，肆心於細務者，不覺儒道之弘遠。”宋蘇軾東坡集後集十御試制科策：“臣以爲宰相雖不親細務，至於錢穀兵師，固當制其贏虛利害。”

【細娘】姿色美好的婦女。清闕名燕臺口號一百首詩：“細娘裝束晚登車，欲向中秋闞月華。”吳方言稱少女爲細娘。

【細軟】㊀纖細柔軟。也作“細輭”。百喻經三估客駝死喻：“駝上所載，多有珍寶，細軟上氎，種種雜物。”舊題晉王嘉拾遺記十方丈山：“有草名濡奸，葉色如紺，莖色如漆，細軟可縈，海人織以爲席薦。”㊁輕便而易於攜帶的貴重物品。古今雜劇元賈仲明荆楚臣重對玉梳三：“嗨，誰想顧玉香夜來收拾了房中細軟，共梅香走失，不知何往。”

【細鳥】古代傳說中的異鳥。見“候日蟲”。

【細術】小道，末技。三國志魏衞臻傳：“(毌丘)儉所陳皆戰國細術，非王者之事也。”

【細細】㊀輕微。唐杜甫杜工部草堂詩箋十二宣政殿退朝晚出左掖：“宮草微微承委珮，爐烟細細駐遊絲。”㊁緩緩。唐杜甫杜工部草堂詩箋十八江畔獨步尋花七絕句之七：“繁枝容易紛紛落，嫩葉商量細細開。”㊂密密。宋蘇軾東坡集前集四風水洞二首和李節推詩之二：“細細龍鱗生亂石，團團羊角轉空巖。”㊃仔細，周密。紅樓夢三：“這熙鳳携着黛玉的手，上下細細打量一回。”

【細腰】㊀纖細的腰身。也作“細要”。墨子兼愛中：“昔者楚靈王好細要，靈王之臣，皆以一飯爲節，脅息然後帶，扶牆然後起。”楚王愛細腰的傳說，又見荀子君道、韓非子二柄、管子七主七臣、尸子處道、尹文子大道、淮南子主術。㊁杵，搗物的棒槌。晉干寶搜神記十八：“何文……暮入北堂中梁上，至三更竟，忽有一人，長丈餘，高冠黃衣，升堂呼曰：‘細腰！’細腰應諾……及將曙，文乃下堂中，如向法呼之，問曰：‘……汝復爲誰？’曰：‘我杵也。’”北周庾信庾子山集三夜聽擣衣詩：“北堂細腰杵，南市女郎砧。”㊂土蜂名。莊子天運：“烏鵲孺，魚傅沫，細要者化。”唐柳宗元柳先生集十四天對：“細腰羣螫，夫何足病！”㊃棺上合縫的木榫。也作“小要”。漢王符潛夫論浮侈：“釘細要，削除鏟靡，不足際會。”南朝梁江淹江文通集三銅劍讚序：“又往古之事，棺皆不用釘，悉用細腰。……狀如木枰，兩頭大而中央小。”參見“小要㊁”。

【細微】㊀隱微。鬼谷子上抵巇：“通達計謀以識細微。”後漢書二八上馮衍傳說廉丹：“凡患生於所忽，禍發於細微，敗不可悔，時不可失。”㊁低賤。漢書高帝紀下五年：“大王起細微，滅亂秦，威動海內。”

【細說】㊀讒言，小人之言。史記項羽紀：“勞苦而功高如此，未聞有封侯之賞，而聽細說，欲誅有功之人，此亡秦之續耳，竊爲大王不取也。”㊁渺小的說法。自謙之詞。漢王充論衡對作：“况論衡細說微論，解釋世俗之疑，辨別是非之理，使後進曉見然否之分，恐其廢失，著之簡牘。”㊂詳說。宋蘇軾分類東坡詩十三和錢安道寄惠建茶：“爲君細說我未暇，試評其略差可聽。”

【細酸】卑微寒酸。元明間對秀才的譏稱。明袁宏道袁中郎詩集下和韻贈黃平倩：“蓬萊監裏真仙輩，冠帶場中老細酸。”胡應麟少室山房筆叢莊嶽委談下：“世謂秀才爲措大，元人以秀才爲細酸。……今俗尚有此稱。”

【細魄】農曆月初的月亮。唐李羣玉詩集下初月之二：“凝顰立戶前，細〔魄〕向娟娟。”

【細膩】㊀細潤光滑。唐杜甫杜工部草堂詩箋四麗人行：“態濃意遠淑且真，肌理細膩骨肉勻。”㊁精細。唐元稹長慶集二一內狀詩寄楊白二員外詩：“彤管內人書細膩，金奩御印篆分明。”朱子語類七八尚書一：“書序恐不是孔安國做，漢文麤枝大葉，今書序細膩，只是六朝文字。”

【細柳營】漢文帝時周亞夫爲將軍，屯軍細柳（在今陝西咸陽市西南）以備匈奴。文帝親往勞軍，至營門，因無軍令不得入，乃遣使持節詔將軍，亞夫傳令開營門，請以軍禮見。旣入，按轡徐行，成禮而去。文帝曰：“眞將軍矣！曩者霸上棘門軍，若兒戲耳。”見史記周勃世家。後因贊稱軍營紀律嚴明者爲細柳營。文苑英華一九九隋明餘慶從軍行：“風卷常山陣，笳喧細柳營。”

【細腰鼓】一種打擊樂器。晉宗懍荆楚歲時記：“十二月八日爲臘日，諺語：臘鼓鳴，春草生。村人並擊細腰鼓。”宋書蕭思話傳：“思話年十許歲，未知書，以博言遊遨爲事，好騎屋棟，打細腰鼓。”

紳

shēn 失人切，平，眞韻，審。ㄕㄣ

㊀束在腰間、一頭垂下的大帶。論語衞靈公：“子張書諸紳。”疏：“以帶束腰，垂其餘以爲飾，謂之紳。”禮玉藻：“紳長，制：士三尺，有司二尺有五寸。子游曰：‘參分帶下，紳居二焉。’”古代有身分的人束紳，後因稱有地位權勢的人爲紳。如：鄉紳、紳士。參見“紳衿”。㊁約束。韓非子外儲左上：“書曰：‘紳之束之。’宋人有治者，因重帶自紳束也。”

【紳衿】泛指地方上有地位權勢的人。紳，指有官職或中科第而退居在鄉的人；衿，青衿，學中生員所穿，指生員。儒林外史四：“湯父母到任的那日，敝處闔縣紳衿，公搭了一個綵棚，在十里牌迎接。”

絅 jiǒng 口迥切,上,迥韻,溪。
ㄐㄩㄥˇ
襌衣。單布衣。同"褧"。禮玉藻:"襌爲絅。"注:"有衣裳而無裏。" 又中庸:"詩曰:'衣錦尚絅。'惡其文之著也。"今詩衛風碩人作"衣錦褧衣"。

絀 chù 竹律切,入,術韻,知。
ㄔㄨˋ
㊀縫。史記趙世家:"黑齒雕題,卻冠秫絀,大吳之國也。"集解:"徐廣曰:戰國策作'秫縫',絀亦縫紩之別名也。"㊁不足,減損。荀子非相:"緩急嬴絀。"鶡冠子世兵:"蚤晚絀嬴,反相殖生。"㊂貶斥,廢退。通"黜"。左傳莊八年:"(公孫無知)有寵於僖公,衣服禮秩如適,襄公絀之。"

紾 1. zhěn 知演切,上,獮韻,知。
ㄓㄣˇ
㊀捩折,變化。孟子告子下:"紾兄之臂而奪之食。"淮南子精神:"禍福利害,千變萬紾,孰足以患心。"
2. tiǎn 集韻 徒典切,上,銑韻。
ㄊㄧㄢˇ
㊁紋理粗糙。周禮考工記弓人:"老牛之角紾而昔。"疏:"紾謂理麤,錯然不潤澤也。"

紩 zhì 直一切,入,質,澄。
ㄓˋ
縫。急就篇二:"鍼縷補縫綻紩緣。"注:"納刺謂之紩。"漢王符潛夫論浮侈:"碎刺縫紩,作爲笥囊、裙襦、衣被,費繒百縑,用功十倍。"

絁 shī 式支切,平,支韻,審。
ㄕ
粗綢。唐白居易長慶集一村居苦寒詩:"褐裘覆絁被,坐卧有餘溫。"舊唐書食貨志上:"調則隨鄉土所產,綾絹絁各二丈,布加五分之一。"

絇 qú 其俱切,平,虞韻,羣。
ㄑㄩˊ
㊀古時鞋頭上的裝飾,猶今之鞋梁有孔,可以穿結鞋帶。儀禮士冠禮:"屨,夏用葛,玄端黑屨,青絇繶純。"注:"絇……狀如刀衣鼻,在屨頭繶縫中。"荀子哀公:"然則夫章甫、絇屨、紳帶而搢笏者此賢乎?"㊁網罟的別名。穀梁傳襄二十七年:"織絇邯鄲,終身不言衛。"

終 zhōng 職戎切,平,東韻,照。
ㄓㄨㄥ
㊀事物的結局。與"始"相對。詩大雅蕩:"靡不有初,鮮克有終。"易繫辭下:"易之爲書也,原始原終。"㊁死。禮檀弓上:"子張病,召申祥而語之曰:'君子曰終,小人曰死,吾今日其庶幾乎?'"㊂久長。論語堯曰:"允執其中,四海困窮,天祿永終。"㊃古以十二年爲一終,又以歌詩一篇、樂一成爲一終。見"一終"。㊄月在壬稱終。爾雅釋天:"月在甲曰畢。……在壬曰終。"㊅古代田地面積單位。漢書刑法志:"地方一里爲井,井十爲通,通十爲成,成方十里;成十爲終,終十爲同,同方百里;同十爲封,封十爲畿,畿方千里。"㊆究竟,到底。墨子天志中:"欲以此求賞譽,終不可得。"㊇自始自終。戰國策魏四:"秦王使人謂安陵君曰:'寡人欲以五百里之地易安陵,安陵君其許寡人。'安陵君曰:'……受地於先王,願終守之,弗敢易。'"㊈猶"竟"、"整"。論語衛靈公:"吾嘗終日不食,終夜不寢。"㊉猶"既"。詩邶風燕燕:"終溫且惠,淑慎其身。"小雅正月:"終其永懷,又窘陰雨。"清王引之經傳釋詞:"'終'與'既'同義,故或上言'終'而下言'且',或上言'終'而下言'又'。"⑪姓。漢有終軍,宋有終士勳。參閱宋鄧名世古今姓氏書辯証一。

【終天】久遠。謂如天之久遠無窮。文選晉潘安仁(岳)哀永逝文:"今奈何兮一舉,邈終天兮不反。"漢魏南北朝墓志集釋北朝魏唐耀墓誌:"玄石徒銘,終天奚及。"

【終日】㊀整天。詩齊風猗嗟:"終日射侯,不出正兮。"論語衛靈公:"羣居終日,言不及義。"㊁一天。書多方:"(夏桀)乃大淫昏,不克終日勸于帝之迪。"疏:"言不能一日行天道也。"

【終古】㊀久遠。楚辭屈原九歌禮魂:"春蘭兮秋菊,長無絕兮終古。"呂氏春秋樂成:"鄴有聖令,時爲史公,決漳水,灌鄴旁,終古斥鹵,生之稻粱。"㊁經常。周禮考工記輪人:"是故察車自輪始……輪已崇,則人不能登也。輪已庳,則於馬終古登阤也。"注:"齊人之言終古,猶言常也。"㊂往昔,自古以來。楚辭屈原九章哀郢:"去終古之所居兮,今逍遙而來東。"世說新語棲逸:"蘇門山上忽有真人,……(阮)籍登臨就之,箕踞相對。籍商略終古,上陳黃農玄寂之道,下考三代盛德之美以問之,仡然不應。"㊃傳說爲夏桀內史。桀鑿池爲夜宮,男女雜處,三旬不朝,終古執圖注泣諫,不聽,遂奔商。參閱通志三上三王紀夏。㊄複姓。相傳爲終古之後。見元和姓纂一引風俗通。

【終北】神話中的國名。列子湯問:"禹之治水土也,迷而失塗,謬之一國,濱海之北,其國名曰終北。"

【終老】㊀年老,到老。論衡無形:"假令人生之形謂之甲,終老至死,常守甲形,如好道爲仙,未有使甲變爲乙者也。"玉臺新詠一古詩爲焦仲卿妻作:"今若遣此婦,終老不復取。"㊁養老。唐白居易長慶集二三祭廬山文:"儻秩滿以來,得以自遂,餘生終老,願託於斯。"

【終年】全年,一年。墨子節用上:"久者終年,速者數月。"人死時的年齡也稱終年。

【終局】猶結局、了局。全唐詩六七九崔塗樵者:"莫看棋終局,溪風晚待歸。"本指棋局,後來泛指人事的一切局勢。

【終具】棺、槨等葬具。新唐書一〇〇韋弘機傳:"太子弘薨,詔蒲州刺史李沖寂治陵,成而玄堂阨,不容終具,將更爲之。"

【終制】㊀帝王關於喪葬的文告。三國志魏文帝紀黃初三年:"冬十月甲子,表首陽山東爲壽陵,作終制曰:'禮,國君卽位爲椑,存不忘亡也。'"晉書宣帝紀:"先是預作終制,於首陽山爲土藏,不墳不樹。"北齊顏之推顏氏家訓有終制篇。㊁父母去世服滿三年之喪。北齊書高乾傳:"先是信都草創,軍國權輿,乾遭喪不得終制。"也稱"終服"。新唐書一四二崔祐甫傳:"祐甫病,謂妻曰:'吾歿,當以廬江次子主吾祀。'及卒,護喪者以聞,帝惻然,召(崔)植,使卽喪次終服。"

【終軍】公元前?—前112年。漢濟南人,字子雲。少好學,年十八選爲博士弟子。武帝時官諫議大夫,遣軍說南越王入朝。軍自請"願受長纓,必羈南越王而致之闕下"。既至,南越王願舉國內屬。越相呂嘉不從,舉兵殺其王及漢使者。軍死時年二十餘,世稱"終童"。漢書有傳。

【終南】秦嶺山峯之一,在陝西西安市南。又稱南山。古名中南山地肺山太一山周南山,又泛稱秦嶺秦山。詩秦風終南"終南何有?有條有梅"、書禹貢"終南惇物,至于鳥鼠",皆指此山。參閱讀史方輿紀要五二西安府。

【終風】詩邶風終風:"終風且暴,顧我則笑。"毛詩謂終日風爲終風,韓詩以終風爲西風。後多以指大風、暴風。宋黃庭堅山谷外集八庚寅乙未猶泊大雷口詩:"廣原嘷終風,發怒土囊口。"清王引之經義述聞五終風且暴謂終當訓既,卽既風且暴之意。參閱清陳喬樅韓詩遺說考二(續清經解一五九)。

【終竟】窮盡，始終。後漢書順烈梁皇后紀和平元年詔："朕素有心下結氣，……私自忖度，日夜虛劣，不能復與羣公卿士共相終竟。"又四六陳忠傳上疏："周室陵遲，禮制不序，蓼莪之人，作詩自傷，……言已不得終竟於子道者，亦上之恥也。"

【終童】指漢終軍。宋蘇軾東坡集前集四元日次韻張先子野見和……詩："舊交懷賀老，新進謝終童。"終軍少卽出衆，因以喻指少年有爲之人。見"終軍"。

【終場】科舉時代考試分數場，最後一場爲終場。宋史選舉志一："開寶三年，詔禮部閱貢士及十五舉嘗終場者，得一百六人，賜本科出身。"後來凡事情結局，也稱終場。

【終朝】早晨。詩小雅采綠："終朝采綠，不盈一匊。"傳："自旦及食時爲終朝。"也指整天。唐杜甫杜工部草堂詩箋二冬日有懷李白："寂寞書齋裏，終朝獨爾思。"

【終晷】猶終日，整天。晷，測日影以計時之器。新唐書一四二楊綰傳："造之者，清談終晷，而不及榮利。"

【終賈】漢終軍和賈誼的合稱。兩人皆早成，後因以指年少有才的人。晉書潘岳傳："岳少以才穎見稱，鄉邑號爲奇童，謂終賈之儔也。"

【終葵】㊀椎。周禮考工記玉人："大圭長三尺，杼上終葵首。"注："終葵，椎也。"後漢書六十上馬融傳廣成頌："翬終葵，揚關斧，刊重冰，撥蟄户。"㊁草名。爾雅釋草"蔠葵，蘩露"清郝懿行義疏："此草葉圓而剡上，如椎之形，故曰終葵。"

【終養】指舊時辭官歸家以奉養年老的親人以終其天年。晉書李密傳陳情表："臣密今年四十有四，祖母劉今年九十有六，是臣盡節於陛下之日長，而報養劉之日短也。烏鳥私情，願乞終養。"

【終黎】複姓。史記秦紀太史公曰："秦之先爲嬴姓。其後分封，以國爲姓，有徐氏郯氏莒氏終黎氏……。"

【終薄】着落安頓。戰國策楚一："寡人臥不安席，食不甘味，心搖搖如懸旌，而無終薄。"宋鮑彪注："薄，泊同。"

【終獻】古祭祀有三獻之禮，第三次奠爵爲終獻。見"初獻"。

【終身大事】關係一生的大事。多指男女婚嫁。紅樓夢五四："只見了一個清俊男人，不管是親是友，想起他的'終身大事'來，父母也忘了，書也忘了。"

【終南捷徑】唐盧藏用舉進士，居終南山中，至中宗朝以高士名得官，累居要職，人稱爲隨駕隱士。有道士司馬承禎嘗召至闕下，將還山，藏用指終南曰："此中大有嘉處。"承禎徐曰："以僕視之，仕宦之捷徑耳。"見唐劉肅大唐新語隱逸。後因以比喻謀求官職或名利的捷徑。明章懋楓山集二與韓侍郎書："又休退多年，今驟得美官，而强復出，恐詒終南捷徑之誚。"

紿 dài 徒亥切，上，海韻，定。 ㄉㄞˋ

㊀欺騙。穀梁傳僖元年："惡公子之紿。"史記高祖紀："乃紿爲謁曰'賀錢萬'，實不持一錢。"㊁至。淮南子氾論："出百死而紿一生，以爭天下之權。"

六畫

絭 quàn 區倦切，去，線韻，溪。 ㄑㄩㄢˋ 去願切，去，願韻，溪。 居玉切，入，燭韻，見。

㊀斂衣袖；束袖的繩。亦作"桊"。參閱清段玉裁說文解字注十三上絭。參見"桊韝"。㊁弩弦。弓弩。通"卷"。漢書五四李陵傳"陵發連弩射單于"注引張晏曰："三十絭共一臂也。"文選晉潘安仁(岳)閒居賦："谿子巨黍，異絭同機。"參閱宋程大昌演繁露二卷。

絜 1. xié ㄒㄧㄝˊ 集韻 顯結切，入，屑韻。

㊀用繩圍量。莊子人間世："匠石之齊，至於曲轅，見櫟社樹，其大蔽數千牛，絜之百圍。"釋文："絜，……約束也。"引申爲衡量。史記秦始皇紀論引賈誼："試使山東之國與陳涉度長絜大，比權量力，則不可同年而語矣。"㊁持。通"挈"。見"絜領"。

2. jié ㄐㄧㄝˊ 古屑切，入，屑韻，見。

㊂清潔。同"潔"。詩小雅楚茨："濟濟蹌蹌，絜爾牛羊，以往烝嘗。"㊃修整。荀子不苟："君子絜其辯〔身〕而同焉者合矣，善其言而類焉者合矣。"

【絜矢】古代箭的一種。周禮夏官司弓矢："凡矢，枉矢、絜矢，利火射。用諸守城車戰。"注："枉矢，……弓所用也；絜矢，……弩所用也。枉矢者，取名變星，飛行有光，今之飛矛是也，或謂之兵矢；絜矢象焉。二者皆可結火以射敵。"

【絜₂行】端正品行。史記六一伯夷傳："若伯夷叔齊，可謂善人非邪？積仁絜行如此而餓死！"也指高潔的品行。樂府詩集三十三國魏明帝(曹叡)短歌行："執志精專，絜行馴良。"

【絜矩】絜，度量；矩，法度。禮大學："所謂平天下在治其國者，上老老而民興孝，上長長而民興弟，上恤孤而民不倍，是以君子有絜矩之道也。"

【絜₂楹】文選戰國楚屈平(原)卜居："將突梯滑稽，如脂如韋，以絜楹乎？"唐呂向注："絜楹，謂同諂諛也。"楚辭作"潔楹"，注："順滑澤也。"按禮明堂位"刮楹、達鄉"唐孔穎達疏："刮，摩也。楹，柱也。以密石摩柱。"從而使之潔澤柔滑。因用絜楹比喻人的圓滑、諂諛。

【絜鉤】鳥名。山海經東山經："(䃌山)有鳥焉，其狀如鳧而鼠尾，善登木，其名曰絜鉤。"

【絜₂齊】整齊。易說："萬物出乎震。震，東方也。齊乎巽。巽，東南也。齊也者，言萬物之絜齊也。"

【絜領】㊀猶殺頭。戰國策秦三："臣戰，載主契國以與王約，必無患矣；若有敗之者，臣請絜領。"宋鮑彪注："言欲請誅，持其項以受鐵鉞。"㊁見"提綱振領"。

【絜駕】乘車。比喻尊榮顯貴。韓非子五蠹："今之縣令，一日身死，子孫累世絜駕，故人重之。"

【絜齋學案】宋袁燮的學派。燮爲呂祖謙陸九齡陸九淵門人，主張人心與天地一本，自言"以心求道，萬別千差，通體吾道，道不在他"，繼承主觀唯心主義哲學思想。時人稱爲絜齋先生，故名絜齋學派。見宋元學案七五絜齋學案。

紫 zǐ 將此切，上，紙韻，精。 ㄗˇ

藍紅合成的顏色。論語陽貨："子曰：惡紫之奪朱也。"唐白居易長慶集二秦中吟歌舞："雪中退朝者，朱紫盡公侯。"

【紫玉】㊀玉名。古以爲瑞物。藝文類聚八三禮斗威儀："君乘金而王，則紫玉見於深山。"宋書符瑞志下："王者不藏金玉，則黃銀紫玉，先見深山。"㊁古代傳說春秋時吳王夫差小女名紫玉，愛慕韓重，不得成婚，氣結而死。重游學歸，往玉墓哀弔。玉形現，贈重明珠，並作歌。重欲抱之，玉如煙而沒。見晉干寶搜神記十六。後喻少女去世有"紫玉成煙"之語，本此。㊂古人多截紫竹爲簫笛，因以紫玉爲簫笛的代稱。全唐詩七四五陳陶題僧院紫竹："霞杯傳縹葉，羽管吹紫玉。"

【紫衣】㊀紫色衣服。韓非子外儲說左上："今王(齊桓公)欲民無衣紫者，王請自解紫衣而朝。"左傳哀十七年："良夫乘衷甸，兩牡，紫衣狐裘。"注："紫衣，君服。"㊁南北朝以來，紫衣爲貴官公服。

故有朱紫、金紫等稱。見新唐書車服志、宋史輿服志五。㊂紫色袈裟。僧人衣紫，自唐武則天僧法朗等九人重譯大雲經畢，並賜袈裟，銀龜袋，爲僧人賜紫之始。全唐詩六七六鄭谷寄獻狄右丞："逐勝偷閑向杜陵，愛僧不愛紫衣僧。"參閱釋氏要覽上法衣。

【紫舌】泛指域外之地。文苑英華七七二南朝梁簡文帝南郊頌："紫舌黃支，頭飛鼻飲，自西自南，無思不服。"隋書煬帝紀下大業八年詔："提封所漸，細柳、盤桃之外；聲教爰暨，紫舌、黃枝之域。"

【紫竹】竹的一種。亦名烏竹。莖桿呈黑紫色，可作笙、竽、簫、管、几架、竹杖等。見續竹譜(説郛六六)、寰宇通志六八瀘州物產。

【紫妃】仙女通名。唐楊炯楊盈川集五少室山少姨廟碑："羣仙畢集，衆靈咸至，有西華之紫妃，有中黃之素女。"

【紫貝】蚌蛤類軟體動物名。產海中，白質如玉，殼有紫點紋。亦稱砑螺、文貝。史記一一七司馬相如傳子虛賦："罔毒冒，釣紫貝。"楚辭漢劉向九歎逢紛："芙蓉蓋而菱華車兮，紫貝闕而玉堂。"

【紫河】古水名。即今內蒙古和林格爾縣南之渾河，經清水河縣入黃河。隋煬帝大業三年發丁男百餘萬築長城，西距榆林，東至紫河。即此。見隋書煬帝紀上。

【紫泥】古人書信用泥封，泥上蓋印；皇帝詔書則用紫泥。漢衛宏漢舊儀上："皇帝六璽，……皆以武都紫泥封。"後稱皇帝詔書爲紫泥詔，或簡稱紫泥。文苑英華一七一唐蘇頲扈從溫泉同紫微黃門羣公汎渭川得齊字："侍蹕扶清道，揚舲降紫泥。"李白李太白詩七玉壺吟："鳳凰初下紫泥詔，謁帝稱觴登御筵。"

【紫宙】天，高空。同"紫穹"。南朝梁江淹江文通集十構象臺："綱紫宙兮洽萬品，冠璇寓兮濟羣生。"文苑英華五四唐徐彥伯南郊賦："告紫宙之成功，定皇天之寶位。"

【紫穹】天，高空。宋書樂志二樂舞歌："膺華丹燿，登瑞紫穹。"

【紫府】道家稱仙人居所。抱朴子祛惑："及到天上，先過紫府，金牀玉几，晃晃昱昱，真貴處也。"北周庾信庾子山集四道士步虛詞之七："五香芬紫府，千燈照赤城。"

【紫房】㊀皇太后所居宮室。後漢書六九竇武何進傳贊："惟女惟弟，來儀紫房。"宋書樂志二："母臨萬宇，訓藹紫房。"㊁道家謂仙人所居。猶紫府。南朝宋鮑照鮑氏集三代淮南王詩："金鼎玉匕合神丹，神丹神丹戲紫房。"㊂紫色的果實。文選晉左太沖(思)吳都賦："素花斐，丹秀芳，臨青壁，係紫房。"唐張銑注："紫房，果之紫者，係於木上。"

【紫衫】紫色衫。隋時爲皇帝的侍從所服。宋時爲軍校服。南宋初，戰爭頻繁，文官也多服紫衫。紹興二十三年禁文官不得服紫衫，至乾道初，文官許服紫衫。參閱隋書禮儀志七、宋史輿服志五。

【紫芝】菌名。木耳的一種。可作菜食，入藥。樂府詩集五八琴曲歌辭漢四皓採芝操："曄曄紫芝，可以療飢。"晉陶潛陶淵明集二贈羊長史詩："紫芝誰復採，深谷久應蕪。"參見"木芝"。

【紫金】㊀紫磨金。一種精美的金子。明曹昭新增格古要論六紫金："古云半兩錢，即紫金。今人用赤銅和黃金爲之。然世人未嘗見真紫金也。"㊁縣名。屬廣東省。明以前屬歸善長樂二縣地，明析置永安縣，屬惠州府，清因之。其縣治有紫金山，公元 1913 年改紫金縣。參閱讀史方輿紀要一〇三惠州府。

【紫姑】傳説中神名。相傳紫姑爲壽陽人李景之妾，爲景妻所妬，常役以穢事，於正月十五日含恨而死。見南朝宋劉敬叔異苑五梁荊楚歲時記。自唐以來即有祭賽紫姑之俗。於此日圖其形，夜於廁間或豬欄邊迎之，以問禍福。俗稱坑三姑娘。參閱清顧張思土風錄一接坑三姑娘、俞正燮癸巳存稿十三紫姑神。

【紫珍】傳説唐御史王度家有寶鏡，傳爲北周蘇綽遺物。以鏡照人，可治病役。鏡中有精，自名紫珍。見太平廣記二三〇王度引異聞集。類説二八作陳陶異聞集古鏡記。

【紫垣】㊀星座名。見"三垣"、"紫宮"、"紫微"。㊁指皇帝宮禁。唐白居易長慶集十九初除主客郎中知制誥……詩："紫垣曹署榮華地，白鬢郎官老醜時。"文苑英華八九二熊執易武陵郡王馬公神道碑："稟天策以警紫垣，統禁旅而環黃屋。"

【紫陌】指帝都郊野的道路。唐李白李太白詩七南都行："高樓對紫陌，甲第連青山。"劉禹錫劉夢得集四元和十年自朗州承召至京戲贈看花諸君子詩："紫陌紅塵拂面來，無人不道看花回。"

【紫皇】道家傳説的神仙。梁書沈約傳郊居賦："降紫皇於天闕，延二妃於湘渚。"太平御覽六五九祕要經："太清九宮，皆有僚屬，其最高者稱天皇、紫皇、玉皇。"

【紫海】傳説中海名。唐蘇鶚杜陽雜編中："紫海，水色如爛椹，可以染衣。其龍、魚、龜、鼈、砂、石、草、木，無不紫焉。"

【紫宮】㊀星座名。古代天文家分天體恆星爲三垣，中垣有紫微十五星。亦稱紫宮。見史記天官書。藝文類聚六二南朝陳沈炯太極殿銘："臣聞在天成象，紫宮所以昭著；在地成形，赤縣居真區宇。"參見"三垣"。㊁天帝的居室，也指帝王宮禁。漢書八七上揚雄傳甘泉賦："閌閬閬其寥廓兮，似紫宮之崢嶸。"後漢書四八霍諝傳奏記："(宋)光之所坐，情既可原，守闕連年而終不見理。呼嗟紫宮之門，泣血兩觀之下，傷和致災，爲害滋甚。"注："天有紫微宮，是上帝之所居也，王者立宮，象而爲之。"

【紫宸】㊀殿名。唐宋爲皇帝接見羣臣、外國使者朝見慶賀的內朝正殿。唐大明宮第三殿爲紫宸殿。唐姚合姚少監集九酬田卿書齋即事見寄詩："幽齋琴思靜，晚下紫宸朝。"參閱唐會要三十大明宮、宋王應麟玉海一六〇宮室明道紫宸殿。㊁帝王、帝位的代稱。梁書元帝紀王僧辯奉表："紫宸曠位，赤縣無主，百靈聳動，萬國回皇。"晉書后妃傳上："若乃作配皇極，齊體紫宸，爰自夐古，是謂元妃，降及中年，乃稱王后。"

【紫庭】帝王宮庭。即紫宮。後漢書六五皇甫規傳對策："臣生長邊遠，希涉紫庭，怖慴失守，言不盡心。"也指仙人居所。唐陳子昂陳伯玉集二秋園卧疾呈暉上人詩："緬想赤松遊，高尋紫庭逸。"

【紫冥】天空。猶言紫虛。魏書高允傳徵士頌："發響九皐，翰飛紫冥。"參見"紫虛"。

【紫軑】皇帝的車輦。文選南齊謝玄暉(朓)始出尚書省詩："青精翼紫軑，黃旗映朱邸。"注："天子之車以紫爲蓋，故曰紫軑。"

【紫栗】木名。即櫛栗。唐賈島長江集七寄喬侍郎詩："曉出爬船寺，手擎紫栗條。"參見"櫛₂栗"。

【紫荊】木名。一名紫珠。多植於庭院間，以供觀賞。因似黃荊花又深紫，故名。皮入藥。唐白居易長慶集五二六年寒食洛下宴遊贈馮李二少尹詩："東郊躡青草，南國攀紫荊。"開寶本草始著錄。參閱政和證類本草十四紫荊木。參見"三荊㊀"。

【紫茸】㊀植物的紫色細茸花。文選晉郭景純(璞)江賦："揚皜毦，擢紫茸。"注：

"毦與茸皆草花也。"南朝宋謝靈運於南山往北山經湖中瞻眺詩:"初篁包綠籜,新蒲含紫茸。"㊁細軟的鳥獸毛。才調集四杜牧揚州詩之一:"喧闐醉年少,半脫紫茸裘。"宋俞琰席上腐談上:"北方毛段細軟者曰子毲子,謂毛之細者。毲,溫柔貌。"

【紫書】㊀道經。舊題漢班固漢武帝內傳:"地真素訣,長生紫書。"唐盧照鄰幽憂子集三羈臥山中詩:"紫書常日閱,丹藥幾年成。"㊁帝王詔書。唐劉禹錫劉夢得集十七代杜司徒謝追贈表:"紫書忽降於重霄,密印榮加於厚夜。"錢起錢考功集七送丁著作佐台郡詩:"佐郡紫書下,過門朱紱新。"

【紫氣】祥瑞的光氣。多附會爲帝王、聖賢或寶物出現的先兆。北周庾信庾子山集一哀江南賦:"昔之虎據龍盤,加以黃旗紫氣,莫不隨狐兔而窟穴,與風塵而殄悴。"史記六三老子傳"莫知所終"唐司馬貞索隱:"列仙傳:'老子西遊,關令尹喜望見有紫氣浮關,而老子果乘青牛而過也。'"晉書張華傳:"吳之未滅也,斗牛之間常有紫氣,……華問(雷)煥曰:'是何祥也?'煥曰:'寶劍之精,上徹於天耳。'"參見"紫氣東來"。

【紫笑】花名。卽紫含笑花。含笑花有紫白二種,其花常開不滿仿佛含笑的樣子。宋陸游劍南詩稿十七聞傅氏莊紫笑花開急棹小舟觀之:"日長無奈清愁處,醉裏來尋紫笑香。"參閱廣羣芳譜四三花譜含笑、清李調元南越筆記十三含笑。

【紫清】㊀天上,謂神仙所居。唐李白李太白詩三春日行:"深宮高樓入紫清,金作蛟龍盤繡楹。"㊁翰苑,指翰林清貴之地。宋黃庭堅豫章集九子瞻去歲侍立邇英子由秋冬間相繼入侍……次韻詩之一:"赤壁歸來入紫清,堂堂心在鬢彫零。"

【紫毫】紫色兔毛。用以製成的筆稱紫毫筆。唐白居易長慶集四紫毫筆詩:"江南石上有老兔,喫竹飲泉生紫毫,宣城之人采爲筆,千萬毛中揀一毫。"宋歐陽修文忠集五聖俞惠宣州筆戲書詩:"聖俞宣城人,能使紫毫筆。"也作"紫霜毫"。元曲選范子安竹葉舟四:"俺則怕紫霜毫錯判山河。"

【紫鹿】㊀馬名。藝文類聚五九三國魏陳琳武軍賦:"馬則飛雲、絕景、直髻、騶騄、駮龍、紫鹿、文的、瞷魚。"㊁古雜技名。晉書樂志下:"於是除高絙、紫鹿、跂行、鼈食及齊王捲衣、笮兒等樂,又減其廩。其後復高絙、紫鹿焉。"

【紫雪】冬季化裝品名。唐代常於臘日賜諸臣。唐劉禹錫劉夢得集十六代謝曆日面脂口脂等:"賜臣……臘日面脂、口脂、紅雪、紫雪。"參閱本草綱目十一石五朴消。

【紫荷】古時高級官吏朝服外負於左肩上的紫色囊。宋書禮志五:"尚書令、僕射、尚書手板頭復有白筆,以紫皮裹之,名笏。朝服肩上有紫生袷囊,綴之朝服外,俗呼曰紫荷。或云漢代以盛奏事,負荷以行,未詳也。"參閱宋葛立方韻語陽秋、清袁枚隨園隨筆下紫荷非荷包。

【紫蛣】石蜐,蚌蛤類的軟體動物名。一作"紫袪"。荀子王制:"東海則有紫袪、魚、鹽焉。"注:"字書亦無袪字,當爲蛣。"本草綱目四六介二石蜐:"石蜐一名紫蛣,生東南海中石上,蚌蛤之屬,形如龜脚,亦有爪狀,殼如蟹螯,其色紫可食。"

【紫脫】瑞草名。文選南齊王元長(融)三月三日曲水詩序:"紫脫華,朱英秀。"注:"禮斗威儀:'人君乘土而王,其政太平,而遠方神獻其朱英、紫脫。'宋均注曰:'紫脫,北方之物,上值紫宮。'"唐王勃王子安集十一乾元殿頌序:"黃䕬紫脫,湊仙穎於中畿;翠蓮丹萁,疊靈株於上序。"

【紫渙】詔書。渙,散。易渙:"渙汗其大號。"汗出於膚,比喻王者令出唯行,不可復收。因以渙喻詔令。唐柳宗元柳先生集三八爲樊左丞讓官表:"倘蒙垂收紫渙,俯矜丹誠,愚臣保陳力之言,聖鑒有責成之地。"

【紫淵】㊀水名。史記一一七司馬相如傳上林賦:"丹水更其南,紫淵徑其北。"正義:"山海經云:'紫淵水出根耆之山,西流注河。'文穎云:西河穀羅縣有紫澤,其水紫色。"㊁深淵。文選晉張景陽(協)七命:"掛歸翮於青霄之表,出華鱗於紫淵之裏。"唐呂向注:"紫淵,謂其深色然也。"

【紫雲】祥瑞的雲氣。南史宋文帝紀:"(少帝景平)二年,江陵城上有紫雲。望氣者皆以爲帝王之符,當在西方。"唐李白李太白詩古風之三六:"東海汎碧水,西關乘紫雲。"參見"紫氣"。

【紫萍】浮萍的一種。葉面青色,葉背紫赤,入藥。初學記二淮南萬畢術:"老血變爲紫萍。"參閱本草綱目十九草八水萍。

【紫華】月季花的別名。華同"花"。見"長樂花"。

【紫虛】天空。雲霞映日,天空呈紫色。三國魏曹植曹子建集六游仙詩:"意欲奮六翮,排霧凌紫虛。"

【紫菂】蓮子。也作"紫的"。文選漢王文考(延壽)魯靈光殿賦:"綠房紫菂,窋咤垂珠。"南朝宋鮑照鮑氏集一芙蓉賦:"青房兮規接,紫的兮圓羅。"

【紫極】㊀紫微垣爲皇極之地,因稱帝王宮殿爲紫極。三國志魏文德郭后傳"后崩於許昌"注引魏書哀策:"龍飛紫極,作合聖皇。"晉書孔坦傳與庾亮書:"封京觀於中原,反紫極於華壤。"㊁唐代重道教,玄宗時於長安洛陽兩京置老君廟,號元元宮,於諸州建廟,號紫極宮。參見"元元皇帝"。

【紫陽】㊀山名。在安徽歙縣城南。宋朱松讀書於此,後其子熹居福建崇安縣,題廳事曰紫陽書室。後人因用紫陽爲朱熹的別號。清咸豐時於歙縣建紫陽書院,同治時延俞樾爲主講。參閱嘉慶一統志一一二安徽徽州府一山川。㊁縣名。屬陝西省。明正德七年以金州紫陽堡置紫陽縣。明清皆屬興安府。見明史地理志三。

【紫筍】茶名。筍,也作"笋"。唐時湖州顧渚所產最著名,地方入貢,清明日朝廷分賜臣僚。唐白居易長慶集十五題周皓大夫新亭子二十二韻:"茶香飄紫筍,膾縷落紅鱗。"又蒙頂茶之上品,亦稱紫筍。宋陸游劍南詩稿七一秋晚雜興之五:"聊得橫浦紅絲磑,自作蒙山紫筍茶。"

【紫塞】北方邊塞。晉崔豹古今注上都邑:"秦築長城,土色皆紫,漢塞亦然,故稱紫塞焉。"南朝宋鮑照鮑氏集一蕪城賦:"南馳蒼梧漲海,北走紫塞雁門。"

【紫電】㊀寶劍名。吳大帝孫權有寶劍六,其二曰紫電。見晉崔豹古今注上輿服。唐王勃王子安集五滕王閣詩序:"騰蛟起鳳,孟學士之詞宗;紫電青霜,王將軍之武庫。"㊁紫色的光彩。唐李白李太白詩二一登廣武古戰場懷古:"項王氣蓋世,紫電明雙瞳。"形容目光凌厲。五代前蜀釋貫休禪月集十九壽春節進大蜀皇帝詩之二:"異香滴露降紛紛,紫電環樞照禁門。"指光閃照耀。

【紫萱】萱草的別名,又名忘憂草。見"忘憂草"。

【紫葳】凌霄花的別名。宋晁補之琴趣外編永遇樂詞:"蒼官徑裏,紫葳枝上,數點幽花垂露。"見"凌霄㊁"。

【紫禁】以紫微垣比喻帝居,故稱禁中爲紫禁。文選南朝宋謝希逸(莊)宋孝武宣貴妃誄:"掩綵瑤光,收華紫禁。"中興閒氣集下皇甫曾早朝日寄所知詩:"長安歲後見歸鴻，紫禁朝天拜舞同。”

【紫㮨】瑞草名。文苑英華七七二南朝梁簡文帝南郊頌:“紫㮨，神草，苹芊、瑞芝。”初學記十三引作“紫脱”。參見“紫脱”。

【紫微】㊀星座名，三垣之一。又星名。見史記天官書、宋書天文志。㊁帝王宫殿。藝文類聚六二漢李尤德陽殿銘:“皇穹垂象，以示帝王，紫微之則，弘誕彌光。”文選晉陸士衡(機)答賈長淵詩:“往踐蕃朝，來步紫微。”㊂唐宋以來中書舍人的代稱。宋梅堯臣宛陵集五有送王紫微北使、又六陪謝紫微晚泛等詩。參見“紫微省”。

【紫誥】古人書函用泥封，詔書以錦囊盛,紫泥封口,加印章,後因稱皇帝詔令爲紫誥。文苑英華一九一唐蘇頲春晚紫微省直寄内:“内史通宵承紫誥，中人落晚愛紅妝。”唐杜甫杜工部草堂詩箋八贈翰林張四學士垍:“紫誥仍兼綰，黄麻似六經。”

【紫臺】㊀道家謂神仙所居。舊題漢班固漢武帝内傳:“上元夫人語帝曰:‘阿母今以瓊笈妙韞,發紫臺之文,賜汝八會之書,五嶽真形，可謂至珍且貴。’”㊁帝王所居。猶紫宫。文選南朝梁江文通(淹)恨賦:“若夫明妃去時,仰天太息,紫臺稍遠，關山無極。”唐杜甫杜工部草堂詩箋三一詠懷古跡之三:“一去紫臺連朔漠，獨留青塚向黄昏。”

【紫閣】㊀華麗的樓閣。也指帝王所居。藝文類聚五七漢崔琦七蠲:“紫閣青臺，綺錯相連。”晉書左貴嬪傳元楊皇后誄:“比翼白屋,雙飛紫閣。”㊁神仙或道人隱士所居。晉陸雲陸士龍集一喜霽賦:“改望舒之離畢兮，曜六龍於紫閣。”唐張籍張司業集二寄紫閣隱者詩:“紫閣氣沉沉，先生住處深。”㊂唐開元間改中書省爲紫微省,中書令爲紫微令,後因稱宰相府第爲紫閣。元曲選缺名誶范叔二:“紫閣黄扉相府開,安危須仗出羣材。”

【紫綬】紫色絲帶,作印組，或爲服飾。漢書百官公卿表上:“相國、丞相，皆秦官，皆金印紫綬。”後漢書輿服志下:“公主封君服紫綬，掌丞天子助理萬機。”唐元稹長慶集二二酬樂天喜鄰郡詩:“蹇驢瘦馬塵中伴,紫綬朱衣夢裏身。”

【紫霄】㊀天空。霄謂雲氣。藝文類聚九三晉曹毗馬射賦:“狀若騰虬而登紫霄，目似晨景之駭扶木。”南朝宋鮑照鮑氏集九登大雷岸與妹書:“左右青靄，表裏紫霄。”㊁帝王之居。梁書朱异傳簡文帝圍城賦:“升紫霄之丹地，排玉殿之金扉。”

【紫磨】上等的黄金。太平御覽八一一漢孔融聖人優劣論:“金之優者，名曰紫磨，猶人之有聖也。”唐張彦遠法書要録四張懷瓘二王等書録:“往在翰林中見古鍾二枚,……上有古文三百許字,記夏禹功績,字皆紫磨金鈿,光采射人。”

【紫褾】帽上的裝飾。在軍事戒嚴時佩戴。宋書禮志五:“近代車駕親戎，中外或嚴之服無定色,冠黑帽,綴紫褾，褾以繒爲之，長四寸，廣一寸。……中官紫褾,外官絳褾。”晉書輿服志褾作“摽”。

【紫燕】㊀燕的一種。亦稱越燕。北周庾信庾子山集八謝滕王賚馬啟:“柳谷未開，翻逢紫鷰。”宋羅願爾雅翼釋鳥三:“越燕小而多聲,頷下紫,巢于門楣上,謂之紫燕，亦謂之漢燕。”㊁駿馬名。相傳漢文帝有駿馬九，號九逸，其一名紫燕騮。見西京雜記二。後作爲駿馬的通稱。藝文類聚六一三國魏劉邵趙都賦:“其器用良馬,則六弓四弩,緑沉黄間,堂嵠魚腸,丁令角端,飛兔奚斯,常驪紫燕。”

【紫曆】王朝享國的年數。南朝梁江淹江文通集七爲蕭驃騎慶平賊表:“紫曆方永，蒼氓同慶。”唐王勃王子安集十一乾元殿頌:“祥抽紫曆,業照彤管。”

【紫縣】指帝王統治的區域。魏書裴延儁傳附裴仲規:“棄彼玄壤，來宅紫縣。”文苑英華五四唐徐彦伯南郊賦:“赫禮數於彤壼,布徽音於紫縣。”

【紫錢】青紫色而形圓的苔蘚。唐李賀歌詩編一過華清宫:“雲生珠絡暗，石斷紫錢斜。”

【紫檀】㊀木名。亦稱紫栴木。木材堅實,心材色紫紅,爲製家具樂器和美術用品的貴重材料。晉崔豹古今注下草木:“紫栴木,出扶南而色紫，亦曰紫檀。”唐王建詩八宫詞之九七:“黄金捍撥紫檀槽，絃索初張調更高。”㊁檀香的一種。見“旃檀”。

【紫騮】良馬名。又名棗騮。南史羊侃傳:“帝因賜侃河南國紫騮,令試之,侃執矟上馬,左右擊刺,特盡其妙。”唐楊炯楊盈川集二紫騮馬詩:“俠客重周游，金鞭控紫騮。”

【紫闕】㊀帝王的宫城。漢焦延壽易林訟之賁:“紫闕九重，尊嚴在中。”唐李白李太白詩十七灞陵行送別:“古道連綿走西京,紫闕落日浮雲生。”㊁神仙的宫殿。藝文類聚七南朝梁沈約遊金華山詩:“天倪臨紫闕，地道通丹竅。”宋史樂志八紹興祀九宫貴神十首景安:“紫闕幽宏，帷神靈尊。”

【紫藤】木名。晉嵇含南方草木狀中:“紫藤,葉細長,莖如竹根，極堅實,……其莖截置煙炱中，經時成紫香。”唐白居易長慶集十三三月三十日題慈恩寺詩:“惆悵春歸留不得,紫藤花下漸黄昏。”

【紫蘀】葉未張開的蘆葦、新竹。舊題漢劉歆西京雜記一:“太液池邊，皆是彫胡、紫蘀、緑節之類。……葭蘆之未解葉者，謂之紫蘀。”也作“紫籜”。初學記二十南朝梁沈約休沐寄懷詩:“紫籜開緑篠，白鳥映青疇。”

【紫蘇】草名。又名桂荏、山蘇。葉呈紫紅色，莖葉及果皆入藥。卽爾雅釋草“蘇”。參閱政和證類本草二八蘇。

【紫闈】指帝王宫庭。闈，宫中小門。三國志魏陳思王(曹)植傳上疏請存問親戚:“今臣以一切之制,永無朝覲之望,至於注心皇極,結情紫闈,神明知之矣。”宋書庾炳之傳何尚之議:“若赫然發憤，顯明法憲，陛下便可閑卧紫闈，無復一事也。”

【紫邏】山名。在河南汝陽縣東。相傳山口爲夏禹所鑿，導汝水自東出。唐杜甫杜工部草堂詩箋十二送賈閣老出汝州:“宫殿青門隔,雲山紫邏深。”

【紫鑛】樹脂名。鑛，也作“磺”、“鉚”。宋史四六一劉翰傳李昉等唐本草序:“紫鑛,亦木也,自玉石品而改焉。”又食貨志下八互市舶法:“舊法,細色綱龍腦、珠之類,每一綱五千兩,其餘犀象、紫磺、乳檀香之類，爲麤色，每綱一萬斤。”也作“紫鉚”。見本草綱目三九蟲一紫鉚。

【紫蘢】草名。又名紫蕨。爾雅釋草作“蕨蘢”。初生莖紫色,似蘢脚,故稱。梁書沈約傳郊居賦:“其陸卉則紫蘢緑葹，天蓍山韭,雁齒麋舌,牛唇彘首。”

【紫方館】硯匣。宋陶穀清異録文用:“歐陽通善書,修飾文具，其家藏遺物品尚多,皆就刻名號。研室曰紫方館。”

【紫玉函】紫玉所作之枕函。唐杜陵韋弇遊於蜀，遇玉清之女。女贈以碧瑶杯、紅蕤枕、紫玉函各一。見唐張讀宣室志六。

【紫石英】紫水晶。色紫,光亮鮮豔,可製佩飾器物。宋錢易南部新書戊:“紫石英廣管瀧州山中出。紫石英其色淡紫，真質瑩徹，隨其大小皆五稜兩頭。”

【紫光閣】閣名。在北京西苑太液池(卽今中南海)西岸。清時於閣前殿試兵部中式武舉,又爲元旦宴請藩屬王公之處。

見清會典事例八六三工部二宮殿西苑。

【紫河車】㊀道家謂修鍊而成的玉液，色紫，稱服之可以長生。唐李白李太白詩二古風之四："吾營紫河車，千載落風塵。"白居易長慶集十七對酒："唯將淥醑酒，且替紫河車。"㊁中藥胞衣的別名。見本草綱目五二人一人胞。

【紫泥海】古代傳説中的海名。漢東方朔三歲時失踪，累月方歸。後又他去，經年乃歸。其母問何往，朔曰："兒至紫泥海，有紫水汚衣，仍過虞淵湔浣，朝發中返，何云經年？"見舊題漢郭憲洞冥記。唐李白李太白詩二古風之四一："朝弄紫泥海，夕披丹霞裳。"一本作"紫沂"。

【紫芝曲】古歌名。傳説秦末商山四皓以世亂退隱而作。樂府詩集五八琴曲歌辭作採芝操。唐崔鴻仿作題名四皓歌。歌詞皆見樂府詩集。唐人或作紫芝曲紫芝謠。唐杜甫杜工部草堂詩箋八題李尊師松樹障子歌："悵望聊歌紫芝曲，時危慘淡來悲風。"白居易長慶集六六和令公問劉賓客歸來稱意無之作詩："閑嘗黃菊酒，醉唱紫芝謠。"明馮惟訥詩紀二作紫芝歌。

【紫芝客】指秦末商山四皓。因相傳以琴曲歌辭採芝操(四皓歌)起句爲"曄曄紫芝，可以療飢"，故云。唐劉禹錫劉夢得集外集二秋日書懷寄白賓客詩："商山紫芝客，應不向愁(一作"秋")悲。"又作"紫芝翁"。李商隱李義山詩集六四皓廟："本爲留侯慕赤松，漢庭方識紫芝翁。"參見"商山四皓"。

【紫芝書】道書。唐孟郊孟東野詩集八同李益崔放送王鍊師還樓觀兼爲群公先營山居："十年白雲士，一卷紫芝書。"

【紫花菘】蘿蔔的別名。又名萊菔。爾雅釋草"葖、蘆萉"宋邢昺疏："紫花菘也，俗呼温菘，似蕪菁，大根，一名葖，俗呼雹葖，一名蘆菔，今謂之蘿蔔是也。"參閱本草綱目二六菜一萊菔。

【紫陀尼】駱駝毛所織之呢。宋黃庭堅豫章集十一陳榮緒惠示之字韻詩……之三："飢蒙青杋飯，寒贈紫陀尼。"陀或作"駝"。

【紫金山】山名。1.南京鍾山。見"鍾山"。2.在安徽鳳臺縣東北。五代後周世宗顯德三年攻南唐，兵至淮上，盡破紫金山砦，即此。見新五代史劉仁贍傳。

【紫金散】刀藥。用上等降香合製，傷口癒後無瘢痕。見本草綱目三四木一降真香。

【紫風流】瑞香花的別名。亦名麝囊花、蓬萊紫。宋陶穀清異録二花："廬山僧舍，有麝囊花一叢，色正紫，類丁香，號紫風流。"(説郛六一)

【紫荆關】關隘名。在河北易縣西紫荆嶺上，即太行蒲陰陘。宋時名金坡關。崖壁峭立，狀如列屏。金元時改名紫荆，以山多紫荆樹故名。紫荆距大同甚近，古代爲軍事戍守重地。見讀史方輿紀要十直隸一。

【紫釵記】傳奇名。明湯顯祖撰，五十三齣。以唐蔣防撰傳奇小説霍小玉傳爲本事，但情節不全同，只至李益與霍小玉重逢而止。因小玉賣紫玉釵賂送親知，求與李益通消息，故以紫釵爲名。參閱曲海總目提要六。

【紫紺錢】古錢名。白孔六帖八錢："王莽造契刀、錯刀、赤仄，所謂紫紺錢，以赤銅爲郭。"紫，本作"子"。

【紫雲曲】曲名。唐張讀宣室志一："唐玄宗嘗夢僊子十餘輩，御卿雲而下，立於庭，各執樂器而奏之。其度曲清越，真僊府之音也。及樂闋，有一僊人揖而言曰：'陛下知此樂乎？此神僊紫雲曲也。'"宋樂史楊太真外傳上作神仙紫雲迴。

【紫雲英】㊀野蠶豆。見"巢菜"、"元修菜"。㊁牡丹花。唐元稹長慶集十六西明寺牡丹詩："花向琉璃地上生，光風炫轉紫雲英。"

【紫琳腴】茶名。宋黃庭堅豫章集三子瞻以子夏丘明見戲聊復戲答詩："喜公新賜紫琳腴，上清虛皇對久如。"

【紫陽花】花名。即繡球花。唐白居易長慶集二十紫陽花詩："何年植向仙壇上，早晚移栽到梵家。雖在人間人不識，與君名作紫陽花。"

【紫陽觀】道觀名。舊題梁任昉述異記下："成陽山中有神農鞭藥處，一名神農原藥草山，山上紫陽觀，世傳神農于此辨百藥。"又茅山有紫陽觀，傳爲晉許謐舊宅，爲道教七十二福地之一。

【紫禁城】指皇帝所在區域。明清紫禁城在北京市舊皇城中，城垣周六里，爲四門：南爲午門，北爲神武門，東爲東華門，西爲西華門。四隅有角樓，垣外有護城河四面環繞。見清孫承澤天府廣記五宮殿、清會典事例八六三工部宮殿皇城之制。

【紫微郎】唐中書郎別稱。唐白居易長慶集十九紫薇花詩："獨坐黃昏誰是伴？紫薇花對紫微郎。"一本作"紫薇郎"。參閱宋吳曾能改齋漫録四紫薇郎。

【紫微省】唐開元元年改中書省爲紫微省，中書令爲紫微令，中書舍人爲紫微舍人，取天文紫微垣爲義。尋於省中植紫薇花，故又有紫薇省之稱。開元五年復舊稱。唐岑參岑嘉州詩三寄左省杜拾遺："聯步趨丹陛，分曹限紫薇。"參閱舊唐書職官志二中書省、清俞樾茶香室四鈔十八薇省之誤。

【紫蓋峯】峯名。在湖南衡山縣西北，衡山七十二峯之一。太平御覽三九南朝宋盛弘之荆州記："衡山有三峯：其一名紫蓋，每見有雙白鶴徊翔其上。"樂府詩集三九梁元帝飛來雙白鶴："紫蓋學仙成，能令吳市傾。"

【紫閣峯】終南山山峯名。以日光照射爛然呈紫色而名。在陝西鄠縣東南，其陰卽渼陂。唐李白李太白詩五君子有所思行："紫閣連終南，青冥天倪色。"杜甫杜工部草堂詩箋三二秋興之八："昆吾御宿自逶迤，紫閣峯陰入渼陂。"

【紫團山】山名。在山西平順縣東南，古上黨縣境内。以産人參著稱，名紫團參。宋沈括夢溪筆談九人事一："王荆公(安石)病喘，藥用紫團山人參不可得。"蘇軾分類東坡詩二四有紫團參寄王定國詩。參閱讀史方輿紀要四二路安府平順縣。

【紫蒙川】地名。在今遼寧朝陽縣境。秦漢間爲東胡地。晉時鮮卑族宇文氏建國於此，後爲鮮卑族另一支慕容皝所滅。唐張守珪出師契丹，次於紫蒙川，即此地。宋人使契丹詩常用"紫蒙"字，蒙或作"濛"。參閱晉書慕容廆載記、讀史方輿紀要十八直隸大寧衛。

【紫薇省】見"紫微省"。

【紫薇郎】見"紫微郎"。

【紫薇泉】古泉名。在滁州豐山下。宋歐陽修守滁時所疏鑿，位於修所築醉翁亭東南，泉上築豐樂亭。歐陽文忠集三九豐樂亭記文中"下則幽谷窈然而深藏，中有清泉，滃然而仰出"之"清泉"即此。見嘉慶一統志一三〇滁州山川。

【紫騮馬】古橫吹曲名。樂府詩集二四橫吹曲辭引古今樂録："紫騮馬古辭云：'十五從軍征，八十始得歸，道逢鄉里人，家中有阿誰。'又梁曲曰：'獨柯不成樹，獨樹不成林，念娘錦裲襠，恆長不忘心。'蓋從軍久戍懷歸而作也。"原辭及後人仿作自梁簡文帝至唐秦韜玉共十四人之作。見樂府詩集二四、二五。

【紫蘇丸】民間曲調名。宋時京師凡賣一物，叫賣時有聲有韻。至和嘉祐間，市人仿賣紫蘇丸者之聲韻，配以詞章爲戲樂，於是名其曲調爲紫蘇丸。見宋高承事物紀原九博奕嬉戲吟叫。

【紫色䵷聲】 謂以假亂真。漢書九九下王莽傳贊："紫色䵷聲，餘分閏位。"注："應劭曰：'紫，間色；䵷，邪音也。'䵷者，樂之淫聲，非正曲也。"

【紫芝眉宇】 新唐書一九四卓行元德秀傳："元德秀字紫芝……善文辭，作蹇士賦以自況。房琯每見德秀，歎息曰：'見紫芝眉宇，使人名利之心都盡。'"後因用紫芝眉宇作爲初識面的典故。元同恕榘菴集十二送曹侍郎仕開詩："眉宇方欣識紫芝，驪駒又賦送行詩。"

【紫明供奉】 燈的擬人稱呼。唐武宗獨映琉璃燈籠觀書，退謂王才人曰："與紫明供奉相守，熟讀尚書無逸篇數遍。"見宋陶穀清異錄君道。

【紫袍金帶】 ㊀物表面有紫色黃色條紋者，常擬稱紫袍金帶。宋趙希鵠洞天清祿集古硯辯："有一種漆石，出九溪漆溪，表淡青，裏深紫而帶紅，……間有金綫或黃脈直截如界行相間者，號紫袍金帶。"此指硯石。廣羣芳譜四八菊一："紫袍金帶一名紫重樓，又一名紫綬金章。"此以菊花花瓣的色彩而爲花種名。㊁古時四五品以上官員的服飾。元曲選鄭德輝傷梅香四："你穿的是朝君王紫袍金帶。"

【紫氣東來】 史記六三老子傳"莫知其所終"索隱引漢劉向列仙傳："老子西遊，關令尹喜望見有紫氣浮關，而老子果乘青牛而過也。"唐杜甫杜工部草堂詩箋三二秋興之五："西望瑤池降王母，東來紫氣滿函關。"卽用此事。清洪昇長生殿舞盤："紫氣東來，瑤池西望，翩翩青鳥庭前降。"

【紫陽真人】 道家傳說，漢沙陰人周義山，字季通，入蒙山遇羨門子，得長生要訣，乘雲駕龍，白日升天。見雲笈七籤一〇六紫陽真人周君內傳。也泛指仙人。唐李白李太白詩十三憶舊遊寄譙郡元參軍："紫陽之真人，邀我吹玉笙，飡霞樓上動仙樂，嘈然宛似鸞鳳鳴。"

【紫陽書院】 見"紫陽㊀"。

【紫陽學案】 宋朱熹的學派。見"晦翁學案"。

【紫蓋黃旗】 紫蓋、黃旗，皆指雲氣，古人附會爲象徵王者之氣。三國志吳孫權傳"黃武二年"注引吳書："(陳化)爲郎中令使魏，魏文帝因酒酣，嘲問曰：'吳魏峙立，誰將平一海內者乎？'化對曰：'易稱帝出乎震，加聞先哲知命，舊說紫蓋黃旗，運在東南。'"唐王勃王子安集十六常州刺史平原郡開國公行狀："龍驤鳳起，霸王存玉壘之雲；紫蓋黃旗，王迹著金陵之野。"也作"黃旗紫蓋"。參閱宋書符瑞志上。

【紫薇學案】 宋呂本中之學派。本中祖希哲，父好問。希哲師事孫復胡瑗，復與二程交，其學以躬行實踐爲主。本中從楊時游酢尹焞學，傳其家學，以多識前言往行、修養畜德爲旨。門人著名者有林之奇李楠李樗汪應辰王時敏等，再傳而至其重孫祖謙。見宋元學案三六。

絛

tāo ㄊㄠ 土刀切，平，豪韻，透。

絲帶，絲繩。一名扁緒。淮南子說林："絛可以爲繶，不必以紃。"急就篇三："承塵戶幭絛繢總。"注："絛，一名偏諸〔緒〕，織絲縷爲之，所以懸係承塵戶幭，因爲飾也。"

絫

lěi ㄌㄟˇ

累，本字作"絫"。見"累"。

絮

1\. xù ㄒㄩˋ 息據切，去，御韻，心。

㊀粗絲綿。急就篇二："絳緹絓紬絲絮綿。"注："抽引精繭出緒者曰絲，漬繭擘之，精者爲綿，粗者爲絮。今則謂新者爲綿，故者爲絮。"㊁彈鬆的棉花。藝文類聚八五晉裴淵廣州記："蠻夷不蠶，采木棉爲絮。"㊂易飄而似棉絮的柔花等。如柳絮、蘆絮。世說新語言語："謝太傅(安)寒雪日。內集，與兒女講論文義，俄而雪驟。公欣然曰：'白雪紛紛何所似？'兄子胡兒(朗)曰：'撒鹽空中差可擬。'兄女(道韞)曰：'未若柳絮因風起。'"㊃在衣被內鋪絲棉。唐李白李太白詩六子夜吳歌之四："明朝驛使發，一夜絮征袍。"㊄巾。漢書四十周勃傳："太后以冒絮提文帝。"參閱清王引之經義述聞八巾絮。參見"冒絮"。㊅濡滯不決。宋史浩兩鈔摘腴："方言以濡滯不決絶爲絮，猶絮之柔韌牽連無邊幅也。富(弼)、韓(琦)並相時，偶有一事，富公疑之，久不決。韓謂富曰：'公又絮！'"引申爲嚕嗦、頻煩生厭之意。清平山堂話本楊溫攔路虎："你要使棒，沒人央考你，休絮！休絮！"紅樓夢三四："吃了小半碗，嫌吃絮了，不香甜。"參見"絮絮叨叨"。

2\. chù ㄔㄨˋ 抽據切，去，御韻，徹。

㊆調和食物。唐白居易長慶集五二和三月三十日四十韻詩："魚膾芥醬調，水葵鹽豉絮。"參見"絮₂羹"。

3\. nǜ ㄋㄩˋ 尼據切，去，御韻，娘。

㊇姓。漢書七六張敞傳有絮舜。

【絮酒】 後漢徐穉於家豫炙雞一隻，又以綿絮漬酒，曝乾裹雞。遠地赴弔，擕至墓所，以水漬綿，使有酒氣，陳雞灑酒以備禮。後來常用爲弔祭的典故。清詩別裁九錢芳標清明偕鍾宛兒展墓有感："往事蒼涼不可論，傷心絮酒拜松門。"參見"隻雞絮酒"。

【絮氣】 形容文字意思不鮮明，牽扯多。朱子語類七八尚書一："或言趙岐孟子序卻自好，曰：文字絮氣悶人，東漢文章皆然。"

【絮聒】 言語嚕嗦，嘮叨不休。古雜劇元石君寶李亞仙花酒曲江池二："這虔婆絮聒殺人，無計奈何，須索跟他走一遭去波。"重言作"絮絮聒聒"。古今雜劇元關漢卿包待制智斬魯齋郎四："你休只管信口開合，絮絮聒聒。"

【絮絮】 見"絮聒"、"絮絮叨叨"。

【絮煩】 指說話嘮叨，使人心煩。孤本元明雜劇元關漢卿山神廟裴度還帶三："哥哥不嫌絮煩，聽妾身從頭至尾說一遍者。"

【絮語】 連續不斷地說話。謂如絮之綿延不絶。聊齋志異江城："絮語終夜，如話十年之別。"

【絮₂羹】 摻鹽梅於羹中，調和其味。禮曲禮上："毋絮羹。"注："絮，猶調也。"疏："絮謂就食器中調和鹽梅也。若得主人羹，更於器中調和，是嫌主人食味惡也。"

【絮絮叨叨】 形容說話嚕嗦。古今雜劇缺名貨郎旦二："你聽他絮絮叨叨的到幾時也。"省作"絮叨"。明湯顯祖牡丹亭鬧殤："再不要你冷溫存，熱絮叨，再不要你夜眼遲朝起的早。"

絞

1\. jiǎo ㄐㄧㄠˇ 古巧切，上，巧韻，見。

㊀兩股相交扭成的繩索。急就篇三："纍繘繩索絞紡纑。"注："絞卽糾也。"禮雜記上"小飲、環絰"唐孔穎達疏："知以一股所謂纏絰者，若是兩股相交，則謂之絞。"㊁斂屍所用的束帶。禮喪大記："小斂布絞，縮者一，橫者三。"㊂縊死。舊制死刑，有斬、絞兩種。左傳哀二年："若其有罪，絞縊以戮。"呂氏春秋慎行："崔杼歸無歸，因而自絞也。"㊃纏繞。唐柳宗元柳先生集十五晉問："晉之北山有異材，……根絞怪石。"㊄急切。論語陽貨："好直不好學，其蔽也絞。"㊅古國名。故地在今湖北鄖縣西北。左傳桓十一年

“鄖人軍於蒲騷，將與隨絞州蓼伐楚師”，又十二年“楚伐絞，軍其南門”，即此。㈦古地名。春秋郝邑。左傳哀二年：“春，伐郝，將伐絞。”

2. xiáo ㄒㄧㄠˊ 集韻 何交切，平，爻韻。

㈧蒼黄色。禮玉藻：“麛裘青豻褎，絞衣以裼之。”注：“絞，蒼黄之色也。”釋文：“絞，户交反。”

【絞車】古代利用輪軸原理製成的一種升降或牽引機械。常用於張弩。六韜虎韜軍用：“提翼小櫓扶胥一百四十具，絞車連弩自副，以鹿車輪，陷堅陣，敗强敵。”唐李靖衛公兵法輯本下：“木弩，……絞車張之，大矢自副，一發聲如雷吼，敗隊之卒。”

【絞訐】切直。含有直陳而不委婉的意思。後漢書五七李雲傳論：“禮有五諫，諷爲上，……貴在於意達言從，理歸乎正，曷其絞訐摩上，以衒沽成名哉？”金元好問遺山集二一御史程君墓表：“犯父子之至難，執絞訐而上劘。”

【絞衾】入斂時包裹屍體的束帶和單被。禮檀弓下：“人死斯惡之矣，無能也斯倍之矣，是故制絞衾，設蔞翣，爲使人勿惡也。”

【絞帶】古喪制斬衰服所繫的帶子。儀禮喪服：“斬衰裳，苴絰杖絞帶，……傳曰……絞帶者，繩帶也。”釋名釋喪制：“絞帶，絞麻緦爲帶也。”

【絞纈】東晉列國時的一種染帛方法。唐時最爲盛行。其法先描花紋，以線縫之；俟後紉起，再以線縫。以此入染，則有線縫處不受色，呈現種種花紋，稱爲絞纈，也叫染纈。

統 tǒng ㄊㄨㄥˇ 他綜切，去，宋韻，透。

㈠絲的頭緒。淮南子泰族：“繭之性爲絲，然非得工女煮以熱湯而抽其統紀，則不能成絲。”㈡綱紀，準則。荀子臣道：“忠信以爲質，端慤以爲統。”㈢世代相繼的系統。如皇統，道統，傳統。書微子之命：“統承三王，修其禮物。”孟子梁惠王下：“君子創業垂統，爲可繼也。”㈣統一。公羊傳隱元年：“何言乎王正月？大一統也。”㈤綜理，總領。書周官：“冢宰掌邦治，統百官，均四海。”史記樂書：“樂統同，禮别異。”㈥姓。見廣韻。

【統一】歸於一，部分合爲整體。漢書九六下西域傳贊：“西域諸國，各有君長，兵衆分弱，無所統一。”後漢書十三隗囂傳：“帝知囂欲持兩端，不願天下統一。”一，也作“壹”。漢書五六董仲舒傳贊：“下帷發憤，潛心大業，令後學者有所統壹，爲羣儒首。”

【統天】易乾：“彖曰：大哉乾元，萬物資始，乃統天。”疏：“乃統天者，以其至健而爲物始，以此乃能統領於天。”後用以指統治天下。後漢書十六寇恂傳附寇榮上書：“陛下統天理物，爲萬國覆。”

【統制】㈠統領，制約。新唐書一四一高霞寓傳：“霞寓雖悍而寡謀，統制尤非所善。”宋沈括夢溪筆談二六藥議：“舊説有藥用一君二臣三佐五使之説，其意以謂藥雖衆，主病者專在一物，其他則節級相爲用，大略相統制，如此爲宜，不必盡然也。”㈡官名。宋制，出師征討，選一人爲都統制，以總轄諸將，不作官稱。至建炎初置御營司，以王淵爲都統制，以名官始此。又有統制、同統制、副統制等名，皆偏裨之職。見宋史職官志七。元明不置。清末稱各鎮鎮統爲統制。

【統和】遼耶律隆緒（聖宗）年號。公元983—1012年。

【統軍】官名。唐北衙禁軍有左右龍武軍，左右神武軍，左右神策軍，號六軍。各軍置統軍一人，位次於大將軍。見新唐書百官志四上。又金於河南山西陝西益都置統軍司，督領軍馬，有統軍使，副統軍等官。見金史百官志三。

【統括】總括，歸納。魏書封懿傳附封軌：“（孫）惠蔚每推軌曰：‘封生之於經義，非但章句可奇，其標明綱格，統括大歸，吾所弗如者多矣。’”

【統帶】清制，巡防營官兼轄二營以上者，稱統帶官，亦稱督帶官。其專領一營者，則稱管帶官。

【統萬】㈠古城名。位於今陝西橫山縣西，即夏州故城。東晉義熙三年，匈奴赫連勃勃稱天王，國號大夏，以叱干阿利領將作大匠，徵發各族人民十萬人，於朔方之北，黑水之南，營建都城，取“統一天下，君臨萬國”之義，命名統萬。北魏滅夏，置統萬鎮。參閲晉書赫連勃勃載記、元和郡縣志四關内道。㈡姓。代北複姓。後改爲萬氏。見通志二九氏族五代北複姓。

【統楫】總攬，總領。漢書五八兒寬傳對問：“陛下躬發聖德，統楫羣元，宗祀天地，薦禮百神，精神所鄉，徵兆必報。”注：“張晏曰：‘統，緫；楫，聚也。’”

【統監】統領監督。北史劉庫仁傳附劉仁之：“性又酷虐，在晉陽曾營城雉，仁之統監作役，以小稽緩，遂杖前殷州刺史裴瑗、并州刺史王綽。”

【統領】㈠統率。三國志蜀杜微傳諸葛亮與杜微書：“猥以空虚，統領貴州。”㈡軍官名。南宋諸軍有統領、同統領、副統領之名。清制，京營有統領官，如前鋒統領、護軍統領、步軍統領等。各地防營武官統軍二員以上者，部屬稱之爲統領，上官稱之爲統帶。

【統類】大綱和條目。荀子非十二子：“若夫總方略，齊言行，壹統類，而羣天下之英傑而告之以大古，教之以至順。”注：“統，謂綱紀；類，謂比類。大謂之統，分别謂之類。”

【統攝】總管，統領。三國志蜀張翼傳：“會被徵當還，羣下咸以爲宜便馳騎即罪，翼曰：‘不然，吾以蠻夷蠢動，不稱職故還耳。然代人未至，……豈可以黜退之故而廢公家之務乎？’於是統攝不懈，代到乃發。”

【統屬】統轄所屬。唐律疏議二一鬪訟一：“諸佐職及所統屬官，毆傷官長者，各減吏卒毆傷官長二等。”疏議：“所統屬官者，若省寺監管局署，州管縣，鎮管戍，衛管諸府之類，是所統屬。”

【統天曆】曆法名。宋慶元四年，楊忠輔造。與紀元曆同稱宋一代比較完整的曆法。用截元法，創斗分諸法，爲後來授時曆的先導。但以推日蝕不驗，獨行不久。開禧年間，另造開禧曆附統天曆行世。見宋史律曆志十五。

【統元曆】曆法名。宋紹興五年正月朔旦日食，太史所定不驗，獨常州布衣陳得一預言無差，因詔命修曆。曆成，命名統元。用古曆朔旦冬至之説，取元用甲日，日起甲子。雖推行多年，但曆官仍習用紀元法推步，徒以統元爲名。後改用乾道曆。見宋史律曆志十四。

絯 1. gāi ㄍㄞ 古哀切，平，咍韻，見。

㈠拘束。莊子天地：“方且爲物絯。”注：“遂將使後世拘牽而制物。”釋文：“廣雅公才反，云束也。”

2. hài ㄏㄞˋ

㈡驚駭。通“駭”。莊子外物：“木與木相摩則然，金與金相守則流，陰陽錯行則天地大絯。”釋文：“音駭，又音該，又胡待反。”太平御覽十三、又八六九皆作“駭”。

絣 1. bēng ㄅㄥ 北萌切，平，耕韻，幫。

本作“絣”。㈠用雜色線所織之布。説文：“絣，氐人殊縷布也。从糸，并聲。”清王筠謂或似今之褡連布。見說文句讀。也泛指線繩。戰國策燕一：“妻自組甲絣。”元吳師道校注：“此謂編組穿甲之繩也。”㊁繼續。後漢書四十下班固傳典引：“將絣萬嗣，煬洪暉，奮景炎，扇遺風，播芳烈，久而愈新，用而不竭。”注引廣雅：“絣，續也。”㊂引繩使直。同“絣”。見續一切經音義五線絣。

2\. bīng ㄅㄧㄥ

㊃排列。漢書八七下揚雄傳：“故觀易者，見其卦而名之，……絣之以象類，播之以人事。”注：“絣，併也，音并。”

【絣扒】細綁拷打。“繃扒弔拷”的省語。水滸五一：“知縣却教雷橫號令在勾欄門首。這一般禁子人等，都是和雷橫一般的公人，如何肯絣扒他？”參見“繃弔考訊”、“弔拷綳扒”。

絘 cì ㄘˋ 七四切，去，至韻，清。

已經績好尚未絞成綫的麻縷。說文：“績所未緝者。从糸，次聲。”清段玉裁說文解字注：“兩縷相接而後爲緝，未撚接之前，豫梳纖微諸縷以儲偫之，是爲絘；令其次第可用也。”

【絘布】古幣名。周禮指市肆繳納的一種稅。周禮地官廛人：“掌斂市絘布、總布、質布、罰布、廛布，而入於泉(錢)府。”注：“布，泉也。鄭司農(衆)云：‘絘布，列肆之稅布。’”

絓 guà ㄍㄨㄚˋ 胡卦切，去，卦韻，匣。苦緺切，平，佳韻，溪。

㊀粗紬。急就篇二：“絳緹絓紬絲絮綿。”注：“紬之尤粗者曰絓，繭滓所抽也。”㊁阻礙，絆住。韓非子說林下：“君聞大魚乎？網不能止，繳不能絓也，蕩而失水，螻蟻得意也。”通“罣”、“掛”。左傳成二年：“逢丑父與公易位，將及華泉，驂絓於木而止。”

【絓結】牽掛，懸念。楚辭屈原九章哀郢：“心絓結而不解兮，思蹇產而不釋。”注：“絓，懸也。”

【絓閡】牽制，觸礙。也作“挂閡”。晉書摯虞傳駁潘岳議：“今尺長於古尺幾於半寸，樂府用之，律呂不合；史官用之，曆象失占；醫署用之，孔穴乖錯。此三者，度量之所由生，得失之所取徵，皆絓閡而不得通，故宜改今而從古也。”參見“挂閡”。

結 1. jié ㄐㄧㄝˊ 古屑切，入，屑韻，見。

㊀以繩綫等物編織或打結。易繫辭下：“上古結繩而治，後世聖人易之以書契。”也指結成之物。左傳昭十一年：“衣有襘，帶有結。”㊁繫，紮。老子：“善結，無繩約而不可解。”參見“結轖”。㊂締聯，結交。左傳隱七年：“齊侯使夷仲年來聘，結艾之盟也。”㊃聚合，凝聚。淮南子氾論：“不結於一迹之塵土，凝滯而不化。”樂府詩集七三古辭焦仲卿妻：“寒風摧樹木，嚴霜結庭蘭。”㊄構築。晉陶潛陶淵明集三飲酒詩之五：“結廬在人境，而無車馬喧。”㊅植物成實。唐杜甫杜工部草堂詩箋十一北征：“雨露之所濡，甘苦齊結實。”㊆盤旋。文選漢司馬長卿(相如)難蜀父老：“結軌還轅，東鄉將報。”㊇決斷。漢書九十嚴延年傳：“事下御史中丞按驗，坐此數事，以結延年，坐怨望非謗政治不道棄市。”參見“結正”。㊈終了。淮南子繆稱：“故君子行思乎其所結。”參見“了解”。㊉舊時表示負責或承認了解的字據。如印結、甘結。簽押此種字據稱具結、執結。後漢書三九劉般傳：“又以郡國牛疫，通使區種增耕，而吏下檢結，多失其實。”元陳元靚事林廣記別集四公理類應蠶麥災傷告狀式：“所告如虛，甘罪不辭，執結是實。”參見“甘結”。

2\. jì ㄐㄧˋ 集韻吉詣切，去，霽韻。

⑪通“髻”。楚辭宋玉招魂：“激楚之結，獨秀仙些。”注：“結，頭髻也。”古髻字皆作“結”。參閱清惠棟九經古義九儀禮上。

【結口】閉口。謂緘默不言。後漢書六十下蔡邕傳上封事：“頃者立朝之士，曾不以忠信見賞，恒被謗訕之誅，遂使羣下結口，莫圖正辭。”

【結穴】迷信風水的人稱地脈頓停之處爲龍穴。從外形言，則以地面窪突爲地氣藏蓄之所，稱爲結穴。清蔣平階祕傳水龍經一自然水法歌：“聚水成池，砂水雙雙回頭於左，此亦横來而側結穴也。”後也指事所歸結的要點。

【結正】結案判定。三國志魏陳矯傳：“曲周民父病，以牛禱，縣結正棄市。”梁書武帝紀下大同七年詔：“至百姓樵採以供煙爨者，悉不得禁；及以採捕，亦勿訶問。若不遵承，皆以死罪結正。”

【結宇】建造房舍。文選晉張景陽(協)雜詩之九：“結宇窮岡曲，耦耕幽藪陰。”宋書宗炳傳：“好山水，愛遠遊，西陟荆巫，南登衡岳，因而結宇衡山，欲懷尚平之志。”

【結交】與原來不相識的人交往，建立友誼。戰國策燕二：“論行而結交者，立名之士也。”史記八六荊軻傳：“(燕)太子曰：‘願因先生得結交於荊卿，可乎？’”

【結舌】不敢說話。慎子逸文：“臣下閉口，左右結舌。”漢書七五李尋傳對問：“及京兆尹王章坐言事誅滅，智者結舌，邪偽並興，外戚顓命，君臣隔塞。”

【結匈】古代傳說海外國名。山海經海外南經：“(結胸國)其爲人結胸。”注：“臆前肸出，如人結喉也。”匈同“胸”。即俗所謂雞胸。淮南子地形著海外三十六國名，有結胸民。

【結言】口頭結盟或訂約。公羊傳桓三年：“古者不盟，結言而退。”楚辭屈原離騷：“解佩纕以結言兮，吾令蹇脩以爲理。”

【結社】結成團體。宋陳舜俞廬山記四古人留題唐釋匡白東林寺詩：“到此秖除重結社，自餘閑事莫思量。”明史謹獨醉亭集中重遊清涼寺詩：“遠公偏愛能詩苦，陶令原無結社心。”

【結束】㊀約束，拘束。文選古詩十九首之十二：“蕩滌放情志，何爲自結束？”㊁整理行裝。樂府詩集三九南朝梁褚翔雁門太守行：“便聞雁門戍，結束事戎車。”唐韋應物韋江州集四送別李儋詩：“翩翩四五騎，結束向并州。”㊂裝束，打扮。宋王珪華陽集六宮詞：“朝朝結束防宣喚，一樣珍珠絡髻頭。”劉克莊後村別調賀新郎端午詞：“兒女紛紛新結束，時樣釵符艾虎。”㊃陪嫁妝奩。宋王明清摭青雜說：“今我即不留爲子婦，寧陪些少結束，嫁一本分人，豈可更教他作娼女婢妾？”㊄安排，處置。唐孟郊孟東野集二贈農人詩：“青春如不耕，何以自結束？”全詩謂當春不及時耕桑，則秋冬之際，將無以自處。

【結局】猶言結束，收場。宋葉適水心集七送程傳叟詩：“去年無禾雖種菽，乞命只指今年熟。家人未可便喜懽，少待上司催結局。”宋李心傳建炎以來繫年要錄建炎元年：“大元帥府限十日結局。”

【結秀】謂植物結實。三國魏嵇康嵇中散集十家誡：“救雖繁華熠燿，無結秀之勳；終年之勤，無一旦之功。”藝文類聚六四隋江總永陽王齋後山亭銘：“高桐百尺，垂楊五株；開榮九畹，結秀三珠。”

【結伴】邀集同伴。抱朴子金丹：“合丹當於名山之中，無人之地，結伴不過三人。”金元好問遺山集十追懷曹徵君詩：“空勞結伴歸蓮社，無復題詩寄草堂。”

【結果】㊀佛家以種樹比喻人的行事，指人的歸宿。佛本行論：“遠因結遠果，近因結近果；善因結善果，惡因結惡果；無量因結無量果。”後謂事物的最後結局爲結果。”㊁猶言處死。古今雜劇元李文蔚燕青博魚四：“我們且結果了那個綁的，去與你拔了這眼中的釘子哩！”㊂現錢。水滸二十：“宋江又問道：‘你有結果使用麽？’閻婆答道：‘實不瞞押司說，棺材尚無，那討使用？’”

【結念】謂心所專注，積思所在。文選南朝宋謝靈運石門新營所住四面高山迴溪石瀨修竹茂林詩：“結念屬霄漢，孤景莫與諼。”唐張九齡曲江集二晨坐齋中偶而成咏詩：“結念憑幽遠，撫躬曷羈束。”

【結客】結交賓客，多指結交豪俠之士。後漢書十一劉玄傳：“弟爲人所殺，聖公結客欲報之。客犯法，聖公避吏於平林。”聖公，玄字。

【結契】㊀結交相得。文苑英華九二唐劉知幾思愼賦：“餘推誠而裨耳，蕭結契而連朱。”餘，陳餘；耳，張耳；蕭，蕭育；朱，朱博。舊時稱朋友交誼牢固爲“金蘭契結”，語本易經。㊁訂立契約。明瞿汝稷指月録十九六祖下第七世福州玄沙備宗一禪師：“師云：若論此事喻如一片田地，四至界分，結契賣與人了也。”

【結茅】指蓋造簡陋的房屋。南朝宋鮑照鮑氏集五觀圃人藝植詩：“抱插壠上飡，結茅野中宿。”唐韋應物韋江州集五淮上遇洛陽李主簿詩：“結茅臨古渡，卧見長淮流。”

【結怨】㊀結下怨恨。書泰誓下：“自絶于天，結怨于民。”史記七九范睢傳說秦王：“穰侯使者操王之重，……政適伐國，莫敢不聽，戰勝攻取則利歸於陶國，獘御於諸侯，戰敗則結怨於百姓而禍歸於社稷。”㊁鬱積的怨忿。韓非子大體：“故至安之世，法如朝露，純樸不散；心無結怨，口無煩言。”

【結風】古歌名。漢書五七上司馬相如傳上林賦：“鄢郢繽紛，激楚結風。”唐李白李太白詩四白紵辭之三：“激楚結風醉忘歸，高堂月落燭已微。”

【結夏】佛教僧尼自夏曆四月十五日起静居寺院，不出門行動，謂之結夏，亦稱結制。續傳燈録二八慧遠禪師：“此乃叢林成規，西天於結夏日鑄蠟人藏土窟中，結夏九十日，戒行精潔則蠟人冰，不然則蠟人不全。”全唐詩七一七曹松送僧入蜀過夏詩：“師言結夏入巴峯，雲水迴頭幾萬重。”參閱宋吳自牧夢粱録三僧寺結制、事林廣記二節序結夏。

【結草】㊀春秋晉大夫魏武子臨死命其子魏顆以妾殉葬。顆不從命而嫁妾。後顆與秦力士杜回戰，見一老人結草使回仆地，遂獲之。顆夜夢老人曰：“余，而所嫁婦人之父也。”見左傳宣十五年。後因以“結草”爲報恩之典。三國志吳薛綜傳附薛瑩獻詩：“父子兄弟，累世蒙恩，死惟結草，生誓殺身。”文選晉李令伯（密）陳情事表：“願陛下矜愍愚誠，聽臣微志，庶劉僥倖，保卒餘年，臣生當隕首，死當結草。”㊁紮草。孫子行軍“衆草多障者疑也”漢曹操注：“結草爲障，欲使我疑也。”也比喻不堅固。文選晉干令升（寶）晉紀總論：“國政迭移於亂人，禁兵外散於四方，方岳無鈞石之鎮，關門無結草之固。”㊂蓋造簡陋的房屋。猶“結茅”。宋史四五七种放傳：“未幾父卒，數兄皆干進，獨放與母俱隱終南豹林谷之東明峯，結草爲廬，僅庇風雨。”㊃蟲名。見“結葦”。

【結帨】古代嫁女的一種儀式。儀禮士昏禮：“母施衿結帨，曰：‘勉之敬之，夙夜無違宫事。’”注：“帨，佩巾。”參見“結縭”。

【結骨】古部族名。居唐努烏梁海葉尼塞河上游一帶。古稱堅昆，漢初屬匈奴郅支單于。魏晉以後稱結骨。唐時又稱黠戛斯。貞觀二十二年，結骨俟利發失鉢屈阿棧入唐請内屬，唐以其地設堅昆都督府；以失鉢屈阿棧爲右屯衛大將軍、堅昆都督，隸燕然都護（後改稱安北都護府）。參閱新唐書二一七下回鶻傳黠戛斯、讀史方輿紀要四五蒙古黠戛斯國。

【結納】㊀猶結交。漢書九三石顯傳：“是時，明經著節士琅邪貢禹爲諫大夫，顯使人致意，深自結納。”㊁納采，行聘。周書文帝紀上魏永熙三年：“初，魏帝在洛陽，許以馮翊長公主配太祖，未及結納，而帝西遷。至是，詔太祖尚之，拜駙馬都尉。”

【結習】佛教語。指人世的慾望等煩惱。維摩所説經觀衆生品：“維摩詰室天女以天花散諸菩薩，即皆墮落，至大弟子，便著不墮。……爾時天女問舍利弗：‘何故去華？’答曰：‘結習未盡，花著身耳；結習盡者，花不著也。’”廣弘明集十九南朝梁沈約内典序：“孤策獨騖，莫知所限；結習紛綸，一隨理悟。”後稱積久難破的習慣爲結習。

【結婚】結爲婚姻之好，結親。漢書六一張騫傳：“其後，烏孫竟與漢結婚。”也稱男女結成夫婦。三國志魏桓階傳：“劉表辟爲從事祭酒，欲妻以妻妹蔡氏，階自陳已結婚，拒而不受。”

【結童】結髮的孩童，代指童年。後漢書獻帝紀初平四年詔：“結童入學，白首空歸，長委農野，永絶榮望。”參見“結髮㊀”。

【結軨】車箱兩邊縱橫交接的欄木。楚辭宋玉九辯：“倚結軨兮長太息，涕潺湲兮下霑軾。”

【結軫】停車。軫，車箱底部四邊的横木。也作車子的代稱。文選南朝齊謝玄暉（朓）和徐都曹詩：“結軫清郊路，迴瞰蒼江流。”

【結跏】見“結跏趺坐”。

【結集】佛教相傳佛祖釋迦牟尼生時，隨機説法，無文字著述。死後，佛弟子五百人會於王舍城，各誦所聞，皆以“如是我聞”爲句首，編集成書，以傳後世，稱爲結集。又後百年，七百僧人在毘舍利結集；阿育王時，僧人一千人在華氏城結集；迦膩色迦王時，僧人五百人在迦濕彌羅結集。現有佛經，基本上經過歷次結集而流傳。參閱法苑珠林十九千佛結集。

【結愲】見“結綃”。

【結葦】結草蟲。晉崔豹古今注中魚蟲：“結草蟲一名結葦，好於草末折屈草葉以爲巢窟，處處有之。”

【結盟】結成同盟。後漢書八七西羌傳：“時先零羌與封養牢姐種解仇結盟。”也指結拜兄弟。明梁辰魚浣紗記下：“三年曾結盟，百歲圖歡慶。”

【結誥】布穀鳥的別稱。方言八：“布穀自關東西梁楚之間謂之結誥。”參見“布穀”。

【結構】㊀連結構架。抱朴子勗學：“文梓干雲而不可名臺榭者，未加班輸之結構也。”唐韓愈昌黎集二合江亭詩：“梁棟宏可愛，結構麗匪過。”㊁物體構造的式樣。文選漢王文考（延壽）魯靈光殿賦：“於是詳察其棟宇，觀其結構，……三間四表，八維九隅。”㊂詩文書畫各部分的組織和布局。唐張彥遠法書要録一晉衛夫人筆陣圖：“又有六種用筆，結構圓備如篆法，飄颺灑落如章草。”又晉王羲之題衛夫人筆陣圖後：“結構者，謀略也。”㊃勾結，朋比爲奸。唐陸贄陸宣公集十九奏議竇參等官狀：“今者再責竇參，特緣別有結構，陛下親自尋究，審得事情所與連謀，固知定數。”

【結綬】繫結印帶。比喻出仕作官。漢書七八蕭望之傳附蕭育：“少與陳咸朱博爲友，著聞當世。往者有王陽貢公，故長安語曰‘蕭朱結綬，王貢彈冠’，言其相薦達也。”文選南朝宋顏延年（延之）秋胡詩：“脱巾千里外，結綬登王畿。”注：“巾，處士所服；綬，仕者所佩。今欲官於陳，故脫巾而結綬也。”

【結綠】美玉名。戰國策秦三范睢獻書：“臣聞周有砥厄，宋有結綠，梁有懸黎，楚有和璞。此四寶者，工之所失也，而爲天下名器。”又見史記七九范睢傳。

【結駟】用四馬並轡駕一車。戰國策楚一：“於是楚王游于雲夢，結駟千乘，旌旗蔽日。”楚辭宋玉招魂：“青驪結駟兮齊千乘，懸火延起兮玄顏蒸。”

【結髮】㊀古代男子自成童開始束髮，因謂童年或年輕時爲結髮。史記一〇九李廣傳：“且臣結髮而與匈奴戰，今乃一得當單于。”漢書八八施讎傳：“讎爲童子，從田王孫受易。後讎徙長陵，田王孫爲博士，復從卒業。……於是(梁丘)賀薦讎：‘結髮事師數十年，賀不能及。’”㊁謂成婚之夕，男左女右共髻束髮。三國魏曹植曹子建集六種葛篇：“與君初婚時，結髮恩義深。”唐白居易長慶集三太行路：“與君結髮未五載，忽從牛女爲參商。”㊂稱妻。漢國三老袁良碑：“夫人結髮。”(隸釋六)文選南朝梁江文通(淹)雜體李都尉從軍詩：“而我在萬里，結髮不相見。”後稱元配爲結髮。

【結撰】謂心思專注。楚辭宋玉招魂：“結撰至思，蘭芳假些。”後稱作文的組織和佈局爲結撰，如精心結撰。

【結緣】佛教語。謂與佛菩薩結下緣分，作爲將來得度的因緣。妙法蓮華經文句二下：“結緣者，力無引導擊動之能，德非伏物鎮嚴之用，而過去根淺，覆漏污雜，三慧不生，現世雖見佛聞法，無四悉檀益，但作未來得度因緣，此名結緣衆。”也指與人交結的機緣。唐白居易長慶集五八醉後重贈晦叔詩：“豈是今投分，多疑宿結緣。”

【結縎】鬱結不解。楚辭漢王逸九思怨上：“佇立兮忉怛，心結縎兮折摧。”也作“結愲”。漢書四五息夫躬傳絕命辭：“涕泣流兮萑蘭，心結愲兮傷肝。”

【結縭】古代嫁女的一種儀式。女子臨嫁前，母爲之繫結佩巾，以示至男家後應盡力操持家務。縭，佩在胸前之巾。一說爲覆頭的絳巾。縭，也作“褵”。詩豳風東山：“親結其縭，九十其儀。”傳：“母戒女，施衿結帨。”文選漢張茂先(華)女史箴：“施衿結褵，虔恭中饋。”後也指男女成婚。唐權德輿權載之集二五鄜坊節度推官大理評事唐君墓誌銘：“繼娶天水權氏……結縭周月，遭罹柏舟之痛。”唐大詔令集一一〇誡勵氏族婚姻詔：“膏粱之胄，不取正敵之儀，問名唯在於竊資，結褵必歸於富室。”

【結斷】裁決。新唐書一一三徐有功傳上疏：“唐季人多逆節，鞫訊結斷，刑慘獄嚴。”元曲選缺名陳州糶米二：“再差一員正直的去陳州，結斷此一樁公事。”

【結轍】㊀車馬往返以致轍跡交錯，故謂退車回馳爲結轍。尉繚子戰威：“使什伍如親戚，卒伯如朋友，止如堵牆，動如風雨，車不結轍，士不旋踵，此本戰之道也。”㊁車跡交疊。形容車輛絡繹不絕。轍，也作“徹”。漢書文帝紀後二年和親詔：“故遣使者冠蓋相望，結徹於道，以諭朕志於單于。”史記作“結軼”。子華子北宮子仕：“結轍以趨之，而猶恐其弗及也，悲夫！”

【結繩】文字產生前的一種記事方法。用繩打結，以不同形狀和數量的繩結標記不同事件。易繫辭下：“上古結繩而治，後世聖人易之以書契。”集解引九家易：“古者無文字，其有約誓之事，事大大其繩，事小小其繩，結之多少，隨物衆寡，各執以相考，亦足以相治也。”南朝梁顧野王玉篇序：“政罷結繩，教興書契。”

【結轖】轖，車旁障蔽物，以皮革重疊纏縛而成。以轖相連結，比喻心中鬱結不暢。文選漢枚叔(乘)七發：“邪氣襲逆，中若結轖。”宋范成大石湖集三四問天醫賦：“中憒憒其結轖，頭岑岑而戴石。”

【結鱗】月神。也作“結璘”、“結鄰”、“結隣”。太平御覽三七聖記：“鬱華赤文，與日同居；結鱗黃文，與月同居。鬱華，日精；結鱗，月精也。”鱗，宋葉廷珪海錄碎事一引作“隣”，宋王應麟玉海一六四引作“鄰”。雲笈七籤十三日月星辰：“大哉鬱儀，妙乎結璘，非上真不見，非上仙不聞，以日月五精之神，乘龍步空，足躡景雲。”

【結纓】春秋時孔子弟子子路爲衛大夫孔悝宰，衛太子蕢(莊公)因悝而作亂，蕢子輒(出公)出奔，子路不從悝，蕢因使武士以戈擊之，斷纓。子路曰：“君子死，冠不免。”結纓而死。事見左傳哀十五年、史記六七仲尼弟子傳。纓，帽帶。後因以比喻慷慨獻身。南朝梁江淹江文通集三獄中上建平王書：“常欲結纓伏劍，少謝萬一。”

【結韈】㊀史記一〇二張釋之傳：“王生者，善爲黃老言，處士也。嘗召居廷中，三公九卿盡會立，王生老人，曰‘吾韈解’，顧謂張廷尉：‘爲我結韈！’釋之跪而結之。”後因以結韈指士大夫蔑視權勢的氣概。宋蘇軾蘇文忠詩合注四三贈李兕威秀才：“酒酣聊復識平生，結襪猶堪一再鼓。”襪，同“韈”。㊁樂府古辭有結襪子。樂府詩集七四雜曲歌辭十四著錄後魏溫子昇、唐李白兩首。

【結驩】與人交好。左傳昭四年：“(楚子)使椒舉如晉而求諸侯，曰：‘……寡人欲結驩於二三君，使舉請閒。’”文選南朝梁任彥昇(昉)出郡傳舍哭范僕射詩：“結懽三十載，生死一交情。”驩、懽同。

【結綺閣】南朝陳後主至德二年，於光昭殿前起臨春結綺望仙三閣，高數十丈，並數十間。其窗牖、壁帶、懸楣、欄檻之類，皆以沈檀香爲之，又飾以金石，間以珠翠，外施珠簾，窮極奢華。後主自居臨春閣，張貴妃居結綺閣，龔孔二貴嬪居望仙閣，並複道交相往來。見陳書張貴妃傳。唐劉禹錫劉夢得集四臺城詩：“臺城六代競豪華，結綺臨春事最奢。萬户千門成野草，只緣一曲後庭花。”

【結遼鳥】鳥名。又稱結了、了哥、秦吉了。即鷯哥。唐會要九八林邑國：“林邑……有結遼鳥，能解人語。”注：“亦謂之結了鳥。”參見“秦吉了”。

【結緣豆】舊時寺院於夏曆四月初八日作佛會，煮豆分人，稱結緣豆。清闕名燕臺口號一百首詩：“香會逢春設戲筵，分嘗豆子結良緣。”張燾津門雜記上歲時風俗謂是十二月初八日事。

【結草銜環】比喻感恩圖報。元曲選李行道灰闌記一：“多謝大娘子，小人結草銜環，此恩必當重報。”也作“結草啣環”。明梁辰魚浣紗記上：“寡人受恩，誓當效結草啣環之報。”參見“結草㊀”、“銜環”。

【結跏趺坐】佛教徒坐禪的一種姿勢，即交疊左右足背於左右股上而坐。亦稱“吉祥坐”。南朝宋法顯佛國記：“菩薩入中，西向結跏趺坐，心念若我成道，當有神驗。”法苑珠林二四唐玄奘譯讚彌勒四禮文：“佛有難思自在力，能以多剎納塵中，況今現處兜率殿，師子牀上結跏坐。”也省稱“結跏”或“跏趺坐”。北魏楊衒之洛陽伽藍記一景林寺：“靜行之僧，繩坐其內，餐風服道，結跏數息。”唐白居易長慶集六八在家出家詩：“中宵入定跏趺坐，女喚妻呼都不應。”參閱唐慧琳一切經音義二六大般涅槃經十一結加趺坐。參見“吉祥坐”。

【結駟連騎】車馬接連不斷，形容喧鬧顯赫。淮南子齊俗：“故有大路龍旂羽蓋垂綏，結駟連騎，則必有穿窬拊楗抽箕踰備之姦。”史記六七仲尼弟子傳原憲：“子貢相衛，而結駟連騎，排藜藿入窮閻，過謝原憲。"參見"結駟"。

【結客少年場行】樂府雜曲名。樂府詩集六六："樂府解題曰：'結客少年場行，言輕生重義，慷慨以立功名也。'……按結客少年場，言少年時結任俠之客，爲遊樂之場，終而無成，故作此曲也。"樂府詩集著録自南朝宋鮑照至唐沈彬共九首。

絨 róng ㄖㄨㄥˊ 如融切，平，東韻，日。

㊀織物名。玉篇："絨，如充切，細布。"也指毛織物。明宋應星天工開物乃服："凡綿羊剪毳，粗者爲毡，細者爲絨。"今凡表面有一層細毛的紡織品皆稱絨。㊁刺繡用的細絲線。也稱茸線。元楊維楨鐵崖古樂府十五繡牀凝思："綵線添來日正遲，香絨倦理一支頤。"參見"茸線"。

絰 dié ㄉㄧㄝˊ 徒結切，入，屑韻，定。

㊀古代喪期結在頭上或腰間的麻帶。儀禮喪服："斬衰裳，苴絰杖絞帶。"注："麻在首在要(腰)皆曰絰。"禮檀弓上："孔子之喪，二三子皆絰以出。"㊁見下。

【絰皇】墓前甬道的門口。左傳莊十九年："夏六月庚申，(楚文王)卒，鬻拳葬諸夕室，亦自殺也，而葬於絰皇。"注："絰皇，冢前闕。生守門，故死不失職。"參見"窒₂皇"。

絝 kù ㄎㄨˋ 苦故切，去，暮韻，溪。

㊀褲。同"袴"。史記趙世家："而(趙)朔婦免身，生男。屠岸賈聞之，索於宫中。夫人置兒絝中。"參見"窮絝"。㊁套袴。説文："絝，脛衣也。"今稱套袴，左右各一，分裹兩脛。參閱清段玉裁説文解字注絝。㊂絆絡。史記一一七司馬相如傳上林賦："蒙鶡蘇，絝白虎。"

絚 1. gēng ㄍㄥ 古恒切，平，登韻，見。

㊀大繩，粗索。説文作"縆"。古籀中亦作"絚"。説文别有"絚"字，訓緩。三國志魏王昶傳："昶詣江陵，兩岸引竹絚爲橋，渡水擊之。"㊁緊，急。淮南子繆稱："治國譬若張瑟，大絃絚則小絃絶矣。"

2. gèng ㄍㄥˋ 古鄧切，去，嶝韻，見。

㊂接連，通貫。通"亙"。楚辭宋玉招魂："姱容修態，絚洞房些。"注："絚，竟也。"後漢書四十上班固傳西都賦："自未央而連桂宫，北彌明光而絚長樂。"文選作"亙"。參見"亙"、"亘㊀"。

【絚人】古代神話，稱天地開闢，未有人民，女媧摶黄土爲人。劇務力不暇供，乃引繩絚泥中舉以爲人。富貴者爲黄土人，窮苦平民爲絚人。見太平御覽七八風俗通。

【絚橋】用繩索駕起的渡橋。水經注一河水："余證諸史傳，即所謂罽賓之境，有盤石之隥，道狹尺餘，行者騎步相持，絚橋相引，二十許里方到。"

絖 kuàng ㄎㄨㄤˋ 集韻 苦謗切，去，宕韻。古曠切，去，宕韻。

綿絮。説文作"纊"。莊子逍遥遊："宋人有善爲不龜手之藥者，世世以洴澼絖爲事。"釋文："李(頤)云：洴澼絖者，漂絮於水上。絖，絮也。"參見"纊"。

絏 xiè ㄒㄧㄝˋ 私列切，入，薛韻，心。

㊀韁繩。説文作"紲"。左傳僖二四年："臣負羈絏從君巡於天下。"注："絏，馬繮。"參見"紲㊀"。㊁縛犯人的繩索。見"縲紲"、"累₂紲"。

絪 yīn ㄧㄣ 於真切，平，真韻，影。

㊀見"絪緼"。㊁鋪在車、牀等器物底面的褥墊。通"茵"。漢書六八霍光傳："作乘輿輦，加畫繡絪馮，黄金塗，韋絮薦輪。"注："如淳曰：'絪亦茵。'茵，蓐也。"

【絪牀】有褥墊的牀鋪。抱朴子釋滯："翠蘭爲絪牀，緑葉爲幃幙。"

【絪緼】㊀古代指天地間陰陽二氣交互作用的狀態。同"氤氳"。易繫辭下："天地絪緼，萬物化醇。男女構精，萬物化生。"疏："絪緼，相附著之義。言天地无心，自然得一，唯二氣絪緼，共相和會，萬物感之，變化而精醇也。"㊁雲煙瀰漫之狀。唐温庭筠詩集一觱篥歌："情遠氣調蘭蕙薰，天香瑞彩含絪緼。"

絟 quān ㄑㄩㄢ 此緣切，平，仙韻，清。

細布。漢書五三江都易王劉非傳"繇王閩侯亦遺建荃、葛"唐顔師古注："(荃)字本作絟。……蓋今南方筩布之屬。"清何萱謂就布言，作絟；就質言，作荃。"見韻史六一下。

給 jǐ ㄐㄧˇ 居立切，入，緝韻，見。

㊀豐足。商君書算地："故兵出糧給而財有餘。"孟子梁惠王下："春省耕而補不足，秋省斂而助不給。"㊁供應。左傳僖四年："貢之不入，寡君之罪也，敢不共給。"漢書五七上司馬相如傳："上令尚書給筆札。"㊂及。國語晉一："誠莫如豫，豫而後給。"注："給，及也。"漢書四九鼂錯傳言兵事："下馬地鬬，劍戟相接，去就相薄，則匈奴之足弗能給也。"㊃言語便捷。論語公冶長："子曰：焉用佞！禦人以口給，屢憎於人，不知其仁，焉用佞！"

【給事】㊀處事。國語周中："恭所以給事也，儉所以足用也。"㊁供職。史記八九衛將軍驃騎傳："其父鄭季，爲吏，給事平陽侯家。"㊂給事中的省稱。五代王定保唐摭言十三敏捷："韋蟾左丞至長樂驛亭，見李湯給事題名。"見"給事中"。

【給孤】給孤獨園的省語。也作僧寺的泛稱。明黎民表瑶石山人詩稿九隆福寺英宗命僧髡度於此："紺宇開馳道，天人此給孤。"參見"給孤獨園"。

【給使】㊀服事。供人役使。墨子備梯："禽滑釐子事子墨子三年，手足胼胝，面目黧黑，役身給使，不敢問欲。"後漢書五四楊秉傳疏："臣案國舊典，宦豎之官，本在給使省闥，司昏守夜。"㊁指供差遣的人，王公貴族的隨從或内侍。三國志吴孫晧傳鳳皇元年"何定姦穢發聞，伏誅"注引江表傳："定，汝南人，本孫權給使也，後出補吏。"

【給假】准予休假。隋書禮儀志四："後齊制，新立學，……學生每十日給假，皆以丙日放之。"

【給復】免除徭役。北史魏孝文帝紀太和二十二年："詔以穰人首歸大順始終若一者，給復三十年，標其所居曰歸義鄉；次降者，給復十五年。"周書武帝紀下建德四年："詔東南總管内自去年以來新附之户給復三年。"

【給諫】"給事中"的别稱。見該條。

【給燭】唐至明清，科舉考試日，既暮由官供燭，以三條燭爲限，燭盡文不成者扶出。參閲舊五代史選舉志、清趙翼陔餘叢考二九科場給燭。參見"三條燭"。

【給驛】謂供應車馬食宿便利。新唐書一二六張九齡傳："數乞歸養，詔不許。以其弟九皋九章爲嶺南刺史，歲時聽給驛省家。"參見"驛"。

【給事中】官名。秦漢爲列侯、將軍、謁者等的加官。常在皇帝左右侍從，備顧問應對等事。因執事在殿中，故名。魏或爲加官，或爲正官。晉以後爲正官。隋開皇六年，於吏部置給事郎。唐屬門下省。元以後廢門下省，而有給事中。明給事中分吏、户、禮、兵、刑、工六科，掌侍從規諫，稽察六部之弊誤，有駁正制敕之違失章奏封還之權。清代隸屬都察院，與御史同爲諫官，故又稱給諫。省稱給事。參閱通典二一職官三門下省、文獻通考五十職官四門下省給事中。

【給客橙】果木名。金橘的別稱。太平御覽九六六魏王花木志："蜀土有給客橙,似橘而非,若柚而香,冬夏華實相繼,或如彈丸，或如拳，通歲食之。亦名盧橘。"參閱本草綱目三十果二金橘。參見"金橘"。

【給孤獨園】佛家園林名。也稱祇樹給孤獨園或祇園。古中印度憍薩羅國舍衛城長者給孤獨購置，爲佛說法地。金剛般若波羅蜜經："一時佛在舍衛國祇樹給孤獨園。"參見"祇園"。

絑 zhū 章俱切,平,虞韻,照。ㄓㄨ

赤色。通"朱"。說文："絑，純赤也。"清段玉裁說文解字注絑："凡經傳言朱，皆當作絑。朱，其假借字也。"

絢 xuàn 許縣切,去,霰韻,曉。ㄒㄩㄢ

㊀有文采。論語八佾："素以爲絢兮。"儀禮聘禮："皆玄纁，繫長尺絢組。"注："采成文曰絢。……今文絢作約。"㊁燦爛,照耀。南朝梁劉勰文心雕龍二詮賦："孟堅(班固字)兩都，明絢以雅贍；張衡二京，迅拔以宏富。"宋王明清揮麈録前録三："如圓鏡狀,光彩絢目。"

【絢練】㊀疾速。文選南朝宋顏延年(延之)赭白馬賦："別輩越羣，絢練夐絕。"注："絢練，疾貌也。"㊁文彩貌。唐杜甫杜工部草堂詩箋十二送李校書："時哉高飛燕，絢練新羽翮。"

【絢爛】光彩炫耀。宋羅大經鶴林玉露一："巧女之刺綉，雖精妙絢爛，纔可人目，初無補於實用。"宋周紫芝竹坡詩話二："東坡(蘇軾)嘗有書與其姪云：'大凡爲文，當使氣象崢嶸，五色絢爛，漸老漸熟，乃造平淡。'"

絳 jiàng 古巷切,去,絳韻,見 ㄐㄧㄤ

㊀深紅色。墨子公孟："昔者楚莊王，鮮冠組纓，絳衣博袍，以治其國。"文選晉東廣微(晳)補亡詩："白華絳趺，在陵之陬。"㊁草名。文選晉左太沖(思)吳都賦："草則藿蒳豆蔻……綸組紫絳。"注："絳，絳草也，出臨賀郡，可以染。"㊂地名。春秋晉地。1. 在今山西翼城縣東南。晉穆侯自曲沃遷都於此。孝侯時改名翼。景公遷新絳後改稱故絳。2. 在今山西曲沃縣西南。原名新田，晉景公遷都於此，改名新絳，也稱絳。漢爲絳縣，周勃封絳侯，即此。參閱元和郡縣志十二絳州。

【絳人】即"絳老"。唐劉長卿劉隨州集六奉寄婺州李使君舍人詩："天清婺女出,土厚絳人多。"參見"絳老"。

【絳水】水名。1. 源出山西絳縣絳山。又名白水、沸泉水。經曲沃入澮水。春秋晉智伯率韓魏之師引水以灌晉陽，即此。戰國策趙一作晉水，史記趙世家作汾水。參閱元和郡縣志十二絳水、讀史方輿紀要四一平陽府。2. 源出山西屯留縣西南盤秀山，東流至潞城縣界入濁漳水。參閱讀史方輿紀要四二汾州府。3. 在四川簡陽縣。又名絳溪河，水呈紅色，故名。參閱嘉慶一統志三八四成都府。

【絳州】州名。春秋爲晉地。戰國屬魏。秦漢屬河東郡，北魏置東雍州，北周改爲絳州。金末升爲晉安府，元明復爲絳州，清升爲直隸州。公元 1912 年廢州，改爲新絳縣，屬山西省。參閱元和郡縣志十二絳州、寰宇通志七九平陽府。

【絳老】左傳襄三十年："晉悼夫人食輿人之城杞者。絳縣人或年長矣，無子，而往與於食。有與疑年，使之年。曰：'臣小人也，不知紀年。臣生之歲，正月甲子朔，四百有四十五甲子矣，其季於今，三之一也。'吏走問諸朝。師曠曰：'……七十三年矣。'史趙曰：'亥有二首六身，下二如身，是其日數也。'"後因用絳老泛指老年人。唐岑參岑嘉州詩三故僕射裴公挽歌之一："罷市秦人送，還鄉絳老迎。"宋劉克莊後村集四四贈許登仕詩："預算粉郎將死日，能推絳老始生年。"

【絳河】㊀銀河。也叫天河、天漢。舊題漢班固漢武帝內傳："上元夫人又遣侍女答問，云阿環再拜，上問起居，遠隔絳河，擾以官事，遂替顏色，近五千年。"唐王維王右丞集七同崔員外秋宵寓直詩："月迥藏珠斗，雲消出絳河。"明王逵蠡海集天文類："河漢曰銀河可也，而曰絳河，蓋觀天者以北極爲標準，所仰視而見者，皆在於北極之南，故稱之曰丹，曰絳，借南之色以爲喻也。"㊁傳說之南海地名。初學記六王子年拾遺記："絳河去日南十萬里，波如絳色。多赤龍、赤色魚，而肥美可食。"

【絳府】神話中仙人居住的宮府。舊題漢班固漢武帝內傳："保神炁於絳府，閉淫宮而開悟。"元吳萊淵穎集三射的山龍瑞宮問陽明洞天洞蓋是禹穴詩："黃庭或秘景，絳府尚靈仙。"

【絳帖】叢帖名。北宋潘師旦摹刻。因刻於絳州，故名。世稱潘駙馬帖。帖以淳化閣帖爲底本，而增益別帖，共二十卷。相傳潘死後，其二子各得十卷，長子將上十卷抵債入官庫，絳州太守補刻餘卷，稱"東庫本"；次子補刻上十卷，也足成一部，於是絳州有公私二本。後又有新絳本，僞刻十二卷本及其它翻刻本。宋姜夔著絳帖平二十卷，考辨始末，今僅存六卷。參閱宋趙希鵠洞天清禄集古今石刻辯、明陶宗儀輟耕録十五淳化閣帖。

【絳宮】㊀朱漆宮殿。抱朴子地真："前有明堂，後有絳宮。"全唐詩一八〇裴漼奉和御製平胡："廟略占黃氣，神兵出絳宮。"㊁道書稱心爲絳宮，肺爲玉堂宮，肝爲清冷宮，膽爲紫微宮，腎爲幽昌宮，脾爲中黃宮。見雲笈七籤十一上清黃庭內景經。

【絳雪】道家丹藥名。北齊書樊遜傳答問釋道兩教："至若玉簡金書，神經祕録，三尺九轉之奇，絳雪玄霜之異，……皆是憑虛之說，海棗之談，求之如係風，學之如捕影。"唐李商隱李義山詩集三清河："絳雪除煩後，霜梅取味新。"參見"玄霜"。

【絳帳】㊀後漢馬融常坐高堂，施絳紗帳，前授生徒，後列女樂。絳帳指紅色帳帷。見後漢書六十上馬融傳。後因用絳帳作爲師長或講座的代稱。唐元稹長慶集二十奉和滎陽公離筵作詩："南郡生徒辭絳帳，東山妓樂擁油旌。"㊁喻紅葉。唐白居易長慶集五七和杜録事題紅葉詩："連行排絳帳，亂落剪紅巾。"帳，一本作"葉"。

【絳節】使者所持的紅色符節。藝文類聚四八南朝梁簡文帝(蕭綱)讓驃騎揚州刺史表："竊以驃騎之官，既爲上將；神州之重，實號中土；故以彈壓六戎，冠冕九牧，豈止司隸絳節，金吾提騎。"唐李商隱李義山詩集五中元作："絳節飄颻宮國來，中元朝拜上清迴。"

【絳幘】漢宿衛士所穿的紅色服裝。漢官儀："於朱雀門外，著絳幘，傳雞鳴。"後泛指宮中吏人服裝。唐王維王右丞集二和賈舍人早朝大明宮之作詩："絳幘雞人送曉籌，尚衣方進翠雲裘。"

【絳樹】㊀神話傳說仙宮樹名。淮南子地形："(昆侖)山上有木禾，其脩五尋，珠樹玉樹琁樹不死樹在其西，沙棠琅玕在其東，絳樹在其南，碧樹瑤樹在其北。"㊁古歌女名。姓氏時代不可考。藝文類聚四三三國魏文帝(曹丕)答繁欽書："今之妙舞莫巧於絳樹，清歌莫善於宋腊。"也作爲女歌者的通名。南朝陳徐陵徐孝穆集一雜曲:"碧玉宮伎自翩妍，絳樹新聲最可憐。"㊂珊瑚的別名。唐韋應物韋江州集八詠珊瑚詩:"絳樹無花葉，非石亦非瓊。"

【絳縣】縣名。屬山西省。漢爲聞喜縣，後魏孝文帝時置南絳縣，以縣北有絳山而名。西魏恭帝時去"南"字爲絳縣。歷代相承。參閱元和郡縣志十二絳縣、嘉慶一統志一五五絳州一。

【絳闕】宮殿的門闕。文選晉孫子荆(楚)爲石仲容與孫晧書:"師不踰時，梁益肅清，使竊號之雄，稽顙絳闕。"梁書昭明太子傳王筠哀册文:"背絳闕以遠徂，轥青門而徐轉。"

【絳蠟】紅燭。宋蘇軾分類東坡詩二二次韻代留別:"絳蠟燒殘玉斝飛，離歌唱徹萬行啼。"

【絳騶】㊀紅色蜻蛉的別名。晉崔豹古今注中魚蟲:"蜻蛉，一名青亭……小而赤者曰赤卒，一名絳騶。"㊁紅色馬。南朝宋何尚之與顏延之書:"絳騶清路，白簡深劾。取之仲容，或有虧耶。"(通典二四職官六)。唐皎然集一南湖春泛詩:"鏗鏘佩蒼玉，躞蹀驅絳騶。"

【絳灌】漢絳侯周勃與潁陰侯灌嬰。兩人皆佐漢高祖(劉邦)，累立軍功，爲一時名將。史記九二淮陰侯傳:"(韓)信由此日夜怨望，居常鞅鞅，羞與絳、灌等列。"晉書劉元海載記:"嘗謂同門生朱紀、范隆曰:'吾每觀書傳，常鄙隨(何)陸(賈)無武，絳灌無文，道由人弘，一物之不知者，固君子之所恥也。'"

【絳雲樓】明末清初常熟錢謙益藏書樓名。謙益曾得劉鳳錢穀楊儀趙用賢四家書，又重資購買古本，區分類別，藏於絳雲樓，共七十三大櫃。所收多宋元版本。順治七年冬失火，書樓與藏書一朝俱盡。現尚存絳雲樓書目四卷，陳景雲有注。

【絳紗繫臂】晉武帝既平蜀吳，追求聲色，民間女子有姿者，吏以緋彩結女臂，强納入宮，雖豪家往往不免。見晉書胡貴嬪傳。唐杜牧樊川集二出宮人詩:"十年一夢歸人世，絳縷猶封繫臂紗。"參閱宋趙德麟侯鯖録一。

【絳守居園池記】唐樊宗師撰。元趙仁舉吳師道許謙注。一卷。宗師頗爲韓愈所推重，其文辭意僻澀，甚至難以句讀，作注者雖多，但衆説紛紜，往往仍在可解不可解之間。

絡 luò 1. ㄌㄨㄛˋ 盧各切，入，鐸韻，來。

㊀粗絮。急就篇二:"綈絡縑練素帛蟬。"注:"絡，即今之生纊也，一曰今之綿紬也。"㊁纏繞，綑縛。楚辭宋玉招魂:"秦篝齊縷，鄭綿絡些。"也指絡絲工人。三國志吳陸凱傳上疏:"自昔先帝時，後宮列女，及諸織絡，數不滿百。"㊂包羅，網羅。漢書八七下揚雄傳解難:"是以宓犧氏之作易也，緜絡天地，經以八卦，……然後發天地之臧，定萬物之基。"史記唐司馬貞補史記序:"然其網絡古今，敍述懲勸，異左氏之微婉，有南史之典實。"㊃網狀物。文選漢張平子(衡)西京賦:"爾乃振天維，衍地絡。"後漢書十一劉盆子傳:"乘軒車大馬，赤屏泥，絳襜絡。"注:"車上施帷以屏蔽者，交絡之以爲飾。"㊄兜頭的網狀物；用網狀物兜住頭。玉臺新詠一日出東南隅行:"青絲繫馬尾，黄金絡馬頭。"南朝梁元帝集後園看騎馬詩:"遥望黄金絡，懸識幽并兒。"即馬籠頭。㊅絡脈，由經脈分出呈網狀的大小分支。素問調經論:"視其血絡，刺出其血，無令惡血得入於經，以成其疾。"史記一〇五扁鵲傳:"夫以陽入陰中，動胃繵緣，中經維絡，別下於三焦膀胱。"

2. lào ㄌㄠˋ

㊆見"絡₂子"。

【絡₂子】線繩結成的小網袋。紅樓夢三五:"(襲人)吃過飯，洗了手進來，拿金線給鶯兒打絡子。"繞絲紗之具也稱絡子。

【絡秀】晉周顗母李氏，字絡秀，汝南人。顗父浚爲安東將軍，出獵遇雨，過止絡秀家，强求爲妾，父兄不許，秀曰:"'門户殄瘁，何惜一女！若連姻貴族，將來或大益。'遂歸浚。後生子顗嵩謨，顗嵩皆列顯位，絡秀謂顗等曰:'我所以屈節爲汝家作妾，門户計耳。汝若不與吾家作親親者，吾亦不惜餘年！'"見世説新語賢媛、晉書周顗母李氏傳。宋蘇軾分類東坡詩十九次韻黄魯直嘲小德……:"但使伯仁長，還興絡秀家。"伯仁，周顗字。

【絡幕】分張覆蓋貌。文選晉左太冲(思)蜀都賦:"鷹犬倏眒，罻羅絡幕。"也作"絡縸"。後漢書六十馬融傳廣成頌:"矰碆飛流，纖羅絡縸。"

【絡緯】蟲名。即莎雞。俗名絡絲娘、紡織娘。晉崔豹古今注中魚蟲:"莎雞，一名絡緯，一名蟋蟀，謂其鳴如紡緯也。"唐李賀歌詩編一秋來:"桐風驚心壯士苦，衰燈絡緯啼寒素。"參見"莎雞"。

【絡頭】㊀頭巾。方言四:"絡頭，帞頭也。……自關而西，秦晉之郊曰絡頭，南楚江湘之間曰帞頭。"㊁馬籠頭。文選南朝宋鮑明遠(照)結客少年場行:"驄馬金絡頭，錦帶佩吳鈎。"唐杜甫杜工部草堂詩箋七高都護驄馬行:"青絲絡頭爲君老，何由却出橫門道。"

【絡鞮】皮製長筒靴。説文:"鞮，革履也"清段玉裁注:"'胡人履連脛謂之絡鞮'。各本無此九字，韵會引有。釋名曰鞾。本胡服，趙武靈王所服也。"

【絡繹】往來不絶，接連不斷。玉臺新詠一古詩爲焦仲卿妻作:"交語速裝束，絡繹如浮雲。"也作"絡驛"。後漢書四二東海恭王彊傳上疏:"數遣使者太醫令丞方伎道術，絡驛不絶。"又作"駱驛"、"落驛"。參見各該條。

【絡絲娘】㊀繅絲女子。宋蘇軾浣溪沙:"麻葉層層苘葉光，誰家煮繭一村香，隔籬嬌語絡絲娘。"㊁蟲名。見"絡緯"。

絶 jué ㄐㄩㄝˊ 情雪切，入，薛韻，從。

㊀斷。説文:"絶，斷絲也。从糸、从刀、从卩。古文絶，象不連體絶二絲。"引申爲斷義。荀子修身:"折骨絶筋，終身不可以相及也。"㊁滅，死亡。書甘誓:"有扈氏威侮五行，怠棄三正，天用勦絶其命。"後漢書十五來歙傳:"投筆抽刃而絶。"㊂戒，杜絶。論語子罕:"子絶四:毋意，毋必，毋固，毋我。"㊃盡，斷絶。後漢書二四馬援傳朱勃上書:"名滅爵絶，國土不傳。"㊄貧乏，窮困。吕氏春秋季春:"命有司發倉窌，賜貧窮，振乏絶。"注:"行而無資曰乏，居而無資曰絶。"㊅極度，獨特。史記梁孝王世家:"初，孝王在時，有罍樽，直千金。……任王后絶欲得之。"世説新語文學"或問顧長康"注引文章志:"世云有三絶:畫絶，文絶，癡絶。"文絶，晉書顧愷之傳作"才絶"。㊆全然，絶對。見"絶無僅有"。㊇僻遠。見"絶域"、"絶國㊀"。㊈度過，跨越。荀子勸學:"假舟檝者，非能水也，而絶江河。"史記一〇九李將軍傳:"南絶幕，遇前將軍、右將軍。"㊉舊詩體裁之一。元王實甫西廂記一本三折:我且高吟一絶，看他則甚。"詳"絶句㊀"。

【絶力】㊀用盡力氣。莊子漁父:"疾走不休，絶力而死。"㊁力大過人。漢揚雄法言淵騫:"君子絶德，小人絶力。……秦悼武烏獲任鄙，扛鼎抃牛，非絶力邪？"

【絶才】非凡的才能。後漢書四十上班彪傳附班固奏記東平王蒼:"此六子者，皆有殊行絶才，德隆當世，如蒙徵納，以輔高明，此山梁之秋，夫子所爲歎也。"六子指桓梁晉馮李育郭基王雍殷肅。

【絶口】㊀閉口不言。漢書七四丙吉傳:"吉爲人深厚不伐善,自曾孫遭遇,吉絶口不道前恩,故朝庭莫能明其功也。"㊁滅口。漢書九九下王莽傳:"殺婢以絶口。"㊂食品極美之味。三國魏曹植曹子建集八謝賜柰表:"柰以夏熟,今則冬生;物以非時爲珍,恩以絶口爲厚。"

【絶户】舊稱無子之家爲絶户。又稱絶家。元曲選武漢臣老生兒一:"但得他不罵我絶户的劉員外,只我也情願淫肉伴乾柴。"

【絶水】斷流。史記河渠書:"漕從南陽上沔入褒,褒之絶水至斜,間百餘里,以車轉,從斜下下渭。"

【絶乏】缺乏。史記一一二主父偃傳嚴安上書:"曠日持久,糧食絶乏。"也作"乏絶"。禮月令季春之月:"賜貧窮,振乏絶。"

【絶手】具有絶等技藝的高手。抱朴子譏惑:"吴之善書者,則有皇象劉纂岑伯然朱季平,皆一代之絶手。"又尚博:"蓋刻削者比肩,而班狄擅絶手之稱;援琴者至衆,而夔襄專知音之難。"

【絶世】㊀斷絶禄位的世家。論語堯曰:"興滅國,繼絶世,擧逸民,天下之民歸心焉。"㊁棄絶人世。左傳哀十五年:"大命隕隊,絶世于良。"也指隔絶人事。後漢書四五袁安傳附袁閎:"閎遂散髮絶世,欲投迹深林。"㊂冠絶當代,並世無雙。漢書九七上孝武李夫人傳:"(李)延年侍上起舞,歌曰:'北方有佳人,絶世而獨立。'"宋葛立方韻語陽秋:"裴度平淮西,絶世之功也。韓愈平淮西碑,絶世之文也。"

【絶目】即極目,窮目力之所極。文選南朝宋鮑明遠(照)還都道中作詩:"絶目盡平原,時見遠烟浮。"

【絶句】㊀詩體名。有五言、六言、七言的區别。四句爲一首,或用平韻,或用仄韻。始於南朝齊梁新體詩,唐以後始稱絶句。參閲宋趙翼陔餘叢考二三絶句。㊁截去上下文的斷句。唐會要七五選部下:"(開元)十六年十二月,國子祭酒楊瑒奏:今之舉明經者,主司不詳其述作之意,每至帖試,必取年頭月尾,孤經絶句,自今以後,考試者盡帖平文,以存大典。"

【絶代】㊀久遠的年代。爾雅晉郭璞序:"總絶代之離詞,辯同實而殊號者也。"㊁冠出當代。猶絶世。唐杜甫杜工部草堂詩箋十六佳人:"絶代有佳人,幽居在空谷。"唐人避李世民(太宗)諱,改世作"代"。

【絶交】斷絶交誼。漢王充論衡定賢:"是故百金之家,境外無絶交;千乘之國,同盟無廢贈。"按東漢朱穆有絶交論,晉嵇康有與山巨源絶交書、南朝梁劉峻有廣絶交論,穆文已不傳,康峻文見文選。

【絶地】㊀極爲險惡而無出路的境地。孫子九地:"去國越境而師者,絶地也。"六韜戰車:"太公曰:……陷之險阻而難出者,車之絶地也。"㊁極遠的地方。漢書五二韓安國傳:"以爲遠方絶地不牧之民,不足煩中國也。"㊂傳説中的良馬名。舊題晉王嘉拾遺記三周穆王:"王馭八龍之駿,一名絶地,足不踐土。"

【絶色】極美的女子容色。舊題晉王嘉拾遺記八吴:"(孫亮)常與愛姬四人,皆振古絶色,……坐屏風内,而外望之如無隔。"也指極美的顔色。南朝梁江淹江文通集一蓮華賦:"蘂金光而絶色,藕冰拆而玉清。"

【絶祀】斷絶祭祀。比喻國家滅亡。書五子之歌:"荒墜厥緒,覆宗絶祀。"史記一一八淮南王傳:"(吴王)至於丹徒,越人禽之,身死絶祀,爲天下笑。"

【絶技】超羣的技藝。漢書一〇〇上敘傳答賓戲:"逢蒙絶技於弧矢,班輸榷巧於斧斤。"言技能達最高的境地。後漢書八二下方術傳:"(華)佗之絶技,皆此類也。"

【絶足】喻千里馬。文選漢孔文舉(融)論盛孝章書:"燕君市駿馬之骨,非欲以騁道里,乃當以招絶足也。"宋黄庭堅山谷集外集十六送曹子方福建路運判詩:"鹽車之下有絶足,敗羣勿縱爲民殘。"

【絶典】僅有難得的典禮。新唐書一二六張九齡傳:"會帝封泰山,……九齡當草詔,謂(張)説曰:'……今登封告成,千載之絶典,而清流隔於殊恩,胥吏乃濫章韍,恐制出,四方失望。"

【絶命】猶死亡。書高宗肜日:"降年有永有不永,非天夭民,民中絶命。"後漢書孝明紀永平十二年詔:"子孫飢寒,絶命於此,豈祖考之意哉!"

【絶物】斷絶有關人事交往。孟子離婁上:"齊景公曰:'既不能令,又不受命,是絶物也。'"

【絶迹】迹,也作"跡"。㊀不見行迹。莊子人間世:"絶迹易,無行地難。"㊁無人迹處。指遠方絶域。文選漢班叔皮(彪)北征賦:"遂奮袂以北征兮,超絶迹而遠遊。"㊂遺棄世事。後漢書五七杜根傳:"周旋民間,非絶迹之處。"文選晉桓元子(温)薦譙元彦表:"杜門絶迹,不面僞廷。"㊃卓絶優異的功業、事迹。史記一一七司馬相如傳遺書言封禪事:"揆厥所元,終都攸卒,未有殊尤絶迹可考于今者也。"

【絶軌】指已經中斷的行迹。漢蔡邕蔡中郎集二郭林宗(泰)碑文:"將蹈洪崖之遐迹,紹巢由之絶軌。"言郭泰能繼續巢父許由的行迹。隋書潘徽傳江都集禮序:"繼稷下之絶軌,弘泗上之淪風。"

【絶品】物之超羣者。新唐書九八薛收傳附薛稷:"稷外祖魏徵家多藏虞(世南)褚(遂良)書,故鋭精臨倣,結體遒麗,遂以書名天下,畫又絶品。"宋林逋林和靖集四茶詩:"世間絶品人難識,閒對茶經憶古人。"

【絶食】㊀暫停飲食。漢劉向説苑尊賢:"楊因見趙簡主,曰:'臣居鄉三逐,事君五去,聞君好士,故走來見。'簡主聞之,絶食而歎,跽而行。"㊁斷絶飲食。新唐書一〇七陳子昂傳奏:"昔人有以噎得病,乃欲絶食,不知食絶而身殞。"

【絶俗】㊀超出世俗之上。後漢書五七劉陶傳上疏:"竊見故冀州刺史南陽朱穆,……皆履正清平,貞高絶俗。"㊁指遺棄世事。文選漢王子淵(褒)聖主得賢臣頌:"何必偃仰詘信,若彭祖呴嘘呼吸,如喬松眇然絶俗離世哉!"

【絶流】㊀横流而渡。爾雅釋水:"正絶流曰亂。"注:"直横渡也。書曰:'亂于河。'"㊁水斷流。淮南子氾論:"赤地三年而不絶流,澤及百里而潤草木者,唯江河也。"

【絶席】不同席。獨坐一席,以示尊顯。漢制,唯御史大夫、尚書令、司隸校尉專席而坐,稱三獨坐。後漢書十五王常傳:"使使者持璽書即拜常爲横野大將軍,位次與諸將絶席。"注:"絶席,謂尊顯之也。"唐白居易長慶集十九送嚴大夫赴桂州詩:"大夫應絶席,詩酒與誰同?"

【絶倫】無與倫比。史記一二八龜策傳:"通一伎之士咸得自效,絶倫超奇者爲右,無所阿私。"三國志蜀關羽傳諸葛亮與羽書:"孟起(馬超)兼資文武,雄烈過人,……當與翼德(張飛)並驅争先,猶未及髯之絶倫逸羣也。"

【絶倒】㊀極爲佩服。晉書衛玠傳:"琅邪王澄有高名,每聞玠言,輒嘆息絶倒。故時人爲之語曰:'衛玠談道,平子絶倒。'"㊁俯仰大笑。宋歐陽修歸田録二:"間以滑稽嘲謔,形於風刺,更相酬酢,往往哄堂絶倒,自謂一時盛事。"㊂倒仆。隋書陳孝意傳:"後以父憂,……朝夕哀臨,每發一聲,未嘗不絶倒。"

【絶望】斷絶希望。左傳襄十四年:"百姓絶望,社稷無主。"漢書文帝紀:"中尉宋昌進曰:'群臣之議皆非也。夫秦失其政,豪傑並起,人人自以爲得之者以萬數,然卒踐天子位者,劉氏也,天下絶望,一矣。'"

【絶粒】㊀猶辟穀。道家以不火食,不進五穀爲修煉方法,稱絶粒。文選晉孫興公(綽)遊天台山賦:"非夫遺世翫道,絶粒茹芝者,烏能輕舉而宅之。"參見"辟穀"。㊁絶食。魏書陽平王傳:"(高)僧壽性滑稽,反謂欽曰:'凡人絶粒,七日乃死。'"㊂斷糧。宋歐陽修文忠集二八大理寺丞狄君墓誌銘:"會秋大雨霖,米踊貴,絶粒,君發常平粟賑之。"

【絶域】極遠的地域。管子七法:"不遠道里,故能威絶域之民;不險山河,故能服恃固之國。"舊題漢劉歆西京雜記三:"傅介子年十四,好學書,嘗棄觚歎曰:'大丈夫當立功絶域,何能坐事散儒!'"

【絶頂】山的最高峯。續古文苑一漢鄒陽几賦:"上不測之絶頂,伐之以歸。"唐杜甫杜工部草堂詩箋一望嶽:"會當凌絶頂,一覽衆山小。"引申爲事物的最上者。如絶頂聰明。

【絶問】音問斷絶。後漢書七九下趙曄傳:"詣杜撫受韓詩,究竟其術。積二十年,絶問不還。"

【絶陰】舊時陰陽家稱四月戊辰日爲絶陰,百事不宜。見協紀辨方書義例二。

【絶唱】指出類拔萃無與倫比的詩文創作。宋書謝靈運傳論:"若夫平子豔發,文以情變,絶唱高蹤,久無嗣響。"宋蘇軾分類東坡詩六江月五首引:"杜子美(甫)云:'四更山吐月,殘夜水明樓',此殆古今絶唱也。"

【絶國】㊀極遠的邦國。淮南子修務:"絶國殊俗,僻遠幽閒之處,不能被德承澤。"㊁絶嗣的封國。後漢書光武郭皇后紀:"郭氏侯者凡三人,皆絶國。"

【絶絃】斷絶琴絃。吕氏春秋本味:"鍾子期死,伯牙破琴絶絃,終身不復鼓琴。"後用以比喻失去知音。全唐詩五九一崔珏哭李商隱:"良馬足因無主踠,舊交心爲絶絃哀。"

【絶港】不通川流的港口。明宋濂宋學士集補遺一秋夜與子充論文退而賦詩:"九家狂流不可遏,絶港强欲齊東瀛。"

【絶陽】㊀經脈名。史記一〇五扁鵲傳:"上有絶陽之絡,下有破陰之紐,破陰絶陽,色廢脈亂,故形静如死狀。"㊁舊時陰陽家稱十月戊戌日爲絶陽,百事不宜。見協紀辨方書義例二。

【絶景】㊀美好無比的風景。唐李白李太白詩十贈僧崖公:"昔往今來歸,絶景無不經。"宋周密齊東野語十六三高亭記改本:"三高亭,天下絶景也;石湖老仙一記,亦天下奇筆也。"㊁良馬名。景,同"影"。文選南齊王元長(融)三月三日曲水詩序:"重英曲瑵之飾,絶景遺風之騎。"

【絶等】超羣越等,無與倫比。藝文類聚五七南朝梁吴均連珠:"蓋聞艷麗居身,而以蛾眉入妬;貞華炤物,而以絶等見猜。"

【絶筆】㊀止筆不書。春秋左傳晉杜預序:"今麟出非其時,虚其應而失其歸,此聖人所以爲感也。絶筆於獲麟之一句者,所感而起,固所以爲終也。"㊁指極其出色無與倫比的詩文書畫。唐杜甫杜工部草堂詩箋八戲韋偃爲雙松圖歌:"絶筆長風起纖末,滿堂動色嗟神妙。"李德裕會昌一品集別集七重寫前益州五長史真記:"益州草堂寺列畫前長史一十四人,代稱絶筆。"㊂終年之前的遺筆。宋劉克莊後村集三九資政清惠陳公哀詩之一:"道山堂上分襟句,豈料今爲絶筆詩。"

【絶塞】㊀度越邊塞。戰國策東周:"秦敢絶塞而伐韓者,信東周也。"㊁極遠的邊塞。唐杜甫杜工部草堂詩箋二八返照:"衰年肺病惟高枕,絶塞愁時早閉門。"

【絶詣】行詣高絶。宋李之儀姑溪居士文集四十跋凌歊引後:"方回又以一時所寓,固已超然絶詣,獨無桓野王輩,相與周旋。"

【絶裾】斷去衣裾,以示去意堅決。世説新語尤悔:"温公(嶠)初受劉司空(琨)使勸進,母崔氏固駐之,嶠絶裾而去。"

【絶羣】㊀超衆。後漢書十三隗囂傳:"(光武)帝報以手書曰:'……而蒼蠅之飛,不過數步,即託驥尾,得以絶羣。'"晉書摯虞束晳傳贊:"摯虞博聞,廣微絶羣。"㊁良馬名。漢文帝自代還,有駿馬九,號九逸,其一名絶羣。見舊題漢劉歆西京雜記二。

【絶嗣】無子接代。漢書七五李尋傳:"陳説漢曆中衰,當更受命。成帝不應天命,故絶嗣。"新唐書一〇五褚遂良傳:"既入,帝曰:'罪莫大於絶嗣,皇后無子,今欲立昭儀,謂何?'"

【絶業】中斷的事業。史記一一七司馬相如傳難蜀父老:"反衰世之陵遲,繼周氏之絶業。"漢書六二司馬遷傳:"惟漢繼五帝末流,接三代絶業。"

【絶塵】㊀脚不沾塵。形容神速。莊子田子方:"顔淵問於仲尼曰:'夫子步亦步,夫子趨亦趨,夫子馳亦馳;夫子奔逸絶塵,而回瞠若乎後矣。'"㊁言荒無人煙。宋書自序王僧達與沈璞書:"聞者獗獠皀横,掠剥邊鄙,郵販絶塵,垌介靡達。"㊂超絶塵俗。晉書庾袞傳:"庾賢絶塵避地,超然遠跡,固窮安陋,木食山棲,不與世同榮,不與人争利。"㊃良馬名。漢文帝自代還,有駿馬九,號九逸,其一名絶塵。見舊題漢劉歆西京雜記二。

【絶境】㊀與外界隔絶之地。晉陶潛陶淵明集五桃花源記:"先世避秦時亂,率妻子邑人來此絶境,不復出焉。"㊁最高的造詣、境界。文選南朝梁任彦昇(昉)王文憲集序:"莫不揔制清衷,遞爲心極,斯固通人之所包,非虚明之絶境。"㊂景物、書畫等極妙之處。唐李白李太白詩十六魯郡堯祠送竇明府:"笑誇故人指絶境,山光水色青於藍。"宋劉攽彭城集五寄老菴詩:"吾人事探討,絶境更平澹。"

【絶幕】幕,通"漠"。㊀渡越沙漠。史記一一〇匈奴傳:"大將軍(衛青)出定襄,驃騎將軍(霍去病)出代,咸約絶幕擊匈奴。"㊁極遠的沙漠地。唐李白李太白詩五出自薊北門行:"兵威衝絶幕,殺氣凌穹蒼。"一本作"漠"。極玄集上郎士元送彭將軍詩:"鼓鼙悲絶漠,烽戍隔長河。"

【絶緒】没有子孫。同"絶嗣"。文選漢張平子(衡)思玄賦:"王肆侈於漢庭兮,卒銜恤而絶緒。"

【絶穀】㊀斷絶飲食。淮南子修務:"則是以一飽之故,絶穀不食;以一蹪之難,輟足不行,惑也。"㊁即辟穀。道家作爲養身延年的修煉術。舊題漢班固漢武帝内傳附録:"李少君……少好道,入泰山採藥,修絶穀遁世全身之術。"

【絶壁】陡峭的崖壁。世説新語言語:"桓公(温)入峽,絶壁天懸,騰波迅急。"唐李白李太白詩三蜀道難:"連峯去天不盈尺,枯松倒掛倚絶壁。"

【絶學】㊀棄絶學問學業。老子:"絶學無憂。"唐李德裕李文饒集別集二積薪賦:"邈巖居之幽遠,有楚澤之放臣,方絶學以自覆,誠未暇於披榛。"㊁中斷的學術。漢書七三韋賢傳論:"漢承亡秦絶學之後,祖宗之制因時施宜。"

【絶糧】斷糧,缺糧。論語衛靈公:"(孔子)在陳絶糧,從者病,莫能興。"唐陸贄陸宣公集十八請……於緣邊州鎮儲蓄軍糧事宜狀:"緣城守絶糧,及承別處分,並不得輒有支用。"

【絶藝】極其高超的技藝。唐杜牧樊川集二重送國棋王逢詩:"絶藝如君天下少,閒人似我世間無。"羅隱甲乙集九送誓光大師詩:"聖主賜衣憐絶藝,侍臣擒藻許高蹤。"題注:"師以草書應制。"

【絶響】中斷或已經散失的樂調。泛稱不可再見的流風餘韻。抱朴子廣譬:"聰者料興亡於遺音之絶響,明者覩機理於玄微之未形。"藝文類聚二七晉袁宏東征賦:"惟吾生於末運,託一葉於鄧林。顧微軀之眇眇,若絶響之遺音。"

【絶轡】㊀古地名。逸周書嘗麥:"(黄帝)執蚩尤,殺之於中冀,以甲兵釋怒,……用名之曰絶轡之野。"㊁解除羈索轡頭拘束的駿馬奔馳神速,用以比喻人的俊逸無比。毛詩唐孔穎達正義序:"然(劉)焯炫並聰穎特達,文而又儒,擢秀幹於一時,騁絶轡於千里。"

【絶纓】相傳戰國楚莊王宴羣臣,日暮酒酣,燈燭滅,有人引美人之衣者,美人援絶其冠纓,以告王,命促上火,欲得絶纓之人。王不從,命左右曰:"今日與寡人飲,不絶冠纓者不懽。"人人皆絶纓而後上火,盡懽而罷。後二年,晉與楚戰,有楚將奮死赴敵,卒勝晉國。王問其人,對曰:"臣當死,往者醉失禮,王隱忍不加誅也。……臣乃夜絶纓者也。"故事見漢劉向說苑復恩。後因以絶纓爲度量寬大之典。後漢書四三朱穆傳崇厚論:"故夫天不崇大,則覆幬不廣;地不深厚,則載物不博;人不敦厖,則道數不遠。昔在仲尼不失舊於原壤,楚嚴不忍章於絶纓。"楚嚴即楚莊,漢人避明帝(劉莊)諱,以"嚴"作"莊"。文選三國魏曹子建(植)求自試表:"臣聞明主使臣,不廢有罪,奔北敗軍之將用,秦魯以成其功;絶纓盜馬之臣赦,楚趙以濟其難。"

【絶命辭】臨終前所寫與世決絶的文辭。漢書四五息夫躬傳:"初,躬待詔,數危言高論,自恐遭害,著絶命辭。"辭也作"詞"。明史一四一方孝孺傳:"孝孺慨然就死,作絶命詞曰:'天降亂離兮孰知其由,奸臣得計兮謀國用猶。忠臣發憤兮血淚交流,以此殉君兮抑又何求。嗚呼哀哉兮庶不我尤。'"

【絶甘分少】喻和衆人同甘苦。漢書六二司馬遷傳報任安書:"以爲李陵素與士大夫絶甘分少,能得人之死力,雖古名將不過也。"注:"自絶旨甘,而與衆人分之,共同其少多也。"也作"絶少分甘"。孝經援神契:"母之於子也,鞠養殷勤,推燥居濕,絶少分甘。"(古微書二八)

【絶地天通】書呂刑:"乃命重黎,絶地天通,罔有降格。"傳:"重即羲,黎即和。堯命羲和世掌天地四時之官,使人神不擾,各得其序,是謂絶地天通。"言使天地各得其所,人於其間建立固定的綱紀秩序。清王夫之讀通鑑論五平帝:"古之聖人,絶地天通以立經世之大法,而後儒稱天稱鬼以疑天下,……人氣迷於恍惚有無之中以自亂。"

【絶妙好詞】元周密編。七卷。錄南宋歌詞,始於張孝祥,終於仇遠,共一百三十二家。去取謹嚴,爲詞選中的善本。有清查爲仁、厲鶚作箋注本。

【絶妙好辭】世說新語捷悟:"魏武(曹操)嘗過曹娥碑下,楊修從。碑背上見題作'黄絹幼婦,外孫齏臼'八字,魏武謂修曰:'解不?'……修曰:'黄絹,色絲也,於字爲絶。幼婦,少女也,於字爲妙。外孫,女子也,於字爲好。齏臼,受辛也,於字爲辭。所謂絶妙好辭也。'"後用以指極好的詩文。文苑英華八六九唐蘇頲刑部尚書韋抗神道碑:"銜悽固託,撫疾何成,愧不得絶妙好辭,披文而相質耳。"

【絶長補短】孟子滕文公上:"今滕,絶長補短,將五十里也,猶可以爲善國。"也作"絶長繼短"、"絶長續短"。墨子非命:"古者湯封於亳,絶長繼短,方地百里。"戰國策楚四:"今楚雖小,絶長續短,猶以數千里。"本指計量國土縱廣而言。後常用爲移多補少,截所長以補其短之義。

【絶後光前】猶言超前絶後。文選南朝梁沈休文(約)齊故安陸昭王碑文:"膺期誕德,絶後光前。"法苑珠林一二〇傳記:"(唐)顯慶之際,……于西京造繡像一格,舉高十有二丈,驚目駭聽,絶後光前。"參見"光前絶後"。

【絶無僅有】極其少有。宋蘇軾東坡集續集十一上神宗皇帝書:"改過不吝,從善如流,此堯舜禹湯之所勉强而力行,秦漢以來之所絶無而僅有。"又張炎山中白雲六意難忘詞序:"余謂有善歌而無善聽,雖抑揚高下,聲字相宜,傾耳者指不多屈。曾不若春蚓秋蛇,争聲響于月籬煙砌間,絶無僅有。"

【絶聖棄智】先秦老莊學派主張,摒棄聖賢才智,清静無爲,而後始能實現太平至治。老子:"絶聖棄智,民利百倍。"莊子胠篋:"故絶聖棄知,大盜乃止。"

絍 rèn 汝鴆切,去,沁韻,日。ㄖㄣˋ

紡織。同"紝"。戰國策秦一:"(蘇秦)資用乏絶,去秦而歸,……妻不下絍,嫂不爲炊。"參見"紝"。

絎 xìng 下更切,去,映韻,匣。ㄒㄧㄥˋ

用針粗縫,常用來固定衣、被裏層的棉絮,或在細縫以前把要縫的東西暫先聯起來。廣雅釋詁:"絎、紕、純,緣也。"今讀 háng。

絲 sī 息兹切,平,之韻,心。ㄙ

㊀蠶絲。精者爲綿,粗者爲絮。書禹貢:"(兖州)厥貢漆絲。"傳:"地宜漆林,又宜桑蠶。"也指絲織品。漢書五八公孫弘傳:"晏嬰相景公,食不重肉,妾不衣絲。"㊁纖細如絲之物。如柳絲,蜘絲。唐李賀歌詩編一殘絲曲:"垂楊葉老鶯哺兒,殘絲欲斷黄蜂歸。"㊂微量單位。十忽爲絲,十絲爲毫。北周庾信庾子山集七爲晉陽公進玉律秤尺斗升表:"至於分粟絫黍量絲數龠,實以仰禀聖規,詳參神思。"㊃八音之一。指琴瑟琵琶等弦樂器。周禮春官大師:"皆播之以八音:金、石、土、革、絲、木、匏、竹。"注:"絲,琴瑟也。"玉臺新詠四南齊王元長(融)詠琵琶詩:"絲中傳意緒,花裏寄春情。"參見"絲竹"。

【絲人】治絲織帛的人。漢揚雄法言先知:"禽獸食人之食,土木衣人之帛,穀人不足於晝,絲人不足於夜,之謂惡政。"唐元稹長慶集一桐花詩:"劍士還農野,絲人歸織紝。"

【絲布】㊀絲織品與布。布,原用麻、葛等纖維紡織而成。漢桓寬鹽鐵論通有:"婦女飾微治細以成文章,極伎盡巧,則絲布不足衣也。"㊁蠶絲與麻、葛等紗混織的布。周書武帝紀下建德六年:"初令民庶以上,唯聽衣綢、綿綢、絲布、圓綾、紗、絹、綃、葛、布等九種,餘悉停斷。"北周庾信庾子山集八有謝趙王賚絲布啓。按宋元以後有棉布。絲、棉混織的絲布,近代始有,多爲紗經絲緯,俗稱棉綢,江蘇吴江縣盛澤鎮所産者最著名。

【絲衣】古繹祭時士的祭服。正祭之明日又祭,稱繹祭。詩周頌絲衣:"絲衣其紑,載弁俅俅。"

【絲光】㊀指映日發光的游絲。南朝陳叔寶陳後主集祓禊汎舟春日玄圃各賦七韻詩:"日裏絲光動,水中花色沈。"㊁絲的光澤。全唐詩七〇〇韋莊搗練篇:"白袷絲光織魚目,菱花綬帶鴛鴦簇。"

【絲竹】弦樂器和竹管樂器。禮樂記:"金石絲竹,樂之器也。"也泛指音樂。漢書七六張敞傳奏書諫:"臣聞秦王好淫聲,葉陽后爲不聽鄭衛之樂;楚嚴好田獵，樊姬爲不食鳥獸之肉。口非惡旨甘，耳非憎絲竹也，所以絕心意絕耆欲者，將以率二君而全宗祀也。"晉書王羲之傳蘭亭序："又有清流激湍，映帶左右，引以爲流觴曲水，列坐其次，雖無絲竹管絃之盛，一觴一詠，亦足以暢敍幽懷。"

【絲雨】毛毛細雨。全唐詩七三周彥暉晦日宴高氏林亭："雲低上天晚，絲雨帶風斜。"唐釋皎然集五九月八日送蕭少府之洪州詩："明日重陽今日歸，布帆絲雨望霏霏。"

【絲抹】古代宴樂，先奏絃樂，然後衆樂皆作，演者語稱絲抹將來。後來訛稱"細末"。宋范正敏遯齋閒覽："又州郡公宴，將作曲，伶人呼絲抹將來。蓋御宴進樂，先以絃聲樂之，後以衆樂和之，故號絲抹將來。今所在起曲，先以竹聲，不惟訛其名，亦失其實矣。"（類說四七）

【絲料】元科差名。元史食貨志一："科差之名有二：曰絲料，曰包銀。……絲料之法，太宗丙申年始行之。每二户出絲一斤，並隨路絲線、顏色輸於官；五户出絲一斤，並隨路絲線、顏色輸於本位。"

【絲桐】指琴。古多用桐木製琴，練絲爲絃，故稱。史記田敬仲完世家："若夫治國家而弭人民，又何爲乎絲桐之閒？"文選三國魏王仲宣（粲）七哀詩之二："絲桐感人情，爲我發悲音。"

【絲毫】喻極細微。唐韓愈昌黎集十五爲河南令上留守鄭相公啓："愈爲相公官屬五年，辱知辱愛 伏念曾無絲毫事爲報答效。"宋司馬光温國文正公集一謝起居減拜表："退思績效之微，絲毫未嘗有立。"

【絲絮】卽絲綿。孟子滕文公上："麻縷絲絮，輕重同，則賈相若。"唐白居易長慶集二重賦詩："繒帛如山積，絲絮似雲屯。"參見"絲㊀"。

【絲絕】絲織的絕藝。舊題晉王嘉拾遺記八吳："（吳主趙）夫人乃折髮以神膠續之，……舒之則廣縱一丈，卷之則可內於枕中，時人謂之絲絕。"

【絲絡】接連不斷。唐杜甫杜工部草堂詩箋四麗人行："黃門飛鞚不動塵，御厨絲絡送八珍。"一本作"駱驛"。

【絲絲】形容纖細。宋陸游劍南詩稿六花時遍游諸家園之八："絲絲紅萼弄春柔，不似疏梅只慣愁。"聊齋志異尸變："見客卧地上，燭之死，然心下絲絲有動氣。"

【絲禽】鷺鷥的别名。唐陸龜蒙甫里集四丹陽道中寄友生詩："錦鯉銜風擲，絲禽掠浪飛。"

【絲網】㊀絲織的網。舊唐書輿服志："金根車，朱質，紫油通幰，油畫絡帶，朱絲網，常行則供之。"宋程大昌演繁露一："罘罳者，刻鏤物象，着之板上。至其不用合板鏤刻，而結網代之，以蒙冒户牖，使蟲雀不得穿入，則别名絲網。"㊁指細密如絲之物。如雨絲，柳絲等。唐姚合姚少監集六夏中苦雨見寄詩："絲網張空際，珠繩續瓦溝。"全唐詩六一〇皮日休明月灣："柳弱下絲網，藤深垂花鬘。"

【絲綸】㊀禮緇衣："王言如絲，其出如綸。"疏："王言初出微細如絲，及其出行於外，言更漸大如綸也。"後因稱帝王詔書爲絲綸。魏書王椿傳上疏："宸衷懇切，備在絲綸，祗承兢感，心焉靡措。"唐杜甫杜工部草堂詩箋三十秋日夔府詠懷奉寄鄭監李賓客一百韻："哀痛絲綸切，煩苛法令蠲。"㊁釣絲。舊題晉王嘉拾遺記六前漢下："（宣）帝常以季秋之月，泛蘅蘭雲鷁之舟，窮晷係夜，釣於臺下，以香金爲鉤，縭絲爲綸，丹鯉爲餌，釣得白蛟。"宋范成大石湖集四戲題藥裹詩："捲却絲綸颺却竿，莫隨魚鱉弄腥涎。"

【絲篁】猶言絲竹。篁，竹的通稱。唐韓愈昌黎集五聽穎師彈琴詩："嗟余有兩耳，未省聽絲篁。"參見"絲竹"。

【絲蘿】卽菟絲和女蘿。詩小雅頍弁"蔦與女蘿"傳："女蘿、菟絲，松蘿也。"唐温庭筠集三古意詩："莫莫復莫莫，絲蘿緣澗壑。"菟絲松蘿爲蔓生，纏繞於草木，不易分開。詩文中常以比喻男女結成婚姻。文選古詩十九首之七："與君爲新婚，兔絲附女羅。"宋范仲淹范文正集十祭陝府王待制文："仰萬石之家聲，結絲蘿以相維，庶子子與孫孫，保歲寒之不衰。"

【絲綸簿】明清內廷保存詔旨底稿的檔册。明王鏊震澤長語上官制："內閣故有絲綸簿，及余入內閣，歷朝詔誥底本皆在，非所謂絲綸簿乎？"清葉名澧橋西雜記絲綸簿："今內閣進本擬簽，經御定後，學士照簽批紅於本面。原寫進簽，仍交漢票簽收存，直班中書記於檔册，曰絲綸簿。……然今中書職掌不同，前明絲綸簿之名，則仍其舊耳。"

【絲來線去】㊀唐張鷟朝野僉載三："洛州昭成佛寺有安樂公主造百寶香爐，高三尺，開四門，絳橋勾欄，花草飛禽走獸諸天妓樂麒麟鸞鳳白鶴飛仙，絲來線去，鬼出神入，隱起鈒鏤，窈窕便娟。"狀工藝功夫的精細緻密。㊁比喻牽扯不清。朱子語類九七程子之書三："聖人固不在說，但顏子得聖人說一句，直是傾腸倒肚便都了，更無許多廉纖纏繞，絲來線去。"

【絲恩髮怨】細微的恩怨。資治通鑑二四五唐太和九年："是時李訓、鄭注連逐三相（李德裕路隋李宗閔），威震天下，於是平生絲恩髮怨無不報者。"

【絲繡平原】唐李賀歌詩編一浩歌："買絲繡作平原君，有酒唯澆趙州土。"戰國趙平原君（趙勝），能養士，門下有食客數千人。見史記七六平原君傳。"絲繡平原"，表示對平原君的仰慕之意。

七 畫

緳 hù 集韻 胡故切，去，莫韻。
ㄏㄨˋ

繫印的絲帶。後漢書輿服志下："諸侯王以下以緳赤絲蕤，縢緳各如其印質。"

綄 huán 胡官切，平，桓韻，匣。
ㄏㄨㄢˊ 胡管切，上，緩韻，匣。

古代測風的一種設置。也叫五兩。詳"五兩"。

綈 tí 杜奚切，平，齊韻，定。
ㄊㄧˊ

質粗厚，平滑而有光澤的絲織品名。管子輕重戊："魯梁之民，俗爲綈。"急就篇二："綈絡縑練素帛蟬。"注："綈，厚繒之滑澤者也，重三斤五兩，今謂之平紬。"綠綈之綈，今讀 tì。

【綈几】鋪上綈錦的几案。古代爲帝王專用。舊題漢劉歆西京雜記一："漢制，天子玉几，冬則加綈錦其上，謂之綈几。……公侯皆以竹木爲几，冬則以細罽爲橐以憑之，不得加綈錦。"

【綈袍】戰國范雎事魏中大夫須賈，爲賈毁謗，笞辱幾死。逃至秦國，更名張禄，仕秦爲相。後須賈出使入秦，范雎故着敝衣往見。賈憐其寒，取一綈袍爲贈，旋知雎爲秦相，大驚請罪。雎以賈曾贈綈袍，有眷戀故人之意，故釋之。見史記七九范雎傳。唐高適高常侍集八詠史詩："尚有綈袍贈，應憐范叔寒。不知天下士，猶作布衣看。"卽詠此事。亦以綈袍喻故舊之情。又六别王八詩："傳君遇知己，行日有綈袍。"

【綈緗】書的外套。緗，淺黃色。古常用淺黃色的絲織物作書衣，故稱。南朝梁劉孝綽昭明太子集序："偏綈緗於七閣，彈竹素於九流。"

綁 bǎng 字彙 俗音榜，上聲。
ㄅㄤˇ

捆，縛。正字通："俗字。今作綁縛字。讀如榜。"元王實甫西廂記二本二折："將軍引卒子騎竹馬調陣，拿綁下。"說文有

"繃",訓束。綁字起於元明之間。

綍 fú 分勿切,入,物韻,幫。
ㄈㄨˊ

同"紼"。㊀引棺的大繩索。禮緇衣:"王言如絲,其出如綸。王言如綸,其出如綍。"注:"綍,引棺索也。"又雜記:"升正柩,諸侯執綍五百人。"注:"廟中曰綍,在塗曰引。"㊁帝王詔書。唐劉禹錫劉夢得集十五代謝賞錢物表:"特遂誠請,遠承如綍之旨。"或作"綍綸"。水滸七九:"年來教授隱安仁,忽召軍前捧綍綸。"也作"綸綍"。參見"綸綍"。

絿 qiú 巨鳩切,平,尤韻,羣。
ㄑㄧㄡˊ

同"紈"。㊀急,急躁。詩商頌長發:"不競不絿,不剛不柔。"傳:"絿,急也。"㊁幼小。逸周書王會解:"卜盧以紈牛,紈牛者,牛之小者也。"注:"王云:'紈與絿同。'"㊂求。通"逑"。廣雅釋詁:"絿,求也。"

綆 gěng 古杏切,上,梗韻,見。
ㄍㄥˇ

汲水器上的繩索。左傳襄九年:"具綆缶,備水器。"唐劉禹錫劉夢得集一武陵觀火詩:"操綆不暇汲,循牆寧避踰。"

【綆縻】㊀繩索。文選三國魏王仲宣(粲)詠史詩:"臨穴呼蒼天,涕下如綆縻。"㊁喻雨下注。唐劉禹錫劉夢得集一和河南裴尹侍郎……二十韻詩:"炎空忽淒緊,高霤懸綆縻。"

【綆短汲深】用短繩繫器汲取深井的水。比喻淺學不足以悟深理。莊子至樂:"昔者管子有言:……褚小者不可以懷大,綆短者不可以汲深。"唐顏真卿顏魯公文集補遺干祿字書序:"綆短汲深,誠未達於涯涘;岐路多惑,庶有歸於適從。"也作"短綆汲深"。荀子榮辱:"短綆不可以汲深井之泉,知不幾者不可與及聖人之言。"後來多用於自謙力小任重,力不勝任。

綀 shū 所葅切,平,魚韻,山。
ㄕㄨ

粗絲織成的布。晉書王導傳:"時帑藏空竭,庫中惟有綀數千端。"陳書姚察傳:"吾所衣著,止是麻布蒲綀。"

【綀巾】粗布做的頭巾。類篇:"綀,紿屬,後漢禰衡著綀巾。"今後漢書八十下禰衡傳作"疎巾"。參閱清鄭珍說文新附考六綀。

經 jīng 古靈切,平,青韻,見。
ㄐㄧㄥ

㊀織物的縱綫。與"緯"相對。見說文。參見"經緯"。㊁南北向的道路或土地。周禮考工記匠人:"經涂九軌。"疏:"南北之道爲經。"大戴禮十三易本命:"凡地,東西爲緯,南北爲經。"今稱通過地球南北極與赤道垂直的東西分度綫爲經。㊂常道。指常行的義理、法制、原則等。書大禹謨:"與其殺不辜,寧失不經。"傳:"經,常。"左傳宣十二年:"兼弱攻昧,武之善經也。"㊃作爲典範的書稱爲經。如十三經、佛經等。荀子勸學:"其數則始乎誦經,終乎讀禮。"注:"經謂詩書;禮謂典禮之屬也。"專述某一事物、技藝之書亦稱經。如山海經、茶經等。國語吳:"載常建鼓,挾經秉枹。"注:"經,兵書也。"㊄量度,籌劃。詩大雅靈臺:"經始靈臺,經之營之。"書周官:"論道經邦,燮理陰陽。"㊅劃分界限。周禮天官冢宰:"體國經野。"又地官司市:"以次敍分地而經市。"㊆治理。左傳隱十一年:"禮,經國家,定社稷,序民人,利後嗣者也。"莊子漁父:"吾請釋吾之所有而經子之所以。"㊇經過,經歷。史記一二三大宛傳:"(張騫)經匈奴,匈奴得之,傳詣單于。"後漢書八九南匈奴傳:"九年,遣大司馬吳漢等擊之,經歲無功。"㊈上弔,自縊。論語憲問:"自經於溝瀆而莫之知也。"公羊傳昭十三年:"靈王經而死。"㊉人體經脈的簡稱。素問陰陽別論:"人有四經十二從。"參見"經脈"。⑪婦女的月經。本草綱目五二人一婦人月水:"女人之經,一月一行,其常也。"⑫數名。也作"京"。國語楚下:"百姓、千品、萬官、億醜、兆民經入畡數以奉之。"太平御覽七五〇漢應劭風俗通:"十兆謂之經。"參見"京⑪"。⑬姓。晉有經曠。見通志二五氏族五平聲。

【經久】長久。三國志魏鄭渾傳:"地勢洿下,宜溉灌,終有魚稻經久之利,此豐民之本也。"晉書顧和傳詔:"百揆務殷,端右總要,而曠職經久,甚以悒然。"

【經川】常流的河溪。別於季節性、間歇性川流。管子地圖:"名山通谷經川。"注:"謂常川也。"漢書四九鼂錯傳:"經川丘阜,屮(草)木所在,此步兵之地也。"

【經方】古代醫藥方書的統稱。漢書藝文志方技:"經方者,本草石之寒溫,量疾病之淺深,假藥味之滋,因氣感之宜,辯五苦六辛,致水火之齊,以通閉解結,反之於平。"按其所載經方十一家,言對症藥方及治療之法。所載各書多已不傳。後世中醫也指傷寒論金匱要略之方爲經方。見清陳念祖時方歌括小引。

【經心】㊀猶言縈心、煩心。抱朴子崇教:"貴游子弟,生乎深宮之中,長乎婦人之手,憂懼之勞,未常經心。"世說新語賢媛:"王江州夫人語謝遏曰:'汝何以都不長進?爲是塵務經心?天分有限?'"王江州夫人,王凝之妻謝道韞;遏,謝玄小字。㊁着意留心。唐杜甫杜工部草堂詩箋二三春日江村之三:"經心石鏡月,到面雪山風。"

【經水】㊀水的本流。管子度地:"水之出於山而流入於海者,命曰經水。"水經注一河水:"水有大小,有遠近,水出山而流入海者命曰經水;引佗水入於大水及海者,命曰枝水。"㊁婦女的月經。金匱要略下婦人雜病脈證并治:"寒熱發作,有時經水適斷,此爲熱入血室,其血必結。"

【經手】經過其手,經管、辦理。北齊書崔昂傳:"二寺(太府卿、大司農卿)所掌,世號繁劇,昂校理有術,下無姦僞,經手歷目,知無不爲。"

【經月】太陰曆月亮經歷一次朔望的標準時間。周髀算經下之二:"術曰:置經月二十九日九百四十分日之四百九十九。"

【經世】㊀治理世事。抱朴子審舉:"故披洪範而知箕子有經世之器,覽九術而見范生懷治國之略。"㊁所歷世代,閱歷世事。莊子齊物論:"春秋經世,先王之志,聖人議而不辯。"淮南子俶真:"養生以經世,抱德以終年,可謂能體道矣。"

【經由】猶經過。後漢書五一橋玄傳曹操祭橋太尉文:"又承從容約誓之言:徂沒之後,路有經由,不以斗酒隻雞過相沃酹,車過三步,腹痛勿怨。"宋朱熹朱文公集五次韻擇之發臨江詩:"千里烟波一葉舟,三年已是兩經由。"

【經行】佛教徒因養身散除鬱悶,旋回往反於一定之地叫經行。南朝宋法顯佛國記:"佛在世時有翦髮爪作塔及過去三佛并釋迦文佛生處,經行處及作諸佛形像處,盡有塔。"唐釋義淨南海寄歸內法傳:"五天之地,道俗多作經行,直去直來,唯遵一路,隨行隨性,勿居鬧處,一則痊痾,一則銷食。"

【經坐】正坐的坐姿,猶言正襟危坐。漢賈誼新書容經:"坐以經立之容,胻不差而足不跌,視平衡,曰經坐。"

【經玩】叢書名。清沈淑輯。共收書七種,爲陸氏經典異文輯六卷,經典異文補六卷,春秋三傳經文考異一卷,春秋左傳分國土地名一卷,左傳職官一卷,左傳器物宮室一卷,注疏瑣語四卷。李調元以注疏瑣語刻入函海,易書名爲注疏錦字。

【經武】整治武備。左傳宣十二年:"子

姑整軍而經武乎。"晉阮籍阮步兵集詠懷詩之一:"才非允文,器非經武。"

【經承】㊀繼承。唐韓愈昌黎集三二柳子厚墓誌銘:"衡湘以南爲進士者,皆以子厚爲師,其經承子厚,口講指畫爲文詞者,悉有法度可觀。"㊁清代各部院役吏的總稱。有供事、儒士、經承三類。清會典十二吏部:"部院衙門之吏,以役分名:有堂吏、門吏、都吏、書吏、知印火房、獄典之別,統名曰經承。"

【經典】㊀舊指作爲典範的經書。漢書七七孫寶傳:"周公上聖,召公大賢,尚猶有不相說,著於經典,兩不相損。"㊁宗教典籍。唐白居易長慶集六十蘇州重玄寺法華院石壁經碑文:"佛涅槃後,世界空虛,惟是經典,與衆生俱。"

【經呪】某些宗教信徒的教條與口訣。隋書南蠻傳眞臘:"每旦澡洗,以楊枝淨齒,讀誦經呪。"宋梅堯臣宛陵集二希深惠書言與師魯永叔子聰幾道遊嵩……詩:"東崖暗壑中,釋子持經呪。"

【經制】㊀治國的制度。漢書四八賈誼傳陳政事:"若夫經制不定,是猶度江河亡維楫,中流而遇風波,船必覆矣。"㊁經理節制。尉繚子制談:"經制十萬之衆,而王必能使之。"宋史三〇二賈黯傳:"二人臨事,指蹤不一,則下將無所適從。又(余)靖專節制西路,若賊東嚮,則非靖所統,無以使衆,不若并付靖經制兩路。"

【經始】開始營建。詩大雅靈臺:"經始靈臺,經之營之。"晉書樂志上祠宣皇帝登歌:"經始大業,造創帝基。"

【經度】經營規劃。金元好問遺山集二六順天萬戶張公勳德第二碑:"日以營建爲事,繼得計議官毛居節共爲經度。"金史張翰傳:"是時,初至南京,度事草創,翰經度區處,皆有條理。"

【經神】漢鄭玄爲經學大師,人稱爲經神。見"學海㊁"。

【經首】古代樂章名。莊子養生主:"合於桑林之舞,乃中經首之會。"釋文:"經首,向(秀)、司馬(彪)云:咸池樂章也。"參見"咸池㊂"。

【經苑】㊀傳說東漢任末年十四,好學無常師,讀書每有心得,常題於衣裳以記其事。經典以外至祕書雜記,皆注記於柱壁及園林樹木之上,好學者多來抄寫,稱任氏爲經苑。見舊題晉王嘉拾遺記六後漢。㊁叢書名。清錢儀吉輯。凡四十一種。除唐陸淳春秋集傳纂例、春秋微旨二種外,餘皆宋元明人解經著作。僅刻成二十五種,二百五十卷。

【經星】舊稱二十八宿等恒星爲經星。因其相對位置不變,猶經之於緯,故稱。行星則稱爲緯星。穀梁傳莊七年:"夏四月,辛卯,昔。恒星不見。恒星者,經星也。"宋沈括夢溪筆談七象數:"星有三類:一經星,北極爲之長;二舍星,大火爲之長;三行星,辰星爲之長。"

【經界】土地、疆域的分界。孟子滕文公上:"夫仁政必自經界始。經界不正,井地不鈞,穀祿不平,是故暴君汙吏必慢其經界。"宋史四六六竇神寶傳:"至則定其經界,遣悉還舊地。"

【經紀】㊀綱常,法度。管子版法解:"天地之位,有前有後,有左有右,聖人法之,以建經紀。"㊁天文進退遲速的度數。禮月令孟春之月:"乃命大史,守典奉法,……毋失經紀,以初爲常。"㊂條理,秩序。史記一〇五倉公傳:"此謂論之大體也,必有經紀。"㊃通行。淮南子原道:"經紀山川,蹈騰昆侖。"注:"經,行;紀,通。"㊄人體脈絡直者稱經,橫者稱紀。內經素問皮部論:"脈有經紀,筋有結絡。"㊅經營料理。三國志魏朱建平傳:"初潁川荀攸鍾繇相與親善,攸早亡,子幼,繇經紀其門戶。"後也稱經營生業爲經紀。唐張鷟朝野僉載三:"滕王嬰、蔣王惲皆不能廉慎,大帝賜諸王名五王,不及二王。敕曰:'滕叔蔣兄,自解經紀,不勞賜物與之。'"㊆經營買賣。元曲選李文蔚燕青博魚二:"怎將俺這小本經紀來掯。"介紹買賣的人也稱經紀。清闕名燕臺口號一百首詩:"驢馬牽連入市沽,倩他經紀較錙銖。"

【經訓】經籍的解說。後漢書三五鄭玄傳論:"王父豫章君(范甯)每考先儒經訓,而長於玄,常以爲仲尼之門不能過也。"唐韓愈昌黎集六符讀書城南詩:"文章豈不貴,經訓乃菑畬。"

【經屑】紙名。宋費著牋紙譜:"牋紙有玉版,有貢餘,有經屑,有表光。玉版、貢餘,雜以舊布破履亂麻爲之,惟經屑、表光,非亂麻不用。"

【經脈】人體內的縱行脈管。史記一〇五倉公傳:"臣意教以上下經脈五診。"靈樞經本藏:"經脈者,所以行血氣而營陰陽,濡筋骨,利關節者也。"脈也作"脉"。文選晉夏侯孝若(湛)東方朔畫贊:"經脉藥石之藝,射御書計之術。"

【經師】㊀講授經書的教師。漢書平帝紀元始三年:"立官稷及學官。郡國曰學,縣道邑侯國曰校。校學置經師一人。鄉曰庠,聚曰序。序庠置孝經師一人。"參見"經師人師"。㊁佛教講經誦經者。毘奈耶雜事四:"我欲親往奉彼經師,勝鬘夫人便作是念,豈非聖者善和,以美妙音聲,諷誦經典。"

【經部】舊時圖書按四部分類,第一部爲經部,也稱甲部。包括諸經及小學等書。見"四部書㊀"。

【經理】㊀常理。荀子正名:"心也者,道之工宰也;道也者,治之經理也。"注:"經,常也;理,條貫也。"㊁猶言治理。史記秦始皇紀二十九年之罘刻石:"皇帝明德,經理宇內。"㊂處理,料理。後漢書三五曹褒傳:"褒巡行病徒,爲致醫藥,經理饘粥。"

【經略】㊀籌劃,治理。左傳昭七年:"天子經略,諸侯正封,古之制也。"晉書劉頌傳上疏:"魏武帝以經略之才,撥煩理亂,兼肅文教。"㊁概要。南朝梁劉勰文心雕龍九附會:"故宜詘寸以信尺,枉尺以直尋,棄偏善之巧,學具美之績,此命篇之經略也。"㊂官名。唐初邊州別置經略使,其後多以節度使兼任。宋置經略安撫司,掌一路兵民之事,寶元皇祐後,西南兩邊大將皆帶經略。明制無常設,有兵事暫置,如遼東經略之類,權任極重,在總督之上。清初亦曾置此職。參閱文獻通考職官十六、續通志一三五明官制上經略使。

【經笥】裝經書的箱子。比喻通經博學之人。晉書裴秀傳贊:"鉅鹿自然,亦云經笥。"裴秀封鉅鹿郡公。參見"五經笥"。

【經術】猶經學。漢書宣帝紀元康三年詔:"故掖庭令張賀輔導朕躬,修文學經術。"又八九循吏傳序:"三人(董仲舒公孫弘兒寬)皆儒者,通於世務,明習文法,以經術潤飾吏事。"

【經童】唐代科舉,有經童科,由諸道表薦,或取五人至十人,至宋仁宗時以爲無用,罷廢。金皇統間,取及五十人,遂爲常科。其制,士庶子年十三以下,能誦二大經、三小經,又誦論語諸子及五千字以上,府試十五題通十三以上,會試每場十五題,三場共通四十一以上,爲中選。見金史選舉志一及七三完顏守貞傳。

【經費】即經常費。史記平準書:"而山川園池市井租稅之入,自天子以至于封君湯沐邑,皆各爲私奉養焉,不領於天下之經費。"索隱:"不領入天子之常稅,爲一年之費也。"唐劉知幾史通古今正史:"先是(後)秦祕書郎趙整參撰國史,值秦滅,隱於商洛山,著書不輟。有馮翊車頻,助其經費。"

【經程】飲器。韓詩外傳十:"齊桓公置

酒,令諸侯大夫曰:後者飲一經程。"

【經絡】縱行的主血管爲經,由經脈派分網絡全身的支脈爲絡脈。中醫指人體中運行營衛氣血,溝通藏府表面,統一機體内外的一個系統。素問三部九候論:"血病身有痛者,治其經絡。"注:"經脈爲裏,支而横者爲絡。"

【經意】㊀經書的義旨。南朝梁劉勰文心雕龍一辯騷:"觀其骨鯁所樹,肌膚所附,雖取鎔經意,亦自鑄偉辭。"㊁留心,注意。唐韓愈昌黎集二一石鼎聯句詩序:"(軒轅彌明)因高吟曰:'龍頭縮菌蠢,豕腹漲彭亨',初不似經意,詩旨有似譏(侯)喜。"

【經義】㊀經書的義理。漢書八五谷永傳對:"水災浩浩,黎庶窮困如此,宜損常税小自潤之時,而有司奏請加賦,其繆經義,逆於民心,布怨趨禍之道也。"㊁科舉考試科目的一種。宋時科舉考試以儒家經書文句爲題,使論其義,故稱經義。與詩賦合稱二科。明清時沿用而體裁稍變,俗稱八股文,又稱制藝、時文。清沿用至廢科舉止。參見"八股"。

【經塔】供奉佛教經咒文字的塔。法華經四法師品:"若經卷所住處,皆應起七寶塔。"南朝宋釋法顯佛國記:"作舍利佛塔,目連阿難塔,并阿毗曇律經塔。"

【經業】㊀經常業務。史記一二九貨殖傳:"富無經業,則貨無常主。"㊁經學事業。後漢書三五鄭玄傳:"及黨事起,乃與同郡孫嵩等四十餘人,俱放禁錮,遂隱修經業,杜門不出。"

【經筵】古代帝王爲研讀經史而特設的御前講席。漢宣帝詔諸儒講五經於石渠閣。唐玄宗改麗正修書院爲集賢院,選耆儒日一人侍讀,並置集賢院侍讀學士、侍讀直學士。宋時始稱經筵。每年春二月至端午日,秋八月至冬至日,逢單日由講官輪流入侍講讀。元明清三代沿襲此制,惟講期有所變動。清制,經筵講官,爲大臣兼銜,於仲秋仲春之日進講。

【經解】解釋經書的著作。如通志堂經解、皇清經解等,皆爲輯集訓解諸經之作的叢書。

【經魁】明清科舉考試分五經取士,每科鄉試及會試前五名,即於五經中各取其第一名,明稱魁首或五經魁首,清稱經魁,共五經魁。明陳霨百可漫志:"唐守之皋在歙庠日,每以魁元自擬,累蹶場屋。……至正德癸酉、甲戌連捷經魁,以狀元及第,年已五十餘,可謂有志者事竟成也。"參閱清趙翼陔餘叢考二九程文墨卷、梁章鉅稱謂錄二四經魁。

【經傳】儒家典籍經與傳的統稱。經文簡奥,義有難明,作傳以闡明之。史記太史公自序:"夫儒者以六藝爲法。六藝經傳以千萬數,累世不能通其學,當年不能究其禮。"也通指居於權威地位的學者名人著作。晉張華博物志四:"聖人制作曰經,賢者著述曰傳。"舊時稱人不見經傳,即無名之輩的意思。

【經實】經世實用。晉書裴頠傳崇有論:"因謂虚無之理,誠不可蓋,唱而有和,多往弗反,遂薄綜世之務,賤功烈之用,高浮游之業,埤經實之賢,人情所殉,篤夫名利。"

【經説】經文的解説。墨子有經説上下二篇。漢書藝文志道家著録老子傅氏經説三十七篇、老子徐氏經説六篇,今皆不傳。

【經綸】整理絲縷,理出絲緒叫經,編絲成繩叫綸,統稱經綸。引申爲籌劃治理國家大事。易屯:"雲雷屯,君子以經綸。"疏:"經謂經緯,綸謂綱綸。"禮中庸:"唯天下至誠,爲能經綸天下之大經,立天下之大本,知天地之化育。"梁書王瞻等傳史臣曰:"洎東晉王弘茂(導)經綸江左,時人方之管仲。"

【經履】猶經歷。後漢書四八應奉傳:"奉少聰明,自爲童兒及長,凡所經履,莫不暗記。"後漢書八七西羌傳論:"披羽前登,身當百死之陳;蒙没冰雪,經履千折之道。"

【經幢】我國佛教一種最重要的刻石。鑿石爲圓柱或稜柱,一般爲八角形,高三四尺,上覆以蓋,下附臺座。幢各面及底頭部,各刻佛或佛龕,在周幢雕像下,遍刻經咒,以密經及尊勝陀羅尼爲最多。其制式由印度的幢形變化而來,自唐代永淳以後盛行各地。

【經緯】㊀織物的縱綫和横綫。比喻條理秩序。左傳昭二五年:"禮,上下之紀,天地之經緯也。"疏:"言禮之於天地猶織之有經緯,得經緯相錯乃成文。"㊁縱横的道路。周禮考工記匠人:"國中九經九緯。"注:"國中,城内也;經緯,謂途也。"㊂規畫治理。左傳昭二九年:"夫晉國將守唐叔之所受法度,以經緯其民。"淮南子要略:"經古今之道,治倫理之序,總萬方之指,而歸之一本,以經緯治道,紀綱王事。"㊃經書和緯書。北齊顔之推顔氏家訓勉學:"俗間儒士,不涉羣書,經緯之外,義疏而已。"

【經歷】㊀猶經過。書君奭:"天命不易,天難諶,乃其墜命,弗克經歷,嗣前人恭明德。"漢書六五東方朔傳:"朔對曰:'堯舜禹湯文武成康上古之事,經歷數千載,尚難言也,臣不敢陳。'"㊁閲歷,親理事務之意。北齊書權會傳:"且其職事處多,每須經歷,及其退食,非晚不歸。"南史王延之傳:"凡所經歷,務存不擾。"㊂官名。金於樞密院、都元帥府置經歷,掌出納文移。元宣政樞密諸院、諸大都督、通政司、都察院等衙署,皆有經歷。清惟宗人府、通政司、都察院及各府置經歷。參閲續通志一三三至一三六職官四至七、清通志六四至六八職官一至五。

【經學】研究經書,爲諸經作訓詁,或發揮經中義理之學。自漢以來,推尊儒家,儒家經學成爲歷代封建王朝的統治思想。漢武帝建元五年初置五經博士,教授子弟。經師各有師承,如詩分魯齊韓三家,禮分高堂后蒼大小戴諸家,春秋分公羊穀梁等家,師弟皆由口授,稱今文之學。西漢末,古文經興,毛詩左傳皆古文,東漢馬融賈逵等爲作注釋,稱古文之學。今文古文家皆以解釋訓詁典制爲重,僅公羊主張微言大義。宋儒釋經多注重義理,故稱理學,或稱道學、宋學。其中又分程朱、陸王兩派。清代經學,自乾嘉以來大都以漢人爲宗,兼承宋學,研究成就超漢宋而過之。參閲皮錫瑞經學歷史。

【經濟】經國濟民。晉書殷浩傳簡文(司馬昱)答書:"足下沈識淹長,思綜通練,起而明之,足以經濟。"唐李白李太白詩十二贈别舍人弟臺卿之江南:"令弟經濟士,謫居我何傷。"

【經營】㊀建築,營造。詩大雅靈臺:"經始靈臺,經之營之。"書召誥:"卜宅,厥既得卜,則經營。"㊁規畫創業。詩小雅北山:"旅力方剛,經營四方。"戰國策楚一:"夫以一詐僞反覆之蘇秦,而欲經營天下,混一諸侯,其不可成也亦明矣。"㊂周旋往來。史記一一七司馬相如傳上林賦:"酆鄗潦潏,紆餘委蛇,經營乎其内。"

【經瀆】主幹河流。漢書溝洫志:"河,中國之經瀆。"宋史河渠志一開寶四年詔:"每閲前書,詳究經瀆。至若夏后所載,但言導河至海,隨山濬川,未聞力制湍流,廣營高岸。"

【經藝】㊀猶經學,即解説經書之學。史記一二一儒林傳:"故漢興,然後諸儒始得脩其經藝,講習大射鄉飲之禮。"漢書八八儒林傳作"始得修其經學"。㊁古稱六經爲六藝,經藝即指諸經。泛指經書。

漢王充論衡藝增:"經藝萬世不易,猶或出溢增過其實。"

【經讖】漢儒以經義文飾圖讖之説,附會人事,預言吉凶,稱爲經讖。後漢書二九郅惲傳:"西至長安,乃上書上王莽,……莽大怒,卽收繫詔獄,劾以大逆,猶以惲據經讖,難卽害之。"

【經史笥】裝經籍、史書的箱子,比喻博通經史。梁書許懋傳:"永元中,轉散騎侍郎,兼國子博士。與司馬褧同志友善,僕射江祏甚推重之,號爲'經史笥'。"

【經制錢】宋代附加雜税的一種。宣和三年命陳亨伯以發運使經制東南七路財賦,因建議添酒價、增税額,別立收入帳目,稱爲經制錢。其後至翁彥國爲總制使,倣其法別立名目徵税,稱爲總制錢。南宋遂爲常制,東南諸路經制二司錢歲收至一千一百四十餘萬緡,四川歲收至五百四十餘萬緡,大爲民害。參閱宋羅大經鶴林玉露七、文獻通考十九征榷六總經制錢。

【經義考】清朱彝尊撰,三百卷。統考歷代經義之目,按諸經分類編排。每一書前,列撰人姓氏、書名、卷數,並注明該書或存或缺或佚或未見,次載原序跋及諸家論斷,附加考證。附以毖緯、擬經、承師、刊石、書壁、鏤版、著録、通説八門。網羅宏富,其後翁方綱丁杰王聘作經義考補正十二卷,以補書中漏略舛訛。

【經廠本】明司禮監屬有經廠,掌内廷刻印書籍。由經廠刻印的書籍,稱經廠本。所刻書中著名者有性理大全等。主事者爲太監,校勘不精,不爲藏書家所重。有經廠書目一卷。

【經韻樓】清段玉裁書室名。玉裁以其所著經韻樓集等七種,附其師戴震戴東原集合刻爲經韻樓叢書。

【經籍志】史志中敍録書籍的部分。漢書新唐書宋史明史稱藝文志,隋書舊唐書則稱經籍志。

【經文緯武】謂文事武功合成爲一,實現至治,猶經緯織成布帛。文苑英華七六一唐許敬宗定宗廟樂議:"雖復聖迹神功,不可得而窺測,經文緯武,敢有寄於名言。"新唐書一七八劉蕡傳:"有藏姦觀釁之心,無伏節死難之誼,豈先王經文緯武之旨邪!"

【經天緯地】本指以天地爲法度。引申爲經營天下,撥亂反正。國語周下:"經之以天,緯之以地,經緯不爽,文之象也。"周書静帝紀詔:"朕祇承洪業,二載於兹,藉祖考之休,憑宰輔之力,經天緯地,四海晏如。"

【經世文編】輯録當代人議論政事得失的文章於一編之書,總結統治經驗,以供當局的借鑑。如明陳子龍有明代經世文編五百零八卷。清賀長齡仿其例輯皇朝經世文編,盛康輯皇朝經世文續編,各一百二十卷。

【經史子集】舊時圖書分類的專名。古代著録家序録羣書,多分爲七,如漢劉向七略等。晉荀勗中經分爲甲乙丙丁四部,南朝齊王儉有元徽四部書目。至隋書經籍志分圖書爲經史子集四部。自唐以後,直至清人修四庫全書,皆以經史子集四部分類,每類下再分子目。參閱宋高承事物紀原四、清趙翼陔餘叢考二二經史子集。

【經史問答】清全祖望撰,十卷。爲其與門弟子董秉誠等討論經傳疑義之作。八卷以前論經,卷八以下三卷論史。祖望治經,不主一家,考證精當。阮元收入學海堂經解中。四部叢刊結埼亭集附經史問答。

【經典釋文】唐陸德明撰,三十卷。採輯漢魏南北朝以來諸家讀音詁訓及文字異同,考證詳盡。第一卷爲敍録,餘爲易書詩三禮三傳孝經論語老莊爾雅。書中列老子莊子於經典而不列孟子,因老莊爲六朝所競尚,而孟子於宋熙寧以前不列於經。陸書宋初經判國子監周惟簡等重修,開寶五年命翰林學士李昉校定,多有改動。今傳以通志堂經解覆宋刻本爲最早,但亦爲改本,已非陸書之舊。參閲玉海三七開寶尚書釋文及四三開寶釋文。

【經明行修】㊀通曉經術,修養德行。漢書七二王吉傳:"左曹陳咸薦駿(吉子)賢父子,經明行修,宜顯以厲俗。"㊁古代選舉科目之一。漢武帝辟四科舉士,其一爲"學通行修,經中博士"。唐置五科,其一爲"明經"。至宋立經明行修科。參閲通志五八選舉一歷代制、續通志十四〇選舉一歷代制上。

【經師人師】指通經學而立身可爲人師法的人。晉袁宏漢紀郭泰傳:"童子魏照,求入其房,……曰:'經師易獲,人師難得,欲以素絲之質,附近朱藍。'"(太平御覽八一四)亦作"經師人表"。文選梁任彥昇(昉)王文憲集序:"國學初興,華夷慕義,經師人表,允資望實。"

【經義述聞】清王引之撰。二十八卷。父念孫,著廣雅疏證讀書雜志,以訓詁名家,引之承家學,撰成此書。書共分易詩書周禮三禮春秋三傳國語爾雅等經,凡爲古人所誤解者,皆加以糾正,旁徵博引,力求其本義所在。以書中多先引其父王念孫語,後再加按語,故以述聞爲題。

【經義雜記】清臧琳撰。三十卷。琳博覽羣書,尤精爾雅説文。此書爲其三十年讀書筆記,於文字、義理、聲音訓詁,多所辯證。每卷有標目而不分門,故稱爲雜記。琳康熙間人,以家貧無力付刻,至其玄孫庸(鏞堂)以經學見知於阮元,其書始得刊行。

【經筵講官】爲帝王講解經史的職官。宋時侍讀侍講、崇政殿説書等,皆稱經筵官。元以奎章閣學士院兼任,明以勳臣及大學士知經筵事。清代由大學士、各部尚書等官中選派。咸豐以後,經筵名存實亡,僅成虚銜。參見"經筵"。

【經傳釋詞】清王引之撰。十卷。共釋九經三傳及先秦漢人著作中虚詞一百六十個。其自序云:"自漢以來,説經者宗尚雅訓,凡實義所在,既明箸之矣,而語詞之例,則略而不究;或卽以實義釋之,遂使其文扞格,而意亦不明。……前人所未及者補之,誤解者正之,其易曉者則略而不論。"此書不僅有益於解經,於古文文法研究亦有較高之成就。

【經學五書】清萬斯大撰。包括禮學質疑禮記偶箋儀禮商周官辨非學春秋隨筆五書。全稱萬氏經學五書。有辨志堂刊本。斯大博通諸經,以三禮及春秋名家,説禮諸書,融會舊説,多正前人之失,時立新義,爲禮學家所推重。

【經濟特科】清末科舉考試的一種。德宗於光緒十五年親政後,議行新政,廢科舉,立學校。因戊戌政變新政盡廢。至二十七年,乃仿效康熙乾隆時博學鴻詞科先例,由内外大臣保薦通曉時務者,以策論試時事,稱爲經濟特科。參閲清續文獻通考八七選舉四舉士。

【經總制使】官名。宋置。宋崇寧三年,命陳亨伯經制七路財賦,收民間印契及鬻糟醋之類爲錢,凡七色,自後州縣有所謂經制錢自此始。南宋復置之,以檢察内外失陷錢物,摧辦未到綱運,措置糴買,總領常平爲職。參閲文獻通考六二職官六、宋史職官志七。參見"經制錢"。

【經韻樓集】清段玉裁撰,十二卷。玉裁爲戴震弟子,精研文字音韻之學。書中多爲解經及論文字之文。阮元收入學海堂經解中,僅六卷。

【經籍籑詁】清阮元等編。元督學浙江

時，以研讀經史必先通訓詁，故主持編纂此書，手定凡例，採摘經、子、史諸書唐以前人的訓詁注釋集於每一字下，按佩文韻府韻目歸類。韻府未載者，依次以廣韻集韻所載補錄。遴選詁經精舍高材生分門編輯，以臧庸、臧禮堂兄弟總編。全書共一〇六卷，每卷後均有補遺。王引之序云："展一韻而衆字畢備，檢一字而諸訓皆存，尋一訓而原書可識。"爲研究經籍的重要工具書。

【經訓堂叢書】叢書名。清畢沅編輯。共二十一種，一百六十八卷，皆爲實用之書。由沅與孫星衍校勘，根據善本，重爲輯正，以精贍見稱。

【經一事、長一智】歷事可增知識之意。五代漢史平話："人有常言：遭一蹶者得一便，經一事者長一智。"警世通言三王安石三難蘇學士："吾輩切記，不可輕易說人笑入，正所謂經一失，長一智耳。"言由失敗吸取教訓，得以長進知識。

綅 1. qīn 七林切，平，侵韻，清。ㄑㄧㄣ

㊀綫。詩魯頌閟宮："公徒三萬，貝胄朱綅，烝徒增增。"疏："以貝飾胄，其甲以朱綫綴之。"參閱清段玉裁說文解字注。

2. xiān 息廉切，平，鹽韻，心。ㄒㄧㄢ

㊁黑經白緯的織物。禮閒傳"中月而禫，禫而纖，無所不佩"漢鄭玄注："黑經白緯曰纖。舊說纖冠者采纓也……纖，或作綅。"一說白經黑緯。見廣韻。

綃 1. xiāo 相邀切，平，宵韻，心。ㄒㄧㄠ

㊀生絲織成的薄紗、薄絹。禮玉藻："君子狐青裘豹褎，玄綃衣以裼之。"文選三國魏曹子建（植）洛神賦："踐遠遊之文履，曳霧綃之輕裾。"

2. shāo 所交切，平，肴韻，山。ㄕㄠ

㊁船上掛帆的木柱。通"梢"。文選晉木玄虛（華）海賦："維長綃，挂帆席。"注："綃，今之帆綱也，以長木爲之，所以挂帆也。"

【綃頭】束髮的頭巾。釋名釋首飾："綃頭，綃，鈔也，鈔髮使上從也。或曰陌頭，言其從後橫陌而前也。"後漢書八一向栩傳："又似狂生，好被髮，著絳綃頭。"注："案此字當作幓。音此消反。古詩云：'少年見羅敷，脫巾著幓頭。'"

絹 juàn 吉掾切，去，線韻，見。ㄐㄩㄢ

㊀絲織品名。墨子辭過："治絲麻，捆布絹，以爲民衣。"急就篇二："烝栗絹紺縉紅繎。"注："絹，生曰繒，似縑而疏者也，一名鮮支。"㊁繫，結住。通"罥"。後漢書六十上馬融傳廣成頌："絹猑獍，鋋特肩。"注："絹，繫也，與罥通。"

【絹素】白絹。多用於書畫。唐杜甫杜工部草堂詩箋二十丹青引："詔謂將軍拂絹素，意匠慘澹經營中。"張彥遠歷代名畫記一論畫六法："今之畫人，筆墨混於塵埃，丹青和其泥滓，徒汙絹素，豈曰繪畫。"

綅 zhèn 玉篇 直忍切。ㄓㄣˋ

牽牛繩。同"紖"。周禮地官封人："凡祭祀，飾其牛牲，設其楅衡，置其綅，共其水槀。"注引鄭司農（衆）："綅，著牛鼻繩，所以牽牛者，今時謂之雉。"釋文："綅，本又作紖，持忍反。"

綏 1. suí 息遺切，平，脂韻，心。ㄙㄨㄟ

㊀上車時挽手所用的繩索。論語鄉黨："升車，必正立、執綏。"疏："綏者，挽以上車之索也。"㊁安，安撫。詩大雅民勞："惠此中國，以綏四方。"㊂退軍。左傳文十二年："秦以勝歸，我何以報，乃皆出戰，交綏。"注："古名退軍爲綏。"疏："司馬法云：將軍死綏。舊說，綏，却也。"㊃古旌旗的一種。禮王制："天子殺，則下大綏；諸侯殺，則下小綏。"注："綏當爲緌。緌，有虞氏之旌旗也。"參見"綏章"。㊄祭名。見"綏祭"。

2. tuǒ 類篇 土火切。ㄊㄨㄛˇ

㊅下垂。通"妥"。禮曲禮下："執天子之器則上衡，國君則平衡，大夫則綏之，士則提之。"注："綏，讀曰妥，妥之謂下於心。"參見"綏₂視"。

【綏山】山名。即中峩山，又名覆蓬山。在四川峨眉縣西南。古代傳說周成王時有羌人葛由騎羊而入西蜀，蜀中王侯貴人追之，上綏山，皆成仙不復還。里諺曰："得綏山一桃，雖不得仙，亦足以豪。"見列仙傳上。

【綏州】地名。春秋時爲白翟地。戰國時屬魏，後歸秦於此置上郡，西魏始置綏州，隋煬帝廢。唐復爲綏州。宋初因之，元符二年改綏德軍。金爲綏德州，元明清因之。公元 1913 年改爲綏德縣，屬陝西省。參閱讀史方輿紀要五七延安府。

【綏定】安定。書畢命："惟周公左右先王，綏定厥家。"

【綏和】漢劉驁（成帝）年號。公元前 8 —前 7 年。

【綏服】㊀古代疆域名，五服之一。書禹貢："五百里綏服。"傳："侯服外之五百里，安服王者之政教。"參見"五服㊀"。㊁安服。宋蘇軾東坡集內制集八賜河西軍節度使……進奉回詔："元惡俘獲，餘黨散亡，山後底平，河南綏服。"

【綏宥】撫恤。古文苑二十漢揚雄元后誄："綏宥耆幼，不拘婦人。"

【綏章】古代飾於旗竿上以別貴賤的表章；詩大雅韓奕："王錫韓侯，淑旂綏章。"疏："'天官'夏采'注云：'徐州貢夏翟之羽，有虞氏以爲綏。'後世或無染鳥羽，象而用之，或以旄牛尾爲之，綴於幢上，所謂注旄於竿首者。然則綏者卽交龍旂竿所建，與旂共一竿，爲貴賤之表章，故云綏章。"詩鄭玄箋以綏章爲引以登車的采索。

【綏₂視】垂視。禮曲禮下："天子視不上於袷，不下於帶，國君綏視，大夫衡視，士視五步。"注："綏，讀爲妥，妥視，謂視上於袷。"袷，交領。視天子時目光不得上及於袷，視國君時目光可稍上及於袷，然仍非平視，故曰綏視。

【綏祭】古祭禮名。禮曾子問："攝主不厭祭，不旅不假，不綏祭。"注："綏，周禮作墮。"疏："謂欲食之時，先減黍稷牢肉而祭之於豆間，故曰綏祭。"儀禮士虞禮下："不綏祭。"注："不綏，言獻記終始也。事尸之禮，始於綏祭，終於從獻。"

【綏陽】縣名。1. 屬貴州省。漢牂柯郡地。隋置爲綏陽縣，屬明陽郡。唐先後屬義州、彝州。宋大觀三年爲承州治所，宣和三年州廢，以縣屬珍州。咸淳末廢入珍州。明萬曆二十七年復置。清因之。見讀史方輿紀要七十遵義府。2. 三國魏置。不久改稱秭歸。晉太康二年復故，屬新城郡。隋廢。故地在今湖北房縣西南。見讀史方輿紀要七九鄖陽府房縣。

【綏集】安撫。後漢書八八西域傳序："時軍司馬班超留于寘，綏集諸國。"北史郭榮傳："（宇文）護又以稽胡數爲寇亂，使綏集之。"

【綏靖】安定平服。漢書九九上王莽傳元始五年五月策："遂制禮作樂，有綏靖宗廟社稷之大勳。"晉書張軌傳令："吾在州八年，不能綏靖區域，又值中州兵亂，秦隴倒懸，加以寢患彌篤，實思斂迹避賢。"也作"綏静"。左傳成十三年："文公恐懼，綏静諸侯。"

【綏遠】 安定遠方。文選漢班叔皮(彪)北征賦:"不耀德以綏遠,顧厚固而繕藩。"

【綏綏】 ㊀雌雄並行貌。詩衛風有狐:"有狐綏綏,在彼淇梁。"傳:"綏綏,匹行貌。"宋朱熹集傳訓爲獨行求匹之貌,與毛傳相反。參閱清馬瑞辰毛詩傳箋通釋六有狐。㊁安泰貌。荀子儒效:"綏綏兮其有文章也。"注:"綏綏,安泰之貌。綏,或爲葳蕤之蕤。"

【綏寧】 ㊀安定。三國志魏王基傳上狀:"當今之務,在于鎮安社稷,綏寧百姓,未宜動衆以求外利。"㊁縣名。屬湖南省。唐爲溪洞誠州地。宋元豐間置蒔竹縣,屬邵州,崇寧二年改稱綏寧縣。元屬武岡路,明清屬靖州。見寰宇通志六十靖州綏寧縣。

【綏懷】 安撫關切。三國志魏杜襲傳:"拜襲駙馬都尉,留督漢中軍事,綏懷開導,百姓自樂出徙洛鄴者八萬餘口。"

【綏寇紀略】 清吳偉業撰,十二卷。記明末鎮壓李自成張獻忠起義及有關軼事。仿杜陽雜編鑑戒録例,每卷用三字標題,分年月日記事。末有論斷。其中虞淵沉一篇分上中下三子目,只記明末災異,不言明王朝覆滅之事。康熙時鄒漪初刻時缺中下兩卷。嘉慶時張海鵬據手稿增入虞淵沉中、下,列爲補遺三卷,重刻印行。

絺 chī 丑飢切,平,脂韻,徹。
ㄔ

㊀細葛布。詩周南葛覃:"爲絺爲綌,服之無斁。"傳:"精曰絺,麤曰綌。"也指細葛布衣服。禮月令孟夏之月:"是月也,天子始絺。"注:"初服暑服。"㊁地名。春秋周桓王以司寇蘇忿生的封邑溫原絺等與鄭,卽此。左傳隱十一年晉杜預注:"(絺)在野王縣西南。"故地在今河南沁陽縣西南。㊂姓。春秋晉有絺疵。相傳爲周大夫蘇忿生支子之後。絺亦作"郗"。

【絺索】 紛沓貌。古文苑四漢揚雄蜀都賦:"偃衍檄曳,絺索恍惚。"注:"人物併雜。"

【絺繡】 繡有彩紋的細葛。書益稷:"予欲觀古人之象:日、月、星、辰、山龍、華蟲、作會、宗彝、藻火、粉米、黼黻、絺繡,以五采彰施于五色作服。"傳:"葛之精者曰絺,五色備曰繡。"

【絺句繪章】 指雕琢文字章句,增加文采。新唐書二〇一文藝傳上序:"唐有天下三百年,文章無慮三變。高祖太宗,大難始夷,沿江左餘風,絺句繪章,揣合低卬,故王(勃)楊(炯)爲之伯。"又作"絺章繪句"宋真德秀真文忠集十六謝除翰林學士表:"變絺章繪句之習,豈薄技之能堪;以救時行道爲賢,尚前猷之可仰。"

綌 xì 綺戟切,入,陌韻,溪。
ㄒㄧˋ

粗葛布。詩周南葛覃:"爲絺爲綌,服之無斁。"傳:"精曰絺,粗曰綌。"論語鄉黨:當暑,袗絺綌,必表而出之。"

綎 tíng 特丁切,平,青韻,定。
ㄊㄧㄥˊ 他丁切,平,青韻,透。

佩玉的絲綬。後漢書六十上蔡邕傳釋誨:"濟濟多士,端委縉綎,鴻漸盈階,振鷺充庭。"

綉 1. tòu 集韻 他候切,去,候韻。
ㄊㄡˋ

㊀物數量名。集韻:"綉,吳俗謂絲一片。"

2. xiù
ㄒㄧㄡˋ

㊁俗"繡"字。見正字通。

絻 1. wèn 亡運切,去,問韻,明。
ㄨㄣˋ

㊀古喪服,脱冠紮髮,用布纏頭。左傳哀二年:"使大子絻。"疏:"用麻布爲之,狀如今之著幓頭矣。"參見"免㊀"。㊁弔喪時所執之紼。公羊傳昭二五年"齊侯唁公子野井"漢何休注:"弔所執紼曰絻。"

2. miǎn 亡辨切,上,獮韻,明。
ㄇㄧㄢˇ

㊂禮冠。通"冕"。荀子哀公:"夫端衣玄裳,絻而乘路者,志不在於食葷。"

綖 1. yán 以然切,平,仙韻,喻。
ㄧㄢˊ

㊀古代覆在冠冕上的裝飾。左傳桓二年:"衡、紞、紘、綖,昭其度也。"疏:"冕以木爲幹,以玄布衣其上,謂之綖。"㊁延緩,遷延。通"延"。呂氏春秋勿躬:"若此,則形性彌羸而耳目愈精,百官慎職而莫敢偷綖。"注:"偷,解(懈);綖,緩。"

2. xiàn 集韻 私箭切,去,綫韻。
ㄒㄧㄢˋ

㊂"綫"的異體字。見集韻。後漢書五八虞詡傳:"又潛遣貧人能縫者,傭作賊衣,以采綖縫其裾以爲幟。"

【綖環】 南朝宋鑄行的一種劣錢名。周郭薄細如綫(綖),内作大圓孔,故名。宋書顏竣傳:"景和元年,沈慶之啓通私鑄,由是錢貨亂敗,一千錢長不盈三寸,大小稱此,謂之鵝眼錢。劣於此者,謂之綖環錢。入水不沉,隨手破碎,市井不復料數,十萬錢不盈一掬,斗米一萬,商貨不行。"參閱清鮑唐泉説。

八 畫

綮 1. qǐ 康禮切,上,薺韻,溪。
ㄑㄧˇ

㊀細密的繒帛。見説文。㊁戟衣。説文:"綮,一曰徽幟,信也,有齒。"㊂傳信的符證。㊁㊂通"棨"。參見"棨"、"棨戟"。

2. qìng 集韻 詰定切,去,徑韻。
ㄑㄧㄥˋ

㊃筋骨結合處。字亦作"肯"。山海經海外北經:"無肯之國在長股東,爲人無肯。"注:"或作綮。"

緊 jǐn 居忍切,上,軫韻,見。
ㄐㄧㄣˇ

㊀絲纏結爲緊。見説文。㊁堅固。管子問:"鉤弦之造,戈戟之緊。"注:"緊,謂其堅强者。"㊂急促。文選漢傅武仲(毅)舞賦:"弛緊急之絃張兮,慢末事之委曲。"唐白居易長慶集六四秋夜聽高調涼州詩:"樓上金風聲漸緊,月中銀字韻初調。"㊃收縮。素問氣交變大論:"其德清潔,其化緊斂。"注:"緊,縮也。"㊄古代根據面積人口及收入劃分府州縣等級的名稱。參見"十緊"、"緊縣"。

【緊紾】 糾纏縈繞。楚辭漢王逸九思疾世:"望江漢兮濩渃,心緊紾兮傷懷。"注:"緊紾,糾繚也。……一作繾綣。"

【緊縣】 重要的縣份。文獻通考十户口:"周廣順三年敕:'天下縣邑素有等差……三千户以上爲望縣,二千户以上爲緊縣,一千户以上爲上縣。'"

【緊那羅】 佛教神名。又作緊捺羅、緊陀羅、甄陀羅、真陀羅、緊捺洛。爲天龍八部之一,其義爲疑神,亦曰人非人,似人而頭上有角,令人疑其爲人,又疑其非人。新譯曰歌神,卽樂神,一曰天伎神,一曰天法樂神,一曰音樂天。法華文句二下:"大樹緊那羅王與無量緊,及無量乾,無量諸天,奏八萬四千浄妙樂音,來至佛所。"參閱翻譯名義集二八部。

綦 qí 渠之切,平,之韻,羣。
ㄑㄧˊ

㊀青黑色。説文作"綥"。見"綦弁"。㊁鞋帶。儀禮士喪禮:"夏葛屨,冬白屨,……綦,繫於踵。"注:"綦,屨係也。所以拘止屨也。"禮内則:"衿纓,綦屨,以適父母舅姑之所。"㊂履跡,脚印。漢書八七上揚雄傳反離騷:"帶鉤矩而佩衡兮,履欃槍以爲綦。"注:"晉灼曰:綦,履跡也。"玉臺新詠二晉左思嬌女詩:"務躡霜雪戲,重綦常累積。"㊃極,甚。荀子王霸:"夫人之情,目欲綦色,耳欲綦聲,口欲綦

味，鼻欲綦臭，心欲綦佚，此五綦者，人情之所必不免也。"注："綦，極也，或爲甚。"㊄兩足連并，不能行走。穀梁傳昭二十年："兩足不能相過，齊謂之綦。"㊅姓。後漢有將軍綦儁。又複姓綦連氏，後改爲綦氏。見通志二九氏族五。

【綦巾】青白色的女服。詩鄭風出其東門："縞衣綦巾，聊樂我員。"傳："縞衣，白色男服也；綦巾，蒼艾色女服也。"疏："蒼卽青也，艾謂青而微白，爲艾草之色也。"

【綦毋】複姓。也作"綦母"。春秋晉有綦毋張(左傳成二年)，周有綦母恢(戰國策西周)，漢有綦毋參(風俗通)，唐有綦毋潛(新唐書藝文志)。

【綦弁】古皮冠的一種。書顧命："四人綦弁，執戈上刄。"傳："綦，文鹿子皮弁。"疏："鄭玄云：'青黑曰綦。'王肅云：'綦，赤黑色。'"一說綦爲綦會，但縫中而無玉飾，士之服。參見"綦會"。

【綦江】縣名。屬四川省重慶市。本曰綦市，宋屬南平軍，元廢軍，置綦江長官司，屬播州。元末明玉珍起義，據全川，建號夏，置縣。明清皆屬重慶府。參閱寰宇通志六二重慶府。

【綦連】複姓。代北有綦連部，相傳周末避亂出塞，保祁連山，因山以爲姓，語訛爲綦連。北齊有綦連猛。見通志二九氏族五。

【綦會】玉飾冠紐。文選漢張平子(衡)東京賦："珩紞紘綖，玉笄綦會。"注："周禮曰：'(綦)王之皮弁；會，五采玉琪。'鄭玄曰：'會，縫中；琪如綦，綦謂結。皮弁於縫中每貫結五采玉十二爲飾，謂之綦會。'"綦與"璂"通。按周禮夏官弁師作"會五采玉璂"。

【綦綺】呈斜紋的絲織物。廣雅釋器："綦綺……綵也。"清王念孫疏証："蓋謂織綺文如棋也。……釋名云：'綺，攲也，其文攲邪不順經緯之縱橫也。'有棋文，方文如棋也。棋與綦通。"

【綦衛】古時用綦竹製的羽箭。列子仲尼："引烏號之弓，綦衛之箭。"注："烏號，黃帝弓；綦，地名，出美箭；衛，羽也。"

【綦谿】深峭，極深之意。荀子非十二子："忍情性，綦谿利跂，苟以分異人爲高，不足以合大衆，明大分。"

綜 zōng ㄗㄨㄥ　子宋切，去，宋韻，精。

㊀絲縷經線與緯線交織曰綜。漢劉向列女傳母儀魯季敬妻："推而往，引而來者，綜也。"㊁總集，聚合。易繫辭上："錯綜其數。"疏："錯謂交錯，綜謂總聚。"漢書一〇〇下敍傳："起元高祖，終于孝平王莽之誅，十有二世，二百三十年，綜其行事，旁貫五經，上下洽通，爲春秋考紀、表、志、傳凡百篇。"㊂治理。文選晉何敬祖(劭)贈張華詩："私願偕黃髮，逍遙綜琴書。"

【綜析】猶言分合。後漢書六十蔡邕傳："沉精重淵，抗志高冥，包括無外，綜析無形。"

【綜括】綜合概括。新唐書二七姚思廉傳："思廉采謝炅顧野王等諸家言，推究綜括，爲梁陳二家史。"

【綜理】總攬。三國志魏程昱傳上疏："今外有公卿將校總統諸署，內有侍中尚書綜理萬機，司隸校尉督察京輦，御史中丞董攝宮殿。"晉書陶侃傳："時造船，木屑及竹頭悉令舉掌之，……其綜理微密，皆此類也。"

【綜達】融會貫通。後漢書七十孔融傳曹操與融書："昔國家東遷，文舉(融字)盛歎鴻豫(郗慮)名實相副，綜達經學，出於鄭玄，又明司馬法。"

【綜練】博習精通。晉書葛洪傳："洪傳(鮑)玄業，兼綜練醫術，凡所著撰，皆精覈是非，而才章富贍。"

【綜覽】博覽。文選晉潘安仁(岳)楊仲武誄："子以妙年之選，固能綜覽義旨，而軌式模範矣。"晉書儒林傳："(韋謏)雅好儒學，善著述，於羣言秘要之義，無不綜覽。"

【綜核名實】綜合事物的名稱和實際，加以考核。漢書宣帝紀贊："孝宣之治，信賞必罰，綜核名實。"核也作"覈"。後漢書六一左雄傳上疏："降及宣帝，興於仄陋，綜覈名實，知時所病。"

綻 zhàn ㄓㄢˋ　丈莧切，去，襉韻，澄。

㊀衣縫開裂。禮內則："衣裳綻裂，紉箴請補綴。"注："綻猶解也。"後漢書五二崔寔傳注引內則作"袒"。㊁引申爲飽滿、開裂。特指花果。北周庾信庾子山集四杏花詩："春色方盈野，枝枝綻翠英。"唐皎然集二勞勞山居寄呈吳處士詩："寒園掃綻栗，秋浪拾乾薪。"㊂縫補。同"組"。急就篇二："鍼縷補縫綻紩緣。"玉臺新詠一古辭艷歌行："故衣誰爲補，新衣誰當綻。賴得賢主人，覽取爲吾綻。"

綰 wǎn ㄨㄢˇ　烏板切，上，潸韻，影。
ㄨㄢˋ　烏患切，去，諫韻，影。

㊀旋繞打結。漢書四十周勃傳："絳侯綰皇帝璽。"注："綰謂引結其組。"㊁貫聯。史記一二九貨殖傳序："東綰穢貉朝鮮真番之利。"注："綰者，綰統其要津。"㊂專管，控制。史記七十張儀傳："奉陽君專權擅勢，蔽欺先王，獨擅綰事。"

【綰髻】盤髮爲髻。宋梅堯臣宛陵集七桓妬妻詩："妾初見主來，綰髻下庭隅。"也作"綰結"。黃庭堅山谷內集十六雨中登岳陽樓望君山詩："滿川風雨獨憑欄，綰結湘娥十二鬟。"

【綰轂】言控扼路口。轂，車輪中心插軸的部分，比喻許多道路湊集之點。史記一二九貨殖傳序："棧道千里，無所不通，唯褒斜綰轂其口。"索隱："言褒斜道狹，綰其道口，有若車轂之湊，故云綰轂也。"

【綰攝】掌握，控制。文苑英華八九七唐李絳兵部尚書王紹神道碑："公以材智任職忠勤，注意不疑，可以進退海內之士，可以綰攝天下之柄，人心所傾，台位如寄。"

綧 zhǔn ㄓㄨㄣˇ　集韻　主尹切，上，準韻。

丈量標準。通"準"。見下。

【綧制】丈量標準。管子君臣上："衡石一稱，斗斛一量，丈尺一綧制，戈兵一度。"注："綧，古准字，准節律度量也。謂丈尺各有准限也。"參閱清惠棟九經古義七周禮上。

綷 cuì ㄘㄨㄟˋ　子對切，去，隊韻，精。

㊀錯雜。史記一一七司馬相如傳大人賦："屯余車其萬乘兮，綷雲蓋而樹華旗。"索隱："如淳曰：'綷，合也，合五綵雲爲蓋也。'"三國魏何平叔(晏)景福殿賦："綴以萬年，綷以紫榛。"㊁見"綷粲"、"綷縩"。

【綷粲】象聲詞。衣服摩擦聲。晉陸機陸士衡集七百年歌五："羅衣綷粲金翠華，言笑雅舞相經過。"也作"綷縩"。詳"綷縩"。

【綷疏】畫檻。文選三國魏何平叔(晏)景福殿賦："繚以藻井，編以綷疏。"注："綷疏，謂繪五彩於刻鏤之中。"

【綷縩】同"綷粲"。漢書九七下外戚傳班倢伃自悼賦："感帷裳兮發紅羅，紛綷縩兮紈素聲。"注："綷縩，衣聲也。"也作"綷纅"。文選晉潘安仁(岳)籍田賦："衝牙錚鎗，綃紈綷纅。"又作"萃蔡"。見"萃蔡"。

綟 lì ㄌㄧˋ　郎計切，去，霽韻，來。

㊀蒼艾色。急就篇二："縹綟綠紈皁紫硟。"唐顏師古注："綟，蒼艾色也。東海有草，其名曰莀，以染此色，因名綟云。"

後漢書輿服志下"諸國貴人相國皆綠綬"注引徐廣曰:"'金印綠綟綬。'綟音戾,草名也。" ㊁粗麻。唐六典户部金部郎中注:"麻則三績爲綟。"舊唐書職官志:"凡縑帛之類,有長短廣狹,端疋、屯綟之差。"

綣 quǎn 去阮切,上,阮韻,溪。
ㄑㄩㄢˇ 去願切,去,願韻,溪。

㊀彎曲,引申爲屈服。古祇作"卷"。淮南子人間:"昔晉厲公……兵横行天下而無所綣,威服四方而無所詘。"注:"綣,屈也。"參見"卷㊆"。㊁見"綣綣"。㊂見"繾綣"。

【綣領】翻領。淮南子氾論:"古者有鍪而綣領,以王天下者矣。"注:"綣領,皮衣屈而紩之,如今胡家韋襲反褶以爲領也。"

【綣綣】懇切忠謹貌。猶言拳拳。唐韓愈昌黎集十八答殷侍御書:"非先生好之樂之,味於衆人之所不味,務張而明之,孰能勤勤綣綣若此之至。"參閱清桂馥札樸五聳。參見"拳拳"。

絣 bēng
ㄅㄥ

同"絣"。見"絣"。

綎 tián
ㄊㄧㄢˊ

㊀搓麻。淮南子氾論:"伯余之初作衣也,綎麻索縷,手經指挂,其成猶網羅。"注:"綎,鋭索功也。綎,讀恬然不動之恬。"參見"剡麻"。㊁織物名。宋范成大桂海虞衡志志器:"綎,亦出兩江州峒,如中國綫羅,上有徧地小方勝紋。"

綪 1. qiàn 倉甸切,去,霰韻,清。
ㄑㄧㄢˋ

㊀草名。可以染物爲赤色,引申爲色名。同"蒨"。左傳定四年:"綪茷、旃旌。"疏:"綪是染赤之草,茷即旆也……綪茷是大赤,大赤即今之紅旗,取染赤之草爲名也。"參閱清俞樾俞樓雜纂六禮記鄭讀考。

2. zhēng 側莖切,平,耕韻,莊。
ㄓㄥ

㊀屈曲。通"綽"。禮玉藻:"齊則綪結佩而爵韠。"注:"綪,屈也。"

【綪₂繳】卷收弋射的繩索。史記楚世家:"王綪繳蘭臺,飲馬西河。"正義:"鄭玄云:綪,屈也。江沔之間謂之縈,收繩索綪也。"唐顏師古注:"繳,絲繩,繫弋射鳥也。"

緁 qī 七接切,入,葉韻,精。
ㄑㄧ 集韻 七入切,入,緝韻。

縫。漢書四八賈誼傳陳政事疏:"而庶人得以衣婢妾白穀之表,薄紈之裏,緁以偏諸,美者黼繡,是古天子之服。"字亦作"緝"。參見"偏諸"。

【緁獵】前後相次。漢書八七上揚雄傳校獵賦:"徽車輕武,鴻絧緁獵,殷殷軫軫,被陵緣阪。"文選羽獵賦注:"鴻絧,相連貌也;緁獵,相次貌也。"

緀 qī 七稽切,上,齊韻,清。
ㄑㄧ

文采貌。説文:"帛文貌。詩曰:'緀兮斐兮,成是貝錦。'"今詩小雅巷伯緀作"萋"。

綾 líng 力膺切,平,蒸韻,來。
ㄌㄧㄥˊ

一種很薄有綵文的織物。急就篇二:"青綺綾縠靡潤鮮。"東齊稱布帛之細者爲綾。見方言二。

緒 xù 徐吕切,上,語韻,邪。
ㄒㄩˋ

㊀絲頭。漢焦延壽易林十五兑之坎:"飢蠶作室,絲多緒亂,端不可得。"又指其他絲狀物。舊題漢郭憲洞冥記三:"石脉出晡東國,細如絲,可縋萬斤。生石裏,破石而後得此脉,縈緒如麻紵也,名曰石麻,亦可爲布也。"㊁開端,起源。素問至真要大論:"故治病者必明六化分治,五味五色所生,五藏所宜,迺可以言盈虚病生之緒也。"㊂世業,功績。詩魯頌閟宫:"至于文武,纘太王之緒。"㊃連綿不斷的情思、意緒。南朝梁江淹江文通集一泣賦:"闃寂以思,情緒留連。"晉書潘岳傳論:"安仁思緒雲騫,詞鋒景焕。前史儔於賈誼,先達方之士衡。"安仁,岳字。士衡,陸機字。㊄殘餘。莊子山木:"食不敢先嘗,必取其緒。"參見"緒餘"。㊅尋繹,反復推求。史記九一張丞相傳:"張蒼爲計相時,緒正律曆。"

【緒次】整理編排。新唐書一一五郝處俊傳:"初,顯慶中,令狐德棻、劉胤之撰國史,其後許敬宗復加緒次。"

【緒言】發端之言。莊子漁父:"曩者先生有緒言而去,丘不肖,未知所謂。"釋文:"緒言,猶先言也。"按近世著書,其首篇概述全書大旨,或説明作書的經過和意圖稱緒言,也稱緒論。

【緒風】餘風。楚辭屈原九章涉江:"乘鄂渚而反顧兮,欸秋冬之緒風。"

【緒信】偏信。文選三國魏阮元瑜(瑀)爲曹公作書與孫權:"仁君年壯氣盛,緒信所嬖,既懼患至,兼懷忿恨,不復能遠度孤心。"唐張銑注:"緒,順;嬖,寵也。言權年少,勇氣方盛,順信所寵之臣也。"

【緒業】事業,遺業。史記周本紀:"武王即位,……師脩文王緒業。"漢書六二司馬遷傳報任安書:"僕賴先人緒業,得待罪輦轂下,二十餘年矣。"

【緒餘】殘餘。莊子讓王:"道之真以治身;其緒餘以爲國家;其土苴以爲天下。"也泛指主體以外的零散部分。宋林逋林和靖集三送范仲淹寺丞詩:"林中蕭寂款吾廬,亹亹猶欣接緒餘。"

緎 yù 雨逼切,入,職韻,于。
ㄩˋ

㊀衣縫。説文作"黬"。詩召南羔羊:"羔羊之革,素絲五緎。"傳:"緎,縫也。"㊁古時計算絲的單位。絲二十縷爲緎。宋陸佃埤雅釋羔引西京雜記:"五絲爲𦃃,倍𦃃爲升,倍升爲緎,倍緎爲紀,倍紀爲緵。"今本西京雜記緎作"緘"。參閲清王引之經義述聞五素絲五緎。

緉 liǎng 良獎切,上,養韻,來。
ㄌㄧㄤˇ

雙。鞋必成對,故爲計算鞋的單位。太平廣記六九七搜神記:"有一估客下都,經其下,見二女子,云可爲妾買兩緉絲履,自厚相報。"參見"兩㊁"。

緅 zōu 子侯切,平,侯韻,精。
ㄗㄡ

深青透紅的顏色。論語鄉黨:"君子不以紺緅飾,紅紫不以爲褻服。"周禮考工記畫繢:"三入爲纁,五入爲緅。"注:"染纁者,三入而成,又再染以黑則爲緅。"

綝 1. chēn 丑林切,平,侵韻,徹。
ㄔㄣ

㊀訖止。見説文。

2. lín
ㄌㄧㄣˊ

㊀見"綝₂纚"。

【綝₂纚】㊀服飾毛羽下垂貌。楚辭漢王褒九懷通路:"舒佩兮綝纚,竦余劍兮干將。"參見"襂纚"。㊁盛飾貌。文選漢張平子(衡)思玄賦:"冠岳岳其映蓋兮,佩綝纚以煇煌。"

綺 qǐ 墟彼切,上,紙韻,溪。
ㄑㄧˇ

㊀素地織紋起花的絲織物。織采爲文曰錦,織素爲文曰綺。漢書高帝紀八年:"賈人毋得衣錦、繡、綺、縠、絺、紵、罽。"注:"綺,文繒也,即今之細綾也。"㊁光色。文選晉張景陽(協)七命:"流綺星連,浮彩豔發。"㊂華麗,美盛。見"綺思"、"綺年"等條。

【綺井】天花板上凸出爲覆井形,飾以花

紋圖案。卽藻井。文選晉左太沖(思)魏都賦:"綺井列疏以懸蔕,華蓮重葩而倒披。"宋沈括夢溪筆談十九器用:"屋上覆橑,古人謂之綺井,亦曰藻井,又謂之覆海。今令文中謂之鬭入,吳人謂之罳頂,唯宮室祠觀爲之。"

【綺札】辭藻華麗的書札。唐盧照鄰幽憂子集六樂府雜詩序:"雲飛綺札,代郡接於蒼梧;泉湧華篇,岷波連於碣石。"

【綺年】青春,少年。文苑英華六九九北周宇文逌庾信集序:"綺年而播華譽,齠歲而有俊名。"

【綺里】複姓。漢初有隱士綺里季,爲商山四皓之一。唐李白李太白詩九贈韋祕書子春:"留侯將綺里,出處未云殊。"參見"商山四皓"。

【綺季】漢初隱士,卽綺里季。後漢書五三周燮傳:"吾既不能隱處巢穴,追綺季之跡,而猶顯然不遠父母之國,斯固以滑泥揚波,同其流矣。"參見"商山四皓"。

【綺陌】縱橫交錯的道路。藝文類聚六三南朝梁簡文帝登烽火樓詩:"萬邑王畿曠,三條綺陌平。"唐元稹長慶集十六羨醉詩:"綺陌高樓競醉眠,共期餘顴不相憐。"

【綺思】指華美的文思。南朝梁簡文帝集二贈張纘詩:"綺思曖霞飛,清文煥飈轉。"

【綺紈】富貴子弟。猶言紈袴。文選南朝梁劉孝標(峻)廣絶交論:"於是有弱冠王孫,綺紈公子,道不挂於通人,聲未遒於雲閣,攀其鱗翼,丐其餘論。"唐柳宗元柳先生集二二送蕭鍊登第後南歸序:"余幼時拜兄於九江郡,覩其樂嗜經書,慕山藪,凝和抱質,雖在綺紈,而私心慕焉。"參見"綺襦紈絝"。

【綺情】美妙的思想感情。廣弘明集十六南朝梁沈約繡像題贊:"絢發綺情,幽摛寶術。"

【綺窗】雕畫美觀的窗户。文選晉左太沖(思)蜀都賦:"開高軒以臨山,列綺窗而瞰江。"唐王維王右丞集一扶南曲歌詞:"朝日照綺窗,佳人坐臨鏡。"

【綺雲】美麗如刻繪的雲彩。南朝梁江淹江文通集二學梁王兔園賦:"乃有綺雲之館,赬霞之臺。"

【綺疏】雕飾花紋的窗户。後漢書三四梁冀傳:"柱壁雕鏤,加以銅漆;窗牖皆有綺疏青瑣,圖以雲氣仙靈。"文選晉陸士衡(機)贈尚書郎顧彥先詩之二:"玄雲拖朱閣,振風薄綺疏。"注:"(漢)李尤東觀銘曰:'房闥內布,綺疏外陳,是謂東觀,書籍林淵。'"

【綺媚】美麗嫵媚。藝文類聚七九三國魏王粲神女賦:"揚娥微眄,懸藐流離,婉約綺媚,舉動多宜。"

【綺歲】青春,少年。陳書始興王伯茂傳:"玉暎觿辰,蘭芬綺歲。"也作"綺紈歲"。北周庾信庾子山集十四慕容公神道碑:"岐嶷表羈貫之年,通禮稱綺紈之歲。"

【綺語】藻飾或不實之詞。四十二章經善惡並明:"衆生以十事爲善,亦以十事爲惡。何等爲十?身三,口四,意三。……口四者:兩舌、惡口、妄言、綺語。"法苑珠林一〇五五戒戒相:"又成實論云:雖是實語,以非時故,卽名綺語。或是時以隨順衰惱無利益故,故雖利益以言無本,義理不次,惱心說故,皆名綺語。"後來也稱描摹敍記男女私情的詩文文字爲綺語。

【綺錯】縱横交錯。後漢書四十上班彪傳班固西都賦:"周廬千列,徼道綺錯。"梁書沈約傳郊居賦:"羅方圓而綺錯,窮海陸而兼薦。"

【綺錢】宫殿的窗飾。文選南朝齊謝玄暉(朓)直中書省詩:"玲瓏結綺錢,深沈映朱網。"注:"東宫舊事曰:'窗有四面,綾綺連錢。'"唐呂延濟注:"綺錢、朱網,並宫殿之飾也。"樂府詩集四四子夜歌:"朝日照綺錢,光風動紈素。"

【綺靡】華麗,浮豔。文選晉陸士衡(機)文賦:"詩緣情而綺靡,賦體物而瀏亮。"南朝梁劉勰文心雕龍一辨騷:"九歌九辯,綺靡以傷情;遠遊天問,瓌詭而惠巧;招魂招隱,耀豔而深華。"

【綺襦紈絝】綺紈爲顯貴豪門所服,因以指富貴人家子弟。漢書一〇〇上敍傳:"(班伯)出與王許子弟爲羣,在於綺襦紈絝之間,非其好也。"

綫

xiàn 私箭切,去,線韻,心。
ㄒㄧㄢ

同"線"。公羊傳僖四年:"中國不絶若綫。"禮內則"右佩箴管線纊"釋文:"線,本又作綫,息賤反。"

綴

1. zhuì 陟衛切,去,祭韻,知。
ㄓㄨㄟ

㊀縫合。禮內則:"衣裳綻裂,紉箴請補綴。"戰國策秦一:"綴甲厲兵,効勝於戰場。"㊁連結。文選漢張平子(衡)西京賦:"左有崤函重險,桃林之塞,綴以二華。"二華,太華山、少華山。㊂裝飾,表記。大戴禮六七明堂:"赤綴户也,白綴牖也。"參見"綴兆"。

2. chuò 陟劣切,入,薛韻,知。
ㄔㄨㄛ

㊃停廢,罷止。通"輟"。荀子成相:"春申道綴基畢輸。"㊄牽制。後漢書二八吳漢傳:"既輕敵深入,又與(劉)尚別營,……賊若出兵綴公,以大衆攻尚,尚破,公卽敗矣。"

【綴文】著述,寫作。謂連綴字句以成文章。漢書三六劉向傳贊:"自孔子後,綴文之士衆矣。"文選晉皇甫士安(謐)三都賦序:"逮漢賈誼,頗節之以禮,自是厥後,綴文之士,不率典言,並務恢張,其文博誕空類。"

【綴宅】軀體。淮南子精神:"且人有戒形而無損於心,有綴宅而無耗精。"注:"綴宅,身也。精神居其宅則生,離其宅則死。"

【綴衣】㊀幄帳。書顧命:"兹既受命還,出綴衣于庭。"傳:"綴衣,幄帳。"㊁官名。周置。掌管衣服,爲天子親近之臣。書立政:"虎賁、綴衣、趣馬,小尹。"疏:"虎賁、綴衣、趣馬三者官雖小,須慎擇其人。"參見"贅衣"。

【綴兆】指樂隊的行列位置。荀子樂論:"執其干戚,習其俯仰屈伸,而容貌得莊焉;行其綴兆,要其節奏,而行列得正焉,進退得齊也。"

【綴述】見"綴術"。

【綴恩】聯絡親恩。禮月令"命樂師大合吹而罷"漢鄭玄注:"歲將終,與族人大飲作樂於大寢,以綴恩也。"疏:"綴恩者,綴,謂連綴,恩謂恩親。"

【綴純】以雜彩爲邊。書顧命:"西序東嚮,敷重底席,綴純,文貝仍几。"疏:"綴者,連綴諸色,席必以彩爲緣,故以綴爲雜彩也。"

【綴術】㊀書名。南齊祖沖之撰,六卷。隋書經籍志著錄,又見律曆志。南齊書南史祖沖之傳皆作綴述。唐王孝通緝古算經進書表謂爲祖暅之作。唐代明算科用書十二種,中有綴術,學習年限爲三年。今已不傳。㊁故時天文學的測算法。宋沈括夢溪筆談十八技藝:"求星辰之行,步氣朔消長,謂之綴術。"又八象數二:"其法須測驗,每夜昏曉夜半月及五星所在度,抄置簿錄之。滿五年,其間剔去雲陰及晝見日數外,可得三年實行,然後以筭日綴之,古所謂綴術者,此也。"

【綴集】連綴彙集,常指著述、編輯。晉郭璞爾雅序:"是以復綴集異聞,會稡舊說。"後漢書四十下班彪傳:"武帝時,司馬遷著史記,自太初以後,闕而不錄,後好事者頗或綴集時事，然多鄙俗，不足以踵繼其書。」

【綴旒】㊀表率，歸依。詩商頌長發：「受小球大球，爲下國綴旒。」毛傳訓爲表章，鄭箋釋綴爲結，言湯爲天子，與諸侯同結其心，如旌旗之旒縿結。㊁即贅旒。指君主爲臣下挾持，大權旁落。後漢書五九張衡傳應閒：「夫戰國交爭，戎車競驅，君若綴旒，人無所麗。」注：「公羊傳曰：『君若贅旒然。』旒，旂旒也，言爲下所執持西東也。」參見「贅旒」。

【綴路】急行倒仆。綴爲「蹳」、「趨」的借字。漢王充論衡物勢：「亦或辯口利舌、辭喻橫出爲勝，或詘弱綴路、蹥蹇不比者爲負。」

【綴綴】相連綴貌。追隨不離之意。荀子非十二子：「其冠進，其衣逢，其容愨，……綴綴然，瞀瞀然，是子弟之容也。」注：「綴綴然，不乖離之貌。」唐韓愈昌黎集五寄崔二十六立之詩：「子寧獨迷誤，綴綴意益彌。」

【綴學】承襲前人之學。大戴禮小辨：「公曰：『請學忠信之備。』子曰：『……若丘也，綴學之徒，安知忠信？』」漢書三六劉歆傳移書讓太常博士：「往者綴學之士，不思廢絶之闕，苟因陋就寡，分文析字，煩言碎辭，學者罷老且不能究其一藝。」

【綴白裘】題鬱岡樵隱輯，古積金山人採新，搜集元以來雜劇傳奇共四十種。每種摘選一闋至數闋，十之八九皆有傳本。輯者自以爲所搜皆爲精華所在，故取「綴白狐之腋以爲裘」之意爲書名。有清康熙間翼聖堂刊本。今通行者爲乾隆間錢德蒼增輯本，復增補爲十二集，共八十九種，四百九十四闋。

綽 1. chuò 昌約切，入，藥韻，穿。ㄔㄨㄛˋ

㊀寬，緩。詩衛風淇奧：「寬兮綽兮，倚重較兮。」㊁多。楚辭大招：「滂心綽態，姣麗施只。」注：「綽，猶多也。」㊂見「綽子」。

2. chāo ㄔㄠ

㊃抓取，拿起。元曲選康進之李逵負荊一：「綽起俺兩把板斧來，砍折你那蟠根桑棗樹，活殺你那闊角水黃牛。」㊄舊指緝捕爲綽。明陸容菽園雜記一：「移文中字有日用而不知所自，……綽本寬綽，今以爲巡綽。」

【綽子】金代婦女所服的套衣。金史輿服志下：「許嫁之女則服綽子，制如婦人服，以紅或銀褐明金爲之，對襟彩領，前齊拂地，後曳五寸餘。」

【綽立】端立。唐元稹長慶集十八酬孝甫見贈詩之四：「曾經綽立侍丹墀，綻蘂宮花拂面枝。」

【綽約】柔美貌。文選漢傅武仲（毅）舞賦：「綽約閑靡，機迅體輕。」也作「淖約」。見該條。

【綽異】傑出，不凡。三國志吳王蕃傳：「薛瑩稱王蕃器量綽異，弘博多通。」

【綽菜】植物名。晉嵇含南方草木狀：「綽菜，夏生於池沼間，葉類茨菰，根如藕條。南海人食之，云令人思睡，呼爲瞑菜。」

【綽楔】古時立於正門兩旁，用以表彰孝義的木柱。五代晉天福四年戶部尚書奏稱深州司功參軍李自倫六世同居，請旌表其孝義。敕曰：「其量地之宜，高其外門，門安綽楔，左右建臺，高一丈二尺，廣狹方正稱焉，圬以白而赤其四角，使不孝不義者見之，可以悛心而易行焉。」見新五代史李自倫傳。宋劉克莊後村集二五寄題楊懋卿孝感堂詩：「帝出絲綸照穹壤，宮施綽楔表門閭。」

【綽號】諢名，外號。古今名劇元康進之李逵負荊一：「某姓宋名江，字公明，綽號順天呼保義。」

【綽綽】寬裕。詩小雅角弓：「此令兄弟，綽綽有裕。」孟子公孫丑下：「我無官守，我無言責也，則吾進退，豈不綽綽然有餘裕哉！」

網 wǎng 文兩切，上，養韻，明。ㄨㄤˇ

本字作「罔」。㊀捕魚鼈鳥獸的工具。詩邶風新臺：「魚網之設，鴻則離之。」易繫辭下：「作結繩而爲罔罟，以佃以漁。」疏：「用此罟罔，或陸畋以羅鳥獸，或水澤以罔魚鼈也。」㊁比喻爲法律。史記酷吏傳序：「昔天下之網嘗密矣，然姦僞萌起，上下相遁，至於不振。」索隱：「鹽鐵論（刑德）云：『秦法密於凝脂。』」

【網巾】明時以絲結網爲巾，用以裹髮。相傳明太祖取神樂觀所結式頒行境內。上有總繩結巾，名曰一統山河；結髮之宗，狹不過二寸，名懶收網。上至貴官，下至生員吏隸，冠下皆著網巾。參閱明郎瑛七修類稿十四、李介天香閣隨筆二、清周亮工書影九。

【網戶】㊀門窗扉，刻方格，其狀如網，故稱。楚辭宋玉招魂：「網戶朱綴，刻方連些。」注：「網戶，綺文鏤也。」唐李白李太白詩十三秋夜宿龍門香山寺……：「玉斗橫網戶，銀河耿花宮。」㊁漁戶。元方回桐江續集二六秋風歌：「鹽亭網戶十萬許，潮頭三丈一掃空。」

【網羅】㊀捕魚鼈鳥獸的用具。淮南子兵略：「飛鳥不動，不離網羅。」㊁喻法律。文選三國魏陳孔璋（琳）爲袁紹檄豫州：「加其細政苛慘，科防互設，罾繳充蹊，坑穽塞路，舉手挂網羅，動足觸機陷。」此以捕魚鼈鳥獸的網羅比喻法網。㊂搜羅，包容。史記太史公自序：「罔羅天下放失舊聞。」漢書六二司馬遷傳作「網羅」。漢書九九上王莽傳：「網羅天下異能之士，至者前後千數。」

【網開三面】喻恩澤優渥，法令尚寬。史記殷本紀：「湯出，見野張網四面，祝曰：『自天下四方皆入吾網。』湯曰：『嘻，盡之矣！』乃去其三面，祝曰：『欲左，左；欲右，右。不用命，乃入吾網。』諸侯聞之曰：『湯德至矣，及禽獸。』」唐劉禹錫劉夢得集十八賀赦表之一：「網開三面，危疑者許以自新；德達四聰，瑕累者期於録用。」

【網漏吞舟】網漏，言法網疏闊。吞舟，指大魚，比大奸。史記酷吏傳序：「漢興，破觚而爲圜，斲雕而爲朴，網漏於吞舟之魚，而吏治烝烝，不至於姦，黎民艾安。」晉書郤詵傳對策：「貪鄙竊位，不知誰升之者？獸兕出檻，不知誰可咎者？網漏吞舟，何以過此！」

綱 gāng 古郎切，平，唐韻，見。ㄍㄤ

㊀提網的繩。書盤庚上：「若網在綱，有條而不紊。」韓非子外儲説右下：「善張網者引其綱，不一一攝萬目而後得。則是勞而難，引其綱則魚已囊矣。」㊁事物的主體。詩大雅卷阿：「豈弟君子，四方爲綱。」箋：「綱者能張衆目。」北史源賀傳附源懷：「爲政貴當舉綱。」參見「三綱」。㊂繫束。周禮夏官馬質：「綱惡馬。」注：「綱，以縻索維綱狎習之。」又考工記梓人：「上綱與下綱出舌尋，縜寸焉。」注：「綱，所以繫侯於植者也。」㊃行列。文選南朝宋鮑明遠（照）舞鶴賦：「離綱別赴，合緒相依。」注：「綱、緒，謂舞之行列也。」㊄成批運送貨物的組織。如茶綱、鹽綱、花石綱。新唐書食貨志三：「（劉）晏爲歇艎支江船二千艘，每船受千斛，十船爲綱，每綱三百人，篙工五十人。」

【綱目】㊀大綱與細目。1. 指政事公務。漢徐幹中論下民數：「是以先王制六卿六遂之法，所以維持其民而爲之綱目也。」南史梁鍾嶸傳：「時齊明帝躬親細務，綱目亦密，於是郡縣及六署九府常行職事，莫不争自啓聞，取決詔敕。”2.指書籍項目編制。宋朱熹資治通鑑綱目序：“大書以提要，而分注以備言，……名曰資治通鑑綱目。”又，明李時珍撰本草，名本草綱目。㊂猶言法網。世説新語言語：“劉公幹(楨)以失敬罹罪，文帝問曰：‘卿何以不謹於文憲？’楨答曰：‘臣誠庸短，亦由陛下綱目不疎。’”

【綱佐】指官員中的主管和輔佐。宋書杜慧度傳：“(父)瑗卒，府州綱佐以交土接寇，不宜曠職，共推慧度行州府事，辭不就。”魏書李元護傳：“病前月餘，京師無故傳其凶問。又城外送客亭柱，有人書曰：‘李齊州死。’綱佐餞别者見而拭之。”

【綱要】大綱要領。南朝梁劉勰文心雕龍四諸子：“然洽聞之士，宜撮綱要，攬華而食實，棄邪而採正。”魏書殷紹傳上四序堪輿表：“尋究經年，粗舉綱要。”

【綱紀】㊀治理。照管。詩大雅棫樸：“勉勉我王，綱紀四方。”箋：“以網罟喻爲政，張之爲綱，理之爲紀。”三國志吴陸遜傳：“遜年長於(從祖)康子績數歲，爲之綱紀門户。”㊁大綱要領。荀子勸學：“禮者，法之大分，類之綱紀也，故學至乎禮而止矣。”㊂法度，法紀。漢書禮樂志：“夫立君臣，等上下，使綱紀有序，六親和睦，此非天之所爲，人之所設也。”㊃公府及州郡主簿。晉書徐邈傳與范甯書：“足下選綱紀必得國士，足以攝諸曹；諸曹皆是良吏，則足以掌文案。”文選南朝宋傅季友(亮)爲宋公修張良廟教：“綱紀。”注：“綱紀，謂主簿也。教，主簿宣之，故曰綱紀，猶今詔書稱門下也。”後也稱管理一家事務的僕人爲綱紀。參見“主簿”、“紀綱”。

【綱理】猶言統治。宋曾鞏元豐類稿十太祖皇帝總敍：“創始傳後，比迹堯舜；綱理天下，軼於漢祖。”

【綱常】即三綱五常。封建時代，以君爲臣綱，父爲子綱，夫爲妻綱爲三綱；仁義禮智信爲五常。宋史四三八葉味道傳輪對：“必堅志氣以守所學，謹幾微以驗所學，正綱常以勵所學，用忠言以充所學。”

【綱運】唐宋時轉運大宗貨物，分批啓運，每批以若干車輛或船隻爲一組，編立字號，以便稽查，謂之綱運。其法始于唐劉晏。參閲新唐書食貨志三。

【綱領】大綱與要領。三國志魏陳矯傳：“子本嗣，歷位郡守九卿。所在操綱領，舉大體，能使羣下自盡。”抱朴子君道：“操綱領以整毛目，握道數以御衆才。”

【綱維】㊀總綱和四維。魏書源懷傳：“爲貴人，理世務，當舉綱維，何必太子細也。”引申指法度。三國志吴魯肅傳：“先是，益州牧劉璋綱維頽弛，周瑜甘寧並勸(孫)權取蜀。”㊁扶持，維護。三國志魏劉放傳：“宜速召太尉司馬宣王，以綱維王室。”㊂僧寺中知事僧的稱謂。唐段成式酉陽雜俎續集支植下：“童子寺有竹一窠，纔長數尺，相傳其寺綱維每日報竹平安。”參見“維那㊀”。

【綱鑑】明清人取宋朱熹通鑑綱目體例編歷代史，於“綱目”、“通鑑”各摘一字，謂之綱鑑。如明王世貞(鳳洲)綱鑑，袁黄(了凡)綱鑑及綱鑑易知録，清顧錫疇綱鑑正史約等。

【綱舉目張】言大綱既舉，則細目自明。呂氏春秋用民：“一引其綱，萬目皆張。”漢鄭玄詩譜序：“舉一綱而萬目張，解一卷而衆篇明，於力則鮮，於思則寡。”宋劉克莊後村集六三高衡孫權刑部侍郎制：“在省闥則綱舉目張，臨郡國則政平訟理。”

緄

gǔn ㄍㄨㄣˇ 古本切，上，混韻，見。

㊀繩。詩秦風小戎：“虎韔鏤膺，交韔二弓，竹閉緄縢。”㊁織帶。三國魏曹子建集七啓：“緄佩綢繆，或彫或錯。”宋書武三王(劉)義恭傳：“諸妃主不得著緄帶。”凡織帶皆可以爲衣服緣邊，故今曰緄邊。參閲近人章炳麟新方言六釋器。㊂捆。戰國策衞：“衞君懼，束組三百緄，黄金三百鎰，以隨使者南。”注：“組，紏文紛綬之屬也。十首爲一緄也。”

緆

xì ㄒㄧˋ 先擊切，入，錫韻，心。

㊀細麻布。文選漢司馬長卿(相如)子虛賦：“被阿緆，揄紵縞。”注：“緆，細布也。”漢書五七上司馬相如傳緆作“錫”。㊁裳的邊飾。儀禮既夕禮：“縓綼緆。”注：“飾裳在幅曰綼，在下曰緆。”

緋

fēi ㄈㄟ 甫微切，平，微韻，幫。

紅色。説文：“帛赤色。”唐韓愈昌黎集四送區弘南歸詩：“騰蹋衆駿事鞍鞿，佩服上色紫與緋。”唐制，文武官員三品以上服紫，金玉帶。四品服深緋，五品服淺緋，並金帶。見舊唐書輿服志。

【緋桃】桃花。唐唐彦謙鹿門集拾遺緋桃詩：“短牆荒圃四無鄰，烈火緋桃照地春。”

綬

shòu ㄕㄡˋ 殖酉切，上，有韻，禪。
承呪切，去，宥韻，禪。

絲帶，用來繫帷幕或印環。古代常用不同顔色的絲帶，標識官吏的身分和等級。禮玉藻：“天子佩白玉而玄組綬。”注：“綬者，所以貫佩玉相承受者也。”後漢書輿服志下：“韍佩既廢，秦乃以采組連結於璲，光明表章，轉相結受，故謂之綬。漢承秦制，用而弗改，遂加之以雙印佩刀之飾。”

【綬花】花名，以花色紅如綬而名。南朝梁任昉述異記下：“紅綬花，蔓生如綬一般，有文采，因名焉。”全唐詩三六虞世南門有車馬客詩：“夏蓮開劍水，春桃發綬花。”樂府詩集四十門有車馬客綬花作“露花”。

【綬鳥】鳥名。卽吐綬鳥。宋陸佃埤雅九：“綬鳥一名鷊，亦或謂之吐綬，咽下有囊如小綬，五色彪炳。”見“吐綬鳥”。

綵

cǎi ㄘㄞˇ 倉宰切，上，海韻，清。

㊀采色絲織物。通“采”、“彩”。後漢書三四梁冀傳：“賞賜金錢、奴婢、綵帛、車馬、衣服、甲第，比霍光。”㊁花紋，光色。同“彩”。文選漢張平子(衡)思玄賦：“昭綵藻與琱琭兮，璜聲遠而彌長。”注：“綵，文綵也。”藝文類聚八二南朝梁昭明太子(蕭統)芙蓉賦：“色兼列綵，體繁衆號。”

【綵女】卽宫女。後漢書七八呂强傳陳事疏：“臣又聞後宫綵女數千餘人，衣食之費，日數百金，比穀雖賤，而户有飢色。”

【綵仗】卽儀仗。文苑英華一七四唐宋之問奉和幸長安故城未央宫應制詩：“寒輕彩仗外，春發幔城中。”彩，同“綵”。姚合姚少監集九和裴結端公早朝詩：“綵仗祥光動，彤庭瑞色鮮。”

【綵舟】結綵的船。唐劉禹錫劉夢得集八競渡曲：“沅江五月平堤流，邑人相將浮綵舟。”綵，劉賓客集作“彩”。

【綵物】泛指錢帛財物。後漢書六五段熲傳：“時竇太后臨朝……勑中藏府調金錢綵物，增助軍費，拜熲破羌將軍。”新唐書一二〇崔玄暐傳：“武后曰：‘卿向改職，乃聞令史設齋相慶，此欲肆其貪耳，卿爲朕還舊官。’乃復拜天官侍郎，厚賜綵物。”

【綵棚】結綵的棚架。宋孟元老東京夢華録六正月：“正月一日年節，……州北封丘門外，及州南一帶，皆結綵棚。”

【綵勝】古代立春日用有色絹、紙剪成的小旛或其他飾物，叫做綵勝，也叫幡勝，旛勝。插於髮上或繫在花枝，表示迎春，並互相饋贈。後來成爲裝點節令的一般飾物。宋梅堯臣宛陵集十九嘉祐己亥歲旦永叔內翰詩："屠酥先尚幼，綵勝又宜春。"元張憲玉笥集三端午詞："五色靈錢傍午燒，綵勝金花貼鼓腰。"參閱宋高承事物紀原八綵勝。參見"人勝"、"幡勝"、"旛勝"。

【綵樓】古代於七夕節（七月七日）人家往往於庭前結綵棚，稱爲綵樓，亦稱乞巧樓。唐李中碧雲集下七夕詩："星河耿耿正新秋，絲竹千家列綵樓。"參見"乞巧樓"。

【綵燕】古代立春日的一種裝飾品。南朝梁宗懍荆楚歲時記："立春之日，悉剪綵爲燕戴之，貼宜春二字。"全唐詩四六崔日用立春遊苑迎春應制詩："瑶筐綵鷰先呈瑞，金縷晨鷄未學鳴。"鷰，同"燕"。

【綵繪】彩色的繪畫，借喻藻飾。宋王安石臨川集十二寄曾子固詩："作詩寄微誠，誠語無綵繪。"

【綵鷁】鷁，水鳥名。古時常於船頭刻繪爲鳥形。後來詞文中因以綵鷁作較大船隻的通名。綵亦作"彩"。文苑英華三四八唐李嶠汾陰行詩："棹歌微吟綵鷁浮，簫鼓哀鳴白雲秋。"

【綵衣年】指幼年。唐孟浩然集三送張參明經舉兼向涇州省覲詩："十五綵衣年，承歡慈母前。"

【綵衣娛親】傳説春秋時有老萊子事父母孝，年七十常著五色斑斕之衣，作嬰兒戲。上堂，故意仆地，以博父母一笑。見藝文類聚二十列女傳。後來詩文中常以綵衣娛親爲孝親的典故。宋書樂志四三國魏曹植靈芝篇："伯瑜年七十，采衣以娛親。"樂府詩集五三采作"綵"。韓伯瑜，漢時人。

綸 1. lún ㄌㄨㄣˊ 力迍切，平，諄韻，來。

㊀青絲綬。凡粗於絲者爲綸。見説文。後漢書五九仲長統傳昌言理亂："身無半通青綸之命，而竊三辰龍章之服；不爲編户一伍之長，而有千室名邑之役。"注："鄭玄注禮記曰：'綸，今有秩、嗇夫所佩也。'"㊁釣絲。文選三國魏嵇叔夜（康）贈秀才入軍詩："流磻平皋，垂綸長川。"㊂理絲曰綸。詩小雅采綠："之子于釣，言綸之繩。"引申爲牽引，補合。參見"彌綸"。

2. guān ㄍㄨㄢ 古頑切，平，山韻，見。

㊃見"綸₂巾"。

【綸₂巾】古時用青絲帶編的頭巾，又名諸葛巾。相傳爲三國時諸葛亮所創。世説新語簡傲："謝中郎（萬）是王藍田（述）女壻，嘗箸白綸巾，肩輿徑至揚州聽事，見王，直言曰：'人言君侯癡，君侯信自癡！'"宋蘇軾東坡詞念奴嬌赤壁懷古："羽扇綸巾，談笑間，强虜灰飛烟滅。"

【綸氏】地名。見"潁陽"。

【綸₂布】海藻類植物。見"昆布"。

【綸至】情意極厚。世説新語品藻："郗嘉賓（超）道謝公（安），造膝雖不深徹，而纏綿綸至。"

【綸言】猶"綸音"。皇帝的詔書。唐劉禹錫劉夢得文集二一謝中書張相公啟："伏蒙聖慈，遽寢前命，移莅善部，載形綸言。"

【綸囷】雲氣盤繞之狀。史記天官書："若煙非煙，若雲非雲，郁郁紛紛，蕭索綸囷，是謂卿雲。"標點本作"輪囷"。

【綸音】禮緇衣："王言如絲，其出如綸；王言如綸，其出如綍。"謂言出而彌大。後因以綸音、綸言、綸綍稱皇帝的詔書、制令。唐元稹長慶集三四代李中丞謝官表："如或綸音既降，丹慊莫從，則當破柱求姦，碎首請事，死而後已。"參見"絲綸"。

【綸連】結綬爲網絡，即紫彩。文選漢班孟堅（固）西都賦："屋不呈材，牆不露形，裛以藻繡，絡以綸連。"注："綸，糾青絲綬也。"

【綸綍】制令。唐柳宗元柳先生集三八代廣南節度使謝出鎮表："鴻霈曲臨，惶駭交集，捧對綸綍，不知所圖。"參見"綍音"。

【綸誥】古代君王的詔書。文選南朝梁沈休文（約）故安陸昭王碑文："始而文學遊梁，俄而入掌綸誥。"唐韓愈韓昌黎集四十論淮西事宜狀："臣謬承恩寵，獲掌綸誥，地親職重，不同庶寮。"

【綸閣】指中書省及內閣。以爲皇帝撰擬撰詔制之地而名。晉書王湛傳贊："或寄重文昌，允釐於袞職；或任華綸閣，密勿於王言。"初學記十一中書令："又中書職掌綸誥，前代詞人，因謂綸閣。"

綏 ruí ㄖㄨㄟˊ 儒佳切，平，脂韻，日。

㊀帽帶的末梢部分。詩齊風南山："葛屨五兩，冠綏雙止。"禮內則："冠綏纓。"疏："結纓頷下以固冠，結之餘者，散而下垂，謂之綏。"參閱清雷學淇介庵經説五續綏。㊁長在腹下的針喙。禮檀弓下："范則冠而蟬有綏。"注："綏爲蜩喙，長在腹下。"全唐詩三六虞世南蟬："垂綏飲清露，流響出疏桐。"

綢 1. chóu ㄔㄡˊ 直由切，平，尤韻，泥。

㊀纏繞。見"綢繆"。㊁束縛。楚辭屈原九歌湘君："薜荔柏兮蕙綢，蓀橈兮蘭旌。"㊂密。本字作"稠"。見"綢直"。㊃絲織物的通稱。通"紬"。

2. táo ㄊㄠ 土刀切，平，豪韻，照。

㊄藏。通"韜"。禮檀弓上："孔子之喪，……綢練設旐，夏也。"注："以練綢旌之杠。"爾雅釋天："素錦綢杠。"注："以白地錦韜旗之竿。"

【綢直】濃密貌。詩小雅都人士："彼君子女，綢直如髮。"箋："其情性密緻，操行正直，如髮之本末無隆殺也。"

【綢密】密切。同"稠密"。北史北海王詳傳："詳既素附於皓，又緣滔好，往來綢密。"

【綢繆】㊀緊纏密繞。詩唐風綢繆："綢繆束薪，三星在天。"又豳風鴟鴞："迨天之未陰雨，徹彼桑土，綢繆牖户。"疏："鄭（玄）以爲鴟鴞及天之未陰雨之時，剝彼桑根，以纏綿其牖户，乃得有此室巢。"後常以"未雨綢繆"喻防患於未然。㊁指情意殷勤。三國志蜀先主傳："先主至京見（孫）權，綢繆恩紀。"文選三國魏吳季重（質）答東阿王書："發函伸紙，是何文采之巨麗，而慰喻之綢繆乎？"㊂指深奧。莊子則陽："聖人達綢繆，周盡一體矣。"釋文："綢繆猶纏綿也，又深奧也。"㊃婦女的帶結。漢書七六張敞傳上書："禮，君母出門則乘輜軿，下堂則從傅母，進退則鳴玉佩，內飾則結綢繆。"注："組紐之屬，所以自結固也。"參閱明楊慎丹鉛續録六。

綯 táo ㄊㄠˊ 徒刀切，平，豪韻，定。

㊀絞製繩子。詩豳風七月："晝爾于茅，宵爾索綯。"㊁繩。同"絛"。方言九："車紂……或謂之曲綯。"注："綯，亦繩名。"

綹 liǔ ㄌㄧㄡˇ 力久切，上，有韻，來。

㊀緯十縷爲綹。見説文。集韻："絲十爲綸，綸倍爲綹。"㊁凡絲縷編成的線，皆曰綹。全唐詩九五沈佺期七夕曝衣篇："上有仙人長命綹，中看玉女迎歡繡。"繫物的絛帶也稱綹。參見"翦綹"。㊂一束。元明雜劇元秦簡夫陶母剪髮待賓二："兀那街市上一個婆婆，手裏拿着一綹兒頭髮，不知是賣的？買的？"

維 wéi ㄨㄟˊ 以追切，平，脂韻，喻。

㈠結物的大繩。楚辭屈原天問："斡維焉繫？天極焉加？"注："言天晝夜轉旋，寧有維綱繫綴，其際極何所加乎？"漢書四八賈誼傳陳政事疏："若夫經制不定，是猶度江河亡維楫，中流而遇風波，船必覆矣。"注："維所以繫船，楫所以刺船也。"㈡隅。素問氣交變大論："土不及四維。"注："維，隅也。"淮南子天文："東北爲報德之維也。"注："四角爲維也。"㈢大綱。管子禁藏："法令爲維綱。"注："維綱所以張也。"㈣繫。詩小雅白駒："繫之維之，以永今朝。"公羊傳昭二五年："且夫牛馬維婁，委己者也。"注："繫馬曰維，繫牛曰婁。"㈤連結。詩小雅節南山："秉國之鈞，四方是維。"周禮夏官大司馬："建牧立監，以維邦國。"注："維，猶連結也。"㈥思考，計度。通"惟"。詩周頌維天之命序釋文："維，韓詩云：'維，念也。'"史記秦楚之際月表："墮壞名城，銷鋒鏑，鉏豪桀，維萬世之安。"索隱："維訓度，謂計度令萬代安也。"㈦介詞。由於。詩鄭風狡童："維子之故，使我不能餐兮。"㈧句首句中助詞。詩召南鵲巢："維鵲有巢，維鳩居之。"易解："君子維有解。"

【維斗】卽北斗星。莊子大宗師："維斗得之，終古不忒。"唐成玄英疏："北斗爲衆星綱維，故曰維斗。"宋黄庭堅山谷詩注外集六走答明略……："吾聞向來得道人，終古不忒如維斗。"

【維州】古冉駹地，漢武帝時爲汶山郡地。唐武德七年置維州。宋景祐中因其名與濰州相近，郵置文字，易致滯誤，改爲威州。至清省。州治在今四川理縣東北。參閱太平寰宇記七八維州、王闢之澠水燕談錄八事誌。

【維那】寺院中管理總務的知事僧。梵語羯磨陀那，義譯爲綱維。位次於上座。梁慧皎高僧傳五竺道壹："壹既博通內外，又律行清嚴，故四遠僧尼，咸依附諮稟，時人號曰九州都維那。"參閱唐釋義淨南海寄歸內法傳四灌沐尊儀、宋釋贊寧僧史略中雜任職員。

【維持】㈠維繫，保持。漢徐幹中論下民數："是以先王制六鄉六遂法，所以維持其民而爲之綱目也。"三國志魏張邈傳："策謀不素定，不能相維持。"㈡迴護。紅樓夢四："那時王夫人已知薛蟠官司一事虧賈雨村就中維持了，才放了心。"

【維城】連城以衞國。詩大雅板："懷德維寧，宗子維城。"文選晉干令升（寶）晉紀總論："尋以二公楚王之變，宗子無維城之助，而閼伯實沈之郤歲構；師尹無具瞻之貴，而顛墜戮辱之禍日有。"

【維星】星宿名。漢書天文志："維星散，句星信，則地動。"又："極後有四星，名曰句星。斗杓後有三星，名曰維星。散者，不相從也。"

【維揚】書禹貢有"淮海惟揚州"，尚書惟字毛詩皆作"維"。後人摘取"維揚"作爲揚州的別稱。卽今江蘇揚州市。樂府詩集二六唐劉希夷江南曲之五："潮平見楚甸，天際望維揚。"參閱宋費袞梁谿漫志九惟揚澄江。

【維綱】卽總綱，也指法度。管子禁藏："法令爲維綱，吏爲網罟。"漢書六二司馬遷傳報任安書："鄉者僕亦嘗廁下大夫之列，……不以此時引維綱，盡思慮，今已虧行爲埽除之隸，在闒茸之中，迺欲卬首信眉，論列是非，不亦輕朝廷，羞當世之士邪！"參見"綱維"。

【維新】詩大雅文王："周雖舊邦，其命維新。"傳："乃新在文王也。"維，爲語詞，言周至文王，乃成新國。文選晉庾元規（亮）讓中書令表："陛下踐祚，聖政維新，宰輔賢明，庶僚咸允，康哉之歌，實在至公。"後稱變舊法、行新政爲維新。

【維摩】㈠佛名。卽"維摩詰"。見該條。㈡州名。故地在今雲南文山壯族苗族自治州北部。州治在今丘北縣西北。元始立維摩千户，隸阿迷萬户府，至元十三年改爲管軍總把，隸廣西路。二十七年置維摩州。見寰宇通志一一三廣西府維摩州。

【維縶】詩小雅白駒："皎皎白駒，食我場苗，縶之維之，以永今朝。"文選晉潘正叔（尼）迎大駕詩："翔鳳嬰籠檻，騏驥見維縶。"維與縶皆爲羈絆束縛之意。引申爲牢籠或使人就範之意。文選南朝宋謝靈運從京口北固應詔詩："顧已枉維縶，撫志慙場苗。"

【維鵜】詩曹風候人："維鵜在梁，不濡其翼。"箋："鵜在梁，當濡其翼。而不濡者，非其常也。以喻小人在朝亦非其常。"後以"惟鵜"比喻小人得意。隋書盧愷傳："染工上士王神歡者，嘗以賂自進，冢宰宇文護擢爲計部下大夫。愷諫曰：'……今神歡出自染工，更無殊異，徒以家富自通，遂與搢紳並列，實恐惟鵜之刺聞之外境。'護竟寢其事。"

【維繫】保持。明史可法史忠正集復攝政睿親王書："夫天下共主，身殉社稷，……而猶拘牽不卽位之文，坐昧大一統之義，中原鼎沸，倉猝出師，將何以維繫人心，號召忠義！"

【維摩詰】釋迦同時人，也作毗摩羅詰。義譯無垢稱，或作淨名。曾向佛弟子舍利弗彌勒文殊師利等講說大乘教義。見南朝梁僧祐出三藏記集一胡漢譯經同異記、大唐西域記七吠舍釐國。南朝梁蕭統（昭明太子）小字維摩，唐王維字摩詰，皆取此爲義。

【維摩經】全稱維摩經所說經。記維摩與舍利弗彌勒等及文殊大師問答之辭，說明大乘教理。譯本已佚者有後漢嚴佛調古維摩經一卷，晉竺法護譯維摩經所說法門經一卷，竺叔蘭譯毗摩羅詰經三卷。今存者有三國吳支謙譯維摩詰說不可思議法門經二卷、後秦鳩摩羅什譯維摩詰所說經三卷，唐玄奘譯說無垢稱經六卷。

綿 mián ㄇㄧㄢˊ

本字作"緜"。玉篇作"綿"。參見"緜"及下各條。

【綿水】卽今綿陽河，源出四川綿竹縣北，南流至廣漢入雒江。見嘉慶一統志四一四綿州直隸州山川。

【綿州】漢廣漢郡涪縣地，蜀漢置梓潼郡。隋置綿州，歷代相因。明屬成都府，清爲直隸州。公元 1913 年廢州，改綿陽縣，屬四川省。參閱寰宇通志六一成都府綿州。

【綿亙】相聯不斷貌。宋書謝靈運傳山居賦"長寄心於雲霓"自注："從江樓步路，跨越山嶺，綿亙田野，或升或降。"

【綿竹】縣名，屬四川省。漢置，屬廣漢郡，以其地竹性柔韌可爲繩索，因以爲名。北周廢，改爲晉熙縣。故城在今四川德陽縣北。隋初改爲孝水縣，以境有姜詩宅而名，後又復名綿竹。明屬漢州，清屬綿州。參閱寰宇通志六一漢州綿竹縣、曹學佺蜀中廣記五一蜀郡縣古今通釋。

【綿長】久遠。藝文類聚八七南朝梁庾肩吾謝賚林檎啓："丹徒故苑，歲綿長而不見；岷山舊植，路重阻而來難。"

【綿連】延續不絕。文選漢王子淵（褒）洞簫賦："翩綿連以牢落兮，漂乍棄而爲他。"重言作"綿綿連連"。文選漢東方曼倩（朔）非有先生傳："綿綿連連，殆哉世之不絕也。"

【綿密】細緻周密。周書姚僧垣傳："時武陵王所生葛修華，宿患積時，方術莫效。梁武帝乃令僧垣視之，還，具說其狀，並記增損時候。梁武帝歎曰：'卿用意綿密，乃至於此。'"

【綿惙】病危。同"綿篤"。世說新語德行:"劉尹(惔)在郡,臨終綿惙,聞閣下祠神鼓舞,正色曰:'莫得淫祀。'"唐劉禹錫劉夢得集十九代裴相公讓官第二表:"臣束髮已來,號爲強力,及其晚節,亦未甚衰,一朝被病,遂至綿惙。"

【綿紬】見"綿綢"。

【綿頓】纏綿困頓,指久病。綿也作"緜"。藝文類聚五十梁劉孝儀(潛)爲南平王讓徐州表:"綿頓枕席,動移旬晦,恒恐尺波易流,寸陰難保。"新唐書七七后妃傳下莊憲王皇后傳:"順宗即位,疾已緜頓,后侍醫藥不少怠。"

【綿綢】用廢碎絲紡成絲製成的表面不光整的絲織品。即綿紬。急就篇二:"綈絡縑練素帛蟬"注:"絡,今之生綳也,一曰今之綿紬是也。"周書武帝紀建德六年詔:"戊寅,初令民庶以上,唯聽衣綢、綿綢、絲布、圓綾、紗、絹、綃、葛、布等九種,餘悉停斷。"資治通鑑一七三陳太建九年注:"綿綢,紡綿爲之,今淮人能織綿紬,緊厚,耐久服。"

【綿蔓】延長貌。文選晉潘安仁(岳)笙賦:"若乃緜蔓紛敷之麗,浸潤靈液之滋,……固衆作者之所詳,余可得而略之也。"

【綿蕞】漢初,叔孫通創定朝儀時,於野外畫地爲宮,引繩爲綿,立表爲蕞,用以習儀。見史記九九叔孫通傳。後引申作儀表解。唐皮日休皮子文藪九移成均博士書:"爲諸生之蓍龜,作後來之綿蕞。"綿蕞,一作"綿蕝"。

【綿篤】指病危。晉書陶侃傳遜位表:"不圖所患,漸而綿篤,伏枕感結,情不自勝。"梁釋慧皎高僧傳五釋慧虔:"當時疾雖綿篤,而神色平平,有如恒日。"

【綿濛】幽暗不明。猶言冥蒙。水經注二四汶水:"自入萊蕪谷夾路連山數百里,……林藿綿濛,崖壁相望。"

【綿邈】長遠,悠遠。同"緜邈"。初學記三晉曹毗詠冬詩:"綿邈冬宵永,凛厲寒氣深。"藝文類聚八晉孫綽望海賦:"洲渚迢遞以疏屬,島嶼綿邈以牢羅。"參見"緜邈"。

【綿攣】牽制,拘束。後漢書五九張衡傳思玄賦:"毋綿攣以涬己兮,思百憂以自疢。"注:"衡集注云:'涬,引也。言物牽制於俗,引憂於己。'"

【綿裏針】指人外柔和而內尖刺。元曲選石君寶曲江池二:"笑里刀剮皮割肉,綿裏針剔髓挑觔。"

緋 bì ㄅㄧˋ 毗必切,入,質韻,並。

下裳的邊緣。通"紕"。儀禮既夕禮:"緇緋緆。"注:"飾裳在幅,曰緋。"

綠 1. lù ㄌㄨˋ 力玉切,入,燭韻,來。

㊀青黃色。楚辭屈原九章橘頌:"綠葉素榮,紛其可喜兮。"

2. lù ㄌㄨˋ 正字通 力竹切。

㊁草名。即藎草。同"菉"。詩小雅采綠:"終朝采綠,不盈一匊。"箋:"綠,王芻也。易得之菜也。"參見"藎"。

【綠衣】詩邶風綠衣:"綠兮衣兮,綠衣黃裏。"序:"綠衣,衞莊姜傷己也,妾上僭,夫人失位而作是詩也。"按古以黃爲正色,綠爲閒色,以閒色爲衣,以正色爲裏與裳,喻尊卑貴賤顛倒失序。亦指祭服中之卑下者。漢揚雄法言吾子:"綠衣三百,色如之何。"注:"色雜不可入宗廟。"

【綠₂耳】古駿馬,傳說爲周穆王"八駿"之一。也作"騄耳"。淮南子主術:"夫華騮綠耳,一日而至千里,然其使之搏兔,不如豺狼,伎能殊也。"列子周穆王:"(王)肆意遠游,命駕八駿之乘,右服驊騮而左綠耳,右驂赤驥而左白䕺。"䕺,古義字。參見"騄駬"。

【綠竹】㊀菉草與扁竹。詩衞風淇奧:"瞻彼淇奧,綠竹猗猗。"說文引詩作"菉竹"。綠爲王芻,即藎草;竹爲萹竹;爲二草,詩及爾雅釋草"菉"注疏皆同。惟毛詩草木魚蟲疏以爲一物。自宋朱熹詩集傳從草木疏,訓爲綠色之竹,元明以後多取朱說。參閱清陳啟源毛詩稽古編淇奧(清經解十五)、馬瑞辰毛詩傳箋通釋六淇奧。㊁綠色的竹子。文選晉張景陽(協)雜詩:"浮陽映翠林,迴飈扇綠竹。"

【綠沈】濃綠色。凡弓、槍、衣甲及其他器物飾以綠漆或爲綠色的,皆可冠以綠沈。太平御覽七〇一宋起居注:"元嘉中,中丞劉禎奏,風聞廣州刺史韋朗於州作綠沈銀泥漆屏風二十三牀。"此指屏風。北周庾信庾子山集八謝趙王新詩啟:"琉璃彤管,鵲頭鸞迴;婉轉綠沈,猿驚雁落。"指弓。唐杜甫杜工部草堂詩箋三重過何氏之四:"雨抛金鎖甲,苔卧綠沈鎗。"指鎗。參閱宋吳曾能改齋漫錄三綠沈、明楊慎丹鉛總錄二十詩話綠沈。

【綠車】漢皇孫用車名,又名皇孫車。漢書六八金日磾傳:"上拜涉爲侍中,使待幸綠車載送衞尉舍。"注:"如淳曰:'幸綠車常置左右以待召載皇孫,今遣涉歸,以皇孫車載之,寵之也。'"涉,日磾弟倫曾孫。太平御覽七七三漢蔡邕獨斷:"綠車名皇孫車,天子有孫,乘以從。"

【綠衫】唐制,官三品以上服紫,四五品以上服緋,六七品服綠,八九品服青。故唐人詩常用"綠衫"字,表示官位卑微。唐白居易長慶集十六憶微之詩:"分手各抛滄海畔,折腰俱老綠衫中。"參閱唐會要三一輿服上章服品第。

【綠房】花苞。花未開前,苞房皆呈綠色。唐李賀歌詩編三牡丹種曲:"水灌香泥却月盆,一夜綠房迎白曉。"

【綠青】礦物名。又稱扁青、石綠。常用於國畫調色,也可入藥。宋范成大桂海虞衡志:"綠,銅之苗也,亦出右江有銅處。生石中,質如石者名石綠。又有一種脆爛如碎土者名泥綠,品最下,價亦賤。"新唐書地理志五作"碌青"。參閱政和證類本草三扁青。

【綠₂林】西漢末,新市人王匡王鳳等聚於綠林山中,衆至七八千人,王莽天鳳四年起事,號下江兵。綠林位於湖北當陽東北。見漢書九九下王莽傳、後漢書二一劉玄傳。後來以綠林泛指結夥聚集山林之間反抗官府或搶劫財物的有組織的集團。唐詩紀事四六李涉詩:"春雨蕭蕭江上村,綠林豪客夜知聞。"

【綠珠】公元?—300年。晉石崇歌妓,善吹笛。時司馬倫(趙王)殺賈后,自稱相國,專擅朝政,崇與潘岳等謀勸司馬允(淮南王)、司馬冏(齊王)圖倫,謀未發。倫有嬖臣孫秀,家世寒微,與崇有宿憾,既貴又向崇求綠珠,崇不許,此時乃力勸倫殺崇,母兄妻子十五人皆死。甲士到門逮崇,綠珠跳樓自殺。見晉書石崇傳、世說新語仇隙。綠珠遭際曲折,受害而死,故歷代詩詞戲曲中以綠珠爲題材之作甚多。

【綠章】舊時道士祈天時用青藤紙朱書所寫的奏文。也叫青詞。唐李賀歌詩編一綠章封事爲吳道士夜醮作:"綠章封事諮元父,六街馬蹄浩無主。"宋陸游劍南詩稿六花時遍游諸家園:"綠章夜奏通明殿,乞借春陰護海棠。"

【綠雲】㊀喻樹葉茂盛。南朝宋鮑照鮑氏集三代陳思王京洛篇詩:"揚芬紫烟上,垂綵綠雲中。"唐白居易長慶集一雲居寺孤桐詩:"一株青玉立,千葉綠雲委。"㊁形容女人髮多而黑。唐白居易長慶集五六和春深詩之七:"宋家宮樣髻,一片綠雲斜。"杜牧樊川集一阿房宮賦:"綠雲擾擾,梳曉鬟也。"

【綠意】見"紅情綠意"。

【綠蛾】婦女的眉毛。以黛染畫,眉呈微綠痕采。全唐詩五三六許渾送客自兩河歸江南:"遥羡落帆逢舊友,綠蛾青鬢醉横塘。"

【綠節】菰的别稱。舊題漢劉歆西京雜記一:"太液池邊,皆是彫胡、紫蘀、綠節之類。菰之有米者,長安人謂爲彫胡;葭蘆之未解葉者,謂之紫蘀;菰之有首者,謂之綠節。"

【綠腰】唐琵琶曲名。貞元時樂工進曲,德宗命録出要者,因名録要。或作綠腰、六么。唐白居易長慶集十二琵琶引:"輕攏慢撚抹復挑,初爲霓裳後綠腰。"本又作"六么"。參閲唐段安節琵琶録、宋王灼碧雞漫志二。

【綠幘】㊀古時僕役的服式。漢書六五東方朔傳:"董(偃)君綠幘傅韝,隨主前,伏殿下。"注:"應劭曰:'宰人服也。'綠幘,賤人之服。"唐李白李太白詩二古詩之八:"綠幘誰家子,賣珠輕薄兒。"㊁董偃爲武帝寵臣,故又轉爲指貴門少年的冠服。文選南朝梁沈休文(約)三月三日率爾成篇詩:"綠幘文照耀,紫燕光陸離。"

【綠圖】古代傳説,江河所出的圖籙皆爲綠色,故别稱綠圖。墨子非攻下:"河出綠圖,地出乘黄。"吕氏春秋觀表:"聖人上知千歲,下知千歲,非意之也,蓋有自云也;綠圖幡薄,從此生矣。"參見"河圖"。

【綠綺】古琴名。晉傅玄琴賦序:"楚莊王有鳴琴曰繞梁,司馬相如有琴曰綠綺,蔡邕有琴曰焦尾,皆名器也。"後用爲琴的通名。文選晉張孟陽(載)擬四愁詩:"佳人遺我綠綺琴,何以贈之雙南金。"唐李白李太白詩二四聽蜀僧濬彈琴:"蜀僧抱綠綺,西下峨眉峰。"

【綠樽】酒樽。文選南朝梁沈休文(約)和謝宣城詩:"賓至下塵榻,夏來命綠樽。"唐王勃王子安集三郊興詩:"山人不惜醉,唯畏綠樽虚。"

【綠錢】苔蘚的别稱。晉崔豹古今注下草木:"空室中無人行則生苔蘚,或紫或青,名曰圓蘚,又曰綠蘚,亦曰綠錢。"文選南朝梁沈休文(約)冬節後至丞相第詣世子車中詩:"賓階綠錢滿,客位紫苔生。"

【綠₂營】兵制,始于明時。清入關後,規定各省漢族兵衆用綠旗,稱爲綠營兵或綠旗兵。有馬兵、步兵、守兵三等。在京師的,稱五城巡捕營步兵,其餘分屯各省,隸屬於提督總兵。總督、巡撫節制提鎮,兼領本標綠旗兵。總兵之下有副將、參將、遊擊、都司、守備、千總、把總等職。太平天国起義,綠營屢戰屢敗,漸歸淘汰,湘軍淮軍漸盛,但綠營名義一直保存至清末。參閲清朝文獻通考一七九兵一。

【綠蟻】酒上浮起的綠色泡沫。也作酒的代稱。文選南齊謝玄暉(朓)在郡卧病呈沈尚書詩:"嘉魴聊可薦,綠蟻方獨持。"注:"釋名曰:'酒有汎齊,浮蟻在上汎汎然。'"唐白居易長慶集五八雪夜對酒招客詩:"帳小青氈暖,盃香綠蟻新。"

【綠蠟】綠色蠟燭。才調集一錢珝未展芭蕉詩:"冷燭無烟綠蠟乾,芳心猶捲怯春寒。"

【綠鬢】烏亮的鬢髮。玉臺新詠六南朝梁吴均和蕭洗馬子顯古意詩之三:"綠鬢愁中減,紅顔啼裏滅。"唐李白李太白詩五怨歌行:"沈憂能傷人,綠鬢成霜鬢。"

【綠天庵】唐書法家懷素故居。宋陶穀清異録草:"懷素居零陵,庵東郊植芭蕉,亙帶數畝,取葉代紙而書,號其所曰綠天。"湖南零陵縣東門外有懷素故居地,尚存筆塚墨池遺址。

【綠毛龜】背甲附生綠色水藻的金龜或水龜,水藻分披如毛,因稱爲綠毛龜。古代以爲瑞物,今供玩賞。參閲宋王質林泉結契五綠毛龜、玉海一九九祥瑞動物。

【綠英梅】即綠萼梅。唐馮贄雲仙雜記二水松牌:"李白遊慈恩寺,寺僧用水松牌,刷以吴膠粉,捧乞新詩。白爲題訖,僧獻玄沙鉢。綠英梅、檀香筆格、蘭絲袴、紫瓊霜。"詳"綠萼梅"。

【綠珠井】相傳晉石崇歌妓綠珠爲廣西博白人,好事者附會縣西雙角山下爲綠珠故居所在,有井名綠珠井。參閲唐劉恂嶺表録異綠珠井、太平廣記三九九宋晁載之續談助五引樂史綠珠傳。

【綠野堂】唐裴度的别墅,舊址在河南洛陽。度以宦官擅權,時事已不可爲,乃自請罷相,於午橋創别墅,花木萬株,中起涼臺暑館,名曰綠野堂。與白居易劉禹錫等作詩酒之會。宋范成大石湖集八鎮東行送湯丞相帥紹興詩:"人言公如裴相國,綠野堂高貯風月。"省作"綠野"。宋辛棄疾稼軒詞水龍吟甲辰歲壽韓南澗尚書:"綠野風煙,平泉草木,東西歌酒。待他年整頓乾坤事了,爲先生壽。"

【綠萼梅】梅花品種之一,花色白,萼綠色。宋范成大梅譜:"凡梅花跗蒂皆絳紫色,惟此純綠,枝梗亦青,特爲清高,好事者,比之九嶷仙人萼綠華,……吴下又有一種,萼亦微綠,四邊猶淺絳,亦自難得。"

【綠旗兵】見"綠營"。

【綠熊席】黑熊皮所製的席。舊題漢劉歆西京雜記一:"趙飛燕女弟居昭陽殿……玉几玉牀,白象牙簟,綠熊席,席毛長二尺餘。人眠而擁毛自蔽,望之不能見;坐則没膝其中。雜熏諸香,一坐此席,餘香百日不歇。"

【綠頭巾】漢人以綠幘爲賤者之服。唐李封爲延陵令,吏民有罪,不加杖罰,但責令裹碧頭巾以示辱,見唐封演封氏聞見記九奇政。元明娼妓、以及樂人家男子,並裹青碧頭巾。後來又引申指其妻子與他人有不正當行爲者。參閲明郎瑛七修類稿二八、清趙翼陔餘叢考三八綠頭巾。

【綠頭牌】㊀清代六曹章奏,皆沿明制,由内閣票擬呈進,惟遇緊急事務或事涉瑣細,即用木牌,以滿文書節略於牌上,牌首飾綠色,稱綠頭牌。見清王士禛池北偶談二十綠頭牌。㊁清制,凡進見皇帝,須在粉牌上詳寫姓名、履歷,牌首飾綠色,稱綠頭籤。見清會典事例五一吏部翰詹衙門升轉、二九三禮部親政。

【綠衣使者】故事傳説,唐代長安豪民楊崇義,家養鸚鵡一。楊妻劉與鄰居李弇私通,謀殺崇義埋尸枯井中。有縣官至崇義家,架上鸚鵡鳴屈發其事,乃得白。事聞於玄宗,封鸚鵡爲綠衣使者。見五代後周王仁裕開元天寶遺事上鸚鵡告事。後來詩文中常以綠衣使者爲鸚鵡的代稱。

【綠肥紅瘦】謂春深時花稀而葉盛。樂府雅詞宋李易安(清照)如夢令春晚詞:"昨夜雨疎風驟,濃睡不消殘酒。試問捲簾人,却道海棠依舊。知否?知否?應是綠肥紅瘦。"

【綠葉成陰】相傳杜牧佐宣城幕,遊湖州,得識一女,纔十餘歲,約十年内與女成婚。後十四年,牧爲湖州刺史,訪女,已嫁三年,生二子。乃悵而爲詩:"自是尋春去校遲,不須惆悵怨芳時,狂風落盡深紅色,綠葉成陰子滿枝。"見宋張君房麗情集(説郛七六)、唐詩紀事五六杜牧、元辛文房唐才子傳六杜牧。今本樊川文集外集題作歎花詩。

緇 zī 側持切,平,之韻,莊。ㄗ

黑色。字亦作"紂"。論語陽貨:"不曰白乎?涅而不緇。"周禮考工記鍾氏:"三入爲纁,五入爲緅,七入爲緇。"注:"染纁者,三入而成,……又復再染以黑,乃成緇矣。"謂染至七次。

【緇衣】㊀黑布之衣。詩鄭風緇衣:“緇衣之宜兮，敝予又改爲兮，適子之館兮，還予授子之粲兮。”㊁淺黑色僧服。宋釋贊寧僧史略上服章法式:“問:‘緇衣者色何狀貌?’答:‘紫而淺黑,非正色也。’”僧服緇衣，故又作爲僧的代稱。新唐書一二二魏元忠傳袁楚客與元忠書:“今度人既多,緇衣半道,不本行業,專以重寶附權門,皆有定直。”

【緇林】僧人所集之處,猶言僧界。北齊書杜弼傳:“昭玄都僧達及僧道順並緇林之英，聞難鋒至，往復數十番，莫有能屈。”

【緇郎】僧人;和尚。宋劉克莊後村集一清涼寺詩:“塔廟當年甲一方，千層金碧萬緇郎。”

【緇重】藏物的車。宋吳箕常談:“緇重，緇衣也，重謂載重物車也。故行者之資總曰重。然緇、重自是兩車名,今人多以緇重爲輜重,藏物之車。孫子:‘爲師居輜車。’是也。其義亦可兩通。”參見“輜重”。

【緇素】僧徒衣緇，故稱緇徒、緇流。素指俗衆。魏書釋老志:“緇素既殊，法律亦易。”又李順傳附李同軌:“緇素請業者,同軌夜爲解説,四時恆爾,不以爲倦。”

【緇徒】僧衆。唐孟浩然集二陪張丞相祠紫蓋山途經玉泉詩:“皁蓋依林憩，緇徒擁錫迎。”

【緇流】僧徒。唐皎然集九贈包中丞書:“(靈徹)嘗著律宗引源二十一卷，爲緇流所歸。”

【緇帷】深林名,以樹木鬱茂,陰沈蔽日,布似帷幕,故稱。莊子漁父:“孔子遊乎緇帷之林,休坐乎杏壇之上。”釋文:“緇帷,司馬云:‘黑林名也。’”

【緇黃】僧人緇服,道士黃冠,合稱緇黃,代指僧道。唐大詔令集六七天寶元年南郊制:“逮夫緇黃，兼被耆耋，懇誠不已，前後相仍。”宋范仲淹范文正公集八上執政書:“蓋古者四民，秦漢之下，兵及緇黃，共六民矣。”

【緇塵】黑色灰塵，卽風塵。文選南齊謝玄暉(朓)酬王晉安詩:“誰能久京洛，緇塵染素衣。”唐權德輿權載之集六嚴陵釣臺下作詩:“心靈棲顥氣，纓冕猶緇塵。”

【緇撮】卽緇布冠。以其制小,僅能撮持髮髻,故稱。詩小雅都人士:“彼都人士，臺笠緇撮。”

【緇磷】喻操守不變。論語陽貨:“不曰堅乎?磨而不磷;不曰白乎?涅而不緇。”注:“孔曰:磷，薄也;涅，可以染皁。言至堅者,磨之而不薄，至白者，染之於涅而不黑。”喻君子雖在濁亂，濁亂不能汚。”唐李白李太白詩二古風之五十:“趙璧無緇磷,燕石非貞真。”

【緇布冠】古冠式。古人始行冠禮，初加緇布冠,次加皮弁,次加爵弁。漢蔡邕謂卽委貌冠。禮玉藻:“始冠,緇布冠,自諸侯下達,冠而敝之可也。玄冠朱組纓,天子之冠也。緇布冠繢緌，諸侯之冠也。”參閱晉書輿服志。參見“委貌”。

【緇衣大夫】史記一二八龜策傳漢褚少孫補:“宋元王……召博士衞平而問之曰:‘今寡人夢見一丈夫,延頸而長頭,衣玄繡之衣而乘輜車……是何物也?’衞平……對元王曰:‘……玄服而乘輜車，其名爲龜。’”後因以名龜爲緇衣大夫。初學記三十晉孫惠龜言賦:“有緇衣之大夫兮,衣玄繡之衣裳,乘輕車之岌岌兮，駕雲霧而翶翔。”

九　畫

縻 xié　集韻奚結切,入,屑韻。
ㄒㄧㄝ　吉屑切,入,屑韻。

帶。如腰帶、鞋帶之類。莊子山木:“莊子衣大布而補之,正縻係履而過魏王。”

緺 1. guō　guāi　古蛙切,平,佳韻,見。
ㄍㄨㄛ　ㄍㄨㄞ　古禾切,平,戈韻,見。
古華切,平,麻韻,見。

㊀青紫色綬帶。史記一二六滑稽傳褚少孫補:“及其拜爲二千石,佩青緺。”集解:“徐廣曰:音瓜,一音螺,青綬。”後漢書輿服志下“公、侯、將軍紫綬”南朝梁劉昭注:“紫綬名緺綬,其色青紫。”

2. wō
ㄨㄛ

㊀女子頭髮一束爲緺。南唐二主詞李煜長相思:“雲一緺,玉一梭,淡淡衫兒薄薄羅。”

緜 mián　武延切,平,仙韻,明。
ㄇㄧㄢ

字亦作“綿”。㊀絲綿。急就篇二:“絳緹絓紬絲絮緜。”㊁延續,連續。穀梁傳文十四年:“長轂五百乘,緜地千里。”文選漢張平子(衡)思玄賦:“㬥服膺以永靖兮,緜日月而不衰。”㊂纏繞。文選戰國楚宋玉招魂:“秦篝齊縷,鄭緜絡些。”注:“緜,纏也。”㊃薄弱。見“緜力”。古籍中緜、綿字互見,參見“綿”下各條。

【緜力】言材力薄弱。漢書六四上嚴助傳淮南王安上書:“且越人緜力薄材，不能陸戰,又無車騎弓弩之用。”

【緜上】㊀地名。見“介山1”。㊁縣名。隋於緜上置緜上縣，在今山西沁源縣西北緜山附近,宋移治今縣東北之緜上鎮。元廢。見嘉慶一統志一五八沁州沁源縣古蹟。

【緜山】山名。1.卽介山。見“介山1”。2.在山西平定縣東，一名紫金山。舊亦傳爲介子推避晉文公處，上有介子廟。見嘉慶一統志一四九山西平定直隸州山川。

【緜亘】連續,延伸。古文苑四揚雄蜀都賦:“蜀都之地，古曰梁州,……東有巴、賨,緜亘百濮。”

【緜芪】黄芪,舊以産於緜上者爲最優,故又稱緜芪。見“黄芪”。

【緜密】稠密;緊湊。藝文類聚八一南朝梁沈約愍衰草賦:“布緜密於寒皋,吐纖疏於危石。”宣和書譜三蕭思話:“初學書於羊欣,下筆緜密娉婷,當時有鳧鷗鴈鶩遊戲沙汀之比。”參見“綿密”。

【緜惙】病勢垂危,氣息將斷。魏書廣陵王羽傳:“高祖幸羽第,與諸弟言,……又曰:‘叔翻沉痾緜惙,遂有辰歲,我每爲深憂,恐其不振。’”

【緜冪】㊀微細。冪又作羃、冪。文選晉左太沖(思)魏都賦:“薄成緜冪,無異蛛蝥之網;弱卒瑣甲,無異螳蜋之衛。”㊁密覆。唐李白李太白詩五黄葛篇:“黄葛生洛溪,黄花自緜冪。”

【緜褫】歲久湮脱。水經注一河水:“外國圖又云:從大晉國正面七萬里,得崑崙之墟,諸仙居之,數説不同。道阻且長,經記緜褫,水陸路殊,徑復不同,淺見末聞,非所詳究。”

【緜駒】春秋齊人,善歌。孟子告子下:“緜駒處於高唐,而齊右善歌。”

【緜緜】㊀連續不斷貌。詩大雅緜:“緜緜瓜瓞。”唐白居易長慶集十二長恨歌:“天長地久有時盡,此恨緜緜無盡期。”㊁微弱。素問脈要精微論:“緜緜其去如弦絶死。”注:“緜緜,言微微,似有而不甚應手也。”

【緜歷】指時間沿續悠久。北史于謹傳:“蕭氏保據江南,緜歷數紀。”周書緜作“綿”。

【緜邈】遥遠,久遠。文選晉左太沖(思)吳都賦:“島嶼緜邈,洲渚馮隆。”又陸士衡(機)弔魏文帝文:“惟降神之緜邈,眇千載而遠期。”

【緜藐】遠視貌。史記一一七司馬相如傳上林賦:“長眉連娟,微睇緜藐。”

【緜麗】華麗。新唐書二〇三李華傳:“蕭穎士曰:華文辭緜麗,少宏傑氣。”

【緜蠻】文采美麗貌。詩小雅緜蠻:"緜蠻黄鳥,止於丘阿。"宋朱熹詩集傳訓緜蠻爲鳥聲。參閱清陳喬樅韓詩遺説考十緜蠻黄鳥。

締 dì 特計切,去,霽韻,定。
ㄉㄧˋ 杜奚切,平,齊韻,定。
結合。結而不可解者曰締。楚辭屈原九章悲回風:"心鞿羈而不形兮,氣繚轉而自締。"

【締交】結盟;結爲朋友。文選漢賈誼過秦論:"諸侯恐懼,會盟而謀弱秦,不愛珍器重寶肥美之地,以致天下之士,合從締交,相與爲一。"新唐書一一七魏玄同傳:"玄同與裴炎締交,能保終始,故號'耐久朋'。"

【締造】編造。宋文鑑一楊億君可思賦:"結合陰邪,締造疑似,俾朕師之震驚,恣星箕之華哆。"又爲創建之意,如言締造大業、締造國家。

【締構】營造,建築。宋李覯直講李先生文集三七題虞侍禁山亭詩:"嶺上欄楹締構新,我來登望倍凝神。"

编 1. biān 卑連切,平,仙韻,幫。
ㄅㄧㄢ 布玄切,平,先韻,幫。
㊀串聯竹簡的皮筋或繩子。漢書八八儒林傳:"(孔子)蓋晚而好易,讀之韋編三絶而爲之傳。"注:"編,所以聯次簡也。"後代謂一部書或書的一部分叫编。如上编、下编、續编。梁書庾詵傳:"誦法華經,每日一编。"㊁順次排列。如编列、编排、编印。穀梁傳桓元年:"春秋編年,四時具而後爲年。"文獻通考一三七刑三徒流:"依南北籍编排爲二册。"㊂编結,编織。如编蒲,编竹。楚辭屈原九章悲回風:"糺思心以爲纕兮,编愁苦以爲膺。"唐白居易長慶集六詠拙詩:"葺茅爲我廬,编蓬爲我門。"

2. biàn 集韻 婢典切,上,銑韻。
ㄅㄧㄢˋ
㊃見"编₂髮"。

【编人】编入户籍的平民。後漢書三三朱浮傳:"至或乘牛車,齊於编人。斯固法令整齊,下無作威者也。"新唐書一四六李栖筠傳:"歲仍旱,编人死徙踵路。"參見"编户"、"编氓"。

【编户】编入户籍的平民。淮南子俶真:"夫鳥飛千仞之上,獸走叢薄之中,禍猶及之,又況编户之民乎?"史記一二九貨殖傳:"夫千乘之王,萬家之侯,百室之君,尚猶患貧,而況匹夫编户之民乎?"

【编次】按一定的次序编排。史記孔子世家:"追迹三代之禮,序書傳,上紀唐虞之際,下至秦繆,编次其事。"

【编年】以年爲綱記述歷史。公羊傳隱六年:"春秋编年,四時具,然後爲年。"詳"编年體"。

【编貝】上古以貝爲飾物或作交换媒介,以繩子穿貝成串,稱爲"编貝"。因其整齊潔白,故以比喻牙齒之美。漢書六五東方朔傳上書:"臣朔年二十二,長九尺三寸,目若懸珠,齒若编貝。"

【编氓】编入户籍的普通人民。宋陸游渭南文集十二除直華文閣謝丞相啟:"幼生京洛,尚爲全盛之编氓;長綴班聯,曾是中興之朝士。"

【编甿】编入户籍的平民。唐陸贄陸宣公集五奉天遣使宣慰諸道詔:"無憚幽遠而不被,無略細微而不恤,洎乎编甿比屋,咸若朕之躬親。"

【编派】捏造故事,借以譏諷别人。紅樓夢十九:"黛玉聽了,翻身爬起來,按着寶玉笑道:'我把你這個爛了嘴的!我就知道你是编派我呢。'説着便擰。"

【编柳】编聯柳木製成的書簡。文選南朝梁任彦昇(昉)爲蕭揚州薦士表"编蒲緝柳"注引楚國先賢傳:"孫敬到洛,在太學左右一小屋安止母,然後入學,编楊柳簡以爲經。"藝文類聚七六隋江總建初寺瓊法師碑:"東山北山之部,貫花散花之句,並编柳成簡,題蒲就業。"

【编削】指编纂書籍。後漢書三十蘇竟傳與劉龔書:"君執事無恙,走昔以摩研编削之才,與國師公從事出入,校定祕書。"

【编修】官名。宋代有史館编修,明代屬翰林院,職位次於修撰,與修撰、檢討同謂之史官,掌修國史。清承此稱。見歷代職官表二三翰林院表编修。

【编珠】舊題隋杜公瞻撰,二卷。清高士奇輯補遺二卷,續二卷。其書集故事成語爲對偶,體例仿唐徐堅初學記。士奇所輯皆唐以前書,此書宋人如晁公武郡齋讀書志、陳振孫直齋書録解題皆未著録。宋史藝文志作四卷,已佚。清朱彝尊自謂得於中簿,缺兩卷,故四庫提要疑爲唐以後人託名之作。參閱清朱彝尊曝書亭集三五杜氏编珠補序。

【编號】科舉時,鄉會試卷皆糊去姓名,用紙貼蓋,另用编號的方法,以防止舞弊。見"彌封"、"封彌"。

【编蒲】用蒲葉编訂成册,以供書寫。相傳漢路温舒父爲里監門,使温舒牧羊,温舒取澤中蒲,截以爲牒,编用寫書。見漢書五一路温舒傳。後來常用编蒲爲勤學的典故。文選南朝梁任彦昇(昉)爲蕭揚州作薦士表:"(王僧孺)既筆耕爲養,亦傭書成學,至乃集螢映雪,编蒲緝柳。"唐劉禹錫劉夢得集外集五南海馬大夫見惠著述三通……詩:"编蒲曾苦思,垂竹媿無名。"

【编管】宋代官吏得罪,輕者曰送某州居住,稍重曰安置,又重曰编管。编管在指定之地,受地方官約束,不得自由行動。參閱宋趙升朝野類要五降免、文獻通考一六八刑七流徙。

【编審】清承明制,順治十一年行编審户口法。地方官吏每十年清點境内錢糧户口编造黄册,以確定民數;每三年(後改五年),清點民户人丁,將年壯成丁的人,编入册籍,稱爲编審民丁。自康熙二十四年刊行賦役全書,停造黄册,僅存五年一次编審民丁。參閱清黄六鴻福惠全書九编審部、清會典一五七户部户口编審。

【编₂髮】結髮爲辮。史記一一六西南夷傳:"(嶲昆明)皆编髮,隨畜遷徙,毋常處。"正義:"编,步典反。"

【编磬】樂器名。爲编懸於"冂"形木架(其横木叫簨,直木叫簴)上的多數石磬或玉磬。其數有十二、十四、十六、二十四、二十八、三十二等不同的説法,而以主十六枚者居多。十六枚即十二正律加四半律,按不同的大小、厚薄,從低音到高音,八枚列懸於下簨,另八枚列懸於中簨,用木椎擊之以出聲成音。參閱文獻通考一三五樂八石之屬、明朱載堉樂律全書律吕精義内篇九石音之屬。

编 磬

【编輯】收集材料,整理成書。唐大詔令集八二儀鳳元年頒行新令制:"然以萬機事廣,恐聽覽之或遺;四海務殷,慮编輯之多缺。"顔真卿顔魯公文集補遺干禄字書序:"若總據説文,使下筆多礙,當去泰去甚,使輕重合宜,不揆庸虚,久思编輯。"

【编鍾】樂器名。爲编懸於"冂"形木架上的銅鍾。其制與编磬略同。周禮春官

编 鍾

磬師:"掌教擊磬,擊编鍾。"隋書音樂志:"金之屬二:一曰鎛鍾……二曰编鍾,小鍾也,各應律吕,大小以次,编而懸之。"

上下皆八,合十六鍾,懸於一簨虡。」參見「編磬」。

【編輿】竹轎之類。公羊傳文十五年「脅我而歸之,筍將而來也」漢何休注:「筍者:竹箯,一名編輿。」

【編簡】㊀用某種材料編成簡牒。北齊顏之推顏氏家訓勉學:「古人勤學,有握錐投斧,照雪聚螢,鋤則帶經,牧則編簡,亦爲勤篤。」參見「編蒲」。㊁史册,書籍。唐杜甫杜工部草堂詩箋八故武衛將軍挽詞之一:「封侯意踈闊,編簡爲誰靑?」韓愈昌黎集十五上兵部李侍郎書:「凡自唐虞以來,編簡所存,……奇辭奥旨,靡不通達。」

【編年體】按年代順序編寫的史書。春秋與竹書紀年爲我國最早的編年體史書,至漢荀悅抄撮漢書,改變紀傳爲編年,遂開編年一體,自是斷代之史,紀傳與編年並行。至宋司馬光撰資治通鑑,上起周威王二十二年,下迄五代末,前後一千三百六十二年,以通史編年,成爲編年體的空前鉅著。至宋袁樞撰通鑑紀事本末,綜合紀傳與編年爲一,創紀事本末一體,與紀傳、編年合成爲舊時我國史書的三種基本體裁。參見「二體㊀」、「紀事本末」。

【編虎須】猶捋虎鬚。比喻冒險行爲。莊子盜跖:「疾走料虎頭,編虎須,幾不免虎口哉!」

【編年通載】宋章衡撰,原書十五卷。從傳說中的帝堯,到宋治平丁未年,紀歷代興亡事頗詳。今僅存四卷,至西晉太康元年爲止。

緷 yùn ㄩㄣˋ 王問切,去,問韻,于。ㄏㄨㄣˇ 胡本切,上,混韻,匣。

布帛大束稱緷,見說文、玉篇。

緪 gēng ㄍㄥ 古恆切,平,登韻,見。ㄍㄥˋ 古鄧切,去,嶝韻,見。

絚的本字。見「絚」。

【緪升】詩小雅天保:「如月之恆,如日之升。」釋文:「恆,本亦作緪。」疏:「言王德位日隆,有進無退,如月之上弦,稍就盈滿;如日之〔始〕出,稍就明盛。」後因用「緪升」表日益興盛之意。唐杜牧樊川集一雪中書懷詩:「明庭開廣敞,才儁受羈維。如日月緪升,若鸞鳳葳蕤。」升,也作「昇」。

緧 qiū ㄑㄧㄡ 七由切,平,尤韻,清。

套車時拴在牛馬股後的革帶。字也作「鞧」、「鞦」。周禮考工記輈人:「不援其邸,必緧其牛後。此無他故,唯轅直且無橈也。」

【緧縮】緊縮,收斂。晉書樂志上:「八月之辰謂爲酉,酉者緧也,謂時物皆緧縮也。」

緆 nì ㄋㄧˋ 宜戟切,入,陌韻,疑。

卽綬帶。古稱韍維。後漢書輿服志下:「緆者,古佩璲也。佩綬相迎受,故曰緆。」

練 liàn ㄌㄧㄢˋ 郞甸切,去,霰韻,來。

㊀把生絲煮熟,使之柔軟潔白。周禮天官染人:「凡染,春暴練,夏纁玄。」㊁白色的熟絹。淮南子說林:「墨子見練絲而泣之,爲其可以黃,可以黑。」注:「練,白也。」文選南朝齊謝玄暉(朓)晚登三山還望京邑詩:「餘霞散成綺,澄江靜如練。」㊂使熟練,詳熟。戰國策楚一:「臣請令山東之國,奉四時之獻,……練士厲兵,在大王之所用之。」漢書八三薛宣傳:「(翟方進)薦宣明習文法,練國制度。」注:「練猶熟也,言其詳熟。」宋書王僧綽傳:「好學有理思,練悉朝典。」㊃古喪服,小祥主人練冠,故稱小祥之祭曰練。周禮春官大祝:「付(祔)祥練。」參見「小祥」。㊄選擇。通「揀」。禮月令孟秋之月:「選士厲兵,簡練桀俊。」㊅姓。明陳士元姓觿八引千家姓:「建安族,唐書有練何,宋史有練槩、練定、練達。」

【練文】澄澈的波紋。唐皎然集六五言賦得石梁泉送崔逵詩:「天晴虹影渡,風細練文斜。」

【練日】擇日、擇期。藝文類聚十六南朝宋謝莊皇太子元服上皇太后表:「練日簡辰,顯備元服。」

【練石】古中醫煉石治外腫的一種療法。北齊書馬嗣明傳:「楊令(愔)患背腫,嗣明以練石塗之便差。作練石法:以粗黃色石鵝鴨卵大,猛火燒令赤,內淳醋中,自屑,頻燒至石盡,取石屑曝乾,擣下簁。和醋以塗腫上,無不愈。」

【練句】指詩文中琢磨字句。宋李廌師友談記:「少游(秦觀)言,凡賦句全藉牽合而成,其初兩事,甚不相侔,以言貫穿之,便可爲吾所用,此練句之法也。」(說郛九十)。張表臣珊瑚鉤詩話:「詩以意爲主,又須篇中練句,句中練字,方得工耳。」

【練江】在廣東省境。一名雲落水,源出大南山,諸水匯而爲江,明淨如練,故名。東流至潮陽縣南入海。見嘉慶一統志四四六廣東潮州府山川。

【練若】寺院。梵語阿蘭若。見「阿蘭若」。

【練要】精誠專一,操守堅定之意。楚辭屈原離騷:「苟余情其信姱以練要兮,長顑頷亦何傷。」

【練核】精細務實。世說新語政事「陶公(侃)性檢厲勤於事」注引晉陽秋:「侃練核庶事,勤務稼穡,雖戎陳武士,皆勸厲之。」

【練師】道士的名號。唐六典四戶部郎中:「道士修行有三號,曰法師,曰威儀師,曰律師,其德高思精者謂之練師,女道士亦同,亦作鍊師。」後來通作道士的敬稱。宋王安石臨川集十九和平甫招道光法師詩:「練師投老演眞乘,像劫空王爪與肱。」

【練習】熟悉諳習。三國志吳呂蒙傳:「蒙陰賒貰,爲兵作絳衣行縢,及簡日,陳列赫然,兵人練習。」晉書胡母輔之傳:「父原,練習兵馬,山濤稱其才堪邊任。」

【練湖】湖名。亦名練塘。在江蘇丹陽縣西北,卽古曲阿後湖,俗名開家湖。形勢最高,納丹徒長山諸水,注於運河。晉陳敏據江東,遏馬林溪以溉雲陽曲阿後湖,卽此。見元和郡縣志二五丹徒縣。

【練達】閱歷多而通曉人情世故。新唐書一四〇苗晉卿傳:「小心謹畏,不甚斥是非得失,故能安保寵名。然練達事體,百官簿最,一省無遺,議者比漢胡廣。」宋蘇軾東坡集前集三五祭任鈐轄文:「更嘗世故,練達物情。」

【練實】竹實。以色白,故又名練實。莊子秋水:「夫鵷鶵發於南海,而飛於北海,非梧桐不止,非練實不食。」注:「練實,竹實。」藝文類聚八八、初學記二八、文選嵇叔夜與山巨源絕交書注等引莊子,並作「竹實」。參見「竹實」。

【練餉】明末苛稅。崇禎十二年,命邊鎭及畿輔山東河北四總督各抽練額兵,共七十三萬人,又練民兵,於是在勦餉之外,每畝加征一分,稱練餉。與遼餉、勦餉當時並稱爲三餉。參閱明史食貨志二賦役、清趙翼廿二史劄記三六明末遼餉勦餉練餉。

【練練】潔白。南朝梁江淹江文通集二麗色賦:「色練練而欲奪,光炎炎而若神。」宋蘇軾分類東坡詩十一王伯敭所藏趙昌畫之一梅花:「南行渡關山,沙水淸練練。」

【練覈】精細務實。同「練核」。唐陸贄陸宣公集十七請許臺省長官舉薦屬吏狀:「陛下誕膺寶歷,思致理平,雖好賢之心,有踰前哲,而得人之盛,未逮往時,蓋由賞鑒獨任於聖聰,搜擇頗難於公舉,但速登延之路，罕施練覈之方。”宋王安石臨川集六九取材：“聖人之於國也，先必遴柬其賢能，練覈其名實。”

【練子寧】公元？— 1402年。明江西新淦人，名安，以字行。洪武十八年進士，授翰林修撰。建文時，歷官至御史大夫，執法不撓。建文元年燕王（朱棣）自北京起兵，四年入南京，惠帝不知所終。縛子寧至，欲授以官，不屈，磔死，誅及全族，姻戚皆戍邊。弘治中王佐刻其遺文，曰金川玉屑集。明史有傳。

【練行尼】修行學佛的女尼。魏書廢皇后馮氏傳：“（后姊）昭儀規爲内主，譖構百端，尋廢后爲庶人，……遂爲練行尼，後終於瑤光寺。”

【練兵實紀】明戚繼光撰，共九卷。爲繼光於隆慶間總理薊州昌平保定三鎮時，講求練兵之術而作。後附雜集六卷，紀述軍中條議法制。

緸 yīn 集韻 伊真切，平，諄韻。
ㄧㄣ

見下。

【緸冤】動搖貌。文選漢馬季長（融）長笛賦：“紛縕蟠紆，緸冤蜿蟺。”

緙 kè 楷革切，入，麥韻，溪。
ㄎㄜ

見下。

【緙絲】我國手工織成的一種絲織品。有花紋圖案，當空照視，有如刻鏤而成。始於宋時，明代稱緙繡。又稱克絲、刻絲。參閲宋莊綽雞肋編上、近人朱啟鈐絲繡筆記上刻絲克絲剋絲緙絲文異音同。參見“克絲”、“刻絲”。

緤 xiè 私列切，入，薛韻，心。
ㄒㄧㄝ

繫牲畜的繩索；拴繫。同“紲”、“絏”。禮少儀：“犬則執緤。”楚辭屈原離騷：“朝吾將濟於白水兮，登閬風而緤馬。”注：“緤，繫也。”

緗 xiāng 息良切，平，陽韻，心。
ㄒㄧㄤ

淺黄色。急就篇二：“鬱金半見緗白勬。”注：“緗，淺黄也。”

【緗帙】包在書卷外的淺黄色封套。也作書的代稱。宋書順帝紀昇明元年詔：“姬夏典載，猶傳緗帙；漢魏餘文，布在方册。”南朝梁蕭統（昭明太子）文選序：“詞人才子，則名溢乎縹囊；飛文染翰，則卷盈乎緗帙。”

【緗素】古代寫本用縑素，染成淺黄色的，稱緗素。也作爲書卷的代稱。梁書昭明太子傳王筠哀册文：“遍該緗素，殫極丘墳。”隋書經籍志：“大凡四部合二萬九千九百四十五卷，但録題及言，盛以縹囊，書用緗素。”又劉炫傳自贊：“齊鑣驥騄，比翼鵷鴻，整緗素於鳳池，記言動於麟閣。”

【緗桃】結淺紅色果實的桃樹。也指這種桃實。北魏賈思勰齊民要術四種桃題解：“西京雜記曰：‘核桃、櫻桃、緗桃。’”

【緗牒】指書册。唐王勃王子安集十平臺秘略論之一孝行：“至於孝思可稱仁風，茂著存乎緗牒，十一而已。”

【緗綺】淺黄色的絲織品。樂府詩集二八古辭陌上桑：“緗綺爲下帬，紫綺爲上襦。”

【緗縹】㊀淺黄色與淺青色，也指這兩種顔色的織物。後漢書輿服志下：“公主、貴人、妃以上，嫁娶得服錦綺羅縠繒，采十二色，重緣袍。……二百石以上四采，青黄紅緑。賈人，緗縹而已。”參閲清鄭復光鏡鏡詅癡一原色。㊁古代常用這種布帛作書衣，因以爲書卷的代稱。梁書王僧孺傳與何炯書：“直以章句小才，蟲篆末藝，含吐緗縹之上，翩躚樽俎之間。”宋范成大石湖集八次韻劉韶美大風雨壞門屋詩：“雲煙揮翰墨池翻，緗縹如山晝掩關。”

縃 xū
ㄒㄩ

見“繻”。

緬 miǎn 彌兗切，上，獮韻，明。
ㄇㄧㄢ

㊀細絲。見説文。㊁遥遠貌。穀梁傳莊三年：“改葬之禮緦，舉下，緬也。”注：“藐遠也。”㊂思貌。國語楚上：“彼（伍舉）懼而奔鄭，緬然引領南望曰：‘庶幾赦吾罪。’”㊃盡貌。文選晉潘安仁（岳）西征賦：“窺秦墟於渭城，冀闕緬其堙盡。”

【緬匿】隱身術。三國志魏張魯傳“雄據巴漢三十年”注引典略：“三輔有駱曜，……教民緬匿法。”

【緬想】遥想。宋書孔淳之傳：“嘗遊山，遇沙門釋法崇，因留共止，遂停三載。法崇歎曰：‘緬想人外，三十年矣，今乃傾蓋于茲，不覺老之將至也。’”

【緬鈴】淫具名。見清趙翼簷曝雜記三碎蛇緬鈴。

【緬緬】雜亂貌。三國志魏夏侯玄傳：“自州郡中正品度官才之來，有年載矣，緬緬紛紛，未聞整齊，豈非分敍參錯，各失其要之所由哉！”參見“泯泯㊀”。

【緬邈】遥遠貌。文選晉陸士衡（機）擬古詩擬行行重行行：“音徽日夜離，緬邈若飛沈。”晉書左貴嬪傳離思賦：“況骨肉之相於兮，永緬邈而兩絶。”

【緬懷】遥念，追想。唐高適高常侍集四酬岑二十主簿秋夜見贈之作詩：“緬懷高秋興，忽枉清夜作。”李白李太白詩二一登金陵冶城西北謝安墩詩：“想像東山姿，緬懷右軍言。”右軍，晉王羲之。

緛 ruǎn 而兗切，上，獮韻，日。
ㄖㄨㄢ

㊀衣的縐褶。見説文。㊁縮短。素問生氣通天論：“大筋緛短，小筋弛長。”又五常政大論：“其動緛戾拘緩。”

緘 jiān 古咸切，平，咸韻，見。
ㄐㄧㄢ

㊀用以結束器物的繩。莊子胠篋：“將爲胠篋探囊發匱之盜而爲守備，則必攝緘縢，固扃鐍，此世俗之所謂知也。”漢書九七下趙皇后傳：“帝與昭儀坐，使（于）客子解篋緘。”㊁縛束，封閉。墨子節葬下：“穀木之棺，葛以緘之。”晉書顧愷之傳：“愷之嘗以一廚畫糊題其前寄桓玄，……玄乃發其廚後，竊其畫而緘閉如舊以還之。”㊂閉藏不發。梁書賀琛傳封奏：“獨緘胸臆，不語妻子，辭無粉飾，削藁則焚。”㊃書函。唐白居易長慶集九初與元九别後忽夢見之……詩：“開緘見手札，一紙十三行。”

【緘口】閉口不言。孔子家語八觀周：“孔子觀周，遂入太祖后稷之廟，廟堂右階之前有金人焉，三緘其口而銘其背曰：‘古之慎言人也。’”後因謂慎言爲“緘口”。漢蔡邕蔡中郎集外集二銘論：“周廟金人，緘口以慎。”

【緘札】書信。唐李商隱李義山詩集五春雨：“玉璫緘札何由達，萬里雲羅一雁飛。”

【緘封】封閉，封口。漢書九七上外戚傳孝宣許皇后傳：“其殿中廬有索長數尺可以縛人者數千枚，滿一篋緘封。”注：“緘，束篋也。”法苑珠林一一三引梁高僧傳：“安公遥聞之，以竹筒盛一荆子，手自緘封，題以寄（法）遇。”

【緘素】古代以縑帛作書，後因以緘素爲書信的通稱。明張羽静居集一懷友詩之三：“攜賞邈難期，庶望遺緘素。”

【緘密】密封；保持祕密。魏書蕭寶夤傳：“經奏之後，考功曹别書於黄紙、油帛。一通則本曹尚書與令、僕印署，留於門下；一通則以侍中、黄門印署，掌在尚書。嚴加緘密，不得開視。”聊齋志異愛奴：“今日但須緘密，恐發覺，兩無顔也。”

【緘愁】寄書於人，言相思之苦，稱緘愁。

南朝陳江總江令君集七夕詩:"波横翻瀉淚,束素反緘愁。"唐盧照鄰幽憂子集一至望喜矚目言懷貽劍外知己詩:"緘愁赴蜀道,題拙奉虞薰。"

【緘默】閉口不言。宋書范泰傳上表:"深根固蒂之術,未洽於愚心,是用猖狂妄作而不能緘默者也。"梁慧皎高僧傳八:"夫至理無言,玄致幽寂,……所以淨名杜口於方丈,釋迦緘默於雙樹。"

【緘縢】㊀繩索。唐柳宗元柳先生集二牛賦:"皮角見用,肩尻莫保;或穿緘縢,或實俎豆。"參見"緘㊀"。㊁封存。後漢書七七陽球傳:"諸奢飾之物,皆各緘縢,不敢陳設。"

【緘題】書函的封端。宋陸游劍南詩稿二一發篋得故人書有感:"京華朋舊凋零盡,忽見緘題似隔生。"

【緘繩】束棺的繩索。禮喪服大記"君封以衡,大夫士以咸"漢鄭玄注:"咸讀爲緘,……今齊人謂棺束爲緘繩。"

緯 wěi ㄨㄟˇ 于貴切,去,未韻,于。

㊀織物的橫線,與"經"相對。左傳昭二四年:"抑人亦有言曰:'嫠不恤其緯,而憂宗周之隕,爲將及焉。'"㊁東西橫路。大戴禮易本命:"凡地東西爲緯,南北爲經。"㊂行星的古稱,對經星而言。史記天官書:"水、火、金、木、塡星,此五星者,天之五佐,爲緯。"文選南朝宋顏延年(延之)三月三日曲水詩序:"晷緯照應,山瀆效靈。"㊃見"緯書"。㊄編織。見"緯蕭"。㊅束。大戴禮夏小正:"農緯厥耒,緯,束也。"㊆古箏上所張的弦。楚辭漢劉向九歎愍命:"破伯牙之號鍾兮,挾人箏而彈緯。"

【緯世】治理天下。與經世義同。晉書李玄盛傳:"玄盛以緯世之量,當呂氏之末,爲羣雄所奉,遂啓霸圖。"

【緯車】紡車。唐陸龜蒙甫里集六襲美題郊居十首次韻詩之六:"水影沈魚器,鄰聲動緯車。"宋陸游劍南詩稿六八故里:"鄰曲新傳秧馬式,房櫳靜聽緯車聲。"

【緯書】古書的一類,對經書而言。漢人僞託爲孔子所作。有易緯、書緯、詩緯、禮緯、樂緯、春秋緯、孝經緯七種,對七經而言,稱七緯。其書以儒家經義,附會人事吉凶禍福,預言治亂興廢。多有怪誕無稽之談。與方士所傳的讖語,合稱讖緯。兩漢間諸帝及王莽等好讖緯,南朝宋時開始禁止緯書流傳。至隋,煬帝遣使搜焚其書。今所傳者,爲後人輯佚,皆非完本。緯書的名目如下:

易	乾坤鑿度、稽覽圖、辨終備、通卦驗、乾元序制記、是類謀、坤靈圖
尚書	璇璣鈐、考靈曜、刑德放、帝命驗、運期授、帝驗期、五行傳、尚書中候
詩	含神霧、汎歷樞、推度災
禮	含文嘉、稽命徵、斗威儀
樂	動聲儀、稽曜嘉、叶圖徵
春秋	文耀鉤、運斗樞、感精符、演孔圖、元命苞
孝經	援神契、鉤命訣、中契、左契、右契

【緯略】宋高似孫撰。十二卷,考證舊文,疏通疑義,採摭頗富,名謂緯略,實非解釋緯書之作。引錄原書,翔實可信,無明人輯書常變更原文之弊。

【緯蕭】織艾蒿爲簾。莊子列禦寇:"河上有家貧,恃緯蕭而食者。"文選南朝宋顏延年(延之)陶徵君誄序:"灌畦鬻蔬,爲供魚菽之祭;織絇緯蕭,以充糧粒之費。"緯蕭,在河流中堵水以捕魚蟹之具,也叫"蟹斷"。唐陸龜蒙甫里集十九蟹志:"蚤夜觱沸,指江而奔,漁者緯蕭承其流而障之,曰蟹斷。"

【緯繣】乖戾,固執。楚辭屈原離騷:"紛總總其離合兮,忽緯繣其難遷。"也作"徽繣"、"敏憻"。

【緯讖】緯書和讖文的合稱,也叫"讖緯"。緯書是漢代神學迷信附會儒家經義的書,以經義附會人事吉凶興廢之書,讖則純爲預言,妄誕尤過於緯。盛行於兩漢之際,至隋而漸衰。參見"緯書"、"讖緯"。

【緯武經文】指能文能武,有治世之才。晉書齊王攸傳贊:"彼美齊獻,卓爾不羣。自家刑國,緯武經文。"

緡 mín ㄇㄧㄣˊ 武巾切,平,眞韻,明。

㊀釣絲。詩召南何彼襛矣:"其釣維何?維絲伊緡。"㊁安裝弦綫。詩大雅抑:"荏染柔木,言緡之絲。"箋:"柔忍之木荏染然,人則被之弦以爲弓。"㊂穿錢用的繩子。史記一二二張湯傳:"排富商大賈,出告緡令。"正義:"緡音岷,錢貫也。"參見"告緡"。㊃成串的錢。舊題晉王嘉拾遺記九晉時事:"因墀國獻……玉錢千緡,其形如環。"㊄昏昧。莊子在宥:"當我,緡乎!遠我,昏乎!"清王先謙集解引郭嵩燾:"緡、昏字通,緡,亦昏也。"

【緡錢】用繩(緡)穿連成串的錢,即貫錢。史記平準書:"(諸賈人)各以其物自占,率緡錢二千而一算。諸作有租及鑄,率緡錢四千一算。"

緲 miǎo ㄇㄧㄠˇ 音韻闕微 米擾切,上,篠韻,明。

見"縹緲"。

緹 tí 杜奚切,平,齊韻,定。
ㄊㄧˊ 他禮切,上,薺韻,透。

橘紅色。周禮地官草人:"凡糞種,騂剛用牛,赤緹用羊。"此指泥土的顏色。史記一二六滑稽傳西門豹:"巫行視人家女好者,云是當爲河伯婦,……爲治齋宮河上,張緹絳帷,女居其中。"

【緹衣】武士的服裝。文選漢張平子(衡)西京賦:"緹衣韎韐,睢盱拔扈。"

【緹室】古代觀察氣候、節氣之室。後漢書律曆志上:"候氣之法,爲室三重,戶閉,塗釁必周,密布緹縵。室中以木爲案,每律各一,內庳外高,從其方位,加律其上,以葭莩灰抑其內端,案曆而候之。氣至者灰(去)動。其爲氣所動者其灰散,人及風所動者其灰聚。"宋司馬光溫國公集八和子淵除夜詩:"緹室重飛玉琯灰,物華全與斗杓回。"

【緹帷】橘紅色的帳幕。後漢書四九王符傳潛夫論浮侈:"其嫁娶者,車軿數里,緹帷竟道,騎奴侍童,夾轂并引。"文選南朝齊王元長(融)三月三日曲水詩序:"緹帷宿置,帟幕宵懸。"

【緹齊】酒名,以色呈紅而稱。周禮天官酒正:"四曰緹齊。"注:"緹者成而紅赤,如今下酒矣。"

【緹縈】漢太倉令淳于意的少女。漢文帝四年,淳于意有罪被逮,緹縈隨父入長安,上書請入身爲官婢,以贖父刑,使得自新。帝悲其意,爲除肉刑,意得免。見史記一〇五倉公傳、漢書刑法志。

【緹緗】㊀鮮明的衣衫。楚辭漢王褒九懷昭世:"襲英衣兮緹緗,披華裳兮芳芬。"㊁赤色的厚繒。後漢書四八應劭傳上漢儀奏:"昔鄭人以乾鼠爲璞,鬻之於周;宋愚夫亦寶燕石,緹緗十重。"

【緹騎】秦設中尉,掌京師治安,皇帝出行,在駕前先導,戒備非常。漢武帝太初元年更名執金吾,下有緹騎二百人。後漢相承。以服橘紅色,乘馬,故稱緹騎。太平御覽七四二東觀漢記:"明帝行幸諸國,勑執金吾馮魴將緹騎宿玄武門複道上。"後來即用爲逮治犯人的官役的通稱。如明錦衣衛校尉,清步軍衙門番役皆是。參閱"執金吾"。

緼 1. yǔn 於問切,去,問韻,影。
ㄩㄣˇ 於云切,平,文韻,影。

㊀亂麻,舊絮。禮玉藻:"纊爲繭,緼爲袍。"注:"纊謂今之新綿也,緼謂今纊及舊絮也。"漢書四五蒯通傳:"(里母)卽束緼請火於亡肉家。"參見"緼袍"。㊁淵奧,藏處。通"醞"、"蘊"。易繫辭上:"乾坤其易之緼邪。"㊂藏,收藏。穀梁傳僖五年:"晉人執虞公。執不言所,於地緼於晉也。"大戴禮三保傅:"太師緼瑟而稱不習。"㊃見"緼巡"。

2. wēn 烏渾切,平,魂韻,影。
ㄨㄣ

㊄淺紅色。禮玉藻:"一命緼韍幽衡,再命赤韍幽衡。"注:"緼,赤黃之間色,所謂韎也。"

3. yūn 正字通 烏倫切,音氳。
ㄩㄣ

㊅通"氳"。見"絪緼"。

【緼巡】並行貌。後漢書六十上馬融傳廣成頌:"若夫鷙獸毅蟲,倨牙黔口,大匈哨後,緼巡歐紆,負隅依阻,莫敢嬰禦。"

【緼袍】以亂麻襯於其中的袍子。古貧者無力具絲絮,僅能以麻著於衣內。論語子罕:"衣敝緼袍,與衣狐貉者立,而不恥者,其由也與。"由,子路。後漢書三一羊續傳:"續乃坐使人於單席,舉緼袍以示之,曰:'臣之所資,唯斯而已。'"

【緼褐】敝惡的粗衣。晉陶潛陶淵明集八祭從弟敬遠文:"冬無緼褐,夏渴瓢簞。"

【緼緒】猶緼袍。文選南朝梁任彥昇(昉)齊竟陵文宣王行狀:"華衮與緼緒同歸,山藻與蓬茨俱逸。"注:"緼緒,貧賤服也。"

【緼䵊】以粗麻著裏之衣。列子楊朱:"昔者宋國有田夫,常衣緼䵊,僅以過冬。"宋晁補之雞肋集六同畢公叔飲城東詩:"何必悲無衣,緼䵊聊御冬。"

緦 sī 息茲切,平,之韻,心。
ㄙ

㊀細麻布。周禮天官典枲:"掌布緦縷紵之麻草之物,以待時頒功而授齎。"㊁見"緦麻"。

【緦麻】喪服名。五服(斬衰、齊衰、大功、小功、緦麻)中最輕的一種。用疏織細麻布製成孝服,服喪三月。凡疏遠親屬、親戚如高祖父母、曾伯叔祖父母、族伯叔父母、外祖父母、岳父母、中表兄弟、壻、外孫等都服緦麻。儀禮喪服:"緦麻三月者。"注:"緦麻布衰裳而麻絰帶也。"

緝 1. qì 七入切,入,緝韻,清。
ㄑㄧˋ

㊀析麻搓接成線。管子輕重乙:"大冬營室中,女事紡績緝縷之所作也,此之謂冬之秋。"㊁横縫衣服下面的邊。儀禮喪服:"斬者何?不緝也。"㊂繼續。詩大雅行葦:"肆筵設席,授几有緝御。"

2. jī
ㄐㄧ

㊃捉拿。見"緝₂捕"。

3. jí
ㄐㄧˊ

㊄團聚,和合。後漢書二六伏隆傳:"隆招懷綏緝,多來降附。"又六六陳蕃傳贊:"人謀雖緝,幽運未當。"㊅收集編次。通"輯"。廣弘明集十五南朝梁沈約佛記序:"適道已來,四十九載,妙應事多,宜加總緝,共成區畛。"

【緝₂捕】搜捕。水滸四:"昨日有三四個做公的來,鄰舍街坊打聽得緊,只怕要來村裏緝捕恩人。"也指執行搜捕的官役。宋詩鈔陳造江湖長翁集鈔房陵之六:"已借蠟錢輸麥税,免教緝捕闖門來。"

【緝理】整治。南齊書豫章文獻王嶷傳王儉牋:"舊楚蕭條,仍歲多故,荒民散亡,實須緝理。"梁書蕭景傳詔:"揚州應須緝理,宜得其人。侍中、領軍將軍吳平侯景才任此舉,可以安右將軍監揚州。"

【緝熙】詩大雅文王:"穆穆文王,於緝熙敬止。"又周頌敬之:"日就月將,學有緝熙于光明。"猶言積漸至於光明。後因以緝熙指光明。三國志魏王朗傳上疏:"一以勸耕農爲務,習戎備爲事,則國無怨曠,户口滋息,民充兵彊,而寇戎不賓,緝熙不作,未之有也。"

【緝₃綴】收集。魏書高允傳:"雖久典史事,然而不能專勤屬述,時與校書郎劉模有所緝綴。"唐元稹長慶集二三苦樂相倚曲:"轉將深意諭旁人,緝綴瑕疵遣潛說。"引申爲編撰書稿。

【緝緝】私語聲。詩小雅巷伯:"緝緝翩翩,謀欲譖人。"

【緝穆】和睦。三國志蜀諸葛亮傳"今復君丞相,君其勿辭"注引漢晉春秋:"彼賢才尚多,將相緝穆,未可一朝定也。"

【緝₃古算經】一名緝古算術。也省稱緝古。唐王孝通撰,一卷,分二十術。其書大旨以補九章算術商功篇之不足,根據漢以來有關二次方程及其解法的成就,論述解三次方程的問題,參用代數幾何方法。清張敦仁有緝古算經細草三卷、李潢有緝古算經考注二卷。

緭 wēi 烏恢切,平,灰韻,影。
ㄨㄟ

五色絲做的裝飾。見玉篇。北齊顏之推顏氏家訓書證:"又問:'(晉張敞)東宮舊事六色罽緭,是何等物?當作何音?'答曰:'按説文云:莙牛藻也。讀若威。……又寸斷五色絲,横著線股間繩之,以象莙草,用以飾物,卽名爲莙。於時當紺六色罽,作此莙以飾緄帶,張敞因造糸旁畏耳,宜作隈。'"

緩 huǎn 胡管切,上,緩韻,匣。
ㄏㄨㄢˇ

㊀鬆。吕氏春秋任地:"人耨必以旱,使地肥而土緩。"文選古詩十九首之一:"相去日已遠,衣帶日已緩。"㊁寬。漢書九十趙禹傳:"吏務爲嚴峻,而禹治加緩,名爲平。"㊂遲緩,延緩。孟子滕文公上:"民事不可緩也。"國語晉三:"丕鄭如秦謝緩賂。"注:"緩,遲也。"

【緩刑】寬刑。周禮地官大司徒:"以荒政十有二,聚萬民,一曰散利,二曰薄征,三曰緩刑。"漢書五一賈山傳至言:"平獄緩刑,天下莫不説喜。"

【緩耳】㊀垂耳。太平御覽八九六相馬經:"凡相馬之法,先觀三羸五駑。……大頭緩耳,一駑也。"㊁地名。卽儋耳。後漢書八十上杜篤傳論都賦:"連緩耳,瑣雕題。"注:"緩耳,耳下垂,卽儋耳也。"

【緩死】㊀赦免死刑。易中孚:"君子以議獄緩死。"宋蘇軾分類東坡詩二二獲鬼章二十韻:"緩死恩殊厚,求生尾屢搖。"㊁延長壽命。新唐書一四二柳渾傳:"有巫告曰:'兒相夭且賤,爲浮屠道可緩死。'諸父欲從其言,渾曰:'去聖教,爲異術,不若速死。'"

【緩服】寬綽的官服。對武裝和便於行動的裝束而言。宋書張邵傳附張暢:"(李)孝伯又曰:'君南土膏粱,何爲著屩?'……暢曰:'膏粱之言,誠以爲愧。但以不武,受命統軍,戎陣之間,不容緩服。'"又沈慶之傳:"及(劉)湛之被收之夕,上開門召慶之,慶之戎服履韎縛袴入,上見而驚曰:'卿何意乃爾急裝?'慶之曰:'夜半喚隊主,不容緩服。'"

【緩急】㊀指慢和快、寬和嚴。大戴禮八盛德:"御者同是車馬,或以取千里或數百里者,所進退緩急異也。"漢書食貨志下:"歲有凶穰,故穀有貴賤;令有緩急,故物有輕重。"㊁危急之事。緩字無實義。史記絳侯周勃世家附周亞夫:"孝文且崩時,誡太子曰:'卽有緩急,周亞夫真可任將兵。'"又一〇五倉公傳:"生子不生男,緩急無可使者!"

【緩帶】緩束衣帶,形容從容、安舒。穀

梁傳文十八年:"一人有子,三人緩帶。"疏:"緩帶者,優游之稱也。"漢書九四下匈奴傳論:"夫賦斂行賂,不足以當三軍之費;城郭之固,無以異於貞士之約,而使邊城守境之民父兄緩帶,稚子咽哺,胡馬不窺於長城,而羽檄不行於中國,不亦便於天下乎?"

【緩緩】猶言徐徐。宋蘇軾分類東坡詩十四陌上花引:"父老云:吳越王(錢鏐)妃每歲春必歸,臨安王以書遺妃曰:'陌上花開,可緩緩歸矣。'"又詩之一:"遺民幾度垂垂老,游女長歌緩緩歸。"

【緩頰】婉言勸解,或代人說情。史記九十魏豹傳:"漢王聞魏豹反,方東憂楚,未及擊,謂酈生(食其)曰:'緩頰往說魏豹,能下之,吾以萬戶封若。'"

【緩縱】痿痹。周書姚僧垣傳:"金州刺史伊婁穆以疾還京,請僧垣省疾。乃云:'自腰至臍,似有三縛,兩脚緩縱,不復自持。'"

【緩轡】指放鬆韁繩,騎馬緩行。三國志蜀郤正傳釋譏:"盍亦緩衡緩轡,回軌易塗……播秋蘭以芳世,副吾徒之彼〔披〕圖,不亦盛與!"晉書謝安傳附謝玄:"玄使謂苻融曰:'君遠涉吾境,而臨水爲陣,是不欲速戰。諸君稍却,令將士得周旋,僕與諸君緩轡而觀之,不亦樂乎!'"

【緩聲歌】樂府雜曲歌辭之一。晉陸機有前緩聲歌,南朝宋謝惠連有後緩聲歌。南朝宋謝靈運、梁沈約、唐李頎有緩歌行,亦出於此。緩歌,言歌聲和柔。參閱樂府詩集六五。

【緩步代車】緩步行走以代乘車。隋書劉炫傳自贊:"玩文史以怡神,閱魚鳥以散慮,觀省野物,登臨園沼,緩步代車,無事爲貴。"參見"安步當車"。

【緩歌縵舞】柔美的歌聲和舞姿。唐白居易長慶集十二長恨歌:"緩歌縵舞凝絲竹,盡日君王看不足。"

緵 1. zōng ㄗㄨㄥ 子紅切,平,東韻,精。

說文作"稯"。㊀一種粗布。史記景帝紀後二年:"令徒隸衣七緵布。"索隱:"七緵,蓋今七升布,言其粗,故令衣之也。"正義:"緵,八十縷也,與布相似。七升布用五百六十縷。"

2. zòng ㄗㄨㄥˋ 作弄切,去,送韻,精。

㊁網目細而密的漁網。爾雅釋器:"緵罟謂之九罭;九罭魚罔也。"注:"緵,今之百囊,……今江東呼爲緵。"

緰 tóu ㄊㄡˊ 度侯切,平,侯韻,定。

布帛。見下。

【緰帗】細布。急就篇二:"服瑣緰帗與繒連。"注:"緰帗,緆布之尤精者也。"說文作"緰貲"。

緣 1. yuán ㄩㄢˊ 與專切,平,仙韻,喻。

㊀衣邊。禮玉藻:"緣廣寸半。"後漢書十上明德馬皇后紀:"常衣大練,裙不加緣。"㊁圍繞,沿着。荀子議兵:"限之以鄧林,緣之以方城。"晉陶潛陶淵明集五桃花源記:"緣溪行,忘路之遠近。"㊂攀援。孟子梁惠王上:"以若所爲,求若所欲,猶緣木而求魚也。"㊃憑藉。荀子正名:"則緣耳而知聲可也,緣目而知形可也。"㊄因緣,緣分。文選宋謝靈運還舊園作見顏范二中書:"長與懽愛別,永絕平生緣。"玉臺新詠一古詩爲焦仲卿妻作:"下官奉使命,言談大有緣。"參見"因緣㊂"。㊅因爲。唐杜甫杜工部詩史補遺一客至:"花徑不曾緣客掃,蓬門今始爲君開。"白居易長慶集十九寄王祕書詩:"惟來秋思苦,緣詠祕書詩。"

2. tuàn ㄊㄨㄢˋ

㊆同"褖"。周禮天官內司服:"掌王后之六服……緣衣。"見"褖衣㊀"。

【緣分】因緣定分,命中注定的機遇。宋呂南公灌園集五奉答顧言見寄新句二首詩:"更使襟靈憎市井,足知緣分在雲山。"北詞廣正譜元張子益大石調鷓鴣天:"不念春歸離恨牽,自嘆今生緣分淺。"

【緣由】由來,原因。宋書一〇〇自序:"其閭里少年博徒酒客,或財利爭鬬,妄相誣引,前後不能判者,(沈)璞皆知其名姓及巧詐緣由。"

【緣坐】因牽連而處罪。隋書刑法志:"百姓有罪,皆案之以法,其緣坐則老幼不免。一人亡逃,則舉家質作。"舊唐書七七柳奭傳:"神龍初,則天遺制與褚遂良韓瑗等並還官爵,子孫親屬當時緣坐者,咸從曠蕩。"

【緣私】假公濟私。資治通鑑二三九唐元和八年:"邊軍徒有其數而無其實,虛費衣糧,將帥但緣私役使,聚貨財以結權倖而已,未嘗訓練以備不虞。"

【緣法】㊀因襲舊法。史記六八商君傳:"緣法而治者,吏習而民安之。"㊁遵循法度。漢賈誼新書八道術:"緣法循理謂之軌。"㊂猶緣分。宋楊萬里誠齋集三四未至安樂坊隔林望見霜鑾嶺兩峯特奇詩:"彼此相遭有緣法,悔將嗔喜觸嶙峋。"水滸八一:"也是緣法湊巧,至夜,却好有人來報,天子今晚到來。"

【緣例】猶援例。宋沈括夢溪筆談一故事一:"嘉祐中,於崇文院置編校局校官,皆許乘馬至院門。其後中書五房置習學公事官,亦緣例乘馬赴局。"

【緣竿】雜技名,即爬竿。文選漢張平子(衡)西京賦"烏獲扛鼎,都盧尋橦"注:"都盧,體輕善緣。"參見"尋橦"。

【緣起】佛教謂宇宙一切事物皆待緣而起。法華經方便品二:"佛種從緣起。"敦煌變文有丑女緣起、目連緣起。又著書者自述其編著之由來亦稱緣起,與序文性質相類。

【緣陵】地名。即營陵,故城在今山東昌樂縣東南的營邱村。左傳僖十四年齊桓公率諸侯城緣陵以遷杞,即此。見嘉慶一統志一七一山東青州府二古蹟營陵故城注。

【緣循】杖物而行。莊子列禦寇:"緣循,偃佒,困畏不若人,三者俱通達。"注:"成玄英云:循,順也。緣物順他不能自立也。"

【緣督】順守中道。莊子養生主:"緣督以爲經,可以保身,可以全生,可以養親,可以盡年。"文選晉左太沖(思)魏都賦:"上垂拱而司契,下緣督而自勸。"注:"緣,順也;督,中也。順守道中以爲常。"

【緣飾】㊀猶言文飾。史記一一二平津侯傳:"習文法吏事,而又緣飾以儒術。"淮南子俶真:"於是博學以疑聖,華誣以脅眾,弦歌鼓舞,緣飾詩書,以買名譽於天下。"㊁鑲邊加飾。三國志魏武帝紀建安二十三年注引魏書:"茵蓐取溫,無有緣飾。"

【緣會】猶緣分。唐元稹長慶集九三遣悲懷詩:"同穴窅冥何所望,他生緣會更難期。"

【緣橦】雜技名。橦,竿。緣橦,即緣竿。宋程大昌演繁露九都盧緣:"唐人以緣橦者爲都盧緣。……盧,矛戟之柲,緣之以爲戲。"參見"緣竿"、"尋橦"。

【緣覺】梵語辟支的義譯,也作獨覺。不逢佛世,獨自能悟,故稱獨覺;觀十二因緣而悟道,故稱緣覺。大乘義章十七:"言緣覺者外國正音名辟支佛,此翻辟支名曰因緣,佛名爲覺。"

【緣覺乘】佛教以車乘喻佛法,以學者的接受能力不一,分聲聞乘、緣覺乘、菩薩乘爲三乘,或加人乘天乘爲五乘。悟十二因緣而得道者爲緣覺乘,或稱辟支佛乘。妙法蓮華經文句七上："五乘者，五戒乘出三途苦，十善乘出人道八苦，聲聞乘三界無常苦，緣覺乘出從他聞法苦，菩薩乘出内無利智外無相好苦。"

【緣木求魚】上樹找魚。喻勞而無功。孟子梁惠王上："以若所爲，求若所欲，猶緣木而求魚也。"後漢書十一劉玄傳李淑上書諫："今以所重加非其人，望其毗益萬分，興化致理，譬猶緣木求魚，升山採珠。"

【緣情體物】抒發感情，鋪陳物狀。文選晉陸士衡(機)文賦："詩緣情而綺靡，賦體物而瀏亮。"注："詩以言志，故曰緣情；賦以陳事，故曰體物。"唐王勃王子安集十平臺祕略論藝文："故文章經國之大業，不朽之能事，而君子所役心勞神，宜於大者、遠者，非緣情體物，雕蟲小技而已。"

【緣鵠飾玉】指因緣時會而得升仕階。楚辭屈原天問："緣鵠飾玉，后帝是饗。"注："后帝謂殷湯。言伊尹始仕，因緣烹鵠鳥之羹，修玉鼎以事湯，湯賢之，遂以爲相。"

緫 zǒng ㄗㄨㄥˇ

同"總"。見"總"。

緞 duàn 徒管切，上，緩韻，定。ㄉㄨㄢˋ

㊀縫貼於鞋跟的革片、絲條之屬。說文作"緞"。急就篇二："履舃鞜裒絨緞紃。"注："緞，履跟之帖也。"㊁我國特產的一種質地厚實而有光澤的絲織品。古稱織絲。明宋應星天工開物乃服："凡倭緞……經面織過數寸，即刮成黑光。"本作"段"字，元典章工部有段疋條，段，即今"緞"。

【緞疋庫】清户部三庫（銀庫、緞疋庫、顏料庫）之一。凡各省解到綢緞絹布絲綿線麻等項，皆付緞疋庫收存。其由寧蘇杭三地織造繳納部分，由户部根據庫存應需，於前一年八月由部移文江南浙江兩司轉行通告各織造所，限次年八月起運部。見清會典事例一八二户部庫藏。

緶 pián ㄆㄧㄢˊ 房連切，平，仙韻，並。biàn ㄅㄧㄢˋ 方典切，上，銑韻，幫。

㊀用麻或麥稭編的辮狀編織物。說文解字"緶"清段玉裁注："謂以枲二股交辮之也。交絲爲辮，交枲爲緶。"枲，即麻。㊁用針縫緝衣邊。見玉篇。漢書四八賈誼傳"緁以偏諸，美者黼繡"唐顏師古注："謂以偏諸緶著之也。"

線 xiàn ㄒㄧㄢˋ 私箭切，去，線韻，心。

同"綫"。㊀用棉麻絲毛等材料拈成的細縷。禮内則："右佩箴管線纊。"釋文："線，本又作綫。"㊁細長如線的東西。唐温庭筠集九楊柳枝詩之三："蘇小門前柳萬條，毿毿金線拂平橋。"㊂量詞。數詞限用"一"，表示細微。金元好問遺山集十四題寫真詩："東塗西抹竊時名，一線微官悮半生。"

【線香】用香末製成，細長如線，故名。供藥用的多用白芷、芎藭、兜婁香等爲末，以榆皮麪作糊和劑，以唧筩笮成，成條如線。見本草綱目十四草三線香。

【線索】㊀事態的頭緒、門路。清李玉清忠譜十六："不要説三閣下，九卿科道，無不相知，就是裏邊線索，極便極靈。"㊁消息；情報。清文獻通考一九五刑一："(順治)十三年……嚴商民下海交易之禁，奉諭：海逆未勦，必有姦民暗通線索，資以糧物。"㊂脈胳；思路。清惠棟九曜齋筆記二硯溪先生論文遺語："史記長篇之妙，千百言如一句，由來線索在手，舉重若輕也。"

【線腳】縫跡。元王實甫西廂記三本四折："難禁，好着我似線腳兒般殷勤，不離了針。"

縋 zhuì ㄓㄨㄟˋ 馳僞切，去，寘韻，澄。

用繩懸人或物使下墜。左傳僖三十年"(燭之武)夜縋而出。"宋史三五八李綱傳上："敵兵攻城，綱身督戰，募壯士縋城而下。"

緱 gōu ㄍㄡ 古侯切，平，侯韻，見。

㊀纏在刀劍柄上的絲繩。見說文。參見"蒯緱"。㊁見"緱氏"、"緱嶺"。

【緱氏】縣名。春秋滑國，爲秦所滅。漢置縣，以地有緱山而名。屬河南郡，治所在今河南偃師東南，屢有廢併，宋熙寧八年省入偃師。參閲太平寰宇記五緱氏縣。

【緱嶺】山名，在河南偃師縣。又名緱氏山。道家傳説，仙人王子喬語桓良於七月七日在緱氏山嶺相見，即指此山。參閲太平寰宇記五緱氏縣。

緥 bǎo ㄅㄠˇ 博抱切，上，晧韻，幫。

包嬰兒的衣、被。也作"褓"。見"繦緥"。

十 畫

縈 yíng ㄧㄥˊ 於營切，平，清韻，影。

㊀旋回攀繞。詩周南樛木："南有樛木，葛藟縈之。"㊁拘牽。晉陶潛陶淵明集三辛丑歲七月赴假還江陵夜行塗口詩："投冠旋舊墟，不爲好爵縈。"

【縈迴】旋繞轉折。水經注三六若水："高山嵯峨，巖石磊落，傾側縈迴，下臨峭壑。"唐王勃王子安集五滕王閣詩序："鶴汀鳧渚，窮島嶼之縈迴；桂殿蘭宫，列岡巒之體勢。"也作"縈回"。宋蘇軾分類東坡詩十三惠山謁錢道人烹小龍團登絶頂望太湖詩："石路縈回九龍脊，水光翻動五湖天。"

【縈紆】回旋曲折。文選漢班孟堅(固)西都賦："步甬道以縈紆，又杳窱而不見陽。"唐白居易長慶集十二長恨歌："黄埃散漫風蕭索，雲棧縈紆登劍閣。"

【縈帶】旋曲的帶子。後漢書五九張衡傳應閒："弦高以牛餼退敵，墨翟以縈帶全城。"文選晉陸士衡(機)贈顧交阯公真詩："高山安足淩，巨海猶縈帶。"

【縈薄】草木叢生的曲折地帶。文選南朝梁江文通(淹)從冠軍建平王登廬山香爐峯詩："絳氣下縈薄，白雲上杳冥。"

縠 hú ㄏㄨˊ 胡谷切，入，屋韻，匣。

縐紗。戰國策齊四："王斗曰：'王之憂國愛民，不若王愛尺縠也。'"文選戰國楚宋玉神女賦："動霧縠以徐步兮，拂墀聲之珊珊。"注："縠，今之輕紗，薄如霧也。"

【縠紋】縐紋。多用以比喻水的波紋。宋蘇軾東坡詞臨江仙："夜闌風静縠紋平。"宋范成大石湖集七插秧詩："種密移疎緑毯平，行間清淺縠紋生。"

縣 1. xuán ㄒㄩㄢˊ 胡涓切，平，先韻，匣。

"懸"的本字。㊀掛。詩周頌有瞽："應田縣鼓。"㊁維繫。管子禁藏："法者天下之儀也，所以決疑而明是非也，百姓之所縣命也。"㊂差距，甚遠。荀子天論："君子小人之所以相縣者，在此耳。"漢書高帝紀六年下："秦，形勝之國也，帶河阻山，縣隔千里。"㊃揭示，頒立。管子明法解："明主之治也，縣爵禄以勸其民。"漢書食貨志下賈誼諫："夫縣法以誘民，使入陷阱，孰積於此。"㊄秤錘，秤量。禮經解："衡誠縣，不可欺以輕重。"疏："縣謂稱錘。"漢書刑法志："晝斷獄，夜理書，自程決事，日縣石之一。"注："縣，稱也。"㊅祭名。山海經中山經："(甘棗山至于鼓鐙之山)其祠禮：毛，太牢之具，縣以吉玉。"爾雅釋天："祭山曰庪縣。"宋邢昺疏："庪，謂埋藏之。……縣，謂縣其牲幣於山林中。”

2. xiàn 苦練切,去,霰韻,匣。
ㄒㄧㄢ

㊆地方行政區畫之一。古稱邦畿千里之地爲縣,後亦稱王畿内都邑爲縣。其後諸侯境内之地亦稱縣。其先以縣統郡。秦廢封建,以郡統縣,歷代因之。唐時,縣隸屬於州,宋元明清以府州統縣。㊇姓。春秋有縣成父,孔子門人。漢有甘陵相縣芝。參閱通志二七氏族三以邑爲氏。㊈猶言天下。史記秦始皇紀二十九年之罘刻石:“大矣哉!宇縣之中,承順聖意。”注:“宇,宇宙。縣,赤縣。”

【縣₂士】官名,主管公邑之獄。周禮小司寇:“縣士掌野。”左傳昭十八年“明日,使野司寇各保其徵”晉杜預注:“野司寇,縣士也。火之明日,四方乃聞災,故戒保所徵役之人。”

【縣₂子】爵名。晉代侯伯子男皆封之以縣。南朝陳時,始有開國縣子名號,歷代相因。元以後不設。

【縣₂王】爵名。魏封諸王爲縣王,晉初因之。後改正縣王,增邑爲三千户,制度如郡侯,亦置一軍。歷朝亦間置之,無常制。

【縣₂尹】㊀一縣的長官。左傳襄二六年:“此子爲穿封戌,方城外之縣尹也。”唐韓愈昌黎集四燕河南府秀才詩:“鄙夫忝縣尹,愧慄難爲情。”㊁官名。元代每縣置達魯花赤一人,以蒙族人任之,又置縣尹一人,以漢族任之,同理一縣之事。其府州亦以達魯花赤與府尹、州尹共理之。見元史百官志七。

【縣₂内】儒家説以四海之内爲九州,其一爲畿内,天子所治。唐虞稱服,夏稱縣内,殷周稱畿。禮王制:“天子之縣内,方百里之國九。”參見“九服㊀”。

【縣₂公】㊀春秋時,楚自稱王,其縣大夫亦僭稱公。左傳宣十一年:“諸侯縣公,皆慶寡人。”㊁爵名。晉時始置縣公之爵,陳謂之開國縣公,歷代因之。元以後廢。

【縣₂主】㊀皇族女子的封號。後漢帝女,皆封縣公主。隋唐以來,諸王之女,亦封郡縣,稱某郡縣主。參閱宋高承事物紀原一帝王后妃。㊁縣令。儒林外史十六:“匡超人看見是本縣縣主的帖子,嚇了一跳。”

【縣₂正】官名。周禮地官之屬,位次於大夫。周制,每遂五縣,縣凡二千五百家,縣正掌宣頒政令,徵收田賦,處理爭訟等事。見周禮地官縣正。

【縣令】猶賞格。莊子外物:“飾小説以干縣令,其於大達亦遠矣。”唐成玄英疏:“夫修飾小行,矜持言説,以求高名令問者,必不能大達於至道。”

【縣₂令】官名。周官有縣正,各掌其縣之政令。春秋之時,縣邑之長曰宰、尹、公、大夫,其職同。秦漢,縣萬户以上稱令,不及萬户者稱長。晉宋以後,皆如漢制。隋縣有令有長。唐縣置令,有赤、畿、望、緊、上、中、下七等之差。宋因唐制,已改京朝官者稱知某縣。元縣置達魯花赤,以縣尹爲副。明清縣置知縣,辛亥革命後改爲縣知事。後稱縣長。

【縣₂丞】漢制,每縣各置丞一人,以佐令長,與尉合稱爲長吏,歷代因之,迄於清末;惟其名自漢以來但曰丞,至縣丞二字連綴爲官名,起於明代。參閱漢書百官公卿表上。

【縣車】㊀謂上下陡坡時牽引車身以利行進。國語齊:“縣車束馬,踰大行與辟耳之谿拘夏。”縣,本亦作“懸”。㊁古代紀時指黄昏前的一段時間。見“懸車㊁”。㊂懸置其車。意謂不再作官。漢書七一薛廣德傳:“俱乞骸骨,皆賜安車駟馬,……東歸沛,太守迎之界上。沛以爲榮,縣其安車傳子孫。”注:“縣其所賜安車以示榮也。致仕縣車,蓋亦古法。”參見“懸車㊂”。

【縣₂君】婦女封號。晉時,褚裒妻謝氏封潯陽縣君,庾琛妻丘氏封安陽縣君,爲縣君名號之始。唐制,五品母妻爲縣君,宋元因之。舊小説中往往稱男子爲員外,婦人爲院君,院君卽縣君之訛。惟宋自徽宗以後,廢郡君、縣君之稱,改用夫人、淑人等號。明清惟宗室女仍稱縣君,位列郡主、縣主之次,封爵及品官的母妻,概用夫人等名號。

【縣₂男】爵名。晉時,侯、伯、子、男皆封以縣,陳代始有開國縣男之名。見通典三一職官十三歷代王侯封爵。歷代因之,明廢。

【縣法】古代公布法令,皆懸在闕下,使衆周知,故稱頒訂法令爲縣法。漢書食貨志下賈誼疏:“夫縣法以誘民,使入陷阱,孰積於此。”參見“懸法”。

【縣₂官】㊀縣吏。漢書食貨志下:“諸取衆物鳥獸魚鼈百蟲於山林水澤及畜牧者……皆各自占所爲於其在所之縣官,除其本,計其利。”也指官府。後漢書七六劉矩傳:“民有爭訟,矩常引之於前,提耳訓告,以爲忿恚可忍,縣官不可入,使歸更尋思。”㊁朝廷。史記景帝紀:“令内史郡不得食馬粟,没入縣官。”漢書食貨志上鼂錯論貴粟疏:“今募天下入粟縣官,得以拜爵,得以除罪。”也專指皇帝。史記絳侯世家:“庸知其盗買縣官器,怒而上變告子,事連汙條侯。”索隱:“縣官謂天子也。所以謂國家爲縣官者,夏官王畿内縣卽國都也。王者官天下,故曰縣官也。”

【縣門】守城的閘板,安裝于内城門,無事則懸起。左傳莊二八年:“縣門不發,楚言而出。”

【縣₂帖】縣府的通告文書。唐白居易長慶集十五渭村退居寄禮部崔侍郎翰林錢舍人詩:“納租看縣帖,輸粟問軍倉。”

【縣度】漢時西域山名。後漢書四七班超傳:“超遂踰葱嶺,迄縣度。”注:“縣度,山名。縣音玄,謂以繩索縣縋而過也。其處在皮山國以西,罽賓國之東也。”參見“懸度㊀”。

【縣疣】下垂的瘤。莊子大宗師:“彼以生爲附贅縣疣,以死爲決疣潰癰。”

【縣軍】深入敵境無後援之孤軍。三國志魏陳泰傳:“縣軍遠僑,糧穀不繼,是我速進破賊之時也。”參見“懸軍”。

【縣₂侯】爵名。漢初論功封列侯,大者食縣,小者食鄉、亭。三國魏定制:凡國,王、公、侯、伯、子、男六等,次縣侯,次鄉侯,次亭侯,次關内侯。晉也有縣侯。南朝陳置開國縣侯。五代以後廢。參閱通典三一職官十三歷代王侯封爵。

【縣₂宰】縣令。全唐詩六九三杜荀鶴再經胡城縣:“今來縣宰加朱紱,便是蒼生血染成。”

【縣₂馬】宗室女封縣主者,其夫爲縣馬。詳“郡馬”。

【縣圃】傳説中神仙所居之地。楚辭屈原離騷:“朝發軔於蒼梧兮,夕余至乎縣圃。”穆天子傳二:“春山之澤,清水出泉,温和無風,飛鳥百獸之所飲食,先王所謂縣圃。”

【縣₂師】周官名。周禮地官縣師:“縣師掌邦國都鄙稍甸郊里之地域,而辨其夫家人民田萊之數,及其六畜車輦之稽。”

【縣₂尉】秦漢縣置官萬户以上爲令,不及萬户爲長。下有丞、尉,稱長吏;丞、尉的屬吏爲少吏。尉主地方治安。歷代因之。元於縣尉外,兼置典史。明廢尉,留典史,掌尉事,後世因稱典史爲縣尉。參閱漢書百官公卿表上、通典三三職官十五總論縣佐。

【縣₂道】漢制,邑無少數民族者稱縣,少數民族雜居者稱道。漢書六七梅福傳:“數因縣道上言變事,求假軺傳,詣行在所，條對急政。”注：“附縣道之使而封奏也。”

【縣榻】前後兩柱間的渡梁。陳書後主張貴妃傳：“至德二年，乃於光昭殿前起臨春、結綺、望仙三閣，閣高數丈，竝數十間，其牕牖、壁帶、懸楣、欄檻之類，竝以沈檀香木爲之。”資治通鑑一七六陳至德二年注：“懸楣，横木，施於前後兩楹之間，下不裝構，今人謂之掛楣。”懸，同“縣”。

【縣解】㊀天然的解脱。莊子養生主：“適來，夫子時也；適去，夫子順也。安時而處順，哀樂不能入也，古者謂是帝之縣解。”唐成玄英疏：“爲生死所係者爲縣，則無死無生者縣解也。夫死生不能係，憂樂不能入者，而遠古聖人謂是天然之解脱也。”㊁超絶而深入隱微的理解。新唐書一九九尹知章傳：“於易老莊書，尤縣解。”

【縣₂僮】在縣中當差的雜役。梁書沈瑀傳：“瑀召其老者爲石頭倉監，少者補縣僮，皆號泣道路，自是權右屏跡。”

【縣賞】設立賞格，對符合要求者給予錢幣等奬賞。後漢書二八上桓譚傳陳時政疏：“夫張官置吏，以理萬人，縣賞設罰，以別善惡，惡人誅傷則善人蒙福矣。”

【縣衡】懸秤，天平。見“懸衡㊀”。

【縣罄】倒掛的磬。喻空無所有，貧困之極。左傳僖二六年：“空如縣罄，野無青草，何恃而不恐？”疏引伏虔，謂屋内僅餘榱椽，如器物中空，杜預注謂屋室資糧縣盡。於義伏氏爲長。國語魯上作“縣磬”。參閱清臧琳經義雜記室如縣罄。

【縣鶉】見“懸鶉”。

【縣藜】美玉名。史記七九范雎傳上秦王書：“且臣聞周有砥砨，宋有結緑，梁有縣藜，楚有和朴，此四寶者土之所生，良工之所失也，而爲天下名器。”文選漢班孟堅（固）西都賦作“懸黎”。參見該條。

【縣土炭】古時測量氣候二至的方法。在冬至或夏至前三日，分別懸土、炭於衡的兩端，輕重適均，冬至而陽氣至，則炭重；夏至而陰氣至，則土重。史記天官書：“冬至短極，縣土炭，炭動。”或以鐵易土。漢書七五李尋傳：“政治感陰陽，猶鐵炭之低卬，見效可信者也。”注引孟康：“天文志云：縣土炭也，以鐵易土耳。……冬，陽氣至，炭仰而鐵低。夏，陰氣至，炭低而鐵仰，以此候二至也。”

縢 téng 徒登切，平，登韻，定。
ㄊㄥˊ

㊀緘封。書金縢：“王與大夫盡弁，以啓金縢之書。”㊁約束。詩秦風小戎：“交韔二弓，竹閉緄縢。”謂以繩約弓。㊂繩索。詩魯頌閟宮：“公車千乘，朱英緑縢，二矛重弓。”㊃綁腿。戰國策秦一：“（蘇秦）書十上而説不行，……羸縢履蹻，負書擔橐，形容枯槁，面目犂黑。”㊄通“幐”。見“縢囊”。

【縢囊】囊。後漢書七九上儒林傳序：“及董卓移都之際，自辟雍、東觀、蘭臺、石室、宣明、鴻都諸藏典策文章，競共剖散，其縑帛圖書，大則連爲帷蓋，小乃制爲縢囊。”注：“縢亦幐也。”謂毁縑帛以製行囊。

縏 pán 薄官切，平，桓韻，並。
ㄆㄢˊ

小囊。禮内則：“施縏袠、大觽、木燧。”

縡 zài 作代切，去，代韻，精。
ㄗㄞˋ 作亥切，上，海韻，精。

事情。漢書八七上揚雄傳甘泉賦：“上天之縡，杳旭卉兮。”注：“縡，事也。……縡讀與載同。”新唐書九四杜裴李韋傳贊：“皆足穆天縡，經國體，撥衰奮王，菑攘四方。”

縗 cuī 倉回切，平，灰韻，清。
ㄘㄨㄟ

被於胸前的麻布條。服三年之喪（臣爲君、子爲父、妻爲夫）者用之。左傳襄十七年：“齊晏桓子卒，晏嬰粗縗斬。”疏：“衰用布爲之，廣四寸，長六寸，當心。”

【縗墨】以墨染縗絰。左傳僖三三年：“子墨縗絰，梁弘御戎，萊駒爲右。”注：“以凶服從戎，故墨之。”

縞 gǎo 古老切，上，晧韻，見。
ㄍㄠˇ 古到切，去，号韻，見。

㊀細白的生絹。詩鄭風出其東門：“縞衣綦巾，聊樂我員。”㊁白色。文選南朝宋謝惠連雪賦：“眄隰則萬頃同縞，瞻山則千巖俱白。”

【縞素】㊀白色的喪服。楚辭屈原九章惜往日：“思久故之親身兮，因縞素而哭之。”戰國策魏四：“信陵君聞縮高死，素服縞素避舍，使使謝安陵君。”㊁白色。漢桓寬鹽鐵論非鞅：“縞素不能自分於緇墨，賢聖不能自理於亂世。”㊂喻清白儉樸。史記留侯世家：“夫爲天下除殘賊，宜縞素爲資。”集解：“晉灼曰：‘資，藉也。欲沛公反秦奢泰，服儉素以爲藉也。’”

【縞紵】㊀白色生絹及細麻所製的衣服。戰國策齊四：“後宫十妃，皆衣縞紵。”㊁縞帶與紵衣。左傳襄二九年：“（吴公子札）聘于鄭，見子産，如舊相識，與之縞帶，子産獻紵衣焉。”後因以縞紵喻友誼深厚。文苑英華六九九北周滕王（宇文）逌庾開府集序：“余與子山風期款密，情均縞紵，契比金蘭。”也指朋友之間互相餽贈。又二四〇隋孫萬壽答楊世子詩：“縞紵始云贈，膠漆乃相投。”

縑 jiān 古甜切，平，添韻，見。
ㄐㄧㄢ

雙絲織的微帶黄色的細絹。管子山國軌：“春縑衣，夏單衣。”淮南子齊俗：“夫素之質白，染之以涅則黑；縑之性黄，染之以丹則赤。”漢以後，多用作賞贈酬謝之物，或以作貨幣。梁書武帝紀中天監元年夏四月詔：“入縑以免，施於中世。”魏書劉芳傳：“芳常爲諸僧傭寫經論，筆迹稱善，卷直以一縑。”唐制布帛四丈爲匹，亦謂匹爲縑。

【縑素】供作書畫用的白絹。抱朴子遐覽：“漸得短書，縑素所寫者，積年之中，合集所見當出二百許卷，終不可得也。”轉指書册。北齊書李稚廉傳贊：“惟玆數賢，幹事貞固，生被雌黄，歿存縑素。”

【縑緗】供書寫用的細絹。緗，淺黄色。轉指書册。唐柳宗元柳先生集三六上河陽烏尚書啓：“小子久以文字進身，嘗好古人事業，專當具筆札，拂縑緗，贊揚大功，垂之不朽。”宋李覯直講李先生文集二七上范待制書：“故有縑緗凝塵，不記篇目而致甲科；帷簿汙辱，市井不齒而諧美仕；勸善懲惡，將安在邪？”

縊 yì 於賜切，去，寘韻，影。
ㄧˋ

勒頸絶氣而死，上弔。左傳桓十三年：“莫敖縊于荒谷，羣帥囚于冶父。”

【縊女】蟲名。又名蜆。長寸許，頭赤身黑，幼蟲常吐絲自懸，故名。見爾雅釋蟲、太平御覽九四八南朝宋劉敬叔異苑。

縟 rù 而蜀切，入，燭韻，日。
ㄖㄨˋ

㊀繁密。多指采飾雕刻。文選漢張平子（衡）西京賦：“故其館室次舍，采飾纖縟。”㊁繁瑣。儀禮喪服傳：“喪成人者其文縟，喪未成人者其文不縟。”周禮春官大宗伯“侯執信圭，伯執躬圭”漢鄭玄注：“身圭躬圭，蓋皆象以人形爲瑑飾，文有粗縟耳。”㊂褥。文選南朝宋謝惠連雪賦：“攜佳人兮披重幄，援綺衾兮坐芳縟。”

【縟禮】繁瑣的禮節。宋史四四六李若水傳：“而有司循常習故，欲要縟禮，非所以靖公議也。”

縛 fù 符卧切，去，過韻，並。
ㄈㄨˋ 符钁切，入，藥韻，並。

束，細綁。左傳文二年："晉襄公縛秦囚，使萊駒以戈斬之。"

【縛馬答】俱舍光記八："殺馬祀天，縛馬著柱。有人問言，縛馬者誰？答言馬主；馬主是誰？答言縛者。如是二答，皆不令解。不知何人，姓名何等，故不令解。"譬喻循環論證，不得要領。

縉 jìn 即刃切，去，震韻，精。ㄐㄧㄣˋ

㊀淺赤色。急就篇二："烝栗絹紺縉紅繎。"㊁插。見"縉紳"。

【縉紳】插笏於紳。縉同"搢"，插；紳，束腰的大帶。荀子禮論："説〔設〕褻衣，襲三稱，縉紳而無鉤帶矣。"注："縉，與搢同。"古之仕者，垂紳插笏，故稱士大夫爲搢紳、縉紳。後漢書八十下趙壹傳："君學成師範，縉紳歸慕。"參見"搢紳"、"薦紳"。

【縉雲】㊀遠古傳説黃帝以雲紀官，夏官爲縉雲氏，因以爲族氏。左傳文十八年："縉雲氏有不才子。"注："縉雲，黃帝時官名。"㊁縣名。本括蒼及婺州永康縣地。唐聖曆初，以縣有縉雲山分置。明清皆屬浙江處州府。見寰宇通志三三處州府縉雲縣。

縝 zhěn 章忍切，上，軫韻，照。ㄓㄣ 丑人切，平，真韻，徹。昌真切，平，真韻，穿。

㊀細緻。禮聘儀："縝密以栗，知也。"㊁見"縝紛"。㊂黑髮。通"鬒"。文選南齊謝玄暉(朓)晚登三山還望京邑詩："有情知望鄉，誰能縝不變。"六臣本作"鬒"。

【縝紛】叢集茂盛。漢書五七上司馬相如傳上林賦："於是乎周覽氾觀，縝紛軋芴。"史記一一七司馬相如傳作"瞋盼"。

【縝密】細心謹慎，嚴密。南史孔休源傳："累居顯職，性縝密，未嘗言禁中事。"梁書作"慎密"。文苑英華八〇九唐韋慶復鳳翔鼓角樓記："壁壘完堅，圬塗縝密，人不偷也。"

縓 quàn 七絹切，去，線韻，清。ㄑㄩㄢ 此緣切，平，仙韻，清。

淺紅色。儀禮既夕禮："縓綼緆。"注："一染謂之縓，今紅也。"

緻 zhì 直利切，去，至韻，澄。ㄓ

㊀細密。如工緻、精緻。文選漢班孟堅(固)西都賦："碝碱綵緻，琳珉青熒。"㊁練、繒一類的絲織品，以質地細密而稱。廣雅釋器："緻，練也。"

【緻密】㊀細密，堅實。靈樞經本藏："衞氣和則分肉解利，皮膚調柔，腠理緻密矣。"㊁嚴密。太平御覽七四二東觀漢記："複道多風寒，左右老人，且病痱，多取帷帳，東西完塞窗，皆令緻密。"

緆 tà 正字通 徒答切，音塔。ㄊㄚˋ

套索；以索圈套人。唐張鷟朝野僉載六："天后時，將軍李楷固，契丹人也，善用緆索。李盡忠之敗也，麻仁節張玄遇等並被緆。將麞鹿狐兔走馬遮截，於索緆之，百無一漏。"資治通鑑二〇五唐萬歲通天元年："飛索以緆玄遇仁節，生獲之。"注："字書無'緆'字。今讀與榻同，德盍翻，或曰吐合翻。"

縜 yún 爲贇切，平，真韻，于。ㄩㄣ

結射侯(箭靶)的圈扣。用以穿繩縛住靶的上下兩頭粗繩，使之固定。周禮考工記梓人："上綱與下綱出舌尋，縜寸焉。"注："鄭司農(衆)云：綱，連侯繩也；縜，籠綱者。"

縤 sù ㄙㄨˋ

高挺貌。晉書王戎傳："戎有人倫鑒識，……謂裴頠拙於用長，荀勖工於用短，陳道寧縤縤如束長竿。"晉書音義作"㛐"，初六反。疑爲"謖"的誤字。參見"謖謖"。

縚 tāo 土刀切，平，豪韻，透。ㄊㄠ

㊀罩套。同"韜"。儀禮士昏禮"姆纚笄宵衣在其右"漢鄭玄注："纚，縚髮。"㊁絲帶。同"絛"、"縧"。唐李賀歌詩編三畫江潭苑之三："剪翅小鷹斜，縚根玉鏇花。"指繫鳥的絲索。

縐 zhòu 側救切，去，宥韻，莊。ㄓㄡˋ 初救切，去，效韻，初。

㊀褶疊不伸展貌。同"皺"。詩鄘風君子偕老："蒙彼縐絺，是紲袢也。"傳："絺之靡者爲縐。"箋："縐絺，絺之蹙蹙者。"一説縐指絺之細者，即細葛布。見説文。史記一一七司馬相如傳子虛賦："襞積褰縐。"索隱："蘇林曰：褰縐，縮蹙之也。"㊁織出皺紋的絲織品。如浙江湖州的湖縐，杭州的線縐，江蘇蘇州的線縐，鎮江的紅線縐，其他各處的縐紗、縐布等都是。參閱續文獻通考三八五實業八絲織品。

【縐紗】有皺紋的絲織物。宋代亳州和市縐紗，大名府織縐縠。參閱文獻通考二十市糴一。

縫 1. féng 符容切，平，鍾韻，並。ㄈㄥˊ

㊀縫綴，縫合。詩魏風葛屨："摻摻女手，可以縫裳。"㊁補合。左傳昭二年："敢拜子之彌縫敝邑，寡君有望焉。"

2. fèng 扶用切，去，用韻，並。ㄈㄥˋ

㊂縫合之處。禮檀弓上："古有冠縮縫，今也衡縫。"㊃罅隙。宋秦觀淮海集後集二秋夜病起懷端叔作詩寄之詩："天光脆如洗，月色清無縫。"

【縫人】周官名。掌王宮之縫線之事。見周禮天官縫人。

【縫掖】寬袖單衣。古代儒生所服，因亦作儒生的代稱。同"逢掖"。後漢書四九王符傳："徒見二千石，不如一縫掖。"世説新語文學"鄭玄在馬融門下"注引玄別傳："後遇黨錮，隱居著述，凡百餘萬言，大將軍何進辟，玄乃縫掖相見。"參見"逢掖"。

【縫衣淺帶】寬袖大帶，古時儒者之服。莊子盜跖："今子修文武之道，掌天下之辯，以教後世，縫衣淺帶，矯言僞行，以迷惑天下之主。"

十一畫

縻 mí 靡爲切，平，支韻，微。ㄇㄧˊ

㊀牛鼻繩。史記一一七司馬相如傳難蜀父老辭："蓋聞天子之於夷狄也，其義羈縻勿絶而已。"索隱："縻，牛韁也。"㊁束縛。參見"縻軍"、"羈縻"。㊂通"靡"。見"縻費"。

【縻軍】縻絆其軍，使不得自由行動。孫子謀攻："不知軍之不可以進而謂之進，不知軍之不可以退而謂之退，是謂縻軍。"注："李筌曰：縻，絆也，不知進退者軍必敗，如絆驥足無馳驟也。"

【縻費】耗費。廣弘明集二八上北齊魏收爲武成帝以三臺宮爲大興聖寺詔："有司過實，匠人逞功，氓庶勞止，縻費難量。"

縶 zhí 陟立切，入，緝韻，知。ㄓ

説文作"馽"。㊀拴縛馬足。楚辭屈原九歌國殤："霾兩輪兮縶四馬，援玉枹兮擊鳴鼓。"參見"縶維"。㊁拴縛馬足的繩索。詩周頌有客："言授之縶，以縶其馬。"左傳成二年："韓厥執縶馬前。"㊂拘囚。左傳成九年："晉侯觀于軍府，見鍾儀，問之曰：'南冠而縶者，誰也？'"

【縶拘】束縛。唐韓愈昌黎集七與張十八同效阮步兵一日復一夕詩："富貴自縶拘，貧賤亦煎焦。"

【縶維】㊀詩小雅白駒:"皎皎白駒,食我場苗;縶之維之,以永今朝。"本以絆馬足,拴馬韁,示留客之意。後用以指挽留人材。文選晉殷仲文解尚書表:"既惠之以首領,復引之以縶維。"魏書肅宗紀正光四年詔:"雖七十致仕,明乎典故,然以德少壯,許其縶維。"㊁拴馬的繩索。引申指束縛。抱朴子博喻:"若乃求千里之迹於縶維之駿,青匠世之勳於劇碎之賢,謂之不惑,吾不信也。"宋蘇軾分類東坡詩十七次韻孔文仲推官見贈:"聞聲自決驟,那復受縶維。"

繄 yī 烏奚切,平,齊韻,影。
丨 於計切,去,霽韻,影。

㊀盛戟的套子。說文:"繄,戟衣也。"清段玉裁注:"所以韜戟者,猶盛弓弩矢器曰医也。"㊁是。左傳僖五年:"民不易物,唯德繄物。"國語吳:"君王之於越也,繄起死人而肉白骨也。"注并作"是"。㊂助詞,表語氣。左傳隱元年:"爾有母遺,繄我獨無。"左傳襄十四年:"王室之不壞,繄伯舅是賴。"

繁 1. fán 附袁切,平,元韻,並。
ㄈㄢ

㊀多,簡之對。書仲虺之誥:"簡賢附勢,實繁有徒。"荀子議兵:"高城深池,不足以爲固;嚴令繁刑,不足以爲威。"㊁盛。禮鄉飲酒義:"三揖至於階,三讓以賓升,拜至獻酬辭讓之節繁。"呂氏春秋音律:"陽氣始生,草木繁動。"㊂雜。孝經序:"且傳以通經爲義,義以必當爲主,至當歸一,精義無二,安得不剪其繁蕪,而撮其樞要也。"

2. pán 薄官切,平,桓韻,並。
ㄆㄢ

㊃馬腹帶。禮禮器:"大路繁纓一就,次路繁纓七就。"疏:"繁謂馬腹帶也。"參見"繁纓"。

3. pó 薄波切,平,戈韻,並。
ㄆㄛ

㊄姓。左傳定四年記殷民七族有繁氏。漢有御史大夫繁延壽。見漢書七十陳湯傳。唐顏師古注繁,音蒲何反。

【繁文】㊀繁瑣複雜的文辭。韓詩外傳六:"夫繁文以相假,飾詞以相悖,數譬以相移,外人之身使不得反其意,則論便然後害生也。"㊁繁瑣的儀節。淮南子道應:"繁文滋禮,以弇其質;厚葬久喪,以亶其家。"參見"繁文縟禮"。

【繁手】變化複雜的彈奏手法。同"煩手"。文選漢馬季長(融)長笛賦:"繁手累發,密櫛疊重。"注:"左傳曰:於是有煩手淫聲,慆堙心耳,乃忘平和。君子不聽也,手煩不已,則雜聲並奏。"後漢書八十下邊讓傳章華賦:"美繁手之輕妙兮,嘉新聲之彌隆。"

【繁昌】㊀繁榮,茂盛。文選晉潘安仁(岳)楊荆州誄:"昭穆繁昌,枝庶分流。"元揭傒斯揭文安公集一京城閑居譔言詩之五:"榆柳雖弱質,生植益繁昌。"㊁縣名。1.三國魏置。魏文帝(曹丕)於潁陰曲蠡之繁陽亭築壇受禪,改元黄初,因以繁陽亭爲繁昌縣。唐廢。故城在今河南臨潁縣。見太平寰宇記七許州臨潁縣。2.屬安徽省。漢春穀縣地,晉僑置繁昌縣。梁廢,故城在今縣東北。南唐復置,即今治。見寰宇通志十太平府。

【繁₂冠】漢武官的帽子。漢蔡邕蔡中郎集四獨斷冕冠:"武冠或曰繁冠,今謂之大冠,武官服之。"參閱王國維觀堂集林三胡服考。

【繁峙】縣名,屬山西省。本作繁畤,漢置,屬雁門郡,故城在今山西省渾源縣西。晉劉琨以陘北之地與拓跋猗盧,始徙繁畤縣於今地。金元兩代改升堅州。明初洪武二年,復爲繁峙縣,訛畤爲峙。明清皆屬代州。參閱清嘉慶一統志一五一代州。

【繁衍】興盛繁殖。新唐書二〇三吳武陵傳遺吳元濟書:"支屬繁衍,因緣磨滅,先魂傷餒,不可謂孝。"參見"蕃衍"。

【繁弱】弓名。左傳定四年:"分魯公以……夏后氏之璜,封父之繁弱。"注:"繁弱,大弓名。"也作良弓的通稱。荀子性惡:"繁弱鉅黍,古之良弓也,然不得排檠,則不能自正。"文選晉劉越石(琨)扶風歌:"左手彎繁弱,右手揮龍淵。"

【繁息】繁殖,生息。後漢書八七西羌傳:"兵不西行,故種人得以繁息。"新唐書一六七裴延齡傳:"開元、天寶間,户口繁息,百司務殷。"

【繁庶】衆多。後漢書四九王符傳潛夫論實貢:"今以大漢之廣土,士民之繁庶,朝廷之清明,上下之脩正,而官無善吏,位無良臣。"宋沈括夢溪筆談十一官政一:"田野饒沃,人物繁庶。"

【繁華】花盛開,喻人之盛年。史記八五呂不韋傳:"不韋因使其姊説(華陽)夫人曰:'……不以繁華時樹本,即色衰愛弛後,雖欲開一言,尚可得乎?'"文選三國魏阮嗣宗(籍)詠懷詩之四:"昔日繁華子,安陵與龍陽。"亦指興旺熱鬧。唐白居易長慶集六九遊平泉宴浥澗宿香山石樓贈座客詩:"金谷太繁華,蘭亭闕絲竹。"宋柳永樂章集望海潮詞:"東南形勝,三吳都會,錢塘自古繁華。"

【繁殖】滋生,增殖。孟子滕文公上:"草木暢茂,禽獸繁殖。"宋書武帝紀中晉義熙十二年加劉裕九錫策:"阜財利用,繁殖黎元,編户歲滋,疆宇日啟。"

【繁陽】地名。1.春秋戰國楚地。漢屬魏郡。以在繁水之陽而名。晉屬頓丘郡。隋廢入相州内黄縣。2.三國魏曹丕(文帝)迫漢獻帝禪位,爲壇於繁陽亭,建號黄初,大赦。故地在今河南臨潁縣。見三國志魏文帝紀、讀史方輿紀要四七開封府臨潁縣。參見"繁昌㊁1"。

【繁暑】盛暑。新五代史郭崇韜傳:"願陛下無忘創業之難,常如河上,則可使繁暑坐變清涼。"

【繁遏】樂曲名。周禮春官鐘師"凡樂事,以鍾鼓奏九夏:王夏、肆夏……"注:"國語(魯下)曰:(夫先樂)金奏肆夏、繁遏、渠,天子所以享元侯。"繁,一本作"樊"。或以爲肆夏、繁遏、渠三者合屬四夏。或以繁爲肆夏,遏爲昭夏,渠爲納夏,爲三夏;繁遏不連文。三夏無同奏之理。或以爲夏爲總名,每夏不至一曲,繁、遏、渠爲肆夏之曲名。參閱孫詒讓周禮正義四六鍾師。

【繁₃欽】公元?—218年。漢末潁川人。字休伯,以文才機辯,少有名於汝潁。長於書記,又善爲詩賦,以豫州從事,遷爲丞相(曹操)主簿。文選著録有與魏太子(曹丕)牋一首,玉臺新詠一有定情詩一首。

【繁碎】多而細碎。梁書王僧孺傳與何炯書:"委曲同之鍼縷,繁碎譬之米鹽。"

【繁飾】衆多的采飾。墨子非命中:"繁飾有命,以教衆愚樸人久矣。"楚辭屈原離騷:"佩繽紛其繁飾兮,芳菲菲其彌章。"

【繁₃臺】地名。在河南開封縣東南。相傳爲春秋時師曠吹臺,漢梁孝王增築,亦曰平臺。後有繁氏居其側,因稱繁臺。見"吹₂臺"。

【繁廡】茂盛。後漢書五九張衡傳思玄賦:"竇號行於代路兮,後膺祚而繁廡。"竇,孝文竇皇后。文選三國魏何平叔(晏)景福殿賦:"桑梓繁廡,大雨時行。"參見"蕃廡"。

【繁劇】事務極其煩重。北堂書鈔六十晉郭璞辭尚書表:"今當以劣弱之質,充督責之官;以無用之才,管繁劇之任。"新唐書百官志三御史臺:"三院御史,皆初領繁劇外府推事。"

【繁數】 猶頻繁。韓詩外傳一："在位者驕奢，不恤元元，稅賦繁數，百姓困乏，耕桑失時。"

【繁縟】 ㊀言繁密而華茂。文選三國魏曹子建（植）七啟："步光之劍，華藻繁縟。"又晉劉越石（琨）答盧諶詩："綠葉繁縟，柔條脩罕。"後用以指文體的華麗。南朝梁劉勰文心雕龍五議對："文以辨潔爲能，不以繁縟爲巧。"㊁煩瑣，細碎。文選三國魏嵇叔夜（康）琴賦："沛騰遌而競趣，翕韡曄而繁縟。"注："繁縟，聲之細也。"參見"繁文縟禮"。

【繁聲】 ㊀指浮靡的音樂。猶言鄭聲。後漢書二六宋弘傳論："宋弘止繁聲，戒淫色，其有關雎之風乎！"㊁繁碎的樂音。新唐書五行志二："至其曲遍繁聲，皆謂之'入破'。……破者，蓋破碎云。"參見"入破"。

【繁霜】 濃霜。詩小雅正月："正月繁霜，我心憂傷。"漢王充論衡寒溫："朝有繁霜，夕有列光。"借喻爲白色。唐杜甫杜工部草堂詩箋二七九日之五："艱難苦恨繁霜鬢，潦倒新停濁酒盃。"

【繁縷】 草名。見"繁縷"。

【繁露】 ㊀王冕前後所懸的玉串。晉崔豹古今注下問答釋義："牛亨問曰：'冕旒以繁露，何也？'答曰：'綴珠垂下，重如繁露也。'"㊁書名。漢董仲舒有春秋繁露，宋程大昌有演繁露。

【繁₂纓】 諸侯所用的馬腹帶飾。左傳成二年："既，衛人賞之以邑，辭，請曲縣繁纓以朝，許之。"

【繁文縟禮】 煩瑣的儀式或禮節。唐元稹長慶集四七王永太常博士制："明年有事於南郊，謁清宮，朝太廟，繁文縟禮，予心憒然。"今通作"繁文縟節"，喻煩瑣多餘的事項。

【繁絃急管】 細碎而急促的樂聲。唐王維王右丞集一魚山神女祠歌送神曲："作暮雨兮愁空山，悲急管，思繁絃。"唐錢起錢考功集三瑪瑙杯歌："繁絃急管催獻酬，倏若飛空生羽翼。"

繇

1. yáo ㄧㄠ　餘昭切，平，宵韻，喻。

㊀草茂盛貌。書禹貢："厥土黑墳，厥草惟繇。"傳："繇，茂條長也。"㊁徭役。通"徭"。史記高祖紀："高祖常繇咸陽，縱觀，觀秦皇帝。"參見"繇役"。㊂歌謠。通"謠"。見"繇俗"。㊃動搖。通"搖"。史記六九蘇秦傳："我起乎宜陽而觸平陽，二日而莫不盡繇。"㊄姓。漢有西部督郵繇延，見後漢書二九郅惲傳。

2. yóu ㄧㄡˊ　以周切，平，尤韻，喻。

㊅從，自。通"由"。爾雅釋水："繇膝以下爲揭，繇膝以上爲涉。"史記文帝紀十三年："禍自怨起，而福繇德興。"㊆道。通"猷"。漢書一〇〇敍傳上班固幽通賦："謨先聖之大繇兮，亦鄴惪而助信。"大繇，今詩小雅巧言作"大猷"。

3. yōu ㄧㄡ

㊇通"悠"。見"繇₃繇₃"。

4. zhòu ㄓㄡˋ　直祐切，去，宥韻，澄。

㊈卦兆的占辭。通"籀"。左傳閔二年："成風聞成季之繇，乃事之而屬僖公焉。"

【繇戍】 戍邊之役。漢書高帝紀二年："與縣令丞尉以事相教，復勿繇戍。"三國志魏文帝紀黃初四年"月犯心中央大星"注引魏書丙午詔："且休力役，罷省繇戍。"

【繇役】 古時力役之征。同"徭役"。史記項羽紀："每吳中有大繇役及喪，項梁常爲主辦。"漢書食貨志上鼂錯論貴粟疏："薄賦斂，省繇役，以寬民力。"

【繇俗】 歌謠風俗，猶言民風。漢書七五李尋傳："揆山川變動，參人民繇俗。"注："繇，讀與謠同，繇俗者，謂若童謠及輿人之誦。"

【繇賦】 徭役和賦稅。漢書景帝紀後二年詔："不受獻，減太倉，省繇賦，欲天下務農蠶素，有畜積以備災害。"

【繇₃繇₃】 自得貌。同"悠悠"。莊子秋水："嚴乎若國之有君，其無私德，繇繇乎若祭之有社，其無私福。"漢書七三韋賢傳韋孟諫詩："犬馬繇繇，是放是驅。"

縯

1. yǎn ㄧㄢˇ　以淺切，上，獮韻，喻。

㊀延長。見廣韻。

2. yǐn ㄧㄣˇ　余忍切，上，軫韻，喻。

㊁引進。漢光武（劉秀）兄縯，字伯升，即取引進爲義。

縮

1. suō ㄙㄨㄛ　所六切，入，屋韻，山。

㊀綑紮。詩大雅緜："其繩則直，縮版以載。"㊁與"贏"、"盈"相反。1.退。國語越下："贏縮轉化。"注："贏縮，進退也。"史記天官書："其趨舍而前曰贏，退舍曰縮。"2.短，減縮。淮南子時則："孟春始贏，孟秋始縮。"3.收斂，收縮。淮南子俶真："盈縮卷舒，與時變化。"世說新語排調："祖廣行恆縮頭。"4.虧欠，不足。文選漢班孟堅（固）幽通賦："斡流遷其不濟兮，故遺罹而贏縮。"宋史律曆志八："滿萬爲度，不滿，百約爲分，命曰盈縮定差。"㊂濾酒去渣。禮郊特牲："縮酌用茅，明酌也。"㊃取。國語楚上："若於目觀則美，縮於財用則匱，是聚民利以自封而瘠民也，胡美之爲。"㊄姓。漢書古今人表有安陵人縮高。

2. cù ㄘㄨˋ

㊅蹙。見"縮₂祭"。

【縮手】 停手，不下手。爾雅釋鳥"鸛鷒鶝鶔"疏："鸛鷒之鳥，一名嬰羿，應弦銜鏑，矢不著地，逢蒙縮手，養由不睨。"唐韓愈昌黎集二三祭柳子厚文："巧匠旁觀，縮手袖間。"後指不干預其事。

【縮地】 舊指術士化遠爲近的法術。晉葛洪神仙傳五壺公："（費長）房有神術，能縮地脈，千里存在，目前宛然，放之復舒如舊也。"唐白居易長慶集五效陶潛體詩之七："我無縮地術，君非馭風仙。"

【縮退】 怯懦退卻。三國志吳呂蒙傳："魏使廬江謝奇爲蘄春典農，屯皖田鄉，數爲邊寇。蒙使人誘之，不從，則伺隙襲擊，奇遂縮退。"

【縮酒】 古代祭祀，束茅立於祭前，沃酒於茅上，酒滲而下，如神飲酒，故稱縮酒。左傳僖四年："爾貢包茅不入，王祭不共，無以縮酒，寡人是徵。"宋黃庭堅山谷外集十三宮亭湖詩："欒公千歲湖冥冥，白茅縮酒巫送迎。"

【縮栗】 枝葉彫零，喻秋氣肅殺。禮月令季春之月"季春行冬令，則寒氣時發，草木皆肅"漢鄭玄注："肅，謂枝葉縮栗。"唐孔穎達疏："縮栗，言枝葉減縮而急栗。"引申爲畏縮震懼。新唐書一一八李渤傳韓愈遺書："干紀之姦不戰而拘纍，彊梁之凶銷鑠縮栗，迎風而委伏。"

【縮恧】 羞慚畏縮。唐柳宗元柳先生集十八乞巧文："叩稽匍匐，言語譎詭，令臣縮恧，彼則大喜。"

【縮氣】 收斂盛氣。形容畏懼。新唐書九七魏徵傳："發駙馬都尉杜中立姦贓，權威縮氣。"唐柳宗元柳先生集十八乞巧文："乃纓弁束衽，促武縮氣，旁趨曲折，傴僂將事。"

【縮朒】 行動遲緩貌。引申爲退怯貌。說文："朒，朔而月見東方，謂之縮朒。"漢書五行志下之下："肅者，王侯縮朒不任事，臣下弛縱，故月行遲也。"

【縮₂祭】 古祭禮，直置乾肉於俎中以祭。儀禮士虞禮："有乾肉，折俎二尹，縮祭半尹，在西塾。"注："尹，正也，雖其折之必使正。縮，從也。古文縮爲蹙。"

【縮項】即縮頸。形容畏縮之貌。新唐書一一三徐有功傳："當此時，王左及衛仗在廷陛者數百人，皆縮項不敢息，而有功氣定言詳，嶷然不橈。"

【縮慄】畏縮顫慄。新唐書一五四李愬傳："會大雨雪，天晦，凜風偃旗裂膚，馬皆縮慄，士抱戈凍死于道十一二。"參見"縮栗"。

【縮鼻】嗤視貌。南史庾杲之傳："答曰：'朝廷既欲掃蕩京洛，剋復神州，所以家家賣宅耳。'魏使縮鼻而不答。"北史崔暹傳附崔㥄："素與魏收不協，收後專典國史，㥄恐被惡言，乃悅之曰：'昔有班固，今則魏子。'收縮鼻笑之，憾不釋。"

【縮頞】即蹙額不快之貌。呂氏春秋遇合："若人之於滋味，無不說甘脆，……文王嗜昌蒲菹，孔子聞而服之，縮頞而食之，三年，然後勝之。"

【縮縮】畏縮貌。唐杜牧樊川集一李甘詩："森森明庭士，縮縮循牆鼠。"

【縮竄】退走。三國志吳吳主(孫權)傳："今北虜縮竄，方外無事，其下州郡，有以寬息。"

【縮囊】謂漸致貧困。易林賁之渙："火石相得，乾無潤澤，利少囊縮，秖益促迫。"囊縮卽"縮囊"義。後世稱人漸致貧困爲縮囊。見清翟灝通俗編二三貨財。

【縮砂密】植物名。產於嶺南。其果實，外殼稱縮砂，果仁稱密。新鮮者稱縮砂密，乾者稱砂仁。供藥用。見清屈大均廣東新語二七縮砂密。縮，今讀 sù。

【縮項鯿】魚名。以肥美著名。唐唐彥謙鹿門集上寄友詩之一："新酒秦淮縮頭鯿，凌霄花下共流連。"皮日休皮子文藪十送從弟歸復州詩："慇勤莫笑襄陽住，爲愛南溪縮項鯿。"

【縮頭湖】湖名。在江蘇興化縣東。本名縮頭河。宋建炎中張榮買虎率山東義軍，由梁山泊與金人轉戰至承楚間。金將撻覽在泰州，榮以舟師設伏，掩擊於縮頭湖，大敗其衆，因更名得勝湖，卽此。見讀史方輿紀要二三揚州府興化縣。

【縮衣節食】謂節儉。宋陸游劍南詩稿三七秋穫歌："我願鄰曲謹蓋藏，縮衣節食勤耕桑。"又陳長文唯室集二節通鑑序："余家世業儒，貧不能致此書，念之久矣，方將縮衣節食以求之。"也作"縮衣節口"。宋蘇軾東坡集奏議集十一論積欠六事……狀："民雖乏食，縮衣節口，猶可以生。"

【縮地補天】猶言改天換地。舊唐書音樂志一："高祖縮地補天，重張區宇；返魂肉骨，再造生靈。"

【縮屋稱貞】古傳說有顏叔子於風雨之夕，納因暴風室倒的鄰家寡婦，使婦執燭，薪盡，又析取屋木以繼。後因以縮屋稱貞頌揚在婦女有危難之時，不加侵犯。參閱詩小雅巷伯"哆兮哆兮，成是而箕"傳、孔子家語好生。北齊書廢帝紀："太子曰：'顏子縮屋稱貞，柳下嫗而不亂'，未若此翁白首不娶者也。"

縭

lí 呂支切，平，支韻，來。
ㄌㄧˊ

㊀以絲畫履間作飾。說文："縭，以絲介履也。"清段玉裁注："介者，畫也，謂以絲介畫履間爲飾也。"㊁婦女的佩巾。同"褵"。詩豳風東山："親結其縭，九十其儀。"參閱清陳喬樅韓詩遺說考六親結其縭(續清經解一一六九)。參見"結縭"。㊂帶子。文選漢張平子(衡)思玄賦："獻環琨與琛縭兮，申厥好之玄黃。"

㳬

xuán 辝戀切，去，線韻，邪。
ㄒㄩㄢˊ

繩。文選漢馬季長(融)長笛賦："或乃植持㳬纆，佁儗寬容。"

縴

qiàn 苦堅切，平，先韻，溪。
ㄑㄧㄢˋ

繩索。唐劉禹錫劉賓客集二十觀市："馬牛有縴，私屬有閑。"指牽牲口的繩索。清趙翼甌北詩鈔五言古四歸途阻風："水撐兩篙彎，岸挽一縴直。"指挽船的繩索。

績

jī 則歷切，入，錫韻，精。
ㄐㄧ

㊀緝麻。詩陳風東門之枌："不績其麻，市也婆娑。"國語魯下："公父文伯退朝，朝其母，其母方績。"㊁繼，續。左傳昭元年："子盍亦遠績禹功，而大庇民乎？"㊂功勞。書堯典："允釐百工，庶績咸熙。"詩大雅文王有聲："豐水東注，維禹之績。"

【績火】夜間紡織時照明的燈火。宋陸游劍南詩稿二一夜意："月沉洲渚漁歌遠，人語比鄰績火明。"

【績用】功業的效用。書堯典："九載，績用弗成。"疏："鯀治水九載，已經三考，而功用不成。"後漢書七六循吏傳序："若杜詩守南陽，號爲'杜母'，任延、錫光移變邊俗，斯其績用之最章章者也。"

【績陽】古國名。逸周書史記："美女破國，昔者績陽，彊力四征，重丘遺之美女，績陽之君悅之，熒惑不治，大臣爭權，遠近不相聽，國分爲二。"重丘故地在山東在平縣西南，績陽當在其附近。參閱清朱右曾集訓校釋。

【績溪】縣名，屬安徽省。漢歙縣地。唐永徽初置北野縣，大曆二年改爲績溪，以界內乳溪徽溪曲折並流，離而復合如績故名。自宋至清皆屬徽州府。見寰宇通志十二徽州府。

【績學】治理學問。儒林外史七："周司業不勝嘆息，說道：'賢契績學有素，雖然耽遲幾年，這次南宮一定入選。'"舊常稱學問淵博的人爲績學之士。

縳

zhuàn 集韻 柱兗切，上，獮韻。
ㄓㄨㄢˋ

㊀白色的細絹。儀禮聘禮"迎大夫賄，用束紡"漢鄭玄注："紡，紡絲爲之，今之縳也。"㊁羽數名。周禮地官羽人："十羽爲審，百羽爲摶，十摶爲縳。"

縹

1. piǎo 敷沼切，上，小韻，滂。
ㄆㄧㄠˇ

㊀淡青色，今所謂月白。急就篇二："縹綟綠紈皁紫硟。"藝文類聚八二晉夏侯湛浮萍賦："散圓葉以舒形兮，發翠綠以含縹。"㊁青白色的絲織物。楚辭漢王褒九懷通路："翠縹兮爲裳，舒佩兮綝纚。"

2. piāo
ㄆㄧㄠ

㊂見"縹₂眇"、"縹₂緲"。㊃飛揚。同"飄"。史記一一七司馬相如傳子虛賦："縹乎忽忽，若神仙之仿佛。"

【縹瓦】琉璃瓦。全唐詩六一三皮日休奉和魯望早春雪中作吳體見寄："全吳縹瓦十萬戶，惟君與我如袁安。"宋王子韶雞跖集："琉璃一名縹瓦。劉陶詩云：'縹碧以爲瓦。'"(宋曾慥類說二九)

【縹李】果名。舊題梁任昉述異記下："中山有縹李，大如拳者呼仙李。……陸士衡(機)果賦曰：'仲山之縹李。'"藝文類聚八六梁皇太子(蕭統)謝敕賚城邊橘啟："暉章縹李，豈止稱於晉世；上林美棗，非獨高於漢日。"

【縹帙】書卷。古時多用淡青色絲織品製作書套，因以代指書卷。南朝陳徐陵玉臺新詠序："方當開茲縹帙，散此緄繩，永對翫於書幃，長循環於纖手。"北周庾信庾子山集十三周上柱國齊王憲神道碑："養由百發，落雁吟猿；應奉五行，綈緗縹帙。"參見"緗帙"。

【縹₂眇】高遠隱約。文選晉木玄虛(華)海賦："羣仙縹眇，餐玉清涯。"唐韓愈昌黎集八遠游聯句詩："廣泛信縹眇，高行恣浮游。"

【縹酒】綠色美酒。文選三國魏曹子建(植)七啟："乃有春清縹酒，康狄所營。應化則變，感氣而成。”康狄，杜康與儀狄，傳說始造酒之人。

【縹₂渺】 高遠隱約貌。唐李白李太白詩二二天門山：“參差遠天際，縹緲晴霞外。”唐白居易長慶集十二長恨歌：“忽聞海外有仙山，山在虛無縹渺間。”

【縹緗】 縹，淡青色；緗，淺黃色。古時書衣或書囊常用淡青、淺黃色的絲帛，後因以代指書卷。隋書經籍志一：“分爲四部，總括羣書……盛以縹囊，書用緗素。”元曲選關漢卿竇娥冤楔子：“讀盡縹緗萬卷書，可憐貧殺馬相如。”參見“緗縹”。

【縹₂縹₂】 輕舉貌。同“飄飄”。漢書四八賈誼傳弔屈原賦：“鳳縹縹其高逝兮，夫固自引而遠去。”史記八四賈生傳作“漂漂”。漢書八七揚雄傳：“往時武帝好神仙，相如上大人賦，欲以風，帝反縹縹有陵雲之志。”史記一一七司馬相如傳作“飄飄”。

【縹醪】 酒名。魏書崔浩傳：“太宗大悦，語至中夜，賜浩御縹醪酒十觚，水精戎鹽一兩，曰：‘朕味卿言，若此鹽酒。’”

【縹囊】 以淡青色絲帛製成的書囊。南朝梁昭明太子（蕭統）文選序：“自姬漢以來，眇焉悠邈，時更七代，數逾千祀，詞人才子，則名溢於縹囊；飛文染翰，則卷盈乎緗帙。”

縸 mù ㄇㄨˋ 集韻 莫故切，去，莫韻。

通“幕”。後漢書六十上馬融傳廣成頌：“罥罦飛流，纖羅絡縸。”注：“絡縸，張羅貌也，縸與幕通。”

繈 qiǎng ㄑㄧㄤˇ 居兩切，上，養韻，見。

㊀繩索。特指穿錢的繩索。漢書食貨志下：“臧繈千萬。”引申爲穿好的錢貫。俗作“鏹”。參閱唐顏師古匡謬正俗五繈。參見“繈屬”。㊁背嬰兒用的寬帶。通“襁”。見“繈緥”。

【繈杖】 襁褓與藜杖。太玄經勤：“吾其泣呱呱，未得繈杖。”注：“幼者宜繈，老者宜杖，勤苦之家，故未得也。”

【繈抱】 猶襁褓。漢書四八賈誼傳陳政事疏：“昔者成王幼在繈抱之中，召公爲太保，周公爲太傅，太公爲太師。”晉書穆帝紀論：“孝宗因繈抱之姿，用母氏之化，中外無事，十有餘年。”

【繈負】 以布幅包裹小兒負之於背。同“襁負”。後漢書五四楊賜傳：“先是黃巾帥張角等執左道，稱大賢，……天下繈負歸之。”參見“襁負”。

【繈緥】 背負嬰兒的布帶和布兜。史記一一一衛青傳：“臣青子在繈緥中，未有勤勞，上幸列地封爲三侯。”正義：“繈，長尺二寸，闊八寸，以約小兒於背。緥，小兒被也。”引申爲嬰兒時期。文選漢司馬長卿（相如）封禪文：“是以業隆於繈緥，而崇冠於二后。”繈緥，指周成王。

【繈屬】 連續不斷。漢書五八兒寬傳：“大家牛車，小家擔負，輸租繈屬不絕。”注：“繈，索也。言輸者接連，不絕於道，若繩索之相屬也。”

繆 1. móu ㄇㄡˊ 莫浮切，平，尤韻，明。

㊀纏綿。見“綢繆”。

2. jiū ㄐㄧㄡ 集韻 居虯切，平，幽韻。

㊁絞結。通“樛”。禮檀弓下：“其妻魯人也，衣衰而繆絰。”注：“繆當爲木樛垂之樛。”疏：“樛，謂兩股兩交也。”漢書外戚傳下孝成趙皇后：“即自繆死。”注：“繆，絞也。”

3. miù ㄇㄧㄡˋ 靡幼切，去，幼韻，明。

㊂乖錯。通“謬”。韓非子五蠹：“毀譽賞罰之所加者，相與悖繆也，故法禁壞而民愈亂。”禮經解：“易曰：君子慎始，差以豪氂，繆以千里，此之謂也。”㊃詐僞。史記一一七司馬相如傳：“故相如繆與令相重，而以琴心挑之。”

4. mù ㄇㄨˋ 莫六切，入，屋韻，明。

㊄通“穆”。1.禮大傳：“序以昭繆，別之以禮義。”參見“昭穆”。古時宗廟所列次序，左昭右穆，以父子輩遞爲昭穆。2.虔誠貌。史記魯周公世家：“太公召公乃繆卜。”集解：“徐廣曰：古書穆字多作繆。”

5. miào ㄇㄧㄠˋ

㊅姓。鄜姓，秦穆公之後。見元和姓纂十穆。

6. liáo ㄌㄧㄠˊ 集韻 郎鳥切，上，篠韻。

㊆纏繞。同“繚”。宋蘇軾經進文集事略一前赤壁賦：“山川相繆，鬱乎蒼蒼。”

【繆₃巧】 詐術與巧計。漢書五二韓安國傳：“意者有它繆巧可以禽之，則臣不知也；不然，則未見深入之利也。”宋文天祥文山集十四正氣歌：“豈有他繆巧，陰陽不能賊。”後於事物之平易而衆所共知者，輒曰無他繆巧，本此。

【繆₃舛】 錯亂，舛誤。唐白居易長慶集二三祭烏江十五兄文：“何繆舛之若斯，諒聖賢之同病。”

【繆₃戾】 錯亂，違背。淮南子本經：“築城而爲固，拘獸以爲畜，則陰陽繆戾，四時失叙。”新唐書一六八柳宗元傳：“狠忤貴近，狂疎繆戾，蹈不測之辜。”

【繆₃悠】 謬妄無稽。同“謬悠”。新唐書七八宗室傳贊：“（李百藥）又舉春秋二百四十二年之禍，亟於哀平桓靈，而詆曹元首（冏）陸士衡（機）之言以爲繆悠。”

【繆篆】 六體書之一。漢以來符璽等用繆篆書。亦稱摹印篆。漢書藝文志小學：“六體者，古文，奇字，篆書，隸書，繆篆，蟲書。”注：“繆篆，其文屈曲纏繞，所以摹印章也。”說文敘：“時有六書，一曰古文……，五曰繆篆，所以摹印也。”清桂馥有繆篆分韻六卷，皆秦漢印文。

【繆₆繞】 纏結，繚繞。史記一一七司馬相如傳子虛賦：“錯翡翠之葳蕤，繆繞玉綏，縹乎忽忽，若神仙之彷佛。”漢書本傳注：“繆音蓼。”

【繆₃盭】 錯亂，違背。同“繆戾”。漢書五六董仲舒傳賢良對策：“上下不和，則陰陽繆盭而妖孽生矣。”注：“盭，古戾字。”

【繆₃種流傳】 荒謬錯誤的議論或文章等流傳於世。繆，通“謬”。宋史選舉志二科目下：“至理宗朝，姦弊愈滋，……才者或反見遺，所取之士既不精，數年之後，復俾之主文，是非顛倒逾甚，時謂之繆種流傳。”

縿 qiè ㄑㄧㄝˋ 七接切，入，葉韻，清。

㊀縫綴衣邊，謂取兩幅之邊，對合縫之。同“緁”。通作“緝”。廣雅釋詁下：“縿，緁也。”參閱清王念孫疏證。㊁見“緹縿”。

縪 bì ㄅㄧˋ 卑吉切，入，質韻，幫。

㊀縫。儀禮既夕禮：“冠六升，外縪。”注：“縪謂縫著於武也。”疏：“武謂冠卷……若凶冠，從武下鄉外縫之，謂之外縪。”㊁以組帶約束玉圭。周禮考工記玉人：“天子圭中必”漢鄭玄注：“必，讀如鹿車縪之縪，謂以組約其中央執之，以備失隊。”㊂韍。古代作祭服的蔽膝。通“韠”。廣雅釋器：“韍謂之縪。”

縷 lǚ ㄌㄩˇ 力主切，上，麌韻，來。

㊀絲綫，麻綫。楚辭宋玉招魂：“秦篝齊縷，鄭緜絡些。”後漢書四九王符傳潛夫論浮侈：“或斷截衆縷，繞帶手腕。”㊁凡物細而長者皆稱縷。三國志魏文帝紀：“喪亂以來，漢氏諸陵無不發掘，乃至燒

取玉匣金縷，骸骨並盡。"朝野新聲太平樂府元喬吉雙調清江引即景："垂楊翠絲千萬縷，惹住閒情緒。"㊂詳盡，詳細。文選漢枚叔(乘)七發："雖有心略辭給，固未能縷形其所由然也。"㊃通"褸"。見"藍縷"。

【縷述】一一細舉。宋史天文志一："故於天文休咎之應有不容不縷述而申言之者，是亦時勢使然，未可以言星翁日官之述有精觕敬怠之不同也。"

【縷解】㊀分割細碎。藝文類聚六六晉潘尼釣賦："乃命宰夫，膾此潛鯉，電剖星流，芒散縷解。"㊁詳盡分析。唐韓愈昌黎集二九貞曜先生墓誌："及其爲詩，劌目鉥心，刃迎縷解。"

【縷舉】一一列舉。抱朴子鈞世："若舟車之代步涉，文墨之改結繩，諸後作而善於前事，其功業相次千萬者，不可復縷舉也。"

【縷縷】㊀猶言一絲絲。宋史食貨志上一："蠶婦治繭、績麻、紡緯，縷縷而積之，寸寸而成之，其勤極也。"宋蘇軾分類東坡詩八和蔡準郎中見邀遊西湖之三："船頭斫鮮細縷縷，船尾炊玉香浮浮。"㊁詳盡細緻。宋史四二四趙逢龍傳："凡道德性命之蘊，禮樂刑政之事，縷縷爲上開陳，疏奏甚衆。"

【縷子膾】細切的魚膾。宋陶穀清異錄饌羞："廣陵法曹宋龜，造縷子膾。其法，用鯽魚肉，鯉魚子，以碧筍或菊苗爲胎骨。"省作"縷膾"。宋陸游劍南詩稿六臨別成都帳飲萬里橋贈譚德稱："喜看縷膾映盤箸，恨欠斫蟹加橙椒。"

縵 màn ㄇㄢˋ 莫半切，去，換韻，明。謨晏切，去，諫韻，明。

㊀無花紋圖案的繒帛。管子霸形："君何不發虎豹之皮文錦以使諸侯，令諸侯以縵帛鹿皮報。"㊁凡無文飾者皆曰縵。周禮春官巾車："卿乘夏縵。"疏："言縵者，亦如縵帛無文章。"左傳成五年："君爲之不舉(樂)，降服，乘縵。"注："縵，車無文。"參見"縵田"。㊂雜樂。見"縵樂"。㊃寬緩，疏慢。通"慢"。莊子列禦寇："人者厚貌深情，……有堅而縵，有緩而釬。"

【縵立】延佇，久立。唐杜牧樊川集一阿房宮賦："縵立遠視，而望幸焉。"

【縵布】粗布。宋詩鈔沈遼雲巢集鈔踏盤曲："女兒帶環著縵布，歡笑捉郎神作主。"

【縵田】無溝渠區畫的田。漢書食貨志上："一歲之收，常過縵田晦一斛以上，善者倍之。"注："縵田，謂不爲甽者也。"甽同畎，田溝；晦，古"畝"字。

【縵胡】武士纓帶名。文選晉左太沖(思)魏都賦："三屬之甲，縵胡之纓。"唐劉禹錫劉夢得集二九許州文宣王新廟碑："矜甲冑者知根於忠信，服縵胡者不敢侮逢掖。"

【縵樂】雜樂。周禮春官磬師："教縵樂燕樂之鐘磬，凡祭祀，奏縵樂。"注："(縵)謂雜聲之和樂者也。"漢書禮樂志："縵樂鼓員十三人。"

【縵縵】㊀紆緩迴旋貌。尚書大傳一下虞夏傳舜卿雲歌："卿雲爛兮，糺縵縵兮。"注："教化廣遠，或以爲雲出岫回薄而難名狀也。"㊁沮喪貌。莊子齊物論："小恐惴惴，大恐縵縵。"㊂延長貌。戰國策魏一："周書曰：綿綿不絕，縵縵若何。"

【縵襠袴】不開襠的袴。梁書高昌國傳："國人言語與中國略同。……著長身小袖袍，縵襠袴。"

縲 léi ㄌㄟˊ 力追切，平，脂韻，來。

拘縛罪人的繩索。見下。

【縲囚】囚犯。唐柳宗元柳先生集十五問答答問："吾縲囚也，逃山林入江海無路，其何以容吾軀乎？"

【縲紲】拘繫犯人的繩索，引申爲牢獄。史記六二管晏傳："越石父賢，在縲紲中。"又一三〇太史公自序："而太史公遭李陵之禍，幽於縲紲。"

【縲絏】牢獄。同"縲紲"。論語公冶長："子謂公冶長可妻也。雖在縲絏之中，非其罪也。"

繃 bēng ㄅㄥ 北萌切，平，耕韻，幫。

㊀束縛，捆綁。說文："繃，束也。从糸，崩聲。墨子曰：'禹葬會稽，桐棺三寸，葛以繃之。'"今本墨子節葬繃作"緘"。㊁束負小兒用的布幅。漢書宣帝紀"曾孫雖在襁緥"唐顏師古注："襁，即今之小兒繃也。"

【繃子】束負小兒的寬布帶。唐張鷟朝野僉載一："崔日用將兵杜曲，誅諸韋略盡，繃子中嬰孩亦捏殺之。"搜玉小集張謂三日岐王宅詩："玉女貴妃生，嫛婗始發聲。金盆浴未了，繃子繡初成。"

【繃弔考訊】非法捆綁弔打。宋劉克莊後村集一九三饒州州院申勘南康衛軍前都吏樊銓冒受爵命事："生放課錢，令部曲擒捉欠債之人，繃弔考訊，過於私法。"也作"繃扒弔拷"。古雜劇元關漢卿錢大尹智勘緋衣夢二："這的也難同毆打相爭鬬，人命事怎干休，繃扒弔拷難禁受。可若是，取了招，審了囚，可着誰人救！"參見"弔拷繃扒"。

縗 sùi ㄙㄨㄟˋ 蘇內切，去，隊韻，心。

紡。通俗文："織纖謂之縗。"(太平御覽八二五)。見"縗車"。

【縗車】紡絲工具。有收絲的轉輪，故名。方言五："縗車，趙魏之間謂之䡆轆車。"

縩 cài ㄘㄞˋ 集韻倉代切，去，代韻。

見"綷縩"。也作"縩"。

縿 1. shān ㄕㄢ 所銜切，平，銜韻，山。

㊀旌旗上的著下垂飾物(斿)的直幅。爾雅釋天："素錦綢杠，纁帛縿。"

2. xiāo ㄒㄧㄠ 集韻思邀切，平，宵韻。

㊁縑帛。同"綃"。禮檀弓上："布幕，衛也；縿幕，魯也。"注："縿，縑也，縿讀如綃。"參閱清俞樾俞樓雜纂六禮記鄭讀考。

總 1. zǒng ㄗㄨㄥˇ 作孔切，上，董韻，精。

也作"緫"、"揔"、"惣"。㊀聚合。書盤庚下："無總于貨寶。"淮南子精神："夫天地運而相通，萬物總而爲一。"㊁聚禾稾成束曰總。書禹貢："百里賦納總。"注："禾稾曰總，入之供飼國馬。"㊂束髮。禮內則："雞初鳴，咸盥漱，櫛、縰、笄、總。"又束髮根垂於髻後爲飾的絲帶亦稱總。禮檀弓上："蓋榛以爲笄，長尺而總八寸。"參見"總角"。㊃結，繫。楚辭屈原離騷："飲余馬於咸池兮，揔余轡乎扶桑。"漢書八七揚雄傳反離騷："解扶桑之總轡兮，縱令之遂奔馳。"㊄統領，統管。左傳僖七年："若揔其罪人以臨之，鄭有辭焉，何懼。"注："總，將領也。"後漢書孝獻紀："司徒王允錄尚書事，總朝政。"㊅都，凡。淮南子本經："不知道之所一體，德之所總要。"㊆一概。文選晉杜元凱(預)春秋左氏傳序："經之條貫，必出於傳；傳之義例，總歸諸凡。"㊇車馬之飾。周禮春官巾車："王后之五路，重翟，鍚面朱總。"漢書七六韓延壽傳："駕四馬，傳總，建幢棨。"注："總，以緹繒飾鑣轄也。"

2. zōng ㄗㄨㄥ

㊈量詞。絲數名。古絲八十根曰總。通"緵"。同"緵"。詩召南羔羊："羔羊之縫，素絲五總。"

3. cōng ㄘㄨㄥ

㊉絹的一種。通"繱"。文選晉左太沖

(思)魏都賦:“緜纊房子,縑總清河。”注:“廣雅曰:總,絹也。”㊂忽然。通“忽”。禮月令孟春之月:“行秋令,則其民大役,猋風暴雨總至。”

4. zǒng ㄗㄨㄥˇ

㊂連詞。卽使,縱然。通“縱”。全唐詩二八三李益渡破訥沙之一:“莫言塞北無春到,總有春來何處知。”

【總己】論語憲問:“君薨,百官總己,以聽於冢宰三年。”言三年之内百官各統己職,以聽命於冢宰。後漢書獻帝紀建安元年:“曹操自爲司空,行車騎將軍事,百官總己以聽。”

【總布】貨財之正稅。周禮地官廛人:“廛人掌斂市紘布,總布,質布。”注:“總布謂守斗斛詮衡者之稅也。”

【總甲】元明以來職役名稱。清制鄉鎮每百家設總甲一人。古今名劇元宮天挺范張雞黍四:“你這箇老大人差了,我若不賴他的文章呵,我可怎麼能勾做官,便總甲我也不能做。”儒林外史二:“這人姓夏,乃薛家集上舊年新參的總甲。”參閱六部成語註解戶部總甲。

【總戎】㊀統管軍事,統帥。魏書尉元傳上書:“臣以天安之初,奉律總戎,廓寧淮右,海内既平,仍忝徐岳。”周書王褒傳:“及大軍征江陵,(梁)元帝授褒都督城西諸軍事。褒本以文雅見知,一旦委以總戎,深自勉勵,盡忠勤之節。”㊁主管軍事的長官。唐杜甫杜工部草堂詩箋二七諸將之四:“殊錫曾爲大司馬,總戎皆插侍中貂。”清人稱各省提督下所設的總兵爲總戎。參見“總兵㊁”。

【總角】古代男女未成年前束髮爲兩結,形狀如角,故稱總角。詩齊風甫田:“婉兮孌兮,總角丱兮。”注:“總角,聚兩髦也。”又衛風氓:“總角之宴,言笑晏晏。”後因以借指童時。世說新語文學:“衛玠總角時,問樂令(廣)夢,樂云:‘是想。’”

【總兵】㊀統領軍隊。後漢書十七馮異傳:“及隗囂死,其將王元周宗等復立囂子純,猶總兵據冀。”㊁官名。明代遣將出征,始立總兵官、副總兵官之名。以後軍務日繁,總兵官統軍鎮守,遂成一方武官之重職,省稱總兵官爲總兵,副總兵官爲副將。清因之,各省置提督,爲地方武職最高長官。下分設總兵副將等官。總兵所轄的部隊稱鎮,副將所轄者稱協。故俗稱總兵爲總鎮,副將爲協鎮。參見“提督”。

【總持】梵語陀羅尼的義譯,謂持善不失,持惡不生,無有漏忌。維摩經佛國品:“心常安住,無礙解脫,念定總持,辯才不斷。”景德傳燈錄一阿難:“多聞博達,知慧無礙,世尊以爲總持第一,嘗所讚歎。”

【總章】㊀明堂之西向三室,以諸禮皆於此舉行而稱。呂氏春秋孟秋:“天子居總章左个。”注:“總章,西向堂也,西方總成萬物而章明之也,故曰總章。左个,南頭室也。”參閱清阮元揅經室集一明堂論。㊁樂官名。後漢書獻帝紀:“公卿初迎冬於北郊,總章始復備八佾舞。”注:“總章,樂官名。”㊂宫觀名。三國魏明帝青龍三年於洛陽大治宫室,築總章觀,高十餘丈。見三國志魏明帝紀。㊃唐高宗(李治)年號。公元668—669年。

【總裁】㊀謂彙總裁決。魏書高允傳:“允對曰:‘太祖紀,前著作郞鄧淵所撰。先帝紀及今記,臣與(崔)浩同作,然浩綜務處多,總裁而已,至於注疏,臣多於浩。’”㊁官職名。元修宋金遼三史,以丞相脫脫爲都總裁,餘人爲總裁。後來官修篇幅較大的書,例以進呈領銜的大臣爲總裁。又明世直省主考,通謂之總裁。清會試主司亦稱總裁。見清梁章鉅稱謂錄二四總裁主考。

【總期】明堂舉禮之室。卽總章。文選漢張平子(衡)東京賦:“則是黃帝合宮,有虞總期。”注:“尸子曰:欲觀黃帝之行於合宮,觀堯舜之行於總章。章、期,一也。”參見“總章㊀”。

【總集】彙錄多人作品的詩文集,謂之總集;對錄一個人作品的別集而言。今所傳總集,以漢王逸楚辭章句、南朝梁蕭統(昭明太子)文選爲最古。

【總統】總攬,總管。漢書百官公卿表上:“太師、太傅、太保是爲三公,蓋參天子,坐而議政,無不總統,故不以一職爲官名。”宋書樂志三魏武帝(曹操)度關山:“於鑠賢聖,總統邦域。”

【總督】㊀總管監督。漢書一〇〇下敍傳:“昭、宣承業,都護是立,總督城郭三十有六。”㊁官名。明初用兵時,命京官至地方總督軍務,非常設之官。弘治時,部議以三邊宜以重臣專任開府,總制軍務;至嘉靖時,去制字改爲總督。清代因之,爲地方最高長官,綜管一省或二、三省的軍事和政治,例兼兵部尚書銜。別稱制府、制軍、制臺。

【總領】㊀統轄,統管。漢書七四魏相傳:“宣帝始親萬機,……而相總領衆職,甚稱上意。”後漢書西域傳論:“故設戊己之官,分任其事,建都護之帥,總領其權。”㊁官名。1. 兩漢稱光祿勳爲總領。文苑英華三九六唐蘇頲授房光義光祿卿制:“柏梁賦詩,俾聞於總領。”參閱清梁章鉅稱謂錄十八光祿寺總領。2. 宋南渡以後,諸大將擁兵,其權甚重,欲置副將,又恐使諸將不安,趙鼎乃議置總領一司,由朝官充任,以總制財賦爲名,而專掌報發御前軍馬文字,稍分各將之權。參閱宋史職官志七總領、朱子語類一二八。

【總管】官名。其類有三:1. 爲督軍之官。魏黃初始置都督諸州軍事,後周以來,改都督爲總管,唐初尚然,鎮守一方者,謂之某州總管,出任征討者,則稱某道行軍總管。宋亦置馬步軍都總管,以節度使充任,或以知府知州兼其職,使文武互相鈐制。與唐制異。見文獻通考五九職官十三都總管。清代之東三省、新疆圍場,皆置總管,亦以率兵駐防爲職。2. 爲守郡之官。宋金多以知府府尹兼兵馬都總管,總管府之名由此起。元制,凡十萬戶左右及當衝要者,皆得置諸路總管府,以別於散府。每總管府置達魯花赤,下設總管一人,其下爲同知治中判官。散府無總管,下置知府或府尹。3. 爲管理某項事務所特設之官。元代凡帝后諸王位下事務及造作采色諸色人匠或屯佃戶及江淮財賦,皆設總管府、都總管府,其官有花達魯花赤總管等。見元史百官志一、五。清之內務府總管大臣,卽其遺制。又明有總管太監,清代太監亦有總管首領諸名。

【總髮】喻童年。猶“總角”。文選晉潘安仁(岳)籍田賦:“被褐振裾,垂髫總髮,躡踵側肩,掎裳連襼。”晉陶潛陶淵明集三戊申歲六月中遇火詩:“總髮抱孤念,奄出四十年。”

【總龜】古代視龜爲靈物。因稱博問多知的人爲總龜。唐顏真卿顏魯公集十麗正殿學士殷君(踐猷)墓碣銘:“賀(知章)呼君爲總龜,以龜千年五聚,問無不知也。”參見“五總龜”。

【總總】㊀聚合貌。楚辭屈原離騷:“紛總總其離合兮,班陸離其上下。”注:“總總,猶僔僔,聚貌。”㊁衆多貌。楚辭屈原九歌大司命:“紛總總兮九州,何壽夭兮在予。”注:“總總,衆貌。”唐柳宗元柳先生集一貞符:“惟人之初,總總而生,林林而羿。”㊂雜亂貌。逸周書大聚:“殷政總總若風草,有所積,有所虛。”晉孔晁注:“總總,亂也。”

【總制錢】見"經制錢"。

【總計使】官名，又名總計度使。宋代理財，分境内爲十道，又分爲兩區，在京東曰左計，京西曰右計，置使二員分掌，後又置總計使，判左右計事。見宋史太宗紀淳化四年。

【總而言之】總之，合起來說。漢書九一貨殖傳"商相與語財利於市井"唐顏師古注："凡言市井者，市，交易之處；井，共汲之所；故總而言之也。"

縰 shǐ 所綺切，上，紙韻，山。
ㄕˇ

㊀古時束髮的縚帛。同"纚"。見玉篇。禮內則："雞初鳴，咸盥漱，櫛、縰、笄、總。"㊁見"縰縰"。

【縰履】古時一種無後跟的便鞋。莊子讓王："原憲華冠縰履，杖藜而應門。"釋文："李(頤)云：縰履，謂履無跟也。"

【縰縰】衆多貌。文選戰國楚宋玉高唐賦："縰縰莘莘，若生於鬼，若生於神。"宋蘇軾東坡集續集十裙靴銘："百疊漪漪風皺，六銖縰縰雲輕。"

縱 1. zòng 子用切，去，用韻，精。
ㄗㄨㄥˋ

㊀發，放。詩鄭風大叔于田"抑縱送忌"。左傳僖三三年："吾聞一日縱敵，數世之患也。"㊁釋放。宋歐陽修文忠集十八縱囚論："唐太宗之六年，録大辟囚三百餘人，縱使還家，約其自歸以就死。"㊂放縱，恣肆。書太甲中："欲敗度，縱敗禮。"詩大雅民勞："無縱詭隨，以謹無良。"㊃泛。禮仲尼燕居："子張子貢言游侍，縱言至於禮。"唐權德輿權載之集五酬別蔡十二見贈詩："中飲見逸氣，縱談窮化元。"㊄聳，騰躍。漢王充論衡道虛："若士者舉臂而縱身，遂入雲中。"西遊記一："(石猴)將身一縱，徑跳入瀑布泉中。"㊅連詞。縱令，即使。左傳文六年："今縱無法以遺後嗣，而又收其良以死，難以在上矣。"史記項羽紀："縱江東父兄憐而王我，我何面目見之？"

2. zōng 將容切，平，鍾韻，精。
ㄗㄨㄥ

㊆直，與橫相對。今音zòng。楚辭漢東方朔七諫沉江："不開寤而難道兮，不別橫之與縱。"㊇踪迹。通"蹤"。漢書三九蕭何傳："夫獵，追殺獸者狗也，而發縱指示獸處者人也。"史記蕭相國世家作"發蹤"。

3. zǒng 集韻 祖動切，上，董韻。
ㄗㄨㄥˇ

㊈見"縱₃縱₃"。

4. sǒng 集韻 足勇切，上，腫韻。
ㄙㄨㄥˇ

㊉勸勉，慫恿。史記陳丞相世家："(兄)伯常耕田，縱平使游學。"見"縱₄臾"。

【縱目】㊀豎生的眼。楚辭大招："豕首縱目，被髮鬤只。"一本作"從"。㊁放眼遠望。隋煬帝(楊廣)集望江南之八："閒縱目，魚躍小蓮東。"唐杜甫杜工部草堂詩箋一登兗州城樓："東郡趨庭日，南樓縱目初。"

【縱囚】舊史常記有官府暫時釋放在獄罪犯歸家，限日令其自動歸獄，作爲官吏德化感人或政治清明的美談，如後漢戴封、晉曹攄等，皆見本傳。新、舊唐書又記太宗貞觀七年縱囚三百人，以剋期來歸皆得獲赦事。宋歐陽修撰縱囚論，譏縱囚之不足爲訓，見文忠集十八。

【縱出】㊀枉法減輕處刑。漢書刑法志："緩深故之罪，急縱出之誅。"注："吏釋罪人，疑以爲縱出，則急誅之。"㊁放出。元史世祖紀六："戊戌，申禁羊馬羣之在北者，八月内毋縱出北口諸隘踐食京畿之禾，犯者没其畜。"

【縱言】廣泛地談論。禮仲尼燕居："仲尼燕居，子張子貢言游侍，縱言至於禮。"

【縱放】㊀放縱。不檢點。後漢書十一劉玄傳："成敗未可知，遽自縱放若此。"又四三朱暉傳附朱穆："冀不納，而縱放日滋。"㊁奔放雄健。後漢書附録一南朝宋范曄獄中與諸甥姪書："至於循吏以下及六夷諸序論，筆勢縱放，實天下之奇作。"

【縱₄臾】慫慂，勸説。漢書四四衡山王傳："日夜縱臾王謀反事。"史記一一八作"日夜從容"。按縱古作"從"。

【縱送】馳逐貌。詩鄭風大叔于田："叔善射忌，又良御忌。抑磬控忌，抑縱送忌。"傳稱發矢曰縱，從禽曰送。參閲清馬瑞辰毛詩傳箋通釋八大叔于田。

【縱浪】猶放浪。晉陶潛陶淵明集二神釋詩："縱浪大化中，不喜亦不懼。"明戴良九靈山房集二八和陶淵明飲酒詩之十一："何當携麴生，縱浪遊八表。"

【縱酒】狂飲。世説新語任誕："劉伶恆縱酒放達，或脱衣裸行在屋中。"唐杜甫杜工部詩史補遺四聞官軍收河南河北："白日放歌須縱酒，青春作伴好還鄉。"

【縱恣】放肆。韓非子五蠹："士民縱恣於内，言談者爲勢於外，外内稱惡，以待强敵，不亦殆乎！"漢書五六董仲舒傳："膠西王亦上兄也，尤縱恣，數害吏二千石。"

【縱欲】盡其所欲，不加克制。左傳昭十年："書曰：'欲敗度，縱敗禮'，我之謂矣。我實縱欲而不能自克也。"後漢書七八呂强傳上疏："今上無去奢之儉，下有縱欲之敝，至使禽獸食民之甘，木土衣民之帛。"

【縱脱】縱恣脱略，放蕩不羈。莊子天下："縱脱無行，而非天下之大聖。"疏："縱恣脱略，不爲仁義之德行。"

【縱逸】恣縱放蕩。樂府詩集六七晉張華博陵王宫俠曲之一："身在法令外，縱逸常不禁。"抱朴子釋滯："亦有心安靜默，性惡諠譁，以縱逸爲歡，以榮任爲戚者。"

【縱誕】放縱荒誕。後漢書二三竇融傳："融在宿衛十餘年，年老，子孫縱誕，多不法。"晉書儒林傳序："有晉始自中朝，迄于江左，莫不崇飾華競，祖述虛玄，擯闕里之典經，習正始之餘論，指禮法爲流俗，目縱誕以清高。"

【縱橫】㊀古作"從衡"。南北曰縱，東西曰橫。楚辭漢東方朔七諫沉江："不開寤而難道兮，不別橫之與縱。"㊁交錯貌。三國魏曹植曹子建集五侍太子坐詩："清醴盈金觴，餚饌縱橫陳。"宋蘇軾分類東坡詩二鳳翔八觀石鼓："古器縱橫猶識鼎，衆星錯落僅名斗。"㊂分散。文選漢王文考(延壽)魯靈光殿賦："縱橫駱驛，各有所趣。"㊃猶恣肆橫行，無所忌憚。後漢書十九耿弇傳："諸將擅命於畿内，貴戚縱橫於都内。"三國志蜀法正傳："或謂諸葛亮曰：'法正於蜀郡太縱橫，將軍宜啟主公，抑其威福。'"㊄奔放，無拘束。唐杜甫杜工部詩史補遺一戲爲六絶句："庾信文章老更成，凌雲健筆意縱橫。"㊅合縱連橫的縮語。漢陸賈新語辨惑："因其剛柔之勢，爲作縱橫之術。"後轉爲經營天下之意。搜玉小集唐魏徵述懷詩："縱橫計不就，慷慨志猶存。"

【縱₃縱₃】㊀急遽貌。禮檀弓上："喪事欲其縱縱爾，吉事欲其折折爾。"㊁衆多。漢書禮樂志郊祀歌華爗爗："神之行，旌容容，騎沓沓，般縱縱。"注："縱縱，衆也。"

【縱麑】麑，幼鹿。傳説戰國時孟孫獵得麑，使秦西巴持歸。母鹿隨而哀鳴，秦西巴不忍，釋麑。孟孫怒而逐秦西巴。居一年，召以爲太子傅。見漢劉向説苑貴德。

【縱體】㊀舞容，體態輕舉貌。文選漢張平子(衡)西京賦："紛縱體而迅赴，若驚鶴之羣罷。"又三國魏曹子建(植)洛神賦："於是忽焉縱體，以遨以嬉。"㊁行爲放縱，不檢束。漢紀二八哀帝紀上："是以君子以道折中，不肆心則不縱體焉，惟義而後已。」㊂衣不約體。淮南子齊俗：「胡貉匈奴之國，縱體拖髮，箕倨反言，而國不亡者，未必無禮也。」

【縱黍尺】以黍百粒，直徑相累，作一尺之標準長度，謂之縱黍尺。宋史律曆志四：「(李)照以縱黍累尺……(胡)瑗以橫黍累尺。」後來營造尺，以縱累百黍爲尺；律尺，以橫累百黍爲尺。

【縱橫家】古九流之一，以審察時勢，遊說動人爲主。戰國時著名者，有鬼谷子蘇秦張儀等人。當時，蘇秦主張合縱，合山東六國以抗秦；張儀主張連橫，說六國以奉秦，因稱爲縱橫家。縱，亦作「從」。漢書藝文志：「從橫家者流，蓋出於行人之官，……言其當權事制宜，受命而不受辭，此其所長也。」參見「合縱連橫」。

【縱壑魚】魚縱遊於大川，喻所至如意。文選漢王子淵(褒)聖主得賢臣頌：「千載一會，論說無疑，翼乎如鴻毛遇順風，沛乎若巨魚縱大壑。」唐杜甫杜工部草堂詩箋二十將適吳楚留別章使君留後……：「昔如縱壑魚，今如喪家狗。」

【縱理入口】面部有豎紋銜接口邊。舊時相者以爲餓死之相。史記絳侯周勃世家：「許負指其口曰：『有從理入口，此餓死法也。』」論衡骨相作「縱理」。

繅 1. sāo ㄙㄠ 蘇遭切，平，豪韻，心。

㊀繅絲，抽繭出絲。孟子滕文公下：「諸侯耕助，以供粢盛；夫人蠶繅，以爲衣服。」說文：「繅，繹繭爲絲也。」

2. zǎo ㄗㄠˇ 子晧切，上，晧韻，精。

㊀玉器的彩色墊板。同「璪」。儀禮聘禮：「圭與繅皆九寸。」周禮春官典瑞：「王晉大圭，執鎮圭，繅藉五采五就以朝日。」㊁五彩絲繩。通「藻」。周禮夏官弁師：「五采繅，十有二就。」注：「繅，雜文之名也，合五采絲爲之繩。」參閱清王聘珍九經學周禮二。

【繅車】繅絲用具，因有輪旋轉以收絲，故謂之車。宋蘇軾分類東坡詩七次韻正輔同遊白水山詩：「此身如綫自縈繞，左回右轉隨繅車。」也作「繰車」。宋范成大石湖集三繰絲行：「繰車嘈嘈似風雨，繭厚絲長無斷緒。」

繅車

【繅₂席】五采草席。繅，同「藻」。周禮春官司几筵：「設莞筵紛純，加繅席畫純。」注：「繅讀爲藻率之藻。……繅席，削蒲蒻展之，編以五采，若今之合歡(席)矣。」

十二畫

繠 ruǐ ㄖㄨㄟˇ 如壘切，上，旨韻，日。

佩垂貌。左傳哀十三年：「佩玉繠兮，余無所繫之。」注：「繠然，服飾備也。」

繻 1. xū ㄒㄩ 集韻 詢趨切，平，虞韻。荀勇切，上，腫韻。聳取切，上，噳韻。

㊀絆住馬前兩足。省作「須」。文選晉左太沖(思)吳都賦：「暴𧾷𧾷，須麋麖。」唐劉良注：「繻，絆前兩足也。」莊子曰：『連之羈繻。』」今本莊子馬蹄繻作「馽」。釋文引司馬彪向秀崔譔等本皆作「繻」。

2. xié ㄒㄧㄝˊ 字彙 胡列切，音纈。

㊀蜀錦名。古文苑四揚雄蜀都賦：「尒乃其人，自造奇錦，紌繏繻緂，縿緣盧中。」

織 1. zhī ㄓ 之翼切，平，職韻，照。

㊀織布，製作布帛的總稱。莊子盜跖：「耕而食，織而衣。」樂府詩集二五古辭木蘭詩：「唧唧復唧唧，木蘭當户織。」

2. zhì ㄓˋ 職吏切，去，志韻，照。

㊀染絲織成的采帛。禮玉藻：「士不衣織。」注：「織，染絲織之，士衣染繒也。」㊁旗幟，標誌。通「幟」。詩小雅六月：「織文鳥章，白旆央央。」箋：「織，徽織也。」漢書食貨志下：「治樓船，高十餘丈，旗織加其上，甚壯。」

【織女】㊀星名。在銀河西，與河東牽牛星相對。詩小雅大東：「跂彼織女，終日七襄。」春秋元命苞(初學記二)、淮南子俶真始謂爲神女，班固西都賦「臨乎昆明之池，左牽牛而右織女」，以牽牛織女並稱。至文選洛神賦注引曹植九詠注：「牽牛爲夫，織女爲婦，牽牛織女之星各處一旁，七月七日乃得一會」，始明言牽牛織女爲夫婦，以後逐漸形成牛郎織女七夕相會的民間故事。㊁從事紡織的婦女。藝文類聚六五晉楊泉織機賦：「織女揚翟，美乎如芒。」

【織文】染絲織成的絲織品。書禹貢：「厥貢漆絲，厥篚織文。」宋蔡沈集傳：「織而有文，錦綺之屬也，以非一色，故以織文總之。」

【織皮】獸毛織成的粗布。書禹貢：「(梁州)厥貢……熊羆狐貍織皮。」傳：「貢四獸之皮織金罽。」

【織成】古代名貴的絲織物。以采絲或金縷織出花采圖案。自漢以來爲帝王或公卿大臣之服。玉臺新詠三晉楊方合歡詩：「寢共織成被，絮用同功綿。」唐元稹長慶集二三估客樂詩：「炎州布火浣，蜀地錦織成。」參閱後漢書輿服志下、晉書輿服志。

【織貝】織成貝文的錦。書禹貢：「(揚州)厥篚織貝。」孔傳以織與貝爲二物。宋蔡沈集傳：「織貝，錦名，織爲貝文，詩曰『貝錦』是也。」

【織室】㊀漢代掌管皇室絲帛織造的官府。在未央宮，又有東西織室，設令、史，屬少府。唐稱織染署。掌供冠冕組綬及織紝色染錦羅紗縠綾紬絁絹布。有令、丞。參閱三輔黃圖三、文獻通考五七職官十一。㊁指織女星。唐盧照鄰幽憂子集二七夕泛舟詩之一：「水疑通織室，舟似泛仙潢。」

【織造】官名。明清於江寧杭州蘇州各地，各設專局，織造各項衣料及制帛誥敕綵繒之類，以供皇帝及宮廷祭祀頒賞之用。明於三處各置提督織造太監一人，清改任內務府人員，即稱織造。

【織烏】宋蘇軾嘗言，曾見鬼詩一首，有句云：「流水涓涓芹吐芽，織烏西飛客還家」，不解織烏之意。後問王銍(性之)，云：日在空中運行，往來如梭之織，故稱日爲織烏。見宋趙德麟侯鯖錄二。

【織畫】以絲、羅、紙合成爲畫的美術工藝品。明嘉靖時沒收嚴嵩家物，即有古今名畫刻絲、納紗、紙織、金繡手卷册葉共三千二百零一軸，可見當時流行，已成珍品。見明田藝蘅留青日札摘抄四嚴嵩。

【織錦】㊀織作錦緞。漢王充論衡程材：「刺繡之師能縫帷裳，納縷之工不能織錦。」唐李白李太白詩三烏夜啼：「機中織錦秦川女，碧紗如煙隔牕語。」後亦指織有圖畫或彩色花紋的絲織品。㊁指以迴文體詩織於錦上。南朝陳徐陵玉臺新詠序：「織腰無力，怯南陽之擣衣；生長深宮，笑扶風之織錦。」參見「織錦迴文」。

【織羅】虛構罪名，陷害無辜。同「羅織」。唐李白李太白詩九雪讒詩贈友人：「人生實難，逢此織羅。」舊五代史毛璋傳：「中丞呂夢奇以璋前蒙昭雪，今延祚以責賂之故，復加織羅，故稍佑璋。」

【織簾】南朝齊吳興人沈驎士家貧，織簾誦書，口手不息，負薪汲水，并日而食，終身不仕。後以織簾爲篤學守節之典。南齊書有傳。

【織錦迴文】指用五色絲織成的迴文

詩。晉竇滔妻蘇蕙字若蘭，善屬文。滔仕前秦苻堅爲秦州刺史，被徙流沙。蘇氏在家織錦爲迴文旋圖詩，用以贈滔。詩長八百四十字，可以宛轉循環以讀，詞甚悽惋。見晉書竇滔妻傳。元王實甫西廂記二本一折："吟得句兒勻，念得字兒真，詠月新詩，煞强似織錦迴文。"

繕 shàn ㄕㄢˋ 時戰切，去，線韻，禪。

㊀修補，修整。左傳襄三十年："聚禾粟，繕城郭。"禮月令孟秋之月："命有司，脩法制，繕囹圄。"㊁整治。左傳隱元年："繕甲兵，具卒乘。"後漢書七三公孫瓚傳論："繕兵昭武，以臨羣雄之隙。"㊂抄寫。後漢書六四盧植傳："敢率愚淺，爲之解詁，而家乏，無力供繕上。"

【繕人】周禮夏官之屬，有繕人，掌王所用弓弩矢箙矰弋抉拾。

【繕生】養生。唐段成式酉陽雜俎前集五怪術："海州司馬韋歟，曾往嘉興，道遇釋子希遁，深於繕生之術。"

【繕完】修治完善。左傳成元年："臧宣叔令修賦繕完，具守備。"漢書溝洫志賈讓奏治河策："若迺繕完故隄，增卑倍薄，勞費無已，數逢其害，此最下策也。"

【繕性】修養本性。莊子有繕性篇。南朝宋謝靈運謝康樂集二登永嘉綠嶂山詩："恬如既已交，繕性自此出。"唐柳宗元柳先生集四二晨詣超師院讀禪經詩："遺言冀可冥，繕性何由熟。"

【繕寫】戰國策漢劉向序："其事繼春秋以後，迄楚漢之起，二百四十五年間之事，皆定以殺青，書可繕寫。"

繜 1. zūn ㄗㄨㄣ 祖昆切，平，魂韻，精。

㊀婦女所穿小衣，相當於後世的套褲。急就篇二："禪衣、蔽膝、布母繜。"

2. zǔn ㄗㄨㄣˇ

㊀通"撙"。見"繜₂絀"。

【繜衣】婦女所穿小衣。今稱套褲。說文："繜，薉貉中女子無絝，以帛爲脛空，用絮補核，名曰繜衣，狀如襜褕。"

【繜₂絀】謂謙虛，節制。荀子不苟："君子能則寬容易直以開道人，不能則恭敬繜絀以畏事人。"注："繜與撙同，絀與黜同，謂自撙節貶損。"參見"撙節㊀"。

繒 zēng ㄗㄥ 疾陵切，平，蒸韻，從。

㊀絲織物的總稱，古謂之帛，漢謂之繒。漢書四一灌嬰傳："灌嬰，睢陽販繒者也。"㊁絲縷。見"繒繳"。㊂古國名。與杞皆姒姓，相傳爲夏禹之後。漢置繒縣，屬東城郡。春秋時爲莒所滅。故城在今山東棗莊市東。穀梁傳僖十四年夏六月，季姬及繒子遇于防，使繒子來朝，卽此。左傳僖十四年作鄫子。

【繒絮】以繒帛粗綿所製之服。史記一一〇匈奴傳："其得漢繒絮，以馳草棘中，衣袴皆裂敝，以示不如旃裘之完善也。"

【繒綾】不平貌。文選漢王文考（延壽）魯靈光殿賦："鬱坱圠以嶒峵，崱繒綾而龍鱗。"

【繒練】没有文采的絲服。漢書九九上王莽傳："莽欲以虛名說太后，白言：'新承孝哀丁傅奢侈之後，百姓未贍者多，太后宜且衣繒練，頗損膳，以視天下。'"

【繒繳】絹絲作成弓弦。戰國策楚四："（黃鵠）自以爲無患，與人無爭也，不知夫射者方將脩其𥎊盧，治其繒繳，將加己乎百仞之上。"

【繒纊】繒帛與絲綿之合稱，也指用繒纊製成之服。列子湯問："不待五穀而食，不待繒纊而衣。"文苑英華一〇〇〇唐李華弔古戰場文："繒纊無温，墮指裂膚。"

繞 1. rǎo ㄖㄠˇ 而沼切，上，小韻，日。

㊀彎曲。文選漢傅武仲（毅）舞賦："眉連娟以增繞兮，目流睇而横波。"注："繞，謂曲也，言眉細而益曲也。"㊁姓。春秋秦有大夫繞朝。見左傳文十三年。

2. rào ㄖㄠˋ

㊂纏繞，繞束。山海經海外西經："（窮山）其丘方，四蛇相繞。"玉臺新詠一漢繁欽定情詩："何以致契闊，雙腕繞條脫。"㊃包環。文選漢張平子（衡）西京賦："掩長楊而聯五柞，繞黃山而款牛首。"注："繞，裹也。"樂府詩集三十魏武帝（曹操）短歌行之二："月明星稀，烏鵲南飛，繞樹三匝，何枝可依？"㊄見"繞₂繞₂"。

【繞₂衿】裙。方言四："繞衿謂之帬（裙）。"注："俗人呼接下，江東通言下裳。"衿，一本作"衿"。也作"繞領"。廣雅釋器："繞領，帔，幂也。"參閱清王念孫疏證。

【繞₂梁】㊀列子湯問："昔韓娥東之齊，匱糧，過雍門，鬻歌假食。既去，而餘音繞梁欐，三日不絕。"喻歌聲高亢迴旋，經久不息。文選晉陸士衡（機）演連珠："是以充堂之芳，非幽蘭所難；繞梁之音，實縈絃所思。"後因以"餘音繞梁"形容歌聲優美，令人長久難忘。㊁古琴名。南朝宋大明中吳興人沈懷遠被徙廣州時造，其器與空侯相似。懷遠既死，器製亦絕。見宋書樂志一。

【繞₂霤】古地名，以險固著稱。漢書九九中王莽傳："繞霤之固，南當荆楚。"注："謂之繞霤者，言四面塞阸，其道屈曲，谿谷之水，回繞而霤也。其處卽今商州界七盤十二繞是也。"文選晉左太沖（思）吳都賦："繞霤未足言其固，鄭白未足語其豐。"

【繞₂繞₂】柔曲貌。後漢書四九仲長統傳詩："任意無非，適物無可，古來繞繞，委曲如瑣。"南齊謝朓謝宣城集一思歸賦："夜索絢而繞繞，且乘屋而芃芃。"

【繞₂指柔】文選晉劉越石（琨）重贈盧諶詩："何意百鍊剛，化爲繞指柔。"唐李白李太白詩十五留別賈舍人至之一："誰念劉越石，化爲繞指柔。"喻意志剛强者，幾經挫折，轉而成爲隨波逐流的人。後亦借以形容柔軟、柔弱。

【繞朝策】春秋晉士會因事奔秦，爲秦人所用，晉乃使魏壽餘僞爲魏叛以入秦，勸說士會回晉。士會乃行，秦大夫繞朝贈之以策，曰："子無謂秦無人，吾謀適不用也。"言已發覺士會之情。見左傳文十三年。後以繞朝策指有先見之明的謀略。唐李白李太白詩十二贈宣城宇文太守兼呈崔侍御："敢獻繞朝策，思同郭泰船。"

【繞朝鞭】春秋晉士會歸國，秦大夫繞朝贈之以策。策，馬鞭。後來詩文中以繞朝鞭指朋友臨別贈言。唐李白李太白詩十七送羽林陶將軍："莫道詞人無膽氣，臨行將贈繞朝鞭。"參見"繞朝策"。

【繞₂殿雷】㊀宋時有大朝會，廷下禁衛諸衆高聲嵩呼，聲甚震，名爲繞殿雷。見宋吳自牧夢粱錄一元旦大朝會。㊁琵琶的別稱。明陳繼儒珍珠船一："馮道之子能彈琵琶，以皮爲絃，世宗令彈。深善之，因號琵琶爲遶殿雷。"繞，通"遶"。

繐 suì ㄙㄨㄟˋ 相銳切，去，祭韻，心。胡桂切，去，霽韻，匣。

細而疏的麻布，古時多用作喪服。儀禮喪服："繐衰者何，以小功之繐也。"注："凡布細而疏者謂之繐。"

【繐帳】設在柩前或靈前的帳幕。太平御覽八二〇三國魏魏武帝（曹操）遺令："銅雀臺堂上安六尺牀，施繐帳，月旦十五日向帳作妓。"文選晉陸士衡（機）弔魏武帝文："悼繐帳之冥漠，怨西陵之茫茫。"

【繐帷】靈帳。南朝齊謝朓謝宣城集二銅爵悲："落日高城上，餘光入繐帷。"文選帷作"幃"。唐李賀歌詩編集外詩漢唐姬飲酒歌："無處張繐帷，如何望松柏。"

繖 sǎn ㄙㄢˇ 蘇旱切,上,旱韻,心。

"傘"本字。史記五帝紀"舜乃以兩笠自扞而下,去,得不死"索隱:"皇甫謐云:兩繖。繖,笠類。"晉書王雅傳:"將拜(少傅),遇雨,請以繖入。"

【繖子鹽】結晶如傘狀的井鹽。水經注三三江水:"翼帶鹽井一百所,巴川資以自給,粒大者方寸,中央隆起,形如張繖,故因名之曰繖子鹽。"也作"傘子鹽"。唐段成式酉陽雜俎前集十物異:"鹽:朐䏰縣鹽井有鹽方寸,中央隆起如張傘,名曰傘子鹽。"

繕 zhù ㄓㄨˋ

麻質的粗布。同"紵"。文選南朝梁任彥昇(昉)齊竟陵文宣王行狀:"華袞與緼繕同歸,山藻與蓬茨俱逸。"注:"韓詩:子路曰:'曾子褐衣緼繕未嘗完。'"今本韓詩外傳二作"緒"。

繚 liáo ㄌㄧㄠˊ 盧鳥切,上,篠韻,來。

㊀纏繞,圍繞。楚辭屈原九歌湘夫人:"芷葺兮荷屋,繚之兮杜衡。"文選漢班孟堅(固)西都賦:"林麓藪澤陂池連乎蜀漢,繚以周牆,四百餘里。"㊁一束,絲、線、鬚、髮等理成一股。猶"綹"。舊唐書五一玄宗楊貴妃傳:"(貴妃)乃引刀翦髮一繚附獻。"

【繚戾】迴旋曲折。楚辭漢劉向九歎逢紛:"龍印脟圈,繚戾宛轉,阻相薄兮。"

【繚悷】纏繞。楚辭宋玉九辯:"靚杪秋之遙夜兮,心繚悷而有哀。"注:"思念糾戾,腸折摧也。"

【繚祭】古時九祭之一。周禮春官大祝:"辨九祭。一曰命祭,……八曰繚祭。"祭者以左手直持肺根,右手取肺尖,繚繞絕斷,取以爲祭,故稱。參閱孫詒讓周禮正義四九大祝。

【繚亂】纏繞紛亂。全唐詩三八謝偃樂府新歌應教詩:"繚亂垂絲昏柳陌,參差濃葉暗桑津。"

【繚綾】綾絹名。唐白居易長慶集四繚綾詩:"繚綾繚綾何所似,不似羅綃與紈綺,……繚綾織成費功績,莫比尋常繒與帛。"

【繚繞】迴環旋轉。文選漢張平子(衡)南都賦:"脩袖繚繞而滿庭,羅襪躡蹀而容與。"宋王安石臨川集三十江上詩:"青山繚繞疑無路,忽見千帆隱映來。"

繣 huà ㄏㄨㄚˋ 胡卦切,去,卦韻,匣。呼麥切,入,麥韻,曉。

㊀結物的帶子。周禮夏官大司馬"徒銜枚而進"注:"枚如箸,銜之,有繣結項中。"漢書高帝紀"章邯夜銜枚擊項梁定陶"注:"(枚)狀如箸,橫銜之,繣繫於項。繣者,結礙也。繫,繞也,蓋爲結紐而繞項也。"㊁破裂之聲。文選晉潘安仁(岳)西征賦:"砰揚桴以振塵,繣瓦解而冰泮。"㊂乖違,乖戾。見"緯繣"。

繯 xuǎn ㄒㄩㄢˇ 息絹切,去,線韻,心。

㊀懸持蠶箔柱之索。見方言五"槌"。㊁蜀錦名。古文苑四漢揚雄蜀都賦:"綂繯緄纈,縿緣盧中。"宋章樵注:"繯,素絲織也。……縿,絳色也。絳色緣其外,盧黑色居中,相合爲文。蜀錦名件不一,此其尤奇者。"

繘 jú yù ㄐㄩˊ ㄩˋ 居聿切,入,術韻,見。餘律切,入,術韻,喻。

井上汲水的繩索。易井:"往來井,井汔至,亦未繘井,羸其瓶,凶。"疏:"繘,綆也。雖汲水以至井上,然綆出猶未離井口,而鉤羸其瓶而覆之也。"清王引之謂繘爲"矞"之假字,訓爲出,言所汲之水將至井口而尚未出口。見經義述聞一亦未繘井。

繢 huì ㄏㄨㄟˋ 胡對切,去,隊韻,匣。

㊀布帛的頭尾。禮玉藻:"緇布冠繢緌。"急就篇三:"承塵戶㡘絛繢總。"注:"繢,亦絛組之屬也,似纂而色赤。"㊁繪畫。通"繪"。周禮考工記畫繢:"畫繢之事,雜五色。"

【繢罽】有彩色的毛織物。漢書六五東方朔傳:"木土衣綺繡,狗馬被繢罽。"注:"繢,五綵也。罽,織毛也,卽氍毹之屬。"

繟 chǎn ㄔㄢˇ 昌善切,上,獮韻,穿。

㊀寬的絲帶。見玉篇。㊁舒緩,寬舒。通"嘽"。老子任爲:"繟然而善謀。"禮樂記:"其樂心感也,其聲嘽以緩。"注:"嘽,寬綽貌。此言聲音寬舒。"

繙 1. fán ㄈㄢˊ 附袁切,平,元韻,奉。

㊀見"繙帑"。

2. fān ㄈㄢ

㊀翻覆。莊子天道:"往見老聃,而老聃不許,於是繙十二經以說。"唐成玄英疏:"委曲敷演,故繙覆說之。"釋文:"繙,敷袁反。"

【繙帑】㊀亂取。見廣韻。㊁旗旛。唐韓愈昌黎集四陸渾山火和皇甫湜詩:"丹蕤縓蓋緋繙帑,紅帷赤幕羅脤膰。"繙,疑當作"旛"。參閱清段玉裁說文解字注帑。

繑 qiāo ㄑㄧㄠ 去遙切,平,宵韻,溪。

麻鞋。同"屩"。管子輕重戊:"魯梁郭中之民,道路揚塵,十步不相見,絏繑而踵相隨。"參閱清王念孫讀書雜志管子十二絏繑。

繎 rán ㄖㄢˊ 如延切,平,仙韻,日。

深紅色。急就篇二:"烝栗絹紺縉紅繎。"唐顏師古注:"繎者,紅色之尤深,言若火之然也。"

緁 jié ㄐㄧㄝˊ 疾葉切,入,葉韻,從。子入切,入,緝韻,精。

㊀聚合。說文:"緁,合也。"清段玉裁注:"合者,亼口也,因爲凡兩合之稱。衆絲之合曰緁,如衣部五采相合曰褋也。"㊁財貨。玉篇:"緁,蠻夷貨也。"文選晉左太沖(思)吳都賦:"緁賄紛紜,器用萬端。"劉淵林注引扶南傳:"緁,貨;布帛曰賄。"

十三畫

繫 xì ㄒㄧˋ 胡計切,去,霽韻,匣。

㊀挂,拴縛。論語陽貨:"吾豈匏瓜也哉,焉能繫而不食?"荀子勸學:"(蒙鳩)以羽爲巢,而編之以髮,繫之葦苕。"㊁拘囚。史記九六任敖傳:"吏繫呂后,遇之不謹。"文選漢賈誼鵩鳥賦:"愚士繫俗兮,窘若囚拘。"㊂聯屬依附。周禮天官大宰:"以九兩繫邦國之民。"文選晉杜預春秋左氏序:"記事者,以事繫日,以日繫月,以月繫時,以時繫年,所以紀遠近,別同異也。"㊃涉及,關係。唐白居易長慶集一薛中丞詩:"況聞善人命,長短繫運數。"宋沈括夢溪筆談序:"所錄唯山間木蔭,率意談噱,不繫人之利害者。"㊄粗絲帶子。韓非子外儲左下:"文王伐崇,至鳳黃虛,韈繫解,因自結。"

【繫心】心向,心有所寄託。史記八四屈原傳:"屈平既嫉之,雖放流,睠顧楚國,繫心懷王。"後漢書三三朱浮傳上疏:"百姓遑遑,無所繫心。"

【繫爪】以角質爪套在指端用以彈箏。南朝陳陳叔寶陳後主集聽箏詩:"促柱點唇鶯欲語,調弦繫爪雁相連。"

【繫世】古時記載帝王與諸侯氏族世系的譜牒。周禮春官小史:"奠繫世,辨昭穆。"注:"鄭司農(衆)云:……繫世,謂帝繫世本之屬是也。"疏:"天子謂之帝繫,諸侯謂之世本。"荀子禮論:"其銘誄繫世，敬傳其名也。"

【繫囚】在押的囚犯。後漢書光武紀上建武五年詔："其令中都官、三輔、郡、國出繫囚，罪非犯殊死，一切勿案。"文選漢張平子(衡)四愁詩序："郡中大治，争訟息，獄無繫囚。"

【繫表】謂出於言辭之表。北周庾信庾子山集一哀江南賦："聲超於繫表，道高於河上。"宋歐陽修文忠集九五賀文參政啓："恭以某人學通繫表，識照幾先，懿文爲大國之光華，偉望乃一時之柱石。"參閱明楊慎丹鉛雜録十繫表。

【繫匏】論語陽貨："吾豈匏瓜也哉，焉能繫而不食？"按匏苦不可食，無所用處，故繫而置之，比喻人伏處一隅，未出仕或被棄置。全唐詩一一八孫逖和左衛武倉曹衛中對雨創韻贈右衛李騎曹："道合宜連茹，時清豈繫匏。"

【繫趾】以械鎖足的刑罰。後漢書四三朱穆傳太學生劉陶等上書訟穆："臣願黥首繫趾，代穆校作。"注："繫趾謂釱其足也，以鐵著足曰釱也。"

【繫援】指依附以求援助。國語晉九："董叔將娶於范氏，叔向曰：'范氏富，盍已乎？'曰：'欲爲繫援焉。'"

【繫象】周易繫辭和象傳（大象小象）的合稱。宋書張邵傳子敷："初父邵使與南陽宗少文談繫象，往復數番。"

【繫腰】腰帶。元史一四二答失八都魯傳："十二月，趨攻峽州，破僞將趙明遠木驢寨。陞四川行省右丞，賜金繫腰。"

【繫獄】囚禁於牢獄。漢書七三韋玄成傳："及(父)賀病篤，(兄)弘竟坐宗廟事繫獄，罪未決。"

【繫銜】官吏原職外別加的稱呼名號。宋史河渠志七："乾道三年，守臣言：……且通江六堰，綱運至多，宜差注指使一人，專以'開撩西興沙河'繫銜，及發捍江兵士五十名，專充開撩沙浦，不得雜役。"

【繫親】聯姻，定親。宋史禮志十八公主下降："初被選尚者，即拜駙馬都尉，賜玉帶、襲衣、銀鞍勒馬、采羅百匹，謂之繫親。"

【繫辭】易篇名。本名繫辭傳。漢人或稱爲易大傳。傳說孔子作十翼之一，分上下二篇，上篇儒家相襲又分爲十二章。其書泛論易理，内容甚爲雜駁，句意前後常有重複，但主旨以一陰一陽之謂道出發，闡述事物變化，頗有精義。篇中有"子曰"字，故自宋歐陽修撰易童子問以來，即疑非出於孔子之手。參閱易繫辭疏、宋朱熹易本義。

【繫帛書】作帛書結於雁足以傳音信。漢書五四蘇建傳："教使者謂單于，言天子射上林中，得雁，足有係帛書，言武等在某澤中。"殿本係作"繫"。唐楊烱楊盈川集三送東海孫尉詩序："但當晨看旅鴈，君逢繫帛之書；夕望牽牛，余俟乘槎之客。"

【繫風捕影】比喻事物虛構而無根據。水經注三九贛水："(又北過南昌縣西)有二崖，號曰大蕭小蕭，言蕭史所遊萃處也。雷次宗云：此乃繫風捕影之論。"參見"捕風捉影"。

繭 jiǎn ㄐㄧㄢˇ 古典切，上，銑韻，見。

也作"蠒"。㊀蠶以及某些昆蟲成蛹期前吐絲所作的殼。蠶繭是繅絲以爲織物的原料。禮月令季夏之月："蠶事既登，分繭稱絲，效功以共郊廟之服。"㊁手脚因摩擦而生的硬皮。通"趼"。戰國策宋衛："墨子聞之，百舍重繭，往見公輸般。"注："重繭，累胝也。"㊂絲綿袍。左傳襄二一年："重繭衣裘。"注："繭，緜衣。"

【繭卜】古代民俗，於正月十五夜，搏粉若繭，稱爲繭團。事前於團中先置書語，用以卜事。五代後周王仁裕開元天寶遺事下探官："都中每至正月十五日，造麪蠒，以官位帖子，卜官位高下，或賭筵宴，以爲戲笑。"宋楊萬里有詩題：上元夜，里俗粉米爲繭絲，書古語置其中，以占一歲之福禍謂之繭卜。見誠齋集五。

【繭衣】㊀蠶初作繭時在繭外所吐的散絲。明黃省曾蠶經："繭衣，繭外之蒙戎，蠶初作繭而營者也。"㊁繒絲所製之衣。廣弘明集二六南朝梁沈約究竟慈悲論："繭衣纊服，曾不懷疑。"

【繭眉】猶言蛾眉。形容婦女眉毛秀美。唐陸龜蒙甫里集十一和館娃宮懷古五絶詩之二："一宫花渚漾漣漪，倭墮鴉鬟出繭眉。"

【繭栗】㊀獸角初生形如繭如栗。借指牛犢。國語楚下："郊禘不過繭栗，烝嘗不過把握。"禮王制："祭天地之牛角繭栗。"古代祭禮用牛以小爲貴。角如繭栗，謂其角初生，牛尚幼稚。㊁比喻花的蓓蕾。宋黃庭堅山谷内集七寄王定國詩序："往歲過廣陵，值早春，嘗作詩云：'……紅藥梢頭初繭栗，揚州風物鬢成絲。'"

【繭紙】用繭絲製作的紙。全唐文八二九韓偓紅芭蕉賦："謝家之麗句難窮，多烘繭紙；洛浦之下裳頻換，剩染鮫綃。"宋黃庭堅豫章集二次韻錢穆父贈松扇詩："銀鉤玉唾明蠒紙，松箑輕涼并送似。"

【繭絲】㊀由蠶繭所抽出的絲。荀子富國："麻葛、繭絲、鳥獸之羽毛齒革也，固有餘足以衣人矣。"㊁喻取民之財，如抽絲於繭，不盡不止。國語晉九："趙簡子使尹鐸爲晉陽。請曰：'以爲繭絲乎？抑爲保障乎？'"注："繭絲，賦稅。"宋李洪芸庵類稿一子清弟赴丹陽賦古調餞之詩："保障繭絲優租賦，甌窶汙邪飽禾黍。"

【繭糖】餳糖之一種。大如棗核，兩頭尖，形如繭，故名。見北魏賈思勰齊民要術九餳餔。

【繭館】飼蠶的蠶室。漢上林苑有繭館。漢書九八元后傳："春幸繭館，率皇后列侯夫人桑。"漢蔡邕蔡中郎集四漢交阯都尉胡府君夫人黃氏神誥："采柔桑于蠶宮，手三盆于繭館者，蓋三十年。"

【繭繭】形容聲氣細微。禮玉藻："喪容纍纍，……言容繭繭。"疏："繭繭，猶綿綿，聲氣微細繭繭然。"

【繭栗犢】喻幼弱無能。後漢書二六趙熹傳："更始乃徵熹。熹年未二十，既引見，更始笑曰：'繭栗犢，豈能負重致遠乎？'"

【繭絲牛毛】形容細密。清黃宗羲南雷文案四答萬充宗質疑書："吾兄經術，繭絲牛毛，用心如此，不僅當今無與絶座，即在先儒，亦豈易得哉！"

繶 yì ㄧˋ 於力切，入，職韻，影。

飾屨的圓絲帶。周禮天官屨人："掌王及后之服屨，爲赤舄黑舄，赤繶黃繶。"注："鄭司農(衆)云：赤繶黃繶，以赤黃之絲爲下緣。"

【繶爵】古時口足之間飾有篆文的飲酒器。儀禮士虞禮："賓長洗繶爵三獻。"疏："繶是屨之牙底之間縫中之飾，則此爵云繶者，亦是爵口足之間有飾可知。"

纏 chán ㄔㄢˊ 集韻 澄延切，平，僊韻。

纏繞。同"纏"。見下。

【纏緣】纏繞。史記一〇五扁鵲傳："動胃纏緣，中經維絡。"正義："纏緣謂脈纏繞胃也。"

繮 jiāng ㄐㄧㄤ 居良切，平，陽韻，見。

馬繮繩。同"韁"。漢班固白虎通誅伐："人銜枚，馬勒繮，晝伏夜行爲襲也。"

繡 xiù ㄒㄧㄡˋ 息救切，去，宥韻，心。

㊀繪畫設色，五彩俱備。周禮考工記："畫繢之事，……五采備謂之繡。"㊁繡花的衣服。詩唐風揚之水："素衣朱繡，從

子于鵠。"魯詩作"綃"。史記項羽紀:"富貴不歸故鄉,如衣繡之夜行,誰知之者?"漢書三一項籍傳繡作"錦"。㊂刺繡。唐李白李太白詩十贈裴司馬:"翡翠黃金鏤,繡成金縷衣。"㊃華麗、精美如繡。唐杜甫杜工部草堂詩箋三七清明之一:"繡羽銜花他自得,紅顏騎竹我無緣。"㊄姓。漢有繡君賓。見漢書游俠傳。

【繡口】比喻文詞多姿多采。唐柳宗元柳先生集十八乞巧文:"駢四儷六,錦心繡口。"

【繡丸】肉丸子。宋陶穀清異録饌羞:"湯浴繡丸,肉糜治,隱卵花。"

【繡户】華麗的居室。指婦女所居。南朝宋鮑照鮑氏集八擬行路難詩之三:"璇閨玉墀上椒閣,文牕繡户垂羅幕。"

【繡市】售賣錦繡織品的集市。元氏掖庭記:"淑妃龍瑞嬌,貪而且妬,帝賜金帛以巨萬數,嬌乃開市於左掖門内,發賣諸色錦段,時呼爲繡市。"

【繡瓜】木瓜。以初生色青,成熟變紅有采色如繡,故稱。宋陸游劍南詩稿四四或遺木瓜有雙實者香甚戲作:"宣城繡瓜有奇香,偶得並蒂置枕傍。"

【繡江】水名。在廣西桂平縣西南五十里,即羅越水,又名靈溪水,其水湛碧如繡,即唐置繡州處。見嘉慶一統志四七〇潯州府山川。

【繡州】古州名。故治在今廣西桂平縣境内。漢鬱林郡地。唐平蕭銑,武德六年於此置繡州,治常林,屬嶺南道。宋開寶五年廢繡州,以其地入容州普寧縣。見舊唐書地理志四、文獻通考三二三輿地九。

【繡佛】以彩絲繡成的佛像。唐杜甫杜工部草堂詩箋二飲中八仙歌:"蘇晉長齋繡佛前,醉中往往愛逃禪。"

【繡虎】玉箱雜記:"曹植七步成章,號繡虎。"(宋曾慥類說四)。言植詩文文采華美而風骨遒勁。

【繡斧】執法大吏的別稱。漢武帝天漢二年遣直指使者暴勝之等衣繡衣、杖斧至各地巡捕羣盜。後以"繡斧"指皇帝特遣的執法大吏。宋楊萬里誠齋集二十送周元吉顯謨左司將漕湖北詩之一:"繡斧光華誰不羨,一賢去國欠人留。"

【繡陌】綺麗如繡的市街。樂府詩集二三南朝陳陳暄長安道:"長安開繡陌,三條向綺門。"

【繡茶】宋時點綴龍鳳花鳥等飾物的餅茶。元周密武林舊事進茶:"禁中大慶賀,則用大鍍金甏,以五色韻果簇飣龍鳳,謂之'繡茶',不過悅目。"

【繡補】明清時文武百官的公服,胸背加補,根據品級加繡不同鳥獸圖案。

【繡畫】刺繡爲畫。三國時吳主趙夫人能刺繡作列國圖。時人謂之針絶,當爲記籍所載最古的刺繡畫。見舊題晉王嘉拾遺記八。才調集三李山甫寒食詩之一:"萬井樓臺疑繡畫,九原珠翠似烟霞。"

【繡閣】猶繡房,婦女之華麗居室。宋周邦彦片玉集一風流子詞:"繡閣鳳幃深幾許,聽得理絲簧。"

【繡像】用彩絲繡成的人像。廣弘明集十六南朝梁沈約繡像題讚序:"樂林寺主比丘尼釋寶願造繡無量壽尊像一軀。"明清以來,稱一般通俗小說前面所附的書中人物圖像爲繡像。

【繡𧝓】彩色半臂衣。後漢書光武紀上:"時三輔吏士東迎更始,見諸將過,皆冠幘,而服婦人衣,諸于繡𧝓,莫不笑之,或有畏而走者。"注:"前書音義曰:'諸于,大掖衣也,如婦人之袿衣。'字書無'𧝓'字,續漢書作'裾',音其物反。……即是諸于上加繡裾,如今之半臂也。"

【繡嶺】山名。陜西臨潼縣驪山上有東繡嶺西繡嶺。以山之左右皆峻嶺,如雲霞繡錯,故名。唐杜牧樊川集二華清宮三十韻詩:"繡嶺明珠殿,層巒下繚牆。"

【繡壤】謂土壤的溝塍交錯成文如繡。清張仁美西湖紀遊:"間或渡平疇,履繡壤,則又菜花初斂,麥穗方抽,桑葉吐青,茶芽展綠。"

【繡囊】比喻文詞和知識豐富。唐李冗獨異志中:"武陵記曰:後漢馬融勤學,夢見一林,花如繡錦,夢中摘此花食之。及寤,見天下文詞,無所不知,時人號爲繡囊。"

【繡毬花】植物名。又稱八仙花、紫陽花。落葉灌木。葉橢圓形,夏日開花,白色、粉紅色或變爲藍色,爲觀賞植物。唐元稹長慶集九六年春遣懷詩之七:"童稚癡狂撩亂走,繡毬花仗滿堂前。"

【繡嶺宮】唐宮名。故址在今河南陜縣。唐高宗顯慶三年建。全唐詩十七李玫白衣叟途中吟之一:"繡嶺宮前鶴髮人,猶唱開元太平曲。"見新唐書地理志二陜州峽石縣。

【繡襦記】傳奇名。明薛近兗撰。演鄭元和與李亞仙故事,係據唐白行簡李娃傳、元雜劇曲江池的内容改編而成。

【繡衣直指】漢武帝時,民間起事者衆,御史中丞督捕猶不能止,因使光禄大夫范昆諸輔都尉及故九卿張德等衣繡衣,持斧仗節,興兵鎮壓,號直指使者。直指,謂處事無所阿私。漢書武帝紀天漢二年有直指使者暴勝之,九八元后傳有繡衣御史王賀。參閱史記一二二酷吏傳、漢書百官公卿表上。

【繡虎雕龍】指文采華麗。明朱素臣秦樓月傳奇一論心:"繡虎雕龍皆偶爾,笑人間袞袞公卿。"

繩 1. shéng ㄕㄥˊ 食陵切,平,蒸韻,神。

㊀繩子。易繫辭下:"上古結繩而治,後世聖人易之以書契。"㊁木工直曲直的工具。即墨綫。書說命上:"惟木從繩則正,后從諫則聖。"㊂標準,法令。商君書開塞:"王者有繩。"韓非子孤憤:"故智術能法之士用,則貴重之臣必在繩之外矣。"㊃糾正。書冏命:"繩愆糾謬,格其非心,俾克紹先烈。"㊄衡量。禮樂記:"以繩德厚。"注:"繩,猶度也。"漢書八一匡衡等傳贊:"彼以古文之迹見繩,烏能勝其任乎!"㊅繼承。見"繩祖"。㊆稱譽。左傳莊十四年:"(蔡哀侯)繩息嬀以語楚子。"注:"繩,譽也。"

2. yìng ㄧㄥˋ 集韻以證切,去,證韻。

㊇草結子。周禮秋官薙氏:"秋繩而芟之。"注:"含實曰繩。"釋文:"繩,音孕,以證反。"清惠棟以繩爲"䋲"之誤字,見九經古義八周禮古義下。

【繩尺】㊀工匠用的墨綫和尺子。五代南唐譚峭譚子化書道化:"斲削不能加其功,繩尺不能規其象,何化之速也!"㊁法度。金史元德明傳附元好問:"爲文有繩尺,備衆體。"

【繩水】即今金沙江。參閱漢書地理志上越嶲郡、嘉慶一統志四〇〇寧遠府。

【繩正】糾正。後漢書桓帝紀本初元年詔:"選舉乖錯,害及元元,頃雖頗繩正,猶未懲改。"又七六王渙傳:"在溫三年,遷兗州刺史,繩正部郡,風威大行。"

【繩伎】雜技中的走繩,即走索;也指繩技女藝人。全唐文二三四張楚金樓下觀繩伎賦、又四〇二胡嘉隱繩伎賦對演者藝態,描摹頗詳。參閱唐封演封氏聞見記六繩伎、法苑珠林六引唐王玄策西國行傳。

【繩河】即銀河,又名天河。古緯書言王者德至雲漢,則天河直如繩。南朝梁江淹江文通集六建平王慶安城王拜封表:"麗采繩河,映蕚璿圃。"

【繩武】見"繩祖"。

【繩牀】唐義淨南海寄歸内法傳一食坐

小牀:"西方僧衆將食之時,必須人人淨洗手足,各各別踞小牀,高可七寸,方纔一尺,藤繩織内,脚圓且輕,卑幼之流,小拈隨事,雙足蹋地,前置盤盂。"以其式樣來自西域,故稱胡牀。其初皆跪膝而坐,南朝梁侯景垂脚而坐,至爲人所譏。其後增加高度,設置靠背,並可折疊,變爲交椅,垂脚倚坐,遂爲常式。參閱唐李匡乂資暇録下承牀。參見"交椅"。

【繩度】懸度,以繩索相牽引而越度。廣弘明集十五梁簡文帝菩提樹頌序:"東邁日枝,西踰月紀,莫不梯峯挂迥,越繩度之山。"參見"懸度㊀"。

【繩祖】詩大雅下武:"昭兹來許,繩其祖武。"傳疏皆訓繩爲戒慎,朱熹集傳訓繼承,後多用朱義,稱繼承祖先爲繩武、繩祖。元袁桷清容居士集九次魯子翬御史五十韻詩:"曲學慙繩祖,孤聞賴得朋。"

【繩逐】糾舉別人過失而斥逐之。梁書賀琛傳封奏:"但務吹毛求疵,擘肌分理,運挈缾之智,徼分外之求,以深刻爲能,以繩逐爲務,迹雖似於奉公,事更成其威福。"

【繩髮】髮辮如繩索。北史烏洛侯傳:"烏洛侯國在地豆干北,去代都四千五百餘里,……其俗,繩髮,皮服,以珠爲飾。"

【繩樞】用繩繫門,以代轉軸。形容貧窮之家。史記秦始皇紀:"陳涉,甕牖繩樞之子。"文選南朝梁劉孝標(峻)廣絶交論:"則有窮巷之賓,繩樞之士,冀宵燭之末光,邀潤屋之微澤,……是曰賄交。"

【繩墨】㊀匠人以繩濡墨打直綫的工具。孟子盡心下:"大匠不爲拙工改廢繩墨,羿不爲拙射變其彀率。"荀子儒效:"設規矩,陳繩墨,便備用,君子不如工人。"㊁喻規矩或法度。文選戰國楚屈平(原)離騷:"舉賢而授能兮,循繩墨而不陂。"後漢書十六寇恂傳附寇榮上書:"尚書背繩墨,案空劾,不復質確其過,寘於嚴棘之下。"

【繩橋】用繩索連結兩岸,鋪以竹木而成之橋。唐杜甫杜工部詩史補遺五對雨:"雪嶺防秋急,繩橋戰勝遲。"宋范成大吳船録上:"將至青城,再度繩橋;每橋長百二十丈,分爲五架;橋之廣,十二繩排連之,上布竹笆,攢立大木數十於江河中,輦石固其根,每數十木作一架,挂橋於半空,大風過之,掀舉幡然。"

【繩檢】約束。多指世俗禮法。唐杜牧樊川集二念昔遊詩之一:"十載飄然繩檢外,罇前自獻自爲酬。"新唐書八九唐儉傳:"儉爽邁少繩檢,然事親以孝聞。"

【繩戲】雜技中的走繩。又稱高絙,唐人稱走索。宋書樂志一:"後漢正月旦,天子臨德陽殿受朝賀,舍利從西方來,戲於殿前……以兩大絲繩繫兩柱頭,相去數丈,兩倡女對舞,行於繩上,相逢切肩而不傾。"參見"繩伎"。

【繩繩】㊀衆多貌。詩周南螽斯:"螽斯羽,薨薨兮,宜爾子孫繩繩兮。"㊁小心戒慎貌。管子宙合:"故君子繩繩乎慎其所先。"淮南子繆稱:"故上世體道而不德,中世守德而弗壞也,末世繩繩乎唯恐失仁義。"

【繩愆糾謬】舉發及糾正錯誤。書冏命:"惟予一人無良,實賴左右前後有位之士,匡其不及,繩愆糾謬,格其非心,俾克紹先烈。"疏:"繩謂彈正,糾謂發舉,有愆過則彈正之,有錯謬則舉發之。"省作"繩糾"。新唐書一一八韋湊傳:"繩糾吏治,所至震畏。"

【繩趨尺步】行動合法度。猶言循規蹈矩。宋史四二九朱熹傳:"方是時,士之繩趨尺步、稍以儒名者,無所容其身。"

繾 qiǎn ㄑㄧㄢˇ 去演切,上,獮韻,溪。
去戰切,去,線韻,溪。

見下。

【繾綣】㊀牢結不離散之意。詩大雅民勞:"無縱詭隨,以謹繾綣。"左傳昭二五年:"繾綣從公,無通外內。"㊁纏綿。形容情意深厚,難捨難分。唐白居易長慶集十寄元九詩:"豈是貪衣食,感君心繾綣。"

繰 1. zǎo ㄗㄠˇ 子晧切,上,晧韻,精。

㊀深青帶紅色之帛。見説文。

2. sāo ㄙㄠ 蘇遭切,平,豪韻,心。

㊀抽理蠶絲。同"繅"。國語楚下:"王后親繰其服。"唐白居易長慶集四繚綾詩:"絲細繰多女手疼,扎扎千聲不盈尺。"

【繰₂車】繅絲用具。有輪旋轉以收絲,故稱繰車。同"繅車"。唐王建詩二田家行:"五月雖熱麥風清,簷頭索索繰車鳴。"宋范成大石湖集三繰絲行:"繰車嘈嘈似風雨,繭厚絲長無斷縷。"

【繰₂絲】煮繭抽絲。唐李白李太白詩二五白田馬上聞鶯:"蠶老客未歸,白田已繰絲。"唐白居易長慶集四紅線毯詩:"紅線毯,擇繭繰絲清水煮。"

繷 náo ㄋㄠ 集韻 尼交切,平,爻韻。
乃湩切,上,腫韻。

多而亂之意。後漢書五二崔駰傳達旨:"若夫紛繷塞路,凶虐播流,人有昏墊之厄,主有嚌咨之憂。"

繹 yì ㄧˋ 羊益切,入,昔韻,喻。

㊀抽絲。見説文。㊁連續不斷。論語八佾:"繹如也。"疏:"繹如也者,言其音落繹然相續不絶也。"參見"絡繹"。㊂尋求,推究。論語子罕:"巽與之言,能無説乎,繹之爲貴。"㊃陳述,陳列。書君陳:"庶言同則繹。"詩小雅車攻:"赤芾金舄,會同有繹。"㊄周稱正祭之次日又祭爲繹。爾雅釋天:"繹,又祭也。周曰繹,商曰肜,夏曰復胙,祭名。"左傳宣八年:"辛巳,有事于大廟,仲遂卒于垂。壬午,猶繹。"㊅龜類。周禮春官龜人:"地龜曰繹屬。"㊆見"繹騷"。㊇山名。亦作"嶧"。在山東鄒縣東南。詩魯頌閟宮"保有鳧繹",即此。參見"嶧山1"。

【繹史】清馬驌撰。一百六十卷,分太古、三代、春秋、戰國、外録五部,輯録自上古至秦末事,每事各立標題,詳其始末,略同紀事本末之體。搜羅繁富,於依託附會之説,即在條下加以考辨。

【繹志】陳述己志。禮射儀:"射之爲言者,繹也。……繹者,各繹己之志也。"清初胡承諾撰繹志,書名即取抒述己意爲義。

【繹繹】㊀善走。詩魯頌駉:"有騂有雒,以車繹繹。"㊁和調貌。漢書七三韋賢傳附韋玄成自責詩:"繹繹六轡,是列是理。"㊂光盛貌。漢書五行志下:"夜過中,星隕如雨,長一二丈,繹繹未至地滅。"又八七上揚雄傳甘泉賦:"是時未轃夫甘泉也,迺望通天之繹繹。"

【繹騷】奔走相告所引起的騷動。繹通"驛"。詩大雅常武:"徐方繹騷,震驚徐方。"箋:"繹當作驛……徐國傳遽之驛見之,知王兵必克,馳走以相恐動。"

繯 xuàn ㄒㄩㄢˋ 胡畎切,上,銑韻,匣。
胡慣切,去,諫韻,匣。

㊀網絡。見説文。參閱清段玉裁注。㊁繩圈,繩索。後漢書六四吳祐傳:"(毋丘長)因投繯而死。"㊂旗上的結帶。漢書八七上揚雄傳校獵賦:"靡日月之朱竿,曳彗星之飛旗,青雲爲紛,紅蜺爲繯。"

繪 huì ㄏㄨㄟˋ 黃外切,去,泰韻,匣。

㊀彩繡。説文繪引虞書:"山龍華蟲作繪。"今本尚書益稷作"會"。㊁繪畫。論語八佾:"繪事後素。"

【繪事】繪畫之事。論語八佾:"繪事後素。"南朝梁劉勰文心雕龍六定勢:"是以繪事圖色，文辭盡情，色糅而犬馬殊形，情交而雅俗異勢，鎔範所擬，各有司匠。」

【繪事備考】清王毓賢撰。八卷。第一卷爲總論，輯録諸家畫法。後七卷爲歷代畫家小傳，以相傳之名蹟附於各人之後。

【繪事微言】明唐志契撰。四卷。第一卷五十一則，志契自撰，主張作畫以氣韻爲本，論斷多出於心得。後三卷輯録南齊謝赫古畫品録以下至明李日華等諸人之作。

【繪聲繪影】形容敍述或描寫一件事深刻入微，極其逼真。儒林外史十七評：「繪聲繪影，能令閱者拍案叫絶。」（卧閑草堂本）

繲 jiè 古隘切，去，卦韻，見。
ㄐㄧㄝˋ

洗衣。莊子人間世：「挫鍼治繲，足以餬口。」釋文：「司馬（彪）云：繲，浣衣也。向（秀）同。」

繳 1. zhuó 之若切，入，藥韻，照。
ㄓㄨㄛˊ

㊀射鳥時繫在箭上的生絲繩。孟子告子上：「一人雖聽之，一心以爲有鴻鵠將至，思援弓繳而射之。」清焦循正義：「繳爲生絲縷之名，可用以繫弓弋鳥。」漢書五四蘇建傳附蘇武：「武能網紡繳，檠弓弩，於靬王愛之，給其衣食。」注：「繳，生絲縷也，可以弋射。」

2. jiǎo 古了切，上，篠韻，見。
ㄐㄧㄠˇ

㊀纏繞，扭轉。水滸二：「王進却不打下來，將棒一掣，却望後生懷里直挪將來，只一繳，那後生的棒丟在一邊。」㊁交納，交付，歸還。紅樓夢十四：「待張材家的繳清再發。」

【繳₂繞】㊀糾纏，煩瑣。史記太史公自序：「名家苛察繳繞，使人不得反其意。」集解：「如淳曰：繳繞猶纏繞，不通大體也。」唐白居易長慶集九早梳頭詩：「年事漸蹉跎，世緣方繳繞。」㊁曲折迂回。唐元稹長慶集五韋氏館與周隱客杜歸和泛舟詩：「輕舟閑繳繞，不遠池上樓。」

繷 zuǎn 作管切，上，緩韻，精。
ㄗㄨㄢˇ

組類。同「纂」。見玉篇。

十四畫

辮 biàn 薄泫切，上，銑韻，並。
ㄅㄧㄢˋ

㊀編織。文選漢張平子（衡）思玄賦：「辮貞亮以爲鞶兮，雜伎藝以爲珩。」唐劉良注：「辮，結也，言用溫恭、禮義、貞亮、伎藝之美，總集其德，以飾冠帶。」㊁編髮成辮子。梁書西北諸戎傳高昌：「女子頭髮辮而不垂。」

【辮髮】㊀古時漢族男女多束髮於頂，少數民族則多編髮被於背後。清入關，辮髮俗徧於全國，至辛亥革命始廢男子辮髮。晉書吐谷渾傳：「婦人以金花爲首飾，辮髮縈後，綴以珠貝。」資治通鑑六九魏黃初二年「南謂北爲索虜」元胡三省注：「索虜者，以北人辮髮，謂之索頭也。」㊁南北朝時，雙方互相醜詆，北魏斥南朝宋齊梁爲島夷，南朝詆北魏爲辮髮或索虜。宋書王僧達傳求徐州啟：「今四夷猶警，國未亡戰，辮髮凶詭，尤宜裁防。」

【辮髻】編髮爲辮盤於頂端或腦後。新唐書車服志：「羊車小史，五辮髻，紫碧腰襻，青耳屩。」

【辮線襖】元代儀衛服之一。制如窄袖衫，腰作辮線細摺。見元史輿服志一。

纂 zuǎn 作管切，上，緩韻，精。
ㄗㄨㄢˇ

㊀赤色帶子。說文：「纂，似組而赤。」國語齊：「縷纂以爲奉。」注：「纂，織文也。」漢書景帝紀：「錦繡纂組，害女紅者也。」古文作「繷」。㊁繪。淮南子齊俗：「且富人則車輿衣纂錦。」注：「纂，繪也。」㊂編輯。晉書刑法志：「雖時有蠲革，而舊律繁蕪，未經纂集。」㊃繼承。禮祭統：「子孫纂之，至于今不廢。」漢書一〇〇下敍傳：「皇兮漢祖，纂堯之緒。」㊄聚貌。通「攢」。見「纂纂」。㊅姓。魏書官氏志有纂連氏，後改爲纂氏。見元和姓纂七緩。

【纂言】纂集言詞，有所述作之意。唐韓愈昌黎集十二進學解：「記事者必提其要，纂言者必鉤其玄。」

【纂承】繼承。後漢書章帝紀元和二年詔：「予一人空虛多疚，纂承尊明，盥洗享薦，慙愧祗慄。」又四三樂恢傳：「陛下富於春秋，纂承大業，諸舅不宜幹正王室，以示天下之私。」

【纂修】㊀繼承推進修治。國語晉九：「及景子長於公宫，未及教訓而嗣立矣，亦能纂脩其身，以受先業，無謗於國。」漢書五八公孫弘等傳贊：「孝宣承統，纂修洪業，亦講論六藝，招選茂異。」㊁搜集整理。元詩選郭翼送盧公武應詔北上：「前朝國史已全收，詔起丘園重纂修。」近代也用以指編纂書籍的主編者。

【纂組】赤色的綬帶。管子輕重甲：「纂組一純，得粟百鍾於桀之國。」漢書景帝紀後二年詔：「錦繡纂組，害女紅者也。」

【纂論】集議。荀子君道：「尚賢使能則民知方，纂論公察則民不疑。」

【纂繡】編織刺繡。新唐書一〇五褚遂良傳：「雕琢害力農，纂繡傷女工。」

【纂嚴】戒嚴。南齊書高帝紀下建元二年：「詔索虜寇淮泗，遣軍北伐，內外纂嚴。」南朝梁江淹江文通集二北伐詔：「便可內外纂嚴，以時備辦。」

【纂纂】集聚貌。文選晉潘安仁（岳）笙賦：「詠園桃之夭夭，歌棗下之纂纂。」注：「古咄唶歌曰：棗下何攢攢，榮華各有時……攢，聚貌。纂與攢，古字通。」唐韓愈昌黎集四遊青龍寺贈崔大補闕詩：「桃源迷路竟茫茫，棗下悲歌徒纂纂。」

繽 bīn 匹賓切，平，真韻，滂。
ㄅㄧㄣ

盛貌。楚辭屈原離騷：「百神翳其備降兮，九疑繽其並迎。」參見「繽紛」。

【繽紛】㊀繁盛貌。楚辭屈原離騷：「佩繽紛其繁飾兮，芳菲菲其彌章。」後漢書七十上班彪傳西都賦：「紅羅颯纚，綺組繽紛。」㊁雜亂貌。後漢書五九張衡傳思玄賦：「私湛憂而深懷兮，思繽紛而不理。」晉陶潛陶淵明集五桃花源記：「忽逢桃花林，夾岸數百步，中無雜樹，芳草鮮美，落英繽紛。」㊂衆疾貌，多貌。漢書八七上揚雄傳羽獵賦：「繽紛往來，轠轤不絶。」

【繽翻】㊀飛貌。文選左太沖（思）吳都賦：「大鵬繽翻，翼若垂天。」㊁盛貌。宋書謝靈運傳山居賦：「播綠葉之鬱茂，含紅敷之繽翻。」

繻 rū 人朱切，平，虞韻，日。
ㄖㄨ 相俞切，平，虞韻，心。

㊀彩帛。見說文。㊁漢代出入關隘的帛製憑證。漢書六四終軍傳：「步入關，關吏予軍繻，軍問以此何爲，吏曰：『爲復傳還，當以合符。』軍曰：『丈夫西游，終不復傳還！』棄繻而去。」㊂沾濕。通「濡」。易既濟：「繻有衣袽。」注：「繻宜曰濡，衣袽所以塞舟漏也。」

【繻葛】古地名。春秋鄭地。周桓王十三年合蔡衛陳以伐鄭，戰於繻葛，王師大敗，即此地。見左傳桓五年。或云即長葛。今河南長葛縣北有故城。

纁 xūn 許云切，平，文韻，曉。
ㄒㄩㄣ

淺紅色。周禮考工記鍾氏：「三入爲纁。」注：「染纁者，三入而成。」

【纁黃】黃昏之時。楚辭屈原九章思美人：「指嶓冢之西隈兮，與纁黃以爲期。」廣弘明集二九下南朝梁江淹傷愛子賦：

"悲薄暮而增甚,思纁黃而不禁。"

纀 bǔ 博木切,入,屋韻,幫。ㄅㄨˇ

古深衣的下裳。形制,自裳兩旁衽以下斜裁削幅,與上衣成爲上寬下狹之狀。爾雅釋器:"裳削幅,謂之纀。"注:"削殺其幅,深衣之裳。"參見"深衣"。參閱清郝懿行義疏。

繼 jì 古詣切,去,霽韻,見。ㄐㄧˋ

㊀連續不斷。孟子萬章下:"其後廩人繼粟,庖人繼肉,不以君命將之。"後漢書和帝紀:"舊南海獻龍眼、荔支,十里一置,五里一候,奔騰阻險,死者繼路。"㊁繼承。荀子儒效:"工匠之子,莫不繼事。"㊂繫,綴。後漢書六三李固傳奏記:"又卽位以來,十有餘年,聖嗣未立,羣下繼望。"㊃接着。孟子公孫丑下:"繼而有師命,不可有請。"

【繼父】父死後,母所改嫁之夫。同居異居,服制不同。同居者服齊衰一年,異居者服齊衰三月。見儀禮喪服。

【繼世】子襲父位。孟子萬章上:"繼世而有天下,天之所廢,必若桀紂者也,故益伊尹周公不有天下。"

【繼母】母死或被出,父所續娶之妻。儀禮喪服:"繼母如母。"淮南子齊俗:"親母爲其子治扢禿而血流至耳,見者以爲其愛之至也。使在於繼母,則過者以爲嫉也。"

【繼成】守先人的成業。漢書六三武五子傳燕剌王劉旦上疏:"今陛下承明繼成,委任公卿,羣臣連與成朋,非毀宗室,膚受之愬,日騁於廷。"

【繼序】㊀繼守先業。詩周頌烈文:"念茲戎功,繼序其皇之。"㊁後先相承的序次。舊唐書經籍志上:"乙部爲史,其類十有三:……十二曰譜系,以紀世族繼序。"

【繼武】足跡相連。武,足迹。禮玉藻:"君與尸行接武,大夫繼武,士中武。"疏:"謂兩足迹相接連也。"後用以比喻繼續他人的事業。唐駱賓王集五傷祝阿王明府詩:"含章光後烈,繼武嗣前雄。"

【繼姑】丈夫的繼母。漢李翊夫人碑:"繼姑入室,勤養搒搒。"(隸釋一二)搒搒,卽"拳拳"。

【繼室】左傳隱元年:"惠公元妃孟子。孟子卒,繼室以聲子,生隱公。"注:"諸侯始娶,則同姓之國以姪娣媵。元妃死,則次妃攝治內事,猶不得稱夫人,故謂之繼室。"繼室本爲古人用以稱妾。漢以後稱續娶之妻爲繼室。晉書禮志中:"前妻爲元妃,後婦爲繼室。"水滸九八:"那仇申頗有家資,年已五旬,尚無子嗣。又值喪偶,續娶平遙縣宋有烈女兒爲繼室。"參閱清趙翼陔餘叢考三六繼室側室之誤。

【繼軌】猶踵跡。謂接繼前人之業。文選晉劉越石(琨)勸進表:"世祖武皇帝遂造區夏,三葉重光,四聖繼軌,惠澤侔於有虞,卜年過於周氏。"

【繼配】後妻。初娶之妻叫元配,後娶之妻叫繼配。見清紀昀家譜序例。參見"繼室"。

【繼晷】卽夜以繼日之意。唐韓愈昌黎集十二進學解:"焚膏油以繼晷,恒兀兀以窮年。"

【繼統】繼承統治之位。漢書昭帝紀贊:"昔周成以孺子繼統,而有管蔡四國流言之變。"

【繼絕】"繼絕世"的省稱。淮南子人間:"三代種德而王,齊桓繼絕而霸。"後漢書二九鮑昱傳對問:"宜一切還諸徙家屬,蠲除禁錮,興滅繼絕,死生獲所,如此和氣可致。"參見"存亡繼絕"。

【繼嗣】㊀繼續。詩小雅杕杜:"王事靡盬,繼嗣我日。"淮南子人間:"周室衰,禮義廢,孔子以三代之道教導於世,其後繼嗣至今不絕者,有隱行也。"㊁嗣續,傳宗接代。墨子天志下:"業萬世子孫繼嗣。"史記文帝紀元年:"子孫繼嗣,世世弗絕,天下之大義也。"

【繼舅】後母的兄弟。唐趙璘因話錄二:"僕射柳元公家行,爲士林儀表,……公出自清河崔氏,繼外族薛氏……又與繼舅苹,同時爲觀察使。"

【繼緒】承繼先業。漢書禮樂志安世房中歌:"樂終產,世繼緒。"

【繼親】繼母。漢蔡邕蔡中郎集四胡公碑:"繼親在堂,朝夕定省,不違子道。"

【繼踵】接踵,前後相接。史記天官書:"近世十二諸侯七國相王,言從衡者繼踵。"漢書七九馮奉世傳附馮立:"吏民嘉美野王立相代爲太守,歌之曰:'大馮君,小馮君,兄弟繼踵相因循。'"野王,立兄。

【繼蹤】繼續前人的蹤跡。三國志魏鍾繇傳上疏:"大魏受命,繼蹤虞夏。"新唐書一二〇桓彥範傳:"貞觀時,以魏徵虞世南顏師古爲監,以孔穎達爲祭酒,如(鄭)普思等方伎猥下,安足繼蹤前烈。"舊唐書作"比蹤"。

【繼繼】持續不斷。唐韓愈昌黎集三十平淮西碑:"聖子神孫,繼繼承承,於千萬年,敬戒不怠。"

【繼體】繼位。公羊傳文九年:"繼文王之體,守文王之法度。"史記外戚世家序:"自古受命帝王及繼體守文之君,非獨內德茂也,蓋亦有外戚助焉。"

【繼絕世】恢復已滅絕的世祀。論語堯曰:"興滅國,繼絕世,擧逸民,天下之民歸心焉。"疏:"賢者當世祀,爲人非理絕之者,則求其子孫使復繼之。"

十五畫

纊 kuàng 苦謗切,去,宕韻,溪。ㄎㄨㄤˋ

絲綿絮。書禹貢:"厥篚纖纊。"古人納之衣中以御寒。左傳宣十二年:"王循三軍,拊而勉之,三軍之士,皆如挾纊。"又用以塞耳,冕、弁等皆有之,上懸於紞,下飾玉,謂之瑱。漢班固白虎通紼冕:"纊塞耳,示不聽讒也。"

纇 lèi 盧對切,去,隊韻,來。ㄌㄟˋ

㊀絲上的結。說文:"纇,絲節也。"㊁缺點毛病。淮南子說林:"若珠之有纇,玉之有瑕,置之而全,去之而虧。"㊂乖張。猶"戾"。左傳昭二八年:"貪惏無饜,忿纇無期。"

纍 1. léi ㄌㄟˊ 力追切,平,脂韻,來。力遂切,去,至韻,來。

㊀繩索。漢書五四李廣傳:"(李)禹從落中以劍斫絕纍。"急就篇三:"纍繘繩索絞紡纑。"注:"纍,大索也。"㊁拘繫。見"纍囚"、"纍臣"。㊂纏繞。詩周南樛木:"南有樛木,葛藟纍之。"㊃盛甲之具,用纍束之,故稱纍。國語齊:"諸侯甲不得解纍,兵不解翳,弢無弓,服無矢。"注:"纍,所以藏甲也。"㊄無罪而被迫致死。漢書八七上揚雄傳反離騷:"因江潭而㴬記兮,欽弔楚之湘纍。"

2. lěi ㄌㄟˇ

㊅堆積。同"累"。見"纍瓦結繩"。

【纍囚】被囚禁的人。左傳成三年:"兩釋纍囚,以成其好。"新唐書一〇二虞世南傳對:"又山東淫雨,江淮大水,恐有冤獄枉繫,宜省錄纍囚,庶幾或當天意。"

【纍臣】㊀古時被拘囚於異國的官吏對所在國的自稱。左傳僖三三年:"孟明稽首曰:'君之惠,不以纍臣釁鼓,使歸就戮于秦,寡君之以爲戮,死且不朽。'"金元好問遺山集八淮右詩:"空餘韓偓傷時語,留與纍臣一斷魂。"㊁指戰國楚屈原。原因讒被放,自沉於汨羅。宋方夔富山遺稿八重午詩:"纍臣水底沉魚塚,玉女叙頭綴虎符。”參見“湘纍”。

【纍紲】繫犯人的繩索。引申爲囚禁。同“縲絏”。史記孔子世家：“(秦穆公)身舉五羖，爵之大夫，起纍紲之中，與語三日，授之以政。”漢書六二司馬遷傳：“於是論次其文，十年而遭李陵之禍，幽於纍紲。”參見“縲絏”。

【纍纍】㊀疲憊貌。禮玉藻：“喪容纍纍。”史記孔子世家：“纍纍若喪家之狗。”㊁接連成串。禮樂記：“纍纍乎端如貫珠。”漢書九三石顯傳：“印何纍纍，綬若若耶？”㊂連綴不斷。樂府詩集二五紫騮馬歌辭：“遥看是君家，松柏冢纍纍。”

【纍₂瓦結繩】喻無用的言詞。莊子駢拇：“駢於辯者，纍瓦結繩竄句，游心於堅白同異之間，而敝跬譽无用之言，非乎？而楊墨是已。”釋文：“崔(譔)云：聚無用之語，如瓦之纍，繩之結也。”

纏 chán 直連切，平，仙韻，澄。
ㄔㄢˊ 持碾切，去，線韻，澄。

㊀盤繞。後漢書四十上班彪傳班固西都賦：“颮颮紛紛，矰繳相纏。”南史齊河東王鉉傳：“高帝嘗晝卧纏髮。”㊁繩索。淮南子説林：“予拯溺者金玉不若尋常之纏索。”㊂糾纏，攪擾。後漢書四十下班固傳和親議：“竊自惟思，漢興以來，曠世歷年，兵纏夷狄，尤事匈奴。”文選晉左太沖(思)招隱詩之二：“結綬生纏牽，彈冠去塵埃。”引申爲應付。紅樓夢十六：“咱們家所有的這些管家奶奶，那一個是好纏的？”㊃日月星辰等天體的運行。通“躔”。漢書九九中王莽傳：“以始建國八年，歲纏星紀，在雒陽之都。”見“躔”。

【纏令】宋代民間藝人説唱的一種曲調。宋灌園耐得翁都城紀勝瓦舍衆伎：“唱賺在京師日，有纏令、纏達；有引子、尾聲爲‘纏令’；引子後只以兩腔互迎，循環間用者，爲‘纏達’。”今存金董解元西廂諸宫調中有醉落魄香風令、哨遍、點絳唇纏令等名稱。元人雜劇如馬致遠陳摶高卧一第五曲後以後庭花金盞兒相循環；鄭廷玉看錢奴買冤家債主二以滚繡球倘秀才相循環，或即是纏達遺意。

【纏回】見“纏頭㊁”。

【纏足】封建社會一種摧殘婦女身心健康違反人道的陋習。即以布帛束足，壓縮肌骨，使足變態，成爲弓狀。自五代宋漸次流行。太平天国曾禁止纏足。辛亥革命後，纏足惡俗逐漸廢絶。參閲宋張邦基墨莊漫録八、明陶宗儀輟耕録十纏足。

【纏達】見“纏令”。

【纏裹】裝束，衣着。宋蘇洞泠然齋詩集六金陵雜興之四：“明日死生猶未必，將何纏裹過秋冬。”

【纏緜】也作“纏綿”。㊀情意深厚。文選晉陸士衡(機)弔魏武帝文：“借内顧之纏緜，恨末年之微詳。”唐張籍張司業集一節婦吟：“君知妾有夫，贈妾雙明珠。感君纏綿意，繫在紅羅襦。”㊁固結不解。晉書應詹傳與陶侃書：“退以申尋平生，纏綿舊好。”㊂糾纏。晉陶潛陶淵明集八祭從弟敬遠文：“余嘗學仕，纏緜人事，流浪無成，懼負素志。”

【纏頭】㊀古代歌舞藝人表演時以錦纏頭，演畢，客以羅錦爲贈，稱纏頭。後來又作爲贈送女妓財物的通稱。唐杜甫杜工部詩史補遺一即事：“笑時花近眼，舞罷錦纏頭。”唐白居易長慶集十二琵琶引：“五陵少年爭纏頭，一曲紅綃不知數。”㊁我國回族，有一部分習以白布纏頭，清代官書或文籍中常稱爲纏頭回或纏回。清蕭雄聽園西疆雜述詩三有“纏頭人物狀貌”詩題。

【纏聲】樂調中重疊的和聲。古稱和聲。宋沈括夢溪筆談五樂律一：“詩之外又有和聲，則所謂曲也。古樂府皆有聲有詞，連屬書之，如曰賀賀賀、何何何之類皆和聲也。今管絃之中纏聲，亦其遺法也。唐人乃以詞填入曲中，不復用和聲。”

【纏臂金】鐲子，手釧。新五代史慕容彦超傳：“(閻)弘魯乳母於泥中得金纏臂獻彦超，欲贖出弘魯。”宋蘇軾蘇文忠詩合注三二寒具：“夜來春睡濃於酒，壓褊佳人纏臂金。”

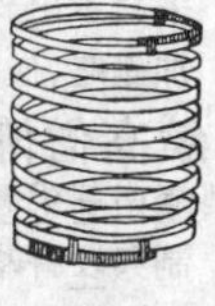
纏臂金

纈 xié 胡結切，入，屑韻，匣。
ㄒㄧㄝˊ

㊀染花的絲織品。織物上的印染花紋。魏書封回傳：“滎陽鄭榮諂事長秋卿劉騰，貨騰紫纈四百匹，得爲安州刺史。”唐段成式酉陽雜俎前集四物革：“開成末，河陽黄魚池冰作花如纈。”參見“夾纈”。㊁眼發花。北周庾信庾子山集三夜聽擣衣詩：“花鬟醉眼纈，龍子細文紅。”唐李賀歌詩編三蝴蝶飛：“楊花撲帳春雲熱，龜甲屏風醉眼纈。”

【纈紋】眼花，形容醉態。宋蘇軾分類東坡詩十七有美堂和周邠見寄之二：“歌喉不共聽珠貫，醉面何由作纈紋？”

【纈子髻】古代韜髮用纚，束髮用笄。晉人以花繒束髮，名纈子髻。晉干寶搜神記七：“晉時，婦人結髮者，既成，以繒急束其環，名曰纈子髻。始自宫中，天下翕然化之也。”又見太平御覽三七三晉干寶晉紀。

續 xù 似足切，入，燭韻，邪。
ㄒㄩˋ

㊀連接，連屬。晉張華博物志二：“(漢武)帝弓弦斷，……以所送餘香膠續之。”禮深衣：“續衽鉤邊。”㊁繼承，繼世。詩小雅斯干：“似續妣祖。”書盤庚中：“予迓續乃命于天。”史記夏紀：“於是舜舉鯀子禹，而使之續鯀之業。”㊂傳。淮南子脩務：“教順施續，而知能流通。”㊃姓。續氏，姬姓。晉大夫狐鞫居食采於續，故謂之續簡伯，又爲續氏。漢書百官功臣表有承父侯續相如。參閲通志二七氏族三以邑爲氏。

【續絃】古以琴瑟喻夫婦，故稱妻死爲斷絃，再娶爲續絃。宋李昴英文溪集二十家書四：“朱新恩篆文雅且賢，與之相處甚得，彼遂有續絃之意，大人便問發與令往説之。”明沈鯨雙珠記十八：“我新喪偶，尚未續絃，令正既是嫁人，何不與我成婚。”

【續終】繼續到底。易未濟：“濡其尾，无攸利，不續終也。”

【續貂】㊀晉惠帝時，趙王司馬倫專朝政，封爵極濫，冠飾所用貂尾不足，至以狗尾代充，時人諺曰：“貂不足，狗尾續。”見晉書趙王倫傳。後來常用爲自謙之辭，即不敢與人等列並美之意。宋吕頤浩忠穆集六與李伯紀書：“十二詠尤見製作之工，依韻和呈，資千里一笑，續貂之罪，尚幸容恕。”樓鑰攻媿集四朱季公寄詩……次韻：“詩境幾成破天荒，徐爲續貂未須忙。”㊁稱僥倖濫竽的官吏。明劉基誠意伯集十六夜坐有懷呈石末公詩：“雄豪竊據皆屠狗，功業輿臺總續貂。”參見“狗尾續貂”。

【續短】補不足。荀子禮論：“禮者，斷長續短，損有餘，益不足。”參見“絶長補短”。

【續鳧】喻違反事物的本性。莊子駢拇：“鳧脛雖短，續之則憂；鶴脛雖長，斷之則悲。”續高僧傳三釋惠淨答太子中舍辛諝：“續鳧截鶴，庸詎真如；草化蜂飛，何居弱喪。”參見“斷鶴續鳧”。

【續魄】古時招死者魂魄歸來的風俗。猶言復魄。南朝梁宗懔荆楚歲時記：“三月三日士民並出江渚池沼間，爲流杯曲水之飲。……按韓詩云：唯溱與洧，方洹洹兮；唯士與女，方秉蘭兮。注謂今三月桃花水下，以招魂續魄，祓除歲穢。”參見“招魂㊀”。

【續斷】 植物名。又名接骨草，桑上寄生。根入藥。急就篇四:"遠志續斷參土瓜。"注:"續斷,一名接骨,即今所呼續骨木也。又有草續斷,其葉細而紫色,根亦入藥用。"參閱政和證類本草七續斷。

【續續】 連續不斷。唐白居易長慶集十二琵琶引:"低眉信手續續彈，説盡心中無限事。"宋楊萬里誠齋集二中秋前兩日別劉彥純彭仲莊於白馬山下詩:"忽忽離合夢非夢,續續談諧眠不眠。"

【續方言】 清杭世駿撰。二卷。採自經、傳、注、疏、釋文及説文、釋名諸書,以補揚雄方言之遺漏。前後類次，依照爾雅而不標目。搜羅古義,有益於訓詁。

【續世説】 書名。㊀舊本題唐李垕撰，十卷。取李延壽南史北史所載瑣事，依世説門目編輯，另增十一門。四庫提要疑爲明人所僞託。㊁宋孔平仲撰，十二卷。取南朝宋齊梁陳及隋唐五代事迹，依世説標目分類。

【續弦膠】 古代神話，稱鳳麟洲以鳳喙麟角合煮作膠，名續絃膠，又名集絃膠、連金泥，弓絃或刀劍斷折，著膠卽可連接。見舊題漢東方朔十洲記、郭憲洞冥記、晉張華博物志二。唐杜牧樊川集二讀韓杜集詩:"天外鳳凰誰得髓，無人解合續絃膠。"

【續命湯】 藝文類聚八七三十六國春秋:"(晉)安帝元年，盧循爲廣州刺史，循遺(劉)裕益智粽，裕乃答以續命湯。"按:益智,藥名。盧循以此譏劉裕智窮;劉則以續命湯譏盧命不長久。宋邵雍伊川擊壤集二十首尾吟之六十:"返魂丹向何人用，續命湯於何處施?"

【續命幡】 五色幡。佛家稱用於祈禱，可得延命之益。見藥師琉璃光如來本願功德經。道家亦有續命幡。見太平御覽八一四晉葛洪神仙傳。

【續命縷】 舊時民俗，於端午節以彩絲繫臂，云可避災延壽，故名續命縷，亦稱續命絲。太平御覽八一四漢應劭風俗通:"五月五日賜五色續命絲，俗説益人命。"宋史禮志十五諸慶節:"(降聖節)前一日，以金縷延壽帶、金塗銀結續命縷、緋綵羅延壽帶、綵絲續命縷分賜百官，節日戴以入。"

【續書譜】 宋姜夔撰。夔有絳帖平，因取其中論書之語爲續書譜。包括總論共十八篇，詳論真行草書用筆用墨臨摹書丹諸法。以唐孫過庭有書譜，故書題稱續。

【續通志】 清乾隆三十二年敕撰，凡六百四十卷。記唐五代宋遼金元明政事，兼補唐代紀傳。體例如鄭樵之通志。

【續通典】 清乾隆三十二年敕撰，一百五十卷。所記自唐肅宗至德元年至明崇禎末年約一千年的典章制度。按年編次，門目體例，一如杜佑的通典。按宋宋白撰續通典二百卷，起唐至德初至周顯德末，已佚。

【續畫品】 隋姚最撰，一卷。其書繼南朝齊謝赫古畫品録而作。所録凡二十人，始於梁元帝，終於解蒨。只敍時代，不分品第。自唐張彥遠歷代名畫記著録稱陳姚最，故舊本皆題作陳人。按最生平，生於梁，仕於周，沒於隋，始終未入陳。見近人余嘉錫四庫提要辨證十四。

【續藏經】 書名。日本明治時藏經書院先以明藏排印行世，復搜羅我國僧俗撰述而未入藏者，彙輯成書，名曰續藏。共一千七百五十餘部，計七千一百四十餘卷。後書院失火，印存之書全燬，故我國流傳者頗少。公元 1923 年由商務印書館重行影印出版。

【續後漢書】 書名。有二種:一爲宋蕭常撰，四十七卷。一爲元郝經撰，九十卷。皆以陳壽三國志帝魏黜蜀，爲之更定而作，故不稱三國，而稱後漢。蕭書大旨在書法不在事實，郝書重在抒發議論，采材不出於陳書裴注，而於魏吳人事，多加删略，僅可作一家之言。

【續高僧傳】 唐釋道宣撰，三十卷。以繼南朝梁慧皎高僧傳而作，故稱續。體制與皎書略同，分爲十科，起自梁初，迄於唐麟德二年，正傳共收四百八十五人，附見二百十九人。

【續博物志】 宋李石撰，十卷。大旨在補張華博物志之所未備。舊本題作晉李石撰，明徐𤊹筆精六、四庫提要已辨其誤。

【續復古編】 元曹本撰，四卷。爲補宋張有復古編而作。較原書多"字同音異"、"音同字異"二類。共收二千七百六十一字。

【續齊諧記】 南朝梁吳均撰。一卷。卷所載異聞，常爲唐人所引用。案隋書經籍志二有南朝宋東陽無疑齊諧記一種，故此書稱續。

【續文獻通考】 書名。有兩種，皆爲續宋末馬端臨文獻通考而作，記宋遼金元明之事。1.明王圻撰，二百五十四卷。上接宋寧宗嘉定，下迄明神宗萬曆。於明代以前，盡取宋金遼元四史，甚少新材，惟所輯明事甚備。2.清乾隆十二年奉敕重修，二百五十二卷。圻之舊作，存者不足十分之一。

【續資治通鑑】 清畢沅撰。二百二十卷。起宋太祖建隆元年，至元順帝至正二十八年，共四百一十一年。上與資治通鑑相銜接。大抵據徐乾學資治通鑑後編加以增删。作者博覽群書，凡四易稿，歷二十年而成。畢沅官湖廣總督，以好士著名，邵晉涵章學誠等皆在幕中，參與義例商訂，錢大昕爲校閱，故以精審見稱。

【續一切經音義】 遼釋希麟撰，十卷。亦稱希麟音義。初慧琳撰一切經音義，依開元釋教録，從大般若經起，至護命法止。惟自開元録後，相繼翻譯之經論，及拾遺律傳等，皆無音義，希麟因爲續，續作，體例皆同慧琳音義。

【續資治通鑑長編】 宋李燾撰。九百六十卷，又舉要六十八卷，總目五卷，修換事目十卷。記自建隆至靖康一百六十八年事，以淳熙十年上於朝，藏於祕閣。其書自元代以後不見傳本，清初徐乾學得於泰興季氏，僅一百七十五卷。乾隆朝四庫館臣又自永樂大典輯出五百二十卷。至光緒已卯黄以周等復據文瀾閣本重加考訂，並以楊仲良皇宋通鑑長編紀事本末輯録閣本所闕，爲長編拾補六十卷，合計五百八十四卷。

緵

yōu　於求切，平，尤韻，影。
ㄧㄡ

兩頭狹而中央闊。儀禮士喪禮:"鬠笄，用桑，長四寸，緵中。"注:"笄之中央，以安髮。"簪子中央稍闊安插時可以更爲牢固，保持髮狀。

纆

mò　莫北切，入，德韻，明。
ㄇㄛˋ

繩索。易坎:"係用徽纆。"釋文:"劉云:三股曰徽，兩股曰纆，皆索名。"

【纆索】 繩索。莊子駢拇:"天下有常然。常然者，曲者不以鉤，直者不以繩，圓者不以規，方者不以矩，附離不以膠漆，約束不以纆索。"

【纆牽】 馬韁繩。戰國策韓三:"馬，千里之馬也，服，千里之服也，而不能取千里，何也?曰:子纆牽長。"文選晉張茂先(華)勵志詩:"纆牽之長，實累千里。"注:"千里之馬，繫以長索，則爲累矣。"

【纆徽】 ㊀繩索。猶徽纆。漢書九二陳遵傳揚雄酒箴:"觀瓶之居，居井之眉，處高臨深，居常近危。酒醪不入口，臧水滿懷，不得左右，牽於纆徽。"注:"纆徽，井索也。"㊁木工畫直線所用的工具，猶言繩墨。唐韓愈昌黎集四送區弘南歸詩:

"我念前人譬葑菲,落以斧引以纆徽。"

十六畫

纑 lú ㄌㄨˊ 落胡切,平,模韻,來。

㊀麻縷。說文:"纑,布縷也。"清段玉裁注:"言布縷者,以別乎絲縷也。績之而成縷可以爲布,是曰纑。"㊁練麻。漂洗生麻。孟子滕文公下:"妻辟纑。"注:"緝績其麻曰辟,練其麻曰纑。"㊂紵麻一類的植物。史記一二九貨殖傳序:"夫山西饒材、竹、穀、纑、旄、玉石。"索隱:"纑,山中紵,可以爲布。"

十七畫

纕 xiāng ㄒㄧㄤ 息良切,平,陽韻,心。

㊀揎袖出臂。說文:"纕,援臂也。"㊁佩帶。楚辭屈原離騷:"解佩纕以結言兮,吾令蹇脩以爲理。"㊂馬腹帶。國語晉二:"亡人之所懷挾纓纕,以望君之塵垢者,黃金四十,白玉之珩六雙。"

纓 yīng ㄧㄥ 於盈切,平,清韻,影。

㊀結冠的帶子。以二組繫於冠,卷結頤下。參閱清段玉裁說文解字注。楚辭屈原漁父:"滄浪之水清兮,可以濯吾纓。"㊁套馬的革帶,駕車用。左傳桓二年:"鞶、厲、游、纓,昭其數也。"注:"纓,在馬膺前如索帬。"引申爲綁捆人的長繩。漢書六四下終軍傳:"軍自請:'願受長纓,必羈南越王而致之闕下。'"㊂古時女子許嫁所佩帶的香囊。禮曲禮上:"女子許嫁,纓。"㊃絲、線等做成的穗狀飾物。如帽纓、槍纓。水滸三:"史進頭戴白范陽毡大帽,上撒一撮紅纓。"㊄纏繞。通"嬰"。文選南朝宋謝靈運述祖德詩之一:"兼抱濟物性,而不纓垢氛。"注:"纓,繞也。"

【纓冠】冠和纓並加於頭。形容急迫之極。孟子離婁下:"今有同室之人鬭者,救之,雖被髮纓冠而救之可也。"

【纓紱】冠飾和印綬,借指封建時代的官職。北史王憲傳附王昕:"元景本自庸才,素無勳行,早霑纓紱,遂履清途。"元景,昕字。魏書李孝伯傳李安民弟豹子上書:"熙平元年故任城王澄所請十事,復新前澤,成一時之盛事,垂曠代之茂典,凡在纓紱,誰不感慶?"

【纓絡】㊀珠玉綴成的飾物。梁書高昌傳:"女子頭髮辮而不垂,著錦纈纓絡環釧。"㊁纏繞。比喻世俗的束縛。文選晉孫興公(綽)遊天台山賦序:"方解纓絡,永託茲嶺,不任吟想之至,聊奮藻以散懷。"

【纓緌】冠帶與冠飾,借指有聲望的封建士大夫。文選漢蔡伯喈(邕)郭有道碑文:"于時纓緌之徒,紳佩之士,望形表而影附,聆嘉聲而響和者,猶百川之歸巨海,鱗介之宗龜龍也。"

【纓徽】婦女所繫的香囊。文選三國魏嵇叔夜(康)琴賦:"新衣翠粲,纓徽流芳。"注:"爾雅曰:婦人之徽謂之縭也。郭璞曰:今之香纓也。"南朝宋鮑照鮑氏集七夢歸鄉詩:"開奩奪香蘇,探袖解纓徽。"

纗 jì ㄐㄧˋ 居例切,去,祭韻,見。

毛氈。見說文。見"罽"。

纖 1. xiān ㄒㄧㄢ 息廉切,平,鹽韻,心。

㊀細小,微細。書禹貢:"厥篚玄纖縞。"三國志蜀諸葛亮傳評:"善無微而不賞,惡無纖而不貶。"㊁細紋絲帛。楚辭宋玉招魂:"被文服纖,麗而不奇些。"注:"纖,謂羅穀也。"㊂吝嗇。史記一二九貨殖傳:"周人既纖,而師史尤甚。"

2. jiān ㄐㄧㄢ 集韻將廉切,平,鹽韻。

㊃刺割人體。禮文王世子:"其刑罪,則纖剸。"注:"纖讀爲殲,刺也。"

3. qiān ㄑㄧㄢ

㊄籤。用竹木削成的細而端尖的小棍。太平御覽七一四晉陸雲與兄機書:"一日行曹公(操)器物,有剔齒纖。"

【纖人】㊀氣質荏弱的人。文中子事君:"謝莊王融,古之纖人也,其文碎。"㊁品格卑劣的人。猶小人。新唐書一七四牛僧孺傳:"會中人王守澄引纖人竊議朝政。"

【纖介】細微。戰國策齊四:"孟嘗君爲相數十年,無纖介之禍者,馮煖之計也。"也作"纖芥"。漢董仲舒春秋繁露四王道:"春秋紀纖芥之失。"

【纖手】女子柔美的手。文選古詩十九首之二:"娥娥紅粉粧,纖纖出素手。"玉臺新詠一漢宋子侯董嬌嬈詩:"纖手折其枝,花落何飄颻;請謝彼姝子,何爲見損傷?"

【纖巧】㊀細巧。漢賈誼新書三瑰瑋:"而務雕鏤纖巧,以相競高。"三國志魏夏侯玄傳時事議:"使幹朝之家,有位之室,不復有錦綺之室,無兼采之服,纖巧之物。"㊁工於心計。唐韓偓玉山樵人集再思詩:"但保行藏天是證,莫矜纖巧鬼神欺。"

【纖妍】細小妍美。魏書崔浩傳:"浩纖妍潔白,如美婦人,而性敏達,長於謀計。"

【纖阿】古神話中御月運行的女神。史記一一七司馬相如傳子虛賦:"陽子驂乘,纖阿爲御。"索隱:"服虔云:'纖阿爲月御。或曰美女姣好貌。'又樂產曰:'纖阿,山名,有女子處其巖,月歷巖度,躍入月中,因名月御也。'"漢書文選子虛賦皆作"孅阿"。晉書摯虞傳思游賦:"詔纖阿而右迴兮,覿朱明之赫戲。"

【纖兒】猶小兒,含鄙視意。晉書陸納傳:"時會稽王道子以少年專政,委任羣小,納望闕而歎曰:'好家居,纖兒欲撞壞之邪!'"新唐書九九李綱傳:"太子資中人,得賢者輔而善,得不肖導而惡,奈何歌舞鷹犬纖兒使日侍側?"

【纖埃】微塵。文選晉潘安仁(岳)籍田賦:"微風生於輕幰,纖埃起於朱輪。"唐元稹長慶集四浮塵子詩之二:"可歎浮塵子,纖埃喻此微。"

【纖弱】細弱無力。舊題陳姚最續畫品:"(謝赫)筆路纖弱,不副壯雅之懷。"參見"孅弱"。

【纖屑】細微末節。唐柳宗元柳先生集九唐故萬年令裴府君墓碣:"飲酒甚少,而工於糺謫。謠舞擊咢,纖屑促密,皆曲中節度,而終身不以酒氣加人。"

【纖密】細密。晉書陶侃傳:"侃性纖密好問,頗類趙廣漢。"宋書杜慧度傳:"爲政纖密,有如治家,由是威惠霑洽,姦盜不起。"

【纖毫】極其細微。三國志魏武帝紀建安十八年五月命魏公策:"君秉國之鈞,正色處中,纖毫之惡,靡不抑退。"梁書鄭紹叔傳:"紹叔忠於事上,外所聞知,纖毫無隱。"

【纖悉】細微詳盡。南朝梁劉勰文心雕龍九總術:"昔陸氏文賦,號爲曲盡,然汎論纖悉,而實體未該。"文苑英華八八一唐李宗閔馬公家廟碑:"公至則布以誠信,示之法式,纖悉而不苟,寬柔而有威。"

【纖細】細微。唐元稹長慶集二一酬樂天寄生衣詩:"羸骨不勝纖細物,欲將文服却還君。"元趙孟頫松雪齋集二題耕織圖織三月詩:"三月蠶始生,纖細如牛毛。"

【纖嗇】瑣屑,慳吝。荀子君道:"材人:愿愨拘錄,計數纖嗇,而無敢遺喪,是官人史吏之材也。"史記一二九貨殖傳:"宛孔氏之先，梁人也，用鐵冶爲業，……有游閑公子之賜與名，然其贏得過當，愈於纖嗇。」

【纖縟】精細華麗。文選漢張平子（衡）西京賦：「故其館室次舍，采飾纖縟。」

【纖翳】微小的塵障。世說新語言語：「司馬太傅（道子）齋中夜坐，于時天月明淨，都無纖翳。」

【纖離】古良馬名。荀子性惡：「驊騮、驥、纖離、綠耳，此皆古之良馬也。」史記八七李斯傳諫逐客：「乘纖離之馬，建翠鳳之旗。」

【纖纖】細微。1.微小。荀子大略：「禍之所由生也，生自纖纖也。」2.柔美貌。文選古詩十九首之二：「娥娥紅粉粧，纖纖出素手。」又十：「纖纖擢素手，札札弄機杼。」參見「摻摻」。3.細巧。玉臺新詠一古詩爲焦仲卿妻作：「纖纖作細步，精妙世無雙。」4.尖細。文選南朝宋鮑明遠（照）翫月城西門廨中詩：「始見西南樓，纖纖如玉鉤。」

【纖驪】良馬名。驪，黑色馬。藝文類聚九三魏文帝（曹丕）與孫權書：「纖驪馬……朕之常所自乘，甚調良，善走，數萬疋之極選者，乘之真可樂也。」文選南朝宋顏延年（延之）赭白馬賦：「纖驪接趾，秀騏齊亍。」參見「纖離」。

纔 1. shān ㄕㄢ 所銜切，平，銜韻，山。

㊀淺青，微黑。說文：「纔，帛雀頭色。一曰微黑色如紺。纔，淺也，讀若讒。」

2. cái ㄘㄞ 昨哉切，平，咍韻，從。

㊁方始、僅僅之意。漢書四九鼂錯傳論守邊備塞：「少發則不足；多發，遠縣纔至，則胡又已去。」又八七下揚雄傳解嘲：「今吾子幸得遭明盛之世，處不諱之朝，……然而位不過侍郎，擢纔給事黃門。」

十八畫

纙 niè ㄋㄧㄝ

相傳爲古代計絲的量詞。正字通：「音無考，疑音聶。按六書故尼攝切。」舊題漢劉歆西京雜記：「五絲爲纙，倍纙爲升，倍升爲緎，倍緎爲紀，倍紀爲緵，倍緵爲襚，此自少之多，自微至著也。」

纗 xī ㄒㄧ 戶圭切，平，齊韻，匣。

㊀繩索。漢揚雄太玄經二樂：「拂其繫，絕其纗。」㊁繫，結。文選張平子（衡）思玄賦：「纗幽蘭之秋華兮，又綴之以江蘺。」後漢書五九張衡傳省作「觿」。

十九畫

纛 dào ㄉㄠ 徒到切，去，号韻，定。
徒沃切，入，沃韻，定。

㊀帝王乘輿上用犛牛尾或雉尾製成的飾物。史記項羽紀：「紀信乘黃屋車，傅左纛。」集解：「李斐曰：『纛，毛羽幢也。在乘輿車衡左方上注之。』蔡邕曰：『以犛牛尾爲之，如斗，或在騑頭，或在衡上也。』」後也指軍中或儀仗隊的大旗。全唐詩五三六許渾中秋夕寄大梁劉尚書：「柳營出號風生纛，蓮幕題詩月上樓。」㊁古代用羽毛做的舞具。爾雅釋言：「纛，翳也。」注：「舞者所以自蔽翳。」

【纛遨】蓬鬆分散。唐韓偓韓玉山樵人集出官經硤石縣詩：「暝鳥影連翩，驚狐尾纛遨。」

纚 1. shǐ ㄕ 所綺切，上，紙韻，山。

㊀包髮的帛。儀禮士冠禮：「緇纚，廣終幅，長六尺。」漢書四五江充傳：「冠禪纚步搖冠。」注：「纚，織絲爲之，即今方目紗是也。」㊁羣行貌。史記一一七司馬相如傳子虛賦：「車案行，騎就隊，纚乎淫淫，班乎裔裔。」㊂見「纚纚」。

2. sǎ ㄙㄚˇ

㊃網。文選漢張平子（衡）西京賦：「然後釣魴鱧，纚鰋鮋。」注：「纚，網，如箕形，狹後廣前。」㊄見「纚₂纚₂」。

3. lí ㄌㄧˊ 集韻鄰知切，平，支韻。

㊅綏。通「縭」。詩小雅采菽：「汎汎楊舟，紼纚維之。」爾雅釋水作「紼縭」。後漢書五九張衡傳思玄賦：「前祝融使舉麾兮，纚朱鳥以承旗。」㊆連續。見「纚₃屬」。

【纚₃屬】連續不斷。漢書五七上司馬相如傳：「華榱璧璫，輦道纚屬。」注：「纚屬，纚迤相連屬也。纚音力爾反。」

【纚纚】長貌，謂繩索長而下垂。楚辭屈原離騷：「矯菌桂以紉蕙兮，索胡繩之纚纚。」

【纚₂纚₂】有次序。韓非子難言：「言順比滑澤，洋洋纚纚然，則見爲華而不實。」注：「纚纚，有编次也。」

纘 zuǎn ㄗㄨㄢˇ 作管切，上，緩韻，精。

㊀繼承。詩魯頌閟宮：「奄有下土，纘禹之緒。」㊁叢聚。通「欑」。南史南海王子罕傳：「母嘗寢疾，子罕晝夜祈禱。于時以竹爲燈纘照夜，此纘宿昔枝葉大茂。」

二十一畫

纜 lǎn ㄌㄢˇ 盧瞰切，去，闞韻，來。

㊀繫船的繩索。文選南朝宋謝靈運鄰里相送方山詩：「解纜及流潮，懷舊不能發。」㊁繫舟。隋書南蠻傳赤土：「進金鎖以纜駿船。」唐韓愈昌黎集二岳陽樓別竇司業詩：「夜纜巴陵州，叢芮纔可傍。」

【纜魚】魚名，即烏鰂。埤雅釋魚烏鰂：「一名纜魚，風波稍急，即以其鬚黏石爲纜。」

缶 部

缶 fǒu ㄈㄡˇ 方久切，上，有韻，幫。

㊀瓦器。圓腹小口有蓋，用以汲水或盛流質。易坎：「樽酒，簋貳，用缶。」左傳襄九年：「具綆缶，備水器。」㊁古樂器。詩陳風宛丘：「坎其擊缶，宛丘之道。」㊂古容量單位，等于十六斗；一說等于四斛。國語魯下：「其歲，收田一井，出稯禾、秉芻、缶米，不是過也。」注：「缶，庾也。聘禮曰：『十六斗曰庾。』」小爾雅廣量：「籔二有半謂之缶。」清胡承珙云：「舊注：四斛也。」

三 畫

缸 gāng ㄍㄤ 下江切，平，江韻，匣。

㊀瓦器。似罌的長頸瓶，受十升。說文作「瓨」。唐李商隱李義山詩集三因書：「海石分棋子，郫筒當酒缸。」㊁燈。通「釭」。唐白居易長慶集十九不睡詩：「焰短寒缸盡，聲長曉漏遲。」宋詩鈔韓維南陽集鈔次韻和平甫同介甫當世過飲見招：「疑懷滯義一開豁，有如暗室來明缸。」

【缸花】燈花。唐李賀歌詩編一河南府試十二月樂詞十月："玉壺銀箭稍難傾，缸花夜笑凝幽明。"

【缸面酒】初熟的酒。唐張彥遠法書要録三唐何延之蘭亭記："(蕭)翼遂改冠微服至湘潭，……(辯才)便留夜宿，設堈面藥茶果等。江東云堈面，猶河北稱甕頭，謂初熟酒也。"堈，同"缸"。

四 畫

缹 fǒu ㄈㄡˇ 方久切，上，有韻，幫。

以火煮熟。見玉篇。或作"炰"。

【缹粥】合菜共煮的粥。宋陸游劍南詩稿八寺居睡覺之二："披衣起坐清羸甚，想像雲堂缹粥香。"自注："僧雜菜餌之屬作粥，名缹粥。"

缻 fǒu ㄈㄡˇ 集韻 俯九切，上，有韻。

同"缶"。見瓦部"缻"。

缺 quē ㄑㄩㄝ 苦穴切，入，屑韻，溪。
傾雪切，入，薛韻，溪。

㊀破損不完。説文："缺，器破也。从缶，決省聲。"清段玉裁注本作"夬聲"。詩豳風破斧："既破我斧，又缺我斨。"淮南子説林："爲車者步行，陶者用缺盆，匠人處狹廬，爲者不得用，用者弗肯爲。"㊁闕失，敗壞。書君牙："啟佑我後人，咸以正，罔缺。"史記漢興以來諸侯王年表五："厲幽之後，王室缺，侯伯彊國興焉。"㊂廢棄。後漢書靈帝紀贊："徵亡備兆，小雅盡缺。"注："詩小雅曰：'小雅廢，則四夷交侵，中國微矣。'缺，亦廢也。"㊃空缺。戰國時已有此稱。史記七四荀卿傳："齊尚脩列大夫之缺，而荀卿三爲祭酒焉。"又一二一公孫弘傳："能通一藝以上，補文學掌故缺。"後也指某些職位。㊄不足，欠缺。莊子逍遥遊："堯讓天下於許由，曰：'……吾自視缺然，請致天下。'"晉書張軌傳附張駿："每患忠言不獻，面從背違，吾政教缺然而莫我匡者。"新唐書一三〇裴漼傳："世儉素，而晚節稍畜伎妾，爲奢侈事，議者以爲缺。"

【缺盆】經絡穴位名。靈樞經師傳："五藏六府，心爲之主，缺盆爲之道。"史記一〇五扁鵲倉公傳："意(倉公)告之後百餘日，果爲疽發乳上，入缺盆，死。"索隱："按：缺盆，人乳房上骨名也。"

【缺缺】不滿足。老子："其政悶悶，其民淳淳。其政察察，其民缺缺。"晉王弼注："殊類分析，民懷爭競，故曰其民缺缺。"

【缺陷】不滿足，不完美。宋史二八二李沆傳："家人勸治居第，……沆曰：'身食厚禄，時有横賜，計囊裝亦可以治第，但念内典以此世界爲缺陷，安得圓滿如意，自求稱足？'"

【缺勢】缺後角的馬韉。隋書六一雲定興傳："(宇文)述素好著奇服，炫耀時人。定興爲製馬韉，於後角上缺方三寸，以露白色，世輕薄者率放學之，謂爲許公缺勢。"述封許國公。

【缺蟾】猶言缺月。宋范成大石湖集十七錦亭然燭觀海棠詩："銀燭光中萬綺霞，醉紅堆上缺蟾斜。"又二十晚步吳故城下詩："却向東皋望煙火，缺蟾先映檞林丹。"

【缺齧】缺折，破損。南朝梁江淹江文通集三到功曹參軍詣竟陵公子良牋："漏越之琴，竊莊文之價；缺齧之劍，盜頃襄之名。"指刀鋒。全唐詩七四五陳陶宿島徑夷山舍："缺齧心未理，寥寥夜猿哀。"指心情。參見"齧缺"。

【缺襟袍】清代隨從皇帝或出使，皆服馬褂、缺襟袍及戰裙。趙翼袁枚以爲即隋唐百官所服的缺胯襖子，三品以上皆紫色。惲敬謂缺胯襖子爲窄袖紫衫，與後來缺襟袍不同。見趙翼陔餘叢考三三馬褂缺襟袍戰裙、袁枚隨園隨筆二十、惲敬大雲山房雜記上。

五 畫

缽 bō ㄅㄛ 北末切，入，末韻，幫。

"鉢"的異體字。見"鉢"。

六 畫

缾 píng ㄆㄧㄥˊ 薄經切，平，青韻，並。

小汲水器。同"瓶"。詩小雅蓼莪："缾之罄矣，維罍之恥。"

【缾盂】僧人隨身攜帶的汲水器和食具。全唐詩七七一蔣吉題商山修路僧院："此地修行山幾枯，草堂生計只缾盂。"此指僧人的樸素生活。又六〇四許棠送省玄上人歸江東："缾盂自此去，應不更還秦。"指僧人。

【缾錫】鉢盂和錫杖，僧人隨身用具。宋蘇軾分類東坡詩四送小本禪師赴法雲詩："珠泉有舊約，何年挂缾錫？"金元好問遺山集一德禪師清涼草堂詩："鐘魚有勝氣，缾錫無滯迹。"此指僧人行止。

【缾罄罍恥】詩小雅蓼莪："缾之罄矣，維罍之恥。"缾，喻貧民；罍，喻王。意謂民之貧困，爲王的恥辱。後以缾罄罍恥比喻關係密切。三國志魏王粲傳附吳質注引曹丕書："今惟吾子，棲遲下仕，從我游處，獨不及門。甁罄罍恥，能無懷愧。"甁，同"缾"。此謂吳質未得升遷，爲己之恥。

缿 xiàng ㄒㄧㄤˋ 胡講切，上，講韻，匣。

㊀古儲錢器。瓦或竹製，小口，可入而不可出。見説文。㊁收受書信的器具。史記一二二王温舒傳："吏苛察，盜賊惡少年投缿購告言姦，置伯格長以牧司姦盜賊。"參見"缿筩"。

【缿筒】同"缿筩"。筒，同"筩"。宋劉克莊後村集二一送陳叔方侍郎詩之一："八郡皆知德度寬，缿筒罷設訟堂閑。"

【缿筩】接受信件的器具。漢書七六趙廣漢傳："又教吏爲缿筩，及得投書，削其主名，而託以爲豪桀大姓子弟所言。"注："缿，若今盛錢臧瓶，爲小孔，可入而不可出。或缿或筩，皆爲此制，而用受書，令投於其中也。"

【缿廳】官府立缿筩以受告，因稱衙門公堂爲缿廳。宋呂南公灌園集五送劉賢甫之餘干尉詩："萑澤察姦行繚繞，缿廳參論坐盤桓。"

八 畫

缾 píng ㄆㄧㄥˊ

同"缾"。見"缾"。

十 畫

罃 yīng ㄧㄥ 烏莖切，平，耕韻，影。

盛水用的長頸瓶。急就篇："甀缶盆盎甕罃壺。"方言五："罃，陳魏宋楚之間曰甂，或曰瓶，……周洛韓鄭之間謂之甀，或謂之罃。"字亦作"甇"、"甖"。

十一畫

罄 qìng ㄑㄧㄥˋ 苦定切，去，徑韻，溪。

㊀器中空。引申爲盡、完。詩小雅蓼莪："缾之罄矣。"又天保："罄無不宜，受天百禄。"唐韓愈昌黎集四東都遇春詩："爲生鄙計筭(算)，鹽米屢告罄。"㊁顯現。通"俔"。韓非子外儲説左上："齊王問曰：'畫孰最難者？'曰：'犬馬難。……夫犬馬，人所知也，旦暮罄於前，不可類之，故難。'"㊂嚴整。通"磬"。見"罄然"。

【罄折】曲躬如磬。表示謙恭。同"磬折"。三國魏曹植曹子建集六箜篌引："謙謙君子德，罄折何所求。"見"磬折"。

【罄然】嚴整貌。逸周書太子晉："師曠罄然。"晉孔晁注："罄然，自嚴整也。"

【罄竹難書】呂氏春秋明理："亂國所生之物，盡荆越之竹，猶不能書也。"漢書六六公孫賀傳："南山之竹不足受我辭，斜谷之木不足爲我械。"本言事端繁多，書不勝書。後來征討書檄，數對方罪惡，常用與罄竹難書類同詞語，如後漢隗囂之於王莽（後漢書二三隗囂傳）、梁武帝之於齊主東昏侯、元帝之於侯景（梁書武帝紀上、元帝紀）、隋李密之於煬帝（新唐書八四李密傳），惟詞旨文字略有小異。

罅 xià 呼訝切，去，禡韻，曉。
ㄒㄧㄚˋ
㊀裂開。文選晉左太沖（思）蜀都賦："紫黎津潤，樼栗罅發。"劉淵林注："罅發，栗皮拆罅而發也。"㊁裂縫，空隙，漏洞。鬼谷子上抵巇："聖人見萌牙巇罅則抵之以法。"

【罅隙】縫隙。宋陶穀清異錄陳設："李文饒（德裕）家尚藏會昌所賜大同簟，其體白竹也。鬬磨平密，張置榻上，了無罅隙，但如一度膩玉耳。"（說郛六一）宋蘇軾分類東坡詩二四弔李臺卿詩："看書眼如月，罅隙靡不照。"

【罅漏】縫隙，漏洞。唐韓愈昌黎集十二進學解："補苴罅漏，張皇幽眇。"宋蘇軾東坡集前集三一錢塘六井記："於是發溝易甃，完緝罅漏。"

十二畫

罇 zūn 祖昆切，平，魂韻，精。
ㄗㄨㄣ
古盛酒器。本作"尊"。後漢書章帝紀建初七年："岐山得銅器，形似酒罇，獻之。"

【罇俎】同"尊俎"。古代祭祀及宴會時用以盛酒肉的兩種器具。借指宴會。漢劉向說苑修文："若夫置罇俎，列籩豆，此有司之事也，君子雖勿能可也。"參見"尊俎"。

十三畫

罋 wèng 烏貢切，去，送韻，影。
ㄨㄥˋ 於容切，平，鍾韻，影。
陶製容器。本作"甕"，也作"甕"。儀禮聘禮："醯醢百罋。"左傳昭七年："燕人歸燕姬，賂以瑤罋、玉櫝、斝耳。"

十四畫

罌 yīng 烏莖切，平，耕韻，影。
ㄧㄥ

罌

盛流質的陶製容器，大肚小口。同"甖"。墨子備城門："令陶者爲罌，容四十斗以上。"漢王充論衡譴告："釀酒於罌，烹肉於鼎，皆欲其氣味調得也。"

【罌缶】容器。也作"罌瓴"、"甖缶"。史記九二淮陰侯傳："陳船欲渡臨晉，而伏兵從夏陽以木罌瓴渡軍。"集解："徐廣曰：瓴，一作缶。"宋蘇軾東坡集前集三一錢塘六井記："而歲適大旱，自江淮至浙右，井皆竭，民至以罌缶貯水，相餉如酒醴。"罌缶常用以貯酒，因也借指酒。宋歐陽修文忠集五二送劉學士知衡州詩："行當考官績，勿復困甖缶。"

【罌粟】本草名罌子粟、米囊子、御米、象穀。二年生草，葉橢圓形。花供觀賞。果實球形，未成熟時破皮取汁，可製鴉片，果殼可入藥。參閱政和證類本草二六、本草綱目二三穀二罌子粟。

十五畫

罍 léi 魯回切，平，灰韻，來。
ㄌㄟˊ
古代盛酒器，也用以盛水。說文作"櫑"。詩周南卷耳："我姑酌彼金罍，維以不永懷。"爾雅釋器："彝、卣、罍，器也。"疏："罍者，尊之大者也。……飾罍皆得畫雲雷之形，以其云罍，取於雲雷故也。"

罍

【罍篚】古祭祀或宴會用的酒器和食器。借指祭祀。梁書世祖紀王僧辯等勸進表："況郊祀配天，罍篚禮曠，齋宮清廟，匏竹不陳，……豈可久稽衆議，有曠彝則。"

十六畫

罎 tán 集韻 徒南切，平，覃韻。
ㄊㄢˊ
陶製容器，口小腹大。也作"壜"。

十八畫

罐 guàn 集韻 古玩切，去，換韻。
ㄍㄨㄢˋ
用陶或金屬製的汲水器、容器。世說新語尤悔："（任城王曹彰）既中毒，太后索水救之。帝（曹丕）預敕左右毁缾罐，太后徒跣趨井無以汲，須臾遂卒。"北魏楊衒之洛陽伽藍記一景樂寺："井里北門外有桑樹數株，枝條繁茂。下有甘井一所，石槽鐵罐，供給行人飲水庇蔭。"

【罐子玉】用藥於罐子内燒成的假玉。若無氣眼者，與真玉相似，但比真玉則微有蠅脚，質脆，久遠不潤。見宋趙希鵠調燮類編二寶玩、明曹昭格古要論六珍寶論罐子玉。

罋 wèng 烏貢切，去，送韻，影。
ㄨㄥˋ
汲水器。"罋"本字。世說新語任誕："諸阮皆能飲酒，仲容（阮咸）至，宗人閒共集，不復用常桮斟酌，以大甕盛酒，圍坐相向大酌。"

网部

网 wǎng 文兩切，上，養韻，明。
ㄨㄤˇ
"網"的本字。見說文。

三畫

罕 hǎn 呼旱切，上，旱韻，曉。
ㄏㄢˇ
本作"罕"。也作"罕"。㊀捕鳥網。文選戰國楚宋玉高唐賦："弓弩不發，罘罕不傾。"㊁旗名。見"罕旗"。㊂少。論語子罕："子罕言利與命與仁。"㊃姓。春秋鄭穆公子公子喜字子罕，其孫罕虎罕魋，後以罕爲姓。見通志三氏族略三以字爲姓。

【罕开】古代羌族的兩個支系。开也作"开"。漢時以其地爲罕开縣，屬天水郡。故址在今甘肅天水市南。見漢書地理志下天水郡、趙充國傳"先零、罕、开"注。

【罕車】㊀載罕網之車。文選漢揚子雲（雄）羽獵賦："及至罕車飛揚，武騎聿皇。"㊁星宿名。即畢宿。史記天官書："畢曰罕車，爲邊兵，主弋獵。"按西方宿，畢八星布列如網，故畢曰罕車。

【罕畢】皇帝的儀仗。晉書天文志上："昴畢間爲天街，天子出，旄頭罕畢以前驅，此其義也。"

【罕漫】不明，無所知。文選漢揚子雲（雄）劇秦美新："在乎混混茫茫之時，譬聞罕漫而不昭察，世莫得而云也。"後漢書六十下蔡邕傳釋誨："幸其獲稱，天所誘也。罕漫而已，非己咎也。"注："罕漫，猶無所知聞也。"

【罕旗】古代帝王的旗幟，上綴九旒（或九斿）。史記周紀："及期，百夫荷罕旗以先驅。"文選漢張平子(衡)東京賦："雲罕九斿，闟戟轇轕。"按：參旗九星九斿，九星在參畢之間，故以罕喻旗。

【罕譬而喻】少用譬喻而容易理解。禮學記："其言也，約而達，微而臧，罕譬而喻，可謂繼志矣。"

罔 wǎng 文兩切，上，養韻，明。ㄨㄤˇ

㊀捕鳥獸魚類的工具。同"網"。易繫辭下："作結繩而爲罔罟，以佃以漁。"引申爲張網捕捉。史記一一七司馬相如傳子虛賦："罔瑇瑁，釣紫貝。"㊁编結。楚辭屈原九歌湘夫人："罔薜荔兮爲帷，擗蕙櫋兮既張。"㊂王綱，法網。漢書八七下揚雄傳解嘲："往者周罔解結，羣鹿争逸，……四分五剖，並爲戰國。"又五十汲黯傳："而刀筆之吏專深文巧詆，陷人於罔，以自爲功。"㊃無知。禮少儀："衣服在躬，而不知其名爲罔。"㊄副詞。毋，不。書大禹謨："罔游于逸，罔淫于樂。"又盤庚上："今不承于古，罔知天之斷命。"㊅迷惑。失意。通"惘"。論語爲政："學而不思則罔，思而不學則殆。"文選戰國楚宋玉神女賦："罔兮不樂，悵然失志。"㊆通"魍"。見"罔兩"。

【罔己】受人誆騙。列子天瑞："國氏曰：'嘻！若失爲盜之道至此乎！……'向氏大惑，以爲國氏之重罔己也。"

【罔民】陷害人民。孟子梁惠王上："及陷於罪，然後從而刑之，是罔民也。"注："是由張羅罔以罔民者也。"

【罔車】星宿名。即畢宿。文選漢張平子(衡)思玄賦："建罔車之幕幕兮，獵青林之芒芒。"注："罔車，畢星也。"

【罔兩】㊀寓言中影子外層的淡影。莊子齊物論："罔兩問景曰：'曩子行，今子止，曩子坐，今子起，何其無特操與？'"注："罔兩，景外之微陰也。"㊁無所依據貌。楚辭漢東方朔七諫哀命："哀形體之離解兮，神罔兩而無舍。"㊂傳説山川中的精怪。也作"罔閬"、"魍魎"、"蝄蜽"。左傳宣三年："螭魅罔兩，莫能逢之。"史記孔子世家："木石之怪夔、罔閬。"參見"魍魎"、"罔象"。

【罔冒】弄虚作假，將僞亂真。隋書裴蘊傳："于時猶承高祖和平之後，禁網疎闊，户口多漏。或年及成丁，猶詐爲小，未至於老，已免租賦。蘊歷爲刺史，素知其情，由是條奏，皆令貌閲。……諸郡計帳，進丁二十四萬三千，新附口六十四萬一千五百。帝臨朝覽狀，謂百官曰：'前代無好人，致此罔冒。'"

【罔罟】網的通稱。罟，也是網。墨子尚同中："譬之若絲縷之有紀而罔罟之有綱也。"荀子王制："黿鼉魚鱉鰌鱣孕别之時，罔罟毒藥不入澤，不夭其生，不絶其長也。"

【罔極】㊀無窮盡。詩小雅蓼莪："欲報之德，昊天罔極。"後常稱父母之恩爲罔極之恩。㊁不正；不合中正之道。極，法則。詩魏風園有桃："不我知者，謂我士也罔極。"文選漢賈誼弔屈原文："遭世罔極兮，乃殞厥身。"

【罔象】傳説中的水怪。國語魯下："木石之怪曰夔、蝄蜽，水之怪曰龍、罔象。"淮南子氾論："山出梟陽，水生罔象，木生畢方，井生墳羊，人怪之，聞見鮮而識物淺也。"注："水之精也。"象，也作"像"。文選漢張平子(衡)東京賦："殘夔魖與罔像，殪野仲而殲游光。"

【罔養】不表態。後漢書二四馬援傳附馬嚴上封事："舊丞相、御史親治職事，唯丙吉以年老優游，不案吏罪，於是宰府習爲常俗，更共罔養，以崇虚名。"注："罔養，猶依違也。"

【罔嚮】猶言無目標。晉書王沈傳釋時論："眼罔嚮而遠視，鼻䶌齃而刺天。"

【罔羅】同"網羅"。㊀漁獵之具。莊子山木："夫豐狐、文豹……不免於罔羅機辟之患。"㊁搜集，羅致。漢書八八儒林傳贊："平帝時，又立左氏春秋、毛詩、逸禮、古文尚書，所以罔羅遺失，兼而存之，是在其中矣。"

罗 dì 都歷切，入，錫韻，端。ㄉㄧˋ

魚觸網。文選晉潘安仁(岳)西征賦："貫鰓罗尾，掣三牽兩。"注："罗猶擊也。"

四　畫

罘 fú 縛謀切，平，尤韻，並。ㄈㄨˊ

㊀捕兔的獵具。説文作"罟"。即覆車，又名幡車罔。史記一一七司馬相如傳子虛賦："列卒滿澤，罘罔彌山。"㊁見"罘罳"。

【罘罔】捕獸的網。晏子春秋雜上："齊有北郭騷者，結罘罔，捆蒲葦，織履以養其母猶不足。"呂氏春秋士節作"罘[罒/巴]"。後漢書四十上班彪傳附班固西都賦："罘罔連紘，籠山絡野。"

【罘罝】罘、罝皆爲兔網。喻法網。後漢書十六寇恂傳附寇榮上書："臣思入國門，坐於肺石之上，使三槐九棘平臣之罪。而閶闔九重，陷穽步設，舉趾觸罘罝，動行絓羅網。"

【罘罳】㊀門外之屏。禮明堂位"山節……疏屏"漢鄭玄注："屏謂之樹，今桴思（同罘罳）也。刻之爲雲氣蟲獸，如今闕上爲之矣。"釋名釋宫室："罘罳在門外。罘，復也；罳，思也，臣將入請事，於此復重思之也。"參閲清顧炎武日知録三二罘罳。㊁設在宫闕上交疏透孔的窗櫺。漢書文帝紀六年："六月癸酉，未央宫東闕罘罳災。"宋程大昌雍録十罘罳："罘罳者，鏤木爲之，其中疏通，可以透明，或爲方空，或爲連瑣，其狀扶疏，故曰罘罳。"

五　畫

罜 zhǔ 之戍切，去，遇韻，照。ㄓㄨˇ 徒谷切，入，屋韻，定。

小網。見下。

【罜麗】小魚網。國語魯上："鳥獸成，水蟲孕，水虞於是乎禁罝罜麗，設穽鄂。"文選漢張平子(衡)西京賦："布九罭，設罜麗。"

罡 gāng 正字通 居康切，音剛。ㄍㄤ

㊀星名。北斗星的斗柄。抱朴子雜應："又思作七星北斗，以魁覆其頭，以罡指前。"水滸六三："罡星煞曜降凡世，天蓬丁甲離青穹。"參見"天罡"。㊁山岡。同"岡"。水經注三七泿水："裴淵廣州記曰：城北有尉他墓，墓後有大罡，謂之馬鞍罡。"

【罡風】高空的風。宋劉克莊後村集二四夢館宿詩之二："罡風誤送到蓬萊，昔種琪花今已開。"

罟 gǔ 公户切，上，姥韻，見。ㄍㄨˇ

網的通稱。易繫辭下："(包犧氏)作結繩而爲罔罟，以佃以漁。"釋文："取獸曰罔，取魚曰罟。"引申爲法網。詩小雅小明："豈不懷歸？畏此罪罟。"

【罟姑】宋代舞人所戴之冠。宋俞琰席上腐談："獨見官妓舞柘枝，戴一紅物，體長而頭尖，儼如靴形，想即是今之罟姑也。"參見"罟罟冠"。

【罟罟冠】金元貴婦女所戴之冠。明沈德符顧曲雜言："元人呼命婦所戴笄曰罟罟，蓋其土語也。"參見"姑姑㊁"。

罠 mín 武巾切，平，真韻，明。ㄇㄧㄣ

㊀釣魚繩。同“緡”。緡、罠古今字。見清段玉裁說文解字注“罠”。㊁捕鳥獸的網。文選晉左太沖(思)吳都賦：“罼罕瑣結，罠蹏連網。”又張景陽(協)七命：“爾乃布飛羉，張脩罠。”

罝 jū 子邪切，平，麻韻，精。ㄐㄩ

捕兔網。詩周南兔罝：“肅肅兔罝，椓之丁丁。”

【罝罘】捕獸的網。莊子胠篋：“削格羅落罝罘之知多，則獸亂於澤矣。”文選漢揚子雲(雄)羽獵賦：“放雉兔，收罝罘。”

【罝羅】捕鳥獸的網。國語魯上：“鳥獸孕，水蟲成，獸虞於是乎禁罝羅，矠魚鼈以爲夏犒，助生阜也。”

罯 nǎn 女減切，上，豏韻，娘。ㄋㄢˇ

捕魚網。唐陸龜蒙甫里集五漁具詩序：“圓而縱捨曰罾，挾而昇降曰罯。”全唐詩六一一皮日休奉和魯望漁具十五詠罯：“烟雨晚來好，東塘下罯去。”

罛 gū 古胡切，平，模韻，見。ㄍㄨ

大魚網。詩衛風碩人：“施罛濊濊，鱣鮪發發。”國語魯上：“水虞於是乎講罛罶，取名魚。”

六畫

罣 guà 古賣切，去，卦韻，見。ㄍㄨㄚˋ 古惠切，去，霽韻，見。胡卦切，去，卦韻，匣。

㊀懸掛。通“絓”。淮南子說林：“釣者靜之，罧者扣舟，罩者抑之，罣者舉之，爲之異，得魚一也。”國語魯上：“今魚方別孕，不教魚長，又行罣罟，貪無藝也。”㊁罣礙。見玉篇。

【罣誤】官吏因過失而受譴責。見“詿誤”。

【罣罳】篩子。清厲荃事物異名錄器用引事物原始：“罣罳以竹爲筐，以絹爲幔，以篩米麥之粉，留粗以出細者。”

【罣礙】牽掣，障礙。般若心經：“依般若波羅密多故，心無罣礙，無罣礙故，無有恐怖。”智度論六：“云何名意無罣礙？菩薩於一切怨親、非怨非親人中，等心無有礙。”

七畫

罠 làng 集韻郎宕切，去，宕韻。ㄌㄤˋ

見下。

【罠罠】廣大貌。漢揚雄太玄經三應：“一縱一橫，天網罠罠。”注：“羅網廣大，故罠罠也。”

罥 juàn 古縣切，去，霰韻，見。ㄐㄩㄢˋ

㊀掛，纏繞。文選晉木玄虛(華)海賦：“或屑没於黿鼉之穴，或挂罥於岑嶅之峯。”唐杜甫杜工部詩史補遺二茅屋爲秋風所破歌：“茅飛度江灑江郊，高者挂罥長林梢，下者飄轉沈塘坳。”㊁以繩繫取鳥獸。也作“羂”。史記一一七司馬相如傳上林賦：“罥騕褭，射封豕。”唐釋慧苑華嚴經音義二罥網：“珠叢曰：罥，謂以繩繫取鳥也。字又作羂也。”

【罥罣】纏絆。唐韋應物韋江州集二灃上寄幼遐詩：“罥罣叢榛密，披覓孤花明。”

罦 fú 芳無切，平，虞韻，滂。ㄈㄨˊ 縛謀切，平，尤韻，並。

㊀捕鳥獸網。鳥觸動之卽自行覆蓋。又叫覆車網。詩王風兔爰：“有兔爰爰，雉離於罦。”㊁覆蓋。漢揚雄太玄經四迎：“濕迎牀足，罦於牆屋。”一本作“累”。

八畫

罫 guǎi 集韻古買切，上，蟹韻。ㄍㄨㄞˇ

㊀方格。文選三國吳韋弘嗣(曜)博弈論：“然其所志不出一枰之上，所務不過方罫之間。”唐韓愈昌黎集九稻畦詩：“罫布畦堪數，枝分水莫尋。”㊁羅網的方孔。文選晉潘安仁(岳)射雉賦：“捧黃間以密彀，屬剛罫以潛擬。”

罭 yù 雨逼切，入，職韻，于。ㄩˋ

附有囊的魚網。詩豳風九罭：“九罭之魚，鱒魴。”傳：“九罭緵罟，小魚之網也。”參見“九罭”。

署 shǔ 常恕切，去，御韻，禪。ㄕㄨˇ

㊀布置，部署。漢書九三淳于長傳：“王莽心害長寵，……因言：‘長見將軍(曲陽侯王根)久病，意喜，自以當代輔政，至對衣冠議語署置。’”㊁官署。新唐書一三一李程傳：“學士入署，常視日影爲候。”㊂官爵的表識。國語魯上：“夫位，政之建也；署，位之表也。”注：“署者，位之表識也。”㊃攝官。指代理、暫任或試充官職。後漢書九七范滂傳：“太守宗資先聞其名，請署功曹，委任政事。”㊄題名，題字。戰國策齊四：“後孟嘗君出記，問門下諸客，誰習計會能爲文收責於薛者乎？馮煖署曰：能。”漢書五四蘇武傳：“甘露三年，單于始入朝，上思股肱之美，乃畫圖其人於麒麟閣，法其形貌，署其官爵姓名。”新唐書二〇二鄭虔傳：“嘗自寫其詩並畫以獻，帝大署其尾曰：鄭虔三絶。”

【署字】畫押，簽名。唐劉禹錫劉夢得集六送王司馬之陝州詩：“案牘來時唯署字，風煙入興便成章。”參閱清顧炎武日知錄二八押字。

【署書】秦併六國，統一文字，定書體爲八種：大篆、小篆、刻符、蟲書、摹印、署書、殳書、隸書，合稱八體。前四種爲字體，後四種爲字的用途。署書以用於封檢題字而稱。參見“八體”。

【署理】清制，官府遇上官公出不久卽回者，委銜職相當的人代爲辦事，稱爲署理。由原屬官員暫護官印代辦，稱爲護理。見六部成語註解訂正吏部。

【署置】設置官職與任用官吏。古文苑十漢董仲舒詣丞相公孫弘記室書：“宜一弦簩天下領民之吏，留心署置，以明消滅邪枉之迹。”後漢書七桓帝紀建和二年：“長平陳景自號‘黃帝子’，署置官屬，又南頓管伯亦稱‘眞人’，並圖舉兵，悉伏誅。”

【署銜】於姓名之上加書官稱。宋陸游老學庵筆記一：“孫仲益(覿)亦坐以贓罪去左字，則但自稱晉陵孫某而已。至紹興末復左朝奉郎，乃署銜。”又劍南詩稿六六子遹調官得永平錢監……：“署銜汝勿慚銅臭，就養吾方喜飯香。”

【署紙尾】公文書於長官名後隨附畫押。宋書蔡廓傳：“徵爲吏部尚書，廓因北地傅隆問(傳)亮：‘選事若悉以見付不論，不然，不能拜也。’亮以語錄尚書徐羨之。羨之曰：‘黃門郎以下，悉以委蔡，吾徒不復厝懷；自此以上，故宜共參同異。’廓曰：‘我不能爲徐千木署紙尾也。’遂不拜。”千木，羨之小字。舉選公案用黃紙，錄尚書與吏部尚書連名，故廓云署紙尾。

置 zhì 陟吏切，去，志韻，知。ㄓˋ

㊀棄廢，赦免。國語周中：“今以小忿棄之，是以小怨置大德也。”史記一〇六吳王濞傳詔：“擊反虜者，深入多殺爲功，斬首捕虜比三百石以上者皆殺之，無有所置。”㊁陳列，安放。詩周頌那：“猗與那與，置我鞉鼓。”莊子逍遙遊：“覆杯水於坳堂之上，則芥爲之舟，置杯焉則膠。”㊂樹立，設立。書說命：“爰立作相，王置諸其左右。”左傳僖十五年：“于是秦始征晉

河東，置官司馬。」㈣購買。韓非子外儲左上：「鄭人有且置履者。」㈤驛站。孟子公孫丑上：「德之流行，速于置郵而傳命。」韓非子難勢：「夫良馬固車，五十里而一置，使中手御之，追速致遠，可以及也，而千里可日致也。」史記文帝紀：「太僕見馬遺財足，餘皆以給傳置。」參見「置郵」。

【置水】東觀漢記二十龐參：「龐參，字仲達，拜漢陽太守。郡民任棠者有奇節，參到，往候之，棠不與言，但以韰一本、水一杯置戶屏前，自抱孫兒伏于戶下。參思其微意，良久曰：『棠是欲曉太守也。水者欲吾清也，拔大本韰，欲吾擊強宗也，抱兒當戶，欲吾開門恤孤也。』」韰，同「薤」。後因以「置水」比喻陳訴民間疾苦。文選南朝梁沈休文（約）齊故安陸昭王碑文：「盡任棠置水之情，弘郭伋待期之信。」

【置郵】驛站。以馬傳遞爲置，以人傳遞爲郵。孟子公孫丑上：「飢者易爲食，渴者易爲飲。孔子曰：『德之流行，速於置郵而傳命。』」

【置喙】插嘴。清尹會一健餘先生尺牘二答陳榕門書之二：「及通盤籌畫，以棄爲取，固已洞鑒無疑，無容置喙。」

【置頓】設立停留食宿之所。隋書煬帝紀：「帝性多詭譎，所幸之處，不欲人知。每之一所，輒數道置頓，四海珍羞殊味，水陸必備焉，求市者無遠不至。」

【置錐】插錐子。形容地方狹窄。指立足之地。莊子盜跖：「堯舜有天下，子孫無置錐之地。」金元好問遺山集二學東坡移居詩之五：「置錐良有餘，終身志懲創。」

【置辭】猶措辭。史記絳侯周勃世家：「其後，人有上書告勃欲反，下廷尉，逮捕勃治之，勃恐，不知置辭。」南史焦度傳：「爲人朴涩，欲就（齊）高帝求州，比及見，竟不涉一語。……後求竟陵郡，不知所以置辭。」

【置頓使】唐玄宗天寶十三年安祿山起兵，十五年破潼關，入長安，帝倉皇奔蜀。將發馬嵬，朝臣惟韋見素一人。乃以韋諤爲御史中丞，充置頓使，以照料途中驛務食宿。

【置之度外】不放在心上。南齊書竟陵王子良傳啟：「自青德啟運，款關受職，置之度外，不足絓言。」唐劉知幾史通忤時：「何事置之度外，而使各無羈束乎？」

罧
xìn　shèn 斯甚切，上，寑韻，心。
ㄒㄧㄣˋ　ㄕㄣˋ 所禁切，去，沁韻，山。

積柴于水中以取魚。魚聞擊舟聲，藏柴下，因壅而取之。古文苑四漢揚雄蜀都賦：「龍睢睝分罧布列，枚孤（罛）施兮纖繁出。」參閱清朱駿聲說文通訓定聲臨部「罧」。

罨
yǎn 衣儉切，上，琰韻，影。
ㄧㄢˇ 烏合切，入，合韻，影。

㈠從上蓋下的魚網。俗稱撒網。太平御覽八三四晉周處風土記：「罨如罭而小，斂口，從水上掩而取者也。」㈡掩捕。通「揜」。文選晉左太沖（思）蜀都賦「罨翡翠，釣鰋鮋。」㈢覆蓋。宋蘇軾東坡集續集十猪肉頌：「浄洗鐺，少着水，柴頭罨煙焰不起。」治病有熱罨、冷罨之法，即熱敷、冷敷。

【罨盂】坐葬用以代棺之瓦器。太平廣記一九七沈約引史系：「又天監五年，丹陽山南得瓦物，高五尺，圍四尺，上銳下平，蓋如合焉。中得劍一，瓷具數十，時人莫識。沈約云：『此東夷罨盂也，葬則用之代棺。』」

【罨畫】雜色的彩畫。唐白居易長慶集十九草詞畢遇芍藥初開……詩：「疑香薰罨畫，似淚着燕脂。」唐會要三一內外官章服雜錄：「其女人不得服黃紫爲裙及銀泥罨畫錦繡等。」

罩
zhào 都教切，去，效韻，端。
ㄓㄠˋ

㈠捕魚或鳥的竹器。爾雅釋器：「籗謂之罩。」宋書樂志四魏鞞舞歌：「絕網從麟麑，弛罩出鳳雛。」也泛指罩形的器物。宋魏泰臨漢隱居詩話：「下澤涟水處多蚊，……無貧富皆紗絹蒲疎蕉葛爲尉罩。」元陳元靚歲時雜記二一引歲時廣記：「都人端五作罩子，以木爲骨，用水紗糊之以罩食。又爲小兒睡罩，有甚華者。」㈡覆蓋。吳越春秋夫差內傳：「死必連繄以罩吾目。」才調集三李洞公子家詩：「柳庭花陰露壓塵，瑞煙輕罩一園春。」㈢超越。文選晉皇甫士安（謐）三都賦序：「其文博誕空類，大者罩天地之表，細者入毫纖之內。」唐駱賓王集六上齊州張司馬啓：「羽儀百代，掩梁竇以霞褰；鍾鼎一時，罩袁楊而嶽立。」

【罩甲】褂子，也叫外套。清王應奎柳南續筆三罩甲：「今人稱外套亦曰罩甲。按罩甲之制，比甲則長，比披襖則短。創自明武宗，前朝士大夫，亦有服之者。」

罪
zuì 徂賄切，上，賄韻，從。
ㄗㄨㄟˋ

本字作「辠」。㈠作惡，犯法。易解：「君子以赦過宥罪。」疏：「罪謂故犯。」左傳桓十年：「匹夫無罪，懷璧其罪。」㈡判罪，懲罰。書舜典：「流共工于幽州，……四罪而天下咸服。」又泰誓上：「罪人以族，官人以世。」㈢刑罰。漢書刑法志：「墨罪五百，劓罪五百，……殺罪五百。」㈣歸罪於。孟子梁惠王上：「王無罪歲，斯天下之民至焉。」

【罪人】㈠有罪的人。書泰誓中：「播弃犂老，昵比罪人。」孟子告子下：「五霸者，三王之罪人也。」㈡歸罪於人。左傳莊十一年：「禹湯罪己，其興也悖焉；桀紂罪人，其亡也忽焉。」

【罪尤】罪過。尤，過失。楚辭屈原天問：「湯出重泉，夫何辠尤？」辠，古「罪」字。三國魏曹植曹子建集六浮萍：「恪勤在朝夕，無端獲罪尤。」也作「罪郵」。參見該條。

【罪目】罪名。目，名目。後漢書七七王吉傳：「凡殺人皆磔屍車上，隨其罪目，宣示屬縣。」

【罪因】罪孽的起因。廣弘明集二六梁武帝（蕭衍）斷酒肉文之一：「今佛弟子酣酒嗜肉，不畏罪因，不畏苦果。」

【罪言】言不當其位而進言，自謙冒昧的意思。新唐書一六六杜牧傳：「是時劉從諫守澤潞，何進滔據魏博，頗驕蹇不循法度。牧追咎長慶以來朝廷措置亡術，復失山東，……皆國家大事，嫌不當位而言，實有罪，故作罪言。」元史一八九黃澤傳：「詆排百家異義，則取杜牧不當言而言之義，作翼經罪言。」

【罪戾】罪過。左傳莊二二年：「羈旅之臣，幸若獲宥及於寬政，赦其不閑於教訓，而免於罪戾，弛於負擔，君之惠也。」

【罪狀】㈠犯罪的事實。晉書夏侯承傳：「太興末，王敦舉兵內向，承與梁州刺史甘卓……等並露檄遠近，列敦罪狀。」魏書十二王元匡傳：「（尚書令元）澄後將赴省，與匡逢遇，騶卒相撾，朝野駭愕。澄因是奏匡罪狀三十餘條，廷尉處以死刑。」㈡陳說犯罪的情狀。晉書姚襄載記：「遣使建鄴，罪狀殷浩，并自陳謝。」

【罪罟】法網。詩小雅小明：「豈不懷歸，畏此罪罟。」抱朴子釋滯：「學仙之士，獨潔其身而忘大倫之亂，背世主而有不臣之慢，余恐長生無成功而罪罟將見及也。」

【罪梯】犯罪的階梯。漢桓寬鹽鐵論本議：「傳曰：諸侯好利則大夫鄙，大夫鄙則士貪，士貪則庶人盜，是開利孔而爲民罪梯也。」

【罪過】罪行，過失。周禮秋官大司寇：

"凡萬民之有罪過，而未麗於法，而害於鄉里者，桎梏而坐諸嘉石，役諸司空。"史記七七魏公子傳:"自言皋過，以負於魏，無功於趙。"皋，"罪"本字。大者爲罪，輕者爲過。六朝以來，個人常以作事不合，兼稱罪過。參閱清翟灝通俗編六罪過。

【罪郵】罪過。郵，過失。漢書九七孝成班倢伃傳作賦自傷悼:"猶被覆載之厚德兮，不廢捐於罪郵。"

【罪業】佛教所謂身、口、意三者犯罪的活動。陳書傅縡傳明道論:"讐敵既搆，諍鬬大生，以此之生，而成罪業。"法苑珠林二六唐玄奘譯讚彌勒四禮文:"衆生但能至心禮，無始罪業定不生。"

【罪隸】㊀官奴。罪人家屬没入官爲奴者。周禮秋官司厲:"其奴，男子入於罪隸，女子入於舂槀。"㊁官名。周禮秋官司隸:"罪隸掌役百官府，與凡有守者，掌使令之小事。"

【罪釁】罪惡。後漢書桓帝紀延熹二年詔:"梁冀姦暴，濁亂王室，……禍害深大，罪釁日滋。"北史李順傳:"而(沮渠)蒙遜數與順游宴，頗有悖言，恐順泄之，以金寶納順懷中，故蒙遜罪釁得不聞。"

【罪己詔】歷史上封建王朝遇危難之時，爲收拾民心，往往以皇帝名義，取左傳莊十一年"禹湯罪己"之意，下詔自責，昭告内外，稱罪己詔。唐白居易長慶集一賀雨詩:"遂下罪己詔，殷勤告萬邦。"

【罪不容誅】謂罪大惡極，死有餘辜。漢書九九上王莽傳張竦爲劉嘉奏:"安衆侯(劉)崇乃獨懷悖惑之心，操叛逆之慮，興兵動衆，欲危宗廟，惡不忍聞，罪不容誅。"

九　畫

罰 fá 房越切，入，月韻，並。 ㄈㄚ

㊀處罰，懲辦。書湯誓:"爾尚輔予一人，致天之罰。"荀子富國:"賞行罰威，則賢者可得而進也，不肖者可得而退也，能不能可得而官也。"㊁出錢贖罪。書呂刑:"五刑不簡，正于五罰。"傳:"謂不應五刑，當正五罰，出金贖罪。"㊂星名。見"罰星"。

【罰作】秦漢時犯輕罪者罰以苦工稱罰作，名目有鬼薪、城旦等。周禮秋官司圜"任之以事而收教之"漢鄭玄注:"凡害人者不使冠飾，任之以事，若今時罰作矣。"漢書文帝紀"刑者及有罪耐以上，不用此令"注引三國魏蘇林:"一歲爲罰作，二歲刑以上爲耐。"

【罰神】神話傳説中掌管懲罰之神。漢劉向説苑辨物:"虢公夢在廟，有神人面白毛，虎爪執鉞，立在西阿。……公覺，召史嚚占之，嚚曰:'如君之言，則蓐收也，天之罰神也。'"

【罰星】星名。㊀卽伐星。在參宿。史記天官書:"參爲白虎。三星直者，是爲衡石。下有三星，兑，曰罰，爲斬艾事。"正義:"罰亦作伐。"㊁卽火星。古稱熒惑星，又稱罰星。廣雅釋天:"營(熒)惑謂之罰星，或謂之執法。"

【罰爵】古人宴飲時用以罰失禮者酒的酒具。詩小雅桑扈"兕觥其觩"漢鄭玄箋:"兕觥，罰爵也。"新唐書一七七崔咸傳:"(裴)度置酒延客，(劉)栖楚曲意自解，附耳語。咸嫉其矯，舉酒讓度曰:'丞相乃許所由官囁嚅耳語，願上罰爵。'"

【罰鍰】贖罪納金。書呂刑:"墨辟疑赦，其罰百鍰，閱實其罪。"傳:"六兩曰鍰。鍰，黄鐵(銅)也。"古贖金以"鍰"計，故後稱罰款爲罰鍰。唐柳宗元柳先生集四二酬韶州裴曹長使君……詩:"聖理高懸象，爰書降罰鍰。"

【罰一勸百】懲罰個別人，教育大多數人。唐韓愈昌黎集五誰氏子詩:"罰一勸百政之經，不從而誅未晚耳。"

罱 lǎn 盧敢切，上，敢韻，來。 ㄌㄢˇ

㊀捕魚的工具。見集韻。又撈水草、河泥的工具也叫罱。㊁用罱撈取。明童冀尚絅齋集四罱泥行詩題注:"吴興河高田下，雨淋水蕩，岸日低薄，每歲農民罱取河泥澆岸，然不能高也。罱音覽，吴人讀作儼音。"

罳 sī 息兹切，平，之韻，心。 ㄙ

㊀見"罘罳㊁"。㊁見"罳頂"。

【罳頂】天花板。宋陸佃埤雅釋草藻:"今屋上覆橑，謂之藻井，取象於此。亦曰綺井，又謂之覆海，亦或謂之罳頂。"

十　畫

罵 mà 莫駕切，去，禡韻，明。 ㄇㄚˋ

以惡語加於人。史記九二淮陰侯傳:"居一二日，(蕭)何來謁上，上且怒且喜，罵何曰:'若亡何也?'"

【罵坐】辱罵同座的人。史記一〇七魏其武安侯傳:"武安(田蚡)乃麾騎縛(灌)夫置傳舍，召長史曰:'今日召宗室，有詔。'劾灌夫罵坐不敬，繫居室。"宋黄庭堅山谷内集十五謝答聞善二兄九絶句之二:"更闌罵坐客星散，午過未蘇髮鬅鬙。"

【罵街】漫罵。含有無理取鬧之意。明楊慎丹鉛總録二六項語:"文公(朱熹)語録論人，皆無過中求有過者也。觀其與同時二三同道私地評論之説，直似村漢罵街，詞訟訐單，豈有道者氣象耶?"

罶 liǔ 力久切，上，有韻，來。 ㄌㄧㄡˇ

捕魚的工具。卽笱，用竹編成，其形如簏，編繩爲底，魚入而不能出。詩小雅魚麗:"魚麗于罶，鱨鯊。"

罷

1\. bà 薄蟹切，上，蟹韻，並。 ㄅㄚˋ 皮彼切，上，紙韻，並。

㊀停止。論語子罕:"夫子循循然善誘人，博我以文，約我以禮，欲罷不能，既竭我才。"莊子盜跖:"罷兵休卒。"㊁放遣，免職。史記五二齊悼惠王世家:"乃罷魏勃。"索隱:"罷謂不罪而放遣之。"

2\. pí 符羈切，平，支韻，並。 ㄆㄧˊ

㊂疲困，軟弱。通"疲"。國語吴:"今吴民既罷，而大荒薦饑，市無赤米。"韓非子説林上:"魏攻中山而弗能取，則魏必罷，罷則魏輕。"㊃極，盡。楚辭屈原離騷:"時曖曖其將罷兮，結幽蘭而延佇。"㊄見"罷₂士"、"罷₂民"、"罷₂池"等。

3\. ba ·ㄅㄚ

㊅語末助詞。同"吧"。元曲選喬孟符金錢記一:"姐姐，天色晚了也，咱回去罷!"

【罷₂士】行爲不端的人。國語齊:"罷士無伍，罷女無家。"注:"罷，病也，無作曰病。"荀子王霸:"無國而不有賢士，無國而不有罷士。"

【罷市】歇市，散市。文選南朝梁沈休文(約)齊故安陸昭王碑文:"鄧訓致劈面之哀，羊公深罷市之慕。"注:"晉諸公讚曰:'羊祜薨，贈太傅，南州以市日，聞喪，卽號哭罷市。'"元詩百一鈔二吴師道桐廬夜泊:"合江亭前秋水清，歸人罷市無餘聲。"近代商人爲實現某種要求或表示抗議而聯合起來停止營業也叫罷市。

【罷₂民】行爲惡劣爲民害的人。周禮秋官司圜:"掌收教罷民。"注:"罷民，謂惡人不從化，爲百姓所患苦，而未入五刑者也。"

【罷₂池】傾斜而下貌。史記一一七司馬相如傳子虛賦:"罷池陂陁，下屬江河。"

【罷休】停止。史記六五孫子傳:"吴王曰:'將軍罷休就舍，寡人不願下觀。'"宋吴曾能改齋漫録二罷休:"吴人言罷,則以休繼之,古如是也。"

【罷社】停止社祭。社,祭祀土地神。三國志魏王脩傳:"年七歲喪母。母以社日亡,來歲隣里社,脩感念母,哀甚。隣里聞之,爲之罷社。"

【罷亞】㊀稻名。或作穲稏、㰮矮、耙稏。唐杜牧樊川集一郡齋獨酌詩:"罷亞百頃稻,西風吹半黄。"原注:"罷亞,稻名。"宋沈遼雲巢編四贈别子瞻詩:"罷亞如何摶乾麨,以無易有遥相望。"㊁稻多而搖動貌。宋歐陽修文忠集十送梅秀才歸宣城詩:"罷亞霜前稻,鉤輈竹上鳴。"蘇軾分類東坡詩七登玲瓏山:"翠浪舞翻紅罷亞,白雲穿破碧玲瓏。"

【罷省】減除。漢書七五翼奉傳奏封事:"罷省不急之用,振救困貧,賦醫藥,賜棺錢,恩澤甚厚。"後漢書四三朱穆傳上疏:"愚臣以爲可悉罷省,遵復往初,率由舊章,更選海内清淳之士,明達國體者,以補其處。"

【罷₂軟】懦弱渙散,拖沓不振作。漢書四八賈誼傳陳政事疏:"古者大臣有……坐罷軟不勝任者,不謂罷軟,曰:'下官不職。'"歷代考察官吏,屬於淘汰者的名目,分老疾、罷軟、貪酷、素行不謹四項,明成化後又增才力不及一項。

【罷₂敝】羸弱疲困。左傳昭三年:"庶民罷敝。"史記吴世家:"王居外久,士皆罷敝。"敝,也作"弊"。史記七九范睢傳:"諸侯見齊之罷弊,君臣之不和也,興兵而伐齊,大破之。"參見"疲弊"。

【罷₂潞】見"罷₂露"。

【罷₂癃】㊀駝背。腰曲而背隆高。史記七六平原君傳:"臣不幸有罷癃之病。"㊁廢疾。漢書七十陳湯傳:"湯擊郅支時中寒病,兩臂不詘申。……湯辭謝,曰:'將相九卿皆賢材通明,小臣罷癃,不足以策大事。'"

【罷黜】廢除,免退。漢書武帝紀贊:"孝武初立,卓然罷黜百家,表章六經。"又六十杜周傳附杜業:"哀帝崩,王莽秉政,諸前議立廟尊號者,皆免徙合浦。業以前罷黜,故見闊略,憂恐,發病死。"

【罷₂羸】軟弱。漢王充論衡效力:"文儒懷先王之道,含百家之言,其難推引,非徒任車之重也。薦致之者,罷羸無力,遂却退竄於巖穴矣。"

【罷₂露】羸弱困乏。管子五輔:"匡貧窶,振罷露。"戰國策秦三:"諸侯見齊之罷露,君臣之不親,興兵而伐之。"也作"罷潞"。吕氏春秋不屈:"士民罷潞,國家虚空。"

【罷₂於奔命】左傳成七年:"巫臣自晉遺二子(子重子反)書曰:'爾以讒慝貪惏事君,而多殺不辜,余必使爾罷於奔命以死。'"又襄二六年:"(楚)子靈奔晉,……使其子狐庸爲吴行人焉,吴於是伐巢,取駕,克棘,入州來。楚罷於奔命,至今爲患,則子靈之爲也。"本指多造事故,使當事者不斷受命,奔波應付,以至精疲力竭。後來泛指事多窮於應付。

十一畫

麗 lù ㄌㄨˋ 盧谷切,入,屋韻,來。

㊀小魚網。見"罜麗"。㊁見"麗罶"。

【麗罶】下垂貌。唐李賀歌詩編一春坊正字劍子歌:"挼絲團金懸麗罶,神光欲截藍田玉。"宋王禹偁小畜集九立春日小雨詩:"翻憶滿身珠麗罶,江頭閒把釣蓑披。"

罹 lí ㄌㄧˊ 吕支切,平,支韻,來。

㊀遭遇。通"離"。書洪範:"不協于極,不罹于咎,皇則受之。"參閲清鄭珍説文新附考三罹。㊁憂患,苦難。詩王風兔爰:"我生之初,尚無爲。我生之後,逢此百罹。"

【罹亂】同"離亂"。唐羅隱甲乙集三寄户部陸郎中詩:"罹亂事多人不會,海濃花暖且閑吟。"

罻 wèi ㄨㄟˋ 於胃切,去,未韻,影。

小網。禮王制:"鳩化爲鷹,然後設罻羅。"

【罻羅】捕鳥網。比喻法網。楚辭屈原九章惜誦:"矰弋機而在上兮,罻羅張而在下。"文選南齊謝玄暉(朓)暫使下都夜發新林至京邑贈西府同僚詩:"寄言罻羅者,寥廓已高翔。"

罼 bì ㄅㄧˋ 卑吉切,入,質韻,幫。

捕鳥、兔的網。字亦作"畢"。國語齊:"昔我先君襄公築臺以爲高位,田狩罼弋,不聽國政,卑聖侮士,而唯女是崇。"注:"罼,掩雉兔之網也。"參見"畢㊀"。

【罼罕】大旗名。皇帝的儀仗。晉書禮志下建元元年詔:"今當臨軒遣使,而立五牛旗,旄頭罼罕並出即用,故致今闕。"又:"既不設五牛旗,則旄頭罼罕之物易具也。"

【罼圭苑】漢苑名。後漢靈帝光和三年建,在洛陽宣平門外。東罼圭苑周一千五百步,中有魚梁臺;西罼圭苑周三千三百步。見後漢書靈帝紀光和三年。唐杜牧樊川集三故洛陽城有感詩:"罼圭苑裏秋風後,平樂館前斜日時。"

罺 chāo ㄔㄠ 側交切,平,肴韻,莊。
初教切,去,效韻,初。

捕魚網。爾雅釋器:"罺謂之汕。"注:"今之撩罟。"文選左太沖(思)吴都賦:"罩兩魪,罺鰝鰕。"注:"罺,抑魚之器也。"

十二畫

罿 tóng ㄊㄨㄥˊ 徒紅切,平,東韻,定。
chōng ㄔㄨㄥ 尺容切,平,鍾韻,穿。

捕鳥的網。詩王風兔爰:"有兔爰爰,雉離于罿。"宋范成大石湖集十八戲題索橋詩:"染人高曬帛,獵户遠張罿。"

罾 zēng ㄗㄥ 作滕切,平,登韻,精。

㊀魚網。俗稱扳罾。莊子胠篋:"鉤餌罔罟罾笱之知多,則魚亂於水矣。"太平御覽八三四(晉周處)風土記:"罾樹四植而張網於水,車輓上下之,形如蜘蛛之網,方而不圓。"㊁網捕。史記陳涉世家:"乃丹書帛曰'陳勝王',置人所罾魚腹中。"宋蘇軾東坡集續集一觀大水望朝陽巖作詩:"遥望横岙不敢濟,巖口正有人罾魚。"

【罾繳】罾,網;繳,結生絲繩於箭上,射鳥用。文選三國魏陳孔璋(琳)爲袁紹檄豫州:"罾繳充蹊,坑穽塞路。"唐白居易長慶集八馬上作詩:"一列朝士籍,遂爲世網拘。高有罾繳憂,下有陷穽虞。"參見"矰繳"。

罽 jì ㄐㄧˋ 居例切,去,祭韻,見。

㊀一種毛織品。爾雅釋言:"氂,罽也。"漢書六五東方朔傳:"木土衣綺繡,狗馬被繢罽。"注:"罽,織毛也,即氍毹之屬。"㊁見"罽賓"。

【罽帳】毛織品製的帳幕。後漢書八十上杜篤傳論都賦:"深之匈奴,割裂王庭,席卷漠北,叩勒祁連,横分單于,屠裂百蠻。燒罽帳,繫閼氏。"也作"罽幕"。又八九南匈奴傳論:"遂破龍祠,焚罽幕,阬十角,梏閼氏,銘功封石,倡呼而還。"

【罽魚】鱖魚的别名。以其身有斑紋如罽,故名。見本草綱目四四鱗三鱖魚。

【罽賓】漢代西域國名。梵語迦濕彌羅。在今喀布爾河下游流域克什米爾一帶之地。見漢書九六上西域傳。參閲遼希麟續一切經音義一大乘理趣六波羅密多經一罽賓。

十三畫

罍 léi ㄌㄟˊ 集韻 盧回切,平,灰韻。

捕魚網。也作"罍"。文選晉郭景純(璞)江賦:"筩灑連鋒,罾罍比船。"

羂 juàn ㄐㄩㄢˋ 姑泫切,上,銑韻,見。

同"罥"。㊀挂。見集韻。㊁用繩索、羅網捆縛。漢書五七上司馬相如傳子虛賦:"羂要褭,射封豕。"㊂套索。晉書呂光載記:"胡便弓馬,善矛矟,鎧如連鎖,射不可入,以革索爲羂,策馬擲人,多有中者。"

十四畫

羃 mì ㄇㄧˋ 莫狄切,入,錫韻,明。

同"冪"。見"冪"。

【羃歷】覆蓋分布。同"冪歷"。唐王建詩一早起:"暗池光羃歷,密樹花葳蕤。"參見"冪歷"。

【羃羃】覆蓋貌。也作"冪冪"。文苑英華一〇〇〇唐李華弔古戰場文:"魂魄結兮天沉沉,鬼神聚兮雲羃羃。"宋梅堯臣宛陵集五七送葛都官南歸詩:"江南羃羃梅雨時,風帆差差並鳥飛。"

【羃羅】面幕。古時婦女障面之巾。舊唐書輿服志:"武德、貞觀之時,宮人騎馬者,依齊、隋舊制,多著羃羅,雖發自戎夷,而全身障蔽,不欲途路窺之。"又高宗咸亨二年敕:"比來多著帷帽,遂棄羃羅,曾不乘車,別坐檐子。"參閱宋馬鑑續事始席帽。(說郛十)

羃羅

羆 pí ㄆㄧˊ 彼爲切,平,支韻,幫。

獸名。俗呼人熊。詩大雅韓奕:"獻其貔皮,赤豹黃羆。"疏:"羆,有黃羆,有赤羆,大於熊。"爾雅釋獸:"羆,如熊,黃白文。"注:"似熊而長頭高脚,猛憨多力,能拔樹木,關西呼曰貑熊。"

【羆九】獸名。晉郭璞山海經圖讚羆九獸讚:"竅生尾上,號曰羆九。"按山海經北山經倫山:"有獸焉,其狀如麋,其川在尾上,其名曰羆。"清郝懿行箋疏:"案藏經本作羆九。……疑經文'羆'下有'九'字,今本脫去之。"

羅 luó ㄌㄨㄛˊ 魯何切,平,歌韻,來。

㊀捕鳥的網。詩王風兔爰:"有兔爰爰,雉離于羅。"㊁用網捕鳥。詩小雅鴛鴦:"鴛鴦于飛,畢之羅之。"引申指陷入法網。漢書刑法志成帝河平中詔:"律令煩多,……於以羅元元之民,夭絕亡辜,豈不哀哉!"㊂包括,招致。莊子天下:"萬物畢羅,莫足以歸。"漢書九九上王莽傳:"網羅天下異能之士,至者前後千數。"㊃分布,排列。楚辭屈原九歌少司命:"秋蘭兮麋蕪,羅生兮堂下。"後漢書四十上班彪傳班固兩都賦:"罘罔連紘,籠山絡野,列卒周帀,星羅雲布。"㊄質地輕軟、經緯組織顯椒眼紋的絲織品。其絲或練或不練,故有生羅熟羅的區別。戰國策齊四:"下宮糅羅紈、曳綺縠,而士不得以爲緣。"㊅密孔篩。卽羅斗。宋詩鈔王令廣陵詩鈔病中:"小閣晝閒書帙亂,晝堂風靜藥羅香。"也指用篩子篩物。宋王禹偁小畜集十一病中書事上集賢錢侍郎詩之一:"羅藥幽香散,移琴細韻生。"㊆遭到。漢書七一于定國傳:"羅文法者于公所決皆不恨。"注:"羅,罹也,遭也。"㊇春秋國名。爲楚所滅。故址初在今湖北宜城縣西,爲楚所迫多次遷徙,最後在今湖南平江縣南。見左傳桓十二年及注。㊈姓。世本氏姓:"羅,熊姓。一云祝融之後。"

【羅山】縣名。屬河南省。漢鄳縣地。北齊置高安縣。隋改羅山縣,屬義陽郡。唐屬申州。元以羅山縣當驛置要衝,徙信陽州治此,而移縣治于西南,明清皆屬汝寧府。見舊唐書地理志三申州、元史地理志二汝寧府。

【羅氏】官名。周禮夏官之屬有羅氏,掌羅烏鳥,供應節令所需之事。

【羅平】㊀縣名。屬雲南省。漢漏臥縣地。元置羅雄州,屬曲靖宣撫司。明改爲羅平州,屬曲靖府。公元1913年改縣。見元史地理志四雲南諸路行中書省、明史地理志七雲南。㊁朝代名。唐昭宗時董昌割據浙東稱帝,建號羅平,改元順天。見新五代史吳越世家。㊂年號。1.唐懿宗時裘甫起兵,自稱天下都知兵馬使,年號羅平。見資治通鑑二五〇唐咸通元年。2.宋李接、王法師恩,都曾稱號羅平。見清李兆洛歷代紀元編上僭竊。

【羅田】縣名。屬湖北省。漢蘄春縣地。南朝梁置縣。唐省入浠水縣。宋元祐八年升石橋鎮爲羅田縣,卽今治,後廢。元復置,屬蘄州路。明清皆屬黃州府。參閱寰宇通志五一黃州府。

【羅池】池名。在廣西柳州市東,爲當地名勝。唐時於池旁建廟,祀柳州刺史柳宗元,唐韓愈昌黎集三一有柳州羅池廟碑。廟因池得名。"羅池夜月"爲柳州八景之一,今其地闢爲柳侯公園。

【羅次】舊縣名。在今雲南楚雄彝族自治州。漢益州郡地。元置羅次州,後改縣,屬安寧州。明清皆屬雲南府。公元1960年撤銷,併入祿豐縣。參閱讀史方輿紀要一一四雲南府。

【羅列】排列。急就篇:"急就奇觚與衆異,羅列諸物名姓字。"宋書樂志三古辭雞鳴高樹巔:"鴛鴦七十二,羅列自成行。"

【羅含】人名。晉耒陽人。字君章。擅文章,由州主簿累官至廷尉、長沙相。桓溫極重其才,稱爲江左之秀。致仕還家,在荆州城西小洲上立茅屋而居,階前皆種蘭菊。見晉書文苑傳。後來詩文中常用爲才人或退仕後託身有所的典故。南朝陳徐陵徐孝穆集三讓散騎常侍表:"南郊奉乘,當求鄭默之才;西省文辭,應用羅含之學。"唐杜甫杜工部草堂詩箋三三舍弟觀赴藍田取妻子到江陵喜寄之三:"庾信羅含俱有宅,春來秋去作誰家。"

【羅定】縣名。屬廣東省。秦南海郡地。漢爲端溪縣地,屬蒼梧郡。南朝梁置平原縣,屬瀧州。隋改爲瀧水縣。宋廢州,縣屬德慶府。元因之。明萬曆初升爲羅定州。清爲直隸州。公元1912年改縣。參閱讀史方輿紀要一〇一羅定州。

【羅刹】佛經中惡鬼的通稱。原爲古印度土著民族之一,雅利安人進入印度後,誣蔑羅刹族人凶惡可畏。後遂轉化爲畏惡之義。羅刹男黑身朱髮綠眼,羅刹女能變爲美麗婦人,魅惑食人。北齊書厙狄干傳附子士文:"尋拜貝州刺史,……司馬京兆韋焜、清河令河東趙達二人並苛刻,唯長史有惠政。時人語曰:'刺史羅刹政,司馬蝮蛇瞋,長史含笑判,清河生喫人。'"參閱翻譯名義集二八部。

【羅拜】羅列而拜,圍繞着下拜。三國志魏張遼傳:"所督諸軍將吏皆羅拜道側。"新唐書一一一薛仁貴傳:"仁貴脫兜鍪見之,突厥相視失色,下馬羅拜,稍稍遁去。"

【羅浮】山名。在廣東省增城、博羅、河源等縣間,長達百餘公里,峰巒四百餘,風景秀麗,爲粤中名山。相傳羅山之西有浮山,爲蓬萊之一阜,浮海而至,與羅山並體,故曰羅浮。傳稱晉葛洪於此得仙術。山上有洞,道教列爲第七洞天。文選南朝宋謝靈運初發石首城詩："游當羅浮行，息必廬霍期。"明黎民表黄佐有羅浮山志十二卷。參閲元和郡縣志三四循州博羅縣，雲笈七籤二七洞天福地。

【羅祖】清時糧船水手所奉的祖師神，入其行幫奉羅祖者稱安清道友。東華録道光五年六月："各幫糧船舵水設有三教：一曰潘安，一曰老安，一曰新安。所祀之神名曰羅祖。每教内各有主教，名曰老官。每幫有老官船一隻，供設羅祖。入其教者，投拜老官爲師。"又薙工所奉神亦曰羅祖。

【羅城】㊀爲加强防守，在城牆外加建的凸出形小城圈。魏書楊侃傳："（裴）邃後竟襲壽春，入羅城而退。"新五代史劉鄩傳："鄩乃使人負油鬻城中，悉視城中虚實出入之所，油者得羅城下水竇可入。鄩乃以步兵五百從水竇襲破之。"㊁縣名。屬廣西。宋置，故址在今羅城縣北，後廢。明洪武初復置，即今治，明清皆屬柳州府。參閲寰宇通志一〇七柳州府。

【羅倫】公元1431—1478年。明江西永豐人。字彝正，人稱一峯先生。成化二年舉進士第一，授翰林修撰。後以論大學士李賢應歸家持父喪事，忤憲宗意謫官，引疾歸，築室金牛山中，隱居講學，從學者甚多。注易、釋禮、説春秋，皆有所發明。著有一峯集。謚文毅。明史有傳。參閲明儒學案四五羅一峯先生倫。

【羅紋】㊀迴旋的花紋。北史流求國傳："婦人以羅紋白布爲帽，其形方正。"指布紋。唐羅隱甲乙集一雪詩："細玉羅紋下碧霄，杜門傾巷落偏饒。"形容雪花。㊁指成環狀的螺紋。清李調元童山文集十八誥封奉政大夫……石亭府君行述："制府按臨查災，府君隨制府乘輿，凡某都某圖皆能口説手畫，如指文羅紋，一絲不紊。"

【羅婆】佛書中時間單位，一呼吸間爲一羅婆。法苑珠林三劫量時節："一刹那者翻爲一念；百二十刹那爲一怛刹那，翻爲一瞬；六十怛刹那爲一息，一息爲一羅婆。"

【羅部】古地名。又名羅部府。在今雲南禄豐縣附近。元兀良合台從忽必烈（元世祖）攻大理，分兵取善闡，屠合剌章水城，進至羅部府，即其地。見元史一二一兀良合台傳。

【羅聘】公元1733—1799年。清歙縣人，寄寓揚州。字遯夫，號兩峯，别號花之寺僧。師金農。工詩善畫，山水、花卉均工，尤擅長人物，摹仙佛像，筆致極精。所作鬼趣圖，意在諷世，與其師金農及黄慎、鄭燮等合稱揚州八怪。著有香葉草堂詩存。

【羅源】縣名。屬福建省。漢冶縣地。唐咸通中分連江閩縣地，置永貞縣。宋乾興初改名羅源。明清皆屬福州府。參閲寰宇通志四五福州府。

【羅睺】也作"羅喉"。㊀舊時星命家所謂十一曜之一。日月五星炁孛均同向而行，惟羅睺、計都二星與之相反，故與日月五星相掩襲，因又稱羅睺爲蝕神。宋沈括夢溪筆談七象數一："（黄道、月道）交道每月退一度餘，凡二百四十九交而一朞。故西天法，羅睺、計都皆逆步之，乃今之交道也。交初謂之羅睺，交中謂之計都。"佛教遂附會爲能以手障日月之光的天魔的一種；星命家又附會爲能支配人事禍福吉凶之星。參閲法苑珠林九六道住處、翻譯名義集二八部。㊁佛教人名。即羅睺羅。見"羅睺羅"。

【羅漢】佛教語。梵文的音譯。也譯作阿羅漢。1.小乘佛教修證的果地。共九等，第五等生"捨念清淨地"，得阿羅漢果，但能折服現行煩惱，不能還滅根本煩惱及所知障。若於此發廣大心，可入佛乘。唐釋慧琳一切經音義二五："阿羅漢，此云無生，或云殺賊（指煩惱），業結斯亡，已超三有。"2.釋迦牟尼的弟子中稱阿羅漢的有舍利弗等十六人，其名字見法苑珠林四十羅漢部。其後或增至十八、百零八以至五百之數。阿彌陀經："一時佛在舍衛國祇樹給孤獨園，與大比丘僧千二百五十人俱，皆是大阿羅漢，衆所知識。"參見"十八羅漢"、"五百羅漢"。

【羅網】捕鳥的工具。禮月令季春之月："田獵罝罘、羅罔、畢翳、餧獸之藥，毋出九門。"罔，同"網"。淮南子主術："鷹隼未摯，羅網不得張於谿谷。"後以喻法網、世網、名利網等等。漢劉向説苑敬慎："君子慎所從，不得其人，則有羅網之患。"後漢書鄧皇后紀太后詔："先公既以武功書之竹帛，兼以文德教化子孫，故能束脩，不觸羅網。"此指法網。唐杜甫杜工部草堂詩箋十四夢李白："君今在羅網，何以有羽翼？"

【羅霄】山脈名。綿亙於湖南江西兩省邊境，包括武功井岡萬洋諸廣等山，主峯在江西萍鄉縣。一名葛仙峯，道家傳説爲葛玄煉丹之處。參閲讀史方輿紀要八七袁州府萍鄉縣。

【羅敷】人名。玉臺新詠一古樂府日出東南隅行（一作陌上桑，又作豔歌羅敷行）："秦氏有好女，自言名羅敷。"晉崔豹古今注中音樂："秦氏，邯鄲人。有女名羅敷，爲邑人千乘王仁妻。仁後爲越〔趙〕王家令，羅敷出採桑於陌上，趙王登臺見而悦之，因飲酒欲奪焉。羅敷乃彈箏，作陌上歌以自明焉。"羅敷不必實有其人，玉臺新詠一古詩爲焦仲卿妻作"東家有賢女，自名秦羅敷"、唐李白李太白詩六子夜吴歌之一"秦地羅敷女，採桑緑水邊"，皆作爲貌美而有節操的婦女的通稱。

【羅闍】粥。古高昌方言。初學記二六涼州異物志："高昌僻土，有異於華，寒服冷水，暑啜羅闍。"注："此郡人取糜粥啜之，俗號羅闍者也。"

【羅錦】樾的别名。埤雅釋木："樾一名羅，其文細密如羅，故曰羅也。……羅亦有華者，俗謂之羅錦。"樾卽野棃，又名山棃、鹿棃、鼠棃。參見"樾㊀"。

【羅齋】謂羅立會聚、候人請喚的工匠僧道。宋孟元老東京夢華録四修整雜貨及齋僧請道："儻欲修整屋宇，泥補牆壁，生辰忌日欲設齋僧尼道士，卽早辰橋市街巷口，皆有木竹匠人，謂之雜貨工匠，以至雜作人夫、道士、僧人，羅立會聚，候人請喚，謂之羅齋。"宋范成大石湖集二五老陳道人……詩："幸有于門香積供，不如隨喜去羅齋。"

【羅闉】軍營夜間的警備。國語晉八"候遮扞衛不行"三國吴韋昭注："候，候望。遮，遮罔。晝則候遮，夜則扞衛。扞衛，謂羅闉、狗附也。張羅闉，去壘五十步而陳，周軍之前後左右，彉弩注矢以誰何，謂之羅闉。……皆昏而設，明而罷。"

【羅隱】公元？—909年。唐末餘杭人。原名横，舉進士十上不第，改名隱，字昭諫，自號江東生。有詩名，尤長於詠史，然多所譏諷，爲衆所憎。廣明中還鄉，節度使錢鏐辟爲從事，掌書記。年約八十卒。與同縣羅鄴、台州羅虬齊名，時稱三羅。著有讒書六十篇、甲乙集、淮海寓言等。參閲舊五代史梁書本傳、元辛文房唐才子傳九羅隱。

【羅縷】委曲，詳盡。晉書傅玄傳附傅咸上書自辨："臣前所以不羅縷者，冀因（解）結奏，得從私願也。"文選南朝宋謝靈運擬魏太子鄴中集詩之一："羅縷豈闕辭，窈窕究天人。"注："羅或爲覼。"參見"覼縷"。

【羅織】虚構罪名，陷害無辜。唐會要四一酷吏："時周興來俊臣相次受制，推究大獄，……共爲羅織，以陷良善。又造羅織經一卷，其意旨皆網羅前人，織成反狀。海内震驚，道路以目。”

【羅願】公元 1136—1184 年。宋歙人。字端良，號存齋。乾道二年進士。博學好古，文法秦漢，爲朱熹所稱。曾知鄂州，有治績。以父汝楫依附秦檜，故父子爲時論所不與。著有爾雅翼鄂州小集新安志。宋史附羅汝楫傳。

【羅羅】㊀開朗放誕貌。世説新語賞譽下：“司馬太傅(道子)爲二王目曰：‘孝伯(王恭)亭亭直上，阿大(王忱)羅羅清疏。’”㊁彝族舊稱。也作羅羅斯盧鹿倮儸羅落落落。居地主要分布在四川大渡河西，爲古越嶲地。唐設中都督府，元置建昌路等總管府五、州二十三，設羅羅宣慰司以總之。見元史地理志四羅羅蒙慶等處宣慰司都元帥府。㊂傳説中的鳥獸名。山海經西山經：“(萊山)其鳥多羅羅，是食人。”又海外北經：“(北海)有青獸焉，狀如虎，名曰羅羅。”

【羅酆】道教謂鬼王都城所在。謂在北方癸地，有山高二千六百里，周迴三萬里。下有洞天，周迴一萬五千里。山上洞中各有穴宫，爲六天鬼神的宫室。見南朝梁陶弘景真誥十五闡幽微、唐段成式酉陽雜俎二玉格。唐李白李太白詩十訪道安陵遇蓋寰爲予造真籙臨別留贈：“下笑世上士，沉魂北羅酆。”本爲道家虚無縹緲之説，自宋以來道士惑世附會爲在四川酆都。參見“酆都”。

【羅鱗】如魚鱗羅列。文選漢王子淵(褒)洞簫賦：“鄰菌繚糾，羅鱗捷獵。”一本作“鱗羅”。

【羅士琳】公元 1774—1853 年。清甘泉人。字次璆，號茗香。少習舉子業，後盡棄之，專研數學。著有四元玉鑑細草校正算學啟校正割圜密率捷法續疇人傳等書。見清諸可寶疇人傳三編。

【羅布泊】湖泊名。漢時稱蒲昌海，又名鹽澤洛普池泑澤，爲我國内流區最大的鹹水湖。在新疆若羌縣東北、樓蘭故址附近。蒙古語稱羅布諾爾，意爲匯入多水之湖。終年不凍。湖周遍布鹽塊。

【羅汝芳】公元 1515—1588 年。明南城人。字維德，號近溪。嘉靖三十二年進士，除太湖知縣，歷寧國知府，官至布政司參政，分守永昌。爲張居正所惡，被劾罷官。汝芳師事顔鈞(山農)，鈞傳王守仁高弟王艮之學，合心學與禪理爲一。後鈞繫獄當死，汝芳盡賣田産營救，時人以爲難能。著有近溪子明道録識仁編近溪子文集。參閱明史二八三王畿傳附汝芳、明儒學案三四羅近溪先生汝芳。

【羅有高】公元 1733—1778 年。清瑞金人。字臺山，乾隆舉人。師宋道原，專治理學。既又師事雷鋐。爲學凡數變，晚交彭紹升，遂長齋讀佛經，欲通儒釋而爲一。有高文章，旁通曲暢，能抒其所獨得。有尊聞居士集。參閱清江藩宋學淵源記附記羅有高傳。

【羅伽甸】古地名。在雲南澄江縣一帶。元時當地少數民族名其地爲羅伽甸。漢俞元縣地。唐牂州地，一説南寧、昆二州地。元置羅伽萬户府，後升爲澂江路。明改爲澂江府，治河陽縣。城南有羅伽湖(一名撫仙湖)。清因之。公元 1913 年改河陽縣爲澂江縣。今作澄江縣。參閱元史地理志四澂江路、讀史方輿紀要一一五澂江府。

【羅刹江】水名。即錢塘江。因風濤險惡，故又名羅刹江。唐羅隱甲乙集四錢塘江潮詩：“怒聲洶洶勢悠悠，羅刹江邊地欲浮。”參閱讀史方輿紀要八九浙江。參見“錢塘江”。

【羅洪先】公元 1504—1564 年。明吉水人。字達夫，號念庵。嘉靖八年進士第一，授修撰，官左春坊左贊善，以上書忤世宗意，黜爲民。卒謚文莊。早年讀王守仁傳習録，好之，欲從受業，未果。罷官後，講求王學，並爲定陽明年譜，稱門人。然對“良知”需經培養，主張學在經世，與正統王學之專守枯静者不同。洪先於天文、地理、水利、軍事、算學無不研習。增補元朱思本輿地圖，撰廣輿圖一册，圖後附沿革、隸屬説明。著有念庵集。明史有傳。參閱明儒學案十八羅念庵先生洪先。

【羅浮春】宋蘇軾自造酒名。軾時在惠州，因羅浮山而題名。蘇軾分類東坡詩九寓居合江樓詩：“三山咫尺不歸去，一杯付與羅浮春。”自注：“予家釀酒名羅浮春。”

【羅浮夢】舊題唐柳宗元龍城録載：隋開皇中，趙師雄遷羅浮，日暮於松林酒肆旁，見一美人，淡妝素服出迎，與語，芳香襲人，因與扣酒家共飲。師雄醉寢，比醒，起視乃在梅花樹下，上有翠羽啾嘈相顧，月落參横，但惆悵而已。後因以羅浮夢比喻梅花。也作“羅浮魂”。全唐詩四九二殷堯藩送劉禹錫侍御出刺連州：“梅花清入羅浮夢，荔子紅分廣海程。”元岑安卿栲栳山人集題推篷圖詩：“江南烟雨正愁絶，一枝喚醒羅浮魂。”

【羅紋硯】硯之一種。唐宋時産自歙州婺源羅紋山。硯石上有羅紋，有細羅紋、粗羅紋、古犀羅紋、金絲羅紋、金星羅紋、松紋羅紋等十餘品，因羅紋粗細、形狀、色澤不同而分別題名。參閱宋米芾硯史歙硯婺源石、唐積歙州硯譜石坑、洪适歙硯説。

【羅貫中】公元 1330？—1400 年。元明間錢塘人。一説山西太原人。名本，字貫中，一説原名貫，貫中爲其字，其生平事跡已不詳。所著小説有數十種，今存者三國志演義隋唐志傳殘唐五代史演義三遂平妖傳粉妝樓等；雜劇有龍虎風雲會。今所題名羅作諸小説，在傳刻中屢經後人增删潤色，已非原著初貌。參閱明郎瑛七修類稿二三、田汝成西湖游覽志餘二五、胡應麟少室山房筆叢四一、王圻續文獻通考一七七。

【羅從彦】公元 1072—1135 年。宋南劍人。字仲素，人稱豫章先生。從學於楊時，爲程顥程頤再傳弟子。從彦謹守程氏之學，山居講學不仕。其門人李侗，傳朱熹，大開理學門户。著有遵堯録春秋指歸豫章集等。宋史有傳。參閱宋元學案三九豫章學案。

【羅黑黑】唐樂工，以善彈琵琶著名。見唐張鷟朝野僉載五。元吴萊淵穎集五客夜聞琵琶彈白翎鵲詩：“君不見康崑崙羅黑黑，開元絶藝傾一國。”

【羅欽順】公元 1465—1547 年。明泰和人。字允升，號整菴。弘治六年進士，授編修。爲南京國子監司業，以犯宦官劉瑾怒，被奪職爲民。劉瑾敗後復起，官至南京吏部尚書。父死還鄉不再仕。卒謚文莊。治理學，主理得於天而具於心，理氣本是一物，氣爲宇宙萬物之根本。其時王守仁“良知”説盛行，欽順以爲“見聞之知”不可廢，與書守仁往復辯論。主要著作有困知記。明史二八二儒林有傳。參閱明儒學案四七羅整菴先生欽順。

【羅嗊曲】樂曲名。也作“囉貢曲”。又名望夫歌。羅嗊，古樓名，相傳南朝陳後主建於金陵。唐時元稹在浙東，有歌女劉采春善唱此曲，聞者莫不流涕。明方以智通雅二九樂曲謂即宋以來俗曲來羅之詞。又詞調亦有羅嗊，即五言絶句。參閱唐范攄雲溪友議九安人元相國、清萬樹詞律一羅嗊曲。

【羅漢菜】㊀蔬菜名。蕪菁之屬。一説即萊菔菜，因寺僧所常食，故名。元詩選鮮于樞困學齋集寶林寺：“童烹羅漢菜，客禮國師衣。”又雜合蔬菜、果品等烹製之品，也稱羅漢菜。㊁苔類植物。即石衣。因其形似羅漢塑像之髮，故名。見“石衣”。

【羅睺羅】佛教傳説人名。也作“羅睺羅”。梵語的音譯。釋迦牟尼的親子，在母腹七年，生於釋迦成道之夜。十五歲出家，在佛的十大弟子中密行第一。翻譯名義集一十大弟子：“阿修羅食月時，名羅睺羅，秦言覆障，謂障月明也。羅睺羅六年處母胎所覆障，故因以爲名。”

【羅天大醮】道教的一種普祭諸天鬼神的儀式。宋史二八三王欽若傳：“所著書有鹵簿記……五嶽廣聞記列宿萬靈朝真圖羅天大醮儀。”水滸六一：“李固跪在地下告道：‘主人可憐見衆人，留了這條性命回鄉去，强似做羅天大醮。’”此指消災求福的善舉。

【羅雀掘鼠】張網捕雀，挖洞捕鼠。新唐書一九二張巡傳：“至是食盡……至羅雀掘鼠，煮鎧弩以食。”後因稱在極端匱乏之中盡力籌集物資爲“羅掘”；已難有所得曰“羅掘俱窮”。

【羅鉗吉網】唐玄宗天寶初李林甫爲相，屢起大獄，以誣陷異己。寵任羅希奭吉温爲御史，二人皆承林甫意旨，遇事鍛鍊成獄，無能自脱者，時稱“羅鉗吉網”。見舊唐書一八六下羅希奭傳。後以喻酷吏枉法，陷人于罪。

十七畫

羇 jī ㄐㄧ

同“羈”。古籍傳刻，羇、羈並用。見“羈”各條。

十九畫

羅 lí 吕支切，平，支韻，來。ㄌㄧ

接羅，頭巾。參見“白接羅”。

羈 jī 居宜切，平，支韻，見。ㄐㄧ

也作“羇”。㊀馬籠頭。左傳僖二四年：“臣負羈絏，從君巡於天下。”㊁捆縛。後漢書八十上杜篤傳論都賦：“南羈鉤町，水劍强越。”㊂牽制。吕氏春秋決勝：“幸也者審於戰期，而有以羈誘之也。”㊃拘束。才質高遠，不受拘束者，謂之不羈。漢書六二司馬遷傳報任安書：“僕少負不羈之才，長無鄉曲之譽。”㊄髮髻。兩髻一前一後如馬首，故稱。禮內則：“三月之末，擇日翦髮爲鬌，男角女羈。”㊅寄居，寄居作客的人。左傳昭七年：“君之羈臣，苟得容以逃死，何位之敢擇？”又：“單獻公弃親用羈。”清阮元校勘記：“宋本、岳本，羈作‘羇’，與石經合。”

【羈丱】兒童的髮髻。借指童年。同“羈貫”。唐李商隱李義山文集三爲同州任侍御上崔相國啟：“重以羈丱，即丁憫凶。”新唐書一一二員半千傳：“生而孤，爲從父鞠愛，羈丱通書史。”

【羈角】兒童髮髻。男稱角，女稱羈。借指兒童。漢揚雄法言五百：“或問禮難以彊世。曰：難，故彊世，如夷俟倨肆，羈角之哺果而啗之，奚其彊！”注：“羈角，猶總角也。男角、女羈，謂幼子也。言人之箕踞驕慢，及幼子啗果，皆其情所欲，何必彊也！”

【羈泊】寄居異地，旅途漂泊。文苑英華六八三隋盧思道爲高僕射與司馬消難書：“羇泊水鄉，無乃勤悴。”唐李商隱李義山詩集三風雨：“淒涼寶劍篇，羇泊欲窮年。”羇同“羈”。

【羈宦】旅居爲官。世説新語識鑒：“張季鷹(翰)辟齊王東曹掾，在洛見秋風起，因思吴中菰菜羹、鱸魚，曰：‘人生貴得適意耳，何能羈宦數千里以要名爵？’遂命駕便歸。”宋范成大石湖集十七丁酉重九藥市呈座客詩：“莫向登臨怨落暉，自緣羈宦阻歸期。”

【羈恨】客居異地的愁苦煩惱。唐李賀歌詩編三崇義里滯雨：“壯年抱羈恨，夢泣生白頭。”

【羈旅】寄居作客。左傳莊二三年：“齊侯使敬仲爲卿，辭曰：‘羇旅之臣，……敢辱高位，以速官謗，請以死告。’”敬仲，陳公子完，以陳亂奔齊。史記陳世家作“羈旅”。

【羈馬】地名。春秋時屬晉，故址在今山西芮城縣境。左傳文十二年秦伯伐晉取羈馬，即此。

【羈屑】寄居異地而又身世寒微。唐李商隱李義山文集一代安平公遺表：“臣少而羇屑，長乃遭逢，常將直道而行，實以明經入仕。”羇同“羈”。

【羈牽】猶言牽制。後漢書五三申屠蟠傳黄忠與蟠書：“今潁川荀爽載病在道，北海鄭玄北面受署。彼豈樂羈牽哉，知時不可逸豫也。”

【羈貫】兒童的髮髻。同“羈丱”。穀梁傳昭十九年：“羈貫成童，不就師傅，父之罪也。”注：“羈貫，謂交午翦髮以爲飾。”北周庾信庾子山集十四周柱國楚國公岐州刺史慕容公神道碑：“公稟氣中和，降祥川嶽，岐嶷表羈貫之年，通禮稱綺紈之歲。”

【羈絆】馬籠頭和絆索。喻牽制束縛。漢書一〇〇上敍傳班嗣報桓譚書：“今吾子已貫仁誼之羈絆，繫名聲之韁鎖，……何用大道爲自眩曜？”唐杜甫杜工部詩十九寄常徵君：“萬事糾紛猶絶粒，一官羈絆實藏身。”

【羈紲】絡繫犬馬的用具。國語晉四：“從者爲羈紲之僕，居者爲社稷之守，何必罪居者？”注：“馬曰羈，犬曰紲。言此二者臣僕之役。”紲，也作“絏”。左傳僖二四年：“及河，子犯以璧授公子曰：‘臣負羈絏，從君巡於天下，臣之罪甚多矣，……請由此亡。’”參見“羈靮”。

【羈靮】馬絡頭與馬繮。禮檀弓下：“如皆守社稷，則孰執羈靮以從？”唐柳宗元柳先生集八故銀青光禄大夫……開國伯柳公行狀：“白志貞有羈靮之勤，獻利屢中，上嘉其功效，特寵異之。”言有隨從之勞。

【羈棲】作客寄居。唐杜甫杜工部草堂詩箋十八石櫃閣：“羈棲負幽意，感歎向絶跡。”又詩史補遺四春日梓州登樓之一：“身無却少壯，跡有但羈棲。”

【羈雌】失羣無伴的雌鳥。文選漢枚叔(乘)七發：“龍門之桐……朝則鸝黄鳱鴠鳴焉，暮則羈雌迷鳥宿焉。”又南朝宋謝靈運晚出西射堂詩：“羈雌戀舊侣，迷鳥懷故林。”

【羈管】拘管。宋史三四五劉安世傳：“蔡京既相，連七謫至峽州羈管。”水滸二七：“本主西門慶妻子，留在本府羈管聽候，等朝廷明降，方始結斷。”

【羈縻】羈，馬籠頭；縻，牛紖。喻聯絡、維繫。史記一一七司馬相如傳難蜀父老檄：“蓋聞天子之於夷狄也，其義羈縻勿絶而已。”又封禪書：“天子益怠厭方士之怪迂語矣，然羈縻不絶，冀遇其真。”

羉 luán 落官切，平，桓韻，來。ㄌㄨㄢ

捕野豬的網。爾雅釋器：“彘罟謂之羉。”後漢書六十上馬融傳廣成頌：“罦罝羅羉，彌綸阬澤，皋牢陵山。”文選晉張景陽(協)七命：“爾乃布飛羉，張脩罠。”

羊 部

羊 yáng ㄧㄤˊ 與章切,平,陽韻,喻。

㊀家畜。有山羊、綿羊、羚羊等。自古以來稱爲六畜之一。詩王風君子于役:"日之夕矣,羊牛下來。"㊁通"祥"。古"吉祥"多作"吉羊"。清阮元積古齋鐘鼎彝器款識九漢洗大吉羊洗:"大吉羊,宜用。"又,卷十漢元嘉刀銘:"宜侯王,大吉羊。"㊂通"陽"。史記孔子世家:"眼如望羊。"釋名釋姿容:"望羊:羊,陽也。言陽氣在上,擧頭高,似若望之然也。"疏証:"古羊、陽字通。"㊃通"佯"。見"相羊"。㊄姓。左傳宣二年有羊斟,爲華元之御者。相傳周官羊人之後,以官爲氏。見宋鄧名世古今姓氏書辨證。

【羊卜】 我國古代西戎族用羊骨或生羊占卜吉凶的一種卜法。宋沈括夢溪筆談十八技藝:"西戎用羊卜,謂之跋焦。卜師謂之厮乩。以艾灼羊髀骨,視其兆,謂之死跋焦。……又有先咒粟以食羊,羊食其粟,則自搖其首,乃殺羊視其五臟,謂之生跋焦。"參閱清余慶遠維西見聞錄物器。

【羊人】 官名。周禮夏官有羊人,職掌羊牲及祭祀割牲等事。

【羊左】 戰國羊角哀與左伯桃的合稱。相傳羊左爲友,聞楚王招賢,同赴楚,道中遇雨雪,糧少衣薄,勢難俱生。伯桃乃以衣食留給哀,自入空樹中死。哀至楚,爲上卿,乃啟樹禮葬伯桃屍體。後世稱生死之交爲羊左。文選南朝梁劉孝標(峻)廣絶交論:"想惠莊之清塵,庶羊左之徽烈。"參閱後漢書二九申屠剛傳注引烈士傳。

【羊田】 藝文類聚七七南朝梁蕭綱(簡文帝)東宮上掘得慈覺寺鐘啟:"將郭令鄙其開金,羊田陋其産玉。"按羊田卽搜神記楊伯雍田中種玉之事。羊、楊字通。

【羊舌】 複姓。春秋晉之公族,靖侯之後,以采邑爲氏。見通志氏族略三。

【羊求】 漢羊仲與求仲的合稱。漢趙岐三輔決錄一:"蔣詡字元卿,舍中三徑,惟羊仲求仲從之遊。二人皆雅廉逃名之士。"參見"二仲"。

【羊車】 ㊀古代宮内所乘小車。羊,通"祥",吉祥之義。周禮考功記車人:"羊車二柯,有參分柯之一。"注:"羊,善也。善車若今之定張車。"隋書禮儀志五:"羊車,一名輦,其上如軺,小兒衣青布袴褶,五辮髻,數人引之。時名羊車小史。漢氏或以人牽,或駕果下馬。梁貴賤得通得乘之,名曰牽子。"參閱清俞正燮癸巳類稿三羊車説、陸以湉冷齋雜識六羊車。㊁羊拉的小車。多用于宮廷或供兒童乘坐。釋名釋車:"羸車、羊車,各以所駕名之也。"晉書胡貴嬪傳:"(武帝)並寵者衆,帝莫知所適,常乘羊車,恣其所之,至便宴寢。宮人乃取竹葉插戶,鹽汁灑地以引帝車。"又衛玠傳:"總角乘羊車入市,見者皆以爲玉人,觀之者傾都。"㊂佛教以車乘喻佛法,據接受佛法的能力喻分三乘。羊車爲小乘,卽聲聞乘;鹿車爲中乘,卽緣覺乘;牛車爲大乘,卽菩薩乘。見法華經譬喻品。唐王勃王子安集十五益州緜竹縣武都山淨慧寺碑:"靈機入證,窮象載於初髫;妙諦因心,釋羊車於弱冠。"參見"三乘㊀"。

【羊杜】 晉羊祜和杜預,相繼鎮襄陽,皆有政績,爲民所稱。後並稱羊杜。新唐書一六二姚南仲傳:"拜義成節度使,監軍薛盈珍恃權撓政。……南仲不自安,固請入朝,帝勞曰:'盈珍撓卿政邪?'曰:'不撓臣政,臣隳陛下法耳。如盈珍輩所在有之,雖使羊杜復生,撫百姓,御三軍,必不成愷悌之化而正師律也。'"宋蘇軾分類東坡詩二襄陽樂之三:"使君朱旆來翩翩,人道使君似羊杜。"參見"羊祜"、"杜預"。

【羊忱】 晉泰山平陽人。字長和,一名陶,世爲冠族,歷太傅長史、揚州刺史,遷侍中,能草書,亦善行隸,有稱於一時。見佩文齋書畫譜二三。

【羊角】 ㊀曲而上升的旋風。莊子逍遙遊:"有鳥焉,其名爲鵬,背若泰山,翼若垂天之雲,摶扶搖羊角而上者九萬里。"釋文:"司馬(彪)云:風曲上行如羊角。"唐白居易長慶集十七送友人上峽赴東川辟命詩:"羊角風頭急,桃花水色渾。"㊁棗的別名。初學記二八南朝梁簡文帝賦棗詩:"風搖羊角樹,日映雞心枝。"㊂複姓。衛大夫食采羊角,以邑爲氏。戰國時有羊角哀。見宋鄧名世古今姓氏辨證十四陽。

【羊何】 南朝宋羊璿之與何長瑜。謝靈運嘗與族弟惠連荀雍及羊何,共遊山水,爲文酒之會,時人謂之四友,見宋書謝靈運傳。後稱一起遊山作文賦詩的知己爲羊何。唐李白李太白詩十一贈從弟南平太守之遙之二:"別後遙傳臨海作,可見羊何共和之。"宋蘇軾分類東坡詩八百步洪之二:"詩成不覺雙淚下,悲吟相對惟羊何。"

【羊歧】 歧路。唐陸龜蒙甫里集十五幽居賦:"豹管閒窺,羊歧忘返。"參見"歧路亡羊"。

【羊欣】 公元 370—442 年。晉宋間泰山南城人,字敬元。善書。十二歲,爲吳興太守王獻之所愛重,書法更爲精進。書學獻之,尤工隸。入宋,任新安太守,稱病歸。兼善醫術,撰藥方十卷(一作三十卷)。宋書、南史均有傳。

【羊祜】 晉南城人,字叔子。魏末任相國從事中郎,與荀勗共掌機密。晉王朝建,封鉅平侯,都督荊州諸軍事,長達十年。在任開屯田,儲軍備,籌劃滅吳;平日輕裘緩帶,身不披甲,與吳將陸抗互通使節,綏懷遠近,以收江漢及吳人之心。後擧杜預自代。死後,南州人爲之罷市巷哭。其部屬於峴山祜平生遊息之所建碑立廟。杜預命名爲墮淚碑。見晉書本傳。參見"墮淚碑"。

【羊城】 廣州市的別稱。唐高適高常侍集七送柴司戶充劉卿判官之嶺外詩:"海對羊城闊,山連象郡高。"參見"五羊城"。

【羊酒】 羊和酒。餽贈之禮物,也作祭品。史記九三盧綰傳:"盧綰親與高祖太上皇相愛,及生男,高祖盧綰同日生,里中持羊酒賀兩家。"後漢書八二上樊英傳:"帝不能屈,而敬其名,使出就太醫養疾,月致羊酒。"又禮儀志上:"朔前後各二日,皆牽羊酒至社下以祭日。"

【羊桃】 ㊀木名。山海經中山經:"(豐山)其上多封石,其木多桑,多羊桃,狀似桃而方莖,可以爲皮張。"㊁草名。卽詩檜風隰有萇楚的萇楚。又作羊桃(爾雅注)、羊腸(本草經)、細子(本草綱目)、獼猴桃(植物名實圖考)等。三國吳陸璣毛詩草木鳥獸魚蟲疏:"葉長而狹,花紫赤色,其枝莖弱,過一尺,引蔓草上。"㊂果名。卽五斂子。見該條。

【羊奚】 草名。莊子至樂:"羊奚比乎不篫久竹,生青寧;青寧生程。"釋文:"司馬(彪)云:羊奚,草名,根似蕪菁,與久竹比合而爲物,皆生於非類也。"篫卽筍;青寧、程,皆蟲名。

【羊毫】 卽羊毛筆。唐段公路北户録雞毛筆:"番禺諸郡多以青羊毫爲筆,韶州擇雞毛爲筆。"

【羊棗】 果名。初生色黄,熟則黑,似羊矢,俗呼牛嬭柿,一名梗棗。孟子盡心下:"曾皙嗜羊棗,而曾子不忍食羊棗。"宋蘇軾經進東坡文集事略四七答李端叔書:"足下才識高明,不應輕許與人,得非用黄魯直(庭堅)、秦少游(觀)輩語,真以爲然邪?不肖爲人所憎,而二子獨喜見譽,如人嗜昌歜、羊棗,未易詰其所以然者。"參閱清何焯義門讀書記六四書。

【羊溝】 ㊀古代鬬雞的地方。太平御覽九一八莊子(逸篇):"莊子謂惠子曰:'羊溝之雞,三歲爲株,相者視之,則非良雞也。'(晉)司馬彪注曰:'羊溝,鬬雞處。'"㊁流經宫苑的溝渠,叫御溝,一名羊溝。晉崔豹古今注都邑:"長安御溝,一曰羊溝,謂羊喜觸垣牆,故爲溝以隔之,故曰羊溝。"

【羊禍】 古代陰陽五行之説,把羊患瘟疫而大批死亡或有關羊的反常現象,附會人事災禍,稱爲羊禍。自漢書以下,各史五行志中多有羊禍一目。

【羊肆】 ㊀羊肉店。羊肉市場。左傳襄三十年:"伯友死於羊肆,子産襚之。"注:"羊肆,市列。"梁書武帝紀天監八年五月詔:"雖復牛監羊肆,寒品後門,並隨才試吏,勿有遺漏。"㊁宰羊體解,陳列作祭品。周禮夏官司馬:"小子掌祭祀,羞羊肆、羊殽、肉豆。"注:"鄭司農(衆)云:'羞,進也,羊肆,體薦全蒸也。羊殽,體解節折也。肉豆者,切肉也。'(鄭玄)謂:'肆讀爲鬄;羊鬄者,所謂豚解也。'"

【羊斟】 春秋時宋人,左傳宣二年:"將戰,華元殺羊食士,其御羊斟不與。及戰,曰:'疇昔之羊,子爲政,今日之事,我爲政。'與入鄭師,故敗。君子謂羊斟非人也,以其私憾,敗國殄民。"唐韓偓玉山樵人集奉和峽州孫舍人……今至湖南方暇牽課詩之一:"敏手何妨誤汰金,敢懷私忿斁羊斟。"

【羊碑】 晉羊祜都督荆州諸軍事,鎮襄陽十年,有政績,死後,吏民爲之建廟立碑,名羊碑,又名墮淚碑。後因用羊碑作稱頌官吏的套語。藝文類聚七七南朝梁劉孝綽棲隱寺碑銘:"召棠且思,羊碑猶泣。"參見"羊祜"、"墮淚碑"。

【羊腸】 ㊀阪名。1.在山西静樂縣境。楚辭大招:"西薄羊腸,東窮海只。"宋洪興祖補注:"戰國策注云:'羊腸,趙險塞名。山形屈辟,狀如羊腸。'今在太原晉陽之西北。"參閱嘉慶一統志一三六太原府山川。2.在山西東南地區與河南林縣交界處。戰國策秦一:"西攻修武,臨羊腸,降代上黨。"參閱嘉慶一統志一四五山西澤州府山川。㊁喻指崎嶇曲折的小徑。淮南子兵略:"硤路津關,大山名塞,龍蛇蟠却,笠居羊腸,道發笱門,一人守隘而千人弗敢過也,此謂地勢。"宋書樂志三魏武帝(曹操)苦寒行北上:"羊腸坂詰屈,車輪爲之摧。"

【羊僧】 宋史四九一日本國傳奝然表:"雖云羊僧之拙,誰忍鴻霈之誠。"詳"啞羊僧"。

【羊齒】 ㊀草名,卽緜馬。爾雅釋草:"緜馬羊齒。"注:"草細葉,葉羅生而毛,有似羊齒。今江東呼爲雁齒,繅者以取繭緒。"㊁蕨類植物的泛稱。在植物分類學上蕨類植物舊稱羊齒植物。

【羊燈】 銅製羊形的燈,原作"羊鐙",一名"金羊鐙"。藝文類聚八十漢李尤金羊燈銘:"聖賢勉務,惟日不足,金羊載耀,作明以續。"北周庾信庾子山集一七夕賦:"兔月先上,羊燈次安。"宋張掄紹興内府古器評下漢羊鐙:"漢人之鐙,往往取象於物,是器爲羊形,腦後作轉軸,反背於首以承鐙,腹虚可以貯水。"

【羊頭】 ㊀羊的頭。後漢書十一劉玄傳:"其所授官爵,皆羣小賈豎,或有膳夫庖人。……長安爲之語曰:'竈下養,中郎將。爛羊胃,騎都尉。爛羊頭,關内侯。'"㊁三稜形的箭鏃。淮南子脩務:"苗山之鋋,羊頭之銷,雖水斷龍舟,陸剸兕甲,莫之服帶。"方言九:"凡箭鏃……三鐮者謂之羊頭。"

【羊曇】 晉泰山人。謝安之甥,多材藝,爲安所愛重。安死,曇輟樂整年,行路不經安所居西州路。一日,醉中過州門,從者告知,曇悲吟曹植詩:"生存華屋處,零落歸山丘。"慟哭而去。見晉書謝安傳。後因以喻甥舅、姻親的情誼。唐温庭筠詩集五經故翰林袁學士居:"西州門外花千樹,盡是羊曇醉後春。"

【羊續】 後漢泰山平陽人,羊祜之祖。靈帝時,歷任廬江、南陽郡太守。在南陽時,常敝衣薄食,車馬羸敗。府丞嘗進獻生魚,續受而懸於庭;丞後又進之,續乃出前所懸者以杜其意。"見後漢書三一本傳。

【羊公鶴】 世説新語排調:"劉遵祖(爰之)少爲殷中軍(浩)所知,稱之於庾公(亮)。庾公甚忻然,便取爲佐。既見,坐之獨榻上與語。劉爾日殊不稱。庾小失望,遂名之爲'羊公鶴'。昔羊叔子有鶴善舞,嘗向客稱之,客試使驅來,氃氋而不肯舞。故稱比之。"後因稱名實不相稱之人爲羊公鶴。參見"不舞之鶴"。

【羊毛塵】 佛教語。羊毛尖上的塵土,喻微小。俱舍論分别世品:"積七兔毛塵,爲一羊毛塵量。"

【羊角哀】 人名。見"羊左"。

【羊負來】 蒼耳的别名,本名胡枲。藝文類聚九四晉張華博物志(逸文):"洛中有人驅羊入蜀,胡枲子多刺,黏綴羊毛,遂至中國,故名羊負來。"

【羊胛熟】 喻時間短促。羊胛,羊的肩骨,易熟。新唐書二一七下回鶻傳:"骨利幹處瀚海北……其地北距海,去京師最遠,又北度海則晝長夜短,日入亨羊胛,熟,東方已明,蓋近日出處也。"宋歐陽修文忠集七謝觀文王尚書惠西京牡丹詩:"爾來不覺三十年,歲月纔如熟羊胛。"王邁臞軒集十四二月十四日到仙水未第前屢得夢詩:"雙轂相催羊胛熟,三年方遂鯉湖遊。"

【羊羔酒】 酒名。事物紺珠:"羊羔酒出汾州,色白瑩,饒風味。"宋孟元老東京夢華録二宣和樓前省府宫宇:"此一店最是酒店上户,銀缾酒七十二文一角,羊羔酒八十一文一角。"本草綱目有宋宣和年化成殿羊羔酒方,用糯米肥羊肉等,與麯同釀,十日熟,極甘滑。見本草綱目二五穀四酒。也稱羔兒酒。見該條。

【羊羔息】 一種年利加倍的高利貸。元史太宗紀:"是歲,以官民貸回鶻金償官者歲加倍,名羊羔息,其害爲甚。"也作"羊羔利"。元文類五八王磐中書右丞相史公神道碑:"兵火之餘,民間生理貧弱,往往從西北賈人借貸,周歲輒出倍息,謂之羊羔利。稍積數年,則鬻妻賣子,不能盡償。"元曲選關漢卿救風塵一:"幹家的乾落得淘閒氣,買虚的看取些羊羔利。"

【羊馬城】 城外加築的類似城圈的工事。也稱羊馬牆,羊馬垣。本爲敵兵逼近時,城外居民撤退暫爲安泊羊馬之所,故稱。通典一五二兵五守拒法附:"城外四面壕内,去城十步,更立小隔城,厚六尺,高五尺,仍立女牆,謂之羊馬城。"舊五代史梁朱珍傳:"進軍蔡州,營其西南,既破羊馬垣,遇雨班師。"宋趙萬年襄陽守城録:"襄陽府城,周圍共九里,三百四十一步。城外有羊馬牆，牆外有水濠。復自羊馬牆外，創設鹿角一重。"

【羊婆奶】㊀沙參的別名。本草綱目十二草一沙參："沙參白色，宜於沙地，故名。其根多白汁，俚人呼爲羊婆奶。"㊁蘿藦的別名。本草綱目十八草七蘿藦："其實嫩時有漿，裂時如瓢，故有萑瓢、羊婆奶之稱。"詳"蘿藦"。

【羊腦箋】箋紙名。明宣德間始造。用羊腦和頂煙墨窨藏，經一定時間取出塗於磁青紙上，砑光成箋，墨如漆，明如鏡，製以寫金，歷久不壞，蟲不能蝕。見清沈初西清筆記二。

【羊頭山】山名。在今山西長子縣東南。漢書九九中王莽傳："羊頭之阨，北當燕趙。"後漢書八七西羌傳"復以任尚爲侍御史，擊衆羌於上黨羊頭山，破之"，即此山。參閱嘉慶一統志一四二山西潞安府山川。

【羊躑躅】落葉小灌木，花有毒。俗稱鬧羊花，羊不食草。晉崔豹古今注："羊躑躅，花黃，羊食之則死，羊見之則躑躅分散。"廣雅釋草作"羊蹢蠋"。參閱政和證類本草六羊不喫草。

【羊苴咩城】古城名。也作"陽苴咩城"。故址在今雲南省大理縣。漢置葉榆縣。唐德宗時，蒙氏南詔王異牟尋徙都於此，始築城。此後四百多年，先後爲南詔國、大理國國都。明楊慎滇載記謂蒙氏稱都城爲"苴咩"，別都爲"善闡"。參閱嘉慶一統志四七八大理府古蹟羊苴咩城。

【羊狠狼貪】像羊和狼那樣凶狠貪婪。史記項羽紀："因下令軍中曰：'猛如虎，狠如羊，貪如狼，彊不可使者，皆斬之。'"唐韓愈昌黎集十四鄆州溪堂詩："孰爲邦蟊，節根之螟；羊狠狼貪，以口覆城。"

【羊真孔草】唐張彥遠法書要錄二袁昂古今書評："羊真孔草，蕭行范篆，各一時絶妙。"指南朝宋羊欣、孔琳之、蕭思話、范曄。真，楷書。

【羊質虎皮】比喻虛有其表。漢揚雄法言吾子："羊質虎皮，見草而說，見豺而戰，忘其皮之虎矣。"三國志吳王蕃傳注引吳錄："萬彧既爲左丞相，蕃嘲彧曰：'……彧出自谿谷，羊質虎皮，虛受光赫之寵，跨三九之位。'"

【羊踏菜園】隋侯白啟顏錄："有人常食菜蔬，忽食羊，夢五藏神曰：'羊踏破菜園。'"後以嘲得美食而致腹疾。尺牘新鈔一清韓廷錫山中答孟韓妹書："二哥在山中，已是長素，忽寄若干肉至，得無羊踏菜園乎？然不欲虛妹一片至情，爲妹一飽食，然後復素。"

羋 mǐ ㄇㄧˇ 綿婢切，上，紙韻，明。

㊀羊叫。也作"咩"。見說文。㊁春秋楚國的祖姓。史記楚世家："陸終生子六人……六曰季連，羋姓，楚其後也。"

二　畫

羌 qiāng ㄑㄧㄤ 去羊切，平，陽韻，溪。

㊀我國古代西部民族之一。也作羗、羌。詩商頌武殷："昔有成湯，自彼氐羌。"書牧誓："千夫長，百夫長，及庸蜀羌髳微盧彭濮人。"後漢書有西羌傳。㊁語首助詞。楚辭屈原離騷："羌內恕己以量人兮，各興心而嫉妬。"㊂姓。秦有羌瘣。見史記秦始皇紀。

【羌水】水名。今岷江白龍江白水江合流的一段，古稱羌水。源出姚州西南(今甘肅臨潭縣西南)，流與岷江白龍江白水江合，南流入四川境，注入嘉陵江。參閱嘉慶一統志二五五鞏昌府一、又二七六階州一山川。

【羌亥】古人名，善疾走。漢荀悅申鑒俗嫌："或問：'有數百歲人乎？'曰：'力稱烏獲，捷言羌亥，勇期賁育，聖云仲尼，壽稱彭祖，物有俊傑，不可誣也。'"

【羌笛】樂器，原出古羌族。漢應劭風俗通六笛："武帝時丘仲所作也。笛者，滌也；所以蕩滌邪穢，納之於雅正也……其後又有羌笛。馬融(長)笛賦曰：'近世雙笛從羌起。'"其制長二尺四寸，說文以爲三孔，長笛賦以爲四孔。國秀集下王之渙涼州詞之一："羌笛何須怨楊柳，春風不度玉門關。"

【羌管】羌笛。唐溫庭筠詩集四題柳："羌管一聲何處曲，流鶯百囀最高枝。"

【羌鷂】鳥名。文選左太沖(思)吳都賦"彈鸞鷂，射猱狿"唐劉良注："師曠曰：南方有鳥曰羌鷂，黃頭赤目，五色備也。"

【羌谷水】古水名，即今黑河，源出青海省祁連山，北行入甘肅省，過張掖，出長城後，下游爲弱水，入嘎順諾爾(居延海)。見嘉慶一統志二六六甘州府山川弱水。

【羌無故實】謂詩語本色，不用典故，也不必有出處。羌，語首助詞。南朝梁鍾嶸詩品中序："'清晨登隴首'，羌無故實；'明月照積雪'，詎出經史？"

三　畫

美 měi ㄇㄟˇ 無鄙切，上，旨韻，微。

㊀甘美。韓非子揚權："夫香美脆味，厚酒肥肉，甘口而病形。"引申凡事物美好者皆稱美。㊁美好。特指容貌、聲色、才德或品質的好。詩邶風靜女："匪女之爲美，美人之貽。"論語八佾："子謂韶盡美矣，又盡善也。"孟子盡心下："可欲之謂善，有諸己之謂信，充實之謂美。"㊂善。與惡對稱。國語晉一："彼將惡始而美終，以晚蓋者也。"㊃贊美。戰國策齊："吾妻之美我者，私我也。"

【美人】㊀容貌美麗的女子。楚辭宋玉招魂："美人既醉，朱顏酡些。"㊁舊指賢人。或所懷念的人。詩邶風簡兮："云誰之思，西方美人。"楚辭屈原離騷："惟草木之零落兮，恐美人之遲暮。"注："美人，謂懷王也。"㊂漢妃嬪稱號。漢書九七外戚傳序："美人視二千石，比少上造。"注："師古曰：二千石，月得百二十斛，一歲凡得一千四百四十石耳。少上造，第十五爵。"自漢至明，王朝宮庭皆有美人名號。

【美文】美好的文辭。南朝梁鍾嶸詩品下："大明泰始中，鮑休美文，殊已動俗，唯此諸人，傳顏陸體。"鮑休，鮑照惠休。顏陸，顏延之陸機。諸人指謝超宗丘靈鞠等七人。

【美言】㊀美好的言詞。國語周下："夫耳內和聲，而口出美言，以爲憲令，而布諸民，正之以度量，民以心力，從之不倦。"㊁浮華之詞。老子："信言不美，美言不信。"

【美利】猶言大利。易乾文言："乾始能以美利利天下，不言所利，大矣哉！"唐杜甫杜工部草堂詩箋二十南池："皇天不無意，美利戒止足。"

【美刺】古詩之體多有美刺。美，稱善；刺，諷惡。宋書謝靈運傳山居賦："家傳以申世模，篇章以陳美刺。"

【美疢】左傳襄二三年："季孫之愛我，疾疢也。孟孫之惡我，藥石也。美疢不如惡石。夫石猶生我，疢之美，其毒滋多。"疢，病。以美疢譬喻明知有害而一意順從。唐元稹長慶集四九高端婺州長史制："每思藥石之臣，咸聽肺肝之語，凡百多士，無以美疢愛予。"

【美拜】除受美官。南齊書虞悰傳："上以悰布衣之舊，從容謂悰曰：'我當令卿復祖業。'轉侍中，朝廷咸驚其美拜。"

【美唐】戰國時齊湣王藏金之地。燕昌

國君樂毅率五國之兵以攻齊，齊帥達子使人請金犒師，湣王怒而不許。及與燕人戰，大敗，達子死，齊王走莒。燕人逐北入國，相與爭金於美唐。見呂氏春秋權勳。

【美祥】吉兆。漢書五六董仲舒傳賢良對策：“今陛下貴爲天子，……然而天地未應而美祥莫至者，何也？凡以教化不立，而萬民不正也。”

【美除】除授美官。宋陳善捫蝨新話上之一前輩讀書不似今人滅裂：“世傳蔡相當國日，有二人求堂除，適有一美闕，二人競欲得之，乃皆有薦援也。蔡莫適所與，即謂曰：‘能誦得盧仝月蝕詩乎？’內一耆年者，應聲朗念，如注瓶水，音吐鴻暢，一坐盡傾。蔡喜，遂與美除。”

【美授】除授美官。北齊書皮景和傳：“景和於武職中，兼長吏事，又性識平均，故頻有美授。”

【美莊】美好的莊田。比喻施惠於人，將得美報。唐李亢獨異志下：“唐崔羣爲相……夫人李氏因暇日，常勸其樹莊田，以爲子孫之計。笑答曰：‘余有三十所美莊，良田遍天下，夫人復何憂？’夫人曰：‘不聞君有此業？’羣曰：‘吾前歲放春榜三十人，豈非良田耶。’”

【美禄】㊀美好的賞賜。漢書食貨志下：“酒者，天之美禄，帝王所以頤養天下，享祀祈福，扶衰養疾。”後因以作爲酒的別稱。唐權德輿權載之集一醉後詩：“美禄與賢人，相逢最可親。願將花柳月，盡賞醉鄉春。”㊁美好的官爵。陳書孔奐傳：“曲阿富人殷綺見奐居處素儉，乃餉衣一襲，氈被一具。奐曰：‘太守身居美禄，何爲不能辦此？但民有未周，不容獨享溫飽耳。’”

【美新】漢揚雄著劇秦美新，論秦之速亡，稱王莽新朝之美。北齊顏之推顏氏家訓文章：“揚雄德敗美新。”宋顧禧志道集不寐：“誰訣美新筆，曾憐覆楚兵。”參見“劇秦美新”。

【美意】㊀善意，好意。文選三國魏應休璉(璩)與從弟君苗君胄書：“前者邑人念弟無已，欲州郡崇禮，官師授邑，誠美意也。”㊁樂意。見“美意延年”。

【美睡】睡得香甜。宋陸游劍南詩稿五二縱筆：“晝倦夜常成美睡，病多老却未全衰。”又五七細雨：“美睡常嫌鶯喚起，清愁却要酒闌回。”

【美滿】㊀猶言快足。唐杜牧樊川集一池州送孟遲先輩詩：“千帆美滿風，曉日殷鮮血。”㊁美好圓滿。元王實甫西廂記一本三折：“恁時節風流嘉慶，錦片也似前程，美滿恩情，喒兩箇畫堂春自生。”

【美遷】優異的升遷。南齊書蕭惠基傳附惠休：“永元元年，徙吳興太守，徵爲右僕射。吳興郡項羽神舊酷烈，世人云：‘惠休事神謹，欲得美遷。’”

【美稱】猶尊稱，美好的稱呼。穀梁傳隱元年：“父，猶傅也，男子之美稱也。”抱朴子逸民：“慕尊賢之美稱，恥賊善之醜迹。”

【美談】㊀人們樂於稱道的好事。公羊傳閔二年：“桓公使高子將南陽之甲，立僖公而城魯……魯人至今以爲美談。”㊁爲人作稱揚的話。世說新語賢媛：“明旦，(范)逵去，(陶)侃追送不已，且百里許。……逵曰：‘卿可去矣，且至洛陽，當相爲美談。’”

【美選】恰好的人選。世說新語賞譽下“王丞相拜司徒”注引曹嘉晉紀：“(劉)疇有重名，永嘉中爲閻鼎所害。司徒蔡謨每嘆曰：‘若使劉王喬得南渡，司徒公之美選也。’”

【美稼】美好的莊稼。猶言豐收。宋蘇軾東坡文集事略五七稼說送張琥：“種之常不及時，而斂之常不待其熟，此豈能復有美稼哉！”

【美稷】縣名。漢置，屬西河郡。晉廢，故城在今內蒙古自治區准格爾旗之北。漢光武帝徙南單于居西河美稷，漢馬嚴率羽林禁兵屯西河美稷，北魏世祖於延和三年行幸美稷，皆此地。參閱嘉慶一統志一四四汾州府古蹟。

【美德】㊀優美高尚的品德。荀子堯問：“其爲人寬，好自用，以慎。此三者，其美德也。”㊁盛德，大德。史記禮書：“洋洋美德乎！宰制萬物，役使羣衆，豈人力也哉？”漢班固白虎通禮樂：“王者有六樂者，貴公美德也。”

【美澤】㊀美麗而有光澤。左傳襄二八年：“(齊慶封)獻車于季武子，美澤可鑑。”㊁恩澤。宋沈括夢溪筆談十一官政一：“歲饑發司農之粟，募民興利，近歲遂著爲令。既已恤饑，因之以成就民利，此先王之美澤也。”

【美諡】美好的諡號。漢王充論衡須頌：“由斯以論堯，堯亦美諡也。”漢書一〇〇上敍傳答賓戲：“意者，且運朝夕之策，定會合之計，使存有顯號，亡有美諡，不亦優虖？”

【美錦】美麗而有文彩的絲織品。比喻國政。左傳襄三一年：“子有美錦，不使人學製焉。大官、大邑，身之所庇也，而使學者製焉，其爲美錦，不亦多乎？”南齊書張岱傳：“太祖欲以恕爲晉陵郡，岱曰：‘恕未閑從政，美錦不宜濫裁。’”恕，張岱之弟。

【美麗】好看。猶俗言漂亮。戰國策齊一：“城北徐公，齊國之美麗者也。”漢王充論衡佚文：“天文人文，文豈徒調墨弄筆爲美麗之觀哉！”

【美觀】美好的觀賞。宋書謝靈運傳山居賦“若迺南北兩居，水通陸阻”自注：“塗路所經見也，則喬木茂竹，緣畛彌阜，橫波疎石，側道飛流，以爲寓目之美觀。”宋蘇軾東坡集續集四謝呂龍圖之二：“珍函已捧受訖，謹藏之於家，以爲子孫之美觀。”今也指外觀華美。

【美豔】華美豔麗。左傳桓元年：“宋華父督見孔父之妻于路，目逆而送之，曰：‘美而豔。’”舊題漢伶元飛燕外傳：“真臘夷獻萬年蛤、不夜光珠，彩皆若月，照人無妍醜皆美豔。”

【美人局】用美女作誘餌的騙局。元周密武林舊事六遊手：“游手奸黠，實繁有徒，有所謂美人局，以娼優爲姬妾，誘引少年爲事。”三國演義五五：“孔明(諸葛亮)笑指岸上人言曰：‘吾已算定多時矣。汝等回去傳示周郎，教休再使美人局手段。’”

【美人蕉】植物名。又名紅蕉。自東粵來者，其花開若蓮，而色紅若丹；産福建福州府者，其花四時皆開，深紅照眼，經月不謝，中心一朵，曉生甘露，其甜如蜜。見廣羣芳譜八九卉譜三芭蕉。

【美女篇】樂府名。三國魏曹植、晉傅玄、梁簡文帝等皆有此辭。樂府詩集六三三國魏曹植美女篇序：“美女者，以喻君子，言君子有美行，願得明君而事之，若不遇時，雖見徵求，終不屈也。”

【美人香草】屈原作離騷，以美人比君王，香草比君子。漢王逸離騷經章句：“離騷之文，依詩取興，引類譬諭，故善鳥香草，以配忠貞；惡禽臭物，以比讒佞；靈脩美人，以媲於君。”後因稱離騷爲美人香草之辭。

【美女破舌】戰國策秦一：“夫晉獻公欲伐郭，而憚舟之僑存。荀息曰：‘周書有言：美女破舌。’乃遺之女樂，以亂其政。舟之僑諫而不聽，遂去。”舌指諫臣。參見“美男破老”。

【美如冠玉】美如冠上之玉。史記陳丞相世家：“絳侯、灌嬰等咸讒陳平曰：‘平雖美丈夫，如冠玉耳，其中未必有也。’”集解：“漢書音義曰：飾冠以玉，光好外見，中非所有。」後多用以稱譽美男子。

【美男破老】逸周書武稱：「美男破老，美女破舌。」戰國策秦一：「（晉獻公）又欲伐虞，而憚宮之奇存。荀息曰：『周書有言：美男破老。』乃遺之美男，教之惡宮之奇。宮之奇以諫而不聽，遂亡。」美男，指外寵，美女指姬妾。老指老成人，舌指諫臣。

【美意延年】心情舒暢，可以延年益壽。荀子致士：「得衆動天，美意延年。」注：「美意，樂意也。無憂患則延年也。」後用爲祝壽之辭。

【美輪美奐】形容高大美觀。多用於贊美新屋。禮檀弓下：「晉獻文子成室，晉大夫發焉。張老曰：『美哉輪焉，美哉奐焉。』」注：「心譏其奢也。輪，輪囷，言高大。奐，言衆多。」

【美女簪花格】見「簪花格」。

羑 yǒu 與久切，上，有韻，喻。ㄧㄡˇ

誘導。書康王之誥：「惟周文武，誕受羑若，克恤西土。」玉篇：「羑，導也，進也，善也。今作誘。」

【羑里】古地名。故址在今河南湯陰縣北。商紂囚周文王於此。淮南子氾論：「紂居於宣室而不反其過，而悔不誅文王於羑里。」注：「羑里，今河內湯陰是也。羑，古牖字。」尚書大傳史記皆作「牖里」。

四畫

羔 gāo 古勞切，平，豪韻，見。ㄍㄠ

㊀小羊。說文：「羔，羊子也。」詩召南羔羊：「羔羊之皮，素絲五紽。」傳：「小曰羔，大曰羊。」㊁樹秧或菜秧。宋蘇軾東坡集續集三和丙辰歲八月中於下潠田舍穫詩：「黃菘養土羔，老楮生樹雞。」

【羔羊】詩國風召南的篇名。比喻卿大夫品德高潔。後遂用以稱譽賢士大夫。後漢書七六王渙傳詔：「故洛陽令王渙，秉清脩之節，蹈羔羊之義，盡心奉公，務在惠民，功業未遂，不幸早世。」

【羔裘】用小羊皮作的袍服。古代諸侯以羔裘爲朝服。詩鄭風羔裘：「羔裘如濡，洵直且侯。」詩唐風、檜風皆有羔裘篇。

【羔鴈】小羊和雁。古代卿大夫相見時所執的禮品。禮曲禮下：「凡贄，天子鬯，諸侯圭，卿羔，士大夫鴈。」後用作徵聘的禮物。後漢書六二陳紀傳：「父子並著高名，時號三君。每宰府辟召，常同時旌命，羔鴈成羣，當世者靡不榮之。」父寔、弟諶爲三君。唐白居易長慶集五九薦韋楚狀：「儻蒙寘彼周行，縻之好爵，降羔鴈之禮命，助鵷鷺之羽儀，足以厚貞退之風，遏躁進之俗。」也作訂婚的禮物。樂府詩集三九晉傅玄豔歌行有女篇：「媒氏陳束帛，羔鴈鳴前堂。」參見「六禮㊁」。

【羔幣】用羔皮作幣帛，古代用作徵聘賢士的禮品。後漢書五三周燮傳：「延光二年，安帝以玄纁羔幣聘燮及南陽馮良，二郡各遣丞掾致禮。」

【羔兒酒】即羊羔酒。宋蘇軾分類東坡詩十二月三日點燈會客：「試開雲夢羔兒酒，快瀉錢塘藥玉船。」參見「羊羔酒」。

羓 bā 集韻邦加切，平，麻韻。ㄅㄚ

乾肉。集韻：「羓，腊屬。」新五代史四夷附錄：「德光行至欒城，得疾，卒于殺胡林。契丹破其腹，去其腸胃，實之以鹽，載而北，晉人謂之『帝羓』焉。」參見「帝羓」。

【羓子】或作「巴子」，即臘肉。水滸十一：「有財帛的，來到這裏，輕則蒙汗藥麻翻，重則登時結果，將精肉片爲羓子，肥肉煎油點燈。」

羒 fén 符分切，平，文韻，並。ㄈㄣˊ

白色公羊。爾雅釋畜：「羊，牡羒。」注：「謂吳羊白羝。」清郝懿行義疏：「羝，牡羊也。吳羊，白色羊也。」

羖 gǔ 公户切，上，姥韻，見。ㄍㄨˇ

黑色公羊。通「𦍩」。詩小雅賓之初筵：「匪言勿言，匪由勿語，由醉之言，俾出童羖。」

【羖䍽】一種黑羊。三國志魏管寧傳注引魏略焦先：「本心爲當殺牂羊，更殺其羖䍽邪？」也作「𦍩䍽」。北史黨項羌傳：「處山谷間……織犛牛尾及𦍩䍽毛爲屋，服裘褐披氈爲上飾。」

羘 zāng 則郎切，平，唐韻，精。ㄗㄤ

母山羊。同「牂」。史記八七李斯傳書對：「泰山之高百仞，而跛羘牧其上。」集解：「詩云：『羘羊墳首。』毛傳曰：『牝曰羘。』」今詩小雅苕之華作「牂」。

五畫

羜 zhǔ 直吕切，上，語韻，澄。ㄓㄨˇ

幼羊。詩小雅伐木：「既有肥羜，以速諸父。」說文：「羜，五月生羔也。」

羞 xiū 息流切，平，尤韻，心。ㄒㄧㄡ

㊀進獻。左傳隱三年：「可薦于鬼神，可羞于王公。」國語楚上：「不羞珍異，不陳庶侈。」㊁美味的食物。周禮天官膳夫：「掌王之食飲膳羞，以養王及后世子。」注：「羞，有滋味者。」儀禮既夕禮：「燕養饋羞，湯沐之饌如他日。」㊂恥辱。易恒：「不恒其德，或承之羞。」漢書六二司馬遷傳報任安書：「今已虧形爲埽除之隸，在闒茸之中，迺卬首信眉，論列是非，不亦輕朝廷，羞當世之士邪！」

【羞怍】羞愧。後漢書十一劉玄傳：「更始既至，居長樂宮，升前殿，郎吏以次列庭中，更始羞怍，俛首刮席不敢視。」

【羞花】形容女子貌美，使花自慚不如。新五代史淑妃王氏傳：「淑妃王氏，邠州餅家子也。有美色，號『花見羞』。」絕妙好詞續鈔宋王澡祝英臺近：「可能妬柳羞花，起來渾嬾。」

【羞明】眼睛害怕強光刺激。宋陳師道後山集五湖上晚歸寄詩友詩之四：「紅綠羞明眼，攲斜久病身。」宋辛棄疾稼軒詞四祝英臺近：「老眼羞明，水底看山影。」

【羞袒】汗衫。釋名釋衣服：「汗衣，近身受汗垢之衣也。詩謂之澤，受汗澤也。或曰鄙袒，或曰羞袒。作之，用六尺裁，足覆胸背。言羞鄙於袒而衣此耳。」

【羞惡】羞恥和憎惡。孟子公孫丑上：「無惻隱之心非人也，無羞惡之心非人也。」

【羞帽】科舉時代中狀元、榜眼、探花所戴的一種帽子。宋吳自牧夢粱錄三士人赴殿試唱名：「帥漕與殿步司排辦鞍馬儀仗，迎引文武三魁，各乘馬戴羞帽，到院安泊款待。」宋西湖老人繁勝錄：「（狀元、榜眼、探花）各有黃旗百面相從，戴羞帽，執絲鞭，騎馬游街。武狀元亦如此。」

【羞膳】㊀進食。儀禮燕禮：「小臣自阼階下，北面，請執冪者與羞膳者。」注：「羞膳，羞於公，謂庶羞。」㊁味美的食物。北史魏文成文明皇后馮氏傳：「性儉素……宰人上膳，案裁徑尺，羞膳滋味，減於故事十分之八。」

【羞澀】因羞愧而舉動拘束。法書要錄三南朝梁袁昂古今書評：「羊欣書如大家婢爲夫人，雖處其位，而舉止羞澀，終不似真。」文苑英華二一四隋盧思道後園宴詩：「便妍不羞澀，遙豔工言語。」見「阮囊羞澀」。

【羞縮】因慚愧而退不敢前。宋李彌遜筠溪集十三再和明復蹈元之什詩：「我慙匪報正羞縮，君肯包荒過稱謂。」

【羞囊】空錢袋，指身無錢財，貧窮。明

袁宏道袁中郎詩集下送蘊璞之通州:"敝衲纔三尺,羞囊無數錢。"又寄黄平倩庶子:"謗篋衹堪助道品,羞囊休問買山錢。"參見"阮囊羞澀"。

【羞答答】形容害羞。古今雜劇元白仁甫裴少俊牆頭馬上一:"或是誰家來問親,那家來做媒,你教女孩兒羞答答説甚的?"重言作"羞羞答答"。又缺名王月英元夜遺鞋記三:"見母親哭哭啼啼,却教我羞羞答答。"

【羞寒花】花名。宋宋祁益部方物略記羞寒花:"蜀地處處有之,不爲人所愛,根莖綴花,蔽葉自隱,俗曰羞天花。予易爲羞寒花。按本草名曰鬼臼。"

【羞花閉月】形容女子貌美,使花和月都自愧退縮。古今雜劇元賈仲名鐵拐李度金童玉女四:"雲肩玉頂鳳頭鞋,羞月閉花天然態。"朝野新聲太平樂府三元楊果采蓮女曲:"記得相逢對花酌,那妖嬈,殢人一笑千金少。羞花閉月,沉魚落雁不恁也魂消。"

【羞面見人】因羞愧没臉見人。南齊書劉祥傳:"輕言肆行,不避高下。司徒褚淵入朝,以腰扇鄣日。祥從側過,曰:'作如此舉止,羞面見人,扇鄣何益?'"按褚淵背宋事齊,故云。

【羞與噲伍】史記九二淮陰侯傳:"(韓)信由此日夜怨望,居常鞅鞅,羞與絳(周勃)、灌(嬰)等列。信嘗過樊將軍噲,噲跪拜送迎,言稱臣,曰:'大王乃肯臨臣!'信出門笑曰:'生乃與噲等爲伍。'"後指人自負而不屑與凡庸的人同在一起。參見"噲伍"。

羕 yàng 餘亮切,去,漾韻,喻。
ㄧㄤˋ

水長貌。説文:"羕,水長也,从永,羊聲。詩曰:'江之羕矣。'"今詩周南漢廣作"永"。

羛 1. yì 集韻 宜寄切,去,寘韻。
ㄧˋ

㊀通"義"。説文:"羛,墨翟書義从弗。"參閱金石萃編二殷散氏銅盤銘。

2. xī 許羈切,平,支韻,曉。
ㄒㄧ 魚倚切,上,紙韻,疑。

㊁見"羛₂陽"。

【羛₂陽】古地名。在今河南内黄縣。後漢書光武紀建武二年:"大破五校於羛陽。"注:"羛陽,聚名,屬魏郡。故城在今相州堯城縣東,諸本有作弗者誤也。左傳(昭九年)云'晉荀盈如齊逆女,還,卒於戲陽'。戲與羛同。"

羚 líng 郎丁切,平,青韻,來。
ㄌㄧㄥˊ

見"羚羊"。字亦作"麢"。見説文。

【羚羊】獸名。狀似山羊而大,四肢細長有力,雌雄皆有角,短小圓鋭,有掛痕。肉肺膽鼻皆入藥,其角尤珍貴。見爾雅釋獸、政和證類本草十七羖羊角。

【羚羊挂角】傳説羚羊夜宿,角掛於樹,脚不着地,獵求無跡可尋。佛教禪宗語録中常用以比喻有待悟解,不能拘泥求之於言語文字。景德傳燈録十六(雪峯)義存禪師:"師謂衆曰:'吾若東道西道,汝則尋言逐句;吾若羚羊掛角,汝向什麽處捫摸。"又十七道膺禪師:"如好獵狗,只解尋得有蹤迹底;忽遇羚羊掛角,莫道迹,氣亦不識。"宋嚴羽引此比喻詩文奥妙,不落痕迹。滄浪詩話詩辯:"詩者,吟詠情性也。盛唐諸人惟在興趣,羚羊掛角,無跡可求。故其妙處透徹玲瓏,不可湊泊。"

羝 dī 都奚切,平,齊韻,端。
ㄉㄧ

公羊。詩大雅生民:"取蕭祭脂,取羝以軷。"傳:"羝羊,牡羊也;軷,道祭也。"

【羝乳】公羊産乳。比喻不可能發生的事。漢書五四蘇武傳:"乃徙武北海上無人處,使牧羝,羝乳乃得歸。"注:"羝,牡羊也。不當産乳,故設此言,示絶其事,若燕太子丹烏白頭、馬生角之比也。"元袁桷清容居士集十二題郝伯常雁足詩:"不須羝乳終回漢,肯學雞鳴詐度關。"

【羝牂】羝,公羊;牂,母羊。比喻配偶。漢焦延壽易林八坎革:"東行亡羊,失其羝牂;少婦無夫,獨坐空廬。"

【羝羊觸藩】公羊角鈎在籬笆上。喻進退兩難。易大壯:"羝羊觸藩,不能退,不能遂。"唐李白李太白詩十五留别于十一兄逖裴十三遊塞垣:"天張雲卷有時節,吾徒莫嘆羝觸藩。"

六 畫

羢 róng
ㄖㄨㄥˊ

細羊毛。同"絨",見"絨"。

羠 yí 以脂切,平,脂韻,喻。
ㄧˊ 徐姊切,上,旨韻,邪。

㊀閹過的公羊。見説文。㊁母野羊。急就篇三:"牂羖羯羠羝羭。"注:"西方有野羊,大角,牡者曰羱,牝者曰羠。"

羝 zhào 治小切,上,小韻,澄。
ㄓㄠˋ

未滿歲的小羊。急就篇三:"牂羖羯羠羝羭。"注:"羝,羊未卒歲也。一曰夷羊重百斤者爲羝。"

七 畫

羨 1. xiàn 似面切,去,線韻,邪。
ㄒㄧㄢˋ

也作"羡"。㊀貪欲。想慕。詩大雅皇矣:"無然畔援,無然歆羨。"淮南子説林:"臨河而羨魚,不如歸家織網。"㊁盈餘。詩小雅十月之交:"四方有羨,我獨居憂。"孟子滕文公下:"子不通功易事,以羨補不足。"㊂豐饒,富裕。漢書食貨志下孔僅咸陽言:"浮食奇民欲擅斡山海之貨,以致富羨,役利細民。"注:"羨,饒也。"㊃濫,亂。晏子春秋問下:"喜樂無羨賞,忿怒無羨刑。"慎子德威:"上無羨賞。"㊄超過,氾濫。通"衍"。史記一一七司馬相如傳上林賦:"德隆于三皇,功羨於五帝。"漢書溝洫志:"然河災之羨溢,害中國也尤甚。"史記河渠書作"衍溢"。㊅徑長。周禮春官典瑞:"璧羨以起度。"注:"羨,長也。此璧徑長尺以起量。"又考工記玉人:"璧羨度尺。"注:"羨,徑也。"㊆邪。漢揚雄太玄經一羨:"羨于微,克復可以爲儀。"

2. yán 于線切,去,線韻,喻。
ㄧㄢˊ

㊇墓道。通"埏"。史記衛康叔世家:"和以其賂賂士,以襲攻共伯於墓上,共伯入釐侯羨自殺。"索隱:"(羨)音延。延,墓道。又音以戰反。"㊈引進,延請。通"延"。文選漢張平子(衡)東京賦:"乃羨公侯卿士,登自東除。"

3. yí 以脂切,平,脂韻,喻。
ㄧˊ

㊉沙羨,地名。屬江夏郡。見漢書地理志。

【羨力】餘力。唐元稹長慶集五五故金紫光禄大夫檢校……嚴公行狀:"馬有羨力,兵不勞困。"

【羨田】不納租賦的隱匿田,爲破産農民,避賦外逃,私墾的小塊土地。新唐書食貨志一:"監察御史宇文融獻策:括籍外羨田、逃户,自占者給復五年,每丁稅錢千五百。"

【羨卒】餘卒。古代軍役制度,凡丁壯,以家一人爲正卒,服現役;餘爲羨卒,以備緊急大事。周禮地官小司徒"凡起徒役,毋過家一人,以其餘爲羨,唯田與追胥竭作"唐賈公彦疏:"以其餘爲羨者,一家兄弟雖多,除一人爲正卒,正卒之外,其餘皆爲羨卒。"

【羨門】傳說古仙人。文選戰國楚宋玉高唐賦:"有方之士,羨門高谿。" 史記秦始皇紀三二年:"始皇之碣石,使燕人盧生求羨門高誓。"集解:"韋昭曰:(羨門高誓)古仙人。"史記封禪書作"羨門高"。

【羨₂門】墓門。吳越春秋闔閭內傳:"(吳王葬女)乃舞白鶴於吳市中,令萬民隨而觀之。還,使男女與鶴俱入羨門,因發機以掩之。" 舊題漢劉歆西京雜記六:"幽王冢甚高壯,羨門既開,皆是石堊。"

【羨₂除】卽隧道,又稱延道。古代數學借作多面體積之名。九章算術五商功:"今有羨除。"晉劉徽注:"此術羨除,實隧道也。其所穿地,上平下斜,似兩鱉臑夾一塹堵,卽羨除之形。"

【羨財】餘財。愼子德威:"以能受事,以事受利,若是者,上無羨賞,下無羨財。" 唐白居易長慶集六一唐……河南元公墓誌銘序:"出爲同州刺史,始至,急吏緩民,有事節用,歲收羨財千萬,以補亡户逋租。"

【羨₂道】入墓隧道。周禮春官冢人"共喪之窆器"漢鄭玄注:"隧,羨道也。"疏:"天子有隧,諸侯以下有羨道;隧與羨異者,隧道則上有負土,……羨道上無負土。"儀禮既夕禮"衆主人西面北上,婦人東面,皆不哭"漢鄭玄注:"俠羨道爲位。"疏:"羨道,謂入壙道。上無負土爲羨道。"

【羨溢】㊀富裕,豐足。漢書五六董仲舒傳對:"富者奢侈羨溢,貧者窮急愁苦。" 唐元稹長慶集五四有唐贈太子少保崔公墓誌銘:"破壞豪黠,除去宂費,歲中廩藏皆羨溢。"㊁溢出,盈溢。漢書溝洫志:"來春桃華水盛,必羨溢,有塡淤反壤之害。"後漢書四十下班彪傳附班固典引:"卓犖乎方州,羨溢乎要荒。"

【羨漫】散漫貌。文選漢揚子雲(雄)羽獵賦:"羨漫半散,蕭條數千里外。"

【羨慕】愛慕,仰慕。漢徐幹中論譴交:"既獲者,賢已而遂往;羨慕者,並驅而追之。"後漢書三六賈逵傳:"皆拜逵所選弟子及門生爲千乘王國郎,朝夕受業黃門署,學者皆欣欣羨慕焉。"

【羨餘】正賦外的無名稅收,爲唐以來巧取豪奪的雜稅。唐開元八年宇文融括籍外羨田,張虛數,歲終得錢百萬緡。至德宗時劍南西川節度使韋皐有"日進",江西觀察使李兼有"月進",淮南節度使杜亞、宣歙觀察使劉贊、鎭海節度使王緯李錡皆以常賦入貢,名曰"羨餘"。唐白居易長慶集二重賦詩:"繒帛如山積,絲絮如雲屯,號爲羨餘物,隨月獻至尊。"參閱新唐書食貨志二。

義

yì 宜寄切,去,寘韻,疑。

㊀禮儀,容止。周禮春官肆師:"凡國之大事,治其禮儀。" 漢鄭玄注:"鄭司農(衆)云:古者儀但爲義,今時所謂義者爲誼。"續古文苑一周虢尗(叔)旅鐘銘:"皇考威義,克御于天子。"㊁宜,適宜。合理、適宜的事稱義。易乾:"利物足以和義,貞固足以幹事。"疏:"言天能利益庶物,使物各得其宜。" 論語公冶長:"其養民也惠,其使民也義。"又述而:"聞義不能從,聞善不能改,是我憂也。"㊂善。詩大雅文王:"宣昭義問,有虞殷自天。"傳"義,善。"㊃道理,意義。易解:"剛柔之際,義無咎也。"注:"義猶理也。"詩周南關雎序:"故詩有六義焉。"㊄情義,恩義。史記九二淮陰侯傳:"乘人之車者載人之患,衣人之衣者懷人之憂,食人之食者死人之事,吾豈可以鄉利倍義乎?"㊅議論。通"議"。莊子齊物論:"有左,有右,有論,有義,……六合之內,聖人論而不議。"釋文:"'有論,有義',崔(譔)本作'有論,有議'。"㊆外加的。宋洪邁容齋隨筆八人物以義爲名:"自外入而非正者曰義,義父、義兒、義兄弟、義服是也。"㊇姓。漢武帝時有義縱。史記漢書皆有傳。

【義人】猶言義士。信守節義的人。史記六一伯夷傳:"(武王伐紂)伯夷叔齊扣馬而諫。……左右欲兵之。太公曰:'此義人也。'扶而去之。"後漢書八六板楯傳:"漢中上計程包對曰:板楯七姓,射殺白虎立功,先世復爲義人。"

【義士】㊀有節操的人。左傳桓二年:"武王克商,遷九鼎於雒邑,義士猶或非之。"㊁漢碑碑陰往往有處士義士名目,處士指德行可尊而無位的人,義士指出財以助刻碑的人。至宋太宗(趙匡義)時,避諱,義士改稱信士。見清顧炎武金石文字記一郃陽令曹全碑。

【義子】乾兒子。唐陸廣微吳地記:"(餘杭山)有夫差義子墳十八所。"

【義方】做人的正道。左傳隱三年:"石碏諫曰:'臣聞,愛子教之以義方,弗納於邪。'"國語周下:"上得民心,以殖義方。"後多指家教。漢蔡邕蔡中郎集九司徒袁公夫人馬氏碑銘:"義方之訓,如川之流。"

【義心】㊀堅守節義之心。文選南朝宋顏延年(延之)秋胡詩:"義心多苦調,密比金玉聲。"㊁佛家語。以迷於事或迷於理而起的疑惑不決之心。唐王維王右丞集七夏日過青龍寺謁操禪師詩:"欲問義心義,遙知空病空。"

【義井】供人共用的井。唐張說張說之集十九玄識闍黎盧墓碑:"置義井,取施無求報;鑄洪鐘,取聞而悟道。"唐高適高常侍集七有題盧使君義井詩。

【義戈】猶義兵。後漢書十四齊武王縯傳贊:"齊武沈雄,義戈乘風。"注:"以義舉兵,乘風雲之會也。"漢光武稱帝後,追謚其兄縯爲齊武王。

【義父】假父,乾爸爸。北魏楊衒之洛陽伽藍記二:"時有隱士趙逸,云是晉武(司馬炎)時人,晉朝舊事,多所記錄。正元(高貴鄉公曹髦年號)初,來至京師,……汝南王聞而異之,拜爲義父。"

【義主】漢時立碑,出財刻石的人稱義主。北魏張猛龍清頌碑碑陰:"義主參軍事廣平宋撫民,義主驪讓威府長史征魯府治城軍主□軍□,義主本部二政主簿。"見清王昶金石萃編二九。參見"義士㊁"。

【義甲】假指甲。以銀、鹿角或玻璃等製。彈箏及三弦時用以護甲。全唐詩四六八劉言史樂府雜詞之二:"月光如雪金階上,迸却頗梨義甲聲。"明楊愼升庵詩話九劉言史樂府雅詞:"其曰義甲者,甲外有甲曰義,如假髻曰義髻,樂有義嘴笛,衣服有義襴,皆外也。"

【義田】以救濟貧窮者爲名而置的田地。越絕書八外傳記地傳:"富中大塘者,勾踐治以爲義田。"後世官紳於故鄉購置田地以賑濟家族中貧户,也稱義田。宋錢公輔義田記:"范文正公(仲淹)……方顯貴時,於其里中買負郭常稔之田千畝,號曰義田,以養濟羣族之人。"見宋范仲淹范文正公集附錄褒賢祠記二。

【義旨】要旨。漢王充論衡超奇:"杼其義旨,損益其文句,而以上書奏記,或興論立說,結連篇章者,文人鴻儒也。"文選晉潘安仁(岳)楊仲武誄序:"子以妙年之秀,固能綜覽義旨,而軌式模範矣。"

【義孝】非己親而行孝。北齊書封隆之傳弟子孝琰:"和士開母喪,託附者咸往奔哭。鄴中富商丁鄒嚴興等並爲義孝。"魏書王叡傳:"叡之葬也,假親姻義舊,衰絰縞冠送喪者千餘人,皆舉聲慟哭,以要榮利,時謂之義孝。"

【義兵】㊀正義的軍隊。吳子圖國:"其名又有五,一曰義兵……禁暴救亂曰義。"列代王朝把鎭壓農民起義的武裝也稱爲義兵。三國志蜀先主傳:"靈帝末,黄巾起,州郡各舉義兵。"㊁宋代的一種鄉兵,自備器械,不支官俸。宋史兵志四:"鄉兵者,選自户籍,或土民應募,在所團結訓練,以爲防守之兵也。……河北東、陝西有義勇,麟州有義兵。"

【義役】宋代役法的一種。孝宗乾道五年,處州松陽縣倡爲義役,衆出田穀,助役户輪充,以代差役。見文獻通考十三職役。

【義府】㊀義理的府藏。左傳僖二七年:"詩書,義之府也。"陳書周弘正傳詔:"故尚書右僕射領國子祭酒豫州大中正弘正識宇凝深,藝業通備,辭林義府,國老民宗,道映庠門,望高禮閣。"㊁書名。清黄生撰。二卷,上卷論經,下卷論子、史、集,附論金石。考證頗多精義。

【義武】㊀武功。唐元稹長慶集四三加陳楚檢校左僕射制:"總齊義武,於今六年,以兩郡之賦輿,備三軍之供費,民不勞耗而兵能繕完。"宋史三三四熊本等傳論:"真宗仁宗……仁文有餘,義武不足。"㊁明末張獻忠年號。公元1643年。

【義林】彙集經籍要義的論集。隋書經籍志一著録春秋義林一卷。又唐釋窺基有法苑義林二十九章。

【義門】仁義之門。荀子大略:"仁有里,義有門。"歷代王朝特指尚孝義或數代同居和諧相處的門族。南齊書韓靈敏傳:"又會稽人陳氏有三女,……值歲饑,三女相率於西湖采菱蓴,更日至市貨賣,未嘗虧怠,鄉里稱爲義門。"新唐書一九五裴敬彝傳:"曾祖子通,隋開皇中以太中大夫居母喪,哭喪明……兄弟八人皆爲名孝,詔表門闕,世謂'義門裴氏'。"

【義居】指舊時數代同居,以孝義著稱的家庭。宋史四五六洪文撫傳:"六世義居,室無異爨,……太宗飛白一軸曰'義居人'以賜之。"宋韓元吉南澗甲乙稿十六有鉛山周氏義居記,記中並引洪氏義居事。

【義舍】不取費的宿所。三國志魏張魯傳:"魯遂據漢中,以鬼道教民,自號師君。其來學道者,初皆名鬼卒,受本道已信,號祭酒。……諸祭酒皆作義舍,如今之亭傳。又置義米肉,懸於義舍,行旅者量腹取足。"

【義和】年號。1. 南北朝時北涼沮渠蒙遜。公元431—432年。2. 隋末唐初高昌國。公元614—619年。

【義例】㊀著書的主旨和體例。春秋左傳晉杜預序:"經之條貫,必出於傳;傳之義例,摠歸諸凡。"梁書崔靈恩傳:"(虞)僧誕,會稽餘姚人,以左氏教授,聽者亦數百人,其該通義例,當時莫及。"㊁合乎古禮的事例。晉書賀循傳議禮:"如此則一世再遷,祖位横折,求之古義,未見此例。惠帝宜出,尚未輕論,況可輕毁一祖而無義例乎?"

【義兒】取他姓所生之子爲己兒,並改己姓的叫義兒。也稱義子、義男。舊唐書五五高開道傳:"時開道親兵數百人,皆勇敢士也,號爲義兒。"新五代史義兒傳序:"唐自號沙陀,起代北,其所與俱皆一時雄傑虣武之士,往往養以爲兒,號'義兒軍'。"又取他人之子而不必改姓的亦稱義兒,如魏書蕭衍傳侯景見衍請香火爲義兒,猶後世所稱乾兒。參閲清成瓘篛園日札六親屬相沿之呼。

【義帝】(公元前?—前205年)秦二世元年,項梁項籍起兵於吴,次年梁得故楚懷王孫心於民間,立爲懷王,國號楚,治盱台。秦將章邯擊破楚軍,梁敗死。懷王走彭城,命宋義爲上將軍,北救趙;命沛公劉邦西攻秦。宋義逗留不進,爲項籍所殺。秦亡,籍尊懷王爲義帝,徙於長沙郴縣。明年,又命九江王英布擊殺義帝於郴江中。見史記項羽紀、高祖紀。

【義故】受有舊恩的故舊。世説新語德行:"王戎父渾有令名,官至涼州刺史。渾薨,所歷九郡義故懷其德惠,相率致賻數百萬,戎悉不受。"宋書沈演之傳:"(沈)勃自恃吴興土豪,比門義故,脅説士庶,坐索無已。"

【義勇】㊀見義勇爲的精神。漢書七十陳湯傳谷永上疏訟湯:"策慮愊億,義勇奮發。"文選漢李少卿(陵)答蘇武書:"陵先將軍,功略蓋天地,義勇冠三軍。"㊁民兵。宋康定慶曆年間,登記河北河東陝西三路强壯之民,三丁選一,以爲鄉弓手,屯戍邊境,是爲徵調義勇之始。見宋史兵志四。參見"義兵㊁"。

【義俠】仗義的豪俠。宋洪邁容齋隨筆八人物以義爲名:"至行過人曰義。義士、義俠……之類是也。"

【義疾】指肺結核病。病則傳變五臟,死則傳染他人,故名。見宋陶穀清異録喪葬義疾。

【義旅】正義的軍隊。猶"義師"。梁書武帝紀上齊帝璽書:"鋒馹交馳,振靈武以遐略;雲雷方扇,鞠義旅以勤王。"

【義冢】掩埋無主屍體的公墓。晉干寶搜神記十一:"(周)暢收洛陽城旁客死骸骨萬餘,爲立義冢。"也作"義塚"。宋史理宗紀三淳祐四年:"出封樁庫緡錢各十萬,命兩淮京湖四川制司收瘞頻年交兵遺骸,立爲義塚。"

【義務】合乎正道的事。漢徐幹中論貴驗:"詩曰:'伐木丁丁,鳥鳴嚶嚶,出自幽谷,遷於喬木',言朋友之義務,在切直以升於善道者也。"

【義倉】地方公共儲糧備荒的糧倉。設立於鄉鎮的稱社倉。隋書長孫平傳:"開皇三年徵拜度支尚書,……奏令民間每秋家出粟麥一石已下,貧富差等,儲之閭巷,以備凶年,名曰義倉。"也作"義廩"。唐柳宗元柳先生集一貞符:"鄉爲義廩,斂發謹飭,歲丁大侵,人以有年。"清俞森撰義倉考一卷,考證自隋至明歷代義倉的沿革和利弊。

【義氣】㊀剛正之氣。禮鄉飲酒義:"天地嚴凝之氣,始於西南而盛於西北,此天地之尊嚴氣也,此天地之義氣也。"㊁忠義之氣。南朝梁江淹江文通集二慰勞雍州詔:"刺史張敬,義氣雲騰,秣馬星驅,全羽十萬。"宋史三六〇宗澤傳論:"實由澤之忠忱義氣有以風動之。"

【義烏】縣名。屬浙江省。漢爲烏傷縣,屬會稽郡。以傳説有孝子顔烏負土成墳,群烏爲之啣土、其吻皆傷而名。三國吴分屬東陽郡。唐改名義烏。明清皆屬浙江金華府。見寰宇通志二八金華府義烏縣。

【義師】仁義之師,爲正義而戰的軍隊。後漢書八四董祀妻(蔡文姬)傳悲憤詩:"海内興義師,欲共討不祥。"新唐書一五三顔真卿傳:"真卿叱曰:'若等聞顔常山(杲卿)否?吾兄也!'禄山反,首舉義師。"

【義徒】㊀謂能適應時俗的人。莊子秋水:"差其時,逆其俗者,謂之簒夫;當其時,順其俗者,謂之義徒。"一本作"義之徒"。㊁隨從的徒屬。後漢書五八傅燮傳:"徐至鄉里,率厲義徒,見有道而輔之,以濟天下。"晉書祖逖傳:"賓客義徒皆暴桀勇士,逖遇之如子弟。"

【義理】㊀道理。禮禮器:"義理,禮之文也。"疏:"得理合宜,是其文也。"吕氏春秋懷寵:"暴虐姦詐之與義理,反也。"㊁經義名理。漢書三六劉歆傳:"初左氏傳多古字古言,學者傳訓故而已,及歆治左氏,引傳文以解經,轉相發明,由是章句義理備焉。"三國志蜀李譔傳:"又從(尹)默講論義理,五經諸子,無不該覽。"宋以來理學亦稱義理之學,簡稱義理。

【義莊】置田取其租入以贍宗族内貧户,

其產業即由宗族中經理，作爲一族之公產，稱義莊。宋范仲淹吴奎彭汝礪皆有置田立義莊事。見宋王闢之澠水燕談録四忠孝、趙善璙自警篇賑族。

【義鳥】 即雉媒。文選晉潘安仁(岳)射雉賦:"伊義鳥之應敵，啾擭地以厲響。"徐爰注:"義鳥，媒也。爲人致敵，故名曰義媒。"

【義從】 志願從行者。後漢書十六鄧禹傳附鄧訓:"(章和二年)訓遂撫養其中少年勇者數百人，以爲義從。"又四七班超傳:"平陵人徐幹，素與超同志，上疏願奮身佐超。(建初)五年，遂以幹爲假司馬，將弛刑及義從千人就超。"又漢末公孫瓚有騎兵數千，多乘白馬，號爲白馬義從。見英雄記(北堂書鈔一一七)。

【義渠】 古西戎國名。也作"儀渠"。在今甘肅合水正寧環縣寧縣涇川等縣地。戰國時爲秦所滅，置義渠縣，屬北地郡，東漢末廢。故城在今寧縣西北。見嘉慶一統志二六二慶陽縣義渠故城。

【義疏】 六朝以來疏解儒家經義的書。隋書儒林傳序:"二劉(焯炫)拔萃出類，學通南北，博極古今……所製諸經義疏，搢紳咸師宗之。"隋書經籍志載羣經均有義疏，毛詩即有義疏七種。清高宗(弘曆)曾命儒臣纂輯三禮義疏一百七十八卷。

【義陽】 古郡名。原春秋時申國地。漢爲平氏縣之義陽鄉，傅介子封義陽侯，即此。三國魏黄初中置郡，郡治在今河南桐柏縣東。晉時郡治屢遷，最後遷至今信陽縣南，南朝因之，並僑置司、州於此。地當南北交通要衝，南控平靖武陽(今武勝)黄峴三關，史稱"義陽三關"。爲軍事要地。見讀史方輿紀要五十河南汝寧府信陽州及義陽城。

【義試】 私家集生徒命題考試。元劉壎隱居通議十義試詩:"往昔江南承平時，鄉里諸齋間出題示學者，賦絶句，考殿最，有極精巧者，是時俱名曰義試詩。"

【義路】 義之所由，正義的道路。孟子萬章下:"夫義，路也；禮，門也。惟君子能由是路出入是門也。"後漢書六三李固傳奏記梁商:"春秋褒儀父以開義路，貶無駭以閉利門。夫義路閉則利門開，利門開則義路閉也。"

【義鼠】 一種象鼠的小獸。宋劉敬叔異苑三義鼠:"義鼠形如鼠，短尾。每行，遞相咬尾，三五爲羣，驚之則散。"

【義寧】 ㊀縣名。1.春秋時吴艾邑，漢置艾縣，屬豫章郡。清初爲寧州，後改義寧州，屬江西南昌府。公元1912年改義寧縣,1914 年改修水縣。參閲嘉慶一統志三〇八南昌府。2.屬今廣西，本靈川縣歸義鄉。五代後晉置縣，明清皆屬桂林府。1954 年併入臨桂靈川二縣。參閲寰宇通志一〇七桂林府義寧縣。㊁隋楊侑(恭帝)年號。公元 617—618 年。

【義塾】 舊時免費的私塾。宋葉適水心集八郭伯山挽詞:"兄弟窮經各一時，百年義塾尚留炊。"又崔與之崔清獻公集五遷遊鄭氏家塾記跋:"君未仕之前，創義塾于家，聚族黨食而教之。"

【義旗】 起義者的旗幟。用以指義兵、義軍。世説新語企羡"孟昶未達時"注引晉安帝紀:"昶矜嚴有志局，少爲王恭所知，豫義旗之勳，遷丹陽尹。"晉書檀憑之傳:"義旗之建，憑之與劉毅俱以私艱，墨絰而赴。"

【義臺】 ㊀行禮儀之臺。莊子馬蹄:"雖有義臺路寢，無所用之。"釋文:"義，徐(邈)音儀，崔(譔)本同。"㊁即古野臺。故址在今河北省新樂縣西南。戰國時趙武靈王十七年出九門爲野臺，以窺齊中山之境。東晉時，拓跋珪大破慕容麟於此，遂克中山。見史記趙世家、讀史方輿紀要十四真定府新樂縣。

【義嘉】 南朝宋劉子勛(晉安王)年號。公元 466 年。

【義熙】 晉司馬德宗(安帝)年號。公元 405—418 年。

【義憤】 由不義之事所激起的憤慨。後漢書八三逸民傳序:"漢室中微，王莽篡位，士之藴藉義憤甚矣，是時裂冠毁冕，相攜持而去之者，蓋不可勝數。"

【義墨】 混合墨。宋蘇軾東坡題跋五書雪堂義墨:"駙馬都尉王晉卿致墨二十六丸，凡十餘品。雜研之作數十字，以觀其色之深淺，若果佳，當擣合爲一品，亦當爲佳墨。予昔在黄州，鄰近四、五郡皆送酒，予合置一器中，謂之雪堂義樽，今又當爲雪堂義墨耶!"宋洪邁容齋隨筆八人物以義爲名:"合衆物爲之，則有義漿、義墨、義酒。"

【義漿】 利便公衆免費供應的飲料。晉干寶搜神記十一:"楊公伯雍，雒陽縣人也。……父母亡，葬無終山，遂家焉。山高八十里，上無水，公汲水作義漿於坂頭，行者皆飲之。"

【義鋪】 猶今之售貨攤。宋孟元老東京夢華録三相國寺萬姓交易:"(相國寺)第二、三門，皆動用什物，庭中設綵幙，露屋義鋪，賣蒲合、簟席、屏幃、洗漱、鞍轡、弓劍、時果、脯腊之類。"

【義興】 郡、縣名。秦置陽羨縣，屬會稽郡。晉永嘉四年割吴興之陽羨，并長城縣之北鄉分置義鄉國山臨津陽羨四縣，又分丹陽之永世立義興郡。南朝梁廢，隋置義興縣，宋因避太宗(趙匡義)諱，改爲宜興縣。今屬江蘇省。參閲晉書地理志下、嘉慶一統志八六常州府宜興縣。

【義髻】 假髻。新唐書五行志一:"楊貴妃常以假鬢爲首飾，而好服黄裙。……時人爲之語曰:'義髻抛河裏，黄裙逐水流。'"

【義樽】 猶義酒。即混合之酒。見"義墨"。

【義戰】 正義的戰爭。孟子盡心下:"春秋無義戰，彼善於此，則有之矣。"

【義錢】 因受罰而捐獻的錢財。後漢書五八虞詡傳:"是時長吏、二千石聽百姓讁罰者輸贖，號爲'義錢'。"

【義學】 ㊀經義之學。後漢書七九下召馴傳:"馴少習韓詩，博通書傳，……帝嘉其義學，恩寵甚崇。"㊁佛家稱俱舍、唯識、法相等宗的學問爲義學。釋氏稽古略四:"慈恩賢首之疏鈔，義學而已，士大夫聰明超軼者皆厭聞名相因果。"㊂即義塾。新唐書一九〇王潮傳:"俄遷觀察使，乃作四門義學，還流亡，定賦斂，遣吏勸農。"

【義縱】 公元前？—前 117 年。漢河東人。武帝時任長陵、長安令，直法行治，不避貴戚。遷河内都尉，族滅豪强穰氏之屬，吏民震恐，道不拾遺。爲定襄太守，殺獄囚一日至四百餘人，郡中不寒而慄。元狩六年以阻撓告緡法棄市。史記一二二、漢書九十皆入酷吏傳。

【義類】 按義分類。春秋左傳晉杜預序:"其微顯闡幽，裁成義類者，皆據舊例而發義。"北史魏道武帝紀:"集博士儒生比衆經文字，義類相從，凡四萬餘字，號曰衆文經。"

【義證】 引書證以釋義。晉書束晳傳:"晳在著作，得觀竹書，隨疑分釋，皆有義證。"梁書孔子袪傳:"高祖(蕭衍)撰五經講疏及孔子正言，專使子袪檢閲羣書，以爲義證。"清桂馥專治説文，所著取證羣書，題名説文義證，取義於此。

【義贓】 以送禮名義進納的賄賂。魏書刑罰志:"律:枉法十匹，義贓二百匹大辟。至(太和)八年，始班禄制，更定義贓一匹，枉法無多少皆死。"

【義兄弟】 意氣相投結拜爲兄弟。元周密齊東野語九李全:"宋時李全，以販牛馬來青州……財本寖耗，投充濰水尉司弓卒，因結羣不逞爲義兄弟。”

【義林章】 唐釋窺基所編。全稱大乘法苑義林章。窺基爲玄奘弟子，世稱慈恩大師，立法相宗。此書講説大乘法相名數，與基别撰的唯識述記爲闡述宗義的基本著作。凡七卷，因别稱七卷章。有近人梅光羲注本。

【義勇軍】 ㊀南唐李昪(烈祖)時，定民産二千以上者，號義軍，以民奴及贅壻者，號義勇軍。見宋陸游南唐書後主紀。宋慶曆治平間於河北陝西等地編組地方民壯，平時自衛，戰時協同官軍作戰，稱爲義勇。爲止逃防亡，於手背刺義勇軍字。見宋史仁宗紀、英宗紀。㊁近代指人民爲了抗擊侵略者自願組織起來保家衛國的武裝部隊。

【義觜笛】 古西涼樂器，横笛而加觜者。舊唐書音樂志二：“梁胡吹歌云：‘快馬不須鞭，反插楊柳枝。下馬吹横笛，愁殺路旁兒。’此歌辭元出北國之〔今〕横笛，皆去觜，其加觜者謂之義觜笛。”參閲新唐書禮樂志十一。

【義管笙】 宋大樂之笙。十七簧，舊外設二管，不定置，謂之義管，遇變調易調時更迭用之。見文獻通考一三八樂考十一義管笙。

【義形於色】 正義之氣見於神色。公羊傳桓二年：“孔父正色而立於朝，則人莫敢過而致難於其君者。孔父可謂義形於色矣。”晉陸機陸士衡集九漢高祖功臣頌：“義形於色，憤發於辭。”

羣 qún ㄑㄩㄣˊ 渠云切，平，文韻，羣。

㊀禽獸聚合。詩小雅無羊：“誰謂爾無羊，三百維羣。”國語周上：“獸三爲羣，人三爲衆。”㊁人羣，朋輩。禮檀弓上：“吾離羣而索居，亦已久矣。”注：“羣謂同門友也。”參見“羣輩”。㊂種類。逸周書周祝：“用其則必有羣。”注：“羣，類。”易繫辭上：“方以類聚，物以羣分。”㊃合羣。荀子非十二子：“壹統類而羣天下之英傑。”注：“羣，會合也。”文選漢班孟堅(固)西都賦：“總禮官之甲科，羣百郡之廉孝。”㊄猶諸、衆。左傳哀五年：“置羣公子于萊。”

【羣士】 ㊀百官。周禮秋官鄉士：“羣士司刑皆在，各麗其法，以議獄訟。”後漢書七二董卓傳：“忍性矯情，擢用羣士。”㊁衆士。唐柳宗元柳先生集十二故殿中侍御史柳公墓表：“遂冠首科，休有令問，羣士羨慕。”

【羣小】 ㊀衆小人。詩邶風柏舟：“憂心悄悄，愠于羣小。”箋：“羣小，衆小人在君側者。”一説謂羣妾。後漢書十五來歙傳附來歷：“歷、(役)諷等不識大典，而與羣小共爲讙譁。”㊁衆小兒。世説新語賢媛：“(王)武子(濟)乃令兵兒與羣小雜處，使母帷中察之。”㊂衆小國。史記平準書：“有國彊者或并羣小以臣諸侯，而弱國或絶祀而滅世。”

【羣方】 萬方。後漢書八三逸民傳序：“羣方咸遂，志士懷仁。”文選南朝宋謝靈運九日從宋公戲馬臺集送孔令詩：“在宥天下理，吹萬羣方悦。”

【羣元】 百姓。漢書五八兒寬傳：“陛下躬發聖德，統楫羣元，宗祀天地，薦禮百神。”

【羣化】 謂萬物變化之理。文選南朝宋顔延年(延之)贈王太常詩：“静惟浹羣化，徂生入窮節。”唐張九齡曲江集二感遇詩之十二：“閉門跡羣化，憑林結所思。”

【羣司】 百官。左傳襄十年：“子産聞盗，爲門者，庀羣司，閉府庫。”唐張籍張司業集二和裴僕射移官言志詩：“功成歸聖主，位重委羣司。”

【羣生】 ㊀一切生物。莊子刻意：“四時得節，萬物不傷，羣生不夭。”漢書五六董仲舒傳：“是以陰陽調而風雨時，羣生和而萬民殖。”㊁衆儒生。唐柳宗元柳先生集九國子司業陽城遺愛碣：“羣生聞禮，後學知孝。”

【羣有】 猶言萬物。文選南朝齊王簡棲(屮)頭陁寺碑文：“行不捨之檀，而施洽羣有；唱無緣之慈，而澤周萬物。”注：“羣有，謂有色無色，有想無想，以其不一，故曰羣有。”羣書治要唐魏徵序：“近古皇王，時有撰述，並加包括天地，牢籠羣有。”唐李白李太白詩十贈僧崖公：“一風鼓羣有，萬籟各自鳴。”

【羣祀】 左傳襄十一年：“羣神羣祀。”注：“羣祀，在祀典者。”自隋唐以來，歷代封建王朝祀典，分大祀、中祀、羣祀(小祀)。羣祀，指祀羣廟，羣祠。清制廟如先醫廟、火神廟，祠如賢良祠、昭忠祠，皆在羣祀之列。見清會典三五禮部。參見“大祀”。

【羣枉】 猶羣邪。漢書三六劉向傳上封事：“夫執狐疑之心者，來讒賊之口；持不斷之意者，開羣枉之門。讒邪進則衆賢退，羣枉盛則正士消。”抱朴子刺驕：“揚清波以激濁流，執勁矢以厲羣枉。”

【羣季】 諸弟。唐李白李太白文二八春夜宴從弟桃李園序：“羣季俊秀，皆爲惠連；吾人詠歌，獨慙康樂。”康樂，謝靈運；惠連，靈運族弟。

【羣動】 ㊀各種動物。晉陶潛陶淵明集三飲酒之七：“日入羣動息，歸鳥趨林鳴。”㊁諸種活動。唐白居易長慶集十五宴坐閑吟詩：“意氣銷磨羣動裏，形骸變化百年中。”

【羣從】 指諸子姪輩。後漢書六三李固傳對：“今梁氏戚爲椒房，……而子弟羣從，榮顯兼加。”世説新語賢媛：“(謝道韞)答曰：‘一門叔父則有阿大中郎，羣從兄弟則有封胡遏末，不意天壤之中，乃有王郎！’”

【羣衆】 衆人。荀子富國：“功名未成，則羣衆未縣也；羣衆未縣，則君臣未立也。”後漢書二九申屠剛傳與隗囂書：“今東方執政日睦，百姓平安，而西州發兵，人人懷憂，騷動惶懼，莫敢正言，羣衆疑惑，人懷顧望。”

【羣辟】 指諸侯、卿士。書周官：“六服羣辟，罔不承德，歸于宗周。”文選漢張平子(衡)西京賦：“正殿路寢，用朝羣辟。”注：“羣辟謂王侯，公卿，大夫，士也。”

【羣黎】 衆庶，黎民。詩小雅天保：“羣黎百姓，徧爲爾德。”宋史樂志：“一人有慶，燕及羣黎。”

【羣玉山】 神話傳説中的仙山。産玉。穆天子傳二：“癸巳，至于羣玉之山，……四徹中繩，先王之所謂策府。”注：“即山海經玉山，西王母所居者。”唐李白李太白詩五清平調之一：“若非羣玉山頭見，會向瑶臺月下逢。”

【羣芳譜】 明王象晉撰。全稱二如堂羣芳譜。三十卷，分爲天、歲、穀、蔬、果、茶竹、桑麻葛苧、藥、木、花、卉、鶴魚各譜，每種分列種植、製用、療治、典故、麗藻等目，略於種植而詳於藝文。清康熙四十七年，命汪灝等就象晉原書，重編爲廣羣芳譜一百卷，較原書詳備。

【羣玉堂帖】 宋人刻叢帖名。初名閲古堂帖。十卷，宋韓侂胄命門客摹刻。韓被殺後，没入公庫。嘉定中改今名。帖中收晉以後名家法書，自五卷以下皆爲宋人法書，以摹刻精妙著稱。石與帖今皆佚，僅存殘本。參閲清孫承澤閒者軒帖考。

【羣空冀北】 唐韓愈昌黎集二一送温處士赴河陽軍序：“伯樂一過冀北之野，而馬羣遂空。”冀北産良馬，伯樂善識馬，喻賢才遇知人者皆得擢拔。宋范成大石湖集三三次韻陳融甫支鹽年家見贈之二：“加鞭翰墨場，一躍羣空冀。”

【羣書治要】書名。唐太宗欲覽前王得失，命魏徵虞世南褚遂良等輯録經史百家中有關帝王興衰的事迹記載，編爲此書。原書五十卷，唐後亡佚。清乾隆間自日本重行傳入，因鏤板行世。今缺第四、十三、二十共三卷。所采各書，皆初唐善本，與後刊者多有不同。

【羣書拾補】清盧文弨撰。文弨篤學，精於訓詁校勘。以其所校逸周書孟子音義等合經史子集三十七種，名爲羣書拾補。於原書脱漏者，摘字而注其異同、衍脱，以謹嚴精當著稱。

【羣書校補】清陸心源撰。一百卷。自隋唐以來經史百家詩文集等，有外間刊行而四庫所收爲輯本，或非善本，又有四庫未收者，皆據最初精本正其譌奪，補其殘缺，凡校補三十種。

【羣書疑辨】清萬斯同撰。十二卷，前六卷論辨諸經。七卷以下，考廟制、辨石鼓文及古文隸書、崑崙河源。末三卷論史事。

【羣策羣力】集合衆人的智慧和力量。漢揚雄法言重黎：“漢屈羣策，羣策屈羣力。”注：“屈，盡也。言漢能屈己以用羣臣之策，羣臣能屈己以悦羣士之力，故勝也。”宋陳元晉漁墅類稿二見鄭參政啟：“寔賴同心同德之臣，亟合羣策羣力之助。”

【羣經平議】清俞樾撰，三十五卷。爲繼承王念孫引之父子讀書雜志經傳釋詞經義述聞而作。大要在考訂諸經舛誤，審定字義通借，句讀亦多所校正。

【羣經音辨】宋賈昌朝撰。七卷，聚諸經之字同而音訓各異者，以類相從，分爲五門，辨別精詳，可爲訓詁考證之助。

【羣輕折軸】物雖輕，積多量大，可以折斷車軸。喻見微知著，不能忽視小事。戰國策魏一：“臣聞積羽沉舟，羣輕折軸，衆口鑠金。”淮南子繆稱：“君子不謂小善不足爲也而舍之，小善積而爲大善；不謂小不善爲無傷也而爲之，小不善積而爲大不善。是故積羽沉舟，羣輕折軸。”

【羣雌粥粥】唐韓愈昌黎集一琴操雉朝飛操：“羣雌孤雄，意氣横出，……隨飛隨啄，羣雌粥粥。”後以喻婦女之聚集。

【羣龍無首】易乾：“用九，見羣龍無首，吉。”以龍有剛健之德，故吉。今借喻衆人會集而無領首之人。

八　畫

羠 dōng 德紅切，平，東韻，端。
ㄉㄨㄥ 多貢切，去，送韻，澄。

見下。

【羠羠】傳説中的獸名。山海經北山經：“(泰戲之山)有獸焉，其狀如羊，一角一目，目在耳後，其名曰羠羠。”

九　畫

羬 qián 巨淹切，平，鹽韻，羣。
ㄑㄧㄢ 五咸切，平，咸韻，疑。

大羊。爾雅釋畜：“羊六尺爲羬。”注：“尸子曰：大羊爲羬，六尺者。”一曰山羊。見廣韻咸韻。

【羬羊】獸名。山海經西山經：“(錢來之山)有獸焉，其狀如羊而馬尾，名曰羬羊。其脂可以已腊。”注：“今大月氏國有大羊，如驢而馬尾。爾雅云羊六尺爲羬，謂此羊也。”

羯 jié 居竭切，入，月韻，見。
ㄐㄧㄝ

㊀被閹過的羊。急就篇三：“羘、羖、羯、羠、羝、羭。”注：“羖之犗者爲羯，謂劇之也。”㊁古匈奴族別部。晉時入居羯室。地在今山西左權縣境。東晉十六國後趙主石勒，即羯族人。見晉書石勒載記。

【羯羠】强悍。史記一二九貨殖傳：“其民羯羠不均。”索隱：“言其方人性若羊，健捍而不均也。”

【羯鼓】古羯族樂器。其音主太蔟一均。唐代諸樂龜兹部、高昌部、疏勒部、天竺部皆用羯鼓。形如漆桶，下以小牙牀承之。擊用二杖，音聲急促高烈。參閲唐南卓羯鼓録、新唐書禮樂志十二。

【羯磨】梵語。義譯爲作業。指比丘(和尚)、比丘尼(尼姑)受戒、懺悔等業事的儀式。南史梁武帝紀太清元年：“幸同泰寺，設無遮大會。上釋御服，服法衣，行清淨大捨，名曰羯磨。”唐白居易長慶集二四唐江州興果寺律大德湊公塔碣銘并序：“領羯磨會十三，化大衆萬數。”

【羯鼓録】唐南卓撰。一卷，分前後二録。前録記述羯鼓源流、形狀，及唐玄宗以後有關羯鼓故事。後録記崔鉉所説宋璟知音事，末附羯鼓諸宫曲名。

【羯鼓催花】唐明皇(玄宗)好羯鼓，嘗於内庭臨軒擊鼓，庭下柳杏時正發坼，明皇指而笑謂宫人曰：“此一事，不喚我作天公可乎？”見唐南卓羯鼓録。後來流傳爲羯鼓催花的故事。

【羯薩羅香】香木名。别稱龍腦。樹幹中含有揮發樹脂，供藥用及作香料。出西域秣羅矩吒國及南海等地。見唐玄奘大唐西域記十秣羅矩吒國。翻譯名義集三衆香作“羯布羅”，皆爲梵語音譯。

羭 yú 羊朱切，平，虞韻，喻。
ㄩ

㊀黑母羊。説文：“夏羊牝曰羭。”列子天瑞：“老羭之爲猨也。”注：“羭，牝羊也。”玉篇、廣韻、急就篇三“羭”注，皆以羭爲公羊。參閲説文解字注“羭”。㊁美好。左傳僖四年：“專之渝，攘公之羭。”注：“羭，美也。”

十　畫

羱 yuán 五丸切，平，桓韻，疑。
ㄩㄢ

大角野羊。爾雅釋獸：“羱，如羊。”注：“羱羊，似吴羊而大角，角橢，出西方。”宋蘇軾分類東坡詩五甘露寺：“很石卧庭下，穹隆如伏羱。”

十一畫

羺 lóu 落侯切，平，侯韻，來。
ㄌㄡ

獸名。廣韻：“土羺，似羊，四角，其鋭難當，觸物則斃，食人。出山海經。”今本山海經西山經昆侖之丘作“土螻”。

羬 huān 户關切，平，删韻，匣。
ㄏㄨㄢ 胡慣切，去，諫韻，匣。

傳説中的獸名。山海經南山經：“(洵山)有獸焉，其狀如羊而無口，不可殺也，其名曰羬。”

羲 xī 許羈切，平，支韻，曉。
ㄒㄧ

傳説古皇有伏羲，與女媧神農稱三皇。參見“三皇”、“羲文”、“羲農”。

【羲文】伏羲和文王。文選漢班孟堅(固)東都賦：“講羲文之易，論孔氏之春秋。”後漢書六四延篤傳：“朝則誦羲文之易，虞夏之書。”古傳伏羲畫八卦，文王作卦辭，故以羲文并稱。

【羲仲】傳説唐虞時居治東方之官。書堯典：“分命羲仲宅嵎夷，曰暘谷。”傳：“羲仲，居治東方之官。”晉皇甫謐帝王世紀：“(堯)命羲和四子羲仲羲叔和仲和叔分掌四時方嶽之職，故名曰四嶽也。”

【羲炎】伏羲和炎帝。宋司馬光温國文正公集一稷下賦：“下論孔墨，上述羲炎，樹同拔異，辨是分非。”炎帝卽神農。

【羲和】㊀羲氏和氏，唐虞時掌管天地四時的官。書堯典：“乃命羲和，欽若昊天，曆象日月星辰，敬授人時。”傳：“羲氏和氏，世掌天地四時之官。”後成爲官名。後漢書律曆志上：“至元始中，博徵通知鍾律者，考其意義，羲和劉歆典領條奏，前史班固取以爲志。”㊁神話中太陽的御者。楚辭屈原離騷：“吾令羲和弭節兮，望崦嵫而勿迫。”注：“羲和，日御也。”文選三國魏曹子建（植）贈王粲詩：“悲風鳴我側，羲和逝不留。”㊂神話中太陽之母。山海經大荒南經：“東南海之外，甘水之間，有羲和之國，有女子名曰羲和，方日浴於甘淵。羲和者，帝俊之妻，生十日。”注：“羲和蓋天地始生，主日月者也。”

【羲皇】㊀伏羲氏。三國魏曹植曹子建集十漢二祖優劣論：“敦睦九族，有唐虞之稱；高尚純樸，有羲皇之素。”晉皇甫謐帝王世紀：“故號曰庖犧氏，是爲犧皇。”㊁指太古。唐皮日休皮子文藪十廬徵君詩：“而於心抱中，獨作羲皇地。”參見“羲皇上人”。

【羲唐】伏羲和唐堯。文選南朝宋謝靈運初去郡詩：“即是羲唐化，獲我擊壤聲。”

【羲軒】伏羲和軒轅。唐李商隱李義山詩集二韓碑：“元和天子神武姿，彼何人哉軒與羲。”元王實甫西廂記五本四折：行邁羲軒，德過舜禹。”

【羲娥】古代神話羲和爲日御，嫦娥爲月御。後以羲娥泛指日月。唐韓愈昌黎集五石鼓歌：“孔子西行不到秦，掎摭星宿遺羲娥。”宋范成大石湖集四除夜書懷詩：“歧路東西變，羲娥日夜催。”

【羲黄】伏羲和黄帝。唐柳宗元柳先生集四二獻弘農公：“茂功期舜禹，高韻狀羲黄。”唐元稹長慶集二和樂天贈樊著作：“羲黄眇云遠，載籍無遺文。”

【羲尊】即犧尊。見“犧尊”。

【羲瑟】古樂器。相傳伏羲作瑟，三十六弦，長八尺一寸。藝文類聚十六南朝梁劉孝威侍宴樂遊林光殿曲水：“湯羅禹扇，羲瑟農琴，皇乎備矣，受命君臨。”參閱晉皇甫謐帝王世紀。

【羲農】伏羲和神農。文選漢班孟堅（固）答賓戲：“基隆於羲農，規廣於黄唐。”抱朴子用刑：“若不齊之以威，糾之以刑，遠羨羲農之風，則亂不可振。”

【羲經】即易經。易八卦相傳爲伏羲所作。宋文鑑三五宋王珪除富弼西京留守制：“不處成功，專老氏榮名之畏；其旋元吉，要羲經履道之終。”

【羲輪】太陽。宋李覯直講李先生文集三五孤懷詩：“蜀犬盡鳴吠，羲輪自光輝。”

【羲獻】指晉王羲之獻之父子。皆以書法著名。唐張彥遠法書要録六竇臮述書賦下：“漢王童年，自得書意，夙承羲獻，守法不二。”漢王，指唐太宗。又孫過庭書譜：“余志學之年，留心翰墨，味鍾張之餘烈，挹羲獻之前規。”

【羲皇上人】太古之人。晉陶潛陶淵明集八與子儼等疏：“常言五、六月中，北窗下卧，遇涼風暫至，自謂是羲皇上人。”

十二畫

羵 fén ㄈㄣˊ 符分切，平，文韻，並。

見下。

【羵羊】土中怪羊，雌雄不分。國語魯下：“土之怪曰羵羊。”注：“羵羊，雌雄不成者也。”公序本作“墳羊”。唐楊炯盈川集四遂州長江縣先聖孔子廟碑：“季桓子羵羊之井，推木石之禎祥。”參見“墳羊”。

十三畫

羸 léi ㄌㄟˊ 力爲切，平，支韻，來。

㊀瘦弱，疲病。荀子正論：“王公則病不足於上，庶人則凍餧羸瘠於下。”㊁樹木光禿。吕氏春秋首時：“秋霜既下，衆林皆羸。”注：“羸，葉盡也。”全唐詩五四四劉得仁秋晚游青龍寺：“暮鳥投羸木，寒鐘送夕陽。”㊂纏繞，困住。易大壯：“羝羊觸藩，羸其角。”宋朱熹注：“羸，困也。”㊃毁壞。易井：“羸其瓶，是以凶也。”疏：“汲水未出而覆，喻修德未成而止，所以致凶也。”

【羸老】瘦弱衰老。左傳襄十年：“余羸老也，可重任乎？”宋歐陽修文忠集三九吉州學記：“少者扶其羸老，壯者代其負荷於道路。”

【羸車】破舊之車。漢書九二陳遵傳：“公府掾史率皆羸車小馬，不上鮮明，而遵獨極輿馬衣服之好。”

【羸豕】受纏縛的豬。易姤：“羸豕孚蹢躅。”注疏以羸豕訓牝豕。按釋文羸讀爲纍，仍爲絪縛之義。

【羸服】貧賤人的衣著。後漢書三一羊續傳：“拜續爲南陽太守。當入郡界，乃羸服間行，侍童子一人，觀歷縣邑，採問風謡，然後乃進。”

【羸疾】類似風痺的病。三國志吴妃嬪傳吴主權潘夫人：“侍疾疲勞，因以羸疾。諸宫人伺其昏卧，共縊殺之。”南史隱逸傳陶潛：“躬耕自資，遂抱羸疾。”

【羸弱】疲憊衰弱。史記六四司馬穰苴傳：“身與士卒平分糧食，最比其羸弱者。三日而後勒兵，病者皆求行。”漢桓寬鹽鐵論遵道：“小人智淺而謀大，羸弱而任重。”

【羸師】疲弱的軍隊。左傳桓六年：“少少師（董）侈，請羸師以張之。”謂使己軍僞作疲弱之狀以誘敵。唐元稹長慶集十一酬段承詩：“堂堂排直陣，衮衮逼羸師。”

【羸頓】疲憊、困頓。唐柳宗元柳先生集三五謝李中丞安撫崔簡戚屬啟：“得罪之日，百口熬然，叫號羸頓，不知所赴。”

【羸窳】萎靡。漢王充論衡命義：“稟性軟弱者，氣少泊而性羸窳，羸窳則壽命短，短則蚤死。”

羹 1. gēng ㄍㄥ 古行切，平，庚韻，見。

㊀和味的湯。詩魯頌閟宫：“毛炰胾羹。”左傳隱元年：“小人有母，皆嘗小人之食矣，未嘗君之羹。請以遺之。”

2. láng ㄌㄤˊ 集韻 盧當切，平，唐韻。

㊀地名用字。見“不羹”。

【羹食】羹和飯。禮内則：“羹食，自諸侯以下至於庶人，無等。”注：“羹食，食之主也。”

【羹魁】湯匙。漢李尤有羹魁銘。見太平御覽器物三魁。

【羹牆】後漢書六三李固傳：“昔堯殂之後，舜仰慕三年，坐則見堯於牆，食則覩堯於羹，斯所謂聿追來孝，不失臣子之節者。”後因以羹牆爲思慕之詞。宋趙與虤娛書堂詩話下：“適睿思殿有徽祖御畫，特爲卓絶。上時持玩，以起羹牆之悲。”

【羹獻】祭獻宗廟用狗，稱羹獻。禮曲禮下：“凡祭宗廟之禮……雞曰翰音，犬曰羹獻。”

【羹臛】羹湯。肉羹曰臛。北魏賈思勰齊民要術有羹臛法篇。爾雅釋鳥“梟鴟”宋邢昺疏：“其肉甚美，可爲羹臛。”參閱唐顔師古匡謬正俗八羹臛。

【羹頡侯】漢高祖封兄子信的爵號。高祖微時，常與賓客過巨嫂食。嫂厭叔與客來，戛釜底，佯爲羹盡，賓客以故去。已而視釜中有羹，高祖由此怨其嫂。後高祖爲帝，封其子信爲羹頡侯。頡，戛釜底。見史記楚元王世家。

【羹汙朝衣】後漢劉寬以寬厚稱，無疾言厲色。其妻欲試寬令恚，於朝會日，使侍婢進肉羹，故意翻汙朝衣，婢遽縮手，寬神色不變，徐言曰：“羹爛汝手？”見後漢書本傳。

羶 shān ㄕㄢ 式連切，平，仙韻，審。

羊臭，羊的氣味。説文作“羴”。莊子徐无鬼：“羊肉不慕蟻，蟻慕羊肉，羊肉羶也。”

吕氏春秋本味:"肉玃者臊,草食者羶。"

【羶行】使人仰慕的行爲。言其所行爲人慕悦,如蟻之慕羶。莊子徐无鬼:"舜有羶行,百姓悦之。"唐白居易長慶集二三祭李侍郎文:"德潤行羶,温温郁郁。"

【羶葷】指肉食和氣味濃烈的食品。唐韓愈昌黎集二醉贈張祕書詩:"長安衆富兒,盤饌羅羶葷。"白居易長慶集六遊悟真寺詩:"以地清淨故,獻典無葷羶。"

【羶薌】祭祀燒牛羊脂的氣味。禮祭義:"建設朝事,燔燎羶薌。"宋史樂志七:"燔燎羶薌,神徠燕娭。"

十五畫

羼 chàn 初鴈切,去,諫韻,初。 ㄔㄢˋ

羊雜處在一起。説文:"羼,羊相厠也。"引申爲攙雜。北齊顏之推顏氏家訓書證:"加復秦人滅學,董卓焚書,典籍錯亂,非止於此,……皆由後人所羼,非本文也。"新唐書一二三李嶠傳上書:"今道人私度者幾數十萬,其中高户多丁,黠商大賈,詭作臺符,羼名僞度。"

【羼提】梵語,義譯爲忍辱。世説新語文學"殷中軍被廢東陽"南朝梁劉孝標注:"波羅密此言到彼岸也。經云到者有六焉,……三曰羼提,羼提者忍辱也。"參閱翻譯名義集四辨六度法。參見"六波羅密"。

羽部

羽 yǔ 玉矩切,上,麌韻,于。 ㄩˇ

㊀鳥毛。特指鳥的長毛。書禹貢:"齒革羽毛惟木。"傳:"羽,鳥羽。"㊁鳥蟲的翅膀。詩小雅鴻鴈:"鴻鴈于飛,肅肅其羽。"又周南螽斯:"螽斯羽,詵詵兮。"㊂鳥類。禮月令孟夏之月:"其蟲羽。"注:"羽,飛鳥之屬。"淮南子原道:"羽者嫗伏,毛者孕育。"㊃箭翎。吕氏春秋精通:"養由基射兕中石,矢乃飲羽。"㊄附於釣絲的浮標。吕氏春秋離俗:"譬之若釣者,魚有小大,餌有宜適,羽有動静。"㊅古代舞者樹雉尾於竿,執而舞之,故稱羽。春秋隱六年:"初獻六羽。"圖爲舞者所執之羽。參見"干羽"。㊆五音之一。周禮春官大師:"皆文之以五聲:宫、商、角、徵、羽。"戰國策燕三:"復爲忼慨羽聲。"參見"五音"。㊇姓。左傳襄三十年:"羽頡出奔晉。"頡祖父公孫揮,字子羽。以祖父字爲氏。

舞羽

【羽人】㊀官名。周禮地官有羽人,掌徵集羽翮作旌旗車飾之用。㊁神話中有羽翼的人,仙人。楚辭屈原遠遊:"仍羽人於丹丘兮,留不死之舊鄉。"注:"山海經言有羽人之國,不死之民,或曰人得道,身生毛羽也。"一説仙人穿羽衣,故稱羽人。舊題晉王嘉拾遺記二周:"昭王……晝而假寐,忽夢白雲蓊蔚而起,有人衣服並皆毛羽,因名羽人。夢中與語,問以上仙之術。"㊂道家學仙,因稱道士爲羽人。唐李中碧雲集上竹詩:"閑約羽人同賞處,安排棊局就清涼。"

【羽山】山名。書舜典:"殛鯀于羽山。"注:"羽山在東海祝其縣西南,鯀殛處也。"漢晉祝其縣在今江蘇贛榆縣境。元和郡縣志、通典皆謂羽山在朐山縣,唐朐山今爲江蘇連雲港市地。地望雖異,實爲一山。獨僞孔傳以爲羽山東裔在海中。太平寰宇記二十登州蓬萊縣有羽山,謂爲殛鯀之處,卽今山東蓬萊縣。太平寰宇記二二海州朐山縣、二三沂州臨沂縣又有羽山,皆謂殛鯀之處,民間傳述,各有所記,已難確指。參閱山東通志二五山川剡城縣。

【羽毛】㊀羽旗。左傳襄十四年:"范宣子假羽毛於齊而弗歸,齊人始貳。"注:"析羽爲旌,王者游車之所建,齊私有之,因謂之羽毛。"唐李白李太白文一大獵賦:"羽毛揚兮九天絳,獵火燃兮千山紅。"㊁羽毛使鳥獸有文彩,用以比喻人的外表、名聲。後漢書四九王符傳潛夫論實貢:"其貢士者不復依其質幹,準其才行,但虛造聲名,安生羽毛。"

【羽化】㊀謂昆蟲由若蟲或蛹化爲成蟲,長出翅膀。晉干寶搜神記十三:"木蠹生蟲,羽化爲蝶。"㊁指飛昇成仙。晉書許邁傳:"玄自後莫測所終,好道者皆謂之羽化矣。"邁信道,改名玄。唐李白李太白詩二二過彭蠡湖:"余將振衣去,羽化出囂煩。"

【羽民】古代傳説中身生羽毛的人。山海經海外南經:"(羽民國)其爲人長頭,身生羽。"又大荒南經:"(成山)有羽民之國,其民皆生毛羽。"淮南子地形有羽民。

【羽衣】㊀用羽毛編織成的衣服。史記孝武紀:"於是天子又刻玉印曰'天道將軍',使使衣羽衣,夜立白茅上。"漢書郊祀志上:"五利將軍亦衣羽衣。"注:"羽衣,以鳥羽爲衣,取其神僊飛翔之意也。"後常稱道士或神仙所著衣爲羽衣。唐白居易長慶集一夢仙詩:"坐乘一白鶴,前引雙紅旌。羽衣忽飄飄,玉鸞俄錚錚。"㊁指道士或仙人。宋邵伯温聞見後録二九:"見路左一道觀甚麗,榜曰朱陵宫,遥望其中,有一羽衣立殿上。"

【羽杯】卽羽觴,狀如羽翼的酒杯。藝文類聚八二南朝梁元帝采蓮賦:"鷁首徐迴,兼傳羽杯。"

【羽林】㊀星名。史記天官書:"北宫玄武,虛危……其南有衆星,曰羽林天軍。"正義:"羽林四十五星,三三而聚,散在壘壁南,天軍也。"㊁皇帝衛軍的名稱。漢武帝太初元年置建章營騎,掌宿衛侍從。後改名羽林騎。宣帝命中郎將騎都尉監羽林,率郎百人,稱作羽林郎。後歷代設有羽林監。唐設左、右羽林衛,也叫羽林軍,置有大將軍、將軍等官。掌統北衙禁兵,督攝儀仗。宋不設。元有羽林將軍,爲扈從執事官。明代親軍有羽林衛。參閱漢書百官公卿表上、文獻通考五八職官十二左右羽林衛。

【羽客】道士,猶言羽人。北周庾信庾子山集一邛竹杖賦:"和輪人之不重,待羽客以相貽。"唐宋之問集下送司馬道士遊天台詩:"羽客笙歌此地違,離筵數處白雲飛。"南唐保大中道士譚紫霄、宋徽宗時道士林靈素皆有金門羽客名號。

【羽流】道士。宋米芾寶晉英光集補遺西園雅集圖記:"雄豪絶俗之資,高僧羽流之傑,卓然高致,名動四夷。"

【羽旆】羽飾的旌旗。文選南朝梁沈休文(約)鍾山詩應西陽王教:"君王挺逸趣,羽旆臨崇基。"注:"旆,旌旗之垂者。旍旗以羽爲飾,故云羽旆。"

【羽旄】㊀樂舞所執的雉羽和旄牛尾。禮樂記:"比音而樂之,及干戚羽旄,謂之樂。"注:"羽,翟羽也;旄,旄牛尾也。文舞所執。"㊁羽旗。左傳定四年:"晉人假羽旄於鄭,鄭人與之。"注:"析羽爲旌,王者游車之所建，鄭私有之，因謂之羽旄。”孟子梁惠王下：“百姓聞王車馬之音，見羽旄之美。”

【羽扇】鳥羽所製的扇。漢末盛行於江東，晉陸機傅咸有羽扇賦，蜀諸葛亮、晉顧榮皆有捉白羽扇指麾衆軍之事。其初扇羽用十，扇柄刻木象鳥骨，東晉後羽減爲八，改爲長柄。見晉陸機陸士衡集四羽扇賦、世説新語言語“庾穉恭爲荆州”注引傅咸羽扇賦序、晉書五行志上。

【羽書】軍事文書，插鳥羽以示緊急。後漢書八七西羌傳論：“燒陵園，剽城市，傷敗踵係，羽書日聞。”注：“羽書卽檄書也。魏武奏事曰‘邊有警急，卽插羽以示急’也。”文選南朝梁庾子陽(羲)詠霍將軍北伐詩：“羽書時斷絶，刁斗晝夜驚。”

【羽紗】毛織物，也稱羽毛紗。疏細者稱羽紗，厚密者稱羽緞。清王士禛香祖筆記一：“羽紗羽緞，出海外荷蘭暹邏諸國；康熙初，入貢止一二疋。今閩廣多有之。蓋緝百鳥氄毛織成。予按異物彙苑，唐安樂公主使尚方合百鳥毛織爲裙，正視旁視各爲一色，而百鳥之形狀皆見。然則古亦有之矣。”

【羽族】鳥類。古文苑三漢枚乘忘憂館柳賦：“出入風雲，去來羽族。”文選漢班孟堅(固)典引：“是以來儀集羽族於觀魏，肉角馴毛宗於外囿。”

【羽陵】古地名。穆天子傳二：“天子北征，□之人潛旹（時）觴天子于羽陵之上。”藝文類聚五五隋江總皇太子太學講碑：“紫臺祕典，緑帙奇文，羽陵蠹迹，嵩山落簡，外史所掌，廣内所司。”

【羽淵】池潭名。左傳昭七年：“昔堯殛鯀于羽山，其神化爲黄熊，以入于羽淵。”舊海州朐山縣境（今江蘇連雲港）有羽潭。參閲太平寰宇記二二海州朐山縣。參見“羽山”。

【羽楫】㊀指船。晉陸機陸士衡集十辯亡論上：“羽楫萬計，龍躍順流。”㊁翼佐。晉書陸機陸雲傳制：“然其祖考重光，羽楫吴運，文武奕葉，將相連華。”

【羽葆】儀仗名，以鳥羽爲飾者。禮雜記下：“匠人執羽葆御柩。”疏：“羽葆者，以鳥羽注於柄頭，如蓋，謂之羽葆。葆，謂蓋也。”漢書七六韓延壽傳：“建幢棨，植羽葆。”注：“羽葆，聚翟尾爲之，亦今纛之類也。”南朝隋唐時，諸王大臣有功者，加羽葆。

【羽嘉】古傳説飛行動物的祖先。淮南子地形：“羽嘉生飛龍，飛龍生鳳皇，鳳皇生鸞鳥，鸞鳥生庶鳥。凡羽者生於庶鳥。”注：“飛龍、羽嘉，飛蟲之先。”

【羽蓋】以翠羽爲飾的車蓋。史記一一七司馬相如傳子虛賦：“下靡蘭蕙，上拂羽蓋。”淮南子齊俗：“故有大路龍旂，羽蓋垂緌，結駟連騎，則必有穿窬拊楗抽箕踰備之姦。”

【羽舞】古舞名。周禮地官舞師：“教羽舞，帥而舞四方之祭祀。”注：“羽，析白羽爲之。”又春官樂師：“凡舞，有帗舞，有羽舞。”

【羽儀】㊀羽飾。易漸：“鴻漸于陸(逵)，其羽可用爲儀。”宋朱熹注：“儀，羽旄旌纛之飾也。……其羽毛可用以爲儀飾。”新唐書一六一張薦傳上疏：“(顏)真卿逮事四朝，爲國元老，忠直孝友，羽儀王室。”後亦以羽儀爲表率。㊁儀仗中以羽毛裝飾的旌旗之類。南史宋武帝紀：“便步出西掖門，羽儀絡繹追隨，已出西明門矣。”唐張鷟朝野僉載：“周挽郎裴最於天官試，問目曰：‘山陵事畢，各還所司，供奉羽儀，若爲處分？’”(説郛二)㊂羽翼。晉嵇康嵇中散集一兄秀才公穆入軍贈詩之一：“抗首漱朝露，晞陽振羽儀。”

【羽衛】儀仗，儀仗隊。南朝梁江淹江文通集四雜體詩袁太尉從駕：“羽衛藹流景，綵吹震沈淵。”唐韓愈昌黎集二豐陵行：“羽衛煌煌一百里，曉出都門葬天子。”

【羽緞】毛織物，也稱羽毛緞或嗶嘰。清會典事例三二八禮部冠服：“凡雨冠雨衣，以氈或羽緞油紬爲之。”參見“羽紗”。

【羽檄】卽羽書。史記九三韓信盧綰傳附陳豨：“吾以羽檄徵天下兵，未有至者。”集解：“推其言，則以鳥羽插檄書，謂之羽檄，取其急速若飛鳥也。”文選晉左太沖(思)詠史之一：“邊城苦鳴鏑，羽檄飛京都。”

【羽翼】㊀鳥類藉羽翼而飛。羽翼在身側左右，故常以喻左右輔佐之人。管子霸形：“寡人之有仲父也，猶飛鴻之有羽翼也。”㊁輔佐。呂氏春秋舉難：“然而名號顯榮者，三士羽翼之也。”注：“羽翼，佐之。”韓非子外儲説右下：“人主之所以自羽翼者，巖穴之士徒也。”

【羽騎】羽林軍的騎兵。漢書八七上揚雄傳校獵賦：“羽騎營營，昈分殊事。”宋書謝靈運傳撰征賦序：“靈艦千艘，雷輜萬乘，羽騎盈途，飛旍蔽日。”

【羽蟲】㊀鳥類。漢書五行志中之下：“説以爲於天文南方喙爲鳥星，故爲羽蟲。”孔子家語執轡：“羽蟲三百有六十而鳳爲之長。”蟲，古爲動物的總稱，不專指昆蟲。㊁有翅的小蟲。唐杜甫杜工部草堂詩箋十二夏夜歎：“虛明見纖毫，羽蟲亦飛揚。”

【羽觴】㊀酒器。作雀鳥狀，左右形如兩翼。一説插鳥羽於觴，促人速飲。楚辭宋玉招魂：“瑤漿密勺，實羽觴些。”宋洪興祖補注：“杯上綴羽，以速飲也。”漢書九七下外戚傳班倢伃：“顧左右兮和顏，酌羽觴兮銷憂。”注引孟康曰：“羽觴，爵也，作生爵形，有頭尾羽翼。”㊁樂曲名。三國魏明帝青龍二年易古詩名爲羽觴行，用爲上壽曲。見通典一四七樂七三朝上壽有樂議。

【羽獵】帝王狩獵，士卒負羽箭隨從，因名羽獵。文選戰國楚宋玉高唐賦：“傳言羽獵，銜枚無聲。”漢書八七上揚雄傳：“其十二月羽獵，雄從。”注引服虔曰：“士負羽。”

【羽孽】卽羽蟲孽。古指不祥之鳥與爲害之蟲。後漢書五行志二：“凡五色大鳥似鳳者，多羽蟲之孽。……羌胡外叛，讒慝内興，羽孽之時也。”宋歐陽修文忠集外集三答朱寀捕蝗詩：“嗟兹羽孽物共惡，不知造化其誰尸？”

【羽籥】雉羽與籥，古代文舞用的舞具和樂器。禮樂記：“故鐘鼓管磬羽籥干戚，樂之器也。”又文王世子：“春夏學干戈，秋冬學羽籥，皆於東序。”注：“羽籥，籥舞，象文也……詩云：左手執籥，右手秉翟。”疏：“羽，翟也……籥，笛也。”

【羽林郎】㊀官名。後漢置。有羽林中郎將，比二千石。羽林郎比三百石，掌宿衛侍從。無員數，常選漢陽隴西安定北地上郡西河六郡良家補。以宿殿陛巖下室中，又稱巖郎。唐王維王右丞集一少年行之二：“出身仕漢羽林郎，初隨驃騎戰漁陽。”參閲後漢書百官志二。㊁樂府雜曲歌名。樂府詩集六三有漢辛延年作羽林郎。

【羽葆蓋】古代車上以鳥羽連綴爲飾的華蓋。漢書九九下王莽傳：“莽乃造華蓋九重，高八丈一尺，金瑵羽葆，載以祕機四輪車。”三國志蜀先主傳：“先主(劉備)少時，與宗中諸小兒於樹下戲，言：‘吾必當乘此羽葆蓋車。’”

【羽扇綸巾】綸巾，絲帶做的頭巾。綸，讀 guān。漢末名士多服巾。羽扇綸巾，狀人之風雅閒散。殷芸小説：“武侯（諸葛亮）與宣王(司馬懿)治兵，將戰，宣王戎服蒞事，使人密覘武侯，乃乘素輿葛巾，持白羽扇指麾，三軍隨其進止。宣王嘆曰：‘真名士也。’”(類説四九)宋蘇軾東坡詞念奴嬌赤壁懷古："遥想公瑾當年，小喬初嫁了，雄姿英發。羽扇綸巾，談笑間，檣櫓灰飛烟滅。"檣櫓，本或作"强虜"。

三 畫

䍘 gòng 古送切，去，送韻，見。ㄍㄨㄥˋ

到。漢書八七上揚雄傳甘泉賦："登椽欒而䍘天門兮，馳閶闔而入凌兢。"唐柳宗元柳先生集十九弔萇弘文："竭馮雲以䍘愬兮，終冥冥以鬱結。"

羿 yì 五計切，去，霽韻，疑。ㄧˋ

人名。古代傳説羿有三，皆以善射名。1.夏有窮氏之國君，因夏民以代夏政。以不修民事，爲家臣寒浞所殺。見左傳襄四年。2.唐堯時十日並出，草木枯焦，羿射落九日。其妻姮娥，奔月爲月神。見楚辭天問、淮南子本經及覽冥。3.帝嚳的射師。見説文。

【羿彀】羿的弓矢所及。莊子德充符："遊於羿之彀中。"宋蘇軾東坡集前集十八哭王子立次兒子迨韻詩之三："偶落藩牆上，同游羿彀中。"又三廣陵會三同舍各以其字爲韻仍邀同賦劉貢父詩："我命不在天，羿彀未必中。"此以羿彀指世網、或人間的危機。

四 畫

翅 chì 施智切，去，寘韻，審。ㄔˋ

㊀鳥類、昆蟲的翅膀。史記一一八淮南王安傳："匈奴折翅傷翼，失援不振。"文選古詩十九首之五："願爲雙鳴鶴，奮翅起高飛。"㊁只有，僅。通"啻"。孟子告子下："取食之重者與禮之輕者而比之，奚翅食重？"莊子大宗師："陰陽於人，不翅於父母。"㊂世説新語假譎："王文度（坦之）弟阿智（處），惡乃不翅。"參見"不翅㊁"。

【翅羽】即羽翼。文選漢禰正平（衡）鸚鵡賦："閉以雕籠，翦其翅羽。"唐元稹長慶集七遣病詩之七："風高翅羽重，路遠烟波隔。"引申爲鳥。唐元稹長慶集四蟲豸詩序："予所舍又荆州樹木洲渚處，晝夜常有翅羽百族閙。"

翄 chì 施智切，去，寘韻，審。ㄔˋ

"翅"的本字。見説文。漢書禮樂志郊祀歌天馬："幡比翄回集，貳雙飛常羊。"注引文穎："舞者骨騰肉飛，如鳥之回翅而雙集也。"

翀 chōng 直弓切，平，東韻，澄。ㄔㄨㄥ

直往上飛。見玉篇。通"沖"。唐王維王右丞集六恭懿太子挽歌之一："翀天王子去，對日聖君怜。"

翂 fēn 音韻闡微 敷氳切，平，文韻。ㄈㄣ

見下。

【翂翂】舒緩貌。莊子山木："其爲鳥也，翂翂翐翐，而似无能。"

翍 chì 施智切，去，寘韻，審。ㄔˋ

㊀同"翅"。見説文。史記楚世家："奮翼鼓翍，方三千里。"㊁見"翍翍"。

【翍翍】飛貌。文選晉左太沖（思）魏都賦："翍翍精衛，銜木償怨。"

翁 1. wēng 烏紅切，平，東韻，影。ㄨㄥ

㊀鳥頸毛。山海經西山經："（天帝之山）有鳥焉，其狀如鶉，黑文而赤翁，名曰櫟。"注："翁，頭下毛。"漢書禮樂志郊祀歌象載瑜："赤鴈集，六紛員。殊翁雜，五采文。"注引孟康："翁，鴈頸也。"㊁父。史記項羽紀："漢王曰……吾翁即若翁。必欲烹而翁，則幸分我一桮羹。"又夫之父、妻之父皆可稱翁。如翁姑、翁婿。清鄭燮鄭板橋集姑惡詩："小婦年十二，辭家事翁姑。"㊂泛指老年男子。方言六："凡尊老，……周晉秦隴謂之公，或謂之翁。"晉陶潛陶淵明集三丙辰歲八月中於下潠田舍穫詩："遥謝荷蓧翁，聊得從君棲。"宋辛棄疾稼軒詞二清平樂村居："醉裏吴音相媚好，白髮誰家翁媪？"自明嘉靖以後，漸成爲對人的敬稱。參閲清顧張思土風録十七某翁。㊃姓。見元和姓纂一東。

2. wěng 集韻 鄔孔切，上，董韻。ㄨㄥˇ

㊄見"翁₂翁₂"。

【翁山】山名。1.在浙江定海縣東。傳説爲葛洪煉丹於此而名。唐開元間置翁山縣，因山爲名。參見"翁洲"。2.在廣東翁源縣東。又名靈池山。山頂有石池，池有八泉，匯而爲翁溪之源。相傳有老翁隱居於此，故山、溪俱以翁名。明末屈大均常夢登此山，故以翁山爲字。見所著廣東新語三山語翁山。

【翁主】漢諸王之女稱翁主。史記一二三大宛傳："烏孫乃恐，使使獻馬，願得尚漢女翁主，爲昆弟。"漢書高帝紀下十二年"女子公主"唐顔師古注："天子不親主婚，故謂之公主。諸王即自主婚，故其女曰翁主。翁者，父也，言父主其婚也。亦曰王主，言王自主其婚也。"

【翁仲】傳説爲秦時巨人名。淮南子氾論"秦之時……鑄金人"漢高誘注："秦皇帝二十六年，初兼天下。有長人見於臨洮，其高五丈，足迹六尺。放寫其形，鑄金人以象之，翁仲君何是也。"後指銅像或墓道石像。宋書五行志一："魏明帝景初元年，發銅鑄爲巨人二，號曰翁仲，置之司馬門外。"唐柳宗元柳先生集四二衡陽與夢得分路贈别詩："伏波故道風烟在，翁仲遺墟草樹平。"此謂墓前石人。

【翁伯】人名。漢時富商。漢書九一貨殖傳："故秦楊以田農而甲一州，翁伯以販脂而傾縣邑。"後泛指富商大賈。文選漢張平子（衡）西京賦："若夫翁伯濁質張里之家，擊鍾鼎食，連騎相過。東京公侯，壯何能加？"

【翁洲】海島名。即翁山。也作滃洲。在浙江定海縣東。春秋時越滅吴，請吴王居甬東，即此。相傳有葛仙翁隱此，因名翁山。參閲元和郡縣志二六明洲鄮縣、浙江通志十四山川六翁山。

【翁翁】猶公公。宋陸游劍南詩稿八五三三孫十月九日生日翁翁爲賦詩爲壽："汝翁豪傑非今士，不用擔簦更覓師。"此謂祖父。洪咨夔平齋詞鵲鴣天爲老人壽："諸孫認取翁翁意，插架詩書不負人。"陶穀清異録天文："晉出帝不善詩，時爲俳諧語。詠天詩曰：'高平上監碧翁翁。'"碧翁翁，猶言青天公公。

【翁₂翁₂】也作"滃滃"。葱白色，酒濁貌。周禮天官酒正"三曰盎齊"漢鄭玄注："盎猶翁也，成而翁翁然葱白色。"釋名釋飲食："盎齊，盎，滃也，滃滃然濁色也。"

【翁源】縣名。屬廣東省。漢湞陽縣，屬桂陽郡。梁承聖末置翁源縣，因地有翁水之源而名。故治在今縣西，前後五徙，明時始移今地。明清皆屬韶州。見廣東通志四郡縣沿革表。

【翁離】漢鐃歌十八曲之一。凡十二句。以古辭的第一句爲篇名。三國魏改爲舊邦，繆襲作詞；晉又改爲時運多難，傅咸作詞。詞見晉書樂志下、宋書樂志四、樂府詩集十六漢鐃歌。

【翁方綱】公元1733—1818年。清順天大興人，字正三，號覃溪。乾隆十七年進士，官至内閣學士。精金石考據之學。亦擅長詞章、書法。著有復初齋全集兩漢金石記經義考補正等書。

五 畫

翊 yì 與職切,入,職韻,喻。ㄧ

㊀飛貌。漢書禮樂志郊祀歌:“神之徠,泛翊翊,甘露降,慶雲集。”說文:“翊,飛貌。”㊁輔佐,護衛。見“翊衛”、“翊贊”等。㊂明日。通“翌”。漢書九九上王莽傳羣臣奏:“公以八月載生魄庚子奉使……越若翊辛丑。”注:“翊,明也。辛丑者,庚子之明日也。”

【翊日】明天。宋王明清揮麈録前録三:“元長(蔡京)大不平。翊日降旨,諸路監司遇前宰執帥守處,卽入客位通謁。”

【翊亮】猶增輝。隋書李德林傳霸朝雜集序:“自此而談,雖非上智,事受命之主,委質爲臣;遇高世之才,逮官接席;皆可以翊亮天地,流名鐘鼎。”

【翊翊】㊀虔敬貌、恭謹貌。通“翼翼”。漢書禮樂志郊祀歌西顥:“附而不驕,正心翊翊。”㊁蠕行貌。文選漢王子淵(褒)洞簫賦:“螻蟻蝘蜓,蠅蠅翊翊。”㊂飛貌。見“翊㊀”。

【翊善】官名。宋光宗時,置王府贊讀、翊善、直講各一員。明代,屬於太子者稱贊善,屬於親王者稱紀善。見宋史職官志二、明史職官志二詹事府。

【翊衛】㊀輔翼保護。文選三國魏陳孔璋(琳)爲袁紹檄豫州:“故使從事中郎徐勛就發遣操,使繕脩郊廟,翊衛幼主。”㊁禁衛官名。見“親衛”。

【翊戴】猶擁戴。周書若干惠傳:“惠與寇洛、趙貴等同謀翊戴太祖。”唐杜甫杜工部草堂詩箋二五諸葛廟:“翊戴歸先主,并吞更出師。”

【翊贊】輔佐贊助。三國志蜀呂凱傳答雍闓書:“今諸葛丞相英才挺出,深覩未萌,受遺託孤,翊贊季興,與衆無忌,録功忘瑕。”梁書范雲傳:“高祖(蕭衍)因留之,便參帷幄,仍拜黃門侍郎,與沈約同心翊贊。”

翋 là 集韻 落合切,入,合韻。ㄌㄚˋ

見下。

【翋𦐈】飛貌。文選晉左太沖(思)吳都賦:“趁趪翋𦐈,若離若合者,相與騰躍乎莽罠之野。”注:“趁趪翋𦐈,相隨驅逐衆多貌。”也作“翋𦒍”。古文苑三漢枚乘梁王菟園賦:“徐飛翋𦒍,往來霞水。”

翌 yì 與職切,入,職韻,喻。ㄧ

明(明日,明年)。也作“翼”、“翊”。爾雅釋言:“翌,明也。”注:“書曰:‘翌日乃瘳。’”今本書金縢作“翼日”。參見“翊”。

【翌日】明天。漢書武帝紀元封元年:“翌日親登嵩高。”唐白居易長慶集二四唐撫州景雲寺故律大德上弘和尚石塔碑銘序:“翌日而文就,明年而碑立。”

【翌室】也作“翼室”。君主處理政事的大堂叫路寢,路寢的旁室叫翌室。晉書禮志中泰始四年有司奏:“昔周康王始登翌室,猶戴冕臨朝。”

狘 xuè 許月切,入,月韻,曉。ㄒㄩㄝˋ

飛越。南齊謝朓謝宣城集一三日侍宴曲水代人應詔詩之五:“巢閣易窺,馴庭難狘。”

翍 pī 敷羈切,平,支韻,滂。ㄆㄧ

披散,擴張。漢書八七上揚雄傳甘泉賦:“回猋肆其碭駭兮,翍桂椒,鬱移楊。”注:“翍,古披字。……言回風放起,過動衆樹,則桂椒披散而移楊鬱聚也。”宋劉敞公是集十八觀林洪範禹貢山川圖詩:“翍山瀉澤魑魅走,四海砥定由天扶。”

翏 liù liáo 力救切,去,宥韻,來。ㄌㄧㄡˋ ㄌㄧㄠˊ 落蕭切,平,蕭韻,來。

㊀高飛。見說文。㊁風聲。通“飂”。見下。

【翏翏】長風聲。莊子齊物論:“是唯無作,作則萬竅怒呺,而獨不聞之翏翏乎?”注:“長風之聲。”釋文:“翏翏……李(頤)本作飂,音同。”

習 xí 似入切,入,緝韻,邪。ㄒㄧˊ

㊀鳥練飛。說文:“習,數飛也。”禮月令季夏之月:“鷹乃學習。”㊁複習,練習。論語學而:“學而時習之,不亦說乎?”禮月令仲春之月:“命樂正習舞。”㊂學。呂氏春秋聽言:“蠭門始習於甘蠅。”㊃通曉,熟悉。戰國策齊四:“(孟嘗君)問門下諸客:‘誰習會計,能爲文收責於薛者乎?’”管子度地:“請爲置水官,令習水者爲吏。”㊄慣常,習慣。書太甲上:“茲乃不義,習與性成。”漢書五六董仲舒傳:“習聞其號,未燭厥理。”㊅親幸的人。禮月令仲冬之月:“雖有貴戚近習,毋有不禁。”尹文子大道:“內無專寵,外無近習。”㊆重,疊。詳“習坎”。㊇因,相因。見“習吉”。㊈姓。漢有陳相習響,晉有衡陽太守習鑿齒、習辟强。見元和姓纂十緝。

【習池】習家池的省稱。唐杜甫杜工部詩史補遺七玉腕騮:“舉鞭如有問,欲伴習池遊。”宋王安石臨川集二二寄張襄州詩:“遥憶習池寒夜月,幾人笑談伴詩翁。”見“習家池”。

【習吉】吉事相因襲。亦作“襲吉”。書金縢:“乃卜三龜,一習吉。”傳:“習,因也。以三王之龜卜,一相因而吉。”宋書樂志四陳思王(曹植)孟冬篇:“元龜襲吉,元光著明。”

【習坎】易坎彖:“習坎,重險也。”坎卦二坎相重(☵☵),坎爲險,故稱重險。後稱險阻爲習坎。晉書殷仲堪傳奏:“夫制險分國,各有攸宜,劍閣之隘,實蜀之關鍵。巴西梓潼宕渠三郡去漢中遼遠,……是以李勢初平,割此三郡配隸益州,將欲重複上流爲習坎之防。”

【習定】排除雜念,静養修性。景德傳燈録五慧能大師:“京城禪德,皆云欲得會道,必須坐禪習定,若不因禪定而得解脱者,未之有也。”參見“坐禪”。

【習性】㊀習慣與性格。北史儒林傳序:“夫帝王子孫,習性驕逸,況義方之情不篤,邪僻之路競開,……徒有師傅之資,終無琢磨之實。”㊁修養性格。北史常爽傳六經略注序:“由是言之,六經者,先王之遺烈,聖人之盛事也,安可不游心寓目習性文身哉?”

【習故】近習和故舊。韓非子孤憤:“凡當塗者之於人主也,希不信愛也,又且習故。……以新旅與習故爭,其數不勝也。”又指循習成規。後漢書四九仲長統傳昌言法誡:“又中世之選三公也,務於清慤謹慎,循常習故者。”

【習俗】習慣風俗。荀子儒效:“習俗移志,安久移質。”注:“習以爲俗,則移其志;安之既久,則移本質。”戰國策趙二:“常民溺於習俗,學者沈於所聞。”

【習流】熟悉水性的兵士,卽水師。史記越王句踐世家:“乃發習流二千人,教士四萬人,君子六千人,諸御千人,伐吳。”又北周庾信庾子山集二哀江南賦:“彼鋸牙而鉤爪,又巡江而習流。”巡,一作“循”。此謂循江流而進。

【習氣】猶習慣。宋蘇軾東坡集前集十三再和潛師詩:“東坡習氣除未盡,時復長篇書小草。”又後集一次韻劉景文見寄詩:“烈士家風安用此?書生習氣未能無。”

【習習】㊀和煦貌。詩邶風谷風:“習習谷風,以陰以雨。”楚辭漢王逸九思傷時:“風習習兮龢煖,百草萌兮華榮。”㊁頻飛貌。楚辭宋玉九辯:“騖白霓之習習兮,歷羣靈之豐豐。”文選晉左太沖(思)詠史詩之八:“習習籠中鳥,舉翮觸四隅。”㊂

盛貌。文選晉左太沖(思)魏都賦:"習習冠蓋,莘莘蒸徒。"

【習貫】㊀習於舊貫,習於故常。大戴禮保傅:"少成若性,習貫之爲常。"漢書四八賈誼傳:"孔子曰:'少成若天性,習貫如自然。'"㊁即習慣。長時間養成的不易改變的生活方式。周司馬穰苴司馬法上天子之義:"習貫成,則民禮俗矣。"唐段成式酉陽雜俎十二語資:"我飲實少,亦是習慣。"

【習家池】古蹟名。在今湖北襄陽縣。晉山簡在襄陽優游卒歲,唯酒是耽。諸習氏,荆土豪族,有佳園池。簡每出嬉遊,多之池上,置酒輒醉。取漢初酈食其自稱高陽酒徒之意,而名池爲高陽池。唐杜甫杜工部草堂詩箋三二從驛次草堂復至東屯茅屋之一:"非尋戴安道,似向習家池。"

【習鑿齒】公元?—384年。晉襄陽人。字彥威,博學能文。荆州刺史桓温召爲從事。累遷別駕。後因違温意旨,降爲户曹參軍。温謀稱帝,鑿齒著漢晉春秋,推蜀爲正統,而貶曹魏爲篡逆,用以諷温。書五十四卷,今已佚。晉書有傳。

【習非勝是】對錯誤的東西相習既久,不能矯正,反以爲是。漢揚雄法言學行:"習乎習,以習非之勝是。況習是之勝非乎?"

【習與性成】長期的習慣將會形成一定的性格。書太甲上:"茲乃不義,習與性成。"傳:"言習行不義,將成其性。"宋二程文集七程頤動箴:"習與性成,聖賢同歸。"參見"習貫"。

【習慣成自然】漢書四八賈誼傳上疏陳政事:"擇其所樂,必先有習,乃得爲之。孔子曰:'少成若天性,習貫如自然。'"今謂習慣成自然,本此。

翎 líng 郎丁切,平,青韻,來。 ㄌㄧㄥ

㊀鳥羽。唐白居易長慶集十二放旅雁:"健兒饑餓射汝喫,拔汝翅翎爲箭羽。"也指蟲翅。唐陸龜蒙甫里集五蟬詩:"一腹清何甚,雙翎薄更無。"㊁箭羽。見玉篇。㊂見"翎子"。

【翎子】也叫"花翎"。清代冠飾。由皇帝賞給有功之臣,並用以區別官員的品級。清會典事例三二八禮部冠服:"戴翎之制,貝子戴三眼孔雀翎,根綴藍翎;鎮國公、輔國公戴雙眼孔雀翎,根綴藍翎;護軍統領、護軍參領戴單眼孔雀翎,根綴藍翎;護軍校戴染藍鷺鶿翎。"

【翎毛】以鳥獸爲題材的畫。宋沈括夢溪筆談補筆談二藝文:"後主(李煜)善畫,尤工翎毛。"米芾畫史:"杭僧真慧畫山水佛像。近世出品,惟翎毛墨竹,有江南氣象。"

六畫

翔 xiáng 似羊切,平,陽韻,邪。 ㄒㄧㄤ

㊀盤旋而飛。易豐:"豐其屋,天際翔也。"淮南子覽冥:"翱翔四海之外。"注:"翼一上一下曰翱,不搖曰翔。"㊁游,行。穆天子傳三:"六師之人翔畋于曠原。"注:"翔,猶游也。"文選漢張平子(衡)東京賦:"聲與風翔,澤從雲游。"注:"翔、游,皆行也。"㊂行走時兩臂張開。禮曲禮上:"室中不翔。"注:"行而張拱曰翔。"㊃通"詳"。見"翔實"。㊄通"祥"。見"翔風㊀"、"祥麟"。

【翔回】回旋而飛。禮三年問:"今是大鳥獸則失喪其羣匹,……翔回焉,鳴號焉,蹢躅焉,踟躕焉。"

【翔泳】飛鳥游魚。文選南朝宋顏延年(延之)應詔讌曲水作詩:"惠浸萌生,信及翔泳。"引申爲升沈。唐劉禹錫劉夢得集外集三酬令狐相公首夏閒居書懷見寄詩:"翔泳各異勢,篇章空寄情。"

【翔佯】徘徊,徬徨。莊子山木:"徐行翔佯而歸,絶學捐書。"唐杜牧樊川文集五戰論:"三軍萬夫環旋翔佯愰駭之間,虜騎乘之,遂取吾之鼓旗,此不専任責成之過。"

【翔洽】上下融洽。明董其昌容臺集二少司徒方采山公九十壽序:"更有巡狩之事,……爲今天子文道成化,和氣翔洽,蓋亦有永命之符者四。"

【翔風】㊀祥風。漢王充論衡是應:"翔風起,甘露降。"太平御覽十九尸子:"翔風,瑞風也。一名景風,一名惠風。"㊁人名。晉初石崇女婢。見舊題晉王嘉拾遺記九晉時事。

【翔翔】㊀安舒貌。禮玉藻:"凡行容惕惕,廟中齊齊,朝廷濟濟翔翔。"漢書七三韋賢傳附韋玄成自劾責詩:"朝宗商邑,四牡翔翔。"㊁高飛貌。謂高翔遠引,無所依傍。楚辭漢東方朔七諫謬諫:"衆鳥皆有行列兮,鳳獨翔翔而無所薄。"

【翔陽】太陽。文選晉木玄虛(華)海賦:"若乃大明撫轡於金樞之穴,翔陽逸駭於扶桑之津。"注:"翔陽,日也。淮南子曰:'日,陽之主也。'日中有烏,故言翔。"

【翔貴】謂物價飛漲、騰貴。漢書食貨志上:"民俞貧困,常苦枯旱,亡有平歲,穀賈翔貴。"注:"翔言如鳥之回翔,謂不離於貴也。若暴貴稱騰踊也。"

【翔踊】物價飛漲。新唐書一五五馬燧傳:"于時天下蝗,兵艱食,物貨翔踊。"

【翔集】㊀羣鳥飛止於一處。論語鄉黨:"翔而後集。"注:"回翔審觀而後下止。"漢書宣帝紀神爵元年詔:"辛萬歲宮,神爵翔集。"㊁詳察采輯。南朝梁劉勰文心雕龍六風骨:"若夫鎔鑄經典之範,翔集子史之術,洞曉情變,曲昭文體,然後能孚甲新意,雕畫奇辭。"

【翔實】詳盡確實。漢書九六上西域傳:"自宣元後,單于稱藩臣,西域服從,其土地山川王侯户數道里遠近翔實矣。"

【翔麟】唐代御馬廄名,一曰馬名。新唐書二〇二李適傳:"冬幸新豐,歷白鹿觀,上驪山,……從行給翔麟馬。"唐杜甫杜工部草堂詩箋三二復愁之八:"今日翔麟馬,先宜駕鼓車。"參閱唐會要七二馬。參見"祥麟"。

翕 xī 許及切,入,緝韻,曉。 ㄒㄧ

㊀收縮,斂息。詩小雅大東:"唯南有箕,載翕其舌。"荀子議兵:"代翕代張,代存代亡,相爲雌雄耳矣。"㊁合,聚。詩小雅常棣:"兄弟既翕,和樂且湛。"方言三:"翕,聚也。"

【翕忽】迅疾貌。文選晉左太沖(思)吴都賦:"神化翕忽,函幽育明。"又張景陽(協)七命:"車騎競騖,駢武齊轍,翕忽揮霍,雲迴風烈。"

【翕習】㊀盛貌。文選漢王文考(延壽)魯靈光殿賦:"祥風翕習以颯灑,激芳香而常芬。"又晉左太沖(思)吴都賦:"荆豔楚舞,吴愉越吟,翕習容裔,靡靡愔愔。"㊁急疾貌。文選晉張茂先(華)鷦鷯賦:"飛不飄颺,翔不翕習。"㊂親近,習熟。晉書閻纘傳上疏:"賈謐小兒,恃重恣睢,而淺中弱植之徒,更相翕習。"唐元稹長慶集二陽城驛詩:"聲香漸翕習,冠蓋若浮雲。"

【翕張】開閉。老子:"將欲翕之,必固張之;將欲取之,必固與之。"翕,一本作"歙"。漢王充論衡死僞:"目自翕張,非神而何?"

【翕翕】聚合,趨附貌。孫子行軍:"諄諄翕翕,徐與人言者,失衆也。"唐韓愈昌黎集三二唐故朝散大夫尚書庫部郎中鄭君墓誌銘:"不爲翕翕熱,亦不爲崖岸斬絶之行。"

【翕絶】光色盛貌。文選三國魏嵇叔夜

(康)琴賦:"珍怪琅玕,瑶瑾翕赩。"又南朝梁江文通(淹)從冠軍建平王登廬山香爐峯詩:"瑶草正翕赩,玉樹信葱青。"

【翕赩】隆盛。漢書六七下外戚傳班倢伃自傷悼賦:"揚光烈之翕赩兮,奉隆寵於增成。"晉書陸機傳辯亡論上:"誅叛柔服,而江外底定;飾法修師,則威德翕赩。"

【翕響】㊀聲音協和。文選三國魏嵇叔夜(康)琴賦:"紛綸翕響,冠衆藝兮。"唐呂向注:"紛綸、翕響,聲繁美貌。"㊁奄忽之間。文選晉左太沖(思)蜀都賦:"毛羣陸離,羽族紛泊,翕響揮霍,中網林薄。"注:"翕響、揮霍,奄忽之間也。"

【翕翕訿訿】怠惰貌。爾雅釋訓:"翕翕訿訿,莫供職也。"疏:"言賢者陵替,姦黨熾盛,背公恤私,曠其職事,無肯供職也。"訿訿,亦作"呰呰"。後漢書四八翟酺傳上疏:"然祿去公室,政移私門,覆車重尋,寧無摧折,而朝臣在位,莫肯正議,翕翕呰呰,更相佐附。"

翖 xī 許及切,入,緝韻,曉。
ㄒㄧ
見下。

【翖侯】漢代西域烏孫的官名。漢書六一張騫傳:"(難兜靡)子昆莫新生,傅父布就翖侯抱亡置草中。"注:"翖侯,烏孫大臣官號,其數非一,亦猶漢之將軍耳。"又西域傳下烏孫國:"昆彌自將翖侯以下五萬騎從西方入。"

七　畫

翜 shà 所甲切,入,狎韻,山。
ㄕㄚˋ 色立切,入,緝韻,山。
㊀飛疾。說文:"翜,捷也,飛之疾也。"㊁棺羽飾。通"翣"。見集韻。

翛 1. xiāo 蘇雕切,平,蕭韻,心。
ㄒㄧㄠ 式竹切,入,屋韻,審。
㊀見"翛然"、"翛翛"。
2. shū
ㄕㄨ
㊁疾。通"倏"。古文苑十八漢衛覬西嶽華山亭碑:"神樂其静,翛翟無形。"宋章樵注:"翛翟,飛騰迅疾也。"

【翛然】㊀自然超脱貌。莊子大宗師:"翛然而往,翛然而來而已矣。"釋文:"向(秀)云:'翛然,自然無心而自爾之謂。'郭(象)崔(譔)云:'往來不難之貌。'"世說新語棲逸:"(桓沖)徵(劉驎之)爲長史,……一見沖,因陳無用,翛然而退。"㊁疾速貌。唐杜甫杜工部草堂詩箋二六七月一日題終明府水樓之一:"翛然欲下陰山雪,不去非無漢署香。"

【翛翛】㊀鳥羽破敝貌。詩豳風鴟鴞:"予羽譙譙,予尾翛翛。"清阮元校勘記:"唐石經作脩脩。"㊁象聲詞。猶"蕭蕭"。南齊謝朓謝宣城集三冬日晚郡事隙詩:"颯颯滿池荷,翛翛蔭窗竹。"宋蘇軾分類東坡詩一舟行至清遠縣見顧秀才極談惠州風物之美:"江雲漠漠桂花溼,梅雨翛翛荔子然。"㊂交雜貌。唐柳宗元柳先生集十六謫龍說:"及朝進取杯水飲之,噓成雲氣,五色翛翛也。"

八　畫

翣 shà 所甲切,入,狎韻,山。
ㄕㄚˋ
㊀棺飾。形似扇,在路以障車,入椁以障柩。禮檀弓上:"飾棺。牆,置翣。"又喪服大記:"黼翣二,黻翣二,畫翣二。"注:"翣,以木爲筐,廣三尺,高二尺四寸,方兩角;高衣以白布畫者,畫雲氣,其餘各如其象;柄長五尺。車行使人持之而從,既窆,樹於壙中。"唐王維王右丞集六故西河郡杜太守挽歌之二:"卷衣悲畫翟,持翣待鳴雞。"㊁鐘磬架横木簨上之飾。禮明堂位:"周之璧翣。"注:"周又畫繒爲翣,戴以璧,垂五采羽於其下,樹於簨之角上。"疏:"翣,扇也。言周畫繒爲扇,戴小璧於扇之上。"㊂雉扇。儀禮既夕禮:"燕器,杖,笠,翣。"吕氏春秋有度:"冬不用翣。"古扇翣,用雉羽或尾編製。唐開元禮改用孔雀,大朝會時陳翣一百五十六分居左右。宋復雉扇之名。參閱宋史儀衛志一。

【翣柳】棺飾。翣帷之類。周禮天官縫人:"喪縫棺飾焉,衣翣柳之材。"注:"必先纏衣其才(木),乃以張飾也。"晉書武元楊皇后傳哀策:"銘旌樹表,翣柳雲敷。"

翠 cuì 七醉切,去,至韻,清。
ㄘㄨㄟˋ
㊀即翠鳥。楚辭屈原九歌東君:"翾飛兮翠曾。"注:"身體翾然若飛,似翠鳥之舉也。"也稱翠雀。藝文類聚九二晉郭璞翠贊:"翠雀麋鳥,越在南海。"㊁鳥尾肉。禮内則:"舒鴈翠。"注:"舒鴈,鵝也;翠,尾肉也。"吕氏春秋本味:"肉之美者,猩猩之脣,獾獾之炙,雋觾之翠。"㊂青綠色玉。也稱翡翠。三國魏曹植曹子建集三洛神賦:"戴金翠之首飾,綴明珠以燿軀。"㊃青綠色。文苑英華一七九南朝梁庾肩吾奉和春夜應令詩:"水光懸蕩壁,山翠下添流。"唐杜甫杜工部草堂詩箋七渼陂西南臺:"錯磨終南翠,顛倒白閣影。"

【翠玉】翡翠,玉的一種。宋書周朗傳上書:"金魄翠玉,錦繡縠羅,奇色異章,小民既不得服,在上亦不得賜。"唐元稹長慶集七解秋詩之七:"低徊翠玉梢,散亂梔黄萼。"

【翠羽】㊀翠色的鳥羽。逸周書王會:"請令以珠璣、瑇瑁、象齒、文犀、翠羽、菌鶴、短狗爲獻。"㊁喻美人之眉。玉臺新詠二晉傅玄豔歌行:"蛾眉分翠羽,明目發清揚。"目,一作"眸"。㊂喻翠色的樹葉。唐李賀歌詩編三春歸昌谷:"龍皮相排戛,翠羽更蕩掉。"

【翠眉】用黛螺畫的眉。晉崔豹古今注下:"魏宫人好畫長眉。今多作翠眉警鶴髻。"南朝梁江淹江文通集一麗色賦:"信東方之佳人,既翠眉而瑶質。"

【翠被】飾以翠羽的外氅。左傳昭十二年:"翠被,豹舄,執鞭以出。"注:"以翠羽飾被,以豹皮爲履。"文選漢張平子(衡)西京賦:"大駕幸乎平樂,張甲乙而襲翠被。"

【翠袖】翠色的衣袖。唐杜甫杜工部草堂詩箋十六佳人:"天寒翠袖薄,日暮倚脩竹。"

【翠哥】鸚鵡。元楊維楨鐵崖古樂府二六宫戲嬰圖:"雕籠翠哥手擎出,爲愛解語通心腸。"

【翠旌】翠羽飾的旌旗。楚辭屈原九歌少司命:"孔蓋兮翠旌,登九天兮撫彗星。"旌,一本作"旍"。漢書禮樂志安世房中歌:"金支秀華,庶旄翠旌。"

【翠華】用翠羽飾於旗竿頂上的旗,爲皇帝儀仗。漢書五七上司馬相如傳上林賦:"建翠華之旗,樹靈鼉之鼓。"注:"翠華之旗,以翠羽爲旗上葆也。"詩文中多以翠華指皇帝。唐杜甫杜工部草堂詩箋十一北征:"都人望翠華,佳氣向金闕。"白居易長慶集四驪宫高詩:"翠華不來歲月久,牆有衣兮宫有松。"

【翠菅】水葱。生水中,以如葱而中空得名。可以織席。唐王維王右丞集一送友人歸山歌之二:"水驚波兮翠菅靡。"參閱明楊慎丹鉛總録四花木翠菅。

【翠黄】神馬名。史記一一七司馬相如傳封禪書:"招翠黄乘龍於沼。"集解:"漢書音義曰:翠黄,乘黄也。龍翼馬身,黄帝乘之而登仙。"初學記二九馬符瑞圖:"騰黄者,神馬也。其色黄,一名乘黄,亦曰飛黄,或作古黄,或曰翠黄,一名紫黄。"參見"乘黄㊀"。

【翠琰】謂刻碑之石。也稱翠珉。琰、珉皆美石。隋江總江令君集攝山棲霞寺碑:"辭題翠琰,字勒銀鉤。"宋黃庭堅山谷內集二十題淡山巖詩之一:"惜哉次山世未顯,不得雄文鑱翠珉。"

【翠菊】菊花品種之一。廣羣芳譜五一:"翠菊,一名佛螺。……其花,外夾瓣翠而紫,中鈴蕚而黃,徑寸有半。開於四五月。每雨後及晡時,光麗如翠羽。開最久。"

【翠粲】㊀象聲詞。1. 衣聲。文選晉嵇叔夜(康)琴賦:"新衣翠粲,纓徽流芳。"注:"班婕妤自傷賦曰:'紛翠粲兮紈素聲。'"漢書九七下班倢伃傳自傷賦作"綷縩"。2. 枝葉搖動聲。藝文類聚八一三國魏應瑒迷迭賦:"振纖枝之翠粲,動綵葉之莓莓。"㊁鮮明貌。南朝梁江淹江文通集二空青賦:"翠燦軒室,葱鬱臺殿。"

【翠蛾】美人之眉。眉修長如娥,以黛點色,故稱。初學記十五唐謝偃聽歌賦:"低翠蛾而歛色,睇橫波而流光。"唐元稹長慶集二六何滿子歌:"翠蛾轉盼搖雀釵,碧袖歌垂翻鶴卵。"也指美女。唐白居易長慶集四李夫人詩:"翠娥髣髴平生貌,不似昭陽寢疾時。"

【翠鈿】綠玉製的婦女頭飾。唐杜牧樊川集三代吳興妓春初寄薛軍事詩:"霧冷侵紅粉,春陰撲翠鈿。"全唐詩五三七許渾贈蕭鍊師:"紅珠絡繡帽,翠鈿束羅襟。"

【翠微】輕淡青葱的山色。文選晉左太沖(思)蜀都賦:"鬱葐蒀以翠微,崛巍巍以峩峩。"注:"翠微,山氣之輕縹也。"南朝梁何遜何水部集仰贈從兄興寧寘南詩:"遠江飄素沫,高山鬱翠微。"亦指青山。北周庾信庾子山集三和宇文內史春日遊山詩:"遊客值春輝,金鞍上翠微。"唐宋之問集上龍門應制詩:"塔影遙遙綠波上,星龕奕奕翠微邊。"

【翠蓋】㊀翠羽裝飾的華蓋。淮南子原道:"馳要褭,建翠蓋。"漢書八七上揚雄傳甘泉賦:"流星旄以電燭兮,咸翠蓋而鸞旗。"㊁謂枝葉茂密如華蓋。金元好問遺山集八後灣別業詩:"童童翠蓋桑初合,濈濈蒼波麥已勻。"

【翠輦】帝王的車駕。北史突厥傳:"啟人奉觴上壽,跪伏甚恭。帝大悅,賦詩曰:'鹿塞鴻旗駐,龍庭翠輦回。'"唐白居易長慶集十五廣宣上人以應制詩見示因以贈之……詩:"紅樓許住請銀鑰,翠輦陪行蹋玉墀。"

【翠樓】㊀華美的樓閣。藝文類聚六三漢李尤平樂觀賦:"大廈累而鱗次,承岧嶤之翠樓。"才調集八王昌齡閨怨:"閨中少婦不知愁,春日凝妝上翠樓。"㊁酒樓名。宋范成大攬轡錄:"過相州市,有秦樓、翠樓……皆旗亭也。"又石湖集十二翠樓詩:"連衽成帷迓漢官,翠樓沽酒滿城歡。"自注:"在秦樓之北,樓上下皆飲酒者。"

【翠嬀】水名。傳說爲黃帝得河圖處。藝文類聚十一黃帝軒轅氏河圖挺佐輔:"(黃帝)乃召天老而問焉:'余夢見兩龍,挺白圖,以授余於河之都。'天老曰:'河出龍圖,雒出龜書……天其授帝圖乎?'黃帝乃祓齋七日,至於翠嬀之川,大鱸魚折溜而至,乃與天老迎之。五色畢具。魚汎白圖,蘭葉朱文,以授黃帝,名曰錄圖。"後以爲歌頌帝王瑞應之詞。文苑英華七三五唐太宗(李世民)帝範序:"是以翠嬀薦唐之德,玄圭錫大禹之功。"

【翠龍】傳說中的馬名。漢書八七上揚雄傳河東賦:"乘翠龍而超河兮。"注:"翠龍,穆天子所乘馬也。"參見"翠黃"。

【翠翰】即翠羽。藝文類聚二八南朝梁沈約登高望春詩:"齊童躡朱履,趙女揚翠翰。"此指首飾。文選晉陸士衡(機)日出東南隅行:"美目揚玉澤,蛾眉象翠翰。"此以喻美人之眉。

【翠燭】燐火,鬼火。唐李賀歌詩編一蘇小小墓:"冷翠燭,勞光彩;西陵下,風吹雨。"燐火有光而無燄,故曰冷翠燭。

【翠蕤】用翠羽作的飾物。史記一一七司馬相如傳子虛賦"錯翡翠之威蕤"南朝宋裴駰集解引徐廣曰:"或作'錯紛翠蕤'。"南朝梁江淹江文通集一麗色賦:"翠蕤羽釵,綠秀金枝。"唐杜甫杜工部草堂詩箋八魏將軍歌:"欃槍熒惑不敢動,翠蕤雲旓相蕩摩。"指旗飾。

【翠翹】㊀翠鳥尾上的長毛。楚辭宋玉招魂:"砥室翠翹,挂曲瓊些。"㊁婦女頭飾,似翠鳥尾之長毛,故名。唐白居易長慶集十二長恨歌:"花鈿委地無人收,翠翹金雀玉搔頭。"李商隱李義山詩集偶題之一:"水文簟上琥珀枕,傍有墮釵雙翠翹。"

【翠鬟】婦女髮式的美稱。全唐詩六六八高蟾華清宮:"何事金輿不再遊?翠鬟丹臉豈勝愁?"

【翠鬢】美人的鬢髮。樂府詩集七八南齊王融法壽樂歌之三:"金容函夕景,翠鬢佩晨光。"玉臺新詠五南朝梁丘遲答徐侍中爲贈婦詩:"羅裙有長短,翠鬢無低斜。"

【翠屏山】山名。各地以翠屏爲山名者頗多。著名的有:1. 在今北京市昌平縣。在沙河之紅門西北,山色蒼翠如屏。下出泉,九穴,瀦而爲池,名九龍池。見畿輔通志五七輿地十二山川一。2. 在今山西渾源縣南。卽山海經的高氏山,高千餘丈,周十里。滱水所自出,爲大清河正源。3. 在今甘肅隴西縣南。五峰錯列。爲古西秦乞伏國仁襲鮮卑三部之地。4. 在今甘肅天水市南。其右爲武峯山,上有南山寺。杜甫秦州雜詩'山頭南郭寺',卽此。

【翠雲裘】翠羽編織成雲紋之裘。古文苑二宋玉諷賦:"主人之女,翳承日之華,披翠雲之裘。"宋章樵注:"緝翠羽爲裘。"唐李白李太白詩十八江夏送友人:"雪點翠雲裘,送君黃鶴樓。"

【翠微宮】㊀唐宮名。高祖武德八年,於終南山造太和宮。太宗貞觀十年廢。二十一年重行修建,改名翠微宮。見唐會要三十太和宮。㊁泛稱建於山間的宮殿。唐王維王右丞集二敕借岐王九成宮避暑應教詩:"帝子遠辭丹鳳闕,天書遙借翠微宮。"

【翠微亭】勝蹟名。其著名者有:1. 在安徽貴池縣南齊山。唐杜牧爲刺史時,搆此亭於山腰,爲臨眺之所。見嘉慶一統志一一八池州府一。2. 在浙江杭州市靈隱山飛來峰半,宋紹興間韓世忠建,卽傳說韓跨驢行遊處。見浙江通志四十古蹟二。

【翠碧鳥】卽百舌鳥。宋宋祁益部方物略記百舌鳥:"出中蜀山谷間;毛采翠碧。蜀人多畜之。一云翠碧鳥。善效他禽語。凡數十種,非東方所謂反舌無聲者。"參見"百舌"。

【翠樓吟】詞調名。宋姜夔作。雙調,一百一字。見詞譜二九。

【翠繞珠圍】指婦女服飾豪華。也用以喻佳麗滿前。翠珠喻女子。太平樂府九元睢玄明耍孩兒詠西湖曲:"恣豔冶王孫士女,逞風流翠繞珠圍。"參見"珠圍翠繞"。

翥 zhù 章恕切,去,御韻,照。ㄓㄨˋ

飛舉。楚辭屈原遠遊:"雌蜺便娟以增撓兮,鸞鳥軒翥而翔飛。"

翡 fěi 扶涕切,去,未韻,並。ㄈㄟˇ

赤羽雀。見"翡翠"。

【翡帷】飾以翡翠羽的帷帳。楚辭宋玉

招魂:"翡帷翠帳,飾高堂些。"

【翡翠】㊀鳥名。也叫翠雀。羽有藍、綠、赤、棕等色,可爲飾品,雄赤曰翡,雌青曰翠。楚辭宋玉招魂:"翡翠珠被,爛齊光些。"史記一一七司馬相如傳子虛賦:"揜翡翠,射鵕鸃。"㊁美石。也稱硬玉。以全爲碧綠而透明者最爲珍貴。可作首飾及手釧、指環等。文選漢班孟堅(固)西都賦:"翡翠火齊,流耀含英。"參閱宋杜綰雲林石譜中于闐石。

翢 1. dào 徒刀切,平,豪韻,定。ㄉㄠ 集韻 六到切,去,号韻。

㊀纛。同"翿"。爾雅釋言:"翢,纛也。"注:"今之羽葆幢。"參見"翿"。

2. zhōu ㄓㄡ

㊁見下。

【翢₂翢₂】鳥名。韓非子說林下:"鳥有翢翢者,重首而屈尾,將欲飲於河則必顛,乃銜其羽而飲之。"參見"周周"。

翟 1. dí 徒歷切,入,錫韻,定。ㄉㄧˊ

㊀長尾的山雉。書禹貢:"羽畎夏翟。"㊁用作服飾或舞具的雉羽。詩鄘風君子偕老:"玼兮玼兮,其子翟也。"傳:"褕翟、闕翟,羽飾衣也。"又邶風簡兮:"左手執籥,右手秉翟。"圖爲舞翟。㊂樂吏名。禮祭統:"翟者,樂吏之賤者也。"注:"翟謂教羽舞者也。"㊃我國古代北方地區民族名。通"狄"。國語周上:"我先王不窋,用失其官,而自竄于戎翟之間,不敢怠業。"翟,明道本作狄。

舞翟

2. zhái 場伯切,入,陌韻,澄。ㄓㄞˊ

㊄姓。又音 dí。戰國魏有翟璜,漢有翟公、翟方進。

【翟犬】春秋趙簡子曾問當道者曰:"吾見兒在帝側,帝夢天帝予以翟犬一。"人以爲滅代國兆。見史記趙世家。晉書摯虞傳思游賦:"睨翟犬於帝側兮,殪熊羆於靈軒。"

【翟₂公】西漢下邽人。爲廷尉,賓客盈門。及廢,門外可設雀羅。後復職,賓客欲往,翟公乃大署其門曰:"一死一生,乃知交情。一貧一富,乃知交態。一貴一賤,交情乃見。"見史記一二〇汲鄭傳贊。

【翟茀】古代貴族婦女所乘車,飾雉羽以作障蔽,稱翟茀。詩衛風碩人:"朱幩鑣鑣,翟茀以朝。"傳:"翟,翟車也。夫人以翟羽飾車。茀,蔽也。"

【翟泉】池名。春秋僖二十九年:"夏六月,會王人、晉人、宋人、齊人、陳人、蔡人、秦人盟于翟泉。"注:"翟泉,今洛陽城内大倉西南池水也。"參閱水經注十六穀水、太平寰宇記三洛陽縣。

【翟₂義】公元前?—7年。漢汝南上蔡人,翟方進少子。字文仲。年二十任南陽都尉,後遷弘農河内東郡太守。平帝死,王莽居攝,稱"攝皇帝",義舉兵討莽,立劉信爲帝。自號大司馬柱天大將軍。移檄郡國,衆達十餘萬。後爲莽軍擊敗被殺,夷滅三族。見漢書八四翟方進傳。

【翟₂灝】公元?—1788年。清杭州府仁和縣人。字大川,後改字晴江。乾隆十九年進士。任金華衢州府學教授。所著有通俗編、爾雅補郭、四書考異、無不宜齋詩文稿等。其中通俗編積十餘年之力,搜集經傳及民間通行語詞,分三十八類,五千餘條,内容弘富,最著名。

【翟₂方進】公元前?—前7年。漢汝南上蔡人。翟公子,字子威。家世微賤,少孤,給事太守府爲小史。後棄小史受經,成帝河平中爲博士,永始中爲丞相,封高陵侯。後綏和元年定陵侯衛尉淳于長下獄死,廢后許氏自殺,方進與長善,不自安,帝有詔譴責,即日自殺。漢書有傳。

九　畫

翩 piān 芳連切,平,仙韻,滂。ㄆㄧㄢ

㊀疾飛。飄揚。詩魯頌泮水:"翩彼飛鴞,集于泮林。"又大雅桑柔:"四牡騤騤,旟旐有翩。"㊁輕疾貌。猶翩翩。文選三國魏曹子建(植)洛神賦:"翩若驚鴻,婉若遊龍。"注:"翩翩然若鴻雁之驚,婉婉然如遊龍之升。"

【翩綿】纖細幽遠。也作"翩緜"。古文苑二戰國楚宋玉小言賦:"飄妙翩綿,乍見乍泯。"三國魏嵇康嵇中散集二琴賦:"翩緜飄邈,微音迅逝。"

【翩翩】詩小雅四牡:"翩翩者鵻,載飛載下。"本指鳥飛輕疾貌。1.用以形容動作或形態。輕疾生動。唐李白李太白詩六高句驪:"翩翩舞廣袖,似鳥海東來。"白居易長慶集四賣炭翁詩:"翩翩兩騎來自誰?黃衣使者白衫兒。"南史蕭引傳:"此字筆趣翩翩,似鳥之欲飛。"2.形容風采、文辭的美好。史記七六平原君傳贊:"平原君,翩翩濁世之佳公子也。"文選三國魏曹丕(文帝)與吳質書:"元瑜(阮瑀)書記翩翩,致足樂也。"3.往來貌。詩小雅巷伯:"緝緝翩翩,謀欲譖人。"4.自喜貌。漢書一〇〇下敘傳:"魏其翩翩,好節慕聲。"5.宮闕高聳凌空貌。後漢書四〇下班彪傳附班固兩都賦:"然後增周舊,修洛邑,翩翩巍巍,顯顯翼翼。"

【翩翻】㊀飛翔貌。文選漢張平子(衡)西京賦:"衆鳥翩翻,羣獸駓騃。"㊁飄揚、搖曳貌。漢劉向說苑指武:"旌旗翩翻,下蟠於地。"唐盧照鄰幽憂子集四悲才難:"枝巃嵸兮相樛,葉翩翻兮相翳。"

【翩翾】小飛貌。文選晉張茂先(華)鷦鷯賦:"育翩翾之陋體,無玄黃以自貴。"唐白居易長慶集一感鶴詩:"貞姿自耿介,雜鳥何翩翾。"

【翩躚】飄逸飛翔貌。梁書王僧孺傳與何炯書:"直以章句小才,蟲篆末藝,含吐緗縹之上,翩躚樽俎之側。"也作"翩僊"。唐杜甫杜工部詩史補遺六西閣曝日:"流離木杪猨,翩僊山顛鶴。"

翦 jiǎn 卽淺切,上,獮韻,精。ㄐㄧㄢˇ

同"剪"。㊀斬斷,削滅。詩召南甘棠:"蔽芾甘棠,勿翦勿伐。"左傳宣十二年:"其翦以賜諸侯使臣妾之,亦唯命。"㊁滅除,消滅。詩魯頌閟宮:"實始翦商。"左傳成十三年:"又欲闕翦我宮室,傾覆我社稷。"㊂盡,全。文選漢張平子(衡)西京賦:"鍚用此土,而翦諸鶉首。"三國吳薛綜注:"翦,盡也。"㊃淺。儀禮既夕禮:"加茵用疏布,緇翦有幅。"疏:"翦,淺也。謂染爲淺緇色。"

【翦氏】官名。周禮秋官有翦氏,掌除蠹物。

【翦字】卽剪字。樂府詩集六四唐李賀神仙曲:"春羅翦字邀王母,共宴紅樓最深處。"宋楊萬里誠齋集三十贈剪字吳道人序:"翦李義山經年別遠公詩,用青紙翦字,作米元章字體,逼真。"

【翦拂】㊀洗滌拂拭。文選南朝梁劉孝標(峻)廣絶交論:"至於顧盼增其倍價,翦拂使其長鳴。"注:"湔拔、翦拂,音義同也。"也比喻對人材的培育贊揚。隋書盧思道傳孤鴻賦序:"通人楊令君(遵彥)、邢特進(子才)以下,皆分庭致敬,倒屣相接,翦拂吹噓,長其光價。"㊁舊時江湖隱語,指下拜行禮。水滸五:"李忠當下剪拂了,起來,扶住魯智深道:哥哥緣何做了和尚?"清翟灝通俗編三八識餘市語:"江湖人市語尤多,坊間有江湖切要一刻,事事物物,悉有隱稱,……坐曰打墩,拜曰翦拂,揖曰丟圈子……"

【翦柳】㊀射柳。宋范成大石湖集十七有郊外閱驍騎剪(翦)柳詩,題注:"亦曰搓柳。”至明永樂時，宮廷有翦柳之戲。於清明或端午日，先以鵓鴿貯葫蘆中，懸之柳樹上，彎弓射之。矢中葫蘆，鴿輒飛出，以飛之高下爲勝負。見清姚之駰元明事類鈔十八翦柳。㊁見“翦絡”。

【翦桐】呂氏春秋重言：“成王與唐叔虞燕居，援梧葉以爲珪，而授唐叔虞曰：‘余以此封女。’叔虞喜以告周公。……於是遂封叔虞于晉。”後因以翦桐爲分封的典故。唐王勃王子安集十六常州刺史平原郡開國公行狀：“翦桐疏爵，分茅建社，下斷物土，上格星躔。”

【翦除】消滅，除去。後漢書三六張霸傳附張玄：“引兵還屯都亭，以次翦除中官，解天下之倒縣。”南史宋紀上：“(王)謐從弟諶謂謐曰：‘王騊(愉)無罪而誅，此是翦除勝己，兄既桓氏(玄)黨附，求免得乎？’”

【翦徑】謂攔路搶劫。水滸四三：“李逵見了，大喝一聲：‘你這廝是什麽鳥人？敢在這裏翦徑！’”京本通俗小說錯斬崔寧：“那大王……對那大娘子道：‘我雖是箇翦徑的出身，却也曉得冤各有頭，債各有主。’”

【翦裁】翦衣料以製成衣服。引申爲對事物的取舍安排。宋蘇軾分類東坡詩十四吉祥寺花將落而述古不至：“今歲東風巧翦裁，含情只待使君來。”又朱熹朱文公集五新喻西境詩：“自佳觸目成佳句，雲錦無勞更翦裁。”

【翦滅】消滅。左傳成二年：“余姑翦滅此而朝食。”文選三國魏曹元首(冏)六代論：“掃除凶逆，翦滅鯨鯢。”

【翦落】㊀謂落髮爲僧。南齊書顧歡傳答袁粲文：“然則道教執本以領末，佛教救末以存本。請問所異，歸在何許？若以翦落爲異，則胥靡翦落矣。”㊁削除。新唐書一七八劉蕡傳：“文宗即位，思洗元和宿恥，將翦落支黨。”

【翦截】删削。文選漢孔安國尚書序：“芟夷煩亂，翦截浮辭。”唐劉知幾史通六家：“爰逮中葉，文籍大備，必翦截今文，模擬古法。”

【翦綵】翦裁綵帛或綵紙。南朝梁宗懍荆楚歲時記：“正月七日爲人日，以七種菜爲羹，翦綵爲人，或鏤金薄(箔)爲人，以貼屏風，亦戴之頭鬢。”又：“立春之日，悉翦綵爲鷰戴之。”唐李白李太白詩四白紵辭之三：“吳刀翦綵縫舞衣，明妝麗服奪春暉。”宋梅堯臣宛陵集四立春在元日詩：“綴條花翦綵，插户柳生煙。”

【翦綹】謂竊取别人身上的錢物，即扒竊。也作“翦柳”。元曲選岳伯川鐵拐李一：“這老子倒乖，哄的我低頭自取，你却叫有翦綹的，倒着了你的道兒。”明陳繼百可漫志：“唐守之皋在欽庠日，每以魁元自擬，累蹶場屋。鄉人誚之曰：‘徽州好箇唐皋哥，一氣秋闈走十科。經魁解元何包裹，争奈京城翦柳多！’”

【翦翦】㊀淺狹貌。莊子在宥：“而佞人之心翦翦者，又奚足以語至道？”唐柳宗元柳先生集三三與楊誨之第二書：“吾雖少時，與世同波，然未嘗翦翦拘拘也。”㊁形容風削面。唐韓偓玉山樵人集寒食夜詩：“測測輕寒翦翦風，杏花飄雪小桃紅。”㊂整齊貌。子華子下晏子問黨：“其民愿而從法，疏而弗失，上下翦翦焉。”明湯顯祖牡丹亭勸農：“平原麥灑，翠波摇，翦翦綠疇如畫。”

【翦燭】剪去燼餘的燭心。唐李商隱李義山詩集三夜雨寄北：“何當共剪西窗燭，却話巴山夜雨時。”元楊載翰林楊仲弘詩集六題火涉不花同知畫像：“鷫鷞裘暖鳴鞭疾，翡翠簾深翦燭頻。”

【翦水花】雪。全唐詩四七八陸暢驚雪：“天人寧許巧，翦水作花飛。”宋范成大石湖集四春後微雪一宿而晴詩：“東君未破含春蘂，青女先飛剪水花。”

【翦春羅】草名。又名翦紅羅、碎翦羅、翦金花。柔莖綠葉，葉對生抱莖。入夏開花，深紅色。花大如錢，六出，周迴如翦成。結實大如豆，内有細子，入藥。參閱本草綱目十六草五、清吳其濬植物名實圖考十四。

【翦秋羅】草名。一名漢宫秋。色深紅，花瓣分數岐，八月間開。見廣羣芳譜四六花翦春羅附錄。

【翦草除根】謂除惡務盡，免生後患。文苑英華六五〇北齊魏收爲侯景叛移梁朝文：“若抽薪止沸，剪草除根，……返國姦於司敗，歸侵地於玄武，非直惡之在今，天道人事，實棄無禮。”元曲選缺名賺蒯通三：“此人與韓信最是契交，必須一併殺壞，方纔翦草除根。”參見“斬草除根”。

【翦紙招魂】舊俗，翦紙爲錢形，懸於門檐，以示招魂。唐杜甫杜工部草堂詩箋十彭衙行：“煖湯濯我足，翦紙招我魂。”宋蔡夢弼箋：“甫意若曰：盜賊充斥，身涉艱苦，魂魄爲之沮喪，故孫宰翦紙爲旐以招其魂也。”參見“招魂㊀”。

翬

huī 許歸切，平，微韻，曉。
ㄏㄨㄟ

㊀大飛。爾雅釋鳥：“鷹，隼醜，其飛也翬。”文選漢張平子(衡)西京賦：“若夫游鷮高翬，絶阬踰斥。”㊁五采山雉。爾雅釋鳥：“伊洛而南，素質，五采皆備，成章，曰翬。”文選晉潘安仁(岳)射雉賦：“聿采毛之英麗兮，有五色之名翬。”參見“翬飛”。㊂揮動。通“揮”。後漢書六十馬融傳廣成頌：“翬終葵，揚關斧。”注：“翬亦揮也。”

【翬飛】詩小雅斯干：“如鳥斯革，如翬斯飛。”疏：“言檐阿之勢，似鳥飛也。”後以翬飛形容宫室的高峻壯麗。文選南齊王簡棲(屮)頭陀寺碑文：“丹刻翬飛，輪奐離立。”此種檐阿似鳥飛舉翼的建築形式，俗稱飛檐，近代建築學稱“翬飛式”，是我國古代的特創。

翨

chì 施智切，去，寘韻，審。
ㄔ 居企切，去，寘韻，見。

㊀猛鳥。説文：“翨，鳥之彊羽猛者。”㊁鳥翼。同“翅”。周禮秋官司寇“翨氏”漢鄭玄注：“翨，鳥翮也。”清徐灝説文解字注箋：“翨，卽翅字。”

【翨氏】官名。周禮秋官有翨氏，掌攻猛鳥，以時獻納羽翮。

翪

zōng 子紅切，平，東韻，精。
ㄗㄨㄥ 作孔切，上，董韻，精。

鳥飛時振翅上下。爾雅釋鳥：“鵲、鵙醜，其飛也翪。”疏：“鵲、鵙之類不能翱翔遠飛，但竦翅上下而已。”

翫

wán 五換切，去，換韻，疑。
ㄨㄢ

㊀輕忽，戲狎。左傳昭二十一年：“水懦弱，民狎而翫之，則多死焉。”荀子禮論：“尒(邇)則翫，翫則厭，厭則忘。”㊁喜好，玩習。同“玩”。文選漢張平子(衡)東京賦：“作洛之制，我則未暇，是以西匠營宫，目翫阿房。”三國魏嵇康嵇中散集一琴賦序：“余少好音聲，長而翫之。”㊂觀賞。同“玩”。晉陸機陸士衡集三歎逝賦：“步寒林以悽惻，翫春翹而有思。”唐白居易長慶集五常樂里閒居偶題十六韻詩：“窗前有竹翫，門外有酒沽。”㊃貪圖。同“忨”。漢書四八賈誼傳陳政事疏：“翫細娛而不圖大患，非所以爲安也。”

【翫古】謂玩習或玩賞古籍古物。後漢書六十下蔡邕傳：“閒居翫古，不交當世。”也作“玩古”。南史王微傳：“微常住門屋一間，尋書玩古，遂足不履地。”

【翫世】謂以傲慢嬉戲的態度處世。同“玩世”。文選晉張景陽(協)七命：“嘉遯龍盤，翫世高蹈。”

【翫愒】左傳昭元年：“趙孟將死矣。主民，翫歲而愒日，其與幾何？”國語晉八作

"今忨日而潵歲"。後世因謂苟安旦夕，不知振作曰翫愒。宋史四三七真德秀傳："杜範方攻鄭清之誤國，且謂其貪黷更甚於前，而德秀乃奏言，此皆前權臣(史彌遠)玩愒之罪。"

䐞 1. hóu 户鉤切，平，侯韻，匣。ㄏㄡˊ

也作"䐞"。㊀羽根。說文："䐞，羽本也。"清段玉裁注："謂入於皮肉者也。"九章算術二粟米："買羽二千一百䐞。"晉劉徽注："䐞，羽本也。數羽稱其本，猶草木稱其根株。"㊁羽初生。說文："䐞，……一曰：羽初生皃。"因以謂細毛。通俗文："細毛，䐞也。"

2. hòu 集韻 下遘切，去，候韻。ㄏㄡˋ

㊂箭名。同"鍭"。儀禮既夕禮："䐞矢一乘，骨鏃短衛。"周禮夏官司弓矢有"鍭矢"。

翮 1. hé 下革切，入，麥韻，匣。ㄏㄜˊ

㊀羽莖。也代指鳥翼。荀子王制："南海則有羽翮、齒、革、曾青、丹干焉。"漢書八七下揚雄傳解嘲："矯翼厲翮，恣意所存。"文選晉左太沖(思)詠史詩之八："習習籠中鳥，舉翮觸四隅。"㊁喻指笙管。文選晉潘安仁(岳)笙賦："擠纖翮以震幽簧，越上筩而通下管。"注："翮，管也；其形類羽，故曰翮也。"

2. lì 字彙 郎狄切，音力。ㄌㄧˋ

㊂古炊具。通"鬲(甌)"。史記楚世家："吞三翮六翼，以高世主，非貪而何？"索隱："翮，亦作甌，同音歷。三翮六翼，亦謂九鼎也。空足曰翮。六翼卽六耳。"

十 畫

翰 hàn 侯旰切，去，翰韻，匣。ㄏㄢˋ 胡安切，平，寒韻，匣。

㊀赤羽的山雞。卽錦雞。通"鶾"。逸周書王會："文翰者若皐雞。"晉孔晁注："鳥有文彩者。"爾雅釋鳥"鶾，天雞"晉郭璞注引作"文鶾若彩雞"。㊁鳥羽。文選晉左太沖(思)吳都賦："理翮振翰，容與自翫。"㊂高飛。詩小雅小宛："宛彼鳴鳩，翰飛戾天。"㊃毛筆。古用羽毛爲筆，故以翰代稱。文選漢張平子(衡)四愁詩之一："側身東望涕霑翰。"又晉左太沖(思)詠史詩之一："弱冠弄柔翰，卓犖觀羣書。"㊄柱子。詩大雅崧高："維申及甫，維周之翰。"宋朱熹集傳："實能爲周之貞幹。"㊅長毛馬。通"鶾"。尚書大傳西伯戡耆："之西海之濱，取白狐青翰。"說文"鶾"清段玉裁注："馬毛長者名鶾也。多借翰字爲之，翰行而鶾廢矣。"㊆白馬。禮檀弓上："殷人尚白，……戎事乘翰。"注："翰，白色馬也。"

【翰池】筆硯。唐駱賓王集六上兗州啟："每蟋蟀淒吟，映素雪於書帳；莎雞振羽，截碧蒲於翰池。"

【翰長】對翰林前輩的敬稱。全唐詩五五一盧肇喜楊舍人入翰林："御筆親批翰長銜，夜開金殿送瑤緘。"宋歐陽修文忠集一二七歸田録二："嘉祐二年，余與端明韓子華(絳)、翰長王禹玉(珪)、侍讀范景仁(鎮)、龍圖梅公儀(摯)同知禮部貢舉。"

【翰林】㊀文翰之林。猶文苑。漢書八七下揚雄傳："上長楊賦，聊因筆墨之成文章，故藉翰林以爲主人，子墨爲客卿以風。"以翰林爲擬人之稱。晉書陸雲傳薦張瞻書："辭邁翰林，言敷其藻。"㊁棲鳥之林。翰，鳥羽。文選晉潘安仁(岳)悼亡詩："如彼翰林鳥，雙棲一朝隻。"㊂官名。1. 指翰林學士。唐白居易長慶集八洛中偶作："五年職翰林，四年涖潯陽。"詳"翰林學士"。2. 指唐宋翰林院官員，有茶翰林、酒翰林之稱。參見"翰林院"。3. 清代翰林院屬官侍讀學士、侍講學士、侍讀、侍講、修撰、編修、檢討、庶吉士的通稱。詳"翰林院"。

【翰音】㊀禮曲禮下："凡祭宗廟之禮，……羊曰柔毛，雞曰翰音。"後爲雞的代稱。文選晉張景陽(協)七命："封熊之蹯，翰音之跖。"㊁飛向高空的聲音。比喻徒有虛聲。易中孚："翰音登于天，貞凶。"注："翰，高飛也。飛音者，音飛而實不從之謂也。"漢書一〇〇下敍傳："博之翰音，鼓妖先作。"注："翰音高飛而且鳴，喻居非其位，聲過其實也。"漢哀帝時，朱博爲丞相，受策時，有大聲如鐘鳴。帝以問揚雄李尋，皆以爲洪範所謂鼓妖。人君不聰，空名得進，則有聲無形。見漢書五行志中之下。

【翰苑】文翰薈萃之處。猶言翰林。唐白居易長慶集十五詶盧祕書二十韻詩："謬歷文場選，慚非翰苑才。"

【翰海】古代北海名。史記一一一衛將軍驃騎傳："封狼居胥山，禪於姑衍，登臨翰海。"索隱："崔浩云'北海名，羣鳥之所解羽，故云翰海'。廣異志云'在沙漠北'。"也作"瀚海"。唐高適高常侍集五燕歌行："校尉羽書飛翰海，單于獵火照狼山。"參閱清圖理琛異域録上。

【翰墨】筆墨。文選漢張平子(衡)歸田賦："揮翰墨以奮藻，陳三王之軌模。"借指詩文書畫之類。又三國魏曹子建(植)與楊德祖書："吾雖德薄，位爲藩侯，猶庶幾勠力上國，流惠下民，建永世之業，流金石之功，豈徒以翰墨爲勳績，辭賦爲君子哉。"

【翰檜】棺材四旁及上面的彩繪裝飾。左傳成二年："宋文公卒。始厚葬，……椁有四阿，棺有翰檜。"注："翰，旁飾；檜，上飾。皆王禮。"

【翰藻】文采，辭藻。南朝梁蕭統文選序："事出於沈思，義歸乎翰藻。"新唐書一〇二李百藥傳："翰藻沈鬱，詩尤其所長。"

【翰林志】唐李肇撰，一卷。成於元和十四年。新唐書宋史藝文志二皆著録。記載唐代翰林院詞臣職掌。記翰林典故之書，以此爲最早。後來宋洪遵翰苑羣書、陳騤南宋館閣録、周必大玉堂雜記、明黃佐翰林記、清張廷玉等詞林典故，皆仿效此書而作。

【翰林院】官署名。唐初置翰林，爲內廷供奉之官，本以文學備顧問，得參謀議，其時醫卜伎術方士僧道，皆得待詔翰林，非盡文學之士。玄宗開元初始置翰林院，以張九齡張說陸堅等掌四方表疏批答、應和文章，號"翰林供奉"，與集賢院學士分司起草詔書及應承皇帝的各種文字。開元二十六年改翰林供奉爲學士，別置學士院，專掌內制。宋設翰林學士院，職掌在內制起草詔旨。此外在內侍省下設翰林院，總天文、書藝、圖畫、醫官四局。明將著作、修史、圖書等事務併歸翰林院，成爲外朝官署。清沿明制，翰林院掌編修國史及草擬制誥等，其長官爲掌院學士，滿漢各一人，由大學士、尚書中特派，所屬職官有侍讀、侍講、修撰、編修、檢討和庶吉士等，無定員。參閱唐會要五七翰林院、文獻通考五四職官八、宋孫逢吉職官分紀一、清通志六四職官一、清趙翼陔餘叢考二六。

【翰苑集】唐陸贄撰，二十二卷。或題作陸宣公奏議。內容多言古今政治的得失，其文雖多用駢句，反覆曲折，大體曉暢，爲後世所推重。

【翰墨林】謂筆墨之林。比喻文章匯集之處，猶今言文壇。文選晉張景陽(協)雜詩之九："遊思竹素園，寄辭翰墨林。"唐張說張燕公集二恩制賜食於麗正殿書院宴賦得林字："東壁圖書府，西園翰墨林。"

【翰墨場】猶翰墨林。唐韋應物韋江州集四送馮著受李廣州署爲録事詩:"名在翰墨場,羣公正追隨。"杜甫杜工部草堂詩箋三四壯遊:"往昔十四五,出遊翰墨場。"此指應試赴考。

翯 hè ㄏㄜˋ 胡沃切,入,沃韻,匣。
胡覺切,入,覺韻,匣。
許角切,入,覺韻,曉。
㊀鳥白而肥澤。見"翯翯"。㊁白而有光。史記一一七司馬相如傳上林賦:"翯乎滈滈,東注大湖。"索隱:"翯音鶴。……郭璞云:水白光皃。"

【翯翯】光澤潔白貌。詩大雅靈臺:"麀鹿濯濯,白鳥翯翯。"傳:"翯翯,肥澤也。"宋朱熹集傳:"濯濯,肥澤貌。翯翯,潔白貌。"孟子梁惠王上作"鶴鶴";漢賈誼新書六禮作"皜皜";文選三國魏何平叔(晏)景福殿賦作"皠皠"。

䍇 tà ㄊㄚˋ 集韻 達合切,入,合韻。
見"拉䍇"。

翱 áo ㄠˊ 五勞切,平,豪韻,疑。
飛翔。也作"翺"。漢書六四下王褒傳聖主得賢臣頌:"恩從祥風翱,德與和氣游。"參見"翱翔"。

【翱翔】㊀鳥飛,翼上下鼓動叫翱,翼平直不動而迴飛叫翔。莊子逍遥遊:"翱翔蓬蒿之間,此亦飛之至也。"楚辭屈原離騷:"鳳皇翼其承旂兮,高翱翔之翼翼。"㊁悠閒遊樂貌。詩齊風載驅:"魯道有蕩,齊子翱翔。"又檜風羔裘:"羔裘翱翔,狐裘在堂。"箋:"翱翔,猶逍遥也。"

【翱遊】徘徊遊戲。即遨遊。楚辭屈原九歌雲中君:"龍駕兮帝服,聊翱遊兮周章。"注:"言雲神居無常處,動則翱翔,周流往來,且遊戲也。"藝文類聚九二南朝宋謝惠連鸂鶒賦:"命儔侶以翱遊,憩川湄而偃息。"

十一畫

翲 piāo ㄆㄧㄠ 撫招切,平,宵韻,滂。
匹妙切,去,笑韻,滂。
㊀飛貌。見廣韻。㊁詳"翲忽"。

【翲忽】輕微。史記太史公自序:"律曆更相治,閒不容翲忽。"索隱:"忽者,總文之微也。翲者,輕也。言律曆窮陰陽之妙,其閒不容絲忽也。"

翳 yì ㄧˋ 於計切,去,霽韻,影。
烏奚切,平,齊韻,影。
㊀華蓋。説文:"翳,華蓋也。"晉書輿服志:"戎車,駕四馬,天子親戎所乘者也。載金鼓、羽旗、幢翳。"古樂舞所執之纛曰翿。説文作"翳",與翳形音義皆別。山海經海外西經大樂之野"左手操翳,右手操環",以音近而誤。㊁障蔽。楚辭屈原離騷:"百神翳其備降兮,九疑繽其並迎。"國語楚下:"今吾聞夫差好罷民力以成私,好縱過而翳諫。"㊂掩蔽物。國語齊:"兵車之屬六,乘車之會三,諸侯甲不解纍,兵不解翳,弢無弓,矢無服。"亦謂雲翳。漢陸賈新語慎微:"罷雲霽翳,令歸山海,然後乃得覩其光明。"㊃目疾引起的障膜。唐釋玄應一切經音義十八鞞婆沙阿毗曇論五引三蒼:"翳,目病也。"㊄是。國語吳:"君王之於越也,翳起死人而肉白骨也。"㊅樹木枯死,倒伏於地。通"殪"。詩大雅皇矣:"作之屏之,其菑其翳。"傳:"自斃爲翳。"疏:"自斃者,生木自倒,枝葉覆地爲蔭翳,故曰翳也。"釋文:"韓詩作殪。"

【翳昧】隱晦。後漢書六十馬融傳廣成頌:"日月爲之籠光,列宿爲之翳昧。"

【翳桑】猶言桑陰。春秋晉靈輒餓於翳桑,趙盾見而賜之以飲食。後輒爲晉靈公甲士。會靈公欲殺盾,輒倒戈相衛,盾乃得免。事見左傳宣二年。抱朴子論仙:"家有長卿壁立之貧,腹懷翳桑絶糧之餒。"宋虞儔尊白堂集二十二月二十六日早起雪已三寸許……詩:"宿麥連雲雖入望,路傍猶有翳桑人。"此指絶糧的貧民。

【翳鳥】有彩色羽毛的鳥。山海經海内經:"(蛇山)有五彩之鳥,飛蔽一鄉,名曰翳鳥。"也作"鷖鳥"。史記一一七司馬相如傳上林賦:"拂鷖鳥,捎鳳皇。"

【翳景】遮蔽日月的陰影。景,同"影"。抱朴子嘉遯:"若乃耀靈翳景於雲表,則麗天之明不著;哮虎韜牙而握爪,則搏噬之捷不揚。"唐李白李太白文一大鵬賦:"欻翳景以橫翥,送高天而下垂。"

【翳滅】消逝。也作"翳没"。晉陸機陸士衡集九愍懷太子誄序:"傷我惠后,寂焉翳滅。"又弔魏武帝文:"苟形聲之翳没,雖音景其必藏。"

【翳樂】樂府西曲歌名。樂府詩集四九翳樂:"古今樂録曰:'翳樂一曲,倚歌二曲,〔舊〕舞十六人,梁八人。'其詞有云:'陽春二三月,相將舞翳樂。'知爲當時舞樂之一。"

【翳翳】深晦不明貌。晉陸機陸士衡集一文賦:"理翳翳而愈伏,思乙乙其若抽。"晉陶潛陶淵明集五歸去來辭:"景翳翳以將入,撫孤松而盤桓。"

【翳薈】草木茂盛貌。也作"蘙薈"。孫子行軍:"山林蘙薈,必謹覆索之,此伏姦之所藏處也。"抱朴子博喻:"繁林翳薈,則羽族雲萃;玄淵浩汗,則鱗羣競赴。"

翼 yì ㄧˋ 與職切,入,職韻,喻。
㊀鳥蟲的翅膀。易明夷:"明夷于飛,垂其翼。"戰國策楚四:"王獨不見乎蜻蛉乎?六足四翼。"㊁魚翅。文選楚宋玉高唐賦:"黿鼉鱣鮪,交積縱橫,振鱗奮翼。"注:"翼,魚腮邊兩鬣也。"㊂戰陣兩側或左右兩軍皆曰翼。戰國策趙一:"知伯軍救水而亂。韓魏翼而擊之。"史記八一廉頗藺相如傳附李牧:"李牧多爲奇陳,張左右翼擊之。"㊃覆蔽。詩大雅生民:"誕寘之寒冰,鳥覆翼之。"㊄輔助。書益稷:"予欲左右有民,汝翼;予欲宣力四方,汝爲。"國語楚上:"求賢良以翼之。"㊅承接。文選晉孫興公(綽)遊天台山賦:"彤雲斐亹以翼櫺,皦日烱晃於綺疏。"㊆飛檐。後漢書四十班彪傳附班固西都賦:"列棼橑以布翼,荷棟桴而高驤。"注:"翼,屋之四阿也。"㊇船。文選晉張景陽(協)七命:"爾乃浮三翼,戲中沚。"注:"越絶書伍子胥水戰兵法内經曰:大翼一艘長十丈,中翼一艘長九丈六尺,小翼一艘長九丈。"㊈星名。禮月令:"孟秋之月,日在翼。"唐王勃王子安集五滕王閣詩序:"星分翼軫,地接衡廬。"參見"翼宿"。㊉通"翌"。見"翼日"。⑪地名。1.左傳隱五年:"曲沃莊伯以鄭人邢人伐翼。"注:"翼,晉舊都。"在今山西翼城縣東南。2.左傳隱元年:"及邾人鄭人盟于翼。"注:"翼,邾地。"在今山東曹縣西南。⑫姓。晉翼侯居翼城,其後人因邑爲氏。見通志二七氏族三以邑爲氏。

【翼日】明天。同"翌日"。書金縢:"王翼日乃瘳。"又召誥:"若翼日乙卯,周公朝至于洛。"

【翼成】助成。晉書王導傳上書:"禮樂征伐,翼成中興。"抱朴子良規:"若有姦佞,翼成驕亂。"

【翼卵】以翼覆卵。比喻養育。三國志吳孫權傳"議者怪之"注引魏略魏三公奏:"吳王孫權……因父兄之緒,少蒙翼卵昫伏之恩,長含鴟梟反逆之性,背棄天施,罪惡積大。"參見"卵翼"。

【翼宣】輔佐而發揚之。後漢書五三徐穉傳陳蕃等薦穉疏:"若使擢登三事,協亮天工,必能翼宣盛美,增光日月矣。"晉書裴秀傳武帝詔:"夫三司之任,以翼宣皇極,弼成王事者也。"

【翼室】路寢(大堂)旁的左右室。書顧

命："延入翼室。"後漢書七四袁紹傳上書："臣獨將家兵百餘人，抽戈承明，竦劍翼室，虎叱羣司，奮擊羣醜，曾不浹旬，罪人斯殄。"

【翼亮】輔佐光大。三國志魏高堂隆傳："鎮撫皇畿，翼亮帝室。"抱朴子對俗："或可以翼亮五帝，或可以監御百靈。"

【翼城】縣名。屬山西省。春秋晉絳邑地。後更曰翼。漢爲絳縣地。北朝魏置北絳縣。隋開皇十八年改翼城，因古翼城爲名。明清皆屬山西平陽府。見寰宇通志七九平陽府。

【翼宿】星座名。二十八宿之一。南方朱鳥七宿中的第六宿，凡二十二星。爲驚蟄節子初三刻的中星。宋書符瑞志上："足履翼宿。"

【翼衛】護衛。逸周書大明武："陣若雲布，侵若風行，輕車翼衛，在戎二方。"史記一二六優孟傳："齊趙陪位於前，韓魏翼衛其後。"

【翼蔽】障蔽，掩護。史記項羽紀："項莊拔劍起舞，項伯亦拔劍起舞，常以身翼蔽沛公。"

【翼戴】輔佐擁戴。左傳昭九年："文之伯也，豈能改物，翼戴天子而加之以共。"漢書四九鼂錯傳文帝詔："高皇帝親除大害，去亂從，並建豪英以爲官師，爲諫争，輔天子之闕，而翼戴漢宗也。"

【翼翼】㊀敬貌。詩大雅常武："緜緜翼翼，不測不克，濯征徐國。"又大明："維此文王，小心翼翼。"箋："小心翼翼，恭慎貌。"㊁莊嚴雄偉貌。詩大雅緜："縮版以載，作廟翼翼。"藝文類聚四晉傅玄朝會賦："翼翼京邑，巍巍紫極。"㊂整飭貌。詩小雅采薇："四牡翼翼。"宋朱熹集傳："翼翼，行列整治之狀。"墨子非樂上："萬舞翼翼，章聞于大〔天〕。"㊃蕃盛貌。詩小雅楚茨："我黍與與，我稷翼翼。"傳："翼翼，蕃庶貌。"㊄飛貌。楚辭屈原離騷："高翱翔之翼翼。"文選三國魏王仲宣（粲）贈蔡子篤詩："翼翼飛鸞，載飛載東。"㊅渾沌貌。淮南子天文："天地未形，馮馮翼翼，洞洞灟灟。"注："馮、翼、洞、灟，無形之貌。"

【翼善冠】唐貞觀八年，太宗初服翼善冠。朔望視朝，以常服及帛練裙襦通著之。若服袴褶，又與平巾幘通用。見唐會要輿服上冠、舊唐書輿服志。明永樂三年，定皇帝常服冠以烏紗覆之，折角向上，亦名翼善冠。見明史輿服志。

𦑣 hōng 集韻 呼宏切，平，耕韻。ㄏㄨㄥ

飛聲。同"翃"。見集韻。

【𦑣𦑣】蟲飛聲。明高啟青邱集八期張校理王著作徐記室遊虎阜詩："吾儕雖窮自有樂，相聚豈比蟲𦑣𦑣？"

十二畫

翹 qiáo 渠遙切，平，宵韻，羣。ㄑㄧㄠ

㊀鳥尾的長羽毛。楚辭宋玉招魂："砥室翠翹。"也指鳥尾。楚辭漢劉向九歎遠遊："搖翹奮羽，馳風騁雨。"㊁舉起。莊子馬蹄："齕草飲水，翹足而立。"㊂啟發。禮儒行："麤而翹之。"注："麤，猶疏也，微也。君不知己有善言正行，則觀色緣事而微翹發其意使知之。"㊃茂盛。晉陸機陸士衡集三歎逝賦："步寒林以悽惻，翫春翹而有思。"㊄材能特出。文苑英華五一四唐韋希顏舉人據地判對："舉善進賢，英翹是務。"參見"翹秀"、"翹楚"。㊅婦女首飾。晉陸機陸士衡集六日出東南隅行："金雀垂玉翹，瓊珮結瑶璠。"

【翹心】猶懸想。南齊書王融傳上疏："北地殘氓，東都遺老，莫不茹泣吞悲，傾耳戴目，翹心仁政，延首王風。"

【翹企】翹首舉踵，形容盼望。三國志吳周魴傳致曹休牋："不勝翹企，萬里託命。"後漢書七四下袁紹傳審配與袁譚書："翹企延頸，待望讎敵，委慈親於虎狼之牙，以逞一朝之志。"

【翹車】左傳莊二二年："詩云：翹翹車乘，招我以弓。"注："古者聘士以弓。"後因謂禮聘賢士的車爲翹車。晉陸機陸士衡集八演連珠："是以俊乂之藪，希蒙翹車之招；金碧之岩，必辱鳳舉之使。"抱朴子審舉："施玉帛於丘園，馳翹車於巖藪。"

【翹秀】謂才能特出。抱朴子勖學："陶冶庶類，匠成翹秀，蕩汰積埃，革邪反正。"

【翹首】擡頭而望。形容盼望殷切。文選晉阮嗣宗（籍）奏記詣蔣公："羣英翹首，俊賢抗足。"唐劉禹錫劉夢得集十一與刑部韓侍郎書："春雷一震，必歘然翹首，與生爲徒。"

【翹英】美麗的尾羽。文選漢班孟堅（固）東都賦白雉詩："嘉祥阜兮集皇都，發皓羽兮奮翹英。"宋史樂志九祀享太廟玉鳥："潔白容與，翹英奮揚。"

【翹陸】舉足跳躍。莊子馬蹄："齕草飲水，翹足而陸，此馬之真性也。"晉書慕容垂載記苻堅報垂書："失籠之鳥，非羅所羈；脫網之鯨，豈罟所制；翹陸任懷，何須聞也。"也作翹踛。文選晉郭景純（璞）江賦："夔㸓翹踛於夕陽，鴛雛弄翮乎山東。"注引莊子作"翹尾而踛"。

【翹搖】植物名。即紫雲英。爾雅釋草作搖車。別稱巢菜、元脩菜。又名紅花。即野蠶豆。我國南方水稻區的一種綠肥作物。蔓生，細葉紫花，可食。參閱本草綱目二七菜二翹搖、清吳其濬植物名實圖考四翹搖。

【翹勤】奮發勤苦。南朝梁慧皎高僧傳八釋僧盛："少而神情聰敏，加又志學翹勤，遂大明數論，兼善衆經，講說爲當時元匠。"

【翹楚】詩周南漢廣："翹翹錯薪，言刈其楚。"傳："楚，雜薪之中尤翹翹者，我欲刈取之。"本指高出雜樹叢的荊樹，後以比喻傑出的人材。唐孔穎達春秋正義序："今其爲義疏者，則有沈文何蘇竟劉炫。……劉炫於數君之内，實爲翹楚。"

【翹翹】㊀高出貌，出羣貌。詩周南漢廣："翹翹錯薪，言刈其楚。"疏："正義曰：翹翹，高貌。"文選晉潘安仁（岳）關中詩："翹翹趙王，請徒三萬。"㊁高而危殆貌。詩豳風鴟鴞："予室翹翹，風雨所漂搖。"㊂遠貌。左傳莊二二年引逸詩："翹翹車乘，招我以弓。"

【翹關】文選晉左太沖（思）吴都賦："翹關扛鼎，拚射壺博。"唐李周翰注："翹、扛皆舉也。"後用作武試科目名。新唐書選舉志上："長安二年，始置武舉。其制有長垜……又有馬槍、翹關、負重、身材之選。翹關長丈七尺，徑三寸半，凡十舉後，手持關距，出處無過一尺。"宋蘇軾分類東坡詩十八次韻秦觀秀才……見贈入京應舉詩："翹關負重君無力，十年不入紛華域。"

【翹足而待】一舉足的短時間内即可到來。言極短的時間。史記六八商君傳："趙良曰：'君之危若朝露，……秦王一旦捐賓客而不立朝，秦國之所以收君者，豈其微哉！亡可翹足而待。'"

䎗 yù 餘律切，入，術韻，喻。ㄩ

見下。

【䎗䎃】鳥翅鼓動貌。文選晉郭景純（璞）江賦："濯翮疏風，鼓翅䎗䎃。"唐呂向注："䎗䎃，動翅貌。"

翻 fān 孚袁切，平，元韻，滂。ㄈㄢ

㊀飛。也作"飜"。文選漢張平子（衡）西京賦："衆鳥翩翻，羣獸駱駓。"又南朝宋謝宣遠（瞻）張子房詩："肇允契幽叟，翻飛指帝鄉。"㊁變動位置；翻轉，翻騰。後

漢書二七杜林傳奏："臣愚以爲宜如舊制，不合翻移。"文選南朝宋鮑明遠(照)舞鶴賦："星翻漢迴，曉月將落。"㊂按照舊曲譜製作新詞。唐劉禹錫劉夢得集九楊柳枝詞："請君莫奏前朝曲，聽唱新翻楊柳枝。"宋歐陽修文忠集一三二玉樓春詞之四："離歌且莫翻新闋，一曲能教腸寸結。"㊃翻譯。大乘義章十："外國正音名爲達磨，亦名曇無，本是一音，傳之別耳，此翻爲法。"參見"翻譯"。㊄反而。副詞。北周庾信庾子山集四卧疾窮愁詩："有菊翻無酒，無絃則有琴。"

【翻車】㊀農具名。卽水車。又叫龍骨車。後漢書七八張讓傳："又使掖庭令畢嵐……又作翻車渴烏，施於橋西，用灑南北郊路。"三國志魏杜夔傳注："時有扶風馬鈞，巧思過世。傅玄序之曰：'……居京都，城內有地，可以爲園，患無水以灌之，乃作翻車，令童兒轉之，而灌水自覆，更入更出，其巧百倍於常。'"㊁捕鳥的器具。爾雅釋器"罦，覆車也"晉郭璞注："今之翻車也。有兩轅，中施罥以捕鳥。"

【翻身】㊀轉身。唐杜甫杜工部草堂詩箋九哀江頭："翻身向天仰射雲，一笑正墜雙飛翼。"㊁喻從困苦中解脫出來。元曲選楊顯之酷寒亭四："虎着箭痛難舒爪，魚遭密網怎翻身？"儒林外史三："我聽得齋公們說：打了天上的星宿，閻王就要拿去打一百鐵棍，發在十八層地獄，永不得翻身。"

【翻案】㊀推翻前人的論斷，別立新說。宋魏慶之詩人玉屑七用事："此前輩所謂翻案法。蓋反其意而用之也。"㊁推翻已定的成案。清孔尚任桃花扇草檄："報仇翻案紛紛，正士皆逃遁。"趙翼甌北詩鈔七言律六客有談故相事者漫記："蓋棺論定無翻案，當軸權移有轉輪。"

【翻異】謂事後立異。或指意見不同。世說新語政事："陸太尉(玩)詣王丞相(導)咨事，過後輒翻異。"

【翻然】㊀改變貌。也作"幡然"、"反然"。荀子大略："君子之學如蛻，幡然遷之。"注："幡與翻同。"又彊國："反然舉惡桀紂而貴湯武。"注："反音翻。翻然，改變貌。"唐杜甫杜工部草堂詩箋二七諸將之二："豈謂盡煩回紇馬，翻然遠救朔方兵。"㊁反倒。三國志魏王朗傳漢獻帝詔："朕求賢於君而未得，君乃翻然稱疾。"㊂高飛貌。抱朴子對俗："翻然凌霄，背俗棄世。"

【翻覆】㊀來回。南朝梁蕭統昭明太子集二講解將畢賦三十韻："青禽乍上下，雲雁飛翻覆。"㊁反覆，變化。文選晉陸士衡(機)君子行："休咎相乘躡，翻覆若波瀾。"又南朝齊孔德璋（稚圭）北山移文："豈期終始參差，蒼黃翻覆？"

【翻翻】㊀猶翩翩。楚辭屈原九章悲回風："漂翻翻其上下兮，翼遙遙其左右。"唐李賀歌詩編三仙人："彈琴石壁上，翻翻一仙人。"㊁翻轉貌。宋范成大石湖集十次韻耿時舉王直之夜坐詩："庭葉翻翻鬧，燈花粟粟穠。"

【翻譯】用一種語文表達他種語文的意思。南朝梁慧皎高僧傳三佛陀什："先沙門法顯於師子國得彌沙塞律梵本，未被翻譯，而法顯遷化。"隋書經籍志四："至桓帝時，有安息國沙門安靜，齎經至洛，翻譯最爲通解。"

【翻騰】上下滾動。北齊劉晝劉子六均任："夫龍虵有翻騰之質，故能乘雲依霧。"也喻世事變化。元滕安上東庵集三寄直卿詩："世事翻騰新樣好，交朋零落舊萌寒。"

【翻引錢】宋代越界銷售茶葉的額外稅。宋史食貨志下六："孝宗隆興二年，淮東宣諭錢端禮言：'商販長引茶，水路不許過高郵，陸路不許過天長。如願往楚州及盱眙界引，貼輸翻引錢十貫五百文。如又過淮北，貼輸亦如之。'"

【翻著襪】比喻心有主見，不隨波逐流。襪，也作"韈"。宋陳善捫蝨新話下一："文章難工，而觀人文章，亦自難識。知梵志翻著襪法則可以作文，知九方皐相馬法則可以觀人文章。"宋黃庭堅豫章集三十書梵志翻著韈詩："梵志翻著韈，人皆道是錯。乍可刺你眼，不可隱我脚。一切衆生顛倒，類皆如此。乃知梵志是大修行人也。昔茅容季偉，田家子爾，殺鷄飯其母，而以草具飯郭林宗。林宗起拜之，因勸使就學，遂爲四海名士。此翻著韈法也。"

【翻經臺】古蹟名。在江西臨川縣（撫州）。南朝宋謝靈運爲臨川內史，於府治南寶應寺翻涅槃經。鑿池爲臺，植白蓮池中，名其臺曰翻經臺。唐顏真卿顏魯公集十四有撫州寶應寺翻經臺記。參閱宋陳舜俞廬山記二。

【翻江攪海】使江海翻騰。比喻力量强大。元曲選缺名梧桐葉二："翻江攪海驚濤怒，搖脫秋林木。"也作翻江倒海、攪海翻江。元曲選馬致遠薦福碑三："他那裏撼嶺巴山，攪海翻江，倒樹摧崖。"

【翻雲覆雨】比喻反覆無常。也指玩弄手腕。唐杜甫杜工部草堂詩箋七貧交行："翻手作雲覆手雨，紛紛輕薄何須數？"宋李曾伯可齋雜藁三四念奴嬌丙午和朱希真老來可喜韻詞："八尺藤牀，二升粟飯，方寸恢餘地。翻雲覆雨，從伊造物兒戲。"也作"覆雨翻雲"。清顧貞觀彈指詞下金縷曲寄吳漢槎寧古塔以詞代書："魑魅搏人應見慣，總輸他覆雨翻雲手。"

【翻譯名義集】宋釋法雲編。二十卷，六十四目。集佛經常用語分類編列。梵語則釋以漢語，並詳述得名的來由及其沿革。

十三畫

翽 huì 呼會切，去，泰韻，曉。ㄏㄨㄟˋ

飛聲。見說文。

【翽翽】㊀羽聲。詩大雅卷阿："鳳皇于飛，翽翽其羽。"箋："翽翽，羽聲也。"漢劉向說苑奉使引詩作"噦噦"。㊁煩瀆貌。越絕書五請糴內傳："太宰嚭曰：申胥爲人臣也，辨其君，何必翽翽乎？"

翾 xuān 許緣切，平，仙韻，曉。ㄒㄩㄢ

㊀小飛。通"蠉"、"蜎"。楚辭屈原九歌東君："翾飛兮翠曾，展詩兮會舞。"借指鳥。隋書音樂志上需雅四："碧鱗朱尾獻嘉鮮，紅毛綠翼墜輕翾。"㊁急。通"懁"。荀子不苟："喜則輕而翾。"注："言小人之喜輕佻如小鳥之翾然。"

【翾飛】小飛。唐劉禹錫劉夢得集一謁枉山會禪師詩："哀我墮名網，有如翾飛輩。"宋范成大石湖集二十林屋洞詩："石燕翾飛遮炬火，金龍深阻護嵌根。"

【翾風】猶言流風。清洪昇長生殿舞盤："妙哉舞也，逸態橫生，濃姿百出，宛若翾風迴雪，恍如飛燕游龍，真獨擅千秋矣。"

【翾翾】小飛貌。韓詩外傳九："夫鳳皇之初起也翾翾，十步之雀喔咿而笑之。"文選晉潘安仁(岳)笙賦："如鳥斯企，翾翾岐岐。"注："翾翾，初起也。"

十四畫

翿 dào 徒到切，去，号韻，定。ㄉㄠˋ

翿

纛。說文作"翢"。頂上以羽毛爲飾的旗。古樂舞舞者所執。見圖。也作導引靈柩之用。詩王風君子陽陽："君子陶陶，左執翿。"傳："翿，纛也。"周禮地官鄉師："及葬，執翿以與匠師御匶而治役。"注："鄭司農(衆)云：翿，羽葆幢。"後泛指樂舞。宋蘇軾東坡集後集十六祈雨迎張龍公祝文:"翻舞雩詠,薦其絜肥。"

耀 yào 弋照切,去,笑韻,喻。
ㄧㄠˋ

同"燿"。㊀照射,放光。左傳莊二二年:"光遠而自他有耀者也。"文選晉左太沖(思)吳都賦:"羽旄揚蕤,雄戟耀芒。"㊁明,光。國語周上:"先王耀德不觀兵。"唐白居易長慶集十五放言之一:"草螢有耀終非火,荷露雖團豈是珠?"㊂顯示,炫耀。國語楚下:"若其寵之,……而耀之以大利,不仁以長之,思舊怨以修其心,苟國有釁,必不居矣。"唐李白李太白詩七鳴皋歌送岑徵君:"吾誠不能學二子沽名矯節以耀世兮,固將棄天地而遺身。"

【耀州】地名。秦內史地,漢爲祋祤縣。魏晉北朝時僑置泥陽縣。隋曰華原縣。唐末,鳳翔節度使李茂貞置耀州。自宋以來歷代因之。公元1913年改州爲縣,名耀縣,屬陝西省。參閱讀史方輿紀要五四耀州。

【耀蟬】謂夜間燃火取蟬。荀子致士:"夫耀蟬者務在明其火,振其樹而已。火不明,雖振其樹無益也。"呂氏春秋期賢作"爚蟬",淮南子說山作"燿蟬"。此比喻人主招致賢士必先自明其德。

【耀耀】光明貌。文選漢司馬長卿(相如)長門賦:"五色炫以相曜兮,爛耀耀而成光。"

【耀靈】日的異名。同"曜靈"。文選漢張平子(衡)思玄賦:"淹棲遲以恣欲兮,耀靈忽其西藏。"南朝梁江淹江文通集二拜中郎謝表:"仕通物任,官登郎掾,此實耀靈之私照,而微臣之厚幸也。"此以日喻指皇帝。

【耀魄寶】天帝名,北極五星的最尊者。同"曜魄寶"。漢甘德石申星經上天皇:"天皇大帝一星,在鉤陳中央也,不記數,皆是一星,在五帝前座,萬神輔録圖也。其神曰耀魄寶,主御羣靈也。"簡作"耀魄"。唐楊炯楊盈川集一渾天賦:"天有北辰,衆星環拱,天帝威神。尊之以耀魄,配之以勾陳。"

【耀武揚威】炫耀武力,顯示威風。古今雜劇元羅貫中宋太祖龍虎風雲會三:"有那等順天時,達天理,去邪歸正皆疎放。有那等,霸王業,抗王師,耀武揚威盡滅亡。"也作"揚威耀武"。元曲選王子一誤入桃源三:"你道我面生可疑,便待要揚威耀武也。"

十五畫

翽 huì 集韻胡桂切,去,霽韻。
ㄏㄨㄟˋ

鳥羽莖的末端。淮南子人間:"及至其筋骨之已就而羽翮之既成也,則奮翼揮翽,淩乎浮雲。"

老部

老 lǎo 盧晧切,上,晧韻,來。
ㄌㄠˇ

㊀年歲大的。論語季氏:"及其老也,血氣既衰,戒之在得。"㊁告老,致仕。左傳隱三年:"(石碏)其子厚與州吁游,禁之,不可。桓公立,乃老。"㊂暮氣,衰落。左傳僖二八年:"師直爲壯,曲爲老。"又宣十二年:"楚師驟勝而驕,其師老矣。"㊃歷時長久的。唐岑參岑嘉州詩二喜韓樽相過:"三月灞陵春已老,故人相逢耐醉倒。"㊄執業久,歷事多。唐韓愈昌黎集五石鼓歌:"中朝大官老於事,詎肯感激徒媕婀。"㊅陳舊。與新、嫩相對。唐王勃王子安集十六廣州寶莊嚴寺舍利塔碑:"德弊爲仁,物壯則老。"白居易長慶集十三答韋八詩:"春盡綠醅老,雨多紅萼稀。"㊆臣子的稱謂。1.尊稱。禮王制:"屬於天子之老二人。"此指公卿。儀禮聘禮:"授老幣。"此指大夫之家臣。儀禮士昏禮:"主人降,授老鴈。"此指羣吏之尊者。2.自稱。禮曲禮下:"五官之長曰伯……自稱於諸侯,曰天子之老。"又:"諸侯使人使於諸侯,使者自稱曰寡君之老。"㊇稱别人之父母。周禮地官司門:"以其財養死政之老與其孤。"注:"死政之老,死國事者之父母也。"㊈老聃稱老子,亦簡稱老。唐韓愈昌黎集十二進學解:"觝排異端,攘斥佛老。"㊉前綴。用於某些名詞前,使單音詞變爲雙音詞,如老虎,老鼠。也用在人的姓或名之前。唐白居易長慶集十六編集拙詩……戲贈元九李十二:"每被老元偷格律,苦教短李伏歌行。"老元,指元稹。宋蘇軾分類東坡詩十二題過所畫枯木竹石之一:"老可能爲竹寫真,小坡今與竹傳神。"老可,指文與可(同);小坡,指軾子過。⑪語尾助詞。如眼爲淥老,手爲爪老。金董解元西廂一:"小顆顆一點朱唇,溜汃汃一雙淥老。"元曲選武漢臣玉壺春二:"舒着一雙黑爪老,搭着一條黄桑棒。"⑫姓。見通志二八氏族四以名爲氏。

【老人】㊀老年。史記留侯世家:"平明,良往。父已先在,怒曰:'與老人期,後,何也?'"後漢書禮儀志中:"王杖長〔九〕尺,端以鳩鳥爲飾。鳩者,不噎之鳥也。欲老人不噎。"㊁謂尊長,多指父母。晉陸雲陸士龍集十附車茂安書:"老人及姊,自聞此問,三四日中,了不能復食。"此指車茂安之母。㊂星名。也叫南極星、壽星。晉書天文志上:"老人一星,在弧南,一曰南極。"宋蘇軾東坡集內制集附樂語教坊致語:"南極呈祥,候秋分而老人見;西夷慕義,涉流沙而天馬來。"參見"南極㊀"。

【老大】謂年老。文選古辭長歌行:"少壯不努力,老大乃傷悲。"唐白居易長慶集十二琵琶行:"門前冷落鞍馬稀,老大嫁作商人婦。"

【老丈】對老年男子的敬稱。晉干寶搜神記一:"見一少年在田中割麥,(管)輅嗟嘆之而過。少年問曰:'老丈有何事失聲嗟嘆而過?'"

【老子】㊀即老聃。春秋戰國時楚苦縣人。曾爲周藏書室史官。相傳著老子(又名德道經)五千餘言。史記有老子傳。㊁書名。即老子所著德道經。主自然無爲,今本分上下篇,五千餘字。世傳本有漢河上公與魏王弼二家注。1973年12月馬王堆漢墓出土有帛書老子甲本和乙本。㊂自稱。同"老夫"。後漢書二四馬援傳:"諸曹時白外事,援輒曰:'此丞、掾之任,何足相煩。頗哀老子,使得遨游?'"㊃父親。宋陸游老學庵筆記一:"予在南鄭,見西陲俚俗,謂父曰老子,雖年十七八,有子,亦稱老子。乃悟西人所謂大范老子(雍)、小范老子(仲淹),蓋尊之以爲父也。"

【老小】老人和小孩。漢書六九趙充國傳:"斬大豪有罪者一人,賜錢四十萬,中豪十五萬,下豪二萬,大男三千,女子及老小千錢。"晉書食貨志:"又制户調之式……十二已下、六十六已上爲老小,不事。"轉指家屬。三國志魏公孫瓚傳:"長史關靖說瓚曰:'今將軍將士,皆已土崩瓦解,其所以能相守持者,顧戀其居處老小,以將軍爲主耳。'"

【老夫】㊀老年人的自稱。詩大雅板:"老夫灌灌,小子蹻蹻。"左傳隱四年:"石碏使告于陳曰:'衞國褊小,老夫耄矣,無能爲也。'"㊁西周大夫致仕後出國時的自稱。禮曲禮上:"大夫七十而致事……適四方,乘安車,自稱曰老夫,於其國則稱其名。"

【老友】情投意合的朋友。宋史四三四蔡元定傳:"(朱)熹扣其學,大驚曰:'此吾老友也,不當在弟子列。'"

【老公】㊀老人。漢劉向説苑七政理:"(齊桓公)見一老公而問之,曰:'是爲何谷?'"三國志魏鄧艾傳段灼理艾表:"艾功名以成,當書之竹帛,傳祚萬世,七十老公,復欲何求!"㊁丈夫。古今雜劇缺名鴛鴦被二:"我今日成就了你兩個,久後你也與我尋一個好老公。"

【老手】久作某種事情的熟手。宋蘇軾分類東坡詩二十送錢藻出守婺州得英字:"老手便劇郡,高懷厭承明。"宋陸游劍南詩稿三三喜雨:"天公老手真可人,夜雨蕭蕭洗旱塵。"

【老兄】㊀對同輩的敬稱。宋書劉敬宣傳:"敬宣懼禍及,以告高祖。高祖笑曰:'但令老兄平安,必無過慮。'"㊁對弟輩的自稱。唐白居易長慶集六九和敏中洛下卽事詩:"洛中佳境應無限,若欲諳知問老兄。"

【老奴】罵人的話,含有輕視詆斥之意。世説新語賢媛"桓宣武平蜀"注引妒記:"(郡主)見李(勢)女……顏色閑正,辭色悽惋,主於是擲刀而抱之,曰:'阿子我見汝亦憐,何況老奴!'"指其夫桓温。

【老老】㊀敬老。禮大學:"上老老而民興孝,上長長而民興弟。"荀子修身:"老老而壯者歸焉。"㊁對老年婦女的敬稱。今多用以稱外祖母,也作"姥姥"。紅樓夢六:"狗兒遂將岳母劉老老接來,一處過活。"

【老朽】衰老而無用。唐文粹六三鄭愚潭州大溈山同慶寺大圓禪師碑銘:"以耽沈之利欲,役老朽之筋骸。"也用作老年人的謙稱。宋蘇軾東坡集續集七與馮祖仁書之三:"辱牋教累幅,文義粲然,禮意兼重,非老朽所敢當。"

【老成】㊀年高有德。詩大雅蕩:"雖無老成人,尚有典刑。"疏:"今時雖無年老成德之人,若伊陟之類。"也泛指有聲望。文選晉潘正叔(尼)贈陸機出爲吳王郎中令詩:"愧無老成,廁彼日新。"㊁形容文章的老練成熟。唐杜甫杜工部草堂詩箋五敬贈鄭諫議:"毫髮無遺恨,波瀾獨老成。"宋黄庭堅山谷詩注十憶邢惇夫:"詩到隨州更老成,江山爲助筆縱横。"

【老吃】謂年老口吃。管子樞言:"吾畏事不欲爲事,吾畏言不欲爲言,故行年六十而老吃也。"

【老杜】詩家稱杜甫爲老杜,杜牧爲小杜。苕溪漁隱叢話六杜少陵一:"詩眼云:'……故老杜律詩布置法度,全學沈佺期,更推廣集大成耳。"

【老君】俗稱老子爲老君或太上老君。後漢書七十孔融傳:"融(謂李膺)曰:'然。先君孔子與君先人李老君同德比義,而相師友。'"唐高宗乾封元年上老子尊號曰玄元皇帝,武后改曰老君。

【老兵】輕視武人之稱。三國志蜀費詩傳:"先主爲漢中王,遣詩拜關羽爲前將軍。羽聞黄忠爲後將軍,羽怒曰:'大丈夫終不能與老兵同列!'"

【老身】老年人對後輩的自稱。北史穆崇傳附穆紹:"元順與紹同值,嘗因醉入寢所。紹擁被而起,正色讓順曰:'老身二十年侍中,與卿先君亟連職事,縱卿後進,何宜相排突也!'"新五代史漢皇后李氏傳太后誥:"老身未終殘年,屬此多難,唯以衰朽,託於始終。"

【老伯】對父輩的敬稱。儒林外史三一"韋四太爺坐下,問道:'婁翁尚在尊府?'杜少卿道:'婁老伯近來多病,請在內書房住,方才吃藥睡下,不能出來會老伯。'"

【老拙】老年自謙之詞。宋陶穀清異錄下居室:"老拙幼學時,同舍生劉垂,尤有口材。"宋蘇軾東坡集續集六與孔毅父書:"到楊吏事暇,而人事十倍於杭,甚非老拙所堪也。"

【老物】㊀古代蜡祭的對象。周禮春官籥章:"國祭蜡,則龡豳頌,擊土鼓,以息老物。"注:"求萬物而祭之者,萬物助天成歲事,至此,爲其老而勞,乃祀而老息之。於是國亦養老焉。"㊁罵人語,猶"老傢伙"。晉書宣穆張皇后傳:"帝嘗卧疾,后往省病。帝曰:'老物可憎,何煩出也!'"

【老洫】老而愈深。莊子齊物論:"其厭也如緘,以言其老洫也。"釋文:"老洫,本亦作溢,同。"言沈溺於欲,牢不可破,至老愈甚。

【老衲】僧服叫衲衣,故稱老僧爲老衲。全唐詩二七三戴叔倫題横山寺:"老衲供茶碗,斜陽送客舟。"

【老春】酒名。唐人常以春字名酒。唐李白李太白詩二五哭宣城善釀紀叟:"紀叟黄泉裏,還應釀老春。"全唐詩二四四韓翃田倉曹東亭夏夜飲得春字:"玉佩迎初夜,金壺醉老春。"

【老革】猶言老兵。三國志蜀彭羕傳:"羕曰:'老革荒悖,可復道邪?'"注:"皮去毛曰革,古者以革爲兵,故語稱兵革,革猶兵也。羕罵(劉)備爲老革,猶言老兵也。"

【老姥】老婦人。玉臺新詠一古詩爲焦仲卿妻作:"女子先有誓,老姥豈敢言。"晉書王羲之傳:"又嘗在蕺山見一老姥,持六角竹扇賣之。羲之書其扇,各爲五字,姥初有慍色。"

【老酒】陳黄酒。宋范成大石湖集十四食罷書字詩:"摺腹鐺茶快,扶頭老酒。"自注:"老酒,數年酒,南人珍之。"今不問黄白新陳,通稱老酒。

【老拳】結實的拳頭。晉書石勒載記下:"初,勒與李陽鄰居,歲常爭麻地,迭相毆擊……(及爲趙王)乃使召陽。既至,勒與酣謔,引陽臂笑曰:'孤往日厭卿老拳,卿亦飽孤毒手。'"唐杜甫杜工部草堂詩箋十三義鶻行:"脩鱗脱遠枝,巨顙拆老拳。"

【老秏】卽老耄。古稱八十曰秏。漢書刑法志:"三赦:一曰幼弱,二曰老秏,三曰惷愚。"注:"老秏,謂八十以上。……秏讀與耄同。"又七一彭宣傳上書:"臣資性淺薄,年齒老秏。"

【老圃】老菜農,老園丁。論語子路:"(樊遲)請學爲圃。(孔子)曰:'吾不如老圃。'"宋蘇軾東坡集續集二杭州牡丹開時……詩之一:"從此年年定相見,欲師老圃問樊遲。"

【老爹】舊時僕役、平民對有官員身分的人的稱呼。元曲選張國賓羅李郎楔子:"侯興報科云:老爹,門外二位叔父來了。"明何良俊四友齋叢説十八:"與華補庵(雲)約來歲同至蘇州與衡山先生(文徵明)做九十。……已未三月,依期而發,至無錫已昏黑,卽差人往補庵家問訊,云:'……文老爹作故,我老爹待老爹不至,已往弔喪去了。'"

【老氣】㊀老練的氣派。見"老氣横秋"。㊁暮氣。宋黄庭堅豫章集二柳閎展如蘇子瞻甥也……詩之一:"老氣鼓不作,卷旗解弓刀。"

【老倒】潦倒。唐白居易長慶集十五晏坐閑吟詩:"昔爲京洛聲華客,今作江湖老倒翁。"

【老師】㊀年老資深的學者。史記七四荀卿傳:"田駢之屬皆已死,齊襄王時,而荀卿最爲老師。"唐韓愈昌黎集二四施先生墓銘:"自賢士大夫、老師宿儒、新進小生,聞先生之死,哭泣相弔。"㊁教授學生的人。金元好問遺山集一示姪孫伯安詩:"伯安入小學,穎悟非凡兒,屬句有夙性,說字驚老師。"㊂科舉時代,生員和舉子對主試的座主和學官也稱爲老師。明王世貞觚不觚録:"京師稱謂極尊者曰老先生,自内閣以至大小九卿皆如之。門生稱座主,亦不過曰老先生而已。至分宜(嚴嵩)當國,而諛者稱老〔師〕,其厚之甚者稱夫子。此後門生稱座主俱曰老師。"

【老娘】㊀舊稱接生婆爲老娘。宋魏泰東軒筆録七:"苗振以第四人及第,既而召試館職。一日謁晏丞相。晏語之曰:'君久從吏事,必疏筆硯。今將就試,宜稍温習也。'振率然答曰:'豈有三十年爲老娘,而倒綳孩兒者乎?'"㊁潑辣婦人的自稱。水滸傳二三:"有什麼言語,在外人處説來,欺負老娘!"

【老婆】㊀老婦人。唐寒山子詩集五言之三六:"東家一老婆,富來三五年。"舊五代史羅隱傳注引五代史補:"媼歎曰:'……不如急取富貴,則老婆之願也。'"㊁妻。宋吳自牧夢粱録十三夜市:"更有叫'時運來時、買莊田、取老婆'賣卦者。"朝野新聲太平樂府元杜仁傑耍孩兒莊家不識构欄曲:"見箇年少的婦女向簾兒下立,那老子用意鋪謀待取做老婆。"

【老宿】㊀老成有名望的人。三國志魏曹爽傳注引魏略:"于時曹爽輔政,以(桓)範鄉里老宿,於九卿中特敬之,然不甚親也。"㊁高僧。唐杜甫杜工部草堂詩箋九大雲寺贊公房之二:"深藏供老宿,取用及吾身。"王建詩五寄舊山僧:"因依老宿發心初,半學修心半讀書。"

【老扈】鶡鳥,古用爲農官名。左傳昭十七年"九扈爲九農正"晉杜預注:"扈有九種:……老扈,鶡鶡,以九扈爲九農之號。"漢蔡邕蔡中郎集外集四獨斷:"神農作耒耜,教民耕農。至少昊之世,置農之官如左:……老扈氏農正,趣民收麥。"

【老聃】人名。見"老子㊀"。

【老莊】㊀謂以老子莊子爲代表的道家。漢初言黃老,漢末始變黃老而言老莊。三國志魏何晏傳:"晏何進孫也。……好老莊言,作道德論及諸文賦著述凡數十篇。"參閱清陳澧東塾讀書記十二。㊁指老子莊子兩書。宋陸游劍南詩稿三十閒中:"門無客至惟風月,案有書存但老莊。"

【老陰】見"老陽"。

【老婦】㊀年老的婦人。國語越上:"令壯者無取老婦,令老者無取壯妻。"㊁婦女自稱的謙詞。禮曲禮下:"夫人自稱於天子曰老婦。"注:"自稱於天子,謂畿内諸侯之夫人助祭,若時事見。"戰國策趙四:"太后明謂左右,有復言令長安君爲質者,老婦必唾其面!"㊂主炊事之神。禮禮器:"夫奧者,老婦之祭也。盛於盆,尊於瓶。"注:"老婦,先炊者也。……祭先炊,非祭火神。"疏:"奧音爨,爨以爨煮爲義也。禮祭至尸食竟而祭爨神。"

【老蹇】神話中的龍名。宋蘇軾分類東坡詩三神女廟:"蜀守降老蹇,至今帶連鐶。"宋胡仔注:"秦時蜀守李冰降毒龍蹇氏,鎖之于江上,水害遂息。"

【老童】傳說古帝顓頊之子。山海經大荒西經:"有榣山,……顓頊生老童,老童生祝融,祝融生太子長琴,是處榣山,始作樂風。"注:"(祝融)即重黎也,高辛氏火正,號曰祝融也。"又:"(日月山)顓頊生老童,老童生重及黎。"又西山經:"(騩山)神耆童居之,其音常如鍾磬。"文選晉嵇叔夜(康)琴賦:"慕老童之騩隅,欽泰容之高吟。"

【老彭】人名。論語述而:"子曰:述而不作,信而好古,竊比於我老彭。"注:"老彭,殷賢大夫。"漢鄭玄王弼以老爲老聃,彭爲彭祖,以老彭爲二人。大戴禮虞戴德、漢書古今人表有老彭商初人。抱朴子對俗:"或人難曰:人中之有老彭,猶木中之有松柏,禀之自然,何可學得乎?"

【老陽】易經象數之學以九爲老陽,六爲老陰;七爲少陽,八爲少陰。以奇耦言之,三爲奇,二爲耦。三奇爲老陽,三耦爲老陰;一奇兩耦爲少陽,兩奇一耦爲少陰。易乾"初九"唐孔穎達疏:"所以老陽數九,老陰數六者,以揲蓍之數,九遇揲則得老陽,六遇揲則得老陰。"

【老傖】宋書王玄謨傳:"柳元景垣護之雖並北人,而玄謨獨受老傖之目。"南北朝時,南人鄙稱北人爲傖。參見"傖㊁"。

【老爺】㊀舊時對官紳或有權勢者的敬稱。元曲選缺名陳州糶米:"你們在門外覷者,看有那一位老爺下馬,便來報咱知道。"清王應奎柳南隨筆五:"前明時,縉紳惟九卿稱老爺,詞林稱老爺,外任司道以上稱老爺,餘止稱爺,鄉稱老爹而已。"參閱清俞樾曲園雜纂三六小繁露老爺。㊁明代宦官稱死去了的皇帝。明劉若愚酌中志自序:"按皇城中舊制:凡内臣奏事,稱呼列聖,則某年號老爺,今上則萬歲爺。"㊂稱神。金大安碑刻:"老爺感化,趙門白氏,捨地建廟。"(金石萃編一五八)

【老鼠】㊀鼠的通稱。南史齊宗室(蕭)赤斧傳附蕭穎達:"預華林宴,酒後於座辭氣不悦。沈約因勸酒,欲以釋之。穎達大罵約曰:'我今日形容,正是汝老鼠所爲,何忽復勸我酒!'"此以鼠喻人。㊁蝙蝠的别名。方言八:"蝙蝠自關而東謂之服翼,或謂之飛鼠,或謂之老鼠。"

【老漢】俗語謂男人爲漢子,故年老者謂之老漢。景德傳燈録六法會禪師:"且去,待老漢上堂時出來,與汝證明。"宋劉克莊後村集十八題方楷一軒詩:"老漢暮年無頓處,軒中半榻更分麽?"此自稱。清吳任臣十國春秋五三後蜀六李如實傳:"如實數有規陳,末帝怒曰:'憨老漢不足與語。'"此稱人,含有厭惡意。

【老實】誠實,不詭詐。朝野新聲太平樂府七元貫雲石越調鬥鵪鶉憶別:"體態温柔,心腸老實。"明戚繼光練兵實紀雜集二儲練通論:"故用領兵之人,寧過于誠實,北方所謂老實,南方所謂獃氣是也。"

【老辣】老練而有鋒芒。宋劉克莊後村題跋三題趙戣詩卷:"歌行中悲憤慷慨、苦硬老辣者,乃似盧仝劉叉。"後謂作事手段老練精明。

【老誖】年老昏惑。漢書七一疏廣傳:"廣曰:'吾豈老誖不念子孫哉?顧自有舊田廬,令子孫盡力其中,足以共衣食,與凡人齊。今復增益之,以爲贏餘,但教子孫怠墯耳!'"也作"老悖"。戰國策楚四:"襄王曰:'先生老悖乎?將以爲楚國祆祥乎?'"

【老慳】吝嗇的人。宋書王玄謨傳:"孝武押侮羣臣,隨其狀貌,各有比類。……劉秀之儉吝,呼爲老慳。"

【老髦】年老糊塗。國語周下:"王曰:'爾老髦矣!何知?'"宋蘇軾東坡集内制集九賜太師平章軍國重事文彦博上第一表乞致仕不許批答:"昔師尚父九十,秉旄杖鉞,猶未告老,……而衛武公百年,猶箴儆于國曰:無以我老髦而捨我!"

【老蒼】㊀年老髮白。指老人。唐杜甫杜工部草堂詩箋三四壯遊:"脱略小時輩,結交皆老蒼。"㊁蒼鷹。唐韓愈昌黎集五嘲魯連子詩:"田巴兀老蒼,憐汝矜爪嘴。"宋黃庭堅豫章集四次韻文潛同遊王舍人園詩:"安肯聲利場,牽黃臂老蒼。"

【老鳳】㊀稱贊父子俱有才，稱父爲老鳳，子爲雛鳳。唐李商隱李義山詩集四韓冬郎卽席爲詩……之一：“桐花萬里丹山路，雛鳳清於老鳳聲。”雛鳳指韓偓(冬郎)。㊁宋代丞相的別稱。見“小鳳㊁”。

【老嫗】老婦人。史記高祖紀：“使人來至蛇所，有一老嫗夜哭。”宋釋惠洪冷齋夜話一老嫗解詩：“白樂天每作詩，令一老嫗解之。問曰：‘解否？’嫗曰解則錄之，不解則又易之。”後遂稱詩作通俗易曉爲老嫗能解。

【老鴉】卽烏鴉。唐李賀歌詩編四美人梳頭歌：“纖手却盤老鴉色，翠滑寶釵簪不得。”宋楊萬里誠齋集二九後苦寒歌：“三足老鴉寒不出，看雲訴天天不泣。”三足老鴉指金烏，卽太陽。

【老鴇】妓女的假母。元曲選石君寶曲江池二：“可堪老鴇太無恩，撇下孤貧半死身。”參見“鴇”。

【老練】老成練達。宋文鑑四六歐陽修論杜韓范富：“(范)仲淹老練世事，必知凡百難猛更張，故其所陳志在遠大而多若迂緩，但欲漸而行之以久，冀皆有效。”

【老謀】深遠周密的考慮。國語晉一：“既無老謀，而又無壯事，何以事君？”宋朱熹朱文公集三秀野詩：“靜看朝市真兒戲，須信田園是老謀。”

【老邁】年老。法苑珠林十五千佛侍養：“又佛本行經云：大王，我今自慨年耆根熟，衰朽老邁。”

【老蘇】宋蘇洵與其子軾轍自蜀至京，以能文名動京師，時稱三蘇，以洵爲老蘇，軾爲大蘇，轍爲小蘇。見宋王偁東都事略一一四蘇洵傳。

【老饕】貪食，貪食的人。宋蘇軾東坡集續集三老饕賦：“蓋聚物之夭美，以養吾之老饕。”宋楊萬里誠齋集十六四月八日嘗新荔子詩：“老饕要啖三百顆，却怕甘寒凍斷腸。”

【老饞】貪食。猶老饕。宋陸游劍南詩稿四四戲詠鄉里食物示鄰曲：“老饞自覺筆力短，得一忘十真堪咍。”

【老人星】卽南極星。後漢書禮儀志中：“仲秋之月……祀老人星于國都南郊老人廟。”唐杜甫杜工部詩史補遺八泊松滋江亭：“今宵南極外，甘作老人星。”

【老少年】植物名。又名雁來紅。至秋深，葉脚深紫而頂紅。純紅者爲老少年。見廣羣芳譜八八卉老少年。

【老先生】㊀稱年老博學的男子。史記八四賈生傳：“每詔令議下，諸老先生不能言，賈生盡爲之對。”省作“老先”。宋劉敞公是集十一酬林國華先輩詩：“翰飛果自致，大笑諸老先。”㊁明代京官自內閣以至大小九卿，以及門生稱座主，皆稱老先生，其稱甚尊重，至清施用漸濫，遂不爲人重。參閱明王世貞觚不觚錄、清顧張思土風錄十七老先生、趙翼陔餘叢考三七老先生。

【老禿翁】年老髮禿的男人。史記一〇七魏其武安侯列傳：“武安已罷朝，出止車門，召韓御史大夫載，怒曰：‘與長孺共一老禿翁，何爲首鼠兩端？’”長孺，韓安國字。老禿翁，指竇嬰。

【老婆禪】說禪以直截爲貴，稱反覆多言者爲老婆禪。景德傳燈錄十鎮州普化和尚：“一日入臨濟院，……師乃振鐸唱曰：‘河陽新婦子，木塔老婆禪，臨濟小厮兒，只具一隻眼。’”宋蘇軾東坡集續集二參寥惠楊梅詩：“莫共金家鬭甘苦，參寥不是老婆禪。”

【老萊子】春秋時楚隱士。避世亂，耕於蒙山下。楚王聞其賢，欲用之，老萊子遂與其妻至江南，隱居不出。著書十五篇。漢書藝文志道家有老萊十六篇，隋唐志不著錄，久佚。見史記六三老子傳“老萊子亦楚人也”正義引列仙傳、晉皇甫謐高士傳。世又傳有老萊子戲綵娛親的故事，見“老萊衣”。

【老萊衣】相傳老萊子行年七十，父母猶存，常身著五色采衣。嘗取漿上堂，跌仆，因卧地爲小兒啼，或弄烏鳥於親側。見初學記十七孝子傳、藝文類聚二十列女傳。後以老萊衣表示孝養父母至老不衰的典故。唐王維王右丞集八送錢少府還藍田詩：“手持平子賦，目送老萊衣。”

【老復丁】謂老翁復成丁壯。祝賀語。宋王應麟困學紀聞八小學：“急就篇‘長樂無極老復丁’。顏氏(師古)解爲蠲其子孫之役，非也。卽參同契所謂，老翁復丁壯。”宋朱熹朱文公集三次亭字韻詩呈秀野丈……詩之一：“人言洞裏春長在，自慶樽前老復丁。”

【老頭皮】宋真宗時，訪天下隱者，杞人楊朴奉召對，自言臨行其妻送詩一首，云：更休落魄貪杯酒，亦莫猖狂愛詠詩。今日捉將官裏去，這回斷送老頭皮。借此以示不願入官。見宋趙令時侯鯖錄六、孔平仲孔氏談苑二。

【老鸛河】水名。在今南京市東北黃天蕩南，也叫老鸛嘴。後又稱新河。已淤塞。宋建炎三年，金人南侵，宋將圍金將兀朮于黃天蕩，兀朮夜鑿老鸛河故道通秦淮，得脫，卽此。參閱讀史方輿紀要二十江寧府江寧縣。

【老牛舐犢】比喻年老的父母愛憐子女。犢，小牛。後漢書五四楊彪傳：“後子脩爲曹操所殺，操見彪問曰：‘公何瘦之甚？’對曰：‘愧無日磾先見之明，猶懷老牛舐犢之愛。’”

【老生常譚】老書生平常之談，比喻無新意的言論。三國志魏管輅傳：(鄧)颺曰：‘此老生之常譚。’”世說新語規箴譚作“談”。唐劉知幾史通書志：“若乃前事已往，後來追證，課彼虛說，成此游詞，多見其老生常談，徒煩翰墨者矣。”

【老羌呼渴】見“渴羌”。

【老姦巨猾】老於世故，十分奸詐狡猾的人。宋史食貨志上六：“老姦巨猾，匿身州縣，舞法擾民，蓋甚前日。”

【老羞變怒】謂羞愧極而發怒。清孔尚任桃花扇傳奇辭院：“想因却奩一事太激烈了，故此老羞變怒耳！”趙翼甌北詩鈔七言律四題吳梅村集詩：“猶勝绛雲樓下老，老羞變怒駡人多。”

【老馬識途】韓非子說林上：“管仲隰朋從於桓公而伐孤竹，春往冬反，迷惑失道，管仲曰：‘老馬之智可用也。’乃放老馬而隨之，遂得道。”後以比喻富有經驗。宋毛滂東堂集二寄曹使君詩：“請同韶濩公勿疑，老馬由來識途久。”清黃景仁兩當軒集三立秋後二日詩：“老馬識途添病骨，窮猿投樹擇深枝。”

【老蚌生珠】稱譽人有賢子。三國志魏荀彧傳“韋康爲涼州，後敗亡”注引孔融與韋康父端書：“前日元將(康)來，淵才亮茂，雅度宏毅，偉世之器也。昨日仲將(誕)又來，懿性貞實，文敏篤誠，保家之主也。不意雙珠，近出老蚌，甚珍貴之。”北齊書陸卬傳：“(邢)邵又與卬父子彰交遊，嘗謂子彰曰：‘吾以卿老蚌遂出明珠。’”也用以喻老年生子。宋蘇軾分類東坡詩二二虎兒：“舊聞老蚌生明珠，未省老兔生於菟。”

【老氣橫秋】文選南齊孔德璋(稚珪)北山移文：“風情張日，霜氣橫秋。”唐杜甫杜工部草堂詩箋十送韋十六評事……：“子雖軀幹小，老氣橫九州。”後稱老練而自負的氣概爲老氣橫秋。宋樓鑰攻媿集五題楊子元琪所藏東坡古木詩：“東坡筆端游戲，槎牙老氣橫秋。”

【老當益壯】年雖老而志更壯烈。後漢書二四馬援傳：“丈夫爲志，窮當益堅，老當益壯。”唐王勃王子安集五滕王閣詩序：“老當益壯，寧知白首之心；窮且益堅，不墜青雲之志。”

【老態龍鍾】年老而行動不靈活。全唐詩二八四李端贈薛戴:"交結慚時輩，龍鍾似老翁。"宋陸游劍南詩稿七一聽雨:"老態龍鍾疾未平，更堪俗事敗幽情!"參見"龍鍾"。

【老醫少卜】謂醫生要年老的以其富經驗;卜卦要年少的，以其敢言。鶡冠子十六世賢"不任所愛，必使舊醫"注:"語曰:老醫少卜，蓋老醫更病多矣。"明都卬三餘贅筆:"世言老醫少卜，則醫者以年老爲貴，卜者以年少爲貴。'老醫'人皆知之;問之'少卜'，不知何謂。按王彥輔麈史云:'老取其閱，少取其決。'乃知俗語其來久矣。"

【老羆當道】比喻聲勢逼人。北史王羆傳:"比曉，(韓)軌衆已乘梯入城。羆尚卧未起，聞閤外洶洶有聲，便袒胸露髻徒跣，持一白棒，大呼而出，謂曰:'老羆當道卧，貉子那得過!'敵見，驚退。"唐王維王右丞集二六工部楊尚書夫人……墓誌銘:"河南則分虎臨人，華陰則老熊當道。"清趙殿成注引北史文釋爲"老羆當道"。

【老蠶作繭】比喻自己束縛自己。宋蘇軾分類東坡詩六石芝:"老蠶作璽何時脱?夢想至人空激烈。"璽，同"繭"。參見"作繭自缚"。

【老驥伏櫪】喻年老而有壯志。宋書樂志三魏武帝(曹操)步出夏門行:"驥老伏櫪，志在千里，烈士暮年，壯心不已。"晉書樂志下題作碣石篇。宋陸游劍南詩稿四聞廣亂有感:"羞爲老驥伏櫪悲，寧作枯魚過河泣!"

【老子化胡經】東晉道士王浮撰。晉惠帝時道教徒與佛教徒互爭邪正，浮因作此書，主旨是揚道抑佛，造老子死後生於天竺爲佛，教化釋迦故事。原書一卷，後人漸增補至十一卷。唐萬歲通天元年以僧惠澄請焚毁，再毁於元，故諸史志皆不著録，道藏亦無傳本。惟宋晁公武郡齋讀書志著録此書。今有敦煌出土唐人手寫第一第十殘卷本。

【老學庵筆記】宋陸游撰。十卷，又續筆記二卷。所記多軼文舊典及當代史實、典章制度。老學庵爲陸游齋名，取師曠老而學如秉燭夜行之意。

考
kǎo 苦浩切，上，晧韻，溪。
ㄎㄠˇ

㊀老。詩大雅棫樸:"周王壽考，遐不作人。"㊁父親。書康誥:"子弗祗服厥父事，大傷厥考心。"後只稱亡父曰考。禮曲禮:"生曰父……死曰考。"㊂終，至。楚辭漢劉向九嘆怨思:"身憔悴而考旦兮，日黄昏而長悲。"注:"考猶終也。"㊃成，落成。禮禮運:"以著其義，以考其信。"春秋隱五年:"考仲子之宫，初獻六羽。"㊄考察。書周官:"又六年，王乃時巡，考制度於四岳。"淮南子精神:"上觀至人之論，深原道德之意，以下考世俗之行，乃足羞也。"㊅考核。書舜典:"三載考績。"疏:"以三年考校其功之成否也。"禮燕義:"國子存游卒，使之脩德學道，春合諸學，秋合諸社，以考其義而進退之。"㊆擊。詩唐風山有樞:"子有鐘鼓，弗鼓弗考。"㊇玉上的斑點、裂紋。淮南子説林:"白璧有考，不得爲寶，言至純之難也。"㊈通"拷"。後漢書三十郎顗傳就尚書對:"又恭陵大火，主名未立，多所收捕，備經考毒。"考校、考問、考擊的考，同"攷"。

【考工】官名。漢少府屬官有考工室，太初元年更名考工，主作兵器弓弩及織綬諸雜工，有令、左右丞各一人。見漢書百官公卿表上、後漢書百官志二。

【考功】㊀考核功績。書舜典"三載考績"漢孔安國傳:"三年有成，故以考功。"後漢書二六韋彪傳:"陳宜依古典，考功黜陟。"㊁官名。古官制，吏部下設考功司，掌官吏考課黜陟之事。三國魏有考功郎，晉設考功郎中，隋并設考功員外郎，考功主事，歷代因之，清末始廢。參閱歷代職官表一吏部。

【考正】稽考修正。漢書藝文志詩:"故古有采詩之官，王者所以觀風俗，知得失，自考正也。"

【考古】考訂古代文獻、遺物、遺蹟。宋陳亮集十六書林勳本政書後:"勳爲此勤矣，考古驗今，思慮周密。"明缺名感時傷悲記:"以故糾衆同心，立石謹志，後之考古君子鑒焉。"宋吕大臨著有考古圖。

【考成】考核官吏的成績。周禮地官小司徒:"歲終，則考其屬官之治成而誅賞。"魏書廣陵王傳:"兩儀既開，人生其間，故上天不言，樹君以代。是以書稱三考之績，禮云考成之章。"

【考考】擊鼓聲。唐韓愈昌黎集十四鄆州谿堂詩:"既歌以舞，其鼓考考。"宋陸游劍南詩稿三二晨起:"五更攬衣起，漏鼓猶考考。"

【考究】考索研究。魏書高允傳:"先所論者，本不注心;及更考究，果如君語。"朱子語類一一三朱子:"今所以要於聖賢語上精加考究，從而分別輕重，辨明是非，見得粲然有倫，是非不亂方是，所謂文理密察是也。"今也指推求或精美之意。

【考妣】父母。書舜典:"帝乃殂落，百姓如喪考妣。"傳:"考妣，父母。"後多指已死父母。禮曲禮下:"生曰父曰母曰妻，死曰考曰妣曰嬪。"參閱清惠棟九經古義十三公羊古義上。

【考官】主持考試的官員。新唐書一七九賈餗傳:"劉蕡以賢良方正對策，指中人爲禍亂根本，而餗與馮宿龐嚴爲考官，畏避不敢聞，竟罹其禍。"宋沈括夢溪筆談一故事一:"舊制，御試舉人，設初考官，先定等第。復彌封之，以送覆考官，再定等第。"

【考室】宫室落成時所行的祭禮。詩小雅斯干序:"斯干，宣王考室也。"漢書七五翼奉傳上疏:"必有五年之餘蓄，然後大行考室之禮。"注:"李奇曰:凡宫新成，殺牲以釁祭，致其五祀之神，謂之考室。"

【考亭】地名。在今福建建陽縣西南。唐末侍御黄端(子稜)於此建有望考亭，以望其父墓。其地因名考亭里，宋朱熹晚年居此，建竹林精舍講學。宋理宗時詔立書院，親書"考亭書院"四字匾其門。參閱讀史方輿紀要九七建寧府建陽縣、清袁枚隨園隨筆十七考亭。

【考城】縣名。屬河南省。本周之戴國，秦置穀縣，漢爲菑縣，屬梁國。東漢章帝惡其名，改爲考城，北魏更名考陽，隋復改爲考城。清屬歸德府。公元1954年與蘭封縣合併，稱蘭考縣。參閱太平寰宇記二開封府、讀史方輿紀要五十河南府。

【考案】審查，審問。漢書七四魏相傳:"考案郡國守相，多所貶退。"後漢書三十郎顗傳對:"凡諸考案，並須立秋。"

【考校】㊀考試，考查。禮學記:"比年入學，中年考校。"新唐書選舉志下沈既濟極言銓法:"且吏部甲令，雖曰度德居任，量才授職，計勞升敍，然考校之法，皆在書判簿歷、言辭俯仰之間，侍郎非通神，不可得而知。"㊁校對，校正。漢王充論衡佚文:"東海張霸……造作(尚書)百二篇，具成奏上。成帝出秘尚書以考校之，無一字相應者。"

【考格】考查的格式。南齊書謝超宗傳:"(泰始)三年，都令使駱宰議策秀才考格，五問並得爲上，四、三爲中，二爲下，一不合與第。"魏書高陽王(雍)傳上表:"今考格始宣，懷怨者衆，臣竊觀之，亦謂不可。"

【考竟】拷問死於獄中。後漢書順帝紀陽嘉三年:"詔以久旱，京師諸獄無輕重皆且勿考竟，須得澍雨。"北史齊昭帝紀："帝性頗嚴，尚書郎中剖斷有失，輒加捶楚，令史姦慝，便即考竟。"

【考掠】拷問鞭打。後漢書三十下郎顗傳陳便宜："自立春以來，累經旬朔，未見仁德有所施布，但聞罪罰考掠之聲。"三國志魏滿寵傳："故太尉楊彪收付縣獄，尚書令荀彧、少府孔融等並屬寵，但當受辭，勿加考掠。"

【考問】考訊審問。史記六六伍子胥傳："平王乃召其太傅伍奢考問之。"世說新語賢媛："漢成帝幸趙飛燕，飛燕讒班婕妤祝詛，於是考問。"

【考堂】唐尚書省考核官吏宣布結果的地方。新唐書一三二柳芳傳附柳冕上表："會尚書省應考績事，元日陳貢棐，集於考堂，唱其考第，進賢以興善，簡不肖以黜惡。"唐户部亦有考堂，爲會議朝廷財務出納之所。新唐書二二三上李林甫傳："(户)部有考堂，天下歲會計處。(張)博濟廢爲員外郎中聽事，……別取都水監地爲考堂。"

【考終】死，善終。書洪範："五福：……五曰考終命。"漢書七五翼奉傳："蓋聞聖賢在位，陰陽和，風雨時，日月光，星辰靜，黎庶康寧，考終厥命。"

【考詞】考核官吏所下的評語。宋朱翌猗覺寮雜記下："唐考功法，雖執政大臣，皆有考詞。亦有賜考者，亦有自書其考者。高宗時，唐臨自述其考曰：'形如死灰，心若鐵石。'德宗時，陽城自書其考曰：'撫字心勞，催科政拙。'"

【考試】㊀考核官吏。漢董仲舒春秋繁露考功名："考試之法，合其爵祿，並其秩，積其日，陳其實，計功量罪，以多除少，以爲名定實，先内第之。"三國志魏王昶傳："昶陳治略五事，……其二欲用考試。考試猶準繩也，未有舍準繩而意正曲直，廢黜涉而空論能否也。"㊁考查學業。禮學記"未卜禘，不視學"唐孔穎達疏："視學，謂考試學者經業，或君親往，或使有司爲之。"後世通稱試士爲考試。

【考察】考查觀察。漢書平帝紀元始五年詔："考察不從教令有冤失職者，宗師得因郵亭書言宗伯，請以聞。"又薛宣傳谷永上書："宣無私黨游說之助，……是用越職陳宣行能，唯陛下留神考察。"

【考槃】詩衛風考槃序："考槃，刺莊公也。不能繼先公之業，使賢者退而窮處。"後因以作隱居窮處之代稱。唐杜甫杜工部草堂詩箋二三營屋："度堂匪華麗，養拙異考槃。"白居易長慶集十五題盧袐書夏日新栽竹二十韻詩："湘竹初封植，盧生此考槃。"

【考課】考驗官吏成績曰考課。漢書七五京房傳："房奏考功課吏法，上令公卿朝臣與京會議温室。"是爲考課法之始。唐制：尚書考功掌内外文武官吏考課；凡應考之官，具録當年功過行能，本司及本州長官對衆宣讀，議其優劣，定爲九等考第，然後送省；凡考課之法，有四善二十七最，以爲黜陟的標準。以後歷代皆詳訂官吏考課之法，惟制各有不同。

【考據】也稱考證。指對古籍的文字音義及古代的名物典章制度等進行考核辨證。清代學者厭宋明理學的空疏，主張學習漢代學者，以實事求是闡明古義爲主，名爲樸學、漢學，以別於宋學。其淵源出於清初顧炎武，自閻若璩胡渭而後，至乾隆嘉慶時，有惠棟戴震錢大昕段玉裁王念孫及其子引之等，達於極盛。考據之法，大致以校勘釐正本文，以訓詁貫通字義，以積累資料供研究者的應用。

【考績】考核官吏的政績。書舜典："三載考績，三考，黜陟幽明。"漢董仲舒春秋繁露考功名："考績之法，考其所積也。"

【考證】根據文獻資料核實說明。元詩百一鈔五劉因夏日飲山亭："人來每問農桑事，考證牀頭種樹篇。"

【考覈】考查審核。後漢書五四楊秉傳對："(任)方等無狀，釁由單匡，……乞檻車徵匡，考覈其事，則姦慝蹤緒，必可立得。"

【考驗】考查驗證。史記秦始皇紀三十七年南海刻石："運理羣物，考驗事實，各載其名。"淮南子要略："道應者，……考驗乎老莊之術而以合得失之勢者也。"

【考工記】書名，一卷。即周禮之第六篇，述百工之事。周禮六官，缺冬官司空一篇，漢人以考工記補之，故也名冬官考工記。清江永認爲書中有秦鄭國名，又用齊人語，遂定此書爲戰國時齊人所作。參閱清江永周禮疑義舉要考工記一、王聘珍九經學周禮二。

【考古圖】宋吕大臨撰。十卷。又釋文一卷。著録宫廷及私人所藏古代銅器、玉器二百餘件，均附繪圖；其鐘鼎上之文字，又依據說文、經、史諸書，加以訓釋考證。成書在宣和博古圖前，較博古圖爲精審。另附他人所撰續圖五卷。

【考信録】清崔述撰，三十六卷。考證唐虞三代、春秋、戰國史事及孔孟事跡，用力甚勤，敢於疑古，常有新解。唯以衛道爲己任，而所據又以詩書六經限，武斷之處亦多。

【考古質疑】宋葉大慶撰，六卷。原書久佚，從永樂大典録出。其書上自六經諸史，下至宋代諸名家著作，各抉擇其疑義，詳加考證，多前人所未發。徵引古書及疏通互證之處，各夾注於本文之下，體例尤爲詳悉。

四 畫

者 zhě ㄓㄜˇ 章也切，上，馬韻，照。

㊀助詞。1.論語衛靈公："事其大夫之賢者，友其士之仁者。"近於現代漢語結構助詞"的"。2.易乾："元者，善之長也。"史記一〇七竇嬰傳："魏其者，沾沾自喜耳，多易。"此表語首提示。唐韓愈昌黎集十一原道："坐井而觀天，曰天小者，非天小也。"此表語中停頓。論語憲問："君曰：告夫三子者。"左傳隱五年："公將如棠觀魚者。"此表語末停頓。㊁指示代詞。唐宋人詩文亦作"遮"，又作"這"。開天傳信記："嘗有投牒誤書紙背，(裴)諝判曰：'者畔有那畔，那畔有這畔。'"(類說六)。唐齊己白蓮集九道林寓居詩："青嶂者邊來已熟，紅塵那畔去應疎。"㊂應諾聲，表示同意。猶"着(zhāo)"。明李賢古穰雜録："也先曰：'者！'胡語云者，然辭也。……也先笑曰：'者！者！都御史說的皆實。'"

【者莫】同"遮莫"。也作"者麼"。㊀儘管。雍熙樂府六元廣集粉蝶兒十花仙："者莫你連枝引蔓，到惹的挽袖牽衣。"古今雜劇缺名豫讓吞炭："者麼教鼎鑊烹，鈇鉞誅，淩遲苦痛，休想俺這鐵心腸半星兒改動。"㊁不論，不問。古今雜劇缺名博望燒屯四："您這元帥府下，者麼你甚麼物件，不問你藏在何處，我這哥哥便得知道。"㊂假如。古今雜劇缺名打韓通三："者莫他能走能飛，假若是能戰能敵。"

【者番】這回。宋晏幾道小山詞少年遊："細想從來，斷腸多處，不與者番同。"者，一本作"這"。

耆 1. qí ㄑㄧˊ 渠脂切，平，脂韻，羣。

㊀老。禮曲禮上："六十曰耆，指使。"釋文："耆，渠夷反。賀瑒云：至也，至老境也。"㊁强橫。左傳昭二三年："不僭不貪，不懦不耆。"

2. zhǐ ㄓˇ 集韻 軫視切，上，旨韻。

㈢致。詩周頌武:"勝殷遏劉,耆定爾功。"漢王符潛夫論班祿引詩作"指"。國語晉九:"及臣之壯也,耆其股肱以從司馬,苛慝不産。"

3. shì 集韻 時利切,去,至韻。ㄕ

㈣愛好,欲望。通"嗜"。禮月令仲夏之月:"節耆欲,定心氣。"莊子齊物論:"鴟鴉耆鼠。"釋文:"市志反。字或作嗜。"

【耆老】老人。國語吳:"有父母耆老而無昆弟者以告。"注:"六十曰耆,七十曰老。"特指受人尊重的老者。禮檀弓上:"魯哀公誄孔丘曰:'天不遺耆老,莫相予位焉。'"

【耆艾】㈠年壽久長。年六十曰耆,五十曰艾。詩魯頌閟宮:"俾爾昌以大,俾爾耆而艾。"合爲老人的通稱。荀子致士:"耆艾而信,可以爲師。"晉書何曾傳武帝詔:"又司徒所掌務煩,不可久勞耆艾。"㈡師傅。國語周上:"故天子聽政,使公卿至於列士獻詩,……瞽史教誨,耆艾修之,而後王斟酌焉,是以事行而不悖。"注:"耆、艾,師、傅也。師、傅修理瞽、史之教,以聞於王也。"

【耆年】老年人。文選南齊王元長(融)三月三日曲水詩序:"耆年闕市井之游,稚齒豐車馬之好。"唐元稹長慶集四四授韓皋尚書左僕射制:"夫一邑之政而猶資老者之智,用壯者之決,況朝廷之大,得不以耆年重望,居表正之地,以儀刑百辟乎?"

【耆長】宋代役法中所定的差役名目。宋蘇軾東坡集奏議三論諸處色役輕重不同劄子:"逐處色役,各隨本處土俗事宜,輕重不同,借加盜賊多處,以弓手耆長爲重。"宋史食貨志上六:"户部請:'河北山東陝西鄉差衙前,以投募人所得雇直爲則,而減半給之。投名衙前惟差耆長,他役皆免。'"

【耆英】年高優異的人。唐司空圖司空表聖文集五太尉瑯琊王公河中生祠碑:"賓筵備禮,耆英盡綴于詞林;將略求材,劍戟自森於武庫。"

【耆婆】古印度名醫。姓阿提梨,字賓迦羅。梵語生命、長壽之義。宋史藝文志六醫書類有耆婆脈經三卷,耆婆六十四問一卷,耆婆要用方一卷,耆婆五藏論一卷。參閱翻譯名義集二長者、又八部。

【耆宿】老師宿儒。後漢書三二樊儵傳:"上言郡國舉孝廉,率取年少能報恩者,耆宿大賢,多見廢棄。"三國志蜀來敏傳:"(敏與孟光)俱以其耆宿學士見禮於世。"又佛教稱出家爲僧在五十年以上者爲耆宿。見翻譯名義集一釋氏衆名。

【耆3欲】卽嗜慾。莊子大宗師:"其耆欲深者其天機淺。"又徐无鬼:"君將盈耆欲,長好惡,則性命之情病矣。"

【耆耋】年老,老年人。禮射義:"幼壯孝弟,耆耋好禮。"後漢書明帝紀永平二年詔:"有司其存耆耋,恤幼孤,惠鰥寡。"

【耆壽】年老有才德者。書文侯之命:"卽我御事,罔或耆壽,俊在厥服。"後指高壽。宋蘇軾東坡集續集三老饕賦:"願先生之耆壽,分餘瀝[瀝]於兩髦。"

【耆碩】年高而有德望的人。唐韓愈昌黎集三八爲韋相公讓官表:"況今俊乂在朝,耆碩咸在,苟以登用,皆踰於臣。"宋司馬光溫國公集九送薛水部十丈通判并州詩:"元戎倚耆碩,別駕選才良。"

【耆儒】年老博學的儒者。文選漢揚子雲(雄)劇秦美新:"是以耆儒碩老,抱其書而遠遜;禮官博士,卷其舌而不談。"後漢書一〇九上儒林傳序:"增甲乙之科員各十人,除郡國耆儒皆補郎、舍人。"

【耆舊】故老,年老的舊好。漢書七八蕭望之傳附蕭育:"上以育耆舊名臣,乃以三公使車,載育入殿中受策。"晉書石勒載記:"勒令武鄉耆舊赴襄國,既至,勒親與鄉老齒坐歡飲,語及平生。"

【耆臘】高年之僧。僧以出家受戒之年計歲,稱僧臘。資治通鑑一二九宋大明六年:"至是上使有司奏云:'……夫佛以謙卑自牧,忠虔爲道,寧有屈膝四輩而簡禮二親,稽顙耆臘而直體萬乘者哉!'"參見"僧臘"。

【耆英會】宋元豐五年,文彥博留守西京,倣唐白居易九老會,聚居洛陽高年者十二人,於富弼第置酒相樂。十二人中惟司馬光一人不及七十。宴時尚齒不尚官,稱洛陽耆英會。已而閩人鄭奐圖形於妙覺僧舍。司馬光溫國公集六五有洛陽耆英會序。參閱宋王闢之澠水燕談錄四高逸、章定名賢氏族言行類稿十二文彥博、邵伯溫河南邵氏聞見前錄十。

【耆婆耆婆】佛教傳說鳥名。梵語耆婆,義譯爲命。見"命命鳥"。

【耆闍崛山】山名。梵文音譯。耆闍,義譯爲鷲,崛爲頭,以山頂形如鷲而名。一名鷲峯山、靈鷲山。相傳釋迦牟尼說法處,在印度阿耨達王舍城東北。省稱耆山或耆闍。文選南朝梁王簡棲(屮)頭陀寺碑文:"耆山廣運,給園多士。"唐王勃王子安集十五梓州郪縣兜率寺浮圖碑:"蜂臺映月,還臨舍衛之城;鴈塔尋雲,卽對耆闍之嶺。"參閱大唐西域記九摩揭陀國鷲峯山。

【耆獻類徵】全稱國朝耆獻類徵。清李桓撰,七百二十卷,末附賢媛類徵十二卷。采輯清代自天命元年迄道光三十年,滿漢諸臣士庶身後史館本傳及私家紀述,或碑傳墓誌,實有事蹟可傳者,自宰輔至方技,共分十九類,人數逾萬,依類編排,便於尋檢。纂次校刊歷二十餘年而成書。

耄

mào 莫報切,去,号韻,明。ㄇㄠ

㈠老,高年。左傳隱四年:"老夫耄矣,無能爲也。"禮曲禮上:"八十九十曰耄。"也泛指老年。詩大雅抑:"借曰未知,亦聿既耄。"㈡昏亂。書微子:"吾家耄遜于荒。"疏:"鄭玄云:耄,昏亂也。"

【耄思】心情昏亂。楚辭漢東方朔七諫怨世:"吾獨乖剌而無當兮,心悼怵而耄思。"注:"耄,亂也。……心中自傷怵惕而思志爲耄亂。"

【耄荒】年老昏聵。書呂刑:"惟呂命,王享國百年,耄荒。"清孫星衍尚書今古文注疏一六八呂刑訓荒爲"治",言耄而治事。

【耄耋】年壽高。漢蔡邕蔡中郎集四漢交阯都尉胡府君夫人黃氏神誥:"登壽耄耋,用永蕃孿。"

【耄期】書大禹謨:"耄期倦于勤。"傳:"八十九十曰耄,百年曰期頤。"泛指高年長壽。宋蘇軾東坡集前集二七答范端明啟:"耄期稱道,直亮多聞。"

【耄勤】年老猶勤勞於事。書大禹謨:"耄期倦於勤。"詩大雅行葦"序賓以賢"漢毛亨傳:"好學不倦,好禮不變,耄勤稱道不亂者,不在此位也。"

五 畫

耇

gǒu 古厚切,上,厚韻,見。ㄍㄡˇ

或作"耉"。老,高年。說文:"耇,老人面凍黎若垢。从老省,句聲。"詩小雅南山有臺:"樂只君子,遐不黃耇。"傳:"黃,黃髮也;耇,老。"漢書七三韋賢傳韋孟諫詩:"歲月其徂,年其逮耇。"注:"耇者,老人面色如垢也。言歲月騾往,年將及耇,不可怠忽。"

【耇老】老年人。國語晉八:"吾聞國家有大事,必順於典型,而訪咨於耇老,而後行之。"漢書八一孔光傳太后詔:"書曰‘無遺耉老’，國之將興，尊師而重傅。”

【耉成人】猶言老成人。卽年老有德者。書康誥:“汝丕遠惟商耉成人，宅心知訓。”淸顧炎武亭林集三贈林處士古度詩:“唯此耉成人，皇天所慭遺。”

六畫

耋 dié ㄉㄧㄝˊ 徒結切,入,屑韻,定。

老，壽。詩秦風車鄰:“今者不樂，逝者其耋。”左傳僖九年:“以伯舅耋老，加勞，賜一級無下拜。”

【耋期】六十以上曰耋，百年曰期頤。泛指年壽高。猶言“耄期”。宋蘇軾東坡集奏議三乞加張方平恩禮劄子:“臣竊以爲國之元老，歷事四朝，耋期稱道，爲天下所服者，獨文彥博與方平范鎭三人而已。”

而 部

而 1. ér ㄦˊ 如之切,平,之韻,日。

㊀頰毛，象毛之形。凡鱗毛之下垂者也稱而。周禮考工記梓人:“凡攫閷援簭之類，必深其爪，出其目，作其鱗之而。”㊁代詞。汝，你，你們。書洪範:“而康而色。”傳:“汝當安汝顏色，以謙下人。”莊子田子方:“寓而政於臧丈人，庶幾乎民有瘳乎?”㊂連詞。1.和，及。墨子尚同:“聞善而不善，皆以告其上。”韓非子說林上:“以管仲之聖而隰朋之智，至其所不知，不難師於老馬與蟻。”2.就，纔。易繫辭下:“君子見幾而作，不俟終日。”3.並且。左傳桓元年:“宋華父督見孔父之妻於路，目逆而送之，曰:美而豔。”4.還，尚且。淮南子人間:“夫一麑而不忍，又何況于人乎?”尸子明堂:“夫禽獸之愚，而不可妄致也，而況於火食之民乎?”5.但是，却。孟子離婁下:“禹惡旨酒，而好善言。”荀子勸學:“青取之於藍而青於藍。”6.因而，所以。荀子勸學:“玉在山而草木潤，淵生珠而崖不枯。”7.如果。論語八佾:“管氏而知禮，孰不知禮?”左傳襄三十年:“子產而死，誰其嗣之?”㊃助詞。1.相當於“之”。論語憲問:“君子恥其言而過其行。”2.表語氣。略近於“兮”。詩齊風著:“俟我於著乎而!”論語微子:“已而!已而!今之從政者殆而!”㊄如，好象。通“如”。詩小雅都人士:“彼都人士，垂帶而厲。彼君子女，卷髮如蠆。”

2. néng ㄋㄥˊ

㊅通“能”。1.能够。楚辭屈原九章惜往日:“不逢湯武與桓繆兮，世孰云而知之?”墨子非命下:“桀紂幽厲……不而矯其耳目之欲。”淸畢沅注:“而讀如能。”2.能力。莊子逍遙遊:“故夫知效一官，行比一鄉，德合一君，而徵一國者，其自視也亦若此矣!”先秦古籍多以而爲能。參閱淸惠棟九經古義十一禮記古義上。

【而已】語末助詞。僅止於此，猶言“罷了”。莊子徐无鬼:“夫爲天下者，亦若此而已矣!”左傳桓六年:“詩云:‘自求多福。’在我而已，大國何爲?”

【而公】傲慢自稱之詞，如今自稱“老子”。史記留侯世家:“漢王輟食吐哺，罵曰:‘豎儒，幾敗而公事!’”漢書高帝紀、又四十張良傳皆作“乃公”。

【而立】論語爲政:“子曰:吾十有五而志於學，三十而立。”後因稱三十歲爲“而立”之年。宋趙令畤侯鯖錄三東坡再謫惠州引蘇軾詩:“令閣方當而立歲，賢夫已近古稀年。”

【而況】何況。易豫彖:“故天地如之，而況建侯行師乎!”莊子齊物論:“死生無變於己，而況利害之端乎?”

【而姬壺】周器。“而”、“如”古通，而姬卽如姬。如姬見史記七七魏公子傳。也作“天姬”、“太姬”、“大姬”。見淸潘祖蔭攀古樓彝器款識下二四、吳大澂愙齋集古錄、恒軒吉金錄一、鄒安吉金文存五。

三畫

耐 1. nài ㄋㄞˋ 奴代切,去,代韻,泥。

㊀忍受，禁得住。荀子仲尼:“能耐任之，則愼行此道也。”注:“耐，忍也。”宋毛滂東堂詞淸平樂太師相公生辰之三:“春不加榮寒不悴，用捨如公都耐。”㊁古代一種剃去頰鬚的刑罰，二歲刑。通“耏”。漢書高帝紀下七年:“春，令郎中有罪耐以上，請之。”注:“應劭曰:‘輕罪不至于髡，完其耏鬢，故曰耏。古耐字從彡，髮膚之意也。’”又功臣表終陵齊侯華毋害:“侯祿嗣，七年，孝景四年，坐出界，耐爲司寇。”

2. néng ㄋㄥˊ 集韻 奴登切,平,登韻。

㊂通“能”。禮禮運:“故聖人耐以天下爲一家，以中國爲一人者，非意之也。”注:“耐，古能字。”又樂記:“故人不耐無樂。”漢王充論衡無形:“苞瓜之汁，猶人之血也，其肌猶肉也，試令人損益苞瓜之汁，令其形如故，耐爲之乎?”㊃通“奈”。唐杜甫杜工部草堂詩箋二九七月三日……戲呈元二十一曹長:“亭午減汗流，北鄰耐人聒。”

【耐久】謂能經久。新唐書一一九武平一傳:“它日，學士大集，(崔)日用折平一曰:‘君文章固耐久，若言經，則敗績矣。’”宋陸游劍南詩稿二十飯罷忽憐父來過戲作:“賴有鄰翁差耐久，雨畦頻喚共擕鉏。”

【耐$_2$可】㊀怎得。唐李白李太白詩八秋浦歌之十二:“耐可乘明月，看花上酒船。”又二十陪族叔刑部侍郎曄及中書賈舍人至遊洞庭之二:“南湖秋水夜無煙，耐可乘流直上天。”㊁寧可。唐劉長卿劉隨州集三赴宣州使院夜宴寂上人留辭前蘇州韋使君詩:“耐可機心息，其如羽檄何。”

【耐冬】植物。絡石的別名。莖蔓生，繞絡壁側。見政和證類本草七絡石。

【耐官】宋史二八二向敏中傳:“(敏中)進右僕射兼門下侍郎，監修國史。是日，翰林學士李宗諤當對，帝曰:‘朕自卽位，未嘗除僕射，今命敏中，此殊命也，敏中應甚喜。’又曰:‘敏中今日賀客必多，卿往觀之，勿言朕意也。’宗諤既至。敏中謝客，門闌寂然。……使人問庖中，今日有親賓飲宴否，亦無一人。明日，具以所見對。帝曰:‘向敏中大耐官職!’”後因用耐官稱人有氣度，寵辱不動於心。明李東陽懷麓堂詩集十六次韻賀彭閣老先生:“文靖舊無旋馬地，敏中原有耐官心。”

【耐煩】忍受麻煩。三國魏嵇康嵇中散集二與山巨源絕交書:“心不耐煩，而官事鞅掌，機務纏其心，世故繁其慮。”文苑英華一六三唐劉希夷秋日題汝陽潭壁:“幽人不耐煩，振杖閑步寂。”

【耐久朋】長久能保持友誼的朋友。舊唐書八七魏玄同傳:“玄同素與裴炎結交，能保終始，時人呼爲‘耐久朋’。”宋陸游劍南詩稿四二寓歎:"眼底誰爲耐久朋,倚肩按膝一烏藤。"

【耐辱居士】唐司空圖號。圖隱居中條山王官谷,作亭名休休,作文以見志曰:"故量才,一宜休;揣分,二宜休;耄而瞶,三宜休。"因自目爲耐辱居士。見新唐書一九四司空圖傳。

耎 ruǎn ㄖㄨㄢ 而兗切,上,獮韻,日。

㊀軟,柔弱。莊子胠篋:"惴耎之蟲,肖翹之物,莫不失其性。"釋文:"惴耎謂無足蟲。"漢書六二司馬遷傳報任安書:"僕雖怯耎欲苟活,亦頗識去就之分矣,何至自湛溺累紲之辱哉!"文選作"懦"。㊁退縮。史記天官書:"其已出三日而復,有微入,入三日乃復盛出,是謂耎。"

【耎弱】懦弱。漢書七六王尊傳:"尊子伯亦爲京兆尹,坐耎弱不勝任免。"

【耎脆】羸弱。漢書七二王吉傳諫昌邑王疏:"數以耎脆之玉體,犯勤勞之煩毒。"

【耎國】弱國。戰國策楚一:"鄭衛者,楚之耎國,而秦,楚之强敵也。"

【耎輪】車輪上裹以蒲草或布帛,使車安穩。說文:"栭,柔木也,工官以爲耎輪。"清段玉裁注:"耎輪者,安車之輪也。"參見"蒲輪"。

【耎懦】軟弱。宋晁補之雞肋集十三次韻和趙令僉防禦春日感懷詩:"雄豪久鎩酒量窄,耎懦新長詩辭慳。"

耏 1. ér ㄦ 如之切,平,之韻,日。奴代切,去,代韻,泥。

㊀頰鬚,同"而㊀"。後漢書章帝紀元和二年詔:"沙漠之北,葱領之西,冒耏之類,跋涉懸度。"注:"字書曰:'耏,多須貌,音而。'言須鬢多,蒙冒其面。或曰,西域人多著冒而〔須〕長,故舉以爲言也。"㊁水名。左傳襄三年:"齊侯……乃盟于耏外。"注:"耏,水名。"詳"耏水"。㊂姓。春秋時宋有耏班,漢有芒侯耏跖。

2. nài ㄋㄞ 集韻 乃代切,去,代韻。

㊃古代一種剃去頰鬚的刑罰。二歲刑。漢書功臣表朝陽齊侯華寄:"孝文十四年,侯當嗣,……坐教人上書枉法,耏爲鬼薪。"又深澤齊侯趙將夕:"孝景三年,侯脩嗣,七年,有罪,耏爲司寇。"

【耏水】古水名。在山東臨淄縣。又名時水,即春秋乾時之下流。又謂之如水。以其色黑,又謂之黑水,土人因名烏河。參閱山東通志三二疆域三山川。

【耏門】左傳文十一年:"宋公於是以門賞耏班,使食其征,謂之耏門。"注:"門,關門。征,稅也。"北周庾信庾子山集一哀江南賦:"逢鄂坂之譏嫌,值耏門之征稅。"後因以耏門泛指關卡。

耍 shuǎ ㄕㄨㄚˇ 篇海 沙下切,音灑。字彙 沙雅切,沙上聲。

㊀遊戲,玩耍。宋周邦彥片玉詞上意難忘:"長顰知有恨,貪耍不成妝。"宋蔣捷竹山詞女冠子元夕:"況年來、心孏意怯,羞與蛾兒爭耍。"㊁戲弄。水滸六:"等他來時,誘他去糞窖邊,只做參賀他,雙手搶住脚,翻筋斗,攧那廝下糞窖去,只是小耍他。"

【耍令】小調。水滸二一:"他那閻公,平昔是个好唱的人,自小教得他那女兒婆惜,也會唱諸般耍令。"

耑 1. duān ㄉㄨㄢ 多官切,平,桓韻,端。

㊀古"端"字。植物開始萌發曰耑,引申爲物的尖端。周禮考工記磬氏:"已下則摩其耑。"漢書天文志:"前列直斗口三星,隨北耑銳,若見若不見。"

2. zhuān ㄓㄨㄢ 集韻 昌緣切,平,仙韻。

㊁"專"的異體字。

四 畫

耎 ruǎn ㄖㄨㄢ

長縮。漢揚雄太玄經二耎:"測曰:耎其心,中無勇也。"正字通謂爲"耎"的誤字。

七 畫

𦓤 nǜ ㄋㄩˋ 字彙 音恧。

憂戚貌。文選漢王子淵(褒)洞簫賦:"憤伊鬱而酷𦓤,愍眸子之喪精。"注:"蒼頡篇曰:𦓤,憂貌。"

耒 部

耒 lěi ㄌㄟ 力軌切,上,旨韻,來。盧對切,去,隊韻,來。

㊀原始的翻土農具,形如木叉。易繫辭下:"神農氏作,斲木爲耜,揉木爲耒。"㊁耒耜的曲(木)柄。周禮考工記車人:"車人爲耒。"注:"剌耒下前曲接耜。"疏:"耒狀若今之曲枕柄也。"

【耒水】水名。上游滙水出湖南桂東北境萬洋山,經汝城、資興、永興、耒陽、衡南,至衡陽市東,注入湘水。見水經注三九耒水、湖南通志九地理水道一。

【耒耜】上古時的翻土農具。耜以起土,耒爲其柄。原始時用木,後世改用鐵。禮月令季冬之月:"修耒耜。"疏:"耒者以木爲之,長六尺六寸,底長尺有一寸,中央直者三尺有三寸,勾者二尺有二寸。底謂耒下嚮前曲接耜者。頭而著耜,耜金鐵爲之。"參閱農政全書二一農器。

耒耜

【耒陽】縣名。屬湖南省。秦置耒縣,漢改耒陽縣,以在耒水之陽而名,屬桂陽郡。隋改爲洡陰,唐復故名,宋因之,元改州。明仍爲縣,明清皆屬湖南衡州府。唐杜甫大曆五年避亂往郴州依舅氏崔偉,行至耒陽卒,即此。參閱太平寰宇記一一五、寰宇通志五六衡州府。

【耒子錢】古錢名。南朝宋前廢帝劉義符所鑄二銖錢。宋書顏竣傳作耒子錢。通典九食貨九錢幣下作"莱子錢"。

【耒耜經】唐陸龜蒙著,一卷。記農具五種,於犂製特詳,故名。原收於笠澤叢書和甫里先生文集中,宋陳振孫直齋書錄解題著錄,似宋世已單行流傳。

三 畫

耔 zǐ ㄗˇ 即里切,上,止韻,精。

培土。詩小雅甫田:"今適南畝,或耘或耔。"晉陶潛陶淵明集五歸去來辭:"懷良辰以孤往,或植杖而耘耔。"

四 畫

耕 gēng ㄍㄥ 古莖切,平,耕韻,見。

㊀犂地,翻土播種。論語微子:"長沮、桀溺耦而耕。"孟子公孫丑上:"自耕稼陶漁以至爲帝,無非取於人者。"㊁以耕爲喻,指進行某種的操作、勞動。漢揚雄法言學行:"耕道而得道,獵德而得德。"文

選南朝任彦昇(昉)爲蕭揚州薦士表:"既筆耕爲養,亦傭書成學。"

【耕父】主乾旱之神。山海經中山經:"(豐山)神耕父處之,常遊清泠之淵,出入有光,見則其國爲敗。"文選漢張平子(衡)東京賦:"囚耕父於清泠,溺女魃於神潢。"

【耕作】農業勞動。戰國策趙三:"用衆者,使民不得耕作,糧食輓賃,不可給也。"元倪瓚雲林集一奉送友仁賢良之京師詩:"荷鋤事耕作,閉户詠詩書。"

【耕甿】農民。唐柳宗元柳先生集三十與蕭翰林俛書:"然後收召魂魄,買土一廛爲耕甿,朝夕歌謡,使成文章。"

【耕桑】種田養蠶,泛指農事。韓詩外傳一:"其後在位者驕奢,不恤元元,稅賦繁數,百姓困乏,耕桑失時。"文選漢楊子幼(惲)報孫會宗書:"是故身率妻子,勠力耕桑,灌園治産,以給公上。"

【耕耘】翻土除草,泛指農事。荀子子道:"夙興夜寐,耕耘樹藝,手足胼胝,以養其親。"唐元稹長慶集十代曲江老人百韻詩:"秋田耕耘足,豐年雨露頻。"

【耕傭】㊀僱工。後漢書章帝紀元和元年詔:"到在所,賜給公田,爲雇耕傭,賃種餉,貰與田器。"㊁受雇耕作。後漢書七六孟嘗傳:"隱處窮澤,身自耕傭。"

【耕槃】駕犂之具。耒耜經:"橫於犂轅之前末曰槃,言可轉也。左右繫以樫乎軛也。"舊時犂地用一牛或二牛,耕槃短,故與犂相連。後來各處用犂不同,或三牛四牛,其槃以直木,長可五尺,中置鉤環,耕時旋擐犂首,與軛相爲本末,不與犂爲一體。見農政全書二一農器。

【耕稼】翻土下種,泛指農事。墨子尚賢中:"蚤出莫入,耕稼樹藝聚菽粟。"後漢書章帝紀元和元年詔:"王者八政,以食爲本,故古者急耕稼之業,致耒耜之勤。"

【耕戰】耕田和作戰,也指農民與兵士。商君書愼法:"民之欲利者非耕不得,避害者非戰不免,境内之民莫不先務耕戰,而後得其所樂。"韓非子亡徵:"公家虛而大臣實,正户貧而寄寓富,耕戰之士困、末作之民利者,可亡也。"

【耕籍】籍,籍田。帝王親耕之田。歷代至孟春皆有耕籍之禮,以示重農。其禮先由皇帝親耕,按犂三推三反,羣臣以次耕,王公五等諸侯五推五反,孤卿大夫七推七反,士九推九反,末由籍田令率其屬耕畢。歷代儀注雖有變化,但大同小異,直至清末始廢。見禮月令孟春之月、宋書禮志一、清吴榮光吾學録一典制。

【耕鑿】耕田鑿井。晉皇甫謐帝王世紀:"日出而作,日入而息,鑿井而飲,耕田而食。"也代指田園生活。唐王勃王子安集七秋晚入洛於畢公宅別道王宴序:"散琴樽於北阜,喜耕鑿於東陂。"

【耕田歌】歌名。漢高祖劉邦死後,立幼主,呂后臨朝,諸呂用事,危及劉姓政權。朱虛侯劉章借侍呂后燕飲之機,詠耕田歌曰:"深耕穊種,立苗欲疏;非其種者,鋤而去之。"非其種,暗指諸呂。後周勃劉章等果誅殺諸呂。見史記齊悼惠王世家。

【耕根車】古代帝王耕藉田時所乘的車。又名耕車。後漢書輿服志上:"耕車,其飾皆如之。有三蓋。一曰芝車,置輻車耒耜之箙,上親耕所乘也。"宋書禮志五:"親耕藉田,乘三蓋車,一名芝車,又名耕根車,置耒耜於軾上。"

【耕織圖】宋於潛令樓璹,於紹興年間繪耕織二圖,以進高宗。耕,自浸種以至入倉,凡二十一圖;織,自浴蠶以至剪帛,凡二十四圖。各圖皆有五言詩一章。宋代刻石,已不存,有元程棨摹本。清康熙乾隆先後又令焦秉貞冷枚陳枚等各繪耕織圖一册。冷陳之作,未雕版,焦作耕織各二十三圖,曾雕版印行。參閱宋樓鑰攻媿集七六跋揚州伯公耕織圖、清王士禎香祖筆記十二。

【耕當問奴】宋書沈慶之傳:"慶之曰:'治國如治家,耕當問奴,織當訪婢。陛下今欲伐國,而與白面書生謀之,事何由濟?'"魏書邢巒傳上表:"且俗諺云:耕則問田奴,絹則問織婢。臣雖不武,忝備征將,前宜可否,頗實知之,臣既謂難,何容强遣。"喻事各有司,辦事當謀之於行家。

耘 yún ㄩㄣˊ 王分切,平,文韻,于。

除草。詩小雅甫田:"今適南畝,或耘或耔。"傳:"耘,除草也。"

【耘爪】農具,用於水田除草。農政全書二二農器:"耘爪,耘水田器也。即古所謂鳥耘者。"

【耘艾】耕種與收穫。艾,同"刈"。荀子王制:"修隄梁,通溝澮,行水潦,安水臧,以時決塞;歲雖凶敗水旱,使民有所耘艾,司空之事也。"

【耘耘】盛貌。宋胡銓耕録藁代侯亞賀皇帝耤田禮成表:"雷動紺轅,擁百僚之穆穆;風生青耜,慶千耦之耘耘。"

【耘盪】農具,用于水田中耕除草。農政全書二二農器:"耘盪,江浙之間新製之,形如木屐而實,長尺餘,闊約三寸,底列短釘二十餘枚,簨(sǐ)其上以貫竹柄,柄長五尺餘。"

耙 1. bà ㄅㄚˋ 正字通 必駕切,音罷。

㊀犂田後用以碎土的農具。見農政全書二一農器。

2. pá ㄆㄚˊ

㊁聚攏穀物和平土的農具。通"杷"。見"杷㊀"。

耖 chào ㄔㄠˋ 初教切,去,效韻,初。

疏通田泥的農具。上有橫柄,下有列齒。其齒比耙齒倍長且密。高可三尺,廣四尺。上有橫柄,人以兩手按之,前用畜力輓行。一耖用一人一牛;連耖則二人二牛。見元王楨農書十二。

耖

耗 1. hào ㄏㄠˋ 呼到切,去,号韻,曉。

本作"秏"。㊀虧損,消耗。禮王制:"用地小大,視年之豐耗。"史記八七李斯傳詐爲始皇賜扶蘇書:"士卒多耗,無尺寸之功。"㊁舊時官吏徵收賦稅,藉口轉運存儲皆有折損,因額外增收以作彌補,稱耗。如言耗米,火耗。㊂音問,消息。太平廣記四一九唐李朝威柳毅:"脫獲四耗,雖死必謝。"

2. mào ㄇㄠˋ 字彙 莫報切,音帽。

㊃昏昧不明。同"眊"。荀子修身:"少而理曰治,多而亂曰耗。"漢書景帝紀後二年詔:"其令二千石各脩其職,不事官職耗亂者,丞相以聞,請其罪。"

3. máo ㄇㄠˊ 類篇 謨袍切。

㊄無,盡。漢書高惠高后文功臣表序:"訖於孝武後元之年,靡有孑遺,耗矣。"注:"言無有獨存者,至於耗盡也。今俗語猶謂無爲耗,音毛。"

【耗土】貧瘠的土地。大戴禮易本命:"息土之人美,耗土之人醜。"也作"秏土"。淮南子地形:"息土人美,秏土人醜。"

【耗日】見"耗磨日"。

【耗米】歷代從水道運糧,每石另加米數斗,隨漕起運,作爲沿途耗折之用,對定額所收的正米而言,名曰耗米。又有耗外加收,往往成爲額外徵收的雜稅名目。參見"雀鼠耗"。

【耗羨】舊時官吏徵收賦稅,爲彌補損

耗，於正額錢糧外多收若干，謂之耗羨。清代田賦一切附加統稱耗羨。參閱清通典七食貨七賦稅。

【耗斁】損耗，敗壞。詩大雅雲漢："耗斁下土，寧丁我躬。"文苑英華一〇〇〇唐李華弔古戰場文："秦漢而還，多事四夷，中州耗斁，無世無之。"

【耗蟲】老鼠的別名。以鼠耗損食物最多而稱。正字通鼠："俗稱鼠爲耗蟲。"北方方言稱鼠爲耗子。

【耗磨日】也稱"耗日"、"耗磨辰"。古俗謂正月十六日爲耗磨日，除忌磨茶、磨麥外，亦忌諸業務，一些官司局務，皆停業飲酒。唐張說張燕公集四耗磨日飲之一："耗磨傳茲日，縱橫道未宜。"又之二："上月今朝減，人傳耗磨辰。"參閱宋袁文甕牖閒評三、明楊愼丹鉛總録三時序。

五畫

耞 jiā ㄐㄧㄚ 集韻 居牙切，平，麻韻。

一種手工脫穀的農具。國語齊："令夫農，羣萃而州處，察其四時，權節其用，耒、耜、耞、芟，及寒，擊草除田，以待時耕。"注："耞，拂也，所以擊草也。"公序本作"枷"。參見"枷㊀"、"連枷"。

耝 qù ㄑㄩˋ 集韻 七慮切，去，御韻。

㊀犂地翻土。見集韻。㊁古地名。宋羅泌路史國名紀己："耝，羿邑。瀆之衛南縣東十五有故耝城。"左傳襄四年作"鉏"。

耜 sì ㄙˋ 詳里切，上，止韻，邪。

原始農具，耒的下端。裝在犂上，用以翻土，形狀如鍬。先以木爲之，後用金屬。易繫辭下："斲木爲耜，揉木爲耒。"國語周中："其餘無非穀土，民無懸耜。"注："入土曰耜，耜柄曰耒。"

七畫

耡 1. chú ㄔㄨˊ 正字通 楚渠切，音鉏。

㊀同"鋤"。見"鋤"。

2. zhù ㄓㄨˋ 牀據切，去，御韻，牀。

㊁通"助"。1.幫助。周禮地官遂人："教甿稼穡以興耡，利甿以時器。"注："杜子春讀耡爲助，謂起民人令相佐助。"2.古代里官辦事之處。周禮地官里宰："以歲時合耦於耡。"注："耡者，里宰治處也，若今街彈之室，於此合耦，使相佐助，因放(仿)而爲名。"

八畫

耤 1. jí ㄐㄧˊ 秦昔切，入，昔韻，從。

通"藉"。㊀藉田，古天子親耕之田。見説文。藉田也作"籍田"。

2. jiè ㄐㄧㄝˋ

㊁借助。漢書九二郭解傳："以軀耤友報仇。"注："耤，古藉字也。藉謂借助也。"

耥 lǔn ㄌㄨㄣˇ 力準切，上，準韻，來。

捆紮。見下。

【耥載】滿載，重載。國語齊："諸侯之使，垂橐而入，耥載而歸。"明道本作"稛載"，管子小匡作"攟載"。

九畫

耦 ǒu ㄡˇ 五口切，上，厚韻，疑。

㊀兩人並耕。論語微子："長沮桀溺耦而耕。"引申爲兩人，兩個。左傳襄二九年："公享之，展莊叔執幣，射者三耦。"注："二人爲耦。"㊁成雙，配偶。通"偶"。左傳桓六年："太子曰：人各有耦，齊大，非吾耦也。"㊂雙數，與單數"奇"相對。通"偶"。易繫辭下："陽卦奇，陰卦耦。"鶡冠子能天："奇、耦，數也，不可增減也。"㊃合，和諧。漢書五五霍去病傳："然而諸宿將常留落不耦。"注："留謂遲留，落謂墜落，故不諧耦而無功也。"

【耦耕】二人並耕，泛指耕種。呂氏春秋季冬紀："命司農計耦耕事，修耒耜，具田器。"晉陶潛陶淵明集三辛丑歲七月赴假還江陵夜行塗口詩："商歌非吾事，依依在耦耕。"

【耦語】相對私語。漢書高帝紀上："父老苦秦苛法久矣，誹謗者族，耦語者棄市。"注："應劭曰：耦，對也。"

十畫

耩 jiǎng ㄐㄧㄤˇ 古項切，上，講韻，見。

㊀耕種。北魏賈思勰齊民要術一種穀："耩者，非不壅本，苗深穀草益實，然令地堅硬，乏澤難耕。鋤得五徧已上，不須耩。"廣雅釋地："耩，耕也。"清王念孫疏證："耩與耕一聲之轉。今北方猶耕而下種曰'耩'矣。"㊁用耬車播種曰耩地，用糞耬施肥曰耩糞。參見"耬"、"耬車"。

耨 nòu ㄋㄡˋ 奴豆切，去，候韻，泥。

㊀除草的農具。本作"槈"，也作"鎒"。易繫辭下："斲木爲耜，揉木爲耒，耒耨之利，以教天下。"國語齊："時雨既至，挾其槍、刈、耨、鎛，以旦暮從事於田野。"㊁除草。孟子梁惠王上："深耕易耨。"注："易耨，芸苗令簡易也。"

【耨斡麽】遼代皇后的尊稱。也作"耨斡麼"。遼史后妃傳："遼因突厥，稱皇后曰'可敦'，國語謂之'脦俚蹇'，尊稱曰'耨斡麼'，蓋以配后土而母之云。"又國語解列傳："耨斡麽：麽，亦作改。耨斡，后土稱。麽，母稱。"

十一畫

耬 lóu ㄌㄡˊ 落侯切，平，侯韻，來。

㊀播種的農具。也作"樓"。見"耬車"。㊁耕土成畦。北魏賈思勰齊民要術三種韰(韭)："先重耬耩地壟，燥培而種之。"

【耬車】播種農具。漢武帝時趙過創製。一人牽引，一人挽耬，日種一頃。後來多利用畜力牽引，後有人扶，開溝、下種，同時完成，也名耬犂。農政全書二一農器："其制兩柄上彎，高可三尺，兩足中虛，闊合一壠，橫桄四匝，中置耬斗，其所盛種粒，各下通足竅。仍旁挾兩轅，可容一牛，用一人牽傍，一人執耬，且行且搖，種乃自下。"

耬車

【耬犂】即耬車。三國志魏倉慈傳注引魏略："至嘉平中，安定皇甫隆代(趙)基爲燉煌太守。……隆到教作耬犂，又教衍溉，歲終率計，其所省庸力過半，得穀加五。"見"耬車"。

十五畫

耰 yōu ㄧㄡ 於求切，平，尤韻，影。

同"櫌"。㊀古農具。形似木榷，用以碎土平田。莊子則陽："深其耕而熟耰之。"㊁播種後，覆土保護種子。論語微子："耰而不輟。"國語齊："及耕，深耕而疾耰之，以待時雨。"注："耰，摩平也。"㊂泛指耕種。宋蘇軾東坡集續集一正輔既見和復次前韻……詩："南窻可寄傲，北山早歸耰。"

耰

【耰鉏】平田、鬆土的農具。漢書四八賈誼傳陳政事疏:"借父耰鉏,慮有德色。"農政全書二二農器:"耰鉏,耰爲鉏柄也。……其刃如半月,比禾壠稍狹,上有短銎以受鋤鉤,鉤如鵝項,下帶深袴(皆以鐵爲之),以受木柄。"

耳部

耳 ěr 而止切,上,止韻,日。ㄦ

㊀耳朵。人體五官之一,主聽。莊子齊物論:"大木百圍之竅穴,似鼻,似口,似耳。"㊁附於物體兩旁便於提舉之物。周禮考工記㮚氏:"其耳三寸。"疏:"此鬴之耳,在旁可舉。"史記封禪書:"有雉登鼎耳雊。"㊂狀似耳之物。如木耳、銀耳、虎耳草。㊃聽,聽說。韓非子外儲左上:"(趙)襄主曰:我取(王)登既耳而目之矣。"宋歐陽修文忠集五四贈潘景溫叟詩:"通宵耳高論,飲恨知何涯。"㊄助詞。1.猶罷了。"而已"合音。論語陽貨:"前言戲之耳。"2.表語氣。史記項羽紀:"人言楚人沐猴而冠耳,果然。"㊅通"仍"。見"耳孫"。㊆姓。明洪熙中有耳元明。

【耳卜】於正月十三夜出門,聽人偶然發言,附會人事以卜來年命運禍福的一種迷信術。亦稱鏡聽。清李漁蜃中樓傳奇二耳卜:"生(柳毅)曰:世上人有心事不明,往往於除夕之夜,靜聽人言以占休咎,謂之耳卜;我與伯騰姻緣未偶,曾約他今晚去聽卜。"參見"鏡聽"。

【耳目】㊀耳朵和眼睛。禮仲尼燕居:"若無禮,則手足無所錯,耳目無所加。"㊁視聽。國語晉五:"若先,則恐國人之屬耳目於我也故不敢。"㊂比喻輔佐的人,也指親近信任的人。書益稷:"帝曰:臣作朕股肱耳目。"㊃刺探消息的人。史記八九張耳陳餘傳:"趙人多爲張耳陳餘耳目者,以故得脱出。"

【耳衣】耳套。也叫煖耳。全唐詩四七九李廓送振武將軍:"金裝腰帶重,鐵縫耳衣寒。"鐵,一作"錦"。

【耳耳】㊀盛美貌。詩魯頌閟宮:"龍旂承祀,六轡耳耳。"㊁表示不滿的嘆詞。宋蘇軾東坡集前集十四葉濤致遠見和二詩復次其韻:"平生無一女,誰復嘆耳耳。"一本作"爾耳"。㊂挺拔貌。宋梅堯臣宛陵集三七得餘干李尉書錄示唐人于越亭詩因以寄題詩:"南斗戛湖波不起,長刀剗峯碧耳耳。"

【耳冷】聽覺不靈敏。舊題唐張鷟朝野僉載:"孟弘微對宣宗曰:'陛下何以不知有臣,不以文字召用?'帝怒曰:'朕耳冷不知有卿。'翊日,諭輔臣曰:'此臣躁妄,欲求內相。'乃黜之。"(類説四十)按鷟爲武后時人。或宣宗字誤,或他人之作誤入。宋蘇軾分類東坡詩十五贈孫莘老七絶:"嗟予與子久離羣,耳冷心灰百不聞。"

【耳治】耳聞其聲。穀梁傳僖十六年:"先隕而後石,何也?隕而後石也。于宋,四竟之內曰宋。後數,散辭也,耳治也。"疏:"耳治也者,謂隕石先以耳聞。"

【耳房】堂屋兩旁小屋,如人之兩耳,故名。元王實甫西廂記一本二折:"遠着南軒,離着東牆,靠着西廂。近主廊,過耳房,都皆停當。"水滸三十:"就前廳廊下,收拾一間耳房,教武松安歇。"

【耳雨】年老耳聵,耳中作聲如風雨。宋周必大二老堂詩話老人十拗:"朱新中(翌)鄞川志載郭功文(祥正)老人十拗。……予年七十二,目視昏花,耳中無時作風雨聲,而實雨却不甚聞;因補一聯云:'夜雨稀聞聞耳語,春花微見見空花。'是亦兩拗也。"

【耳門】㊀外聽道口。大佛頂首楞嚴經六:"佛問圓通,我從耳門圓照三昧,緣心自在,因入流相。"㊁人體經穴名。明楊繼洲針灸大成八穴法:"耳門,在耳前起肉當耳缺陷中。"㊂正院或正房的側門。紅樓夢三:"儀門內大院落,上面五間大正房,兩邊廂房鹿頂,耳門鑽山,四通八達。"

【耳界】耳所能聽及的範圍。唐白居易長慶集十六重題香鑪峯下新卜山居草堂初成詩之一:"從玆耳界應清淨,免見啾啾毁譽聲。"

【耳食】比喻不加思考,輕信傳聞。史記六國年表序:"學者牽於所聞,見秦在帝位日淺,不察其終始,因舉而笑之,不敢道,此與以耳食無異。"索隱:"言俗學淺識,舉而笑秦,此猶耳食不能知味也。"

【耳珠】卽耳璫。太平御覽七一八漢應劭風俗通:"耳珠曰璫。"

【耳根】㊀佛教語。耳爲聽根。六根之一。楞嚴經三:"耳根勞,故頭中作聲。"參見"六根"。㊁耳邊。唐白居易長慶集五六琴酒詩:"耳根得所琴初暢,心地忘機酒半酣。"宋樓鑰攻媿集十二適齋挂冠次韻詩:"耳根贏得長清淨,理亂從今不用知。"

【耳孫】遠代孫。漢書惠帝紀:"上造以上及內外公孫耳孫有罪當刑及當爲城旦舂者,皆耐爲鬼薪白粲。"注:"應劭曰:'耳孫者,玄孫之子也,言去其曾高益遠,但耳聞之也。'……李斐曰:'耳孫,曾孫也。'"又:"晉灼曰:'耳孫,玄孫之曾孫也。'……據爾雅:'曾孫之子爲玄孫,玄孫之子爲來孫,來孫之子爲昆孫,昆孫之子爲仍孫。'從己而數,是爲八葉,則與晉説相同。仍、耳聲相近,蓋一號也。"

【耳視】以耳視物。列子仲尼:"老聃之弟子有亢倉子者,得聃之道,能以耳視而目聽。……亢倉子曰:傳之者妄。我能視聽不用耳目,不能易耳目之用。"後謂但憑耳聞而不實地觀察爲耳視。宋司馬光溫國文正公集七四迂書官失:"衣冠所以爲容觀也,稱體斯美矣。世人捨其所稱,聞人所尚而慕之,豈非以耳視者乎?"

【耳順】論語爲政:"六十而耳順。"疏:"順,不逆也。耳聞其言則知其微旨而不逆也。"後遂以耳順之年爲六十歲的代稱。漢書七八蕭望之傳鄭朋奏記:"(望之)至乎耳順之年,履折衝之位,號至將軍,誠士之高致也。"

【耳剽】猶耳學。憑耳聞而得。漢書八三朱博傳:"廷尉本起於武吏,不通法律,幸有衆賢,亦何憂!然廷尉治郡斷獄以來且二十年,亦獨耳剽日久,三尺律令,人事出其中。"唐劉禹錫劉夢得集十一楚望賦:"非耳剽以臆説兮,固幽永而縱觀。"

【耳鼠】獸名。卽鼯鼠。山海經北山經:"(丹熏之山)有獸焉,其狀如鼠,而莵首麋身,其音如獆犬。以其尾飛,名曰耳鼠。"

【耳語】附耳低語。史記一〇七魏其侯傳附灌夫:"行酒次至臨汝侯,臨汝侯方與程不識耳語。"玉臺新詠一古詩爲焦仲卿妻作:"下馬入車中,低頭共耳語。"

【耳誦】晉書苻堅載記下附苻融:"(融)耳聞則誦,過目不忘,時人擬之王粲。"後因稱讀書聰敏,聽過卽能背誦爲耳誦。

清梁紹壬兩般秋雨盦隨筆七耳誦：“凡讀書聰敏者曰過目成誦。”

【耳鳴】耳內自感有聲謂之耳鳴。楚辭漢劉向九歎遠逝“耳聊啾而戃慌”漢王逸注：“聊啾，耳鳴也。”晉書石勒載記上：“爲之力耕。每聞鞞鐸之音，歸以告其母，母曰：‘作勞耳鳴，非不祥也。’”

【耳熱】耳朵發熱。漢書六六楊敞傳附楊惲報孫會宗書：“奴婢歌者數人，酒後耳熱，仰天拊缶而呼烏烏。”樂府詩集六七晉張華輕薄篇：“三雅來何遲，耳熱眼中花。”

【耳輪】卽耳殼。唐王建詩五晚秋病中：“萬事風吹過耳輪，貧兒活計亦曾聞。”

【耳餘】張耳陳餘。秦末張耳陳餘始爲好友，結爲刎頸交，後以勢利互相傾軋，爲後世所笑。見史記漢書本傳。宋范成大石湖集二九次韻龔養正病中見寄詩：“瘠肥逖爾自秦越，勢利紛然皆耳餘。”

【耳學】文子上道德：“故上學以神聽，中學以心聽，下學以耳聽。以耳聽者學在皮膚，以心聽者學在肌肉，以神聽者學在骨髓。故聽之不深，卽知之不明。”後因稱但憑聽聞所得而不加鑽研思考爲耳學。宋書沈慶之傳：“（蕭）斌及坐者並笑曰：‘沈公乃更學問。’慶之厲聲曰：‘衆人雖見古今，不如下官耳學也。’”北齊顏之推顏氏家訓勉學：“又嘗見謂矜誕爲夸毘，呼高年爲富有春秋，皆耳學之過也。”

【耳璫】㊀婦女的耳飾。後漢書輿服志下后夫人服：“珥，耳璫垂珠也。”㊁卽卷耳、蒼耳子的別名。三國吳陸璣毛詩草木鳥獸蟲魚疏上采采卷耳：“卷耳，……葉青白色，似胡荽，白華，細莖，蔓生，可鬻爲茹，滑而少味，四月中生子，正如婦人耳中璫，今或謂之耳璫草。”參閱本草綱目十五草葈耳。

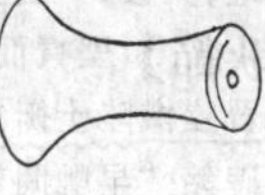
耳璫

【耳環】耳垂上的裝飾物。晉常璩華陽國志四南中志：“夷人大種曰昆，小種曰叟，皆曲頭木耳環。”

【耳屬】傾聽，竊聽。詩小雅小弁：“君子無易由言，耳屬於垣。”箋：“人將有屬耳於壁而聽之者。”晉書苻堅載記上：“堅驚謂（苻）融、王（猛）曰：‘禁中無耳屬之理，事何從泄也？’”

【耳鑒】鑒賞事物，以耳代目。宋沈括夢溪筆談十七書畫：“藏書畫者多取空名，偶傳爲鍾王顧陸之筆，見者爭售。此所謂耳鑒。”

【耳三漏】耳有三孔。見“三漏”。

【耳目官】書冏命：“爾無昵于憸人，充耳目之官，迪上以非先王之典。”傳：“汝無親近於憸利小子之人，充備侍從，在視聽之官。”指親近侍從之臣，爲天子耳目。後則專稱御史爲耳目官。新唐書一一二韓思彥傳附韓琬：“先天中，賦絹非時，於是穀賤縑益貴，丁別二縑，人多徙亡。琬曰：‘御史乃耳目官，知而不言，尚何賴？’”

【耳報神】通風報信的人。紅樓夢四七：“這又不知是來做耳報神的，也不知是來做探子的！鬼鬼祟祟，倒嚇我一跳。”

【耳邊風】風過耳卽逝。比喻不經意，不重視。漢趙曄吳越春秋二：“富貴之於我，如秋風之過耳。”全唐詩六九二杜荀鶴題贈兗率寺閑上人院：“百歲有涯頭上雪，萬般無染耳邊風。”

【耳後生風】形容驅馳快速。梁書曹景宗傳：“景宗謂所親曰：‘我昔在鄉里，騎快馬如龍，與年少輩數十騎，拓弓弦作霹靂聲，箭如餓鴟叫，平澤中逐麞，數肋射之，渴飲其血，飢食其肉，甜如甘露漿。覺耳後生風，鼻頭出火，此樂使人忘死，不知老之將至。’”

【耳提面命】詩大雅抑：“匪面命之，言提其耳。”疏：“我又非但對面命語之，我又親提撕其耳，庶其志而不忘。”謂教誨懇切。清李漁笠翁劇論結構：“嘗怪天地間有一種文字，卽有一種文字之法脈準繩，載之於書者，不異耳提面命，獨於填詞製曲之事，非但略而未詳，亦且置之不道。”也作“面命耳提”。宋劉克莊後村集五三擬撰科詔回奏：“幸以翰墨小技，待罪視草，詞意有未穩處，仰荷明主親灑奎畫，不啻面命耳提。”

【耳熟能詳】因經常聽說而熟悉。宋歐陽修文忠集二五瀧岡阡表：“其平居教他子弟，常用此語，吾耳熟焉，故能詳也。”

【耳濡目染】經常聽到看到，無形中受到影響。也作“目擩耳染”。唐韓愈昌黎集二七清河郡公房公墓碣銘：“公胚胎前光，生長食息，不離典訓之內。目擩耳染，不學以能。”宋朱熹朱文公集二四與汪尚書書：“耳濡目染，以陷溺其良心而不自知。”

【耳鬢廝磨】兩人之耳與鬢髮互相接觸。比喻親密。紅樓夢七二：“偺們從小兒耳鬢廝磨，你不曾拿我當外人待，我也不敢怠慢了你。”

【耳聞不如目見】謂聽聞不如目擊之真切。漢劉向說苑政理：“夫耳聞之不如目見之，目見之不如足踐之，足踐之不如手辨之。”魏書崔浩傳：“耳聞不如目見，吾曹目見，何可共辨！”

二畫

耵 dǐng ㄉㄧㄥˇ 都挺切，上，迥韻，端。

見下。

【耵聹】耳垢。唐韓愈昌黎集七山南鄭相公樊員外酬答……詩：“如新去耵聹，雷霆逼颵颵。”注：“耵聹，耳垢也。”

三畫

耶 yé ㄧㄝˊ 以遮切，平，麻韻，喻。

㊀語末助詞。表示疑問。戰國策齊四：“歲亦無恙耶？民亦無恙耶？王亦無恙耶？”㊁父親。通“爺”。古文苑九木蘭詩：“軍書十二卷，卷卷有耶名。”注：“今作爺，俗呼父爲爺。”唐杜甫杜工部草堂詩箋十一北征：“見耶背面啼，垢膩脚不襪。”

【耶耶】卽爺爺。㊀父親。南史王彧傳附王絢：“年五六歲，讀論語至‘周監於三代’，外祖何尚之戲之曰：‘可改耶耶乎文哉。’絢應聲答曰：‘尊者之名，安可戲，寧可道草翁之風必舅？’”絢父名彧。翁謂外祖。舅指何尚之之子偃。陳隋諸帝與諸王書，常自稱耶耶。見宋趙彥衛雲麓漫鈔三。㊁祖父。清錢大昕十駕齋養新錄十五永清縣宋石幢：“永清縣南辛溜村大佛寺有石幢……其末云大宋燕山府永清縣景隆鄉新留里王士宗奉，爲亡考特建頂幢一口。亡耶耶王安，娘娘劉氏，亡父文清，母梁氏。”

【耶律】姓。初爲契丹部落名。遼建立後爲國族姓。遼史國語解帝紀：“本紀首書太祖姓耶律氏，繼書皇后蕭氏，則有國之初，已分二姓矣。有謂始興之地曰世里，譯者以世里爲耶律，故國族皆以耶律爲姓。”

【耶孃】父母。卽爺娘。古文苑九木蘭詩：“旦辭耶孃去，暮宿黃河邊。不聞耶孃喚女聲，但聞黃河流水鳴濺濺。”唐杜甫杜工部草堂詩箋二兵車行：“耶孃妻子走相送，塵埃不見咸陽橋。”

【耶悉茗】卽素馨花。晉嵇含南方草木狀上：“耶悉茗花、末莉花，皆胡人自西國移植於南海。南人憐其芳香，競植之。”唐段公路北戶錄三指甲花作耶悉弭花。參閱宋吳曾能改齋漫錄十五素馨花。

【耶律大石】公元1087—1143年。字重德。西遼建國之祖。契丹阿保機（遼太祖)八世孫。遼將滅，西走謀興復，至西域，併回紇諸部，占有今新疆及其鄰近地區。公元 1124 年稱帝，建元延慶，都虎思斡耳朵（在今伊犁河西、吹河南)。史稱西遼。在位十九年，廟號德宗。傳四世，爲乃蠻王屈出律所滅。見遼史天祚帝紀四附耶律大石。

【耶律楚材】公元 1190—1244 年。字晉卿。遼皇族。博覽羣書，善詩文。初仕金，蒙古鐵木真(成吉思汗、元太祖)取燕，常居左右，諮詢軍國大事，事鐵木真窩闊台(太宗)三十餘年，官至中書令，於制度多所興革，元王朝立國規模多由其制定。卒謚文正。著有湛然居士集十四卷。元史有傳。

耷 dā ㄉㄚ 都榼切，入，盍韻，端。

大耳朵。見玉篇。明末畫家有朱耷，即八大山人。詳"八大山人"。

四 書

耽 dān ㄉㄢ 丁含切，平，覃韻，端。都感切，上，感韻，端。

㊀耳大下垂。淮南子地形："夸父耽耳，在其北方。"㊁玩樂，沉溺。詩衞風氓："于嗟女兮，無與士耽。"箋："耽，非禮之樂。"晉書山簡傳："簡優游卒歲，惟酒是耽。"㊂延擱。見"耽誤"等。㊃威嚴注視貌。通"眈"。見"眈眈㊀"。

【耽好】特別愛好。魏書常景傳："耽好經史，愛玩文詞。"北史魏收傳："(魏子建)在洛閑暇，與吏部尚書李韶、韶從弟延寔頗爲弈棊，時人謂爲耽好。"

【耽玩】專心研習、玩賞。三國志吳士燮傳："耽玩春秋，爲之注解。"也作"耽翫"。晉書皇甫謐傳："耽翫典籍，忘寢與食，時人謂之'書淫'。"

【耽味】深入體味。晉陸雲陸士龍集八與平原書末首："兄前表甚有深情遠旨，可耽味，高文也。"

【耽思】深思，專心研究。文選晉陸士衡(機)文賦："其始也，皆收視反聽，耽思傍訊，精騖八極，心遊萬仞。"後漢書六二荀淑傳附荀爽："爽遂耽思經書，慶弔不行，徵命不應。"

【耽耽】㊀威嚴注視貌。同"眈眈"。漢書一〇〇下敍傳："六世耽耽，其欲浟浟。"㊁深邃貌。文選漢張平子(衡)西京賦："大廈耽耽，九戶開闢。"宋蘇軾蘇文忠詩合注七自金山放船至焦山："金山樓觀何耽耽，撞鐘擊鼓聞淮南。"

【耽湎】猶沉溺。多用於嗜酒。晉書孔愉傳附孔羣："性嗜酒，……嘗與親友書云：'今年田得七百石秫米，不足了麴糱事。'其耽湎如此。"也作"躭湎"。孔子家語三賢君："荒于淫樂，躭湎于酒。"

【耽誤】耽擱而貽誤。金史五行志："先是，有童謠云：'青山轉，轉山青。耽誤盡，少年人。'蓋言是時人皆爲兵，轉鬬山谷，戰伐不休，當至老也。"水滸八："林冲道：'感謝泰山厚意。只是林冲放心不下，枉自兩相耽誤。'"

耿 gěng ㄍㄥˇ 古幸切，上，耿韻，見。

㊀光，明。楚辭屈原離騷："跪敷衽以陳詞兮，耿吾既得此中正。"宋蘇軾分類東坡詩一二十六日五更起行至磻溪未明："山頭孤月耿猶在，石上寒波曉更喧。"㊁强硬，剛直。北史遼西公意烈傳："意烈性雄耿，自以帝屬，恥居(和)跋下。"唐韓愈昌黎集一南山詩："參差相疊重，剛耿陵宇宙。"㊂古邑名。又名邢。商代自祖乙至陽甲時於此建都。故址在今河南溫縣東。見史記殷紀。㊃古國名。春秋時小國。爲晉所滅。故地在今山西河津縣南汾水南岸。見左傳閔元年。㊄姓。見元和姓纂七耿。

【耿介】㊀光明正大。楚辭屈原離騷："彼堯舜之耿介兮，既遵道而得路。"㊁正直，守志不趨時。楚辭宋玉九辯："獨耿介而不隨兮，願慕先聖之遺教。"注："執節守度，不枉傾也。"後漢書二八下馮衍傳顯志賦："獨耿介而慕古兮，豈時人之所熹？"㊂明亮的甲冑。引申有"剛勇"義。楚辭宋玉九辯："既驕美而伐武兮，負左右之耿介。"注："恃怙衆士被甲兵也。"

【耿光】光明，光輝。書立政："以覲文王之耿光，以揚武王之大烈。"唐韓愈昌黎集二二祭田橫墓文："自古死者非一，夫子至今有耿光。"

【耿秉】公元？—91 年。東漢扶風茂陵人。字伯初。耿弇侄。永平十六年，以駙馬都尉與奉車都尉竇固等擊北匈奴；次年又與固率軍深入車師，於其地置西域都護。永元元年，秉爲征西將軍，副車騎將軍竇憲，合南匈奴，擊敗北匈奴，出塞三千餘里，窮追至燕然山而還。自此，北匈奴貴族力量一蹶不振。史稱"秉性勇壯而簡易於事"，"士卒皆樂爲死"。事附後漢書耿弇傳。

【耿弇】公元 3—58 年。東漢扶風茂陵人。字伯昭。王莽末州郡起事者衆，弇歸劉秀(光武帝)，從戰有功，由褊將軍、大將軍，拜建威大將軍，擊敗張步，定齊地城陽、琅邪等十二郡。爲東漢開國功臣，封好時侯。光武嘗謂之曰："將軍前在南陽，建此大策，常以爲落落難合，有志者事竟成也。"後漢書有傳。

【耿耿】㊀煩躁不安貌。詩邶風柏舟："耿耿不寐，如有隱憂。"楚辭屈原遠遊："夜耿耿而不寐兮，魂煢煢而至曙。"㊁誠信貌。楚辭漢劉向九歎惜賢："進雄鳩之耿耿兮，讒介介而蔽之。"㊂明貌。文選南齊謝玄暉(朓)暫使下都夜發新林至京邑贈西府同僚詩："秋河曙耿耿，寒渚夜蒼蒼。"唐韓愈昌黎集二利劍詩："利劍光耿耿，佩之使我無邪心。"

【耿恭】東漢扶風茂陵人，字伯宗，耿弇侄。明帝時任西域戊己校尉，屯車師後王部金蒲城，後移駐疏勒城。爲北匈奴所圍攻，恭率漢卒數百人，堅守半載，城中糧盡水絶，單于遣使招降，恭誓死不屈。漢援兵至，存者僅二十六人，歸至玉門，唯餘十三人。時人稱其"節過蘇武"。還拜騎都尉。後以忤車騎將軍馬防意，下獄，放歸鄉里。後漢書附耿弇傳。

【耿著】明白。楚辭屈原九章抽思："初吾所陳之耿著兮，豈至今其庸亡？"注："論說政治道明白也。"

【耿黽】蛙的一種。周禮秋官蟈氏"掌去鼃黽"漢鄭玄注："黽，耿黽也。"爾雅釋魚"在水者黽"晉郭璞注："耿黽也。似青蛙，大腹，一名土鴨。"

【耿節】堅貞而高潔的節操。猶亮節。晉陸機陸士衡集十晉平西將軍孝侯周處碑銘："早馳問望，晚懷耿節。"

【耿精忠】公元？—1682 年。明末清初遼東人。祖仲明，爲明參將，降後金。從攝政王多爾袞入關，封靖南王。清順治八年其父繼茂襲爵，移鎮福建，與吳三桂尚之信孔有德稱爲清初四藩。明桂王永曆六年（順治九年）明將李定國入桂林，孔有德兵敗自殺後，稱三藩。康熙十年，精忠襲爵。十二年廷議撤藩，吳三桂起兵反，精忠據閩地響應。十五年兵敗投降入京。二十年三藩事定後被處死。參見"三藩之亂"。

【耿壽昌】西漢人。宣帝時任大司農中丞。時行漕運，每歲用卒六萬，自關東輸京師。壽昌奏改由三輔弘農等郡就近供應，省卒過半。又建議於邊郡置常平倉，穀賤糴進，穀貴糶出，民以爲便。以功封關內侯。壽昌又精於天文、算學。曾删補九章算術；自著有月行帛圖月行圖，皆佚。參閱漢書食貨志上、後漢書律曆志中、晉劉徽九章算術序。

耾 hōng 户萌切,平,耕韻,匣。ㄏㄨㄥ

見下。

【耾耾】大聲。文選戰國楚宋玉風賦:"耾耾雷聲,迴穴錯迕。"漢揚雄法言問道:"或問大聲,曰:非雷非霆,隱隱耾耾,久而愈盈。"

耼 dān ㄉㄢ

見"聃"。

聆 qín 巨金切,平,侵韻,羣。ㄑㄧㄣ

見下。

【聆隧】古地名。國語周上:"昔夏之興也,(祝)融降于崇山,其亡也,回祿信於聆隧。"注:"聆隧,地名也。"後漢書五四楊震傳"或得神以昌,或得神以亡"注引國語作黔遂,漢劉向說苑辨物作亭隧。也作聆隧。竹書紀年上帝癸三十年"冬,聆隧災。"

五 畫

聓 xù ㄒㄩˋ

同"壻"。也作"聟"。方言三:"東齊之間,聓謂之倩。"漢應劭風俗通義九怪神:"女新從聓家來。"

耳 èr 仍吏切,去,志韻,日。ㄦ

祭告。山海經東山經:"自樕蠡之山以至於竹山,……祈耳用魚。"注:"以血塗祭爲耳也。"玉篇:"以牲告神,欲神聽之曰耳。"

聃 dān 他酣切,平,談韻,透。ㄉㄢ

也作"耼"。㊀耳長而大。說文:"耼,耳曼也。"宋蘇軾東坡集後集二十補禪月羅漢贊之二:"聃耳屬肩,綺眉覆顴。"㊁迷戀。通"耽"。列子楊朱:"方其耼於色也,屏親昵,絶交游,逃於後庭,以晝足夜。"㊂國名。左傳僖二四年:"故封建親戚以蕃屏周,管蔡郕霍魯衛毛聃。……文之昭也。"

聆 líng 郎丁切,平,青韻,來。ㄌㄧㄥ

㊀聽,聞。文選漢揚子雲(雄)劇秦美新:"鏡純粹之至精,聆清和之正聲。"又張平子(衡)思玄賦:"聆廣樂展泄泄以彤彤。"㊁見"聆聆"。

【聆聆】明瞭。淮南子齊俗:"不通於道者若迷惑,告以東西南北,所居聆聆,一曲而辟,然忽不得,復迷惑也。"注:"聆聆,意曉解也。"又說山:"不通於學者若迷惑,告之以東西南北,所居聆聆,背而不得,不知凡要。"

聊 liáo 落蕭切,平,蕭韻,來。ㄌㄧㄠ

㊀耳鳴。見說文。參見"聊啾"。㊁依賴,寄託。左傳隱十一年:"寡人之使吾子處此,不唯許國之爲,亦聊以固吾圉也。"漢書四八賈誼傳陳政事疏:"一二指搐,身慮亡聊。"注:"聊,賴也。"㊂姑且。詩檜風素冠:"我心傷悲兮,聊與子同歸兮。"楚辭屈原九歌湘夫人:"時不可以驟得,聊逍遥兮容與。"㊃姓。漢有侍中聊蒼,潁川太守聊謀。見漢應劭風俗通姓氏上。

【聊生】賴以維持生活。戰國策秦四:"百姓不聊生,族類離散,流亡爲臣妾,滿海内矣。"漢荀悦前漢紀一:"秦爲亂政虐刑,殘殺天下,……重以苛法,使天下父子,不相聊生。"後漢書五行志五:"靈帝光和中雒陽男子夜龍以弓箭射北闕,吏收考問,辭居貧負責,無所聊生,因買弓箭以射。"

【聊城】縣名。屬山東省。春秋齊之聊攝地。秦置聊城縣,漢因之,屬東郡。漢高祖十一年張春擊聊城,卽此。故城在今治西北。宋徙今治,明清爲東昌府治。參閱寰宇通志七二東昌府。

【聊浪】㊀游蕩。文選漢揚子雲(雄)羽獵賦:"儲與乎大浦,聊浪乎宇内。"㊁放曠貌。文選晉左太沖(思)吳都賦:"悠悠旆旌者,相與聊浪乎昧莫之坰。"

【聊啾】耳鳴。楚辭漢劉向九嘆遠逝:"横舟航而濟湘兮,耳聊啾而慌慌。"

【聊慮】深思,精心。楚辭宋玉九辯:"罔流涕以聊慮兮,惟著意而得之。"文選漢馬季長(融)長笛賦:"或乃聊慮固護,專美擅工。"

【聊賴】寄託,依靠。後漢書八四董祀妻(蔡琰)傳悲憤詩一:"爲復彊視息,雖生何聊賴!"三國志魏公孫瓚傳注引典略瓚與續書:"袁氏之攻,似若神鬼,鼓角鳴於地中,梯衝舞吾樓上,日窮月踧,無所聊賴。"

【聊攝】地名。春秋時齊之西界。左傳昭二十年:"晏子曰:'……聊攝以東,姑尤以西,其爲人也多矣。'"注:"平原聊城縣東北有攝城。"疏:"聊攝姑尤皆是邑也。"古聊城在今山東聊城縣西北,古攝城在今山東茌平縣西。

【聊以卒歲】姑且逍遥自在地度過歲月。左傳襄二一年:"人謂叔向曰:'子離於罪,其爲不知乎?'叔向曰:'與其死亡若何?詩曰:優哉游哉,聊以卒歲。知也。'"注:"言君子優游於衰世,所以辟害卒其壽,是亦知也。"今謂勉強度過一年,形容生活艱難。

【聊復爾耳】姑且如此。世說新語任誕:"阮仲容(咸)步兵居道南,諸阮居道北;北阮富,南阮貧。七月七日,北阮盛曬衣,皆紗羅錦綺。仲容以竿挂大布犢鼻褌於中庭。人或怪之,答曰:'未能免俗,聊復爾耳。'"也作"聊復爾爾"。宋辛棄疾稼軒詞二永遇樂檢校停雲新種杉松戲作:"……夢覺東窗,聊復爾爾,起欲題書簡。"

【聊齋志異】清蒲松齡撰。簡稱聊齋。八卷。本或分十六卷,四百三十一篇。此書多借狐鬼故事,以抒發對現實的不滿,刻劃社會的黑暗污濁,官場科舉的腐敗虛僞。有關愛情故事各篇,抨擊不合理的婚姻制度。描寫細致委曲,用筆變幻多端,曲折入勝,爲我國短篇小説名著。

六 畫

聑 tiē 丁愜切,入,帖韻,端。ㄊㄧㄝ

安帖。妥帖之"帖"本字。文選漢馬季長(融)長笛賦:"瓠巴聑柱,磬襄弛懸。"清段玉裁說文解字注聑:"會意。二耳之在人首,帖妥之至者也。凡'帖妥'當作此字,'帖'其叚借字也。"

聏 ér 集韻 人之切,平,之韻。ㄦ

調和。莊子天下:"以聏合驩,以調海内。"注:"強以其道聏令合,調令和也。"本亦作"胹"。

聒 guō 古活切,入,末韻,見。ㄍㄨㄛ

喧擾,聲音嘈雜。莊子天下:"以此周行天下,上說下教,雖天下不取,強聒而不舍者也,故曰上下見厭而強見也。"宋王安石臨川集三一和惠思歲二日二絶詩之一:"爲嫌歸舍兒童聒,故就僧房借榻眠。"

【聒子】蝌蚪的别名。本草綱目四二蟲四蝌蚪集解:"二三月,蝦蟇曳腸於水際草上,纏繳如索,日見黑點,漸至春水時,鳴以聒之,則蝌蚪皆出,謂之聒子。"

【聒天】聲音震天。宋書鄧琬傳傳檄京師:"孤(晉安王子勛)親總烝徒,十有餘萬,白羽咽川,霜鋒照野,金聲振谷,鳴鼙聒天。"

【聒耳】聲多亂耳。韓非子顯學:"今巫

祝之祝人曰：'使若千秋萬歲。'千秋萬歲之聲聒耳，而一日之壽無徵於人，此人所以簡巫祝也。"太平御覽九四九晉楊泉物理論："夫虛無之談，尚其華藻，此無異於春蛙秋蟬，聒耳而已。"

【聒帳】衆聲齊作，通宵達旦，稱聒帳。宋宋敏求春明退朝錄下引宋淳化五年日曆："昔(後唐)莊宗……終日沈飲，聽鄭衛之聲，與胡樂合奏，自昏徹旦，謂之聒帳。"也作"聒廳"。元周密武林舊事三歲晚節物："(十二月)二十四日謂之交年。……至夜蕡燭籸盆，紅映霄漢，爆竹鼓吹之聲，喧闐徹夜，謂之聒廳。"

【聒聒】㊀諠爭貌。書盤庚上："今汝聒聒，起信險膚，予弗知乃所訟。"㊁象聲詞。聲音雜亂。宋歐陽修文忠集七鳴鳩詩："日長思睡不可得，遭爾聒聒何時停？"又八歸田四時樂春夏二首詩："鳴鳩聒聒屋上啄，布穀翩翩桑下飛。"

【聒絮】絮叨，嚕嗦。同"絮聒"。元曲選武漢臣老生兒楔子："只古裏聒絮，我知道了也。"又張國賓薛仁貴二："軍師大人，不嫌聒絮，聽小將慢慢的説一遍咱。"

【聒廳】見"聒帳"。

【聒聒兒】蟲名。卽紡織娘。北人稱爲聒聒兒。明劉侗于奕正帝京景物略三胡家村："有蟲便腹青色，以股躍，以短翼鳴，其聲聒聒，……以其聲名之曰聒聒兒。"參閱清陳淏子花鏡六養昆蟲法。

七畫

聖 shèng 式正切，去，勁韻，審。ㄕㄥˋ

㊀無事不通曰聖。書洪範："聰作謀，睿作聖。"傳："於事無不通謂之聖。"精通一事，有絶技者也稱聖。抱朴子辨問："世人以人所尤長，衆所不及者，便謂之聖，……善刻削之尤巧者則謂之木聖，故張衡馬鈞於今有木聖之名焉。"㊁聰明。老子："絶聖棄智，民利百倍。"晉王弼注："聖，才之善也。"莊子胠篋："夫妄意室中之藏聖也。"㊂聖人。孟子萬章下："伯夷，聖之清者也；伊尹，聖之任者也；柳下惠，聖之和者也；孔子，聖之時者也。"參見"聖人㊀"。㊃君主時代對帝王的尊稱。史記秦始皇紀三十七年會稽刻石："秦聖臨國，始定刑名，顯陳舊章。"凡有關帝王及王朝的事物均冠以聖，如聖主、聖旨、聖代等。㊄清酒的代稱。全唐詩一〇九李適之罷相作："避賢初罷相，樂聖且銜杯。"參見"聖人㊃"、"中聖人"。㊅唐宋人詩中多用作精靈、乖覺或敏鋭、迅速的意思。宋黄庭堅豫章集十次韻中玉早梅詩之二："羅幃翠幕深遮護，已被遊蜂聖得知。"

【聖人】㊀人格品德最高的人。易乾文言："聖人作而萬物覩。"老子："是以聖人抱一爲天下式。"儒家典籍中多以泛指堯舜禹湯文武周公孔子。自儒家定於一尊以後，特指孔子爲聖人。唐陸龜蒙甫里集十八復友生論文書："六籍中獨詩書易象與魯春秋經聖人之手耳。"㊁佛教道教對佛祖、上仙的尊稱。法苑珠林五四受請聖僧："設齋奉請，並有徵瑞，聖人通感，不可備載。"㊂君主時代對帝王的尊稱。禮大傳："聖人南面而治天下。"唐王建詩八宮詞之五九："聖人生日明朝是，私地先須屬内監。"㊃清酒的别稱。三國志魏徐邈傳："時科禁酒，而邈私飲，至於沈醉。校事趙達問以曹事，邈曰：'中聖人。'……度遼將軍鮮于輔進曰：'平日醉客謂酒清者爲聖人，濁者爲賢人。'"參見"中聖人"。

【聖上】對皇帝的尊稱。文選漢班孟堅(固)東都賦："於是聖上覩萬方之歡娱，又沐浴於膏澤。"晉書周浚傳附周馥上書："雖聖上神聰，元輔賢明，……未若相土遷宅，以享永祚。"

【聖女】㊀賢德的女子。列女傳六齊宿瘤女："(齊)閔王歸，見諸夫人，告曰：'今日出遊，得一聖女，今至，斥汝屬矣。'"㊁女神。水經注二十漾水："(秦岡)山高入雲，……懸崖之側，列壁之上，有神象若圖指狀，婦人之容，其形上赤下白，世名之曰聖女神。"唐李商隱李義山詩集四有聖女祠。

【聖水】水名。今北京市房山縣之琉璃河。水經注十二聖水："聖水出上谷。……水出郡之西南聖水谷。"唐李商隱李義山詩集四鏡檻："玉集胡沙割，犀留聖水磨。"

【聖公】㊀漢劉玄(淮陽王)的字。見"劉玄"。㊁宋農民起義軍領袖方臘的稱號。見宋史四六八童貫傳附方臘。參見"方臘"。

【聖功】至高無上的功業德行。易蒙彖："蒙以養正，聖功也。"疏："能以蒙昧隱默自養正道，乃成至聖之功。"後多用爲稱頌皇帝的套語。晉書樂志下曹毗四時祠祀歌："肅肅清廟，巍巍聖功。"唐韓愈昌黎集三十平淮西碑序："既還奏，羣臣請紀聖功，被之金石。"

【聖旦】指皇帝的生日。宋楊萬里誠齋集二七舟中追和張功父賀赴召之句詩："賓日扶桑遭聖旦，客星釣瀨愧天文。"按：誠齋集十九德壽宮慶壽口號詩序："淳熙丙午元日，聖上詣東朝，慶壽八秩。"東朝謂宋高宗趙構，時爲太上皇。以元日慶太上皇壽，故曰聖旦。

【聖母】㊀封建時代對帝母的尊稱。宋史樂志十三明道元年章獻明肅皇太后朝會十五首之一聖安："聖母有子，重光類禋。"清制，嗣皇帝卽位，尊聖母皇后爲皇太后，尊聖母(生母)爲皇太后。見清通典五二禮嘉二。㊁唐武則天的尊號。唐封演封氏聞見記四尊號："則天垂拱四年，得瑞石于洛水，文曰：'聖母臨人，永昌帝業。'號其石爲'寶圖'。于是羣臣上尊號，請稱聖母神皇。"㊂舊時迷信傳説中有神通道法的女子。後漢書郡國志三廣陵郡"廣陵有東陵亭"注引博物記："女子杜姜，左道通神，縣以爲妖，閉獄桎梏，卒變形莫知所極。以狀上，因以其處爲廟祠，號曰東陵聖母。"封神演義等神怪小説中有金光聖母、金靈聖母等。

【聖代】封建時代稱當代爲聖代。晉陸雲陸士龍集五晉故豫章内史夏府君誄："熙光聖代，邁勳九區。"唐王維王右丞集五送别詩："聖代無隱者，英靈盡來歸。"

【聖臣】德智、才能出衆的臣子。荀子臣道："上則能尊君，下則能愛民，政令教化，刑下如影，應卒遇變，齊給如響，推類接譽，以待無方，曲成制象，是聖臣者也。……殷之伊尹、周之太公，可謂聖臣矣。"漢劉向説苑臣術："君不用賓相而得社稷之聖臣，君之禄也。"

【聖旨】㊀皇帝的命令。漢蔡邕蔡中郎集外集二陳政要七事疏："臣伏讀聖旨，雖周成遇風，訊諸執事，宣王遭旱，密勿祇畏，無以或加。"晉書文帝紀司空鄭沖勸進九錫文："明公宜承奉聖旨，受兹介福，允當天下。"皆指皇帝旨意。唐上諭名目有敕旨，至宋代始明稱帝命爲聖旨，皇后稱教旨，太子稱令旨，爲公文常式。參閱宋岳珂愧剡錄二聖旨教令之别。㊁宗教家稱教主的旨意。大唐西域記七吠舍釐國吠舍釐結集："今諸賢者深明持犯，俱承大德阿難指誨，念報佛恩，重宣聖旨。"

【聖武】㊀聖明英武。稱頌帝王的套語。書伊訓："惟我商王，布昭聖武。"後漢書六一黄瓊傳上疏："光武以聖武天挺，繼統興業。"㊁唐安禄山年號。公元756—757年。唐天寶十四年，范陽節度使安禄山起兵反唐，次年建國號曰燕，年號聖武。

【聖果】佛教修行所達到的境界。因依聖者所得，故稱聖果。猶正果。楞嚴經一:“皆由執此生死妄想誤爲真實，是故汝今雖得多聞，不成聖果。”大唐西域記七弗栗恃國:“旣服染衣，又聞至教，皆出塵垢，俱證聖果。”

【聖明】㊀封建時代稱頌皇帝或臨朝皇后、皇太后的套詞。言英明無所不知。漢書四九鼂錯傳守邊勸農疏:“以陛下之時，徙民實邊，……利施後世，名稱聖明。”後漢書和熹鄧皇后紀:“莫不歎服，以爲聖明。”也代指皇帝。抱朴子釋滯:“聖明御世，唯賢是寶。”㊁北宋時大理段素興年號。公元1042—1043年。

【聖典】聖人的經典，兼指儒、佛、道各家。漢王充論衡自紀:“以聖典而示小雅，以雅言而説丘野，不得所曉，無不逆者。”弘明集十二晉釋慧遠與桓太尉論料簡沙門書:“昔外國諸王多參懷聖典，亦有因時助弘大化，扶危救弊，信有自來矣。”

【聖姑】迷信傳説中稱所謂得道成仙的女子。水經注四十漸江水:“(覆釜)山下有禹廟，廟有聖姑像。禮樂緯云:禹治水畢，天賜神女，聖姑卽其像也。”舊時許多地方有聖姑祠、聖姑廟一類寺觀，供奉當地傳説中的所謂聖姑。

【聖相】德行才智超凡的宰相。晏子春秋外篇不合經術者:“彼魯君弱主也，孔子聖相也。”唐李商隱李義山詩集二韓碑:“帝得聖相相曰度，賊斫不死神扶持。”度，裴度。

【聖胎】宗教語。修道所成的内功，爲入聖的始基，如孕身之有胎，故名。唐王維王右丞集二四大唐大安國寺故大德淨覺師碑銘:“天資義性，半字敵于多聞；宿植聖胎，一瞬超于累劫。”宋魏泰東軒筆録八:“吾養聖胎已成，患無術以出之，念非斯人不足以成吾道。”

【聖海】仙人所居之海。唐楊烱盈川集八唐右將軍魏哲神道碑:“駕黿梁於聖海，秦皇息鞭石之威；泛鼇鈎於仙洲，愚叟罷移山之力。”參閲史記秦始皇紀“海中有三神山”、“入海求僊人”正義。

【聖哲】超凡的道德才智。楚辭屈原離騷:“夫維聖哲以茂行兮，苟得用此下土。”宋洪興祖補注:“睿作聖，明作哲；聖哲之人，以有甚盛之行，故能使下土爲我用。”也指聖哲的人。後漢書二八下馮衍傳顯志賦:“講聖哲之通論兮，心愊憶而紛紜。”

【聖教】㊀儒家稱禹湯文武周公孔子等的教導爲聖教。漢王充論衡率性:“被服聖教，文才雕琢。”新唐書一四二柳渾傳:“(渾)早孤，方十餘歲，有巫告曰:‘兒相夭且賤，爲浮屠道可緩死。’諸父欲從其言，渾曰:‘去聖教，爲異術，不若速死。’”㊁宗教徒各稱其教爲聖教。大唐西域記七吠舍釐國吠舍釐結集:“削除謬法，宣明聖教。”全唐詩七三七盧士衡寄天台道友:“且住人間行聖教，莫思天路便登龍。”

【聖域】聖人的境界。猶論語入室之義。漢書六四下賈捐之傳珠厓對:“臣聞堯舜，聖之盛也，禹入聖域而不優。”注:“臣瓚曰:‘禹之功德，裁入聖人區域，但不能優泰耳。’”唐韓愈昌黎集十二進學解:“是二儒者，吐辭爲經，舉足爲法，絶類離倫，優入聖域。”二儒，指孟軻、荀卿。

【聖湖】卽杭州西湖。一名錢塘湖，又名明聖湖。詳“西湖1”。

【聖童】舊時稱智力特異的兒童。猶言神童。後漢書七六任延傳:“年十二，爲諸生，學於長安，明詩、易、春秋，顯名太學，學中號爲‘任聖童’。”又三一張堪傳:“堪早孤，讓先父餘財數百萬與兄子。年十六，受業長安，志美行厲，諸儒號曰‘聖童’。”

【聖善】聰明賢良。詩邶風凱風:“母氏聖善，我無令人。”箋:“叡作聖，令，善也。母乃有叡知之善德。”後因以作對母親的美稱。文選三國魏楊德祖(修)答臨淄侯牋:“伏惟君侯少長貴盛，體發旦之資，有聖善之教。”唐大詔令集九〇二孫逖贈太子詹事王公神道碑:“公夙遭閔凶，不稟嚴訓，聖善所育，孩提有成。”

【聖朝】封建時代稱當代王朝。漢應劭風俗通十反:“上欲報稱聖朝，下欲流惠氓隸。”文選晉李令伯(密)陳情事表:“逮奉聖朝，沐浴清化。”也作皇帝的代稱。藝文類聚五五漢馮衍説鄧禹書:“聖朝天然之資，將軍純茂之德，……聖朝享堯舜之榮，將軍荷稷契之烈。”

【聖節】唐玄宗開元十七年，從羣臣請，定其生辰每年八月五日爲千秋節，全國宴樂休假三日。自後皇帝生日，或定節名，或不定節名，皆稱爲聖節。參閲清顧炎武日知録十四聖節。

【聖僧】㊀佛教稱已證聖果的高僧。唐白居易長慶集六遊悟真寺詩:“經成號聖僧，弟子名揚難。”㊁楊梅的别稱。宋蘇軾分類東坡詩十五聞辯才法師復歸上天竺以詩戲問“且食白楊梅”宋曾公袞注:“按杭州圖經云:楊梅塢，在南山近瑞峯，楊梅甚盛，有紅白二種。今杭人呼白者爲聖僧梅。”

【聖燈】山谷間出現火光，舊時俗以爲神異，謂之聖燈。宋陸游劍南詩稿六宿上清宫“金丹定解幽人意，散作山椒百炬紅”自注:“夜中山谷火熠然，俗謂聖燈，意古藏丹所化也。”宋范成大吴船録上:“癸酉自文人觀西登山，五里，至上清宫……夜有燈出四山，以千百數，謂之聖燈。”缺名名山記三八四川二:“峨嵋山周迴千里，高八十里……夜半有光熠熠，來自天際者，又謂之聖燈。”參閲明葉子奇草木子四下雜俎。

【聖曆】㊀帝王的更迭命運。曆，也作“歷”。南朝梁劉勰文心雕龍九時序:“今聖歷方興，文思光(一作充)被。”唐柳宗元柳先生集四二同劉二十八院長述舊言懷感時書事……詩:“三載皇恩暢，千年聖曆遐。”㊁指皇帝。文選南朝梁江文通(淹)詣建平王上書:“方今聖曆欽明，天下樂業。”唐劉良注:“聖曆，謂天子也。”㊂唐武則天年號。公元698—700年。

【聖聰】臣下稱頌皇帝明察的套詞。謂其聽之聰曰聖聰。漢書八五谷永傳:“永對畢，因曰:‘臣前幸得條對災異之效，禍亂所極，言關於聖聰。’”文苑英華一六九唐王昌齡夏月花萼樓酺宴應制:“玉陛分朝列，文章發聖聰。”

【聖鐵】㊀椰子或檳榔的胚芽結石。也叫辟珠。元周密志雅堂雜抄上寶器:“聞眇張瞎子有聖鐵，凡人佩之，刀兵不能入。”明黄衷海語二辟珠:“辟珠大者如指頂，次如菩提子，次如黍粟，質理堅重如貝。辟銅鐵者，銅鐵不能損；辟竹木者，竹木不能損；犯以他物卽毁矣。常附胎於椰子檳榔果殼之實之内，通謂之聖鐵。”㊁天靈蓋。明史三二四暹羅傳:“大將用聖鐵裹身，刀矢不能入。聖鐵者，人腦骨也。”

【聖齏】唐劉恂嶺表録異上:“容南土風，好食水牛肉，言其脆美，或炮或炙，盡此一牛。既飽，卽以鹽酪薑桂，調齏而啜之。齏是牛腸胃中已化草，名曰聖齏，腹遂不脹。”

【聖小兒】猶神童。魏書祖瑩傳:“瑩年八歲能誦詩書，十二爲中書學生。耽書……由是聲譽甚盛，内外親屬呼爲聖小兒。”

【聖母帖】字帖名。明曹昭格古要論三聖母帖:“懷素草書，頗難識。(唐)貞元九年歲在癸丑五月刻石。宋元祐三年戊辰，模刻上石。……(碑)在陝西西安府學。"明王世貞弇州山人四部稿一三五懷素聖母帖:"素師諸帖,皆道瘦而露骨,此書獨匀穩清熟,妙不可言。"

【聖求詞】宋吕濱老撰。一卷。濱老一作渭老,字聖求。初以詩名。南渡後詩集已佚,詞則至今猶傳。其詞秀逸清新。明楊慎詞品謂其望海潮、醉蓬萊等闋,佳處不減秦觀。

【聖武記】清魏源撰。十四卷。前十卷敍清開國至道光間歷次戰役,包括康熙乾隆朝與沙皇俄國的侵略擴張作鬬争以及三次收復臺灣的經過。後四卷論兵制兵餉,兼及掌故考證,論清代軍制得失,條析甚詳。

【聖明樂】樂曲名。隋開皇六年自高昌傳入。樂府詩集八十近代曲辭聖明樂引樂苑:"聖明樂,開元中太常樂工馬順兒造。又有大聖明樂,並商調曲也。"

【聖教序】全名大唐三藏聖教序。唐太宗應玄奘之請作,敍玄奘至印度求佛經及在中土翻譯傳播之事。時高宗爲太子,又作述三藏聖教序記。永徽四年褚遂良書序、記刻於石,分爲二碑嵌長安慈恩寺雁塔門東西兩旁,世稱慈恩寺聖教序。咸亨三年弘福寺僧懷仁集晉王羲之字,書序、記及玄奘譯心經,刻石立碑,世稱集右軍聖教序。其碑存今長安學林,以歷代捶拓,碑面已有損傷。公元 1972 年整理碑林石臺孝經石碑時,於碑縫發現南宋聖教序整幅拓本。

【聖得知】敏鋭、迅速地知道。唐韓愈昌黎集九盆池詩之四:"泥盆淺小詎成池,夜半青蛙聖得知。"

【聖濟經】見"聖濟總録"。

【聖子神孫】封建時代稱頌天子的子孫。唐韓愈昌黎集三十平淮西碑:"天以唐克肖其德,聖子神孫,繼繼承承,於千萬年,敬戒不怠。"

【聖經賢傳】指儒家所稱經典著作和釋經的有權威性的論述作品。唐韓愈昌黎集十八答殷侍御書:"況近世公羊學幾絶,何氏注外,不見他書,聖經賢傳,屏而不省,要妙之義,無自而尋。"宋楊萬里誠齋集八七君道上:"收召天下耆儒正學之臣,與之探討古今之聖經賢傳。"

【聖諭廣訓】皇帝的誥敕詔令。清康熙時有聖諭十六條。至雍正時,又於每條下加注釋,稱聖諭廣訓。清代,各府州縣學官,按例於每月初一十五日,擇地聚集士庶,宣講聖諭廣訓。見六部成語註解聖諭廣訓。

【聖學宗要】明劉宗周撰。一卷。載宋周敦頤太極圖説、張載東銘西銘、程子識仁説定性書、朱熹中和説、明王守仁良知問答等編,各爲注解。宗周之學雖出於王守仁,而以誠意爲主,歸功於慎獨,與後來王學末流不同。

【聖濟總録】醫書名。宋徽宗編聖濟經十卷,四十二章,政和八年頒行,爲讀素問的入門書。政和中又詔集名醫,出御府所藏禁方祕論,分七十一門,編爲二百卷,題名聖濟總録。後年久佚脱,清初已闕其中小兒方五卷。程林得其殘帙三本,互相參校,並請友人項睿補齊所闕五卷,大體恢復原書規模。林又以原書卷次太多,繁重難行,於是按原書門類,録取其中切於實用者編次成書,題名聖濟總録纂要,二十六卷。

【聖壽萬年曆】明朱載堉撰。八卷,附律曆融通四卷。明初以來沿用大統曆,不曾修訂。成化以後,日月交食往往不驗,議改曆者紛紛。萬曆二十三年載堉進此曆。其書引據頗爲詳明。未行。參閱明史曆志一。

聘 pìn ㄆㄧㄣˋ 匹正切,去,勁韻,滂。

㊀訪,探問。詩小雅采薇:"我戍未定,靡使歸聘。"㊁古代諸侯之間通問修好。春秋襄元年:"冬,衛侯使公孫剽來聘。晉侯使荀罃來聘。"禮曲禮下:"諸侯使大夫問於諸侯曰聘。"㊂通問致意。禮月令季春之月:"(天子)勉諸侯,聘名士,禮賢者。"以禮請人担任某一職務也稱聘。孟子萬章下:"伊尹耕於有莘之野,而樂堯舜之道焉。……湯使人以幣聘之。"㊃舊時婚姻訂婚、迎娶皆稱聘。通"娉"。左傳成十一年:"聲伯之母不聘。"注:"不聘,無媒禮。"尹文子大道:"醜惡之名遠布,年過而一國無聘者。"

【聘士】朝廷以禮徵聘有學行的人。猶言徵士。漢應劭風俗通十反有聘士彭城姜肱。

【聘召】以禮徵召賢士。漢王充論衡知實:"如孔子先知,宜知諸侯惑于讒臣,必不能用,空勞辱己,聘召之到,宜寢不往。"南齊書沈驎士傳沈淵薦表:"元嘉以來,聘召仍疊,玉質踰潔,霜操日嚴。"

【聘君】朝廷以禮徵聘有學行的人。猶言徵君。梁書陶季直傳:"及長好學,淡於榮利。起家桂陽王國侍郎、北中郎鎮西行參軍,並不起,時人號曰聘君。"晉永安中,太守夏侯嵩於南昌建思賢亭,以紀念後漢徐稺,至後魏時改名聘君亭,其亭至宋猶存。見宋曾鞏元豐類稿十九徐孺子祠堂記。

【聘享】聘問獻納。諸侯之間的通問修好爲聘,諸侯向天子進獻方物爲享。管子輕重戊:"天子幼弱,諸侯亢强,聘享不上。"儀禮聘禮"受夫人之聘璋,享玄纁"漢鄭玄注:"享,獻也。既聘又獻,所以厚恩惠也。……夫人亦有聘享者,以其與己同體,爲國小君也。"

【聘妻】娶妻。漢書七二王吉傳上疏:"聘妻送女亡節,則貧人不及,故不舉子。"後稱已訂婚而未娶之妻爲聘妻。

【聘金】舊時婚姻行聘之錢。漢書八十淮陽憲王(劉)欽傳張博遺王書:"趙王使謁者持牛酒,黄金三十斤勞博,博不受;復使人願尚女,聘金二百斤,博未許。"宋陸游劍南詩稿四三長干行:"聘金雖如山,不願入侯家。"元大德八年三月定聘則額:

上户 金一兩 銀五兩 綵緞六表裏 雜用絹四十疋

中户 金五錢 銀四兩 綵緞四表裏 雜用絹三十疋

下户 銀三兩 綵緞二表裏 雜用絹一十五疋。

見事林廣記前集十家禮。

【聘幣】聘請賢人所備之幣帛。古婚禮中訂婚時亦用之。孟子萬章上:"我何以湯之聘幣爲哉!"北史涇州貞女兒氏傳:"涇州貞女兒氏者,許嫁彭老生爲妻,聘幣既畢,未及成禮。"

【聘禮】㊀古代諸侯互相聘問之禮。禮聘義:"聘禮,上公七介,侯伯五介,子男三介,所以明貴賤也。"㊁訂婚之禮。文選南朝梁沈休文(約)奏彈王源:"(王)源父子因共詳議,判與爲婚,(滿)璋之下錢五萬,以爲聘禮。"

八畫

聚 jù ㄐㄩˋ 慈庾切,上,麌韻,從。ㄐㄩˋ 才句切,去,遇韻,從。

㊀村落。史記五帝紀舜:"一年而所居成聚,二年成邑,三年成都。"㊁衆。左傳成十三年:"我是以有輔氏之聚。"史記六九蘇秦傳:"禹無百人之聚,以王諸侯。"㊂會合,集合。易繫辭上:"方以類聚,物以羣分。"莊子知北遊:"人之生,氣之聚也,聚則爲生,散則爲死。"㊃積蓄。易乾:"君子學以聚之,問以辯之。"左傳哀十七年:"楚白公之亂,陳人恃其聚而侵楚。"

【聚米】㊀後漢書二四馬援傳:"援因説隗囂將帥有土崩之執,兵進有必破之狀。又於帝前聚米爲山谷,指畫形執,開示衆軍所從道徑往來,分析曲折,昭然可曉。”後因以聚米比喻指畫軍事形勢,運籌決策。北周庾信庾子山集十四周柱國大將軍大都督同州刺史尒朱綿永神道碑:“軍陣方圓,無勞聚米;山川形勢,不待披圖。”㊁米堆。形容矮小。唐楊炯盈川集五少室山少姨廟碑:“北臨恒碣,猶如聚米;南望荆衡,纔同覆簣。”

【聚沙】法華經方便品:“乃至童子戲,聚沙爲佛塔,如是諸人等,皆已成佛道。”佛家因稱兒童時代爲聚沙之年。大唐西域記唐于志寧序:“聚沙之年,蘭薰桂馥。”沙,也作“砂”。法苑珠林唐李儼序:“幼嶷聚砂,落飾綵衣之歲;慈股接蟻,資成具受之壇。”

【聚足】登階時一步一停。禮曲禮上:“拾級聚足,連步以上。”疏:“聚足,謂每階先舉一足,而後足併之,不得後過前也。”

【聚訟】衆人爭論不休。後漢書三五曹褒傳:“諺言作舍道旁,三年不成,會禮之家,名爲聚訟,互生疑異,筆不得下。”

【聚雪】古時占卜用的蓍的别名。藝文類聚七五南朝梁元帝洞林序:“蓍名聚雪,非關地極之山;卦有密雲,能擁西郊之氣。”唐陸龜蒙甫里集十五幽居賦:“蓍名聚雪,仍招死草之譏;琴號落霞,尚被枯桐之說。”

【聚麀】禮曲禮上:“夫唯禽獸無禮,故父子聚麀。”麀,牝鹿。禽獸不知父子夫婦之倫,故有父子共一牝之事。後指兩代人間的亂倫行爲。唐駱賓王集十代李敬業檄:“踐元后於翬翟,陷吾君於聚麀。”

【聚落】村落,人們聚居之處。漢書溝洫志賈讓奏:“(黄河水)時至而去,則填淤肥美,民耕田之。或久無害,稍築室宅,遂成聚落。”

【聚僂】器物名。莊子達生:“自爲謀,則苟生有軒冕之尊,死得於腞楯之上,聚僂之中,則爲之。”釋文:“司馬(彪)云:聚僂,器名也,今冢壙中注爲之。一云:聚僂,棺槨也。”清王念孫讀書雜志餘篇上莊子謂聚僂爲柩車之飾。衆飾所聚,故曰聚;其形中高四下,故言僂。

【聚斂】㊀收集。墨子天志中:“聚斂天下之美名而加之焉。”周禮天官太宰:“以九職任萬民。……八曰:臣妾,聚斂疏材。”注:“疏材,百草根實可食者。”㊁搜刮財貨。論語先進:“季氏富於周公,而求(冉有)也爲之聚斂而附益之。”禮大學:“百乘之家,不畜聚斂之臣,與其有聚斂之臣,寧有盜臣。”

【聚珍版】即活字版。版,也作“板”。宋慶曆間畢昇以膠泥燒成活字,明代毗陵人用鉛爲字。清康熙時,編纂古今圖書集成刻銅字爲活版排印,其字貯於武英殿。歷時既久,多有被竊者,值乾隆初錢貴,悉毁以鑄錢。清乾隆開館纂修四庫全書,命館臣從輯録永樂大典及各省呈進之書内,擇其中罕見之書校正刊行,由户部侍郎金簡司其事。簡以棗木製活字二十五萬餘,用以排印,力省功多。因活字之名不雅,賜名聚珍版。所印書稱武英殿聚珍版叢書。簡有欽定武英殿聚珍版程式一卷。

【聚窟洲】神話傳説中的地名。舊題漢東方朔十洲記載:聚窟洲在西海中申未之地,地方三千里,北接崑崙二十六萬里,去東岸二十四萬里,上多真仙靈官,宫第比門,不可勝數。

【聚頭扇】摺扇。一名聚骨。金劉祁歸潛志一有完顔璟(金章宗)蝶戀花聚骨扇詞。宋以來由高麗傳入。其初不爲人所重,至明代以後始廣爲流行。見清高士奇天禄識餘、阮葵生茶餘客話八。

【聚寶山】山名。1.即江蘇南京市雨花臺。見“雨花臺”。2.在湖北黄岡縣北二里。又名寶石山。山多小石,陽光下呈紅黄色,光彩耀目。參閱嘉慶一統志三三九黄州府。

【聚寶盆】迷信傳説中能聚生寶物的盆。明何孟春餘冬序録摘抄四:“舊傳沈萬三家有聚寶盆事,云在沈氏,貯少物,物經宿輒滿,百物皆然,他人試之不驗。事聞(明)太祖,取入試,不驗,遂還沈氏。……嘗疑世豈有此物,物安有是理。”清朱素臣聚寶盆傳奇,即以民間傳説沈萬三故事爲題材。

【聚蚊成雷】漢書五三中山靖王勝傳對:“夫衆喣漂山,聚蟁成靁,朋黨執虎,十夫橈椎,是以文王拘於牖里,孔子阨於陳蔡,此乃烝庶之成風,增積之生害也。”注:“蟁,古蚊字。靁,古雷字。言衆蚊飛聲有若雷也。”比喻積小可以成大。唐劉知幾史通敍事:“夫聚蚊成雷,羣輕折軸,況於章句不節,言詞莫限,載之兼兩,曷足道哉?”

【聚精會神】漢書六四下王褒傳聖主得賢臣頌:“故世平主聖,俊艾將自至,若堯舜禹湯文武之君,獲稷契皋陶伊尹吕望,明明在朝,穆穆列布,聚精會神,相得益章。”此言君臣遇合,集思廣益。後多指專心致志。宋袁甫蒙齋集五右史直前奏事第二劄子:“惟願陛下與二三大臣,日夜聚精會神,……必使志慮專於大政,規模急於遠圖。”

聞 1. wén ㄨㄣˊ 無分切,平,文韻,明。

㊀聽見。書康誥:“我聞曰:‘怨不在大,亦不在小。’”禮大學:“心不在焉,視而不見,聽而不聞。”㊁見聞,知識。論語爲政:“多聞闕疑,慎言其餘,則寡尤。”墨子脩身:“無務博聞。”㊂聞名,著稱。隋書李士謙傳:“髫齓喪父,事母以孝聞。”唐李白李太白詩九贈孟浩然:“吾愛孟夫子,風流天下聞。”㊃聲所至,傳布。詩小雅鶴鳴:“鶴鳴于九皋,聲聞于天。”禮玉藻:“凡於尊者有獻,而弗敢以聞。”㊄嗅到。孔子家語六本:“與善人居,如入芝蘭之室,久而不聞其香,即與之化矣。”㊅姓。本聞人氏。後單氏聞。漢有聞人通,晉有聞人奭。見元和姓纂文。

2. wèn ㄨㄣˋ 亡運切,去,問韻,明。

㊆名譽,名聲。詩大雅卷阿:“顒顒卬卬,如圭如璋,令聞令望。”孟子告子上:“令聞廣譽施於身,所以不願人之文繡也。”

【聞₂人】有名望的人。荀子宥坐:“夫少正卯,魯之聞人也。”注:“聞人,謂有名爲人所聞知者也。”

【聞₂望】名望。唐白居易長慶集四十與顔証詔:“卿職在撫綏,任兼備禦,公勤夙著,聞望日彰。”宋秦觀淮海集二八代賀中書僕射范相公啟:“投閒散而聞望愈隆,涉憂患而精誠益壯。”

【聞問】通音問。新唐書一三八李抱玉傳附李抱真:“帝(德宗)蒼卒狩奉天,聞問,諸將皆哭,各引麾下還屯。”

【聞₂問】好名聲。漢書六四上嚴助傳:“於是拜爲會稽太守,數年,不聞問。”注:“無善聲。”

【聞笛】魏晉之間,向秀與嵇康吕安友善。康安爲司馬昭所殺,秀經其山陽舊居,聞鄰人笛聲,感懷亡友,於是作思舊賦,賦見文選。後因用聞笛泛作悼念故人之詞。宋詩鈔戴復古石屏詩鈔舟行弔故人:“倚篷思往事,聞笛爲凄然。”

【聞道】㊀領會某一道理。老子:“下士聞道大笑之。不笑,不足以爲道。”唐韓愈昌黎集十二師說:“聞道有先後,術業有專攻。”㊁聽說。唐杜甫杜工部草堂詩箋三二秋興之四:“聞道長安似奕棋,百年世事不勝悲。”

【聞₂達】論語顔淵:“在邦必聞,在家必聞,……在邦必達,在家必達。”後因稱顯達或受稱譽爲聞達。三國志蜀諸葛亮傳出師表:"臣本布衣,躬耕於南陽,苟全性命於亂世,不求聞達於諸侯。"

【聞喜】縣名。屬山西省。春秋晉曲沃地。秦改爲左邑。漢武帝經此,聞破南粤,因置聞喜縣,屬河東郡。隋改桐鄉縣。唐復名聞喜。歷代相仍。參閱讀史方輿紀要四一平陽府。

【聞韶】韶,古傳虞舜之樂。孔子在齊,聞韶,三月不知肉味,推韶爲盡美盡善。見論語八佾、述而。後喻指聽帝王之樂。文苑英華一七二崔日用人日重宴大明宮恩賜綵人應制詩:"宸極此時飛聖藻,微臣竊抃預聞韶。"宋范仲淹范文正集二十今樂猶古樂賦:"聽此笙鏞,曷異聞韶之美;顧此匏土,宛存擊壤之風。"

【聞獜】傳説中獸名。山海經中山經:"(几山)有獸焉,其狀如彘,黃身,白頭,白尾,名曰聞獜。"

【聞見録】宋邵伯温撰,二十卷。成書於紹興二年。前十六卷記太祖以來故事,敍神宗熙寧變法,哲宗元祐分黨,洛蜀朔黨争事頗爲詳悉。攻擊王安石父子,本門户之見,多意氣過甚之談。後四卷記雜事及其父邵雍言行。伯温子博繼其父作聞見後録,後因稱伯温所撰爲聞見前録。

【聞喜宴】唐制,進士放榜,集錢大宴於曲江亭子,稱曲江宴,亦稱聞喜宴。後唐明宗天成二年詔命新進士聞喜之宴,年賜錢四百貫。宋太宗端拱元年從知貢舉宋白議,遂明定由朝廷置宴,皇帝及大臣賜詩以示寵異,遂爲故事。因曾設宴於瓊林苑,故至明清賜新進士宴稱瓊林宴。參閱五代王定保唐摭言三譏名、宋王栐燕翼貽謀録一、宋史選舉志一。參見"曲江宴"、"瓊林宴"。

【聞麖嶂】山名。在廣東永安縣東五十里。宋末帝昺浮海,丞相文天祥收敗卒屯簾紫嶂,夜聞黃麖鳴,徙南嶺。後人遂稱簾紫嶂爲聞麖嶂。見讀史方輿紀要一〇三惠州府永安縣。

【聞一知十】形容聰明,善於類推。論語公冶長:"賜也何敢望回,回也聞一以知十,賜也聞一以知二。"賜,子貢;回,顔淵;皆孔子弟子。漢童子逢盛碑:"心開意審,聞一知十。"(隸釋十)

【聞見後録】宋邵博撰,三十卷。博字公濟,繼其父伯温前録而作,故名。後録兼及經義、史論、詩話,又參以神怪俳諧,較前録爲瑣雜。伯温攻王安石又過於其父,盛推程顥程頤,博於二程蘇軾皆有不端,所極推者爲司馬光張方平陳瓘呂誨等。

【聞所不聞】聽到從未聽到過的。史記九七陸賈傳:"(尉他)曰:越中無足與語,至生來,令我日聞所不聞。"漢揚雄法言淵騫:"七十子之於仲尼也,日聞所不聞,見所不見。"也作"聞所未聞"。文苑英華八九六唐權德輿工部尚書鮑防碑:"言或有犯,投之不疑焉,曰:'使我聞所未聞,聖朝之瑞也。'"

【聞所未聞】見"聞所不聞"。

【聞雷失箸】三國志蜀先主傳:"曹公從容謂先主曰:'今天下英雄,惟使君與操耳。本初(袁紹)之徒,不足數也。'先主方食,失匕箸。"注引(晉常璩)華陽國志:"于時正當雷震,備因謂操曰:'聖人云:迅雷風烈必變,良有以也。一震之威,乃可至於此也!'"後多以喻假借他事掩飾自己的真實感情。

【聞雞起舞】晉書祖逖傳:"與司空劉琨俱爲司州主簿,情好綢繆,共被同寢。中夜聞荒雞鳴,蹴琨覺曰:'此非惡聲也。'因起舞。"後以聞雞起舞比喻志士奮發之情。元張昱可閒老人集四看劍亭爲曹將軍賦詩:"聞雞起舞非今日,對酒閒看憶往年。"

【聞名不如見面】謂耳聞不及目睹的真切。北史房愛親妻崔氏傳:"吾聞聞名不如見面,小人未見禮教,何足責哉!"

十一畫

聱 áo 五勞切,平,豪韻,疑。ㄠ 五交切,平,肴韻,疑。語虯切,平,幽韻,疑。

㊀不聽取意見。新唐書一四三元結傳:"樊左右皆漁者,少長相戲,更曰聱叟。彼誚以聱者,爲其不相從聽,不相鉤加。"㊁見"聱耴"。

【聱牙】㊀語言晦澀,唐韓愈昌黎集十二進學解:"周誥殷盤,佶屈聱牙。"㊁乖忤。宋蘇軾經進東坡文集事略二四上神宗皇帝書:"選人之改京官,常須十年以上,荐更險阻,計析豪釐,其間一事聱牙,常至終身淪棄。"也作"聱齖"。新唐書一四三元結傳自釋:"彼聱叟不羞聱齖於鄰里,吾又安能慚浪漫於人間。"㊂樹木杈枒貌。宋朱熹朱文公集五枯木次擇之韻詩:"百年蟠木老聱牙,偃蹇春風不肯花。"

【聱耴】衆聲雜作。文選晉左太沖(思)吳都賦:"魚鳥聱耴,萬物蠢生。"唐陸龜蒙甫里集二奉和太湖詩之一初入太湖:"山川互蔽虧,魚鳥空聱耴。"

【聱叟】唐元結别號。見新唐書一四三元結傳自釋。宋林逋林和靖集二雜興詩之四:"次山有以稱聱叟,魯望兼之傳散人。"次山,元結字。魯望,陸龜蒙字,人號江湖散人。

聲 shēng 書盈切,平,清韻,審。ㄕㄥ

㊀聲音,聲響。古以聲之清濁高下,分爲宮、商、角、徵、羽五音,加變宮變徵爲七,字音則分平上去入四聲。㊁音樂。論語陽貨:"惡紫之奪朱也,惡鄭聲之亂雅樂也。"㊂言語,音訊。漢書七六趙廣漢傳:"亭長既至,廣漢與語,問事畢,謂曰:界上亭長寄聲謝我,何以不爲致問?"㊃名聲。孟子離婁下:"故聲聞過情,君子恥之。"呂氏春秋過理:"臣聞古人有辭天下而無恨色者,臣聞其聲,於王而見其實。"㊄聲勢。戰國策齊一:"吾三戰而三勝,聲威天下。"注:"聲,勢。"㊅宣布,宣稱。國語周上:"爲令聞嘉譽以聲之。"㊆古代指揮作戰進退的鉦、鐃和鼓。國語晉一:"變非聲章,弗能移也。"注:"聲,金鼓也。章,旌旗也。"㊇量詞。表示聲音發出的次數。唐白居易長慶集十二琵琶引:"轉軸撥絃三兩聲,未成曲調先有情。"

【聲色】㊀音樂女色。書仲虺之誥:"惟王不邇聲色,不殖貨利。"㊁説話聲調和臉色。如言聲色俱厲。禮中庸:"聲色之於以化民,末也。"宋歐陽修文忠集四十相州晝錦堂記:"至於臨大事,决大議,垂紳正笏,不動聲色,而措天下於泰山之安,可謂社稷之臣矣。"一本作"聲氣"。㊂指相術。舊時迷信根據人的聲音顔色,附會人事,預測命途凶吉。五代王定保唐摭言十五雜記:"令狐趙公在相位,馬舉爲澤路小將,因奏事到宅;會公有一門僧善聲色,偶窺之……僧曰:'竊視此人,他日當與相公爲方面交代。'"

【聲伎】古代宫廷及貴族官僚家中的歌舞伎。新唐書九七魏徵傳附魏謩上言:"數月以來,稍意聲伎,教坊閱選,千百未已。"又八三太平公主傳:"天下珍滋譎怪充于家,供帳聲伎與天子等。"也作"聲妓"。宋王灼碧雞漫志序:"自夏涉秋,與王和先張齊望所居甚近,皆有聲妓,日置酒相樂。"

【聲利】名利。南朝宋鮑照鮑氏集六詠史詩:"五都矜財雄,三川養聲利。"

【聲明】㊀聲音和光采。左傳桓二年:"錫、鸞、和、鈴,昭其聲也。三辰旂旗,昭其明也。……文物以紀之,聲明以發之。”㊂聲教文明。五代李宏皋溪州銅柱記：“天人降止，備物在庭，方振聲明，又當昭泰。”（金石萃編一二〇）㊃古印度的文法訓詁之學。大唐西域記二印度總述教育：“七歲之後，漸授五明大論：一曰聲明，釋詁訓字，詮目疏別。……”參見“五明”。

【聲律】㊀五聲六律。指音樂。史記樂書：“博采風俗，協比聲律，以補短移化，助流政教。”見“五聲㊀”、“六律”。㊁詩賦的聲韻格律。唐權德輿權載之集十七裴公神道碑銘：“著文集十卷，遊城集五卷，比興屬和，聲律鏗然。”

【聲容】聲音容貌。宋蘇軾分類東坡詩十八次韻答頓起之一：“相逢應覺聲容似，欲話先驚歲月奔。”

【聲訓】㊀用同音、音相近或雙聲疊韻字來解釋字義的一種方法，亦稱音訓。漢劉熙釋名，爲最早的以聲訓爲主的訓詁專著。㊁聲教。梁書武帝紀天監七年詔：“今聲訓所漸，戎夏同風，宜大啟庠序，博延胄子，……使陶鈞遠被，微言載表。”

【聲病】指不合詩的聲律或詞賦取士規定標準。唐元稹長慶集三十敘詩寄樂天書：“年十五六，初識聲病。”新唐書選舉志上：“因以謂按其聲病，可以爲有司之責，捨是則汗漫無所守，遂不復能易。”參見“八病”。

【聲氣】㊀聲音和氣息。易乾文言：“同聲相應，同氣相求。”疏：“同聲相應者，若彈宫而宫應，彈角而角動是也。同氣相求者，若天欲雨而礎柱潤是也。此二者聲氣相感也。”後用以指朋友間的意氣相合，如聲氣相投。也引申爲消息，如互通聲氣。㊁鼓氣。左傳僖二二年：“三軍以利用也，金鼓以聲氣也。”注：“金鼓以佐士衆之聲氣。”

【聲望】名聲威望。望，爲人所尊仰。後漢書四二東平憲王蒼傳：“蒼在朝數載，多所隆益，自以至親輔政，聲望日重，意不自安，上疏歸職。”

【聲教】聲威和教化。書禹貢：“東漸於海，西被於流沙，朔南暨聲教，訖於四海。”世說新語品藻：“司馬文王（昭）問武陔：‘陳玄伯（泰）何如其父司空（羣）？’陔曰：‘通雅博暢，能以天下聲教爲己任者，不如也。’”

【聲華】㊀聲譽光耀。淮南子俶真：“今夫積惠重厚，累愛襲恩，以聲華嘔符，嫗掩萬民百姓，使知之訢訢然人樂其性者，仁也。”㊁美好的名聲。文選南朝梁任彥昇（昉）宣德皇后令命蕭衍不辭相國：“客遊梁朝，則聲華籍甚；薦名宰府，則延譽自高。”唐白居易長慶集十五晏坐閑吟詩：“昔爲京洛聲華客，今作江湖潦倒翁。”

【聲問】㊀名譽。問，通“聞”。荀子大略：“德至者色澤洽，行盡而聲問遠。”㊁音訊。漢書五四蘇武傳：“武因平恩侯自白：‘前發匈奴時，胡婦適產一子通國，有聲問來，願因使者致金帛贖之。’上許焉。”

【聲張】大聲張揚，使衆周知。國語晉五“是故伐備鍾鼓，聲其罪也”三國吳韋昭注：“以聲張其罪。”宋范仲淹范文正集奏議上奏乞指揮國子監保明武學生令經略部署司講說兵書：“欲乞指揮陝西路、河東逐路經略司於將佐及使臣軍員中揀選識文字的有機智武勇久遠可以爲將者，取三五人，……卽不得聲張，多教人數。”

【聲焰】聲威和氣焰。新唐書一三四王鉷傳：“天子使者賜遺相望，聲焰薰灼。”又一七九鄭注傳：“注資貪沓，……聚京師輕薄子、方鎮將吏，以煽聲焰。”

【聲援】聲勢相通，互爲援助。三國志魏呂布傳“布遣人求救于術”注引英雄記：“術乃嚴兵爲布作聲援。”文選南朝梁任彥昇（昉）奏彈曹景宗：“若使郢部救兵，微接聲援，則單于之首，早懸北闕。”

【聲喏】卽唱喏。遼史儀衛志三符契：“宣徽使請陽面木契下殿，至于殿門，以契授西上閤門使云：‘授契行勘。’勘契官聲喏，跪受契。”也作“聲諾”。宋胡寅斐然集十六上皇帝萬言書：“故事，宰相坐待漏院，三衙管軍于簾外倒杖聲諾而過。”參見“唱喏”。

【聲詩】樂歌。禮樂記：“樂師辨乎聲詩。”宋歐陽修文忠集四十相州晝錦堂記：“勒之金石，播之聲詩，以耀後世而垂無窮。”

【聲勢】㊀聲威和氣勢。三國志魏曹休傳：“（劉）備遣張飛屯固山欲斷軍後，衆議狐疑，休曰：‘賊實斷道者，當伏兵潛行，今乃先張聲勢，知其不能也。’”㊁名聲和勢力。後漢書二三竇憲傳：“憲恃宫掖聲勢，遂以賤直請奪沁水公主園田。”

【聲實】名望與實在。猶名實。晉書劉琨傳：“王浚以琨侵己之地，數來擊琨，琨不能抗，由是聲實稍損。”

【聲聞】㊀名聲。孟子離婁下：“故聲聞過情，君子耻之。”㊁音訊。國語越上：“寡君句踐之無所使，使其下臣（文）種不敢徹聲聞于天王。”北史劉炫傳：“炫與妻子，相去百里，聲聞斷絶。”㊂見“聲聞乘”。

【聲稱】聲名。史記一〇七司馬相如傳難蜀父老：“故休烈顯乎無窮，聲稱浹乎于兹。”舊唐書一八五上李素立傳附李畬：“至遠子畬，初爲汜水主簿，處事敏速，有聲稱。”

【聲調】聲音所發生高低、長短、强弱、快慢、輕重的變化，稱爲聲調。泛指音樂的曲調或吟誦詩文的音律節奏。現用以專指漢語的四聲字音。晉書嵇康傳：“（客）索琴彈之，而爲廣陵散，聲調絶倫。”唐李賀歌詩編四出城別張又新酬李漢：“吾將譟禮樂，聲調摩清新。”

【聲價】聲名和身份地位。三國志魏袁紹傳注引英雄記：“中常侍趙忠謂諸黄門曰：‘袁本初坐作聲價，不應呼召而養死士，不知此兒欲何所爲乎？’”本初，紹字。後漢書十四北海靖王興傳附子睦：“中興初，禁網尚闊，而睦性謙恭好士，千里交結，自名儒宿德，莫不造門，由是聲價益廣。”

【聲類】書名。1. 三國魏李登著。隋書經籍志、新舊唐書藝文志著録，並作十卷，爲我國最早的韻書，已佚，有清馬國翰黄奭等輯本。2. 清錢大昕著，四卷。分古音爲二十二門。

【聲譽】名譽。史記一二二王温舒傳：“有勢者爲游聲譽，稱治。”後漢書二八馮衍傳說鮑永：“收百姓之歡心，樹名賢之良佐，天下無變，則足以顯聲譽；一朝有事，則可以建大功。”

【聲伎兒】唐代稱太常樂人爲聲伎兒。省作“聲兒”。唐崔令欽教坊記序：“雖於聲兒後立。”原注：“坊中呼太常人爲聲伎兒。”才調集一白居易江南喜逢蕭九徹因話長安舊遊戲贈五十韻：“師子尋前曲，聲兒出内坊。”

【聲風木】傳說中木名。舊題漢郭憲洞冥記二：“太初二年東方朔從西那汗國歸，得聲風木十枝，獻帝，……帝以枝遍賜羣臣，臣有甶（災）者，枝則汗，臣有死者，枝則折。”唐段成式酉陽雜俎十物異作“風聲木”。

【聲畫集】宋孫紹遠編，八卷。所録均唐宋人題畫詩，分二十六門。取有聲畫、無聲詩之意，故稱聲畫集。其中所選宋人詩，多有不見今傳宋人總、別集者，有不知作者姓名者，已無可考。

【聲聞乘】佛教三乘之一。梵語“舍羅婆迦”，意譯爲聲聞。悟四諦（苦、集、滅、道）之真理而得道者，稱聲聞乘。省作“聲聞”。文苑英華八六二唐王縉東京大敬寺大證禪師碑:"年至二十,遂識大原,受聲聞戒,習根本律。"參見"三乘㊀"、"四諦"。

【聲調譜】清趙執信撰,一卷。趙曾問聲調於王士禛,王不肯言。趙於是收集唐人詩集,排比鈎稽,以其所得寫成此書。

【聲聲慢】㊀詞調名。宋晁補之詞名勝勝慢。宋吴文英詞有"人在小樓"句,名人在樓上。有平韻仄韻兩體。平韻以晁吴及王沂孫詞爲正體。仄韻以高觀國詞爲正體,例用入聲,上下闋。雙調。字數不一,最少九十五字,最多九十九字。見詞譜二七。㊁曲牌名。南曲入仙呂宫,南詞新譜作仙呂調。慢詞。句法與詞同。

【聲色俱厲】説話聲調和臉色都很嚴厲。晉書明帝紀:"(王敦)大會百官而問溫嶠曰:'皇太子以何德稱?'聲色俱厲。"世説新語方正作"聲色並厲"。

【聲東擊西】通典一五三兵六:"聲言擊東,其實擊西。"指戰鬭中設計造成對方錯覺,而突襲所不備之處。宋張綱華陽集十五乞修戰船劄子:"況虜情難測,左實右僞,聲東擊西。"

【聲律通考】清陳澧撰,十卷。澧謂我國古樂有十二律,而域外樂但有七聲,欲知古樂,須知聲律,使人由工尺而識宫商,由宫商而識律呂,從而復古樂的原來面目。

【聲淚俱下】邊訴説邊哭泣。形容極端悲慟或悲憤。晉書王廙傳附王彬:"因勃然數(王)敦曰:'兄抗旌犯順,殺戮忠良,謀圖不軌,禍及門户。'音辭慷慨,聲淚俱下。"

聰 cōng ㄘㄨㄥ 倉紅切,平,東韻,清。

㊀聽,聽覺。易夬:"聞言不信,聰不明也。"㊁聽覺靈敏。書舜典:"明四目,達四聰。"荀子勸學:"目不能兩視而明,耳不能兩聽而聰。"㊂聰明,有才智。南朝梁江淹江文通集二傷友人賦:"峻調迴韻,志聰情。"

【聰了】聰明懂事。後漢書七十孔融傳:"夫人小而聰了,大未必奇。"世説新語言語作"小時了了,大未必佳"。

【聰明】㊀聽覺、視覺靈敏。易鼎:"巽而耳目聰明。"史記七九蔡澤傳:"夫人生百體堅彊,手足便利,耳目聰明而心聖智,豈非士之願與?"㊁明智,聰察。書皋陶謨:"天聰明,自我民聰明。"淮南子脩務:"謂一人聰明而不足以遍照海内,故立三公九卿以輔翼之。"㊂天資高,智力强。唐杜甫杜工部草堂詩箋十六不歸:"數金憐俊邁,總角愛聰明。"

【聰哲】明察多知。後漢書六五皇甫規傳對策:"陛下體兼乾坤,聰哲純茂,……遠近翕然,望見太平。"文選晉陸士衡(機)辯亡論上:"彼二君子(張昭周瑜)皆弘敏而多奇,雅達而聰哲。"

【聰敏】聰明機靈。國語晉七:"(晉悼公)知羊舌職之聰敏肅給也,使佐之。"後漢書七五袁術傳孫策與術書:"又聞幼主明智聰敏,……若輔而興之,則旦奭之美,率土所望也。"

【聰慧】聰明多知。國語齊:"於子之鄉,有居處好學、慈孝於父母、聰慧質仁、發聞於鄉里者,有則以告。"三國志蜀諸葛瞻傳諸葛亮與兄瑾書:"瞻今已八歲,而聰慧可愛,嫌其早成,恐不爲重器耳。"

【聰明丸】龍眼。藝文類聚八七南朝梁劉孝勝詠益智詩:"寧推不迷草,詎減聰明丸。"

聯 lián ㄌㄧㄢ 力延切,平,仙韻,來。

㊀連接,聯合。周禮天官大宰:"以八法治官府……三曰官聯,以會官治。"注:"官聯謂國有大事,一官不能獨共,則六官共舉之。聯讀爲連,古書連作聯。聯謂連事通職相佐助也。"文選漢張平子(衡)西京賦:"朝堂承東,溫調延北,西有玉臺,聯以昆德。"㊁聯結。楚辭漢東方朔七諫沈江:"聯蕙芷以爲佩兮,過鮑肆而失香。"㊂周朝編制户口及地方行政區域的名稱。周禮地官族師:"五家爲比,十家爲聯。五人爲伍,十人爲聯。四閭爲族,八閭爲聯。"㊃對偶叫聯。如楹帖叫楹聯,詩文每兩句爲一聯。宋沈括夢溪筆談一故事二三:"楊大年(億)久爲學士,家貧請外,表詞千餘言,其間兩聯曰:'虚忝甘泉之從臣,終作莫敖之餒鬼。從者之病莫興,方朔之飢欲死。'"

【聯句】賦詩時人各一句或幾句,合而成篇叫聯句。最早有漢武帝及諸臣合作的柏梁詩。南朝梁劉勰文心雕龍二明詩:"回文所興,則道原爲始;聯句共韻,則柏梁餘製。"唐白居易長慶集十二醉后走筆酬劉五主簿長句之贈……詩:"秋燈夜寫聯句詩,春雪朝傾煖寒酒。"

【聯宗】舊時同姓不同宗的人,聯合爲一族。清張爾岐蒿庵閒話二:"近俗喜聯宗,凡同姓者,勢可藉,利可資,無不兄弟叔侄者矣。此風大盛於唐,其時重舊姓,故競相依附。"

【聯袂】攜手。同"連袂"。宋夏竦文莊集三二送張學士赴闕詩:"東觀嘗聯袂,南州各退飛。"

【聯珠】以珍珠連串,喻詩詞聯綴之美。唐呂溫呂和叔集三聯句詩序:"屬物命篇,聯珠迭唱。"全唐詩四唐宣宗(李忱)弔白居易:"綴玉聯珠六十年,誰教冥路作詩仙?"

【聯娟】微曲貌。同"連娟"。文選戰國楚宋玉神女賦:"眉聯娟以蛾揚兮,朱脣的其若丹。"又三國魏曹子建(植)洛神賦:"雲髻峩峩,脩眉聯娟。"

【聯猭】奔走貌。文選漢張平子(衡)西京賦:"毚兔聯猭,陵巒超壑。"

【聯絡】連接,聯系。文苑英華四三唐謝觀王言如絲賦:"遐邇羈縻,上下聯絡。"儒林外史四五:"論起理來,這幾位鄉先生,你們平日原該聯絡。"

【聯署】在公文書末與同官聯名畫押。新唐書二〇六楊國忠傳:"始李林甫給帝天下無事,請已漏出休,帝許之。文書填湊,坐家裁決。既成,敕吏持案詣左相陳希烈聯署,左相不敢詰,署惟謹。"

【聯綴】連集在一起。周禮天官大宰"以九兩繫邦國之民"漢鄭玄注:"繫,聯綴也。"唐李商隱李義山文集四與陶進士書:"久羨懷藏,不敢薄賤,聯綴比次,手書口詠。"

【聯綿】相連不絶。文選漢王子淵(褒)洞簫賦:"吟氣遺響,聯綿漂撇,生微風兮。"唐李白李太白詩三遠別離:"或云堯幽囚,舜野死,九疑聯綿皆相似,重瞳孤墳竟何是。"綿,也作"緜"。唐白居易長慶集五六病假中龐少尹攜魚酒相過詩:"宦情牢落年將暮,病假聯緜日漸深。"

【聯翩】鳥飛貌。形容連續不斷;前後相接。同"連翩"。文選晉陸士衡(機)文賦:"於是沈辭怫悦,若游魚銜鉤而出重淵之深;浮藻聯翩,若翰鳥纓繳而墜曾雲之峻。"唐杜甫杜工部草堂詩箋二四八哀詩之三贈左僕射鄭國公嚴公武:"感激動四極,聯翩收二京。"

【聯聯】接連不斷。唐韓愈昌黎集七庭楸詩:"濯濯晨露香,明珠何聯聯。"五代後蜀韋莊浣花集一登咸陽縣樓望雨:"盡日空濛無所見,雁行斜去字聯聯。"

【聯璧】並列的美玉。比喻兩者可相媲美。文選南朝梁劉孝標(峻)廣絶交論:"日月聯璧,贊亹亹之弘致;雲飛電薄,顯棣華之微旨。"周書韋孝寬傳:"以功除析陽郡守。時獨孤信爲新野郡守,同荆州,與孝寬情好款密,政術俱美,荆部吏人號爲聯璧。"

【聯鑣】馬銜相連。指並騎而行。宋蘇軾分類東坡詩二二和錢穆父送別并求頓遞酒:"聯鑣接武兩長身,鴛鷺行中語笑親。"

【聯珠集】唐竇常與弟牟、羣、庠、鞏五人,皆工詞章,褚藏言因輯集五人所作爲聯珠集,取昆弟若五星爲義。四部叢刊集有竇氏聯珠集,係涵芬樓據宋本影印。

聳 sǒng ㄙㄨㄥˇ 息拱切,上,腫韻,心。

㊀耳聾。方言六:"生而聾,陳楚江淮之間謂之聳,荆揚之間及山之東西雙聾者謂之聳。"後漢書六十上馬融傳廣成頌:"子野聽聳,離朱目眩。"漢繁陽令楊君碑:"有司聳昧。"(隸釋九)參見"聳昧"。㊁高起,直立。文選南齊謝玄暉(朓)敬亭山詩:"交藤荒且蔓,樛枝聳復低。"㊂敬重。國語楚上:"昔殷武丁能聳其德,至於神明。"注:"聳,敬也。"㊃奬勸。通"慫"。國語楚上:"教之春秋,而爲之聳善而抑惡焉。"方言六:"聳,㨖,欲也。……自關而西秦晉之間相勸曰聳。"㊄驚動。通"愯"。左傳成十四年:"大夫聞之,無不聳懼。"又襄四年:"邊鄙不聳,民狎其野。"

【聳秀】高而秀麗。宋書劉穆之傳:"既而至一山,峯㠔聳秀,林樹繁密,意甚悦之。"唐孟郊孟東野集五立德新居詩之七:"都城多聳秀,愛此高縣居。"

【聳昧】又聾又瞎。引申爲昏瞶。漢繁陽令楊君碑:"有司聳昧,莫能識察。"(隸釋九)

【聳揖】高拱兩手以爲禮。通典二四職官六侍御史:"舊御史遭長官於塗,皆免帽降乘,長官戢轡辭而止焉。乾封中,王本立爲侍御史,意氣頗高,塗逢長官,端揖而已。自是諸人或降而立,或一足至地,或側鞍弛韁,輕重無恒。開元以來,但舉鞭聳揖而已。"

【聳壑昂霄】直立山谷,高入雲霄。喻出人頭地。新唐書九六房玄齡傳:"吏部侍郎高孝基名知人,謂裴矩曰:'僕觀人多矣,未有如此郎者,當爲國器,但恨不見其聳壑昂霄云。'"金元好問遺山集二三劉景玄墓銘:"及吾未老,當見汝聳壑昂霄時耳。"

十二畫

職 1. zhí ㄓˊ 之翼切,入,職韻,照。

㊀記。史記八四屈原傳懷沙:"章畫職墨兮,前度未改。"索隱:"楚詞'職'作'志'。志,念也。"㊁常。爾雅釋詁:"典、彝、法、則、刑、範、矩、庸、恒、律、戛、職、秩,常也。"漢書景帝紀中五年詔:"(吏)以苛爲察,以刻爲明,令亡罪者失職,朕甚憐之。"注:"職,常也。失其常理也。"又七六趙廣漢傳:"爲京兆尹廉明,威刑豪强,小民得職。"㊂分內應執掌之事,卽職業,職務。書周官:"六卿分職,各率其屬。"此指官的職務。周禮大宰:"以九職任萬民。一曰三農,生九穀;二曰園圃,毓草木;……九曰閒民,無常職,轉移執事。"此指平民的職業。㊃貢賦。周禮夏官大司馬:"施貢分職,以任邦國。"注:"職,謂賦稅也。"淮南子原道:"海外賓服,四夷納職。"㊄主要。唐劉知幾史通敍事:"史之煩蕪,職由於此。"柳宗元柳先生集三天爵論:"然則聖賢之異愚也,職此而已。"

2. zhì ㄓˋ

㊅旗幟。通"幟"。史記九九叔孫通傳:"於是皇帝輦出房,百官執職傳警。"集解:"一作'幟'。"

【職人】有職位的人。魏書孫紹傳表:"職人子弟,隨逐浮遊,南北東西,卜居莫定。"

【職方】官名。周禮夏官有職方氏,掌天下地圖,主四方職貢。隋置職方侍郎,唐宋兵部下有職方郎中、職方員外郎,明清在兵部下設職方清吏司,其職責爲掌輿圖、軍制、城隍、鎮戍、簡練、征討之事。見歷代職官表十二兵部。

【職內】周官名。主要職責掌邦賦收入,爲司會之副。見周禮天官職內。

【職分】身任之職所應盡的本分。三國志蜀諸葛亮傳出師表:"今南方已定,兵甲已足,當奬率三軍,北定中原,……此臣所以報先帝,而忠陛下之職分也。"

【職司】職務。左傳成二年:"今叔父克遂有功于齊,而不使卿鎮撫王室,所使來撫予一人,而鞏伯(朔)實來,未有職司於王室,又奸先王之禮。"也指主管其事的官員。唐李商隱李義山詩集二韓碑:"古者世稱大手筆,此事不繫於職司。"

【職田】古代官吏的祿米田,按官品等級分給。古稱圭田、士田、采田、芻藁田等,至隋始稱職田。歷代相沿,惟給田數目各有增減。明清無職田,別有養廉田、莊田、公田等名目。參閱文獻通考六五職官十九職田、續通志一三八職官略九祿秩。

【職守】職務範圍內應守之責。晉書羊耽妻辛氏傳:"職守,人之大義也。爲人執鞭而棄其事,不祥也。"今稱不能盡本職責任的爲有虧職守。

【職次】猶言職位。晉書殷浩傳桓溫上疏罪浩:"不能恭慎所任,恪居職次,而侵官離局,高下在心。"

【職2志】掌旗幟的官。史記九六張丞相傳附周昌:"沛公以周昌爲職志。"索隱:"官名也。職,主也。志,旗幟也。謂掌旗幟之官也。"

【職官】㊀同"職守"。左傳成九年:"(晉景)公曰:'能樂乎?'(鍾儀)對曰:'先父之職官也,敢有二事?'"㊁主持官事的人。也爲文武百官的通稱。左傳定四年:"職官五正。"疏:"劉炫云:職,主也。正,長也。主官事者有五長。"漢書有百官志,晉書、舊唐書、舊五代史、宋史、明史皆稱職官志。

【職金】官名。周禮秋官有職金,掌管金、玉、錫、石、丹青的檢驗和收藏,並掌受士之金罰貨罰。

【職貢】職方的貢物。左傳襄二九年:"魯之於晉也,職貢不乏,玩好時至。"國語魯下:"分異姓以遠方之職貢,使無忘服也。"

【職務】職位所規定的任務。南朝梁何遜何水部集爲孔導辭建安王牋:"雖朝夕曳裾,無違接待,而職務一離,有同賓客。"周書薛寘傳:"寘性至孝,雖年歲已衰,職務繁廣,至於溫凊之禮,朝夕無違。"

【職秩】官位與俸祿。左傳昭二二年:"王子朝因舊官百工之喪職秩者,與靈景之族以作亂。"

【職喪】官名。周禮春官有職喪,掌諸侯及卿大夫、士有爵位者的喪禮。逸周書大聚:"立職喪以邺死,立大葬以正同。"

【職掌】主管。晉書樂志下短簫鐃歌詞伯益:"伯益佐舜禹,職掌山與川。"也指所主管的工作。晉書紀瞻傳請免朝請疏:"臣之職掌,户口租税,國之所重。"

【職歲】官名。周禮天官有職歲,掌管邦賦支出,爲司會之副。

【職業】㊀職,指官事;業,指士、農、工、商所從事的工作。荀子富國:"事業所惡也,功利所好也,職業無分,如是則有樹事之患而有爭功之禍矣。"注:"職業,謂官職及四人(民)之業也。"也泛指所從事主要的工作。文選漢潘元茂(勗)册魏公(曹操)九錫文:"經緯禮律,爲民軌儀,使安職業,無或遷志。"㊁分內應作之事。國語魯下:"昔武王克商,通道於九夷百蠻,使各以其方賄來貢,使無忘職業。"唐元稹長慶集四七獨孤朗授尚書都官員外郎制:"寵定闕文,裁成義類,此仲尼春秋之職業也。"

【職幣】官名。周禮天官有職幣,主管官用餘財,爲司會之副。

【職錢】官吏在職時所得的俸錢。宋史職官志十一職錢:"大率官以祿令爲準,而在京官司供給之數,皆併爲職錢。如大夫爲郎官,既請大夫奉(俸),又給郎官職錢。"

【職職】繁多貌。莊子至樂:"萬物職職,皆從無爲殖。"釋文:"司馬(彪)云:職職猶祝祝也。李(頤)云:繁殖貌。"

【職貢圖】南朝梁元帝有職貢圖,繪外國入華使臣形貌服飾,凡三十餘國,今已不存。唐閻立本於貞觀十一年有職貢圖,畫唐太宗在長安會見國內各民族及外國使臣圖像,現藏南京博物院。清乾隆時,傅恆等奉敕撰皇清職貢圖八卷,續圖一卷。繪外國及藩屬男女圖像,其衣冠之別,性情習俗,服食好尚,皆有說明。

【職方外紀】明代來華天主教耶穌會傳教士、意大利人艾儒略撰,楊庭筠彙記。六卷。書成於天啟三年,分世界爲五大洲,介紹各地文化、宗教、風土、習俗等。書前冠以萬國輿圖,後附以四海總說。外國地理書入中國,自此書始。

【職官分紀】宋孫逢吉撰。五十卷。此書先以周禮敘官爲綱,述歷代制度沿革,至宋神宗哲宗時止。並記居是官者的姓名事跡掌故,搜採頗爲豐富。

聶 1. niè 尼輒切,入,葉韻,娘。ㄋㄧㄝˋ

㊀附耳私語。通"囁"。說文:"聶,附耳私小語也。从三耳。"㊁姓。楚大夫食采於聶,後人因以爲氏。見廣韻。

2. zhé 集韻 質涉切,入,葉韻。ㄓㄜˊ

㊂切成薄片的肉。通"牒"。禮少儀:"牛與羊魚之腥,聶而切之爲膾,麋鹿爲菹,野豕爲軒,皆聶而不切。"㊃合攏。爾雅釋木:"守宮槐,葉晝聶宵炕。"疏:"聶,合也;炕,張也。"

3. shè ㄕㄜˋ

㊄握持。通"攝"。山海經海外北經聶耳國:"爲人兩手聶其耳。"注:"言耳長,行則以手攝持之也。"

【聶北】古地名。春秋時邢地。春秋僖元年:"齊師宋師曹師,次於聶北,救邢。"今山東聊城縣有聶城。

【聶耳】古代傳說中國名。山海經海外北經:"聶耳之國,在無腸國東,使兩文虎。爲人兩手聶其耳。"

【聶政】戰國時軹人。嚴仲子與韓相俠累有隙,求政刺俠累。政因母在,不許。母死,乃獨行仗劍刺殺俠累,然後毀形自殺。其姊聶榮爲揚弟之名,哭其屍於韓市,死於屍側。見戰國策韓二、史記八六聶政傳。

【聶聶】輕虛平和貌。素問平人氣象論:"平肺,脈來厭厭聶聶如落榆莢,曰肺平。"難經十五難:"氣來厭厭聶聶,如循榆葉,曰平。"

【聶隱娘】唐傳奇中女俠。唐貞元中,魏博大將聶鋒之女,十歲時,爲一老尼竊去,授以劍術,刺人百發百中而人不覺。既成還家,嫁磨鏡少年。元和間,魏博帥令隱娘夫妻往許,刺陳許節度使劉昌裔。劉偵知,遣人迎候,以誠相感,留於左右。隱娘爲劉殺魏博刺客精精兒,智拒妙手空空兒。劉死,隱娘遂隱去。見太平廣記一九四唐裴鉶聶隱娘傳。

聵 kuì 五怪切,去,怪韻,疑。ㄎㄨㄟˋ

㊀生而耳聾。國語晉四:"嚚瘖不可使言,聾聵不可使聽。"注:"生而聾曰聵。"後指一般耳聾。新唐書一九四司空圖傳:"名亭曰休休,作文以見志曰:'休,美也,既休而美具。故量才,一宜休;揣分,二宜休;耄而聵,三宜休。'"㊁見"聵聵"。

【聵聵】不明事理,胡塗。漢揚雄太玄經七玄攡:"曉天下之聵聵,瑩天下之晦晦者,其唯玄乎!"宋蘇軾東坡集續集七與米元章書:"天下豈常如我輩聵聵耶?"

十四畫

聻 1. nǐ 乃里切,上,止韻,泥。ㄋㄧˇ

㊀指物貌。見廣韻。㊁助詞。相當於"呢"、"哩"。續傳燈錄二九馮楫濟川居士:"遠(禪師)拊公背曰:'好聻!'公於是契入。"

2. jiàn 正字通 音賤。ㄐㄧㄢˋ

㊂舊時迷信者以爲鬼死後之名。正字通:"酉陽雜俎曰:時俗于門上畫虎頭,書'聻'字,謂陰府鬼神之名可以消瘧癘。"聊齋志異章阿端:"人死爲鬼,鬼死爲聻。鬼之畏聻,猶人之畏鬼也。"

聹 níng 奴丁切,平,青韻,泥。ㄋㄧㄥˊ 乃挺切,上,迥韻,泥。

耳垢。見"耵聹"。

十六畫

聾 lóng 盧紅切,平,東韻,來。ㄌㄨㄥˊ

㊀聽覺喪失或遲鈍。左傳僖二四年:"耳不聽五聲之和爲聾。"㊁愚蠢,不明事理。左傳僖二四年:"即聾從昧,與頑用嚚,姦之大者也。"

【聾丞】漢書八九黃霸傳:"霸力行教化而後誅罰,務在成就全安長吏。許丞老,病聾,督郵白欲逐之,霸曰:'許丞廉吏,雖老,尚能拜起送迎,正頗重聽,何傷?且善助之,毋失賢者意。'"後遂作爲任地方長官所屬副佐人員的謙稱。宋蘇軾東坡集前集三初到杭州寄子由二絕之一:"遲鈍終須投劾去,使君何日換聾丞。"宋陸游劍南詩稿七錦亭:"樂哉今從石湖公,大度不計聾丞聾。"

【聾盲】聾耳盲目。莊子逍遙遊:"瞽者無以與乎文章之觀,聾者無以與乎鐘鼓之聲,豈唯形骸有聾盲哉!夫知亦有之。"也比喻閉塞人的耳目。後漢書六六陳蕃傳上疏:"伏見前司隸校尉李膺、太僕杜密、太尉掾范滂等正身無玷,死心社稷,以忠忤旨,橫加考案,或禁錮閉隔,或死徙非所,杜塞天下之口,聾盲一世之人,與秦焚書阬儒何以爲異!"

【聾昧】愚昧無知。文選三國魏陳孔璋(琳)爲曹洪與魏文帝書:"昔鬼方聾昧,崇虎讒凶,殷辛暴虐,三者皆下科也。"唐元稹長慶集二四立部伎詩:"工師盡取聾昧人,豈是先王作之過。"

【聾俗】愚昧無知的世俗。晉書趙至傳與嵇蕃書:"今將殖橘柚於玄朔,蔕華藕於修陵,表龍章於裸壤,奏韶武於聾俗,固難以取貴矣。"唐孟浩然集三贈道士參寥詩:"知音徒自惜,聾俗本相輕。"

【聾聵】㊀失去聽覺。國語晉四:"聾聵不可使聽。"注:"耳不別五聲之和曰聾,生而聾曰聵。"㊁喻愚昧無知。漢焦延壽易林七頤之鼎:"牛馬聾聵,不知聲味;遠賢賤仁,自合亂憒。"唐韓愈昌黎集七朝歸詩:"坐食取其肥,無堪等聾聵。"

【聾蟲】指無知的禽獸。淮南子說林:"狂馬不觸木,猘狗不自投於河,雖聾蟲而不自陷,又況人乎?"注:"聾,無知也。"文子道德:"夫聾蟲雖愚,不害其所愛。"

【聾竈】卽行竈。墨子備城門:"城上三十步一聾竈。"清畢沅校:"聾,疑蘢字。"也作"壟竈"。史記一二六優孟傳:"請爲大王六畜葬之。以壟竈爲槨,銅歷(釜)爲棺,……葬之於人腹腸。"

聽 tīng 他丁切,平,青韻,透。
ㄊㄧㄥ 他定切,去,徑韻,透。
㊀用耳朵感受聲音。書泰誓中:"天聽自我民聽。"論語公冶長:"今吾於人也,聽其言而觀其行。"㊁聽從,接受。詩大雅蕩:"曾是莫聽,大命以傾。"戰國策秦二:"甘茂至魏,謂向壽,子歸告王曰:'魏聽臣矣,然願王勿攻也。'"㊂斷決,治理。周禮秋官小司寇:"以五聲聽獄訟,求民情:一曰辭聽,二曰色聽,三曰氣聽,四曰耳聽,五曰目聽。"㊃聽任,任憑。莊子徐无鬼:"匠石運斤成風,聽而斲之。"漢書景帝紀元年正月詔:"其議民欲徙寬大地者,聽之。"聽任之"聽",舊讀 tìng。㊄耳目,間諜。荀子議兵:"且仁人之用十里之國,則將有百里之聽。"注:"聽,猶耳目也,言遠人自爲其耳目。或曰謂間諜者。"㊅廳堂。通"廳"。世説新語黜免:"大司馬府聽前有一老槐,甚扶疏。"

【聽冰】傳説狐性好疑,故渡冰輒聽。後以聽冰指多慮,臨事慎重。唐温庭筠集六開成五年秋以抱疾……一百韻詩:"激揚銜箭虎,疑懼聽冰狐。"宋歐陽修文忠集一猛虎詩:"窮冬聽冰渡,思慮豈不長。"參閱宋陸佃埤雅四貍。

【聽言】道聽途説。詩大雅桑柔:"聽言則對,誦言如醉。"箋:"對答也。貪惡之人見道聽之言則應答之。"

【聽事】㊀聽取他人言辭而處理事情。禮少儀:"適有喪者曰比,童子曰聽事。"疏:"童子未成人,……來聽主人以事見使。"漢書宣帝紀地節二年:"令羣臣得奏封事,以知下情。五日一聽事,〔自丞相〕以下各奉職奏事。"㊁廳堂。指官府治事之所,後也指私宅大廳。三國志吳諸葛恪傳:"所坐聽事屋棟中折。"世説新語簡傲:"主已知子猷(王徽之)當往,乃灑掃施設,在聽事坐相待。"

【聽命】聽受命令。禮祭義:"進退必敬,如親聽命。"左傳僖二四年:"鄭之入滑也,滑人聽命。"

【聽政】處理政務。禮玉藻:"君日出而視之,退適路寢聽政。"引申爲執政。左傳僖九年:"宋襄公卽位,以公子目夷爲仁,使爲左師以聽政。"新唐書高祖紀武德九年:"癸亥,立秦王世民爲皇太子,聽政。"

【聽朔】古代帝王、諸侯於月之初一聽朝治事。又稱視朔。禮玉藻:"(天子)玄端而朝日於東門之外,聽朔於南門之外。"又:"(諸侯)皮弁以聽朔於大廟。"疏:"于時聽治,此月朔之事,謂之聽朔。"參見"告₂朔"。

【聽訟】聽理訴訟。論語顏淵:"聽訟,吾猶人也,必也使無訟乎。"漢董仲舒春秋繁露精華:"聽訟折獄,可無審邪?"

【聽許】聽受同意。漢書六四下終軍傳:"軍遂往説(南)越王,越王聽許,請舉國內屬。"

【聽朝】帝王主持朝會以聽政。周禮天官大宰:"眂四方之聽朝,亦如之。"荀子哀公:"君昧爽而櫛冠,平明而聽朝。"

【聽鼓】古代官府卯刻擊鼓,召集僚屬,午刻擊鼓下班,因稱官吏到衙門值班爲聽鼓。北史王憲傳附王晧:"爲司徒掾,在府聽午鼓,蹀躞待去。"唐李商隱李義山詩集五無題之一:"嗟余聽鼓應官去,走馬蘭臺類轉蓬。"後來官員赴缺候補,亦稱聽鼓。

【聽熒】疑惑不明。莊子齊物論:"是皇帝之所聽熒也,而丘也何足以知之!"也作"聽營"、"聽瑩"。北史甄琛傳彭城王勰等奏:"至使朝廷識者,聽營其間。"唐韓愈昌黎集二送文暢師北遊詩:"僧時不聽瑩,若飲水救暍。"

【聽聲】見"揣骨"。

【聽斷】聽取陳述,作出決定。也指聽頌斷獄。荀子榮辱:"政令法,舉措時,聽斷公。"漢書六四上嚴助傳淮南王劉安諫伐閩越:"陛下以四海爲境,九州爲家,……南面而聽斷,號令天下,四海之內,莫不響應。"又一〇〇下敍傳:"中宗明朝,貪用刑名。時與傅納,聽斷惟精。"

【聽朝雞】聽雞聲而趨朝,指任京官。宋葉夢得石林詩話中:"常待制秩居汝陰,與王深父(回)皆有盛名。於嘉祐治平之間,屢召不至。雖歐陽文忠(修)公亦重推禮之,其詩所謂'笑殺潁川常處士,十年騎馬聽朝雞'者是也。"

【聽經樓】明燕王(成祖)起兵,入南京,建文帝自焚死。燕王自稱帝,建號永樂。於各通道皆建聽經樓,每夜命僧人登樓講經,臣民席地而聽,其後遷都北京(京師),講經漸不舉行,諸樓皆歸圮廢。見明董穀碧里雜存上。

【聽天任命】舊時謂聽任天意和命運的安排。孔叢子七鶚賦:"聽天任命,慎厥所修。"後通作"聽天由命"。明沈自晉望湖亭傳奇二:"這箇也只要在其人,説不得聽天由命。"

【聽風聽水】相傳龜茲國王與樂人,往大山間聽風聲水聲,感興而製樂。樂府詩集五六唐王建霓裳辭之一:"弟子部中留一色,聽風聽水作霓裳。"霓裳羽衣曲本婆羅門曲,傳自西涼。參閱宋王灼碧雞漫志三。

聿 部

聿 yù 餘律切,入,術韻,喻。
ㄩˋ
㊀筆的本字。漢揚雄太玄飾:"舌聿之利,利見知人也。"説文:"聿,所以書也,楚謂之聿,吳謂之不律,燕謂之弗,秦謂之筆。"㊁見"聿皇"。㊂助詞。用於句首或句中。詩大雅文王:"無念爾祖,聿修厥德。"又唐風蟋蟀:"蟋蟀在堂,歲聿其莫。"

【聿役】蠕動貌。宋宋祁景文集二十上春晦日到西湖詩:"暗浮蟲聿役,閒立鷺毰毸。"

【聿皇】輕疾貌。漢書八七上揚雄傳校獵賦:"及至罕車飛揚,武騎聿皇。"後漢書六十馬融傳廣成頌:"騷擾聿皇,往來交舛,紛紛回回,南北東西。"也作"聿遑"。古文苑二楚宋玉小言賦:"體輕蚊翼,形微蚤鱗,聿遑浮踊,凌雲縱身。"注:"聿遑,迅疾也。"

四 畫

肂 sì 息利切,去,至韻,心。
ㄙˋ
假葬在道側曰肂。見釋名釋喪制。儀禮士喪禮:"掘肂見衽。"注:"肂,埋棺之坎者也。"疏:"肂,訓爲陳,謂陳尸於坎。"

七 畫

肆 1. sì 息利切,去,至韻,心。
ㄙˋ
㊀陳列。詩大雅行葦:"肆筵設席,授几有緝御。"㊁市集貿易之處曰肆。論語子張:"百工居肆,以成其事。"莊子外物:"吾得升斗之水然活耳,君乃言此,曾不

如旱索我於枯魚之肆。”㊂縱恣，放肆。左傳昭十二年：“昔(周)穆王欲肆其心，周行天下。”又文十二年：“使者目動而言肆，懼我也。”㊃顯明。易繫辭下：“其言曲而中，其事肆而隱。”㊄延伸，擴張。左傳僖三十年：“夫晉何厭之有？既東封鄭，又欲肆其西封。”㊅極力，勤苦。爾雅釋言：“肆，力也。”疏：“肆又爲極力。”文選漢張平子(衡)東京賦：“瞻仰二祖，厥庸孔肆。”㊆執行死刑後陳屍示衆。論語憲問：“吾力猶能肆諸市朝。”㊇鐘磬懸列之數。左傳襄十一年：“凡兵車百乘，歌鐘二肆。”注：“肆，列也。懸鐘十六爲一肆，二肆，三十二枚。”㊈數目字“四”的大寫。唐武后時改，見清顧炎武金石文字記三岱岳觀造像記。㊉語助詞。1.卽“遂”。書舜典：“肆類于上帝。”史記五帝紀作“遂”。2.故，既然。詩大雅緜：“肆不殄厥慍，亦不隕厥問。”⑪姓。宋大夫肆臣之後。漢有漁陽太守肆敏。見元和姓纂八至。

2. yì 羊至切，去，至韻，喻。丨

⑫解剔牲體。禮郊特牲：“腥肆爓腍祭。”周禮地官大司徒：“祀五帝，奉牛牲，羞其肆。”疏：“肆，解也，謂於俎上進所解牲體於神坐前。”⑬餘。通“肄”。禮玉藻：“肆束及帶，勤者有事則收之，走則擁之。”釋文：“肆音肄，以四反。”

【肆力】盡力。三國志魏鍾毓傳：“宜復關內開荒地，使民肆力於農。”文選晉陸士衡(機)辯亡論下：“是以忠臣競盡其謀，志士咸得肆力。”

【肆目】盡其目力。文選晉陸士衡(機)演連珠之二十：“輪匠肆目，不乏奚仲之妙，瞽史清耳，而無伶倫之察。”亦謂極目遠看。晉書趙至傳與嵇蕃書：“肆目平隰，則寥廓而無覩；極聽脩原，則掩寂而無聞。”

【肆志】縱情，快意。莊子繕性：“故不爲軒冕肆志，不爲窮約趨俗。”史記八三魯仲連傳：“吾與富貴而詘於人，寧貧賤而輕世肆志焉。”

【肆長】官名。周禮地官有肆長，各掌諸肆的政令。一肆一長，檢校一肆之事。唐以後稱行頭。

【肆既】竭盡。國語周下：“若夫山林匱竭，林麓散亡，藪澤肆既，民力彫盡，田疇荒蕪，資用乏匱，君子將險哀之不暇，而何易樂之有焉？”

【肆虐】恣行暴虐。書泰誓中：“淫酗肆虐，臣下化之。”晉書劉琨傳上疏：“靈厭皇德，曾未悔禍，蟻狄縱毒於神州，夷裔肆虐於上國。”

【肆夏】古樂章名。左傳襄四年：“穆叔如晉，報知武子之聘也，晉侯享之。金奏肆夏之三，不拜。”注：“肆夏，樂曲名。周禮以鐘鼓奏九夏，其二曰肆夏。”禮玉藻：“趨以采齊，行以肆夏。”參見“三夏㊂”、“九夏㊀”。

【肆眚】寬赦有罪的人。春秋莊二二年：“肆大眚。”注：“赦有罪也。易稱赦過宥罪，書稱眚災肆赦，傳稱肆眚圍鄭，皆放赦罪人。”唐柳宗元柳先生集三七代韋中丞和元和大赦表：“紀元示布和之令，肆眚見恤人之心。”

【肆師】官名。周禮春官有肆師，掌立國祀之禮，以佐大宗伯陳列祭祀之位及牲器粢盛。

【肆赦】寬赦罪人。書舜典：“眚災肆赦。”後世稱大赦爲肆赦。謂罪人除犯十惡者一概免刑。舊五代史張允傳：“晉天福初，允以國朝頻有肆赦，乃進駁赦論。”

【肆意】任意。韓非子八說：“人臣肆意陳欲曰俠，人主肆意陳欲曰亂。”史記秦始皇紀二世二年：“凡所爲貴有天下者，得肆意極欲，主重明法，下不敢爲非，以制御海內矣。”

【肆應】各方響應。淮南子原道：“是故響不肆應，而景(影)不一設，呼叫仿佛，默然自得。”後引申指善於應付各種事情，如言才堪肆應。

【肆獻】進獻祭品。周禮春官大宗伯：“以肆獻祼享先王。”注：“肆者，進所解牲體，謂薦熟時也；獻，獻醴，謂薦血腥也。”

【肆無忌憚】毫無顧忌，任意妄爲。宋朱熹朱文公集三七與王龜齡書：“遺君後親之論交作，肆行無所忌憚。”元史二〇五盧世榮傳：“世榮居中書數月，恃委任之專，肆無忌憚，視丞相猶虛位也。”

肅

sù 息逐切，入，屋韻，心。ㄙㄨˋ

㊀恭敬。禮玉藻：“言容詻詻，色容厲肅。”漢書五行志中：“貌之不恭，是謂不肅。”㊁嚴肅。韓非子難三：“廣廷嚴居，衆人之所肅也；晏室獨處，曾(參)史(鰌)之所優也。”㊂揖拜。左傳成十六年：“敢告不寧君命之辱，爲事之故，敢肅使者。”注：“肅，手至地，若今撎(揖)。”㊃進，引導。禮曲禮上：“主人肅客而入。”㊄衰落，萎縮。呂氏春秋季春紀：“季春行冬令，則寒氣時發，草木皆肅。”㊅峻急。國語齊：“是故其父兄之教不肅而成。”禮禮運：“刑肅而俗弊，則法無常。”㊆敏捷。通“速”。國語晉七：“知羊舌職之聰敏肅給也，使佐之。”㊇姓。周卿士成肅公之後。以諡爲姓。或謂爲肅愼氏之後。見通志二八氏族四以諡爲氏。

【肅立】折腰而立，恭敬之貌。漢賈誼新書六容經：“端股整足，體不搖肘曰經立，因以微磬曰共立，因以磬折曰肅立，因以垂佩曰卑立。”

【肅州】地名。漢爲酒泉郡。晉時西涼李暠都此。隋仁壽二年置肅州。清時爲直隸州，公元 1913 年改縣，改名酒泉縣，屬甘肅省。參閱嘉慶一統志九九肅州。

【肅艾】敬愼安定。漢書八五谷永傳：“濟濟謹孚，無敖戲驕恣之過，則左右肅艾，羣僚仰法，化流四方。”注：“師古曰：肅，敬也，艾讀曰乂，治也。”

【肅成】太子講學之處。三國志魏文帝紀注引魏書：“帝初在東宮，……集諸儒於肅成門內，講論大義。”唐李善上文選注表：“居肅成而講藝，開博望以招賢。”

【肅坐】端坐。漢賈誼新書六容經：“微俯視尊者之膝曰共坐，仰首視不出尋常之內曰肅坐，廢首低肘曰卑坐。”

【肅括】肅，敬；括，法。指人的威儀。漢揚雄法言修身：“其爲中也弘深，其爲外也肅括。”

【肅拜】直身肅容而微下手以拜。周禮春官大祝：“九曰肅拜。”注：“但俯下手，今時撎(揖)是也。”朱子語類九一禮八：“問：‘古者婦人以肅拜爲正，何謂肅拜？’曰：‘兩膝跪地，手至地而頭不下爲肅拜，拜手亦然。’”

【肅殺】酷烈蕭索之意。漢書禮樂志郊祀歌：“西顥沆碭，秋氣肅殺。”抱朴子用刑：“蓋天地之道，不能純陽，故青陽闡陶育之和，素秋厲肅殺之威。”

【肅清】㊀清平。漢書七三韋賢傳：“王朝肅清，唯俊之庭。”後漢書三二樊宏傳附樊準上疏：“八方肅清，上下無事。”㊁削平。文選晉孫子荆(楚)爲石仲容與孫皓書：“師不踰時，梁益肅清。”㊂猶冷靜。文選晉嵇叔夜(康)贈秀才入軍詩之五：“閑夜肅清，朗月照軒。”

【肅爽】駿馬名。左傳定三年：“唐成公如楚，有兩肅爽馬。”注：“肅爽，駿馬名。”疏：“爽或作霜。賈逵云，色如霜紈。馬融說，肅爽，雁也，其羽如練，高首而修頸，馬似之，天下稀有。”亦作“驌驦”，見該條。

【肅然】山名。泰山東麓，在山東萊蕪縣東北。史記武帝紀：“禪泰山下阯東北肅然山，如祭后土禮。”注：“服虔曰：‘肅然，山名,在梁父。"

【肅愼】古民族名。唐虞曰息愼,周曰肅愼,漢晉的挹婁,南北朝的勿吉,隋唐的靺鞨,五代時的女眞,皆出於肅愼。舊史記周成王時,曾以楛矢、石砮入貢。見國語下。分布於黑龍江松花江流域。參閱文獻通考三二七四裔女眞。

【肅肅】㊀恭敬。詩大雅思齊:"雝雝在宮,肅肅在廟。"㊁嚴正。詩小雅黍苗:"肅肅謝功。召伯營之。"㊂疾速。詩召南小星:"肅肅宵征。"㊃指風聲勁烈。世説新語容止:"嵇康身長七尺八寸,風姿特秀,……肅肅如松下風,高而徐引。"㊄清靜,幽靜。後漢書五九張衡傳思玄賦:"出紫宮之肅肅兮,集大微之閬閬。"文選晉潘安仁(岳)寡婦賦:"墓門兮肅肅,脩壟兮峨峨。"㊅象聲。詩唐風鴇羽:"肅肅鴇羽。集于苞栩。"指鳥飛聲。後漢書八四董祀妻傳悲憤詩:"處所多霜雪,胡風春夏起。翩翩吹我衣,肅肅入我耳。"指風聲。

【肅霜】㊀露凝爲霜。詩豳風七月:"九月肅霜,十月滌場。"傳:"肅,縮也,霜降而收縮萬物。"㊁馬名。見"驌驦"。又鳥名。見"鷫鷞"。

【肅穆】莊敬和睦。後漢書五十樂成靖王黨傳:"不惟致敬之節,肅穆之愼,乃敢擅損犧牲,不備苾芬。"唐韓愈昌黎集三永貞行:"四門肅穆賢俊登,數君匪親豈其朋。"

【肅雝】整齊和諧。詩召南何彼襛矣:"曷不肅雝,王姬之車。"指車行貌。詩周頌有瞽:"喤喤厥聲,肅雝和鳴,先祖是聽。"指樂聲。

【肅府帖】明萬曆間,周憲王朱有燉以肅府所藏宋拓閣帖命溫如玉雙鉤,張鶴鳴校訂重摹閣帖上石,皆照淳化帖古本,惟每卷尾另加隸一行,紀重摹年月及人名。

【肅政臺】官署名。唐武后文明元年改御史爲肅政臺。分左右,左臺知百司,監軍旅;右臺察州縣,省風俗。尋命左臺兼察州縣。見新唐書百官志三。

肆 yì 羊至切,去,至韻,喻。
丨

㊀學習,練習。禮曲禮下:"君命,大夫與士肆。"後漢書禮儀志中:"兵官皆肆孫吳兵法六十四陣。"㊁勞苦。書顧命:"陳教則肆,肆不違。"傳:"文武定命陳教,雖勞而不違道。"詩邶風谷風:"有洸有潰,既詒我肆。"㊂檢查。漢書九〇義縱傳:"上迺拜(甯)成爲關都尉。歲餘,關吏稅肆郡國出入關者,號曰:'寧見乳虎,無直甯成之怒。'"㊃樹木再生的嫩條。詩周南汝墳:"遵彼汝墳,伐其條肆。"傳:"肆,餘也,斬而復生曰肆。"㊄亡國之餘曰肆。左傳襄二九年:"晉國不恤周宗之闕,而夏肆是屏。"注:"夏肆,杞也;肆,餘也。"杞爲夏後,滅而復存,故曰夏肆。

【肆業】修習學業。國語魯下:"(叔孫豹)對曰:'……夫歌文王大明緜,則兩君相見之樂也,皆昭令德以合好也,皆非使臣之所敢聞也,臣以爲肆業及之,故不敢拜。'"文選漢馬季長(融)長笛賦:"工人巧士,肆業脩聲。"

八畫

肇 zhào 治小切,上,小韻,澄。
ㄓㄠ

説文作"肁"。㊀開始。書舜典:"肇十有二州。"㊁端正。國語齊:"比綴以度,竱本肇末。"注:"竱,等也;肇,正也。謂先等其本,以正其末。"㊂謀。詩大雅江漢:"肇敏戎公,用錫爾祉。"

【肇州】州名。舊名出河店、珠赫店。金天會八年阿骨打(太祖)大敗遼兵於此,爲金人建迹之始,因置肇州。故地在今吉林扶餘縣南。見金史地理志上。

【肇始】發端,開始。南朝梁劉勰文心雕龍四史傳:"至於晉代之書,繁乎著作,陸機肇始而未備,王韶(之)續末而不終。干寶述紀,以審正得序;孫盛陽秋,以約舉爲能。"

【肇秋】初秋。農曆七月。三國魏曹植曹子建集一離思賦:"在肇秋之嘉月,將曜師而西旗。"初學記三南朝梁元帝纂要:"七月孟秋,……肇秋。"

【肇基】猶言始創基業。書武成:"至於太王,肇基王迹。"

【肇造】創造。書康誥:"用肇造我區夏,越我一二邦以修。"

【肇域】界限,疆域。肇通"兆"。詩商頌玄鳥:"邦畿千里,維民所止。肇域彼四海。"箋:"肇當作'兆'。"

【肇歲】一歲之始。指農曆正月。初學記三南朝梁元帝纂要:"正月孟春,亦曰……肇歲。"

【肇慶】地名。兩漢蒼梧郡地。唐五代爲端州。宋徽宗重和元年置肇慶府,屬廣南東路。元改路。明清爲府,府治高要縣。公元1912年裁府留縣,1961年設市,屬廣東省。

肅 sù
ㄙㄨ

同"肅"。見"肅"。

肉 部

肉 ròu 如六切,入,屋韻,日。
ㄖㄡ

㊀人體及動物的肌肉。素問陰陽應象大論:"在體爲肉。"注:"覆裹筋骨,充其形也。"㊁蔬果除去皮核外的可食部分。漢蔡邕蔡中郎集爲陳留太守上孝子狀:"舅偃哀其羸劣,嚼棗肉以哺之。"㊂形容聲音豐滿悅耳。禮樂記:"使其曲直、繁瘠、廉肉、節奏,足以感動人之善心而已矣。"疏:"肉謂肥滿。"㊃有孔圓形物的邊體。詳"肉好㊁"。

【肉丁】皮膚上生的顆粒狀病變。宋蘇軾物類相感志身體:"身上生肉丁,芝麻花擦之。"

【肉人】㊀肥胖的人。靈樞經五九衞氣失常:"肉人者,上下容大。"㊁俗人,凡人。明黃淳耀陶庵詩集二和讀山海經詩之十三:"浮世眞肉人,前身忝仙才。"

【肉山】㊀戲稱人軀體肥大。宋黃庭堅豫章集二戲和文潛謝穆父松扇詩:"張侯哦詩松韻寒,六月火雲蒸肉山。"文潛,張耒字。言耒詩清寒如松風之韻,而體肥熱如肉山之蒸。㊁佛書謂比丘虛受信施,死後爲大肉山,以償其債。法苑珠林一一一利害引證:"偷衆僧物,斷僧衣裳,故入地獄,作大肉山,火燒受苦,至今不息。"㊂傳説夏桀爲肉山以示侈。見"肉山脯林"。

【肉竹】肉,歌聲;竹,管樂。泛指音樂。世説新語識鑒"武昌孟嘉作庾太尉州從事"注引嘉別傳:"(桓溫)又問(孟嘉):'聽伎絲不如竹,竹不如肉,何也?'答曰:'漸近自然。'"聊齋志異西湖主:"旱雷聒耳,肉竹嘈雜,不復可聞言笑。"

【肉刑】殘害肉體的刑罰。古代有墨、劓、剕、宮等種類。荀子正論:"治古無肉刑，而有象刑矣。”史記一〇五倉公傳：“上悲其意，此歲中亦除肉刑法。”正義：“漢書刑法志云：孝文帝卽位十三年，除肉刑三。”

【肉好】好，讀hào。㊀聲音洪亮悦耳。禮樂記：“寬裕肉好。順成和動之音作，而民慈愛。”史記樂書：“寬裕肉好。”集解：“王肅曰：肉好，言音之洪美。”㊁有孔的圓形的邊稱“肉”，孔稱“好”。爾雅釋器：“肉倍好謂之璧，好倍肉謂之瑗，肉好若一謂之環。”漢書食貨志下：“卒鑄大錢，文曰寶貨，肉好皆有周郭。”

肉好

【肉芝】道家稱千歲蟾蜍、蝙蝠、靈龜、燕之屬。食者可長壽，見抱朴子仙藥。宋蘇軾東坡集後集三石芝詩：“肉芝烹熟石芝老，笑唾熊掌嚬雕胡。”

【肉角】傳説麒麟頭生肉角，因用爲麒麟的代稱。文選漢揚子雲(雄)劇秦美新論：“來儀之鳥，肉角之獸，狙獷而不臻。”注：“肉角，麟也。”又班孟堅(固)典引：“肉角馴毛，宗於外囿。”

【肉身】㊀佛家稱父母所生的身軀爲肉身。楞嚴經八：“是清淨人修三摩地，父母肉身不須天眼，自然觀見十方世界。”元方回桐江續集二十雜書詩：“自恨肉身無報答，日常飽飯夜安眠。”㊁僧道死後，用金漆塗其尸以供奉，也稱肉身。清陸次雲湖壖雜記法相寺：“武林仙佛之肉身有二：一丁野鶴，一長耳和尚也。”

【肉果】肉豆蔻的别名。見“肉豆蔻”。

【肉屏】㊀駱駝背。駝背有峯突起如屏風，故稱。明楊慎滇載記：“(阿禚)主愁憤，作詩曰：‘肉屏獨坐細思量，西山鐵立霜瀟灑。’”注：“肉屏，駱駝背也。”㊁佛家指地獄中最苦的化身。唐段成式酉陽雜俎前集三貝編：“凡生地獄，有三種形：罪輕作人形，其次畜形，極苦無形，如肉軒、肉屏等。”

【肉食】㊀指享厚祿的官員。左傳莊十年：“公將戰，曹劌請見。其鄉人曰：‘肉食者謀之，又何間焉。’”又：“肉食者鄙，未能遠謀。”唐陳子昂陳伯玉集一感遇詩之二九：“肉食謀何失，藜藿緬縱横。”參閱唐顔師古匡謬正俗四肉食。㊁肉類食品。漢桓寬鹽鐵論國疾：“婢妾衣紈履絲，匹庶粺飯肉食。”宋范成大石湖集二七秋日田園雜興詩之七：“朱門肉食無風味，只作尋常菜把供。”

【肉紅】似人肌膚的一種淺紅色，也稱肉色。唐王建詩三題所賃宅牡丹花：“粉光深紫膩，肉色退紅嬌。”宋周敍洛陽花木記敍牡丹：“壽安有二種，皆千葉，肉紅色花也。”

【肉袒】㊀脱去上衣，裸露肢體。古人在謝罪或祭祀時，常脱衣露體，表示虔敬和惶懼。左傳宣十二年：“楚子圍鄭。……鄭伯肉袒牽羊以逆。”史記八一廉頗藺相如傳：“廉頗聞之，肉袒負荆，因賓客至藺相如門謝罪。”㊁舊時僧人以袒露肩膊爲一種致敬禮節。法苑珠林二八致敬篇儀式部：“依律云：偏露右肩，或偏露一肩，或偏露一膊，所言袒者，謂肉袒也。……故知肉袒肩露，乃是立敬之極。”

【肉馬】㊀凡庸的馬。唐李賀歌詩編二馬詩之二三：“廐中皆肉馬，不解上青天。”㊁肥壯的馬。北魏賈思勰齊民要術六養牛馬驢騾：“望之大，就之小，筋馬也；望之小，就之大，肉馬也，皆可乘致。”

【肉桂】木名。别名桂棂、牡桂等。産於廣東廣西等地，舊以産於桂州者最有名。皮可入藥，充健胃强壯劑用。參閲政和證類本草十二牡桂。參見“桂㊀”。

【肉陣】唐玄宗時，楊國忠以外戚繼李林甫爲政，生活豪奢荒淫。冬月選體肥婢妾列前以遮風，號肉陣，亦稱肉屏風。見五代王仁裕開元天寶遺事下肉陣。清王曇烟霞萬古樓詩集一蘇臺留别：“肉陣屏風散似雲，燭圍尚向封家立。”

【肉骨】使骨上再生肌肉。比喻受人深恩。左傳襄二二年：“(蘧子馮)謂八人者曰：‘吾見申叔夫子，所謂生死而肉骨也。”注：“已死復生，白骨更肉。”宋歐陽修文忠集九六代辭宥學士啟：“永懷肉骨之私，寧指捐軀之報。”

【肉眼】㊀佛家指人間肉身之眼。爲五眼之一。維摩經不二法門品：“實見者尚不見實，何況非實，所以者何？非肉眼所見，慧眼乃能見。”法苑珠林二四敬佛六之五唐玄奘譯讚彌勒四禮文：“凡夫肉眼未曾識，爲現千尺一金軀。”參見“五眼”。㊁指淺漏的眼光。唐盧仝玉川子集二贈金鵝山人沈師魯詩：“肉眼不識天上書，小儒安敢窺奥秘。”

【肉雷】舊時酷吏對犯人濫用體罰，謂刑具撞擊之聲，有如雷鳴。宋陶穀清異録肉雷：“來紹乃唐酷吏(來)俊臣之裔孫，天稟驚忍，以決罰爲樂。嘗宰郃陽，生靈困于孽手，創造鐵繩千條，或有問不承，則急縛之，仍以其半槌手，往往委頓。每肆枯木之威，則百囚俱斷，響震一邑，時呼肉雷。”(説郛六一)

【肉辟】古代墨、劓、剕、宫、大辟等肉刑的總稱。漢揚雄法言先知：“唐虞象刑惟明，夏后肉辟三千，不膠者卓矣。”

【肉鞍】駱駝背上有肉峯，其狀如鞍，俗稱肉鞍。晉郭璞山海經圖讚橐駝：“駝惟奇畜，肉鞍是被。”元王逢梧溪集三歎病駝詩：“紫毛無復好容色，肉鞍尚聳雙坡陀。”

【肉燈】在肌體上掛燈以奉佛，俗稱肉身燈，爲佛教徒苦行之一。南史梁武帝紀下：“又沙門智泉，鐵鉤挂體，以然千燈，一日一夜端坐不動。”宋陶穀清異録釋族：“齊趙人好以身爲供養。且謂兩臂爲肉燈臺，頂心爲肉香爐。”(説郛六一)也稱“燃肉身燈”。資治通鑑二九二五代後周顯德二年“禁僧俗捨身、斷手足、煉指、掛燈、帶鉗之類幻惑流俗者”元胡三省注：“掛燈者，裸體，以小鐵鉤偏鉤其膚，凡鉤，皆掛小燈，圈燈盞，貯油而燃之。俚俗謂之燃肉身燈。”

【肉髻】梵語烏瑟膩沙之義譯。釋迦牟尼頭頂有肉團隆起如髻，故稱。爲佛三十二相中的無見頂相。大唐西域記七婆羅痆斯國：“上作如來經行之像，像形傑異，威嚴肅然。肉髻之上特出髾髮，靈相無隱，神鑒有徵。”

【肉糜】卽肉粥。晉書惠帝紀：“及天下荒亂，百姓餓死，帝曰：‘何不食肉糜？’其蒙蔽皆此類也。”宋陸游劍南詩稿三聞杜鵑戲作絶句：“勞君樹杪丁寧語，似勸飢人食肉糜。”

【肉聲】没有樂器伴奏的清歌歌聲。五代王定保唐摭言十海敍不遇：“籍中有紅兒者，善肉聲。”明楊慎升庵詩話一謡作晉：“晉孟嘉云：‘絲不如竹，竹不如肉。’唐人謂徒歌曰肉聲，卽説文肉言之義也。”

【肉薄】卽肉搏。兩軍迫近，用短兵或徒手搏鬭。宋書臧質傳：“虜乃肉薄登城，分番相代，墜而復升，莫有退者。”元李治敬齋古今黈拾遺一：“肉薄攻城，或以肉薄爲裸袒，或以肉薄爲逼之使若魚肉，然皆非是。肉薄，大抵謂士卒身相帀，如肉相迫也。”

【肉譜】姓氏族譜。常作通曉姓氏族譜者的代稱。唐劉餗隋唐嘉話上：“秦王府倉曹李守素尤精譜學，人號爲肉譜。”宋韓溥詳練臺閣故事，多知唐朝氏族，時號爲近世肉譜。見宋史四四〇本傳。元柳貫柳待制集四今體詩六十韻贈錢正傳之官池陽："雞窠對翁稱，肉譜繫仍昆。"

【肉騣】駿馬的一種特徵。馬頸上有肉一片，上生鬃毛，倒披一旁，稱爲肉騣。騣，也作"鬉"。唐杜甫杜工部草堂詩箋七驄馬行："隅目青熒夾鏡懸，肉騣碨礧連錢動。"新唐書五行志下："(開元)二十九年三月，滑州刺史李邕獻馬，肉鬉鱗臆，嘶不類馬，日行三百里。"宋蘇軾分類東坡詩十二申王畫馬圖："肉鬉汗血真龍種，紫袍玉帶真天人。"

【肉中刺】刺在肉中，難於忍受。比喻心目中視爲最可憎、不去不快的人。元曲選缺名陳州糶米一："小衙内云：'我見了那窮漢，似眼中疔，肉中刺。'"紅樓夢八十："(薛姨媽)一面叫人：'去！快叫個人牙子來，多少賣幾兩銀子，拔去肉中刺，眼中釘，大家過太平日子！'"

【肉豆蔻】木名。果實近球形，一名肉果，皮及仁可入藥，並供調味用。原產南洋。參閱本草綱目十四草三肉豆蔻。

【肉屏風】見"肉陣"。

【肉飛仙】稱善於攀高、矯捷如飛的人。隋沈光少驍捷，交通輕俠。時禪定寺初建，寺中幡竿高十餘丈，適遇繩絶，衆僧束手。光以口銜索，拍竿而上，直至龍頭。繫繩畢，手足皆放，騰空而下，以掌拒地，倒行數十步。觀者駭悦，莫不嗟異。號爲"玉飛仙"。見北史隋書本傳。

【肉鼓吹】五代蜀李匡遠凶暴苛刻，一日不行刑，則慘然不樂。聞笞撻之聲，曰："此吾一部肉鼓吹。"見宋人外史檮杌(類説二七)。

【肉腰刀】用陰謀陷害人。猶言用軟刀子殺人。五代後周王仁裕開元天寶遺事下肉腰刀："李林甫妬賢嫉能，不協羣議，每奏御之際，多所陷人，衆謂林甫爲肉腰刀。"

【肉臺柈】唐楊國忠、五代南唐孫晟官皆居極品，生活窮奢極欲，宴飲之日，不設几案臺盤，使家妓環立而侍，號爲肉臺柈。柈，亦作"盤"。見宋缺名錦繡萬花谷二四奢、馬令南唐書孫晟傳。

【肉蓯蓉】植物名。寄生於木根。掘取曬乾，或漬藏於壺中，借藥用。相傳藥性和順，補而不峻，故有從容之號。參閱本草綱目十二上草一肉蓯蓉。

【肉山脯林】傳説夏桀奢侈荒淫，以肉爲山，以脯爲林。晉皇甫謐帝王世紀："(桀)以人架車，肉山脯林，以酒爲池，使可運舟，一鼓而牛飲者三千人。"

【肉眼愚眉】比喻見識淺陋。元曲選高文秀黑旋風三："則他這肉眼愚眉，把一個黑旋風爹爹敢來也認不得。"又王子一誤入桃源三："怎將斷腸詩句贈别離？分明是漏泄與肉眼愚眉。"也作"愚眉肉眼"。又馬致遠岳陽樓二："空聽的駭浪驚濤，洗不淨愚眉肉眼。"

一 畫

肊 yì 於力切，入，職韻，影。
ㄧ
也作"臆"。胸，胸骨。見説文、廣雅釋親。

二 畫

肎 kěn
ㄎㄣ
同"肯"。見"肯㊀"。

肋 lèi 盧則切，入，德韻，來。
ㄌㄟ
脅骨。釋名釋形體："肋，勒也，檢勒五臟也。"

肌 jī 居夷切，平，脂韻，見。
ㄐㄧ
㊀肌肉。史記一〇五扁鵲傳："乃割皮解肌，訣脈結筋。"㊁古代也稱皮膚爲肌。見"肌理"。

【肌肉】㊀皮肉的統稱。漢王充論衡實知："澤有枯骨，髮首陋亡，肌肉腐絶。"後漢書八一陸續傳："掠考五毒，肌肉消爛。"㊁果實除去皮核後的可食部分。宋蔡襄荔枝譜一："今之廣南州郡夔梓之間所出，大率早熟，肌肉薄而味甘酸。"

【肌理】㊀皮膚的紋理。唐杜甫杜工部草堂詩箋四麗人行："態濃意遠淑且真，肌理細膩骨肉勻。"㊁果肉上的紋理。宋蔡襄荔枝譜二："若夫厚皮尖刺，肌理黄色，……自亦下等矣。"

【肌膚】㊀肌肉與皮膚。莊子逍遥遊："藐姑射之山，有神人居焉，肌膚若冰雪，淖約若處子。"史記孝文紀十三年詔："夫刑至斷支體，刻肌膚，終身不息，何其楚痛而不德也，豈稱爲民父母之意哉！"㊁喻親近、親密。漢書一〇〇上敍傳班彪王命論："高四皓之名，割肌膚之愛。"注："晉灼曰：不立戚夫人子。"

三 畫

肓 huāng 呼光切，平，唐韻，曉。
ㄏㄨㄤ
中醫指心臟與隔膜之間的部位。素問腹中論："其氣溢於大腸而著於肓，肓之原在臍下，故環臍而痛也。"參見"膏肓"。

肖 1. xiào 私妙切，去，笑韻，心。
ㄒㄧㄠ
㊀類似。書説命上："高宗夢得説，……説築傅巖之野，惟肖。"傳："肖，似。似所夢之形。"參見"不肖㊀"。

2. xiāo 集韻 思邀切，平，宵韻。
ㄒㄧㄠ
㊁微細。莊子列禦寇："達生之情者傀，達於知者肖。"㊂衰微。史記太史公自序："申呂肖矣，尚父側微。"集解引徐廣："肖音痟，痟猶衰微。"正義："呂尚之祖封於申。申呂後痟微，故尚父微賤也。"

【肖像】類似，近似。淮南子氾論："夫物之相類者，世主之所亂惑也；嫌疑肖像者，衆人之所眩耀也。故狠者類知而非知，愚者類仁而非仁，戇者類勇而非勇。"宋文鑑七二王隨省分箴："闕里泣麟，傅巖肖像。"今稱人之畫像爲肖像。

【肖₂翹】細小而能飛的生物。莊子胠篋："惴耎之蟲，肖翹之物，莫不失其性。"唐成玄英疏："附地之徒曰喘耎，飛空之類曰肖翹，皆輕小物也。"

肝 gān 古寒切，平，寒韻，見。
ㄍㄢ
㊀肝臟。説文："肝，木藏也。从肉，干聲。"㊁比喻人的内心。唐杜甫杜工部草堂詩箋十三義鶻行："聊爲義鶻行，永激壯士肝。"

【肝鬲】猶言肺腑。比喻真誠懇切。三國志魏武帝紀建安十五年"冬，作銅爵臺"注引魏武故事十二月己亥令："孤此言皆肝鬲之要也。所以勤勤懇懇敍心腹者，見周公有金縢之書以自明，恐人不信之故。"也作"肝膈"。又吴周魴傳與曹休牋："敢緣故人，因知所歸，拳拳輸情，陳露肝膈。"

【肝厥】病名。病發時，狀如癲癇，不省人事。漢書九七下孝元馮昭儀傳"有一男，有眚病"注引蘇林："名爲肝厥，發時唇口手足十指甲皆青。"

【肝膋】食品名。古饍食八珍之一。禮内則："肝膋，取狗肝一，幪之以其膋，濡炙之。"膋，腸間脂。俗稱網油。謂以網油蒙於肝上，加以燒烤而成。參見"八珍"。

【肝膽】㊀喻關係密切。莊子德充符："自其異者視之，肝膽楚越也；自其同者視之，萬物皆一也。"南朝梁劉勰文心雕龍八比興贊："詩人比興，觸物圓覽，物雖胡越，合則肝膽。"㊁喻真心誠意。史記九二淮陰侯傳："(蒯通曰)臣願披腹心，輸肝膽，效愚計，恐足下不能用也。"文選漢揚子雲(雄)劇秦美新："敢竭肝膽，寫腹心，作劇秦美新一篇。"㊂喻豪情壯志。

唐韓愈昌黎集六贈別元十八協律詩之四:"窮途致感激，肝膽還輪囷。"宋陸游劍南詩稿八十詩酒:"齒髮益衰謝，肝膽猶輪囷。"

【肝腦塗地】㊀形容戰亂中死亡慘烈。史記九九劉敬傳:"婁敬曰:'陛下取天下與周室異。……大戰七十,小戰四十,使天下之民肝腦塗地,父子暴骨中野,不可勝數。'"㊁形容竭忠盡力，不惜一死。漢劉向說苑復恩:"常願肝腦塗地，用頸血湔敵久矣。臣乃夜絶纓者也。"漢書五四蘇建傳附蘇武:"武曰:'武父子亡功德，皆爲陛下所成就，位列將，爵通侯，兄弟親近,常願肝腦塗地。'"

【肝膽相照】謂朋友間真誠相待。宋胡太初晝簾緒論僚寀:"今始至之日，必延見僚寀，歷述弊端，悃愊無華，肝膽相照。"文天祥文山集六與陳察院文龍書:"所恃知己肝膽相照，臨書不憚傾倒。"

肚 1. dù 徒古切,上,姥韻,定。ㄉㄨˋ

㊀腹部。初學記十九漢劉向列女傳:"(齊無鹽邑女)凹頭深目，長肚大節，卬鼻結喉，肥項少髮，折腰出胸，皮膚若漆。"

2. dǔ 當古切,上,姥韻,端。ㄉㄨˇ

㊁指胃。廣雅釋親:"胃謂之肚。"疏證:"肚之言都也,食所都聚也。"

【肚束篾】勒緊腰帶。喻忍飢安貧。五燈會元五灃州藥山維儼禪師:"(馬)祖曰:子之所得,可謂協於心體,布於四肢,既然如是,將三條篾束取肚皮,隨處住山去。"宋詩鈔王庭珪盧溪集鈔劉時舉主簿相別三十年忽遇於沅湘之間……相聚月餘賦詩爲別:"且將肚束三條篾，敢望腰纏十萬錢。"

【肚裏淚下】卽眼淚往肚裏流。形容說不出的愁苦。宋葉紹翁四朝聞見錄:"憲聖(吴皇后)再拜對曰:'大姐姐遠處北方,臣妾缺於定省,每遇天日清美,侍上宴集,纔一思之,肚裏淚下。'"(說郛三)

肛 gāng 古雙切,平,江韻,見。ㄍㄤ

㊀肛門。六書故:"大腸端，肛門也。"㊁腫脹,肥大。見廣雅釋詁二。參見"膖肛"。

肘 zhǒu 陟柳切,上,有韻,知。ㄓㄡˇ

㊀上下臂相接、可以彎曲的部位。左傳成二年:"張侯(解侯)曰:'自始合，而矢貫余手及肘。'"㊁用作動詞。以肘觸人。有止使勿動之意。戰國策秦四:"魏桓子肘韓康子。"宋鮑彪注:"不敢正語，以肘築之。"㊂長度單位。大唐西域記二印度總述:"分一拘盧舍爲五百弓，分一弓爲四肘，分一肘爲二十四指。"参閱明方以智通雅四十算數三百六十步爲一里。

【肘腋】胳膊肘與肐肢窩。喻密切接近。三國志蜀法正傳:"(諸葛)亮答曰:主公之在公安也,北畏曹公之彊,東憚孫權之逼,近則懼孫夫人生變於肘腋之下,當斯之時,進退狼跋。"

【肘後方】㊀醫書名。隋書經籍志三醫方著錄有扁鵲肘後方三卷，晉葛洪肘後方六卷。新唐書藝文志三醫術類著錄葛洪肘後救卒方六卷、劉貺真人肘後方三卷。今惟葛書尚存。詳"肘後備急方"。㊁泛指隨身帶的藥方。以卷帙不多，可懸肘後，故稱。唐白居易長慶集五一六年春贈分司東都諸公詩:"始悟肘後方，下如杯中物。"

【肘後備急方】醫書名。晉葛洪撰。本名肘後卒救方，省稱肘後方。南朝梁陶弘景補其缺漏,得一百一首,稱肘後百一方,取佛書人有四大,一大輒有一百一病爲名。金楊用道又取唐愼微證類本草諸方附於隨證之下，而成今書。葛陶二氏原方，已混同難辨。楊氏所增，則標有"附方"二字，以示區别。今本八卷，分五十一類,多取易得之藥,治療内外諸證。

肐 gē ㄍㄜ

肐膊。肩以下、手腕以上的部分。肐同"胳"。古元曲選李文蔚燕青博魚三:"我是個拳頭上站的人,肐膊上走的馬,不帶頭巾男子漢，丁丁當當響的老婆。"

肒 dū 當孤切,平,模韻,端。ㄉㄨ

見"胍肒"。

肜 róng 以戎切,平,東韻,喻。ㄖㄨㄥˊ

殷祭名。祭後第二日再行祭祀。爾雅釋天:"繹,又祭也。周曰繹，商曰肜，夏曰復胙。"近人根據卜辭記載，謂爲依殷王廟號之日祭祀該王的一種祭禮，如於甲日祭太甲，丙日祭外丙之類。

【肜日】肜祭之日。書高宗肜日:"高宗肜日,越有雊雉。"疏:"高宗既祭成湯,肜祭之日,於是有雊鳴之雉,在於鼎耳。"

【肜肜】和樂貌。文選漢張平子(衡)思玄賦:"聆廣樂之九奏兮，展泄泄以肜肜。"注引左傳:"鄭莊公入而賦，其樂也肜肜。"今本左傳隱元年作"融融"。肜、融古字通。

四畫

育 yù 余六切,入,屋韻,喻。ㄩˋ

㊀生育。易漸:"婦孕不育，失其道也。"㊁撫養。詩小雅蓼莪:"拊我畜我，長我育我。"又大雅生民:"載生載育，時維后稷。"㊂培養。易蒙:"君子以果行育德。"孟子告子下:"(齊桓公)再命曰:'尊賢育才,以彰有德。'"

【育育】㊀活潑自如貌。管子小問引逸詩:"浩浩者水，育育者魚。"列女傳六齊管妾婧引作"浩浩白水,儵儵者魚"。㊁生長茂盛貌。文選晉劉越石(琨)答盧諶詩:"彼黍離離,彼稷育育。"

【育賁】古力士夏育與孟賁的合稱。漢揚雄法言淵騫:"育賁也，人畏其力而侮其德。"參見"賁育"。

【育養】生息，培養。漢王充論衡骨相:"故富貴之家役使奴僮，育養牛馬，必有與衆不同者矣。"三國志蜀杜微傳諸葛亮答微書:"今因(曹)丕多務，且以閉境勸農,育養民物,並治甲兵,以待其挫,然後伐之。"

【育遺】傳說中的山谷名。卽育隧谷。山海經南山經:"(旄山)至于旄山之尾,其南有谷曰育遺,多怪鳥,凱風自是出。"晉郭璞山海經圖贊作育隧之谷。清郝懿行疏:"遺、隧古音相近。大雅桑柔篇云:'大風有隧。'此經之隧，爲凱風所出，卽風穴也。"

【育獲】古力士夏育與烏獲的合稱。文選漢張平子(衡)西京賦:"迺使中黃之士，育獲之儔,朱鬘鬣髽,植髮如竿。"又三國魏陳孔璋(琳)爲袁紹檄豫州:"奮中黃育獲之士,騁良弓勁弩之勢。"

【育嬰堂】舊時收養棄嬰之所。周禮地官大司徒:"以保息六，養萬民，一曰慈幼。"注:"慈幼謂愛幼少也。產子三人與之母，二人與之餼。"慈幼之制無記。宋淳祐七年始設慈幼局,明清改名育嬰堂。參閱清趙翼陔餘叢考二七養濟院育嬰堂義塚地。

肩 jiān 古賢切,平,先韻,見。ㄐㄧㄢ

㊀肩膀。莊子養生主:"庖丁爲文惠君解牛,手之所觸,肩之所倚,……砉然嚮然,奏刀騞然,莫不中音。"㊁動物的腿根部。儀禮少牢饋食禮:"祭物有肩、臂、臑之分。"史記項羽紀:"項王曰:'賜之彘肩。'則與一生彘肩。樊噲覆其盾於地，加彘肩上，拔劍切而啗之。"㊂獸三歲曰肩。

詩齊風還"並驅從兩肩兮，揖我謂我儇兮。"釋文:"本亦作'豜'。"一說四歲，見周禮夏官大司馬"大獸公之"注。㊃任用。書盤庚下:"朕不肩好貨。"傳:"肩，任也。我不任貪貨之人。"㊄負擔。左傳襄二年:"子駟請息肩於晉。"

【肩井】人體經穴名。晉皇甫謐鍼灸甲乙經三肩凡二十六穴:"肩井，在井上陷者中，缺盆上，大骨前，手少陽陽維之會。"

【肩甲】肩胛，胳膊上邊靠脖頸的部分。素問藏氣法時論:"心病者，……膺背肩甲間痛。"說文:"髆，肩甲也。"清段玉裁注:"單呼曰肩，絫呼曰肩甲。甲之言蓋也，肩蓋乎衆體也。今俗云肩甲者，古語也。"

【肩吾】傳說人名。莊子逍遙遊、大宗師皆有肩吾之名。注家或以爲古有道之士，或以山神。莊子多寓言，已無可詳。

【肩肩】瘦小細長貌。莊子德充符:"闉跂支離无脤，說衛靈公。靈公說之，而視全人，其脰肩肩。"釋文:"胡咽反，又胡恩反。"清王先謙集解謂本字當作"顧"，省借作"肩"。宋黄庭堅山谷外集四次韻奉送公定詩:"全人脰肩肩，甕盎嫵且宜。"

【肩膀】頸下臂上的部分。人常以肩荷物，故亦稱勇于任事爲有"肩膀"。元曲選喬孟符揚州夢四:"我做了強項令，肩膀硬。"

【肩隨】㊀與人並行而略後。以表敬意。禮曲禮上:"年長以倍則父事之；十年以長，則兄事之；五年以長，則肩隨之。"㊁相差無幾，大致可以比並。清方苞方望溪集二書王莽傳後:"此傳尢班史所用心，其鉤抉幽隱，雕繪衆形，信可肩隨子長(司馬遷)。"

【肩輿】用人力抬扛的代步工具。世説新語簡傲:"王子猷(徽之)嘗行過吴中，見一士大夫家極有好竹，……王肩輿徑造竹下，諷嘯良久。"晉書王導傳:"會三月上巳，(元)帝親觀禊，乘肩轝，具威儀。"晉六朝盛行肩輿，其制爲二長竿，中設軟椅以坐人。其初上無覆蓋，後加覆蓋遮蔽物，成爲轎輿。唐宋大臣乘馬，老病者得乘肩輿。

【肩摩轂擊】肩與肩相摩，轂與轂相擊。轂，車輪中心穿軸的部分。形容道路行人車輛來往擁擠。戰國策齊一:"臨淄之途，車轂擊，人肩摩，連衽成帷，舉袂成幕，揮汗成雨。"梁書武帝紀上永明三年上表:"媒孽夸衒，利盡錐刀，遂使官人之門，肩摩轂擊。"

肯

kěn 苦等切，上，等韻，溪。
ㄎㄣˇ

㊀貼附骨上的肌肉。說文作"肎"。見"肯綮㊀"。㊁許可，願意。詩邶風終風:"終風且霾，惠然肯來。"國語晉四:"楚衆欲止，子玉不肯。"

【肯分】正好，恰巧。多指時刻、機會而言。元曲選缺名誶范叔四:"老院公肯分的來到這裏，左右難迴避。"又張國賓合汗衫一:"少下了店主人家房宿飯錢，他把我赶將出來，肯分的凍倒在你老人家門首。"

【肯酒】訂婚結親酒。元曲選石君寶秋胡戲妻二:"羅(大戶)云:……恰纔這三鍾酒是肯酒，這塊紅是紅定。"西遊記五四:"既然我們許諾，且教你主先安排一席，與我們吃鍾肯酒如何?"

【肯綮】㊀肯，貼附骨上的肌肉，綮，筋肉聚結的部位。莊子養生主:"枝經肯綮之未嘗，而況大軱乎?"宋黄庭堅山谷集十一頤軒詩序:"庖丁不以肯綮嬰其解牛之刀，痀僂丈人不以萬物易蜩之翼。"㊁比喻事理的要害或關鍵。明宋濂宋文憲公集三十鄭景彝傳:"有所質問，咸中肯綮。"

【肯堂肯構】書大誥:"若考作室，既底法，厥子乃弗肯堂，矧肯構?"傳:"以作室喻治政也，父已致法，子乃不肯爲堂基，況肯構立屋乎!"後因以肯堂肯構比喻子承父業。或將"肯構"、"肯堂"分用，義同。宋王禹偁小畜集十五鄭善果非正人論:"光肯構之孝心，礪盡忠之臣節。"宋詩鈔陳造江湖長翁詩鈔再用前韻贈高司理:"吾宗如此況他揚，碌碌諸雛欠肯堂。"

肎

xū
ㄒㄩ

"胥"的異體字。漢韓勑造孔廟禮器碑漢桐柏淮源廟碑，胥皆作"肎"。見隸釋一、二。

肴

yáo 胡茅切，平，肴韻，匣。
ㄧㄠˊ

魚肉之類的葷菜。通"餚"。楚辭屈原招魂:"肴羞未通，女樂羅些。"

【肴核】指肉類、果類食品。宋蘇軾經進東坡文集一前赤壁賦:"肴核既盡，杯盤狼籍。"宋書明帝紀泰始三年詔:"自今鱗介羽毛肴核衆品，非時月可採，器味所須，可一皆禁斷，嚴爲科制。"

【肴烝】㊀把肉切成塊狀放在俎內。楚辭屈原九歌東皇太一:"蕙肴烝兮蘭藉，奠桂酒兮椒漿。"㊁泛指肉食品。清袁枚小倉山房文集九稗事二則之一:"管絃鏗鏘，肴烝紛羅。"

【肴蔌】魚肉和蔬菜。文選南朝宋顏延年(延之)三月三日曲水詩序:"肴蔌芬藉，觴醳泛浮。"南朝梁宗懍荆楚歲時記:"歲暮，家家具肴蔌，……以迎新年。"

【肴覈】肴爲肉食，覈，同"核"，爲果類食品。轉爲吸納、消化的意思。文選漢班孟堅(固)典引:"屢訪羣儒，諭咨故老，與之斟酌道德之淵源，肴覈仁誼之林藪，以訪元符之臻焉。"

肪

fáng 府良切，平，陽韻，幫。
ㄈㄤˊ

脂肪。也特指動物腰部肥厚的油。漢揚雄太玄經四竈:"脂牛正肪，不濯釜而亨。"文選三國魏文帝(曹丕)與鍾大理書:"白如截肪。"注:"通俗文曰:'脂在腰曰肪。'"

肮

háng 胡郎切，平，唐韻，匣。
ㄏㄤˊ

咽喉。通"吭"。史記八九張耳傳:"(貫高)乃仰絶肮，遂死。"集解:"韋昭曰:肮，咽也。"索隱:"蘇林云:'肮，頸大脈也，俗所謂胡脈。下郎反。'"

肢

zhī 章移切，平，支韻，照。
ㄓ

㊀人的手足、鳥獸的翼和足，總稱爲肢。通作"支"。莊子大宗師:"墮肢體，黜聰明。"文選鵩鳥賦注、太平御覽四九〇引皆作"支"。管子君臣下:"四肢六道，身之體也。"㊁腰肢。藝文類聚十八南朝梁庾肩吾詠美人看畫詩:"非關能結束，本自細腰肢。"

【肢解】見"支解"。

【肢體】指全個身體。唐姚合姚少監集八遊河陽岸詩:"醉時眠石上，肢體自婆娑。"

肫

1\. zhūn 章倫切，平，諄韻，照。
ㄓㄨㄣ

㊀禽類的胃。見玉篇。㊁見"肫肫㊀"。

2\. chún 集韻 殊倫切，平，諄韻。
ㄔㄨㄣˊ

㊂祭祀用牲後體股骨的一部分，同"膞"。儀禮特牲饋食禮:"尸俎，右肩臂臑肫胳。"宋史禮志一:"後髀股骨去體離爲二，曰肫、胳。"㊃整體，完整。儀禮士昏禮:"肫髀不升。"注:"肫或作純。純，全也。凡腊用全髀。"

【肫肫】㊀懇摯貌。同"忳忳"。禮中庸:"肫肫其仁，淵淵其淵，浩浩其天。"注:"肫肫，讀如'誨爾忳忳'之'忳忳'。忳，懇誠貌也。肫肫，或爲'純純'。"㊁形容精密。荀子哀公:"繆繆肫肫,其事不可循。"

肬 yóu 羽求切,平,尤韻,于。ㄧㄡˊ

肉瘤。人體上的小疙瘩。同"疣"。見說文。

【肬贅】 肉瘤。比喩多餘無用之物。荀子宥坐:"今學曾未如肬贅,則具然欲爲人師。"參見"贅肬"。

肧 pēi 芳杯切,平,灰韻,滂。ㄆㄟ 匹尤切,平,尤韻,滂。

俗作"胚"。㊀未脫母體的幼體。古稱婦孕一月爲肧,三月爲胎。見說文。㊁凡物尚未成形者。唐白居易長慶集六七奉和思黯相公以李蘇州所寄太湖石奇狀絶倫因題二十韻……詩:"隱起磷磷狀,凝成瑟瑟肧。"

【肧胎】 ㊀孕之初期。爾雅釋詁"胎……始也"晉郭璞注:"肧胎未成,亦物之始也。"㊁本源。唐韓愈昌黎集二七清河郡公房公墓碣銘:"公肧胎前光,生長食息,不離典訓之內。"也指事物的發端。宋馮時行縉雲文集二送楊元老召赴闕詩:"由來陛密勿,此地實肧胎。"

【肧渾】 指物未成形時的渾沌狀態。文選晉郭景純(璞)江賦:"類肧渾之未凝,象太極之構天。"注:"言雲氣杳冥,似肧胎渾混,尚未凝結。"也作"胚渾"。宋蘇舜欽蘇學士集八懷月來求聽琴詩因作六韻詩:"已能通變化,直可探肧渾。"

肱 gōng 古弘切,平,登韻,見。ㄍㄨㄥ

手臂從肘到腕的部分。泛指手臂。詩小雅無羊:"麾之以肱,畢來既升。"論語述而:"曲肱而枕之。"

肥 féi 符非切,平,微韻,並。ㄈㄟˊ

㊀肌肉豐滿。"瘠"之反。禮禮運:"四體既正,膚革充盈,人之肥也。"史記陳丞相世家:"人或謂陳平曰:'貧何食而肥若是?'"㊁家畜肥大。莊子田子方:"百里奚爵祿不入於心,故飯牛而牛肥。"㊂肥沃,土地養分充足。荀子富國:"民富則田肥以易,田肥以易則出實百倍。"㊃增加養分,使土地肥沃。荀子富國:"掩地表畝,刺屮(草)殖谷,多糞肥田,是農夫衆庶之事也。"漢書溝洫志:"此捐〔損〕漕省卒,而益肥關中之地,得穀。"㊄厚。戰國策秦四:"省攻伐之心而肥仁義之誡。"注:"肥猶厚也。"㊅水同源而異流。爾雅釋水:"歸異出同流〔曰〕肥。"參見"肥泉"。㊆古國名。春秋有肥國,後爲晉所滅。見左傳昭十二年。㊇姓。戰國趙有肥義。見戰國策趙二。

【肥水】 水名,也作淝水。在今安徽省。源出合肥西北將軍嶺。爲今東肥河和南肥河的總稱。東肥河又稱金城河,西北流經壽縣入淮;南肥河古名施水,俗稱金斗河,東南流經合肥入巢湖。肥水兩岸自古卽爲用兵之地,三國魏將滿寵戰敗孫權,東晉謝玄大破苻堅,皆在此。見三國志魏滿寵傳、晉書謝玄傳。參閱嘉慶一統志一二二廬州府。

【肥甘】 美味。孟子梁惠王上:"爲肥甘不足於口與?"晉陶潛陶淵明集三有會而作詩:"菽麥實所羡,孰敢慕甘肥。"

【肥如】 商孤竹國,春秋爲肥子國。漢爲肥如縣,屬遼西郡。隋廢。故地在河北省盧龍縣西北。

【肥城】 縣名。屬山東省。古肥子國。漢置肥城縣,屬泰山郡。其後屢有廢置。唐省入平陰縣。元至元十二年,析平陽縣地辛寨鎭復置肥城縣。明仍之,屬濟南府。清屬泰安府。參閱讀史方輿紀要三一濟南府。

【肥胡】 古代一種窄長的旗幟。國語吳:"建肥胡,奉文犀之渠。"注:"肥胡,幡也。"北堂書鈔六引作"服姑"。

【肥泉】 古水名。又名泉源水。在今河南淇縣境,東南流入衛河。詩邶風泉水:"我思肥泉,玆之永歎。"傳:"所出同,所歸異爲肥泉。"卽此。參閱宋王應麟詩地理考一肥泉。

【肥強】 富裕強盛。晉書江統傳徙戎論:"(羌)數歲之後,族類蕃息,既恃其肥強,且苦漢人侵之。"

【肥腴】 ㊀肌肉肥厚。漢王充論衡語增:"病則不甘飲食,不甘飲食則肥腴不得至尺。"㊁田土肥沃。南齊書蠻傳:"汶陽本臨沮西界,二百里中,水陸迂狹,魚貫而行,有數處不通騎,而水白田甚肥腴。"

【肥鄉】 縣名。屬河北省。漢廣平國列人縣地,三國魏黃初三年分置肥鄉縣。東魏天平初,併肥鄉入臨漳縣,隋復置。元屬廣平路,明清皆屬廣平府。參閱嘉慶一統志三二廣平府。

【肥腯】 牲畜獸類膘肥肉厚。左傳桓六年:"吾牲牷肥腯,粢盛豐備,何則不信?"漢焦延壽易林十四漸之比:"文山鴻豹,肥腯多脂。"也用以指肥壯的牲畜。抱朴子道意:"烹宰肥腯,沃酹醪醴。"

【肥輕】 論語雍也:"(公西)赤之適齊也,乘肥馬,衣輕裘。"肥馬輕裘,後縮省作"肥輕"。南朝梁周興嗣千字文:"世祿侈富,車駕肥輕。"唐杜甫杜工部詩二十太子張舍人遺織成褥段詩:"掌握有權柄,衣馬自肥輕。"參見"輕肥"。

【肥遯】 隱居避世。易遯:"上九,肥遯,無不利。"疏:"肥,饒裕也。……最在外極,無應於內,心無疑顧,是遯之最優,故曰肥遯。"三國志蜀許靖等傳評:"秦宓始慕肥遯之高,而無若愚之實,然專對有餘,文藻壯美,可謂一時之才士矣。"文選晉石季倫(崇)思歸引序:"晚節更樂放逸,篤好林藪,遂肥遁於河陽別業。"遯、遁同。一說肥當作"飛"。參閱宋姚寬西溪叢話上。參見"飛遁"。

【肥澤】 ㊀肌肉豐潤。淮南子說山:"執獄牢者無病,罪當死者肥澤,刑者多壽,心無累也。"㊁土地肥沃。漢焦延壽易林家人之蒙:"膏壤肥澤,民人孔樂。宜利居止,長安富有。"㊂指高肥效。農政全書七農事:"農書云:'……凡退下一切禽獸毛羽親肌之物,最爲肥澤,積之爲糞,勝於草木。"

【肥遺】 ㊀鳥名。山海經西山經:"(英山)有鳥焉,其狀如鶉,黃身而赤喙,其名曰肥遺,食之已癘,可以殺蟲。"晉郭璞山海經圖讚肥遺鳥:"肥遺似鶉,其肉已疫。"㊁蛇名。山海經北山經:"(渾夕之山)有蛇一首兩身,名曰肥遺,見則其國大旱。"晉郭璞山海經圖讚肥遺蛇:"肥遺爲物,與災合契。"又見晉張華博物記異蟲。

【肥膩】 ㊀厚味。指油脂很多的食物。漢蔡邕蔡中郎集七爲陳留太守上孝子狀:"臣爲設食,但用麥飯寒水,不食肥膩。"㊁喩渾濁、塵俗。唐盧仝玉川子集二贈金鵝山人沈師魯詩:"示我插血不死方,賞我風格不肥膩。"白居易長慶集五五和錢華州題少華淸光絶句:"自笑亦曾爲刺史,蘇州肥膩不如君。"

【肥辭】 辭多意少,空話連篇。南朝梁劉勰文心雕龍六風骨:"若瘠義肥辭,繁雜失統,則無骨之徵也。"

【肥纍】 古縣名。一作肥累。春秋時肥子國地,後併於晉。西漢置肥纍縣,屬眞定國。東漢廢。故城在今河北藁城縣西南。參閱讀史方輿紀要十四眞定府藁城縣。

【肥珠子】 木名。其實可供洗滌,也可入藥。又名無患子。宋莊季裕雞肋編上:"浙中少肥皂,澡面浣衣,皆用肥珠子。木亦高大,葉如槐而細,生角,長者不過三數寸,子圓黑肥大,肉亦厚,膏潤於皁莢,故一名肥皁。"參見"無患子"。

【肥冬瘦年】 南宋吳地風俗以寒食、冬至、新年爲三大節。三節中極重冬至，家家互送節物，至年節，財力不及，難以爲繼，故有"肥冬瘦年"之諺。見宋闕名豹隱紀談、范成大吳郡志風俗三。

【肥馬輕裘】指服御華麗，生活豪奢。論語雍也："(公西)赤之適齊也，乘肥馬，衣輕裘。"唐白居易長慶集六七閒適："肥馬輕裘還粗有，籃歌薄酒亦相隨。"參見"肥輕"、"輕肥"。

胗 miǎo ㄇㄧㄠˇ 正字通 弭沼切，音杪。

人體脅肋下虛軟處。素問骨空論："胗絡季脅引少腹而痛脹。"又刺腰痛論："腰痛引少腹控胗，不可以仰。"

肭 nà ㄋㄚˋ 內骨切，入，没韻，泥。女滑切，入，黠韻，娘。

見"膃肭"。

肣 qín ㄑㄧㄣˊ 集韻 渠金切，平，侵韻。

古代灼龜甲以卜，甲上向內斂收的裂紋謂之肣。史記一二七褚少孫補龜策傳："肣開。"索隱："音琴，肣謂兆足斂也。"集韻："肣，斂也。灼龜首仰足肣。"

肸 xī ㄒㄧ 羲乙切，入，質韻，曉。許迄切，入，迄韻 曉。

聲響振起。漢書八七上揚雄傳甘泉賦："薌呹肸以掍根兮，聲駍隱而歷鍾。"注："又言風之動樹，聲響振起衆根合，駍隱而盛，歷入殿上之鍾也。根猶株也。"

【肸肸】笑聲。元戴表元剡源集二七八月十六張園翫月得一字詩："婆娑林端月，爲我良久出。洗杯問勞苦，天女笑肸肸。"

【肸飾】塗飾，裝飾。漢書禮樂志郊祀歌惟泰元："鸞路龍鱗，罔不肸飾。"注："蘇林曰：'肸音塈塗之塈，塈，飾也。'……肸，振也。謂皆振整而飾之也。"

【肸蠁】散布，彌漫。指聲響或氣體的傳播。史記一一七司馬相如傳上林賦："衆香發越，肸蠁布寫，晻曖苾勃。"古文苑二一漢劉歆甘泉宮賦："桂木雜而成行，芳肸蠁之依斐。"後常用以比喻神靈感應或靈感通微。唐杜甫杜少陵集二四朝獻太清宮賦："若肸蠁而有憑，肅風飈而乍起。"

肦 bān ㄅㄢ 集韻 逋還切，平，刪韻。

頒賜。通"頒"。儀禮聘禮："肦肉及廋車。"禮王制："名山大澤不以肦。"注："肦讀爲班。"

股 gǔ ㄍㄨˇ 公户切，上，姥韻，見。

㊀大腿。詩小雅采菽："赤芾在股，邪幅在下。"㊁車輻近轂之處。周禮考工記輪人："參分其股圍，去一以爲骹圍。"疏："其輻近轂粗處謂之股，若人髀股。"㊂古算學名詞。不等腰直角三角形，直角旁的短邊稱勾，長邊稱股，斜邊稱弦。周髀算經上："故折矩，以爲句(勾)廣三，股修四，徑隅(弦)五。"參見"句股"。㊃事物的分支或一部分。漢書二九溝洫志賈讓奏："諸渠皆往往股引取之。"注："如淳曰：股，支別也。"唐白居易長慶集十一長恨歌："釵留一股合一扇，釵擘黄金合分鈿。"

【股弁】大腿發抖。猶言股栗。漢書九十嚴延年傳："夜入，晨將至市論殺之，先所按者死，吏皆股弁。"注："股戰若弁。弁謂撫手也。"

【股肱】㊀大腿和胳膊。常以喻輔佐君主的大臣。書益稷："帝曰：臣作朕股肱耳目。"左傳昭九年："君之卿佐，是謂股肱；股肱或虧，何痛如之！"㊁輔助，捍衞。左傳僖二六年："昔周公大公股肱周室，夾輔成王。"

【股栗】大腿發抖，形容十分恐懼。史記一二三郅都傳："至則族滅瞯氏首惡，餘皆股栗。"集解："徐廣曰：髀脚戰搖也。"

【股掌】㊀大腿和手掌。國語吳："申胥諫曰：不可許也。……大夫種勇而善謀，將還玩吳國於股掌之上，以得其志。"言易於把握操縱。㊁比喻輔佐君主的大臣。猶言股肱。戰國策魏二："王曰：'(田)需，寡人之股掌之臣也。'"

【股慄】同"股栗"。後漢書二三竇融傳報詔："從天水來者寫將軍所讓隗囂書，痛入骨髓，畔臣見之，當股慄慙愧。"

【股戰】大腿發抖。十分恐懼貌。史記齊悼惠王世家："(魏勃)因退立，股戰而栗，恐不能言者，終無他語。"文選南朝梁丘希範(遲)與陳伯之書："如何一旦爲奔亡之虜，聞鳴鏑而股戰，對穹廬以屈膝，又何劣耶！"

【股肱郡】指能起拱衞京師作用的要地。史記一〇〇季布傳："上默然慙，良久曰：河東吾股肱郡，故特召君耳。"此謂河東郡爲長安之輔翼。

肵 qí ㄑㄧˊ 集韻 渠希切，平聲，微韻。

尊敬。同"祈"。禮郊特牲："肵之爲言敬也。"參閱清錢大昕十駕齋養新錄二肵。

【肵俎】古代祭祀時盛放牲體心舌的器物。尸每食，歸其餘於肵俎，爲主人敬尸之俎。儀禮特牲饋食禮："佐食升肵俎。"

肺 1. fèi ㄈㄟˋ 芳廢切，去，廢韻，滂。

肺臟，呼吸器官。素問靈蘭秘典："肺者，相傳之官，治節出焉。"或作"胇"。見集韻。

2. pèi ㄆㄟˋ 集韻 普蓋切，去聲，太韻。

通"芾"。見"肺₂肺₂"。

【肺石】古時設於朝廷門外的石頭。民有不平，得擊石鳴冤。赤色，形如肺。故名。周禮秋官大司寇："以肺石遠〔達〕窮民，凡遠近惸獨老幼之欲有復於上，而其長弗達者，立於肺石，三日，士聽其辭，以告於上而罪其長。"梁書武帝紀下大同二年詔："治道不明，政用多僻，……致使失理負謗，無由聞達，儛文弄法，因事生姦，肺石空陳，懸鍾徒設。"參閱宋沈括夢溪筆談十九器用。

【肺肝】肺與肝。比喻內心。禮大學："人之視己如見其肺肝然。"三國魏曹植曹子建集五三良詩："黄鳥爲悲鳴，哀哉傷肺肝。"

【肺附】喻帝王的近親。漢書三六劉向傳上封事諫："臣幸得託肺附，誠見陰陽不調，不敢不通所聞。"注："舊解云肺附謂肝肺相附著，猶言心膂也。一說，肺附謂斫木之肺札也，自言於帝室猶肺札附于大材木也。"參閱清王先謙補注。

【肺俞】人體經穴名。素問刺法："當刺肺之俞。"注："肺俞在背第三椎下兩傍各一寸半。"也作"肺腧"。靈樞經背腧："大腧在杼骨之端，肺腧在三焦之間……皆挾脊相去三寸所。"

【肺₂肺₂】茂盛貌。詩陳風東門之楊："東門之楊，其葉肺肺。"通"芾芾"。參閱清王念孫廣雅疏證六上釋訓。

【肺渴】燥熱思飲。唐白居易長慶集二十東院詩："老去齒衰嫌橘醋，病來肺渴覺茶香。"宋陸游劍南詩稿三九初夏："閩川茶籠猶沾及，肺渴朝來頓欲蘇。"

【肺腑】㊀喻帝王的近親。史記一〇七武安侯(田蚡)傳："上初卽位，富於春秋，蚡以肺腑爲京師相。"後漢書三九劉般傳："時五校官顯職閑，而府寺寬敞，輿服光麗，伎巧畢給，故多以宗室肺腑居之。"參見"肺附"。㊁比喻內心。唐白居易長慶集十三代書詩一百韻寄微之："肺腑都無隔，形骸兩不羈。"元王實甫西廂記四本四折："別恨離愁，滿肺腑難淘寫。"

【肺腸】喻心思。詩大雅桑柔："自有肺腸，俾民卒狂。"箋："自有肺腸，行其心中之所欲，乃使民盡迷惑如狂。"

五畫

胡 hú 戶吳切,平,模韻,匣。ㄏㄨˊ

㊀獸頷下垂肉。詩豳風狼跋:"狼跋其胡,載疐其尾。"集傳:"胡,頷下懸肉也。"㊁戈戟之刃曲而下垂的部分。周禮考工記冶氏:"戈廣二寸,内倍之,胡三之,援四之。"㊂壽。見"胡考"。㊃遐,遠,大。見"胡福"。㊄黑。唐李商隱李義山集一驕兒詩:"或謔張飛胡,或笑鄧艾吃。"㊅何,何故。詩邶風式微:"式微式微,胡不歸?"又魏風伐檀:"不稼不穡,胡取禾三百廛兮。"㊆任意亂來。見"胡説"。㊇國名。春秋時爲楚所滅。見左傳定十五年。其地在今安徽阜陽西北。㊈我國古代泛稱北方邊地與西域的民族爲胡,後也泛指一切外國爲胡。見"胡人"。㊉古代祭器。通"瑚"。詳"胡簋"。⑪姓。見通志二六氏族二以國爲氏。

【胡人】㊀我國古代對北方邊地及西域各民族的稱呼。史記秦始皇紀引賈誼論:"乃使蒙恬北築長城而守藩籬,却匈奴七百餘里,胡人不敢南下而牧馬,士不敢彎弓而報怨。"㊁漢以後也泛指外國人。晉干寶搜神記:"晉永嘉中,有天竺胡人,來渡江南。"

【胡孑】刃旁有曲支的戈戟。周禮夏官序官"司戈盾"疏:"漢時戈有旁出者爲句孑,亦名胡孑。"參見"句孑戟"。

【胡母】複姓。春秋時陳胡公之後。漢應劭風俗通姓氏上:"胡母氏,本陳胡公之後也。公子完奔齊,遂有齊國。齊宣王母弟别封母鄉,遠本胡公,近取母邑,故曰胡母氏也。"秦有太史令胡母敬。見漢書藝文志。漢有胡母生,齊人,善説春秋。見史記儒林傳序。一説"母"音無,字又作"胡毋"。見史記儒林傳索隱。

【胡丘】四方形的山丘。爾雅釋丘:"方丘,胡丘。"

【胡仔】宋績溪人。字元任,仕爲晉陵令,後居吳興苕溪,因自號苕溪漁隱。撰有苕溪漁隱叢話前後集一百卷。

【胡白】胡説。資治通鑑二〇三唐紀則天后光宅元年:"(裴)伷先曰:'……陛下宜復子明辟,高枕深居,則宗族可全。不然,天下一變,不可復救矣!'太后怒曰:'胡白,小子敢發此言!'"注:"胡,何也;白,陳也。言何等陳白也。"

【胡考】壽考。詩周頌載芟:"有椒其馨,胡考之寧。"傳:"胡,壽也;考,成也。"又絲衣:"不吳不敖,胡考之休。"

【胡同】元人呼街巷爲胡同。本作衚衕。見明沈榜宛署雜記五街道。以後即爲北方街巷的通稱。正字通行部衚:"衚衕,街也。今京師巷道名衚衕。或省作胡同、衚衕。"參見"衚衕"。

【胡宏】宋崇安人,字仁仲,胡安國之子。幼師事楊時侯仲良,傳其父學,住衡山二十餘年,張栻師事之。以父蔭補右承務郎,著有知言皇王大紀,及詩文集等。人稱五峯先生。見宋史四三五胡安國傳附,宋元學案四二有五峯學案。

【胡非】複姓。周時陳胡公滿之後。漢應劭風俗通姓氏上:"胡非氏,胡公之後有公子非,其後子孫因以胡非爲氏。戰國有胡非子著書。"漢書藝文志諸子墨家著録胡非子三篇。

【胡牀】一種可以折疊的輕便坐具。也叫交椅、交牀。由胡地傳入,故名。後漢書五行志一:"靈帝好胡服、胡帳、胡牀、胡坐、胡飯、胡空侯、胡笛、胡舞。京都貴戚皆競爲之。"至隋改名交牀,唐穆宗又改爲繩牀。參閱宋程大昌演繁露十。參見"交牀"、"交椅"。

【胡宫】春秋齊離宫名。齊桓公死於胡宫。晏子春秋諫上:"是以民苦其政,而世非其行,故身死乎胡宫而不舉,蟲出而不收。"胡宫又稱"壽宫"。史記齊太公世家"豎刁如何"正義作"死乎壽宫"。參見"壽宫㊀"。

【胡突】糊塗,不明事理。雍熙樂府七元睢景臣哨遍高祖還鄉曲:"有甚胡突處,明標着册曆,見放着文書。"元曲選缺名神奴兒三:"哎,你一個水晶塔官人忒胡突,便待要羅織就這文書,全不問實和虚!"

【胡星】指昴星。古人以天象傳會人事。認爲昴星象徵胡。史記天官書:"昴曰髦頭,胡星也。"正義:"摇動若跳躍者,胡兵大起。"後用以喻邊地戰爭中敵兵勢焰。唐李白李太白詩五出自薊北門行:"虜陣横北荒,胡星耀精芒。"高適高常侍集一同呂判官從哥舒大夫破洪濟城迴登積石軍多福七級浮圖詩:"拔城陣雲合,轉旆胡星墜。"

【胡粉】鉛粉,一名鉛華。爲化粧品。後漢書六三李固傳:"遂共作飛章,虚誣固罪,曰:'……大行在殯,路人掩涕,固獨胡粉飾貌,搔頭弄姿,槃旋偃仰,從容冶步,曾無慘怛傷悴之心。'"也用以塗牆。漢尚書有以胡粉塗壁,見漢官儀;後趙石虎以胡粉和椒塗壁,見鄴中記。參閱釋名釋首飾。

【胡孫】猴的别名。唐慧琳一切經音義一〇〇止觀下猴玃:"猴者猿猴,俗曰胡孫。"宋蘇軾仇池筆記:"人言弄胡孫爲胡孫所弄,此言頗有理。"

【胡柴】亂説。元明戲曲、小説常用語。猶"胡扯"。明高則誠琵琶記義倉賑濟:"末白:一口胡柴!"西遊記六八:"衆臣怒曰:'你這和尚甚不知禮!怎麽敢這等滿口胡柴!'"

【胡哨】嘬口作聲;或以手指放在口中用力吹出聲響,俗稱打胡哨。古今雜劇元秦簡夫趙禮讓肥二:"瑲瑲的一聲鑼響,颼颼的幾聲胡哨。"水滸三七:"李俊用手一招,胡哨了一聲,只見火把人伴飛奔將來。"也作"唿哨"。見該條。

【胡姬】指西域出生的少女。古人詩中常泛指酒店中賣酒的年輕女子。玉臺新詠一漢辛延年羽林郎詩:"依倚將軍勢,調笑酒家胡。胡姬年十五,春日獨當壚。"唐李白李太白詩六少年行之二:"落花踏盡遊何處?笑入胡姬酒肆中。"

【胡寅】公元 1098—1156 年。宋崇安人。字明仲,胡安國弟之子,宣和三年進士,授校書郎,受學於楊時,時金人南侵,寅上書高宗,建議興師北向,不宜遽踐大位。並反對遣使講和。秦檜當政主和,遂乞致仕,歸衡州。檜誣以譏訕朝政,安置新州,檜死,復官。著有讀史管見斐然集等,人稱致堂先生。見宋史四三五附胡安國傳,宋元學案四一有衡麓學案。

【胡麻】植物名。相傳漢張騫得其種於西域,故名。又名巨勝、油麻、脂麻、芝麻。果食爲長乾果,種子有黑白二種,皆可榨油。見政和證類本草二四胡麻。

【胡掖】複姓。晉時鮮卑族禿髮烏復鞬娶胡掖氏,其後人禿髮烏孤,據有河西,建南涼王朝。見晉書禿髮烏孤載記。

【胡耇】老人。左傳僖二二年:"且今之勍者,皆吾敵也,雖及胡耇,獲則取之;何有於二毛?"注:"胡耇,元老之稱。"一説九十歲的老人。釋名釋長幼:"九十曰鮐背,背有鮐文也,……或曰胡耇,咽皮如雞胡也。"

【胡曹】傳説爲黄帝臣,始作衣。見呂氏春秋勿躬、淮南子修務。

【胡梯】俗稱扶梯、樓梯。宋洪邁夷堅志補十五雍氏女:"從胡梯而下。"又吳聿觀堂詩話:"殷浩王胡之徒,秋夜登武昌南樓,聞亟道中屐聲甚夥,……亟道,今所謂胡梯是也。"

【胡陵】地名。也作"湖陵"。春秋時宋邑。秦末項梁起兵度淮,進軍彭城,擊敗秦嘉，嘉走死，梁軍胡陵，將引軍而西，即此。故城在今山東魚臺縣東南。參閱讀史方輿紀要二九徐州沛縣。

【胡笳】我國古代北方民族的管樂器。傳説由漢張騫從西域傳入。其音悲涼。武帝時李延年因其曲造新聲二十八解，以爲武樂。近代所傳的胡笳，爲木管三孔，兩端施角，末翹而哆，長約二尺四寸。見圖1。清代奏蒙古樂曲用此器。圖2爲另一種。參閱樂府詩集五九胡笳十八拍序、文獻通考一三八樂十一。

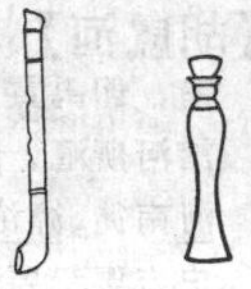

1. 2.
胡笳

【胡渭】公元1633—1714年。清浙江德清人。字朏明，號東樵。專窮經義，尤精輿地之學。曾與顧祖禹閻學璩等同修一統志。著有禹貢錐指二十卷，圖四十七張。並於漢唐以來，河道遷徙之迹，考證甚詳。又著易圖明辨，證明河圖洛書先天太極之學，皆爲後世道流依託之作。參閱清江藩漢學師承記一。

【胡禄】藏矢的器具。與弓俱帶於腰右。新唐書兵志："人具弓一，矢三十，胡禄，横刀，礪石，大觿，氈帽，氈裝，行縢皆一。"也作"胡䩮"。宋辛棄疾稼軒詞鷓鴣天有客慨然談功名因追念少年時事戲作："燕兵夜娖銀胡䩮，漢箭朝飛金僕姑。"也作"胡籙"。見駢雅四釋器。

【胡琴】樂器名。古代泛指一切從域外傳入的絃樂器，故往往名同而器異。唐段安節樂府雜録琵琶："文宗朝，有内人鄭中丞善胡琴，内庫有二琵琶，號大小忽雷，鄭嘗彈小忽雷。"此指琵琶。元楊維楨鐵崖古樂府二張猩猩胡琴引序："胡琴在南爲第二絃子，在北爲今名，亦古月琴之遺製也。"此指月琴。元史禮樂志五："胡琴，制如火不思，卷頸，龍首，二絃，用弓捩之，弓之絃以馬尾。"又别爲一種。今傳統戲劇中所用之京胡、二胡、四胡、板胡，通稱胡琴。

【胡越】㊀胡地在北，越在南，相隔殊遠，比喻疏遠、隔絶。淮南子俶真："六合之内，一舉而千萬里。是故自其異者視之，肝膽胡越；自其同者視之，萬物一圈也。"注："肝膽喻近，胡越喻遠。"㊁比喻禍患。因古時中原胡越之間常有戰禍。史記一一七司馬相如傳諫獵疏："今陛下好陵阻險，射猛獸，卒然遇軼材之獸，駭不存之地，……是胡越起於轂下，而羌夷接軫也，豈不殆哉！"

【胡椒】植物名。子研粉爲調味香料，也入藥。原産印度，梵名昧履支。唐人肉食常用胡椒調味。見唐段成式酉陽雜俎十八木篇。

【胡福】遠福，大福。儀禮士冠禮："敬爾威儀，淑慎爾德，眉壽萬年，永受胡福。"注："胡，猶遐也，遠也。"

【胡瑗】公元993—1059年。宋海陵人。字翼之。景祐初，以范仲淹推薦，白衣召對崇政殿。精音律，與阮逸同校定雅音，授祕書省校書郎。後改教授吴中，從之學者常數百人。慶曆中取其授門弟之法著爲太學令。皇祐中授國子直講，居太學，學者益衆，當時禮部取士，多出於其門。著有易書中庸義景祐樂議等書，弟子稱爲安定先生。見宋史四三二本傳，宋元學案一有安定學案。

【胡鼓】古代北方民族的樂器。用手拍擊。北齊高洋常自擊胡鼓以節樂。見舊唐書音樂志二、資治通鑑一六六南朝梁太平元年五月。

【胡跪】古西域僧人拜坐之法，右膝着地，豎左膝危坐。倦則兩膝姿勢互換，故亦稱互跪。南朝梁慧皎高僧傳九耆域："以晉惠之末至于洛陽，諸道人悉爲作禮，域胡跪，晏然不動聲色。"

【胡説】亂説。宋朱熹朱文公集三九答柯國材："一陰一陽，不記舊説，若如所示，即亦是謬妄之説，不知當時如何敢胡説？"又四二答石子重："仁者其言也訒，蓋心存理著，自是不胡説耳。"

【胡廣】㊀公元91—172年。東漢華容人。字伯始。舉孝廉，章奏爲當時第一。歷官至太傅。廣性謹素，達練事體，故京師諺曰："萬事不理問伯始，天下中庸有胡公。"廣歷任安順沖質桓靈六帝。時朝廷衰微，外戚宦官擅政，廣將順自保而已。著百官箴四十八篇及詩、賦、銘、頌、諸解詁二十二篇。後漢書有傳。㊁公元1370—1418年。明吉水人。字光大。建文二年廷試第一。成祖即位，歷官文淵閣大學士。廣性縝密。帝前所言及所治職務，出未嘗告人。時人比之東漢胡廣。明史有傳。

【胡壽】長壽。儀禮少牢饋食禮："主人受祭之福，胡壽保建家室。"參閱清孔廣森禮學卮言四。（清經解六九五）

【胡銓】公元1102—1180年。宋廬陵人。字邦衡，號澹庵。師蕭楚，爲春秋學，又師事胡安國。舉建炎二年進士，除樞密院編修官，以上疏乞斬王倫秦檜孫近等而被謫昭州。檜死，量移衡州。孝宗即位，得歸。召對時極言恢復，力排和議，任兵部侍郎。又以沮和議得罪，致仕。著有易春秋周禮禮記解。卒後，其子澥等輯父所著詩文爲澹庵先生集七十卷。宋史有傳。

【胡餅】燒餅。其製作之法出於胡地，故名。三國志魏閻温傳注引魏略勇俠傳："時(趙)息從父岐爲皮氏長，聞有家禍，因從官舍逃走之河閒，變姓字，又轉詣北海，著絮巾布袴，常於市中販胡餅。"後趙石勒諱胡字。改稱麻餅。唐白居易長慶集十八寄胡餅與楊萬州詩："胡麻餅樣學京都，麵脆油香新出爐。"參閱宋高承事物紀原九、吴曾能改齋漫録十五胡麻餅。

【胡蝶】昆蟲名。即蝴蝶。蝶，也作"蜨"。莊子齊物論："昔者莊子夢爲胡蝶，栩栩然胡蝶也。自喻適志與，不知周也。"宋蘇軾蘇文忠詩合注十八作詩寄王晉卿："北城寒食煙火微，落花胡蜨作團飛。"

【胡燕】燕的一種。唐段成式酉陽雜俎十六廣動植羽篇："胸班黑，聲大，名胡燕。其巢有容疋素者。"别有紫胸輕小者爲越燕。見政和證類本草十九燕屎引南朝梁陶弘景名醫别録。

【胡盧】笑，笑聲。明人雜劇陸世廉西臺記二："今日裏相逢岐路，生和死總付一胡盧。"見"盧胡"。

【胡謅】瞎説。雍熙樂府十四元王德信進賢賓退隱曲："大叫高謳，睁着眼張着口儘胡謅，這快活誰能彀。"古今雜劇元宫大用死生交范張雞黍一："怕不歪吟的幾句詩，胡謅的一道文，都是些要人錢的諂佞臣。"

【胡簏】盛矢之器。即胡禄。史記七七魏公子傳"平原君負韊矢爲公子先引"唐司馬貞索隱："韊音蘭，謂以盛矢，如今之胡簏而短也。"參見"胡禄"。

【胡簋】宗廟的祭器。左傳哀十一年："仲尼曰：胡簋之事，則嘗學之矣；甲兵之事，未之聞也。"注："胡簋，禮器名。夏曰胡，周曰簋。"也作"瑚簋"。漢王符潛夫論讚學："夫瑚簋之器，朝祭之服，其始也乃山野之木，蠶繭之絲耳。"

【胡顔】猶言"有何面目"。三國志魏陳思王植傳上疏："以罪棄生，則違古賢夕改之勸；忍垢苟全，則犯詩人胡顔之譏。"文選晉殷仲文解尚書表："今宸極反正，惟新告始，憲章既明，品物思舊，臣亦胡顔之厚，可以顯居榮次。"

【胡嚨】喉嚨。古人讀侯爲胡。也作"嚨胡"。見該條。參閱清顧炎武日知録三二胡嚨、顧張思土風録七胡嚨。

【胡繩】香草名。楚辭屈原離騷："矯菌

桂以紉蕙兮，索胡繩之纚纚。”

【胡蘇】水名。古九河之一，故道在今河北東光縣東南。漢書溝洫志：“古説九河之名，有徒駭胡蘇鬲津，今見在成平東光鬲界中。”注：“此九河之三也。徒駭在成平，胡蘇在東光，鬲津在鬲。……胡蘇，下流急疾之貌也。”參閱嘉慶一統志二四天津府一九河故道。

【胡鱅】魚名。卽胖鰱魚。詩齊風敝笱“敝笱在梁，其魚魴鱮”唐孔穎達正義：“陸機〔璣〕云：鱮似魴，厚而頭大，魚之不美者。……其頭尤大而肥者，徐州人謂之鰱，或謂之鱅，幽州人謂之鴞鶚，或謂之胡鱅。”參見“鱅”。

【胡三省】公元1230—1287年。元天台人，字身之，博學善文，尤篤於史學，爲宋王應麟弟子。宋寶祐四年進士，除朝奉郎。宋亡後，鄉居不仕，著資治通鑑音注。又以蜀史炤所撰釋文舛謬甚多，別撰釋文辨誤十二卷，附於音注之後。其注於名物訓詁，浩博周詳，所釋地理，尤以精審見稱。

【胡天游】公元1696—1758年。清浙江山陰人。字稚威，號雲持。本姓方，名遊，雍正副貢。乾隆元年舉博學鴻詞不遇。天游學問甚博，自言古文學唐韓愈，險澀處似唐劉蛻、元元明善，駢文尤著名。詩亦雄健氣盛。自命甚高，於當時王士禛朱彝尊方苞等詆訶不遺餘力。著有石笥山房集。

【胡公頭】帽子的一種。南朝梁宗懍荆楚歲時記：“十二月八日，諺云：‘臘鼓鳴，春草生。’村民打細腰鼓，戴胡公頭及作金剛力士以逐除。”一本作胡頭。南史倭國傳：“男女皆露髻，富貴者以錦繡雜采爲帽，似中國胡公頭。”

【胡安國】公元1073—1138年。宋崇安人，字康侯。舉紹聖四年進士，爲太學博士，提舉湖南學事。高宗卽位，以張浚薦，授給事中，兼侍讀，專講春秋。世稱武夷先生。著有春秋傳資治通鑑舉要補遺等，弟子記其講學所語爲上蔡語録。宋史四三五有傳，宋元學案三四有武夷學案。

【胡宗憲】明績溪人，字汝貞。嘉靖十七年進士，歷知益都、餘姚二縣，擢昇御史，巡按浙江。以平倭有功，加右都御史，太子太保。宗憲多權術，厚結嚴嵩，嵩敗，下獄死。明史有傳。

【胡居仁】公元1434—1484年。明餘干人，字叔心，從吳與弼遊。居仁爲學主誠敬力行，築室山中，四方來學者甚衆。後主講白鹿書院，布衣終身。所著有居業録及文集。明史有傳，明儒學案二有崇仁學案。

【胡桐淚】胡桐樹脂。可入藥。其入土石成塊如鹵鹼者爲胡桐鹼。漢書九六上西域傳“(鄯善)國出玉，多葭葦、檉柳、胡桐、白草”唐顔師古注：“胡桐亦似桐，不類桑也。蟲食其樹而沫出下流者，俗名爲胡桐淚，言似眼淚也。可以汗金銀也，今工匠皆用之。流俗語訛呼淚爲律。”參閱本草綱目三四木一胡桐淚。

【胡孫愁】地名。在三峽中。胡孫卽猴。以其形勢險阻難行，故名。宋黃庭堅山谷詩注内集十二竹枝詞：“竹竿坡面蛇倒退，摩圍山腰胡孫愁。”范成大石湖集十六有胡孫愁詩。

【胡釘鉸】唐貞和元和間人，名本能。以釘鉸爲業。能詩，不廢釘鉸之業，遠近號爲胡釘鉸，其本名轉不著。見唐范攄雲溪友議九、唐詩紀事二八胡令能。

【胡旋舞】舞名。唐時由西域傳入。唐段安節樂府雜録俳優：“舞有骨鹿舞，胡旋舞，俱于一小圓毬子上舞，縱橫騰踏，兩足終不離於毬子上，其妙如此也。”唐白居易長慶集三、元稹長慶集二四皆有胡旋女詩。

【胡惟庸】公元？—1380年。明鳳陽定遠人。洪武三年拜中書省參知政事，六年，遷左丞相。寵任極專，生殺黜陟，或不奏逕行。至十三年以樹黨謀反罪，被誅。二十三年又以肅清逆黨，以韓國公李善長爲首，誅者共二十人。數年中以惟庸事株連死者至三萬餘人。自惟庸死，廢中書省與丞相之職，分相權於六部，直屬於皇帝。明史有傳。

【胡髯郎】羊的別名。胡，頸間垂肉；髯，鬚。羊頸有長鬚，故有此名。舊題南朝梁任昉述異記：“羊一名胡髯郎，又名青鳥。”按晉崔豹古今注：“羊，一名髯鬚主簿。”意相同。

【胡震亨】明海鹽人。字孝轅，號遯叟。萬曆二十五年舉人。崇禎末年，薦補定州知州，擢員外郎。家中藏書甚富，輯有唐音統籤十集，共一千二十七卷。前九集全録唐代詩人作品，末集録有關唐代詩話（卽唐音癸籤）。清代修訂全唐詩，卽以震亨之書爲藍本。自著有赤城山人稿。

【胡撥思】樂器名。似琵琶而小。元時盛行，又名“火不思”、“和必斯”、“渾不似”。制如琵琶，直頸，無品，有小槽，圓腹如半瓶榼，以皮爲面，四絃，皮綁同一孤柱。清文獻通考一六四樂考十：“渾不似制如琵琶，相傳王昭君琵琶壞，使人重造而其形小，昭君笑曰：‘渾不似。’遂以名。元史以爲和必斯，今以爲胡撥思，皆相傳之訛。”參見“火不似”。

【胡盧河】水名。*1.* 在今河北寧晉縣東南，卽禹貢之大陸澤。古時爲滏漳滹沱諸河所滙，縱橫各三十里。明正德中漳河南徙，滹沱北徙，逐漸淤爲窪地。見讀史方輿紀要十四趙州。2. 卽甘肅固原縣境内的蔚茹水。北注於黄河，支流入平涼縣界，注於涇河。見讀史方輿紀要五八平涼府。

【胡盧提】糊裏糊塗。宋吳曾能改齋漫録五霹靂手胡盧提：“張右史明道雜志云：錢内翰穆父知開封府，斷一大事，或語之曰：‘可謂霹靂手矣。’錢答曰：‘僅免胡盧提。’蓋俗語也。”也作“葫蘆提”。見該條。

【胡應麟】明蘭溪人，字元瑞，萬曆四年舉人。能詩，受知於王世貞。嗜書，家藏四部書多至四萬二千三百八十四卷。因築室山中，專事著述。著有少室山房筆叢、詩藪、類稿。明史有傳。

【胡思亂量】無益之思。宋朱熹朱文公集五十答潘文叔一：“切宜便就脚下一切掃去，而於日用之間，稍立程課，著實下工夫，不要如此胡思亂量過却日子也。”又王明清揮麈録後録十一：“秦(檜)曰：‘足下今作何官？’(魏)道弼曰：‘備員禮部侍郎。’秦復曰：‘且管了銓曹職事，不須胡思亂量’”也作“胡思亂想”。朱子語類一一三朱子：“操存只是教你收斂，教那心莫胡思亂想，幾曾捉定有一箇物事在裏？”

【胡笳十八拍】古樂府琴曲歌辭。相傳漢末蔡邕女蔡琰（文姬）所作。一章爲一拍。樂府詩集五九胡笳十八拍引唐劉商胡笳曲序稱琰善琴，能爲離鸞別鶴之操。漢末琰没於南匈奴，曹操遣使者贖歸，重嫁董祀，祀以琴寫胡笳聲爲十八拍。樂府詩集録琰原辭，後附劉商擬作一首。

胥

xū 相居切，平，魚韻，心。

ㄒㄩ 私吕切，上，語韻，初。

㊀蟹醬。周禮天官庖人“共祭祀之好羞”漢鄭玄注：“若荆州之鱃魚，青州之蟹胥，雖非常物，進之孝也。”㊁互相。書盤庚上：“汝曷弗告朕，而胥動以浮言，恐沈于衆？”㊂皆，都。詩魯頌有駜：“振振鷺，鷺于下，鼓咽咽，醉言舞，于胥樂兮。”孟子萬章上：“天下之士多就之者，帝將胥天下而遷之也。”㊃觀察。詩大雅公劉：“篤

公劉，于胥斯原，既庶既繁。」又緜：「爰及姜女，聿來胥宇。」㈤古代官府中的小吏。周禮天官序官：「胥，十有二人；徒，百有二十人。」注：「胥，讀如諝，謂其有才知爲什長。」疏：「案周室之內，稱胥者多，謂若大胥、小胥、胥師之類，雖不爲什長，皆是有才智之稱。」㈥等待。通「須」。管子法法：「四者備體，則胥時而王，不難矣。」史記八一廉頗藺相如傳附趙奢：「胥後令邯鄲。」㈦疏遠。詩小雅角弓：「爾之遠矣，民胥然矣。」㈧語氣詞，無義。詩小雅桑扈：「君子樂胥受天之祜。」㈨姓。晉大夫胥臣之後，以字爲氏。或言出赫胥氏之後。見通志二五氏族一以字爲氏。

【胥山】山名。1.在江蘇吳縣西南，相傳因伍子胥而得名。史記六六伍子胥傳：「(伍)乃自剄死。吳王聞之大怒，乃取子胥屍盛以鴟夷革，浮之江中。吳人憐之，爲立祠於江上，因命曰胥山。」一說吳王闔閭時已有胥山之名。越絕書吳地傳：「闔廬之時大霸，築吳越城，城中有小城二，徙治胥山。」2.在浙江嘉興縣東二十七里。本名張山，相傳吳使伍子胥伐越經營於此，因改名胥山。見讀史方輿紀要九一嘉興府秀水縣。3.今浙江杭縣之吳山，亦名胥山。見「吳山2」。

【胥吏】官府中辦理文書的小吏。唐柳宗元柳先生集十七梓人傳：「郡有守，邑有宰，皆有佐政，其下有胥吏。」唐劉禹錫劉夢得集十四答饒州元使君書：「以不知事爲簡，以清一身爲廉，以守舊弊爲奉法，是心清於棖闑之內而柄移於胥吏之手。」

【胥成】相重，對生。山海經中山經：「(姑媱之山)帝女死焉，其名曰女尸，化爲䔄草，其葉胥成，其華黃，其實如菟丘。」注：「胥成，言葉相重也。」

【胥邪】椰子的別名。一名胥餘。文選漢司馬長卿(相如)上林賦：「留落胥邪，仁頻并閭。」參見「胥餘㊂」。

【胥門】城門名。即今江蘇蘇州城西門。越絕書吳地傳：「胥門外有九曲路，闔廬造以遊姑胥之臺。」

【胥附】遠相親附。尚書大傳二：「周文王胥附奔輳先後禦侮，謂之四鄰，以免於羑里之害。……孔子曰：『文王得四臣，丘亦得四友焉。自吾得回也，門人加親，是非胥附與？』」南史鄧元起傳論：「元起勤乃胥附，功惟闢土，勞之不圖，禍機先陷。」

【胥胥】㈠解散貌。釋名釋飲食：「蟹胥，取蟹藏之，使骨肉解之胥胥然也。」㈡唐李翱李文公集十七舒州新堂銘：「獨我州氓，樂哉胥胥。」按詩小雅桑扈「君子樂胥」，胥，語氣詞，無義。又魯頌有駜「于胥樂兮」，胥訓「皆」。李文取胥樂字，重言胥胥，轉爲安樂貌。

【胥庭】指古代傳說的古帝赫胥氏、大庭氏。後漢書四九仲長統傳論：「世非胥庭，人乖鷇飲，化迹萬肇，情故萌生。」注：「赫胥氏、大庭氏並古之帝號。」

【胥師】官名。周禮地官有胥師，二十肆有胥師一人，爲掌管市場物價的小官吏。

【胥徒】古代官府中的小吏及步行供使役的人。一般有胥有徒，也有的有徒無胥。後來泛指官府衙役。南朝梁何遜何水部集早朝車中聽望詩：「胥徒紛絡繹，騶御或西東。」

【胥紕】古時北方少數民族服裝上革帶的鉤。史記一一〇匈奴傳：「黃金飾具帶一，黃金胥紕一。」胥紕，漢書作「犀毗」，戰國策趙二作「師比」。參見「師比」、「犀毗」。

【胥產】春秋時晉大夫胥臣與鄭相子產皆以多聞博識著名，後遂以胥產並稱。南朝宋裴駰史記集解序：「愧非胥臣之多聞，子產之博物，妄言末學，蕪穢舊史，豈足以關諸畜德，庶賢無所用心而已。」唐于志寧隋皇甫誕碑：「博韜胥產，文瞻卿雲。」(金石萃編四四)

【胥臺】臺名。姑胥台的省稱，即姑蘇台。越絕書吳地傳：「春夏治姑胥之臺。」參見「姑蘇」。

【胥餘】㈠人名。一說箕子之名，一說比干之名。莊子大宗師：「若狐不偕務光伯夷叔齊箕子胥餘紀他申徒狄，是役人之役，適人之適，而不自適其適者也。」釋文：「司馬(彪)云：胥餘，箕子名也。……或云尸子曰：比干也，胥餘其名也。」㈡籬落的角隅。尚書大傳牧誓：「愛人者兼其屋上之烏，不愛人者及其胥餘。」注：「胥餘，里落之壁。」參閱清孫志祖讀書脞錄七。㈢椰子樹。史記一一七司馬相如傳上林賦：「留落胥餘，仁頻并閭。」索隱：「司馬彪云：胥邪樹高十尋，葉在其末。異物志：實大如瓠，繫在顛若掛物。實外有皮，中有核如胡桃。核裏有膚厚寸半如豬膏，裏有汁斗餘，清如水，味美於蜜也。」

【胥濤】傳說春秋時伍子胥爲吳王夫差所殺，屍投浙江，成爲濤神。後遂稱浙江潮爲胥濤，也泛指洶湧的波濤。宋史河渠志七李衢言：「惟是淛江(今浙江)東接海門，胥濤澎湃。」宋陸游劍南詩稿五十送子龍赴吉州掾：「汝行犯胥濤，次第過彭蠡。」

【胥靡】㈠地名。春秋時鄭邑，後屬周，在今河南偃師縣東南。左傳襄十八年，楚伐鄭，「蔿子馮公子格率銳師侵費滑胥靡獻于雍梁」，又昭二十六年，「庚辰，王入于胥靡」，均爲此地。㈡古代服勞役的刑徒。一說刑名。莊子庚桑楚：「胥靡登高而不懼，遺死生也。」呂氏春秋求人：「傅說，殷之胥靡也。」注：「胥靡，刑罪之名也。」㈢空無所有。荀子儒效：「鄉也，胥靡之人，俄而治天下之大器舉在此。」漢書八七下揚雄傳解難：「蓋胥靡爲宰，寂寞爲尸。」注引張晏：「胥，相也。靡，無也。言相師以無爲作宰者也。」

背 1. bèi ㄅㄟˋ 補妹切，去，隊韻，幫。蒲昧切，去，隊韻，並。

㈠脊背。孟子盡心上：「其生色也，睟然見於面，盎於背，施於四體。」㈡凡物之後面或反面皆稱背。詩大雅蕩：「不明爾德，時無背無側。」疏：「背後無良臣，傍側無賢人也。」史記絳侯周勃世家：「獄吏乃書牘背示之。」㈢指北面的堂屋。詩衛風伯兮：「焉得諼草，言樹之背。」傳：「背，北堂也。」㈣以背向之。周禮秋官司儀：「不正其主面，亦不背客。」㈤違反。書太甲中：「既往背師保之訓。」左傳成十一年：「秦伯歸而背晉成。」㈥轉身，離開。荀子解蔽：「卬視其髮，以爲立魅也，背而走。」引申爲死亡。文選晉李令伯(密)陳情表：「生孩六月，慈父見背。」㈦背誦所習詩文。明實錄三二太祖洪武實錄二五四：「諸生每三日一背書。」㈧日暈的外圍。漢書天文志：「暈適背穴，抱珥虹蜺。」注：「孟康曰：暈，日旁氣也……背，形如背字也。……如淳曰：凡氣在日上爲冠爲戴，在旁直對爲珥，在旁如半環向日爲抱，向外爲背。」

2. bēi ㄅㄟ

㈨用背馱負。引申爲負擔。也作「揹」。參見「背₂榜」、「背₂籠」。

【背子】㈠朝服的裏衣，古稱中衣、中單。中單腋下縫合，兩腋各有交帶橫束其上，無裙，而背子腋內不縫合，無帶有裾長至足。宋程大昌演繁露三背子中禪：「今人服公裳，必衷以背子。背子者，狀如單襦袷襖，特其裾加長，直垂至足焉耳。其實古之中禪也，禪之字或爲單，中單之製，正如今人背子。」參閱明張伸雅俗稽言十一中禪。㈡半袖上衣。隋大業末，煬帝宮人，百官母妻等，緋羅蹙金飛鳳背子，以爲朝服，及禮見賓客舅姑之長服。至唐又減其袖，謂之半臂。參閱五代後唐馬縞中華古今注中衫子背子、事林廣記戊五引實錄。

【背心】㊀離心。韓非子難三：「仲尼曰：『葉都大而國小，民有背心，故曰政在悅近而來遠。』」㊁一種只蔽胸背而無袖的衣服。1.襯衣。即「背子㊀」。宋曹勛北狩聞見錄：「徽廟出御衣衣襯一領」自注：「俗呼背心。」2.無袖的上外衣。紅樓夢三：「只見一個穿紅綾襖青紬掐牙背心的一個丫鬟走來。」

【背本】忘本，背棄根本。左傳哀七年：「吳將亡矣，棄天而背本。」後漢書五八臧洪傳：「(張)超曰：『子源天下義士，終非背本者也。』」子源，洪字。

【背花】舊時刑罰，用木棒打脊背，傷破之處叫背花，因也稱打脊背爲打背花。三國演義十九：「(呂)布曰：『故犯吾令，理應斬首，今看衆將面，且打一百。』衆將又哀告，打了(侯成)五十背花，然後放歸。」明湯顯祖牡丹亭傳奇閨塾：「則問你幾絲兒頭髮？幾條背花？敢也怕些些，夫人堂上，那些家法？」

【背叛】背離，叛變。荀子解蔽：「故以貪鄙、背叛、爭權而不危辱滅亡者，自古及今，未嘗有之也。」史記項羽紀：「趣義帝行，其羣臣稍稍背叛之。」

【背時】不合時宜。俗也指時運不濟。唐盧照鄰幽憂子集六對蜀父老問：「蓋聞智者不背時而徼幸，明者不違道以干非。」劉禹錫劉夢得集外集二酬樂天見寄：「背時猶自居三品，得老終須卜一丘。」

【背胸】舊時官員章服上區分品級的徽誌。用金絲彩綫繡於胸前及背上，故稱。也稱「胸背」。其制始於明代。清稱補子，文官繡禽，武官繡獸，不同品級所繡各異。清劉廷璣在園雜志一：「常見福清葉相國向高集內，有欽賜大紅紵絲斗牛背胸一襲。背胸，或即補子也。」參閱明史輿服志三。

【背嵬】㊀盾牌的一種。也稱圓牌。宋程大昌演繁露九背嵬引章氏槁簡贅筆：「背嵬即圓牌也，以皮爲之，朱漆金花，煥耀炳目。」㊁古大將親兵稱號。也作「背嵬」。參見「背嵬軍」。

【背馳】背道而馳。常比喻方向相反或意見相左。文選晉曹顏遠(攄)感舊詩：「今我唯困蒙，郡士所背馳。」唐柳宗元柳先生集二一楊評事文集後序：「其餘各探一隅，相與背馳於道者，其去彌遠，文之難兼，斯亦甚矣。」

【背鄉】指不同的方位，也指對人對事的反對與支持。韓非子飾邪：「龜筴鬼神不足舉勝，左右背鄉不足以專戰。」漢書藝文志兵形勢家：「形勢者，雷動風舉，後發而先至，離合背鄉，變化無常，以輕疾制敵者也。」注：「鄉讀曰嚮。」

【背會】俗稱老年人糊塗爲背會。元關漢卿拜月亭三：「俺這個背會爺，聽的把古書說，他便惡紛紛的腦裂，龐豪的今古皆絕。」也作「背悔」、「背晦」。元曲選楊文奎兒女團圓一：「這婆娘家便背悔，也忒瞞心昧己。」紅樓夢四六：「老爺如今上了年紀，行事不免有點兒背晦，太太勸勸才是。」

【背誦】不看原文，憑記憶誦讀。三國志魏王粲傳：「粲與人共行，讀道邊碑。人問曰：『卿能闇誦乎？』曰：『能』，因使背而誦之，不失一字。」明楊基眉菴集四梁園飲酒歌：「九齡六經已畢讀，掩卷背誦無掣肘。」

【背誕】違命放縱，不受節制而妄爲。左傳昭元年：「伯州犁曰：『子姑憂子皙之欲背誕也。』」注：「背命放誕，將爲國難。」文選三國魏潘元茂(勗)册魏公九錫文：「劉表背誕，不供貢職，王師首路，威風先逝，百城八郡，交臂屈膝。」

【背₂榜】舊時科舉考試，列名榜末者，俗稱背榜。本作「擔榜」。背負與擔荷同義。參閱清俞樾茶香室叢鈔七。參見「擔榜狀元」。

【背褡】短衣無袖，僅蔽胸背。亦稱背心。古曰兩當。古今雜劇元秦簡夫孝義士趙禮讓肥一：「我則見他番穿着綿納甲，斜披着一片破背褡。」

【背₂篷】漁人遮背的篷衣。全唐詩六一〇皮日休添魚具詩序：「江漢間時候率多雨，唯以簦笠自庇。每伺魚必多俯，簦笠不能庇其上，由是織篷以障之，上抱而下仰，字之曰背篷。」又背篷詩：「儂家背篷樣，似箇大龜甲。雨中跼蹐時，一向聽霎霎。」

【背竈】鸛的別名。詩豳風東山「鸛鳴于垤」三國吳陸璣疏：「鸛，鸛雀也……一名背竈。」參閱宋羅願爾雅翼十五鸛。

【背聽】耳聾。宋張表臣珊瑚鉤詩話二：「暇日與同僚遊甘露寺，……其僧頑俗且聵，……予知之，戲曰：『近日和尚耳明否？』曰：『背聽如舊。』」

【背₂籠】負物用具。宋朱輔溪蠻叢笑：「負物不以肩荷之。筠籃汲水，則用木爲半枷之狀，箝其項，以布帶或木皮繫之額上，名背籠。」(說郛五)

【背水陣】背水列陣，以示無路可退，借以激勵將士死中求生的決心。尉繚子天官：「背水陳(陣)爲絕紀〔地〕，向阪陳爲廢軍。」史記九二淮陰侯傳：「(韓)信乃使萬人先行，出，背水陳(陣)。」

【背生兒】父親死後纔出生的人。即「遺腹子」。明范受益尋親記傳奇三二：「我是背生兒，逆天罪大。」

【背嵬軍】南宋大將親軍的稱號。背嵬，即盾牌。一說嵬爲酒瓶。大將酒瓶，必令親隨背負，故稱。嵬，也作「嵬」。宋趙彥衛雲麓漫鈔七：「四帥之中，韓（世忠）岳(飛)兵尤精，常時於軍中角其勇健者，令爲之籍。每旗頭、押隊闕，於所籍中又角其勇力出衆者爲之；將、副有闕，則於諸隊旗頭、押隊內取之。別置親隨軍，謂之背嵬，悉於四等人內角其優者補之。……凡有堅敵，遣背嵬軍，無有不破者。」宋袁燮絜齋集七邊防質言論十事論招募：「中興之初，背嵬一軍，最爲勇健，各持巨斧，上揕人胸，下斬馬足，北敵深憚之。」

【背山起樓】靠山建造樓房。比喻煞風景。舊題唐李義山雜纂謂花下曬裩、背山起樓、燒琴煮鶴、對花啜茶、松下喝道等爲殺風景。(說郛五)

【背井離鄉】遠離故鄉。井，市井。元曲選馬致遠漢宮秋三：「假若俺高皇差你個梅香背井離鄉，卧雪眠霜。」也作「離鄉背井」。又鄭德輝倩女離魂四：「則被他將一箇癡小冤家，送的來離鄉背井。」

【背本趨末】背離基本的、重要的部分，追求細微末節。我國古代常以農業爲本，工商爲末。漢書二四食貨志上：「時民近戰國，皆背本趨末。」又賈誼說積貯：「古之治天下，至孅至悉，故其畜積足恃。今背本而趨末，食者甚衆，是天下之大殘也。」

【背城借一】謂與敵最後決戰。左傳成二年：「請收合餘燼，背城借一。」注：「欲於城下，復借一戰。」宋蘇軾分類東坡詩十七景純復以二篇……仍次其韻詩：「背城借一吾何敢，慎莫尊前替戾岡。」

胄 zhòu 直祐切，去，宥韻，澄。ㄓㄡˋ

㊀古帝王和貴族的後代。國語周一：「(襄王)十六年而晉人殺懷公，無胄。」注：「胄，後也。」㊁專指帝王與貴族的長子，嫡子。見「胄子」。

【胄子】㊀古帝王與貴族的長子，皆入國學，稱胄子。書舜典：「帝曰：夔！命汝典樂，教胄子。」傳：「胄，長也。」疏：「繼父世者，惟長子耳，故以胄爲長也。"按史記五帝紀引作"教育子"。育子，卽稺子。自正義訓胄爲長，自後相承以胄子爲長子。見清王引之經義述聞三教胄子。㊁泛稱國子學生爲胄子。晉書潘尼傳釋奠頌："莘莘胄子，祁祁學生。"

【胄序】太學。古代貴族子弟就學之所。文苑英華六〇五唐崔融皇太子請家令寺地給貧人表："臣濫奉宗祧，親承覆載，……但知問豎寢門，尊師胄序。"

【胄裔】古帝王與貴族的子孫。左傳昭三十年："吳，周之胄裔也，而棄在海濱，不與姬通。"也作"裔胄"。見該條。

胃 wèi 于貴切，去，未韻，于。ㄨㄟˋ

㊀胃臟。屬消化器官。靈樞經五味："胃者，五藏六府之海也，水穀皆入于胃，五藏六府皆稟氣于胃。"㊁星宿名。二十八宿之一。禮月令季春之月："日在胃。"史記天官書："胃爲天倉。"正義："胃三星，昴七星，畢八星，爲大梁，於辰在酉，趙之分野。胃主倉廩，五穀之府也。"

【胃疸】病名。素問平人氣象論："已食如饑者，胃疸。"注："是則胃熱也，熱則消穀，故食已如饑也。"

【胃脯】食物名。將羊肚煮熟，調以五味，曬乾而成。史記一二九貨殖傳："胃脯，簡微耳，濁氏連騎。"索隱："晉灼云：'太官常以十月作沸湯燖羊胃，以末椒薑粉之訖，暴使燥，則謂之脯，故易售而致富。'"

胘 xián 胡田切，平，先韻，匣。ㄒㄧㄢˊ 胡涓切，平，先韻，匣。

牛胃。說文："胘，牛百葉也。"北魏賈思勰齊民要術九牛胘炙："老牛胘厚而脆。"

【胘靁】古地名。史記一一〇匈奴傳："北益廣田至胘靁爲塞。"漢書作"眩雷"，注引服虔："眩雷，地在烏孫北也。眩音州縣之縣。"

脉 mài 莫獲切，入，麥韻，明。ㄇㄞˋ

同"衇"、"脈"。見"脈"。

胖 1. pàn 集韻 普半切，去，換韻。ㄆㄢˋ

㊀古代祭祀時用的半邊牲肉。儀禮少牢饋食禮："司馬升羊右胖。"右胖，右半邊。

2. bǎn 集韻 補綰切，上，潸韻。ㄅㄢˇ

㊁脅側薄肉，夾脊肉。禮內則："鵠鴞胖。"注："胖謂脅側薄肉也。"周禮天官腊人："凡祭祀，共豆脯，薦脯，膴胖，凡腊物。"疏："杜子春讀胖爲版。又云：膴胖皆謂夾脊肉。"

3. pán 集韻 蒲官切，平，桓韻。ㄆㄢˊ

㊂大。禮大學："富潤屋，德潤身，心廣體胖。"注："胖，猶大也。"但宋朱熹集注訓胖爲安適。

4. pàng ㄆㄤˋ

㊃肥大。水滸六："當中坐着一個胖和尚，生的眉如漆刷，臉似墨裝。"

【胖3肆】恣肆，放縱。新唐書一二七裴耀卿傳："又萬人之命倚於將，示不得已，故鑿凶門而出。今酣吹朝夕，胖肆自安，非愛人憂國者，不可不察。"

【胖4襖】㊀明代九邊將士及錦衣衛等人員所服棉上衣，三年一給，在京師者五年一給。襖長齊膝，窄袖，內實以棉花。見明何士晉輯工部廠庫須知七驗試場條議、明史輿服志三。㊁傳統戲服裝中的一種。演花面者身須胖大，方有威嚴，袍內襯著厚棉馬甲，名爲胖襖。

⿰月正 zhēng 諸盈切，平，清韻，照。ㄓㄥ

煮魚煎肉。見集韻。北魏賈思勰齊民要術八⿰月正腤煎消有⿰月正魚鮓法、五侯⿰月正法等。

胠 qū 去魚切，平，魚韻，溪。ㄑㄩ 近倨切，去，御韻，溪。

㊀腋下。素問欬論："轉則兩胠下滿。"注："胠，亦脅也。"㊁古說軍左翼爲啓，右翼爲胠。左傳襄二三年："啓：牢成御襄罷師，狼蘧疏爲右。胠：商子車御侯朝，桓跳爲右。"㊂從旁開。見"胠篋"。㊃遮攔，攔淺。通"阹"。荀子榮辱："鯈、鉢者，浮陽之魚也，胠於沙而思水，則無逮矣。"

【胠篋】撬開箱子。莊子胠篋："將爲胠篋探囊發匱之盜而爲守備，則必攝緘縢，固扃鐍。"釋文："司馬(彪)云：從旁開爲胠。一云發也。"

胚 pēi 芳杯切，平，灰韻，滂。ㄆㄟ

說文作"肧"。㊀未離母體的幼體。文子九守："三月而胚，四月而胎。"(說郛五四)㊁事物的開端。參見"胚胎㊁"。

【胚胎】㊀孕之初期。喻事物之初起或兆端。見"肧胎"。㊁本源。唐韓愈昌黎集二七清河郡公房公墓碣銘："公胚胎前光，生長食息，不離典訓之內。"

胈 bá 蒲撥切，入，末韻，並。ㄅㄚˊ

人體脚腿上的細毛。莊子天下："禹親自操橐耜，而九雜天下之川，腓無胈，脛無毛。"史記一一七司馬相如傳難蜀父老："心煩於慮而身親其勞，躬胝無胈，膚不生毛。"

胇 1. bì 房密切，入，質韻，並。ㄅㄧˋ

㊀胇肸，大貌。見廣韻。

2. fèi 集韻 芳廢切，去，廢韻。ㄈㄟˋ

㊁通"肺"。詩大雅桑柔"自有肺腸"唐陸德明經典釋文："肺，本又作胇。"㊂見下。

【胇2胃】古大儺時所扮十二神之一。後漢書禮儀志中："甲作食殈，胇胃食虎，雄伯食魅。"參閱唐段安節樂府雜録驅儺。

⿰月尻 kāo 集韻 丘刀切，平，豪韻。ㄎㄠ

臀部。同"尻"。呂氏春秋觀表："古之善相馬者……許鄙相⿰月尻。"注："⿰月尻，後竅也。"

胆 1. tán 徒干切，平，寒韻，定。ㄊㄢˊ

㊀口脂澤。見廣韻。

2. dǎn ㄉㄢˇ

㊁"膽"俗字。見正字通。

胂 shēn 失人切，平，真韻，審。ㄕㄣ

夾脊肉。素問繆刺論："刺腰尻之解，兩胂之上。"急就篇三："胂腴胷脇喉咽髃。"

胛 jiǎ 古狎切，入，狎韻，見。ㄐㄧㄚˇ

肩胛。後漢書三八張宗傳："宗夜將銳士入城襲赤眉，中矛貫胛。"注："胛，背上兩髆間。"

胑 zhī 章移切，平，支韻，照。ㄓ

手足的統稱。同"肢"。荀子君道："塊然獨坐而天下從之如一體，如四胑之從心。"淮南子脩務："四胑不動，思慮不用，事治求澹〔贍〕者，未之聞也。"

胎 tāi 土來切，平，咍韻，透。ㄊㄞ

㊀人和哺乳動物孕於母體內的幼體。禮王制："不殺胎。"淮南子精神："三月而胎。"㊁事物的根源。漢書五一枚乘傳諫吳王濞書："福生有基，禍生有胎。"㊂坯子或內襯墊之物。宋釋惠演正定府龍興寺鑄銅像記："用大木於鐵柱，於胎上塑立大悲菩薩形像。"(金石萃編一二三)

【胎甲】謂物初起在胞胎的階段。宋沈括夢溪筆談七象數："震、巽、坎、離、艮、兑納庚、辛、戊、己、丙、丁者，六子於乾坤之包中，如物之處胎甲者。」

【胎生】人和哺乳動物由母體懷孕而生，叫作胎生。莊子知北遊：「而萬物以形相生，故九竅者胎生，八竅者卵生。」禮樂記：「胎生者不殰，而卵生者不殈。」佛教分衆生爲胎生、卵生、濕生、化生爲四類，稱四生，見「四生」。

【胎仙】㊀神名。雲笈七籤十一上清黃庭內景經：「琴心三疊儛胎仙。」注：「胎仙卽胎靈大神，亦曰胎真，居明堂中。」㊁鶴的別稱。古代鶴有仙禽之稱，又相傳胎生，故名。本草綱目四七禽一鶴：「八公相鶴經云：『鶴乃羽族之宗，仙人之驥，千六百年乃胎產，則胎仙之稱以此。」

【胎字】撫育，安撫。南朝梁徐勉始興忠武王蕭憺碑：「帝曰欽哉，胎字南服。」（金石萃編二六）

【胎孩】威嚴，有氣概。古今雜劇元鄭德輝㑳梅香四：「早則是劉郎悞入天台裏，常時病體㦃揣，始今相貌胎孩。」又作「台孩」。元王實甫絲竹芙蓉亭殘折：「你這般假古憿，喬身分，裝些台孩。」參見「擡頦」。

【胎食】古時道家修鍊術之一。詳「胎息」。

【胎息】古時道家修鍊之術。後漢書八二下王真傳：「年且百歲，視之面有光澤，似未五十者。自云：『周流登五岳名山，悉能行胎息胎食之方，嗽舌下泉咽之，不絕房室。』」注：「漢武內傳曰：……習閉氣而吞之，名曰胎息；習嗽舌下泉而咽之，名曰胎食。」抱朴子釋滯：「得胎息者，能不以鼻口噓吸，如在胞胎之中，則道成矣。」參閱雲笈七籤三五胎息法。

【胎教】舊時説婦女懷胎後，其思想、視聽、言動，必須謹守禮儀，予胎兒以良好影響，名爲胎教。漢賈誼新書胎教：「周妃后妊成王於身，立而不跛，坐而不差，笑而不諠，獨處不倨，雖怒不罵，胎教之謂也。」大戴禮三保傅：「胎教之道，書之玉板，藏之金匱，置之宗廟，以爲後世戒。」

【胎禽】鳥名。鶴的別稱。南朝梁陶弘景瘞鶴銘：「相此胎禽，浮丘著經。」（金石萃編二六）。宋吳世延十二峯聚鶴峯詩：「方憐病羽困樊籠，仰見胎禽唳遠空。」（蜀中廣記二二引）參見「胎仙㊁」。

【胎髮】㊀嬰兒初生時的頭髮。唐白居易長慶集五八阿崔詩：「膩剃新胎髮，香綳小繡襦。」宋陸游劍南詩稿五八旅舍偶題：「童顏幾歲已辭鏡，胎髮今朝還入梳。」此言年老頭髮脱落稀疏，如小兒胎髮然。㊁指用胎髮做的筆。唐段成式酉陽雜俎六藝絕：「南朝有姥，善作筆，蕭子雲常書用，筆心用胎髮。」齊己白蓮集九送胎髮筆寄仁公詩：「內惟胎髮外秋毫，綠玉新裁管束牢。」

【胎鰕】有子的鰕魚。文選三國魏曹子建（植）名都篇：「膾鯉臇胎鰕，寒鼈炙熊蹯。」

【胎養穀】漢代獎勵生育發給孕婦的穀物。後漢書章帝紀元和二年詔：「人有產子者復，勿筭（免役）三歲。今諸懷姙者，賜胎養穀人三斛，復其夫，勿筭一歲，著以爲令。」

胗

zhěn 章忍切，上，軫韻，照。
ㄓㄣ 居忍切，上，軫韻，見。

㊀唇瘡。文選戰國楚宋玉風賦：「中脣爲胗。」㊁皮膚生紅色斑點。通「疹」。素問氣交變大論：「瘡、瘍、痱、胗。」

胜

1. xīng 桑經切，平，青韻，心。
ㄒㄧㄥ

㊀「腥」的本字。見説文。

2. qìng 集韻 七正切，去，勁韻。
ㄑㄧㄥ

㊁見「胜₂遇」。

3. shěng
ㄕㄥ

㊂瘦。通「省」。管子入國：「必知其食飲飢寒、身之膌胜而哀憐之，此之謂恤孤。」清王念孫讀書雜志管子九膌胜：「胜讀如減省之『省』，胜亦瘦也。字或作眚，又作瘠。」

【胜₂遇】古代傳説中鳥名。山海經西山經：「（玉山）有鳥焉，其狀如翟而赤，名曰胜遇。是食魚。其音如錄〔鹿〕，見則其國大水。」清郝懿行箋疏：「玉篇有『鴩』字，音『生』，鳥也。疑鴩卽胜矣。」

胅

dié 徒結切，入，屑韻，定。
ㄉㄧㄝ

㊀骨節的隆起部分。見説文。㊁腫大。淮南子精神：「一月而膏，二月而胅，三月而胎。」胅，言胎漸大如腫物。㊂突出。通「凸」。山海經海外南經「（結匈國）其爲人結匈」晉郭璞注：「臆前胅出，如人結喉也。」爾雅釋畜「犦牛」晉郭璞注：「領上肉犦胅起，高二尺許。」

胣

chǐ 集韻 丑豸切，上，紙韻。
ㄔ

剖腹刳腸。莊子胠篋：「昔者龍逢斬，比干剖，萇弘胣，子胥靡。」釋文：「胣，裂也。淮南子曰：『萇弘鈹裂而死』……一云：刳腸曰胣。」

胙

zuò 昨誤切，去，暮韻，從。
ㄗㄨㄛ

㊀祭肉。左傳僖九年：「王使宰孔賜齊侯胙。」㊁福佑。國語周下：「天地所胙，小而後國。」福佑字本作「胙」，「祚」後起字，兩字常錯出誤用。參閱清鄭珍説文新附考一祚。㊂賜與，報答。左傳昭三年：「賜女州田，以胙乃舊勳。」㊃臺階。通「阼」。荀子哀公：「君入廟門而右，登自胙階。」㊄古國名。周公別子封胙伯於此。見左傳僖二四年、襄十二年。

【胙土】帝王以土地賜封功臣，酬其勳績，謂之胙土。左傳隱八年：「胙之土而命之氏。」北周庾信庾子山集一哀江南賦：「分南陽而賜田，裂東嶽而胙土。」謂其祖滔封遂昌侯。

胞

1. bāo 布交切，平，肴韻，幫。
ㄅㄠ 匹交切，平，肴韻，滂。

㊀胎兒的裹膜。又稱胞衣、胎衣。莊子外物：「胞有重閬，心有天遊。」釋文：「胞，普交切，腹中胎。」漢書九七下外戚趙皇后傳解光奏：「善臧（藏）我兒胞。」注：「胞謂胎之衣也。」㊁同父母所生者爲同胞。北齊書孝昭紀詔：「同胞共氣，家國所憑。」引申與父同胞者，稱胞伯、胞叔。

2. páo 集韻 蒲交切，平，肴韻。
ㄆㄠ

㊂古代祭祀時掌割肉的小吏。通「庖」。禮祭統：「胞者，肉吏之賤者也。」

3. pāo 字彙 披交切，音拋。
ㄆㄠ

㊃膀胱。同「脬」。文選晉嵇叔夜（康）與山巨源絕交書：「每常小便而忍不起，令胞中略轉乃起耳。」

【胞₂人】㊀廚工。同「庖人」。莊子庚桑楚：「湯以胞人籠伊尹。」釋文：「伊尹好廚，故湯用爲庖人。」㊁漢代小官名。漢書百官公卿表上：「又胞人、都水、均官三長丞。」注：「胞人，主掌宰割者也。胞與庖同。」參見「庖人」。

【胞衣】卽胎衣。南齊書王敬則傳：「母爲女巫，生敬則而胞衣紫色。」本草綱目五二人一人胞：「人胞，包人如衣，故曰胞衣。方家諱之，別立諸名焉。」

【胞胎】㊀在胞衣中的胎。抱朴子釋滯：「得胎息者，能不以鼻口噓吸，如在胞胎之中，則道成矣。」㊁誕生。參同契下：「男生而伏，女偃其軀，稟乎胞胎，受氣元初。」抱朴子明本：「道也者，所以陶冶百氏，範鑄二儀，胞胎百類，醞釀彝倫者也。」

朐 qú ㄑㄩˊ 集韻 權俱切,平,虞韻。

㊀彎曲的肉脯。禮曲禮上:"以脯脩置者,左朐右末。"注:"屈中曰朐。"㊁車軛。通"軥"。左傳昭二六年:"射之中楯瓦,繇朐汰輈。"注:"朐,車軛,輈車轅繇過也。"疏:"蓋朐、軥字通用耳。"

【朐山】 ㊀山名。在今江蘇連雲港市境。上有雙峰如削,俗呼馬耳峰。秦始皇三十五年東巡,立石東海上朐界中,以爲東門闕,即此。見讀史方輿紀要二二海州、太平寰宇記二二海州朐山縣。㊁縣名。見"朐縣"。

【朐邴】 漢臨朐人,以經營冶鐵致巨富。漢桓寬鹽鐵論五禁耕:"異時鹽鐵未籠,布衣有朐邴,人君有吳王,皆鹽鐵初議也。"注:"邴氏與富於臨朐,故曰朐邴。"史記一二九貨殖傳作曹邴氏,漢書九一貨殖傳作丙氏。

【朐忍】 ㊀古縣名,在今四川雲安縣西。漢置,屬巴郡。見漢書地理志上巴郡。後漢書十八吳漢傳"朐䏰"注引十三州志:"朐音春,䏰音閏。其地下溼,多朐䏰蟲,因以名縣。"㊁蚯蚓的別名。本草綱目四二蟲四蚯蚓:"爾雅謂之螼螾,巴人謂之朐䏰,皆方音之轉也。"參見"朐"。

【朐衍】 古地名。在寧夏鹽池縣境。史記一一〇匈奴傳:"岐、梁山、涇、漆之北有義渠、大荔、烏氏、朐衍之戎。"漢書地理志下作"眴衍"。

【朐縣】 縣名。秦置。漢屬東海郡。南朝宋廢,東魏復置。北周建德六年改朐山縣,屬朐山郡,以境內有朐山而名。隋開皇三年廢郡,以縣屬海州。明省縣入海州,屬淮安府。故城在今江蘇連雲港市境。參閱元和郡縣志十一海州、嘉慶一統志一〇五海州。

胕 1. fǔ ㄈㄨˇ 符遇切,去,遇韻,並。

㊀"腑"的省文。集韻:"胕:人之六腑也。或省。"

2. fū ㄈㄨ 集韻 風無切,平,虞韻。

㊁脚背。通"跗"。戰國策楚四:"服鹽車而上大行,蹄申膝折,尾湛胕潰。"注謂胕通"膚"。

3. fú ㄈㄨˊ 集韻 馮無切,平,虞韻。

㊂浮腫。山海經西山經:"(竹山)有草焉,其名曰黃藋……浴之已疥,又可以已胕。"注:"已胕,治胕腫也。"素問五常政大論:"寒熱胕腫。"注:"胕腫謂腫滿,按之不起。"

胉 pò ㄆㄛˋ 匹各切,入,鐸韻,滂。

牲的兩脅。儀禮士喪禮:"其實特豚,四鬄,去蹄、兩胉、脊、肺。"注:"胉,脅也。"新唐書禮樂志二:"小祀之籩無白餅、黑餅、豆無脾析菹豚胉。"

胝 zhī ㄓ 丁尼切,平,脂韻,知。

㊀手掌或脚掌上的老繭。參見"胼胝"。㊁臀部。通"骶"。靈樞經五色:"其隨而下至胝爲淫。"

【胝腸】 皮肉堅厚而縐縮。素問五藏生成論:"多食酸,則肉胝腸而脣揭,多食甘則骨痛而髮落。"

胏 zǐ ㄗˇ 阻史切,上,止韻,莊。

㊀帶骨的肉。易噬嗑:"九四,噬乾胏。"釋文:"馬(融)云:(脯)有骨謂之胏。"㊁通"肺"。見"胏附"。

【胏附】 ㊀比喻親戚心腹。漢書五五衛青傳:"青幸得以胏附待罪行間,不患無威。"注:"胏附,謂親戚也。"史記作"肺腑"。㊁比喻內心。唐元稹長慶集十一答姨兄胡靈之見寄五十韻詩:"媿捧芝蘭贈,還披胏腑呈。"

胍 gū ㄍㄨ 古胡切,平,模韻,見。

腹大貌。詳"胍肫"。

【胍肫】 腹大貌。宋宋祁宋景文公筆記:"關中謂腹大者爲胍肫。上孤下都。俗因謂杖頭大者亦曰胍肫,後訛爲骨朵。"參見"骨朵"。

【胍肫】 棍棒之屬,以鐵或堅木裝於頂首。用於儀仗中者,俗稱金瓜。武備志一〇四器械:"蒺藜,蒜頭骨朵二色,以鐵若木爲大首。跡其意,以爲胍肫,胍肫,大腹也,謂其形如胍而大,後人語訛,以胍爲骨,以肫爲朵,其首形製不常。"

胤 yìn ㄧㄣˋ 羊晉切,去,震韻,喻。

㊀嗣,後代。書堯典:"胤子朱啟明。"史記五帝紀作"嗣子丹朱開明"。左傳隱十一年:"夫許,大岳之胤也。"㊁曲調。通"引"。文選漢馬季長(融)長笛賦:"詳觀夫曲胤之繁會叢雜,何其富也。"注:"胤,亦曲也。字或爲引。"

【胤文】 俗習之文。猶引文。漢王充論衡骨相:"若夫短書俗記、竹帛胤文,非儒者所見,衆多非一。"參見"胤㊁"。

【胤雅】 樂章名。南朝梁三朝雅樂之一。太子出入,奏胤雅,取詩大雅既醉"君子萬年,永錫爾胤"爲名。見隋書音樂志上。

【胤嗣】 子孫,後人。南齊書江斅傳王儉文:"江忠簡(湛)胤嗣所寄,唯斅一人,傍無眷屬。"

六畫

胾 zì ㄗˋ 側吏切,去,志韻,莊。

大塊的肉。禮曲禮上:"凡進食之禮,左殽右胾。"釋文:"胾,側吏反,大臠。"漢書四十周勃傳:"(景帝)召亞夫賜食,獨置大胾,無切肉,又不置箸。"

胥 zhēng ㄓㄥ 煮仍切,平,蒸韻,照。

將牲放置俎中。也指已盛牲體的俎。儀禮燕禮:"脯醢無胥。"注:"胥,俎實。"又特牲饋食禮:"宗人告祭胥。"

胔 zì ㄗˋ 疾智切,去,寘韻,從。

㊀腐肉。禮月令孟春之月:"掩骼埋胔。"注:"骨枯曰骼,肉腐曰胔。"釋文:"胔亦作骴。"㊁瘦。漢書四三婁敬傳:"兩國相擊,此宜夸矜見所長,今臣往,徒見羸胔老弱,此必欲見短,伏奇兵以爭利。"注:"胔音漬,謂死者之肉也。一說胔讀曰瘠。瘠,瘦也。"

脊 jǐ ㄐㄧˇ 資昔切,入,昔韻,精。

㊀脊骨。背部中間的骨。素問骨空論:"(髓空)一在脊骨上空,在風府上。"淮南子俶真:"雲臺之高,墮者折脊碎腦。"㊁物體中間高起的部分。爾雅釋山:"山脊,岡。"北史齊宣帝紀:"三臺構木高二十七丈,兩棟相距二百餘尺,工匠危怯,皆繫繩自防;帝登脊疾走,都無怖畏。"㊂比喻事物的關鍵或要害之處。戰國策魏四:"夫秦攻梁者,是示天下要斷山東之脊也。"㊃條理。詩小雅正月:"維號斯言,有倫有脊。"傳:"倫,道;脊,理也。"

【脊令】 水鳥名,即鶺鴒。詩小雅常棣:"脊令在原,兄弟急難。"後以喻兄弟友愛,急難相顧。參見"鶺鴒"。

【脊脊】 互相踐踏和喧鬧。莊子在宥:"天下脊脊大亂,罪在攖人心。"釋文:"脊脊,相踐籍也。"

【脊梁】 脊骨爲全身骨骼主幹,如屋之有梁,故名。景德傳燈錄十五宣鑒禪師:"德山老人一條脊梁骨硬似鐵,拗不折。"宋劉克莊後村先生大全集十一梅州楊守鐵菴詩:"身重豈容眉斧伐,時危猶須脊梁擔。"

【脊膂】脊骨。宋梅堯臣宛陵集十五觀何君寶畫詩:"二頭相觸角競掎,前脚如跪後脚舒,尾株榻直脊膂彎,筋力寫盡蹄腕殊。"宋文鑑七周邦彥汴都賦:"上維下制,前按後覆,譬如長蛇挾其脊膂而首尾皆赴。"

能 1. néng ㄋㄥˊ 奴登切,平,登韻,泥。
奴來切,平,咍韻,泥。

㊀傳說中的一種獸。國語晉八:"今夢黃能入于寢門。"注:"能,似熊。"㊁才能。書大禹謨:"汝惟不矜,天下莫與汝爭能。"周禮天官大宰:"以八統詔王馭萬民:一曰親親,二曰敬故,三曰進賢,四曰使能。"㊂能够,勝任。書西伯戡黎:"乃(汝)罪多參在上,乃能責命于天?"左傳成十六年:"夫合諸侯,非吾所能也,以遺能者。"㊃親善,和睦。詩大雅民勞:"柔遠能邇,以定我王。"史記蕭相國世家:"(蕭)何素不與曹參相能。"㊄及,到。論語子張:"吾友張也,爲難能也。"注:"包(咸)曰:言子張容儀之難及。"戰國策燕一:"於是不能期年,千里馬之至者三。"㊅乃,於是。管子權修:"審其所好惡,則其長短可知也;觀其交游,則其賢不肖可察也。二者不失,則民能可得而官也。"㊆猶"而"。墨子天志下:"今有人於此,能少嘗之甘,謂甘;多嘗謂苦,必曰吾口亂,不知其甘苦之味。"古文苑十六漢崔駰大理箴:"或有忠能被害,或有孝而見殘。"㊇義通"寧"。見"能可"。㊈這樣,如此。意通"恁"。唐張九齡曲江集五庭梅詠詩:"芳意何能早,孤榮亦自危。"全宋詞文天祥酹江月:"乾坤能大,算蛟龍,元不是池中物。"

2. nài ㄋㄞˋ

㊉受得住。通"耐"。漢書四九鼂錯傳守邊勸農疏:"揚粵之地,少陰多陽,其人疏理,鳥獸希毛,其性能暑。"注:"能讀曰耐。"淮南子地形:"食水者善游能寒。"⑪姓。通志二八氏族四以名爲氏:"能氏……楚熊摯之後,避難改爲能氏。能音耐。"

3. tái ㄊㄞˊ

⑫星名。通"台"。史記天官書:"魁下六星,兩兩相比者,名曰三能。"集解:"蘇林曰:能音台。"

4. tài ㄊㄞˋ

⑬形狀。通"態"。素問陰陽應象大論:"此陰陽更勝之變,病之形能也。"又厥論:"願聞六經脈之厥狀病能也。"

【能士】有才能之士。戰國策魏一:"公叔豈非長者哉!既爲寡人勝强敵矣,又不遺賢者之後,不揜能士之迹。"荀子王霸:"故百里之地,其等位爵服,足以容天下之賢士矣;其官職事業,足以容天下之能士矣。"注:"能士者,才藝也。"

【能可】寧可。元曲選紀君祥趙氏孤兒一:"能可在我身兒上討明白,怎肯向賊子行捱推問。"又缺名陳州糶米一:"我能可折升不折斗,你怎也圖利不圖名。"

【能仁】釋迦牟尼佛。義譯爲能仁寂默。南朝梁慧皎高僧傳十四序録:"至若能仁之爲訓也,考業果幽微,則循復三世;言至理高妙,則貫絶百靈。"參閱翻譯名義集一通別三身。

【能吏】有才能的官吏。漢書七六張敞傳:"(蕭)望之以爲敞能吏,任治煩亂,材輕,非師傅之器。"

【能臣】㊀能守爲臣之節。淮南子氾論:"成王既壯,周公屬籍致政,北面委質,而臣事之,……無擅恣之志,無矜伐之色,可謂能臣矣。"㊁有才能的臣子。三國志魏武帝紀"(橋)玄謂太祖曰"注引孫盛異同雜語:"(太祖)嘗問許子將:'我何如人?'子將不答。固問之,子將曰:'子治世之能臣,亂世之姦雄。'太祖大笑。"

【能亨】如此,這樣。宋周密癸辛雜識續集徐淵子詞:"淵子賦一剪梅云:他年青史總無名,我也能亨,你也能亨。"自注:"能亨,鄉音也。"參見"寧馨"。

【能事】能做到的事。易繫辭上:"引而伸之,觸類而長之,天下之能事畢矣。"後指特別擅長的事。唐杜甫杜工部草堂詩箋八戲題王宰畫山水圖歌:"能事不受相促迫,王宰始肯留真跡。"

【能品】古人評論書畫的三品之一。圖繪寶鑑一:"故氣韻生動,出於天成,人莫窺其巧者,謂之神品;筆墨超絶,傳染得宜,意趣有餘者,謂之妙品;得其形似而不失規矩者,謂之能品。"清江藩漢學師承記一閻若璩:"力臣(張弨)書法唐賢,世稱能品。爲(顧)炎武寫廣韻及音學五書,今世傳彫本是也。"

【能幹】有才能,會辦事。後漢書七六孟嘗傳楊喬薦嘗書:"清行出俗,能幹絶羣。"宋歐陽修文忠集一一五論西北事宜劄子:"代州諸寨主監押三十餘員,内無三四人能幹曉事者。"

【能樣】如此,這樣。宋張侃拙軒集四代吳兒作小至後九九詩八解詩:"花氣熏人能樣猛,脱來布衲兩頭擔。"

【能言鳥】鳥名。漢書武帝紀元狩二年:"南越獻馴象、能言鳥。"注:"即鸚鵡也。今隴西及南海並有之。"或言爲秦吉了鳥。見清王先謙漢書補注。

【能者多勞】能幹的人多辛苦。莊子列御寇:"巧者勞而知者憂,無能者無所求,飽食而遨遊。"莊子原意在避勞,欲人無爲,後用爲贊譽的話。

【能屈能伸】指人的行止,隨時進退。宋邵雍伊川擊壤集七代書寄前洛陽簿陸剛叔秘校詩:"知行知止唯賢者,能屈能伸是丈夫。"

【能改齋漫録】宋吳曾撰。十八卷。分事始、辨誤、事實、地理、議論、樂府等十三大類,對史事、名物制度、詩文典故、多有考證,大體精確。

胼 piǎn ㄆㄧㄢ 部田切,平,先韻,並。

手掌脚底生的老繭。全唐詩六〇九皮日休魯望昨以五百言見貽過有褒美内揣庸陋彌增愧悚因成一千言……:"苟無切玉刀,難除指上胼。"見"胼胝"。

【胼冒】堅固强盛。漢揚雄太玄經六堅:"陰形胼冒,陽喪其緒,物競堅强。"注:"胼,固也。……言陰氣固盛。"

【胼胝】手掌脚底因長期勞動摩擦而生的繭。莊子讓王:"顏色腫噲,手足胼胝。"

【胼手胝足】手掌脚底生厚繭,形容辛勞。明區大用區太史詩集九贈憲府王公治水歌:"胼手胝足不言瘁,烈風淫雨有時休。"

胲 1. gāi ㄍㄞ 古哀切,平,咍韻,見。

㊀脚大指上有毛處的肉,指牲蹄。莊子庚桑楚:"臘者之有膍胲,可散而不可散也。"唐成玄英疏:"胲,備也,亦言是牛蹄也。"㊁軍中約。通"該"。說文:"該,軍中約也。"漢書藝文志諸子兵家有五音奇胲用兵二十三卷。㊂傳說黃帝臣。世本:"胲作服牛。"(初學記二九)

2. gǎi ㄍㄞˇ 集韻 己亥切,上,海韻。

㊃頰肉。漢書六五東方朔傳:"臣觀其臿齒牙,樹頰胲,吐脣吻,擢項頤,……臣朔雖不肖,尚兼此數子者。"注:"頰肉曰胲,音改。"

胰 yí ㄧˊ 以脂切,平,脂韻,喻。

㊀夾脊肉。見廣韻。㊁又作"胵",即胰臟或胰腺。

【胰子】舊時婦女冬日取豬胰浸於酒,以

塗面及手，可免皴裂，因相承稱肥皂亦曰胰子。

脄 méi 莫杯切，平，灰韻，明。
ㄇㄟ 莫代切，去，代韻，明。

脊側肉。同"脢"。禮內則："擣珍，取牛羊麋鹿麕之肉，必脄。"注："脄，脊側肉也。"疏："知脄是脊側肉者，以脊側肉美，今擣以爲珍，宜取美處，故爲脊側肉云。"

胯 kuà 苦化切，去，禡韻，溪。
ㄎㄨㄚ 苦瓜切，平，麻韻，溪。
苦故切，去，暮韻，溪。

㊀兩股之間。說文："胯，股也。"史記九二淮陰侯傳"信能死，刺我；不能死，出我袴下"集解："徐廣曰：袴一作'胯'。胯，股也。"漢書作"跨"。㊁革帶上的飾物。古稱鞶鑑。新唐書九三李靖傳："靖破蕭銑時，所賜于闐玉帶，七方六刓。胯各附環，以金固之，所以佩物者。"

胹 ér 如之切，平，之韻，日。
ㄦ

煮。左傳宣二年："晉靈公不君，……宰夫胹熊蹯不熟，殺之。"

胵 chī 處脂切，平，脂韻，穿。
ㄔ

鳥胃。說文："胵，鳥胃也，从肉至聲；一曰胵，五藏總名也。"

胱 guāng 古黃切，平，唐韻，見。
ㄍㄨㄤ

見"膀胱"。

胴 dòng 徒弄切，去，送韻，定。
ㄉㄨㄥˋ

㊀大腸。玉篇："胴，大腸也。"抱朴子仙藥："餌服之法，或以蒸煮之，……或以元胴腸裹蒸之於赤土下。"大觀本草引"元胴腸"作"猪胴"。㊁軀幹。胴體，牲畜屠宰後的軀幹部分。

胭 yān 烏前切，平，先韻，影。
ㄧㄢ

見"胭脂"。

【胭脂】一種紅色顏料。作化妝用。紅樓夢三七："胭脂洗出秋階影，冰雪招來露砌魂。"也作"燕支"、"燕脂"、"臙脂"。參見各該條。

【胭脂井】即景陽井，故址在今南京市。南朝陳後主起臨春結綺望仙三閣極其奢麗，後主與妃張麗華孔貴嬪各居其一。及隋兵南下，克臺城，三人坐視無計，遂俱投井，爲隋人牽出，即所謂胭脂井。見宋葛立方韻語陽秋五。元薩都剌雁門集滿江紅金陵懷古詞："玉樹歌殘秋露冷，胭脂井壞寒螿泣。"參見嘉慶一統志七三江寧府山川。

【胭脂虎】指凶悍的婦人。宋陶穀清異錄女行："朱氏女沉慘狡妒，嫁爲陸慎言妻。慎言宰尉氏，政不在己，吏民語曰胭脂虎。"

脂 zhī 旨支切，平，脂韻，照。
ㄓ

㊀油膏。詩衛風碩人："手如柔荑，膚如凝脂。"㊁以油膏塗物。詩邶風泉水："載脂載舝，還車言邁。"㊂姓。漢有脂習，京兆人。見後漢書七十孔融傳。

【脂灰】以脂和灰。即今油灰之類。宋劉延世孫公談圃："王青未遇時，貧甚。有人告曰：'何不賣脂灰，令人家補罋器？'青如其言，家貲遂豐。"

【脂那】古代域外稱中國爲脂那。續高僧傳四京大慈恩寺梵僧那提傳："承脂那東國，盛轉大乘，佛法崇盛，瞻州稱最，乃搜集大小乘經律詩五百餘夾，合一千五百餘部，以永徽六年創達京師。"翻譯名義集三諸國："脂那……一云支那，此云文物國，即讚美此方是衣冠文物之地也。"參見"震旦"。

【脂夜】傳說中的脂妖與夜妖。如脂水夜汙人衣，雲風並起天色杳冥等。見漢書五行志下之上。

【脂韋】脂，油脂；韋，軟皮。楚辭屈原卜居："寧廉潔正直以自清乎？將突梯滑稽、如脂如韋以潔楹乎？"後以喻阿諛、圓滑。文選南朝梁劉孝標（峻）廣絕交論："金膏翠羽將其意，脂韋便辟導其誠。"唐獨孤及毘陵集十九爲楊右丞祭李相公文："危言獻可，未嘗脂韋取容；直躬而行，不爲權倖改操。"

【脂粉】脂謂面脂、脣脂，粉謂鉛粉、米粉等，塗之使皮膚柔滑光潔。淮南子脩務："不待脂粉芳澤而性可說者，西施陽文也。"脂粉多爲婦女所用，後因以作女性的代稱。紅樓夢三七："孰謂雄才蓮社，獨許鬚眉；不教雅會東山，讓余脂粉耶？"

【脂瓶】指鳥尾上多脂處。清高士奇天祿識餘上："舊說：鳥雀尾上有肉高有穴者，名脂瓶。每引喙取脂，以塗翅毛，則悅澤，雨露不能濡。"

【脂麻】即芝麻。子可榨油，故名脂麻。也稱胡麻。詳"胡麻"。

【脂酥】豆腐。明方以智通雅三九："豆乳，脂酥，即豆腐也。物性志曰：豆以爲腐，傳自淮南王。以豆爲乳，脂爲酥。"

【脂腴】㊀油脂。漢王充論衡量知："有骨無肉，脂腴不足。"㊁喻富貴、優裕境地。後漢書七三劉虞公孫瓚傳論："自帝室王公之胄，皆生長脂腴，不知稼穡，其能厲行飭身，卓然不羣者，或未聞焉。"

【脂盝】妝具名。新唐書一八〇李德裕傳："敬宗立，侈用無度，詔浙西上脂盝粧具。"舊唐書作"銀盝子妝具"。盝，音 ㄌㄨˋ。

【脂膏】㊀油脂。禮內則："脂，膏，以膏之。"疏："凝者爲脂，釋者爲膏，以膏沃之，使之香美。此等總謂調和飲食也。"㊁喻人民的財物。後漢書四九仲長統傳理亂："使餓狼守庖廚，飢虎牧牢豚，遂至熬天下之脂膏，斲生人之骨髓。"舊五代史唐莊宗紀八史臣曰："靳吝貨財，激六師之憤怨；徵搜輿賦，竭萬姓之脂膏。"㊂喻富裕境地。後漢書三一孔奮傳："時天下未定，士多不修節操，而奮力行清潔，爲衆人所笑。或以爲身處脂膏，不能以自潤，徒益苦辛耳。"

【脂澤】胭脂、香膏等化妝品。韓非子顯學："故善毛嗇、西施之美，無益吾面，用脂澤粉黛則倍其初。"新唐書一三四王鉷傳："帝在位久，妃御服玩脂澤之費日侈。"

【脂粉氣】舊時婦女用脂粉美容，故稱柔艷之風爲脂粉氣。唐宋之問集下傷曹娘詩："獨憐脂粉氣，猶著舞衣中。"宋陳善捫蝨新話二詩評乃花譜："予嘗與林邦翰論詩，及四雨字句。邦翰云：'梨花一枝春帶雨'，句雖佳，不免有脂粉氣，不似'朱簾暮捲西山雨'，多少豪傑。"

【脂粉塘】溪名。舊題南朝梁任昉述異記："吳故宮亦有香水溪，俗云西施浴處，人呼爲脂粉塘。吳王宮人濯粧於此溪上源，至今馨香。古詩云：'安得香水泉，濯郎衣上塵。'"

【脂粉錢】指婦女的私蓄。唐奉先寺像龕記："皇后武氏助脂粉錢二萬貫。"（金石萃編七三）

【脂油點燈】步行的隱語。元曲選鄭德輝王粲登樓一："正末云：'有高平王粲特來拜見。'蔡相云：'你看他乘甚麼鞍馬？'祗候云：'脂油點燈。'蔡相云：'這怎麼說？'祗候云：'布撚。'"按脂油點燈，須以布爲撚，布撚與步輦諧音，步輦指以步代車。

【脂膏不潤】東觀漢記十五孔奮："而姑臧稱爲富邑通貨，故羌市四合，每居縣者，不盈數月，輒致豐積。奮在姑臧四年，財物不增。……或嘲奮曰：'直脂膏中，亦不能自潤。'"後以"脂膏不潤"喻清廉自守，不貪財物。北魏元頊墓誌："脂膏不潤，貪泉必酌。"（漢魏南北朝墓誌集釋圖版一八四）

脃 cuì ㄘㄨㄟˋ 此芮切,去,祭韻,清。

"脆"的本字。見"脆"。

胸 chǔn ㄔㄨㄣˇ 尺尹切,上,準韻,穿。

胸䏰,蟲名。按漢書地理志、後漢書郡國志、隸釋載漢碑皆作"胸䏰"。後漢書吴漢傳唐章懷太子(李賢)注引十三州志,謂胸音春,䏰音閏。廣韻以下皆承其音義。説文新附乃有"胸"字。參閱清鈕樹玉説文新附考。

胸 xiōng ㄒㄩㄥ 許容切,平,鍾韻,曉。

本作"胷"。㊀軀幹的前部,在頸下腹上。荀子彊國:"白刃扞乎胸,則目不見流矢。"㊁前部。文選漢張平子(衡)南都賦:"湯谷涌其後,淯水盪其胷。"㊂心懷,懷抱。見"胸襟"、"胸懷"等條。

【胸次】胸懷,胸間。莊子田子方:"喜怒哀樂,不入於胷次。"宋黄庭堅山谷詩注外集十題高君正適軒詩:"豁然開胸次,風至獨披襟。"

【胸臆】心,心懷。漢焦延壽易林臨之大有:"心勞未得,憂在胷臆。"王充論衡佚文:"論發胸臆,文成乎中,非説經藝之人能爲也。"

【胸襟】胸中,指某種心情或抱負。襟,衣襟。襟當胸,故説胸而並及襟。唐李白李太白詩九贈崔侍御:"洛陽因劇孟,託宿話胸襟。"也作"胷衿"。南齊書竟陵王蕭子良等傳論:"情僞之事,不經耳目;憂懼之道,未涉胷衿。"

【胸懷】㊀心中所懷。漢王充論衡別通:"夫水精氣渥盛,故其生物也,衆多奇異。故夫大人之胸懷非一,才高知大,故其於道術無所不包。"㊁心中。三國志魏管寧傳陶丘一等薦表:"韜古今於胸懷,包道德之機要。"

【胸中甲兵】喻胸中富有韜略。魏書崔浩傳:"又召新降高車渠帥數百人,賜酒食於前。世祖指浩以示之,曰:'汝曹視此人,尩纖懦弱,手不能彎弓持矛,其胸中所懷,乃踰於甲兵。'"宋楊萬里誠齋集送廣帥秩滿官丹陽詩:"北門卧護要耆英、小試胸中十萬兵。"

【胸有成竹】喻臨事有定見。宋蘇軾經進東坡文集四九篔簹谷偃竹記:"故畫竹必先得成竹於胸中,執筆熟視,乃見其所欲畫者,急起從之。"宋晁補之雞肋集八贈文潛甥楊克一學文與可畫竹求詩:"與可畫竹時,胸中有成竹。"與可,文同字。

【胸無宿物】謂胸懷坦蕩,没有成見。世説新語賞譽下:"簡文目庾赤玉(統)省率治除。謝仁祖(尚)云:'庾赤玉胷中無宿物。'"

脆 cuì ㄘㄨㄟˋ 此芮切,去,祭韻,清。

本作"脃"。㊀易斷易碎。老子:"萬物草木之生也柔脆,其死也枯槁。"周禮考工記弓人:"夫角之末,遠於剸而不休於氣,是故脃。脃故欲其柔也。"㊁輕。後漢書七六許荆傳:"郡濱南州,風俗脆薄。"注:"脆薄猶輕薄也。"㊂音響清越。唐白居易長慶集六二和皇甫郎中秋曉同登天宫閣言懷詩:"玲瓏曉樓閣,清脆秋絲管。"㊃爽利,乾脆。宋員興宗九華集二五紹興采石大戰始末:"金主曰:'……今日饒我也得由你輩,殺我也得由你輩,不若早早快脆。'"

【脆怯】懦弱胆怯。唐柳宗元柳先生集三四答嚴厚與秀才爲論師道書:"若乃名者,方爲薄世笑駡,僕脆怯,尤不足當也。"

【脆弱】㊀才力單薄。國語晉六:"德刑不立,奸宄並至,臣脆弱,不能忍俟也。"㊁不堅强。吕氏春秋介立:"韓、荆、趙此三國者之將帥貴人,皆多驕矣;其士卒衆庶,皆多壯矣;因相暴以相殺,脆弱者拜請以避死。"

胮 pāng ㄆㄤ 匹江切,平,江韻,滂。 薄江切,平,江韻,並。

浮腫。見廣雅釋詁二。

【胮肛】浮腫,脹大。唐韓愈昌黎集五病中贈張十八詩:"連日挾所有,形軀頓胮肛。"肛,音 xiāng。

胳 1. gē ㄍㄜ 古落切,入,鐸韻,見。

㊀腋。廣雅釋親:"胳謂之腋。"㊁人的上肢。如胳臂、胳膊。也作"肐",見該條。

2. gé ㄍㄜˊ 集韻 各頟切,入,陌韻。

㊂牲畜的後脛骨。儀禮鄉飲酒禮:"介俎、脊、脅、胳、肺。"注:"凡牲,前脛骨三:肩、臂、臑也;後脛骨二:膊、胳也。"㊃通"骼"。

脇 xié ㄒㄧㄝˊ 集韻 迄業切,入,業韻。

同"脅"。見"脅"。

【脇士】侍立在佛兩脇的菩薩。也作挾侍、脇侍。觀無量壽經以觀音、勢至爲阿彌陀佛的脇士;藥師經以日光月光爲藥師佛的脇士;華嚴經以文殊普賢爲釋迦佛的脇士,小乘佛教則以大迦葉、阿難爲脇士。

【脇尊者】波栗濕縛尊者之譯名。亦稱脇比丘,年垂八十,捨家染衣,城中少年誚之,因自誓曰:"我若不通三藏理,不斷三界欲,得六神通,具八解脱,終不以脇爲至於席。"時人敬仰,因號脇尊者。見大唐西域記二健馱邏國。

胻 héng ㄏㄥˊ 集韻 何庚切,平,庚韻。

脚脛。素問刺熱論:"腎熱病者,先腰痛,胻痠,苦渴,數飲,身熱。"史記一二八褚少孫補龜策傳:"聖人剖其心,壯士斬其胻。"

脈 1. mài ㄇㄞˋ 莫獲切,入,麥韻,明。

説文作"𧖴"。俗作"脉"。㊀血管。素問脈要精微論:"夫脈者血之府也。"注:"府,聚也。言血之多少皆聚見於經脈之中也。"㊁中醫指脈息、脈搏。史記一〇五倉公傳對詔問:"臣意復診其脈,而脈躁。"㊂指事物連貫而有條理者。史記八八蒙恬傳:"(長城)起臨洮,屬之遼東,城塹萬餘里,此其中不能無絶地脈哉?"五代前蜀韋莊浣花集一漁塘十六韻:"洛水分餘脈,穿巖出石稜。"宋朱熹朱子語類輯略二讀書法:"讀書須看他文勢語脈。"

2. mò ㄇㄛˋ

㊃通"眽"。見"脈₂脈₂"。

【脈口】中醫切脈的部位。靈樞經終始:"持其脈口、人迎,以知陰陽有餘不足,平與不平。"史記一〇五倉公傳對詔問:"右脈口氣至緊小,見瘕氣也。"

【脈₂脈₂】相視貌,含情不語貌。同"眽眽",也作"脉脉"。文選古詩十九首之十:"盈盈一水間,脉脉不得語。"初學記二五南朝梁簡文帝對燭賦:"迴照金屏裏,脈脈兩相看。"

【脈息】中醫切脈以呼息爲準則,因稱脈搏爲脈息。明湯顯祖牡丹亭十六詰病:"我已請過陳齋長,看他脈息去了。"又十八診祟:"他人才忒整齊,脈息恁微細。"

【脈訣】舊題晉王叔和著。語言淺近,而意多偏舛,爲後人依託之作。元戴啟宗有脈訣刊誤二卷,考證舊文,詳爲核辨。

【脈望】傳説謂蠹魚所化之物。唐段成式酉陽雜俎續集二支諾皋:"據仙經曰:蠹魚三食神仙字,則化爲此物,名曰脈望。"明童冀尚絅齋集四贈醫者詩:"雨荒苔巷夫須合,日上芸窗脉望飛。"

【脈理】㊀脈絡條理。吴越春秋越王無余外傳:"行到名山大澤,召其神而問之山川脈理、金玉所有、鳥獸昆蟲之類。"㊁脈搏形態。漢桓寬鹽鐵論輕重:"夫拙醫不知脈理之腠,血氣之分,妄刺而無益於疾,傷肌膚而已矣。"後以指醫道。

【脈絡】中醫指人身的動脈和靜脈。引申爲條理綫索。宋朱熹朱文公集七六中庸章句序:"此書之旨,支分節解,脈絡貫通。"宋陸游劍南詩稿七書歎:"論文有脈絡,千古著不誣。"

【脈經】晉王叔和撰,宋林億等校定。十卷,敍録一卷。纂集古代醫岐伯扁鵲華陀等家脈診論説,對三部、九候、二十四種脈象及聲色、證候,皆詳加辨述。爲古代脈學專著。

【脈望館】明末常熟趙用賢趙琦美父子藏書室名。趙氏富藏書,子琦美自號清常道人,尤善於校勘。有脈望館書目。琦美死後,其書盡歸清錢謙益之絳雲樓。

脅 xié ㄒㄧㄝ 虚業切,入,業韻,曉。

也作"脇"。㊀從腋下至肋骨盡處。國語晉四:"(曹共公)聞其骿脅,欲觀其狀。"素問至真要大論:"心痛支滿,兩脇裏急。"引申指物的邊側。漢書五行志上:"石長丈三尺,廣厚略相等,旁着岸脅,去地二百餘丈,民俗名曰石鼓。"㊁逼迫。書泰誓中:"朋家作仇,脅權相滅。"荀子富國:"彊脅弱也,知懼愚也。"㊂收斂。通"翕"。文選漢司馬長卿(相如)長門賦:"翡翠脅翼而來萃兮,鸞鳳翔而北南。"

【脅制】以威力控制、强迫。新唐書一三九李泌傳對肅宗問:"華人爲之用者,獨周摯高尚等數人,餘皆脅制偷合。"又二〇九酷吏傳序:"(武后)欲脅制羣臣,椔剪宗支。"

【脅迫】以威力強逼。後漢書五三申屠蟠傳:"居無幾,(荀)爽等爲(董)卓所脅迫,西都長安,京師擾亂。"

【脅持】用威力强迫人服從聽命。漢書九九上王莽傳:"太后不得已遣(王)立就國,莽之所以脅持上下,皆此類也。"

【脅息】斂縮氣息。也作"脇息"。1.表示恐懼。文選戰國楚宋玉高唐賦:"股戰脅息,安敢妄摯。"漢書九十嚴延年傳:"豪强脅息,野無行盜,威震旁郡。"2.表示悲痛。文選戰國楚宋玉高唐賦:"令人惏悷憯悽,脅息增欷。"3.表示無力。墨子兼愛中:"昔者楚靈王好士細腰,故靈王之臣皆以一飯爲節,脇息然後帶,扶牆然後起。"

【脅從】被迫跟從或附和。書胤征:"殲厥渠魁,脅從罔治。"三國志魏鄭渾傳:"(梁)興等破散,竄在山阻,雖有隨者,率脅從耳。"

【脅逼】威脅逼迫。唐李賀歌詩編外集漢唐姬飲酒歌:"仗劍明秋水,兇威屢脅逼。"一本作"鐵劍常光光,至兇威屢逼"。

【脅閲】恐懼,憂悶。方言一:"謾台、脅閲,懼也。燕代之間曰謾台;齊楚之間曰脅閲;宋衛之間,凡怒而噎噫,謂之脅閲。"注:"噎噫,謂憂也。"

【脅驅】在馬的脅部加帶,聯在靷上,爲馭馬車的駕具。詩秦風小戎:"游環脅驅,陰靷鋈續。"宋沈括夢溪筆談補筆談二器用:"脅驅長一丈,皮爲之,前繫於衡,後屬於軫内脅,所以止之。"

【脅肩低眉】縮斂肩膀,低着眉眼。低三下四貌。抱朴子逸民:"雖器不益於旦夕之用,才不周於立朝之俊,不亦愈於脅肩低眉,諂媚權右,……棄德行學問之本,赴雷同比周之末也。"

【脅肩累足】縮斂肩膀,小步走路。形容恐懼。史記一〇六吴王濞傳:"吴王身有内病,不能朝請二十餘年,嘗患見疑,無以自白,今脅肩累足,猶懼不見釋。"

【脅肩諂笑】縮斂肩膀,假裝笑臉,形容阿諛諂媚。孟子滕文公下:"曾子曰:'脅肩諂笑,病於夏畦。'"

胷 xiōng ㄒㄩㄥ

"胸"本字。見"胸"。

七畫

脣 chún ㄔㄨㄣˊ 食倫切,平,諄韻,神。

㊀嘴唇。通"唇"。莊子盜跖:"搖脣鼓舌,擅生是非。"㊁邊。唐杜甫杜工部草堂詩箋四麗人行:"頭上何所有,翠微㔩葉垂鬢脣。"

【脣舌】口才,言辭。漢書九二樓護傳:"與谷永俱爲五侯上客,長安號曰:'谷子雲筆札,樓君卿脣舌',言其見信用也。"

【脣吻】嘴唇。淮南子人間:"及至良工,執竿投而擐脣吻者,能以其所欲而釣者也。"也借指言辭。文選三國魏曹元首(冏)六代論:"姦情散於胷懷,逆謀消於脣吻。"

【脣齒】㊀脣與齒。文選晉陸士衡(機)文賦:"思風發於胸臆,言泉流於脣齒。"㊁喻彼此相依,關係密切。三國志蜀鄧芝傳:"蜀有重險之固,吴有三江之阻,會此二長,共爲脣齒,進可并兼天下,退可鼎足而立。"晉書温嶠傳與陶侃書:"僕與仁公當如常山之蛇,首尾相衛,又脣齒之喻也。"

【脣亡齒寒】脣缺則齒外露。喻利害相關。左傳僖五年:"晉侯復假道於虞以伐虢。宫之奇諫曰:虢,虞之表也。虢亡,虞必從之。……諺所謂'輔車相依,脣亡齒寒'者,其虞虢之謂也。"也作"脣竭齒寒"、"脣揭齒寒"。莊子胠篋:"故曰脣竭則齒寒。"戰國策韓二:"脣揭者其齒寒。"脣竭,謂反舉其脣以向上。

【脣槍舌劍】脣如槍舌似劍。形容能説會道,言辭鋒利。元明雜劇元高文秀澠池會一:"憑着我脣槍舌劍定江山,見如今河清海晏,黎庶寬安。"也作"舌劍脣鎗"。又高文秀襄陽會一:"舌劍脣鎗成功幹,不分星夜到荆州。"

脘 guǎn wǎn ㄍㄨㄢˇ ㄨㄢˇ 古滿切,上,緩韻,見。

胃的内腔。素問評熱病論:"食不下者,胃脘隔也。"宋王袞博濟方二香蘇散:"調順中脘,平和胃氣。"

脝 hēng ㄏㄥ 許庚切,平,庚韻,曉。

見"膨脝"。

脱 1. tuō ㄊㄨㄛ 徒活切,入,末韻,定。

㊀肉去皮骨。禮内則:"肉曰脱之,魚曰作之。"㊁脱落,失去。老子:"善建者不拔,善抱者不脱。"莊子胠篋:"魚不可脱於淵,國之利器不可以示人。"㊂解去,去掉。國語齊:"脱衣就功,……以從事於田野。"㊃逃脱,免禍。國語晉四:"公懼,乘馹自下,脱會于王城。"史記八五呂不韋傳:"趙欲殺子楚,子楚與呂不韋謀,行金六百斤予守者吏,得脱。"㊄散落,缺漏。漢書藝文志:"迄孝武世,書缺簡脱,禮壞樂崩。"㊅疏略,輕慢。左傳僖三三年:"輕則寡謀,無禮則脱,入險而脱,能無敗乎?"㊆中醫病名。詳"虚脱"。㊇副詞。倘或,或許。吴子勵士:"君試發無功者五萬人,臣請率以當之。脱其不勝,取笑於諸侯,失權於天下矣。"後漢書十五李通傳:"不如詣闕自歸。事既未然,脱可免禍。"

2. tuì ㄊㄨㄟˋ 集韻 吐外切,去,泰韻。

㊈見"脱$_2$脱$_2$"。㊉同"蜕"。見"脱$_2$化"。

【脱手】物離開手。宋蘇軾分類東坡詩十八次韻答王鞏:"新詩如彈丸,脱手不蹔停。"指完稿迅速。後稱貨物售出爲脱手。

【脱$_2$化】蜕化,超生。聊齋志異二珠兒:

"冤閉窮泉,不得脱化。"

【脱卯】㊀榫頭離開卯眼。喻事物的破綻、漏洞。水滸三九:"是我一時只顧其前,不顧其後,書中有個老大脱卯。"㊁比喻脱節或變卦。雍熙樂府五元王嘉甫八聲甘州散曲:"唱道言許心違。說的誓尋思暢好脱卯。"

【脱光】㊀日月蝕時失去光輝。晉書天文志中:"周禮,眡祲氏掌十煇之法,以觀妖祥,辨吉凶。一曰祲,……五曰闇,謂日月蝕,或曰脱光也。"㊁傳說中的刀神。藝文類聚六十太公兵法:"刀子之神,名曰脱光。"初學記二二南朝梁簡文帝謝勑賚善勝刀啟:"名均素質,神號脱光。"

【脱身】從某種場合或事情中擺脱出來。史記項羽紀:"聞大王有意督過之,脱身獨去,已至軍矣。"漢書五八卜式傳:"有少弟,弟壯,式脱身出。"

【脱空】㊀落空,無着落。宋龔頤正續釋常談脱空:"郭忠恕責(馮)道曰:'令公今一旦反作脱空漢,前功並棄,令公之心安乎?'"朱熹朱文公集五五答劉定夫:"下稍說得張皇,都無收拾,只是一場大脱空。"㊁不老實,弄虛作假。宋呂本中東萊紫微師友雜記:"劉器之(安世)嘗論至誠之道,凡事據實而言,纔涉詐僞,後來忘了前話,便是脱空。"元周密齊東野語十一蜀娼詞:"說盟說誓,說情說意,動便春愁滿紙。多應念得脱空經,是那箇先生教底?"㊂製作偶像時把胎心脱出,僅存外殼,叫脱空。舊唐書代宗紀大曆十三年:"太僕寺佛堂有小脱空金剛。"

【脱易】輕率簡慢,不穩重。韓非子八經:"脱易不自神曰彈威,其患賊夫酖毒之亂起。"宋史三〇〇周湛傳:"湛爲人脱易,少威儀。"

【脱兔】逃跑的兔子。比喻行動非常迅疾。孫子九地:"是故始如處女,敵人開户,後如脱兔,敵不及拒。"宋陸游劍南詩稿三四二愛:"人生非金石,去日如脱兔。"

【脱冠】脱去冠冕。喻官吏去職。文選南朝宋謝靈運九日從宋公戲馬臺集送孔令詩:"歸客遂海嵎,脱冠謝朝列。"宋蘇軾分類東坡詩二四對酒歌答二猶子與王郎見和:"質非文是終難久,脱冠還作扶犂叟。"

【脱胎】㊀道家語。謂脱去凡胎。參同契下"形體爲灰土,狀若明窗塵"明蔣一彪集解引宋陳顯微:"及乎脱胎,則形體閃爍,如明窗日影射塵之狀。"紅樓夢一〇四:"大凡成仙的人,或是肉身去的,或是脱胎去的。"㊁比喻此一事物由另一事物孕育變化而產生。多用於詩文書畫。清趙翼甌北詩話八高青邱詩:"五古五律則脱胎於漢魏六朝及初盛唐。"㊂宋汝州青器窰出產的瓷器,凸印團花,光潤明亮,視若無骨,稱脱胎。

【脱俗】脱却庸俗之氣。抱朴子登涉:"而近才庸夫,自許脱俗。"圖繪寶鑑三:"(宋)夏奕,不知何許人。工翎毛,畫鸂鶒作對而皆雄,蓋求脱俗也。"

【脱珥】見"脱簪珥"。

【脱素】簡易樸素。後漢書八一向栩傳:"及之官,時人謂其必當脱素從儉,而栩更乘鮮車,御良馬,世疑其始僞。"

【脱略】輕慢,不拘。文選南朝梁江文通(淹)恨賦:"脱略公卿,跌宕文史。"晉書謝尚傳:"及長,開率穎秀,辨悟絶倫,脱略細行,不爲流俗之事。"

【脱脱】人名。清官書改托克托。1.公元1271—1327年。元武宗仁宗朝大臣,即康里脱脱,官至中書左丞相。任江浙行省左丞相時,疏通杭城便河,民受其利。見元史一三八康里脱脱傳。2.公元1314—1355年。字大用。元順帝朝大臣,爲遼金宋三史都總裁官,兩任中書右丞相,曾率兵鎮壓農民起義軍紅巾軍及張士誠起義軍。朝臣劾其勞師費財,流放雲南,服毒死。見元史一三八脱脱傳。

【脱₂脱₂】舒遲貌。詩召南野有死麕:"舒而脱脱兮,無感我帨兮,無使尨也吠。"

【脱粟】粗糧,糙米。晏子春秋雜下:"晏子相齊,衣十升之布,脱粟之食。"史記一一二平津侯(叔孫通)傳:"食一肉、脱粟之飯。"索隱:"脱粟,纔脱穀而已,言不精鑿也。"

【脱落】㊀掉下,散落。世說新語德行:"飯粒脱落盤席間,輒拾以噉之。"㊁輕慢,不以爲意。猶"脱略"。古文苑十漢酈長倩遺公孫賢良書:"雖生芻之賤也,不能脱落君子,故贈君生芻一束。"晉書韓伯傳:"陳郡周勰爲謝安主簿,居喪廢禮,崇尚莊老,脱落名教。"

【脱漏】遺漏。南朝宋裴松之上三國志注表:"(陳)壽書銓敍可觀,事多審正。……然失在于略,時有所脱漏。"

【脱誤】㊀脱漏和錯誤。後漢書安帝紀永初四年:"詔謁者劉珍及五經博士,校定東觀五經、諸子、傳記、百家蓺術,整齊脱誤,是正文字。"㊁疏忽失誤。後漢書二五劉寬傳:"物有相類,事容脱誤。"

【脱爾】簡慢,輕率。三國魏曹植曹子建集八黄初六年令:"孤小人爾,身更以榮爲戚,何者?將恐簡易之尤,出於細微;脱爾之愆,一朝復露也。"宋書何承天傳:"公(劉裕)昔年自左里還入石頭,甚脱爾,今還,宜加重複。"

【脱屣】屣,鞋。比喻看得很輕,不足介意。漢書郊祀志上:"嗟乎!誠得如黄帝,吾視去妻子如脱屣耳!"史記孝武紀作"脱躧"。明吴偉業梅村家藏稿二二賀新郎病中有感詞:"脱屣妻孥非易事,竟一錢不值何消說。"

【脱劍】㊀解下所佩之劍,比喻棄武修文。禮樂記:"裨冕搢笏,而虎賁之士說劍也。"說,即"脱"。㊁漢劉向新序節士記吴季札(延陵季子)聘晉,路過徐國。徐君欲得其佩劍,季子心擬獻之。歸時徐君已死,於是脱劍掛死者墓樹上而去。徐人歌之曰:"延陵季子兮不忘故,脱千金之劍兮帶丘墓。"後用爲悼念亡友之典。唐李白李太白詩二五自溧水道哭王炎之二:"悲來欲脱劍,掛向何枝好?"

【脱簡】簡片散失。漢書藝文志:"酒誥脱簡一,召誥脱簡二。"又三六楚元王傳附劉歆移書讓太常博士:"經或脱簡,傳或間編。"後也泛指書有缺頁或文有脱漏。

【脱藁】完稿,著作完成。宋朱熹朱文公集三五答劉子澄:"綱目亦修得二十許卷,……恨相去遠,不得少借餘力,一加訂成,異時脱藁,終當以奉累耳。"亦作"脱稿"。元安熙默庵文集三與烏叔備書:"丁亥集當已脱稿,恨不得陪侍左右,側聞高論也。"

【脱鞾】解靴以阻其行,表示挽留。鞾,同"靴"。舊唐書一六二崔戎傳:"將行,州人戀惜遮道,至解鞾斷鐙者。"明朱國禎湧幢小品十八事起:"去任官百姓脱鞾,起於唐崔戎,歷今遂爲故事,即貪酷吏亦用此法。"

【脱籍】古時妓女由官府編入樂籍,如嫁人或不再作妓女,經官府批准除去樂籍,稱脱籍。宋秦醇譚意歌傳:"今幸遇公,倘得脱籍爲良人,箕帚之役,雖死必謝。"(說郛三二)參見"從良㊁"。

【脱驂】禮檀弓上:"孔子之衛,遇舊館人之喪,入而哭之哀,出,使子貢說驂而賻之。"說,同"脱"。此謂解下兩旁駕車的馬,以助治喪之用。宋黄庭堅山谷詩注外集十七李濠州挽詞:"掛劍自知吾已許,脱驂不爲涕無從。"

【脱灑】超脱,爽快。全唐詩八〇六寒山詩之二七四:"只爲愛錢財,心中不脱灑。"宋朱熹朱子文集七答陳安卿:"若見得脱灑，一言半句，亦自可見。」也作「脱洒」。宋嚴羽滄浪詩話詩法：「語貴脱洒，不可拖泥帶水。」

【脱籠】宋周煇清波雜志六：「正至交賀，多不親往。有一士令人持馬銜，每至一門，撼數聲，而留刺字以表到。有知其誣者，出視之。僕云，適已脱籠矣。……脱籠亦爲京都虚詐閃賺之諺語。」言如鳥已出籠，不知所向。後以脱籠爲諷刺虚詐作僞者之詞。

【脱躧】脱鞋。比喻看得很輕。躧，鞋子。史記孝武紀：「嗟乎！吾誠得如黄帝，吾視去妻子如脱躧耳。」漢王充論衡非韓：「夫志潔行顯，不徇爵祿，去卿相之位若脱躧者，居位治職，功雖不立，此禮義爲業者也。」也作「脱蹝」。淮南子主術：「(堯)年衰志憫，舉天下而傳之舜，猶却行而脱蹝也。」參見「脱屣」。

【脱簪珥】取下簪珥等首飾，表示自責請罪。史記外戚世家：「帝譴責鉤弋夫人，夫人脱簪珥叩頭。」列女傳二周宣姜后：「宣王嘗早卧晏起，后夫人不出房，姜后脱簪珥，待罪於永巷，使其傅母通言於王曰：『妾之不才，妾之淫心見矣，至使君王失禮而晏朝。……敢請婢子之罪。』王曰：『寡人不德，實自生過，非夫人之罪也。』遂復姜后，而勤於政事，早朝晏退，卒成中興之名。」後也省作「脱珥」，喻婦女有德行。晉書后妃傳序：「永言彤史，大練之範逾微；緬視青蒲，脱珥之猷替矣。」

【脱口成章】猶言出口成文。形容才思敏捷，言談典雅。宋蘇軾東坡集前集三五黄州再祭文與可文：「脱口成章，粲莫可耘。」

【脱胎换骨】道教謂經過修煉，可脱去凡胎换聖胎，脱去俗骨换仙骨。後借指徹底變化、改造。明盧象昇盧忠肅公書牘答陸筠修方伯：「此佛既未脱胎换骨，尚在人世間，又未能投體捨身，依然活在地獄，其苦可名狀乎？」參見「脱胎㊀」、「奪胎换骨」。

【脱穎而出】比喻有才能的人終於會顯露出來。見「穎脱」。

脖 bó ㄅㄛˊ 蒲没切，入，没韻，並。

頸項。俗稱脖子。古今雜劇元關漢卿單刀會三：「青龍偃月刀，九九八十斤，脖子里着一下，那裏尋黄文？」

【脖胦】臍，針灸穴位名，即氣海穴。在臍下一寸五分。靈樞經九鍼十二原：「肓之原出於脖胦，脖胦一。」

脚 1. jiǎo ㄐㄧㄠˇ 居勺切，入，藥韻，見。

同「腳」。㊀人和動物的行走器官。墨子明鬼下：「羊起而觸之，折其脚。」㊁器物的支撑，如椅脚、車脚、釵脚。㊂物體的下端，如山脚、牆脚。南齊書五行志：「巴州城西鼓樓脚柏樹數百年，忽開花。」㊃殘餘的滓末。宋張世南遊宦紀聞一：「若作元子藥，則以乳鉢研略細，更入酒或水研，頃刻如泥，更無滓脚。」引申爲末端，如日脚、雨脚。唐杜甫杜工部草堂詩箋十一羌村：「峥嵘赤雲西，日脚下平地。」又詩史補遺二茅屋爲秋風所破歌：「牀頭屋漏無干處，雨脚如麻未斷絶。」㊄拿住一脚的意思。史記司馬相如傳子虛賦：「揜兔轔鹿，射麋脚麟。」索隱：「脚麟，韋昭云：謂持其一脚也。」㊅脚力省作「脚」。文獻通考三田賦三：「(唐)大中二年制，……近者多是權要富豪，悉請留縣輸納，致使貧單之人，卻須雇脚搬載。」此指遞運夫。唐劉禹錫劉夢得集十八夔州論利害表之二：「比及三年漕運七百萬石，省脚三十餘萬貫。」此指運費。參見「脚力㊀」。

2. jué ㄐㄩㄝˊ

㊆見「脚₂色」。

【脚力】㊀擔任傳遞文書或遞運貨物的差役或民丁。唐段成式酉陽雜俎前集五怪術：「元和末，鹽城脚力張儼，遞牒入京。」後也指搬運工人或搬運費。㊁步行的耐力。宋蘇軾分類東坡詩七登玲瓏山：「脚力盡時山更好，莫將有限趁無窮。」宋范成大石湖集一寒食郊行詩：「賞心添脚力，呼渡過溪東。」

【脚本】書稿的底本。清彭元瑞知聖道齋讀書跋二盡忠録：「(李振宜)以是書見貽，朱墨皆荆川(唐順之)筆云。細閲書中絶無批評，但有圈抹，不得其讀書之意。既而取荆川右編勘之，圈者皆入右編，抹者節去，始知即其纂右編時脚本。」

【脚₂色】㊀履歷。宋時入仕，必具鄉貫、户頭、三代名銜、家口、年齒、出身履歷，若注授轉官，則又加舉主有無過犯，謂之脚色。見宋趙升朝野類要三入仕脚色。參見「脚色狀」。㊁同「角色」，傳統劇演員的類別。清李斗揚州畫舫録新城北録下：「梨園以副末開場，爲領班；副末以下老生、正生、老外、大面、二面、三面七人，謂之男脚色；老旦、正旦、小旦、貼旦四人，謂之女脚色；打諢一人，謂之雜。此江湖十二脚色，元院本舊制也。」

【脚步】搬運人夫。梁書武帝紀下大同七年：「又復多遣遊軍，稱爲遏防，姦盗不止，暴掠繁多，或求供設，或責脚步。」

【脚氣】病名。素問稱厥疾。兩脚浮腫，足趾間有水疱滲液，自脛股上達腰際，重者可以致命。舊説謂因腎虚挾風濕而發。近代研究謂因食物中長期缺乏維生素丙所致。續高僧傳一梁釋寶唱名僧傳序略：「初以脚氣連發，入東治療，去後勅追，因此抵罪，謫配越州。」宋董汲有脚氣治要一卷，已佚。今本爲清輯四庫全書時館臣自永樂大典輯出，分爲二卷。

【脚婆】即暖足瓶，又稱湯婆。宋黄庭堅山谷詩注内集十五戲詠煖足缾詩：「千金買脚婆，夜夜睡天明。」又：「脚婆原不食，纏裹一衲足。」宋范成大石湖集二十有戲贈脚婆詩，虞儔尊白堂集一有脚婆子詩。

【脚價】搬運費。唐韓愈昌黎集四十論變鹽法事宜狀：「(張)平叔請定鹽價每斤三十文，又每二百里每斤價加收二文，以充脚價。」陸贄陸宣公集二冬至大禮大赦制：「如山路險阻，車乘難通，仍召貧人，令其般運，以米充脚價。」

【脚錢】㊀搬運費。即「脚價」。唐元稹長慶集三八爲河南府百姓訴車：「河南府應供行營般糧草等車，準勅糧料司牒，共顧四千三十五乘，每乘每里脚錢三十五文，約計從東都至行營所八百餘里，錢二千八文。」㊁遣人饋贈禮物，受禮者犒賞來人的錢。宋缺名豹隱紀談：「吴俗重至節，互送節物。顔侍郎度有詩譏之云：『脚錢費盡渾閑事，原物多時却再歸。』」

【脚澀】馬蹄鐵，即馬掌。宋彭大雅黑韃事略：「其馬，野牧無芻粟，……蹄鍥薄而怯石者，葉以鐵，或以板。謂之脚澀。」

【脚色狀】履歷書。宋范仲淹范文正公集尺牘中與韓魏公：「其子得殿侍左班，養母未得，此中又無指使闕，曾申脚色狀，今上呈，如有指示安排處，乞留意。」

【脚氣集】宋車若水撰，二卷。因係病脚氣時所著，故名。其書頗近語録，所論多道學門户之見；然援據考證，亦偶有精確之處。

【脚忙手亂】形容遇事慌張，不知如何是好。朱子語類十四大學一：「若是不先知道這道理，到臨事時，便脚忙手亂，豈能慮而有得？」參見「手忙脚亂」。

【脚踏實地】做事穩健切實。續傳燈録五曹山雄禪師：「僧云：『學人還有安身立命處也無？』師曰：『脚踏實地。』」宋邵伯温聞見前録十八：「公(司馬光)嘗問康節(邵雍)曰：『某何如人？』曰：『君實脚踏實地人也。'公深以爲知言。"君實，司馬光字。

脰 dòu 田候切，去，候韻，定。
ㄉㄡˋ

頸項。左傳襄十八年："射殖綽，中肩，兩矢夾脰。"晏子春秋雜上："戟既在脰，劍既在心，維子圖之也。"

脯 1. fǔ 方矩切，上，麌韻，幫。
ㄈㄨˇ

㊀乾肉。詩大雅鳧鷖："爾酒既湑，爾殽伊脯。"玉臺新詠一三國魏陳琳飲馬長城窟行："生男愼莫舉，生女哺用脯。"後稱蜜汁乾果爲果脯。

2. pú
ㄆㄨˊ

㊀胸脯。古今名劇元尚仲賢柳毅傳書一："嗔忿忿腆着胸脯，惡哏哏豎着髭鬚。"

【脯資】肉和糧。左傳僖三三年："吾子淹久於敝邑，惟是脯資餼牽竭矣。"注："資，糧也。"後世借用爲旅費之義。

【脯醢】㊀佐酒的食品。周禮天官膳夫："凡王之稍事，設薦脯醢。"疏："脯醢者是飲酒肴羞，非是食饌。"唐白居易長慶集六九二年三月五日齋畢開素……詩："佐以脯醢味，間之椒薤芳。"㊁殺戮後將屍體砍碎，剁爲肉泥。戰國策趙三："曷爲與人俱稱帝王，卒就脯醢之地也。"

【脯鮝】淡乾的烏賊。鹽乾者名明鮝，淡乾者爲脯鮝。見"鮝"。

脥 xié
ㄒㄧㄝˊ

見下。

【脥肩】歛身。脥，通"脅"。文選晉潘安仁（岳）射雉賦："望鷹合而翳畾，雉脥肩而旋踵。"注："脥，許結切。"

脤 shèn 時忍切，上，軫韻，禪。
ㄕㄣˋ

古代祭社稷用的生肉。左傳閔二年："帥師者，受命於廟，受脤於社。"

【脤膰】古代祭社稷和宗廟用的肉。周禮春官大宗伯："以脤膰之禮，親兄弟之國。"疏："分而言之，則脤是社稷之肉，膰是宗廟之肉。"穀梁傳定十四年："脤者，何也？俎實也，祭肉也；生曰脤，熟曰膰。"唐韓愈昌黎集四陸渾山火和皇甫湜用其韻："丹蕤緗蓋緋繙帒，紅帷赤幕羅脤膰。"參閱清俞樾茶香室經說五脤膰之禮。

脛 1. jìng 胡頂切，上，迥韻，匣。
ㄐㄧㄥˋ 胡定切，去，徑韻，匣。

㊀脚脛，自膝至脚跟的部分。書泰誓下："斮朝涉之脛，剖賢人之心。"論語憲問："以杖叩其脛。"

2. kēng
ㄎㄥ

㊁通"硜"。見"脛₂脛₂"。

【脛衣】套褲。說文："絝，脛衣也。"清段玉裁注："今所謂套絝也，左右各一，分衣兩脛。"

【脛₂脛₂】固執貌。卽"硜硜"。漢書六六楊惲傳："左馮翊韓延壽有罪下獄，郎中丘常謂惲曰：'聞君侯訟韓馮翊，當得活乎？'惲曰：'事何容易！脛脛者未必全也。"注："脛脛，直貌也。"

𦙶 rùn 如順切，去，稕韻，日。
ㄖㄨㄣˋ

胸𦙶。見"朐"。

脭 chéng 集韻 馳貞切，平，清韻。
ㄔㄥˊ

精美的肉。文選漢枚叔（乘）七發："飲食則溫淳甘膬，脭醲肥厚。"

䏶 bì 字彙 部比切，皮上聲。
ㄅㄧˋ

㊀股。通"髀"。也作"䯗"。唐韓愈昌黎集四陸渾山火和皇甫湜用其韻："髹其肉皮通䏶臀，頹胸垤腹車掀轅。"㊁䏶胵，卽"膍胵"。牛胃。見正字通。

脟 luán 力兗切，上，獮韻，來。
ㄌㄨㄢˊ

切肉成塊。通"臠"。呂氏春秋察今："嘗一脟肉，而知一鑊之味，一鼎之調。"史記一一七司馬相如傳子虛賦："脟割輪淬，自以爲娛。"

【脟圈】攣曲。楚辭漢劉向九嘆逢紛："龍卭脟圈，繚戾宛轉，阻相薄兮。"

脬 pāo 匹交切，平，肴韻，滂。
ㄆㄠ

膀胱，尿脬。史記一〇五倉公傳對詔問："風癉客脬，難於大小溲，溺赤。"正義："脬亦作'胞'，膀胱也。言風癉之病客居在膀胱。"

脮 tuǐ 吐猥切，上，賄韻，透。
ㄊㄨㄟˇ

見"腲脮"。

脞 cuǒ 倉果切，上，果韻，清。
ㄘㄨㄛˇ

瑣細。宋史四〇〇王信傳："論除官脞冗之敝，乞精選監司而擇籓名。"參見"叢脞"。

【脞說】瑣碎的議論、雜記。元楊弘道小亨集一獅子石詩："百步走魑魅，脞說多不經。"

脧 1. juān 子泉切，平，仙韻，精。
ㄐㄩㄢ

㊀縮，減。漢書五六董仲舒傳對："民日削月脧，寖以大窮。"㊁少汁的肉羹。通"膶"。漢桓寬鹽鐵論散不足："楊豚韭卵，狗膶馬脧。"

2. zuī 臧回切，平，灰韻，精。
ㄗㄨㄟ

㊂男孩的生殖器。亦作"峻"。說文："脧，赤子陰也。从肉，夋聲。或从血。"

【脧刻】剋扣，搜刮。新唐書食貨志一："於是錢穀之臣，始事脧刻。"又一二七張嘉貞傳附張弘靖："委成於參佐韋雍張宗厚，又不通大體，脧刻軍賜，專以法報治之。"

脡 tǐng 他鼎切，上，迥韻，透。
ㄊㄧㄥˇ

直。公羊傳昭二五年："高子執簞食，與四脡脯。"禮曲禮下："凡祭宗廟之禮，……槀魚曰商祭，鮮魚曰脡祭。"疏："脡，直也。祭有鮮魚，必須鮮者，煮熟則脡直，若餒則敗碎不直。"

【脡脡】直貌。儀禮少牢饋食禮"脡脊一"唐賈公彥疏："若然脊以前爲正，其次名脡，卻後名橫者，取脡脡然直。"

脕 wàn 無販切，去，願韻，明。
ㄨㄢˋ 無遠切，上，阮韻，明。

光澤，美豔。楚辭屈原遠遊："玉色頩以脕顏兮，精醇粹而始壯。"

脢 méi 莫杯切，平，灰韻，明。
ㄇㄟˊ 莫佩切，去，隊韻，明。

㊀脊骨肉。易咸："九五，咸其脢，無悔。"疏："子夏易傳曰：'在脊曰脢。'馬融云：'脢，背也。'"㊁見"脢胎"。

【脢胎】放誕。晉書王沈傳釋時論："脢胎者，以無檢爲弘曠；僂垢者，以守意爲堅貞。"

脗 wěn 武盡切，上，軫韻，明。
ㄨㄣˇ

脣之兩邊。同"吻"。

【脗合】符合，無分別貌。莊子齊物論："爲其脗合，置其滑涽，以隸相尊。"釋文引晉向秀："若兩脣之相合也。"宋史律曆志十三王黼言："某星始見，某星已中，某星將入，或左或右，或遲或速，皆與天象脗合，無纖毫差。"

脩 1. xiū 息流切，平，尤韻，心。
ㄒㄧㄡ

㊀乾肉。周禮天官膳夫："凡肉脩之頒賜，皆掌之。"注："脩，脯也。"疏："謂加薑桂鍛治者謂之脩，不加薑桂以鹽乾之者謂之脯。"㊁將要乾枯。詩王風中谷有蓷："中谷有蓷，暵其脩矣。"傳："脩，且乾也。"㊂儆戒。國語魯下："吾冀而朝夕脩

我曰:‘必無廢先人。’” ㊃通“修”。修爲裝飾,脩爲乾肉,本爲兩字。自漢隸已互相通用。後來除乾肉義只用脩外,兩字通用。參見“修”。

2. yǒu ㄧㄡˇ 集韻 以九切,上,有韻。

㊄漆樽。同“卣”。周禮春官鬯人:“廟用脩。”注:“脩讀曰卣。”

3. tiáo ㄊㄧㄠˊ 集韻 他彫切,平,蕭韻。

㊅縣名,漢周亞夫封邑,在今河北景縣南。漢書外戚恩澤侯表序:“孝景將侯王氏,脩侯犯色,卒用廢黜。”注:“脩,音條。”

【脩身】卽修身。舊時稱自我修養。禮中庸:“知斯三者,則知所以脩身;知所以脩身,則知所以治人。”

【脩魚】地名。在今河南原陽縣西南。史記韓世家:“(宣惠王)十六年,秦敗我脩魚。”卽此。

【脩脯】脩和脯,皆乾肉。宋詩鈔韓琦安陽集鈔苦熱:“直疑萬類繁,盡欲變脩脯。”

【脩內司】宋官署名。見“修內司”。

【脩閭氏】官名。掌門禁。見“修閭氏”。

八畫

腐 fǔ ㄈㄨˇ 扶雨切,上,麌韻,並。

㊀朽爛,敗壞。荀子勸學:“肉腐出蟲,魚枯生蠹。”㊁陳舊,迂濶。見“腐儒”。㊂痛心。見“腐心”。㊃宮刑。漢書景帝紀中四年:“赦徒作陽陵者死罪;欲腐者,許之。”㊄經加工磨爛的豆製品。如豆腐。見本草綱目二五穀四豆腐。

【腐心】痛心。史記八六荆軻傳:“樊於期偏袒搤捥而進曰:‘此臣之日夜切齒腐心也。’”

【腐夫】宦官,太監。新唐書一七三裴度傳贊:“穆宗不君,憸人腐夫乘釁鴝詆,而度遂無顯功,非前智後愚,用不用,勢當然矣。”

【腐史】指史記。漢司馬遷以忤武帝意受腐刑,後人因謂遷所著史記爲腐史。尺牘新鈔一曾異撰復曾叔祈書:“每歎腐史于張子房敍其博浪之豪爽,圯下之温文,與辟穀之霞舉,其贊之不容口,至想象于其狀貌。”

【腐生】迂腐的儒生。後漢書六三李固傳:“卿曹何等腐生,公犯詔書,干試有司乎?”

【腐刑】古代的宮刑。漢書六二司馬遷傳報任安書:“太上不辱先,其次不辱身,……最下腐刑,極矣。”唐劉知幾史通探賾:“必謂遭彼腐刑,怨刺孝武,故書違凡例,志存激切。”

【腐朽】腐敗不堪用。管子輕重丁:“大夫多并其財而不出,腐朽五穀而不散。”漢書五六董仲舒傳:“孔子曰:腐朽之木不可彫也。”

【腐敗】腐爛,敗壞。韓詩外傳八:“民無凍餒,食無腐敗。”史記平凖書:“太倉之粟,陳陳相因,充溢露積于外,至腐敗不可食。”

【腐腸】損傷腸胃。文選漢枚叔(乘)七發:“甘脆肥膿,命曰腐腸之藥。”唐白居易長慶集六二寄盧少卿詩:“嘉肴與旨酒,信是腐腸膏。”

【腐鼠】腐爛的死鼠,比喻輕賤之物。莊子秋水:“於是鴟得腐鼠,鵷鶵過之,仰而視之曰:‘嚇!’”唐李商隱李義山詩集五安定城樓:“不知腐鼠成滋味,猜意鵷鶵竟未休。”

【腐餘】腐爛骯髒的東西,猶今言垃圾。文選戰國楚宋玉風賦:“動沙堁,吹死灰,駭溷濁,揚腐餘。”

【腐儒】迂腐無用的儒生。荀子非相:“故易曰:‘括囊,無咎無譽。’腐儒之謂也。”史記九一黥布傳:“上(高祖)折隨何之功,謂何爲腐儒,爲天下安用腐儒?”

【腐蠸】蟲名。莊子至樂:“瞀芮生乎腐蠸。”釋文:“司馬(彪)云:亦蟲名也。爾雅云:一名守瓜,一云蚡鼠也。”守瓜,瓜中黄甲小蟲;蚡鼠,螢火蟲。

脊 qǐ ㄑㄧˇ 康禮切,上,薺韻,溪。苦計切,去,霽韻,溪。

脛後肉,小腿肚。山海經海内北經:“(蛇巫之山)蟜,其爲人,虎文,脛有脊。”注:“言腳有膞腸也。”清郝懿行箋疏:“膞當爲腨。說文云:‘腨,腓腸也。’”

腎 shèn ㄕㄣˋ 時忍切,上,軫韻,禪。

亦稱内腎,左右各一。俗名腰子。爲分析血中廢料成尿液之器官。中醫古籍中稱左者爲腎,右者爲命門。書盤庚下:“今予其敷心腹腎腸,歷告爾百姓于朕志。”參見“命門㊀”。

腔 qiāng ㄑㄧㄤ 苦江切,平,江韻,溪。

㊀人和物體内的空處。北魏賈思勰齊民要術六養牛馬驢騾:“腸欲充,腔欲小。”全唐詩六一二皮日休憶洞庭觀步十韻:“巖根瘦似殼,杉腹破如腔。”㊁樂歌、說話的調子。宋邵雍伊川擊壤集十三依韻和王安之少卿六老詩仍見率成詩之七:“林下狂歌不帖腔,帖腔安得謂之狂。”㊂量詞。北周庾信庾子山集八謝滕王賚豬啟:“奉教垂賚肥豕一腔。”

【腔子】指人和動物的軀殼。朱子語類五三孟子三:“或問滿腔子是惻隱之心,曰:此身軀殼謂之腔子。”元王實甫西廂記二本二折:“腔子裏熱血權消渴,肺腑内生心且解饞。”引申爲架子。比喻事先定好的框框。朱子語類輯略八論文:“文字自有一箇天生成腔子,古人文字自貼這天生成腔子。”

【腔窠】猶今言竅門。宋朱熹朱文公集五六答方賓王書:“近覺朋友未説見得如何,且是做工夫未入腔窠。”

【腔調】㊀詞曲的聲律。宋王奕玉斗山人詞酹江月和辛稼軒金陵賞心亭:“寧是商女當年,後來腔調,拍手銅鞮曲。”詩話總龜後集三二:“舊詞高雅,……如撲胡蝶一詞,不知誰作,非惟藻麗可喜,其腔調亦自婉美。”㊁説話的聲音和語氣。明吳石渠綠牡丹下:“喬粧做許多般内家腔調。”

腕 wàn ㄨㄢˋ 烏貫切,去,換韻,影。

臂與手掌相連接的部位。戰國策魏:“是故天下之遊士莫不日夜搤腕瞋目切齒以言從之便。”靈樞經骨度:“腕至中指本節長四寸。”

【腕力】臂力。宋范成大石湖集三一喜收支舊書復畏答書詩:“强裁尺素答相思,兩目眵昏腕力疲。”陸游劍南詩稿三八歲首書事:“鬱壘自書誇腕力,屠蘇不至嘆人情。”指手腕運筆之力。

【腕法】指寫字時執筆用腕的方法。腕法有三種:枕腕,以左手枕右手腕;提腕,肘著案而虛提手腕;懸腕,懸著空中最有力。見元陳繹曾翰林要訣腕法。

【腕釧】臂環。唐詩紀事二文宗:“一日問宰臣,古詩云‘輕衫襯跳脫’,跳脫是何物?宰臣未對,上曰:卽今之腕釧也。”

【腕闌】手鐲之類的首飾。明陶宗儀元氏掖庭記:“元妃静懿皇后誕日,受賀,……一人獻柳金簡翠腕闌。”

胼 pián ㄆㄧㄢˊ

同“胼”。見“胼”。

腋 yè ㄧㄝˋ 羊益切,入,昔韻,喻。

人體肩臂内面交接之處,或禽獸的翅腿與腹部連接處。靈樞經骨度:“腋以下至季脅,長一尺二寸。”

【腋氣】腋下異臭。也稱慍羝、腋臭、狐騷、狐臭。宋沈作喆寓簡十:“席間有妖秀美,而肌白如玉雪,頗有腋氣難近。”

腑 fǔ ㄈㄨˇ 方矩切,上,麌韻,幫。

中醫以膽、胃、大腸、小腸、膀胱、三焦爲六府。見素問金匱真言論。府,後加月旁作“腑”。參見“六府㊀”。

脹 zhàng ㄓㄤˋ 知亮切,去,漾韻,知。

㊀皮肉鼓脹。靈樞經脹論:“夫脹者皆在于藏府之外,排藏府而郭胸脅,脹皮膚,故命曰脹。”漢王充論衡道虛:“人或噍氣,氣滿腹脹,不能饜飽。”㊁膨脹。晉書韓友傳:“斯須之間,見囊大脹如吹。”

腊 xī ㄒㄧ 思積切,入,昔韻,心。

㊀乾肉。易噬嗑:“噬腊肉,遇毒。”㊁乾枯,曬乾。靈樞經寒熱病:“毛髮焦,鼻槁腊。”唐柳宗元柳先生集十六捕蛇者説:“然得而腊之以爲餌,可以已大風攣踠瘻癘。”㊂極,很。國語周下:“高位寔疾顛,厚味寔腊毒。”

脜 zhí ㄓˊ 除力切,入,職韻,澄。

黏着。周禮考弓記弓人“凡昵之類不能方”漢鄭玄注:“脜亦黏也。”宋陸游老學庵筆記十:“考工記弓人注云:‘脜亦黏也。音職。’今婦人髮有時爲膏澤所黏必沐乃解者謂之脜,正當用此字。”

腌 1. yān ㄧㄢ 於嚴切,平,嚴韻,影。於輒切,入,葉韻,影。

㊀以鹽漬食物。見説文。

2. ā ㄚ

㊁惡劣,髒。金董解元西廂一:“窮綴作,腌對付。”元王實甫西廂記五本三折:“枉腌了他金屋銀屏,枉污了他錦衾繡裀。”

【腌₂臢】㊀不乾淨。宋趙叔向肯綮録:“不潔曰腌臢。”(説郛二四)元王實甫西廂記二本二折:“腔子裏熱血權消渴,肺腑内生心且解饞,有甚腌臢?”㊁不明不白。金董解元西廂三:“自家這一場腌臢病,病得來蹺蹊。”古今名劇元鄭德輝倩女離魂三:“空服徧瞑眩藥不能痊,知他這腌臢病何日起。”㊂惡劣。元曲選秦簡夫破家子弟二:“便有那人家謊後生,都不似你這個腌臢的潑短命!”

腒 jū ㄐㄩ 九魚切,平,魚韻,見。强魚切,平,魚韻,羣。

乾鳥肉。周禮天官庖人:“夏行腒鱐膳膏臊。”注引鄭司農(衆):“腒,乾雉,鱐,乾魚。”漢王充論衡道虛:“世稱堯若腊,舜若腒,心愁憂苦,形體羸癯。”

腃 jì ㄐㄧˋ 集韻 巨几切,上,旨韻。

身直,雙膝着地。同“跽”。史記一二六淳于髡傳:“髡帣韝鞠腃,侍酒於前。”集解:“腃音其紀反,又與‘跽’同,謂小跪也。”

腆 tiǎn ㄊㄧㄢˇ 他典切,上,銑韻,透。

㊀豐厚。書酒誥:“厥父母慶,自洗腆致用酒。”左傳襄十四年:“我先君惠公有不腆之田,與女(汝)剖分而食之。”㊁善,美好。禮郊特牲:“幣必誠,辭無不腆。”㊂國。書大誥:“殷小腆,誕敢紀其敍。”疏引王肅:“腆,主也。”參見“小腆”。㊃挺,擡起。古今雜劇元鄭德輝傷梅香四:“那窮酸每一投得了官呵,胸腆在九霄雲外。”又關漢卿陳母教子二:“你只好合着眼無人處串,誰着你腆着臉去街上走?”

【腆冒】厚顏冒昧。初學記十南朝梁沈約爲安陸王謝荆州章:“腆冒斯顏,膺此謬荷。”

【腆默】羞慚不言。宋書顏延之傳庭誥:“銜聲茹氣,腆默而歸。”

【腆顏】厚顏。文選南朝梁沈休文(約)奏彈王源:“明目腆顏,曾無愧畏。”聊齋志異聶小倩:“被妖物威脅,歷役賤務,腆顏向人,實非所樂。”

䐃 jùn ㄐㄩㄣˋ 渠殞切,上,軫韻,羣。

㊀肌肉突起處。素問玉機真藏論:“脱肉破䐃,真藏見,十月之内死。”注:“䐃者肉之標也……謂肘膝後肉如塊者。”㊁脂肪積聚處。太平御覽八六四通俗文:“獸脂聚曰䐃。”

腓 féi ㄈㄟˊ 符非切,平,微韻,並。扶涕切,去,未韻,並。

㊀脛骨後的肌肉,即小腿肚。易咸:“六二,咸其腓。”韓非子揚權:“腓大於股,難以趣走。”㊁病,枯萎。詩小雅四月:“秋日淒淒,百卉具腓。”㊂庇護。通“庇”。詩小雅采薇:“君子所依,小人所腓。”

【腓字】庇護。詩大雅生民:“誕寘之隘巷,牛羊腓字之。”

腍 rěn ㄖㄣˇ 如甚切,上,寑韻,日。

熟。禮郊特牲:“腥、肆、爓、腍祭,豈知神之所饗也。”

腄 yóu zhuì ㄧㄡˊ ㄓㄨㄟˋ 羽求切,平,尤韻,于。馳僞切,去,寘韻,澄。

地名。史記秦始皇紀二十八年:“過黄腄,窮成山,登之罘,立石頌秦德焉而去。”漢爲縣,屬東萊郡。見漢書地理志上。故城在今山東文登縣西。

腇 něi ㄋㄟˇ 集韻 弩罪切,上,賄韻。

㊀軟弱貌。見“萎腇”。㊁舒遲貌。見“腲腇”。

脽 shuí ㄕㄨㄟˊ 視隹切,平,脂韻,禪。

㊀臀部。素問五常政大論:“當其時,反腰脽痛,動轉不便也。”漢書六五東方朔傳:“結股脚,連脽尻。”㊁小土山。水經注六汾水:“漢書謂之汾陰脽。應劭曰:脽,丘類也。”

【脽丘】地名。在今山西萬榮縣境内。戰國時屬魏,故又名魏脽。漢武帝時於此獲大鼎,因改元爲元鼎。元鼎四年於此立后土祠。參閲史記封禪書、讀史方輿紀要四一平陽府榮河縣。

腴 yú ㄩˊ 羊朱切,平,虞韻,喻。

㊀人或其他動物腹下肥肉。漢王充論衡語增:“愁擾精神、感動形體,故稱堯若腊,舜若腒,桀紂之君垂腴尺餘。”禮少儀:“冬右腴,夏右鰭。”指魚腹。引申指美好的事物。文選漢班孟堅(固)答賓戲:“委命供己,味道之腴。”㊁胖,豐滿。南齊書袁彖傳:“彖形體充腴,有異於衆。”㊂肥美。戰國策秦四:“齊人南面,泗北必舉,此皆平原四達膏腴之地也。”㊃豐厚,富裕。晉書周顗傳史臣曰:“(戴)若思閑爽,照理研幽;伯仁(周顗)凝正,處腴能約。”㊄豬犬的腸子。禮少儀:“君子不食圂腴。”

【腴潤】豐美的流澤。文選南朝梁劉孝標(峻)辨命論:“漸禮樂之腴潤,蹈先王之盛則。”

【腴辭】美辭。唐劉知幾史通雜説上左氏傳:“或腴辭潤簡牘,或美句入詠歌。”

脾 pí ㄆㄧˊ 符支切,平,支韻,並。

㊀人和脊椎動物的内臟之一,在胃的左下側,爲貯血和產淋巴與抗體的器官,有調節新陳代謝的作用。中醫合肺腎肝心合稱五臟,與胃相表裏。靈樞經順氣一日分爲四時:“脾爲牝藏,其色黄。”㊁牛胃。通“膍”。詩大雅行葦:“嘉殽脾臄,或歌或咢。”參見“脾析。”㊂大腿。通“髀”。莊子在宥:“鴻蒙方將拊脾雀躍而遊。”

【脾析】牛胃。周禮天官醢人:“饋食之豆,其實葵菹、蠃醢、脾析、蠯醢。”注:“鄭司農(衆)云:'脾析,牛百葉也。'"

【脾氣】㊀脾臟之病。靈樞經淫邪發夢:"脾氣盛,則夢歌樂,身體重不舉。"史記一〇五倉公傳對詔問:"脾氣周乘五藏,傷部而交,故傷脾之色也。"㊁習性。紅樓夢七五:"這是他向來的脾氣,孤介太過,我們再扭不過他的。"

九　畫

腤 ān 烏含切,平,覃韻,影。ㄢ

㊀烹調。廣韻:"腤,煮魚肉也。"北魏賈思勰齊民要術八胚腤煎消法:"腤豬法。"注:"一名焦豬肉,一名豬肉鹽豉。"㊁腤臢,不潔貌。

腠 còu 倉奏切,去,候韻,清。ㄘㄡˋ

皮下肌肉之間的空隙。素問生氣通天論:"清靜則肉腠閉拒,雖有大風苛毒弗之能害。"漢桓寬鹽鐵論輕重:"夫拙醫不知脈理之腠,血氣之分,妄刺而無益於疾,傷肌膚而已矣。"

【腠理】中醫指皮下肌肉之間的空隙和皮膚的紋理。素問風論:"風者善行而數變,腠理開則洒然寒,閉則熱而悶。"韓非子喻老:"君有疾在腠理,不治將恐深。"也泛指一般事物的條理。呂氏春秋先己:"嗇其大寶,用其新,棄其陳,腠理遂通。"

腷 bì 符逼切,入,職韻,並。ㄅㄧˋ

㊀鬱結。見"腷臆"。㊁見"腷膊"。

【腷膊】象聲詞。1.雞聲。唐韓愈昌黎集八鬬雞聯句:"腷膊戰聲喧,繽翻落羽翿。"宋陸游劍南詩稿五五美睡:"天高斗柄闌干曉,露下雞塒腷膊聲。"2.棋聲。宋王安石臨川集二用前韻戲贈葉致遠直講詩:"縱橫於墮局,腷膊聲出堞。"范成大石湖集二六丙午新正書懷詩:"俯仰平生盡塵跡,恰如腷膊幾盤棋。"

【腷臆】情緒鬱結。藝文類聚七九三國魏王粲夢賦:"於是夢中驚怒,腷臆紛紜。"文苑英華一〇〇〇唐李華弔古戰場文:"寄身鋒刃,腷臆誰愬!"

【腷腷膊膊】象聲詞。古文苑九兩頭纖纖詩:"腷腷膊膊雞初鳴,磊磊落落向曙星。"此爲雞鳴鼓翼聲。宋范成大石湖集十一兩頭纖纖詩:"腷腷膊膊上帖箭,磊磊落落封侯面。"此爲箭聲。又:"腷腷膊膊扣户聲,磊磊落落金盤冰。"此爲扣户聲。

腰 yāo 於霄切,平,宵韻,影。ㄧㄠ

㊀胯上、脅下爲腰。古作"要"。素問痿論"宗筋主束骨而利機關"唐王砯注:"腰者,身之大關節,所以司屈伸,故曰機關。"㊁內腎曰腰。俗稱腰子。素問金匱真言論:"北風生於冬,病在腎,俞在腰股。"注:"腰爲腎府。"㊂指事物的中間部分。北周庾信庾子山集一枯樹賦:"橫洞口而欹卧,頓山腰而半折。"㊃佩於腰間。藝文類聚二一梁劉孝勝冬日家園别陽羨詩:"如今腰艾綬,東南各殊舉。"㊄量詞。猶一條。北史柳裘傳:"賜彩三百四,金九環帶一腰。"

【腰刀】武器。略如今之指揮刀。多與籐牌並用,其形略彎而柄短,使刀背可合於籐牌之面,便於執持。魏書傅豎眼傳:"(蕭)斌遣乾愛誘呼之,以腰刀爲信,密令壯健者隨之。"參閱武備志一〇四軍資乘牌。

【腰巾】袜肚,即今肚兜。五代馬縞中華古今注中:"袜肚,蓋文王所制也,謂之腰巾,但以繒爲之。宮女以綵爲之,名曰腰綵。至漢武帝以四帶,名曰袜肚。至靈帝賜宮人蹙金絲合勝袜肚,亦名齊襠。"

【腰舟】古人以瓠繫於腰間,用以渡水,謂之腰舟。莊子逍遙遊"今子有五石之瓠,何不慮以爲大樽而浮於江湖"唐成玄英疏:"樽者,漆之如酒罇,以繩結縛,用渡江湖,南人所謂腰舟者也。"

【腰身】身段,體段。南朝宋鮑照鮑氏集學古詩:"嬛緜好眉目,閑麗美腰身。"玉臺新詠八南朝陳徐陵走筆戲書應令詩:"秋來應瘦盡,偏自著腰身。"

【腰肢】腰身,身段。玉臺新詠五南朝梁沈約少年新婚爲之詠詩:"腰肢既軟弱,衣服亦華楚。"唐李商隱李義山詩集六宮妓:"珠箔輕明拂玉墀,披香新殿鬬腰肢。"

【腰衱】裙帶。唐杜甫杜工部草堂詩箋四麗人行:"背後何所見,珠壓腰衱穩稱身。"注:"腰衱卽今之裙帶,綴珠其上,壓而下垂也。"

【腰背】喻力量大,有所恃。北史魏咸陽王傳附拓跋坦:"汝何肆其猜忌,忘在原之義;腰背雖偉,善無可稱。"後人稱有靠山爲腰背硬。

【腰品】武器名。宋陶穀清異録武器:"唐劍具梢短,常施於脇下者,名腰品。隴西人韋景珍,衣玉篆袍,佩玉鞘兒腰品,修飾若神人。"

【腰扇】佩於腰間可以摺疊的團扇。南齊書劉祥傳:"褚淵入朝,以腰扇鄣日,祥從側過,曰:'作如此舉止,羞面見人,扇障何益?'"

【腰斬】古時酷刑,將犯人肢體斬爲兩截。史記六八商君傳:"令民爲什伍,而相牧司連坐。不告姦者腰斬。"漢劉向列女傳八霍夫人顯:"欲廢天子而立(霍)禹,發覺,霍氏中外皆腰斬。"

【腰帶】㊀古以韋爲帶,反插垂頭,至秦始名腰帶。唐初改下插垂頭。上元元年命文武官皆得服帶。見唐劉存事始(類説三五)、宋馬鑑續事始(説郛十)。㊁衣帶。後漢書七二東平憲王蒼傳:"爲人美須頿,要帶八圍。"要帶,卽腰帶。世説新語容止:"庾子嵩(敳)長不滿七尺,腰帶十圍,頹然自放。"

【腰圍】㊀腰帶。唐李賀歌詩編一貴公子夜闌曲:"曲沼芙蓉波,腰圍白玉冷。"㊁腰。宋歐陽修文忠集五五行雲詩:"疊疊煙波隔夢思,離愁幾日減腰圍。"

【腰頓】中途歇息之處。宋趙彥衞雲麓漫鈔八:"自東京至女真,所謂御寨行程。東京四十五里至封丘縣,皆望北行,四十五里至胙城縣腰頓。"腰頓,卽驛站,清代稱腰站。見清葉名澧橋西雜記腰站。

【腰鼓】樂器,卽細腰鼓。南朝梁宗懍荆楚歲時記:"十二月八日爲臘日,……村人並擊細腰鼓,戴胡頭及作金剛力士以逐疫。"宋蘇軾東坡集七惜花詩:"道人勸我清明來,腰鼓百面如春雷。"參閱文獻通考一三六樂九。

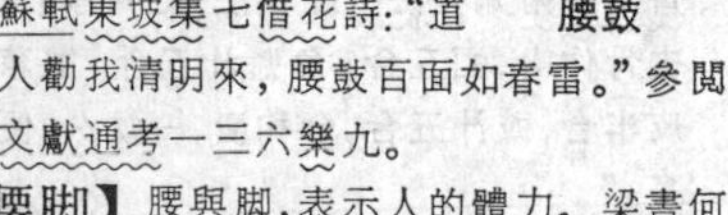

腰鼓

【腰脚】腰與脚,表示人的體力。梁書何胤傳:"昔荷聖王眄識,今又蒙旌賁,甚願詣闕謝恩,但比腰脚大惡,此心不遂耳。"唐杜甫杜工部草堂詩箋十五寄贊上人:"年侵腰脚衰,未便陰崖秋。"

【腰領】見"要領"。

【腰綵】有采色的腰巾。見"腰巾"。

【腰裊】宛轉搖動貌。唐李賀歌詩編二惱公:"陂陀梳碧鳳,腰裊帶金蟲。"

【腰龜】佩以龜章,以示官品。北史董徵傳:"徵因述職,路次過家,置酒高會,大享邑老。乃言曰:'腰龜返國,昔人稱榮。仗節還家,云胡不樂。'"

【腰輿】用手挽的便輿,高僅及腰;以肩擡的稱肩輿。南史張寶積傳:"乘腰輿詣(蕭)穎胄,舉動自若。"舊唐書八九王方慶傳:"則天嘗幸萬安山玉泉寺,以山徑危懸,欲御腰輿而上。"

【腰褭】良馬名。廣雅釋獸:"飛兔、腰

褭,古之駿馬也。"見"要褭"。

【腰金拖紫】金,金印;紫,紫綬。秦漢爲丞相的服制,魏晉後光祿大夫亦授金印紫綬。唐白居易長慶集十六哭從弟詩:"一片綠衫消不得,腰金拖紫是何人?"

【腰鼓兄弟】腰鼓兩頭大而腰細小,喻在兄弟行中成就相形見絀。南齊書沈沖傳:"沖與兄淡淵名譽有優劣,世號爲'腰鼓兄弟'。"

腜 méi 莫杯切,平,灰韻,明。ㄇㄟˊ

肥美。見"腜腜"。

【腜腜】肥美。文選晉左太沖(思)魏都賦:"腜腜坰野,奕奕菑畝。"晉張載注:"詩云:周原腜腜,堇荼如飴。"唐李善注引爲韓詩。今本毛詩作"膴膴"。參閱清陳喬樅韓詩遺說考十一周原腜腜(續經解一五九)。

腜 zhé 直葉切,入,葉韻,澄。ㄓㄜˊ

切肉爲片叫腜。禮少儀"聶而切之爲膾"漢鄭玄注:"聶之言腜也。"東觀漢記一光武帝:"帝至邯鄲,趙王庶兄胡子進狗腜馬醢。"北魏賈思勰齊民要術九作脖奧糟苞記有"犬腜"、"苞腜"等作菜方法。

腩 nǎn 奴感切,上,感韻,泥。ㄋㄢˇ

乾肉。廣雅釋器:"腩,脯也。"方言亦稱牛肚上和近肋處的肌肉。

【腩炙】烹調肉食法之一。北魏賈思勰齊民要術九炙法:"腩炙法:肥鴨淨治洗,去骨作臠,酒五合,魚醬汁五合,薑蔥橘皮半合,豉汁五合,合和漬,一炊久,便中炙。"

腱 jiàn 渠建切,去,願韻,羣。ㄐㄧㄢˋ 居言切,平,元韻,見。

連接肌肉與骨骼的一種組織。楚辭宋玉招魂:"肥牛之腱,臑若芳兮。"注:"腱,筋頭也。"

腿 tuǐ 吐猥切,上,賄韻,透。ㄊㄨㄟˇ

脛股的總名。俗稱股爲大腿,脛爲小腿。玉篇:"腿,脛也。本作骽。"

䐐 kuí 渠追切,平,脂韻,羣。ㄎㄨㄟˊ

醜惡貌。淮南子修務:"啳䐐哆嗚,籧篨戚施,雖粉白黛黑,弗能爲美者,嫫母仳傕也。"注:"䐐,讀夔……醜貌。"

腸 cháng 直良切,平,陽韻,澄。ㄔㄤˊ

㊀人體消化器官之一。素問靈蘭秘典論:"大腸者,傳道之官,變化出焉;小腸者,受盛之官,化物出焉。"㊁心地。文選三國魏嵇叔夜(康)與山巨源絕交書:"剛腸疾惡。"梁書伏挺傳與徐勉書:"娛腸悅耳。"

【腸胃】㊀腸和胃。韓非子解老:"以腸胃爲根本,不食則不能活。"㊁喻中樞要地。猶言腹心。戰國策秦二:"夫取三晉之腸胃,與出兵而懼其不反也,孰利?"

【腸斷】形容悲痛之極。文選南朝梁江文通(淹)別賦:"黯然銷魂者,唯別而已矣。……是以行子腸斷,百感悽惻。"亦作"腸絕"。唐段安節樂府雜錄歌:"(許)永新乃撩鬢舉袂,直奏曼聲。至是廣場寂寂,若無一人。喜者聞之氣勇,愁者聞之腸絕。"

【腸肥腦滿】形容生活優裕而不用心思,不明事理。北齊書琅玡王儼傳:"(斛律光)執其手,强引以前,請帝曰:'琅玡王年少,腸肥腦滿,輕爲舉措,長大自不復然,願寬其罪。'"

腸 yì 於罽切,去,祭韻,影。ㄧˋ

胸前骨。同"䯜"。淮南子精神:"子求行年五十有四而病傴僂,脊管高于頂,腸下迫頤,兩脾在上,燭營指天。"

【腸肝】胸下。淮南子精神"腸下迫頤,兩髀在上"漢高誘注:"腸肝,胷也;迫薄至于頤也。"亦作"䯜骭"。靈樞經本藏:"䯜骭長者,心下堅;䯜骭小以薄者,心脆。"字亦作:"䯜骬"。

腮 sāi 蘇來切,平,咍韻,心。ㄙㄞ

兩頰下半部。同"顋"。見"顋"。

腲 wěi 烏賄切,上,賄韻,影。ㄨㄟˇ

見"腲腇"、"腲脮"。

【腲腇】缺乏精采神氣。宋李昭玘樂靜集一觀江都王畫馬詩:"可信權奇畫龍種,不應腲腇失天真。"

【腲脮】㊀迂緩貌。文選漢王子淵(褒)洞簫賦:"其奏歡娛,則莫不憚漫衍凱,阿那腲脮者已。"注:"阿那腲脮,舒遲貌。"㊁缺乏精采神氣。唐寒山子詩五言之五九:"鵶鵶飽腲脮,鸞鳳飢徬徨。"

腢 ǒu 集韻 語口切,上,厚韻。ㄡˇ 魚侯切,平,侯韻。

肩頭。說文作"髃"。儀禮既夕禮:"即牀而奠,當腢用吉器。"

膃 wà 烏沒切,入,沒,影。ㄨㄚˋ

㊀見"膃肭"。㊁膃脖,病名。見集韻。

【膃肭】㊀肥軟貌。全唐詩六〇九皮日休二二遊詩任詩:"猿眠但膃肭,梟食時嗹唼。"㊁獸名。即海熊,通稱海狗,出突厥。海人取其腎以充膃肭臍。亦名海狗腎。入藥。見本草綱目五一獸二膃肭獸。

腥 xīng 桑經切,平,青韻,心。ㄒㄧㄥ

㊀生肉。論語鄉黨:"君賜腥,必熟而薦之。"儀禮聘禮:"腥一牢,在東鼎七。"㊁腥味。山海經大荒北經:"禹湮洪水,殺相繇,其血腥臭不可生穀。"禮月令仲夏之月:"其味辛,其臭腥。"

【腥風】含有腥氣的風。唐韓愈昌黎集九又魚招張功曹詩:"血浪凝猶沸,腥風遠更飄。"宋陸游劍南詩稿六龍洞:"想當蟠蟄未奮時,腥風逼人雲觸石。"

【腥聞】穢惡的名聲。書酒誥:"庶羣自酒,腥聞在上。"

【腥德】穢惡的行徑。漢徐幹中論虛道:"是以辜罪昭著,腥德發聞,百姓傷心,鬼神怨痛。"

【腥螻】腥臭如螻蛄。列子周穆王:"王之宮室卑陋而不可處,王之廚饌腥螻而不可饗。"

【腥臊】㊀臭惡的氣味。荀子榮辱:"鼻辨芬芳腥臊。"也指水屬動物。太平廣記三〇九纂異記蔣琛:"是知溺名溺利者,不免爲水府之腥臊。"㊁比喻穢惡的事物。國語周上:"國之將亡,……其政腥臊,馨香不登。"

腨 shuàn 市兖切,上,獮韻,禪。ㄕㄨㄢˋ

腳肚。說文作"踹"。素問至真要大論:"尻股膝髀腨䯒足病,瞀熱以酸,胕腫不能久立。"又陰陽別論:"痿厥腨痟。"注:"痟,疫疼也;痿,無力也;厥,足冷即氣逆也。"意爲腳肚酸痛。

腧 shù 傷遇切,去,遇韻,審。ㄕㄨˋ

針穴。靈樞經九鍼十二原:"五藏五腧,五五二十五腧;六府六腧,六六三十六腧。"見"腧穴"。

【腧穴】中醫指人體穴位的總稱。腧,亦作"俞"。素問氣穴論:"藏俞五十穴,府俞七十二穴,熱俞五十九穴,水俞五十七穴,……凡三百六十五穴,鍼之所由行也。"又人體四肢遠端部位有井穴、滎穴、腧穴、經穴、合穴稱五腧穴。

腳 jiǎo ㄐㄧㄠˇ

見"脚"。

腫 zhǒng 之隴切,去,腫韻,照。ㄓㄨㄥˇ

㊀癰，毒瘡。周禮天官瘍醫："瘍醫掌腫瘍。"注："癰而上生創者。"㊁肌肉浮脹。左傳定十年："公閉門而泣之，目盡腫。"㊂臃腫。周禮考工記輪人："凡揉牙外不廉而內不挫，旁不腫，謂之用火之善。"謂木圜正而不臃腫。

【腫噲】虛腫貌。莊子讓王："曾子居衛，縕袍無表，顏色腫噲，手足胼胝。"釋文本作"種噲"。

腹 fù 方六切，入，屋韻，幫。ㄈㄨˋ

㊀肚。莊子逍遙遊："偃鼠飲河，不過滿腹。"㊁懷抱。詩小雅蓼莪："顧我復我，出入腹我。"㊂喻指中心部分。漢桓寬鹽鐵論刺復："方今爲天下腹居，郡諸侯並臻。"㊃喻指衷心。明劉基誠意伯集十三贈周宗道詩："披衣欸軍門，披腹陳否臧。"

【腹心】㊀喻親信。詩周南兔罝："赳赳武夫，公侯腹心。"孟子離婁下："君之視臣如手足，則臣視君如腹心。"㊁衷誠。左傳宣十二年："敢布腹心，君實圖之。"又昭二六年："敢盡布其腹心，及先王之經，而諸侯實深圖之。"

【腹尺】腹的闊度，比喻食量大。三國志魏荀彧傳："太祖雖征伐在外，軍國事皆與彧籌焉"注引典略禰衡傳："或問曰：'曹公(操)荀令君(彧)趙盪寇，皆足蓋世乎？'衡稱曹公不甚多；又見荀有儀容，趙有腹尺，因答曰：'文若可借面弔喪，稚長可使監廚請客。'"其意以爲荀但有貌，趙健啖肉也。文若，彧字。

【腹非】謂口雖不言，而內心非之。漢書食貨志下："(張)湯奏當(顏)異九卿見令不便，不入言而腹非，論死。自是後有腹非之法比。"參見"腹誹"。

【腹背】㊀喻前後。晉書慕容超載記："公孫五樓曰：'……別敕段暉率兗州之軍，緣山東下。腹背擊之，上策也。"㊁喻關係密切。後漢書六一黃瓊傳疏："又黃門協邪，羣輩相黨，自(梁)冀興盛，腹背相親，朝夕圖謀，共搆姦軌。"

【腹疾】腹泄病。左傳宣十二年："'河魚腹疾，奈何？'曰：'目於眢井而拯之。'"南史吳明徹傳："城中苦濕，多腹疾，手足皆腫。"

【腹笥】笥，藏書之器，以腹比笥，言學識豐富。後漢書八十邊韶傳："腹便便，五經笥。"宋文鑑二二楊億受詔修書述懷感事三十韻詩："講學情田塉，談經腹笥空。"

【腹痛】㊀病名。史記一〇五扁鵲倉公傳："齊中尉潘滿如病少腹痛。"㊁哀痛。三國志魏武帝紀建安七年注引褒賞令曹操祀橋玄："又承從容約誓之言，殂逝之後，路有經由，不以斗酒隻雞過相沃酹；車過三步，腹痛勿怪。雖臨時戲笑之言，非至親之篤好，胡肯爲此辭乎？"

【腹圍】腰帶。宋岳珂桯史五宣和服妖："宣和之季，京師士庶，競以鵝黃爲腹圍，謂之腰上黃。"

【腹悲】心中悲痛，鬱而不宣。漢應劭風俗通愆禮："俚語：婦死腹悲，惟身知之。"

【腹腴】魚腹下肥肉。唐杜甫杜工部草堂詩箋十三閿鄉姜七少府設鱠戲贈長歌："偏勸腹腴愧年少，軟炊香飯緣老翁。"宋黃庭堅山谷詩注內集六和子瞻："故園溪友膾腹腴，遠包春茗問何如。"

【腹裏】內地。元史地理志一："中書省統山東西、河北之地，謂之腹裏。"

【腹誹】同"腹非"。史記平準書："(張)湯奏當(顏)異九卿見令不便，不入言而腹誹，論死。自是之後，有腹誹之法比。"

【腹藁】預先搆思好的文稿。唐段成式酉陽雜俎前集十二語資："王勃每爲碑頌，先磨墨數升，引被覆面臥。忽起，一筆書之，初不點竄，時人謂之腹藁。"新唐書二〇一王勃傳作"腹稿"。清趙翼甌北詩鈔絕句二不寐："老來無寐夜景清，聊督腹稿待天明。"

【腹囊】指肚子。宋黃庭堅山谷題跋九跋老杜病後過王倚飲贈歌："(周)元章兄弟爲余斫霜鱠，遂能加飲一杯，摩挲腹囊，戲書此詩以爲謝。"

【腹心之疾】喻深患。國語吳："越之在吳也，猶人之有腹心之疾也。"史記六八商君傳："秦之與魏，譬若人之有腹心疾，非魏并秦，秦卽并魏。"

【腹中鱗甲】比喻內心凶惡。三國志蜀陳震傳諸葛亮與蔣琬書："孝起前臨至吳，爲吾說正方腹中有鱗甲，鄉黨以爲不可近。吾以爲鱗甲者，但不當犯之耳，不圖復有蘇張之事。"孝起，震字；正方，李嚴字。

腞 zhuàn 集韻 柱兗切，上，獮韻。ㄓㄨㄢˋ

見"腞楯"。

【腞楯】有畫飾的殯車。一說載柩車。莊子達生："自爲謀，則苟生有軒冕之尊，死得於腞楯之上、聚僂之中，則爲之。"唐成玄英疏："腞，畫飾也；楯，筴車也。……生時有乘軒戴冕之尊，死則置於楯中，載於楯車之上。"

腶 duàn 丁貫切，去，換韻，端。ㄉㄨㄢˋ

加有薑桂的乾肉。左傳哀十一年："陳轅頗出奔鄭。……國人逐之，故出道渴，其族轅咺進稻醴、粱糗、腶脯焉。"

【腶脩】搗碎加上薑桂的乾肉。儀禮有司："取糗與腶脩，執以出。"注："腶脩，擣肉之脯。"禮記郊特牲："諸侯爲賓，……大饗尚腶脩而已矣。"

腿 zhuì 馳僞切，去，寘韻，澄。ㄓㄨㄟˋ

足腫。左傳成六年："民愁則墊隘，於是乎有沉溺重腿之疾。"

腶 hóu 集韻 胡溝切，平，侯韻。ㄏㄡˊ

㊀味過厚、過濃難於咽下叫腶。呂氏春秋本味："澹而不薄，肥而不腶。"注："言皆得其中適。"㊁咽喉。同"喉"。見集韻。

腯 tú 陀骨切，入，没韻，定。ㄊㄨˊ

肥壯。左傳桓六年："吾牲牷肥腯，粢盛豐備，何則不信。"注："腯，亦肥也。"

【腯肥】古時祭祀用的豬。禮曲禮下："豕曰剛鬣，豚曰腯肥，羊曰柔毛。"疏："腯卽充滿貌也。"文苑英華八七八唐馮宿魏府狄梁公祠堂碑："先一日，執事設次于門西，設柔毛、翰音、腯肥、鮮膏之具。"

腦 nǎo 奴晧切，上，晧韻，泥。ㄋㄠˇ

腦子。動物中樞神經系統的主要部分。左傳僖二八年："晉侯夢與楚子搏，楚子伏己而盬其腦。"淮南子俶真："墮者折骨碎腦。"

【腦海】腦子。腦爲人的思維器官，其用如海，故稱。靈樞經海論："人有髓海，有血海，有氣海，有水穀之海……腦爲髓之海。"素問五藏生成論："諸髓者，皆屬於腦。"

【腦華】卽頭髮。唐陸龜蒙甫里甫集十一夕讌招潤卿博士辭以道侶將至一絕寄之詩："仙客何時下鶴翎，方瞳如水腦華清。"舊題晉李石續博物志七："面者神之庭，髮者腦之華。"

【腦袋】頭的俗稱。金董解元西廂四："牙關緊，氣堵了咽喉；腦袋裂，血污了堦址。"水滸七八："只一下，打個襯手，正着荆忠腦袋。"

【腦髓】指大腦、小腦和延髓的整個部分。靈樞經經脈："人始生，先成精，精成而腦髓生。"清王清任醫林改錯上腦髓說："靈機記性不在心在腦一段……心乃出入氣之道路,何能生靈機、貯記性?靈機記性在腦者,因飲食生氣血,長肌肉,精汁之清者,化而爲髓,由脊骨上行入腦,名曰腦髓。"

【腦後插筆】比喩好打官司。全唐詩八七七江右四郡諺:"筠袁贛吉,腦後插筆。"注:"言好訟也。"

【腦滿腸肥】言生活舒適而無所用心。清納蘭性德納蘭詞四念奴驕宿漢兒邨:"便是腦滿腸肥,尚難消受,此荒煙落照。"參見"腸肥腦滿"。

十畫

膏 1. gāo ㄍㄠ 古勞切,平,豪韻,見。

㊀油脂。凝結者爲脂,呈液態者爲膏。詩衛風伯兮:"豈無膏沐,誰適爲容?"周禮天官庖人:"春行羔豚膳膏香。"㊁煎煉而成的膏狀物。後漢書五二崔駰傳附崔寔政論:"呼吸吐納,雖度紀之道,非續骨之膏。"㊂物的精華也稱膏。穆天子傳一:"天子之珤,玉果、璿珠、燭銀、黄金之膏。"注:"金膏亦猶玉膏,皆其精汋也。"㊃甘美。山海經海內經:"(都廣之野)爰有膏菽、膏稻、膏稷,百穀自生。"注:"言味好皆滑如膏。"㊄肥沃。見"膏腴"。㊅古代醫學謂心下爲"膏"。見"膏肓"。

2. gào ㄍㄠˋ 古到切,去,号韻,見。

㊆滋潤,潤滑。詩曹風下泉:"芃芃黍苗,陰雨膏之。"

【膏火】㊀燈火。莊子人間世:"山木自寇也,膏火自煎也。"唐杜甫杜工部草堂詩箋三四奉酬薛十二丈判官見贈:"不是無膏火,勸郎勤六經。"㊁指供給學習的津貼。清吳榮光吾學録初編學校門:"諸生中貧乏無力者,酌給薪水,各省由府州縣董理酌給膏火。"

【膏血】比喩人民費精力流血所累積的財富。新唐書一五七陸贄傳上書:"農桑廢于追呼,膏血竭于笞捶。"唐皮日休皮子文藪九鹿門隱書:"故紂大君之組綬,食生人之膏血,苟不仁而位,是不裨於禄食也。"

【膏沐】婦女潤髮的油脂。詩衛風伯兮:"自伯之東,首如飛蓬。豈無膏沐,誰適爲容?"文選晉阮嗣宗(籍)詠懷詩之二:"膏沐爲誰施?其雨怨朝陽。"

【膏肓】古代醫學稱心臟下部爲膏,隔膜爲肓。左傳成十年:"醫至,曰:'疾不可爲也,在肓之上,膏之下,攻之不可,達之不及,藥不至焉,不可爲也!。'"注:"肓,鬲也,心下爲膏。"後謂病極嚴重,難以醫治爲膏肓之疾,或病入膏肓。世說新語儉嗇"王戎儉吝"注引王隱晉書:"戎性至儉,不能自奉養,財不出外,天下人謂爲膏肓之疾。"

【膏雨】滋潤作物的及時雨。左傳襄十九年:"季武子興,再拜稽首曰:'小國之仰大國也,如百穀之仰膏雨焉。若膏之,其天下輯睦,豈唯敝邑。'"

【膏物】有膏脂的植物。周禮地官大司徒:"辨五地之物生,……二曰川澤,其動物宜鱗物,其植物宜膏物。"注:"鄭司農(衆)云:'膏物謂楊柳之屬,理致且白如膏。玄謂膏當爲櫜字之誤也。蓮芡之實有櫜韜。'"

【膏夏】木名。淮南子俶真:"巫山之上,順風縱火,膏夏、紫芝與蕭艾俱死。"注:"膏夏,大木也,其理密白如膏。"

【膏腴】㊀言土地的肥沃。史記八七李斯傳:"惠王用張儀之計,……東據成皋之險,割膏腴之壤,遂散六國之從,使之西面事秦,功施到今。"㊁比喩事物華美、高貴。宋書禮志一晉荀崧疏:"於是(左)丘明退撰所聞而爲之傳,其書善禮,多膏腴美辭,張本繼末以發明經義。"晉書王國寶傳:"國寶以中興膏腴之族,惟作吏部,不爲餘曹郎,甚怨望。"

【膏粱】㊀精美的食物。孟子告子上:"詩云:'既醉以酒,既飽以德',言飽乎仁義也,所以不願人之膏粱之味也。"國語晉七:"夫膏粱之性難正也。"注:"膏,肉之肥者;粱,食之精者。言食肥美者,率多驕放,其性難正。"㊁比喩富貴人家。晉書范寧傳論王弼何晏:"王何叨海內浮譽,資膏粱之傲誕,畫魑魅以爲巧,扇無檢以爲俗。"宋書荀伯子傳:"伯子常自矜蔭籍之美,謂(王)弘曰:天下膏粱,唯使君與下官耳。"

【膏腥】㊀猪膏。古調味八珍之一。周禮天官庖人:"凡用禽獻,……秋行犢麛,膳膏腥。"注:"杜子春云:膏腥,豕膏也。"㊁雞膏。禮內則:"秋宜犢麛,膳膏腥。"疏:"腥音星,雞膏也。"

【膏潤】㊀甘霖滋潤。漢書禮樂志郊祀歌青陽三:"膏潤並愛,跂行畢逮。"㊁甘美潤滑。藝文類聚八七三國魏鍾會葡萄賦:"滋澤膏潤,入口散流。"

【膏澤】㊀猶膏雨。三國魏曹植曹子建集五贈徐幹詩:"良田無晚歲,膏澤多豐年。"抱朴子博喩:"甘雨膏澤,嘉生所以繁榮也,而枯木得之以速朽。"㊁猶滋潤。國語晉四:"重耳之仰君也,若黍苗之仰陰雨也;若君實庇蔭膏澤之,使能成嘉穀,薦在宇廟,君之力也。"㊂比喩恩惠。孟子離婁下:"諫行言聽,膏澤下於民。"史記樂書:"佚能思初,安能惟始,沐浴膏澤而歌詠勤苦,非大德誰能如斯!"㊃猶"膏血"。國語晉九:"從者曰:'邯鄲之倉庫實。'襄子曰:'浚民之膏澤以實之,又因而殺之,其誰與我?'"

【膏薌】牛膏。古代調味八珍之一。禮內則:"春宜羔豚,膳膏薌。"注:"牛膏薌,犬膏臊,雞膏腥,羊膏羶。"也作"膏香"。周禮天官庖人:"凡用禽獻春行羔豚,膳膏香。"注:"膏香,牛脂也。"

【膏燭】猶燈火。淮南子繆稱:"鐸以聲自毁,膏燭以明自鑠,……故子路以勇死,萇弘以智困。"三國志魏管輅傳"明年二月卒,年四十八"注引輅別傳:"京房上不量萬乘之主,下不避佞諂之徒,……困不能用,卒陷大刑,可謂枯龜之餘智,膏燭之末景,豈不哀哉!"

【膏環】食品名。搓麵成細條,組之成束,入油炸。古也稱粔籹、寒具。後世稱饊子。北魏賈思勰齊民要術九餅法:"膏環,用秫稻米屑水蜜溲之,强澤如湯餅麵,手搦團可長八寸許。"參閱清俞正燮癸巳存稿十麵條子。

【膏臊】犬膏,古調味八珍之一。周禮天官庖人:"凡用禽獻……夏行腒鱐,膳膏臊。"注引杜子春云:"膏臊,犬膏。"

【膏羶】羊膏。古代調味八珍之一。周禮天官庖人:"凡用禽獻:……冬行鱻羽,膳膏羶。"注引杜子春云:"膏羶,羊脂也。"

【膏藥】常用藥膏。煉藥爲膏,攤於紙片或布片上,以貼患處。後漢書八二段翳傳:"又有一生來學,積年,自謂略究要術,辭歸鄉里。翳爲合膏藥,並以簡書封於筒中。"唐趙璘因話録二:"(韓皋)在夏口嘗病小瘡,令醫傅膏藥,藥不濡,公問之,醫曰:'天寒膏硬。'"

【膏露】猶甘露。禮禮運:"故天降膏露,地出醴泉。"注:"膏,猶甘也。"漢書四九鼂錯傳:"然後陰陽調,四時節,日月光,風雨時,膏露降,五穀熟。"注:"甘露凝如膏。"

【膏₂脣拭舌】潤滑嘴脣,拭淨舌頭。張口欲動貌。後漢書七八呂强傳上疏陳事:"羣邪項領,膏脣拭舌,競欲咀嚼,造作飛條。"注:"膏脣拭舌,謂欲讒毁故也。"

【膏粱年少】富貴人家的子弟。南齊書王僧虔傳:"建武初,(王寂)欲獻中興頌,兄志謂之曰:'汝膂梁年少,何患不達,不鎮之以靜,將恐貽譏。'寂乃止。"

膂 lǚ 力舉切,上,語韻,來。
ㄌㄩˇ

㊀脊骨。書君牙:"今命爾予翼,作股肱心膂,纘乃舊服,無忝祖考。"㊁體力。也作"𦢊"。方言六:"𨁂𦢊,力也。東齊曰𨁂,宋魯曰𦢊。𦢊,田力也。"參見"膂力"。

【膂力】謂四肢有力。三國志魏呂布傳:"布便弓馬,膂力過人,號爲飛將。"

膋 liáo 落蕭切,平,蕭韻,來。
ㄌㄧㄠˊ

脂肪。詩小雅信南山:"執其鸞刀,以啟其毛,取其血膋。"箋:"膋,脂膏。"漢書禮樂志郊祀歌:"焫膋蕭,延四方。"注:"李奇曰:膋,腸間脂也。"

膀 1. páng 步光切,平,唐韻,並。
ㄆㄤˊ

㊀見"膀胱"。

2. bǎng
ㄅㄤˇ

㊀俗稱肩胛爲肩膀,臂爲膀子。初學記二六晉束晳餅賦:"肉則羊膀豕脅,脂膚相半。"

【膀胱】即尿泡,爲貯尿器官。素問痹論:"胞痹者,少腹膀胱,按之內痛。"史記一〇五扁鵲傳:"中經維絡,別下於三焦膀胱。"

臛 huò 呵各切,入,鐸韻,曉。
ㄏㄨㄛˋ 呼木切,入,屋韻,曉。

肉羹。也作"臛"。楚辭大招:"煎鰿臛雀,遽爽存只。"宋陸游劍南詩稿十七豐年行:"長魚出網健欲飛,新兔卧盤肥可臛。"

膉 yì 伊昔切,入,昔韻,影。
ㄧˋ

㊀頸部的肉。儀禮士虞禮:"膚祭三,取諸左膉上。"注:"膉,脰肉也。"㊁肥。見廣韻。

膆 sù 桑故切,去,暮韻,心。
ㄙㄨˋ

鳥類的嗉囊。同"嗉"。文選晉潘安仁(岳)射雉賦:"當味值胷,裂膆破嗉。"注:"膆,喉受食處也。"

膊 bó 匹各切,入,鐸韻,滂。
ㄅㄛˊ

説文作"髆"。㊀切成塊的肉。淮南子繆稱:"故同味而嗜厚膊者,必其甘之者也。"㊁胳膊,即肩臂。近肩部分稱上膊,近手部分稱下膊。説文"髆"清徐灝箋:"今人謂去衣爲赤膊,因之謂肩臂爲膊。"㊂分裂四肢。左傳成二年:"(齊)頃公之嬖人盧蒲就魁門焉,龍人囚之,……殺而膊諸城上。"注:"膊,磔也。"

【膊膊】㊀大塊。鶡冠子度萬:"所謂地者,非是膊膊之土之謂地也,……所謂地者,言其均物而不可亂也。"宋陸佃注:"膊,形埒也。"㊁雞聲。宋陸游劍南詩稿二十反感憤:"膊膊庭樹雞初鳴,嗈嗈天衢雁南征。"

膈 gé 古核切,入,麥韻,見。
ㄍㄜˊ

㊀膈膜。人和動物胸腔與腹腔之間的肌膜結構。靈樞經經脈:"其支者復從肝,別貫膈,上注肺。"鬲、膈通。㊁阻隔。素問氣厥論:"膀胱移熱於小腸,鬲腸不便,上爲口糜。"㊂古代懸鐘的格。史記二三禮書:"縣一鐘尚拊膈。"

膹 chēn 昌真切,平,真韻,穿。
ㄔㄣ

脹腫。素問陰陽應象大論:"濁氣在上,則生膹脹。"漢揚雄太玄經二爭:"股腳膹如,維身之疾。"注:"膹,大也,枝大於幹,臣大於君皆爲疾也。"

膁 huāng 呼郎切,平,唐韻,曉。
ㄏㄨㄤ

見"狼膁"。

膎 xié 户佳切,平,佳韻,匣。
ㄒㄧㄝˊ

熟食。漢揚雄太玄經四逃:"次六,多田不婁,費我膎功。"注:"熟食爲膎,征田多獲,歸之於宗廟,賞不失勞,故曰膎功也。"

膍 pí 部迷切,平,齊韻,並。
ㄆㄧˊ

㊀牛百葉,即牛胃。莊子庚桑楚:"臘者之有膍胲,可散而不可散也。"㊁厚。詩小雅采菽:"樂只君子,福祿膍之。"傳:"膍,厚也。"

【膍胵】反芻動物的胃。亦稱百葉。廣雅釋器:"百葉謂之膍胵。"

十一畫

膚 fū 甫無切,平,虞韻,幫。
ㄈㄨ

㊀身體的表皮。詩衛風碩人:"手如柔荑,膚如凝脂。"參見"膚革"。㊁切細的肉。禮內則:"麋膚,魚醢。"注:"膚,切肉也。"㊂淺薄。南齊書陸澄傳褚淵奏:"澄諛聞膚見,貽撓後昆,上掩皇明,下籠朝識,請以見事,免澄所居官。"㊃美。詩豳風狼跋:"公孫碩膚,德音不瑕。"㊄大。見"膚公"。㊅古長度單位名。見"膚寸"。

【膚寸】㊀古長度單位。古以一指寬爲一寸,四指爲膚。公羊傳僖三一年:"膚寸而合。"注:"側手爲膚,案指爲寸。"參見"扶寸"。㊁比喻微小。戰國策秦三:"膚寸之地無得者,豈齊不欲地哉,形弗能有也。"

【膚公】大功。公,通"功"。詩小雅六月:"薄伐玁狁,以奏膚公。"

【膚合】謂雲氣聚合。古文苑十八漢蔡邕九疑山碑:"觸石膚合,興播建雲。"藝文類聚二晉潘尼苦雨賦:"氣觸石而結蒸兮,雲膚合而仰浮。"

【膚果】皮也可食之果。明陸深蜀都雜抄:"梵文甚細,如敍果有五:棗杏等謂之核果,梨柰等謂之膚果,……膚,皮膚可啖也。"

【膚受】㊀不實之辭。指讒言。論語顏淵:"浸潤之譖,膚受之愬,不行也,可謂明也已矣!"宋朱熹集注訓膚受爲肌膚所受。膚受之言,即有關切身利害之言。後漢書七九上戴憑傳:"伏見前太尉西曹掾蔣遵清亮忠孝,學通古今,陛下納膚受之訴,遂致禁錮,世以是爲嚴。"㊁淺嘗,體會不深。文選漢張平子(衡)東京賦:"若客所謂末學膚受,貴耳而賤目者也。"三國吳薛綜注:"膚受,謂皮膚之不經於心胸。"

【膚使】謂能圓滿完成使命的使節。漢揚雄法言淵騫:"張騫蘇武之奉使也,執節沒身,不屈王命,雖古之膚使,其猶劣諸。"注:"膚,美。"

【膚施】縣名。1.漢置,屬上郡。戰國時魏地,秦爲上郡。西魏置上縣,爲安寧郡治。唐置綏州,宋改爲綏德城,金元皆爲州治。地在今陝西綏德縣北。參閱漢書地理志下、讀史方輿紀要五七綏德州龍泉廢縣。2.戰國時趙地,趙主父滅中山,遷其王於膚施,即此。秦置高奴縣,屬上郡。隋大業三年,改稱膚施,爲延安郡治,唐宋州郡皆治此。明清屬延安府,公元1913年裁府留縣。公元1936年改延安縣,次年改延安市。地在今延安市。參閱讀史方輿紀要五七延安府膚施縣。

【膚革】㊀皮膚的表裏。禮禮運:"四體既正,膚革充盈,人之肥也。"疏:"膚是革外之薄皮,革是膚內之厚皮革也。"靈樞經逆順肥瘦:"血氣充盈,膚革堅固。"㊁表面。宋李昭玘樂靜集十上顏朝奉:"自悔少時,務學鮮淺,不求深趣,區區所聞,正在膚革,今日思之,大是謬悠。"

【膚淺】淺薄。晉范甯春秋穀梁傳集解

序:"釋穀梁者雖近十家,皆膚淺末學,不經師匠。"北齊書文苑傳序:"凡此諸人,亦有文學膚淺、妄想推薦者十三四焉。"

【膚敏】品德優美,言行敏捷。詩大雅文王:"殷士膚敏,祼將于京。"傳:"膚,美;敏,疾也。"疏:"殷士有美德,言其見時之疾。"

【膚廓】文辭空泛,不切實際。凡言文之大而無當者謂之膚廓,卽膚淺廓落之義。

【膚橈目逃】孟子公孫丑上:"北宮黝之養勇也,不膚橈,不目逃。"言肌膚爲人所刺而不撓却,目爲人刺而不轉睛。參閱淸焦循孟子正義。

膑 yín 翼真切,平,眞韻,喩。
ㄧㄣˊ

夾脊肉。通作"夤"。易艮:"艮其限,列其夤。"釋文:"馬(融)云,夾脊肉也。鄭(玄)本作膑。"唐元稹長慶集十代曲江老人百韻詩:"韜袖誇狐腋,弓絃尚鹿膑。"

膧 chōng yōng 丑凶切,平,鍾韻,徹。
ㄔㄨㄥ ㄩㄥ

匀直。同"傭"。唐孟郊孟東野集九品松詩:"擘裂風雨獰,抓拏指爪膧。"參見"傭㊀"。

脺 lǜ 吕邺切,入,術韻,來。
ㄌㄩˋ

古祭祀所用的牲血。見"脺膋"。

【脺膋】古祭祀所用的牲血和腸脂。禮祭義:"鸞刀以刲,取脺膋乃退。"注:"脺膋,血與腸間脂也。"又郊特牲:"取脺膋燔燎升首。"

膞 1. zhuǎn 旨兖切,上,獮韻,照。
ㄓㄨㄢˇ

㊀厚切成塊的肉。廣雅釋器:"膞,臠也。"

2. zhuān 職緣切,平,仙韻,照。
ㄓㄨㄢ

㊁禽類的胃。見廣韻。㊂旋盞。通"輇"。陶土工具。周禮考工記旊人:"器中膞,……膞崇四尺,方四寸。"

膘 1. piǎo 敷沼切,上,小韻,滂。
ㄆㄧㄠˇ

㊀小腹兩旁肉。詩小雅車攻"大庖不盈"漢毛萇傳:"故自左膘而射之,達于右腢,爲上殺。"

2. biāo
ㄅㄧㄠ

㊁肥肉,肥胖。宋李新跨鼇集二七與馮德夫:"馬無他損,特膘稍落,微磨破耳。"古今雜劇元秦簡夫趙禮讓肥二:"骨崖崖欲行還倒,我是箇餓損的人有甚麼脂膘?"

膜 1. mó 慕各切,入,鐸韻,明。
ㄇㄛˊ

㊀動物體内的薄衣狀組織。素問痺論:"故循皮膚之中,分肉之間,熏於肓膜,散於胸腹。"禮内則"肉曰脫之"疏:"治肉,除其筋膜,取好處。"果實皮殼内的薄衣狀組織,也叫膜。唐李商隱李義山詩集六石榴:"榴枝婀娜榴實繁,榴膜輕明榴子鮮。"㊁砂地,沙漠。穆天子傳二:"甲申至於黑水,西膜之所謂鴻鷺。"注:"西膜,沙漠之鄉。"㊂見"膜拜"。

2. mō 莫胡切,平,模韻,明。
ㄇㄛ

㊃撫摸。通"摸"。方言十三:"膜,撫也。"注:"謂撫順也。"

【膜外】猶度外。宋魏了翁鶴山集六次韻蘇味父自郫見寄詩:"况彼膜外榮,皇皇復滋滋。"

【膜拜】合掌加額,伏地跪拜。我國古代西北部少數民族對其最尊敬者或畏服者,多行此禮。穆天子傳二:"吾乃膜拜而受。"梁書武帝紀上齊禪位策:"北闕藁街之使,風車火徼之民,膜拜稽首,願爲臣妾。"

【膜唄】膜拜和讚歌佛的功德。新唐書一七六韓愈傳:"憲宗遣使者往鳳翔迎佛骨入禁中,三日,乃送佛祠。王公士人奔走膜唄。"

膝 xī 息七切,入,質韻,心。
ㄒㄧ

大小腿相接的關節處。莊子漁父:"左手據膝,右手持頤以聽。"

【膝下】指人幼年時。常依於父母膝旁,言父母對幼孩之親愛。孝經聖治:"故親生之膝下,以養父母日嚴。"注:"膝下,謂孩幼之時也。"後用作對父母的尊稱。初學記十七晉劉柔妻王氏懷思賦:"想昔日之歡侍,奉膝下而怡裕。"

【膝行】跪地前行。表示尊敬或畏服。莊子在宥:"廣成子南首而卧,黄帝順下風,膝行而進。"史記項羽紀:"項羽召見諸侯將,入轅門,無不膝行而前,莫敢仰視。"

【膝步】猶膝行。文選漢王子淵(褒)四子講德論:"陳丘子見先生言切,恐二客慚,膝步而前曰:'先生詳之。'"

【膝席】古人曲膝跪地坐,對人表示尊敬時,卽直起身,兩膝仍着地。史記一〇七魏其武安侯傳:"(灌夫)起行酒,至武安(田蚡),武安膝席曰:'不能滿觴。'"宋楊億天貺殿碑:"挈壺之漏屢移,膝席之對云罷。"(金石萃編一二七)

【膝袒】袒露上身跪地而行,表示畏服請罪。史記七九范睢傳:"須賈大驚,自知見賣,乃肉袒厀行,因門下人謝罪。"梁書袁昂傳答蕭衍書:"自承麾旆届止,莫不膝袒軍門,惟僕一人敢後至者,政以内揆庸素,文武無施,直是東國賤男子耳。"

【膝褲】套褲。古稱角韤,前後兩足相成,中心結帶。淸趙翼陔餘叢考三三韤膝褲:"是以吕藍衍(種玉)言鯖,謂襪卽膝褲。然今俗襪有底,而膝褲無底,形製各別。按炙轂子曰:三代謂之角襪,前後兩隻相成,中心繫帶。則古時襪之制,正與今膝褲同。豈古之所謂襪,本如今膝褲之制,後人改爲有底,遂分其名,而一則稱襪,一則稱膝褲耶?"

【膝行肘步】匍匐前行。極言其畏服。唐王勃王子安集四山亭思友人序:"雖陸平原(機)曹子建(植)足可以車載斗量;謝靈運潘安仁(岳)足可以膝行肘步;思飛情逸,風雲坐宅於筆端;興洽神淸,日月自安於調下云爾。"

【膝癢搔背】喻作事不當,言不中肯。漢桓寬鹽鐵論利議:"不知趨舍之宜,時世之變,議論無所依,如膝癢而搔背。"

膠 1. jiāo 古肴切,平,肴韻,見。
ㄐㄧㄠ 古孝切,去,效韻,見。

㊀用以黏合器物的物質,以動物的角或皮製成。周禮考工記弓人:"六材既聚,巧者和之,……膠也者,以爲和也。"後也泛指具有黏性的物質。㊁黏着。引申作舟船擱淺。莊子逍遥遊:"覆杯水於坳堂之上,則芥爲之舟,置杯焉則膠,水淺而舟大也。"唐王維王右丞集二酬虞部蘇員外過藍田别業不見留之作詩:"漁舟膠凍浦,獵火燒寒原。"㊂牢固。詩小雅隰桑:"既見君子,德音孔膠。"㊃周之大學。見"膠庠"。㊄欺詐。見"膠譎"、"膠言"。㊅姓。見"膠鬲"。

2. jiǎo 集韻 吉巧切,上,巧韻。
ㄐㄧㄠˇ

㊆動撓貌。見"膠₂膠₂擾擾"。

【膠水】古河流名。水經注二六膠水:"膠水出黔陬縣膠山,北過其縣西,又北過夷安縣東,又北過當利縣西北入于海。"按今膠河有二:北膠河卽膠萊河,源出山東諸縣境,北流入萊州灣。南膠河卽大沽河,源出山東招遠縣,西南流經膠縣入膠州灣。下流入膠萊運河,與北膠河通。

【膠加】乖戾,糾纏不淸。楚辭宋玉九辯:"何況一國之事兮,亦多端而膠加。"晉嵇康嵇中散集三卜疑集:"世俗膠加,人情萬端。"

【膠西】地名。1. 郡國名。漢文帝十六年置，宣帝本始元年改爲高密國。轄境相當今山東高密縣地。漢景帝時爲參加叛亂的七國之一。見漢書地理志下。2. 縣名。漢黔陬縣地。隋開皇十六年置膠西縣，屬密州，治所在今山東膠縣東。唐武德六年，縣廢，以其地爲板橋鎮。宋元祐二年復爲膠西縣，兼領臨海軍使，爲對外貿易主要港口之一，置有市舶司。明初併入膠州。參閱寰宇通志七六萊州府膠州、讀史方輿紀要三六膠州膠西廢縣。

【膠言】詭辯不實之辭。文選晉左太沖(思)魏都賦："繆默語之常倫，牽膠言而踰侈。"劉淵林注："李尅書曰：'言語辯聰之說，而不度於義者。'"參見"窕言"。

【膠序】古學校夏曰校，殷曰序，周曰庠。又周人養國老於東膠。後因以膠序爲學校之通名。廣弘明集十九南齊蕭子良與荊州隱士劉虬書："膠序肇修，經法敷廣。"參見"膠庠"。

【膠折】秋天空氣乾燥，膠勁而可折。因借指秋高氣爽，宜於用兵之時。文苑英華一九九唐虞世南從軍行之一："全兵值月滿，精騎乘膠折。"又一九六唐賈至燕歌行："季秋膠折邊草腓，理兵羽獵因出師。"參見"折膠"。

【膠戾】㊀曲折。也作"膠盭"。史記一一七司馬相如傳上林賦："穹隆雲撓，蜿𧒂膠戾。"注："膠戾，邪屈也。"此謂水流曲折蜿蜒。漢書、文選皆作"宛潬膠盭"。盭，古"戾"字。晉書衛瓘傳附衛恒四體書勢："或砥平繩直，或蝁蜒膠戾。"此謂書法屈曲宛轉。㊁違戾。漢書三六劉向傳："朝臣舛午，膠戾乖剌。"注："言志意不和，各相違背。"

【膠東】漢郡國名。楚漢之際，項羽分齊爲臨淄濟北膠東三國。後爲田榮所滅，國併入齊。漢文帝十六年復分齊爲膠東國。漢景帝時爲參加叛亂的七國之一。參閱漢書地理志下、讀史方輿紀要三六平度州卽墨故城。

【膠附】喻意志相投，如膠漆黏合。唐劉蛻集六答知己書："一言而膠附不離，有憂其終始出處之事者。"陸龜蒙甫里集十九寒泉子對秦惠王："齊桓晉文之伯也，始若膠附，終若冰拆。"

【膠固】㊀堅固。漢王符潛夫論務本："器以便事爲善，以膠固爲上。"㊁團結鞏固。後漢書七十鄭太傳："以膠固之衆，當解合之勢，猶以烈風，掃彼枯葉。"晉陸機陸士衡集十五等諸侯論："爲上無苟且之心，羣下知膠固之義。"㊂拘執，閉塞。南朝梁江淹江文通集二建平王讓右將軍荊州刺史表："寧臣膠固，所宜膺荷。"

【膠庠】周學校名。膠爲周之大學，在國中王宮之東，庠爲小學，在國之西郊。禮王制："周人養國老於東膠，養庶老於虞庠。"梁書裴子野傳范縝上表："且(子野)章句洽悉，訓故可傳，脫置之膠庠，以弘獎後世，庶一夔之辯可尋，三家之疑無謬矣。"

【膠鬲】殷周時人。原爲殷王紂臣。遭紂之亂，隱遁爲商，文王於鬻販魚鹽之中得其人，舉之以爲臣。其名字散見於孟子公孫丑下、告子上，國語晉一，呂氏春秋誠廉、貴因。

【膠致】以膠密不得開的檻車解送之，以防脫逃。史記八九張耳陳餘傳："乃轞車膠致，與王詣長安。"正義："謂其車上著板，四周如檻形，膠密不得開，送致京師也。"

【膠船】用膠黏合的船。晉皇甫謐帝王世紀："(周)昭王在位五十一年，以德衰南征，及濟于漢，楚人惡之，乃以膠船進王。王御船至中流，膠液船解，王及祭公俱沒于水中而崩。"後用以比喻不能濟事。魏書李順傳附李騫釋情賦："延膠船而越水，若朽索而乘奔。"

【膠結】牢靠周密。文選南朝梁干令升(寶)晉紀總論："理節則不亂，膠結則不遷。"續高僧傳五釋法護傳："齊竟陵王總校玄釋，定其虛實，仍於法雲寺建豎義齋，以護爲標領，解釋膠結，每無遺滯。"

【膠葛】㊀錯雜貌。楚辭屈原遠遊："騎膠葛以雜亂兮，斑漫衍而方行。"史記一一七司馬相如傳大人賦："紛湛湛其差錯兮，雜遝膠葛以方馳。"漢書作"膠輵"。㊁曠遠貌。文選漢司馬長卿(相如)上林賦："置酒乎顥天之臺，張樂乎膠葛之寓。"又晉左太沖(思)吳都賦："東西膠葛，南北峥嶸。"㊂輕清上浮的雲氣。漢書八七下揚雄傳解難："不階浮雲，翼疾風，虛舉而上升，則不能撠膠葛，騰九閎。"

【膠漆】膠和漆。喻事物的牢固結合。莊子駢拇："待繩約膠漆而固者，是侵其德也。"韓非子安危："堯無膠漆之約於當世而道行，舜無置錐之地於後世而德結。"

【膠膠】雞鳴聲。詩鄭風風雨："風雨瀟瀟，雞鳴膠膠。"也泛指禽類鳴聲。後漢書六十上馬融傳："羣鳴膠膠，鄙駭譟讙。"參見"嘐$_2$嘐$_2$"。

【膠$_2$膠$_2$】動亂貌。見"膠$_2$膠$_2$擾擾"。

【膠譎】欺詐。方言三："膠譎，詐也。涼州西南之間曰膠，自關而東西，或曰譎，或曰膠。詐，通語也。"

【膠轕】錯雜貌。文選漢揚子雲(雄)甘泉賦："齊總總以撙撙，其相膠轕兮，猋駭雲迅，奮以方攘。"唐柳宗元柳先生集九唐故給事中皇太子侍讀陸文通先生墓表："其道，以生人爲主，以堯舜爲的，苞羅旁魄，膠轕下上，而不出其正。"

【膠盭】見"膠戾㊀"。

【膠續】用膠接續斷弦。晉張華博物志三："漢武帝時西海國有獻膠五兩者，……後從武帝射甘泉宮。帝弓弦斷，從者欲更張弦。西使乃進，乞以所送餘香膠續之。"後世稱續娶曰"膠續"，謂如琴瑟之弦斷而復續。聊齋志異小翠："公大憂，急爲膠續以解之。"參見"續絃"。

【膠鰾】取魚鰾煮治之膠，黏物牢固，也稱魚膠。宋范仲淹范文正公集奏議上奏爲置官專管每年上供并軍須雜物："臣竊見兵興以來，天下科率如牛皮筋角弓弩材料箭幹槍幹膠鰾翎木漆蠟一切之物，皆出於民，謂之和買。"

【膠牙餳】卽麥芽糖。南朝梁宗懍荊楚歲時記："正月一日是三元之日也……進屠蘇酒、膠牙餳。"又引晉周處風土記："膠牙者，蓋以使其牢固不動。"唐白居易長慶集五四歲日家宴戲示弟姪等兼呈張侍御二十八丈殷判官二十二兄詩："歲盞後推藍尾酒，春盤先勸膠牙餳。"

【膠萊河】在山東，分南北二流。東南流者曰膠萊南河，由膠縣的麻灣口入海。西北流者，曰膠萊北河，由掖縣的海倉口入海，卽元至元十七年所濬之膠萊河舊道。參閱元史世祖紀八、讀史方輿紀要三六平度州新河。

【膠車逢雨】用膠黏合的車，遇雨則解。漢焦延壽易林九遯之益："膠車駕東，與雨相逢，五楘解墮。"又借喻和解。漢桓寬鹽鐵論大論："大夫曰：'諾！膠車倏逢雨，請與諸生解。'"清張敦仁考證："倏，當作倏。解，謂和解。"

【膠柱鼓瑟】鼓瑟者轉動絃柱，以調節音之高低，如膠其柱，則音無從調節。比喻拘泥而不知變通。史記八一趙奢傳："趙王因以(趙)括爲將代廉頗。藺相如曰：'王以名使括，若膠柱而鼓瑟耳。括徒能讀父書傳，不知合變也。'"也作"膠柱調瑟"。淮南子齊俗："今握一君之法籍，以非傳代之俗，譬由膠柱而調瑟也。"

【膠$_2$膠$_2$擾擾】動亂不安。莊子天道："堯曰：'膠膠擾擾乎？子，天之合也。

我,人之合也。'"

膪 zhé 直立切,入,緝韻,澄。
ㄓㄜˊ

薄切肉。漢桓寬鹽鐵論散不足:"楊豚韭卵,狗膪馬朘。"參見"牒"。

膙 jiǎng 居兩切,上,養韻,見。
ㄐㄧㄤˇ

筋頭。見廣韻。又筋膙。見玉篇。今稱手脚上的老繭爲膙。

膛 tāng 集韻 他郎切,平,唐韻。
ㄊㄤ

㊀肥貌。見玉篇、集韻。㊁體腔。元曲選紀君祥趙氏孤兒五:"將那廝釘木驢推上雲陽,休便要斷首開膛。"三國演義二十:"許田射獵之事,吾尚氣滿胸膛。"今也稱器物中空部份爲膛。如爐膛、槍膛。

膢 lóu 落侯切,平,侯韻,來。
ㄌㄡˊ 力朱切,平,虞韻,來。

㊀祭名。時間因地而異,冀州河東八月初一,楚地十二月。漢揚雄法言問道:"若牛羊用人,則狐狸螻蟥,不膢臘也與。"注:"膢,八月旦也。今河東俗奉之以爲大節。"㊁獵祭名。見"貙膢"。

【膢臘】祭名。爲古酒食燕飲之期。韓非子五蠹:"夫山居而谷汲者,膢臘而相遺以水。"後漢書十一劉玄傳"欲以立秋日貙膢時共劫更始"唐李賢注:"冀州北郡以八月朝作飲食爲膢,其俗語曰'膢臘社伏'。"宋劉敞公是集十六打魚詩:"南人登魚作膢臘,清潭數里奔舟檝。"

膕 guó 古獲切,入,麥韻,見。
ㄍㄨㄛˊ

膝後彎曲處。俗稱腿彎。荀子富國:"詘要橈膕。"素問骨空論:"膝痛,痛及拇指,治其膕。"唐王砅注:"膕謂膝解之後,曲脚之中委中穴。"

十二畫

膱 zhí 集韻 質力切,入,職韻。
ㄓˊ

脯脡,卽乾肉條。同"脂"。儀禮鄉射禮:"膱長尺二寸。"注:"膱猶脡也。"

膳 shàn 常演切,上,獮韻,禪。
ㄕㄢˋ

㊀飲食。指所食之物。莊子至樂:"具太牢以爲膳。"左傳閔二年:"太子奉冢祀社稷之粢盛,以朝夕視君膳者也。"㊁進食,具食。儀禮公食大夫禮:"公與賓皆復賓位,宰夫膳稻於粱西。"㊂烹調,煎和。周禮天官庖人:"春行羔豚膳膏香。"

【膳夫】官名。掌王及后妃等的飲食。詩小雅十月之交:"家伯維宰,仲允膳夫。"左傳莊十九年:"王奪子禽祝跪與詹父田,而收膳夫之秩。"周禮天官冢宰屬官有膳夫。

【膳府】貯藏宮廷所用食物的府庫。周禮地官廛人:"凡珍異之有滯者,斂而入于膳府。"魏書食貨志:"又於歲時取鳥獸之登於俎用者,以牣膳府。"

【膳服】膳食和車服。周禮天官大府:"關市之賦,以待王之膳服。"後漢書安帝紀論:"至乃損徹膳服,克念政道。"

【膳宰】官名。掌宰割牲畜。儀禮燕禮:"膳宰,具官饌于寢東。"公羊傳宣六年:"趙盾就而視之,則赫然死人也。趙盾曰:'是何也?'曰:'膳宰也。'"

【膳羞】美食。周禮天官膳夫:"掌王之食飲膳羞,以養王及后世子。"注:"膳,牲肉也,羞,有滋味者。"越絶書越絶外傳記地傳:"一曰冰室者,所以備膳羞也。"

【膳部】官署名。掌管飲食、祭器、牲豆、酒膳及藏冰食料之事。周禮天官冢宰之屬有膳夫、凌人。晉有左右士曹,北齊改左士爲膳部郎。唐設膳部郎中、員外郎,屬禮部。明改膳部爲精膳司、清末始廢。參閱文獻通考五二職官六禮部尚書。

膩 nì 女利切,去,至韻,娘。
ㄋㄧˋ

㊀肥厚,油膩。漢蔡邕蔡中郎集七爲陳留太守上孝子狀:"但用麥飯寒水,不食肥膩。"唐李賀歌詩編三昌谷:"石錢差復藉,厚葉皆蟠膩。"㊁滑澤。楚辭宋玉招魂:"靡顏膩理,遺視矊些。"㊂污垢。晉書劉琨傳附劉輿:"輿猶膩也,近則污人。"唐杜甫杜工部草堂詩箋十一北征:"見爺背面啼,垢膩脚不襪。"㊃厭倦,厭煩。紅樓夢十九:"我往那裏去呢,見了別人就怪膩的。"

【膩壤】肥沃的泥土。宋范仲淹范文正公集二和葛閎寺丞接花歌:"金刀玉刀裁量妙,香膏膩壤彌密縫。"言用好土封護接枝之處。

【膩顏帢】帽名。世說新語輕詆:"王中郎(坦之)與林公(支遁)絶不相得。王謂林公詭辯;林公道王云:'著膩顏帢、縿布單衣,挾左傳,逐鄭康成(玄)車後,問是何物塵垢囊。'"晉永嘉間改魏顏帢爲無顏帢。見晉書五行志上。膩顏帢卽無顏帢之類。參見"無顏帢"。

膨 péng 薄庚切,平,庚韻,並。
ㄆㄥˊ 蒲孟切,去,映韻,並。

脹滿。晉張華博物志二異俗:"不時斂藏,卽膨脹沸爛,須臾燋煎都盡,唯骨耳。"

【膨脝】腹膨大貌。宋陸游劍南詩稿三六朝饑食齏麪甚美戲作:"一杯齏餺飥,老子腹膨脝。"引申作飽食。宋陸游劍南詩稿四四新晴出門閑步:"窮人旋晝膨脝計,自買蹲鴟煮糝羹。"參見"彭亨㊀"。

膳 zān 作含切,平,覃韻,精。
ㄗㄢ

腤膳,不潔貌。

膭 sǔn 蘇本切,上,混韻,心。
ㄙㄨㄣˇ

説文作"䐣"。切熟肉再煮。又用肉羹煮飯。北魏賈思勰齊民要術八羹臛法有"肺膭法"。釋名釋飲食:"䐣,鑽也,以米糝之,如膏鑽也。"清畢沅疏證:"今本䐣作膭。"

膰 fán 附袁切,平,元韻,並。
ㄈㄢˊ

説文作"䋣"。㊀宗廟祭祀用的肉。生曰脤,熟曰膰。周禮春官大宗伯:"以脤膰之禮,親兄弟之國。"左傳成十三年:"國之大事,在祀與戎,祀有執膰,戎有受脤。"參閱清俞樾茶香室經説五脤膰之禮。㊁致送祭肉。後漢書八四劉長卿妻傳:"縣邑有祀必膰焉。"宋蘇軾東坡集後集六縱筆之三:"明日東家知祀竈,隻雞斗酒定膰吾。"

膬 cuì 此芮切,去,祭韻,清。
ㄘㄨㄟˋ 七絶切,入,薛韻,清。

㊀脆嫩,不牢固。同"脆"。管子霸言:"釋實而攻虛,釋堅而攻膬。"㊁鳥獸的絨毛。通"毳"。南朝梁何遜何水部集七七召:"文皮坐裂,膬尾生抽。"

膴 1. hū 荒烏切,平,模韻,曉。
ㄏㄨ 武夫切,平,虞韻,明。

㊀祭祀所用切成大塊的肉。周禮天官腊人:"凡祭祀,共豆脯,薦脯膴胖。"禮少儀:"冬右腴,夏右鰭,祭膴。"此指魚腹下的大塊肉。

2. wǔ 文甫切,上,麌韻,明。
ㄨˇ

㊀美,厚。見"膴$_2$仕"。㊁膏腴。見"膴$_2$膴$_2$"。㊂法則。詩小雅小旻:"民雖靡膴,或哲或謀。"箋:"膴,法也。"

【膴$_2$仕】高官厚祿。詩小雅節南山:"瑣瑣姻亞,則無膴仕。"箋:"瑣瑣昏姻,妻黨之小人,無厚任用之,置之大位,重其祿也。"宋王安石臨川集四九節度使加宣徽使制:"比以明揚,屢更煩使,遂躋膴仕,良副訏謨。"

【膴$_2$膴$_2$】膏腴,肥沃。詩大雅緜:"周原膴膴,堇荼如飴。"韓詩作"腜腜"。梁書沈約傳郊居賦:"忽蕪穢而不修,同原陵之膴膴。"參見"腜腜"。

膲 jiāo 即消切,平,宵韻,精。ㄐㄧㄠ

㊀謂肉不滿。淮南子天文:"是以月虛而魚腦流〔減〕,月死而蠃蛖膲。"注:"減,少也。膲,肉不滿。"㊁三焦之"焦",也作"膲"。見集韻。

膷 xiāng 許良切,平,陽韻,曉。ㄒㄧㄤ

牛肉羹。儀禮公食大夫禮:"膷以東,臐、膮、牛炙。"注:"膷、臐、膮,今時臛也。牛曰膷,羊曰臐,豕曰膮,皆香美之名也。"

十三畫

膺 yīng 於陵切,平,蒸韻,影。ㄧㄥ

㊀胸。國語魯下:"請無瘠色,無洵涕,無掐膺。"楚辭屈原九章惜誦:"背膺牉合以交痛兮,以鬱結而紆軫。"㊁當胸的馬帶。詩秦風小戎:"蒙伐有苑,虎韔鏤膺。"㊂躬親。見爾雅釋言。參見"膺揭"。㊃受,當。書武成:"誕膺天命,以撫方夏。"楚辭屈原天問:"撰體協脅,鹿何膺之。"㊄擊。詩魯頌閟宫:"戎狄是膺,荆舒是懲。"

【膺門】㊀馬的前胸。文選南朝宋顏延年(延之)赭白馬賦:"膺門沫赭,汗溝走血。"㊁東漢李膺之門。李膺官至司隸校尉,負海内重名,不妄接待賓客,受他接待的,稱爲登龍門。後用以泛指有聲名的大臣之門。唐杜牧樊川集二昔事文皇帝:"吠聲嗾國猘,公議怯膺門。"

【膺期】猶言承運。隋書煬帝紀上大業四年詔:"命世膺期,蘊兹素王。"宋文鑑六三晏殊進兩制三館牡丹歌詩狀:"昔者虞舜膺期,有皋陶之賡載;周宣繼業,聞吉甫之誦章。"

【膺圖】謂當受瑞應之圖。文選晉潘安仁(岳)爲賈謐作贈陸機詩:"子嬰面櫬,漢祖膺圖。"唐韓愈昌黎集三永貞行:"膺圖受禪登明堂,共流幽州鯀死羽。"

【膺選】當選。晉書穆章何皇后傳:"以名家膺選。"文苑英華六七唐封殷鄉老獻賢能書賦:"膺選以行,豈黄冠而是阻;策名之後,見青雲而可升。"

【膺揭】以箕舌向胸。禮少儀:"拚席不以鬣,執箕膺揭。"注:"膺,親也。揭,舌也。持箕將去,糞者以舌自鄉。"

【膺籙受圖】㊀謂帝王親受圖籙,應運而興。圖,河圖;籙,符命。文選漢張平子(衡)東京賦:"高祖膺籙受圖,順天行誅。"也作"膺圖受籙"。又南朝梁沈休文(約)齊故安陸昭王碑文:"商武姬文,所以膺圖受籙。"㊁道家自稱經修煉,受天帝道籙而名列仙籍。舊題漢魏伯陽參同契上:"功滿上昇,膺籙受圖。"

臀 tún 徒渾切,平,魂韻,定。ㄊㄨㄣˊ

㊀哺乳動物腰下股上的後面部位。易夬:"臀無膚,其行次且。"國語周下:"其母夢神規其臀以墨。"㊁器物底部。周禮考工記㮚氏:"其臀一寸,其實一豆。"注:"杜子春云:'當爲臀。謂覆之,其底深一寸也。'"

臂 bì 卑義切,去,寘韻,幫。ㄅㄧˋ

㊀人體上肢。老子:"攘無臂,扔無敵。"史記秦始皇紀:"奮臂於大澤,而天下響應者,其民危也。"㊁獸畜蟲類的前肢。莊子人間世:"汝不知夫螳蜋乎?怒其臂以當車轍。"又專指牲體的左肩脚或左前脚。儀禮特牲饋食禮:"阼俎臂。"又有司:"羊肉湆,臂一,脊一。"㊂弓把,弩柄。周禮考工記弓人:"於挺臂中有柎焉,故剽。"疏:"直臂中,正謂弓把處。"釋名釋兵:"弩,怒也。……其柄曰臂,似人臂也。"

【臂指】形容運用自如,若臂之使指。漢書四八賈誼傳陳政事疏:"今海内之事,如身之使臂,臂之使指,莫不制從。"宋陸游渭南文集九賀薛安撫兼制置啟:"宜得股肱之良,用增臂指之重。"

【臂釧】手鐲。婦女的妝飾品。唐元稹長慶集二三估客樂:"鍮石打臂釧,糯米吹項瓔。"花間集四五代蜀牛嶠女冠子之二:"額黄侵膩髮,臂釧透紅紗。"

【臂膊】胳膊。謂左右臂。周書耿豪傳:"豪曰:'世言李穆蔡祐,丞相臂膊。'"猶言李蔡爲丞相的左右手。

【臂縛】古之鎧甲,縛於兩臂以禦兵刃者謂臂縛,又稱臂手。以淨鐵及鋼打成,重五六斤,以皮繩作帶,紬布縫袖肚。見武備志一〇五軍資臂縛圖説。

【臂韝】若今套袖之類。亦稱臂捍。漢書六五東方朔傳"董君緑幘傅韝"唐顏師古注:"韝,即今之臂韝也。"唐杜甫杜工部詩史補遺一即事:"百寶裝腰帶,真珠絡臂韝。"

臆 yì 於力切,入,職韻,影。ㄧˋ

本作"肊"。㊀胸骨。見説文。㊁當胸之處。史記一〇五扁鵲傳:"言未卒,因噓唏服臆。"漢焦延壽易林八咸之比:"爲矢所射,傷我胸臆。"㊂意料。通"意"。史記八四賈誼傳服鳥賦:"口不能言,請對以臆。"漢書作"意"。論衡案書:"然而子長(司馬遷)少臆中之説,子雲(揚雄)無世俗之論。"

【臆決】主觀決斷。唐韓愈昌黎集三十平淮西碑:"大官臆決唱聲,萬口和附,并爲一談,牢不可破。"新唐書二〇〇啖助傳贊:"自用名學,憑私臆決。"

【臆度】主觀推測。宋蘇軾經進東坡文集二四上神宗皇帝書:"恭惟祖宗所以深計而預慮,固非小臣所能臆度而周知。"

【臆説】想當然、無根據的言論。南朝宋裴駰史記集解序:"未詳則闕,弗敢臆説。"南齊書顧歡傳袁粲駁夷夏論:"孔老治世爲本,釋氏出世爲宗,發軫既殊,其歸亦異,符合之唱,自由臆説。"

【臆斷】主觀推斷。抱朴子微旨:"世人信其臆斷,仗其短見,自謂所度,事無差錯。"梁書劉歊傳革終論:"其言約,其旨妙,其事隱,其意深,未可以臆斷,難得而精覈。"

膻 1. dàn 徒旱切,上,旱韻,定。ㄉㄢˋ

㊀見"膻中"。

2. shān 集韻尸連切,平,仙韻。ㄕㄢ

㊀羊臊臭。通"羶"。尹文子大道上:"好膻而惡焦,嗜甘而逆苦。"韓詩外傳三:"昔者舜甑盆無膻而下不以餘獲罪。"初學記九引作"羶"。

【膻中】中醫指人體胸腹間的横鬲膜。也叫氣海。素問靈蘭秘典論:"膻中者,臣使之官,喜樂出焉。"注:"膻中者,在胸中兩乳間,爲氣之海。"

臃 yōng 集韻於容切,平,鍾韻。ㄩㄥ

腫。本作"癰"。史記一〇五倉公傳:"石之爲藥精悍,公服之不得數溲,亟勿服。色將發臃。"

【臃腫】㊀癰疽隆腫。戰國策韓三:"人之所以善扁鵲者,爲有臃腫也。"㊁形容物隆起或肥大笨重、不靈巧。南朝梁何遜何水部集夜夢故人詩:"已如臃腫木,復似飄飖蓬。"宋梅堯臣宛陵集十三和江鄰幾詠雪三十韻詩:"庭槐高臃腫,屋蓋素模胡。"

膹 1. fèn 房吻切,上,吻韻,並。ㄈㄣˋ

㊀切成塊的肉,熟者、生者皆曰膹。漢賈誼新書匈奴:"飯羹啗膹炙。"急就篇三:"膹膾炙胾各有形。"唐顏師古注:"膹,麤切生肉也。"㊁積滿。通"憤"。素問至真

要大論:"諸氣膹鬱皆屬於肺。"注:"膹,謂膹滿。"

2. fèi ㄈㄟˋ 浮鬼切,上,尾韻,並。

㊂多汁肉羹。漢桓寬鹽鐵論散不足:"胹羔豆賜,鷇膹雁羹。"

臈 là ㄌㄚˋ 盧盍切,入,盍韻,來。

周十二月祭名。同"臘"。後來泛指農曆十二月。晏子春秋二諫下:"景公令兵摶治,當臈,冰月之間而寒,民多凍餒。"宋朱熹朱文公集一殘臈詩:"殘臈生春序,愁霖遁歲昏。"參見"臘㊀"。

臝 yùn ㄩㄣˋ 實證切,去,證韻,神。

古"孕"字。管子五行:"然則羽卵者不段,……臝婦不銷弃。"也作"媰"。漢揚雄太玄經五沈:"好媰惡粥。"

臄 jué ㄐㄩㄝˊ 其虐切,入,藥韻,羣。

㊀牛舌。一說口次肉。詩大雅行葦:"嘉肴脾臄,或歌或咢。"傳:"臄,函也。"釋文:"說文云:'函,舌也。'又云:'口次肉也。'"㊁取脾腎切細寘腸内炙之叫臄。見集韻。

臊 1. sāo ㄙㄠ 蘇遭切,平,豪韻,心。

㊀肉類及油脂的腥臭氣。荀子榮辱:"鼻辨芬芳腥臊。"

2. sào ㄙㄠˋ

㊁肉末,肉餡。見"臊₂子"。㊂害羞。紅樓夢三二:"那會子不害臊,這會子怎麼又臊了?"

【臊₂子】肉餡,肉末。水滸三:"(鄭屠)自去肉案上,揀下十斤精肉,細細切做臊子。"

【臊陀】鶵鵡。梵語的音譯,或譯叔迦婆嘻。見翻譯名義集二畜生。

【臊聲】醜聞。魏書抱嶷傳附抱老壽:"御史中尉王顯奏言:風聞前洛州刺史陰平子石榮,積射將軍抱老壽恣蕩非軌,易室而姦,臊聲布於朝野,醜音被於行路,即攝鞫問,皆與風聞無差。"

膿 nóng ㄋㄨㄥˊ 奴冬切,平,冬韻,泥。

㊀本作"盥"。瘡口潰爛所化的黏液。靈樞經玉版:"陰陽不通,兩熱相搏,乃化爲膿。"史記一〇五倉公傳:"及八日,則嘔膿死。"㊁腐爛。北魏賈思勰齊民要術水稻:"陳草復起,以鐮侵水芟之,草悉膿死。"㊂濃厚。通"醲"。文選漢枚叔(乘)七發:"甘脆肥膿,命曰腐腸之藥。"五臣本作"醲"。㊃肥。文選三國魏曹子建(植)七啟:"玄熊素膚,肥豢膿肌。"

【膿包】懦弱無能。西遊記十五:"行者見他哭將起來,他那裏忍得住暴燥,發聲喊道:'師父莫要這等膿包形麼!'"

【膿團】比喻無能的人。明權衡庚申外史乙巳:"禿堅知事變,謂老的沙曰:'今上膿團,不可輔。小睡孩兒亦非國器。不如徑請趙王,南面以定天下。'"

臅 chù ㄔㄨˋ 尺玉切,入,燭韻,穿。

胸腔内脂肪。禮内則:"小切狼臅膏,以與稻米爲酏。"注:"狼臅膏,臆中膏也,以煎稻米。"

膾 kuài ㄎㄨㄞˋ 古外切,去,泰韻,見。

㊀細切的肉或魚。論語鄉黨:"食不厭精,膾不厭細。"禮内則:"肉腥,細者爲膾,大者爲軒。"㊁細切爲膾。詩小雅六月:"飲御諸友,炰鱉膾鯉。"文選三國魏曹子建(植)七啟:"寒芳苓之巢龜,膾西海之飛鱗。"

【膾炙】膾和炙。皆佳肴。孟子盡心下:"公孫丑問曰:'膾炙與羊棗孰美?'孟子曰:'膾炙哉!'"禮曲禮上:"凡進食之禮,膾炙處外,醯醬處内。"肉細切爲膾,烹炒曰炙。膾炙爲人所同嗜,故也用以喻詩文優美,爲人所傳誦。宋周紫芝竹坡詩話二:"林和靖(逋)梅花詩有'疎影橫斜水清淺,暗香浮動月黃昏'之語,膾炙天下殆二百年。"參見"膾炙人口"。

【膾炙人口】喻詩文優美,爲衆所稱。五代蜀王定保唐摭言十:"李濤,長沙人也,篇詠甚著,如'水聲長在耳,山色不離門'……皆膾炙人口。"宋洪邁容齋隨筆十五連昌宮詞:"元微之(稹)白樂天(居易)在唐元和長慶間齊名。其賦詠天寶時事,連昌宮詞長恨歌皆膾炙人口,使讀者之情性蕩搖,如身生其時,親見其事。"

臉 1. liǎn ㄌㄧㄢˇ 力減切,上,豏韻,來。

㊀頰。樂府詩集六二雜曲歌詞南朝梁簡文帝妾薄命:"玉貌歇紅臉,長嚬串翠眉。"唐杜牧樊川集一冬至日寄小姪阿宜詩:"頭圓筋骨緊,兩臉明且光。"㊁面子,顏面。紅樓夢三七:"挑剩下的才給你,你還充有臉呢!"

2. jiǎn ㄐㄧㄢˇ

㊂通"瞼"。借作眼。玉臺新詠七梁武帝代蘇屬國婦詩:"帛上看未終,臉下淚如雨。"

【臉波】同眼波。用以形容婦女目光清瑩,流轉如波。唐白居易長慶集五八天津橋詩:"眉月晚生神女浦,臉波春傍窈娘堤。"又指淚光。才調集三五代蜀韋莊漢州詩:"十日醉眠金雁驛,臨岐無限臉波橫。"按文選戰國楚宋玉神女賦"望余帷而延視兮,若流波之將瀾",爲"臉波"之義所自出。

【臉面】體面,面子。紅樓夢三七:"幾百錢是小事,難得這個臉面。"儒林外史三:"比如我這行事裏,都是些正經有臉面的人。"

【臉譜】傳統劇中演員臉上所畫的各種顏色圖案,用以表示善惡邪正。如紅臉表示忠勇,黑臉表示剛猛,粉臉表示奸詐之類。

【臉臘】羹類。集韻上聲豏韻:"臉臘,以豬腸肩椒芥醯鹽爲之。"也作"臉膱"。參閱北魏賈思勰齊民要術八羹臛法。

膽 dǎn ㄉㄢˇ 都敢切,上,敢韻,端。

㊀胆囊。動物體内消化器官之一。史記越王勾踐世家:"置膽於坐,坐臥卽仰膽,飲食亦嘗膽也。"今稱襯在器物内的中空物件爲膽。如球膽、瓶膽。㊁膽量,勇氣。荀子修身:"勇膽猛戾,則輔之以道順。"史記八九張耳陳餘傳:"將軍瞋目張膽,出萬死不顧一生之計,爲天下除殘也。"㊂揩擦。通"撣"。禮内則:"桃曰膽之,柤梨曰攢之。"

【膽力】膽量勇力。三國志吳朱然傳附朱績:"績領其兵,隨太常潘濬討五溪,以膽力稱。"

【膽決】勇敢果斷。三國志吳孫峻傳:"少便弓馬,精果膽決。"晉書虞潭傳:"潭貌雖和弱,而内堅明,有膽決。"

【膽破】極言恐懼。三國志魏明帝紀太和二年注引魏略告益州露布:"王師方振,膽破氣奪。"又蜀姜維傳:"(鄧)艾前據成都,維等初聞膽破,或聞後主欲固守成都,或聞欲南入建寧,於是引軍由廣漢郪道以審虛實。"

【膽瓶】長頸大腹之花瓶。以形如懸膽而名。宋陳傅良止齋集四水仙花詩:"掇花寘膽瓶,吾今得吾師。"草堂詩餘三絳都春朱希真(敦儒)梅花詞:"便須折取,歸來膽瓶頓了。"

膽瓶

【膽氣】膽量和勇氣。後漢書光武紀上更始元年:"諸將既經累捷,膽氣益壯,無不一當百。"宋書孟懷玉傳："龍符，懷玉弟也，驍果有膽氣，幹力絕人。"

【膽略】膽識才略。三國志吳呂蒙傳："公瑾(周瑜)雄烈，膽略兼人。"北魏楊衒之洛陽伽藍記四："(崔)延伯膽略不羣，威名早著，爲國展力，二十餘年。"

【膽寒】驚懼。宋楊萬里誠齋集二四柴步灘詩："今茲過我舟，念昔猶膽寒。"

【膽落】形容恐懼之極。舊説勇氣出於膽，膽落即勇氣全失。舊唐書一六五溫造傳："李祐自夏州入拜金吾，違制進馬一百五十四，造正衙彈奏，祐股戰汗流。祐私謂人曰：'吾夜踰蔡州城擒吳元濟，未嘗心動，今日膽落于溫御史。'吁，可畏哉！"宋林景熙霽山集二葛嶺："膽落冰天騎，魂飛瘴雨村。"

【膽銅】一種銅合金，古阬有水處曰膽水，無水處曰膽土。膽水可以浸銅，膽土可以煎銅。宋史食貨志下七阬冶："崇寧元年，提舉江淮等路銅事游經言：'信州膽銅古阬二：一爲膽水浸銅，工少利多，其水有限；一爲膽土煎銅，土無窮而爲利寡。'"參閱宋李心傳建炎以來朝野雜記甲十六、明謝肇淛五雜俎三地部。

【膽戰】恐懼而顫慄。文苑英華六五唐王起轅門射戟枝賦："觀之者心惕，聞之者膽戰。"全唐詩四六九張碧鴻溝："魚蝦舞浪狂鮁鯤，龍蛇膽戰登鴻門。"

【膽薄】怯懦。三國志魏武帝紀建安四年："吾知(袁)紹之爲人，志大而智小，色厲而膽薄，忌克而少威，兵多而分畫不明，將驕而政令不一。"

【膽瓶蕉】紅蕉花的一種。宋范成大桂海虞衡志志花："又有一種根出土處，特肥飽如膽瓶，名膽瓶蕉。"參見"紅蕉"。

【膽大心小】勇於任事而又縝密謹愼。唐劉肅大唐新語十隱逸："孫思邈對盧照鄰曰：'智欲圓而行欲方，膽欲大而心欲小。'"按：淮南子主術："心欲小而志欲大，智欲員而行欲方，能欲多而事欲鮮。"思邈語本此。

【膽大如斗】極言其膽大，無所畏懼。三國志蜀姜維傳"維妻子皆伏誅"南朝宋裴松之注："世語曰：'維死時見剖，膽如斗大。'"古今雜劇元關漢卿單刀會二："有一箇趙子龍膽大如斗。"後謂膽大爲"斗膽"，本此。

【膽大於身】極言膽大，無所忌憚。舊唐書八七李昭德傳丘愔上疏："臣觀其膽，乃大於身，鼻息所衝，上拂雲漢。"

【膽戰心驚】言恐懼之至。元曲選鄭德輝㑳梅香三："見他時膽戰心驚，把似你無人處休眠思夢想。"雍熙樂府十九滿庭芳西廂十詠："聽瑤琴宵奔夜行，燒夜香膽戰心驚。"

臇 juǎn 子兗切，上，獮韻，精。
ㄐㄩㄢˇ 遵爲切，平，支韻，精。

少汁的肉羹。也作"臇"。動詞用爲烹煮肉羹。楚辭宋玉招魂："鵠酸臇鳧，煎鴻鶬些。"文選三國魏曹子建(植)名都篇："膾鯉臇胎鰕，炮鼈炙熊蹯。"注："蒼頡解詁曰：臇，少汁臛也。"

十四畫

臏 bìn 毗忍切，上，軫韻，並。
ㄅㄧㄣˋ

同"髕"。㊀脛骨，膝蓋骨。史記秦紀："武王有力好戲，力士任鄙烏獲孟説皆至大官。王與孟説舉鼎，絕臏。"㊁古代剔去膝蓋骨的一種酷刑。荀子正論："詈侮捽搏，捶笞臏腳，斬斷枯磔，藉靡舌纆，是辱之由外至者也。"

臍 qí 徂奚切，平，齊韻，從。
ㄑㄧˊ

㊀肚臍。莊子人間世："支離疏者，頤隱於臍，肩高於頂。"靈樞經寒熱病："四支懈惰不收，名曰體惰，取其小腹臍下三結交。"㊁蟹的腹部爲臍。廣雅釋魚"蟹"清王念孫疏証："今人辨蟹，以長臍者爲雄，團臍者爲雌。"

臑 1. nào 集韻 乃到切，去，號韻。
ㄋㄠˋ

㊀人體上肢或動物的前肢。靈樞經經脈："頷腫不可顧，肩似拔，臑似折。"儀禮特牲饋食禮："尸俎：右肩、臂、臑、肫、胳。"

2. ér 如之切，平，之韻，日。
ㄦˊ

㊁煮，煮爛。通"胹"。楚辭大招："鼎臑盈望，致和芳只。"

臐 xūn 許云切，平，文韻，曉。
ㄒㄩㄣ

羊肉羹。禮內則："膳：膷、臐、膮、醢。"注："臐，羊臛也。"

十五畫

臕 biāo 甫姣切，平，宵韻，幫。
ㄅㄧㄠ

肥壯。同"膘"。樂府詩集二五企喻歌辭之二："放馬大澤中，草好馬著臕。"

𦡶 dú 集韻 徒谷切，入，屋韻。
ㄉㄨˊ

胎兒夭折，流產。同"殰"、"贕"。管子五行："然則羽卵者不段，毛胎者不𦡶。"呂氏春秋禁塞："壯佼老幼胎𦡶之死者。"參見"殰"、"贕"。

𦢊 báo 蒲角切，入，覺韻，並。
ㄅㄠ 北角切，入，覺韻，幫。

皮膚拆裂。山海經西山經："(松果之山)有鳥焉，其名曰螐渠，其狀如山雞，黑身赤足，可以已𦢊。"注："謂皮皴起也。"

十六畫

臛 hù 火酷切，入，沃韻，匣。
ㄏㄨˋ

㊀肉羹，或做成肉羹。楚辭宋玉招魂："露雞臛蠵，厲而不爽些。"注："臛，字書作膗，……肉羹也。"文選三國魏曹子建(植)七啓："臛江東之潛鼉，臇漢南之鳴鶉。"㊁燻。史記八六荊軻傳："秦皇帝惜其善擊筑，重赦之，乃臛其目。"言燻之使失明。

臙 yān 字彙 因肩切。
ㄧㄢ

見下。

【臙脂】同"胭脂"。見該條。

【臙脂井】即景陽井，在臺城(今南京)內。南朝陳後主與張麗華孔貴嬪曾投其中以避隋兵，故又名辱井。井欄之石，青質紅章，好事者附會爲臙脂所染。見宋程大昌演繁露五辱井。

臚 1. lú 力居切，平，魚韻，來。
ㄌㄨˊ

㊀腹。急就篇四"寒氣泄注腹臚脹"。注："腹前曰臚。"㊁額。雲笈七籤十一黃庭內景經上有："七液洞流衝臚間。"注："兩眉門。謂額也。"㊂陳述，傳告。漢書禮樂志郊祀歌天門："殷勤此路臚所求。"注："應劭曰：'臚，陳也。'"㊃序列，陳列。漢揚雄太玄經九棿："秉圭戴璧，臚湊羣辟。"注："臚，陳序也。"參見"臚列"。

2. lǚ
ㄌㄩˇ

㊄祭名。通"旅"。史記六國年表："位在藩臣而臚於郊祀。"漢書一〇〇下敍傳："大夫臚岱，侯伯僭畤。"注："鄭(玄)曰：臚岱，'季氏旅於太山'是也。師古曰：'臚旅聲相近，其義一耳。'"參閱清惠棟九經古義十六論語古義。

【臚布】宣布，陳述。新唐書九一溫彥博傳："臚布詔命，若成誦然。"

【臚句】上傳語告下爲臚，下傳語告上爲句。漢書四三叔孫通傳："大行設九賓，臚句傳。"史記九九叔孫通傳作"臚傳"，無"句"字。參見"傳臚㊀"。

【臚言】傳言。國語晉六："風聽臚言於市。"注："風，采也。臚，傳也。采聽商旅所傳善惡之言。"

【臚情】陳情。同"攄情"文選漢張平子(衡)思玄賦:"心猶豫而狐疑兮,卽岐阯而臚情。"後漢書五九張衡傳作"攄情"。

【臚唱】科舉時代,進士殿試後,按甲第唱名傳呼召見,稱臚唱。亦曰傳臚。其制始於宋時。元陳基夷白齋集十送丁太初嘉德常二貢士赴省試詩:"遥想殿頭臚唱畢,五雲佳氣鬱葱葱。"參閲明王三聘古今事物考五學科唱名。

【臚傳】㊀傳告。莊子外物:"儒以詩禮發冢,大儒臚傳曰:'東方作矣,事之何若?'"後專指傳告皇帝的詔旨。新唐書一三六齊映傳:"映爲人白皙長大,言音鴻爽,故帝當令侍左右,或前馬臚傳詔旨。"宋程大昌演繁露:"今之臚傳,自殿上至殿下皆數人亢聲相接,傳所唱之語,聯續遠聞。"㊁唱名。同"臚唱"。明湯顯祖牡丹亭傳奇榜下:"文字已看詳,臚傳須唱。"參見"傳臚㊁"、"臚唱"。

【臚朐河】河流名。又名飲馬河。卽今流入內蒙古自治區境內的克魯倫河。遼時以此爲西北邊界。明成祖永樂八年率軍與瓦剌部作戰於此,更名爲飲馬河。見明史成祖紀永樂八年。

臘 là ㄌㄚˋ 盧盍切,入,盍韻,來。

㊀祭名。周時臘與大蜡各爲一祭,臘祭祖先,蜡祭百神。秦漢改爲臘。左傳僖五年:"宫之奇以其族行,曰:'虞不臘矣。'"注:"臘,歲終祭衆神之名。"漢臘行於農曆十二月,故後世以十二月爲臘月。也作"臈"。㊁冬季腌製的肉類。見"臘肉"。㊂歲末。唐元稹長慶集二二酬復言長慶四年元日郡齊感懷見寄詩:"臘盡殘銷春又歸,逢新别故欲沾衣。"㊃僧受戒後每度一年爲一臘。唐釋貫休禪月集七天台老僧詩:"僧中九十臘,雲外一生心。"景德傳燈録四智巖禪師:"壽七十有八,臘三十有九。"㊄兩面刄。周禮考工記桃氏:"桃氏爲劍,臘廣二寸有半寸。"一說卽劍鋏,在劍身與柄之間。古劍之鋏,有四出作長鬣形,故名。見清阮元揅經室集五古劍鐔臘圖考。

【臘日】古時歲終祭祀百神之日。禮月令孟冬之月:"大割祠於公社及門閭,臘先祖五祀。"南朝梁宗懍荆楚歲時記:"十二月八日爲臘日。"按周以今農曆十月爲歲終之月,故臘在孟冬。漢後行夏曆,以十二月爲歲終之月,故臘日在十二月。

【臘月】農曆十二月。以是月臘祭百神,故謂之臘月。漢書三一陳勝傳:"臘月,勝之汝陰,還至下城父,其御莊賈殺勝以降秦。"

【臘肉】冬季腌製的肉類。腊肉爲乾肉,與臘肉别爲一物。參閲元陳元覯歲時廣記十五煮臘肉、明楊慎丹鉛總録十六飲食。

【臘兒】枇杷别名。宋張端義貴耳集:"建業間,園丁種梨曰蜜父,種枇杷曰臘兒。"(説郛八)。

【臘茶】茶名。見"蠟茶"。

【臘破】臘盡,年終。唐杜甫杜工部詩五白帝樓:"臘破思端綺,春歸待一金。"唐杜牧樊川集二奉和白相公……呈上三相公長句四韻詩:"行看臘破好年光,萬壽南山對未央。"

【臘鼓】古時於臘日或臘前一日擊鼓驅疫的民俗。吕氏春秋季冬紀"命有司大儺,旁磔,出土牛。"注:"今人臘歲前一日擊鼓驅疫,謂之逐除是也。"南朝梁宗懍荆楚歲時記:"十二月八日爲臘日。諺言:'臘鼓鳴,春草生。'村人並擊細腰鼓,戴胡頭,及作金剛力士以逐疫。"

【臘雞】元代稱在京求官之南人。明葉子奇草木子三上:"在都求仕者,北人目之爲臘雞,至以相訾詬。蓋臘雞爲南人饋北人之物也,故云。"

【臘八日】陰曆十二月初八日。佛教故事稱佛之生日。佛於是日降伏六師外道。宋時以此日爲浴佛日。見唐道世諸經要集八興福覵施、宋釋贊寧大宋僧史略上佛降生年代。

【臘八粥】舊俗農曆十二月八日,作浴佛會,並送七寶五味粥與門徒。民家亦以果子雜料煮粥而食,供佛齋僧,稱爲臘八粥。又名七寶粥。參閲宋孟元老東京夢華録十十二月、吴自牧夢粱録六十二月。

十七畫

羸 1. luǒ ㄌㄨㄛˇ 郎果切,上,果韻,來。

㊀赤身露體。左傳昭三一年:"趙簡子夢童子羸而轉以歌。"莊子田子方:"公使人視之,則解衣般礴,羸。"㊁短毛的獸類。詳"羸物"。

2. luó ㄌㄨㄛˊ

㊂通"騾"。漢書五五霍去病傳:"薄莫,單于遂乘六羸,壯騎可數百,直冒漢圍西北馳去。"

【羸行】赤身露體行走。楚辭屈原九章涉江:"接輿髡首兮,桑扈羸行。"

【羸物】短毛的獸。周禮地官大司徒:"五曰原隰,其動物宜羸物,其植物宜叢物。"注:"羸物,虎豹貔貙之屬,淺毛者。"

【羸葬】不用衣衾棺槨而葬。漢書六七楊王孫傳:"及病且終,先令其子曰:'吾欲羸葬,以反吾真,必亡易吾意。'"

【羸蟲】見"臝蟲"。

【羸蘭車】皇帝服喪用的車。周禮巾車"木車蒲蔽"漢鄭玄注:"蒲蔽,謂羸蘭車以蒲爲蔽,天子服喪之車,漢儀亦然。"

臁 qiān ㄑㄧㄢ 七廉切,平,鹽韻,清。

見"臉臁"。

十八畫

臟 zàng ㄗㄤˋ 集韻才浪切,去,宕韻,從。

內臟的總稱。本作"臧"、"藏"。抱朴子至理:"破積聚於腑臟,退二豎於膏肓。"

臛 huān ㄏㄨㄢ 集韻呼官切,平,桓韻,曉。

見下。

【臛疏】傳説中獸名。山海經北山經:"(帶山)有獸焉,其狀如馬,一角有錯,其名曰臛疏,可以辟火。"臛,也作"懽"。

臞 qú ㄑㄩˊ 其俱切,平,虞韻,羣。

又作"癯"。消瘦。戰國策燕二:"遂入見太后,曰:'何臞也。'"淮南子脩務:"神農憔悴,堯瘦臞。"

十九畫

臡 ní ㄋㄧˊ 奴低切,平,齊韻,泥。

有骨的肉醬。周禮天官醢人:"昌本,麋臡,菁菹,鹿臡。"

臢 zān ㄗㄢ

不潔貌。見"腌臢"。

臠 luán ㄌㄨㄢˊ luǎn ㄌㄩㄢˇ 落官切,平,桓韻,來。力兖切,上,獮韻,來。

㊀切成塊狀的魚肉。莊子至樂:"鳥乃眩視憂悲,不敢食一臠。"淮南子説山:"嘗一臠肉知一鑊之味。"吕氏春秋察今臠作"脟"。㊁碎割。宋王明清揮麈録後録三:"詔臠康孫於宅前,國醫曹孝忠併坐流竄。"

【臠卷】不申舒貌。一云相牽引。莊子在宥:"天下將不安其性命之情,之八者,乃始臠卷獊囊而亂天下也。"釋文:"司馬(彪)云:'臠卷,不申舒之狀也。'崔(譔)同。一云:'相牽引也。'"八者,指聰明仁義禮樂聖智。

【臠炙】烤肉塊。唐韓愈昌黎集一元和聖德詩："萬牛臠炙，萬甕行酒。"資治通鑑二七七後唐明宗長興元年："(姚)洪曰：'老賊，汝昔爲李氏奴，掃馬糞，得臠炙，感恩無窮。'"

【臠壻】古稱皇帝的女婿。後以稱科舉榜下所擇之婿。宋范正敏遯齋閒覽："今人于榜下擇婿，號臠婿，其語蓋本諸袁山松，尤無義理。"(說郛三二)參見"禁臠"。

臣部

臣 chēn 植鄰切，平，真韻，禪。ㄔㄣˊ

㊀奴隸，戰俘。書費誓："臣妾逋逃。"傳："役人賤者，男曰臣，女曰妾。"禮少儀："臣則佐之。"疏："臣，征伐所獲民虜也。"㊁國君所統屬的衆民。詩小雅北山："率土之濱，莫非王臣。"書泰誓上："受有臣億萬，惟億萬心；予有臣三千，惟一心。"㊂役使，統率。左傳昭七年："王臣公，公臣大夫，大夫臣士，士臣皁，皁臣輿，輿臣隸，隸臣僚，僚臣僕，僕臣臺。"戰國策秦五："而欲以力臣天下之主。"㊃君主時代的官吏。禮禮運："故仕於公曰臣。"儀禮士喪禮"乃赴于君"漢鄭玄注："臣，君之股肱耳目。"㊄臣對君的自稱。國語晉七："(晉)悼公使張老爲卿，辭曰：'臣不如魏絳。'"㊅秦漢前也作爲對人的謙稱。戰國策韓二聶政嚴遂相語，皆自稱臣。史記高祖紀："呂公曰：'臣少好相人，無如季相。'"集解："張晏曰：古人相與語，多自稱臣，自卑之道，若今人相與語皆自稱僕。"

【臣工】羣臣百官。詩周頌臣工："嗟嗟臣工，敬爾在公。"

【臣臣】㊀盡爲臣之道。論語顏淵："齊景公問政於孔子，孔子對曰：'君君，臣臣，父父，子子。'"㊁自卑貌。漢揚雄太玄三盛："小盛臣臣，大人之門。"晉范望注："臣臣，自卑賤之意也。"

【臣妾】奴隸。男曰臣，女曰妾。易遯："畜臣妾吉，不可大事也。"史記三一吳太伯世家："(越王)使大夫種因吳太宰嚭而行成，請委國爲臣妾。"

【臣服】㊀以臣道事君。書康王之誥："今予一二伯父，尚胥暨顧，綏爾先公之臣服於先王。"㊁稱臣屈服。漢書武帝紀元鼎六年："遣使者告單于曰：'……單于能戰，天子自將待邊；不能，亟來臣服。'"又："以匈奴弱，可遂臣服，乃遣使說之。"

【臣朔】漢書六五東方朔傳："朱儒長三尺餘，奉一囊粟，錢二百四十；臣朔長九尺餘，亦奉一囊粟，錢二百四十。朱儒飽欲死，臣朔飢欲死。"後來詩文中即以"臣朔"爲東方朔的省稱。

【臣庶】羣臣百姓。書大禹謨："惟茲臣庶，罔或干予治。"三國魏曹植曹子建集十卞太后誄："何圖一旦早棄明朝，背絕臣庶。"

【臣虜】㊀奴隸。韓非子五蠹："禹之王天下也，身執耒臿，以爲民先，股無胈，脛不生毛，雖臣虜之勞，不苦於此矣。"㊁奴役。後漢書四九仲長統傳昌言理亂："夫或曾爲我之尊長矣，或曾與我爲等儕矣，或曾臣虜我矣，或曾執囚我矣，……詎肯用此爲終死之分邪？"

【臣節】人臣的操守。孔子家語致思："長事齊君，君驕奢失士，臣節不遂，是二失也。"後漢書二九郅惲傳："爲友報讎，吏之私也；奉法不阿，君之義也；虧君以生，非臣節也。"

【臣僚】羣臣百官。文選南朝宋范蔚宗(曄)宦者傳論："內外臣僚，莫由親接，所與居者，惟閹官而已。"也作"臣寮"。舊唐書憲宗紀下："史臣蔣係曰：……當先聖之代，猶須宰執臣寮同心輔助，豈朕今日獨能爲理哉！"

【臣僕】奴僕。詩小雅正月："民之無辜，並其臣僕。"傳："古者有罪不入於刑，則役之圜土，以爲臣僕。"書微子："商其淪喪，我罔爲臣僕。"分言臣爲公家服勞的奴隸，僕爲管家務的家奴。禮禮運："仕於公曰臣，仕於家曰僕。"

【臣孽】國君庶子對國君的自稱。世子爲適(嫡)，餘子爲孽。禮玉藻："凡自稱，……公子曰臣孽。"

【臣瓚】漢書唐顏師古屢引臣瓚注，其姓氏籍貫不詳。晉張華博物志、梁劉峻類苑謂爲于瓚，後魏酈道元水經注謂爲薛瓚，隋姚察訓纂又以爲傅瓚。見漢書敍例注。清姚範桂馥李賡芸李慈銘斷爲薛瓚，臧庸拜經日記五斷爲傅瓚。

【臣一主二】春秋列國分治，臣一身可擇主而仕。左傳昭十三年："諺曰：'臣一主二'，吾豈無大國？"注："言非獨晉可事。"

【臣心如水】謂廉潔奉公，清白如水。漢書七七鄭崇傳："(趙昌)因奏崇與宗族通，疑有姦，請治。上責崇曰：'君門如市人，何以欲禁切主上？'崇對曰：'臣門如市，臣心如水，願得考覆。'"金元好問遺山集十一過希顏故居詩之二："臣門如市心如水，世俗論量恐未公。"

二畫

臥 wò 吾貨切，去，過韻，疑。ㄨㄛˋ

今作"卧"。㊀睡，躺伏。孟子公孫丑下："坐而言，不應。隱几而卧。"史記吳起傳："卧不設席，行不騎乘。"㊁倒伏。隋書禮儀志三："將帥先教士目，使習見旌旗指麾之蹤，發起之意，旗卧則跪。"唐杜甫杜工部草堂詩箋三重過何氏之五："雨抛金鎖甲，苔卧綠沉槍。"㊂寢室。漢書三四韓信傳："(漢王)自稱漢使，馳入壁，張耳韓信未起，卽其卧，奪其印符。"㊃指隱居。唐李白李太白詩十八送梁四歸東平："莫學東山卧，參差老謝安。"

【卧内】寢室。史記七七魏公子(信陵君)傳："侯生乃屏人間語曰：'嬴聞晉鄙之兵符常在王卧内，而如姬最幸，出入王卧内，力能竊之。'"

【卧瓜】儀仗名。元史輿服志二儀仗："卧瓜，制形如瓜，塗以黃金，卧置，朱漆捧首。"

【卧冰】晉干寶搜神記十一："(王祥)繼母常欲生魚，時天寒冰凍，祥解衣，將剖冰求之，冰忽自解，雙鯉躍出。"又記王延爲繼母叩凌求魚，楚僚爲後母卧冰求魚，故事略同。後遂以"卧冰"爲孝親的標本，以宣揚封建孝道。

【卧治】不勞而治，無爲而治。史記一二〇汲黯傳："乃召拜黯爲淮陽太守，黯伏謝不受印。……上曰：'君薄淮陽邪？吾今召君矣。顧淮陽吏民不相得，吾徒得君之重，卧而治之。'"文選南朝梁丘希範(遲)旦發魚浦潭詩："坐嘯昔有委，卧治今可尚。"

【卧虎】㊀比喻官職的尊嚴。晉傅咸教："司隸校尉，舊號卧虎，誠以舉綱而萬目理，從也。"(北堂書鈔六一)漢置司隸校尉，權任甚重，歷代相承，至唐廢。參見"司隸"。㊂比喻人的性格或作風。後漢書七七董宣傳:"宣爲洛陽令,搏擊豪彊,莫不震慄,京師號爲臥虎。"此言執法嚴肅。又七八單超傳:"(左悺具瑗徐璜唐衡等封侯)天下爲之語曰:'左回天,具獨坐,徐臥虎,唐兩墮。'"此言其橫暴。魏書李崇傳:"崇沉深有將略,……常養壯士數千人,寇賊侵邊,所向摧破,號曰臥虎。"此言其勇猛。

【臥具】枕席被褥的統稱。風俗通:"扶風蘇不違父爲司隸李暠所遷司農,不違穿府北垣,徑上廳事斫暠臥具,暠一宿數遷。"(太平御覽七〇八)宋書朱百年傳:"嘗寒時就(孔)覬宿,衣悉裌布,飲酒醉眠,覬以臥具覆之。"

【臥鹿】臥着的鹿。宋時糕餅之一種,用作吉慶禮品。宋孟元老東京夢華録五育子:"凡孕婦入月,用盤合裝送饅頭,謂之分痛。並作眠羊臥鹿,像生果實,取其眠臥之義。"宋史禮志十八諸王納妃定禮中有眠羊臥鹿花餅、銀勝、小色金銀錢等物。

【臥理】猶言"臥治"。南史劉懷珍傳附劉善明:"淮南近畿,國之形勝,非親不居,卿與我臥理之。"南齊書作"臥治"。唐駱賓王集六上袞州啟:"臥理稱難,坐嘯匪易。"唐人避高宗(李治)諱,治字多作"理"。

【臥雪】後漢書四五袁安傳"後舉孝廉"注引汝南先賢傳:"時大雪積地丈餘,洛陽令身出案行,見人家皆除雪出,有乞食者。至袁安門,無有行路,謂安已死。令人除雪入户,見安僵臥。問何以不出。安曰:'大雪人皆餓,不宜干人。'令以爲賢,舉爲孝廉。"後人多以此爲詩畫題材。全唐詩二一〇皇甫曾酬鄭侍御秋夜見寄:"袁公方臥雪,尺素及柴荆。"唐畫家周昉王維等有袁安臥雪圖。

【臥游】謂欣賞山水畫以代游覽。宋書宗炳傳:"有疾還江陵。歎曰:'老疾俱至,名山恐難徧覩,唯當澄懷觀道,臥以游之。'凡所游履,皆圖之於室。"元倪瓚倪雲林集四顧仲贄來聞徐生病差詩:"一畦杞菊爲供具,滿壁江山入臥游。"

【臥雲】謂隱居。唐白居易長慶集七昔與微之……且結後期詩:"不作臥雲計,携手欲何之?"五代後蜀何光遠鑑戒録八屈名儒:"李頻爲方干弟子,李頻登第後,干寄詩曰:'弟子已攀桂,先生猶臥雲。'"

【臥鼓】息鼓。示無戰事。後漢書十三隗囂傳討王莽檄:"然後還師振旅,櫜弓臥鼓。"又七九下謝該傳孔融薦該書:"王師電鶩,羣凶破殄,始有櫜弓臥鼓之次,宜得名儒,典綜禮紀。"

【臥碑】明洪武二年詔境內立學。十五年禮部頒學校禁例十二條,禁生員不得干涉詞訟及妄言軍民大事等,刻石置於學宮明倫堂之側,稱爲臥碑。清順治九年又另立條款八項,頒刻學宮,稱爲新臥碑。參閱明俞汝楫禮部志稿七十學規頒鐫學校臥碑、清阙名松下雜鈔下。

【臥龍】喻隱居或尚未露頭角的傑出人才。如漢末徐庶舉諸葛亮於劉備(三國志蜀諸葛亮傳)、三國魏末鍾會舉嵇康於司馬昭(晉書嵇康傳),皆有臥龍之稱。唐劉禹錫劉夢得集四元和甲午歲詔書盡徵江湘逐客……有懷續來諸君子詩:"雲雨江湘起臥龍,武陵樵客躡仙蹤。"

【臥鎮】猶言"臥治"、"臥護"。三國志魏杜畿傳:"將授卿以納言之職,顧念河東吾股肱郡,充實之所,足以制天下,故且煩卿臥鎮之。"舊唐書一七〇裴度傳:"文宗遣吏部郎中盧弘往東都宣旨曰:'卿雖多病,年未甚老,爲朕臥鎮北門可也。'"

【臥轍】後漢侯霸爲淮陽太守,徵入都,百姓號哭遮使車,臥於轍中,乞留霸一年。見後漢書二六侯霸傳。白孔六帖十七作"攀轅臥轍"。後常用爲挽留去職官吏的典故。文選南朝梁任彥昇(昉)王文憲集序:"三年,解丹陽尹,領太子少傅,餘悉如故。掛服捐駒,前良取則;臥轍棄子,後予胥怨。"參見"攀轅臥轍"。

【臥護】在臥病中監軍。史記留侯世家:"上雖病,臥而護之,諸將不敢不盡力。"晉書羊祜傳:"帝以其病,不宜常入,遣中書令張華問其(伐吳)籌策。……帝欲使祜臥護諸將。"

【臥蠶】㊀如臥蠶形的眉毛。宋王十朋梅溪集後集十九喻叔奇采坡詩一聯……酬以四十韻詩:"愁儹臥蠶眉,痛澈伏犀腦。"水滸五七:"彎彎兩道臥蠶眉,鳳翥龍翔子弟。"舊時相術者稱眼眶下皺紋爲臥蠶,見明鮑栗之麻衣相法。㊁獸醫學名詞。指騾馬舌下兩肉阜,臨證時觀其色澤以助診斷。參閱明喻本元喻本亨元亨療馬牛駝經集色脉論。

【臥佛寺】寺院名。在北京西郊海淀區聚寶山。建於唐貞觀年間,初名兜率寺,先後更名昭孝洪慶壽安永安等。清雍正十二年重修,改名十方普覺寺。因殿內有香木臥佛(今已不存)和元代銅臥佛,民間稱臥佛寺。解放後爲北京重點保護古建文物之一。參閱明劉侗于奕正帝京景物略六臥佛寺、孫承澤春明夢餘録六六。

【臥箜篌】樂器名,箜篌之一種。唐段成式酉陽雜俎六樂:"魏高陽王雍美人徐月華能彈臥箜篌,爲明妃出塞聲。"

【臥龍崗】地名。在河南南陽市西南。相傳爲漢末諸葛亮隱居處。崗上有武侯祠,以大殿、寧遠樓、三顧堂等建築及臥龍十景組成。內存碑碣三百餘塊,有宋岳飛所書前後出師表石刻嵌於大殿左側走廊。參閱嘉慶一統志南陽府一山川。現爲南陽市博物館所在地。

【臥苫枕塊】同"寢苫枕塊"。宋史四五九徐積傳:"母亡,水漿不入口者七日,悲慟嘔血。廬墓三年,臥苫枕塊。"參見"寢苫枕塊"。

【臥薪嘗膽】春秋時越王勾踐戰敗,爲吳所執,既放還,欲報吳讐,苦身焦思,置膽於坐,飲食嘗之,欲以不忘會稽敗辱之恥。見史記勾踐世家、吳越春秋句踐歸國外傳。臥薪事不知所出。後通用爲刻苦自勵,不敢安逸之意。宋蘇軾東坡集續集九擬孫權答曹操書:"僕受遣以來,臥薪嘗膽。"劉克莊後村集二五春夜温故六言詩之十七:"圖霸臥薪嘗膽,爲農拾穗行歌。"參見"坐薪嘗膽"。

【臥榻豈容鼾睡】宋開寶八年,宋軍進圍金陵,南唐主李煜遣徐鉉入朝請緩兵。宋太祖謂曰:"不須多言,江南有何罪,但天下一家,臥榻之側,豈可許他人鼾睡?"參閱宋楊億談苑。(類說五三)

八畫

臧 1. zāng ㄗㄤ 則郎切,平,唐韻,精。

㊀善。詩邶風雄雉:"不忮不求,何用不臧。"書盤庚上:"邦之臧,惟汝衆;邦之不臧,惟予一人佚罰。"㊁奴隸。見"臧獲"。㊂賄賂,盗竊之物。通"贓"。史記一二二王温舒傳:"郡中豪猾相連坐千餘家,上書請大者至族,小者乃死,家盡没入償臧。"㊃姓。春秋魯孝公之子彄,食邑於臧,因以爲氏。見通志二七氏族。

2. cáng ㄘㄤˊ

㊄收藏。通"藏"。荀子富國:"足國之道,節用裕民而善臧其餘。"漢書食貨志上:"春耕夏耘,秋穫冬臧。"漢書藏皆作"臧"。

3. zàng ㄗㄤˋ

㊅臟府。通"臟"。漢書七二王吉傳諫昌邑王疏:"吸新吐故以練臧。"注:"臧,五

臧也。」

【臧₂去】珍藏。去爲「弆」省文，密藏曰弆。漢書九二陳遵傳：「性善書，與人尺牘，主皆臧去以爲榮。」參見「弆」。

【臧汙】貪汚。後漢書四八徐璆傳：「又奏五郡太守及屬縣有臧汙者，悉徵案罪，威風大行。」

【臧否】㈠善惡，得失。詩大雅抑：「於呼小子，未知臧否。」左傳隱十一年：「師出臧否亦如之。」注：「臧否，謂善惡得失也。」㈡品評，褒貶。文選漢張平子(衡)西京賦：「街談巷議，彈射臧否，剖析毫釐，擘肌分理。」三國魏劉劭人物志流業：「好尚譏訶，分別是非，是謂臧否，子夏之徒是也。」

【臧₂命】窩藏亡命之人。漢書九二郭解傳：「以軀藉友報仇，臧命作姦剽攻。」史記作「藏命」。

【臧洪】公元160—195年。漢末廣陵射陽人，字子源。爲廣陵太守張超郡功曹。時董卓專政，天下紛亂，洪說超聯合各郡，起兵討卓。設盟之日，洪發壇歃血，辭氣慷慨。繼歸袁紹，紹舉爲青州刺史，徙東郡太守。曹操攻張超，洪向紹請兵救超，紹不應。超敗死，洪憤與紹絕。紹攻東郡，洪誓死固守，攻戰經年，糧盡城破被殺。後漢書五八、三國志魏有傳。

【臧宮】公元？—58年。後漢潁川郟人，字君翁。從劉秀(光武帝)舉兵，以勇猛著稱。官廣陽太守，封郎陵侯。爲雲臺畫像二十八將之一。後漢書十八有傳。

【臧孫】複姓。春秋魯孝公子彄食采於臧，爲臧氏。其後人達生武仲紇，爲臧孫氏。見元和姓纂唐。

【臧庸】公元1767—1811年。清江蘇武進人。初名鏞堂，字在東，號拜經。經學家臧琳玄孫。爲阮元幕僚，元纂經籍纂詁、十三經注疏校勘記，由庸主其事。作有拜經日記、子夏易傳等數十種。阮元揅經室集二集六有臧拜經別傳。

【臧貶】褒貶，品評高下。世說新語品藻：「謝遏諸人共道'竹林'優劣，謝公(安)云：'先輩初不臧貶七賢。'」

【臧琳】公元1650—1713年。清武進人，字玉林。康熙間諸生。嘗謂不通訓詁，無以明經。研究經學當以漢注唐疏爲主。著有經義雜記三十卷，尚書集解百二十卷。參閱國朝先正事略三三臧玉林先生事略。

【臧₃賄】貪汚納賄。左傳昭十三年：「從善如流，下善齊肅，不臧賄，不從欲。」

【臧穀】臧，奴隸；穀，小孩。荀子禮論：「君子以倍叛之心接臧穀，猶且羞之，而況以事其所隆親乎？」莊子駢拇記臧穀二人牧羊，臧挾筴讀書，穀博塞二遊，皆亡其羊。言道不同而亡羊則一。宋蘇軾蘇文忠詩合注七和劉道原咏史：「仲尼憂世接輿狂，臧穀雖殊竟兩亡。」

【臧獲】奴婢的賤稱。荀子王霸：「如是，則雖臧獲不肯與天子易勢業。」注：「臧獲，奴婢也。」方言謂荆淮海岱之間，罵奴曰臧，罵婢爲獲。燕齊亡奴謂之臧，亡婢謂之獲。或曰，取貨謂之臧，擒得謂之獲。皆謂有罪爲奴婢者。」漢書六二司馬遷傳報任安書：「且夫臧獲婢妾，猶能引決，況若僕之不得已乎？」

【臧三耳】先秦名家詭辯的論題。孔叢子公孫龍：「公孫龍與子高汜論於平原君所，辨論至於臧三耳，公孫龍言臧之三耳甚析。……(子高)曰：今爲臧三耳甚難而實非也，謂臧兩耳甚易而實是也。」其意謂人有兩耳而聾者，則兩耳以外必別有一耳，使之能聽。兩耳者聽之體；使耳能聽之，第三耳爲聽之主。

【臧丈人】莊子寓言中無爲而治、功成不居的人物。莊子田子方：「文王觀於臧，見一丈夫釣，而其釣莫釣，非持其釣有釣者也。……遂迎臧丈人而授之政。」南朝陳徐陵徐孝穆集五東陽雙林寺傅大士碑銘：「德秀臧丈，風高廣成。」

【臧懋循】明浙江長興人。字晉叔，號顧渚。明萬曆八年進士，官南京國子監博士。博聞强記，精曉音律，與湯顯祖、王世貞等友善。編有元曲選、古詩所、唐詩所。所選元曲，稱皆錄自家藏及御戲監，爲現存種數最多的元曲總集。自著有詩文集負苞堂稿。

十一畫

臨 1. lín ㄌㄧㄣˊ 力尋切，平，侵韻，來。

㈠居上視下。詩邶風日月：「日居月諸，照臨下土。」㈡統管，治理。荀子性惡：「故古者聖人以人之性惡，……故爲之立君上之埶以臨之，明禮義以化之。」國語晉五：「苟從是行也，臨長晉國者，非汝其誰？」㈢面對。詩小雅小旻：「戰戰兢兢，如臨深淵。」論語述而：「必也臨事而懼，好謀而成者也。」㈣降臨。周禮春官鬯人：「凡王弔臨，共介鬯。」注：「以尊適卑曰臨。」㈤到，及。楚辭屈原遠遊：「朝發軔於太儀兮，夕始臨乎於微閭。」注：「暮至東方之玉山也。」抱朴子勤求：「至老不改，臨死不悔。」㈥照本摹倣寫或畫。唐姚合姚少監集六秋夕遣懷詩：「臨書愛真跡，避酒怕狂名。」參見「臨摹」。㈦戰車名。見「臨衝」。㈧卦名。☷☱，兌下坤上。㈨姓。漢有臨孝存。見後漢書孔融傳。

2. lìn ㄌㄧㄣˋ 良鴆切，去，沁韻，來。

㈩哭弔。左傳宣十二年：「卜臨于大宮。」漢書高帝紀上：「於是漢王爲義帝發喪，袒而大哭，哀臨三日。」

【臨川】地名。1.古郡名。在今江西撫州市南盱江宜黃水一帶。原秦九江郡，漢豫章郡地。三國吳將孫亮太平二年分豫章東部都尉立臨川郡。隋開皇初改爲撫州。見讀史方輿紀要八六撫州府。2.縣名。屬江西省。漢爲南城縣地，後漢分南城西北爲臨汝縣。隋改爲臨川縣，歷代相因。明清皆屬撫州府。故城在今縣西，唐徙今治。見寰宇通志三五撫州府。

【臨文】當書寫文章之時。禮曲禮上：「詩書不諱，臨文不諱。」疏：「臨文，謂禮執文行事時也。」本指行禮時讀文不諱之意。泛指閱讀文字。晉書王羲之傳蘭亭序：「每覽昔人興感之由，若合一契，未嘗不臨文嗟悼，不能喻之於懷。」

【臨月】懷孕將產之月。宋書始安王傳：「時廷尉劉矇妾孕，臨月，迎入後宮，冀其生男，欲立爲太子。」

【臨平】㈠山名。在浙江餘杭縣境。四周平曠，無高山峻嶺，唐於山下設臨平監，後改爲臨平鎮。南宋建炎三年苗傅挾太后以專朝政，遣兵扼臨平以拒韓世忠；又元兵南下時，文天祥奉使見伯顏於臨平明因寺，皆即此地。見讀史方輿紀要九十杭州府仁和縣。㈡湖名。在浙江餘杭縣臨平山東南。三國吳獲寶鼎於此，因名鼎湖。湖時塞時開。故老傳言：「湖塞天下亂，湖開天下平。」見讀史方輿紀要九十浙江杭州府仁和縣。

【臨本】按原本臨摹的寫本。宋樓鑰攻媿集七五跋心經：「有疑爲臨本者，然亦妙矣，未易輕議。」

【臨江】地名。秦爲九江郡、漢豫章郡、隋廬陵郡地。宋淳化三年分瑞州之清江、吉州之新淦、袁州之新渝等三縣爲臨江軍。元升爲路，明清爲府，府治清江，即今江西省清江縣臨江鎮。見嘉慶一統志三二四臨江府。

【臨池】謂臨池學習書法，池，指硯池。晉書衛瓘傳附衛恒四體書勢：「漢興而有草書……弘農張伯英(芝)者因而轉精甚巧。凡家之衣帛，必書而後練之。臨池學書，池水盡黑。」後因以臨池指學習書法。唐王維王右丞集六戲題示蕭氏外甥詩：「憐爾解臨池，渠爺未學詩。」宋蘇軾東坡集二石蒼舒醉墨堂詩：「不須臨池更苦學，完取絹素充衾裯。」

【臨汝】㊀郡名。在河南省汝河上游。戰國楚梁邑，漢置梁縣，隋稱汝州。唐天寶元年改曰臨汝郡，後又改爲汝州。歷代相仍。公元1913年廢州，改爲臨汝縣。見嘉慶一統志二二四汝州建置沿革。㊁縣名。今爲江西臨川縣。見「臨川2」。

【臨安】㊀府名。1. 今浙江杭州市。宋建炎三年設行宮於此，治錢塘，紹興八年在此定都。見嘉慶一統志二八三杭州府建置沿革。2. 雲南紅河哈族彝族自治州一帶。原禹貢梁州古句町國地。漢武帝通西南地置句町縣。唐屬南詔。元臨安縣改爲臨安路。明清爲府。治所建水，公元1913年裁府留縣，次年改名建水縣。見嘉慶一統志四七九臨安府建置沿革。㊁縣名。屬浙江省。秦餘杭縣地。後漢建安十六年置臨水縣，晉武帝太康元年改爲臨安。梁陳間廢。唐復置，屬杭州。見浙江通志七建置四臨安縣。㊂山名。在浙江臨安縣城西南。一名安樂山。東晉郭文(文舉)避居臨安，結廬舍於山中，卽此山，見晉書本傳。

【臨戎】㊀從軍，對陣。三國志魏高貴鄉公紀甘露二年詔：「今宜皇太后與朕暫共臨戎，速定醜虜，時寧東夏。」唐李商隱李義山詩集六漫成之四：「不妨常日饒輕薄，且喜臨戎用草萊。」㊁地名。漢武帝元朔五年置臨戎縣，屬朔方郡。遼改爲富民，元併入豐林。地在今內蒙古自治區境內黃河東岸伊克昭盟。見漢書地理志下、歷代地理沿革表三七縣表十九。

【臨存】臨視，省問。指地位或身分高的看望地位或身分低的人。漢書六四上嚴助傳淮南王安上書：「陛下若欲來內，處之中國，使重臣臨存，施德垂賞以招致之，此必攜老扶幼以歸聖德。」

【臨年】到達一定的年紀。文選漢李少卿(陵)答蘇武書：「上念老母，臨年被戮，妻子無辜，並爲鯨鯢。」指老年。南齊書王融傳求自試啟：「臣聞春庚秋蟀，集候相悲，露木風榮，臨年共悅。」指盛壯之時。

【臨沅】縣名。禹貢荆州地。秦屬黔中郡。漢置臨沅縣，屬武陵郡，以臨沅水而名。隋改武陵縣，屬朗州。宋升爲常德府。地在今湖南常德。參閱讀史方輿紀要八〇常德府。

【臨汾】縣名。屬山西省。相傳爲堯都。春秋爲晉平陽邑。漢置平陽縣，爲相國曹參封邑。隋改爲臨汾縣。歷代相因。明清皆屬平陽府。見讀史方輿紀要四一平陽府。

【臨沂】縣名。屬山東省。漢置臨沂縣，屬東海郡，以東臨沂水而名。南朝宋併入卽丘，東魏復置，隋爲琅琊郡治。唐以後爲沂州治，明廢縣併入州。清改爲蘭山縣，爲沂州府治。公元1913年復臨沂舊名。見嘉慶一統志一七七沂州府古蹟。

【臨邛】縣名。禹貢梁州地。秦置臨邛縣，漢屬蜀郡。北周兼置邛州郡。唐廢郡，元廢縣。今四川邛峽縣地。史記一一七司馬相如傳記相如與卓文君之臨邛置酒舍，自與保庸雜作，而令文君當鑪，卽此地。參閱嘉慶一統志四一一邛州直隸州古蹟。

【臨邑】縣名。屬山東省。漢漯陰縣地，屬東郡。南朝宋僑置漢臨邑縣於此。後以河決城壞，徙今治。舊治在今縣北。明清皆屬濟南府。見嘉慶一統志一六二濟南府。

【臨岐】到岐路之處。文選南朝宋鮑明遠(照)舞鶴賦：「指會規翔，臨岐矩步。」唐高適高常侍集五別韋參軍詩：「丈夫不作兒女別，臨岐涕淚沾衣巾。」指分道惜別。

【臨谷】如臨深谷，恐懼貌。詩小雅小宛：「惴惴小心，如臨于谷。」唐杜牧樊川集十四黃州准赦祭百神文：「牧實遭遇，亦忝刺史，齋齋惕慄，臨谷深墜。」

【臨河】縣名。1. 屬內蒙古自治區。秦蒙恬北擊匈奴，因河爲塞，築四十四城，置臨河縣。漢屬朔方郡。東漢廢。參閱嘉慶一統志五四三鄂爾多斯。公元1929年復置，屬綏遠省。2. 漢黎陽縣地。隋開皇六年置臨河縣，屬汲郡，以南臨黃河而名。唐屬相州，五代晉屬澶州，後爲黃河水渰廢。在河南內黃縣南。見嘉慶一統志三五大名府古蹟。

【臨羌】縣名。漢置，屬金城郡。在湟水南岸，後魏廢。漢趙充國循河湟漕穀至臨羌，又後漢傅育爲護羌都尉，自安夷移駐臨羌，卽此。地在今青海湟源縣東南。見嘉慶一統志二七〇甘肅省西寧府古蹟。

【臨武】縣名。屬湖南省。原戰國楚臨武邑。以南臨武溪而名。漢置臨武縣，屬桂陽郡。明清屬桂陽州。見寰宇通志五八衡州府桂陽州。

【臨幸】帝王車駕所至爲幸，臨幸，謂帝王親臨。世說新語識鑒：「晉武帝講武於宣武場，帝欲偃武修文，親自臨幸，悉召羣臣。」梁書呂僧珍傳：「疾病，車駕臨幸，中使醫藥，日有數四。」

【臨命】將死之際。文選晉潘安仁(岳)楊仲武誄：「臨命忘身，顧念慈母。」抱朴子譏惑：「顏生整儀於宵浴，仲由臨命而結纓。」

【臨洮】縣名。1. 屬甘肅省。漢置狄道縣，爲隴西郡治。晉爲狄道郡治。宋改臨洮郡，金改爲臨洮府，清爲狄道州。公元1913年改縣，1928年改爲臨洮縣。參閱嘉慶一統志二五二蘭州府。2. 甘肅岷縣。禹貢雍州。秦置臨洮縣，屬隴西郡，以地臨洮水而名。秦始皇築長城起臨洮，卽此。漢爲隴西南部都尉治。西魏改置溢樂縣，兼置岷州，隋仍爲臨洮縣，屬臨洮郡。唐爲岷州治。明置岷州衛軍民指揮使司，清爲岷州，公元1913年改爲岷縣。參閱嘉慶一統志二五五鞏昌府。

【臨城】縣名。屬河北省。春秋晉臨邑地。戰國屬趙，爲房子邑。漢爲房子縣，屬恒山郡。唐天寶元年改名臨城。明清皆屬趙州。見寰宇通志四真定府趙州。

【臨盆】分娩。聊齋志異太醫：「今皇后旦晚臨盆矣。」又俠女：「妾體孕已八月，恐旦晚臨盆。」

【臨朐】縣名，屬山東省。本戰國齊朐邑，漢置臨朐縣，屬齊郡，縣城臨朐山而名。隋屬北海郡，唐屬青州。元屬益都路，明清屬青州府。見寰宇通志七五青州府。

【臨涇】縣名。在今甘肅鎮原縣境。漢置，屬安定郡。更始末，平陵人方望以前孺子嬰稱帝臨涇。更始遣將擊斬之，卽此地。北魏時廢。隋復置。明改爲鎮原縣。見嘉慶一統志二七二涇州臨涇故城。

【臨海】㊀郡名。春秋戰國時爲越地，秦屬會稽郡，三國吳太平二年，以會稽東部爲臨海郡。隋平陳，廢入處州，唐天寶初復曰臨海郡。宋爲台州臨海郡，至元廢。參閱讀史方輿紀要九二台州府。㊁縣名。屬浙江省。漢爲回浦縣，東漢爲章安縣。三國吳分章安置臨海縣，爲臨海郡治。東晉時，郡守辛景於臨海北大固山築子城以拒孫恩，卽此。參閱嘉慶一統志二九七臺州古蹟。

【臨高】縣名，屬廣東省。禹貢揚州徼外地，漢爲珠崖儋耳二郡。唐置臨機縣，開元初改名臨高,屬瓊州。宋徙今治,歷代相仍。故城在今縣西南。見嘉慶一統志四五二瓊州府。

【臨軒】皇帝不坐正殿而至殿前。殿前堂陛之間,近檐之處兩邊有檻楯,如車之軒,故亦稱軒。漢書八二史丹傳:"天子自臨軒檻上,隤銅丸以擿鼓,聲中嚴鼓之節。"後漢書六七李膺傳:"詔膺入殿,御親臨軒,詰以不先請便加誅辟之意。"後來皇帝親試貢士,稱臨軒策士。

【臨桂】縣名。屬廣西。秦屬桂林郡。漢置始安縣,唐改臨桂縣,爲桂州治。明清爲桂林府治。見嘉慶一統志四六一桂林府。

【臨晉】㊀縣名。1. 戰國魏地。秦取大荔戎,築其地曰臨晉,後置縣。漢屬左馮翊。晉改名大荔。今屬陝西省。見嘉慶一統志二四三同州府。參見"大荔"。2. 春秋晉解梁地。漢爲解縣,屬河東郡。隋改桑泉縣,屬蒲州。唐天寶十二載更名臨晉。見嘉慶一統志一四〇蒲州。公元 1954 年與猗氏縣合併爲臨猗縣,屬山西省。㊁關名。在今陝西大荔縣東,黄河西岸,爲古軍事要地。秦末,楚漢相爭,曹參以中尉從漢王出臨晉關,卽此。漢武帝改稱蒲津關,宋改爲大慶關。見嘉慶一統志二四四同州府。

【臨財】指對財物的取予。禮曲禮上:"臨財毋苟得,臨難毋苟免。"鶡冠子天則:"臨利而後可以見信,臨財而後可以見仁。"

【臨時】㊀到事情發生之時。三國志吳呂蒙傳:"酒罷,蒙問(魯)肅曰:'君受重任,與關羽爲鄰,將何計略,以備不虞?'肅造次應曰:'臨時施宜。'"㊁一時,暫時。後漢書五一橋玄傳曹操祭玄文:"雖臨時戲笑之言,非至親之篤好,胡肯爲此辭哉?"唐水部式:"其旁支渠,有地高水下,須臨時暫堰溉灌者,聽之。"(鳴沙石室本)。

【臨臯】亭名。亦名臨臯館。在湖北黄岡縣南大江濱。宋蘇軾經進東坡文集二後赤壁賦"步自雪堂,將歸於臨臯",卽此。參閱嘉慶一統志三四〇黄州府臨臯館。

【臨清】㊀縣名。屬山東省。漢清淵縣,屬魏郡,北魏太和間析置臨清縣。歷代時有廢置,縣治亦屢經遷徙。明景泰初移今治。參閱寰宇通志七二東昌府、讀史方輿紀要三四山東臨清州。㊁關名。1. 在河南新鄉東北。隋仁壽四年,煬帝發丁男數十萬掘塹,自龍門東接長平汲郡,抵臨清關,卽此地。見隋書煬帝紀上。2. 在山東臨清縣運河上。明宣德十年於此設關,以御史或户部官監收船料商税。清康熙五十三年改由巡撫派員徵收。參閱山東通志八七田賦五關榷。

【臨淮】㊀郡名。秦泗水郡。漢置,治徐州。東漢廢。晉武帝時復置,治盱眙。永嘉後廢。南北朝時復置,治所在今安徽靈壁縣,尋廢。唐天寶間復置,治所臨淮,乾元初廢。參閱歷代地理沿革表五郡表二、嘉慶一統志一三四泗州直隸州表。㊁縣名。1. 在今安徽鳳陽縣東。春秋鍾離國地,漢置鍾離縣。金改臨淮縣,屬泗州。清廢爲鄉,併入鳳陽。參閱嘉慶一統志一二六鳳陽府臨淮故城。2. 在今安徽泗縣東南。唐長安四年割徐城南界兩鄉置臨淮縣,屬泗州。唐元都曾爲泗州治所,後廢。參閱嘉慶一統志一三四泗州臨淮故城。

【臨淄】縣名。亦作"臨菑"、"臨甾"。古營丘地,齊獻公自薄姑遷都於此,更名臨淄,以地臨淄水而名。春秋戰國爲齊國國都。漢置縣,屬齊國。歷代相仍。明清屬山東青州府。公元 1970 年併入淄博市,屬山東省。參閱嘉慶一統志一七〇、一七一青州府臨淄縣及臨淄故城。

【臨視】指尊者看望卑者。史記蕭相國世家:"及何病,孝惠自臨視相國病。"舊唐書哀帝紀天祐二年敕:"近代不循舊儀,輒隳制度,既奸邪之得計,至臨視之失常,須守舊規,以循定制。"

【臨問】臨視慰問。漢書八一張禹傳:"太官致餐,侍醫視疾,使者臨問。"又七七蓋寬饒傳:"有疾病者,身自撫循臨問,加致醫藥,遇之甚有恩。"

【臨湘】縣名。1. 戰國楚青陽地,秦置湘縣,爲長沙郡治。漢高帝更名臨湘,封吳芮爲長沙王,築城於此。晉爲湘州治所,隋更名長沙。今爲湖南長沙市。參閱歷代地理沿革表二九縣表十一。2. 屬湖南省。漢下雋縣地,晉以後屬巴陵縣。五代唐設王朝場,宋升爲王朝縣,至道間改臨湘縣。明清屬岳州府。見嘉慶一統志三五八岳州府。

【臨朝】當朝處理國事。史記魯周公世家:"成王長,能聽政。於是周公乃還政於成王,成王臨朝。"漢書高后紀:"惠帝崩,太子立爲皇帝,年幼,太后臨朝稱制。"

【臨賀】㊀郡、縣名。秦置臨賀縣,漢屬蒼梧郡,因當臨賀二水之交,故名。三國吳置臨賀郡,治所臨賀縣。南朝宋廢郡改爲臨慶國,隋改賀州,明廢州改賀縣。今廣西賀縣地。參閱嘉慶一統志四六七平樂府。㊁嶺名。也稱桂嶺、萌渚嶺。爲五嶺之一。在廣東廣西湖南三省間。參閱讀史方輿紀要一〇七廣西二平樂府賀縣臨賀嶺。參見"五嶺 1"、"桂嶺 3"。

【臨御】君臨天下。晉書康獻褚皇后傳詔:"帝加元服,禮成德備,當陽親覽,臨御萬國。"唐劉禹錫劉夢得集十九爲裴相公讓官第一表:"伏思陛下臨御之始,宰臣四人,逮今零落,忽以一半。"

【臨雍】天子親至辟雍。雍,辟雍,周代天子所設大學,後代亦爲講習禮儀之所。後漢書明帝紀永平二年:"臨辟雍,初行大射禮。"又贊:"登臺觀雲,臨雍拜老。"宋劉克莊後村集十答曾無疑校勘詩:"傳聞將講臨雍禮,小駐驪駒白玉珂。"

【臨榆】㊀縣名。漢陽樂海陽二縣地,隋改爲盧龍縣,城本榆關。遼改遷民縣,金廢爲鎮。明設山海衛,清乾隆初改爲臨榆縣。公元 1954 年撤銷,劃入秦皇島市及撫寧縣。參閱嘉慶一統志十八永平府。㊁關隘名。卽山海關。見"山海關"。

【臨睨】俯視,居高以望下。楚辭屈原離騷:"陟升皇之赫戲兮,忽臨睨夫舊鄉。"文苑英華二四〇南朝梁劉孝綽酬陸長史倕詩:"已切臨睨情,遽動歸思引。"

【臨漳】縣名,屬河北省。春秋晉鄴邑,漢置鄴縣,屬魏郡。三國魏建鄴都。晉避愍帝諱,改臨漳,以北有漳水而名。後復名鄴,後趙石虎、前燕慕容儁都此。東魏分鄴東界設臨漳縣。宋併鄴縣入臨漳。歷代相仍,明清屬彰德府。參閱嘉慶一統志一九六河南彰德府臨漳縣及臨漳故城。

【臨潢】府名。契丹皇都。耶律德光滅後晉,改國號爲遼,改皇都爲上京臨潢府。金廢。故地在今遼寧巴林左旗波羅城。見遼史地理志一上京道。

【臨蓐】卽將分娩。蓐,牀上草墊。宋邵伯温聞見前録十八:"(李夫人)臨蓐時,慈烏滿庭,人以爲瑞。"

【臨潼】縣名。屬陝西省。周驪戎國地。秦爲驪邑,漢置新豐縣,屬京兆尹。唐析置會昌縣,後併爲昭應縣,宋大中祥符八年更名臨潼縣。明清皆屬西安府。參閱讀史方輿紀要五三陝西西安府。

【臨摹】照書畫原本,模倣創作。宋張世南游宦紀聞五:"今人皆謂臨摹爲一體,不知臨之與摹,迥然不同。臨謂置紙在旁,觀其大小、濃淡、形勢而學之。若臨淵之臨。摹謂以薄紙覆上,隨其曲折婉轉用筆曰摹。」參閱宋黄伯思東觀餘論上論臨摹二法。

【臨潁】 縣名。屬河南省。漢置，屬潁川郡，以北臨潁水而名。歷代相仍。宋紹興十年岳飛破金兀朮於臨潁，卽此地。參閱嘉慶一統志二一八河南許州直隸州臨潁縣。

【臨衝】 臨車和衝車。古戰車名。詩大雅皇矣：「以爾鉤援，與爾臨衝，以伐崇墉。」傳：「臨，臨車也，在上臨下者也。衝，衝車也，從旁衝突者也。」韓詩作「隆衝」。淮南子氾論：「晚世之兵，隆衝以攻，渠幨以守。」

【臨機】 面對決策的時機。三國志魏賈詡傳注引九州春秋：「閻忠時罷信都令，說(皇甫)嵩曰：『……今將軍遭難得之運，蹈易解之機，而踐運不撫，臨機不發，將何以享大名乎？』」宋史四五四蕭資傳：「資性和厚，臨機應變，輯睦將士，總攝細務。」

【臨縣】 縣名。屬山西省。漢離石縣地。北周置烏突縣，隋改太和縣，唐改臨泉縣，以城臨湫水而名。元升臨州，明改爲臨縣。參閱寰宇通志七七太原府。

【臨臨】 高貌。靈樞經通天：「太陰之人，其狀黮黮然黑色，念然下意，臨臨然長大，膕然未僂，此太陰之人也。」唐柳宗元柳先生集一平淮夷雅方城：「方城臨臨，王卒峙之。」

【臨川集】 宋王安石撰，一百卷。安石，撫州臨川人，在入相變法以前，學問文章卽負盛名。詩文皆自成家，詩之造詣又在文上。其集傳本以龍舒本王文公文集及南宋杭州本臨川先生文集爲最早。

【臨川夢】 傳奇劇本。清蔣士銓撰，爲藏園九種曲之一。劇中以明湯顯祖與其所作臨川四夢中的人周旋爲線索，以描寫顯祖的生平，構思甚爲奇特。參見「九種曲」。

【臨江仙】 詞調名。本唐教坊曲名，後用爲詞調。南唐李煜詞名謝新恩；宋賀鑄詞有「人歸落雁後」句，名雁後歸；韓淲詞有「羅帳畫屏新夢悄」句，名畫屏春；李清照詞有「庭院深深深幾許？」句，名庭院深深。雙調，有五十四字，五十六字，五十八字，五十九字，六十字，六十二字諸體。見詞譜十。

【臨江帖】 法帖名。宋元祐間，劉次莊以家藏淳化閣帖十卷重摹刻於臨江戲魚堂，除去卷尾篆題，而增釋文，亦名戲魚堂帖。慶元中，四川總領權安節重勒石於益昌官舍，名利州帖。見宋鄭興裔鄭忠肅奏議遺集下跋淳化帖。

【臨春閣】 閣名。南朝陳叔寶(後主)至德二年於光照殿前建臨春結綺望春三閣，皆以沈香木爲之。後主自居臨春閣，張貴妃居結綺閣，龔孔二貴嬪居望春閣，皆有複道交相往來。隋兵入金陵，盡焚於火。見陳書、南史張貴妃傳。

【臨高臺】 漢鐃歌曲。樂府解題：「古詞言臨高臺，下見清水，中有黄鵠飛翻，關弓射之，令我主萬年。若齊謝朓千里常思歸，但言臨望傷情而已。宋何承天臨高臺篇曰：『臨高臺，望衢，飄然輕舉臨太虛。』則言超帝鄉而會瑶臺也。」見樂府詩集十六。

【臨濟宗】 佛教南宗禪宗五宗(溈仰、臨濟、曹洞、雲門、法眼)之一。源出六祖曹溪慧能，下傳懷讓(南嶽)、馬祖，百丈、黄蘗，至臨濟玄義禪師。玄義住鎮州滹沱河側臨濟院，爲該派之祖，故名臨濟宗。禪風痛快峻烈，以「棒喝」著稱。臨濟下傳六世至楚圓禪師，其門下有黄龍慧南、楊岐方會，二禪師又創楊岐黄龍二派，其教特盛。禪宗五家合此二派，稱爲五家七宗。

【臨川四夢】 明湯顯祖所著紫釵記還魂記(卽牡丹亭)南柯記邯鄲記的合稱。也叫玉茗堂四夢。顯祖爲臨川人，四記皆以夢境穿插，故稱。

【臨去秋波】 將去時回眸一盼。元王實甫西廂記一本一折：「怎當他臨去秋波那一轉。」

【臨陣磨槍】 喻事到臨頭，纔作準備。紅樓夢七十：「王夫人便道：『臨陣磨槍，也不中用！有這會子着急，天天寫寫念念，有多少完不了的？』」

【臨深履薄】 比喻戒慎恐懼。詩小雅小旻：「如臨深淵，如履薄冰。」後漢書四八楊終傳戒馬廖書：「今君位地尊重，海內所望，豈可不臨深履薄，以爲至戒！」

【臨崖勒馬】 喻將至危險境地而能自制止步。古今雜劇元鄭德輝鍾離春智勇定齊三：「這廝不識咱運機，將人來緊追襲，呀，你如今船到江心補漏遲，抵多少臨崖勒馬纔收騎。」參見「懸崖勒馬」。

【臨渴掘井】 喻事到臨頭纔想辦法，不能濟事。素問四氣調神大論：「夫病已成而後藥之，亂已成而後治之，譬猶渴而穿井，鬭而鑄錐，不亦晚乎。」

【臨淵羡魚】 喻只空想而無行動。漢書五六董仲舒傳賢良對策：「古人有言曰：『臨淵羡魚，不如〔退〕而結網。』」

【臨機應變】 憑藉機智應付變化莫測之事。南史梁宣武王懿傳附蕭明：「吾自臨機制變，勿多言。」宋史四五四蕭資傳：「資性和厚，臨機應變，輯穆將士，總攝細務。」

自 部

自 zì ㄗˋ 疾二切，去，至韻，從。

㊀自己。孟子離婁上：「夫人必自侮，然後人侮之。」㊁開始，起頭。韓非子心度：「故法者，王之者〔本〕也；刑者，愛之至也。」㊂自然。老子：「我無爲而民自化，我好静而民自正，我無事而民自富，我無欲而民自樸。」㊃從。詩大雅文王有聲：「自西自東，自南自北，無思不服。」論語學而：「有朋自遠方來，不亦樂乎？」莊子德充符：「自其異者視之，肝膽楚越也；自其同者視之，萬物皆一也。」㊄因爲，由於。易需：「自我致寇，敬慎不敗也。」史記孝文紀十七年：「夫四荒之外不安其生，封畿之內勤勞不處，二者之咎，皆自於朕之德薄而不能遠達也。」㊅雖，卽使。禮檀弓下：「樂正子春之母死，五日而不食。曰：『吾悔之。自吾母而不得吾情，吾惡乎用吾情。』」漢書刑法志元帝詔：「今律煩多而不約，自典文者不能分明，而欲羅元元之不逮，斯豈刑中之意哉。」㊆苟，假如。與「非」連用。左傳成十六年：「唯聖人能內外無患，自非聖人，外寧必有內憂。」

【自了】 ㊀自然解決。三國志魏鍾會傳：「文王(司馬昭)曰：『……我到長安，則自了矣。』軍至長安，會果已死，咸如所策。」㊁自知。晉書王敦傳上疏：「常人近情，恃恩昧進，獨犯龍鱗，迷不自了。」㊂不問他人，只顧一身之事。唐釋齊己白蓮集五渚宫莫問詩之九：「了應須自了，心不是他心。」參見「自了漢」。

【自力】 勉力，盡自己的力量。後漢書和

熹鄧皇后紀詔：“頃以廢疾沈滯，久不得侍祠，自力上原陵。”三國志吳諸葛恪傳：“（孫峻）自出見恪曰：‘使君若尊體不安，自可須後，峻當具白主上。’……恪答曰：‘當自力入。’”

【自大】自誇，妄自尊大。禮表記：“是故君子不自大其事。”疏：“不自誇大其所爲之事。”孔叢子居衛：“子思謂孟軻曰：自大而不修其所以大，不大矣。”

【自引】㊀自行引退。漢書六二司馬遷傳報任安書：“身直爲閨閤之臣，寧得自引深臧於巖穴邪！”㊁猶自殺。文選晉潘安仁（岳）寡婦賦：“感三良之殉秦兮，甘捐生而自引。”後漢書五八虞詡傳：“（張）防必欲害之，二日之中，傳考四獄。獄吏勸詡自引，詡曰：‘寧伏歐刀，以示遠近。’”

【自反】㊀反躬自問，反求之於自己。孟子公孫丑上：“自反而縮，雖千萬人，吾往矣。”禮學記：“學然後知不足，教然後知困。知不足，然後能自反也；知困，然後能自強也。”㊁恢復原貌。莊子天地：“夫子何故見之變容失色，終日不自反邪？”

【自立】㊀謂以自力有所建樹。禮儒行：“儒有席上之珍以待聘，夙夜強學以待問，懷忠信以待舉，力行以待取，其自立有如此者。”㊁謂自立爲王。戰國策楚四：“遂以冠纓絞王，殺之，因自立也。”史記九四田儋傳：“諸侯皆反秦自立。”

【自由】謂能按己意行動，不受限制。禮少儀“請見不請退”漢鄭玄注：“去止不敢自由。”三國志吳朱桓傳：“桓性護前，恥爲人下，每臨敵交戰，節度不得自由，輒嗔恚憤激。”

【自失】㊀自身有所損失。易比：“比之自內，不自失也。”㊁茫無所措。莊子秋水：“於是埳井之鼃聞之，適適然驚，規規然自失也。”史記八四屈原賈生傳論：“讀服鳥賦，同死生，輕去就，又爽然自失矣。”

【自用】自以爲是，恃自己的聰明才力行事。書仲虺之誥：“好問則裕，自用則小。”禮中庸：“愚而好自用，賤而好自專；生乎今之世，反古之道；如此者，烖及其身者也。”

【自白】自我表白心跡。史記一〇六吳王濞傳：“吳王身有內病，不能朝請二十餘年，嘗患見疑，無以自白。”

【自在】㊀任意，舒適。漢書八六王嘉傳罪嘉狀：“大臣舉錯，恣心自在，迷國罔上，近由君始，將謂遠者何？”唐韓愈昌黎集二八扶風郡夫人墓誌銘：“左右媵侍常蒙假與顏色，人人莫不自在。”㊁佛教指空寂無礙。法華經序總：“盡諸有結，心得自在。”注：“不爲三界生死所縛，心游空寂，名爲自在。”唐白居易長慶集五七贈僧自遠禪師詩：“自出家來長自在，緣身一衲一繩牀。”

【自列】自行陳列。漢書六二司馬遷傳報任安書：“拳拳之忠，終不能自列，因爲誣上，卒從吏議。”漢王充論衡語增：“凡天下之事，不可增損，考察前後，效驗自列。自列，則是非之實有所定矣。”

【自刎】割頸自殺。戰國策燕三：“樊於期偏袒扼腕而進曰：‘此臣日夜切齒拊心也，乃今得聞教。’遂自刎。”史記項羽紀：“項王乃曰：‘吾聞漢購我頭千金，邑萬戶，吾爲汝德。’乃自刎而死。”

【自多】猶自滿，自負。莊子秋水：“吾在天地之間，猶小石小木之在大山也，方存乎見少，又奚以自多！”韓詩外傳四：“道雖近，不行不至；事雖小，不爲不成。每自多者，出人不遠矣。”

【自伐】猶自誇。老子：“自伐者無功，自矜者不長。”晉書陸機傳：“（齊王司馬）冏既矜功自伐，受爵不讓，機惡之，作豪士賦以刺焉。”

【自好】自愛，自潔其身。孟子萬章上：“自鬻以成其君，鄉黨自好者不爲，而謂賢者爲之乎？”漢書四八賈誼傳陳政事疏：“廉恥不立，且不自好。”

【自如】㊀自若，像原來的樣子。多用以形容臨事鎮定。史記一〇九李將軍傳：“會日暮，吏士皆無人色，而廣意氣自如。”又九六申屠嘉傳：“（鄧）通至丞相府，免冠，徒跣，頓首謝。嘉坐自如，故不爲禮。”㊁不拘束，活動不受阻礙。漢劉向說苑雜言：“子路趨而出，改服而入，蓋自如也。”唐杜甫杜工部詩史補遺七瀼西寒望：“猿挂時相學，鷗行炯自如。”

【自決】㊀自作決定。史記八三魯仲連傳：“燕將見魯連書，泣三日，猶豫不能自決。”㊁猶自殺。唐白居易長慶集二三祭小弟文：“與其偷生而孤苦，不若就死而團圓；欲自決以毀滅，又傷孝於歸全。”

【自序】同“自敍”。㊀敍述自己生平的文章。漢司馬遷撰史記，作太史公自序，自序之名乃立。參閱唐劉知幾史通序傳。㊁作者對自己著作的說明。漢書八七下揚雄傳贊：“雄之自序云爾。”自序指揚雄法言序。

【自注】爲自己的詩文作注解。漢王逸作楚辭章句，並爲自作的九思作注，此詩文自注之始。南朝宋謝靈運作山居賦，自注賦中所言情事。文見宋書本傳。

【自況】謂以別人比擬自己。況，比擬。宋書陶潛傳：“潛少有高趣，嘗著五柳先生傳以自況。”新唐書一六八王叔文傳：“廣陵王爲太子，羣臣皆喜，獨叔文有憂色，誦杜甫諸葛祠詩以自況，歔欷泣下。”

【自奉】自己的日常供養。漢劉向說苑政理：“武王問於太公曰：‘賢君治國何如？’對曰：‘賢君之治國，其政平〔平〕，其吏不苛，其賦斂節，其自奉薄。’”聊齋志異司訓：“日儉鄙自奉，積金百餘兩。”

【自取】謂自作自受。左傳僖十九年：“梁亡，不書其主，自取之也。”莊子齊物論：“夫吹萬不同而使其自已也，咸其自取，怒者其誰邪？”

【自剄】刎頸自殺。左傳定十四年：“（越王句踐）使罪人三行，屬劍於頸，而辭曰：‘二君有治，臣奸旗鼓，不敏於君之行前，不敢逃刑，敢歸死。’遂自剄也。（吳）師屬之目，越子因而伐之，大敗之。”史記吳太伯世家：“吳王（夫差）曰：‘孤老矣，不能事君王也。吾悔不用子胥之言，自令陷此。’遂自剄死。”

【自知】自己了解自己。易繫辭下：“履以和行，謙以制禮，復以自知。”疏：“自知者，既能返復求身，則自知得失也。”老子：“知人者智，自知者明。”

【自首】犯罪者自行投案，陳說罪行。後漢書八四龐淯母傳：“字娥，父爲同縣人所殺。……娥陰懷感憤，乃潛備刀兵，常帷車以候讎家。十餘年不能得，後遇於都亭，刺殺之，因詣縣自首。”

【自封】㊀自求富足。國語楚上：“若於目觀則美，縮於財用則匱，是聚民利以自封而瘠民也，胡美之爲？”㊁把自己限制在一定的範圍以內。藝文類聚七二晉庾闡斷酒戒：“是以達人暢而不壅，抑其小節而濟大通，子獨區區撿情自封，無或口閉其味，而心馳其聽者乎！”

【自持】自己克制，保持一定的操守、準則。文選戰國楚宋玉神女賦：“頩薄怒以自持兮，曾不可乎犯干。”注：“自矜持也。”又三國魏曹子建（植）洛神賦：“收和顏而靜志兮，申禮防以自持。”

【自苦】自取憂苦。書盤庚中：“爾惟自鞠自苦。”傳：“鞠，窮也。言汝爲臣不忠，自取窮苦。”史記留侯世家：“會高帝崩，呂后德留侯（張良），乃彊食之，曰：‘人生一世間，如白駒過隙，何至自苦如此乎！’”

【自若】猶言自如。保持原樣。多用以形容臨事鎮定。戰國策秦二：“人告曾子之母曰：'曾参殺人。'曾子之母曰：'吾子不殺人。'織自若。"三國志蜀關羽傳："羽便伸臂令醫劈之，……臂血流離，盈於盤器，而羽割炙飲酒，言笑自若。"

【自屏】自己屏棄自己。婉言自殺。屏，除去。後漢書七八呂強傳："強聞帝召，……遂自殺。(趙)忠(夏)惲復譖曰：強見召，未知所問而就外草自屏，有姦明審。"注："外草自屏，謂在外野草中自殺也。"

【自矜】猶自誇。老子："自伐者無功，自矜者不長。"史記項羽紀贊："自矜功伐，奮其私智而不師古，謂霸王之業，欲以力征經營天下，五年卒亡其國。"

【自省】㊀自我反省。論語里仁："見賢思齊焉，見不賢而內自省也。"文選晉潘安仁(岳)秋興賦："悟時歲之道盡兮，慨俛首而自省。"㊁自然明白。宋蘇軾分類東坡詩十三和錢安道寄惠建茶："胸中似記故人面，口不能言心自省。"元王實甫西廂記一本三折："雖然是眼角兒傳情，咱兩箇口不言心自省。"

【自是】㊀自以爲是。老子："自見者不明，自是者不彰。"㊁從此。左傳襄二八年："昔者大夫相先君適四國，未嘗不爲壇，自是至今，亦皆循之。"㊂自然是，應當是。唐杜甫杜工部詩史補遺二送孔巢父謝病歸遊江東兼呈李白："自是君身有仙骨，世人那得知其故。"

【自負】猶自恃。自以爲了不起。史記高祖紀："後人告高祖，高祖乃心獨喜，自負。"集解："應劭曰：負，恃也。"後漢書三四梁統傳附梁竦："竦生長京師，不樂本土，自負其才，鬱鬱不得意。"也作"自偩"。淮南子詮言："好勇則輕敵而簡備，自偩而辭助。"注："自偩，自恃也；辭助，不受旁人之助也。"

【自修】㊀自我修養。禮大學："如琢如磨者，自脩(修)也。"疏："謂自脩飾矣。言初習謂之學，重習謂之脩。"宋朱熹注："自修者，有察克治之功。"㊁自然而治。漢書八一匡衡傳上疏："聖人動靜遊燕，所親物得其序。得其序，則海內自修，百姓從化。"

【自家】㊀自己人。對外人而言。親密之意。宋陸九淵象山集十三與羅春伯書："宇宙無際，天地開闢，本只一家。……來書乃謂自家屋裏人，不亦陋乎！……古人但問是非邪正，不問自家他家。"㊁自己，自己一家。宋陳元靚事林廣記九處己警語："自家掃取門前雪，莫管他人瓦上霜。"元王實甫西廂記二本楔子："自家姓杜，名確，字君實，本貫西洛人也。"

【自恣】㊀放任，爲所欲爲。淮南子主術："古之置有司也，所以禁民使不得自恣也。"注："恣，放恣也。"史記呂后紀："太后以呂產女爲趙王后。王后從官皆諸呂，擅權，微伺趙王，趙王不得自恣。"㊁佛教用語。見"自恣日"。

【自殺】自己殺死自己。左傳莊十九年："鬻拳葬諸夕室，亦自殺也，而葬於經皇。"史記衞康叔世家："共伯入釐侯羡自殺。"羡，墓道。

【自乘】數學用語。相同的兩個數相乘叫自乘。周髀算經上："勾股之法，先知二數，然後推一，見勾股然後求弦，先各自乘，成其實。"九章算術一圓田"半徑相乘得積步"三國魏劉徽注："令徑自乘爲方冪。"

【自寇】自相攻伐。莊子人間世："山木自寇也，膏火自煎也。"釋文："司馬(彪)云：'木生斧柄，還自伐；膏起火，還自消。'崔(譔)云：'山有木，故火焚也。'"唐張九齡曲江集五雜詩之五："木直幾自寇，石堅亦他攻。何言爲用薄，而與火膏同。"

【自訟】㊀猶自責。自己責備自己。論語公冶長："吾未見能見其過而內自訟者也。"注："包(咸)曰：訟猶責也，言人有過，莫能自責。"㊁自己替自己申訴。漢書六五東方朔傳："久之，朔上書陳農戰彊國之計，因自訟獨不得大官，欲求試用。"

【自許】自己稱許自己。抱朴子塞難："吾庸夫近才，見淺聞寡，豈敢自許以拔羣獨識，皆勝世人乎？"文選南朝宋謝靈運初去郡詩："廬園當栖巖，卑位代躬耕；顧已雖自許，心迹猶未并。"

【自專】謂只憑己見獨斷專行。禮中庸："愚而好自用，賤而好自專。"後漢書三一王堂傳："遷汝南太守，搜才禮士，不苟自專。"

【自祭】生前自作詩文祭奠自己。晉陶潛陶淵明集八有自祭文。元王逢梧溪集六甲子冬偶書詩："才盡罷爲文自祭，星狂寧要舌相隨。"

【自衒】謂炫耀自己。戰國策燕一："且夫處女無媒，老且不嫁，舍媒而自衒，弊而不售。"三國魏曹植曹子建集八求自試表之一："夫自衒自媒者，士女之醜行也；干時求進者，道家之明忌也。"

【自得】㊀自有所得。孟子離婁下："君子深造之以道，欲其自得之也。"㊁自覺得意。史記六二晏嬰傳："晏子爲齊相，其御之妻從門閒而闚其夫。其夫爲相御，擁大蓋，策駟馬，意氣揚揚，甚自得也。"

【自尊】㊀自重。韓非子詭使："重厚自尊，謂之長者。"㊁自加尊號。史記楚世家："楚熊通怒曰：'吾先鬻熊，文王之師也，……而王不加位，我自尊耳。'乃自立爲武王。"

【自裁】也作"自財"。㊀猶自殺。史記七三白起傳："秦王乃使使者賜之劍，自裁。"漢書六二司馬遷傳報任安書："此人皆身至王侯將相，聲聞鄰國，及罪至罔加，不能引決自財，在塵埃之中。"注："財與裁同，古通用字。"㊁自行決定。裁，裁奪。漢書郊祀志上："高祖十年春，有司請令縣常以春二月及臘祠稷以羊彘，民里社各自裁以祠。"史記封禪書作"自財"。

【自然】㊀天然，非人爲的。老子："人法地，地法天，天法道，道法自然。"宋王安石臨川集六八老子："本者，出之自然，故不假乎人之力而萬物以生也。"㊁不造作，非勉强的。後漢書三十下郎顗傳薦黃瓊李固書："耽道樂術，清亮自然。"孔子家語七十二弟子解："少成若性也，習慣若自然也。"㊂猶當然。史記孝文紀十六年："遺詔曰：朕聞蓋天下萬物之萌生，靡不有死。死者天地之理，物之自然者，奚可甚哀。"宋沈括夢溪筆談十八技藝："醫之爲術，……如火少必因風氣所鼓而後發，火盛則鼓之反爲害，此自然之理也。"

【自媒】謂不靠媒妁而自求婚姻。管子形勢："自媒之女，醜而不信。"漢焦延壽易林一蒙之困："氓伯易絲，抱布自媒。"參見"自衒"。

【自給】謂依靠自力維持生活。後漢書五一李恂傳："後坐事免，步歸鄉里，潛居山澤，結草爲廬，獨與諸生織席自給。"

【自絶】自動脱離、斷絶原有的關係。書泰誓下："自絶于天，結怨于民。"漢書三四韓信傳："信從下鄉南昌亭長食，亭長妻苦之，乃晨炊蓐食，食時信往，不爲具食。信亦知其意，自絶去。"今多用爲貶義。

【自靖】謂各自圖謀其志。書微子："自靖，人自獻于先王。"傳："各自謀行其志，人人自獻達于先王。"按釋文，馬融本靖作"清"。即自潔其身之意。

【自新】自己改過更新。史記孝文紀十三年緹縈上書："妾傷夫死者不可復生，刑者不可復屬，雖復欲改過自新，其道無由也。”

【自詭】引爲自己的責任。漢書六九趙充國傳奏言：“羌靡忘等自詭必得，請罷屯兵。”又七五京房傳上封事：“今臣得出守郡，自詭效功，恐未效而死。”注：“詭，責也，自以爲憂責也。”一說爲自言爲虛妄的謙辭。見元李治敬齋古今黈三。

【自搏】自擊其身。向人乞哀之態。後漢書二六趙熹傳：“顧謂仇曰：‘爾曹若健，遠相避也。’仇皆卧自搏。”注：“自搏，猶叩頭也。”三國志吳韋曜傳對：“被問寒戰，形氣呐吃，謹追辭叩頭五百下，兩手自搏。”

【自賊】㊀自己傷害自己。孟子公孫丑上：“有是四端而自謂不能者，自賊者也。”四端，指仁義廉恥。㊁猶自殺。賊，通“財”、“裁”。漢書三八趙幽王友傳：“趙王餓，乃歌曰：……于嗟不可悔兮，寧早自賊！爲王餓死兮，誰者憐之？”史記呂后紀作“自財”。

【自遣】排遣自己的憂慮。唐杜甫杜工部草堂詩箋六自京赴奉先縣詠懷五百字：“沉飲聊自遣，放歌頗愁絶。”

【自解】自作辯解。戰國策齊三：“可以使人說薛公以善蘇子，可以使蘇子自解於薛公。”漢書三一項籍傳：“(張)良與(項伯)俱見沛公，因伯自解於羽。”注：“自解，猶今言分疏也。”

【自經】上吊自殺。論語憲問：“豈若匹夫匹婦之爲諒也，自經於溝瀆而莫之知也？”史記一一二主父偃傳嚴安上書：“丁男被甲，丁女轉輸，苦不聊生，自經於道樹，死者相望。”

【自滿】滿足於自己的成績。書仲虺之誥：“德日新，萬邦惟懷；志自滿，九族乃離。”

【自寬】自己寬慰自己。列子天瑞：“貧者士之常也，死者人之終也，處常得終，當何憂哉！孔子曰：‘善乎，能自寬者也。’”唐杜甫杜工部草堂詩箋九九日藍田崔氏莊：“老去悲秋强自寬，興來今日盡君歡。”

【自誣】㊀本無罪而被迫認罪。史記八七李斯傳：“趙高治斯，榜掠千餘，不勝痛，自誣服。”舊唐書一八六上來俊臣傳：“囚人無貴賤，必先布枷棒于地，召囚前曰：‘此是作具。’見之魂膽飛越，無不自誣矣。”㊁自欺以欺人。韓詩外傳五：“知之爲知之，不知爲不知，內不自誣，外不誣人。”唐杜甫杜工部詩十二大曆三年春……有詩凡四十韻：“丘壑曾忘返，文章敢自誣。”

【自盡】㊀謂自己竭盡其心力。書咸有一德：“無自廣以狹人，匹夫匹婦，不獲自盡，民主罔與成厥功。”傳：“言先盡其心，然後乃能盡其力，人君所以成功。”三國志魏陳矯傳：“子本嗣，歷任郡守、九卿。所在操綱領，舉大體，能使羣下自盡。”㊁猶自殺。唐杜甫杜工部草堂詩箋二三太子張舍人遺織成褥段：“來瑱賜自盡，氣豪直阻兵。”舊唐書一〇五王鉷傳：“(王)銲決杖死於朝堂，賜鉷自盡於三衛廚。”

【自衛】以自力保衛自己。史記一〇九李將軍傳：“及出擊胡，而廣行無部伍行陳，就善水草屯，舍止，人人自便，不擊刁斗以自衛。”漢揚雄太玄經一差：“其亡其亡，震自衛也。”注：“震，懼也。恐懼，戒自衛護也。”

【自奮】㊀自己發奮而起。漢書七十常惠傳：“少時家貧，自奮應募。”㊁自以爲出人之上。漢賈誼新書過秦下：“秦王懷貪鄙之心，行自奮之智，不信功臣，不親士民。”列子說符：“故自奮則人莫之告，人莫之告，則孤而無輔矣。”

【自彊】自己努力圖强。史記留侯世家：“上雖病，彊載輜車，卧而護之，諸將不敢不盡力。上雖苦，爲妻子自彊。”新唐書九九劉洎傳：“雖思自彊，不可得已。”參見“自强不息”。

【自贊】猶自薦。贊，引進。史記七六平原君傳：“門下有毛遂者，前，自贊於平原君。”漢書六五東方朔傳：“上嘗使諸數家射覆，置守宮盂下，射之，皆不能中。朔自贊曰：‘臣嘗受易，請射之。’”注：“贊，進也。”

【自警】㊀警戒自己。詩大雅抑序：“抑，衛武公刺厲王，亦以自警也。”也作“自儆”。國語楚上：“昔衛武公年數九十有五矣，猶箴儆於國……於是乎作懿戒以自儆也。”㊁設警使己有所備。宋史四〇三孟宗政傳：“金人戰輒敗，忿甚，周城開濠，四面控兵列濠外，飛鋒鏑，以絢鈴自警，鈴響則犬吠。”

【自了漢】謂只顧自己的人。景德傳燈錄九希運禪師：“後遊天台，逢一僧，……其僧率師同渡，師曰：‘兄要渡自渡。’彼即褰衣躡波，若履平地，迴顧云：‘渡來，渡來。’師曰：‘咄，遮自了漢！吾早知，當斫汝脛。’”

【自在天】佛教稱欲界第六天。爲菩薩所居。大般涅槃經十九：“一切衆生悉是自在天之所作。自在天喜衆生安樂，自在天瞋衆生苦惱，一切衆生若罪若福，乃是自在天之所爲。”唐白居易長慶集六八閒樂詩：“更無忙苦吟閒樂，恐是人間自在天。”

【自在茶】僧寺待客之茶。宋陸游劍南詩稿二七南唐雜興之五：“茆簷喚客家常飯，竹院隨僧自在茶。”自注：“紹興初，僧喚客茶，各隨意多少，謂之自在茶，今遂成俗。”

【自作孽】自己招致災禍。書太甲中：“天作孽，猶可違；自作孽，不可逭。”傳：“孽，災；逭，逃也。言天災可避，自作災，不可逃。”

【自劾詩】漢書七三韋賢傳附韋玄成：“以列侯侍祀孝惠廟，當晨入廟，天雨淖，不駕駟馬車而騎至廟下。有司劾奏，等輩數人皆削爵爲關內侯。玄成自傷貶黜父爵，歎曰：‘吾何面目以奉祭祀！’作詩自劾責。”詩見本傳。

【自度曲】自製的歌曲。也稱自製曲。漢書元帝紀贊：“元帝多材藝，善史書，鼓琴瑟，吹洞簫，自度曲，被歌聲，分刌節度，窮極幼眇。”宋姜夔白石道人歌曲五角招詞序：“(俞)商卿善歌聲，稍以儒雅緣飾，予每自度曲，吟洞簫，商卿輒歌而和之。”參見“度$_2$曲㊀”。

【自恣日】佛教徒夏季安居三月，禁止外出，致力坐禪修學。至農曆七月十六日夏安居終之日，稱自恣日，也稱夏解日。摩訶僧祇律二七：“若比丘聚落中安居，聞城中自恣日種種供養竟夜說法，衆欲往者，應十四日自恣已得去。”

【自然穀】薛草的果實。可食，入藥。晉張華博物志六：“海上有草焉，名薛。其實食之如大麥。從七月稔熟，民斂獲至冬乃訖。名曰自然穀，或曰禹餘糧。”參閱本草綱目二三穀二薛草子。

【自斟壺】隨手自斟用的小酒壺。形如酒注，去柄而安提梁。紅樓夢三八：“黛玉放下釣杆，走到座間，拿起那烏銀梅花自斟壺來。”參閱清翟灝通俗編二六器用。

【自暖盃】唐內庫一酒盃，色青而有紋如亂絲，其薄如紙。盃足鏤有金字，曰自暖盃。傳說取酒注之，自然生温。見五代周王仁裕開元天寶遺事上。

【自實法】南宋整理核實田賦的一種方法。南宋寶祐(趙昀)二年，因州縣財賦版籍不明，始行自實法。即使民自報田賦之數，由官府注册核實。見續文獻通考一田賦一歷代田賦之制。

【自鳴鐘】時鐘，亦名侯鐘。明萬曆時耶穌會士意大利人始傳入我國。見明謝肇淛五雜俎二天部二、清姚之駰元明事類鈔二七自鳴鐘。

【自賣人】漢代對被迫賣身爲奴婢者的別稱。後漢書三四梁統傳附梁冀:"冀又起別第於城西,以納姦亡。或取良人,悉爲奴婢,至數千人,名曰'自賣人'。"

【自警編】宋趙善璙撰,今本九卷。仿言行録的體例,選録宋代名臣儒者的言行可爲楷模者,分學問、操修、齊家、接物、出處、事君、政事及拾遺共八類五十五子目。頗便檢閱。原書徵引故實,多注出處,明人刊刻時將出處書名,已全部删去。

【自以爲是】自認爲正確。孟子盡心下:"萬子曰:'一鄉皆稱原人焉,無所往而不爲原人,孔子以爲德之賊,何哉?'曰:'……自以爲是,而不可與入堯舜之道,故曰德之賊也。'"

【自出機杼】比喻詩文的立意構思能自出心裁,獨創新意。機杼,織布機的梭子,用以持緯紡織。魏書祖瑩傳:"瑩以文學見重,常語人云:'文章須自出機杼,成一家風骨,何能共人同生活也。'"

【自生自滅】自然地發生或生長,又自然地消失或死亡。唐白居易長慶集六八山中五絶句嶺上雲詩:"自生自滅成何事,能逐東風作雨無。"

【自有肺腸】指人對事抱有和別人截然不同的想法。含貶義。肺腸,比喻心思。詩大雅桑柔:"自有肺腸,俾民卒狂。"箋:"自有肺腸,行其心中之所欲,乃使民盡迷惑也。"參見"别具肺腸"。

【自利利他】佛教用語。也稱自行化他。以己爲主的修養稱自利,以利他人爲目的的行爲稱利他。佛教自言最終目的,完成自他二利,人人成佛。佛遺教經衆生得度:"自利利他,法皆具足。"箋注:"上求菩提,自利也;下化衆生,利他也。聲聞緣覺之行,唯自利;諸佛菩薩之行,兼利他。"

【自我作故】謂不拘泥於前例,由我創始。故,典故,成例。國語魯上:"哀姜至,公使大夫宗婦覿,用幣。宗人夏父展曰:'非故也。'公曰:'君作故。'"唐劉知幾史通稱謂:"唯魏收遠不師古,近非因俗,自我作故,無所憲章。"也作"自我作古"。唐大詔令集七三垂拱四年親享明堂制:"時既沿革,莫或相遵;自我作古,用適於時。"

【自作自受】自作錯事,自己承受不良的後果。景德傳燈録十五大同禪師:"諸人變現千般,終是汝生解自擔帶將來,自作自受,遮裏無可與汝。"水滸二:"太公道:這個不妨,若是打折了手脚,也是他自作自受。"

【自相矛盾】比喻言行不一或互相抵觸。唐劉知幾史通雜説上諸漢史之一:"觀孟堅(班固)紀、志所言,前後自相矛盾者矣。"宋王觀國學林七言行:"聖賢言行,要當顧踐,毋使自相矛盾。"

【自怨自艾】懊悔自己的錯誤,並加改正。艾,割草,比喻改正錯誤。孟子萬章上:"太甲悔過,自怨自艾,於桐處仁遷義。"後多僅作悔恨之義。醒世恒言十七張孝基陳留認舅:"過遷漸漸自怨自艾,懊悔不迭。"

【自强不息】不斷努力。易乾象:"天行健,君子以自强不息。"初學記一王隱晉書:"陶侃少長勤整,自强不息。常語人曰:'大禹聖人,乃惜寸陰;至於凡俗,當惜分陰。'"

【自崖而反】莊子山木:"君其涉於江而浮於海,望之而不見其崖,愈往而不知其所窮,送君者皆自崖而反,君自此遠矣!"唐成玄英疏:"送君行邁,至於道德之鄉,民反真自守素分。崖,分也。"本指超然獨立,遠不可攀。後常用爲送行之辭。

【自詒伊戚】自招憂患。詩小雅小明:"心之憂矣,自詒伊戚。"又邶風雄雉:"我之懷矣,自詒伊阻。"阻,"慼"的借字。

【自欺欺人】用自己不相信的話騙人,既欺人,也自欺。法苑珠林九三妄語引證引佛説須賴經:"佛言夫妄言者爲自欺身,亦欺他人。"朱子語類十八大學五:"因説自欺欺人曰:欺人亦是自欺,此又是自欺之甚者。"

【自慚形穢】世説新語容止:"珠玉在側,覺我形穢。"本指儀容舉止,相形見絀。後遇與人相比,自愧不如,常謙稱自慚形穢。聊齋志異褚遂良:"某自慚形穢,又慮茅屋竈煤,玷染華裳。"

【自暴自棄】孟子離婁上:"自暴者,不可與有言也;自棄者,不可與有爲也。言非禮義,謂之自暴也;吾身不能居仁由義,謂之自棄也。"謂自己的言行背棄仁義道德,以致不可收拾。後用以泛指自甘落後,不求上進。宋朱熹近思録二爲學:"懈意一生,便是自暴自棄。"文天祥文山集十何晞程名説:"苟有六尺之軀,皆道之體,不可以其不可能而遂自暴自棄也。"

【自鄶以下】春秋吴季札觀樂於魯,對各諸侯國的樂歌皆有論贊,惟"自鄶以下,以其微也,無譏焉"。鄶國以下諸國,國小政狹,季札置而不論。見左傳襄二九年。後因用"自鄶以下"或"自鄶無譏"比喻不值一談。宋張孝祥于湖集三三醜奴兒詞之六:"無雙誰似黄郎子,自鄶無譏,月滿星稀。"清詩別裁二六徐夔移居贈永天詩:"自鄶以下皆無譏,兒子紛紛鄙紈絝。"

【自君之出矣】樂府雜曲歌辭名。三國魏徐幹有室思詩五章,其第一章説:"自君之出矣,明鏡暗不治,思君如流水,無有窮已時。"後來南朝宋孝武帝劉義恭,南齊王融,南朝陳後主等,皆仿此體,題自君之出矣。南齊虞羲所作,題名思君去時行。見樂府詩集六九。

四　畫

臬 niè ㄋㄧㄝˋ 五結切,入,屑韻,疑。

㊀射箭的靶子。文選漢張平子(衡)東京賦:"桃弧棘矢,所發無臬。"㊁測日影的標杆。周禮考工記匠人"置槷以縣"漢鄭玄注:"槷,古文臬假借字。於所平之地中央樹八尺之臬以縣正之。"文選南朝梁陸佐公(倕)石闕銘:"乃命審曲之官,選明中之士,陳圭置臬,瞻星揆地,興復表門,草創華闕。"㊂門橛。爾雅釋宫:"橛謂之杙,……在地者謂之臬。"注:"即門橛也。"疏:"在地及門中者名臬。"㊃法度。書康誥:"外事,汝陳時臬。"㊄終極。藝文類聚八三國魏王粲遊海賦:"覽滄海之體勢,吐星出日,天與水際,其深不測,其廣無臬。"

【臬兀】動摇不安。同"隉阢"。唐杜甫杜工部草堂詩箋三五大曆三年春白帝城放船出瞿塘峽……有詩凡四十韻:"生涯臨臬兀,死地脱斯須。"

【臬司】元時設肅政廉訪司,主管一路司法刑獄和官吏考核,已有臬司之稱。明清時置提刑按察司,主管一省刑名按劾之事,亦稱臬司。清代俗稱臬臺,又稱廉訪。參閲明史職官志四、清會典事例二四吏部官制。

【臬庫】清按察司的庫房。也稱臬司庫,簡稱臬庫。專收贓罰銀錢,按例報解刑部。見清會典事例一八三户庫庫藏按察司庫。

臭 1. xiù ㄒㄧㄡˋ 集韻許救切,去,宥韻。

㊀氣味的總稱。詩大雅文王:"上天之載,無聲無臭。"箋:"耳不聞聲音,鼻不聞香臭。"㊁聞。用鼻子辨別氣味。同"嗅"、"齅"。荀子榮辱:"彼臭之而無嗛於鼻。"又禮論:"成事之俎不嘗也,三臭

之不食也。"

2. chòu ㄔㄡˋ 尺救切,去,宥韻,穿。

㊂氣味。1. 香氣。易繫辭上:"同心之言,其臭如蘭。"疏:"臭,氣香馥如蘭也。"禮內則:"總角衿纓,皆佩容臭。"疏:"臭謂芬芳。臭物之謂容者,庾氏云,以臭物可以脩飾形容,故謂之容臭。"2. 穢惡的氣味。左傳僖四年:"一薰一蕕,十年尚猶有臭。"注:"薰,香草;蕕,臭草。言善易消,惡難除。"疏:"既以善氣爲香,故專以惡氣爲臭耳。"㊃形容令人厭惡的貶辭。儒林外史六:"從早上到此刻,一碗飯也不給人吃,偏生有這些臭排場!"

【臭味】氣味。因同類的東西氣味相同,故用以比喻同類的人或事物。左傳襄八年:"今譬於草木,寡君在君,君之臭味也。"注:"言同類。"唐劉知幾史通六家:"至兩漢以還,則全録當時紀傳,而上下通達,臭味相依。"宋牟巘陵陽詞木蘭花慢餞公孫倅:"不妨無蟹有監州,臭味喜相投。"

【臭$_2$椿】木名。卽樗樹。見"樗"。

【臭$_2$皮囊】指人的軀殼。太上純陽真君了三得一經:"竟將五官六腑敗壞於臭皮囊之中。"也作"臭皮袋"。宋劉克莊後村集四八寓言詩:"赤肉團終當敗壞,臭皮袋死尚貪癡。"

【臭$_2$骨頭】對人的賤稱。景德傳燈録五志誠禪師:"常指誨大衆,令住心觀静,長坐不卧。(六)祖曰:'住心觀静,是病非禪,長坐拘身,於理何益。聽吾偈曰:生來坐不卧,死去卧不坐,元是臭骨頭,何謂立功過。'"

六 畫

臯 gāo ㄍㄠ

同"皋"。見"皋"。

息 jì ㄐㄧˋ 具冀切,去,至韻,羣。

與,及。同"暨"。史記夏紀:"淮夷蠙珠息魚。"

十 畫

臲 niè ㄋㄧㄝˋ 五結切,入,屑韻,疑。

見下。

【臲卼】動搖不安。易困:"困于葛藟,于臲卼。"說文引作"槷鼿"。

【臲𣦪】意同臲卼。唐柳宗元柳先生集三十寄許京兆孟容書:"末路孤危,阨塞臲𣦪,凡事壅隔,很忤貴近,狂疎繆戾,蹈不測之辜。"參見"臬兀"。

至 部

至 zhì ㄓˋ 脂利切,去,至韻,照。

㊀到達。詩小雅天保:"如川之方至。"荀子勸學:"千里蹞步不至,不足謂善御。"㊁極。論語雍也:"中庸之爲德,其至矣乎!"莊子徐无鬼:"故海不辭東流,大之至也。"㊂大。戰國策秦一:"商君治秦,法令至行。"注:"至,猶大也。"㊃至於。史記九二淮陰侯傳:"諸將易得耳,至如(韓)信,國士無雙。"漢書五七上司馬相如傳:"從昆弟假貸,猶足以爲生,何至自苦如此。"㊄夏至、冬至的簡稱。左傳僖五年:"凡分、至、啟、閉,必書雲物。"注:"分,春、秋分也;至,冬、夏至也。"

【至人】㊀道德修養達到最高境界的人。莊子逍遥遊:"至人無己,神人無功,聖人無名。"宋黄庭堅山谷外集十三次韻吉老知命同遊青原詩:"至人來有會,吾道本無家。"㊁釋迦牟尼的尊號。四分律行事抄資持記上一上:"釋迦如來道成積劫,德超三聖,化於人道,示相同之,是以且就人中美爲尊極,故曰至人。"

【至大】元海山(武宗)年號。公元1308—1311年。

【至心】至誠之心。無量壽經上:"至心精進,求道不止。"法苑珠林二四敬佛篇六之五唐玄奘譯讚彌勒禮文四節,首句皆以"至心歸命禮當來彌勒佛"爲句。

【至元】年號。1. 元忽必烈(世祖)。公元 1264—1294 年。2. 元妥懽帖睦爾(惠宗,順帝)。公元 1335—1340 年。

【至友】猶摯友。情誼深厚的朋友。大戴禮十文王官人:"合志如同方,共其憂而任其難,行忠信而不相疑,迷隱遠而不相舍,曰至友者也。"唐李咸用披沙集四不遇詩:"出門無至友,動卽到君家。"

【至止】來到。止,語氣詞,無義。詩小雅庭燎:"君子至止,鸞聲將將。"

【至日】指冬至日、夏至日。易復:"雷在地中,復,先王以至日閉關,商旅不行。"疏:"先王象此復卦,以二至之日閉塞其關也。"唐杜甫杜工部草堂詩箋三三冬至:"年年至日長爲客,忽忽窮愁泥殺人。"

【至公】㊀極公正。吕氏春秋去私:"舜有子九人,不與其子而授禹,至公也。"㊁考場。全唐詩四九五劉虛白獻主文:"不知歲月能多少,猶着麻衣待至公。"參見"至公堂"。

【至正】元妥懽帖睦爾(惠宗,順帝)年號。公元 1341—1367 年。

【至交】最深摯的友情,或指最要好的朋友。南齊書虞玩之傳附孔逷:"字世遠,玩之同郡人,好典故學,與王儉至交。"唐孟郊孟東野集二勸友詩:"至白涅不緇,至交淡不疑。"

【至至】道家謂至高無上之道。淮南子繆稱:"至至之人,不慕乎行,不慚乎善,含德履道而上下相樂也。"文苑英華九四唐紇干愈至人用心若鏡賦:"始求義於昭昭,卒窮微于至至。"

【至行】非常人所及的德行。晉書武帝紀:"以東海劉儉有至行,拜爲郎。"世說新語品藻"會稽虞駿"注引虞光禄傳:"駿字思行,會稽餘姚人。虞翻曾孫,右光禄潭兄子也,雖機幹不及潭而至行過之。"

【至言】㊀至理之言。莊子知北遊:"至言去言,至爲去爲。"唐成玄英疏:"至理之言,無言可言,故去言也。"㊁真實之言。韓非子難言:"至言忤於耳而倒於心,非賢聖莫能聽。"史記六八商君傳:"貌言,華也,至言實也。"

【至材】極有才能。漢書藝文志曆譜:"曆譜者,序四時之位,……此聖人知命之術也。非天下之至材,其孰與焉。"

【至治】㊀最完美的政治。書君陳:"我聞曰,至治馨香,感于神明。"莊子胠篋:"樂其俗,安其居,鄰國相望,雞狗之音相聞,民至老死而不相往來,若此之時,則至治已。"㊁年號。1. 元碩德八剌(英宗)。公元 1321—1323 年。2. 南詔段思良。公元 946—952 年。

【至性】純厚的性情。文選三國魏嵇叔夜(康)與山巨源絕交書:"阮嗣宗(籍)口不論人過，吾美師之而未能及，至性過人，與物無傷，唯飲酒過差耳。”特指孝親之情。世說新語德行：“王安豐（戎）遭艱，至性過人。”

【至和】北宋趙禎（仁宗）年號。公元1054—1056年。

【至計】上策。戰國策楚一：“故爲王至計，莫如從親以孤秦。”宋陸游渭南文集三代乞分兵取山東劄子：“進有闢國拓土之功，退無勞師失備之患，實天下至計也。”

【至竟】猶言到底，畢竟。後漢書八二上樊英傳論：“漢世之所謂名士者，其風流可知矣。……及徵樊英楊厚，朝廷若待神明，至竟無它異。”唐杜牧樊川集四題桃花夫人廟詩：“至竟息亡緣底事，可憐金谷墜樓人。”

【至理】㊀最根本的道理。抱朴子明本：“其評論也，實原本于自然，其褒貶也，皆準的乎至理。”宋沈括夢溪筆談二十神奇：“欲以區區世智情識，窮測至理，不其難哉。”㊁猶至治。舊唐書代宗紀永泰四年詔：“至理之代，先德後刑。”按唐避李治（高宗）諱，改治爲“理”。

【至尊】極其尊貴。荀子儒效：“豈不至尊至富至重至嚴之情舉積此哉。”史記秦始皇紀論引賈誼過秦論：“履至尊而制六合，執棰拊以鞭笞天下。”至尊，最尊貴的地位，後來多作帝王的尊稱。漢書禮樂志：“舞人無樂者，將至至尊之前不敢以樂也。”唐李白李太白詩十二贈宣城趙太守悅：“赤縣揚雷聲，强項聞至尊。”

【至道】北宋趙光義（太宗）年號。公元995—997年。

【至順】元圖帖睦爾（文宗）年號。公元1330—1333年。

【至意】深厚之意。漢書七二鮑宣傳諫書：“惟陛下少留神明，覽五經之文，原聖人之至意，深思天地之戒。”

【至誠】㊀真實無妄爲誠。儒家以至誠爲人最高的道德規範。禮中庸：“唯天下至誠，爲能經綸天下之大經，立天下之大本，知天地之化育。”㊁最誠實。漢書三六劉向傳：“向自見得信於上，故常顯訟宗室，譏刺王氏及在位大臣，其言多痛切，發於至誠。”

【至聖】舊謂道德最高尚的人。禮中庸：“唯天下至聖，爲能聰明睿知，足以有臨也。”史記孔子世家贊：“自天子王侯，中國言六藝者折中於夫子，可謂至聖矣。”參見“至聖先師”。

【至察】極其明察。漢書六五東方朔傳：“水至清則無魚，人至察則無徒。”

【至論】最深刻真實的道理。淮南子精神：“藏詩書，修文學，而不知至論之旨，則拊盆叩瓴之徒也。”文選漢班孟堅（固）幽通賦：“所貴聖人之至論兮，順天性而斷誼。”

【至德】㊀最高尚的道德。論語泰伯：“泰伯其可謂至德也矣。三以天下讓，民無得而稱焉。”㊁縣名。唐肅宗至德二年置。五代改爲建德縣。故址在今安徽池州地區。參閱嘉慶一統志一一八池州府一古蹟。㊂年號。1.南朝陳陳叔寶（後主）。公元583—586年。2.唐李亨（肅宗）。公元756—758年。

【至親】最近之親。儀禮喪服：“傳曰：爲妻何以期也，妻至親也。”後漢書四二東平憲王蒼傳：“蒼在朝數載，多所隆益，而自以至親輔政，聲望日重，意不自安。”蒼爲明帝同母弟。

【至誠】至和。書大禹謨：“至誠感神，矧茲有苗。”宋蔡沈傳訓諴爲以誠感物，至諴，猶言至誠。唐韓愈昌黎集五酬司門盧四兄雲夫院長望秋作詩：“高揖羣公謝名譽，遠追甫白感至誠。”

【至賾】幽深之極。易繫辭上：“聖人有見天下之至賾，而擬諸其形容，象其物宜。”後漢書五二崔駰傳達旨：“窮至賾於幽微，測潛隱之無源。”

【至公堂】科舉時代試院大堂。又名至公樓。宋洪皓松漠紀聞下：“試闈用四柱，揭綵其上，目曰至公樓，主文登之以觀試。”元詩選宋褧燕石集得周子善書問京師事及賤迹以絕句十首奉答詩：“至公堂下魚鱗屋，麗正門前蝸殼居。”自注：“至公堂，今試之所，又稱至公樓。”

【至德曆】曆法名。唐肅宗時，韓穎上言大衍曆有誤。帝卽令穎直司天臺，損益其術，每節增二日，更名至德曆，起乾元元年，迄上元三年。見新唐書曆志三下。

【至寶丹】㊀醫方名。種類甚多。見太平惠民和濟局方證治準繩方等書。㊁喻詩詞中的富貴氣。宋陳師道後山詩話：“王岐公（珪）詩，喜用金玉珠璧，以爲富貴，而其兄謂之至寶丹。”又見詩話總龜七評論三引古今詩話。清趙翼甌北詩鈔五言律二近日作詩多用金玉字書以一笑：“漫拾殘牙慧，争嗤至寶丹。”

【至再至三】屢次，多次。書多方：“我惟時其教告之，我惟時其戰要囚之，至于再，至于三，乃有不用我降爾命，我乃其大罰殛之。”後漢書光武紀建武元年：“秀猶固辭，至于再，至于三。”

【至矣盡矣】指到無以復加的程度。莊子庚桑楚：“古之人，其知有所至矣。惡乎至，有以爲未始有物者，至矣盡矣，弗可以加矣。”

【至高無上】最高。淮南子繆稱：“道，至高無上，至深無下，平乎準，直乎繩，圓乎規，方乎矩。”

【至聖先師】對孔子的尊稱。古時立學必釋奠於先聖先師。漢以後皆奉孔子。唐開元二十七年追謚孔子爲文宣王。宋大中祥符元年加“玄聖”二字。五年又以避諱改爲至聖文宣王。元大德十一年加封爲大成至聖文宣王。明嘉靖九年用張孚敬等議，改正祀典，因稱至聖先師。清順治二年加稱大成至聖文宣先師。參閱明呂元善聖門志四，宋史真宗紀二、三，歷代典禮考一。

三　畫

致 zhì 陟利切，去，至韻，知。ㄓˋ

㊀傳達，表達。詩小雅楚茨：“工祝致告，徂賚孝孫。”箋：“祝以此故致神意。”三國志魏崔林傳：“仗節統事，州郡莫不奉牋致敬。”㊁給與。周禮秋官司儀：“饗食致贈郊送，皆如將幣之儀。”晉書山濤傳：“念多所乏，今致錢二十萬，穀二百斛。”㊂達到。禮玉藻：“稽首據掌致諸地。”後漢書六三李固傳：“如此，則論者厭塞，升平可致也。”㊃歸還。左傳襄二八年：“與子尾邑，受而稍致之。”參見“致事”。㊄招致。周禮秋官小司寇：“掌外朝之政，以致萬民而詢焉。”三國志蜀諸葛亮傳：“此人可就見，不可屈致也。”㊅盡，極。荀子榮辱：“志意致修，德意致厚，智慮致明，是天子之所以取天下也。”㊆意態，情趣。三國志吳周瑜傳“性度恢廓”注引江表傳：“（蔣）幹還，稱瑜雅量高致。”魏書茹皓傳：“樹草栽木，頗有野致。”㊇細密。通“緻”。禮月令孟冬之月：“作爲淫巧，以蕩上心，必功致爲上。”疏：“必功力密致爲上。”㊈書券，契據。通“質”。禮曲禮上：“獻田宅者操書致。”

【致力】盡力。左傳桓六年：“夫民，神之主也，是以聖王先成民而後致力於神。”

【致士】招致賢士。戰國策燕一：“郭隗先生曰：‘……今王誠欲致士，先從隗始。’”荀子有致士篇。

【致女】春秋成九年：“季孫行父如宋致女。”晉杜預注：“女嫁三月，又使大夫隨加聘問，謂之致女；所以致成婦禮，篤婚姻之好。」

【致用】盡其所用。易繫辭上：「備物致用，立〔功〕成器以爲天下利，莫大乎聖人。」

【致仕】辭官歸居。公羊傳宣元年：「古之道不卽人心，退而致仕。」注：「致仕，還祿位於君。」南宋以居官致仕必有恩禮，常有既死以後其家方乞致仕者，宋史列傳中於卒後書致仕者不一。參閱清俞樾春在堂隨筆七、茶香室續鈔九身後請致仕。

【致身】獻身出仕。論語學而：「事父母能竭其力，事君能致其身，與朋友交言而有信。」唐杜甫杜工部草堂詩箋十七乾元中寓居同谷縣作歌之七：「長安卿相多少年，富貴應須致身早。」

【致治】達到太平盛世。史記七九蔡澤傳：「設刀鋸以禁奸邪，信賞罰以致治。」新唐書太宗紀贊：「其除隋之亂，比迹湯武；致治之美，庶幾成康。」

【致事】㊀陳述政事情況。周禮天官冢宰：「歲終，則令百官府各正其治，受其會。聽其致事，而詔王廢置。」㊁辭官退居，猶致仕。禮曲禮上：「大夫七十而致事。」注：「致其所掌之事於君而告老。」

【致命】㊀致辭，報命。儀禮聘禮：「勞者奉幣入，東面致命。」國語吳：「董褐既致命，乃告趙鞅曰：『臣觀吳王之色，類有大憂。』」㊁授命，舍棄生命。易困：「君子以致命遂志。」左傳成十三年：「諸侯疾心，將致命于秦。」注：「致死命而討秦。」

【致知】獲得知識。禮大學：「欲正其心者先誠其意，欲誠其意者先致其知。致知在格物。」

【致和】元也孫鐵木兒（泰定帝）年號。公元1328年。

【致度】美好的舉止姿態，猶言風度。世說新語賞譽下：「謝幼輿（鯤）目友人，……董仲道（養）卓犖有致度。」

【致政】歸還政事。禮王制：「五十而爵，六十不親學，七十致政。」又明堂位：「周公踐天子之位以治天下，……七年，致政於成王。」注：「致政，以王事歸授之。」

【致效】獻身以效死。魏書高肇傳附子植：「當蒙封賞，不受，云：『家荷重恩，爲國致效，是其常節，何足以應進陟之報。』懇惻發於原誠。」

【致意】把自己的用意表達與人。戰國策趙二：「夫制於服之民，不足與論心；拘於俗之衆，不足與致意。」漢書八三朱博傳：「博新視事，右曹掾史皆移病臥。……故事，二千石新到，輒遣吏存問致意，乃敢起就職。」此謂表達問候之意。

【致福】進獻祭祀之餘肉。穀梁傳僖十年：「世子祠，已祠，致福於君。」周禮天官膳夫「凡祭祀之致福者，受而膳之。」注：「致福謂諸臣祭祀進其餘肉，歸胙于王。」

【致敬】表達敬意。孟子告子下：「迎之致敬以有禮，言將行其言也，則就之。」後漢書七五劉焉傳：「曹操自將征荆州，璋乃遣使致敬。」

【致語】㊀宋時朝廷或官府大宴，舞樂隊進祝頌詞，詞文皆由文士代撰。文中第一段爲對偶文字，稱爲致語，亦曰致辭。繼以詩一章，稱爲口號。宋代最爲盛行，如歐陽修王安石蘇軾諸大家集中皆有此作。參閱宋史樂志十七。㊁宋元話本前面的引子。周亮工書影一：「故老傳聞，羅（貫中）氏爲水滸傳一百回，各以妖異語引其首。嘉靖時，郭武定（勛）重刻其書，削其致語，獨存本傳。」

【致齊】舉行祭祀或典禮以前清整身心的禮式。齊，同「齋」。禮祭義：「致齊於內，散齊於外。」又祭統：「故散齊七日以定之，致齊三日以齊(qí)之。……齊者精明之至也，然後可以交於神明也。」後來帝王大祀如祭天地等行致齋，中祀如祭社稷太歲等壇行散齋。

【致書郵】代傳書信之人。世說新語任誕：「殷洪喬（羨）作豫章郡，臨去，都下人因附百許函書。既至石頭，悉擲水中，因祝曰：『沉者自沉，浮者自浮，殷洪喬不能作致書郵！』」

六畫

臷 1. dié ㄉㄧㄝ 集韻 徒結切，入，屑韻。

㊀老。通「耋」。漢書八一孔光傳對：「臣光智謀淺短，犬馬齒臷，誠恐一旦顛仆，無以報稱。」㊁赤黑色馬。通「驖」。亦音tiě。詩秦風駟驖，漢書地理志下作「四臷」。

2. zhì ㄓ 集韻 直質切，入，質韻。

㊂見下。

【臷₂國】古神話傳説中的國名。山海經海外南經：「臷國在其東，其爲人黃，能操弓射蛇。一曰臷國在三毛東。」又大荒南經有臷民之國。

八畫

臺 tái ㄊㄞ 徒哀切，平，咍韻，定。

㊀高而上平的建築物。詩大雅靈臺：「經始靈臺，經之營之。」傳：「四方而高曰臺。」㊁官署名。漢應劭漢官儀上：「漢因秦制，故尚書爲中臺，謁者爲外臺，御史爲憲臺。」漢有御史臺、蘭臺。晉宋間謂朝廷禁省爲臺，故禁城爲臺城，官軍爲臺軍，使者爲臺使。唐武則天時有麟臺等。後世亦有稱官爲臺者。如明清稱布政使爲藩臺、按察使爲臬臺等。㊂奴隸中最低的一個等級。左傳昭七年：「人有十等……隸臣僚，僚臣僕，僕臣臺。」㊃草名。也作「薹」。詩小雅南山有臺：「南山有臺，北山有萊。」㊄姓。見風俗通姓氏。

【臺臣】指諫官。元史明宗紀：「帝諭臺臣曰：『御史劾嶺北省臣，朕甚嘉之。』」又一八二張起巖傳抗章論曰：「今臺臣坐譴，公論杜塞，何謂法祖宗耶！」

【臺官】官名。漢以尚書爲中臺，御史爲憲臺，故後世以臺官爲尚書或御史的別稱。宋書百官志上：「漢制，公卿御史中丞以下，遇尚書令、僕、丞、郎皆辟車豫相迴避，臺官過乃得去。」舊唐書一三五李實傳：「故事，府官避臺官，實常遇侍御史王播于道，實不肯避，導從如常。」參見「臺諫」。

【臺門】㊀古時諸侯所築用以瞭望守衛的土壘。禮郊特牲：「臺門而旅樹。」疏：「臺門者，兩邊起土爲臺，臺上架屋曰臺門。」㊁城門。晉崔豹古今注都邑：「城門皆築土爲之，累土曰臺，故亦謂之臺門也。」㊂南朝稱朝廷禁省爲臺，因稱禁城城門爲臺門。南史朱异傳：「每迫曛黃，慮臺門將闔，乃引其鹵簿自宅至城，使捉城門停留管籥。」

【臺郎】卽尚書郎。後漢書五八虞詡傳上言：「臺郎顯職，仕之通階。今或一郡七八，或一州無人，宜令均平，以厭天下之望。」晉書賀循傳陸機薦循疏：「臣等伏思臺郎所以使州，州有人，非徒以均分顯路，惠及外州而已。」

【臺城】城名。一名苑城，本戰國吳後苑城。晉成帝咸和中作新宮名建康宮。晉宋間謂朝廷禁省爲臺，故稱臺城。故址在南京市玄武湖側。參閱宋洪邁容齋隨筆續筆五臺城少城。

【臺省】漢尚書治事之地爲中臺，在禁省中，故稱臺省。三國志魏夏侯玄傳「（李）豐不知而往，卽殺之」注引魏略：「正始中，遷侍中尚書僕射。豐在臺省，常多託疾。」唐時尚書省稱中臺，門下省稱東臺，中書省稱西臺。故統稱臺省。唐杜甫杜工部草堂詩箋三醉時歌贈廣文館學士鄭虔:"諸公衮衮登臺省,廣文先生官獨冷。"

【臺站】平時傳遞公文書及供軍犯停宿的站落,戰時爲兵差轉運點。儒林外史八:"到任未久,出門查看臺站,大車駟馬,在路曉行夜宿。"

【臺格】朝廷所立賞格。宋書臧質傳與北魏衆軍書:"今寫臺格如別書,自思之。"

【臺院】唐御史臺設御史大夫一人,侍御史所屬曰臺院,殿中侍御史所屬曰殿院,監察御史所屬曰察院。見新唐書百官志三御史臺。

【臺參】參謁臺臣。新唐書一八一李紳傳:"(牛)僧孺輔政,以紳爲御史中丞,顧其氣剛卞,易疵累,而韓愈勁直,乃以愈爲京兆尹,兼御史大夫,免臺參以激紳。"御史大夫位尊於中丞,故得免參謁臺臣。

【臺笠】臺草所製的笠。詩小雅都人士:"彼都人士,臺笠緇撮。"注:"以臺皮爲笠,緇布爲冠。"宋劉克莊後村集二十又和喜雨詩之二:"暮年臺笠代羸驂,信步籬東過舍南。"

【臺琖】有托盤的酒盞。遼史五十禮志二:"宣徽使揖皇帝鞠躬再拜,陪位者皆再拜。翰林使執臺琖以進,皇帝再拜。"又:"大使近前跪,捧臺琖,進奠酒三。"

【臺端】唐代御史臺有侍御史六人,以久次者一人主臺内之事,號爲臺端,他人稱之爲端公。見通典二四職官六侍御史、新唐書百官志三御史臺。

【臺樹】積土高起者爲臺,臺上所蓋之屋爲樹。墨子辭過:"臺樹曲直之望,青黄刻鏤之飾。"國語楚上:"故先王之爲臺樹也,樹不過講軍實,臺不過望氛祥。"後也泛指高地所建供遊觀的建築物。唐李白李太白詩七江上吟:"屈平詞賦懸日月,楚王臺樹空山丘。"

【臺閣】㊀尚書的別稱。後漢書四九仲長統傳昌言法誡:"光武皇帝愠數世之失權,忿彊臣之竊命,矯枉過直,政不任下,雖置三公,事歸臺閣。"注:"臺閣謂尚書也。"也指臺閣的長官。抱朴子審舉:"靈獻之世,閹官用事,羣姦秉權,危害忠良,臺閣失選用于上,州郡輕貢舉于下。"㊁指供遊觀的亭臺樓閣。唐元稹長慶集三松鶴詩:"渚宮本坳下,佛廟有臺閣。"㊂宋百戲之一種。元周密武林舊事三迎新:"以木牀鐵擎爲仙佛鬼神之類,駕空飛動,謂之臺閣。"

【臺獄】屬御史臺管轄的牢獄。宋史三四六陳師錫傳:"(蘇)軾得罪,捕詣臺獄,親朋多畏避不相見,師錫獨出餞之。"又三五一張商英傳:"以檢正中書禮房擢監察御史。臺獄失出劫盜,樞密檢詳官劉奉世駁之。"

【臺駘】傳說中汾水之神。左傳昭元年:"昔金天氏有裔子曰昧,爲玄冥師,生允格、臺駘。臺駘能業其官,宣汾洮,障大澤,以處大原,帝用嘉之,封諸汾川。……由是觀之,則臺駘,汾神也。"

【臺選】臺官中合格的人選。新唐書一二八齊澣傳:"李元紘杜暹當國,表宋璟爲吏部尚書,澣及蘇晉爲侍郎,世謂臺選。"

【臺諫】唐宋臺諫爲兩官。臺有侍御史,殿中侍御史,監察御史,專主糾劾官邪;諫有諫議大夫,拾遺、補闕、司諫、正言,掌侍從規諫,宋世亦稱爲諫院;各分職守。至給事中雖與諫議同居門下省,其職但主封駁書牘,與諫議不同。後世廢門下省,諫議、司諫、正言隨之俱廢,已無專設諫院之官。明代給事中,兼前代諫議等職,因通稱御史爲臺諫,給事中爲給諫。參閱歷代職官表十九都察院。

【臺壁】地名。在今山西黎城縣西南。水經注十濁漳水:"(潞)縣北對故臺壁,漳水逕其南,本潞子所立也,世名之爲臺壁。慕容垂伐慕容永于長子,軍次潞川,永率精兵拒戰,阻河自固。垂陣臺壁,一戰破之,即是處也。"參閱晉書慕容垂載記。

【臺灣】在福建省東南,東海和南海之間,包括臺灣島、澎湖列島等島嶼。自秦至三國有東鯷、澶州、夷州等名。隋以後稱琉球、流求。明稱臺灣。爲我國固有的領土。明末爲荷蘭侵占,清順治十八年鄭成功渡海收復其地。康熙二十三年置臺灣府,屬福建省,領縣三。雍正元年,增置彰化縣,領縣四。光緒十一年改行省。甲午戰爭後,爲日本侵佔,公元1945年光復。參閱嘉慶一統志四三七臺灣府。

【臺觀】樓臺宫觀。漢劉向新序雜事二:"隆冬烈寒,士短褐不完,四體不蔽,而君之臺觀,帷帳錦繡隨風飄飄而弊。"唐元稹長慶集三茅舍詩:"臺觀亦已多,工徒稍冤咤。"

【臺閣生風】謂大臣中形成嚴肅的風氣。晉書傅玄傳:"捧白簡,整簪帶,竦踊不寐,坐而待旦。於是貴游懾伏,臺閣生風。"

十畫

臻 zhēn ㄓㄣ 側詵切,平,臻韻,莊。

至,到達。詩大雅雲漢:"天降喪亂,饑饉薦臻。"

【臻臻至至】殷勤周到。水滸三三:"花榮夫妻幾口兒,朝暮臻臻至至,獻酒供食,伏侍宋江。"

臼部

臼 jiù ㄐㄧㄡˋ 其九切,上,有韻,羣。

㊀舂米器。古時掘地爲臼,其後漸代以木石。易繫辭下:"斷木爲杵,掘地爲臼。"漢王充論衡量知:"穀之始熟曰粟,舂之於臼,簸其粃糠,蒸之於甑,爨之以火,成熟爲飯,乃甘可食。"也指搗物用的容器。唐柳宗元柳先生集四三夏晝偶作詩:"日午獨覺無餘聲,山童隔竹敲茶臼。"㊁姓。春秋晉胥臣食采于臼,稱臼季。又宋華貙有家臣臼任。見左傳文五年、昭二一年注。

【臼科】㊀坑坎。唐韓愈昌黎集五石鼓歌:"故人從軍在右輔,爲我量度掘臼科。"注:"謂安石鼓處。"㊁比喻陳舊的格調。宋黄庭堅山谷外集六次韻無咎閻子常攜琴入村詩:"晁家公子屢經過,笑談與世殊臼科。"參見"窠臼"。

【臼塘】舟形木臼的別稱。宋錢易南部新書庚:"(衛中行)流於潘州。會赦北還,死於潘之館,置於臼塘中。南人送死,無棺槨之具。稻熟理米時,鑿木若小舟以爲臼,土人呼爲臼塘。"參見"舂堂"。

二畫

臾 yú ㄩˊ 1. 羊朱切,平,虞韻,喻。

㊀見"須臾"。㊁姓。春秋晉有臾駢。見左傳文六年。

2. yǔ ㄩˇ

㊂臾弓，亦作庾弓，便於射遠之弓。周禮考工記弓人："往體多，來體寡，謂之夾臾之屬，利射侯與弋。"釋文："臾音庾。"

3. kuì ㄎㄨㄟˋ 求位切，去，至韻，羣。

㊃草編之筐。"蕢"之古文。說文"蕢"引論語："有荷臾而過孔氏之門。"今論語憲問作"蕢"。

4. yǒng ㄩㄥˇ 集韻 尹竦切，上，腫韻。

㊄通"慂"。慫慂，亦作"縱臾"。

【臾兒】人名。淮南子氾論："臾兒易牙，淄澠之水合者，嘗一哈水而甘苦知矣。"注："臾兒、易牙，皆齊之知味者。"也作"俞兒"。參見"俞兒㊀"。

三畫

臿

chā ㄔㄚ 楚洽切，入，洽韻，初。

㊀農具名。即鍬。管子度地："以冬無事之時，籠、臿、板築各什六。"韓非子五蠹："禹之王天下也，身乘耒臿，以爲民先。"㊁夾雜。通"插"。文選漢司馬相如上林賦："赤瑕駁犖，雜臿其間。"注："郭璞曰：言雜廁崖石中。"

四畫

舁

yú ㄩˊ 以諸切，平，魚韻，喻。

㊀扛，擡。說文："舁，共舉也。从臼，从廾。"三國志魏鍾繇傳："時華歆亦以高年疾病，朝見皆使載輿車，虎賁舁上殿就坐。"㊁借作"輿"。宋司馬光司馬溫公集十五和子駿新荷詩："新荷滿沼綠，籃舁出門疎。"籃輿，竹轎。舁，此處讀 yǔ。

舁

biǎn ㄅㄧㄢˇ 方斂切，上，琰韻，幫。

"貶"古字。漢書五七上司馬相如傳上林賦："此不可以揚名發譽，而適足以舁君自損也。"史記一一七司馬相如傳作"貶"。

舀

yǎo ㄧㄠˇ 以沼切，上，小韻，喻。
羊朱切，平，虞韻，喻。
以周切，平，尤韻，喻。

用瓢勺取。說文："舀，抒臼也。从爪臼。詩曰：'或簸或舀。'"今詩大雅生民作"或舂或揄，或簸或蹂"。傳："揄，抒臼也。"清段玉裁注："今人凡酌彼注此皆曰舀。"唐張泌妝樓記半陽泉："半陽泉，世傳織女送董子經此，董子思飲，舀此水與之。"

五畫

舂

chōng ㄔㄨㄥ 書容切，平，鍾韻，審。

㊀用杵臼搗穀類等。詩大雅生民："或舂或揄，或簸或蹂。"㊁撞擊。通"衝"。也作"揗"。史記魯周公世家："魯敗翟于鹹，獲長翟喬如，富父終甥舂其喉，以戈殺之。"左傳文十一年作"揗"。

【舂人】周官名。掌管米糧供應。周禮地官舂人："舂人掌共米物。祭祀共其齍盛之米，賓客共其牢禮之米，凡饗共其食米，掌凡米事。"

【舂容】撞擊。禮學記"善待問者如撞鐘，……待其從容，然後盡其聲"漢鄭玄注："從，讀如富父舂戈之舂。舂容，謂重撞擊也。"本指鐘聲回蕩相應，引申爲雍容暢達之意。文苑英華八九四唐權德輿贈左散騎常侍王定碑："叩難應於舂容，技寧投於肯綮。"唐韓愈昌黎集二一送權秀才序："其文辭引物連類，窮情盡變，宮商相宣，金石諧和，寂寥乎短章，舂容乎大篇。"也比喻和協。宋曹彥約昌谷集七答都昌程宰賀正旦啟："固人心之歡洽，知政治之舂容。"

【舂陵】地名。1. 在湖南寧遠縣西北。漢初爲冷道縣舂陵鄉，屬零陵郡。元朔中封長沙定王子買於此，稱舂陵侯，置爲舂陵縣。初元四年徙省，三國吴復置。隋廢入營道縣。參閱太平寰宇記一一六道州寧遠縣、嘉慶一統志三七〇永州府一寧遠縣。2. 在湖北棗陽縣東。漢爲侯國，屬南陽郡。東漢改章陵縣。隋復稱舂陵縣，併爲舂陵郡治。唐貞觀初廢入唐州。參閱嘉慶一統志三四七襄陽府二舂陵故城。

【舂堂】舂糧用的木槽。唐劉恂嶺表録異上："廣南有舂堂，以渾木刳爲槽，一槽兩邊約十杵，男女間立，以舂稻糧。敲磕槽舷，皆有偏拍。槽聲若鼓，聞於數里，雖思婦之巧弄秋砧，不能比其瀏亮也。"唐許渾丁卯集下歲暮自廣江至新興往復中題峽山寺詩之四："藍塢寒先燒，禾堂晚併舂。"自注："人以木槽爲舂禾，謂之舂堂。"

【舂常】舊時宮殿廳堂天花板上的彩繪裝飾。逸周書作雒："乃位五宮、大廟、宗宮、考宮、路寢、明堂，……設移旅楹，舂常畫旅。"注："舂常，謂藻井之飾也。"參見"藻井"。

【舂婢】任舂𥺝等勞役的女奴。唐韋絢劉賓客嘉話録："元載將敗之時，妻王氏曰：'某四道節度使女，十八年宰相妻，今日相公犯罪，死即甘心，使妾爲舂婢，不如死也。'"按古時臣僚犯大罪，其妻女没官爲奴，多任舂𥺝勞役。漢司隸校尉之屬有都官，掌諸奴。男子入於罪隸，女子入於舂𥺝之事。見唐六典六都官郎中。𥺝，兼指酒食。

【舂黍】蟲名。即螽斯。爾雅釋蟲："蜤螽，蜙蝑。"晉郭璞注："蜙，蜙也。俗呼蝽蟝。"太平御覽九四六毛詩題綱："螽斯，名松蝑，一名舂黍，似蝗而小，青色，長股而鳴。"

【舂鉏】鳥名。即白鷺。爾雅釋鳥："鷺，舂鉏。"注："白鷺也。"也作"舂鋤"。全唐詩六一三皮日休夏首病愈因招魯望："一聲撥穀桑柘晚，數點舂鋤煙雨微。"

【舂稾】周官舂人、稾人的統稱。稾，也作"槀"。周禮秋官司厲："其奴，男子入于罪隸，女子入于舂稾。"古時身有大罪者之家屬連坐入官爲奴，女子入於舂稾。參見"舂人"。

【舂牘】樂器名。用以節樂。虛中如筩，無底，舉以頓地如舂杵，亦名頓相。周禮春官笙師："笙師，掌教龡竽、笙、塤、籥、簫、篪、篴、管，舂牘、應、雅，以教祴樂。"注："鄭司農(衆)云：'……舂牘，以竹，大五六寸，長七尺，短者一二尺，其端有兩空，髹畫，以兩手築地。'"參閱舊唐書音樂志二。

六畫

舄

xì ㄒㄧˋ 思積切，入，昔韻，心。

亦作"舃"。㊀鞋。單底爲履，複底而着木者爲舄。周禮天官屨人："屨人掌王及后之服屨，爲赤舄、黑舄。"晉崔豹古今注上輿服："舄，以木置履下，乾腊不畏泥濕也。天子赤舄。凡舄色皆象於裳。"㊁鹽鹼地。通"潟"。見"舄鹵"。㊂柱下石。通"碣"。墨子備穴："柱下傅舄。"文選三國魏何平叔(晏)景福殿賦："金楹齊列，玉舄承跋。"㊃大貌。詩魯頌閟宮："松桷有舄，路寢孔碩。"釋文："舄音昔，徐(邈)又音託。"

【舄奕】連綿不斷貌。後漢書七十下班固傳典引："發祥流慶，對越天地者，舄奕乎千載，豈不克自神明哉！"注："舄奕，猶蟬聯不絕也。"南朝梁江淹江文通集一赤虹賦："俄而雄虹赫然，暈光耀水，偃蹇山頂，舄奕江湄。"

【舄鹵】瘠薄的鹽鹼地。漢書溝洫志："民歌之曰：'鄴有賢令兮爲史公(起)決，漳水兮灌鄴旁，終古舄鹵兮生稻粱。'"呂氏春秋樂成作"斥鹵"。宋史三九八丘崈傳："崈至海口，訪遺址已淪没，乃奏創築，三月堰成，三州舄鹵復爲良田。"

【舄舃】同"舃舄"。宋李光莊簡集三近傳已有代者補之作詩見寄因次其韻："舄舃隨意遠，遼鶴自知還。"參見"舃舄"。

【舄烏虎帝】比喻文字形近，傳寫錯誤。猶"魯魚亥豕"，宋陸佃埤雅釋鳥鵲："舄九寫而爲烏，虎三寫而爲帝，言書之轉易如此。"

七 畫

與 1. yǔ ㄩˇ 余吕切，上，語韻，喻。

㊀親附，跟從。國語齊："桓公知天下諸侯多與己也，故又大施忠焉。"淮南子地形："蛤蟹珠龜，與月盛衰。"注："與猶隨也。"㊁同類，同盟者。荀子強國："今已有數萬之衆者也，陶誕比周以爭與。"國語周下："夫禮之立成者爲飫，昭明大節而已，少典與焉。"注："與，類也。"㊂給予。管子霸言："夫欲用天下之權者，必先布德諸侯，故先王有所取有所與。"㊃援助。戰國策秦一："楚攻魏，張儀謂秦王曰：不如與魏以勁之。"㊄偕，及。論語述而："用之則行，舍之則藏，唯我與爾有是夫！"又公冶長："夫子之言性與天道，不可得而聞也。"㊅替，爲。孟子離婁上："得其心有道：所欲與之聚之，所惡勿施爾也。"史記陳涉世家："陳涉少時，嘗與人傭耕。"㊆如。荀子天論："從天而頌之，孰與制天命而用之。"㊇與其，史記八三魯仲連傳："魯連逃隱於海上，曰：吾與富貴而詘於人，寧貧賤而輕世肆志焉。"㊈意通"舉"。1.全，皆。易无妄："天下雷行，物與无妄。"注："與，辭也，猶皆也。"2.選拔。禮禮運："選賢與能，講信脩睦。"

2. yù ㄩˋ 羊茹切，去，御韻，喻。

㊉參預。易繫辭上："非天下之至精，其孰能與乎此。"莊子逍遥遊："瞽者無以與乎文章之觀，聾者無以與乎鐘鼓之聲。"㊀㊀稱譽。漢書八四翟方進傳："朝過夕改，君子與之。"

3. yú ㄩˊ 以諸切，平，魚韻，喻。

㊀㊁語助詞。1.用於句末，表示疑問、感歎或反詰。論語先進："子貢問：'師(子張)與商(子夏)也孰賢？'子曰：'師也過，商也不及。'曰：'然則師愈與？'子曰：'過猶不及。'"2.用於句中，無義。左傳襄二九年："是盟也，其與幾何？"

【與手】施毒手殺之。宋書薛安都傳："欲往殺(庾)淑之，行至朱雀航，逢柳元景。……元景慮其不可駐，乃給之曰：'小子無宜適，卿往與手，甚快。'"資治通鑑一八五唐武德元年："(宇文)化及揚言曰：'何用持此物出，亟還與手。'"注："與手，魏齊間人率有是言，言與之毒手而殺之也。"

【與徒】猶屬員。漢賈誼新書大政下："國之治，政在諸侯，大夫、士察之，理在其與徒。"

【與國】友好的國家。孟子告子下："我能爲君約與國，戰必克。"戰國策齊二："韓齊爲與國。"注："相與爲黨與也，有患難相救助也。"

【與$_3$與$_3$】㊀繁茂貌。詩小雅楚茨："我黍與與，我稷翼翼。"箋："黍與與，稷翼翼，蕃廡貌。"㊁威儀適度貌。論語鄉黨："君在，踧踖如也，與與如也。"㊂往還貌。漢書八七上揚雄傳校獵賦："青雲爲紛，紅蜺爲繯，……淫淫與與，前後要遮。"㊃猶豫貌。淮南子兵略："故善用兵者……擊其猶猶，陵其與與。"

【與人爲善】謂助人相與爲善。孟子公孫丑上："取諸人以爲善，是與人爲善者也；故君子莫大乎與人爲善。"宋程頤伊川文集三論禮部看詳狀："夫與人爲善，君子所樂；亂國之聘，夫子亦往。"後也指幫助別人進步。

【與古爲徒】指援引史事，諷喻今人。莊子人間世："成而上比者，與古爲徒。其言雖教，讁之實也。古之有也，非吾有也。若然者，雖直不爲病，是之謂與古爲徒。"後轉以喻尚友古人。

【與世偃仰】謂隨俗浮沈。荀子非相："與時遷徙，與世偃仰。"

【與狐謀皮】太平御覽二〇八符子："周人有愛裘而好珍羞，欲爲千金之裘，而與狐謀其皮；欲具少牢之珍，而與羊謀其羞。言未卒，狐相率逃於重丘之下，羊相呼藏於深林之中。"比喻與所謀者利害根本對立，事必不成。今多作"與虎謀皮"。

【與人方便，自己方便】謂樂於助人者亦得人助。元施惠幽閨記二六皇華悲遇："自古道與人方便，自己方便。"紅樓夢六："俗話說的好：與人方便，自己方便。不過用我一句話，又費不着我什麼事。"

【與君一面話，勝讀十年書】極言得人教益之多。二程全書二二上伊川先生(程頤)語八上："古人有言曰：共君一夜話，勝讀十年書。"朱子語類一一七朱子十四："載之簡牘，縱說得甚分明，那似當面議論，一言半句，便有通達處，所謂共君一面話，勝讀十年書，若說到透徹處，何止十年功。"

舅 jiù ㄐㄧㄡˋ 其九切，上，有韻，羣。

㊀母的兄或弟。詩秦風渭陽："我送舅氏，曰至渭陽。"傳："母之昆弟曰舅。"㊁夫的父親。禮檀弓下："昔者吾舅死於虎，吾夫又死焉，今吾子又死焉。"㊂妻的父親稱外舅，也簡稱"舅"。三國志蜀先主傳："先主未出時，獻帝舅車騎將軍董承辭受帝衣帶中密詔，當誅曹公。"注："董承，漢靈帝母董太后之姪，於獻帝爲丈人。蓋古無丈人之名，故謂之舅也。"參見"外舅"。㊃妻之兄弟也稱舅。新唐書一八九朱延壽傳："(楊)行密憂甚，紿病目，行觸柱僵。行密泣曰：'吾喪明，諸子幼，得舅代我，無憂矣。'"㊄古代天子稱異姓諸侯，諸侯稱異姓大夫，皆曰舅。詩小雅伐木："既有肥牡，以速諸舅。"傳："天子謂同姓諸侯，諸侯謂同姓大夫皆曰父，異姓則稱舅。"國語晉三："(晉惠)公曰：'舅所病也。'"注："諸侯謂異姓大夫曰舅。"

【舅父】母的兄弟。史記孝文紀："封淮南王舅父趙兼爲周陽侯，齊王舅父駟鈞爲清郭侯。"惠景間侯者年表清郭侯作"清都侯"。

【舅氏】母的兄弟爲舅，也稱舅氏。詩秦風渭陽："我送舅氏，曰至渭陽。"左傳僖二四年："(晉)公子(重耳)曰：'所不與舅氏(狐偃)同心者，有如白水。'"

【舅出】稱外祖父的孫輩。公羊傳襄五年："叔孫豹、鄫世子巫如晉。……叔孫豹則曷爲率而與之俱？蓋舅出也。"注："巫者，鄫前夫人莒公母姊妹之子也，俱莒外孫，故曰舅出。"

【舅姑】㊀夫的父母。儀禮士昏禮："質明，贊見婦於舅姑。"禮檀弓下："敬姜曰：婦人不飾，不敢見舅姑。"㊁妻的父母。禮坊記："昏禮，壻親迎，見於舅姑，舅姑承子以授壻。"

【舅母親】母的兄弟的妻。即舅母。北齊顏之推顏氏家訓風操："思魯等第四舅母親，吴郡張建女也。"思魯，子推子。參閱清梁章鉅稱謂錄三母之兄弟之妻。

九 畫

興 1. xīng ㄒㄧㄥ 虛陵切，平，蒸韻，曉。

㊀起來。詩衛風氓："夙興夜寐，靡有朝矣。"㊁興起，發動。禮樂記："明於天地，然後能興禮樂也。"左傳哀二六年："大尹興空澤之士千甲。"㊂舉。周禮夏官大司馬："進賢興功，以作邦國。"㊃徵集。周禮地官旅師："平頒其興積。"注："興積，所興之積。……縣官徵聚物曰興。"㊄興盛。詩小雅天保："天保定爾，以莫不興。"國語周下："三年之中，而害金再興焉。"㊅姓。後漢有謁者長興渠。見明陳士元姓觿四蒸。

2. xìng 許應切，去，證韻，曉。
ㄒㄧㄥˋ

㊆詩歌即景生情的表現手法。詩周南關雎序："故詩有六義焉。一曰風，二曰賦，三曰比，四曰興，五曰雅，六曰頌。"集傳："興者，先言他物以引起所詠之詞也。"㊇喜悅。禮學記："不興其藝，不能樂學。"注："興之言喜也，歆也。"㊈興致。世說新語任誕："王子猷(徽之)居山陰，夜大雪，……忽憶戴安道(逵)，時戴在剡，即便夜乘小船就之，經宿方至，造門不前而返，人問其故，曰：吾本乘興而行，興盡而返，何必見戴？"

【興山】縣名。屬湖北省。漢秭歸縣地，三國吳置興山縣，屬建平郡。南朝宋廢。唐復置，屬歸州。清屬宜昌府。參閱嘉慶一統志三五〇宜昌府。

【興文】㊀振興文治教化。文選漢王子淵(褒)四子講德論："今南郡獲白虎，亦偃武興文之應也。"㊁縣名。屬四川省。漢犍爲郡地，唐儀鳳二年置宴晏州，元至元二二年爲戎州，明初降爲戎縣，萬曆四年改名興文縣。明清皆屬敘州府。參閱嘉慶一統志三九五敘州府一。

【興元】㊀府名。古梁州之境，唐興元元年升梁州爲興元府，爲山南西道治。宋爲利州路治。元改路，屬陝西行省。明清爲漢中府，府治陝西南鄭縣。公元1953年改名漢中市。參閱太平寰宇記一三三興元府、嘉慶一統志二三七漢中府一。㊁唐李适(德宗)年號。公元784年。

【興中】地名。唐爲營州柳城郡地，遼升興中府，兼置興中縣，屬中京道。元降府爲州。明廢。故城在今遼寧朝陽縣，蒙古語名固爾班蘇巴爾罕城。參閱嘉慶一統志四三承德府二興中故城。

【興化】㊀振興教化。後漢書五六蔡茂傳："臣聞興化致教，必由進善。"㊁地名。宋太平興國四年，析泉州地置太平軍，尋改興化軍。元至元十四年，升興化路。明洪武元年，改興化府，屬福建省，清因之。故治在莆田縣。參閱太平寰宇記一〇二興化軍、嘉慶一統志四二七興化府。㊂縣名。1.屬福建省。宋置爲縣，爲興化軍治。明廢。參閱嘉慶一統志四二七興化府。2.屬江蘇省。本海陵縣地，屬淮南。五代吳武義中析爲招遠場，尋改爲興化縣，屬揚州。南唐昇元元年改隸泰州。明屬高郵州，清屬揚州府。參閱太平寰宇記一三〇泰州、嘉慶一統志九六揚州府一。

【興平】㊀縣名。屬陝西省。周犬戎地。漢初置槐里縣，後分置茂陵平陵二縣。北魏改平陵爲始平縣，唐改名興平。明清皆屬西安府。參閱太平寰宇記二七雍州、嘉慶一統志二二七西安府一。㊁年號。1.東漢劉協(獻帝)。公元194—195年。2.南齊唐寓之起義軍年號。公元486—487年。

【興安】㊀州、府名。東漢爲西城郡，三國魏稱魏興郡，西魏置金州。明萬曆十一年改名興安州。清乾隆四十七年升爲興安府，府治安康縣。公元1913年裁府留縣，屬陝西省。參閱嘉慶一統志二四一興安府。㊁縣名。1.屬廣西。漢始安縣地，唐武德四年析置臨源縣，大曆改全義縣。宋太平興國二年以避太宗(趙光義)諱，改名興安縣。明清皆屬桂林府。參閱太平寰宇記一六二桂州、嘉慶一統志四六一桂林府。2.明嘉靖三十九年析江西之弋陽貴溪上饒三縣地置，明清皆屬廣信府。公元1914年改爲橫峯縣。參閱嘉慶一統志三一四廣信府一。㊂北魏拓跋濬(文成帝)年號。公元452—453年。

【興戎】發動戰爭。書大禹謨："惟口出好興戎，朕言不再。"左傳僖十五年："上天降災，使我兩君匪以玉帛相見，而以興戎。"

【興光】北魏拓跋濬(文成帝)年號。公元454年。

【興作】㊀猶興起。爾雅釋詁"浡，作也"晉郭璞注："浡然，興作貌。"㊁猶作爲。漢徐幹中論曆數："帝王興作，未有不奉贊天時以經人事者也。"㊂猶興建。漢劉向說苑至公："興作驪山宮室，至雍相繼不絕。"

【興定】金完顏珣(宣宗)年號。公元1217—1221年。

【興京】地名。在今遼寧新賓縣西。古肅慎地，漢置玄菟郡，唐置燕州，遼金時屬瀋州，明置建州衛。後金努爾哈赤(清太祖)自赫圖阿喇遷都於此，至皇太極(清太宗)天聰八年始稱興京，乾隆二十八年，以錦州理事通判移駐於此。參閱嘉慶一統志五八興京

【興居】猶言起息。抱朴子極言："是以善攝生者，卧起有四時之早晚，興居有至和之常制。"唐李商隱李義山文集三寄彭城公啟："伏惟愼安寢膳，勉護興居。"

【興₂味】興致，趣味。唐李中碧雲集上思九江舊居詩之二："門前煙水似瀟湘，放曠優遊興味長。"宋王禹偁小畜集十一和吏部薛員外見寄詩："西垣興味更諳盡，一片烏紗更滿塵。"

【興和】㊀路名。本金撫州地，元中統三年，升興隆路總管府，建行宮，治高原縣；皇慶元年，改稱興和路。轄境相當於今河北張北縣懷安縣、山西天鎮縣、內蒙古集寧市之間地。明洪武初，置守禦千户所；永樂中，移千户所於宣府(今河北宣化縣)，其地遂廢。參閱嘉慶一統志五四八牧廠興和舊城。㊁東魏元善見(孝靜帝)年號。公元539—542年。

【興城】縣名。屬遼寧省。遼置，爲嚴州保肅軍治，屬錦州。金屬興中府。明改寧遠縣。公元1914年復名興城縣。故治所在今縣南海中菊花島。參閱嘉慶一統志六五錦州府二興城舊縣。

【興起】㊀感動奮發。孟子盡心下："百世之下，聞者莫不興起也。"㊁滋長。漢桓寬鹽鐵論國病："沛若時雨之灌，萬物莫不興起也。"

【興致】導致，引起。三國魏曹植曹子建集九誥咎文："天地之氣，自有變動，未有政治之所興致也。"後漢書六十下郎顗傳："以此消伏災眚，興致升平，其可得乎？"

【興₂致】情趣。宋嚴羽滄浪詩話詩辨："詩者，吟詠情性也。盛唐諸人，惟在興趣。……近代諸公，乃作奇特解會，遂以文字爲詩，以才學爲詩，以議論爲詩，且其作多務使事，不問興致。"

【興埶】山名。埶，同"勢"。在今陝西洋縣北。爲三國蜀戍守要地。北魏在此置興埶縣。參閱嘉慶一統志二三七漢中府。

【興陵】金完顏晟(世宗)墓。在今北京房山縣西北大房山東北。見嘉慶一統志九順天府四世宗陵。

【興國】㊀興盛的國家。左傳昭四年："冀之北土，馬之所生，無興國焉。"㊁振興國家。文選漢韋孟諷諫詩："興國救顛，孰違悔過？"㊂宋太平興國三年置興國軍。元至元十四年升爲興國路總管府。明初爲府，洪武九年降爲州。清因

之，屬武昌府。公元1912年改縣，1914年改名陽新縣，屬湖北省。參閱嘉慶一統志三三五武昌府。㈣縣名。屬江西省。宋太平興國七年分廬陵太和贛縣三縣地置，以年號爲名。明清皆屬贛州府。參閱寰宇通志四四贛州府。

【興渠】見"興瞿"。

【興替】興盛與衰敗。舊唐書七一魏徵傳："(唐太宗)嘗臨朝謂侍臣曰：'夫以銅爲鏡，可以正衣冠；以古爲鏡，可以知興替；以人爲鏡，可以明得失。'"

【興隆】昌盛。三國志蜀諸葛亮傳上疏："親賢臣，遠小人，此先漢所以興隆也；親小人，遠賢臣，此後漢所以傾頹也。"

【興義】縣名。屬貴州省。本明安籠守禦所地。清康熙二十五年改安籠所爲南籠廳，雍正五年升爲府。嘉慶二年改名興義府，治所在今安龍縣，轄境相當於今貴州南北盤江之間地。嘉慶三年，並裁普安州所屬之黃草壩州判，以其地設興義縣。公元1913年裁府留縣。參閱嘉慶一統志五一〇興義府。

【興₂會】感發。世説新語賞譽："王恭始與王建武(忱)甚有情，後遇袁悦之間，遂致疑隙。然每至興會，故有相思時。"也泛指興致、興味。宋書謝靈運傳論："爰逮宋氏，顏謝騰聲，靈運之興會標舉，延年之體裁明密，並方軌前秀，垂範後昆。"

【興寧】㈠縣名。1. 屬廣東省。本漢南海郡龍川縣地，晉元興中置興寧縣。故城在今廣東興寧縣東北。五代南漢徙今治。清屬嘉應州。參閱太平寰宇記一五九循州、嘉慶一統志四五六嘉應州。2. 西漢時爲郴縣地，東漢永和元年，析置漢寧縣，屬桂陽郡。三國吳改陽安縣，晉太始元年改晉寧，隋開皇十一年改晉興。唐咸亨三年改資興，屬郴州。宋嘉定二年更名興寧。元屬郴州路。明清均屬郴州。公元1914年改資興縣，屬湖南省。參閱太平寰宇記一一七郴州、嘉慶一統志三七七郴州。㈡東晉司馬丕（哀帝）年號。公元363—365年。

【興寢】猶言起居。隋書高祖紀下開皇九年詔："朕君臨區宇，於兹九載，開直言之路，披不諱之心，形於顏色，勞於興寢。"

【興廢】㈠猶盛衰。漢書八一匡衡傳戒妃匹疏："自上世已來，三代興廢，未有不由此者也。"㈡振興衰廢的事業。文選漢班孟堅(固)兩都賦序："內設金馬石渠之署，外興樂府協律之事，以興廢繼絶，潤色鴻業。"

【興趣】興會，情味。唐杜甫杜工部草堂詩箋十六西枝村尋置草堂地夜宿贊公土室之二："從來支許遊，興趣江湖迴。"支許，晉支遁許詢，皆以精佛理著名。宋嚴羽滄浪詩話詩辯："詩之法有五，曰體製，曰格力，曰氣象，曰興趣，曰音節。"又："盛唐諸人，惟在興趣，羚羊掛角，無跡可尋。"

【興縣】縣名。屬山西省。漢汾陽縣地，北齊置蔚汾縣，唐宋稱合河，金升爲興州。明洪武二年降爲興縣。明清皆屬太原府。參閱嘉慶一統志一三六太原府。

【興謗】導致誹謗。左傳昭二七年："沈尹戌言於子常曰：'……仁者殺人以掩謗，猶弗爲也，今吾子殺人以興謗，而弗圖，不亦異乎？'"後漢書九四吳祐傳："昔馬援以薏苡興謗，王陽以衣囊徼名。嫌疑之閒，誠先賢所慎也。"

【興瞿】梵語，植物名。蒜葱之類，可入藥。也稱興渠、阿魏。唐釋慧琳一切經音義六八："興瞿，梵語，藥名。唐云阿魏也。"參見"阿魏"。

【興安嶺】山脈名。分內外二支，散佈在黑龍江南北。嘉慶一統志七一黑龍江山川："興安嶺，在黑龍江城東二千五百里爲外興安嶺，又內興安嶺在城西一百五十里。"按內興安嶺，卽今內蒙古自治區東北部和黑龍江省北部山脈的總稱，西爲大興安嶺，東爲小興安嶺，北爲伊勒呼里山。

【興和曆】曆法名。也稱甲子元曆。東魏興和元年李業興等造。其法與正光曆大同小異，行用於東魏。見魏書律曆志下。

【興洛倉】地名。卽洛口倉。故址在今河南鞏縣東南。隋大業二年，於鞏縣東南築洛口倉城，也稱興洛倉。周迴二十餘里，穿三千窖，窖容八千石。大業十三年，李密襲克興洛倉，命田茂加築洛口城，方四十里；又臨洛水作堰月城，與倉城相應。唐開元時，復置洛口倉於此。見讀史方輿紀要四八河南府鞏縣洛口倉城。

【興慶宮】唐宮名。故址在今陝西咸寧縣東南。初名隆慶坊，爲唐玄宗（李隆基)爲太子時住宅；開元二年以避諱改稱興慶坊，建離宮，因稱興慶宮，後也稱南內。中有文泰南薰大同諸殿，南有長慶樓，西南有花蕚相輝樓、勤政務本樓、沉香亭等。唐肅宗上元二年，李輔國逼玄宗遷於西內，南內漸廢。參閱唐會要三十興慶宮、唐詩紀事十五姚崇、讀史方輿紀要五三西安府咸寧縣。

【興風作浪】古雜劇明佚名二郎神鎖齊天大聖雜劇二："聞知此妖魔有昇霄入地之變化，興風作浪之雄威。"亦以喻藉機生事，挑起是非。明陳與郊靈寶刀府主平反："有一虞侯陸謙，常與小人來往，慣會興風作浪，簸是揚非。"

【興₂高采烈】南朝梁劉勰文心雕龍六體性："叔夜儁俠，故興高而采烈。"叔夜，嵇康字。本指文章旨趣高超，富於辭采，現多指興致高昂、情緒熱烈。

【興師動衆】亦作"興事動衆"。吳子勵士："發號布令，而民樂聞；興師動衆，而民樂戰；交兵接刃，而民安死；此三者，人之所恃也。"漢書翟方進傳附翟義引王莽大誥："反虜故東郡太守翟義擅興師動衆。"此指發兵。呂氏春秋制樂："今故興事動衆，以增國城，是重吾罪也。"此指舉事。

【興₂復不淺】晉殷浩王胡之等，夜登武昌南樓談詠，俄而庾太尉(亮)率左右十許人步來，殷王等欲走避，庾徐云："諸君少住，老子於此處，興復不淺。"因據胡牀，與諸人詠謔。見世説新語容止。

【興滅繼絶】古指復興衰敗滅亡之諸侯國和貴族世家。論語堯曰："興滅國，繼絶世，舉逸民。"疏："諸侯之國，爲人非理滅之者，復興立之；賢者當世祀，爲人非理絶之者，則求其子孫使復繼之。"史記三王世家莊青翟等奏："陛下奉承天統，明開聖緒，尊賢顯功，興滅繼絶。"也作"興亡繼絶"。唐劉知幾史通模擬："齊桓行霸，興亡繼絶。"後泛指使滅亡之事物重新興起。

十畫

舉 jǔ ㄐㄩˇ 居許切，上，語韻，見。

本作"擧"。㈠擎，向上托。孟子梁惠王上："吾力足以舉百鈞，而不足以舉一羽。"㈡起來，飛起。莊子秋水："公孫龍口呿而不合，舌舉而不下，乃逸而走。"呂氏春秋論威："知其不可久處，則知所兔起鳧舉死殙之地矣。"㈢推薦，選用。墨子尚賢上："故古者堯舉舜於服澤之陽。"後又指科舉考試。新唐書選舉志上："鄭肅、封敖子弟皆有才，不敢應舉。"㈣稱引，提出。禮曲禮上："主人不問，客不先舉。"荀子不苟："正義直指，舉人之過，非毁疵也。"㈤行動，舉動。左傳莊二三年："君舉必書，書而不法，後嗣何觀？"㈥立，興辦。左傳文元年："楚國之舉，恒在少者。"注："舉，立也。"參見"舉事"。㈦養育，撫養。史記七五孟嘗君傳："初，田嬰有子四十餘人，其賤妾有子名文。文以五月五日生，嬰告其母也:'勿舉也。'其母竊舉生之。"㈧攻克，拔取。孟子梁惠王下:"以萬乘之國，伐萬乘之國，五旬而舉之。"戰國策楚一張儀説楚王:"大王悉起兵以攻宋，不至數月而宋可舉，舉宋而東指，則泗上十二諸侯，盡王之有已。"㈨没收。周禮地官司門:"凡財物犯禁者舉之。"注:"舉之，没入官。"㈩皆，全。左傳哀六年:"僖子不對而泣曰：君舉不信羣臣乎?"世説新語雅量:"亂兵相剝掠，射誤中柂工，應弦而倒，舉船咸失色分散。"

【舉人】㈠選用人才。左傳文三年:"君子是以知秦穆公之爲君也，舉人之周也。"㈡漢取士尚無考試方法，皆令郡國守相薦舉，故謂之舉人。章帝建初元年詔:"每尋前世舉人貢士，或起甽畝。"以舉人爲身分名稱始見於此。唐宋有進士科，凡應科目經有司貢舉者，通謂之舉人。唐白居易長慶集六四把酒思閑事詩:"乞錢羈客面，落第舉人心。"指舉進士而言。至明清始專稱鄉試登第者爲舉人，經會試、殿試而登第者稱爲進士。舉人不經會試或會試不第而欲入仕者，每三年一次，赴大挑，由王公大臣驗看挑取。大挑一等以知縣用，二等以教諭回本省補缺。其未挑取者，可考宗室、景山各官學教習，或國史、實録各館謄録，得保舉檢放。參閲通志五八選舉一、明史選舉志一、二。

【舉子】㈠生育子女。漢書七二王吉傳上疏:"聘妻送女亡節，則貧人不及，故不舉子。"㈡被薦舉應試的士子。唐時長安舉子，自六月後，落第者不出京，謂之過夏;借居寺廟，習作文章，謂之夏課;請題目於知己朝達，謂之私試。七月後，投獻新課，並於諸州府拔解。時人語曰:"槐花黄，舉子忙。"見唐李淖秦中歲時記(説郛七四)、宋錢易南部新書乙。

【舉火】點火，生火做飯。莊子讓王:"曾子居衛，縕袍無表，……三日不舉火，十年不製衣。"引申爲維持生活。北齊書楊愔傳:"重義輕財，前後賜與，多散之親族，羣從弟姪十數人，並待而舉火。"

【舉止】猶舉動。後漢書四七馮異傳:"異歸，謂苗萌曰：今諸將皆將士屈起。多暴横，獨有劉將軍所到不虜掠。觀其言語舉止，非庸人也，可以歸身。"宋書吴喜傳:"近忽通啟，求解軍任，乞中散大夫。喜是何人，乃敢作此舉止!"

【舉水】水名。源出湖北麻城縣東北，西南流，在麻城名岐亭河;入黄岡縣界，名舊州河。入長江處名三江口。見嘉慶一統志三四〇黄州府一山川。

【舉父】獸名。山海經西山經:"(崇吾之山)有獸焉，其狀如禺而文，臂豹虎而善投，名舉父。"注:"或作夸父。"參見"夸父㈡"。

【舉主】被薦舉者稱薦舉之人爲舉主。薦舉當否，舉主同其獎懲。晉書應詹傳上疏:"今凡有所用，宜隨其能否，而與舉主同乎褒貶，則人有慎舉之恭，官無廢職之吝。"唐陸贄陸宣公集二貞元改元大赦制:"凡爲擇人，其在精覈，宜令清資常参官每年於吏部選人中各舉所知一人堪任縣令録事參軍者，所司依資叙注擬，便於甲曆之内，具標舉主名銜，仍牒報御史臺。"

【舉世】全世間。莊子逍遥遊:"且舉世譽之而不加勸，舉世非之而不加沮。"楚辭屈原漁父:"舉世皆濁，而我獨清;衆人皆醉，而我獨醒。"此皆指全世之人。

【舉白】㈠報告，揭發。漢曹操步戰令:"諸部曲者，各自按部陳兵疏數，兵曹舉白，不如令者斬。"(通典一四九)。三國志吴顧雍傳:"久之，呂壹秦博爲中書，典校諸官府及州郡文書。壹等因此漸作威福，……毁短大臣，排陷無辜，雍等皆見舉白，用被譴讓。"㈡乾杯，卽舉杯告盡之意。一説指舉杯罰人飲酒。淮南子道應:"(魏)文侯喟然歎曰:'吾獨無豫讓以爲臣乎?'蹇重舉白而進之，曰:'請浮君。'"注:"舉白，進酒也。"漢書一〇〇上叙傳:"設宴飲之會，及趙李諸侍中皆引滿舉白。"注:"師古曰：謂引取滿觴而飲，飲訖，舉觴告白盡不也。一説，白者，罰爵之名也。飲有不盡者，則以此爵罰之。"

【舉劾】列舉罪過而彈劾之。史記八八蒙恬傳:"太子立爲二世皇帝，而趙高親近，日夜毁惡蒙氏，求其罪過，舉劾之。"漢書四五江充傳:"貴戚近臣多奢僭，充皆舉劾，奏請没入車馬，身待北軍擊匈奴。"

【舉事】㈠辦事，行事。管子禁藏:"舉事而不時，力雖盡，其功不成。"史記秦始皇紀二世元年:"酈山事大畢，今釋阿房宫弗就，則是章先帝舉事過也。"㈡起事。後漢書二三竇融傳與隗囂書:"融聞智者不危衆以舉事，仁者不違義以要功。"

【舉要】列舉其大要。宋文鑑八五田錫太平御覽序:"子書則異端之説勝;文集則宗經之辭寡。非獵精以爲鑒戒，舉要以觀會同，可爲日覽之書，資於日新之德，則雖白首，未能窮經。"

【舉家】全家。荀子大略:"八十者一子不事;九十者舉家不事;廢疾非人不養者，一人不事。"唐李商隱李義山詩集三蟬:"煩君最相警，我亦舉家清。"

【舉案】㈠列舉罪狀一一查究。後漢書六一廉范傳:"會(鄧)融爲州所舉案。"注:"舉其罪案驗之。"㈡見"舉案齊眉"。

【舉厝】同"舉措"。㈠措施。後漢書四一劉玄傳李淑上書:"臣非有憎疾以求進也，但爲陛下惜此舉厝。"㈡舉動。晉書王凝之妻謝氏傳:"及遭孫恩之難，舉厝自若。"

【舉烽】古人戍守，有警卽於高土臺上燃火舉之以告，謂之舉烽。史記七七魏公子傳:"公子與魏王博，而北境傳舉烽，言趙寇至，且入界。"宋蘇軾分類東坡詩七驪山絶句之二:"幾變雕牆幾變灰，舉烽指鹿事悠哉!"舉烽，用周幽王舉烽火會諸侯以悦褒姒事。

【舉措】亦作"舉厝"、"舉錯"。㈠舉出而安置之，措施。易繫辭上:"舉而措之天下之民，謂之事業。"荀子榮辱:"政令法，舉措時，聽斷公。"注:"舉措，謂興力役，不奪農時也。"㈡動作。漢王充論衡道虚:"龍食與蛇異，故其舉措與蛇不同。"三國志吴朱治傳注引吴書:"本郡議者以(朱)才少處榮貴，未留意於鄉黨，才乃歎曰:'我初爲將，謂跨馬蹈敵，當身履鋒，足以揚名，不知鄉黨復追迹其舉措乎?'"才，朱治子。

【舉國】全國，通國。管子法禁:"故舉國之士，以爲亡黨。"戰國策韓二:"語泄，則韓舉國而與仲子爲讎也，豈不殆哉!"

【舉將】猶言舉主。三國志吴諸葛瑾傳:"吴郡太守朱治，(孫)權舉將也。"按朱治初隨孫堅征伐有功，堅卒，治復佐堅子策。後領吴郡太守事，孫權年十五，治舉爲孝廉，迨策死，治與張昭等共尊奉權。見三國志吴朱治傳。後漢書三三鄭弘傳:"元和元年代鄧彪爲太尉，時舉將第五倫爲司空，班次在下。"倫先爲會稽太守，舉弘孝廉。參見"舉主"。

【舉動】㈠安排，措施。韓非子解老:"夫棄道理而妄舉動者，雖上有天子諸侯之勢尊，而下有猗頓陶朱卜祝之富，猶失其民人而亡其財寶也。"三國志吴周魴傳與曹休牋:"惟明使君……留神所質，速賜祕報，魴當候望舉動，俟須嚮應。"㈡舉止，行動。藝文類聚七九三國魏王粲神女賦:"婉約綺媚，舉動多宜。"玉臺新詠一古詩爲焦仲卿妻作:"此婦無禮節，舉動自專由。"

【舉場】猶言科場，考場。唐李肇國史補

下："進士爲時所尚久矣，……其都會謂之舉場。"唐張籍張司業集四送李餘及第後歸蜀詩："十年人誦好詩章，今日成名出舉場。"亦稱舉子場。宋穆修河南穆公集二上監判郎中書："年已長，卽入舉子場，干時求進，爲人事羈束，皇皇汲汲，至于今不獲一拜盛德于左右。"參閲明俞汝楫禮部志略二三科場禁例。

【舉隅】舉出一隅。唐杜甫杜工部草堂詩箋三四壯遊："舉隅見煩費，引古惜興亡。"謂舉一例而推知其他。也常用爲書名，如字學舉隅。意卽舉其一二。參見"舉一反三"。

【舉最】漢制，長吏考績，舉最優異者上報朝廷，稱爲舉最。後也沿用。漢書七五京房傳："愛養吏民，化行縣中，舉最當遷。"注："以課最而被舉，故欲遷爲他官也。"唐杜甫杜工部草堂詩箋二一送梓州李使君之任："不作臨岐恨，唯聽舉最先。"

【舉業】舉子業。指科舉時代專爲應試的學業。宋孫光憲北夢瑣言八裴相國及第後進業："唐相公裴公恆，太和八年李漢侍郎下及第，自以舉業未精，遽此叨忝，未嘗曲謝座主。"汪應辰文定集十六與汪叔嘉書："竊謂天文地理刑名度數，在學者皆當考究，非特爲舉業也。"

【舉債】借債。梁書王志傳："京師有寡婦，無子，姑亡，舉債以斂葬。"通典一食貨一田制上"亡者取倍稱之息"注："取一償二爲倍。稱，舉也；今俗所謂舉債。"

【舉踵】踮起脚跟。形容殷切企望。莊子胠篋："今遂至使民延頸舉踵曰：某所有賢者，贏糧而趣之。"史記一一七司馬相如傳喻蜀父老："舉踵思慕，若枯旱之望雨。"

【舉錯】同"舉措"。㊀擺用和廢置。論語爲政："舉直錯諸枉，則民服。"韓非子亡徵："境内之傑不事，而求封外之士；不以功伐課試，而好以名問舉錯，羈旅起貴，以陵故常者，可亡也。"㊁措施。荀子天論："政令不明，舉錯不時，本事不理，夫是之謂人祅。"史記秦始皇紀琅邪刻石："舉錯必當，莫不如畫。"

【舉舉】謂舉止端麗。唐韓愈昌黎集五送陸暢歸江南詩："舉舉江南子，名以能詩聞。"宋方崧卿注："唐人以舉止端麗爲舉舉。"

【舉燭】韓非子外儲説左上："郢人有遺燕相國書者，夜書，火不明，因謂持燭者曰：'舉燭。'云而過書舉燭。舉燭，非書意也，燕相受書而説之，曰：'舉燭者，尚明也；尚明也者，舉賢而任之。'燕相白王，王大悦。國以治。治則治矣，非書意也。"引申爲以讀書求取功名。隋書崔賾傳答河南王書："舉燭無成，穿楊盡棄。"

【舉籍】登録。漢書哀帝紀綏和二年詔："乃者河南潁川郡水出，流殺人民，壞敗廬舍。……已遣光禄大夫循行舉籍，賜死者棺錢，人三千。"

【舉一反三】論語述而："舉一隅不以三隅反，則不復也。"言物有四隅，舉其一隅，不能推知其他三隅，則不必再予教導。隅，方面，角落；反，類推。後因以舉一反三比喻類推，能由此而識彼。北堂書鈔九八蔡邕别傳："邕與李則遊學鄗土，時在弱冠，始共讀左氏傳，通敏兼人，舉一反三。"唐劉知幾史通斷限："舉一反三，豈宜若是；膠柱調瑟，不亦謬歟！"

【舉一廢百】孟子盡心上："所惡執一者，爲其賊道也，舉一而廢百也。"言只執其一而不能變通，遂以一知而廢百。

【舉目無親】謂孤獨乏依託。太平廣記四八六薛調無雙傳："(牛仙客)謂(塞)鴻曰：'四海至廣，舉目無親戚，未知託身之所。'"

【舉足輕重】一舉足就影響兩邊的分量輕重。喻所處地位重要，一舉一動都關係全局。後漢書二三竇融傳："方今益州有公孫子陽(述)，天水有隗將軍(囂)，蜀漢相攻，權在將軍，舉足左右，便有輕重。"

【舉案齊眉】後漢書一一三梁鴻傳："遂至吳，依大家臯伯通，居廡下，爲人賃舂。每歸，妻爲具食，不敢於鴻前仰視，舉案齊眉。"案，卽椀、盌；或謂指盛食品的托盤。清郝懿行以爲指坑上的案几。舊時用以形容夫妻相敬有禮。元曲選缺名舉案齊眉四："這的是舉案齊眉有下稍，……我從來貧不憂愁富不驕。"參閲宋鞏豐鞏氏後耳目志雜論(説郛十二)、列女傳八梁鴻之妻清王圓照補注校正。

【舉棋不定】左傳襄二五年："弈者舉棋不定，不勝其耦。"耦，下圍棋的對方。後用以比喻作事猶豫不決。唐劉肅大唐新語酷忍："(太子)承乾既廢，立高宗爲太子，又欲立(吳王)恪。長孫無忌諫曰：'晉王仁厚，守文之良主也。且舉棋不定，前哲所戒，儲位至重，豈宜數易？'"晉王，高宗爲太子時封號。

【舉鼎絶臏】史記秦紀："武王元年，……王與孟説舉鼎，絶臏。"正義："絶，斷也；臏，脛骨也。"又見趙世家。後因以舉鼎絶臏比喻力小不勝重任。

十二畫

舊 jiù 巨救切，去，宥韻，羣。
ㄐㄧㄡˋ

㊀陳舊，過時。與"新"相對。論語公冶長："舊令尹之政，必以告新令尹。"㊁久，古老。書無逸："其在高宗，時舊勞于外，爰暨小人。"㊂往常，從前。左傳昭三十："今大夫曰：'女盍從舊，舊有豐有省，不知所從。'"引申爲故交、舊誼。三國志蜀許靖傳："(陳)禕死，吳郡都尉許貢、會稽太守王朗素與靖有舊，故往保焉。"

【舊邦】㊀歷史長久的國家。詩大雅文王："周雖舊邦，其命維新。"㊁故鄉。文選三國魏王仲宣(粲)贈蔡子篤詩："我友云徂，言戾舊邦。"㊂三國魏鼓吹曲名。三國魏既代漢，改漢短簫鐃歌樂之十二曲，使繆襲爲詞，改雍離爲舊邦，言曹操勝袁紹於官渡，還譙收藏死亡士卒。見晉書樂志下。

【舊雨】唐杜甫杜工部集十九秋述："秋，杜子卧病長安旅次，多雨生魚，青苔及榻，常時車馬之客，舊，雨來；今，雨不來。"言舊時賓客遇雨亦來，而今遇雨不至。宋范成大石湖集二六丙午新正書懷詩："人情舊雨非今雨，老境增年是減年。"後用舊雨比喻老朋友、故人，今雨比喻新交。元劉將孫養吾齋集二樵川再病詩："新知何脉脉，舊雨何悠悠。"

【舊物】㊀先代的典章制度。左傳哀元年："(少康)復禹之績，祀夏配天，不失舊物。"注："物，事也。"㊁先人、故知留下的物品。晉書王羲之傳附王獻之："偷兒，青氈我家舊物，可特置之。"唐白居易長慶集十二長恨歌："唯將舊物表深情，鈿合金釵寄將去。"

【舊染】猶舊習。書胤征："舊染汙俗，咸與維新。"

【舊洿】指汙濁腐敗的舊政。左傳文六年："宣子於是乎始爲國政，制事典，正法罪，辟獄刑，董逋逃，由質要，治舊洿。"

【舊故】㊀舊交，舊友。禮少儀："不窺密，不旁狎，不道舊故。"楚辭屈原遠遊："思舊故以想像兮，長太息而掩涕！"㊁老人。漢班固白虎通三綱六紀："舅者，舊也；姑者，故也；舊故之者，老人之稱也。"

【舊案】積年的陳舊案牘。宋劉克莊後村集十三和張簡簿尉韻詩："舊案依稀在柏臺，寄聲杭本莫翻開。"後也指過去的案件。

【舊書】㊀從前的文書。左傳昭元年："楚令尹圍，請用牲，讀舊書，加于牲上而已。」注：「舊書，宋之盟書，楚恐晉先歃，故欲從舊書加于牲上，不歃血。」㊂古舊書籍。漢書五三河間獻王(劉)德傳：「獻王所得書皆古文先秦舊書。」

【舊章】舊時的典章制度。書蔡仲之命：「康濟小民率自中，無作聰明亂舊章。」詩大雅假樂：「不愆不忘，率由舊章。」

【舊部】舊時部下的人民。魏書神元帝紀：「積十數歲，德化大洽，諸舊部民，咸來歸附。」

【舊貫】猶舊制、舊例。論語先進：「魯人爲長府，閔子騫曰：『仍舊貫，如之何？何必改作。』」漢書七〇段會宗傳：「願吾子因循舊貫，毋求奇功。」

【舊惡】既往的過失或罪惡。論語公冶長：「伯夷叔齊，不念舊惡，怨是用希。」新唐書一二三趙彥昭傳：「彥昭本以權幸進，……其得宰相，巫力也。於是殿中侍御史郭震劾暴舊惡。」

【舊聞】過去的傳聞。史記一三〇太史公自序：「小子不敏，請悉論先人所次舊聞，弗敢闕。」傳述生平聞見之書，多以舊聞爲名，如唐李德裕有次柳氏舊聞、宋李心傳有舊聞證誤等。

【舊齒】有德望的耆舊。三國志吳陸績傳：「虞翻舊齒名盛，龐統荆州令士，年亦差長，皆與績友善。」文選晉陸士衡(機)門前有車馬客行：「親友多零落，舊齒皆彫喪。」注：「黃石公記曰：王聘舊齒，萬事乃理。」

【舊德】㊀先代的德澤，往日的善政。易訟：「六三，食舊德，貞厲終吉。」㊁舊好，故誼。國語周中：「今女非他也，叔父使士季實來，修舊德，以獎王室。」㊂有德望的故老。晉書何曾傳武帝詔：「可謂舊德老成，國之宗臣者也。」新唐書一三〇裴寬傳：「天寶間稱舊德，以寬爲首。」

【舊曆】卽將過去之曆日。明楊基眉菴集十一除夜詩：「舊曆驚心只一行，坐依燈火戀年光。」文氏五家集八文彭博士詩集下除夕與肇兒守歲：「日月將遷拋舊曆，風塵時逐嫓虛名。」

【舊題】過去所題。多指詩詞題跋之類。宋蘇軾分類東坡詩十六和子由澠池懷舊：「老僧已死成新塔，壞壁無由見舊題。」又，古書於作者可疑者，於作者名前常標「舊題」二字，如舊題漢東方朔十洲記、舊題晉王嘉拾遺記等。

【舊相識】故交。左傳襄二九年：「(吳季札)聘於鄭，見子產，如舊相識。」

【舊唐書】五代後晉劉昫等撰。二百卷。原名唐書。因與宋歐陽修等所撰新唐書相區別，通稱爲舊唐書。後晉天福六年始修，開運二年成書。監修原爲宰相趙瑩，書成時瑩已出爲節鎮，故由宰相劉昫署名奏上。舊有吳兢韋述于休烈等所纂《唐書》及自唐高祖至文宗各朝實錄，史料可據，劉昫等用爲藍本。至長慶以後，實錄等闕失不存，昫等乃採雜說、傳記成之。故長慶(穆宗)以前部分，本紀列傳記載詳明，長慶以後部分，本紀語多支蔓，列傳多敍官資，缺乏事實。宋司馬光修資治通鑑，於長慶以前多取材此書，而不取新唐書；清沈炳震輯唐書合鈔二百六十卷，本紀列傳亦皆采此書，而志表等多用新唐書，可見新、舊唐書的長短。

【舊五代史】原名五代史，亦稱梁唐晉漢周書。宋薛居正等撰。一百五十卷。始修於宋太祖開寶六年，次年成書。多據累朝實錄及范質五代通錄，於遺聞瑣事，采錄甚備。其後歐陽修別撰五代史記盛行，至金章宗時詔令用歐書，薛史遂漸微。清乾隆中開四庫館，已不見原書，館臣邵晉涵等乃據永樂大典及諸書輯錄排纂，於乾隆四十年寫定，恢復原書約十之七八。因其先歐史而出，故稱舊五代史，事較歐書爲詳，歐書亦有可補此書遺闕之處。宋司馬光修資治通鑑及元胡三省注，多據舊史，不采歐書。

【舊聞證誤】宋李心傳撰。宋史藝文志著錄十五卷，今本爲清四庫館臣自永樂大典輯出，共一百四十餘條，纂成四卷，專爲訂正諸家紀載駁誤而作。所論以北宋史事爲多，間及南宋。近人繆荃孫又輯永樂大典所遺，爲補遺一卷。

十三畫

舋 xìn 許覲切，去，震韻，曉。ㄒㄧㄣ

本字作「釁」。㊀以香塗身。國語齊：「比至，三舋三浴之。」公序本作「釁」。㊁間隙，爭端。戰國策韓三：「秦舉兵破邯鄲，趙必亡矣。故君收韓，可以無舋。」後漢書十六鄧禹傳：「光武籌赤眉必破長安，欲乘舋并關中。」㊂動。文選漢王文考(延壽)魯靈光殿賦：「奔虎攫挐以梁倚，仡奮舋而軒鬐。」注：「杜預左氏傳(襄二十六年)注曰：舋，動也。」

【舋隙】仇隙。舊唐書七六恒山王承乾傳：「(魏王)泰亦負其材能，潛懷奪嫡之計，於是各樹朋黨，遂成舋隙。」

【舋聞】昏昧貌。文選漢揚子雲(雄)劇秦美新：「在乎混混茫茫之時，舋聞罕漫而不昭察。」注：「舋聞罕漫，不明之貌也。」

舌部

舌 shé 食列切，入，薛韻，神。ㄕㄜˊ 下刮切，入，鎋韻，匣。

㊀舌頭。詩小雅雨無正：「哀哉不能言，匪舌是出，維躬是瘁。」㊁言語。論語顏淵：「駟不及舌。」注：「過言一出，駟馬追之不及。」㊂古代射禮用的箭靶左右伸出的部分。儀禮鄉射禮：「倍躬以爲左右舌。」疏：「左右出謂之舌。」㊃箕口外伸的部分。箕，星宿名，有四星排列成簸箕形。詩小雅大東：「維南有箕，載翕其舌。」㊄鈴鐸內的錘和管樂器之簧。書胤征「遒人以木鐸徇於路」漢孔安國傳：「木鐸，金鈴木舌。」北周庾信庾子山集四道士步虛詞之七：「夏簧三舌響，春鍾九乳鳴。」㊅舌狀物之稱。如火舌，帽舌。漢揚雄太玄經一干：「赤舌燒城，吐水於缾。」

【舌人】古代司通譯之官。國語周中：「故坐諸門外，而使舌人體委與之。」注：「舌人能達異方之志，象胥之官也。」新唐書二一五上突厥傳：「來朝坐於門外，舌人體委以食之，不使知馨香嘉味也。」

【舌本】舌根。世說新語文學：「殷仲堪曰：『三日不讀道德經，便覺舌本閒强。』」

【舌音】㊀指語音。宋蘇軾分類東坡詩十六聞正輔表兄將至以詩迎之：「舌音漸獠變，面汗嘗騂羞。」㊁音韻學以聲母從舌上發出的爲舌音。同脣、齒、喉、牙合稱五音。舌音又分舌頭音和舌上音兩類。參見「五音㊁」。

【舌苔】病人舌上生的垢膩。也作「舌胎」。中醫常據苔的厚薄、滑澀及其顏色以辨證狀。漢張仲景傷寒論五辨陽明脈證並治：「陽明病……舌上白胎者，可與小柴胡湯。」明戴元禮證治要訣傷風寒篇：「白胎，舌上微白者，未可便爲熱證；必胎白而厚，甚或黑胎，方爲熱極。」

【舌耕】㊀指讀書勤奮。宋晁載之續談助一引洞冥記:"黄安,代郡人也,早自卑猥,不處人間,執鞭荆而欲書,乃畫地以記其數;一夕,地成池。時人曰:黄安舌耕。"㊁舊時學者授徒,恃口説謀生,猶農夫耕田得粟,故曰舌耕。舊題晉王嘉拾遺記六後漢:"(賈逵)門徒來學,不遠萬里,或襁負子孫,舍於門側,皆口授經文。贈獻者積粟盈倉。或云:逵非力耕所得,誦經口倦;世所謂舌耕也。"元張之翰西巖集二爲郭迂庵壽詩:"舌耕三十載,不救室懸磬。"

【舌根】㊀舌本。唐白居易長慶集六遊悟真寺詩:"身壞口不壞,舌根如紅蓮。"㊁佛家語,六根(眼、耳、鼻、舌、身、意)之一。參見"六根"。

【舌敝耳聾】謂辯論紛繁,言者爲之舌敝,聽者爲之耳聾。戰國策秦一:"舌敝耳聾,不見成功;行義約信,天下不親。"

【舌撟不下】驚訝貌。莊子秋水:"公孫龍口呿而不合,舌舉而不下。"史記一〇五扁鵲傳:"中庶子聞扁鵲言,目眩然而不瞚,舌撟然而不下。"

【舌劍脣槍】比喻言辭鋒利、能説會道。古今雜劇元缺名運機謀隨何騙英布一:"此人這一去,憑着他舌劍脣槍,機謀見識,必然説的英布歸漢也。"又降桑椹蔡順奉母一:"平日之間别無甚買賣,全憑着舌劍脣槍,説嘴兒哄人的錢使。"參見"脣槍舌劍"。

二　畫

舍 1. shè 始夜切,去,禡韻,審。ㄕㄜˋ

㊀客館。周禮天官冢宰:"掌舍,掌王之會同之舍。"莊子説劍:"夫子休,就舍待命,令設戲請夫子。"引申爲居室。禮曲禮上:"將適舍,求勿固。"疏:"舍,主人家也。"謙稱自己親屬之卑者曰舍,如舍弟、舍姪,皆就居處而言。㊁住宿,止宿。墨子非攻中:"至夫差之身,北而攻齊,舍於汶上,戰於艾陵,大敗齊人,而葆之大山。"莊子山木:"夫子出於山,舍於故人之家。"㊂休息,止息。詩小雅何人斯:"爾之安行,亦不遑舍。"論語子罕:"逝者如斯夫,不舍晝夜。"㊃一宿爲舍。左傳莊三年:"凡師一宿爲舍,再宿爲信,過信爲次。"疏:"舍者,軍行一日止而舍息也。"㊄行軍三十里爲一舍。左傳僖二三年:"晉楚治兵,遇於中原,其辟君三舍。"㊅宋元戲曲小説中稱官僚子弟爲舍,猶言少爺。古今雜劇元張國賓羅李郎大鬧相國寺一:"末:'俫興,做甚麽鬧吵?'俫看科,云:'老的,門首有人叫湯舍,討酒錢。'末:'咱家誰做官來,叫湯舍?'"明人亦用此稱。明太祖(朱元璋)初起,多畜義子,及長,命偕諸將分守諸路,周舍守鎮江,道舍守寧國。周舍卽沐英,軍中又呼沐舍;道舍卽周文輝。見明史一三四何文輝傳。㊆通"赦"。荀子榮辱:"内忘其親,上忘其君,是刑法之所不舍也。"漢書八三朱博傳:"春秋之義,姦以事君,常刑不舍。"㊇姓。見廣韻。

2. shě 書冶切,上,馬韻,審。ㄕㄜˇ

㊈放射。詩小雅車攻:"不失其馳,舍矢如破。"㊉施舍,布施。左傳昭十三年:"施舍不倦,求善不厭。"注:"施舍,猶言布恩德。"參見"施舍㊀"。㊉放棄,釋放。通"捨"。荀子勸學:"鍥而舍之,朽木不折;鍥而不舍,金石可鏤。"孟子梁惠王上:"舍之,吾不忍其觳觫。"

3. shì ㄕˋ

㊉通"釋"。見"舍₃采"。

4. shà ㄕㄚˋ

㊉什麽,任何。通"啥"。孟子滕文公上:"且許子何不爲陶冶,舍皆取諸其宮中而用之?"參閲清馬瑞辰毛詩傳箋通釋三野有死麕、近人章炳麟新方言釋詞。

【舍人】㊀官名。周禮地官有舍人,掌宮中之政。秦置太子舍人,爲太子屬官。魏置中書通事舍人,專掌詔誥呈奏之事。以後名稱屢更,南朝梁稱中書舍人,隋稱内書舍人,自宋至明皆稱中書舍人,清廢。職權大小也不一:南北朝時權勢甚盛;隋唐時爲撰擬詔誥之專官,選文學之士充任;宋仍有此官,實不任職;明時僅爲繕寫文書。此外帶舍人二字之職官甚多。唐置通事舍人,掌引納,隋置起居舍人,記天子言行;宋有閤門宣贊舍人,元有直省舍人、侍從舍人,明有帶刀散騎舍人,皆爲近侍武職。參閲文獻通考五十職官四、五一職官五。㊁戰國至漢初,王公貴官的侍從賓客、親近左右,通稱舍人。戰國策齊二:"楚有祠者,賜其舍人卮酒。"漢書高帝紀上:"南陽守欲自剄,其舍人陳恢曰:'死未晚也。'"注:"舍人,親近左右之通稱也,後遂以爲私屬官號。"㊂宋元以來,世俗尊稱貴顯子弟爲舍人,或稱小舍。明代武職應襲支庶也稱舍人。見明沈德符萬曆野獲編二一禁衛舍人校尉。

【舍次】行軍途中宿營。後也指一般的臨時住宿。左傳莊三年:"凡師一宿爲舍,再宿爲信,過信爲次。"宋史職官志四殿中省:"監掌供奉天子玉食、醫藥、服御、幄帟、輿輦、舍次之政令。"

【舍弟】對人自稱其弟的謙詞。文選三國魏文帝(曹丕)與鍾大理書:"恐傳言未審,是以令舍弟子建因荀仲茂(宏)時從容喻鄙旨。"唐王維王右丞集五留别山中温古上人兄並示舍弟縉詩:"舍弟官崇高,宗兄此削髮。"亦稱"家弟",參見該條。

【舍利】㊀佛骨。梵語設利羅,亦稱舍利、舍利子。魏書釋老志:"佛既謝世,香木焚尸,靈骨分碎,大小如粒,擊之不壞,焚亦不燋,或有光明神驗,胡言謂之舍利。弟子收奉,置之寶瓶,竭香花,致敬慕,建宮宇,謂爲塔。"參閲法苑珠林五三舍利、翻譯名義集五名句文法。㊁官名。遼有舍利司,掌皇族之軍政。有舍利詳穩、舍利都監、舍利將軍、舍利小將軍等。又契丹豪民要裹頭巾者,納牛駝十頭,馬百疋,乃給官,名曰舍利。後遂爲諸帳官,加"郎君"二字,稱舍利郎君。見遼史職官志及國語解。國語解又作"錫里",云爲蒙古語選拔之意。宋王鞏甲申雜記、聞見近録作"赦例"。見清沈濤銅熨斗齋隨筆六舍利郎君。㊂複姓。唐有左威衛大將軍舍利阿博。見通志二九氏族五代北複姓。

【舍長】客館之長。史記一〇五扁鵲傳:"少時爲人舍長。"索隱:"劉氏云:守客館之帥,故號云舍長也。"

【舍₃采】釋菜。古者入學,執菜以爲贄。一説持菜祀先師。周禮春官大胥:"春入學,舍采,合舞。"注:"(鄭)玄謂,舍卽釋也。采讀爲菜,始入學必釋菜,禮先師也;菜,蘋蘩之屬。"釋文:"舍,音釋;采,音菜。"

【舍勒】梵語音譯,意爲内衣。似短裙。見翻譯名義集七沙門服相、一切經音義十五僧祇經。

【舍匿】窩藏。史記一〇〇季布傳:"高祖購求布千金,敢有舍匿,罪及三族。"漢書四四淮南厲王傳薄昭與厲王書:"亡之諸侯,游宦事人,及舍匿者,論皆有法。"注:"舍匿,謂容止而藏隱也。"

【舍處】住所。後漢書八二上段翳傳:"某日當有諸生二人,荷擔,問翳舍處者,幸爲告之。"

【舍間】猶舍下。清全祖望鮚埼亭集四二答史雪汀問十六國春秋書:"來問崔鴻十六國春秋一書，此舍間所無者。"

【舍3然】猶釋然。寬舒貌。列子天瑞："其人舍然大喜，曉之者亦舍然大喜。"注："舍宜作釋。此書釋字作舍。"又說苻："孟氏父子舍然無慍容，曰：'吾知之矣，子勿重言。'"

【舍2業】㊀停止修業。左傳昭九年："君徹宴樂，學人舍業，爲疾故也。"㊁捨棄家業。史記七五孟嘗君傳："孟嘗君在薛，招致諸侯賓客及亡人有罪者，皆歸孟嘗君，孟嘗君舍業厚遇之。"一說爲之築舍，置立居業。見索引引劉氏說。

【舍2禁】解除禁令。周禮地官大司徒："以荒政十有二，聚萬民……五曰舍禁。"疏："舍禁者，山澤所遮禁者；舍去其禁，使民取蔬食。"古時山澤屬於官，舍山澤之禁令，卽開放與民同利之意。參閱清王應奎柳南隨筆續筆二舍禁。

【舍衞】城名。全名室羅筏悉底。也稱舍婆提。北印度憍薩羅國之都城。相傳釋迦牟尼曾居此二十五年。參閱唐釋玄應一切經音義三舍衞國、翻譯名義集三舍婆提。

【舍親】對自己親戚的謙稱。明王世貞弇州山人四部稿一一八答汪伯玉書："既舍親王從事來，致手教。"

【舍利子】㊀卽舍利，佛骨。見"舍利㊀"。㊁佛弟子名。卽舍利弗，詳"舍利弗"。

【舍利弗】爲佛十大弟子之一。也名舍利子、舍梨子。義譯爲鶖鷺子。相傳其因眼似鶖鷺，取以爲名。見唐釋慧琳一切經音義十玄應音明度無極經一秋露子、又三三惠苑音大方廣佛華嚴經六十舍利弗。

【舍婆提】城名，卽舍衞城。見"舍衞"。

【舍2己芸人】喻不自修而外務。孟子盡心下："君子之守，修其身而天下平。人病舍其田而芸(耘)人之田；所求於人者重，而所以自任者輕。"

【舍2己從人】放棄己見，服從公論。書大禹謨："稽於衆，舍己從人。"疏："考於衆言，觀其是非。舍己之非，從人之是。"孟子公孫丑上："大舜有大焉，善與人同；舍己從人，樂取於人以爲善。"

【舍2生取義】謂輕生重義，爲正義而不惜犧牲。孟子告子上："生，亦我所欲也；義，亦我所欲也；二者不可得兼，舍生而取義者也。"晉書梁孝王肜傳蔡克議："肜位爲宰相，責深任重，……而臨大節，無不可奪之志；當危事，不能舍生取義。"也作"舍生取誼"。文選漢班孟堅(固)幽通賦："舍生取誼，以道用兮。"

【舍2我其誰】謂自視極高，自任極重。孟子公孫丑下："如欲平治天下，當今之世，舍我其誰也？"舍，亦作"捨"。金史海陵紀："他日，海陵與(唐括)辯語及廢立事，……辯曰：'公豈有意邪？'海陵曰：苟不得已，捨我其誰！'"

【舍2近謀遠】謂忽略切近，謀及高遠，所求不合實際。後漢書十八臧宮傳詔報："舍近謀遠者，勞而無功；舍遠謀近者，逸而有終。"

【舍2短取長】去其短處取其長處。後漢書六三李固傳附李燮："所交皆舍短取長，好成人之美。"

三　畫

舓 shì ㄕˋ

同"䑛"。見"䑛"。

四　畫

舲 jìn 巨禁切，去，沁韻，羣。ㄐㄧㄣˋ

閉口。通"噤"。唐韓愈昌黎集八同宿聯句："直辭一以薦，巧舌千皆舲(孟郊句)。"

舐 shì 神帋切，上，紙韻，神。ㄕˋ

以舌取食或舔物。說文作"䑛"，或作"舓"。俗作"舐"。莊子田子方："宋元君將畫圖，衆史皆至，受揖而立，舐筆和墨，在外者半。"唐釋慧琳一切經音義三十金光明經合部八舐血："上食爾反。顧野王云：舐，以舌取食也。說文正作䑛，從舌、易聲。經本作舐，俗用字也。"

【舐毫】古代傳說雌兔舐雄兔的毛而懷孕。宋陸佃埤雅釋獸兔："兔舐雄毫而孕，五月而吐子……而先儒以孔雀聞雷而孕，則兔雖舐毫，其感孕則以月，理或然也。"

【舐痔】比喻諂媚趨炎附勢的卑劣行爲。莊子列禦寇："秦王有病召醫，破癰潰痤者得車一乘，舐痔者得車五乘。"世說新語排調"頭責秦子羽"注引張敏集頭責子羽文："夫舐痔得車，沈淵得珠，豈若夫子徒令脣舌腐爛、手足沾濡哉！"

【舐犢】比喻人愛其子女如老牛之舐其犢。後漢書五四楊震傳附楊彪："後子脩爲曹操所殺，操見彪問曰：'公何瘦之甚？'對曰：'愧無(金)日磾先見之明，猶懷老牛舐犢之愛。'"明楊基眉菴集十憶子詩："平生舐犢心，時時背燈笑。"

【舐糠及米】比喻自外及內，逐漸蠶食。史記一〇六吳王濞傳："里語有之，'舐糠及米'。"漢書三五作"狧糠及米"。注："狧，古舓字。舓，用舌食也，蓋以犬爲喻也。"

五　畫

舑 tān 他酣切，平，談韻，透。ㄊㄢ 汝鹽切，平，鹽韻，日。

吐舌。見廣韻。亦作"甛"。

【舑談】吐舌貌。文選漢王文考(延壽)魯靈光殿賦："玄熊舑談以齗齗，却負載而蹲跠。"

舐 shì ㄕˋ

舐之俗體。見"舐"。

六　畫

舒 shū 傷魚切，平，魚韻，審。ㄕㄨ

㊀伸展。素問氣交變大論："其化生榮，其政舒啟。"淮南子原道："與剛柔卷舒兮，與陰陽俛仰兮。"注："卷舒，猶屈申也。"㊁徐，遲緩。詩陳風月出："舒窈糾兮，勞心悄兮。"傳："舒，遲也；窈糾，舒之姿也。"又大雅常武："王舒保作，匪紹匪遊。"傳："舒，徐也。"清馬瑞辰謂舒爲語詞，無義。說見毛詩傳箋通釋三野有死麕。㊂安詳。淮南子原道："柔弱以靜，舒安以定。"注："舒，詳也。"㊃春秋國名，爲徐所滅。故地在今安徽舒城縣。詩魯頌閟宮："戎狄是膺，荆舒是懲。"㊄縣名。後漢書光武紀："九月圍李憲於舒。"注："縣名，故城在今廬州廬江縣西。"㊅姓。春秋舒子之後，見元和姓纂魚。

【舒州】㊀地名。春秋齊地。在今山東滕縣。春秋哀十四年："齊陳恒執其君，寘于舒州。"史記齊太公世家作"徐州"。㊁州名。書禹貢揚州之域，春秋皖國。唐武德四年改隋同安郡置。至德二年改爲盛唐郡，旋復名。宋改爲安慶軍，後升爲安慶府。府治懷寧縣。公元 1912 年廢府留縣，屬安徽省。1949 年設安慶市。參閱太平寰宇記一二五舒州、嘉慶一統志一〇九安慶府建置沿革及灊山縣。

【舒姑】傳說古有舒氏女，與父至臨城縣之蓋山斫薪，女坐地化而爲泉，後人遂稱此泉爲舒姑泉。見文選南朝梁劉孝標(峻)重答劉秣陵沼書"蓋山之泉"注引宣城記。唐白居易長慶集七達理詩之二："舒姑化爲泉，牛哀病作虎。"舊題晉陶潛搜神後記一作姑舒泉。

【舒城】 縣名。屬安徽省。春秋時舒庸舒鳩諸國地。漢置舒縣。三國時廢。唐開元間復置舒城縣，屬廬州府，歷代相因。參閱太平寰宇記一二六廬州。

【舒徐】 ㊀從容謙抑。唐元稹長慶集十九貽蜀張校書元夫詩：“遠處從人須謹愼，少年爲事要舒徐。”㊁散漫，拖沓。唐元稹長慶集五六唐故工部員外郎杜君墓係銘並序：“宋齊之間，教失根本，士以簡慢、歙習、舒徐相尚。”

【舒堅】 複姓。楚公族有舒堅氏。見漢王符潛夫論志氏姓。

【舒揚】 ㊀舒張而發揚。儀禮聘禮：“衆介北面蹌焉”漢鄭玄注：“容貌舒揚。”㊁緩和。淮南子説山：“夫玉潤澤而有光，其聲舒揚。”注：“舒，緩也；揚，和也。”

【舒舒】 ㊀徐緩。唐韓愈昌黎集一復志賦：“排國門而東出兮，慨余行之舒舒。”㊁安泰。唐孟郊孟東野集四靖安寄居詩：“役生皆促促，心竟誰舒舒。”

【舒鳩】 春秋時國名。偃姓。羣舒之一，爲楚所滅。左傳襄二四年：“吳人爲楚舟師之役故，召舒鳩人，舒鳩人叛楚。”舒鳩故城在今安徽舒城縣。

【舒鳧】 野鴨。禮內則：“鵠鴞胖，舒鳧翠。”爾雅釋鳥：“舒鳧，鶩。”疏：“鶩，鴨也，一名舒鳧。李巡曰：野曰鳧，家曰鶩。”

【舒窰】 宋時江西窰器，出廬陵之永和市。相傳有舒翁工爲玩具，翁之女尤善，號曰舒嬌。所造罏甕諸色，極爲世重，幾與哥窰等價。見清施閏章矩齋雜記三。

【舒蓼】 春秋時國名。楚東境小國，滅于楚。左傳宣八年：“楚爲衆舒叛故，伐舒蓼，滅之。”穀梁傳作舒鄝。故地在今安徽廬江縣境。

【舒鴈】 鵝。爾雅釋鳥：“舒鴈，鵝。”禮內則：“舒鴈翠。”注：“舒鴈，鵝也。翠，尾肉也。”古以鵝行自成行列，喻有次序。儀禮聘禮：“私覿愉愉焉，出如舒鴈。”注：“威儀自然而有行列。”鴈，同“雁”。

【舒遲】 從容閒雅。禮玉藻：“君子之容舒遲，見所尊者齊遫。”後漢書二六韋彪傳上疏諫：“尚書之選，不可不重，……宜簡嘗歷州宰素有名者，雖進退舒遲，時有不逮，然端心向公，奉職周密。”

【舒嘯】 放聲呼嘯。晉陶潛陶淵明集五歸去來辭：“登東皋以舒嘯，臨清流而賦詩。”宋陸游劍南詩稿十六贈道侶：“蘇門晝寂聞舒嘯，函谷秋清候度關。”

【舒鮑】 複姓。晉悼公大夫有舒鮑無終。見通志二六氏族二以國爲氏。

【舒元輿】 唐婺州東陽人，元和中進士。擢監察御史。敢言能文。累官同中書門下平章事。與鄭注李訓善。文宗太和九年，注訓潛謀盡殺宦官，元輿密預其事，未發事洩，與注等皆被殺。新、舊唐書均有傳。

【舒姑泉】 見“舒姑”。

【舒赫德】 公元1710—1777年。清滿洲正白旗人，姓舒穆魯氏，字伯容。乾隆間由筆帖式累官武英殿大學士。曾隨經略大學士傅恒攻金川，自乾隆十九年至二十四年準回二部戰役中，曾參贊軍務。參閱國朝先正事略十七。

七 畫

辞 cí ㄘ

“辭”的異體字。見字彙。

誕 tiān 他前切，平，先韻，透。 ㄊㄧㄢ

見下。

【誕譂】 言語不正。玉篇作“譂誕”。全唐詩六〇九皮日休魯望昨以五百言見貽……：“昌黎道未著，文教如欲騫，其中有聲病，於我如誕譂。”注：“音天蟬，語不正貌。”

八 畫

䑛 tà 集韻 託合切，入，合韻。 ㄊㄚˋ

啗，飲。亦作“䑜”。見説文。清段玉裁注：“曲禮曰：‘毋嚃羹。’廣韻：‘嚃，歠也。’然則嚃卽䑛也。”羹之無菜者不用梜，直歠之而已。”

談 tàn 吐濫切，去，闞韻，透。 ㄊㄢˋ

㊀見“䑙談”。㊁火光。見説文。

䑜 shì 神紙切，上，紙韻，神。 ㄕˋ

以舌取食。“舐”之本字。亦作“䑛”。見説文。宋書符瑞志上：“湯將奉天命放桀，夢及天而䑜之，遂有天下。”參見“舐”。

䑙 tà 他合切，入，合韻，透。 ㄊㄚˋ

本字作“䑛”。㊀喝。見“䑛”。㊁見“䑙榆”。

【䑙榆】 以榆葉爲食。魏書上黨王(元)天穆傳：“所在流人先爲土人凌忽，聞(邢)杲起逆，悉來從之。……齊人號之爲‘䑙榆賊’。先是，河南人常笑河北人好食榆葉，故因以號之。”

䑚 1. tiǎn ㄊㄧㄢˇ 字彙 他點切，音忝。

㊀以舌取物。見字彙。

2. tān ㄊㄢ

㊁吐舌貌。同“䑙談”。唐李白李太白詩七鳴皋歌送岑徵君：“玄猿綠羆，䑚談崟岌。”

【䑚鹹鹿】 遼時獵鹿之法。鹿性嗜鹹，灑鹻於地，令獵人吹角效鹿鳴以誘，鹿來飲鹽水，則射之。見遼史國語解及營衛志中。又作“舐鹻鹿”。

十 畫

舘 guǎn ㄍㄨㄢˇ

“館”的異體字。見字彙。詳“館”。

十三畫

䑝 tiān 他兼切，平，添韻，透。 ㄊㄧㄢ 他念切，去 㮇韻，透。

吐舌。唐韓愈昌黎集二喜侯喜至贈張籍張徹詩：“雖作承聞聘，交驚舌互䑝。”

舛 部

舛 chuǎn 昌兖切，上，獮韻，穿。 ㄔㄨㄢˇ

㊀相違背。淮南子俶真：“方其爲虎也，不知其嘗爲人也；方其爲人，不知其且爲虎也；二者代謝舛馳，各樂成其形。”漢書一〇〇上敍傳班固幽通賦：“三仁殊而一致兮，夷惠舛而齊聲。”三仁：殷微子、箕子、比干。夷，伯夷；惠，柳下惠。㊁謬誤，錯亂。梁書陶弘景傳：“心如明鏡，遇物便了；言無煩舛，有亦輒覺。”北史魏東平王匡傳明帝詔：“匡宗室賢亮，留心既久，可令更集儒貴，以時驗決，必務權衡得衷，令寸籥不舛。”㊂困厄，不幸。唐王勃王子安集五滕王閣詩序：“時運不齊，命途多舛。”

【舛互】㊀交互錯雜。文選晉左太沖(思)吳都賦:"長干延屬,飛甍舛互。"注:"言棟宇相交互也。"㊁互相抵觸。南朝宋裴松之上三國志注表:"按三國雖歷年不遠,而事關漢晉。首尾所涉,出入百載。注記紛錯,每多舛互。"

【舛午】相違背,相抵觸。漢書三六楚元王傳附劉向上封事:"朝臣舛午,膠戾乖剌。"注:"言志意不和,各相違背。"也作"舛仵"。抱朴子塞難:"真僞有質矣,而趨舍舛仵,故兩心不相爲謀焉。"

【舛馳】背道而馳。淮南子說山:"江出岷山,河出昆侖,濟出黃屋,潁出少室,漢出嶓冢,分流舛馳,注於東海,所行則異,所歸則一。"漢書八七下揚雄傳:"雄見諸子各以其知舛馳,大氐詆訾聖人。"

【舛誤】謬誤,錯誤。舊唐書八十褚遂良傳:"太宗嘗出御府金帛,購求王羲之書跡。天下爭齎古書,詣闕以獻,當時莫能辨其真僞。遂良備論所出,一無舛誤。"

【舛駁】雜亂不純。莊子天下:"惠施多方,其書五車,其道舛駁,其言也不中。"

【舛錯】㊀錯亂。楚辭漢劉向九歎惜賢:"心懭悢以冤結兮,情舛錯以曼憂。"後漢書二五魯恭傳上疏:"萬民者,天之所生。天愛其所生,猶父母愛其子。一物有不得其所者,則天氣爲之舛錯,况於人乎?"㊁夾雜,交互。文選晉左太沖(思)吳都賦:"茸鱗鏤甲,詭類舛錯。"

【舛謬】差錯,謬誤。梁書蕭子雲傳敕:"郊廟歌辭,應須典誥大語,不得雜用子史文章淺言,而沈約所撰,亦多舛謬。"

六 畫

舜 shùn ㄕㄨㄣˋ 舒閏切,去,稕韻,審。

本作"舜"。㊀木槿。詩鄭風有女同車:"有女同車,顏如舜華。"傳:"舜,木槿也。"㊁古帝名。傳說事迹見書堯典、史記五帝紀虞舜。㊂姓。明陳士元姓觿七"震":"姓原云:虞舜之後。千家姓云:河東族。"

【舜典】今本尚書篇名。尚書首篇,記帝堯之事。漢伏生所傳今文尚書有堯典無舜典。僞古文尚書出,仍無舜典。至齊姚方興自稱得"曰若稽古帝舜"以下二十八字,乃割堯典"慎徽五典"以下置於後,題爲舜典。唐孔穎達作正義沿其說,以堯典分作兩篇。參閱唐陸德明經典釋文序錄。

【舜英】木槿花。比喻女子顏色之美。詩鄭風有女同車:"有女同行,顏如舜英。"傳:"英,猶華(花)也。"藝文類聚八九隋江總南越木槿賦:"此則京華之麗木,非于越之舜英。"

【舜草】草名。舊題南朝梁任昉述異記下:"舜草,今之孝草也。"

【舜華】即木槿花。詩鄭風有女同車:"有女同車,顏如舜華。"華,同"花"。

【舜韶】傳說虞舜所作之樂,即韶樂。漢應劭風俗通聲音:"夫樂者,……堯作大章,舜作韶。"廣弘明集二十南朝梁簡文帝上皇太子玄圃講頌啓:"竊以舜韶始唱,靈儀自舞。"參見"韶樂"。

【舜日堯年】謂太平盛世。樂府詩集五六南朝梁沈約四時白紵歌春白紵:"佩服瑤草駐容色,舜日堯年懽無極。"

七 畫

舝 xiá ㄒㄧㄚˊ 胡瞎切,入,鎋韻,匣。

㊀車軸兩端的梢釘。固定車輪,使不脫落。通"轄"。詩小雅車舝:"間關車之舝兮,思孌季女逝兮。"左傳昭二五年"昭子賦車轄"釋文:"本又作舝。"㊁星名。史記天官書:"(房星)旁有兩星曰衿;北一星曰舝。"

八 畫

舞 wǔ ㄨˇ 文甫切,上,麌韻,明。

㊀舞蹈。論語八佾:"八佾舞於庭。"㊁表演刀劍武技等。史記項羽紀:"今者項莊拔劍舞,其意常在沛公也。"㊂舞動。列子湯問:"瓠巴鼓琴,而鳥舞魚躍。"楚辭屈原九章懷沙:"鳳凰在笯兮,雞鶩翔舞。"㊃玩弄,戲侮。漢書五十汲黯傳:"好興事,舞文法。"注:"舞,猶弄也。"列子仲尼:"鄧析顧其徒而笑曰:爲若舞,彼來者奚若?"注:"世或謂相嘲調爲舞弄也。"㊄鐘體的頂部。周禮考工記鳧氏:"鉦上謂之舞。"孫詒讓周禮正義引程瑤田:"鉦上爲鐘頂,覆之如廡,故謂之舞。"㊅姓。見通志二九氏族五上聲。

【舞勺】古代文舞的一種。禮內則:"十有三年,學樂、誦詩、舞勺,成童,舞象。"注:"先學勺,後學象,文武之次也。"疏:"舞勺者,勺,籥也。言十三之時,學此舞籥之文舞也。"後稱未成年時爲舞勺之年,本此。

【舞文】玩弄法令條文以行奸詐。漢書九十王溫舒傳:"有勢家,雖有姦如山,弗犯;無勢,雖貴戚,必侵辱。舞文巧,請下戶之猾,以動大豪。"新唐書八五王世充傳:"大業初,爲民部侍郎,善占對,習法,敢舞文上下。"

【舞天】古東方部族祭天之舞。後漢書一一五東夷傳:"(濊族)常用十月祭天,晝夜飲酒歌舞,名之爲舞天。"

【舞末】宋代舞蹈結尾形式之一種。宋孟元老東京夢華錄九宰執親王宗室百官入內上壽:"舞者入場至歇拍,續一人入場對舞數拍;前舞者退,獨後舞者終其曲,謂之舞末。"

【舞州】地名。唐長安四年以沅州之夜郎渭溪二縣置舞州。開元十三年以舞、武聲相近,更名鶴州。二十年又改曰業州。大曆五年復更名獎州。五代廢。故治在今湖南芷江縣西。參閱資治通鑑二八二後晉天福四年注。

【舞弄】㊀戲侮,嘲弄。見"舞㊃"。㊁舞文弄法。南齊書袁彖等傳論:"故刑開二門,法有兩路,刀筆之態深,舞弄之風起。"

【舞抃】喜悅起舞。北魏楊衒之洛陽伽藍記一城內:"奇禽怪獸,舞抃殿庭。"唐劉禹錫劉夢得集三十成都府新修福成寺記:"雲鮮日潤,輝映前後,於是都人舞抃而謡。"

【舞法】玩弄法令條文以行奸作弊,敗壞法紀。猶舞文。北史薛彪子傳附薛琡:"受納貨賄,曲理舞法,深文刻薄,多所傷害。"宋歐陽修文忠集七九外制一祠部郎中沈周可開封府判官制:"法令以制亂,而舞法反以滋害。"

【舞馬】能舞蹈之馬。南朝宋孝武帝大明間,河南獻舞馬,謝莊作舞馬賦及舞馬歌。見宋書謝莊傳。唐玄宗曾命教舞馬,分爲左右部,各有名稱,披以錦繡,絡以金銀,馬聞樂作,即奮首鼓尾,縱橫應節。至千秋節,輒命馬舞於勤政樓下。其曲謂之傾盃樂。見唐鄭處誨明皇雜錄補遺。按藝文類聚九三三國魏陳王曹植獻文帝馬表:"臣於先武皇帝世,得大宛紫騂馬一疋,形法應圖,善持頭尾,教令習拜,今輒已能,又能行與鼓節相應,謹以奉獻。"則舞馬之教,三國時已有之。

【舞草】草名。唐段成式酉陽雜俎前集十九廣動植四:"舞草出雅州,獨莖三葉。葉如決明,一葉在莖端,兩葉居莖之半,相對。人或近之,則歌,及抵掌謳曲,必動葉如舞也。"也名虞美人草。見清厲荃事物異名錄三三。

【舞師】古樂官名。周禮地官舞師:"舞師掌教兵舞。"左傳襄十年:"宋公享晉侯于楚丘，請以桑林……舞師題以旌夏，晉侯懼而退，入于房。"疏："舞師，樂人之師，主陳設樂事者也。"

【舞雩】古代求雨祭天，設壇命女巫爲舞，故謂舞雩。周禮春官司巫："若國大旱，則帥巫而舞雩。"注："雩，旱祭也。"疏："雩者，呼嗟求雨之祭。"宋蘇軾分類東坡詩十八宿州次韻劉涇："我欲歸休瑟漸希，舞雩何日着春衣。"

【舞陰】縣名。漢置。城在泌陽縣北十里。後漢初，更始封李軼爲舞陰王；既而光武封岑彭爲舞陰侯；又建安二年曹操與張繡戰於宛，敗還舞陰；卽此。故城在今河南泌陽縣西北。參閱讀史方輿紀要五一南陽府泌陽縣。

【舞陽】縣名。1.屬河南省。本漢舊縣，屬潁川郡，以位於舞水之陽而名。漢封樊噲，魏封司馬懿，並爲舞陽侯，皆此邑。自漢至晉不改。南朝宋省，唐開元四年重置，屬許州。歷代因之，清屬南陽府。參閱元和郡縣志八許州。2.漢無陽縣，以位於無水之陽而名。晉改置舞陽，南齊改潕陽，隋廢。故城在今湖南芷江縣東南。參閱讀史方輿紀要八一辰州府沅州。

【舞智】耍聰明，玩弄智慧。史記一二二張湯傳："湯爲人多詐，舞智以御人。"漢書"智"作"知"。

【舞象】㊀古武舞名。禮內則："成童，舞象，學射御。"疏："成童，謂十五以上；舞象，謂舞武也。熊氏云：謂用干戈之小舞也。"也用爲"成童"的代稱。唐邢璹周易略例序："臣舞象之年，鼓篋鱣序。"參見"舞勺"。㊁能舞蹈的大象。唐劉恂嶺表錄異上："蠻王宴漢使于百花樓前，設舞象曲，樂動，倡優引入一象，以金羈絡首，錦襜垂身，隨膝騰踏，動頭搖尾，皆合節奏。"

【舞絙】古走繩戲。猶今雜技中的走索。文選漢張平子(衡)西京賦"走索上而相逢"唐李善注："索上，長繩繫兩頭於梁，舉其中央；兩人各從一頭上，交相度，所謂舞絙者也。"

【舞臺】劇場。古時歌舞並行，有歌臺舞榭之稱；後世俗樂雖不用舞，而演劇動作與曲調並重，故稱舞臺。全唐詩九七沈佺期奉和聖制幸禮部尚書竇希玠宅："池影搖歌席，林香散舞臺。"

【舞輪】古百戲之一。晉傅玄傅鶉觚集正都賦："手戲絕倒，凌虛寄身。跳丸擲堀，飛劍舞輪。"通典一四六樂六散樂："(南朝梁)又有舞輪伎，蓋今之戲車輪者。"

【舞弊】猶作弊。清會典事例八四一刑部刑律斷獄："如有姦徒揑名入監舞弊，亦卽據實分別拏究參處。"

【舞頭】領舞之人。唐王建詩八宮詞之二八："整頓衣裳皆著却，舞頭當拍第三聲。"宋史樂志五："樂工、舞師照在京例，分三等廩給。其樂正、掌事、掌器，自六月一日教習；引舞、色長、文武舞頭、舞師及諸樂工等，自八月一日教習。"

【舞蹈】㊀手舞足蹈。表示興高彩烈。禮樂記："嗟嘆之不足，故不知手之舞之，足之蹈之也。"廣弘明集二十南朝梁簡文帝上皇太子玄圃講頌啓："徒懷舞蹈之心，終愧清風之藻。"㊁跳舞。宋書良吏傳序："凡百户之鄉，有市之邑，歌謠舞蹈，觸處成羣。"南朝陳徐陵徐孝穆集一同江詹事登宮城南樓詩："鏗鏘叶舞蹈，炤爛等琨瑜。"㊂古時朝拜帝王的禮節。宋朱弁曲洧舊聞二："張康節(昇)預政，屢請老不許。詔三日一至樞密院，進見毋舞蹈。"

【舞鐃】古樂器。古器有漢舞鐃，上圓下方，下作疏櫺，中含銅丸，謂之舌，鼓動有聲。見宋呂大臨博古圖漢舞鐃圖。

舞鐃

【舞鞾】舞蹈時所穿之靴。唐杜牧樊川集外集留贈詩："舞鞾應任閑人看，笑臉還須待我開。"宋神宗爲淮陽郡王時，一日韓維侍坐，近侍以弓樣靴進，維曰："王安用舞靴？"神宗有慚色，亟令毀去。見宋朱熹三朝名臣言行錄十之二門下侍郎韓公注引聞見錄。今本宋邵伯温河南邵氏聞見前錄三作"武靴"。鞾、靴古今字。

【舞媚娘】樂曲名。樂府詩集七三雜曲歌辭十三："樂苑曰：'舞媚娘、大舞媚娘，並羽調曲也。'唐書曰：'高宗永徽末，天下歌舞媚娘；未幾，立武后爲皇后。'按陳後主已有此歌。"也作武媚娘，或謂唐代有人獻媚武后而改"舞"爲"武"。參閱明胡震亨唐音癸籤十三。

【舞文弄法】利用法令條文爲奸作弊。史記一二九貨殖傳："吏士舞文弄法，刻章僞書。"也作"舞文巧法"。漢王充論衡程材："長大成吏，舞文巧法，徇私爲己，勉赴權利。"

【舞衫歌扇】歌舞的裝束、用具。卽以指歌舞。南朝陳徐陵徐孝穆集一雜曲詩："舞衫回袖勝春風，歌扇當窗似秋月。"宋蘇軾分類東坡詩十七答陳述古之二："聞道使君歸去後，舞衫歌扇總生塵。"此謂歌舞消歇。亦作"舞裙歌扇"。宋晁補之琴趣外篇四南歌子譙園作詞："靑園搥鼓賞新醅，換取舞裙歌扇探春回。"

【舞榭歌臺】歌舞場所。文苑英華一八九唐許堯佐石季倫金谷園詩："舞榭荒苔掩，歌臺墜葉繁。"唐黃滔黃御史集一館娃宮賦："舞榭歌臺，朝爲宮而暮爲沼。"

【舞馬傾盃樂】見"舞馬"。

舟　部

舟 zhōu ㄓㄡ 職流切，平，尤韻，照。

㊀船。詩邶風二子乘舟："二子乘舟，汎汎其逝。"㊁器物名。1.尊彝等器的托盤。周禮春官司尊彝："祼用雞彝、鳥彝，皆有舟。"注："鄭司農(衆)云：舟，尊下臺。約今時承槃。"2.酒器名。宋蘇軾分類東坡詩十一次韻趙景貺督兩歐陽詩破陳酒戒："明當罰二子，已洗兩玉舟。"㊂環繞，佩帶。詩大雅公劉："何以舟之？維玉及瑤，鞞琫容刀。"㊃姓。炎帝之裔有舟國，姜姓，子孫爲舟氏。春秋有虢大夫舟子僑。見左傳閔二年。參閱明陳士元姓觿四。

【舟子】船夫。詩邶風匏有苦葉："招招舟子，人涉卬否。"唐齊己白蓮集三江行早發詩："舟子相呼起，長江未五更。"

【舟山】地名。在浙江省杭州灣東海上，共有大小島嶼四百餘，以舟山島爲最大，延袤四百餘里，合稱舟山羣島。明洪武十二年於此設千户所，以舟師巡哨。參閱讀史方輿紀要九二寧波府、浙江通志九七海防三。

【舟牧】掌船官。禮月令季春之月："命舟牧覆舟，五覆五反，乃告舟備，具于天子焉。"文選漢張平子(衡)西京賦："於是命舟牧爲水嬉，浮鷁首，翳雲芝。"

【舟師】㊀水軍。左傳哀十年:"吳子三日哭於軍門之外,徐承帥舟師將自海入齊,齊人敗之,吳師乃還。"㊁船家。新唐書一一二王義方傳:"素善張亮,亮抵罪,故貶吉安丞。道南海,舟師持酒脯請福。"

【舟航】浮橋,連舟以渡。淮南子氾論:"古者大川名谷,衡絕道路,不通往來也,乃爲窬木方版以爲舟航。"唐楊炯盈川集一卧讀書架賦:"濟筆海兮,爾爲舟航;騁文囿兮,爾爲羽翼。"

【舟梁】連船爲橋。莊子馬蹄:"故至德之世,……山無蹊隧,澤無舟梁。"國語周中:"澤不陂障,川無舟梁,是廢先王之教也。"

【舟張】周流往來貌。尚書大傳虞夏:"樂曰:舟張辟雍,鶬鶬相從;八風回回,鳳皇喈喈。"亦作"周章"。文選戰國楚屈平(原)九歌雲中君:"龍駕兮帝服,聊翱遊兮周章。"

【舟楫】楫,一作"檝"。㊀船和槳。易繫辭下:"刳木爲舟,剡木爲楫,舟楫之利,以濟不通,致遠以利天下。"荀子勸學:"假舟檝者,非能水也,而絕江河。"㊁比喻濟時的宰輔大臣。書説命上:"爰立作相,王置其左右,命之曰:'……若濟巨川,用汝(傅説)作舟楫。'"周書蕭督傳下教:"鹽梅舟檝,允屬良規;苦口惡石,想勿余隱。"

【舟虞】主船官。國語魯下:"叔向退,召舟虞與司馬曰:'夫苦匏不材於人,共濟而已。'"注:"舟虞掌舟,司馬掌兵。"呂氏春秋上農:"澤非舟虞,不敢緣名,爲害其時也。"

【舟檝】見"舟楫"。

【舟壑】藏舟於深谷中。安全穩當之意。莊子大宗師:"夫藏舟於壑,藏山於澤,謂之固矣,然而夜半有力者負之而走,昧者不知也。"轉指世運。文選南朝梁江文通(淹)雜體詩謝僕射(混):"舟壑不可攀,忘懷寄匠郢。"參見"壑舟"。

【舟鮫】掌藪澤官。左傳昭二十年:"澤之萑蒲,舟鮫守之。"疏:"鮫是大魚之名。澤中有水有魚,故以舟鮫爲官名也。"清阮元謂鮫當作"敂",舟敂卽爲舟虞。參閱校勘記。參見"舟虞"。

【舟艦】戰船。梁書元帝紀承聖二年詔:"江湘委輸,方船連舟;巴峽舟艦,精甲百萬。先次建鄴,行實京師。"

【舟中敵國】同船皆成敵人,衆叛親離之意。史記六五吳起傳:"(魏)武侯浮西河而下,中流,顧謂起曰:'美哉乎山川之固,此魏國之寶也!'起對曰:'……在德不在險。若君不修德,舟中之人盡爲敵國也。'"唐陸贄陸宣公集十一論關中事宜狀:"是知立國之安危在勢,任事之濟否在人,勢苟安則異類同心也;勢苟危則舟中敵國也。"

二畫

舠 liǎo ㄌㄧㄠ 里曉切,上,篠韻,來。

小船。見玉篇。參見"鷯舠"。

舠 dāo ㄉㄠ 都牢切,平,豪韻,端。

刀形小船。南朝梁劉勰文心雕龍八夸飾:"是以言峻則嵩高極天,論狹則河不容舠。"廣弘明集二九上南朝梁宣帝(蕭詧)遊七山寺:"爾乃傍林橫出,輕舠上泝,歷秦王之舊陌,緣越地之昔路。"字本作"刀"。參見"刀㊂"。

【舠艦】大小船隻。新唐書一六六杜佑傳:"佑具舠艦,遣屬將孟準度淮擊徐,不克,引還。"

三畫

舡 xiāng ㄒㄧㄤ 許江切,平,江韻,曉。

船。漢書三一項籍傳:"已渡,皆湛舡。"史記項羽紀作"皆沈船"。文選三國魏阮元瑜(瑀)爲曹公作書於孫權:"昔赤壁之役,遭離疫氣,燒舡自還,以避惡地。"

【舡楫】船和槳。商君書弱民:"背法而治,此任重道遠而無馬牛,濟大川而無舡楫也。"

舣 chā ㄔㄚ 初牙切,平,麻韻,穿。

小船。見玉篇。

【舣艞】船之短而深者。陳書高祖紀上:"(侯景)乃以舣艞貯石,沉塞淮口,緣淮作城。"艞,音 bù。

舢 shān ㄕㄢ

舢板。1.小礮船。清會典事例九三八工部船政:"每舢板十隻爲一營,舢板礮船二十隻爲一營。"2.一種划行便捷的小船。參見"三板㊁㊂"。

四畫

舫 fǎng ㄈㄤˇ 甫妄切,去,漾韻,非。

㊀竹木筏。後來通指船。文選三國魏王仲宣(粲)贈蔡子篤詩:"舫舟翩翩,以泝大江。"參見"方㊁"。㊁兩船相並。史記七十張儀傳:"舫船載卒,一舫載五十人,與三月之食。"索隱:"舫,謂並兩船也。"㊂有艙室的船。藝文類聚七一吳書:"陸遜破曹休,當還西陵,公卿並會,爲遜祖道。上賜遜御船一舫,繒綵舟梁。"唐白居易長慶集五七白蓮池汎舟:"白藕新花照水開,紅窗小舫信風迴。"

【舫樓】船樓。晉書王廙傳:"旦自尋陽,迅風飛帆,暮至都,倚舫樓長嘯,神氣甚逸。"

航 háng ㄏㄤ 胡郎切,平,唐韻,匣。

㊀方舟,兩船相並。淮南子氾論:"古者大川名谷衡絕道路,不通往來也,乃爲窬木方版以爲舟航。"注:"舟相連爲航。"亦指單船。文選晉張衡思玄賦:"不抑操而苟容兮,譬臨河而無航。"注:"航,船也。"參見"抗"。㊁渡。三國志吳賀邵傳上疏:"臣聞否泰無常,吉凶由人,長江之限,不可久恃,苟我不守,一葦可航也。"參見"杭㊀"。㊂以船相接爲橋,浮橋。陳書高祖紀上:"高祖盡命衆軍分部甲卒,對冶城立航渡兵,攻其水南二柵。"

【航海】海上行船。文選南朝宋顏延年(延之)三月三日曲水詩序"棧山航海"注引漢揚雄交州箴:"航海三萬里,來牽其犀。"古文苑十四交州牧箴航作"杭"。

【航船】裝運客貨的船隻。唐李肇國史補下:"大曆貞元間,有俞大娘航船最大,……操駕之工數百。南至江西,北至淮南,歲一往來,其利甚博。"宋華岳翠微南征録五捉月仙詩:"纜解西風拍岸顛,雁拖秋色上航船。"

【航海梯山】渡海登山。指跋涉山川。廣弘明集二十梁簡文帝(蕭綱)大法頌序:"金鱗鐵面,貢碧砮之琛;航海梯山,奉白環之使。"宋黃庭堅豫章集十和中玉使君晚秋開天寧節道場詩:"釣溪築野收多士,航海梯山各一家。"參見"梯山航海"。

舭 bǐ ㄅㄧˇ 卑履切,上,紙韻,幫。

見下。

【舭艍】船名。宋史四六七李全傳:"始造舭艍舟,謀爭舟楫之利焉。"

般 1. bān ㄅㄢ 北潘切,平,桓韻,幫。布還切,平,删韻,幫。

㊀搬,轉運。唐白居易長慶集四官牛詩:"官牛官牛駕官車,滻水岸邊般載沙。"今作"搬"。㊁回,還。見"般師"。㊂頒,賜。墨子尚賢中:"般爵以貴之,裂地以

封之。"㈣布，列。漢書禮樂志郊祀歌練時日："雲之來，神哉沛，先以雨，般裔裔。"注："般讀與班同。班，布也。"上㈢㈣通"班"。㈤駁雜，亂。漢書四八賈誼傳弔屈原文："般紛紛其離此郵兮，亦夫子之故也。"㈥斑紋。見"般般㈠"。上㈤㈥通"班"。㈦種，類。唐王維王右丞集六聽百舌鳥詩："入春解作千般語，拂曙能先百鳥啼。"韓愈昌黎集九晚春詩："草樹知春不久歸，百般紅紫鬬芳菲。"

2. pán ㄆㄢˊ 薄官切，平，桓韻，並。

㈧旋轉。見"般₂還"、"般₂辟"。㈨和樂。逸周書祭公："畢桓于黎民般。"注："般，樂也。"參見"般₂樂"。㈩鞶。通"鞶"。穀梁傳桓三年："諸母般。"釋文："般，一本作鞶。"疏引鄭玄："男子般革，婦人般絲，所以盛帨巾之屬，爲謹敬也。"⑪山石。通"磐"。漢書郊祀志上："鴻漸于般。"按易漸作"磐"。

3. bō ㄅㄛ

⑫見"般₃若"。

【般斤】古大匠魯班之斧。揚子法言君子："般之揮斤，羿之激矢；君子不言，言必有中也。"後以般斤喻大師的長技。宋蘇軾分類東坡詩十七次韻張安道讀杜詩："般斤思郢質，鯤化陋儵濠。"

【般首】虎類猛獸。漢書八七揚雄傳羽獵賦："履般首，帶修蛇。"注引如淳："般音班。班首，虎之類也。"

【般₃若】梵語。猶言智慧，或曰脫離妄想，歸於清静。爲六波羅蜜之一。大智度論四三："般若者，秦言智慧也。一切諸智慧中最爲第一，無上、無比、無等，更無勝者，窮盡到邊。"參見"六波羅蜜"。

【般₂桓】滯留，徘徊。同"盤桓"。文選漢傅武仲(毅)舞賦："或有宛足鬱怒，般桓不發。"注："言馬按足緩步，鬱怒氣，遲留不發也。"

【般師】還軍。同"班師"。漢書六九趙充國傳："今虜亡其美地薦草，愁於寄託遠遯，骨肉離心，人有畔志，而明主般師罷兵，萬人留田。"

【般倕】般，公輸班；倕，共工。傳説古代之巧工。漢書八七揚雄傳甘泉賦："般倕棄其剞劂兮，王爾投其鉤繩。"文選三國魏嵇叔夜(康)琴賦："夔襄薦法，般倕騁神。"

【般剥】搬運，駁運。同"盤剥"。文獻通考二五國用三漕運："崇寧三年户部尚書曾孝廣之言曰：往年南自真州江岸，北至楚州淮隄，以堰瀦水，不通重船，般剥勞費，遂於堰傍置轉船倉，受逐州所輸，更用運河船載之入汴，以達京師。雖免推舟過堰之勞，然侵盗之弊由此而起。"

【般般】㈠文采貌。同"斑斑"。史記一一七司馬相如傳封禪文："般般之獸，樂吾君囿，白質黑章，其儀可喜。"㈡一般，一樣。唐羅隱甲乙集十下第作詩："年年模樣一般般，何似東歸把釣竿。"

【般₂旋】回旋。抱朴子廣譬："般旋之儀，見憎於裸踞之鄉；繩墨之匠，獲忌於曲木之肆。"參見"般₂還"。

【般₂遊】遊樂。同"盤遊"。文選漢張平子(衡)歸田賦："極般遊之至樂，雖日夕而忘劬。"

【般鼓】一種調節舞曲的鼓。文選漢傅武仲(毅)舞賦："眄般鼓則騰清眸，吐哇咬則發皓齒。"注："般鼓之舞……似舞人更遞蹈之而爲舞節。"亦作"盤鼓"。古文苑五漢張衡觀舞賦："拊者啾其齊列，盤鼓焕以駢羅。"注："舞之折盤，隨鼓聲而旋轉，故謂之盤鼓。"

【般₂辟】盤旋貌。同"盤辟"。晉書潘岳傳附潘尼釋奠頌："金石簫管之音，八佾六代之舞，鏗鏘闛閤，般辟俛仰。"

【般腸】竹名。晉戴凱之竹譜："般腸，實中，與笆相類，於用寡宜，爲筍殊味。"自注："般腸竹，生東郡緣海諸山中，其筍最美。云與笆竹相似，出閩中。"

【般₂樂】盛樂。孟子盡心上："般樂飲酒，驅騁田獵。"注："般，大也，大作樂而飲酒。"荀子仲尼："閨門之內，般樂奢汏。"注："般，亦樂也。"

【般₂還】回旋。禮投壺："賓再拜，受，主人般還曰辟。"疏："主人見賓之拜，乃般還曲折還，謂賓曰：'今辟而不敢受。'言此者，欲止賓之拜也。"

【般臂】有駁雜紋理的前肢。般通"斑"。禮內則："馬黑脊而般臂，漏。"注："般臂，前脛般般然也。"

【般關】梨的一種。古文苑四漢揚雄蜀都賦："扶林檎，爚般關。"宋章樵注："般關，美梨也。"

【般₂礴】箕踞。伸開兩腿坐，示不拘形迹。莊子田子方："宋元君將畫圖，衆史皆至，……有一史後至者，儃儃然不趨，受揖不立，因之舍。公使人視之，則解衣般礴，臝。君曰：'可矣，是真畫者也。'"

【般₃泥洹】梵語。亦譯般涅槃，略稱涅槃。般，圓；涅槃，寂。圓寂即入滅(死亡)。世説新語言語："于時張(玄之)年九歲，顧(敷)年七歲，(顧)和與俱至寺中，見佛般泥洹像，弟子有泣者，有不泣者。"參見"涅槃"。

【般₃若湯】酒的别名。宋竇苹酒譜異域酒："天竺國謂酒爲酥，今北僧多云般若湯，蓋廋辭以避法禁耳，非釋典所出。"(説郛六六)參閱宋張邦基墨莊漫録五。

【般涉調】樂調名。也稱般贍調。唐改諸樂名，時號古簇羽爲般涉調。宋樂較古樂低二律，俗稱黄鍾羽爲般涉調。此調中原音韻尚有之，元人雜劇中附於中吕宫。參閱唐段安節樂府雜録、清凌廷堪燕樂考原。參見"七律㈠"。

五畫

舵 duò ㄉㄨㄛˋ 徒可切，上，哿韻，定。

船尾用以控制行向的裝置。同"柁"、"柂"。玉篇："舵，正船木也。"元曲選缺名馮玉蘭三："梢公云：後面把舵的仔細，我在這裏攔頭；天色晚了也，把船攏岸罷。"

舷 xián ㄒㄧㄢˊ 胡田切，平，先韻，匣。

船邊。文選晉郭景純(璞)江賦："忽忘夕而宵歸，詠採菱以叩舷。"

舸 gě ㄍㄜˇ 古我切，上，哿韻，見。

船。三國志吴周瑜傳："又豫備走舸，各繫大船後。"宋書垣護之傳："護之百舸爲前鋒，進據石濟，……虜不能禁。唯失一舸，餘舸並全。"

【舸艚】一種戰船。南齊書王敬則傳："敬則與羽林監陳顯達、寧朔將軍高道慶乘舸艚於江中迎戰，大破賊水軍，焚其舟艦。"

【舸艦】大戰船。南史梁紀："是日建牙，出檀溪竹木裝舸艦，旬日大辦。"泛指大船。唐王勃王子安集五滕王閣序："閭閻撲地，鐘鳴鼎食之家；舸艦彌津，青雀黄龍之軸。"

艒 mù ㄇㄨˋ 集韻 莫六切，入，屋韻。

"艒"之省寫，見"艒艏"。

舳 zhú ㄓㄨˊ 直六切，入，屋韻，澄。

船尾，舵。方言九："(舟)後曰舳。……舳，制水也。"注："今江東呼柁爲舳。"一説船前，亦云兩邊木。文選晉左太沖(思)吴都賦："弘舸連舳，巨艦接艫。"晉劉淵林(逵)注："舳，船前也。"唐張銑注："舳，兩邊挾木也。"

【舳艫】㈠舳，船後舵；艫，船頭。泛稱船隻。漢書武帝紀元封五年："自尋陽浮江,……舳艫千里,薄樅陽而出。"注:"舳,船後持柁處;艫,船前頭刺櫂處也。言其船多,前後相銜,千里不絶也。"㊁量詞。計算船隻面積。説文:"漢律:名船方長爲舳艫。"清段玉裁注:"長,當作'丈'。……蓋漢時計船以丈,每方丈爲一舳艫也。"

舲 líng 郎丁切,平,青韻,來。
ㄌㄧㄥˊ

有窗的小船。楚辭屈原九章涉江:"乘舲船余上沅兮,齊吳榜以擊汰。"淮南子俶真:"越舲蜀艇,不能無水而浮。"

舴 zé 陟格切,入,陌韻,知。
ㄗㄜˊ 側伯切,入,陌韻,莊。

見下。

【舴艋】小船。藝文類聚七一南朝宋元嘉起居注:"餘姚令何玢之造作平牀一,乘船舴艋一艘,精麗過常。"唐李賀歌詩編一南園之九:"泉沙耎卧鴛鴦暖,曲岸迴篙舴艋遲。"

⿰舟句 gōu 古侯切,平,侯韻,見。
ㄍㄡ

亦作"⿰舟冓"。見下。

【⿰舟句⿰舟虒】船名。北堂書鈔一三八晉楊泉物理論:"夫工匠經涉河海,爲⿰舟句⿰舟虒以浮大淵。"參見"⿰舟冓⿰舟虒"。

船 chuán 食川切,平,仙韻,神。
ㄔㄨㄢˊ

㊀水運工具。古稱"舟"。莊子漁父:"有漁父者,下船而來。"史記夏紀:"陸行乘車,水行乘船。"㊁姓。見廣韻。

【船步】㊀水軍與步兵。三國志吳周瑜傳:"曹公入荆州,劉琮舉衆降。曹公得其水軍,船步兵數十萬。"㊁渡口,碼頭。宋吳處厚青箱雜記三:"嶺南謂水津爲步,言步之所及,故有……船步,卽人渡船處。"步,今作"埠"。參見"步㊆"。

【船宮】以船爲宮室。越絶書二吳地傳:"欐溪城者,闔廬所置船宮也。"又八記地傳:"舟室者,句踐船宮也。"

【船乘】船與車馬。用以喻治國能臣。漢劉向説苑尊賢:"是故游江海者託於船,致遠道者託於乘,欲霸王者託於賢。伊尹呂尚管夷吾百里奚,此霸王之船乘也。"

【船舶】船的總稱。南史梁紀下太平二年:"徐度至合肥,燒齊船舶三千艘。"

【船脚】㊀駕船者。隋杜寶大業雜記:"又有朱鳥航二十四艘,蒼螭航二十四艘,……其架船人名爲船脚。"㊁船的吃水部分。唐白居易長慶集五二和三月三十日四十韻詩:"坐併船脚欹,行多馬蹄阻。"㊂船運費。宋史食貨志下四:"日買鹽一萬餘籌,……籌爲錢一貫八百三十文,内除船脚錢二百文,有一貫六百三十文。"

【船艦】戰船。三國志吳周瑜傳:"今寇衆我寡,難與持久。然觀(曹)操軍船艦首尾相接,可燒而走也。"南史陳紀上:"帝督兵疾戰,縱火燒柵,烟塵漲天,齊人大潰,盡收其船艦。"

【船驥】船與良馬。用以喻治國賢能之臣。呂氏春秋知度:"絶江者託於船,致遠者託於驥,霸王者託於賢。伊尹呂尚管夷吾百里奚,此霸王之船驥也。"全唐詩七二八周曇百里奚:"船驥由來是股肱,在虞虞滅在秦興。"

【船司空】縣名。在今陝西渭南縣境。漢書地理志上:"(京兆尹)縣十二:長安,新豐,船司空,……"注:"本主船之官,遂以爲縣。"

【船矴魚】小魚名,多生於溪澗中,又名黃鰗魚,别稱杜父魚。見人則以嘴插入泥中如船矴,故名。見本草綱目四四鱗三杜父魚。參見"杜父魚"。

【船子和尚】唐時僧人,名德誠,蜀人。從藥山洪道禪師學。常乘小船往來松江朱涇間,以輪釣度日,人號船子和尚。後覆船死。咸通中僧藏暉於其覆歿處建寺。見嘉慶一統志八五江蘇松江府四仙釋。

舶 bó 傍陌切,入,陌韻,並。
ㄅㄛˊ

大船,海船。水經注江水:"昔孫權裝大船名之曰長安,亦曰大舶,載坐直之士三千人。"南齊書張融傳海賦:"浮艫雜軸,遊舶交艘。"

【舶主】船主。唐元稹長慶集十二和樂天送客遊嶺南二十韻:"舶主腰藏寶,黃家砦起塵。"自注:"南方呼波斯爲舶主。胡人異寶,多自懷藏,以避強丐。"

【舶來】由海船轉運而入。唐元稹長慶集十七送嶺南崔侍御詩:"蛟老多爲妖婦女,舶來多賣假珠璣。"後因稱由海運輸入的外國商貨爲舶來品。

【舶物】外國海運來之貨物。梁書王僧孺傳:"又外國舶物、高涼生口歲數至,皆外國賈人以通貨易。"

【舶船】大船。晉常璩華陽國志三蜀:"司馬錯率巴蜀衆十萬,大舶船萬艘,米六百萬斛,浮江伐楚。"宋史四八九闍婆國傳:"朝貢使汎舶船六十日至明州定海縣。"

【舶趠風】梅雨後的東南季風。宋蘇軾分類東坡詩七舶趠風引:"吳中梅雨既過,颯然清風彌旬,歲歲如此,湖人謂之舶趠風。是時海舶初回,云此風自海上與船俱至云耳。"

六　畫

舼 qióng 渠容切,平,鍾韻,羣。
ㄑㄩㄥˊ

一種身長艙深的小船。後漢書六十上馬融傳廣成頌:"然後方餘皇,連舼舟。"

⿰舟同 tóng 徒紅切,平,東韻,定。
ㄊㄨㄥˊ

船的一種。初學記二五周遷輿服雜事:"其人欲輕行,則乘海⿰舟同。合木船也。"

【⿰舟同艚】川江小船名。宋陸游劍南詩稿二過東瀼入馬肝峽:"猶勝溪丁絶輕死,無時來往駕⿰舟同艚。"

⿰舟行 háng 集韻 寒剛切,平,唐韻。
ㄏㄤˊ

方形船。唐陸德明經典釋文一序録尚書:"齊明帝建武中,吳興姚方興采馬王之注,造孔傳舜典一篇,云於大⿰舟行頭買得,上之。"

七　畫

艆 láng 魯當切,平,唐韻,來。
ㄌㄤˊ

艆艄,海船名。見初學記二五埤蒼。

艄 shāo 集韻 師交切,平,爻韻。
ㄕㄠ

船梢。見集韻。

【艄公】掌舵的人。也泛指船家。水滸三六:"小弟……專在揚子江中撐船艄公爲生,能識水性,人都呼小弟做混江龍李俊便是。"明王周詰峽船具詩序:"俗稱操舟者,男曰艄公,女曰艄婆,蓋以其掌艄也。"

艅 yú 以諸切,平,魚韻,喻。
ㄩˊ

見下。

【艅艎】船名。抱朴子博喻:"艅艎鷁首,涉川之良器也。"參見"餘皇"。

艇 tǐng 徒鼎切,平,迥韻,定。
ㄊㄧㄥˇ

輕便小船。淮南子俶真:"越舲蜀艇,不能無水而浮。"注:"蜀艇,一版之舟。"才調集二温飛卿(庭筠)西洲詞:"艇子搖兩槳,催過石頭城。"

八　畫

⿰舟宗 zōng
ㄗㄨㄥ

船隊。元詩紀事九宋無鯨背吟出火:"前船去速後⿰舟宗忙,暗裏尋⿰舟宗認火光。"明馬歡瀛涯勝覽紀行詩："海舶番商經自聚，自此分艅往錫蘭。"

艋 měng 莫幸切，上，梗韻，明。ㄇㄥˇ

見"舴艋"。

九 畫

艑 biàn 薄泫切，上，銑韻，並。ㄅㄧㄢˋ

一種大船。宋書吳喜傳："從西還，大艑小艒，爰及草舫，錢米布絹，無船不滿。"北堂書鈔一三八荆州土地記："湘州七郡，大艑所出，皆受萬斛。"

艓 dié 集韻弋涉切，入，葉韻。ㄉㄧㄝˊ

輕便船。宋書沈攸之傳："輕艓一萬，截其津要。"唐杜甫杜工部草堂詩箋二六最能行："富豪有錢駕大舸，貧窮取給行艓子。"

艒 mò 莫北切，入，德韻，明。ㄇㄛˋ 莫卜切，入，屋韻，明。

小船。宋書吳喜傳："從西還，大艑小艒，爰及草舫，錢米布絹，無船不滿。"

【艒縮】小船。方言九："南楚江湘，凡船大者謂之舸。小舸謂之艖，艖謂之艒縮。"也作"艒縮"。文苑英華七九一唐皮日休酒箴序："以艒縮載醇酎一甑，往來湖上。"皮子文藪作"舶艒"，疑誤。

艐 jiè 古拜切，去，怪韻，見。ㄐㄧㄝˋ

至，界。爾雅釋詁："艐，……至也。"史記一一七司馬相如傳大人賦："糾蓼叫奡蹋以艐兮，蔑蒙踊躍騰而狂趡。"集解引徐廣曰："艐音介，至也。"

艘 sāo sōu 蘇遭切，平，豪韻，心。ㄙㄠ ㄙㄡ 蘇彫切，平，蕭韻，心。

㊀船的泛稱。本作"艘"。魏晉以後通用作艘。抱朴子博喻："瓊艘瑤楫，無涉川之用；金弧玉弦，無激矢之能。"㊁量詞，用於船隻。文選三國魏王仲宣（粲）從軍詩之四："連舫踰萬艘，帶甲千萬人。"

艎 huáng 胡光切，平，陽韻，匣。ㄏㄨㄤˊ

㊀船。南齊謝朓謝宣城集二出藩曲："飛艎遡極浦，旌節去關河。"宋蘇軾分類東坡詩十九次韻許遵："蒜山渡口挽歸艎，朱雀橋邊看道裝。"㊁見"艅艎"。

十 畫

艗 yì 五歷切，入，錫韻，疑。ㄧˋ

見下。

【艗首】船名。艗，本作"鷁"。古常於船頭畫鷁形，因以名船。方言九："首謂之閤閭，或謂之艗艏。"注："鷁，鳥名也。今江東貴人船前作青雀，是其象也。"聊齋志異于子游："秀才亦不知大王何人，送至艗首，躍身入水，撥剌而去，乃知爲魚妖也。"參見"鷁首"。

艖 chā 初牙切，平，麻韻，初。ㄔㄚ 昨何切，平，歌韻，從。

小船。方言九："小舸謂之艖。"注："今江東呼艖，小底者也。音叉。"

【艖艄】船的一種。梁書羊侃傳："初赴衡州，於兩艖艄起三間通梁水齋，飾以珠玉，加之錦繢。……乘潮解纜，臨波置酒，緣塘傍水，觀者填咽。"

艛 gōu 集韻居侯切，平，侯韻。ㄍㄡ

亦作"鉤"。見下。

【艛艫】船名。三國志吳呂蒙傳："蒙至尋陽，盡伏其精兵艛艫中，使白衣搖櫓，作商賈服。"元王逢梧溪集四下無題詩之三："白衣艛艫渡吳兵，赤羽旌旗奪趙營。"

艓 qióng 集韻渠容切，平，鍾韻。ㄑㄩㄥˊ

小船。同"艭"。見玉篇。

【艓艚】小船。明方以智通雅器用雜用："今皖之太湖，呼舟之小而深者曰艓艚。"

艜 tà 正字通徒荅切，音榻。ㄊㄚˋ

船的一種。見玉篇。樂府詩集六四梁元帝（蕭繹）吳趨行："蓮花逐牀返，何時乘艜歸。"北史隋紀下："遣黃門侍郎王弘、上儀同於士澄往江南採木，造龍舟、鳳艜、黃龍，赤艦、樓船等數萬艘。"

艙 cāng ㄘㄤ

船上居人置物的部位。宋張鎡南湖集七崇德道中詩："枸橘花繁雪有香，風吹成陣入船艙。"

十一畫

艚 sù 息逐切，入，屋韻，心。ㄙㄨˋ

見"艒縮"。

艚 cáo 昨勞切，平，豪韻，從。ㄘㄠˊ

船的一種。宋書恩倖傳序："南金北毳，來悉方艚；素緤丹魄，至皆兼兩。"指貨船。宋書垣護之傳："而虜（魏軍）悉已牽（王）玄謨水軍大艚，連以鐵鎖三重斷河，欲以絕護之還路。"指戰船。也泛指船。樂府詩集四八唐劉方平烏棲曲："畫舸雙艚錦爲纜，芙蓉花發蓮葉暗。"

艛 lóu 落侯切，平，侯韻，來。ㄌㄡˊ

樓船。梁書呂僧珍傳："悉取檀溪材竹，裝爲艛艦，葺之以茅。"

【艛艓】樓船和小船，統稱船。唐白居易長慶集十七入峽次巴東詩："兩片紅旌數聲鼓，使君艛艓上巴東。"韓偓玉山樵人集阻風詩："肥鱖香秔小艛艓，斷腸滋味阻風時。"

艞 diǎo 集韻丁了切，上，筱韻。ㄉㄧㄠˇ

見下。

【艞舸】船名。梁書王僧辯傳："及王師次于南州，賊帥侯子鑒等率步騎萬餘人於岸挑戰，又以艞舸千艘並載士，兩邊八十棹，棹手皆越人，去來趣襲，捷過風電。"

十二畫

艟 chōng 尺容切，平，鍾韻，穿。ㄔㄨㄥ

見"艨艟"、"艟艨"。

十三畫

艤 yǐ 魚倚切，上，紙韻，疑。ㄧˇ

船攏岸。文選晉左太沖（思）蜀都賦："試水客，艤輕舟。"玉臺新詠七梁簡文帝（蕭綱）從頓暫還城："征艫艤湯塹，歸騎息金隍。"

【艤舟】船泊岸邊。文選南朝宋顏延年（延之）祭屈原文："弭節羅潭，艤舟汨渚。"

艣 lǔ 郎古切，上，姥韻，來。ㄌㄨˇ

划船的工具。大曰艣，小曰楫。同"櫓"。宋王安石臨川集十五題朱郎中白都莊詩："藜杖聽鳴艣，籃輿看種田。"

十四畫

艦 jiàn 胡黤切，上，檻韻，匣。ㄐㄧㄢˋ

戰船。釋名釋船："上下重牀曰艦，四方施板以禦矢石，其內如牢檻也。"唐李白李太白詩八永王東巡歌之七："戰艦森森羅虎士，征帆一一引龍駒。"

【艦户】船之出入口。俗稱馬門。宋書劉鍾傳："鍾自行覘賊，天霧，賊鉤得其舸，鍾因率左右攻艦户，賊遽閉户距之，鍾乃徐還。"

艧 huò ㄏㄨㄛˋ 玉篇 烏縛切。

船。南朝梁江淹江文通集三遷陽亭詩:"方水埋金艧,圓岸伏丹瓊。"

艨 méng ㄇㄥˊ 莫紅切,平,東韻,明。 莫弄切,去,送韻,明。

見下。

【艨衝】戰船。太平御覽七七〇引吳志:"董襲討黃祖,祖橫兩艨衝,夾守沔口。"

【艨艟】同艨衝。舊五代史賀瓌傳:"以艨艟戰艦阨其中流。晉人斷我艨艟,濟軍以援南栅,瓌退軍於行臺。"

十五畫

艪 lǔ ㄌㄨˇ

划船的工具。同"櫓"、"艣"。唐李白李太白詩十三淮陰書懷寄王宗城:"大舶夾雙艪,中流鵝鸛鳴。"

十六畫

艫 lú ㄌㄨˊ 落胡切,平,模韻,來。

㊀船頭。或曰船尾。漢書武帝紀元封五年:"舳艫千里。"注:"李斐曰:舳,船後持柂處;艫,船前頭刺櫂處也。"文選晉左太沖(思)吳都賦:"弘舸連舳,巨艦接艫。"晉劉淵林(逵)注:"艫,船後也。"㊁船。文選南朝宋謝宣遠(瞻)王撫軍庾西陽集別作詩:"榜人理行艫,輶軒命歸僕。"

十八畫

艭 shuāng ㄕㄨㄤ 所江切,平,江韻,山。

小船。明袁宏道袁中郎集三和小修詩:"露梢千縷撲斜窗,黃笙藤枕夢吳艭。"

艮部

艮 gèn ㄍㄣˋ 古恨切,去,恨韻,見。

㊀卦名。八卦之一,䷳艮下艮上,山之象。易艮:"兼山,艮。"㊁限,止境。易艮:"艮,止也。"又:"初六,艮其趾。"㊂堅固。見方言十二。廣雅釋詁:"艮,堅也。"清王念孫疏證:"說卦傳云:艮爲山,爲小石,皆堅之義也。今俗語猶謂物堅不可拔曰艮。"㊃猶難。漢揚雄太玄經五守:"象艮有守。"注:"艮,難也。"㊄時辰名。舊唐書七九呂才傳宅經敍:"若依葬書,多用乾、艮二時,並是近半夜,此卽文與禮違。"㊅方位名,指東北。易說卦:"艮,東北之卦也。"宅經以東北爲艮方。

【艮岳】卽"艮嶽"。見"艮嶽"。

【艮齋】㊀宋謝諤書齋名。諤,新喻人,初居縣南竹陂,名其燕坐之所曰艮齋,人稱艮齋先生。見宋史本傳。㊁宋薛季宣別號。季宣爲永嘉學派的代表,其學出於謝諤,著有書古文訓義詩性情說春秋經解指要等書。見宋史本傳、宋元學案五二艮齋學案。

【艮維】指東北方向。後漢書八二崔駰傳崔篆慰志賦:"遂翕翼以委命兮,受符守乎艮維。"注:"艮,東北之位。謂(崔)篆爲千乘太守也。"

【艮嶽】宋徽宗政和七年於東京汴梁(今河南開封)景龍山側築土山,以象餘杭之鳳凰山,命宦者梁師成董其事。時有朱勔者,廣求天下奇花異木、太湖靈璧以及珍禽異獸、佳果文竹之類以進,號花石綱。山周圍十餘里,分東西二峯,最高峯九十尺。以在都城之艮方(東北方),故名艮嶽。宣和四年徽宗自爲艮嶽記。後易名壽嶽,都人稱萬壽山。靖康中金人圍汴,城內百姓凍餒,詔令入艮嶽,任便樵采,臺榭宮室,爲之一空。其舊址約當在開封鐵塔上方寺左右。參閱宋趙彥衛雲麓漫鈔三、袁褧楓窗小牘七、宋史地理志一京城。

一畫

良 1. liáng ㄌㄧㄤˊ 呂張切,平,陽韻,來。

㊀善良。詩陳風墓門:"夫也不良,國人知之。"㊁賢能。書益稷:"元首明哉,股肱良哉,庶事康哉!"也指有材能的人。詩秦風黃鳥序:"黃鳥哀三良也。"㊂精善。呂氏春秋仲冬紀:"陶器必良。"㊃和悅。論語學而:"夫子溫良恭儉讓以得之。"㊄古代婦女稱其夫。儀禮士昏禮:"媵衽良席在東。"注:"婦人稱夫曰良。"參見"良人㊂"。㊅副詞。1.甚,很。史記一〇二馮唐傳:"上既聞廉頗李牧爲人,良說。"2.確實。文選三國魏文帝(曹丕)與吳質書:"古人思秉燭夜遊,良有以也。"㊆姓。出姬姓,春秋鄭穆公子子良之後。其族子良佐。參閱宋鄧名世古今姓氏書辯證十三。

2. liǎng ㄌㄧㄤˇ

㊇通"兩"。周禮夏官方相氏:"敺方良。"注:"方良,罔兩也。"

【良丁】北魏孝文帝太和九年,下詔均田,諸男夫十五以上受露田四十畝,婦人二十畝,奴婢依良丁。良丁,指有户籍的正丁。見魏書食貨志。

【良人】㊀善良的人。詩秦風黃鳥:"彼蒼者天,殲我良人。"傳:"良,善也。"莊子田子方:"昔者寡人夢,見良人。"㊁平民,良家子。三國志魏齊王紀詔:"官奴婢六十已上,免爲良人。"參見"良家子"。㊂夫妻互稱。詩唐風綢繆:"今夕何夕,見此良人。"傳:"良人,美室也。"此夫稱其妻。孟子離婁下:"良人者,所仰望而終身也,今若此!"此妻稱其夫。後多用於妻稱夫。唐白居易長慶集七對酒示行簡詩:"復有雙幼妹,笄年未結褵。昨日婚嫁畢,良人皆可依。"㊃鄉吏。國語齊:"管子於是制國:五家爲軌,軌爲之長。十軌爲里,里有司。四里爲連,連爲之長。十連爲鄉,鄉有良人焉。"注:"賈侍中云:良人,卿士也。(韋)昭謂良人,鄉大夫也。"㊄漢女官名。秩八百石,爵比左庶長。見漢書九七上外戚傳。

【良工】技藝精良的匠人。呂氏春秋不廣:"卒爲齊國良工,澤及子孫。"淮南子脩務:"玉石之相類者,唯良工能識之。"

【良士】㊀猶賢士。書秦誓:"番番良士,旅力既愆,我尚有之。"㊁漢爵名。漢武帝時置以賞軍功,位第三級。史記平準書"請置賞官,命曰武功爵"集解:"瓚曰:'茂陵中書有武功爵:一級曰造士,二級曰閑輿衛,三級曰良士……十一級曰軍衛。'"

【良弓】㊀善於製弓的人。禮學記:"良工之子,必學爲箕。"㊁好弓。荀子性惡:"繁弱鉅黍,古之良弓也。"史記九二淮陰侯傳:"高鳥盡,良弓藏。"

【良子】善良賢能之子。左傳昭二一年:"司馬以吾故,亡其良子。"國語晉一:"若紂有良子而先喪紂,無章其惡而厚其敗。"

【良久】很久。戰國策燕三:"秦王目眩良久,而論功賞羣臣及當坐者各有差。"

史記六八商君傳："孝公既見衛鞅，語事良久。"

【良心】善良的心。孟子告子上："其所以放其良心者，亦猶斧斤之於木也。"

【良日】吉日。禮祭義："及良日，夫人繅。"史記九二淮陰侯傳："王必欲拜之，擇良日，齊戒，設壇場，具禮，乃可耳。"

【良月】指農曆十月。左傳莊十六年："公父定叔出奔衛，(鄭伯) 三年而復之，……使以十月入，曰：'良月也，就盈數焉。'"

【良平】張良陳平的合稱。漢書一〇〇下敍傳："爪牙信、布，腹心良、平。"又刑法志："任蕭曹之文，用良平之謀。"張良陳平皆劉邦謀臣，後人因通稱有智謀者爲良平。三國志魏賈詡傳："少時人莫知，唯漢陽閻忠異之，謂詡有良平之奇。"

【良民】善良的百姓。漢王符潛夫論述赦："今日賊良民之甚者，莫大於數赦。"

【良史】優秀的史官，記事信而有徵者。左傳宣二年："董狐，古之良史也，書法不隱。"漢書六二司馬遷傳贊："然自劉向揚雄博極羣書，皆稱遷有良史之材，服其善序事理，辨而不華，質而不俚。"

【良夷】古代東方的民族。逸周書王會："良夷在子。"注："良夷，樂浪之夷也，貢奇獸。"

【良吏】清廉賢能的官吏。漢王充論衡自紀："獄當嫌辜，卿決疑事，渾沌難曉，與彼分明，可知孰爲良吏。"

【良死】善終，好死。史記秦紀："庶長壯與大臣、諸侯、公子爲逆，皆誅，及惠文后皆不得良死。"

【良价】公元807—869年。唐僧名，俗姓俞，會稽諸暨人。幼從五洩山禮默禪師學，其後徧參諸師，從曇晟，受心印。良价傳本寂。良价住筠州洞山，本寂住撫州曹山，立曹洞宗，與臨濟、潙仰、雲門、法眼合稱禪宗五家。見景德傳燈錄十五。

【良沃】良田。水經注三一淯水："又南入新野縣，……左積爲陂，東西九里，南北十五里，陂水所溉，咸爲良沃。"

【良冶】善於陶鑄金屬的人。禮學記："良冶之子，必學爲裘。"言良冶子弟耳染目，推補冶破器之術，用補續袍裘。

【良夜】㊀美好的夜晚。文選漢蘇子卿(武)詩四首之四："芬馨良夜發，隨風聞我堂。"㊁猶深夜。後漢書五十祭遵傳："帝東歸過汧，幸遵營，勞饗士卒，作黃門武樂，良夜乃罷。"

【良庖】技術高明的廚工。莊子養生主："良庖歲更刀，割也；族庖月更刀，折也。"族訓衆，族庖，指一般的廚工。

【良妻】猶賢妻。史記魏世家："魏文侯謂李克曰：先生嘗教寡人曰：'家貧則思良妻，國亂則思良相。'"宋蘇轍欒城集後集三索居詩之二："客居兼壯子，別久愧良妻。"

【良知】㊀天賦的分辨是非善惡的智能。孟子盡心上："人之所不學而能者，其良能也；所不慮而知者，其良知也。"疏："不待思慮而自然知者，是謂良知者也。"明王守仁本此而演爲"良知"說。參閱明儒學案十姚江學案。㊁猶言良朋。文選南朝宋謝靈運遊南亭詩："我志誰與亮，賞心惟良知。"

【良朋】好友。詩小雅常棣："每有良朋，烝也無戎。"晉陶潛陶淵明集一停雲詩："良朋悠邈，搔首延佇。"

【良使】漢女官名。漢書九七上外戚傳："良使、夜者，皆視百石。"注："良使，使令之善者也。"

【良相】賢相。見"良妻"。

【良食】善飯，健飯。國語楚上："椒舉奔鄭，將遂奔晉，蔡聲子將如晉，遇之於鄭，饗之，以璧侑曰：子尚良食，二先子其皆相子，尚能事晉君，以爲諸侯主。"注："尚，猶彊也。良，善也。"晉陸雲陸士龍集七悲郢："仰班荆之遺情，想嘉訊而良食。"此皆努力加餐之意。

【良家】㊀善於經營的人家。管子問："問鄉之良家，其所牧養者，幾何人矣。"注："良家，謂善營生以致富者。"㊁清白的人家。南朝陳徐陵玉臺新詠序："其人五陵豪族，充選掖庭；四姓良家，馳名永巷。"此指良家之女。參見"良家子"。

【良耜】詩周頌篇名。古代秋收後祭祀社稷神的樂歌。唐孔穎達疏："良耜詩者，秋報社稷之樂歌也。謂周公成王太平之時，年穀豐稔，以爲由社稷之所佑，故於秋物既成，王者乃祭社稷之神以報生長之功，詩人述其事而作此歌焉。"

【良書】好書。墨子非命上："天下之良書，不可盡計數。"新唐書九九劉洎傳："授以良書，娛以嘉賓。"

【良罟】好網。國語魯上："宣公夏濫於泗淵，里革斷其罟而棄之，……公聞之曰：'吾過而里革匡我，不亦善乎！是良罟也，爲我得法。'"里革斷罟以諫，魯侯嘉之，用以自戒，故稱爲良罟。

【良能】㊀賢良而多才。晉書良吏傳論："鄧攸羸糧以述職，吳隱酌水以厲清，晉代良能，此焉爲最。"唐白居易長慶集三八除劉伯芻虢州刺史制："而虢略近郡，黎人未康。藉爾良能，爲余撫字。懸賞佇效，勉哉是行。"㊁天賦爲善的能力。見"良知"。

【良造】㊀秦官名。秦制有大良造、少良造等官職。史記六八商君傳："於是以鞅爲大良造。"索隱："卽大上造也，秦之第十六爵名也。今云'良造'者，或後變其名耳。"㊁指王良與造父，皆古代善於駕御良馬的人。藝文類聚九三三國魏應德璉(瑒)慜驥賦："哀二哲之殊世兮，時不遘乎良造。"

【良娣】漢女官名。太子之妾。漢書六三武五子傳："元鼎四年，納史良娣。"注："韋昭曰：良娣，太子之內官也。太子有妃，有良娣，有孺子，凡三等。"

【良常】山名，卽茅山。在今江蘇金壇縣西六十五里，與句容縣接界。相傳秦始皇三十七年出遊，登句曲北垂山歎曰：巡狩之樂，莫過於山海，自今已往，良爲常也。乃改句曲北垂曰良常之山。見真誥十一。唐陸龜蒙甫里集八和江南道中懷茅山廣文南陽博士詩之三："良常應不動移文，金醴從酸亦自醺。"

【良國】縣名。南齊置，爲越州隆川郡治。梁陳時廢郡，改爲陸川縣，卽今廣西陸川縣治。參閱南齊書州郡志上、嘉慶一統志四七四鬱林州。

【良善】指好人。三國志魏陶謙傳："曹宏等讒慝小人也，謙親任之，刑政失和，良善多被其害。"

【良弼】賢良的輔佐。書說命上："夢帝賚予良弼。"全唐詩七二三李洞述懷二十韻獻覃懷相公："帝夢求良弼，生申屬聖明。"

【良貴】指人自身所具的可貴之處。孟子告子上："人之所貴者，非良貴也，趙孟之所貴，趙孟能賤之。"疏："不以爵而貴者，是謂良貴。"

【良筆】良史的筆法。新唐書一三二蔣乂傳附蔣偕："三世踵修國史，世稱良筆。"

【良鄉】縣名。1.本春秋時燕中都地，漢爲良鄉縣，屬涿郡，以民俗淳良，故名良鄉。北齊天保七年省入薊縣，武平六年復置。唐聖曆元年改爲固節縣，神龍元年復曰良鄉。五代後唐時移良鄉於閻溝，舊城遂廢。金大定二十九年又以其地置萬寧縣，旋更名奉先。元至元時改名房山。明清皆屬順天府。今屬北京市。參閱太平寰宇記六九幽州、嘉慶一統志六順天府一房山縣。2. 漢置廣陽縣，屬廣陽國，唐時併入良鄉縣。五代後唐時移於閻溝，仍稱良鄉縣，宋元明淸因之。公元 1958 年併入北京市房山縣。參閱嘉慶一統志六順天府一。

【良媒】善於說媒的人。詩衞風氓：“匪我愆期，子無良媒。”唐駱賓王集九帝京篇：“馬卿辭蜀多文藻，揚雄仕漢乏良媒。”馬卿，司馬相如，字長卿。後來也泛指說合介紹之人。

【良裘】㊀精製的皮衣。周禮天官司裘：“中秋，獻良裘，王乃行羽物。”疏：“良裘與大裘，皆君所服，針功細密，故得良裘之名。”㊁喻祖傳的精藝。全唐文三〇一何延之蘭亭始末記：“右軍（羲之）亦自愛重此書，留付子孫，傳至七代孫智永……捨家入道，俗號永禪師。禪師克嗣良裘，精勤此藝。”參見“良冶”。

【良綏】供登車用的精製繩索。禮少儀：“（僕者）負良綏，申之面。”疏：“良，善也。善綏，君綏也。君由後升，僕者在車背，君面鄉前，取君綏由左腋下加左肩上，繞背入右腋下，申綏之末於面前。”

【良蜩】蟬名。大戴禮夏小正：“良蜩鳴。”傳：“良蜩也者，五采具。”按爾雅釋蟲作“蜋蜩”。

【良圖】㊀從長計議，深思熟慮。左傳昭二七年：“子常曰：‘是瓦之罪，敢不良圖。’”瓦，楚令尹子常。㊁遠大的抱負、志向。文選晉左太沖（思）詠史之一：“鉛刀貴一割，夢想騁良圖。”

【良算】猶良策。晉書温嶠傳：“陶侃怒曰：使君前云不憂無將士，惟得老僕爲主耳，今數戰皆北，良將安在？……若復無食，僕便欲西歸，更思良算。”

【良賤】舊時以職業分貴賤，士農工商謂之良，娼優隸卒謂之賤。古今雜劇元關漢卿拜月亭四：“便坐駟馬高車，管着滿門良賤，但出入，唾盂掌扇。”

【良緣】美好的因緣。晉陸機陸士衡集六擬迢迢牽牛星詩：“跂彼無良緣，睆焉不得度。”唐李商隱李義山詩集三風雨：“新知遭薄俗，舊好隔良緣。”

【良龜】靈龜。山海經中山經：“又東北三百里，曰岷山，江水出焉，東北流注于海，其中多良龜。”

【良醫】精於醫術者。左傳定十三年：“三折肱知爲良醫。”漢王充論衡別通：“醫能治一病謂之巧，能治百病謂之良。是故良醫服百病之方，治百人之疾。”

【良覿】猶言歡聚。文選南朝宋謝靈運南樓中望所遲客詩：“搔首訪行人，引領冀良覿。”唐杜甫杜工部詩史補遺八昔遊：“良覿違夙怨，含悽向寥廓。”

【良家子】淸白人家的子女。史記四九外戚世家：“呂太后時，竇姬以良家子入宮侍太后。”又一〇九李將軍傳：“孝文帝十四年，匈奴大入蕭關，而廣以良家子從軍擊胡。”索隱：“案如淳云：非醫巫商賈百工也。”漢制，凡從軍不在七科讁內者，謂之良家子。亦作“良家子女”。宋書孔季恭傳附子山士：“坐小弟駕部郎道穰逼略良家子女，白衣領郡。”

【良工心苦】謂精於技藝的人苦心經營。唐杜甫杜工部草堂詩箋八題李尊師松樹障子歌：“已知仙客意相親，更覺良工心獨苦。”

【良玉不瑑】謂美玉不待雕刻而爲文。漢書五六董仲舒傳策對：“臣聞良玉不瑑，資質潤美。然則常玉不瑑，不成文章；君子不學，不成其德。”也作“良玉不彫”。漢揚雄法言寡見：“或曰：良玉不彫，美言不文，何謂也？曰：玉不彫，璵璠不作器；言不文，典謨不作經。”

【良辰美景】美好的時光，宜人的景色。文選南朝宋謝靈運擬魏太子鄴中集詩序：“天下良辰美景，賞心樂事，四者難并，今昆弟友朋、二三諸彥，共盡之矣。”梁書劉遵傳晉安王與劉孝儀令：“良辰美景，淸風月夜，鷁舟乍動，朱鷺徐鳴。”

【良金美玉】喻美好的事物。新唐書二〇一王勃傳：“開元中（張）說與徐堅論近世文章，說曰：‘李嶠、崔融、薛稷、宋之問之文，如良金美玉，無施不可。’”亦作“良金璞玉”。唐徐夤釣磯文集二避世金馬門賦：“豈異嚴霜降處，難傷夫翠竹靑竹；烈火焚時，不損其良金璞玉。”

十一畫

艱 jiān 古閑切，平，山韻，見。

ㄐㄧㄢ

㊀難。書說命中：“非知之艱，行之惟艱。”傳：“言知之易，行之難。”㊁險惡。詩小雅何人斯：“彼何人斯，其心孔艱。”箋：“其持心甚難知。”㊂困苦。詩邶風北門：“終寠且貧，莫知我艱。”楚辭屈原離騷：“長太息以掩涕兮，哀民生之多艱。”㊃憂。遭父母之喪爲丁憂，也稱丁艱。世說新語德行：“王安豐（戎）遭艱，至性過人。”文選南朝齊王仲實（儉）褚淵碑文序：“又以居母艱去官。”參見“丁艱”。

【艱屯】艱難困苦。元吳萊淵穎集二問五臟詩：“元氣日酷敗，客邪作艱屯。”

【艱辛】艱難辛苦。三國志蜀許靖傳注引魏略王朗與許靖書：“苟得避子以竊讓名，然後綏帶委質，游談於平、勃之間，與子共陳往時避地之艱辛，樂酒酣讌，高談大噱，亦足遺憂而忘老。”宋書樂志四何承天鼓吹鐃歌有所思：“幼罹荼毒，備艱辛，慈顏絕，見無因。”

【艱疚】憂苦，困難。宋蘇軾蘇東坡集續集七與胡郎仁脩書之一：“不意變故，奄罹艱疚。”

【艱貞】處境艱危而能堅守不屈。易明夷：“利艱貞。”疏：“時雖至闇，不可隨世傾邪，故宜艱難堅固，守其貞正之德。”唐李商隱李義山詩集四五言述德抒情詩一首四十韻獻上杜七兄僕射相公：“乘時乖巧宦，占象合艱貞。”

【艱食】古人稱五穀爲艱食，意謂稼穡艱難。一說爲根生之食。書益稷：“暨稷播，奏庶艱食鮮食。”傳：“艱，難也。衆難得食處，則與稷教民播種之。”釋文：“艱，工閒反。馬（融）本作根，云根生之食，謂百穀。”新唐書一六五高郢傳諫代宗爲章敬寺書：“黔首狼顧，憂在艱食。”

【艱深】文詞艱澀難懂。宋黃伯思東觀餘論下校定楚詞序：“柳柳州（宗元）于千祀後，獨能作天對以應之，深宏傑異，析理精博，而近世文家亦難遽曉，故分章辨事，以其所對，別附于問，庶幾覽者瑩然，知子厚之文，不苟爲艱深也。”

【艱虞】艱難憂患。文選南朝梁任彥昇（昉）王文憲集序：“宋末艱虞，百王澆季。”北周庾信庾子山集一哀江南賦：“逮永嘉之艱虞，始中原之乏主。”

【艱險】艱難危險。世說新語政事“王安期（承）爲東海郡”注引名士傳：“避亂渡江，是時道路寇盜，人懷憂懼，承每遇艱險，處之怡然。”唐高適高常侍集四淇上酬薛三據兼寄郭少府詩：“獨行備艱險，所見窮善惡。”

【艱澀】也作“艱澁”。㊀猶言阻滯。三國志魏高柔傳：“時道路艱澁，兵寇縱橫。”又吳孫策傳“策陰欲襲許，迎漢帝”注引搜神記：“天旱不雨，道塗艱澀。”㊁文詞艱深晦澀。唐柳宗元柳先生集十五答問：“（今之世）稱其文則皆汗漫煇煌，呼噓陰陽，……而僕乃朴鄙艱澀，培塿潗湁，毫聯縷緝，塵出坱入，固不足以攄擒踊躍而涉其級。”宋史三八〇勾龍如淵傳：“文章平易者多淺近，淵深者多艱澀，惟用意淵深而造語平易，此最難者。”亦謂文思遲鈍。宋史二九六韓丕傳：“丕與賈黃中徐鉉同知貢舉，屬思艱澀，及典書命，傷於稽緩。”

【艱難】艱苦困難。詩小雅白華:"天步艱難,之子不猶。"左傳僖二八年:"晉侯在外,十九年矣,而果得晉國,險阻艱難,備嘗之矣。"

【艱關】歷盡艱苦。宋史衛王趙昺紀:"楊太后聞昺死,撫膺大慟曰:'我忍死艱關至此者,正爲趙氏一塊肉爾,今無望矣!'遂赴海死。"

色 部

色 sè ㄙㄜˋ 所力切,入,職韻,山。

㊀顏色。書益稷:"以五采彰施于五色,作服。"㊁神態,氣色。論語顏淵:"察言而觀色。"世說新語雅量:"謝太傅(安)盤桓東山,時與孫興公(綽)諸人汎海戲,風起浪涌,孫、王(羲之)諸人色並遽,便唱使還。"㊂美色。多指女色。論語子罕:"吾未見好德如好色者也。"參見"色荒"。㊃景象,景色。莊子盜跖:"今者闕然數日不見,車馬有行色,得微往見跖邪?"唐王維王右丞集五漢江臨眺:"江流天地外,山色有無中。"㊄作色,變色。戰國策韓二:"語曰:怒於室者色於市。"㊅種類。唐陸贄陸宣公集一奉天改元大赦制:"其墊陌及稅間架竹木茶漆榷鐵等諸色名目,悉宜停罷。"宋梅堯臣宛陵集五二呂晉叔著作遺新茶詩:"其贈幾何多,六色十五餅。"教坊樂工分類也稱色。宋吳自牧夢粱錄二十妓樂:"散樂傳學教坊十三部,唯以雜劇爲正色。……色有歌板色、琵琶色、箏色、方響色、笙色、龍笛色、頭管色、舞旋色、雜劇色、參軍等色。"又如音色、成色。㊆佛教用語。凡諸事物如五根(眼耳鼻舌身)五境(色聲香味觸)等足以引起變礙者,皆稱色。唐陳子昂陳伯玉集一感遇詩之八:"空色皆寂滅,緣業亦何名!"

【色目】㊀種類,名目。禮王制:"凡執技以事上者:祝、史、射、御、醫、卜及百工。"唐孔穎達疏:"此論(射御)與祝、史、醫、卜并列,見其色目。"唐陸贄陸宣公集二二均節賦稅恤百姓第一條:"望令所司與宰臣參量,據每年支用色目中有不急者、無益者罷廢之,有過制者、廣費者減節之。"㊁泛指家世、身分、姿色、技藝等。太平廣記四八七唐蔣防霍小玉傳:"有一仙人,謫在下界,不邀財貨,但慕風流,如此色目,共十郎相當矣。"宋孟元老東京夢華錄五民俗:"其士農工商諸行百户,衣裝各有本色,不敢越外,……街市行人,便認得是何色目。"㊂宋代禮部會試稀姓而被錄取的人。宋錢易南部新書丙:"大中以來,禮部放榜,歲取三二人姓氏稀僻者,謂之色目人,亦謂之榜花。"㊃元朝稱本族諸姓爲蒙古,稱其他民族諸姓如欽察、唐古、回回等爲色目。稱高麗、女真、契丹及北方之人爲漢人,稱南方之人爲南人。各類人等,待遇不同,以蒙古最優,色目次之,漢人、南人又次之。參閱明陶宗儀輟耕錄一氏族。

【色叫】變色驚呼。宋王得臣麈史中體分:"樞相王公德用自圃田復召,入長宥密,有干薦館職者,王曰:'以君進士登科,所薦應合格矣。然某武人,素不閱書,若奉薦則色叫矣。'世以爲知言。蓋今人以事理不相當爲色叫。"

【色色】㊀分辨容色。荀子哀公:"所謂庸人者,口不能道善言,心不知色色。"注:"謂以己色觀彼之色,知其好惡也。"㊁猶言各種各樣。唐元稹長慶集二四連昌宮詞:"逡巡大遍涼州徹,色色龜茲轟錄續。"新唐書選舉志一:"鄭覃以經術位宰相,深嫉進士浮薄,屢請罷之。文宗曰:敦厚浮薄,色色有之,進士科取人,二百年矣,不可遽廢。"

【色身】佛教語。自四大(地、水、風、火)五塵(色、聲、香、味、觸)等色法而成之身,謂之色身。楞嚴經十:"是故當知汝現色身,名爲堅固第一妄想。"

【色役】各種名目的勞役。新唐書一二五張説傳:"時衛兵貧弱,番休者亡命略盡,説建請一切募勇彊士,優其科條,簡色役。不旬日,得勝兵十三萬。"

【色空】"色卽是空"之省語。佛教謂有形之萬物爲色,而萬物爲因緣所生,本非實有,故云。宋司馬光文正集十四呈樂道詩:"歡游俛仰皆陳迹,薄宦須臾卽色空。"

【色長】宋元教坊司屬官,管理舞樂,有都色長、色長。宋吳自牧夢粱錄二十妓樂:"舊教坊有篳篥部、大鼓部、拍板部;色有歌板色、琵琶色、箏色、方響色、笙色、龍笛色、頭管色、舞旋色、雜劇色、參軍等色。但色有色長,部有部頭。"元張可久小山樂府中呂朝天子席上有贈曲:"教坊色長,曾侍宴丹墀上。"見宋史樂志五、又十七。

【色相】佛教主萬物皆空,以無相爲歸。人或物之一時呈現於外的形式,稱爲色相。大方廣佛華嚴經一:"諸色相海,無邊顯現。"唐白居易長慶集二十題孤山寺石榴花示諸僧衆詩:"色相故關行道地,香塵擬觸坐禪人。"

【色界】佛教的三界之一,在欲界之上。此界諸天,但有色相,無男女諸欲,故名。文苑英華八六二唐王縉東京大敬寺大證禪師碑:"開心地如毛頭,掃意塵於色界。"唐李師政法門名義集世界品三界:"色界總有四禪,合十八天,初禪梵天已上,無有女形,色身清静,故曰色界,非是散善所能惑也,要修禪定,得生其中。"參見"三界"。

【色荒】荒淫於女色。書五子之歌:"內作色荒,外作禽荒。"傳:"迷亂曰荒。色,女色。"疏:"經傳通謂女人爲色。"

【色笑】和悅的容貌。詩魯頌泮水:"載色載笑,匪怒伊教。"箋:"僖公之至泮宮,和顏色而笑語。"後指侍奉父母爲親承色笑,本此。

【色莊】外貌莊重,不惡而嚴。論語先進:"論篤是與,君子者乎?色莊者乎?"疏:"言能顏色莊嚴,使小人畏威者,亦是善人乎。"

【色斯】論語鄉黨:"色斯舉矣,翔而後集。"注:"馬(融)曰:見顏色不善,則去之。"後以色斯代指離去。後漢書六一左雄傳上疏:"虛誕者獲譽,拘檢者離毀,或因罪而引高,或色斯以求名。"三國志魏崔琰傳諫太祖書:"袁族富彊,公子寬放,盤游滋侈,義聲不聞,哲人君子,俄有色斯之志,熊羆壯士,墮於吞噬之用。"

【色智】才智外形於色。漢劉向説苑雜言:"夫色智而有能者,小人也。"

【色筆】卽五色筆。宋劉克莊後村集二三送赴省諸友林少嘉詩:"色筆深懷如有助,朱衣點首豈能神。"又四一遣興詩之二:"翁折高枝空月窟,子提色筆突煙樓。"參見"五色筆"、"夢筆"。

【色禽】女色與遊獵。舊五代史唐莊宗紀八史臣曰:"忘櫛沐之艱難,徇色禽之荒樂。"參見"色荒"、"禽荒"。

【色塵】佛教語。六塵之一。圓覺經:"根清淨,故色塵清淨。"宋蘇軾蘇文忠詩合注三二觀湖之一:"回首不知沙界小,飄衣猶覺色塵高。"參見"六塵"。

【色養】論語爲政:"子夏問孝,子曰:色難。"注:"包(咸)曰:'色難者,謂承順父母顔色乃爲難。'"後因稱承順父母顔色,孝養侍奉父母爲色養。文選晉潘安仁(岳)閑居賦序:"太夫人在堂有羸老之疾,尚何能違膝下色養,而屑屑從斗筲之役乎!"世説新語德行:"王長豫(悦)爲人謹順,事親盡色養之孝。"

【色澤】顔色光澤。素問玉機真藏論:"凡治病,察其形氣色澤,脈之盛衰,病之新故,乃治之。"淮南子俶真:"譬若鍾山之玉,炊以鑪炭,三日三夜而色澤不變,則至德天地之精也。"

【色藝】姿色技藝。元黄雪蓑青樓集曹娥秀:"京師名妓也,賦性聰慧,色藝俱絶。"

【色聽】觀察神色以聽訟。周禮秋官小司寇:"以五聲聽獄訟,求民情。一曰辭聽,二曰色聽。"注:"觀其顔色,不直則赧然。"

【色究竟天】佛教語。梵名阿迦膩瑟吒。色界十八天之一,爲色界天之頂。亦曰有頂天。見翻譯名義集二八部、遼釋希麟續一切經音義一大乘理趣六波羅密多經七阿迦膩吒。

【色衰愛弛】謂女子因容顔衰減而失寵。史記八五呂不韋傳:"不韋因其姊説(華陽)夫人曰:'以色事人者,色衰而愛弛。……不以繁華時樹本,卽色衰愛弛後,雖欲開一言,尚可得乎?'"

【色授魂與】史記一一七司馬相如傳上林賦:"長眉連娟,微睇緜藐,色授魂與,心愉於側。"索隱:"張揖曰:彼色來授我,我魂往與接也。"謂睹貌動情,心馳神往。

【色厲内荏】外貌矜嚴,内心怯懦。論語陽貨:"色厲而内荏,譬諸小人,其猶穿窬之盗也與!"漢王充論衡非韓:"奸人外善内惡,色厲内荏,作爲操止,象類賢行,以取升進。"

五　畫

艴 bó ㄅㄛˊ 蒲没切,入,没韻,並。

盛氣色,發怒貌。説文引論語:"色艴如也。"今本論語鄉黨作"勃如"。孟子公孫丑上:"曾西艴然不悦。"

六　畫

艵 pīng ㄆㄧㄥ

同"艵"。見"艵"。

八　畫

艵 pīng ㄆㄧㄥ 普丁切,平,青韻,滂。

亦作"艵"。㊀青白色。説文:"艵,縹色也。"清段玉裁注:"縹者,帛青白色也。"㊁發怒、變色貌。通"頩"。玉篇:"楚辭曰:'玉色艵以脕顔兮。'"今本楚辭遠遊艵作"頩"。

十　畫

艶 mìng ㄇㄧㄥˋ 集韻莫定切,去,徑韻。

艶艶,赤黑色。見集韻。

十三畫

艷 yàn ㄧㄢˋ

"豔"之俗字。見"豔"。

十八畫

艷 yàn ㄧㄢˋ

"豔"的異體字。見"豔"。

艸 部

艸 cǎo 采老切，上，晧韻，清。
ㄘㄠˇ
"草"的本字。見説文。

二 畫

艼 1. tīng 他丁切，平，青韻，透。
ㄊㄧㄥ
㊀草名。見"艼熒"。
2. dǐng 集韻 都挺切，上，迥韻。
ㄉㄧㄥˇ
㊁茗艼。醉貌。同"酩酊"。見"茗艼"。

【艼熒】 草名。爾雅釋草："蔚，艼熒。"説文："艼熒，朐也。"清畢沅疑卽山海經中山經之"葶薴"，見清郝懿行爾雅義疏。

艻 1. lè 盧則切，入，德韻，來。
ㄌㄜˋ
㊀蘿艻，香菜名。一説胡荽屬。見"蘿艻"。㊁古代卜筮，數蓍草以卜吉凶，每次數剩零餘蓍夾掛兩指之間。通"扐"。漢揚雄太玄經八數："并餘於艻，一艻之後而數其餘。"注："艻，猶成也。今之數，十取出一，名以爲艻，蓋以識之也。……其所餘者，并之於左手兩指間，故謂之艻。"
2. jí
ㄐㄧˊ
㊂棘木。資治通鑑二四九唐大中十二年："(王)式有才略，至交趾，樹艻〔芀〕木爲柵，可支數十年。"注："昔嘗見一書從艸從力者，讀與棘同。棘，羊矢棗也，此木可以支久。"新唐書一六七王播傳附王式作"芀木"。

芀 tiáo 徒聊切，平，蕭韻，定。
ㄊㄧㄠˊ
葦花。同"苕"。爾雅釋草："葦、葽、茶、猋、藨、芀。"注："皆芀、茶之別名。"疏謂苕一物六名，皆指萑茅之屬。

艽 1. qiú 巨鳩切，平，尤韻，羣。
ㄑㄧㄡˊ 渠追切，平，脂韻，羣。
㊀荒遠。見"艽野"。㊁禽獸巢穴中的墊草。淮南子脩務："野彘有艽莦槎櫛，堀虛連比，以像宮室。"
2. jiāo 古肴切，平，肴韻，見。
ㄐㄧㄠ
㊂草名。見"秦艽"。

【艽野】 荒遠之地。詩小雅小明："我征徂西，至于艽野。"宋書謝靈運傳撰征賦："面艽野兮悲橋梓，遡急流兮苦磧沙。"

艿 1. réng 如乘切，平，蒸韻，日。
ㄖㄥˊ
㊀陳根草未除，新草又生。逸周書商誓："百姓獻民，其有綴艿。"注："綴艿，謂若絲之絶而更續，草之刈而更生也。"㊁草。新唐書一六七裴延齡傳："長安咸陽間，得陂艿數百頃，願以爲內廐牧地，水甘草薦與苑廐等。"
2. nǎi
ㄋㄞˇ
㊂見"芋艿"。

艾 1. ài 五蓋切，去，泰韻，疑。
ㄞˋ
㊀草名。又名"艾蒿"、"蘄艾"、"冰臺"。莖葉有香氣，乾後製成艾絨，可作灸用。詩王風采葛："彼采艾兮，一日不見，如三歲兮。"傳："艾所以療疾。"㊁艾的顏色。1.蒼白色。禮曲禮上"五十曰艾"唐孔穎達疏："年至五十，氣力已衰，髮蒼白色如艾也。"2.綠色。見"艾綬"。㊂對老年人的敬稱。禮曲禮上："人生十年曰幼，學。……五十曰艾，服官政。"方言六："艾，長老也。東齊魯衞之間，凡尊老謂之傻〔叟〕，或謂之艾。"參見"艾老"。㊃美好。孟子萬章上："知好色，則慕少艾。"㊄養育。詩小雅南山有臺："樂只君子，保艾爾後。"㊅盡，停止。詩小雅庭燎："夜如何其，夜未艾。"左傳哀二年："雖克鄭，猶有知在，憂未艾也。"㊆報答。國語周上："樹於有禮，艾人必豐。"㊇姓。廣韻："風俗通云：龐儉母艾氏。"
2. yì 魚肺切，去，廢韻，疑。
ㄧˋ
㊈割，收獲。通"刈"。詩周頌臣工："庤乃錢鎛，奄觀銍艾。"穀梁傳莊二八年："一年不艾，而百姓饑。"後引申爲斫。漢書三一項籍傳："願爲諸軍快戰，必三勝，斬將，艾旗。"㊉治理。通"乂"。見"艾₂安"。

【艾人】 以艾草束成人形。南朝梁宗懍荆楚歲時記："五月五日，四民並蹋百草，……採艾以爲人，懸門户上，以禳毒氣。"

【艾山】 山名。在今山東萊蕪縣東南。以山形如艾葉而名。春秋魯隱公與齊僖公盟於艾，卽此。見春秋隱三年。

【艾₂安】 治理安定，太平無事。同"乂安"。史記河渠書："諸夏艾安，功施于三代。"漢書郊祀志上："漢興已六十餘歲矣，天下艾安，縉紳之屬，皆望天子封禪改正度也。"注："艾讀曰乂。乂，治也。漢書皆以艾爲'乂'，其義類此也。"

【艾老】 指五十歲以上的老人。漢桓寬鹽鐵論未通："五十已上曰艾老，杖於家，不從力役。"

【艾艾】 世説新語言語："鄧艾口喫，語稱艾艾。晉文王(司馬昭)戲之曰：'卿云艾艾，定是幾艾？'對曰：'鳳兮鳳兮，故是一鳳。'"後因以艾艾形容人説話口吃。

【艾壯】 五十歲以上的健壯老人。漢桓寬鹽鐵論未通："五十以上，血脈溢剛，曰艾壯。"

【艾虎】 舊俗端午節，用艾作虎，或翦綵爲虎，粘艾葉，戴以辟邪。宋周紫芝竹坡詞永遇樂五日："艾虎釵頭，菖蒲酒裏，舊約渾無據。"

【艾₂命】 捨生，捐軀。吳越春秋勾踐陰謀外傳："夫官位財幣金賞者，君之所輕也；操鋒履刃艾命投死者，士之所重也。"

【艾服】 ㊀禮曲禮上："五十曰艾，服官政。"謂年五十，可以作官從政。後因以艾服爲五十歲的代稱。藝文類聚四六北周王褒太保吳武公尉遲綱碑銘："及年踰艾服，任隆台衮。"㊁泛指從政。晉書鄭沖傳詔："艾服王事，六十餘載。"

【艾₂服】 割去犯人的蔽膝。藝文類聚五四南朝梁任昉爲王金紫謝齊武帝求皇太子律序啟："臣聞化澄上業，草纓垂典；教清中世，艾服懲刑。"參見"艾₂韠"。

【艾炷】 以艾絨搓成的灸炷，用於灸術，俗呼艾絨。隋書麥鐵杖傳："大丈夫性命自有所在，豈能艾炷灸頞，瓜蔕歕鼻，治黄不差而卧死兒女手中乎！"北史李洪之傳："疹病久療，艾炷圍將七寸，首足十餘處，一時俱下，言笑自若，接賓不輟。"

【艾酒】 浸艾的酒。元陳元靚歲時廣記二一艾葉酒："金門歲節：洛陽人家端午作朮羹艾酒。"

【艾氣】 ㊀謂口吃如晉鄧艾。宋邵博聞見後録三十："士人口吃，劉貢父(攽)嘲之曰：'本是昌徒，又爲非類，雖無雄才，卻有艾氣。'蓋周昌韓非揚雄鄧艾，皆口吃也。”參見“艾艾”。㊂艾爊之氣。喻污穢，邪惡。宋詩鈔薛季宣浪語集鈔嘲欲借予雜藁者詩：“惡語故應多艾氣，殘藤無用寫來詩。”

【艾納】見“艾蒳”。

【艾陵】地名。春秋齊地，在今山東萊蕪縣東北。春秋吳王夫差十二年，吳師敗齊師於艾陵，卽此。見國語吳、史記七八春申君傳。

【艾₂畢】古代象刑之一。卽割去犯人衣服上蔽膝部分，作爲代替宫刑的處罰。荀子正論：“治古無肉刑，而有象刑。墨黥，慅嬰，共、艾畢。”注：“畢，與韠同，紱也。”

【艾₂帳】獵者用以掩蔽自己的草障。唐李商隱李義山詩集三公子：“春場鋪艾帳，下馬雉媒嬌。”參見“艾₂如張”。

【艾褐】顏色名。明陶宗儀輟耕録十一采繪法：“凡調合服飾器用顏色者，緋紅，用銀朱、紫花合；……艾褐，用粉入槐花、螺青、土黄、檀子合。”

【艾蒳】香名。蒳，亦作“納”。晉郭義恭廣志下：“艾蒳香出西國，似細艾。又有松樹皮上緑衣，亦名艾蒳，可以和合諸香，燒之能聚，其烟青白不散，與此不同。”宋蘇軾分類東坡詩十四再和楊公濟梅花十絶之二：“憑仗幽人收艾蒳，國香和雨入青苔。”參閲宋吳曾能改齋漫録十五艾納香。

【艾綬】艾色的印綬，卽緑綬。後漢書三三馮魴傳：“賜駁犀具劍、佩刀、紫艾綬、玉玦各一。”注：“艾卽盭，緑色也，其色似艾。”又七七董宣傳：“以宣嘗爲二千石，賜艾綬，葬以大夫禮。”

【艾豭】老公猪。左傳定十四年：“野人歌之曰：‘既定爾婁豬，盍歸吾艾豭。’”

【艾餻】加艾製成的糕餅。遼史禮志六嘉儀下：“五月重五日，午時，採艾葉和綿著衣，……君臣宴樂，渤海膳夫進艾餻。”

【艾₂韠】古代象徵性刑罰之一。同“艾畢”。愼子逸文：“有虞之誅，以幪巾當墨，以草纓當劓，以菲屨當刖，以艾韠〔韠〕當宫。”參見“艾₂畢”。

【艾₂如張】漢鐃歌名。艾，同“刈”；如，讀爲而。樂府詩集十六鼓吹曲辭漢鐃歌：“古今樂録曰：‘漢鼓吹鐃歌十八曲，字多訛誤，一曰朱鷺，二曰思悲翁，三曰艾如張……’”又艾如張：“古詞曰：‘艾而張羅。’又曰：‘雀以高飛奈雀何？’穀梁傳曰：‘艾蘭以爲防，置旃以爲轅門。’謂因蒐狩以習武事也。”宋陸游劍南詩稿三一艾如張：“東村西村煙雨晚，蕭艾離離林薄淺。翩然一下駭機發，汝雖知悔安能免。”此謂割草以張羅捕雀。

【艾軒學案】宋林光朝的學派。光朝字謙之，莆田人，爲尹焞再傳弟子，焞出於程頤之門。嘗曰：“道之本體，全於太虚，六經既發明之，後世注解，已涉支離，若復增加，道愈遠矣。”又曰：“日用是根株，言語文字是注脚。”以程氏之學倡於東南者自光朝始。著有艾軒集九卷，附録一卷。學者稱艾軒先生。見宋元學案四七艾軒學案。

三 畫

芒 1. máng ㄇㄤˊ 武方切，平，陽韻，明。莫郎切，平，唐韻，明。

㊀草名。如茅而大，長四五尺，快利如鋒刃。七月抽長莖，開白花成穗，如蘆葦花。五月抽短莖，開花如芒者，爲石芒。皆可作繩索或草鞋。見本草綱目十三草二芒。爾雅作“莣”。㊁草的末端。見説文。也指細毛的末尖。文選漢班孟堅（固）答賓戲：“獨攄意乎宇宙之外，鋭思於毫芒之内。”㊂尖端，鋒刃。後漢書四六陳寵傳附陳忠上疏：“臣聞輕者重之端，小者大之源，故隄潰蟻孔，氣洩鍼芒。”㊃光芒。史記天官書：“歲陰在酉，星居午。以八月與柳、七星、張晨出，曰長王，作作有芒。”文選漢張平子（衡）思玄賦：“揚芒熛而絳天兮，水泫沄而涌濤。”㊄暗昧，模糊不清。通“茫”。莊子齊物論：“人之生也，固若是芒乎？其我獨芒，而人亦有不芒者乎？”參見“芒芒㊄”。㊅秦漢縣名。屬沛郡。王莽改名博治。東漢初更名臨睢。見漢書地理志上。故地在今河南永城縣北。

2. huǎng ㄏㄨㄤˇ 集韻虎晃切，上，蕩韻。

㊆見“芒₂芴”。

【芒刃】刀口，鋒刃。漢書四八賈誼傳陳政事疏：“屠牛坦一朝解十二牛，而芒刃不頓者，所排擊剥割，皆衆理解也。”

【芒水】水名。又稱黑水。在今陝西周至縣東南。水經注渭水：“芒水出南山芒谷。……其水分爲二流，一水東北爲枝流，一水北流，注于渭也。”三國魏甘露二年，大將軍諸葛誕據壽春以討司馬昭，蜀將姜維因起兵伐魏，率衆出駱谷，至芒水。卽此。見三國志蜀後主傳延熙二十年。

【芒芒】㊀廣大貌。詩商頌長發：“洪水芒芒，禹敷下土方，外大國是疆。”㊁遠貌。左傳襄四年：“芒芒禹迹，畫爲九州。”㊂多貌，盛貌。文選晉束廣微（晳）補亡詩之三：“芒芒其稼，參參其穡。”㊃疲倦貌。孟子公孫丑上：“宋人有閔其苗之不長而揠之者，芒芒然歸。”㊄懵懵，渺茫。文選晉陸士衡（機）歎逝賦：“咨余今之方殆，何視天之芒芒？”注：“芒芒，猶夢夢也。”五臣本作“茫茫”。

【芒角】㊀謂幼苗初生的尖葉。漢應劭風俗通聲音角：“角者觸也，物觸地而出，戴芒角也。”㊁指筆鋒。太平御覽七四八梁武帝（蕭衍）觀鍾繇書法：“夫運筆邪則無芒角，執手寬則書緩弱。”㊂棱角。指人的鋒芒、氣概。宋李覯直講先生文集二七與章祕校書：“他日足下顧吾於邸舍，氣和而言正，其辨説駸駸到義理，憤世疾惡，有大丈夫之芒角。”

【芒芠】宇宙形成以前的混沌狀態。淮南子精神：“古未有天地之時，惟像無形，窈窈冥冥，芒芠漠閔，澒濛鴻洞，莫知其門。”

【芒₂芴】莊子至樂：“芒乎芴乎，而无從出乎！芴乎芒乎，而无有象乎！”又：“雜乎芒芴之間，變而有氣。”芒芴，猶恍忽、荒忽，形容原始的混沌狀態。宋秦觀淮海集四十曾子固哀詞：“元氣含而未洩兮，洞芒芴而窅冥。”

【芒洋】浩渺，廣大無邊。舊題漢嚴遵道德指歸論三聖人無常心篇：“當此之時，溷沈太虚，霿弱至和，民忘心意，芒洋浮游。”參見“茫洋”。

【芒神】句芒神。句芒本爲古代管木之官，後作神名。見禮月令孟春之月“其神句芒”注疏。元典章：“依春牛經式造作土牛芒神色相施行，其芒神貌像、服色、裝束及鞭麐等，亦就年日幹支爲其設施。”清制，每年六月欽天監預定次年春牛芒神之制，於冬至後辰日取水土塑造。參見“句芒”。

【芒草】草名。又作莽草、商草。山海經中山經：“葌山，葌水出焉，……有木焉，其狀如棠而赤葉，名曰芒草，可以毒魚。”參見“莽草”。

【芒筒】古樂器錞于之配件，猶胡琴之弓。周書斛斯徵傳：“又樂有錞于者，近代絶無此器，或有自蜀得之，皆莫之識。徵見之曰：‘此錞于也。’衆弗之信。徵遂依干寶周禮注以芒筒捋之，其聲極振，衆乃歎服。徵乃取以合樂焉。”

【芒碭】芒山與碭山。在安徽碭山縣東南，與河南永城縣接界，二山相距八里。史記高祖紀：“高祖卽自疑，亡匿，隱於芒碭山澤巖石之間。”卽此。集解引徐廣：“芒，今臨淮縣也。碭縣在梁。”正義引括地志："宋州碭山縣在州東一百五十里，本漢碭縣也。碭山在縣東。"

【芒種】㊀指稻麥等有芒的植物。周禮地官稻人："澤草所生，種之芒種。"注引鄭司農(衆)："芒種，稻麥也。"㊁農曆節氣名。南朝梁崔靈恩三禮義宗三仲夏之月："五月芒種爲節者，言時可以種有芒之穀，故以芒種爲名。"

【芒屩】卽草鞋。梁書范縝傳："在(劉)瓛門下積年，去來歸家，恒芒屩布衣，徒行於路。"晉書劉惔傳："惔少清遠，有標奇，與母任氏寓居京口，家貧，織芒屩以爲養，雖篳門陋巷，晏如也。"

【芒鞵】卽草鞋。鞵，"鞋"的本字。宋蘇軾分類東坡詩四次韻答寶覺："芒鞵竹杖布行纏，遮莫千山與萬山。"

【芒刺在背】比喻惶恐不安。漢書六八霍光傳："宣帝始立，謁見高廟，大將軍光從驂乘，上內嚴憚之，若有芒刺在背。……故俗傳曰：威震主者不畜，霍氏之禍，萌於驂乘。"

【芒₂軔僈楛】暗昧怠慢。荀子富國："其禮義節奏也，芒軔僈楛，是辱國已。"注："芒，昧也，或讀爲荒，言不習孰也。軔，柔也，亦怠惰之義。僈與慢同。楛，不堅固也。"

芝 zhī ㄓ 止而切，平，之韻，照。

㊀菌類植物的一種。古人以爲瑞草。爾雅釋草："茵，芝。"注："芝，一歲三華，瑞草。"㊁蓋。芝形如蓋，故以芝名蓋。文選漢張平子(衡)思玄賦："左青琱之揵芝兮，右素威以司鉦。"注："芝，小蓋也。"㊂香草名。通"芷"。見"芝蘭"。

【芝山】山名。1.在江西鄱陽縣(今改鄱爲"波")北，爲城郊名勝。宋江萬里罷相後，聞襄樊陷於元兵，乃於芝山鑿池，名其亭曰"止水"。及饒州城破，萬里自投池死。見宋史四一八江萬里傳、讀史方輿紀要八五饒州府鄱陽縣。2.在山東萊陽縣西北八十里。相傳漢武帝東游得芝草於此。見嘉慶一統志一七三登州府山川引名勝志。

【芝田】謂仙人種芝草的地方。文選三國魏曹子建(植)洛神賦："爾迺稅駕乎蘅皋，秣駟乎芝田。"注："嵩高山記曰：'山上神芝。'十洲記曰：'鍾山仙家耕田種芝草。'"鍾山，昆侖山別稱。

【芝宇】唐元德秀字紫芝，房琯見德秀歎息曰："見紫芝眉宇，使人名利之心都盡。"見新唐書本傳。後來書信中因以芝宇爲稱人容顏的敬詞。宋廖行之省齋集二挽谷子長詩："伊昔拜芝宇，詞場話俊遊。"

【芝艾】芝，瑞草；艾，蕭艾，賤草；喻人的貴賤。梁書元帝紀討侯景檄："孟諸焚燎，芝艾俱盡；宣房河決，玉石同沉。"三國志魏公孫度傳注引魏略赦遼東："若苗穢害田，隨風烈火，芝艾俱焚，安能自別乎？"

【芝車】皇帝的耕車。漢蔡邕獨斷下："三蓋車，名耕根車，一名芝車，親耕籍田乘之。"後漢書輿服志上："耕車，……有三蓋。一曰芝車，置轄耒耜之箙，上親耕所乘也。"

【芝泥】卽印泥。北周庾信庾子山集十二漢武帝聚書讚："芝泥印上，玉匣封來。"明楊愼藝林伐山十印色："今之紫粉，古謂之芝泥。"

【芝房】漢郊祀歌之一。元封二年六月，甘泉宮後庭産芝，九莖連葉，作芝房之歌。見漢書武帝紀。漢書禮樂志作"齊房"，注："齊讀曰齋。"

【芝英】傳說中的瑞草名。一說，靈芝的花。史記一一七司馬相如傳大人賦："呼吸沆瀣兮餐朝霞，噍咀芝英兮嘰瓊華。"宋書符瑞志下："芝英者，王者親近耆老，養有道，則生。漢章帝元和中，芝英生郡國。"

【芝罘】山名。見"之罘"。

【芝眉】呈芝采之眉。古人以爲貴相。晉皇甫謐帝王世紀："吕望芝眉也。"後來書信中作爲稱人容顏的敬詞。顏氏家藏尺牘一吳侍郎元萊："遠承手諭，如對芝眉，復荷渥儀，安敢濫拜，唯心銘良友之至愛而已。"

【芝桂】芝與桂皆芳香類植物，因以喻品德高潔的人。唐陳子昂陳伯玉集七嘉馬參軍相遇醉歌序："且欲以芝桂爲伍，麋鹿同曹，軒裳鍾鼎，如夢中也。"

【芝栭】㊀草名。芝草之類。禮內則："芝栭、蔆、椇。"注："皆人君燕食所加庶羞也。"釋文："栭音而，本又作'檽'。"也作"茼"。後漢書六十上馬融傳廣成頌："芝茼、菫、荁、蘘荷、芋渠。"參閱淸俞正燮癸巳存稿十芝茼解。㊁梁上繪芝草圖案的短柱。文選漢王文考(延壽)魯靈光殿賦："芝茼攢羅以戢舂，枝掌扠枒而斜據。"晉張載注："芝栭，山節，方小木爲之。"

【芝圃】傳說中仙人種芝的地方。唐戴孚廣異記芝圃："仙都有芝圃，悉種靈芝。"

【芝麻】植物名。本作胡麻，脂麻。晉石勒時諱胡字，改名芝麻。見"胡麻"。

【芝蓋】車蓋。文選漢張平子(衡)西京賦："驪駕四鹿，芝蓋九葩。"三國吳薛綜注："以芝爲蓋，蓋有九葩之采也。"本指仙家之車，後亦稱帝王之車。北周庾信庾子山集一三月三日華林園馬射賦序："落花與芝蓋同飛，楊柳共春旗一色。"

【芝蘭】香草名。荀子王制："其民之親我也，歡若父母，好我芳若芝蘭。"孔子家語在厄："且芝蘭生於深林，不以無人而不芳；君子修道立德，不謂窮困而改節。"荀子宥坐作"芷蘭"。

【芝茜園】漢時種芝茜的園圃。梁任昉述異記下："洛陽有芝茜園。漢官儀云：'染園出芝茜，供染御服。'是其處也。"芝，也作"支"。

【芝英書】古字體之一。唐韋續墨藪五十六種書："芝英書者，六國時，各以異體爲符信所製也。"

【芝蘭室】喻賢士所居之處。孔子家語六本："與善人居，如入芝蘭之室，久而不聞其香，卽與之化矣。"唐高適高常侍集三同房侍御山園新亭與邢判官同遊詩："忝遊芝蘭室，還對桃李陰。"

【芝草無根】比喻人的成就，無所憑藉，出於自己的努力。三國吳虞翻與弟書："揚雄之才，非出孔氏之門，芝草無根，醴泉無源。"唐段成式酉陽雜俎續集四貶誤："予太和初從事浙西贊皇公(李德裕)幕中，嘗因與曲宴，中夜公語及國朝詞人優劣，云世人言'靈芝無根，醴泉無源'，張曲江(九齡)著詞也。蓋取虞翻與弟求婚書，徒以芝草爲靈芝耳。予後得虞翻集，果如公言。"

【芝焚蕙歎】喻同類相感。文選晉陸士衡(機)歎逝賦："信松茂而栢悅，嗟芝焚而蕙歎。"北周庾信庾子山集十二思舊銘序："麟亡星落，月死珠傷。瓶罄罍耻，芝焚蕙歎。"

【芝蘭玉樹】喻優秀子弟。世說新語言語："謝太傅(安)問諸子姪：'子弟亦何預人事，而正欲使其佳？'諸人莫有言者。車騎(謝玄)答曰：'譬如芝蘭玉樹，欲使其生於階庭耳。'"

芋 1. yù ㄩ 王遇切，去，遇韻，于。

㊀植物名。一名蹲鴟。俗稱芋奶、芋艿、芋頭。史記項羽紀："今歲饑民貧，士卒食芋菽。"

2. hū ㄏㄨ 集韻 荒胡切，平，模韻。

㊀覆蓋。通"幠"。詩小雅斯干："鳥鼠攸去，君子攸芋。"傳："芋，大也。"箋："芋，

當作幠;幠,覆也。"清王引之謂芋當讀爲"宇",定居之義。見經義述聞六。

【芋渠】即芋頭。爾雅翼釋草芋:"又芋之大者,前漢書謂之芋魁,後漢書謂之芋渠,渠、魁皆言大也。"按:芋魁,見漢書翟方進傳;芋渠,見後漢書馬融傳廣成頌。參見"芋魁"。

【芋魁】芋根,芋頭。漢書八四翟方進傳:"童謠曰:'壞陂誰?翟子威。飯我豆食羹芋魁。'"子威,方進字。成帝時方進爲相,決鴻隙陂。

【芋郎君】以芋作成人形的食物。舊題唐馮贄雲仙雜記四上元影燈:"洛陽人家上元以影燈多者爲上,其相勝之辭曰千影萬影。又各家造芋郎君,食之宜男女。"宋趙必豫秋曉先生覆瓿集二齊天樂薄廳壁燈詞:"蘭帖争先,芋郎卜巧,細說成都舊話。"

苄 1. hù 侯古切,上,姥韻,匣。ㄏㄨˋ

㊀藥草名。即地黃。爾雅釋草:"苄,地黃。"參見"地黃"。

2. xià 胡駕切,去,禡韻,匣。ㄒㄧㄚˋ

㊁蒲苹。可製席。禮間傳:"齊衰之喪,居堊室,苄剪不納。"疏:"苄剪不納者,苄爲蒲苹,爲席,剪頭爲之,不編納其頭而藏於内也。"

芏 tǔ 他魯切,上,姥韻,透。ㄊㄨˇ

草名。一名夫王。爾雅釋草:"芏,夫王。"注:"芏草生海邊,似莞藺,今南方越人采以爲席。"清郝懿行義疏:"今燈草席,即芏草席,杜燈一聲之轉,其草圓細似莞。"

芅 yì 與職切,入,職韻,喻。ㄧˋ

銚芅,即羊桃。木質藤本,果味甘,可食。爾雅釋草:"長楚,銚芅。"注:"今羊桃也,或曰鬼桃,葉似桃,華白,子如小麥,亦似桃。"長楚,即"萇楚"。參見"羊桃㊀"。

芎 xiōng 去宮切,平,東韻,溪。ㄒㄩㄥ

香草名。即芎藭。見下。

【芎藭】香草名。生於川中者名川芎,莖葉細嫩時曰蘼蕪,葉大時曰江蘺。根莖入藥。史記一一七司馬相如傳子虛賦:"芎藭昌蒲。"參閱政和證類本草七芎藭、蘼蕪。

芓 1. zì 疾置切,去,志韻,從。ㄗˋ

㊀"荸"的本字。即麻、枲。說文:"芓,麻母也。从艸,子聲。一曰芓卽枲也。"清段玉裁注:"今爾雅作荸。……儀禮(喪服)傳云:'牡麻者,枲麻也。'然則枲無實,芓乃有實,統言則皆稱枲;析言則有實者偁芓,無實者偁枲。"見"荸㊀"。

2. zǐ 正字通 祖此切,音子。ㄗˇ

㊁以土壅苗根。同"耔"。漢書食貨志上:"故其詩曰:'或芸或芓,黍稷儗儗。'芸,除草也。芓,附根也。"詩小雅甫田作"耔"。

芑 qǐ 墟里切,上,止韻,溪。ㄑㄧˇ

㊀穀類植物名,指白苗的粱和粟。詩大雅生民:"誕降嘉種,維秬維秠,維穈維芑。"爾雅釋草:"芑,白苗。"注:"今之白粱粟,皆好穀。"㊁野菜名。詩小雅采芑:"薄言采芑,于彼新田。"三國吳陸璣毛詩草木鳥獸蟲魚疏上:"芑菜,似苦菜也,莖青白色,摘其葉,白汁出,肥可生食,亦可蒸爲茹。"㊂木名。山海經東山經:"(東始之山)上多蒼玉,有木焉,其狀如楊而赤理,其汁如血,不實,其名曰芑,可以服馬。"注:"以汁塗之,則馬調良。"㊃通"杞"。山海經東山經:(餘莪之山)其上多梓柟,其下多荆芑。"南山經虖勺之山作"荆杞"。

芇 mián 武延切,平,仙韻,明。ㄇㄧㄢˊ 母官切,平,桓韻,明。彌殄切,上,銑韻,明。

相當,相抵。說文:"芇,相當也。"廣韻:"今人賭物相折謂之芇。"

芔 huì 許貴切,去,未韻,曉。ㄏㄨㄟˋ

㊀草的總稱。"卉"的古體字。㊁落。穆天子傳三:"顧世民之恩,流涕芔隕。"㊂興起貌。文選漢司馬長卿(相如)上林賦:"芔然興道而遷義,刑錯而不用。"注引郭璞:"芔,猶勃也。許貴切。"史記一一七司馬相如傳作"喟然"。㊃義同"欻"。見"芔吸"。

【芔吸】草木爲風鼓動所發的聲音。史記一一七司馬相如傳上林賦:"瀏莅芔吸,蓋象金石之聲。"

芊 qiān 蒼先切,平,先韻,清。ㄑㄧㄢ 倉甸切,去,霰韻,清。

見下。

【芊芊】㊀草木茂盛貌。列子力命:"美哉國乎,鬱鬱芊芊。"㊁濃綠色。文選戰國楚宋玉高唐賦:"仰視山巔,肅何芊芊。"又晉潘安仁(岳)藉田賦"蟬冕熲以灼灼兮,碧色肅其芊芊。"注:"芊芊,碧貌。"

【芊眠】㊀光色鮮明貌。文選晉陸士衡(機)文賦:"或藻思綺合,清麗芊眠。"注:"千眠,光色盛貌。"㊁茂密幽深。宋陸游劍南詩稿五七出行湖山間雜賦之四:"柳邊煙掩苒,堤上草芊眠。"

【芊薕】草木相雜貌。文選晉郭景純(璞)江賦:"涯灌芊薕,潛薈葱蘢。"

【芊綿】草木茂密繁盛。宋書謝靈運傳山居賦:"孤岸竦秀,長洲芊綿。"唐李白李太白詩八趙炎少府粉圖山水歌:"東崖合沓蔽輕霧,深林雜樹空芊綿。"一本作"芊眠"。

【芊蔚】草木茂盛。唐陳子昂陳伯玉集一感遇詩之二:"蘭若生春夏,芊蔚何青青。"

芃 péng 薄紅切,平,東韻,並。ㄆㄥˊ 房戎切,平,東韻,並。

㊀草茂密貌。見"芃芃"。㊁獸毛蓬鬆貌。詩小雅何草不黃:"有芃者狐,率彼幽草。"

【芃芃】草木茂密貌。詩鄘風載馳:"我行其野,芃芃其麥。"又大雅棫樸:"芃芃棫樸,薪之槱之。"

芄 wán 胡官切,平,桓韻,匣。ㄨㄢˊ

㊀草名。見"芄蘭"。㊁墊草。淮南子原道:"禽獸有芄,人民有室。"注:"芄,蓐也。"

【芄蘭】草名。詩衛風芄蘭:"芄蘭之支,童子佩觿。"箋:"芄蘭柔弱,恒蔓延於地,有所依緣則起。"三國吳陸璣毛詩草木鳥獸蟲魚疏:"芄蘭一名蘿藦,幽州謂之雀瓢。"

芍 1. sháo 市若切,入,藥韻,禪。ㄕㄠˊ 張略切,入,藥韻,知。

㊀芍藥。簡稱芍,如白芍、赤芍。見"芍藥"。

2. xiào 集韻 胡了切,上,篠韻,匣。ㄒㄧㄠˋ

㊁即荸薺。爾雅釋草:"芍,鳧茈。"見"荸薺"。

3. què 七雀切,入,藥韻,清。ㄑㄩㄝˋ

㊂陂名。見"芍$_3$陂"。

4. dì 都歷切,入,錫韻,端。ㄉㄧˋ

㊃通"的"。蓮子。見廣韻。

【芍$_3$陂】陂塘名。在今安徽壽縣南。又名期思陂、安豐塘。水經注三二肥水:"(芍)陂水上承澗水,……又東北逕白芍亭東,積而爲湖,謂之芍陂,陂周百二十許里,在壽春縣南八十里,言楚相孫叔敖所造。"三國魏太尉王淩與吳將張休戰於芍陂，即此地。

【芍藥】本作"勺藥"。㊀植物名。花大而美，名色繁多，供觀賞，根入藥。詩鄭風溱洧："維士與女，伊其桐謔，贈之以勺藥。"晉崔豹古今注下問答釋義："芍藥一名可離，故將別以贈之。"參閱政和證類本草八。㊁五味調料的總稱。芍藥根主和五臟，古代用以合蘭桂五味等以作調料。參見"勺藥㊁"。

四畫

芫 háng 胡郎切，平，唐韻，匣。
ㄏㄤˊ 古郎切，平，唐韻，見。

草名。爾雅釋草："芫，東蠡。"文選漢張平子(衡)西京賦："草則葴莎菅蒯，薇蕨荔芫。"清郝懿行爾雅義疏謂即本草著録的蠡實。參見"蠡實"。

芯 xīn 集韻 思林切，平，侵韻。
ㄒㄧㄣ

㊀草名。見集韻。㊁花草等的中心部分。正字通艸部引六書故："凡函蓄于中者，皆謂之心，艸木華葉之心是也，別作芯。"燈心草的髓，可置油盞中點火照明，俗稱燈芯。

芠 wén 集韻 無分切，平，文韻。
ㄨㄣˊ

㊀草名。見玉篇。㊁芒芠。宇宙形成之前的混沌狀態。見"芒芠"。

芳 fāng 敷方切，平，陽韻，滂。
ㄈㄤ

㊀草香。楚辭屈原離騷："恐鵜鴂之先鳴兮，使夫百草爲之不芳。"泛指花卉。文選戰國楚宋玉風賦："迴穴衝陵，蕭條衆芳。"㊁凡芳香之物皆稱芳。儀禮士冠禮："甘醴惟厚，嘉薦令芳。"㊂美好。楚辭屈原離騷："不吾知其亦已兮，苟余情其信芳。"此指德行。藝文類聚三七漢蔡邕伯夷叔齊碑："雖没不朽，名字芳兮。"此指聲譽。㊃比喻有賢德的人。楚辭屈原離騷："昔三后之純粹兮，固衆芳之所在。"注："衆芳喻羣賢。"唐韓愈昌黎集三九賀册皇太后表："恭維懿德，克配前芳。"

【芳札】對他人書信的敬稱。梁書劉孝綽傳蕭繹(梁元帝)與孝綽書："數路計行，遲還芳札。"唐韋應物韋江州集二寄子西詩："傷離枉芳札，忻然見心曲。"

【芳年】美好的年歲。指少年青春。南朝宋鮑照鮑氏集三代白紵曲之二："齊謳秦吹盧女絃，千金顧笑買芳年。"唐盧照鄰幽憂子集二長安古意詩："借問吹簫向紫煙，曾經學舞度芳年。"

【芳序】美好的時光。文苑英華四九唐敬括花蕚樓賦："參歲賦兮徒延佇，懷明君兮變芳序。"

【芳甸】長滿芳草的郊野。文選南朝齊謝玄暉(朓)晚登三山還望京邑詩："喧鳥覆春洲，雜英滿芳甸。"全唐詩一一七張若虛春江花月夜："江流宛轉遶芳甸，月照花林皆似霰。"

【芳林】㊀春天的樹林。南朝梁元帝(蕭繹)纂要："(春)木曰華木、華樹、芳林、芳樹。"㊁園名。見"芳林園"。

【芳春】春天。文選晉陸士衡(機)長安有狹邪行："烈心厲勁秋，麗服鮮芳春。"南朝梁元帝(蕭繹)纂要："春曰青陽，亦曰發生、芳春、青春、陽春、三春、九春。"

【芳信】㊀對人書信的敬稱。文苑英華二四〇南朝梁劉孝綽酬陸長史倕詩："薄暮閽人進，果得承芳信。"唐白居易長慶集九祗役駱口驛喜蕭侍御書至兼覩新詩吟諷通宵因寄八韻詩："忽驚芳信至，復與新詩並。"㊁春天的訊息。宋晏幾道小山詞玉樓春之八："梅花未足憑芳信，絃語豈堪傳素恨。"

【芳訊】美好的音問。文選晉陸士衡(機)演連珠："臣聞絶節高唱，非凡耳所悲；肆意芳訊，非庸體所善。"又南朝宋謝宣遠(瞻)於安城答靈運詩："綢繆結風徽，烟煴吐芳訊。"

【芳草】㊀香草，常用以比喻有美德的人。楚辭屈原離騷："何昔日之芳草兮，今直爲此蕭艾也？"宋劉攽彭城集三二秦州玩芳亭記："自詩人比興，皆以芳草嘉卉，爲君子美德。"㊁楚辭漢淮南小山招隱士："王孫遊兮不歸，春草生兮萋萋"，後人本此，以芳草作懷人之典。唐杜牧樊川集一長安送友人遊湖南詩："山密夕陽多，人稀芳草遠。"

【芳烈】指美好的事迹。漢蔡邕蔡中郎集二郭林宗碑："俾芳烈奮乎百世，令問顯乎無窮。"抱朴子應嘲："伯陽以道德爲首，莊周以逍遥冠篇，用能標峻格於九霄，宣芳烈於罔極也。"

【芳卿】對人之敬稱。明楊基眉菴集九無題和唐李義山詩之五："芙蓉一樹金塘外，只有芳卿獨自看。"

【芳菲】花草。也指花草的芳香。文選南朝齊謝玄暉(朓)休沐重還道中詩："賴此盈罇酌，含景望芳菲。"樂府詩集五一南朝梁顧野王陽春歌："春草正芳菲，重樓啟曙扉。"

【芳塵】㊀塵。芳，美稱。晉陸雲陸士龍集一喜霽賦："戢流波於桂水兮，起芳塵於沈泥。"文選南朝宋謝靈運石門新營所住……詩："芳塵凝瑤席，清醑滿金樽。"㊁指好的風氣、名聲。宋書謝靈運傳史臣曰："周室既衰，風流彌著，屈平宋玉導清源於前，賈誼相如振芳塵於後。"周書蕭詧傳下教："藉聽衆賢，則所聞自遠；資覽外物，故在矚致明。……故能顯美政於當年，流芳塵於後代。"㊂相傳晉末後趙石虎於太極殿前起樓，高四十丈，春雜寶異香爲屑，使數百人於樓上吹散之，名曰芳塵。見舊題晉王嘉拾遺記九。

【芳鄰】對鄰居的敬稱。唐王勃王子安集五滕王閣詩序："舍簪笏於百齡，奉晨昏於萬里。非謝家之寶樹，接孟氏之芳鄰。"

【芳澤】古人稱婦女用以潤髮的香油。楚辭大招："粉白黛黑，施芳澤只。"列子周穆王："施芳澤，正蛾眉。"三國魏曹植曹子建集三洛神賦："芳澤無加，鉛華弗御。"

【芳樹】㊀花木。文選晉阮嗣宗(籍)詠懷詩之十三："芳樹垂緑葉，清雲自逶迤。"㊁漢鐃歌十八曲之一。樂府詩集十六芳樹："樂府解題曰：古詞中有云：'妬人之子愁殺人，君有他心，樂不可禁。'若齊王融'相思早春日'，謝朓'早翫華池陰'，但言時暮，衆芳歇絶而已。"

【芳馨】芳香，也指香草。楚辭屈原九歌湘夫人："合百草兮實庭，建芳馨兮廡門。"又山鬼："被石蘭兮帶杜衡，折芳馨兮遺所思。"

【芳躅】謂前代賢哲的行迹。史記一〇三萬石君傳索隱述贊："敏行訥言，俱嗣芳躅。"

【芳苡燈】古小説記漢武帝元鼎元年起招仙閣，閣上燃芳苡燈，光色紫，有白鳳、黑龍舜足來戲於閣邊。見舊題漢郭憲洞冥記二。

【芳林苑】南朝齊蕭賾(武帝)故宅，原爲青溪宮，後改爲芳林苑，一名桃花園。在今南京市東北。梁書南平元襄王偉傳："齊世，青溪宮改爲芳林苑。天監初，賜偉爲第。又加穿築，增植嘉樹珍果，窮極雕靡。"參閱嘉慶一統志七四江寧府二。

【芳林園】園名。東漢建，三國魏避齊王芳諱，改名華林園，遺址在今河南洛陽。參見"華林園"。

【芳椒堂】清嚴元照藏書堂名。元照字久能，浙江歸安人，乾隆間諸生，聚書至數萬卷，多宋元槧本。

【芳蔬園】園名。晉武帝咸寧四年，立芳蔬園於金鏞城東，多種異菜。見舊題晉王嘉拾遺記九。金鏞城在今河南洛陽市東。

【芳樂苑】園林名。故址在今南京市南。南齊東昏侯永平三年，於閱武堂起芳樂苑，山石皆塗以五采，跨池水立紫閣諸樓觀，又於苑中立市，太官每旦進酒肉雜肴，使宮人屠酤，所寵潘氏爲市令，帝爲市魁，以爲嬉樂。

【芳蘭軒集】宋徐照撰，一卷。照字靈暉，永嘉四靈之一。四靈詩源出晚唐姚合，刻意雕琢，取材不廣。照於四人中以清新見稱。參見"四靈㊂"。

【芳蘭竟體】謂遍體芳香。比喻高雅絕俗的儀態。南史謝弘微傳附謝覽："意氣閑雅，視瞻聰明，(齊)武帝目送良久，謂徐勉曰：'覺此生芳蘭竟體，想謝莊政當如此。'"莊，覽祖。

芸 yún ㄩㄣˊ 王分切，平，文韻，于。

㊀香草。禮月令仲冬之月："芸始生。"參見"芸香"。㊁菜名。吕氏春秋本味："陽華之芸，雲夢之芹。"注："芸，芳菜也。"㊂花草枯黄貌。見"芸黄"。㊃除草。通"耘"。論語微子："植其杖而芸。"漢書食貨志上引詩："或芸或芓。"今詩小雅甫田作"或耘或耔"。

【芸夫】農夫。後漢書六二陳寔傳論："漢自中世以下，閹豎擅恣，故俗遂以遁身矯絜放言爲高。士有不談此者，則芸夫牧豎已叫呼之矣。"

【芸芸】衆多貌。老子："夫物芸芸，各復歸其根。"一本作"駈駈"，駈，物數紛亂。抱朴子逸民："萬物芸芸，化爲埃塵矣。"

【芸帙】指書卷。藏書者多以芸香置書中可以辟蠹，故稱。元梁寅石門集三蒙山賦："坐紫苔兮緑綺奏，蔭蒼松兮芸帙舒。"

【芸扃】宮中藏書之處，指秘書省。也稱芸臺、芸閣。唐陳子昂陳伯玉集五臨邛縣令封君遺愛碑："芸扃覩奥，見天下之圖；石柱聞琴，知君子之化。"參見"芸臺㊀"。

【芸省】猶芸臺，指秘書省。宋梅堯臣宛陵集九送劉成伯著作赴弋陽宰詩："遂除芸省郎，出治江上縣。"參見"芸臺㊀"。

【芸香】草本植物。根部木質，故古時或稱芸草，或稱芸香樹，實爲一物。花葉有强烈氣味，入藥。也用以避蠹驅蟲。廣弘明集二十南朝梁簡文帝(蕭綱)大法頌："芸香馥蘭，緑字摛章。"

【芸黄】花草枯黄貌。詩小雅苕之華："苕之華，芸其黄矣。"疏："芸爲極黄之貌。"南朝齊謝朓謝宣城集三望三湖詩："葳蕤向春秀，芸黄共秋色。"

【芸窗】書齋。芸香能辟蠹，書室常貯之，故名。宋劉應時頤庵居士集上辛亥長至後二首詩："芹泮三益友，芸窗一炷香。"中州集五金馮延登洮石硯詩："芸窗盡日無人到，坐看玄雲吐翠微。"

【芸署】藏書室。也稱芸閣、芸臺。唐元稹長慶集十六天壇上境詩："野人性僻窮深僻，芸署官閑不似官。"

【芸臺】㊀漢時蘭臺爲藏秘書之室，或稱爲芸臺。初學記十二三國魏魚豢典略："芸臺香辟紙魚蠹，故藏書臺稱芸臺。"也指掌管圖書的官署，卽秘書省。宋史四八七高麗傳："俾登名於桂籍，仍命秩於芸臺。"㊁菜名。俗稱油菜。太平御覽九八〇通俗文："芸臺謂之胡菜。"參閱明鮑山野菜博錄上芸臺菜。

【芸蒿】草名。柴胡之葉。可食。柴胡，也作茈胡。見政和證類本草六茈胡。

【芸閣】古代藏書之所，卽秘書省。唐劉知幾史通忤時："蓬山之下，良直差肩；芸閣之中，英奇接武。"宋周行己浮沚集九哭吕與叔詩之二："芸閣校讎非苟禄，每回高論助經綸。"

【芸編】書籍。芸，香草，置書頁内，可以辟蠹，故稱書籍爲芸編。宋陸游劍南詩稿四六夏日雜題之五："天隨手不去朱黄，辟蠹芸編細細香。"

【芸籤】書籤。也借指圖書。唐李商隱李義山文集三爲賀拔員外上李相公啟："登諸蘭署，輯彼芸籤。"西崑詶唱集下宋楊億樞密王左丞宅新菊詩："温樹徧分蔭，芸籤亦鬭香。"

芫 1. yuán ㄩㄢˊ 愚袁切，平，元韻，疑。

㊀芫花，其根可用以毒魚。墨子雜守："常令邊縣豫種畜芫、芸、烏喙、袾葉。"急就篇四"烏喙附子椒芫華"唐顔師古注："芫華，一名魚毒，漁者煮之，以投水中，魚則死而浮出，故以爲名。其根曰蜀桑，其華可以爲藥。字或作杬。"參閱本草綱目十七草六芫花。

2. yán ㄧㄢˊ

㊁見"芫₂荽"。

【芫青】甲蟲名。體青緑色，背上一道黄文，尖喙，三四月芫花發時滋生。見政和證類本草二二芫青。

【芫₂荽】草本植物。本名胡荽，也作蒝荽。俗稱香菜。可食，也可入藥。嘉祐本草始著録。參閱政和證類本草二七胡荽。

芙 fú ㄈㄨˊ 防無切，平，虞韻，並。

見"芙蓉"、"芙蕖"。

【芙蓉】㊀荷花的别名。其實名蓮。楚辭屈原離騷："製芰荷以爲衣兮，集芙蓉以爲裳。"唐白居易長慶集十二長恨歌："歸來池苑皆依舊，太液芙蓉未央柳。"參見"夫₂容"。㊁木名。以别於蓮花之稱芙蓉，又稱地芙蓉、木芙蓉、木蓮。其花八九月始開，耐寒不落，故亦名拒霜。南朝陳江總江令君集南越木槿賦："千葉芙蓉詎相似，百枝燈花復羞燃。"宋蘇軾分類東坡詩十四和陳述古拒霜花："千株掃作一番黄，只有芙蓉獨自芳。"

【芙蕖】荷花的别名。爾雅釋草："荷，芙蕖。……其華菡萏，其實蓮，其根藕，其中的。"疏："皆分别蓮莖葉華實之名，芙蕖，其總名也。"文選三國魏曹子建(植)洛神賦："迫而察之，灼若芙蕖出渌波。"一説只指花言，未開稱菡萏，已開稱芙蕖。見詩鄭風山有扶蘇"隰有荷華"釋文。

【芙蓉江】水名。甌江别名。清勞大與甌江逸志："温州芙蓉，高與梧桐等，八月杪卽放花，九月特盛，遍地有之。……最妙者名醉芙蓉，晨起白色，午後淡紅，晚則變爲深紅，其樹宛若梧桐，殊堪賞玩。甌江又名芙蓉江，蓋謂此也。"

【芙蓉府】在朝或地方長官的幕府。唐劉禹錫劉夢得集六送陸侍御歸淮南使府五韻詩："歸路芙蓉府，離堂瑇瑁筵。"參見"幕府"、"蓮幕"。

【芙蓉城】㊀四川成都的别稱。五代後蜀孟昶於宮苑城上，盡種芙蓉，花開如錦，因有錦城之稱，又名芙蓉城。見明何宇度益部談資中。㊁傳説仙人所居之地。宋蘇軾分類東坡詩四芙蓉城："芙蓉城中花冥冥，誰其主者石與丁。"相傳石延年(曼卿)、丁度、王迥(子高)死後爲芙蓉城主。參閱宋歐陽修文忠集一二八詩話、蘇軾分類東坡詩四芙蓉城詩序。

【芙蓉苑】唐長安宮内園名。唐杜牧樊川集二長安雜題長句詩之五："六飛南幸芙蓉苑，十里飄香入夾城。"參見"芙蓉園2"。

【芙蓉粉】保養紙張的一種色粉。唐馮贄雲仙雜記一養硯墨筆紙："養筆以硫黄酒舒其毫，養紙以芙蓉粉借其色，養硯以文綾蓋，貴乎隔塵，養墨以豹皮囊，貴乎遠濕。"參閱明楊慎藝林伐山十一養紙芙蓉粉。

【芙蓉峯】湖南衡山峯名。水經注三八湘水："湘水又北逕衡山縣東，山在西南，有三峯，一名紫蓋，一名石囷，一名芙蓉。芙蓉峯最爲竦傑，自遠望之，蒼蒼隱天。……山經謂之岣嶁，爲南嶽也。」

【芙蓉帳】用芙蓉花染繒所製的帳。唐白居易長慶集十二長恨歌：「雲鬢花顏金步搖，芙蓉帳暖度春宵。」

【芙蓉國】泛指湖南。全唐詩七六四譚用之秋宿湘江遇雨：「秋風萬里芙蓉國，暮雨千家薜荔村。」

【芙蓉湖】在江蘇無錫縣西北，江陰縣南，又名上湖、無錫湖、貴湖。相傳爲戰國楚春申君所鑿。宋元祐中，堰湖爲田，湖水漸涸。明萬曆時，築堤圍之，濱湖盡爲良田。今稱芙蓉圩。參閱嘉慶一統志八六常州府一。

【芙蓉園】宮苑名。1.漢洛陽名園。南朝梁任昉述異記下：「芙蓉園在洛陽，漢家置之。」2.秦爲宜春苑，漢爲樂遊苑。隋文帝時爲離宮。在曲江西南，園內有芙蓉池。唐杜甫杜工部草堂詩箋七樂遊園歌：「青春波浪芙蓉園，白日雷霆夾城仗。」

【芙蓉幕】在朝或地方長官的幕府。文苑英華一〇九唐獨孤受清簞賦：「入芙蓉之幕，煥以相鮮。」全唐詩五五〇趙嘏十無詩寄桂府楊中丞：「一從開署芙蓉幕，曾向風前記得無？」參見「幕府」、「蓮幕」。

【芙蓉樓】樓名。1.相傳南朝梁簡文帝時築。見南史侯景傳。2.在湖南黔陽縣。唐王昌齡有芙蓉樓送辛漸詩。一說在鎮江。見嘉慶一統志三六九沅州府二。

【芙蓉館】宋人傳說石延年(曼卿)、丁度、王迥死後皆歸芙蓉城，爲城主。後因以作悼念友人的典故。宋劉克莊後村集二六挽趙漕克勤禮部詩之一：「定應去判芙蓉館，不墮蠻雲蜑雨中。」

【芙蓉鏡】鏡名。以形似蓮花而稱。傳說唐李固言下第游蜀，遇一老婦，告以明年芙蓉鏡下及第，又二十年後拜相。明年固言果狀頭及第，所試詩賦題有「人鏡芙蓉」之目。二十年後封相。見唐段成式酉陽雜俎續集二支諾皐中。

【芙蓉出水】比喻清新秀麗。南朝梁鍾嶸詩品中宋光祿大夫顏延之：「湯惠休曰：謝(靈運)詩如芙蓉出水，顏如錯采鏤金。」

【芙蓉冠子】秦漢時宮中婦女之冠。五代後唐馬縞中華古今注中冠子朶子扇子：「冠子者，秦始皇之制也。令三妃九嬪，當暑戴芙蓉冠子，以碧羅爲之，插五色通草蘇朶子。」

芾 1. fèi 方味切，去，未韻，幫。ㄈㄟˋ

㊀蔽芾，微小貌。見「蔽芾」。

2. fú 分勿切，入，物韻，幫。ㄈㄨˊ

㊁古代官服外的蔽膝，縫於腹下膝上。字亦作「韍」。詩曹風候人：「彼其之子，三百赤芾。」又小雅采菽：「赤芾在股，邪幅在下。」箋：「芾，太古蔽膝之象也。」㊂草木盛貌。見廣雅釋訓。

芰 jì 奇寄切，去，寘韻，羣。ㄐㄧˋ

菱角。兩角者爲菱，四角者爲芰。國語楚上：「屈到嗜芰。」注：「芰，蔆也。」

【芰坐】折芰葉作坐席。後漢書二九郅惲傳「(鄭)敬字次都，清志高世」注引謝沈書：「敬閑居不脩人倫，新遷都尉逼爲功曹。……同郡鄧敬因折芰爲坐，以荷薦肉，瓠瓢盈酒，言談彌日，蓬廬蓽門，琴書自娛。」後因以芰坐爲形容隱士生活清高的典故。

【芰製】用芰葉裁製的衣裳。楚辭屈原離騷：「製芰荷以爲衣兮，集芙蓉以爲裳。」後用以指隱者之服裝，喻生活高潔。文選南朝齊孔德璋(稚珪)北山移文：「焚芰製而裂荷衣，抗塵容而走俗狀。」

【芰荷香】詞調名。調見宋万俟咏大聲集。雙調，九十七或九十八字；前闋十句六平韻，後闋十句五平韻。見詞譜二六。

芽 yá 五加切，平，麻韻，疑。ㄧㄚˊ

㊀指植物主苗及未發育之枝、葉、花等的幼體。說文：「芽，萌芽也。」唐白居易長慶集六三種桃歌：「食桃種其核，一年核生芽。」㊁喻事物的起始。初學記七晉江統函谷關賦：「遏姦宄於未芽，殿邪僞於萌漸。」

【芽甲】草木初生的子葉。宋詩鈔韓維南陽集鈔答崔象之見謝之作：「即看春風撼芽甲，定見紅紫相欹扶。」

【芽茶】最嫩的茶葉。宋熊蕃宣和北苑貢茶錄：「凡茶芽數品，最上曰小芽，如雀舌鷹爪，以其勁直纖銳，故號芽茶。」(說郛六十)

芚 tún 徒渾切，平，魂韻，定。ㄊㄨㄣˊ

㊀草木初生貌。漢揚雄法言寡見：「春木之芚兮，援我手之鶉兮。」㊁謹厚貌。莊子齊物論：「衆人役役，聖人愚芚。」

芣 fú 縛謀切，平，尤韻，並。ㄈㄨˊ

㊀見「芣苢」。㊁山名。國語鄭：「主芣騩而食溱〔溱〕洧。」注：「芣、騩，山名。」

【芣苢】草名。本草名車前子。亦稱車輪菜。苢，亦作「苡」。詩周南芣苢：「采采芣苢，薄言采之。」傳：「車前也，宜懷任。」一說：「芣苢，木也。實似李，食之宜子。出於西戎。」見詩芣苢釋文引周書王會。參閱農政全書四六救荒本草車輪菜。

芧 1. zhù 直呂切，上，語韻，澄。ㄓㄨˋ

㊀草名。卽荆三稜。同「苧」。史記一一七司馬相如傳上林賦：「鮮枝黃礫，蔣芧青薠。」集解引漢書音義：「芧，三稜。」文選上林賦作「苧」。

2. xù 集韻 象呂切，上，語韻。ㄒㄩˋ

㊁木名，卽櫟樹。又指櫟實。通「杼」。莊子齊物論：「狙公賦芧。」釋文：「芧，司馬(彪)云，橡子也。」參閱本草綱目三十果二橡實。

【芧$_2$栗】卽櫟實，橡實。可食。莊子徐无鬼：「先生居山林，食芧栗。」也作「杼栗」。莊子山木：「衣裘褐，食杼栗。」

芭 bā 伯加切，平，麻韻，幫。ㄅㄚ

㊀香草名。楚辭屈原九歌禮魂：「成禮兮會鼓，傳芭兮代舞。」注：「芭，巫所持香草名也。」㊁芭蕉。全唐詩七九二張希復贈諸上人聯句：「乘興書芭葉，閑來入豆房。」㊂花。通「葩」。大戴禮夏小正：「拂桐芭。拂也者，拂也，桐芭之時也。或曰，言桐芭始生，貌拂拂然也。」㊃通「笆」。見「芭犂」。

【芭犂】籬笆。史記七十張儀傳「苴蜀相攻擊」唐司馬貞索隱：「按芭犂卽織木葺所以爲葦籬也，今江南亦謂葦籬曰芭籬。」一本作「芭黎」。

【芭蕉】多年生草本植物。又名甘蕉、巴苴。大者高可及丈。果實可食，根莖花蕾入藥。原產我國。晉嵇含南方草木狀上：「甘蕉望之如樹，株大者一圍餘，葉長一丈或七八尺，廣尺餘、二尺許，……一名芭蕉，或曰巴苴」。唐張說張說之集九戲草樹詩：「戲問芭蕉葉，何愁心不開。」

芤 kōu 集韻 墟侯切，平，侯韻。ㄎㄡ

㊀葱的別名。本草綱目二六菜一葱：「芤者，草中有孔也，故字從孔，芤脈象之。」㊁中醫脈象名。多見於大出血後。類篇花木：「徐氏脈訣云：按之卽無，舉之來至，旁實中空者，名曰芤。」

芷 zhǐ 諸市切,上,止韻,照。
ㄓˇ

㊀香草名。一年生草,又名白芷、茝、虈、蘺。楚辭屈原離騷:"扈江離與辟芷兮,紉秋蘭以爲佩。"參閱政和證類本草八白芷。㊁香草的根。荀子勸學:"蘭槐之根是爲芷。"

【芷江】縣名。屬湖南省。清乾隆元年置,爲沅州府治。公元1913年裁府留縣。參閱嘉慶一統志三六八沅州府一。

【芷若】香草名。史記一一七司馬相如傳子虛賦:"其東則有蕙圃衡蘭、芷若射干。"集解引漢書音義:"芷,白芷;若,杜若也。"

芮 ruì 而銳切,去,祭韻,日。
ㄖㄨㄟˋ

㊀蕞芮,小貌。見"蕞芮"。㊁絮。呂氏春秋必己:"不食穀實,不衣芮温。"㊂結在盾上的絲帶。史記六九蘇秦傳:"革抉㕮芮,無不畢具。"索隱:"㕮與'瞂'同,音伐,謂楯也。芮音如字,謂繫楯之綬也。"㊃河流彎曲之處。又水名。通"汭"。詩大雅公劉:"止旅乃密,芮鞫之即。"漢書地理志上右扶風杜陽:"芮水出西北,東入涇。"參見"汭"。㊄古國名。周初姬姓諸侯國之一,在今陝西大荔縣南。見詩大雅緜、史記周紀。㊅姓。周司徒芮伯之後。見元和姓纂八祭。

【芮芮】㊀草短小貌。政和證類本草八石龍芮引南朝梁陶弘景名醫別録:"生于石上,其葉芮芮短小,故名。"㊁古柔然爲東胡族的支屬,南北朝時北人稱爲蠕蠕,南人稱爲芮芮。南齊書有芮芮虜傳。參閱魏書蠕蠕傳。參見"柔然"。

【芮城】縣名。屬山西省。周芮伯國,春秋時爲晉所滅。北周置縣,以縣西古芮城爲名。明清皆屬解州。參閱太平寰宇記六陝州、寰宇通志七九平陽府解州。

【芮漢】太歲在申的年份名。同"涒灘"。史記曆書"横艾涒灘始元元年"集解:"涒灘,一作'芮漢'。"

【芮稻】我國南方一種遲熟的水稻名。二月種,十月熟。見清屈大均廣東新語十四穀。

芩 qín 巨金切,平,侵韻,羣。
ㄑㄧㄣˊ

㊀草名。詩小雅鹿鳴:"呦呦鹿鳴,食野之芩。"疏:"陸機云:莖如釵股,葉如竹,蔓生澤中下地鹹處,爲草嘉宾,牛馬亦喜食之。"㊁黄芩,藥草名。見"黄芩"。

芘 1. pí 房脂切,平,脂韻,並。
ㄆㄧˊ

㊀見"芘芣"、"芘莉"。

2. bì 毗至切,去,至韻,並。
ㄅㄧˋ

㊁遮蔽。通"庇"。莊子人間世:"南伯子綦遊乎商之丘,見大木焉,有異,結駟千乘,隱將芘其所藾。"釋文:"本亦作庇。"

【芘芣】即荆葵,爾雅翼作"錦葵"。古爲蔬物之一,後供觀賞,葉花入藥。參閱晉崔豹古今注草木荆葵。

【芘莉】陳置茶具的竹器。又名篣筤。唐陸羽茶經二之具:"以二小竹長三尺,軀亦二尺五寸,柄五寸,以篾織方眼,如圃人土羅,闊二尺,以列茶也。"(説郛八三)

芬 1. fēn 撫文切,平,文韻,滂。
ㄈㄣ

㊀香氣。詩小雅楚茨:"苾芬孝祀,神嗜飲食,卜爾百福。"荀子正名:"香、臭、芬、鬱、腥、臊、洒〔漏〕、酸〔庮〕奇臭以鼻異。"注:"芬,花草之香氣也。"比喻美好的德行或聲譽。晉書桓彝傳論:"揚芬千載之上,淪骨九泉之下。"㊁衆多貌。通"紛"。漢書禮樂志安世房中歌:"芬樹羽林,雲景杳冥。"注:"言所樹羽葆,其盛若林,芬然衆多。"

2. fén
ㄈㄣˊ

㊂隆起貌。通"墳"。管子地員:"五壤之狀,芬然若澤屯土。"注:"言其土得澤則墳起爲堆。"

【芬芳】㊀香,香氣。荀子榮辱:"口辨酸鹹甘苦,鼻辨芬芳腥臊。"㊁比喻品德或聲譽的美好。楚辭屈原九章惜往日:"妬佳冶之芬芳兮,嫫母姣而自好。"文選漢崔子玉(瑗)座右銘:"行之苟有恒,久久自芬芳。"

【芬芬】㊀香。詩大雅鳧鷖:"旨酒欣欣,燔炙芬芬。"㊁美盛貌。漢書八七上揚雄傳甘泉賦:"肸蠁豐融,懿懿芬芬。"㊂紛亂貌。逸周書祭公:"汝念哉!汝無泯泯芬芬,厚顔忍醜。"

【芬茀】猶芬馥。香氣濃盛。漢書八七上揚雄傳甘泉賦:"香芬茀以穹隆兮,擊薄櫨而將榮。"

【芬華】㊀花朵。文選晉盧子諒(諶)時興詩:"摵摵芳葉零,橤橤芬華落。"㊁比喻顯榮。史記六八商君傳:"有功者顯榮,無功者雖富無所芬華。"㊂茂美貌。唐白居易長慶集六三種桃歌:"憶昨五六歲,灼灼盛芬華。迨茲八九載,有減而無加。"

【芬菲】芳香。也借指花草。全唐詩九六沈佺期洛州蕭司兵謁兄還赴洛成禮:"灞亭春有酒,岐路惜芬菲。"宋蘇軾分類東坡詩十七和段屯田荆林館:"清詩爲題品,草木變芬菲。"

【芬葩】香花,香氣。文選漢張平子(衡)南都賦:"從風發榮,斐披芬葩。"又晉左太沖(思)吴都賦:"諠譁喤呷,芬葩蔭映。"

【芬薌】芳香。薌,同"香"。荀子非相:"談説之術:……欣驩、芬薌以送之,寶之、珍之、貴之、神之,如是則説常無不受。"漢焦延壽易林一蒙之萃:"黿羹芬薌,染指弗嘗。"

【芬馥】香氣濃盛。文選晉左太沖(思)吴都賦:"光色炫晃,芬馥肸蠁。"唐李白李太白詩十五感時留别從兄徐王延年從弟延陵:"清英神仙骨,芬馥茝蘭蕤。"

【芬陀利】梵語。亦作奔荼利迦,義譯爲白蓮花。見唐釋玄應一切經音義三放光般若經分陀利、慧琳一切經音義三奔荼利迦花。

芥 jiè 古拜切,去,怪韻,見。
ㄐㄧㄝˋ

㊀蔬菜名。子如粟粒,味辛辣,研末後,作調味或藥用。禮内則:"膾,春用葱,秋用芥。"㊁小草。芥子小而值賤,常用以比喻輕微的東西。孟子離婁下:"君之視臣如土芥,則臣視君如寇讎。"漢書七五夏侯勝傳:"經術苟明,其取青紫如俛拾地芥耳。"

【芥子】芥的種子,比喻極爲微小。唐白居易長慶集五九三教論衡問僧:"問:維摩經不可思議品中云芥子納須彌,須彌至大至高,芥子至微至小,豈可芥子之内入得須彌山乎?"參見"芥子納須彌"。

【芥羽】鬬雞者用芥末播在雞羽之上。史記魯周公世家:"季氏與郈氏鬬雞,季氏芥雞羽,郈氏金距。"集解:"服虔曰:擣芥子播其雞羽,可以坌郈氏雞目。"藝文類聚九一三國魏應瑒鬬雞詩:"芥羽張金距,連戰何繽紛。"又南朝梁簡文帝(蕭綱)鬬雞詩:"玉冠初警敵,芥羽忽猜儔。"

【芥舟】小草般的小船。莊子逍遥遊:"覆杯水於坳堂之上,則芥爲之舟。"文苑英華三五唐太宗(李世民)小池賦:"牽狹鏡兮數尋,泛芥舟而已沉。"

【芥孫】芥菜再生的嫩芽。宋蘇軾分類東坡詩十四春菜:"秋來霜露滿東園,蘆菔生兒芥有孫。"楊萬里誠齋集十九羅仲憲送蕻菜謝以長句詩:"坐令芥孫薑子芽,一見風流俱避席。"

【芥蔕】小梗塞物,比喻心中的嫌隙或不快。漢應劭風俗通怪神:"人相啖食,甚於畜生，凡菜肝鱉瘕，尚能病人，人用物精多，有生之最靈者也，何不芥蒂於其胸腹而割裂之哉？」宋蘇軾分類東坡詩二二送潞都曹：「恨無乖崖老，一洗芥蒂胸。」

【芥薹】芥菜開花所發之嫩莖。宋范成大石湖集二七春日田園雜興詩：「桑下春蔬綠滿畦，菘心青嫩芥薹肥。」

【芥隱筆記】宋龔頤正撰，一卷，共一百五十條，條有附注，不知何人所撰。頤正光宗時爲國史檢討官，學問博洽，書中考證，以精當見稱。芥隱，爲頤正書室名。

【芥子納須彌】佛家語。喻諸相皆非真，巨細可以相容。維摩經不思議品：「若菩薩住是解脫者，以須彌之高廣，內芥子中，無所增減，須彌山王本相如故。」宋劉過龍川集八投誠齋詩之六：「達人胸次原無翳，芥子須彌我獨知。」

【芥子園畫傳】通稱芥子園畫譜。五卷。清王槩王蓍王臬兄弟編繪。以刻於李漁別墅芥子園，故名。凡三集。初集山水譜，五卷；二集蘭竹梅菊譜，八卷；三集花卉草蟲及花木禽鳥兩譜，四卷。皆刊於康熙年間。介紹中國畫基本畫法，便於初學，流傳甚廣。後來嘉興巢勳又增編第四集人物畫譜六卷，末卷名家畫譜，皆爲同治光緒間居於上海之畫家所作。

芼 1. mào 莫報切，去，号韻，明。ㄇㄠˋ

㊀拔取。詩周南關雎：「參差荇菜，左右芼之。」傳：「芼，擇也。」玉篇見部引詩作「覒」。㊁蔬菜。見「芼羹」。

2. máo 莫袍切，平，豪韻，明。ㄇㄠˊ

㊂可供食用的水草。通「毛」。晏子春秋重而異者：「今歲凶饑，蒿種芼斂不半。」注：「芼，池沼生草，可爲蔬者。」唐柳宗元柳先生集四三游南亭夜還敍志七十韻詩：「野蔬盈傾筐，頗雜池沼芼。」

【芼羹】用菜雜肉爲羹。禮內則：「饘、酏、酒、醴、芼羹、菽、麥、蕡、稻、黍、粱、秫唯所欲。」注：「芼，菜也。」疏：「用菜雜肉爲羹。」唐馮贄雲仙雜記七陳蕃待客引董慎續豫章記：「陳蕃待客，拌飯以鹿脯，芼羹以牛脯，未嘗別爲異饌。」

芺 yǎo 於兆切，上，小韻，影。ㄧㄠˇ 烏晧切，上，晧韻，影。

草名。爾雅釋草：「鉤芺。」注：「大如拇指，中空，莖頭有臺似薊，初生可食。」參閱本草綱目十五草四苦芺。

芟 shān 所銜切，平，銜韻，山。ㄕㄢ

㊀除草。詩周頌載芟：「載芟載柞，其耕澤澤。」傳：「除草曰芟，除木曰柞。」淮南子本經：「芟野莢，長苗秀。」引申爲刪除。見「芟夷」。㊁大鐮。國語齊：「權節其用，耒、耜、枷、芟。」注：「芟，大鎌，所以芟草也。」

【芟正】刪削和訂正。宋史三四四王覿傳：「刑罰世輕世重。……今法令已行，可以適輕之時，願擇質厚通練之士，載加芟正。」

【芟夷】㊀割除。周禮地官稻人：「凡稼澤，夏以水殄草而芟夷之。」左傳隱六年：「爲國家者，見惡如農夫之務去草焉，芟夷蘊崇之，絕其本根，勿使能殖。」㊁削除。文選漢孔安國尚書序：「芟夷煩亂，翦截浮辭。」三國志蜀諸葛亮傳：「亮說（孫）權曰：『……今曹操芟夷大難，略已平矣，遂破荊州，威震四海。』」

芻 chú 測隅切，平，虞韻，初。ㄔㄨˊ

㊀割草。說文：「芻，刈草也。」㊁喂牲口的草。詩小雅白駒：「生芻一束，其人如玉。」莊子列禦寇：「子見夫犧牛乎，衣以文繡，食以芻叔。」㊂用草料喂牲口。周禮地官充人：「芻之三月。」注：「養牛羊曰芻。」引申爲食草的牲口，如牛羊等。詳「芻豢」。㊃草束，殺牲口時用的藁薦。禮祭統：「士執芻，宗婦執盎從。」注：「芻謂藁也，殺牲時用薦之。」㊄姓。元和姓纂二：「牛衰〔哀〕食芻，改姓芻氏，見姓苑。」

【芻尼】梵語。意爲喜鵲。景德傳燈錄二第二十一祖婆修盤頭：「昔如來在雪山修道，芻尼巢於頂上。佛既成道，芻尼受報，爲那提國王。」注：「芻尼，野鵲子。」

【芻言】㊀草野之人的言談。常用來謙稱自己的言論。廣弘明集十五南朝梁簡文帝（蕭綱）上菩提樹頌啟：「學謝稽古，思非沈鬱，不足以光揚盛德，髣髴一隅，顧恧芻言，伏紙慙震。」陳書周弘正傳表奏：「如使芻言野說，少陳於聽覽，縱復委身烹鼎之下，絕命肺石之上，雖死之日，猶生之年。」㊁書名。宋崔敦禮著。三卷，上卷言政，中卷言行，下卷言學。行文模仿揚雄王通，無語錄鄙俚習氣。

【芻狗】草和狗。老子：「天地不仁，以萬物爲芻狗；聖人不仁，以百姓爲芻狗。」河上公注：「天地生萬物，人最爲貴，天地視之如芻草狗畜；……聖人視百姓如芻草狗畜。」一說古代結草爲狗，供祭祀之用，祭後棄去。莊子天運：「夫芻狗之未陳也，盛以篋衍，巾以文繡，尸祝齊戒以將之；及其已陳也，行者踐其首脊，蘇者取而爨之而已。」釋文：「芻狗，李頤云：結芻爲狗，巫祝用之。」後因以比喻輕賤無用之物或言論。文選晉劉越石（琨）答盧諶詩：「如彼龜玉，韞櫝毀諸，芻狗之談，其最得乎？」

【芻秣】飼養牛馬的草料。周禮天官大宰：「以九式均節財用。……七曰芻秣之式。」注：「芻秣，養牛馬禾穀也。」戰國策楚三：「偶有金千斤，進之左右，以供芻秣。」

【芻豢】牛羊犬豕之類的家畜。孟子告子上：「故理義之悅我心，猶芻豢之悅我口。」宋朱熹集注：「草食曰芻，牛羊是也；穀食曰豢，犬豕是也。」也指供祭祀用的犧牲。禮月令季冬之月：「乃命同姓之邦，共寢廟之芻豢。」注：「芻豢，猶犧牲。」大戴禮曾子天圓：「宗廟曰芻豢，山川曰犧牷。」

【芻摩】梵語。麻衣。南朝陳徐陵徐孝穆集七諫仁山深法師罷道書：「心不妻妾之務，身飾芻摩之衣。」芻，也作「蒭」、「菆」。大唐西域記二衣飾：「菆摩衣，麻之類也。」

【芻蕘】割草叫芻，打柴叫蕘。指割草打柴的人。詩大雅板：「先民有言，詢于芻蕘。」傳：「芻蕘，薪采者。」引申爲草野之人。漢書藝文志小說家：「閭里小知者之所及，亦使綴而不忘，如或一言可采，此亦芻蕘狂夫之議也。」後來常以芻蕘之言爲向人陳述意見的謙詞。

【芻藁】㊀餵牲口的乾草。淮南子氾論：「秦之時高爲臺榭，大爲苑囿，遠爲馳道，鑄金人，發適戍入芻藁，頭會箕斂，輸於少府。」㊁星名。宋史天文志四：「芻藁六星，在天苑西，一曰在天囷南，主積藁之屬。一曰天積，天子之藏府。」

【芻議】草野之人的言論。猶芻言。對人陳述意見的謙辭。唐王勃王子安集九上絳州上官司馬書：「霸略近發於輿歌，皇圖不隔於芻議。」文苑英華七九一唐于邵詞場箴：「文苑重式，詞場以箴，側陳芻議，敢告翰林。」

【芻靈】茅草扎成的人馬，古代殉葬用品。禮檀弓下：「塗車芻靈，自古有之，明器之道也。孔子謂爲芻靈者善，謂爲俑者不仁。」

芡 qiàn 巨險切，上，琰韻，羣。ㄑㄧㄢˋ

水生植物名。又名雞頭。種子名芡實，供食用或入藥。呂氏春秋恃君：「夏日則食菱芡。」方言三：「蘈、芡，雞頭也。北燕謂之蘈；青徐淮泗之間謂之芡；南楚江湘之間謂之雞頭，或謂之鴈頭，或謂之烏頭。」參閱本草綱目三三果六芡實。

芨 jī ㄐㄧ 居立切,入,緝韻,見。

㊀草名。爾雅釋草:「芨,堇草。」注:「卽烏頭也。」按芨、堇,一聲之轉。一名藋,亦名蒴藋。晉郭璞注爾雅以烏頭之堇當之,非。參閱清朱駿聲說文通訓定聲芨。參見「蒴藋」。㊁草名。見「白及」。

芴 1. wù ㄨˋ 文弗切,入,物韻,明。

㊀草名。蘿蔔。卽葸菜。說文:「芴,菲也。」參見「菲㊀」。

2. hū ㄏㄨ 集韻 呼骨切,入,没韻。

㊀荒忽貌。莊子至樂:「芒乎芴乎?而无從出乎?」荀子正名:「故愚者之言,芴然而粗。」注:「芴與忽同。忽然,無根本貌。」

【芴₂芒】恍恍惚惚,形容不可辨認或不可捉摸。莊子至樂:「芴乎芒乎?而无有象乎?」鶡冠子世兵:「渾沌錯紛,其狀若一,交解形狀,孰知其則,芴芒無貌,唯聖人而後决其意。」

【芴菁】蔬菜名。又名蔓菁、蕪菁。俗稱大頭芥。急就篇二「老菁蘘荷冬日藏」唐顏師古注:「菁,蔓菁也。一曰冥菁,亦曰蕪菁,又曰芴菁。」

【芴₂漠】寂漠。漠,也作「寞」。莊子天下:「芴漠无形,變化无常。」釋文:「芴,元嘉本作寂。」唐成玄英疏:「妙本無形,故寂漠也。」

芪 qí ㄑㄧˊ 巨支切,平,支韻,羣。

藥草名。也作「蓍」。見「黄芪」。

芿 rèn ㄖㄣˋ 而證切,去,證韻,日。

草密亂貌。列子黄帝:「藉芿燔林,扇赫百里。」注:「草不翦曰芿。」

【芿荏】草莽。樂府詩集四六讀曲歌序:「南齊時,朱碩仙善歌吴聲讀曲。武帝出遊鍾山,幸何美人墓。碩仙歌曰:『一憶所歡時,緣山破芿荏,山神感儂意,盤石銳鋒動。』」

花 huā ㄏㄨㄚ 呼瓜切,平,麻韻,曉。

㊀花朵。古草木之花作「𠌶」,榮華之華作「蕐」,隸變混爲一字作「華」,別造「花」字。其字起於北朝,前此書中花字,出於後人所改。見清段玉裁說文解字蕐注、惲敬大雲山房雜記二。㊁泛指開花供觀賞的植物。宋書蕭惠開傳:「寺内所住齋前,有嚮種花草甚美,惠開悉剗除,別種白楊樹。」㊂開花。唐劉禹錫劉夢得集四金陵五題烏衣巷詩:「朱雀橋邊野草花,烏衣巷口夕陽斜。」㊃有花紋圖案的、顏色錯雜的。參見「花瓷」、「花白㊁」。引申爲參雜之意。參見「花名」。㊄視覺模糊迷亂。唐杜甫杜工部草堂詩箋二飲中八仙歌:「知章騎馬似乘船,眼花落井水底眠。」㊅使人迷亂的、不真實的。如花招、花槍。參見「花言巧語」。㊆物之微細者。清李調元南越筆記十魚花:「(魚)子曰花者,以其在藻荇之間若生。又方言凡物之微細者皆曰花也。亦曰魚苗。」㊇舊指娼妓或妓館。參見「花娘」、「花酒㊀」。㊈耗費。紅樓夢十二:「那賈瑞此時要命心急,無藥不喫,只是白花錢,不見效。」㊉舊時數錢以五文爲一花。見「一花」。⑪姓。唐有倉部員外郎花季睦。見通志二九氏族五平聲。

【花子】㊀古代婦女面飾。唐段成式酉陽雜俎八黥謂起自唐武后時上官婉兒,用以掩點跡。五代後唐馬縞中華古今注中花子謂秦始皇好神仙,常令宫人梳仙髻,帖五色花子,畫爲雲鳳虎飛昇。東晉時童謡云織女死,時人帖草油花子爲織女作孝。至後周又詔宫人帖五色雲母花子,作碎粧以侍宴。㊁舊稱乞丐。元明雜劇明缺名李雲卿得悟昇真三:「丢我獨自箇,何處安身好,少不的做花子抄化到老。」明謝肇淛五雜俎五人部一:「京師謂乞兒爲花子,不知何取義。」

【花山】山名。在江蘇高淳縣東南。宋范成大石湖集五有花山村舍詩。

【花户】㊀以種花謀生的人家。宋陸游渭南文集四二天彭牡丹譜花品序:「崇寧中,州民宋氏張氏蔡氏,宣和中,石子灘楊氏,皆嘗買洛中新花以歸,自是洛花散於人間,花户始盛。」又風俗記:「惟花户則多植花以侔利。」㊁舊稱户口册上的户口爲花户。花,言其參雜不一。

【花王】舊時品花以牡丹爲羣花之首,世稱花王。宋歐陽修文忠集七二洛陽牡丹記花釋名:「錢思公嘗曰:『人謂牡丹花王,今姚黄真可爲王,而魏花乃后也。』」李格非洛陽名園記天王院花園子:「洛中花甚多種,而獨名牡丹曰花王。」

【花友】對各種花的雅稱。宋曾慥(端伯)以十花爲十友,各爲之詞,如荼蘼韻友,菊花佳友,梅花清友等。參見「十友㊁」。

【花市】民俗每年春時舉行的賣花、賞花的集市。全唐詩七〇〇韋莊奉和左司郎中春物暗度感而成章:「纔喜新春已暮春,夕陽吟殺倚樓人。錦江風散霏霏雨,花市香飄漠漠塵。」清屈大均廣東新語二地理四市:「花市在廣州七門,所賣止素馨,無別花,亦猶雒陽但稱牡丹曰花也。」按,廣州花市在春節前夕舉行。

【花卉】花草。梁書徐勉傳戒子崧書:「聚石移果,雜以花卉,以娱休沐,用託性靈。」唐杜甫杜工部草堂詩箋三五送大理封主簿五郎親事不合……親事遂停:「餘寒折花卉,恨別滿江鄉。」

【花旦】傳統戲曲中旦角的一種,扮演活潑或放蕩的年輕婦女。元人又稱搽旦。元黄雪簑青樓集珠簾秀:「姓朱氏,行第四,雜劇爲當今獨步,駕頭花旦軟末泥等,悉造其妙。」又李定奴:「歌喉宛轉,善雜劇……凡妓以墨點破其面者爲花旦。」

【花田】㊀地名。在廣州市西南郊,俗稱花地。平田瀰望,皆種素馨花,相傳南漢宫人多葬此地。見嘉慶一統志四四二廣州府二。㊁種花的田地。宋葉適水心集七送包通判兼寄滕季度詩:「燈市曉侵月,花田晚占春。」又江浙一帶專稱棉爲花,棉田爲花田。

【花甲】指六十甲子。天干地支順次組合爲六十個紀序名號,自甲子到癸亥,錯綜參互相配,故稱花甲子或花甲。唐詩紀事六六趙牧敩李長吉爲短歌對酒:「手挼六十花甲子,循環落落如弄珠。」後指六十歲爲花甲。宋范成大石湖集二六丙午新正書懷詩之一:「行年六十舊曆日,汗脚尺三新杖藜。祝我騰周花甲子,謝人深勸玉東西。」

【花史】指記載花卉的書。元蔣正子山房隨筆:「揚州瓊花,天下祇一本,士大夫愛重,作亭花側,扁曰『無雙』,德祐乙亥北師至,花遂不榮,趙棠國炎謂有絶句弔之曰:『名擅無雙氣色雄,忍將一死報東風。它年我若修花史,合傳瓊妃烈女中。』」(說郛二七)明王象晉羣芳譜序:「暇則抽架上農經、花史,手録一二,則以補咨詢之所未備。」

【花白】㊀搶白,譏刺。元曲選秦簡夫東堂老四:「嗨,對着這衆人,則管花白我!早知道,不來也罷。」㊁形容頭髮或鬍鬚黑白混雜。儒林外史二:「衆人看周進時,……黑瘦面皮,花白鬍子。」

【花瓜】舊俗七夕乞巧,用瓜雕成精巧花樣。宋孟元老東京夢華録八七夕:「又以瓜雕刻成花樣,謂之花瓜。」

【花奴】㊀唐玄宗時汝南王李璡的小字。璡善擊羯鼓。唐南卓羯鼓録:「上(玄宗)性俊邁,酷不好琴。曾聽彈琴,正弄未及畢，叱琴者出，曰：'待詔出去！'謂內官曰：'速召花奴將羯鼓來，爲我解穢！'"宋范成大石湖集三題開元天寶遺事詩之一："御前羯鼓透春空，笑覺花奴手未工。"㊁貓。宋王洋東牟集五酬淩季文過楊仲誠詩："日節竹影花奴睡，人度禾場吠犬驚。"

【花犯】詞調名。始自宋周邦彥清真樂府。姜夔有花犯念奴詞，周密詞名綉鸞鳳花犯。雙調，有一百一字、百二字諸體。見詞譜三十。

【花字】用草體加以變化的簽字。又稱花押。宋邵博河南邵氏聞見後錄十："近有自西南夷，得(韋)皋授故君長牒，于'皋'位下，書若皋字，復塗以墨，如刻石者，蓋'皋'花字也。"明湯顯祖牡丹亭冥判："新官到任，都要這筆判刑名，押花字，請新官喝采他一番。"參見"花押"。

【花衣】清制，凡遇慶典或年節日，百官皆穿蟒服，謂之花衣。花衣期間，官署皆停理刑事案件。

【花名】公文册籍裏登錄的人名。因其參雜不一，故稱。水滸二："所有一應合屬公吏、衙將、都軍、禁軍馬步人等，盡來參拜，各呈手本，開報花名。"明章懋楓山章先生集一清理監生疏："每遇相覲之年，將各處入監監生，備開花名脚色，……造册送部。"

【花判】判，指舊時官吏斷案的判詞。或者逞弄才情，以駢體文寫瑣細情事，委婉曲折，或用嘲弄戲語，稱花判。宋劉克莊後村集二三送趙司理歸永嘉詩："客談花判健，民道李官清。"參閱宋洪邁容齋隨筆十唐書判。

【花房】猶今言花冠。花瓣的總體。唐白居易長慶集十八畫木蓮花圖寄元郎中詩："花房膩似紅蓮朵，豔色鮮如紫牡丹。"

【花青】中國畫顏料的一種。以天然靛藍作原料造成。明劉侗于奕正帝京景物略四城隍廟市："其時，饒土入地未惡，其土骨紫白料法……花青畫彩法，雅既入古，緻又盡今。"

【花事】賞花之事。宋楊萬里誠齋集二三買菊詩："如今小寓咸陽市，有口何曾問花事。"春時花最盛，詩文中多指春日。宋劉克莊後村集一晚春詩："花事匆匆了，人家割麥初。"

【花押】舊時文書、契約末尾的署名簽字。用草書簽名形體梢花者，叫"花押"。也叫"花字"、"花書"。唐李肇國史補下："宰相判四方之事有堂案，處分百司有堂帖，不次押名曰花押。"唐彥謙鹿門集下宿田家詩："忽聞扣門急，云是下鄉隸，公文捧花押，鷹隼駕聲勢。"參閱宋黃伯思東觀餘論上記與劉無言論書、元周密癸辛雜識後集押字不書名、清趙翼陔餘叢考三三花押。

【花招】㊀招貼，海報。古今雜劇缺名漢鍾離度脫藍采和一："俺在這梁園棚勾闌裏做場，昨日帖出花招兒去，兩個兄弟先收拾去了。"朝野新聲太平樂府九元杜善夫耍孩兒莊家不識勾欄套曲："正打街頭過，見弔箇花綠綠紙榜，不似那答兒鬧攘攘人多。"紙榜，即花招。㊁今謂騙人的手法爲花招。

【花拍】樂曲正拍外的附加節拍。宋王灼碧雞漫志六么："歐陽永叔(修)云：貪看六么花十八。此曲內一叠名花十八，前後十八拍，又四花拍，共二十二拍。樂家者流所謂花拍，蓋非其正也。"(說郛十八)

【花門】唐甘州張掖郡刪丹軍東北有居延海。又北三百里有花門山堡，又東北千里爲回紇衙帳所在地。故唐人詩中常以花門爲回紇的代稱。唐杜甫杜工部草堂詩箋十二留花門："花門既須留，原野轉蕭瑟。"參閱新唐書地理志四、宋吳曾能改齋漫錄六花門。

【花乳】㊀含苞未放的花朵。唐孟郊孟東野詩集十杏殤之一："零落小花乳，斕斑昔嬰衣。拾之不盈把，日暮空悲歸。"㊁煎茶時水面浮起的泡沫。俗又稱"水花"。唐劉禹錫劉夢得集五西山蘭若試茶歌："欲知花乳清泠味，須是眠雲卧石人。"

【花姑】即花神。宋曾慥類說十三花木錄花姑："(晉南岳)魏夫人李弟子善種，謂之花姑。"又魏夫人弟子黃虛徹，年八十而貌不衰，人稱爲花姑。見類說八十拾遺類總。

【花洞】謂花叢深處。唐李賀歌詩編集外春懷引："芳蹊密影成花洞，柳結濃煙花帶重。"

【花客】宋張景修以牡丹梅花等花繪爲十客圖，各予名目，如稱牡丹爲賞客，梅花爲清客等，故有花客之稱。後來好事者又有補爲十二客，更改名稱。見"十客㊁"、"十二客"。

【花宮】相傳佛說法處天雨衆花，故詩文中以佛寺爲花宮。唐李白李太白詩十三秋夜宿龍門香山寺："玉斗横網户，銀河隔花宮。"

【花郎】園丁。明湯顯祖牡丹亭肅院："預喚花郎，掃清花逕。"

【花冠】㊀用花采裝飾起來的冠狀飾物。唐張說張説之集十蘇摩遮之二："繡裝帕額寶花冠，夷歌騎舞借人看。"白居易長慶集十二長恨歌："雲鬢半垂新睡覺，花冠不整下堂來。"㊁雞冠。藝文類聚九一南朝陳徐陵鬬雞詩："花冠已衝力，金爪復驚媒。"㊂植物學稱花瓣的總體。

【花神】㊀司花之神。唐陸龜蒙甫里集八和揚州看辛夷花韻詩："柳疎梅墮少春叢，天遣花神别致功。"㊁花之精神。宋李廌畫品紫微朝會圖："徐熙畫花傳花神，趙昌畫花寫花形，然比之徐熙則差劣。"

【花相】舊時品花者稱牡丹爲花王，芍藥爲花相。宋楊萬里誠齋集九多稼亭前兩檻芍藥紅白對開二百朵詩："好爲花王作花相，不應只遣侍甘泉。"注："論花者以牡丹王，芍藥近侍。"元方回桐江續集十九芍藥花詩："何止中郎虎賁似，政堪花相相花王。"

【花柳】㊀花和柳。全唐詩五三宋之問和趙員外桂陽橋遇佳人："江雨朝飛浥細塵，陽橋花柳不勝春。"㊁指妓院。唐段成式酉陽雜俎十二語資："某年少常結豪族爲花柳之遊，竟畜亡命，訪城中名姬，如蠅襲羶，無不獲者。"後謂妓院所在爲"花街柳巷"、"花門柳户"；謂性病爲"花柳病"，即取此義。㊂形容繁華。猶言花花綠綠。紅樓夢一："然後攜你到那昌明隆盛之邦、詩禮簪纓之族、花柳繁華地、温柔富貴鄉那裏去走一遭。"

【花面】㊀嫵媚如花的臉龐。唐劉禹錫劉夢得集外集二寄贈小樊詩："花面丫頭十三四，春來綽約向人時。"㊁臉上刺繪花紋。宋李心傳建炎以來繫年要錄十九三年九月："山東盜劉忠號白氈笠，……忠自黥其額，時號花面獸。"㊂傳統戲曲中角色名。見"花臉㊁"。

【花品】花的品類。宋何薳春渚紀聞七花色與香異："歷數花品，白而香者，十花八九也。"宋史藝文志農家類著錄有僧仲休花品記一卷。

【花信】謂開花的消息。猶花期。宋范成大石湖集六雪後守之家梅未開呈宗偉詩："憑君趣花信，把酒撼瓊英。"參見"花信風"。

【花紅】㊀植物名。1. 林檎的别稱。宋周敍洛陽花木記："林檎之别有六，……花紅林檎。"(說郛二六) 2. 即蘋婆。明文震亨長物志十一花紅："西北稱柰，家以爲脯，即今之蘋婆果是也。"㊁舊俗喜事禮物都簪花掛紅，因稱彩禮爲花紅。水滸四四:"前面兩個小牢子，一個馱着許多禮物花紅，一個捧着若干緞子采繒之物。"古今雜劇缺名黑旋風仗義疎財二:"却怎生走將來不下些花紅定，平白的强奪了箇女娉婷。"㊂辦喜事的犒賞和報酬。宋孟元老東京夢華録五娶婦:"從人及兒家人乞覓利市錢物花紅等謂之攔門。"清平山堂話本快嘴李翠蓮記:"花紅利市多多賞，富貴榮華過百秋。"

【花酒】㊀謂挾妓飲酒。全唐詩八五九呂巖敲爻歌:"色是藥，酒是禄，酒色之中無拘束；只因花酒誤長生，飲酒帶花神鬼哭。"㊁用花釀成的酒。宋史四八九三佛齊國傳:"有花酒、椰子酒……皆非麴蘗所醞，飲之亦醉。"

【花瓶】蓄水養花之瓶。按，古代的銅瓶僅用作汲器和酒器，至宋定官哥窯，多花瓶製品，通行瓷瓶插花。宋周煇清波雜志二:"煇平生四汎大江……至小孤山謁廟，見幡脚及花瓶中小青蛇盤結，舉首蜿蜒者甚衆。"參閱張謙德缾花譜品缾。

【花瓷】有花紋圖案裝飾的瓷器。宋蘇軾分類東坡詩十一試院煎茶:"又不見今時潞公煎茶學西蜀，定州花瓷琢紅玉。"潞公，文彦博。宋秦觀淮海集十秋日詩之二:"月團新碾瀹花甆，飲罷呼兒課楚詞。"甆同"瓷"。

【花草】花和草。唐李白李太白詩二一登金陵鳳凰臺:"吴宫花草埋幽徑，晉代衣冠成古丘。"杜甫杜工部草堂詩箋二一絶句之一:"遲日江山麗，春風花草香。"

【花桐】桐的一種。文選南齊王元長(融)三月三日曲水詩序:"新荓泛沚，華桐發岫。"華同"花"。宋趙希鵠洞天清禄集古琴辯:"有梧桐，生子如簸箕。有花桐，春來開花，如玉簪而微紅，號拆桐花。"

【花書】即"花押"。宋葉夢得石林燕語四:"唐人初未有押字，但草書其名，以爲私記，故號花書，韋陟五雲體是也。"參閱宋程大昌演繁露二花書。參見"花押"。

【花氣】花的香味。唐李商隱李義山詩集三贈子直花下:"池光忽隱牆，花氣亂侵房。"宋陸游劍南詩稿五十村居書事:"花氣襲人知驟暖，鵲聲穿樹喜新晴。"

【花師】謂善於培植花木的人。宋曾慥類説十二異人録:"宋單父，字仲儒，能種藝術，牡丹變易千種，上皇召至驪山，植花萬木，色樣各不同，内人呼爲花師。"又見宋人僞託柳宗元撰龍城録。

【花卿】唐武將花驚定。肅宗上元二年梓州刺史段子璋反，據緜州，自稱梁王，改元黄龍。成都尹崔光遠率部將花驚定攻拔緜州，斬子璋，驚定因大掠東川。唐杜甫杜工部詩史補遺二有戲作花卿歌，卽詠其人。見舊唐書一一一高適傳及崔光遠傳。

【花娘】指歌舞伎。唐李賀歌詩編二申胡子觱篥歌序:"朔客大喜，擎觴起立，命花娘出幕，徘徊拜客。"宋梅堯臣宛陵集十花娘歌:"花娘十二能歌舞，籍甚聲名居樂府。"

【花裀】用花作坐墊。裀同"茵"，墊褥。五代後周王仁裕開元天寶遺事上花裀:"學士許慎選放曠不拘小節，多與親友結宴於花圃中，未嘗具帷幄，設坐具，使童僕輩聚落花鋪於坐下。慎選曰:'吾自有花裀，何消坐具？'"

【花雪】霰，俗稱雪珠。宋書符瑞志下:"大明五年正月戊午元日，花雪降殿庭。時右衛將軍謝莊下殿，雪集衣。還白，上以爲瑞。於是公卿並作花雪詩。"

【花黄】古代婦女的面飾。以金黄色紙剪成星月花鳥等形貼於額上，或於額上塗點黄色。樂府詩集二五木蘭詩:"當窗理雲鬢，對鏡帖花黄。"參見"花子㊀"。

【花虚】玄虚，空幻。宋趙必𤩪秋曉先生覆瓿集二沁園春歸田作詞:"回頭看，道浮雲富貴，到底花虚。"

【花趺】花形的墊座。南朝梁武帝集光宅寺金像詔:"銅初不送，何緣乃爾，豈不以真相應感，獨表神奇乎？可鐫著花趺，以爲靈誌。"舊唐書音樂志二:"鼓，承以花趺，覆以華蓋，上集翔鷺。"

【花翎】卽孔雀花翎。清代官員的冠飾，有三眼、雙眼、單眼之分。清初，花翎只賞給得朝廷特恩的貴族與大臣，咸豐以後賞戴甚濫，又定報捐花翎之例，於是五品以上官員皆可援例捐納單眼花翎。惟賞戴雙眼花翎，仍出於特恩。三眼花翎則只賞給親王貝勒。參閱清通典五四冠服、清周壽昌思益堂日札一。

【花釵】㊀婦女首飾。舊唐書輿服志:"内外命婦服花釵。"注:"施兩博鬢，寳鈿飾也。"見圖。參見"花鈿"。㊁嫁接花木時所用的嫩枝。明薛鳳翔牡丹八書接四:"凡接花，須於秋分之後，擇其牡丹壯而嫩者爲母，……以上品花釵，兩面削成鑿子形，插入母腹；預看母之大小，釵亦如之。"(説郛續四十)

花 釵

【花彫】浙江紹興所産酒名。也作"花雕"。紹興舊俗，用彩色酒罎貯美酒作陪嫁禮物，故名。

【花鳥】中國花鳥畫的簡稱。宋趙希鵠洞天清禄集古畫辯:"崔白多用古格，作花鳥必先作圈綫，勁利如鐵絲，填以衆采，逼真。"

【花尊】口大腹小的花瓶。清朱琰陶説六説器下敞口花尊:"按尊與缾異，缾口小於腹，尊腹小於口；缾高尊庳。尊，仿古尊也。"

【花朝】舊俗以農曆二月十五日爲百花生日，號花朝節，又稱花朝。唐司空圖司空表聖詩集一早春:"傷懷同客處，病眼卽花朝。"宋吴自牧夢粱録一二月望:"仲春十五日爲花朝節，浙間風俗，以爲春序正中，百花爭望之時，最堪遊賞。"參閱宋陳元靚事林廣記三節序花朝、明田汝成西湖遊覽志餘二十熙朝樂事。

【花椒】植物名。山野自生，種子香氣甚烈，可供藥用及調味。藝文類聚八九范子計然:"蜀椒出武都，赤色者善；秦椒出天水隴西，細者善。"爾雅釋木:"檓，大椒。"卽秦椒。參閱本草綱目三二果四秦椒、清郝懿行爾雅義疏。

【花蛤】蛤的一種。一名文蛤。宋彭乘續墨客揮犀二忌桃李雀蛤:"海旁有蛤，背有花紋，土人謂之花蛤。"參閱本草綱目四六介二文蛤。

【花腔】以聲音高下變化、重疊轉折爲特徵的唱法。清王夢生梨園佳話:"約計唱工，其要有五:三曰腔，昔時徽調初興，僅恃喉音爭勝，如程長庚張二奎諸名宿，皆不尚花腔，自余三勝以腔名，後來者踵靡增華，花腔之多，遂有層出不窮之勢，譚鑫培卽第一以腔勝者也。"

【花勝】古代婦女的花形首飾，剪綵爲之。文選三國魏曹子建(植)七啓"揚翠羽之雙翹"注引晉司馬彪續漢書:"皇太后入廟先爲花勝，上爲鳳皇，以翡翠爲毛羽。"太平廣記四八八唐元稹鶯鶯傳:"捧覽來問，撫愛過深。……兼惠花勝一合，口脂五寸，致燿首膏脣之飾。"參見"人勝"。

【花腊】加工乾製後的花朵。宋陶穀清異録花:"酴醾盛開時，置書册中，冬間取以插鬢，蓋花腊耳。"(説郛六一)

【花牋】精緻華美的信箋、詩箋。南朝陳徐陵玉臺新詠集序:"三臺妙迹，龍伸蠖屈之書；五色花牋，河北膠東之紙。"唐白居易長慶集五一霓裳羽衣歌:"四幅花牋碧間紅，霓裳實録在其中。"

【花絮】柳絮。柳花結子，子帶白絨毛，

隨風飛散，故稱。藝文類聚八九南朝梁簡文帝詠柳詩:"花絮時隨鳥，風枝屢拂塵。"唐杜甫杜工部草堂詩箋二一春遠:"肅肅花絮晚，菲菲紅素輕。"今用以喩稱零碎而饒風趣的記事報道。如會議花絮等。

【花塢】四周高起而中間凹下的花圃。文苑英華二四四唐嚴維酬劉員外見寄詩:"柳塘春水漫，花塢夕陽遲。"又三一四唐曹松滕王閣春日晚眺詩:"浪勢平花塢，帆陰上柳堤。"

【花葉】花片，花瓣。宋書符瑞志:"大明五年正月戊午元日，花雪降殿廷。……史臣按，……花葉謂之英。"唐李商隱李義山詩集五牡丹:"我是夢中傳彩筆，欲書花葉寄朝雲。"

【花萼】㊀包在花瓣外的萼片。詳"萼"。㊁花和萼。以花萼相依，比喩兄弟相親。唐李白李太白詩十二贈從弟冽:"逢君發花萼，若與青雲齊。"參見"花萼集"、"花萼樓"。

【花當】唐杜甫杜工部草堂詩箋三七次晚洲:"擺浪散帙妨，危沙折花當。"明陳懋仁庶物異名疏二二草下謂花當卽花根。清浦起龍讀杜心解引明王嗣奭杜臆:"以'當'對'妨'，乃便當之當。舊以爲花根，誤。"

【花鈿】古代婦女首飾。卽花釵。藝文類聚十八南朝梁沈約麗人賦:"陸離羽珮，雜錯花鈿。"唐白居易長慶集十二長恨歌:"花鈿委地無人收，翠翹金雀玉搔頭。"也以代指豔妝的女子。唐杜牧樊川集三早春贈軍事薛判官詩:"絃管開雙調，花鈿坐兩行。"

【花會】舊時的一種賭博方式。博者各投注，從三十六個花名或人名中猜一個，猜中者贏得三十二倍的彩錢。清張心泰粵遊小志三風俗:"梧州有花會，襲東省之風，以花名三十六，輪流間出。甲曰梅，乙曰桃，密封盒中，高掛竿上。猜者或梨、或杏、或菊、或蘭，書簿記號，暗中摸索。中者，一文賠三十二文，千百如之。究之百不一中。"

【花魂】謂花的精神、魂魄。元鄭元祐花蝶謠:"花魂迷春招不歸，夢隨蝴蝶江南飛。"（古今圖書集成禽蟲典一六九蝶藝文二）紅樓夢二七:"昨宵庭外悲歌發，知是花魂與鳥魂?"

【花魁】舊時品花，稱羣花之首爲花魁。宋盧炳烘堂詞漢宮春:"向暖南枝最是他瀟灑，先帶春回。因何事向歲晚，擄占花魁。"此指梅花。王貴學蘭譜白蘭:"竈山色碧，壯者二十餘萼，出漳浦。……東野朴守漳時，品爲花魁。"（說郛六二）此指白蘭之一種。

【花經】品評花卉的著作。宋陶穀清異録花:"(張)翊好學多思致，嘗戲造花經，以九品九命升降次第之。"（說郛六一）

【花貌】美貌如花。唐白居易長慶集十二長恨歌:"中有一人字玉真，雪膚花貌參差是。"

【花舞】㊀舞蹈形式之一。唐段安節樂府雜録舞工:"舞者，樂之容也。有大垂手、小垂手，或如驚鴻，或如飛燕。婆娑，舞態也；蔓延，舞綴也。古之能者，不可勝記，卽有健舞、軟舞、字舞、花舞、馬舞。"注:"花舞，著綠衣，偃身合成花字也。"㊁謂落花隨風飛舞。宋歐陽修文忠集十一豐樂亭遊春詩之一:"綠樹交加山鳥啼，晴風蕩漾落花飛。鳥歌花舞太守醉，明日酒醒春已歸。"

【花調】浙地民間說唱之一種。以五人分脚色，用絃子、琵琶、洋琴、鼓板伴奏。所唱之書，皆爲七字唱本，其調慢而且爛，每本五六回。見清范祖述杭俗遺風八。

【花甎】表面有花紋的磚。唐時内閣北廳前階有花磚道，冬季日至五磚，爲學士入值之候。唐李肇國史補下:"御史故事，大朝會則監察押班，……紫宸最近，用六品，殿中得立五花甎。"唐白居易長慶集十九待漏入閣書事奉贈元九學士閣老詩:"衙排宣政仗，門啓紫宸關。彩筆停書命，花甎趁立班。"

【花樣】㊀織物的花紋式樣。唐白居易長慶集五五繡婦歎:"連枝花樣繡羅襦，本擬新年餉小姑。"盧言盧氏雜說:"家業織綾，雜亂前隸屬官錦坊，近以薄藝投本行，皆云如今花樣不同，且東歸也。"㊁泛指各種時式、風氣。元侯克中艮齋詩集五留别崔左丞:"誰謂書生成事少，自知花樣入時難。"張之翰西巖集九思承索二色菊詩:"而今花樣多如此，有幾同根不異心。"㊂清代捐納之例，有"遇缺先"、"前先"、"儘先"等名目，謂之花樣。官場現形記三:"然後拿銀子捐復原官，加了花樣，仍在部裏候選。"

【花豬】豬的一種。因其毛色駁雜，故稱。豬同"猪"。宋蘇軾分類東坡詩二五聞子由瘦:"五日一遇花豬肉，十日一遇黃雞粥。"宋范成大石湖集十三衡陽道中二絶詩之一:"黑羖鑽籬破，花豬突户開。"

【花糕】舊俗重陽節所食的一種糕餅。亦稱重陽糕。明劉侗于奕正帝京景物略二春場:"九月九日……麪餅種棗栗其面，星星然，曰花糕。糕肆標紙綵旗，曰花糕旗。父母家必迎女來食花糕。"

【花壇】邊緣用磚石砌成的種植花卉的土臺子。全唐詩七三九李建勳和判官喜雨:"高檻氣濃藏柳郭，小庭流擁没花壇。"

【花曆】依各種花的開落以定歲時。明程羽文花曆序:"花有開落涼燠，不可無曆，秘集月令，頗與時舛，今更輯之，以代絜壺之位，數白記紅，誰謂山中無曆也。"（說郛續四十）

【花縣】㊀晉潘岳爲河陽令，滿縣種桃李，有"河陽一縣花"之稱。北周庾信庾子山集一春賦:"河陽一縣併是花，金谷從來滿園樹。"後因以花縣爲縣治的美稱。唐王維王右丞集五送嚴秀才還蜀詩:"别路經花縣，還鄉入錦城。"㊁縣名。屬廣東廣州市，清置。太平天国起義領袖洪秀全誕生於此縣。參閱嘉慶一統志四四一廣州府一。

【花燭】彩飾的蠟燭。北周庾信庾子山集三和詠舞詩:"洞房花燭明，燕餘雙舞輕。"舊時婚禮多用花燭，故又作婚禮的代稱。南朝梁何遜何記室集看伏郎新婚詩:"何如花燭夜，輕扇掩紅粧。"參閱唐封演封氏聞見記五花燭。

【花餳】花糖，俗稱膠牙糖。宋史禮志二二金國使副見辭儀:"賜内中酒果、風藥、花餳，赴守歲夜筵，酒五行，用傀儡。"舊時民間歲尾祭竈多用爲供品。元周密乾淳歲時記:"交年祀竈，用花餳米餌。"（說郛六九）

【花臉】㊀嫵媚如花的臉龐。全唐詩四二二元稹恨妝成:"凝翠暈蛾眉，輕紅拂花臉。"㊁傳統戲曲角色，"淨"的俗稱，因其以粉墨塗面得名。也稱花面。清孔尚任桃花扇罵筵:"你看前輩分宜相公嚴嵩，何嘗不是一個文人；現今鳴鳳記裏，抹了花臉，着實醜看。"

【花縵】卽花鬘。宋蘇軾分類東坡詩二十歐陽晦夫遺接䍦琴枕戲作詩謝之:"白頭穿林要籐帽，赤脚渡水愁花縵。"見"花鬘"。

【花顏】如花的容顏。唐李白李太白詩五怨歌行:"十五入漢宮，花顏笑春紅。"白居易長慶集十二長恨歌:"雲鬢花顏金步搖，芙蓉帳暖度春宵。"

【花櫚】木名。色紫紅，微香；老者紋拳曲，嫩者紋直；節花圓暈如錢，大小交錯；質堅密，似紫檀，爲一種貴重木材。又名花貍、花梨。參閱本草綱目三五木二櫚木。

【花譜】分類記録各種花卉名色及有關詩文之書。宋王觀揚州芍藥譜、劉蒙菊譜、清廣羣芳譜等是。金李俊明莊靖先生集謁金門戴梅詞:“花譜内，莫作等閒看待。”

【花蔫】含苞未放的花,花骨朵。宋陸游劍南詩稿二五小園:“晨露每看花蔫坼，夕陽頻見樹陰移。”

【花鏡】清陳淏子撰。六卷,圖一卷。淏子自號西湖花隱翁。内容分花曆新裁、課花十八法、花木類考、藤蔓類考、花草類考、禽獸鱗蟲類考,其中論課花方法,多得於親身經驗,爲全書精華所在。

【花蠟】卽花燭。指彩飾的蠟燭。舊唐書文宗紀上:“丁巳,爲絳王舉哀,廢朝三日。庚申，詔:‘……應行從處張陳，不得用花蠟結綵華飾。'”宋歐陽修文忠集一二六歸田録:“鄧州花蠟燭名著天下,雖京師不能造，相傳云是寇萊公(準)燭法。”

【花蘂】㊀花心的雌雄蕊。玉臺新詠六南朝梁何思澄奉和湘東王教班婕好:“虛殿簾帷静,閑階花蘂香。”唐李商隱李義山詩集六春日:“蝶銜花蘂蜂銜粉，共助青樓一日忙。”㊁含苞未放的花，花蕾。唐杜甫杜工部草堂詩箋三七上巳日徐司録林園宴集:“鬢毛垂領白，花蘂亞枝紅。”宋范成大石湖集一瑞香花詩:“酒惡休拈花蘂嗅,花氣醉人醲勝酒。”

【花露】㊀花上的露水。全唐詩二六五顧況幽居弄:“苔衣生，花露滴。月入西林蕩東壁。”五代後周王仁裕開元天寶遺事下吸花露:“貴妃每宿酒初消，多苦肺熱,嘗凌晨獨遊後苑,傍花樹,以手攀枝,口吸花露，藉其露液潤於肺也。”又俗用金銀花荷花等蒸餾成露,以之入藥,也叫花露。㊁以花液製成的香水。宋陳敬香譜一香品:“薔薇水，大食國花露也。今則採茉莉取其液以代焉。然其水多僞雜,欲試之,當用琉璃瓶盛之,翻摇數四,其泡周上下者爲真。”今香水之用酒精及香料製成者，俗亦稱花露水。㊂酒名。宋王楙野客叢書十七銀甕酒庫:“真州郡齋,舊有酒名謂之花露,人亦莫曉。僕讀姚合(寄衛拾遺乞酒)詩‘味輕花上露，色似洞中泉。’得非取此乎?”參閲清翟灝通俗編二七飲食花露酒。

【花鬘】古天竺人用花連貫成串加於身首之上的飾物。後來也指花環。唐白居易長慶集三驃國樂:“珠纓炫轉星宿摇，花鬘斗藪龍蛇動。”段成式酉陽雜俎三貝編:“天女九退相;……又脣動不止,瓔珞花鬘皆重。”

【花鬚】謂花蕊。唐杜甫杜工部草堂詩箋八陪李金吾花下飲:“見輕吹鳥毳，隨意數花鬚。”李商隱李義山詩集五二月二日:“花鬚柳眼各無賴，紫蝶黄蜂俱有情。”

【花鹽】細碎而潔白的食鹽。北魏賈思勰齊民要術八有造花鹽印鹽法。

【花十八】舞曲名，六么曲的一種。宋王灼碧雞漫志六么:“歐陽永叔(修)云:‘貪看六么花十八。’此曲内一叠名花十八，前後十八拍，又四花拍，共二十二拍。……曲節抑揚可喜,舞亦隨之,而舞築毬六么至花十八益奇。”(説郛十八)參閲清俞樾茶香室叢鈔十八。

【花九錫】謂贈給名花的九種事物。唐羅虬撰花九錫,一、重頂帷以障風;二、金剪刀以剪折;三、浸以甘泉;四、貯以玉缸;五、安置於雕文臺座;六、畫圖;七、翻曲;八、賞以美醑;九、詠以新詩。參閲宋陶穀清異録花。

【花之寺】寺名。1. 在山東沂水縣。清周在浚有詞集題花之詞,以此取名。見清阮葵生茶餘客話六。2. 在北京三官廟。清道光十二年龔自珍招在京楊懋建、宋翔鳳、包世臣、魏源、端木國瑚等四十五人,聚於三官廟花之寺,諸人皆名士，當時傳爲盛事。見清楊懋建夢華瑣簿。

【花木瓜】比喻外表好看，裏面不好。宋汪藻與王黼太學同舍,黼貌美中空,藻戲稱爲花木瓜。後黼正當國，藻罷符寶郎,以宣州産花木瓜,出藻爲宣州。見宋周必大泛舟遊山録。元曲選康進之李逵負荆三:“元來是花木瓜兒外好看，不由咱不回頭兒暗笑。”又喬夢符兩世姻緣一:“有那等花木瓜長安少年，他每不斟量隔屋攛椽。”

【花月痕】小説名。清魏秀仁(子安)作。題眠鶴主人編次,凡十六卷,五十二回。叙韓韋兩生各眷一妓，其後韓得志顯達,韋則潦倒,爲情而死。秀仁少有神童之稱,舉於鄉,三上公車不第,以佐幕爲生,縱情詩酒,書中故事,多以個人遊蕩生活爲背景,在清末狹邪小説中以文情見稱。

【花石綱】宋徽宗於東京(今河南開封)造壽山艮嶽,亦稱“萬歲山”。崇寧四年,使朱勔置應奉局於平江，搜刮南方奇花異石。民間有一石一木可用的,使者往往直入其家,破牆拆屋,劫往東京。所費以億萬計,民怨沸騰。當時運花石的船隊,不斷往來於淮汴之間，號稱“花石綱”。綱，謂成幫結隊地輸運貨物。見宋趙彦衛雲麓漫鈔七、張淏雲谷雜記壽山艮嶽、宋史四七〇朱勔傳。

【花交菜】黄芽菜。又稱黄芽白。元明時浙西或呼爲花交菜。謂近諸菜，多變成異種。民間以此爲詈人之詞,斥人之不正派,多翻覆。見明李詡戒菴漫筆三武林俗呼。

【花見羞】比喻女子美貌。後唐明宗淑妃王氏有美色，號“花見羞”。見新五代史唐明宗家人傳。宋詩鈔節孝集鈔徐積答李端叔:“君不聞東家女子花見羞，十六未嫁便悲憂。”

【花雨樓】清張壽榮藏書室名。壽榮，字鞠齡,鎮海人，同治舉人，家富藏書。刻有花雨樓叢鈔書，所收皆爲清人四部著作。

【花乳石】㊀浙江天台山産的一種印章石。明郎瑛七修類稿二四時文石刻圖書起:“圖書,古人皆以銅鑄。至元末,會稽王冕以花乳石刻之。”㊁石名。亦名花蘂石。色如硫黄,中有淡白點,入藥,可製硯等器物。見宋米芾硯史、政和證類本草五花乳石。

【花信風】應花期而來的風。風應花期,其來有信，故稱。江南自春至初夏,自小寒至穀雨,五日一番風候。梅花風最早,楝花風最後，凡二十四番。詳“二十四番花信風”。

【花粉錢】舊指贈送給妓女的錢。明李日華紫桃軒又綴一:“管子治齊，女閭七百,收其夜合之資,以輸軍國,此今日教坊花粉錢之濫觴也。”明湯顯祖牡丹亭冥判:“鬼犯些小年紀,好使些花粉錢。”

【花鳥使】唐玄宗自開元十年，每歲遣使到民間選取美女入宫,使者稱花鳥使。唐元稹長慶集二四上陽白髮人:“天寶年中花鳥使,撩花狎鳥含春思。滿懷墨詔求嬪御,走上高樓半酣醉。”自注:“天寶中，密號採取豔異者爲花鳥使。”參閲新唐書二〇二呂向傳。

【花梨木】木名。見“花櫚”。

【花間集】五代後蜀趙崇祚編。收録晚唐五代十八家詞共五百首，十卷，爲現存最早的詞總集。集中大都冶遊享樂之作，語多濃豔。後稱風格香豔的詞派爲花間派,本此。

【花腔鼓】鼓框加彩繪的鼓。宋范成大桂海虞衡志志器:“花腔腰鼓，出臨桂職田鄉,其土特宜鼓腔，村人專作窑燒之,細畫紅花紋以爲飾。”(説郛五十)

【花鼓棒】 舊時杭州地方僧人，爲喪家作法樂時輪轉抛弄鼓棒，稱爲花鼓棒。元李有古杭雜記：“杭州市肆，有喪之家，命僧爲佛事，……花鼓棒者，謂每舉法樂，則一僧以三四鼓棒在手，輪轉抛弄，諸婦人競觀之以爲樂。”按，流行於長江流域的民間花鼓舞、花鼓調等，擊鼓時亦抛弄鼓棒。

【花萼集】 唐李乂事兄尚一、尚貞孝謹，又俱以文章自名，弟兄同爲一集，號李氏花萼集。見新唐書一一九本傳。按，集名花萼，是取詩小雅常棣“常棣之華，鄂不韡韡；凡今之人，莫如兄弟”之義。華鄂，卽花萼，比喻兄弟相親相愛。

【花萼樓】 唐玄宗開元二年以舊邸爲興慶宮，後於宮之西南建樓，其西題爲“花萼相輝之樓”，南曰“勤政務本之樓”。登樓，可以望見憲薛申岐諸王諸弟邸第。花萼之義，取詩小雅常棣兄弟親愛之義。參閱唐會要三十、新唐書八一讓皇帝傳。

【花鞴扇】 宋陶穀清異録天文：“俗以開花風爲花鞴扇，潤花雨爲花沐浴。至花老，風雨斷送，蓋花刑耳。”（說郛六一）鞴，鼓風吹火之器。

【花蘂石】 見“花乳石”。

【花好月圓】 唐宋諸賢絶妙詞選七宋晁次膺（端禮）行香子別恨詞：“莫思身外，且鬬尊前，願花長好，人長健，月常圓。”後常以花好月圓作祝人幸福美滿之詞。

【花言巧語】 虛假而動聽的話。宋朱子語類二十論語三：“據某所見，巧言卽今所謂花言巧語，如今世舉子弄筆端，做文字者便是。”元曲選馬致遠黄粱夢二：“是你辱門敗户先自歪，做的來漏蓋搭菜，把花言巧語枉鋪排。”

【花花太歲】 横行霸道的紈袴子弟。古雜劇關漢卿望江亭中秋切鱠旦三：“花花太歲爲第一，浪子喪門世無對，街下下民聞我怕，只我是勢力並行楊衙内。”

【花花世界】 猶言繁華世界。華嚴經：“佛土生五色蓮，一花一世界，一葉一如來。”俗語花花世界本此。

【花枝招展】 形容婦女打扮得十分豔麗。金瓶梅四五：“（吴）銀兒連忙花枝招颭，繡帶飄飄，插燭也是〔似〕與李瓶兒磕了四個頭。”颭也作“展”。紅樓夢三九：“劉老老進去，只見滿屋裏珠圍翠繞，花枝招展的，並不知都係何人。”

【花草粹編】 明陳耀文輯唐宋詞總集，凡二十四卷，又附録一卷，收詞三千餘首。因前人有花間集收唐五代詞，草堂詩餘收宋詞，故取名花草粹編。此書收詞較多，箋釋頗詳，對冷僻詞篇均注明出處。

【花菴詞選】 宋黄昇所編唐宋詞總集。凡二十卷，前十卷曰唐宋諸賢絶妙詞選，始於唐李白，終於北宋王昴，並附方外、閨秀詞；後十卷曰中興以來絶妙詞選，始於南宋康與之，終於洪瑹。昇字叔旸，號玉林，又稱花庵詞客，工於詞，故選取頗精，所附詞人簡歷及評語，足資參考。

【花朝月夕】 比喻良辰美景。舊唐書一八一羅弘信傳附羅威：“每花朝月夕，與賓佐賦咏，甚有情致。”也作“花朝月夜”。文苑英華八四三隋陳子良隋新城郡東曹掾蕭平仲誄：“花朝月夜，置酒題篇。”

【花團錦簇】 見“花攢錦簇”。

【花蕊夫人】 ㊀五代蜀主妃子的名號。也作“花蘂夫人”。1.前蜀主王建妃。又號小徐妃。徐耕女，後隨王衍歸唐，中途被殺。見明李日華紫桃軒又綴二。2.後蜀主孟昶妃。姓徐，青城人，能文，效唐王建作宮詞百首。蜀亡入宋宮，宋太祖曾召之賦詩，有“十四萬人齊解甲，更無一個是男兒”之句。見宋吴曾能改齋漫録十六花蘂夫人詞。宋陳師道後山詩話謂夫人姓費。㊁南唐後主李煜妃。南唐亡没入宋宮，後爲晉王（宋太宗）所殺。見明李日華紫桃軒又綴二。參閱清趙翼陔餘叢考三九二花蘂夫人。

【花攢錦簇】 形容色采繽紛、鮮豔華麗的景象。元明雜劇明闕名衆神聖慶賀元宵節二：“喜鰲山高接雲衢，蓋的來花攢錦簇。”古今雜劇闕名趙匡義智娶符金錠四：“酒泛瓊瑶，樂動簫韶，玳筵排錦簇花攢，端的是堪畫堪描。”也作“花團錦簇”。儒林外史三：“自古道：‘人逢喜事精神爽’，那七篇文字，做的花團錦簇一樣。”

【花發沁園春】 詞調名。有平韻仄韻兩體，俱見宋黄昇花菴詞選，與沁園春不同，雙調，一百五字。見詞譜三三。

芹

qín 巨斤切，平，欣韻，羣。
ㄑㄧㄣ

㊀菜名。又名楚葵。以生於水地，俗稱水芹。生於旱地者稱旱芹。詩小雅采菽：“觱沸檻泉，言采其芹。”㊁比喻貢士。“芹藻”的簡稱。聊齋志異狐諧：“幼業儒，家少有而運殊蹇，行年二十有奇，尚不能掇一芹。”參見“芹藻㊀”。

【芹泥】 燕子用以築巢的泥。唐杜甫杜工部詩史補遺一徐步：“芹泥隨燕觜，花蕊上蜂鬚。”

【芹意】 微薄的情意。贈人禮物的謙詞。明屠隆綵毫記下汾陽報恩：“勑命已下，郭老爺特差山官星夜前來報喜，且具有薄禮，聊表芹意。”

【芹曝】 芹，物之微者；曝，日暄，事之常者。謙言所貢獻瑣碎不足道。宋劉克莊後村集三一居厚弟和七十四吟再賦詩之二：“批塗曾舉詞臣職，芹曝終懷野老心。”參見“獻芹”、“獻曝”。

【芹藻】 ㊀詩魯頌泮水：“思樂泮水，薄采其芹。……思樂泮水，薄采其藻。”詩序：“頌僖公能脩泮宮也。”泮宮爲教化處所，後以芹藻比喻有才學之士。南朝梁江淹江文通集三奏記南徐州新安王：“淹幼乏鄉曲之譽，長匱芹藻之德。”一本作“斤藻”。宋蘇轍欒城集十一燕貢士詩：“泮水生芹藻，干旄在俊城。”㊁水草。用爲祭品。宋史樂志大觀三年釋奠之二：“我潔尊罍，陳兹芹藻。”

【芹獻】 猶芹意。明唐玉翰府紫泥全書一節序送禮翰歲節：“春歸侯第，正舉椒觴；時有野人，不忘芹獻。”參見“獻芹”。

五畫

范

fàn 防鍰切，上，范韻，並。
ㄈㄢˋ

㊀蟲名。蜂。禮檀弓下：“范則冠而蟬有緌。”㊁通“笵”、“範”。1.模型。荀子彊國：“刑范正，金錫美。”禮禮運：“范金合土，以爲臺榭宮室牖户。”疏：“范金者，謂爲形范以鑄金器。”2.榜樣。漢揚雄太玄經瑩：“矩范之動，成敗之効也。”注：“范，法也。”㊂姓。春秋晉士會食邑於范，稱范武子，子孫以邑爲氏。見漢書高帝紀下贊“范氏其後也”注。

【范冉】 公元112—185年。一作范丹。漢陳留外黄人，字史雲。遊三輔，就學於馬融。桓帝時授萊蕪長，遭母憂，不就。後在太尉府任職，自知性格狷急，不能從俗，常佩韋以自警。遭黨錮之禍，遁逃於梁沛間，賣卜爲生。雖有時絶粒，但窮居自若。閭里有歌稱：“甑中生塵范史雲，釜中生魚范萊蕪。”黨禁解，三府交辟。卒於家，會葬者二千餘人。見後漢書獨行傳。

【范史】 後漢書的别稱。以南朝宋范曄撰而稱。宋劉克莊後村集二三再和林肅翁有所思韻詩：“何妨范史書鉤黨，不願歐碑説解仇。”

【范式】 東漢山陽金鄉人，字巨卿。少遊太學，與張劭爲友。同歸鄉里，式與劭約：“後二年當還，將過拜尊親。”後至期，劭殺雞炊黍以待，式果到，盡歡而别。後式夢劭告以已死，式素服奔赴，如期會葬，親植墳樹，然後離去。累官荆州刺史。後遷廬江太守。見後漢書獨行傳。

【范河】即流沙。宋沈括夢溪筆談三:"予在鄜延,見安南行營諸將閱兵馬籍,有稱'過范河損失',問其何謂'范河',乃越人謂淖沙爲'范河',北人謂之'活沙'。予嘗過無定河,度活沙,……其下足處雖甚堅,若遇其一陷,則人馬駝車,應時皆没,至有數百人平陷無孑遺者。或謂,此即流沙也。"

【范林】蕃衍的林木。山海經海外南經:"其范林方三百里。"注:"言林木氾濫布衍也。"亦作"氾林"。山海經海内北經:"崑崙虚南,所有氾林方三百里。"

【范叔】即范睢。字叔,故人稱范叔。詳"范睢"、"綈袍"。

【范張】東漢范式與張劭友善,重義守信,後因以范張事爲生死之交的模範。文選南朝梁劉孝標(峻)廣絶交論:"范張款款於下泉,尹班陶陶於永夕。"元曲選有宫大用生死交范張雞黍雜劇,即以范張故事爲題材。參見"范式"。

【范甯】公元 339—401 年。晉順陽人,字武子。少時專心好學。反對王弼、何晏的玄學,以爲二人之罪,深於桀、紂。初爲餘杭令,遷豫章太守,所至興學校,功用甚廣,江州刺史王凝之劾其建築奢費,免官。甯以三傳中穀梁無善釋,沉思積年,著春秋穀梁傳集解。晉書有傳。

【范雲】公元 451—503 年。南朝梁舞陰人,字彦龍。善文章尺牘。仕齊任尚書殿中郎,國子博士。蕭衍入建康,專齊政,尋稱梁王,以雲爲侍中,參與機密。衍既稱帝,廢齊立梁王朝,雲遷吏部尚書,以佐命功封霄城縣侯。卒謚文。有集三十卷。已佚。梁書、南史皆有傳。

【范陽】㊀郡、國名。漢置涿郡。三國魏皇初七年改范陽郡,晉武帝改范陽國。北朝魏爲范陽郡。隋廢。故城在今河北涿縣。唐天寶初改幽州總管府爲范陽郡,署大都督府,治所在薊縣,轄境相當今大興、宛平、昌平、房山、安次、寶坻等縣之地。見讀史方輿紀要十一順天府涿州、清孫承澤天府廣記一建置。㊁古縣名。秦置,因在范水之北得名。秦末張耳陳餘起義,略地燕趙,范陽先下,即此。漢興,置范陽縣,屬涿郡。隋改道縣。故城在今河北定興縣南。見讀史方輿紀要十二易州范陽城。㊂唐方鎮名。玄宗時爲防禦奚和契丹,置幽州節度使,天寶元年改名范陽,爲玄宗時邊防十節度使之一。治所在幽州(今北京西南),轄境常有變動。安禄山即以范陽等三鎮節度使起兵反唐。見舊唐書地理志一。

【范滂】公元 137—169 年。東漢汝南征羌人,字孟博。舉孝廉,時冀州飢荒,民所至起義,滂爲清詔使,有意澄清吏治。每至州境,貪污之守令皆聞風離去。以得罪宦官,繫黄門北寺獄,事釋得歸。靈帝建寧二年大殺黨人,詔下急捕滂等,自詣獄,滂母與訣,曰:"汝今得與李(膺)杜(密)齊名,死亦何恨!"死時年三十三。見後漢書六七黨錮傳。

【范睢】戰國魏人,字叔。初事魏中大夫須賈,從賈使齊,以有通齊之嫌,魏相魏齊使舍人笞擊睢,佯死得免。因隨秦使王稽入秦,説秦昭王以遠交近攻,加强王權之策。昭王既廢太后,逐舅穰侯(魏冉),以睢爲相,封於應,號應侯。屢敗韓趙之師。後以任鄭安平、王稽,皆負重罪於秦,秦王信用漸衰,因從蔡澤言,謝病歸相印。見史記七九范睢傳。

【范粲】公元 202—285 年。三國魏外黄人,字承明。范冉孫。博學,累官至武威太守,歷職皆有聲譽。司馬師廢魏帝曹芳,粲素服拜送,哀動左右,稱病閉門不出。後司馬師特詔爲侍中,佯狂不言,寢於所乘車中,足不踐地。卒年八十四,不言者三十六年。晉書入隱逸傳。

【范寬】宋初華原人,名中正,字仲立。性情豁達,故人呼范寬。善畫山水,初師李成、荆浩,既而嘆曰:"師人不如師造化。"因遷居終南太華山地區,對景寫生,自成一家。與關同李成齊名,爲五代北宋山水畫主要畫家之一。見宋郭若虚圖畫見聞誌四、宣和畫譜十一。寬畫雪景寒林圖,現藏天津藝術博物館;又溪山旅行圖,原藏故宫博物院,現在臺灣省。

【范增】公元前 277—前 204 年。秦末居鄛人。年七十,輔項羽霸諸侯,羽尊之爲亞父。增屢勸羽殺劉邦,羽不聽。後羽中劉反間,疑增有二心,增憤而離去,途中疽發背死。見史記項羽紀、高祖紀。

【范曄】公元 398—445 年。南朝宋順陽人,字蔚宗,范甯孫。博涉經史,善爲文章。晉末爲劉裕(宋武帝)子彭城王義康參軍。宋王朝建,爲尚書吏部郎,左遷宣城太守,不得志,於是删定自東觀漢記以下諸書,撰爲後漢書,成一家之作。自范書行而諸家皆廢。又善彈琵琶,能爲新聲。後遷左衛將軍、太子詹事。元嘉二十二年,以參與孔熙先謀立義康,事泄被殺,四子一弟,同死於市。宋書、南史皆有傳。參見"後漢書"。

【范縣】縣名。屬山東省。戰國時爲齊邑,孟子自范去齊,即此。漢置范縣,屬東郡。歷代相因。清屬山東曹州府。戰國時魏龐涓被擒處之馬陵道即在縣境内。見讀史方輿紀要三四東昌府。

【范縝】約公元 450—約 510 年。南朝梁南鄉舞陰人,字子真。出身寒微。少從沛國劉瓛學,博通經術,尤精三禮。先後仕齊梁任尚書殿中郎、尚書左丞等職。梁武帝(蕭衍)及竟陵王蕭子良皆篤信佛教,朝野風靡。縝因著神滅論,提出"形神相即"和"形存則神存,形謝則神滅"的主張,以駁佛教三世輪迴因果報應之説。縝與前尚書令王亮善,亮以忤高祖意,廢庶人,縝不平,爲御史中丞任昉所劾,徙廣州。有文集十五卷,不存。梁書、南史皆有傳。

【范蠡】春秋楚宛人,字少伯。仕越爲大夫,輔佐越王勾踐刻苦圖强,卒滅吴國。以勾踐爲人可與同患難,不能共安樂,去越入齊,改名鴟夷子皮。到陶稱朱公,經商致富,十九年中,治産三致千金,一再分散與貧交和疏遠的兄弟。見史記越王勾踐世家、貨殖傳。

【范文程】公元 1597—1666 年。明末清初瀋陽人,字憲斗。本明代生員,萬曆末年,投奔努爾哈赤(清太祖),參與軍國機密。歷仕清太祖、太宗、世祖、聖祖四朝,首建入關之議,清朝開國規制亦多由其手定。官至大學士、太傅兼太子太保,卒謚文肅。參閲碑傳集四李果大學士范文肅公文程傳、李蔚范文肅公墓誌銘。

【范公泉】泉名。在山東博山縣境。宋皇祐中,范仲淹知青州有惠政,興隆僧舍西南洋溪中有醴泉出涌,仲淹因於泉上築亭,刻石爲記。其後州人紀念仲淹,因稱泉爲范公泉。見宋王闢之澠水燕談録八事誌、山東通志三二疆域三山川。

【范公堤】即捍海堰。在江蘇鹽城縣東門外。唐大曆中李承建,宋天聖初范仲淹重修,故名。見嘉慶一統志九四淮安府二隄堰。詳"捍海堰2"。

【范西屏】公元 1709—? 年。清海寧人,名世勳。父以好弈破家。少長,從俞長侯學。十六歲即成爲圍棋第一手,雍正、乾隆時有"棋聖"之稱。後客居揚州,入運使高恒幕,城西有桃花泉,因稱所著弈譜爲桃花泉弈譜。

【范成大】公元 1126—1193 年。宋吴興人,字致能,號石湖居士。紹興二十四年進士。隆興六年奉命使金,初進國書,詞氣慷慨,幾於見殺,卒全節而歸。累官廣西經略安撫使、四川制置使。參知政事。有文名，尤工詩。與陸游楊萬里齊名，自輯爲石湖集一百三十六卷。別著有吳門志、攬轡錄、桂海虞衡志等書。宋史三八六有傳。

【范仲淹】公元 989—1052 年。宋蘇州吳縣人。父墉，仲淹二歲而孤，母貧無依，改嫁朱氏，因取朱姓，名說。大中祥符八年進士。母喪，復本姓，更名仲淹，字希文。仲淹爲秀才時，嘗言"士當先天下之憂而憂，後天下之樂而樂"，以天下爲已任。官至陝西四路安撫使，參知政事。仁宗時，與韓琦率兵同拒西夏，鎮守延安，夏人相戒言"小范老子胸中有數萬甲兵"，邊境得相安無事。有意改革時政，考核官吏，裁減閒冗，爲言者所攻，皆不果行。卒謚文正。工於詩詞散文，有范文正公集。宋史三一四有傳。

【范長生】公元？—318 年。東晉列國時涪陵丹興人。一名延久，又名重久，字元。居西山(青城山)，爲其地天師道教主。後李雄攻占成都，稱成都王，以長生爲丞相，尊稱范賢。因勸李雄稱帝，國號成，加長生爲天地太師，封西山侯。見晉書李流載記、李雄載記。

【范祖禹】公元 1041—1098 年。宋華陽人，字淳甫，一字夢得。仁宗嘉祐八年進士，知龍川縣。司馬光撰資治通鑑，舉祖禹參修纂事，歷時十五年。又以其所得著唐鑑十二卷。官至翰林學士，知國史院事，與修實錄。哲宗紹聖元年章惇復相，盡復新法，論者謂祖禹所修實錄，詆斥先帝，又朋附司馬光，斥外，安置永州、賀州、循州，再移化州，卒於貶所。有華陽文集。宋史附范鎮傳。

【范純仁】公元 1027—1101 年。宋蘇州吳縣人，字堯夫，仲淹次子。皇祐進士。嘗從胡瑗孫復學。父没始出仕，官至侍御史，知諫院。以言王安石新法不便，出知河中府。哲宗時累官尚書僕射、中書侍郎，以忤章惇，貶永州。徽宗立，詔爲觀文殿大學士，以目疾乞歸，卒謚忠宣。宋史三一四有傳。

苧 zhù ㄓㄨˋ 直呂切，上，語韻，澄。

植物名。麻屬。初學記十九漢王褒僮約："多取蒲苧，益作繩索。"詳"苧麻"。

【苧麻】植物名。爲我國特產，纖維細長，韌性强，可作衣著材料。簡稱麻。本草綱目十五草四苧麻："苧麻作紵，可以績紵，故謂之紵。凡麻絲之細者爲絟，粗者爲紵。"

【苧綖】用芒心製的頭巾。唐段成式酉陽雜俎四境異："峽中俗夷風不改，武寧蠻好着芒心接離，名曰苧綖。"

【苧蒲】苧麻和蒲草。可供編織，因亦指麻和蒲草編成的斗笠。管子小匡："首戴苧蒲，身服襏襫。"注："苧，蔣也；編苧與蒲以爲笠。"

【苧蘿山】在今浙江諸暨縣南。相傳爲西施的出生地。吳越春秋勾踐陰謀外傳："乃使相者國中，得苧蘿山鬻薪之女曰西施鄭旦。"注："會稽志：苧蘿山在諸暨縣南五里。輿地志：諸暨縣苧蘿山西施鄭旦所居。"一說在今浙江蕭山縣境。見後漢書郡國志"會稽郡餘暨"注。省作"苧蘿"。五代前蜀韋莊浣花集四殘花詩："十日笙歌一宵夢，苧蘿因雨失西施。"

苙 lì ㄌㄧˋ 力入切，入，緝韻，來。其立切，入，緝韻，羣。

㊀猪欄。孟子盡心下："今之與楊墨辯者，如追放豚，既入其苙，又從而招之。"㊁藥草名。即白芷。唐元稹長慶集六西齋小松詩："柔苙漸依條，短莎還半委。"

苾 1. bì ㄅㄧˋ 毗必切，入，質韻，並。

㊀芳香。大戴禮曾子疾病："與君子遊，苾乎如入蘭芷之室，入而不聞，則與之化矣。"

2. bié ㄅㄧㄝˊ 蒲結切，入，屑韻，並。

㊁菜名。見廣韻。㊂契苾，古民族名。敕勒(即鐵勒)諸部之一。見"契苾"。

【苾芬】芬芳。詩小雅楚茨："苾芬孝祀，神嗜飲食。"箋："苾苾芬芬，有馨香矣，女之以孝敬享祀也。"此形容祭品的香美。後也用以指祭品。後漢書五十樂成靖王黨傳："乃敢擅損犧牲，不備苾芬。"

【苾勃】香氣濃郁。史記一一七司馬相如傳上林賦："肸蠁布寫，晻曖苾勃。"注："皆芳香之盛也。"文選作"咇茀"。

【苾苾】形容香氣濃烈。詩小雅信南山："是烝是享，苾苾芬芬，祀事孔明。"箋："苾苾芬芬然，香祀禮於是則甚明也。"

【苾芻】梵語。也作"苾蒭"。佛教僧人的總稱，意謂佛的弟子。或說比丘的異譯。翻譯名義集一釋氏衆名苾芻："古師云：含五義：一，體性柔輭，喻出家人能折伏身語麤獷故；二，引蔓旁布，喻出家人傳法度人，連延不絕故；三，馨香遠聞，喻出家人戒德芬馥，爲衆所聞；四，能療疼痛，喻出家人能斷煩惱毒害故；五，不背日光，喻出家人常向佛日故。"

苹 1. píng ㄆㄧㄥˊ 符兵切，平，庚韻，並。

㊀草名。白蒿之屬。爾雅作"蘋蕭"。詩小雅鹿鳴："呦呦鹿鳴，食野之苹。"三國吳陸璣毛詩草木鳥獸蟲魚疏上："苹，葉青白色，莖似箸而輕脆，始生香，可生食，又可蒸食。"㊁同"萍"。大戴禮夏小正七月："湟潦生苹。"參見"萍"。

集韻 旁經切，平，青韻。

㊂見"苹車"

2. pēng ㄆㄥ 集韻 披耕切，平，耕韻。

㊃見"苹₂縈"。

【苹車】古戰車名。周禮春官典路："苹車之萃。"注："苹猶屏也，所用對敵自蔽隱之車也。……孫子八陳，有苹車之陳。"孫詒讓周禮正義五三："苹、屏音同。此車蓋以韋革周帀四面爲屏蔽，故對敵時可蔽隱以避矢石也。"

【苹苹】草叢生貌。文選戰國宋玉高唐賦："涉漭漭，馳苹苹。"注："苹苹，艸貌。"參閱清王引之經義述聞三平章百姓。

【苹₂縈】迴旋貌。文選漢馬季長(融)長笛賦："爭湍苹縈，汩活澎濞。"注："苹縈，迴旋之貌。……苹，芳耕切。"

茉 mò ㄇㄛˋ 正字通 彌葛切，音末。

見"茉莉"。

【茉莉】花名。花白色，芬香，夏季盛開。也作"末利"、"末麗"；以可作鬘，又稱鬘華。晉嵇含南方草木狀上："耶悉茗花、末利花，皆胡人自西國移植於南海，南人憐其芳香，競植之。"宋李光莊簡集五四月十四日曉陳列之見顧追涼翫月……詩："影翻鳳尾檳榔果，香散龍涎茉莉花。"

苣 jù ㄐㄩˋ 其呂切，上，語韻，羣。

㊀用葦稈紮成的火炬。今作"炬"。墨子備城門："人擅苣長五節。寇在城下，聞鼓音，燔苣。"後漢書七一皇甫嵩傳："嵩乃約勑軍士皆束苣乘城。"㊁蔬類植物。詳"萵苣"。

【苣文】火炬形花紋。新唐書車服志："五路皆重輿，左青龍，右白虎，金鳳翅，畫苣文鳥獸。"文，也作"紋"。金史儀衛志上："大定八年，黃麾半仗，……第六行，自內而東，天下太平旗、苣紋旗、日月合璧旗。"

【苣勝】即胡麻。見玉篇"苣"注。也作"巨勝"。見該條。

苛 1. kē ㄎㄜ 胡歌切，平，歌韻，匣。

㊀小草。說文："苛，小艸也。从艸，可

聲。"㊁煩瑣。見"苛禮"。㊂苛刻。荀子富國:"苛關市之征以難其事。"國語楚下:"於是乎弭其百苛，殄其讒慝。"㊃騷擾。國語晉一:"以皋落狄之朝夕苛我邊鄙,使無日以牧田野。"㊄病。通"疴"。禮內則:"疾痛苛癢。"注:"苛,疥也。"

2. hē ㄏㄜ 集韻 虎何切,平,歌韻。

㊅譴責,責問。通"訶"、"呵"。周禮春官世婦:"大喪比外內命婦之朝，莫哭不敬者而苛罰之。"漢書九九中王莽傳:"大司空士夜過奉常亭,亭長苛之。"

【苛切】繁細急躁。後漢書章帝紀論:"章帝素知人厭明帝苛切,事從寬厚。"

【苛法】苛刻煩碎的律條。史記高祖紀:"(沛公)還軍霸上。召諸縣父老豪桀曰:'父老苦秦苛法久矣，誹謗者族，偶語者弃市。'"

【苛刻】繁碎刻薄。韓非子內儲說下:"大不事君,小不事家,以苛刻聞天下。"後漢書和帝紀永元六年詔:"有司不念寬和,而競爲苛刻。"也作"苛克"。三國志吳諸葛恪傳與陸遜書:"且士誠不可纖論苛克,苛克則彼賢聖猶將不全,況其出入者邪?"此言過於嚴厲。

【苛政】繁碎、殘酷的政令。禮檀弓下:"孔子過泰山側，有婦人哭於墓者而哀。夫子式而聽之,使子路問之,曰:'子之哭也,壹似重有憂者。'而曰:'然,昔者吾舅死於虎,吾夫又死焉,今吾子又死焉。'夫子曰:'何爲不去也?'曰:'無苛政。'夫子曰:'小子識之,苛政猛於虎也。'"一說政通"征",指繁重的雜稅及勞役。參閱清朱彬禮記訓纂四。

【苛殃】嚴重的災害。呂氏春秋審時:"是故得時之稼,其臭香,其味甘,其氣章,百日食之,耳目聰明,心意叡智,四衛變彊,殈氣不入,身無苛殃。"此指重病。

【苛俗】煩苛的風氣。後漢書四六陳寵傳:"肅宗初,爲尚書。是時承永平故事,吏政尚嚴切,尚書決事率近於重。寵以帝新即位,宜改前世苛俗。"

【苛疾】重病。素問六元正紀大論:"必折其鬱氣,先取化源,暴過不生,苛疾不起。"管子小問:"桓公踐位,令釁社塞禱。祝鳧已疵獻胙。祝曰:'除君苛疾，與若之多虛而少實。'桓公不說。"

【苛留】極力挽留。宋范成大石湖集三三愛雪歌:"十步出門九步坐,兒女遮說相苛留。"

【苛₂留】盤問扣留。周禮秋官環人"凡門關無幾，送逆及疆"注:"鄭司農(衆)云:門關不得苛留環人也。"漢書九九中王莽傳:"吏民出入,持布錢以副符傳,不持者,廚傳勿舍,關津苛留。"

【苛細】㊀苛求細枝末節。漢書三七欒布傳:"反形未見，以苛細誅之，臣恐功臣人人自危也。"㊁繁雜。後漢書二七宣秉傳:"務舉大綱，簡略苛細，百僚敬之。"注:"說文曰:'苛，細草也。'以喻煩雜也。"

【苛碎】嚴峻煩瑣。三國志魏王昶傳:"昶雖在外任，心存朝廷，以爲魏承秦漢之弊,法制苛碎,不大釐改國典以準先王之風,而望治化復興,不可得也。"

【苛察】苛刻煩瑣，顯示精明。莊子天下:"君子不爲苛察，不以身假物。"後漢書二五魯恭傳:"州郡好以苛察爲政，因此遂盛夏斷獄。"

【苛慝】暴虐邪惡。左傳昭十三年:"苛慝不作,盜賊伏隱。"國語晉八:"內無苛慝,諸侯不二。"

【苛濫】謂寬嚴失度。南朝梁劉勰文心雕龍四史傳:"是立義選言，宜依經以樹則;勸戒與奪,必附聖以居宗;然後銓評昭整,苛濫不作矣。"

【苛禮】繁瑣的禮節。史記九七酈生傳:"酈生聞其將皆握齱好苛禮自用,不能聽大度之言。"索隱:"賈逵云'苛，煩也。'小顏(師古)云'苛,細也。'"

【苛擾】嚴酷煩擾。墨子所染:"舉天下之貪暴苛擾者，必稱此六君也。"漢桓寬鹽鐵論執務:"上不苛擾,下不煩勞,各脩其業。"

【苛癢】患疥發癢。禮內則:"及所,下氣怡聲,問衣燠寒,疾痛苛癢,而敬抑搔之。"注:"苛,疥也。"

【苛₂難】盤問留難。韓非子內儲說上七術:"衛嗣公使人爲客過關市，關市苛難之,因事關市以金,關吏乃舍之。"意林一韓子作"關吏乃呵之"。

苯

bĕn ㄅㄣ 布忖切,上,混韻,幫。

苯䔿,草叢生。見廣韻。

【苯䔿】草茂盛貌。文選漢張平子(衡)西京賦:"苯䔿蓬茸,彌皋被岡。"晉書衛瓘傳附衛恒四體書勢:"禾卉苯䔿以垂穎,山岳峨嵯而連岡。"

若

1. ruò ㄖㄨㄛ 而灼切,入,藥韻,日。

㊀選擇。國語晉二:"(秦穆公)曰:'夫晉國之亂,吾誰使先,若夫二公子而立之,以爲朝夕之急。'"參閱清段玉裁說文解字注"若"。㊁順從。書堯典:"乃命羲和,欽若昊天。"詩大雅烝民:"天子是若，明命使賦。"㊂奈,怎樣。左傳僖十五年:"晉侯謂慶鄭曰:'寇深矣,若之何?'對曰:'君實深之,可若何!'"㊃好,好像。書盤庚上:"若火之燎于原,不可嚮邇。"莊子逍遙遊:"肌膚若冰雪，淖約若處子。"㊄代詞。1.如此,這樣。書大誥:"爾知寧王若勤哉!"孟子梁惠王上:"以若所爲,求若所欲,猶緣木而求魚也。"2.汝,你。莊子至樂:"若果養乎?予果歡乎?"史記九十魏豹傳:"(漢王)謂酈生曰:'緩頰往說魏豹,能下之,吾以萬戶封若。'"㊅連詞。1.假如,如果。左傳隱元年:"若闕地及泉，隧而相見，其誰曰不然。"2.或。左傳定元年:"凡我同盟，各復舊職,若從踐土,若從宋,亦唯命。"3.至於,及於。國語晉五:"病未若死，衹以解志。"4.與,和。書召誥:"旅王若公。"史記一〇七武安侯傳:"願取吳王若將軍頭以報父之仇。"5.而。易夬九三:"君子夬夬獨行,遇雨若濡,有慍,无咎。"左傳莊二二年:"幸若獲宥,及於寬政。"㊆副詞。乃,纔。國語周中:"書有之曰:'必有忍也,若能有濟也。'"㊇助詞。無義。書呂刑:"若古有訓,蚩尤惟始作亂,延及于平民。"易離:"出涕沱若,戚嗟若。"㊈香草名。即杜若。文選戰國楚宋玉神女賦:"沐蘭澤,含若芳。"參見"杜若"。㊉海神名。莊子秋水:"於是焉河伯始旋其面目,望洋向若而歎。"⑪姓。漢有若章。

2. rĕ ㄖㄜ 人者切,上,馬韻,日。

⑫乾草。見廣韻。⑬梵語音譯。見"般若"、"蘭若"。⑭複姓。見"若₂干"。

【若人】猶言此人、那人。論語憲問:"南宮适出,子曰:'君子哉若人!尚德哉若人!'"文選三國魏曹子建(植)與楊德祖書:"昔丁敬禮(廙)常作小文,使僕潤飾之,僕自以才不過若人,辭不爲也。"

【若干】約計之詞。墨子天志中:"吾攻國覆軍殺將若干人矣。"儀禮鄉射禮"以純數告,若有奇者亦曰奇"漢鄭玄注:"右賢於左若干純若干奇。"疏:"若干者,數不定之辭,凡數法,一二已上得稱若干。"

【若₂干】複姓。宋周密齊東野語十三:"後周有若干鳳及右將軍若干惠。若音人者反。"

【若士】淮南子道應:"盧敖游乎北海,經乎太陰,入乎玄闕,至於蒙轂之上,見一士焉。……盧敖與之語曰:'……子殆可與敖爲友乎?'若士者齤然而笑曰:'……然子處矣,吾與汗漫期於九垓之外,吾不可以久駐。'若士舉臂而竦身，遂入雲中。"若士，猶言"其人"，後來用爲有道之士的通稱。唐唐彥謙鹿門集補遺亂後經表兄瓊花觀舊居詩："長憶映碑逢若士，未曾攜杖逐壺公。"

【若个】見"若箇"。

【若木】神話中謂長在日入處的一種樹木。山海經大荒北經："大荒之中，有衡石山九陰山泂野之山，上有赤樹，青葉赤華，名曰若木。"注："生昆侖西，附西極，其華光赤下照地。"楚辭屈原離騷："折若木以拂日兮，聊逍遙以相羊。"

【若水】古水名。即今雅礱江，在四川省。史記五帝紀："嫘祖爲黃帝正妃，生二子，……其二曰昌意，降居若水。"山海經海內經："流沙之東，黑水之西，有朝雲之國司彘之國，黃帝妻雷祖生昌意，昌意降處若水。"

【若光】南朝梁江淹江文通集四郊外望秋答殷博士詩："屬我嵫景半，賞爾若光初。"嵫景，崦嵫之景，喻老暮；若光，若木之光，即初升陽光，喻少。參閱明楊愼藝林伐山一。

【若邪】邪，一作"耶"。㊀山名。在浙江紹興縣東南。漢武帝元鼎六年，漢將越侯出若邪、白沙擊東越；南朝梁大寶初張彪起兵若邪山討侯景，即此。參閱資治通鑑二十武帝元鼎六年、讀史方輿紀要九二浙江四若耶山。㊁溪名。又名五雲溪。在若邪山下。相傳西施曾浣紗於此，故又名浣紗溪。唐李白李太白詩四採蓮曲："若耶谿傍採蓮女，笑隔荷花共人語。"宋宋祁景文集十七送僧遊越詩："越絕天長曉霧低，若耶雲樹蔽春暉。"皆指此。又相傳爲春秋時歐冶子鑄劍之所。道書稱爲福地。見雲笈七籤二七七十二福地。參閱嘉泰會稽志九山、浙江通志十五山川七。

【若若】長而下垂貌。漢書九三石顯傳："顯與中書僕射牢梁、少府五鹿充宗結爲黨友，諸附倚者皆得寵位。民歌之曰：'牢邪石邪，五鹿客邪！印何纍纍，綬若若邪！'"注："若若，長貌。"宋蘇軾分類東坡詩十六和劉道原寄張師民："相夸綬若若，猶誦麥青青。"

【若英】㊀杜若的花。楚辭屈原九歌雲中君："浴蘭湯兮沐芳，華采衣兮若英。"注："若，杜若也。……衣五采華衣，飾以杜若之英以自潔清也。"參見"杜若"。㊁若木的花。文選南朝宋謝希逸(莊)月賦："擅扶光於東沼，嗣若英於西冥。"注："若英，若木之英也。"參見"若木"。

【若時】順應天道。書堯典："帝曰：疇咨若時登庸。"宋黃倫尚書精義二："時者，天之運，若時者，爲其能順天道也。"

【若留】卽石榴。文選漢張平子(衡)南都賦："梬棗若留。"注："廣雅曰：石留，若榴也。"五臣本留作"榴"。

【若許】如此，這樣。猶言如許。宋李曾伯可齋續稾後十思歸偶成詩："春來便擬問歸津，轉眼江流若許深。"

【若敖】複姓。春秋楚國祖先熊鬻爲出芈姓。其後楚子熊鄂生熊儀，命名爲若敖，子孫爲若敖氏。常執楚政。春秋魯宣公四年楚子盡滅若敖氏。見左傳宣四年。

【若菌】古代謂人類的祖先。淮南子地形："海人生若菌，若菌生聖人，聖人生庶人。"

【若爲】如何，怎樣。南齊書明僧紹傳："僧遠問僧紹曰：'天子若來，居士若爲相對？'"唐王維王右丞集五送祕書晁監還日本國詩："別離方異域，音信若爲通。"

【若箇】㊀誰，那個。唐盧照鄰盧昇之集二行路難詩："若箇遊人不競攀？若箇倡家不來折？"李賀歌詩編一南園之五："請君暫上淩煙閣，若箇書生萬户侯。"㊁約計之詞。猶若干。宋程大昌演繁露一："若干者，設數之言也。干猶箇也，若箇，猶言幾何枚也。"

【若盧】漢官署名。少府屬官，有令、丞，主藏兵器。又掌詔獄，主審訊將相大臣。東漢初省，和帝永元九年復置。漢書百官公卿表上："少府，屬官有若盧令丞。"注："如淳曰：若盧，官名也，藏兵器。品令曰：若盧郎中二十人，主弩射。漢儀注有若盧獄令，主治庫兵，將相大臣。"

【若鞮】匈奴單于名號。後漢書八九南匈奴傳"烏珠留若鞮單于之子也"注："匈奴謂孝爲若鞮。自呼韓邪單于降後，與漢親密，見漢帝諡常爲孝，慕之。至其子復珠累單于以下皆稱若鞮，南單于比以下直稱鞮也。"

【若屬】汝輩，你們。史記項羽紀："范增起，出召項莊，謂曰：'君王爲人不忍，若入前爲壽，壽畢，請以劍舞，因擊沛公於坐，殺之。不者，若屬皆且爲所虜！'"

【若下酒】酒名。初學記八吳録："長城若下酒有名。溪南曰上若，北曰下若，並有村。村人取若下水以釀酒，醇美勝雲陽。"長城，故屬烏程，晉太康五年分爲長興等五縣。

【若而人】猶言某某人。左傳襄十二年："天子求后於諸侯，諸侯對曰：夫婦所生若而人，妾婦之子若而人。無女而有姊妹及姑姊妹，則曰先守某公之遺女若而人。"注："不敢譽亦不敢毀，故曰若而人。"清王引之經傳釋詞七："若而者，不定之詞也。"

【若何歌】歌曲名。一名采葛婦歌。相傳越王自吳歸國，欲得吳王歡心，使國中男女入山採葛，作黃絲之布以獻之。採葛婦傷越王用心之苦，乃作此歌。歌中有"嘗膽不苦甘如飴，令我采葛以作絲"之句。參閱吳越春秋勾踐歸國外傳。

【若敖鬼餒】左傳宣四年："及(子文)將死，聚其族曰：'椒也知政，乃速行矣，無及於難。'且泣曰：'鬼猶求食，若敖氏之鬼，不其餒而！'"椒，子文弟子良子越椒，其後椒叛，楚王遂滅若敖氏。後因以"若敖鬼餒"或"若敖氏之鬼"比喻絕嗣。清龔自珍定盦文集補己亥雜詩之一四四："賴是本支調護力，若敖不餒怙深恩。"

苦 1. kǔ ㄎㄨˇ 康杜切，上，姥韻，溪。

㊀草名。1. 甘草，又稱苓、蘦。詩唐風采苓："采苦采苦，首陽之下。"參見"蘦"。2. 苦菜。卽荼。見"荼㊀"。㊁五種味覺之一，與"甘"相對。詩邶風谷風："誰謂荼苦，其甘如薺。"㊂勞苦。商君書外內："故農之用力最苦，而贏利少，不如商賈技巧之人。"㊃困苦，痛苦。墨子七患："上不厭其樂，下不堪其苦。"莊子達生："見一丈夫游之，以爲有苦而欲死也，使弟子並流而拯之。"㊄勤勞。見"苦力"、"刻苦"。㊅苦於，爲某種事物或境況所苦。漢書四八賈誼傳陳政事疏："病非徒瘇也，又苦跋盭。"㊆極力，竭力。世說新語識鑒："王大將軍(敦)始下，楊朗苦諫不從。"晉書王洽傳："尋加中書令，……苦讓，遂不受。"㊇急。莊子天道："斲輪徐則甘而不固，疾則苦而不入。"

2. gǔ ㄍㄨˇ 集韻 果五切，上，姥韻。

㊈粗劣。通"盬"。荀子王制："辨功苦，尚完利。"注："功謂器之精好者，苦謂濫惡者。韋昭曰：功，堅；苦，脆也。"

【苦力】刻苦盡力。南朝梁江淹江文通集十自序："人生當適性爲樂，安能精意苦力，求身後之名哉！"

【苦口】史記留侯世家："且忠言逆耳利於行，毒藥苦口利於病。"後因以苦口指逆耳而中肯懇切的規勸。宋史二五六趙普傳："卿社稷元臣，忠言苦口，三復來奏，嘉愧實深。"

【苦心】費盡心思。韓非子解老："故以詹子之察，苦心傷神，而後與五尺之愚童子同功,是以曰愚之首也。」

【苦手】痛打。北齊書陳元康傳:「高仲密之叛,高祖(高歡)知其由崔暹故也,將殺暹。世宗(高澄)匿而爲之諫請,高祖曰:『我爲舍其命,須與苦手。』」

【苦主】命案中被害人的家屬。宋宋慈宋提刑洗冤集録頒降新例:「仍取苦主并聽檢一干人等,連名甘結。」元史刑法志三盜賊:「諸軍人在路奪人財物,又迫逐人致死非命者,爲首杖一百七,爲從七十七,徵燒埋銀給苦主。」

【苦₂功】謂粗活。對良功而言。周禮天官典枲:「掌布緦縷紵之麻草之物,以待時頒功而授齎;及獻功,受苦功,以其賈楬而藏之。」注:「苦功謂麻功布紵。」疏:「苦功謂麻功爲鹽鹽之功。」

【苦句】挖苦的話。宋書謝靈運傳:「以韻語序(臨川王劉)義慶州府僚佐云:『陸展染鬢髮,欲以媚側室。……』如此者五六句,而輕薄少年遂演而廣之,凡厥人士,並爲題目,皆加劇言苦句,其文流行。」

【苦瓜】蔓草名。又名錦荔枝、癩蒲萄。七八月開小黃花,結瓜長者四五寸,短者二三寸,青色,熟則黃色自裂,果肉味微苦,可作蔬菜。見本草綱目二八菜三苦瓜。

【苦成】複姓。左傳成十七年:「矯以戈殺駒伯、苦成叔于其位。」注:「苦成叔,郤犨。」漢王符潛夫論志氏姓:「郄〔郤〕犨食采於苦,號苦成叔。……各以爲氏。」

【苦竹】竹的一種。桿矮小,節長於他竹。四月中生筍,味苦不中食。唐李白李太白詩七勞勞亭「苦竹寒聲動秋月,獨宿空簾歸夢長」,即指此竹。參閱晉戴凱之竹譜、元李衎竹譜詳録三竹品。

【苦行】宗教信徒的一種修行方法,爲表示虔誠或求得解脫而忍受身體的折磨。水經注一河水引釋氏西域記:「尼連水南注恒水,水西有佛樹,佛于此苦行,日食糜六年。」南朝梁釋慧皎高僧傳三下曇無竭:「幼爲沙彌,便修苦行,持戒誦經,爲師僧所重。」

【苦辛】㊀辛苦。後漢書三一孔奮傳:「或以爲身處脂膏,不能以自潤,徒益苦辛耳。」文選古詩十九首之四:「無爲守窮賤,轗軻長苦辛。」㊁草名。山海經中山經:「陽華之山,……其草多藷藇,多苦辛,其狀如橚,其實如瓜,其味酸甘,食之已瘧。」

【苦言】逆耳的話。越絕書九越絕外傳計倪:「古人云:苦藥利病,苦言利行。」宋蘇軾分類東坡詩十二東坡之五:「再拜謝苦言,得飽不敢忘。」

【苦李】晉王戎嘗與羣兒嬉於道側,見李樹多實,羣競往檢取,戎獨不動。人問其故,戎曰:「樹在道邊而多子,此必苦李。」取之果然。見世說新語雅量、晉書本傳。後因以苦李自比才拙。唐韓偓玉山樵人集奉和峽州孫舍人肇荆南重圍中寄諸朝士詩之二:「衆果却應存苦李,五瓶唯恐竭甘泉。」

【苦吟】反覆吟誦,雕琢詩句。唐杜牧樊川集外集殘春獨來南亭因寄張祜詩:「仲蔚欲知何處在,苦吟林下拂詩塵。」

【苦河】佛教指凡世。言世間種種煩惱,苦深如河。大集經十九:「能悟衆生,善作諸行,能乾苦河。」

【苦空】佛家語。佛教認爲世俗間一切皆苦皆空,因名苦空。俱舍論二六:「苦聖諦有四相:一非常,二苦,三空,四非我……違聖心故苦,於此無我,故空。」唐張籍張司業集四書懷詩:「別從仙客求方法,時到僧家問苦空。」

【苦雨】久下成災的雨。左傳昭四年:「春無淒風,秋無苦雨。」注:「霖雨爲人所患苦。」文選晉陸士衡(機)贈尚書郎顧彥先詩之一:「淒風迕時序,苦雨遂成霖。」

【苦芺】草名。爾雅名鉤芺。葉如地黃,味苦,初生有白毛,入夏抽莖有毛,開白花甚繁,結細實。凡物稚者曰芺,此草嫩時可食,故稱苦芺。說文謂食之可以下氣。參閱政和證類本草十一苦芺。

【苦苣】蔬菜名。又名苦菜、苦蕒、荼。苣,說文作「蘧」。唐杜甫杜工部詩史補遺六園官送菜:「苦苣刺如針,馬齒葉亦繁。」參見「苦蕒」。

【苦酒】㊀酸味的酒。太平御覽八六六魏名臣奏:「劉放奏云:今官販苦酒,與百姓争錐刀之末,宜其息絕。」㊁指醋。北魏賈思勰齊民要術八有作酢法,所列作苦酒法數種,皆指醋。

【苦海】㊀佛教比喻世俗,謂人間煩惱,苦深如海。楞嚴經四:「引諸沉冥,出於苦海。」唐白居易長慶集二十寓言題僧詩:「劫風火起燒荒宅,苦海波生蕩破船。」道家也沿用苦海之稱。古今名劇元岳伯川鐵拐李楔子:「油鑊雖熱,全真不傍,苦海無邊,回頭是岸,岳壽你省也麼?」㊁五代王定保唐摭言十二輕佻:「鄭光業有一巨皮箱,凡投贄有可嗤者,即投其中,號曰苦海。」應承文字,令人作惡,故嘲稱應入苦海。

【苦草】藥草名。蒲芹之屬。北魏賈思勰齊民要術三雜說:「歲欲苦,苦草先生。」注:「葶藶。」本草綱目十九草八苦草:「生湖澤中,長二三尺,狀如茅蒲之類。」

【苦桃】㊀羊桃。楚辭漢東方朔七諫初放:「斬伐橘柚兮,列樹苦桃。」注:「苦桃,惡木。」宋洪興祖補注:「桃自有苦者,如苦李之類。本草云:羊桃味苦。」㊁人名。隋楊堅(高祖)外家呂氏,庶民寒族。堅平齊之後,求訪不知所在。隋王朝建,開皇初,濟南郡上言,有男子呂永吉,自稱有姑字苦桃,爲楊忠妻。勘驗知是舅子。見隋書外戚傳。宋蘇軾分類東坡詩二二朱壽昌郎中少不知母所在……去歲得之蜀中以詩賀之……:「開皇苦桃空記面,建中天子終不見。」即用堅事爲典。

【苦船】暈船。宋姚寬西溪叢語上:「今人不善乘船謂之苦船,北人謂之苦車。」

【苦堇】野菜名。又名石龍芮。實大如豆,狀類初生桑椹,子甚細,有毒,入藥。爾雅釋草:「齧,苦堇。」注:「今堇葵也。葉似柳,子如米,汋食之,滑。」疏:「此菜野生,非人所種,俗謂之堇菜。葉似蕺,花紫色者,內則云:『堇荁枌榆是也。』」參閱政和證類本草八石龍芮。

【苦荼】㊀木名。爾雅釋木:「檟,苦荼。」注:「樹小如梔子,冬生葉,可煑作羹飲。今呼早采者爲荼;晚采者爲茗,一名荈,蜀人名之苦荼。」唐陸羽茶經:「陶宏景雜録:苦荼,輕身換骨。昔丹丘子黃山君服之。」荼,即今之茶字。清郝懿行爾雅義疏釋木檟苦荼:「又諸書說茶處,其字仍作荼,至唐陸羽著茶經,始減一畫作茶。今則知茶不知荼矣。」㊁野菜名。蓼屬。見「荼」。參見「苦菜」。

【苦匏】蔬菜名。匏的一種。又名苦壺盧。國語魯下:「叔向退,召舟虞與司馬,曰:『夫苦匏不材於人,共濟而已。』」注:「材,若裁也。不裁於人,言不可食也。共濟而已,佩匏可以渡水也。」參閱本草綱目二八菜三苦瓠。

【苦參】藥草名。又名苦蘵、地槐、白莖、地骨。七八月結角如蘿蔔子,角內有子二三粒,如小豆而堅。根入藥,以味苦,故名苦參。史記一〇五倉公傳:「齊中大夫病齲齒,臣意灸其左大陽明脈,即爲苦參湯,日嗽三升,出入五六日,病已。」參閱本草綱目十三草二苦參。

【苦寒】㊀苦於寒冷。文選晉陸士衡(機)苦寒行:「劇哉行役人,慊慊恒苦寒。」㊁嚴寒。唐杜甫杜工部草堂詩箋十四擣衣:「已近苦寒月,況經長別心。」

【苦₂惡】粗劣。管子度地:「常以朔日始出具閱之,取完堅,補弊久,去苦惡。」史記平準書:"縣官作鹽鐵,鐵器苦惡,賈貴,或彊令民賣買之。"索隱:"言器苦窳不好。"

【苦菜】野菜名。又名荼,苦苣,苦蕒。莖中空,莖葉皆有白汁,春夏之間開花,嫩莖葉可作蔬食。逸周書時訓:"小滿之日,苦菜秀。"參閱政和證類本草二七苦菜。本草綱目二七亦作"褊苣"。

【苦筍】苦竹之筍。筍,亦作"笋"。宋黃庭堅豫章集一苦笋賦:'僰道苦笋,冠冕兩川,甘脆愜當,小苦而反成味,溫潤縝密,多啖而不疾人,……食肴以之開道,酒客爲之流涎。"

【苦葴】草名。晉崔豹古今注下草木:"苦葴,一名苦蘵,子有裹,形如皮弁。始生青,熟則赤。裹有實,正圓如珠子,亦隨裹青赤。長安兒童謂爲洛神珠,亦曰王母珠,亦曰皮弁草。"參見"寒漿㊀"。

【苦楝】木名,卽楝樹。其實名金鈴子。見"楝"。

【苦楚】痛苦。北齊書崔昂傳:"尚嚴猛,好行鞭撻,雖苦楚萬端,對之自若。"晉書曹攄傳:"縣有寡婦,養姑甚謹,……親黨告婦殺姑,官爲考鞫,寡婦不勝苦楚,乃自誣。"

【苦業】佛教指煩惱的業緣。廣弘明集二七上南朝梁蕭子良淨住子三:"由於身意,造諸苦業。"參見"業㊀"。

【苦節】㊀過度限制。易節:"節,亨。苦節,不可貞。"疏:"節須得中,爲節過苦,傷於刻薄,物所不堪,不可復正,故曰苦節,不可貞也。"㊁堅苦卓絕,守志不渝。宋書夷蠻傳慧琳均善論:"務勸化之業,結師黨之勢,苦節以要厲精之譽,護法以展陵競之情。"南朝梁釋慧皎高僧傳十三釋僧翼:"初出家,止廬山寺,依慧遠修學,蔬素苦節,見重門人。"

【苦蜜】蜂蜜的一種。以蜂採黃連花釀成。宋詩鈔趙師秀清苑齋集鈔石門僧詩:"山蜂成苦蜜,崖溜結空冰。"參閱政和證類本草二十石蜜。

【苦語】逆耳之言,忠告。藝文類聚七七南朝梁劉孝綽栖隱寺碑:"苦語軟言,隨方弘訓。"宋蘇軾分類東坡詩二二送歐陽推官赴華州監酒:"臨分出苦語,願子書之笏。"

【苦$_2$慢】粗劣,不牢固。淮南子時則:"工事苦慢,作爲淫巧,必行其罪。"

【苦$_2$窳】粗劣。韓非子難一:"東夷之陶者器苦窳,舜往陶焉,朞年而器牢。"史記五帝紀:"(舜)陶河濱,河濱器皆不苦窳。"正義:"苦,讀如盬,音古。盬,麤也。"

【苦箴】逆耳的勸戒。宋書傅亮傳演慎:"文王小心,大雅詠其多福;仲由好勇,馮河貽其苦箴。"

【苦蕒】野菜名。卽苦菜。亦作"買草"。宋書五行志三:"揚州營揚武將軍督士陳蓋家有苦蕒菜,莖高四尺六寸,廣三尺二寸。"參見"苦菜"。參閱本草綱目二七菜二苦菜。

【苦縣】春秋楚邑。漢置縣,屬淮陽郡。晉咸康三年改名谷陽。史記六三老子傳謂老子爲苦縣厲鄉曲仁里人。故城在今河南鹿邑縣東。參閱讀史方輿紀要五十河南歸德府。

【苦戰】艱苦作戰。史記高祖紀八年:"天下匈匈苦戰數歲,成敗未可知,是何治宮室過度也。"

【苦薏】野菊的異名。薏爲蓮子之心,此菊味苦似之,故以苦薏爲名。見本草綱目十五草四野菊。

【苦懷】悲苦的心情。文選三國魏應休璉(璩)與侍郎曹長思書:"自然之數,豈有恨哉,聊爲大弟陳其苦懷耳。"

【苦蘵】卽苦葴。見該條。

【苦$_2$鹽】顆粒狀鹽,粗鹽。周禮天官鹽人:"祭祀,共其苦鹽散鹽。"釋文:"苦當爲盬,盬謂出於鹽池,今之顆鹽是也。"

【苦口師】指茶。宋陶穀清異錄茗荈:"皮光業耽茗事。一日,中表請嘗新柑,纔至,未顧尊罍,而呼茶甚急,徑進一巨甌。題詩曰:'未見甘心氏,先迎苦口師。'"

【苦肉計】謂故意傷害自己騙取信任而進行反間的計策。元明雜劇元關漢卿關大王獨赴單刀會一:"那一箇股肱臣諸葛施韜略,虧殺那苦肉計黃蓋添糧草。"

【苦竹城】古城名。春秋時勾踐伐吳還,封范蠡之子於此城。地在今浙江紹興縣。參閱越絕書越絕外傳記越地傳、浙江通志四四古蹟六。

【苦哉行】樂府相和歌辭名。漢左延年辭云:"苦哉邊地人,一歲三從軍。"晉陸機從軍行:"苦哉遠征人,拊心悲如何!"皆以厭惡戰爭、軍中辛苦爲題材。又有苦哉行遠征人,皆出於從軍行。唐戎昱有苦哉行五首。見樂府詩集三二從軍行、三三苦哉行。

【苦酒城】地名。宋范成大吳郡志八古蹟:"苦酒城,在魚城之西南,有故城。長老云:(吳王)築以釀酒。今俗人呼爲苦酒城。"故址在今江蘇吳縣西南。

【苦寒行】樂府淸調曲名。樂府詩集三三苦寒行解題:"樂府解題曰:'晉樂。奏魏武帝北上篇,備言冰雪谿谷之苦。其後或謂之北上行,蓋因武帝辭而擬之也。"

【苦熱行】樂府雜曲歌辭名。樂府詩集六五苦熱行解題:"魏曹植苦熱行曰:'行遊到日南,經歷交阯鄉,苦熱但曝露,越夷水中藏。'樂府解題曰:'苦熱行,備言流金、鑠石、火山、炎海之艱難也。'"

【苦心孤詣】文選晉陸士衡(機)贈馮文羆詩:"分索古所悲,志士多苦心。"晉書郗鑒傳附郗超:"其任心獨詣,皆此類也。"後用苦心孤詣指費盡心思,獲得獨有的成就。

【苦中作樂】在困苦中強自歡娛。大寶積經:"心如吞鉤,苦中作樂想故。"宋陳造江湖長翁文集四同陳宰黃簿遊靈山詩自注:"宰云:'吾輩可謂忙裏偸閑,苦中作樂',以八字爲韻。"

【苦集滅道】亦稱四諦。苦爲生老病死;集爲集聚骨肉財貨;滅爲滅惑業而離生死之苦;道爲完全解脫實現涅槃境界的正道。參閱大般涅槃經十二、翻譯名義集四明四諦法。

【苦盡甘來】結束艱難的日子而轉入佳境。元曲選鄭德輝王粲登樓二:"今日見荊王呵,便是我苦盡甘來。"

茂

mào 莫候切,去,候韻,明。ㄇㄠˋ

㊀草木繁盛貌。詩小雅天保:"如松栢之茂,無不爾或承。"引申爲繁盛、旺盛。管子五行:"歲農豐,年大茂。"漢書一〇〇下敍傳:"公族蕃滋,支葉碩茂。"㊁優秀。同"秀"。漢班固白虎通聖人:"禮別名記曰:五人曰茂,十人曰選,百人曰俊,千人曰英。"參見"茂材"。㊂美好。世說新語容止:"有人歎王恭形茂者,云濯濯如春月柳。"㊃勸勉。通"懋"。易无妄:"先王以茂對時育萬物。"㊄姓。漢有沮陽令茂真,明景泰時有御史茂彪。見正字通。

【茂士】優秀的人。漢書八九朱邑傳張敞與邑書:"明主游心太古,廣延茂士,此誠忠臣竭思之時也。"

【茂才】漢代舉用人才的一種科目,卽"秀才"。漢書武帝紀元封五年"其令州郡察吏民有茂材異等可爲將相及使絕國者"注引漢應劭曰:"舊言秀才,避光武諱稱茂才。"後漢書八一雷義傳:"義歸,舉茂才,讓於陳重,刺史不聽。"

【茂化】淳美的教化。後漢書五二崔駰傳達旨:"率惇德以厲忠孝,揚茂化以砥仁義。」

【茂州】地名。漢武帝時於此置汶山郡。南朝梁爲繩州，隋爲會州，唐貞觀中改爲茂州。宋、元、明、清沿置。公元 1913 年廢州爲縣，1958 年改置茂汶羌族自治縣，屬四川省。參閱讀史方輿紀要六七茂州。

【茂年】壯年。初學記十二南朝梁沈約奏彈祕書郎蕭遥昌文：「盛戚茂年，升華祕館。」

【茂名】縣名。屬廣東省，今爲市。本漢合浦郡高涼縣地，東晉置茂名縣，後廢。南朝梁復置，隋唐因之。五代後梁時改名越裳縣，後唐時南漢復爲茂名縣，歷代相因，明清皆屬高州。見寰宇通志一〇五高州府。

【茂材】㊀優秀的人材。史記一〇六吳王濞傳：「歲時存問茂材，賞賜閭里。」㊁即茂才。漢書元帝紀永光二年詔：「其令內郡國舉茂材異等賢良直言之士各一人。」參見「茂才」。

【茂育】繁盛滋長。漢董仲舒春秋繁露十四五行五事：「而夏至之後，大暑隆，萬物茂育懷任。」漢書九九上王莽傳太后詔：「君年幼稚，必有寄託而居攝焉，然後能奉天施而成地化，羣生茂育。」

【茂苑】花木繁茂的苑囿。穆天子傳二：「癸丑，天子乃遂西征，丙辰，至於苦山西膜之所茂苑。」文選晉左太沖(思)吳都賦：「帶朝夕之濬池，佩長洲之茂苑。」

【茂宰】賢能的縣官。文選南齊謝玄暉(朓)和伏武昌登孫權故城詩：「雄圖悵若茲，茂宰深遐睠。」唐杜甫杜工部詩史補遺十送趙十七明府之縣：「連城爲重寶，茂宰得才新。」

【茂密】指花木的茂盛繁密。南史徐勉傳戒子崧書：「桃李茂密，桐竹成陰。」也指書法結構緊密。唐顏真卿顏魯公集十四張長史十二意筆法意記：「大字蹙之令小，小字展之爲大，兼令茂密。」

【茂庸】盛大功績。宋書沈慶之傳武帝詔：「永念茂庸，思崇徽錫。」文選南齊王仲寶(儉)褚淵碑文：「帝嘉茂庸，重申前册。」

【茂陵】㊀陵墓名。1. 漢武帝陵墓。在今陝西興平縣東北。見漢書武帝紀。2. 明憲宗陵墓。在今北京市昌平縣北天壽山。見明史憲宗紀。㊁古縣名。今陝西興平縣地。漢初爲茂鄉，屬槐里縣。武帝葬此，因置爲縣，屬右扶風。見漢書地理志上。參閱三輔黃圖六陵墓。

【茂異】「茂材異等」的略稱。指卓越的人才。漢書五八公孫弘傳贊：「孝宣承統，纂修洪業，亦講論六藝，招選茂異。」宋史四五七种放傳真宗詔：「朕臨御寰區，憂勤旰昃，詳延茂異，物色隱淪。」

【茂實】㊀茂盛多籽實。管子五行：「五穀鄰熟，草木茂實。」㊁盛美的業績。漢書五七下司馬相如傳封禪文：「俾萬世得激清流，揚微波，蜚英聲，騰茂實。」

【茂遷】販運買賣。同「懋遷」、「貿遷」。漢書一〇〇下敍傳：「商以足用，茂遷有無。」按書益稷作「懋遷有無」，晉書食貨志作「貿遷有無」。

【茂親】有才德的親屬。宋書王弘傳上表：「矧乃茂親明德，道光一時，述職侯甸，朝政弗及，……豈所以憲章古式，緝熙治道。」指文帝弟彭城王劉義康。文選南朝梁丘希範(遲)與陳伯之書：「中軍臨川(王)殿下，明德茂親，揔茲戎重，弔民洛汭，伐罪秦中。」唐張銑注：「茂親，謂帝弟也。」

【茂豫】盛美光澤。漢書禮樂志郊祀歌朱明：「桐生茂豫，靡有所詘。」注：「茂豫，美盛而光悦也。言草木皆通達而生，美悦光澤，各無所詘，皆申遂也。」引申爲昌盛安樂。北周庾信庾子山集十三周柱國大將軍長孫儉神道碑：「於是户口日增，荒萊畢墾，華實紛敷，黠黎茂豫。」

【茂績】豐功偉績。同「懋績」。文選晉潘安仁(岳)楊荊州誄：「忠節克明，茂績維嘉。」晉書荀顗傳：「歷司外內，茂績既崇，訓傅東宮，徽猷弘著。」

【茂明安】舊旗名。屬內蒙古自治區烏蘭察布盟。舊作「毛明安」。漢爲五原郡地，北朝魏爲懷朔鎮地。隋置勝州，旋改爲榆林郡。唐復改爲勝州。遼金爲東勝州，屬西京道，元屬大同路。明初設衛戍守。公元 1952 年與達爾罕旗合併成立達爾罕茂明安聯合旗，駐百靈廟。參閱嘉慶一統志五四一茂明安。

【茂陵劉郎】指漢武帝劉徹。漢武帝葬於茂陵，故稱。唐李賀歌詩編二金銅仙人辭漢歌：「茂陵劉郎秋風客，夜聞馬嘶曉無跡。」

犮 1. bá ㄅㄚˊ 蒲撥切，入，末韻，並。

㊀草根。淮南子地形：「凡根犮草者生於庶草，……凡浮生不根犮者生於萍藻。」㊁止於草舍中。詩召南甘棠：「勿翦勿伐，召伯所犮。」説文引詩作「废」。㊂通「跋」。見「犮涉」。

2. bèi ㄅㄟˋ 集韻 博蓋切，去，泰韻。蒲蓋切，去，泰韻。

㊃草名。1. 開白花的陵苕。爾雅釋草：「苕，陵苕：黃華，蔈；白華，犮。」陵苕，即凌霄，一名紫葳。2. 稟犮，香草。見山海經西山經皋塗山。㊄飛翔貌。見「犮₂犮₂」。

【犮舍】除草平地，以爲宿所。也作「拔舍」。周禮夏官大司馬：「中夏教犮舍，如振旅之陳。」注：「犮舍，草止之也，軍有草止之法。」參見「拔舍」。

【犮₂犮₂】翩翩飛翔貌。楚辭宋玉九辯：「左朱雀之犮犮兮，右蒼龍之躍躍。」

【犮涉】爬山涉水。指長途奔走。同「跋涉」。資治通鑑二一八唐至德元載：「犮涉至此，勞苦至矣。」注：「草行爲犮，水行爲涉。」

【犮苦】草名。即薄荷。漢書八七上揚雄傳甘泉賦：「攢并閭與犮苦兮，紛被麗其亡鄂。」文選甘泉賦作「犮葀」。唐本草作「菝閰」，宋寇宗奭本草衍義作「薄荷」。參閱本草綱目十四草三薄荷。

茅 máo ㄇㄠˊ 莫交切，平，肴韻，明。

㊀草名。有白茅、黃茅、青茅等。也作「茆」。詩豳風七月：「晝爾于茅，宵爾索綯。」楚辭屈原離騷：「蘭芷變而不芳兮，荃蕙化而爲茅。」參見「茆」。㊁古國名。在今山東金鄉縣西北。左傳僖二四年：「凡蔣邢茅胙祭，周公之胤也。」㊂姓。相傳周公之後，子孫以國爲氏，秦有博士茅焦。見通志二六氏族二周同姓國。

【茅卜】以茅作簽，卜吉凶之法。宋周去非嶺外代答有茅卜法。按楚辭屈原離騷「索藑茅以筳篿兮，命靈氛爲余占之」，謂編結茅草，用以占事，是古楚即有茅卜之俗。

【茅土】謂受封爲王侯。古代帝王社祭之壇以五色土建成，分封諸侯時，按封地所在方向取壇上一色土，以茅包之，稱爲茅土，給受封者在封國內立社。文選漢李少卿(陵)答蘇武書：「陵謂足下當享茅土之薦，受千乘之賞。」注引尚書緯：「天子社，東方青，南方赤，西方白，北方黑，上冒以黃土。將封諸侯，各取方土，苴以白茅，以爲社。」唐杜甫杜工部草堂詩箋三投哥舒開府翰三十韻：「茅土加名數，山河誓始終。」

【茅山】山名。1. 在江蘇句容縣東南，原名句曲山。傳説漢茅盈與弟衷固，得道於此，世號三茅君，因名山爲茅山，也稱三茅山。山有大茅峯，並有蓬壺玉柱華陽三洞和唐碑元碣等古蹟。相傳，南朝梁陶弘景曾隱於華陽洞。參閱嘉慶一統志七三江寧府山川。2.在浙江紹興縣東南,卽會稽山。史記封禪書"禹封泰山,禪會稽"索隱:"晉灼云:'本名茅山。'吳越春秋云:'禹巡天下,登茅山,羣臣乃大會計,更名茅山爲會稽。'"正義引括地志:"會稽山一名衡山,在越州會稽縣東南十二里也。"

【茅社】卽茅土。書禹貢"厥貢惟土五色"疏引漢蔡邕獨斷:"天子大社,以五色土爲壇。皇子封爲王者,授之大社之土,以所封之方色,苴以白茅,使之歸國以立社,謂之茅社。"宋書劉穆之傳劉裕上表:"每議及封賞,輒深自抑絕。所以勳高當年,而未沾茅社。"參見"茅土"。

【茅店】簡陋的客店。唐温庭筠詩集七商山早行:"雞聲茅店月,人跡板橋霜。"

【茅坤】公元1512—1601年。明歸安人。字順甫,號鹿門。嘉靖十七年進士。好談兵,自負有文武才。官至大名兵備副使。善古文,所選唐宋八大家文鈔行於世。著有白華樓藏稿玉芝山房稿等。明史載文苑傳。

【茅門】古代宮門。卽雉門。也作"茆門"。韓非子外儲說右上:"荆莊王有茅門之法,曰:'羣臣大夫諸公子入朝,馬蹏踐霤者,廷理斬其輈,戮其御。……楚國之法,車不得至於茆門。"孫詒讓注:"案茅門卽雉門也。說文隹部'雉'古文作餅,或省爲'弟',與'茅'形近而誤。"參見"雉門"。

【茅津】地名。亦名陝津。卽今茅津渡。在山西平陸縣南,黄河北岸。左傳文三年:"秦伯伐晉,……晉人不出,遂自茅津濟,封殽尸而還。"卽此。

【茅香】草名。也稱香茅、香麻。入藥,可治中惡,温胃止嘔吐。作浴湯,去風邪。見本草綱目十四草三茅香。

【茅容】東漢陳留人。字季偉。年四十餘,耕於野,名士郭太借宿其家。次日晨,容殺雞。太謂待己,而容以雞奉母,自將蔬食與太同飯。太賢之,因勸令學。容果成有德之士。見後漢書六八郭太傳。

【茅栗】果名。栗之大者稱板栗,小者爲茅栗,也稱榛栗。宋沈括夢溪筆談三辨證:"江南有小栗,謂之茅栗。以予觀之,此正所謂芧也。則莊子(齊物論)所謂狙公賦芧者,此文相近之誤也。"參閱政和證類本草二三栗。

【茅茨】茅草屋頂。韓非子五蠹:"堯之王天下也,茅茨不翦,采椽不斲。"也指茅屋。唐白居易長慶集五效陶潛體詩之九:"榆柳百餘樹,茅茨十數間。"

【茅茹】茹,茅根。謂同類互相牽引。易泰:"拔茅茹,以其彙,征吉。"注:"茅之爲物,拔其根而相牽引者也。茹,相牽引之貌也。"宋梅堯臣宛陵集十九次韻和韓子華內翰於李右丞家移紅薇子種學士院詩:"此地結根千萬歲,聯華榮莫比茅茹。"

【茅柴】市沽的薄酒。宋范成大石湖集二七春日田園雜興詩之四:"老盆初熟杜茅柴,攜向田頭祭社來。巫媪莫嫌滋味薄,旗亭官酒更多灰。"吳聿觀林詩話:"東坡'幾思壓茅柴,禁網日夜急',蓋世號市沽爲茅柴,以其易著易過。"

【茅針】茅之幼苞。宋范成大石湖集二七春日田園雜興詩之八:"茅針香軟漸包茸,蓬虆甘酸半染紅。"參閱政和證類本草八茅根。

【茅旌】以茅所製之旗。古代祭祀時導神之物。公羊傳宣十二年:"鄭伯肉袒,左執茅旌,右執鸞刀,以逆莊王。"

【茅椒】茅草和椒木編成的房屋。資治通鑑二〇五唐通天元年:"(武)攸緒遂優游巖壑,冬居茅椒,夏居石室,一如山林之士。"注:"茅椒編之爲室,性暖,可以禦寒。"

【茅焦】秦始皇時人。秦太后與嫪毐私通,潛謀作亂。事發,始皇車裂嫪毐,遷太后於萯陽宮,下令:敢以太后事諫者殺。先後殺諫者二十七人。齊客茅焦冒死進諫,喻以利害。始皇悟,卽迎太后歸咸陽,立茅焦爲仲父,尊爲上卿。見漢劉向說苑正諫。

【茅塞】爲茅草所堵塞。比喻人心爲物欲所蔽。孟子盡心下:"山徑之蹊間,介然用之而成路,爲間不用,則茅塞之矣。今茅塞子之心矣。"後比喻思路閉塞不通,或愚昧無知。多作自謙之詞。三國演義三八:"玄德聞言,避席拱手謝曰:'先生之言,頓開茅塞,使備如撥雲霧而睹青天。'"

【茅蒐】草名。卽茜草。可作深紅色染料。詩小雅瞻彼洛矣"靺韐有奭"漢毛亨傳:"靺韐者,茅蒐染草也。"疏:"奭者,赤貌。……以其用茅蒐之草染之,其草色赤故也。"爾雅釋草:"茹藘,茅蒐。"注:"今之蒨也,可以染絳。"參見"茜"。

【茅蒲】雨具名。卽斗笠。也作"萌蒲"、"苧蒲"。國語齊:"首戴茅蒲,身衣襏襫。"注:"茅蒲,簦笠也。襏襫,蓑襞衣也。……茅,或作'萌'。萌,竹萌之皮,所以爲笠也。"管子小匡作"苧蒲"。

【茅蜩】蟲名。爾雅釋蟲:"蠽(jié),茅蜩。"注:"江東呼爲茅截,似蟬而小,青色。"

【茅龍】相傳仙人所騎的神獸。漢劉向列仙傳下呼子先:"呼子先者,漢中關下卜師也。老壽百餘歲。臨去,呼酒家老嫗曰:'急裝,當與嫗共應中陵王。'夜,有仙人持二茅狗來至,呼子先。子先持一與酒家嫗,得而騎之,乃龍也。"唐李白李太白詩七西岳雲臺歌送丹丘子:"玉漿儻惠故人飲,騎二茅龍上天飛。"

【茅蕝】㊀古代朝會時濾酒用的茅束。國語晉八:"昔成王盟諸侯于岐陽,楚爲荆蠻,置茅蕝,設望表,與鮮卑守燎,故不與盟。"注:"置,立也。蕝,謂束茅而立之,所以縮酒。"㊁茅屋。宋方夔富山遺稿八田家雜興詩之一:"樵路通村暗蒺藜,數椽茅蕝護疎籬。"

【茅鴟】㊀鳥名。卽猫頭鷹。爾雅釋鳥:"狂,茅鴟。"注:"似鷹而白。"參閱清郝懿行爾雅義疏五。㊁古逸詩篇名。左傳襄二八年:"穆子不說,使工爲之誦茅鴟。"注:"工,樂師。茅鴟,逸詩,刺不敬。"

【茅鱓】蛇的別名。宋張師正倦遊雜錄:"嶺南人好啖蛇,易其名曰茅鱓。"(說郛十四)

【茅將軍】神名。傳說常夜出獵虎,護佑行人。五代及宋時舒州桐城一帶多立祠祀之,名茅將軍祠。見宋徐鉉稽神録六僧德林。

【茅筆字】束茅代筆所寫的字。明陳獻章,居廣東新會白沙村,人稱白沙先生。講性命之學,能作古人數家字。山居,筆或不給,束茅代之,晚年專用,遂自成一家,時稱爲茅筆字。人得其片紙藏以爲家寶。見佩文齋書畫譜四一書家傳二十。

茀 1. fú ㄈㄨˊ 敷勿切,入,物韻,滂。

㊀草多。國語周中:"道茀不可行也。"注:"草穢塞路爲茀。"㊁除治。詩大雅生民:"茀厥豐草,種之黄茂。"疏:"乃除治而去其茂盛之草。"㊂遮蔽車身的竹席。詩衛風碩人:"朱幩鑣鑣,翟茀以朝。"周禮巾車鄭玄注引詩作"翟蔽以朝"。㊃首飾。易既濟:"婦喪其茀。"集解本茀作"髴"。㊄福氣。詩大雅卷阿:"爾受命長矣,茀祿爾康矣。"箋:"茀,福。"㊅牽引棺柩的繩索。通"紼"。左傳宣八年:"冬葬敬嬴,旱,無麻,始用葛茀。"注:"茀所以引柩。"疏:"茀字禮或作紼,或作縴,繩之別名也。"

2. bó ㄅㄛˊ 集韻 薄没切,入,没韻。

㊆暴怒貌。莊子人間世:"獸死不擇音,氣息茀然。"

【茀方】馬名。爾雅釋畜:"馬……回毛在膺,宜乘;在肘後,減陽;在幹,茀方。"疏:"幹,脅也。旋毛在脅者,名茀方。"

【茀₂矢】射矢的一種。周禮夏官司弓矢:"矰矢、茀矢,用諸弋射。"注:"結繳於矢謂之矰。矰,高也;茀矢象焉;茀之言刜也,二者皆可以弋飛鳥。刜,羅之也。"

【茀茀】强盛貌。詩大雅皇矣:"臨衝茀茀,崇墉仡仡。"傳:"茀茀,彊盛也。"

【茀鬱】猶抑鬱不舒。漢書五三廣川惠王越傳:"愁莫愁,居無聊。心重結,意不舒。內茀鬱,憂哀積。"

苨 nǐ ㄋㄧˇ 奴禮切,上,薺韻,泥。

㊀草名。爾雅釋草:"苨,菧苨。"注:"薺苨也。"疏:"根莖都似人參,而葉小異,根味甜。"參見"薺苨"。㊁見"苨苨"。

【苨苨】茂盛貌。也作"泥泥"、"柅柅"。詩大雅行葦:"方苞方體,維葉泥泥。"釋文:"張揖作'苨苨',云草盛也。"漢王符潛夫論德化引詩作"柅柅"。

茄 1. jiā ㄐㄧㄚ 古牙切,平,麻韻,見。

㊀荷莖。爾雅釋草:"荷,芙渠,其莖茄。"漢書八七上揚雄傳反離騷:"衿芰茄之綠衣兮,被夫容之朱裳。"注:"茄亦荷字也,見張揖古今字譜。"

2. qié ㄑㄧㄝˊ

㊁蔬類食物。古稱伽子,又名落蘇。初學記十九漢王褒僮約:"種瓜作瓠,別茄披葱。"參閱政和證類本草二九茄子。

【茄房】蓮蓬。唐柳宗元柳先生集二九柳州山水近治可遊者記:"其宇下有流石成形,如肺肝,如茄房。"

【茄袋】卽荷包。宋史輿服志大理寺言:"其法物有銷金盤龍紅紵絲袍一;……又玉靶鐵剉一,銷金玉事件二,皮茄袋一,玉事件三。"

【茄₂子茸】鹿茸的一種。以形如紫茄而名。見政和證類本草十七鹿茸。

苴 1. jū ㄐㄩ 子魚切,平,魚韻,精。七余切,平,魚韻,清。子與切,上,語韻,精。

㊀麻的子實。也指麻。詩豳風七月:"九月叔苴。"左傳襄十七年:"齊晏桓子卒,晏嬰粗縗斬,苴絰帶,杖,菅屨。"注:"苴,麻之有子者。"㊁包裹,包圍。禮內則:"實棗於其腹中,編萑以苴之。"管子霸言:"夫上夾而下苴,國小而都大者弑。"注:"苴,包,裹也。上旣狹,故爲下所苞(包)。"㊂襯墊。儀禮士虞禮:"苴刌茅,長五寸束之,實於篚。"注:"苴,猶藉也。"漢書四八賈誼傳陳政事疏:"冠雖敝不以苴履。"也專指鞋中草墊。說文:"苴,履中草。"㊃通"粗"。見"苴服"、"苴杖"。㊄古國名。史記七十張儀傳:"苴蜀相攻擊,各來告急於秦。"正義:"華陽國志云:昔蜀王封其弟於漢中,號曰苴侯,因命之邑曰葭萌。苴侯與巴王爲好,巴與蜀爲讎,故蜀王怒,伐苴。苴奔巴,求救於秦。"㊅姓。漢書九一貨殖傳:"石氏訾次如、苴。"注:"平陵如氏、苴氏也。"

2. chá ㄔㄚˊ 鋤加切,平,麻韻,牀。

㊆水中浮草。也指枯乾的草。詩大雅召旻:"如彼棲苴。"楚辭屈原九章悲回風:"鳥獸鳴以號羣兮,草苴比而不芳。"注:"生曰草,枯曰苴;比,合也。"㊇水草茂密的沼澤。通"菹"。管子七臣七主:"苴多螣蟇,山多蟲蟁。"

3. zhā ㄓㄚ

㊈木名。通"柤"。山海經中山經:"(依軲山)其上多杻橿多苴。"清郝懿行疏:"經內皆云'其木多苴',疑苴卽'柤'之假借字也。"

4. zū ㄗㄨ 集韻 宗蘇切,平,模韻。

㊉通"菹"。見"苴₄稭"。

【苴布】麻織的粗布。莊子讓王:"顏闔守陋閭,苴布之衣,而自飯牛。"漢賈誼新書先醒:"於是革心易行,衣苴布,食䊗餕。"

【苴杖】古代居父母喪所用的竹杖。荀子禮論:"齊衰苴杖,居廬食粥,席薪枕塊。"注:"苴杖,謂以苴惡色竹爲之杖。"禮喪服小記:"苴杖,竹也。"

【苴服】粗劣的衣服。墨子兼愛下:"昔者晉文公好苴服。"

【苴茅】以白茅包土。古代帝王分封諸侯的儀式。文選南朝宋范蔚宗(曄)宦者傳論:"苴茅分虎,南面臣民者,蓋以十數。"參見"玄社"。

【苴麻】㊀植物名。大麻的花,雌雄異株,雌株叫苴麻,也叫子麻。北魏賈思勰齊民要術二種麻子:"二三月可種苴麻。"參閱宋沈括夢溪筆談二六。㊁指服父母喪的喪服。舊五代史周王殷傳:"晉天福中,丁內艱,尋有詔起復,授憲州刺史。殷上章辭曰:'……少罹偏罰,因母鞠養訓導,方得成人,不忍遽釋苴麻,遠離廬墓,伏願許臣終母喪紀。'"

【苴絰】古代服重喪者所束的麻帶。儀禮士喪禮:"苴絰大鬲。"注:"苴絰,斬衰之絰也。苴麻者,其貌苴以爲絰,服重者尚麤惡。"新唐書一三〇楊瑒傳:"帝封太山,集樂工山下,居喪者亦在行。瑒謂起苴絰使知鍾律,非人情所堪。帝許,乃免。"

【苴蓴】草名。也作"蓴苴"。卽蘘荷。楚辭大招:"醢豚苦狗,膾苴蓴只。"注:"苴蓴,蘘荷也。言乃以肉醬啗烝豚,以膾和醬啗狗肉,雜用膾炙,切蘘荷以爲香,備衆味也。"參閱清王念孫廣雅疏證十上。

【苴₄稭】草席。也作"菹稭"。漢書郊祀志上:"掃地而祠,席用苴稭,言其易遵也。"注:"應劭曰:'稭,藁本也,去皮以爲席。'如淳曰:'苴讀如租。稭讀如戛。'……師古曰:'茅藉也。苴字本作菹,假借用。'"史記封禪書作"菹稭"。

苜 mù ㄇㄨˋ 莫六切,入,屋韻,明。

見"苜蓿"。

【苜蓿】植物名。又稱木粟、牧宿、懷風、光風草、連枝草。也作"目宿"。原產西域,漢武帝時自大宛傳入中土。爲馬牛等飼料及綠肥作物,也可入藥,其嫩莖葉可當蔬菜。史記一二三大宛傳:"俗嗜酒,馬嗜苜蓿。漢使取其實來,於是天子始種苜蓿、蒲陶肥饒地。及天馬多,外國使來衆,則離宮別觀旁盡種蒲萄、苜蓿極望。"漢書九六上西域傳作"目宿"。參閱政和證類本草二七苜蓿。

【苜蓿盤】五代王定保唐摭言十五閩中進士:"薛令之,……累遷左庶子。時開元東宮官僚清淡,令之以詩自悼,復紀於公署曰:'朝旭上團團,照見先生盤。盤中何所有?苜蓿長闌干。飯澀匙難綰,羹稀筯易寬。只可謀朝夕,那能度歲寒!'"後因以苜蓿盤形容小官清苦冷落的生活。宋詩鈔陳造江湖長翁集鈔謝兩知縣送鵝酒羊麪:"不因同里兼同姓,肯念先生苜蓿盤。"

苖 dí ㄉㄧˊ 徒歷切,入,錫韻,定。丑六切,入,屋韻,徹。

草名。爾雅釋草:"苖,蓨。"詳"蓨㊀"。

苗 miáo ㄇㄧㄠˊ 武儦切,平,宵韻,明。

㊀未揚花結實之禾。詩魏風碩鼠:"碩鼠碩鼠,無食我苗。"公羊傳莊七年:"無

麥苗，無苗。”漢何休注：“苗者禾也。生曰苗，秀曰禾。”後泛指初生的植物。晉陶潛陶淵明集二歸田園居詩之三：“種豆南山下，草盛豆苗稀。”㊁泛指事物的預兆。唐白居易長慶集一讀張籍古樂府詩：“言者志之苗，行者文之根。”㊂後代。漢廣漢屬國侯李翊碑：“其先出自箕子之苗。”（隸釋九）㊃古代稱夏季狩獵爲苗。左傳隱五年：“春蒐夏苗秋獮冬狩。”一說春季狩獵爲苗。公羊傳桓四年：“春曰苗。”㊄民衆。漢揚雄法言重黎：“若秦楚强閩震撲，胎藉三正，播其虐於黎苗，子弟且欲喪之。”㊅我國古代部族名。亦稱三苗。國語周下：“王無亦鑒于黎苗之王，下及夏商之季。”注：“苗，三苗。”今少數民族苗族相傳爲三苗之後。㊆姓。相傳楚大夫伯棼之後，賁皇奔晉，食采於苗。漢有長水校尉苗浦，王莽時有苗訢。見風俗通姓氏篇上。

【苗父】傳説爲上古神醫。漢劉向説苑辨物：“吾聞上古之爲醫者曰苗父。苗父之爲醫也，以菅爲席，以芻爲狗，北面而祝，發十言耳。諸扶而來者，轝而來者，皆平復如故。”

【苗末】子孫後代。吳越春秋越王無余外傳：“鳥禽呼嚥喋嚥喋，指天向禹墓曰：我是無余君之苗末。”

【苗米】漕運供應京師的米糧。清查慎行得樹樓雜抄二：“蘇州苗米，南宋時，視嘉湖爲重。王炎守湖州，與宰執書云：湖州雖號出米之地，苗米僅有百萬。所謂苗米，即今之漕運也。”

【苗胤】即苗裔。吕氏春秋遇合“賢聖之後”漢高誘注：“陳，舜之苗胤也，故曰賢聖之後也。”後漢書三二樊宏傳贊：“恂恂苗胤，傳龜襲紫。”

【苗茨】猶言茅茨。北魏楊衒之洛陽伽藍記一城内建春門：“柰林南有石碑一所，魏明帝所立也。題云‘苗茨之碑’。高祖於碑北作苗茨堂。永安中年，莊帝習馬射於華林園，百官皆來讀碑，疑苗字誤。……衒之時爲奉朝請，因即釋曰：‘以蒿覆之，故言苗茨。何誤之有？’衆咸稱善，以爲得其旨歸。”參見“茅茨”。

【苗條】細長而多姿。宋史達祖梅溪詞臨江仙：“草脚青回細膩，柳梢緑轉苗條。”雍熙樂府十二新水令：“淡白梨花面，輕盈楊柳腰，嬌嬈；滿面兒舖堆着俏，苗條。”

【苗裔】後代子孫。楚辭屈原離騷：“帝高陽之苗裔兮，朕皇考曰伯庸。”宋朱熹集注：“苗者，草之莖葉，根所生也；裔者，衣裾之末，衣之餘也。故以爲遠末子孫之稱。”

【苗緒】即苗裔。後漢書十六寇恂傳附曾孫榮上書：“臣功臣苗緒，生長王國。”晉陸雲陸士龍集六祖考頌：“雲之世族，承黄虞之苗緒，裔靈根之遺芳。”

【苗嶺】山名。其山脈自雲南綿亘入貴州境，横貫南部，東接武陵山入湖南。高峯有雷公山在雷山縣東，雲霧山在貴定縣東。

【苗而不秀】論語子罕：“苗而不秀者，有矣夫！秀而不實者，有矣夫！”爲孔子痛惜顏淵早死的話。後用“苗而不秀”比喻人未成長而早夭。世説新語賞譽下：“（王）戎子萬子，有大成之風，苗而不秀。”萬子，王綏小字，綏死年十九歲。

苒 rǎn ㄖㄢˇ 而琰切，上，琰韻，日。

草盛貌。見“苒苒㊀”。

【苒苒】同“冉冉”。㊀柔細貌。藝文類聚八一漢王粲迷迭賦：“布萋萋之茂葉兮，挺苒苒之柔莖。”㊁漸漸。唐劉禹錫劉夢得集外集五酬竇員外旬休早涼見示詩：“四時苒苒催容鬢，三爵油油忘是非。”參見“冉冉”。

【苒荏】逐漸過去，指時間言。同“荏苒”。晉陸雲陸士龍集十與楊彦明書之一：“時去苒荏，歲行復半，悲此推移，終然何及。”參見“荏苒”。

【苒弱】嬌柔婀娜貌。舊題晉王嘉拾遺記九晉時事：“府内後堂砌下，忽生草三株，莖黄葉緑，若總金抽翠，花條苒弱，狀似金蹙。”唐張説張説之集五東都酺宴五首序：“是日六樂振作，萬舞苒弱，鳥獸徘徊，士女踴躍。”

【苒惹】裊裊升騰貌。唐杜牧樊川集一望故園賦：“月出東山，苔扉向關。長烟苒惹，寒水注灣。”

苫 shān ㄕㄢ 失廉切，平，鹽韻，審。
ㄕㄢˋ 舒贍切，去，豔韻，審。

㊀用茅草編成的覆蓋物。爾雅釋器：“白蓋謂之苫。”注：“白茅苫也，今江東呼爲蓋。”晉書郭文傳：“洛陽陷，乃步檐入吳興餘杭大辟山中窮谷無人之地，倚木於樹，苫覆其上而居焉。”也指以苫覆屋。宋陸游劍南詩稿八十幽居歲暮之五：“刈茅苫鹿屋，插棘護雞栖。”㊁古人居喪時睡的草墊。墨子節葬下：“寢苫枕塊。”

【苫次】舊指居親喪的地方。新唐書一〇〇鄭元璹傳：“會突厥提精騎數十萬，身自將攻太原，詔即苫次起元璹持節往勞。”元璹時正居母喪。參見“在苫”。

【苫塊】“寢苫枕塊”的略稱。古人居父母之喪，以草墊爲席，土塊爲枕。漢應劭風俗通衍禮：“孝子寢伏苫塊。”泛指居父母之喪。宋司馬光温國文正公集五八謝檢討啟：“旋屬家艱，零丁苫塊。比還官次，汩没道路。辭鋒頓而不修，學殖落而亡幾。”參見“寢苫枕塊”。

【苫蓋】茅草編的遮蓋物。左傳襄十四年：“乃祖吾離被苫蓋，蒙荆棘，以來歸我先君。”疏：“被苫蓋，言無布帛可衣，唯衣草也。”也比喻貧賤。文選南朝梁劉孝標（峻）廣絶交論：“斯則斷金由於湫隘，刎頸起於苫蓋。”唐劉良注：“湫隘、苫蓋，謂貧賤，言交結之重在貧賤也。”

【苫壤】猶苫塊。指在居父母之喪中。陳書姚察傳請終喪表：“（臣）冀申情禮，而乏疹相仍，苴菓穢質，非復人流，將畢苫壤。”

【苫眼鋪眉】裝模作樣。古今雜劇元戴善夫風光好二：“想昨日在坐上那些兒勢況，苫眼鋪眉盡都是謊。”也作“鋪眉苫眼”。又四：“我則道你是鋪眉苫眼真君子，你最是昧已瞞心潑小兒。”

英 yīng ㄧㄥ 於驚切，平，庚韻，影。

㊀花，花片。詩鄭風有女同車：“有女同行，顔如舜英。”傳：“英，猶華也。”楚辭屈原離騷：“朝飲木蘭之墜露兮，夕餐秋菊之落英。”㊁傑出，優異。多指才德出衆。荀子正論：“堯舜者天下之英也。”禮禮運：“大道之行也，與三代之英，丘未之逮也。”注：“英，俊選之尤者。”㊂精粹。吳越春秋闔閭内傳：“干將作劍，采五山之鐵精，六合之金英。”㊃矛上的羽飾。詩鄭風清人：“二矛重英，河上乎翱翔。”傳：“重英，矛有英飾也。”㊄似玉的美石。通“瑛”。詩齊風著：“尚之以瓊英乎而。”傳：“瓊英，美石似玉者。”㊅姓。偃姓，皋陶之後，以國爲氏。漢初有九江王英布。見通志二六氏族二以國爲氏。

【英才】㊀優秀的人材。孟子盡心上：“得天下英才而教育之，三樂也。”㊁卓越才能。唐李白李太白詩三行路難之二：“劇辛樂毅感恩分，輸肝剖膽效英才。”

【英山】㊀縣名。屬湖北省。春秋時英氏地，漢爲蘄春縣地，唐爲蘄水縣地，宋初爲蘄州羅田縣地，咸淳間分置英山縣，以地有英山而名。元明清沿置。見嘉慶一統志一三三六安州。㊁山名。在英山縣東，縣以此爲名。參閲讀史方輿紀要二六六安州英山縣。

【英石】石的一種。廣東英德縣所産。石

産溪水中，有微青、微灰黑、淺綠、純白數種。形如峰巒聳拔，以皺瘦透秀四者具備爲佳。參閱宋杜綰雲林石譜上、清屈大均廣東新語五大英石、小英石。

【英布】？—公元前195年。漢六人。曾犯法被黥面，故又稱黥布。秦末率驪山刑徒起事，歸附項羽，封九江王，奉項羽令，使將追殺義帝於郴縣。楚漢相爭時，隨何説之歸漢，封淮南王，從劉邦擊滅項羽於垓下。高祖十一年，韓信、彭越被殺，布不自安，遂發兵反。高祖親征，破布軍於蘄西，布敗走長沙，爲番陽人所殺。見史記九一黥布傳。

【英台】賢能的大臣。台輔指宰相或三公。初學記十四南朝梁沈約侍皇太子釋奠宴詩："峨峨德傳，灼灼英台。"文苑英華二六八唐蘇頲送光祿姚卿還都詩："漢室有英台，荀家寵俊才。"

【英武】英俊威武。晉書魏詠之傳贊："安成英武，體茲忠烈。"新唐書太宗紀："太宗爲人聰明英武，有大志。"

【英拔】英俊挺拔。超羣出衆之意。南史江夷傳附江總："元舅吳平侯蕭勱名重當世，特所鍾愛，謂曰：'爾神采英拔，後之知名，當出吾右。'"

【英明】傑出而有識見。唐杜牧樊川集二昔事文皇帝三十二韻詩："間世英明主，中興道德尊。"

【英物】傑出的人物。晉書桓温傳："生未朞而太原温嶠見之，曰：'此兒有奇骨，可試使啼。'及聞其聲，曰：'真英物也！'"宋文天祥文山集十四驛中言別友人："水天空闊，恨東風，不借世間英物。"

【英姿】英俊的風姿。後漢書二二朱祐等傳論："議者多非光武不以功臣任職，至使英姿茂績，委而勿用。"宋馮時行縉雲文集二和丁利用韻詩："英姿森劍戟，餘論有春秋。"

【英英】㊀雲起貌。詩小雅白華："英英白雲，露彼菅茅。"釋文引詩作"泱泱"。㊁悠閒和諧貌。呂氏春秋古樂："鱓乃偃寢，以其尾鼓其腹，其音英英。"㊂俊美貌。文選晉潘安仁(岳)夏侯常侍誄："英英夫子，灼灼其儁。"又袁彥伯(宏)三國名臣序贊"英英文若(荀彧)靈鑒洞照。"

【英風】㊀美好名聲。文選南齊孔德璋(稚圭)北山移文："張英風於海甸，馳妙譽於浙右。"唐張銑注："英風、妙譽，皆美聲也。"㊁傑出的氣概。唐李白李太白詩二二經下邳圯橋懷張子房："我來圯橋上，懷古欽英風。"

【英皇】人名，女英和娥皇的合稱。後漢書八十上崔琦傳外戚箴："昔在帝舜，德隆英、皇。"注："帝舜妃娥皇女英，帝堯之女，聰明貞仁。"宋蘇軾經進東坡文集事略五五韓文公廟碑："要觀南海窺衡湘，歷舜九疑弔英皇。"

【英俊】指才智傑出的人物。史記九二淮陰侯傳："秦之綱絶而維弛，山東大擾，異姓并起，英俊烏集。"文選晉左太沖(思)詠史詩之二："世冑躡高位，英俊沈下僚。"也作"英儁"。漢書四五伍被傳："是時淮南王安好術學，折節下士，招致英儁以百數。"

【英烈】傑出的功績。唐張説張燕公集十五故開府儀同三司……梁國公姚文貞公神道碑："有詔掌文之官敍事，盛德之老銘功，將以寵宗臣，揚英烈。"李白李太白詩十一贈張相鎬之二："英烈遺厥孫，百代神猶王。"

【英氣】威武的氣概。三國志吳孫策傳評："策英氣傑濟，猛鋭冠世，覽奇取異，志陵中夏。"晉書郗超傳："(桓)温英氣高邁，罕有所推，與超言，常謂不能測。"

【英梅】果名。梅杏之屬。爾雅釋木："時，英梅。"注："雀梅。"疏："似梅而小者也。"

【英華】㊀指神采之美。禮樂記："和順積中而英華發外。"㊁指花木之美。引申指帝王的德化。漢書八七下揚雄傳長楊賦："英華沈浮，洋溢八區。普天所覆，莫不沾濡。"㊂美譽。漢書一〇〇上敍傳："浮英華，湛道德。"注："英華，謂名譽也。言外則有美名善譽，内則履道崇德也。"㊃猶精英、精華。周書庾信傳論："摭六經百氏之英華，探屈宋卿雲之祕奧。"

【英荼】荼的一種。詩鄭風出其東門"有女如荼"漢毛亨傳："荼，英荼也。"明毛晉毛詩草木鳥獸蟲魚疏廣要上之上誰謂荼苦："爾雅云：荼，苦菜。……詩緝云：經有三荼，一曰苦菜，二曰委葉，三曰英荼。"

【英雄】識見、材能或作爲非凡的人。文選漢班叔皮(彪)王命論："英雄陳力，羣策畢舉，此高祖之大略所以成帝業也。"後漢書七袁紹傳："若收豪傑以聚徒衆，英雄因之而起，則山東非公之有也。"

【英發】才華外露。三國志吳呂蒙傳："及身長大，學問開益，籌略奇至，可以次於公瑾，但言議英發不及之耳。"宋蘇軾東坡詞念奴嬌赤壁懷古："遥想公瑾當年，小喬初嫁了，雄姿英發。羽扇綸巾談話間，强虜灰飛烟滅。"公瑾，周瑜字。

【英媛】賢德的女子。藝文類聚四十漢崔駰婚禮結言："夫婦作始，乃降英媛。有淑有儀，姬姜是伴。"玉臺新詠二晉傅玄豔歌行："妙哉英媛德，宜配侯與王。"

【英魂】對生前立有非常事業的死者的美稱。文苑英華三〇六唐賈彥璋王龍驤詩："茂績當年舉，英魂此地銷。"宋李覯直講李先生文集三七書松陵唱和詩："近來此道中興也，泉下英魂知不知？"

【英髦】猶英俊。指英俊之士。文選南朝梁劉孝標(峻)辨命論："昔之玉質金相，英髦秀達，皆擯斥於當年，韞奇才而莫用。"魏書李諧傳述身賦："綴鴻鷺之末行，逮英髦之茂序。"

【英德】縣名。屬廣東省。漢湞陽縣地，屬桂陽郡。三國吳屬始興郡。隋廢入曲江。唐初置涯州，領含涯真陽二縣，尋廢州，以縣屬廣州。五代南漢於真陽縣置英州。宋爲真陽郡。紹熙間升爲英德府。元爲英德州，明改爲英德縣，屬韶州府。清因之。參閱寰宇通志一〇三韶州。

【英蕩】古代盛符節的匣子，上畫彩色花紋。周禮地官掌節："凡邦國之使節：山國用虎節，土國用人節，澤國用龍節，皆金也，以英蕩輔之。"注："謂以函器盛此節。或曰：英蕩，畫函。"一説爲與符節同時使用的信物。孫詒讓周禮正義二八："續漢(後漢書)百官志劉(昭)注引干(寶)注云：'英，刻書也。蕩，竹箭也。刻而書其所使之事，以助三節之信，則漢之竹使符者，亦取則於故事也。'惠士奇云：'干説是。英蕩者，傳也。凡達節皆有傳，傳所以輔節。節以金，傳以竹。'康成(鄭玄)謂傳若漢之移過所文書。"參見"傳㊅"。

英蕩

【英邁】識見才智出衆。世説新語賢媛"王汝南(湛)少無婚"注引汝南別傳："襄城郝仲將，門至孤陋，非其所偶也。君嘗見其女，便求聘焉，果高朗英邁，母儀冠族。"唐高適高常侍集三三君詠郭代公詩："代公實英邁，津涯浩難識。"

【英聲】㊀美好名聲。文選三國魏何平叔(晏)景福殿賦："故當時享其功利，後世賴其英聲。"唐李白李太白詩二古風之十："却秦振英聲，後世仰末照。"㊁美妙的樂音。文選晉嵇叔夜(康)琴賦："英聲發越，采采粲粲。"

【英雞】禽名。狀如雞而雉尾，常食碎石英。見政和證類本草十九英雞。

【英靈】㊀指傑出的人才。北史柳遐傳：

"陳郡謝舉時爲僕射,引遐與語,甚嘉之,顧謂人曰:'江漢英靈見於此矣。'"唐王維王右丞集五送別詩:"聖代無隱者,英靈盡來歸。"㊂英魂。對死者的美稱。後漢書十二王郎劉永等傳論:"若數子者,豈有國之遠圖哉!因時擾攘,苟恣縱而已耳。……觀其智略,固無足以憚漢祖,發其英靈者也。"唐杜甫杜工部詩五陪諸公上白帝城頭宴越公堂之作:"英靈如過隙,宴衎願投膠。"

【英吉沙】縣名。屬新疆維吾爾自治區。在疏勒縣南。清爲新疆英吉沙爾直隸廳,公元1913年改縣。參閱"英吉沙爾"。

【英吉沙爾】舊地名。在今新疆維吾爾自治區。漢西域依耐國地,後漢併於莎車。魏至隋,疏勒國地。唐,朱俱波國地。宋併於于闐。元爲可失哈兒地,以封宗王。明末爲伊斯蘭教阿渾所居。清於此置英吉沙爾直隸廳。"英吉"譯言新,"沙爾"意爲城。參閱嘉慶一統志五二六喀什噶爾。

苀 huǎng 玉篇 許往切。
ㄏㄨㄤˇ

敞苀,恍惚貌。漢書九七外戚傳漢武帝悼李夫人賦:"寖淫敞苀,寂兮無音。"注:"苀,古怳字。"

苘 qǐng 口迥切,上,迥韻,溪。
ㄑㄧㄥˇ

植物名。同"檾"、"蹟"。玉篇:"苘,草也,亦作'檾'。"卽苘麻。見"檾"。

苡 yǐ 羊已切,上,止韻,喻。
ㄧˇ

本作"苢"。見"芣苢"、"薏苡"各條。

【苡米】薏苡的果實,又叫苡仁。詳"薏苡"。

茁 zhuó 鄒滑切,入,黠韻,莊。
ㄓㄨㄛˊ 側劣切,入,薛韻,莊。
徵筆切,入,質韻,知。

㊀草初出貌。詩召南騶虞:"彼茁者葭。"參見"茁茁"。㊁旺盛。見"茁壯"。

【茁壯】生長旺盛。孟子萬章下:"牛羊茁壯,長而已矣。"

【茁茁】草始生貌。詩召南騶虞"彼茁者葭"唐孔穎達疏:"言彼茁茁然出而始生者,葭草也。"中州集一蔡珪鄭屋如江村詩:"籬落半流水,茁茁青蒲芽。"

莓 méi 集韻 莫佩切,去,隊韻。
ㄇㄟˊ

草名。同"莓"。見該條。

苓 1. líng 郎丁切,平,青韻,來。
ㄌㄧㄥˊ

㊀草名。1.卽蒼耳子。見說文。參見"卷$_2$耳"。2.卽大苦。通"蘦"。詩邶風簡兮:"山有榛,隰有苓。"傳:"苓,大苦。"見"大苦㊀"。㊁中藥名。指茯苓。見廣韻。元虞集道園學古録一爲范尊師賦雲林清遊詩:"斸苓春霧重,煮朮晚烟輕。"㊂零落。通"零"。管子宙合:"明乃哲,哲乃明,奮乃苓,明哲乃大行。……是故聖人著之簡筴,傳以告後進,曰:奮盛苓落也,盛而不落者,未之有也。"㊃古代車前的欄。通"笭"。禮少儀"拖諸幦"漢鄭玄注:"幦,覆苓也。"疏作"笭"。參見"笭"、"軨"。

2. lián 集韻 靈年切,平,先韻。
ㄌㄧㄢˊ

㊄古"蓮"字。文選漢枚叔(乘)七發:"溷漻蕎蓼,蔓草芳苓。"注:"苓,古蓮字。"

【苓耳】草名。爾雅釋草:"卷耳,苓耳。"參見"卷$_2$耳"。

【苓通】猪糞馬糞。比喻極賤之物。宋王安石臨川集二五登小茅山詩:"物外真游來几席,人間榮願付苓通。"元方回瀛奎律髓一登覽類注:"馬矢爲通,猪矢爲苓。"

【苓落】㊀枯萎凋殘。同"零落"。漢書一〇〇上敍傳答賓戲:"譬猶草木之植山林,鳥魚之毓川澤,得氣者蕃滋,失時者苓落。"㊁古代樂曲名。尚書大傳一虞夏傳:"秋伯之樂,舞蔡俶。其歌聲比小謠,名曰苓落。"注:"秋伯,秋官地,咎陶掌之。蔡猶衰也,俶,始也,言象物之始衰也。"

【苓龜】中藥名。卽茯苓。其最佳者呈龜形,因稱苓龜。宋蘇軾東坡集續集三和桃花源詩:"苓龜亦晨吸,杞枸或夜吠。"參見本草綱目三七木四茯苓。

【苓蘢】茂盛。淮南子俶真:"有有者,言萬物摻落,根莖枝葉,青蔥苓蘢,萑蔰炫煌。"

苶 nié 奴結切,入,屑韻,泥。
ㄋㄧㄝˊ 奴協切,入,帖韻,泥。
如列切,入,薛韻,日。

疲倦貌。俗多作"茶",也作"薾"。莊子齊物論:"茶然疲役,而不知其所歸。"世說新語棲逸"嵇康遊於汲郡山中"注引文士傳:"(嵇康)乃從(孫登)遊三年,問其所圖終不答,然神謀所存良妙。康每茶然歎息。"

苔 1. tái 徒哀切,平,咍韻,定。
ㄊㄞˊ

㊀苔蘚類隱花植物。也叫水衣、地衣。古作"菭"。淮南子泰族:"水之性淖以清,窮谷之汙,生以青苔,不治其性也。"參見"苔衣"。

2. tāi
ㄊㄞ

㊁舌苔。生在舌面的苔狀物。詳"舌苔"。

【苔衣】青苔。藝文類聚八南朝宋謝靈運嶺表賦:"蘿蔓絶攀,苔衣流滑。"也泛指苔蘚類植物。本草綱目二一草十陟釐:"苔衣之類有五:在水曰陟釐,在石曰石濡,在瓦曰屋遊,在牆曰垣衣,在地曰地衣。其蒙翠而長數寸者亦有五:在石曰烏韭,在屋曰瓦松,在牆曰土馬鬉,在山曰卷柏,在水曰藫也。"

【苔岑】藝文類聚二一晉郭璞贈温嶠詩:"人亦有言,松竹有林,及爾臭味,異苔同岑。"後稱意氣相投的摯友爲苔岑,本此。

【苔紙】用水藻類製成之紙。隋薛道衡有苔紙詩。見初學記二一紙。宋陸游渭南文集五十破陣子詞:"苔紙閑題谿上句,菱唱遥聞煙外聲。"參閱本草綱目二一陟釐釋名。參見"陟釐"、"側理紙"。

【苔梅】枝幹上生有苔蘚之梅。宋周密乾淳起居注:"苔梅有二種:宜興張公洞者,苔蘚甚厚,花極香。一種出越土,苔如緑絲,長尺餘。"參閱宋范成大梅譜。

【苔菜】紫菫菜的别名。見本草綱目二六菜一紫菫。

【苔牋】用苔紙製成的小牋。唐李肇國史補下:"紙則有越之剡藤、苔牋,蜀之麻面、屑末、滑石、金花、長麻、魚子、十色牋。"宋侯寘孏窟詞多麗:"記年時翹才獻壽,小詩曾浣苔牋。"

【苔錢】苔點形圓如錢,故稱。樂府詩集四二南朝梁劉孝威怨詩:"丹庭斜草逕,素壁點苔錢。"宋魏泰臨漢隱居詩話:"湘中斑竹方生時,每點上有苔錢封之甚固。土人斫竹浸水中,用草穰洗去苔錢,則紫暈斕斑可愛,此真斑竹也。"

【苔蘚】青苔。南朝梁江淹江文通集十構象臺:"苔蘚生兮□(繞)石户,蓮花舒兮繡池梁。"唐劉長卿劉隨州集四雜詠古劍詩:"龍泉閉古匣,苔蘚淪此地。"

苲 1. zuó 集韻 疾各切,入,鐸韻。
ㄗㄨㄛˊ

㊀地名用字。漢書地理志上越巂郡有定莋縣,晉書地理志上作定苲。後漢書郡國志四桂陽郡湞陽縣有苲領山。

2. zhé 集韻 側格切,入,陌韻。
ㄓㄜˊ

㊁草名。卽金魚藻一類水生植物。見集韻。

苕 tiáo 徒聊切,平,蕭韻,定。
ㄊㄧㄠˊ

㊀草名。1.又名陵苕、凌霄、紫葳。根莖葉入藥。詩小雅苕之華:“苕之華,芸其黄矣。”2.又名翹饒、柱夫、搖車、紫雲英。蔬用,作緑肥及飼料。詩陳風防有鵲巢:“防有鵲巢,邛有旨苕。”疏:“苕,苕饒也。幽州人謂翹饒,蔓生,莖如勞豆而細,葉似蒺藜而青,其莖葉緑色可生食,如小豆藿也。”參閲清吴其濬植物名實圖考四翹搖。㊁蘆葦的花。本作“芀”。人取之爲帚,曰苕帚。晉書庾袞傳:“袞乃刈荆苕爲箕帚。”參見“芀”。

【苕水】即苕溪。見該條。

【苕帚】掃除器具。用苕草稈紮成,故稱。周禮夏官戎右“贊牛耳桃茢”漢鄭玄注:“桃,鬼所畏也。茢,苕帚,所以掃不祥。”

【苕亭】高聳貌。文選南齊謝朓謝宣城集五詠鏡臺詩:“玲瓏類丹檻,苕亭似玄闕。”水經注三七澧水:“吴永安六年,武陵郡嵩梁山,高峯孤竦,素壁千尋,望之苕亭,有似香爐。”也作“岧嶤”。唐杜甫杜工部草堂詩箋六橋陵詩三十韻呈縣内諸官:“居然赤縣立,臺榭争岧嶤。”

【苕苕】㊀高貌。文選漢張平子(衡)西京賦:“干雲霧而上達,狀亭亭以苕苕。”㊁遠貌。文選南朝宋謝靈運述祖德詩:“苕苕歷千載,遥遥播清塵。”又初發自石城詩:“苕苕萬里帆,茫茫欲何之。”

【苕溪】水名。一名苕水。有二源:出浙江天目山之南者爲東苕,出天目山之北者爲西溪,兩溪合流,由小梅大淺兩湖口入太湖。相傳此水夾岸多苕花,秋時飄散水上如飛雪,故名。參閲宋鄧牧洞霄圖志二苕溪、讀史方輿紀要八九浙江一苕溪。

【苕遞】遠貌。同“迢遞”。文選南朝宋謝靈運從斤竹澗越嶺溪行詩:“逶迤傍隈隩,苕遞陟陘峴。”五臣本苕作“迢”。

【苕榮】即苕花。史記趙世家:“他日,(武靈)王夢見處女鼓琴而歌詩曰:‘美人熒熒兮,顔若苕之榮。’”藝文類聚五七三國魏王粲七釋:“麗才美色,希世特立……紅顔照曜,曄若苕榮。”

【苕嶢】高聳貌。文選晉張景陽(協)七命:“搖刖峻挺,茗邈苕嶢。”晉書本傳作“嶕嶢”。全唐詩五三宋之問靈隱寺:“鷲嶺鬱苕嶢,龍宫鎖寂寥。”參見“嶕嶢”。

【苕蕘】古代傳説中的鬼物名。苕蕘,同岧嶤,高貌,指形體瘦長的鬼物。古文苑六漢王延壽夢賦:“撲苕蕘,抶夔魖。”

【苕穎】草花和禾穗。文選晉陸士衡(機)文賦:“或苕發穎豎,離衆絶致。”注:“苕,草之苕也。……禾穗謂之穎。”宋蘇軾分類東坡詩二四紫團參寄王定國:“剛風披草木,真氣入苕穎。”

【苕溪漁隱叢話】宋胡仔著,分前後集,一百卷。對北宋以前的詩話,收輯頗爲詳備。此書爲繼阮閲詩話總龜而作,作者自序稱凡閲所載者皆不録入。閲書多述故事,此書以論文考義爲多,二書可互相補充。

苟 gǒu 古厚切,上,厚韻,見。ㄍㄡˇ

㊀草名。見説文。又菜名。見玉篇。㊁隨便。論語子路:“君子於其言,無所苟而已矣。”禮曲禮:“不苟訾,不苟笑。”㊂連詞。假若,如果。論語里仁:“苟志於仁矣,無惡也。”戰國策齊四:“苟無歲,何以有民?苟無民,何以有君?”㊃姓。出自黄帝之後。一説楚大夫食邑,因氏;一説五代後晉時敬姓避石敬瑭諱,去父姓苟。又北魏時鮮卑族若干氏改爲苟氏。見明陳士元姓觿六苟。

【苟且】得過且過,馬虎草率。漢書八六王嘉傳:“其二千石長吏亦安官樂職,然後上下相望,莫有苟且之意。”文選晉陸士衡(機)五等論:“爲上無苟且之心,羣下知膠固之義。”

【苟安】苟且偷安。逸周書芮良夫:“爾執政小子,不圖大囏,偷生苟安,爵以賄成。”三國志魏田疇傳:“今來在此,非苟安而已,將圖大事,復怨雪恥。”

【苟同】苟且迎合。韓詩外傳四:“不恤乎公道之達義,偷合苟同,以持禄養者,是謂國賊也。”荀子臣道作“苟容”。今多指隨便同意别人的主張。

【苟合】隨便附合。易序卦:“物不可以苟合而已,故受之以賁。”史記一二四游俠傳序:“及若季次原憲,閭巷人也,讀書懷獨行君子之德,義不苟合當世,當世亦笑之。”

【苟完】近於完備。論語子路:“子謂衛公子荆善居室。始有,曰:‘苟合矣。’少有,曰:‘苟完矣。’富有,曰:‘苟美矣。’”疏:“善居室者,言居家理也。‘始有曰苟合矣’者,家始富有,不言己才能所致,但曰苟且聚合也;‘少有曰苟完矣’者,又少有增多,但曰苟且完全也;‘富有曰苟美’者,富有大備,但曰苟且有此富美耳。”

【苟免】以不正當的手段求免。禮曲禮上:“臨財毋苟得,臨難毋苟免。”後漢書二七杜林傳奏:“夫人情挫辱,則義節之風損;法防繁多,則苟免之行興。”

【苟活】苟且偷生。漢書六二司馬遷傳報任安書:“所以隱忍苟活,函糞土之中而不辭者,恨私心有所不盡,鄙没世而文采不表於後也。”

【苟美】近於美好。見“苟完”。

【苟容】謂苟且容身於世。戰國策秦三:“言不取苟合,行不取苟容。”漢書七二鮑宣傳上哀帝書:“以苟容曲從爲賢,以拱默尸禄爲智。”

【苟進】以不正當手段求進。指欲得利禄。楚辭漢賈誼惜誓:“或偷合而苟進兮,或隱居而深藏。”

【苟得】苟且求得,不當得而得。孟子告子上:“生我所欲也,義亦我所欲也,二者不可得兼,舍生而取義者也。生亦我所欲,所欲有甚於生者,故不爲苟得也。”三國志魏王昶傳戒子書:“北海徐偉長(幹),不治名高,不求苟得,澹然自守,惟道是務。”

【苟敬】儀禮聘禮:“燕則上介爲賓,賓爲苟敬。”注:“苟,且也,假也。”清王引之謂賓既辭爲賓,就諸公之位,則歡心多而敬少,既不可專事恭敬,又不可全不敬,故稱苟敬。見經義述聞十賓爲苟敬。

【苟簡】草率而簡略。莊子天運:“古之至人,……食於苟簡之田,立於不貸之圃。”指淺耕粗作之田。漢書五六董仲舒傳:“秦繼其後,獨不能改,又益甚之,……其心欲盡滅先王之道,而顓爲自恣苟簡之治。”指僅求應付、輕率。

【苟全性命】姑且保存性命。三國志蜀諸葛亮傳出師表:“臣本布衣,躬耕於南陽,苟全性命於亂世,不求聞達於諸侯。”

【苟合取容】苟且迎合時勢以求容身。史記九七朱建傳:“行不苟合,義不取容。”漢書六二司馬遷傳報任安書:“四者無一遂,苟合取容,無所短長之效,可見於此矣。”

【苟延殘喘】勉强維持生存。京本通俗小説拗相公:“老漢幸年高,得以苟延殘喘。”亦作“苟延危喘”。宋宋祁景文集五十答友人書:“苟延危喘,未遡幽懷。”

苞 bāo 布交切,平,肴韻,幫。ㄅㄠ

㊀草名。莖堅韌,可織鞋、蓆。史記一一七司馬相如傳子虚賦:“其高燥則生葴菥苞荔,薛莎青薠。”㊁叢生,茂盛。詩唐風鴇羽:“肅肅鴇羽,集于苞栩。”又大雅行葦:“敦彼行葦,牛羊勿踐履,方苞方體。”㊂包裹。通“包”。儀禮既夕禮:“徹巾苞牲,取下體。”荀子非十二子:“恢然如天地之苞萬物。”參閲説文“苞”清段玉裁注。㊃通“俘”。穀梁傳隱五年:“苞人民

毆牛馬曰侵。"參閱清汪中經義知新記。

【苞木】卽竹。以其初生時包筍殼,長成後質堅似木,故名。晉書伏滔傳正淮上:"金石皮革之具萃焉,苞木箭竹之族生焉。"

【苞天】猶包天。比喻度量寬宏。藝文類聚五二漢崔寔大赦賦:"陛下以苞天之大,承前聖之迹,朝乾乾於萬機,夕處敬以厲惕。"

【苞苴】㈠裹魚肉的草包。禮曲禮上:"凡以弓劍、苞苴、簞笥問人者,操以受命如使之容。"苞苴,裹魚肉或以葦或以茅。㈡贈人禮物,必加包裹,因稱饋贈的禮物爲苞苴。莊子列禦寇:"小夫之知,不離苞苴、竿牘。"注:"苞苴以遺,竿牘以問。"㈢以財物行賄或指行賄的財物。荀子大略:"湯旱而禱曰:……苞苴行與?讒夫興與?何以不雨至斯極也!"注:"貨賄必以物苞裹,故總謂之苞苴。"北齊書宋遊道傳高隆之等奏:"口稱夷齊,心懷盜跖,欺公賣法,受納苞苴,產隨官厚,財與位積。"

【苞茅】同"包茅"。左傳僖四年:"爾貢包茅不入,王祭不共,無以縮酒,寡人是徵。"後漢書七三公孫瓚傳上疏"伐荆楚以致菁茅"唐李賢注引左傳作"爾貢苞茅不入"。詳"包茅"。

【苞枿】唐鼓吹鐃歌十二曲第六曲名。柳宗元製。隋末蕭銑據荆湘之地,自稱帝。唐武德四年,命趙郡王孝恭、李靖等往討,執銑送長安,斬於市。木斫後新生爲枿,銑爲梁之後人,故曲以苞枿爲名。共二十八句,其十六句,句四字。三句,句五字。九句,句三字。見唐柳宗元柳先生集一唐鐃歌鼓吹十二曲。

【苞桑】桑樹的本幹。也作"包桑"。㈠易否:"其亡其亡,繫于苞桑。"疏:"苞,本也,凡物繫于桑之苞本,則牢固也。……桑之爲物,其根衆也,衆則牢固之義。"後因以"苞桑"比喻根基穩固。清王夫之讀通鑑論唐高祖:"故能折棰以御梟尤,而繫國于苞桑之固。"㈡比喻岌岌可危。文苑英華六〇三北周庾信代人乞致仕書:"臣彌留頓顉,病不俟年,盈量窮涯,滿而招損,逾時每乖于勿藥,永日猶繫于苞桑。"參閱明楊愼升庵經說一苞桑。

【苞符】易繫辭上"河出圖,洛出書,聖人則之"疏引春秋緯:"河以通乾出天苞,洛以流坤吐地符。"因以"苞符"指河圖洛書,卽祥瑞之物。

【苞筍】卽冬筍。東觀漢記十二馬援傳:"至荔浦,見冬筍,名曰苞筍。"文選晉左太沖(思)吳都賦:"苞筍抽節,往往縈結。"

【苞稂】叢生的野草。稂,一種像禾苗的雜草。詩曹風下泉:"洌彼下泉,浸彼苞稂。"

【苞裹】猶包裹。莊子天運:"聽之不聞其聲,視之不見其形,充滿天地,苞裹六極。"呂氏春秋離俗:"若夫舜湯,則苞裹覆容,緣不得已而動,因時而爲。"參見"包裹㈠"。

【苞屨】蔍草編的鞋。古人居喪時所穿。禮曲禮下:"苞屨,扱衽,厭冠,不入公門。"疏:"苞屨,謂蔍蒯之草爲齊衰喪屨。"

苑

1. yuàn ㄩㄢˋ 於阮切,上,阮韻,影。

㈠古代養禽獸的園林。周禮秋官雍氏:"禁山之爲苑澤之沈者。"史記封禪書:"其後,天子苑有白鹿,以其皮爲幣。"參見"苑囿"。㈡薈萃、集中之所。多指學術、文藝。見"文苑"、"藝苑"。㈢草木茂盛貌。通"菀"。國語晉二優施歌:"人皆集於苑,己獨集於枯。"注:"苑,茂木貌。"㈣文彩貌。詩秦風小戎:"蒙伐有苑。"傳:"苑,文貌。"箋:"蒙,厖也。……畫雜羽之文於伐,故曰厖伐。"㈤姓。殷武丁子先受封於苑,其後因以爲姓。見通志二六氏族二夏商以前國。

2. yǔn ㄩㄣˇ 字彙 于粉切,音隕。

㈥鬱結。禮禮運:"故事大積焉而不苑,並行而不繆。"㈦枯病。淮南子俶眞:"是故形傷于寒暑燥溼之虐者,形苑而神壯。"注:"苑,枯病也。"

【苑川】㈠古水名。水經注二河水:"苑川水出勇士縣之子城南山,東北流,歷此成川,又北逕牧師苑,又北入於河也。"㈡古地名。1.故城在今陝西寶鷄市東。晉咸和初鮮卑族乞伏述延破鮮卑莫侯于苑川,降其衆二萬餘落,因居苑川。見晉書乞伏國仁載記。參閱讀史方輿紀要五五鳳翔府寶鷄縣。2.故城在今甘肅榆中縣境。晉太元中,西秦乞伏國仁移苑川於勇士城,並置苑川郡。至乞伏乾歸曾以此爲都。有東西二苑城。西城卽乞伏所都。參閱嘉慶一統志二五三蘭州府古蹟。

【苑城】地名。三國吳所築。晉置臺省於此。故又名臺城。故城在今江蘇南京市江寧縣北。參閱讀史方輿紀要二十江寧府江寧縣臺城。

【苑囿】畜養禽獸的圈地。呂氏春秋重己:"昔先聖王之爲苑囿園池也,足以觀望勞形而已矣。"注:"畜禽獸所,大曰苑,小曰囿。"漢書高帝紀二年:"故秦苑囿園池,令民得田之。"注:"養鳥獸曰苑,苑有垣曰囿,所以種植謂之園。"

【苑祕】記載道家祕術的書。漢書郊祀志五下:"大夫劉更生獻淮南枕中洪寶苑祕之方,令尚方鑄作。"注:"洪,大也。苑祕者,言祕術之苑囿也。"

【苑陵】古縣名。故城在今河南新鄭縣境。漢置。屬河南郡。隋省入新鄭縣,唐初復置,貞觀間廢。見讀史方輿紀要四七開封府新鄭縣。

【苑₂結】鬱結,抑鬱。詩小雅都人士:"我不見兮,我心苑結。"箋:"苑,猶屈也,積也。"

【苑馬卿】官名。漢代始置牧場,稱爲苑,專用以牧馬,曰苑馬。明永樂初,於北直隸遼東平涼甘肅等地,分置苑馬寺,寺的長官稱卿,專掌馬政,從三品。見明史職官志四。

【苑窳婦人】蠶神。宋書禮志四:"漢儀,皇后親桑東郊苑中,蠶室祭蠶神,曰苑窳婦人、寓氏公主,祠用少牢。"後漢書禮儀志先蠶注引漢舊儀作"菀窳婦人"。

苻

fú ㄈㄨˊ 防無切,平,虞韻,並。

㈠草名。又叫鬼目草。爾雅釋草:"苻,鬼目。"注:"莖似葛,葉圓而毛,子如耳璫也,赤色叢生。"又指莕(荇)菜的葉。爾雅釋草:"莕,接餘。其葉苻。"㈡蘆葦內的薄膜。通"莩"。淮南子俶眞:"蘆苻之厚。"注:"苻,蘆之中白苻,言其薄。"㈢姓。晉氐族人蒲洪改蒲爲苻。見晉書苻洪載記。

【苻洪】公元285—350年。晉略陽臨渭人,字廣世,氐族。本姓蒲,世爲西戎酋長。驍勇多權略。晉永嘉之亂,被部族首領推爲盟主。前趙劉曜以洪爲氐王,有衆十餘萬。後以讖文有"草付當王"之語,乃改姓苻。自稱大將軍、大單于、三秦王。後爲石虎舊將麻秋鴆死。至其子健,於永和七年自稱帝,史稱前秦。見晉書苻洪載記。

【苻秦】東晉十六國之一。東晉時苻洪據關中稱三秦王,後其子苻健稱帝,建都長安,史稱前秦。或因其姓稱苻秦。

【苻堅】公元338—385年。晉時前秦君主。字永固,一字文玉。秦苻健稱帝,子苻生嗣位,凶暴。堅爲苻洪孫,苻生從弟,遂殺生自立。前後滅前燕,取仇池;占晉漢中,取成都;克前涼,定代地。信任王猛,有滅晉統一域內之志,爲十六國中最强者。晉太元五年,堅大舉攻晉,與謝玄等戰於淝水,大敗而還,鮮卑、羌等族首領皆叛離,國勢日弱。後爲姚萇所殺。見晉書苻堅載記。

【苻婁】謂樹木枯曲有瘤,如患傴僂病。爾雅釋木:"瘣木,苻婁。"注:"謂木病尫傴癭腫無枝條。"

【苻蘺】草名。卽白芷。爾雅釋草:"莞,苻蘺,其上蒚。"注:"今西方人呼蒲爲莞蒲;蒚,謂其頭臺也。今江東謂之苻蘺。"參見"白芷"。

茌 chí 士之切,平,之韻,牀。 ㄔ

㊀草貌。說文作"茬"。㊁山名。在山東茌平縣東北的一個小土丘。相傳金元時取土築城,其山遂平。見嘉慶一統志一六八東昌府山川。

【茌平】縣名。屬山東省。秦東郡舊縣,漢屬濟北國。茌山名,以地處山之平地,故稱。後魏廢入聊城,唐武德間復置,不久又省。金復置,明清皆屬東昌府。參閱水經注五河水、嘉慶一統志一六八東昌府茌平縣。

茴 xiān 相然切,平,仙韻,心。 ㄒㄧㄢ

草名。似莞草,可以織席。隋書儀禮志六:"今南郊神座,皆用茴席。"全唐詩六一六皮日休苦雨雜言寄魯望:"兩牀茴席一素几,仰卧高聲吟太玄。"

茆 1. mǎo 莫飽切,上,巧韻,明。 ㄇㄠˇ 力久切,上,有韻,來。

㊀草名。卽蓴菜。又名"鳧葵"。詩魯頌泮水:"思樂泮水,薄采其茆。"釋文:"何承天云:'此菜出東海,堪爲菹醬也。'鄭小同云:'江南人名之蓴菜,生陂澤中。'"參見"蓴"。

2. máo ㄇㄠˊ

㊁通"茅"。韓非子外儲說右上:"楚國之法,車不得至於茆門。天雨,廷中有潦,太子遂驅車至於茆門。"漢劉向說苑至公作"茅門"。㊂姓。明有茆鼎,洪武中以藍玉之獄連坐死。見明史一三二曹興傳。

【茆亭客話】宋黃休復撰。十卷。共八十九條。內容記述蜀中軼事,始於五代後蜀,終於宋真宗時,多涉神怪,以寓懲勸。

苽 gū 古胡切,平,模韻,見。 ㄍㄨ

草名。同"菰"。一名蔣。俗稱茭白。詩文中多指其果實。淮南子原道:"浸潭苽蔣。"注:"苽者,蔣實也,其米曰彫胡。"

【苽米】苽的果實,又名彫胡。古代六穀之一。禮內則"蝸醢而苽食雉羹"唐孔穎達疏:"蝸醢而苽食雉羹者,謂以蝸爲醢,以苽米爲飯,以雉爲羹。"唐杜甫杜工部草堂詩箋三二秋興之五:"波漂菰米沉雲黑,露冷蓮房墜粉紅。"注:"菰之有米者,長安人謂之爲彫胡。"菰、苽同。

六畫

茫 máng 莫郎切,平,唐韻,明。 ㄇㄤˊ

㊀曠遠,模糊。莊子天下:"芒乎昧乎,未之盡者。"參見下各條。㊁急速。方言二:"茫、矜、奄,遽也。"吳揚曰茫。"今作"忙"。

【茫洋】浩渺,無邊無際。唐韓愈昌黎集十一雜說之一:"龍噓氣成雲,雲固弗靈於龍也。然龍乘是氣,茫洋窮乎玄間。"柳宗元柳先生集三一與呂道州温論非國語書:"近世之言理道者衆矣,率由大中而出者咸無焉。其言本儒術,則迂迴茫洋,而不知其適。"

【茫昧】幽暗不明。舊題漢嚴遵道德指歸論一上德不德:"變化恍惚,因應無形,希夷茫昧,幾無謚號。"晉陶潛陶淵明集二怨詩楚調示龐主簿鄧治中:"天道幽且遠,鬼神茫昧然。"

【茫茫】㊀模糊不清。文選漢揚子雲(雄)劇秦美新:"在乎混混茫茫之時,曶聞罕漫,而不昭察,世莫得而云也。"唐韓愈昌黎集二三祭十二郎文:"吾年未四十,而視茫茫,而髮蒼蒼,而齒牙動搖。"㊁曠遠貌。初學記七漢崔瑗關都尉箴:"茫茫九州,據爲關津。"文選晉阮嗣宗(籍)詠懷詩之十二:"綠水揚洪波,曠野莽茫茫。"㊂盛貌。淮南子俶真:"茫茫沈沈,是謂大治。"注:"茫茫沈沈,盛貌。"

【茫浪】混亂疏略。宋書傅隆傳上表:"謹率管穴所見五十二事上呈,蚩鄙茫浪,伏用悚赧。"

【茫然】㊀迷濛不明,模糊不清。唐李白李太白詩三蜀道難:"蠶叢及魚鳧,開國何茫然。"㊁曠遠、廣闊貌。宋蘇軾經進東坡文集事略一前赤壁賦:"縱一葦之所如,淩萬頃之茫然。浩浩乎!如馮虛御風,而不知其所止。"㊂失意貌。猶言惘然。列子仲尼:"子貢茫然自失,歸家淫思七日。"唐李白李太白詩二古風之三:"尚採不死藥,茫然使心哀。"

茳 jiāng 古雙切,平,江韻,見。 ㄐㄧㄤ

香草名。見下。

【茳蘺】香草名。也作"江蘺"。文選漢司馬長卿(相如)子虛賦:"茳蘺蘪蕪,諸柘巴苴。"注:"張揖曰:'江蘺,香草也。'郭璞曰:'江蘺,似水薺。'"參見"江蘺"。

茭 1. jiāo 古肴切,平,肴韻,見。 ㄐㄧㄠ

㊀蔬類植物。爾雅釋草:"茭,牛蘄。"注:"今馬蘄,葉細銳,似芹,亦可食。"㊁牛馬喜食茭葉,故餵牲口的乾草也稱茭。書費誓:"峙乃芻茭,無敢不多。"㊂用竹篾或蘆葦編成的纜索。史記河渠書:"搴長茭兮沈美玉,河伯許兮薪不屬。"㊃蔬菜名。菰的別稱,卽茭白。參閱政和證類本草十一菰根。

2. xiǎo 集韻 下巧切,上,巧韻。 ㄒㄧㄠˇ

㊄草根的通稱。爾雅釋草:"葯,茭。"疏:"謂草根可食者也。亦笋類也,非一種。故郭氏舉類以曉人云:'今江東呼藕紹緒如指,空中可食者爲茭,茭卽此類是也。'"

3. jī 集韻 吉歷切,入,錫韻。 ㄐㄧ

㊅弓檠。正弓之器。周禮考工記下弓人:"今夫茭解中有變焉,故挍。"注引鄭司農(衆):"茭,讀爲激發之激,茭,謂弓檠也。"

【茭白】菰的嫩莖。又名雕胡。宋陸游劍南詩稿十三幽居"菰首芼羹甘若飴"自注:"菰首,茭白也。"

【茭米】菰之實。卽菰米。又名雕胡。可作飯。見本草綱目二三穀二菰米。

【茭牧】收割飼草及放牧牲畜。史記河渠書:"五千頃故盡河壖弃地,民茭牧其中耳。"索隱:"茭,乾草也。謂人收茭及牧畜於中也。"

【茭雞】鳥名。卽鵁鶄。以居於茭菰中形如雞而稱。宋陸游劍南詩稿五一對酒戲作:"地偏草茂無人迹,一對茭雞下綠陰。"

荒 huāng 呼光切,平,唐韻,曉。 ㄏㄨㄤ 呼浪切,去,宕韻,曉。

㊀田地長草,無人修治。莊子漁父:"故田荒室露,衣食不足,……庶人之憂也。"國語周下:"民力彫盡,田疇荒蕪。"㊁歉收,凶年。國語吳:"今吳民既罷,而大荒荐饑,市無赤米。"韓詩外傳八:"四穀不升謂之荒。"㊂廢棄,棄置。書蔡仲之命:"汝往哉!無荒棄朕命。"唐韓愈昌黎集十二進學解:"業精于勤,荒于嬉。"㊃滅亡。漢揚雄太玄經五內:"內不克婦,荒

家及國。」㊄迷亂，享樂過度。書五子之歌：「內作色荒，外作禽荒。」逸周書謚法：「外內從亂曰荒，好樂怠政曰荒。」㊅推廣，擴大。詩周頌天作：「天作高山，大王荒之。」㊆包有。詩魯頌閟宮：「奄有龜蒙，遂荒大東，至于海邦。」注：「荒，有也。」㊇掩，覆蓋。詩周南樛木：「南木樛木，葛藟荒之。」㊈邊遠，遠方。楚辭屈原離騷：「忽反顧以遊目兮，將往觀乎四荒。」史記秦始皇紀引賈生(誼)論：「(秦孝公)有席卷天下，包舉宇內，囊括四海之意，并吞八荒之心。」㊉靈柩上的飾物。禮喪大記：「振容，黼荒。」注：「荒，蒙也，在旁曰帷，在上曰荒。」㊀㊀同「肓」。膏肓。史記一〇五扁鵲傳：「搦髓腦，揲荒爪幕。」索隱：「荒，膏荒也。」

【荒亡】耽樂於酒色田獵。孟子梁惠王下：「從獸無厭謂之荒，樂酒無厭謂之亡，先王無流連之樂，荒亡之行。」

【荒土】㊀東北荒遠之地。淮南子地形：「八殥之外，而有八紘，亦方千里，自東北方曰和丘，曰荒土。」㊁南北朝時，各以正統自居，江南歷朝以建業爲都，稱洛陽爲荒土。見北魏楊衒之洛陽伽藍記二城東。本或作「荒中」。

【荒中】見「荒土㊁」。

【荒月】農曆四月的別稱。清查愼行得樹樓雜鈔：「王雙谿(炎)上盧岳州書：『臨湘入四月以後，民在田野，縣市寂然，謂之荒月。』」

【荒末】荒亂的末世。文選漢班孟堅(固)典引：「俾其承三季之荒末，值亢龍之災孽。」唐呂向注：「言使漢承三代荒亂之末，值亢龍悔窮之災。」

【荒外】㊀八荒之外，指荒遠的地區。後漢書四七班勇傳上議：「夫要功荒外，萬無一成，若兵連禍結，悔無及已。」晉書裴秀傳禹貢地域圖序：「或荒外迂誕之言，不合事實，於義無取。」㊁南朝稱中原爲荒外。宋書顧琛傳：「後太祖宴會，有荒外歸化人在坐。」

【荒白】乾荒未種之地。宋史食貨志上一農田：「左司諫黃序奏：『雨澤愆期，地多荒白。』」

【荒幼】童蒙無知。梁書敬帝紀紹泰元年詔：「朕以荒幼，仍屬艱難，泣血枕戈，志復讐逆。」

【荒忙】慌張忽促。今作「慌忙」。唐元稹長慶集九夢井詩：「井上無懸綆，念此瓶欲沈，荒忙爲求請，遍入原上村。」

【荒服】古五服之一。指離王畿二千五百里的地區，爲五服中最遠之地。書禹貢：「五百里甸服，……五百里荒服。」或指四千五百里以外之地。國語周上：「戎狄荒服。」注：「戎狄去王城四千五百里至五千里也。」參見「五服㊀」。

【荒忽】猶恍惚，隱約不分明貌。楚辭屈原九歌湘夫人：「荒忽兮遠望，觀流水兮潺湲。」漢書五七下司馬相如傳大人賦：「西望崑崙之軋沕荒忽兮，直徑馳乎三危。」史記司馬相如傳作「洸忽」。參見「恍惚」。

【荒政】㊀救濟饑荒的法令制度。周禮地官大司徒：「以荒政十有二聚萬民。」注：「荒，凶年也。」㊁荒廢政務。書周官：「蓄疑敗謀，怠忽荒政。」

【荒唐】廣大無邊際。莊子天下：「以謬悠之說荒唐之言，无端崖之辭，時恣縱而不儻，不以觭見之也。」注：「荒唐，謂廣大無域畔者也。」後謂說話浮誇不實際或行爲放蕩爲荒唐。唐韓愈昌黎集三桃源圖詩：「神仙有無何眇芒，桃源之說誠荒唐。」

【荒荒】黯淡無際貌。唐杜甫杜工部詩二漫成之一：「野日荒荒白，春流泯泯清。」一本作「茫茫」。

【荒涼】荒廢孤寂。文選南齊孔德璋(稚珪)北山移文：「磵石摧絕無與歸，石逕荒涼徒延佇。」藝文類聚七七北魏溫子昇寒陵山寺碑序：「寂寞銷沉，荒涼磨滅。」

【荒淫】荒廢事務，迷於佚樂。史記一一七司馬相如傳子虛賦：「欲以奢侈相勝，荒淫相越，此不可以揚名發譽，而適足以貶君自損也。」漢書六六楊惲傳報孫會宗書：「是日也，拂衣而喜，奮褎低卬，頓足起舞，誠荒淫無度，不知其不可也。」後來多指迷於女色。

【荒梗】田地荒蕪，道路梗塞。多指戰亂而言。晉書杜曾傳：「會永嘉之亂，荊州荒梗，故牙門將胡亢聚衆於竟陵，自號楚公，假曾竟陵太守。」

【荒遐】荒遠之地。藝文類聚三五漢揚雄逐貧賦：「汝在六極，投棄荒遐，好爲庸卒，刑戮是加。」文選晉潘安仁(岳)楊荊州誄：「將宏王略，肅清荒遐。」

【荒腆】書酒誥：「惟荒腆于酒，不惟自息乃逸。」腆，豐厚。言耽酒無度。

【荒傖】魏晉南北朝時，吳人以上國自居，常稱北人爲傖，地遠者稱荒傖，言其人旣粗野，出於邊鄙之區。宋書杜驥傳：「(兄)坦曰：『臣本中華高族，亡曾祖晉氏喪亂，播遷涼土，世葉相承，不殞其舊，直以南度不早，便以荒傖賜隔。』」南齊書王融傳孔稚珪奏：「近塞外微塵，苦求將領，遂招納不逞，扇誘荒傖。」

【荒裔】邊遠地區。後漢書八十上杜篤傳論都賦：「意以爲獲無用之虜，不如安有益之民；略荒裔之地，不如保殖五穀之淵。」

【荒頓】荒廢。三國志魏鍾繇傳「其後河東衛固作亂，……繇又率諸將討破之」注引魏略：「上書自劾曰：『……檢下無刑，久病淹滯，衆職荒頓，法令失張。』」文選南朝宋傅季友(亮)爲宋公修張良廟教：「靈廟荒頓，遺像陳昧，撫事懷人，永歎寔深。」

【荒楚】草木叢生的荒地。文選晉張景陽(協)雜詩之七：「磥硌無人跡，荒楚鬱蕭森。」世說新語傷逝「戴公見林法師墓」注引王珣法師墓下詩序：「高墳鬱爲荒楚，丘壠化爲宿莽。」

【荒亂】㊀荒廢紊亂。管子制分：「人事荒亂，以十破百。」呂氏春秋務本：「今處官則荒亂，臨財則貪得。」㊁指饑荒兵亂。三國志魏武帝紀建安元年「始興屯田」注引魏書：「自遭荒亂，率乏糧穀，諸軍並起，無終歲之計。」

【荒儉】荒年歉收。晉書孝武帝紀太元五年：「甲子，以比歲荒儉，大赦，自太元三年以前逋租宿債皆蠲除之。」北齊書盧文偉傳：「及北方將亂，文偉積稻穀於范陽城，時經荒儉，多所賑贍，彌爲鄉里所歸。」

【荒蕪】雜草叢生，田地不治。國語周下：「田疇荒蕪，資用乏匱。」注：「荒，虛也。蕪，穢也。」文選晉左太沖(思)魏都賦：「伊洛榛曠，崤函荒蕪，臨菑牢落，鄢郢丘墟。」唐呂延濟注：「榛曠，荒蕪，皆謂居人少也。」

【荒雞】古以夜三鼓前鳴的雞爲荒雞。迷信的人以半夜雞鳴附會爲兵起之象。晉書祖逖傳：「與司空劉琨俱爲司州主簿，情好綢繆，共被同寢。中夜聞荒雞鳴，蹴琨覺曰：『此非惡聲也。』因起舞。」宋蘇軾分類東坡詩十六召還至都門先寄子由：「荒雞號月未三更，客夢還家得俄頃。」

【荒年穀】荒年之穀可以救死濟民。比喻切實辦事能解決問題的人材。世說新語賞譽下：「世稱庾文恭(亮)爲豐年玉，穉恭(庾翼)爲荒年穀。」

【荒政叢書】清俞森編，十卷。輯宋董煟、明林希元屠隆周孔教鍾化民劉世教、清魏禧七家有關救荒的論議，附常平、義倉、社倉、三考，末附捕蝗集要，以供地方官吏救荒施政參考。

茺 chōng 昌終切,平,東韻,穿。
ㄔㄨㄥ
見下。

【茺蔚】草名。爾雅釋草"萑蓷"晉郭璞注:"今茺蔚也,葉似荏,方莖,白華生節間,又名益母。"本草綱目十五草四茺蔚:"此草及子,皆茺盛密蔚,故名茺蔚。"

荄 gāi 古哀切,平,咍韻,見。
ㄍㄞ 古諧切,平,皆韻,見。
草根。爾雅釋草:"荄、根。"疏:"凡草根一名荄。郭(璞)云:别二名,俗呼韭根爲荄。"漢書禮樂志郊祀歌青陽:"青陽開動,根荄以遂。"

茨 cí 疾資切,平,脂韻,從。
ㄘ
㊀用茅草、蘆葦蓋的屋頂。書梓材:"若作室家,既勤垣墉,惟其塗塈茨。"疏:"茨,謂蓋覆也。"詩小雅甫田:"曾孫之稼,如茨如梁。"疏:"曾孫成王所税得禾穀之稼,其積聚高大如屋茨如車梁也。"㊁堆積。淮南子泰族:"掘其所流而深之,茨其所決而高之。"注:"茨,積土填滿之也。"㊂蒺藜。詩鄘風牆有茨:"牆有茨,不可埽也。"傳:"茨,蒺藜也。"參見"蒺藜"。

【茨宇】茅屋。藝文類聚三八南朝梁任昉求爲劉瓛立館啟:"薄藝桑麻,粗創茨宇。"

【茨竹】用竹架成的茅舍。宋陳造江湖長翁集再次韻謝高幾宜惠詩:"小家茨竹卽爲堂,暇訪深林素豫章。"

【茨防】用蘆葦和泥土所築的護岸或堵口工事。慎子內篇:"治水者,茨防決塞,雖在夷狄,相似如一。"明楊愼藝林伐山九自注:"茨防,卽今黄河之埽也。"

【茨門】用茅草蘆葦編造的門。圭塘欸乃集元許有壬新秋卽事詩:"莫踏蒼苔破,茨門晝亦關。"

【茨菰】植物名。卽"慈姑"。見"慈姑㊀"。

【茨簷】茅舍。晉書韋忠傳:"吾茨簷賤士,本無宦情。"

荆 jīng 舉卿切,平,庚韻,見。
ㄐㄧㄥ
㊀灌木名。種類甚多,如牡荆、紫荆等都簡稱荆。史記八一藺相如傳:"廉頗聞之,肉袒負荆,因賓客至藺相如門謝罪。"索隱:"荆,楚也。可以爲鞭。"㊁舊時自稱其妻。見"拙荆"、"荆釵布裙"。㊂古九州之一。見"荆州"。㊃國名。春秋楚國的古稱。國語晉六:"鄢陵之役,晉伐鄭,荆救之。"注:"荆,楚也。"楚原建國於荆山一帶,故名。㊄姓。楚國舊號荆,因有荆氏。又有慶姓改荆者,如荆卿。見通志二六氏族二以國爲姓。

【荆人】㊀指春秋楚人卞和。唐李白李太白詩九早秋贈裴十七仲堪:"荆人泣美玉,魯叟悲匏瓜。"參見"卞和"。參閱漢劉向新序五荆人卞和。㊁對人稱自己妻子的謙詞。聊齋志異公孫九娘:"(女)備問妗姑,生曰:'俱各無恙,但荆人物故矣。'"

【荆尸】春秋時楚的兵陣名。左傳莊四年:"楚武王荆尸,授師孑焉以伐隨。"注:"尸,陳也。荆亦楚也,更爲楚陳兵之法。"疏:"楚本小國,地狹民少,雖時復出師,未自爲法式,今始言荆尸,則武王初爲此楚國陳兵之法,名曰荆尸,使後人用之。"

【荆山】山名。1.在湖北南漳縣西。漳水所出。書禹貢"荆及衡陽,惟荆州"漢孔安國傳:"北據荆山,南及衡山之陽。"相傳卞和得璞玉於楚荆山,卽此。2.在陝西富平縣西南。書禹貢:"導岍及岐,至于荆山。"疏:"北條荆山在馮翊懷德縣南,南條荆山在南郡臨沮縣東北。"3.在河南靈寶縣(原閿鄉縣)南。也名覆釜山。史記封禪書:"黄帝采首山銅,鑄鼎於荆山下。"4.在安徽懷遠縣西南,與塗山夾淮水相對。水經注三十淮水:"平阿縣有塗山,淮出於荆山之左,當塗之右,奔流二山之間,而揚濤北注也。"

【荆凡】楚國與凡國。比喻存亡無定。莊子田子方:"楚王與凡君坐。少焉,楚王左右曰:'凡亡者三。'凡君曰:'凡之亡也,不足以喪吾存。夫凡之亡不足以喪吾存,則楚之存不足以存存。由是觀之,則凡未始亡,而楚未始存也。'"宋蘇軾分類東坡詩二四王中父哀詞:"已知毅豹爲均死,未識荆凡定孰存。"

【荆布】粗布便服。荆釵布裙的省稱。南史范雲傳:"江祏求雲女婚姻,酒酣,巾箱中取翦刀與雲曰:'且以爲娉'。雲笑受之。至是祏貴,雲又因酣曰:'昔與將軍俱爲黄鵠,今將軍化爲鳳皇,荆布之室,理隔華盛。'因出翦刀還之,祏亦更姻他族。"清趙翼甌北詩鈔七言律七悼亡:"生甘荆布無交謫,歿剩齏鹽有去思。"

【荆州】㊀古九州之一。書禹貢:"荆及衡陽惟荆州。"注:"北據荆山,南及衡山之陽。"爾雅釋地:"漢南曰荆州。"周漢以後皆置荆州,但疆域治所屢有變遷。後漢治漢壽,故城在今湖南常德縣東北。劉表爲荆州牧,治所在今湖北襄陽。關羽督荆州,治江陵。參閱讀史方輿紀要七八荆州府。㊁府名。元末朱元璋平陳友諒,置荆州府,屬湖廣行省。清沿置,府治江陵。公元 1912 年廢。參閱嘉慶一統志三四四荆州府。

【荆吴】楚國和吴國。泛指長江以南地區。史記一一七司馬相如傳上林賦:"荆吴鄭衛之聲,韶濩武象之樂。"唐李白李太白詩一悲清秋賦:"余以鳥道計于故鄉兮,不知去荆吴之幾千。"

【荆妻】對人謙言己妻。宋劉克莊後村集一蓋竹廟詩:"寄書報與荆妻説,十襲荷衣莫要焚。"

【荆芥】藥草名。本草名假蘇,以有香氣如蘇而名。又名薑芥。葉似落藜而細。初生香辛可噉,人取作生菜。參閱政和證類本草二八假蘇。

【荆門】㊀猶柴門。藝文類聚三六南朝梁陶弘景尋山誌:"荆門晝掩,蓬户夜開;室迷夏草,徑惑春苔。"㊁山名。在湖北宜都縣西北。水經注三四江水:"江水又東歷荆門虎牙之間,荆門在南,上合下開,闇徹山南,有門像虎牙在此。"文選晉郭景純(璞)江賦:"虎牙嵥豎以屹崒,荆門闕竦而磐礴。"㊂州名。屬湖北省。春秋楚地,漢爲南郡地。唐貞元間始置縣,屬江陵府。五代改置荆門軍。元升爲府,後又改州,明沿置。清爲直隸州。公元1912年改縣,屬湖北省。見讀史方輿紀要七七荆門州。

【荆室】貧陋的居室。太平御覽七四二三國魏曹植説疫氣:"罹此者悉被褐茹藿之子,荆室蓬户之人耳。"

【荆浩】五代後梁河內沁水人,字浩然。隱居太行山洪谷,自號洪谷子。善畫山水,自撰山水訣一卷。嘗語人曰:"吴道子畫山水有筆而無墨,項容有墨而無筆,吾當采二子之所長,成一家之體。"弟子中以關同最著名。參閱宋郭若虛圖畫見聞誌二、宣和畫譜十。

【荆桃】櫻桃的别名。爾雅釋木:"楔,荆桃。"注:"今櫻桃。"參見"櫻桃㊀"。

【荆柴】茅屋。明詩别裁七高叔嗣再調考功作:"惟當尋素業,歸卧守荆柴。"

【荆卿】?—公元前227年。卽荆軻。戰國衛人。其先乃齊人,徙於衛,衛人謂之慶卿。而之燕,燕人謂之荆卿。文選南朝梁江文通(淹)詣建平王上書:"實佩荆卿黄金之賜,竊感豫讓國士之分矣。"參見"荆軻"。

【荆梓】荆地所産的梓木。梓材質美,比喻優異的人材。南朝梁何遜何水部集哭吴興柳惲詩:“南州擅荆梓,上國稱羽儀。”

【荆婦】對人謙稱自己妻子。宋陳亮龍川集二十丙午復朱元晦秘書書:“台眷長少均慶,荆婦兒女附拜再四起居。”

【荆扉】柴門。晉陶潛陶淵明集二歸園田居詩之二:“白日掩荆扉,虚室絶塵想。”引申指簡陋的居室。北周庾信庾子山集一枯樹賦:“沉淪窮巷,蕪没荆扉。”

【荆軻】?—公元前227年。戰國衛人。稱荆卿,又名慶卿。爲燕太子丹客,受命至秦刺秦王,詐獻樊於期首級與燕督亢地圖。既見,軻以匕首刺秦王,不中,被殺。見史記八六荆軻傳。

【荆棘】㊀叢生有刺的灌木。左傳襄十四年:“我諸戎除翦其荆棘,驅其狐狸豺狼。”㊁喻紛亂。後漢書十七馮異傳:“異朝京師,引見,帝謂公卿曰:‘是我起兵時主簿也,爲吾披荆棘,定關中。’”注:“荆棘,榛梗之謂,以喻紛亂。”㊂比喻心計。唐孟郊孟東野集三擇友詩:“面結口頭交,肚裏生荆棘。”

【荆溪】水名。在江蘇宜興縣南,以近荆南山得名。上承永陽江,下注太湖,爲遊覽勝地。全唐詩五四三喻鳧夏日因懷陽羨舊遊寄裴書記:“還應坐籌暇,時一夢荆溪。”參閲太平寰宇記九二常州宜興縣。

【荆葵】植物名。卽錦葵。又名荍、芘芣、戎葵、蜀葵。三國吴陸璣毛詩草木鳥獸蟲魚疏上視爾如荍:“荍,一名芘芣,一名荆葵。似蕪菁,華紫緑色,可食,微苦。”參閲本草綱目十六草五蜀葵、清吴其濬植物名實圖考三錦葵。

【荆楚】指楚國。楚國最早的疆域約當古荆州地區,故亦稱荆楚。詩商頌殷武:“撻彼殷武,奮伐荆楚。”楚辭大招:“自恣荆楚,安以定只。”

【荆褐】顔色名。明陶宗儀輟耕録十一寫像訣:“凡調合服飾器用顔色者,……荆褐,用粉入槐花、螺青、土黄標合。”

【荆璞】春秋楚人卞和得璞玉於荆山,剖琢而爲寶玉。後因以荆璞比喻優秀卓異的人材。文選晉潘安仁(岳)籍田賦:“似夜光之剖荆璞兮,若茂松之依山巔也。”晉書戴邈傳上疏:“又貴遊之子,……不及盛年,講肄道義,使明珠加磨瑩之功,荆璞發採琢之榮,不亦良可惜乎!”

【荆雞】雞的一種。文選漢張平子(衡)南都賦“游女弄珠於漢皋之曲”唐李善注:“韓詩外傳曰:‘鄭交甫將南適楚,遵彼漢皋臺下,乃遇二女佩兩珠,大如荆雞之卵。’”宋黄庭堅山谷外集十一己未過太湖僧寺得宗汝爲書寄山蕷白酒長韻寄答詩:“荆雞伏鵠卵,久望羽翼成。”

【荆關】㊀柴門。續古文苑四南朝宋謝莊山夜憂詩:“迴舲䄉繩户,收棹掩荆關。”㊁五代後梁畫家荆浩、關同。荆浩擅長山水,爲一時名家。長安關同(一作穜)從荆浩學畫,有出藍之譽。後世論畫者,多以荆關並稱。宋梅堯臣宛陵集四七觀邵不疑學士所藏名書古畫詩:“山水樹石硬,荆關藝能至。”注:“荆皓、關穜。”金元好問遺山集十三郭熙溪山秋晚詩之一:“九十仙翁自遊戲,不應辛苦作荆關。”

【荆蠻】古代中原地區泛稱江南楚地之民。國語晉八:“昔成王盟諸侯於岐陽,楚爲荆蠻,置茅蕝,設望表,與鮮卑守燎,故不與盟。”參見“句吴”。

【荆川集】明唐順之著。十二卷。世稱順之爲荆川先生,故以此名其文集。順之學問甚博,以文章著名,集中書牘最多,有六卷。喜言心性,多涉禪宗。序記傳誌墓表等,亦有可觀。卷末雜著附數論五篇,專論勾股測望等。

【荆州樂】樂府雜曲歌辭名。樂府詩集七二荆州樂:“荆州樂蓋出於清商曲江陵樂,荆州卽江陵也。……梁簡文帝荆州歌云‘紀城南里望朝雲,雉飛麥熟妾思君’是也。又有紀南歌亦出於此。”

【荆釵記】傳奇名。元柯丹丘著。共四十八齣。記述宋王十朋以荆釵聘錢玉蓮爲妻,幾爲孫汝權所奪,終於夫婦團圓的故事。現存最早版本爲明嘉靖姚氏刻原本王狀元荆釵記,屬於改本系統者有萬曆屠赤水批注本、李卓吾批評本、崇禎間六十種曲本、清末暖紅室彙刻傳奇本。改本形式整齊,格律較嚴。自改本行而古本漸廢。

【荆紫關】關名。卽荆子關。在河南淅川縣西北,爲河南、湖北、陝西交通要衝。金正大八年,金將武仙由荆子口會鄧州軍,以禦蒙古之師,卽此。見金史武仙傳。

【荆南杞梓】杞和梓,樹木之佳者。比喻良材。南史庾域傳:“少沈静,有名鄉曲。梁文帝爲郢州,辟爲主簿,歎美其才,曰:‘荆南杞梓,其在斯乎!’”

【荆釵布裙】以荆枝當髻釵,用粗布製衣裙,爲貧家婦女的裝束。後漢書梁鴻孟光夫婦,避世隱居,孟光常荆釵布裙,食則舉案齊眉。見晉皇甫謐列女傳。宋書孝武文穆王皇后傳江斆讓婚表:“如臣素流,家貧業寡,年近將冠,皆已有室,荆釵布帬,足得成禮。”唐李商隱李義山文集五重祭外舅司徒公文:“紵衣縞帶,雅貺或比于僑吴;荆釵布裙,高義每符于梁孟。”

【荆棘銅駝】晉書索靖傳:“靖有先識遠量,知天下將亂,指洛陽宫門銅駝,歎曰:‘會見汝在荆棘中耳!’”後用以形容變亂殘破的景象。宋陸游劍南詩稿六三醉題:“只愁又踏關河路,荆棘銅駝使我悲。”參見“銅駝荆棘”。

【荆溪大師】唐天台宗僧湛然的稱號。湛然,本姓戚,常州晉陵荆溪人,故號荆溪大師。自北齊慧文至湛然,八世。加龍樹,稱天台九祖。以自隋智顗數之,湛然當第六世,稱爲六祖。見佛祖統記七。

【荆劉拜殺】元時南戲荆釵記白兔記拜月記和殺狗記四劇的略稱。白兔記寫劉知遠發跡與其妻李三娘在家受苦故事,故亦稱劉。清朱彝尊静志居詩話:“識曲者目荆劉拜殺爲元四大家。”

【荆楚歲時記】書名。南朝梁宗懔著。一卷。隋杜公瞻注。皆記荆楚鄉土風俗。原書久佚,今本爲明人自類書中輯出,僅存數十節,尚有羼雜。近人陳運溶别有輯本,刻入麓山精舍叢書。

茙 yóng 如融切,平,東韻,日。
ㄖㄨㄥˊ

㊀草名。葵屬。見“茙葵”。㊁厚,繁而密。通“襛”。詩召南何彼襛矣,經典釋文引韓詩作“茙”。

【茙菽】大豆。也作“戎菽”。列子力命:“進其茙菽,有稻粱之味。”注:“鄭玄云:卽大豆也。”參見“戎菽”。

【茙葵】草名。卽蜀葵。爾雅釋草作“戎葵”。晉崔豹古今注下草木:“荆葵,一名茙葵,一名芘芣。似木槿而光色奪目,有紅有紫有青有白有黄,莖葉不殊,但花色有異耳。一曰蜀葵。”參見“戎葵”。

荑 1. tí 杜奚切,平,齊韻,定。
ㄊㄧˊ

㊀始生的白茅嫩芽。詩衛風碩人:“手如柔荑,膚如凝脂。”㊁草木始生的芽通稱荑。晉書郭璞傳客傲:“杞梓競敷,蘭荑争翘。”㊂草名。通“稊”。見“荑稗”。

2. yí 以脂切,平,脂韻,喻。
ㄧˊ

㊃芟刈。周禮地官稻人:“夏以水殄草而芟荑之。”清阮元校勘記:“宋本同唐石經,余本、嘉靖本、閩本、監本、毛本,夷作荑。”㊄菜名。白莧菜。爾雅釋草:“莁荑蔱蘠。”注:“一名白蕢。”

【荑英】初生的草。文選南朝宋顏延年(延之)車駕幸京口侍游蒜山作詩:"春江壯風濤，蘭野茂荑英"。唐張銑注:"荑英，初生草也。"

【荑楊】初生的楊樹。文選戰國楚宋玉風賦:"徘徊於桂椒之間，翱翔於激水之上，……槩新夷，被荑楊，迴穴衝陵，蕭條衆芳。"

【荑稗】二草名。荑卽稊，似穀的雜草。結實，細小，可作飼料。孟子告子上:"五穀者，種之美者也，苟爲不熟，不如荑稗。"

荁 huán 胡官切,平,桓韻,匣。ㄏㄨㄢˊ

菜名，堇菜類。古人用以調味。禮內則:"堇、荁、枌、榆、免、薧、滫、瀡以滑之。"注:"謂用調和飲食也。荁，堇類也。冬用堇，夏用荁。"

荖 lǎo ㄌㄠˇ

草名。爬牆蔓生，葉大如掌。宋姚寬西溪叢語上:"閩廣人食檳榔，每切作片，醮蠣灰以荖葉嚼之。荖音老，又音蒲口切。"

茜 qiàn 倉甸切,去,霰韻,清。ㄑㄧㄢˋ

㊀草名。卽茜草。亦作"蒨"。又名茹藘、茅蒐、紅藍。根紫赤色，可作染料，並入藥。史記一二九貨殖傳:"若千畝卮茜。"參閱政和證類本草七茜根。㊁茜草根可作大紅色染料，因借指大紅色。唐李商隱李義山詩集一和鄭愚贈汝陽王孫家箏妓二十韻:"茜袖捧瓊姿，皎日丹霞起。"

【茜衫】紅色的上衣。唐白居易長慶集五三城東閑行因題尉遲司業水閣詩:"病乘籃轝出，老著茜衫行。"

【茜金】牡丹品名。宋陸游劍南詩稿五十新晴賞牡丹:"自揣明年猶健在，東廂更覓茜金栽。"自注:"茜金，近出牡丹名。"

【茜裙】紅裙。唐李羣玉詩集後集三黃陵廟之二:"黃陵廟前莎草春，黃陵女兒茜裙新。"

茸 1. róng 而容切,平,鍾韻,日。ㄖㄨㄥˊ

㊀草初生貌。文選南朝宋謝靈運於南山往北山經湖中瞻眺詩:"初篁苞綠籜，新蒲含紫茸。"㊁柔細之毛。太平御覽八八九東觀漢記:"師子形似虎，尾端茸毛大如斗。"㊂刺繡用的絲縷。同"絨"。元虞集道園學古錄四竹杏沙頭鸂鶒詩:"荷花啼鳥銀屏暖，卧看窗間唾碧茸。"明高啟高太史集十八效香奩詩之一:"青瑣初空別恨長，繡茸留得唾痕香。"㊃鹿茸的簡稱。宋黃庭堅山谷詩注外集補三夏日夢伯兄寄江南:"河天月暈魚分子，槲葉風微鹿養茸。"

2. rǒng 集韻 乳勇切,上,腫韻。ㄖㄨㄥˇ

㊄推入。漢書六二司馬遷傳報任安書:"李陵既生降，隤其家聲，而僕又茸以蠶室，重爲天下觀笑。"注:"蠶室，初腐刑所居，温密之室也。謂推致蠶室之中也。"㊅見"茸₂闒"、"闒茸"。

【茸母】鼠麴草的別名。本草綱目十六草五鼠麴草:"原野間甚多，二月生苗，莖葉柔軟，葉長寸許，白茸如鼠耳之毛，開小黃花成穗，結細子，楚人呼爲米麴，北人呼爲茸母。故邵桂子甕天語云:'北方寒食採茸母草和粉食。'宋徽宗詩'茸母初生認禁煙'者是也。"

【茸客】指鹿。唐武宗爲潁王時，邸中蓄禽獸之可人者，以備十玩，繪十玩圖，以鹿爲茸客。見宋陶穀清異錄獸。

【茸城】地名。松江的别名。見"五茸"。

【茸茸】㊀花草叢生貌。唐盧仝玉川子集一喜逢鄭三遊山詩:"相逢之處花茸茸，石壁攢峯千萬重。"㊁毛髮濃密柔細貌。宋陸游劍南詩稿五一醉舞:"茸茸胎髮朝盈櫛，炯炯神光夕照梁。"㊂喻小人之羣居。唐皮日休皮子文藪二九諷捨慕:"彼羣小之茸茸兮，如慕臭之蟞蜉。"

【茸線】刺繡用的絨線。稱茸線，謂其茸散而可分擘。元史輿服志一輿輅:"蓋四周垂流蘇八，飾以五色茸線結網五重。"

【茸₂闒】卑微猥賤。同"闒茸"。漢蔡邕蔡中郎集九再讓高陽侯印綬符策表:"況臣螻蟻無功德，而㪚(散)怠茸闒，何以居之。"參見"闒茸"。

茝 chǎi ㄔㄞˇ

見"茝"。

荎 diē chí 直尼切,平,脂韻,澄。ㄉㄧㄝ ㄔˊ

㊀木名。爾雅釋木:"櫙，荎。"詩唐風山有樞"山有樞"傳:"樞，荎也。"疏:"郭璞曰:今之刺榆也。"㊁草名。見下。

【荎藸】植物名，卽五味子。爾雅釋草:"菋，荎藸。"注:"荎藸，五味也，蔓生，子叢在莖頭。"

茬 1. chí 士之切,平,之韻,牀。ㄔˊ

㊀草盛貌。見說文。㊁地名字。漢書地理志上:"東郡茬平。"注:"應劭曰:'在茬山之平地者也。'"今作茌平。

2. chá 音韻闡微 岑牙切,平,麻韻。ㄔㄚˊ

㊂斜砍。通"槎"。漢書九一貨殖傳序:"既順時而取物，然猶山不茬蘖，澤不伐夭，蝝魚麛卵，咸有常禁。"注:"茬，古槎字也，槎，邪斫木也。"國語魯上茬作"槎"。參見"槎㊀"。

荐 jiàn 在甸切,去,霰韻,從。ㄐㄧㄢˋ

㊀草席。說文:"荐，薦席也。"㊁重，一再。國語魯上:"饑饉荐降，民羸幾卒。"見"荐饑"。㊂數、漸。見"荐食"。㊃聚，集。見"荐處"。

【荐及】再及。晉書食貨志孔琳之議:"頃兵革屢興，荒饉荐及，飢寒未振，實此之由。"

【荐仍】猶頻仍。唐柳宗元柳先生集四一祭姊夫崔使君簡文:"喪還大浸，又溺二孤，痛毒荐仍，振古所無。"

【荐居】聚居。左傳襄四年:"戎狄荐居，貴貨易土，土可賈也。"參見"荐處"。

【荐食】數數吞食。左傳定四年:"吳爲封豕長蛇，以荐食上國，虐始於楚。"

【荐剡】薦舉人材的公牘。宋文鑑一三六宋祁張文定公行狀:"荐剡需頭之奏，願遂角巾之遊。"亦作"薦剡"。見該條。

【荐處】聚居。國語晉七:"且夫戎狄荐處，貴貨而易土。"左傳襄四年作"荐居"。晉杜預注左傳、三國吳韋昭注國語皆訓荐爲聚。左傳正義引漢服虔訓荐爲草，言狄人逐水草而居，遷徙無常處。

【荐臻】重至，再來。墨子尚同中:"飄風苦雨，荐臻而至者，此天之降罰也。"國語楚下:"禍災荐臻，莫盡其氣。"

【荐饑】禾麥連年不熟。左傳僖十三年:"冬，晉荐饑，使乞糴于秦。"國語吳:"天奪吾食，都鄙荐饑。"

荋 ér 集韻 人之切,平,之韻。ㄦˊ

㊀草名。芝草一類的植物。見"芝栭"。㊁古地名。漢沛郡城父縣有楊荋亭。見說文。

茢 liè 良薛切,入,薛韻,來。ㄌㄧㄝˋ

㊀苕帚。古代迷信，用苕帚來掃除不祥。禮檀弓下:"君臨臣喪，以巫祝桃茢執戈，惡之也。"注:"茢，萑苕，可掃不祥。"㊁見"茢薽"。

【茢薽】藥草。又名天名精、麥句薑、蝦蟆藍、活鹿草等。爾雅釋草:"茢薽，豕首。"注:"本草曰:彘盧，一名蟾蠩蘭，今江東呼豨首,可以熁蠶蛹。”參閱政和證類本草七天名精。

茛 gèn ㄍㄣˋ 古恨切,去,恨韻,見。

草名。1.卽鉤吻。又名野葛。見“鉤吻”。2.毛茛的苗。有毒。參閱政和證類本草十一毛茛。

草 cǎo ㄘㄠˇ 采老切,上,晧韻,清。

㊀草本植物的總稱。說文作“艸”,經典相承作“草”。書禹貢:“厥草惟繇,厥木惟條。”㊁割草。禮祭統:“未發秋政,則民弗敢草也。”㊂粗劣。史記五六陳丞相世家:“復持去,更以惡草具進楚使。”參見“草率”、“草草”。㊃野間。唐杜甫杜工部草堂詩箋十送從弟亞赴河西判官:“令弟草中來,蒼然請論事。”參見“草止”。㊄起草,草稿。漢書禮樂志:“(賈誼)迺草其儀。”又八一孔光傳:“(王莽)所欲搏擊,輒爲草,以太后指風光上之。”注:“謂文書之槀草也。”㊅漢字字體的一種。見“草書”。

【草人】周官名。周禮地官草人:“草人,掌土化之法,以物地,相其宜而爲之種。”

【草土】居喪。居父母之喪者寢苫枕塊,故曰草土。北齊顏之推顏氏家訓文章:“吾家世文章,甚爲典正,……有詩賦銘誄書表啟疏二十卷,吾兄弟始在草土,並未得編次。”居喪的官吏具銜稱草土臣。見宋趙升朝野類要五。

【草工】古代六工之一。禮曲禮下:“天子之六工:曰土工、金工、石工、木工、獸工、草工,典制六材。”注:“唯草工職亡,蓋謂作萑葦之器。”一說是染工。周禮考工記“設色之工”孫詒讓正義:“草爲櫟實正字。其物可染皁,疑染工或可謂之草工,亦卽設色之工也。”

【草子】㊀俗病名。宋范成大桂海虞衡志雜志:“草子,卽寒時熱疫;南中吏卒小民,不問病源,但頭痛體不佳,便謂之草子;不服藥,使人以小錐刺唇及舌尖出血,謂之挑草子。”㊁鐃鈸的別名。用以節樂,也稱鋪鈸。見正字通鈸。

【草止】在草野宿營。周禮夏官大司馬“中夏教茇舍”漢鄭玄注:“茇舍,草止之也,軍有草止之法。”參見“茇舍”。

【草立】創始。漢書四二任敖傳:“文帝召公孫臣以爲博士,草立土德時曆制度,更元年。”

【草市】城外的市集。東晉時建康(今南京)城外有草市,唐宋尤盛。唐元稹長慶集五一白氏長慶集序:“予於平水市中(自注:鏡湖傍草市名),見村校諸童競習詩。”又王建詩三汴路卽事:“草市迎江貨,津橋稅海商。”宋蘇軾東坡集續集奏議十二乞罷宿州修城狀:“宿州自唐以來,羅城狹小,居民多居城外,……似此城小,人多散在城外,謂之草市者甚衆。”

【草本】㊀文書原稿底本。後漢書三二樊宏傳:“宏所上便宜及言得失,輒手自書寫,毁削草本,公朝訪逮,不敢衆對。”晉書傅祗傳:“後以禪文草本非祗所撰,于是詔復光祿大夫。”㊁莖部爲草質的植物。清趙翼陔餘叢考三十木棉行於宋末元初:“其時棉花未入中土,不知其爲木本草本。”

【草田】未墾種的田地。管子八觀:“草田多而辟田少者,雖不水旱,飢國之野也。”漢書六五東方朔傳:“又詔中尉、左右內史表屬縣草田,欲以償鄠杜之民。”注:“草田謂荒田未耕墾也。”

【草包】比喻沒有真才實學,而說話行動莽撞粗魯的人。明湯顯祖牡丹亭傳奇旅寄:“論草包似俺堪調藥,暫將息梅花觀好。”

【草衣】結草爲衣。世說新語政事“賈充初定律令”注引王隱晉書:“(鄭沖)清心寡欲,喜論經史,草衣縕袍,不以爲憂。”也指未出仕在野的人。後漢書六七黨錮傳論:“或起徒步而仕執珪,解草衣以升卿相。”

【草次】㊀匆促之間。猶造次、倉卒。儀禮聘禮“殰不致”漢鄭玄注:“草次饌殰具輕。”春秋隱四年“夏,公及宋公遇于清”晉杜預注:“遇者,草次之期,二國各簡其禮,若道路相逢遇也。”㊁露宿於草野間。唐張說張燕公集十一諫避暑三陽宮疏:“排斥居人,蓬宿草次,風雨暴至,不知庇托。”

【草地】卽草原,放牧之地。元史一三五塔里赤傳:“蒙古軍牧馬草地互相占據,命塔里赤至其地理之,軍民各得其所。”

【草行】涉草而行。晉書謝玄傳:“(苻堅)餘衆棄甲宵遁,聞風聲鶴唳,皆以爲王師已至,草行露宿,重以飢凍,死者十七八。”

【草妖】古人把草木的變異現象附會人事吉凶,稱爲草妖。如桃李冬實、枯木復生之類。漢書五行志中之下:“時則有草妖,時則有嬴蟲之孽。”又:“僖公三十三年‘十二月,隕霜不殺草’,劉歆以爲草妖也。”

【草具】粗劣的食物。戰國策齊四:“左右以君賤之也,食以草具。”史記七九范雎傳:“秦王弗信,使舍食草具,待命歲餘。”索隱:“謂亦舍之,而食以下客之具,然草具,謂麄食草萊之饌具。”

【草果】豆蔻。見“豆蔻”。

【草芥】喻輕賤,謂如草與芥之不足珍惜。孟子離婁上:“天下大悅而將歸己;視天下悅而歸己,猶草芥也,惟舜爲然。”文選晉夏侯孝若(湛)東方朔畫贊:“戲萬乘若寮友,視儔列如草芥。”

【草命】喻微弱的生命。舊唐書一二七姚令言傳:“吾輩棄父母妻子,將死於難,而食不得飽,安能以草命捍白刃耶!”

【草制】草擬制書。制書,皇帝詔令的一種。舊唐書七三薛元超傳:“中書省有一盤石,初,道衡爲內史侍郎,嘗踞而草制,元超每見此石,未嘗不泫然流涕。”道衡,元超祖父。

【草服】㊀草編的服裝。書禹貢“島夷卉服”唐孔穎達疏:“凡百草一名卉,知卉服是草服。”㊁草黃色的冠服。禮郊特牲:“野夫黃冠。黃冠,草服也。”疏:“黃冠是季秋之後草色之服,故息田夫而服之也。”

【草茅】㊀指雜草。楚辭屈原卜居:“寧誅鋤草茅以力耕乎?將游大人以成名乎?”㊁在野未出仕的人。儀禮士相見:“在野則曰草茅之臣。”漢書六七梅福傳:“廟堂之議,非草茅所當言也。”

【草架】古代建築設計的草圖。宋李誡木經:“舉折之制,先以尺爲丈,以分爲寸,側畫所建之屋於平正壁上,定其舉之峻慢、折之圜和,然後可見屋柱之高下,卯眼之遠近。”今俗謂之定側樣,亦曰點草架。

【草昧】天地初開時的混沌狀態。易屯:“天造草昧。”疏:“草謂草創,昧謂冥昧,……言物之初造,其形未著,其體未彰,故在幽冥闇昧也。”也指混亂的時世。唐杜甫杜工部草堂詩箋十一重經昭陵:“草昧英雄起,謳歌曆數歸。”

【草馬】㊀雌馬。三國志魏杜畿傳:“漸課民畜牸牛、草馬,下逮雞豚犬豕,皆有章程。”唐顏師古匡謬正俗草馬:“牡馬壯健,堪駕乘及軍戎者,皆伏皁櫪,芻而養之。其牝馬唯充蕃字,不暇服役,常牧于草,故稱草馬。”㊁未經調馴的馬。清翟灝通俗編二八獸畜草馬:“馬未調馭爲草,又一義也。”

【草酌】設宴的謙稱。元王實甫西廂記二本楔子:“到明日略備草酌,着紅娘來請,你是必來一會,別有商議。”

【草草】㊀憂貌。詩小雅巷伯:“驕人好

好，勞人草草。」㊁匆促，苟簡。唐杜甫杜工部草堂詩箋十送長孫九侍御赴武威判官：「聞君適萬里，取別何草草。」又缺名闕史崔相國請立太學：「今邊戍衣賜未充，臣不敢草草商議。」㊂騷動不安。北齊書高德政傳：「世宗（高澄）暴崩，事出倉卒，羣情草草。」

【草茶】唐代貢陽羨茶，歲貢內廷，至宋，建茶入貢，陽羨茶不復研膏，遂稱草茶。草茶盛於兩浙。兩浙之品，日注爲第一。自景祐已後，洪州雙井白芽漸盛，爲草茶第一。參閱宋歐陽修文忠集一二六歸田録一、葛立方韻語陽秋五。

【草書】漢字字體的一種。草書之稱，起於草稿。始創於漢初，當時通行者爲草隸。漢魏間之草書稱章草，各字不連緜；以後去章草的波磔，圓轉用筆，遂成今草一體。晉王獻之又創諸字上下相連的草體。至唐張旭懷素、宋米芾等又加發展，成字字連屬的狂草。參閱漢許慎說文解字敍、唐張懷瓘書斷上草書。

【草船】舊時迷信，縛草爲船，用以送鬼。唐韓愈昌黎集三六送窮文：「結柳爲車，縛草爲船，……三揖窮鬼而告之。」金元好問遺山集十一送窮詩：「主人不倦星奴倦，辛苦年年縛草船。」

【草率】猶草草。宋歐陽修文忠集一四六與馮章靖公書嘉祐三年：「某爲目疾爲梗，臨紙草率。」宋朱熹朱文公集四二答吳晦叔書：「前書所論觀過之說，時彪丈行速，忽遽草率，不能盡所懷。」

【草袴】古代苗族服裝名。上衣，袖廣狹長短與臂同，衣幅長不過膝；袴如袖，裙如衣，總名曰草裙草袴。見明陶宗儀輟耕録八志苗。

【草麻】起草詔書。舊唐書一五七韋弘景傳：「普潤鎭使蘇光榮爲涇原節度使，弘景草麻，漏敍光榮之功，罷學士。」按唐制用黃麻紙寫詔，故稱草詔爲草麻。參閱宋葉夢得石林燕語三。

【草莢】傳說古人用以計曆的草。又名蓂莢。初學記一帝王世紀：「堯時有草夾階而生，每月朔日生一莢，至月半則生十五莢，至十六日後，日落一莢，至月晦而盡。若月小餘一莢。王者以是占曆。」

【草莽】㊀叢生的雜草。泛指荒野。左傳昭十二年：「昔我先王熊繹，辟在荆山，篳路藍縷，以處草莽。」晉陶潛陶淵明集二歸園田居詩之二：「常恐霜霰至，零落同草莽。」㊁猶草茅，喻在野。孟子萬章下：「在國曰市井之臣，在野曰草莽之臣。」晉書皇甫謐傳：「其後武帝頻下詔，敦逼不已，謐上疏自稱草莽臣。」

【草堂】舊時文人避世隱居，多名其所居爲草堂。南齊周顒隱居於鍾山時，仿蜀草堂寺築室，名爲草堂。見文選南齊孔德璋（稚珪）北山移文。後如唐杜甫的浣花草堂、白居易的廬山草堂皆是。

【草野】㊀粗俗。韓非子説難：「慮事廣肆，則曰草野而倨侮。」史記六三韓非傳正義：「草野猶鄙陋也。廣陳言詞，多有鄙陋，乃成倨傲侮慢。」㊁比喻民間。漢王充論衡書解：「知屋漏者在宇下，知政失者在草野。」

【草魚】鯇魚之俗名。因喜吃草，故稱。見本草綱目四四鱗三鯇魚。

【草詔】爲皇帝起草詔書。唐劉禹錫劉夢得集七途次華州陪錢大夫登城北樓春望……詩：「壁中今日題詩處，天上同時草詔人。」

【草棘】指荒僻的地方。史記一一〇匈奴傳：「其得漢繒絮，以馳草棘中，衣袴皆裂敝，以示不如旃裘之完善也。」金元好問遺山集七十二月六日詩之二：「草棘荒山雪，煙花故國春。」

【草菅】㊀草茅，喻輕賤。漢書四八賈誼傳陳政事疏：「其視殺人若艾草菅然。」注：「菅，茅也。」後稱輕易殺人爲草菅人命，本此。㊁指草野、民間。宋陸游劍南詩稿十六薏苡：「嗚呼奇材從古棄草菅，君試求之籬落間。」

【草萊】㊀草茅，雜草之類。轉指荒蕪未懇的土地。孟子離婁上：「故善戰者服上刑，……辟草萊，任土地者次之。」管子七臣七主：「主好本，則民好懇草萊。」㊁田野，喻未出仕者。漢書六六蔡義傳：「臣山東草萊之人。」唐李商隱李義山詩集六漫成之四：「不妨常日饒輕薄，且喜臨戎用草萊。」

【草棉】草本棉，對木棉而言，卽普通棉花之棉。詳「棉」。

【草蛭】蟲名。蛭的一種，生山地草間，也稱山蛭，吸人畜血液，傷處成瘡腫。見本草綱目四十蟲二水蛭。

【草跋】在草野中行走。詩鄘風載馳「大夫跋涉」漢毛亨傳：「草行曰跋，水行曰涉。」陳書宣帝紀太建六年詔：「扶老攜幼，蓬流草跋。」

【草創】㊀起稿。論語憲問：「爲命，裨諶草創之，世叔討論之，行人子羽脩飾之，東里子產潤色之。」㊁凡事初設均稱草創。漢書六四下終軍傳：「夫天命初定，萬事草創。」漢書外戚恩澤侯表：「高帝撥亂誅暴，庶事草創，日不暇給。」

【草聖】對草書有最高成就者的美稱。東漢張芝、唐張旭皆有草聖之稱。三國志魏劉劭傳注引晉衛恒四體書勢：「弘農張伯英（芝）者……凡家之布帛，必書而後練之，臨池學書，池水盡黑。……至今世人尤寶之，韋仲將（誕）謂之草聖。」唐杜甫杜工部草堂詩箋二飲中八仙歌：「張旭三盃草聖傳，脱帽露頂王公前。」

【草賊】舊時官府對農民起義軍的蔑稱。唐大詔令集七二乾符二年南郊赦：「其河南府界蒿荒地，委河南尹於稅錢三分內量與免二分，勿令無路營生，聚爲草賊。」

【草稕】酒招，懸掛於酒店門首以作標誌。元曲選康進之李逵負荆一：「曲律竿頭懸草稕，綠陽影裏撥琵琶。高陽公子休空過，不比尋常賣酒家。」

【草蓐】指分娩。舊五代史梁太祖紀二天祐元年：「是時（唐）昭宗累遣中使及內夫人傳宣，謂帝（朱温）曰：『皇后方在草蓐，未任就路，欲以十月幸洛。』」

【草鄙】粗野朴陋。國語吳：「今勾踐申禍無良，草鄙之人，敢忘天王之大德，而思邊垂之小怨，以重得罪於下執事。」戰國策趙三：「鄭同北見趙王。趙王曰：『子南方之博士也，何以教之？』鄭同曰：『臣南方草鄙之人也，何足問？』」

【草寢】在野外露宿。宋書何承天傳安邊論：「櫛風沐雨，不以爲勞，露宿草寢，維其常性。」

【草駒】初生的馬。淮南子脩務：「夫馬之爲草駒之時，跳躍揚蹏，翹尾而走，人不能制。」注：「馬五尺以下爲駒，放在草中，故曰草駒。」

【草賢】對善於草書者的美稱。太平廣記二〇六崔瑗：「崔瑗字子玉。……善章草書，師於杜度，媚趣過之，點畫精微，神變無礙，……王隱謂之草賢。」

【草澤】荒野。戰國策秦四：「刳腹折頤，首身分離，暴骨草澤。」文選晉左太沖（思）詠史詩之七：「何世無奇才，遺之在草澤。」引申指在野未仕的人。資治通鑑二九一後周廣順三年：「唐草澤邵業上言。」注：「布衣未有朝命者，謂之草澤。」

【草濫】謂以無才鄙陋而濫居官位。北周庾信庾子山集一小園賦：「昔草濫於吹噓，籍文言之慶餘。」

【草隸】㊀卽草書。唐張彥遠法書要録一宋羊欣采古來能書人名：「王羲之，晉右將軍會稽內史，博精羣法，特善草隸，羊欣云：古今莫二。」參見「草書」。㊁草書和隸書。文選晉潘安仁（岳）楊荆州誄：「草隸兼善，尺牘必珍。」

【草檄】起草檄文。陳書蔡景歷傳:"高祖將討王僧辯,……召令草檄,景歷援筆立成。"唐岑參岑嘉州集二走馬川行奉送出師西征詩:"馬毛帶雪汗氣蒸,五花連錢旋作冰,幕中草檄硯水凝。"

【草螽】蟲名。雄者鳴如織機聲,俗稱蝈蝈、織布娘。古稱負蠜、草蟲、常羊。爾雅釋蟲:"草螽,負蠜。"注:"詩(召南)云:'喓喓草蟲',謂常羊也。"參見"草蟲㊀"。

【草藁】㊀起草後未經改定謄正的文字。史記八四屈原傳:"懷王使屈原造爲憲令,屈平屬草藁未定,上官大夫見而欲奪之。"藁,也作"稾"。㊁卽草書。唐張彥遠法書要錄一南齊王僧虔論書:"(衞覬)子瓘字伯玉,……採張芝草法,取父書參之,更爲草藁,世傳其善。"

【草蟲】㊀卽草螽。詩召南草蟲:"喓喓草蟲。"三國吳陸璣毛詩草木鳥獸蟲魚疏下喓喓草蟲:"草蟲,常羊也,大小長短如蝗。"爾雅作"草螽"。清郝懿行疏:"詩作草蟲,蓋變文以韻句,蟲、螽古字通。"參見"草螽"。㊁泛指活於草間的蟲類。南朝宋鮑照鮑氏集五詠採桑詩:"乳燕逐草蟲,巢蜂拾花藥。"

【草廬】結草爲廬,隱者所居。後漢書五三周燮傳:"有先人草廬,結于岡畔,下有陂田,常肆勤以自給。"三國志蜀諸葛亮傳出師表:"先帝不以臣卑鄙,猥自枉屈,三顧臣於草廬之中。"

【草竊】草野盜賊。書微子:"殷罔不小大,好草竊姦宄。"傳:"草野竊盜又爲姦宄於內外。"清孫星衍謂草與鈔、抄音近,爲抄的假借字。草竊,義爲抄掠。見尚書今古文注疏九。

【草纓】罪人之服,傳說有虞氏以代劓刑。藝文類聚五四刑法議南朝梁任昉爲梁公請刊改律令表:"畫衣象服,以致刑厝,草纓艾韠,民不能犯。"宋羅泌路史後紀一一有虞氏"是故畫衣異服,而姦不犯其醇"羅苹注:"慎子曰:有虞氏之誅也,以畫跪當黥,以草纓當劓。"

【草驢】牝驢。北齊書楊愔傳:"後有選人魯漫漢,自言猥賤,獨不見識。愔曰:'卿前在元子思坊,騎禿尾草驢,經見我不下,以方麴鄣面,我何不識卿?'"

【草上飛】㊀野行疾走。全唐詩七三三題黃巢自題像:"記得當年草上飛,鐵衣著盡著僧衣。"㊁快船名。清李斗揚州畫舫錄一草河錄上:"傳宣接遞用小快船,名草上飛。"儒林外史二三:"牛玉圃看了這話,便叫長隨叫了一隻草上飛往儀徵去。"

【草上霜】羊皮之一種,也叫青種羊。質類乳羔,以其毛附皮處純係灰黑色,其毫末獨白色,圓捲如珠,故名。以爲裘,極貴重。見清稗類鈔四六服飾翻毛外褂馬褂。

【草木子】明葉子奇撰。子奇於洪武十一年因事株連被逮,在獄中用瓦磨墨,有得輒書,出獄後續成之。原稿三十三篇,正德十一年其裔孫葉溥刊行,并爲四卷八篇。述大文、地紀、人事、物理,兼記時事得失,多精微之義,其論元代故事,亦頗詳核。

【草中英】茶。全唐詩五九七鄭愚茶:"嫩芽香且靈,吾謂草中英。"

【草豆蔻】植物名。對肉豆蔻而言。多年生草本,種子可入藥。通志七六果類:"豆蔻曰草果,亦曰草豆蔻。苗葉似山薑杜若輩,根似高良薑,花作穗,可愛。故杜牧(贈別)云:'豆蔻梢頭二月初。'"參閱本草綱目一四草三豆蔻。

【草芙蓉】荷花。廣羣芳譜二九荷花"荷爲芙蕖花,一名水芙蓉"注:"杜詩注云:產于陸者曰木芙蓉,產於水者曰草芙蓉。"

【草裹金】明時宮人春日戴鬧蛾,用真草蟲夾以葫蘆,形如豌豆大,名草裹金。一支可值二三十金。見清蔣之翹天啟宮詞。參見"鬧蛾兒"。

【草臺戲】舊時藝人組合成班,在鄉鎮流動演出,臨時搭臺,民間稱爲草臺戲。清李斗揚州畫舫錄三新城北錄下:"自集成班,戲文亦間用元人百種,而音節服飾極俚,謂之草臺戲。"

【草鞋錢】舊時陋規,官府公人出差向人索取錢財,稱爲草鞋錢。元曲選岳伯川鐵拐李一:"我勸哥哥饒了你性命,有什麼草鞋錢與我些。"亦稱草鞋費。宋范成大石湖集三催租行:"牀頭慳囊大如拳,撲破正有三百錢,不堪與君成一醉,聊復償君草鞋費。"

【草頭露】草上的朝露。喻難以持久。唐杜甫杜工部詩史補遺二送孔巢父謝病歸遊江東兼呈李白:"惜君只欲苦死留,富貴何如草頭露。"

【草橋關】關名。故址在河北高陽縣東。相傳宋楊延朗建草橋於此關而名。見畿輔通志六七輿地二二關隘一。

【草蕳茹】蕳茹的另一種。生於原野濕潤之地。入藥。見政和證類本草十一蕳茹。

【草木皆兵】東晉前秦苻堅在淝水戰敗,堅與弟融登壽春城而望晉師,見部陣齊整,將士精銳,又北望八公山上草木,皆類人形,顧謂融曰:"此亦勍敵也,何謂少乎?"見晉書苻堅載記下。資治通鑑一〇五晉紀二七孝武帝太元八年作"又望八公山上草木皆以爲晉兵"。後以草木皆兵喻緊張恐懼,疑神疑鬼。

【草書韻會】金張天錫集古名家草書而作,自漢章帝史游以下至金王萬慶共二百五十七人,趙秉文作序,依韻編次,摹刻甚精。元末,又增入鮮于樞,改名草書集韻。明初翻刻本,刪去趙序及諸家姓名,甚粗劣。

【草堂雅集】元顧瑛編,十三卷。瑛擅文章,好賓客,創玉山草堂,招攬四方文士,仿唐段成式漢上題襟集例,編七十人唱和之作爲是集,並各附小傳。

【草堂詩話】宋蔡夢弼編,二卷。夢弼有杜工部草堂詩箋四十卷,補遺十卷,集宋人評論杜甫詩的論述共二百餘條,皆採自各家詩話、語錄、文集、說部,以詳贍見稱。常爲後來注杜詩者所徵引。

【草堂詩餘】詞總集,四卷。不著編者名氏,舊傳爲南宋人編,以四時景物天文地理飲饌花禽分類,便歌者臨時取用。詞家小令中調、長調之分,自此書始。

【草間求活】避匿偷生。宋書武帝紀上:"今兵士雖少,自足以一戰。若其克濟,則臣主同休,苟厄運必至,我當以死衞社稷,橫尸廟門,遂其由來以身許國之志,不能遠竄於草間求活也!"晉書周顗傳:"護軍長史郝嘏等勸顗避(王)敦,顗曰:'吾備位大臣,朝廷喪敗,寧可復草間求活,外投胡越邪!'"

【草創刀圭】乳腐的別名。宋陶穀清異錄藥:"高麗博學記云:……乳腐名草創刀圭。"

【草頭木脚】宋蘇紳與梁適同在兩禁,人以爲奸險,時語曰:"草頭木脚,陷人倒卓。"草頭木脚爲蘇、梁二姓的隱語。見宋梅堯臣(?)碧雲騢、宋史二九四蘇紳傳。

【草薙禽獮】謂不加區別,盡行誅戮。唐韓愈昌黎集二一送鄭尚書序:"至紛不可治,乃草薙而禽獮之,盡根株痛斷乃止。"

【草繫比丘】佛教故事。佛在世時,有跋蹉國比丘以生草繫之,恐壞生草,不敢解縛,自待餓死,後遇國王爲之解縛。大涅槃經:"寧捨身命,不毀禁戒,如草繫比丘。"

茈 1. zǐ ㄗˇ 將此切,上,紙韻,精。

㊀草名。即紫草。可以染紫色。見爾雅釋草。㊁紫色。古人稱紡織品的紫色用"紫",其他的紫色均用"茈"。見"茈薑"、"茈藄"。

2. cí 疾移切,平,支韻,從。ㄘ

㊂荸薺。古稱鳧茈。見爾雅釋草。參見"荸薺"。

3. chái 士佳切,平,佳韻,牀。ㄔㄞ

㊃草藥名。即柴胡。見該條。

【茈₂虒】不齊貌。史記一一七司馬相如傳上林賦:"柴池茈虒,旋環後宮。"索隱:"張揖曰:'柴池,參差也。茈虒,不齊也。柴音差。虒音側氏反。'"

【茈₂魚】傳說中魚名。山海經東山經:"(東始之山)泚水出焉。……其中多美貝,多茈魚,其狀如鮒,一首而十身,其臭如蘪蕪。"

【茈莀】即紫草。廣雅釋草:"茈莀,茈草也。"清王念孫疏證:"茈,與紫同。"參見"紫草"。

【茈₂菰】即慈姑。也作"茈菇"。宋陸游劍南詩稿四一東村之一:"掘得茈菇炊正熟,一杯苦勸護寒歸。"參見"慈姑"。

【茈薑】子薑。即初生的嫩薑。史記一一七司馬相如傳上林賦:"茈薑蘘荷。"索隱:"張晏云:'子薑也。'"

【茈藄】草名。蕨類植物。即紫藄。也作"茈萁"、"紫萁"。廣雅釋草:"茈藄,蕨也。"後漢書六十上馬融傳廣成頌:"茈萁、芸蒩。"參閱清王念孫廣雅疏證十上。

【茈蠃】紫色螺。太平御覽九四一 山海經:"旬山,洵水出焉,南流注于閼澤,其中茈蠃。"注:"紫色螺。"今本山海經南山經洵山作"其中多芘蠃"。芘爲"茈"之誤。

茮

jiāo 即消切,平,宵韻,精。ㄐㄧㄠ

同"椒"。見"椒"。

茼

tóng 正字通 徒紅切,音同。ㄊㄨㄥ

草名。見下。

【茼蒿】草名。俗名蓬蒿。八九月下種,冬春采食,肥莖,花葉微似白蒿,其味甘辛,一作蒿氣。唐本草作"同蒿"。參閱本草綱目二六菜一茼蒿。

茴

huí 戶恢切,平,灰韻,匣。ㄏㄨㄟ

見下。

【茴香】香草名。即蘹香。又有大茴香、小茴香、八角茴香(即八角珠)等之分,均一物而品種稍異。果實作香料,亦供藥用。參閱本草綱目二六菜一蘹香。

茵

yīn 於真切,平,真韻,影。ㄧㄣ

㊀車上的墊子。詩秦風小戎:"文茵暢轂,駕我騏馵。"釋文:"文茵,以虎皮爲茵;茵,車席也。"後引申爲輿車。文選漢班孟堅(固)西都賦:"乘茵步輦,唯所息宴。"注:"應劭漢官儀曰:皇后婕妤乘輦,餘皆以茵,四人輿以行。"㊁坐褥,帳帷。儀禮既夕禮:"加茵,用疏布。"注:"茵,所以藉棺者。"文選晉潘安仁(岳)悼亡詩之三:"茵幬張故房,朔望臨爾祭。"㊂氣彌漫貌。通"氤"。見"茵薀"。㊃草名。見"茵蔯"。

【茵伏】車蓐與車軾。史記一二二周陽由傳:"與汲黯俱,爲忮司馬安之文惡,俱在二千石列,同車未嘗敢均茵伏。"索隱:"案:茵,車蓐也。伏,車軾也。言二人與由同載一車,尚不敢與之均茵軾也,謂下之也。"漢書九十周陽由傳伏作"馮"。

【茵芋】藥草名。也作"因預"。有毒。見政和證類本草十茵芋。

【茵席】褥墊,褥子。韓非子十過:"四壁堊墀,茵席雕文。"宋蘇軾分類東坡詩十五贈章默:"朝吟噎鄰里,夜淚腐茵席。"

【茵薀】氣彌漫貌。同"氤氳"。南朝梁江淹江文通集一蓮花賦:"故香氛感俗,淑氣參靈;躑躅人世,茵薀祇冥。"

【茵飪】茵,指寢褥;飪,指烹飪。引申爲眠息和飲食。宋樓鑰攻媿集一送王木叔推官分韻得錦字詩:"願君疏藥裹,一意護茵飪。"

【茵蔯】也作"茵陳"、"因陳"、"茵蔯蒿"、"綿茵陳"。草本植物。經冬不死,因舊而生,故名。有香氣,入藥。唐杜甫杜工部草堂詩箋三陪鄭廣文遊何將軍山林之七:"棘樹寒雲色,茵蔯春藕香。"參閱政和證類本草七茵蔯。

【茵墀香】傳說中香料名。舊題晉王嘉拾遺記後漢:"(漢靈)帝盛夏避暑於裸遊館,……西域所獻茵墀香,煮以爲湯,宫人以之浴浣。使以餘汁入渠,名曰流香渠。"

茻

mǎng 模朗切,上,蕩韻,明。ㄇㄤ

叢生的草。"莽"的本字。說文:"茻,衆艸也。从四屮。"清段玉裁注:"按經傳艸莽字,當用此。"

茁

qū 丘玉切,入,燭韻,溪。ㄑㄩ

用葦或竹編成飼蠶的器具。說文:"茁,蠶薄也。"方言五:"薄,宋魏陳楚江淮之間謂之茁。"按經典通作"曲",或作"笛"。參閱廣雅釋器"笛謂之薄"清王念孫疏證。參見"曲㊄"。

荍

qiáo 渠遥切,平,宵韻,羣。ㄑㄧㄠ

即荊葵。又名錦葵。詩陳風東門之枌:"視爾如荍,貽我握椒。"傳:"荍,芘芣也。"參見"荊葵"。

【荍麥】即蕎麥。宋蘇軾蘇文忠詩合註十七中秋月之三:"但見古河東,荍麥花鋪雪。"分類東坡詩六荍作"蕎"。

茭

piǎo 苻少切,上,小韻,並。ㄆㄧㄠ

隕落,殂落。同"莩"。玉篇:"茭,落也。正作莩。"漢書食貨志贊引孟子:"野有餓茭而弗知發。"注:"諸書或作殍字。"今本孟子梁惠王上作"莩"。參見"莩"。

荃

quán 此緣切,平,仙韻,清。ㄑㄩㄢ

㊀香草名。楚辭屈原離騷:"蘭芷變而不芳兮,荃蕙化而爲茅。"㊁捕魚器,即"魚笱"。通"筌"。莊子外物:"荃者所以在魚,得魚而忘荃。"疏:"筌,魚笱也。以竹爲之,故字從竹,亦有從草者。"㊂細布,通"絟"。漢書五景十三王傳江都易王非:"繇王閩侯亦遺建荃、葛、珠璣、犀甲、翠羽。"注:"許慎云'荃,細布也'。字本作絟,……蓋今南方筩布之屬皆爲荃也。"

【荃宰】楚辭屈原離騷:"荃不察余之中情兮,反信讒而齌怒。"以荃指懷王。後來因以荃比喻君主。荃宰分指君臣。文選南朝梁任彥昇(昉)宣德皇后令:"夫功在不賞,故庸勳之典蓋闕;施侔造物,則謝德之途已寡也。要不得不彊爲之名,使荃宰有寄。"唐李善注:"庶使君主之情,微有所寄也。"唐呂向注:"使君臣有所寄託也。荃,君也;宰,臣也。"

【荃蓀】香草。文選南朝宋顏延年(延之)祭屈原文:"身絶郢闕,迹遍湘干。比物荃蓀,連類龍鸞。"參見"蓀"。

【荃蕪】香草名。舊題晉王嘉拾遺記四燕昭王:"王即位二年,廣延國來獻善舞者二人,……乃設鱗文之席,散荃蕪之香,香出波弋國,浸地則土石皆香,著朽木腐草,莫不鬱茂,以燻枯骨,則肌肉皆生,以屑噴地,厚四五寸,使二人舞其上,彌日無跡,體輕故也。"參見"荃蘼"。

【荃蘼】即荃蕪。初學記二十舊題漢郭子橫(憲)洞冥記:"光和元年,波祇國亦名波弋國,獻神精香草,一名荃蘼,亦名春蕪。一根而百條,其枝間如竹節柔軟,其皮如絲,可爲布,所謂春蕪布,亦曰香荃,堅密如冰紈也。握之一片,滿宮皆香,婦人帶之,彌芬馥也。"一本作"荃蘼"。

【荃靡香】 用荃蘼香草製成的香。靡,通"蘼"。舊題漢郭憲洞冥記:"(招仙)閣上燒荃靡香,屑燒粟許,其氣三月不絕。"參見"荃蘼"。

茶 chá 宅加切,平,麻韻,澄。

説文作"荼",卽古"茶"字。唐以後省作"茶"。參閱清顧炎武金石文字記六岱嶽觀王圓題名、清周壽昌漢書注校補二六漢書地理志下荼陵。㊀茶樹。其葉經烘製加工可充飲料。漢王褒王諫議集僮約:"烹茶盡具。"三國志吳韋曜傳:"或密賜茶荈以當酒。"以上茶字,舊本當作"荼"。㊁茶爲我國特產。舊俗聘禮多用茶,稱下茶;女家受聘稱受茶。明湯顯祖牡丹亭硬拷:"我女已亡故三年,不説到納采下茶,便是指腹裁襟,一些沒有。"參見"茶禮。"㊂唐時對小女孩的美稱。金元好問遺山集十三德華小女五歲能誦余詩數首以此詩爲贈:"牙牙嬌語總堪誇,學念新詩似小茶。"注:"唐人以茶爲小女美稱。"

【茶山】 地名。1. 在江西上饒縣北。唐陸羽居此植茶,號茶山御史。山有陸羽泉,有天下第四泉之稱。見嘉慶一統志三一四廣信府一山川。2. 在江蘇宜興縣。產茶,多異品。唐杜牧樊川集三有題茶山、茶山下作詩,卽此地。

【茶户】 種茶的農户。宋蘇軾分類東坡詩一新城道中之二:"細雨足時茶户喜,亂山深處長官清。"宋史三七四趙開傳:"茶户十或十五共爲一保,并籍定茶鋪姓名,互察影帶販鬻者。"

【茶引】 古代茶商繳納茶稅後,由官府發給的准許行銷的憑照。宋李心傳建炎以來繫年要録十八 建炎 二年 十 一 月:"(趙)開至成都,遂大更茶法,官買賣並罷,做政和都茶場法,印給茶引,使商人卽園户市之。茶引錢每斤春七十,夏五十,市例頭子在外。"又:"言者論福建路茶之所自出。祖宗以來,商販自便,望罷鈔法,令都茶場約本路歲額印造茶引,付茶事司賣行,招誘客人入錢請買。"參閱文獻通考十八征榷五。

【茶市】 茶葉市場。宋李心傳建炎以來繫年要録十八建炎二年十一月:"(趙)開至成都,遂大更茶法……號合同場爲茶市,交易者必由是。而引與茶必相隨,違者抵罪。"參見"茶引"。

【茶令】 舊時茶會中助興的遊戲。形式如行酒令。宋王十朋梅溪文集前集四萬季梁和詩留別再用前韻詩"搜我肺腸茶著令"自注:"予歸與諸友講茶令,每會茶指一物爲題,各舉故事,不通者罰。"

【茶衣】 舊劇戲衣名。用藍布製成對襟短衫,齊手處有白布水袖口。凡扮茶坊酒肆跑堂人,及牧童、書僮、樵夫、漁翁等,均用此服。

【茶戍】 茶匙的別名。宋孫穆雞林類事:"匙曰戍,茶匙曰茶戍。"(説郛七)

【茶色】 褐色。宋梅堯臣宛陵集五九送良玉上人還崑山詩:"來衣茶色袍,歸變椹色服。"參見"茶褐"。

【茶舟】 卽茶杯托子。周禮春官司尊彝:"祼用雞彝鳥彝,皆有舟。"注:"舟,尊下臺,若今時承槃。"後稱茶托爲茶舟,本此。也稱"茶船"。清顧張思土風録五茶船:"富貴家茶杯用托子,曰茶船。"按唐李匡乂資暇集下茶托子謂:"始建中蜀相崔寧之女,以茶盃無襯,病其熨指,取楪子承之。既啜而盃傾,乃以蠟環楪子之央,其盃遂定,卽命匠以漆環代蠟,進於蜀相。蜀相奇之,爲製名而話於賓親,人人爲便,用於代是。後傳者更環其底,愈新其製,以至百狀焉。"參閱宋黃伯思東觀餘論下跋北齊勘書圖。

【茶坑】 地名。在廣東恩平縣南。以產硯石著名。清阮元揅經室三集五恩平茶阬硯石記:"嶺南恩平縣南廿餘里,溪盡處入山,又廿餘里有巖,曰茶坑,產異石。"

【茶坊】 茶肆,茶館。續傳燈録十二廣慧沖雲禪師:"諸佛出興,隨緣設教,或茶坊酒肆,徇器投機;或柳巷花街,優游自在。"宋耐得翁古杭夢游録:"大茶坊張挂名人書畫,在京師只熟食店挂畫,所以消遣久坐也。今茶坊皆然。"

【茶角】 茶帖子。宋林逋林和靖集一夏日寺居和酬葉次公詩:"社信題茶角,樓衣笎酒痕。"

【茶法】 徵收茶稅之法。唐德宗建中元年,稅茶漆竹木,以濟軍用,不久廢。至貞元九年,復稅茶,每歲得錢四十萬貫,茶之有稅始此。文宗時王涯爲相,判二司復自領榷茶使。以後茶稅相沿成爲封建王朝一項重要財政收入。參閱文獻通考十八征榷五榷茶。

【茶油】 油茶樹子所榨的油。可作食油、髮油、燈油、潤滑油等用。因山茶子少,故多用茶梅子、油茶子榨油。參閱明王世懋閩部疏。

【茶花】 ㊀茶樹的花。宋晁沖之晁具茨集九送惠純上人遊閩詩:"春溝水動茶花白,夏谷雲生荔子紅。"注:"花史:茶花色白氣清香。"宋陳與義簡齋集二三初識茶詩:"青裙玉面初相識,九月茶花滿路開。"㊁木名。山茶花,其葉類茗,又可作飲,故以茶名。本草綱目始著録。見該書三六木三山茶。

【茶具】 烹茶和飲茶所用的器具。唐封演封氏聞見記六飲茶:"楚人陸鴻漸(羽)爲茶論,説茶之功效并煎茶炙茶之法,造茶具二十四事以都統籠貯之。遠近傾慕,好事者家藏一副。"宋林逋林和靖集三復賡前韻且以陋居詑而誘之詩:"畫共藥材懸屋壁,琴兼茶具入船扉。"

【茶神】 唐陸羽(鴻漸)嗜茶,始創煎茶法,著茶經三卷行於世。後來鬻茶者以瓷塑其形貌,置於竈釜之上祀爲茶神。有交易則以茶祭之,無則以釜湯沃之。見唐缺名大唐傳載、趙璘因話録三。

【茶毗】 梵語音譯。亦作闍毗、荼維。義譯焚燒。五燈會元一七佛釋迦牟尼:"時諸弟子卽以香薪競茶毗之。"也作"茶毘"、"闍毘"。唐釋慧琳一切經音義二五大般涅槃經一闍毘:"或闍維,或荼毘。古云耶旬,此云焚燒也。"參見"闍維"。

【茶食】 指餅餌等乾點。宋周煇北轅録:"茶食謂未行酒,先設此品,進茶一盞。又謂之茶筵。"(説郛五四)朝野新聲太平樂府九元睢玄明要孩兒詠西湖曲:"有百十等異名按酒,數千般官樣茶食。"參閱宋洪皓松漠紀聞上、金史禮志五。

【茶病】 謂採茶、製茶、烹茶不得其法。宋宋子安東溪試茶録採茶:"凡採茶必以晨興,不以日出,……凡斷芽必以甲不以指,……擇之必精,濯之必潔,蒸之必香,火之必良,一失其度,俱爲茶病。"

【茶茶】 少女的暱稱。宮詞小纂上明朱有燉元宮詞:"進得女真千户妹,十三嬌小喚茶茶。"參見"小茶"。

【茶船】 見"茶舟"。

【茶梅】 茶樹的一種。形似山茶。以花開與梅同時,故名。茶油多用茶梅子榨製。見廣羣芳譜二四茶梅。

【茶陵】 縣名。屬湖南省。漢置縣,屬長沙國,東漢屬長沙郡。以位於茶山之陰,故名。隋并入湘潭縣。唐 聖曆 元年復置。宋升爲軍,元爲州。明降爲縣。明清皆屬長沙府。參閱寰宇通志五五長沙府茶陵縣。

【茶湯】 茶水。或泛稱一般飲料。唐王建詩八宮詞之七:"天子下簾親考試,宮人手裏過茶湯。"宋蘇軾分類東坡詩十三薄薄酒之一:"薄薄酒,勝茶湯,麤麤布,勝無裳。"

【茶焙】焙茶之具。唐皮日休茶中雜詠中有茶焙詩，見全唐詩六一一。宋蔡襄茶録:"茶焙，編竹爲之，裹以蒻葉，蓋其上，以收火也;隔其中，以有容也;納火其下，去茶尺許，常温温然，所以養茶色、香味也。"

【茶鈐】用以炙乾茶葉的器具。宋蔡襄茶録茶鈐:"茶鈐，屈金鐵爲之，用以炙茶。"又炙茶:"茶或經年，則香色味皆陳，於淨器中，以沸湯漬之，刮去膏油一兩重乃止，以鈐箝之，微火炙乾，然後碎碾。若當年新茶，則不用此説。"

【茶筅】烹茶時用以調茶之具。筅，即帚。宋徽宗(趙佶)大觀茶論:"茶筅，以觔竹老者爲之，身欲厚重，筅欲疏勁，本欲壯而末必眇，當如劍脊，則擊拂雖過而浮沫不生。"(説郛五二)

【茶筍】茶芽。唐陸羽茶經上三之造:"凡採茶在二月三月四月之間，茶之笋者，生爛石沃土，長四五寸，若薇蕨始抽，凌露採焉。"陸龜蒙甫里集六和茶具十詠有茶筍詩。

【茶話】品茗清談。宋詩鈔方岳秋崖小藁鈔入局:"茶話略無塵土雜，荷香剩有水風兼。"

【茶鼓】寺院中召集衆僧飲茶所擊的鼓。宋林逋林和靖集二西湖春日詩:"春煙寺院敲茶鼓，夕照樓臺卓酒旗。"宋詩鈔陳造江湖長翁詩鈔縣西:"茶鼓適敲靈鷲院，夕陽欲壓赭圻城。"

【茶鼎】煎茶之鼎。全唐詩六九二杜荀鶴春日山中對雪有作:"牢繫鹿兒防獵客，滿添茶鼎候吟僧。"

【茶會】供茶飲的聚會。宋朱彧萍洲可談一:"太學生每路有茶會，輪日於講堂集茶，無不畢至者，因以詢問鄉里消息。"

【茶經】唐陸羽撰。三卷。論茶的性狀、産地、採製、烹飲等方面，記載翔實，爲我國論茶最早的專著。明張應文以書中論述，古今已有變化，因撰茶經一卷，分茶、烹、器三篇。清陸廷燦有續茶經三卷，附録一卷，記歷代茶法。爲陸羽茶經修訂補輯。

【茶旗】茶的嫩葉。全唐詩六一二皮日休奉和魯望秋日遣懷次韻:"茶旗經雨展，石筍帶雲尖。"參見"茶槍"。

【茶褐】顔色名。通稱茶色。宋李覯直講李先生文集三七送黄承伯詩:"茶褐園林新柳色，鹿胎田地落梅香。"明陶宗儀輟耕録十一寫像訣采繪法:"凡調合服飾用顔色者:……茶褐，用土黄爲主，入漆緑、煙墨、槐花合。"

【茶槍】茶芽。唐陸龜蒙甫里集一奉酬襲美先輩吴中苦雨一百韻詩:"酒幟風外颭，茶槍露中擷。"注:"茶蕚未展者曰槍，已展者曰旗。"宋熊蕃宣和北苑貢茶録:"凡茶芽數品，最上曰小芽，……次曰中芽，乃一芽帶一葉者，號一槍一旗;次曰中芽，乃一芽帶兩葉者，號一槍兩旗。"(説郛六十)

【茶餅】茶磚。亦稱餅茶。宋沈括夢溪筆談二二謬誤:"章獻太后垂簾時，(李)溥因奏事，盛稱浙茶之美，云:'自來進御，唯建州餅茶，而浙茶未嘗修貢。'"宋馮時行縉雲文集二山居詩:"酒缸開半熟，茶餅索新煎。"

【茶銀】見"茶禮"。

【茶僧】茶瓢，用以研茶。宋詩鈔方岳秋崖小藁鈔唐律詩之十:"秋蔓茶僧老，春泓酒母淳。"

【茶綱】指成批運載的茶貨。宋沈括夢溪筆談二二謬誤:"李溥爲江淮發運使，每歲奏計，則以大船載東南美貨，結納當途，莫知紀極。章獻太后垂簾時，……(溥)自國門挽船而入，稱進奉茶綱，有司不敢問。"

【茶寮】品茗之所，即茶室。明許次忬茶疏茶所:"小齋之外，別置茶寮。……寮前置一几，以頓茶注茶盂，爲臨時供具。"明楊慎藝林伐山十五茶寮:"僧寺茗所曰茶寮。寮，小窗也。"

【茶課】茶税。宋史三五三程之邵傳:"元符中復主管茶馬，市馬至萬匹，得茶課四百萬緡。"

【茶槽】茶碓。宋范成大石湖集二四立春詩:"綵勝金旛夢裏，茶槽藥杵聲中。"

【茶磨】碾磨茶葉的器具。宋趙令畤侯鯖録三:"山谷(黄庭堅)茶磨銘云:'楚雲散盡，燕山雪飛，江湖歸夢，從此祛機。'"范成大石湖集十六刺濆淖詩:"突如湯鼎沸，翕作茶磨旋。"

【茶器】茶具。唐白居易長慶集六三睡後茶興憶楊同州詩:"此處置繩牀，傍邊洗茶器。"封演封氏聞見記六飲茶:"(常)伯熊著黄被衫，烏紗帽，手執茶器，口通茶名，區分指點，左右刮目。"

【茶録】宋蔡襄撰。分上下二篇，上篇論茶，下篇論茶器，兼論烹茶之法。文獻通考著録作試茶録。

【茶禮】聘禮。舊俗聘禮多用茶。故名。清孔尚任桃花扇媚座:"花花綵轎門前擠，不少欠分毫茶禮。"也稱"茶銀"。清袁于令西樓夢十九淩窘:"母親寫下婚書，茶銀五百親收。"參見"下茶"。

【茶顛】唐陸羽嗜茶，人稱茶顛。宋蘇軾東坡集後集七次韻江晦叔兼呈器之詩:"歸來又見顛茶陸，多病仍逢止酒陶。"

【茶竈】烹茶用的小爐竈。唐白居易長慶集六六新亭病後獨坐招李侍郎公垂詩:"趁暖泥茶竈，防寒夾竹籬。"許渾丁卯集上送張尊師歸洞庭詩:"杉松近晚移茶竈，巖谷初寒蓋藥畦。"

【茶山集】宋曾幾撰。原文集三十卷，後多散佚，經清人重輯爲茶山集，八卷。幾主張抗金，與秦檜不合，辭職隱居上饒茶山寺，因以名其集。其詩以杜甫黄庭堅爲宗，有作家之稱。

【茶托子】茶盃的承盤，簡稱"茶托"。參見"茶舟"。

【茶果銀】清代漕船交納的税銀。雍正四年，漕船交倉茶果銀，每米一廒，計六七十兩或五六十兩不等。後定額每廒六十兩，七分交官，作放米修廒等之用，三分給書攢頭役，備造册刷卷等費。茶果銀定額時有變更。參閲清會典事例一九五户部漕運廳倉茶果。

【茶馬司】官署名。宋代置有榷茶、買馬司。至元六年，以提舉茶事兼理馬政，遂改稱都大提舉茶馬司。嘉泰三年，復分爲兩司，其屬共有幹辦公事四員，準備差使二員。明洪武時置洮州秦州河州三茶馬司大使。參閲宋史職官志七、食貨志下六、明史職官志四、食貨志四。

【茶湯會】寺院作齋會，富户以茶湯助緣，供應齋會人，稱茶湯會。宋吴自牧夢粱録十九社會:"更有城東城北善友道者，建茶湯會，遇諸山寺院建會設齋，又神聖誕日，助緣設茶湯供衆。"亦見宋灌圃耐得翁都城紀勝社會。

【茶湯錢】㊀宋代爲兼職而給的俸錢。見宋趙升朝野類要三爵禄茶湯錢。㊁猶茶錢。元陳世隆北軒筆記:"司馬公(光)置獨樂園，當春明之際，卉木繁盛，觀者咸以錢與園丁吕直，謂之茶湯錢。"客來設茶，客臨去設湯，故名茶湯錢。

【茶博士】指善烹茶者。唐封演封氏聞見記六飲茶:"(李季卿)既到江外，又言鴻漸(陸羽)能茶者，李公復請爲之。鴻漸身衣野服，隨茶具而入，既坐，教攤如(常)伯熊故事，李公心鄙之。茶畢，命奴子取錢三十文酬煎茶博士。"後泛指賣茶的人。宋孟元老東京夢華録二飲食果子:"凡店内賣下酒廚子，謂之茶、飯、量酒博士。"古雜劇元關漢卿錢大尹智勘緋衣夢四:"自家茶博士,開了這茶坊,看有甚麼人來。"侍茶者也稱茶博士。

荅 1. dá 都合切,入,合韻,端。ㄉㄚˊ

㊀小豆。說文:"荅,小尗也。"晉書律曆志上:"菽、荅、麻、麥一斛,積二千四百三十寸。"㊁猶當、對。書洛誥:"奉荅天命,和恒四方。"㊂量詞。史記一二九貨殖傳:"漆千斗,糱麴鹽豉千荅,鮐鮆千斤。"集解:"徐廣曰:或作'台',器名有瓵。孫叔然云:瓵,瓦器,受斗六升合爲瓵。音貽。"漢書九一貨殖傳作"合"。㊃粗厚貌。漢書九一貨殖傳:"荅布皮革千石。"注:"粗厚之布也,其價賤,故與皮革同其量耳,非白疊也。荅者,厚重之貌。"史記一二九貨殖傳作"榻"。㊄同"答"。見該條。

2. tà 集韻 託合切,入,合韻。ㄊㄚˋ

㊅通"嗒"。見"荅₂焉"。

【荅₂焉】茫然自失。莊子齊物論:"南郭子綦,隱机而坐,仰天而噓,荅焉似喪其耦。"釋文:"荅焉,本又作嗒。……解體貌。"

【荅遝】果名。文選漢司馬長卿(相如)上林賦:"隱夫薁棣,荅遝離支。"注:"張揖曰,荅遝似李,出蜀。"

【荅颯】不振作。南史宋鄭鮮之傳:"范泰嘗衆中讓誚鮮之曰:'卿與傅(亮)謝(誨)俱從聖主,有功關洛,卿乃居僚首。今日荅颯,去人遼遠,何不肖之甚。"參見"傝㒌"。

【荅臘鼓】樂器名。通典一四四樂四革:"荅臘鼓、制廣羯鼓而短,以指揩之,其聲甚震,俗謂之揩鼓。"荅,舊唐書音樂志二作"答"。

茱 zhū 市朱切,平,虞韻,禪。ㄓㄨ

見"茱萸"。

【茱萸】植物名。有山茱萸、吳茱萸、食茱萸三種。生於川谷,其味香烈。古代風俗,陰曆九月九日重陽節佩戴茱萸,以祛邪避災。太平御覽三二晉周處風土記:"九月九日律中無射而數九,俗於此日……折茱萸房以插頭,言辟惡氣,而禦初寒。"唐王維王右丞集三九月九日憶山東兄弟詩:"遙知兄弟登高處,遍插茱萸少一人。"廣雅釋木作"越椒"。

【茱萸會】古代風俗,重陽節相約登高,佩戴茱萸,稱茱萸會。節日稱茱萸節。晉周處風土記:"以重陽相會,登山飲菊花酒,謂之登高會,又云茱萸會。"唐張說張說之文集九湘州九日城北亭子詩:"西楚茱萸節,南淮戲馬臺。寧知洹水上,復有菊花杯。"杜甫杜工部草堂詩箋九九日藍田崔氏莊:"明年此會知誰健,醉把茱萸子細看。"

【茱萸錦】錦緞名。晉陸翽鄴中記:"錦有大登高、小登高、……大茱萸、小茱萸、大交龍、小交龍、蒲桃文錦、斑文錦。"玉臺新詠九南朝梁吳均行路難之二:"茱萸錦衣玉作匣,安念昔日枯樹枝?"

【茱萸囊】盛茱萸的佩囊。相傳佩之可以避邪。南朝梁吳均續齊諧記九日登高:"汝南桓景隨費長房遊學累年。長房謂之曰:'九月九日汝家當有災,宜急去,令家人各作絳囊,盛茱萸以繫臂,登高飲菊花酒,此禍可除。'景如言,舉家登山,夕還,見雞犬牛羊一時暴死,長房聞之曰:'此可代也。'"全唐詩六六郭震秋歌之二:"辟惡茱萸囊,延年菊花酒。"

苦 guā 古活切,入,末韻,見。ㄍㄨㄚ

見下。

【苦蔞】植物名。卽栝樓。亦稱果臝,根莖入藥。見"栝樓"。

荔 lì 力智切,去,寘韻,來。ㄌㄧˋ 郎計切,去,霽韻,來。

㊀草名。漢書五七上司馬相如傳子虛賦:"其高燥則生葴析苞荔,薛莎青薠。"注:"馬荔,今之馬藺也。"參見"荔挺"。㊁果樹名。見"荔枝"。㊂香草,見"薜荔"。

【荔子】卽荔枝。唐韓愈昌黎集三一柳州羅池廟碑:"荔子丹兮蕉黄,雜肴蔬兮進侯堂。"

【荔波】縣名。屬貴州省。宋置羈縻荔波州。明洪武十七年改縣。清屬貴州都勻府。參閱寰宇通志一〇八慶遠府南丹州。

【荔枝】果樹名。亦作"荔支"。晉嵇含南方草木狀下:"荔枝樹,高五六丈餘,如桂樹,綠葉蓬蓬,冬夏榮茂,青華朱實,實大如雞子,核黄黑似熟蓮,實白如肪,甘而多汁,似安石榴。"其果實也稱荔枝。唐杜牧樊川集二過華清宮絶句之一:"一騎紅塵妃子笑,無人知是荔枝來。"宋蘇軾分類東坡詩十食荔支之二:"羅浮山下四時春,盧橘楊梅次第新。日啖荔支三百顆,不妨長作嶺南人。"

【荔浦】縣名。屬廣西省。漢置,屬蒼梧郡,以位在荔江而名。唐武德時置荔州,貞觀間廢州,復爲縣,屬桂州。明、清皆屬平樂府。見讀史方輿紀要一〇七平樂府。

【荔挺】草名。逸周書時訓:"荔挺不生,卿士專權。"禮月令仲冬之月:"芸始生,荔挺出。"注:"荔挺,馬䪥(薤)也。"北齊顏之推引說文、廣雅、通俗文、易通卦驗玄圖、蔡邕月令章句、呂氏春秋仲冬紀漢高誘注,以"荔"字斷句。參閱顏氏家訓書證、清朱彬禮記訓纂六。

【荔枝奴】龍眼的別名。晉嵇含南方草木狀下:"龍眼樹,如荔枝,但枝葉稍小,殼青黄色,形圓如彈丸,核如木梡子而不堅,肉白而帶漿,其甘如蜜。一朶五六十顆,作穗如葡萄然。荔枝過卽龍眼熟,故謂之荔枝奴,言常隨其後也。"

【荔枝洲】地名。在廣州市城西珠江之灣,也稱荔枝灣。洲上荔枝林夾岸,冬夏不凋,五代南漢於其地建昌華苑。見嘉慶一統志一四一廣州府山川。

【荔枝香】詞調名。本唐代樂曲。宋人入詞,雙調,有兩體:七十六字者始自柳永,七十三字者始自周邦彥。一名荔枝香近。見詞譜十八。

【荔枝譜】宋蔡襄撰。七篇,三十二品。記述閩中荔枝的本源、佳品、栽培護理、品種、果脯製法等,本收於襄端明集中,有叢書單刻本。明鄧慶采撰閩中荔枝通譜,除襄所著外,又收明人徐𤊹、宋珏、曹蕃三家及慶采自著荔譜五種。

荀 xún 相倫切,平,諄韻,心。ㄒㄩㄣˊ

㊀草名。見"荀草"。㊁春秋國名。姬姓,後爲晉所滅。故地在今山西新絳縣。左傳桓九年:"荀侯、賈伯伐曲沃。"注:"荀、賈皆國名。"㊂姓。相傳文王第十七子郇侯之後,以國爲氏,後去偏旁邑爲荀。見元和姓纂三諄。

【荀子】㊀卽荀況,見該條。㊁書名。漢書藝文志儒家著録孫卿子三十三篇,漢劉向敍録稱孫卿新書爲十二卷三十二篇。唐楊倞編爲二十卷,並作注,始更名荀子,卽今通行本。參見"荀況"。

【荀令】漢荀彧。彧在漢曾守尚書令,故稱荀令,又稱荀令君。唐李商隱李義山詩集三韓翃舍人卽事:"橋南荀令過,十里送衣香。"參見"令君香"。

【荀況】人名。公元前313?——前238年。戰國趙人。學者尊之,稱爲荀卿。漢時避宣帝名(詢),改稱孫卿。年五十始遊學於齊,三爲稷下祭酒,因遭讒而去齊適楚,春申君以爲蘭陵令,後卽家於蘭陵,著書數萬言。今傳荀子三十二篇。其學以孔子爲宗,主人性皆惡,須以禮義矯正,與孟子性善之說相反,說皆見於今荀子一書中。死後葬於蘭陵。其門人最著名者有韓非李斯，西漢經學多出於荀門傳授。史記有傳。

【荀悅】公元 148—209 年。東漢潁川潁陰人。字仲豫，荀彧從兄。少好學，通春秋；性沉静，好著述。獻帝時，任黄門侍郎、秘書監、侍中等職。著有申鑒五篇、漢紀三十篇等。後漢書有傳。

【荀草】傳説中的香草。山海經中山經："(青要之山)有草焉，其狀如葌，而方莖、黄華、赤實，其本如藁本，名曰荀草，服之美人色。"注："或作苞草。"

【荀彧】公元 163—212 年。東漢潁川潁陰人，字文若。少有才名，何顒稱爲"王佐才"。漢末初依袁紹，後從曹操，官司馬，操比之爲張良。操迎漢獻帝徙都許昌，以彧爲侍君，守尚書令，時人稱爲荀令君。常參與軍國大事，操之功業，多出彧謀。後因反對操進爵魏公，飲藥自盡。後漢書、三國志皆有傳。

【荀卿】見"荀況"。

【荀娘】傳爲北周庾信子庾立小字。庾信庾子山集八又謝趙王賚息絲布啓中有"某息荀娘"之語。唐李商隱李義山文集三上河東公啟之一："檢庾信荀娘之啟，嘗有酸辛；詠陶潛通子之詩，每嗟漂泊。"

【荀淑】公元 83—149 年。東漢潁川潁陰人。字季和。淑博學而不好章句，李固、李膺皆師事之。爲人鯁直方正，以對策譏刺權貴，爲大將軍梁冀所忌。桓帝時爲朗陵侯相，莅事明理，有"神君"之稱。淑有子八人(儉緄靖燾汪爽肅敷)，並有才名，時人謂之八龍。後漢書有傳。參見"八龍"。

【荀爽】公元 128—190 年。東漢潁川潁陰人。字慈明，荀淑之子。幼而好學，潛心經籍，時人謂"荀氏八龍，慈明無雙"。桓帝延熹九年，拜郎中。以世亂棄官隱遁十餘年。著有禮易詩傳、尚書正經、春秋條例、漢語、新書等。獻帝時董卓專政，以爽有重名，復徵入朝，九十五日内，位登三公。見卓殘暴日盛，與王允等謀誅卓，會病先卒。後漢書有傳。

【荀勖】公元？—公元289 年。晉潁陰人，字公曾，漢荀爽曾孫。仕三國魏，累任中郎。入晉爲侍中，受封濟北郡公，進位光禄大夫。專管機事，爲人慎密，而博學明識，通音律。武帝時得汲郡冢中古文竹書，受詔編撰爲中經，列在祕書。晉書有傳。

【荀灌】晉潁川臨潁人。荀崧的幼女。崧爲襄城太守，爲杜曾所圍。時灌方十三歲，率勇士數十人，突圍夜出，乞師請援，得解圍。見晉書列女傳。

【荀林父】春秋晉國人。字伯。晉文公初建三軍，林父御戎，敗楚師於城濮。文公六年建立"三行(步兵)"，爲中行之將，故又稱中行桓子。成公時，伐陳救鄭，敗楚師。景公三年，任中軍之將，代郤缺主晉政，與楚戰，敗於邲。後攻滅赤狄潞氏。卒謚桓。見左傳宣十四、十五年，史記晉世家。

荈 chuǎn 昌兖切，上，獮韻，穿。ㄔㄨㄢˇ

晚採的茶。三國志吴韋曜傳："或密賜茶荈以當酒。"唐陸羽茶經一之源："茶者南方之嘉木也，……其名一曰茶，二曰檟，三曰蔎，四曰茗，五曰荈。"(説郛八三)

茖 gé 古伯切，入，陌韻，見。ㄍㄜˊ

見下。

【茖葱】山葱。爾雅釋草："茖，山葱。"清郝懿行義疏："并州以北多饒茖葱也。……按茖葱，今名角葱。作莖生有枝格，旋摘旋生，食之不盡。其味甘而不辛，冬亦不枯。管子所謂伐山戎，出戎菽及冬葱，即此。"

茗 míng 莫迥切，上，迥韻，明。ㄇㄧㄥˊ

㊀茶芽。一説指晚採的茶。爾雅釋木"檟，苦荼"晉郭璞注："今呼早采者爲荼(茶)，晚取者爲茗。"唐陸羽茶經一之源："一曰茶，二曰檟，三曰蔎，四曰茗，五曰荈。"因採收的早晚而不同名。今茶、茗互用，故品茶也稱品茗。參閱清鄭珍説文新附考一茗。㊁通"酩"。見"茗艼"。

【茗地】種茶之地。唐陸龜蒙甫里集六和茶具十詠茶塢："茗地曲隈回，野行多繚繞。"

【茗艼】大醉貌。同"酩酊"。世説新語任誕："山季倫(簡)爲荊州，時出酣暢。人爲之歌曰：'山公時一醉，徑造高陽池。日莫倒載歸，茗艼無所知。'"宋陸游劍南詩稿十一初秋夢故山覺而有作之二："著書笑蒙莊，茗艼物自齊。"

【茗具】即茶具。宋梅堯臣宛陵集四一與正仲屯田遊廣教寺詩："酒盃參茗具，山蕨間盤蔬。"

【茗柯】茶樹的枝幹。世説新語賞譽："劉尹(惔)茗柯有實理。"注："謂如茗之枝柯雖小，中有實理，非外博而中虛也。"清張惠言書室名茗柯堂，有茗柯文編三卷。

【茗渤】茶沫。北魏賈思勰齊民要術七白醪麴："釀白醪法：取糯米一石，……炊作一餾飯，攤令絶冷，取魚眼湯沃浸，米泔二斗，煎取六升，著甕中，以竹掃衝之，如茗渤。"

【茗粥】燒煮的茶。宋晁載之續談助五唐楊華膳夫經手録："茶，古不聞食之。近晉宋以降，吴人採其葉，煮，是爲茗粥。"宋蘇軾東坡集續集二絶句之二："偶與老僧煎茗粥，自攜脩綆汲清泉。"

【茗飲】㊀茶。北魏楊衒之洛陽伽藍記三正覺寺："羊肉何如魚羹？茗飲何如酪漿？"唐杜甫杜工部草堂詩箋十九進艇："茗飲蔗漿攜所有，瓷甖無謝玉爲缸。"㊁飲茶。北魏楊衒之洛陽伽藍記三正覺寺："時給事中劉縞慕(王)肅之風，專習茗飲。"宋陳淵默堂文集二同魏季脩雪中閒步詩之一："攜手望春同茗飲，小坊燈火自相親。"

【茗酪】古代南人重茗飲，北人貴酪漿，後因以茗酪指人材或事物，皆爲極品，難分高下。明王世貞弇州山人集四二曹子念南歸詩："不知茗酪定誰好，共訝菰蘆無此人。"

【茗瘕】傳説因過量飲茶而致腹中結塊的一種病症名。唐封演封氏聞見記六飲茶引續搜神記："有人因病能飲茗一斛二斗，有客觀飲，過五升，遂吐一物，形如牛胰，置柈中，以茗澆之，容一斛二斗。客云：此名茗瘕。"

【茗戰】鬬茶。唐馮贄雲仙雜記十茗戰："建人謂鬬茶爲茗戰。"

【茗邈】高遠貌。文選晉張景陽(協)七命："搖刖峻挺，茗邈苕嶢。"注："茗邈，高貌也。"

茠 1. hāo 呼毛切，平，豪韻，曉。ㄏㄠ

㊀除田草。同"薅"。説文："薅，或從休。詩曰：既茠荼蓼。"按今詩周頌良耜作"以薅荼蓼"。北齊顔之推顔氏家訓涉務："耕種之，茠鉏之。"

2. xiū 集韻虚尤切，平，尤韻。ㄒㄧㄡ

㊁在樹蔭下休息。通"庥"。淮南子精神："今夫繇者揭钁臿，負籠土，鹽汗交流，喘息薄喉，當此之時，得茠越下，則脱然而喜矣。"注："茠，蔭也。三輔人謂休華樹下爲茠也。"

茯 fú 房六切，入，屋韻，並。ㄈㄨˊ

見下。

【茯苓】菌類植物。別名松腴。寄生於山林松根，狀如塊球，入藥。淮南子説山："千年之松，下有茯苓，上有兔絲。"

注："茯苓，千歲松脂也。"史記龜策傳作"茯靈"。參閱政和證類本草十二茯苓。

【茯神】茯苓之抱根者名茯神。入藥。唐賈島長江集九贈丘先生詩："常言吸藥全勝飯，華岳松邊採茯神。"參閱本草綱目三七木四茯苓。

茷 1. fá ㄈㄚˊ 房越切，入，月韻，並。
符廢切，去，廢韻，並。
博蓋切，去，泰韻，幫。

㊀草葉茂盛貌。唐柳宗元柳先生集二九始得西山宴游記："斫榛莽，焚茅茷。"

2. pèi ㄆㄟˋ 音韻闡微 步霈切，去，泰韻，並。

㊁旗末狀如燕尾的旒旆。通"旆"。左傳定四年："分康叔以大路、少帛、綪茷、旃旌、大呂。"疏："郭璞曰：茷，卽旆也。"㊂見"茷₂茷₂"。

3. bá ㄅㄚˊ 集韻 北末切，入，末韻。

㊃樹木屈曲盤紆貌。通"犮"。楚辭漢淮南小山招隱士："樹輪相糾兮，林木茷骫。"注："茷，一作犮。"

【茷₂茷₂】嚴整貌。詩魯頌泮水："其旂茷茷，鸞聲噦噦。"傳："茷茷，言有法度也。"宋朱熹集傳謂旌旗飛揚貌。

荏 rěn ㄖㄣˇ 如甚切，上，寑韻，日。

㊀草名。卽白蘇，俗名蘇子。爾雅釋草："蘇，桂荏。"注："蘇，荏類，故名桂荏。"㊁見"荏菽"。㊂輭弱，懦怯。論語陽貨："色厲而內荏，譬諸小人，其猶穿窬之盜也與？"

【荏油】㊀荏草籽所榨的油。北魏賈思勰齊民要術三荏蓼："收(荏)子壓取油，可以煑餅。"注："荏油色綠可愛，其氣香美。"㊁桐油。宋程大昌演繁露續集五："桐子之可爲油者，一名桐油。"參閱宋寇宗奭本草衍義十五桐油。

【荏染】柔貌。詩小雅巧言："荏染柔木，君子樹之。"又大雅抑："荏染柔木，言緡之絲。"

【荏苒】㊀漸進，推移，多指時間而言。文選晉張茂先(華)勵志詩："日與月與，荏苒代謝。"晉陶潛陶淵明集四雜詩之十："荏苒經十載，暫爲人所羈。"㊁柔弱貌。藝文類聚六九晉傅咸羽扇賦："體荏苒以輕弱，侔縞素於齊魯。"

【荏弱】柔軟怯弱。楚辭屈原九章哀郢："外承歡之汋約兮，諶荏弱而難持。"

【荏菽】大豆。詩大雅生民："蓺之荏菽，荏菽旆旆。"也稱胡豆。爾雅釋草："戎叔謂之荏菽。"注："卽胡豆也。"

茩 gòu ㄍㄡˋ 古厚切，上，厚韻，見。

見"蔛茩"。

荇 xìng ㄒㄧㄥˋ 何梗切，上，梗韻，匣。

見下。

【荇花】荇菜的花。全唐詩五四崔湜唐都尉山池："雁翻蒲葉起，魚撥荇花遊。"

【荇菜】水生植物名。又名荇，爾雅釋草作"莕"。又名接余。嫩時可供食用，多長於湖塘中。詩周南關雎："參差荇菜，左右流之。"傳："荇，接余也。"疏："接余，白莖，葉紫赤色，正圓，徑寸餘，浮在水上，根在水底，與水深淺等，大如釵股，上青下白。鬻其白莖，以苦酒浸之，肥美，可案酒是也。"

茹 rú ㄖㄨˊ 人諸切，平，魚韻，日。
人渚切，上，語韻，日。
人恕切，去，御韻，日。

㊀吃。詩大雅烝民："人亦有言，柔則茹之，剛則吐之。"孟子盡心上："舜之飯糗茹草也。"㊁蔬菜的總稱。文選漢枚叔(乘)七發："秋黃之蘇，白露之茹。"漢書食貨志上："還廬樹桑，菜茹有畦。"注："茹，所食之菜也。"㊂根相牽連貌。易泰："初九，拔茅茹以其彙，征吉。"注："茹，相牽引之貌也。"㊃柔軟。楚辭屈原離騷："攬茹蕙以掩涕兮，霑余襟之浪浪。"韓非子亡徵："緩心而無成，柔茹而寡斷。"㊄猜度。詩邶風柏舟："我心匪鑒，不可以茹。"㊅腐臭。見"茹魚"。㊆姓。南齊有茹法亮。北朝柔然族有普陋茹部，後改爲茹氏。見魏書氏族志。

【茹恨】猶言飲恨。北齊顏之推顏氏家訓文章："銜酷茹恨，徹於心髓。"唐盧照隣幽憂子集五釋疾文粵若："積怨兮累息，茹恨兮吞悲。"

【茹素】吃素。宋胡仲弓葦航漫遊稿三答頤齋詩筒走寄詩："今朝茹素無清供，喜得鄰分玉版羹。"李之彥東谷所見："世人以茹素爲齋戒，豈知聖賢之所謂齋者，齊也，齊其心之所不齊；所謂戒者，戒其非心妄念也。"(說郛七七)

【茹茹】古族名。卽"柔然"。又名蠕蠕、芮芮。隋書高昌傳："初，蠕蠕立闞伯周爲高昌王。……及茹茹主爲高車所殺，(麴)嘉又臣于高車。"參見"柔然"。

【茹魚】腐爛發臭的魚。呂氏春秋功名："以茹魚去蠅，蠅愈至，不可禁。"注："茹，臭也。"

【茹黃】獵犬名。呂氏春秋直諫："荆文王得茹黃之狗，宛路之矰，以畋於雲夢。"漢劉向說苑正諫、太平御覽二〇六引作"如黃"。也作"如簧"。參見"如簧㊀"。

【茹筆】謂製筆。舊時製筆工，製筆時常含毫舐筆，使筆鋒圓渾，故云。唐陸龜蒙甫里集十七有哀茹筆工文。清梁同書筆史："製筆謂之茹筆，蓋言其含豪(毫)終日也。笠澤叢書有哀茹筆工詩一首，林逋集有美葛生所茹筆詩二篇，元王惲贈筆工張進中詩云：'進中本燕産，茹筆鐘樓市。'今製法如故，而茹筆之名隱矣。"

【茹葷】㊀食辛辣的蔬菜。莊子人間世："(顏)回之家貧，唯不飲酒不茹葷者數月矣。"唐成玄英疏："茹，食也；葷，辛菜也。"㊁指食有魚肉。宋史四五六郭琮傳："居常不過中食，絶飲酒茹葷者三十年，以祈母壽。"

【茹藘】草名。也作"蒘藘"。卽茜草，其根可作絳紅色染料。詩鄭風東門之墠："東門之墠，茹藘在阪。"傳："茹藘，茅蒐也。"疏："茅蒐，一名茜，可以染絳。"引申指絳紅色。詩鄭風出其東門："縞衣茹藘，聊可與娛。"傳："茹藘，茅蒐之染女服也。"箋："茅蒐染巾也。"

【茹毛飲血】連毛帶血地生食鳥獸。言太古之時不知熟食。禮禮運："昔者先王，……未有火化，食草木之實，鳥獸之肉，飲其血，茹其毛。"漢班固白虎通號："古之時，……飢卽求食，飽卽棄餘，茹毛飲血而衣皮葦(韋)。"

【茹古涵今】謂博學多聞，通曉古今。唐皇甫湜皇甫持正文集六韓文公墓銘："茹古涵今，無有端涯。"

兹 1. zī ㄗ 子之切，平，之韻，精。

也作"玆"。㊀年。呂氏春秋任地："今兹美禾，來兹美麥。"㊁草席。爾雅釋器："蓐謂之兹。"史記周紀："毛叔鄭奉明水，衛康叔封布兹。"集解："徐廣曰：兹者藉席之名。"㊂代詞。1.此，這。起指示作用。易晉："受兹介福，于其王母。"文選漢王仲宣(粲)登樓賦："登兹樓以四望兮，聊暇日以銷憂。"2.現在，這裏，這個。指代時間、地點、事物。書盤庚上："我王來，既爰宅于兹。"史記七一甘茂傳："今臣生十二歲於兹矣，君其試臣，何遽叱乎？"㊃副詞。益，更加。通"滋"。墨子尚同上："其人兹衆，其所謂義者亦兹衆。"漢書五行志下之下："賦歛兹重，而百姓屈竭。"㊄語氣詞。相當於"哉"。書立政："周公曰：嗚呼！休兹！知恤鮮哉。"詩大雅下武："昭兹來許，繩其祖武。"

2. cí ㄘ 疾之切,平,之韻,從。

㊅見"龜茲"。

【茲白】傳說中的獸名。逸周書王會:"義渠以茲白。茲白者,若白馬,鋸牙,食虎豹。"注:"茲白,一名駮。"

【茲夷】大山龜,即蟕蠵。唐劉恂嶺表錄異下:"蟕蠵者,俗謂之茲夷,乃山龜之巨者,人立其背,可負而行。產潮循山中。"參見"蟕蠵"。

【茲其】農具名。亦作"鎡基"。即鋤。周禮秋官薙氏"薙氏掌殺草"漢鄭玄注:"以茲其斫其生者。"疏:"漢時茲其,即今之鋤也。"參見"鎡基"。

【茲泉】泉名。相傳姜太公垂釣的地方。水經注十七渭水:"渭水之右,磻溪水注之,水出南山茲谷,乘高激流,注於溪中,溪中有泉,謂之茲泉。……即呂氏春秋所謂太公釣茲泉也,今人謂之丸谷。"呂氏春秋謹聽作"滋泉"。

【茲事體大】此事關係十分重大。文選漢班孟堅(固)典引:"茲事體大而允,寤寐次於聖心,瞻前顧後,豈蔑清廟憚敕天命也。"宋趙雄韓蘄王碑:"臣雄以為聖主褒崇大臣,茲事體大。"(金石萃編一五〇)

七畫

莀 chén ㄔㄣˊ 直深切,平,侵韻,澄。

莀藩,草名,即知母。也作"薄"、"蕁"。爾雅釋草:"薚,莀藩。"注:"生山上,葉如韭。"

莎 1. suō ㄙㄨㄛ 蘇禾切,平,戈韻,心。

㊀草名。淮南子覽冥:"田無立禾,路無莎薠。"參見"莎草"。㊁木名。似桄榔樹。見廣韻。參見"莏木"。㊂兩手相摩挲。同"抄"、"挲"。周禮春官司尊彝"鬱齊獻酌"漢鄭玄注:"獻,讀為摩莎之莎。"

2. shā ㄕㄚ 集韻 師加切,平,麻韻。

㊃蟲名。見"莎₂雞"。

【莎車】漢西域城國名。三國時併於疏勒。清置直隸州,後升府。公元1913年改縣。又名葉而羌、葉爾羌。在新疆維吾爾自治區塔里木盆地西部,葉爾羌河中游,地當帕米爾高原之東塔什庫爾干塔吉自治縣孔道,與五印度相通,為古代東西交通陸路的樞紐。參閱漢書西域傳、文獻通考三三七四裔十四莎車。

【莎草】植物名。地下有紡錘形之細長塊根,稱香附子,入藥。參閱政和證類本草九莎草。

【莎毯】香附子的別稱。全唐詩六七〇秦韜玉貴公子行:"階前莎毯綠不捲,銀龜噴香挽不斷。"

【莎₂雞】蟲名。又名絡緯,俗名絡絲娘、紡織娘。詩豳風七月:"五月斯螽動股,六月莎雞振羽。"唐李賀歌詩編三房中思:"誰能事貞素,卧聽莎雞泣。"參閱爾雅釋蟲"螒天雞"疏。

莘 1. shēn ㄕㄣ 所臻切,平,臻韻,山。

㊀長貌。詩小雅魚藻:"魚在在藻,有莘其尾。"傳:"莘,長貌。"㊁古國名。1.也作有莘,古史稱商湯娶有莘之女,即其國。參見"有莘"。2.姒姓,周文王妃太姒為莘國之女。詩大雅大明:"纘女維莘,長子維行,篤生武王。"地在今陝西韓城舊郃陽縣東南。㊂姓。夏后啟支子封於莘,其後以封地為氏。見元和姓纂三臻。

2. xīn ㄒㄧㄣ 集韻 斯人切,平,真韻。

㊃即細莘。集韻:"莘,細莘,藥草。"通作"細辛"。詳"細辛"。

【莘老】指商伊尹。尹初隱時耕於有莘之野,故稱。晉書束皙傳玄居釋:"莘老負金鉉以陳烹割之說,齊客當康衢而咏白水之詩。"

【莘莘】眾多貌。國語晉四:"周詩曰:'莘莘征夫,每懷靡及。'"今詩小雅皇皇者華莘莘作"駪駪"。文選戰國楚宋玉高唐賦:"縱縱莘莘,若生於鬼,若出於神。"

【莘野】有莘國之原野。孟子萬章上:"伊尹耕於有莘之野,而樂堯舜之道焉。"宋蒲壽宬心泉學詩稿五嶺後山莊詩:"君恩已遂祈閒請,莘野歸耕是本心。"

【莘縣】縣名。在山東省西部。本春秋衛莘邑,漢置陽平縣。隋改莘縣,以縣北有古莘亭而名。明清皆屬東昌府。參閱寰宇通志七二東昌府。

莞 1. guān ㄍㄨㄢ 古丸切,平,桓韻,見。

㊀草名。蒲草。爾雅作"苻離",注作"莞蒲"。詩小雅斯干:"下莞上簟,乃安斯寢。"此謂用莞製成的席。㊁姓。晉書武帝紀有吳故將莞恭。

2. wǎn ㄨㄢˇ 户板切,上,潸韻,匣。

㊂見下。

【莞₂爾】微笑貌。論語陽貨:"子之武城,聞弦歌之聲,夫子莞爾而笑,曰:割雞焉用牛刀?"

莨 1. láng ㄌㄤˊ 魯當切,平,唐韻,來。

㊀草名。生低濕地,可作牛馬飼料。史記一一七司馬相如傳子虛賦:"其卑濕則生藏莨蒹葭。"集解引漢書音義:"莨,莨尾草也。"

2. làng ㄌㄤˋ

㊁見"莨₂菪"。

3. liáng ㄌㄧㄤˊ

㊂見"薯莨"。

【莨₂菪】草名。又名闐蕩、天仙子。有毒。種子、根、莖入藥。古方云可治癲狂。見政和證類本草十莨菪子。

【莨蕩】㊀渠名。也作"蒗蕩"。水經注五河水:"又東過滎陽縣北,蒗蕩渠出焉。"漢書地理志上河南郡作"狼湯"。參閱"汴渠"。㊁草名。即莨菪草,入藥。史記一〇五倉公傳:"菑川王美人懷子而不乳,來召臣意。臣意往,飲以莨蕩藥一撮,以酒飲之,旋乳。"

莩 bó bí ㄅㄛˊ ㄅㄧˊ 字彙 蒲没切,音孛。

見下。

【莩薺】草名。也作"葧臍"。爾雅作"鳧茈"。葉管狀,根莖呈球形,可食。古名鳧茈,又稱烏芋。江浙人謂之地栗,兩廣人謂之馬蹄。字彙:"莩薺,即鳧茈。"參見"烏芋㊁"。

莍 qiú ㄑㄧㄡˊ 巨鳩切,平,尤韻,羣。

椒、榝等果實聚生的房。見下。

【莍蜎】栗房。埤雅釋木:"栗味鹹,北方之果也。有莍蜎自裹。"爾雅釋木"櫟,其實梂"注作"梂彙"。

荳 dòu ㄉㄡˋ 田候切,去,候韻,定。

㊀同"豆"。見"豆"各條。㊁見"豆蔻"。

莆 1. fǔ ㄈㄨˇ 方矩切,上,麌韻,幫。

㊀萐莆。傳說堯時瑞草。詳"萐莆"。

2. pú ㄆㄨˊ 音韻闡微 婆吾切,平,虞韻,並。

㊁水草。通"蒲"。楚辭屈原天問:"咸播秬黍,莆雚是營。"宋洪興祖補注:"莆,疑即蒲字。蒲,水草,可以作席。"㊂見下。

【莆₂田】縣名。屬福建省。本漢冶縣地,南朝陳為南安縣。隋開皇九年置莆田縣,尋廢,唐武德五年復置。元為興化路治,明清為興化府治。參閱讀史方輿紀要九六興化府、嘉慶一統志四二七興化府。

莤 1. suō sù 所六切,入,屋韻,山。 ㄙㄨㄛ ㄙㄨˋ

㊀本指以酒灑於茅束而祭神。見説文。後謂濾酒使清。詩小雅伐木"有酒湑我"漢毛亨傳:"湑,莤之也。"釋文:"謂以茅泲之而去其糟也。"古書多假"縮"爲"莤"。左傳僖四年:"爾貢包茅不入,王祭不共,無以縮酒。"説文酉部引作"莤酒"。

2. yóu 集韻 夷周切,平,尤韻。 ㄧㄡˊ

㊀草名。爾雅釋草:"莤,蔓于。"詳"蔓于"。

茯 fū ㄈㄨ

散發,舒布。字亦作"敷"、"傅"。漢書九七上外戚傳孝武李夫人傳傷悼李夫人賦:"函荾茯以俟風兮,芳雜襲以彌章。"注:"李奇曰:'茯音敷。'孟康曰:'荾音綏,華中齊也。夫人之色如春華含荾敷散,以待風也。'"

【茯露】鋪陳表露。漢王充論衡自紀:"猶吾文未集於簡札之上,藏於胸臆之中,猶玉隱珠匿也。及出茯露,猶玉剖珠出乎!"又:"夫口論以分明爲公,以筆辯以茯露爲通,吏文以昭察爲良。"

荮 zhōu ㄓㄡ

同"葤"。見該條。

茝 1. chǎi 昌紿切,上,海韻,穿。 ㄔㄞˇ 諸市切,上,止韻,照。

㊀草名。開小白花,有香氣,根入藥。莖葉細嫩時曰蘼蕪。爾雅釋草:"蘄茝,蘼蕪。"疏:"芎藭苗也。"

2. zhǐ ㄓˇ

㊀香草。蘭草之類。楚辭屈原離騷:"雜申椒與菌桂兮,豈維紉夫蕙茝。"山海經北山經:"其神狀皆馬身而人面者廿神。其祠之,皆用一藻茝瘞之。"茝字亦作"芷",故白芷亦作"白茝"。

【茝若】㊀白芷和杜若。玉臺新詠二晉張華雜詩之一:"微風播茝若,層波動芰荷。"㊁漢宮殿名。文選漢班孟堅(固)西都賦:"後宮則有掖庭、椒房,后妃之室,合歡、增城、安處、常寧、茝若、椒風、披香、發越、蘭林、蕙草、鴛鸞、飛翔之列。"

莽 mǎng 模朗切,上,蕩韻,明。 ㄇㄤˇ

㊀草。楚辭屈原離騷:"朝搴阰之木蘭兮,夕攬洲之宿莽。"注:"草冬生不死者,楚人名之曰宿莽。"㊁叢生的草木。左傳哀元年:"吳日敝於兵,暴骨如莽。"也指草木叢生處。易同人:"伏戎于莽。"㊂竹的一種。爾雅釋草:"莽,數節。"清郝懿行義疏:"莽竹節短,蓋如今馬鞭竹。"㊃粗率,不精細。見"莽鹵"、"莽撞"。㊄姓。漢武帝後元元年侍中僕射馬何羅與弟重合侯通謀反,誅死。至後漢明帝馬皇后恥其與己同姓,改其姓爲莽。見漢書武帝紀後元元年"莽何羅"注。

【莽古】西夏姓。續通志氏族略一:"莽古氏,夏武功大夫莽古進德、莽古德懋。"金史交聘表中世宗大定二十六年作"夏武功大夫麻骨進德"。

【莽沆】大水貌。見説文"沆"。亦作"漭沆"。見該條。

【莽浪】虛誕,指無根源着落。唐柳宗元柳先生集四非國語上神降于莘:"彼鳴乎莘者,以焄蒿悽愴,妖之淺者也。天子以是問,卿以是言,則固已陋矣,而其甚者乃妄取時日莽浪無狀而寓之丹朱。"

【莽草】草名,一名菵、芒草,又名鼠莽。有毒。周禮秋官翦氏:"掌除蠹物。……以莽草熏之。"注:"莽草,藥物殺蟲者。"山海經中山經:"(朝歌之山)有草焉,名曰莽草,可以毒魚。"參閱本草綱目十七草六莽草。

【莽莽】㊀草木深密貌。楚辭屈原九章懷沙:"滔滔孟夏兮,草木莽莽。"㊁長遠無際貌。呂氏春秋知接:"戎人見暴布者,而問之曰:'何以爲之莽莽也?'"唐杜甫杜工部草堂詩箋十五秦州雜詩之七:"莽莽萬重山,孤城山谷間。"

【莽鹵】粗疏,不精細。唐白居易長慶集五六雙鸚鵡詩:"始覺琵琶絃莽鹵,方知吉了食參差。"宋王禹偁小畜集三觀鄰家園中種黍示嘉祐詩:"播種甚莽鹵,苗稼安能起。"參見"鹵莽滅裂"。

【莽蒼】空曠無際貌。莊子逍遥遊:"適莽蒼者,三飡而返,腹猶果然。"唐成玄英疏:"莽蒼,郊野之色,遥望之不甚分明也。"漢王充論衡變動:"夫以果蓏之細,員圖易轉,去口不遠,至誠欲之,不能得也;況天去人高遠,其氣莽蒼無端末乎?"形容郊野景色迷茫。

【莽撞】猶冒失、粗魯。古今名劇元康進之李逵負荊二:"我這裏磨拳擦掌,行行裏按不住莽撞心頭氣。"又四:"我説的明白,道莽撞的廉頗請罪來,死也應該。"

【莽蕩】遠闊無際。文選漢班叔皮(彪)北征賦:"野蕭條以莽蕩,迥千里而無家。"指草原廣闊。

【莽大夫】西漢末揚雄事王莽爲臣,撰劇秦美新。宋朱熹輯資治通鑑綱目於雄之死稱"莽大夫揚雄死",特稱之爲"莽大夫"與言"死"不言"卒",皆是貶意。後因以莽大夫指變節改事新王朝之人。

莁 wú 武夫切,平,虞韻,明。 ㄨˊ

見下。

【莁荑】植物名。又名無姑、白蕡。爾雅釋草:"莁荑,蔱蘠。"本草木部作"蕪荑"。清郝懿行爾雅義疏釋草謂莁荑爲人莧,卽白莖的莧,與無姑爲二物。邵晉涵爾雅正義則疑爲一物而二名。參閱政和證類本草十三蕪荑。

莢 jiá 古協切,入,帖韻,見。 ㄐㄧㄚˊ

㊀豆類植物的種子,成熟時從兩旁分裂的叫"莢"。廣雅釋草:"豆角謂之莢。"宋梅堯臣宛陵集四田家詩:"南山嘗種荳,碎莢落風雨。"㊁凡草木果實狹長無隔膜者,都叫做莢。見"莢物"。

【莢物】皂莢之類。周禮地官大司徒:"四曰墳衍,其動物宜介物,其植物宜莢物。"注:"莢物,薺莢、王棘之屬。"疏:"薺莢,卽今人謂之皂莢。"

【莢錢】漢初錢名。形如榆莢,重三銖,半徑五分,文曰"漢興"。又稱五分錢。史記平準書:"至孝文時,莢錢益多,輕,乃更鑄四銖錢,其文爲'半兩'。"又見漢書食貨志下。參閱文獻通考八錢幣六。參見"榆莢㊁"。

莕 xìng 何梗切,上,梗韻,匣。 ㄒㄧㄥˋ

水草名。卽荇菜。同"荇"。爾雅釋草:"莕,接余,其葉苻。"注:"叢生水中,葉圓在莖端,長短隨水深淺。江東食之。"疏:"詩周南關雎云'參差荇菜'是也。"參見"荇菜"。

【莕公鬚】荇菜的別稱。毛詩草木鳥獸蟲魚疏廣要上之上參差荇菜:"今池州人稱荇爲莕公鬚,蓋細荇亂生,有若鬚然。"

莖 jīng 烏莖切,平,耕韻,影。 ㄐㄧㄥ 户耕切,平,耕韻,匣。

㊀植物之主幹。荀子勸學:"西方有木焉,名曰射干,莖長四寸。"漢書武帝紀元封二年:"甘泉宮内產芝,九莖連葉。"㊁器物的把柄。周禮考工記桃氏:"桃氏爲劍,臘廣二寸有半寸。兩從半之,以其臘廣爲之莖,圍長倍之。"注:"鄭司農(衆)云:莖謂劍夾,人所握鐔以上也。"㊂量詞。唐杜甫杜工部草堂詩箋七樂遊園歌:"數莖白髮那拋得,百罰深杯亦不辭。"數

莖,猶數根。

【莖擢】挺拔矗立。文選漢張平子(衡)西京賦:"通天訬以竦峙,徑百常而莖擢。"三國吳薛綜注:"通天,臺名。……莖,特也。擢,獨出貌。"

蒠 jì qí ㄐㄧˋ ㄑㄧˊ

通"萁"。豆稭,一説豆。孫子作戰:"蒠秆,一石,當吾二十石。"曹操注:"蒠,豆稭也。……一云蒠,音忌,豆也。"王晳注:"蒠,今作萁。"

莙 jūn ㄐㄩㄣ 渠殞切,上,軫韻,羣。

㊀水藻名,即大葉藻。爾雅釋草:"莙,牛薻。"注:"江東呼爲馬薻。"疏:"薻之葉大者也。"薻,同"藻"。㊁莙薘,菜名。見"菾"。㊂阻塞,凝結不舒。通"窘"。淮南子繆稱:"無不得則無莙,發莙而後快。"又要略:"以莙凝天地,發起陰陽。"

荵 rěn ㄖㄣˇ 而軫切,上,軫韻,日。

隱荵,草名。見該條。

莦 shāo ㄕㄠ 所交切,平,肴韻,山。相邀切,平,宵韻,心。

惡草雜生貌。淮南子脩務:"虎豹有茂草,野彘有艽莦槎櫛。"

莫 1. mò ㄇㄛˋ 慕各切,入,鐸韻,明。

㊀無,没有。論語憲問:"子曰:'莫我知也夫!'"國語周上:"國人莫敢言,道路以目。"㊁毋,勿。詩大雅抑:"莫捫朕舌,言不可逝矣。"㊂安定。詩大雅皇矣:"監觀四方,求民之莫。"箋:"求民之定,謂所歸就也。"或訓莫爲"瘼"。見唐顏師古匡謬正俗一莫、清馬瑞辰毛詩傳箋通釋二四皇兮。㊃勉勵。淮南子繆稱:"其謝之也,猶未之莫與?"案説文:"慔,勉也。""莫"爲"慔"的假借字。㊄姓。楚莫敖之後。漢有富人莫氏。見史記九二游俠傳、元和姓纂十鐸。㊅見"莫莫"。

2. mó ㄇㄛˊ

㊆謀劃。通"謨"。詩小雅巧言:"秩秩大猷,聖人莫之。"㊇遼闊空曠。參見"廣莫"。㊈削。通"劘"。管子制分:"屠牛坦朝解九牛,而刀可以莫鐵,則刃游閒也。"

3. mù ㄇㄨˋ 集韻 莫故切,去,莫韻。

㊉蔬類植物。始生可以爲羹。詩魏風汾沮洳:"彼汾沮洳,言采其莫。"⑪同"暮"。詩小雅小明:"曷云其還,歲聿云莫。"⑫通"幕"。見"莫3府"。

【莫大】無更大於此者,猶言最大。易繫辭上:"是故,法象莫大乎天地,變通莫大乎四時。"漢書四八賈誼傳陳政事疏:"況莫大諸侯,權力且十此者乎?"注:"莫大謂無有大於其國者,言最大也。"

【莫邪】亦作"莫耶"。古代傳説春秋時吳王闔閭令干將在匠門鑄劍,鐵汁不下,其妻莫邪自投鑪中,鐵汁乃出。遂成二劍,雄劍名干將,雌劍名莫邪。干將進雄劍于吳王,而藏雌劍。雌劍思念雄劍,常悲鳴。後來亦作爲寶劍的通稱。史記八四賈生(誼)傳弔屈原賦:"莫邪爲頓兮,鉛刀爲銛。"參閲吳越春秋闔閭内傳、唐陸廣微吳地記匠門。晉干寶搜神記十一三王墓以干將莫邪為一人,故事情節亦與此異。

【莫3府】古將帥駐所門施帷帳,因稱將帥治事之所爲莫府。同"幕府"。史記一〇九李將軍傳:"莫府省約文書籍事。"又:"大將軍不聽,令長史封書與廣之莫府。"參見"幕府"。

【莫逆】彼此同心相契,無所忤逆。莊子大宗師:"(子祀、子輿、子犁、子來)四人相視而笑,莫逆於心,遂相與爲友。"唐李白李太白詩十三憶舊遊寄譙郡元參軍:"海内賢豪青雲客,就中與君心莫逆。"

【莫敖】春秋楚官名,位次於令尹。左傳襄十五年:"楚公子午爲令尹,……屈到爲莫敖。"

【莫莫】㊀茂密貌。詩周南葛覃:"葛之覃兮,施于中谷,維葉莫莫。"㊁塵埃飛揚貌。漢書八七揚雄傳上羽獵賦:"莫莫紛紛,山谷爲之風猋,林叢爲之生塵。"㊂隱蔽貌。漢書八七上揚雄傳甘泉賦:"抗浮柱之飛榱兮,神莫莫而扶傾。"注:"言舉立浮柱而駕飛榱,其形危竦,有神於闇莫之中扶持,故不傾也。"㊃肅敬貌。詩小雅楚茨:"君婦莫莫,爲豆孔庶,爲賓爲客。"

【莫須】莫不要。含有合應如此之意。宋王安石臨川集七五與王逢原書之六:"不知逢原此行以何時到江陰,今必以吳親同舟而濟,但到江陵莫須求客舟以往否?"又王鞏隨手雜録:"朱衣人曰:'既誤,莫須放回?'金紫人曰:'合如此。'"

【莫愁】古女子名。1.石城人。舊唐書音樂志二:"莫愁樂,出於石城樂。石城有女子名莫愁,善歌謡。……故歌云:'莫愁在何處?莫愁石城西。艇子打兩槳,催送莫愁來。'"石城在今湖北鍾祥縣,縣西有莫愁村。見嘉慶一統志三二四安陸府古蹟。宋周邦彦西河詞金陵懷古有"斷崖樹,猶倒倚,莫愁艇子曾繫"之語,誤以石頭城當作石城。今南京市江寧縣西有莫愁湖。2. 洛陽人。樂府詩集八五梁武帝河中之水歌:"河中之水向東流,洛陽女兒名莫愁。……十五嫁爲盧家婦,十六生兒字阿侯。"後來吟詠莫愁湖的人,常用盧家少婦等語,則又誤將洛陽的莫愁當成石城的莫愁。

【莫傜】隋唐時西南地區少數民族名。傜,也作"徭"。自云其先祖有功,常免徭役,故以爲名。唐劉禹錫劉夢得集八有莫傜歌。參閲隋書地理志下。

【莫難】㊀珠名。也作"木難"。藝文類聚八四廣志:"莫難珠,其色黄,生東夷。"㊁扇名。東晉列國後趙主石虎作雲母五明金箔莫難扇,出行時,以此扇夾乘輿。見晉初學記二五陸翽鄴中記。

【莫干山】在浙江德清縣境。相傳吳王命干將莫邪鑄劍於此,故名。風景清幽,爲著名勝地。參閲嘉慶一統志二八九湖州府一。

【莫友芝】公元 1811—1871 年。清獨山人,字子偲,號郘亭,晚號眲叟。道光十一年舉人。父與儔,府學教授,以樸學教弟子,友芝與遵義鄭珍成就最高。又工真行篆隸各體書,爲人所重。著有黔詩紀略、聲韻考略、郘亭詩鈔、郘亭知見傳本書目等書。

【莫余毒】左傳宣十二年:"城濮之役,晉師三日穀,文公(重耳)猶有憂色。……及楚殺子玉(得臣),公喜而後可知也,曰:'莫余毒也已。'"後用"莫余毒"表示不能再爲我害或更無勁敵的意思。

【莫逆友】猶言知己。梁書處士何點傳:"與陳郡謝藹、吳國張融、會稽孔稚珪爲莫逆友。"周書黎景熙傳:"雖窮居獨處,不以飢寒易操,與范陽盧道源爲莫逆之友。"亦作莫逆交。北齊書崔㥄傳附子贍:"與趙郡李槩爲莫逆之交。"參見"莫逆"。

【莫高窟】又名千佛洞。即敦煌石室。見該條。

【莫須有】未定之詞。猶言或許。宋李心傳建炎以來繫年要録一四三紹興十一年:"初,獄之成也,太傅醴泉觀使韓世忠不能平,以問(秦)檜,檜曰:'飛子雲與張憲書雖不明,其事體莫須有。'世忠佛然曰:'相公,莫須有三字何以服天下乎?'"後謂以不實之詞誣陷他人爲莫須有,本此。

【莫愁湖】在江蘇省南京市水西門外,明時爲中山王徐達的家園。相傳爲莫愁舊居，因名。見嘉慶一統志七三江寧府山川。

【莫愁樂】樂府西曲歌名。見"莫愁"。

【莫釐山】在今江蘇蘇州市西南太湖中，俗稱東洞庭山，與包山卽西洞庭山並峙。相傳隋莫釐將軍曾屯此地，故名。又名胥母山，傳説春秋吳伍員(子胥)嘗迎母居山中。見讀史方輿紀要二四蘇州府。

【莫難扇】障扇，也稱雉扇。古代儀仗之一。東晉列國後趙主石虎作雲母五明金箔莫難扇，出行時，以此扇夾乘輿。見晉陸翽鄴中記。

莧 xiàn 侯襉切，去，襉韻，匣。ㄒㄧㄢˋ

菜名。一年生草本，葉卵圓形，莖細長，種類頗多，莖葉可食，也入藥。參閱政和證類本草二七莧實。

【莧陸】草名。卽商陸。易夬："莧陸夬夬，中行无咎。"注："莧陸，草之柔脆者也，決之至易。"集解本引荀爽："莧者，葉柔而根堅且赤。"近人聞一多謂莧當作"萈"，細角山羊；陸卽莊子馬蹄"翹尾而陸"之"陸"，謂羊跳趹趹然於道中。見古典新義上周易義證類纂。

莂 bié 方別切，入，薛韻，幫。ㄅㄧㄝˊ

㊀契卷，合同。釋名釋書契："莂，别也，大書中央，中破别之也。"今所存古莂文有晉太康五年楊紹買冢地莂。見王先謙釋名疏證補六。周禮天官小宰"聽稱責以傅别"，傅别卽"莂"。㊁佛家文體，詩稱偈，文稱莂。藝文類聚七六南朝梁蕭綱(簡文帝)善覺寺碑："已於恆沙佛所，經受記莂。"

莔 méng 武庚切，平，庚韻，明。ㄇㄥˊ

藥草名，卽貝母。爾雅釋草："莔，貝母。"詩鄘風載馳作"蝱"。

莒 jǔ 居許切，上，語韻，見。ㄐㄩˇ

㊀國名。西周諸侯國名，嬴姓，周武王封少昊之後茲輿於莒。春秋時爲楚所滅。春秋隱二年："莒人入向。"注："莒國，今城陽莒縣也。"參見"莒縣"。㊁姓。本嬴姓。其後分封於莒，以國爲姓。漢有綠氏令莒誦。見史記秦紀、廣韻"語"。

【莒刀】古代齊國錢幣，其形如刀，莒邑所做，故名。參閱清馮雲鵬金石索四泉刀之屬引金石志。

莒刀

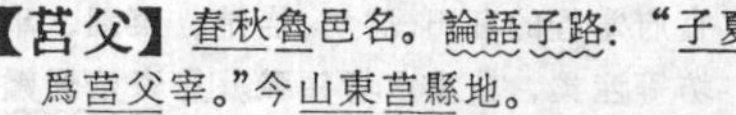

【莒父】春秋魯邑名。論語子路："子夏爲莒父宰。"今山東莒縣地。

【莒州】㊀春秋爲莒子國，金置莒州。詳"莒縣"。㊁北周置，漢東莞縣地，後魏改爲南青州，卽今山東沂水縣。參閱讀史方輿紀要三五青州府沂水縣。

【莒縣】縣名，屬山東省。春秋之莒子國，爲楚所滅。漢置縣，於縣置城陽國。唐置莒州，尋廢。金置城陽州於此，後改名莒州。明廢縣入州。清因之，公元1913年改縣。參閱太平寰宇記二四密州、讀史方輿紀要三五青州府。

莊 zhuāng 側羊切，平，陽韻，莊。ㄓㄨㄤ

㊀草盛貌。見玉篇。㊁端莊，嚴肅。論語爲政："臨之以莊，則敬。"㊂四通八達的大路。左傳襄二八年："得慶氏之木百車於莊。"注："積於六軌之道。"文選南朝宋鮑明遠(照)蕪城賦："重江複關之隩，四會五達之莊。"㊃同"妝"、"粧"。史記一一七司馬相如傳上林賦："靚莊刻飾，便嬛綽約。"文選作"粧"。後漢書永平元年"如元會儀"注引漢官儀："具盥水，陳莊具。"㊄莊園，村間別墅。唐杜甫杜工部草堂詩箋二三懷錦水居止之二："萬里橋西宅，百花潭北莊。"姚合姚少監集一送王建祕書往渭南莊詩："莊僻難尋路，官閑易出城。"㊅姓。楚有莊周，齊有莊賈，周有莊辛。參閱通志二八氏族四以謚爲氏。

【莊子】㊀卽"莊周"，見該條。㊁書名。漢書藝文志著録莊子五十二篇，今存者三十三篇，計内篇七篇，外篇十五篇，雜篇十一篇。相傳内篇爲莊子撰，外篇等爲其弟子及後來道家所作。唐王朝崇奉道教，天寶元年號莊子爲南華真人，稱其書爲南華真經。歷代注莊子者甚多，流傳至今者有晉郭象注，唐陸德明經典釋文中所引各家皆已散佚。參見"郭象"。㊂清初入關，強行圈地，以順天永平保定河間一帶的肥田善宅，撥歸旗下，授予八旗王公將士，所圈之地稱爲莊子。

【莊山】山名。在四川滎經縣北。漢書地理志上蜀郡有嚴道，其地有銅山，漢文帝以賜倖臣鄧通，得自鑄錢，鄧氏錢與五銖錢並行。見漢書九三鄧通傳。後漢避明帝(劉莊)諱，改莊爲嚴，故稱嚴山。今本漢桓寬鹽鐵論力耕有嚴山，疑爲後人所改。

【莊户】佃户，向官府或地主租種土地的農民。資治通鑑二九〇後周廣順元年："(五代楚廖偃)於是率莊户及鄉人悉爲兵，與(彭)師暠共立(馬希萼)爲衡山王。"注："佃豪家之田而納其租，謂之莊户。"

【莊田】皇室、官僚、地主等僱人耕種或租予農民的田地。舊唐書宣宗紀大中三年："官健有莊田户籍者，仰州縣放免差役。"

【莊奴】對佃户的蔑稱。宋晁補之雞肋集五視田五首贈八弟無斁詩之三："莊奴不入租，報我田久荒。"

【莊老】莊周與老聃。魏書崔浩傳："性不好莊老之書，每讀不過數十行，輒棄之，曰：'此矯誣之説，不近人情，必非老子所作。'"

【莊吏】爲皇室、地主管理莊田的人。資治通鑑二四九唐宣宗大中十年："(韋)澳爲人公直，既視事，豪貴斂手。(帝舅)鄭光莊吏恣横，積年租税不入，澳執而械之。"新唐書一六九韋澳傳作"主墅吏"。

【莊列】莊子與列子。唐白居易長慶集七一禽蟲十二章詩序："莊列寓言，風騷比興。"

【莊周】約公元前369—前286年。戰國宋蒙人。曾爲漆園吏。相傳楚威王聞其名，厚幣以迎，許以爲相，辭不就。著書十餘萬言，往往出以寓言，主張清静無爲，獨尊老子而屏斥儒墨。史記有傳。

【莊叟】指莊周。叟，老人的尊稱。周書蕭大圜傳："沽酪牧羊，協潘生之志；畜雞種黍，應莊叟之言。"宋范仲淹范文正集二十臨川羨魚賦："在淵游泳，疑莊叟之夢來；依岸噞喁，訝平子之書至。"

【莊姝】端莊美麗。文選戰國宋玉神女賦："貌豐盈以莊姝兮，苞温潤之玉顔。"

【莊浪】縣名。屬甘肅省。秦屬北地郡，漢晉屬安定郡，隋唐屬平涼郡。元初置莊浪路，後改州。明置縣。清併入隆德縣，公元1913年復析置莊浪縣。參閱寰宇通志九五平涼府静寧州。

【莊家】農户。朝野新聲太平樂府二元盧疎齋沉醉東風閑居曲："共幾箇田舍翁，説幾句莊家話。"

【莊莊】正直貌。管子小問："至其壯也，莊莊乎何其士也。"注："莊莊，矜直貌也。"

【莊陵】陵墓名。1.梁蕭綱(簡文帝)陵，在江蘇丹陽縣東。見梁書簡文帝紀大寶二年。2.唐李湛(敬宗)陵，在陝西三原縣東北。見文獻通考一二五王禮山陵。

【莊椿】莊子逍遥遊："上古有大椿者，以八千歲爲春，八千歲爲秋。"後來用爲祝人長壽之詞。唐羅隱甲乙集三錢尚父生日詩:"錦衣玉食將何報,更傒莊椿一舉頭。"元沈禧竹窗詞千秋歲壽:"捧瓊斝,斟綠蟻,共祝南山壽,更與莊椿比。"

【莊飾】盛飾。南史宋潘淑妃傳:"帝好乘羊車經諸房,淑妃每莊飾褰帷以候,并密令左右以鹹水灑地。"

【莊舄】戰國越人,仕楚,爵爲執珪。雖富貴,不忘舊國,病中思越而吟越聲。見史記七十陳軫傳。北周庾信庾子山集一小園賦:"屢動莊舄之吟,幾行魏顆之命。"唐李白李太白詩十三淮南卧病書懷寄蜀中趙徵君蕤:"楚懷奏鍾儀,越吟比莊舄。"

【莊賓】佃客。宋陶穀清異録器具八難鑪:"有膏粱子弟上莊墅,監穫稻,天寒野迥須附火,莊賓引往山坡守禾舍,拾杉枝燃之。"(説郛六一)

【莊語】正言。莊子天下:"以天下爲沈濁,不可與莊語。"釋文:"郭(象)云:'莊,莊周也。'一云:莊,正也。一本作'壯',側亮反,端大也。"後多以正容相語爲莊語。

【莊豪】見"莊蹻"。

【莊嶽】春秋齊都臨淄城内的街里名。孟子滕文公下:"引而置之莊嶽之間數年,雖日撻而求其楚亦不可得矣。"

【莊蹻】戰國人,楚莊王之後。頃襄王時使蹻將兵循江上略巴蜀黔中以西,至滇池,以兵威定屬楚。欲歸報,會秦擊奪楚巴黔中郡,道塞,因還,以其衆王滇。漢武帝時,滇王始與漢通,後漢以其地爲益州郡。史記漢書作楚威王時人,後漢書莊蹻作莊豪,在頃襄王時。考秦取楚巴黔中郡爲頃襄王二十二年事,當以頃襄王時爲合。參閲史記一一六西南夷傳、後漢書八六西南夷傳。

【莊騷】指戰國莊周之莊子與屈原之離騷。唐韓愈昌黎集十二進學解:"下逮莊騷,太史所録。"宋陸游劍南詩稿五三書志示子聿:"載筆敢言取史漢,閉門猶得讀莊騷。"

【莊嚴】㊀整治行裝。漢荀悅前漢紀十四孝武皇帝紀五:"王太后皆莊嚴將入朝,越相吕嘉不欲内屬。"漢書九五南越傳作"王、王太后飭治行裝"。㊁佛家指裝飾美盛。無量壽經上:"又講堂精舍,宫殿樓觀,皆七寶莊嚴,自然化成。"引申爲端正尊嚴。華嚴經探玄記三:"莊嚴有二義:一是具德義,二是交飾義。"㊂指食味調和。宋陶穀清異録饌羞:"鹽酎莊嚴,多汁爲良。"

【莊宅使】唐官内官名,管理兩京地區官府掌握的莊田、磨坊、店舖、菜園、車坊等産業,皆由宦者領職。見資治通鑑二四五唐開成元年"教坊選試以百數,莊宅收市猶未已"元胡三省注。

【莊存與】公元1719—1789年。清武進人,字方耕。乾隆十年進士,授編修,官至禮部左侍郎。存與著春秋正辭,專言公羊家所謂微言大義,不斤斤於文字訓詁,其弟子宋翔鳳劉逢祿張大師説,確守今文師法,遂開清代今文經學一派。存與師弟皆常州人,人稱常州學派,與惠棟的吳派、戴震的皖派相鼎峙。存與兼治古文經,有周官記周官説、毛詩説等,仍主古文經傳之説。

莩 1. fú ㄈㄨ 芳無切,平,虞韻,滂。

㊀蘆稈裏的薄膜,白色,可作笛膜。見玉篇。因以喻至薄。漢書五三中山靖王勝傳:"今羣臣非有葭莩之親,鴻毛之重。"參見"葭莩"。

2. piǎo ㄆㄧㄠ 平表切,上,小韻,并。

㊁餓死。通"莩"、"殍"。孟子梁惠王上:"民有飢色,野有餓莩。"

【莩末】喻微薄。藝文類聚三八南朝梁王僧孺爲蕭監利求入學啓:"敢因莩末,有志庠均。"

【莩甲】草木種子分裂發芽。後漢書章帝紀元和二年:"方春生養,萬物莩甲,宜助萌陽,以育時物。"注:"前書音義曰:'莩,葉裏白皮也;易曰:百果甲拆也。'"

荽 suī ㄙㄨㄟ 息遺切,平,脂韻,心。

香菜名。本作"葰",亦作"菱"。又名芫荽、胡荽。詳"胡荽"。

荼 1. tú ㄊㄨ 同都切,平,模韻,定。食遮切,平,麻韻,神。

㊀蔬類食物,即苦菜。詩邶風谷風:"誰謂荼苦,其甘如薺。"㊁菅茅的花,白色。詩鄭風出其東門:"出其闉闍,有女如荼。"國語吳:"萬人以爲方陣,皆白裳、白旂、素甲、白羽之矰,望之如荼。"注:"荼,芳秀也。"㊂茶。茶古字本作"荼"。爾雅釋木:"檟,苦荼。"參見"茶"。㊃穢草。見"荼蓼"。㊄荼味苦。引申爲苦,痛。見"荼毒"。㊅通"塗"、"涂"。見"荼炭"。

2. shū ㄕㄨ 集韻商居切,平,魚韻。

㊆玉器名。荀子大略:"諸侯御荼。"注:"荼古舒字,玉之上圓下方者也。"㊇緩,通"紓"。見"荼₂緩"、"荼₂壘"。

【荼首】謂白頭老人。管子輕重甲:"今每戰,輿死扶傷如孤,荼首之孫,仰傳戟之寶,吾無由與之,爲之奈何?"明劉績補注:"荼首,白首也。'寶'字或是'室'字,言持戟死事之室,此三等人皆所當恤也。"

【荼毒】殘害。書湯誥:"爾萬方百姓罹其凶害,弗忍荼毒。"詩大雅桑柔:"民之貪亂,寧爲荼毒。"疏:"荼,苦葉;毒者,螫蟲。荼、毒,皆惡物。"

【荼毗】梵語,謂火葬。詳"茶毗"。

【荼炭】比喻災難困苦。同"塗炭"。文選晉孫子荆(楚)爲石仲容與孫晧書:"桓靈失德,災釁並興,豺狼抗爪牙之毒,生人陷荼炭之艱。"晉書孫楚傳作"塗炭"。魏書沮渠蒙遜傳上朝貢表:"況在秦隴荼炭之餘,真是老臣盡效之會。"參見"塗炭㊀"。

【荼棘】荼,苦菜;棘,荆棘。比喻生活中的苦難。南朝梁江淹江文通集八蕭太傅謝追贈父祖表:"臣行阻祇玄,躬早荼棘,如創之痛,昃日不追。"

【荼酷】苦難深重。晉書謝玄傳上疏:"臣同生七人,凋落相繼,惟臣一己,孑然獨存,在生荼酷,無如臣比。"宋書徐湛之傳詔:"徐湛之江湛王僧綽門户荼酷,遺孤流寓,言念既往,感痛兼深。可令歸居本宅,厚加恤賜。"

【荼蓼】㊀草名。荼,苦菜,爲陸上的穢草;蓼,辛辣的野菜,爲水中的穢草。詩周頌良耜:"其鎛斯趙,以薅荼蓼。"引申爲苦辛的惡味。抱朴子微旨:"然而淺見之徒,區區所守,甘於荼蓼而不識粭蜜,酣於醨酪而不賞醇醪。"㊁謂處境艱苦。後漢書六六陳蕃傳:"今帝祚未立,政事日蹙,諸君柰何委荼蓼之苦,息偃在牀?"宋書自序:"(沈)林子以家門荼蓼,無復仕心。"

【荼₂緩】謂遲鈍,緩慢。荼,通"紓"。尚書大傳洪範五行傳:"視之不明,是謂不悊,厥咎荼。"注:"荼,緩也,君視不瞭則荼緩矣。"

【荼₂壘】見"神荼鬱壘"。

【荼蘼】即酴醾。見該條。

莝 cuò ㄘㄨㄛ 麤卧切,去,過韻,清。

㊀切碎的草。史記七九范雎傳:"范雎大供具,盡請諸侯使,……而坐須賈於堂下,置莝豆其前,令兩黥徒夾而馬食之。"㊁鍘草。漢書七六尹翁歸傳:"豪彊有論罪,輸掌畜官,使斫莝,責以員程,不得取代。"詩小雅鴛鴦"摧之秣之"漢鄭玄箋:"摧,今莝字也。"

荾 suī ㄙㄨㄟ 息遺切，平，脂韻，心。

㊀花穗。漢書九七上外戚孝武李夫人傳悼李夫人賦："函荾荴以俟風兮，芳雜襲以彌章。"注："孟康曰：荾，華中齊也。夫人之色如春華含荾敷散，以待風也。"㊁香菜名。本作"葰"，亦作"荽"。文選晉潘安仁(岳)閑居賦："堇薺甘旨，蓼荾芬芳。"注："鄭玄儀禮注曰：'葰，廉薑也。'韻略曰：'荾，香菜也。'"五臣本作"荽"。

莪 é ㄜ 五何切，平，歌韻，疑。

草名，又名蘿、蘿蒿、莪蒿、廩蒿。莖可爲蔬。詩小雅菁菁者莪："菁菁者莪，在彼中阿。"參閱本草綱目十五草四廩蒿。

莉 1. lí ㄌㄧˊ 郎奚切，平，齊韻，來。

㊀茈莉，茶具名。見該條。

2. lì ㄌㄧˋ

㊁茉莉，花名。見該條。

莠 yǒu ㄧㄡˇ 與久切，上，有韻，喻。

㊀草名。似稷而無實。又名狗尾草。孟子盡心下："孔子曰：惡似是而非者，惡莠，恐其亂苗也。"㊁習於惡者曰莠。喻惡人，壞人。左傳襄三十年："(鄭公孫揮、裨竈)過伯有氏(良霄)，其門上生莠，子羽(公孫揮)曰：'其莠猶在乎？'"注："以莠喻伯有。"

【莠言】 惡言，壞話。詩小雅正月："好言自口，莠言自口。"

【莠命】 亂命。管子幼官："官處四體而無禮者，流之焉莠命。"注："莠命者，謂穢亂教命，若莠之穢苗也。"

莓 méi ㄇㄟˊ 莫杯切，平，灰韻，明。莫佩切，去，隊韻，明。亡救切，去，宥韻，明。

㊀植物名。同"苺"。爾雅釋草"葥，山莓。"㊁青苔。見"莓苔"。㊂見"莓莓"。

【莓苔】 青苔。文選孫興公(綽)遊天台山賦："踐莓苔之滑石，搏壁立之翠屏。"唐李白李太白詩七襄陽歌："君不見晉朝羊公一片石，龜頭剥落生莓苔。"

【莓莓】 草美盛貌。文選晉左太沖(思)魏都賦："蘭渚莓莓，石瀨湯湯。"晉劉逵注："左氏傳曰：'原田莓莓。'杜預曰：'若原田之草莓莓然。'"今本左傳僖二十八年作"每每"。參見"每₂每₂"。

【莓翠】 莓苔的綠色。唐釋貫休禪月集二十春末寄周璉詩："暮角含風雨氣曛，寂寥莓翠上衣巾。"

莅 lì ㄌㄧˋ 力至切，去，至韻，來。

臨，到。說文作"竦"。通"涖"、"蒞"。易明夷："明入地中，明夷，君子以莅衆。"國語晉一："使奚齊莅事。"

【莅莅】 水流聲。史記一一七司馬相如傳上林賦："莅莅下瀨，批壧衝壅。"

【莅颯】 飛疾貌。史記一一七司馬相如傳大人賦："莅颯卉翕，熛至電過兮，煥然霧除，霍然雲消。"漢書五七本傳注："張揖曰：'莅颯，飛相及也。'"

【莅職】 到官任事。周書楊纂傳："纂性質樸，又不識文字，前後莅職，但推誠信而已。"

荷 1. hé ㄏㄜˊ 胡歌切，平，歌韻，匣。

㊀荷花，一名夫渠、咲蕖。生淺水中，夏月開花，有紅白等色。實曰蓮，地下莖曰藕，皆爲食品。見爾雅釋草、晉崔豹古今注下草木。

2. hè ㄏㄜˋ 胡可切，上，哿韻，匣。

㊁扛，用肩承物。國語齊："負任擔荷，服牛軺馬，以周四方。"擔荷，明道本作"儋何"。參見"荷₂蕢"。㊂擔任。左傳隱三年引詩："殷受命咸宜，百祿是荷。"釋文："荷本又作'何'。"今詩商頌玄鳥作"何"。文選漢張平子(衡)東京賦："荷天下之重任，匪怠皇以寧靜。"㊃承受。如感荷、拜荷。左傳昭三年："一爲禮於晉，猶荷其祿。況以禮終始乎？"宋書袁顗傳："我等並過荷曲慈，俱叨非服。"

3. kē ㄎㄜ

㊄苛細，繁瑣。通"苛"。見"荷₃禮"。

【荷包】 ㊀隨身佩帶或綴於衣袍之外的小囊，作盛物之用。元明雜劇元闕名摩利支飛刀對箭："兩箇不曾交過馬，把我左臂廂砍了一大片，著我慌忙下的馬，荷包裏取出針和線，我使雙線縫個住，上的馬去又征戰。"參見"紫荷"。㊁食品。宋孟元老東京夢華錄二飲食果子："更外賣軟羊諸色包子、猪羊荷包。"

【荷衣】 ㊀用荷葉編成之衣。楚辭屈原九歌少司命："荷衣兮蕙帶，儵而來兮忽而逝。"亦指隱士所服。文選南齊孔德璋(稚珪)北山移文："焚芰製而裂荷衣，抗塵容而走俗狀。"㊁即荷葉。唐李白李太白詩十二贈閭邱處士詩："竹影掃秋月，荷衣落古池。"

【荷杯】 把荷葉中心凹處戳穿通至蓮莖作杯。全唐詩二七三戴叔倫南野："茶烹松火紅，酒吸荷杯綠。"詳"荷葉杯㊀"。

【荷扇】 荷葉形似團扇，故稱。唐陸龜蒙甫里集五射魚詩："抨弦斷荷扇，濺血殷菱蘂。"

【荷₂校】 以枷加頸。校，枷。易噬嗑："何校滅耳，凶。"清阮元校勘記："古本何作荷。"宋范仲淹范文正公集十三資政殿大學士……范公墓誌銘："天禧中河決滑臺，齊魯承其敝，朝廷遣兵數萬人，塞其横流，千里之民皆奔走負薪芻，邑官荷校以督其事，民不堪命。"此言吏持枷以加犯令之民。

【荷₂荷₂】 怒恨聲。南史梁武帝紀太清三年："疾久口苦，索蜜不得，再曰'荷荷！'遂崩。"

【荷菊】 菊的一種，以形似荷花而稱。廣羣芳譜四八花譜菊花沈兢菊譜："浙有荷菊，日開一瓣，開足成荷花形，衆菊未開不開，衆菊已謝不謝。"

【荷裳】 用荷葉製衣裳，比喻高潔。楚辭屈原離騷："製芰荷以爲衣兮，集芙蓉以爲裳。"藝文類聚八二南朝宋傅亮芙蓉賦："詠三閭之披服，美蘭佩而荷裳。"參見"荷衣"。

【荷澤】 公元668—760年。僧名神會。唐襄陽人。俗姓高。幼投國昌寺顥元出家。十四歲至曹溪，入禪宗六祖慧能之門。開元八年住南陽龍興寺宣揚禪法。其時禪宗北宗神秀之教盛行，因於開元二十二年在滑臺大雲寺設無遮大會，樹立南宗頓悟法門。著顯宗紀述南宗頓悟之旨。安史亂後，住洛陽荷澤寺中。其後奉南宗者以會爲第七祖，稱荷澤大師，其法統爲荷澤宗。參閱宋高僧傳八洛京荷澤寺神會傳。

【荷₂蕢】 肩負草筐。論語憲問："子擊磬於衛，有荷蕢而過孔子氏之門者。"宋朱熹集註："荷蕢者亦隱士也。"漢焦延壽易林蹇之井："荷蕢隱名，以避亂傾。終身不仕，遂其潔清。"

【荷錢】 荷葉初長時，形小如錢，故稱。宋呂渭老聖求詞南鄉子："萍點荷錢又滿池。"

【荷₃禮】 瑣碎的禮節。漢書四三酈食其傳："食其聞其將皆握齱好荷禮自用，不能聽大度之言，食其乃自匿。"注："荷與苛同。苛，細也。"史記九七酈生傳作"苛禮"。

【荷₂戴】 受恩感激。文選南朝梁任彥昇(昉)到大司馬記室牋："雖則殞越，且知非報，不勝荷戴屏營之情，謹詣廳奉白牋謝聞。”

【荷₂鍤】背負钁鍬。鍤，插地起土之鍬。漢書九九上王莽傳張竦爲劉嘉作奏:“願爲宗室倡始，父子兄弟負籠荷鍤，馳之南陽，豬(劉)崇宫室，令如古制。”晉書劉伶傳:“常乘鹿車，攜一壺酒，使人荷鍤而隨之，謂曰:‘死便埋我!’其遺形骸如此。”

【荷葉杯】㊀荷葉中心凹處下連莖，刺破後可作杯。唐白居易長慶集六五酒熟憶皇甫十詩:“疏索柳花盌，寂寥荷葉盃。”盃，同“杯”。明田藝蘅留青日札摘抄:“荷葉杯，……刺(荷)葉心而飲其莖也。”㊁詞調名。本教坊曲名。此詞有單調雙調。單調有温庭筠二十三字，韋莊二十五字，顧夐二十六字三體。雙調有韋莊五十五字一體。見詞譜一。

【荷花生日】吴俗以農曆六月二十四日爲觀蓮節，亦名荷花生日。清顧禄清嘉録六荷花蕩:“是日，又爲荷花生日，舊俗，畫船簫鼓，競於葑門外荷花蕩，觀荷納涼。……又沈朝初憶江南詞云:‘蘇州好，廿四賞荷花。’注:‘六月廿四日，爲荷花生日。’”

莋 zuó ㄗㄨㄛˊ 在各切，入，鐸韻，從。

見下。

【莋都】地名。漢書九五西南夷傳:“自巂以東北，君長以十數，徙、莋都最大。”注:“徙及莋都，二國也。……莋都後爲沈黎郡。”漢武帝元鼎六年以莋都地置沈黎郡，見漢書武帝紀。郡治所在今四川漢源境。

【莋碓】山名。越絶書外傳記吴地傳:“莋碓山，故爲鶴阜山，禹遊天下，引湖中柯山，置之鶴阜，更名莋碓。……莋碓山下故有鄉，名莋邑。”

莛 tíng ㄊㄧㄥˊ 特丁切，平，青韻，定。徒鼎切，上，迥韻，定。

㊀草莖。漢書六五東方朔傳答客難:“語曰:‘以筦闚天，以蠡測海，以莛撞鐘’，豈能通其條貫，考其文理，發其音聲哉!”文選答客難作“筳”。㊁屋梁。莊子齊物論:“故爲是舉莛與楹，厲與西施，恢恑憰怪，道通爲一。”釋文:“司馬(彪)云:屋梁也。”

莚 yán ㄧㄢˊ 以然切，平，仙韻，喻。

蔓延連續貌。文選晉左太沖(思)蜀都賦:“糜蕪布濩於中阿，風連莚蔓於蘭皋。”唐張銑注:“莚蔓，相連屬貌。”

荻 dí ㄉㄧˊ 徒歷切，入，錫韻，定。

草名。與蘆同爲禾本科而異種，葉較蘆稍闊而韌。别名萑、䓕、雚、薍、蓪、鳥蓲、馬尾蒹。世説新語任誕:“方共對飲，劉(驎之)便先起，云:‘今正伐荻，不宜久廢。’”參閲政和證類本草十一蘆根、廣羣芳譜九十蘆。

【荻港】在安徽繁昌縣，是長江沿岸的河港之一，港口有鎮，當荻港入江之口，爲長江行船上下旅客之地。參閲讀史方輿紀要二七太平府繁昌縣。

【荻苗水】黄河八月漲水名。宋史河渠志一:“説者以黄河隨時漲落，故舉物候爲水勢之名。……八月菼薍華，謂之荻苗水。”菼，初生之荻；薍，荻别名。

八 畫

萍 píng ㄆㄧㄥˊ 薄經切，平，青韻，並。

浮萍。又稱水萍。禮月令季春之月:“虹始見，萍始生。”

【萍合】如浮萍的暫時聚合。文苑英華八一一唐沈亞之萬勝岡新城記:“吾士卒萍合之衆也，易散而難役。”

【萍泊】如水面浮萍，漂泊無定。唐鍾輅前定録柳及:“(柳及)再娶沈氏……後四月及果卒，沈氏尋亦萍泊南海。”

【萍浮】水萍飄浮。喻飄泊不定。後漢書三五鄭玄傳戒子益恩書:“萍浮南北，復歸邦鄉。”文選晉潘安仁(岳)西征賦:“陋吾人之拘攣，飄萍浮而蓬轉。”

【萍寄】浮萍寄跡水面。喻行止無定。全唐詩六三九張喬寄弟:“故里行人戰後疏，青崖萍寄白雲居。”

【萍梗】浮萍與斷梗隨風飄蕩，比喻行蹤無定。文苑英華四六唐陸肱萬里橋賦:“家本江都，羡波濤而自返；身留蜀地，隅萍梗以堪驚。”全唐詩五三七許渾晨自竹徑至龍興寺崇隱上人院:“客路隨萍梗，鄉園失薜蘿。”

【萍鄉】縣名。在江西省。三國吴置，傳以楚昭王渡江得萍實於此而名。故城在今縣東。隋屬袁州，唐宋沿置。明清皆屬江西袁州府。公元1960年改設市。參閲讀史方輿紀要八七袁州府。

【萍實】萍蓬草的果實。漢劉向説苑辨物:“楚昭王渡江，有物大如斗，直觸王舟，止於舟中。昭王大怪之，使聘問孔子。孔子曰:‘此名萍實。令剖而食之，惟霸者能獲之，此吉祥也。’”文選晉郭景純(璞)江賦:“石帆蒙籠以蓋嶼，萍實時出而漂泳。”參見“萍蓬草”。

【萍蓬】萍，浮萍；蓬，蓬草；皆飄浮不定之物，以喻人的行蹤不定。文選晉潘安仁(岳)西征賦:“陋吾人之拘攣，飄萍浮而蓬轉。”唐杜甫杜工部草堂詩箋三五將别巫峽贈南卿兄瀼西果園四十畝:“苔竹素所好，萍蓬無定居。”

【萍蹤】喻行蹤不定。蹤，亦作“踪”。宋陸游渭南文集八答交代楊通判啓:“瓜戍及期，幸仁賢之爲代；萍蹤無定，恨候望之未遑。”元薩都剌薩天錫詩集前集秋日病起池上:“飄風辭萍踪，落葉散魚影。”

【萍蓬草】水草名。又名水粟、水粟包。生南方池澤中，葉大如荇，開黄花。相傳楚昭王渡江得萍實，大如斗，食之甜如蜜者，即此類草。見本草綱目十九草八萍蓬草。參見“萍實”。

【萍水相逢】喻偶然相遇。唐王勃王子安集五秋日登洪府滕王閣餞别序:“關山難越，誰悲失路之人；萍水相逢，盡是他鄉之客。”省作“萍水”。清孔尚任桃花扇傳奇逢舟:“悠悠萍水一番親，舊恨新愁幾句論。”

【萍洲可談】宋朱彧著。共三卷。彧父服曾出使於遼，後鎮守廣州。書中多述其父見聞。所記典章制度、土俗民風，可資考證。原書已佚，今本係清四庫館臣從永樂大典輯出。

菠 bō ㄅㄛ 集韻逋和切，平，歌韻。

蔬菜名。見下。

【菠薐】蔬菜名。即菠菜。原産古波斯，相傳唐代自泥婆羅國傳入。參閲唐韋絢劉賓客嘉話録、唐會要一〇〇雜録。

菹 zū ㄗㄨ 側魚切，平，魚韻，莊。

字亦作“葅”。㊀腌菜。周禮天官醢人:“饋食之豆，其實饋葵菹。”㊁肉醬。禮少儀:“牛與羊魚之腥，聶而切之爲膾，麇鹿爲菹。”㊂古代酷刑，把人剁爲肉醬。莊子盗跖:“子路欲殺衛君而事不成，身菹於衛東門之上。”㊃水草多的沼澤地。孟子滕文公下:“禹掘地而注之海，驅蛇龍而放之菹。”㊄枯草。管子輕重甲:“請君伐菹薪，煮沸火爲鹽。”

【菹漏】潮濕滲漏。墨子節葬下:“掘地之深，下無菹漏。”孫詒讓閒詁:“菹與沮通。廣雅釋詁云:沮，溼也。”

【菹醢】㊀肉醬。儀禮士昏禮:“醯醬二豆，菹醢四豆。”㊁古代殺人碎其骨肉剁爲肉醬的酷刑。楚辭屈原離騷:“后辛之菹醢兮，殷宗用之不長。”戰國策韓二:“聶政之所以名施於後世者，其姊不避菹醢之誅以揚其名也。”

菭 tái 徒哀切,平,咍韻,定。
ㄊㄞ 直尼切,平,脂韻,澄。

青苔。同"苔"。管子地員:"五臁之狀,黑土黑菭。"注:"菭,地衣也。"漢書九七下外戚傳孝成班倢伃自傷賦:"華殿塵兮玉階菭,中庭萋兮綠草生。"注:"菭,水氣所生也。"

菪 dàng 玉篇 徒閬切。
ㄉㄤ

見"莨菪"。

菅 jiān 古顏切,平,刪韻,見。
ㄐㄧㄢ

㊀草名。又稱菅茅、苞子草。莖可作繩織履,莖葉之細者可以覆蓋屋頂。詩陳風東門之池:"東門之池,可以漚菅。"又小雅白華:"白華菅兮,白茅束兮。"㊁苫。編茅草以覆蓋屋頂。左傳昭二七年:"或取一編菅焉。"注:"編菅,苫也。"㊂蘭草。通"蕳"。漢書地理志下引鄭詩:"士與女方秉菅兮,恂盱且樂。"今詩鄭風溱洧菅作"蕳"。㊃地名。春秋宋地。在今山東金鄉、成武縣境。左傳隱十年:"公敗宋師于菅。"

【菅茅】茅草。詩小雅白華:"英英白雲,露彼菅茅。"墨子旗幟:"凡守城之法,石有積,樵薪有積,菅茅有積。"按說文菅茅互訓,蓋一物二名。

【菅蒯】茅草之類,可編繩索。常以喻微賤的人或物。左傳成九年:"詩曰:雖有絲麻,無弃菅蒯;雖有姬姜,無弃蕉萃。"玉篇草部"蔽"下引詩作"菅蔽"。文選南朝梁任彥昇(昉)爲范尚書讓吏部封侯第一表:"陛下不棄菅蒯,愛同絲麻,儻平生之言,猶在聽覽,宿心素志,無復貳辭。"

【菅屨】草鞋。左傳襄十七年:"齊晏桓子卒,晏嬰粗縗斬,苴絰帶,杖,菅屨。"

菀 1. wǎn 於阮切,上,阮韻,影。
ㄨㄢ 紆物切,入,物韻,影。

㊀茂盛貌。詩大雅桑柔:"菀彼桑柔,其下侯旬。"㊁草名,可入藥。急就篇四:"牡蒙、甘草、菀、藜蘆。"參見"紫菀"。

2. yùn
ㄩㄣ

㊂鬱積。通"蘊"。素問一生氣通天論:"大怒則形氣絶而血菀於上。"楚辭漢劉向九歎惜賢:"芳若茲而不御兮,捐林薄而菀死。"

3. yuàn
ㄩㄢ

㊃苑囿。通"苑"。管子水地:"地者,萬物之本原,諸生之根菀也。"

【菀枯】猶榮枯。喻榮譽與恥辱。菀,也作"苑"。國語晉二:"(優施)乃歌曰:'暇豫之吾吾,不如鳥烏。人皆集於菀,已獨集於枯。'里克笑曰:'何謂菀?何謂枯?'優施曰:'其母爲夫人,其子爲君,可不謂菀乎?其母既死,其子又有謗,可不謂枯乎?枯且有傷。'"晉獻公太子申生母死,驪姬欲廢申生而立己子奚齊,而忌里克,故使優施隱喻之,使勿助申生以自取辱。

【菀柳】枝葉茂盛的柳樹。詩小雅菀柳:"有菀者柳,不尚息焉。"文選三國魏應休璉(璩)與從弟君苗君胄書:"逍遙陂塘之上,吟詠菀柳之下。"

【菀菀】柔順貌。猶婉婉。全唐詩一四四常建春詞之一:"菀菀黃柳絲,濛濛雜花垂。"

【菀₂結】鬱結。詩小雅都人士:"我不見兮,我心菀結。"箋:"菀猶屈也,積也。"古本作"宛",見校勘記。宋劉克莊後村集五備對劄子:"近臣骨鯁之言,小臣狂狷之議,菀結二十年而不獲伸者吐露無餘蘊。"

【菀₂熱】積熱。素問大奇論:"五藏菀熱寒熱,獨并於腎也。"注:"菀,積也;熱,熱也。"

【菀窳婦人】蠶神名。見"苑窳婦人"。

菩 1. bèi 簿亥切,上,海韻,並。
ㄅㄟ

㊀草名。可以作席。見說文。北魏賈思勰齊民要術一種穀:"凡穀田……二月上旬及麻菩楊生種者爲上時。"

2. fù 房九切,上,有韻,並。
ㄈㄡ

㊁香草名。周禮夏官大馭"犯軷遂驅之"漢鄭玄注:"封土爲山象,以菩芻棘柏爲神主。"

3. pú 簿胡切,平,模韻,並。
ㄆㄨ

㊂梵語音譯。見"菩₃提"、"菩₃薩"。

【菩₃提】梵語。意譯正覺。即明辨善惡、覺悟真理之意。景德傳燈錄二九南朝梁寶誌大乘讚:"慈心一切平等,真如菩提自現。"

【菩₃薩】梵語。菩提薩埵的簡稱。菩提的意思爲正,薩埵的意思爲衆生;言既能自覺本性,又能普度衆生。羅漢修行精進,便成菩薩,位次於佛。參閱釋氏要覽中三寶、翻譯名義集一三乘通說。

【菩₃提子】菩提樹的果實,用作念佛的數珠。又無患樹,其子色黑而堅,可作數珠,本草稱菩提子。唐義浄譯校量數珠功德經:"若用菩提子爲數珠者,或時掐念,或但手持,誦數一遍,其福無量。"唐陸龜蒙甫里集十三寂上人院詩:"暗數菩提子,閒看薜荔花。"

【菩₃提樹】樹名。又名摩訶菩提。佛教徒相傳釋迦牟尼曾在此樹下得證菩提果而成佛,故以名樹。大唐西域記八摩揭陁國上:"菩提樹者,即畢鉢羅之樹也。昔佛在世,高數百尺,屢經殘伐,猶高四五丈。佛坐其下,成等正覺,因而謂之菩提樹焉。莖幹黃白,枝葉青翠,冬夏不凋,光鮮無變。"菩提樹原産印度,晉唐時始傳入我國。

【菩₃薩乘】佛家語。三乘、又五乘之一。修六度(布施、持戒、忍辱、精進、禪定、知慧)之行,悟道而得佛果的三乘教。參見"三乘"。

【菩₃薩魚】石首魚的別名。明馮時可雨航雜錄下:"鮸魚,即石首魚也,……諸魚有血,石首獨無血。僧人謂之菩薩魚,至有齋食而啖者,蓋亦三淨肉之意。"

【菩₃薩蠻】詞調名。本唐教坊曲名,起於唐末。最先有李白所作詞,疑爲僞託。其後著者漸多,更易新名。詞譜五:"温庭筠詞有'小山重疊金明滅'句,名重疊金;南唐李煜(後主)詞名子夜歌;韓淲詞有'新聲休寫花間意'句,名花間意;又有'風前覓得梅花'句,名梅花句;有'山城望斷花溪碧'句,名花溪碧;有'晚雲烘日南枝北'句,名晚雲烘日。雙調,四十四字。"

【菩₃提達磨】公元?—535?年,南天竺人,以南朝梁大通元年抵南海,入魏上嵩山少林寺。終日壁觀,相傳面壁九年。以楞伽四卷授弟子慧可。西魏大統元年終,終前以所服袈裟授可。禪宗稱爲東土始祖,可爲二祖。參閱續高僧傳十六、景德傳燈錄三。

【菩₃薩低眉】喻慈祥良善之貌。太平廣記一七四俊辯:"隋吏部侍郎薛道衡嘗遊鍾山開善寺,謂小僧曰:'金剛爲何努目?菩薩爲何低眉?'小僧答曰:'金剛努目,所以降伏四魔;菩薩低眉,所以慈悲六道。'"

菨 jiē 即葉切,入,葉韻,精。
ㄐㄧㄝ

㊀草名。即荇菜。說文作"菨餘"。詩周南關雎"參差荇菜"毛傳作"接余"。參見"荇菜"。㊁棺的羽飾。通"翣"。漢山陽太守祝睦碑:"遺令素棺,菨蔞以席。"(隸釋七)

菥 1. píng 薄經切,平,青韻,並。
ㄆㄧㄥ

㊀草名。叢生,疏直瘦勁,可以製帚。參

閱爾雅釋草、本草綱目十五草四蠡實、清郝懿行爾雅義疏。

2. píng 音韻闡微 披經切,平,青韻,滂。
ㄆㄧㄥ

㊀使,任用。詩大雅桑柔:"民有肅心,荓云不逮。"箋:"民有進於善道之心,當任用之,反卻退之,使不及門。"

【荓蜂】牽引違離正道。詩周頌小毖:"予其懲而毖後患,莫予荓蜂,自求辛螫。"傳:"荓蜂,摩曳。"爾雅釋訓作"甹夆"。疏:"孫炎曰:謂相掣曳入於惡也。"

萃 cuì 秦醉切,去,至韻,從。
ㄘㄨㄟˋ

㊀草叢生貌。見說文。㊁棲止,停止。詩陳風墓門:"墓門有梅,有鴞萃止。"楚辭屈原天問:"北至回水萃何喜?"㊂聚集。左傳宣十二年:"隨季曰:'楚師方壯,若萃於我,我師必盡。'"㊃羣,類。孟子公孫丑上:"出於其類,拔乎其萃。"㊄易卦名。☷☱。坤下兌上。釋文:"彖及序卦皆云聚也。"㊅副職。通"倅"。周禮春官典路:"車僕掌戎路之萃。"注:"萃,猶副也。"㊆憔悴。通"瘁"、"悴"。荀子富國:"勞苦頓萃而愈無功。"注:"萃與顇同。"㊇見"萃蔡"。

【萃蔡】振衣聲。史記一一七司馬相如傳子虛賦:"扶與猗靡,噏呷萃蔡。"

菸 1. yù 依倨切,去,御韻,影。
ㄩˋ

㊀枯萎。見"菸邑"。

2. yān
ㄧㄢ

㊀草名。見"煙草"。

【菸邑】枯萎。文選戰國楚宋玉九辯:"葉菸邑而無色兮,枝煩挐而交橫。"漢王逸注:"顏容變易而蒼黑。"

莀 lì 郎計切,去,霽韻,來。
ㄌㄧˋ

草名。可以染黃色。見說文。爾雅作"王芻",本草作"藎草"。參閱政和證類本草十一藎草。

菺 jiān 古賢切,平,先韻,見。
ㄐㄧㄢ

即蜀葵。又名戎葵。爾雅釋草:"菺,戎葵。"注:"今蜀葵也。似葵,華如木槿華。"

菼 tǎn 吐敢切,上,敢韻,透。
ㄊㄢˇ

草名。似葦而小,實中。即初生之荻。詩衛風碩人:"鱣鮪發發,葭菼揭揭。"又王風大車:"大車檻檻,毳衣如菼。"菼色嫩綠,此指衣色如菼之綠。

菤 juǎn 居轉切,上,獮韻,見。
ㄐㄩㄢˇ

見下。

【菤耳】植物名,多年生草本,即卷耳,又名"苓耳"、"葈耳"。爾雅釋草:"菤耳,苓耳。"注:"苓耳,形似鼠耳,叢生如盤。"疏:"陸璣疏云:葉青白色,似胡荽,白華細莖,蔓生,可煮爲茹,滑而少味。四月中生子,如婦人耳中璫。"參見"卷$_2$耳"。

【菤葹】草名。即"卷施"。相傳此草拔心不死。南朝梁王僧孺王左丞集贈顧倉曹詩:"譬如菤葹草,心謝葉空存。"參見"卷$_2$施"。

菁 jīng 子盈切,平,清韻,精。
ㄐㄧㄥ

㊀韭菜的花。文選漢張平子(衡)南都賦:"春卵夏筍,秋韭冬菁。"注:"廣雅曰:韭,其華謂之菁。"也泛指別的花。文選戰國楚宋玉高唐賦:"秋蘭茝蕙,江離載菁。"㊁菜名。即蔓菁,又名蕪菁。周禮天官醢人:"朝事之豆,其實韭菹,……菁菹。"參見"蕪菁"。㊂水草。漢書五七上司馬相如傳上林賦:"唼喋菁藻,咀嚼菱藕。"㊃盛貌。見"菁菁"。

【菁茅】草名。古代祭祀用以漉酒去滓。書禹貢:"包匭菁茅。"傳:"菁以爲菹,茅以縮酒。"穀梁傳僖四年:"桓公曰:'昭王南征不反,菁茅之貢不至,故周室不祭。'"注:"菁茅,香草,所以縮酒,楚之職貢。"參見"包茅"、"三脊茅"。

【菁莪】詩小雅菁菁者莪的簡稱。藝文類聚四六晉孫楚故太傅羊祜碑:"雖泮宮之詠魯侯,菁莪之美育才,無以過也。"按:原詩小序:"菁菁者莪,樂育材也。"

【菁菁】茂盛貌。詩小雅菁菁者莪:"菁菁者莪,在彼中阿。"

【菁華】精華。尚書大傳一帝載歌:"菁華已竭,褰裳去之。"文選南朝宋顏延年(延之)陶徵士誄:"至使菁華隱沒,芳流歇絕,不其惜乎!"

菶 běng 蒲蠓切,上,董韻,並。
ㄅㄥˇ

見下。

【菶茸】茂密貌。文選晉潘安仁(岳)射雉賦:"梯䓑叢糅,翳薈菶茸,鳴雄振羽,依于其冢。"唐白居易長慶集二六養竹記:"又有凡草木雜生其中,菶茸薈鬱,有無竹之心焉。"

【菶菶】草木茂盛貌。詩大雅卷阿:"鳳皇鳴矣,于彼高岡。梧桐生矣,于彼朝陽。菶菶萋萋,雝雝喈喈。"也作"唪唪"。參見該條。

荆 jīng
ㄐㄧㄥ

同"荊"。見"荊"。

萋 qī 七稽切,平,齊韻,清。
ㄑㄧ

㊀草盛貌。漢書九七下班倢伃傳自傷賦:"華殿塵兮玉階苔,中庭萋兮綠草生。"㊁文彩交錯。見"萋斐"。

【萋且】文采鮮明貌。萋,通"緀"。詩周頌有客:"有萋有且,敦琢其旅。"傳以萋且爲敬慎貌,集傳云"萋苴"未詳。參閱清姚際恒詩經通論十七有客。

【萋迷】模糊。同"淒迷"。宋蘇軾分類東坡詩十六西太一見王荊公舊詩偶次其韻之二:"聞道烏衣巷口,而今烟草萋迷。"

【萋萋】㊀盛貌。1. 指草。詩周南葛覃:"施于中谷,維葉萋萋。"樂府詩集六二南朝宋謝靈運悲哉行:"萋萋春草生,王孫遊有情。"2. 指雲氣。詩小雅大田:"有渰萋萋,興雨祈祈。"㊁華麗。文選南齊王仲寶(儉)褚淵碑文:"眇眇玄宗,萋萋辭翰,義既川流,文亦霧散。"

【萋斐】文采交錯貌。詩小雅巷伯:"萋兮斐兮,成是貝錦;彼譖人者,亦已大甚。"傳:"萋斐,文章相錯也。貝錦,錦文也。"箋:"喻讒人集作己過以成於罪,猶女工之集采色以成錦文。"後因用作讒譭的代稱。梁書劉孝綽傳謝啟:"兼逢匿怨之友,遂居司隸之官,交構是非,遂成萋斐。"

萐 shà 所洽切,入,洽韻,山。
ㄕㄚˋ 山輒切,入,葉韻,山。

㊀草名。說文:"萐,萐甫,瑞艸也。堯時生於庖廚,扇暑而涼。"㊁扇的別名。漢王充論衡是應:"人夏月操萐,須手搖之,然後生風。"

【萐甫】瑞草名。萐,同"箑",也作"䈉"。甫也作"莆"、"蒲"、"脯"。宋書符瑞志下:"萐甫,一名倚扇,狀如蓬,大枝葉小,根根如絲,轉而成風,殺蠅。"三國志魏高堂隆傳:"宮室之制,務從約節,……清埽所災之處,不敢於此有所立作,萐甫嘉禾,必生此地,以報陛下虔恭之德。"

華 1. huā 呼瓜切,平,麻韻,曉。
ㄏㄨㄚ

㊀花。詩周南桃夭:"桃之夭夭,灼灼其華。"㊁從當中剖開,即半破。禮曲禮上:"爲國君(削瓜)者華之,巾以綌。"注:"華,中裂之,不四析也。"

2. huá 户花切,平,麻韻,匣。
ㄏㄨㄚˊ

㊂光彩，光輝。書舜典："重華協于帝。"傳："華謂文德，言其光文重合於堯，俱聖明。"淮南子地形："其華照下地。"注："華，猶光也。"㊃發生在雲層上環繞日月周圍的光暈。唐李白李太白詩八峨眉山月歌送蜀僧晏入中京："黃鶴樓前月華白，此中忽見峨眉客。"㊄美觀，有文采。禮檀弓上："華而睆，大夫之簀與？"藝文類聚九一三國魏鍾會孔雀賦："五色點注，華羽參差。"㊅浮華。如華而不實。漢王符潛夫論實貢："是以舉世多黨而用私競，比質而行趨華。"㊆精華。唐王勃王子安集五滕王閣詩序："物華天寶，龍光射斗牛之墟，人傑地靈，徐孺下陳蕃之榻。"韓愈昌黎集十二進學解："沉浸醲郁，含英咀華。"㊇粉。文選三國魏曹子建(植)洛神賦："芳澤無加，鉛華弗御。"㊈頭髮花白曰華。後漢書五二崔駰傳達旨："唐且華顛以悟秦，甘羅童牙而報趙。"參見"華首"。㊉我國古稱華夏，省稱華。左傳定十年："裔不謀夏，夷不亂華。"疏："中國有禮儀之大，故稱夏；有服章之美，謂之華。華夏一也。"

3. huà 胡化切，去，禡韻，匣。
ㄏㄨㄚˋ

⑪山名。見"華$_3$山。"⑫姓。華氏，子姓。春秋宋戴公子考父食采於華，子孫以采地爲氏姓。見元和姓纂九禡。廣韻作"崋"。

4. kuā 集韻 空媧切，平，佳韻。
ㄎㄨㄚ

⑬見"華$_4$離"。

【華$_3$山】五嶽之一，世稱西嶽。在陝西華陰縣南。因其西有少華山，故又名太華山。有蓮花（西峯）、落雁（南峯）、朝陽（東峯）、玉女（中峯）、五雲（北峯）等峯。一說以山頂有池，池生千葉蓮花而名。參見"太華"。

【華$_3$元】春秋時宋公族大夫。華督曾孫，歷事文、共、平三公，執政四十年。文公三年，宋與鄭戰，兵敗被俘，逃歸。共公九年，平晉楚之爭，盟於宋西門外。平公時，任向戌爲左師，宋得小安。見左傳宣二年、成十二年。

【華平】傳說瑞草。也作"華苹"。文選漢張平子(衡)東京賦："植華平於春圃，豐朱草於中唐。"注："華平，瑞木也。天下平其華則平，有不平處，其華則向其方傾。"太平御覽八七三孝經援神契："王者德至於地則華苹感。"

【華$_2$池】㊀傳說在崑崙山上的仙池。漢王充論衡談天："禹本紀言河出崑崙……其上有玉泉華池。"文選晉孫興公(綽)遊天台山賦："肆覲天宗，爰集通仙。挹以玄玉之膏，漱以華池之泉。"㊁口，舌下。太平御覽三六七養生經："口爲華池。"雲笈七籤十一黃庭經"中池內神服赤珠"注："舌下爲華池。"

【華$_3$州】地名。禹貢雍州之域。周時爲畿內之國，鄭桓公友封於此，亦名咸林。春秋時爲晉地，戰國時爲秦魏分境。秦內史地，東漢魏晉爲京兆弘農二郡地。後魏太平真君元年置華山郡，西魏廢帝三年改華州。唐後名稱迭有變動，至元復華州舊名。明清相仍。公元1913年改爲華縣，屬陝西省。參閱太平寰宇記二九華州、寰宇通志九二西安府華州。

【華$_2$年】少年。初學記十五南朝梁劉遵應令詠舞詩："倡女多豔色，入選盡華年。"唐李商隱李義山詩集五錦瑟："錦瑟無端五十絃，一絃一柱思華年。"

【華$_2$言】浮華無實之言。漢桓寬鹽鐵論相刺："有華言矣，未見其實也。"晉書范甯傳論王弼何晏："飾華言以翳實，騁繁文以惑世。"

【華$_2$芝】㊀帝王的車蓋。漢書八七上揚雄傳甘泉賦："於是乘輿乃登夫鳳皇兮翳華芝。"注："以華芝爲蔽也。"文選注引服虔："華芝，華蓋也。言以華蓋自翳也。"㊁芝草的一種。唐李商隱李義山詩集六東還："自有仙才自不知，十年長夢採華芝。"

【華$_2$甸】精華薈聚之區。指京師地區。宋書文帝紀二十六年詔："京口肇祥自古，著符近代，衿帶江山，表裏華甸，經塗四達，利盡淮、海。"魏書王叡傳上疏："撫荒裔宜待之以寬信，綏華甸宜惠之以明簡。"

【華$_3$佗】漢末沛國譙人。一名旉，字元化。精於方藥、針灸及外科手術。又仿效虎、鹿、熊、猿、鳥的動態創爲"五禽戲"，用以鍛煉身體。爲曹操針治頭風，隨手而癒，後因遲遲不肯奉召，被殺。死前，以醫書一卷授獄吏，吏畏法不敢受，舉火燒之，佗之術遂不傳。後漢書、三國志均有傳。

【華$_2$近】顯貴而親近帝王的官職。新唐書一八五韋昭度傳："擢進士第，踐歷華近，累遷中書舍人。"

【華$_2$宗】榮顯的宗族。三國志魏陳思王植傳上疏陳審舉之義："三監之釁，臣自當之，二南之輔，求必不遠。華宗貴族，藩王之中，必有應斯舉者。"宋書王微傳世祖詔："微棲志貞深，文行淳洽，生自華宗，身安隱素。"

【華$_2$表】㊀古代用以表示王者納諫或指路的木柱。晉崔豹古今注下問答釋義："程雅問曰：'堯設誹謗之木，何也？'答曰：'今之華表木也。以橫木交柱頭，狀若花也。形似桔槔，大路交衢悉施焉。或謂之表木，以表王者納諫也。亦以表識衢路也。秦乃除之，漢始復修焉。今西京謂之交午木。'"㊁古代立于宮殿、城垣或陵墓前的石柱。柱身往往刻有花紋。北魏楊衒之洛陽伽藍記三龍華寺："宣陽門外四里，至洛水上，作浮橋，所謂永橋也。……南北兩岸有華表，舉高二十丈，華表上作鳳凰似欲沖天勢。"㊂房屋外部裝飾。文選三國魏何平叔(晏)景福殿賦："故其華表則鎬鎬鑠鑠，赫奕章灼。"注："華表，謂華飾屋外之表也。"

【華$_2$的】古代婦女的面飾。藝文類聚七九三國魏王粲神女賦："税衣裳兮免簪笄，施華的〔旳〕兮結羽儀。"史記五宗世家長沙定王發索隱引神女賦作"玄旳"。

【華$_2$始】漢樂名。漢書禮樂志安世房中歌："七始華始，肅倡和聲。"注："七始，天、地、四時、人之始；華始，萬物英華之始也；以爲樂名，如六英也。"

【華$_2$亭】㊀縣名。1. 屬甘肅省。北魏於此築城置鎮，隋置縣，歷代建廢不一。明清皆屬平涼府，今屬甘肅平涼專區。參閱讀史方輿紀要五八平涼府。2. 原爲三國吳陸遜封邑，唐天寶十年割崑山海鹽嘉興地置華亭縣，以地有華亭谷而名。歷代因之。公元1914年改松江縣，屬江蘇省。見嘉慶一統志八二松江府一。㊁古地名。在浙江嘉興縣。世說新語尤悔"陸平原河橋敗"注引八王故事："華亭，吳由拳縣郊外墅也。有清泉茂林。吳平後，陸機兄弟共遊於此十餘年。"按，由拳卽今嘉興縣。

【華$_2$首】㊀頭髮斑白。後漢書三二樊準傳上疏請興儒學："又多徵名儒，以充禮官，……故朝多皤皤之良，華首之老。"㊁美女的秀髮。晉陶潛陶淵明集六閑情賦："願在衣而爲領，承華首之餘芳。"

【華$_2$要】顯貴的官職。宋書孔覬傳辭署記室牋："記室之局，實惟華要，自非文行秀敏，莫或居之。"

【華苹】見"華平"。

【華$_2$苑】花園。晉郭璞爾雅序："夫爾雅者，……誠九流之津涉，六藝之鈐鍵，學覽者之潭奧，摛翰者之華苑也。"疏："言此書森羅萬有，純粹六經，摛文染翰之士，足以掇其英華，若園苑然，故云華苑也。”

【華₂胥】㊀古代傳說太昊帝庖犧氏之母。以履巨人足跡而有娠，生庖犧。見晉皇甫謐帝王世紀。㊁寓言中的理想國。列子黄帝：“（黄帝）晝寢而夢，遊於華胥氏之國……其國無帥長，自然而已；其民無嗜欲，自然而已；不知樂生，不知惡死，故無夭殤；不知親己，不知疎物，故無愛憎；不知背逆，不知向順，故無利害。”宋劉克莊後村集四四晚意詩：“夢入華胥國土來，咍臺不省夜何其。”

【華₂省】指職務親貴的官署。文選晉潘安仁（岳）秋興賦：“宵耿介而不寐兮，獨展轉於華省。”岳序謂“時以太尉掾兼虎賁中郎將，寓直於散騎之省。”散騎常侍，侍從皇帝左右，平尚書奏事，爲親貴之官。全唐詩一二九苑咸酬王維：“蓮花梵字本從天，華省仙郎早悟禪。”

【華₂胄】世家貴族的後代子孫。宋書禮志一晉殷茂上言：“臣聞舊制國子生皆冠族華胄，比列皇儲，而中者混雜蘭艾，遂令人情恥之。”晉書桓玄傳：“（楊）佺期爲人驕悍，嘗自謂承藉華胄，江表莫比。”

【華₂重】地位顯貴而重要。廣弘明集十五南朝梁王僧孺初夜文：“忘魯衛之尊高，略柎萼之華重。”藝文類聚四九南朝梁陸倕除詹事免讓表：“儲端華重，實異恒司。”

【華₂容】㊀美麗的容貌。楚辭宋玉招魂：“蘭膏明燭，華容備些。”文選三國魏曹子建（植）洛神賦：“華容婀娜，令我忘餐。”㊁縣名。1.屬湖南省。隋以古華容城置華容縣。故城在洞庭湖北。宋徙今治，明清皆屬岳州府。參閱寰宇通志五四岳州府。2.春秋許容城地。漢置華容縣，屬南郡。後周廢。故城在今湖北監利縣東。漢末赤壁之戰曹操兵敗從華容道北走，卽此。參閱讀史方輿紀要七八荆州府。

【華₂素】貴族與平民。資治通鑑一二八宋大明二年引梁裴子野（宋略選舉）論：“古者德義可尊，無擇負販；苟非其人，何取世族。名公子孫，還齊布衣之伍；士庶雖分，本無華素之隔。”

【華₂夏】書武成：“華夏蠻貊，罔不率俾。”疏：“夏，大也。故大國曰夏。華夏謂中國也。”三國魏曹植曹子建集九七啓：“威慴萬乘，華夏稱雄。”華夏初指我國中原地區，後來包舉我國全部領土而言。

【華₂原】地名。漢祋祤縣地，屬左馮翊。北魏改爲通川郡，領泥陽縣。隋改泥陽爲華源。元代省。地在今陝西耀縣境。參閱太平寰宇記三一耀州。

【華₂衮】衮，古代上公之服。華，言其多采。晉范甯春秋穀梁傳序：“一字之褒，寵踰華衮之贈；片言之貶，辱過市朝之撻。”抱朴子博喻：“華衮粲爛，非隻色之功；嵩岱之峻，非一簣之積。”

【華₂族】貴族。晉書王遐傳：“少以華族，仕至光祿勳。”北史韓麒麟傳：“廣延賢哲，則華族蒙榮，良才獲敍。”

【華₃陰】縣名。屬陝西省。本春秋時晉地，戰國魏地。魏納於秦，秦惠文王改名寧秦。漢高帝八年改曰華陰。以在太華山之北，故名。故城在今縣東南。參閱太平寰宇記二九華州。

【華₂國】光耀國家。國語魯上：“仲孫它諫曰：‘子爲魯上卿，相二君矣。妾不衣帛，馬不食粟，人其以子爲愛，且不華國乎？’”言季文子過分節儉，有失國體。周禮春官典路“凡會同車旅”漢鄭玄注：“王出，於事無常，王乘一路，典路以其餘路從行，亦以華國。”

【華₂疏】華美的刻鏤。樂府詩集三七相和歌辭隴西行：“清白各異樽，酒上正華疏。酌酒持與客，客言主人持。”指酒勺的刻鏤。

【華₂陽】縣名。唐分成都縣地置蜀縣。安史之亂，玄宗西奔入蜀，改爲華陽縣。明清皆屬成都府。公元1965年併入雙流縣，屬四川省。參閱寰宇通志六一成都府。

【華₃陽】地名。書禹貢：“華陽黑水惟梁州。”注：“東據華山之南，西距黑水。”秦宣太后弟芈戎封華陽君，昭王立太子愛姬爲華陽夫人，皆此地。其地有華陽川，卽古陽華藪。因山得名，山藪並在華山之陽，卽禹貢之華陽。今陝西省商縣地。見清胡渭禹貢錐指九。

【華₂景】日光。文選晉陸士衡（機）長安有狹邪行：“輕蓋承華景，騰步躡飛塵。”

【華₃嵒】清福建臨汀人，客居杭州。字秋岳，號新羅山人。善畫人物山水花鳥草蟲，自具風格。又工詩，善書法，時稱三絕。參閱清張庚國朝畫徵續録下、清蔣寶齡墨林今話二。

【華勝】古代婦女的花形髮飾。同“花勝”。後漢書輿服志下：“太皇太后、皇太后入廟服……簪以瑇瑁爲擿，長一尺，端爲華勝，上爲鳳皇爵，以翡翠爲毛羽。”參見“花勝”。

【華₂腴】㊀指貴族。全唐文三七二柳芳姓系論：“凡三世有三公者曰膏粱，有令僕者曰華腴。”按，令，尚書令；僕，僕射。㊁指鮮衣美食。宋史三二七王安石傳：“性不好華腴，自奉至儉。”

【華₂滋】茂盛。文選古詩十九首之九：“庭中有奇樹，綠葉發華滋。”唐李白李太白詩六秋思：“坐愁羣芳歇，白露凋華滋。”

【華₃歆】公元156—231年。東漢平原高唐人，字子魚。少與管寧邴原同學，時人號歆爲龍頭，原爲龍腹，寧爲龍尾。官至尚書令，後依附曹操，與郗慮同率兵入宮收殺獻帝伏皇后。曹丕稱帝後，官司徒。明帝時，遷太尉，封博平侯。三國志魏志有傳。

【華萼】花與萼。花萼相承，也比喻兄弟之愛。文選南朝宋謝宣遠（瞻）於安城答靈運詩：“華萼相光飾，嚶嚶悦同響。”參見“花萼集”、“花萼樓”。

【華₂楚】美好整飭。玉臺新詠五南朝梁沈約少年新婚爲之詠詩：“腰肢既軟弱，衣服亦華楚。”舊五代史晉少帝紀三開運元年詔：“向者，造作軍器，破用稍多，但取堅剛，不須華楚，今後作坊製器械，不得更用金銀裝飾。”

【華₃嵩】華山和嵩山，比喻崇高或高大。北史薛辯傳附薛孝通傳：“帝曰：‘君臣體魚水，書軌一華戎。’孝通曰：‘微臣信慶渥，何以答華嵩？’”

【華₂節】春節。初學記三南朝梁元帝纂要：“（春）節曰華節，芳節，良節，嘉節，韶節，淑節。”

【華₂筵】盛美的筵席。唐杜甫杜工部詩十劉九法曹鄭瑕邱石門宴集：“能吏逢聯璧，華筵直一金。”

【華₂輿】猶言貴要。南齊謝朓謝宣城集三忝役湘州與宣城吏民別詩：“弱齡倦簪履，薄晚忝華輿。”

【華₂誕】㊀虛浮。逸周書官人：“少知而不大決，少能而不大成，規小物而不知大倫，曰華誕者也。”㊁對人生日的美稱。明史謹獨醉亭集中壽述夫次韻詩：“螺杯獻酒逢華誕，鶴髮同筵敍舊情。”

【華₂蓋】㊀帝王或貴官所用的傘蓋。漢書九九下王莽傳：“莽乃造華蓋九重，高八丈一尺，金瑵羽葆。”後漢書六九何進傳：“起大壇，上建十二重五采華蓋，高十丈，壇東北爲小壇，復建九重華蓋，高九丈，……天子親出臨軍，駐大華蓋下，進駐小華蓋下。”參閱晉崔豹古今注上輿服。㊁貴族之車有華蓋，因以華蓋爲車之別稱。文選晉劉越石（琨）贈盧諶詩：“狹路傾華蓋，駭駟摧雙輈。”㊂星名。楚辭漢王褒九懷思忠:"登華蓋兮乘陽，聊逍遥兮播光。"注:"華蓋七星,其柢九星,合十六星,如蓋狀,在紫微宮中，臨勾陳上，以蔭帝座。"㊃樹名。舊題漢劉歆西京雜記一:"終南山……有樹，直上百丈無支,上結叢條如車蓋。葉一青一赤,望之斑駁如錦繡，長安謂之丹青樹。亦云華蓋樹。"㊄道經指眉的別名。雲笈七籤十一黄庭内景經天中:"眉號華蓋，覆明珠。"注:"明珠，目也。"又指肺。雲笈七籤十二黄庭内景經肝氣:"坐侍華蓋，遊貴京。"注:"華蓋，肺也。"

【華₂髮】老人的花白頭髮。墨子修身:"華髮隳顛而猶弗舍者,其唯聖人乎!"隳顛卽禿頂。唐元稹長慶集七遣病詩之五:"華髮不再青，勞生竟何補。"引申爲老人之稱。漢蔡邕蔡中郎集七薦邊文禮書:"伏惟幕府初開，博選清英，華髮舊德,並爲元龜。"

【華₂選】指顯貴的官職。宋書孔顗傳孝建三年顏竣奏:"常侍華選，職任俟才。"南齊書王琨等傳論:"内侍樞近，世爲華選。"

【華₂緘】對别人書信的敬稱。唐崔致遠桂苑筆耕集八龍州裴峴尚書:"遠勞專介，特枉華緘。"太平廣記四九一唐皇甫枚非煙傳:"發華緘而思飛，諷麗句而目斷。"

【華₂翰】對别人書信的敬稱。唐劉禹錫劉夢得集二一謝竇相公啟:"每奉華翰，賜之衷言,果蒙新恩,重忝清貫。"

【華₂燭】㊀光采映射，指人之美容。文選漢班孟堅(固)西都賦:"精曜華燭，俯仰如神。"㊁華美的燭火。文選三國魏曹子建(植)七啟:"華燭爛，幄幙張。"文選南朝宋謝宣遠(瞻)答靈運詩:"開軒滅華燭,月露皓已盈。"

【華₂嶽】高大的山。禮中庸:"今夫地一撮土之多,及其廣厚，載華嶽而不重，振河海而不洩，萬物載焉。"釋文:"華嶽，户化、户瓜二反。本亦作'山嶽'。"

【華₂瞻】指文章富麗多采。周書薛寘傳:"時前中書盧柔,學業優深,文藻華瞻,而寘與之方駕,故世號曰薛盧焉。"

【華₂蟲】古冕服上的畫飾。書益稷:"山龍華蟲作會。"傳:"華，象草華;蟲，雉也。"疏:"草木雖皆有華，而草華爲美。……雉五色，象草華也。月令五時皆云'其蟲'，蟲是鳥獸之總名也。"此釋華蟲爲二物。周禮考工記畫繢"畫繢之事……鳥、獸、蛇"漢鄭玄注:"所謂華蟲也,在衣,蟲之毛鱗有文采者。"禮王制"制三公一命卷，若有加則賜也"唐孔穎達疏:"華蟲者，謂雉也。……雉是鳥類，其頸毛及尾似蛇，兼有細毛似獸。"此以華蟲專門指雉而言。

【華₂簪】華貴的帽簪。比喻貴官。晉陶潛陶淵明集二和郭主簿詩之一:"此事真復樂，聊用忘華簪。"唐白居易長慶集十九中書寓直詩:"病對詞頭慙彩筆，老看鏡面愧華簪。"

【華₂靡】華麗奢侈。文選三國魏曹子建(植)求自試表:"而位竊東藩,爵在上列,身被輕煖,口厭百味;目極華靡，耳倦絲竹者,爵重祿厚之所致也。"

【華₄離】指國與國間疆界犬牙交錯。周禮夏官形方氏:"掌制邦國之地域而正其封疆，無有華離之地。"疏:"王者地有佤邪離絶,遞相侵入不正,故今正之。佤者兩頭寬中狹,邪者謂一頭寬一頭狹。"

【華₂麗】美而多采。三國志魏夏侯玄傳:"車輿服章,皆從質樸,禁除末俗華麗之事。"此指服飾用具等物。晉陸機陸士衡集五爲周夫人贈車騎詩:"京城華麗地,璀璨多異人。"

【華₂顛】㊀白頭。後漢書五二崔駰傳達旨:"唐且華顛以悟秦，甘羅童子而報趙。"㊁華采的樹冠。晉陸機陸士衡集五答張士然詩:"嘉穀垂重穎，芳樹發華顛。"

【華₂辭】虚飾不實之詞。莊子列禦寇:"殆哉圾乎仲尼!方且飾羽而畫,從事華辭,以支爲旨,……夫何足以上民。"後漢書六八郭太傳:"其獎拔士人，皆如所鑒。後之好事,或附益增張,故多華辭不經。"

【華₂競】浮華豪奢。晉書儒林傳序:"自晉始自中朝,迄于江左,莫不崇飾華競,祖述玄虚,……指禮法爲流俗,目縱誕以清高。"

【華₂鐙】裝飾美麗的燭臺。楚辭宋玉招魂:"蘭膏明燭，華鐙錯些。"鐙，通作"燈"。初學記二七南朝陳張正見賦題得蘭生野逕詩:"華燈共影落，芳杜雜花深。"

【華₂譽】浮華不實的聲名。後漢書六十上馬融傳廣成頌:"察淫侈之華譽，顧介特之實功。"抱朴子博喻:"庸夫好悦耳之華譽,而惡利行之良規。"

【華鬘】古印度人的裝飾物。梵語麽羅。穿花成串,懸於身上,或作頭飾，稱爲華鬘。大唐西域記二:"首冠華鬘，身佩纓絡。"唐釋慧琳一切經音義五九四分律三華鬘:"梵言摩羅。……案西域結鬘師多用蘇摩那花行列結之,以爲條貫,無問男女貴賤,皆此莊嚴。"

【華₂鬢】猶言華髮。晉陶潛陶淵明集一命子詩:"顧慚華鬢，負影隻立。"唐李白李太白詩二古風之二八:"華鬢不耐秋，颯然成衰蓬。"

【華₂觀】㊀華美的形式。漢王符潛夫論務本:"孝悌者，以致養爲本，以華觀爲末。"㊁華麗的觀闕。文選南朝梁陸佐公(倕)石闕銘:"神哉華觀,永配無疆。"

【華₃山碑】漢碑。全稱西嶽華山廟碑。原在陝西華陰縣西嶽廟中，漢延熹八年立，後題"郭香察書"。考據家以爲漢人書碑例不題名，又王莽以前以兩字爲名的絶少，因疑郭香僅爲察書之人。唐徐浩古迹記以爲是蔡邕書。明嘉靖三十四年地震碑毁。世傳搨本極少，僅有長垣本、華陰本、四明本三本及馬氏玲瓏館殘本,以長垣本爲最早,完整無闕。參閱金石萃編十一。

【華₃山畿】古樂府吴聲歌曲名。相傳南朝宋少帝時，有南徐士子從華山畿往雲陽,見客舍有女子,年十八九，悦之，無因，遂感心疾而死。及葬日，車度華山，比至女門，車不前，牛不動。女妝點沐浴而出，歌曰:"華山畿，君既爲儂死，獨活爲誰施?歡若見憐時，棺木爲儂開。"棺應聲開，女遂入，乃合葬。人呼爲神女塚。現存歌詞二十五首。參閱樂府詩集四六清商曲辭引古今樂録。

【華₂不注】山名。在山東濟南市東北。春秋魯成公二年，魯季孫行父帥師會晉郤克,與齊頃公戰，齊師敗績，逐之，三周華不注，卽此。參閱水經注八濟水、太平寰宇記十九齊州歷城縣。

【華₂林園】㊀宫苑名。1.古址在今洛陽市東。本東漢芳林園。三國魏齊王曹芳卽帝位，改稱華林。2.在今河北臨漳縣西南古鄴城北。東晉列國後趙石虎遷都後建，仿洛陽舊苑體制，襲稱華林。3.在江蘇南京市雞鳴山南古臺城内。三國吴建，南朝續有擴建。參閱清趙翼陔餘叢考十六華林園有三處。㊁佛教的園林。東晉列國後秦鳩摩羅什彌勒下生成佛經:"爾時彌勒佛於華林園，其園縱廣一百由旬。"

【華₂胥引】詞調名。列子載黄帝夢遊華胥國,詞名取此。雙調,八十六字。見詞譜二一。

【華₂胥夢】泛指入夢。唐張説張燕公集一奉和賜諸州刺史應制詩:"共躡華胥夢，龔黄安足尋。"龔黄，漢龔勝、黄霸。宋陸游劍南詩稿五晨雨:"飯餘一枕華胥夢,不怪門生笑腹便。"參見"華胥㊀"。

【華₂清池】在陝西臨潼縣驪山下。爲唐代華清宮中的温泉。唐白居易長慶集十二長恨歌:"春寒賜浴華清池,温泉水滑洗凝脂。"參見"華₂清宮"。

【華₂清宮】唐宮名。故址在今陝西臨潼縣驪山上。山有温泉,唐貞觀十八年置,咸亨十二年名温泉宮。天寶六載大加擴建,更名華清宮。宮治湯井爲池,環山築宮室,築羅城,池稱華清池。安禄山之亂,破壞甚多。元和間重修,已罕游幸,遂漸荒廢。參閱唐會要三十華清宮、新唐書地理志一京兆府昭應。

【華₃陰市】後漢張楷字公超,隱居弘農山中,學者相隨,所居成市,華陽山南有公超市。後因以華陰市喻指學者羣集的地方。南朝陳徐陵徐孝穆集三與李那書:"軒車滿路,如看太學之碑;街巷相填,無異華陰之市。"

【華₂陽集】書名。1.唐顧況撰,原集三十卷,今存詩文三卷,後附況子非熊詩一卷。況晚年退居茅山,自號華陽真逸,故名華陽集。2.宋華陽王珪撰,原集百卷,今存六十卷,又附録十卷。珪文章贍麗,自成一家,爲陸游、楊萬里等所稱。詩亦以富麗爲主。3.宋張綱撰,四十卷。綱自號華陽老人,因以名集。

【華₂嚴宗】中國佛教宗派名。又名法界宗、賢首宗。此宗以華嚴經爲法典,出現於南朝陳、隋之際,與三論、天台、浄土、法相等宗對峙。以唐杜順爲始祖,雲華智儼法師爲二祖,法藏賢首法師爲三祖,清涼澄觀法師爲四祖,圭峯宗密禪師爲五祖。賢首著華嚴經略疏,確立教旨,故又稱賢首宗。至唐武宗會昌禁佛以後,漸次衰落。

【華₂嚴經】佛經名。全名爲大方廣佛華嚴經。大方廣爲所證之法,佛以華莊嚴法身,故曰華嚴。有三種譯本。1.東晉佛馱跋陀羅譯,六十卷,又名六十華嚴,或舊華嚴、晉經。2.唐實叉難陀譯,八十卷,又名八十華嚴,或新華嚴、唐華嚴。3.唐般若譯,四十卷,又名四十華嚴、貞元經。四十華嚴實爲前二譯中入法界品的別譯。

【華₂而不實】有名無實,言過其實。左傳文五年:"且華而不實,怨之所聚也。"國語晉五:"陽子(處父)華而不實,主言而無謀,是以難及其身。"又指文體浮華而無內容。南史梁簡文帝紀論:"然文豔用寡,華而不實;體窮淫麗,義罕疏通。"

【華₂亭鶴唳】世説新語尤悔:"陸平原(機)河橋敗,爲盧志所讒,被誅。臨刑歎曰:'欲聞華亭鶴唳,可復得乎!'"機於吳亡入洛以前,與弟雲常遊於華亭墅中。後常以華亭鶴唳爲遇害者死前感慨生平之詞。北周庾信庾子山集一哀江南賦序:"釣臺移柳,非玉關之可望;華亭鶴唳,豈河橋之可聞?"

【華₃封三祝】華封人祝帝堯長壽、富有和多男,後人因稱爲華封三祝。莊子天地:"堯觀乎華,華封人曰:'嘻!聖人,請祝聖人,使聖人壽!……使聖人富!……使聖人多男子!'"參見"三多㊀"。

【華₂屋山丘】言人壽有限,富貴者亦終於死亡。文選三國魏曹子建(植)箜篌引:"盛時不可再,百年忽我遒。生在華屋處,零落歸山丘。"

【華₃陽國志】晉常璩撰,十二卷,附録一卷。此書述古代巴蜀地區歷史、地理、風俗,及公孫述劉焉劉備李特等事跡。由遠古至東晉永和三年止。巴蜀地晉代爲梁益寧三州地,屬書禹貢梁州之域,因取禹貢"華陽黑水惟梁州"句,以"華陽"爲書名。

萇

cháng 直良切,平,陽韻,澄。ㄔㄤ

㊀植物名。見"萇楚"。㊁姓。周大夫萇弘後代。參閱明陳士元姓觿三萇。

【萇弘】公元前?—前492年。春秋周敬王大夫,事王卿士劉文公卷。孔子嘗就問樂。晉公族內鬨,弘助晉大夫范吉射、中行寅,晉卿趙鞅以責周,周爲之殺弘。見國語周下。舊題晉王嘉拾遺記謂爲周靈王時人,爲周人所殺,既死,流血成石,或言成碧,不見其尸。

【萇楚】植物名。卽羊桃,又名獮猴桃。詩檜風隰有萇楚:"隰有萇楚,猗儺其枝。"傳:"萇楚,銚弋也。"爾雅釋草作"長楚"。參閱政和證類本草十一羊桃。參見"羊桃"。

【萇鳳】唐代末著名筆工。唐馮贄雲仙雜記三筆文章貨:"羅隱喜筆工萇鳳,語之曰:'筆,文章貨也。吾以一物助子取高價。'卽贈雁頭箋百幅。士夫聞之,懷金問價,或以綵羅大組換之。"

著

1. zhù 陟慮切,去,御韻,知。ㄓㄨ

㊀明顯,顯露。禮大傳:"名著而男女有別。"又中庸:"誠則形,形則著,著則明。"㊁撰述,寫作。史記六三老子傳:"於是老子迺著書上下篇。"㊂標舉。管子立政:"鄉師以著于士師。"明劉績補注:"著,標著也。使儩曹署著其名。"

丁吕切,上,語韻,端。

㊃大門與屏風之間的地位。詩齊風著:"俟我于著乎而。"㊄居積。同"貯"。史記一二九貨殖傳:"(子貢)廢著鬻財於曹、魯之間,七十子之徒,賜最爲饒益。"㊅位次。左傳昭十二年:"若不廢君命,則固有著矣。"

2. zhuó 張略切,入,藥韻,知。ㄓㄨㄛ 直略切,入,藥韻,澄。

㊆附着。國語晉四:"今戾久矣,戾久將底。底著滯淫,誰能興之?"漢書食貨志上賈誼論積貯:"今敺民而歸之農,皆著於本,使天下各食其力,末技游食之民,轉而緣南畮,則畜積足而人樂其所矣。"㊇穿着。世説新語言語"禰衡被魏武謫爲鼓吏"注引文士傳:"鼓吏度者,皆當脱其故衣,著此新衣。"晉書宣帝紀:"關中多蒺蔾,帝使軍士二千人著軟材平底木屐前行。"㊈土著。指常居不遷的人。後漢書二一李忠傳:"三歲閒流民占著者五萬餘口。"參見"土著"。㊉酒器。禮明堂位:"著,殷尊也。"注:"著,著地,無足。"聶氏三禮圖謂受五斗。㊉①"着"的本字。

3. chú 直魚切,平,魚韻,澄。ㄔㄨ

㊉②見"著₃雍"。

4. zhāo ㄓㄠ

㊉③圍棋謂下子曰著。故事有失誤,謂之失著。唐貫休禪月集八棋詩:"著高圖暗合,勢王氣彌驕。"

【著₂手】㊀猶言用力。晉書杜預傳:"今兵威已振,譬如破竹,數節之後,皆迎刃而解,無復著手處也。"㊁觸手,附着手上。玉臺新詠八梁庾肩吾和湘東王春宵應令詩:"燭下夜縫衣,春寒偏著手。"也作"着手"。唐王勃王子安集二採蓮賦:"絲着手而偏繞,刺牽衣而屢襞。"今義謂開始進行。

【著₂衣】㊀穿衣。也作"着衣"。晉張敞東宮舊事:"皇太子納妃,有着衣大鏡,尺八寸。"㊁穿衣鏡。北周庾信庾子山集一鏡賦:"梳頭新罷照著衣,還從粧處取將歸。"

【著₂合】引火之物。元戚輔之佩楚軒客談:"故宮中用鏤金合硫黄發燭,名着合。"(説郛七)着,同"著"。

【著作】撰述。古多指著書或作文。漢王充論衡書解:"著作者爲文儒,説經者爲世儒。"今凡用文字傳述知識、表達意見、思想、感情等都叫著作。也指所著的成品。

【著述】 撰寫文章。文選漢班孟堅(固)答賓戲序:"永平中,爲郎,典校祕書,專篤志於儒學,以著述爲業。"又三國魏曹子建(植)與楊德祖書:"世人之著述,不能無病。"

【著姓】 ㊀猶望族,有顯著名聲的世家。後漢書樊弘傳:"其先周仲山甫,封于樊,因而氏焉,爲鄉著姓。"㊁使族姓著名。後漢書十五李通傳:"世以貨殖著姓。"

【著書】 著作,撰寫書籍。史記六三老子傳:"關令尹喜曰:'子將隱矣,彊爲我著書。'"又韓非傳:"非爲人口吃,不能道說,而善著書。"

【著$_2$帳】 遼時謂財產被沒收的户口。遼史耶律頗德傳:"舊制,肅祖以下宗室稱院。德祖宗室號三父房,稱橫院。百官子弟及籍没人稱著帳。"參閱遼史營衛志上著帳戶。

【著$_3$雍】 歲陽名。十干中戊的别稱。爾雅釋天:"(太歲)在戊曰著雍。"淮南子天文作"著雝"。言位在中央,萬物繁養四方。史記曆書作"祝犂"。

【著$_2$意】 注意,用心。楚辭宋玉九辯:"罔流涕以聊慮兮,惟著意而得之。"也作"着意"。宋蘇軾分類東坡詩六中秋月之三:"天公自着意,此會那可輕。"

【著$_2$落】 下落,歸宿。朱子語類二七論語九:"要之學者須是將許多名義,如忠恕仁義孝弟之類,各分析區處,如經緯相似,使一一有箇著落,將來這箇道理熟,自有合處。"宋朱熹朱文公集十七再奏衢州官吏擅借支常平義倉米狀:"本州所申,不曾聲説此項米着落,必是亦有互用。"着,同"著"。

【著$_2$脚】 落脚,置足。宋陸游劍南詩稿七十讀史:"人間著脚盡危機,睡覺方知夢境非。"

【著實】 務實。唐張説張説之集十八陸公神道碑:"篤學勵行,著實飛聲,文史者宗其淵府,德行者仰其牆仞。"

【著録】 記載在簿籍上。後漢書七九上張興傳:"弟子自遠至者,著録且萬人。"注:"著於籍録。"文選南朝梁陸佐公(倕)石闕銘:"乃正六樂,治五禮,改章程,創法律,置博士之職,而著録之生若雲。"後特指把書名作系統記載。新唐書藝文志一甲部經録:"凡著録四百四十家,五百九十七部,六千一百四十五卷。"

【著$_2$題】 切題。唐孟棨本事詩徵異:"因聯句,詠爐中石罌,……有微吟者,其聲淒苦。彌明詠中譏侮之曰:'仍於蚯蚓竅,更作蒼蠅聲。'狀罌之聲,既已酷似;譏微吟者,亦復著題。皆大驚伏。"

【著$_2$鞭】 揮鞭策馬。比喻努力向前。三國志蜀楊洪傳"洪迎門下書佐何祗有才策功幹"注引益部耆舊傳雜記:"每朝會,祗次洪坐,嘲祗曰:'君馬何駛?'祗曰:'故吏馬不敢駛,但明府未著鞭耳。'"宋劉敞公是集十六依韻和永叔卽席送擇之出守陝府詩:"莫嫌青雲晚著鞭,會取黄金大如斗。"參閱宋王楙野客叢書十九著鞭聒耳。參見"著先鞭"。

【著$_2$先鞭】 比喻先人一步,得志在前。世説新語賞譽下"劉琨稱祖車騎"注引晉孫盛晉陽秋:"劉琨與親舊書曰:'吾枕戈待旦,志梟逆虜,常恐祖生(逖)先吾著鞭耳。'"又見晉書劉琨傳。

【著作郎】 官名。三國魏明帝始置著作郎,屬中書省,專掌編纂國史,其屬有著作佐郎、校書郎等。晉元康中改屬祕書省,稱爲大著作。唐代主管著作局,亦屬祕書省;宋元因之,惟宋别有國史院,故著作郎僅爲寄禄官。明不設。參閱通典二六職官八祕書監、續文獻通考五六職官六祕書監。

【著$_2$翅人】 北周韓果的綽號。周書韓果傳:"膂力絶倫,被甲荷戈,升陟峯巔,猶涉平路。……稽胡憚果勁健,號爲著翅人。太祖聞之,笑曰:'著翅之名,寧減飛將。'"

【著$_2$手成春】 唐司空圖詩品自然:"俯拾卽是,不取諸鄰,俱道適往,著手成春。"本以形容作詩品格,要自然清新;今用以譽醫生醫術精良,謂一著手卽能使人病愈,如草木回春。

【著脚書樓】 宋趙元考博學强記,無書不記,人稱著脚書樓。見宋朱弁曲洧舊聞二。

菱 líng ㄌㄧㄥˊ 力膺切,平,蒸韻,來。

説文作"蔆"。一名芰。一年生水生草本植物,果實有硬殼,四角或兩角,俗稱菱角。漢書五七上司馬相如傳上林賦:"唼喋菁藻,咀嚼菱藕。"

【菱角】 卽菱。爾雅釋草:"蔆,蕨攈。"疏:"郭云:蔆,今水中芰者。……俗云蔆角是也。"

【菱花】 ㊀菱之花。史記一一七司馬相如傳子虛賦:"其西則有湧泉清池,激水推移。外發芙蓉蔆華,內隱鉅石白沙。"蔆,通"菱";華,通"花"。㊁古銅鏡中,六角形的或鏡背刻有菱花的,叫菱花鏡。後詩文中常以菱花爲鏡的代稱。唐李白李太白詩二五代美人愁鏡:"狂風吹却妾心斷,玉筋並墮菱花前。"宋宋祁景文集十七筆次詩:"菱花照鬢感流年,始覺空名盡偶然。"

【菱湖】 在浙江吳興縣東南。古稱陵波塘。唐寶曆中刺史崔元亮開,卽今菱湖,以地產菱而名。見浙江通志十二山川四。

【菱落】 菱角最易落,故民諺有"七菱八落"之語。見清梁紹壬兩般秋雨盦隨筆四菱落。

【菱歌】 採菱之歌。玉臺新詠七南朝梁簡文帝櫂歌行:"妾家住湘川,菱歌本自便。風生解刺浪,水深能捉船。"唐盧照鄰幽憂子集二七夕泛舟詩之一:"日晚菱歌唱,風煙滿夕陽。"

【菱鏡】 卽菱花鏡。唐齊己白蓮集二盆池詩:"何須照菱鏡,卽此鑒媸妍。"也作"菱鑑"。唐李中碧雲集中春閨辭之一:"塵昏菱鑑懶修容,雙臉桃花落盡紅。"參見"菱花㊁"。

【菱花鏡】 見"菱花㊁"。

蔏 mán ㄇㄢˊ 母官切,平,桓韻,明。

見下。

【蔏胡】 密合貌。周禮天官鼈人"掌取互物"漢鄭玄注:"鄭司農(衆)云:'互物,謂有甲蔏胡龜鼈之屬。'"孫詒讓正義:"蔏胡、漫胡、曼胡、漫沍,皆形容之語,聲義並同。説文兩部云:'㒼,平也。'又巿部云:'巿相當也。'巿與㒼聲義亦相近,蓋介物皮甲周帀斂合,上下必相當也。"

菈 là ㄌㄚˋ 盧合切,入,合韻,來。

見下。

【菈擸】 崩裂之聲。文選晉左太沖(思)吳都賦:"菈擸雷硠,崩巒弛岑。"

【菈遝】 蘆菔的别名。方言三:"蘴,蕘,蕪菁也。……其紫華者謂之蘆菔,東魯謂之菈遝。"玉篇作"菈遝子"。

菝 bá ㄅㄚˊ 蒲撥切,入,末韻,並。

見下。

【菝葜】 植物名。本草作"菝蔬"。又名金剛刺、鐵菱角。藤本,落葉灌木。根莖入藥。參閱政和證類本草八菝葜。

【菝葀】 薄荷的别名。文選漢揚子雲(雄)甘泉賦:"攢并閭與茇葀兮,紛被麗其亡鄂。"參見"茇苦"。參閱政和證類本草二八薄荷。

【菝蔬】 同"菝葜"。見該條。

菢 bào 薄報切,去,号韻,並。ㄅㄠˋ

鳥伏卵。唐韓愈昌黎集二薦士詩:"鶴翎不天生,變化在啄菢。"

菆 1. zōu 側鳩切,平,尤韻,莊。ㄗㄡ

㊀麻稭。儀禮既夕禮:"御以蒲菆。"注:"蒲菆,牡蒲莖。古文菆作'騶'。"㊁好箭。左傳宣十二年:"吾聞致師者,左射以菆。"注:"菆,矢之善者。"㊂蓐,草席。廣雅釋器:"蓐謂之菆。"

2. cuán 在丸切,平,桓韻,從。ㄘㄨㄢˊ

㊃聚攏,周圍堆叠。禮檀弓上:"天子之殯也,菆塗龍輴以椁。"疏:"菆,叢也。謂用木菆棺,而四面塗之,故云菆塗也。"

3. chù 芻注切,去,遇韻,初。ㄔㄨˋ

㊄鷹的窠。唐段成式酉陽雜俎前集二十肉攫:"鷹巢一名菆,鷹呼菆子者,雛鷹也。"

萁 1. qí 渠之切,平,之韻,羣。ㄑㄧˊ

㊀豆秆。漢書六六楊惲傳報孫會宗書:"田彼南山,蕪穢不治,種一頃豆,落而爲萁。"世說新語文學:"(東阿王、曹植)應聲便爲詩曰:'煮豆持作羹,漉菽以爲汁。萁在釜下然,豆在釜中泣。本是同根生,相煎何太急!'"

2. jī 居之切,平,之韻,見。ㄐㄧ

㊁草名。見"萁₂服"。㊂木名。淮南子時則:"爨萁燧火。"注:"取萁木燧之火炊之。"㊃語助詞,無義。禮曲禮下:"梁曰薌萁。"疏:"梁謂白粱黄粱也;萁,語助也。"

【萁₂服】用萁草編織的箭袋。漢書五行志下之上:"(周)宣王立,女童謠曰:'檿弧萁服,實亡周國。'後有夫婦鬻是器者,宣王使執而僇之。"注:"服,盛箭者,卽今之步叉也。萁,草,似荻而細,織之爲服也。"國語鄭作"箕服"。參見"檿弧"。

萅 chūn 昌脣切,平,諄韻,穿。ㄔㄨㄣ

春,四時之首。說文作"萅"。今隸作"春"。

菻 lǐn 力稔切,上,寑韻,來。ㄌㄧㄣˇ

㊀植物名。蒿類。見說文。爾雅釋草晉郭璞注作"廩"。㊁拂菻,隋唐時代指東羅馬帝國及西亞地中海沿岸地區。見"拂菻"。

菘 sōng 息弓切,平,東韻,心。ㄙㄨㄥ

蔬菜名。柄厚而色青者爲青菜,柄薄而色薄者爲白菜,别稱黄芽菜。南齊書武陵昭王曄傳:"曄留(王)儉設食,拌中菘菜鮑魚而已。"參閱政和證類本草二七菘。

【菘藍】草名。藍草的一種。爾雅作"葴",又名馬藍、大青。以葉似菘而名。莖葉可製染料。參閱政和證類本草七藍、本草綱目十六草五藍。

菥 1. sī 息移切,平,支韻,心。ㄙ

㊀麥的一種。文選漢司馬長卿(相如)子虛賦:"其高燥則生葴菥苞荔。"注:"菥,似燕麥也。"按史記作"薪",漢書作"析"。

2. xī 先擊切,入,錫韻,心。ㄒㄧ

㊁見"菥₂蓂"。

【菥₂蓂】草名。爾雅釋草:"菥蓂,大薺。"文選漢張平子(衡)南都賦:"若其園圃則有蓼、蕺、蘘荷、藷蔗、薑蟠、菥蓂、芋瓜。"本草綱目二七菜二菥蓂:"薺與菥蓂,一物也,但分大小二種耳。小者爲薺,大者爲菥蓂。"

菿 dào 都導切,去,號韻,端。ㄉㄠˋ

大。見爾雅釋詁。詩小雅甫田:"倬彼甫田,歲取十千。"玉篇引韓詩作"菿"。

萊 lái 落哀切,平,咍韻,來。ㄌㄞˊ

㊀草名。卽藜草。詩小雅南山有臺:"南山有臺,北山有萊。"傳:"萊,草也。"㊁生滿雜草。詩小雅十月之交:"徹我牆屋,田卒汙萊。"㊂休耕之田。周禮地官縣師:"掌邦國都鄙稍甸郊里之地域,而辨其夫家人民田萊之數。"㊃除草。周禮地官山虞:"若大田獵,則萊山田之野。"㊄殷商國名。姜姓。春秋時爲齊靈公所滅。見左傳襄六年。今山東黄縣有萊子城。㊅姓。湯臣有萊朱。見孟子盡心下。

【萊衣】傳說春秋楚老萊子奉二親至孝,行年七十,著五綵衣,弄雛鳥於親側。後因以萊衣爲年老孝順不衰的典故。唐李中碧雲集中獻中書湯舍人詩:"鑾殿對時親舜日,鯉庭過處着萊衣。"參見"老萊子"。

【萊州】府名。古爲萊子國。漢高祖四年分齊郡置東萊郡,北魏改光州。隋置萊州。明升爲府。清沿置,府治掖縣,公元1913年裁府留縣,屬山東省。參閱太平寰宇記二十萊州。

【萊夷】古萊國。春秋時爲齊所滅。書禹貢:"萊夷作牧,厥篚檿絲。"傳:"萊夷,地名,可以放牧。"

【萊朱】傳說湯臣。又名仲虺。孟子盡心下:"若伊尹萊朱則見而知之。"注:"萊朱亦湯賢臣也,一曰仲虺是也。春秋傳曰:'仲虺居薛,爲湯左相。'"

【萊妻】春秋楚老萊子隱耕於蒙山之南。楚王遣使聘其出仕,其妻謂曰:"可食以酒肉者,可隨以鞭捶;可授以官祿者,可隨以鈇鉞。今先生食人酒肉,受人官祿,爲人所制也,能免於患乎?"於是離去,遷至江南。見漢劉向列女傳二楚老萊妻。後作爲賢妻的代稱。北周庾信庾子山集四和裴儀同秋日詩:"蒙吏觀秋水,萊妻紡落毛。"唐白居易長慶集十六秋晚詩:"萊妻卧病月明時,不擣寒衣空擣藥。"參見"老萊子"。

【萊服】猶言"萊衣"。宋樓鑰攻媿集一一送鄭惠叔司封江西提舉詩:"仰奉鶴髮親,版輿映萊服。"

【萊婦】猶言"萊妻"。晉陶潛陶淵明集八與子儼等疏:"但恨鄰靡二仲,室無萊婦,抱兹苦心,良獨罔罔。"

【萊菔】卽蘿蔔。見該條。

【萊陽】縣名。屬山東省。漢昌陽縣,屬東萊郡。晉初廢,惠帝元康八年復置。五代後唐同光元年因避諱,改稱萊陽縣,屬萊州。明清皆屬山東登州府。參閱太平寰宇記二十萊州。

【萊蕪】縣名。屬山東省。本萊子國地。春秋齊靈公滅萊,萊人流播於此,邑落荒蕪,故以萊蕪爲名。漢置縣,屬泰山郡。晉沿置。南朝宋廢。北魏移置嬴縣於此。唐復置萊蕪縣。宋置萊蕪監,金廢監,復置萊蕪縣。元沿置。故城在今山東淄川縣東南。參閱太平寰宇記二一兗州、嘉慶一統志一七九泰安府。

【萊公井】井名。在廣東海康縣城外。宋寇準貶雷州司户參軍,飲於此井。準封萊國公,後人因稱萊公井。宋元祐年間重浚。匾題"萊泉"。見嘉慶一統志四五一雷州府山川。

菴 ān 烏含切,平,覃韻,影。ㄢ

圓形草屋。同"庵"。南齊書竟陵文宣王子良傳陳時政又啟:"密邇寇庭,下無安志。編草結菴,不違涼暑。"參見"庵"。

【菴廬】㊀行軍中的營幕。後漢書六五皇甫規傳:"軍中大疫,死者十三四。規親入菴廬,巡視將士,三軍感悦。"㊁草舍。宋范成大石湖集五花山村舍詩:"菴廬少來往，門巷濕蒼苔。”

【菴蕳】植物名。即青蒿。史記一一七司馬相如傳子虛賦：“蓮藕菰蘆，菴蕳軒芋。”索隱引郭璞：“菴蕳，蒿，子可療病也。”漢書作“奄閭”。又名覆閭。政和證類本草六菴蕳：“菴，草屋也；閭，里門也，此草乃蒿屬，老莖可以蓋覆菴閭，故以名之。”

【菴羅】梵語。果樹名。又叫菴婆羅。宋書謝靈運傳山居賦：“企堅固之貞林，希菴羅之芳園。”參見“菴摩羅”。

【菴藹】㊀茂密貌。文選晉左太沖(思)蜀都賦：“水陸所湊，兼六合而交會焉；豐蔚所盛，茂八區而菴藹焉。”晉書左貴嬪傳楊皇后誄：“本枝菴藹，四海蔭焉。”㊁雲氣貌。晉書涼武昭王傳述志賦：“蔭朝雲之菴藹，仰朗日之照晌。”梁書張充傳與王儉書：“奇禽異羽，或巖際而逢迎；弱霧輕煙，乍林端而菴藹。”

【菴摩羅】果名。梵語，亦作菴羅、菴摩勒。義釋爲無垢果。即油柑。葉如小棗，果如胡桃。見唐釋慧琳一切經音義二八玄應音維摩詰所説經上八、翻譯名義集三五果。

【菴羅園】在古天竺毗耶離。佛教傳説爲佛説維摩詰經處。高僧法顯記傳：“毗舍離城北大林重閣精舍，……城南三里道西，菴婆羅女以園施佛作佛住處。”舊譯柰園。參見“柰園”。

菡 hàn 胡感切，上，感韻，匣。ㄏㄢˋ

本作“菌”。見下。

【菡萏】荷花的別稱。詩陳風澤陂：“彼澤之陂，有蒲菡萏。”文選三國魏何平叔(晏)景福殿賦：“菡萏䋣翕，纖縟紛敷。”

菰 gū 古胡切，平，模韻，見。ㄍㄨ

㊀植物名。同“苽”。亦名蔣。俗稱茭白，生於河邊、陂澤，可作蔬菜。其實如米，稱雕胡米。菰米可以作飯。古以爲六穀之一。漢鄭玄注周禮大宰九穀中有苽。參閲政和證類本草十一菰根、廣雅疏證十上。㊁菌類統稱菰。如蘑菇，又作“蘑菰”。

【菰首】菰之大者，即茭白。宋陸游劍南詩稿十三幽居：“芋魁加糝香出屋，菰首芼羹甘若飴。”

【菰蘆】茭白和蘆葦。史記一一七司馬相如傳子虛賦：“蓮藕菰蘆，菴閭軒芋。”索隱引郭璞：“菰，蔣也。蘆，葦也。”建康實録：“(殷禮)與輔義中郎將張溫使蜀，蜀諸葛亮見而歎曰：‘江東菰蘆中生此奇才。’”江東乃水澤之區，多菰蘆，故有此語。

【菰中隨筆】清顧炎武撰，三卷。以讀書所得，隨時筆記，旁及常言俗諺和生平問答之語。末附詩律蒙告。編次無序，四庫提要謂爲炎武偶録之稿本，後人以其名重而存之。

菽 shū 式竹切，入，屋韻，審。ㄕㄨ

豆類的總稱。同“尗”。詩小雅小宛：“中原有菽，小民采之。”

【菽水】豆和水。指粗茶淡飯，形容生活清苦。禮檀弓下：“子路曰：‘傷哉！貧也！生無以爲養，死無以爲禮也。’孔子曰：‘啜菽飲水，盡其歡，斯之謂孝。’”後常用以稱晚輩對長輩的供養。唐李商隱李義山文集五祭韓氏老姑文：“弓裘望襲，菽水承歡。”宋蘇軾分類東坡詩二一送程建用：“空餘南陔意，太息北堂冷，……辛勤守一經，菽水賢五鼎。”

【菽乳】即豆腐。相傳元司業孫大雅嫌豆腐之名不雅，改名菽乳。見明王志堅表異録十、清褚人穫堅瓠集三集三豆腐。

【菽麥】豆與麥。詩豳風七月：“黍稷重穋，禾麻菽麥。”二者形殊，故也用以指易辨之物。左傳成十八年：“周子有兄而無慧，不能辨菽麥，故不可立。”

【菽園雜記】明陸容撰。十五卷。所記明代典制，故實，多爲明史所未詳；其論史事、敍掌故、談文字，亦多有新解。與容同時之王鏊曾稱讚其書爲本朝記事之書第一。

菋 wèi 無沸切，去，未韻，明。ㄨㄟˋ

藥草名，即五味子。爾雅釋草：“菋，荎藸。”注：“五味也，蔓生，子叢在莖頭。”參見“五味子”。

菖 chāng 尺良切，平，陽韻，穿。ㄔㄤ

水草名。即菖蒲。吕氏春秋任地：“冬至後五旬七日，菖始生。菖者，百草之先生者也。”

【菖蒲】草名。生於水邊。有香氣，根入藥。亦名白菖、泥菖蒲。文選漢司馬長卿(相如)子虛賦：“蒡藭菖蒲，茳蘺蘪蕪。”參閲政和證類本草六菖蒲。

【菖蒲酒】用菖蒲葉浸製的藥酒。傳説服之可避瘟氣。南朝梁宗懍荆楚歲時記：“端午節以菖蒲一寸九節者，泛酒以辟瘟氣。”

菒 gǎo 古老切，上，晧韻，見。ㄍㄠˇ

乾草。同“槀”。國語齊：“及寒，擊菒除田，以待時耕。”注：“菒，枯草也。”

菓 guǒ 古火切，上，果韻，見。ㄍㄨㄛˇ

菓實。同“果”。太平御覽六九晉傅咸粘蟬賦：“櫻桃爲樹則多蔭，爲菓則先熟。”

菎 kūn 古渾切，平，魂韻，見。ㄎㄨㄣ

㊀草名。廣雅釋草：“菎，薈也。”玉篇：“菎，香草。”㊁玉石。同“琨”。楚辭宋玉招魂：“菎蔽象棊，有六簙些。”注：“菎，玉。蔽、簙，箸，以玉飾之也。”

【菎蕗】㊀香草名。楚辭漢東方朔七諫謬諫：“菎蕗雜於黀蒸兮，機蓬矢以射革。”注：“言持菎蕗香直之草，雜於廢蒸，燒而燃之則不識於物也。”㊁玉飾的箭囊。楚辭宋玉招魂“菎蔽象棊，有六簙些”漢王逸注：“菎，玉。……或言菎蕗，今之箭囊也。”

萌 1. méng 莫耕切，平，耕韻，明。ㄇㄥˊ

㊀植物的芽。見説文。引申爲草木發芽。參見“萌動”。㊁開始，發端。莊子齊物論：“日夜相代乎前，而莫知其所萌。”戰國策趙三：“愚者闇於成事，智者見於未萌。”㊂耕地覆草。周禮秋官薙氏：“掌殺草，春始生而萌之。”注：“杜子春云：‘……萌，謂耕反其萌牙。’”㊃姓。後漢廣漢郡有葭萌縣，以地名爲姓。見宋鄧名世古今姓氏書辯證十六。

2. máng ㄇㄤˊ

㊄民衆。通“氓”。墨子尚賢上：“國中之衆，四鄙之萌人聞之，皆競爲義。”韓非子初見秦：“彼(趙)固亡國之形也，而不憂民萌。”戰國策秦一萌作“氓”。㊅無知貌。通“甿”。漢書三六楚元王傳附劉向諫營昌陵疏：“民萌何以勸勉？”注：“萌與甿同，無知之貌。”

【萌牙】開始發芽。即萌芽。禮月令仲春之月：“是月也，安萌牙。”引申爲始有端緒。漢書六八金日磾傳：“霍氏有事萌牙。”注：“萌牙者，言始有端緒，若草之始生。”

【萌甲】花木的芽苞。唐韋應物韋江州集七至西峯蘭若受田婦饋詩：“鳥鳴泉谷暖，土起萌甲舒。”

【萌生】開始發生。國語越下：“逆節萌生，……王姑待之。”注：“萌，兆也。”漢書禮樂志：“是以詐僞萌生，刑罰無極，質樸日消，恩愛寖薄。”

【萌芽】開始發芽。文選漢東方曼倩(朔)

非有先生論:"甘露既降,朱草萌芽。"漢書六五東方朔傳芽作"牙"。文苑英華八五七唐岑助西京千福寺多寶佛塔感應碑:"道樹萌芽,聳豫章之楨幹。禪池畎澮,涵巨海之波濤。"

【萌渚】嶺名。五嶺之一。又名甿嶺、白芒、臨賀嶺。位於湖南廣東廣西三省交界處。水經注三八湘水:"馮水又左合萌渚之水,水南出於萌渚之嶠,五嶺之第四嶺也。其山多錫,亦謂之錫方矣。"參見"五嶺㈠"。

【萌通】發生滋長。管子山權數:"度法者,量人力而舉功;禁繆者,非往而戒來。故禍不萌通,而民無患咎。"晏子春秋諫下二一:"讒諛萌通,而賢良廢滅,是以諂諛繁于閒,邪行交于國也。"

【萌動】幼芽滋長。禮月令孟春之月:"天地和同,草木萌動。"

【萌黎】庶民,百姓。後漢書七八宦者傳序:"狗馬飾雕文,土木被緹繡。皆剝割萌黎,競恣奢欲。"文選南朝梁劉孝標(峻)辯命論:"與三皇競其萌黎,五帝角其區宇。"

【萌₂隸】百姓。萌,通"氓"。戰國策燕二樂毅報燕惠王書:"所以能循法令,順庶孽者,施及萌隸,皆可以教於後世。"

【萌櫱】㈠旁出的芽。櫱,老枝旁出的新芽。孟子告子上:"是其日夜之所息,雨露之所潤,非無萌櫱之生焉。"㈡指邪行。宋王安石臨川集七一先大夫述:"凡有萌櫱,一切擿矜窮治之。"

莔 wǎng 文兩切,上,養韻,明。ㄨㄤˇ

植物名。1.莽草,有毒。見廣韻。2.似燕麥。爾雅釋草"皇,守田"清郝懿行義疏引陳藏器本草:"岗米可爲飯,生水田中,苗子似小麥而小,四月熟,此卽皇、守田也。皇岗聲亦相轉。"岗,同"莔"。

【莔露】莔草上的露水。文選南朝宋鮑明遠(照)樂府苦熱行:"鄣氣晝熏體,莔露夜沾衣。"注:"宋永初山川記曰:'寧州鄣氣莔露,四時不絕。莔,草名,有毒;其上露,觸之,肉卽潰爛。'"

莔 gáng 音韻闡微 歌康切,平,陽韻,見。ㄍㄤˊ

草名。山海經中山經:"東四十里曰少陘之山,有草焉,名曰莔草。葉狀如葵而赤莖白華,實如蘡薁,食之不愚。"

菌 jùn 渠殞切,上,軫韻,羣。ㄐㄩㄣˋ

㈠胞子植物之屬,古亦稱蕈。營寄生生活,品類甚多。爾雅釋草:"中馗,菌。"注:"地蕈也,似蓋,今江東名爲土菌,亦曰馗廚,可啖之。"莊子逍遙遊:"朝菌不知晦朔。"釋文:"司馬(彪)云:大芝也,天陰生糞上。"㈡竹筍。通"箘"。呂氏春秋本味:"和之美者,……越駱之菌,鱣鮪之醢。"注:"菌,竹筍也。"㈢薰草。廣雅釋草:"菌,薰也,其葉謂之蕙。"㈣鬱結貌。漢揚雄太玄經二耎:"黃菌不誕俟於慶雲。"注:"菌,不申之貌。"文選漢馬季長(融)長笛賦:"充屈鬱律,瞋菌碨柍。"

【菌人】傳說中的小人國人。山海經大荒南經:"有小人,名曰菌人。"清郝懿行箋疏:"菌人,蓋靖人類也。"又大荒東經:"有小人國,名靖人。"清郝懿行箋疏:"說文云:'靖,細貌。'蓋細小之義,故小人名靖人也。"

【菌桂】木名。巖桂的一種。卽箘桂,又名肉桂、月桂。楚辭屈原離騷:"雜申椒與菌桂兮,豈維紉夫蕙茝?"晉嵇含南方草木狀:"桂有三種,……葉似柿葉者爲菌桂。"其二爲丹桂、牡桂。參閱政和證類本草十二菌桂。參見"桂㈠2"。

【菌譜】宋陳仁玉撰。一卷。仁玉字碧棲,台州山居人,書中載其鄉里所產之菌凡十一種,各詳所生之地,所採之時,及菌之形狀、色味,末附解毒之法,爲我國關於菌的最早的專譜。

【菌蠢】謂如菌類短小臃腫之狀。文選漢張平子(衡)南都賦:"芝房菌蠢生其隈,玉膏滵溢流其隅。"唐温庭筠集六洞户二十二韻詩:"朱莖殊菌蠢,丹桂欲蕭森。"

菲 1. fěi 敷尾切,上,尾韻,滂。ㄈㄟˇ

㈠植物名。蘿蔔。又名葸菜、芴、諸葛菜等。詩邶風谷風:"采葑采菲,無以下體。"㈡微薄。論語泰伯:"子曰:'禹,吾無閒然矣,菲飲食而致孝乎鬼神。'"

2. fēi 芳非切,平,微韻,滂。ㄈㄟ

㈢見"菲₂菲₂"、"菲₂薇"。

3. fèi 扶沸切,去,未韻,並。ㄈㄟˋ

㈣草履。通"扉"。禮曾子問:"曾子問曰:'女未廟見而死則如之何?'孔子曰:'……壻不杖、不菲、不次。'"

【菲己】自養菲薄。晉書吳隱之傳:"元興初,詔曰:'……廣州刺史吳隱之孝友過人,祿均九族,菲己潔素,儉愈魚飧。'"

【菲₂菲₂】㈠盛貌。多指香味。楚辭屈原離騷:"芳菲菲而難虧兮,芬至今猶未沫。"又九歌少司命:"秋蘭兮麋蕪,羅生兮堂下。綠葉兮素枝,芳菲菲兮襲予。"引申爲錯雜。漢揚雄太玄經四昆:"白黑菲菲。"注:"菲菲,雜也。"㈡美艷貌。文選晉左太沖(思)吳都賦:"鬱兮茷茂,曄兮菲菲。光色炫晃,芬馥肸蠁。"唐張銑注:"菲菲,美貌。言花卉叢生,鬱茂華盛而美之。"㈢上下不定貌。後漢書八三梁鴻傳:"有頃,(鴻)又去適吳。將行,作詩曰:'…… 心惙怛兮傷悴,老菲菲兮升降。'"

【菲儀】微薄的禮物。多用作謙詞。宋楊萬里誠齋集六一羅氏定親啟:"十世可知,繼好復從於今始。兩端而竭,菲儀仍守於舊規。"

【菲薄】微薄,淺陋。楚辭屈原遠遊:"質菲薄而無因兮,焉託乘而上浮。"注:"質性鄙陋。"史記封禪書漢武帝元封元年大赦詔:"朕以眇眇之身承至尊,兢兢焉懼不任。維德菲薄,不明于禮樂。"參見"安自菲薄"。

【菲₂薇】草木茂密貌。文選晉左太沖(思)蜀都賦:"其圃則有蒟蒻茱萸,瓜疇芋區,甘蔗辛薑,陽蓲陰敷。日往菲薇,月來扶疏。"

【菲繐】薄而稀的粗布。喪服所用。荀子禮論:"卑絻、黼黻、文織、資粗、衰絰、菲繐、菅屨,是吉凶憂愉之情發於衣服者也。"

【菲言厚行】少說多做。文選晉左太沖(思)魏都賦:"涓吉日,陟中壇,卽帝位,改正朔,易服色,……顯仁翌明,藏用玄默,菲言厚行,陶化染學,讎校篆籀,篇章畢覿。"注:"馬融論語注曰:'菲,薄也。'論語曰:'君子薄於言而厚於行。'"

菜 cài 倉代切,去,代韻,清。ㄘㄞˋ

蔬類的總稱。國語楚下:"庶人食菜,祀以魚。"俗總稱肴饌曰菜。

【菜户】明代宮人無子者,各擇內監爲侶,謂之菜户。其財物相通如一家。見明秦徵蘭天啟宮詞夢斷君王下玉樓注。

【菜玉】次等玉石,其色如菜,欠翠,故名。明曹學佺蜀中名勝記二五南江縣:"縣北洋灘楊侍郎墓碑,字多蝕,碑座是菜玉,見存。"

【菜甲】菜莢,謂菜初生之葉。唐白居易長慶集六六二月二日詩:"二月二日新雨晴,草芽菜甲一時生。"

【菜色】謂饑饉之色。禮王制:"以三十年之通,雖有凶旱水溢,民無菜色。"漢書元帝紀初元二年:"歲比災害,民有菜色。"注:"五穀不收,人但食菜,故其顏色變惡。」

【菜食】㊀以食菜爲生。漢書七二鮑宣傳上書：「今貧民菜食不厭，衣又穿空，父子夫婦不能相飽，誠可爲酸鼻。」㊁素食。南齊書周顒傳：「(何)胤兄點，亦遁節清信，顒與書，勸令菜食。」

【菜華水】菜花盛開時期的潮水。宋史河渠志一：「說者以黃河隨時漲落，故舉物候爲人勢之名，……春末蕪菁華開，謂之『菜華水』。」

菙 chuí 時髓切，上，紙韻，禪。 ㄔㄨㄟˊ

木名。荆屬。古人占卜時，用以燒炙龜殼。見下。

【菙氏】周代官名。周禮春官有菙氏，掌灼龜之木，用於占卜。參見「燋契」。

莉 lí 力脂切，平，脂韻，來。 ㄌㄧˊ

㊀地名，見正字通。穆天子傳五：「天子東遊，……讀書于莉丘。」㊁同「黎」。漢書九四匈奴傳贊：「三世無犬吠之警，莉庶亡干戈之役。」注：「莉，古黎字。」

萎 1. wēi 於爲切，平，支韻，影。 ㄨㄟ

㊀草木枯死。詩小雅谷風：「無草不死，無木不萎。」引申指病危。禮檀弓上：「哲人其萎乎？」

2. wěi 鄔賄切，上，賄韻。 ㄨㄟˇ

㊁見「萎₂腇」。

【萎約】枯槁，比喻窮困。楚辭宋玉九辯：「離芳藹之方壯兮，余萎約而悲愁。」注：「身體疲病而憂貧也。」

【萎₂腇】軟弱貌。後漢書二四馬援傳與隗囂將楊廣書：「言君臣邪，固當諫爭；語朋友邪，應有切磋。豈有知其無成，而但萎腇咋舌，叉手從族乎？」注：「萎腇，耎弱也。」

【萎絕】枯謝。楚辭屈原離騷：「雖萎絕其亦何傷兮，哀衆芳之蕪穢。」注：「萎，病也。絕，落也。」唐陳子昂陳伯玉集一感遇詩之二十六：「青苔空萎絕，白髮生羅帷。」

菾 tián 徒兼切，平，添韻，定。 ㄊㄧㄢˊ

菜名。即莙薘。菾與甜通，因其味甜，故通稱甜菜。參閱政和證類本草二八菾菜。

菊 jú 居六切，入，屋韻，見。 ㄐㄩˊ

植物名。古作「鞠」。禮月令季秋之月：「鞠有黃華。」釋文：「鞠，本又作『菊』。」菊品類繁多，南朝梁陶弘景概括爲兩大類：一爲真菊，一爲苦薏，即野菊。明李時珍謂菊之品九百種。參閱本草綱目十五草四菊。

【菊水】水名。在今河南內鄉縣西北，藝文類聚八一風俗通：「南陽酈縣有甘谷。……谷中有三十餘家，不復穿井，悉飲此水，上壽百二三十，中百餘，下七八十者，名之大夭。菊華輕身益氣故也。」陳書徐陵傳與齊尚書僕射楊遵彥書：「政恐南陽菊水，竟不延齡；東海桑田，無由可望。」參閱水經注二九湍水、後漢書郡國志四南陽郡。

【菊枕】以菊花爲實的枕頭。舊俗謂能去頭風、明眼目。宋陸游劍南詩稿六五老態之一：「頭風便菊枕，足痺倚藜牀。」參閱元陳元靚歲時廣記三四作菊枕。

【菊虎】菊的害蟲。廣羣芳譜五一菊花四捕蟲：「四五月時，有黑殼蟲似螢火，肚下黃色，尾上二鉗，名曰菊牛，又名菊虎。或清晨，或將暮，或雨過晴時，忽來傷葉，可疾尋殺之。」

【菊潭】地名。漢酈縣。縣西北有鞠水，亦稱菊潭，其水甘芳。隋開皇初更名菊潭，在今河南內鄉縣北。唐徙置今內鄉縣西北。五代周省。見漢書地理志上弘農郡、隋書地理志中南陽郡。

【菊燈】形如菊花的彩燈。元周密乾淳歲時記：「禁中例於八日作重九排當，於慶瑞殿分列萬菊，燦然眩眼，且點菊燈，略如元夕。」

【菊糕】宋時重陽節糕點之一。元周密乾淳歲時記重九：「都人是日飲新酒，汎萸簪菊，且各以菊糕爲饋，以糖肉秫麵雜物爲之，上縷肉絲鴨餅，綴以榴顆，標以彩旗，又作蠻王獅子於上。」宋吳自牧夢粱錄五稱重陽糕。

【菊花杯】猶菊花酒。舊俗於重陽日多飲此酒。唐張說張說之集九湘州九日城北亭子詩：「寧知洹水上，復有菊花杯。」國秀集下崔曙九日登望仙臺呈劉明府：「且欲近尋彭澤宰，陶然共醉菊花杯。」

【菊花酒】用菊釀製的酒。舊題漢劉歆西京雜記三：「菊華舒時，並採莖葉，雜黍米釀之，至來年九月九日始熟就飲焉，故謂之菊華酒。」南朝梁宗懍荆楚歲時記：「九月九日……佩茱萸，食餌，飲菊花酒。」花，同「華」。

【菊部頭】宋時稱宮中歌舞人員的領班。元周密齊東野語十六菊花新曲破：「思陵(宋高宗)朝，掖庭有菊夫人者，善歌舞，妙音律，爲仙韶院之冠，宮中號爲菊部頭。」元詩選宋无子虛翠寒集宮詞：「高皇尚愛梨園舞，宣索當年菊部頭。」

萄 táo 徒刀切，平，豪韻，定。 ㄊㄠˊ

見「葡萄」。

菔 fú 房六切，入，屋韻，並。 ㄈㄨˊ
蒲北切，入，德韻，並。

見「萊菔」、「蘆菔」、「蘿菔」。

萉 fēi 扶涕切，去，未韻，奉。 ㄈㄟ

㊀麻子。爾雅釋草作「黂」，周禮天官籩人、又地官草人作「蕡」。㊁躲避，迴避。漢書一〇〇敍傳班固幽通賦：「安慆慆而不萉兮，卒隕身虖世祇。」注：「鄧展曰：『萉，避也。』」㊂通「菔」。蘿蔔。爾雅釋草：「葖，蘆萉。」注：「萉宜爲菔。」

萏 dàn 徒感切，上，感韻，定。 ㄉㄢˋ

見「菡萏」。

菟 1. tù 湯故切，去，遇韻，透。 ㄊㄨˋ

㊀藥草名。見「菟絲」。㊁通「兔」。楚辭屈原天問：「厥利維何，而顧菟在腹？」注：「菟，一作兔。」

2. tú 同都切，平，模韻，定。 ㄊㄨˊ

㊂於菟。虎的別名。見「於菟㊀」。

【菟丘】即菟絲。山海經中山經：「又東二百里曰姑媱之山，帝女死焉，其名曰女尸。化爲䔄草，其葉胥成，其華黃，其實如菟丘，服之媚于人。」參見「菟絲」。

【菟荄】藥草名。即白蘞。爾雅釋草：「萰，菟荄。」見政和證類本草十白斂。菟與兔，荄與核，古字通假。

【菟奚】藥草名。即款東。爾雅釋草：「菟奚，顆涷。」急就篇二作「兔奚」。參見「款東」。

【菟絲】藥草名。俗稱菟絲子。蔓生，莖細長，常纏絡於他植物上，以盤狀吸根，吸取他植物養分而生。結實，子入藥。爾雅釋草：「女蘿，菟絲。」玉臺新詠一古詩之三：「與君爲新婚，菟絲附女蘿。」文選古詩十九首之八作「兔絲」。參閱政和證類本草六菟絲子。

【菟₂裘】地名。故地在山東泗水境。左傳隱十一年：「羽父請殺桓公，以求大宰。公曰：『爲其少故也，吾將受之矣。』使營菟裘，吾將老焉。」注：「菟裘魯邑，在泰山梁父縣南。不欲復居魯朝，故別營外邑。」後因稱告老退隱的居處爲「菟裘」。舊五代史唐郭崇韜傳：「崇韜自以有功，河洛平定之後，權位熏灼，恐爲人所傾奪，乃謂諸子曰：『吾佐主上，大事了矣，今爲羣邪排毀,吾欲避之,歸鎮常山,爲菟裘之計。'"

【菟葵】草名。爾雅釋草:"莃,菟葵。"注:"頗似葵而小,葉狀藜有毛,汋啖之,滑。"見政和證類本草九菟葵。

萶 gāo 古勞切,平,豪韻,見。ㄍㄠ

草名。山海經南山經:"(侖者之山)有木焉,其狀如榖而赤理,其汗如漆,其味如飴,食者不飢,可以釋勞,其名曰白萶。可以血玉。"注:"或作睾蘇。睾蘇一名白萶,見廣雅。"

萑 1. zhuī 職追切,平,脂韻,照。ㄓㄨㄟ

㊀草多貌。見說文。㊁草名。卽茺蔚,又名益母草。爾雅釋草:"萑,蓷。"注:"今茺蔚也。"參見"茺蔚"。

2. huán 胡官切,平,桓韻,匣。ㄏㄨㄢ

㊂草名。見"萑₂葦"。㊃見"萑₂蘭"。

【萑₂苻】㊀澤名。左傳昭二十年:"鄭國多盜,取人於萑苻之澤。"注:"萑苻,澤名。於澤中劫人。"萑苻爲葭葦叢密之澤,易於藏身,舊時常以此指起事農民或盜賊聚衆出没之地。㊁木名。卽水楊,又名蒲柳。見"蒲柳"。

【萑₂葦】草名。卽蒹葭,又名蘆葦。詩小雅小弁:"有漼者淵,萑葦淠淠。"漢書四九鼂錯傳上書言兵事:"萑葦竹蕭,屮木蒙蘢,支葉茂接,此矛鋋之地也。"

【萑蒀】色彩繽紛貌。淮南子俶真:"萑蒀炫煌,蠉飛蝡動。"注:"萑蒀炫煌,采色貌也。"

【萑₂蘭】流淚貌。同"汍瀾"。漢書四五息夫躬傳:"涕泣流兮萑蘭,心結愲兮傷肝。"注:"臣瓚曰:'萑蘭,泣涕闌干也。'"文選晉陸士衡(機)弔魏武帝文:"氣衝襟以嗚咽,涕垂睫而汍瀾。"注:"萑與汍古今字,同。"

萸 yú 羊朱切,平,虞韻,喻。ㄩ

見"茱萸"。

萆 1. pì 房益切,入,昔韻,奉。ㄆㄧˋ

㊀草名。見"萆荔"、"萆薢"。

2. bì ㄅㄧˋ

㊁通"蔽"。隱蔽。史記九二淮陰侯傳:"從間道萆山而望趙軍。"集解引如淳:"萆音蔽,依山自覆蔽。"

【萆荔】香草。山海經西山經:"(小華之山)其草有萆荔,狀如烏韭,而生於石上,亦緣木而生,食之已心痛。"注:"萆荔,香草也。"清郝懿行箋疏:"萆荔,說文作'萆蘺',離騷作'薜荔',並古字通。"

【萆薢】蔓草。又名狗脊。葉如心臟形,邊緣有缺刻,根入藥。參閱博物志四物類、政和證類本草八菝葜。

菂 dì 都曆切,入,錫韻,端。ㄉㄧˋ

蓮子。文選漢王文考(延壽)魯靈光殿賦:"發秀吐榮,菡萏披敷。綠房紫菂,窋咤垂珠。"參見"的㊄"。

菇 gū 玉篇 古吳切,音姑。ㄍㄨ

菌類植物。同"菰"。如蘑菇、草菇。

菑 1. zī 側持切,平,之韻,莊。ㄗ

說文作"甾"。㊀開荒。書大誥:"厥父菑,厥子乃弗肯播。"疏:"菑,耕其田,殺其草。"㊁已耕一年的田。爾雅釋地:"田一歲曰菑。"注:"今江東呼初耕地反草爲菑。"㊂茂密的草叢。淮南子本經:"菑榛穢,聚埒畝。"注:"茂草曰菑,木聚曰榛。"

2. zì 集韻 側吏切,去,志韻。ㄗˋ

㊃樹立,插入。周禮考工記輪人:"察其菑蚤不齵,則輪雖敝不匡。"注:"菑謂輻入轂中者也。……鄭司農(衆)云:菑讀如雜廁之廁,謂建輻也。泰山平原所樹立物爲菑,聲如胾,博立梟棊亦爲菑。"漢書溝洫志漢武帝瓠子歌:"隤林竹兮揵石菑,宣防塞兮萬福來。"注:"石菑者謂臿石立之。"㊄植物枯死叫菑。通"椔"。詩大雅皇矣:"作之屏之,其菑其翳。"注:"木立死曰菑。"荀子非相:"周公之狀,身如斷菑。"注:"椔與菑同。"㊅姓。通志二七氏族三以邑爲氏:"齊邑也。見姓苑,孔融集菑莊,青州人。"

3. zāi 集韻 將來切,平,灰韻。ㄗㄞ

㊆災害。同"災"。詩大雅生民:"不拆不副,無菑無害。"

【菑₃人】移禍於人。莊子人間世:"且德厚信矼,未達人氣,名聞不爭,未達人心;而强以仁義繩墨之言,術暴人之前者,是以人惡有其美也,命之曰菑人。菑人者,人必反菑之。"

【菑川】地名。漢文帝十八年封齊悼惠王子九人,皆爲王,賢爲菑川王,王菑川。國都劇城。故城在今山東壽光縣。景帝三年吳王濞約膠西、楚、趙、菑川、膠東、濟南七王,以誅鼂錯爲名起兵,兵敗,賢自殺,國除,地并入北海。見漢書景帝紀、又地理志下菑川國。

【菑₂栗】用鋸剖分。周禮考工記弓人:"居幹之道,菑栗不迆,則弓不發。"注:"謂以鋸副析幹。迆……謂邪行絶理者,弓發之所從起。"疏:"以鋸剖析弓幹之時,不邪迆失理,則弓後不發傷也。"

【菑畬】耕耘。田一歲曰菑,二歲曰新田,三歲曰畬。引申作開荒、耕耘義。易无妄:"不耕穫,不菑畬。"唐韓愈昌黎集六符讀書城南詩:"文章豈不貴,經訓乃菑畬。"

【菑丘訢】古勇士名。韓詩外傳十:"東海有勇士曰菑丘訢,以勇猛聞於天下,遇神淵,曰:'飲馬。'其僕曰:'飲馬於此者,馬必死。'曰:'以訢之言飲之。'其馬果沈。菑丘訢去朝服,拔劍而入,三日三夜,殺三蛟一龍而出。雷神隨而擊之,十日十夜,眇其左目。"事又見吳越春秋,作"椒丘訢"。

九畫

苹 píng 薄經切,平,青韻,並。ㄆㄧㄥ

㊀浮萍。同"萍"。後漢書八二下華佗傳:"向來道隅有賣餅人苹齏甚酸。"注:"詩義疏曰:'蘋瀶水上浮萍。麤大者謂之蘋,小者爲萍。'"㊁草名。白蒿之屬。爾雅作"藾蒿"。通"苹"。文選南朝宋謝靈運擬魏太子鄴中集阮瑀詩:"自從食苹來,唯見今日美。"㊂神名。見"苹翳"。

【苹翳】雨師之名。亦作"屏翳"。楚辭屈原天問:"苹號起雨,何以興之。"注:"苹,苹翳,雨師名也。……言雨師呼號則雲起而雨下。"參見"屏翳"。

蕻 hóng 戶公切,平,東韻,匣。ㄏㄨㄥ

㊀水草名。同"葒"。北齊書慕容儼傳:"又於上流鸚鵡洲上造荻蕻,竟數里,以塞船路。"㊁蔬菜名。卽蕹菜。閩人謂之蕻菜。其莖中空,亦稱空心菜。見清施鴻保閩雜記。

落 kuò 古活切,入,末韻,見。ㄎㄨㄛˋ

草名。爾雅釋草:"落,麋舌。"注:"今麋舌草,春生,葉有似於舌。"參見"麋舌"。

落 luò 盧各切,入,鐸韻,來。ㄌㄨㄛˋ

㊀樹葉脫落。草曰零,木曰落。禮王制:"草木零落,然後入山林。"㊁下墜,下降。唐韓愈昌黎集五聽穎師彈琴詩:"躋攀分寸不可上,失勢一落千丈强。"㊂衰敗,飄零。國語吳:"民人離落,而日以憔悴。"

㊃死亡。書舜典:“帝乃殂落，百姓如喪考妣。”㊄停息,定止。文苑英華一一三唐李子卿府試授衣賦:“九月肅霜，山静風落,天高氣涼。”㊅稀疏。史記一二〇鄭當時傳:“家貧，賓客益落。”㊆摒棄。廣弘明集二三南朝宋謝靈運曇隆法師誄:“慨然有擯落榮華，兼濟物我之志。”㊇開始。詩周頌訪落:“訪予落止，率時昭考。”傳:“訪，謀；落，始。”箋:“與羣臣謀我始卽政之事。”㊈古代宫室建成時舉行的祭禮。左傳昭七年:“楚子成章華之臺，願以諸侯落之。”注:“宫室始成,祭之爲落。”疏:“以其言落，必是以酒澆落之。”参見“落成”。㊉古代用牲血塗新鑄的鐘。左傳昭四年:“叔孫爲孟鐘，曰:‘爾未際,饗大夫以落之。’”注:“以豭猪血釁鐘曰落。”㊀㊀人聚居的地方。漢書溝洫志:“民耕田之，或久無害，稍築室宅，遂成聚落。”唐杜甫杜工部草堂詩箋二兵車行:“君不聞漢家山東二百州，千村萬落生荆杞。”㊂藩籬，籬笆。文選漢張平子(衡)西京賦:“揩枳落,突棘藩,梗林爲之靡拉，樸叢爲之摧殘。”注:“落，亦籬也。”㊃屋簷上的滴水装置。俗稱簷滴水。唐杜牧樊川集一阿房宫賦:“五步一樓,十步一閣,廊腰縵迴,簷牙高啄,……蜂房水渦,矗不知乎幾千萬落。”㊄脱漏。舊題漢班固漢武帝内傳:“乃誦伏羲以來羣聖所録陰陽診候,及龍圖龜策數萬言,無一字遺落。”㊅通“絡”。1.聯絡。莊子秋水:“落馬首，穿牛鼻，是謂人。”淮南子原道作“絡”。2.經絡。漢書七五李尋傳:“王道公正修明,則百川理,落脈通。”

【落子】㊀著棋下子。宋蘇軾東坡集後集六觀棋詩:“誰歟棋者,户外屨二,不聞人聲,時聞落子。”㊁北方曲藝蓮花落的俗稱。落，今音 lào。清張燾津門雜記下唱落子:“北方之唱蓮花落者，謂之落子，卽如南方之花鼓戲也。……乃邇來復有作者,改名爲太平歌詞云。”

【落句】詩的末兩句。唐王維王右丞集二重訓苑郎中詩序:“須輒奉贈，忽枉見訓。敍末云:且久不遷,因而嘲及。詩落句云:‘應同羅漢無名欲，故作馮唐老歲年。’”宋嚴羽滄浪詩話詩體:“有頷聯,有頸聯,有發端,有落句。”

【落地】俗稱嬰兒出生爲落地。晉陶潛陶淵明集四雜詩之一:“落地爲兄弟，何必骨肉親。”

【落托】㊀寂寞冷落。同“落莫”。樂府詩集四六晉懊儂歌之十:“攬裳未結帶，落托行人斷。”唐宋諸賢絶妙詞選五宋李元膺鷓鴣天春情:“燕驚午夢周遮語，蝶困春遊落托飛。”㊁放浪不羈。同“落拓㊀”。宋馬令南唐書二五潘扆傳:“常遊江淮間,自稱野客,落托有大志。”

【落成】居室建成爲落成。宋王安石臨川集十八張侍郎示東府新居詩因而和酬之一:“自古落成須善頌，掃除東閣望公來。”曾鞏元豐類稿十七繁昌縣興造記:“自計材至于用功，總爲日凡二十三，又九十六日而落成焉。”

【落泊】飄泊無依。猶落魄。陳書杜稜傳:“稜頗涉書傳，少落泊，不爲當世所知。”太平廣記二三八成都丐者引唐張鷟朝野僉載:“成都有丐者詐稱落泊衣冠,弊服繿縷,常巡成都市鄽,見人卽展手希一文，云失墜文書，求官不遂。人皆哀之,爲其言語悲嘶,形容頷頓。

【落空】没有着落,一無所得。景德傳燈録六慧海禪師:“文字等皆從智慧而生,大用現前，那得落空!”宋蘇軾分類東坡詩十八次韻答元素:“蘧蘧未必都非夢,了了方知不落空。”

【落拓】㊀放浪不羈。抱朴子疾謬:“夫君子之居室,猶不掩家人之不備,故入門則揚聲,升堂則下視,而唐突他家，將何理乎？然落拓之子,無骨骾而好隨俗者,以通此者爲親密，距此者爲不恭。”隋書楊素傳:“素少落拓,有大志,不拘小節。”㊁窮困失意，景況零落。唐白居易長慶集五效陶潛體詩之十四:“問君何落拓,云僕生草萊。地寒命且薄，徒抱王佐才。”

【落度】飄泊無依，窮困失意。度，音 duò。三國志蜀楊儀傳:“儀對(費)禕恨望,前後云云,又語禕曰:‘往者丞相亡没之際，吾若舉軍以就魏氏，處世寧當落度如此邪！令人追悔不可復及。’”参見“落拓㊁”。

【落英】㊀初生的花。楚辭屈原離騷:“朝飲木蘭之墜露兮，夕餐秋菊之落英。”参閱宋吴曾能改齋漫録三秋菊落英、孫奕履齋示兒編十落英。㊁落花。文選漢司馬長卿(相如)上林賦:“垂條扶踈，落英幡纚。”晉陶潛陶淵明集五桃花源記:“夾岸數百步,中無雜樹,芳草鮮美,落英繽紛。”

【落後】落在後頭。唐李白李太白詩十一流夜郎贈辛判官:“昔在長安醉花柳，五侯七貴同杯酒。氣岸遥凌豪士前，風流肯落他人後？”李嶠陪遊苑遇雪詩:“不能落後争飛絮,故故迎前定早梅。”(唐詩紀事十)

【落紅】卽落花。朝野新聲太平樂府七周仲彬新水令思憶曲:“落紅風裏不聞聲，嘆東君漸成薄倖,卻豔冶，又飄零。”清龔自珍定盦續集己亥雜詩:“落紅不是無情物,化作春泥更護花。”

【落索】冷落，蕭索。北齊顏之推顏氏家訓治家:“婦人之性，率寵壻則兄弟之怨生焉，虐婦則姊妹之讒行焉；然則女之行留，皆得罪於其家者，母實爲之。至有諺云:‘落索阿姑餐。’此其相報也。”宋林逋林和靖集二雪詩:“清夾曉林初落索，冷和春雨轉飄蕭。”

【落荒】向荒野逃跑。元曲選缺名小尉遲三:“我詐敗落荒的走，父親必然趕將我來。”

【落草】㊀舊時多稱被壓迫者逃往山林抗暴爲落草。五代史平話梁:“不向長安看花去，且來落草做英雄。”宋蘇軾東坡集奏議集十四乞增修弓箭社條約狀:“近有逃北落草四十餘人，馬三十疋，見在狼山西頭君市等村乞食。”㊁嬰兒出生。猶落地。紅樓夢八:“一面看寶玉……項上掛着長命鎖、記名符，——另外有那一塊落草時銜下來的寶玉。”

【落時】古代宫室撐持門樞之木。爾雅釋宫:“樞謂之椳,樞達北方謂之落時，落時謂之戹。”注:“門持樞者，或達北檼以爲固也。”清郝懿行義疏:“户在東南，其持樞之木或達於北方者名落時。落之言絡，連綴之意。郭云:達北檼以爲固者，檼，復屋棟也。”

【落莫】㊀冷落寂寞,淡薄。唐韓愈昌黎集二一送楊少尹序:“予忝在公卿後，遇病不能出，不知楊侯去時，城門外送者幾人？車幾兩？馬幾疋？……不落莫否？”也作“落寞”。宋謝逸溪堂詞西江月九調之一:“落寞寒香滿院，扶疎清影侵門。”㊁鋪陳，連綴。藝文類聚六二漢王褒甘泉宫頌:“覽除閣之麗靡，覺堂殿之巍巍，徑落莫以差錯，編玳瑁之文桷。”急就篇:“豹首落莫兔雙鶴。”注:“豹首，若今獸頭錦。落莫，謂文綵相連，又爲兔及雙鶴之形也。”

【落第】科舉時代應試未被録取。也作“下第”。唐白居易長慶集二四把酒思閑事詩之一:“乞錢羈客面，落第舉人心。”宋孫光憲北夢瑣言一宣宗稱進士:“(僖宗)謂俳優石野猪曰:‘朕若作步打進士，亦合得一狀元。’野猪對曰:‘或遇堯舜禹湯作禮部侍郎，陛下不免且落第。’”

【落絮】飄落的白花。文苑英華一五七南朝梁蕭子顯春日貽劉孝綽詩:“新禽争弄響，落絮亂從風。」全唐詩六六九章碣曲江：「落絮卻籠他樹白，嬌鶯更學別禽啼。」

【落款】在書信、禮品或詩、畫上面題寫姓名、時日等，稱爲落款。京本通俗小說拗相公：「此詩何人所作？没有落款。」清鄒一桂小山畫譜下落款：「畫有一定落款處，失其所，則有傷畫局。……元人畫有落款於樹石上者，亦恐傷畫局故也。」

【落景】落日的光輝。藝文類聚六十南朝梁簡文帝馬槊譜序：「至春亭落景，秋皋晚靜。」唐韋應物韋江州集二晚出灃上贈崔都水詩：「隔林分落景，餘霞明遠川。」

【落帽】晉書孟嘉傳：「後爲征西桓溫參軍，溫甚重之。九月九日，溫燕龍山，僚佐畢集。時佐吏並著戎服，有風至，吹嘉帽墮落，嘉不之覺。溫使左右勿言，欲觀其舉止。嘉良久如廁，溫令取還之，命孫盛作文嘲嘉，著嘉坐處。嘉還見，卽答之，其文甚美，四坐嗟歎。」後因成爲九月九日重陽登高的典故。唐李白李太白詩二十九日：「落帽醉山月，空歌懷友生。」

【落筆】下筆，揮毫。唐張彥遠歷代名畫記四：「曹不興，吳興人也。孫權使畫屏風，誤落筆點素，因就成蠅狀。權疑其真，以手彈之。」唐杜甫杜工部草堂詩箋二四八哀詩贈左僕射鄭國公嚴公武：「閱書百氏盡，落筆四座驚。」

【落落】㊀孤獨貌。後漢書十九耿弇傳：「帝謂弇曰：『將軍前在南陽建此大策，常以爲落落難合，有志者事竟成也！』」注：「落落猶疏闊也。」㊁稀疏、零落貌。文選晉陸士衡（機）歎逝賦：「親落落而日稀，友靡靡而愈索。」㊂多貌，鄙賤貌。後漢書二八下馮衍傳自論：「馮子以爲夫人之德，不碌碌如玉，落落如石，風興雲蒸，一龍一蛇，與道翱翔，與時變化，夫豈守一節哉。」老子：「不欲琭琭如玉，珞珞如石。」河上公本珞珞作「落落」。㊃高超不凡貌。藝文類聚七漢杜篤首陽山賦：「長松落落，卉木蒙蒙。」北周庾信庾子山集九謝趙王示新詩啓：「落落詞高，飄飄意遠。」㊄坦率，開朗。藝文類聚三六南朝宋謝靈運入道至人賦：「推天地於一物，橫四海於寸心。超埃塵以貞觀，何落落此胸襟！」唐柳宗元柳先生集八故銀青光祿大夫……柳公行狀：「終身坦蕩，而細故不入，其達生知足，落落如此。」㊅清澈貌。晉陶潛陶淵明集四讀山海經之三：「亭亭明玕照，落落清瑤流。」按山海經西山經：「（槐江之山）爰有遙水，其清洛洛。」

【落葵】植物名。又名蒵葵、繁露。莖葉柔軟，多汁；果實圓小，熟時紫黑色。古時榨取其果實的紅汁，用作面脂，所以又稱胭脂菜。爾雅釋草：「蒵葵，蘩露。」注：「承露也。大莖小葉，華紫黃色。」

【落暉】㊀落日的餘光。抱朴子廣譬：「西穨之落暉，不能照山東。」北周庾信庾子山集三擬詠懷詩之十七：「日晚荒城上，蒼茫餘落暉。」㊁喻晚年。文選晉陸士衡（機）擬古詩東城一何高：「三閭結飛轡，大耋嗟落暉。」

【落照】落日之光。玉臺新詠七南朝梁簡文帝和徐錄事見內人作臥具詩：「密房寒日晚，落照度窗邊。」唐杜牧樊川集三洛陽長句詩之一：「橋橫落照虹堪畫，樹鎖千門鳥自還。」

【落漠】㊀鹵莽，不精審。宋書王微傳與王僧綽書：「且持盈畏滿，自是家門舊風，何爲一旦落漠至此！」又報何偃書：「力作此答，無復條貫，貴布所懷，落漠不舉。」㊁冷落，寂寞。同「落莫」。唐李賀歌詩編三崇義里滯雨：「落漠誰家子？來感長安秋。」㊂鋪陳，連綴。藝文類聚七漢杜篤首陽山賦：「青羅落漠而上覆，穴溜滴瀝而下通。」

【落漈】海底最低處。元史瑠求傳：「瑠求，在南海之東。……彭湖諸島，與瑠求相對……。西南北岸皆水，至彭湖漸低，近瑠求則謂之落漈，漈者水趨下而不回也。」明以前古籍著錄瑠求、流求、琉球，皆指今臺灣省。

【落魄】窮困失意。史記九七酈生傳：「好讀書，家貧落魄，無以爲衣食業。」集解：「應劭曰：『落魄，志行衰惡之貌也。』晉灼曰：『落薄，落託，義同也。』」

【落髮】削髮爲僧或爲尼。北魏楊衒之洛陽伽藍記一瑤光寺：「亦有名族處女，性愛道場，落髮辭親，來儀此寺。」唐劉長卿劉隨州集十戲贈干越尼子歌：「厭向春江空浣紗，龍宮落髮披袈裟。」

【落墨】㊀猶落筆。宋蘇軾分類東坡詩十一王伯敭所藏趙昌畫四首山茶詩：「掌中調丹砂，染此鶴頂紅。何須誇落墨，獨賞江南工。」㊁木匠量度材料，稱落墨。清翟灝通俗編二四居處落墨：「韋昭國語注：『五尺爲墨。』今木工各用五尺以成宮室，其名爲墨，則墨者工師之五尺也。按：今木工所用曰六尺杆，小變矣。而度材之初，謂之落墨，猶其遺言。」

【落薄】窮困潦倒。猶「落魄」。金元好問遺山詩集七癸巳除夜：「塵埃嗟落薄，光景強留連。」

【落霞】晚霞。唐王勃王子安集五滕王閣詩序：「落霞與孤鶩齊飛，秋水共長天一色。」一說，此「落霞」指飛蛾。見宋吳曾能改齋漫錄十六辨霞鶩。

【落膽】喻驚懼至極。宋文同丹淵集十八積雨詩：「病僕挾羸馬，十步八九傾。職事有出入，長抱落膽驚。」楊萬里誠齋集二九雨作抵暮復晴五絕之四：「清平如席是淮流，風起雷奔怒不休。一浪飛來驚落膽，早知祗要打船頭。」

【落職】貶職，罷免。宋司馬光涑水紀聞十五：「翰林學士御史中丞李定坐不糾彈，落職知河陽。」清錢大昕潛研堂文集三四答袁簡齋書：「同一『落』也，落職則爲罷免，落致仕則爲復用。」

【落蘇】茄子的別名。唐段成式酉陽雜俎前集十九草篇：「茄字本蓮莖名，革遐反；今呼伽，未知所自。成式因就節下，食伽子數蔕，偶問工部員外郎張周封伽子故事，張云：『一名落蘇。』」

【落籍】削除名籍。全唐詩八六〇孫思邈四言詩：「南宮度名，北斗落籍。」此言除去死籍。宋史三〇四劉師道傳：「師道弟幾道，舉進禮部奏名，將廷試，近制悉糊名較等，陳堯咨當爲考官，教幾道於卷中密爲識號。幾道既擢第，事泄，詔落其籍，永不預舉。」舊時妓女從良時，也稱落籍。宋朱熹朱文公集十八按唐仲友第三狀：「仲友又悅營妓嚴蘂，欲攜以歸，遂令僞稱年老，與之落籍。」

【落驛】稀疏。書洪範：「曰雨，曰霽，曰蒙，曰驛」傳：「氣落驛不連屬。」疏：「落驛，希疎之意也。」

【落下閎】漢巴郡閬郡人。字長公。隱於落亭，明天文地理。武帝時同縣譙隆薦閎待詔太史，更作太初曆。授侍中不受。漢書五八公孫弘傳贊、晉常璩華陽國志十二梁益寧三州先漢以來士女目錄作洛下閎、洛下弘。參閱清阮元疇人傳二落下閎。參見「太初曆」。

【落花生】卽花生。因開花後子房入地結實，故名。俗稱長生果。清檀萃滇海虞衡志十果：「落花生爲南果中第一，以其資于民用者最廣，宋元間與棉花、番瓜、紅薯之類，粵估從海上諸國得其種歸種之；呼棉花曰吉貝，呼紅薯曰地瓜，落花生曰地豆，滇曰落地松。」

【落星石】㊀隕石。唐李綽尚書故實：「（李師誨）曾於衲僧處得落星石一片。僧云於蜀路早行，見星墜於前，遂圍數尺掘之，得片石如斷磬。」㊁石名。水經注三九廬江水：「（彭澤）湖中有落星石，周迴百餘步，高五丈，上生竹木，傳曰有星墜此，因以名焉。"

【落星樓】樓名。在今江蘇南京市東北。文選晉左太冲(思)吳都賦："數軍實乎桂林之苑，饗戎旅乎落星之樓。"太平御覽一七六金陵地記："吳嘉禾元年，於桂林苑落星山起三層樓，名曰落星樓。"

【落峭石】在江西南城縣東南，臨飛猿水邊，巍峨嵌空，數里可望。南朝宋謝靈運題詩："朝發飛猿嶠，暮宿落峭石。"即此處。今訛爲消石，又訛爲哨石。見太平寰宇記一一〇建昌軍南城縣、嘉慶一統志三二〇建昌府。

【落梅花】羌族樂曲名。又名梅花落。唐李白李太白詩二三與史郎中欽聽黃鶴樓上吹笛："黃鶴樓中吹玉笛，江城五月落梅花。"參閱唐段安節樂府雜録笛。

【落梅風】風名。太平御覽九七〇漢應劭風俗通："五月有落梅風，江淮以爲信風。"

【落湯雞】比喻人落在水裏，渾身濕透。也指人處境爲難，十分狼狽。西遊記六七："出來尋道士，渰死在山溪，撈得上來大家看，却如一個落湯雞。"明梁辰魚浣紗記行成："誰料被越追趕，既敗于囿，復敗于役，又敗于郊，猶如喪家狗，好像落湯雞。"

【落翮山】山名。唐張彥遠法書要録七張懷瓘書斷上八分："王次仲，上谷人……變蒼頡書爲今隸書。始皇時，官務煩多，得次仲文簡略赴急疾之用，甚喜。遣使召之，三徵不至，始皇大怒，制檻車送之於道。化爲大鳥，出在檻外，翻然長引，至於西山，落二翮於山上，今爲大翮小翮山。"後因稱落翮山。

【落花流水】㊀形容殘春景象。唐李羣玉詩集中奉和張舍人送秦鍊師歸岑公山："蘭浦蒼蒼春欲暮，落花流水思離襟。"㊁比喻事物衰敗。五代前蜀釋貫休禪月集二一偶作因懷山中道侶詩："是是非非竟不真，落花流水送青春。"㊂比喻七零八落不成局面。西遊記六三："八戒道：'這廝銳氣挫了！被我那一路鈀打進去時，打得落花流水，魂飛魄散！'"

【落穽下石】謂乘人之危，加以陷害。唐韓愈昌黎集三二柳子厚墓誌銘："一旦臨小利害，僅如毛髮比，反眼若不相識；落陷穽，不一引手救，反擠之，又下石焉者，皆是也。"今多作"落井下石"。

【落湯螃蟹】比喻手忙脚亂。景德傳燈録十九韶州文偃禪師："忽然有一日眼光落地，到來前頭將什麼抵擬，莫一似落湯螃蟹，手脚忙亂。"

【落雁沈魚】形容女子貌美。古今雜劇元王實甫麗春堂三："我這裏回頭猛然覷麗姝，可知道落雁沈魚。"參見"沈魚落雁"。

【落落穆穆】疏淡端莊貌。世説新語賞譽上："王平子(澄)目太尉(王衍)：'阿兄形似道，而神鋒太儁。'太尉答曰：'誠不如卿落落穆穆。'"

【落鵰侍御】唐高駢別號。駢少事朱叔明爲司馬。一日，有二鵰并飛，駢曰："我且貴，當中之。"一發竟貫二鵰，衆大驚，爲號"落鵰侍御"。見新、舊唐書本傳。

萓 xuān ㄒㄩㄢ 況袁切，平，元韻，曉。

萓草。又名鹿葱、忘憂、宜男、金針花。説文作"藼"。詩衛風伯兮："焉得諼草？言樹之背。"傳："諼草令人忘憂。"釋文："諼，本又作萓。"文選三國魏嵇叔夜(康)養生論："合歡蠲忿，萓草忘憂，愚智所共知也。"

【萓堂】詩衛風伯兮："焉得諼〔萓〕草？言樹之背。"傳："背，北堂也。"意謂於北堂種萓草。北堂，古爲母親所居處，後因以萓堂爲母親或母親居處的代稱。明朱權荆釵記傳奇二："不幸椿庭殞喪，深賴萓堂訓誨成人。"

【萓椿】指父母。同"椿萓"。明湯顯祖牡丹亭傳奇鬧殤："當今生花開一紅，願來生把萓椿再奉。"參見"椿萓"。

葖 tū ㄊㄨ 陀骨切，入，没韻，定。

即蘿蔔。爾雅釋草："葖，蘆萉。"注："萉宜爲菔。"疏："一名蘆菔，今謂之蘿蔔是也。"元周密癸辛雜識前集葖："今成都麪店中呼蘿蔔爲葖子。"

蒂 dì ㄉㄧ

同"蔕"。花或瓜果與枝莖相連的部分。引伸爲本原。聊齋志異二蓮香："幸病蒂猶淺，十日恙當已。"

葶 tíng ㄊㄧㄥ 都挺切，上，迥韻，端。

見下。

【葶薴】草名。山海經中山經："(熊耳之山)有草焉，其狀如蘇而赤華，名曰葶薴，可以毒魚。"薴，亦作"甯"。

【葶藶】草名。也作"亭歷"、"丁曆"，或名狗薺，又稱葶菜。爾雅釋草謂之蕇。初春生苗，莖高六七寸，似薺，根白，枝莖俱青，三月開花微黃，結角，子扁小。有甜苦二種，供藥用。參閱政和證類本草十葶藶。

葹 shī ㄕ 式支切，平，支韻，審。

卷葹，草名。卽枲耳。楚辭屈原離騷："薋菉葹以盈室兮，判獨離而不服。"宋洪興祖補注："形似鼠耳，詩人謂之卷耳，爾雅謂之苓耳，廣雅謂之枲耳，皆以實得名。"參見"枲耳"。

葷 1. hūn ㄏㄨㄣ 許云切，平，文韻，曉。

㊀葱蒜等辛臭的菜。禮玉藻："膳於君，有葷桃茢。"參見"葷辛"。㊁俗稱肉食爲葷，蔬食爲素。參見"葷臊"。

2. xūn ㄒㄩㄣ

㊂見"葷$_2$允"、"葷$_2$粥"。

【葷$_2$允】古北方部族名。漢書五五霍去病傳："票騎將軍去病率師躬將所獲葷允之士。"注："葷音熏。葷允，熏鬻也。"史記衛將軍驃騎傳作葷粥。參見"葷$_2$粥"。

【葷血】同葷腥。唐顏真卿顏魯公文集七歐陽使君神道碑銘："又常持誦金剛淨名經，向逾三紀，不茹葷血者十年。"舊唐書一九〇下王維傳："維弟兄俱奉佛，居常蔬食，不茹葷血。晚年長齋，不衣文綵。"

【葷辛】氣味劇烈之蔬菜的統稱。葷，指有氣味的；辛，指辣味的。佛家戒食葷辛。唐姚合姚少監集八乞新茶詩："嫩綠微黃碧澗春，採時聞道斷葷辛。"翻譯名義集三什物："葷而非辛，阿魏是也；辛而非葷，薑、芥是也。是葷復是辛，五辛是也。"參見"五辛"、"五葷"。

【葷菜】有氣味的蔬菜，如椿韭葱蒜之屬。荀子富國："然後葷菜百疏以澤量。"注："葷，辛菜也，疏與蔬同。"

【葷$_2$粥】古北方部族名。亦作葷允、薰育、熏鬻、獯鬻。史記五帝紀："(黃帝)北逐葷粥，合符釜山。"索隱："匈奴別名也。唐虞已上曰山戎，亦曰熏粥，夏曰淳維，殷曰鬼方，周曰玁狁，漢曰匈奴。"正義："葷音薰，粥音育。"

【葷腥】魚肉及葷辛之類的食物。唐白居易長慶集六八齋戒詩："每因齋戒斷葷腥，漸覺塵勞染愛輕。"今專指肉食。

【葷羶】指腥臊的肉食。唐韋應物韋江州集二紫閣東林居士叔緘賜松英丸……獻詩代啓詩："道場齋戒今初服，人事葷羶已覺非。"此以肉食比喻不潔淨。

萹 biān ㄅㄧㄢ 布玄切，平，先韻，幫。

見下。

【萹苻】草名。生於林野，入藥。爾雅釋草："萹苻，止濼，貫衆。"注："葉圓銳，莖毛黑布地，冬不死。」

【萹蓄】草名。亦名萹竹。苗似石竹，葉微闊，嫩綠。入藥。爾雅釋草：「竹，萹蓄。」注：「似小藜，赤莖節，好生道旁，可食，又殺蟲。」參閱政和證類本草十一萹蓄。

【萹薄】叢生的萹蓄。楚辭屈原九章思美人：「解萹薄與雜菜兮，備以爲交佩。」

葥 jiàn 子賤切，去，線韻，精。
ㄐㄧㄢ

草名。1. 王蔧。爾雅釋草：「葥，王蔧。」注：「王帚也。似藜，其樹可以爲埽蔧，江東呼之曰落帚。」2. 山莓。爾雅釋草：「葥，山莓。」注：「今之木莓也。實似藨莓而大，亦可食。」以莖上有刺如懸鉤，又名懸鉤子。見本草綱目十八草七懸鉤子。

蔿 wěi
ㄨㄟ

見「蔿」。

葧 bó 集韻 薄没切，入，没韻。
ㄅㄛ

㊀菊葧，植物名。即白蒿，俗名蓬蒿。廣雅釋草：「繁母，菊葧也。」見清王念孫廣雅疏證十。㊁蓊葧，盛貌。見該條。

【葧臍】荸薺。古名鳧茈，又稱烏芋。方言或作地栗、馬蹄。宋寇宗奭本草衍義十八烏芋作「葧臍」。見「烏芋㊀」。

萰 liàn 郎甸切，去，霰韻，來。
ㄌㄧㄢ

㊀草名。亦名菟荄、白蘞。爾雅釋草：「萰，菟荄。」玉篇：「萰，草名，白蘞也。」㊁青盛貌。見「芊萰」。

葑 1. fēng 府容切，平，鍾韻，幫。
ㄈㄥ

㊀菜名。即蔓菁。詩唐風采苓：「采葑采葑，首陽之東。」

2. fèng 方用切，去，用韻，幫。
ㄈㄥˋ

㊁菰根。即茭白根。晉書毛璩傳：「海陵縣界地名青蒲，四面湖澤，皆是菰葑。」參見「葑₂田㊁」。

【葑₂田】㊀水已乾涸、雜草叢生的湖沼。宋蘇軾東坡集奏議集七乞開杭州西湖狀：「唐長慶中，白居易爲刺史，方是時，湖溉田千餘頃。及錢氏有國，置撩湖兵士千人，日夜開浚。自國初以來，稍廢不治，水涸草生，漸成葑田。」㊁在沼澤中以木作架，鋪上泥土及水生植物而浮於水上的農田。也稱架田。宋元時多見於東南地區。宋梅堯臣宛陵集八赴霅任君有詩相送仍懷舊賞因次其韻詩：「鴈落葑田闊，船過蓤渚秋。」參見「架田」。

【葑門】唐蘇州吳縣城東門。本作鱛門。史記六六伍子胥傳「而抉吾眼縣吳東門之上，以觀越寇之入滅吳也」唐張守節正義：「東門，鱛門，謂鲟門也，今名葑門。」

【葑菲】蔓菁與蕌一類的菜。詩邶風谷風：「采葑采菲，無以下體！」下體，指根莖。原意指采者不應因其根莖不良而連葉也拋棄，後因用作有一德可取的謙詞。明李昌祺剪燈餘話曹雲華還魂記：「顧以葑菲得侍閨房，偕老百年，乃深幸也。」

蕌 fú 方六切，入，屋韻，幫。
ㄈㄨˊ

草名。詩小雅我行其野：「我行其野，言采其蕌。」傳：「蕌，惡菜也。」一名蓄、茺、蔓茅。葉細而花赤的有臭氣，即毛傳所謂惡菜；另一種，大葉白華，根正白，饑荒之年，可蒸以禦饑。見爾雅釋草、三國吳陸璣毛詩草木鳥獸蟲魚疏上。

【蕌蒩】草名。即蘘荷。又名覆苴。可作蔬菜或藥。白者爲覆苴。見政和證類本草二八白蘘荷。參見「蘘荷」。

葽 yāo 於霄切，平，宵韻，影。
ㄧㄠ 於堯切，平，蕭韻，影。

㊀草名。詩豳風七月：「四月秀葽。」傳：「不榮而實曰秀；葽，葽草也。」參閱清朱駿聲說文通訓定聲「葽」。㊁草盛貌。漢書禮樂志安世房中歌：「豐草葽，女蘿施。」注引孟康：「葽，盛貌也。」

【葽繞】藥草名，即遠志。爾雅釋草：「葽繞，蕀蒬。」廣雅釋草作「蕀苑」。急就篇四「遠志續斷參土瓜」唐顏師古注：「遠志，主益志惠而强志，故以爲名。一名葽繞，一名蕀蒬，其葉名小草，亦且其細也。」

葀 kuò 古活切，入，末韻，見。
ㄎㄨㄛˋ

荍葀，瑞草。見廣韻。參見「茇葀」。

葫 hú 户吴切，平，模韻，匣。
ㄏㄨˊ

㊀大蒜。玉篇：「葫，大蒜也。」因大蒜自西域傳入，故名。參閱政和證類本草二九葫。參見「蒜」。㊁見「葫蘆」。

【葫蘆】㊀植物名。又叫蒲蘆、壺蘆、匏瓜、瓠瓜。夏季開花，秋天實熟，狀如重疊的兩個圓球。嫩時可食，或用以盛物。參閱本草綱目二八菜三壺盧。㊁古代一種盛器。唐馮贄雲仙雜記四弄葫蘆成詩引詩源指訣：「王筠好弄葫蘆，每吟詩，則注於葫，傾已復注，若擲之於地，則詩成矣。」

【葫蘆格】宋黄朝英緗素雜記：「凡詩用韻有數格，一曰葫蘆，一曰轆轤，一曰進退。葫蘆韻者，先二後四；轆轤韻者，雙出雙入；進退韻者，一進一退。失此則謬。」作詩用韻，取音近可以通押的合併而用，八句凡四個韻脚，頭二韻用一個韻脚，後四個韻脚用另一個韻，前小後大，形如葫蘆，故稱葫蘆格。

【葫蘆笙】古樂器名。新唐書禮樂志十一：「高麗伎，……又有五絃、義觜笛、笙、葫蘆笙。」宋朱輔溪蠻叢笑葫蘆笙：「潘安仁笙賦，曲沃懸匏，汶陽匏篠，皆笙之材。蠻所吹葫蘆笙，亦匏瓠餘意；但列管六，與說文十三簧不同耳，名葫蘆笙。」

【葫蘆提】猶言糊塗。亦作「葫蘆蹄」。宋張耒明道雜志：「錢穆父（勰）內相本以文翰風流著稱，而尹京爲近時第一。……一日，因决一大滯獄，內外稱之。會朝處，蘇長公（軾）譽之曰：『所謂霹靂手也。』錢曰：『安能霹靂手？僅免葫蘆蹄也。』葫音鶻。」古今雜劇關漢卿感天動地竇娥怨三：「看葫蘆提賞罪愆，着竇娥身首不完全。」雍熙樂府十二馬東籬（致遠）夜行舡曲：「休笑巢鳩計拙，葫蘆提一向粧呆。」元曲中言葫蘆提甚多。

【葫蘆蹄】見「葫蘆提」。

葉 1. yè 與涉切，入，葉韻，喻。
ㄧㄝˋ

㊀植物的營養器官之一。附生於莖、幹、枝條。詩邶風匏有苦葉：「匏有苦葉，濟有深涉。」㊁花瓣。宋王觀揚州芍藥譜賽羣芳：「凡品中言大葉、小葉、堆葉者，皆花葉也。言綠葉者，謂枝葉也。」花瓣重疊的稱千葉。見「千葉㊀」。㊂書册中的一頁。見「葉子㊀」。㊃時期，猶世。詩商頌長發：「昔在中葉，有震且業。」㊄輕小之物。喻輕飄。宋蘇軾經進東坡文集事略一赤壁賦：「駕一葉之扁舟，舉匏尊以相屬。」㊅手按。見「葉拱」。

2. shè 書涉切，入，葉韻，審。
ㄕㄜˋ

㊆春秋楚邑名。左傳成十五年：「楚公子申遷許于葉。」參見「葉₂縣」。㊇姓。通志二七氏族三以邑爲氏：「葉氏，舊音攝，後世與木葉同音。風俗通：楚沈尹戍生諸梁，食采於葉，因氏焉。」

【葉子】㊀書册中的一頁。宋歐陽修文忠集一二七歸田錄二：「唐人藏書，皆作卷軸，其後有葉子，其制似今策子。凡文字有備檢用者，卷軸難數卷舒，故以葉子寫之，如吳彩鸞彩選之類是也。」現存敦煌唐拓歐陽詢化度寺塔銘裝本二葉。㊁古代博戲用具。詳「葉子格」。

【葉舟】小船，輕舟。宋蘇軾東坡集續集五答上官長官之二：「所居臨大江，望武昌諸山如咫尺，時復葉舟縱遊其間。」參見「一葉㊀」。

【葉拱】以兩手撫於胸前爲禮。孔子家語八辯樂：「師襄子避席，葉拱而對。」注：「葉拱，兩手薄其心也。」

【葉城】縣名。屬新疆。在莎車縣南百七十里。漢爲子合國地，明爲葉爾羌。清光緒九年置縣，屬新疆莎車府。

【葉榆】㊀澤名。卽今洱海。詳「洱海」。㊁縣名。漢武帝時置，以縣東葉榆澤而名。屬益州郡。後漢明帝時分屬永昌郡。在今雲南大理縣東北。參閱後漢書八六西南夷傳。

【葉語】世相傳說。淮南子脩務：「稱譽葉語，至今不休。」注：「葉，世也。言榮疇見稱譽，世傳相語，至今不止。」

【葉適】公元1150—1223年。宋溫州永嘉人。字正則。淳熙五年進士，官至兵部侍郎、寶謨閣待制，兼沿江制置使。措置屯田，上堡塢之議，度沿江地創三大堡，流民漸歸。時韓侂胄以開邊釁誅死，適被劾附侂胄用兵，遂奪職。自後閉門著述，自成一家，學者稱水心先生。著有水心集。宋史載儒林傳。

【葉赫】明海西女眞扈倫四部之一。其先爲蒙古土默特氏，後滅納拉部，據有其地，遂以納拉爲氏。後遷葉赫河畔，因以葉赫爲部名，也稱葉赫那拉氏。有今吉林伊通縣及其附近之地。明萬曆四十七年爲建州女眞所滅。今吉林伊通縣西南百四十里有葉赫城故址。

【葉₂縣】縣名，屬河南省。春秋爲楚地。春秋成十五年「許遷于葉」，卽此。漢置葉縣，屬南陽郡，歷代因之，清屬河南南陽府。見太平寰宇記八汝州、讀史方輿紀要五一南陽府。

【葉護】突厥官名。北史九九突厥傳：「大官有葉護，次設，次特勤，次俟利發，次吐屯發，及餘小官，凡二十八等，皆世爲之。」

【葉子香】香名。宋洪芻香譜：「葉子香，卽馢香之薄者，其香尤勝於馢。又謂之龍鱗香。」按：三國魏嵇含南方草木狀中作「棧香」，宋范成大桂海虞衡志志香作「箋香」。

【葉子格】古代博戲用具。相當於後世骰子格、升官圖之類。其用法今已不傳。宋歐陽修文忠集一二七歸田錄二：「骰子格本備檢用，故以葉子寫之，因以爲名爾。唐世士人宴聚，盛行葉子格，五代國初猶然，後漸廢不傳。」王闢之澠水燕談錄九雜錄：「唐太宗問一行世數，禪師製葉子格進之。葉子言二十世李也。當時士大夫宴集皆爲之。……余家有其格，而世無能爲者。」宋史藝文志六：「葉子格三卷，李煜妻周氏繫蒙小葉子格一卷、偏金葉子格一卷。」

【葉子戲】卽葉子格戲。唐蘇鶚杜陽雜編下：「韋氏諸家，好爲葉子戲。」清趙翼陔餘叢考三三葉子戲：「紙牌之戲，唐已有之。今之以水滸人分配者，蓋沿其式而易其名耳。」按近代所稱之葉子戲，卽鬭紙牌，始於明萬曆末。

【葉子鸞】明吳江人，字瓊章，一字瑶期，沈宛君第三女。四歲能誦楚辭，工詩，多佳句，能模山水，寫落花飛蝶，皆有韻致。著有返生香集、疏香閣詞。將嫁而死，年僅十七。參閱列朝詩集小傳、佩文齋書畫譜五八畫家傳明四。

【葉天士】公元1667—1746年。清吳縣人。名桂，號香岩。自小繼承父學，聞人善治某症，便往求師。長於診療奇經病、脾胃病、及兒科病。生平少著述。有臨證指南，爲門人取其醫案輯成。附幼科心法一卷，傳爲其手定。

【葉₂令祠】祠名。古葉縣東境有葉君祠，本以祀春秋楚沈諸梁(葉公子高)。至漢人附會，謂明帝時王喬爲葉令，喬有神術，縣人爲立祠。見漢應劭風俗通義二葉令祠。

【葉向高】公元1559—1627年。明福建福清人。字進卿。萬曆十一年進士，累官禮部尚書、東閣大學士。萬曆末東林與非東林結黨互爭，向高常欲調停其間，不滿者反指爲東林黨魁，四十二年罷歸。熹宗時復爲首輔，其時權歸魏忠賢，向高知時不可爲，疏三十三上得請致仕。明史有傳。

【葉法善】唐括州括蒼縣人。字道元。自曾祖三代爲道士，傳習攝養、陰陽、卜筮、符咒之術。歷事高宗中宗則天睿宗玄宗五朝。新、舊唐書均載方伎傳。參閱雲笈七籤十二。

【葉夢得】公元1077—1148年。宋吳縣人，字少蘊，號石林。紹聖進士，累官户部尚書。數上疏議論時政。嗜學早成，精熟掌故，詩詞筆力雄邁，猶有蘇門遺風。著有石林居士建康集、石林詞、石林詩話、石林燕語等。宋史載文苑傳。

【葉爾羌】㊀水名。在新疆維吾爾自治區塔里木盆地西南部。源出喀喇崑崙山北麓。流至阿瓦提縣附近，與阿克蘇河及和田河匯合爲塔里木河。㊁地名。漢爲莎車國，東漢倂入于闐，後復立。明稱葉爾奇木，或葉爾欽。清置莎車府於此。公元1913年改莎車縣。今屬新疆維吾爾自治區。參閱嘉慶一統志五二七葉爾羌。

【葉₂公好龍】漢劉向新序五雜事：「葉公子高好龍，鉤以寫龍，鑿以寫龍，屋室雕文以寫龍。於是天龍聞而下之，窺頭於牖，施尾於堂。葉公見之，棄而還走，失其魂魄，五色無主。是葉公非好龍也，好夫似龍而非龍者也。」後以喻表面上的愛好而不是真的愛好。後漢書五二崔駰傳：「(肅宗)謂竇憲曰：『……公愛班固而忽崔駰，此葉公之好龍也。試請見之。』」明王世貞弇州山人四部稿一二八與魏允中：「葉公好龍，畏其真者，世眼習習，併以廢之，足下之不遇，固知其所也。」

【葉衣觀音】卽葉衣觀自在菩薩。也稱被葉衣觀音。被葉衣，喻著八萬四千功德衣之意。密號異行金剛。唐不空譯葉衣觀自在菩薩經：「其像作天女形，首戴寶冠，冠有無量壽佛，瓔珞環釧，莊嚴其身，身有圓光火焰圍遶。」

【葉落歸根】謂返回本源。也比喻事物有一定的歸宿。景德傳燈錄五慧能大師：「衆曰：『師從此去，早晚却迴？』師曰：『葉落歸根，來時無日。』」宋趙蕃淳熙稿十七白葉詩之二：「葉落歸根莫謾悲，春風解發次年枝。」

葙

xiāng 息良切，平，陽韻，心。

ㄒㄧㄤ

青葙，藥草名。北魏賈思勰齊民要術十菜茹「葙」注引廣志：「葙，根以爲菹，香辛。」參見「青葙」。

葴

1\. zhēn 職深切，平，侵韻，照。

ㄓㄣ

㊀草名。1.爾雅釋草：「葴，寒漿。」注：「今酸漿草，江東呼曰苦葴。」2.爾雅釋草：「葴，馬藍。」注：「今大葉冬藍也。」㊁山名。在今河南泌陽縣東。山海經中山經：「葴山，視水出焉，東南流注于汝水。」㊂姓。黃帝之子二十五宗，十二姓，有葴姓。見國語晉四。

2\. qián 集韻 其淹切，平，鹽韻。

ㄑㄧㄢ

㊃同「鍼」。集韻：「鍼，闕，人名。春秋傳秦有鍼虎，或作『葴』。」又音 zhēn。

葳

wēi 於非切，平，微韻，影。

ㄨㄟ

見下。

【葳蕤】㊀紛披貌。楚辭漢東方朔七諫初放：「上葳蕤而防露兮，下泠泠而來風。」唐張九齡曲江集三感遇詩：「蘭葉春葳蕤，桂華秋皎潔。"參見"威蕤"。㊂鮮麗貌。文選漢張平子(衡)南都賦："望翠華兮葳蕤，建太常兮裶裶。"㊂萎頓貌。史記一一七司馬相如傳封禪書："紛綸葳蕤，堙滅而不稱者，不可勝數也。"重言作"葳葳蕤蕤"。紅樓夢三三："全無一點慷慨揮灑的談吐，仍是葳葳蕤蕤的。"㊃草名。南朝梁任昉述異記下："葳蕤草，一名麗草，又呼爲女草，江浙中呼娃草。美女曰娃，故以爲名。"本草綱目十二草一萎蕤："此草根長多鬚，如冠纓下垂之綏而有威儀，故以名之。"

【葳蕤鎖】鎖名。鎖以金縷相連，可以屈伸。全唐詩二四五韓翃江南曲："春樓不閉葳蕤鎖，綠水回通宛轉橋。"

葜 ruǎn 而兗切，上，獮韻，日。ㄖㄨㄢ

木耳，一曰萮茈。見説文。北魏賈思勰齊民要術十："葜，木耳也。案：木耳煮而細切之，和以薑橘，可爲菹，滑美。"

葬 zàng 則浪切，去，宕韻，精。ㄗㄤ

埋藏，掩埋屍體。禮檀弓上："葬也者，藏也；藏也者，欲人之弗得見也。"後多指處置屍體的方式。如言火葬。

【葬送】指掩埋死者、出殯等事宜。後漢書四六陳忠傳："人從軍屯及給事縣官者，大父母死未滿三月，皆勿徭，令得葬送。"後謂斷送、毀滅爲葬送。

【葬書】舊題晉郭璞撰。宋史藝文志五行類著録，一卷，真僞不可考。方技之家，競相粉飾，遂有二十篇之多。宋蔡元定刪爲十二篇，存八篇。元吳澄刪削爲內篇、外篇、雜篇，今本卽吳氏之舊本。內容主要是闡述墓穴吉凶、葬地風水抉擇之類。

【葬堂】我國古代南方某些少數民族處理死者遺骨的一種方式。宋朱輔溪蠻叢笑葬堂："死者諸子照水內，一人背屍，以箭射地，箭落處定穴，穴中藉以木。貧則已。富者不問歲月，釀酒屠牛，呼團洞，發骨而出，易以小函，或枷崖屋，或掛大木，風霜剝落，皆置不問，名葬堂。"

【葬西施】唐沈亞之沈下賢文集四雜著異夢録："吾友王炎者，元和初夕夢遊吳，侍吳王久，聞宮中出輦，鳴笳吹簫擊鼓，言葬西施。"西施爲古代著名美人，後用"葬西施"比喻埋葬落花之意。唐韓偓玉山樵人集香奩集哭花詩："若是有情爭不哭，夜來風雨葬西施。"

【葬玉埋香】謂埋葬美女。宋周越法書苑："玉谿編事：王蜀時，秦州節度使王承儉築城，獲瓦棺，中有石刻，曰'隋開皇二年渭州刺史張崇妻王氏銘'，有云'深深葬玉，鬱鬱埋香'之語。"

葝 1. qíng 渠京切，平，庚韻，羣。ㄑㄧㄥ 巨成切，平，清韻，羣。

㊀植物名。爾雅釋草："葝，山䪥。"疏："䪥，説文云：'菜也，葉似韭。'生山中者名葝。"䪥卽古"薤"字。山薤，卽野薤。參閲本草綱目二六菜一薤。

2. jìng 集韻 堅正切，去，勁韻。ㄐㄧㄥ

㊁草名。卽鼠尾草。爾雅釋草："葝，鼠尾。"注："可以染皁。"

葇 róu 耳由切，平，尤韻，日。ㄖㄡ

香草名。廣雅釋草："葇、……蘇也。"也叫香柔、香薷、石香薷、石蘇等。見清王念孫廣雅疏證釋草。

蔇 jì 居豙切，去，未韻，見。ㄐㄧ

㊀來，到。同"暨"。左傳隱六年："善鄭以勸來者，猶懼不蔇，況不禮焉。"注："蔇，至也。"㊁古地名。在今山東蒼山縣西北。春秋莊九年："公及齊大夫盟于蔇。"注："蔇，魯地，琅邪繒縣北有蔇亭。"

葭 1. jiā 古牙切，平，麻韻，見。ㄐㄧㄚ

㊀蘆葦。詩召南騶虞："彼茁者葭，壹發五豝。"參見"葦㊀"。㊁樂器名。同"笳"。文選南朝宋謝靈運九日從宋公戲馬臺集送孔令詩："鳴葭戾朱宮，蘭巵獻時哲。"

2. xiá 集韻 何加切，平，麻韻。ㄒㄧㄚ

㊂遠。同"遐"。見"葭₂萌"。

【葭州】地名。漢圁陰縣地。境內有葭蘆川，宋卽川爲寨，後升晉寧軍。金改爲葭州。歷代相因。公元 1913 年改縣，1964 年改名佳縣，屬陝西省。參閲金史地理志下、寰宇通志九八迪安府。

【葭灰】葭莩之灰。古人燒葦膜成灰，置於十二律管中，放密室內，以占氣候。某一節候至，某律管中的葭灰卽飛出，示該節候已到。如冬至節至，則相應之黃鍾律管內的葭灰飛動。後漢書律曆志上："候氣之法，爲室三重，戶閉，塗釁必周，密布緹縵。室中以木爲案，每律各一，內庳外高，從其方位，加律其上，以葭莩灰抑其內端，案曆而候之。氣至者灰動。"

【葭莩】蘆葦中的薄膜。喻關係疏遠淡薄。漢書五三中山靖王傳："今羣臣非有葭莩之親，鴻毛之重，羣居黨議，朋友相爲，使夫宗室擯卻，骨肉冰釋。"後泛稱戚屬爲葭莩。宋書南郡王(劉)義宣傳孝建元年上表："常謂異姓震主，嫌隙易構；葭莩淳戚，昭亮可期。"

【葭萌】㊀縣名。古苴侯國地。秦置葭萌縣，漢因之，屬廣漢郡。三國蜀改爲漢壽，晉改置晉壽縣。隋開皇時復置葭萌縣；唐宋因之，屬利州。元初并入昭化縣。故城在今四川廣元縣南。參閲元和郡縣志二二山南道利州，明曹學佺蜀中廣記五四昭化縣。㊁水名。卽白水江，在今四川廣元縣西北。參閲水經注二十漾水。

【葭₂萌】猶言遠民。葭，通"遐"。後漢書八十上杜篤傳論都賦："今天下新定，矢石之勤始瘳，而主上方以邊垂爲憂，忿葭萌之不柔，未遑於論都而遺思雍州也。"注："揚子雲長楊賦曰：'遐萌爲之不安。'謂遠人也。"

【葭蘐】葦席。蘐，同"蘐"。漢祝睦後碑："垂誨素棺，幣以葭蘐。"(隸釋七)幣，同"蔽"。

【葭蘆】㊀蘆葦。唐温庭筠詩集六開成五年秋……一百韻："躍魚翻藻荇，愁鷺睡葭蘆。"㊁城名。三國蜀將姜維與魏鄧艾兩軍相持於此時所築。故城在今甘肅武都縣東南。參閲元和郡縣志三九武州盤隄縣、讀史方輿紀要五九鞏昌府階州葭蘆城。

【葭蘆川】水名。古諸次水。源出內蒙鄂爾多斯高原。又名沙河。東南流入陝西，經榆林，注入黃河。宋雍熙二年李繼遷誘殺宋將曹光實於葭蘆川，卽此。見宋史四八五夏國傳上。參閲水經注三河水諸次水。

葦 wěi 于鬼切，上，尾韻，于。ㄨㄟ

㊀蘆葦。詩豳風七月："七月流火，八月萑葦。"疏："初生爲葭，長大爲蘆，成則名爲葦。"㊁變動貌。漢書九九中王莽傳："葦然閔漢氏之終不可濟。"

【葦車】柴車，簡樸無裝飾的車乘。後漢書四五袁閎傳："(閎弟忠)初平中爲沛相，乘葦車到官，以清亮稱。"

【葦杖】一種輕刑具，猶蒲鞭。文選南朝梁沈休文(約)齊故安陸昭王碑文："南陽葦杖，未足比其仁；潁川時雨，無以豐其澤。"注："曹植對酒歌曰：蒲鞭葦杖示有刑。"

【葦索】用蒲葦編結的繩索。古代民俗，年節於門上裝飾葦索，以祛除邪鬼。漢蔡邕獨斷上："卑枝東北有鬼門，萬鬼所出入也，神荼與鬱壘居其門，主閱領諸鬼;其惡害之鬼,執以葦索食虎。故十二月歲竟,常以先臘之夜逐除之也,乃畫荼鬱并懸葦索於門戶,以禦凶也。”

【葦茭】即葦索。漢應劭風俗通祀典葦茭:“傳曰:‘萑葦有藂。’呂氏春秋:湯始得伊尹,祓之於廟,薰以萑葦。……故用葦者,欲人子孫蕃殖,不失其類,有如萑葦。茭者,交易,陰陽代興也。”參見“葦索”。

【葦籥】古樂器。禮明堂位:“土鼓、蕢桴、葦籥,伊耆氏之樂也。”疏:“葦籥者,謂截葦爲籥。”宋楊萬里誠齋集十八題望韶亭詩:“茅茨殿上搥土鼓,葦籥聲外無笙竽。”

【葦戟桃杖】蘆葦做的戟、桃木製的杖。古代臘祭中用以祛除邪鬼之物。後漢書禮儀志中:“百官官府各以木面獸能爲儺人師訖,設桃梗、鬱櫑、葦茭畢,執事陛者罷。葦戟、桃杖以賜公、卿、將軍、特侯、諸侯云。”參見“儺㊀”。

葵 kuí 渠追切,平,脂韻,羣。ㄎㄨㄟˊ

㊀菜名。蔬用,子名冬葵子,入藥。詩豳風七月:“七月亨葵及菽。”㊁菊科草本植物。有錦葵、蜀葵、秋葵、向日葵等。參閱本草綱目十六草五葵。㊂審度。通“揆”。詩小雅采菽:“樂只君子,天子葵之。”

【葵心】葵花常朝向太陽,因以葵心比喻傾慕向往之心。宋范仲淹范文正公集四依韻酬吳安道學士見寄詩:“但得葵心長向日,何妨驚足未離塵。”王邁臞軒集十四賀陳侍郎該宗祀告成……詩:“一片葵心天北闕,十行芝檢殿西頭。”

【葵丘】㊀古邑名。春秋齊地,在今山東臨淄西。左傳莊八年“齊侯(襄公)使連稱管至父戍葵丘”,卽此。㊁春秋宋地,在今河南蘭考縣東。左傳僖九年:“秋,齊侯(桓公)盟諸侯于葵丘。”後漢書郡國志三:“外黃(宋邑)有葵丘聚,齊桓公會此。”

【葵扇】蒲葵葉製的扇。卽蒲葵扇。晉書謝安傳:“(鄉人)答曰:‘有蒲葵扇五萬。’安乃取其中者捉之,京師士庶競市,價增數倍。”唐柳宗元柳先生集四三行路難詩之三:“盛時一去貴反賤,桃笙葵扇安可常?”

【葵傾】葵性向日而傾。因用以比喻向往仰慕之情。唐李商隱李義山文集二爲安平公華州進賀皇躬痊復物狀:“值一人之有慶,當春日之載陽,心但葵傾,跡猶匏繫。”

【葵藿】㊀野菜名。南朝宋鮑照鮑氏集三代東武吟:“少壯辭家去,窮老還入門。腰鎌刈葵藿,倚杖牧雞豚。”㊁偏指葵。葵性向日,古人多用以比喻下對上赤心趨向之意。三國志魏陳思王植傳上疏請存問親戚:“若葵藿之傾葉,太陽雖不爲之回光,然終向之者,誠也。”唐杜甫杜工部草堂詩箋六自京赴奉先縣詠懷五百字:“葵藿傾太陽,物性固莫奪。”

【葵心菊腦】謂葵實及菊花。宋詩鈔釋道潛參寥子集鈔次韻子瞻飯別詩:“鈴閣追隨半月强,葵心菊腦厭甘涼。”

葥 xiāo 集韻 思邀切,平,宵韻。ㄒㄧㄠ 師交切,平,爻韻。

枝葉蕭疏貌。楚辭宋玉九辯:“葥櫹槮之可哀兮,形銷鑠而瘀傷。”注:“華葉已落,莖獨立也。”

【葥蔘】蕭疏竦立貌。同“蕭森”。漢書五七上司馬相如傳上林賦:“紛溶葥蔘,猗柅從風。”亦作“葥槮”。宋朱熹朱文公集三梅溪陂下作詩:“野牛浮鼻過寒溪,落木葥槮水下陂。”

蒀 yūn 集韻 於云切,平,文韻。ㄩㄣ

㊀草名。萬年青一名千年蒀。見“萬年青”。㊁見“茿蒀”。

萬 wàn 無販切,去,願韻,明。ㄨㄢˋ

㊀數詞。十百謂之千,十千謂之萬。參閱太平御覽七五〇漢應劭風俗通。㊁極言多。書堯典:“協和萬邦。”漢王充論衡藝增:“夫千與萬,數之大名也。萬言衆多,故尚書言萬國,詩言千億。”㊂極言其甚。唐韓愈昌黎集三二柳子厚墓誌銘:“無辭以白其大人,且萬無母子俱往理。”㊃古代一種舞名。左傳隱五年:“九月,考仲子之宮,將萬焉。”禮檀弓下:“萬入去籥。”疏:“萬是執干而舞,武舞也。”參見“萬舞”。㊄姓。春秋晉畢萬之後,一說芮伯萬之後,以名爲氏。孟子有弟子萬章。見通志二八氏族四以名爲氏。

【萬一】㊀萬分之一,表示極微。史記一〇二張釋之傳:“今盜宗廟器而族之,有如萬分之一,假令愚民取長陵一抔土,陛下何以加其法乎?”後漢書五七劉瑜傳上書:“故太尉楊秉知臣竊闚典籍,猥見顯舉,誠冀臣愚直,有補萬一。”㊁連詞。表示假設。三國志魏武帝紀建安十二年:“將北征三郡烏丸,諸將皆曰:‘……今深入征之,劉備必說劉表以襲許,萬一爲變,事不可悔。’”唐韓愈昌黎集二五唐河中府法曹張君墓碣銘:“且死萬一能有知,將不悼其不幸於土中矣!”

【萬千】極言其多。宋范仲淹范文正公集七岳陽樓記:“朝暉夕陰,氣象萬千。”

【萬方】㊀猶言四方。書湯誥:“嗟爾萬方有衆,明聽予一人誥。”唐杜甫杜工部草堂詩箋二一登樓:“花近高樓傷客心,萬方多難此登臨。”㊁種種方法。史記周紀:“褒姒不好笑,幽王欲其笑萬方,故不笑。”

【萬户】㊀萬家。唐李白李太白詩六子夜吳歌之三:“長安一片月,萬户擣衣聲。”㊁官名。元置,爲世襲軍職。在各路分設萬户府,隸屬於行省。萬户府分上中下三等,上萬户府管軍七千以上,中萬户府管軍五千以上,下萬户府管軍三千以上。均有達魯花赤、萬户、副萬户等官。又有海道運糧萬户府,掌管每年海道運糧供給大都,官制與諸路萬户府同。至明俱廢。見元史百官志七。

【萬化】萬物變化。莊子田子方:“且萬化而未始有極也,夫孰足以患心已。”晉陶潛陶淵明集三己酉歲九月九日詩:“萬化相尋異,人生豈不勞。”

【萬古】千年萬代,極言長久。宋書顧覬之傳定命論:“夫生之資氣,清濁異源,……皆理定於萬古之前,事徵於千代之外。”文選南朝梁劉孝標(峻)廣絶交論:“至夫組織仁義,琢磨道德,……斯賢達之素交,歷萬古而一遇。”

【萬石】㊀漢制,丞相、太尉、御史大夫號稱萬石,其月俸各三百五十斛穀。參閱漢書百官公卿表上唐顏師古注。㊁高官厚祿之家。西漢石奮及其四子皆官至二千石,景帝號奮爲萬石君(史記一〇三萬石君傳)。又嚴延年母賢而有教,子五人皆至大官,東海號曰“萬石嚴嫗”(漢書九十嚴延年傳)。東漢馮揚,宣帝時爲弘農太守。有八子皆爲二千石,趙魏間號曰“萬石君”(後漢書二六馮勤傳)。又秦襲爲潁川太守,與子姪同時爲二千石者五人,故三輔號爲“萬石秦氏”(後漢書七六秦彭傳)。唐張文瓘與四子潛沛洽涉皆至三品,時號爲“萬石張家”(新唐書一一三張文瓘傳)。㊂極言量重數多。史記一一七司馬相如傳子虛賦:“撞千石之鐘,立萬石之鉅。”晉張華博物志三:“積油滿萬石,自然生火。”

【萬安】㊀絶對安全。後漢書七四上袁紹傳:“今弃萬安之術,而興無名之師。”㊁州名。漢朱崖郡地。唐置萬安州。宋熙寧七年改萬安軍,後廢,屬瓊州。明洪武初復置萬州,州治萬寧。公元1914年改爲萬寧縣，屬廣東省。參閱寰宇通志一〇六瓊州府。㊂縣名。屬江西省。唐太和縣地，宋熙寧中割太和龍泉贛三縣地爲萬安縣，屬吉州。清屬吉安府。參閱讀史方輿紀要八七吉安府。

【萬有】猶萬物。藝文類聚九十南朝宋顔延之歸鴻詩："萬有皆同奉，鴻鴈獨辭歸。"周書劉璠傳雪賦："混二儀而竝色，覆萬有而皆空，埋没河山之上，籠罩寰宇之中。"

【萬全】㊀萬無一失。韓非子解老："事必萬全，而舉無不當，則謂之寶矣。"史記九一黥布傳："夫大王發兵而倍楚，項王必留，留數月，漢之取天下必萬全。"㊁明都指揮使司名。宣德五年置，領衛十五，守禦千户所三，堡五。治所在宣府衛（今河北宣化）。爲明朝邊防要地。見明史地理志一。㊂縣名。漢上谷郡寧縣地。明洪武二十六年置德勝堡，永樂二年移萬全右衛治此。清康熙三十二年，改置萬全縣，屬宣化府。公元 1958 年撤銷，併入懷安縣，屬河北省。參閱嘉慶一統志三八宣化府一。

【萬年】㊀慶祝之詞，猶萬歲。詩大雅江漢："虎拜稽首，天子萬年。"又曹風鳲鳩："正是國人，胡不萬年？"㊁縣名。1.漢高祖葬太上皇於櫟陽城北原（在今陝西臨潼縣境），謂之萬年陵，因分置萬年縣於城中爲陵邑。北周移治長安（今西安市西北）。隋開皇三年改萬年曰大興，尋又分置萬年縣。唐武德元年又改大興曰萬年，而改隋之萬年曰櫟陽。天寶七年，改爲咸寧縣。乾元元年復曰萬年。五代後梁改曰大年，後唐復曰萬年，宋宣和七年改曰樊川，金又改爲咸寧縣。歷代因之。公元 1914 年併入長安。參閱太平寰宇記二五雍州、讀史方輿紀要五三西安府櫟陽城。2.屬江西省。明置，因萬年山得名。清因之。參閱嘉慶一統志三一一饒州府一。

【萬劫】卽萬世。佛家認爲世界一成一毁爲一劫。廣弘明集十五南朝梁簡文帝（蕭綱）唱導文："敬由心起，五體所以外恭；情發於中，六識所以單到。故一善染心，萬劫不朽。"梵網經菩薩戒序："一失人身，萬劫不復。"

【萬邦】猶言萬國。書堯典："百姓昭明，協和萬邦。"又統指全國各地。文選三國魏曹子建（植）責躬詩："受禪于漢，君臨萬邦。萬邦既化，率由舊則。"

【萬法】佛教指一切事物和道理的通稱。唐顔真卿顔魯公集十五五言使過瑶臺寺有懷圓寂上人詩："萬法元無著（一作"靈法盡無染"），一心唯趣禪。"

【萬物】宇宙間的一切東西。書泰誓上："惟天地萬物父母，惟人萬物之靈。"宋陸九淵象山集一與姪孫濬："此心此理，我固有之，所謂萬物皆備於我。"

【萬姓】謂人民。書立政："式商受命，奄甸萬姓。"

【萬春】㊀猶萬年。世説新語排調："晉武帝問孫晧：'聞南人好作爾汝歌，頗能爲不？'晧正飲酒，因舉觴勸帝而言曰：'昔與汝爲鄰，今與汝爲臣。上汝一杯酒，令汝壽萬春。'"文苑英華一七二唐閻朝隱三日曲水侍宴應制詩："三月重三日，千春續萬春。"㊁鄉名。文中子中説事君："萬春鄉社，子必與執事，翼如也。"宋朱熹朱文公集二社後一日作詩："侃侃陳孺子，恂恂萬春鄉。"㊂宫門名。漢時洛陽有萬春門。見太平御覽一八三漢宫殿名。又宫殿名。唐兩儀殿之東曰萬春殿，西曰千秋殿。見唐六典七。㊃鳥名。隋書五行志下："天統三年九月，萬春鳥集仙都苑。京房易飛候曰：'非常之鳥，來宿於邑中，邑有兵。'"

【萬指】形容役使人數之多。宋蘇軾分類東坡詩十八答吕梁仲屯田："付君萬指伐頑石，千鎚雷動蒼山根。"按漢書九一貨殖傳"童手指千"唐顔師古注："手指謂有巧伎者。指千則人百。"

【萬秋】㊀猶萬年。韓非子顯學："今巫祝之祝人曰：'使若千歲萬秋，千秋萬歲之聲聒耳，而一日之壽無徵於人，此人所以簡巫祝也。'"參閱清王先愼集解。今本二秋字皆作歲，誤。㊁漢長安有十二門，西出南頭第一門，本名章門，王莽更名萬秋門。見水經注十九渭水。

【萬泉】縣名。漢汾陰縣地。唐武德三年置。清屬山西蒲州府。因縣城東谷中有泉百餘處，故名萬泉。公元 1954 年與榮河縣合併，改名萬榮縣。參閱嘉慶一統志一四〇蒲州府一。

【萬連】花名。晉崔豹古今注下草木："萬連，葉如鳥翅，一名烏羽，一名鳳翼。花大者其色多紅緑，紅者紫點，緑者紺點。俗呼仙人花，一名連纈花。"

【萬殊】萬般不同，多式多樣。淮南子本經："陰陽者承天地之和，形萬殊之體，含氣化物，以成埒類。"後漢書五二崔駰傳達旨："壹天下之衆異，齊品類之萬殊。"

【萬乘】㊀猶萬輻。藝文類聚五九三國魏陳琳神武賦："六軍被介，雲輜萬乘。"宋書謝靈運傳撰征賦序："靈檣千艘，雷輜萬乘。"㊁周制：天子地方千里，出兵車萬乘，諸侯地方百里，出兵車千乘。故以萬乘稱天子。孟子梁惠王上："萬乘之國，弑其君者，必千乘之家。"注："萬乘，謂天子也。千乘，諸侯也。"文選漢張平子（衡）東京賦："雖萬乘之無懼，猶怵惕於一夫。"也指帝位。藝文類聚十二晉傅玄漢高祖畫贊："超從側陋，光據萬乘。"

【萬般】㊀各種各樣。唐韓偓玉山樵人集惜春詩："一夜雨聲三月盡，萬般人事五更頭。"古今雜劇元鄭廷玉金鳳釵二："萬般皆下品，唯有讀書高。"㊁副詞。極其，非常。花間集三五代前蜀韋莊小重山："倚長門，萬般惆悵向誰論？"

【萬章】戰國時人，孟軻弟子。孟子有萬章篇，主要記録孟子與萬章的對話。

【萬畢】占卜之書。傳説爲漢淮南王劉安撰。史記一二八龜策傳："臣爲郎時，見萬畢石朱方，傳曰：'有神龜在江南嘉林中。'"索隱："萬畢術中有石朱方。"隋書經籍志著録淮南萬畢經一卷。清茅泮林輯本題作淮南萬畢術。

【萬鈞】形容重量之大。三十斤爲鈞。漢書五一賈山傳至言："雷霆之所擊，無不摧折者；萬鈞之所壓，無不糜滅者。"文選漢張平子（衡）西京賦："洪鐘萬鈞，猛虡趪趪。"

【萬象】指自然界的一切事物、景象。文選南朝宋謝靈運從游京口北固應詔詩："皇心美陽澤，萬象咸光昭。"唐温庭筠詩集四七夕："金風入樹千門夜，銀漢横空萬象秋。"

【萬幾】指帝王日常的紛繁政務。也作"萬機"。書臯陶謨："兢兢業業，一日二日萬幾。"傳："幾，微也；言當戒懼萬事之微。"漢書八六王嘉傳上封事引作"萬機"。唐顔師古解爲帝王當戒愼危懼，以理萬事之機。李匡乂資暇集上萬機引本孔傳以作"機"字爲非，但後世多從顔説。

【萬福】多福。詩小雅蓼蕭："和鸞雝雝，萬福攸同。"後通用爲祝頌之詞。唐韓愈昌黎集十八與孟尚書書："未審入秋來眠食何似，伏惟萬福。"婦女相見行禮，常口稱"萬福"。宋陸游老學庵筆記五："王廣津（建）宫詞云：'新睡起來思舊夢，見人忘却道勝常。'勝常，猶今婦人言萬福也。"又蘇泂泠然齋詩集六過金陵之四："高資店裏主人婆，萬福官人問訊和。"

【萬載】㊀猶萬年。文選漢王子淵（褒）洞簫賦："託身軀於后土兮，經萬載而不遷。"宋梅堯臣宛陵集十八與蔣祕别二十六年……始見之詩:"億億萬萬載，筋骨非玉堅。"㊁縣名。屬江西省。五代時南唐置，屬袁州。宋宣和三年改稱建成縣，紹興二年復舊。明清皆屬江西袁州府。見讀史方輿紀要八七袁州府萬載縣。

【萬萬】㊀極言數量之多。漢書溝洫志:"今瀕河十郡治隄歲費且萬萬。"又四九鼂錯傳:"今陛下人民之衆，威武之重，德惠之厚，令行禁止之勢，萬萬於五伯。"㊁數名。萬萬爲一億。參閲禮内則"降德于衆兆民"唐孔穎達疏。㊂副詞。絕對，斷然。唐韓愈昌黎集十八與孟尚書書:"假如釋氏能與人爲禍祟，非守道君子之所懼也，況萬萬無此理。"

【萬歲】㊀古人飲酒上壽之祝詞，上下通用。韓非子顯學:"今巫祝之祝人曰:'使若千秋萬歲。'千秋萬歲之聲聒耳。"吕氏春秋過理:"宋王大説，飲酒，室中有呼萬歲者，堂上盡應。"因常於殿陛之間用之，後遂爲皇帝的尊稱。漢書武帝紀元封元年春正月:"翌日親登嵩高，御史乘屬，在廟旁吏卒咸聞呼萬歲者三。"後漢書四五韓棱傳:"及(竇)憲至，尚書以下議欲拜之，伏稱萬歲。棱正色曰:'夫上交不諂，下交不黷，禮無人臣稱萬歲之制。'"參閲宋張淏雲谷雜記二稱萬歲、清趙翼陔餘叢考二一萬歲。㊁猶萬年。莊子齊物論:"參萬歲而一成純。"南朝陳徐陵徐孝穆集九天台山徐則法師碑:"夫海水揚塵，幾千年而可見；天衣拂石，幾萬歲而應平。"㊂死的諱稱。史記高祖紀十二年:"吾雖都關中，萬歲後吾魂魄猶樂思沛。"漢書八四翟方進傳:"萬歲之期，近慎朝暮。"注:"萬歲之期，謂死也。慎朝暮者，言其事在朝夕。"

【萬寧】縣名。屬廣東省。唐初爲崖州文昌縣地。貞觀五年分置萬安縣。五代南漢改名萬寧。明初併入萬州。清末改萬縣。公元 1914 年復名萬寧。參閲讀史方輿紀要一〇五萬州。

【萬端】㊀形容頭緒之多。史記禮書:"人道經緯萬端，規矩無所不貫。"全唐詩五一一張祜登樂遊原:"幾年詩酒滯江干，水積雲重思萬端。"㊁各種各樣。文選漢司馬長卿(相如)子虛賦:"若乃俶儻瑰瑋，異方殊類，珍怪鳥獸，萬端鱗崪。"

【萬舞】用於宗廟祭祀之舞。詩邶風簡兮:"簡兮簡兮，方將萬舞。"傳:"以干羽爲萬舞，用之宗廟山川。"疏:"萬，舞名也。謂之萬者，……以萬者舞之總名，干戚與羽籥皆是，故云以干羽爲萬舞。"參閲清陳喬樅韓詩遺説考二邶風簡兮(續清經解一五九)。

【萬彙】猶言萬物。彙，品類。唐韓愈昌黎集外集五祭董相公文:"五氣敍行，萬彙順成，交感旁暢，聖賢以生。"宋趙鼎臣竹隱畸士集二病目無聊因遊慈雲寺作詩呈諸友詩:"造物本兒嬉，萬彙同一甑。"

【萬選】多方挑選。見"青錢萬選"。

【萬緣】佛家指一切因緣，即事物的因果關係。唐白居易長慶集六一酒功贊:"萬緣皆空，時乃之功。"宋李彌遜筠溪集十七病後戲呈謨老禪師詩:"一事關身俱是夢，萬緣彈指已非今。"參見"因緣㊁"。

【萬機】見"萬幾"。

【萬曆】明朱翊鈞(神宗)年號。公元1573—1620年。

【萬縣】縣名。1. 屬四川省。漢朐忍縣地。唐天寶初置萬州。明洪武六年改縣，屬夔州府。見明史地理志四夔州府。2. 見"萬寧"。

【萬鍾】指豐富的糧食。鍾，古量器名。管子國蓄:"使萬室之都必有萬鍾之藏。"也指優厚的俸禄。孟子告子上:"萬鍾則不辯禮義而受之，萬鍾於我何加焉?"宋陸游劍南詩稿二三五更讀書示子:"萬鍾一品不足論，時來出手蘇元元。"

【萬籟】指自然界的一切聲響。唐杜甫杜工部草堂詩箋十一玉華宫:"萬籟真笙竽，秋色正蕭灑。"宋范祖禹范太史集三八月十一日夜玉堂對月詩:"天卷纖毫光不隔，風收萬籟夜無聲。"

【萬人刀】傳説三國蜀關羽爲劉備所重，不惜身命，自采都山鐵爲二刀，銘曰"萬人"。取萬人莫敵之意。後羽敗，惜刀，投之水中。見南朝梁陶弘景刀劍録。

【萬人敵】一人可敵萬人，極言勇武過人。史記項羽紀:"籍曰:'……劍一人敵，不足學，學萬人敵。'"此指兵法。三國志魏程昱傳:"劉備有英名，關羽、張飛皆萬人敵也，(孫)權必資之以禦我。"

【萬户侯】食邑萬户之侯。戰國策齊四:"令曰:有能得齊王頭者，封萬户侯。"史記一〇九李廣傳:"如令子當高帝時，萬户侯豈足道哉!"

【萬石君】見"萬石"。

【萬安橋】在今福建晉江縣東北，横跨洛陽江。宋皇祐五年至嘉祐四年建成。先是其地名萬安渡，舟楫交通不便，後蔡襄知泉州，立石爲梁，長三百六十丈，寬一丈五尺，名命萬安橋，襄手書碑記。因其地有洛陽社，水名洛陽江，故又名洛陽橋。見讀史方輿紀要九九泉州府晉江縣洛陽橋。參見"洛陽橋"。

【萬年青】植物名。一名千年蒀。多年生常緑草本，經冬不凋，故稱。葉厚且大，由地下叢生；花開於叢間，穗狀，色淡緑。結實圓如球，色或紅或黃。

【萬年枝】㊀樹名。即冬青樹。文選南齊謝玄暉(朓)直中書省詩:"風動萬年枝，日華承露掌。"唐劉禹錫劉夢得集七送慧則法師歸上都因呈廣宣上人詩:"一錫言歸九城路，三衣曾拂萬年枝。"參閲廣羣芳譜七九冬青。㊁指年代悠久的大樹。唐韓偓玉山樵人集鵲詩:"莫怪天涯棲不穩，託身須是萬年枝。"

【萬年松】又名玉柏，生石縫間，人養爲盆景，供觀賞，四季長青，數年不死，呼爲千年柏、萬年松。參閲本草綱目二一玉柏。

【萬年宫】唐宫殿名。即九成宫。唐永徽二年改名萬年宫。乾封二年復舊名。參見"九成宫"。

【萬年曆】舊稱預推未來若干年的曆書。漢書九九下王莽傳:"乃令太史推三萬六千歲曆紀，六歲一改元，布天下。"爲萬年曆的起源。新唐書藝文志曆算類著録王勃千歲曆，已佚。宋史藝文志著録萬年曆十二卷，不知作者。元至元四年，西域札馬魯丁撰進萬年曆。明清以來，皆有增編，舊時星命家多以推算八字。

【萬言科】唐科舉考試科目。唐詩紀事六六王璘:"長沙日試萬言王璘，詞學富贍，崔詹事廉問，表薦於朝。先試之使廨，璘請十書吏，皆給筆札，璘口授，十吏筆不停綴。……時未亭午，已七千餘言。時路巖方當鈞軸，遣一介召之，璘曰:'請俟見帝。'巖大怒，亟命奏廢萬言科。"

【萬言書】大臣給皇帝的上書。宋趙升朝野類要四:"萬言書，上進天子之書也。若上公侯，則名之曰長書。"宋史三二七王安石傳:"安石議論高奇，……慨然有矯世變俗之志，於是上萬言書。"

【萬里沙】㊀地名。在山東掖縣北。史記武帝紀元封元年:"於是天子既出毋名，乃禱萬里沙。"宋蘇軾分類東坡詩八河復:"萬里沙回封禪罷，初遣越巫沉白馬。"參閲讀史方輿紀要三六萊州掖縣。㊁廣遠的沙漠。唐温庭筠集一觱篥歌:"漢將營前萬里沙，更深一一霜鴻起。"

【萬里侯】因立功異域所封之侯。後漢書四七班超傳:"生燕頷虎頸，飛而食肉，此萬里侯相也。"唐王勃王子安集一春思賦:"都護新封萬里侯，將軍稍定三邊地。"

【萬里書】指遠方來信。南朝梁庾信庾子山集四寄王琳詩:"獨下千行淚，開君萬里書。"唐獨孤及毘陵集三代書寄上李廣州詩："唯憑萬里書，持用慰飢渴。"

【萬里橋】橋名。在今四川華陽縣南。古代蜀人入吳，皆取道於此。三國蜀費禕奉使去吳，諸葛亮送之，禕曰："萬里之路，始於此橋。"因以爲名。唐杜甫杜工部草堂詩箋十九狂夫"萬里橋西一草堂，百花潭水卽滄浪"；又唐妓薛濤曾居橋側，胡曾贈詩曰"萬里橋邊女校書，琵琶花下閉門居"；皆指此橋。參閱晉常璩華陽國志三、五代後蜀何光遠鑒誡錄十蜀才婦。

【萬卷堂】藏書室名。1.元闊里吉思篤於儒術，築萬卷堂於私第，日與諸儒討論經史。見元史一一八阿剌兀思剔吉忽里傳附闊里吉思。2.明周定王朱橚六世孫朱睦㮮藏書室名。有萬卷堂書目。橚封地，在今河南開封。見清李鍚齡授經圖總目。3.明東莞陳璉藏書處。見明屈大均廣東新語十七宮語。

【萬事休】萬事全了。唐白居易長慶集六二老熱詩："一飽百情足，一酣萬事休。"宋史四八三荆南高氏世家："保勗在保抱，從誨獨鍾愛，故或盛怒，見之必釋然而笑，荆人目爲'萬事休'。"

【萬花會】北宋時，洛陽牡丹花盛開時，太守作萬花會，宴集之所以花爲屏帳，至於梁棟柱栱，皆水竹筒貯水簪花釘挂，舉目皆花。揚州盛產芍藥，蔡京知維揚，也做效洛陽作萬花會。大爲民病，元祐七年蘇軾知揚州始罷。見宋張邦基墨莊漫錄九。

【萬松嶺】山名。㊀在浙江杭州南鳳山門外，舊多松樹。唐白居易長慶集二十夜歸詩"萬株松樹青山上，十里沙隄明月中"，指此。參閱明田汝成西湖遊覽志七南山勝蹟。㊁在湖北麻城縣西。宋縣令張毅夾道植松萬株，築亭其中，號萬松亭。宋蘇軾有萬松亭詩，見分類東坡詩十三。參閱讀史方輿紀要七六黄州府麻城縣。

【萬柳堂】清初馮溥之別墅。在北京廣渠門外。仿元廉希憲萬柳堂遺制，亦稱萬柳堂。園無雜樹，上下皆柳，故名。嘉道間廢爲拈花寺。溥，益都人，官至文華殿大學士。參閱清朱彝尊曝書亭集六六萬柳堂記、姚之駰元明事類鈔二九萬柳堂。

【萬家春】酒名。宋蘇軾東坡集續集三和己酉歲九月九日詩："持我萬家春，一酹五柳陶。"又東坡詞浣溪沙序："余近釀酒，名萬家春，蓋嶺南萬户酒也。"詞："雪花浮動萬家春，醉歸江路野梅新。"

【萬釘帶】寶帶名。皇帝用以賞賜功臣。北史楊素傳："突厥達頭可汗犯塞，……素奮擊，大破之，達頭被重創而遁，衆號哭而去。優詔賜縑二萬匹及萬釘寶帶。"又達奚武傳："在庫有萬釘金帶，當時寶之，武因入庫，乃取以歸。"

【萬眼燈】宋時江浙一帶節日用的紗燈。宋范成大石湖集二三上元紀吳中節物俳諧體三十二韻詩"萬窗花眼密，千隙玉虹明"自注："萬眼燈，以碎羅紅白相間砌成，工夫妙天下，多至萬眼。"也作"萬眼圓"。宋姜夔白石道人詩集下觀燈口號之三："遊人總戴孟家蟬，争託星毬萬眼圓。"

【萬眼羅】卽萬眼燈。羅，輕紗。元周密武林舊事二燈品："羅帛燈之類尤多，或爲百花，或細眼，間以紅白，號萬眼羅者，此種最奇。"

【萬斛泉】源源不絶的泉水。宋蘇軾分類東坡詩十一和文與可洋川園池之十二瀟泉亭："勸君多揀長腰米，消破亭中萬斛泉。"宋朱熹朱文公集五次二友石井之作詩之一："一寶陰風萬斛泉，新秋曾此弄清漣。"

【萬斯大】公元1633—1683年。清經學家。浙江鄞縣人。字充宗，晚號跛翁，學者稱褐夫先生。研習諸經，不爲科舉之學，尤精春秋三禮。嘗謂非通諸經，不能通一經；非以經釋經，不能正傳注之失。所著有學禮質疑、周官辨非等書。黄宗羲南雷文定撰杖集有萬充宗墓誌銘。

【萬斯同】公元1638—1702年。清浙江鄞縣人。斯大之弟。字季野，學者稱石園先生。黄宗羲弟子。博通諸史，尤熟明代掌故，少時卽以著明史爲己任。康熙十八年，開明史館，斯同以布衣參加編修，不署銜，不受俸，明史稿五百卷大半出其手。著有歷代史表、紀元彙考、石園詩文集等。

【萬歲山】山名。1.卽今瓊華島，又名瓊島。在北京北海公園內。金名瓊花島。元中統三年修建，至元四年命名爲萬歲山。乃用開鑿太液池之泥土築成，以自開封運來宋艮嶽御苑太湖石點綴其間。山上有廣寒殿，山半有仁智殿，山前有白玉石橋。明名萬壽山。金元明清皆爲皇帝禁苑。辛亥革命後開放爲遊覽勝地。參閱明陶宗儀輟耕錄一萬歲山、清孫承澤天府廣記三七名蹟瓊華島。2.又名靈壽山。在今湖南郴縣。見太平御覽四九南朝宋盛弘之荆州記、湖南通志二五郴州。3.指河南嵩山。唐杜牧樊川集三洛陽長句詩之一："君王謙讓泥金事，蒼翠空高萬歲山。"

【萬歲木】卽杻樹，又名檍樹。爾雅釋木"杻檍"宋邢昺疏："杻，一名檍。……今官園種之，正名曰萬歲，既取名於億萬，其葉又好。"

【萬歲隝】見"郿塢"。

【萬壽山】在北京西郊頤和園內。元名甕山，山南有耶律楚材墓。山下湖泊名甕山泊，又稱西湖。清乾隆十四年疏浚，十五年始建園林。十六年弘曆（高宗）爲祝其母六十生日，改名爲萬壽山，甕山泊爲昆明湖，名園爲清漪園，並於明圓静寺舊址建大報恩延壽寺。其後那拉氏（慈禧太后）大興土木，改建清漪園，更名頤和園。於山上建成排雲殿、佛香閣、銅亭、養雲軒、樂壽堂、玉瀾堂、諧趣園。辛亥革命後闢爲公園，爲遊覽勝地。參閱明劉侗于奕正帝京景物略七甕山、清孫承澤天府廣記三五巖麓、嘉慶一統志二京師二。

【萬壽宮】清時各地供奉皇帝萬歲牌的生祠，稱萬壽宮。

【萬壽節】舊稱皇帝生日，取詩小雅南山有臺"萬壽無疆"之義。按唐開元後，始以皇帝生日爲令節，如天長節、慶成節之類。如不定專名，則通稱聖節，或萬壽節，簡稱萬壽。元王惲有萬壽節出左掖門詩，明袁煒有萬壽節賀表，清康熙時內直諸臣編有萬壽盛典一百二十卷。

【萬壽橋】橋名。在福建閩侯縣南。元大德七年建，長三百餘丈，水門三十九，傍以石欄。橋跨閩江上。明以後，屢有修葺。俗名大橋。見讀史方輿紀要九六福州府侯官縣。

【萬寶常】隋音樂家，生卒年不詳。北齊時，因其父獲罪伏誅，配爲樂户。開皇中奉詔造諸樂器，以水尺爲律，應手成曲；以聲韻雅淡，不爲時人所喜。撰樂譜六十四卷，有八十四調，一百四十四律，變化終於一千八百聲。貧病而死，臨終取所著樂譜焚之，書遂不傳。

【萬人空巷】形容羣衆參與某種活動的盛況。宋蘇軾分類東坡詩十一八月十七日復登望海樓……之四："賴有明朝看潮在，萬人空巷鬭新粧。"

【萬口一辭】謂衆人説法一致。唐孫樵集五武皇遺劍錄："羣疑膠牢，萬口一辭。"辭，亦作"詞"。宋樓鑰攻媿集二送趙子直貳卿帥出山詩："所以名愈尊，萬口同一詞。"

【萬山綱目】清李誠著，二十一卷。仿

齊召南水道提綱體例，詳記我國山脈，由岡底斯山（卽古之崑崙）分數大幹，具敍其正幹分支與所在的部落州縣，兼及名勝，條理淸楚，足資參攷。

【萬水千山】形容道路遙遠多險阻。唐賈島長江集二送耿處士詩："萬水千山路，孤舟幾月程。"五代貫休禪月集二十陳情獻蜀皇帝詩："一缾一鉢垂垂老，萬水千山得得來。"

【萬世一時】謂極其難得的機會。史記一〇六吳王濞傳："彗星出，蝗蟲數起，此萬世一時，而愁勞聖人之所以起也。"三國志吳朱桓傳："便可乘勝長驅，進取壽春，割有淮南，以規許洛，此萬世一時，不可失也。"

【萬世師表】在道德學問上永遠値得學習的榜樣。舊題晉葛洪神仙傳："老子豈非乾坤所定，萬世之師表哉！故莊周之徒，莫不以老子爲宗也。"淸聖祖（玄燁）題孔子廟大成殿額，用此四字。

【萬死一生】極言生命的危險。文選漢司馬子長（遷）報任少卿書："夫人臣出萬死不顧一生之計，赴國家之難，斯以奇矣。今舉事一不當，而全軀保妻子之臣，隨而媒孽其短，僕誠私心痛之！"元方回桐江續集二一用前韻酬孟君復詩："邂逅十洲三島客，崎嶇萬死一生身。"

【萬回哥哥】宋時杭州以臘日祀萬回哥哥。其像蓬頭笑面，身著綠衣，左手擎鼓，右手執棒，云是和合之神，祀之可使人在萬里外亦能回家，故曰萬回。明時其祀已絕。見明田汝成西湖遊覽志餘二三。

【萬里長城】秦始皇統一六國，以戰國時諸侯國原有長城爲基礎修築，因地形起臨洮，東達遼東，稱萬里長城。至明代又以秦長城爲基礎，修築居庸關等處長城，西起嘉峪關，東達鴨綠江，全長一萬二千七百餘里。其中自嘉峪關至山海關，至今大部仍然保存完好，卽今長城。後亦以喻最可依賴者的人或事物。宋書檀道濟傳："初，道濟見收，脫幘投地曰：'乃復壞汝萬里之長城！'"唐李白李太白詩二七餞李副使藏用移軍廣陵序："我制使李公勇冠三軍，衆無一旅，……一掃瓦解，洗清全吳，可謂萬里長城。"

【萬事大吉】諸事圓滿順利。舊時常作爲歲初祝頌之語。續傳燈錄十一祖鏡法英禪師："拈拄杖曰：歲朝把筆，萬事大吉，急急如律令。"

【萬姓統譜】全名古今萬姓統譜。明凌迪知撰，一百四十六卷。附有氏族博攷十四卷。記載明以前人物的生平事蹟，以韻爲綱，以姓爲目，每姓下先注郡望五音及所自出，而後依時代先後，分列人物，自古代至萬曆止。此爲專輯人名之類書。後來通行尚友錄卽用其例。

【萬善花室】淸方履籛書室名。履籛字彥聞，大興人，嘉慶舉人，僑居陽湖，工詩和駢文，善書，尤精方志之學。著有萬善花室詩文集。

【萬紫千紅】形容百花盛開。宋朱熹朱文公集二春日詩："等閒識得東風面，萬紫千紅總是春。"朝野新聲太平樂府六元馬致遠賞花時弄花香滿衣曲："萬紫千紅妖弄色，嬌態難禁風力擺。"

【萬無一失】千穩萬妥之意。前漢書平話："今晚出兵二十萬，我王萬無一失。"古今雜劇元白仁甫牆頭馬上一："年當弱冠，未曾娶妻，不親酒色，如今差他出去公幹，萬無一失。"按史記九二淮陰侯傳："貴賤在於骨法，憂喜在於容色，成敗在於決斷，以此參之，萬不失一。"失，指失誤，與後來成語"萬無一失"指穩妥義微有別。

【萬萬千千】極言數量之多。漢王充論衡自然："天地安得萬萬千千手，並爲萬萬千千物乎？"

【萬歲天子】世說新語雅量："太元末，長星見，孝武（帝，司馬昌明）甚惡之。夜華林園中飲酒，舉桮屬星云：'長星，勸爾一桮酒，自古何時有萬歲天子！'"猶言長命皇帝。

【萬歲通天】唐武后（則天）年號。公元696—697年。

【萬歲登封】唐武后（則天）年號。公元696年。

【萬壽無疆】永遠生存，祝頌長壽之辭。詩小雅南山有臺："樂只君子，萬壽無疆。"唐人尚兼用於上下。文苑英華八七八唐馮宿魏府狄梁公祠堂碑："立公儀形，薦此馨香。于以祝之，萬壽無疆。"後世作爲祝頌皇帝之詞。

【萬籤插架】形容藏書之多。唐韓愈昌黎集七送諸葛覺往隨州讀書詩："鄴侯家多書，插架三萬軸，一一懸牙籤，新若手未觸。"宋陸游劍南詩稿二一寄題徐載叔秀才東莊："萬籤插架號東莊，多稼連雲亦何有。"

萷

cè 阻力切，入，職韻，莊。
ㄘㄜˋ 士力切，入，職韻，牀。

㊀萷子。一種有毒性的草藥。附子長到一年時，稱萷子。見廣雅釋草。漢桓寬鹽鐵論誅秦："搆兵爭強而卒俱亡，雖以進壤廣地，如食萷之充腸也。欲其安存，何可得也？"㊁人名。左傳昭二十年："昔爽鳩氏始居此地，季萷因之。"注："季萷，虞夏諸侯，代爽鳩氏者。"

葸

xǐ 胥里切，上，止韻，心。
ㄒㄧˇ

㊀畏懼貌。論語泰伯："恭而無禮則勞，愼而無禮則葸。"㊁不悅貌。大戴禮曾子立事："人言善而色葸焉，近於不說其言。"

葺

qì 七入切，入，緝韻，淸。
ㄑㄧˋ 子入切，入，緝韻，精。

㊀用茅草覆蓋房屋。左傳襄三一年："繕完葺牆，以待賓客。"疏："周禮匠人有葺屋瓦屋。瓦屋以瓦覆，葺屋以草覆。此云葺牆，謂草覆牆也。"也泛指修理房屋。左傳昭二三年："必葺其牆屋。"注："葺，補治也。"㊁重疊。楚辭屈原九章悲回風："魚葺鱗以自別兮，蛟龍隱其文章。"

【葺屋】卽草屋。周禮考工記匠人："葺屋參分，瓦屋四分。"

【葺襲】重疊，複合。文選晉潘安仁（岳）笙賦："徘徊布濩，涣衍葺襲。"注："葺襲，重貌。"

萼

è 五各切，入，鐸韻，疑。
ㄜˋ

環列花朶外部的葉狀薄片。也作"蕚"，或作"䔾"。見集韻。晉書皇甫謐傳釋勸論："是以春華發萼，夏繁其實。"

【萼跗】花萼與子房。比喻兄弟。唐張愿秀士張點墓誌："痛萼跗之不祿，悲涕泗之無從。"（八瓊室金石補正五四）

【萼綠君】茉莉花的別名。宋張邦基墨莊漫錄七："閩廣多異花，悉淸芬郁烈，而茉莉花爲衆花之冠。……顏博文（持約）謫官嶺表，愛而賦詩云：'竹稍脫靑錦，榕葉墮黃雲。嶺頭暑正煩，見此萼綠君。'"

【萼綠華】㊀傳說女仙名。自言是九嶷山中得道女羅郁。晉穆帝時，夜降羊權家，贈權詩一篇，火澣手巾一方，金玉條脫各一枚。見南朝梁陶弘景眞誥運象。簡稱萼綠。唐白居易長慶集五一霓裳羽衣歌詩："上元點鬟招萼綠，王母揮袂別飛瓊。"㊁指綠色萼片的梅花。宋范成大范村梅譜："綠萼梅，凡梅花跗蒂，皆絳紫色，惟此純綠，枝梗亦靑，特爲淸高，好事者比之九嶷仙人萼綠華。京師艮嶽有萼綠華堂，其下專植此本。"

萵

wō 集韻 烏禾切，平，戈韻。
ㄨㄛ

見下。

【萵苣】蔬菜名。又名萵筍。春暮開黃

花，莖葉供食用。見政和證類本草二九白苣、本草綱目二七菜二萵苣。

蔽 kuǎi kuài 古懷切，去，怪韻，見。ㄎㄨㄞˇ ㄎㄨㄞˋ

草名。同"蒯"。見玉篇。

菌 shǐ 式視切，上，旨韻，審。ㄕˇ

人糞。同"屎"。也作"矢"。見玉篇。宋史三〇二賈黯傳："初通判襄州，疑優人戲己，以人菌啗之。"

葛 1. gé 古達切，入，曷韻，見。ㄍㄜˊ

㊀植物名。多年生的蔓草。塊根可入藥，亦可製成葛粉供食用；莖的纖維，可製葛布。詩周南葛覃："葛之覃兮，施于中谷。"參閱清吳其濬植物名實圖考長編十。㊁古國名。又姓。夏時諸侯有葛伯，湯征伐諸侯，自葛國始。見孟子滕文公下。又春秋時嬴姓之國有葛，爲葛氏。見急就篇二"葛輕軻"注。

2. hè ㄏㄜˋ

㊂通"褐"。穀梁傳昭八年："以葛覆質以爲槷。"注："葛或爲褐。"

【葛三】傳說爲晉葛洪第三子，學道成仙。宋王應麟困學紀聞十八評詩："野處(洪邁)雪詩：'天上長留滕六住，人間會有葛三來。'葛三事，出太平廣記。"參閱太平廣記三九崔希真引原化記。

【葛巾】以葛布製成的頭巾。形如帢而橫著，尊卑共服。宋書陶潛傳："郡將候潛，值其酒熟，取頭上葛巾漉酒，畢，還復著之。"宋蘇軾分類東坡詩九犍爲王氏書樓："書生古亦有戰陣，葛巾羽扇揮三軍。"

【葛玄】三國吳琅邪人。字孝先。爲晉葛洪之從祖父。傳說從左慈得九丹金液仙經，修煉成仙。世號葛仙公，又稱太極仙翁。見抱朴子金丹、太平廣記七一葛玄引神仙傳。

【葛布】以葛的纖維織成的布，俗稱夏布。越絕書八："句踐罷吳種葛，使越女織治葛布，獻于吳王夫差。"

【葛由】傳說周成王時羌人，常刻木羊賣於市。一日騎羊而入西蜀，蜀中王侯貴人追之上綏山，隨之者不復返，皆得仙道。見列仙傳上。文苑英華九九唐皇甫松大隱賦："遇茅狗之迎酒嫗，逢木羊之隨葛由。"

【葛陂】地名。在今河南新蔡縣北。水經注二一汝水："澺水又東南左迆爲葛陂，陂方數十里。"道家傳說東漢汝南人費長房投杖于此，杖化爲龍。見後漢書八二下費長房傳。西晉末，石勒築壘於葛陂，課農造舟，將攻建鄴，卽此地。見晉書石勒載記上。

【葛洪】公元 281？—341 年。晉句容人，字稚川，自號抱朴子。家貧好學，始以儒術知名，後好神仙導養之法。洪從祖玄傳煉丹之術於鄭隱，洪就隱學，著有抱朴子，除言神仙外，論煉丹多涉及物質構成的奧祕。又精醫學，著有金匱藥方一百卷，肘後備急方四卷；碑、誄、詩、賦百卷。晉書有傳。

【葛越】卽葛布。書禹貢"島夷卉服"漢孔安國傳："南海島夷，草服葛越。"疏："葛越，南方布名，用葛爲之。左思吳都賦云'蕉葛升越，弱於羅紈'是也。"三國志魏劉曄傳："又得(孫)策珠寶、葛越。"

【葛絺】精細的葛布。莊子讓王："余立於宇宙之中，冬日衣皮毛，夏日衣葛絺。"

【葛屨】以葛製成的鞋。夏季穿用。詩魏風葛屨："糾糾葛屨，可以履霜。"傳："夏葛屨，冬皮屨，葛屨非所以履霜。"箋："葛屨賤，皮屨貴，魏俗，至冬猶謂葛屨可以履霜，利其賤也。"

【葛嶺】山名。在浙江杭州市西湖北。相傳晉葛洪曾在此煉丹，故名。見浙江通志九山川。

【葛藟】葛和藟，皆爲蔓生植物。藟卽藤。詩周南樛木："南有樛木，葛藟纍之。"左傳文七年："公族，王室之枝葉也，若去之，則本根無所庇陰矣。葛藟猶能庇其本根，故君子以爲比。"或謂葛藟卽藟之別名，以似葛而稱，爲野葡萄之類。參閱清馬瑞辰毛詩傳箋通釋二南有樛木。

【葛藤】葛和藤均纏树蔓生，因謂事務的糾纏不已，或說話夾纏嚕囌爲葛藤。舊題唐李義山雜纂中不識痴遲："急如廁說葛藤話。"續傳燈録十五克文禪師："遂去見翠巖順禪師，順知見甚高，而語話好葛藤。"

【葛龔】東漢寧陵人，字元甫。善文辭。著有文、賦、碑、誄、書記十二篇。或有請龔代撰奏文者，其人抄寫時，忘自寫其名，而并寫龔名以上。時人爲之語曰："作奏雖工，宜去葛龔。"見後漢書八十本傳及注引(邯鄲氏)笑林。

【葛天氏】傳說中遠古帝號。在伏羲之前。其治不言而自信，不化而自行，古人認爲理想中的自然、淳樸之世。晉陶潛陶淵明集五五柳先生傳："無懷氏之民歟？葛天氏之民歟？"省作"葛天"。元沈禧竹窗詞阮郎歸山寺樵歌："忘世慮，斷塵緣，逍遥傲葛天。"參閱宋羅泌路史前紀七禪通紀二葛天氏。參見"葛天氏歌"。

【葛長庚】南宋閩清人，家居瓊州。字如晦，號海瓊子。至雷州，變姓名爲白玉蟾。博洽羣書，工書善畫，尤精梅竹。曾師事陳翠虛，傳其道，隱居武夷山。嘉定間，徵召至都，封紫清真人。晚號神霄散吏。著有瓊海集、羅浮山志。參閱嘉慶一統志四五三瓊州府二仙釋、廣東通志三二九釋老。

【葛黨刀】彎形的刀。卽吳鉤。宋沈括夢溪筆談十九器用："唐人詩多有言吳鉤者，吳鉤，刀名也。刃彎，今南蠻用之，謂之葛黨刀。"

【葛上亭長】甲蟲名。身黑而頭赤，如人之著玄衣赤幘，故名亭長。入藥。見政和證類本草二二葛上亭長。

【葛天氏歌】古樂名。呂氏春秋仲夏紀古樂："昔葛天氏之樂，三人操牛尾，投足以歌八闋。"史記一一七司馬相如傳："奏陶唐氏之舞，聽葛天氏之歌，千人唱，萬人和。"

萲 xuān 集韻 許元切，平，元韻。ㄒㄩㄢ

草名。說文作"藼"，或作"蕿"，又作"萱"。參見"萱"。

葼 zōng 子紅切，平，東韻，精。ㄗㄨㄥ

㊀樹木的細枝。方言二："木細枝謂之杪，……青齊兗冀之間謂之葼。……傳曰：'慈母之怒子也，雖折葼笞之，其惠存焉。'"文選晉左太沖(思)魏都賦："弱葼係實，輕葉振芳。"㊁草名。宋書謝靈運傳山居賦："蓼蕺葼薺，葑菲蘇薑。"

葅 zū ㄗㄨ

同"菹"。見"菹"。

【葅稭】草席。史記封禪書："掃地而祭，席用葅稭，言其易遵也。"漢書郊祀志作"苴稭"。

【葅戮】殺戮。韓非子存韓附李斯上韓王書："臣斯願得一見，前進道愚計，退就葅戮，願陛下有意焉。"

【葅醢】同"菹醢"。剁成肉醬。古代酷刑之一。文選屈原離騷："后辛之葅醢兮，殷宗用而不長。"注："藏菜曰葅，肉醬曰醢。"漢書三五吳王濞傳："(膠西)王肉袒叩頭漢軍壁，謁曰：'臣卬奉法不謹，驚駭百姓，迺苦將軍遠道至于窮國，敢請葅醢之罪。'"

葐 1. pén 蒲奔切，平，魂韻，並。ㄆㄣˊ

㊀蒛葐，草名。爾雅釋草："茥，蒛葐。"注："覆盆也，實似莓而小，亦可食。"也作"缺盆"，俗呼大麥莓。見清郝懿行義疏。

2. fēn 符分切，平，文韻，並。ㄈㄣˊ

㊀見下。

【葐₂蒀】煙氣盛盛貌。文選晉左太沖(思)蜀都賦："鬱葐蒀以翠微，崛巍巍以峩峩。"

董 dǒng 多動切，上，董韻，端。ㄉㄨㄥˇ

㊀督察。書大禹謨："董之用威。"㊁正。詳"董道"。㊂深藏。史記一〇五倉公傳："年六十已上，氣當大董。"集解："徐廣曰：'董謂深藏之。一作堇。'"㊃地名。春秋時晉地。左傳文六年："陽處父至自溫，改蒐於董，易中軍。"㊄姓。相傳爲豢龍氏董父之後，舜所賜姓。又周大夫辛有之二子適晉，與籍氏俱董督晉之典籍，因爲董氏。見左傳昭二十九年、急就篇一"董奉德"注。

【董允】公元？—246年。三國蜀南郡枝江人。字休昭。董和之子。後主時爲黄門侍郎。諸葛亮上疏稱其志慮忠純，遷爲侍中，領虎賁中郎將，統宿衛親兵。時宦官黄皓，見寵於後主，以有允在，不敢爲非；允死，皓始干預朝政。三國志蜀有傳。

【董永】民間故事相傳爲東漢千乘人。少喪母，奉父避兵亂，父又病死途中，無以爲殯，乃賣身貸錢以葬。道遇一女子，求爲妻，永遂與其同往錢主家爲奴。錢主令織縑三百匹以償債，永妻織一月而畢。既而向永辭別，自謂本天上織女，奉天帝命助永償債，言訖，凌空而去。按此民間故事，初流傳於魏、晉間，晉干寶搜神記卷一已載其事。後來明人織錦記傳奇及現代地方劇種黄梅戲天仙配，皆以董永故事爲題材。參閱唐李瀚蒙求集上"董永自賣"舊注。

【董正】督察糾正。書周官："董正治官。"後漢書六七岑晊傳："雖在閭里，慨然有董正天下之志。"

【董巨】謂董源和巨然。五代南唐董源善畫，其後有僧巨然，師承源法，故世稱董巨。見宋沈括夢溪筆談十七書畫。參見"董源"。

【董羽】宋毗陵人。字仲翔。善畫魚龍海水。宋太宗曾令羽畫端拱樓壁，後畫水於玉堂北壁，洶涌瀾翻，時人宋白爲賦詩云："回眸已覺三山近，滿壁皆驚五月寒。"見宣和畫譜九。

【董奉】三國吳侯官人。字君異。善醫道。傳説交阯太守士燮病死三日，奉以一丸藥與服，食頃而目張手動，半日能起坐，四日復能語。又傳奉居廬山，不種田，日爲人治病，亦不取錢，重病得愈者，使栽杏五株，輕者一株，如此數年，有杏樹萬株。按後人常以"杏林"爲頌贊醫者之詞，本此。見三國志吳士燮傳注引葛洪神仙傳。參見"杏林"。

【董卓】公元？—192年。東漢臨洮人，字仲穎。桓帝末，以破羌胡拜郎中。靈帝時爲前將軍。少帝時，大將軍何進謀誅宦官，密召卓，卓乃引兵入朝。宦官既誅，卓遂擅權，自爲相國，廢少帝，立獻帝，凶暴淫亂，人情惶恐。袁紹、孫堅等起兵討之，卓乃挾獻帝西遷長安，並盡徙洛陽人於長安，掠奪百姓，積屍盈路。卓既至長安，自爲太師，位在諸侯王上。司徒王允乃計誘卓將呂布殺卓，棄屍於市。後漢書、三國志皆有傳。

【董和】三國蜀南郡枝江人。字幼宰。漢末，仕益州牧劉璋爲成都令。蜀土富饒，時俗奢侈，和教民儉約，移風易俗。劉備定蜀地，徵和爲中郎將，與諸葛亮協力輔後主。居官二十餘年，死之日，家無儋石之財。見三國志蜀本傳。

【董狐】春秋時晉史官。晉靈公無道，趙盾屢諫，靈公乃欲殺盾，盾出奔，盾族人趙穿因殺靈公。盾還晉，董狐書曰："趙盾弒其君。"以示於朝。孔子稱爲古之良史，謂其書法不隱。見左傳宣二年。後世因以董狐爲直書不諱的良史的代稱。如唐吳兢撰武后實録，中有記張昌宗勸説張説誣證魏元忠事；後説爲相，乞兢修改，兢曰："徇公之情，何名實録？"卒不改。時人稱爲"今董狐"。見新唐書一三二吳兢傳。宋文天祥文山集十四指南後録正氣歌："在齊太史簡，在晉董狐筆。"

【董宣】漢陳留圉人。字少平。光武時，初爲北海相，後爲洛陽令。光武帝姊湖陽公主蒼頭白日殺人，逃匿公主家，吏不能捕。宣候公主於途，面斥公主，格殺蒼頭。公主還訴於帝，帝强使宣叩頭謝公主，宣兩手據地，終不低頭，帝呼爲"强項令"。由是京師豪强震慄，號爲"臥虎"，並歌之曰："枹鼓不鳴董少平。"見後漢書本傳。參見"彊項"。

【董道】正其道。楚辭屈原九章涉江："余將董道而不豫兮，固將重昏而終身。"注："董，正也……言已雖見先賢執忠被害，猶正身直行不猶豫而狐疑也。"

【董源】源，一作"元"。五代南唐鍾陵人，字叔達。任南唐爲北苑副使。善畫，多寫山石水龍。畫龍以想象命意，山水雄偉，其著色者，景物富麗，有唐李思訓風格。後僧巨然得其妙，並稱董巨。源與關同荆浩巨然世稱四大家。見宋郭若虛圖書見聞誌三、宣和畫譜十一。

【董誥】公元1740—1818年。清浙江富陽人，字蔗林。乾隆二十八年進士，累官至文華殿大學士，侍直南書房，軍機行走。在軍機四十餘年，熟悉朝章故事，有所奏議，皆面陳，未嘗用奏牘。誥工詩文，喜書畫。卒謚文恭。

【董賢】公元前23—前1年。漢雲陽人。字聖卿。哀帝時，賢以貌美，便嬖善柔而得寵幸，遷爲光祿大夫。出則與帝同驂，入則與帝同卧，賞賜鉅萬，貴傾朝廷。一日晝寢，賢枕帝袖，帝欲起，不忍驚賢，乃斷袖而起，其寵愛如此。封高安侯，官至大司馬衛將軍。後爲王莽所劾，畏罪自殺。見漢書九三董賢傳。參見"斷袖"。

【董澤】沼澤名。在山西聞喜縣東北。左傳宣十二年："董澤之蒲，可勝既乎？"注："董澤，澤名。河東聞喜縣東北有董池陂。"參閱元和郡縣志十二絳州聞喜縣。

【董小宛】公元1624—1651年。明末秦淮名妓。名白，字小宛，一字青蓮。後歸如皋名士冒襄爲侍姬，居豔月樓。清兵南下時，輾轉於離亂間九年，病死，襄作影梅庵憶語以記其生平。清吳偉業有題冒辟疆(襄)名姬董白小像八首詩，載梅村家藏稿二十。

【董西廂】即金董解元所著的西廂記諸宮調。以別於元王實甫西廂記雜劇，故稱董西廂。又專用絃索，一人彈唱到底，故也稱絃索西廂。

【董仲舒】公元前179—前104年。漢廣川人。少治春秋公羊傳，景帝時爲博士，下帷講讀，三年不窺園。武帝時，以賢良對策稱旨見重，拜江都相。後因言災異事下獄，幾死，不久赦免。再出爲膠西王相，恐久而獲罪，乃告病免官家居；朝廷每有大事，常遣使就其家諮詢。生平講學著書，推尊儒術，抑黜百家，開以後二千多年封建社會以儒學爲正統的局面。著有春秋繁露等書。史記、漢書均有傳。

【董邦達】公元1699—1769年。清浙江富陽人，字孚存，號東山。雍正十一年進士，乾隆時官至吏部尚書。與修石渠寶笈、祕殿珠林、西清古鑑等書。喜畫山水，取法元人，善用枯筆，蒼逸古厚。論者謂三董相承，爲畫家正軌。三董，謂南唐董源、明董其昌及邦達。

【董其昌】公元 1555—1636 年。明松江華亭人，字玄宰，號香光。萬曆十七年進士，累官至南京禮部尚書，踰年告歸。卒謚文敏。其昌工詩文，尤精書畫。書法初學宋米芾，後能自成一家，畫則集宋、元諸家之長，瀟灑生動。其昌書畫負重名，求者既多，往往倩他人代筆。後世流傳其昌所作，僞者甚多。所著有畫禪室隨筆容臺文集等。見明史二八八文苑傳。

【董祐誠】公元 1791—1821 年。清陽湖人，字方立，嘉慶舉人。於書無所不讀，尤精曆算，嘗創割圜弧矢互求四式，世稱董氏四術。著有割圜連比例術圖解、橢圜求周術、堆垛求積術、三統術衍補、方立遺書等。

【董逃行】樂府清調曲名。舊說謂後時遊童所作，董指董卓，後人習爲歌章，以爲鑒戒。但晉陸衡、南朝宋謝靈運所作，內容言節物芳華，可及時行樂；晉傅玄所作，敍夫婦別離之思；皆與董卓無涉。參閱後漢書五行志一、晉崔豹古今注中音樂、宋郭茂倩樂府詩集三四相和歌辭清調曲。

【董雙成】傳說西王母侍女。煉丹宅中，丹成得道，自吹玉笙，駕鶴昇仙。見漢武帝內傳。

葡 pú ㄆㄨˊ

見"葡萄"。

【葡萄】果名。也作蒲萄、蒲陶、蒲桃。可以造酒入酺。漢書言張騫使西域，始得此種；而神農本草已有葡萄，是漢前隴西舊有，至騫始傳入內地。參閱本草綱目三三果三葡萄。

【葡萄酒】用葡萄釀製的酒。色有赤、白多種。漢時來自西域，唐時已能自釀。葡萄也作"蒲陶"。史記一二三大宛傳："其俗土著，耕田，田稻麥。有蒲陶酒。"也作"蒲萄"。全唐詩一五六王翰涼州詞："蒲萄美酒夜光杯，欲飲琵琶馬上催。"

【葡萄褐】顏色名。明陶宗儀輟耕錄十一寫像訣："葡萄褐，用粉入三綠紫花合。"

菉 lù 力玉切，入，燭韻，來。ㄌㄨˋ

㊀草名。爾雅釋草作"王芻"。本草作"藎草"。可製黃色染料。楚辭屈原離騷："薋菉葹以盈室兮，判獨離而不服。"㊁收納。通"錄"。汲冢周書王會解："堂下之東面，郭叔掌爲天子菉幣焉。"注："菉，錄諸侯之幣也。"

【菉竹】草名。菉卽王芻，竹爲篇蓄。詩衛風淇奧："瞻彼淇奧，綠竹猗猗。"綠爲"菉"的借字。見毛傳。或以爲菉竹爲一草，以莖葉似竹而名。見三國吳陸璣毛詩草木鳥獸蟲魚疏上。

【菉豆】㊀卽綠豆。㊁端硯的一品，以硯有眼如綠豆而名。宋葉樾端溪硯譜："凡有眼之石在本嵒中，尤縝密溫潤；端人謂石嫩則眼多，老則眼少；嫩石細潤發墨，所以重有眼也……夫眼之別者，曰鸜鵒，曰鸚哥，曰了哥，曰雀眼，曰雞眼，曰猫眼，曰菉豆，各以形似名之，翠綠爲上。"

【菉竹堂】明葉盛書堂名。盛，崑山人，正統十三年進士，官至吏部左侍郎，生平嗜書，藏書至二萬二千七百多卷，築堂取詩衛風淇奧序學問自修之義，名爲菉竹，在藏書家中稱爲極富。盛撰有菉竹堂書目六卷、水東日記三十八卷。

蒷 1. fù ㄈㄨˋ 房久切，上，有韻，並。

㊀王蒷，藥草名。大戴禮夏小正："四月……王蒷秀，取荼。"

2. bèi ㄅㄟˋ 集韻 蒲昧切，去，隊韻。

㊁見下。

【蒷₂山】山名。山海經中山經："蒷山之首，曰敖岸之山。其陽多㻬琈之玉，其陰多赭黃金。"呂氏春秋音初："夏后氏孔甲田于東陽蒷山。"地在今河南鞏縣北。參閱嘉慶一統志二〇五河南府。

【蒷₂陽】宮名。漢書宣帝紀甘露二年："冬十二月，行幸蒷陽宮屬玉觀。"注："應劭曰：'宮在鄠，秦文王所起。'……李斐曰：'蒷音倍。'"漢書東方朔傳作"倍陽"。

葱 1. cōng ㄘㄨㄥ 倉紅切，平，東韻，清。

㊀草本植物。說文作"蔥"。主要作蔬菜食用，也入藥。淮南子說山："君子之於善也，猶采薪者見一芥掇之，見青葱則拔之。"參閱政和證類本草二八葱實。㊁青綠色。詩小雅采芑："朱芾斯皇，有瑲葱珩。"

2. chuāng ㄔㄨㄤ

㊂通"窗"。見"葱₂靈"。

【葱白】㊀淡青色。周禮天官酒正"盎齊"漢鄭玄注："盎，猶翁也，成而翁翁然葱白色。"㊁葱下部至根的一段，因其白膩，俗稱葱白。元耶律楚材湛然居士文集六是日驛中作窮春盤詩："匀和豌豆揉葱白，細剪蔞蒿點韭黃。"

【葱仟】青鬱茂盛貌。文選南朝宋顏延年（延之）應詔觀北湖田收詩："攢素既森藹，積翠亦葱仟。"五臣本作"葱芊"。

【葱青】㊀淡淡的青綠色。指初生的植物。後漢書三七丁鴻傳上封事："夫壞崖破巖之水，源自涓涓；干雲蔽日之木，起於葱青。"㊁葱蘢青翠貌。文選南朝宋顏延年（延之）拜陵廟作詩："衣冠終冥漠，陵邑轉青葱。"又南朝梁江文通（淹）從冠軍建平王登廬山香爐峯詩："瑤草正翕艴，玉樹信葱青。"

【葱海】古代傳說，葱嶺水分流東西，西入大海，東爲黃河之源。因以葱海泛指葱嶺一帶的湖泊，或引申指遥遠的地域。唐李白李太白詩十七送程劉二侍御兼獨孤判官赴安西幕府："天外飛霜下葱海，火旗雲馬生光彩。"

【葱倩】草木青翠而茂盛。宋書謝靈運傳山居賦："當嚴勁而葱倩，承和煦而芬腴。"參見"葱蒨㊀"。

【葱葱】茂盛貌。常用以形容草木茂密青翠或氣象旺盛。漢王充論衡吉驗："王莽時，謁者蘇伯阿能望氣。……及光武到河北，與伯阿見，問曰：'卿前過舂陵，何用知其氣佳也？'伯阿對曰：'見其鬱鬱葱葱耳。'"

【葱蒨】㊀青翠茂盛貌。文選南朝宋顏延年（延之）雜體詩："青林結冥濛，丹巘被葱蒨。"北齊書祖鴻勳傳與陽休之書："簷下流煙，共霄氣而舒卷；園中桃李，雜椿柏而葱蒨。"㊁比喻才華橫溢。明湯顯祖集十七龍沙宴作贈王翼清大憲詩："四明山海姿，公才發葱蒨。"

【葱翠】青翠色。文選漢王文考（延壽）魯靈光殿賦："葱翠紫蔚，礧碨瓌瑋，含光晷兮。"又晉潘安仁（岳）射雉賦："爾乃擊場拄翳，停僮葱翠，綠柏參差，文翮鱗次。"

【葱嶺】古代對今帕米爾高原和崑崙山、天山西段的統名。地勢極高，有世界屋脊之稱。漢代屬西域都護統轄，唐代屬安西都護府。楚辭漢王褒九懷通路："朝發兮葱嶺，夕至兮明光。"注："旦發西極之高山也。"漢書九六上西域傳："東則接漢，阸以玉門、陽關，西則限以葱嶺。"注："西河舊事云：葱嶺其山高大，上悉生葱，故以名焉。"

【葱蘢】青翠茂盛貌。文選晉郭景純（璞）江賦："涯灌芊萰，潛薈葱蘢。"也作"葱瓏"。宋朱熹朱文公集一白鹿洞賦："山葱瓏而繞舍，水汨濊而循除。”

【葱曨】明麗貌。唐杜甫杜工部詩史補遺八往在：“鏡奩換粉黛，翠羽猶葱曨。”宋蘇軾分類東坡詩九寓居合江樓：“海山葱曨氣佳哉，二江合處朱樓開。”

【葱聾】野羊的一種。山海經西山經：“(符禺之山)其獸多葱聾，其狀如羊而赤鬣。”參閱清郝懿行箋疏。

【葱$_2$靈】古代一種有窗櫺的轀車。葱通“窗”，靈通“櫺”；葱窗雙聲，靈櫺疊韻。左傳定九年：“齊侯執陽虎，……盡借邑人之車，鍥其軸，麻約而歸之。載葱靈，寢於其中而逃。”疏：“賈逵云：葱靈，衣車也。有葱有靈。然則此車前後有蔽，兩旁開葱，可以觀望，葱中豎木謂之靈。”

【葱管糖】糖食名。明田汝成西湖遊覽志餘三偏安佚豫：“飲食，則乳糖、糖糉、……龍纏蜜果糖、葱管糖、十般香糖，皆用鏤鍮粧花盤。”

萪 kē 苦禾切，平，戈韻，溪。ㄎㄜ

藤名。北魏賈思勰齊民要術十藤：“異物志曰：‘萪藤，圍數寸，重於竹，可爲杖；篾以縛船及以爲席，勝竹也。’”又：“顧微廣州記曰：‘萪，如栟櫚，葉疎，外皮青，多棘刺，高五六丈者如五六寸竹，小者如筆管竹。破其外青皮，得白心，卽萪藤。’”

萩 qiū 七由切，平，尤韻，清。ㄑㄧㄡ

㊀草名。蒿類。莖高丈餘，葉似艾而多歧。又名牛尾蒿。左傳襄十八年：“十二月戊戌，及秦周伐雍門之萩。”㊁木名。通“楸”。漢書九一貨殖傳：“山居千章之萩。”注：“萩卽楸樹字也。”參見“楸㊀”。

葄 zuò 集韻 存故切，去，莫韻。ㄗㄨㄛˋ

㊀草名。卽水芋。見集韻。㊁墊藉。新唐書一五〇李揆傳：“揆病取士不考實，徒露搜索禁所挾，而迂學陋生，葄枕圖史，且不能自措于詞。”

葂 wǎn 集韻 武遠切，上，阮韻。ㄨㄢˇ

㊀草名。同“菀”。見集韻。㊁人名。莊子天地有將閭葂。

【葂窟】長滿草木的窟穴。藝文類聚七晉潘尼西道賦：“狗肘還勾，羊角互戾，葂窟連投，十數億計。”

葪 jì 1. 古詣切，去，霽韻，見。ㄐㄧ

㊀木名。同“薊”。山海經中山經：“(敏山)上有木焉，其狀如荆，白華而赤實，名曰葪柏。”

2. jiè ㄐㄧㄝ

㊁通“芥”。史記八四賈誼傳服鳥賦：“細故慸葪兮，何足以疑！”漢書作“蔕芥”。

葟 huáng 胡光切，平，唐韻，匣。ㄏㄨㄤ

草木花。說文作“[illegible]”。爾雅釋草：“蕍、芛、葟、華、榮。”按此五字轉相訓。

葩 pā 普巴切，平，麻韻，滂。ㄆㄚ

草木的花。文選漢張平子(衡)思玄賦：“天地烟熅，百卉含葩。”後漢書本傳作“蘤”。引申爲華麗、華美之意。見“葩經”。

【葩經】唐韓愈昌黎集十二進學解：“詩正而葩。”葩，華美之意。後遂稱詩經爲葩經。

【葩瑵】花形的裝飾品。文選漢張平子(衡)東京賦：“羽蓋威蕤，葩瑵曲莖。”注：“葩爪，悉以金作華形。”葩爪，同“葩瑵”。華，同“花”。

萭 yǔ 1. 王矩切，上，麌韻，于。ㄩˇ

㊀草名。見說文。

2. jǔ 俱雨切，上，麌韻，見。ㄐㄩˇ

㊁校正直角的一種工具，卽今之曲尺。通“矩”。周禮考工記輪人：“是故規之以眡(視)其圜也，萭之以眡其匡也，縣之以眡其輻之直也。”注引鄭司農(衆)：“萭，或作矩。”㊂姓。漢書九二游俠傳有萭章。又音 yǔ。

葆 bǎo 1. 博抱切，上，晧韻，幫。ㄅㄠˇ

㊀草盛貌。漢書六三武五子傳燕刺王旦：“當此之時，頭如蓬葆，勤苦至矣。”注：“草叢生曰葆。”㊁車蓋。文選漢張平子(衡)西京賦：“垂翟葆，建羽旗。”參見“羽葆”。㊂保全，保護。通“保”。墨子號令：“諸卒民居城上者，各葆其左右。”莊子田子方：“人貌而天虛，緣而葆真。”釋文：“葆音保，本亦作保。”㊃平衡。素問徵四失論：“治數之道，從容之葆。”㊄隱藏。見“葆光”。㊅珍貴。通“寶”。史記留侯世家：“從高帝過濟北，果見穀城山下，取而葆祠之。”集解：“徐廣曰：史記珍寶字皆作葆。”㊆小孩被。通“褓”。史記魯周公世家：“武王旣崩，成王少，在强葆之中。”索隱：“强葆，卽襁褓。”㊇小城。通“堡”。史記一一〇匈奴傳：“匈奴右賢王入居河南地，侵盜上郡葆塞蠻夷，殺略人民。”

2. bāo ㄅㄠ

㊈通“褒”。見“葆$_2$大”。

【葆力】勤勞任力。莊子讓王：“舜以天下讓其友石戶之農，石戶之農曰：‘捲捲乎后之爲人，葆力之士也！’”

【葆$_2$大】猶高大。禮禮器：“君子曰：祭祀不祈，……不樂葆大。”疏：“葆者，褒也。褒，崇高之稱也。祭之器幣，大小長短，自有常宜。……不以貴者貪高大爲之也。”

【葆光】隱蔽其光。比喻才智不外露。莊子齊物論：“注焉而不滿，酌焉而不竭，而不知其所由來，此之謂葆光。”唐成玄英疏：“葆，蔽也。至忘而照，卽照而亡，故能韜蔽其光，其光彌朗。”

【葆車】用羽毛作蓋傘的車。後漢書光武紀下建武十三年：“益州傳送公孫述瞽師、郊廟樂器、葆車、輿輦，於是法物始備。”注：“葆車，謂上建羽葆也。合聚五采羽名爲葆。”

【葆和】保全情性的平和。南朝宋謝靈運謝康樂集一山居賦：“庚宅壘以葆和，輿陟峩而善狂。”也作“保和”。魏書崔浩傳：“願陛下遣諸憂虞，恬神保和，納御嘉福，無以闇昧之説，致損聖思。”

【葆宮】古代用以拘留人質的處所。墨子號令：“葆宮之牆，必三重。”

【葆真】保全本性。莊子田子方：“人貌而天虛，緣而葆真，清而容物。”也作“保真”。見該條。

【葆衛】葆宮的衛兵。墨子號令：“葆衛，必取戍卒有重厚者。”

䓲 ruì 以芮切，去，祭韻，喻。ㄖㄨㄟˋ

草初生貌。方言二：“凡草生而初達謂之䓲。”注：“鋒萌始出。”文選晉左太沖(思)吳都賦：“鬱兮䓲茂，曄兮菲菲。”

葰 suī 1. 息遺切，平，脂韻，心。ㄙㄨㄟ

㊀薑類植物，卽廉薑，爲香菜之一種。見廣雅釋草。儀禮既夕禮作“綏”。也作“荾”。見“荾㊁”。

2. jùn 集韻 祖峻切，去，稕韻。ㄐㄩㄣˋ

㊁大。史記一一七司馬相如傳上林賦：“夸條直暢，實葉葰茂。”

3. suǒ 蘇果切，上，果韻，心。ㄙㄨㄛˇ

㊂見“葰$_3$人”。

【葰$_3$人】漢縣名，屬太原郡。故城在山西繁時縣境。見漢書地理志上。

葎 lǜ 吕卹切,入,術韻,來。ㄌㄩˋ

草名。似葛,莖有細刺,人行其間勒人膚,故名勒草,訛爲葎草。入藥。見本草綱目十八草七葎草。

葒 hóng 户公切,平,東韻,匣。ㄏㄨㄥˊ

草名。與蓼同類。爾雅作蘢古。似蓼而葉大,赤白色,高丈餘。供田園觀賞,花果入藥。見政和證類本草九葒草。

葯 1. yào 於略切,入,藥韻,影。ㄧㄠˋ

㊀白芷。楚辭屈原九歌湘夫人:"桂棟兮蘭橑,辛夷楣兮葯房。"根稱白芷,葉稱葯;統稱白芷。參閱廣雅釋草"白芷,其葉謂之葯"清王念孫疏證。㊁花中雄蕊生出花粉的部分叫葯。㊂"藥"的省寫。

2. dí 集韻 丁歷切,入,錫韻。ㄉㄧˊ

㊃纏裹。文選晉潘安仁(岳)射雉賦:"首葯綠素,身拕黼繪。"注:"方言曰:葯,纏也。"

葌 jiān ㄐㄧㄢ

見下。

【葌糲】粗糙的食物。葌,蔬菜;糲,糙米。漢桓寬鹽鐵論論誹:"故飯葌糲者不可以言孝,妻子饑寒者不可以言慈。"又孝養:"夫葌糲,乞者所不取,而子以養親。"

葌 jiān 古顏切,平,刪韻,見。ㄐㄧㄢ

草名,茅屬。同"菅"。一說香草名。即"蕑"。山海經中山經:"吴林之山,其中多葌草。"注:"亦菅字。"清郝懿行箋疏:"衆經音義引聲類云:'葌,蘭也。'又引字書云:'葌與蕑同,蕑卽蘭也。'是葌乃香草。……郭注以葌爲菅字,菅乃茅屬,恐非也。"

【葌山】山名。在河南盧氏縣西南。山海經中山經:"(昆吾之山)又西百二十里曰葌山,葌水出焉,而北流注於伊水。"水經注十五伊水:"伊水自熊耳東北逕鸞川亭北葌水,出葌山。……世人謂伊水爲鸞水,葌水爲交水,故名斯川爲鸞川也。"

【葌服】茅草衣。吴越春秋闔閭内傳:"干將曰:'昔吾師作冶,金鐵之類不銷,夫妻俱入冶爐中,然後成物。至今後世,卽山作冶,麻絰葌服,然後敢鑄金於山。'"

十畫

蒗 làng 來宕切,去,宕韻,來。ㄌㄤˋ

蒗蕩,渠名。見下。

【蒗蕩渠】古運河名。一作狼湯,也作蒗蕩。在今河南省境。漢書地理志上河南郡滎陽:"有狼湯渠,首受沛,東南至陳入潁。"水經注 五 河水:"又東過滎陽縣北,蒗蕩渠出焉。"注:"大禹塞滎澤,開之以通淮泗,卽經所謂蒗蕩渠也。"宋人引渠水開惠民河,元人修濬開賈魯河,故道皆已湮没。

蒲 1. pú 薄胡切,平,模韻,並。ㄆㄨˊ

㊀草名。1. 香蒲。供食用,葉供編織,可以作席、扇、簍等用具。詩大雅韓奕:"其簌維何?維筍及蒲。"參見"香蒲"。2. 菖蒲的簡稱。見"菖蒲"。㊁指蒲柳。卽水楊。詩王風揚之水:"揚之水,不流束蒲。"㊂地名。1. 春秋衛地。在河南長垣縣境。左傳桓三年"夏,齊侯、衛侯胥命于蒲",卽其地。2. 春秋晉邑。在山西吕梁縣境。左傳莊二八年:"蒲與二屈,君之疆也。"㊃姓。㚴姓,相傳爲有扈氏之後。漢有詹事蒲昌,又有蒲遵。見通志二八氏族四以事爲氏。㊄通"匍"。見"蒲伏"、"蒲服"。

2. bó ㄅㄛˊ

㊅通"薄"、"亳"。見"蒲₂姑"、"蒲₂社"。

【蒲子】地名。在今山西吕梁縣境。漢縣,武帝時置,屬河東郡。西晉時劉淵建漢王朝,自稱皇帝,以此爲都,其後又遷都平陽。參閱晉書劉元海(淵)載記、嘉慶一統志一五七隰州古蹟。

【蒲勺】古禮器。禮明堂位:"勺……周以蒲勺。"疏:"皇氏云:'蒲謂合蒲,當刻勺爲鳧頭,其口微開,如蒲草本合而末微開也。'"參見"龍勺"。

【蒲月】指農曆五月。舊俗於端午節懸菖蒲於門,謂可以辟邪。因稱五月爲蒲月。

【蒲且】人名。古楚國之善射者。淮南子覽冥:"故蒲且子之連鳥於百仞之上,而詹何之騖魚於大淵之中,此皆得清淨之道,太浩之和也。"列子湯問:"蒲且子之弋也,弱弓纖繳,乘風振之,連雙鶬於青雲之際。"且,讀 jū。

【蒲江】縣名,屬四川省。漢臨邛縣地,屬蜀郡。北魏置廣定縣,隋仁壽初改名蒲江。至元併入邛州,於舊縣治置巡檢司。明復改爲縣,屬嘉定州,清屬邛州。參閱寰宇通志八六嘉定州。

【蒲衣】㊀編織蒲草以作衣服。隋書徐則傳:"草褐蒲衣,餐松餌术,棲隱靈岳,五十餘年。"㊁人名。莊子應帝王:"齧缺問於王倪,四問而四不知;齧缺因躍而大喜,行以告蒲衣子。"釋文:"尸子云:'蒲衣八歲,舜讓以天下。'崔(譔)云:卽披衣,王倪之師也。"

【蒲州】舊府名。古史傳舜都。春秋屬晉,戰國屬魏。秦屬河東郡,兩漢爲蒲反縣。北周始置蒲州,唐宋元改爲河中府,明復爲州,屬平陽府。清升爲府,治永濟縣。公元 1912 年廢府。參閱寰宇通志七九平陽府、嘉慶一統志一四〇蒲州府一。

【蒲帆】蒲草織成的船帆。唐李肇國史補下:"揚子錢塘二江者,則乘兩潮發櫂,舟船之盛,盡於江西。編蒲爲帆,大者或數十幅。"李賀歌詩編四江南弄:"水風浦雲生老竹,渚暝蒲帆如一幅。"

【蒲伏】伏地膝行。同"匍匐"。左傳昭十三年:"懷錦奉壺飲冰,以蒲伏焉。"

【蒲牢】獸名。文選漢班孟堅(固)東都賦"於是發鯨魚,鏗華鐘"唐李善注:"(三國)薛綜西京賦注曰:海中有大魚曰鯨,海邊又有獸名蒲牢,蒲牢素畏鯨,鯨魚擊蒲牢,輒大鳴。凡鐘欲令聲大者,故作蒲牢於上,所以撞之者爲鯨魚。"後因以蒲牢爲鐘的別名。全唐詩六一六皮日休寺鐘暝:"重擊蒲牢唅山日,冥冥煙樹覩棲禽。"

【蒲₂社】殷代的社壇。公羊傳哀四年:"六月辛丑,蒲社災。蒲社者何?亡國之社也。"左傳及穀梁傳作"亳社"。殷都於亳,蒲、亳音同,故名。參見"亳社"。

【蒲圻】縣名,屬湖北省。漢沙羨縣地,屬江夏郡。三國吴時置屯兵於此。黃武二年又分武昌二部,自武昌已上至蒲圻爲右部,遂立蒲圻縣,以湖畔多蒲,故名。歷代相因。見寰宇通志五十武昌府。

【蒲車】用蒲草裹輪的車。1. 古代帝王封禪時所用。史記封禪書:"古者封禪爲蒲車,惡傷山之土石草木。"2. 古代徵聘隱士時用之。後漢書八三逸民傳論:"光武側席幽人,求之若不及,旌帛蒲車之所徵賁,相望於巖中矣。"注:"以蒲裹輪,取其安也。"參見"蒲輪"。

【蒲坂】地名。故城在山西省永濟縣。相傳爲舜帝所都。原名蒲,戰國屬魏。秦始皇東巡,見長坂,故加反字。反與"坂"同。漢初置蒲反縣,東漢始作蒲坂。參閱讀史方輿紀要四一平陽府蒲州。

【蒲昌】㊀湖泊名。卽羅布泊,也叫羅布淖爾。在今新疆若羌縣之北。漢書九六上西域傳:"于闐在南山下,其河北流,與葱嶺河合，東注蒲昌海。蒲昌海，一名鹽澤者也。”㊁縣名。唐貞觀十四年置，本名金蒲城，車師後王庭地。見元和郡縣志四十西州。

【蒲服】伏地膝行。同“匍匐”。戰國策秦三：“(伍子胥)至于蔆水，無以餌其口，坐行蒲服，乞食於吳市。”史記六九蘇秦傳：“嫂委蛇蒲服，以面掩地而謝曰：‘見季子位高金多也。’”索隱：“蒲服，即匍匐，並音蒲仆。”

【蒲$_2$姑】地名。今山東博興縣東北有薄姑城。左傳昭九年：“及武王克商，蒲姑、商奄，吾東土也。”釋文：“蒲如字，又音薄。”史記周紀作“薄姑”。

【蒲津】又名蒲坂津。黄河渡口之一，在山西永濟縣。津上有關，名蒲津關，自古爲山川要隘。參見“蒲津關”。

【蒲城】縣名。屬陝西省。春秋時買國。秦置重泉縣。漢因之，屬左馮翊。西魏廢帝三年置蒲城縣，以縣東故蒲城而名。唐開元四年改奉先，宋開寶四年仍名蒲城。歷代相因。參閱太平寰宇記二八同州、寰宇通志九二西安府華州。

【蒲柳】㊀植物名。又名水楊、萑苻。生於水邊。晉崔豹古今注下草木：“蒲柳，水邊生，葉似青楊，一名蒲楊。”㊁謂蒲和柳。二者均早落葉，故以喻人之早衰。世説新語言語：“顧悦與簡文(司馬昱)同年而髮蚤白。簡文曰：‘卿何以先白？’對曰：‘蒲柳之姿，望秋而落；松柏之質，經霜彌茂。’”唐李白李太白詩六長歌行：“秋霜不惜人，倏忽侵蒲柳。”

【蒲酒】賭博酗飲。梁書鮑泉傳：“(蕭)方諸與泉，不恤軍政，唯蒲酒自樂。”

【蒲密】蒲與密，古二縣名。春秋時，子路治蒲三年，有政績，孔子入其境，三稱其善。見孔子家語辯政。晉時，卓茂爲密令數年，教化大行，道不拾遺。見後漢書二五卓茂傳。後人因稱地方官吏著有政績爲“蒲密之化”。宋書良吏傳序：“竈不得黔，席未暇煖，蒲密之化，事未易階。”

【蒲梢】駿馬名。史記樂書：“後伐大宛，得千里馬，馬名蒲梢。”集解：“應劭曰：‘大宛舊有天馬種，蹋石汗血，汗從前肩髆出如血，號一日千里。’”文選漢張平子(衡)東京賦：“駙承華之蒲梢，飛流蘇之騷殺。”也作“蒲稍”。唐元稹長慶集十三江邊四十韻詩：“高門受車轍，華廐稱蒲稍。”

【蒲陶】㊀即“葡萄”。漢書西域傳贊：“感枸醬、竹杖則開牂柯、越嶲，聞天馬、蒲陶則通大宛、安息。”㊁漢宮名。漢書九四下匈奴傳：“元壽二年，單于來朝，上以太歲厭勝所在，舍之上林苑蒲陶宮。”

【蒲魚】魚名。即鱄魚。太平御覽九四〇魏武四時食制：“蒲魚其鱗如粥，出郫縣。”唐韓愈昌黎集六初南食貽元十八協律詩：“蒲魚尾如蛇，口眼不相營。”注：“或曰鮪魚也。今廣州曰蒲魚。”參閱清吳震方嶺南雜記下。

【蒲脯】束蒲草當作肉脯。文選晉潘安仁(岳)西征賦：“野蒲變而爲脯，苑鹿化以爲馬。”注引風俗通：“秦相趙高，指鹿爲馬，束蒲爲脯，二世不覺。”

【蒲萄】果名。見“葡萄”。

【蒲犂】漢時西域城國名。王治蒲犂谷。寄田莎車。在今新疆塔什庫爾干塔吉克自治縣地。清置廳，屬莎車府。公元1913年，改縣。公元1954年改設塔什庫爾干塔吉克自治縣，屬新疆維吾爾自治區。參閱漢書六六西域傳。

【蒲葵】植物名。形似棕櫚，葉大。木材可以製器，葉可以製蓑、笠及扇。晉嵇含南方草木狀上：“蒲葵如栟櫚，而柔薄可爲葵笠。”

【蒲臺】㊀臺名。相傳秦始皇過此於臺下縈蒲以繫馬，因名蒲臺。見初學記八引三齊略記。㊁縣名。在山東博興縣北。漢爲濕沃縣地，屬千乘國。隋改置蒲臺縣，清屬山東武定府。公元1956年撤銷，併入博興縣。參閱寰宇通志七一濟南府濱州、嘉慶一統志一七六武定府。

【蒲團】用蒲編織成的圓墊，爲僧人坐禪及跪拜時所用。唐許渾丁卯集下送惟素上人歸新安詩：“尋雲策藤杖，向日倚蒲團。”

【蒲輪】用蒲草裹輪，使車不震動，古時徵聘賢士時用之，以示禮敬。漢書武帝紀建元元年：“遣使者安車蒲輪，束帛加璧，徵魯申公。”注：“以蒲裹輪，取其安也。”

【蒲劍】菖蒲葉。以形似劍，故名。唐李咸用披沙集四和殷衙推春霖即事詩：“柳眉低帶泣，蒲劍鋭初抽。”舊俗於農曆五月初五日，懸蒲劍於門上，謂可以治邪。故端午節亦稱蒲節。

【蒲縣】縣名。屬山西省。春秋晉地。漢爲蒲子縣，屬河東郡。北魏爲石城縣地，隋移於故箕城，改置蒲縣，屬龍泉郡。唐初移於今治。歷代相因，明清皆屬平陽府。見讀史方輿紀要四一平陽府。

【蒲盧】㊀土蜂。又名細腰蜂。禮中庸：“夫政也者，蒲盧也。”宋沈括夢溪筆談三辨證謂蒲盧即蒲葦，宋朱熹中庸集注亦主沈説，訓蒲盧爲蒲葦。參閱清黄生義府上蒲盧。㊁蛤類。同“蒲蠃”。廣雅釋魚：“蜌蛤，蒲盧也。”參見“蒲蠃”。

【蒲戲】摴蒲戲的簡稱。宋書王弘傳：“少時嘗摴蒲公城子野舍，及後當權，有人就弘求縣，辭訴頗切。此人嘗以蒲戲得罪，弘詰之曰：‘君得錢會戲，何用禄爲！’答曰：‘不審公城子野何在？’弘默然。”參見“摴蒲”、“樗蒲”。

【蒲類】漢西域城國名。原爲匈奴右部，後屬姑師。漢宣帝神爵二年，破姑師，以其地置蒲類前後等八國。城西北有池，即古蒲類海，唐人亦名婆悉海。唐於此置蒲類縣。在今新疆維吾爾自治區巴里坤哈薩克自治縣境。

【蒲鞭】以蒲草爲鞭，聊以示辱。謂刑罰寬仁。後漢書二五劉寬傳：“遷南陽太守，典歷三郡，温仁多恕。……吏人有過，但用蒲鞭罰之，示辱而已，終不加苦。”唐李白李太白詩九贈清漳明府姪聿：“蒲鞭挂簷枝，示恥無撲抶。”

【蒲璧】刻有蒲纹的璧。周禮春官大宗伯：“以玉作六瑞，以等邦國。……子執穀璧，男執蒲璧。”宋沈括夢溪筆談十九器用：“如蒲穀璧，禮圖悉作草稼之象，今世人發古冢得蒲璧，乃刻文蓬蓬如蒲花敷時，穀璧如粟粒耳。”

【蒲蠃】蛤蚌之屬。國語吳：“今吳民既罷，而大荒薦饑，市無赤米，而囷鹿空虚，其民必移就蒲蠃於東海之濱。”注：“蒲，深蒲也。蠃，蚌蛤之屬。”按廣雅釋魚“蜌、蛤，蒲盧也”清王念孫疏證：“蒲盧之轉聲爲蒲蠃。吳語：‘其民必移就蒲蠃於東海之濱。’蒲蠃，即蒲盧也。韋昭注云：‘蠃，蚌蛤之屬’，是也；其云：‘蒲，深蒲也’，則非。”

【蒲蘆】㊀即葫蘆。見“葫蘆”。㊁蛤屬。同“蒲盧”。又名蒡蠃。大戴禮夏小正“玄雉入于淮爲蜃。蜃者，蒲蘆也。”參見“蒲盧㊁”、“蒲蠃”。㊂即蒲葦。元楊載楊仲弘集六雷江阻風寄池陽通守周南翁詩：“繫舟江岸隱蒲蘆，坐聽篙師制疾徐。”

【蒲蘇】枝葉茂密貌。通“扶疏”。公羊傳宣六年“子某時所食活我於暴桑下者也”漢何休注：“暴桑，蒲蘇桑。”參閱清陳立公羊義疏。

【蒲騷】地名。春秋時鄖國的城邑。左傳桓十一年：“鄖人軍于蒲騷。”即此。遺址在今湖北應城縣西北。參閱嘉慶一統志三四三德安府古蹟。

【蒲公英】草名。根莖入藥。明王磐野草譜作白鼓釘。見農政全書六十。

【蒲江詞】宋盧祖皐撰，一卷。祖皐字申之，號蒲江，永嘉人。以詩詞著名，嘗與永嘉四靈(徐照、徐璣、翁卷、趙師秀)以詩相唱和，但其詩集不傳。所作小詞今傳有蒲江詞，僅存二十五闋。

【蒲松齡】公元 1640—1715 年。清山東淄川人，字留仙，一字劍臣，號柳泉居士。少有文名，爲施閏章、王士禛等所器重。屢試不第，七十一歲始成貢生。以教塾爲生。松齡工詩文，著有聊齋文集、聊齋詩集、聊齋俚曲等。而其小説集聊齋誌異歷二十年而成書，尤爲著名。

【蒲津關】地名。簡稱蒲關，一名臨晉關，亦曰河關。在山西芮城縣南，跨陝西境，位於黄河西岸，地處山河要隘，爲兵家必争之地。漢末曹操征馬超韓遂，夜渡蒲津關，卽此。參閱元和郡縣志十二河中府河東縣。

【蒲桃髻】初生兒所結的小髻。以其小而狀如蒲桃，故名。唐馮贄雲仙雜記七:“小兒髮初生，爲小髻十數，其父母爲兒女相勝之辭曰:‘蒲桃髻，十穗勝五穗。’”

【蒲葵扇】用蒲葵製成的扇。簡稱葵扇。世説新語輕詆“庾道季詫謝公”注引續晉陽秋:“(謝)安鄉人有罷中宿縣詣安者。安問其歸資，答曰:‘嶺南凋弊，唯有五萬蒲葵扇，又以非時爲滯貨。’安乃取其中者捉之，京師士庶競慕而服焉，價值數倍，旬月無賣。”又見晉書謝安傳。唐白居易長慶集七山池詩之一:“坐把蒲葵扇，閑吟兩三聲。”

【蒲鴿青】指青瓜的顏色。蒲鴿，瓜名。唐杜甫杜工部草堂詩箋二八園人送瓜:“傾筐蒲鴿青，滿眼顏色好。”

蒤 tú ㄊㄨˊ 同都切，平，模韻，定。

㊀草名。爾雅釋草:“蒤，虎杖。”注:“似紅草而粗大，有細刺，可以染赤。”㊁穢草。爾雅釋草:“蒤，委葉。”疏:“穢草也。”詩周頌良耜、説文作“荼”。

蓉 róng ㄖㄨㄥˊ 餘封切，平，鍾韻，喻。

見“芙蓉”。

【蓉幕】幕賓。同“蓮幕”。蓮花別名芙蓉，故亦作蓉幕。元舒頔華陽真素文集酹江月詞:“人磊落，移贊高郵蓉幕。”參見“蓮幕”。

蒡 1. bàng ㄅㄤˋ 北朗切，上，蕩韻，幫。

㊀牛蒡。見“牛蒡”。

2. páng ㄆㄤˊ 集韻 普光切，平，唐韻。

㊁草名。爾雅釋草:“蒡，隱荵。”注:“似蘇，有毛，今江東呼爲隱荵，藏以爲葅，亦可瀹食。”

蒟 jǔ ㄐㄩˇ 俱雨切，上，麌韻，見。
ㄐㄩˋ 九遇切，去，遇韻，見。

植物名。果實名蒟子，如桑椹，熟時色正青，可作醬，也稱蒟醬。晉嵇含南方草木狀上:“蒟醬，蓽茇也，生於蕃國者，大而紫，謂之蓽茇；生於番禺者，小而青，謂之蒟焉。”參見“蒟醬”。

【蒟蒻】草名。出蜀中，呼爲鬼頭。可入藥。見本草綱目十七草六蒟蒻。文選晉左太沖(思)蜀都賦:“其圃則有蒟蒻茱萸。”晉劉淵林(逵)注:“蒟，蒟醬也。……蒻，草也。”以蒟、蒻爲二物。

【蒟醬】蒟子。可作醬以佐食，故稱蒟醬。也作“枸醬”。文選晉左太沖(思)蜀都賦:“邛杖傳節於大夏之邑，蒟醬流味於番禺之鄉。”參見“枸醬”。

蓑 1. suō ㄙㄨㄛ 蘇禾切，平，戈韻，心。

㊀雨具。卽蓑衣。詩小雅無羊:“爾牧來思，何蓑何笠。”傳:“蓑，所以備雨；笠，所以禦暑。”㊁以草覆蓋。公羊傳定元年:“仲幾之罪何？不蓑城也。”注:“若今以草衣城是也。”

2. suī ㄙㄨㄟ 素回切，平，灰韻，心。

㊂見“蓑$_2$蓑$_2$”。

【蓑$_2$蓑$_2$】下垂貌。文選漢張平子(衡)南都賦:“布綠葉之萋萋，敷華蘂之蓑蓑。”

【蓑衣丈人】蟲名。俗名蓑衣蟲，又名結草蟲。體灰褐色，負蓑衣狀之巢而匍行。食梅、茶等嫩葉。參閱元伊世珍瑯嬛記上引採蘭雜志。

蒿 hāo ㄏㄠ 呼毛切，平，豪韻，曉。

㊀野草名，艾類。有青蒿、牡蒿、白蒿、茵陳蒿等。詩小雅鹿鳴:“呦呦鹿鳴，食野之蒿。”此指青蒿。㊁氣蒸發貌。禮祭義:“其氣發揚於上爲昭明，焄蒿悽愴。”㊂消耗。國語楚上:“若斂民利，以成其私欲，使民蒿焉忘其安樂而有遠心，其爲惡也甚矣。”㊃見“蒿目”。

【蒿目】舉目遠望。莊子駢拇:“今世之仁人，蒿目而憂世之患。”注:“兼愛之迹可尚，則天下之目亂矣。”釋文引司馬彪以“蒿目”爲句，訓爲亂天下之目。清俞樾以蒿爲“眊”之假字，古音相近通用。眊，玉篇解作目明，又解作望。參閱諸子平議莊子二。

【蒿里】㊀本山名，在泰山之南，爲死人之葬地。漢書六三廣陵厲王傳:“蒿里召兮郭門閲，死不得取代庸，身自逝。”注:“蒿里，死人里。”晉陶潛陶淵明集七從弟敬遠文:“長歸蒿里，邈無還期。”㊁古挽歌名。晉崔豹古今注中音樂:“薤露、蒿里，並喪歌也。出田横門人。横自殺，門人傷之，爲之悲歌。……其二曰:‘蒿里誰家地，聚斂魂魄無賢愚，鬼伯一何相催促，人命不得少踟躕。’至孝武時，李延年乃分爲二曲，薤露送王公貴人，蒿里送士大夫、庶人。”漢末曹操有蒿里行。又名泰山行吟。見樂府詩集二七。參見“薤露”。

【蒿宮】指周代以蒿爲柱之宮。大戴禮明堂:“周時德澤洽和，蒿茂大，以爲宮柱，名爲蒿宮也。”宋書樂志二謝莊明堂歌:“蒿宮仰蓋，日館希旌。”清俞樾謂以蒿爲宮柱，不足信，謂蒿爲“高”之假字，周人尊崇文王之廟，故稱高宮。見俞樓雜纂七禮記異文箋。

【蒿徑】長滿雜草的小路。宋范成大石湖集一元夜憶羣從詩:“愁裏仍蒿徑，閒中更蓽門。”

【蒿雀】鳥名。候鳥之一，屬燕雀類，體小於黄雀。本草綱目四八禽二:“蒿雀似雀，青黑色，在蒿間，塞外彌多，食之美於諸雀。”

【蒿惱】麻煩，打擾。警世通言五呂大郎還金完骨肉:“叵耐這賊禿常時來蒿惱我家！”又六俞仲舉題詩遇上皇:“初時還有幾個相識看覷他，後來蒿惱人多了，被人憎嫌。”

【蒿萊】野草，雜草。韓詩外傳一:“原憲居魯，環堵之室，茨以蒿萊，蓬户甕牖，桷桑而無樞，上漏下濕，匡坐而弦歌。”引申指草野。唐陳子昂陳伯玉集一感遇詩之三五:“感時思報國，拔劍起蒿萊。”岑參岑嘉州詩三送杜佐下第歸陸渾別業:“須還及秋賦，莫卽隱蒿萊。”

【蒿蒸】氣蒸出貌。猶薰蒸。宋書顔延之傳庭誥:“欲者，性之煩濁，氣之蒿蒸，故其爲害，則熏心智，耗真情，傷人和，犯天性。”

【蒿箭】以蓬蒿爲箭。喻賤不足惜。北齊書源彪傳:“國家待遇淮南，失之同於蒿箭。”

【蒿廬】猶草廬。漢陸賈新語下資質:“鮑丘之德行，非不高於李斯趙高也，然伏隱於蒿廬之下，而不祿於世，利口之臣害之也。”史記一二六東方朔傳褚少孫補："宫殿中可以避世全身，何必深山之中，蒿廬之下？"

【蒿菴閒話】清張爾岐撰，二卷，凡二百九十六條。爾岐號蒿菴，明諸生，長於禮學。入清不仕。書爲平日讀書札記，其考證爲顧炎武所推重。

蓆 xí ㄒㄧˊ 祥易切，入，昔韻，邪。

㊀寬大。詩鄭風緇衣："緇衣之蓆兮，敝，予又改作兮。"傳："大也。"釋文引韓詩："儲也。"㊁以草編成的鋪墊用具。同"席"。韓非子存韓："韓事秦三十年，出則爲扞蔽，入則爲蓆薦。"

【蓆户】用葦蓆造的門户。通指簡陋的房屋。南朝梁蕭統昭明太子集三錦帶書十二月啓夾鍾二月："但某蓆户幽人，蓬門下客。"

【蓆萁】草名。明胡震亨唐音癸籤詁箋五："蓆萁，葢可爲簾，亦可充馬食者。五代史云：契丹地有息雞草，尤美而本大，馬食不過十本而飽。意蓆萁即息雞，一物而音訛耳。"參見"席萁"。

蒺 jí ㄐㄧˊ 秦悉切，入，質韻，從。

見"蒺藜"。

【蒺藜】㊀草名。一名茨，本草名旁通。生於砂地，布地蔓生，實表面突起如針狀。入藥。易困："困于石，據于蒺藜。"參閱政和證類本草七蒺䔧子。㊁蟲名。爾雅釋蟲："蒺藜，蝍蛆。"注："似蝗而大腹，長角，能食蛇腦。"一云卽蜈蚣。

【蒺藜棒】古武器名，相傳始於唐代。宋錢易南部新書己："韋丹任洪州，值毛鶴叛，造蒺藜棒一千具，並於棒頭以鐵釘釘之如蝟毛。……其棒疾成易具，用亦與刀劍不殊。"

【蒺藜園】喻不守佛法的僧寺。佛家謂寺中如法，三寶清静，供養於此者，可得無量之福果，是爲良福田；若寺中非法聚會，衆僧不如法，則不生福，於是爲蒺藜園。唐道宣四分律行事鈔三下："經云：衆僧良福田，亦是蒺藜園，斯言實矣。"

【蒺藜論】佛家謂無從置答的發難問題。雜阿含經三二："爾時尼揵語聚落主：汝能共沙門瞿曇作蒺藜論，令沙門瞿曇不得語，不得不語？……若欲安慰一切衆生者，以何等故？或爲一種人説法，或不爲一種人説法？作如是問者，是名蒺藜論。"

蒙 méng ㄇㄥˊ 莫紅切，平，東韻，明。

㊀草名。女蘿的别稱。爾雅釋草："蒙，王女。"注："蒙卽唐也。女蘿别名。"參見"女蘿"。㊁萌生。通"萌"。易序卦："物生必蒙，故受之以蒙。蒙者蒙也，物之稺也。"㊂幼稚。易蒙："匪我求童蒙，童蒙求我。"文選漢班孟堅(固)幽通賦："咨孤蒙之眇眇兮，將圮絶而罔階。"注："曹大家曰：蒙，童蒙也，……言已孤生童微。"㊃陰闇，闇昧。書洪範："曰蒙，恒風若。"傳："君行蒙闇，則常風順之。"左傳僖九年"王曰小童"唐孔穎達疏："蒙謂闇昧也，幼童於事多闇昧，是以謂之童蒙焉。"㊄覆蓋，包裹。詩鄘風君子偕老："蒙彼縐絺，是紲袢也。"左傳昭十三年："晉人執季孫意如，以幕蒙之，使狄人守之。"㊅欺騙，隱瞞。左傳僖二四年："下義其罪，上賞其姦，上下相蒙，難與處矣。"㊆遭，受。易明夷："内文明而外柔順，以蒙大難。"釋文："蒙，猶遭也。"漢書七七孫寶傳上書："樞機近臣，蒙受冤譖，虧損國家，爲謗不小。"㊇自稱之謙詞。文選漢張平子(衡)西京賦："豈欲之而不能，將能之而不欲歟？蒙竊惑焉。"注："蒙，謙稱也。"㊈易卦名。䷃，坎下艮上。㊉地名。在今山東蒙陰縣境。左傳哀十七年："公會齊侯，盟於蒙。"注："蒙在東莞蒙陰縣西。"⑪蒙古的簡稱。詳"蒙古"。⑫姓。秦將有蒙恬。參閱通志二七氏族三以地爲氏。

【蒙士】淺學無知的士人。書伊訓："臣下不匡，其刑墨，具訓于蒙士。"傳："蒙士例謂下士。"宋蔡沈傳："童蒙始學之士，則詳悉以是訓之，欲其入官而知所以正諫也。"

【蒙山】㊀山名。1.在今山東蒙陰縣南。綿亘百二十里，有七十二峯，三十六洞，古刹七十餘所。相傳在西者爲龜蒙，中央者爲雲蒙，在東者爲東蒙，其實一山。參閱嘉慶一統志一七七沂州府。2.在今四川名山縣北界。書禹貢："蔡蒙旅平。"傳："蔡蒙二山名。"疏："地理志云：蒙山在蜀郡青衣縣。"3.一名石巖山。在雲南臨安縣東十五里。綿亘數百里，下有巖洞，異龍湖、瀘江諸水伏流入阿迷州界，會於南盤江。見讀史方輿紀要一一五臨安州。4.在今廣西梧州蒙山縣西南。見讀史方輿紀要一〇七永安州蒙山。㊁古國名。楚辭屈原天問："桀伐蒙山，何所得焉？"注："蒙山，國名也。言夏桀征伐蒙山之國而得妹喜也。"

【蒙化】㊀受感化。漢書八一匡衡傳："故萬國莫不獲賜祉福，蒙化而成俗。"漢應劭風俗通皇霸五帝："文之以質，使天下蒙化，皆貴貞慤也。"㊁縣名。屬雲南省。西漢益州郡地，東漢爲永昌郡地，唐時蒙舍詔所居，名蒙舍城。元爲州，明爲府，清爲直隸廳，公元1913年改縣。今併入雲南楚雄彝族自治州。參閱嘉慶一統志四九六蒙化直隸廳。

【蒙古】㊀地名。東至兀良哈，西界新疆，北逾沙漠。舊時大别爲内蒙古、外蒙古、額魯特蒙古三部。周曰玁狁，爲東胡、匈奴、韃靼、鮮卑、突厥、回紇、女真等更迭盛衰的地區。宋時蒙古建國於此，始稱其地爲蒙古。參閱讀史方輿紀要四五蒙古。㊁民族名。正史中始見於舊唐書一九九下北狄傳，室韋的别種蒙兀室韋，新唐書作"蒙瓦"。世居克魯倫河發源地不兒罕山（卽今肯特山）附近，過遊牧生活，後屬遼金。公元1140年，酋長合不勒奪金克魯河以北地，號大蒙古國，始以蒙古爲其族的稱號。按蒙古、蒙兀，其義爲銀，與女真之稱金者相對。合不勒後，諸部分立。至鐵木真統一蒙古各部，號成吉思汗，是爲元太祖。以後數世，窩闊台（太宗）、蒙哥（憲宗）、忽必烈（世祖），建都於燕京。㊂姓。金史宣宗紀中有蒙古綱。

【蒙汜】㊀古代神話指太陽没入處。楚辭屈原天問："出自湯谷，次於蒙汜。"注："暮入西極蒙水之涯也。"㊁也指太陽所出處。淮南子覽冥："邅回蒙汜之渚，尚佯冀州之際。"注："蒙汜，日所出之地。"

【蒙戎】猶蓬鬆。詩邶風旄丘："狐裘蒙戎，匪車不東。"又作"尨茸"。左傳僖五年："狐裘尨茸，一國三公。"注："尨茸，亂貌。"釋文："尨，莫江反，又音蒙；茸，如容反，又音戎。"史記晉世家作"蒙茸"。

【蒙吏】指莊子。莊子，蒙人，名周。嘗爲蒙漆園吏。北周庾信庾子山集四和裴儀同秋日詩："蒙吏觀秋水，萊妻紡落毛。"

【蒙自】縣名。屬雲南省。今屬紅河哈尼族彝族自治州。南詔時趙氏守此。元置縣，明清皆屬雲南臨安府。見讀史方輿紀要一一五臨安州。

【蒙伐】刻有花紋的大盾。詩秦風小戎："厹矛鋈錞，蒙伐有苑。"箋："蒙，庬也。……畫雜羽之文於伐，故曰庬伐。"釋文："伐，如字，本或作瞂。"

【蒙求】唐李瀚撰。三卷。取經傳故實，編爲四言韻語，現存本共二千四百八十四字。取易蒙"童蒙求我"之義，以教學童。宋陳振孫直齋書録解題、晁公武郡齋讀書志著録皆以瀚爲唐人，四庫提要以瀚爲五代晉人。清末楊守敬在日本得卷子改裝本古抄蒙求，及後來敦煌出土蒙求卷子本書前表序皆唐人所撰，則瀚當爲唐人。宋徐子光爲之注。後仿其體寫書者甚多，今存者有宋王逢原十七史蒙求、徐伯益集婦女事實爲訓女蒙求、元吳化龍集左傳事爲左氏蒙求、胡炳文集古人可以取法言行，屬對成爲韻文，作純正蒙求，清羅澤南撰養正蒙求等。參閱清陸以湉冷廬雜識五蒙求。

【蒙尨】蕪雜。唐杜牧樊川集一感懷詩："流品極蒙尨，網羅漸離弛。"

【蒙谷】古代傳説中的北方山名，太陽没入的地方。淮南子天文："至于虞淵，是謂黄昏；至于蒙谷，是謂定昏。"注："蒙谷，北方之山名。"也作蒙穀。漢王充論衡道虚："盧敖游乎北海，經乎太陰，入乎玄闕，至於蒙穀之上。"

【蒙衫】毛衣。宋俞琰席上腐談上："今之蒙衫，卽古之毳衣。蒙謂毛之細軟貌，如詩所謂'狐裘蒙茸'之蒙，俗作氁，音模。其實卽是毛衫，毛訛爲蒙，蒙又轉而爲氁。"(説郛七五)

【蒙舍】地名。唐時六詔之一，也名陽瓜州。在六詔最南，故也稱南詔。後遂合六詔爲一。元改置蒙化州，明升爲府。見讀史方輿紀要一一八蒙化府。參見"蒙詔"。

【蒙恬】公元前？—前 220 年。秦始皇時，官内史。秦統一六國，使蒙恬率兵三十萬，北築長城，起自臨洮至遼東。始皇死，趙高陰謀廢太子扶蘇，立二世，以蒙氏世爲秦大臣，恬又掌兵權，矯旨賜恬死。見史記本傳。

【蒙城】縣名。屬安徽省。唐置。漢山桑縣，屬沛郡。東漢屬汝南郡，三國魏屬譙郡，晉因之。唐天寶元年改爲蒙城。歷代相因。參閱太平寰宇記十二亳州。

【蒙拾】童蒙摘取辭句。文心雕龍辯騷："才高者菀其鴻裁，中巧者獵其豔辭，……童蒙者拾其香草。"後以蒙拾爲寫作時自謙之詞。清王士禛有花草蒙拾、王士禄有讀史蒙拾、杭世駿有漢書蒙拾、後漢書蒙拾，皆取義於此。

【蒙昧】猶言昏昧、愚昧。文選晉陸士衡(機)弔魏武帝文："迄在兹而蒙昧，慮噤閉而無端。"晉書阮种傳對問："臣委以頑魯之資，應清明之舉，前者對策，不足以疇塞聖詔，所陳不究，臣誠蒙昧，所以爲罪。"

【蒙叟】莊子爲蒙人，故稱莊周爲蒙叟。叟，老者之尊稱。唐岑參岑嘉州詩三西河太守杜公挽歌："蒙叟悲藏壑，殷宗惜濟川。"

【蒙哥】見"元憲宗"。

【蒙茸】見"蒙戎"。

【蒙倛】古人設以驅疫的神像。四眼者爲方相，兩眼者爲蒙倛。儺祭、送葬都用蒙倛。荀子非相："仲尼之狀，面如蒙倛。"注："倛，方相也。其首蒙茸然，故曰蒙倛。"參見"方相"。

【蒙氣】包圍地面外圍的大氣。漢書七五京房傳上封事："辛酉已來，蒙氣衰去，太陽精明，臣獨欣然，以爲陛下有所定也。"

【蒙頂】茶名。產四川名山縣蒙山之峰頂，故名。相傳蒙山有五嶺，中嶺曰上青峯，所產茶稱蒙頂茶，香氣芳烈，唐宋以來卽著名國内。唐鄭谷鄭守愚文集二蜀中詩之二："蒙頂茶畦千點露，浣花牋紙一溪春。"參閱太平寰宇記七七雅州、宋范鎮東齋紀事四。

【蒙莊】卽莊子。因莊子爲蒙人，故稱。也稱蒙莊子。文選晉潘安仁(岳)悼亡詩之二："上慚東門吳，下愧蒙莊子。"唐柳宗元柳先生集二夢歸賦："蒙莊之恢怪兮，寓大鵬之遠去。"

【蒙陰】縣名。今屬山東臨沂專區。春秋魯之附庸顓臾國地。漢置蒙陰縣，屬泰山郡。明清屬青州府。見讀史方輿紀要三五青州府。

【蒙堂】僧寺兩旁退職者安息的堂舍。元德輝敕修百丈清規四："監寺非三次，不歸蒙堂；都寺非三次，不得居單寮。"

【蒙貴】㊀貓的别名。唐段成式酉陽雜俎續集八支動："猫，一名蒙貴，一名烏員。"㊁獸名。見"蒙頌"。

【蒙須】結劍的繩。戰國策趙三："且夫吳干之劍材，……無鉤竿鐔蒙須之便，操其刃而刺，則未入而手斷。"宋鮑彪注："蒙須疑爲劍繩，猶蒯緱也。爾雅草有夫須，蓋以草爲繩。"竿卽"咢"字。

【蒙滅】陰暗不明。唐李賀歌詩編三題趙生壁："冬暖拾松枝，日烟生蒙滅。"

【蒙頌】獸名。猴類。爾雅釋獸："蒙頌，猱狀。"注："卽蒙貴也。……猱，亦獼猴之類。"本草綱目五一獸四果然："蒙頌一名蒙貴，乃蜼之又小者也。紫黑色，出交趾，畜以捕鼠，勝于貓貍。"

【蒙稚】猶言幼稚。宋書文帝紀元嘉二十六年詔："先帝以桑梓根本，實同休戚，復以蒙稚，猥同艱難。……眷惟既往，倍深感歎。"

【蒙鳩】鳥名。卽鷦鷯。大戴禮作"蝱鳩"，方言作"蔑雀"。荀子勸學："南方有鳥焉，名曰蒙鳩，以羽爲巢，而編之以髮，繫之葦苕，風至苕折，卵破子死，巢非不完也，所繫者然也。"注："蒙鳩，鷦鷯也。或曰一名蒙鳩，亦以其愚也。"

【蒙塵】蒙被塵土。多以喻帝王流亡或失位，遭受垢辱。左傳僖二四年："天子蒙塵於外，敢不奔問官守。"文選晉潘安仁(岳)西征賦："當光武之蒙塵，致王誅于赤眉。"

【蒙蒙】㊀繁盛貌。楚辭漢東方朔七諫自悲："何青雲之流瀾兮，微霜降之蒙蒙。"㊁陰暗，不明。楚辭宋玉九辯："願皓日之顯行兮，雲蒙蒙而蔽之。"漢書一〇〇上敍傳幽通賦："昒昕寤而仰思兮，心蒙蒙猶未察。"

【蒙養】以蒙昧隱默的態度修養貞正之德。易蒙："蒙以養正，聖功也。"疏："能以蒙昧隱默自養正道，乃成至聖之功。"宋蘇轍欒城集六題張安道樂全堂詩："晚歲事蒙養，斂退就此堂。"

【蒙衝】古代戰船。其製以生牛皮蒙船覆背，兩廂開掣棹孔，左右前後有弩窗矛穴，使敵不得近，矢石不能敗。三國志吳周瑜傳："劉表治水軍，蒙衝鬬艦，乃以千數。"參閱通典一六〇兵十三水平及水戰具。

【蒙樂】山名。在雲南西雙版納傣族自治州，與景東縣接界處。一名無量山，連亘三百餘里，蒙氏封此爲南嶽。相傳山上有毒泉，人畜飲之卽死。參閱讀史方輿紀要一一五者樂甸長官司。

【蒙澤】古澤名。在河南商丘縣故城東北。春秋時，宋南宫長萬殺閔公於蒙澤，卽此。見左傳莊十二年。參閱讀史方輿紀要五十歸德府、嘉慶一統志一九三歸德府一山川。

【蒙蔽】愚頑不明。藝文類聚五七漢張衡七譔："予雖蒙蔽，不敏指趣，敬受教命，敢不是務。"抱朴子勗學："故朱緑所以改素絲，訓誨所以移蒙蔽。"後也作動詞，卽掩蓋真相，有意欺瞞之意。

【蒙學】啓蒙之學，猶今之小學。孫詒讓周禮政要教胄："八旗王公大臣子弟，一體入學，其功課亦由普通蒙學，以升於師範專門。"

【蒙翳】覆蓋。唐陸龜蒙甫里集十八書李賀小傳後："叢篠蒙翳，如嗚如洞。"宋蘇軾經進東坡文集事略四八凌虚臺記："昔者荒草野田，霜露之所蒙翳，狐虺之所竄伏，方是時，豈知有凌虚臺耶？"

【蒙嶲】地名。六詔之一，古爲嶲昆明，漢置嶲唐縣。地在今雲南雲龍縣南。參閱新唐書二二二中南詔下、嘉慶一統志四七八大理府。

【蒙蘢】㊀覆蔽貌。漢書四九鼂錯傳上言兵事:"中木蒙蘢,支葉茂接,此矛鋋之地也。"注:"蒙蘢,覆蔽之貌。"也作"蒙瓏"。抱朴子地真:"玄芝被崖,朱草蒙瓏。"㊁草木密茂貌。文選晉孫興公(綽)遊天台山賦:"披荒榛之蒙蘢,陟峭崿之崢嶸。"

【蒙籠】㊀指茂密的草木。又茂密四布貌。同"蒙蘢"。淮南子修務:"躐蒙籠,蹷沙石。"漢書八七上揚雄傳甘泉賦:"乘雲閣而上下兮,紛蒙籠以掍成。"㊁合閉貌。宋蘇軾分類東坡詩十八次韻子由與顏長道同遊百步洪……:"卧聞客至倒屣迎,兩眼蒙籠餘睡色。"

【蒙古字】元初用畏吾字,至世祖中統元年,命帝師八思巴製蒙古新字。字數僅千餘,有四十一字母;其相關紐而成字者,則有韻關之法;以二合、三合、四合而成字者,有語韻之法,而大要以諧聲爲主。書法上下連寫,自左至右。至元六年字製成頒行。現代通行蒙古字共有三十一字母。參閱元史二〇二八思巴傳。參見"八思巴"。

【蒙汗藥】麻醉藥的一種。投酒中,人飲卽睡去,須酒氣盡始醒。水滸十八:"後來聽得沸沸揚揚地說道:'黃泥岡上一夥販棗子的客人,把蒙汗藥麻翻了人,劫了生辰綱去。'"

【蒙古源流】蒙古小徹辰薩囊台吉撰。清乾隆四十二年譯進,八卷。大抵以佛教爲綱,記述蒙古的世系始末和帝王興衰治亂的事蹟,編次詳明。

【蒙次和山】山名。在今雲南大理白族自治州的洱源東北。山與蓮花山相連;唐時六詔的施浪詔居此山下。參閱嘉慶一統志四七八大理府。

【蒙古遊牧記】清張穆撰,刊未竟而卒,何秋濤爲補完。十六卷。敍述內外蒙古及西套青海新疆等處蒙古諸部落沿革及山川古蹟,並有考證。

蓂 1. mì 莫狄切,入,錫韻,明。ㄇㄧˋ

㊀菜名。薺之別種。一名薎菥,一名大蕺,一名馬辛;似薺而老,其葉細。文選漢張平子(衡)南都賦:"菥蓂芋瓜。"參閱政和證類本草六菥蓂子。

2. míng 莫經切,平,青韻,明。ㄇㄧㄥˊ

㊀見"蓂₂莢"。

【蓂₂莢】古代傳說瑞草名。一名曆莢。漢書九九上王莽傳奏言:"甘露降,神芝生,蓂莢、朱草、嘉禾,休徵同時並至。"按相傳堯時有草夾階而生,隨月生死。每月朔日生一莢,至月半則生十五莢。至十六日後,日落一莢,至月晦而盡。若月小則餘一莢。厭而不落,以是占日月之數。參閱竹書紀年上陶唐氏、漢班固白虎通三上封禪。

【蓂菁】草名。卽蔓菁。儀禮公食大夫禮"以西菁菹鹿臡"漢鄭玄注:"菁,蓂菁菹也。"疏:"蓂菁菹也者,卽今之蔓菁也。"

雈 yù 余六切,入,屋韻,喩。ㄩˋ

草名。爾雅釋草:"雈,山韭。"疏:"(韭)生山中者名雈,韓詩云:'六月食鬱及雈是也。'"

蓄 xù 丑六切,入,屋韻,徹。ㄒㄩˋ

㊀積聚,儲藏。詩邶風谷風:"我有旨蓄,亦以御冬。"禮王制:"國無九年之蓄曰不足。"引伸爲蓄養。國語晉四:"文公在翟十二年,狐偃曰:'……蓄力一紀,可以遠矣。'"㊁等待。後漢書五九張衡傳思玄賦:"盍遠迹以飛聲兮,孰謂時之可蓄?"注:"蓄猶待。"

【蓄火】儲留火種。古人鑽燧取火,每季頒新火於國中,火種相傳,務使不滅。淮南子說山:"以其所修而游不用之鄉,譬若樹荷山上,而蓄火井中。"

【蓄念】醞釀已久的念頭。文選漢班孟堅(固)西都賦:"願賓攄懷舊之蓄念,發思古之幽情。"唐柳宗元柳先生集三六謝李吉甫相公示手札啓:"昨者踊躍殘魂,奮揚蓄念,激以死灰之氣,陳其弊箒之辭。"

【蓄洩】聚散。聚謂之蓄,散謂之洩。文苑英華八七八唐崔融嵩山啓母廟碑銘:"蓄洩雲霧,震蕩雷風。"唐李白李太白詩八歷陽壯士勤將軍名思齊歌:"蓄洩數千載,風雲何霮䨴。"

【蓄怨】積怨。國語楚下:"積貨滋多,蓄怨滋厚。"楚辭宋玉九辯:"蓄怨兮積思,心煩憺兮忘食事。"注:"結恨在心,慮憤鬱也。"

【蓄菜】儲備乾菜。也指乾菜。呂氏春秋仲秋紀:"乃命有司趣民收斂,務蓄菜,多積聚。"注:"蓄菜,乾苴之屬也。"

【蓄意】存心,有意。文選南朝梁任彥昇(昉)贈郭桐廬出溪口……詩:"朝發富春渚,蓄意忍相思。"全唐詩七九七開元宮人袍中:"蓄意多添線,含情更著綿。"

【蓄賈】囤積居奇的商賈。管子國蓄:"故使蓄賈游市,乘民之不給,百倍其本。"又輕重甲:"富商蓄賈,積餘藏羨,跱蓄之家,此吾國之豪也。"

【蓄縮】退縮,懈怠。漢書四五息夫躬傳:"方今丞相王嘉健而蓄縮,不可用。"注:"蓄縮,謂恚于事也。"宋辛棄疾稼軒長短句二念奴嬌趙晉臣敷文十月望生日……詞:"看公風骨,似長松磊落,多生奇節。世上兒曹都蓄縮,凍芋旁堆秋瓞。"

蒹 jiān 古甜切,平,添韻,見。ㄐㄧㄢ

草名。未秀穗的蘆荻。詩秦風蒹葭:"蒹葭蒼蒼,白露爲霜。"傳:"蒹,薕。"疏:"郭璞曰:蒹似萑而細,高數尺,蘆葦也。陸機疏云:蒹,水草也。堅實,牛食之,令牛肥彊,青徐州人謂之蒹;兖州遼東通語也。"

【蒹葭】蒹,荻;葭,蘆葦;爲常見值賤的水草。喩微賤。韓詩外傳二:"閔子曰:'吾出蒹葭之中,入夫子之門。'"

【蒹葭玉樹】比喩兩人對比,美惡不相稱。世說新語容止:"魏明帝使后弟毛曾與夏侯玄共坐,時人謂蒹葭倚玉樹。"

【蒹葭伊人】詩秦風蒹葭:"蒹葭蒼蒼,白露爲霜。所謂伊人,在水一方。"本指在水邊而懸念故人,後以"蒹葭伊人"泛指慕念異地友人。尺牘新鈔一曾異撰與卓珂月書:"某自十數年前,則知海內有珂月卓子,欣賞奇文,每作蒹葭伊人之思,輒欲掩卷自通。"

蒴 shuò 所角切,入,覺韻,山。ㄕㄨㄛˋ

㊀見"蒴果"。㊁蒴藋,藥草名。見"蒴藋"。

【蒴果】凡果實外包有殼,內有被子房分隔的種子,熟則裂開者,稱爲蒴果。如蓖麻、芝麻等果實,皆爲蒴果。

【蒴藋】草名。卽烏頭。一名堇草。生田野間,春夏採葉,秋冬採莖根,可入藥。見本草綱目十六草六蒴藋。

薮 áo 五勞切,平,豪韻,疑。ㄠˊ

草名。爾雅釋草:"薮,蔜蕿。"注:"今蘩蕿也。或曰雞腸草。"參見"蘩蕿"。

蓁 zhēn 側銑切,平,臻韻,莊。ㄓㄣ

㊀見"蓁蓁"。㊁叢木。通"榛"。莊子徐无鬼:"(衆狙)逃於深蓁。"疏:"蓁,棘叢也。"

【蓁蓁】㊀茂盛貌。詩周南桃夭:"桃之夭夭,其葉蓁蓁。"㊁積聚貌。楚辭宋玉招魂:"蝮蛇蓁蓁,封狐千里些。"注:"蓁蓁,積聚之貌。"

【蓁薉】荒蕪之地。文選三國魏曹元首(冏)六代論:"宗廟焚爲灰燼,宮室變爲蓁薉。"

蒜 suàn 蘇貫切,去,換韻,心。ㄙㄨㄢˋ

㊀蔬類。有大蒜、小蒜二種。大蒜名葫,根莖俱大而瓣多;小蒜根莖俱小而瓣少。葉皆細長而扁,有地下鱗莖,莖根可食,有强烈氣味。急就篇三:"芸蒜薺芥茱萸香。"注:"蒜,大小蒜也,皆辛而葷。"㊁古時鑄銀爲蒜形,用以押簾。北周庾信庾子山集三夢入堂内詩:"幔繩金麥穗,簾鈎銀蒜條。"

【蒜山】在江蘇鎮江市西。臨江絶壁,以山多澤蒜而名。唐詩紀事二八朱長文春眺揚州西崗寄於員外:"瓜步早潮吞建業,蒜山晴雪照揚州。"一作算山,相傳漢末周瑜與諸葛亮議拒曹操謀算於此,故名。參閱太平寰宇記八九潤州。

【蒜氣】腋部發出的臭氣,卽狐臭。南史宋紀後廢帝紀:"察孫超有蒜氣,剖腹視之。"

【蒜髮】卽斑髮。北齊書慕容紹宗傳:"吾自年二十已還,恒有蒜髮,昨來蒜髮忽然自盡。"宋張淏雲谷雜記二:"今人年壯而髮白者,目之曰蒜髮,猶言宣髮也。"參見"宣髮"、"算髮"。

【蒜條金】長形蒜狀的金條。水滸五六:"湯隆去包袱内取出兩錠蒜條金,重二十兩,送與徐寧。"

蒪 pò 匹各切,入,鐸韻,滂。ㄆㄛˋ

見下。

【蒪苴】草名。卽蘘荷。楚辭大招:"醢豚苦狗,膾苴蒪只。"注:"雜用膾炙,切蘘荷以爲香,備衆味也。"

蓮 lián 落賢切,平,先韻,來。ㄌㄧㄢˊ

荷。又名芙蓮、菡萏。爾雅釋草:"荷,芙蕖……其華菡萏,其實蓮,其根藕。"疏:"芙蕖其總名也,別名芙蓉;江東呼荷;菡萏,蓮華也。"又:"荷……其實蓮。"注:"蓮謂房也。"今稱蓮蓬。

【蓮子】蓮實。樂府詩集五十唐鮑溶採蓮曲之一:"弄舟揭來南塘水,荷葉映身摘蓮子。"

【蓮勺】古縣名。漢置,屬左馮翊。隋大業初并入下邽縣。在今陝西蒲城縣南。漢書宣帝紀:"(曾孫)常困於蓮勺鹵中。"注:"如淳曰:'……蓮勺縣有鹽池,縱廣十餘里,其鄉人名爲鹵中。蓮音輦,勺音灼。'"見漢書地理志上左馮翊、隋書地理志上馮翊郡。

【蓮心】蓮實中的胚芽,有苦味。唐李群玉詩集後集五寄人:"莫嫌一點苦,便擬棄蓮心。"蓮與"憐"諧音,有雙關意。

【蓮宇】佛寺。明張羽静居集一懷景佺詩:"蓮宇已摧頹,茅齋自清迥。"

【蓮社】東晉僧慧遠居廬山東林寺,與劉遺民雷次宗等十八人同修淨土,中有白蓮池,號蓮社,亦曰白蓮社。後人撰蓮社高賢傳列名者一百二十三人。參見"白蓮社"。

【蓮步】謂美人的脚步。南齊東昏侯鑿金爲蓮花,以貼地,令潘妃行其上,曰:"步步生蓮花。"宋詩鈔孔平仲清江集鈔觀舞:"雲鬟應節低,蓮步隨歌轉。"

【蓮府】猶幕府。文苑英華九六八唐符載爲西川幕府祭韋太尉文:"某等俱以孱鈍,獲事旌旄,庇蓮府之光彩,無汗馬之勳勞。"參見"蓮幕"。

【蓮房】㊀蓮蓬。卽蓮實的外苞,以其分隔如房,故名。唐杜甫杜工部草堂詩箋三二秋興之七:"波漂菰米沉雲黑,露冷蓮房墜粉紅。"㊁指僧人的居室。明張羽静居集五寄述古道上人詩:"聞師剩有藏書在,擬借蓮房未有緣。"

【蓮花】㊀荷花。花色豔麗,因以比人的美貌。唐孟浩然集三大禹寺義公禪詩:"看取蓮花淨,方知不染心。"舊唐書九十楊再思傳:"又易之弟昌宗以姿貌見寵倖,再思又諛之曰:'人言六郎面似蓮花,再思以爲蓮花似六郎,非六郎似蓮花也。'"㊁劍名。北周庾信庾子山集十四周車騎大將軍賀婁公神道碑:"角端在手,必無齊魯之侵;蓮華插腰,甚得蛟龍之氣。"清倪璠注:"越絶書曰:越王取純鈎薛燭望之,其花捽如芙蓉。"㊂佛座。見"蓮臺"。㊃縣名。屬江西省。本安福、永新二縣地,清置廳,屬吉安府。公元1912年改縣。見嘉慶一統志三二七吉安府表蓮花廳。

【蓮的】蓮實。宋黄庭堅山谷内集三同錢志仲飯藉田錢孺文官舍詩:"倒鞍收蓮的,剖蚌煮鴻頭。"

【蓮炬】蓮花形的蠟燭。新唐書一六六令狐綯傳:"還爲翰林承旨。夜對禁中,燭盡,帝以乘輿、金蓮華炬送還。"宋楊萬里誠齋集二九姑蘇館上元前一夕陪使客觀燈之集詩:"節物催人又一年,銀花蓮炬照金尊。"

【蓮孩】燈彩名。於蓮花中作嬰孩,故名。宋詩鈔周必大益公平園續藁鈔正月三日……答歐陽宅之:"況是上元佳節近,華燈萬點看蓮孩。"

【蓮界】謂佛國。文苑英華二三六唐嚴維奉和皇甫大夫夏日遊花嚴寺詩:"蓮界千峰静,梅天一雨清。"

【蓮座】佛像的座位。佛座作蓮花形,故名。不空羂索神變真言經大奮怒王品:"内院當中畫大金輪,當輪心上寶蓮花座上,釋迦牟尼如來作説法相,面西而坐。"唐王勃王子安集三觀佛跡寺詩:"蓮座神容儼,松崖聖跡餘。"

【蓮峯】唐人榜後詩,多用蓮峯。清毛奇齡疑爲鎖院中物,或臚唱時有蓮峯在殿陛旁,爲一種殿署陳設。清俞正燮謂唐舉進士者,留居長安,不能由京兆解,多赴華州求舉,由華州官主解。華山神亦司及第事。按華山頂中峯名蓮華峯,傳生千葉百蓮花。故稱蓮峯。參閱癸巳存稿十二蓮峯、嘉慶一統志二四三同州府太華山。

【蓮掌】華山中峯。以矗立如人掌,故稱。唐詩紀事五五周墀酬李常侍立秋日奉詔祭嶽見寄:"蓮掌月高珪幣列,金天雨露鬼神陪。"

【蓮經】佛經中的妙法蓮華經,簡稱爲法華經,也稱蓮經。唐段成式酉陽雜俎續集五寺塔記上:"素公不出院,轉法華經三萬七千部。……長慶初,庭前牡丹一朶合歡,有僧玄幽題此院詩,警句曰:'三萬蓮經三十春,半生不踏院門塵。'"唐齊己白蓮集十贈持法華經僧:"蓮經七軸六萬九千字,日日夜夜終復始。"

【蓮臺】佛座。唐釋道世諸經要集一三寶敬佛:"故十方諸佛,同出於淤泥之濁;三身正覺,俱坐於蓮臺之上。"

【蓮幕】幕府。南齊王儉於高帝時爲衛將軍,卽宰相之職,領朝政,一時所辟,皆才名之士,時人以入儉府爲入蓮花池,言如紅蓮綠水,交相輝映。後因稱幕府爲蓮幕。唐李商隱李義山文集五祭張書記文:"職高蓮幕,官帶芸香。"李中碧雲集中送朐山孫明府赴鄱陽幕府辟命詩:"菊叢憔悴陶潛去,蓮幕光輝阮瑀來。"也作"蓮花幕"。唐韓偓玉山樵人集寄湖南從事詩:"蓮花幕下風流客,試與温存遣逐情。"參閱南齊書及南史庾杲傳。

【蓮蓬】卽蓮房。宋黄庭堅豫章集九清人怨戲效徐庾慢體詩之一:"試傾春筍手,聊爲剥蓮蓬。"

【蓮儂】憐儂的隱語。蓮諧音"憐"。樂府詩集四六讀曲歌之五九:"作生隱藕葉,蓮儂在何處。"

【蓮龕】蓮花形的佛龕。唐馮贄雲仙雜

記一清高門户:"樂天語人曰:'吾已脱去利名枷鎖,開清高門户;但蓮龕子母丹,不知何時可成。'"

【蓮花峯】全國山峯以蓮花爲名者甚多,其尤著名者如:1.廬山之峯,在今江西九江縣南。見嘉慶一統志三一八九江府山川廬山。2.陝西華山中峯。見讀史方輿紀要五二西安府泰華。3.黄山三十六峯之一。在安徽歙縣。見嘉慶一統志一〇二徽州府山川黄山。4.衡山七十二峯之一。在湖南衡山縣。見湖南通志十六衡山縣衡山。

【蓮花落】民間歌曲的一種。以槌鼓,或以竹四片,摇之以爲節。舊時多爲乞兒所歌。本名蓮花樂。續傳燈録二三俞道婆:"一日,聞丐者唱蓮花樂云:'不因柳毅傳書信,何因得到洞庭湖。'忽大悟。"古今雜劇元張國賓合汗衫一:"兀的這一座高樓,必是一家好人家。没奈何,我唱個蓮花落,討些兒飯吃咱。"又秦簡夫東堂老勸破家子弟一:"你少不的撇摇槌,學打一會蓮花落。"

【蓮花漏】古代的計時器。晉釋慧遠居廬山。其弟子慧要以山中不知更漏,乃取銅葉製器,狀如蓮花,置盆水上,底孔漏水,半之則沈,每晝夜十二沈,雖冬夏短長,雲陰月黑,皆無差錯。其後不傳。宋天聖中燕肅又作蓮花漏。參閲南朝梁釋慧皎高僧傳六、唐李肇國史補中、宋夏竦文莊集二五潁川蓮花漏銘。

【蓮花驍】古投壺的名目之一。北齊顔之推顔氏家訓雜藝:"投壺之禮,近世愈精。古者實以小豆,爲其矢之躍也。今則唯欲其驍,益多益喜。乃有倚竿、帶劍、狼壺、豹尾、龍首之名,其尤妙者,有蓮花驍。"驍謂中壺後,矢在壺中跳躍挂於壺口。

【蓮池大師】公元1535—1615年。名袾宏,本姓沈。字佛慧,號蓮池。出家居杭州雲棲寺。世稱蓮池大師,亦稱雲棲大師。宏專主淨土法門,融合禪宗,定十約。僧徒奉爲科律。著述有三十二種,後王宇春輯其遺書爲雲棲法會。參閲淨土聖賢録五、西舫彙征上。

蒲

pú ㄆㄨˊ 薄胡切,平,模韻,並。

古時博戲叫樗蒲,猶後世的擲色子。今通稱賭博爲摴蒱。晉書陶侃傳:"諸參佐或以談戲廢事者,乃命取其酒器、蒱博之具,悉投之于江,吏將則加鞭朴,曰:'樗蒱者,牧豬奴戲耳。'"

【蒱酒】賭博酗酒。宋書劉康祖傳:"在閭里不治士業,以浮蕩蒱酒爲事。"

蓋

1. gài ㄍㄞˋ 古太切,去,泰韻,見。

説文作"葢"。㊀苫,用白茅編成的覆蓋物。左傳襄十四年:"乃祖吾離被苫蓋,蒙荆棘,以來歸我先君。"注:"蓋,苫之别名。"爾雅曰:白蓋謂之苫。"㊁車蓋,遮陽禦雨之具。古稱傘爲蓋。周禮考工記輪人:"輪人爲蓋。"史記六八商君傳:"勞不坐乘,暑不張蓋。"㊂器物上的蓋。禮少儀:"器則執蓋。"㊃勝過,壓倒。國語周中:"君子不自稱也,非以讓也,惡其蓋人也。"史記一二九貨殖傳:"田農,掘業,而秦揚以蓋一州。"漢書作"甲一州"。㊄遮蓋,掩蓋。書蔡仲之命:"爾尚蓋前人之愆,惟忠爲孝。"淮南子説林:"日月欲明,而浮雲蓋之。"㊅崇尚。國語吴上:"夫固知君王之蓋威以好勝也,故婉約其辭,以從逸王志。"㊆副詞。疑而未定意。史記六一伯夷傳:"余登箕山,其上蓋有許由冢云。"㊇連詞。史記外戚世家:"孔子罕稱命,蓋難言之也。"㊈句首語氣詞。漢書高帝紀下十一年詔:"蓋聞王者莫高於周文,伯者莫高於齊桓,皆待賢人而成名。"

2. hài ㄏㄞˋ

㊉危害。通"害"。書吕刑:"鰥寡無蓋。"孟子萬章上:"象曰:謨蓋都君,咸我績。"參閲清焦循正義。

3. hé ㄏㄜˊ 胡臘切,入,盍韻,匣。

㊉通"盍"。何不。禮檀弓上:"子蓋言子之志於公乎?"

4. gě ㄍㄜˇ 古盍切,入,盍韻,見。

㊉地名。戰國齊蓋邑,漢置蓋縣,屬泰山郡。北齊廢,故城在今山東沂水縣西北。見漢書地理志上。㊉姓。齊大夫食邑於蓋,子孫以邑爲氏。漢有蓋公、蓋寬饒。參閲元和姓纂十盍。

【蓋巾】行婚禮時新婦蔽面之巾。也稱披帛。唐開元禮作"幞"。參閲清吴榮光吾學録十三。

【蓋天】我國古代一種天體學説,謂天像無柄的傘,地像無蓋的盤子。晉書天文志上:"古言天者有三家,一曰蓋天,二曰宣夜,三曰渾天。……蔡邕所謂周髀者即蓋天之説也。其本庖犧氏立周天曆度,其所傳則周公受於殷高,周人志之,故曰周髀。髀,股也;股者,表也。其言天似蓋笠,地法覆槃,天地各中高外下。"

【蓋公】漢初膠西人。善治黄老言。曹參爲齊相,問治世之術。蓋公爲言治道貴清静而民自定。參於是避正堂以舍蓋公,用其言,齊果大治。見史記曹相國世家、漢書三九曹參傳、晉皇甫謐高士傳。

【蓋世】謂壓倒當世。韓非子解老:"不敢爲天下先,則事無不事,功無不功,而議必蓋世。"史記項羽紀:"項王乃悲歌忼慨,自爲詩曰:'力拔山兮氣蓋世,時不利兮騅不逝!'"

【蓋代】壓倒當代。北周庾信庾子山集九謝滕王集序啟:"雄才蓋代,逸氣横雲。"唐張彦遠法書要録四:"逸少(王羲之)筆跡遒潤,獨擅一家之美,天質自然,風神蓋代。"

【蓋老】宋俗語稱女子之夫爲蓋老;稱男子之妻爲底老。水滸二四:"好教大官得知了笑一聲。他的蓋老,便是街上賣炊餅的武大郎。"

【蓋牟】地名。漢西蓋馬縣。唐貞觀十八年以其地爲蓋州。即今遼寧蓋縣治,其西南有蓋州灣,蓋州河由此入渤海。參閲遼史地理志二、讀史方輿紀要三七蓋州衛。

【蓋竹】山名。屬浙江温州天台山脈。抱朴子金丹:"可以精思合作仙藥者,有華山、泰山……大小天台山、四望山、蓋竹山、括蒼山。"又:"四望山、大小天台山、蓋竹山、括蒼山並在會稽。"道書又列爲三十六小洞天之一。見雲笈七籤二七洞天福地、嘉慶一統志二九七台州府山川。

【蓋愆】指將功補過,行善贖罪。書蔡仲之命:"爾尚蓋前人之愆,惟忠惟孝。"疏:"父以不忠獲罪,若能改父之行,蓋父之愆,是爲忠臣也。""前人"謂蔡叔,蔡叔曾與管叔共造流言誣枉周公。

【蓋頭】㊀婦女行路蔽塵所着的面巾披肩。宋周煇清波雜志二:"婦女步通衢,以方幅紫羅障蔽半身,俗謂之蓋頭,蓋唐帷帽之制也。"宋高承事物紀原三:"唐初宫人著羃䍦,雖發自戎夷,而全身障蔽,王公之家亦用之。永徽之後用幃帽,後又戴皁羅方五尺,亦謂之幞頭,今日蓋頭。"㊁舊日女子結婚時用以蓋頭之巾。宋吴自牧夢粱録二十嫁娶:"(兩新人)並立堂前,遂請男家雙全女親,以秤或用機杼挑蓋頭,方露花容,參拜堂次諸家神及家廟。"

【蓋藏】儲藏。禮月令孟冬之月:"命百官,謹蓋藏。"注:"謂府庫囷倉有藏物。"晉書食貨志:"昔在金天勤於民事,命春鳸以耕稼,召夏鳸以耘鋤,秋鳸所以收斂.冬厲於焉蓋藏。」

【蓋闕】存疑。蓋，發語詞。論語子路：「君子於其所不知，蓋闕如也。」注：「君子於其所不知，當闕而勿據。」南朝梁劉勰文心雕龍三箴銘：「然矢言之道蓋闕，庸器之制久淪，所以箴銘異用，罕施於代。」

【蓋壤】猶天地。唐韓愈昌黎集七山南鄭相公樊員外酬答爲詩……以獻：「威風挾惠氣，蓋壤兩劘拂。」

【蓋纏】佛教指世俗的煩惱。東晉列國後秦釋肇註維摩經佛國品：「悉已清淨，永離蓋纏。」注：「五蓋與十纏，皆煩惱之數。」藝文類聚七六南朝梁蕭衍(武帝)遊鍾山大愛敬寺詩：「日予受塵縛，未得留蓋纏。」

【蓋棺論定】謂人死後，一生是非功過始有公平的結論。宋李曾伯可齋續藁後十挽史魯公詩：「蓋棺公論定，不泯是人心。」清趙翼甌北詩鈔七言律六客有談故相事者漫記：「蓋棺論定無翻案，當軸權移有轉輪。」也作「蓋棺定論」。明張煌言張蒼水集三甲辰九月獄中感懷詩：「莫道古人多玉碎，蓋棺定論未嫌遲。」

蓍 shī 式之切，平，脂韻，審。ㄕ

草名。多年生草本植物，一本多莖。入藥。我國古代常用以占卜。易繫辭上：「是故蓍之德，圓而神。」詩曹風下泉：「洌彼下泉，浸彼苞蓍。」

【蓍蔡】謂卜筮。猶言蓍龜。因蔡地出大龜，故名。楚辭漢王褒九懷匡機：「蓍蔡兮踴躍，孔鶴兮回翔。」文選晉袁彥伯(宏)三國名臣序贊：「公達(荀攸)潛朗，思同蓍蔡，運用無方，動攝羣會。」

【蓍龜】謂卜筮。蓍草和龜，皆爲古時卜筮用具，筮用蓍草，卜用龜甲。易繫辭上：「探賾索隱，鉤深致遠，以定天下之吉凶，成天下之亹亹者，莫大乎蓍龜。」引申爲借鑒。晉書王鑒傳上疏：「歷觀古今撥亂之主，雖聖賢未有高拱閑居，不勞而濟者也，前鑒不遠，可爲蓍龜。」

【蓍簪】蓍草做的簪子。喻故舊。韓詩外傳九：「孔子出遊少源之野，有婦人中澤而哭，其音甚哀。孔子使弟子問焉，曰：夫人何哭之哀？婦人曰：鄉者刈蓍薪，亡吾蓍簪……。弟子曰：刈蓍薪而亡蓍簪，有何悲焉？婦人曰：非傷亡簪也，蓋不忘故也。」南史虞玩之傳：「今日之賜，恩華俱重，但蓍簪弊席，復不可遺，所以不敢當。」

蓐 rù 而蜀切，入，燭韻，日。ㄖㄨˋ

㊀陳草復生。見說文。引申爲臥止之草。左傳宣十二年：「軍行，右轅左追蓐。」注：「在左者，追求草蓐，爲宿備。」疏：「蓐，謂臥止之草。」㊁草席，草墊。爾雅釋器：「蓐爲之茲。」注：「茲者蓐席也。」今通作「褥」。㊂春秋國名，在汾水流域。左傳昭元年：「臺駘能業其官……帝用嘉之，封諸汾川，沈姒蓐黃，實守其祀。」

【蓐母】接生婆。宋史五行志一下：「宣和六年，都城有賣青果男子，孕而生子，蓐母不能收。」

【蓐收】西方神名，司秋。禮月令孟秋之月：「其帝少皞，其神蓐收。」國語晉二：「虢公夢在廟，有神，人面白毛虎爪，執鉞立於西阿，……覺，召史嚚占之，對曰：'如君之言，則蓐收也，天之刑神也。」注：「蓐收，西方白虎金正之官也。」

【蓐食】早晨未起在寢席上進食。左傳文七年：「訓卒利兵，秣馬蓐食，潛師夜起。」注：「蓐食，早食於寢蓐也。」史記九二淮陰侯傳：「常數從其下鄉南昌亭長寄食，數月亭長妻患之，乃晨蓐食。食時信往，不爲具食。」一說「蓐食」爲豐厚的飲食。見清王引之經義述聞十七。

【蓐婦】產婦。宋范成大石湖集二四久病或勸勉強遊適吟四絕答之詩：「羸如蓐婦多忌，倦似田翁作勞。」

【蓐勞】病名。宋陳自明婦人良方六：「夫產後蓐勞者，此由生產日淺，血氣虛弱，飲食未平……盜汗寒熱，四肢不舉，沈重著床，此則蓐勞之候也。」

【蓐蟻】戰國策楚一：「安陵君泣數行下而進曰：'……大王萬歲千秋之後，願得以身試黃泉，蓐螻蟻。」宋鮑彪注：「願爲蓐以辟二物。蓐，陳草也。」言雖死以後，願爲賤草以效勞。隋書薛道衡傳高祖文皇帝頌序：「一辭天闕，奄隔鼎湖，空有攀龍之心，徒懷蓐蟻之意。」

蒝 yuán 愚袁切，平，元韻，疑。ㄩㄢˊ

見下。

【蒝荽】香菜。本作胡荽。一名芫荽。嫩時摘葉調食，甚香美，略帶辛味。參見「芫荽」。

葴 diǎn 集韻 多忝切，上，忝韻。ㄉㄧㄢˇ

人名。春秋魯孔丘弟子有曾葴，字晳。見史記仲尼弟子列傳。

蓫 zhú 直六切，入，屋韻，澄。ㄓㄨˊ

草名。即蓫薚。詩小雅我行其野：「我行其野，言采其蓫。」傳：「蓫，惡菜也。」見下。

【蓫薚】草名。爾雅釋草：「蓫薚，馬尾。」注：「今關西亦呼爲薚，江東呼爲當陸。」說文作「募」，以其草枝枝相值，葉葉相當，故謂當陸。廣雅作「商陸」。俗名章柳，又名王母柳。參閱本草綱目十七草六商陸、清郝懿行爾雅義疏。

蓩 mǎo 武道切，上，晧韻，明。ㄇㄠˇ 莫卜切，入，屋韻，明。

㊀毒草名，即葶藶。㊁地名。後漢書十一劉玄傳：「遣李松會朱鮪與赤眉戰於蓩鄉。」注：「字林云：'毒草也。'因以爲地名。」

【蓩蓩】盛貌。宋書樂志三魏武帝(曹操)駕六龍樂府：「乘雲駕龍，鬱何蓩蓩。」

菡 hàn ㄏㄢˋ

同「菡」。見「菡」。

蓪 tōng 他紅切，平，東韻，透。ㄊㄨㄥ

草木，即木通。廣雅釋草：「附支，蓪草也。」本草綱目十八草七通草：「有細細孔，兩頭皆通，故名通草，即今所謂木通也。今之通草，乃古之通脫木也。」

蒻 ruò 而灼切，入，藥韻，日。ㄖㄨㄛˋ

㊀草名。嫩香蒲。急就篇三：「蒲蒻藺席帳帷幢。」注謂蒻，蒲之柔弱者，蒲蒻可以爲薦。參見「香蒲」。㊁蒲席。漢桓寬鹽鐵論散不足：「古者皮毛草蓐，無茵席之加，旃蒻之美。」㊂荷莖沒入泥中的部分。爾雅釋草「荷，芙渠……其本蔤」晉郭璞注：「莖下白蒻，在泥中者。」

【蒻席】細蒲席。淮南子主術：「匡牀蒻席，非不寧也，然民有處邊城，犯危難，澤死暴骸者，明主不安也。」

蒸 zhēng 煮仍切，平，蒸韻，照。ㄓㄥ

㊀細小的木柴。詩小雅無羊：「以薪以蒸。」箋：「麤曰薪，細曰蒸。」周禮天官甸師：「帥其徒以薪蒸，役外內饔之事。」㊁以麻秸、竹木製成的火炬。詩小雅巷伯「哆兮哆兮，成是南箕」漢毛亨傳：「使執燭放乎旦，而蒸盡。」廣雅釋器：「蒸，炬也。」清王念孫疏証：「凡析麻幹及竹木爲炬，皆謂之蒸。」㊂熱氣上升。史記周紀：「陽伏而不能出，陽迫而不能蒸，於是有地震。」素問五運行大論：「其令鬱蒸。」引申爲用熱氣蒸物。世說新語任誕：「阮籍當葬母，蒸一肥豚，飲酒二斗，然後臨訣。」㊃衆，多。通「烝」。孟子告子上：「天生蒸民。」詩大雅蕩作「烝民」。㊄以牲體升於俎上而祭。呂氏春秋孟冬紀：

"是月也，大飲蒸。"注："蒸，俎實；體解節折，謂肴蒸也。"參見"烝㊂"。㊅古代祭名。國語魯下："蒸而獻功。"參見"烝㊀"。㊆與母輩淫亂。見"蒸報"。參見"烝㊅"。

【蒸人】衆人，百姓。後漢書八十上杜篤傳論都賦："乃廓平帝宇，濟蒸人於塗炭，成兆庶之亹亹，遂興復乎大漢。"文選三國魏應休璉(璩)與從弟君苗君胄書："思致君於有虞，濟蒸人於塗炭。"

【蒸布】謂蠶種在卵布中已發蒸成病。宋陳敷農書下收蠶種之法："人多收蠶種于篋中，經天時雨濕，熱蒸，寒燠不時，即罨損；浙人謂之蒸布，以言在卵布中已成其病，其苗出必黃，不堪育矣。"

【蒸民】衆民，百姓。同"烝民"。國語周上："思文后稷，克配彼天，立我蒸民，莫匪爾極。"詩周頌思文作"烝民"。

【蒸栗】蒸熟的栗，用以喻栗黃色。急就篇二："烝栗絹紺縉紅燃。"注："蒸栗，黃色若蒸熟之栗也。"文選三國魏文帝(曹丕)與鍾大理書："(美玉)白如截肪，黑譬純漆，赤擬雞冠，黃侔蒸栗。"

【蒸骨】舊時用酒、醋蒸薰骨骼的驗屍方法。可以檢驗死者是否係生前被毆受傷致死。見宋宋慈宋提刑洗冤集錄三驗骨。

【蒸庶】庶民，百姓。史記一一八淮南王傳："當今陛下臨制天下，一齊海內，汎愛蒸庶，布德施惠。"三國志魏崔琰傳："今天下分崩，九州幅裂，……冀方蒸庶，暴骨原野。"

【蒸報】謂與母輩或晚輩親屬淫亂。文選南朝梁劉孝標(峻)辨命論："以誅殺爲道德，以蒸報爲仁義。"注："小雅曰：上淫曰蒸，下淫曰報。"

【蒸暑】盛暑悶熱如蒸。文選三國魏王仲宣(粲)公讌詩："涼風撤蒸暑，清雲却炎暉。"北史崔浩傳："又南土下濕，夏月蒸暑，非行師之時。"

【蒸溽】熱而潮濕。宋蘇軾分類東坡詩八白鶴山新居鑿井……得泉："海國困蒸溽，新居利高寒。"

【蒸禋】祭祀。文選晉陸士衡(機)辯亡論上："吳武烈皇帝慷慨下國，電發荆南，……遂掃清宗祊，蒸禋皇祖。"漢末孫堅，吳建國後追謚廟號武烈。皇祖，指漢開國主劉邦。

【蒸裹】食品名。即粽子。唐杜甫杜工部草堂詩箋三三十月一日："蒸裹如千室，燋糖幸一拌。"注："夔俗以蒸裹爲節物。"糖，一本作"槽"。參見"裹蒸"。

【蒸蒸】㊀厚美貌。同"烝烝"。漢書九十酷吏傳序："漢興，破觚而爲圜，斲琱而爲璞，號爲罔漏吞舟之魚，而吏治蒸蒸，不至於姦，黎民艾安。"注："蒸蒸，純一之貌也。"㊁謂孝順。文選漢張平子(衡)東京賦："蒸蒸之心，感物增思，躬追養於廟祧，奉蒸嘗於禴祠。"注："蒸蒸，孝也。"參閱清王引之經義述聞三以孝烝烝。

【蒸嘗】同"烝嘗"。本指秋冬二祭，後也泛指祭祀。三國志魏文帝紀黃初二年詔："闕里不聞講頌之聲，四時不覩蒸嘗之位，斯豈所謂崇禮報功，盛德百世必祀者哉！"

【蒸餅】㊀食品名。即饅頭，亦曰籠餅。晉書何曾傳："蒸餅上不拆作十字不食。"唐張鷟朝野僉載四："(張衡)因退朝，路旁見蒸餅新熟，遂市其一，馬上食之，被御史彈奏。"參閱宋高承事物紀原九。㊁喻書法拙劣。宋米芾海岳名言："老杜作薛稷慧普寺詩云：'鬱鬱三大字，蛟龍岌相纏。'今有石本，得視之，乃是勾勒，倒收筆鋒，筆筆如蒸餅，'普'字如人握兩拳伸臂而立，醜怪難狀。"

【蒸黎】庶民，百姓。同"烝黎"。晉書元帝紀建武元年劉琨等勸進表："知天地不可以乏饗，故屈其身以奉之；知蒸黎不可以無主，故不得已而臨之。"

【蒸燭】以麻苧等所製之燭。三國志荀攸賈詡傳評"其(張)良、(陳)平之亞歟"南朝宋裴松之注："且攸、詡之爲人，其猶夜光之與蒸燭乎！其照雖均，質則異焉。"參見"蒸㊁"。

【蒸藜】㊀煮藜。藜，野菜。唐王維王右丞集四積雨輞川莊作詩："積雨空林煙火遲，蒸藜炊黍餉東菑。"許渾丁卯集上村舍之一："萊妻早報蒸藜熟，童子遥迎種豆歸。"按傳說曾子以其妻蒸藜不熟而去妻，爲藜藿之"藜"，後人多誤爲果實之"梨"。見孔子家語七十二弟子解、白虎通諫諍。㊁庶民。同"蒸黎"。唐李商隱李義山詩集四送從翁東川弘農尚書幕："蒸藜今得請，宇宙昨還淳。"

【蒸籠】蒸食物用的炊具。明程敏政篁墩集傳家麵食行詩："旁人未許窺炙釜，素手每自開蒸籠。"紅樓夢三八："鳳姐吩咐：'螃蠏不可多拿來，仍舊放在蒸籠裏。'"

【蒸鬱】熱氣鬱勃上蒸。唐韓偓玉山樵人集喜涼詩："東南亦是中華分，蒸鬱相凌太不平。"宋陸佃埤雅釋木："今江湘二浙，四五月之間，梅欲黃落，則水潤土溽，礎壁皆汗，蒸鬱成雨，其霏如霧，謂之梅雨。"

【蒸餅淤】不能耕種的淤田。宋蘇軾東坡志林四："數年前，朝廷作汴河斗門以淤田，議者皆以爲不可，竟爲之，然卒亦無功。方樊山水盛時放斗門，則河田墳墓廬舍皆被害，及秋深水退而放，則淤不能厚，謂之蒸餅淤。"言淤土不積，不成田也。

【蒸沙成飯】喻事不可能。楞嚴經六："是故阿難若不斷婬，修禪定者，如蒸沙石，欲其成飯，經百千劫，祗名熱沙。何以故？此非飯，本沙石成故。"

蒢

chú　直魚切，平，魚韻，澄。

ㄔㄨˊ

㊀草名。1. 爾雅釋草："藏，黃蒢。"參見"藏"。2. 廣雅釋草："菹蒢，地榆也。"參見"地榆"。㊁見"蘧蒢"。

蓀

sūn　思渾切，平，魂韻，心。

ㄙㄨㄣ

香草名。即荃。楚辭屈原九歌湘君："薜荔拍兮蕙綢，蓀橈兮蘭旌。"注："蓀，香草也。……一作荃。"楚辭中蓀荃字互見疊出，九歌"蓀橈"、"蓀壁"，文選皆作"荃"。參閱清鄭珍說文新附考一蓀。

蒔

1. shì　時吏切，去，志韻，禪。

ㄕˋ

㊀移植；栽種。文選晉左太沖(思)魏都賦："水澍粳稌，陸蒔稷黍。"注："方言曰：蒔，更也。"

2. shí　市之切，平，之韻，禪。

ㄕˊ

㊁見"蒔₂蘿"。

【蒔₂蘿】植物名。俗稱小茴香。出佛誓國(波斯)。氣味香辛，用以調味，亦入藥。參閱政和證類本草九、清吳其濬植物名實圖考四。

豈

qǐ　祛狶切，上，尾韻，溪。

ㄑㄧˇ　胡對切，去，隊韻，匣。

植物名，即水蕨。也作"芑"。說文："菜之美者，雲夢之豈。"呂氏春秋本味："雲夢之芹。"注："雲夢，楚澤；芹生水涯。"清段玉裁說文解字注："許作豈，……與呂覽字異，音義則同。廣韻曰：豈菜似蕨，生水中，說者謂豐水有芑，即此。"

蓇

gǔ　古忽切，入，沒韻，見。

ㄍㄨˇ

植物名。一種有花而無實的草。見下。

【蓇蓉】草名。山海經西山經："(嶓冢之山)有草焉，其葉如蕙，其本如桔梗，黑華而不實，名曰蓇蓉；食之，使人無子。"注："爾雅釋草曰：榮而不實謂之蓇。"今本爾雅作"英"。

蒀

yūn

ㄩㄣ

見"菌"。

蒐 sōu 所鳩切,平,尤韻,山。ㄙㄡ

㊀草名。卽茜草。山海經中山經:"(釐山)其陽多玉,其陰多蒐。"注:"茅蒐,今之蒨草也。"㊁打獵。春獵爲蒐。左傳隱五年:"故春蒐,夏苗,秋獮,冬狩。"秋獵亦曰蒐。公羊傳桓四年:"春曰苗,秋曰蒐。"㊂檢閱,閱兵。左傳宣十四年:"告於諸侯,蒐焉而還。"注:"蒐,簡閱車馬。"又成十六年:"蒐乘補卒,秣馬利兵。"㊃隱蔽。左傳文十八年:"服讒蒐慝,以誣盛德。"㊄求索,尋找。通"搜"。文選晉陸士衡(機)辯亡論上:"於是講八代之禮,蒐三王之樂。"注:"蒐與搜古字通。"

【蒐索】卽搜索。左傳隱五年"故春蒐"晉杜預注:"蒐索擇取不孕者。"

蒼 1. cāng 七岡切,平,唐韻,清。ㄘㄤ

㊀草色,引申爲青黑色。青深而蒼淺,但古籍往往互用。見禮月令孟冬之月"天子居玄堂左个"疏。㊁灰白色,形容髮斑白。見"蒼蒼㊃"。㊂百姓,衆民。後漢書八四董祀妻(蔡琰)傳悲憤詩:"彼蒼者何辜,乃遭此戹禍。"參見"蒼生㊁"。㊃姓。傳說古帝高陽氏才子八凱蒼舒之後。漢有江夏太守蒼英。見通志二八氏族四以名爲氏。

2. cǎng 麁朗切,上,蕩韻,清。ㄘㄤˇ

㊄見"蒼₂莽"。

【蒼王】蒼頡的別稱。宋葉夢得石林燕語五:"京師百司胥吏,每至秋,必醵錢爲賽神會。……余嘗問其何神?曰:'蒼王'。蓋以蒼頡造字,故胥吏祖之。"

【蒼天】㊀謂天,以其色蒼蒼故稱。詩王風黍離:"悠悠蒼天,此何人哉?"傳:"據遠視之蒼蒼然,則稱蒼天。"㊁春天。爾雅釋天:"春爲蒼天,夏爲昊天,秋爲旻天,冬爲上天。"注:"萬物蒼蒼然生。"疏引李巡注:"春,萬物始生,其色蒼蒼,故曰蒼天。"

【蒼牙】卽伏羲。易緯乾坤鑿度上乾鑿度"遽理微萌,始有熊氏"舊注:"有熊氏庖犧氏,亦名蒼牙也。"宋范仲淹范文正公集一明堂賦:"粤自蒼牙開極,黃靈耀德,巢穴以革,棟宇以植。"

【蒼水】仙人名。傳說禹登衡山,夢見赤繡衣男子,自稱玄夷蒼水使者,謂禹曰:"欲得山神書者,齋於黃帝巖嶽之下,三月庚子登山發石,金簡之書存矣。"禹退而齋三月,庚子登宛委山發金簡之書。見吳越春秋越王無餘外傳。唐杜甫杜工部草堂詩箋二八季夏送鄉弟韶陪黃門從叔朝謁:"令弟尚爲蒼水使,名家莫出杜陵人。"時杜韶爲開江史,故借指。

【蒼玄】卽蒼天。梁書朱异傳:"异探高祖微旨,應聲答曰:'聖明御宇,上應蒼玄,北土遺黎,誰不慕仰。'"

【蒼民】卽蒼生,百姓。藝文類聚七六南朝梁庾肩吾和太子重雲殿受戒詩:"小乘開治道,大覺拯蒼民。"

【蒼生】㊀草木所生之處。書益稷:"帝光天之下,至于海隅蒼生。"疏:"旁至四海之隅蒼蒼然生草木之處。"㊁指百姓,衆民。晉書王衍傳:"總角嘗造山濤,濤嗟歎良久,既去,目而送之,曰:'何物老嫗,生寧馨兒!然誤天下蒼生者,未必非此人也。'"又謝安傳:"中丞高崧戲之曰:'卿屢違朝旨,高卧東山,諸人每相與言,安石不肯出,將如蒼生何?蒼生今亦將如卿何?'"安石,安字。

【蒼宇】天空。南朝梁江淹江文通集三從蕭驃騎新帝壘詩:"開襟夾〔狹〕蒼宇,拓遠局溟洲。"

【蒼耳】草名。本草名"葈耳",詩周南作"卷耳",爾雅釋草作"菤耳"、"苓耳"。古供蔬食。採實榨油,稱蒼子油。亦供藥用。宋張耒張右史集十九海州道中詩之二:"秋夜蒼蒼秋日黃,黃蒿滿田蒼耳長。"參閱農政全書五二荒政。

【蒼兕】水獸名,善奔突,能覆舟。以蒼兕名官,職掌舟楫,使居官者盡其職守,常以蒼兕爲警。史記齊太公世家:"師尚父左杖黃鉞,右把白旄以誓,曰:'蒼兕蒼兕,總爾衆庶,與爾舟楫,後至者斬!'"參閱淸臧琳經義雜記蒼兕主舟楫官(經解本二五)。

【蒼岑】青山。文選晉張景陽(協)七命:"寒山之桐,出自太冥,含黃鐘以吐榦,據蒼岑而孤生。"

【蒼官】松、栢的別名。秦始皇登泰山,風雨暴至,休於松下,因封松爲五大夫。唐武則天封栢爲五品大夫,松栢色蒼然,故稱。宋王安石臨川集三四紅梨詩:"歲晚蒼官纔自保,日高青女尚横陳。"李彌遜筠溪集十五次韻錢申伯山堂之詠詩:"淨坊秋色老蒼官,篸頭飛雲細可攀。"參閱淸厲荃事物異名錄三二蒼官。

【蒼穹】蒼天。梁書高祖三王傳蕭綸與蕭繹書:"唯應剖心嘗膽,感誓蒼穹,憑靈宗祏,晝謀夕計,共思匡復。"

【蒼卒】怱促。也指突然的變故。同"倉卒"。西京雜記三:"(曹)元理後歲復過(陳)廣漢,……廣漢慙曰:'有蒼卒客,無蒼卒主人。'"後漢書二八下馮衍傳上疏:"昔在更始,太原執貨財之柄,居蒼卒之間,據位二十餘年。"參見"倉卒㊀㊁"。

【蒼庚】鳥名。黃鶯的別名,也作倉庚、鶬鶊。呂氏春秋仲春紀:"蒼庚鳴,鷹化爲鳩。"參見"倉庚"。

【蒼林】㊀猶青林。晉陸機陸士衡集二懷土賦:"遵黃川以葺宇,被蒼林而卜居。"㊁人名。國語晉四:"唯青陽與蒼林氏同于黃帝,故皆爲姬姓。"

【蒼旻】天。爾雅釋天謂春爲蒼天,夏爲昊天,秋爲旻天,冬爲上天。唐孟郊孟東野集六贈李觀詩:"願君語高風,爲余問蒼旻。"白居易長慶集二五唐故坊州鄜城縣尉陳府君夫人白氏誌銘:"欲養不得,仰號蒼旻。"

【蒼昊】㊀蒼天。三國魏曹植曹子建集六升天行詩之二:"中心陵蒼昊,布葉蓋天涯。"晉書孫楚傳上言:"夫龍或俯鱗潛于重泉,或仰攀雲漢游乎蒼昊。"㊁謂天帝。梁書武帝紀齊禪位璽書:"遷虞事夏,本因心於百姓;化殷爲周,實授命於蒼昊。"

【蒼狗】㊀青色的狗。史記呂太后紀唐司馬貞索隱述贊:"諸呂用事,天下示私。大臣葅醢,支孽芟夷。禍盈斯驗,蒼狗爲菑。"指呂后出見有物如蒼犬噬其腋事。㊁見"白雲蒼狗"。

【蒼帝】傳說爲主東方的青帝神。史記天官書:"蒼帝行德,天門爲之開。"正義:"蒼帝,東方靈威仰之帝也。"

【蒼浪】斑白。唐白居易長慶集十八冬至夜詩:"老去襟懷常濩落,病來鬚鬢轉蒼浪。"又五三酬皇甫庶子見寄詩:"春坊瀟灑優閑地,愁鬢蒼浪老大時。"

【蒼唐】草木始凋貌。楚辭漢王逸九思哀歲:"北風兮潦烈,草木兮蒼唐。"烈,一作冽;唐,一作黃。

【蒼茫】曠遠無邊貌。文選晉潘安仁(岳)哀永逝文:"望山兮寥廓,臨水兮浩汗,視天日兮蒼茫,面邑里兮蕭散。"唐李白李太白詩四關山月:"明月出天山,蒼茫雲海間。"

【蒼烏】傳說中的瑞鳥。宋書符瑞志中:"蒼烏者,賢君修行孝慈於萬姓,不好殺生則來。"

【蒼涼】猶言寒涼。唐釋皎然晝上人集三集湯評事衡湖上望微雨詩:"蒼涼遠景中,雨色緣山有。"溫庭筠詩集別集宿松門寺:"落月蒼涼登閣在,曉鐘搖蕩隔江聞。"

【蒼彗】星名。晉書天文志中:"十二曰

五殘，一名五鉎，出正東，東方之星。……或曰，蒼彗散爲五殘，如辰星，出角。”

【蒼$_{2}$莽】空闊無邊貌。韓詩外傳四：“齊桓公問於管仲曰：‘王者何貴？’曰：‘貴天。’桓公仰而視天。管仲曰：‘所謂天，非蒼莽之天也；王者以百姓爲天。’”唐白居易長慶集一初入太行路詩：“天冷日不光，太行峯蒼莽。”

【蒼梧】㊀縣名。在廣西東南。漢置廣信縣，屬蒼梧郡治。隋平陳，廢郡改蒼梧縣。歷代相因。明清皆爲廣西梧州府治。參閱讀史方輿紀要一〇八梧州府。㊁山名。又名九疑。相傳舜葬於蒼梧之野。見禮檀弓上。地在今湖南寧遠縣境。參見“九疑”。

【蒼鳥】鷹。楚辭屈原天問：“蒼鳥羣飛，孰使萃之？”漢王逸注：“言武王伐紂，將帥猛勇，如鷹鳥羣飛，誰使武王集聚之乎？”

【蒼惶】匆忙，慌張。同“倉皇”。唐杜甫杜工部草堂詩箋十二送鄭十八虔貶台州司戶：“蒼惶已就長途往，邂逅無端出餞遲。”

【蒼雅】指三蒼、爾雅等文字訓詁的書。也作“倉雅”。參見“三倉”。

【蒼黄】㊀青色與黄色。墨子所染：“見染絲者而嘆曰：染於蒼則蒼，染於黄則黄；所入者變，其色亦變。”後以喻事情變化翻覆。文選南齊孔德璋（稚珪）北山移文：“豈期終始參差，蒼黄翻覆。”㊁急遽貌。唐杜甫杜工部草堂詩箋十三新婚別：“誓欲隨君去，形勢反蒼黄。”

【蒼華】㊀道家以人身爲小天地，對人體各部皆賦予神名，髮神稱蒼華。雲笈七籤四四黄庭内景經至道：“髮神蒼華，字太元。”唐白居易長慶集五二和祝蒼華詩：“蒼華何用祝，苦辭亦休吐。”㊁頭髮斑白。宋陸游劍南詩稿十三西村：“老去郊居多樂事，脱巾未用歎蒼華。”

【蒼極】猶蒼天。唐陳子昂陳伯玉集一洛城觀酺應制詩：“蒼極神功被，青雲祕籙開。”

【蒼溪】縣名。屬四川省。秦閬中縣地，漢置漢昌縣。晉分置蒼溪縣。南朝宋以蒼溪併入漢昌，隋開皇末改蒼溪，歷代相因。參閱寰宇通志六三保寧府。

【蒼筤】青色。易説卦：“震爲雷，……爲蒼筤竹。”疏：“竹初生之時，色蒼筤，取其春生之美也。”也指幼竹。唐温庭筠詩集別集春盡與友人入裴氏林探漁竿：“歷尋嬋娟節，翦破蒼筤根。”

【蒼滿】古典戲劇戲裝中的假鬚，亦名花滿。似白滿而略帶蒼黄二色。如走麥城之關羽，四進士之宋士杰。參見“白滿”。

【蒼蒼】㊀深青色。莊子逍遥遊：“天之蒼蒼，其色正邪？”㊁茂盛貌，大貌。詩秦風蒹葭：“蒹葭蒼蒼，白露爲霜。”傳：“蒼蒼，盛也。”淮南子俶真：“渾渾蒼蒼，純樸未散。”㊂指天。樂府詩集五九漢蔡琰胡笳十八拍十六：“泣血仰頭兮訴蒼蒼，生我兮獨罹此殃。”㊃謂鬢髮斑白。唐韓愈昌黎集二三祭十二郎文：“吾年未四十，而視茫茫，而髮蒼蒼，而齒牙動搖。”許渾丁卯集上韶州驛樓宴罷詩：“簷外千帆背夕陽，歸心杳杳鬢蒼蒼。”

【蒼墓】虞舜墓。禮檀弓上謂舜葬於蒼梧之野。後漢書四三朱穆傳太學生劉陶等上書：“天下有識，皆以穆同勤禹稷而被共鯀之戾，若死者有知，則唐帝怒於崇山，重華忿於蒼墓矣。”

【蒼頡】即倉頡，傳説始創文字的人。韓非子五蠹：“古者蒼頡之作書也，自環者謂之私，背私謂之公。公私之相背也，乃蒼頡固以知之矣。”參見“倉頡”。

【蒼龍】㊀東方七宿之合稱，即角、亢、氐、房、心、尾、箕七宿。史記天官書：“東宮蒼龍，房、心。心爲明堂。”㊁青色馬。吕氏春秋孟春紀：“乘鸞輅，駕蒼龍。”注：“周禮馬八尺以上爲龍。”㊂指太歲星。也作“倉龍”。漢書九九中王莽傳：“歲在壽星，……倉龍癸酉。”注引服虔：“倉龍，太歲也。”元袁桷清容居士集十張虛靖圜庵扁曰歸鶴次韻詩：“紅羊赤馬悲滄海，白虎蒼龍儼大庭。”㊃人名。相傳爲黄帝六相之一。太平御覽七九管子：“黄帝得蚩尤，……得蒼龍而辨乎東方。”按今本管子五行作奢龍。見“奢龍”。㊄指蒼勁的松柏。全唐詩六四三李山甫松：“地聳蒼龍勢抱雲，天教青共衆材分。”宋蘇軾分類東坡詩十一栢石圖：“蒼龍轉玉骨，黑虎抱金梶。”

【蒼頭】㊀指以青巾裹頭之士卒。戰國策魏一：“今竊聞大王之卒，武力二十餘萬，蒼頭二十萬，廝徒十萬。”史記項羽紀：“異軍蒼頭特起。”集解引應劭：“蒼頭，謂士卒皁巾，若赤眉、青領，以相別也。”㊁指奴僕。漢時僕隸以深青色巾包頭，故稱。漢書七二鮑宣傳：“蒼頭廬兒，皆用致富。”注引孟康：“漢名奴爲蒼頭，非純黑，以別於良人也。”魏書甄琛傳：“入都積歲，頗以弈棊棄日，至乃通夜不止。手下蒼頭常令秉燭。”

【蒼黔】百姓，民衆。宋王安石臨川集十六送鄆州知府宋諫議詩：“謳謡喧井邑，惠化牧蒼黔。”

【蒼蠅】昆蟲名。蠅所至汙白點黑，散播病菌。因以蒼蠅比喻顛倒黑白變亂善惡的小人。文選三國魏曹子建（植）贈白馬王彪詩：“蒼蠅間白黑，讒巧令親疎。”晉書王敦傳：“敦復上表陳古今忠臣見疑於君，而蒼蠅之人，交構其間。”

【蒼顥】蒼天。唐李白李太白詩一明堂賦：“廓區宇以立極，綴蒼顥之頽綱。”

【蒼鶻】唐宋參軍戲脚色名。與另一脚色參軍作滑稽詼諧之對演。宋雜劇、金院本之副末，即由蒼鶻演變而來。唐李商隱李義山詩集一驕兒：“忽復學參軍，按聲喚蒼鶻。”新五代史楊隆演傳：“嘗飲酒樓上，命優人高貴卿侍酒，（徐）知訓爲參軍，隆演鶉衣髽髻爲蒼鶻。”

【蒼鷹】㊀鷙鳥名，省稱鷹。戰國策魏四：“要離之刺慶忌也，蒼鷹擊於殿上。”㊁喻酷吏。漢郅都用法嚴酷，不避貴戚，列侯宗室見之，側目而視，號爲“蒼鷹”。見史記一二二酷吏傳。

【蒼鸆】神話傳説惡鳥名。一名鬼車鳥，又名九頭鳥。相傳鳥有十頭，天狗囓其一，常點滴流血，血著人家則凶。白澤圖：“蒼鸆有九首。”按政和證類本草十九鬼車引白澤圖作蒼鵜。參見“九頭鳥”。

【蒼頡篇】古字書名。漢書藝文志：“蒼頡一篇。上七章，秦丞相李斯作。”見“倉頡篇”。

【蒼頭公】南朝宋沈慶之著威名，患頭風，好著狐皮帽，南人稱爲蒼頭公。每見慶之軍，輒曰：“蒼頭公已復來矣。”見宋書本傳。

【蒼頭軍】秦末農民起義軍之一。陳勝吴廣既敗死，其部將吕臣在新陽組織部伍，頭著青巾，稱蒼頭軍，收復陳縣後與項梁軍合併。漢書三一陳勝傳：“勝故涓人將軍吕臣爲蒼頭軍，起新陽，攻陳下之，殺莊賈，復以陳爲楚。”

【蒼吾讓兄】北齊劉晝新論言菀：“直躬證父，蒼吾讓兄，信讓悖也。”證父攘羊事，見論語子路；蒼吾繞以妻讓兄事，見淮南子氾論。

蓄 yáo 餘昭切，平，宵韻，喻。
ㄧㄠ

草名。1. 山海經中山經：“（姑媱之山）帝女死焉，其名曰女尸，化爲蓄草，其葉胥成，其葉黄，其實如菟丘，服之媚於人。”注：“爲人所愛也。……一名荒夫草。”按晉張華博物志六作“䔄”，今本誤作“詹”。2. 山海經中山經：“（泰室之山）有草焉，其狀如荒，白華黑實，澤如蘡薁，其名曰蓄草，服之不昧。"芤，同"朮"。

蒵 1. xì 胡計切，去，霽韻，匣。 ㄒㄧˋ

㊀屐帶，鞋帶。南齊書虞玩之傳："太祖鎮東府，朝野致敬，玩之猶躡屐造席。太祖取屐視之，訛黑斜鋭，蒵斷，以芒接之。"

2. xí 胡雞切，平，齊韻，匣。 ㄒㄧˊ

㊀草名。即款東，又作款冬。爾雅釋草："繁，莬蒵。"參見"款東"。

蔱 shā 所八切，入，黠韻，山。 ㄕㄚ

㊀即茱萸。同"椴"。文選漢張平子(衡)南都賦："蘇蔱紫薑，拂徹羶腥。"㊁爾雅釋草："莁荑，蔱藩。"參見"莁荑"。

蓌 cuò 則卧切，去，過韻，精。 ㄘㄨㄛˋ

蹲。禮曲禮上："介者不拜，爲其拜而蓌拜。"釋文："蓌，盧本作蹲。"

蓊 wěng 烏孔切，上，董韻，影。 ㄨㄥˇ 烏紅切，平，東韻，影。

㊀蓬勃興盛貌。文選漢張平子(衡)西京賦："鬱蓊薆薱。"三國吳薛綜注："皆草木盛貌也。"三國魏曹植曹子建集五閨情詩之二："妖姿豔麗，蓊若春華。"㊁聚貌。文選戰國楚宋玉高唐賦："滂洋洋而四施兮，蓊湛湛而弗止。"㊂見"蓊薹"。

【蓊匌】瀰漫。唐杜甫杜工部草堂詩箋八三川觀水漲二十韻："蓊匌川氣黄，羣流會空曲。"

【蓊茸】密盛貌。文選漢張平子(衡)南都賦："其竹則……阿那蓊茸，風靡雲披。"引申爲竹的别稱。唐柳宗元柳先生集十九弔萇弘文："松柏之斬刈兮，蓊茸欣植。"

【蓊葧】蓬勃貌。唐柳宗元柳先生集二九袁家渴記："每風自四山而下，振動大木，掩苒衆草，紛紅駭緑，蓊葧香氣。"

【蓊薆】茂密多蔭貌。漢書五七下司馬相如傳哀二世賦："觀衆樹之蓊薆兮，覽竹林之榛榛。"

【蓊薹】草或菜長花時抽出的嫩莖。廣雅釋草："蓊，薹也。"清王念孫疏證："郭璞注爾雅'芣蓟，其實莩'云，芣與蓟，莖頭皆有蓊薹，薹與薹同。今世通謂草心抽莖作華者爲薹矣，蓊之言鬱蓊而起也。"

【蓊藹】茂密多蔭貌。晉書潘岳傳閑居賦："竹木蓊藹，靈果參差。"抱朴子博喻："故一條之枯，不損繁林之蓊藹；蒿麥冬生，無解畢發之肅殺。"

【蓊鬱】㊀茂密貌。文選漢張平子(衡)南都賦："查藹蓊鬱於谷底，森蓴蓴而刺天。"又晉左太沖(思)蜀都賦："楩柟幽藹於谷底，松栢蓊鬱於山峰。"㊁濃密貌。藝文類聚三四魏文帝(曹丕)感物賦："瞻玄雲之蓊鬱，仰沉陰之杳冥。"唐柳宗元柳先生集四三遊南亭夜還敍志七十韻詩："海霧多蓊鬱，越風饒腥臊。"

蒩 zū 則吾切，平，模韻，精。 ㄗㄨ 則古切，上，姥韻，精。 七余切，平，魚韻，清。

㊀草席。周禮地官鄉師："大祭祀，羞牛牲，共茅蒩。"指祭祀時所藉之席。㊁草名。本作菹，即蕺草，今稱魚腥草，一名土茄。後漢書六十上馬融傳廣成頌："茈萁、芸蒩、昌本、深蒲。"注引廣雅："蕺，蒩也。其根似茅根，可食。"

【蒩館】祭祀時盛草藉的筐。周禮春官司巫："祭祀，則共匰主及道布及蒩館。"注："蒩之言藉也。祭食有當藉者，館所以承蒩，謂若今筐也。"

蒯 kuǎi 苦怪切，去，怪韻，溪。 ㄎㄨㄞˇ

説文作"蔽"。㊀草名。莖供編織。左傳成九年："詩曰：'雖有絲麻，無弃菅蒯。'"詩，逸詩。㊁地名。左傳昭二三年："丙寅，攻蒯，蒯潰。"注："河南縣西南蒯鄉是也。"當今河南洛陽市境内。㊂姓。春秋晉大夫蒯得之後。漢初有蒯通。參閲通志二七氏族三以邑爲氏。

【蒯通】漢范陽人，本名徹，以避武帝劉徹諱，故史記漢書作通。楚漢時以善辯著名，有權變，武臣(武信君)用其策，降燕趙三十餘城；漢將韓信用其計，遂定齊地。後勸韓信叛漢，信不用，乃佯狂逋去。漢高祖欲烹通，以辯得免。著雋永八十一首，論戰國時説士權變，並自序其説。已佚。漢書有傳。

【蒯緱】以草繩纏繞劍把。史記七五孟嘗君傳："馮先生甚貧，猶有一劍耳，又蒯緱。"索隱："蒯，草名，……緱謂把劍之物，言其劍無物可裝，但以蒯繩纏之，故云蒯緱也。"

蓬 péng 薄紅切，平，東韻，並。 ㄆㄥˊ

㊀草名。蓬蒿。秋枯根拔，風捲而飛，故又名飛蓬。詩召南騶虞："彼茁者蓬。"又衛風伯兮："自伯之東，首如飛蓬。"㊁蓬鬆，紛亂。山海經海内經："玄狐蓬尾。"㊂地名。見"蓬州"。

【蓬心】比喻浮淺，心無主見。莊子逍遥遊："今子有五石之瓠，何不慮以爲大樽，而浮乎江湖？而憂其瓠落無所容，則夫子猶有蓬之心也夫。"注："蓬，非直達者也。"釋文："向(子期)云：蓬者短不暢，曲士之謂。"後來多作自喻淺陋的謙詞。文選南朝宋顔延年(延之)北使洛詩："蓬心既已矣，飛薄殊亦然。"南齊書謝朓傳辭蕭子隆箋："唯待青江可望，候歸艎於春渚；朱邸方開，效蓬心於秋實。"

【蓬户】編蓬爲户，謂窮人的住屋。莊子讓王："原憲居魯，環堵之室，茨以生草，蓬户不完，桑以爲樞。"

【蓬矢】以蓬蒿製成的矢。古禮，國君世子生，以桑弧蓬矢射天地四方。禮内則："國君世子生，……射人以桑弧蓬矢六，射天地四方。"疏："蓬是禦亂之草，桑是衆木之本。"

【蓬州】地名。秦漢爲巴郡地、梁置伏虞郡。後周置蓬州。隋州廢。唐復置，至德二年改爲蓬山郡，乾元初復爲蓬州。宋因之。元至元二十年升爲蓬州路，尋又爲蓬州。明清相仍。公元 1913 年改爲蓬安縣，屬四川省。參閲讀史方輿紀要六八蓬州。

【蓬門】猶言柴門。謂貧寒之家。續古文苑四南朝宋謝莊懷園引詩："青苔蕪石路，宿草塵蓬門。"唐杜甫杜工部詩史補遺一客至："花徑不曾緣客掃，蓬門今始爲君開。"

【蓬弧】古禮男子初生，家以桑弧蓬矢射天地四方。後因以蓬弧指初生。元張伯淳養蒙集木蘭花慢次唐格齋韻詞："記我蓬弧時候，寓情翰墨歡娱。"

【蓬沓】首飾名，即銀櫛。宋蘇軾分類東坡詩四於潛女："觰沙鬢髮絲穿柠，蓬沓障前走風雨。"又於潛令刁同年野翁亭詩"溪女笑時銀櫛低"自注："於潛婦女皆插大銀櫛，長尺許，謂之蓬沓。"

【蓬首】髮亂如蓬。詩衛風伯兮："自伯之東，首如飛蓬。"後漢書八四董祀妻傳："及文姬進，蓬首徒行，叩頭請罪，音辭清辯，旨甚哀酸。"晉書王徽之傳："性卓犖不羈，爲大司馬桓温參軍，蓬首散帶，不綜府事。"

【蓬勃】盛貌，盛起貌。古文苑三漢賈誼旱雲賦："遥望白雲之蓬勃兮，滃澹澹而妄止。"文選晉潘安仁(岳)笙賦："爛熠爚以放豔，鬱蓬勃以氣出。"重言爲蓬蓬勃勃。勃也作"孛"。漢書文帝紀"有長星出于東方"注引後漢文穎曰："孛星光芒短，其光四出蓬蓬孛孛也。"

【蓬砂】藥名，即硼砂。又名月石。本草綱目十一石五蓬砂："蓬砂，一作硼砂。或云鍊出盆中結成，謂之盆砂，如盆消之義也。”

【蓬星】星名。漢書天文志：“蓬星見西南……大如二斗器，色白。”晉書天文志中：“蓬星……一名王星，狀如夜火之光。”

【蓬茸】草叢盛貌。文選漢張平子(衡)西京賦：“苯䔿蓬茸，彌皋被岡。”三國吳薛綜注：“言草木熾盛，覆被於高澤及山岡之上也。”

【蓬島】即蓬萊山。唐劉長卿劉隨州集六登東海龍興寺高頂望海簡演公詩：“蓬島如在眼，羽人那可逢。”參見“蓬萊㊀”。

【蓬婆】山名。即大雪山，也名蓬婆嶺。在今四川松潘縣境。有蓬婆城(舊唐書作蒲婆)，唐時爲吐蕃所有。唐杜甫杜工部草堂詩箋二二奉和軍城早秋：“已收滴博雲間戍，更奪蓬婆雪外城。”

【蓬累】無主貌。史記六三老子傳：“且君子得其時則駕，不得其時則蓬累而行。”索隱引劉氏：“蓬累，猶扶持也。……說者云：‘頭戴物，兩手扶之而行，謂之蓬累也。’”正義：“蓬，沙磧上轉蓬也；累，轉行貌也。”宋宋祁景文集二十早濟江步詩：“薄宦真蓬累，歸期問槀砧。”參閱元李治敬齋古今黈三。

【蓬壺】山名。即蓬萊。古代方士傳說爲仙人所居。舊題晉王嘉拾遺記一高辛：“三壺則海中三山也。一曰方壺，則方丈也；二曰蓬壺，則蓬萊也；三曰瀛壺，則瀛洲也；形如壺器。”文選南朝宋鮑明遠(照)舞鶴賦：“指蓬壺而翻翰，望崑閬而揚音。”參見“三神山”。

【蓬萊】㊀山名。古代方士傳說爲仙人所居。山海經海内北經：“蓬萊山在海中。”史記封禪書：“自威、宣、燕昭使人入海求蓬萊、方丈、瀛洲。此三神山者，其傳在勃海中。”也名“蓬壺”。見“蓬壺”。㊁蓬蒿草萊，隱者所處。後漢書八十下邊讓傳章華賦：“舉英奇於仄陋，拔髦秀於蓬萊。”㊂縣名。屬山東省。漢黄縣地，屬東萊郡。漢武帝於此望海中蓬萊山，因築城以爲名。唐貞觀八年置蓬萊鎮，神龍三年析黄縣地爲縣。歷代相仍。參閱太平寰宇記二十登州蓬萊縣。

【蓬溪】縣名。今屬四川省。漢爲廣漢縣，屬廣漢郡。唐初爲方義縣。永淳初析置唐興縣，天寶元年改爲蓬溪縣。故城在今縣東北，以涪江東岸之蓬溪得名。參閱元和郡縣志三三遂州。

【蓬塊】塵土。晉張華博物志四：“徐州人謂塵土爲蓬塊，吴人謂塵土爲跋跌。”

宋陳與義簡齋集十八詠青溪石壁詩：“向來千萬峯，瑣細等蓬塊。”

【蓬葆】喻髮亂。漢書六三燕王旦傳昭帝璽書：“樊(噲)、灌(嬰)、酈(食其)、曹(參)，攜劍推鋒，從高皇帝墾菑除害，耘鉏海内，當此之時，頭如蓬葆，勤苦至矣，然其賞不過封侯。”注引服虔：“頭久不理，如蓬草羽葆也。”

【蓬蒿】㊀蓬草與蒿草。禮月令孟春之月：“藜莠蓬蒿並興。”國語吴：“譬如農夫作耦，以刈殺四方之蓬蒿。”㊁猶田舍。唐李白李太白詩十五南陵別兒童入京：“仰天大笑出門去，我輩豈是蓬蒿人。”

【蓬蓬】㊀繁盛貌。詩小雅采菽：“維柞之枝，其葉蓬蓬。”㊁風起貌。莊子秋水：“蛇謂風曰：‘……今子蓬蓬然起於北海，蓬蓬然入於南海。’”

【蓬餌】以蓬蒿製成的餅。舊題漢劉歆西京雜記三：“戚夫人侍兒賈佩蘭，後出爲扶風人段儒妻，說在宮内時，……九月九日佩茱萸，食蓬餌，飲菊華酒，令人長壽。”

【蓬蓽】蓬户蓽門，貧者所居。文選晉傅長虞(咸)贈何劭王濟詩：“歸身蓬蓽廬，樂道以忘飢。”晉書葛洪傳自序：“是以望絶於榮華之途，而志安乎窮圮之域；藜藿有八珍之甘，蓬蓽有藻梲之樂也。”

【蓬顆】上生蓬草的土塊。漢書五一賈山傳：“爲葬薶之侈至於此，使其後世曾不得蓬顆蔽冢而託葬焉。”注：“顆，謂土塊；蓬顆，言塊上生蓬者耳。”宋朱松韋齋集二送志宏西上詩：“揮毫賦垂天，風雨卷蓬顆。”

【蓬鬆】毛狀物披散紛亂的樣子。唐陸龜蒙甫里集十四自憐賦：“首蓬鬆以半散，支棘瘠而枯疎。”

【蓬轉】㊀蓬被風卷起飄轉空中。喻人到處飄零。文選晉潘安仁(岳)西征賦：“陋吾人之拘孿，飄萍浮而蓬轉。”元王實甫西廂記一本一折：“遊藝中原，脚根無線，如蓬轉。”㊁蓬遇風即轉動，以喻迅速。唐吕溫吕和叔集一蕃中拘留歲餘迴至隴右先寄城中親故詩：“蓬轉星霜改，蘭陵色養違。”

【蓬瀛】即蓬萊瀛洲，皆山名，相傳爲仙人所居。抱朴子對俗：“或委華駟而轡蛟龍，或棄神州而宅蓬瀛，或遲迴於流俗，逍遥於人間，不便絶跡以造玄虚，其所尚則同，其逝止或異何也。”舊題晉王嘉拾遺記四燕昭王：“臣遊昆臺之山，見有垂白之叟，宛若少童，貌如冰雪，形如處子，血清骨勁，膚實腸清，乃歷蓬瀛而超碧

海，經涉升降，遊往無窮。”

【蓬虆】草名。生於丘陵之間，藤葉繁衍，蓬蓬纍纍，故名。入藥。唐賈島長江集九逢博陵故人彭兵曹詩：“別後解餐蓬虆子，向前不識牡丹花。”參閱政和證類本草二三蓬虆。

【蓬萊宮】唐宮名。在陝西長安縣東。原名大明宮，龍朔二年，高宗改爲蓬萊宮。唐杜甫杜工部草堂詩箋二一莫相疑行：“憶獻三賦蓬萊宮，自怪一日聲輝赫。”白居易長慶集十二長恨歌：“昭陽殿裏恩愛絶，蓬萊宮中日月長。”參見“大明宮”。

【蓬萊紫】瑞香花的別名。宋陶穀清異録花：“廬山僧舍有麝囊花一叢，色正紫，類丁香，號紫風流。江南後主(李煜)詔取數十根植于移風殿，賜名蓬萊紫。”參閱廣羣芳譜四一瑞香。

【蓬萊閣】閣名。在山東蓬萊縣北丹崖山上，下臨海岸。宋嘉祐中郡守朱處約就原海神廟改建。爲州人遊賞之所。閣上有蘇軾海上詩刻。宋詩鈔孔平仲清江集鈔寄常父：“蓬萊閣下花多少，清曠亭前水淺深。”參閱山東通志三七古蹟四。

【蓬瀛侶】指修道之士，隱者。唐柳宗元柳先生集四二巽上人以竹間自採新茶見贈酬之以詩：“咄此蓬瀛侶，無乃貴流霞。”

【蓬生麻中】蓬生麻中，自然而直。喻人受環境的影響。荀子勸學：“蓬生麻中，不扶而直；白沙在涅，與之俱黑。”又見大戴禮曾子制言上。

【蓬蓽增輝】使寒家增加光彩。多於貴客來臨，或得人餽贈書畫陳設時，用爲謙謝之辭。蓬蓽，蓬門蓽户的省語，指貧寒之家。宋王之道桐山集十四和富公權宗丞詩：“門外傳來一軸詩，爛然蓬蓽增光輝。”金瓶梅三一：“杯茗相邀，得蒙光降，頓使蓬蓽增輝，幸再寬坐片時，以畢餘興。”

【蓬頭垢面】謂不事修飾。魏書封軌傳：“君子整其衣冠，尊其瞻視，何必蓬頭垢面，然後爲賢。”北齊顏之推顏氏家訓風操：“梁世被繫劾者，……子則草屩麤衣，蓬頭垢面，周章道路，要候執事。”

【蓬頭歷齒】髮亂齒疏，形容老態。文選戰國楚宋玉登徒子好色賦：“其妻蓬頭攣耳，齞脣歷齒。”北周庾信庾子山集一竹杖賦：“噫！子老矣；鶴髮鷄皮，蓬頭歷齒。”

蓓 bèi ㄅㄟˋ 薄亥切，上，海韻，並。

花苞。見下。

【蓓蕾】花蕾，含苞未放的花。唐徐夤釣磯文集七追和白舍人詠白牡丹詩："蓓蕾抽開素練囊，瓊葩薰出白龍香。"宋林逋林和靖集二杏花詩："蓓蕾枝梢向點乾，粉紅腮頰露春寒。"

蒦 huò 集韻 鬱縛切，入，藥韻。
ㄏㄨㄛˋ 胡陌切，入，陌韻。

規度。同"彠"。漢書律曆志上："尺者蒦也。……夫度者，別於分，忖於寸，蒦於尺。"

蒨 qiàn 倉甸切，去，霰韻，清。
ㄑㄧㄢˋ

㊀茜草。爾雅釋草"茹藘茅蒐"晉郭璞注："今之蒨也，可以染絳。"釋文："蒨，本或作茜。"引申指絳色。見"蒨綬"、"蒨裙"。㊁木名。山海經中山經："(敖岸之山)北望河林，其狀如蒨如舉。"㊂草盛貌。文選晉左太沖(思)吳都賦："異荂蓲蘛，夏曄冬蒨。"

【蒨桃】人名。宋寇準女侍，能詩。準貶官至嶺南，隨行，道出杭州，病卒，葬於天竺山下。見宋張邦基侍兒小名錄、元陳世隆北軒筆記。

【蒨裙】大紅色的女裙。同"茜裙"。唐杜牧樊川集一村行詩："蓑唱牧牛耳，籬窺蒨裙女。"

【蒨蒨】㊀鮮明貌。文選晉束廣微(晳)補亡詩之一："蒨蒨士子，涅而不渝。"㊁草盛貌。初學記二七晉湛方孫苗讚："蒨蒨嘉苗，擢擢堦側。"唐韓愈昌黎集七庭楸詩："夜月來照之，蒨蒨自生煙。"

【蒨蔚】鮮明茂盛。宋葉適水心題跋一題張聲之友于叢居記："山回水明，蔥秀蒨蔚，如善畫者。"

蒠 xī 相卽切，入，職韻，心。
ㄒㄧ

見下。

【蒠菜】菜名。似蘿蔔，可作蔬食。爾雅釋草："菲，蒠菜。"注："菲草生下溼地，似蕪青，華紫赤色，可食。"參閱清郝懿行義疏。

蒿 gāo 古勞切，平，豪韻，見。
ㄍㄠ

亦作"皋"。草名。見下。

【蒿蘇】草名。卽白芨、白菩。廣雅釋草："蒿蘇，白菩。"山海經南山經："侖者之山……有木焉，其狀如穀而赤理，其汗如漆，其味如飴，食者不飢，可以釋勞，其名曰白菩。"注："或作睾蘇，睾蘇一名白菩。"

蓍 shī 疏夷切，平，脂韻，山。
ㄕ

草名。晉張華博物志六："海上有草焉，名蓍，其實食之如大麥，從七月稔熟，……名曰自然穀，或曰禹餘糧。"

蓧 1. tiāo 吐彫切，平，蕭韻，透。
ㄊㄧㄠ 徒弔切，去，嘯韻，定。

亦作"蓨"。㊀古代耘田用的竹器。說文作"莜"。論語微子："子路從而後，遇丈人，以杖荷蓧。"注："蓧，竹器。"

2. tiáo
ㄊㄧㄠˊ

㊁草名。羊蹄草。爾雅釋草："蓧、蓨。"三國志吳諸葛恪傳："藜蓧稂莠，化爲善草。"見"蓨㊀"。

3. dí 徒歷切，入，錫韻，定。
ㄉㄧˊ

㊂盛穀種之器。見廣韻。元王禎農書十五農器圖譜八："(蓧)卽今盛穀種器。"

蓧

蓨 1. tiāo 他歷切，入，錫韻，透。
ㄊㄧㄠ 集韻 他彫切，平，蕭韻。

㊀草名。卽羊蹄草。爾雅釋草："蓧、蓨。"北魏賈思勰齊民要術十羊蹄："似蘆菔，莖赤，煮爲茹，滑而不美，多噉令人下痢，幽陽謂之蓫，一名蓨。"

2. tiáo
ㄊㄧㄠˊ

㊁古地名。通"條"。也作"脩"。漢置脩縣。周亞夫封條侯，卽此。隋開皇時改作"蓨"，治今河北景縣。史記周勃世家："文帝乃擇絳侯勃子賢者河內守亞夫，封爲條侯。"集解："徐廣曰：'表皆作脩字。'(裴)駰案服虔曰蓨音條。"

蓖 bì 邊兮切，平，齊韻，幫。
ㄅㄧˋ

玉篇作"萞"。見下。

【蓖麻】草名。本作萞麻。葉大如瓠，掌狀分裂，夏秋間開花，每枝結實數十顆。實有油，名蓖子油，可作印色及油紙，也入藥。參閱本草綱目十七上草六萞麻。

蓪 1. máng 玉篇 音尨。
ㄇㄤˊ

㊀草名。見玉篇。

2. hè 正字通 黑各切，音壑。
ㄏㄜˋ

㊁豬聲。同"狢"。文選晉左太沖(思)吳都賦："封狶蓪，神螭掩。"

蒘 rú 女余切，平，魚韻，娘。
ㄖㄨˊ 女加切，平，麻韻，娘。

見"藸蒘"。

蒓 chún 常倫切，平，諄韻，禪。
ㄔㄨㄣˊ

水葵。通作"蓴"。見"蓴"。

莎 suō 蘇禾切，平，戈韻，心。
ㄙㄨㄛ

同"莎㊀"。見下。

【莎木】木名。卽莎木，穰木。本草綱目三一果三莎木麪："莎字韻書不載，惟孫愐唐韻'莎'字註云：樹似桄榔。則莎字當作莎衣之莎，其葉離披如莎衣之狀，故謂之莎也。"張勃吳錄地理志言交趾穰木，皮中有白粉如米屑，乾之擣末，以水淋過似麪，可作餅食者，卽此木也。後人訛穰爲莎，音相近爾。"

蒳 nà 奴答切，入，合韻，泥。
ㄋㄚˋ

㊀香草。文選晉左太沖(思)吳都賦："草則藿、蒳、豆蔻。"晉劉淵林注："異物志曰：蒳，草樹也。葉如栟櫚而小，三月採其葉，細破陰乾之，味近苦而有甘；並鷄舌香食之，益美。"㊁山檳榔的別名。北魏賈思勰齊民要術十果蓏蒳子："山檳榔，一名蒳子。幹似蔗，葉類柞；一叢千餘幹，幹生十房，房底數百子，四月採。"

蒶 fén 集韻 符分切，上，文韻。
ㄈㄣˊ

見下。

【蒶蘊】蘊積。楚辭漢王褒九懷蓄英："蒶蘊兮黴黧，思君兮無聊。"注："愁思蓄積，面垢黑也。"

蒗 láng 魯當切，平，唐韻，來。
ㄌㄤˊ

草名。山海經中山經："(大騩之山)有草焉，其狀如蓍而毛，青華而白實，其名曰蒗，服之不夭，可以爲腹病。"注："爲，治也。一作已。"玉篇"蒗"："草名，似蓍，花青白。"音"狼"。廣雅釋草作"狼毒"。參見"狼毒"。

【蒗莠】害苗的惡草。明馬一龍農說："但害生於蒗莠，法謹於芟耘。"

蓏 luǒ 郎果切，上，果韻，來。
ㄌㄨㄛˇ

瓜類等蔓生植物的果實。易說卦："艮爲山，……爲果蓏。"漢書食貨志上："瓜瓠果蓏。"注："應劭曰：'木實曰果，草實曰蓏。'張晏曰：'有核曰果，無核曰蓏。'臣瓚曰：'案，木上曰果，地上曰蓏也。'"

十一畫

蓱 píng
ㄆㄧㄥˊ

同"荓"。見"荓"。

蔆 líng 力膺切,平,蒸韻,來。ㄌㄧㄥˊ

植物名。菱角。一名芰。同"菱"。周禮天官籩人:"加籩之實,蔆、芡、栗、脯。"

【蔆華】卽菱花。史記一一七司馬相如傳子虛賦:"外發芙蓉蔆華,內隱鉅石白沙。"文選作"蔆華"。

蔻 kòu 呼漏切,去,候韻,曉。ㄎㄡˋ

見"豆蔻"。

蔤 mì 美畢切,入,質韻,明。ㄇㄧˋ

荷的水下莖。又稱蓮鞭。根莖初生時,細瘦如指,稱爲蔤。爾雅釋草:"荷,芙蕖……其本蔤。"注:"莖下白蒻在泥中者。"

蓿 sù 息逐切,入,屋韻,心。ㄙㄨˋ

見"苜蓿"。

蔀 pǒu 蒲口切,上,厚韻,並。ㄆㄡˇ 普后切,上,厚韻,滂。

㊀院中架木,上覆以席,所覆之席曰蔀。用席覆蓋亦稱蔀。易豐:"豐其蔀,日中見斗。"注:"蔀,覆暖鄣光明之物也。"㊁古曆法專名。見"蔀法"。

【蔀法】古曆法專名。古者治曆,於十九年置七閏月,謂之章。四章謂之蔀,二十蔀謂之紀,六十蔀謂之元。冬至逢月朔,則爲章首,冬至在朔日之首,則爲蔀首。蔀法,卽指一蔀七十六年,九百四十月,二萬七千七百五十九日而言。後漢書律曆志下:"月分成閏,閏七而盡,其歲十九,名之曰章,章首分盡,四之俱終,名之曰蔀。以一歲日乘之,爲蔀之日數也。以甲子命之,二十而復其初,是以二十蔀爲紀。"

【蔀首】古曆法蔀的起算點。漢書律曆志上:"周道既衰,幽王既喪,天子不能班朔,魯曆不正,以閏餘一之歲爲蔀首。"注:"孟康曰:'當以閏盡歲爲蔀首,今失正,未盡一歲便以爲蔀首也。'"參見"蔀法"。

【蔀屋】草席蓋頂之屋,以指貧者之居。宋王安石臨川集三五寄道光大師:"秋雨漫漫夜復朝,可嗟蔀屋望重霄。"又胡寅斐然集五示程生詩:"肯臨蔀屋相輝映,自愧常談只老生。"參見"蔀家"。

【蔀家】豪貴之家。易豐象:"豐其屋,蔀其家,闚其户,闃其无人。"指大其屋而家設棚席。晉書嵇紹傳:"齊王(司馬)冏既輔政,大興第舍,驕奢滋甚,紹以書諫曰:'夏禹以卑室稱美,唐虞以茅茨顯德,豐屋蔀家,無益危亡。"南朝梁何遜何水部集七召宮室:"多言反道,辨口傷實,懼詔弊於蔀家,且自求乎容膝。"

蔐 dí ㄉㄧˊ

同"荻"。淮南子説林:"蔐苗類絮,而不可爲絮。"注:"蔐苗,荻秀。楚人謂之蔐。……幽冀謂之荻苕也。"蔐苗,卽蘆花絮。

蔏 shāng 式羊切,平,陽韻,審。ㄕㄤ

草名。見下。

【蔏蔞】草名。蔞蒿,白蒿。爾雅釋草:"購,蔏蔞。"注:"蔏蔞,蔞蒿也,生下田,初出可啖,江東用羹魚。"

【蔏藋】草名。爾雅釋草:"拜,蔏藋。"注:"蔏藋,亦似藜。"詳"藋"。

蔎 shè 識列切,入,薛韻,審。ㄕㄜˋ

㊀香草名。見説文。㊁茶的别名。唐陸羽茶經上一之源:"其名一曰茶,二曰檟,三曰蔎,四曰茗,五曰荈。"㊂見"蔎蔎"。

【蔎蔎】香貌。楚辭漢劉向九歎愍命:"懷椒聊之蔎蔎兮,乃逢紛以罹詬也。"一本作"藹藹"。

蔉 gǔn 古本切,上,混韻,見。ㄍㄨㄣˇ

爲植物培土。左傳昭元年:"譬如農夫,是穮是蔉,雖有饑饉,必有豐年。"疏:"以土壅苗根爲蔉也。"

蔗 zhè 之夜切,去,禡韻,照。ㄓㄜˋ

植物名。甘蔗。古作"柘"。説文作"藷蔗"。見"甘蔗"。

【蔗杖】三國志魏文帝紀"博聞强記,才蓺兼該"注引典論自敍:"嘗與平虜將軍劉勳、奮威將軍鄧展等共飲,宿聞展善有手臂,曉五兵,又稱其能空手入白刃。余與論劍良久,謂言將軍法非也,余顧嘗好之,又得善術,因求與余對。時酒酣耳熱,方食芋蔗,便以爲杖,下殿數交,三中其臂,左右大笑。"

【蔗酒】以甘蔗釀造的酒。隋書赤土國傳:"以甘蔗作酒,雜以紫瓜根。酒色黄赤,味亦香美。"

【蔗境】美好的晚境。世説新語排調:"顧長康(愷之)噉甘蔗,先食尾。問所以,云:'漸至佳境。'"甘蔗根甜於梢,後常用以比喻處境的先苦後甜。宋趙必豫秋曉先生覆瓿集二水調歌頭壽梁多竹八十詞:"百歲人能幾?七十世間稀,何況先生八十,蔗境美如飴。"

【蔗飴】以甘蔗汁製成的糖漿。晉嵇含南方草木狀上:"諸蔗,一曰甘蔗,交趾所生者,圍數寸,長丈餘,頗似竹,斷而食之甚甘。笮取其汁,曝數日成飴,入口消釋,彼人謂之石蜜。"

【蔗漿】甘蔗汁。同"柘漿"。藝文類聚八七南朝梁元帝謝東宮賚瓜啓:"味奪蔗漿,甘踰石蜜。"唐杜甫杜工部草堂詩箋十九進艇:"茗飲蔗漿攜所有,瓷甖無謝玉爲缸。"參見"柘漿"。

【蔗糖】以甘蔗製成的糖。粗製品爲褐色,謂之紅糖,或曰沙糖;精製品謂之白糖,或曰糖霜;最精之製品則曰盆糖,或曰冰糖。我國古代熬蔗糖之法,爲唐貞觀間遣使至天竺摩揭陀國采入。參閲續高僧傳五玄奘傳、新唐書二二一西域傳上摩揭它國。

【蔗霜】白糖,也稱糖霜。宋楊萬里誠齋集九清明果飲酒詩:"雪藕新將削冰水,蔗霜只好點青梅。"

【蔗餳】卽蔗糖。唐陸龜蒙甫里集四江南秋懷寄華陽山人詩:"野饋夸菰飯,江商賈蔗餳。"宋洪邁容齋五筆六糖霜譜:"糖霜之名,唐以前無所見。自古食蔗者,始爲蔗漿……其後爲蔗餳。"

蔍 cū ㄘㄨ

粗。"麤"的省文。晏子春秋問上:"縵密不能,蔍苴不學者詘。"注:"蔍苴當與麤粗同。"

蔙 xuàn 集韻 隨戀切,去,綫韻。ㄒㄩㄢˋ

蔙覆,通作旋覆。見"旋覆花"。

蔟 1. cù 千木切,入,屋韻,清。ㄘㄨˋ

㊀蠶蔟,蠶藉以作繭。説文:"蔟,行蠶蓐。"晉書左貴嬪傳楊皇后哀誄:"修成蠶蔟,分繭理絲。"㊁巢。周禮秋官"硩蔟氏"注引漢鄭司農(衆):"蔟讀爲爵蔟之蔟,謂巢也。"楚辭漢王逸九思遭厄:"殦鶥游兮華屋,鵕鸃棲兮柴蔟。"㊂叢聚。同"簇"。唐白居易長慶集十一開元寺東池早春詩:"蔟蔟青泥中,新蒲葉如劍。"

2. còu 倉奏切,去,候韻,清。ㄘㄡˋ

㊃樂律名。也作簇。禮月令孟春之月:"律中大蔟。"參見"大₃蔟"。

蔰 hù 康熙字典 音扈。ㄏㄨˋ

同"扈"。詳"萑蔰"。

蔊 hǎn 呼旱切,上,旱韻,曉。ㄏㄢˇ

植物名。玉篇作"草"。通稱蔊菜。冬月布地叢生，莖高二三寸，柔莖細葉，春日開細花，黄色。結細角，内有小種子，根葉味極辛辣，也稱辣米菜。宋陸游劍南詩稿一醉中歌："吾州之蔊尤嘉蔬，珍盤飯飣百味俱。"參閱本草綱目二六菜一蔊菜。

【蔊絲】以蔊菜切絲所作之饌。宋詩鈔方岳秋崖小稿鈔春盤："與我同味蔊絲辣，知我長貧韭葅熟。"

蔧 huì ㄏㄨㄟˋ 徐醉切，去，至韻，邪。

王蔧，草名。詳"葥"。

蓴 1. chún ㄔㄨㄣˊ 常倫切，平，諄韻，禪。

㊀植物名。一名水葵，又名鳧葵。多生湖泊河流之中，葉橢圓形，有長柄浮水面，莖及葉柄有黏液，可以作羹。字亦作"蒓"。參閱本草綱目十五草四蓴。

2. tuán ㄊㄨㄢˊ 集韻 徒官切，平，桓韻。

㊀蒲叢。見説文。廣雅釋草："蒲穗謂之蓴。"清王念孫疏證："蒲草叢生於水則謂之蓴，蒲穗叢生莖末，亦謂之蓴。"

【蓴客】客居在外、懷鄉思歸之人。宋董嗣杲廬山集四舟歸富池紀懷詩："到岸茶商期又失，懷家蓴客眼添昏。"

【蓴龜】蓴菜的根。唐段成式酉陽雜俎續集九支植上："蓴根，羹之絶美，江東謂之蓴龜。"

【蓴羹鱸膾】晉書張翰傳："齊王冏辟爲大司馬東曹掾，……因見秋風起，乃思吴中菰菜、蓴羹、鱸魚膾，曰：'人生貴得適志，何能羈宦數千里以要名爵乎！'遂命駕而歸。"後人常用爲辭官歸鄉的典故。宋辛棄疾稼軒詞沁園春帶湖新居將成："意倦須還，身閒貴早，豈爲蓴羹鱸膾哉。"省作"蓴鱸"。宋蘇舜卿蘇學士集十答韓持國(維)書："渚茶野釀，足以銷憂；蓴鱸稻蟹，足以適口。"

蓺 yì ㄧˋ 魚祭切，去，祭韻，疑。

㊀種植。詩大雅生民："蓺之荏菽，荏菽旆旆。"箋："蓺，樹也。"㊁斬割。通"刈"。新唐書二二五下黄巢傳："殺人如蓺。"㊂通"藝"。六藝也作六蓺。見"藝"。

蔪 1. jiàn ㄐㄧㄢˋ 慈染切，上，琰韻，從。

㊀麥芒。文選漢枚叔(乘)七發："麥秀蔪兮雉朝飛。"注："宋玉笛賦曰：麥秀蔪兮鳥華翼。"參見"蔪蔪"。

2. jiān ㄐㄧㄢ

㊁通"漸"。見"蔪₂蔪₂"。

3. shān ㄕㄢ

㊂除去。通"芟"。漢書四八賈誼傳上疏："高皇帝瓜分天下，以王公臣反者如蝟毛而起，以爲不可，故蔪去不義諸侯而虚其國。"注："蔪讀與芟同。謂芟刈之。"

【蔪₂蔪₂】麥苗秀出貌。尚書大傳微子："微子朝周過殷故墟，見麥秀之蔪蔪兮，黍禾之蠅蠅也，曰：'此故父母之國！'"史記微子世家謂是箕子語，作"麥秀漸漸兮，禾黍油油。"

蔌 sù ㄙㄨˋ 桑谷切，入，屋韻，心。

㊀菜蔬的總稱。詩大雅韓奕："其蔌維何？維筍及蒲。"疏："(爾雅)釋器云菜謂之蔌，故云蔌。菜殽，對肉殽，故云菜殽，謂爲菹也。"宋歐陽修文忠集三九醉翁亭記："山肴野蔌，雜然而前陳者，太守宴也。"㊁見"蔌蔌"。

【蔌蔌】㊀簡陋貌。詩小雅正月："佌佌彼有屋，蔌蔌方有穀。"傳："佌佌小也。蔌蔌，陋也。"疏："其蔌蔌窶陋者，方有爵禄之貴矣。"㊁風聲勁急貌。文選南朝宋鮑明遠(照)蕪城賦："稜稜霜氣，蔌蔌風威。"㊂泉水流動貌。宋蘇軾分類東坡詩十食柑："清泉蔌蔌先流齒，香露霏霏欲噀人。"㊃花落貌。唐元稹長慶集二四連昌宫詞："又有牆頭千葉桃，風動落花紅蔌蔌。"

蔫 yān ㄧㄢ 謁言切，平，元韻，影。於乾切，平，仙韻，影。

物不新鮮。説文："蔫，菸也。"又指花葉萎縮。宋蘇軾分類東坡詩十九雪後便欲與同僚尋春……劉景文左藏和順闍黎詩見贈次韻答之："淺紫從爭發，浮紅任早蔫。"

【蔫紅】萎縮將謝的花。唐杜牧樊川集二春晚題韋家亭子詩："蔫紅半落平池晚，曲渚飄成錦一張。"

【蔫綿】連接之貌。宋王安石臨川集三移桃花示俞秀老詩："枝柯蔫綿花爛熳，美錦千兩敷亭皋。"

藍 1. qīu ㄑㄧㄡ 去鳩切，平，尤韻，溪。

㊀草名。詩衛風碩人"葭菼揭揭"傳"菼，薍也"唐陸德明釋文："薍，五患反。江東呼之烏藍。藍音丘。"

2. ōu ㄡ 烏侯切，平，侯韻，影。

㊁木名，即刺榆。山海經海内南經："其木若藍。"亦作蓲。見爾雅釋木。

3. xū ㄒㄩ 集韻 匈于切，平，虞韻。

㊂和煦。漢揚雄太玄經六養："陽藍萬物，赤之於下。"

4. fū ㄈㄨ 集韻 芳無切，平，虞韻。

㊃見"藍₄蕍"。字又作"莩"。見集韻。

【藍₄蕍】花開繁盛貌。文選晉左太沖(思)吴都賦："異荂藍蕍，夏曄冬蒨。"晉劉淵林(逵)注："敷蕍，華開貌。"蕍與蕍同，藍與敷同。

蔈 biāo ㄅㄧㄠ 甫遥切，平，宵韻，幫。

㊀開黄花的苕。爾雅釋草："苕，陵苕。黄華，蔈；白華，茇。"注："苕華色異，名亦不同。"苕，又名凌霄、紫葳。㊁禾穗的芒尖。淮南子天文："秋分蔈定。蔈定而禾熟。"注："蔈，禾穗粟孚甲之芒也。"

蓷 tuī ㄊㄨㄟ 他回切，平，灰韻，透。又隹切，平，脂韻，穿。

草名。詩王風中谷有蓷："中谷有蓷，暵其乾矣。"疏："郭璞曰：今茺蔚也，葉似萑，方莖白華，華注節間。又名益母。"參見"益母草"。

蓳 1. jìn ㄐㄧㄣˋ 集韻 居覲切，去，稕韻。

與从土、从黄省之堇，本爲二字，今經傳中皆省"艸"，遂與"堇"字無別。㊀菜名。通稱堇菜，亦名旱芹，俗稱堇堇菜。詩大雅緜："周原膴膴，堇荼如飴。"㊁草名。即烏頭，入藥，有毒。國語晉二："驪姬受福，乃寘鴆于酒，寘堇于肉。"淮南子説林："蝮蛇螫人，傅以和堇則愈。"注："和堇，野葛，毒藥。"

2. jǐn ㄐㄧㄣˇ

㊂木名。通"槿"。禮月令仲夏之月："木堇榮。"疏引爾雅釋草："椴，木槿。……或呼爲日及。"參見"木槿"。

蔕 dì ㄉㄧˋ 都計切，去，霽韻，端。

㊀花及瓜果與枝莖相連的部分。同"蒂"。文選戰國楚宋玉高唐賦："綠葉紫裹，丹莖白蔕。"又漢張平子(衡)西京賦："蔕倒茄於藻井，披紅葩之狎獵。"注："蔕，果鼻也。"㊁見"蔕芥"。

【蔕芥】果蔕，草芥，比喻内心的疙瘩，心有所憾。史記一一七司馬相如傳子虛賦："吞若雲夢者八九，其於胸中曾不蔕芥。"索隱："張揖曰：'刺鯁也。'"漢書四八賈誼傳服鳥賦："細故蔕芥，何足以疑！"注：

"蔕芥，小鯁也。"史記八四賈誼傳作"慸薊"。參見"芥蔕"、"慸芥"。

蓼 1. liǎo ㄌㄧㄠˇ 盧鳥切，上，篠韻，來。

㊀植物名。品類甚多，有水蓼、馬蓼、辣蓼等。草本，葉味辛香，花淡紅色或白色。古人用爲調味品。入藥。說文:"蓼，辛菜，薔虞也。"㊁比喻辛苦。詩周頌小毖:"未堪家多難，予又集于蓼。"疏:"蓼，辛苦之菜，故云又集于蓼，言辛苦也。"㊂古國名。1.皋陶之後，春秋時爲楚所滅。左傳文五年:"冬，楚公子燮滅蓼。"注:"蓼國，今安豐蓼縣。"今河南固始縣東有蓼城岡，即此。2.春秋時國。或作鄝。左傳桓十一年:"鄖人軍於蒲騷，將與隨絞州蓼伐楚師。"注:"蓼國今義陽棘陽縣東南湖陽城。"在今河南唐河縣南。

2. lù ㄌㄨˋ 力竹切，入，屋韻，來。

㊃長大貌。詩小雅蓼蕭:"蓼彼蕭斯，零露湑兮。"參見"蓼₂蕭"。

【蓼糾】纏繞貌。淮南子本經:"焜昱錯眩，照燿輝煌，偃蹇蓼糾，曲成文章。"一本作"寥糾"。

【蓼洲】地名。在今江西南昌市西南。原爲兩洲相並，水自中流，上有居民。即水經注所謂谷鹿洲。唐天祐間淮南將秦裴攻洪州，軍於蓼洲，即此。見嘉慶一統志三〇八南昌府山川。

【蓼₂莪】詩小雅篇名。小序謂此詩爲孝子追念父母而作。後因以蓼莪指對亡親的悼念。藝文類聚十五三國魏曹植上下太后誄表:"作誄一篇，知不足讚揚明貴，以展臣蓼莪之思。"參見"廢蓼莪"。

【蓼₂蓼₂】長大貌。詩小雅蓼莪:"蓼蓼者莪，匪莪伊蒿。"

【蓼₂蕭】詩小雅篇名。左傳襄二十六年:"國景子相齊侯，賦蓼蕭。"注:"言太平澤及遠，若露之在蕭，以喻晉君恩澤及諸侯。"唐白居易長慶集三四楊造等亡母追贈太君制:"風樹之心，必憂深而思遠；蓼蕭之澤，宜自葉而流根。"

【蓼擾】紛雜貌。文選晉左太沖(思)吳都賦:"輶軒蓼擾，彀騎煒煌。"煒，五臣本作"熠"。

【蓼藍】草名，即藍。見"藍㊀"。

【蓼蟲】寄生於蓼草中的昆蟲。常用以比喻安於常習，不知辛苦。楚辭漢東方朔七諫怨世:"桂蠹不知所淹留兮，蓼蟲不知徙乎葵菜。"注:"言蓼蟲處辛烈，食苦惡，不能知徙於葵菜，食甘美，終以困苦而癯瘦也。"南朝宋鮑照鮑氏集三代放歌行:"蓼蟲避葵堇，習苦不言非。小人自齷齪，安知曠士懷。"又孔叢子有蓼蟲賦。

蔬 1. shū ㄕㄨ 所菹切，平，魚韻，山。

㊀凡草菜可食者通名爲蔬。本作"疏"，漢魏間始加艸作蔬。經典蔬字，爲後人所改。國語魯上:"昔烈山氏之有天下也，其子曰柱，能殖百穀百蔬。"注:"草實曰蔬。"參閱清鄭珍說文新附考一蔬。

2. xū ㄒㄩ

㊁米粒。通"糈"。莊子天道:"鼠壤有餘蔬。"釋文:"蔬讀曰糈，糈，粒也。"

【蔬食】㊀粗食。以草菜爲食。同"疏食"。後漢書二三竇融傳附竇章:"居貧，蓬户蔬食。"參見"疏食㊀"。㊁草木的果實。禮月令仲冬之月:"山林藪澤，有能取蔬食田獵禽獸者，野虞教道之。"注:"草木之實爲蔬食。"疏:"山林蔬實，榛栗之屬；藪澤蔬食，蔆芡之屬。"

【蔬筍氣】僧徒素食蔬筍，故用以比喻方外人士的本色。含有譏諷意，如笑儒生之有寒酸氣。宋蘇軾分類東坡詩五贈詩僧道通:"語帶煙霞從古少，氣含蔬筍到公無？"自注:"謂無酸餡氣也。"也作"蔬茹氣"。黃伯思東觀餘論下跋景福草書卷後:"此卷作草書，應規入繩，猶有遺法，然僧書多蔬茹氣，古今一也。"此蔬茹氣猶笑儒生之有寒酸氣。

蔚 1. wèi ㄨㄟˋ 於胃切，去，未韻，影。

㊀草名。牡蒿。詩小雅蓼莪:"蓼蓼者莪，匪莪伊蔚。"㊁盛貌。1.詩曹風候人:"薈兮蔚兮，南山朝隮。"傳:"薈蔚，雲興貌。"指雲氣彌漫。2.文選漢班孟堅(固)西都賦:"茂樹蔭蔚，芳草被隄。"指草木茂盛。㊂文采華美。易革:"君子豹變，其文蔚也。"說文"斐"引易作"其文斐也"。漢書一〇〇下敍傳:"多識博物，有可觀采，蔚爲辭宗，賦頌之首。"㊃病。通"𣨙"。淮南子俶真:"血脈無鬱滯，五藏無蔚氣。"注:"蔚，病也。"

2. yù ㄩˋ 紆物切，入，物韻，影。

㊄地名。見"蔚₂州"。㊅通"鬱"。見"蔚₂結"、"蔚₂蔚₂"。

【蔚₂州】春秋時代國。戰國屬趙，置代郡。秦漢相承。北周置蔚州。明置蔚州衛，清爲蔚州，屬宣化府。公元1913年改縣，屬河北省。參閱嘉慶一統志三八宣化府蔚州。

【蔚跂】雄渾多彩貌。唐杜甫杜工部草堂詩箋三三觀公孫大娘弟子舞劍器行序:"見臨潁李十二娘舞劍器，壯其蔚跂，問其所師，曰:'余公孫大娘弟子也。'"

【蔚₂結】愁悶不解。同"鬱結"。明楊基眉菴集一曉發祁陽別劉啓賢詩:"臨流發新咏，聊以散蔚結。"

【蔚₂蔚₂】憂傷貌。通"鬱鬱"。後漢書五九張衡傳思玄賦:"愁蔚蔚以慕遠兮，越卭州而愉敖。"文選作"鬱鬱"。

【蔚茹川】水名。也稱胡蘆河。源出寧夏回族自治區固原縣西南，北流至中衛縣入黃河。即今清水河。新唐書一七四牛僧孺傳:"贊普牧馬蔚茹川，若東襲隴坂，以騎綴回中，不三日抵咸陽橋。"即此。參閱元和郡縣志三原州蕭關縣。

【蔚藍天】深藍色的天空。唐杜甫杜工部詩史補遺四冬到金華山觀因得故拾遺陳公學堂遺跡:"上有蔚藍天，垂光抱瓊臺。"宋詩鈔韓駒陵陽詩鈔夜泊寧陵:"茫然不悟身何處，水色天光共蔚藍。"

蔯 chén ㄔㄣˊ 集韻 地鄰切，平，真韻。

草名，即茵蔯，蒿類。詳"茵蔯"。

蔭 1. yīn ㄧㄣ 集韻 於金切，平，侵韻。

㊀樹陰。荀子勸學:"樹成蔭而衆鳥息焉。"㊁日影。左傳昭元年:"趙孟視蔭曰:'朝夕不相及，誰能待五？'"注:"蔭，日景也。趙孟意衰，以日景自喻。"

2. yìn ㄧㄣˋ 於禁切，去，沁韻，影。

㊂庇護。庇護人及受託於人，皆稱蔭。楚辭屈原九歌山鬼:"山中人兮芳杜若，飲石泉兮蔭松柏。"淮南子人間:"武王蔭暍人於樾下，左擁而右扇之，而天下懷其德。"㊃封建時代子孫因先世有功勳而推恩得賜官爵曰"蔭"。隋書柳述傳:"少以父蔭，爲太子親衛。"上㊂㊃通"廕"。㊄遮蓋。文選晉張茂先(華)情詩之二:"蘭蕙緣清渠，繁華蔭綠渚。"㊅地窖。通"窨"。漢王符潛夫論德化:"故善者之養天民也，猶良工之爲麴豉也，起居以其時，寒温得其適，則一蔭之麴豉，盡美而多量。"

【蔭₂生】見"廕生"。

【蔭₂附】自附於豪强之家以求蔭庇曰蔭附。魏書食貨志:"魏初不立三長，故民多蔭附。蔭附者皆無官役，豪强徵斂，倍於公賦。"魏初設宗主以督護百姓，至太和時廢宗主，改行按户徵調。參閱文獻通考十二賦役一。

【蔭₂室】地窖。史記一二六滑稽傳："漆城蕩蕩，……顧難爲蔭室。"也作蔭屋。北魏賈思勰齊民要術八作豉法："先作煖蔭屋，坎地深二三尺，屋必以草蓋，瓦則不佳，密泥塞屋牖，勿令風及蟲鼠入也。開小户，僅得容人出入，厚作蘘蘺以閉户，……三間屋得作百石豆。"

【蔭₂映】㊀覆照。晉書赫連勃勃傳："通房連閣，馳道苑園，可以蔭映萬邦，光覆四海。"㊁映襯。文選晉左太沖(思)吳都賦："諠譁喤呷，芬葩蔭映。"

【蔭₂第】有世蔭的門第。新唐書選舉志上："(開元)二十九年，始置崇玄學……官秩、蔭第同國子，舉送、課試如明經。"也作"廕第"。北史樊遜傳："遜曰：'家無廕第，不敢當此。'"

【蔭₂藉】蔭庇和憑藉。南史劉穆之傳劉瑀奏彈王僧達："蔭藉高華，人品冗末。"宋書作"廕籍"。

蔓

1\. màn ㄇㄢˋ 無販切，去，願韻，明。

㊀蔓生植物的枝莖，木本曰藤，草本曰蔓。北魏賈思勰齊民要術二種瓜："蔓廣則歧多，歧多則饒子。"㊁蔓延，滋長。左傳隱元年："無使滋蔓，蔓難圖也。"

2\. mán ㄇㄢˊ 母官切，平，桓韻，明。

㊂見"蔓₂菁"。

【蔓于】草名。卽蕕。爾雅釋草作"蕕"。生水田中，節節有根，可以飼馬。又名馬唐。見本草綱目十六草五蕕草。

【蔓竹】竹的一種。枝莖柔嫩，可作繩索。藝文類聚八九禮斗威儀曰："君乘木而王，政太平，蔓竹紫脱，爲之常生。"又南齊王儉靈丘竹賦："靈丘深沉，蔓竹凝陰。"

【蔓延】㊀向周圍延伸擴張。藝文類聚六二漢李尤德陽殿賦："蒲萄安石，蔓延蒙籠。"文選晉潘安仁(岳)寡婦賦："顧葛藟之蔓延兮，託微莖於樛木。"㊁漢代雜戲名。文選漢張平子(衡)西京賦："巨獸百尋，是爲蔓延。"唐張銑注："言作大獸，名爲蔓延之戲。"

【蔓衍】向外滋長延伸，猶蔓延。楚辭漢王逸九思怨上："菽藟兮蔓衍，芳虈兮挫枯。"注："蔓衍，廣延也。"漢蔡邕月令問答："辭繁多而蔓衍，非所謂理約而達也。"此指文字冗長。一本作"曼衍"。

【蔓連】蔓延串聯。資治通鑑二三八唐元和四年："内則膠固歲深，外則蔓連勢廣。"注："蔓連，如蔓草之曼衍連屬也。"

【蔓草】蔓生的雜草。詩鄭風野有蔓草："野有蔓草，零露溥兮。"左傳隱元年："蔓草猶不可除，況君之寵弟乎？"

【蔓荆】木名。生於水濱，苗莖蔓延，長丈餘，春生小葉，五月葉成，六月有花，紅白色，黄蘂，九月結實有黑斑，冬則葉凋。入藥。見本草綱目三六木三蔓荆。

【蔓華】草名。爾雅釋草："釐，蔓華。"注："一名蒙華。"清郝懿行義疏："釐，説文作'萊'，云蔓華也。萊與釐古同聲，詩：'北山有萊。'齊民要術引義疏云：萊，藜也，莖葉皆似菉王芻。"

【蔓₂菁】卽蕪菁。見該條。

【蔓蔓】㊀滋長延伸貌。楚辭屈原九歌山鬼："采三秀兮於山間，石磊磊兮葛蔓蔓。"逸周書四和寤："緜緜不絶，蔓蔓若何，豪末不掇，將成斧柯也。"㊁長久。漢書禮樂志郊祀歌齊房："蔓蔓日茂，芝成靈華。"注："蔓蔓，言其長久，日以茂盛也。"㊂比喻糾纏難察之事。漢揚雄太玄經七玄瑩："故夫抽天下之蔓蔓，散天下之混混者，非精其孰能之。"

【蔓頹】紊亂衰頹。楚辭漢王逸九思憫上："鬚髮蔓頹兮顥鬢白，思靈澤兮一膏沐。"注："蔓，亂也。"

【蔓辭】蕪雜繁冗的文字。文苑英華八九四唐權德輿贈左散騎常侍王定碑："凡贊書命名，必輔以精誠，其旨在於搴精華而去枝葉，故簡實體要，不爲蔓辭。"

【蔓金苔】黄金色之苔。舊題晉王嘉拾遺記晉時事："祖梁國獻蔓金苔，色如黄金，紫聚之大如雞卵，投於水中，蔓延於波瀾之上，光出照日，皆如火生水上也，……名曰夜明苔。"

蔞

1\. lóu ㄌㄡˊ 落侯切，平，侯韻，來。力朱切，平，虞韻，來。

㊀蔞蒿。詩周南漢廣："翹翹錯薪，言刈其蔞。"見"蔞蒿"。

2\. liǔ ㄌㄧㄡˇ 集韻 力九切，上，有韻。

㊁通"柳"。見"蔞₂翣"。

【蔞室】王后將分娩時所居的宫室。漢賈誼新書胎教："古者胎教之道，王后有身，七月而就蔞室。太師持銅而御户左，太宰持斗而御户右，太卜持蓍龜而御堂下，諸官皆以其職，御於門内。"大戴禮保傅作"宴室"。

【蔞蒿】水草名。也稱蔏蔞、白蒿。爾雅釋草"購、蔏蔞"晉郭璞注："蔏蔞，蔞蒿也。"宋蘇軾分類東坡詩二四惠崇春江晚景詩之一："蔞蒿滿地蘆芽短，正是河豚欲上時。"

【蔞₂翣】古代棺木的裝飾。禮檀弓下："是故制絞衾，設蔞翣，爲使人勿惡也。"注："蔞翣，棺之牆飾。周禮蔞作柳。"

【蔞藤】卽扶留藤。結實如桑椹，可以製醬。宋范成大石湖集十六巴蜀人好食生蒜臭不可近……詩："幸脱蔞藤醉，還遭胡蒜熏。"參閱本草綱目十四草三蒟醬。

蓽

bì ㄅㄧˋ 卑吉切，入，質韻，非。

㊀蓽茇，草名。見該條。㊁同"篳"。詳"篳"各條。

【蓽茇】草名。也作"蓽撥"。早春抽苗，莖高三四尺，春日開白花，果實類桑葚。自古波斯傳入。供藥用。參閱政和證類本草九蓽撥。

【蓽撥】草名。卽蓽茇。宋蘇軾分類東坡詩十六桄榔杖寄張文潛："江邊曳杖桄榔瘦，林下尋苗蓽撥香。"

【蓽露】同"篳路"。史記楚世家："蓽露藍蔞，以處草莽。"集解："服虔曰：'蓽露，柴車素木輅也。藍蔞，言衣敝壞，其蔞藍藍然也。'"參見"篳路藍縷"。

虆

léi ㄌㄟˊ 集韻 盧戈切，平，戈韻。倫追切，平，脂韻。

盛土籠。漢桓寬鹽鐵論詔聖："上無德教，下無法則，任刑必誅，劓鼻盈虆，斷足盈車。"

蔮

guó ㄍㄨㄛˊ 古對切，去，隊韻，見。

古代婦女覆於髮上的一種首飾。字亦作"幗"、"簂"。後漢書輿服志下："翦氂蔮，簪珥，……下有白珠，垂黄金鑷。左右一横簪之，以安蔮結。"又："公、卿、列侯、中二千石、二千石夫人，紺繒蔮，黄金龍首銜白珠。"參見"巾幗"。

蓶

wéi ㄨㄟˊ 以追切，平，脂韻，喻。以水切，上，旨韻，喻。

見下。

【蓶扈】花葉貌。又彩色貌。後漢書六十上馬融傳廣成頌："翕習春風，含津吐榮，鋪于布㕕，蓶扈蘳熒，惡可殫形。"注："郭璞注爾雅云：'草木花初出爲笋。'與蓶通。"參閱清王先謙集解。

蔖

lǔ ㄌㄨˇ 郎古切，上，姥韻，來。

草名。爾雅釋草："蔖，蒩。"注："作履苴草。"疏："一名蒩，卽蒯類也。中作履底。"

蒩

cuó ㄘㄨㄛˊ 昨何切，平，歌韻，從。采古切，上，姥韻，清。

草名。卽蔖。爾雅釋草："蔖，蒩。"疏："蔖，説文云蔖，草也，可以束。一名蒩，卽蒯類也。"參見"蔖"。

蔑 miè ㄇㄧㄝˋ 莫結切,入,屑韻,明。

㊀目不明。通"瞡"。文選戰國楚宋玉風賦:"故其風中人狀,……得目爲蔑。"㊁無,没有。詩大雅板:"喪亂蔑資,曾莫惠我師。"左傳僖十年:"(丕鄭)言於秦伯曰:'……臣出晉君,君納重耳,蔑不濟矣。'"㊂小,末。方言二:"木細枝謂之杪。江淮陳楚之内謂之蔑。"注:"蔑,小貌。"一本作"篾"。漢揚雄法言學行:"視日月而知衆星之蔑也。"㊃輕視,欺侮。國語周中:"而司事莫至,是蔑先王之官也。"㊄抛棄,削減。國語周中:"不奪民時,不蔑民功。"又:"今將大泯其宗祊,而蔑殺其民人。"㊅通"眛"。春秋隱元年:"公及邾儀父盟于蔑。"公羊傳作"盟于眛。"又通"昧"。荀子議兵:"唐蔑死。"史記楚世家懷王二十七年作唐昧。㊆地名。即姑蔑。地在今山東泗水縣東。春秋隱元年:"公及邾儀父盟于蔑。"注:"蔑,姑蔑,魯地。魯國卞縣南有姑城。"

【蔑如】没有什麽了不起,輕視之意。漢書六五東方朔傳贊:"而揚雄亦以爲朔言不純師,行不純德,其流風遺書蔑如也。"注:"言辭義淺薄,不足稱也。"

【蔑侮】輕慢。韓非子外儲説左上:"文公伐宋,乃先宣言曰:'吾聞宋君無道,蔑侮長老。分財不中,教令不信,余來爲民誅之。'"

【蔑視】輕視。唐缺名玉泉子:"其所與遊者,徒利於酒肉,其實蔑視之也。"

【蔑蒙】㊀形容快速。淮南子修務:"手若蔑蒙,不失一弦。"注:"蔑蒙,言其疾也。"㊁飛揚貌。史記一一七司馬相如傳大人賦:"蔑蒙踴躍騰而狂趡。"集解:"漢書音義曰:'蔑蒙,飛揚也。'"㊂指雲、霧、氣等輕揚之物。後漢書五九張衡傳思玄賦:"涉清霄而升遐兮,浮蔑蒙而上征。"注:"蔑蒙,氣也。"文選作"蠛蠓"。

蔣 1. jiāng ㄐㄧㄤ 即良切,平,陽韻,精。

㊀植物名。菰屬。即茭白。史記一一七司馬相如傳上林賦:"蔣芧青蘋。"集解引漢書音義:"蔣,菰也。"㊁見"蔣蔣"。

2. jiǎng ㄐㄧㄤˇ 即兩切,上,養韻,精。

㊂國名。左傳僖二四年:"凡蔣邢茅胙祭,周公之胤也。"注:"蔣在弋陽期思縣。"今河南固始縣東有蔣鄉,即古蔣國地。㊃姓。周公子伯齡封於蔣,後子孫以國爲氏。見元和姓纂七養。

【蔣₂山】即鍾山,又名紫金山。在江蘇南京市東北。漢末有秣陵尉蔣子文逐盜死事於此,吴孫權爲立廟於鍾山。權祖父名鍾,因改稱蔣山。見初學記八丹陽記、景定建康志十七山阜。

【蔣₂帝】東漢蔣子文封號。見"蔣子文"。

【蔣₂陵】三國吴大帝孫權陵,因蔣山以爲名。在江蘇南京市鍾山南麓。見初學記八丹陽記。

【蔣₂琬】公元?—246年。三國零陵湘鄉人,字公琰。以州書佐從劉備入蜀,諸葛亮稱爲"社稷之器"。亮攻魏,駐漢中,琬留守,常足食以供軍中。亮密表後主,謂琬可付大事。亮卒,乃以琬爲尚書令。國中新喪元帥,遠近恐懼,琬擧止如常,民心以定。見三國志蜀本傳。

【蔣₂詡】漢杜陵人,字元卿。哀帝時爲兖州刺史,廉直有名聲。王莽攝政,以病免官,歸鄉里,卧不出户。見漢書七二王貢兩龔鮑傳附蔣詡。

【蔣蔣】光芒盛貌。太平御覽八七四易緯是類謀:"夜視無月,彗孛蔣蔣。"古微書十六引作"將將"。

【蔣₂士銓】公元1725—1784年。清鉛山人,字心餘,一字苕生,號清容,又號藏園。乾隆二十二年進士,官編修。主講戢山、崇文、安定書院。詩文負盛名,與同時袁枚、趙翼並稱。有忠雅堂集。兼工南北曲,有藏園九種曲。參見"九種曲"。

【蔣₂子文】東漢廣陵人。常自言骨青,死當爲神。漢末爲秣陵尉,逐賊至鍾山,傷額而死。至三國吴孫權進封爲中都侯,爲立廟。見晉干寶搜神記五。至南朝齊進號爲蔣帝。

【蔣₂廷錫】公元1669—1732年。清常熟人,字揚孫,號西谷,一號南沙。康熙擧人,四十二年賜進士,累官文華殿大學士。雍正時授命重行編校古今圖書集成,成書一萬卷。工詩,善畫花卉,多用逸筆寫生。卒謚文肅。著有尚書地理今釋、青銅軒集等。

蔘 shēn ㄕㄣ 所今切,平,侵韻,山。蘇含切,平,覃韻,心。

㊀下垂貌。鶡冠子道論:"白蔘明起,氣榮相宰。"注:"白蔘於下,明起於上。"㊁同"森"。見"萷蔘"。

蔙 guó ㄍㄨㄛˊ 古活切,入,末韻,見。

蔙蔞,土瓜。蔙,同"苦",説文作"苦蔞"。宋王禹偁小畜集六月波樓詠懷詩:"誰家上瓜蹬?兒戲刳蔙蔞。"靈樞經癰疽:"發於膺,名曰甘疽。色青,其狀如穀實、蔙蔞。"

蔔 pú ㄆㄨˊ 蒲北切,入,德韻,並。

㊀同"菔"。見"蘿蔔"。㊁見"藩蔔"。

蔫 yú ㄩˊ 集韻 牛居切,平,魚韻。

草名。茌,又名白蘇。方言三作"菩"。宋羅願爾雅翼七茌:"狀似蘇而高大,白色。……江東人呼爲蔫。"參見"茌㊀"。

蔛 hú ㄏㄨˊ 胡谷切,入,屋韻,匣。

草名。即石斛。見"石斛"。

蔡 1. cài ㄘㄞˋ 倉大切,去,泰韻,清。

㊀野草。見説文。文選晉左太沖(思)魏都賦:"蔡莽螫刺,昆蟲毒噬。"㊁占卜用的大龜。論語公冶長:"臧文仲居蔡。"注:"蔡,國君之守龜。出蔡地,因以爲名焉。"唐韓愈昌黎集八秋雨聯句詩:"筮命或馮蓍,卜晴將問蔡。"㊂周時國名。周武王弟叔度封蔡,後流放而死。周成王復封其子胡於蔡,以奉蔡叔之祀。見史記管蔡世家。即今河南上蔡、新蔡等縣地。㊃姓。周武王弟叔度封蔡,其子胡續封,是爲蔡仲。子孫以國爲氏。見元和姓纂八泰。

2. sà ㄙㄚˋ

㊄減殺。通"桼"、"殺"。書禹貢:"三百里夷,二百里蔡。"傳:"蔡,法也。"法三百里而差簡。宋蔡沈傳、夏侯僎尚書詳解、孫奕示兒編二要蔡訓"蔡"爲流放罪人之地。㊅流放。左傳昭元年:"周公殺管叔而蔡蔡叔。"釋文:"上蔡字,音素葛反。説文作'桼'。"又定四年:"管蔡啟商,惎間王室,王於是乎殺管叔而蔡蔡叔。"

【蔡山】山名。1.書禹貢:"蔡蒙旅平。"確址已無可考。蒙山在今四川雅安界,蒙山以東別無大山,故宋葉夢得謂即雅安南蔡家山,清胡渭禹貢錐指疑即今峨眉山。參閱讀史方輿紀要七二雅州蔡山。2.在湖北黄梅縣西南江濱,接廣濟縣界。通典一八一州郡十一蘄春廣濟縣:"蔡山出大龜,尚書云:'九江納錫大龜',即此。"參閱讀史方輿紀要七六黄州府黄梅縣蔡山。

【蔡州】州名。今河南汝南縣。春秋蔡沈二國地。秦爲三川郡,漢改爲汝南郡。魏晉沿置。北魏改爲豫州。北周改爲舒州。隋唐改爲蔡州。唐中葉藩鎮李希烈蔡元濟等先後割據於此。金末哀宗自汴京遷此。元明清爲汝寧府,府治汝陽縣。

公元 1913 年廢府。參閱太平寰宇記十一蔡州、讀史方輿紀要五十汝寧府。

【蔡仲】周蔡叔度之子。本名胡。度流放而死，胡能改行，爲魯國卿士，有治績。周成王復封胡於蔡，是爲蔡仲。尚書有蔡仲之命篇。見史記管蔡世家。

【蔡沈】公元 1167—1230 年。宋建陽人，字仲默，元定之子。少學於朱熹。年僅三十，屏棄舉子業，專研理學，因隱居九峯，學者稱爲九峯先生。所著書集傳，並存今古文，多取父師之説，自元延祐定科舉，尚書皆用蔡傳。宋史附蔡元定傳。

【蔡京】公元 1045—1126 年。宋仙遊人，字元長。熙寧三年進士。徽宗時，因童貫得爲尚書右僕射，後爲太師。以恢復王安石新法爲名，四掌政柄，排斥異己，專以奢侈迎合帝意，倡"豐、亨、豫、大"之説，廣興土木，工役繁重。又徧布黨戚。金兵入侵，率全家南逃，爲欽宗貶死。宋史載姦臣傳。

【蔡叔】名度，周武王弟，封於蔡。周公攝政，管叔、蔡叔聯合武庚反對周公。周公起兵平定叛亂，殺武庚和管叔，放逐蔡叔。見史記管蔡世家。

【蔡倫】公元？—121 年。東漢桂陽人，字敬仲。和帝時爲中常侍，後加位尚方令，元初元年封爲龍亭侯。安帝立，以誣陷安帝祖母宋貴人，自殺。倫曾總結前人經驗，始用樹皮、麻頭、破布等原料造紙，世稱"蔡侯紙"。今湖南耒陽北有蔡倫宅，傳即當時造紙處。後漢書載宦者傳。

【蔡邕】公元 132—192 年。東漢陳留人，字伯喈。靈帝時拜郎中，與楊賜等奏定六經文字，立碑太學門外。不久，以事免官。董卓徵召爲祭酒，累遷中郎將。後以卓黨死獄中。邕少博學，好辭章，精音律，善鼓琴，又工書畫。著有獨斷等，後人輯其文爲蔡中郎集。後漢書有傳。

【蔡琰】東漢陳留人，蔡邕女，字文姬。博學能文，善音律。初嫁河東衛仲道，夫亡無子，歸母家。興平中，爲亂兵所掠，又嫁南匈奴左賢王，生二子，居留匈奴十二年。獻帝建安十三年曹操遣使以金璧贖回，改嫁同郡屯田都尉董祀。有悲憤詩一首。又胡笳十八拍相傳爲琰所作。見後漢書八四董祀妻傳。

【蔡陽】縣名。漢置，屬南陽郡。故城在今湖北棗陽縣西南。漢光武帝(劉秀)爲南陽蔡陽人。見讀史方輿紀要七九襄陽府棗陽縣蔡陽城。

【蔡澤】戰國燕人。曾游説列國。入秦説范雎，因得見昭王，用爲客卿。後范雎辭退，澤拜秦相。獻計説昭王攻滅西周。不久辭相位，封爲綱成君。又爲秦使燕，説燕太子丹入質於秦。見史記七九本傳。

【蔡襄】公元 1012—1067 年。宋仙游人，字君謨。天聖八年進士。慶曆三年知諫院，嘗知福泉杭三州，累官至端明殿學士。工書法，小楷、草書爲筆甚勁而姿媚有餘，人稱當時第一。卒諡忠惠。著有茶録、荔枝譜、蔡忠惠集。見宋歐陽修文忠集三五端明殿學士蔡公墓誌銘、宣和書譜六。

【蔡元定】公元 1135—1198 年。宋建陽人，字季通，嘗登西山絶頂，忍飢啗薺以讀書。往師朱熹，熹稱爲老友，四方來學者必先令從元定質正。韓侂胄禁道學，元定謫道州，從學者益衆，尊爲西山先生。卒諡文節。著有律呂新書、八陣圖説、洪範解、皇極經世等。宋史有傳。

【蔡侯紙】東漢蔡倫用樹皮、麻頭、破布、魚網等原料製成的紙，元興元年奏上，時稱蔡侯紙。參見"蔡倫"。

蔇 jì ㄐㄧˋ

同"蔇"。見"蔇"。

蔥 cōng ㄘㄨㄥ

見"葱"。

蔦 niǎo 都了切，上，篠韻，端。ㄋㄧㄠˇ

植物名。木名。小灌木，莖具蔓性，纏繞於桑楓櫸柳等樹上，夏開淡黄色小花，秋初結實，如小豆黄緑色。入藥。以其常纏繞於他木之上，故誤以爲寄生。詩小雅頍弁："蔦與女蘿，施于松柏。"見本草綱目三七木四桑上寄生。

【蔦蘿】㊀草名。莖細長，捲絡於他物上升，夏日開紅花，邊緣五裂，爲觀賞植物。㊁比喻親戚關係。詩小雅頍弁："蔦與女蘿，施于松柏。"宋朱熹集傳："此亦燕兄弟親戚之詩……又言蔦蘿施于木上，以比兄弟親戚纏綿依附之意。"

蓰 xǐ 集韻 山宜切，平，支韻。ㄒㄧˇ 想氏切，上，紙韻。

㊀五倍爲蓰。孟子滕文公上："夫物之不齊，物之情也。或相倍蓰，或相什百，或相千萬。"㊁見"蓰蓰"。

【蓰蓰】飄擺貌。玉臺新詠一古樂府皚如山上雪："竹竿何嫋嫋，魚尾何蓰蓰。"

蔙 1. cōng 作孔切，上，董韻，精。ㄘㄨㄥ

㊀藥名。見"肉蔙蓉"。

2. sǒng 集韻 荀勇切，上，腫韻。ㄙㄨㄥˇ

㊁相入貌。見"衝蔙"。

蔠 zhōng 職戎切，平，東韻，照。ㄓㄨㄥ

蔠葵。見下。

【蔠葵】葵類。可作蔬，入藥。爾雅釋草："蔠葵，蘩露。"疏："葵類，一名蔠葵，一名蘩露。郭云：承露也。大莖小葉，華紫黄色。"名醫別録作落葵。參閱政和證類本草二九落葵。

十二畫

薄 dú 徒沃切，入，沃韻，定。ㄉㄨˊ

萹竹的别名。也作"蓄"。詩衛風淇奥"瞻彼淇奥，緑竹猗猗"唐陸德明釋文："韓詩竹作薄，音徒沃反。云薄，萹筑也。"説文解字"薄"清段玉裁注："謂萹筑之生於水者，謂之薄也。統言則曰萹筑；析言則有水陸之異。"

蕖 qú 強魚切，平，魚韻，羣。ㄑㄩˊ

㊀芙蕖。荷花的别名。見爾雅釋草。唐韋應物韋江州集六張彭州前與緱氏馮少府各惠寄一篇……兼遺簡馮生詩："郡中有方塘，涼閣對紅蕖。"㊁芋頭。廣雅釋草："蕖，芋也，其莖謂之䕡。"清王念孫疏證："芋之大根曰蕖。蕖者，巨也，或謂之芋魁，或謂之莒。"

薀 1. wēn 烏渾切，平，魂韻，影。ㄨㄣ

㊀水草名。即薀藻。左傳隱三年："澗谿沼沚之毛，蘋蘩薀藻之菜。"疏："此草好聚生；薀，訓聚也，故云薀藻，聚藻也。"左傳注疏皆以薀藻爲一物。清段玉裁以薀爲"莙"之假字，即牛藻；藻爲聚藻；以薀藻爲二物。見説文解字注"莙"。

2. yùn 於問切，去，問韻，影。ㄩㄣˋ

㊀積聚。通"蘊"。左傳昭二五年："衆怒不可蓄也。蓄而弗治，將薀。"釋文："薀，本亦作蘊。"

【薀$_2$年】積蓄年穀。左傳襄十一年："乃盟，載書曰：凡我同盟，毋薀年，毋壅利。"注："薀積年穀，而不分災。"

【薀$_2$利】聚利。左傳昭十年："義，利之本也，薀利生孽。"注："薀，畜也。孽，妖害也。"

【薀$_2$崇】積聚。左傳隱六年："爲國家者，見惡如農夫之務去草焉，芟夷薀崇之，絶其本根，勿使能殖，則善者信矣。”

蕩 1. dàng 徒朗切，去，蕩韻，定。ㄉㄤˋ

㊀往來搖動。左傳僖三年：“齊侯與蔡姬乘舟於囿，蕩公。”㊁震動不安，動搖。左傳莊四年：“(楚武王)將齊，入，告夫人鄧曼曰：‘余心蕩。’”荀子勸學：“是故權利不能傾也，羣衆不能移也，天下不能蕩也。”㊂疏通。周禮地官稻人：“以潴畜水，以防止水，以溝蕩水。”注：“蕩，謂以溝行水也。”㊃放縱。書畢命：“以蕩陵德，實悖天道。”論語陽貨：“古之狂也肆，今之狂也蕩。”㊄滌除，清除。禮昏義：“是故日食則天子素服而脩六官之職，蕩天下之陽事。”注：“蕩，蕩滌，去穢惡也。”晉書劉琨傳元帝令：“庶以克復聖主，掃蕩讎恥。”㊅廢壞，毁壞。國語周下：“夫周，高山、廣川、大藪也，故能生是良材，而幽王蕩以爲魁陵、糞土、溝瀆。”㊆平易，平坦。詩齊風南山：“魯道有蕩，齊子由歸。”

2. tāng 集韻 他郎切，平，唐韻。ㄊㄤ

㊇古水名。卽今湯水。源出河南湯陰縣北。詳“湯水”。

【蕩子】流蕩不歸的男子。文選古詩十九首之二：“蕩子行不歸，空牀難獨守。”注引列子：“有人去鄉土遊於四方而不歸者，世謂之爲狂蕩之人也。”後也指放蕩邪僻的男子。聊齋志異章阿端：“妾章氏，小字阿端。誤適蕩子，剛愎不仁，横加折辱。”

【蕩平】掃蕩平定。文選三國魏阮元瑜(瑀)爲曹公作書與孫權：“孤之薄德，位高任重，幸蒙國朝將泰之運，蕩平天下，懷集異類，喜得全功，長享其福。”

【蕩志】滌蕩心懷，排遣憂思。楚辭屈原九章思美人：“吾將蕩志而愉樂兮，遵江夏以娛憂。”注：“滌我憂愁，弘佚豫也。”三國魏曹植曹子建集三感婚賦：“登清臺以蕩志，伏高軒而游情。”

【蕩佚】後漢書二八下馮衍傳自論：“常務道德之實，而不求當世之名；闊略杪小之禮，蕩佚人間之事。”言擺脱世務，自求安逸。

【蕩析】動蕩離散。書盤庚下：“今我民用蕩析離居，罔有定極。”疏：“播蕩分析，離其居宅，無有安定之極。”也指分崩離析。文選南齊王元長(融)永明十一年策秀才文之五：“自晉氏不綱，關河蕩析，宋人失馭，淮汴崩離，朕思念舊民，永言攸濟，故選將開邊，勞來安集。”

【蕩掉】擺動。唐李賀歌詩編三春歸昌谷：“龍皮相排戞，翠羽更蕩掉。”

【蕩陰】地名。戰國魏邑。漢置蕩陰縣，屬河内郡。隋改湯陰縣。故城在今河南湯陰縣。史記八三魯仲連傳：“魏安釐王使將軍晉鄙救趙，畏秦，止於蕩陰不進。”卽此。參閲讀史方輿紀要四九彰德府。

【蕩婦】倡婦。玉臺新詠七南朝梁簡文帝(蕭綱)執筆戲書詩：“舞女及燕姬，倡樓復蕩婦。”南朝梁元帝(蕭繹)有蕩婦秋思賦，見藝文類聚三二。後指作風不正派的婦女。

【蕩滌】沖洗，清除淨盡。史記樂書：“天子躬於明堂臨觀，而萬民咸蕩滌邪穢，斟酌飽滿，以飾厥性。”

【蕩漾】飄蕩起伏貌。三國魏阮籍阮步兵集詠懷詩之三七：“人情有感慨，蕩漾焉能排！”此指思潮起伏。河嶽英靈集上李白夢遊天姥山別東魯諸公詩：“謝公宿處今尚在，綠水蕩漾青猿啼。”此指水波微動。宋歐陽修文忠集五六初春詩：“風絲風蕩漾，林鳥哢交加。”此指隨風擺動。漾，也作“瀁”。文選南朝梁江文通(淹)雜體詩王徵君養疾：“北渚有帝子，蕩瀁不可期。”

【蕩潏】搖動湧起貌。唐陳子昂陳伯玉集一感遇詩之二二：“雲海方蕩潏，孤鱗安得寧？”唐杜甫杜工部草堂詩箋十一北征：“邠郊入地底，涇水中蕩潏。”

【蕩駘】㊀悠閒。晉書夏侯湛傳抵疑：“鳳栖五春，龍蟠六年，英耀禿落，羽儀摧殘，而獨雍容藝文，蕩駘儒林，志不輟著述之業，口不釋雅頌之音。”㊁舒放。多用以形容景色或聲調。樂府詩集四四子夜四時歌春歌：“妖冶顏蕩駘，景色復多媚。”

【蕩蕩】㊀廣大，廣遠。書洪範：“無偏無黨，王道蕩蕩。”論語泰伯：“巍巍乎！唯天爲大，唯堯則之。蕩蕩乎！民無能名焉。”㊁平坦寬廣貌。論語述而：“君子坦蕩蕩，小人長戚戚。”荀子非十二子：“昭昭然，蕩蕩然，是父兄之容也。”皆指胸懷寬廣。㊂水奔突、衝激。書堯典：“湯湯洪水方割，蕩蕩懷山襄陵，浩浩滔天。”傳：“蕩蕩，言水奔突，有所滌除。懷，包；襄，上也。”㊃恣肆貌。詩大雅蕩：“蕩蕩上帝，下民之辟。”箋：“蕩蕩，法度廢壞之貌。厲王乃以此居人上，爲天下之君。”㊄動蕩不定貌。莊子天運：“帝張咸池之樂於洞庭之野，吾始聞之懼，復聞之怠，卒聞之而惑，蕩蕩默默，乃不自得。”注：“神不能定，口不能言，失其常也。”

【蕩瀁】見“蕩漾”。

【蕩覆】廢毁。左傳襄二三年：“欲廢國常，蕩覆公室。”唐李白李太白詩十二經亂後將避地剡中留贈崔宣城：“王城皆蕩覆，世路成奔峭。”

【蕩氣回腸】纏綿悱惻。常用以形容聲樂或文章感人之深。樂府詩集三九魏文帝(曹丕)大牆上蒿行：“女娥長歌，聲協宫商，感心動耳，蕩氣回腸。”參見“迴腸蕩氣”。

蕅 ǒu 五口切，上，厚韻，疑。ㄡˇ

“藕”的本字。説文：“蕅，芙蕖根。”梁相孔耽神祠碑：“舞土茅茨，躬采菱蕅。”(隸釋五)

蕍 yú 羊朱切，平，虞韻，喻。ㄩˊ

㊀草名。卽澤蕮。爾雅釋草：“蕍，蕮。”疏：“蕍，一名蕮。卽藥草澤蕮也。”㊁花盛開貌。爾雅釋草：“蕍、芛、葟，華榮。”疏：“此別草木榮華之異名也。蕍，言華之敷貌。”

薴 nǐng 乃挺切，上，迥韻，泥。ㄋㄧㄥˇ

草名。廣雅釋草：“薴，……蘇也。”參見“葶薴”。

董 dǒng 多動切，上，董韻，端。ㄉㄨㄥˇ 徒紅切，平，東韻，定。

㊀草名。蘋的別名。見“蘋”、“蘈董”。㊁藕的別名。説文：“董，……杜林曰蕅根。”㊂見“董蓈”。㊃姓。通“董”。漢溧陽長潘乾校官碑：“左尉河内汲董竝，字公房。”(隸釋五)按，古代“董”、“董”自東漢始通用。見清王筠説文句讀。

【董蓈】草名。卽狼尾草。本草綱目二三穀二狼尾草：“狼尾莖葉穗粒並如粟，……荒年亦可采食。許慎説文云：禾粟之穗，生而不成者，謂之董蓈。其秀而不實者，名狗尾草。”

蕊 ruǐ 如累切，上，紙韻，日。ㄖㄨㄟˇ

本作“惢”。也作“蕋”、“桑”、“蘂”、“蘃”。㊀花心。植物的繁殖器官，有雌雄之別。楚辭屈原離騷：“擥木根以結茝兮，貫薜荔之落蘂。”南朝梁何遜何水部集酬范記室雲詩：“風光蕊上輕，日色花中亂。”㊁花。文選晉郭景純(璞)江賦：“翹莖瀵蘂，濯穎散裹。”注：“蘂，華也。”南齊謝朓謝宣城集五詠蒲詩：“新花對白日，故蕊逐行風。”㊂草木叢生貌。文選晉潘安仁(岳)藉田賦：“瓊鈒入蘂，雲罕晻藹。”注：“蒼頡篇曰：‘蘂，聚也。’”

【蕊宫】道家傳説天上上清宫有蕊珠宫，

神仙所居。詩文中常以指道士的宮觀。省作"蕊宮"。全唐詩六一三皮日休揚州看辛夷花:"一枝拂地成瑶圃,數樹參庭是蕊宮。"宋陸游渭南文集四九秋波媚詞:"曾散天花蕊珠宮,一念墮塵中。"參見"蘂珠"。

【蕊黄】婦女面粧,以黄點額,形似花蕊。花間集一唐溫庭筠菩薩蠻詞:"蕊黄無限當山額,宿窗隱笑紗窗隔。"參見"額黄"。

【蕊珠經】道經名。全唐詩四八六鮑溶寄峨嵋山楊煉師:"道士夜誦蕊珠經,白鶴下遶香煙聽。"

蕁 zǔn ㄗㄨㄣˇ 玆損切,上,混韻,精。

草木叢生貌。文選漢張平子(衡)西京賦:"苯蕁蓬茸,彌皋被岡。"

【蕁蕁】茂盛貌。文選漢張平子(衡)南都賦:"杳藹蓊鬱於谷底,森蕁蕁而刺天。"唐獨孤及毘陵集二和題藤架詩:"蕁蕁葉成幄,璀璀花落架。"

蕓 yún ㄩㄣˊ 王分切,平,文韻,于。

見下。

【蕓輝】香草名。唐蘇鶚杜陽雜編上:"元載末年,造蕓輝堂於私第。蕓輝,香草名也,出于闐國,其香絜白如玉,入土不朽爛,舂之爲屑以塗其壁,故號蕓輝焉。"

【蕓薹】菜名。又名薹芥。卽油菜。嫩葉供蔬食,子榨油稱菜油。參閱政和證類本草二九蕓薹。

蕘 ráo ㄖㄠˊ 如招切,平,宵韻,日。

㊀柴草。管子輕重甲:"今北澤燒莫之續,則是農夫得居裝而賣其薪蕘。"注:"大曰薪,小曰蕘。"㊁采割柴草,采割柴草的人。詩大雅板:"先民有言,詢于芻蕘。"疏:"詢于芻蕘,謂謀於取芻取蕘之人。"唐柳宗元柳先生集十七童區寄傳:"童寄者,郴州蕘牧兒也,行牧且蕘。"㊂菜名。卽蕪菁。方言三:"蕘,蕪菁也。……魯齊之郊謂之蕘,關之東西謂之蕪菁。"見"蕪菁"。㊃草藥名。見"蕘花"。

【蕘花】草名。又稱黄芫花。花細黄色,四月五月收,入藥。樹皮可以製紙。參閱本草綱目十七草六蕘花。

【蕘豎】割柴草的小童。後漢書七九上儒林傳:"自安帝覽政,薄於蓺文,……學舍穨敝,鞠爲園蔬,牧兒蕘豎,至於薪刈其下。"

蓬 dá ㄉㄚˊ 唐割切,入,曷韻,定。

草名。卽車前草。南齊謝朓謝宣城集三秋夜講解詩:"涼風振蕪蓬,霜下梧楸傷。"

蕙 huì ㄏㄨㄟˋ 胡桂切,去,霽韻,匣。

㊀香草名。1.俗名佩蘭。楚辭屈原離騷:"蘭芷變而不芳兮,荃蕙化而爲茅。"古代習俗燒蕙草以薰除災邪,故亦名薰草。蕙草以產於湖南零陵縣的最著名,故又名零陵香。見本草綱目十四草三零陵香。2.俗名蕙蘭。宋羅願爾雅翼三釋草二蘭:"與蕙甚相類,其一幹一華而香有餘者蘭,一幹五六華而香不足者蕙。今野人謂蘭爲幽蘭,蕙爲蕙蘭。"㊁芳美。見"蕙心"。

【蕙心】蕙爲香草,詩文中常以蕙心比喻女子純美之心。文選南朝宋鮑明遠(照)蕪城賦:"東都妙姬,南國麗人,蕙心紈質,玉貌絳脣。"唐張銑注:"蕙,香草,喻美也。"唐王勃王子安集一七夕賦:"荆豔齊升,燕佳並出,金聲玉韻,蕙心蘭質。"

【蕙炷】蕙草作的香炷。唐陸龜蒙甫里集十二鄴宮詞之一:"魏武平生不好香,楓膠蕙炷潔宮房。"也指芬芳的香炷。宋歐陽修六一詞漁家傲之二四:"畏日亭亭殘蕙炷,傍簾乳燕雙飛去。"

【蕙若】蕙草與杜若,皆香草名。後漢書二八下馮衍傳顯志賦:"捷六枳而爲籬兮,築蕙若而爲室。"參見"杜若"。

【蕙風】夾帶花草芳香之風。文選晉左太沖(思)魏都賦:"珍樹猗猗,奇卉萋萋。蕙風如薰,甘露如醴。"宋歐陽修文忠集外集五送目詩:"楚徑蕙風消病渴,洛城花雪蕩春愁。"

【蕙棠】木名。山海經西山經:"中皇之山,其上多黄金,其下多蕙棠。"注:"彤棠之屬也。蕙,或作羔。"藝文類聚六一三國魏劉楨魯都賦:"其木則赤楔、青松、文莖、蕙棠,洪幹百圍,高徑穹皇。"

【蕙質】古代常以蘭蕙等香草比喻善良的美人,因以蕙質指女子高潔的品性。文選南朝梁江文通(淹)雜體詩潘黄門悼亡:"明月入綺窻,髣髴想蕙質。"

【蕙蘭】蘭的一種。也稱蕙。與草蘭相似而瘦,春暮開花,一莖開花八九朵,香次於蘭。舌瓣有紅點,無紅點者爲素蘭。變種甚多。文選古詩十九首之八:"傷彼蕙蘭花,含英揚光輝。"晉陸機陸士衡集四鼈賦:"咀蕙蘭之芳荄,翳華藕之垂房。"

蕡 fén ㄈㄣˊ 符分切,平,文韻,並。

㊀形容果木結實大。詩周南桃夭:"桃之夭夭,有蕡其實。"㊁麻的種子。周禮天官籩人:"朝事之籩,其實麷、蕡。"注:"蕡,枲實也。"疏:"蕡是麻之子實也。"禮內則:"菽麥蕡稻黍粱秫唯所欲。"注:"蕡字又作黂,……大麻子。"

【蕡灂】用漆塗弓如麻子文。灂,塗漆。周禮考工記弓人:"牛筋蕡灂,麋筋斥蠖灂。"疏:"牛筋蕡灂者,此説弓背用牛筋之漆如麻子文。若用麋,其灂文如斥蠖文。"

蕀 jí ㄐㄧˊ 紀力切,入,職韻,見。

草名。1.顛蕀。天門冬的別名。爾雅釋草:"髦,顛蕀。"蕀,也作"棘"。參閱清郝懿行義疏。2.蕀蒬。遠志的別名。爾雅釋草:"葽繞,蕀蒬。"注:"今遠志也。"

蘄 sī ㄙ 息移切,平,支韻,心。

草名。史記一一七司馬相如傳子虛賦:"其高燥則生葴蘄苞荔。"集解:"徐廣曰:蘄,或曰草,生水中,華可食。"蘄,文選作"菥",漢書作"析"。

蕈 xùn ㄒㄩㄣˋ 慈荏切,上,寑韻,從。

菌類植物。爾雅釋草"中馗,菌"晉郭璞注:"地蕈也,似蓋。"疏:"今云地蕈,卽俗呼地菌者是也。"

【蕈川】水名。甘肅洮河支流。水經注二河水:"洮水又北出門峽,歷求厥川蕈川水注之,水出桑嵐西溪,東流歷桑嵐川,又東逕蕈川北。"

蕨 jué ㄐㄩㄝˊ 居月切,入,月韻,見。

菜名。嫩葉可食,莖多澱粉。詩召南草蟲:"陟彼南山,言采其蕨。"蕨初生時形狀像小兒拳,其莖紫色,故又名拳菜、紫蕨。見清郝懿行爾雅義疏釋草蕨。

【蕨攗】卽菱角。又名芰。爾雅釋草:"菱,蕨攗。"注:"水中芰。"參閱政和證類本草二三芰實。

蕆 chǎn ㄔㄢˇ 丑善切,上,獮韻,明。

解決。左傳文十七年:"十四年七月,寡君又朝,以蕆陳事。"

【蕆事】事情已完成。宋袁甫蒙齋集十二餘干縣先賢祠堂記:"于越令馬君……作新堂以祠子,……蕆事之日,觀聽竦然。"

蕤 ruí ㄖㄨㄟˊ 儒隹切,平,脂韻,日。

㊀草木花下垂貌。漢班固白虎通五行:"蕤者,下也。"文選三國魏嵇叔夜(康)琴

賦:"鬱紛紜以獨茂兮,飛英蕤於昊蒼。"㊁下垂的裝飾物。禮雜記上:"大白冠、緇布之冠皆不蕤,委武玄縞而后蕤。"清孫希旦集解:"蕤者,冠纓之結於頤下,而垂餘以爲飾者也。"漢書八七上揚雄傳甘泉賦:"風傱傱而扶轄兮,鸞鳳紛其御蕤。"注:"御猶乘也。蕤,車之垂飾纓蕤也。"

【蕤賓】古樂十二律之一。位於午,在五月,故又爲農曆五月的別稱。國語周下:"四曰蕤賓,所以安靖神人,獻酬交酢也。"注:"五月蕤賓。……蕤,委柔貌也。言陰氣爲主,委柔於下,陽氣盛長於上,有似於賓主,故可用之宗廟賓客。"禮月令仲夏之月:"其音徵,律中蕤賓。"注:"蕤賓者,應鍾之所生,三分益一,律長六寸八十一分寸之二十六,仲夏氣至,則蕤賓之律應。"參閱清孫希旦集解。

【蕤鮮】鮮豔。南朝梁江淹江文通集四悼室人之三:"夏雲多雜色,紅光鑠蕤鮮。"

蕁 1. tán ㄊㄢˊ 徒含切,平,覃韻,定。

㊀草名。即知母。說文:"蕁,芜藩也。"爾雅釋草作"薚"。參閱本草綱目十二草一知母。㊁火勢上騰。淮南子天文:"火上蕁,水下流。"

2. qián ㄑㄧㄢˊ

㊂見"蕁麻"。本作"[艹燅]"。參見"[艹燅]草"。俗讀 xún。

【蕁麻】草名。一名毛[艹燅]。字本作"[艹燅]"。莖有刺,葉上有毛,觸之如蜂螫甚痛。皮之纖維,可以製線。入藥。參閱本草綱目十七草六蕁麻。

蕳 jiān ㄐㄧㄢ 古閑切,平,山韻,見。

㊀草名。即蘭草。詩鄭風溱洧:"士與女,方秉蕳兮。"㊁蓮。詩陳風澤陂:"彼澤之陂,有蒲與蕳。"箋:"蕳當作蓮,蓮,芙蕖實也。"㊂姓。漢有淮南中尉蕳忌。見史記一一八淮南厲王長傳。

䔲 dēng ㄉㄥ 都滕切,平,登韻,端。

㊀金䔲,草名,又花名。舊題晉王嘉拾遺記九:"晉武帝爲撫軍時,府內後堂砌下忽生草三株,莖黃葉綠,狀似金䔲。"宋司馬光司馬文正公集五溫中書事詩之一:"紅薇點圓荷,金䔲出幽草。"㊁苦䔲,木名,皐蘆的別稱。宋史四〇六崔與之傳:"朱崖地産苦䔲,民或取葉以代茗。"參閱本草綱目三二果四皐蘆。

蕸 xiá ㄒㄧㄚˊ 胡加切,平,麻韻,匣。

荷葉。爾雅釋草:"荷,芙渠。其莖茄,其葉蕸。"

蔽 1. bì ㄅㄧˋ 必袂切,去,祭韻,並。

㊀遮蓋,遮擋。楚辭屈原九歌國殤:"旌蔽日兮敵若雲,矢交墜兮士爭先。"史記項羽紀:"項伯亦拔劍起舞,常以身翼蔽沛公。"㊁蒙蔽。論語陽貨:"女聞六言六蔽矣乎?"疏:"蔽謂蔽塞不自見其過也。"商君書修權:"賞厚而利,刑重而必,不失疏遠,不違親近,故臣不蔽主,而下不欺上。"㊂概括。論語爲政:"詩三百,一言以蔽之,曰:思無邪。"疏:"蔽猶當也。古者謂一句爲一言,詩雖有三百篇之多,可舉一句當盡其理也。"㊃博具。楚辭宋玉招魂:"菎蔽象棊,有六簙些。"注:"菎,玉也;蔽,簙箸,以玉飾之也。"

2. piē ㄆㄧㄝ 集韻匹蔑切,入,屑韻。

㊄拂,擦。通"撆"。史記八六荆軻傳:"太子逢迎,却行爲導,跪而蔽席。"索隱:"蔽,音疋結反。蔽猶拂也。"

【蔽扞】屏障。漢桓寬鹽鐵論地廣:"故邊民百戰,而中國恬卧者,以邊郡爲蔽扞也。"參見"扞蔽"。

【蔽芾】幼小貌。詩召南甘棠:"蔽芾甘棠,勿翦勿伐。"又小雅我行其野:"我行其野,蔽芾其樗。"宋蘇軾分類東坡詩十三和趙景貺栽檜:"乃知蔽芾初,甚要封殖勤。"

【蔽匿】隱藏,掩飾。管子內業:"全心在中,不可蔽匿。"史記一〇一袁盎傳:"吳楚反,聞。鼂錯謂丞史曰:'夫袁盎多受吳王金錢,專爲蔽匿,言不反。今果反,欲請治盎宜知計謀。'"

【蔽晦】蒙蔽。楚辭屈原九章惜往日:"蔽晦君之聰明兮,虛惑誤又以欺。"漢書五行志下之上:"桓公不寤,天子蔽晦。"注:"被掩蔽而暗也。"

【蔽塞】壅塞,蒙蔽。荀子解蔽:"內以自亂,外以惑人,上以蔽下,下以蔽上,此蔽塞之禍也。"

【蔽罪】判罪。左傳昭十四年:"韓宣子命斷舊獄,罪在雍子。雍子納其女於叔魚,叔魚蔽罪邢侯。"

【蔽獄】掩蔽罪人之情、使不得自由。管子立政:"三本者審,則便辟無威於國,道塗無行禽,疏遠無蔽獄,孤寡無隱治。"

【蔽賢】埋沒賢才。國語齊:"於子之鄉,有拳勇股肱之力秀出於衆者,有則以告。有而不以告,謂之蔽賢。"漢書五行志下之上:"蔽賢絕道,故災異至絕世也。"

【蔽膝】護膝的圍裙。跪拜時用。古稱韍、韠。漢書九九上王莽傳:"母病,公卿諸侯遣夫人問疾,莽妻迎之,衣不曳地,布蔽膝。見之者以爲僮使,問知其夫人,皆驚。"

【蔽櫓】用作扞蔽的大盾牌。孫子作戰:"甲胄矢弩,戟楯蔽櫓。"

【蔽形術】即俗所謂隱身法。三國志吳吳範等傳評注引晉葛洪神仙傳:"仙人介象,字元則,會稽人,有諸方術。吳主聞之,徵象到武昌,甚敬貴之,稱爲介君,爲起宅,以御帳給之,賜遺前後累千金,從象學蔽形之術。"

【蔽月羞花】比喻美人的容態。文選三國魏曹子建(植)洛神賦:"髣髴兮若輕雲之蔽月,飄颻兮若流風之迴雪。"又宋文同丹淵集二秦王卷衣:"美人却扇坐,羞落庭下花。"也作"閉月羞花"。見該條。

蕋 ruǐ ㄖㄨㄟˇ

"蕊"的異體字。見"蕊"。

蕢 1. kuì ㄎㄨㄟˋ 求位切,去,至韻,羣。

㊀草編的筐子。論語憲問:"有荷蕢而過孔氏之門者。"

2. kuài ㄎㄨㄞˋ 集韻苦會切,去,隊韻。

㊁菜名。爾雅釋草:"蕢,赤莧。"疏:"赤莧,一名蕢,今莧菜之赤莖者也。"㊂土塊。通"凷"。見"蕢$_2$桴"。

【蕢$_2$山】山名。在陝西藍田縣南。漢書高帝紀上:"沛公引兵繞嶢關,踰蕢山,擊秦軍,大破之藍田南。"即此。參閱讀史方輿紀要五三藍田縣嶢山。

【蕢$_2$桴】祭祀所用之土塊捏成的鼓槌。蕢,土塊,通"凷";桴,鼓槌。禮禮運:"夫禮之初,始諸飲食,其燔黍捭豚,汙尊而抔飲,蕢桴而土鼓。"注:"汙尊,鑿地爲尊也;抔飲,手掬之也。蕢讀爲由,聲之誤也。由,堛也;謂摶土爲桴也。"

蕞 zuì ㄗㄨㄟˋ 才外切,去,泰韻,從。

㊀小貌。見"蕞爾"。㊁叢聚貌。見"蕞芮"。㊂用茅草等物立於地上表明定位的標幟。通"蕝"。史記九九叔孫通傳:"遂與所徵三十人西,及上左右爲學者與其弟子百餘人爲緜蕞野外,習之月餘。"參見"綿蕞"。

【蕞芮】文選晉潘安仁(岳)西征賦:"街里蕭條,邑居散逸,營宇寺署,肆廛管庫,蕞芮於城隅者，百不處一。"注："字林曰：蕞，聚貌也。說文曰：芮，小貌。"句謂陋小叢聚於一隅，不及從前百分之一。

【蕞眇】矮小。舊五代史周楊凝式傳："凝式體雖蕞眇，而精神穎悟，富有文藻，大爲時輩所推。"

【蕞殘】指殘缺零碎的斷篇文字。漢王充論衡書解："古今作書者非一，各穿鑿失經之實傳，違聖人質，故謂之蕞殘，比之玉屑。故曰：'蕞殘滿車，不成爲道；玉屑滿篋，不成爲寶。'"

【蕞爾】小貌。左傳昭七年："鄭雖無腆，抑諺曰蕞爾國，而三世執其政柄。"三國志魏賈詡傳："吳、蜀雖蕞爾小國，依阻山水……皆難卒謀也。"

【蕞角巾】少年戴的尖角帽。藝文類聚六四晉束晳近遊賦："老公戴合歡之帽，少年著蕞角之巾。"太平御覽六八七引作左思作。

蕇

diǎn ㄉㄧㄢ 多殄切，上，銑韻，端。

草名。葶藶的別名。見該條。

蕒

mǎi ㄇㄞ 莫蟹切，上，蟹韻，明。

植物名。即苦苣，又名苦蕒菜。宋書五行志三："吳孫晧天紀三年八月……又有蕒菜生于吳平家，高四尺，如枇杷形，上圓，徑一尺八寸，莖廣五寸，兩邊生葉，綠色。"參見"苦苣"、"苦蕒"。

藹

kē ㄎㄜ 苦禾切，平，戈韻，溪。

㊀美貌。詩衛風考槃："考槃在阿，碩人之藹。"釋文："韓詩作偈，偈，美貌。"傳箋皆取空中之義。見清馬瑞辰毛詩傳箋通釋六考槃。或以藹即"窠"的古文，爲退藏之義。見清雷學淇介菴經說三詩說藹古窩字。㊁草名。說文："藹，艸也。"清王筠說文解字句讀："或即萵苣。"

【藹軸】詩魏風考槃："考槃在阿，碩人之藹。"又："考槃在陸，碩人之軸。"箋："藹，飢意；軸，病也。"後藹軸連用，比喻病困。文選南齊王元長（融）三月三日曲水詩序："沈冥之怨既缺，藹軸之疾已消。"注："謂賢人隱居而離病困也。"晉書郤詵傳論："朝廷屬意于求賢，藹軸有懷于干祿。"言在野困處之人有乘時入仕之意。

蕣

shùn ㄕㄨㄣ 舒閏切，去，稕韻，審。

說文作"舜"。灌木名。即木槿。夏秋開花，朝開暮斂。宋書袁淑傳史臣曰："天長地久，人道則異於時，蕣華朝露，未足以言也。"參見"木槿"。

【蕣榮】木槿花，朝開夕萎。藝文類聚七九三國魏陳琳神女賦："答玉質於苕華，擬豔姿於蕣榮。"文選晉郭景純（璞）遊仙詩之七："蕣榮不終朝，蜉蝣豈見夕。"

蔿

wěi ㄨㄟ 韋委切，上，紙韻，于。

㊀草名。見說文。㊁地名。春秋楚邑。左傳僖二七年："子玉復治兵於蔿。"㊂姓。春秋晉士蔿之後，子孫以王父之字爲蔿氏。見元和姓纂六紙。

蕃

1. fán ㄈㄢ 附袁切，平，元韻，並。
ㄈㄢ 甫煩切，平，元韻，並。

㊀草木茂盛。易坤："天地變化，草木蕃。"㊁生息，繁殖。左傳僖二三年："男女同姓，其生不蕃。"文選漢張平子（衡）南都賦："固靈根於夏葉，終三代而始蕃。"㊂衆多。漢書食貨志下賈誼諫："今辨事棄捐，而采銅者日蕃。"

2. fān ㄈㄢ 甫煩切，平，元韻，幫。

㊃通"繁"。見"繁弱"。㊄草名。即"薠"。山海經西山經："陰山，上多穀無石，其草多茆蕃。"注："蕃，青蕃。似莎而大。"㊅鳥名。山海經北山經："（涿光之山）其鳥多蕃。"注："或云即鴞。"㊆屏障。通"藩"。詩大雅崧高："四國于蕃，四方于宣。"箋："四國有難，則往扞禦之，爲之蕃屏。"㊇附屬。通"番"。周禮秋官大行人："九州之外，謂之蕃國。"

3. pí ㄆㄧ

㊈姓。後漢書六七黨錮傳序有蕃嚮。

【蕃₂臣】藩屬的大臣。韓非子孤憤："是以國地削而私家富，主上卑而大臣重。故主失勢而臣得國，主更稱蕃臣，而相室剖符，此人臣之所以譎主便私也。"史記楚世家："楚王至，則閉武關，遂與西至咸陽，朝章臺，如蕃臣，不與亢禮。"

【蕃₂坊】宋代入華外國人聚居的地方。宋朱彧萍洲可談二："廣州蕃坊，海外諸國人聚居。置蕃長一人，管勾蕃坊公事，專切招邀蕃商入貢，用蕃官爲之，巾袍履笏如華人。蕃人有罪，詣廣州鞫實，送蕃坊行遣。"

【蕃₂圻】古稱國都五千里以外的地域。國語周上"戎、狄荒服"三國吳韋昭注："戎、狄，去王城四千五百里至五千里也。四千五百里爲鎮圻，五千里爲蕃圻。"

【蕃₂佐】屏藩和輔佐。同"藩佐"。南朝梁江淹江文通集二褚侍中爲征北長史詔："門下蕃佐須才，非良莫寄。"

【蕃₂兵】宋代在邊境地區招募少數民族組成的守軍。宋史兵志五："蕃兵者，具籍塞下内屬諸部落，團結以爲蕃籬之兵也。"

【蕃育】繁衍。左傳昭元年："余命而子曰虞，將與之唐，屬諸參，而蕃育其子孫。"

【蕃昌】繁息昌盛。墨子明鬼下："使若國家蕃昌，子孫茂，毋失鄭。"漢王符潛夫論忠貴："竊亢龍之極貴者，未嘗不破亡也；成天地之大功者，未嘗不蕃昌也。"

【蕃₂服】蕃，同"藩"。相傳古代天子所住爲王畿，畿外地方按遠近分爲九等，稱九服。其最外之地域稱蕃服。書周官"六服羣辟"唐孔穎達疏："夷、鎮、蕃三服在九州之外。"參見"九服㊀"、"藩服"。

【蕃₂客】外國的賓客。隋書禮儀志四："梁元會之禮，……羣臣及諸蕃客並集，各從其班而拜。"新唐書百官志一："凡蕃客至，鴻臚訊其國山川、風土，爲圖奏之，副上於職方。"

【蕃₂屏】屏藩，捍衛。左傳僖二四年："昔周公弔二叔之不咸，故封建親戚以蕃屏周。"又昭九年："文武成康之建母弟，以蕃屏周。"

【蕃衍】繁盛衆多。詩唐風椒聊："椒聊之實，蕃衍盈升。"

【蕃弱】古弓名。即"繁弱"。漢書五七司馬相如傳上林賦："彎蕃弱，滿白羽，射游梟，櫟蜚遽。"注引文穎："蕃弱，夏后氏之良弓名。"史記作"繁弱"。

【蕃息】繁殖增多。莊子天下："以衣食爲主，蕃息畜藏，老弱孤寡爲意，皆有以養民之理也。"史記秦紀："非子居犬丘，好馬及畜，善養息之，犬丘人言之周孝王，孝王使主馬于汧渭之間，馬大蕃息。"

【蕃庶】衆多。繁殖。易晉："康侯用錫馬蕃庶，晝日三接。"國語周上："民之蕃庶於是乎生。"

【蕃₂國】㊀古稱藩屬的地區。周禮秋官大行人："九州之外謂之蕃國。"㊁泛指外國。宋史食貨志下八："雍熙中，遣内侍八人齎敕書金帛，分四路招致海南諸蕃。商人出海外蕃國販易者，令並詣兩浙市舶司請給官券，違者沒入其寶貨。"

【蕃₂舶】外國貨船。唐韓愈昌黎集三三唐正議大夫尚書左丞孔公墓誌銘："蕃舶之至，泊步有下碇之稅，始至有閱貨之燕，犀珠磊落，賄及僕隸。"司空圖司空表聖詩集二雜題之五："岸香蕃舶月，洲色海煙春。"

【蕃₂朝】藩王議政治事之府。文選晉陸士衡（機）答賈長淵詩："往踐蕃朝，來步紫微，升降秘閣，我服載暉。"注："蕃朝，昊也。」宋書顏竣傳：「竣藉蕃朝之舊，極陳得失。」孝武帝先爲武陵王，竣爲僚佐，故爲蕃朝舊臣。

【蕃殖】繁育增長。國語周上：「夫民之大事在農，……財用蕃殖，於是乎始。」又越下：「五穀睦熟，民乃蕃殖。」

【蕃滋】繁衍滋長。左傳桓六年：「博碩肥腯，謂民力之普存也，謂其畜之碩大蕃滋也。」漢書八八儒林傳贊：「自武帝立五經博士，開弟子員，設科射策，勸以官祿，訖於元始，百有餘年，傳業者寖盛，支葉蕃滋。」

【蕃廡】滋長茂盛。書洪範：「各以其敍，庶草蕃廡。」傳：「蕃，滋；廡，豐也。」也作「蕃蕪」。後漢書四十下班固傳靈臺詩：「百穀溱溱，庶卉蕃蕪。」

【蕃樂】停止舉樂。周禮地官大司徒：「以荒政十有二……九曰蕃樂。」注：「杜子春讀蕃樂爲藩樂，謂閉藏樂器而不作。」

【蕃蔽】屏障。漢桓寬鹽鐵論擊之：「撫從方國以爲蕃蔽。」後漢書八九南匈奴傳：「於是款五原塞，願永爲蕃蔽，扞禦北虜。」

【蕃踰】魚名。即海鷂魚。太平御覽九三九蕃踰魚引魏武四時食制：「蕃踰魚，如鼈，大如箕，甲上邊有髯，無頭，口在腹下，尾長數尺，有節，有毒，螫人。」也作「蕃蹹」。參閱本草綱目四四鱗海鷂魚。

【蕃₂薯】甘薯的別稱。清周亮工閩小紀下蕃薯：「萬歷中，閩人得之外國。瘠土砂礫之地，皆可以種。」也作「番薯」。清吳震方嶺南雜記下：「番薯，有數種，江浙近亦甚多而賤，皆從海舶來者。形如山藥而短，皮有紅白二種，香甘可代飯。」參見「甘薯」。

【蕃鮮】茂盛新鮮。易說卦：「震，爲雷，爲龍……爲蕃鮮。」疏：「鮮，明也。取其春時草木蕃育而鮮明。」

【蕃釐】多福。漢書禮樂志二郊祀歌十九章之七：「惟泰元尊，媼神蕃釐。」注：「泰元，天也。蕃，多也。釐，福也。」

【蕃羅】紗羅織品。即番羅。元吳萊淵穎集二大食瓶詩：「漢玉堆模笴，蕃羅塞鞍韉。」參見「番羅」。

【蕃變】極其思慕。漢蔡邕蔡中郎文集四漢交趾都尉胡府君夫人黃氏神誥：「登壽耄耋，用永蕃變。」注：「『變』鈔本作『戀』。案，『戀』訓係慕，『變』亦有慕之訓。」

【蕃籬】㊀牆壁。國語吳：「孤用親聽命於蕃籬之外。」注：「蕃籬，壁落。」㊁屏障。文選漢賈誼過秦論：「乃使蒙恬北築長城，而守蕃籬。」

蕎 1. jiāo 舉喬切，平，宵韻，見。
ㄐㄧㄠ

㊀藥草名。大戟的別稱。見「大戟」。

2. qiáo 巨嬌切，平，宵韻，羣。
ㄑㄧㄠ

㊁蕎麥。宋陸游劍南詩稿十九九月初郊行詩：「蕎花漫漫連山路，豆莢離離映版扉。」見「蕎₂麥」。

【蕎₂麥】植物名。草本，莖赤，弱而翹，葉爲三角形，有長柄。子實磨麪如麥，供食用。參閱政和證類本草二五蕎麥。

蕛 tí 杜奚切，平，齊韻，定。
ㄊㄧˊ

草名。似稗草。爾雅釋草：「蕛，英。」注：「蕛似稗，布地生，穢草。」清郝懿行義疏：「蕛或作稊，又通作荑。……今驗其葉似稻而細，青綠色，作穗似稗而小。」

蕪 wú 武夫切，平，虞韻，明。
ㄨˊ

㊀田地荒廢，長滿野草。國語周下：「田疇荒蕪，資用乏匱。」楚辭屈原九章哀郢：「曾不知夏之爲丘兮，孰兩東門之可蕪？」㊁叢生的草。文選南朝宋顏延年（延之）秋胡詩：「寢興日已寒，白露生庭蕪。」注：「爾雅曰：蕪，草也。」唐杜甫杜工部詩史補遺一徐步：「整履步青蕪，荒庭日欲晡。」㊂雜亂。世說新語文學：「孫興公（綽）云：『潘（岳）文淺而淨，陸（機）深而蕪。』」

【蕪舛】雜亂，錯亂。晉書王隱傳：「隱雖好著述，而文辭鄙拙，蕪舛不倫。」

【蕪没】掩没於雜草之中。藝文類聚八一南朝梁沈約愍衰草賦：「園庭漸蕪没，霜露日霑衣。」

【蕪音】繁雜之聲。宋書謝靈運傳論：「王褒、劉向、揚、班、崔、蔡之徒，異軌同奔，遞相師祖。雖清辭麗曲，時發乎篇，而蕪音累氣，固亦多矣。」

【蕪城】古城名。即廣陵城。故城在今江蘇江都縣境。戰國楚地。秦漢置縣。西漢吳王劉濞都此，築廣陵城。南朝宋竟陵王劉誕據廣陵反，兵敗死，城邑荒蕪，鮑照作蕪城賦諷之，因名蕪城。鮑賦見文選。一說即邗溝城。漢以後荒廢，故名。參閱讀史方輿紀要二三揚州府、嘉慶一統志九七揚州府二。

【蕪俚】鄙陋粗俗。宋史三四四李之純傳：「御史周尹劾廣西提點刑獄許彥先受邕吏金，命之純往究其端，乃起於出婢之口。之純以爲蕪俚之言，不治，彥先得免。」

【蕪荑】木名。即姑榆，又名無姑。葉果皮皆入藥。見「姑榆」。

【蕪昧】雜亂不明。舊唐書禮儀志二顏師古議明堂：「徒以戰國縱橫，典籍廢棄，暴秦酷烈，經禮湮亡。今之所存，傳記雜說，用爲準的，理實蕪昧。」

【蕪淺】蕪雜淺薄。唐盧照鄰幽憂子集一雙槿樹賦序：「學涉蕪淺，文多瞀漏。」漏，一作「陋」。

【蕪累】文辭繁雜累贅。唐劉知幾史通題目：「魚豢姚察著魏梁二史，巨細畢載，蕪累甚多，而俱牓之以略，考名責實，奚其爽歟！」宋歐陽修文忠集九五上胥學士（偃）啟：「是敢强飾固陋之容，庶伸伏拜之謁，綴窮愁之汗簡，奏蕪累之庸音。」

【蕪湖】縣名。屬安徽省。春秋吳鳩兹地。漢置縣，屬丹陽郡。因地勢低窪蓄水而生蕪藻，故名。東晉於此僑置豫州，爲州治，安帝時併入襄垣。隋省入當塗。唐武德時爲蕪湖鎮。五代吳復置蕪湖縣。歷代相因。明清皆屬太平府。參閱寰宇通志十太平府。

【蕪菁】蔬菜名。又名蔓菁，俗稱大頭菜。根塊肉質，可供蔬食。後漢書桓帝紀永興二年六月詔：「蝗災爲害，……其令所傷郡國種蕪菁以助人食。」唐韓愈昌黎集七感春詩之二：「黃黃蕪菁花，桃李事已畢。」

【蕪漫】㊀荒蕪，荒涼。唐韋應物韋江州集三簡郡中諸生詩：「藥園日蕪漫，書帷長自閒。」㊁蕪雜散漫。南朝梁鍾嶸詩品上：「若但用賦體，則患在意浮，意浮則文散。嬉成流移，文無止泊，有蕪漫之累矣。」

【蕪蕪】草木叢生貌。南齊謝朓謝宣城集一遊後園賦：「積芳兮選木，幽蘭兮翠竹。上蕪蕪以蔭景，下田田兮被谷。」

【蕪雜】繁雜混亂。文苑英華七九三唐盧藏用陳子昂別傳：「嘗恨國史蕪雜，乃自漢孝武之後，以迄于唐，爲後史記，綱紀粗立。」

【蕪穢】㊀荒廢，指田地不整治而雜草叢生。楚辭屈原離騷：「雖萎絕其亦何傷兮，哀衆芳之蕪穢。」史記一一七司馬相如傳哀二世賦：「操行之不得兮，墳墓蕪穢而不脩兮，魂無歸而不食。」㊁雜亂。淮南子齊俗：「原人之性，蕪穢而不得清明者，物或堁之也。」

【蕪蔞亭】古蹟名。後漢劉秀在薊，聞王郎等入邯鄲稱帝，與鄧禹馮異等晝夜急馳南下，至饒陽蕪蔞亭，天寒飢疲，僅得以豆粥爲食。見後漢書十七馮異傳。

故地在今河北饒陽縣滹沱河濱。

蕠 lí 力脂切,平,脂韻,來。ㄌㄧˊ

同"藜"。蒺藜,植物名。易困:"據于蒺蕠。"

蕉 1. jiāo 即消切,平,宵韻,精。ㄐㄧㄠ

㊀生麻。見說文。㊁植物名。即芭蕉。見該條。

2. qiáo ㄑㄧㄠˊ

㊂柴薪。通"樵"。見"蕉₂鹿"。㊃通"憔"。見"蕉₂萃"。

【蕉布】用芭蕉纖維製成的布。後漢書四九王符傳"葛子升越,筩中女布"注引沈懷遠南越志:"蕉布之品有三,有蕉布,有竹子布,又有葛焉。"清李調元南越筆記五:"蕉類不一,其可爲布者曰蕉麻,山生或田種,以蕉身熟踏之,煮以純灰水,漂澼令乾,乃績爲布。本蕉也,而曰蕉麻,以其爲用如麻故。……廣人頗重蕉布,出高要寶查廣利等村者尤美。"

【蕉衣】用蕉布製成的衣服。全唐詩六一二皮日休臨頓爲吳中偏勝之地陸魯望居之……因成五言十首奉題屋壁之五:"僧雖與筒簟,人不典蕉衣。"

【蕉紅】顏色名。宋宋祁益部方物略記:"紅蕉花,於芭焦蓋自一種,葉小,其花鮮明可喜。蜀人語,染深紅者謂之蕉紅,蓋倣其殷麗云。"

【蕉₂鹿】列子周穆王:"鄭人有薪於野者,遇駭鹿,御而擊之,斃之。恐人見之也,遽而藏諸隍中,覆之以蕉,不勝其喜。俄而遺其所藏之處,遂以爲夢焉。"後用以比喻人世真假雜陳,得失無常。宋周必大益公題跋十一題與王洋手書:"芻狗已陳,豈應復盛篋衍;蕉鹿雖在,未知其爲彼夢耶?"明宋濂宋學士集十五崆峒雪樵賦:"既消搖而咏歸,忘蕉鹿於今昔。"

【蕉₂萃】指卑賤低下的人。左傳成九年:"詩曰:雖有絲麻,無弃菅蒯;雖有姬、姜,無弃蕉萃。"注:"蕉萃,陋賤之人。"後漢書四八應劭傳上漢儀奏引作"憔悴"。

【蕉葉】㊀芭蕉葉。北周庾信庾子山集四奉和夏日應令詩:"衫含蕉葉氣,扇動竹花涼。"㊁淺的酒杯。形似蕉葉得名。宋詩鈔陳造江湖長翁詩鈔雪夜與師是棋次前韻:"掀髯得一笑,爲汝倒蕉葉。"

【蕉葛】夏布的一種。文選晉左太沖(思)吳都賦:"蕉葛升越,弱於羅紈。"注:"蕉葛,葛之細者。"晉嵇含南方草木狀上:"此(甘蕉)有三種:……一種大如藕,……其莖解散如絲,以灰練之,可紡績爲絺綌,謂之蕉葛。"一說蕉和葛是兩種不同的布名。見清李調元南越筆記五葛布。

【蕉葉白】端硯的一種。產於廣東肇慶羚羊峽北岸坑。石質堅實細潤,色青,紋理間有純白片如蕉葉,故名。見清納蘭性德淥水亭雜識三、吳震方嶺南雜記上。

蕕 yóu 以周切,平,尤韻,喻。ㄧㄡˊ

水草名。也作"莤"。別名蔓于。其味惡臭。左傳僖四年:"一薰一蕕,十年尚猶有臭。"注:"蕕,臭草。"禮內則"牛夜鳴則庮"漢鄭玄注引春秋傳作"一薰一庮"。參見"庮"。

葍 fù 房六切,入,屋韻,並。ㄈㄨˋ

草名。即旋覆花。又名金沸草、金錢花。爾雅釋草:"葍,盜庚。"注:"旋覆,似菊。"參見"旋覆花"。

蒘 rú 人諸切,平,魚韻,日。ㄖㄨˊ

㊀黏著。史記一〇二張釋之傳:"以北山石爲椁,用紵絮斮陳,蒘漆其閒,豈可動哉!"㊁草名。蒘藘。也作"茹藘"。見該條。

薌 1. xiāng 許良切,平,陽韻,曉。ㄒㄧㄤ

㊀穀類的香氣。見"薌合"、"薌萁"。㊁調味的香草。禮內則:"雉,薌無蓼。"注:"薌,蘇荏之屬也。"㊂通"香"。荀子非相:"欣驩芬薌以送之。"注:"芬薌,言至芳絜也。"

2. xiǎng ㄒㄧㄤˇ

㊃通"響"。漢書八七上揚雄傳甘泉賦:"薌昳肸以掍根兮,聲駍隱而歷鍾。"注:"又言風之動樹,聲響振起衆根合,……薌,讀與響同。"

【薌合】黍類。黍稷今之小米,性黏,有香氣,故曰薌合。禮曲禮下:"凡祭宗廟之禮,……黍曰薌合。"疏:"夫穀,秫者曰黍,秫既軟而相合,氣息又香,故曰薌合也。"

【薌林】宋代園林名。宋向子諲因忤秦檜意,辭官閒居,號其宅爲薌林。見宋史三七七本傳。宋朱熹朱文公集五過樟木鎮晚晴詩之一:"朝晴遣我看薌林,頃刻浮雲萬里陰。"

【薌萁】高粱。禮曲禮下:"凡祭宗廟之禮,……梁曰薌萁。"注疏皆以其爲語辭。或訓萁爲莖,粱之莖獨高大於他穀,俗稱高粱。以其氣息香而莖高大,故曰薌萁。參閱清孫希旦集解六。

【薌澤】即香澤。香氣。史記一二六淳于髡傳:"羅襦襟解,微聞薌澤。"

蕝 1. jué 子悅切,入,薛韻,精。ㄐㄩㄝˊ 子芮切,去,祭韻,精。

㊀束茅立於地面,爲表明位次的標志。國語晉八:"昔成王盟諸侯于岐陽,楚爲荊蠻,置茅蕝,設望表。"注:"蕝,謂束茅而立之,所以縮酒。望表,謂望祭山川,立木爲表,表其位也。"參見"緜蕝"。㊁浮子,魚漂。唐陸龜蒙甫里集九和吳中書事寄漢南裴尚書詩:"三泖涼波漁蕝動,五茸春草雉媒嬌。"

十三畫

蒿 hào 胡老切,上,晧韻,匣。ㄏㄠˋ

草名。蒿侯,莎草的別名。爾雅釋草:"蒿侯,莎;其實媞。"注:"夏小正曰:蒿也者,莎蒿,媞者其實。"清郝懿行義疏:"說文:莎,鎬侯也。……本草別錄:莎,一名夫須,須莎蒿俱雙聲。其根名香附,其實名媞。"參見"莎草"。

薄 1. bó 傍各切,入,鐸韻,並。ㄅㄛˊ

㊀草木叢生處。楚辭屈原九章涉江:"露申辛夷,死林薄兮。"注:"叢木爲林,草木交錯曰薄。"㊁簾子。莊子達生:"有張毅者,高門縣薄,无不走也。"唐成玄英疏:"高門,富貴之家也;縣薄,垂簾也。"㊂用竹篾等編成的養蠶器具。見"薄曲"。㊃厚度小的。詩小雅小旻:"戰戰兢兢,如臨深淵,如履薄冰。"㊄輕微,微少。易繫辭下:"德薄而位尊,知小而謀大。"㊅味淡。莊子胠篋:"魯酒薄而邯鄲圍。"㊆土質貧瘠。左傳成六年:"郇瑕氏土薄水淺。"㊇不厚道,不寬厚。史記六八商君傳贊:"商君,其天資刻薄人也。"索隱:"刻謂用刑深刻;薄謂棄仁義,不悃誠也。"㊈減輕,減損。周禮地官大司徒:"以荒政十有二聚萬民,一曰散利,二曰薄征,……十有二曰盜賊。"呂氏春秋仲夏:"止聲色,無或進;薄滋味,無致和。"㊉輕視,鄙薄。史記六五吳起傳:"其母死,起終不歸。曾子薄之,而與起絕。"⑪迫,逼迫。易說卦:"山澤通氣,雷風相薄。"左傳文十二年:"不待期而薄人於險,無勇也。"⑫逼近,靠近。書益稷:"外薄四海,咸建五長。"文選晉李令伯(密)陳情表:"但以劉日薄西山,氣息奄奄,人命危淺,

朝不慮夕。”劉，李密祖母劉氏。㈢停止，依附。楚辭屈原九章哀郢：“淩陽侯之氾濫兮，忽翺翔之焉薄？”文選南朝宋謝靈運富春渚詩：“定山緬雲霧，赤亭無淹薄。”注：“薄與泊同。”㈣柱上斗拱。通“欂”。爾雅釋宮：“屋上薄謂之筄。”注：“屋笮。”參見“薄櫨”。㈤發語詞。詩周南芣苢：“采采芣苢，薄言采之。”又小雅六月：“薄伐玁狁，以奏膚公。”㈥語助詞。含有聊且、勉力之意。詩周南葛覃：“薄汙我私，薄澣我衣。”㈦地名。通“亳”。荀子議兵：“古者湯以薄，武王以滈，皆百里之地也。”注：“薄與亳同，滈與鎬同。”參見“亳”。㈧姓。春秋宋大夫食邑，因以食邑爲氏。漢有薄昭。見元和姓纂十鐸。

2. bò ㄅㄛˋ

㈨見“薄₂荷”。

【薄夫】淺薄輕浮的人。孟子萬章下：“故聞柳下惠之風者，鄙夫寬，薄夫敦。”唐盧仝玉川子集二歎昨日詩之二：“薄夫有錢恣張樂，先生無錢養恬漠。”

【薄民】粗鄙輕浮之人。漢書五八公孫弘傳上疏言治道：“夫使邪吏行弊政，用倦令治薄民，民不可得而化，此治之所以異也。”

【薄田】貧瘠的田。三國志蜀諸葛亮傳自表後主：“成都有桑八百株，薄田十五頃，子弟衣食，自有餘饒。”

【薄衣】粗糙的衣服。後漢書三五鄭玄傳戒子益恩書：“菲飲食，薄衣服。”梁書武帝紀入屯閲武堂下令：“菲食薄衣，請自孤始。”也指單薄的衣服。唐杜甫杜工部草堂詩箋三七上巳日徐司錄林園宴集：“薄衣臨積水，吹面受和風。”

【薄曲】養蠶器具。用竹葦編造。薄，蠶簾；曲，蠶匾。史記絳侯周勃世家：“勃以織薄曲爲生。”索隱：“韋昭云‘北方謂薄爲曲’。許慎注淮南云‘曲，葦薄也’。”

【薄伎】微小的才能或技藝。同“薄技”。漢書六二司馬遷傳報任安書：“僕少負不羈之才，長無鄉曲之譽，主上幸以先人之故，使得奉薄伎，出入周衞之中。”北齊顏之推顏氏家訓勉學：“諺曰：積財千萬，不如薄伎在身。”

【薄伐】㊀征伐。薄，發語詞。詩小雅出車：“赫赫南仲，薄伐西戎。”晉書孫楚傳：“宣王薄伐，猛鋭長驅。”㊁指先世的功績和官籍。同“薄閥”。漢應劭漢官儀上：“丞，皆選孝廉郎，年少薄伐者。”三國志魏傳嘏傳：“案品狀則實才未必當，任薄伐則德行未爲敍，如此則殿最之課，未盡人材。”參見“簿閥”、“伐閲”。

【薄行】品行輕薄。三國志魏劉曄傳：“少子陶，亦高才而薄行，官至平原太守。”世說新語文學：“郭象者，爲人薄行有儁才。”

【薄社】即“亳社”。古代建國時必先立社，以祭祀地神。禮郊特牲：“薄社北牖，使陰明也。”疏：“薄社北牖，使陰明也者，即喪國社也。殷始都薄，故呼其社爲薄社也。”釋文：“薄，本又作亳。”參見“亳社”。

【薄技】淺薄的技能。淮南子道應：“臣有薄技，願爲君行之。”參見“薄伎”。

【薄作】作爲，當作。薄，語助詞，有聊且之意。晉陶潛陶淵明集二與殷晉安別詩：“去歲家南里，薄作少時鄰；負杖肆游從，淹留忘宵晨。”

【薄夜】㊀猶言短夜。指即將破曉。南朝陳徐陵徐孝穆集一春情詩：“薄夜迎新節，當壚却晚寒。”㊁傍晚。樂府詩集八十水鼓子：“雕弓白羽獵初回，薄夜牛羊復下來。”㊂餅名。初學記二六荀氏四時列饌傳：“春有𩜱頭餅，夏祠以薄夜代𩜱頭。”又晉束皙餅賦：“炎律方回，純陽布暢，服絺飲冰，隨陰而涼，此時爲餅，莫若薄夜。”參見“薄持”。

【薄具】不豐盛的肴饌。文選漢司馬長卿(相如)長門賦：“修薄具而自設兮，君曾不肯兮幸臨。”注：“具，肴饌也。”唐呂向注：“薄其清潔之饌。”今謂薄具菲酌，本此。

【薄命】天命短促，命運不好。列子力命：“夫北宮子厚於德，薄於命；汝厚於命，薄於德。”漢書九七下外戚傳孝成許皇后上疏言椒房用度：“妾薄命，端遇竟寧前。”竟寧，漢元帝年號。宋蘇軾分類東坡詩四薄命佳人：“自古佳人多命薄，閉門春盡楊花落。”

【薄宦】卑微的官職。宋書陶潛傳：“潛弱年薄宦，不潔去就之迹，自以曾祖晉世宰輔，恥復居身後代，自高祖(劉裕)王業漸隆，不復肯仕。”

【薄持】餅名。宋歐陽修歸田錄二：“晉束皙餅賦有饅頭、薄持、起溲、牢九之號，惟饅頭至今名存，而起溲、牢九皆莫曉爲何物。薄持，荀氏又謂之薄夜，亦莫知何物也。”按晉束皙餅賦，北堂書鈔一四四、太平御覽八六〇皆作“薄壯”，初學記二六作“薄夜”。

【薄相】輕薄之相。指捉弄、開玩笑之意。宋蘇軾分類東坡詩五贈虔州慈雲寺鑒老：“徧界難藏真薄相，一絲不掛且逢場。”又十九次韻黃魯直赤目：“天公戲人亦薄相，略遣幻翳生明珠。”先濼殘存錢大昕和練川雜韻詩之十七：“燒香繞罷遊園去，延綠軒前薄相回。”注：“俗呼嬉遊爲薄相。”

【薄眉】淺黛色之眉。舊題漢伶玄飛燕外傳：“(趙合德)爲薄眉，號遠山黛；施小朱，號慵來粧。”

【薄俗】輕薄的風俗。漢書元帝紀永光元年詔：“重以周秦之弊，民漸薄俗，去禮義，觸刑法，豈不哀哉！”晉書虞預傳：“窮奢竭費謂之忠義，省煩從簡呼爲薄俗，轉相放效，流而不返。”

【薄海】接近海邊。書益稷：“外薄四海，咸建五長。”疏：“薄者，逼近之義。……外迫四海，言從京師而至於四海也。”史記漢興以來諸侯王年表：“常山以南，大行左轉，度河、濟、阿、甄以東薄海，爲齊、趙國。”後泛指海内外廣大的地區。宋史樂志八紹興親享明堂二十六首之十四：“一德開基，百年垂統。中天禘郊，薄海朝貢。”元詩別裁范梈理盜畋至海康：“酒酣點筆賦新句，薄海傳誦令人驚。”

【薄情】無情。詩詞中多用以指久別的夫婿。宋李獻民雲齋廣錄一：“進士丁渥在太學，夢歸家見妻於燈下，披箋握管，爲書寄生。……又於別幅見詩一首云：‘淚濕香羅帕，臨風不肯乾；欲憑西去雁，寄與薄情看。’”(說郛三)

【薄莫】傍晚。莫，同“暮”。史記一一一驃騎將軍(霍去病)傳：“薄莫，單于遂乘六贏，壯騎可數百，直冒漢圍西北馳去。”百衲本作“薄暮”。

【薄₂荷】草名。漢揚雄甘泉賦作“茇葀”，呂忱字林作“茇苦”，唐孫思邈千金方作“蕃荷”，陳士良食性本草作“菝蔄”。莖葉有異香，入藥，可製薄荷油、薄荷腦等。參閱本草綱目十四草三薄荷。

【薄終】不能善終。文選魏曹子建(植)樂府詩四首箜篌引：“久要不可忘，薄終義所尤。”唐劉良注：“久要，久交也。薄終，薄行於終，義所非也。”指交情最後淡薄。

【薄寒】㊀逼迫的寒氣。文選戰國楚宋玉九辯：“憯悽增欷兮，薄寒之中人。”唐張銑注：“薄，迫也。有似迫寒之傷人。”唐柳宗元柳先生集三十與蕭翰林俛書：“忽遇北風晨起，薄寒中體，則肌革慘懍。”㊁輕寒。唐杜甫杜工部草堂詩箋十九重簡王明府：“甲子西南異，冬來只薄寒。”

【薄媚】㊀姿態淡雅。唐陸龜蒙甫里集八和行次野梅韻詩：“風憐薄媚留香與，月會深情借豔開。"㊁唐教坊曲調名。唐劉禹錫劉夢得集外集八曹剛詩:"一聽曹剛彈薄媚,人生不合出京城。"按詞譜四有董穎所作薄媚詞十首,爲宋時大曲。

【薄落】㊀藩籬,籬笆。三國志吳徐盛傳:"後魏文帝大出,有渡江之志,盛建計從建業築圍,作薄落,圍上設假樓,江中浮船。"㊁津名。後漢書七四上袁紹傳:"三月上巳,大會賓徒於薄落津。"水經注十濁漳水:"漳水又歷經(鉅鹿)縣故城西,水有故津,謂之薄落津。"㊂水名。淮南子覽冥:"故嶢山崩而薄落之水涸,區冶生而淳鈞之劍成。"注:"嶢山在雍州也。薄落水在馮翊臨晉,山窮相通也。一曰,薄落,涇水也。"㊃山名。淮南子地形:"漢出嶓冢,涇出薄落之山。"注:"薄落之山,一名笄頭山,安定臨涇縣西。"

【薄葬】儉約的葬儀。荀子正論:"太古薄葬,棺厚三寸,衣衾三領。"漢王充論衡有薄葬篇。

【薄裝】淡粧。文選戰國楚宋玉神女賦序:"嫷被服,侻薄裝,沐蘭澤,含若芳。"裝,也作"粧"、"妝"。藝文類聚十八南朝梁沈約麗人賦:"來脫薄粧,去留餘膩。"唐王維王右丞集二扶南曲歌詞之四:"入春輕衣好,半夜薄妝成。"

【薄餅】㊀餅名。周書王羆傳:"嘗有臺使,羆爲其設食。使乃裂其薄餅緣。"㊁薄餅疊置。比喻順次序。宋吳處厚青箱雜記四:"劉暐未第前,娶趙晃之長女,早亡;而趙氏猶有七九二妹。既而,劉公登科,……蓋劉公不欲七姨爲匹,意欲九姨議姻故也。(趙)夫人詰之曰:'諺云:薄餅從上揭。劉郎纔及第,豈得便簡點人家女?'"

【薄蝕】日月相掩食。呂氏春秋明理:"其月有薄蝕。"注:"薄,迫也。日月激會相掩,名爲薄食。"

【薄暮】接近日落,傍晚。楚辭屈原天問:"薄暮雷電歸何憂?厥嚴不奉帝何求?"文選魏武帝(曹操)苦寒行:"迷惑失故路,薄暮無宿棲。"也作"薄莫"。

【薄器】竹製的器具,器物之不經用者。荀子禮論:"陶器不成物,薄器不成內。"注:"薄器,竹葦之器;不成內,謂有其外形,內不可用也。"

【薄遽】急迫。漢書六四上嚴助傳諭淮南王:"王居遠,事薄遽,不與王同其計。"

【薄薄】㊀車疾馳聲。詩齊風載驅:"載驅薄薄,簟茀朱鞹。"㊁廣大貌。猶磅礴。荀子榮辱:"故薄薄之地,不得履之。"㊂淡,味不厚。宋蘇軾分類東坡詩十三薄薄酒:"薄薄酒,勝茶湯;麄麄布,勝無裳。"

【薄斂】減輕賦稅。國語晉四:"棄責薄斂,施舍分寡。救乏振滯,匡困資無。"漢書三五吳王濞傳贊:"吳王擅山海之利,能薄斂以使其衆。"

【薄靡】輕微浮散。淮南子天文:"清陽者薄靡而爲天,重濁者凝滯而爲地。"注:"薄靡者,若塵埃飛揚之貌。"

【薄藝】小技,平凡的技能。事林廣記前集九下應世警語:"良田萬頃,不如薄藝隨身。"擅藝事者,多以此爲自謙之辭。

【薄櫨】柱上斗拱。漢書八七上揚雄傳甘泉賦:"香芬茀以穷隆兮,擊薄櫨而將榮。"又九九下王莽傳:"太初祖廟東西南北各四十丈,高十七丈,餘廟半之。爲銅薄櫨,飾以金銀琱文,窮極百工之巧。"注:"薄櫨,柱上枅,卽今所謂楮也。"

【薄伽梵】梵語音譯,意譯世尊,爲佛十種尊號之一。唐玄奘佛地經論一:"薄伽梵者,謂薄伽聲依六義轉,一自在義,二熾盛義,三端嚴義,四名稱義,五吉祥義,六尊貴義。"參閱翻譯名義集一十種通號。

【薄笨車】竹車,粗陋的車子。宋書劉凝之傳:"妻亦能不慕榮華,與凝之共安儉苦。夫妻共乘薄笨車,出市買易,周用之外,輒以施人。"宋晁載之續談助四:"郭林宗(泰)來遊京師,當還鄉,送車千乘,詣大槐客舍而別。惟李膺與林宗共乘薄笨車上大坂,觀者數千人,望之眇若松喬之雲漢。"

【薄物細故】微小的事情。史記一一〇匈奴傳漢文帝後二年遺匈奴書:"朕追念前事,薄物細故,謀臣計失,皆不足以離兄弟之驩。"

【薄骨律鎮】古地名。故址在今寧夏靈武縣境古黃河沙洲上。水經注三河水:"河水又北逕薄骨律鎮城,在河渚上,赫連(氏)果城也。桑果餘林,仍列洲上。但語出戎方,不究城名。訪諸耆舊,咸言故老宿彥云:赫連之世,有駿馬死此,取馬色以爲邑號,故目城爲白口騮,韻之謬,遂仍今稱。"北魏太延二年置鎮,孝昌中,改爲靈州。參閱讀史方輿紀要六二靈州守禦千戶所薄骨律鎮城。

【薄媚摘遍】詞調名。宋沈括夢溪筆談五樂律:"所謂大遍者,有序、引、歌……踏歌之類,凡數十解,每解有數疊者。裁截用之,則謂之摘遍。"按詞譜二二:"大曲凡十徧,此蓋摘入其破之一徧也。雙調,九十二字。"

蕿

shēn 所今切,平,侵韻,山。
ㄕㄣ

藥草名。古文"參"字。也作"葠"。通"參㊀"。參見"人參"。

薪

xīn 息鄰切,平,真韻,心。
ㄒㄧㄣ

㊀柴火,作燃料的木材。詩齊風南山:"析薪如之何,匪斧不克。"㊁俸給。見"薪俸"。

【薪火】佛家比喻業性相煎。藝文類聚七六南朝梁沈約法王寺碑:"或斯寂滅,或念薪火。"景德傳燈錄四杭州鳥窠道林禪師:"元和中白居易出守玆郡,因入山禮謁,乃問師曰:'禪師住處甚危險。'師曰:'太守危險尤甚。'曰:'弟子鎮江山,何險之有?'師曰:'薪火相交,識性不停,得非險乎?'"

【薪水】㊀打柴汲水。指飲食家務之事。陶淵明集十梁昭明太子(陶淵明)傳:"送一力給其子,書曰:'汝旦夕之費,自給爲難,今遣此力,助汝薪水之勞。"晉書劉寔傳:"寔少貧窶,杖策徒行,每行憩止,不累主人,薪水之事,皆自營給。"㊁指有關水火的日常生活條件。魏書盧玄傳附盧昶載永平四年詔:"卿可量朐山薪水得支幾時。……如薪水少急,卽可量計。"後世稱俸給曰薪水,卽由此義引伸。

【薪桂】比喻物價騰貴。元薩都剌薩天錫詩集前集題進士索士岩詩卷……除爲燕南廉訪經歷:"覊旅燃薪桂,長吟出錦坊。"參見"薪桂米珠"。

【薪俸】薪水俸給之總稱。清初滿洲官員支俸不支薪,漢官則薪俸並支;如四品官季給薪銀三十兩,俸二十兩;順治十二年後停止給薪。見清查慎行人海記、俞樾茶香室叢鈔六薪俸。

【薪傳】卽"薪盡火傳"。見該條。

【薪蒸】柴木。薪爲粗木,蒸爲柴草。詩小雅無羊"爾牧來思,以薪以蒸"漢鄭玄箋:"此言牧人有餘力,則取薪蒸。"周禮天官甸師:"帥其徒以薪蒸,役外內饔之事。"

【薪蘇】採柴草。宋書羊玄保傳附羊希西陽王(劉)子尚上言:"富强者兼嶺而占,貧弱者薪蘇無託。"資治通鑑二七三後唐莊宗同光二年:"(劉后)專務蓄財,其在魏州,薪蘇果茹,皆販鬻之。"注:"採木爲薪,採草爲蘇。"

【薪盡日】二月十五日爲佛離世日。如薪盡火滅,故亦稱薪盡日。參閱妙法蓮華經一序品。

【薪桂米珠】柴價貴如桂枝,米價貴如珍珠。宋蘇軾分類東坡詩十九次韻鄭介夫:"一落泥塗迹愈深，尺薪如桂米如金。"後來以薪桂米珠比喻物價昂貴。聊齋志異八司文郎:"都中薪桂米珠，勿憂資斧。"參見"米珠薪桂"。

【薪盡火傳】莊子養生主:"指窮於爲薪，而火傳也，不知其盡也。"指爲"脂"的假字。言脂膏有窮而火傳延無盡，本爲譬喻人的形體有盡，而精神不滅。後來也比喻學問技藝世代相傳。儒林外史五四:"只因這一番，有分教:風流雲散，賢豪才色總成空;薪盡火傳，工匠市廛都有韻。"參見"傳薪"。

薏 yì 於力切，入，職韻，影。一

㊀蓮實的心。爾雅釋草:"荷，芙蕖，……其中的，的中薏。"疏引三國吳陸璣詩疏:"的中有青爲薏，味甚苦。"㊁見"薏苡"。

【薏米】薏苡實中的仁。宋陸游劍南詩稿十六薏苡:"初遊唐安飯薏米，炊成不減雕胡美。"自注:"蜀人謂其實爲薏米，唐安所出尤奇。"參見"薏苡"。

【薏苡】植物名。屬禾本科，花生於葉腋，果實橢圓，果仁叫薏米，白色，可雜米中作粥飯或磨麵。又入藥。參閱本草綱目二三穀二薏苡仁。

【薏苡明珠】後漢書二四馬援傳:"初，援在交阯，嘗餌薏苡實，用能輕身省慾，以勝瘴氣。南方薏苡實大，援欲以爲種，軍還，載之一車。……及卒後，有上書譖之者，以爲前所載還，皆明珠文犀。"後指因涉嫌而被誣謗者，謂之薏苡之嫌。新唐書一〇一蕭廩傳:"南海多穀紙，(父)倣敕諸子繕補殘書。廩諫曰:'州距京師且萬里，書成不可露齎，必貯以囊笥，貪者伺望，得無薏苡嫌乎?'"清朱彝尊曝書亭集二十酬洪昇詩:"梧桐夜雨詞淒絶，薏苡明珠謗偶然。"

蒹 lián 力鹽切，平，鹽韻，來。ㄌㄧㄢ

蘆葦一類的植物。爾雅釋草:"蒹，蒹。"注:"似萑而細，高數尺，江東呼爲蒹藡。"

薧 1. hāo 呼毛切，平，豪韻，曉。ㄏㄠ

㊀墓地。說文:"薧，死人里也。"古喪歌有薤露、薧里。通作"蒿"。

2. kǎo 苦浩切，上，晧韻，溪。ㄎㄠ

㊁乾的食物。周禮天官庖人:"死、生、鱻、薧之物。"指乾肉。周禮天官𣪠人:"辨魚物，爲鱻、薧。"指乾魚。禮內則:"堇、荁、枌、榆、免、薧。"指乾的調味品。

薦 1. jiàn 作甸切，去，霰韻，精。ㄐㄧㄢ

也作"荐"。㊀獸所食的草。莊子齊物論:"麋鹿食薦。"㊁席，草墊。莞曰席，藁曰薦。楚辭漢劉向九歎逢紛:"薜荔飾而陸離薦兮，魚鱗衣而白蜺裳。"注:"薦，卧席也。"㊂頻，一再。詩小雅節南山:"天方薦瘥，喪亂弘多。"傳:"薦，重。"㊃獻，進。易豫:"殷薦之上帝，以配祖考。"㊄推舉。孟子萬章上:"天子能薦人於天，不能使天與之天下。"參見"薦舉"。㊅遇時節供時物而祭。禮王制:"大夫士宗廟之祭，有田則祭，無田則薦。"參見"薦新"。

2. jìn ㄐㄧㄣ

㊆通"搢"。見"薦₂紳"。

【薦享】㊀祭祀，進獻祭品。漢書六三戾太子傳:"悼園宜稱尊號曰皇考，立廟，因園爲寢，以時薦享焉。"㊁餵，供食。後漢書五一陳龜傳:"魂骸不返，薦享狐狸。"

【薦卷】科舉制度，凡鄉會試，皆由同考官將本房優秀試卷薦與總裁主考，稱薦卷。經薦卷之考生，稱爲出房。

【薦枕】侍寢。文選戰國楚宋玉高唐賦:"昔者先王嘗遊高唐，怠而晝寢，夢見一婦人，曰:'妾巫山之女也，爲高唐之客，聞君遊高唐，願薦枕席。'王因幸之。"注:"薦，進也。欲親進於枕席，求親昵之意也。"唐王勃王子安集二雜曲:"若向陽臺薦枕，何啻得勝朝雲。"

【薦居】言逐水草而居。漢書六四下終軍傳:"北胡隨畜薦居。"注:"薦讀曰荐。荐，屢也。言隨畜牧屢易故居，不安住也。"

【薦羞】指餚饌。周禮天官籩人:"凡祭祀，共其籩，薦羞之實。"注:"未食未飲曰薦，既食既飲曰羞。"

【薦剡】薦舉人材的公牘。明文氏五家集文徵明太史詩集丁亥元旦次才伯韻:"深負鄭莊騰薦剡，遊巖痼疾久煙霞。"參見"荐剡"。

【薦章】推薦人材的奏章。宋歐陽修文忠集十二送楊君之任永康詩:"況子多才兼美行，薦章期即達承明。"

【薦₂紳】指士大夫有官位的人。同"搢紳"、"縉紳"。韓非子五蠹:"堅甲厲兵以備難，而美薦紳之飾。"史記五帝紀:"然尚書獨載堯以來，而百家言黃帝，其文不雅馴，薦紳先生難言之。"集解:"徐廣曰:'薦紳即縉紳也。古字假借。'"參見"搢紳"。

【薦新】用新熟的五穀或別的時新食物祭祀祖考。禮檀弓上:"有薦新，如朔奠。"

【薦賄】進獻財物。左傳宣十四年:"誅而薦賄，則無及也。"注:"薦，進也。"

【薦臻】頻接而來。詩大雅雲漢:"天降喪亂，饑饉薦臻。"傳:"薦，重;臻，至也。"

【薦舉】向朝廷推舉任用。漢書平帝紀詔:"諸有臧及內惡未發而薦舉者，皆勿案驗，令士厲精鄉進，不以小疵妨大材。"

【薦藉】薦舉扶持。新唐書一一六陸元方傳附餘慶:"餘慶於寒品晚進，必悉力薦藉。"

【薦璧】進奉璧玉。謂投降或歸附効忠。梁書袁昂傳答蕭衍(武帝)書:"竊以一飡微施，尚復投殞，況食人之祿而頓忘一旦，非惟物議不可，亦恐明公鄙之，所以躊躇，未遑薦璧。"

【薦鶚】文選漢孔文舉(融)薦禰衡表:"鷙鳥累百，不如一鶚。使衡立朝，必有可觀。"後遂稱薦賢爲薦鶚。宋陳與義簡齋集二書懷示友詩之一:"似聞有老眼，能作薦鶚書。"

【薦福碑】唐睿宗文明元年立大獻佛寺，武后天授元年改爲薦福寺，中宗景龍中起塔，高十五層。有歐陽詢所書薦福寺碑。宋彭乘墨客揮犀:"范文正(仲淹)守鄱陽，有書生上詩甚工，自言平生未嘗飽，天下寒餓無出我右者。時盛行歐陽率更字，薦福寺碑墨本值千錢。文正爲打千本，使售於京師。紙墨已具，一夕雷擊碎其碑。時人語曰:'有客打碑來薦福，無人騎鶴上揚州。'東坡嘲窮措大詩曰:'一夕雷轟薦福碑。'"(類說四八)元馬致遠有半夜雷轟薦福碑劇，即以此故事爲題材。後常以薦福碑作爲命途多舛，所至失意的典故。明袁宏道袁中郎詩集上贈黃道元:"男兒有骨不乘時，處處相逢薦福碑。"

薙 1. yōng 集韻 於容切，平，鍾韻。ㄩㄥ

㊀草叢生貌。見集韻。

2. wèng ㄨㄥ

㊁菜名。蕹菜。俗稱空心菜。莖柔如蔓，中空，葉如甘薯。嫩莖葉供蔬食。見本草綱目二七菜二蕹菜。

薋 cí 疾資切，平，脂韻，從。ㄘ

㊀草多貌。引申爲積聚。楚辭屈原離騷:"薋菉葹以盈室兮，判獨離而不服。"漢王逸注以薋爲草名，即蒺藜。參閱清段玉

裁說文解字注"蕢"。㊁縣名。漢置，屬右北平郡。故地約當今河北遵化縣境。見漢書地理志下。

薠 fán 附袁切，平，元韻，並。ㄈㄢˊ

草名，似莎而大。淮南子覽冥："田無立禾，路無莎薠。"史記一一七司馬相如傳子虛賦："其高燥則生葴菥苞荔，薛莎青薠。"

蕾 lěi 落猥切，上，賄韻，來。ㄌㄟˇ

含苞未放的花朵。宋王安石臨川集二五次韻春日即事詩："丹白自分齊破蕾，青黃相向欲交陰。"金元好問遺山集十四同兒輩賦未開海棠詩之二："枝間新綠一重重，小蕾深藏數點紅。"參見"蓓蕾"。

蕻 1. hòng 胡貢切，去，送韻，匣。ㄏㄨㄥˋ

㊀茂盛。見集韻。

2. hóng ㄏㄨㄥˊ

㊁蔬菜名。即雪裏蕻，俗稱雪裏紅。也稱春不老。芥菜的變種。莖葉可食，常醃製爲鹽菜。雪深諸菜凍損，此菜獨盛，故名。見廣羣芳譜十七蔬五。

蕼 sì 息利切，去，至韻，心。ㄙˋ

㊀草名。玉篇："蕼，堇也。"說文作"䔉"。㊁寬舒貌。通"肆"。荀子非十二子："士君子之容：……儼然壯然，祺然蕼然。"注："蕼當爲肆，謂寬舒之貌。"

薑 jiāng 居良切，平，陽韻，見。ㄐㄧㄤ

生薑，草本植物。根莖辛辣，用爲調味品，曝乾者稱乾薑。入藥。呂氏春秋孝行："和之美者，陽樸之薑，招搖之桂。"參閱本草綱目二六菜一生薑、乾薑。

【薑芽】㊀薑初長出之芽。宋陸游劍南詩稿三七新涼之二："菰首初離水，薑芽淺漬糟。"㊁喻筆姿。唐劉禹錫劉夢得集外集七酬柳柳州家雞之贈詩："柳家新樣元和脚，且盡薑芽斂手徒。"

【薑食】用薑烹調的食品。論語鄉黨："沽酒市脯不食，不撤薑食。"注："孔曰：撤，去也。齊禁葷物，薑辛而不臭，故不去。"

【薑桂】㊀生薑和肉桂。皆爲調味品。禮檀弓上："食肉飲酒，必有草木之滋焉，以爲薑桂之謂也。"㊁比喻性情剛强不移。宋史三八一晏敦復傳："(秦)檜使所親諭敦復曰：'公能曲從，兩地朝夕可至。'敦復曰：'吾終不爲身計誤國家，況吾薑桂之性，到老愈辣。'"

【薑彙】薑類植物。又名廉薑。文選晉左太冲(思)吳都賦："草則藿蒳豆蔻，薑彙非一。"注："異物志曰：薑彙，大如累，氣猛，近於臭。南土人擣之以爲齏。"參閱政和證類本草十一廉薑。

薳 wěi 韋委切，上，紙韻，于。ㄨㄟˇ

姓。春秋楚有薳啟疆。左傳昭十一年"僖子使助薳氏之簉"釋文："本又作蔿。"

薔 1. qiáng 在良切，平，陽韻，從。ㄑㄧㄤˊ

㊀花名。見"薔薇"。

2. sè 所力切，入，職韻，山。ㄙㄜˋ

㊁草名。蓼屬。即水蓼，又名澤蓼。爾雅釋草："薔，虞蓼。"參見"水蓼"。

【薔薇】花木名。品類甚多，花色不一，有單瓣重瓣，開時連春接夏，有芳香，果實入藥。晉陶潛陶淵明集二問來使詩："薔薇葉已抽，秋蘭氣當馥。"

【薔蘼】野生的薔薇。也作蘠蘼。一名刺蘼。見爾雅釋草。

【薔薇水】香水名。俗稱花露水。唐張泌妝樓記："周顯德五年，昆明國獻薔薇水十五瓶，云得自西域，以洒衣，衣敝而香不滅。"參閱新五代史四夷附錄三占城、宋史四八九占城國。

【薔薇露】㊀薔薇水，花露水。唐馮贄雲仙雜記六大雅之文："柳宗元得韓愈所寄詩，先以薔薇露灌手，薰玉蕤香後發讀。"元張昱可閒老人集三次林叔大都事詩之三："無端收得番羅帕，徹夜薔薇露水香。"㊁美酒名。宋陸游老學庵筆記七："壽皇時，禁中供御酒，名薔薇露。"元薩都剌雁門集酹江月遊句曲茅山詞："春透紫髓瓊漿，玻璃杯酒，滑瀉薔薇露。"

薚 tāng 吐郎切，平，唐韻，透。ㄊㄤ

蓫薚，即馬尾草。薚，說文作"蕩"。見"蓫薚"。

薜 1. bì 博厄切，入，麥韻，幫。ㄅㄧˋ 蒲計切，去，霽韻，並。

㊀植物名。1.當歸。爾雅釋草："薜，山蘄。"見"當歸"。2.山麻。爾雅釋草："薜，山麻。"注："似人家麻，生山中。"3.見"薜荔"。㊁破裂。周禮考工記旊人："凡陶旊之事，髻墾薜暴不入市。"注："薜，破裂也。"

2. pì 集韻 匹辟切，入，昔韻。ㄆㄧˋ

㊂同"僻"。漢書八七上揚雄傳校獵賦："陿三王之阸薜，嶠高舉而大興。"注："薜，亦僻字也。"

【薜荔】㊀木本植物。又名木蓮、木饅頭。莖蔓生，花小，隱於花托中。實形似蓮房，入藥。楚辭屈原離騷："擥木根以結茝兮，貫薜荔之落蕊。"注："薜荔，香草也，緣木而生。"參見"木蓮2"。㊁梵語餓鬼的音譯。亦譯作薜荔多、卑帝梨。見唐釋慧琳一切經音譯十六玄應音阿彌陀經上薜荔、翻譯名義集二鬼神。

【薜蘿】薜荔、女蘿，皆植物名。楚辭屈原九歌山鬼："若有人兮山之阿，被薜荔兮帶女蘿。"後以薜蘿指隱士的服裝。晉書謝安傳論："暨于褫薜蘿而襲朱組，去衡泌而踐丹墀，庶績於是用康，彝倫以之載穆。"

薤 xiè 胡介切，去，怪韻，匣。ㄒㄧㄝˋ

說文作"韰"。草本植物，又名藠頭。鱗莖名薤白，可食，並入藥。禮內則："脂用葱，膏用薤。"

【薤歌】挽歌。宋劉克莊後村集四三挽吳君謀少卿詩之三："薤歌不盡云亡恨，直待碑成慰九泉。"

【薤露】㊀古歌名。文選戰國楚宋玉對楚王問："客有歌於郢中者，其始曰下里巴人，國中屬而和者數千人，其爲陽阿、薤露，國中屬而和者數百人。"㊁古挽歌名。晉崔豹古今注中音樂："薤露、蒿里，並喪歌也。出田橫門人。橫自殺，門人傷之，爲之悲歌，言人命如薤上之露，易晞滅也，亦謂人死魂魄歸乎蒿里，故有二章。……至孝武時，李延年乃分爲二曲，薤露送王公貴人，蒿里送士大夫庶人，使挽柩者歌之，世呼爲挽歌。"參閱唐吳兢樂府古題要解上薤露歌。

蕵 sūn 思渾切，平，魂韻，心。ㄙㄨㄣ

蕵蕪，草名。即酸模。生於山野，嫩莖嫩葉，可食。爾雅釋草："須，蕵蕪。"注："蕵蕪，似羊蹄，葉細，味酢，可食。"見本草綱目十九草八酸模。

蕷 yù 羊洳切，去，御韻，喻。ㄩˋ

薯蕷。同"蕷㊁"。見"薯蕷"。

蕭 xiāo 蘇彫切，平，蕭韻，心。ㄒㄧㄠ

㊀植物名。蒿類。即艾蒿。詩王風采葛："彼采蕭兮。一日不見，如三秋兮。"㊁冷落，淒清。晉書陶潛傳五柳先生傳："環堵蕭然，不蔽風日。"㊂騷動貌。漢書食貨志下："(武帝)即位數年，嚴助朱買臣

等招徠東甌,事兩粵,江淮之間蕭然煩費矣。"㈣見"蕭牆"。㈤姓。春秋宋附庸有蕭國,子姓,始封之君蕭叔大心,子孫以封國爲姓。又遼代以后族爲漢姓蕭。見元和姓纂五蕭、遼史后妃傳。

【蕭山】㈠縣名。屬浙江省。春秋吳王闔閭弟夫槩封邑。漢置餘暨縣,屬會稽郡。三國吳改名永興縣,唐改蕭山。歷代相因,明清皆屬紹興府。參閱寰宇通志二九紹興府。㈡山名。在浙江蕭山縣西。晉許詢曾築室居此。爲潘水所出。見浙江通志十五山川七。

【蕭史】傳說爲春秋時人。蕭,也作"簫"。善吹簫,作鳳鳴。秦穆公以女弄玉妻之,爲作鳳臺以居。一夕吹簫引鳳,與弄玉共昇天仙去。秦人作鳳女祠於雍宮內。見列仙傳上。後也作夫壻的通稱。明王彥泓疑雨集三感舊遊詩:"箏娘乞句留鈿帶,簫史求書展練裙。"

【蕭丘】海島名。抱朴子嘉遯:"寸膠不能治黃河之濁,尺水不能却蕭丘之熱。"本草綱目六火一陽火陰火:"有蕭丘之寒火。"注:"蕭丘在南海中,上有自然之火,春生秋滅。"

【蕭寺】佛寺。相傳梁武帝(蕭衍)造佛寺,命蕭子雲飛白大書曰蕭寺。後世因亦稱佛寺爲蕭寺。梁書任孝恭傳:"孝恭少從蕭寺雲法師讀經論,明佛理,至是蔬食持戒,信受甚篤。"唐李賀歌詩編二馬之十九:"蕭寺馱經馬,元從竺國來。"參見"蕭齋"。

【蕭艾】野蒿,臭草。比喻不肖。楚辭屈原離騷:"何昔日之芳草兮,今直爲此蕭艾也。"後漢書五九張衡傳思玄賦:"珍蕭艾於重笥兮,謂蕙芷之不香。"注:"貴蕭艾,喻任小人。"

【蕭朱】漢蕭育與朱博。二人初爲知交,終則因隙成仇。後因以蕭朱爲交道不能善終的典故。見漢書七八蕭育傳。後漢書二七王丹傳:"交道之難,未易言也。世稱管(仲)、鮑(叔牙),次則王(陽)、貢(禹)。張(耳)、陳(餘)凶其終,蕭、朱隙其末,故知全之者鮮矣。"參見"凶終隙末"。

【蕭杌】懶散不勤職事。文選晉干令昇(寶)晉紀總論:"進仕者以苟得爲貴而鄙居正,當官者以望空爲高而笑勤恪,是以目三公以蕭杌之稱,標上議以虛談之名。"參閱明王志堅表異錄十。

【蕭辰】秋風蕭瑟之時。宋徐鉉徐公文集五奉和御製茱萸詩:"臺畔西風御果新,芳香精彩麗蕭辰。"

【蕭何】?—公元前193年。漢沛人。曾爲沛吏。佐劉邦(漢高祖)建漢王朝。高祖入咸陽,何收秦律令圖籍,得以確掌全國山川險要、郡縣户口、社會情況。高祖爲漢王時,何爲丞相,楚漢戰爭中,何留守關中,補兵饋餉,軍得不匱。天下既定,論功第一,封酇侯。漢之律令典制,多其制定,故世稱蕭何定律。見史記蕭相國世家、漢書三九蕭何傳。

【蕭斧】剛利之斧。漢劉向說苑善説:"夫以秦楚之强而報讎於弱薛,譬之猶摩蕭斧而伐朝菌也。"文選晉左太沖(思)魏都賦:"蕭斧戢柯以柙刃,虹旍攝麾以就卷。"

【蕭洒】超逸脫俗。同"蕭灑"。唐姚合姚少監詩集八過李處士山居:"蕭洒身無事,名高孰與齊。"參見"蕭灑㈠"。

【蕭郎】梁書武帝紀上:"(王)儉一見深相器異,謂廬江何憲曰:'此蕭郎三十內當作侍中,出此則貴不可言。'"蕭郎,指武帝蕭衍。後以泛指所親愛或爲女子所戀的男子。新唐書一〇一蕭瑀傳:"帝委以樞筦,內外百務悉關決。或引升御榻,呼曰蕭郎。"全唐詩五〇五崔郊贈去婢:"侯門一入深如海,從此蕭郎是路人。"或云蕭郎卽蕭史。

【蕭屏】門內屏障。唐劉禹錫劉夢得集外集五和郴州楊侍郎翫郡齋紫薇花十四韻詩:"綠陰交廣除,明豔透蕭屏。"

【蕭衍】見"梁武帝"。

【蕭索】㈠雲氣飄流貌。史記天官書:"若煙非煙,若雲非雲,郁郁紛紛,蕭索輪囷,是謂卿雲。"文選南朝宋謝惠連雪賦:"其爲狀也,散漫交錯,氛氳蕭索。"唐呂延濟注:"皆飄流往來繁密之貌。㈡稀少。漢焦延壽易林三遯之否:"海老水乾,魚鱉蕭索。"四部叢刊本作"盡索"。㈢抑鬱,寂寞。1.指心情抑鬱。世說新語賞譽下:"子敬(王獻之)與子猷(王徽之)書,道兄伯蕭索寡會,遇酒則酣暢忘反,乃自可矜。"唐杜甫杜工部草堂詩箋二六西園之二:"行過凋碧柳,蕭索倚朱樓。"2.指景物凄涼。初學記三晉陸雲歲暮賦:"時凜戾其可悲兮,氣蕭索以傷心。"南朝梁何遜何水部集贈族人秣陵兄弟詩:"蕭索高秋暮,砧杵鳴四鄰。"

【蕭屑】寂寞。世說新語文學"初注莊子者數十家"注引向秀本傳:"或言秀遊託諸賢,蕭屑卒歲,都無著述,唯好莊子,聊應崔譔所注,以備遺忘云。"才調集三章莊撫盈歌:"鑾輿去兮蕭屑,七絲斷兮沉寥。"

【蕭條】㈠寂寥,深靜。楚辭屈原遠遊:"山蕭條而無獸兮,野寂漠其無人。"㈡凋零。文選漢班孟堅(固)西都賦:"原野蕭條,目極四裔。"又南朝宋傅季友(亮)爲宋公至洛陽謁陵表:"廛里蕭條,雞犬罕音。"㈢閒逸。世說新語品藻:"明帝問周伯仁(顗):'卿自謂何如庾元規(亮)?'對曰:'蕭條方外,亮不如臣。從容廊廟,臣不如亮。'"

【蕭娘】㈠南史臨川靖惠王(蕭)宏傳:"帝詔宏侵魏,宏聞魏援近,畏懦不敢進。魏人知其不武,遺以巾幗。北軍歌曰:'不畏蕭娘與吕姥,但畏合肥有韋武。'"韋謂韋叡。此指宏與吕僧珍懦怯如女子老婦。㈡全唐詩三三三楊巨源崔娘:"風流才子多春思,腸斷蕭娘一紙書。"

【蕭悴】萎靡,猶憔悴。晉書郭璞傳客傲:"是以不塵不冥,不驪不騂,支離其神,蕭悴其形。"

【蕭曼】高遠貌。文選三國魏何平叔(晏)景福殿賦:"若乃階除連延,蕭曼雲征……彰天瑞之休顯,照遠戎之來庭。"注:"蕭曼,蕭條曼延,言高遠也。"

【蕭晨】秋晨。文選晉殷仲文南州桓公九井作詩:"哲近感蕭晨,肅此塵外軫。"注:"蕭晨,言秋晨也,言秋晨蕭瑟。"

【蕭曹】指漢開國功臣蕭何與曹參。史記九六周昌傳:"昌爲人彊力,敢直言,自蕭、曹等皆卑下之。"唐杜甫杜工部草堂詩箋三一詠懷古跡之五:"伯仲之間見伊吕,指揮若定失蕭曹。"參見"蕭規曹隨"。

【蕭梢】搖動貌。南朝梁江淹江文通集一待罪江南思北歸賦:"木蕭梢而可哀,草林離而欲暮。"唐杜甫杜工部草堂詩箋七天育驃騎歌:"是何意態雄且傑,駿尾蕭梢朔風起。"

【蕭爽】高敞超逸。唐杜甫杜工部草堂詩箋六玄都壇歌寄元逸人:"鐵鎖高垂不可攀,致身福地何蕭爽。"

【蕭魚】地名。春秋鄭地,在河南原武縣東。左傳襄十一年:"十二月戊寅,會于蕭魚。"

【蕭雲】卿雲,彩雲。古人認爲是一种祥瑞的雲氣。宋書符瑞志上:"榮路騰軒,蕭雲掩閣。"參見"卿雲"、"蕭索㈠"。

【蕭散】㈠閒散。舊題漢劉歆西京雜記二:"司馬相如作上林賦,意思蕭散,不復與外事相關。"水經注三四江水二:"(范僖)惡衣麄食,蕭散自得。"㈡冷落,離散。文選晉潘安仁(岳)哀永逝文:"視天日兮蒼茫,面邑里兮蕭散。"梁書張纘傳南征賦:"島嶼蒼茫,風雲蕭散。"

【蕭森】㊀錯落聳立貌。文選晉潘安仁(岳)射雉賦:"蕭森繁茂,婉轉輕利。"宋書謝靈運傳山居賦:"其竹……既修竦而便娟,亦蕭森而蓊蔚。"㊁陰晦貌。文選晉張景陽(協)雜詩之九:"磥砢無人迹,荒楚鬱蕭森。"唐杜甫杜工部草堂詩箋三二秋興之一:"玉露凋傷楓樹林,巫山巫峽氣蕭森。"

【蕭閒】清幽暇逸。宋徐鉉徐公文集四題白鶴廟詩:"滿洞煙霞互陵亂,何峯臺榭是蕭閒。"也作蕭閑。宋陶穀清異録一君道:"劉鋹僭立,奢麗自恣,在宮中自稱蕭閑大夫。"劉鋹,五代南漢國君。

【蕭疎】稀散。唐杜甫杜工部草堂詩箋十五除架詩:"束薪已零落,瓠葉轉蕭疎。"韋應物韋江州集一淮上喜會梁川故人詩:"歡笑情如舊,蕭疎鬢已斑。"

【蕭統】見"昭明太子"。

【蕭瑟】㊀秋風聲。楚辭宋玉九辯:"悲哉!秋之爲氣也;蕭瑟兮草木搖落而變衰。"㊁寂寞淒涼。唐杜甫杜工部草堂詩箋三一詠懷古跡之一:"庾信平生最蕭瑟,暮年詩賦動江關。"

【蕭寥】冷落,寂漠。藝文類聚二八晉石崇思歸歎:"玄泉流兮紫丘阜,閣館蕭寥兮蔭叢柳。"

【蕭颯】同蕭瑟。唐李白李太白詩十三月夜江行寄崔員外宗之詩:"飄飄江風起,蕭颯海樹秋。"

【蕭摵】寂寥。唐張九齡曲江集五將發還鄉示諸弟詩:"歲陽亦頹止,林意日蕭摵。"

【蕭縣】縣名。屬安徽省。春秋時宋邑,秦置蕭縣,漢屬沛郡,北齊天保七年改爲承高,隋開皇三年改爲龍城、臨許,大業初復爲蕭縣。唐宋以還,均屬徐州府。公元 1955 年由江蘇省劃歸安徽省。參閱太平寰宇記十五徐州、寰宇通志二二徐州。

【蕭齋】書齋的别稱。唐李肇國史補中:"梁武帝造寺,令蕭子雲飛白大書蕭字,至今一'蕭'字存焉。李約竭産自江南買歸東洛,匾于小亭以翫之,號爲蕭齋。"其後歸張彦遠叔祖,於所居修善里搆亭,號曰蕭齋。見歷代名畫記一敍畫之興廢。按詞章中所稱蕭齋、蕭寺,本此。後來沿用爲書齋之稱,兼取蕭瑟爲義,猶言寒齋。聊齋志異聊齋自誌:"蕭齋瑟瑟,案冷疑冰。"

【蕭蕭】㊀象聲詞。1. 馬鳴聲。詩小雅車攻:"蕭蕭馬鳴,悠悠旆旌。"唐杜甫杜工部草堂詩箋二兵車行:"車轔轔,馬蕭蕭,行人弓箭各在腰。"2. 風聲。史記八六荆軻傳易水歌:"風蕭蕭兮易水寒,壯士一去兮不復還。"㊁搖動貌。楚辭屈原九歌山鬼:"風颯颯兮木蕭蕭,思公子兮徒離憂。"㊂竦立貌。世説新語容止:"嵇康身長七尺八寸,風姿特秀,見者嘆曰:'蕭蕭肅肅,爽朗清舉。'"㊃髮稀短貌。宋蘇軾分類東坡詩十九次韻韶守狄大夫見贈:"華髮蕭蕭老遂良,一身萍挂海中央。"遂良,唐褚遂良。陸游劍南詩稿七九雜賦:"覺來忽見天窗白,短髮蕭蕭起自梳。"

【蕭牆】門屏,古代宮室用以分隔内外的當門小牆。論語季氏:"吾恐季孫之憂,不在顓臾而在蕭牆之内也。"注:"蕭之言肅也,牆謂屏也。君臣相見之禮,至屏而加肅敬焉,是以謂之蕭牆。"後常以蕭牆之患喻内部潛在的禍害。韓非子用人:"夫人主……不謹蕭牆之患,而固金城於遠境,……禍莫大於此。"抱朴子廣譬:"故秦始築城遏胡而禍發帷幄,漢武懸旌萬里而變起蕭牆。"

【蕭關】關塞名。一名鄗關。在甘肅固原縣東南。漢文帝十四年匈奴單于入朝那蕭關,燒回中宮;武帝元封四年帝北出蕭關,獵新秦中,卽此。隋置他樓縣,唐神龍元年置蕭關縣。參閱太平寰宇記三三原州。

【蕭騷】㊀象聲詞。唐鄭谷鄭守愚文集三燈詩:"蕭騷寒竹南窗淨,一局閒棋爲爾留。"指風動竹聲。李中碧雲集下送圖上人歸廬山詩:"蕭騷紅樹當門老,斑駁蒼苔鎖徑開。"指樹木聲。文苑英華三〇六唐羅隱經耒陽杜工部墓詩:"紫菊馨香覆楚醪,奠君江畔雨蕭騷。"指雨聲。㊁水波擾動貌。唐李賀歌詩編四江樓曲:"蕭騷浪白雲差池,黄粉油衫寄郎主。"

【蕭灑】㊀超逸脱俗。世説新語賞譽下"法汰北來未知名"注引名德沙門題目:"孫綽爲汰贊曰:'……事外蕭灑,神内恢廓,實從前起,名隨後躍。'"文選南齊孔德璋(稚珪)北山移文:"耿介拔俗之標,蕭灑出塵之想。"㊁清麗,明爽。唐杜甫杜工部草堂詩箋十一玉華宮:"萬籟真笙竽,秋色正蕭灑。"孟浩然集一宴鮑二宅詩:"是時方正夏,風物自蕭灑。"

【蕭子雲】公元 487—549 年。南朝梁南蘭陵人,字景喬。南齊宗室,仕梁至侍中,國子祭酒。善草隸,學鍾繇王羲之而微變其體,爲時所重。太清三年侯景陷宮城,子雲奔晉陵,餓死於僧舍。著晉書、東宮新記,已佚。梁書、南史有傳。

【蕭折魚】鮑魚的别稱。太平御覽九三魏武帝四時食制:"蕭折魚,海之乾魚也。"參閱本草綱目四四鱗三鮑魚。

【蕭望之】公元前 106—前 41 年。字長倩,漢東海蘭陵人,徙杜陵。從后蒼受齊詩,又從夏侯勝問禮及論語。射策爲郎,宣帝時累官至諫大夫、御史大夫。以忤宣帝意,左遷太子太傅,授太子(元帝)經。宣帝疾篤,遺詔輔政;元帝卽位,以師傅見重。後爲宦官弘恭、石顯等排擠,飲鴆自殺。漢書七八有傳。

【蕭雲從】公元 1596—1673 年。明安徽蕪湖人,字尺木,號無悶道人,又號默思,晚稱鍾山老人。崇禎十年、十五年副貢,入清不仕。工詩文,善畫山水,風格疏秀。有梅花堂遺稿。參閱明徐沁明畫録五、明詩紀事辛籤二七。

【蕭道成】公元 427—482 年。南朝南蘭陵人,字紹伯。仕宋爲中領軍,鎮軍淮陰,乘劉宋諸王内鬨,遙控朝政,後廢帝劉昱既立,凶暴,朝野怨望,道成伺機殺昱,立順帝劉準,自爲太傅領揚州牧,尋爲相國,封齊公。昇明二年廢宋,稱帝,建齊王朝,殺準,宋宗室男子皆死。見南齊書一、南史四。

【蕭摩訶】公元 534—604 年。南朝陳蘭陵人。字元胤。太建中屢從都督吴明徹北伐,領騎深入敵陣,以戰功授車騎大將軍,封綏建郡公,改授侍中。禎明三年,隋總管賀若弼率大軍渡江,摩訶率軍拒戰,兵潰被執。入隋,授開府儀同三司。從漢王諒至并州。隋仁壽四年,太子廣殺父文帝自立,諒起兵反,兵敗,摩訶與諒等皆死。陳書、南史有傳。

【蕭穎士】唐蘭陵人,字茂挺。開元二十三年進士對策第一。教學濮陽時,人稱蕭夫子。官祕書正字、揚州功曹參軍。宰相李林甫惡其不附己,數罷去。通百家譜系,文章與李華齊名。客死汝南逆旅,門人諡爲文元先生。後人輯有蕭茂挺文集。

【蕭蕭雨】詞調名。卽八聲甘州。因宋柳永八聲甘州有"對蕭蕭暮雨灑江天"句以爲名。參見"八聲甘州"。

【蕭規曹隨】漢劉邦建漢王朝,蕭何爲相國,定律令制度,何死,曹參繼爲相國,舉事無所變更。百姓作歌曰:"蕭何爲法,顜若畫一;曹參代之,守而勿失。"見史記曹相國世家。漢書八七下揚雄傳解嘲:"夫蕭規曹隨,留侯(張良)畫策,陳平出奇,功若泰山,嚮若阺隤。"後以蕭規曹隨指按前人成規辦事。宋李心傳建炎以來繫年要錄一二二紹興八年九月："經久之制，不可輕議，古者利不百不變法，卿等宜以蕭規曹隨爲心，何憂不治。"

【蕭敷艾榮】世說新語 言語："毛伯成(玄)既負其才氣，常稱寧爲蘭摧玉折，不作蕭敷艾榮。"蕭艾，惡草。比喻委曲求全而飛黄騰達。

蕭 dǐng 都挺切，上，迥韻，端。ㄉㄧㄥˇ

見下。

【蕭董】草名。爾雅釋草："蘱，蕭董。"疏："蘱，一名蕭董，狀似蒲而細，可爲屩，亦可綯以爲索。"

薉 huì 於廢切，去，廢韻，影。ㄏㄨㄟˋ

㊀草蕪雜。同"穢"。荀子王霸："涂薉則塞。"引申爲污穢、惡行。楚辭漢劉向九歎愍命："情純潔而罔薉兮，姿盛質而無愆。"玉篇："薉，行之惡也。"㊁通"濊"。漢書地理志下"濊貉"唐顏師古注："濊，音穢，字或作薉，其音同。"

【薉貉】古東夷族名。漢書七五夏侯勝傳："東定薉貉。"注："薉也，貉也，在遼東之東。"也作"濊貉"、"薉貊"。參閱讀史方輿紀要三八山東薉貊。

【薉孽】猶言禍害。薉，污穢；孽，妖孽。荀子大略："交譎之人，妒昧之臣，國之薉孽也。"

蕺 jí 阻立切，入，緝韻，莊。ㄐㄧˊ

草名。蕺菜，亦稱葅菜，以葉有腥氣，俗稱魚腥草。蔓生地面，莖葉含有揮發油，入藥。參閱政和證類本草二九蕺。

【蕺山】山名。在今浙江紹興縣東北。產蕺菜。相傳越王句踐嗜蕺菜，嘗採於此山，故名。山上有晉王羲之住宅，後捨爲戒珠寺，故又名戒珠山。見讀史方輿紀要九二紹興府。

蕗 lù 集韻 魯故切，去，莫韻。ㄌㄨˋ

㊀香草名。卽菸葵，一名蘩露。見集韻。廣韻作"蕗"。參見"菸葵"。㊁甘草的別名。急就篇四"牡蒙、甘草、菀、藜蘆"唐顏師古注："甘草一名密草，一名蕗，一名蘦，一名大苦。"參見"大苦㊀"。

薨 hōng 呼肱切，平，登韻，曉。ㄏㄨㄥ

㊀周代天子死曰崩，諸侯曰薨。國語晉八："平公薨。"唐制，凡喪三品以上稱薨，五品以上稱卒，自六品至於平民稱死。參閱禮曲禮下、新唐書百官志一禮部。㊁見"薨薨"。

【薨薨】象聲詞。1.蟲羣飛聲。詩周南螽斯："螽斯羽，薨薨兮。"2.填土聲。詩大雅緜："捄之陾陾，度之薨薨，築之登登，削屢馮馮。"

薎 miè 莫結切，入，屑韻，明。ㄇㄧㄝˋ

渺小。同"蔑"。唐柳宗元柳先生集三九爲南承嗣上中書門下乞兩河效用狀："薎爾小醜，尚欲逋誅。"一本作"蔑"。

薯 shǔ 常恕切，去，御韻，禪。ㄕㄨˇ

甘薯，俗也稱薯。詳"甘藷"。

【薯莨】植物名。產閩粵山地。長塊根，外皮紫黑色，肉棕紅，煮汁染紗綢，爲薯莨綢，也稱拷綢。也用來染罾網，可使苧麻爽勁而利水，又耐鹹潮。參閱清屈大均廣東新語二七薯莨、吳其濬植物名實圖考九山草類。

【薯蕷】植物名。一名諸薁，俗稱山藥。塊根圓柱形。有家種與野生之別，家種者可供食用，野生者入藥。產河南，舊懷慶府最著名，稱懷山藥。唐杜甫杜工部草堂詩箋十七發秦州："充腸多薯蕷，崖蜜亦易求。"見清吳其濬植物名實圖考三薯蕷注。

蕸 tà 徒合切，入，合韻，定。ㄊㄚˋ

菈蕸。卽蘿蔔。廣雅釋草："菈蕸，蘆菔也。"

薆 ài 烏代切，去，代韻，影。ㄞˋ

㊀隱蔽貌。楚辭屈原離騷："何瓊佩之偃蹇兮，衆薆然而蔽之。"宋洪興祖補注："薆，音愛。方言云：掩，翳，薆也。"參見"埯薆"。㊁草木茂盛貌。文選漢張平子(衡)西京賦："鬱蓊薆薱，櫹爽櫹槮。"㊂香氣濃重。同"馤"。文選漢司馬長卿(相如)上林賦："肸蠁布寫，晻薆咇茀。"注："馤與薆音義同。"史記司馬相如傳上林賦作"晻曖苾勃"。

【薆薆】陰暗貌。通"曖曖"。史記一一七司馬相如傳大人賦："時若薆薆將混濁兮，召屏翳誅風伯而刑雨師。"

薍 wàn 五患切，去，諫韻，疑。ㄨㄢˋ

初生的蘆荻。爾雅釋草："菼，薍。"注："似葦而小，實中。"唐韓愈昌黎集四崔十六少府攝伊陽以詩及書見投因酬三十韻詩："行當自劾去，漁釣老葭薍。"

薈 huì 烏外切，去，泰韻，影。ㄏㄨㄟˋ

㊀草木茂盛貌。文選晉郭景純(璞)江賦："涯灌芊萰，潛薈葱蘢。"又潘安仁(岳)射雉賦："稊菽藂糅，蘙薈菶茸。"引申爲會萃。參見"薈蕞"。㊁雲霧彌漫貌。見"薈蔚"。

【薈蔚】㊀雲霧彌漫貌。詩曹風候人："薈兮蔚兮，南山朝隮。"傳："薈蔚，雲興貌。"文選晉木玄虛(華)海賦："涯滴滲淫，薈蔚雲霧。"㊁繁麗貌。宋書謝靈運傳山居賦："徒形域之薈蔚，惜事異於栖盤。"㊂草木繁密貌。宋李格非洛陽名園記："水北胡氏園，林木薈蔚，雲煙掩映。"(說郛二六)陸游劍南詩稿六六初夏閒居之六："靜岸葛巾穿薈蔚，閒拖筇杖入谽谺。"

【薈蕞】匯集瑣碎的事物。唐杜甫杜工部草堂詩箋二四八哀詩故著作郎貶台州司户滎陽鄭公虔："貫穿無遺恨，薈蕞何技癢？"後詞轉爲"會粹"，義爲會集精華。宋馬永卿嬾真子："唐史載鄭虔集當世事著書八十餘篇，目其書爲薈蕞。虔自謂其書煩多，而皆碎小之事也。後人乃誤呼爲會粹，意乃會取其純粹也。"(說郛九)清俞樾有薈蕞編。

薙 tì 他計切，去，霽韻，透。ㄊㄧˋ

㊀除草。禮月令季夏之月："燒薙行水，利以殺草。"注："薙，謂迫地芟草也。"後凡芟夷之意皆稱薙。㊁鬀髮曰薙。周禮秋官薙氏序注："鄭玄謂薙讀如鬀小兒頭之鬀。"俗作"剃"。

【薙氏】周禮秋官有薙氏，掌殺草。文選漢張平子(衡)東京賦："其遇民也，若薙氏之芟草，既蘊崇之，又行火焉。"

薐 léng 集韻 盧登切，平，蒸韻。ㄌㄥˊ

菠薐，蔬菜名。見"菠薐"。

薊 jì 古詣切，去，霽韻，見。ㄐㄧˋ

㊀多年生草本植物。分大薊、小薊兩種。可供食用、藥用。爾雅釋草："薊，其實荂。"參閱爾雅釋草"朮山薊"、"楊枹薊"宋邢昺疏。㊁地名。古作鄭。周武王封堯之後於此。其後燕併薊，爲燕都。因城西北有薊丘而得名。故地在今北京市西南。參見"薊丘"。

【薊丘】地名。故地在今北京市德勝門外。戰國策燕二樂毅報燕惠王書："薊丘之植，植於汶皇。"水經注十三㶟水："昔周武王封堯後于薊。今城內西北隅有薊丘，因丘以名邑也。"明蔣一葵長安客話："今德勝門外有土城關，相傳古薊門遺址，亦曰薊丘。"參閱讀史方輿紀要十一直隸二宛平縣。

【薊州】州名。戰國燕地。秦置漁陽郡。兩漢因之。西晉末漢劉淵、燕慕容儁皆以此爲都。唐開元十八年分幽州之漁陽三河玉田三縣地置薊州，取古薊門關爲名。宋宣和四年改廣川郡。金復稱薊州。元因之，屬大都路，明清沿襲未改。轄地相當今河北薊縣三河縣玉田縣豐潤縣一帶。公元 1913 年改爲薊縣，屬河北省。參閱寰宇通志一順天府薊州。

【薊門】卽薊丘。全唐詩一太宗皇帝儀鸞殿早秋:"寒驚薊門葉，秋發小山枝。"燕京八景之一有薊門煙樹。明黃瑜雙槐歲鈔六:"北京自元建大都,已有所謂八景,……曰瓊島春雲，太液晴波，薊門煙樹，西山霽雪，居庸疊翠，玉泉垂虹，蘆溝曉月，金臺夕照，而益以二景，則東郊時雨，南囿秋風也。"

【薊柏】樹名。山海經中山經:"敏山,上有木焉,其狀如荆,白華而赤實，名曰薊柏，服者不寒。"晉郭璞山海經圖讚:"薊柏白華，厥子如丹。實肥變氣，食之忘寒。物隨所染，墨子所歎。"

【薊縣】地名。本戰國燕都,秦始皇滅燕,置薊縣，屬上谷郡。自魏晉及唐，皆稱薊縣。遼改名析津，金改大興縣。故治在今北京城西南大興縣。參閱讀史方輿紀要十一直隸二順天府大興縣。

【薊運河】河名。俗名潮河、運糧河，又名白龍港。發源於河北遵化縣北之蘆兒嶺。流至薊縣以下始稱薊運河。在今天津市北塘口入渤海，爲古鮑丘水入海故道。因舊時漕運自北塘上達薊縣,故名。參見讀史方輿紀要十一、嘉慶一統志七順天府二。

薝 zhān ㄓㄢ 集韻之廉切，平，鹽韻。

㊀薝棘，草名。玉篇。山海經中山經:"合谷之山……是多薝棘。"玉篇作"金谷多薝棘"。㊁見"薝蔔"。

【薝蔔】花名。梵語。又譯作旃簸迦、瞻博迦。義譯爲鬱金花。唐段成式酉陽雜俎十八廣動植木:"陶貞白(弘景)言，梔子翦花六出，刻房七道，其花香甚，相傳卽西域薝蔔花也。"宋陶穀清異録居室:"杜岐公(衍)別墅建薝蔔館，室形亦六出,器用之屬俱象之。"舊以薝蔔爲梔子，非。參閱遼希麟續一切經音義四大乘本生心地觀經一贍蔔迦、明方以智通雅四二。

薢 xiè ㄒㄧㄝ 古隘切，去，卦韻，見。佳買切，上，蟹韻，見。古諧切，平，皆韻，見。

㊀見"薢茩"。㊁革薢，藥草名。見"革薢"。

【薢茩】菱的別名。說文"蔆":"芰也,楚謂之芰,秦謂薢茩。"爾雅釋草:"薢茩,芵光。"注:"芵，明也。……或曰蔆也，關西謂之薢茩。"前解以薢茩爲決明子，後解爲菱(蔆),與說文字林合。

薁 1. yǔ ㄩˇ 余吕切，上，語韻，喻。

㊀美。詩小雅伐木:"伐木許許，釃酒有薁。"玉篇:"酒之美也，亦作醧。"

2. xū ㄒㄩ 相居切，平，魚韻，心。

㊁藷薁。卽"薯"。見廣雅。

薂 xí ㄒㄧ 胡狄切，入，錫韻，匣。

蓮子。爾雅釋草:"的，薂。"注:"卽蓮實也。"

薛 xuē ㄒㄩㄝ 私列切，入，薛韻，心。

㊀草名。卽藾蒿。史記一一七司馬相如傳子虛賦:"其高燥則生葴菥苞荔，薛莎青薠。"㊁春秋時國名。任姓。先世奚仲初造車，爲夏車正。周初分封爲諸侯，封其後人於薛。左傳隱十一年:"十一年春，滕侯、薛侯來朝，争長。"戰國時爲齊所滅。故地在今山東滕縣南。㊂姓。黃帝後奚仲居薛，其後以薛爲氏。又齊田嬰、田文封於薛邑，其子孫於漢初徙竹邑，亦以薛爲氏。見三國志吳薛綜傳注引吳録、元和姓纂十薛。

【薛己】公元 1488？—1558 年。明吳縣人，字新甫，號立齋。父鎧，弘治間入太醫院，精醫理。己初爲瘍醫，後以内科著名。武宗正德年間，由御醫擢南京院判，嘉靖時爲院使。有薛氏醫案。所自著者九種，訂正舊本而附加己說者十四種。

【薛卞】薛燭與卞和。喻精於鑑別的人。薛燭，春秋時人，善相劍。卞和，楚人，善鑑美玉。唐李白李太白詩二六與韓荆州書:"若賜觀芻蕘，請給以紙墨，兼人書之,然後退歸閑軒，繕寫呈上，庶青萍結緑，長價于薛卞之門。"參見"薛燭"、"卞和"。

【薛包】東漢汝南人，字孟嘗。好學篤行。父娶後母，逐之出門，包日夜號泣，不忍離去，於里門蓋屋而居。年餘，父母感動，復使還家。其後兄弟分産，包盡取朽敗之物。安帝建光時拜侍中，稱疾不起，卒年八十餘。後漢書有傳。

【薛宣】漢東海郯人，字贛君。累官至長安令，明習文法，補御史中丞。其所貶退舉進，白黑分明。出任陳留太守，入守左馮翊，升御史大夫。後代張禹爲丞相，封高陽侯。屬吏病其煩碎無大體。以子況殺人罪，免爲庶人。見漢書八三本傳。

【薛陵】地名。戰國時齊邑。故地在今山東陽穀縣境。史記田敬仲完世家:"(齊威王)召阿大夫語曰:'……昔日趙攻甄，子弗能救;衛取薛陵，子弗知。'"卽此。參閱讀史方輿紀要三三東平州。

【薛越】散亂。同"屑越"。荀子王制:"務本事，積財物，而勿忘棲遲薛越也。"參見"屑越"。

【薛瑄】公元 1392—1464 年。明河津人，字德温。永樂十九年進士。景泰二年爲南京大理寺卿。英宗時，拜禮部右侍郎兼翰林院學士，入閣參豫機要，後致仕。治學宗程朱，以躬行復性爲主。著有讀書録二十卷。卒謚文清。明史有傳。參閱明儒學案七河東學案。

【薛禪】蒙語，聰明之意。爲忽必烈(元世祖)的蒙語稱號。元史一一八特薛禪傳，又一二一畏答兒傳皆記有成吉斯汗(元太祖)賜稱"薛禪"之事。

【薛濤】公元 768—？年。唐女妓，字洪度。本長安良家女，隨父鄖宦蜀，父卒後，因家貧而入樂籍。熟諳音律，工詩詞。韋皋鎮蜀，召其侍酒賦詩，稱女校書，出入幕府，經十一鎮，皆以能詩受知。其間與倡和者有元稹、白居易、杜牧等，皆當世詩人名士。晚年居成都浣花溪，着女冠服。太和中卒，段文昌爲撰墓誌，題曰"西川校書薛洪度之墓"。文獻通考二四三經籍七十著録薛洪度詩一卷。參閱明曹學佺蜀中廣記二成都府。

【薛燭】春秋越國人。善於鑑別寶劍。淮南子氾論:"薛燭，庸子，見若狐甲於劍，而利鈍識矣。"越絶書十一外傳記寶劍:"昔者，越王句踐有寶劍五，聞於天下。客有能相劍者名薛燭，王召而問之曰:'吾有寶劍五，請以示之。'"

【薛仁貴】公元 614—683 年。唐絳州龍門人，少貧賤，種田爲生。太宗征遼東，應募從軍，驍勇能戰，著白衣，持戟，腰兩弓，所向無敵。拜本衛大將軍，封平陽郡公。善射穿七札，與九姓戰，曾發三矢，殺三人，軍中歌曰:"將軍三箭定天山，壯士長歌入漢關。"咸亨元年，與吐蕃戰敗，除名爲庶人。未幾，起拜瓜州長史、右領軍衛將軍、檢校代州都督。卒年七十。見新唐書一一一本傳。

【薛生白】公元 1681—1770 年。清吳郡人。名雪，字生白，號一瓢，以字行。工詩善畫。精醫理，與同時葉天士齊名，而兩人不相能。著周易粹義、吾以吾鳴集、一瓢詩話等。

【薛延陀】部族名。爲匈奴的別種，鐵勒之一部。初與薛族雜居，後滅并延陀部，因號薛延陀。唐初，西突厥强大，薛延陀遂爲其附庸。唐太宗既破突厥，貞觀三年授其首領夷男爲真珠毘加可汗，建牙於大漠之鬱督軍山，統領漠北回紇諸部。其設官兵器及風俗大抵與突厥同。夷男死後，其部漸衰落離散，回紇代之興起。參閱舊唐書一九九下鐵勒傳、讀史方輿紀要四五山西七薛延陀。

【薛夜來】三國魏常山人，文帝宮人。本名靈芸。舊題晉王嘉拾遺記七："(魏文帝)改薛靈芸之名曰夜來。入宮後最寵愛。……夜來妙於鍼工，雖處於深帷之內，不用燈燭之光，裁製立成。非夜來縫製，帝則不服，宮中號爲鍼神。"參見"鍼神"。

【薛尚功】宋錢塘人，字用敏。紹興中官至僉書定江軍節度判官廳事。善古篆，尤好鍾鼎。著有鐘鼎彝器款識二十卷、鐘鼎篆韻七卷。

【薛廣德】漢沛郡相人，字長卿。教授魯詩，龔勝、龔舍皆其弟子。蕭望之薦其經行，爲博士。宣帝時爲御史大夫，敢於直言諫諍。元帝欲御樓船，廣德脫帽勸諫，欲以血污車輪，帝乃止。未久，辭官歸里以終。漢書有傳。

【薛濤井】井名。故址在今四川成都錦江南岸百花潭上，水極清冽。以唐薛濤嘗居其地，故名。相傳濤曾以井水造紙牋，時稱薛濤牋。參閱嘉慶一統志三八四成都府山川薛濤井。

【薛濤牋】紙名。唐元和初，薛濤在西川，居百花潭，好製小詩，惜紙幅大，不欲長而有賸，乃命匠人造彩色小箋。時人名爲薛濤牋。參閱唐李匡乂資暇集下、元費著蜀牋譜。

【薛靈芸】見"薛夜來"。

【薛氏鐘鼎彝器款識】宋薛尚功撰。具名歷代鐘鼎彝器款識法帖。二十卷。蒐輯較宋呂大防考古及不著撰人博古二圖爲廣。箋釋名義，考據尤精，有益於文字金石之學。宋以後關於古器考釋的著作，體制多以此書爲本。參見"薛尚功"。

薁 yù 於六切，入，屋韻，影。ㄩˋ

植物名。1.蘡薁。卽山葡萄，野生。詩豳風七月："六月食鬱及薁，七月亨葵及菽。"傳："薁，蘡薁也。"見"蘡薁"。2.卽郁李。漢書五七上司馬相如傳上林賦："隱夫薁棣，荅遝離支。"注："薁卽今之郁李也。棣，今之山櫻桃。"參見"郁李"。

薇 wēi 無非切，平，微韻，明。ㄨㄟ

㊀菜名。卽巢菜。又名野豌豆。蔓生，莖葉似小豆，可生食或作羹。詩召南草蟲："陟彼南山，言采其薇。"史記六一伯夷傳："武王已平殷亂，天下宗周，而伯夷叔齊恥之，義不食周粟，隱於首陽山，采薇而食之。"參見"巢菜"。㊁花名。1.薔薇。2.紫薇。見各該條。㊂紫薇省的略稱。見"薇省"。

【薇垣】卽薇省。明楊基眉庵集七送翰林修撰劉用章赴滇陽詩："桂苑思戎容，薇垣亞相才。"見"薇省"。

【薇省】紫薇省的略稱。唐開元元年，改中書省曰紫薇省，中書令曰紫薇令。後因簡稱中樞機要官署爲薇省。元代稱行中書省爲薇垣；明改行中書省爲承宣布政司，掌一省政令。亦沿稱爲薇省或薇垣。清初布政司也有此稱。參閱清梁章鉅稱謂錄二一。參見"紫薇省"。

【薇蕪】香草名，卽蘼蕪。文選漢張平子(衡)南都賦："其香草，則有薜荔蕙若，薇蕪蓀萇。"參見"蘼蕪"。

【薇藿】薇爲野菜，藿爲豆葉。指貧者之食。文選三國魏曹子建(植)贈徐幹詩："薇藿弗充虛，皮褐猶不全。"

蔹 qiān 力鹽切，平，鹽韻，來。ㄑㄧㄢ 良冉切，上，琰韻，來。

植物名。1.豨蔹。詳"豨蔹"。2.白蔹，卽白蘞。亦稱白草、白根。根可入藥，治疽瘡腫痛等。見本草綱目十八草七白蘞。

薅 hāo 呼毛切，平，豪韻，曉。ㄏㄠ

拔除田中雜草。詩周頌良耜："其鎛斯趙，以薅荼蓼。"

【薅馬】農具名，除草用。元詩選王楨農務集薅馬詩："嘗見兒童喜相逐，抖擻繁纓騎竹馬；今落田家薅具中，髣髴形模懸胯下。"農政全書二二薅馬："薅馬，薅禾所乘竹馬也。似籃而長，如鞍而狹，兩端攀以竹系。農人薅草之際，乃寘於跨間，餘裳斂之於內，而上控於腰畔，乘之兩股既寬，行隴上不礙苗行，又且不爲禾葉所緒，故得專意摘剔稂莠，速勝鋤耨，殆若秧馬之類，因命曰薅馬。"

【薅惱】㊀攪擾。水滸二："史進歸到廳前，尋思：'這廝們大弄，必要來薅惱村坊。'"㊁煩惱，不快。聊齋志異念秧："生平不習跋涉，撲面塵沙，使人薅惱。"

十四畫

蔪 jiàn 慈染切，上，琰韻，從。ㄐㄧㄢ

麥芒。文選漢枚叔(乘)七發："麥秀蔪兮雉朝飛，向虛壑兮背槁槐。"注："埤蒼曰：'蔪，麥芒也。'"秀蔪，謂結穗生芒。

薸 piáo 符宵切，平，宵韻，奉。ㄆㄧㄠ

浮萍。俗稱紫背浮萍。萍體較大，面青背紫，下垂多數鬚根。廣韻引方言："江東謂浮萍爲薸。"

藻 zǎo 子晧切，上，晧韻，精。ㄗㄠ

水草名。同"藻"。周禮春官巾車："藻車藻蔽。"注："藻，水草，蒼色。以蒼土堊車，以蒼繒爲蔽也。"

薴 níng 女耕切，平，耕韻，娘。ㄋㄧㄥ

㊀亂貌。楚辭漢王逸九思憫上："鬚髮薴頓兮顠鬢白。"注："薴，亂也。"又苧薴，草亂貌。見說文。㊁薺薴，藥草名。見"薺薴"。

蔡 chá 初八切，入，黠韻，初。ㄔㄚˊ

草名。玉篇："蔡草有毒，用殺魚。"唐韓愈昌黎集八征蜀聯句："聖靈閔頑嚚，燾養均草蔡。"

藁 gǎo ㄍㄠˇ

㊀同"槀"。見"槀"。㊁同"稾"。見"稾"。

【藁本】香草名，根入藥。同"槀本"。淮南子氾論："夫亂人者，若芎藭之與藁本也，蛇牀之與麋蕪也，此皆相似也。"參見"槀本"。

【藁茇】香草名。卽槀本。山海經西山經："(皋塗之山)有草焉，其狀如槀茇，其葉如葵而赤背，名曰無條，可以毒鼠。"參見"槀本"。

【藁砧】見"槀砧"。

藃 1. xiāo 許嬌切，平，宵韻，曉。ㄒㄧㄠ 許交切，平，肴韻，曉。

㊀草貌。見說文"艸"部。

2. hào 呼到切，去，号韻，曉。ㄏㄠˋ

㊁縮，耗；因變形而不平。通"耗"。周禮考工記輪人："是故以火養其陰，而齊諸其陽，則轂雖敝，不藃。"

薺 1. cí 疾資切，平，脂韻，從。ㄘˊ

㊀卽蒺藜。說文:"薺,蒺藜也。……詩曰:'牆有薺。'"今本詩鄘風作"牆有茨"。爾雅釋草:"茨,蒺藜。"薺是蒺藜的合音。

2. jì ㄐㄧˋ 徂禮切,上,薺韻,從。

㊀薺菜。詩邶風谷風:"誰謂荼苦,其甘如薺。"

【薺苨】藥草名。又名地參。根莖都似人參,根味甜。入藥。參閱政和證類本草九薺苨。

【薺薴】草名,又名臭蘇。葉似野蘇而稍長,葉上有毛,有臭味。入藥。參閱本草綱目十四草三薺薴。

薷 rú ㄖㄨˊ 集韻 汝朱切,平,虞韻。

香薷,植物名。見"香薷"。

藉 1. jiè ㄐㄧㄝˋ 慈夜切,去,禡韻,從。

㊀薦;草墊。易大過:"藉用白茅。"禮曲禮下:"執玉,其有藉者則裼,無藉者則襲。"疏:"凡執玉之時,必有其藻以承于玉。"㊁坐卧其上。文選晉孫興公(綽)遊天台山賦:"藉萋萋之纖草,蔭落落之長松。"注:"以草薦地而坐曰藉。"㊂借。戰國策秦三:"此所謂藉賊兵而齎盜食者也。"荀子大略作"借"。㊃撫慰。見"慰藉"。㊄含蓄。見"蘊藉"。㊅假設之辭,猶言假使。史記陳涉世家:"(陳勝吳廣)召令徒屬曰:'公等遇雨,皆已失期,失期當斬。藉第令毋斬,而戍死者固十六七。'"

2. jí ㄐㄧˊ 秦昔切,入,昔韻,從。

㊆踐踏,凌辱。呂氏春秋孝行:"殺夫子者無罪,藉夫子者不禁。"注:"藉,猶辱也,陵藉也。"史記一〇七灌夫傳:"太后怒,不食,曰:'今我在也,而人皆藉吾弟,令我百歲後,皆魚肉之矣。'"索隱:"晉灼云:'藉,蹈也。以言蹂藉之。'"㊇進貢。穀梁傳哀十三年:"(吳)欲因魯之禮,因晉之權,而請冠端而襲其藉于成周,以尊天王,吳進矣。"㊈繩,繫。莊子應帝王:"猨狙之便,執斄之狗來藉。"釋文:"司馬(彪)云:'藉,繩也,由捷見結縛也。'崔(譔)云:'藉,繫也。'"㊉通"籍"。古籍中藉、籍兩字互用。㊀姓。國語有藉偃。

【藉口】用別人的說話作依據。左傳成二年:"羣臣帥賦輿以爲魯衛請,若苟有以藉口而復於寡君,君之惠也,敢不唯命是聽。"注:"藉,薦;復,白也。"疏:"言無物則空口以爲報,少有所得則與口爲藉,故曰藉口。"後轉用爲託辭或假託理由之意。明劉基誠意伯集六飲泉亭記:"不得以藉口而分其罪,夫是之謂植正道,遏邪說。"

【藉手】猶言借助,假手。左傳襄十一年:"凡我同盟,小國有罪,大國致討,苟有以藉手,鮮不赦宥。"後漢書四八應劭傳上漢儀奏:"又集駮議三十篇,……豈繄自謂必合道衷,心焉憤邑,聊以藉手。"

【藉₂田】同"籍田"。漢書文帝紀前二年詔:"夫農,天下之本也,其開藉田,朕親率耕,以給宗廟粢盛。"注:"韋昭曰:藉,借也。借民力以治之,以奉宗廟,且以勸率天下,使務農也。"史記文帝紀作"籍田"。參見"籍田"。

【藉槀】漢書九八元后傳:"車騎將軍(王)音藉槀請罪。"注:"自坐槀上,言就刑戮也。"槀,同"稾",謂坐於草薦上,以待刑戮。參見"槀"、"席藁㊀"。

【藉蔭】指祖先的基業門第。南史荀伯子傳:"伯子常自矜藉蔭之美,謂(王)弘曰:'天下膏粱,唯使君與下官耳,宣明之徒不足數也。'"宋書作"廕藉"。

【藉₂藉₂】交橫雜亂貌。同"籍籍"。漢書五七司馬相如傳上林賦:"它它藉藉,填阬滿谷。"注:"言交横也。"南齊書樂預傳:"隆昌末,預謂丹陽尹徐孝嗣曰:'外傳藉藉,似有伊周之事,君蒙武帝殊常之恩,荷託付之重,恐不得同人此舉。'"

【藉₂靡】綑綁。荀子正論:"罵侮捽搏,捶笞臏腳,斬斷枯磔,藉靡舌縪,是辱之外至者也,夫是之謂埶辱。"注:"藉,見淩藉也。靡,繫縛也。與縻義同,卽謂胥靡也,謂刑徒之人,以鐵鎖相連繫也。"

薹 tái ㄊㄞˊ 徒哀切,平,咍韻,定。

㊀草名。生于沼澤地,葉扁而長,可製蓑、笠。也作"臺"。參見"臺㊄"。㊁蔬菜和草開花的莖部爲薹。見"蒜薹"。㊂見"薹芥"。

【薹芥】卽蕓薹,油菜的別名。本草綱目二六菜一蕓薹:"此菜易起薹,須採其薹食,則分枝必多,故名蕓薹,而淮人謂之薹芥,卽今油菜,爲其子可搾油也。"參見"蕓薹"。

薵 chóu ㄔㄡˊ 直由切,平,尤韻,澄。

草名。文選漢枚叔(乘)七發:"淑漻薵蓼,蔓草芳苓。"注:"水清淨之處,生薵蓼二草也。字書曰:'薵,豬草也。'"

藍 lán ㄌㄢˊ 魯甘切,平,談韻,來。

㊀植物名。其葉可製藍色染料,卽靛青。葉如蓼,又稱蓼藍。詩小雅采綠:"終朝采藍,不盈一襜。"㊁深青色。爾雅釋鳥:"秋鳸竊藍。"注:"竊藍,青色。"荀子勸學:"青,取之於藍,而青於藍。"㊂通"襤"。見"藍褸"。㊃佛寺,伽藍的省稱。景德傳燈録九普岸禪師:"乃結茅薙草,宴寂林下,日居月諸,爲四衆所知,創建精藍,號平田禪院焉。"參見"伽藍"。㊄姓。明有藍玉,明史有傳。

【藍山】縣名,屬湖南省。漢南平縣,屬桂陽郡。隋廢入臨武,唐復置,後因縣南有藍山,更名藍山縣。故城在今縣西北,宋末徙今治。參閱寰宇通志五六衡州府桂陽州。

【藍水】水名。1.也稱藍溪。一作牧護關水,卽灞水,源出陝西商縣西北秦嶺,西北流入藍田縣界。唐杜甫杜工部草堂詩箋九九日藍田崔氏莊"藍水遠從千澗落,玉山高並兩峯寒",卽此。見嘉慶一統志二四六陝西商州山川。2.源出山西屯留縣西南盤秀山,東流經長子、長治兩縣而入於漳。見嘉慶一統志山西一四二潞安府山川。

【藍玉】公元?—1393年。明定遠人。常遇春妻弟。隸遇春麾下,每戰先登陷陣,屢立戰功。洪武二十年授大將軍,次年襲破元主於捕魚兒海,封涼國公。玉不學,恃功專恣,爲太祖所惡。二十六年以謀反罪誅死,坐累死者列侯功臣、文武大吏以至偏裨將士二萬人。明史一三二有傳。參閱明史紀事本末十三胡藍之獄。

【藍本】寫作或繪畫所根據的底本。明沈德符敝帚軒剩語中録舊文:"科場帖括,蹈襲成風,卽前輩名家垂世者,亦間有藍本。"清焦循憶書四:"(周瓚)其白描人物,皆出以心思,自先起草改定,然後揮筆於幅上描之,不似他人必假舊稿爲藍本也。"

【藍田】㊀縣名。屬陝西省。秦孝公置,故城在縣治西,北周徙今治。周禮注曰:玉之美者曰球,次美者曰藍,以縣出美玉故名。歷代相因,明清皆屬西安府。㊁山名。在陝西藍田縣東,驪山之南阜。山出美玉,故又名玉山。以山形如覆車,又名覆車山。南朝梁江淹江文通集一麗色賦:"帳必藍田之寶,席必蒲陶之文。"藍田,卽指此山。㊂關名。在藍田縣東南,卽秦之嶢關。秦子嬰遣將拒嶢關,沛公引兵攻嶢關未下,踰蕢山擊秦軍,大破之。又漢王使周勃守嶢關,轉擊項羽,卽此。北周明帝武成元年,移關至青泥故城側，更名青泥關。武帝建德二年，仍爲藍田關。上㊀㊁㊂參閲太平寰宇記二六雍州、讀史方輿紀要五三西安府藍田縣藍田關。

【藍谷】地名。在山西太原市西南。晉永嘉六年，劉曜與拓跋猗盧戰於藍谷，曜兵大敗，伏尸數百里，卽此。見讀史方輿紀要四十太原府太原縣。

【藍衫】舊時儒生所穿的服裝。唐韋應物韋江州集四送秦系赴潤州詩："近作新婚鑷白髯，長懷舊卷映藍衫。"

【藍青】顏色名。明陶宗儀輟耕録十一寫像祕訣："采繪法：藍青，用三青入高三緑合。"

【藍婆】佛書中惡鬼的名稱。法華經陀羅尼品："爾時有羅刹女等，一名藍婆，二名毘藍婆……九名睪帝，十名奪一切衆生精氣，是十羅刹女。"注："羅刹者，噉人惡鬼也。羅刹女者，卽是女鬼也。"法苑珠林十五："藍婆者，其形如虵，此十五鬼神著諸小兒，令其驚怖。"

【藍翎】清制，皇帝以孔雀翎賜臣下，作禮帽上的裝飾品，稱花翎，有單眼、雙眼、三眼之分。領侍衛府等官五品以上，皆戴孔雀花翎。六品以下用鶡鳥羽毛，稱藍翎，無眼，俗稱老鴰翎。參閲清昭槤嘯亭雜録續録一花翎藍翎定制。

【藍鄉】地名，在河南新野縣東。東漢末劉縯、劉秀兄弟起兵，更始元年破襲王莽將甄阜於此。見嘉慶一統志二一一河南南陽府二古蹟。

【藍瑛】明錢塘人。字田叔，號蜨叟，晚號石頭陀。善畫山水，法唐、宋、元諸家，筆筆入古，晚年筆益蒼勁。花鳥蘭石尤著名。人推爲浙派之最。見清徐沁明畫録五。

【藍橋】橋名。在陝西藍田縣東南藍溪之上。傳說其地有仙窟，卽唐裴航遇仙女雲英處。見太平廣記五十裴航。唐白居易長慶集十五藍橋驛見元九詩："藍橋春雪君歸日，秦嶺秋風我去時。"

【藍輿】竹轎。同"籃輿"。晉書陶潛傳："(王)弘要之還州，問其所乘，答云：'素有脚疾，向乘藍輿，亦足自反。'"也作"藍轝"。唐王維王右丞集二酬嚴少尹徐舍人見過不遇詩："偶值乘藍轝，非關避白衣。"

【藍縷】㊀衣服破爛。也作"襤褸"。左傳宣十二年："篳路藍縷，以啟山林。"注："藍縷，敝衣。"疏："方言云：楚謂凡人貧，衣破醜敝爲藍縷。服虔云：言其縷破藍藍然。"㊁比喻學識淺陋破碎。新唐書選舉志下："凡試判登科謂之'入等'，甚拙者謂之'藍縷'。"唐劉肅大唐新語十釐革作"藍羅"。

【藍關】卽藍田關。唐韓愈昌黎集十左遷至藍關示姪孫湘詩："雲横秦嶺家何在？雪擁藍關馬不前。"參見"藍田㊂"。

【藍尾酒】唐代宴飲，酒巡至末座，謂之藍尾酒。也作婪尾酒。唐白居易長慶集六四七年元日對酒之三："三盃藍尾酒，一楪膠牙餳。"參閲宋洪邁容齋四筆九藍尾酒。參見"婪尾酒"。

【藍采和】相傳爲唐末逸士，傳說中八仙之一。常衣破藍衫，一脚着靴，一脚跣行，夏則衫内加絮，冬則卧於雪中。每行歌於城市乞索，持大拍板。常醉踏歌："藍采和，世界能幾何？紅顏一春樹，流年一擲梭。"見太平廣記二二藍采和引續神仙傳。參閲清顧張思土風録十八八仙。

【藍採禾】開寶中，有人見一叟角髮被褐，與老媼貨藥於市，獲錢則市鮓對飲，旁若無人。既醉，行舞而歌曰："藍採禾，藍採禾，塵世紛紛事更多。"或疑爲卽南唐陳陶夫婦。見宋馬令南唐書隱者陳陶傳。後世因又與傳說八仙中的藍采和合爲一事。

【藍鼎元】公元 1680—1733 年。清漳浦人，字玉霖，號鹿洲。兄廷珍，南澳鎮總兵，從施琅入臺灣，鼎元在兄軍中。事後著平臺紀略，倡言宜經營南洋，以固海防。雍正時以拔貢生授普寧知縣，以忤監司罷官。鼎元工詩文，著有鹿洲集、鹿州公案等。見國朝先正事略四十文苑傳。

【藍田生玉】古藍田出產美玉，因用以比喻父生佳子。三國志吴諸葛恪傳注引江表傳："恪少有才名，發藻岐嶷，辨論應機，莫與爲對。(孫)權見而奇之，謂(其父)瑾曰：'藍田生玉，真不虚也。'"亦謂"藍田出玉"。宋書謝莊傳："年七歲，能屬文，通論語。及長，韶令美容儀，太祖見而異之，謂尚書僕射殷景仁、領軍將軍劉湛曰：'藍田出玉，豈虚也哉。'"

薽 zhēn 職鄰切，平，真韻，照。 ㄓㄣ 居延切，平，仙韻，見。

草名，一名豕首。卽天名精。爾雅釋草："葝薽，豕首。"參見"天名精"。

薾 nǐ 奴禮切，上，薺韻，泥。 ㄋㄧˇ

㊀花盛貌。同"爾"。詩小雅采薇："彼爾維何，維常之華。"傳："爾，華盛貌。"釋文："説文作薾。"㊁劣弱。通"苶"。抱朴子百里："冒昧苟得，闇於自量者，慮中道之顛躓，不以駑薾服鸞衡。"

藂 cōng 徂紅切，平，東韻，從。 ㄘㄨㄥ

草木叢生貌。"叢"的異體字。漢桓寬鹽鐵論論誹："檀柘而有鄉，萑葦而有藂，言物類之相從也。"

【藂殘】指殘缺零碎的斷篇文字。太平御覽六〇二漢桓譚新論："通才著書以百數，唯太史公爲廣大，餘皆藂殘小論，不能比之。"參見"叢殘"。

【藂藂】衆多貌。漢賈誼新書九修政語下："天下壙壙，一人有之；萬民藂藂，一人理之。"

藄 qí 渠之切，平，之韻，羣。 ㄑㄧˊ

草名。卽紫蕨。爾雅釋草："藄，月爾。"注："卽紫藄也，似蕨可食。"

䕅 gǎn 古旱切，上，旱韻，見。 ㄍㄢˇ

草。見説文。

【䕅珠】卽薏苡。陶弘景名醫别録䕅珠，公炮炙論作糮米。糮，音感，也作"贛"。參閲政和證類本草六薏苡。

藏 1. cáng 昨郎切，平，唐韻，從。 ㄘㄤˊ

㊀潛匿，隱藏。易乾文言："陽氣潛藏。"禮檀弓上："藏也者，欲人之弗得見也。"㊁收藏，儲藏。易繫辭下："君子藏器於身，待時而動。"墨子天志下："有書之竹帛，藏之府庫。"㊂懷也。詩小雅隰桑："中心藏之，何日忘之。"

2. zàng 徂浪切，去，宕韻，從。 ㄗㄤˋ

㊃儲存東西的地方。左傳僖二四年："晉侯之豎頭須，守藏者也。"㊄佛教道教經典的總稱。藏，包含、蘊積之義。經典能包含蘊積無量法義，故名爲藏。經、律、論，稱三藏。㊅通"臟"。周禮天官疾醫："參之以九藏之動。"注："正藏五，又有胃、膀胱、大腸、小腸。"疏："正藏五者，謂五藏，肺、心、肝、脾、腎，並氣之所藏。"㊆我國少數民族名，又是西藏的略稱。

3. zāng 集韻 兹郎切，平，唐韻。 ㄗㄤ

㊇草名。史記一一七司馬相如傳子虛賦："其卑溼則生藏、莨、蒹葭。"集解引漢書音義："藏，似薍而葉大。"㊈通"贓"。左傳文十八年："毁則爲賊，掩賊爲藏。"

【藏用】易繫辭上："顯諸仁，藏諸用，鼓萬物而不與聖人同憂。"疏："藏諸用者，潛藏功用，不使物知。"言陰陽之道，顯明易見者表其生育萬物之仁，隱藏難知者，表其生育萬物之作用。南齊書樂志:"道閟期運,義開藏用。"

【藏舟】莊子大宗師:"夫藏舟於壑,藏山於澤,謂之固矣。然而夜半,有力者負之而走,昧者不知也。"注:"舟可負,山可移,造化默運,而藏者猶謂在其故處。"本喻事物不斷變化,不可固守。唐駱賓王集三樂大夫挽歌詩之二:"居然得物化,何處欲藏舟。"

【藏₂府】㊀府庫。宋史天文志四:"芻稾六星,……一曰天積,天子之藏府。"㊁同臟腑。漢班固白虎通五行:"人有五藏六府。"

【藏拙】掩其拙劣,不以示人。唐劉餗隋唐嘉話下:"梁常侍徐陵聘於齊,時魏收文學北朝之秀,收録其文集以遺陵,令傳之江左。陵還,濟江而沈之,從者以問,陵曰:'吾爲魏公藏拙。'"唐韓愈昌黎集十和席八十二韻詩:"倚玉難藏拙,吹竽久混真。"

【藏命】隱姓埋名。史記一二四郭解傳:"以軀借交報仇,藏命作姦剽攻。"注:"謂亡命也。"

【藏活】存活,庇養。史記一二四魯朱家傳:"魯人皆以儒教,而朱家用俠聞。所藏活豪士以百數,其餘庸人不可勝言。"

【藏書】㊀貯藏圖書。史記六三老子傳"周守藏室之史也"注:"藏室史,周藏書室之史也。"新唐書藝文志一:"藏書之盛,莫盛於開元,其著録者,五萬三千九百一十五卷。"㊁明李贄撰,六十八卷。上起戰國,下迄於元,各採事蹟,編爲紀傳,其中"世紀"八卷,"列傳"六十卷。藉論史以抒發其政治見解。自序言:"此書但可自怡,不可示人,故名藏書。"贄又有續藏書二十七卷,記載明代歷史人物,以續前書。

【藏鉤】古代的一種遊戲。也作"藏彄"。晉周處風土記:"臘日飲祭之後,叟嫗兒童分爲藏彄之戲,分二曹以較勝負。"相傳漢昭帝母鉤弋夫人少時手拳,入宮,漢武帝展其手,得一鉤,後人乃作藏鉤之戲。唐李白李太白詩五宮中行樂詞八之六:"更憐花月夜,宮女笑藏鉤。"參閱南朝梁宗懍荆楚歲時記、太平御覽七五四藏鉤。

【藏₂經】見"一切經"。

【藏彄】見"藏鉤"。

【藏鴉】比喻枝葉蔭蔽。文苑英華一九三南朝梁簡文帝金樂歌詩:"槐花欲覆井,楊柳正藏鴉。"唐詩紀事六九羅虬比紅兒詩:"藏鴉門外諸年少,不識紅兒未是狂。"

【藏鋒】㊀書法筆鋒隱而不露。唐張彥遠法書要録三唐徐浩論書:"用筆之勢,特須藏鋒,鋒若不藏,字則有病。"㊁比喻才華不外露。唐裴琰之弱冠爲同州司户,但以行樂爲事,不理案牘,爲刺史李崇儀所責。既出,命吏取文案二百餘道,一朝判定,手不停綴,落筆如飛。崇儀聞,召琰之謝曰:"公詞翰若此,何忍藏鋒,以成鄙夫之過。"見唐劉肅大唐新語八聰敏。

【藏頭】比喻畏懼,不敢出頭露面。宋詩鈔孔平仲清江集鈔蘇子由寄題小庵詩用元韻和詩:"畏人自比藏頭雉,老世今同作蛹蠶。"宋史三二四張亢傳:"夏人猶時出鈔掠,……皆笑曰:'漢兒皆藏頭膝間,何敢!'亢知無備,夜引兵襲擊,大破之。"參見"藏頭露尾"。

【藏₂識】即"阿賴耶識"。見"八識"、"阿賴耶識"。

【藏鬮】飲宴時設鬮,探得者得飲。遼宋宮中皆有藏鬮儀。宋司馬光溫國文正公集十一春帖子詞夫人閣之二:"藏鬮新過臘,習舞競裁衣。"遼史禮志六嘉儀下:"藏鬮儀:至日,北南臣僚常服入朝,皇帝御天祥殿,臣僚依位賜坐。契丹南面,漢人北面,分朋行鬮。或五或七籌,賜膳。……若帝得鬮,臣僚進酒訖,以次賜酒。"

【藏室史】古代掌典籍之官。史記六三老子傳:"周守藏室之史也。"索隱:"藏室史,周藏書室之史也。又張蒼傳:'老子爲柱下史',蓋即藏室之柱下,因以爲官名。"

【藏春塢】園林名。宋蘇軾分類東坡詩十五贈張刁二老:"藏春塢裏鶯花鬧,仁壽橋邊日月長。"四川巫山縣北有藏春隖(隖、塢同),即三臺崖,其中空洞,可容百丈。見嘉慶一統志三九八夔州府二。

【藏₂經紙】紙名。有黃白兩種。仿製爲書箋,黃色斑駁者,名爲藏經箋,亦稱金粟箋。見明高濂燕閒清賞箋論紙、清張燕昌金粟箋說。

【藏一話腴】宋陳郁撰,四卷。分甲乙二集。多記南、北宋雜事,間及詩話,亦或自抒議論。

【藏垢納汙】左傳宣十五年:"川澤納汙,山藪藏疾,瑾瑜匿瑕,國君含垢,天之道也。"後來稱容納壞人壞事爲藏垢納汙。野叟曝言二:"和光和尚在未滄然席上,聽了文素臣痛駡松庵,便道:'俺們僧家,與你們儒家一樣藏垢納汙。'"

【藏海詩話】宋吳可撰,一卷。論詩考證,頗多可取,惟好作不了了之語,不脫禪家習氣。

【藏頭伉腦】遮遮蓋蓋,遊移其詞。朱子語類六六易二:"若聖人有甚麽說話,要與人說,便分明說了,若不與人說,便不說,不應恁地千般百樣藏頭伉腦,無形無影,教後人自去多方推測。"伉,亦作"亢"。又一〇五朱子二:"因言伯恭(呂祖謙)大事記忒藏頭亢腦,如搏謎相似。"

【藏頭露尾】形容躲躲閃閃,而不能全部遮蓋。元曲選楊顯之桃花女二:"勸周公莫便生嗔,將酒禮強勒成親。不爭我藏頭露尾,可甚的知恩報恩。"又缺名隔江鬬智二:"那一個掌親的怎知道弄假成真,那一個說親的蚤做了藏頭露尾。"

【藏器待時】易繫辭下:"君子藏器於身,待時而動。"器,引申爲才能。比喻懷才以等待施展的時機。抱朴子時難:"蓋往而不反者,所以功在身後,而藏器俟時者,所以百無一遇。"明李贄續焚書與焦弱侯:"李如真四月二十六日到黃安,知兄已到家,藏器待時,最喜最喜。"

蕩

dàng ㄉㄤˋ 徒浪切,去,宕韻,定。

毒草。即莨菪。廣韻:"蔺蕩,毒藥。"

藋

1. diào ㄉㄧㄠˋ 徒弔切,去,嘯韻,定。

㊀草名。即蒴藋,又稱灰藋,狀似藜。莊子徐无鬼:"藜藋柱乎鼪鼬之逕。"古書藜藋或誤作"蔾藋"。草莽荒穢者爲"藜藋",採以供食者爲"蔾藋"。見清王念孫讀書雜誌史記仲尼弟子列傳排藜藋。

2. dí ㄉㄧˊ

㊁即高粱。廣雅釋草:"藋粱,木稷也。"王禎農書作"荻粱"。

蓋

jìn ㄐㄧㄣˋ 疾刃切,去,震韻,從。

㊀植物名。蓋草。又名黃草、王芻。可以染黃。又入藥。急就篇四:"雷矢藋菌蓋兎盧。"注:"蓋作治久欬,殺皮膚小蟲,又可以染黃而作金色。"㊁進,進用。見"蓋臣"。㊂遺餘。没有燒盡的柴草。方言二:"孑蓋,餘也。周鄭之間曰蓋。……自關而西,秦晉之間,炊薪不盡曰蓋。"文選漢馬季長(融)長笛賦:"蓋滯抗絶,中息更裝。"注:"蓋與燼同。"

【蓋臣】詩大雅文王:"王之蓋臣,無念爾祖。"集傳:"言其忠愛之篤,進進無已也。"逸周書皇門:"朕蓋臣,大明爾德,以助予一人憂,無維乃身之暴皆卹。"蓋訓進,本指王所進用之臣,後稱忠誠之臣爲藎臣。

【藎篋】用藎草織的篋。唐元稹長慶集九三遣悲懷詩之一:"顧我無衣搜藎篋,泥他沽酒拔金釵。"

薩 sà 桑割切,入,曷韻,心。 ㄙㄚˋ

㊀菩薩全稱爲菩提薩埵。古譯爲"菩薛"。見"菩薩"。㊁姓。出自代北薩孤氏,西域也有薩氏,後徙閩,明有薩琦,附明史一六二劉鉉傳。

【薩埵】梵語。菩提薩埵的簡稱,即菩薩。藝文類聚七七南朝梁元帝梁安寺刹下銘:"神童戾止,亟連翩於威鳳。薩埵來遊,屢徘徊於紺馬。"參閱翻譯名義集一三乘通號菩薩。

【薩薄】梵語,義譯爲一切。晉法顯佛國記:"其城中多居士、長者、薩薄商人。"薩薄商人,猶言衆商。

【薩寶】官名。唐置,視正五品,以火教徒任之,掌祅祠祭祀之事。所屬有祅正、祅祝等官。

【薩都剌】公元1272—?年。先世爲蒙古族,世居雁門。字天錫,號直齋,泰定四年進士,歷官京口録事司達魯花赤、閩海福建道肅政廉訪使知事、河北廉訪經歷。工於詩文,詩風流麗清婉,亦不乏壯偉豪邁之作。名冠一時,虞集雅重之。著有雁門集。

【薩爾滸】山名。在遼寧新賓縣西。明萬曆四十七年明軍四路出師,後金努兒哈赤(清太祖)大破明山海關鎮將杜松軍,一軍盡没,即此。參閱嘉慶一統志五八興京。

【薩齊瑪】糕點名稱。滿語。清富察敦崇燕京歲時記:"薩齊瑪乃滿洲餑餑,以冰糖、奶油合白麪爲之,形如糯米,用不灰木烘爐烤熟,遂成方塊,甜膩可食。"

蘬 kuī 苦圭切,平,齊韻,溪。 ㄎㄨㄟ

見下。

【蘬姑】王瓜。爾雅釋草:"鉤,蘬姑。"注:"鉤,瓠也,一名王瓜。實如瓝瓜,正赤味苦。"

蕢 jùn 集韻 初峻切,去,稕韻。 ㄐㄩㄣˋ

祭宴餘剩的食品。同"餕"。儀禮特牲饋食禮:"祝命嘗食,蕢者舉奠許諾。"注:"古文蕢皆作'餕'。"

薱 duì 徒對切,去,隊韻,定。 ㄉㄨㄟˋ

草木茂盛貌。文選漢張平子(衡)西京賦:"鬱蓊薆薱,橚爽櫹槮。"唐薛綜注:"皆草木盛貌也。"

薿 yǐ 于紀切,上,止韻,于。 ㄧˇ

茂盛貌。詩小雅甫田:"今適南畝,或耘或耔,黍稷薿薿。"參見"儗儗㊀"。

薶 1. mái 莫皆切,平,皆韻,明。 ㄇㄞˊ

㊀埋藏。"埋"的本字。爾雅釋天:"祭地曰瘞薶。"注:"既祭,埋藏之。"

2. wō ㄨㄛ

㊀沾污。淮南子俶真:"夫鑑明者,塵垢弗能薶;神清者,嗜欲弗能亂。"注:"薶,污也。薶讀倭語之倭也。"

藐 1. mò 莫角切,入,覺韻,明。 ㄇㄛˋ

㊀本作"藐"。茈草。以可以染紫,又稱紫草。

2. miǎo 亡沼切,上,小韻,明。 ㄇㄧㄠˇ

㊁弱小。文選晉潘安仁(岳)寡婦賦序:"少喪父母,適人而所天又殞,孤女藐焉始孩。"參見"藐₂孤"。㊂輕視。孟子盡心下:"説大人,則藐之,勿視其巍巍然。"㊃廣遠。通"邈"。楚辭屈原九章悲回風:"藐蔓蔓之不可量兮。"注:"一作邈。"宋洪興祖補注:"藐,音邈,遠也。"

【藐₂孤】弱小的孤兒。藐,弱小;孤,無父的人。左傳僖九年:"初,獻公使荀息傅奚齊,公疾,召之,曰:'以是藐諸孤,辱在大夫,其若之何?'"注:"言其幼賤,與諸子縣藐。"

【藐₂視】輕視。宋曾鞏元豐類藁六送孫穎賢詩:"高談消長才驚世,藐視公侯行出人。"

【藐₂藐】㊀高遠貌。詩大雅瞻卬:"藐藐昊天,無不克鞏。"㊁美盛貌。詩大雅崧高:"寢廟既成。既成藐藐。"㊂輕忽貌。詩大雅抑:"誨爾諄諄,聽我藐藐。"傳:"藐藐然,不入也。"

【藐₂姑射】山名。莊子逍遥遊:"藐姑射之山,有神人居焉。"釋文謂藐音邈。簡文云:遠也。姑射,山名,在北海中。參見"姑射㊀"。

【藐₂姑仙子】傳説中的女神。莊子逍遥遊:"藐姑射之山,有神人居焉,肌膚若冰雪,淖約若處子。"後人因以稱美女爲藐姑仙子。

藊 biǎn 集韻 補典切,上,銑韻。 ㄅㄧㄢˇ

亦作"稨"。豆屬。見下。

【藊豆】豆的一種。即扁豆。救荒本草作眉兒豆苗。莖蔓卷於他物之上,果實爲莢,扁平如鐮,爲蔬食。也入藥。參閱政和證類本草二五藊豆。

藒 jiē 丘竭切,入,薛韻,溪。 ㄐㄧㄝ

菜名。也作"藹"。北魏賈思勰齊民要術十:"藒菜,似蕨,生水中。"

【藒車】香草名。爾雅釋草:"藒車,艺輿。"楚辭屈原離騷作"揭車"。參見該條。

薰 xūn 許云切,平,文韻,曉。 ㄒㄩㄣ

㊀香草名。又名蕙草。左傳僖四年:"一薰一蕕,十年尚猶有臭。"漢書七二龔勝傳:"薰以香自燒,膏以明自銷。"㊁香,香氣。文選南朝梁江文通(淹)別賦:"閨中風暖,陌上草薰。"㊂和煦。見"薰風"。㊃温和貌。莊子天下:"薰然慈仁,謂之君子。"㊄薰灼。莊子天地:"五香薰鼻,困惾中顙。"參見"薰心"。㊅煙氣。文選晉陸士衡(機)演連珠:"臣聞尋煙染芬,薰息猶芳,徵音録響,操終則絶。"㊆有籠覆蓋的熏爐。宋文天祥文山集二曉起詩:"遠寺鳴金鐸,疎窗試寶薰。"參見"熏籠"。㊇有刺激氣味的菜如葱韭等。晉嵇康嵇中散集三養生論:"薰辛害目,豚魚不養。"㊈通"獯"。見"薰育"。

【薰心】心中如薰灼,多指憂苦。易艮:"艮其限,列其夤,厲薰心。"注:"危亡之憂乃薰灼其心。"宋詩鈔韓駒陵陽集鈔某已被旨移蔡……口號之三:"百憂前日總薰心,一笑朝來得好音。"

【薰天】㊀古代北方民俗,于正月七日在庭中作煎餅,稱薰天。見南朝梁宗懍荆楚歲時記、遼史禮志六。㊁形容勢焰極盛。唐杜甫杜工部草堂詩箋七遣興之一:"北里富薰天,高樓夜吹笛。"

【薰沐】以香草薰身和沐浴,表示敬禮。即釁沐,也稱熏沐。國語齊:"(管仲)比至,三釁三浴之,桓公親逆之于郊,而與之坐,問焉。"注:"以香塗身曰釁,釁或爲薰。"金元好問遺山集七丙午九日詠菊詩之二:"三薰復三沐,歲晏與君期。"又十答郭仲通之一:"向時諸老供熏沐,此日孤生足駡譏。"

【薰育】古匈奴名。即獯鬻。亦作熏鬻、獫允。史記周紀:"古公亶父復修后稷公劉業,積德行義,國人皆戴之。薰育戎狄攻之。……遂去豳渡漆沮,踰梁山,止於岐下。"

【薰服】香薰的衣服。多指妓樂。漢賈誼新書官人:"君開北房,從薰服之樂。"

【薰胥】因牽連而受刑。漢書一〇〇下敍傳:"烏呼史遷,薰胥以刑!"注:"此敍言史遷因坐李陵,橫得罪也。"按三國吳韋昭以爲"腐刑必薰之,餘殘曰胥",此亦一說。

【薰風】和風。指初夏時的東南風。呂氏春秋有始:"東南曰薰風。"注:"巽氣所生,一曰清明風。"唐白居易長慶集十八太平樂詞之二:"湛露浮堯酒,薰風起舜歌。"參見"南風㊀"。

【薰修】焚香供佛,修養身心。藝文類聚七六隋江總香贊:"還符戒品,薰修福田。"

【薰粥】古匈奴名。漢書八五谷永傳:"方今四夷賓服,皆爲臣妾,北無薰粥、冒頓之患,南無趙佗、呂嘉之難,三垂晏然,靡有兵革之警。"參見"薰育"。

【薰陶】薰染陶冶。比喻培育養人材,如香之薰物,陶之造器。宋史四二七程頤傳上疏:"今夫人民善教其子弟者,亦必延名德之士,使與之處,以薰陶成性。"

【薰赫】氣焰盛貌。唐張九齡曲江集四南陽道中詩:"茲邦稱貴近,與世嘗薰赫。"

【薰燧】焚薰草以取香。淮南子説山:"以潔白爲汙辱,譬猶沐浴而抒溷,薰燧而負彘。"注:"燒薰自香也。楚人謂之薰燧。"

【薰蕕】薰,香草;蕕,臭草。左傳僖四年:"一薰一蕕,十年尚猶有臭。"注:"薰,香草;蕕,臭草。十年有臭,言善易消,惡難除。"後常喻善人同惡人不可共處。孔子家語致思:"薰蕕不同器而藏,堯桀不共國而治,以其類異也。"

【薰陸香】植物名。樹乳可作香料。產西域,樹高大如古松,盛夏木膠流出,狀如桃膠。本草以薰陸爲乳香,宋沈括夢溪筆談二六藥議謂薰陸爲乳香之本名,政和證類本草十二、清吳其濬植物名實圖考長編十八分乳香爲兩物。

藑 qióng 渠營切,平,清韻,羣。ㄑㄩㄥˊ

見下。

【藑茅】㊀草名。爾雅釋草:"葍,藑茅。"疏:"葍與藑茅,一草也。華白者卽名葍,華赤者別名藑茅。"參見"葍"。㊁靈草。楚辭屈原離騷:"索藑茅以筳篿兮,命靈氛爲余占之。"注:"藑茅,靈草。"

十五畫

藫 tán 徒含切,平,覃韻,定。ㄊㄢˊ

植物名。水苔。爾雅釋草:"藫,石衣。"參見"石衣"。

藩 fān 甫煩切,平,元韻,幫。ㄈㄢ

㊀籬笆。易大壯:"羝羊觸藩,羸其角。"引申爲屏障。詩大雅板:"价人維藩,大師維垣。"傳:"藩,屏也。"㊁遮蔽。荀子榮辱:"以相持養,以相藩飾。"㊂用籬笆圍起來。左傳哀十二年:"吳人藩衞侯之舍。"㊃有障蔽的車。左傳襄二三年:"以藩載欒盈及其士。"㊄偏遠的地域。莊子大宗師:"意而子曰:'雖然,吾願遊於其藩。'"㊅藩國,藩鎮。封建王朝的屬國或屬地。後漢書明帝紀永平五年:"驃騎將軍東平王蒼罷歸藩。"此指藩國。舊唐書一四六嚴綬傳:"前後統臨三鎮,皆號雄藩。"此指藩鎮。

【藩司】㊀南北朝時以宗室諸侯王爲州刺史,因稱藩司。文選南朝梁沈休文(約)齊故安陸昭王碑文:"男女老幼,大臨街衢。……並求入奉靈櫬,藩司抑而不許。"㊁明清時布政使(全稱承宣布政使司布政使)的別稱。或稱藩臺,主管一省人事與財務。別稱方伯。參見"布政使"。

【藩車】有屏蔽的車。漢書九二陳遵傳:"始遵初除,乘藩車入閭巷。"

【藩服】古代王畿以外之地分爲九服。離王畿最遠的地域稱藩服。周禮夏官職方氏:"乃辨九服之邦國……又其外方五百里曰藩服。"疏:"言藩者,以其最在外爲藩籬,故以藩爲稱。"參見"九服㊀"。

【藩岳】謂諸侯。諸侯爲國藩屏,故稱。文選晉潘安仁(岳)爲賈謐作贈陸機詩:"藩岳作鎮,輔我京室。"注:"謂吳王也。"

【藩邸】諸侯王的府第。北周庾信庾子山集十五故周大將軍義興公蕭公墓銘:"有美令德,茂親藩邸,建國皇支,承家帝弟。"太平廣記四八五唐陳鴻東城老父傳:"玄宗在藩邸時,樂民間清明節鬭雞戲。"

【藩垣】喻衞國的疆吏。唐韓愈昌黎集十八與鳳翔邢尚書書:"今閤下爲王爪牙,爲國藩垣,……戎狄棄甲而遠遁,朝廷高枕而不虞。"參見"藩屏㊀"。

【藩屏】㊀藩籬屏蔽。詩大雅板:"价人維藩,大師維垣,大邦維屏,大宗維翰。"後因以喻藩國。晉書閔王承傳:"(虞悝)謂承曰:'……王敦居分陝之任,而一旦作逆,天地所不容,人神所痛疾,大王宗室藩屏,寧可從其僞耶!'"㊁保衞。左傳定四年:"昔武王克商,成王定之,選建明德,以藩屏周。"

【藩侯】諸侯,以其藩屏王室,故稱。三國志魏陳思王植傳"植益內不自安"注引典略曹植與楊修書:"吾雖薄德,位爲藩侯,猶庶幾戮力上國,流惠下民。"文選作"蕃侯"。

【藩盾】帝王出征時,所宿之處四周以盾護衞,謂之藩盾。周禮夏官司戈盾:"及舍,設藩盾,行則斂之。"

【藩庫】清代布政司所屬的糧錢儲庫。各州縣歲征的田稅雜賦,除留用外,悉入儲庫,設庫大使。參見"藩司㊁"。

【藩條】漢制州刺史以六條考察所屬吏員,後因稱刺史之職爲藩條。晉書應詹傳論:"入居列位,則嘉謀屢陳;出撫藩條,則惠政斯洽。"隋書公孫景茂傳詔:"景茂修身潔己,耆宿不虧,……宜升戎秩,兼進藩條。可上儀同三司,伊州刺史。"參見"六條"。

【藩國】諸侯國。古代帝王以之藩屏王室,故稱。史記一〇六吳王濞傳制:"高皇帝親表功德,建立諸侯,幽王悼惠王絕無後,孝文皇帝哀憐加惠,王幽王子遂、悼惠王子卬等,令奉其先王宗廟,爲漢藩國。"

【藩溷】籬笆和廁所。晉書左思傳:"復欲賦三都,……遂構思十年,門庭藩溷,皆著筆紙,遇得一句,卽便疏之。"

【藩翰】詩大雅板:"价人維藩,大師維垣,大邦維屏,大宗維翰。"注:"藩,屏也……翰,幹也。"後用以喻保衞國家的重臣。三國志蜀先主傳馬超等立漢中王上漢帝表:"臣等以備肺腑枝葉,宗子藩翰,心存國家,念在弭亂。"

【藩儲】指太子之位。舊唐書高宗紀下史臣曰:"大帝往在藩儲,見稱長者,暨升旒扆,頓異明爽。"

【藩鎮】㊀地方方面長官。三國志蜀許靖傳與曹操書:"又張子雲(津)昔在京師,志匡王室,今雖臨荒域,不得參與本朝,亦國家之藩鎮,足下之外援也。"又吳陸凱傳上疏:"願陛下簡文武之臣,各勤其官;州牧督將,藩鎮方外,公卿尚書,務脩仁化。"㊁唐代指總領一方的軍府。唐初於重要諸州置都督府,睿宗時置節度大使,玄宗時又於邊境置十節度使,各領數州甲兵,並掌土地人民、財賦等大權。安史亂後,內地悉置節度使,形成地方割據勢力,通稱藩鎮。參見"節度使"。

【藩籬】㊀以竹木編成的籬笆。爲房舍的外蔽。國語楚下:"爲之關籥藩籬而遠備閑之。"注:"藩籬,壁落。"引申爲守衞。北周庾信庾子山集一哀江南賦序:"江淮無涯岸之阻,亭壁無藩籬之固。"㊁門戶。比喻某種造詣，境界。宋蔡寬夫詩話："王荆公(安石)晚年亦喜稱義山(李商隱)詩，以爲唐人知學老杜(甫)而得其藩籬，惟義山一人而已。"(宋魏慶之詩人玉屑十七西崑體)

藭 qióng 集韻 渠弓切，東韻。ㄑㄩㄥˊ

草名。卽芎藭。詳"芎藭"。

藙 yì 魚既切，去，未韻，疑。ㄧˋ

植物名。說文作"藾"。卽食茱萸。禮内則："三牲用藙。"注："藙，煎茱萸也。漢律會稽獻焉。爾雅謂之椴。"似茱萸而實赤小。參閱本草綱目三二果四食茱萸。

藷 1. zhū 章魚切，平，魚韻，照。ㄓㄨ

㊀見"藷蔗"。

2. shǔ 常恕切，去，御韻，禪。ㄕㄨˋ

㊁同"薯"。藷藇也作薯蕷。見"薯藇"。

【藷₂芋】 卽藷藇。宋蘇軾分類東坡詩二五聞子由瘦詩："土人頓頓食藷芋，薦以熏鼠燒蝙蝠。"參見"藷₂藇"。

【藷蔗】 甘蔗。文選漢張平子(衡)南都賦："若其園圃則有蓼蕺蘘荷，藷蔗薑蟠。"注："漢書音義曰：藷蔗，甘柘也。"一說是指藷藇和甘蔗。見清朱駿聲說文通訓定聲"藷"。

【藷₂藇】 薯蕷。卽山藥，塊莖供食用，並可入藥。山海經北山經："景山南望鹽販之澤，北望少澤，其上多草藷藇。"注："根似羊蹄，可食。曙預二音。今江南單呼爲藷，音儲，語有輕重耳。"

【藷₂糧】 以甘藷爲食糧。晉嵇含南方草木狀上甘藷："舊珠崖之地，海中之人，皆不業耕稼，惟掘地種甘藷，秋熟收之，蒸曬切如米粒，倉圌貯之，以充糧糗，是名藷糧。"

藨 1. biāo 甫嬌切，平，宵韻，幫。ㄅㄧㄠ

㊀果名。俗稱薅田藨。見"藨莓"。

2. piǎo 平表切，上，小韻，並。ㄆㄧㄠˇ

㊁草名。可製席。玉篇："藨，蒯屬，可爲席。"又名鹿藿。廣雅釋草："藨，鹿藿也。"

【藨莓】 草名。爾雅釋草："藨，麃。"注："麃卽莓也，今江東呼爲藨莓，子似覆葐而大赤，酢甜可啖。"參閱清郝懿行爾雅義疏。

藦 mò 集韻 莫卧切，去，過韻。ㄇㄛˋ

蘿藦，草名。見該條。

蕟 fèi 集韻 放吠切，去，廢韻。ㄈㄟˋ

粗竹席。說文作"𥳽"。廣雅作"蕟"。

藕 ǒu 五口切，上，厚韻，疑。ㄡˇ

說文作"蕅"。蓮的地下莖。可食。爾雅釋草："荷，芙渠。……其實蓮，其根藕。"藕爲蓮的地下莖，古誤以爲根。

【藕絲】 ㊀蓮藕中的絲。藕斷絲仍相連，故常用以比喻未斷的感情。唐韓偓玉樵山人集春悶偶成十二韻詩："別淚開泉脈，春愁罥藕絲。"㊁彩色名。花間集一唐溫庭筠菩薩蠻詞之二："藕絲秋色淺，人勝參差翦。"唐李賀歌詩編一天上謠："粉霞紅綬藕絲裙，青洲步拾蘭苕春。"

【藕腸】 卽藕絲。文苑英華三五八唐沈亞之爲人撰乞巧文："細絹縷於藕腸兮，差蓮跗以齒緻。"溫庭筠集一舞衣曲："藕腸纖縷抽輕春，煙機漠漠嬌娥嚬。"

【藕覆】 膝褲的別稱。元伊世珍瑯嬛記上引致虛閣雜俎："太真著鴛鴦並頭蓮錦袴襪，上戲曰：'貴妃袴襪上乃真鴛鴦蓮花也；……不然，其間安得有此白藕乎？'貴妃由是名袴襪爲藕覆。"

【藕心錢】 鑄成錢狀的佩飾。宋洪遵泉志九刀布品引舊譜："世有此錢，其形四方，狀如博棊。長二寸，面闊三分，當四稜。皆上下通關，若藕挺中破狀。其上有首，形如秤槌，鼻有孔，號爲藕心錢。"參閱缺名錢幣考下藕心錢。

【藕絲衫】 藕絲色的衣服。全唐詩四二二元稹白衣裳之二："藕絲衫子柳花裙，空著沈香慢火熏。"參見"藕絲㊁"。

【藕絲褐】 顏色名。明陶宗儀輟耕錄十一采繪法："凡調合服飾器用顏色者……藕絲褐，用粉入螺青、臙脂合。"

【藕斷絲連】 喻情意未絕。唐孟郊孟東野集三去婦詩："妾心藕中絲，雖斷猶牽連。"連，也作"聯"。宋黃機竹齋詩餘滿庭芳次仁和韻時欲之官永興詞："人道郴陽無雁，奈情鍾藕斷絲聯。"

藚 xù 似足切，入，燭韻，邪。ㄒㄩˋ

草名。生於水中，葉可煠食。本草作"澤瀉"。亦名水舄菜。詩魏風汾沮洳："彼汾一曲，言采其藚。"傳："藚，水舄也。"

藝 yì 魚祭切，去，祭韻，疑。ㄧˋ

說文作"埶"。或作"蓺"。㊀種植。詩唐風鴇羽："王事靡盬，不能蓺黍稷。"㊁才能。書金縢："乃元孫不若旦多材多藝。"論語子罕："牢曰：吾不試，故藝。"牢，琴牢，孔子弟子。㊂準則，限度。左傳文六年："陳之藝極，引之表儀。"注："藝，準也。"國語魯上："今魚方別孕，不教魚長，又行罜䍡，貪欲無藝也。"注："藝，極也。"㊃區分。孔子家語正論："合諸侯而藝貢事，禮也。"注："藝，分別貢獻之事也。"

【藝人】 有才藝的人。書立政："大都小伯，藝人表臣，百司。"傳："以道藝爲表幹之臣。"抱朴子行品："創機巧以濟用，總音數而竝精者，蓺人也。"

【藝事】 技藝。書胤征："官師相規，工執藝事以諫。"注："百工各執其所治技藝以諫。"三國魏劉邵人物志中材能："權奇之能，伎倆之材也，故在朝也，則司空之任；爲國，則藝事之政。"

【藝林】 指典籍著述之事或藏書之處。魏書常爽傳："頃因暇日，屬意藝林，略撰所聞，討論其本，名曰六經略注，以訓門徒焉。"元天曆二年置藝林庫，掌藏貯書。見元史百官志四。

【藝祖】 有文德材藝之祖，古帝王對祖先的美稱。書舜典："歸，格于藝祖，用特。"傳："藝，文也。"疏："才藝文德，其義相通，故蓺爲文也。文祖、藝祖，史變文耳。"參見"文祖"。後代帝王因以藝祖爲太祖的通稱。如唐高祖(李淵)、宋太祖(趙匡胤)、金太祖(阿骨打)等皆有藝祖之稱。參閱清顧炎武日知錄二四藝祖。

【藝苑】 猶言"藝林"。宋書傅亮傳感物賦序："余以暮秋之月，述職内禁，夜清務隙，遊目藝苑。"唐韓愈昌黎集一復志賦："朝騁騖乎書林兮，夕翱翔乎藝苑。"

【藝圃】 猶言藝苑、藝林。宋樓鑰攻媿集一送劉仲起主簿詩："公餘黃卷頻卷舒，藝圃工夫日加葺。"

【藝術】 泛指各種技術技能。後漢書二六伏湛傳附伏無忌："永和元年，詔無忌與議郎黃景校定中書五經、諸子百家、蓺術。"注："蓺謂書、數、射、御，術謂醫、方、卜、筮。"晉書藝術傳序："詳觀衆術，抑惟小道，棄之如或可惜，存之又恐不經。……今錄其推步尤精、伎能可紀者，以爲藝術傳。"

【藝彀】 明鄧伯羔著，三卷。援據經籍，考訂舊文，廣徵博引，多有精到之處。

【藝植】 耕種，種植。北史鐵勒傳："近西邊者，頗爲藝植，多牛而少馬。"唐王維王右丞集七寄荊州張丞相詩："方將與農圃，藝植老邱園。"

【藝極】 至限。宋朱熹朱文公集十四延和奏劄四："凡是百姓，有事入門，不問曲直，恣意誅求，無有藝極。”

【藝文志】 歷代官史，常以當時所存典籍，彙目成編，稱爲藝文志，或稱經籍志。漢班固撰漢書，據劉歆七略首載藝文志。其後各史及地方志乘多仿此例。正史中漢書、隋書、新唐書、舊唐書、宋史、明史六史有藝文志。後來又有爲各史補輯的藝文志專著，如清代有侯康補後漢書藝文志、補三國藝文志，姚振宗後漢藝文志、三國藝文志，文廷式秦榮光黃逢元皆有補晉書藝文志，顧懷三補五代史藝文志，金門詔倪燦皆有補遼金元藝文志，錢大昕補元史藝文志等。

【藝文類聚】 類書名。唐歐陽詢等武德五年奉敕編著，歷時三年成書。一百卷，分爲四十六部，子目七百二十七條，以事類居前，詩文附後，在古代類書中體例最爲完密。所引古籍約一千四百三十一種，其中十分之九已亡佚，皆賴此書以存。後來明馮惟納輯詩紀，梅鼎祚輯文紀，張溥輯漢魏六朝百三家集，清嚴可均輯全上古三代秦漢三國六朝文，皆曾取材於此。

【藝舟雙楫】 清包世臣著。六卷。分論文、論書兩類。評論古人文章、書法之優劣得失及金石碑版，辨析詳博。世臣於文章書法，自視甚高，品評得失，往往好爲高論，自成一家之言。後來康有爲撰廣藝舟雙楫六卷，發揚世臣表章北碑之意，攻擊帖學，提倡碑板，碑書文字益爲世人所重。

【藝芸書舍】 清道光間長洲汪士鍾藏書室名。士鍾，字閬源。嘉慶時，吳中藏書以黃丕烈、周錫瓚、袁廷檮、顧之逵爲四大家。後盡歸士鍾，故其宋元本之多，可與常熟之汲古閣毛，泰興之季并列。有藝芸書舍宋元本書目刊行，見叢書集成初編總類。

【藝林彙考】 清沈自南著。原書二十四卷，刊行僅五篇：楝宇，服飾，飲食，稱號，植物。徵引廣博，引文必載書名，按籍溯源，便於覆檢。

【藝海珠塵】 叢書名。清嘉慶中吳省蘭輯刊。共一百六十五種，分爲八集。後錢熙輔又輯續藝海珠塵兩集，共四十二種。所收歷代古籍及清人著述，包括經學、小學、輿地、掌故、筆記、小說、天文、歷算、詩文等，方面甚廣。

【藝高人膽大】 言人有真實本領，始能勇往無畏。明戚繼光練兵實紀八練營陣：“便學一日有一日受用，學一件有一件助膽，所謂藝高人膽大也。”

藖 xián 户閒切，平，山韻，匣。ㄒㄧㄢˊ

㊀斫餘的草莖。唐元結元次山集三漫酬賈沔州詩：“豈欲皁櫪中，争食茭與藖。”㊁堅固。廣雅釋詁：“輡、藖、……掔(堅)也。”

蒫 zhǎ 集韻 竹下切，上，馬韻。ㄓㄚˇ

見“藞蒫”。

藞 lǎ 盧下切，上，馬韻，來。ㄌㄚˇ

見下。

【藞苴】 不熟，粗糙。朱子語類五五孟子五：“執玉帛者萬國，當時所謂國者，如今溪洞之類，如五六十家，或百十家，各立爲長，自爲一處，都來朝王，想得禮數大段藞苴。”

【藞蒫】 不中貌。宋黃庭堅豫章集十四五祖演禪師真贊：“誰言川藞蒫，具相三十二。”李光莊簡集五己巳二月己發書殊不盡意偶成長句……詩：“舊日琴書都藞蒫，新年行步漸羸垂。”

藸 zhū 陟魚切，平，魚韻，知。ㄓㄨ

茎藸，藥草名。見“茎藸”。

藘 lú 力居切，平，魚韻，來。ㄌㄩˊ

見下。

【藘茹】 草名。本作蘆藘，又名離婁。四五月中採根陰乾入藥。參閱政和證類本草十一藘茹。

蘈 tuī 他回切，平，灰韻，透。ㄊㄨㄟ

植物名。益母草。爾雅釋草：“萑，牛蘈。”參見“牛蘈”。

藘 lǘ 力居切，平，魚韻，來。ㄌㄩˊ

茹藘。卽茜草。見“茹藘”。

藟 lěi 力軌切，上，旨韻，來。ㄌㄟˇ

㊀蔓草名。卽葛藟，又名巨苽、千歲藟。漿果可食，亦入藥。詩周南樛木：“南有樛木，葛藟纍之。”三國吳陸璣毛詩草木鳥獸蟲魚疏莫莫葛藟：“藟，一名巨苽，似燕薁，亦延蔓生，葉如艾，其子赤，可食。”㊁纏繞。唐王勣王無功集中古意詩之三：“漁人遞往還，網罟相縈藟。”㊂花蕾。通“蕾”。宋秦觀淮海集後集四早春題僧舍詩：“東園紫梅初破藟，北澗淥水方通流。”

【藟山】 山名。山海經東山經：“藟山，其上有玉，其下有金。湖水出焉，東流注于食水，其中多活師。”湖水，清畢沅新校正：“疑卽地理志之巨淀湖水。”約當今山東半島登萊青諸地。

【藟散】 米名。宋陸游劍南詩稿二五秋日郊居之三：“已炊藟散真珠米，更點丁坑白雪茶。”自注：“藟散，米名。丁坑，茶名。”

藪 1. sǒu 蘇后切，上，厚韻，心。ㄙㄡˇ

㊀大澤。周禮夏官職方氏：“東南曰揚州，……其澤藪曰具區。”卽今太湖。㊁水淺草茂的澤地。詩鄭風大叔于田：“叔在藪，火烈具舉。”㊂比喻人或物聚集的地方。書武成：“爲天下逋逃主，萃淵藪。”㊃容量名。漢孔鮒小爾雅廣量：“釜二有半謂之藪。”注：“一斛六斗也。”

2. sōu ㄙㄡ

㊄搜求。通“搜”。晉書李重傳上疏：“臣訪(朱)沖州邑，言其雖年近耆耄，而志氣克壯，耽道窮藪，老而彌新。”

藜 lí 郎奚切，平，齊韻，來。ㄌㄧˊ

草名。又名萊。俗名紅心灰藋。初生可食，古蒸以爲茹。莖老可作杖。亦用於燃藜照明。莊子讓王：“原憲華冠縰履，杖藜而應門。”參閱本草綱目二七菜二藜。

【藜杖】 用藜的老莖製成的手杖。晉書山濤傳：“魏帝嘗賜景帝(司馬師)春服，帝以賜濤，又以母老，並賜藜杖一枚。”

【藜芘】 藜編的壁障。同“箣笓㊀”。三國志魏裴潛傳注引魏略：“每之官，不將妻子。妻子貧乏，織藜芘以自供。”

【藜牀】 藜製之榻。北周庾信庾子山集一小園賦：“況乎管寧藜牀，雖穿而可坐；嵇康鍛竈，既煖而堪眠。”又三奉和趙王隱士詩：“鹿裘披稍裂，藜牀坐欲穿。”

【藜蕨】 藜草蕨菜，皆野菜，貧者無食，用以充飢。唐韓愈昌黎集二送文暢師北遊詩：“從茲富裘馬，寧復茹藜蕨。”

【藜羹】 用嫩藜煮成的羹，指粗劣的食物。莊子讓王：“孔子窮於陳蔡之間，七日不火食，藜羹不糝，顏色甚憊，而弦歌於室。”

【藜藿】 藜與藿，貧者所食野菜。韓非子五蠹：“糲粢之食，藜藿之羹。”史記太史公自序論六家之要指：“糲粱之食，藜藿之羹。”正義：“藜，似藿而表赤。藿，豆葉也。”

藤 téng 徒登切，平，登韻，定。ㄊㄥˊ

㊀植物名。有紫藤、白藤等多種。㊁蔓生植物的匍匐莖、攀援莖的泛稱。

【藤江】水名。在廣西藤縣界，因名。即今潯江。參閱讀史方輿紀要一〇八梧州府藤縣。

【藤杯】藤製之杯。唐王勃王子安集三贈李十四詩："風筵調桂軫，月徑引藤杯。"一說是用酒杯藤的花作杯。五代晉李石續博物志五："酒杯藤出西域。藤大如臂，葉似葛，花實如梧桐花，堅可以酌酒，有文章，映徹可愛。"

【藤紙】紙名。宋梅堯臣宛陵集四五送杜君懿屯田通判宣州詩："日書藤紙爭持去，長鈎細畫似珊瑚。"參閱太平寰宇記九三餘杭縣、嘉慶一統志二九六紹興府三土產。

【藤牌】以粗藤所製的盾牌。中心突向外，內凹處以藤爲上下二環，以便執持。參見"旁排"。

【藤鼓】藤製之鼓。清阮元揅經室續集五藤鼓詩："斷藤復段截，造鼓示創懲；中空冒以革，圍量丈五繩。"鼓爲明韓雍於成化初鎮壓瑤族起事所造，舊時置於肇慶府鼓樓。

【藤縣】縣名。屬廣西。晉爲永平郡。隋置藤州，後廢。唐復置。五代時屬南漢。明洪武初改縣，屬梧州府，清因之。參閱讀史方輿紀要一〇八廣西。

藰

liú ㄌㄧㄡˊ 集韻 力求切，尤韻。
力九切，有韻。

見下。

【藰莅】風吹林木聲。同瀏莅。漢書五七司馬相如傳上林賦："藰莅芔歙，蓋象金石之聲，管籥之音。"史記作"瀏莅"。參見"瀏莅"。

蘊

1. yùn ㄩㄣˋ 於問切，去，問韻，影。
於粉切，上，吻韻，影。

㊀積聚，收藏。左傳昭十年："蘊利生孽，姑使無蘊乎？"後漢書四五周榮傳陳忠薦興疏："臣竊見光祿郎周興，……蘊匵古今，博物多聞，三墳之篇，五典之策，無所不覽。"㊁含義深奧。參見"底蘊㊁"。㊂悶熱。通"煴"。詩大雅雲漢："旱既大甚，蘊隆蟲蟲。"㊃亂麻。通"縕"。韓詩外傳七："（里媪）即束蘊請火去婦之家，曰：'吾犬爭肉相殺，請火治之。'"漢書四五蒯通傳作"縕"。㊄通"醞"。見"蘊藉"。㊅佛教語。意爲蔭覆。也譯作"陰"，如佛經以色、受、想、行、藏爲五陰，也作"五蘊"。參見"五蘊"。

2. wēn ㄨㄣ 烏渾切，平，魂韻，影。

㊆水草。通"薀"。文選晉左太沖（思）蜀都賦："綠菱紅蓮，雜以蘊藻。"

【蘊崇】積聚。左傳隱六年："爲國家者，見惡如農夫之去草焉，芟夷蘊崇之，絶其本根。"

【蘊隆】熱氣薰蒸。蘊，悶熱；隆，盛。詩大雅雲漢："旱既大甚，蘊隆蟲蟲。"毛傳訓隆爲隆隆而雷。

【蘊結】情思鬱結。詩檜風素冠："我心蘊結兮，聊與子如一兮。"宋朱熹集傳："蘊結，思之不解也。"三國魏曹植曹子建集一玄暢賦："悵蘊結而延志，希鵬舉以摶天。"

【蘊蒸】心情鬱結貌。古文苑八李陵録別詩之一："因風附輕翼，以遺心蘊蒸。"注："蘊蒸，猶鬱陶也。言思我之人。"

【蘊藉】㊀含蓄寬容。同"醞藉"。藉，也作"籍"。史記一二二義縱傳："補上黨郡中令。治敢行，少蘊藉。"索隱引張晏云："爲人無所避，故少所假借也。"後漢書三七桓榮傳："榮被服儒衣，溫恭有蘊籍。"注："蘊籍，猶言寬博有餘也。"㊁蓄積。後漢書八三逸民傳序："漢室中微，王莽篡位，士之蘊藉義憤甚矣，是時裂冠毀冕相攜持而去之者，蓋不可勝數。"

【蘊蘊】深邃貌。唐元結元次山集一補樂歌之四九淵："聖德至深兮蘊蘊如淵，生類娭娭兮孰知其然。"

藥

yào ㄧㄠˋ 以灼切，入，藥韻，喻。

㊀本指可治病之草。後泛指可治病之物。周禮天官疾醫："以五味、五穀、五藥養其病。"注："五藥，草、木、蟲、石、穀也。"俗作"葯"。㊁療治。詩大雅板："多將熇熇，不可救藥。"㊂術士所謂服食能輕身長生不死之物。史記秦始皇紀："因使韓終侯公石生求仙人不死之藥。"樂府詩集六四南朝梁劉孝感鬬雞："願賜淮南藥，一使雲間翔。"㊃花名。芍藥的簡稱。南齊謝朓謝宣城集三直中書省詩："紅藥當階翻，蒼苔衣砌上。"㊄火藥的簡稱。明宋應星天工開物佳兵："凡鳥銃長約三尺，鐵管載藥，嵌盛木棍之中，以便手握。"㊅姓。漢有南陽太守藥崧，晉有牙門藥沖。見通志二九氏族五。

【藥王】㊀佛教菩薩名。梵語稗篋梨。楞嚴經五："我無始劫，爲世良醫，口中嘗此娑婆世界草木金石。……是冷是熱有毒無毒悉能遍知。……分別味因，從是開悟。蒙佛如來印我昆季藥王藥上二菩薩名。"參閱翻譯名義集一菩薩別名。㊁舊時民間奉神農、扁鵲等爲藥王。清高士奇扈從西巡日録謂鄭州城遺址東有藥王莊，爲扁鵲故里。有藥王廟專祀扁鵲。後又增建神農軒轅三皇之殿。

【藥玉】以藥賁石而成，色澤如玉，故稱。今稱料玉。宋蘇軾分類東坡詩十二月三日點燈會客："試開雲夢羔兒酒，快瀉錢塘藥玉船。"藥玉船，即以藥玉製成的酒杯。虞儔尊白堂集二冬至後五日夜雪復作詩："歌兒解咤銷金帳，酒子能添藥玉船。"

【藥石】㊀藥物的總稱。藥，方藥；石，砭石；皆以治病。文選漢枚叔（乘）七發："客曰：今太子之病，可無藥石針刺灸療而已，可以要言妙道說而去也。"㊁比喻規戒。左傳襄二三年："臧孫曰：'季孫之愛我，疾疢也；孟孫之惡我，藥石也。"規戒的話稱藥石之言。舊唐書七八高季輔傳："貞觀十七年授右庶子，上疏切諫時政得失，特賜鍾乳一劑，曰：'進藥石之言，故以藥石相報。'"

【藥言】規誨勸戒的話。漢賈誼新書："藥食嘗於卑，然後至於貴；藥言獻於貴，然後聞於卑。"史記六八商君傳："苦言藥也，甘言疾也。夫子果肯終日正言，鞅之藥也。"

【藥材】製藥的材料。又泛指成藥。三國志魏趙儼傳"正始四年老疾求還"注引魏略："（儼）發到霸上，忘持其常所服藥。雍州聞之，乃追送雜藥材數箱。"宋陳元靚歲時廣記三九製官藥："皇朝歲時記：臘日，政府以供堂錢製藥，分送諸廳，其後多分送藥材，如牛黃丹砂龍腦金銀箔之類。"

【藥局】官辦或官監的製藥機構。元周密癸辛雜識別集上和劑藥局："和劑惠民藥局，當時製藥有官監造，有官監門，又有官藥。藥成分之內外，凡七十局。出售則又各有監官，皆以選人經任者爲之。"

【藥雨】指農曆立冬後小雪前所下的雨。即液雨。宋陳元靚歲時廣記四冬："瑣事録：'閩俗立冬後過壬日，謂之入液，至小雪出液，得雨謂之液雨。無雨則主來年旱。……又謂之藥雨，百蟲飲此水而蟄。'"

【藥金】用藥物煉製的假金。舊唐書一九一孟詵傳："詵少好方術，嘗於鳳閣侍郎劉禕之家，見其敕賜金，謂禕之曰：'此藥金也。若燒火其上，當有五色氣。'試之果然。"

【藥物】治病之物的統稱。左傳昭十九年："盡心力以事君，舍藥物可也。"唐杜甫杜工部草堂詩箋十八江村:"多病所須惟藥物,微軀此外更何求。"

【藥酒】㊀浸入藥物的酒。漢桓寬鹽鐵論國病:"夫藥酒苦於口利於病,忠言逆於耳而利於行。"㊁置入毒藥的酒。戰國策燕一:"已而其丈夫果來,於是因令其妾酌藥酒而進之。"

【藥烟】唐釋義淨譯毘奈耶雜事十:"問言何苦。答言患嗽。問比服何藥。答曾吸藥烟,得蒙瘳損。"其法用兩椀相合,底上穿孔,於中着火置藥,用鐵管置椀孔,就管口吸之。

【藥師】㊀醫師。大寶積經一〇八:"譬如大藥師,善能療治一切諸病自無有病,見諸病人而於其前自服苦藥,諸病人見是藥師服苦藥已,然後効服,各得除病。"㊁舊時各地多有藥師殿,祀扁鵲。藥師,卽藥王。參閱清顧張思土風録十八藥師。參見"藥王㊁"。

【藥鼎】道家煉丹藥所用的鼎,也稱丹鼎。唐陸龜蒙甫里集三秋日遣懷十六韻寄道侶詩:"藥鼎高低鑄,雲庵早晚苫。"

【藥裹】猶藥袋。唐王維王右丞集二酬黎居士淅川作詩:"松龕藏藥裹,石唇安茶臼。"杜甫杜工部草堂詩箋二一將赴成都草堂途中有作先寄嚴鄭公之三:"書籤藥裹封蛛網,野店山橋送馬蹄。"

【藥餌】藥物,調補之品。文選南朝宋謝靈運遊南亭詩:"藥餌情所止,衰疾忽在斯。"唐白居易長慶集四二奏陳情狀:"臣母多病,臣家素貧,甘旨或虧,無以爲養;藥餌或闕,空致其憂。"

【藥蔓】芍藥的藤蔓。唐許渾丁卯集上經故丁補闕郊居詩:"風吹藥蔓迷樵逕,雨暗蘆花失釣船。"

【藥箭】塗有毒藥的箭。後漢書八八西域傳:"西夜國一名漂沙……地生白草,有毒,國人煎以爲藥,傅箭鏃,所中卽死。"參閱宋范成大桂海虞衡志志器。

【藥録】㊀記醫方藥物的書。隋書經籍志三著録李密撰藥録二卷,又缺名桐君藥録三卷。已佚。㊁泛指藥方,丹方。北周庾信庾子山集四卧疾窮愁詩:"稚川求藥録,君平問卜林。"稚川,晉葛洪字;君平,漢嚴君平。

【藥獸】傳説謂能尋覓藥草爲人治病之獸。元陳芬芸窗私志:"神農時民進藥獸,人有疾病,則拊其獸,獸輒如野外,銜一草歸,搗汁服之,卽愈。"(重校説郛三一)

【藥名詩】詩體的一種,以藥名聯綴成句。如唐張籍張司業詩集六答鄱陽客藥名詩:"江皋歲暮相逢地,黄葉霜前半夏枝,子夜吟詩向松桂,心中萬事喜君知。"參閱宋魏慶之詩人玉屑二詩體下藥名、清陸以湉冷廬雜識八藥詩。

【藥店飛龍】南朝宋有讀曲歌,相傳民間爲彭城王劉義康所作。樂府詩集四六讀曲歌三十五:"自從別郎後,卧宿頭不舉,飛龍落藥店,骨出只爲汝。"義康爲宋武帝(劉裕)第四子。裕死,長子義符立,爲徐羨之傅亮等所殺,迎立裕第三子義隆(文帝),以義康録尚書事輔政。爲帝所忌,元嘉二十二年廢爲庶人,二十八年被殺。後因以藥店龍爲失意幽死。唐李商隱李義山詩集四垂柳:"舊作琴臺鳳,今爲藥店龍。"

【藥籠中物】喻豫先儲備的人材。唐元行沖勸狄仁傑留意儲備人材,自請備藥物之末。仁傑笑而謂人曰:"此吾藥籠中物,何可一日無也!"見舊唐書一〇二元行沖傳。宋李曾伯可齋雜藁十一謝京西漕請舉書:"給餽餉,鎮闤中,自是斯世金城之重;求文武,致幕府,將爲異時藥籠之需。"

十六畫

藻 zǎo ㄗㄠˇ 子晧切,上,晧韻,精。

説文作"藻"。㊀水草的總稱。詩召南采蘋:"于以采藻,于彼行潦。"疏:"陸機云:藻,水草也,生水底,有二種。"㊁辭藻,文章。漢書一〇〇上敍傳答賓戲:"雖馳辯如濤波,摛藻如春華,猶無益於殿最。"注:"藻,文辭也。"文選漢張平子(衡)歸田賦:"揮翰墨以奮藻,陳三皇之規模。"㊂文彩,修飾。文選三國魏曹子建(植)七啓:"步光之劍,華藻繁縟。"後漢書六八郭太〔泰〕傳贊:"林宗懷寶,識深甄藻。"林宗,泰字。㊃貫玉的五色絲繩。禮玉藻:"天子玉藻。"注:"雜采曰藻,天子以五采藻爲旒。"㊄墊玉的彩板。禮雜記下:"藻三采六等。"注:"藻,薦玉者也。"疏:"藻謂以韋衣板以藉玉者。"參閱清孫希旦禮記集解二十一之二。

【藻火】水藻及火燄之形,古人用作服飾。書益稷:"藻、火、粉、米、黼、黻、絺繡。"北周庾信庾子山集十六周安昌公夫人鄭氏墓誌銘:"珩璜節步,藻火文衣。"

【藻井】繪有文彩狀如井幹形的天花板,有荷菱等圖案形。文選漢張平子(衡)西京賦:"蔕倒茄於藻井,披紅葩之狎獵。"注:"藻井,當棟中交木方爲之,如井幹也。"參見"綺井"。

【藻玉】有帶彩文的玉。山海經西山經:"(泰冒之山)浴水出焉,東流注于河,其中多藻玉。"注:"藻玉,玉有符彩者。"

【藻仗】華美的儀仗。宋史樂志十樂章四迎奉聖像:"藻仗星陳,睟容金鑄。"

【藻抃】歡欣鼓舞。宋書符瑞志下沈演之上白鳩頌表:"既聞之先説,又親覩嘉祥,不勝藻抃,上頌一首。"廣弘明集二十南朝梁蕭綱(簡文帝)玄圃園講頌序:"梟興藻抃,獨瑩心靈。"

【藻拔】辭藻出衆。晉書袁宏傳:"謝尚時鎮牛渚,秋夜乘月,率爾與左右微服泛江。會宏在舫中諷詠,聲既清會,辭又藻拔。"

【藻思】華美的文思。文選晉陸士衡(機)文賦:"或藻思綺合,清麗千眠;炳若縟繡,悽若繁絃。"

【藻兼】神話傳説中的水木之精。舊題梁任昉述異記下:"漢武(帝)宴於未央宫,忽聞人語云:'老臣負自訴。'不見其形。良久,見架上一老翁,長八九寸,面皺鬚白,拄杖僂步,至前,帝問曰:'叟何姓名?所訴者何?'翁緣拄放杖,叩頭不言,因仰視屋,俯視帝脚。忽不見,帝駭懼,問東方朔。朔曰:'其名爲藻兼,水木之精也。陛下頃來,頻興宫室,斬伐其居,故來訴耳。'"

【藻率】玉墊。木製,外包熟皮,繪水藻圖形。率,讀 lǜ。左傳桓二年:"藻率鞞鞛,……昭其數也。"

【藻棁】畫藻文的短柱。論語公冶長:"臧文仲居蔡,山節藻棁,何如其知也。"按禮明堂位山節藻棁爲天子的廟飾。南朝梁蕭統昭明太子集一殿賦:"藻棁鮮華而粲色,山節珍形而曜目。"

【藻飾】㊀修飾姿容。晉書嵇康傳:"身長七尺八寸,美詞氣,有風儀,而土木形骸,不自藻飾,人以爲龍章鳳姿,天質自然。"㊁點綴文詞。南朝梁劉勰文心雕龍七情采:"莊周云,辯雕萬物,謂藻飾也。"

【藻厲】修飾砥礪。三國志吴劉繇傳評:"劉繇藻厲名行,好尚臧否。"宋書江夷傳:"夷少自藻厲,爲後進之美。"

【藻練】修養磨鍊。藝文類聚五五晉束晳讀書賦:"藻練精神,呼吸清虚。"

【藻翰】㊀多采的羽毛。文選晉潘安仁(岳)射雉賦:"摛朱冠之赩赫,敷藻翰之陪鰓。"注:"翰有華藻也。"㊁比喻華美的文辭。唐王勃王子安集二採蓮賦:"何平叔之符彩,潘安仁之藻翰。"韋應物韋江州集四送劉評事詩:"聲華滿京洛,藻翰發陽春。"

【藻藉】道地，支持維護。舊五代史唐張承業傳："其後，盧質雖或縱誕，莊宗終能容之，蓋承業爲之藻藉也。"

【藻鏡】品藻鏡察。卽品評鑑別之意。藝文類聚四八隋江總讓尚書僕射表："藻鏡官方，品裁人物。"引申作掌管銓選的職位。北史赫連子悅馮子琮傳論："子悅牧宰流譽，子琮籌領見知，及居藻鏡，俱稱尸祿。"

【藻繪】文采。抱朴子廣譬："泥龍雖藻繪炳蔚，而不堪慶雲之招；撩禽雖珊琢玄黃，而不任淩風之舉。"南朝梁劉勰文心雕龍一原道："龍鳳以藻繪呈瑞，虎豹以炳蔚凝姿。"

【藻鑑】同"藻鏡"。唐杜甫杜工部草堂詩箋五上韋左相二十韻："持衡留藻鑑，聽履上星辰。"舊唐書八二李義府傳："義府本無藻鑑才，怙武后之勢，專以賣官爲事，銓序失次，人多怨讟。"

蕿

xuān 集韻 許元切，平，元韻。
ㄒㄩㄢ

"萱"的本字。忘憂草。詳"萱"。

蘢

lóng 力鍾切，平，鍾韻，來。
ㄌㄨㄥ

見下。

【蘢古】草名。卽葒草。爾雅釋草："紅、蘢古，其大者蘬。"注："俗呼紅草爲蘢鼓，語轉耳。"參見"葒"。

【蘢城】地名。卽龍城。史記一一〇匈奴傳："五月，大會蘢城，祭其先、天地、鬼神。"漢書作"龍城"。

【蘢茸】叢聚密集貌。史記一一七司馬相如傳大人賦："攢羅列聚叢以蘢茸兮，衍曼流爛壇以陸離。"

【蘢葛】草名。爾雅釋草："拔，蘢葛。"注："似葛，蔓生，有節。江東呼爲龍尾，亦謂之虎葛，細葉赤莖。"

【蘢葱】猶葱蘢，草木繁盛貌。唐元稹長慶集十五生春詩之一："蘢葱閑着水，晻淡欲隨風。"元揭傒斯揭曼碩詩集二題桃源圖："烟霞倏變滅，草樹杳蘢葱。"

【蘢蓯】同"蘢葱"。淮南子俶真："被德含和，繽紛蘢蓯，欲與物接而未成兆朕。"

藹

ǎi 於蓋切，去，泰韻，影。
ㄞ

㊀果實繁盛。爾雅釋木："蕡，藹。"注："樹實繁茂菴藹。"引申爲樹木茂密。漢書八七上揚雄傳河東賦："鬱蕭條其幽藹兮，滃汎沛以豐隆。"㊁油潤貌。管子侈靡："藹然若夏之靜雲，乃及人之體。"㊂和氣。見"藹如"。㊃雲氣。通"靄"。文選晉陸士衡(機)挽歌詩之三："悲風徽行軌，傾雲結流藹。"注："藹與靄古字同。"㊄姓。齊有南海太守藹焕。見通志二九氏族五。

【藹如】和氣可親貌。唐韓愈昌黎集十六答李翊書："養其根而竢其實，加其膏而希其光，根之茂者其實遂，膏之沃者其光曄，仁義之人，其言藹如也。"

【藹彩】新鮮貌。唐陸龜蒙甫里集八偶掇野蔬寄襲美詩："淩風藹彩初攜籠，帶露虛疎或貯襟。"

【藹藹】㊀草木茂盛貌。文選晉束廣微(晳)補亡詩之五："瞻彼崇丘，其林藹藹。"㊁盛多貌。猶言濟濟。詩大雅卷阿："藹藹王多吉士。"㊂暗淡貌。文選漢司馬長卿(相如)長門賦："望中庭之藹藹兮，若季秋之降霜。"㊃香氣濃烈貌。楚辭漢劉向九歎愍命："懷椒聊之藹藹兮，乃逢紛以罹詬也。"藹藹一本作"蔹蔹"，義同。

蘂

ruǐ 如累切，上，紙韻，日。
ㄖㄨㄟ

本作"惢"。亦作"蕊"、"桵"、"蘃"。古籍中各體互用。見"蕊"。

【蘂香】花蕊的香氣。玉臺新詠六南朝梁何思澄奉和湘東王教班婕妤詩："虛殿簾帷靜，閒階花蘂香。"

【蘂珠】道家傳說天上上清宫有蘂珠宫，神仙所居。後來泛指道觀。唐元稹長慶集十六清都春霽寄胡三吳十一詩："蘂珠宫殿經微雨，草樹無塵耀眼光。"也指道經。唐白居易長慶集六七白髮詩："八戒夜持香火印，三元朝念蘂珠篇。"參閱雲笈七籤十一黃庭内景經上清。

【蘂書】傳說的道家書名。雲笈七籤七三洞經教琅簡蘂書："八素經云：'西華宫有琅簡蘂書，當爲真人者乃得此文。'"

【蘂笈】道經。宋范祖禹范太史集一希夷陳先生祠堂詩："靜夜披蘂笈，清晨漱瑶泉。"元吳景奎藥房樵唱沁園春詞："有時澡雪精神，誦蘂笈丹書小篆文。"

【蘂犀】有花紋的犀角。藝文類聚五九三國魏陳琳武軍賦："陸陷蘂犀，水截輕鴻。"

【蘂榜】舊謂進士榜。明楊慎藝林伐山十蕊榜："唐人進士榜，必以夜書。……世傳大羅天放榜於蘂珠宫，故又稱蕊榜。"蘂、蕊、蘃爲異體字。

藺

lǐn 集韻 力錦切，上，寑韻。
ㄌㄧㄣ

說文作"菻"。藺蒿，草名。亦名莪蒿，單稱莪。爾雅釋草"莪，蘿"晉郭璞注："今莪蒿也，亦曰藺蒿。"詩小雅菁菁"菁菁者莪"，卽此。明鮑山野草博錄上作"豬牙菜"。參閱本草綱目十五草四藺蒿。參見"莪"。

蘑

mó
ㄇㄛ

見下。

【蘑菰】卽蘑菇，菌類，可供食用。本草綱目二八菜五蘑菰蕈："蘑菰出山東淮北諸處，埋桑楮諸木於土中，澆以米泔，待菰生采之，長二三寸，本小末大，白色柔軟，其中空虛，狀如未開玉簪花。"

藿

huò 虛郭切，入，鐸韻，曉。
ㄏㄨㄛ

說文作"藿"。㊀豆葉，嫩時可食。廣雅釋草："豆角謂之莢，其葉謂之藿。"㊁香草，卽藿香。文選晉左太沖(思)吳都賦："草則藿蒳豆蔻，薑彙非一。"

【藿食】粗食。也用以借指草野之人。漢劉向說苑說善："晉獻公之時，東郭民有祖朝者上書獻公曰：'草茅臣東郭民祖朝，願請聞國家之計。'獻公使使出告之曰：'肉食者已慮之矣，藿食者尚何與焉？'"後漢書五七劉陶傳上議："臣伏讀鑄錢之詔，平輕重之議，訪覃幽微，不遺窮賤，是以藿食之人，謬延逮及。"

【藿蠋】蟲名。莊子庚桑楚："奔蜂不能化藿蠋，越雞不能伏鵠卵，魯雞固能矣。"疏："藿，豆也；蠋者，豆中大青蟲。"

【藿囊】囊中衹有藿。喻腹中無才學。猶今語"草包"。太平御覽七〇四南朝梁沈約俗說："何承天顏延年俱爲郎，何問顏曰：'藿囊是何物？'顏答曰：'此當復何解耶？藿囊將是卿。'"

蘞

qián 徐鹽切，平，鹽韻，邪。
ㄑㄧㄢ

㊀山菜。見廣韻。㊁見下。

【蘞草】草名，卽蕁麻。葉莖有刺，觸人肌肉，卽起疱。皮之纖維可以製線。唐杜甫杜工部草堂詩箋二二除草詩題原注："去蘞草也。"參閱宋張邦基墨莊漫錄七。參見"蕁麻"。

藾

lài 落蓋切，去，泰韻，來。
ㄌㄞ

㊀見"藾蒿"。㊁蔭庇。莊子人間世："結駟千乘，隱將芘其所藾。"

【藾蒿】草名。牛尾蒿。爾雅釋草："苹，藾蕭。"晉郭璞注："今藾蒿也。"疏："陸機(詩疏)云：'葉青白色，莖似箸而輕脆，始生香可生食。'"參閱清吳其濬植物名實圖考十二牛尾蒿。

蘀

tuò 他各切，入，鐸韻，透。
ㄊㄨㄛ

㊀落地葉。詩豳風七月:"十月隕蘀。"㊁草名。山海經中山經:"(甘棗之山)其下有草焉,葵本而杏葉,黃華而莢實,名曰蘀。"

蘁 wù 集韻 五故切,去,莫韻。ㄨ

違逆,不順從。通"啎"。莊子寓言:"使人乃以心服,而不敢蘁立。"釋文:"音啎。又五各反。逆也。"

蘋 lǎo 盧晧切,上,晧韻,來。ㄌㄠ

乾梅。周禮天官籩人:"饋食之籩,其實棗、栗、桃、乾蘋、榛實。"

藶 lì 郎擊切,入,錫韻,來。ㄌㄧ

見"葶藶"。

藺 lìn 良刃切,去,震韻,來。ㄌㄧㄣ

㊀草名。燈心草。可編席。急就篇三:"蒲蒻藺席帳帷幢。"㊁姓。出河西。春秋晉韓厥(獻子)玄孫曰康,食邑於藺,因以爲氏。見廣韻。

【藺石】城上禦敵的礌石。墨子雜守:"藺石厲矢諸材器用皆謹。"漢書四九鼂錯傳上書:"不如選常居者家室田作,且以備之,以便爲之高城深塹,具藺石,布渠答。"

【藺相如】戰國趙人。秦昭襄王欲以十五城易趙之和氏璧,相如自請懷璧往。既獻璧,秦王無償城意,相如以計取還璧,終得完璧歸趙。澠池之會,相如挫敗秦王欲辱趙王之計,以功爲上卿,位在廉頗之上。頗自以爲功高,欲於衆前辱之,相如以國家爲重,再三退避。頗聞之,肉袒負荆請罪,與相如成刎頸之交。史記有傳。

蘧 qú 强魚切,平,魚韻,羣。ㄑㄩ

㊀草名。見"蘧麥"。㊁驚喜貌。莊子大宗師:"成然寐,蘧然覺。"㊂荷花。通"蕖"。文選漢張平子(衡)西京賦:"蘧藕拔,蜃蛤剥。"三國吳薛綜注:"蘧,芙蕖。"㊃姓。春秋時衛大夫蘧瑗之後,漢有大行令蘧正。見元和姓纂二魚。

【蘧車】蘧伯玉的車。衛靈公與夫人夜坐,聞車聲轔轔,至闕而止。過闕,復聞聲。靈公問夫人:"知此爲誰?"夫人曰:"此蘧伯玉也。君子不以冥冥墮行,伯玉賢大夫,必不以闇昧廢禮,故知之。"見漢劉向列女傳三衛靈夫人。後因以喻行止守禮不苟。南朝梁何遜何水部集早朝車中聽望詩:"蘧車響北闕,鄭履入南宮。"參見"蘧瑗"。

【蘧麥】石竹科草本植物。又名瞿麥。葉對生,夏季開花,淡紅或白色,供觀賞,亦入藥。以子形如麥而名。參閱本草綱目十六草五瞿麥。

【蘧瑗】春秋衛人,字伯玉。衛大夫蘧莊子(無咎)子,諡成子。孔子在衛,常主其家。年五十而知四十九年非。衛大夫史鰌知其賢,屢薦於靈公,皆不用。事迹見論語憲問衛靈公,左傳襄十四年、二十六年,韓詩外傳七,淮南子原道。

【蘧蒢】同"籧篨"。㊀身有殘疾不能俯身的人。國語晉四:"蘧蒢不可使俯。"注:"蘧蒢,直者,謂疾。"鮑彪本作"籧篨"。㊁諂佞的人。漢書一〇〇下敍傳:"舅氏蘧蒢,幾陷大理。"注:"蘧蒢,口柔,觀人顏色而爲辭佞者也。"漢王充論衡累害:"戚施彌妒,蘧除多佞。"除,同"蒢"。㊂用葦或竹編的粗席。晉書皇甫謐傳篤終論:"氣絶之後,便即時服幅巾故衣以蘧蒢裹尸。"世說新語任誕:"庾冰時爲吳郡,單身奔亡,民吏皆去。唯郡卒獨以小船載冰出錢塘口,以蘧蒢覆之。"

【蘧蔬】菌類植物。爾雅釋草:"出隧,蘧蔬。"注:"蘧蔬似土菌,生菰草中。今江東啖之,甜滑。"

【蘧廬】旅舍。莊子天運:"仁義,先王之蘧廬也,止可以一宿,而不可久處。"注:"蘧廬,猶傳舍也。"宋蘇軾分類東坡詩十七李杞寺丞見和前篇復用元韻答之:"人生何者非蘧廬,故山鶴怨秋猿孤。"

【蘧蘧】㊀驚動貌。莊子齊物論:"昔者莊周夢爲胡蝶,栩栩然胡蝶也。……俄然覺,則蘧蘧然周也。"㊁高聳。同"渠渠"。文選漢王文考(延壽)魯靈光殿賦:"飛梁偃蹇以虹指,揭蘧蘧而騰湊。"注:"崔駰七依曰:夏屋蘧蘧。高也。"參見"渠渠"。

【蘧伯玉】見"蘧瑗"。

蘆 lú 落胡切,平,模韻,來。ㄌㄨ

別稱葦、葭、蒹葭、蘆葦。生於濕地或淺水。莖供葺屋編簾等用,也可作造紙材料。參閱本草綱目十五草四蘆。

【蘆山】㊀山名。在山東黄縣西南二十五里,山下有延真宮,相傳爲晉時盧童子飛昇處。見嘉慶一統志一七三登州府。㊁縣名。屬四川省。本漢青衣縣地。隋仁壽三年置縣,唐宋因之,元省入嚴道,明復置,屬雅州。清因之。見嘉慶一統志四〇二雅州府一。

【蘆田】清代於江南湖廣江西沿江海河湖州縣,兩岸産蘆,稱爲蘆州,亦名蘆田。民納税産蘆,由工部專差部員,設江寧蘆政衙門。中葉後改由州縣徵收,上繳藩司。隸於鹽場者稱沙場,隸州縣者名沙田。見清黄六鴻福惠全書八蘆課。

【蘆衣】以蘆花爲絮的衣服。太平御覽三四孝子傳:"閔子騫事後母,絮騫衣以蘆花。御車,寒失紖,父怒笞之。後撫背,知衣單,父乃去其妻。騫啓父曰:'母在一子寒,母去三子單。'"

【蘆灰】蘆葦的灰。淮南子覽冥:"於是女媧鍊五色石以補蒼天,……積蘆灰以止淫水。"北周庾信庾子山集十擬連珠:"是以竹杖扶危,不能正武擔之石;蘆灰縮水,不能救宣房之河。"

【蘆虎】㊀鳥名。爾雅釋鳥:"鳭鷯,剖葦。"注:"好剖葦皮,食其中蟲……江東呼蘆虎。似雀,青斑尾長。"㊁蟹類。太平御覽九四三臨海水土物志:"蘆虎似彭蜞,兩螯正赤,不中食。"

【蘆苻】蘆幹中的薄膜。淮南子俶真:"蘆苻之厚通於無壄而復反於敦龐。"注:"苻,音孚。"參見"蘆莩"。

【蘆酒】以蘆管置酒筒中,吸而飲之。唐杜甫杜工部草堂詩箋十送從弟亞赴安西判官:"黄羊飫不羶,蘆酒多還醉。"參閱宋莊季裕雞肋篇中、明何孟春餘冬詩話上。

【蘆峯】山名。在福建建陽縣西北七十里,接崇安縣界,與西山對峙。宋朱熹築晦庵草堂讀書於此,並更山名曰雲谷。宋朱熹朱文公集七八雲谷記"蓋此山自西北横出,以其脊爲崇安建陽,南北之境,環數百里之山,未有高焉者也",卽此。參閱讀史方輿紀要九七建寧府建陽縣西山。

【蘆莩】蘆幹中的薄膜。禮月令孟春之月"律中大蔟"唐孔穎達疏:"熊氏云按:'吹灰者,謂作十二律管,於室中四時位上埋之,取蘆莩燒之作灰,而實之律管中,以羅縠覆之,氣至則吹灰動縠矣。'"

【蘆荻】㊀蘆與荻。全唐詩二七六盧綸送渾別駕赴舒州:"江平蘆荻齊,五兩貼檣低。"㊁晉書五行志中:"安帝義熙初,童謡曰:'官家養蘆化成荻,蘆生不止自成積。'其時官養盧龍,寵以金紫,奉以名州,養之極也。而龍不能懷我好音,舉兵内伐,遂成讐敵。"蘆,隱指盧龍;荻、敵同音。蘆化爲荻,隱指盧龍負恩爲敵。

【蘆菔】卽蘿蔔。後漢書十一劉盆子傳:"時掖庭中宮女猶有數百千人,……掘庭中蘆服根,捕池魚而食之。"注:"菔字或作'蔔'。"參見"蘿蔔"。

【蘆筍】蘆的萌芽，形似竹筍而小。唐元稹長慶集十八早春尋李校書詩："帶霧山鶯啼尚小，穿沙蘆筍葉纔分。"

【蘆溝】水名。蘆，本作"盧"。詳"盧溝"。

【蘆管】樂器名。截蘆爲之，與觱篥相類。唐白居易長慶集六七追歡偶作詩："石樓月下吹蘆管，金谷風前舞柳姿。"參閱文獻通考一三八樂十一蘆管。

【蘆箄】用蘆編的渡水工具。南朝陳徐陵徐孝穆集六武皇帝作相時與北齊廣陵城主書："緣岸村人，復有舟檝，且蘆箄荻筏，竟浦浮江，吾又勒兵案甲，若無恐懼，並應安達。"

【蘆藩】蘆編的藩籬。宋陸游劍南詩稿五五大風："兒言卷茅屋，奴報徹蘆藩。"

【蘆子關】關隘名。也稱蘆關。在陝西延安市北，靖邊縣南。唐杜甫杜工部草堂詩箋十塞蘆子："焉得一萬人，疾驅塞蘆子。"又："蘆關振兩寇，深意實在此。"參閱新唐書地理志一延州延安郡。

【蘆川詞】宋張元幹撰，一卷。元幹自號蘆川居士，故其集名蘆川詞。北宋末，以詞著稱於時。南渡後，秦檜當國，元幹不阿附之，棄官而去，後因作賀新郎送胡邦衡(銓)赴新州詞得罪除名。其詞多悲憤之作。

【蘆心布】以蘆花襯裏的土布。宋陸游老學庵筆記九："成都……士人家子弟，無貧富，皆著蘆心布衣，紅勒帛狹如一指大，稍異此，則共嘲笑，以爲非士流也。"

【蘆中人】謂伍子胥。春秋楚伍子胥奔吳，至江，漁父渡之，見子胥有饑色，曰："爲子取餉。"子胥疑之，乃潛身葦中。有頃，漁父持麥飯鮑魚羹等食品來，呼之曰："蘆中人！蘆中人！豈非窮士乎？"如此再三，子胥乃出。見吳越春秋三王僚使公子光傳。

【蘆衣褥】以蘆花裝成的牀褥。元詩選吳景奎藥房樵唱蘆花褥："失紉曾憐衣冷落，吐茵空染酒淋浪。"此用閔子騫事。參見"蘆衣"。

【蘆浦筆記】宋劉昌詩撰，十卷。此書爲昌詩監華亭蘆瀝場鹽課時作，故以蘆浦爲名。多糾宋吳曾能改齋漫録之失，考訂謌文疑義，以精核見稱。

蘏

lòu 落侯切，去，侯韻，來。
ㄌㄡˋ

見"蔛蘏"。

蘄

qí 渠之切，平，之韻，羣。
ㄑㄧˊ 居依切，平，微韻，見。

㊀草名，卽當歸。廣雅釋草："山蘄、芹，當歸也。"㊁馬銜。文選漢張平子(衡)西京賦："旗不脫扃，結駟方蘄。"㊂求。通"祈"。莊子養生主："澤雉十步一啄，百步一飲，不蘄畜乎樊中。"㊃姓。漢有弘農太守蘄良。見通志二六氏族二。

【蘄口】地名。蘄水入長江之口，俗名挂口塘，又名蘄陽口。古名永安戍。在今湖北蘄春縣西三十里。見嘉慶一統志三四一黄州府二關隘。

【蘄水】㊀水名，卽蘄河。源出湖北蘄春縣東北大浮山，曲折西南流至蘄春縣西北，又西南流至蘄口入長江。見嘉慶一統志三四〇黄州府一山川。㊁縣名。今湖北浠水縣。本漢蘄春縣地，南朝宋元嘉中析置浠水左縣。隋開皇初廢。唐武德四年，改蘭溪，天寶初改曰蘄水，以蘄水爲名。歷代因之。公元 1933 年改浠水縣。見寰宇通志五一黄州府一。

【蘄州】地名。漢置蘄春縣，屬江夏郡，三國吳置蘄春郡，晉改蘄陽縣，北周改爲蘄州。隋大業初改爲蘄春郡，縣爲郡治。唐武德四年復爲蘄州，天寶後又改爲蘄春郡。宋爲蘄州蘄春郡，屬淮南西路。元爲蘄州路。明改府，洪武九年又降爲州，屬黄州府。公元 1912 年改蘄春縣，屬湖北省。參閱嘉慶一統志三四〇黄州府一。

【蘄竹】竹名。出湖北蘄州。以色潤者爲簟，節疎者爲笛，帶鬚者爲杖，自古卽有盛名。唐韓愈昌黎集四鄭羣贈簟詩："蘄州笛竹天下知，鄭君所寶尤瓌奇。"白居易長慶集八病中逢秋招客夜酌詩："卧簟蘄竹冷，風襟邛葛疎。"參閱廣羣芳譜八二竹一。

【蘄春】㊀郡名。漢縣，屬江夏郡。三國初屬魏，置蘄春郡，晉太康元年郡廢，隋復置。故城在今湖北蘄春縣西北。見嘉慶一統志三四〇黄州府一。㊁今縣名。見"蘄州"。

【蘄茝】香草名。卽靡蕪。爾雅釋草："蘄茝，靡蕪。"詳"靡蕪"。

【蘄陽】地名，今湖北蘄春。本漢縣，晉改名蘄陽。隋復舊名。參見"蘄州"。

【蘄縣】地名。本春秋楚邑。秦置縣。地有大澤鄉，陳涉起兵於此。漢屬沛郡，後漢屬沛國。自南北朝至唐，改遷無定，至元廢。故治在今安徽宿縣。見太平寰宇記十七宿州。參見"大澤鄉"。

【蘄簟】用蘄竹編製的簸席。宋文同丹淵集十三寄永興吳龍圖學士詩："使客不來公事少，一牀蘄簟石林寒。"參見"蘄竹"。

【蘄州鬼】鳥名。身黑，嘴足俱白，鳴聲清急。宋蘇軾分類東坡詩十三五禽言之一："使君向蘄州，更唱蘄州鬼。"自注："王元之(禹偁)自黄州移蘄州，聞啼鳥，問其名，或曰：此名蘄州鬼，元之大惡之，果卒於蘄。"參閱宋王質林泉結契一。

【蘄年宮】秦宮名。也作祈年宮。秦惠公之故居，孝公時稱橐泉宮。在右扶風之雍。在今陝西鳳翔縣南。參閱史記秦始皇紀"將欲攻蘄年宮爲亂"集解、漢書地理志上右扶風雍、水經注十八渭水。

蘋

pín 符真切，平，真韻，並。
ㄆㄧㄣˊ

植物名。生淺水中，葉有長柄，柄端四片小葉成田字形，也叫田字草。夏秋開小白花。見本草綱目十九草八蘋。

【蘋末】文選戰國楚宋玉風賦："夫風生於地，起於青蘋之末，侵淫谿谷，盛怒於土囊之口。"風起則蘋葉動，因以蘋末爲風的代稱。藝文類聚六九南朝梁庾肩吾團扇銘："炎隆火正，石鑠沙煎；清逾蘋末，瑩等寒泉。"唐徐夤釣磯文集十風詩："城上寒來思莫窮，土囊蘋末兩難同。"

【蘋婆】果木名。別稱鳳眼果。種子供食用。見宋周去非嶺外代答八百子。

【蘋藻】蘋與藻，皆水草。古人取供祭祀之用。詩召南采蘋："于以采蘋，南澗之濱；于以采藻，于彼行潦。"箋："古者婦人先嫁三月，祖廟未毀，教于公宫，祖廟既毀，教于宗室，教以婦德、婦言、婦容、婦功，教成之祭，牲用魚，芼用蘋藻，所以成婦順也。"左傳襄二八年："濟澤之阿，行潦之蘋藻，寘諸宗室，季蘭尸之，敬也。"

【蘋蘩】㊀蘋，水草；蘩，白蒿；皆草。左傳隱三年："苟有明信，澗谿沼沚之毛，蘋蘩蕰藻之菜，……可薦於鬼神，可羞於王公。"㊁詩召南有采蘋采蘩二篇。采蘩篇毛傳："公侯夫人，執蘩菜以助祭，神饗德與信，不求備焉。"後來用蘋蘩指婚儀。文苑英華二八五唐劉商賦得射雉歌送楊協律表弟赴婚期詩："手奉蘋蘩喜盛門，心知禮義感君恩。"參見"蘋藻"。

【蘋洲漁笛譜】元周密撰。二卷。密，南宋末人，號草窗，故其詞集又名草窗詞。平生著述甚富，曾編選絶妙好詞，自撰詞雖負盛名，婉麗有致，而意境不高。

蘉

máng 集韻謨郎切，平，唐韻。
ㄇㄤˊ

勉力。書洛誥："汝乃是不蘉，乃時惟不永哉！"疏："汝乃於是事不勉力爲政，則汝是惟不可長久哉。必須勉力爲之，乃可長久。"

藐 miǎo ㄇㄧㄠˇ 集韻 墨角切,入,覺韻。
草名。卽紫草。爾雅作"藐"。爾雅釋草:"藐,茈草。"注:"可以染紫,一名茈莨。"參閱本草綱目十二草一紫草。

蕁 1. tán ㄊㄢˊ 徒含切,平,覃韻,定。
㊀同"蕁"。草名。爾雅釋草:"蕁,莐藩。"疏:"知母也。"

2. xún ㄒㄩㄣˊ 集韻 徐心切,平,侵韻。
㊀草名。爾雅釋草:"蕁,海藻。"注:"一名海羅,如亂髮,生海中。"

蘈 tuí ㄊㄨㄟˊ 杜回切,平,灰韻,定。
草名。爾雅釋草:"蓷,牛蘈。"見"蓷"、"牛蘈"。

蘇 1. sū ㄙㄨ 素姑切,平,模韻,心。
㊀草名。卽紫蘇。又名桂荏。文選漢張平子(衡)南都賦:"蘇蔱紫薑。"參見"紫蘇"。㊁再生,復生。左傳宣八年:"晉人獲秦諜,殺諸絳市,六日而蘇。"㊂蘇息,困頓後獲得休息。書仲虺之誥:"徯予后,后來其蘇。"㊃覺醒,蘇醒。楚辭屈原九章橘頌:"蘇世獨立,橫而不流兮。"㊄取草,割草。莊子天運:"行者踐其首脊,蘇者取而爨之而已。"參見"樵蘇"。㊅取。楚辭屈原離騷:"蘇糞壤以充幃兮,謂申椒其不芳。"注:"蘇,取也。"㊆見"蘇蘇"。㊇下垂之物。見"流蘇"。㊈姓。周武王用忿生爲司寇,邑於蘇,子孫以封邑爲氏。見通志二六氏族三以邑爲氏。

2. sù ㄙㄨˋ
㊉朝向。通"傃"。荀子議兵:"故順刃者生,蘇刃者死。"

【蘇木】見"蘇枋"。

【蘇功】攫取功勞。管子法禁:"故莫取超等踰官,漁利蘇功,以取順其君。"注:"飾詐以釣君利,謂之漁利;因少構多,謂之蘇功。蘇,生息也。"

【蘇仙】㊀指蘇耽。見"蘇耽"。㊁指蘇軾。宋黃庭堅豫章集九次韻宋楙宗三月十四日到西池都人盛觀翰林公出遨詩:"還作遨頭驚俗眼,風流文物屬蘇仙。"朱熹朱文公集二與諸人用東坡韻共賦梅花……以寄意焉詩:"羅浮山下黃茅村,蘇仙仙去餘詩魂。"

【蘇州】州、府名。本春秋吳地,吳滅屬越。漢置吳郡,南朝陳爲吳州,隋開皇九年郡廢,因境有姑蘇山,改名蘇州。隋唐間曾數易其名,或稱吳州,或稱吳郡,或稱蘇州。宋仍稱蘇州,後改平江府。明復爲蘇州府,清沿置。公元1912年廢府。1949年置蘇州市。轄境相當今江蘇蘇州市、吳縣、吳江、昆山、常熟等地。參閱嘉慶一統志七七蘇州府一。

【蘇合】植物名。梵語咄嚕瑟劍。瑜伽師地論作窣堵魯迦。原產小亞細亞。自樹中取樹膠,製爲蘇合香,作香料,也入藥。梁書中天竺國傳:"蘇合是合諸香汁煎之,非自然一物也。又云大秦人採蘇合,先笮其汁以爲香膏,乃賣其滓與諸國賈人,是以展轉來達中國,不大香也。"參閱政和證類本草十二蘇合香、翻譯名義集三衆香。

【蘇辛】㊀指漢蘇建、蘇武及辛武賢、辛慶忌。皆以父子勇武節烈著稱。漢書六九趙充國辛慶忌傳贊:"蘇、辛父子著節,此其可稱列者也。"㊁指宋蘇軾與辛棄疾。二人塡詞皆雄渾豪放,常並稱蘇辛。清周濟宋四家詞選序:"蘇辛並稱,東坡天趣獨到處,殆成絶詣。……稼軒則沈著痛快,有轍可循。"

【蘇李】㊀指漢蘇武與李陵。二人友善,以詩文相互酬答著稱。新唐書二〇二宋之問傳:"語曰'蘇、李居前,沈、宋比肩',謂蘇武、李陵也。"沈指沈佺期,宋指宋之問。㊁指唐蘇味道、李嶠及蘇頲、李乂。新唐書一二五蘇頲傳:"時李乂對掌書命,帝曰:'前世李嶠、蘇味道文擅當時,號蘇李。今朕得頲及乂,何愧前人哉!'"

【蘇坐】猶言平坐。有互不拘束之意。清俞樾春在堂隨筆十:"國初人尺牘,有周文煒與壻王荊良一牘云:'今人無事不蘇矣,東西相向而坐,名曰蘇坐。主尊客上坐,客固辭者再,久之,曰:求蘇坐。'"按古代禮儀,主北面坐,客南面坐。

【蘇何】西晉僧劉薩何的別稱。法苑珠林四一西晉沙門劉薩何:"何遂出家,法名慧達。……晝在高塔,爲衆說法,夜入䆗中,以自沉隱,旦從䆗出,初不寧舍,故俗名爲蘇何聖。蘇何者,稽胡名䆗也,以從䆗宿,故以名焉。"

【蘇武】公元前140—前60年。西漢杜陵人,字子卿。武帝天漢元年以中郎將出使匈奴,被留。匈奴單于脅迫其投降,武不屈,被徙至北海,使牧公羊,俟羊產子乃釋放。武嚙雪食草籽,持漢節牧羊十九年,節旄盡落。昭帝卽位,與匈奴和親,武得歸,拜爲典屬國。宣帝時賜爵關內侯,圖形於麒麟閣。漢書有傳。

【蘇拉】滿語。指執役人。清代內務府有之,執役於宮內。又雍和宮等處有蘇拉喇嘛,卽爲執役的喇嘛。

【蘇枋】木名。卽蘇木。又稱蘇方木。可作紅色染料。晉嵇含南方草木狀中:"蘇枋,樹類槐花,黑子,出九眞,南人以染絳,漬以大庾之水,則色愈深。"

【蘇林】東漢陳留人。字孝友。博學,多通古今字指。建安中,爲五官將文學,甚見禮待。三國魏黃初中,爲博士給事中。林與張揖並善書。見三國志魏劉劭傳注引魏略、唐張彥遠法書要録一宋王愔文字志中目。

【蘇門】山名。太行山支脉。在河南輝縣西北。又名蘇嶺、百門山。晉孫登、宋邵雍、元姚樞皆曾棲隱於此。參見"蘇門嘯"。

【蘇洵】公元1009—1066年。宋眉州眉山人。字明允,號老泉。年二十七始發憤讀書。嘉祐間,與二子軾、轍至京師,翰林學士歐陽修得其文二十二篇,薦於宰相韓琦,授秘書省校書郎。洵文奇峭雄拔,一時學者競效蘇氏爲文章。著有文集二十卷,謚法三卷。纂建隆以來禮書,集成太常因革禮一百卷。後世稱洵爲老蘇,軾爲大蘇,轍爲小蘇,合稱"三蘇"。宋史四四三載文苑傳。參閱宋歐陽修文忠集三四故霸州文安縣主簿蘇君墓誌銘、張方平樂全集三九文安先生墓表。

【蘇建】西漢杜陵人。以校尉隨衞青抗擊匈奴有功,封平陵侯。又以將軍築朔方城。後爲代郡太守。有三子,次子卽蘇武。漢書五四有傳。

【蘇秦】公元前?—前317年。戰國時東周洛陽人。初說秦惠王吞并天下,不用。後游說燕趙韓魏齊楚六國,合縱抗秦,佩六國相印,爲縱約之長。嗣縱約爲張儀所破,蘇秦遂至齊爲客卿,與齊大夫爭寵,被刺死。史記有傳。

【蘇耽】傳說漢末湖南郴縣人。少喪父,養母至孝,一日忽辭母登山成仙。後人或見耽乘白馬回山中,百姓爲之立祠,名山爲馬嶺山。見水經注三九耒水。又晉葛洪神仙傳九稱蘇耽爲蘇仙公,桂陽人。一日,有白鶴數十降於門,耽遂昇雲漢而去。後有白鶴來止郡城東北樓上,人或挾彈彈之,鶴以爪攫樓板,似漆書云:"城郭是,人民非,三百甲子一來歸,吾是蘇君,彈何爲?"

【蘇峻】公元?—328年。晉長廣掖縣人。字子高。西晉末,糾合流人數千家,結壘於本縣。元帝任爲鷹揚將軍。成帝時,以平討王敦功,官歷陽內史,擁有銳兵萬人。庾亮執政,謀奪其兵權,徵爲大司農,峻不應,咸和二年,舉兵反,三月攻入建康,遷帝於石頭,九月爲陶侃、温嶠等擊敗而死。晉書有傳。

【蘇息】㊀休養生息。書仲虺之誥"后來其蘇"孔傳:"待我君來,其可蘇息。"後漢書三二樊宏傳附樊準:"準到部,開倉稟食,慰安生業,流人咸得蘇息。"㊁復甦滋生。南朝宋鮑照鮑氏集八擬行路難之十八:"莫言草木委冬雪,會應蘇息遇陽春。"唐杜甫杜工部草堂詩箋二一喜雨:"轂根少蘇息,沴氣終不滅。"

【蘇章】東漢扶風平陵人,字孺文。少博學。安帝時,舉賢良方正。順帝時,任冀州刺史。有故人任清河太守,貪贓枉法,章行部至清河,爲設酒陳平生之好,曰:"今夕蘇孺文與故人飲者,私恩也;明日冀州刺史案事者,公法也。"遂舉正其罪,州境望風肅畏。後爲并州刺史,因摧折豪强免官。後漢書三一有傳。

【蘇麻】大竹的一種。長數丈,大的徑圍達一尺餘,葉大如履,枝茂密,遍生於五嶺一帶。見晉戴凱之竹譜。

【蘇梅】指宋蘇舜欽與梅堯臣。宋歐陽修文忠集十四讀楊蟠章安集詩:"蘇梅久作黄泉客,我亦今爲白髮翁。"魏泰臨漢隱居詩話:"蘇舜欽以詩得名,學書亦飄逸,然其詩以奔放豪健爲主。梅堯臣亦善詩,雖乏高致,而平淡有工。世謂之蘇梅。"

【蘇張】㊀指戰國蘇秦與張儀。文選漢班孟堅(固)答賓戲序:"又感東方朔、揚雄自喻以不遭蘇張范蔡之時。"三國志蜀陳震傳諸葛亮與蔣琬董允書:"吾以爲鱗甲者但不當犯之耳,不圖復有蘇、張之事出於不意。"㊁指唐蘇頲與張説。唐初皆以文章著稱。唐元稹長慶集十代曲江老人百韻詩:"李杜詩篇敵,蘇張筆力勾。"

【蘇過】公元1072—1123年。宋眉州眉山人。字叔黨。蘇軾幼子。官至中山府通判。軾連年貶謫遷徙,過皆隨侍左右。軾死,過葬軾於汝州郟城小峨眉山,遂家居潁昌,營湖陰水竹數畝,名爲小斜川,自號斜川居士。時人稱爲小坡。著有斜川集。宋史三三八附蘇軾傳。

【蘇黄】指宋蘇軾與黄庭堅。宋劉克莊後村集一七四詩話前集:"元祐後,詩人迭起,一種則波瀾富而句律疎,一種則煅煉精而情性遠,要之,不出蘇黄二體而已。"宋史四四四黄庭堅傳:"與張耒、晁補之、秦觀俱游蘇軾門,天下稱爲四學士,而庭堅於文章尤長於詩,蜀、江西君子以庭堅配軾,故稱蘇、黄。"

【蘇援】探索分析。淮南子修務:"追觀上古及賢大夫,學問講辯,日以自娱,蘇援世事,分白黑利害。"注:"蘇,猶索;援,别。分别白黑,知利害之所在也。"

【蘇隄】宋蘇軾所築的堤。也稱蘇公堤。隄同"堤"。1.元祐年間,蘇軾知杭州時築於西湖,用以開湖蓄水。横截湖面,中爲六橋九亭,夾道植柳。見宋史九七河渠志七東南諸水下。2.紹聖年間,蘇軾貶廣東惠州時築於西湖(舊稱豐湖)。軾買此爲放生池,築堤障水。見嘉慶一統志四四五惠州府隄堰蘇公隄。

【蘇塗】古代三韓的塔名。三國志魏韓國傳:"信鬼神,國邑各立一人主祭天神,名之天君。又諸國各有别邑,名之爲蘇塗。立大木,縣鈴鼓,事鬼神。……其立蘇塗之義,有似浮屠,而所行善惡有異。"

【蘇軾】公元1036—1101年。宋眉州眉山人,字子瞻。蘇洵次子。嘉祐二年進士。英宗時爲直史館。神宗熙寧時王安石行新法,軾上書論其不便,自請出外,通判杭州,徙湖州。以言者摘其詩語爲訕謗朝政,貶謫黄州,築室於東坡,自號東坡居士。哲宗時召還,爲翰林學士、端明殿侍讀學士,曾知登州、杭州、潁州,官至禮部尚書。紹聖中又貶謫惠州、瓊州,赦還,明年卒於常州。孝宗隆興六年予謚文忠。軾文章縱横奔放,詩飄逸不羣,詞開豪放一派,書畫亦有名。當時黄庭堅、晁補之、秦觀、張耒、陳師道等皆與交游。著有易傳、書傳、論語説、仇池筆記、東坡志林等。後人輯其所作詩文奏牘等爲東坡七集一百十卷。宋史三三八有傳。

【蘇膏】㊀食品名。唐段成式酉陽雜俎七酒食所載食品有蚶醬、蘇膏。㊁佛家澡浴所用七物之一。法苑珠林四五洗僧:"澡浴之法,當用七物除去七病,得七福報。何謂爲七物,一者然火,二者凈水,三者澡豆,四者蘇膏,五者淳灰,六者楊枝,七者内衣。"

【蘇蕙】東晉列國前秦武功人。字若蘭。年十六,嫁秦州刺史竇滔。滔納寵妾趙陽臺,及爲安南將軍,赴襄陽鎮守,攜陽臺同行。去後,斷絶音問。蕙悔恨悲傷,因織五彩錦作迴文璇璣圖詩贈滔,計八百餘言,縱横反覆,皆成章句,文詞悽惋。滔爲感動,因復好如初。一説滔因罪徙流沙,蕙因思念而織錦爲迴文璇璣圖詩贈滔。參閲晉書列女傳、文苑英華八三四唐武則天蘇氏織錦迴文記。

【蘇頲】公元670—727年。唐京兆武功人。字廷碩。武則天調露三年進士,襲封許國公。玄宗時,與李乂同掌朝廷文誥,玄宗稱之爲"蘇李"。後爲紫微黄門平章事,參理朝政。頲與燕國公張説同以文章著稱,時人號爲燕許大手筆。新、舊唐書皆有傳。

【蘇轍】公元1039—1112年。宋眉州眉山人。字子由。蘇洵三子。嘉祐二年與兄軾同舉進士。神宗時,反對王安石行新法。哲宗時,累官翰林學士、門下侍郎。徽宗時辭官,築室居於許州,號潁濱遺老。文章與軾齊名。有詩傳、春秋傳、古史、老子解、欒城集。宋史有傳。

【蘇蘇】畏懼不安貌。一説躁動貌。易震:"六三,震蘇蘇,震行无眚。"疏:"蘇蘇,畏懼不安之貌。六三,居不當位,故震懼而蘇蘇然也。"釋文:"蘇蘇,疑懼貌。王肅云:躁動貌。"

【蘇小小】㊀南齊錢塘名歌妓。見樂府詩集八五蘇小小歌序。唐李賀歌詩編一七夕:"錢塘蘇小小,更值一年秋。"羅隱甲乙集有蘇小小墓詩。也省作蘇小。全唐詩二四五韓翃送王少府歸杭州:"吴郡陸機稱地主,錢塘蘇小是鄉親。"㊁南宋錢塘歌妓。其姊爲太學生趙不敏所眷戀,小小爲不敏弟納爲婦。參閲清趙翼陔餘叢考三九兩蘇小小。

【蘇小妹】舊傳是宋蘇洵女,軾(東坡)妹,有詩才。嫁秦少游(觀)之夜,以詩歌聯句考少游,少游大窘,後得東坡暗助始得完卷。見元吴昌齡東坡夢雜劇、明馮夢龍醒世恒言、清李玉眉山秀傳奇。按秦觀淮海集三六徐君主簿行狀,徐君有女三人,以文美嫁秦觀,非蘇小妹。又按蘇洵祭亡妻文、歐陽修蘇明允墓誌,洵有三女,一嫁程子才,一嫁柳子玉,第三女早卒。傳奇小説實出虛構。

【蘇小墳】蘇小小之墓。傳説蘇小小家在錢塘,墓在秀州,但杭州西湖西泠橋畔亦有蘇小墓。全唐詩五一〇有張祜題蘇小小墓詩。宋劉克莊後村集十二六如亭詩:"吴兒解記真娘墓,杭俗猶存蘇小墳。"

【蘇中郎】唐代樂舞名。唐段安節樂府雜録鼓架部:"蘇中郎,後周士人蘇葩,嗜酒落魄,自號中郎,每有歌場,輒入獨舞。今爲戲者,著緋戴帽,面正赤,蓋狀其醉也。"

【蘇公笠】竹笠名。廣東惠州嘉應等地婦女多戴笠,笠周圍綴以綢帛,以遮風日,名蘇公笠。相傳爲宋蘇軾遺製。見清梁紹壬兩般秋雨菴隨筆六韓公帕蘇公笠。

【蘇州河】吳淞江的俗名。因通達蘇州,故名。詳"吳淞㊀"。

【蘇定方】公元 592—667 年。唐冀州武邑人。名烈,以別字知名。初屬竇建德劉黑闥,既敗歸唐。隋末曾隨父鎮壓農民起義,貞觀初從李靖擊敗突厥,後又擒賀魯,滅百濟,以戰功拜左驍衛大將軍,封邢國公。新、舊唐書皆有傳。

【蘇武節】漢武帝天漢元年蘇武以中郎將使持節出使匈奴,單于留不遣,欲其降,武堅貞不屈,持漢節牧羊於北海畔十九年,始元六年得歸,鬚髮盡白。後以蘇武節爲忠貞的典故。後漢劉秀(光武)遣伏隆往招張步,步不從,殺隆,秀謂隆父湛曰:"隆可謂有蘇武之節。"見後漢書二六本傳。唐楊烱盈川集二和劉長史答十九兄詩:"耿介酬天子,危言數賊臣。鍾期琴未奏,蘇武節猶新。"

【蘇門嘯】晉阮籍與隱士孫登相會於蘇門山,互相長嘯。見三國志魏王粲傳注引魏氏春秋、世說新語棲逸。借以比喻隱士的情趣。唐孟浩然集一宿終南翠微寺詩:"風泉有清音,何必蘇門嘯。"宋林逋林和靖集一中峯詩:"自愛蘇門嘯,懷賢思不羣。"

【蘇味道】公元 648 — 705 年。唐趙州欒城人。乾封進士。少年時與鄉人李嶠俱以文辭知名,稱爲"蘇李"。武曌(則天后)時官至鳳閣侍郎。居相位數載,凡事不斷,曾對人說:"决事不欲明白,誤則有悔,模稜持兩端可也。"時人稱"蘇模稜"。後爲眉州刺史。新、舊唐書皆有傳。

【蘇捏佛】全唐詩話五張林:"林言:'毀佛寺時,御史有蘇監察者,撿天下廢寺,見銀佛一尺以下者,多袖而歸,時號蘇捏佛。'温庭筠遽曰:'好對蜜陀僧。'"

【蘇息處】佛家語。謂小乘所說灰身滅智之涅槃。勝鬘經一乘章:"言阿羅漢辟支佛觀察解脫四智究竟得蘇息處者,亦是如來方便,有餘不了義說。"

【蘇莫遮】本唐代教坊曲名,後用作詞牌名。梵語。亦作"颯磨遮"。莫,也作"摩"、"幕"、"幙"。蘇莫遮是西域傳入的樂曲。唐代自西域龜兹傳入。唐張說張燕公集五蘇摩遮之一:"摩遮本出海西胡,琉璃寶服紫髯鬍,聞道皇恩遍宇宙,來將歌舞助歡娛。"宋人因舊名而另譜新聲。周邦彥片玉詞有蘇幕遮,有"鬢雲鬆"之句,因易詞名爲鬢雲鬆令。雙調,六十二字,上下闋各七句,仄韻。見詞譜十四。參閱唐釋慧琳一切經音義四一大乘理趣六波羅蜜多經一蘇莫遮冒、新唐書一一八宋元泰傳、文獻通考三三六車師前後王引唐王延德西州使程記。

【蘇舜欽】公元 1008 — 1048 年。宋梓州銅山人。字子美。景祐元年進士,召爲集賢校理,監進奏院,以祠神奏用故紙錢會客而除名。工於散文。詩歌奔放豪健,風格清新,與梅聖俞齊名。亦善草書。爲權勢忌恨而被貶逐。後退居蘇州,營作滄浪亭,自號滄浪翁。有蘇學士文集。宋史有傳。參閱宋歐陽修文忠集三一湖州長史蘇君墓誌銘、清趙翼甌北詩話十一。

【蘇爾奈】吹奏樂器名。見"嗩吶"。

【蘇摩羅】梵語。花名。翻譯名義集七沙門服相:"西域結鬘師多用蘇摩羅華行列結之,以爲條貫,無問貴賤男女,皆此莊嚴,或首或身,以爲飾好。"也作"蘇摩那"、"須曼那"、"須末那"。花色黃白,甚香,高僅三四尺,四垂如蓋。見翻譯名義集三百華。

【蘇氏演義】唐蘇鶚撰。鶚字德祥,武功人。原書十卷,久佚。清人修四庫全書,從永樂大典中輯成二卷。其書考證古代典制名物,與晉崔豹古今注、五代後唐馬縞中華古今注互有出入。

【蘇沈良方】宋沈括撰沈存中良方十卷,又靈苑方二十卷。靈苑已佚。後人以良方文,附以蘇軾醫藥雜說,題作蘇沈良方。今本清乾隆時四庫館臣自永樂大典輯出八卷。別有明板蘇沈内翰良方,作十卷。書中大都是經驗良方。

【蘇海韓潮】唐韓愈、宋蘇軾兩家古文皆具雄渾豪邁風格,故以海潮爲喻。謂文章波瀾壯闊,縱横自如。清孔尚任桃花扇聽稗:"蚤歲清詞,吐出班香宋豔;中年浩氣,流成蘇海韓潮。"

【蘇黃米蔡】指北宋蘇軾、黃庭堅、米芾、蔡襄,皆以善書著名。

【蘇門六君子】指宋秦觀、黃庭堅、張耒、晁補之、陳師道、李廌六人。觀等常與蘇軾交游,或爲蘇軾所薦拔,故稱。後人輯錄六人文,編爲蘇門六君子文粹,共七十卷,不著編者姓名,疑爲建炎以後,蘇氏文章盛行時,書坊所輯。

蘅 héng 户庚切,平,庚韻,匣。ㄏㄥˊ

香草。文選三國魏曹子建(植)洛神賦:"踐椒塗之郁烈,步蘅薄而流芳。"

【蘅蕪】香草名。舊題晉王嘉拾遺記五前漢上:"(漢武)帝息於延涼室,卧夢李夫人授帝蘅蕪之香。帝驚起,而香氣猶著衣枕,歷月不歇。"唐徐夤釣磯文集十夢詩:"文通毫管醒來異,武帝蘅蕪覺後香。"

十七畫

蘘 ráng 汝陽切,平,陽韻,日。ㄖㄤˊ

見下。

【蘘荷】草名,亦稱陽藿、萺葙、覆苴。多年生草,葉尖長類薑。夏月開淡黃色花,由地下莖而生,嫩芽供食用,根可入藥。史記一一七司馬相如傳上林賦:"茈薑蘘荷。"正義:"蘘,人羊反。柯根旁生笋,若芙蓉,可以爲菹,又治蠱毒也。"

蘪 méi 武悲切,平,脂韻,明。ㄇㄟˊ

草名。同"蘼蕪"。即芎藭。根莖入藥。爾雅釋草:"蘄茝蘪蕪。"疏:"芎藭苗也。……陶注云:'似蛇牀而香。'"參見"芎藭"、"蘼蕪"。

蘦 líng 郎丁切,平,青韻,來。ㄌㄧㄥˊ

㊀草名。似葵,葉可食。爾雅釋草:"蘦,大苦。"注:"今甘草也,蔓延生葉,似荷青黃,莖赤有節。"㊁零落。同"零"。楚辭屈原遠遊"悼芳草之先零"漢王逸注:"古本零作蘦。"

蘛 yù 余六切,入,屋韻,喻。ㄩˋ

同"蒮"。見"蒮₁蘛"。

蘙 yì 於計切,去,霽韻,影。ㄧˋ

草茂密貌。文選晉郭景純(璞)江賦:"標之以翠蘙,泛之以遊菰。"

【蘙薈】草木繁茂貌。孫子行軍:"山林蘙薈者,必謹覆索之,此伏姦之所處也。"文選晉潘安仁(岳)射雉賦:"稊菽蘩森,蘙薈菶茸。"

蘭 lán 落干切,平,寒韻,來。ㄌㄢˊ

㊀蘭花。多年生草本植物。俗稱草蘭,又名春蘭。一莖一花,花清香。一莖數花者爲蕙,俗名蕙蘭。又一種開於秋季,亦一莖數花,以産於福建,故稱建蘭。㊁蘭草,一名蕑。古所謂蘭,多指此蘭,有蘭草、澤蘭等。楚辭屈原離騷:"扈江離與辟芷兮,紉秋蘭以爲佩。"㊂木蘭。楚辭屈原九歌湘君:"桂櫂兮蘭枻,斲冰兮積雪。"見"木蘭㊀"。㊃兵器架。見"蘭盾"。㊄横走的血脈。史記一〇五扁鵲傳:"夫以陽入陰支蘭藏者生,以陰入陽

支蘭藏者死。"正義:"素問云:支者順節,蘭者横節。"㈥栅欄。同"欄"。漢書九九中王莽傳:"秦又置奴婢之市,與牛馬同蘭。"㈦姓。鄭穆公名蘭,支孫以爲氏。漢有武陵太守蘭廣。見元和姓纂四寒。

【蘭干】㊀布名。織成文如綾錦。見晉常璩華陽國志南中志永昌郡、後漢書八哀牢夷傳。㊁縣名。漢置,屬天水郡。王莽時改名蘭盾縣。見漢書地理志下天水郡。

【蘭子】身懷絶技游食四方的人物。列子説符:"宋有蘭子者,以技干宋元。宋元召而使見。其技以雙枝,長倍其身,屬其脛,並趨並馳,弄七劍,迭而躍之,五劍常在空中。元君大驚,立賜金帛。"注:"史記云:'無符傳出入爲闌。'應劭曰:'蘭,妄也。'此所謂蘭子者,以技妄游者也。疑蘭與闌同,凡人物不知生出者,謂之蘭也。"文苑英華二十缺名空賦:"若士九垓以冥期,蘭子七劍以寥亮,背之而聘捷,遂之而攸向。"

【蘭山】縣名。唐武德四年置蘭山縣,屬沂州,以地有蘭山而名。六年,并入臨沂。清雍正十二年又設蘭山縣,爲沂州府治。公元1913年,裁府留縣,次年改名臨沂縣,屬山東省。參閲讀史方輿紀要三三沂州魏其城、嘉慶一統志沂州府一。

【蘭月】指農曆七月。樂府詩集七八雜曲歌辭南齊王融法壽樂:"常耀攙芳宵,薫風鏡蘭月。"清厲荃事物異名録二歲時引提要録:"七月爲蘭月。"

【蘭玉】世説新語言語:"謝太傅(安)問諸子姪:'子弟亦何預人事,而正欲使其佳。'諸人莫有言者。車騎(謝玄)答曰:'譬如芝蘭玉樹,欲使其生於階庭耳。'"後遂以蘭玉稱譽别人優秀的子弟。南朝梁鍾嶸詩品中宋法曹參軍謝惠連:"小謝才思富捷,恨其蘭玉夙凋,故長轡未騁。"金元好問遺山集十二題蘇氏寶章詩:"二老風流有典刑,諸郎蘭玉映堦庭。"

【蘭石】蘭芳石堅,喻人資質之美。三國志魏公孫淵傳注引魏書:"淵生有蘭石之姿,少含愷悌之訓。"藝文類聚五十晉潘尼益州刺史楊恭侯碑:"稟天然不渝之操,體蘭石芳堅之質。"

【蘭生】蘭花開放,香氣四溢。漢書禮樂志郊祀歌景星:"百末旨酒布蘭生。"注:"百末,百草華之末也。旨,美也。以百草華末雜酒,故香且美也。事見春秋繁露。"

【蘭池】㊀陂名。秦始皇引渭水修建。東西二百里,南北二十里,池中築蓬萊山,刻石爲鯨魚,長二百丈。始皇嘗微行咸陽,遇盗於蘭池,卽此。參閲史記秦始皇紀"始皇爲微行咸陽"正義引括地志、太平寰宇記二六雍州咸陽縣。㊁漢宫觀名。在渭南。文選晉潘安仁(岳)西征賦:"北有清渭濁涇,蘭池周曲。"注:"三輔黄圖曰:蘭池觀在城外。長安圖曰:周氏曲,咸陽縣東南三十里,今名周氏陂,陂南一里,漢有蘭池宫。"

【蘭交】易繫辭上:"二人同心,其利斷金;同心之言,其臭如蘭。"後因稱知心朋友爲蘭交。唐孟郊孟東野詩集三歸義興莊居:"蘭交早已謝,榆境徒相迫。"

【蘭州】地名。秦隴西郡地,漢屬金城郡。隋初置蘭州,大業初復稱金城郡,唐又爲蘭州。明初改州爲蘭縣,成化十四年又升爲州。清乾隆三年置府,並置皋蘭縣爲府治。爲甘肅首府。轄境大抵相當今甘肅蘭州市及其周圍數縣地。公元1913年裁府,1941年設置蘭州市。參閲讀史方輿紀要六十蘭州。

【蘭艾】蘭草與艾草。蘭香艾臭,常比喻君子小人或貴賤美惡。宋書禮志一晉殷茂上言:"臣聞舊制國子生皆冠族華胄,比列皇儲,而中者混雜蘭艾,遂令人情恥之。"

【蘭成】庾信的小字。北周庾信庾子山集一哀江南賦:"王子濱洛之歲,蘭成射策之年。"王子,卽王子晉。唐張説張説之集八庾信宅作詩:"蘭成追宋玉,舊宅偶詞人。"

【蘭兆】懷孕生男的兆頭。唐駱賓王集二代郭氏答盧照鄰詩:"離前吉夢成蘭兆,别後啼痕上竹生。"參見"夢蘭"、"蘭夢"。

【蘭言】易繫辭上:"二人同心,其利斷金;同心之言,其臭如蘭。"後以蘭言喻心意相合的言論。唐駱賓王集六上齊州張司馬啓:"挹蘭言於斷金,交蓬心於匪石。"

【蘭芝】蘭草與靈芝草。文選漢王文考(延壽)魯靈光殿賦:"朱桂黝儵於南北,蘭芝阿那於東西。"注引禮斗威儀:"君乘金而王,其政平,則蘭芝常生。"轉喻高風美德。宋歐陽修文忠集四答呂公著見贈詩:"況與賢者同,薫然襲蘭芝。"

【蘭甸】長有蘭草的郊野。文選南朝宋顔延年(延之)應詔讌曲水作詩:"幙帷蘭甸,畫流高陸。"注:"蘭生于甸,猶蘭皋也。"

【蘭夜】農曆七月,古稱蘭月,故七夕也稱蘭夜。南齊謝朓謝宣城集一七夕賦:"嗟蘭夜之難永,泣會促而怨長。"

【蘭房】蘭香氤氳的精舍。三國魏曹植曹子建集四離友詩:"迄魏都兮息蘭房,展宴好兮惟樂康。"特指婦女所居之室。文選晉潘安仁(岳)哀永逝文:"委蘭房兮繁華,襲窮泉兮朽壤。"

【蘭芷】蘭草和白芷,皆香草。楚辭屈原離騷:"蘭芷變而不芳兮,荃蕙化而爲茅。"也作"蘭茝"。又九章悲回風:"故荼薺不同畝兮,蘭茝幽而獨芳。"

【蘭味】易繫辭上:"二人同心,其利斷金;同心之言,其臭如蘭。"臭,氣味。後遂以蘭味喻意氣相投。唐駱賓王集七上梁明府啓:"志合者蓬心可采;情諧者蘭味寧忘。"

【蘭金】金屬名。舊題晉王嘉拾遺記五前漢上:"元封元年,浮忻國貢蘭金之泥。此金出湯泉,盛夏之時,水常沸湧,有若湯火,飛鳥不能過。國人常見水邊有人冶此金爲器,金狀混混若泥,如紫磨之色,百鑄,其色變白,有光如銀,卽銀燭是也。常以此泥封諸函匣及諸宫門。……漢世上將出征及使絶國,多以此泥爲璽封。"明王世貞弇州山人四部稿四二敬美需次不調於秋夜倡和……時余有嶺右命詩:"莫詩同調蘭金易,縱得時名桂玉難。"古時帝王詔書,用紫泥封。參見"紫泥"。

【蘭津】見"蘭倉"。

【蘭室】芳香高雅的居室。文選晉張茂先(華)情詩之一:"佳人處遐遠,蘭室無容光。"注引古詩:"盧家蘭室桂爲梁。"文苑英華七一八唐王勃送李十五序:"山芳襲吹,疑居蘭室之中;水樹含香,宛似楓江之上。"又駱賓王集八餞李八騎曹詩序亦有此二語,文字小異。

【蘭客】謂良友。文苑英華九六唐浩虚舟陶母截髮賦:"蘭客方來,蕙心斯至。"

【蘭炷】香。炷,燭心。宋歐陽修文忠集一三三洛陽春詞:"紅紗未曉黄鸝語,蕙爐銷蘭炷。"

【蘭英】蘭花。文選漢枚叔(乘)七發:"蘭英之酒,酌以滌口。"謂酒如蘭花一樣香美。文苑英華一七四唐崔日用奉和春日幸望春宫詩:"光風摇動蘭英紫,淑氣依遲柳色青。"

【蘭若】㊀蘭草和杜若,皆爲香草。晉陸機陸士衡集六有擬蘭若生朝陽詩。唐張九齡曲江集三臨泛東湖時任洪州詩:"歲徂風露嚴,日恐蘭若剪。"㊁指寺院。若,音rě。梵語"阿蘭若"的省稱,意爲寂净、無苦惱煩亂之處。唐杜甫杜工部草堂詩箋三三大覺高僧蘭若:"巫山不見廬山遠，松林蘭若秋風晚。"參閱釋氏要覽上住處。

【蘭茖】蘭的莖。文選晉郭景純(璞)遊仙詩之三:"翡翠戲蘭茖，容色更相鮮。"南朝宋鮑照鮑氏集二觀漏賦:"結蘭茖以望楚，弄参差以歌越。"

【蘭陔】古笙詩篇名。詩小序:"孝子相戒以養也，……有其義而亡其辭。"文選晉束廣微(晳)補亡詩:"循彼南陔，言采其蘭。眷戀庭闈，心不遑安。"後人采詩序與束詩之意，用蘭陔爲孝子養親之典。唐白居易長慶集三二柳公綽父温贈尚書右僕射……制:"存者不匱，往者有知，斯可以載揚蘭陔之光，輟風樹之歎耳。"

【蘭省】卽蘭臺。唐韋應物韋江州集四答倜奴重陽二甥詩:"一朝忝蘭省，三載居遠藩。"詳"蘭臺㊁"。

【蘭盆】㊀卽盂蘭盆。梵語解救衆生倒懸之苦的意思。佛家於中元節舉行盂蘭會，舉辦佛事，後俗因之，遂有盂蘭節。唐韓鄂歲華紀麗三中元:"孟秋之望，中氣之辰，道門寶蓋，獻在中元，釋氏蘭盆，盛於此日。"參見"盂蘭盆"。㊁指浴盆。元顧瑛玉山璞稿天寶宫詞之四:"後宫學做金錢會，香水蘭盆浴化生。"

【蘭秋】農曆七月。藝文類聚二九南朝宋謝惠連與孔曲阿別詩:"悽悽乘蘭秋，言餞千里舟。"初學記三南朝梁元帝纂要:"七月孟秋，首秋、上秋、肇秋、蘭秋。"

【蘭香】㊀草名。北魏賈思勰齊民要術三種蘭香:"三月中候，棗葉始生，乃種蘭香。"注:"蘭香者，羅勒也，中國爲石勒諱，故改，今人因以爲名焉。"㊁卽澤蘭。一名水香，生吳地池澤中。葉似蘭，尖長有歧，花紅白色而香。煮水，浴以治風。見宋洪芻香譜上。

【蘭盾】㊀兵器架和盾牌。蘭，同"闌"。管子小匡:"輕罪入蘭盾鞈革二戟。"注:"蘭，卽所謂蘭錡。"參見"蘭錡"。㊁縣名。見"蘭干㊁"。

【蘭訊】對他人書信的美稱。南史謝弘微傳謝混誡族子詩:"通遠懷清悟，采采摽蘭訊。"通遠，謝瞻字。

【蘭草】見"蘭㊀"。

【蘭時】良時。指春日。晉陸機陸士衡集六擬庭中有奇樹詩:"歡友蘭時往，迢迢匿音徽。"

【蘭倉】水名。蘭倉水，卽瀾滄江。後漢書八六哀牢夷傳:"歌曰:'漢德廣，開不賓。度博南，越蘭津。度蘭倉，爲它人。'"亦作"蘭滄"。詳"瀾滄"。

【蘭皋】有蘭草之岸。楚辭屈原離騷:"步余馬於蘭皋兮，馳椒丘且焉止息。"

【蘭章】華美的文辭。多用以稱美他人的詩文或書札。唐韋應物韋江州集五答貢士黎逢詩:"蘭章忽有贈，持用慰所思。"

【蘭奢】同"蘭闍"。本梵語"王"的意思，轉爲尊美之稱。參見"蘭闍"。

【蘭陵】地名。1.戰國楚邑。荀卿適楚，春申君以爲蘭陵令，卽此。見史記七四荀卿傳。故地在今山東蒼山縣西南。2.漢置縣，屬東海郡。晉元康元年置蘭陵郡，隋開皇三年廢。大業初復置蘭陵縣，屬彭城郡。唐初改爲丞縣。故地在今山東蒼山縣西南蘭陵鎮。金明昌六年又改蘭陵縣，屬山東西路邳州。至元廢。故治在今山東棗莊市南嶧城鎮。參閱讀史方輿紀要三二山東三兗州府嶧縣。3.東晉初僑置縣名。治所在今江蘇常州市西北。

【蘭釭】用蘭膏點的燈。釭，燈。玉臺新詠四南齊王元長(融)詠幔:"但願置尊酒，蘭釭當夜明。"釭，也作"缸"。

【蘭湯】有香味的熱水。楚辭屈原九歌雲中君:"浴蘭湯兮沐芳，華采衣兮若英。"

【蘭裓】僧衣。宋曾鞏元豐類藁八僧正倚大師庵居詩:"蘭裓方袍振錫回，結茅蕭寺遠塵埃。"

【蘭黄】蘭花。黄，謂花蕊。樂府詩集三六魏文帝秋胡行:"俯折蘭黄，仰結桂枝。"

【蘭單】疲軟鬆散貌。單，同"殫"。藝文類聚六四晉束晳近遊賦:"乘箄輅之偃蹇，駕蘭單之疲牛。"也作"蘭彈"。全唐詩七四蘇頲詠死兔:"兔子死蘭彈，持來掛竹竿。"參見"闌單"。

【蘭筋】馬目上筋名，後借指千里馬。文選三國魏陳孔璋(琳)爲曹洪與魏文帝書:"及整蘭筋，揮勁翮，陵厲清浮，顧盼千里，豈可謂其借翰於晨風，假足於六駮哉?"注引相馬經:"一筋從玄中出，謂之蘭筋。玄中者，目上陷如井字。蘭筋豎者千里。"唐李白李太白詩三天馬歌:"嘶青雲，振綠髮，蘭筋權奇走滅没。"

【蘭筍】山名。在今上海市青浦縣南。原名佘山。產筍有香氣如蘭，清康熙時改名蘭筍山。見嘉慶一統志八二松江府一山川。

【蘭溪】㊀水名。卽今浙江蘭江。以岸多蘭茝，故名。其源有二:東源出東陽縣，稱婺港，又名東陽江，卽今金華江;西源稱衢港，又名信安江，卽今衢江。二水至蘭溪縣合流，始稱蘭溪。東北流至梅城鎮與新安江合流，稱浙江。參閱嘉慶一統志二九九金華府一山川。㊁縣名。屬浙江省。隋金華縣地，唐咸亨五年析金華西部置蘭谿縣，屬婺州。宋因之。明清皆屬金華府。參閱讀史方輿紀要九三金華府蘭谿縣。谿，今作"溪"。

【蘭畹】楚辭屈原離騷:"余既滋蘭之九畹兮，又樹蕙之百畝。"説文:"畹，田三十畝也。"後因謂蘭圃爲蘭畹。南朝梁江淹江文通集二金燈草賦:"是以移馥蘭畹，徙色曲池。"

【蘭膏】㊀澤蘭煉成的油。可點燈。楚辭宋玉招魂:"蘭膏明燭，華容備些。"㊁泛指髮油、香脂等。文苑英華九六唐浩虛舟陶母截髮賦:"象櫛重理，蘭膏舊濡。"㊂蘭蕊間凝結的露珠。毛詩草木鳥獸蟲魚疏廣要上之上方秉蕑兮"(唐)陳藏器云:蘭草，婦人和油澤頭，故曰澤蘭"明毛晉注:"凡蘭皆有一滴露珠在花蕊間，謂之蘭膏。不啻沆瀣。"

【蘭臺】㊀戰國楚臺名。傳説故址在今湖北鍾祥縣東。文選戰國楚宋玉風賦:"楚襄王游於蘭臺之宮，宋玉景差侍，有風颯然而至。"㊁本爲漢代宮廷藏書處，設御史中丞掌管，後置蘭臺令史，掌書奏。東漢以御史大夫官屬省入蘭臺，置御史中丞，故御史府也稱蘭臺寺，御史臺也稱蘭臺。又班固曾任蘭臺令史，奉敕撰光武本紀及諸傳記，故後世也稱史官爲蘭臺。唐高宗龍朔二年改秘書省爲蘭臺，武后垂拱元年又改爲麟臺，咸亨初復舊。唐人詩文中常稱秘書省爲蘭臺或蘭省。唐白居易長慶集十三秘書省中憶舊山詩:"猶喜蘭臺非傲吏，歸時應免動移文。"㊂相術家以鼻準左側爲蘭臺。北周王朴太清神鑑二:"準頭主富貴貧賤，……左爲蘭臺，右爲廷尉。"

【蘭蓀】香草，卽菖蒲。常以喻賢俊或美德。文選南朝梁沈休文(約)和謝宣城詩:"昔賢侔時雨，今守馥蘭蓀。"北齊劉晝劉子傷讒:"蘭蓀欲茂，秋風害之;賢哲欲正，讒人取之。"參閱政和證類本草六菖蒲。

【蘭夢】左傳宣三年:"初，鄭文公有賤妾曰燕姞，夢天使與己蘭，曰:'余爲伯鯈。余，而祖也，以是爲而子。以蘭有國香，人服媚之如是。'……生穆公，名之曰蘭。"後遂以蘭夢或夢蘭喻生子之吉兆。宋史樂志十五:"柔容懿範，蚤歲藹層闈，蘭夢結芳時。"

【蘭槐】香草名。開白花，味香。古人稱

其苗爲“蘭”，根爲“芷”。亦名“白芷”。荀子勸學：“蘭槐之根是爲芷，其漸之滫，君子不近，庶人不服。”

【蘭筍】蘭花的莖。清阮元揅經室集四集三張子白同年攜撵石翁畫……題詩記之：“蓮花過雨清宜晝，蘭筍臨風韻似詩。”

【蘭澤】㊀含蘭香的油脂，可塗髮或潤膚。文選戰國楚宋玉神女賦：“沐蘭澤，含若芳。”㊁生長香草的沼澤。文選漢枚叔(乘)七發：“游涉乎雲林，周馳乎蘭澤。”㊂卽澤蘭，亦稱都梁香。圓莖紫萼，八月花白，俗名蘭香。煮以洗浴。生溪澗水旁。參閱政和證類本草九澤蘭。

【蘭闍】梵語王的意思，轉爲尊美他人的敬稱。世說新語政事：“王丞相(導)拜揚州，賓客數百人，竝加霑接，人人有說色，唯有臨海一客姓任(顒)及數胡人爲未洽。公因便還到過任邊，云：‘君出，臨海便無復人。’任大喜說；因過胡人前，彈指云：‘蘭闍，蘭闍。’羣胡同笑，四坐竝懽。”朱子語類一三六作“蘭奢”。

【蘭錡】兵器架。文選漢張平子(衡)西京賦：“武庫禁兵，設在蘭錡。”注：“劉逵魏都賦注曰：受他兵曰蘭，受弩曰錡，音蟻。”

【蘭檢】謂詔令。按漢儀，皇帝制詔，以蘭英爲檢，紫芝爲泥，故名蘭檢。唐張鷟龍筋鳳髓判上通事舍人崔暹奏事口誤……：“芝泥發彩，宜鳳詔而騰文；蘭檢浮香，潤龍綍而動色。”參閱清厲荃事物異名錄十二。

【蘭輿】古代一種輕便車輛。後漢書輿服志上：“近小使車，蘭輿赤轂，白蓋赤帷，從騶騎四十人。此謂追捕考案，有所敕取者之所乘也。”

【蘭襟】㊀謂衣襟。蘭，美其香潔。古文苑三漢班婕妤擣素賦：“侈長袖於妍袂，綴半月於蘭襟。”㊁喻良友。唐盧照鄰幽憂子集三哭明堂裴簿詩：“遽痛蘭襟斷，徒令寶劍懸。”

【蘭薰】蘭香四溢。喻人的芳潔。文選南朝宋顏延年(延之)祭屈原文：“蘭薰而摧，玉縝則折。”文選南朝梁劉孝標(峻)廣絕交論：“顏冉龍翰鳳雛，曾史蘭薰雪白。”參見“蘭薰桂馥”。

【蘭譜】㊀書名。宋王貴學撰，一卷。共六條，敘蘭的品第及養護之法等。又宋趙時庚金漳蘭譜一書，也簡稱蘭譜。全書五篇，詳記蘭品及培護之法。㊁舊俗朋友相得，結成兄弟，互換譜帖，稱金蘭譜，簡稱蘭譜。又科舉時代，同時登科，亦曰同蘭譜。參見“金蘭簿”。

【蘭藻】喻文辭如蘭之芳、如藻之美。文選南朝宋謝靈運擬魏太子鄴中集平原侯植詩：“衆賓悉精妙，清辭灑蘭藻。”

【蘭麝】蘭與麝香。皆香料。南朝宋鮑照鮑氏集七中興歌詩之三：“綵墀散蘭麝，風起自生芳。”晉書石崇傳：“崇盡出其婢妾數十人以示之，皆蘊蘭麝，被羅縠。”

【蘭纓】華美的纓穗、冠纓、劍纓之類。唐王勃王子安集十一乾元殿頌序：“軒圖瑞裔，泛花綬於雞林；農紀祥炎，濯蘭纓於鳳水。”唐李賀歌詩編二申胡子觱篥歌：“朔客騎白馬，劍弝懸蘭纓。”

【蘭亭帖】晉王羲之於穆帝永和九年三月三日同謝安等四十一人會於會稽山陰之蘭亭，修祓禊之禮。羲之作蘭亭序，用蠶繭紙、鼠鬚筆書，凡二十八行，三百二十四字，有重文者，字體悉異，世稱爲蘭亭帖。在陳隋以前，其名尚不甚重，唐初李世民(太宗)酷愛二王書法，從羲之七世孫僧智永的弟子辯才處得其真迹，分搨數本，以賜皇子近臣。虞世南褚遂良等始盛推之，後代益加夸飾，以此爲真書的極軌。唐太宗死時，以真迹殉葬於昭陵。今存定武神龍諸本皆據歐陽詢褚遂良臨搨本翻刻。參閱唐張彥遠法書要錄三唐何延之蘭亭記、宋桑世昌蘭亭考三。

【蘭陵王】㊀北齊高澄(文襄帝)第四子，封蘭陵武王，名長恭，一名孝瓘。才武而貌美，常戴假面以對敵。嘗以五百騎擊周師金墉城下，勇冠三軍。齊人壯之，爲蘭陵王入陣曲，舞者戴面具，作指麾擊刺之姿。參閱北齊書蘭陵武王長恭傳、舊唐書音樂志二。㊁詞調名。本爲唐教坊曲名，後用爲詞調。三段二十四拍，一百三十字。見詞譜三七。

【蘭臺聚】南朝梁任昉擔任御史中丞時，後進皆宗之，車軌日至，羣賢畢集，號稱蘭臺聚。南史到溉傳陸倕贈昉詩：“今則蘭臺聚，方古信爲儔。”參見“蘭臺㊀”。

【蘭心蕙性】蘭草與蕙蘭，花開香氣清澹。常以喻婦女幽靜高雅的品格。太平樂府七元馬致遠靑杏子姻緣曲：“標格江梅清秀，腰肢宮柳輕柔，宜止蘭心蕙性。”

【蘭因絮果】蘭因，謂美好的前因；絮果，以飛絮飄泊的後果，喻離散的結局。後常用“蘭因絮果”比喻男女的始合終離，結局不好。虞初新志缺名小青傳：“蘭因絮果，現業誰深。”清龔自珍定盦別集輯無著詞選醜奴兒令：“蘭因絮果從頭問，吟也淒迷，掐也淒迷，夢向樓心燈火歸。”

【蘭艾同焚】喻美惡、賢愚或貴賤同歸於盡。蘭，香草；艾，臭草。晉書孔坦傳與石聰書：“蘭艾同焚，賢愚所歎。哀矜勿喜，我后之仁。”

【蘭室祕藏】金李杲撰，三卷。書名取素問“藏諸靈蘭之室”語意。自飲食勞倦至小兒門，分二十一類，大旨獨重脾胃。其脾虛損論一篇，極言寒涼峻利之害，尤深切著明。

【蘭臺軌範】清徐大椿撰，八卷。所論以張機所傳爲主。全書病論多採靈樞、素問、難經、金匱要略、傷寒論、唐孫思邈千金方等，於病之定名、方之法度、藥之功能，簡括明備。所錄藥方亦多採自上述諸家，於宋以後方，去取較嚴。

【蘭摧玉折】世說新語言語：“毛伯成(玄)既負其才氣，常稱寧爲蘭摧玉折，不作蕭敷艾榮。”意爲寧肯潔身自好而死，不願做齷齪之人而備受榮華富貴。後用以比喻人之早亡。亦作“玉折蘭摧”。明王世貞弇州山人四部稿四一哭醉石山人朱察卿詩之一：“歲逢單閼日逢斜，玉折蘭摧重可嗟。”

【蘭薰桂馥】謂德澤長留。唐駱賓王集六上齊州張司馬啓：“常山王之玉潤金聲，博望侯之蘭薰桂馥。”後多用以稱人後嗣昌盛。

蘗 1. bò ㄅㄛˋ 博厄切，入，麥韻，幫。

㊀植物名。同“檗”。見“黄蘗”。

2. bì ㄅㄧˋ 集韻 蒲計切，去，霽韻。

㊀與“薜”通。薜荔亦作“蘗荔”。見集韻。

蘡 yīng ㄧㄥ 於盈切，平，清韻，影。

見下。

【蘡薁】藤本植物，別稱野葡萄。夏季開花，果實黑色，可釀酒，根藤實葉皆入藥。詩豳風七月“六月食鬱及薁”毛傳：“薁，蘡薁也。”參閱政和證類本草二三葡萄。

蘮 jì ㄐㄧˋ 居例切，去，祭韻，見。

見下。

【蘮蒘】草名。爾雅釋草：“蘮蒘，竊衣。”注：“似芹可食，子大如麥，兩兩相合，有毛著人衣。”疏：“俗名鬼麥者也。”清郝懿行義疏：“齊民要術十引孫炎云：‘似芹。江淮間食之。實如麥，兩兩相合，其華箸人衣，故曰竊衣。’……郭注云是其毛，不如孫注言華，差爲近之，其實是其華下芒刺耳。”蒘，也作“蕠”。楚辭漢王逸九思憫上:"蘠蕐兮青蔥,槀本兮萎落。"

蘠 qiáng 在良切,平,陽韻,從。ㄑㄧㄤˊ

同"薔"。㊀見"蘠蘼"。㊁菊一名治蘠,見"治蘠"。㊂東蘠,草名。見"東蘠"。

【蘠蘼】㊀草名。爾雅釋草:"蘠蘼,虋冬。"疏:"蘗草也,一名蘠蘼,一名虋冬。"㊁卽薔薇。本草綱目十八草七營實蘠蘼:"薔薇、山棘、牛棘、牛勒、刺花。此草蔓柔,靡依牆援而生,故名蘠蘼。其莖多棘刺勒人,牛喜食之,故有山刺、牛勒諸名。"

蘞 1. lián 力鹽切,平,鹽韻,來。ㄌㄧㄢˊ

㊀草名。本作"蔹"。詩唐風葛生:"葛生蒙楚,蘞蔓于野。"疏:"蘞似栝樓,葉盛而細,其子正黑如燕薁,不可食也。"

2. liǎn 良冉切,上,琰韻,來。ㄌㄧㄢˇ

㊀草名。本作"蔹",又作"斂"。五月開花,七月結實,肉白者稱白蘞,赤者名赤蘞,入藥。參閱政和證類本草十白斂。

蘥 yuè 以灼切,入,藥韻,喻。ㄩㄝˋ

㊀燕麥。爾雅釋草:"蘥,雀麥。"注:"卽燕麥也。"按燕麥、雀麥有別,古人混而爲一。㊁蘢草一名天蘥。見"蘢古"。

蘩 fán 附袁切,平,元韻,並。ㄈㄢˊ

植物名。1.卽白蒿,可食。古代用爲祭品。詩召南采蘩:"于以采蘩,于沼于沚。"疏:"蘩,孫炎曰:白蒿也。"參見"白蒿"。2.卽款東、款冬。爾雅釋草:"蘩,菟奚。"又:"菟奚,顆凍。"參見"款東"。

【蘩蘰】植物名。亦作"繁缕"、"蘩蔞"。又名鵝腸菜。屬石竹科,莖細長,葉卵圓形,可蔬食。爾雅釋草:"蔜,蕿蘰。"注:"今蘩蘰也。或曰雞腸草。"

【蘩露】蔠葵的別名。爾雅釋草:"蔠葵,蘩露。"清郝懿行疏:"此草葉圓而剡上,如椎之形,故曰終葵。冕旒所垂,謂之繁露。本草:'落葵一名繁露。'"參見"落葵"。

蘚 xiǎn 息淺切,上,獮韻,心。ㄒㄧㄢˇ

隱花植物的一類,無根。生於陰暗潮濕之地。晉崔豹古今注下草木:"空室中無人行則生苔蘚,或青或紫,名曰圓蘚,亦曰綠錢。"

【蘚苔】苔蘚類。植物分苔和蘚兩綱。在古詩文中泛指無別。唐孟郊孟東野集四秋懷詩之十四:"古骨無濁肉,古衣如蘚苔。"參見"苔蘚"。

【蘚書】苔蘚叢生石上,斑紋如字,稱爲蘚書。宋蘇軾分類東坡詩二十送范景仁遊洛中:"蘚書標洞府,松蓋偃天壇。"自注:"歐陽永叔(修)嘗游嵩山,日暮於絕壁上見苔蘚成文云:'神清之洞',明日復尋不見。"

【蘚斑】石上的苔蘚斑紋。宋林逋林和靖集二山谷寺詩:"獨孤房相碑文在,幾認題名拂蘚斑。"

蘛 shǔ 章魚切,平,魚韻,照。ㄕㄨˇ 集韻 常恕切,去,御韻。

或作"藷",植物名。晉嵇含南方草木狀上:"甘藷,……皮紫而肉白,蒸鬻食之,味如薯蕷,性不甚冷。舊珠崖之地,海中之人,皆不業耕稼,惟掘地種甘藷,秋熟收之,蒸曬切如米粒,倉圌貯之,以充糧糗,是名蘛糧。"

蘤 wěi 韋委切,上,紙韻,于。ㄨㄟ

花。後漢書五九張衡傳思玄賦:"歌曰:天地烟煴,百卉含蘤。"注:"張揖字詁曰:'蘤,古花字也。'"文選思玄賦作"含葩"。唐陸龜蒙甫里集十一白蓮詩:"素蘤多蒙別豔欺,此花真合在瑤池。"

蘖 niè 魚列切,入,薛韻,疑。ㄋㄧㄝ

一作"櫱"。樹木被砍伐後重生的枝條。詩商頌長發:"苞有三蘖,莫遂莫達。"參見"櫱"。

【蘖栽】初種的樹苗。文選漢張平子(衡)東京賦:"堅冰作於履霜,尋木起於蘖栽。"注:"韋昭曰:'株生曰蘖。'鄭玄禮記注曰:'栽,植也。'"

蘌 yǔ 魚巨切,上,語韻,疑。ㄩˇ

捕鳥之室。文選漢張平子(衡)東京賦:"於東則洪池清蘌。"注:"蘌,在池水上作室,可用棲鳥,鳥入則捕之。"一說在池水中築竹籬以養魚。見廣韻。

【蘌兒】古地名。亦作"禦兒"、"語兒"。在浙江舊崇德縣(今桐鄉縣)地。史記建元以來侯者年表:"蘌兒。"索隱:"韋昭云:'在吳越界,今爲鄉也。'"參見"禦兒"、"語兒"。

蘰 lǚ 集韻 隴主切,上,噳韻。ㄌㄩˇ

蕿蘰,卽雞腸草。見"蔜"。

十八畫

蘵 zhī 之翼切,入,職韻,照。ㄓ

草名。亦作"蘵"。爾雅釋草:"蘵,黃蒢。"注:"蘵草,葉似酸漿,華小而白,中心黃,江東以作菹食。"北齊顏之推顏氏家訓書證:"江南別有苦菜,葉似酸漿;其花或紫或白;子大如珠,熟時或赤或黑。此菜可以釋勞。案:郭璞注爾雅此乃蘵黃蒢也。今河北謂之龍葵。"

蘳 huǎ 胡瓦切,上,馬韻,匣。ㄏㄨㄚˇ

花葉貌。後漢書六十上馬融傳廣成頌:"蓷扈蘳熒,惡可殫形。"注:"蘳,……並花葉貌。"

䕸 jiē 古諧切,平,皆韻,見。ㄐㄧㄝ 胡八切,入,黠韻,匣。

麻莖;麥稈。通作"稭"。宋陸游劍南詩稿八浣花女:"當戶夜織聲咿啞,地爐豆䕸煎土茶。"

蘬 1. kuī 丘追切,平,脂韻,溪。ㄎㄨㄟ

㊀草名。爾雅釋草:"紅,蘢古,其大者蘬。"

2. huǐ ㄏㄨㄟˇ

㊁同"虺"。荀子堯問:"其在中蘬之言也。"注:"中蘬與仲虺同,陽左相也。"中蘬之言,卽指書仲虺之誥語。

十九畫

蘺 lì 呂支切,平,支韻,來。ㄌㄧˊ

香草名,卽江蘺。見"江蘺"。

蘼 mí 靡爲切,平,支韻,明。ㄇㄧˊ

見下。

【蘼蕪】香草名。爾雅作"蘪蕪"。亦名蘄茝,又名江蘺,卽芎藭苗。玉臺新詠一古詩之一:"上山采蘼蕪,下山逢故夫。"南齊謝朓謝宣城集四和王主簿季哲怨情詩:"相逢詠蘼蕪,辭寵悲團扇。"參閱本草綱目十四草三蘼蕪。

【蘼藿】蔬菜名。宋詩鈔趙師秀清苑齋詩鈔九客一羽衣泛舟兮韻得尊字:"野饌具蘼藿,一飽厭百飧。"

蘹 huái 集韻 乎乖切,平,皆韻。ㄏㄨㄞ

蘹香,卽大茴香。見下。

【蘹香】卽茴香。本作"懷香"。三國魏嵇康有懷香賦序。見藝文類聚八一。政和證類本草九蘹香子:"蘹香子亦名茴香。"參見"茴香"。

蘱 lèi 力遂切,去,至韻,來。ㄌㄟˋ

草名。質柔韌,可製繩。爾雅釋草:"蘱,薡蕫。"疏:"狀似蒲而細,可爲屩,亦可綯以爲索。"參閱清郝懿行爾雅義疏四釋草。

蘸 zhàn 莊陷切,去,陷韻,莊。ㄓㄢˋ

浸入。楚辭大招"魂乎無東,湯谷宋只"漢王逸注:"或曰:宋,水蘸之貌。"宋洪興祖補注:"蘸,没也。"

【蘸甲】酒斟滿,捧觴蘸指甲,以示暢飲。唐劉禹錫劉蕡得集外集一和樂天以鏡换酒詩:"鞶眉厭老終難去,蘸甲須歡便到來。"參閱宋朱翌猗覺寮雜記上酒斟滿。

蘻 jì 古詣切,去,霽韻,見。ㄐㄧˋ

草名。爾雅釋草:"蘻,狗毒。"注:"俗語:苦如蘻。"説文繫傳以爲今狼毒。

蘽 lěi 力軌切,上,旨韻,來。ㄌㄟˇ

蔓生植物。也作"櫐"。爾雅釋木:"諸慮,山櫐。"注:"今江東呼櫐爲藤,似葛而麤大。"

蘿 luó 魯何切,平,歌韻,來。ㄌㄨㄛˊ

植物名。1.地衣類草。見"女蘿"。2.莪蒿。見"莪蒿"。3.蘿蔔,卽萊菔。見"蘿蔔"。4.蒔蘿,卽小茴香。見"茴香"。5.見"蘿藦"。

【蘿月】蘿藤間的月色。文選南齊孔德璋(稚珪)北山移文:"秋桂遺風,春蘿罷月。"唐盧照鄰幽憂子集四悲昔遊:"蘿月寡色,風泉罷聲。"

【蘿蔔】植物名。或作"蘆菔"、"萊菔"。種類甚多。塊根供蔬食,子入藥。爾雅釋草:"葖,蘆萉。"疏:"一名蘆菔,今謂之蘿蔔是也。"

【蘿藦】植物名。一名芄蘭。多年生蔓草,莖纏絡於他物,中有汁如乳。子附長毛,如白絨,可以代棉作褥,故俗呼婆婆鍼線包。見本草綱目十八草七蘿藦。

二十畫

蘵 jiān 子廉切,平,鹽韻,精。ㄐㄧㄢ

草名。説文作"蘵",卽百足草。俗稱地蜈蚣。爾雅釋草:"蘵,百足。"

二十一畫

虉 yì 五革切,入,麥韻,疑。ㄧˋ 五歷切,入,錫韻,疑。

草名。也作"鷊"。爾雅釋草:"虉,綬。"注:"小草,有雜色似綬。"

虇 quǎn quàn 去阮切,上,阮韻,溪。ㄑㄩㄢˇ ㄑㄩㄢˋ 去願切,去,願韻,溪。

初生的蘆葦。爾雅釋草:"蒹蘼,葭蘆,菼薍,其萌虇。"注:"今江東呼蘆筍爲虇,然則萑葦之類,其初生者皆名虇。"

虆 léi 力追切,平,脂韻,來。ㄌㄟˊ

㊀蔓生植物。本作"藟"。廣雅釋艸:"藟,藤也。"玉篇作"虆"。㊁盛土器。詩大雅緜"捄之陾陾"漢毛亨傳:"捄,虆也。"鄭玄箋:"築牆者捊聚壤土,盛之以虆而投諸版中。"

【虆垂】盛土之器。淮南子要略:"禹之時,天下大水,禹身執虆垂,以爲民先。"

【虆梩】盛土之器。孟子滕文公上:"蓋歸反虆梩而掩之。"注:"虆梩,籠臿之屬,可以取土者也。"

虈 xiāo 許嬌切,平,宵韻,曉。ㄒㄧㄠ

也作"蘬"。香草名,卽白芷。山海經西山經:"(號山)其草多葯虈芎藭。"傳:"虈,香草也。"楚辭漢王逸九思怨上:"菽藟兮蔓衍,芳虈兮挫枯。"參見"芷"。

二十三畫

虀 jī 祖稽切,平,齊韻,精。ㄐㄧ

"韲"、"齏"之俗字。韲,亦作"韰"、"齏"。㊀調味。引申爲調味的細碎鹹菜。釋名釋飲食:"齏,濟也,與諸味相濟成也。"㊁碎屑。莊子大宗師:"韲萬物而不爲義,澤及萬世而不爲仁。"

【虀臼】㊀搗辛菜使成粉末的石器。東觀漢記逢萌傳:"萌素明陰陽,知(王)莽將敗,乃首戴虀臼,哭於市曰:'辛乎,辛乎!'"辛諧"新",莽建號曰新。㊁"辭"字的隱語。世説新語捷悟:"魏武(曹操)嘗過曹娥碑下,楊脩從。碑背上見題作'黄絹幼婦外孫虀臼'八字,……脩曰:'黄絹,色絲也,於字爲絶;幼婦,少女也,於字爲妙;外孫,女子也,於字爲好;虀臼,受辛也,於字爲辭。所謂絶妙好辭也。'"虀,同"齏"。

【虀虀】物含水狀。宋周必大二老堂詩話康與之重九詞:"康與之在高宗時,諶詞云:重陽日,四面雨垂垂,……茱萸胖,黄菊濕虀虀。"

【虀鹽】素食。指清苦的生活。宋朱松韋齋集四招友牛詩:"讀書有味虀鹽好,對境無情夢寐清。"

虋 juān 集韻 圭玄切,平,先韻。ㄐㄩㄢ

麥莖。説文作"稍"。文選晉潘安仁(岳)射雉賦:"鬩閭虋葉,㠔歷乍見。"南朝宋徐爰注:"虋,麥稍也。謂在麥田中虋葉間,鬩閭於外,乍見乍隱,不敢出場也。"

二十四畫

虌 gàn 古暗切,去,勘韻,見。ㄍㄢˋ

草名。薏苡。仁爲薏米,也稱虌米。見"薏苡"。參閱政和證類本草六薏苡仁。

虇 huò 集韻 忽郭切,入,鐸韻。ㄏㄨㄛˋ

"藿"的本字。見"藿"。

釀 niàng 女亮切,去,漾韻,娘。ㄋㄧㄤˋ

醃製菹菜。齊民要術九有虁菹法。

二十五畫

虌 biē 并列切,入,薛韻,幫。ㄅㄧㄝ

草名,卽蕨。詩召南草蟲"陟彼南山,言采其蕨"唐陸德明釋文"(三國吳陸璣)草木疏云:'周秦曰蕨,齊魯曰虌。'虌,……本又作鱉,俗云其初生似鼈脚,故名焉。"

虋 mén 莫奔切,平,魂韻,明。ㄇㄣˊ

字亦作"蘴"、"穈"、"稵"。穀的一種,卽赤粱粟。爾雅釋草:"虋,赤苗。"詩大雅生民"維穈維芑"唐陸德明釋文引爾雅作"蘴"。參見"穈"。

【虋冬】植物名。薔薇。爾雅釋草:"蘠蘼,虋冬。"清郝懿行義疏:"卽今薔薇。"

虍 部

虍 hū ㄏㄨ 荒烏切，平，模韻，曉。

虎文。見說文。

二 畫

虎 hǔ ㄏㄨˇ 呼古切，上，姥韻，曉。

㊀獸名。通稱老虎。易乾："風從虎。"說文訓爲"山獸之君"。㊁喻威武勇猛。見"虎臣"、"虎將"。㊂姓。漢有合浦太守虎旗。見廣韻引風俗通。

【虎乙】虎爲猛獸。傳說兩脇皮內及尾部有威骨，長寸餘，年深曲成"乙"字，佩之可以辟邪。見唐段成式酉陽雜俎十六廣動植毛。宋蘇軾分類東坡詩九寄傲軒："得如虎挾乙，失若龜藏六。"即用此爲典。

【虎卜】卜筮的一種。傳說虎能以爪畫地，觀奇偶以卜食，後人效之爲一種卜術，稱虎卜。見太平御覽七二六博物志。

【虎士】周禮夏官虎賁氏下屬有虎士八百人。漢鄭玄注："不言徒，曰虎士，則虎士徒之選有勇力者。"後以爲勇士之通稱。三國志魏許褚傳："即日拜都尉，引入宿衞。諸從褚俠客，皆以爲虎士。"唐李白李太白詩八永王東巡歌之七："戰艦森森羅虎士，征帆一一引龍駒。"

【虎子】㊀乳虎。見"虎穴"。也比喻兒女之雄健。三國志吳凌統傳："二子烈、封，年各數歲，權內養於宮，愛待與諸子同，賓客進見，呼示之曰：'此吾虎子也。'"㊁溲溺之器。形如伏虎，故名。周禮天官玉府"掌王之燕衣服衽席牀笫凡褻器"漢鄭玄注："褻器，清器、虎子之屬。"舊題漢劉歆西京雜記四："漢朝以玉爲虎子以爲便器，使侍中執之，行幸以從。"參見"伏虎㊂"。

【虎口】㊀比喻危險的境地。莊子盜跖："丘所謂无病而自灸也，疾走料虎頭，編虎須，幾不免虎口哉！"史記九七酈食其傳："足下起糾合之衆，收散亂之兵，不滿萬人，欲以徑入強秦，此所謂探虎口者也。"㊁在大指次指歧骨之間，爲合谷穴位，屬手陽明經脈，俗稱虎口。宋洪邁夷堅志三志巳七朱先覺九梁："足滑而跌，閃肋傷右虎口，痕廣寸餘。"

【虎夫】猶言虎士。文選漢張平子(衡)東京賦："聲髦被繡，虎夫戴鶡。"注："鶡，鷙鳥也，鬭至死乃止，令武士戴之，取猛也。"

【虎牙】㊀東漢將軍的名號。漢光武拜蓋延爲虎牙將軍，銚期爲虎牙大將軍。見後漢書十八蓋延傳、二十銚期傳。也泛指將軍。唐杜牧樊川集二道一大尹存之學士庭美學士……因成長句四韻呈上三君子詩："星座通霄狼獵暗，戍樓吹笛虎牙閑。"㊁山名，在湖北省。文選晉郭景純(璞)江賦："虎牙嵥豎以屹崒，荆門闕竦而磐礴。"注："盛弘之荆州記曰：'郡西泝江六十里……北岸有山名曰虎牙，……石壁紅色，間有白文如牙齒狀。'"

【虎中】古射禮用器。以木刻成虎形，鑿背爲口以出納籌碼。儀禮鄉射禮："於竟則虎中龍旜。"

虎中

【虎穴】虎之洞穴，喻險地。唐李白李太白詩十七送羽林陶將軍詩："萬里橫戈探虎穴，三杯拔劍舞龍泉。"參見"不入虎穴，焉得虎子"。

【虎石】漢書五四李廣傳："廣出獵，見草中石，以爲虎而射之，中石沒矢，視之，石也。"後因以"虎石"形容弓勁善射之典。文苑英華八四九唐李湜唐江州沖陽觀碑："弓傳虎石，將軍橫北塞之勳；構襲龍門，司隸擅東都之望。"參閱宋戴埴鼠璞虎石蛇盃。

【虎丘】山名。在江蘇蘇州市西北閶門外，一名海湧山。相傳春秋時吳王闔閭葬於此，三日有虎踞其上，故名。唐王朝避其先世李虎諱，改稱武丘。後復舊名。泉石幽勝，上有塔，登眺則全城在目，爲蘇州之名勝。參閱越絕書越絕外傳吳地傳、嘉慶一統志七七蘇州府山川。

【虎臣】勇猛之臣。詩魯頌泮水："矯矯虎臣，在泮獻馘。"漢書六九趙充國傳揚雄頌："漢命虎臣，惟後將軍，整我六師，是討是震。"

【虎竹】謂兵符。虎，虎符；竹，竹使符；皆調兵的信物。唐李白李太白詩五塞下曲之五："將軍分虎竹，戰士卧龍沙。"參見"虎符"。

【虎牢】古地名。古東虢國。春秋鄭國地。在今河南滎陽汜水鎮。相傳周穆王射獵於鄭，蘆葦中有虎，高奔戎生捕之，獻於王，王命爲柙畜於東虞，是爲虎牢。見穆天子傳五。後名成皋，唐爲汜水縣。成皋故城側舊有虎牢城，或稱虎牢關，北臨黃河，絕岸峻崖。自古爲戍守要地。參閱讀史方輿紀要四七鄭州汜水縣虎牢城。參見"成皋"。

【虎杖】草名。多年生，可作染料，根入藥。爾雅釋草："蒤，虎杖。"注："似紅草而麤大，有細刺，可以染赤。"參閱宋寇宗奭本草衍義十二虎杖。

【虎步】本指舉步，形容威武。三國志魏夏侯淵傳曹操令："宋建造爲亂逆三十餘年，淵一舉滅之，虎步關右，所向無前。"參見"龍驤虎步"。

【虎吻】猶虎口。比喻險境。文選晉桓元子(温)薦譙元彥表："凶命屢招，姦威仍逼，身寄虎吻，危同朝露，而能抗節玉立，誓不降辱。"

【虎刺】植物名，又名伏牛花。莖有刺，花淡黃色，根葉入藥。參閱本草綱目三六木三虎刺、廣羣芳譜八一木四。

【虎奔】即虎賁。漢應劭風俗通義正失宋均令虎渡江："按尚書武王戎車三百兩，虎賁三千人，擒紂於牧野。言猛怒如虎之奔赴也。"宋書百官志下："虎賁中郎將，……虎賁舊作虎奔，言如虎之奔走也。"

【虎林】㊀古城名。即武林城。在今安徽貴池縣西。三國吳太元二年孫權封子休爲瑯琊王，鎮虎林，即此。見三國志吳孫休傳。㊁山名。即武林山。又名靈隱山。在浙江杭州市西。漢書地理志上會稽郡錢唐有武林山、武林水。參閱漢書地理志上淸王先謙補注。

【虎門】㊀即路寢之門。古帝王視朝於路寢，門外畫虎像，故稱路寢的門爲虎門。周禮地官師氏："居虎門之左，司王朝。"㊁地名。在廣東東莞縣，珠江三角洲東南側，扼獅子洋外口，爲珠江主要出海口。又稱虎頭門。參閱嘉慶一統志四四一廣州府山川海。

【虎冠】㊀見"虎而冠"。㊁勇士戴的帽。唐李賀歌詩編四榮華樂："峩峩虎冠上切雲，竦劍晨趨凌紫氛。"參見"虎頭帽"。

【虎首】即觜觿三星。屬西方白虎星座，以象虎首名。史記天官書："參爲白虎。

……小三星隅置，曰觜觿，爲虎首，主葆旅事。"

【虎威】虎之威風，喻武將的勇猛無前的氣概。全唐詩六〇二汪遵烏江："兵散弓殘挫虎威，單槍匹馬突重圍。"

【虎拜】詩大雅江漢："虎拜稽首：天子萬年，作召公考。"召穆公名虎，奉周宣王命，征伐淮夷有功，宣王賞予土地禮器，召公稽首拜謝。後因稱大將拜君爲虎拜。

【虎侯】三國魏猛將許褚的別稱。三國志魏許褚傳："(馬)超負其力，陰欲前突太祖，素聞褚勇，疑從騎是褚。乃問太祖曰：'公有虎侯者安在？'……軍中以褚力如虎而癡，故號曰虎癡，是以'超問虎侯'，至今天下稱焉，皆謂其姓名也。"

【虎書】古代的一種字體。唐韋續墨藪五十六種書："周文王時，史佚作虎書。"

【虎眎】同虎視。三國志魏武帝紀評："袁紹虎眎四州，彊盛莫敵。"參見"虎視"。

【虎倀】舊傳死於虎者，其鬼魂爲虎所驅役，作前導，助虎求食，謂之虎倀。後因指助人爲惡者爲"爲虎作倀"。參見"倀鬼"。

【虎視】如虎之雄視。易頤："顛頤吉，虎視眈眈，其欲逐逐，无咎。"後漢書四十下班固傳西都賦："周以龍興，秦以虎視。"注："龍興虎視，喻盛彊也。"

【虎賁】㊀官名。周禮夏官有虎賁氏，掌王出入儀衛之事。虎賁，言如猛虎之奔走，喻其勇猛。漢武帝置期門郎，至平帝元始元年更名虎賁郎，置中郎將主宿衛，無常員，多至千人。歷代因之，唐廢。參閱後漢書百官志二、文獻通考五九虎賁中郎將。㊁勇士的通稱。書顧命："俾爰齊侯呂伋以二干戈，虎賁百人，逆子釗於南門之外。"戰國策楚一："秦地半天下，兵敵四國，被山帶河，四塞以爲固，虎賁之士百餘萬。"

【虎圈】養虎之所。史記一〇二張釋之傳："釋之從行，登虎圈。上問上林尉諸禽獸簿，……虎圈嗇夫從旁代尉對上所問禽獸簿甚悉。"

【虎帳】武將的營幕。唐王建詩五寄汴州令狐相公："三軍江口擁雙旌，虎帳長開自教兵。"羅隱甲乙集二金陵寄竇尚書詩："虎帳談高無客繼，馬卿官傲少人同。"

【虎將】漢書九九下王莽傳："莽拜將軍九人，皆以虎爲號，號曰'九虎'，將北軍精兵數萬人東。"後以虎將爲勇將之通稱。唐李白李太白詩十一贈張相鎬之一："虎將如雷霆，總戎向東巡。"

【虎符】兵符，古代調兵遣將的信物。銅鑄，虎形，背有銘文，分兩半，右半留中，左半授予統兵將帥或地方長官。調兵時由使臣持符驗合，方能生效。史記七七信陵君傳："公子誠一開口請如姬，如姬必許諾，則得虎符奪晉鄙軍。"又文帝紀二年："初與郡國守相爲銅虎符、竹使符。"集解："應劭曰：銅虎符第一至第五，國家當發兵，遣使者至郡合符，符合乃聽受之。"漢又有金虎符。唐有銅魚符、龜符。元用金虎符。

虎符

【虎掌】植物名。卽天南星。見該條。

【虎蛟】水生動物名。山海經南山經："(禱過之山)泿水出焉，而南流注于海，其中有虎蛟，其狀魚身而蛇尾，其音如鴛鴦。"文選晉郭景純(璞)江賦："爾其水物怪錯，則有潛鵠魚牛，虎蛟鉤蛇。"

【虎幄】以虎獸之形爲飾的帷幕。左傳哀十七年："衛侯爲虎幄於藉圃。"注："於籍田之圃新造幄幕，皆以虎獸爲飾。"

【虎媒】唐人小説記：乾元初，吏部尚書張鎬以女德容許裴冕子越客，約來歲成婚。其年，鎬貶辰州司户，至期，鎬命設家宴於花園。忽有猛虎來挾德容去，遝送至越客所，遂得成婚。黔、陝民間往往建虎媒之祠以紀其事。見太平廣記四二八唐薛用弱集異記。

【虎溪】水名，在江西廬山下。傳説晉釋惠遠居廬山東林寺，送客不過溪。一日與陶潛、道士陸靜修共話，不覺踰此，虎輒驟鳴，三人大笑而別。唐孟浩然集三夜泊廬江聞故人在東林寺以詩寄之詩："江路經廬阜，松門入虎溪。"參見"三笑圖"。

【虎落】遮護城堡或營寨的籬笆。六韜軍用："山林野居，結虎落、柴營。"漢書四九鼂錯傳上書言時務："要害之處，通川之道，調立城邑，毋下千家，爲中周虎落。"注："虎落者，以竹篾相連遮落之也。"

【虎路】同"虎落"。漢書八七上揚雄傳校獵賦："爾迺虎路三嵕以爲司馬，圍經百里而爲殿門。"注："晉灼曰：'路音落'。……(顏)師古曰：'落，纍也，以繩周繞之也。'"

【虎節】古代使節所持的虎形信物。周禮地官掌節："凡邦國之使節，山國用虎節，土國用人節，澤國用龍節。"全唐詩二七一竇牟奉使至邢州贈李八使君："獨占龍岡部，深持虎節居。"

【虎舅】指貓。宋陸游劍南詩稿三八嘲畜貓自注："俗言貓爲虎舅，教虎百爲，惟不教上樹。"

【虎榜】進士榜稱龍虎榜，簡稱虎榜。新唐書二〇三歐陽詹傳："舉進士，與韓愈李觀李絳崔羣王涯馮宿庾承宣聯第，皆天下選，時稱'龍虎榜'。"宋劉克莊後村集三二挽林侍郎詩之一："揭曉名高推虎榜，凌雲賦奏動龍顏。"清時，專指武科榜爲虎榜。

【虎僕】獸名。俗名九節貍。尾毛可以作筆毫。太平御覽九一三雜獸虎豹："博物志曰：……有獸緣木，綠文似豹，名虎僕，毛可爲筆。"文苑英華九九唐陸龜蒙幽居賦序："得以書抽虎僕，射用牛蹄。"蹄，一作蹄。參閱明楊慎丹鉛續錄六虎僕。

【虎踞】謂形勢雄偉如虎之蹲踞。文苑英華九七唐王勮遊北山賦："石當堵而虎踞，泉映牖而龍吟。"參見"虎踞龍蟠"。

【虎魄】卽琥珀。古代松柏類植物脂液的化石。漢書九六上西域傳罽賓國："出封牛、水牛……珠璣、珊瑚、虎魄、壁流離。"也作"虎珀"。文選晉左太沖(思)三都賦序："其間則有虎珀、丹青、江珠……暉麗灼爍。"參見"琥珀"。

【虎頭】㊀舊時相家以爲貴相。東觀漢記十六班超："相者曰：生燕頷虎頭，飛而食肉，此萬里侯相也。"後漢書四七班超傳作"虎頸"。南史陳宣帝紀："帝貌若不慧，魏將楊忠門客張子煦見而奇之，曰：'此人虎頭，當大貴也。'"㊁晉顧愷之小字。見唐張彥遠歷代名畫記五。唐杜甫杜工部詩史補遺五題玄武禪師屋壁："何年顧虎頭，滿壁畫瀛洲。"

【虎據】猶言割據稱強。三國志魏常林傳："今主上幼沖，賊臣虎據，華夏震慄，雄才奮用之秋也。"

【虎疁】地名。在江蘇吳縣。唐陸廣微吳地記："秦始皇東巡，至虎邱求吳王寶劍，有虎當墳而踞，始皇以劍擊之，不及，悞中于石，其虎西走二十五里，忽失，于今虎疁。唐諱虎，錢氏諱疁，改爲滸墅。劍無復獲，乃陷成池，古號劍池。"

【虎翼】㊀如虎添翼，比喻權勢加劇。後漢書四八翟酺傳上諫疏："今外戚寵幸，功均造化，……臣恐威權外假，歸之良難，虎翼一奮，卒不可制。」參見「爲虎傅翼」。㊁宋代禁軍名。宋史太宗紀雍熙四年：「(改)上鐵林爲殿前司虎翼。」

【虎闈】國子學之別稱。國子學在虎門之左，故稱虎闈。文選南齊王元長(融)三月三日曲水詩序：「出龍樓而問豎，入虎闈而齒胄。」注：「周禮曰：師氏以三德教國子，居虎門之左。」參見「虎門㊀」。

【虎韔】虎皮造的弓袋。詩秦風小戎：「虎韔鏤膺，交韔二弓。」注：「虎，虎皮也；韔，弓室也。」

【虎戲】古代健身術。漢末華佗創五禽戲，一曰虎，二曰鹿，三曰熊，四曰猨，五曰鳥。見後漢書八二下華佗傳。雲笈七籤三二雜修攝導引按摩：「虎戲者，四肢距地，前三擲，却二擲，長引腰，乍却仰天卽返，距行前却各七過也。」

【虎貔】虎與貔。喻士兵勇猛。書牧誓：「如虎如貔，如熊如羆于商郊。」唐李商隱李義山詩集二韓碑：「行軍司馬智且勇，十四萬衆猶虎貔。」

【虎檻】㊀卽虎圈。淮南子主術：「故夫養虎豹犀象者，爲之圈檻。」參見「虎圈」。㊁地名，在今安徽繁昌縣東北。南朝宋泰始二年遣尋陽太守沈攸之將兵屯虎檻，卽此。參閱嘉慶一統志一二〇太平府山川。

【虎蟳】蟹的一種。身有虎斑文。俗呼關公蟹。見宋曾慥類說六海物異名記、清周亮工閩小記下。

【虎癡】三國魏將許褚的別號。見「虎侯」。

【虎彝】以虎形爲飾的祭器。周禮春官司尊彝：「祼用虎彝蜼彝，皆有舟。」

【虎鷙】虎、鷙，鳥獸中之雄猛者，喻將士之勇猛。戰國策韓一：「秦帶甲百餘萬，車千乘，騎萬匹，虎鷙之士，跿跔科頭，貫頤奮戟者，至不可勝計也。」姚宏本鷙作「摯」。按史記七十張儀傳作「虎賁」，清王念孫謂摯爲「賁」字之誤。見讀書雜志戰國策三。

【虎變】謂虎身花紋之斑駁多彩。易革：「象曰：大人虎變，其文炳也。」疏：「損益前王，創制立法，有文章之美，煥然可觀，有似虎變，其文彪炳。」後常以喻大人物行止屈伸，非常莫測。唐李白李太白詩三梁甫吟：「大賢虎變愚不測，當年頗似尋常人。」

【虎鷹】傳說之鳥名。五代後晉李石續博物志六：「虎鷹能飛捕虎豹，身大如牛，翼廣二丈。」

【虎牙山】山名。在今湖北宜昌縣東南、長江北岸。隔江和荊門山對峙。戰國時與荊門爲楚國西方門户。水經注三四江水：「江水又東，歷荊門虎牙之間。荊門在南，上合下開，闇徹山南，有門像；虎牙在北，石壁色紅，間有白文類牙形，並以物象受名。此二山，楚之西塞也。」

【虎爪書】書體的一種。唐韋續墨藪五十六種書：「虎爪書者，王僧虔擬(王右軍)龍爪(書)所作也。」段成式酉陽雜俎十一廣知：「百體中有懸針書、垂露書……虎爪書、……召奏用虎爪，爲不可學，以防詐僞。」

【虎北口】地名。1.卽今古北口，五代時稱虎北口。在北京市密雲縣東北。長城隘口之一。控山海、居庸兩關，屹若門户，關口兩旁山勢崎峭，極爲險要。參閱讀史方輿紀要十一順天府密雲縣。參見「古北口」。2.在山西太原市汾水北。五代時契丹耶律德光(遼太祖)出兵援石敬瑭，自將五萬騎兵至晉陽，陣於虎北口，卽此。參閱資治通鑑二八〇後晉天福元年、讀史方輿紀要四十太原府陽曲縣。

【虎而冠】謂凶暴似虎之人。史記齊悼惠王世家：「齊王母家駟鈞，惡戾，虎而冠者也。」集解：「張晏曰：言鈞惡戾，如虎而著冠。」也省作「虎冠」。後漢書七七酷吏傳序：「故臨民之職，專事威斷，族滅姦軌，先行後聞，……致溫舒有虎冠之吏，延年受屠伯之名，豈虛也哉！」注：「王溫舒爲中尉，……其爪牙吏，虎而冠者也。」王溫舒嚴延年皆酷吏。

【虎怕莉】鉄蒺藜之類守城的軍用障礙物。用繩縛於柰何木(守城之具)，以防敵攀援上城。見明茅元儀武備志一一一設柰何。

虎怕莉

【虎刺孩】蒙語，猶言強盜。元曲選缺名陳州糶米一：「你這個虎刺孩作死也！你的銀子又少，怎敢罵我。」

【虎林山】武林山的別稱，卽今浙江杭州市西靈隱、天竺諸山。元史一九〇胡長孺傳：「以病辭，不復仕，隱杭之虎林山以終。」參閱宋楊正質虎林山記、宋葉紹翁四朝聞見錄武林山。參見「虎林㊀」。

【虎門館】北周教育公卿大夫子弟的學館。新唐書一〇三蘇世長傳：「世長十餘歲，上書周武帝，帝異其幼，……使卒學虎門館。」按周禮地官師氏掌以三德三行教國子，居虎門之左。館名本此。參見「虎闈」。

【虎跑泉】泉名。1.在浙江杭州市虎跑山大慈定慧禪院(今名虎跑寺)中。泉水自山巖間流出，甘冽異常。爲西湖名勝之一。宋蘇軾分類東坡詩八有虎跑泉詩。見元周密武林舊事五湖山勝概虎跑泉、明田汝成西湖遊覽志五。2.在山西代縣五台山。宋朱弁曲洧舊聞四：「代州五臺山太平興國寺者，直金剛經窟之上，乃古白虎庵之遺址也。相傳云：昔有僧誦經庵中，患於乏水，適有虎跑，足湧泉觱沸徐清，挹酌無竭，因號虎跑泉，而庵以此得名。」3.在江西廬山。宋陳舜俞廬山記二敍山北：「上方之北，有虎跑泉。昔遠公與社賢每遊北峯頂，患去水甚遠，虎輒跑石出泉。」

【虎鈐經】宋許洞撰，二十卷。闡發孫子兵法及唐李筌太白陰經的要點，積三十八年而成書。大都彙輯舊文，略加已見，論述實際用兵，上至占候陰陽，下至醫療人馬，頗爲詳備。其中迂闊荒誕之說，亦時有之。

【虎槍營】清代專任扈從圍獵的禁衛軍。康熙二十三年，黑龍江將軍進精騎射善殺虎新滿洲四十人至京，分隸上三旗，始置虎槍營。設總統一人，以公侯領侍衛內大臣充任。參閱清通志八六職官五。

【虎頭帽】武士所戴的虎頭形帽子。南齊書魏虜傳：「(魏主拓拔)宏引軍向城南寺前頓止，(南陽太守房)伯玉先遣勇士數人著斑衣虎頭帽，從伏竇下忽出，宏人馬驚退。」

【虎頭牌】元代皇帝頒給文武官僚得以便宜行事的虎頭金牌。宋詩鈔汪元量水雲詩鈔湖州歌：「文武官僚多二品，還鄉盡帶虎頭牌。」元曲選李直夫虎頭牌四：「呀！這的是便宜行事的那虎頭牌。」清代惟衙門局所，門首懸虎頭牌，書禁止閒人擅入等字，與元代佩身虎符別爲一事。

【虎頭癡】㊀虎頭，晉顧愷之小字。晉人稱顧愷之有才絕、畫絕、癡絕。宋詩鈔陳造江湖長翁集書懷：「百年羊胛熟，萬事虎頭癡。」㊁宋陸游劍南詩稿二一秋光：「早信爲農勝見祿，一生虛作虎頭癡。」詩用漢班超虎頭燕頷，萬里侯相故事。謂一生空有封侯癡願。參見「虎頭㊀」。

【虎頭關】在湖北麻城縣東北，接河南商城縣界，與穆陵黄土白沙大城合稱五關，舊爲湖北河南兩省的交通要隘。見讀史方輿紀要七六黄州府麻城縣。

【虎蹲弩】宋代弓弩名。宋史兵志九：「馬步皆前三行槍刀，後二行弓弩，附隊以虎蹲弩、床子弩各一，射與擊刺迭出，皆聞金卽退。」

【虎蹲砲】古以機發石，其機之木架，形如虎蹲，故名。明茅元儀謂虎蹲砲，用前後脚柱四。凡一砲用七十人拽，一人定放，放五十步外，石重十二斤。見武備志一一三軍資乘守器式二。後用火砲，其砲身之短而粗大，以發花彈者，亦名虎蹲砲，俗又謂之田雞砲。

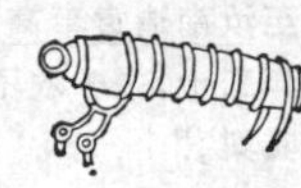
虎蹲砲(分图)

【虎囊彈】傳奇名。清丘園撰。一説朱佐朝撰。敍水滸中魯智深趙員外事。智深殺人，趙遣之入五臺山爲僧，趙遂被捕入獄。趙妻父金二爲請於縣令，時適有彈丸神手在側，令謂金曰：若能受三彈，當允爾請，金立受三彈而無傷，趙得釋，故有虎囊彈之名。紅樓夢二十二回敍寶釵觀劇，點山門一齣，卽此劇中的一折。參閱曲海總目提要二七。

【虎鬚灘】又名倒鬚灘。在四川忠縣西。水經注三三江水：「江水右逕虎鬚灘，灘水廣大，夏斷行旅。」唐杜甫杜工部草堂詩箋二六最能行「瞿塘漫天虎鬚怒，歸州長年行最能」，卽此。參閱讀史方輿紀要六九夔州府。

【虎穴龍潭】虎龍藏身之所。比喻極凶險的地方。水滸四一：「感謝衆位豪傑不避凶險，來虎穴龍潭，力救殘生。」又作「虎窟龍潭」。元王實甫西廂記二本二折：「大踏步直殺出虎窟龍潭。」

【虎尾春冰】踩虎尾，履春冰。比喻極其可危。書君牙：「心之憂危，若蹈虎尾，涉于春冰。」傳：「虎尾畏噬，春冰畏陷，危懼之甚。」

【虎視眈眈】見「虎視」。

【虎飽鴟咽】如虎之殘暴，鴟之貪得，比喻貪官汙吏凶狠無饜。漢桓寬鹽鐵論褒賢：「當世囂囂，非患儒之雞廉，患在位者之虎飽鵄〔鴟〕咽，於求覽無所孑遺耳。」

【虎踞龍盤】形容地勢雄壯險要。常指帝都。北周庾信庾子山集一哀江南賦：「昔之虎踞龍盤，加以黃旗紫氣，莫不隨狐兔而窟穴，與風塵而殄瘁。」盤，也作「蟠」。唐劉知幾史通書志：「京邑翼翼，四方是則。千門萬户，兆庶仰其威神；虎踞龍蟠，帝王表其尊極。」參見「龍蟠虎踞」。

【虎頭蛇尾】㊀比喻僞善，言行不相應。元曲選康進之李逵負荆二：「則爲你兩頭白麵撥興廢，轉背言詞説是非，這廝敢狗行狼心，虎頭蛇尾！」㊁比喻前緊後鬆，有始無終。水滸一〇三：「光陰荏苒，過了百餘日，卻是宣和元年的仲春了。官府挨捕的事已是虎頭蛇尾的事，前緊後慢。」

【虎嘯風生】比喻豪傑奮發有爲。北史張定和傳論：「虎嘯風生，龍騰雲起，英賢奮發，亦各因時。」

三畫

虐 nüè 魚約切，入，藥韻，疑。ㄋㄩㄝˋ

㊀殘暴，侵害。書湯誥：「夏王滅德作威，以敷虐于爾萬方百姓。」㊁災害。書盤庚中：「殷降大虐，先王不懷。」左傳襄十三年：「是以上下無禮，亂虐並生，由争善也，謂之昏德。」

【虐政】暴政。孟子公孫丑上：「民之憔悴於虐政，未有甚於此時者也。」

【虐威】用殘酷的刑罰施威壓人。書呂刑：「虐威庶戮，方告無辜于上。」

【虐疾】暴疾。書金縢：「史乃册祝曰：'惟爾元孫某，遘厲虐疾。'」

【虐烈】暴酷。後漢書七四上袁紹傳檄豫州：「歷觀古今書籍所載，貪殘虐烈無道之臣，於(曹)操爲甚。」文選陳孔璋(琳)爲袁紹檄豫州作「貪殘酷烈」。

四畫

虔 qián 渠焉切，平，仙韻，羣。ㄑㄧㄢˊ

㊀威猛貌。詩商頌長發：「武王載旆，有虔秉鉞。」㊁恭敬。詩大雅韓奕：「夙夜匪解，虔共爾位。」㊂殺害，劫奪。書呂刑：「奪攘矯虔。」漢書武帝紀元狩六年詔：「將百姓所安殊路，而撟虔吏因乘勢以侵蒸庶邪？」注：「韋昭曰：'凡稱詐爲矯，强取爲虔。'」㊃見「虔婆」。

【虔州】州名。隋開皇九年於南康郡置，取虔化水爲名。故治在贛縣。南宋紹興二十二年改名贛州。參閱隋書地理志下、讀史方輿紀要八八贛州府。參見「贛州」。

【虔虔】恭敬貌。逸周書祭公：「王若曰：祖祭公，予小子虔虔在位。」

【虔婆】宋元人常駡婦女爲虔婆，亦指妓院的鴇母。金董解元西廂記：「做得個積世虔婆，教兩下裏這般不快活。」元曲選石君寶曲江池一：「雖然那愛鈔的虔婆，他可也難恕免；争奈我心堅石穿，准備着從良棄賤。」參見「三姑六婆」。

【虔誠】恭敬有誠意。北周庾信庾子山集七周祀五帝歌之五：「朱絃絳鼓罄虔誠，萬物含養各長生。」

【虔劉】劫掠，殺害。左傳成十三年：「利吾有狄難，入我河縣，焚我箕部，芟夷我農功，虔劉我邊陲。」注：「虔、劉，皆殺也。」

虓 1. xiāo 許交切，平，肴韻，曉。ㄒㄧㄠ

㊀虎怒吼。漢揚雄太玄經三衆：「虎虓振厥。」注：「虓，怒聲也。」參見「哮」。

2. qiāo ㄑㄧㄠ

㊁敲擊。通「敲」。呂氏春秋必己：「船人怒，而以楫虓其頭。」注：「虓，暴辱。」

【虓虎】咆哮的虎。詩大雅常武：「進厥虎臣，闞如虓虎。」

【虓將】勇將，猛將。新唐書一一一薛仁貴傳：「帝謂曰：'……朕不喜得遼東，喜得虓將。'」

【虓闞】比喻將士震怒。虓，虎吼；闞，虎怒貌。漢書一〇〇上敍傳答賓戲：「於是七雄虓闞，分裂諸夏，龍戰而虎争。」參見「闞虎」。

虒 sī 息移切，平，支韻，心。ㄙ

㊀獸名。似虎，有角，能行水中。見説文、廣韻。㊁地名。漢書成帝紀建始三年：「虒上小女陳持弓，……闌入上方掖門。」注：「應劭曰：虒上，地名，在渭水濱。」

【虒祁】宮殿名。春秋晉平公所建。故址在山西侯馬市附近。見左傳昭六年、又十三年。水經注汾水：「汾水西逕虒祁宮北，横水有故梁截汾水中，凡有三十柱，裁與水平，蓋晉平公之故梁也。」

五畫

虙 fú 房六切，入，屋韻，並。ㄈㄨˊ

㊀虎貌。見説文。㊁姓。通「伏」、「宓」。伏羲也作虙羲，宓子賤也作虙子賤，見北齊顔之推顔氏家訓書證、清段玉裁説文解字注五上「虙」。

【虙妃】女神名。卽宓妃。楚辭屈原離騷：「吾令豐隆乘雲兮，求宓妃之所在。」漢王逸注：「宓，一作虙。」漢書五七上司馬相如傳上林賦：「若夫青琴虙妃之徒，絶殊離俗。」史記一一七上林賦作「宓妃」。

【虙戲】古代傳説部落首長。卽伏羲。詩陳風「陳譜」漢毛亨傳：「陳者，太皞虙戲氏之墟。」釋文：「虙戲卽伏犧，字異音義同也。」參見「伏羲」。

虖 hū 荒烏切,平,模韻,曉。ㄏㄨ

㊀虎吼。說文:"虖,哮虖也。"清段玉裁謂疑哮虖當作"哮唬"。參閱說文解字注五上"虖"。㊁助詞。表疑問感歎。通"乎"。漢書武帝紀元光二年:"嗚虖,何施至臻此與!"又五十汲黯傳:"黯曰:'天子置公卿輔弼之臣,寧令從諛承意,陷主於不誼虖?'"㊂見"虖池"。

【虖池】水名,卽滹沱河。周禮夏官職方氏:"正北曰并州,……其川虖池嘔夷。"又作"虖沱"。後漢書十七馮異傳:"(光武)因復度虖沱河至信都,使異别收河閒兵。"詳"滹沱"。

處 1. chǔ 昌與切,上,語韻,穿。ㄔㄨˇ

㊀居住。詩召南殷其靁:"何所違斯,莫敢違處。"易繫辭下:"上古穴居而野處,後世聖人易之以宮室。"㊁退隱。易繫辭上:"君子之道,或出或處,或默或語。"㊂安頓。國語魯下:"昔聖王之處民也,擇瘠土而處之。"史記八七李斯傳:"人之賢不肖譬如鼠矣,在所自處耳!"㊃對待,安排。禮檀弓下:"(顏淵)謂子路曰:'何以處我?'"㊄處理,制治。晉書食貨志:"至(魏)明帝世,錢廢穀用旣久,人間巧偽漸多,競溼穀以要利,作薄絹以爲市,雖處以嚴刑而不能禁也。"㊅定,常。呂氏春秋誣徒:"喜怒無處。"注:"處,常也。"

2. chù 昌據切,去,御韻,穿。ㄔㄨˋ

㊆地方,場所。史記五帝紀:"遷徙往來無常處,以師兵爲營衞。"

【處士】㊀未仕或不仕的士人。孟子滕文公下:"聖王不作,諸侯放恣,處士橫議,楊朱墨翟之言盈天下。"漢書異姓諸侯王表一:"秦既稱帝,患周之敗,以爲起於處士横議。"注:"處士謂不官於朝而居家者也。"㊁星名,卽少微。晉書天文志上:"少微四星在太微西,士大夫之位也。一名處士。"參見"少₂微㊀"。

【處子】㊀處女。孟子告子下:"踰東家牆而摟其處子,則得妻。"㊁處士。漢王符潛夫論交際:"使處子雖苞顏閔之賢,苟被褐而造門,人猶以爲辱。"文選晉束廣微(晳)補亡詩之二白華:"堂堂處子,無營無欲。"㊂人名。漢書藝文志法家有"處子九篇"注:"史記云趙有處子。"

【處女】未出嫁的女子。孫子九地:"是故始如處女,敵人開户,後如脫兔,敵不及拒。"荀子非相:"婦人莫不願得以爲夫,處女莫不願得以爲士。"

【處方】醫師所開的藥方。也泛指一般救弊建議。宋劉克莊後村集五一備對劄子三:"士大夫獻議廷,工於訶病而拙於處方者皆是也。"

【處分】㊀處理,處置。玉臺新詠一古詩爲焦仲卿妻作:"處分適兄意,那得自任專。"梁書韋放傳:"乃免冑下馬,據胡牀處分,於是士皆殊死戰,莫不一當百。"㊁懲罰。唐會要四一左降官及流人:"天寶五載七月六日勅,……流人押領,綱典畫時,遞相分付,如更因循,當有處分。"㊂吩咐,囑咐。唐劉禹錫劉夢得集外集三遥和令狐相公坐中聞思帝鄉有感詩:"滄海西頭舊丞相,停杯處分不須吹。"

【處州】府名。隋開皇九年於永嘉郡置,十二年改括州。唐復名處州。元改路,明改府,清因之,首治麗水縣。公元1913年裁府留縣,屬浙江省。參閱讀史方輿紀要九四處州府。

【處姊】未出嫁之姊。後漢書八四袁隗妻傳:"及初成禮,……隗又(問)曰:'弟先兄舉,世以爲笑,今處姊未適,先行可乎?'對曰:'妾姊高行殊邈,未遭良匹,不似鄙薄,苟然而已。'"

【處決】處理決斷。世說新語規箴"晉武帝既不悟太子之愚"注引晉陽秋:"帝後悉召東宮官屬大會,令左右齎尚書處事以示太子,令處決,太子不知所對。"晉書李重傳:"每大事及疑議,輒參以經典處決,多皆施行。"今也指執行死刑。

【處治】處方治病。南齊書王僧虔傳上疏:"愚謂治下囚病,必先刺郡,求職司與醫對共診驗;遠縣,家人省視,然後處理。"册府元龜四七一、資治通鑑一三五理作"治"。

【處妾】宮中之童女。漢書五行志七下之上:"處妾遇之而孕,生子,懼而棄之。"

【處事】㊀處理事務。左傳文十八年:"先君周公制周禮曰:'則以觀德,德以處事,事以度功,功以食民。'"㊁六書之一。說文作"指事"。以象徵性符號表示意義的一種造字法。周禮地官保氏"五曰六書"漢鄭玄注:"六書,象形、會意、轉注、處事、假借、諧聲也。"參見"六書"、"指事"。

【處舍】指營壘。荀子議兵:"處舍收臧,欲周以固。"收臧,指財物。

【處所】居留之地,安身之處。文選戰國楚宋玉高唐賦:"風止雨霽,雲無處所。"史記晉世家:"龍欲上天,五蛇爲輔。龍已升雲,四蛇各入其宇,一蛇獨怨,終不見處所。"

【處約】居於窮困之境。論語里仁:"不仁者,不可以久處約,不可以長處樂。"注:"約,窮困也。"世說新語德行"郭林宗至汝南造袁奉高"注引續漢書:"泰少孤,年二十,……衣不蓋形而處約味道,不改其樂。"

【處婦】家居之婦。楚辭漢劉向九歎離世:"征夫勞於周行兮,處婦憤而長望。"

【處暑】二十四節氣之一。在陽曆八月二十三或二十四日。國語楚上:"夫邊境者,國之尾也,譬之如牛馬,處暑之既至,䖟蟹之既多,而不能掉其尾。"

【處勢】所居之地。猶言地位。莊子山木:"此筋骨非有加急而不柔也,處勢不便,未足以逞其能也。"清郭慶藩集釋引王念孫:"古者謂所居之地曰處勢。"漢書七〇陳湯傳:"故陵因天性,據真土,處勢高敞。"參見"勢居"。

【處當】處理。晉書食貨志:"(咸寧元年十二月)詔:'今年霖雨過差,又有蟲災。……主者何以爲百姓計,促處當之。'"三國志魏明帝紀青龍三年注引魏略:"乃選女子知書可付信者六人,以爲女尚書,使典省外奏事,處當畫可。"

【處置】處理,安置。漢書五九張安世傳:"遂下詔曰:'其爲故掖庭令張賀置守冢三十家。'上自處置其里,居冢西鬭雞翁舍南,上少時所嘗游處也。"

【處罰】依法懲辦。漢書八六師丹傳:"知丹社稷重臣,議罪處罰,國之所慎。"

【處女吟】琴曲名。樂府詩集五八琴曲歌辭處女吟解題:"琴操曰:'處女吟魯處女所作也。'古今樂録曰:'魯處女見女貞木而作歌,亦謂之女貞木歌。'"

【處心積慮】謂蓄意已久。穀梁傳隱元年:"何甚乎鄭伯?甚鄭伯之處心積慮,成於殺也。"唐柳宗元柳先生集八故銀青光禄大夫……開國伯柳公(渾)行狀:"故處心積慮,博蹇之道,表于朝端;弼違釋回,朴忠之誠,沃于帝念。"

六 畫

虛 xū 朽居切,平,魚韻,曉。ㄒㄩ

㊀空虛。莊子人間世:"唯道集虛。虛者,心齋也。"禮少儀:"執虛如執盈,入虛如有人。"㊁謙虛。易咸:"君子以虛受人。"㊂天空。抱朴子君道:"剔腹背無益之毛,攬六翮凌虛之用。"宋蘇軾經進東坡文集事略一赤壁賦:"浩浩乎如馮虛御風,而不知其所止。"㊃洞孔。淮南子氾論:"若循虛而出入,則亦無能履也。"注:"虛,孔竅也。"㊄虛弱。素問玉機真藏

論:"脈細,皮寒,氣少,泄利前後,飲食不入,此謂五虛。"注:"虛,謂真氣不足也。"㈥虛假。史記七七魏公子傳論:"名冠諸侯,不虛耳。"㈦徒然,白白地。漢書八一匡衡傳上疏:"是以羣下更相是非,吏民無所信,臣竊恨國家釋樂成之業,而虛爲此紛紛也。"㈧星名。二十八宿之一。見"虛宿"。㈨姓。姓苑有虛子羔。見明陳士元姓觿二魚。

去魚切,平,魚韻,溪。

許魚切,平,魚韻,曉。

㈩大丘,土山。詩鄘風定之方中:"升彼虛矣,以望楚矣。"說文:"虛,大丘也。崐崘丘,謂之崐崘虛。古者九夫爲井,四井爲邑,四邑爲丘,丘謂之虛。"⑪處所,分野。左傳昭十七年:"宋大辰之虛也。"疏:"虛者,舊居之處也。"⑫市集。唐柳宗元柳先生集十七童區寄傳:"行牧且蕘,二豪賊劫持反接,布囊其口,去逾四十里之虛所賣之。"

【虛士】盜虛聲而得名之士。陳書姚察傳:"沛國劉臻竊於公館訪漢書疑事十餘條,竝爲剖析,皆有經據。臻謂所親曰:'名下定無虛士。'"

【虛己】猶言虛心。莊子山木:"人能虛己以遊世,其孰能害之?"疏:"虛己,無心也。"漢書五行志上:"周既克殷,以箕子歸,武王親虛己而問焉。"

【虛口】漱口。禮曲禮上:"主人未辯,客不虛口。"注:"虛口,謂酳也。"釋文:"酳,……嗽口也。以酒曰酳,以水曰漱。"

【虛文】空文,空話。抱朴子論仙:"又神仙集中有召神劾鬼之法,又有使人見鬼之術,俗人聞之,皆謂虛文。"

【虛心】心無成見,不自滿。莊子漁父:"丘少而脩學,以至於今,六十九歲矣,无所得聞至教,敢不虛心。"

【虛中】㈠排除雜念,表示誠敬。禮祭義:"孝子將祭,慮事不可以不豫;比時具物,不可以不備,虛中以治之。"注:"虛中,言不兼念餘事。"㈡體内精氣衰竭。文選漢枚叔(乘)七發:"虛中重聽,惡聞人聲,精神越渫,百病咸生。"唐呂向注:"虛中,精氣竭也。"㈢空腹,指飢餓。南史郭原平傳:"若家或無食,則虛中竟日,義不獨飽。"

【虛月】空閒的月分。左傳襄二九年:"魯之於晉也,職貢不乏,玩好時至,公卿大夫相繼於朝,史不絕書,府無虛月。"注:"無月不受魯貢。"隋書煬帝紀大業三年詔:"鷰羲乘風,歷代所弗至;辮髮左衽,聲教所罕及;莫不厥角關塞,頓顙闕庭。譯靡絶時,書無虛月,韜戈偃武,天下晏如。"

【虛市】農村市集。宋陸游劍南詩稿十撫州上元:"人如虛市散,燈似曉星疎。"參見"墟市"。

【虛左】古時乘車以左位爲尊,空着以待貴賓,謂之虛左。史記七七魏公子傳:"公子(信陵君)從車騎,虛左,自迎夷門侯生。侯生攝敝衣冠,直上載公子上坐,不讓。"

【虛占】被逼虛報應徵財物。資治通鑑二五八唐大順元年:"陳敬瑄括富民財以供軍,……使各自占;凡有財者如匿贓、虛占、急徵,咸不聊生。"注:"無其財而自占爲有,謂之虛占。"參見"自占"。

【虛白】㈠莊子人間世:"虛室生白,吉祥止止。"釋文:"司馬(彪)云:'室,喻心,心能空虛,則純白獨生也。'"後常用以形容清静的心境。唐杜甫杜工部草堂詩箋二五歸:"虛白高人静,喧卑俗累牽。"㈡貧寒,空無所有。北周庾信庾子山集十三周柱國大將軍長孫儉神道碑:"一室之中,未免虛白;日膳之資,三杯而已。"

【虛字】指没有實在意義的字,對實字而言,如介字助字等是。今稱虛詞。宋樓昉過庭録:"文字之妙,只在幾箇助辭虛字上,……助辭虛字,是過接斡旋千轉萬化處。"(說郛四九)清劉淇助字辨略序:"構文之道,不過實字虛字兩端,實字其體骨,虛字其性情也。"

【虛朾】春秋宋地名。在今山東泗水縣境。左傳成十八年:"十二月孟獻子會於虛朾,謀救宋也。"參閱元和郡縣志十兗州泗水。

【虛劣】㈠衰弱。漢王充論衡氣壽:"人之稟氣,或充實而堅强,或虛劣而軟弱。"㈡庸碌,駑下。唐白居易長慶集七答故人詩:"自從筮仕來,六命三登科。顧慚虛劣姿,所得亦已多。"

【虛牝】大戴禮易本命:"谿谷爲牝。"虛牝,壑中窟穴,猶言空洞。文選晉殷仲文南州桓公九井作詩:"爽籟驚幽律,哀壑叩虛牝。"唐韓愈昌黎集四贈崔立之評事詩:"可憐無益費精神,有似黄金擲虛牝。"參閱宋吳曾能改齋漫録七虛牝。

【虛舟】㈠空船。淮南子詮言:"方船濟乎江,有虛舟從一方來,觸而覆之,雖有忮心,必無怨色。"也指輕便的木船。晉陶潛陶淵明集二五月旦作和戴主簿詩:"虛舟縱逸棹,回復遂無窮。"㈡比喻胸懷坦蕩。晉書謝安傳贊:"太保沈浮,曠若虛舟。"

【虛車】空車。管子問:"征於關者,勿征於市;征於市者,勿征於關。虛車勿索,徒負勿入,以來遠人。"宋周敦頤周濂溪集六通書文辭:"文所以載道也,輪轅飾而人弗庸,徒飾也,況虛車乎?"

【虛邪】㈠從容温雅貌。猶言舒徐。詩邶風北風:"其虛其邪,既亟只且。"箋:"邪讀如徐,言今在位之人其故威儀虛徐寬仁者,今皆以爲急刻之行矣,所以當去以此也。"㈡中醫指人體虛弱,感受外邪。素問八正神明論:"虛邪者,八正之虛邪氣也。"注:"八正之虛邪,謂八節之虛邪也;以從虛之鄉來,襲虛而入爲病,故謂之八正虛邪。"

【虛坐】㈠空位。三國志吳虞翻傳"權悵然不平"注引吳書:"魏文帝常爲翻設虛坐。"謂其人雖不在,但爲之設空位,以示敬意。㈡無實據而定罪。清黄六鴻福惠全書刑名檢驗:"安能虛坐一概論死。"

【虛佇】虛心以待。文苑英華四二五唐孫逖天寶三載親祭九宫壇大赦天下制:"朕惟熙庶績,博訪逸人,豈唯振拔滯淹,以期於大用;亦欲褒崇高尚,將敦於薄俗;虛佇之懷,兼在於此。"唐杜甫杜工部草堂詩箋十一北征:"聖心頗虛佇,時議氣欲奪。"

【虛拘】爲虛假情誼所籠絡。孟子盡心上:"恭敬而無實,君子不可虛拘。"

【虛明】㈠空明。晉陶潛陶淵明集三辛丑歲七月赴假還江陵夜行塗中詩:"涼風起將夕,夜景湛虛明。"㈡謂心懷。文選南朝梁任彥升(昉)王文憲集序:"莫不摠制清衷,遞爲心極,斯固通人之所包,非虛明之絶境。"注:"虛明,亦心也。"

【虛的】猶言虛實。的,確實。宋蘇軾東坡集續集四與朱康叔書之十:"傳聞筠州大水,城内丈餘,不知虛的也。"

【虛度】謂無所事事,空令時光過去。唐元稹長慶集十六羨醉詩:"也應自有尋春日,虛度而今正少年。"宋王炎雙溪集七九日登保叔塔詩:"不應令節亦虛度,特爲黄菊觴新醪。"

【虛科】假意殷勤。元曲選關漢卿救風塵三:"我假意兒瞞,虛科兒噴,着這廝有家難奔。妹子也,你試看咱風月救風塵。"

【虛皇】道教太虛之神。南朝梁陶弘景陶隱居集許長史舊館壇碑:"結號虛皇,筌法正覺。"

【虛恭】貌爲恭敬。北周庾信庾子山集九謝明皇帝賜絲布等啟:"懟妻狠妾,既嗟且憎;瘠子羸孫,虛恭實怨。"

【虛徐】㊀從容溫雅貌。爾雅釋訓:"其虛其徐,威儀容止也。"注:"雍容都雅之貌。"參見"虛邪㊀"。㊁輕柔,舒緩。唐杜甫杜工部草堂詩箋二九阻雨不得歸瀼西甘林:"虛徐五株態,側塞煩胸襟。"杜牧樊川集一張好好詩:"絳脣漸輕巧,雲步轉虛徐。"㊂懷疑。文選漢班孟堅(固)幽通賦:"承靈訓其虛徐兮,竚盤桓而且俟。"注:"曹大家曰:靈,神靈也。虛徐,狐疑也。"

【虛宿】二十八宿之一。又名玄枵、顓頊之虛、北陸,爲北方玄武之第四宿。有二星,今立秋節子正二刻一分的中星。參閱爾雅釋天、禮月令季秋之月。

【虛張】㊀誇飾。漢王符潛夫論實貢:"虛張高譽,彊蔽疵瑕。"後漢書六五皇甫規傳上疏:"微勝則虛張首級,軍敗則隱匿不言。"㊁奢華不實。東觀漢記八鄧豹傳:"遷(將作)大匠,工無虛張之繕,徒無饑寒之色。"

【虛船】無人之船。莊子山木:"方舟而濟於河,有虛船來觸舟,雖有惼心之人,不怒。"後因以比喻胸懷坦蕩,心無機詐。參見"虛舟㊀㊁"。

【虛禍】不一定會發生的災禍。淮南子説山:"畏馬之辟也,不敢騎;懼車之覆也,不敢乘;是以虛禍距公利也。"

【虛勞】中醫指的慢性病。人以病體孱弱爲虛損;積久則爲勞傷,省稱虛勞。宋書彭城王義康傳:"太祖有虛勞疾,寢頓積年,每意所想,便覺心中痛裂,屬纊者相係。"

【虛華】猶言虛飾。漢王充論衡變虛:"出虛華之三言,謂星卻而禍除,增壽延年,享長久之福,誤矣。"後漢書四三朱博傳崇厚論:"是以虛華盛而忠信微,刻薄稠而純篤稀。"

【虛無】㊀道家指"道"的本體,謂其無所不在,但又無形可見。史記一三〇太史公自序:"道家無爲,又曰無不爲,……其術以虛無爲本,以因循爲用。"莊子刻意:"夫恬惔寂漠,虛无无爲,此天地之平,而道德之質也。"㊁天空,虛空之境。漢書五七下司馬相如傳大人賦:"乘虛亡而上遐兮,超無有而獨存。"亡,同"無"。

【虛脾】虛情假意。元曲選賈仲名對玉梳三:"施禮數,道萬福,殷勤覷覷,施呈着我尊前席上那些假虛脾和睦。"清洪昇長生殿傳奇絮閣:"唗,休得把虛脾來掉,嘴喳喳弄鬼粧幺。"

【虛猲】虛聲威脅。戰國策齊一:"秦雖欲深入,則狼顧,恐韓魏之議其後也。是故恫疑虛猲,高躍而不敢進,則秦不能害齊亦明矣。"注:"猲,喘息,懼貌。"參見"恫疑虛喝"。

【虛實】虛和實。戰國策西周:"夫本末更盛,虛實有時。"孫子有虛實篇。泛指情況。新唐書一三三王忠嗣傳:"乃督木刺、蘭山,諜虛實。"

【虛誕】虛幻荒唐。晉書王羲之傳蘭亭序:"固知一死生爲虛誕,齊彭殤爲妄作。"抱朴子論仙:"漢武招求方士,寵待過厚,致令斯輩敢爲虛誕耳。"

【虛榮】虛幻的榮耀。唐柳宗元柳先生集四三遊石角過小嶺至長烏村詩:"爲農信可樂,居寵真虛榮。"

【虛監】目神名。唐段成式酉陽雜俎十一廣知:"身神及諸神名異者:腦神曰覺元,……目神曰虛監。"

【虛構】憑空編造。抱朴子擢才:"是以高譽美行,抑而不揚;虛構之謗,先形生影。"也作"虛搆"。後漢書六七范滂傳:"(中常侍)王甫詰曰:'君爲人臣,不惟忠國,而共造部黨,自相褒舉,評論朝廷,虛搆無端,諸所謀結,意欲何爲?'"

【虛僞】不真實,弄虛作假。莊子盜跖:"子之道狂狂汲汲,詐巧虛僞事也,非可以全真也,奚足論哉!"後漢書四九仲長統傳昌言損益:"今反謂薄屋者爲高,藿食者爲清,既失天地之性,又開虛僞之名。"

【虛憍】無實力而驕矜。莊子達生:"紀渻子爲王養鬭雞,十日而問:'雞已乎?'曰:'未也。方虛憍而恃氣。'"

【虛厲】謂國空人絕。形容戰禍之慘。莊子人間世:"國爲虛厲,身爲刑戮。"釋文:"居宅無人曰虛,鬼無後曰厲。……遂使境土丘墟,死而後爲厲。"也作"虛戾"。戰國策趙四:"今治天下,舉錯非也,國家爲虛戾,而社稷不血食。"

【虛稼】根子扎得不牢實的莊稼。呂氏春秋辯土:"虛稼先死。"注:"虛,根不實。"

【虛器】㊀以下僭上的器物。左傳文二年:"仲尼曰:(臧文仲)不知者三,……作虛器,縱逆祀,祀爰居,三不知也。"注:"謂(臧文仲)居蔡山節藻棁也。有其器而無其位,故曰虛。"㊁空虛的器物。淮南子繆稱:"有義者不可欺以利,有勇者不可劫以懼,如飢渴者不可欺以虛器也。"

【虛錢】不足數的錢。宋彭乘墨客揮犀一:"嘗有一名公初任縣尉,有舉人投書索米,戲爲詩答之曰:'五貫五百九十俸,虛錢請作足錢用;妻兒尚未厭糟糠,僮僕豈免遭飢凍。'"

【虛聲】㊀虛名。韓非子六反:"布衣循私利而譽之,世主聽虛聲而禮之。"後漢書六一黃瓊傳李固書:"是故俗論皆言處士純盜虛聲,願先生弘此遠謨,令衆人歎服,一雪此言耳!"㊁山谷中的回聲。文苑英華一七〇唐姚元崇故洛陽城侍宴詩:"川鳧連倒影,巖鳥應虛聲。"

【虛襟】猶言虛心。梁書孔休源傳:"尚書令沈約當朝貴顯,軒蓋盈門,休源或時後來,必虛襟引接,處之坐右,商略文義。"

【虛擲】空耗,浪費。唐李白李太白詩十四宣州九日聞崔四侍御與宇文太守遊敬亭……之一:"良辰與美景,兩地方虛擲。"韓愈昌黎集三李花贈張十一署詩:"力攜一罇獨就醉,不忍虛擲委黃埃。"

【虛懷】猶言虛心。文選南朝梁沈休文(約)齊故安陸昭王碑文:"虛懷博約,幽關洞開。"唐韓偓玉山樵人集漫作詩之二:"汚俗迎風變,虛懷遇物傾。"

【虛囂】虛假不實。元曲選關漢卿竇娥冤二:"説一會不明白打鳳的機關,使了些調虛囂撈龍的見識。"古今雜劇元缺名風月南牢記:"你是箇不誠實材料,悔從前將你託,一團和氣盡虛囂,滿面春風笑裏刀,不顧朋情生死交。"

【虛籟】空寂無聲。文選南朝宋謝希逸(莊)月賦:"聲林虛籟,淪池滅波。"注:"此言風將息也。聲林而萬管虛,淪池而大波滅。'"唐杜甫杜工部草堂詩箋一遊龍門奉先寺:"陰壑生虛籟,月林散清影。"

【虛生浪死】苟且偷生,死無價值。舊唐書七六越王貞傳:"夫爲臣子,若救國家則爲忠,不救則爲逆。諸王必須以匡救爲急,不可虛生浪死,取笑於後代。"續傳燈録二一慈雲彥龍禪師:"若未會,須是扣己而參,直要真實,不得信口掠虛,徒自虛生浪死。"

【虛有其表】言才不副貌。唐鄭處誨明皇雜録:"帝(玄宗)命蘇頲爲相,命蕭嵩草制,不工。……上曰:'虛有其表'。"舊五代史周安叔千傳:"叔千鄙野而無文,當時謂之安没字,言若碑碣之無篆籀,但虛有其表耳。"

【虛往實歸】謂未學而往,學成而歸。莊子德充符:"虛而往,實而歸。"釋文:"請益則虛心而往,得理則實腹而歸。又解未學無德,亦爲虛往也。"後指虛心向學。魏書逸士傳史臣曰:"眭夸輩忘懷纓冕,畢志丘園,或隱不違親,貞不絕俗,或不教而勸，虛往實歸。」

【虛張聲勢】 裝出盛大的威勢。唐韓愈昌黎集四十論淮西事宜狀：「淄青、恒冀兩道，與蔡州氣類略同，今聞討伐(吳)元濟，人情必有救助之意，然皆闇弱，自保無暇，虛張聲勢，則必有之。」元曲選缺名鴛鴦被四：「這廝倚恃錢財，虛張聲勢，硬保強媒，把咱淩逼。」

【虛堂懸鏡】 比喻存心公正，自能明察是非。宋史三八七陳良翰傳：「知温州瑞安縣。……聽訟咸得其情。或問何術，良翰曰：『無術，第公此心，如虛堂懸鏡耳。』」

【虛無縹緲】 虛幻渺茫。唐白居易長慶集十二長恨歌：「忽聞海上有仙山，山在虛無縹緲間。」宋劉過龍洲詞水龍吟：「三山海上，虛無縹緲。」

【虛與委蛇】 莊子應帝王：「鄉吾示之以未始出吾宗，吾與之虛而委蛇，不知其誰何。」晉郭象注：「無心而隨物化。」釋文：「委蛇，至順之貌。」後因稱假意敷衍應酬爲虛與委蛇。

【虛應故事】 照例應付，敷衍了事。清孔尚任桃花扇沉江：「俺是太常寺一個老贊禮，只因太平門外，哭奠先帝之日，那些文武百官，虛應故事，我老漢動了一番氣惱。」

虩 mì ㄇㄧˋ 莫狄切，入，錫韻，明。

白虎。見說文。爾雅作「虩」，義同。參見「虩」。

七畫

號 1. háo ㄏㄠˊ 胡刀切，平，豪韻，匣。

㊀大聲喊叫。詩大雅蕩：「式號式呼，俾晝作夜。」㊁哭。左傳宣十二年：「申叔視其井，則茅絰存焉，號而出之。」㊂引聲長鳴。史記曆書：「時雞三號，卒明。」

2. hào ㄏㄠˋ 胡到切，去，号韻，匣。

㊃號令，命令。書冏命：「發號施令，罔有不臧。」莊子田子方：「何不號於國中曰：『无此道而爲此服者，其罪死。』」㊄標識。禮大傳：「改正朔，易服色，殊徽號，異器械。」㊅名稱。周禮春官大祝：「辨六號。」注：「號，謂尊其名，更爲美稱焉。」人之別字亦曰號。晉陶潛陶淵明集五五柳先生傳：「宅邊有五柳樹，因以爲號焉。」㊆宣稱，揚言。史記高祖紀：「是時項羽兵四十萬，號百萬。沛公兵十萬，號二十萬。」㊇用數字編定的次第。宋吳自牧夢粱錄三士人赴殿試唱名：「士人卷子仍彌封，卷頭打號，然後納初放官。」㊈吹樂器名。號筒，簡稱號，如司號、吹號。

3. hú ㄏㄨˊ

㊉疑問詞。通「胡」。荀子哀公：「孔子蹴然曰：『君號然也？』」注：「(孔子)家語作『君胡然也』。」

【號₂召】 召喚，招集。國語齊：「爲遊士八十人，奉之以車馬、衣裘，多其資幣，使周遊於四方，以號召天下之賢士。」

【號₂令】 召喚，命令，發佈命令。詩齊風東方未明序：「興居無節，號令不時。」國語越上：「越王勾踐棲於會稽之上，乃號令於三軍曰：『凡我父兄昆弟及國子姓，有能助寡人謀而退吳者，吾與之共知越國之政。』」注：「號，呼也。」按古代向羣衆發佈命令，皆用傳呼之法，故稱號令。

【號₂衣】 舊時兵士所穿的制服。因帶有記號，故稱。全唐詩五九八高駢閨怨：「如今又獻征南策，早晚催縫帶號衣。」

【號₂房】 明代國子監及地方學宮所設的諸生宿舍。以千字文编號，故稱。明戚繼光練兵實紀雜集一儲練通論：「先選年力資幹相應者，……另擇合格師長，老成生儒，曾歷邊方及遊將門者尤善。有號房則于號房，無號房則別求館舍以教之。」參閱明史選舉志一、二。

【號呶】 喧嚷。詩小雅賓之初筵：「賓既醉止，載號載呶。」宋書樂志四何承天鼓吹鐃歌將進酒：「敗德人，甘醇醪，……形傞傞，聲號呶。」

【號₂軍】 明代看守號房的兵士。明史選舉志二：「試士之所，謂之貢院。諸生席舍，謂之號房。人一軍守之，謂之號軍。」按明代科舉，功令極嚴，派軍役看守，以防槍替傳遞之弊。清亦設號軍，但職責僅同雜役。

【號咷】 放聲大哭。也作「嚎啕」。易同人：「九五：同人先號咷而後笑。」

【號₂馬】 記數字的符號。俗作「號碼」。舊時市集記數，用〡〢〣㐅〥〦〧〨〩代一二三四五六七八九。按號碼的來源甚古，今所傳王莽時的貨幣，自小布一百至次布九百各品，皆有記數號馬，由一至九，寫作〡〢〣〤㐅⊤〒〓〨。宋司馬光潛虛所載的記數號馬，除易〤爲㐅外，其餘盡同莽幣。後來所用的記數號馬，與古變化不大。

【號寒】 因寒冷而哭喊。唐韓愈昌黎集十二進學解：「冬暖而兒號寒，年豐而妻啼飢。」

【號喪】 舊時習俗，有喪者以僕隸代哭，甚至以乞丐代哭，稱號喪。按南史王裕之傳附秀之：「遺令：『……世人以僕妾直靈助哭，當由喪主不能淳至，欲以多聲相亂。』」是此類風俗由來甚久。參閱清張爾岐蒿菴閒話二、顧炎武日知錄集釋十四喪禮主人不得升堂。

【號₂筒】 吹管樂器名，俗稱喇叭。舊時軍中用以傳達命令。筒狀，管細口大，初用竹、木製成，後用銅製成。見明方以智通雅三十樂器。

【號頭】 集體勞動中領唱「號子」的人。舊唐書一八三薛懷義傳：「垂拱四年，拆乾元殿，於其地造明堂，懷義充使督作。凡役數萬人，曳一大木千人，置號頭，頭一嚾，千人齊和。」號，今音 hào。

【號₂鍾】 琴名。楚辭漢劉向九歎愍命：「破伯牙之號鍾兮，挾人箏而彈緯。」初學記十五晉傅玄琴賦：「齊桓公有鳴琴曰號鍾。」

【號₂令如山】 言命令不可動搖。宋史三六五岳飛傳：「賊黨黃佐曰：『岳節使號令如山，若與之敵，萬無生理，不如往降。』」

虞 yú ㄩˊ 遇俱切，平，虞韻，疑。

㊀神話傳說中的獸名。卽騶虞。見說文。㊁意料，料度。孟子離婁上：「有不虞之譽，有求全之毁。」左傳僖四年：「不虞君之涉吾地也，何故？」㊂憂慮，戒備。詩魯頌閟宮：「無貳無虞，上帝臨女。」㊃欺騙。左傳宣十五年：「盟曰：『我無爾詐，爾無我虞。』」㊄歡樂。通「娛」。孟子盡心上：「霸者之民，驩虞如也。」國語周下：「昔共工棄此道也，虞于湛樂，淫失其身。」㊅古時葬後拜祭稱虞。禮檀弓下：「日中而虞。」疏：「虞者，葬日還殯宮安神之祭名。」參見「虞祭」。㊆古掌管山澤之官。書舜典：「帝曰俞！咨益，汝作朕虞。」參見「虞人」。㊇古部落名。卽有虞氏。居於蒲坂(今山西永濟縣東南)。參見「有虞氏」。㊈國名。周時建立的諸侯國。姬姓，周古公亶父(太王)之子虞仲(仲雍)的後代。春秋時，晉假道於虞以滅虢，軍還滅虞，卽此。地在今山西平陸縣。見左傳僖五年。㊉姓。舜子商均封於虞，後世以國爲氏。又周武王封虞仲於河東，亦爲虞氏。參閱元和姓纂二虞。

【虞人】 古代掌管山澤苑囿、田獵的官。孟子滕文公下：「昔齊景公田，招虞人以旌，不至，將殺之。」注：「虞人，守苑囿之吏也。」禮月令季夏之月：「樹木方盛，乃命虞人，入山行木，毋有斬伐。”

【虞山】山名。1.在今江蘇常熟縣西北。相傳西周虞仲治此，故名。古稱海隅山，又稱烏目山。山長十八里，周四十里，高百六十丈，爲縣主山。參閱唐陸廣微吳地記、嘉慶一統志七七蘇州府一山川。2.卽吳山，在山西運城舊安邑縣。水經注四河水：“河水又東，沙澗水注之。水北出虞山，東南逕傅巖，歷傅說隱室前。”參見“吳山1”。

【虞公】㊀春秋虞國之君。晉獻公既滅虢，師還，館於虞，又襲虞，滅之，執虞公及其大夫井伯，以媵秦穆姬。見左傳僖五年。㊁古代善歌者。1.春秋時齊景公有歌者名虞。見晏子春秋諫上六。文選晉成公子安（綏）嘯賦：“虞公輟聲而止歌，甯子檢〔斂〕手而歎息。”2.藝文類聚四三漢劉向別錄：“漢興以來，善雅歌者，魯人虞公，發聲清哀，蓋動梁塵。”

【虞主】古代葬後虞祭時所立的神主。公羊傳文二年：“主者曷用？虞主用桑。”

【虞丘】複姓。本周代邑名。春秋楚有大夫封於此，以邑爲姓。宋書有虞丘進傳。元和姓纂二虞有虞丘。

【虞仲】周古公亶父（太王）之次子，卽仲雍。見該條。

【虞初】西漢河南洛陽人。武帝時以方士侍郎號“黃車使者”。曾根據周書改寫成周說九百四十三篇，已佚。文選漢張平子（衡）西京賦：“匪唯翫好，乃有祕書，小說九百，本自虞初。”參閱漢書藝文志小說家。

【虞坂】地名。也作“虞阪”，亦名顛軨坂。在山西平陸縣。傳說商傅說隱於此。春秋時晉獻公假道於虞以伐虢，卽經此道。參閱左傳僖二年、水經注四河水。

【虞官】古官名。掌山澤。詩秦譜：“堯時有伯翳者，實臯陶之子，佐禹治水。水土既平，舜命作虞官，掌上下草木鳥獸，賜姓曰嬴。”

【虞芮】春秋時虞國和芮國。詩大雅緜：“虞芮質厥成。”史記周紀：“於是虞、芮之人，有獄不能決，乃如周。入界，耕者皆讓畔，民俗皆讓長。虞、芮之人未見西伯，皆慚，相謂曰：‘吾所爭，周人所恥，何往爲，祇取辱耳。’遂還，俱讓而去。”集解引地理志：“虞在河東大陽縣，芮在馮翊臨晉縣。”大陽，今山西平陸，臨晉，陝西大荔。

【虞庠】周學校名。禮王制：“周人養國老於東膠，養庶老於虞庠。虞庠，在國之西郊。”注：“虞庠，亦小學也……周之小學，爲有虞氏之庠制，是以名庠云。”周禮春官大司樂“掌成均之法”孫詒讓正義：“虞庠有二，一爲大學之北學，亦曰上庠；一爲四郊之小學，曰虞庠。”

【虞城】縣名。屬河南省。古虞國。漢置虞縣，隋改虞城縣。明清皆屬河南歸德府。參閱太平寰宇記十二宋州、讀史方輿紀要五十歸德府。

【虞泉】古神話謂爲日入之處。卽虞淵。唐人因避高祖諱，改作虞泉。藝文類聚一淮南子：“薄于虞泉，是謂黃昏；淪于蒙谷，是謂定昏。”今本淮南子天文作“虞淵”。唐李賀歌詩編四瑤華樂：“施紅點翠照虞泉，曳雲拖玉下崑山。”

【虞書】尚書的一部分，包括堯典、臯陶謨，古文尚書又增舜典、大禹謨、益稷合爲五篇。史記樂書：“太史公曰：‘余每讀虞書，至於君臣相敕，維是幾安，而股肱不良，萬事墮壞，未嘗不流涕也。’”書堯典“虞書”唐孔穎達疏：“堯典雖曰唐事，本以虞史所錄，末言舜登庸由堯，故追堯作典，非唐史所錄，故謂之虞書也。”

【虞師】古代掌管山澤之官。荀子王制：“脩火憲，養山林藪澤草木魚鼈百索，以時禁發，使國家足用，而財物不屈，虞師之事也。”

【虞候】㊀官名。1.掌管山澤之官。左傳昭二十年：“藪之薪蒸，虞候守之。”疏：“水希曰藪，則藪是少水之澤。立官使之候望，故以虞候爲名也。”2.隋東宮置左右虞候，掌斥候伺非。唐末藩鎮有都虞候、虞候，五代之君，皆以藩鎮身分稱帝，宋開國君趙匡胤在周時曾爲殿前都虞候。自後都虞候遂爲禁衛之官。元以後不設。㊁宋時官僚雇用的侍從。宋吳自牧夢粱錄十九顧覓人力：“凡顧倩人力及幹當人，……虞候、押番、門子、……俱各有行老引領。”

【虞卿】戰國時游說之士。因進說趙孝成王，爲趙上卿，受相印，故稱虞卿。主張以趙爲主，合從以抗秦。後因拯救魏相魏齊，棄相印與魏齊逃亡，困於梁。窮愁著書，上採春秋，下觀近世，以刺譏國家得失，世傳爲虞氏春秋，已佚。清馬國翰有輯本。史記有傳。

【虞姬】㊀戰國齊威王姬，名娟之。威王卽位九年不治。虞姬勸王罷退佞臣周破胡，進用賢明有道的北郭先生，威王從姬言，齊國大治。見漢劉向古列女傳辯通。㊁秦末人，楚項羽之姬。詳“虞美人㊀”。

【虞部】官名。北朝置虞部尚書，唐改爲虞部郎中、員外郎。屬工部，掌京城街巷種植，山澤苑囿，草木薪炭，供頓田獵之事。見舊唐書職官志二。

【虞祭】父母葬後，迎魂安於殯宮的祭禮。儀禮既夕禮“三虞”漢鄭玄注：“虞，喪祭名。虞，安也。”唐賈公彥疏：“主人孝子，葬之時，送形而往，迎魂而返，恐魂神不安，故設三虞以安之。”參閱儀禮士虞禮。

【虞淵】㊀古代神話所說日入之處。淮南子天文：“日入于虞淵之汜，曙于蒙谷之浦。”參見“虞泉”。㊁沼名。文選三國魏何平叔（晏）景福殿賦：“建淩雲之層盤，浚虞淵之靈沼。”注：“虞淵，靈沼名。”

【虞舜】古帝名。姚姓，有虞氏，名重華。相傳其父頑母嚚，弟象傲。由四岳舉於堯，堯命攝政三十年，除四凶（鯀共工驩兜三苗），舉八元八愷，天下大治。受禪繼堯位，都於蒲阪，在位四十八年，南巡，崩於蒼梧之野。見書舜典、史記五帝紀。

【虞集】公元1272—1348年。元四川仁壽人。寓居臨川崇仁。字伯生，號道園，人稱邵菴先生。宋丞相允文五世孫。從吳澄學，歷官國子助教，集賢修撰，官翰林直學士兼國子祭酒，與修經世大典。卒諡文靖。門人編其所著爲道園學古錄五十卷。元史有傳。

【虞鄉】縣名，屬山西省。漢解縣地。後魏改置南解縣，北周改虞鄉。元廢。清復置，屬蒲州府。公元1954年與解縣合併，設解虞縣。1958年與安邑縣合併爲運城縣。1961年，原虞鄉縣地區改劃歸永濟縣。參閱嘉慶一統志一四〇蒲州府一。

【虞詡】東漢武平人。字升卿。年十二，通尚書。安帝時，爲朝歌長。朝廷以詡有將帥才，遷武都太守，以忤中常侍張防，論輸左校，事白得赦。官至尚書僕射。後漢書有傳。

【虞褚】唐虞世南、褚遂良的合稱。兩人皆以書法著名。舊唐書七三薛收傳附薛稷：“自貞觀、永徽之際，虞世南、褚遂良時人宗其書跡，自後罕能繼者。稷外祖魏徵家富圖籍，多有虞、褚舊跡，稷銳精模倣，筆態遒麗，當時無及之者。”

【虞賓】古史稱舜受堯禪，待堯子丹朱以賓禮，因稱丹朱爲虞賓。書益稷：“虞賓在位，羣后德讓。”傳：“丹朱爲王者後，故稱賓。”

【虞箴】周武王的太史辛甲命百官各爲箴辭，虞人因以田獵爲箴，後稱虞箴。見左傳襄四年。南朝齊謝朓謝宣城集一三日侍宴曲水代人應詔詩之三："虞箴冏闕，滕奏傳聲。"

【虞衡】官名。周禮天官大宰："以九職任萬民，……三曰虞衡，作山澤之材。"注："虞衡，掌山澤之官，主山澤之民者。"周、漢皆分虞衡爲二職，魏、晉始概稱爲虞曹、虞部。隋以後，虞部屬工部尚書。明改爲虞衡司，清末廢。唐柳宗元柳先生集四三行路難詩之二："虞衡斤斧羅千山，工命採斫杙與椽。"

【虞殯】挽歌名。左傳哀十一年："公孫夏曰：'二子必死！'將戰，公孫夏命其徒歌虞殯。"注："虞殯，送葬歌曲。示必死。"

【虞翻】公元 164—232 年。三國吳餘姚人。字仲翔。初爲會稽太守王朗功曹，歷事孫策孫權，屢犯顏諫争，獲譴徙交州。曾自白："自恨疎節，骨體不媚，犯上獲罪，當長没海隅，生無可與語，死以青蠅爲弔客，使天下一人知己者，足以不恨。"雖處罪放，講學不倦，門徒常數百人，爲易、老子、論語、國語訓注。三國志吳有傳。

【虞允文】公元 1110—1174 年。南宋仁壽人。字彬甫。紹興二十三年進士，歷任中書舍人、直學士院、左丞相兼樞密使等職。紹興三十一年金主亮南下，允文以中書舍人參謀軍事，到采石犒師，適主將王權遁，新將未到，三軍無主，允文督戰抗金，有采石之捷。宰相史浩欲盡棄陝西，允文連上十五疏切諫；後湯思退又欲棄唐鄧海泗，允文五疏力争，皆不納。出爲四川宣撫使，卒諡忠肅。著有詩文集十卷，經筵春秋講義三卷、奏議二十二卷。宋史有傳。

【虞世南】公元 558—638 年。唐越州餘姚人。字伯施。在隋官祕書郎，十年不徙，入唐，官至祕書監。少與兄世基從學於顧野王。太宗稱其德行、忠直、博學、文辭、書翰，五絶兼具。善書，師沙門智永，妙得其體。偏工行草，而晚年正楷，與歐陽詢齊名，並稱"歐虞"。卒諡文懿。纂輯北堂書鈔一百七十三卷。新、舊唐書皆有傳。參閱唐張彥遠法書要録八。

【虞美人】㊀秦末人。卽虞姬。項羽的姬妾，名虞(一說爲姓)，常隨軍中。漢兵圍羽垓下，羽夜起飲帳中，悲歌忼慨，虞以歌和之。見史記項羽紀。㊁草名。別稱麗春花、錦被花等。花有紅紫白等色，形態美麗，供觀賞。民間傳說，宋沈括作虞美人曲，此草枝葉皆動。見宋沈括夢溪筆談五樂律、賈黄中賈氏談録虞美人草。㊂詞調名。本唐教坊曲名。樂府雅詞名虞美人令；周紫芝詞有"只恐怕寒難近玉壺冰"句，名玉壺冰；張炎詞賦柳兒，因名憶柳曲；王行詞，取李煜"恰似一江春水向東流"句，名一江春水。雙調，有五十六字、五十八字諸體。見詞譜十二。

【虞夏書】尚書中繫於虞、夏二朝之書。尚書注疏原目"虞書"唐孔穎達疏："案馬融、鄭玄、王肅別録題皆曰虞夏書，以虞夏同科，雖虞事亦連夏也。"

【虞美人影】詞調名。卽桃源憶故人。見該條。

虜 lǔ ㄌㄨˇ 郎古切，上，姥韻，來。

㊀俘虜，俘獲。禮曲禮上："獻民虜者，操右袂。"注："民虜，軍所獲也。"漢書四一樊噲傳："斬首十四級，捕虜十六人。"注："生獲曰虜。"㊁擄掠。文選晉張孟陽(載)七哀詩之一："珠柙離玉體，珍寶見剽虜。"㊂奴僕。韓非子説難："伊尹爲宰，百里奚爲虜，皆所以干其上也。"史記八七李斯傳："故韓子曰：'慈母有敗子而嚴家無格虜。'"參見"格虜"。㊃對敵方的蔑稱。史記高祖紀："項羽大怒，伏弩射漢王。漢王傷匈，乃捫足曰：'虜中吾指！'"

【虜父】南北朝對峙，南人對北人的蔑稱。宋陸游老學庵筆記九："南朝謂北人曰傖父，或謂之虜父。南齊王洪軌，上谷人，事齊高帝，爲青、冀二州刺史，勵清節，州人呼爲'虜父使君'。"

【虜掠】搶劫人和財物。漢王充論衡答佞："攻城襲邑，剽劫虜掠。"後漢書十七馮異傳："獨有劉將軍所到不虜掠。"劉謂劉秀。

【虜瘡】卽痘瘡。相傳漢馬援征武溪蠻，染此疾歸，名之爲虜瘡。參閱清袁枚隨園隨筆二七雜記。

虥 hán ㄏㄢˊ 胡甘切，平，談韻，匣。

㊀白虎。見爾雅釋獸。説文作"甝"。玉篇廣韻甝虥互見。文選晉左太沖(思)吳都賦："虣虥𧇾，䝢麋麖。"㊁凶暴。魏書高聰傳高顥等奏："威稜攸疊，虥凶懾氣，才猛所振，勁慾弭心。"

八畫

虡 jù ㄐㄩˋ 其呂切，上，語韻，羣。

㊀懸掛編鐘編磬的木架。横木曰簨，直木曰虡。詩周頌有瞽："設業設虡，崇牙樹羽。"隋書音樂志梁沈約禋雅曲就燎："雲孤清引，栒虡高懸。"參見"簨虡"。㊁几之一種。漢揚雄方言五："榻前几，……凡其高者謂之虡。"

九畫

虢 guó ㄍㄨㄛˊ 古伯切，入，陌韻，見。

㊀虎所攫畫之跡。見説文。㊁周分封的諸侯國。姬姓。1. 西虢(在今陝西寶雞市)，周文王弟虢仲(一說虢叔)封地。周平王東遷，西虢徙於上陽，稱南虢，春秋時爲晉所滅。西虢遷徙時，有仍留原地者，稱小虢，後爲秦所滅。2. 東虢（在今河南滎陽)，周文王弟虢叔(一說虢仲)封地，後爲鄭所滅。3. 北虢(在今山西平陸縣)，春秋時晉假道於虞以伐虢，卽此。㊂姓。虢仲、虢叔之後。見元和姓纂十陌。

【虢射】複姓。以名爲氏。春秋晉大夫虢射之後。漢桓帝時有羽林右監虢射鏘。見通志二八氏族四以名爲氏。

【虢公臺】古臺名。古址在今河南温縣。水經注七濟水："濟水南，歷虢公臺西。"晉宣帝(司馬懿)曾與父老宴賀於此，故又名賀酒臺。

【虢國夫人】唐楊貴妃姊。行三。嫁裴氏。玄宗天寶七年，封爲虢國夫人，其姊封韓國夫人，其妹封秦國夫人。歲給錢千貫，爲脂粉之資。虢國常自衒美豔，不施脂粉以見玄宗。全唐詩五一一張祜集靈臺之二："虢國夫人承主恩，平明騎馬入宫門。卻嫌脂粉污顏色，淡掃蛾眉朝至尊。"卽記其事。天寶十五年，安禄山攻入長安，玄宗和貴妃西奔，至馬嵬，貴妃縊死。虢國夫人逃至陳倉，爲縣令薛景仙所追，自殺死。見舊唐書五一玄宗楊貴妃傳。

【虢季子白盤】西周青銅器。長方形。清道光年間在陝西寶雞縣虢川司出土。盤有銘文一百十一字，記述虢季子白奉周王命征伐玁狁，受賞於周廟之事。現藏中國歷史博物館。

十畫

虣 bào ㄅㄠˋ 薄報切，去，号韻，並。

凶暴。通"暴"。周禮地官大司徒："以刑教中，則民不虣。"

【虣亂】暴亂。周禮地官司虣："掌憲市之禁令，禁其鬬嚻者與其虣亂者。"

虠 yào 牛召切,去,笑韻,疑。
ㄧㄠ

虠虠,不安貌。唐韓愈昌黎集七記夢詩:"我亦平行蹋虠虠,神完骨蹻脚不掉。"

虤 yán 五閑切,平,山韻,疑。
ㄧㄢ

虎怒。見說文。

【虤虤】虎怒貌。唐孟郊孟東野集四懊惱詩:"求閑未得閑,衆誚瞋虤虤。"

虥 zhàn 士限切,去,諫韻,牀。
ㄓㄢ

淺毛虎。也作"虦"。爾雅釋獸:"虎竊毛謂之虥貓。"注:"竊,淺也。"唐韓愈昌黎集四崔十六少府攝伊陽以詩及書見投因酬三十韻:"下言人吏稀,惟足彪與虦。"

十一畫

虧 kuī 去爲切,平,支韻,溪。
ㄎㄨㄟ

㊀欠缺,短少。書旅獒:"爲山九仞,功虧一簣。"㊁毀壞,減損。詩魯頌閟宮:"不虧不崩,不震不騰。"易謙:"天道虧盈而益謙。"㊂表示徼幸之詞。如幸虧、虧得。元曲選關漢卿玉鏡臺四:"你常好是吃贏不吃輸,虧的我能說又能做。"㊃反說譏諷之詞。猶言枉。紅樓夢二十:"鳳姐啐道:'虧了你還是個爺,輸了一二百錢就這麼着!'"

【虧空】經管財務,挪用而空欠不足。清會典事例十四票擬:"雲南巡撫圖爾炳阿續參知州樊廣德虧空一本,例應撫參督審。"

【虧損】虧缺損壞。漢劉向說苑至公:"吾不能虧損主之法令而親刖子之足。"今指賠本、蝕本。

【虧蝕】指日月掩蝕。宋書律曆志:"求日蝕虧起角術曰:其月在外道,先交後會者,虧蝕西南角起。"

【虧齒】脫落乳齒。世說新語排調:"張吳興(玄之)年八歲虧齒,先達知其不常,故戲之曰:'君口中何爲開狗竇?'張應聲答曰:'正使君輩從此中出入。'"

十二畫

虩 xì 許卻切,入,陌韻,曉。
ㄒㄧˋ

字亦作"虩"。見下。

【虩虩】㊀虎驚貌。說文虎:"易履虎尾,虩虩恐懼。"今易履作"愬愬"。參見"愬愬"。㊁恐懼貌。易震:"震來虩虩,笑言啞啞。"

二十畫

虪 shù 式竹切,入,屋韻,審。
ㄕㄨˋ

黑虎。爾雅釋獸:"虪,黑虎。"文選晉左太沖(思)吳都賦:"䝟甝虪,䫸麋麖。"

虫 部

虫 huǐ 許偉切,上,尾韻,曉。
1. ㄏㄨㄟˇ

㊀"虺"的本字,毒蛇。說文:"虫,一名蝮,博(體廣)三寸,首大如擘指,象其臥形。"山海經南山經:"(猨翼之山)多白玉,多蝮虫。"注:"虫,古虺字。"

2. chóng
ㄔㄨㄥˊ

㊁俗借作"蟲"。見"蟲"。

一 畫

虬 qiú
ㄑㄧㄡˊ

"虯"的異體字。見"虯"。

【虬文】盤屈如虬龍的花紋。藝文類聚六二漢李尤德陽殿賦:"連壁組之潤漫,雜虬文之蜿蜒。"

【虬立】象虬龍的聳立,形容姿態的矯健。晉陸機陸士衡集八七徵:"聳浮柱而虬立,施飛檐以龍翔。"

【虬虎】卽龍虎。常以比喻英雄人物。文選晉袁彥伯(宏)三國名臣序贊:"虯虎雖驚,風雲未和。"唐呂向注:"虯,龍也。雲從龍,風從虎。言未和者,君臣未相應合也。言驚者,動而求應也。"

【虬柱】雕繪盤龍之柱。南朝梁江淹江文通集二麗色賦:"架虬柱之嚴麗,亘虹梁之峻密。"

【虬髯】卷曲如虬之髯鬚。文苑英華九〇七唐張說右羽林大將軍王氏神道碑:"小頭銳上,猿臂虬髯。"新五代史皇甫遇傳:"爲人有勇力,虬髯善射。"

【虬箭】計時器。漏壺中有箭,水滿箭出,用以計時,箭有虬紋,故稱。唐王勃王子安集十一乾元殿頌序:"蟬機撮化,銅渾將九聖齊懸;虬箭司更,銀漏與三辰合運。"全唐詩六二杜審言除夜有懷:"冬氛戀虬箭,春色候雞鳴。"

【虬龍】龍的一種。宋黃伯思東觀餘論上記石經與今文不同:"此石刻在洛陽,本在洛陽宮前御史臺中,年久摧散,洛人好事者,時時得之,皆騏驥一毛,虬龍片甲。"也用以形容盤曲的道路。宋蘇軾東坡經進文集一後赤壁賦:"予乃攝衣而上,履巉巖,披蒙茸,踞虎豹,登虬龍,攀栖鶻之危巢,俯馮夷之幽宮。"

【虬蟠】象虬龍的盤屈相糾。文選晉左太沖(思)吳都賦:"輪囷虯蟠,埦㠑鱗接。"注:"虯蟠,謂樹如龍蛇之盤屈相糾也。"

【虬鬚】蜷曲的鬍鬚。三國志魏崔琰傳:"太祖(曹操)令曰:琰雖見刑而通賓客,門若市人,對賓客虬鬚直視,若有所瞋,遂賜琰死。"唐杜甫杜工部草堂詩箋二四八哀贈太子太師汝陽郡王璡:"虬鬚似太宗,色映塞外春。"

【虬髯客】唐人小說,記隋末有西京人張仲堅,行三,髯赤而卷曲,故號虬髯客,有才略。於旅舍遇李靖紅拂,與紅拂認爲兄妹;以李靖得見秦王李世民(唐太宗),謂李世民爲"真天子",難與爭鋒,因而離去,盡以其家所有贈李靖。臨行語靖曰:"此後十餘年,東南數千里外有異事,是吾得意之秋。"貞觀中,傳言有人將海船千艘,入扶餘國,殺其主自立,疑卽虬髯客。太平廣記有虬髯客傳。

二 畫

虱 shī
ㄕ

同"蝨"。見該條。

虯 qiú 渠幽切,平,幽韻,羣。
ㄑㄧㄡˊ

㊀傳說中的無角龍。字亦作"虬"。楚辭屈原離騷:"駟玉虯以乘鷖兮,溘埃風余上征。"注:"有角曰龍,無角曰虯。"說文訓虯爲有角的龍子。㊁蜷曲。見"虬蟠"、"虬鬚"。

虭 diāo 集韻 丁聊切,平,蕭韻。
ㄉㄧㄠ

"蛁"字的省文。見下各條。

【虭蟉】蟲名。明陸容菽園雜記二:"虭蟉,其形似龍而小,性好立險,故立於護朽上。"護朽,柱塔頭。

【虭蟧】蟲名。蟬之小者。方言十一:"蛥蚗,……楚謂之蟪蛄,……秦謂之蛥蚗。自關而東謂之虭蟧。"宋歐陽修文忠集五一綠竹堂獨飲詩:"前有萬古後萬世,其中一世獨虭蟧。"

【虭鰭】魚名。藝文類聚八晉孫綽望海賦:"長鯨嶽立以截浪,虭鰭揚鬐以排流。"

三畫

虻 máng ㄇㄤˊ

蟲名。㊀同"蝱"、"虻"。莊子天下:"由天地之道觀惠施之能,其猶一蚉一虻之勞者也。其於物也何庸?"㊁通"盲"。見"虻風"。

【虻矢】短箭。墨子備穴:"爲短矛、短戟、短弩、虻矢。"孫詒讓閒詁:"虻矢,蓋亦短矢也。方言云:'箭,其三鐮長尺六者,謂之飛虻。'"

【虻風】疾風。北齊劉晝劉子託附:"鷦鷯巢葦之莖,……然虻風欻至,則葦折卵破者何也?所託輕弱使之然也。"

虹 hóng ㄏㄨㄥˊ

同"虹"。漢書天文志序:"暈適背穴,抱珥虹蜺。"注引如淳:"虹或作虹。"

虺 1. huǐ ㄏㄨㄟˇ 許偉切,上,尾韻,曉。

㊀毒蛇。大者長八九尺,扁頭大眼,色如泥土。俗稱土虺蛇。楚辭屈原天問:"雄虺九首,倏忽焉在?"參閱清方旭蟲薈四。㊁小蛇。國語吳:"申胥諫曰:'……及吾猶可以戰也,爲虺弗摧,爲蛇將若何?'"注:"虺,小蛇。"㊂姓。漢王符潛夫論志氏姓:"帝乙元子微子開,紂之庶兄也,武王封之於宋。臧氏、虺氏……皆子姓也。"唐武后垂拱四年,削越王貞及琅邪王沖屬籍,改其姓爲虺氏。見新唐書武后紀。

2. huī ㄏㄨㄟ 呼懷切,平,皆韻,曉。ㄏㄨㄟ 呼恢切,平,灰韻,曉。

㊃見"虺₂隤"。

【虺牀】植物名。卽蛇牀。爾雅釋草:"盱,虺牀。"注:"蛇牀也,一名馬牀。"參見"蛇牀"。

【虺虺】雷聲。詩邶風終風:"曀曀其陰,虺虺其靁。"傳:"暴若震靁之聲,虺虺然。"

【虺蜮】㊀指虺和蜮。虺,毒蛇;蜮,古稱短狐,能含沙射人爲災。文選南朝宋鮑明遠(照)蕪城賦:"壇羅虺蜮(蜮),階鬬麏鼯。"㊁喻小人。子華子上晏子:"毀本塞源,甚於虺蜮。"宋陸游南唐書十江文蔚傳:"斬(陳)覺及延魯以謝國人,而(馮)延巳(魏)岑置不問,文蔚對仗彈奏,曰:'……陛下宜軫慮殷憂,誅鋤虺蜮。'"

【虺蜴】蜥蜴。虺蜴皆爲毒螫之蟲,以喻肆毒害人者。詩小雅正月:"哀今之人,胡爲虺蜴。"唐駱賓王集十代徐敬業以武后臨朝移諸郡縣檄:"加以虺蜴爲心,豺狼成性,近狎邪佞,殘害忠良。"

【虺₂隤】疲病。詩周南卷耳:"陟彼崔嵬,我馬虺隤。"傳:"虺隤,病也。"一作"虺頹"。爾雅釋詁下:"痡瘏虺頹,玄黃劬勞。"注:"虺頹、玄黃皆人病之通名。"

【虺₂韡】繁盛貌。文選晉潘安仁(岳)笙賦:"愀愴惻淢,虺韡煜熠。"藝文類聚四晉夏侯湛禊賦:"燦爛虺韡,混曄發越。"

虻 méng ㄇㄥˊ 武庚切,平,庚韻,明。

蟲名。說文作"蝱"。莊子天運:"蚊虻噆膚,則通昔不寐矣。"釋文:"虻亦作蝱。"

虷 1. hán ㄏㄢˊ 胡安切,平,寒韻,匣。

㊀見"虷蟹"。

2. gān ㄍㄢ 集韻 居寒切,平,寒韻,見。

㊁干犯。漢書七二鮑宣傳:"白虹虷日,連陰不雨。"

【虷蟹】蟲名。莊子秋水:"(埳井之鼃)謂東海之鱉曰:'……還視虷蟹與科斗,莫吾能若也。'"釋文:"井中赤蟲也。一名蜎。"

虹 1. hóng jiàng ㄏㄨㄥˊ ㄐㄧㄤˋ 戶公切,平,東韻,匣。古巷切,去,絳韻,見。

㊀太陽光線與水氣相映,出現在天空的彩暈。禮月令季春之月:"虹始見,萍始生。"參見"虹霓"。㊁在詞賦中比喻半圓形建築物爲虹。唐杜牧樊川集一阿房宮賦:"複道行空,不霽何虹?"唐陸龜蒙甫里集十一和皐橋詩:"橫絕春流架斷虹,憑欄猶思五噫風。"此指橋。㊂惑亂。通"訌"。詩大雅抑:"彼童而角,實虹小子。"

2. hòng ㄏㄨㄥˋ 胡孔切,上,董韻,匣。

㊃同"澒"。見"虹₂洞"。

【虹女】宋曾慥類說四十焦璐稽神異苑:"江表錄:首陽山有晚虹,下飲溪水,化爲女子。明帝召入宮,曰:'我仙女也,暫降人間。'帝欲逼幸而有難色,忽有聲如雷,復化爲虹而去。"後以虹女稱美人。元楊維楨鐵崖古樂府三花游曲:"水天虹女忽當門,午光穿漏海霞裩。"

【虹丹】丹藥名。舊題晉葛洪神仙傳十:"王仲都漢人也,學道於梁山,遇太白真人授以虹丹,能禦寒暑。"

【虹吸】自高處用拱形彎管,引水先升高而再下流。明王徵引水器銘引:"田高水下,苦難逆灌,爰制引器,用利高田。厥器凡二,一名虹吸,一名鶴引。虹吸引之既通,不假人力而晝夜自常運矣。"(古今圖書集成考工二五二)

【虹沴】指妖邪之氣。南朝梁江淹江文通集七蕭驃騎讓太尉增封第三表:"虹沴阻於上京,蜺妖扇於下國。"

【虹采】旗幟。楚辭漢劉向九歎遠逝:"徵九神於回極兮,建虹采以招指。"注:"虹采,旗也。……言已乃召九天之神,使會北極之神,舉虹采以指麾四方也。"

【虹₂洞】相連。同"鴻洞"、"澒洞"。文選漢枚叔(乘)七發:"虹洞兮蒼天,極慮乎崖涘。"注:"虹洞,相連貌。"後漢書六十上馬融傳廣成頌:"天地虹洞,固無端涯。"

【虹旆】有采色的旗幟。宋梅堯臣宛陵集三錢彭城公赴隨州龍門道上作詩:"伊水照虹旆,楚山懷玉麟。"

【虹草】植物名。舊題晉王嘉拾遺記六前漢下:"(宣帝地節元年)有背明之國來貢其方物。……其北有草名虹草,枝長一丈,葉如車輪,根大如轂,花似朝虹之色。"

【虹梁】㊀曲樑。文選漢班孟堅(固)西都賦:"因瓌材而究奇,抗應龍之虹梁。"㊁曲橋。宋姜夔白石道人歌曲四惜紅衣:"虹梁水陌,魚浪吹香,紅衣半狼藉。"

【虹飲】傳說虹能吸飲。南朝宋劉敬叔異苑一:"晉義熙初,晉陵薛願,有虹飲其釜澳,須臾噏響便竭。願輦酒灌之,隨投隨涸,便吐金滿器,於是災弊日祛,而豐富數臻。"文苑英華二一九唐宋之問自衡陽至韶州謁能禪師詩:"猿啼山館曉,虹飲江皐霽。"

【虹裳】繡有彩色的衣裳。唐白居易長慶集五一霓裳羽衣歌:"虹裳霞帔步搖冠,鈿瓔纍纍珮珊珊。"

【虹蜺】相傳虹有雌雄之別,色鮮盛者爲雄,色暗淡者爲雌;雄曰虹,雌曰蜺,亦作"霓",合稱虹蜺。爾雅釋天:"螮蝀,虹也。蜺爲挈貳。"疏:"音義云:'虹雙出,色鮮盛者爲雄,雄曰虹。闇者爲雌,雌曰蜺。'"淮南子原道:"虹蜺不出,賊星不行,含德之所致也。"

【虹霓】同"虹蜺"。春秋元命包:"虹霓者陰陽之精。"宋書樂志四晉傳咸晉鼓吹歌曲從天道:“鳴鐲振鼓鐸,旌旗象虹霓。”參見“虹霓”。

【虹橋】拱橋。文苑英華一六五唐上官儀安德山池宴集詩:“雨霽虹橋晚,花落鳳臺春。”舊題唐陸廣微吳地記:“吳長二縣,古坊六十,虹橋三百有餘。地廣人繁,民多殷富。”

【虹縣】縣名。相傳堯封禹爲夏伯,邑於此。漢因置夏丘縣,屬沛國。後周改晉陵郡,隋復爲夏丘縣,屬虹州。唐武德四年於故虹城置虹縣。明屬鳳陽府。清廢入泗州。卽今安徽泗縣地。參閱太平寰宇記十七宿州。

【虹蜺閣】猶天橋、棧閣、複道之類。以高而拱起狀如虹蜺而稱。北魏楊衒之洛陽伽藍記一城內:“華林園中有大海,卽漢天淵池。池中猶有(魏)文帝九華臺,……(臺)上有釣臺殿,並作虹蜺閣,乘虛來往。”

【虹燭錠】漢器名。說文以錠爲鐙,虹燭者取其氣運如虹之義,大約爲薦熟食之器,惟缺其蓋。見宣和博古圖十八甗錠總記。

虸

zǐ 卽里切,上,止韻,精。

ㄗˇ

見下。

【虸蚄】食米穀蟲的幼蟲。北魏賈思勰齊民要術一收種:“氾勝之術曰:‘牽馬令就穀堆食數口,以馬踐過爲種,無虸蚄等蟲也。’”

虵

shé

ㄕㄜˊ

俗“蛇”字。見“蛇”。

虴

zhé 陟格切,入,陌韻,知。

ㄓㄜˊ

草蟲。蚱蜢。說文:“虴,虴蜢,草上蟲也。”參見“虴蛨”。

【虴蛨】灰蚱蜢。爾雅釋蟲“土螽蠰谿”宋邢昺疏:“土螽一名蠰谿,今謂之土蝶,江南呼虴蛨,又名虴蜢,形似蝗而小、善跳者是也。”

四畫

蚉

wén

ㄨㄣˊ

同蚊,又作“螡”。見“蚊”。

蚤

zǎo 子晧切,上,晧韻,精。

ㄗㄠˇ

㊀蟲名。跳蚤。莊子秋水:“鴟鵂夜撮蚤,察毫末。”玉篇:“齩人跳蟲。”㊁通“爪”。儀禮士喪禮:“蚤揃如他日。”注:“蚤讀爲爪,斷爪揃鬚也。”㊂通“早”。國語越下:“孰使我蚤朝而晏罷者,非吳乎?”孟子離婁下:“蚤起,施從良人之所之。”㊃車輻入輞的榫。周禮考工記輪人:“眂其綆,欲其蚤之正也。”注:“謂輻入牙中者也。”參見“輻”。

【蚤世】早死,夭亡。國語周中:“叔孫之位不若季孟,而亦泰侈焉,不可以事二君。若皆蚤世猶可,若登年以載其毒,必亡。”

【蚤甲】卽爪甲。荀子大略:“爭利如蚤甲,而喪其掌,君人者不可以不慎。”注:“蚤與爪同。”

【蚤休】藥草名。一名紫河車,亦稱七葉一枝花、草甘遂。根入藥。參閱政和證類本草十一蚤休。

【蚤知】先知,先見。戰國策燕二:“樂毅獻書報燕王曰:‘……蚤知之士,名成而不毀,故稱於後世。’”

【蚤食】早食。淮南子天文:“日出於暘谷,浴於咸池,……至于曾泉,是謂蚤食;至于桑野,是謂晏食。”

【蚤莫】早晚。莫,同“暮”。禮曲禮上:“侍坐於君子,君子欠伸,撰杖屨,視日蚤莫,侍坐者請出矣。”

【蚤達】謂早年顯達。宋書王僧綽傳:“爲侍中,時年二十九。始興王濬嘗問其年,僧綽自嫌蚤達,逡巡良久乃答,其謙虛自退若此。”

【蚤鬋】修甲理髮。禮曲禮下:“不蚤鬋,不祭食。”疏:“不蚤鬋者,蚤,治手足爪也;鬋,剔治鬚髮也。”

蚪

dǒu 當口切,上,厚韻,端。

ㄉㄡˇ

蝌蚪,蛙之幼蟲。見“蝌蚪”。

蚄

1\. fāng 府良切,平,陽韻,幫。

ㄈㄤ

㊀蟲名。見“虸蚄”。

2\. bàng

ㄅㄤˋ

㊁同“蚌”。漢王充論衡順鼓:“月中之獸,兔、蟾蜍也;其類在地,螺與蚄也。”

蚢

1\. háng 胡郎切,平,唐韻,匣。

ㄏㄤˊ

㊀一種野蠶。爾雅釋蟲:“蚢,蕭繭。”疏:“食蕭葉作繭者,名蚢。”清郝懿行義疏:“玉篇云:蠶類,食蒿葉,蒿卽蕭也,今草上蟲吐絲作繭者甚衆,不獨蒿也。嶺南蠶或食紫蘇葉作繭矣。”

2\. hàng 胡朗切,上,蕩韻,匣。

ㄏㄤˋ

㊁大貝,蚌蛤之屬。文選晉郭景純(璞)江賦:“紫蚢如渠,洪蚶專車。”爾雅釋魚作“魧”。

蚊

wén 無分切,平,文韻,明。

ㄨㄣˊ

說文作“蟁”。也作“蚉”、“螡”。齧人的飛蟲。幼蟲生水中,稱孑孓,俗稱水蛆。雌蚊吸血,雄吸草汁,種類很多。後漢書五二崔駰傳達旨“螡蚋之趣大沛”唐李賢注:“蚋,小蟲,蚊之類。”

【蚊力】形容力量微弱。文苑英華五八四唐馮宿爲馬揔尚書謝除彰義節度使表:“遽承寵命,彩章五色,虔奉璽書,賞罰二權,猥操兵柄。鴻私荐及,蚉(蚊)力何堪?”

【蚊市】聚蚊成市。形容蚊之多。宋陸佃埤雅十一釋蟲:“說文云:‘齧人飛蟲,从䖵,民聲,亦或从昏,以昏時出也。’俗云蚊有昏市。蓋蠅成市於朝,蚊成市於暮。傳曰:‘聚蟁成雷’,謂其市之時也。”

【蚊負】莊子應帝王:“其於治天下也,猶涉海鑿河而使蚉負山也。”後以蚊負形容力小任重。明張居正張文忠集三考滿謝賚銀幣疏:“心惟切於葵傾,力實慳於寅負。”蚉、寅,同“蚊”。

【蚊蚋】蚊、蚋皆爲小飛蟲。泛指蚊。大戴禮二夏小正:“丹鳥羞白鳥。丹鳥者,謂丹良也;白鳥者,謂蚊蚋也。”

【蚊雷】聚蚊之聲如雷鳴。漢書五三中山靖王勝傳“夫衆煦漂山,聚蟁成靁”注:“蟁,古蚊字。靁,古雷字。言衆蚊飛聲有若雷也。”宋陸游劍南詩稿七宿沱江彌勒院:“蛙吹喧孤枕,蚊雷動四廊。”

【蚊睫】蚊的睫毛。形容細微之極。晏子春秋八不合經術者:“(齊景)公曰:‘天下有極細者乎?’晏子對曰:‘有。東海有蟲,巢于蟁睫,再乳再飛,而蟁不爲驚。’”蟁,同“蚊”。北周庾信庾子山集十一趙國公集序:“柱國趙國公發言爲論,一筆成章,……論其壯也,則鵬起半天;語其細也,則鷦巢蚊睫。”

【蚊幌】避蚊的帳幔。唐元稹長慶集十五景申秋詩之二:“蚊幌雨來卷,燭蛾燈上稀。”

【蚊廚】指避蚊的帷帳。全唐詩五六一薛能吳姬之五:“退紅香汗濕輕紗,高捲蚊廚獨臥斜。”宋陸游劍南詩稿八二夏日之六:“黃葛蚊廚睡欲成,高槐陰轉暑風清。”

【蚊子樹】卽蚊母樹。唐李肇國史補下:“南中又有蚊子樹,實類枇杷,熟則自裂,蚊盡出而空殼矣。”又見太平御覽九四五嶺南異物志。

【蚊母鳥】鳥名。卽夜鷹。爾雅作蟁母。

晝伏森林，夕則飛翔於河邊，食蚊甚多，故名。舊説誤以爲吐蚊。唐李肇國史補下:"江東有蚊母鳥，亦謂之吐蚊鳥，夏則夜鳴，吐蚊於叢葦間，湖州尤甚。"

【蚊母樹】木名。常綠喬木。葉長橢圓形，互生，常有小蟲羣聚，使葉膨大如囊，蟲去則成空殼，故有此稱。木材可供建築及製器具用，灰可作陶器釉料。本草綱目四七禽一蚊母鳥引本草拾遺有蚊母樹，按政和證類本草十九蚊母鳥下作蚊母草。

【蚊脚書】書體名。唐韋續墨藪五十六種書:"三十八、蚊脚書者，尚書詔版也。其字仄纖垂下，有似蚊脚。"

蚖 1. yuán ㄩㄢ 愚袁切，平，元韻，疑。

㊀蟲名。蠑螈，説文作"榮蚖"。國語鄭"化爲玄黿"三國吳韋昭注:"黿或爲蚖。蚖，蜥蜴也，象龍。"見"蠑螈"。

2. wán ㄨㄢ 五丸切，平，桓韻，疑。

㊁蝮蛇。也稱"虺"。廣韻:"蚖，毒蛇。"本草綱目四三鱗一蚖:"蚖與蝮同類，即虺也。"

【蚖膏】點燈用的蚖脂。北周庾信庾子山集一燈賦:"爐長宵久，光青夜寒，秀華掩映，蚖膏照灼。"初學記二五淮南萬畢術:"取蚖脂爲燈，置水中，卽見諸物。"蚖膏，卽蚖脂。

蚨 fú ㄈㄨ 防無切，平，虞韻，並。

見"青蚨"。

【蚨母】卽青蚨。鬼谷子內揵:"若蚨母之從其子也。"傳説青蚨塗血，可以引錢使歸，因以蚨母作錢的通稱。唐李賀歌詩編四出城別張又新酬李漢:"閒買瀉蚨母，買冰防夏蠅。"或作"蚨母"，誤。說詳清段玉裁説文解字注"蚨"。

【蚨蟬】青蚨的別名。見"青蚨"。

蚘 huí ㄏㄨㄟ yóu ㄧㄡ 戶恢切，平，灰韻，匣。集韻 于求切，平，尤韻。

蛔蟲。説文作"蛕"。廣韻:"蚘，人腹中長蟲。"見"蛔"。

蚑 qí ㄑㄧ 巨支切，平，支韻，羣。去智切，去，寘韻，溪。

㊀蟲行貌。見説文。引申作蟲類的通稱。文選晉張景陽(協)七命:"于時昆蚑感惠，無思不擾。"㊁蟲名。喜蛛。晉崔豹古今注中魚蟲:"長蚑，蠨蛸也。身小足長，故謂長蚑。"

【蚑行】蟲行貌。淮南子俶真:"蠉飛蠕動，蚑行噲息。"引申爲蟲類的通稱。文選三國魏嵇叔夜(康)琴賦:"感天地以致和，況蚑行之種類。"

【蚑蝷】蟲名。廣雅釋蟲:"蝷蛟，蟒蝷也。"清王念孫疏證:"衆經音義卷九引通俗文云:'務求謂之蚑蝷，關西呼蛪蛟爲蚑蝷。'周官赤犮氏'凡隙屋除其貍蟲。'鄭(玄)注云:'貍蟲䗪肌求之屬'，疑卽蚑蝷也，蚑與肌聲之轉耳。博物志本草拾遺作蠷螋，亦聲之轉。今揚州人謂之蓑衣蟲，順天人謂之錢龍。長可盈寸，行於壁上，往來甚捷。"

【蚑行喘息】謂蟲類徐行而前，張口舒氣。文選漢王子淵(褒)洞簫賦:"是以蟋蟀蚸蠖，蚑行喘息。"形容蟲類受音樂感動的形態。

【蚑行蟯動】爬行蠕動。淮南子脩務:"蚑行蟯動之蟲，喜而合，怒而鬭。"也作"蚑行蠕動"。晉書成公綏傳天地賦:"蚑行蠕動，方聚類分；鱗殊族判，羽毛異羣。"

蚜 yá ㄧㄚ 玉篇 火牙切，平，麻韻。

㊀害蟲名。古名竹蝨，今稱木蝨。通稱"蚜蟲"。㊁碾。宋黃庭堅豫章集二一跋奚移文:"紅螺蚜光，挼藍杵草。"

蚞 mù ㄇㄨ 莫卜切，入，屋韻，明。

蟲名，蟬屬。詳"蜓蚞"。

蚅 è ㄜ 於革切，入，麥韻，影。

蛾蝶類的幼蟲。似蠶，大如指。爾雅釋蟲:"蚅，烏蠋。"參見"蠋"。

蚚 fóu ㄈㄡ 集韻 房尤切，平，尤韻。

見下。

【蚚江】文選晉郭景純(璞)江賦:"三蝬蚚江，鸚螺蛖蝸。"注:"舊説曰: 蚚江似蟹而小，十二脚。"

蚗 jué ㄐㄩㄝ 古穴切，入，屑韻，見。

㊀蟲名。蛥蚗，卽蟪蛄。説文虫部:"蛥蚗，蛁蟟也。"清段玉裁注:"方言作蛥蚗，蛥音折。蛥，多聲，不當音折，疑方言有誤。"㊁通"蛟"。見"蚗蠪"。

【蚗蠪】龍屬。史記一二八龜策傳:"褚先生曰'……明月之珠出於江海，藏於蚌中，蚗龍伏之。'"集解引徐廣:"許氏説淮南云: 蚗龍，龍屬也。"索隱:"蚗蠪伏之。按: 蚗當爲'蛟'，蠪，音龍。"

蚓 yǐn ㄧㄣ 余忍切，上，軫韻，喻。

蚯蚓，蠕形動物。俗稱曲蟮。孟子滕文公下:"夫蚓，上食槁壤，下飲黃泉。"參見"蚯蚓"。

【蚓曲】傳説蚯蚓夏夜能鳴，謂之蚓曲，亦曰蚓笛。抱朴子博喻:"鼈無耳而善聞，蚓無口而揚聲。"晉崔豹古今注中魚蟲:"蚯蚓，善長吟於地中，江東謂之歌女，或謂之鳴砌。"唐段成式酉陽雜俎續集二支諾皋記渾瑊宅戟門內，一小槐樹，樹有穴大如錢，每夜月霽後，有蚓數百條，如索緣樹枝條，或時衆鳴，往往成曲。但蚯蚓實不能鳴。明俞琰席上腐談上:"按月令:'螻蟈鳴，蚯蚓出。'蓋〔蚓〕與螻蟈同處，鳴者螻蟈，非蚯蚓也。吳人呼螻蟈爲螻蛄，故諺云:'螻蟈叫得腸斷，曲蟮乃得歌名。'"月令之螻蟈，乃蛙也；吳諺之螻蛄，俗謂之土狗，舊亦混而爲一。

【蚓廉】喻人只守小節，不知大義。孟子滕文公下:"仲子惡能廉？充仲子之操，則蚓而後可者也。"注:"其操行似蚓，蚓食土飲泉，極廉矣，然無心無識。仲子不知仁義，苟守一介。"宋劉克莊後村集十六題尹剛中潛齋詩:"幽士慕鱗潛，通人笑蚓廉。"

【蚓竅】傳説蚯蚓孔能發聲成曲。比喻微弱不足道的音響，常作對本人創作材能的謙稱。唐韓愈昌黎集二一石鼎聯句詩:"時於蚯蚓竅，微作蒼蠅鳴(軒轅彌明)。"宋劉克莊後村集三四和徐常丞洪秘監倡和詩之四:"公詩妙巧過般輸，蚓竅何堪和大儒。"明管時敏有蚓竅集，卽取此義。

蚆 pā ㄆㄚ 普巴切，平，麻韻，幫。

貝介。爾雅釋魚:"蚆博而頯。"注:"頯者，中央廣，兩頭銳。"清郝懿行義疏:"蚆者，雲南人呼貝爲海肥。肥貝聲轉也。"

蚇 chǐ ㄔ 昌石切，入，昔韻，穿。

見下。

【蚇蠖】蟲名。卽尺蠖。爾雅釋蟲:"蠖，蚇蠖。"清戴震方言疏證:"蚇，古通用尺。易繫辭(下):'尺蠖之屈，以求信也。'"

蚒 nù ㄋㄨ 女六切，入，屋韻，娘。

見下。

【蚒蚭】蟲名。卽蚰蜒。漢揚雄方言十一:"蚰蜥(蜒)，……北燕謂之蚒蚭。"

蚥 miáo ㄇㄧㄠ 彌遙切，平，宵韻，明。

初生的蠶。見玉篇。本草綱目三九蟲一蠶:"釋名: 蠶初出曰蚥。集解: 自卵出而爲蚥，自蚥蛻而爲蠶。"又昆蟲類的幼蟲多稱蚲。

蚛 zhòng 直衆切,去,送韻,澄。ㄓㄨㄥˋ

蟲嚙,被蟲咬殘。唐陸龜蒙甫里集六酬秋晚見題之二:"失雨圜蔬赤,無風蚛葉凋。"元張翥張蛻庵詩集一蛻菴歲宴百憂熏心排遣以詩乃得五首之四:"寫多兇兔潁,藏久蚛貂皮。"

蚋 ruì 如劣切,入,薛韻,日。ㄖㄨㄟˋ

"蜹"的省文。見"蜹"。

蚍 pí 房脂切,平,脂韻,並。ㄆㄧˊ

見下。

【蚍衃】植物名。爾雅釋草:"荍,蚍衃。"注:"今荊葵也,似葵,紫色。"也作"芘芣"。見詩陳風東門之枌"視爾如荍"毛傳。

【蚍蜉】大螞蟻。爾雅釋蟲:"蚍蜉,大螘。"唐韓愈昌黎集五調張籍詩:"蚍蜉撼大樹,可笑不自量。"也作"蚍衃"。宋陸游劍南詩稿二三小葺村居:"庫濕生蚍衃,得煖森翅羽。"

蚧 jiè 字集 古拜切,音界。ㄐㄧㄝˋ

㊀蚌。大戴禮十三易本命:"故冬燕雀入于海,化而爲蚧。"㊁蛤蚧,蜥蜴類。見"蛤蚧"。㊂通"疥"。後漢書九十鮮卑傳蔡邕議:"夫邊垂之患,手足之蚧搔;中國之困,胷背之瘭疽。"參見"疥搔"。

蚡 1. fén 符分切,平,文韻,並。ㄈㄣˊ 房吻切,上,吻韻,並。

㊀田鼠。同"鼢"。說文:"地行鼠,伯勞所作也。一曰偃鼠,或从虫分。"新唐書二二〇高麗傳:"侍御史賈言忠對曰:'……狼狐入城,蚡穴於門,人心危駭。'"㊁人名。漢有田蚡。亦作"坋"。左傳昭二二年有劉獻公之庶子伯坋。

2. fēn ㄈㄣ

㊂見"蚡$_2$緼"。

【蚡冒】春秋楚人。左傳文十六年:"彼驕我怒,而後可克,先君蚡冒所以服陘隰也。"注:"蚡冒,楚武王父。"史記楚世家:"霄敖六年,卒,子熊眴立,是爲蚡冒。蚡冒卒,弟熊通殺蚡冒子而代立,是爲楚武王。"以蚡冒爲楚武王之兄。

【蚡$_2$緼】紛繁糾結。文選漢馬季長(融)長笛賦:"蚡緼蟠紆,綷宼蜿蟺。"注:"聲相糺紛貌。"

蚣 1. gōng 古紅切,平,東韻,見。ㄍㄨㄥ

亦作"蜙"。㊀蜈蚣。蟲名。見"蜈蚣"。

2. xiōng 職容切,平,鍾韻,照。ㄒㄩㄥ

㊁見"蚣$_2$蝑"。

【蚣$_2$蝑】蟲名。螽斯,俗呼蚱蜢。詩周南螽斯傳:"螽斯,蚣蝑也。"爾雅釋蟲作"蜙蝑"。也作"蜤蝑"。漢揚雄方言十一:"春黍謂之蜤蝑。"注:"又名蚣蜤,江東呼蚝蚸。"

蚺 rán 汝鹽切,平,鹽韻,日。ㄖㄢˊ

蟒蛇。俗作"蚒"。說文:"蚺,大蛇,可食。"山海經海内南經"巴蛇食象"晉郭璞注:"今南方蚺蛇吞鹿。"

【蚺蛇膽】南朝梁任昉述異記下:"晉世顏含嫂病,須與蚺蛇膽療之則愈。既不能得,含憂歎累日,忽有一童子持青囊授含,乃曰:'真蛇膽也。'童子遂化爲青鳥飛去。"明史二〇九楊繼盛傳:"初,繼盛之將杖也,或遺之蚺蛇膽。却之曰:'椒山自有膽,何蚺蛇爲!'椒山,繼盛別號也。"按相傳蚺蛇膽能療病止痛。蚺,同"蚒"。

蚎 yuè 王伐切,入,月韻,于。ㄩㄝˋ

同"蟙"。見"蟙蚎"。

蚌 1. bàng 步項切,上,講韻,並。ㄅㄤˋ

㊀軟體動物。蚌殼内有珍珠層,或能產珠。爾雅釋魚:"蚌含漿。"注:"蚌即蜃也。"清郝懿行義疏:"說文:'蚌,蜃屬。'按月令注:'大蛤曰蜃。'晉語注:'小曰蛤,大曰蜃。'是蜃爲蛤屬,許(愼)以釋蚌,亦通名耳。"

2. bèng ㄅㄥˋ

㊁見"蚌$_2$埠"。

【蚌研】嵌蚌殼爲飾之硯。南史庾易傳:"安西長史袁彖欽其風,贈以鹿角書格、蚌盤、蚌研、白象牙筆。"

【蚌胎】㊀指珍珠。舊說,蚌孕珠如人懷姙,與月的盈虧有關,故稱蚌胎。唐高適高常侍集三和賀蘭判官望北海作詩:"日出見魚目,月圓知蚌胎。"㊁珠爲珍品,故用以比喻事物的精華。南朝梁蕭統昭明太子集三錦帶書十二月啓中呂四月:"涵蚌胎於學海,卓尔超羣;蘊抵鵲於文山,櫰然孤秀。"

【蚌淚】蚌内分泌的液體。傳說以大蚌含胎結珠未就如淚者,瀝取和色,用以作畫,欲日見者於日中畫,欲夜見者於月下畫。元吳萊淵潁集二東夷倭人小摺疊畫扇子歌:"銀泥蚌淚移杳冥,綿〔錦〕屏罨畫散紅青。"參閱清潘永因宋稗類鈔五博識。

【蚌$_2$埠】地名。今安徽省直轄市。在鳳陽縣西北,北濱淮河,相傳古時曾採珠於此,因名蚌埠集,也作蚌步集。見嘉慶一統志一二六鳳陽府二關隘。

【蚌盤】用蚌殼爲飾的漆器,即螺鈿。陳書高祖紀下:"加以儉素自率,常膳不過數品。私饗曲宴,皆瓦器蚌盤,肴核庶羞,裁令充足而已,不爲虛費。"

蚝 cì 七吏切,去,志韻,清。ㄘˋ

毛蟲。同"蛓"。見廣韻。唐韓愈昌黎集八城南聯句:"痒肌遭蚝刺,啾耳聞雞生。"

蚚 qī 渠希切,平,微韻,羣。ㄑㄧ

㊀蟲名。米中小黑甲蟲。爾雅釋蟲:"强,蚚。"清郝懿行義疏:"强即强蚚也。捋者,摩捋也。米中小黑蟲,好以脚自摩捋。"正字通:"今廣東呼米牛,紹興呼米象。"㊁螳螂一名蚚父。見明趙宧光說文長箋四一。

蚩 chī 赤之切,平,之韻,穿。ㄔ

㊀蟲名。見說文"虫"。㊁癡,愚蠢。後漢書十一劉盆子傳:"帝笑曰:'兒大黠,宗室無蚩者。'"㊂欺侮。文選漢張平子(衡)西京賦:"鬻良雜苦,蚩眩邊鄙。"李善注:"蒼頡篇曰:蚩,侮也。"㊃嘲笑。通"嗤"。文選晉阮籍詠懷詩之十一:"乃悟羨門子,噭噭今自蚩。"㊄醜陋。通"媸"。見"蚩妍"。㊅海獸名。詳"蚩尾"。㊆姓。相傳蚩尤氏後,以國爲氏。見元和姓纂二之。

【蚩尤】古九黎族部落酋長。古籍相傳,說各不一。1.炎帝臣　逸周書嘗麥、太平御覽一 世本宋衷注、莊子盜跖釋文。2.黃帝臣　管子五行、越絕書計倪内經。3.九黎之君　書呂刑釋文、呂氏春秋蕩兵、戰國策秦漢高誘注。4.古天子　山海經大荒北經、史記高祖紀集解引應劭漢書注。5.古庶人　周禮春官"肆師"疏引五經音義。

【蚩尾】古代屋脊上的魚尾形飾物。唐蘇鶚蘇氏演義上:"蚩者,海獸也。漢武帝作柏梁殿,有上疏者云:蚩尾,水之精,能辟火災,可置之堂殿。今人多作鴟字。"參閱宋黃朝英靖康緗素雜記一。

【蚩吻】即鴟吻,古代屋脊上的獸頭形飾物。明李東陽懷麓堂集後稿十二記龍生九子:"龍生九子,蚩吻平生好呑,今殿脊獸頭,是其遺象。"

【蚩妍】醜與美,醜陋與美好。後漢書八十下趙壹傳刺世疾邪賦:"榮納由於閃揄,孰知辨其蚩妍。"參見"妍蚩"。

【蚩拙】無知笨拙。北齊顏之推顏氏家訓勉學:"以外率多田里間人,音辭鄙陋,風操蚩拙,相與專固,無所堪能。"

【蚩蚩】㊀敦厚貌。詩衛風氓:"氓之蚩蚩,抱布貿絲。"㊁紛擾貌。漢揚雄法言重黎:"六國蚩蚩,爲嬴弱姬。"文選南朝梁劉孝標(峻)廣絕交論:"天下蚩蚩,鳥驚雷駭。"注:"廣雅曰:'亂也。'"唐呂延濟注:"蚩蚩,猶擾擾也。"

【蚩鄙】粗野拙陋。文選漢陳孔璋(琳)答東阿王牋:"夫聽白雪之音,觀綠水之節,然後東野巴人,蚩鄙益著。"北齊顏之推顏氏家訓文章:"學問有利鈍,文章有巧拙。鈍學累功,不妨精孰;拙文妍思,終歸蚩鄙。"

【蚩儜】庸劣。晉書王沈傳釋時論:"指禿腐骨,不簡蚩儜。多士豐于貴族,爵命不出閨庭。"

【蚩騃】呆笨,不靈敏。三國志魏明悼毛皇后傳:"明帝令朝臣會其家飲宴,其容止舉動甚蚩騃,語輒自謂'侯身',時人以爲笑。"

【蚩尤旗】㊀彗星名。類彗而後曲,象旗。古代謂星出象有征伐之事。呂氏春秋明理:"有其狀若衆植華以長,黃上白下,其名蚩尤之旗。"參閱史記天官書、晉書天文志中雜星氣。㊁傳說蚩尤冢所出的赤氣。史記五帝紀"遂禽殺蚩尤"集解:"皇覽曰:'蚩尤冢在東平郡壽張縣闞鄉城中,高七丈,民常十月祀之。有赤氣出,如匹絳帛,民名爲蚩尤旗。"

【蚩尤戲】角觝的別名。唐蘇鶚蘇氏演義下:"秦漢間說:蚩尤牛耳,鬢如劍戟,頭有角,與軒轅鬭,以角抵人,人不能向。冀州舊樂名蚩尤戲,其民兩兩三三,頭帶角而相抵,卽角觝之戲。"參見"角觝"。

蚠 fén ㄈㄣˊ 符分切,平,文韻,並。

㊀同"蚡"。見正字通。㊁人名。左傳昭二二年:"劉獻公之庶子伯蚠事單穆公。"戰國策趙四:"燕封宋人榮蚠爲高陽君,使將而攻趙。"

蚕 1. tiǎn ㄊㄧㄢˇ 他典切,上,銑韻,透。

㊀蟲名,蚓屬。爾雅釋蟲:"螼蚓,豎蚕。"注:"卽蛩蟺也;江東呼寒蚓。"

2. cán ㄘㄢˊ

㊁"蠶"的異體字。見正字通。

五 畫

蚻 zā ㄗㄚ 側八切,入,黠韻,莊。

蟲名,蟬類。爾雅釋蟲:"蚻,蜻蜻。"注:"如蟬而小。"唐韓愈昌黎集八征蜀聯句:"始去杏飛蜂,及歸柳嘶蚻。"大戴禮夏小正"四月,鳴札",札卽"蚻"。

蛋 dàn ㄉㄢˋ

㊀古作"蜑"。南方的一種少數民族。廣東水上居民舊稱蛋民。㊁禽類、龜、蛇的卵曰蛋。古衹作"彈"。以禽卵等形似彈而名。金瓶梅五二:"蒼蠅不鑽無縫的雞彈。"參閱正字通"蜑"。

【蛋丁】供役使的蛋民。宋史高宗紀八紹興二十六年:"閏月丙午,罷廉州貢珠,縱蛋丁自便。"

【蛋家】卽蛋户。清屈大均廣東新語十八人語:"諸蛋以艇爲家,是曰蛋家,……其女大者曰魚姊,小者曰蜆妹。蛋人善没水,每持刀槊與巨魚鬭,婦女皆嗜生魚,能泅水,昔時稱爲龍户。"

蛇 1. shé ㄕㄜˊ 食遮切,平,麻韻,神。

㊀爬行類動物。說文作"它"。說文:"它,虫也。从虫而長,象冤曲垂尾形。上古屮居患它,故相問無它乎?"左傳莊十四年:"初,內蛇與外蛇鬭於鄭南門中,內蛇死。"注:"服虔云:蛇,北方水物。"俗字作"虵"。

2. yí ㄧˊ 弋支切,平,支韻,喻。

㊁見"委$_2$蛇"、"蛇$_2$蛇$_2$"。

【蛇弓】弓形彎曲如蛇,故又稱蛇弓。南朝梁蕭綱梁簡文帝集二九日侍皇太子樂遊苑詩:"横飛烏箭,半轉蛇弓。"唐楊炯楊盈川集二紫騮馬詩:"蛇弓白羽箭,鶴轡赤茸鞦。"

【蛇山】㊀山名。在湖北武昌城,與漢陽龜山隔江對峙。山形蜿蜒如蛇,故名。卽今武漢長江大橋東面橋頭處。參閱嘉慶一統志三三五武昌府。㊁山海經中的山名。海內經:"北海之內,有蛇山者,蛇水出焉,東入于海。"又中山經:"(高梁之山)又東四百里曰蛇山。"

【蛇矛】古代兵器。晉書劉曜載記:"(陳)安左手奮七尺大刀,右手執丈八蛇矛。"蛇俗作"虵"。唐張說張燕公集十七右羽林大將軍王公神道碑:"龍劍摧百勝之鋒,虵矛得萬人之敵。"參見"丈八蛇矛"。

【蛇年】指巳年。十二屬以巳爲蛇。漢王充論衡物勢:"巳,蛇也。"唐李商隱李義山詩集一行次西郊:"蛇年建午月,我自梁還秦。"

【蛇行】㊀伏地爬行。戰國策秦一:"(蘇秦)路過洛陽,……嫂蛇行匍伏,四拜,自跪而謝。"注:"蛇行,匍匐衣曳地也。"㊁曲折延伸。唐柳宗元柳先生集二九至小丘西小石潭記:"潭西南而望,斗折蛇行,明滅可見。"

【蛇豕】"封豕長蛇"的省語。比喻貪殘害人之物。晉書樂志祠文皇帝登歌:"蛇豕放命,皇斯平之。"隋書高祖紀上:"甲寅,策曰:'尉迥猖狂,稱兵鄴邑,……聚徒百萬,悉成蛇豕,淇水洹水,一飲而竭。'"參見"封豕長蛇"。

【蛇足】比喻多餘之事。三國志魏袁紹傳注引漢晉春秋審配與袁譚書:"是時凶臣逢紀,妄畫蛇足,曲辭諂媚,交亂懿親。"後漢書七四下袁紹傳逢紀作郭圖。唐李商隱李義山詩集六有感:"勸君莫强安蛇足,一盞芳醪不得嘗。"參閱戰國策齊二。參見"畫蛇添足"。

【蛇含】植物名。又名蛇銜。見"蛇銜草"。

【蛇谷】傳說中的谷名。山海經中山經:"(浮戲之山)其東有谷,因名曰蛇谷。"注:"言此中出蛇,故以名之。"

【蛇牀】植物名。又名蛇粟、蛇米。入藥。淮南子氾論:"夫亂人者,芎藭之藁本也,蛇牀之與蘪蕪也,此皆相似者。"參閱政和證類本草七蛇牀子。

【蛇神】神話中的神名。相傳夏禹鑿龍闗(或稱龍門)之山,至空巖,有神蛇身人面,示禹八卦圖,並授之玉簡。禹卽執此簡以平定水土。神卽羲皇。見舊題晉王嘉拾遺記二。參見"牛鬼蛇神"。

【蛇苺】植物名。又名蛇藨、地苺、蠶苺。田野道旁多有之,春末夏初開花,子赤色,入藥。參閱政和證類本草十一蛇苺。

【蛇虺】蛇、虺皆蛇類。比喻凶殘狠毒之人。北齊顏之推顏氏家訓文章:"陳孔璋(琳)居袁(紹)裁書,則呼(曹)操爲豺狼;在魏製檄,則目紹爲蛇虺。"

【蛇珠】寶珠。晉干寶搜神記二十:"隋侯出行,見大蛇被傷中斷,疑其靈異,使人以藥封之。……歲餘,蛇銜明珠以報之。珠盈徑寸,純白,而夜有光明,如月之照,可以燭室,故謂之隋侯珠,亦曰靈蛇珠,又曰明月珠。"蛇珠用以比喻卓越的才能。全唐詩三六一劉禹錫送周魯儒赴舉:"自握蛇珠辭白屋,欲憑雞卜謁金門。"參見"隨珠"、"靈蛇珠"。

【蛇婆】一種毒蛇,即海蛇。可入藥。政和證類本草二二:"蛇婆……生東海,一如蛇,常在水中浮游。"

【蛇₂蛇₂】淺薄,自大。詩小雅巧言:"蛇蛇碩言,出自口矣。"傳:"蛇蛇,淺意也。"清陳奐詩毛氏傳疏謂蛇蛇即"訑訑",自足其智,不嗜善言之貌。蛇與訑聲同而義近。馬瑞辰毛詩傳箋通釋二十謂蛇爲"詑"的借字,訓欺。

【蛇蚹】㊀蛇腹下代足爬行的橫鱗。莊子齊物論:"吾待蛇蚹蜩翼邪?"釋文:"蛇蚹,蛇腹下齟齬可以行者也。"㊁古琴上狀如蛇腹橫鱗的斷紋。宋姚寬西溪叢語上:"伊南田户店箕箐谷隱士趙彥安獲一琴,斷文奇古,真蛇蚹也。"陸游劍南詩稿六九贈道流:"古琴蛇蚹評無價,寶劍魚腸託有靈。"

【蛇黄】蛇腹中一種物質,可入藥。本草綱目十石四蛇黄:"蛇黄生腹中,正如牛黄之意。世人因其難得,遂以蛇含石代之,以其同出於蛇故爾。"

【蛇蜕】蛇脱下的皮。又叫龍子衣、蛇符。入藥。莊子寓言:"予蜩甲也,蛇蜕也,似之而非也。"晉書張華傳:"武庫封閉甚密,其中忽有雉雊。華曰:'此必蛇化爲雉也。'開視,雉側果有蛇蜕焉。"

【蛇解】蛇脱皮。淮南子精神:"若此人者,抱素守精,蟬蜕蛇解,游於太清,輕舉獨往,忽然入冥。"

【蛇蝎】蛇、蝎都是毒蟲,比喻可怖之事或狠毒的人。全唐詩七四五陳陶小笛弄:"蛇蝎愁聞骨髓寒,江山恨老眠秋霧。"

【蛇龜】指長壽的動物。宋蘇軾分類東坡詩二彭祖廟:"跨歷商周看盛衰,欲將齒髮鬬蛇龜。"注:"原序:玉策記曰:千歲之龜,五色具焉。又云:蛇有無窮之壽。"

【蛇膽】蛇的膽囊,入藥。唐劉恂嶺表錄異下:"普安州有養蛇户,每年五月五日,即擔蚺蛇入府,祇候取膽。……即于腹上約其尺寸,用利刃決之,肝膽突出,即割下其膽,皆如鴨子大,曝乾以備上貢。"

【蛇醫】形狀像蜥蜴的兩棲動物。方言八:"守宫,……南楚謂之蛇醫,或謂之蠑螈。"晉崔豹古今注中魚蟲:"蝘蜓,一曰守宫,一曰龍子。……其五色長大者名蜥蜴,其短而大者名爲蠑螈,一名蛇醫。"

【蛇羹】食品名。宋朱彧萍洲可談二:"閩浙人食蛙,湖湘人食蛤蚧,大蛙也。……廣南食蛇,市中鬻蛇羹。"

【蛇吞象】山海經海內南經:"巴蛇食象,三歲而出其骨。"楚辭屈原天問:"靈蛇吞象,厥大何如?"後因以"蛇吞象"比喻貪得無厭。明缺名韓湘子昇仙記下十六:"人心不足蛇吞象,世事無窮水蕩砂。"

【蛇腹紋】古琴的斷紋,狀如蛇腹下的橫鱗,故名。宋何薳春渚紀聞八古聲遺製:"近世百器惟新,惟琴器略無華飾,以最古蛇腹紋爲奇。"宋詩鈔孫覿鴻慶集鈔吴漢逸家荆谿蓄古書奇器甚富余欲造觀而未果賦小詩先之:"劍包虎皮斑,琴漫蛇腹紋。"

【蛇腹斷】古琴斷紋的一種。宋趙希鵠洞天清禄集古琴辯:"古琴以斷紋爲證,蓋琴不歷五百歲不斷,愈久則斷愈多,然斷有數等,有蛇腹斷,有紋橫截琴面,相去或一寸,或二寸,節節相似,如蛇腹下紋,有細紋斷如髮千百條,亦停勻,多在琴之兩旁。"

【蛇舅母】動物名。又名草蜥。與蜥蜴同類異屬;形態相似,習性亦同,惟舌甚長,尖端叉裂,略如蛇舌。背黄色,背側蒼褐色,鱗片粗糙作雲狀。尾長,約等於頭及軀體的兩倍以上,但易脱。舊時皆以屬兩棲類的蠑螈合爲一物。參閱政和證類本草二一石龍子、本草綱目四三鱗一石龍子。

【蛇銜草】植物名。入藥。解蛇毒。又名蛇含。南朝宋劉敬叔異苑三:"昔有田父耕地,值見傷蛇在焉。有一蛇銜草著瘡上,經日,傷蛇走。田父取其草餘葉以治瘡,皆驗。本不知草名,因以蛇銜爲名。"本草綱目十六草五蛇含:"其葉似龍牙而小,背紫色,故俗名小龍芽,又名紫背龍牙。"

【蛇心佛口】指僞善的人心腸狠毒而説話慈祥。明王玉峯焚香記構禍:"他欺人也索神不祐,王魁你惡狠狠蛇心佛口,我便到黄泉,也須把你這歹魂兒勾定,與我倒斷了前番呪。"

【蛇影杯弓】見"杯弓蛇影"。

蛀 zhù ㄓㄨˋ 之戍切,去,遇韻,照。

㊀蛀蝕器物的小蟲。木蠹、蠹魚等,俗皆名蛀蟲。宋陳翥桐譜器用:"然而采伐不時,則有蛀蟲之害焉。"㊁物被蟲蝕。宋陶穀清異錄治玉巢:"士人素有蛀牙,一日復作,左腮掀腫。"(説郛六一)

蛟 xián ㄒㄧㄢˊ 胡田切,平,先韻,匣。

蟲名。即馬蛟,一名馬陸,百足。莊子秋水:"夔憐蛟,蛟憐蛇。"參見"馬陸"。

蚷 jù ㄐㄩˋ 集韻臼許切,上,語韻。

商蚷。蟲名。即馬蛟。參見"蛟"、"商蚷"。

蛃 bǐng ㄅㄧㄥˇ 兵永切,上,梗韻,幫。

蟲名。見"蛃魚"。

【蛃魚】即蠹魚、衣魚。爾雅釋蟲"蟫,白魚"晉郭璞注:"衣書中蟲,一名蛃魚。"廣雅釋蟲:"白魚,蛃魚也。"清王念孫疏證:"爾雅翼云:衣書中蟲,始則黄色,既老而身有粉,視之如銀,故名曰白魚。白與蛃,聲之轉。蛃之爲言,猶白也。"

蚶 hān ㄏㄢ 呼談切,平,談韻,曉。

軟體動物。肉可食。亦稱瓦楞子、瓦壟子。文選晉郭景純(璞)江賦:"紫蚢如渠,洪蚶專車。"

【蚶田】蚶的近海養殖場。嘉慶一統志四二七福建興化府:"大蚶山在莆田縣東七十里海濱上,山勢崒嵂,有蚶田百頃。"

【蚶菜】猶言海菜,赤貝的一種。舊唐書一五四孔戣傳:"上謂裴度曰:'嘗有上疏論南海進蚶菜者,詞甚忠正,此人何在?卿第求之。'"宋梅堯臣宛陵集五十永叔請賦車螯詩:"素唇紫錦背,漿味壓蚶菜。"

【蚶貝羅】石名。梁書海南諸國婆利國傳:"有石名蚶貝羅,初採之柔軟,及刻削爲物乾之,遂大堅強。"

蛄 gū ㄍㄨ 古胡切,平,模韻,見。

蟲名。如螻蛄、蟪蛄、蛄𧓓。見各該條。

【蛄𧓓】蟲名。又名強蛘(或作蛘)。爾雅釋蟲:"蛄𧓓,強蛘。"注:"今米穀中蠹小黑蟲是也。建平人呼爲蛘子。"蛘音芈。方言十一作"姑𧓓"。

蛂 bié ㄅㄧㄝˊ 蒲結切,入,屑韻,並。

蟲名。爾雅釋蟲:"蛂,蟥蛢。"注:"甲蟲也。大如虎豆,綠色,今江東呼黄蛢。"

蛅 zhān ㄓㄢ 汝鹽切,平,鹽韻,日。

見下。

【蛅蟖】一種毛蟲。爾雅釋蟲:"螺,蛅蟖。"注:"蛓屬也。今青州人呼蛓爲蛅蟖。"亦稱雀甕,又名躁舍,可入藥,治小兒驚癇寒熱等。參閱政和證類本草二二雀甕。

蛆 1. qū ㄑㄩ 七余切,平,魚韻,清。

説文作"胆"。㊀蠅類的幼蟲。法苑珠林

一一五捨身感應緣:"豺狼所啗,終成蟲蛆。"唐韓愈昌黎集六符讀書城南詩:"一爲馬前卒,鞭背生蟲蛆。"

2. jū 子魚切,平,魚韻,精。
ㄐㄩ

㊀見"蝍蛆"。㊁酒面浮滓,猶言蟻。宋蘇軾分類東坡詩十三三月十九日攜白酒鱸魚過詹史君食槐葉冷淘:"枇杷已熟粲金珠,桑落初嘗灩玉蛆。"

蚰 yóu 以周切,平,尤韻,喻。
ㄧㄡ

見下。

【蚰蜒】蟲名。節肢動物,俗稱簑衣蟲。爾雅釋蟲"螾衘,入耳"晉郭璞注:"蚰蜒。"楚辭漢王逸九思傷時:"巷有兮蚰蜒,邑多兮螳螂。"

【蚰蜒壕】曲折如蚰蜒行迹的壕塹。唐韓偓金鑾密記:"汴人列十餘栅圍岐城,掘蚰蜒壕攻城。"(說郛四)。也作"蚰蜒塹"。舊五代史符道昭傳:"太祖受禪後,委兵柄與康懷英等攻潞州,以蚰蜒塹繚之,飛鳥不度。"

蚙 líng 郎丁切,平,青韻,來。
ㄌㄧㄥ

蟲名。見"蜻蚙"、"螟蚙"各條。

【蚙窮】蟲名。淮南子說林:"昌羊去蚤蝨而來蚙窮,除小害而致大敗。"注:"蚙窮,䖶蜒入耳之蟲也。"按,本草綱目四二山蛩蟲引淮南子作"蚙蛩",謂卽蚰蜒,多生牆屋爛草中,好脂油香。

蚱 zhà 側伯切,入,陌韻,莊。
ㄓㄚ

見下。

【蚱蜢】蟲名,蝗類,似螽而小,爲危害禾本科和豆科植物的害蟲。本草綱目四一蟲三𨉖螽:"𨉖螽,總名也,江東呼爲蚱蜢。"參閱政和證類本草二一蟲螽。

【蚱蟬】蟲名。玉篇:"蚱蟬,七月生。"俗稱蜘蟟、知了。宋寇宗奭本草衍義十七蚱蟬:"夏月身與聲皆大者是。"

蛈 tiě 他結切,入,屑韻,透。
ㄊㄧㄝ

見下。

【蛈母】爲"蚨母"之誤。說詳清段玉裁說文解字注"蛈"。參見"蚨母"、"青蚨"。

【蛈蝪】土蜘蛛。卽螲蟷。爾雅釋蟲:"王,蛈蝪。"注:"卽螲蟷,似䵹鼊,在穴中,有蓋。今河北人呼蛈蝪。"詳"螲蟷"。

蚼 1. qú 其俱切,平,虞韻,羣。
ㄑㄩ 呼后切,上,厚韻,曉。

㊀蚼蠋,烏蠋。一種危害禾本科植物的害蟲。商君書農戰:"今夫螟螣蚼蠋,春生秋死,一出而民數年不食。"

2. gǒu 集韻 舉后切,上,厚韻。
ㄍㄡ

㊀見"蚼₂犬"。

【蚼₂犬】神話中獸名。說文:"北方有蚼犬,食人。"或作"蚼犬"。山海經海內北經:"蚼犬如犬,青,食人從首始。"蚼,音táo。

蛁 diāo 都聊切,平,蕭韻,端。
ㄉㄧㄠ

蟬。漢揚雄太玄五飾:"次八:蛁鳴喁喁,血出其口。"

【蛁蟟】蟬。夏秋間鳴於高樹,異名甚多。廣雅釋蟲:"蟪蛄、蛉蛄、蟧蟧,蛁蟟也。"清王念孫疏證:"蟪蛄,寒蟬也,一名蜓蚞。……蜓蚞與蟧蟧同蛁蟟之轉聲也。"

蚹 fù 符遇切,去,遇韻,並。
ㄈㄨ

蛇腹下代足爬行的橫鱗。莊子齊物論:"吾待蛇蚹蜩翼邪。"釋文:"司馬(彪)云:謂蛇腹下齟齬,可以行者也。"參見"蛇蚹"。

【蚹蠃】蝸牛。爾雅釋魚:"蚹蠃,螔蝓。"注:"卽蝸牛也。"按蚹蠃、螔蝓、蝸牛本非一物,因同爲腹足類,在古代著作中往往混之,通謂之蠃。參閱清郝懿行爾雅義疏。

蚯 qiū 去鳩切,平,尤韻,溪。
ㄑㄧㄡ

見下。

【蚯蚓】蟲名。禮月令孟夏之月:"螻蟈鳴,蚯蚓出。"晉崔豹古今注魚蟲:"蚯蚓,一名蜿蟺,一名曲蟮,善長吟於地中。江東謂之歌女,或謂之吟砌。"

蚳 chí 直尼切,平,脂韻,澄。
ㄔ

㊀蟻卵。古以爲食品。國語魯上:"蟲舍蚳蝝。"注:"蚳,蟻子也,可以爲醢。"㊁蟹蚳,獸名。見該條。

【蚳母】知母草的别名。知母宿根之旁,初生子根,狀如蚳䖟之狀,故稱蚳母。見本草綱目十二草一知母。

蚴 yǒu 於糾切,上,黝韻,影。
ㄧㄡ

亦作"蚴"。見下。

【蚴虯】屈曲行動貌。楚辭漢賈誼惜誓:"蒼龍蚴虯於左驂兮,白虎騁而爲右騑。"

【蚴蜕】細腰蜂。方言十一:"䗪,燕趙之間謂之蠓螉,其小者謂之蠮螉,或謂之蚴蜕。"

【蚴蟉】屈曲行動貌。同"蚴虯"。文選漢司馬長卿(相如)上林賦:"青龍蚴蟉於東廂,象輿婉僤於西清。"史記作"蚴蟉"。唐張彥遠法書要録四張懷瓘文字論:"僕今所制,不師古法,……靈變無常,務於飛動,或若虎豹有强梁拏攫之形,執蛟螭見蚴蟉盤旋之勢。"此指字體宛轉飛揚之貌。

六畫

蛮 mán
ㄇㄢ

"蠻"字的簡體。見康熙字典。

蛓 cì 七賜切,去,寘韻,清。
ㄘ 七吏切,去,志韻,清。

蟲名。食木葉,有角,其毛螫人。楚辭漢王逸九思怨上:"蛓緣兮我裳,蠋入兮我懷。"參閱清朱駿聲說文通訓定聲五。

蛩 1. qióng 渠容切,平,鍾韻,羣。
ㄑㄩㄥ

㊀獸名。見"蛩蛩㊀"。㊁蝗蟲。淮南子本經:"飛蛩滿野。"注:"蛩,蟬蟥蠓之屬也。一曰蝗也。"㊂蟋蟀。唐白居易長慶集十四禁中聞蛩詩:"西窗獨闇坐,滿耳新蛩聲。"㊃恐懼。見"蛩蛩㊁"。

2. gǒng 集韻 古勇切,上,腫韻。
ㄍㄨㄥ

㊄蟲名。卽馬陸,又名百足蟲、飛蛟蟲。一說卽蚰蜒(蚰蜒),見方言十一晉郭璞注。參見"馬陸"。

【蛩蛩】㊀古代傳說中的獸名。卽距虛。也作"邛邛"。一說蛩蛩、距虛爲二獸。山海經海外北經:"(北海)有素獸焉,狀如馬,名曰蛩蛩。"漢書五七上司馬相如傳子虛賦:"蹵蛩蛩,轔距虛。"注:"張揖曰:'蛩蛩,青獸,狀如馬。距虛似蠃而小。'郭璞曰:'距虛卽蛩蛩,變文互言耳。'"史記作"邛邛"。參見"邛邛岠虛"。㊁憂懼貌。楚辭漢劉向九歎離世:"心蛩蛩而懷顧兮,魂眷眷而獨逝。"注:"蛩蛩,懷憂貌。"

【蛩蟨】蛩蛩獸與蟨鼠。也作"蛩蟨"、"邛蟨"。呂氏春秋不廣:"北方有獸名曰蟨,鼠前而兔後,趨則跲,走則顛,常爲蛩蛩距虛取甘草以與之。蟨有患害也,蛩蛩距虛必負而走。此以其所能託其所不能。"爾雅釋地作"邛邛岠虛"、"蟨"。後因以"蛩蟨"比喻二者相依爲命。

蛬 gǒng 居悚切,上,腫韻,見。
ㄍㄨㄥ 渠容切,平,鍾韻,群。

蟋蟀的别名。詩唐風蟋蟀"蟋蟀在堂"漢毛亨傳:"蟋蟀,蛬也。"南朝宋鮑照鮑氏集四擬古詩之七:"秋蛬扶户吟,寒婦成夜織。"

蚩 zī 卽移切,平,支韻,精。ㄗ

蟲名,似蟬。見廣韻。

【蚩鼠】傳說中的一種鳥。山海經東山經:"(栒狀之山)有鳥焉,其狀如雞而鼠毛,其名曰蚩鼠,見則其邑大旱。"

蛇 zhà 除駕切,去,禡韻,澄。ㄓㄚˋ

卽水母,俗稱海蜇。玉篇:"蛇,形如覆笠,泛泛常浮隨水。"太平御覽九四三沈懷遠南越志:"海岸間頗育水母,東海謂之蛇。"參見"水母㊂"。

蛟 jiāo 古肴切,平,肴韻,見。ㄐㄧㄠ

㊀古代傳說中的一種動物。楚辭屈原九歌湘夫人:"麋何食兮庭中,蛟何爲兮水裔。"注:"蛟,龍類也。"山海經中山經:"(翼望之山)貺水出焉,東流注于漢,其中多蛟。"注:"似蛇,而四脚小,頭細,頸有白癭,大者十數圍,卵如一二石甕,能吞人。"㊁鯊魚。通"鮫"。荀子禮論:"寢兕,持虎,蛟韅,絲末,彌龍,所以養威也。"注:"韅,馬腹之革,蓋象蛟形。徐廣曰:以鮫魚皮爲之。"參見"鮫"。

【蛟人】傳說居於海底的人。同鮫人。全唐詩六〇九皮日休初夏遊楞伽精舍:"千尋井猶在,萬祀靈不涸。下通蛟人道,水色黮而惡。"參見"鮫人"。

【蛟川】水名。指晉周處斬蛟的荊溪。晉陸機陸士衡集十晉平西將軍孝侯周處碑:"南瞻荊岳,崇峻極之巍峨;北睇蛟川,濬清流之澄澈。"參見"荊溪"。

【蛟虬】蛟和虬。唐孟郊孟東野集十峽哀之二:"石劍相劈斫,石波怒蛟虬。"比喻盤結曲屈之狀。金趙秉文閑閑老人滏水文集五遊華山寄元裕之詩:"五鬣不朽之長松,流膏入地盤蛟虬。"

【蛟妾】南朝梁任昉述異記:"夏桀之末,宮中有女子化爲龍,不可近,俄而復爲婦人,甚麗而食人。桀命爲蛟妾,告桀吉凶之事。"(太平御覽九三〇)後用以比喻凶佞的人。宋詩鈔汪元量水雲集鈔杭州雜和林石田之十四:"江春蛟妾舞,塞暖雁奴歸。……如何秦相國,昨夜就韓非。"

【蛟門】山名。一名嘉門山。在鎮海縣(今浙江寧波市)東海中,去岸約十五里,環鎖海口,吐納潮汐,出此卽大海洋;又有虎蹲山,屹立海口。古稱蛟門虎蹲。見讀史方輿紀要九二寧波府定海縣蛟門山。

【蛟室】蛟人所居之處。唐孟浩然集三永嘉上浦館逢張八子容詩:"廨宇鄰蛟室,人烟接島夷。"參見"蛟人"。

【蛟胎】用鯊魚皮製成的劍鞘。唐李賀歌詩編一春坊正字劍子歌:"蛟胎皮老蒺藜刺,鸊鵜花淬白鷴尾。"

【蛟篆】鐘鼎篆文。以其筆畫盤曲如蛟,故名。清阮元積古齋鐘鼎彝器款識二商壺蛟篆壺:"右蛟篆壺銘,據王氏款識宋搨本摹入。……今從薛氏款識定爲商器,篆銘奇古。"

【蛟龍】卽蛟。以其形似傳說中的龍,故稱蛟龍。莊子秋水:"夫水行不避蛟龍者,漁父之勇也。"

【蛟龍得水】管子形勢:"蛟龍,水蟲之神者也。乘於水,則神立;失於水,則神廢。……故曰:蛟龍得水,而神可立也。"後以"蛟龍得水"比喻人有施展才能的機會。魏書楊大眼傳:"遂用爲軍主。大眼顧謂同僚曰:'吾之今日,所謂蛟龍得水之秋,自此一舉終不復與諸君齊列矣。'"

【蛟龍得雲雨】猶蛟龍得水。三國志吳周瑜傳上疏:"劉備以梟雄之姿,而有關羽張飛熊虎之將,必非久屈爲人用者。……今猥割土地以資業之,聚此三人,俱在疆埸,恐蛟龍得雲雨,終非池中物也。"

蛘 1. yǎng 餘兩切,上,養韻,喻。ㄧㄤˇ

㊀同"癢"。也作"蛘"、"痒"。說文:"蛘,搔蛘也。"唐顏真卿顏魯公文集十三撫州南城縣麻姑山仙壇記:"麻姑手似鳥爪,蔡經心中念言,背蛘時得此爪以爬背乃佳也。"

2. yáng 與章切,平,陽韻,喻。ㄧㄤˊ

㊁米中小黑蟲。爾雅釋蟲作"蛘"。見廣雅釋蟲。

蚈 qiān 苦堅切,平,先韻,溪。ㄑㄧㄢ

蟲名。卽螢火蟲。呂氏春秋季夏:"腐草化爲蚈。"注:"蚈,螢火也。"一說爲多足之蟲。淮南子時則:"腐草化爲蚈。"注:"蚈,馬蚿也。"又氾論:"夫鴟目大而眎不若鼠,蚈足衆而走不若蛇。"注:"蚈,馬蠸也。"馬蚿、馬蠸,卽馬陸,又叫百足蟲。

蛦 yí 以脂切,平,脂韻,喻。ㄧˊ

㊀鳥名。見"蛸蛦"。㊁介蟲名。見"螆蛦"。㊂蟲名。見"螗蛦"。

蛙 wā 烏媧切,平,佳韻,影。ㄨㄚ 烏瓜切,平,麻韻,影。

蝦蟆。說文作"鼃"。禮月令孟夏之月"螻蟈鳴"漢鄭玄注:"螻蟈,蛙也。"

【蛙吹】南齊孔稚珪門庭之內,草萊不翦,中有蛙鳴,對人稱以當"兩部鼓吹"。見南齊書孔稚珪傳。後遂稱蛙鳴爲"蛙吹"。唐韋莊浣花集一夏夜:"蛙吹鳴還息,蛛羅滅又光。"宋陸游劍南詩稿七宿沱江彌勒院:"蛙吹喧孤枕,蚊雷動四廊。"參見"兩部鼓吹"。

【蛙蛤】蝦蟆的別稱。唐韓愈昌黎集六答柳柳州食蝦蟇詩:"蝦蟇雖水居,水特變形貌,强號爲蛙蛤,於實無所校。"

【蛙黽】卽蛙。唐韓愈昌黎集五河南令舍池臺詩:"長令人吏遠趨走,已有蛙黽助狼藉。"金元好問遺山集一出京詩:"城居苦湫隘,羣動日蛙黽。"

蛣 jié 去吉切,入,質韻,溪。ㄐㄧㄝˊ

㊀蟲名。見"蛣蝠"。㊁璅蛣,介類動物。見"璅蛣"。

【蛣屈】曲折。後漢書六九竇武傳:"有大蛇自榛草而出,……俯仰蛣屈。"

【蛣蜣】蟲名。卽蜣螂。爾雅釋蟲:"蛣蜣,蜣蜋。"注:"黑甲蟲,噉糞土。"莊子齊物論"庸詎知吾所謂知之非不知邪"晉郭象注:"蛣蜣之知,在於轉丸。"參見"蜣螂"。

【蛣蝠】蟲名。爾雅釋蟲:"蝎,蛣蝠。"注:"木中蠹蟲。"說文作"蛣蚰"。

【蛣蟩】卽孑孓。爾雅釋魚"蜎,蠉"晉郭璞注:"井中小蛣蟩,赤蟲,一名孑孓。"參見"孑孓"。

蛚 liè 良薛切,入,薛韻,來。ㄌㄧㄝˋ

蟲名。也作"蛪"。見"蜻蛚"。

蛭 zhì 之日切,入,質韻,照。ㄓˋ 丁結切,入,屑韻,端。丁悉切,入,質韻,端。

水蛭,環節動物,居池沼或水田中,吸食人畜血液,俗稱馬蟥。爾雅釋魚:"蛭,蟣。"又釋蟲:"蛭蝚,至掌。"文選漢賈誼弔屈原文:"偭蟂獺以隱處兮,夫豈從蝦與蛭螾。"注引韋昭:"蛭,水蟲食人者也。"

蛕 1. huí 戶恢切,平,灰韻,匣。ㄏㄨㄟˊ

㊀一種人體寄生蟲。也作"蚘",今作"蛔"。唐柳宗元柳先生集十八罵尸蟲文:"偷蛕恙心,短蟯穴胃。"

2. huǐ 呼罪切,上,賄韻,曉。ㄏㄨㄟˇ

㊁土蛕,毒蟲。見廣韻。

蛝 xián 戶閒切,平,山韻,匣。ㄒㄧㄢˊ

蟲名。卽馬蚿。亦名刀環蟲、百足蟲。

紫黑色而光潤，節間蹙起細紋。爾雅釋蟲："蚭，馬蝬。"參閱清郝懿行義疏。

蛔 huí ㄏㄨㄟˊ 集韻 胡隈切，平，灰韻。

本作"蛕"。一種人體寄生蟲。參見"蛕"。

蛧 wǎng ㄨㄤˇ 文兩切，上，養韻，明。

也作"蝄"。見"蛧蜽"。

【蛧蜽】古代傳說中的山精。蛧，也作"蝄"。國語魯下："木石之怪曰夔、蛧蜽。"注："蛧蜽，山精，傚人聲而迷惑人也。"

蛤 1. gé ㄍㄜˊ 古沓切，入，合韻，見。

㊀一種有介殼的軟體動物，產於江河湖海。有蛤蜊、文蛤、玄蛤、青蛤、烏蛤等。國語晉九："雀入于海爲蛤，雉入于淮爲蜃。"注："小曰蛤，大曰蜃。皆介物，蚌類。"

2. há ㄏㄚˊ

㊁蛙類。唐韓愈昌黎集六初南食貽元十八協律詩："蛤即是蝦蟇，同物浪異名。"清李調元南越筆記十一："蛤生田間，名曰田雞。……或謂大聲曰鼃，小聲曰蛤。"

【蛤灰】燒蛤殼爲灰，其用與石灰同。周禮地官掌蜃"共白盛之蜃"唐賈公彥疏："蜃蛤在泥水之中，東萊人叉取以爲灰，故以蛤灰爲叉灰云也。"

【蛤柱】卽江珧柱。宋陸游劍南詩稿七八讀近人詩："君看大羹玄酒味，蟹螯蛤柱豈同科。"參見"江珧"。

【蛤粉】蚌蛤殼研成的粉。宋米芾畫史："墨稱螺，製必如蛤粉。"有兩種：一種指蚌粉，又稱蜃灰、蛤灰，河蚌殼研成，用以粉刷牆壁，填塞墓壙；一種指蛤蜊粉，又稱海蛤粉、海粉，蛤蜊殼煆成，可以入藥。見本草綱目四六介二蚌、蛤蜊。

【蛤蚧】壁虎的一種。也叫大壁虎。唐劉恂嶺表錄異下："蛤蚧，首如蝦蟇，背有細鱗如蠶子，土黃色，身短尾長，多巢於樹中。……里人採之，鬻於市，爲藥能治肺疾。醫人云：藥力在尾，不具者無功。"參閱政和證類本草二二蛤蚧。

【蛤₂魚】蝦蟆的別名。南齊書卞彬傳："其蝦蟇賦云：'紆青拖紫，名爲蛤魚。'"

【蛤棃】卽蛤蜊。也作"合棃"。淮南子道應："見一士焉，……盧敖就而視之，方倦龜殼而食蛤棃。"注："蛤棃，海蚌也。"論衡道虛引作"合棃"。又作"蛤黎"。見"蛤黎醬"。

【蛤蜊】有介殼的軟體動物。俗叫海蚌。亦名蝶螺、鬳母。南史王弘傳附王融："不知許事，且食蛤蜊。"本草綱目四六介二蛤蜊："蛤蜊生東南海中，白殼紫唇，大二三寸者，閩浙人以其肉充海錯，醃其殼，火煆作粉，名曰蛤蜊粉也。"

【蛤像】唐時長安大興善寺有蛤像。相傳隋帝嗜蛤，所食甚多，忽有一蛤，擊之不破，帝異之，置於几上，夜放光芒，及明，肉自脫，中有一佛二菩薩像。帝悲悔，誓不食蛤。因於寺內建蛤像。見唐段成式酉陽雜俎續集五寺塔記上。

【蛤厲】卽牡蠣。見說文"蛤"。參見"牡蠣"。

【蛤黎醬】蛤蜊肉製成的醬。蛤黎，卽蛤蜊。宋王鞏清虛雜著："京師舊未嘗食蜆蛤，錢司空始以蛤黎爲醬，于是海錯悉醢以走四方。"見清翟灝通俗編二九禽魚蛤黎醬。

蛑 móu ㄇㄡˊ 莫浮切，平，尤韻，明。

㊀蟹屬。見"蝤蛑"。㊁螳螂的別名。見爾雅釋蟲。㊂見"蛑賊"。

【蛑賊】同"蟊賊"。本指食禾本科植物的害蟲。後來泛指危害社會國家的壞人。羣書治要五十晉袁準袁子正書："夫有不急之官，則有不急之祿，國之蛑賊也。"參見"蟊賊"。

蛛 zhū ㄓㄨ 陟輸切，平，虞韻，知。

蜘蛛。節肢動物。說文作"鼅鼄"。詳"蜘蛛"。

【蛛絲】蜘蛛所吐的絲。唐杜甫杜工部草堂詩箋二五諸葛廟："蟲蛇穿畫壁，巫覡醉蛛絲。"

【蛛煤】蛛網和灰塵。宋楊萬里誠齋集三一登鳳凰臺詩："只有謫仙留句處，春風掌管拂蛛煤。"謫仙，謂李白。

【蛛網】蜘蛛所布的網。漢焦延壽易林十六未濟之蠱："蜘蛛作網，以伺行旅。"唐釋齊己白蓮集六假山詩："蛛網藤蘿挂，春霖瀑布垂。"

【蛛蝥】蜘蛛的別名。爾雅釋蟲作"鼄蝥"。漢賈誼新書七諭誠："蛛蝥作網，今之循緒。"

【蛛絲馬跡】謂如蛛之引絲，馬之留跡。比喻隱約可尋的線索，依稀可辨的迹象。清吳玉搢別雅王家賁序："大開通、同、轉、假之門，泛濫浩博，幾疑天下無字不可通用，而實則珠絲馬跡，原原本本，具在古書。"

蛞 1. kuò ㄎㄨㄛˋ 苦栝切，入，末韻，溪。

㊀蝦蟆子，卽蝌蚪。見廣韻。㊁蜒蚰。見"蛞蝓"。

2. shé ㄕㄜˊ 集韻 食列切，入，薛韻。

㊂蟲名。卽蟪蛄。通"蛥"。見集韻。參見"蛥蚗"。

【蛞蝓】卽蜒蚰，又名蚹蝸，俗叫鼻涕蟲。集韻："蛞，……一曰蛞蝓，無殼蝸。"一說卽蝸牛。參閱本草綱目四二蟲四蛞蝓、清程瑤田程徵君釋蟲小記(清經解五五三)。

【蛞螻】螻蛄的別名。方言十一："螻螲謂之螻蛄，……南楚謂之杜狗，或謂之蛞螻。"

蛫 guǐ ㄍㄨㄟˇ 過委切，上，紙韻，見。

㊀卽蟹。見說文。㊁傳說中的獸名。山海經中山經："(卽公之山)有獸焉，其狀如龜，而白身赤首，名曰蛫。"史記一一七司馬相如傳上林賦："蟖胡縠蛫，棲息乎其間。"

蛒 gé ㄍㄜˊ 古伯切，入，陌韻，見。

㊀蟲名。卽地鱉。方言十一："蟦螬謂之蟦，……梁益之間謂之蛒，或謂之蝎，或謂之蛭蛒。"蟦，又作"蠐"。見清戴震疏證。參見"蟦螬"。㊁毒蜂。唐元稹長慶集四蛒蜂詩序："蛒，蜂類而大。巢在褭鼻蛇穴下，故毒。螫倍諸蜂蠆，中手足輒斷落，及心胸則圮裂。"

蛥 shé ㄕㄜˊ 食列切，入，薛韻，神。

見下。

【蛥蚗】蟬之一種。方言十一："蛥蚗，齊謂之螇螰，楚謂之蟪蛄，或謂之蛉蛄，秦謂之蛥蚗；自關而東謂之虭蟧，或謂之蝭蟧，或謂之蜓蚞，西楚與秦通名也。"

蛜 yī ㄧ 於脂切，平，脂韻，影。

蟲名。節肢動物。也作"蛜"。說文："蛜，蛜威，委黍；委黍，鼠婦也。"蛜威，本作"伊威"。詳"伊威"。

蛗 fù ㄈㄨˋ 集韻 扶缶切，上，有韻。

蛗螽，蟲名。蛗，也作"蛗"、"蟲"。見"蟲螽"。

七畫

蜇 1. zhē ㄓㄜ 陟列切，入，薛韻，知。

㊀痛，刺痛。列子楊朱：“昔人有美戎菽甘枲、莖芹萍子者，對鄉豪稱之。鄉豪取而嘗之，蜇於口，惨於腹。”唐柳宗元柳先生集二一讀韓愈所著毛穎傳後題：“雖蜇吻裂鼻，縮舌澁齒，而咸有篤好之者。”

2. zhé ㄓㄜˊ

㊁海蜇，水母的俗稱。見“水母㊁”。

蜃

shèn ㄕㄣˋ 時刃切，去，震韻，禪。

時忍切，上，軫韻，禪。

㊀大蛤蜊。國語晉九：“雀入於海爲蛤，雉入於淮爲蜃。”注：“小曰蛤，大曰蜃。皆介物，蚌類。”㊁蚌殼灰。周禮地官掌蜃：“掌斂互物蜃物，以共闉壙之蜃。”注：“互物，蚌蛤之屬。闉，猶塞也。將井椁先塞下，以蜃禦濕也。”參見“蜃炭”。㊂祭器名。周禮春官鬯人：“凡山川四方用蜃。”注：“脩、蜃、概、散，皆漆尊也。……蜃，畫爲蜃形。”

【蜃市】濱海地區，因折光所形成的城郭幻景。清朱彝尊曝書亭集二逢姜給事(垓)詩：“東萊蜃市易沉淪，南國相逢淚滿巾。”參見“海市蜃樓”。

【蜃車】喪車。周禮地官遂師：“共丘籠及蜃車之役。”注：“蜃車，柩路也。柩路戴柳四輪，迫地而行，有似於蜃，因取名焉。”

【蜃炭】蚌蛤殼燒成的灰。周禮秋官赤犮氏：“掌除牆屋，以蜃炭攻之，以灰洒毒之。”疏：“蜃炭者，謂蜃灰是也。”左傳成二年：“八月，宋文公卒。始厚葬，用蜃炭，益車馬，始用殉。”

【蜃氣】海面風平浪静時，遠處出現由折光所形成的城郭樓宇等幻象。沙漠中也可見這些幻象。古人常誤以蜃氣爲蜃所吐之氣而成。史記天官書：“海旁蜄氣象樓臺，廣野氣成宮闕然。”唐駱賓王集三早發淮口望盱眙詩：“岸昏涵蜃氣，潮滿應雞聲。”參見本草綱目四三鱗一蛟龍附錄蜃、四六介二車螯。

【蜃樓】卽蜃氣。文苑英華四唐柳喜日浴咸池賦：“照蜃樓於圻岸，寫蛟室於溟漲。”唐白居易長慶集七遊溢水詩：“城雉映水見，隱隱如蜃樓。”參見“蜃市”、“蜃氣”。

【蜃中樓】戲曲名。清李漁著。爲笠翁十種曲之一。演二龍女故事，事皆虛幻，故名。參閱曲海總目提要二一。

蜇

lǐ ㄌㄧˇ

見下。

【蜇帽】盔帽的一種。通典一五二兵五守拒法附：“凡攻城之兵，禦捍矢石，頭戴蜇帽，仰視不便。”蜇，通“蠡”、“蠃”，一種貝類動物。蜇帽，以形似而名。

蜋

láng ㄌㄤˊ 魯當切，平，唐韻，來。

呂張切，平，陽韻，來。

今作“螂”。㊀說文：“蜋，堂蜋也。”見“螳蜋”。㊁見“蜋蜩”。㊂見“蜣蜋”。

【蜋蜩】蟬的一種。爾雅釋蟲：“蜩，蜋蜩。”疏：“此辨蟬之大小及方言不同之名也。”方言十一：“蟬，楚謂之蜩，宋衛之間謂之螗蜩，陳鄭之間謂之蜋蜩，秦晉之間謂之蟬。”

蜕

1. tuì ㄊㄨㄟˋ 他外切，去，泰韻，透。

舒芮切，去，祭韻，審。

湯卧切，去，過韻，透。

弋雪切，入，薛韻，喻。

㊀蟬、蛇之類脱皮去殼。史記八四屈原傳：“蟬蜕於濁穢。”正義：“蜕音税，去皮也。”淮南子説林：“蟬飽而不食，三十日而蜕。”蟬、蛇所脱下的皮殼亦稱“蜕”。說文：“蜕，蛇蟬所解皮也。”晉書張華傳：“武庫封閉甚密，其中忽有雉雊。華曰：‘此必蛇化爲雉也。’開視，雉側果有蛇蜕焉。”㊁解脱。道家佛家謂人的死亡如蟬之蜕殼，故美稱其修行者死去爲“蜕”。太平御覽六六四引寶劍上經：“夫尸解者，本真之鍊蜕也。”唐王適潘尊師碣：“翌日，師曰：‘吾其蜕矣！’”(金石萃編六二)

2. yuè ㄩㄝˋ 集韻 欲雪切，入，薛韻。

㊂蚴蜕，小細腰蜂。見方言十一。

【蜕骨】指死亡。道家所謂脱去凡骨。初學記三十三國魏曹植神龜賦：“虵折鱗於平皋，龍蜕骨於深谷。”今本曹子建集作“脱骨”。唐孟郊孟東野集九終南山下作詩：“因思蜕骨人，化作飛桂仙。”

【蜕巖詞】元張翥著，二卷。翥至正初，用薦命參與修遼金宋三史，官翰林學士承旨，至正二十八年卒。親歷元朝盛衰，故其詩詞多憂時之作。詞風婉麗，近似宋之姜夔吳文英。

蜐

jié ㄐㄧㄝˊ 居怯切，入，業韻，見。

石蜐。節足動物。廣韻引南越志：“石蜐生石上，形如龜脚，得春雨而生也。”又作“蛣”。文選晉郭景純(璞)江賦：“瓊蚌晞曜而瑩珠，石蛣應節而揚葩。”

蜅

fǔ ㄈㄨˇ 方矩切，上，麌韻，幫。

見“螟蜅”。

蜌

chē ㄔㄜ 集韻 昌遮切，平，麻韻。

蜌螯，蟲名。見“車螯”。

蛷

qiú ㄑㄧㄡˊ 巨鳩切，平，尤韻，羣。

㊀多足蟲。卽蠼螋。說文作“蝵”。蛷螋，又叫蛷蝛、蚑蛷、蛷蛷。唐韓愈昌黎集八城南聯句詩：“瘿頸鬧鳩鴿，蜿垣亂蛷蠑。”參閱清王念孫廣雅疏證釋蟲。㊁指患蠼螋瘡。淮南子説林：“曹氏之裂布，蛷者貴之。”注：“楚人名布爲曹，今俗間以始織布繫著其旁，謂之曹布，燒以傅蛷蛷瘡，則愈，故蛷者貴之。”

蛘

mǐ ㄇㄧˇ 綿婢切，上，紙韻，明。

蟲名。也作“蛘”。爾雅釋蟲：“蛄蠪，强蛘。”注：“今米穀中蠹小黑蟲是也，建平人呼爲蛘子。”清郝懿行義疏：“釋文引説文作‘羊’，字林作‘蛘’。……廣東人呼米牛，紹興人呼米象，並因形以爲名。”

【蛘蛘】螳螂的别名。漢揚雄方言十一：“螳螂……或謂之蛘蛘。”廣雅釋蟲作“芈芈”。

蛖

1. máng ㄇㄤˊ 莫江切，平，江韻，明。

㊀蟲名。見“蛖螻”。

2. bàng ㄅㄤˋ 集韻 部項切，上，講韻。

㊁蚌蛤。淮南子説林：“蛖，象之病，人之寶也。”注：“蛖，大蛤，中有珠。”

【蛖螻】蟲名，卽螻蛄。爾雅釋蟲：“蛖，蛖螻。”注：“蛖螻，螻蛄類。”

蛺

jiá ㄐㄧㄚˊ 古協切，入，帖韻，見。

昆蟲名。卽蝴蝶。說文：“蛺，蛺蜨也。”

【蛺蝶】蝴蝶。南朝梁何遜何水部集石頭答庾郎丹詩：“黃鸝隱葉飛，蛺蝶縈空戲。”唐杜甫杜工部草堂詩箋十二曲江之二：“穿花蛺蝶深深見，點水蜻蜓欵欵飛。”或指蝴蝶中的一種。晉崔豹古今注中魚蟲：“蛺蝶一名野蛾，一名風蝶，江東呼爲撻末，色白背青者是也。”參閱本草綱目四十蟲二蛺蝶。

【蛺蝶圖】畫名。唐李元嬰畫。元嬰爲唐高祖(李淵)的兒子，封滕王。唐詩紀事四四王建宮詞之六十：“內中數日無呼喚，寫得滕王蛺蝶圖。”參閱宋郭若虛圖畫見聞誌五滕王。

蜄

1. shèn ㄕㄣˋ 集韻 時忍切，去，震韻。

㊀蛤類。同“蜃”。見玉篇。也指以蛤殼做的容器。莊子人間世：“夫愛馬者，以

筐盛矢，以娠盛溺。」參見「蜃」。

2. zhèn 集韻 之刃切，去，震韻。ㄓㄣˋ

㊀震動。史記律書：「辰者，言萬物之蜄也。」

蛹 yǒng 余隴切，上，腫韻，喻。ㄩㄥˇ

蠶蛹。荀子賦蠶：「蛹以爲母，蛾以爲父。」後泛指昆蟲從幼蟲過渡到成蟲的一種形態。如蜂蛹、蠅蛹。

【蛹臥】蠶蛹蜷伏繭中。比喻隱居。宋葉適水心集七送陳漫翁詩：「笠澤老龜蒙，蛹臥絲自裹。」龜蒙，指唐末詩人陸龜蒙。

蝍 jí 子力切，入，職韻，精。ㄐㄧˊ

見下。

【蝍蛆】㊀蜈蚣別名。又作蝍且、即且。爾雅釋蟲：「蝍蛆，吴公。」注：「似蝗而大腹長角，能食蛇腦。」莊子齊物論：「蝍蛆甘帶，鴟鴉耆鼠。」釋文本作「蝍且」。㊁蟋蟀。楚辭漢王逸九思哀歲：「蚎蚗兮噍噍，蝍蛆兮穰穰。」

【蝍蛉】蜻蛉的別名。方言十一：「蜻蛉謂之蝍蛉。」注：「六足四翼蟲也。」廣雅釋蟲作「𧌃蛉」。

【蝍蠘】蟲名。即尺蠖。爾雅釋蟲「蠖，蚇蠖」晉郭璞注：「今蝍蠘。」方言十一作「蠀蠘」。

蛸 1. shāo 所交切，平，肴韻，山。ㄕㄠ

㊀蟲名。見「蠨蛸」。

2. xiāo 相邀切，平，宵韻，心。ㄒㄧㄠ

㊀蟲名。見「螵蛸」。㊁姓。南朝齊武帝以巴東王蕭子響叛逆，改其姓爲蛸氏。見通志四氏族四以凶德爲氏。

蜆 xiǎn 呼典切，上，銑韻，曉。ㄒㄧㄢˇ
胡典切，上，銑韻，匣。
苦甸切，去，霰韻，溪。

㊀小黑蟲。赤頭，長寸許。吐絲作繭，懸於空中，俗名縊女。爾雅釋蟲：「蜆，縊女。」一說，古文「繭」作「絸」，「蜆」通「絸」。見正字通。㊁小蛤。殼圓小稍厚，成輪層，色外褐內紫，居於淡水軟泥地。殼研粉入藥。參閱政和證類本草二二蜆。

蜈 wú 五乎切，平，模韻，疑。ㄨˊ

蟲名。見「蜈蚣」。

【蜈蚣】蟲名。節肢動物，生陰溼處。第一對足有毒腺，分泌毒液。捕食蟲類。參閱政和證類本草二二蜈蚣。

【蜈蚣船】明代兵船名。嘉靖四年廣東按察使汪鋐奏請造蜈蚣船，製圖以獻。其船周圍置銃三四管，底尖面平闊，兩傍駕櫓四十支，櫓多人衆，行如飛，不畏風浪，作爲江防之用。至十四年罷。參閱明李昭祥龍江船廠志一、二。

蜎 1. yuān 烏玄切，平，先韻，影。ㄩㄢ
於緣切，平，仙韻，影。
狂兖切，上，獮韻，羣。

㊀蚊的幼蟲，即孑孓。爾雅釋魚：「蜎，蠉。」注：「井中小蛣蟩，赤蟲，一名孑孓。」㊁姓。春秋楚有蜎淵，老子弟子，著蜎子十三篇。見漢書藝文志道家。㊂彎曲。周禮考工記廬人：「句兵欲無彈，刺兵欲無蜎。」㊃蠕動貌。見下。

2. xuān ㄒㄩㄢ

㊄飛翔。通「翾」。見「蜎₂飛蠕動」。

【蜎₂蜎₂】蠕動貌。詩豳風東山：「蜎蜎者蠋，烝在桑野。」傳：「蜎蜎，蠋貌，桑蟲也。」

【蜎₂飛蠕動】指能飛行、蠕動的小蟲。鬼谷子揣：「故觀蜎飛蠕動，無不有利害。」注：「蜎飛蠕動，微蟲耳，亦猶懷利害之心。」漢焦延壽易林五觀之乾：「蜎飛蠕動，各有所配。」

蜌 bì 集韻 部禮切，上，薺韻。ㄅㄧˋ

長而狹的蚌。俗叫馬刀、馬蛤。爾雅釋魚：「蜌，螷。」注：「今江東呼蚌長而狹者爲螷。」參閱本草綱目四六介二馬刀。

蜉 fú 縛謀切，平，尤韻，並。ㄈㄨˊ

蟲名。説文作「䗄」。見「蜉蝣」、「蚍蜉」。

【蜉蝣】蟲名。有數種。體細狹，成蟲長數分，四翅，後翅甚小，腹部末端有長尾鬚兩條。壽命短者數小時，長者六、七日。詩曹風蜉蝣：「蜉蝣之羽，衣裳楚楚。」三國吴陸璣毛詩草木鳥獸蟲魚疏下蜉蝣之羽：「蜉蝣，方土語也，通謂之渠略。似甲蟲，有角，大如指，長三四寸。甲下有翅，能飛。夏月陰雨時地中出。……隨雨而出，朝生而夕死。」

【蜉蝤】蟲名。即蜉蝣。漢書六四王褒傳聖主得賢臣頌：「蟋蟀俟秋唫，蜉蝤出以陰。」注：「蝤音由，字亦作蝣。」

蜍 1. chú 署魚切，平，魚韻，禪。ㄔㄨˊ

㊀蟾蜍，蛙類。見「蟾蜍」。

2. yú 以諸切，平，魚韻，喻。ㄩˊ

㊁蠾蜍，即蜘蛛。通「蝓」。見「蠾蝓」。

蜁 xuán 似宣切，平，仙韻，邪。ㄒㄩㄢˊ

見下。

【蜁蝸】小螺。文選晉郭景純（璞）江賦：「三蝬蚹江，鸚螺蜁蝸。」注：「蜁蝸，小螺也。」

蜊 lí 力脂切，平，脂韻，來。ㄌㄧˊ

見「蛤蜊」。

蛾 1. é 五何切，平，歌韻，疑。ㄜˊ

㊀蟲名。與蝶類並稱，種類甚多，如天蛾、蠶蛾、菜蛾、螟蛾等。字也作「䖸」、「蛾」。荀子賦：「蛹以爲母，蛾以爲父。」參閱清朱駿聲説文通訓定聲歌部「䖸」。㊁「蛾眉」的省稱。藝文類聚四三三國魏文帝答繁欽書：「於是提袂徐進，揚蛾微眺。」參見「蛾眉」。㊂物之寄生者。如木耳又名木蛾，桑耳又名桑蛾。本草綱目二八菜三木耳：「木耳生於朽木之上，……曰耳曰蛾，象形也。」㊃不久。通「俄」。漢書九七下班倢伃傳：「帝初即位選入後宮。始爲少使，蛾而大幸。」注：「蛾與'俄'同，古字通用。」

2. yǐ 魚倚切，上，紙韻，疑。ㄧˇ

㊄同「蟻」。禮學記：「蛾子時術之。」注：「蛾，蚍蜉也。」釋文：「本或作蟻。」㊅姓。左傳晉大夫蛾析之後，後魏有平東將軍蛾青。見通志五氏族五平聲。

【蛾₂伏】如蟻之蟄伏。文選漢揚子雲（雄）長楊賦：「皆稽顙樹頷，扶服蛾伏，二十餘年矣。」注：「蛾，古蟻字。」

【蛾眉】蠶蛾的觸鬚，彎曲而細長，如人的眉毛，故以比喻女子長而美的眉毛。詩衛風碩人：「齒如瓠犀，螓首蛾眉，巧笑倩兮，美目盼兮。」也比喻姿色美好。楚辭屈原離騷：「衆女嫉余之蛾眉兮，謠諑謂余以善淫。」注：「蛾眉，好貌。」也借爲美人的代稱。唐高適高常侍集五塞下曲：「蕩子從軍事征戰，蛾眉嬋娟守空閨。」參見「娥眉」。

【蛾揚】眉揚。形容美人笑貌。文選戰國宋玉神女賦：「眉聯娟似蛾揚兮，朱脣的其若丹。」南朝梁昭明太子集一銅博山香爐賦：「齊姬合歡而流盼，燕女巧笑而蛾揚。」

【蛾₂傅】即蟻附。謂如蟻的趨附。墨子備蛾傅：「子問蛾傅之守邪？蛾傅者，將之忿者也。」按孫子謀攻：「將不勝其忿，而蟻附之。」

【蛾₂賊】東漢末，全國性農民起義。張角等領導的農民軍著黄巾爲標幟，時人謂之黄巾。黄巾所至，羣起響應，衆多如蟻，官府侮蔑稱爲蛾賊。見後漢書七一皇甫嵩傳。蛾，古蟻字。

【蛾蛾】巨大。一説紛紜。漢揚雄太玄經三斷："上九，斧刃蛾蛾，利匠人之貞。"又衆："次七，旌旗絓羅，干戈蛾蛾。"

【蛾翠】猶蛾緑。唐李賀歌詩編二惱公："含水彎蛾翠，登樓溟馬鬉。"此指美好之眉。唐温庭筠集二春洲曲："韶光染色如蛾翠，緑濕紅鮮水容媚。"此指景色青葱，鮮明如黛。

【蛾緑】㊀婦女畫眉用的青黑顔料。卽螺子黛，又叫螺黛。唐顔師古隋遺録："(殿脚女)吳絳仙善畫長蛾眉，司宫吏日給螺子黛五斛，號爲蛾緑。"(説郛七八) 宋蘇軾分類東坡詩十二次韻答舒教授觀余所藏墨："時聞五斛賜蛾緑，不惜千金求獺髓。"借指女子的眉。宋姜夔白石道人歌曲四疏影詞："猶記深宫舊事，那人正睡裏，飛近蛾緑。"㊁指青翠的山。唐李賀歌詩編四蘭香神女廟："幽篁畫新粉，蛾緑橫曉門。"

【蛾眉班】唐代中書、門下、御史臺官員朝見皇帝時排班，東西對立，如人眉狀，故稱。宋沈括夢溪筆談一故事一："唐制，兩省供奉官東西對立，謂之蛾眉班。"劉克莊後村集二一靈石日長老訪留之樗菴詩："昔趁蛾眉班謁帝，今從牛矢路歸田。"

【蛾₂術編】清王鳴盛著，一百卷。書分十目：説録、説字、説地、説制、説人、説物、説集、説刻、説通、説系。仿照王應麟困學紀聞、顧炎武日知録體例，考訂名物制度，多有精義。積三十年而成此書。禮學記有"蛾子時術之"語，蛾同"蟻"，言蟻雖小蟲，時時習銜土之事，積漸而成大垤，以喻學問須經長期積累乃有成就，書名卽以此取義。

蜂 fēng 敷容切，平，鍾韻，滂。
ㄈㄥ 薄紅切，平，東韻，並。

説文作"逢"。昆蟲名。種類甚多，常見者有黄蜂、土蜂、蜜蜂等。雌蜂尾有毒刺。國語晉九："蜹蟻蜂蠆，皆能害人，況君相乎?"公序本作"逢蠆"。參見"逢"字各條。

【蜂王】蜜蜂中的雌蜂。每羣蜂僅有一雌蜂，居巢内産卵，它蜂附之組成羣體，俗稱蜂王。文苑英華八五四張驚滄州弓高縣實性寺釋迦像碑："蜂王獻蜜，紛飛紫紺之樓；龍女持花，出入珊瑚之殿。"

【蜂舟】傳説周武王伐紂時所乘船名。舊題晉王嘉拾遺記二周："周武王東伐紂，夜濟河，……有大蜂狀如丹鳥，飛集王舟，因以鳥畫其旗。翌日而梟紂，名其船曰蜂舟。"

【蜂房】卽蜂巢，以巢内分隔似房，故名。淮南子氾論："夫牛蹏之涔不能生鱣鮪，而蜂房不容鵠卵，小形不足以包大體也。"

【蜂起】見"逢起"。

【蜂黄】見"蝶粉蜂黄"。

【蜂準】高鼻。史記秦始皇紀："秦王爲人，蜂準，長目。"正義："蜂蠆也，高鼻也。文穎曰：'準，鼻也。'"

【蜂腰】㊀蜂之腰中間細，比喻居中者最差。南史周弘直傳："或問三周孰賢，人曰：'若蜂腰矣'"三周，指南朝梁周弘正、弘讓、弘直兄弟。弘正善談玄理，弘直方雅敦厚，唯弘讓簡素，曾任叛將侯景僞官，故時人譏之。㊁詩律"八病"之一。宋蘇軾分類東坡詩十和孔密州五絶之四和流杯石上草書小詩："蜂腰鶴膝嘲希逸，春蚓秋蛇病子雲。"希逸，南朝宋謝莊字；子雲，漢揚雄字。魏慶之詩人玉屑十一詩病引南朝梁沈約："詩病有八：一曰平頭，……三曰蜂腰。第二字不得與第五字同聲。如'聞君愛我甘，竊欲自修飾'，'君'、'甘'皆平聲，'欲'、'飾'皆入聲。"一説全句皆濁而中有一字清聲稱"蜂腰"。參見"八病"。

【蜂衙】衆蜂簇擁蜂王，如朝拜屏衛，稱蜂衙。宋陸佃埤雅釋蟲："蜂有兩衙應朝，其主之所在，衆蜂爲之旋繞，如衛。"陸游劍南詩稿九青羊宫小飲贈道士："微雨晴時看鶴舞，小窗幽處聽蜂衙。"

【蜂蜜】蜜蜂採花汁釀成的糖蜜。唐孟浩然集一疾愈過龍泉寺精舍呈易業二上人詩："入洞窺石髓，傍崖採蜂蜜。"

【蜂旗】見"逢旗"。

【蜂臺】㊀佛塔的別稱。遠觀佛塔狀似蜂巢，故名。全唐詩一〇五樊忱奉和九月九日登慈恩寺浮圖應制："插萸登鷲嶺，把菊坐蜂臺。"㊁蜂王居處。宋陸佃埤雅釋蟲蜂："其王之所居，疊積如臺，語曰'蜂臺'。"

【蜂聚】紛雜聚合如蜂。樂府詩集二十南朝梁沈約漢東流："逆徒蜂聚，旌旗紛蔽。"

【蜂糖】卽蜂蜜。宋吳處厚青箱雜記二："又楊行密據江淮，至今民間猶謂蜜爲蜂糖，……則俗語承諱久，未能頓易故也。"蘇轍欒城集十三將移績溪令詩："山栗似拳〔拳〕應自飽，蜂糖如土不須慳。"

【蜂蠆】見"逢蠆"。

【蜂屯蟻雜】謂似蜂蟻之聚居。形容紛紜雜亂。唐韓愈昌黎集二一送鄭尚書序："撞搪呼號，以相和應；蜂屯蟻雜，不可爬梳。"

蜒 yán 以然切，平，仙韻，喻。
ㄧㄢ

㊀蟲名。見"蜒蚰"、"蚰蜒"。㊁蜿蜒而長貌。楚辭大招："魂乎無南，南有炎火千里，蝮蛇蜒只。"㊂獸名。見"蝘蜒"。

【蜒蚰】無殼的蝸牛。卽蛞蝓。俗叫鼻涕蟲。宋羅願爾雅翼二四蚰蜒："今蝸牛之無殼者，俗呼蜒蚰。又呼蝸牛爲蜒蚰。"

蜓 tíng 特丁切，平，青韻，定。
ㄊㄧㄥˇ 徒典切，上，銑韻，定。
徒鼎切，上，迥韻，定。

㊀蟲名。見"蜻蜓"、"蜓蛛"。㊁蝘蜓，卽守宫。見廣韻。

【蜓蛛】蟬屬。卽蟪蛄。爾雅釋蟲："蜓蛛，螇螰。"注："卽蝭蟧也，一名蟪蛄。"方言十一："蛥蚗，齊謂之螇螰，楚謂之蟪蛄，…… 自關而東謂之虭蟧，或謂之蝭蟧，或謂之蜓蛛。"參見"蟪蛄"。

蜀 shǔ 市玉切，入，燭韻，禪。
ㄕㄨˇ

㊀蛾蝶類的幼蟲。同"蠋"。説文："蜀，葵中蠶也。……詩曰：'蜎蜎者蜀。'"今本詩豳風東山作"蠋"。傳謂桑蟲。參見"蠋"。㊁祭器。管子形勢："抱蜀不言，而廟堂既修。"注："蜀，祠器也。"㊂朝代名。1.漢末，劉備據有益州稱帝，國號漢，爲魏所滅。舊史稱蜀漢(公元 221—263 年)。2.五代時王建據有東西二川，在成都稱帝，建國號曰蜀，爲後唐所滅。史稱前蜀(公元907—925年)。3.後唐孟知祥在蜀，封蜀王，自稱帝，國號蜀，爲宋所滅，史稱後蜀(公元 934—965 年)。㊃地名。夏周爲古蜀國，秦滅之，置蜀郡。漢因之，屬益州。自後以蜀爲四川地域的別稱。

【蜀才】人名。北齊顔之推顔氏家訓書證："易有蜀才注。江南學士，遂不知是何人。王儉四部目録不言姓名，題云王弼後人。謝炅夏侯該並讀數千卷書，皆疑是譙周。而李蜀書一名漢之書，云姓范名長生，自稱蜀才。"隋書經籍志易著録有周易十卷，蜀才注。又漢之書十卷，蜀李書九卷，皆無撰者名氏。

【蜀山】㊀蜀地的山。唐白居易長慶集十二長恨歌："蜀江水碧蜀山青，聖主朝朝暮暮情。」㊁山名。在江蘇宜興縣東南。本名獨山。宋蘇軾愛其風景類蜀，改名蜀山。參閱嘉慶一統志八六常州府山川。

【蜀本】宋時在四川刻印的書籍，稱爲蜀本。宋葉夢得石林燕語八：「今天下印書以杭州爲上，蜀本次之，福建最下。……蜀與福建多以柔木刻之，取其易成而速售，故不能工。」蜀本書字體較大，又稱蜀大字本，如南宋紹興年間所刻宋齊梁陳魏北齊北周七史皆爲蜀大字本。

【蜀布】蜀地出產的布。史記一二三大宛傳：「(張)騫曰：『臣在大夏時，見邛竹杖、蜀布。』」正義：「布，土蘆布。」

【蜀岡】山名。在江蘇江都縣北。相傳地脈通蜀，故名。南朝時稱崐崘，隋時稱故宮岡。唐中和三年，廬州刺史楊行密赴揚州援淮南節度使高駢不得入，屯于蜀岡，卽此。見新五代史吳世家。參閱太平寰宇記一三三揚州江都縣、讀史方輿紀要二十江寧府六合縣赤岸山。

【蜀客】㊀旅遊蜀地的人。唐劉禹錫劉夢得集四松滋渡望峽中詩：「巴人淚應猿聲落，蜀客船從鳥道回。」㊁指海棠。宋姚寬西溪叢語上：「昔張敏叔有十客圖，忘其名。予長兄伯聲，嘗得三十客：……海棠爲蜀客。」

【蜀桐】蜀地產的桐木。水經注四十漸江水：「異苑曰：晉武時吳郡臨平岸崩，出一石鼓，打之無聲，以問張華。華云：『可取蜀中桐材，刻作魚形，扣之則鳴矣。』於是如言，聲聞數十里。劉道民詩曰：『事有遠而合，蜀桐鳴吳石。』」唐李賀歌詩編一李憑箜篌引：「吳絲蜀桐張高秋，空白凝雲頹不流。」此指蜀地桐木所製的樂器。

【蜀郡】秦滅古蜀國置。漢因之，屬益州，唐至德二年改爲成都府，以至清。治所在成都。其轄境包有今四川成都市及温江地區大部分縣境。參閱漢書地理志上、嘉慶一統志三八四成都府。

【蜀秫】見「蜀黍」。

【蜀莊】卽漢時蜀人嚴君平。漢揚雄法言問明：「蜀莊沈冥。蜀莊之才之珍也，不作苟見，不治苟得。」注：「蜀人，姓莊，名遵，字君平。」東漢人避明帝劉莊諱，改莊爲「嚴」。故莊君平卽嚴君平。其事跡見漢書七二王貢兩龔鮑傳序。

【蜀椒】植物名。產蜀中。又名巴椒、川椒。落葉灌木，高四五尺，有刺，果實光黑，肉厚皮皺，腹裏白，氣味辛辣，可作香料。參閱政和證類本草十四蜀椒。

【蜀黍】禾本科作物。卽高粱。又叫蜀秫、蘆穄、蘆粟、木稷、荻粱。種子供食用及釀酒。蜀黍之名，始見於博物志。參閱本草綱目二三穀二蜀黍。

【蜀葵】植物名。又名吳葵、一丈紅。花有紅紫白等色。花供觀賞，根入藥。爾雅釋草「菺，戎葵」晉郭璞注：「今蜀葵也。似葵，華如木槿華。」參閱晉崔豹古今注下草木、本草綱目十六草五蜀葵。

【蜀艇】小船。淮南子俶真：「越舲蜀艇，不能無水而浮。」注：「蜀艇，一版之舟。」

【蜀漢】㊀指蜀郡和漢中一帶。戰國策秦三：「棧道千里，〔通〕於蜀漢。」史記六國年表序：「漢之興自蜀漢。」㊁三國之一。漢建安二十五年劉備稱帝於蜀，國號漢，自稱繼漢正統。舊史以別於前後漢，稱爲蜀漢，又稱季漢。

【蜀箋】自唐以來，蜀地所造箋紙卽著盛名，有玉版、表光、貢餘、經屑等名目，統稱蜀箋。唐司空圖司空表聖集五力疾山下吳村看杏花之十八：「更恨詩詩無紙寫，蜀箋堆積是誰家？」元費著有蜀牋譜。參見「薛濤牋」、「十樣蠻牋」。

【蜀魄】傳說戰國時蜀王杜宇稱帝，號望帝，死後魂魄化爲子規(杜鵑)。後人因以蜀魄爲杜鵑鳥的別稱。唐李商隱李義山詩集四哭遂州蕭侍郎二十四韻：「遺音和蜀魄，易簣對巴猿。」文苑英華三二九唐杜荀鶴聞子規詩：「楚天空闊月成輪，蜀魄聲聲似告人。」

【蜀錦】古代絲織物的一種。唐杜甫杜工部草堂詩箋七白絲行：「繰絲須長不須白，越羅蜀錦金粟尺。」注：「越羅蜀錦，天下之奇紋也。」元費著撰蜀錦譜記載蜀錦產地除蜀外，還有秦州湖州等地。故蜀錦以各地織法源自蜀地，相沿爲名，成爲錦的通稱。

【蜀雞】大雞。爾雅釋畜：「雞大者，蜀。」晉郭璞注：「今蜀雞。」莊子庚桑楚：「奔蜂不能化藿蠋，越雞不能伏鵠卵，魯雞固能之矣。」釋文：「魯雞，向(秀)云：『大雞也，今蜀雞也。』」

【蜀黨】宋哲宗元祐間朝臣有洛蜀朔三黨，蜀黨以蘇軾呂陶爲首。三黨皆反對王安石新法，軾與洛黨之程顥程頤交惡，故兩黨互相攻擊，勢如水火，迄北宋亡。參閱明陳邦瞻宋史紀事本末四五洛蜀黨議。參見「三黨㊁」、「洛黨」。

【蜀鑑】書名。宋郭允蹈著。十卷。記載戰國秦取南鄭至宋平孟昶，前後一千二百年間有關蜀地的事蹟。紀事用本末體，每條有綱有目有論，體例如宋朱熹通鑑綱目，但內容較爲詳明。

【蜀三關】卽陽平關、白水關、仙人關。爲蜀與漢中間最險要的關隘。陽平關在今陝西寧强縣西北，古稱陽安關。白水關在今寧强縣西南，與今四川廣元縣交界。仙人關在今陝西鳳縣西南。又明張萱漢南紀記蜀有陽平關白水關江關三關。江關在今四川奉節縣南。參閱讀史方輿紀要五六鳳縣仙人關、寧羌州陽平關及白水關、六九夔州府奉節縣江關。

【蜀羊泉】草名。又名羊泉、羊飴，俗名漆姑。莖如灌木，細長有毛，纏繞它物生長。葉似菊，花紫色。子類枸杞子，根如遠志，入藥。見政和證類本草九蜀羊泉。

【蜀道難】樂府相和歌辭名。唐李白李太白詩三蜀道難：「噫吁嚱危乎高哉，蜀道之難難於上青天！」此詩用意，說者不一。唐范攄雲谿友議、宋沈括夢溪筆談、洪駒父詩話謂爲諷章仇兼瓊而作，蕭士贇注謂諷玄宗入蜀之非計，清王琦注謂蜀道難爲古相和曲，梁簡文帝、劉孝威、陳陰鏗嘗有擬作，白詩詠蜀地之險，以志警戒，不必求一時一事以實之。梁簡文帝諸人曲辭，見樂府詩集四十。

【蜀溪春】詞調名。宋曹勛松隱集有黃海棠詞，調名蜀溪春，取詞中「蜀景風遲，浣花溪邊」、「占上苑，留住春」句而名。雙調，九十九字。見詞譜二七。

【蜀檮杌】宋張唐英著。又名外史檮杌。共二卷。據前蜀開國記、後蜀實錄的史料，仿東漢荀悅漢紀體例，編年排次。載五代王建、孟知祥據蜀事蹟，可補正史所遺。

【蜀犬吠日】唐柳宗元柳先生集三四答韋中立論師道書：「屈子賦曰：『邑犬羣吠，吠所怪也。』僕往聞庸蜀之南恒雨少日，日出則犬吠。」後以「蜀犬吠日」比喻少見多怪。

蛾 é ㄜˊ 字彙 牛何切，我平聲。

蟲名。同「䖸」。卽蛾。說文：「䖸，蠶化飛蟲。从䖵，我聲。蛾，或从虫。」見「蛾㊀」。

【蛾羅】蠶蛾。一說泛指蛾蝶類的飛蟲。爾雅釋蟲：「蛾羅。」注：「蠶蛾。」清郝懿行義疏：「有蠶蛾，有天蛾，凡草木蟲以蛹化爲蛾者甚衆；然則蛾羅通名，凡蛺蜨之類皆是。郭以蠶蛾爲釋，恐非。」

蜑 dàn ㄉㄢˋ 徒旱切，上，旱韻，定。

㊀古代南方民族之一。見晉常璩華陽國志巴志涪陵郡。也作「蜒」。唐韓愈昌黎

集二七清河郡公房公墓碣銘:"管有嶺外十三州之地,林蠻洞蜒,守條死要,不相漁劫。"注:"蜒當作'蜑',南方夷也。"㊁古代南方的水上居民。也作"蛋",今作"疍"。見"蜑户"。

【蜑人】見"蜑户"。

【蜑户】古代南方的水上居民。也作"蛋户"。在長期封建社會中,受統治階級的侮視。世世以船爲家,自爲婚姻,不得陸居。至清雍正時始解除陸居禁令。宋蘇軾分類東坡詩二二追餞正輔表兄至博羅賦詩爲别:"艤舟蜑户龍岡窟,置酒椰葉桄榔間。"蔡絛鐵圍山叢談五:"凡採珠必蜑人,號曰蜑户,丁爲蜑丁,……能辛苦,常業捕魚,生皆居海艇中。"

【蜑酒】蜑人所釀的酒。也作"蜒酒"。宋蘇軾分類東坡詩六丙子重九之一:"蜑酒蘖衆毒,酸甜如梨楂。"東坡集後集作"蜒酒"。宋詩鈔孫覿鴻慶集鈔九日次獻花舖:"殷勤邀一醉,蜒酒壓梨楂。"自注:"(唐)李衛公(德裕)貶海外,道過象江,蠻女獻花於此。"

【蜑船】蜑人之船。亦稱蜑子船。宋蘇軾分類東坡詩八連雨漲江之一:"牀牀避漏幽人屋,浦浦移家蜑子船。"元史二〇九安南傳:"平章不忽木等奏立湖廣安南行省,給二印,市蜑船百斛者千艘。"又作"蜑舟"。宋蘇軾東坡集續集七與秦少游書:"治裝十日可辦,但須得泉人許久船,即牢穩可恃,餘蜑舟多不堪。"

蓨 tiáo 徒聊切,平,蕭韻,定。
ㄊㄧㄠ

見下。

【蓨蟰】傳説中的動物名。山海經東山經:"(獨山)末塗之水出焉,而東南流注于沔,其中多蓨蟰,其狀如黄蛇,魚翼,出入有光。見則其邑大旱。"文選晉郭景純(璞)江賦:"蓨蟰拂翼而掣耀,神蜧蝹蜦以沉遊。"

八 畫

蜜 mì 彌畢切,入,質韻,明。
ㄇㄧˋ

説文作"𧖅"。蜂蜜。爲蜜蜂採取花液所釀成的稠液。供食用,也入藥。漢王充論衡言毒:"蜂液爲蜜,蜜難益食。"

【蜜勺】楚辭宋玉招魂:"瑤漿蜜勺,實羽觴些。"注:"勺,沾也。"言有玉漿以蜜調和之。又宋洪興祖補注:"勺音酌。"按蜜勺與瑤漿對稱,當仍爲蜂蜜之蜜。勺、酌通;蜜勺,猶言蜜酒。

【蜜丸】即蠟丸。内藏書信,以防泄密。新唐書一四一李澄傳:"興元元年,澄遣盧融間道奉表詣行在,德宗嘉之,署帛詔内密丸,授澄刑部尚書、汴滑節度使。"

【蜜父】梨的别名。宋陶穀清異録果:"建業野人種梨者,誇其味曰蜜父。"

【蜜母】鳥名。北堂書鈔一四七臨海異物志:"蜜母,小鳥也,黑色,正月旦,爲蜜蜂同行諸山,求安處。"

【蜜印】死後追贈官職所賜的蠟印。晉山濤以太康四年亡,策贈新沓伯,密印紫綬。見晉書本傳。唐權德輿權載之集七哭劉四尚書詩:"命賜龍泉重,追榮密印陳。"密,同"蜜"。

【蜜官】指蜜蜂。宋陶穀清異録蟲花賊:"温庭筠嘗得一句云:'蜜官金翼使。'徧干知識,無人可屬。久之,自聯其下曰:'花賊玉腰奴。'予以爲道盡蜂蝶。"

【蜜房】蜜蜂的窠。文選晉左太沖(思)蜀都賦:"丹沙赩熾出其坂,蜜房郁毓被其阜。"

【蜜炬】蠟燭。蜂采花蕊,醖釀成蜜,其房如脾,謂之蜜脾。蜜脾之底爲蠟,可以製燭。唐李賀歌詩編三河陽歌:"觥船飫口紅,蜜炬千枝爛。"宋范祖禹范太史集一席上探題詩:"爍爍犀燈燃晚雨,亭亭蜜炬照晴霞。"

【蜜香】㊀木名。見"沈香"、"蜜香樹"。㊁草名。即"木香"。見"木香㊀"。

【蜜酒】用蜂蜜釀製的酒。宋蘇軾東坡集前集十三蜜酒歌序:"西蜀道士楊世昌,善作蜜酒,絶醇釅。"明詩紀事十四林弼臨江:"蓬窗吟罷還成醉,蜜酒初香玉筍肥。"

【蜜草】㊀草名。唐段成式酉陽雜俎前集十九廣動植:"北天竺國出蜜草,蔓生,大葉,秋冬不死,因重霜露,遂成蜜,如塞上蓬鹽。"㊁甘草的别名。見政和證類本草六甘草引名醫别録。

【蜜唧】古嶺南人取初生鼠,飼之以蜜,宴時釘於席上,以筯挾取啖之,唧唧作聲,故曰蜜唧。見唐張鷟朝野僉載三。宋蘇軾分類東坡詩十六聞正輔表兄將至以詩迎之:"朝槃見蜜唧,夜枕聞鵂鶹。"

【蜜章】古代官印,身死後上繳或隨葬,追贈之爵,則用蠟印,示不復用,稱蜜印,亦稱蜜章。晉書陶侃傳成帝詔:"今遣兼鴻臚追贈大司馬,假蜜章,祠以太牢。"參閲宋周密齊東野語一蜜章密章。

【蜜脾】蜜蜂以蜜蠟造成連片的窠房。也稱蜜排。唐李商隱李義山詩集六閨情:"紅露花房白蜜脾,黄蜂紫蝶兩參差。"

【蜜筒】見"蜜筩"。

【蜜煎】用蜜沾漬的果品。即"蜜餞"。宋吴自牧夢粱録六除夜:"是日,内司意思局進呈精巧消夜果子合,合内簇諸般細果、時果、蜜煎、糖煎,……等品。"又十九四司六局筵會假賃:"蜜煎局,掌簇飣看盤果套山子,蜜煎像生窠兒。"

【蜜蜂】昆蟲名。又名蠟蜂、𧒂。成羣居住,每羣有一雌蜂,稱爲蜂王,專營生殖。雌蜂、工蜂尾部針刺有毒。工蜂採花釀蜜,供食用。蜜與蜜蠟皆入藥。古但稱蜂。北堂書鈔一四七晉張璠易序:"蜜蜂以兼採爲味。"

【蜜筩】甜瓜屬。廣雅釋草:"龍蹏、虎掌、羊骹、兔頭、桂支、蜜筩、……瓜屬也。"晉陸機陸士衡集一瓜賦:"其種族類數則有括樓、定桃、黄𤬩、白傅、金文、密〔蜜〕筩。"也作"蜜筒"。北周庾信庾子山集四和樂儀同苦熱詩:"美酒含蘭氣,甘瓜開蜜筒。"

【蜜漬】以蜜浸漬果品。三國志吴孫亮傳"日於苑中習焉"注引吴歷:"亮後出西苑,方食生梅,使黄門至中藏取蜜漬梅,蜜中有鼠矢。"唐張鷟朝野僉載三:"宋明帝嗜蜜漬𧏙蛦,每啖數升。"

【蜜餌】用蜜和米麵製成的糕餅。楚辭宋玉招魂:"粔籹蜜餌,有餦餭些。"注:"言以蜜和米麪,熬煎作粔籹,擣黍作餌。"

【蜜漿】用蜂蜜做的飲料。三國志魏袁術傳"發病道死"注引吴書:"時盛暑,欲得蜜漿,又無蜜。……乃大咤曰:'袁術至于此乎!'因頓伏牀下,嘔血斗餘而死。"

【蜜橘】橘的一種。廣羣芳譜六四果橘:"橘,一名木奴。……種類不一。有蜜橘,其味最甘。"

【蜜餞】蜜漬果物,本作"蜜煎"。後來因其爲食物,改用餞字。參見"蜜煎"。

【蜜燭】蠟燭。舊題漢劉歆西京雜記四:"閩越王獻高帝石蜜五斛,蜜燭二百枚。"

【蜜麪】和蜜的米麪。宋林洪山家清供上寒具:"朱氏(熹)註楚詞:'粔籹蜜餌,有餦餭些。'謂以米麪煎熬作之寒具也。以是知楚詞一句,是自三品:粔籹乃蜜麪之乾者,十月開爐餅也;蜜餌乃蜜麪少潤者,七夕蜜食也;餦餭乃寒食具,無可疑者。"

【蜜璽】爲已死帝王而刻的蠟璽,猶追封大臣之用蜜印、蜜章。宋書禮志二:"武帝泰始四年,文明王皇后崩,將合葬,開崇陽陵。使太尉司馬望奉祭,進皇帝蜜璽綬於便房神坐。"參閲清郝懿行晉宋書故。

【蜜臘】琥珀的一種。爲松脂及楓脂入

【蛾₂賊】東漢末，全國性農民起義。張角等領導的農民軍著黄巾爲標幟，時人謂之黄巾。黄巾所至，羣起響應，衆多如蛾，官府侮蔑稱爲蛾賊。見後漢書七一皇甫嵩傳。蛾，古蟻字。

【蛾蛾】巨大。一説紛紜。漢揚雄太玄經三斷："上九，斧刃蛾蛾，利匠人之貞。"又衆："次七，旌旗絓羅，干戈蛾蛾。"

【蛾翠】猶蛾緑。唐李賀歌詩編二惱公："含水彎蛾翠，登樓潠馬鬉。"此指美好之眉。唐温庭筠集二春洲曲："韶光染色如蛾翠，緑濕紅鮮水容媚。"此指景色青葱，鮮明如黛。

【蛾緑】㊀婦女畫眉用的青黑顔料。卽螺子黛，又叫螺黛。唐顔師古隋遺録："(殿脚女)吴絳仙善畫長蛾眉，司宫吏日給螺子黛五斛，號爲蛾緑。"(説郛七八)宋蘇軾分類東坡詩十二次韻答舒教授觀余所藏墨："時聞五斛賜蛾緑，不惜千金求獺髓。"借指女子的眉。宋姜夔白石道人歌曲四疏影詞："猶記深宫舊事，那人正睡裏，飛近蛾緑。"㊁指青翠的山。唐李賀歌詩編四蘭香神女廟："幽篁畫新粉，蛾緑横曉門。"

【蛾眉班】唐代中書、門下、御史臺官員朝見皇帝時排班，東西對立，如人眉狀，故稱。宋沈括夢溪筆談一故事一："唐制，兩省供奉官東西對立，謂之蛾眉班。"劉克莊後村集二一靈石日長老訪留之橘菴詩："昔趁蛾眉班謁帝，今從牛矢路歸田。"

【蛾₂術編】清王鳴盛著，一百卷。書分十目：説録、説字、説地、説制、説人、説物、説集、説刻、説通、説系。仿照王應麟困學紀聞、顧炎武日知録體例，考訂名物制度，多有精義。積三十年而成此書。禮學記有"蛾子時術之"語，蛾同"蟻"，言蟻雖小蟲，時時習銜土之事，積漸而成大垤，以喻學問須經長期積累乃有成就，書名卽以此取義。

蜂 fēng 敷容切，平，鍾韻，滂。
ㄈㄥ 薄紅切，平，東韻，並。

説文作"蠭"。昆蟲名。種類甚多，常見者有黄蜂、土蜂、蜜蜂等。雌蜂尾有毒刺。國語晉九："蚋蟻蜂蠆，皆能害人，況君相乎？"公序本作"蠭蠆"。參見"蠭"字各條。

【蜂王】蜜蜂中的雌蜂。每羣蜂僅有一雌蜂，居巢内産卵，它蜂附之組成羣體，俗稱蜂王。文苑英華八五四張鷟滄州弓高縣實性寺釋迦像碑："蜂王獻蜜，紛飛紫紺之樓；龍女持花，出入珊瑚之殿。"

【蜂舟】傳説周武王伐紂時所乘船名。舊題晉王嘉拾遺記二周："周武王東伐紂，夜濟河，……有大蜂狀如丹鳥，飛集王舟，因以鳥畫其旗。翌日而梟紂，名其船曰蜂舟。"

【蜂房】卽蜂巢，以巢内分隔似房，故名。淮南子氾論："夫牛蹏之涔不能生鱣鮪，而蜂房不容鵠卵，小形不足以包大體也。"

【蜂起】見"蠭起"。

【蜂黄】見"蝶粉蜂黄"。

【蜂準】高鼻。史記秦始皇紀："秦王爲人，蜂準，長目。"正義："蜂蠆也，高鼻也。文穎曰：'準，鼻也。'"

【蜂腰】㊀蜂之腰中間細，比喻居中者最差。南史周弘直傳："或問三周孰賢，人曰：'若蜂腰矣'"三周，指南朝梁周弘正、弘讓、弘直兄弟。弘正善談玄理，弘直方雅敦厚，唯弘讓簡素，曾任叛將侯景僞官，故時人譏之。㊁詩律"八病"之一。宋蘇軾分類東坡詩十和孔密州五絶之四和流杯石上草書小詩："蜂腰鶴膝嘲希逸，春蚓秋蛇病子雲。"希逸，南朝宋謝莊字；子雲，漢揚雄字。魏慶之詩人玉屑十一詩病引南朝梁沈約："詩病有八：一曰平頭，……三曰蜂腰。第二字不得與第五字同聲。如'聞君愛我甘，竊欲自修飾'，'君'、'甘'皆平聲，'欲'、'飾'皆入聲。"一説全句皆濁而中有一字清聲稱"蜂腰"。參見"八病"。

【蜂衙】衆蜂簇擁蜂王，如朝拜屏衛，稱蜂衙。宋陸佃埤雅釋蟲："蜂有兩衙應朝，其主之所在，衆蜂爲之旋繞，如衛。"陸游劍南詩稿九青羊宫小飲贈道士："微雨晴時看鶴舞，小窗幽處聽蜂衙。"

【蜂蜜】蜜蜂採花汁釀成的糖蜜。唐孟浩然集一疾愈過龍泉寺精舍呈易業二上人詩："入洞窺石髓，傍崖採蜂蜜。"

【蜂旗】見"蠭旗"。

【蜂臺】㊀佛塔的别稱。遠觀佛塔狀似蜂巢，故名。全唐詩一〇五樊忱奉和九月九日登慈恩寺浮圖應制："插萸登鷲嶺，把菊坐蜂臺。"㊁蜂王居處。宋陸佃埤雅釋蟲蜂："其王之所居，疊積如臺，語曰'蜂臺'。"

【蜂聚】紛雜聚合如蜂。樂府詩集二十南朝梁沈約漢東流："逆徒蜂聚，旌旗紛蔽。"

【蜂糖】卽蜂蜜。宋吴處厚青箱雜記二："又楊行密據江淮，至今民間猶謂蜜爲蜂糖，……則俗語承諱久，未能頓易故也。"蘇轍欒城集十三將移績溪令詩："山栗似拳〔拳〕應自飽，蜂糖如土不須慳。"

【蜂蠆】見"蠭蠆"。

【蜂屯蟻雜】謂似蜂蟻之聚居。形容紛紜雜亂。唐韓愈昌黎集二一送鄭尚書序："撞搪呼號，以相和應；蜂屯蟻雜，不可爬梳。"

蜒 yán 以然切，平，仙韻，喻。
ㄧㄢ

㊀蟲名。見"蜒蚰"、"蚰蜒"。㊁蜿蜒而長貌。楚辭大招："魂乎無南，南有炎火千里，蝮蛇蜒只。"㊂獸名。見"蟃蜒"。

【蜒蚰】無殼的蝸牛。卽蛞蝓。俗叫鼻涕蟲。宋羅願爾雅翼二四蚰蜒："今蝸牛之無殼者，俗呼蜒蚰。又呼蝸牛爲蜒蚰。"

蜓 tíng 特丁切，平，青韻，定。
ㄊㄧㄥ 徒典切，上，銑韻，定。
徒鼎切，上，迥韻，定。

㊀蟲名。見"蜻蜓"、"蜓蛛"。㊁蝘蜓，卽守宫。見廣韻。

【蜓蛛】蟬屬。卽蟪蛄。爾雅釋蟲："蜓蛛，螇螰。"注："卽蝭蟧也，一名蟪蛄。"方言十一："蛥蚗，齊謂之螇螰，楚謂之蟪蛄，……自關而東謂之虭蟧，或謂之蝭蟧，或謂之蜓蛛。"參見"蟪蛄"。

蜀 shǔ 市玉切，入，燭韻，禪。
ㄕㄨˇ

㊀蛾蝶類的幼蟲。同"蠋"。説文："蜀，葵中蠶也。……詩曰：'蜎蜎者蜀。'"今本詩豳風東山作"蠋"。傳謂桑蟲。參見"蠋"。㊁祭器。管子形勢："抱蜀不言，而廟堂既修。"注："蜀，祠器也。"㊂朝代名。1.漢末，劉備據有益州稱帝，國號漢，爲魏所滅。舊史稱蜀漢（公元221—263年）。2.五代時王建據有東西二川，在成都稱帝，建國號曰蜀，爲後唐所滅。史稱前蜀(公元907—925年)。3.後唐孟知祥在蜀，封蜀王，自稱帝，國號蜀，爲宋所滅，史稱後蜀(公元934—965年)。㊃地名。夏周爲古蜀國，秦滅之，置蜀郡。漢因之，屬益州。自後以蜀爲四川地域的别稱。

【蜀才】人名。北齊顔之推顔氏家訓書證："易有蜀才注。江南學士，遂不知是何人。王儉四部目録不言姓名，題云王弼後人。謝炅夏侯該並讀數千卷書，皆疑是譙周。而李蜀書一名漢之書，云姓范名長生，自稱蜀才。"隋書經籍志易著録有周易十卷，蜀才注。又漢之書十卷，蜀李書九卷，皆無撰者名氏。

【蜀山】㊀蜀地的山。唐白居易長慶集十二長恨歌："蜀江水碧蜀山青，聖主朝筐盛矢，以蜄盛溺。」參見「蜃」。

2. zhèn 集韻 之刃切，去，震韻。
ㄓㄣˋ

㊀震動。史記律書：「辰者，言萬物之蜄也。」

蛹 yǒng 余隴切，上，腫韻，喻。
ㄩㄥˇ

蠶蛹。荀子賦蠶：「蛹以爲母，蛾以爲父。」後泛指昆蟲從幼蟲過渡到成蟲的一種形態。如蜂蛹、蠅蛹。

【蛹臥】 蠶蛹蜷伏繭中。比喻隱居。宋葉適水心集七送陳漫翁詩：「笠澤老龜蒙，蛹臥絲自裹。」龜蒙，指唐末詩人陸龜蒙。

蝍 jí 子力切，入，職韻，精。
ㄐㄧˊ

見下。

【蝍蛆】 ㊀蜈蚣別名。又作蝍且、即且。爾雅釋蟲：「蝍蛆，吳公。」注：「似蝗而大腹長角，能食蛇腦。」莊子齊物論：「蝍蛆甘帶，鴟鴉耆鼠。」釋文本作「蝍且」。㊁蟋蟀。楚辭漢王逸九思哀歲：「蚻蛈兮噍噍，蝍蛆兮穰穰。」

【蝍蛉】 蜻蛉的別名。方言十一：「蜻蛉謂之蝍蛉。」注：「六足四翼蟲也。」廣雅釋蟲作「聖蛉」。

【蝍蝛】 蟲名。即尺蠖。爾雅釋蟲「蠖，蚇蠖」晉郭璞注：「今蝍蝛。」方言十一作「蠀蝛」。

蛸 1. shāo 所交切，平，肴韻，山。
ㄕㄠ

㊀蟲名。見「蠨蛸」。

2. xiāo 相邀切，平，宵韻，心。
ㄒㄧㄠ

㊁蟲名。見「螵蛸」。㊂姓。南朝齊武帝以巴東王蕭子響叛逆，改其姓爲蛸氏。見通志四氏族四以凶德爲氏。

蜆 xiǎn 呼典切，上，銑韻，曉。
ㄒㄧㄢˇ 胡典切，上，銑韻，匣。
苦甸切，去，霰韻，溪。

㊀小黑蟲。赤頭，長寸許。吐絲作繭，懸於空中，俗名縊女。爾雅釋蟲：「蜆，縊女。」一說，古文「繭」作「絸」，「蜆」通「絸」。見正字通。㊁小蛤。殼圓小稍厚，成輪層，色外褐內紫，居於淡水軟泥地。殼研粉入藥。參閱政和證類本草二二蜆。

蜈 wú 五乎切，平，模韻，疑。
ㄨˊ

蟲名。見「蜈蚣」。

【蜈蚣】 蟲名。節肢動物，生陰溼處。第一對足有毒腺，分泌毒液。捕食蟲類。參閱政和證類本草二二蜈蚣。

【蜈蚣船】 明代兵船名。嘉靖四年廣東按察使汪鋐奏請造蜈蚣船，製圖以獻。其船周圍置銃三四管，底尖面平闊，兩傍駕櫓四十支，櫓多人衆，行如飛，不畏風浪，作爲江防之用。至十四年罷。參閱明李昭祥龍江船廠志一、二。

蜎 1. yuān 烏玄切，平，先韻，影。
ㄩㄢ 於緣切，平，仙韻，影。
狂袞切，上，獮韻，羣。

㊀蚊的幼蟲，即孑孓。爾雅釋魚：「蜎，蠉。」注：「井中小蛣蟩，赤蟲，一名孑孓。」㊁姓。春秋楚有蜎淵，老子弟子，著蜎子十三篇。見漢書藝文志道家。㊂彎曲。周禮考工記廬人：「句兵欲無彈，刺兵欲無蜎。」㊃蠕動貌。見下。

2. xuān
ㄒㄩㄢ

㊄飛翔。通「翾」。見「蜎$_2$飛蠕動」。

【蜎$_2$蜎$_2$】 蠕動貌。詩豳風東山：「蜎蜎者蠋，烝在桑野。」傳：「蜎蜎，蠋貌，桑蟲也。」

【蜎$_2$飛蠕動】 指能飛行、蠕動的小蟲。鬼谷子揣：「故觀蜎飛蠕動，無不有利害。」注：「蜎飛蠕動，微蟲耳，亦猶懷利害之心。」漢焦延壽易林五觀之乾：「蜎飛蠕動，各有所配。」

蜌 bì 集韻 部禮切，上，薺韻。
ㄅㄧˋ

長而狹的蚌。俗叫馬刀、馬蛤。爾雅釋魚：「蜌，螷。」注：「今江東呼蚌長而狹者爲螷。」參閱本草綱目四六介二馬刀。

蜉 fú 縛謀切，平，尤韻，並。
ㄈㄨˊ

蟲名。說文作「𧖴」。見「蜉蝣」、「蚍蜉」。

【蜉蝣】 蟲名。有數種。體細狹，成蟲長數分，四翅，後翅甚小，腹部末端有長尾鬚兩條。壽命短者數小時，長者六、七日。詩曹風蜉蝣：「蜉蝣之羽，衣裳楚楚。」三國吳陸璣毛詩草木鳥獸蟲魚疏下蜉蝣之羽：「蜉蝣，方土語也，通謂之渠略。似甲蟲，有角，大如指，長三四寸。甲下有翅，能飛。夏月陰雨時地中出。……隨雨而出，朝生而夕死。」

【蜉蝤】 蟲名。即蜉蝣。漢書六四王襃傳聖主得賢臣頌：「蟋蟀俟秋唫，蜉蝤出以陰。」注：「蝤音由，字亦作蝣。」

蜍 1. chú 署魚切，平，魚韻，禪。
ㄔㄨˊ

㊀蟾蜍，蛙類。見「蟾蜍」。

2. yú 以諸切，平，魚韻，喻。
ㄩˊ

㊁蠋蜍，即蜘蛛。通「蝓」。見「蠋蝓」。

蜁 xuán 似宣切，平，仙韻，邪。
ㄒㄩㄢˊ

見下。

【蜁蝸】 小螺。文選晉郭景純（璞）江賦：「三蝬虷江，鸚螺蜁蝸。」注：「蜁蝸，小螺也。」

蜊 lí 力脂切，平，脂韻，來。
ㄌㄧˊ

見「蛤蜊」。

蛾 1. é 五何切，平，歌韻，疑。
ㄜˊ

㊀蟲名。與蝶類並稱，種類甚多，如天蛾、蠶蛾、菜蛾、螟蛾等。字也作「䖸」、「𧊅」。荀子賦：「蛹以爲母，蛾以爲父。」參閱清朱駿聲說文通訓定聲歌部「䖸」。㊁「蛾眉」的省稱。藝文類聚四三三國魏文帝答繁欽書：「於是提袂徐進，揚蛾微眺。」參見「蛾眉」。㊂物之寄生者。如木耳又名木蛾，桑耳又名桑蛾。本草綱目二八菜三木耳：「木耳生於朽木之上，……曰耳曰蛾，象形也。」㊃不久。通「俄」。漢書九七下班倢伃傳：「帝初即位選入後宮。始爲少使，蛾而大幸。」注：「蛾與『俄』同，古字通用。」

2. yǐ 魚倚切，上，紙韻，疑。
ㄧˇ

㊄同「蟻」。禮學記：「蛾子時術之。」注：「蛾，蚍蜉也。」釋文：「本或作蟻。」㊅姓。左傳晉大夫蛾析之後，後魏有平東將軍蛾青。見通志五氏族五平聲。

【蛾$_2$伏】 如蟻之蟄伏。文選漢揚子雲（雄）長楊賦：「皆稽顙樹頷，扶服蛾伏，二十餘年矣。」注：「蛾，古蟻字。」

【蛾眉】 蠶蛾的觸鬚，彎曲而細長，如人的眉毛，故以比喻女子長而美的眉毛。詩衛風碩人：「齒如瓠犀，螓首蛾眉，巧笑倩兮，美目盼兮。」也比喻姿色美好。楚辭屈原離騷：「衆女嫉余之蛾眉兮，謠諑謂余以善淫。」注：「蛾眉，好貌。」也借爲美人的代稱。唐高適高常侍集五塞下曲：「蕩子從軍事征戰，蛾眉蟬娟守空閨。」參見「娥眉」。

【蛾揚】 眉揚。形容美人笑貌。文選戰國宋玉神女賦：「眉聯娟似蛾揚兮，朱脣的其若丹。」南朝梁昭明太子集一銅博山香爐賦：「齊姬合歡而流盼，燕女巧笑而蛾揚。」

【蛾$_2$傅】 即蟻附。謂如蟻的趨附。墨子備蛾傅：「子問蛾傅之守邪？蛾傅者，將之忿者也。」按孫子謀攻：「將不勝其忿，而蟻附之。」

地所成。色赤者曰血珀，淡者曰金珀，曰蜜臘。又爲石的一種，產海中，黃色，通明發光。見通雅四八金石。

【蜜蠟】蜜蜂腹部分泌蠟汁，和唾爲巢。人取蜂巢提製的蠟稱蜜蠟。也稱蜂蠟。供製燭及藥用。見政和證類本草二十蜜蠟、本草綱目三九蟲一蜜蠟。宋蘇轍欒城集後集四收蜜蜂詩："今年活計知尚淺，蜜蠟未容分主人。"

【蜜巖】產蜜的巖地。梁書傅昭傳："(臨海)郡有蜜巖，前後太守皆自封固，專收其利。"

【蜜陀僧】礦物名。蜜，亦作"密"。見"密陀僧"。

【蜜香紙】用蜜香樹皮和葉所造的紙。晉嵇含南方草木狀中："蜜香紙，以蜜香樹皮葉作之。微褐色，有紋如魚子，極香而堅韌，水漬之，不潰爛。泰康五年大秦國獻三萬幅。"

【蜜香樹】植物名。即沈香。晉嵇含南方草木狀中："交趾有蜜香樹，榦似柜柳，其花白而繁，其葉如橘。……木心與節堅黑，沉水者爲沉香，與水面平者爲雞骨香，其根爲黃熟香，其榦爲棧香，細枝緊實未爛者爲青桂香，其根節輕而大者爲馬蹄香。其花不香，成實乃香，爲雞舌香，珍異之木也。"

【蜜翁翁】張師雄的綽號。謂其好甜言蜜語。宋魏泰東軒筆錄十五："有張師雄者，西京人，好以甘言悅人，晚年尤甚，洛中號曰蜜翁翁。"

蜇 sī ㄙ 息移切，平，支韻，心。

㊀草蟲名。見"蜇螽"。㊁通"蜥"。見"蜥蜴"。

【蜇螽】草蟲名。卽螽斯。蜇，通"斯"。爾雅釋蟲："蜇螽，蜙蝑。"詩周南作"螽斯"，豳風七月作"斯螽"，皆爲一物。參見"螽斯㊀"。

蜸 è ㄜ 烏各切，入，鐸韻，影。

毒蛇名。爾雅釋魚："蝮，蜸。"注："蝮屬。大眼，最有毒。今淮南人呼蜸子。"

蜿 wǎn ㄨㄢˇ 於阮切，上，阮韻，影。 yuān ㄩㄢ 於袁切，平，元韻，影。

曲貌。文選漢張平子(衡)思玄賦："玄武縮于殼中兮，騰蛇蜿而自糾。"

【蜿蜒】㊀龍蛇行貌。史記一一七司馬相如傳大人賦："駕應龍象輿之蠖略逶麗兮，驂赤螭青虯之蟉蟉蜿蜒。"㊁屈曲貌。藝文類聚六二漢李尤德陽殿賦："連璧組之潤漫，雜虬文之蜿蜒。"宋葉適水心集六剡谿舟中詩："我行獨到勾踐國，寒溪一溜蜿蜒通。"

【蜿蜿】龍蛇行動貌。文選漢張平子(衡)西京賦："海鱗變而成龍，狀蜿蜿以蝹蝹。"三國吳薛綜注："蜿蜿蝹蝹，龍形貌也。"引申爲彎曲貌。唐李賀歌詩編四五粒小松歌："蛇子蛇孫鱗蜿蜿，新香幾粒洪崖飯。"

【蜿蟬】盤曲行動。楚辭漢王逸九思守志："乘六蛟兮蜿蟬，遂馳騁兮陞雲。"也作"蜿蟬"。史記一一七司馬相如傳上林賦："青虯蚴蟉於東箱，象輿婉蟬於西清。"漢書五七司馬相如傳作"婉僤"。

【蜿蟺】㊀曲屈盤旋貌。文選漢馬季長(融)長笛賦："蚡緼蟠紆，緸冤蜿蟺。"㊁蚯蚓的別名。晉崔豹古今注中魚蟲："蚯蚓，一名蜿蟺，一名曲蟺。善長吟於地中。江東謂之歌女，或謂之吟砌。"

【蜿䗏】曲屈盤旋貌。史記一一七司馬相如傳上林賦："蜿䗏膠戾，踰波趨浥。"索隱："司馬彪云：'蜿䗏，展轉也。'"漢書五七司馬相如傳作"宛潬"。

蛢 píng ㄆㄧㄥˊ 薄經切，平，青韻，並。

蟲名。爾雅釋蟲："蛂，蟥蛢。"注："甲蟲也。大如虎豆，綠色。今江東呼黃蛢。"

蜧 lì ㄌㄧˋ 郎計切，去，霽韻，來。

傳說中的神蛇。說文作"蜦"。淮南子齊俗："犧牛騂毛，宜於廟牲，其於致雨，不若黑蜧。"注："黑蜧，神蛇，潛於神淵，能興雲雨。"

蜣 qiāng ㄑㄧㄤ 去羊切，平，陽韻，溪。

蟲名。見下。

【蜣蜋】蟲名。又名"蛣蜣"、"蜣蜋"。爾雅釋蟲："蛣蜣，蜣蜋。"疏："蛣蜣，一名蜣蜋。黑甲，翅在甲下，噉糞土，喜取糞作丸而轉之。莊子曰：蛣蜣之智在於轉丸是也。"

蜷 quán ㄑㄩㄢˊ 巨員切，平，仙韻，羣。

蟲行捲曲貌。廣韻："蜷，蟲形詰屈。"

【蜷局】拳縮貌。楚辭屈原離騷："僕夫悲余馬懷兮，蜷局顧而不行。"注："蜷局，詰屈不行貌。"

【蜷蜿】盤旋貌。明劉基誠意伯集十一戲爲雪雞篇寄詹同文詩："冰蛇雪鼠相蜷蜿，味如餦餭色如乳。"

蜻 1. qīng ㄑㄧㄥ 倉經切，平，青韻，清。

㊀蟲名。卽蜻蜓。呂氏春秋精諭："海上之人有好蜻者，每居海上，從蜻游。蜻之至者百數而不止，前後左右盡蜻也。"注："蜻，蜻蜓。小蟲，細腰四翅。一名白宿。"

2. jīng ㄐㄧㄥ 子盈切，平，清韻，精。

㊁蟲名。卽蟋蟀。見"蜻₂蛚"。

【蜻蛉】蜻蜓的別名。戰國策楚四："王獨不見乎蜻蛉乎？六足四翼，飛翔乎天地之間，俯啄蚊虻而食之，仰承甘露而飲之。"參閱晉崔豹古今注中魚蟲。

【蜻₂蛚】卽蟋蟀。蛚，亦作"蛪"。漢王充論衡變動："是故夏末，蜻蛪鳴，寒螿啼，感陰氣也。"文選晉張景陽(協)雜詩之一："蜻蛚吟階下，飛蛾拂明燭。"

【蜻蜓】蟲名。細腰四翅，喜集水上，捕食蚊蠅。晉張華博物志二："五月五日埋蜻蜓頭於西向户下，埋至三日不食，則化成青真珠。"唐杜甫杜工部草堂詩箋三重過何氏之三："翡翠鳴衣桁，蜻蜓立釣絲。"蜓，也作"蝏"。

【蜻蜻】蟲名。蟬的一種。爾雅釋蟲："蜓，蜻蜻。"注："如蟬而小。"方言十一："蟬，……有文者謂之蜻蜻。"

【蜻蜓樹】傳說中異樹名。唐段成式酉陽雜俎前集十八廣動植："婁約居常山，据禪座。有一野嫗，手持一樹，植之於庭，言此是蜻蜓樹。歲久，芬芳鬱茂。有一鳥，身赤尾長，常止息其上。"

【蜻蜓點水】蜻蜓飛行水面，尾部觸水卽起。唐杜甫杜工部草堂詩箋十二曲江之二："穿花蛺蝶深深見，點水蜻蜓款款飛。"宋晏殊珠玉詞漁家傲："嫩綠堪裁紅欲綻，蜻蜓點水魚遊畔。"後以喻治學不深入，淺嘗輒止。

蝓 yú ㄩˊ 集韻 容朱切，平，虞韻。

同"蝓"。集韻："蝓蝓，蟲名。說文：虒蝓也。方言：趙魏謂鼅鼄爲蠾蝓。或作蝓。"見"蝓"。

蜯 bàng ㄅㄤˋ 步項切，上，講韻，並。

蛤類。同"蚌"。韓非子五蠹："上古之世，……民食果蓏蜯蛤，腥臊惡臭。"漢書一〇〇敘傳上荅賓戲："賓又不聞龢氏之璧韞於荆石，隨侯之珠藏於蜯蛤虖？"文選作"蚌"。

【蜯盤】以蚌殼製成的盤器。陳書高祖紀下："加以儉素自奉，常膳不過數品，私饗曲宴，皆瓦器蜯盤。"

蜨 dié ㄉㄧㄝˊ 蘇協切，入，怙韻，心。

"蝶"的本字。見說文。

蜮 1. yù ㄩˋ 雨逼切,入,職韻,于。胡國切,入,德韻,匣。

㊀古代傳說一種能含沙射人、使人發病的動物。亦稱"短狐"。詩小雅何人斯:"爲鬼爲蜮,則不可得。"傳:"蜮,短狐也。"釋文:"蜮,狀如鼈,三足。一名射工,俗呼之水弩。在水中含沙射人。一云射人影。"後以喻陰險的人。參見"鬼蜮"、"含沙射影"。

2. guō ㄍㄨㄛ

㊀蝦蟆。通"蟈"。周禮秋官蟈氏注:"鄭司農(衆)云:'蟈讀爲蜮。蜮,蝦蟇也。'……(鄭)玄謂:蟈,今御所食蛙也。"疏:"蛙、蟈爲一物。"㊁蝕苗的蟲。呂氏春秋任地:"大草不生,又無螟蜮。"注:"蜮或作螣。食心曰螟,食葉曰蜮。兗州謂蜮爲螣,音相近也。"

【蜮民】傳說中古國名。山海經大荒南經:"有蜮山者,有蜮民之國。桑姓,食黍,射蜮是食。"

蝀 dōng ㄉㄨㄥ 德紅切,平,東韻,端。

見"螮蝀"。

蜽 liǎng ㄌㄧㄤˇ 良獎切,上,養韻,來。

見"蛧蜽"。

蜞 qí ㄑㄧˊ 渠之切,平,之韻,羣。

㊀蟲名。即"水蛭"。見該條。㊁見"蟛蜞"。

蜡 1. zhà ㄓㄚˋ 鋤駕切,去,禡韻,牀。

㊀同"褚"。年終祭名。周曰蜡,秦曰臘。禮郊特牲:"天子大蜡八,伊耆氏始爲蜡。蜡也者,索也,歲十二月,合聚萬物而索饗之也。"

2. qù ㄑㄩˋ 七慮切,去,御韻,清。

㊁蠅蛆。周禮秋官蜡氏注:"蜡,骨肉腐臭,蠅蟲所蜡也。"說文:"蜡,蠅胆也。"清段玉裁注:"蠅生子爲蛆,蛆者俗字,胆者正字,蜡者古字。已成爲蛆,乳生之曰胆、曰蜡。"

【蜡月】指農曆十二月。周禮地官黨正"國索鬼神而祭祀"唐賈公彦疏:"黨正行正齒位之禮,在十二月建亥之月爲之,非蜡祭之禮,而此云國索鬼神而祭祀者,以其正齒位禮在蜡月,故言之以爲節耳。"

【蜡₂氏】官名。周禮秋官有蜡氏,掌掩埋屍骨及除道路不潔之事。

【蜡祭】年終祭名。合祭百神。禮郊特牲:"蜡之祭也,主先嗇而祭司嗇也,祭百種以報嗇也。"史記唐司馬貞補三皇紀:"始教耕,故號神農氏,於是作蜡祭,以赭鞭鞭草木。"

【蜡節】古代蜡祭會飲之節。漢書九十嚴延年傳"欲從延年臘"唐顏師古注:"建丑之月爲臘祭,因會飲,若今之蜡節也。"按:蜡祭爲合祭百神,臘祭爲祭祖廟,二者有別。但是同爲周代十二月的祭禮,故相沿稱農曆十二月爲蜡月。

蜹 ruì ㄖㄨㄟˋ 而銳切,去,祭韻,日。如劣切,入,薛韻,日。以芮切,去,祭韻,喻。

㊀蚊子。同"蚋"。國語晉九:"蜹蟻蜂蠆,皆能害人。"集韻:"蜹、蚋,蟲名。說文:'秦晉謂之蜹,楚謂之蚊。'"㊁毒蛇名。玉篇:"蜹,含毒蛇。"

蜙 sōng ㄙㄨㄥ 息恭切,平,鍾韻,心。

蟲名。蝗屬。詳"蜙蝑"。一作"蚣"。

【蜙蝑】蟲名。蝗類。爾雅釋蟲:"蜤螽,蜙蝑。"注:"蜙,蜤也。俗呼蜤蜲。"疏:"陸機云:幽州人謂之春箕。春箕即春黍,蝗類也。長而青,長角、長股,股鳴者也。"參見"蜙蝑"。

蜥 xī ㄒㄧ 先擊切,入,錫韻,心。

見下。

【蜥蜴】爬行動物。有四肢,尾細長,俗稱四脚蛇。其種類甚多,一般是指壁虎、草蜥。爾雅釋魚:"蠑螈,蜥蜴;蜥蜴,蝘蜓;蝘蜓,守宫也。"疏:"蠑螈、蜥蜴、蝘蜓、守宫,一物,形狀相類而四名也。"參見"守宫"。

蜬 hán ㄏㄢˊ 胡男切,平,覃韻,匣。

㊀小螺。爾雅釋魚:"蠃,小者蜬。"疏:"蠃與螺音義同。其小者名蜬。"㊁貝名。爾雅釋魚:"貝,居陸賆,在水者蜬。"注:"陸水異名也。"

蜛 jū ㄐㄩ 九魚切,平,魚韻,見。

見下。

【蜛蝫】蟲名。文選晉郭景純(璞)江賦:"蜛蝫森衰以垂翹,玄蠣磈磥而碨啞。"注:"南越志曰:蜛蝫,一頭,尾有數條,長二、三尺,左右有脚,狀如蠶,可食。"也作"蜛蠩"。元詩選陳旅安雅堂集送海峯劉巡檢:"石華肥可茹,無用膽蜛蠩。"

蜶 qū ㄑㄩ 區勿切,入,物韻,溪。

木中蠹蟲。見"蛣蜶"。

蜢 měng ㄇㄥˇ 莫杏切,上,梗韻,明。

昆蟲名。說文:"蜢,蚝蜢也。"蚝,即"蚱"。見"蚱蜢"。

蝃 1. zhuō ㄓㄨㄛ 職悅切,入,薛韻,照。

㊀蜘蛛的別名。見"蝃蝥"。

2. dì ㄉㄧˋ 都計切,去,霽韻,端。

㊁同"螮"。見"蝃₂蝀"。

【蝃₂蝀】虹的别名。同"螮蝀"。詩鄘風蝃蝀:"蝃蝀在東,莫之敢指。"

【蝃蝥】蜘蛛。方言十一"鼅鼄,鼄蝥也。自關而西秦晉之間謂之鼄蝥"晉郭璞注:"今江東呼蝃蝥。"

蜾 guǒ ㄍㄨㄛˇ 古火切,上,果韻,見。

說文作"蠣"。見下。

【蜾蠃】蟲名。一種青黑色細腰蜂。又名蒲盧。爲寄生蜂的一種,產卵於螟蛉幼蟲體内,吸取爲養料。蜾蠃後代即從螟蛉幼蟲體内孵出,古人誤以爲蜾蠃養螟蛉爲子。詩小雅小宛:"螟蛉有子,蜾蠃負之。"傳:"螟蛉,桑蟲也。蜾蠃,蒲盧也。負,持也。"箋:"蒲盧取桑蟲之子,負持而去,煦嫗養之,以成其子。"

蜴 yì ㄧˋ 羊益切,入,昔韻,喻。

蜥蜴。爬蟲之屬。俗稱四脚蛇。詩小雅正月:"哀今之人,胡爲虺蜴。"傳:"蜴,螈也。"三國吳陸璣毛詩草木鳥獸蟲魚疏下:"虺蜴,一名蠑螈,蜴也。或謂之蛖蝽,或謂之蛇醫。如蜥蜴,青綠色,大如指,形狀可惡。"參閱本草綱目四三鱗一石龍子。參見"蜥蜴"。

蛂 biē ㄅㄧㄝ

見下。

【蛂蛦】鳥名。文選晉左太沖(思)蜀都賦:"蛂蛦山棲,黿龜水處。"注:"蛂蛦,鳥名也。如今之所謂山雞。其雄色斑,雌色黑。出巴東。"五臣注文選本作"鷩鵜"。

蜦 lún ㄌㄨㄣˊ 力迍切,平,諄韻,來。郎計切,去,霽韻,來。

㊀傳說中的神蛇。文選晉郭景純(璞)江賦:"爾其水物怪錯,則有潛鵠魚牛,……蜦螭鱉蝞。"注:"說文曰:蜦,蛇屬也,黑色,潛於神泉之中,能興雲致雨。"㊁大蝦蟆,狀如屨。又名"田父"。能食蛇。見政和證類本草二二蝦蟇。㊂見"蜦"。

蜘 zhī 陟離切,平,支韻,知。ㄓ

見"蜘蛛"。

【**蜘蛛**】節肢動物。尾部分泌黏液,凝成細絲,織而成網,捕食昆蟲。漢焦延壽易林四未濟之蠱:"蜘蛛作網,以伺行旅。"太平御覽九四八引晉葛洪抱朴子:"太昊師蜘蛛而結罔。"

【**蜘蟟**】蟬的俗稱。清厲荃事物異名録三九昆蟲上引明郎瑛七修類稿:"蟬之大而黑者,蜣蜋脱殼而成,雄者能鳴,雌者無聲,今俗稱蜘蟟是也。"

【**蜘蛛隱**】故事傳說,楚國龔舍隨楚王朝,宿未央宮,見有赤蜘蛛四面結網,有蟲觸之,欲退不得而死。舍歎曰:"吾生亦如是矣。仕宦者,人之羅網也,豈可淹歲!"遂告歸,時人謂舍爲蜘蛛之隱。見南朝梁蕭繹(元帝)金樓子六雜記下。

蜲 1. wěi 於詭切,上,紙韻,影。ㄨㄟˇ

㊀蟲名。爾雅釋蟲作"委黍"。又名伊威、鼠婦。參見"鼠婦"。

2. wēi 於爲切,平,支韻,影。ㄨㄟ

㊁見"蜲₂蛇"。

【**蜲₂蛇**】㊀回旋曲折貌。同"委蛇"。文選漢張平子(衡)西京賦:"女娥坐而長歌,聲清暢而蜲蛇。"此指歌聲。又傅武仲(毅)舞賦:"蜲蛇姌嫋,雲轉飄曶。"㊁泥鰌別名。文選漢張平子(衡)東京賦:"斬蜲蛇,腦方良。"注:"莊子:蜲蛇之狀,其大如轂,其長如轅,紫衣而朱冠也。"今本莊子達生作"委蛇"。

【**蜲蜿**】盤旋曲折貌。文選戰國楚宋玉高唐賦:"振鱗奮翼,蜲蜲蜿蜿。"注:"蜲蜲蜿蜿,龍蛇之貌。"

蜩 tiáo 徒聊切,平,蕭韻,定。ㄊㄧㄠˊ

蟬的別名。詩豳風七月:"四月秀葽,五月鳴蜩。"

【**蜩甲**】蟬蛻落的外殼。莊子寓言:"予蜩甲也,蛇蛻也,似之而非也。"唐白居易長慶集六九官俸初罷親故見憂以詩諭之詩:"蜩甲有何知,雲心無所著。"

【**蜩沸**】蟬鳴、湯沸之聲。比喻雜亂喧鬧之聲。詩大雅蕩:"如蜩如螗,如沸如羹。"傳:"蜩,蟬也。螗,蝘也。"箋:"飲酒號呼之聲如蜩螗之鳴,其笑語沓沓又如湯之沸,羹之方熟。"唐王勃王子安集十六廣州寶莊嚴寺舍利塔碑:"百魔蜩沸,聽皷鐸而懷音;六賊蜂屯,仰椽欒而革面。"

【**蜩梁**】蟬的別名。詩大雅蕩"如蜩如螗"唐孔穎達疏:"(爾雅)釋蟲云:'蜩蜋、螗蜩。'舍人曰:皆蟬也。方語不同。三輔以西爲蜩梁,宋以東爲蜩。"

【**蜩螗**】蟬的別名。古文苑三漢枚乘柳賦:"蜩螗厲響,蜘蛛吐絲。"唐釋齊己白蓮集九移居西湖詩之二:"蜩螗晚噪風枝穩,翡翠閑眠宿處深。"

【**蜩螗沸羹**】形容聲音喧鬧嘈雜。唐元稹長慶集一春蟬詩:"風松不成韻,蜩螗沸如羹。"參見"蜩沸"。

蜪 táo 徒刀切,平,豪韻,定。

ㄊㄠ 土刀切,平,豪韻,透。

㊀蝗的幼蟲。爾雅釋蟲:"蝝,蝮蜪。"注:"蝗子,未有翅者。"㊁見"蜪犬"。

【**蜪犬**】傳說中怪獸名。山海經海內北經:"蜪犬,如犬,青。食人從首始。"注:"或作蚼,蚼音鉤。"參見"蚼₂犬"。

蜭 hàn 胡感切,上,感韻,匣。ㄏㄢˋ

毛蟲名。有毒,螫人。又名蛓、毛蛓。爾雅釋蟲:"蜭,毛蠹。"參見"蛓"。

蜧 lù 盧谷切,入,屋韻,來。ㄌㄨˋ

見下。

【**蜧蟌**】蟲名。似蜥蜴,居樹上,齧人。見廣韻"諄"引字林。

蜼 wèi 余救切,去,宥韻,喻。

ㄨㄟˋ 以醉切,去,至韻,喻。

力軌切,上,旨韻,來。

長尾猴,又名狖。爾雅釋獸:"蜼,卬鼻而長尾。"注:"蜼似獼猴而大,黃黑色,尾長數尺。"史記一一七司馬相如傳上林賦:"蜼玃飛鸓。"

【**蜼彝**】古禮器。周禮所載六彝之一。因刻有蜼形,故名。周禮春官司尊彝:"凡四時之間祀、追享、朝享,祼用虎彝、蜼彝。"

蜼彝

蜺 ní 五稽切,平,齊韻,疑。

ㄋㄧˊ 五結切,入,屑韻,疑。

㊀寒蟬的別名。爾雅釋蟲:"蜺,寒蜩。"注:"寒螿也。似蟬而小,青赤。"參見"寒蟬㊀"。㊁虹。說文作"霓"。爾雅釋天:"蜺爲挈貳。"注:"蜺,雌虹也。"參見"虹蜺"。

【**蜺旌**】旌旗的一種。史記一一七司馬相如傳上林賦:"拖蜺旌,靡雲旗。"正義:"張(揖)云:析毛羽,染以五采,綴以縷爲旌,有似虹蜺氣。"

蜱 pí 集韻 賓彌切,平,支韻。ㄆㄧˊ

說文作"蠯"。見"蜱蛸"。

【**蜱蛸**】螳螂卵。俗名"螵蛸"。爾雅釋蟲:"不過,蟷蠰。其子蜱蛸。"疏:"不過,一名蟷蠰,一名蟷蜋。螵蛸母也。其子一名蜱蛸,一名螻蟭,一名螵蛸,蟷蠰卵也。"蟷蠰、蟷蜋即螳螂。參閱本草綱目三九蟲一螳蜋桑螵蛸。

蝂 bǎn 布綰切,上,潸韻,幫。ㄅㄢˇ

見"蝜蝂"。

蜚 1. fěi 府尾切,上,尾韻,滂。

ㄈㄟˋ 扶沸切,去,未韻,並。

也作"蜰"。㊀害蟲名。體輕如蚊,形橢圓,發惡臭。羣集食稻花,令稻不實。左傳莊二九年:"秋,有蜚,爲災也。"㊁傳說中的獸名。山海經東山經:"(太山)有獸焉,其狀如牛而白首,一目而蛇尾,其名曰蜚。"

2. fēi 甫微切,平,微韻,滂。ㄈㄟ

㊂通"飛"。莊子秋水:"風曰:'……夫折大木,蜚大屋者,唯我能也。'"史記六九蘇秦傳:"毛羽未成,不可以高蜚。"

【**蜚₂狐**】嶺名。今名黑石嶺,在河北蔚縣南。其地兩岸峭立,一線微通,迤邐百餘里,地勢險要。史記九七酈生傳記酈食其說漢王劉邦距蜚狐之口,守白馬之津,即此。後漢書二十王霸傳作飛狐道。參閱嘉慶一統志宣化府三關隘。

【**蜚₂芻**】運輸穀草。蜚同"飛",言其疾速。史記一一二主父偃傳:"又使天下蜚芻輓粟,起於黃腄琅邪負海之郡,轉輸北河。"集解:"文穎曰:'轉芻穀就戰是也。'"

【**蜚雲**】浮雲。唐柳宗元柳先生集二閔生賦:"波淫溢以不返兮,蒼梧鬱其蜚雲。"

【**蜚廉**】㊀傳說中的神禽名。或云神獸。也作"飛廉"。史記一一七司馬相如傳上林賦:"推蜚廉,弄解豸。"集解:"郭璞曰:'飛廉,龍雀也,鳥身鹿頭者。'"漢書武帝紀元封二年:"作甘泉通天臺,長安蜚廉館。"注:"應劭曰:'蜚廉,神禽,能致風雨者也。……'晉灼曰:'身似鹿,頭如爵,有角而蛇尾,文如豹文。'"淮南子俶真:"若夫真人……騎蜚廉而從敦圄,馳於方外,休乎宇內。"㊁風神。漢書八七上揚雄傳反離騷:"鸞皇騰而不屬兮,豈獨蜚廉與雲師。"注:"應劭曰:蜚廉,風伯也。"㊂人名。1.殷紂之臣。史記秦紀:"蜚廉生惡來，惡來有力，蜚廉善走，父子俱以材力事殷紂。”2.夏后開之臣。墨子耕柱：“夏后開使蜚廉折〔採〕金於山川。”夏后開卽夏啟。

【蜚₂語】没有根據的流言。多指誹謗。同“飛語”。史記一〇七魏其武安侯傳：“乃有蜚語爲惡言聞上。”集解：“張晏曰：(田)蚡僞作飛揚誹謗之語。”

【蜚遽】傳説中的神獸名。漢書五七司馬相如傳上林賦：“射游梟，櫟蜚遽。”注：“張揖曰：蜚遽，天上神獸也，鹿頭而龍身。”按遽，史記作“虡”。漢書郊祀志下“建章、未央、長樂宮鍾虡銅人皆生毛”唐顏師古注：“虡，神獸名也。縣鍾之木刻飾爲之，因名曰虡也。”

【蜚₂鴻】㊀蟲名。卽蠛蠓。史記周紀：“麋鹿在牧，蜚鴻滿野。”索隱：“按：高誘曰：‘蜚鴻，蠛蠓也。’言飛蟲蔽田滿野，故爲災，非是鴻雁也。隨巢子作‘飛拾’。飛拾，蟲也。”㊁良馬名。漢東方朔東方大中集答驃騎難：“騏驎、緑耳，蜚鴻、驊騮，天下良馬也。”

【蜚蠊】蟲名。俗稱蟑螂。種類甚多。生川澤及人家廚竈間。政和證類本草二一蜚蠊：“唐本注：此蟲味辛辣而臭，漢中人食之，言下氣，名曰石薑，一名盧蜰，一名負盤。”

【蜚₂英騰茂】史記一一七司馬相如傳封禪文：“蜚英聲，騰茂實。”索隱：“胡廣曰：‘飛揚英華之聲，騰馳茂盛之實也。’”後因以蜚英騰茂作稱人聲名事業日盛的頌語。

蜰 féi 符非切，平，微韻，並。ㄈㄟ

㊀蟲名。一名蜚，卽蟑螂。見“蜚蠊”。㊁昆蟲名。俗稱臭蟲，又名牀蝨。聊齋志異小獵犬：“苦室中蜰蟲蚊蚤甚多，竟夜不成寢。”詳“牀蝨”。

九畫

蝱 máng 武庚切，平，庚韻，明。ㄇㄤ

㊀蟲名。也作“虻”、“䖟”。種類甚多，如牛蝱、花蝱、食蟲蝱等。史記項羽紀：“夫搏牛之蝱不可以破蟣蝨。”參見“虻”。㊁藥草名。卽貝母。詩鄘風載馳：“陟彼阿丘，言采其蝱。”傳：“偏高曰阿丘；蝱，貝母也。升至偏高之丘，采其蝱者，將以療疾。”淮南子氾論漢高誘注引詩蝱作“莔”。

蝨 shī 式支切，平，支韻，審。ㄕ 施智切，去，寘韻，審。

米中黑甲蟲。見玉篇。參見“蛄蝨”。

蝥 máo 莫交切，平，肴韻，明。ㄇㄠ 莫浮切，平，尤韻，明。

蟲名。㊀斑蝥。詳“斑蝥”。㊁同“蟊”。食稻根蟲。説文本又作“蝥”，蟲食草根者。詳“蟊”。

【蝥弧】春秋諸侯建旗，蝥弧，鄭伯旗名。左傳隱十一年：“潁考叔取鄭伯之旗蝥弧以先登，子都自下射之，顛。”

【蝥賊】食禾稼之蟲。詩小雅大田：“去其螟螣，及其蝥賊。”傳：“食心曰螟，食葉曰螣，食根曰蝥，食節曰賊。”也比喻危害人民或國家的人。左傳成十三年：“又欲闕翦我公室，傾覆我社稷，帥我蝥賊，以來蕩搖我邊疆。”注：“蝥賊食禾稼蟲名。謂秦納公子雍。”

蝏 tíng 集韻 唐丁切，平，青韻。ㄊㄧㄥ

㊀貝類動物。卽馬刀。見該條。㊁蜻蜓，蜓，亦作“蝏”。參見“蜻蜓”。

蝣 yóu 以周切，平，尤韻，喻。ㄧㄡ

蜉蝣，蟲名。見該條。

蝙 biān 布玄切，平，先韻，幫。ㄅㄧㄢ

見下。

【蝙蝠】哺乳動物。或名仙鼠，飛鼠。形狀似鼠，前後肢有薄膜與身體相連，夜間飛翔，捕食蚊蛾等小昆蟲。爾雅釋鳥：“蝙蝠，服翼。”唐元稹長慶集十五景中秋詩：“簾斷螢火入，窗明蝙蝠飛。”

蝤 1. qiú 自秋切，平，尤韻，從。ㄑㄧㄡ

㊀幼蟲名。見“蝤蠐”。

2. jiū 卽由切，平，尤韻，精。ㄐㄧㄡ

㊁見“蝤₂蛑”。

3. yóu ㄧㄡ

㊂通“蝣”。漢書六四王褒傳聖主得賢臣頌：“蟋蟀俟秋唫，蜉蝤出以陰。”注：“蝤音由，字亦作蝣，其音同也。”

【蝤₂蛑】蟹類。卽梭子蟹。螯長而大，生海邊泥沙中。本草綱目四五介一蟹：“其類甚多，……其扁而最大後足濶者，名蝤蛑。南人謂之撥棹子，以其後脚如棹也。”

【蝤蠐】天牛、桑牛的幼蟲。詩衛風碩人：“領如蝤蠐，齒如瓠犀。”此蟲色白豐潔而長，故古時用以比喻婦女之頸。

蝳 1. dú 徒沃切，入，沃韻，定。ㄉㄨ

㊀蝳蜍，蜘蛛的別名。方言十一：“鼅鼄，……北燕、朝鮮、洌水之間謂之蝳蜍。”蜍，音余。鼅鼄，卽“蜘蛛”。

2. dài 徒耐切，去，代韻，定。ㄉㄞ

㊁蝳瑁，同“玳瑁”。蝳，亦作“瑇”。見正字通。

蝠 fú 方六切，入，屋韻，滂。ㄈㄨ

㊀見“蝙蝠”。見説文。㊁毒蛇。通“蝮”。後漢書八十上崔琦傳外戚箴：“蝠蛇其心，縱毒不辜。”注：“此當作‘蝮’。”

蝘 yǎn 於幰切，上，阮韻，影。ㄧㄢ

蟬屬。也作“蝘”。詩大雅蕩“如蜩如螗，如沸如羹”漢毛亨傳：“螗，蝘也。”

【蝘蜓】蜥蜴之屬。荀子賦：“螭龍爲蝘蜓，鴟梟爲鳳皇。”晉崔豹古今注中魚蟲：“蝘蜓，一名龍子，一曰守宫，……其長細五色者，名爲蜥蜴。”參見“守宮”。

蝲 là 盧達切，入，曷韻，來。ㄌㄚ

㊀蝲蟽，蟲名。見廣韻。㊁見“蝲蛄”。

【蝲蛄】蝦屬。也作“剌姑”。大可盈寸，第一封脚有螯如蟹。産於吉林寧古塔等地。滿族入關前嘗擣之成膏，作祭祀宗廟之用。見清方拱乾絶域紀略、清吴振臣寧古塔記略。

蝴 hú 正字通 洪吾切。ㄏㄨ

蝴蝶。本作“胡”，俗加“虫”旁作“蝴”。見正字通。參見“蝴蝶”。

【蝴蝶】昆蟲名。簡稱蝶。本草綱目四十蟲二蛺蝶：“蛺蝶輕薄，夾翅而飛，枼枼然也。蝶美於鬚，蛾美於眉，故又名蝴蝶；俗謂鬚爲胡也。”參見“胡蝶”。

【蝴蝶兒】詞調名。初見花間集張泌詞，取詞中起句“胡蝶兒，晚春時”爲名。雙調四十字，前段四句四平韻，後段四句三平韻。見詞譜三。

【蝴蝶裝】古書裝訂形式之一，起於宋代，簡稱蝶裝。明張萱疑耀五古裝書法：“今祕閣中所藏宋版諸書，皆如今制鄉會進呈試録，謂之蝴蝶裝。”按，蝴蝶裝不用线綴，只將書頁印字一面對折，然後將中縫背面依次粘連成册。開卷時每頁分合如蝴蝶展開雙翅，故名。明代盛行裹背裝，其後乃改爲線裝。

【蝴蝶會】清代同人聚飲的一種名目。清梁紹壬兩般秋雨盦隨筆六蝴蝶會：“今同人攜酒一壺，肴二碟，醵飲，名之曰蝴蝶會。匪僅諧聲，亦以象形也。”

【蝴蝶夢】㊀莊子齊物論記莊子夢爲胡

蝶，後來因稱夢爲蝴蝶夢，含有夢幻非真之意。唐齊己白蓮集渚宫春日有懷作詩："客思莫牽蝴蝶夢，鄉心自應鷓鴣聲。"宋毛滂東堂集三充叟九兄以書問鄱陽官況因亦問訊詩："多睡正隨蝴蝶夢，相憐空愧鶺鴒原。"㊁雜劇名。全名包待制三勘蝴蝶夢，元關漢卿撰。記包拯義釋王氏三子事。見明臧晉叔元曲選。㊂傳奇名。一名搧墳記。清石龐撰。有搧墳、試妻、劈棺等齣，根據明馮夢龍警世通言二莊子休鼓盆悲大道而作。參閱曲海總目提要三十。

蝶 dié 徒協切，入，怗韻，定。ㄉㄧㄝˊ

蝴蝶。說文作"蜨"。參見"蝴蝶"。

【蝶几】形似蝴蝶的案几。明嚴澂做燕几圖創蝶几，以勾股形作三角，其形如蝶。其式有三，其制有六，其數十三，其變化之式凡一百多種。有譜一卷。參見"燕几㊁"。

【蝶菴】莊子齊物論記夢爲胡蝶故事，五代後唐宰相李愚曰："予夙夜在公，不曾爛遊華胥國，意欲于洛陽買水竹作蝶菴，謝事居其間，……菴中當以莊周爲開山第一祖，陳摶配食。"見宋陶穀清異録居室。（說郛六一）

【蝶夢】莊子齊物論："昔者莊周夢爲胡蝶，栩栩然胡蝶也，……俄然覺，則蘧蘧然周也。不知周之夢爲胡蝶與，胡蝶之夢爲周與？"後因稱夢爲蝶夢。唐李咸用披沙集四早行詩："困纔成蝶夢，行不待雞鳴。"宋詩鈔陳造江湖長翁詩鈔夜宿商卿家："蝶夢蘧蘧纔一霎，鄰鷄啼罷又啼鴉。"參見"蝴蝶夢"。

【蝶戀花】詞調名。本唐教坊曲，名鵲踏枝。尚有黃金縷、卷珠簾、明月生南浦、細雨吹池沼、鳳棲梧、一籮金、魚水同歡、轉調蝶戀花等別稱。雙調，六十字，以馮延巳詞爲正體，以宋晏殊詞改今名。前後段各五句，四仄韻。見詞譜十三。

【蝶粉蜂黃】唐時宫妝。唐李商隱李義山詩集五酬崔八早梅有贈兼示之作："何處拂胸資蝶粉，幾時塗額藉蜂黃。"宋周邦彦片玉詞下滿江紅："臨寶鑑綠雲撩亂，未懽粧束，蝶粉蜂黃都褪了。"一說蝶粉蜂黃喻人之貞節。宋羅大經鶴林玉露十四："道藏經云：'蝶交則粉退，蜂交則黃退。'周美成詞云'蝶粉蜂黃渾退了'正用此也。而說者以爲宫粧，且以退爲褪，誤矣。"

蝒 mián 武延切，平，仙韻，明。ㄇㄧㄢˊ

蟬之一種。爾雅釋蟲："蝒，馬蜩。"參見"蝒馬"。

【蝒馬】蟬的一種。方言十一："蟬，楚謂之蜩，……其大者，謂之蟧，或謂之蝒馬。"爾雅釋蟲作"馬蜩"。

蝻 nán ㄋㄢˊ

蝗幼蟲。孵化而未能飛時叫做蝻。參見"蝗"。

蝛 wēi 於非切，平，微韻，影。ㄨㄟ

蛜蝛，蟲名。

蝡 ruǎn 而兖切，上，獮韻，日。ㄖㄨㄢˇ 而允切，上，準韻，日。

蟲爬行貌。荀子勸學："端而言，蝡而動，一可以爲法則。"言如蟲之微動。

【蝡蝡】蠕動貌。淮南子俶真："無無蝡蝡，將欲生興而未成物類。"後漢書六十上馬融傳廣成頌："或夷由未殊，顛狽頓躓，蝡蝡蟫蟫，充衢塞隧。"

蝚 1. róu 耳由切，平，尤韻，日。ㄖㄡˊ

㊀螻蛄類。爾雅釋蟲："蝚，蛖螻。"注："蛖螻，螻蛄類。"

2. náo 集韻 奴刀切，平，豪韻。ㄋㄠˊ

㊁猴類。同猱、獿。史記一一七司馬相如傳上林賦："蛭蜩蠼蝚。"集解："郭璞曰：'蠼蝚似獼猴而黃。'"

蝦 xiā 胡加切，平，麻韻，匣。ㄒㄧㄚ

㊀蝦蟆。文選漢賈誼弔屈原文："偭蟂獺以隱處兮，夫豈從蝦與蛭螾。"注引韋昭："蝦，蝦蟇。"㊁節足動物之長尾者。通"鰕"。種類頗多，有草蝦、龍蝦、斑節蝦等。本草綱目四四鱗三鰕："鰕音霞，俗作蝦。入湯則紅色如霞也。"

【蝦杯】以海蝦殼製成之杯。太平御覽九四三南越志："南海以蝦頭爲杯，鬚長數尺，金銀鏤之，晉簡文以盛酒，未及飲，酒躍於外。"

【蝦姑】節肢甲殼類動物，即蝦蛄。唐段成式酉陽雜俎續集八支動："蝦姑狀若蜈蚣管蝦。"清施鴻保閩雜記："蝦姑，蝦目蟹足，狀如蜈蚣，背青腹白，足在腹下，大者長及尺，小者二三寸，喜食蝦，故又名蝦鬼，或曰蝦魁。其形如琴，故連江福清人稱爲琴蝦。又一種殼軟而小，頭大尾尖者，俗名蝦斗。"

【蝦魚】魚名。宋范成大桂海虞衡志蟲魚："蝦魚出灘水，肉白而豐，味似蝦而鬆美。"

【蝦棚】照明用具名。清楊賓柳邊紀略四："穅鐙俗名蝦棚，以米穅和水，順手粘麻稭，曬乾，長三尺餘，插架上，或木牌，燃之，光與燭等而省費。"

【蝦蛤】獸名。文選漢司馬長卿（相如）上林賦："格蝦蛤，鋋猛氏。"注："蝦蛤、猛氏，皆獸名。"史記一一七司馬相如傳作"瑕蛤"。

【蝦魁】㊀謂巨蝦。以物擬人，故水族加恩簿稱蝦魁爲季遐，封清綃內相，頳羹郡王。見宋陶穀清異録魚。（說郛六一）㊁即蝦姑。見"蝦姑"。

【蝦蟆】蛙和蟾蜍的統稱。漢書武帝紀元鼎五年："秋，鼃蝦蟇鬭。"水經注十六穀水："晉中州記曰：惠帝爲太子，出聞蝦蟆聲，問人爲是官蝦蟆、私蝦蟆。"

【蝦鬚】㊀指蝦的觸角。太平御覽九四三晉王隱晉書："吳後置廣州，以南陽滕脩爲刺史。或語脩蝦長一丈，脩不信。其人後故至東海，取蝦鬚長四、五尺，封以示脩，脩乃服。"後以滕脩蝦鬚爲識見不廣之典。弘明集四南朝宋顏延之重釋何衡陽："徒以䰟文大布，見刊異世；滕脩蝦鬚，取愧當時。"㊁簾子，簾子的流蘇。唐詩紀事三五陸暢詠簾："勞將素手捲蝦鬚，瓊室流光更綴珠。"宋王之道相山集十二次韻元發弟秋日德餘菴書事詩之二："珠簾高捲蝦鬚日，寶扇斜開雉尾宫。"

【蝦虹梁】佛寺建築名。連繫殿堂向拜之柱與本殿柱之梁作波形，形狀如蝦，故名蝦虹梁。

【蝦蟆衣】㊀青苔的別名。莊子至樂"則爲鼃蠙之衣"唐成玄英疏："鼃蠙之衣，青苔也。在水中張綿，俗謂之蝦蟆衣。"㊁車前的別名。宋陸游劍南詩稿八一戲詠園中春草之二："童子爭尋鵓鴿飯，醫翁日曝蝦蟆衣。"參閱本草綱目十六草五車前。

【蝦蟆車】也作"蝦蟇車"。古時兵車名。晉陸翽鄴中記："（石）虎于園中種衆果。民間有名果，虎作蝦蟇車，箱闊一丈，深一丈四，摶掘根面去一丈，合土載之，植之無不生。"宋書殷琰傳："（劉）勔乃作大蝦蟆車載土，牛皮蒙之，三百人推以塞壍。"

【蝦蟆更】㊀蝦蟆叫聲似擊木柝，故稱。全唐詩七〇二張蠙錢塘夜宴留別郡守："屬栗調高山閣迥，蝦蟆更促海聲寒。"㊁宋時宫中，五更之外尚有一更，稱爲六更，又稱蝦蟆更。宋周遵道豹隱紀談："蓋內樓五更絕，梆鼓變作，謂之蝦蟆更，禁門方開，百官隨入，所謂六更者也。外方則謂之攢點云。"參見"六更"。

【蝦蟆陵】地名。在長安城東南，與曲江近，相傳爲漢董仲舒墓，門人過此皆下馬，故稱下馬陵，後人音誤爲蝦蟆陵。見唐李肇國史補下。一說漢武帝幸芙蓉園，至此下馬，遂誤爲蝦蟆陵。唐時爲妓女聚處。唐白居易長慶集十二琵琶引："自言本是京城女，家在蝦蟇陵下住。"蟇與蟆同。

【蝦荒蟹亂】謂蝦蟹成災，稻穀蕩盡。舊時傳爲戰爭的預兆。宋傅肱蟹譜下兵證："吳俗有蝦荒蟹亂之語，蓋取其披堅執銳，歲或暴至，則鄉人用以爲兵證也。"元高德基平江紀事："大德丁未，吳中蟹厄如蝗，平田皆滿，稻穀蕩盡。吳諺有蝦荒蟹亂之說，正謂此也。"

【蝦蝚丹樹】木名，可以釀酒。宋史四八九闍婆國傳："其酒出於椰子及蝦蝚丹樹。蝦蝚丹樹，華人未嘗見；或以桄榔、檳榔釀成，亦甚香美。"

蝑 xū 相居切，平，魚韻，心。ㄒㄩ

蝗類別名。見"蚣蝑"。

蝞 méi 明祕切，去，至韻，明。ㄇㄟˋ

蟲名。形狀似蝦，寄生龜殼中。文選晉郭景純(璞)江賦："蜦⿰虫尃鱟蝞，鰿鼃鼂。"注引臨海水土物志："蝞似蝦，中食，益人顏色。"

蝺 yú 遇俱切，平，虞韻，疑。ㄩˊ

⿰虫敫蝺，蟲名。見"⿰虫敫蝺"。

蝟 wèi 于貴切，去，未韻，于。ㄨㄟˋ

哺乳動物名，即刺蝟。說文作"彙"。亦作"猬"。爾雅釋獸："彙，毛刺。"注："今蝟，狀如鼠。"參見"彙㊀"。

【蝟毛】㊀比喻衆多。漢書四八賈誼傳："高皇帝瓜分天下以王功臣，反者如蝟毛而起。"㊁鬚髮稠密張開貌。晉書桓溫傳："溫豪爽有風概，姿貌甚偉。……(劉)惔嘗稱之曰：'溫眼如紫石稜，鬚作蝟毛磔。孫仲謀(權)、晉宣王(司馬懿)之流亞也。'"世說新語容止作"猬"。

【蝟起】蝟毛豎起。比喻事端紛起。唐劉禹錫劉夢得集二九唐故邠寧慶等州節度觀察處置使……史公神道碑銘："有隣陰交，蝟起難違。"

【蝟縮】蝟遇敵則團縮，比喻人畏縮不前。全唐詩六〇九皮日休吳中苦雨因書一百韻寄魯望："如何鄉里輩，見之乃蝟縮。"

【蝟結蟻聚】比喻人多而結聚在一起。文選南朝梁任彥昇(昉)奏彈曹景宗："寔由郢州刺史臣景宗，受命致討，不時言邁，故使蝟結蟻聚，水草有依……遂使孤城窮守，力屈凶威。"

蝸 wō 古蛙切，平，佳韻，見。ㄨㄛ 古華切，平，麻韻，見。

蟲名。即蝸牛。莊子則陽："有所謂蝸者，君知之乎？"唐成玄英疏："蝸者蟲名，有類小螺也，俗謂之黃犢，亦謂之蝸牛，有四角。"參見"蝸牛"。

【蝸牛】軟體動物。有硬殼，扁圓螺旋形，頭有觸角四，其二較長。行動時分泌黏性液體。食植物苗葉。晉崔豹古今注中魚蟲："蝸牛，陵螺也，形似蛞蝓，殼如小螺，熱則自懸於葉下。"

【蝸角】蝸牛的角，喻極小之境地。莊子則陽："有國於蝸之左角者，曰觸氏；有國於蝸之右角者，曰蠻氏；時相與爭地而戰，伏尸數萬，逐北旬有五日而後反。"後稱因細事而相爭爲蝸角之爭，也稱"蠻觸之爭"。唐白居易長慶集七一禽蟲十二章詩之七："蟭螟殺敵蚊巢上，蠻觸交爭蝸角中。應似諸天觀下界，一微塵內鬭英雄。"

【蝸居】猶蝸舍。明章懋楓山集二與劉知府惟馨書之二："況今老病龍鍾，杜門待盡，則陋巷蝸居，乃其素分。"

【蝸舍】喻居室極狹小。晉崔豹古今注中魚蟲："蝸牛，陵螺也。……野人結圓舍，如蝸牛之殼，曰蝸舍。"也用爲謙詞。南朝梁何遜何水部集仰贈從兄興寧寘南詩："棲息同蝸舍，出入共荆扉。"周書蕭大圜傳："面修原而帶流水，倚郊甸而枕平皋，築蝸舍於叢林，構環堵於幽薄。"

【蝸篆】蝸牛所行處，留下黏液的痕跡，有如篆文，故稱蝸篆。宋毛滂東堂詞玉樓春十二調之二："泥銀四壁盤蝸篆，明月一庭秋滿院。"元侯克中艮齋詩集十二久客："幾縷腥涎蝸篆細，一緘鄉信雁聲長。"

【蝸戰】爲瑣細之事而引起的爭鬬。宋朱敦儒樵歌上聒龍謠詞："算蝸戰多少功名，問蟻聚幾回今古。"參見"蝸角"。

【蝸廬】猶蝸舍。三國志魏管寧傳附胡昭"昭善史書"注引魏略："(焦先)自作一瓜牛廬，淨掃其中。"南朝宋裴松之注謂瓜當作蝸。唐駱賓王集五寒夜獨坐遊子多懷簡知己詩："鶉服長悲碎，蝸廬未卜安。"

【蝸蠃】即"螺螄"，見該條。

蝭 1. tí 杜奚切，平，齊韻，定。ㄊㄧ 都計切，去，霽韻，端。

㊀見"蝭蟧"。

2. chí 集韻 常支切，平，支韻。ㄔ

㊁見"蝭₂母"。

【蝭₂母】藥草名。即知母。見"知母"。

【蝭蟧】蟲名，即蟪蛄。方言十一："蛥蚗……楚謂之蟪蛄，或謂之蛉蛄，秦謂之蛥蚗，自關而東謂之虭蟧，或謂之蝭蟧。"

蝹 1. yūn 於倫切，平，真韻，影。ㄩㄣ

㊀蝹蝹，龍蛇行貌。蝹，亦作"蝹"。文選漢張平子(衡)西京賦："海鱗變而成龍，狀蜿蜿以蝹蝹。"

2. ǎo 烏晧切，上，晧韻，影。ㄠˇ

㊁傳說潛伏地下吃死人腦的怪物。太平御覽三七五列異傳："陳倉有得異物，其形不類猪，不似羊，莫能名，以獻秦穆公。道遇二童子，曰：此名爲蝹，述常在地下食死人腦，若欲殺之，以柏搥其頭。"史記秦紀"十九年，得陳寶"注引晉太康地志作"媼"。

【蝹蜦】蛇行貌。文選晉郭景純(璞)江賦："倏蠵拂翼而掣耀，神蜧蝹蜦以沉遊。"注："許慎淮南子注曰：'黑蜧，神蛇也，潛於神泉。蝹蜦，行貌。'"

蝪 tāng 吐郎切，平，唐韻，透。ㄊㄤ

蛈蝪，蟲名。即土蜘蛛。見"蛈蝪"。

蝎 1. hé 胡葛切，入，曷韻，匣。ㄏㄜˊ

㊀木中蠹蟲，通名爲蝎。爾雅釋蟲："蝎，蛣蝠。"注："木中蠹蟲。"三國魏嵇康嵇中散集四答難養生論："故蝎盛則木朽，欲勝則身枯。"

2. xiē ㄒㄧㄝ

㊁同"蠍"。

【蝎₂虎】即守宮。食蝎，故稱蝎虎。宋蘇軾蘇文忠公詩合注十五蝎虎詩："黃雞啄蝎如啄黍，窗間守宮稱蝎虎。"蝎，一本作"蠍"。

【蝎譖】喻起於內部親近的讒言。國語晉一："言之大甘，其中必苦，譖在中矣。君故生心，雖蝎譖，焉避之？"注："蝎，木蟲也，譖從中起，如蝎食木，木不能避也。"

⿰虫耑 chuǎn 集韻 尺兗切，上，獮韻。ㄔㄨㄢˇ

蠉⿰虫耑，蟲名。見該條。

蝤 yōu 於虯切,平,幽韻,影。ㄧㄡ
同"蚴"。見下。

【蝤蟉】屈曲行動貌。史記一一七司馬相如傳大人賦:"駕應龍象輿之蠖略逶麗兮,驂赤螭青虯之蝤蟉蜿蜒。"漢書作"蚴蟉宛蜒"。注:"蚴蟉宛蜒,皆其行步進止之貌也。"

蝔 jiē 古諧切,平,皆韻,見。ㄐㄧㄝ
蟲名。廣韻"蝔"引淮南子:"蝔知雨至,蝔蟲大如筆管,長三寸,代謂之猥狗。知天雨,則於草木下藏其身。"

蝯 yuán 雨元切,平,元韻,于。ㄩㄢ
"猿"的本字。爾雅釋獸:"猱蝯善援。"俗作"猨"。參見"猿"字各條。

【蝯眩】喻峻險峭陡。淮南子俶真:"登千仞之谿,臨蝯眩之岸,不足以滑其和。"注:"蝯臨其岸而目眩也。"

蝬 zōng 子紅切,平,東韻,精。ㄗㄨㄥ
蛤類軟體動物。文選晉郭景純(璞)江賦:"三蝬虾江,鸚螺蜁蝸。"注引海水土物志:"三蝬似蛙蛤。"

蝓 yú 羊朱切,平,虞韻,喻。ㄩ
蟲名。見"蛞蝓"、"螔蝓"。

蝮 fù 芳福切,入,屋韻,滂。ㄈㄨ
毒蛇,通稱蝮蛇,多居濕地。楚辭宋玉招魂:"蝮蛇蓁蓁,封狐千里些。"史記九四田儋傳:"蝮螫手則斬手,螫足則斬足。"集解引應劭:"蝮一名虺。"

【蝮蜪】蝗的幼蟲。爾雅釋蟲:"蝝,蝮蜪。"注:"蝗子未有翅者。"國語魯上"蟲舍蚳蝝"三國吳韋昭注作"蝠陶"。

【蝮蠆】蛇和蝎。泛指有毒的物類。漢劉向說苑修文:"天地陰陽盛長之時,猛獸不攫,鷙鳥不搏,蝮蠆不螫。"

【蝮鷙】毒蛇凶鳥。喻慘酷苛刻的官吏。史記一二二酷吏傳太史公曰:"京兆無忌、馮翊殷周蝮鷙。"

蝌 kē 苦禾切,平,戈韻,溪。ㄎㄜ
見下。

【蝌蚪】蛙和蟾蜍的幼體。本作"科斗"。廣韻:"蝌蚪,蟲名。爾雅曰:科斗,活東。蝦蟆子也。字林从虫。"參見"科斗"。

【蝌蚪書】古代作書,以刀刻或漆書於竹簡木牘之上。用漆書寫,下筆時漆多,收尾漆少,故筆畫多頭大尾小,形如蝌蚪,故稱蝌蚪書或蝌蚪文。見"科斗書"。

蝜 fù 房久切,上,有韻,並。ㄈㄨ
見下。

【蝜蝂】蟲名。也作"負版"。唐柳宗元柳先生集十七蝜蝂傳:"蝜蝂者,善負小蟲也,行遇物輒持取,印其首負之,背愈重,雖困劇不止也。"

蝝 yuán 與專切,平,仙韻,喻。ㄩㄢ
未生翅的蝗子。左傳宣十五年:"冬,蝝生,饑。"

蝞 yuān 集韻 縈玄切,平,先韻。ㄩㄢ
古建築物上刻鏤之形。漢書八七上揚雄傳甘泉賦:"蓋天子穆然,珍臺閒館,琁題玉英,蝞蜎蠖濩之中。"注:"張晏曰:蝞蜎蠖濩,刻鏤之形也。"唐顏師古注謂蝞蜎蠖濩言屋中之深廣。

蝪 sōu 所留切,平,尤韻,山。
ㄙㄡ 山芻切,平,虞韻,山。
蠼蝪,蟲名。見"蠼蝪"。

蝗 huáng 胡光切,平,唐韻,匣。
ㄏㄨㄤ 户盲切,平,庚韻,匣。
户孟切,去,映韻,匣。
蟲名。一名蝗螽,以其善飛,也稱飛蝗。爲危害禾本科植物的主要害蟲。俗呼麻札、馬札、螞蚱。吕氏春秋孟夏:"行春令,則蟲蝗爲敗,暴風來格,秀草不實。"

蝍 jí ㄐㄧ
同"蝍"。見"蝍"。

蝺 1. qǔ ㄑㄩ
㊀好貌。吕氏春秋應言:"然而視之蝺焉美,無所可用。"

2. yǔ ㄩ
㊁見下。

【蝺₂僂】腰背曲貌。同"傴僂"。文選戰國楚宋玉登徒子好色賦:"旁行蝺僂,又疥且痔。"參見"傴僂㊀"。

蝨 shī 所櫛切,入,櫛韻,山。ㄕ
亦作"虱"。㊀蟲名。寄生於人畜身上吸血的昆蟲。有頭蝨、衣蝨、毛蝨等數種。淮南子說林:"湯沐具而蟣蝨相弔,大廈成而燕雀相賀。"比喻寄生作惡的人或事。參見"蝨官"。㊁置身。唐韓愈昌黎集六瀧吏詩:"得無虱其間,不武亦不文。"

【蝨官】指蠹國害民之官吏,或危害國家的弊病。商君書去彊:"農、商、官三者國之常官也,三官者,生蝨官者六:曰歲、曰食、曰美、曰好、曰志、曰行。"又:"國無禮樂蝨官,必彊,……蝨官生必削。"商鞅主農戰,謂禮樂詩書於國無益而有害,故曰蝨官。

【蝨建】草名。唐段成式酉陽雜俎前集廣動植蟲蝨:"有草生山足濕處,葉如百合,對葉獨莖,莖微赤,高一二尺,名蝨建草,能去蟣蝨。"

【蝨輪】謂視小如大。列子湯問:"紀昌者,又學射於飛衛。……昌以氂懸蝨於牖,南面而望之,旬日之間,浸大也。三年之後,如車輪焉。……射之,貫蝨之心,而懸不絕。"

【蝨處褌中】比喻識見狹隘。晉書阮籍傳大人先生傳:"獨不見羣蝨之處褌中,逃乎深縫,匿乎壞絮,自以爲吉宅也。行不敢離縫際,動不敢出褌襠,自以爲得繩墨也。然炎丘火流,焦邑滅都,羣蝨處於褌中而不能出也。君子之處域內,何異夫蝨之處褌中乎!"

十 畫

蝭 hán 集韻 河干切,平,寒韻。ㄏㄢ
蝭蠦。蚯蚓的別名。集韻:"蝭,蟲名。蝭蠦,蚯蚓也。或作螒。"參閱本草綱目四二蟲蚯蚓釋名。

螢 yíng 户扃切,平,青韻,匣。ㄧㄥ
蟲名。腹部末端有發光器,夜間閃爍發光。禮月令季夏之月:"腐草爲螢。"注:"螢,飛蟲,螢火也。"

【螢火】蟲名。即"螢"。晉崔豹古今注中魚蟲:"螢火,一名耀夜,一名景天,一名熠燿,一名丹良,一名燐,一名丹鳥,一名夜光,一名宵燭。腐草爲之,食蚊蚋。"晉書車胤傳:"家貧不常得油,夏月則練囊盛數十螢火以照書,以夜繼日焉。"

【螢苑】隋煬帝大業十二年於東都(洛陽)景華宮徵求螢火數斛,夜出遊山放之,光遍巖谷。其後附會爲煬帝幸江都(揚州)時事。唐杜牧樊川集三揚州詩之二:"秋風放螢苑,春草鬭雞臺。"自後詩文中皆以螢苑作爲揚州的事典。參閱清葉廷琯吹網録一隋書煬帝放螢事。

【螢案】晉車胤用囊螢照明讀書故事。見晉書本傳。後以螢案作貧士苦讀之典。案,書案。元柳貫柳待制文集四次韻答鄉友吴立夫見寄之作……詩:"馬韉從辛日,螢案潔餐晨。"

【螢雪】晉車胤以囊盛螢，孫康冬夜映雪，取光照以讀書。後喻貧士苦讀。宋辛棄疾稼軒詞一水調歌頭即席和金華杜仲高韻……：“平生螢雪，男兒無奈五車何。”劉克莊後村集四六挽陳司直詩之一：“不似鶯花貴公子，宛然螢雪老書生。”

【螢窗】晉車胤家貧無油，夏夜囊螢照書。見晉書車胤傳。後因稱書室爲螢窗。唐許渾丁卯集上送前東陽于明府由鄂渚歸故林詩：“殷勤爲謝南溪客，白首螢窗未見招。”宋葛勝仲丹陽詞虞美人酬衛卿弟見贈：“三年曾不窺園樹，辛苦螢窗暮。”

【螢燭】喻微末的光。文選三國魏曹子建(植)求自試表：“冀以塵露之微，補益山海；螢燭末光，增輝日月。”抱朴子明本：“所謂抱螢燭于環堵之內者，不見天光之焜爛。”

【螢爝】螢，螢火；爝，炬光。喻微弱的光。常作能力薄弱的謙詞。南齊書王儉傳求解尚書表：“秋葉辭詞，不假風飈之力；太陽躋景，無俟螢爝之光。”

【螢火芝】傳說中靈草名。唐段成式酉陽雜俎前集十物異螢火芝：“良常山有螢火芝。其葉似草，實大如豆，紫花。夜視有光。食一枚，心中一孔明。食至七，心七竅洞徹。可以夜書。”南朝梁陶弘景真誥十三稽神樞作“熒火芝”。

螯 áo 五勞切，平，豪韻，疑。
ㄠ

甲殼動物第一對變形的步足。末端兩歧，開合如鉗，用以夾取食物，並作防衛用。荀子勸學：“蟹六跪而二螯，非虵蟺之穴無可寄託者，用心躁也。”注：“螯，蟹首上如鉞者。”

【螯膠】蟹殼製成的膠。舊題漢郭憲洞冥記三：“善苑國嘗貢一蟹，長九尺，有百足四螯，因名百足蟹，煮其殼，勝於黃膠，亦謂之螯膠，勝於鳳喙之膠也。”

螜 hú 胡谷切，入，屋韻，匣。
ㄏㄨˊ

蟲名。即螻蛄，俗名土狗。大戴禮夏小正：“螜則鳴，螜天螻也。”參見“螻蛄”。

融 róng 以戎切，平，東韻，喻。
ㄖㄨㄥˊ

㊀明亮。國語鄭：“以淳燿敦大，天明地德，光照四海，故命之曰‘祝融’，其功大矣。”注：“祝，始也。融，明也。”㊁溶化。文選晉孫興公(綽)遊天台山賦：“融而爲川瀆，結而爲山阜。”唐杜甫杜工部草堂詩箋十二晚出左掖：“樓雪融城濕，宮雲去殿低。”㊂流通。文選三國魏何平叔(晏)景福殿賦：“雲行雨施，品物咸融。”㊃長遠。詩大雅既醉：“昭明有融，高朗令終。”國語周下：“故高朗令終，顯融昭明。”㊄和順，和諧。見“融融”。㊅高辛氏火正。傳說其死後爲火神。墨子非攻：“天命融隆火。”參見“祝融”。㊆姓。相傳祝融氏的後代。見通志二八氏族四以名爲氏。

【融丘】尖頂重疊的土山。爾雅釋丘：“丘，一成爲敦丘，再成爲陶丘，再成銳上爲融丘。”晉陸機陸士衡集四白雲賦：“興曜曾泉，升跡融丘。”

【融泄】浮動貌。文選三國魏何平叔(晏)景福殿賦：“緜蠻𪇗霘，隨雲融泄。”泄，也作“洩”。宋吳文英夢窗丙稿西河詞：“春乍霽，清漣畫舫融洩。”

【融怡】和悅。全唐詩五六七鄭嵎津陽門詩：“晝輪寶軸從天來，雲中笑語聲融怡。”

【融風】古代五行家將八個方位的風配以卦名，各有名目，稱爲“八風”。東北風曰“融風”。左傳昭公十八年：“丙子，風。梓慎曰：‘是謂融風，火之始也。’”注：“東北曰融風。融風，木也。木，火母，故曰火之始。”參見“八風㊀”。

【融裔】形容聲調悠長。文選晉潘安仁(岳)笙賦：“郁捋劫悟，泓宏融裔。”

【融會】融合。隋釋灌頂國清百錄二(晉)王重請義書：“智者融會，盡有階差，譬若群流，歸於大海。”參見“融會貫通”。

【融融】㊀和樂貌。左傳隱元年：“(鄭莊)公入而賦：大隧之中，其樂也融融。”注：“融融，和樂也。”㊁和暖貌。唐杜牧樊川集一阿房宮賦：“歌臺暖響，春光融融。”㊂光潤貌。唐李白李太白詩六擬古：“融融白玉輝，映我青蛾眉。”

【融縣】地名。屬廣西。原漢潭中縣地。隋置融州，因融水得名。後改義熙縣。唐復置融州。宋沿置。元改融州路，至元間改爲州。明清降爲縣，皆屬柳州府。公元1952年改爲融安縣。參閱讀史方輿紀要一〇九柳州府。

【融會貫通】融合各說，領會其實質，從而得到全面透徹的理解。朱子語類二七論語九：“曾子偶未見得，但見一箇事是一箇理，不曾融會貫通。”宋史四二七道學傳一：“仁宗明道初年，程顥及弟頤寔生，及長，受業周氏(敦頤)，已乃擴大其所聞，表章大學、中庸二篇，與語、孟並行，於是上自帝王傳心之奧，下至初學入德之門，融會貫通，無復餘蘊。”

【融融洩洩】和樂而輕鬆貌。左傳隱元年：“公入而賦：‘大隧之中，其樂也融融。’姜出而賦：‘大隧之外，其樂也洩洩。’”疏：“融融，和樂。洩洩，舒散。皆是樂之狀。”後因以融融洩洩形容家庭之樂。

螒 hàn 侯旰切，去，翰韻，匣。
ㄏㄢˋ

蟲名。爾雅釋蟲：“螒，天雞。”注：“小蟲。黑身赤頭。一名莎雞，又曰樗雞。”參見“天雞㊃”、“莎雞”。

螙 dù 當故切，去，暮韻，端。
ㄉㄨˋ

蛀蟲。古文“蠹”字，見說文。清黃景仁兩當軒集十二十月一日獨遊卧佛寺……詩：“遺文銷白螙，留骨待青山。”

螃 páng 步光切，平，唐韻，並。
ㄆㄤˊ 補曠切，去，宕韻，幫。

見下。

【螃蜞】蟹之屬。即蟛蜞。見集韻。參見“蟛蜞”。

【螃蟹】即蟹。廣韻：“螃蟹本只名蟹，俗加螃字。”宋陸游南唐書十三嚴續傳：“聽用多非其人，不能稱職，或作螃蟹賦以譏切之。”參見“蟹”字各條。

螗 táng 徒郎切，平，唐韻，定。
ㄊㄤˊ

蟬的一種。詩大雅蕩：“如蜩如螗，如沸如羹。”傳：“螗，蝘也。”釋文：“字林云：‘蝭蛄，蝘，音偃。蟬屬也。’……郭(璞)云：‘俗呼爲胡蟬，江南謂之螗蛦。’”

【螗蛦】螗蜩的別稱。蟬屬。方言十一：“蟬，……宋衛之間謂之螗蜩”注：“今胡蟬也。似蟬而小，鳴聲清亮。江南呼螗蛦。”參見“螗蜩”。

【螗蜋】蟲名。即螳螂。爾雅釋蟲“不過，蟷蠰”晉郭璞注：“蟷蠰，螗蜋別名。”文選三國魏陳孔璋(琳)爲袁紹檄豫州：“欲以螗蜋之斧，禦隆車之隧。”

【螗蜩】蟬屬。爾雅釋蟲：“蜩，……螗蜩。”注：“夏小正傳曰：‘螗蜩者，蝘。俗呼爲胡蟬。江南謂之螗蛦。’”清郝懿行義疏：“方言云：‘蟬，宋衛之間謂之螗蜩。’郭注：‘今胡蟬也。似蟬而小，鳴聲清亮。江南呼螗蛦。’……按今螗蜩小於馬蜩，背青綠色，頭有花冠，喜鳴，其聲清圓若言烏友。烏友與胡蛦之聲相轉，蛦蝘又聲相轉也。”

螟 míng 莫經切，平，青韻，明。
ㄇㄧㄥˊ

㊀食禾害蟲。詩小雅大田：“去其螟螣，及其蟊賊，無害我田稺！”傳：“食心曰螟，

食葉曰螣。”㊁見“螟蛉”。

【螟蛉】蟲名。詩小雅小宛:“螟蛉有子,蜾蠃負之。”傳:“螟蛉,桑蟲也。蜾蠃,蒲盧也。”箋:“蒲盧取桑蟲之子,負持而去,煦嫗養之,以成其子。”後人遂以螟蛉爲養子的代稱。舊唐書昭宗紀乾寧二年:“太原李克用上章言王重榮有功於國,其子珂宜承襲,請賜節鉞。邠州王行瑜、鳳翔李茂貞、華州韓建各上章,言珂螟蛉,不宜纘襲。”蜾蠃取桑蟲作爲幼蟲的食料,古人誤以爲代養桑蟲之子。

【螟蜓】傳説中鬼神名。古文苑六漢黃香九宮賦:“槁肩屈而却梁黨,叱巷滯而觸螟蜓。”

螊 1. lián 集韻 離鹽切,平,鹽韻。ㄌㄧㄢ

㊀介蟲名。肉可食。廣韻作“蠊”。清朱駿聲説文通訓定聲謂疑今之蟶。

2. xián 集韻 胡讒切,平,咸韻。ㄒㄧㄢ

㊀蛤類。集韻作“蝛”。晉書夏統傳:“或至海邊,拘螊蠘以資養。”

螆 cì 七吏切,去,志韻,清。ㄘ

見下。

【螆蛦】龜屬。全唐詩八〇一光、威、裒(姊妹三人,失其姓)聯句:“偏憐愛數螆蛦掌,每憶光抽玳瑁簪。”按螆蛦與玆夷、蠀蠩並同。其背分爲十餘枚,皆相密接,與玳瑁之作覆瓦狀不同,人的掌紋與之相似,故稱螆蛦掌。

螠 yì 於賜切,去,寘韻,影。ㄧ

螠女。蟲名。廣韻:“螠,螠女蟲。案爾雅曰:‘蜆,縊女。’郭璞云:‘小黑蟲,赤頭,喜自經死,故曰縊女。’字俗從虫。”參見“縊女”。

螞 mǎ 玉篇 莫下切。ㄇㄚˇ

㊀蟲類之稱。玉篇:“螞,蟲。”正字通:“螞,俗字。蚿名馬陸、馬蠲;蛭呼馬蟥、馬蟥,因作螞。”㊁見下。

【螞蟥】水蛭的一種。本作“馬蟥”,馬,俗作“螞”。居沼澤或水田中,吸人畜血液。見“馬蟥”。

【螞蟻】蟻之大者。本作“馬蟻”。馬,俗作“螞”。今以爲蟻的通稱。參見“馬蟻”。

【螞蟻矢】優質的鼻煙。清趙之謙勇盧閒詰:“鼻煙初成時,質未凝,氣尚流散。納蠟中密栗無一痕,數十年後,氣斂質結,視其内舒卷如雲霞,如水波,如晴沙,如蟻蛭。以如蟻蛭者爲最陳久,俗呼螞蟻矢,取形近也。”

螓 qín 匠鄰切,平,真韻,從。ㄑㄧㄣ

蟬的一種。爾雅釋蟲“蚻,蜻蜻”晉郭璞注:“如蟬而小。方言云:有文者謂之螓。”宋沈括夢溪筆談二四雜誌一:“蟭蟟之小而綠色者,北人謂之螓,卽詩所謂‘螓首蛾眉’者也,取其頂深且方也。又閩人謂大蠅爲胡螓,亦螓之類也。”

【螓首】螓額形方廣,故以螓首形容美人的額。詩衛風碩人:“螓首蛾眉,巧笑倩兮。”傳:“螓首,顙廣而方。”

蝘 yán 有乾切,平,仙韻,于。ㄧㄢ

㊀蝘蠻,蟲名。見廣韻。㊁見“蝘淵”。

【蝘淵】傳説中地名。山海經西山經:“(崇吾之山)在河之南,北望冢遂,南望䍃之澤,西望帝之搏獸之丘,東望蝘淵。”

螄 bó 補各切,入,鐸韻,幫。ㄅㄛˊ

螄蟭,螳螂卵。見廣韻。本草綱目三九蟲一螳螂桑螵蛸:“螳螂,……其子房名螵蛸、蜱蛸、螄蟭、致神,……村人每炙焦飼小兒,云止夜尿,則螄蟭致神之名,蓋取諸此。”

螈 yuán 集韻 愚袁切,平,元韻。ㄩㄢ

㊀螈蠶。見該條。㊁蠑螈。兩棲動物名。見“蠑螈”。

【螈蠶】一歲收成兩次的蠶叫螈蠶。淮南子泰族:“螈蚕一歲再收。”蚕同“蠶”。周禮夏官馬質作“原蠶”。

螖 huá 户八切,入,黠韻,匣。ㄏㄨㄚˊ

見下。

【螖蠌】㊀小蟹名。爾雅釋魚:“螖蠌,小者蟧。”注:“螺屬。見埤蒼。或曰卽蟚螖也。似蟹而小。”參閱本草綱目四五介一蟹。㊁三國吴萬震南州異物志謂海邊寄居蟲名。形如蜘蛛,有螯如蟹。本無殼,入空螺殼中,戴殼而遊(見藝文類聚九七鱗介螺),似卽指此。

螘 yǐ 魚倚切,上,紙韻,疑。ㄧˇ

蟻本字。蟻類的通稱。韓非子難勢:“飛龍乘雲,騰蛇遊霧,雲罷霧霽,而龍蛇與螾螘同矣。”爾雅釋蟲“蚍蜉大螘”釋文:“螘,本又作蛾,俗作蟻字。”經傳螘蛾二字每混用。參見“蟻”字各條。

【螘垤】蟻窠外用以防雨水侵入的土堆。韓非子姦劫弒臣:“夫世愚學之人,比有術之士也,猶螘垤之比大陵也。”宋陸游劍南詩稿八和范舍人永康青城道中作:“廓然眼界三萬里,山一螘垤水一杯。”

【螘動】羣蟻出動。形容人心不安,羣衆騷動。淮南子兵略:“攻城略地,莫不降下,天下爲之麋沸螘動,雲徹席卷,方數千里。”後漢書二八馮衍傳與田邑書:“天下螘動,社稷顛隕。”

【螘窠夢】唐李公佐南柯太守傳記淳于棼夢入槐安國,被招爲駙馬,任南柯太守,顯赫一時。後與敵戰而敗,公主死,被遣回。醒後發現槐安國爲槐樹下蟻窠,卽夢中所歷。後以“螘窠夢”喻榮華富貴的虛幻無常。宋陸游劍南詩稿一衰病之一:“仕宦螘窠夢,功名馬耳風。”參見“南柯夢”。

螇 1. xī 胡雞切,平,齊韻,匣。ㄒㄧ

㊀螇蝷,蟬類。漢桓寬鹽鐵論散不足:“諸生獨不見季夏之螇乎?音聲入耳,秋風至而聲無。”參見“螇蝷”。

2. qī 苦奚切,平,齊韻,溪。ㄑㄧ

㊁螇$_2$蚸。見下。

【螇$_2$蚸】蟲名。蝗的一種。爾雅釋蟲:“蟿螽,螇蚸。”注:“今俗呼似蚱蜢而細長、飛翅作聲者爲螇蚸。”參見“蟿螽”。

【螇蝷】蟬類。俗稱知了,説文作“螇鹿”。蟬屬。爾雅釋蟲:“蜓蚞,螇螰。”注:“卽蝭蟧也。一名蟪蛄,齊人呼螇螰。”

螉 wēng 烏紅切,平,東韻,影。ㄨㄥ

㊀螉蜙,蟲名。見説文。經典釋文三十爾雅音義下引字林:“螉蜙似蜻。”清朱駿聲謂卽牛虻。見説文通訓定聲。㊁蜂之屬。見“蠮螉”。

螝 huì 集韻 胡對切,去,隊韻。ㄏㄨㄟ

蟲蛹。爾雅:“螝,蛹。”北齊顏之推顏氏家訓勉學:“吾初讀莊子:‘螝,二首。’韓非子曰:‘蟲有螝者,一身兩口,爭食相齕,遂相殺也。’茫然不識此字何音。……後見古今字詁,此亦古之虺字。積年凝滯,豁然霧解。”虺爲“螝”之借字。唐柳宗元柳先生集十四天對:“螝蠚已毒,不以外肆。”參閱清何萱韻史六六螝。

螅 xī ㄒㄧ

螅蟀,蟲名。螅,同“蟋”。逸周書時訓:“小暑之日,温風至。又五日,螅蟀居辟。”辟,同“壁”。

螑 xiù 集韻 火幼切,去,幼韻。
ㄒㄧㄡ 輕幼切,去,幼韻。

見"赳螑"。

螄 shī 疏夷切,平,脂韻,山。
ㄕ

蟲名。廣韻:"螄,螄螺。"詳"螺螄"。

螕 bì 邊兮切,平,齊韻,幫。
ㄅㄧ

㊀寄生於牛、犬等動物身上的蝨。見玉篇、唐釋玄應一切經音義十一螕等。㊁見"蚍蠹"。

【螕蠹】蟲名,大飛蟻。即蚍蜉。漢書五行志中下:"宣公十五年冬,蝝生。劉歆以爲蝝,螕蠹之有翼者,食穀爲災,黑眚也。"注引孟康:"螕蠹,音蚍蜉。"參見"蚍蜉"。

螔 1. yí 弋支切,平,支韻,喻。
ㄧ

㊀見"螔蝓"。

2. sī 息移切,平,支韻,心。
ㄙ

㊀蟲名。守宮別名。見廣韻。

【螔蝓】蟲名。說文作"虒蝓"。即蝸牛。周禮天官醢人"饋食之豆,其實葵菹、蠃醢"漢鄭玄注:"蠃,螔蝓。"爾雅釋魚:"蚹蠃,螔蝓。"注:"即蝸牛也。"參閱本草綱目四二蟲四蝸牛。

【螔₂蝾】蟲名。蜥蜴的一種。即守宮。方言八:"守宮,……東齊海岱謂之螔蝾。"注:"似蜥易。大而有鱗。"參見"守宮"。

螣 1. té 徒得切,入,德韻,定。
ㄊㄜ

㊀食禾苗害蟲名。說文作"蟘"。詩小雅大田:"去其螟螣,及其蟊賊,無害我田穉。"傳:"食葉曰螣。"

2. téng 徒登切,平,登韻,定。
ㄊㄥ

㊀傳說中的神蛇。見"螣₂蛇"。

【螣₂蛇】傳說中的神蛇。荀子勸學:"螣蛇無足而飛,梧鼠五技而窮。"注:"爾雅云:'螣,螣蛇。'郭璞云:'龍類,能興雲霧而遊其中也。'"

十一畫

螷 zhè 之夜切,去,禡韻,照。
ㄓㄜ

蟲名。說文作"蟅"。見下。

【螷蟒】蝗屬,即蚱蜢。方言十一:"蟒,……南楚之外,謂之蟅蟒。"晉郭璞注:"即蝗也。"蟅,"螷"的本字。

【螷蟲】地鼈蟲。爲蜚蠊之一種。體小,形圓。又一種體較大,橢圓形,稱爲正螷蟲。參閱本草綱目四一蟲三螷蟲集解。

螫 zhé 直立切,入,緝韻,澄。
ㄓㄜ

昆蟲伏藏。易繫辭下:"龍蛇之蟄,以存身也。"

【蟄户】昆蟲蟄伏的穴。後漢書六十上馬融傳廣成頌:"翬終葵,揚關斧,刊重冰,撥蟄户。"

【蟄雷】春雷初動,發聲啟蟄,稱蟄雷。全唐詩六九二杜荀鶴和友人見題山居水閣八韻:"和君詩句吟聲大,蟲豸聞之謂蟄雷。"

【蟄燕】藏伏避寒的燕。宋朱翌猗覺寮雜記上:"(燕子)往往入於深巖穴枯木中,向寒不復出,泥塗其身,毛羽皆脱。至春暖,即生羽飛去。晉郗鑒爲兖州刺史,掘野鼠蟄燕食之,終無叛者,此可見矣。"

【蟄蟄】多盛貌。詩周南螽斯:"宜爾子孫,蟄蟄兮。"毛傳訓和集,和集亦多盛之意。唐李賀歌詩編二感諷之五:"侵衣野竹香,蟄蟄垂葉厚。"參閱清陳奂毛詩傳疏。

【蟄蟲】伏藏在土中過冬的昆蟲。禮月令孟春之月:"東風解凍,蟄蟲始振。"莊子天運:"蟄蟲始作,吾驚之以雷霆。"

【蟄獸】藏於穴中過冬的野獸。周禮秋官穴氏:"掌攻蟄獸。"注:"蟄獸,熊羆之屬,冬藏者也。"

螶 qú 強魚切,平,魚韻,羣。
ㄑㄩ

見下。

【螶蝝】蟲名。即蜉蝣。見說文"蝝"。詩曹風蜉蝣傳作"渠略",漢揚雄方言作"螶蟘"。亦作"渠略"(爾雅釋蟲)、"蜉蚘"(方言十一)。參見"蜉蝣"。

螫 shì 施隻切,入,昔韻,審。
ㄕ

㊀毒蟲刺人。詩周頌小毖:"莫予荓蜂,自求辛螫。"史記九四田儋傳:"蝮螫手則斬手。"㊁毒害。韓非子用人:"有刑法而死,無螫毒,故奸人服。"㊂惱怒。史記一〇七魏其侯傳:"有如兩宮螫將軍,則妻子毋類矣。"索隱:"螫音釋,謂怒也。毒蟲怒必螫人。……漢書作'奭',奭,即螫也。"

【螫毒】毒害。韓非子用人:"故至治之國,有賞罰而無喜怒,故聖人極;有刑法而死,無螫毒,故姦人服。"淮南子俶真:"夫憂患之來攖人心也,非直蜂蠆之螫毒,而蚊䖟之憯怛也。"

蟊 máo 莫浮切,平,尤韻,明。
ㄇㄠ

吃苗根的害蟲。也作"蝥"。見下。

【蟊賊】吃禾稼的害蟲。詩大雅大田:"去其螟螣,及其蟊賊。"傳:"食心曰螟,食葉曰螣,食根曰蟊,食節曰賊。"後以喻冒取民財的貪官汙吏。後漢書十七岑彭傳:"我有蟊賊,岑君遏之。"

螱 wèi 於胃切,去,未韻,影。
ㄨㄟ

白蟻的別稱。亦作"蜼"。見"蜼"。

蟁 wén 無分切,平,文韻,明。
ㄨㄣ

蟲名。同"蚊"。漢書五三中山靖王勝傳武帝問對:"夫衆煦漂山,聚蟁成靁。"注:"蟁,古蚊字。靁,古雷字。"

【蟁首】蚊首。比喻細微。淮南子主術:"夫權輕重不差蟁首,扶撥枉橈不失鍼鋒,……是任術而釋人心者也。"

螴 chén 字彙 池鄰切。
ㄔㄣ

見下。

【螴蜳】不安貌。莊子外物:"螴蜳不得成,心若縣於天地之間。"釋文:"司馬(彪)云:'螴蜳,讀曰忡融,言怖畏之氣,忡融兩溢,不安定也'。"

螾 yǐn 余忍切,上,軫韻,喻。
ㄧㄣ

㊀蚯蚓。同"蚓"。荀子勸學:"螾無爪牙之利,筋骨之强。"注:"螾與蚓同,蚯蚓也。"㊁動貌。史記律書:"寅言萬物始生螾然也,故曰寅。"

【螾衙】即蚰蜒。衙,也作"衍"、"蚔"。爾雅釋蟲:"螾衙、入耳。"又有蚙窮、蜓蠊、蚨虷、蛆蚭等名。參見"蚰蜒"。

螲 1. dié 集韻 徒結切,入,屑韻。
ㄉㄧㄝ

㊀見"螲蟷"。

2. zhì 陟栗切,入,質韻,知。
ㄓ

㊀蝼蛄,俗稱土狗。見方言十一。

【螲蟷】蟲名。也稱顛當蟲,屬蜘蛛類。爾雅稱蚨蜴,又叫土蜘蛛,爲赤色小蟲,形似蜘蛛。好掘土作管狀巢穴。巢有蓋,伺蟲經過,掩而捕之,以供食。鬼谷子內揵"若蚨母之從其子也"漢高誘注:"蚨母,螲蟷也,似蜘蛛,在穴中,有蓋。"見爾雅疏證十五、本草綱目四十蟲二。

蟑 zhāng
ㄓㄤ

蟑螂,蟲名。又作樟螂、蟅蜚,爲蜚蠊的俗稱。見該條。

螭 chī 丑知切,平,支韻,徹。ㄔ

螭

㊀傳説中無角的龍。楚辭屈原九章涉江:"駕青虬兮驂白螭,吾與重華遊兮瑶之圃。"古代常雕刻其形,作爲器物的裝飾。㊁通"魑"。見"螭魅"。

【螭坳】宫殿螭首前坳處。朝會時爲殿下值班官員所立地。宋司馬光温國文正司馬公集九奉和始平公喜聞昌言修注詩:"曉提麟筆依華蓋,日就螭坳記聖言。"元詩選馬祖常石田集次韻繼學之三:"所賴三階正,螭坳記有年。"

【螭首】㊀碑碣上刻有螭頭的裝飾。唐封演封氏聞見記六碑碣:"隋氏制,五品以上立碑,螭首龜趺,趺上不得過四尺,載在喪葬令。"唐劉禹錫劉夢得集二八唐故朝議郎……奚公神道碑:"螭首龜趺,德輝是紀。"㊁古鐘、鼎、彝器、印章、帶鈎之屬的雕飾。宋張掄紹興内府古器評上周叔液鼎:"是器,耳作當形,純緣,飾以立螭首,作蹄狀。"㊂宫殿陛階上刻鑿的雕飾。宋趙彦衛雲麓漫鈔七:"唐制,起居郎、起居舍人在紫宸内閣,則夾香案

螭首

立殿下,直第二螭首,……所謂螭首者,蓋殿陛間壓階石上鐫鑿之飾,今僧寺佛殿多有之。或云:唐殿多於陛之四角出石螭首,不應史云殿下第二螭首也。"參閱宋李誡營造法式二九螭首圖。

【螭陛】皇帝殿前雕有螭形的台階。宋史禮志十八:"設香案殿下螭陛間。"

【螭魅】傳説山林中害人的怪物。左傳宣三年:"螭魅罔兩,莫能逢之。"注:"螭,山神,獸形。魅,怪物。"參見"魑魅"。

【螭頭】殿前雕有螭頭形的石階。新唐書百官志二門下省:"其後復置起居舍人,分侍左右,秉筆隨宰相入殿。若仗在紫宸内閣,則夾香案分立殿下,直第二螭首,和墨濡筆,皆卽坳處,時號螭頭。"又一六五鄭朗傳:"開成中,擢起居郎。文宗與宰相議政,適見朗執筆螭頭下,謂曰:'向所論事,亦記之乎?'"

螰 lù 盧谷切,入,屋韻,來。ㄌㄨˋ

螇螰。蟲名。見"螇螰"。

蟅 zhè ㄓㄜˋ

見"䗪"。

蟀 shuài 所律切,入,質韻,山。ㄕㄨㄞˋ

蟋蟀。蟲名。説文作"𧌒"。見"蟋蟀"。

蟦 jí 資昔切,入,昔韻,精。ㄐㄧˊ 側革切,入,麥韻,莊。

狹長形的小貝。同"鰿"。爾雅釋魚:"蟦,小而橢。"注:"卽上小貝橢,謂狹而長,此皆説貝之形容。"參見"鰿"。

螬 cáo 昨勞切,平,豪韻,從。ㄘㄠˊ

蠐螬,蟲名。金龜子的幼蟲。孟子滕文公下:"井上有李,螬食實者過半矣。"疏:"説文作𧏡,蠐螬也。以背行駛於足,狀似酒槽,以齊俗所名,故謂之蠐螬也。"見"蠐螬"。

【螬行】用背滚行。聊齋志異青娥:"以背着石,螬行而入。"注:"螬,蠐螬也。本草:'大者如足大趾,以背滚行。'"

螵 piāo 撫招切,平,宵韻,滂。ㄆㄧㄠ 符霄切,平,宵韻,並。

見下。

【螵蛸】螳螂的卵房。黏在桑樹的名桑螵蛸,可入藥。見本草綱目三九蟲一螳螂桑螵蛸。

蟒 1. mǎng 模朗切,上,蕩韻,明。ㄇㄤˇ

㊀大蛇。肉可食。又叫蟒蛇、蚺蛇、鱗蛇。爾雅釋魚:"蟒,王蛇。"注:"蟒,蛇最大者,故曰王蛇。"

2. měng 集韻 母梗切,上,梗韻。ㄇㄥˇ

㊁蝗類。同"蜢"。方言十一:"蟒,……南楚之外謂之蟅蟒,或謂之蟒,或謂之螣。"注:"卽蝗也。……亦呼吒蛨。"

【蟒衣】袍服名。明萬曆時閣臣多賜蟒衣,衣上繡蟒,形與龍相似而少一爪。清代稱蟒袍。自公侯至七品官,凡遇典禮,皆穿蟒袍,地藍色或石青,通身以金線繡蟒。蟒數自八至五,按等級爲差。參閱明沈德符萬曆野獲編一蟒衣、清通志五八器服三。

蟆 1. má 莫霞切,平,麻韻,明。ㄇㄚˊ

㊀蝦蟆。詳"蝦蟆"。

2. mò ㄇㄛˋ

㊁蟲名。見"蟆₂子"。

【蟆₂子】蟲名。蚊類,色黑而小,夜伏而晝飛,齧人成瘡。參閱唐元稹長慶集四蟆子詩序、本草綱目四一蟲三蜚蝱。

【蟆衣】卽蝦蟆衣,車前草的别名。宋陸游劍南詩稿五一閑詠園中草木之四:"緑侵小徑蟆衣草,青絡疎籬鬼帶藤。"

【蟆頤】山名。在今四川眉山縣東。形似蝦蟆頤,故名。宋蘇轍欒城集三集三十月二十九日雪詩之四:"何年結束尋歸路,還看蟆頤下飲江。"又津名。在蟆頤山下,爲玻璃江的津渡。唐僖宗時,宦官田令孜沉左拾遺孟昭圖於蟆頤津,卽此。見嘉慶一統志四一〇四川眉州直隸州山川、津梁。

螼 qǐn 弃忍切,上,準韻,溪。ㄑㄧㄣˇ 羌印切,去,震韻,溪。ㄑㄧㄣˋ

蚯蚓的别名。爾雅釋蟲:"螼,蚓,蜸蚕。"參見"蚯蚓"。

螮 dì 都計切,去,霽韻,端。ㄉㄧˋ

見下。

【螮蝀】虹的别稱。同"蝃蝀"。唐李白李太白詩二古風之二:"螮蝀入紫微,大明夷朝暉。"參見"蝃蝀"。

螆 qì 倉歷切,入,錫韻,清。ㄑㄧˋ

癩蝦蟆。蟾蜍的别名。也作"鼀"。見篇海類編。

蟉 liú qiú 力幽切,平,幽韻,來。ㄌㄧㄡˊ ㄑㄧㄡˊ 渠幽切,平,幽韻,羣。

見下。

【蟉虯】盤曲貌。楚辭屈原遠遊:"玄螭蟲象竝出進兮,形蟉虯而逶迤。"注:"形體蜿蟺,相銜受也。"

螳 táng 徒郎切,平,唐韻,定。ㄊㄤˊ

見下。

【螳斧】螳螂前有兩足,高舉如人執斧之形,故稱螳斧。宋李覯直講李先生文集三七蟬詩:"螳斧不勞陰致害,貂冠猶可共傳名。"

【螳蜋】昆蟲名。也作"螳螂"。爾雅釋蟲作"蟷蠰"。緑色或褐色,有翅兩對,前脚發達,狀如鐮刀,捕食蟲。卵塊灰黄色,名螵蛸,産桑樹上曰桑螵蛸,入藥。禮月令仲夏之月:"小暑至,螳蜋生。"

【螳螂川】水名。卽滇池的下流。自雲南晉寧縣(舊昆陽縣)北之海口洩出,北經安寧、富民、禄勸諸縣,入金沙江。見嘉慶一統志三六九雲南府山川。

【螳臂當車】喻不自量力。莊子人間世:"汝不知夫螳蜋乎?怒其臂以當車轍,不知其不勝任也。"韓詩外傳八:"齊莊公出獵,有螳蜋舉足將搏〔搏〕其輪。問其御曰:'此何蟲也?'御曰:'此是螳蜋也。其爲蟲知進而不知退,不量力而輕

就敵。'"明缺名四賢記傳奇解綬:"勸恩臺粧蜒作啞,休得耍螳臂當車。"

蟃 màn ㄇㄢˋ 無販切,去,願韻,明。

㊀桑蟲。卽螟蛉。詩小雅小宛"螟蛉有子,蜾蠃負之"漢鄭玄箋:"(螟蛉)俗謂之桑蟃。"廣韻"蟃":"蟃,螟蛉蟲。"㊁見"蟃蜒"。

【蟃蜒】傳説中巨獸。文選漢司馬長卿(相如)子虛賦:"其下則有白虎玄豹,蟃蜒貙犴。"注:"郭璞曰:'蟃蜒,大獸,似狸,長百尋。'"

螻 lóu ㄌㄡˊ 落侯切,平,侯韻,來。

㊀螻蛄。見該條。㊁臭味。周禮天官內饔:"馬黑脊而般臂,螻。"注引鄭司農(衆):"螻,螻蛄臭也。"

【螻蛄】昆蟲名。有天螻、土狗、螻蟈、蛞螻、鼫鼠等名。體黃褐色,長寸餘。前肢成掌狀,利於掘地。雄者能鳴。晝常穴居土中,夜出飛翔。齧食植物的根,對作物爲害很大,但也食蠐螬及其他害蟲。文選古詩十九首之十六:"凜凜歲云暮,螻蛄夕鳴悲。"參閱政和證類本草二二螻蛄。

【螻螘】同"螻蟻"。淮南子人間:"千里之隄,以螻螘之穴漏;百尋之屋,以突隙之煙焚。"韓非子喻老作"螻蟻"。漢書六二司馬遷傳報任安書:"假令僕伏法受誅,若九牛亡一毛,與螻螘何異?"注:"螻,螻蛄也。螘,蚍蜉也。皆蟲之微小者。"

【螻蟈】禮月令孟夏之月:"螻蟈鳴,蚯蚓出。"淮南子時則:"螻蟈鳴,邱螾出。"禮記鄭玄注以螻蟈爲蛙;淮南子漢高誘注以螻蟈爲二物,螻爲螻蛄,蟈爲蝦蟆。廣雅釋蟲清王念孫謂螻蟈卽螻蜮,爲螻蛄的異名。

【螻蟻】螻蛄與蟻。常喻微賤的生命。莊子列禦寇:"在上爲烏鳶食,在下爲螻蟻食,奪彼與此,何其偏也。"史記六六伍子胥傳贊:"向令伍子胥從(伍)奢俱死,何異螻蟻。"

【螻頂金】唐代金鋌名。唐段成式酉陽雜俎十物異:"官金中,螻頂金最上,六兩爲一垛,有臥螻蛄穴及水皋形。"

螺 luó ㄌㄨㄛˊ 落戈切,平,戈韻,來。

㊀同"蠃"。硬殼有旋綫的軟體動物的總稱。種類很多,大者可作酒巵、吹器。殼的內面,光澤華美,可用以鑲嵌漆器。晉書食貨志杜預疏:"臣愚謂既以水爲困,當恃魚菜螺蜯。"㊁酒杯的別稱。因青螺可作酒器,故稱。傳説趙飛燕爲皇后,其女弟上襚,有香螺巵,出南海,一名丹螺。見舊題漢劉歆西京雜記一。北周庾信庾子山集四園庭詩:"香螺酌美酒,枯蚌藉蘭殽。"㊂墨錠曰螺。晉陸雲陸士龍集八與平原書:"曹公藏石墨數十萬斤,……今送二螺。"㊃軍中或僧道用螺殼穿空製成的樂器名法螺,省作螺。唐韓愈昌黎集六華山女詩:"街東街西講佛經,撞鐘吹螺鬧宮庭。"參見"法螺"。㊄螺髻、螺黛也稱螺。宋侯寘孏窟詞浣溪沙:"雙綰香螺春意淺,緩歌金縷楚雲留。"元詩選陳旅安雅集自畫眉圖:"隋家宮妓掃長蛾,銷盡波斯萬斛螺。"參見"螺髻"、"螺黛"。㊅螺旋形的指紋。宋蘇軾經進東坡文集事略六十前怪石供:"石似玉者,……多紅黃白色,其文如人指上螺,精明可愛。"

【螺舟】相傳能潛行海底、形狀似螺的船。也作"蠡舟"。舊題晉王嘉拾遺記四:"始皇好神仙之事,有宛渠之民,乘螺舟而至。舟形似螺,沈行海底,而水不浸入,一名淪波舟。"

【螺青】顏色名。宋陸游劍南詩稿四快晴:"瓦屋螺青披霧出,錦江鴨綠抱山來。"明陶宗儀輟耕錄八寫山水訣:"畫石之妙,用藤黃水侵入墨筆,自然潤色。……間用螺青入墨,亦妙。"

【螺杯】用螺殼雕製的酒杯。藝文類聚七三陶侃故事:"侃上成帝螺杯一枚。"宋書張劭傳附張暢:"孝武又致螺盃雜物,南土所珍。"

【螺首】刻在桃符上頭的螺形像。後漢書禮儀志中:"以桃印長六寸,方三寸,五色書文如法,以施門户。代以所尚爲飾。……殷人水德,以螺首,慎其閉塞,使如螺也。周人木德,以桃爲更,言氣相更也。"

【螺旋】屈折盤旋。續高僧傳八釋僧妙:"大統年時西域獻佛舍利,……忽於中宵,放光滿室,螺旋出窗,漸延于外。"

【螺蜔】用螺殼爲原料鑲嵌而成的漆器。也作"螺鈿"。明劉侗帝京景物略四城隍廟市:"方信川之堆漆螺蜔,黃平沙之剔紅,人物精采,刀法圓滑。"

【螺鈿】用螺殼玳瑁等原料磨薄刻成花鳥人物等形象,鑲嵌於漆器及雕鏤器物之面,是爲螺鈿。宋李心傳建炎以來繫年要錄十一:"溫杭二州上供物寄留鎮江,其間椅棹有以螺鈿爲之者。"參閱清趙翼陔餘叢考三三螺塡。

【螺髻】螺殼狀的髮髻。晉崔豹古今注中魚蟲:"童子結髮亦謂螺結,言其形似螺殼。"也比喻矗立聳起如髻的峯巒。宋辛棄疾稼軒詞二水龍吟:"遙岑遠目,獻愁供恨,玉簪螺髻。"

【螺黛】螺子黛的簡稱。宋歐陽修文忠集一三一阮郎歸詞之五:"淺螺黛,淡燕脂,閑粧取次宜。"元白樸天籟集上念奴嬌壬戌秋泊漢江鴛鴦灘寄贈詞:"聚淚鮫綃,畫眉螺黛,總在歸時節。"參見"螺子黛"。

【螺子墨】圓形的墨。明陶宗儀輟耕錄二九墨:"至魏晉時始有墨丸,乃漆煙松煤灰和爲之。……自後有螺子墨,亦墨丸之遺製。"

【螺子黛】畫眉的墨。舊題唐顏師古隋遺錄上:"(吳)絳仙善畫長蛾眉,……由是殿腳女爭效爲長蛾眉,司宮吏日給螺子黛五斛,號爲蛾綠螺子黛,出波斯國,每顆直十金。"

【螺髻仙人】釋迦牟尼佛的別稱。大智度論十七文尼佛:"如釋迦文尼佛本爲螺髻仙人,名尚闍利,常行第四禪,出入息斷。在一樹下坐,兀然不動。鳥見如此,謂之爲木,卽於髻中生卵。是菩薩從禪覺知頭上有鳥卵。卽自思維,若我起動,鳥母必不復來,鳥母不來,鳥卵必壞。卽還入禪,至鳥子飛去爾乃起。"

蟈 guō ㄍㄨㄛ 古獲切,入,麥韻,見。

見下。

【蟈氏】官名。掌除蛙類動物。周禮秋官蟈氏:"蟈氏,掌去鼃黽。"注:"齊魯之間謂鼃爲蟈;黽,耿黽也。蟈與耿黽尤怒鳴,爲聒人耳,去之。"

【蟈蟈】昆蟲名。形似蝗蟲,短翅大腹,雄性能發響亮的鳴聲。清顧鐵卿清嘉錄九:"秋深,籠養蟈蟈,俗呼爲叫哥哥,聽鳴聲爲玩,藏懷中,或飼以丹砂,則過冬不僵。籠刳乾葫蘆爲之。"紅樓夢四十:"板兒又跑來看,説:'這是蟈蟈,這是螞蚱。'"

蟋 xī ㄒㄧ 息七切,入,質韻,心。
ㄒㄧ 所櫛切,入,櫛韻,山。

見下。

【蟋蟀】蟲名。又名促織,也叫蛐蛐。雄者能兩翅摩擦發聲,好鬭,長於跳躍,人常飼養,使其互鬭,以供玩賞。詩唐風蟋蟀:"蟋蟀在堂,歲聿其逝。"

【蟋蟀相公】明末福王稱帝,年號弘光,馬士英入相。士英爲人極似宋賈似道,其聲色貨利,以至好蓄蟋蟀,無一不同。時局嚴重,清兵臨江,猶以鬭蟋蟀爲戲,一時目爲"蟋蟀相公"。見清王應奎柳南隨筆續筆一。

蟂 jiāo 古堯切,平,蕭韻,見。ㄐㄧㄠ

水蟲。文選漢賈誼弔屈原文:"偭蟂獺以隱處兮,夫豈從蝦與蛭螾。"注引應劭曰:"蟂獺,水蟲。"史記八四賈誼傳索隱引爾雅郭璞注:"似蝨,江東謂之魚鮫。"

【蟂磯】地名。在安徽蕪湖縣西江中,高十丈,周九畝有奇。磯上舊有靈澤夫人祠。夫人,俗傳卽三國時劉備妻、孫權妹。磯西爲廬州府無爲州界,後來江中舊漲河連無爲州西岸。見嘉慶一統志一二〇太平府二山川。

蟌 cōng 倉紅切,平,東韻,清。ㄘㄨㄥ

蟲名。卽蜻蛉。也作"蔥"。淮南子說林:"水蠆爲蟌,孑孑爲蟁。"注:"蟌,青蜓也。"

螿 jiāng 卽良切,平,陽韻,精。ㄐㄧㄤ

蟬的一種。見"寒螿"、"寒蟬㊀"。

螸 yú 羊朱切,平,虞韻,喻。ㄩˊ

腹部膏腴下垂。爾雅釋蟲:"蠭醜螸。"清郝懿行義疏:"爾雅翼引孝經援神契曰:'蜂蠆垂芒。'按蠭類腹多肥腴,下垂,以自休息,非必欲螫人也。"

螽 zhōng 職戎切,平,東韻,照。ㄓㄨㄥ

蟲名。有阜螽,草螽,蜇螽,蟿螽,土螽五種。舊說謂爲蝗類的總名。今以阜螽、蟿螽、土螽屬蝗蟲科;蜇螽、草螽屬螽斯科。本草綱目四一蟲部的𧒂螽亦稱負蠜,卽此蟲。

【螽斯】㊀蟲名。一名蜇螽,亦稱蜙蝑,蝕害農作物,其害不如蝗蟲類之甚。參閱本草綱目四一蟲三𧒂螽。㊁詩周南螽斯篇,本謂后妃子孫衆多,以篇中一章有"宜爾子孫振振兮",二章"宜爾子孫繩繩兮",三章"宜爾子孫蟄蟄兮"句,以螽斯之多而成羣,比喻子孫之衆。後遂常用爲祝人多子多孫之詞。三國志魏高柔傳請罷興作簡後庭疏:"臣愚以爲可妙簡淑媛,以備內官之數,其餘盡遣還家,且以育精養神,專靜爲寶。如此,則螽斯之徵,可庶而致矣。"

十二畫

蟚 péng 薄庚切,平,庚韻,並。ㄆㄥˊ

也作"蟛"。見下各該條。

【蟚蜞】一種小蟹名。晉崔豹古今注中魚蟲:"蟛蜞,小蟹也。生海邊,食土。一名長卿。其一螯偏大,謂之擁劍。亦名執火,以其螯赤,故謂執火也。"五代後唐馬縞中華古今注卷中作"蟛蚏"。唐白居易長慶集五六和微之春日投簡陽明洞天五十韻詩:"鄉味珍蟚蜞,時鮮貴鷓鴣。"

【蟚蜞】小蟹名。又名蟚蜞、蟚蜝。明陶宗儀輟耕錄九食品有名:"若鱭魚子名螳螂子及松江之上海、杭州之海寧人,皆喜食蟛蜞螯,名曰鸚哥嘴,以有極紅者似之故也。"參見"彭蜞"。

【蟚蜎】蟹名。又名蟚蜞。爾雅釋魚"蜎蠌,小者蟧"晉郭璞注:"螺屬,見埤蒼。或曰:卽彭蜎也。似蟹而小。"彭蜎,卽蟚蜎。

蟨 jué 居月切,入,月韻,見。ㄐㄩㄝ

獸名。韓詩外傳五:"西方有獸,名曰蟨,前足鼠,後足兔。"爾雅釋地:"西方有比肩獸焉,與邛邛岠虛比,爲邛邛岠虛齧甘草。卽有難,邛邛岠虛負而走,其名謂之蟨。"淮南子道應亦作"蟨",呂氏春秋不廣作"蹶"。參見"蟨"。

蟙 zhí 之翼切,入,職韻,照。ㄓ

㊀見"蟙蠌"。㊁蟹的一種。殼闊而多黃者名蟙,生南海中。見本草綱目四五介一蟹。

【蟙蠌】卽蝙蝠。爾雅釋鳥"蝙蝠,服翼"晉郭璞注:"齊人呼爲蟙蠌。"方言八:"蝙蝠,……北燕謂之蟙蠌。"

蟔 tūn 他昆切,平,魂韻,透。ㄊㄨㄣ

見下。

【蟔蝺】蟲名,卽青蚨。廣雅釋蟲:"𧍪蝺,魚伯,青蚨也。"𧍪蝺卽蟔蝺。唐段成式酉陽雜俎十七蟲:"蟔蝺形如蟬,其子如蝦,着草葉。得其子則母飛來就之。煎食,辛而美。"參見"青蚨"。

蟮 shàn 常演切,上,獮韻,禪。ㄕㄢˋ

"蟺"的別體。蟺訓宛曲,蚯蚓亦曰曲蟮。老子"魚不可脫於淵"河上公注:"夫蚖蟺以淵爲淺。"釋文:"蟺,本又作蟮。"

蟧 láo 魯刀切,平,豪韻,來。ㄌㄠˊ

㊀一種小蟹,卽蟚蜎。爾雅釋魚:"蜎蠌,小者蟧。"注:"螺屬,見埤蒼。或曰,卽彭蜎也。似蟹而小。"㊁蛥蟧,卽蟪蛄。見"蛥蟧"。

蟯 náo 於霄切,平,宵韻,影。ㄋㄠˊ 如招切,平,宵韻,日。

蟲名。人體寄生蟲。體圓色白,寄生於人體大腸內。雌蟲於晚間爬出肛門外產卵。患蟯蟲病,以兒童居多。史記一〇五倉公傳:"蟯瘕爲病,腹大,上膚黃麤。"正義:"人腹中短蟲。"

蟪 huì 胡桂切,去,霽韻,匣。ㄏㄨㄟˋ

見下。

【蟪蛄】蟬的一種。黃綠色,翅有黑白條紋。雄蟲腹部有發音器,夏末自早至暮鳴聲不息。莊子逍遙遊:"朝菌不知晦朔,蟪蛄不知春秋。"釋文本作"惠蛄"。楚辭淮南小山招隱士:"歲暮兮不自聊,蟪蛄鳴兮啾啾。"

蟦 féi 符非切,平,微韻,並。ㄈㄟˊ 浮鬼切,上,尾韻,並。扶沸切,去,未韻,並。

見下。

【蟦蠐】蟲名。金龜子的幼蟲,卽蠐螬。詩衛風碩人"領如蝤蠐"唐孔穎達疏:"然則蟦蠐也,蠐螬也,蝤蠐也、蛣蝠也、桑蠹也、蝎也,一蟲而六名也。"參見"蠐螬"。

蟢 xǐ 虛里切,上,止韻,曉。ㄒㄧˇ

蟢子。見下。

【蟢子】蜘蛛的一種。卽蠨蛸。又名壁蟢、壁錢、喜子。北齊劉晝劉子三鄙名:"今野人晝見蟢子者,以爲有喜樂之瑞。"參見"喜子"、"壁錢"。

蟛 péng ㄆㄥˊ

"蟚"的異體字。見"蟚"各條。

蟥 huáng 胡光切,平,唐韻,匣。ㄏㄨㄤˊ

㊀螞蟥,蟲名。見該條。㊁蟥蛢,甲蟲。見"蟥蛢"。

【蟥蛢】甲蟲名。爾雅釋蟲:"蛂,蟥蛢。"注:"甲蟲也。大如虎豆,綠色。今江東呼黃蛢。"

蟫 yín tán 餘針切,平,侵韻,喻。ㄧㄣˊ ㄊㄢˊ 徒含切,平,覃韻,定。

㊀蟲名。卽蠹魚。又名衣魚。爾雅釋蟲:"蟫,白魚。"注:"衣書中蟲,一名蛃魚。"新唐書一九九馬懷素傳:"是時文籍盈漫,皆炱朽蟫斷,籤牓紛舛。"參閱本草綱目四一蟲衣魚釋名。㊁見"蟫蟫"。

【蟫史】明穆希文撰,凡十一卷,專記鳥獸,分羽蟲、毛蟲、鱗蟲、甲蟲、諸蟲五類。蟫,本蠹魚之別目,非蟲之總稱。命名欠妥,徵引亦多未賅。

【蟫蟫】㊀相隨貌。楚辭漢王逸九思悼亂:"鹿蹊兮躖躖,貒貉兮蟫蟫。"㊁行動貌。後漢書六十上馬融傳廣成頌:"蟆蟆蟫蟫,充衢塞隧。"

【蟫精雋】明徐伯齡撰,十六卷,二百六十一條。以文評詩話爲主,間論雜事,其中遺文舊事,多他書所未載。體例略似唐孟棨本事詩。

蟛 yuè 集韻 王伐切,入,月韻。ㄩㄝ

蟚蟛,似蟹而小。也作"蚏"、"蚎"。晉書夏統傳:"幼孤貧,養親以孝聞,……或至海邊,拘蠊蟛以資養。"參見"蟚蚏"。

蟖 sī 息移切,平,支韻,心。ㄙ

蛣蟖,蟲名。也作"蟴"。見"蛣蟖"。

蟨 jué 居月切,入,月韻,見。ㄐㄩㄝ

㊀蛣蟨,卽孑孓,蚊的幼蟲。單稱蟨。晉書束晳傳玄居釋:"羽族翔林,蟨蛁赴涇。"㊁同"蟩"。見該字。

蟳 xún 正字通 音尋。ㄒㄩㄣ

海蟹的一類,卽蝤蛑。俗稱青蟹、梭子蟹。正字通"蟲":"蟳,靑蟳也。螯似蟹,殼靑,海濱謂之蝤蛑。"

蟤 zhuān 莊緣切,平,仙韻,莊。ㄓㄨㄢ

蜿蟤。楚辭漢王逸九思哀歲:"龍屈兮蜿蟤,潛藏兮山澤。"

蟞 biē 集韻 蒲結切,入,屑韻。ㄅㄧㄝ

魚名。文選晉郭景純(璞)江賦:"䲁蟞肺躍而吐璣。"注:"山海經曰:珠蟞之魚,其狀如肺而有目,六足,有珠。"參見"珠鼈"。

【蟞蚜】大螞蟻。卽蚍蜉。方言十一:"蚍蜉,齊魯之間謂之蚼蟓。"注:"亦呼蟞蜉。"

蟔 mò 集韻 密北切,入,德韻。ㄇㄛˋ

毛蟲名。也作"蠌"。螫人,有毒。爾雅釋蟲:"蟔,蛅蟴。"參見"蛅蟴"。

蟬 chán 市連切,平,仙韻,禪。ㄔㄢˊ

㊀蟲名。種類頗多。又名知了,或作"蜘蟟"。於夏秋間出現,雄蟬翅後有發音器。幼蟲居土中,自化蛹至成蟲,爲期約二年。旣爲成蟲,交尾後卽死;雌者產卵後亦死,生命不過兩三周。荀子大略:"飲而不食者蟬也。"㊁古代薄綢的一種,以其薄如蟬翼而得名。急就篇二:"綈絡縑練素帛蟬。"㊂通"嬋"。見"蟬娟"。㊃通"蟾"。見"蟬蜍"。

【蟬花】菌類植物,又名"蟬茸"。寄生於蟬幼蟲體上;幼蟲死後,菌從幼蟲體上抽莖,呈棒形或鹿角形,尖端略肥大,卽其子實層,名蟬花。菌生於夏季,入藥。參閱政和證類本草二一蟬花、宋姚寬西溪叢語下。

【蟬冠】漢代侍從官員之冠以貂尾蟬文爲飾。後因用蟬冠作顯貴的通稱。唐錢起錢考功集七中書王舍人輞川舊居詩:"一從解蕙帶,三入偶蟬冠。"

【蟬珥】古侍從之臣冠加貂蟬。北齊書趙郡王叡傳:"須拔進居蟬珥之榮,退當委要之職。"須拔,叡小名。南史朱异傳:"後除中書郎,時秋日,始拜,有飛蟬正集异武冠上,時咸謂蟬珥之兆。"參見"蟬冠"。

【蟬連】連續不斷。同"蟬聯"。世說新語賞譽上:"王恭隨父(蘊)在會稽,王大(忱)自都來拜墓,恭暫往墓下看之。二人素善,遂十餘日方還。父問恭何故多日,對曰:'與阿大語蟬連不得歸。'"

【蟬紋】古銅器上雕鏤的紋飾,象蟬形。金石索謂取居高飲清之義,其式不一。圖節摹周鼎。見西清古鑑。

蟬紋

【蟬紗】薄如蟬翼的紗綢。海物異名記:"泉女所織綃,細薄如蟬翼,名蟬紗。"(宋曾慥類說六)按漳州府志稱漳紗爲海內所推,漳州唐初屬泉州,漳紗卽泉紗。參閱嘉慶一統志四二九漳州府土產。

【蟬焉】紀年名,卯年的別稱。卽"單閼"。詳該條。

【蟬冕】猶蟬冠。引申指侍從貴近之官。文選晉張景陽(協)詠史詩:"咄此蟬冕客,君紳宜見書。"注:"蔡邕獨斷曰:'大尉以下冠惠文,侍中加貂蟬。'"梁書王瞻等傳史臣曰:"洎東晉王茂弘(導)經綸江左,……其後蟬冕交映,台袞相襲,勒名帝籍,慶流子孫。"

【蟬蛻】㊀蚱蟬所蛻之殼,又名蟬衣,可入藥。卽莊子寓言中所說的蜩甲。㊁喻解脫。史記八四屈原傳:"濯淖汙泥之中,蟬蛻於濁穢,以浮游塵埃之外,不獲世之滋垢,皭然泥而不滓者也。"淮南子精神:"蟬蛻蛇解,游於太清。"㊂宗教家稱有道之人死爲尸解登仙,如蟬之脫殼。唐釋貫休禪月集四經曠禪師院詩:"再來尋師已蟬蛻,薝蔔株枯醴泉竭。"

【蟬娟】㊀姿態美好。同"嬋娟"。文選晉左太沖(思)吳都賦:"檀欒蟬娟,玉潤碧鮮。"㊁飛騰貌。文選晉木玄虛(華)海賦:"朱燉(焰)綠烟,腰眇蟬娟。"注:"腰眇蟬娟,煙豔飛騰之貌。"

【蟬蜍】古代神話稱嫦娥竊不死之藥以奔月,是爲蟾蜍。後人因以蟾蜍爲月的別稱。唐李中碧雲集下題徐五教池亭詩:"曉香憐杜若,夜浸愛蟬蜍。"

【蟬嫣】連綿不絕。同"蟬聯"。漢書八七揚雄傳反離騷:"有周氏之蟬嫣兮,或鼻祖於汾阿。"參見"蟬聯"。

【蟬聯】連續不絕貌。文選晉左太沖(思)吳都賦:"布護(一本作"濩")臯澤,蟬聯陵丘。"梁書王筠傳論家世集:"沈少府約語人云:'吾少好百家之言,身爲四代之史,自開闢已來,未有爵位蟬聯,文才相繼如王氏之盛者也。'"

【蟬翼】喻極輕極薄。漢蔡邕蔡中郎集八謝高陽侯印綬符策:"臣事輕葭莩,功薄蟬翼。"晉書周顗傳上疏:"不悟天鑒忘臣頑弊,乃欲使臣內管銓衡,外忝傳訓,質輕蟬翼,事重千鈞,此之不可,不待識而明矣。"

【蟬匶】車的一種。淮南子說林:"古之所爲不可更,則推車至今無蟬匶。"注:"蟬匶,車類。匶讀如孔子射于矍相的矍。"清莊逵吉謂匶卽篗字,推車當爲"維車",紡絲的車。

【蟬鬢】古代婦女髮式的一種。蟬身黑而光潤,故稱。晉崔豹古今注下雜注:"魏文帝宮人絕所愛者,有莫瓊樹、薛夜來、田尚衣、段巧笑四人,日夕在側。瓊樹乃製蟬鬢,縹眇如蟬,故曰蟬鬢。"唐白居易長慶集十二婦人苦詩:"蟬鬢加意梳,蛾眉用心掃。"

【蟬翅搨】碑帖拓本的一種,色淡而紋皺。猶定武蘭亭之有蟬翼本。明屠隆考槃餘事南北紙墨:"古之北紙,其紋橫,質鬆而厚,不甚受墨。北墨多用松烟,色靑而淺,不和油蠟,故北搨色淡而紋皺,如薄雲之過靑天,謂之夾紗作蟬翅搨也。"

【蟬鳴黍】蟬鳴時成熟的黍。禮月令仲夏之月"天子乃以雛嘗黍"唐孔穎達疏:"蔡氏(邕)以爲此時黍新熟,今蟬鳴黍是也。"

【蟬鳴稻】蟬鳴時成熟的稻。北魏賈思勰齊民要術二水稻:"廣志曰:'南方有蟬鳴稻,七月熟。'"北周庾信庾子山集五奉和永豐殿下言志詩之六:"六月蟬鳴稻,千金龍骨渠。"

【蟬衫麟帶】薄紗製的衣服,有文采的

衣帶。指華麗的服裝。唐溫庭筠集舞衣曲:"蟬衫麟帶壓愁香,偷得鶯簧鎖金縷。"元詩選陳孚玉堂藁春日游江鄉園(一作小城南吟):"蟬衫麟帶誰家子,笑騎白馬穿花來。"

【蟬腹龜腸】謂腸微腹小。喻逼於飢餓。南齊書王僧虔傳檀珪書:"九流繩平,自不宜獨苦一物,蟬腹龜腸,爲日已久。"

蟲 chóng 直衆切,去,送韻,澄。ㄔㄨㄥˊ

㊀昆蟲的通稱。爾雅釋蟲:"有足謂之蟲,無足謂之豸。"釋文:"此對文爾,散文則無足亦曰蟲。"㊁泛指動物。禽爲羽蟲,獸爲毛蟲,龜爲甲蟲,魚爲鱗蟲,人爲倮蟲。見大戴禮曾子天圓。㊂通"爞"。見"蟲蟲"。㊃姓。漢書功臣表有曲成圉侯蟲達。

【蟲天】言百蟲能各適其自然之性。莊子庚桑楚:"唯蟲能蟲,唯蟲能天。"

【蟲出】謂死不得葬。史記一〇四田叔傳:"趙王嚚指出血曰:'先人失國,微陛下,臣等當蟲出,公等奈何言若是?毋得出口矣!'"索隱:"案謂死而蟲出也。左傳:齊桓死,未葬,蟲流於户外,是也。"

【蟲沙】比喻戰死的士兵或遇難的羣衆。文苑英華六六三唐羅隱投湖南于常侍啓:"物彙雖逃于芻狗,孤寒竟陷於蟲沙。"參見"蟲沙猿鶴"。

【蟲牢】春秋鄭地名,又名桐牢,在今河南封丘縣北。左傳成五年:"公會晉侯……冬同盟于蟲牢。"後漢書郡國志三兗州:"陳留郡封丘有桐牢亭,或曰古蟲牢。"

【蟲邪】蟲名。淮南子道應"朝菌不知晦朔"漢高誘注:"朝菌,朝生暮死之蟲也;生水上,狀似蠶蛾,一名孳母,海南謂之蟲邪。"或說指菌類植物。參見"朝菌"。

【蟲豸】㊀泛指蟲類小動物。漢書五行志中之上:"蟲豸謂之孽。"注:"有足謂之蟲,無足謂之豸。"㊁斥罵之詞,比喻下賤者。新五代史盧程傳:"據几決事,視圜罵曰:'爾何蟲豸,恃婦家力也!'"任圜,後唐莊宗姊婿。

【蟲書】㊀秦書八體之一。漢書藝文志小學"蟲書"唐顏師古注:"蟲書謂爲蟲鳥之形,所以書幡信也。"參見"八體"。㊁蟲蛀食樹葉,痕跡曲折,有似人之書字。全唐詩八一喬知之長信宮中樹:"餘花鳥弄盡,新葉蟲書遍。"

【蟲娘】唐玄宗女名。新唐書八三壽安公主傳:"曹野那姬所生,孕九月而育。帝惡之,詔衣羽人服。代宗以廣平王入謁,帝字呼主曰:'蟲娘,汝後可與名王在靈州請封。'下嫁蘇發。"清黄景仁兩當軒集十一綺懷詩之五:"蟲孃門户舊相望,生小相憐各自傷。"孃,同"娘"。

【蟲魚】㊀唐韓愈昌黎集六讀皇甫湜公安園池詩書其後詩:"爾雅注蟲魚,定非磊落人。"元虞集道園學古録三謝吳宗師惠墨詩:"敢爲文章勝虎豹,祇應箋註到蟲魚。"爾雅有釋蟲、釋魚等篇,正統儒家以其與治世大道無關,因稱爲蟲魚之學,含有輕視之意。㊁喻卑微。金史樂志下肅宗大明之曲:"威震遐邇,化漸蟲魚。"

【蟲篆】㊀喻微末的技能。後漢書五四楊賜傳:"造作賦說,以蟲篆小技見寵於時。"注:"法言曰:'賦者,童子雕蟲篆刻,壯夫不爲'也。"㊁古書體之一,即蟲書。文館詞林一五八梁到洽贈任昉詩:"苞羅載籍,絶妙蟲篆。"陳書顧野王傳:"長而遍觀經史,精記嘿識,天文地理,蓍龜占候,蟲篆奇字,無所不通。"

【蟲薈】清方旭撰,五卷。內分羽蟲、毛蟲、昆蟲、鱗蟲、介蟲五類。著録一千三十九種。每種引據古籍,間附案語。狃於舊聞,不合現代生物科學原理者,亦時有之。

【蟲蟲】熱氣蒸騰貌。詩大雅雲漢:"旱既大甚,蘊隆蟲蟲。"傳:"蘊蘊而暑,隆隆而雷,蟲蟲而熱。"參見"爞爞"。

【蟲雞】"雞蟲得失"的省語。指不足輕重的瑣屑之事。宋劉克莊後村集十九送張守祕丞詩之二:"蟲雞一笑何須較,魚鳥相疎恐被彈。"

【蟲蠁】蟲名。地蛹。爾雅釋蟲:"國貉,蟲蠁。"疏:"此蛹蟲也,今俗呼爲蠁,一名國貉,一名蟲蠁。說文云:知聲蟲也。廣雅云:土蛹,蠁蟲是也。"

【蟲白蠟】白蠟蟲所分泌的白脂,以之和油澆燭,勝於蜜蠟。又爲外科用藥。見本草綱目三九蟲蟲白蠟。

【蟲沙猿鶴】藝文類聚九十抱朴子:"周穆王南征,一朝盡化,君子爲猿爲鶴,小人爲蟲爲沙。"舊時因以猿鶴蟲沙借指戰死的將士或因戰亂而死的人民。唐韓愈昌黎集四送區弘南歸詩:"穆昔南征軍不歸,蟲沙猿鶴伏以飛。"參見"猿鶴蟲沙"。

【蟲臂鼠肝】喻微小卑賤之物。莊子大宗師:"以汝爲鼠肝乎?以汝爲蟲臂乎?"釋文:"向(秀)云:委棄土壤而已。王(叔之)云:取微蔑至賤。"意謂人死後化爲蟲臂鼠肝等卑微之物。唐白居易長慶集六八老病相仍以詩自解:"蟲臂鼠肝猶不怯,雞膚鶴髮復何傷。"宋陸游劍南詩稿三三書病:"昏昏但思向壁卧,蟲臂鼠肝寧暇恤。"

【蟲霜旱潦】原指農田四大害。唐代俗語用以指行酒令時意外受罰。唐李匡乂資暇集上蟲霜旱潦:"飲坐令作,有不悟而飲罰爵者,皆曰'蟲傷旱潦';或云'蟲傷水旱',且以爲薄命不偶,萬口一音,未嘗究四字之意何也。'蟲傷'宜爲'蟲霜',蓋言田農水旱之外,抑有蟲蝕霜損,此四者,田農之大害,六典言之數矣。"

蟔 pú 蒲木切,入,屋韻,並。ㄆㄨˊ

見下。

【蟔螺】蝸牛之類。同"僕纍"。山海經西山經"槐江之山……其中多蠃母"晉郭璞注:"即蟔螺也。"參見"僕纍"。

蟡 guǐ 過委切,上,紙韻,見。ㄍㄨㄟˇ

傳說中的水中動物。管子水地:"蟡者一頭而兩身,其形若蛇,其長八尺。以其名呼之,可以取魚鼈,此涸川水之精也。"

蟠 1. fán 附袁切,平,元韻,並。ㄈㄢˊ

㊀蟲名。爾雅釋蟲:"蟠,鼠負。"注:"瓮器底蟲。"疏:"本草云:'多在鼠坎中,鼠背負之。'"故名鼠負,或叫鼠婦。

2. pán 薄官切,平,桓韻,並。ㄆㄢˊ

㊀盤伏,屈曲。莊子刻意:"精神四達並流無所不極,上際於天,下蟠於地。"㊁充滿。禮樂記:"及夫禮樂之極乎天而蟠乎地,行乎陰陽而通乎鬼神。"注:"蟠猶委也。"疏:"天高故立至,地下故言委。"㊂周,匝。春秋緯文耀鉤:"楚立唐氏以爲史官,蒼雲如霓,圍軫七蟠。"

【蟠$_2$木】㊀屈曲之木。漢書五一鄒陽傳獄中上書:"蟠木根柢,輪囷離奇。"㊁傳說中的山名。在東海中,相傳爲神荼鬱壘所居。又名度索。大戴禮五帝德:"高陽……乘龍而至四海,北至于幽陵,南至于交阯,西濟于流沙,東至于蟠木。"

【蟠$_2$拏】盤曲作攫拏狀。唐溫庭筠集一郭處士擊甌歌:"太平天子駐雲車,龍鑪勃鬱雙蟠拏。"參見"盤拏"。

【蟠桃】㊀傳說中的仙桃。太平御覽九六七漢舊儀山海經稱東海之中度索山,山上有大桃,屈蟠三千里,東北間百鬼所出入也。舊唐書音樂志三祀朝日樂章之一:"蟠桃彩駕,細柳光馳。"㊁桃的一種。形狀扁圓。

【蟠道】盤曲的道路。水經注二十漾水:"(漢水)又屈逕瞿堆南,絶壁峭峙,……

羊腸蟠道,三十六迴。”

【蟠際】充塞天地之間,意謂無所不在。莊子刻意:“精神四達並流,無所不極,上際於天,下蟠於地。”元柳貫柳待制文集一過大野澤詩:“渟涵就深廣,蟠際渺西東。”

【蟠蜿】盤曲貌。文選漢張平子(衡)東京賦:“龍雀蟠蜿,天馬半漢。”

【蟠龍】㊀盤曲的龍。尚書大傳虞夏傳:“於時八風循通,卿雲藂藂,蟠龍賁信於其藏。”㊁回環的龍形。淮南子本經:“寢兕伏虎,蟠龍連組,焜昱錯眩,照燿煇煌。”

【蟠縈】盤曲旋繞。晉書張華傳:“使人没水取之,不見劍,但見兩龍各長數丈,蟠縈有文章,没者懼而反。”

【蟠據】同盤據。唐杜甫杜工部詩史補遺七病柏:“出非不得地,蟠據亦高大。”

【蟠螭】盤曲的龍。文選漢王文考(延壽)魯靈光殿賦:“白鹿孑蜺於欂櫨,蟠螭宛轉而承楣。”

【蟠蟲】唐劍南節度鮮于叔明好食臭蟲,時人謂之蟠蟲。見唐溫庭筠乾𦠆子。

【蟠虬紋】象虬形蟠屈的雕鏤紋飾。其式不一,圖節摹漢鼎,見宣和博古圖。後世繪畫、刺繡裝飾品,有作團花而稱爲皮球花者,當爲蟠虬之僞。蟠與皮爲雙聲,球與虬同音。

蟠虬紋

【蟠鋼劍】劍名。宋沈括夢溪筆談十九器用:“古劍有沈盧、魚腸之名。……魚腸即今蟠鋼劍也,又謂之松文。”

【蟠螭紋】古代青銅器上紋飾之一種,以盤曲糾結的螭形圖案組成。圖摹自宣和博古圖。

蟠螭紋

【蟠夔紋】以盤曲的夔龍組成的紋飾,爲殷和西周青銅器上常用的紋案。夔龍,傳說似龍而一足。見圖。

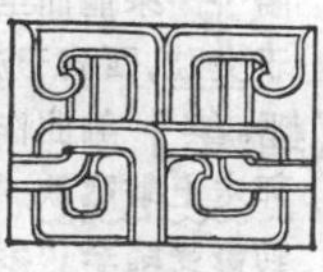
蟠夔紋

蟜 jiǎo 居夭切,上,小韻,見。
ㄐㄧㄠˇ

㊀蟲名。文選漢枚叔(乘)七發:“蚑蟜螻蟻聞之,拄喙而不能前。”㊁古氏族名。國語晉:“昔少典娶于有蟜氏,生黄帝、炎帝。”㊂姓。相傳爲古高陽氏之玄孫蟜牛之後。禮記有蟜固,漢有逸人蟜慎。見通志二五氏族一以名爲氏。

蟓 xiàng 徐兩切,上,養韻,邪。
ㄒㄧㄤˋ

㊀蠶。爾雅釋蟲:“蟓,桑繭。”注:“食桑葉作繭者,卽今蠶。”㊁蟓蛉,蟲名。見“蟓蛉”。

【蟓蛉】螻蛄的別名。方言十一:“螻螲謂之螻蛄,或謂之蟓蛉。”

蟭 jiāo 卽消切,平,宵韻,精。
ㄐㄧㄠ

㊀見“蟭螟”。㊁螵蟭,螳螂卵。見“蜱蛸”。

【蟭螟】寓言中的小蟲。抱朴子刺驕:“蟭螟屯蚊眉之中,而笑彌天之大鵬。”

蟣 1. jǐ 居狶切,上,尾韻,見。
ㄐㄧˇ

㊀蝨子的卵。淮南子泰族:“牛馬之氣蒸,生蟣蝨。”

2. qí 集韻 渠希切,平,微韻。
ㄑㄧˊ

㊁水蛭的别稱。爾雅釋魚:“蛭,蟣。”注:“今江東呼水中蛭蟲,入人肉者爲蟣。”

【蟣肝】比喻極其細微之物。古文苑戰國楚宋玉小言賦:“館於蠅鬚,宴於毫端,烹蝨脛,切蟣肝,會九族而同嚌,猶委餘而不殫。”宋劉克莊後村集四六又五言詩:“與子擘麟脯,從渠切蟣肝。”

【蟣蝨】蝨子和蝨卵。韓非子喻老:“天下無道,攻擊不休,相守數年不已,甲冑生蟣蝨,燕雀處帷幄而兵不歸。”史記項羽紀:“夫搏牛之蝱,不可以破蟣蝨。”

蠁 xiǎng 許兩切,上,養韻,曉。
ㄒㄧㄤˇ 許亮切,去,漾韻,曉。

㊀蟲名。卽地蛹。爾雅釋蟲:“國貉,蟲蠁。”注:“今呼蛹蟲爲蠁。廣雅云:‘土蛹,蠁蟲。’”㊁見“蠁曶”。

【蠁曶】疾速。文選漢揚子雲(雄)羽獵賦:“昭光振耀,蠁曶如神。”

十三畫

蠃 1. luǒ 郎果切,上,果韻,來。
ㄌㄨㄛˇ

㊀蝸牛。尚書大傳夏傳:“鉅定,蠃。”爾雅釋魚作“蚹蠃”。

2. luó 落戈切,平,戈韻,來。
ㄌㄨㄛˊ

㊁蚌屬。通“螺”。易說卦:“離……爲蠃,爲蚌。”爾雅釋魚:“蠃小者蜬。”注:“螺,大者如斗,出日南漲海中,可以爲酒杯。”

【蠃₂母】蝶螺。卽蛤蜊。山海經西山經:“(槐江之山)丘時之水出焉,而北流注于泑水,其中多蠃母。”

【蠃₂魚】傳說中魚名。山海經西山經:“(邽山)濛水出焉,南流注于洋水,其中多黄貝、蠃魚,魚身而鳥翼,音如鴛鴦,見則其邑大水。”

【蠃₂醢】古代以螺蚌肉爲醬的祭品。周禮天官醢人:“饋食之豆,其實葵菹、蠃醢、脾析、蠯醢、蜃、蚳醢、豚拍、魚醢。”疏:“蠃,螔蝓;蜃,大蛤;蚳,蛾子。”按皆水族蛤蚌之類。

【蠃蟲】蠡螟一類無鱗甲毛羽的肉蟲。漢書五行志中之下:“時則有草妖,時則有蠃蟲之孽。”也作“羸蟲”。見宋書五行志三。

蟿 qì 詰利切,去,至韻,溪。
ㄑㄧˋ 苦計切,去,霽韻,溪。

昆蟲名。字亦作“螇”。見下。

【蟿螽】蟲名。蝗的一種。爾雅釋蟲:“蟿螽,螇蚸。”注:“今俗呼似蜙蝑而細長、飛翅作聲者爲螇蚸。”

蠆 chài 丑犗切,去,夬韻,徹。
ㄔㄞˋ

㊀昆蟲名。蠍子一類毒蟲。左傳僖二二年:“君其無謂邾小;蠭蠆有毒,而況國乎?”疏:“蠆,毒蟲也。……通俗文云:‘蠆長尾謂之蠍。’”㊁見“蠆尾㊁”、“蠆髮”。㊂見“蠆芥”。

【蠆芒】蠆的毒刺。宋黄庭堅山谷外集十一己未過太湖僧寺得宗汝爲書寄山蕷白酒長韻詩寄答:“入磴履虎尾,捫蘿觸蠆芒。”

【蠆尾】㊀蠆的尾部,末端有毒鈎。常用以比喻害人的毒物。左傳昭四年:“鄭子產作丘賦,國人謗之,曰:‘其父死於路,已爲蠆尾。’”注:“謂子產重賦,毒害百姓。”㊁詩小雅都人士“彼君子女,卷髮如蠆”唐孔穎達疏:“曲卷其髮末如蠆之尾。”後因稱婦女頭髮末梢上卷的髮型爲蠆髮。㊂形容筆法的勁銳。唐張彥遠法書要録一南齊王僧虔論書:“索靖字幼安,燉煌人,散騎常侍張芝姊之孫也,傳芝草而形異,甚矜其書,名其字勢曰銀鈎蠆尾。”宋黄庭堅豫章集二謝黄崇善司業寄惠山泉詩:“錫谷寒泉橢石俱,并得新詩蠆尾書。”

【蠆芥】梗塞的東西。同“蔕芥”。文選漢張平子(衡)西京賦:“睚眦蠆芥,屍僵路隅。”注:“張揖子虛賦注曰:蔕介,刺鯁也。蠆與蔕同。”也作“蠆介”。莊子齊物論“大澤焚而不能熱”晉郭象注:“雖涉至變而未始非我,故蕩然無蠆介於胸中也。”

【蠆髮】古代女子髮型的一種。以髮末梢蜷曲上卷如蠆而稱。宋黄庭堅豫章集九清人怨戲效徐庾慢體之二:"晚風斜蠆髮,逸豔照窗籠。"參見"蠆尾㊁"。

蟼 jǐng 居影切,上,梗韻,見。ㄐㄧㄥˇ

蝦蟆的一種。陸居。爾雅釋蟲:"蟼,蟆。"急就篇三"水蟲、科斗、蠅、蝦蟆"唐顔師古注:"蝦蟆一名蟼,大腹而短脚。"

蠊 lián 力鹽切,平,鹽韻,來。ㄌㄧㄢˊ

蜚蠊,蟲名。卽蟑螂。見"蜚蠊"。

蟺 shàn 常演切,上,獮韻,禪。ㄕㄢˋ

㊀屈曲盤旋。説文:"蟺,夗蟺也。从虫,亶聲。"文選晉嵇叔夜(康)琴賦:"瀄汨澎湃,蟠蟺相糾。"注:"蟠蟺,展轉也。"㊁蚯蚓的别名。同"蟮"。晉崔豹古今注中魚蟲:"蚯蚓,一名蜿蟺,一名曲蟺。"㊂蜕變。通"嬗"。文選漢賈誼鵩鳥賦:"斡流而遷兮,或推而還。形氣轉續兮,變化而嬗。"史記漢書作"嬗"。

蟻 yǐ 魚倚切,上,紙韻,疑。ㄧˇ

㊀蟲名。營羣居生活,種類很多。爾雅、説文作"螘"。禮檀弓上:"蟻結於四隅。"注:"蟻,蚍蜉也。"本作"螘"。㊁玄色。見"蟻裳"。㊂酒滓。文選漢張平子(衡)南都賦:"醪敷徑寸,浮蟻若蓱。"注:"酒有汎齊,浮蟻在上,汎汎然如蓱之多者。"㊃姓。卽蛾氏。左傳僖十五年晉大夫有蛾析,蛾亦音蟻,故遂爲蟻姓。見宋鄧名世古今姓氏書辨證二一。

【蟻孔】蟻穿的洞。後漢書四六陳忠傳上疏:"臣聞輕者重之端,小者大之源,故隄潰蟻孔,氣泄鍼芒。"藝文類聚十七晉傅玄口誡:"蟻孔潰河,流〔溜〕穴傾山。"

【蟻穴】蟻巢。韓非子喻老:"千丈之堤,以螻蟻之穴潰;百尺之室,以突隙之煙焚。"三國魏應璩雜詩:"細微苟不慎,隄潰自蟻穴。"

【蟻行】螞蟻爬行。晉書天文志上:"天旁轉如推磨而左行,日月右行,隨天左轉,故日月實東行,而天牽之以西没。譬之於蟻行磨石之上,磨左旋而蟻右去,磨疾而蟻遲,故不得不隨磨以左迴焉。"比喻做官穩步提升。宋陸佃埤雅釋蟲螘:"故曰得時則蟻行,失時則鵲起。蟻行逶遲有序,需而不速,故君子之得時,其廉於進如此。"

【蟻合】蟻之聚合,形容衆多。世説新語識鑒:"後諸王驕汰,輕遘禍難;於是寇盜處處蟻合,郡國多以無備,不能制服,遂漸熾盛。"

【蟻附】如蟻之羣集趨附。孫子謀攻:"將不勝其忿而蟻附之,殺士三分之一而城不拔者,此攻之災也。"漢王充論衡自紀:"充升擢在位之時,众人蟻附;廢退窮居,舊故叛去。"

【蟻穿】以蟻穿線。也作"穿蟻"。宋蘇軾分類東坡詩十三祥符寺九曲觀燈:"金鼎轉丹光吐夜,寶珠穿蟻鬧連朝。"注:"小説載有以九曲寶珠欲穿之而不得,問之孔子,孔子教以塗脂於線,使蟻通焉。"今稱蟻穿九曲,本此。

【蟻封】㊀蟻封土於巢穴上。漢焦延壽易林十三震之蹇:"蟻封户穴,大雨將集。"㊁蟻穴外隆起的小土堆。孟子公孫丑上"泰山之於丘垤"漢趙岐注:"垤,蟻封也。"所謂蟻冢,蓋出於此。世説新語賞譽上"王汝南既除所生服"注引鄧粲晉紀:"(王)湛曰:'今直行馬路,何以别馬勝不?唯當就蟻封耳。'於是就蟻封盤馬,果倒踣。"參閲宋陸佃埤雅釋蟲螘。

【蟻垤】蟻穴外隆起的小土堆。抱朴子喻蔽:"蟻垤之巔,無扶桑之林。"法苑珠林唐李儼序:"亦猶蟻垤之小,比峻於嵩華;牛涔之微,争長於江漢。"

【蟻城】卽蟻垤。蟻穴外壅土如城,以防雨濕。宋缺名五色線上蟻城:"墊江縣冉端,爲父卜地,掘深丈餘,遇蟻城,方數丈,外重,雉堞皆具,子城譙櫓,工若雕刻;城内分街徑,小垤相次。"

【蟻冢】卽蟻垤。蟻穴外隆起的小土堆。詩豳風東山"鸛鳴于垤"漢毛亨傳:"垤,螘塚也。"唐孔穎達疏:"此蟲穴處,輦土爲塚以避濕。"

【蟻寇】指不足畏的小股匪徒。宋書張興世傳:"孟虯蟻寇,必無能爲。"也作"螘寇"。晉書石勒載記上:"天下不足定,螘寇不足掃。"

【蟻術】蟻也作蛾。禮學記:"蛾子時術之,其此之謂乎?"疏:"蟻子小蟲,蚍蜉之子,時時術學銜土之事而成大垤,猶如學者時時學問而成大道。"後因以蟻術比喻勤學。文苑英華四〇〇唐李嶠授崔挹成均司業制:"虎門齒胄,蟻術横經。"參見"蛾術"。

【蟻結】㊀棺材罩幕四角上所畫的花紋。禮檀弓上:"褚幕丹質,蟻結于四隅。"注:"以丹布幕爲褚,葬覆棺,……畫褚之四角,其文如蟻行,往來相交錯。"㊁如蟻集結,比喻衆多。唐柳宗元柳先生集十唐故中散大夫檢閲國子祭酒……張公墓誌銘:"制器足兵,潰兹蟻結。"

【蟻衆】象螞蟻一樣的羣體。對敵方的蔑稱。魏書尉元傳:"賊將沈攸之、吴憘公等驅率蟻衆,進寇下邳。"北周張獨樂文帝廟造像碑:"唯有醜奴莫折,屯聚蟻衆,撓亂三秦。"(八瓊室金石補正二三)

【蟻聚】如蟻羣的聚集。形容結集者之多。三國志魏董卓傳"乃徙天子都長安"注引晉華嶠漢書:"今海内安穩,無故移都,恐百姓驚動,糜沸蟻聚爲亂。"又吴周魴傳:"錢唐大帥彭式等蟻聚爲寇。"

【蟻夢】唐傳奇記淳于棼夢入大槐安國,出將入相,享盡榮華富貴,醒後始知所游卽庭前大槐下之蟻穴。後因以蟻夢比喻榮華富貴的虛幻。宋蒲壽宬心泉學詩稿一梅陽寄委順趙君:"羣峯暮聳峭,蟻夢猶一場。"

【蟻裳】玄色的衣裳。蟻黑色,故名。書顧命:"卿士邦君,麻冕蟻裳。"

【蟻鼻】㊀比喻微細。抱朴子論仙:"此所謂以分寸之瑕,棄盈尺之夜光;以蟻鼻之缺,捐無價之淳鈞。"㊁錢名。見"蟻鼻錢"。

【蟻潰】㊀如蟻羣潰散。唐柳宗元柳先生集二十劍門銘序:"蟻潰鼠駭,險無以固;收奪利地,以須王師。"㊁因蟻穿洞而致潰决。宋陸游劍南詩稿六一雜感之二:"酒戒復堅持,如堤憂蟻潰。"

【蟻慕】物羶則蟻聚,因喻向往歸附。莊子徐无鬼:"羊肉不慕蟻,蟻慕羊肉,羊肉羶也。"疏:"夫羊肉羶腥,無心慕蟻,蟻聞而歸之。"文苑英華八一唐李濯内人馬伎賦:"百蠻在庭,如蟻慕於羶附;千官翊聖,類拱星之垂文。"

【蟻戰】螞蟻的争鬭。宋陸游劍南詩稿三五睡起至園中:"更欲世間同省事,勾回蟻戰放蜂衙。"

【蟻壤】蟻穴。韓非子説林上:"管仲隰朋從桓公伐孤竹,春往冬反,迷惑失道。……隰朋曰:'蟻冬居山之陽,夏居山之陰,蟻壤寸而有水。'乃掘地,遂得水。"文選南朝宋鮑明遠(照)代君子有所思:"蟻壤漏山河,絲淚毁金骨。"

【蟻蠶】幼蠶名。俗稱烏花蠶。蠶初孵化時,色黑,生毛,行動如蟻,故名。明黄省曾蠶經五之育飼:"其蠶之自蟻而三眠也,俱用切葉。"清沈公練廣蠶桑説輯補下:"又按:子之初出者名蠶花,亦名蟻,又名烏。"

【蟻觀】當作螞蟻看待。比喻輕視。唐李白李太白詩二二望鸚鵡洲懷禰衡:"魏帝營八極,蟻觀一禰衡。"

【蟻卵醬】蟻子醬。國語魯上："鳥翼鷇卵，蟲舍蚳蝝。"注："蚳，蟻子也，可以爲醢。"唐劉恂嶺表録異下："交廣溪洞間酋長，多收蟻卵淘澤，令淨鹵以爲醬。或云：其味酷似肉醬，非官客親友，不可得也。"

【蟻旋磨】晉書天文志上："天員如張蓋，地方如棊局。天旁轉如推磨而左行，日月右行，隨天左轉，故日月實東行，而天牽之以西没。譬之於蟻行磨石之上，磨左轉而蟻右行，磨疾而蟻遲，故不得不隨磨以左迴焉。"借指沉迷世故，畢生勞碌。宋黄庭堅豫章集三僧景宣相訪寄法王航禪師："一絲不掛魚脱淵，萬古同歸蟻旋磨。"釋文珦潛山集三感興詩："身世蟻旋磨，日月駒過隙。"

【蟻鼻錢】古貨幣名。俗稱鬼臉錢。宋洪遵泉志九蟻鼻錢："舊譜曰：'此錢其形上狹下廣，背平，面凸起，長七分，下濶三分，上鋭處可濶一分，重十二銖，面有文如刻鏤，不類字；世謂之蟻鼻錢。'"清馮雲鵬金石索金索四古蟻鼻錢："桂未谷(馥)云：'相傳蟻鼻錢，其實爲呑塟水三字，鎮水所用，往往以鐵鑄之。'"

蠀 cī 取私切，平，脂韻，清。ㄘ

㊀昆蟲名。廣韻："蠀，蝎化也。"㊁見"蠀蛦"。

【蠀蛦】龜屬之最巨者。同"蟕蠵"。唐李商隱李義山詩集四碧瓦："吴市蠀蛦甲，巴賨翡翠翹。"

蠝 léi ㄌㄟˊ

介蟲名。玉篇作"靁"。清屈大均廣東新語二三蠝："蠝比黄蜆而大，聞雷則生，故文從雷。"人在田中用人工繁殖，其田稱蠝田。

蟶 chēng 丑貞切，平，清韻，徹。ㄔㄥ

軟體動物。有介殼兩扇，形狹長，淡褐色，穴居於沿海泥沙中，肉如蠣，色白鮮美，俗稱蟶子。閩粤等省在田中人工養殖，其田稱蟶田。見正字通"蟶"。

【蟶苗】人工養蟶所用的蟶種。清周亮工閩小記上蟶苗："有訟隣人拔其蟶苗者，予初意蟶安得苗？及訊之，出一紙裹小蟶，纍纍細如蟣蝨。蓋閩人培水田種蟶，盗者洩水，則蟶苗隨之溢。訟者輒曰，拔我苗矣。"

蠅 yíng 余陵切，上，蒸韻，喻。ㄧㄥˊ

蟲名。腐卵於腐物上，孵化爲蛆。成蟲傳染疾病。種類很多，通稱蒼蠅。詩小雅青蠅："營營青蠅，止于樊。"箋："蠅之爲蟲，汙白使黑，汙黑使白，喻佞人變亂善惡也。"

【蠅拂】拂蠅的用具。南史陳顯達傳："凡奢侈者鮮有不敗，麈尾蠅拂是王謝家物，汝不須捉此自逐。"南齊書本傳作"麈尾扇"。聊齋志異畫皮："道士……乃以蠅拂授生，令挂寢門。"

【蠅虎】蜘蛛名。不結網，常在壁角捕食蠅等小蟲。晉崔豹古今注中魚蟲："蠅虎，蠅狐也。形似蜘蛛，而色灰白，善捕蠅。一名蠅蝗，一名蠅豹。"唐韓愈昌黎集八城南聯句："得雋蠅虎健，相殘雀豹趟。"

【蠅頭】㊀比喻微小。宋蘇軾東坡詞滿庭芳："蝸角虚名，蠅頭微利，算來著甚干忙。"周紫芝竹坡詞二醉落魄："如今始信從前錯，爲個蠅頭，輕負青山約。"㊁指細小的字。宋陸游劍南詩稿八讀書之二："燈前目力雖非舊，猶得蠅頭二萬言。"自注："時方讀小本通鑑。"參見"蠅頭細書"。

【蠅營】象蒼蠅般飛來飛去。比喻到處鑽營。詩小雅青蠅："營營青蠅，止于棘，讒人罔極，交亂四國。"唐韓愈昌黎集三六送窮文："朝悔其行，暮已復然，蠅營狗苟，驅去復還。"

【蠅點】蠅所污染。古常以蠅比喻讒人，以蠅點喻讒人的誹謗誣衊。續高僧傳三十釋智凱："後以蠅點所拘，申雪無路，徙於原部。"參見"蠅糞點玉"。

【蠅蠅】往來無定貌。文選漢王子淵(褒)洞簫賦："螻蟻蝘蜓，蠅蠅翊翊。"

【蠅棲筆】晉時前秦苻堅將大赦境内，自爲赦文，有大蒼蠅集於筆端。見晉書苻堅載記。後因以蠅棲筆爲議赦之典。唐劉禹錫劉夢得集外集七浙西李大夫述夢四十韻并浙東元相公酬和斐然繼聲詩："議赦蠅棲筆，邀歌蟻泛醪。"

【蠅頭小楷】指字體極小的楷書。元丁鶴年集一雨窗宴坐與表兄論作詩寫字之法詩："蠅頭小楷寫烏絲，字字鍾王盡可師。"又省作"蠅頭楷"。明王世貞弇州山人四部稿一二七與俞仲蔚書之十："又考諸集，不無異同，要當以此爲正，聊識數語，須足下作蠅頭楷，以纖手腕發之。"

【蠅頭細書】小字的書本。南史齊衡陽元王道度傳附蕭鈞："鈞常手自細書寫五經，部爲一卷，置于巾箱中，以備遺忘。侍讀賀玠問曰：'殿下家自有墳素，復何須蠅頭細書，別藏巾箱中？'"宋陸游劍南詩稿三八書感："豈知鶴髮殘年叟，猶讀蠅頭細字書。"

【蠅糞點玉】蠅糞能使白玉沾有汙點。比喻完美的事物受到敗壞。唐陳子昂陳伯玉集二宴胡楚真禁所詩："青蠅一相點，白璧遂成冤。"宋陸佃埤雅十釋蟲："青蠅糞尤能敗物，雖玉猶不免，所謂蠅糞點玉是也。"

蟷 dāng 都郎切，上，唐韻，端。ㄉㄤ

㊀同"螳"。説文作"蟷"。見"蟷蠰"。㊁螳蟷。即土蜘蛛。見"螳蟷"。

【蟷蠰】即螳螂。爾雅釋蟲："不過，蟷蠰。"注："蟷蠰，螗蜋別名。"疏："蟷蠰，三河之域謂之螳蜋。"

蟕 zuī 集韻將支切，平，支韻。ㄗㄨㄟ

説文作"觜"。見"蟕蠵"。

【蟕蠵】一種龜名。爾雅釋魚"靈龜"晉郭璞注："涪陵郡出大龜，甲可以卜，緣中文似瑇瑁，俗呼爲靈龜，即今觜蠵龜。一名靈蠵，能鳴。"藝文類聚八晉孫綽望海賦："瑇瑁熠爍以泳游，蟕蠵焕爛以映漲。"

蠍 xiē 許歇切，入，月韻，曉。ㄒㄧㄝ

蟲名。同"蝎"。通稱蠍子。體末節有毒鉤，遇敵則向上彎曲，注射毒汁。北齊書南陽王綽傳："(後主)問在州何者最樂。對曰：'多取蠍，將蛆混，看極樂。'"參見"蝎"字各條。

【蠍虎】見"蝎虎"。

【蠍子草】植物名。即蕁麻。因上有毛芒，觸人如蜂蠆毒刺，故名。見本草綱目十七草六蕁麻。

蠉 huān 許緣切，平，仙韻，曉。ㄏㄨㄢ

㊀蟲動貌。見説文。㊁蟲名。孑孓。爾雅釋魚："蜎，蠉。"注："井中小蛣蟩，赤蟲，一名孑孓。"

【蠉𧍧】蟲名。亦名無足蟲。見集韻。蠉，也作"惴"。莊子胠篋："惴耎之蟲，肖翹之物，莫不失其性。"釋文："惴，本亦作𧍧。"

【蠉飛蠕動】昆蟲的飛翔和爬行。通指昆蟲界。淮南子原道："跂行喙息，蠉飛蝡動，待而後生。"蝡，同"蠕"。越絶書吴人内傳："天生萬物以養天下，蠉飛蠕動，各得其性。"

蠌 zhái 場伯切，入，陌韻，澄。ㄓㄞˊ

水族的一種。見"蛸蠌"。

蠋 zhú 之欲切,入,燭韻,照。
ㄓㄨˊ 直録切,入,燭韻,澄。
蛾蝶類的幼蟲。詩豳風東山:"蜎蜎者蠋,烝在桑野。"傳:"蜎蜎,蠋貌。桑蟲也。"莊子庚桑楚:"奔蜂不能化藿蠋。"疏:"蠋者,豆中大青蟲。"

蟾 chán 視占切,平,鹽韻,禪。
ㄔㄢˊ
㊀蟾蜍。即癩蝦蟆。見"蟾蜍"。㊁古代神話月中有蟾蜍,故稱月爲蟾。宋司馬光温國文正集九佇月亭詩:"孤蟾久未上,五馬不成歸。"㊂宫殿簷下的排水設備。宋陸游劍南詩稿三二閑中書事:"堂上清風生玉塵,澗中寒溜注銅蟾。"㊃水注。以刻成蟾狀而稱。宋陸游劍南詩稿十四不睡:"水冷硯蟾初薄凍,火殘香鴨尚微煙。"

【蟾光】月光。南朝梁蕭統昭明太子集三錦帶書十二月啟太簇正月:"飄飄餘雪,入簫管以成歌;皎潔輕冰,對蟾光而寫鏡。"唐李賀歌詩編二感諷之五:"岑中月歸來,蟾光挂雲岫。"

【蟾兔】傳説月中有蟾兔,借指月亮。文選古詩十九首之十七:"三五明月滿,四五蟾兔缺。"唐張銑注:"蟾兔,月中精形。"唐權德輿權載之集十祗役江西路上以詩代書寄内:"別來如昨日,每見缺蟾兔。"

【蟾宫】㊀月宫。全唐詩五九七袁郊月:"嫦娥竊藥出人間,藏在蟾宫不放還。"參見"蟾兔"。㊁比喻科舉考試中式。全唐詩七四八李中送黄秀才:"蟾宫須展志,漁艇莫牽心。"參見"月中桂"。

【蟾桂】傳説月中有蟾蜍、桂樹。唐段成式酉陽雜俎一天咫:"舊言月中有桂有蟾蜍,……或言月中蟾桂,地影也。空處,水影也。"唐李賀歌詩編四巫山高:"古祠近月蟾桂寒,椒花墜紅濕雲間。"借指月亮。唐羅隱甲乙集五旅夢詩:"出門聊一望,蟾桂向人斜。"

【蟾酥】蟾蜍皮膚疣内分泌的白汁。供藥用。見本草綱目四二蟲四蟾酥。

【蟾窟】借指月宫、月亮。宋蘇軾分類東坡詩十四八月十七日天竺山送桂花分贈元素:"鷲峰子落驚前夜,蟾窟枝空記昔年。"注:"蟾窟枝空,言元素中甲科時也。"

【蟾蜍】㊀俗稱癩蝦蟆。也作蟾諸、蟾蠩。爾雅釋魚:"鼁䵷,蟾諸。"淮南子原道:"夫釋大道而任小數,何以異於使蟹捕鼠,蟾蠩捕蚤?"㊁淮南子精神:"日中有踆烏,而月中有蟾蜍。"後漢書天文志上"言其時星辰之變"南朝梁劉昭注:"羿請無死之藥於西王母,姮娥竊之以奔月。……姮娥遂託身于月,是爲蟾蠩。"後因用爲月亮的代稱。樂府詩集五九唐劉商胡笳十八拍第十一拍:"幾回鴻雁來又去,腸斷蟾蜍虧復圓。"㊂候風地動儀的部件。以鑄作蟾蜍形而稱。後漢書五九張衡傳:"陽嘉元年,復造候風地動儀。……外有八龍,首銜銅丸,下有蟾蜍,張口承之。"㊃磨墨所用的水盂。舊題漢劉歆西京雜記六:"靈公家有玉蟾蜍一枚,大如拳,腹空;容五合水,光潤如新。廣州王取以盛書滴。"

【蟾踆】古代神話,謂日中有踆烏,月中有蟾蜍,後因以蟾踆借指日月。宋穆修河南穆公集一秋浦會遇詩:"籲辜睒蓋幙,照覆隔蟾踆。"

【蟾魄】月的別稱。唐陸龜蒙甫里集四寄懷華陽道士詩:"蟾魄幾應臨蕙帳,漁竿猶尚枕楓汀。"

【蟾諸】見"蟾蜍"。

【蟾闕】月宫。猶言蟾宫、蟾窟。元丁鶴年集四題奚仲英進士鵠山書堂詩:"已爲蟾闕彦,仍就鵠山居。"

【蟾輪】月亮。全唐詩六八五吴融和韓致光侍郎無題三首十四韻之二:"戲應過蚌浦,飛合入蟾輪。"

【蟾蠩蘭】草名。入藥。即豨薟。周禮地官掌染草"以春秋斂染草之物"唐賈公彦疏:"豕首一名蟾蠩蘭,今江東呼豨首,可以燭蠶蛹。"參閲本草綱目十五草四蟾蠩蘭。參見"豨薟"。

【蟾宫折桂】舊指科舉應試得中。紅樓夢九:"彼時黛玉在窗下對鏡理裝,聽寶玉説上學去,因笑道:'好!這一去,可是要蟾宫折桂了!'"參見"月中桂"。

蟹 xiè 胡買切,上,蟹韻,匣。
ㄒㄧㄝˋ
説文作"蠏"。節肢動物名。通稱螃蟹,種類很多。身有甲殼,二螯八足,橫行。腹部分節叫臍,雄者尖臍,雌者圓臍。禮檀弓下:"蠶則績而蟹有匡。"

【蟹户】以捕蟹爲業的人家。宋傅肱蟹譜下:"(五代)錢氏間,置魚户蟹户,專掌捕魚蟹。"

【蟹火】漁人夜間用竹籠生火捕蟹,其火稱蟹火。唐白居易長慶集五三重題別東樓詩:"春雨星攢尋蟹火,秋風霞颭弄濤旗。"

【蟹厄】蟹爲害禾稼。元高德基平江記事:"大德丁未,吴中蟹厄如蝗,平田皆滿,稻穀蕩盡,吴諺有蟹荒蟹亂之説,正謂此也。"

【蟹奴】在璅蛣腹中,有寄居小蟲,大如豆,狀類蟹,合體共生,稱蟹奴。南朝梁任昉述異記下:"璅珪(蛣)似小蚌,有一小蟹在腹中,珪出求食,故淮海之人呼爲蟹奴。"也泛指附生的小蟲。清趙翼甌北詩鈔五言古三齒痛:"每飯費剔搔,疑有蟹奴寄。"參見"璅$_2$蛣"。

【蟹匡】蟹殼的外形。禮檀弓下:"蠶則績而蟹有匡。"疏:"蟹有匡者,蟹背殼似匡,因謂蟹背作匡。"全唐詩七一二錢珝江行無題五一:"謾把罇中物,無人啄蟹黄。"黄,一作"匡"。

【蟹行】旁行如蟹。初學記十九後漢張子並誚青衣賦:"蟹行素妃,旁行求偶。"宋詩鈔孔平仲清江集鈔常父寄半夏:"小女作蟹行,乳媪代與攘。"

【蟹杯】蟹殼製成的杯。宋傅肱蟹譜下蟹杯:"其斗之大者,漁人或用以酌酒,謂之蟹杯。"

【蟹胥】蟹醬。周禮天官庖人"共祭祀之好羞"漢鄭玄注:"謂四時所爲膳食,若荆州之鱃魚,青州之蟹胥。"北周庾信庾子山集五奉和永豐殿下言志詩之十:"濁醪非鶴髓,蘭肴異蟹胥。"

【蟹堁】高地。漢劉向説苑尊賢:"蟹堁者宜禾,洿邪者百車。"荀子儒效"解果其冠"唐楊倞注:"蠏螺者宜禾,汙邪者百車。蠏螺,蓋高地也。"

【蟹眼】蟹的眼睛。形容水初沸時所泛起的小氣泡。宋蔡襄茶録候湯:"候湯最難,未熟則沫浮,過熟則茶沉,前世謂之蟹眼者,過熟湯也。"宋蘇軾分類東坡詩十一試院煎茶:"蟹眼已過魚眼生,颼颼欲作松風鳴。"初滚爲蟹眼,泡漸大爲魚眼。

【蟹略】宋高似孫撰。以補宋傅肱蟹譜之遺。共四卷十二門:蟹原、蟹象、蟹鄉、蟹具、蟹品、蟹占、蟹貢、蟹饌、蟹牒、蟹雅、蟹志、蟹賦。較傅譜詳備。

【蟹椵】捕蟹的工具。宋陸游劍南詩稿六五稽山行:"村村作蟹椵,處處起魚梁。"參見"蟹斷"。

【蟹螯】蟹的第一對足。晉書畢卓傳:"卓嘗謂人曰:'得酒滿數百斛船,四時甘味置兩頭,右手持酒杯,左手持蟹螯,拍浮酒船中,便足了一生矣。'"宋梅堯臣宛陵集九凝碧堂詩:"可以持蟹螯,逍遥此居室。"

【蟹斷】斷,也作"簖"。竹製,爲置於河中截流捕取魚蟹的工具。法苑珠林四二述異記:"宋元嘉初,富陽人姓王,於窮瀆中作蟹斷,且往視之,見一材長二尺許在斷中,而斷烈開,蟹都盡。"唐陸龜蒙蟹志:"蟹始窟穴于沮洳,中秋冬交必大出。江東人云:稻之登也,率執一穗以朝其魁,然後縱其所之也。蚤夜觱沸,指江而奔,漁者緯蕭承其流而障之,曰蟹斷。簖,斷其入江之道焉爾。"參閱清顧張思土風録三蟹簖。

【蟹譜】宋傅肱撰。二卷。記述蟹的故實,上卷多引證舊籍的原文,下卷自記所聞所見。

【蟹簾】吳越等地,編簾爲障,置河流中截捕河蟹,謂之蟹簾。即蟹斷。見宋高似孫蟹略(説郛三六)。

【蟹簖】見"蟹斷"。

【蟹匡蟬緌】禮檀弓下:"成人有其兄死而不爲衰者,聞子皋將爲成宰,遂爲衰。成人曰:'蠶則績而蟹有匡,范則冠而蟬有緌,兄則死而子皋爲之衰。'"言蟹背有匡,非爲蠶設;蟬口有緌,非爲蜂設。以譬成人兄死以畏於子皋,爲兄制服,服是子皋爲之,非爲兄施。宋蘇軾東坡志林二:"蔡延慶所生母亡,不爲服久矣。聞李定不服所生母,爲臺所彈,乃乞追服,乃知蟹匡蟬緌,不獨成人之弟也。"

十四畫

蠒 jiǎn 古典切,上,銑韻,見。ㄐㄧㄢˇ
"繭"的別體字。見各條。

【蠒素】繭絲所織成的白色生絹,古代常用爲書寫材料。唐張彥遠法書要録三唐李約壁書飛白蕭字贊:"迹絶蠒素,名空傳記。"

【蠒栗】小牛的角初生時形狀如繭、栗。同"繭栗"。漢王充論衡祀義:"圜丘之上,一蠒栗牛,粢飴大羹,不過數斛,以此食天地,天地安能飽?"參見"繭栗㊀"。

【蠒耳羊】小耳的黃羊。山堂肆考羽集毛蟲二九:"陝西同州沙苑出蠒耳羊,其羊尾小味美。"本草綱目五十獸一黃羊:"羊脂帶黃,故名。或云幼稚曰黃。此羊肥小故也。爾雅謂之羳,出西番也。其耳甚小,西人謂之繭耳。"

蠕 nǐng 乃挺切,上,迥韻,泥。ㄋㄧㄥˇ
㊀蛙屬。見廣韻。㊁見下。

【蠕母】蟬的一種。本草綱目四一蟲三蚱蟬:"蟬,諸蜩總名也。……諸書所載,往往混亂不一,今考定于左:……二三月鳴而小於寒螿者曰蠕母,並不入藥。"

蠙 pín 符真切,平,真韻,並。ㄆㄧㄣˊ 部田切,平,先韻,並。
蚌的別名。也指蚌生的珠。説文作"玭"。見"蠙珠"。

【蠙珠】蚌珠。同"玭珠"。書禹貢:"淮夷蠙珠暨魚。"注:"蠙珠,珠名。"疏:"蠙是蚌之别名,此蚌出珠,遂以蠙爲珠名。"漢賈誼新書容經:"鳴玉者,佩玉也。上有雙珩,下有雙璜,衝牙蠙珠,以納其閒。"參見"玭珠"。

蠔 háo 音韻闡微 何敖切,平,豪韻,匣。ㄏㄠˊ
軟體動物名,即牡蠣。唐韓愈昌黎集六初南食貽元十八協律:"蠔相黏爲山,百十各自生。"參見"牡蠣"。

【蠔山】蠔初生海旁,止如拳石,四面聚結成堆,有高至丈如山者,俗呼蠔山。見政和證類本草二十牡蠣。

【蠔白】蠔肉。清李調元南越筆記十一蠔:"蠔,鹹水所結,其生附石,磈礧相連如房。……一房一肉,肉之大小,隨其房,色白而含緑粉。生食曰蠔白,醃之曰蠣黃。"

蠐 qí 徂奚切,平,齊韻,從。ㄑㄧˊ
説文作"齎"。見"蝤蠐"、"蠐螬"。

【蠐螬】蟲名。金龜子的幼蟲。莊子至樂:"烏足之根爲蠐螬。"晉書盛彥傳:"母王氏因疾失明,……母既疾久,至于婢使數見捶撻。婢忿恨,伺彥暫行,取蠐螬炙飴之。"

蠑 róng 永兵切,平,庚韻,于。ㄖㄨㄥˊ
見下。

【蠑螈】爬蟲類的一種。形似蜥蜴。爾雅釋魚:"蠑螈,蜥蜴。"方言八:"守宮,……其在澤中者謂之易蜴,南楚謂之蛇醫,或謂之蠑螈。"晉崔豹古今注中魚蟲:"蝘蜓,一名龍子,一曰守宮,善上樹捕蟬食之,其長細五色者名爲蜥蜴,短大者名蠑螈,一曰蛇醫。"古籍中以在舍者名守宮,在草石中者名蜥蜴,在沼澤者名蝘蜓,通名爲蠑螈。

蠕 rú 集韻 汝朱切,平,虞韻。ㄖㄨˊ 而宣切,平,僊韻。乳兗切,上,獮韻。
蟲爬行貌,微動。同"蝡"。史記一一〇匈奴傳漢文帝遺匈奴書:"元元萬民,下及魚鼈,上及飛鳥,跂行喙息,蠕動之類,莫不就安利而辟危殆。"參見"蝡"。

【蠕蠕】㊀蟲爬行貌。史記一一〇匈奴傳"跂行喙息蠕動之類"索隱引三蒼:"蠕蠕,動貌。"唐李賀歌詩編二感諷之一:"越婦未織作,吳蠶始蠕蠕。"㊁我國古代北方民族名。即柔然。南朝譯爲芮芮、茹茹,北朝譯爲蠕蠕。魏書有蠕蠕傳。參見"柔然"。

蠘 jié 姊列切,入,薛韻,精。ㄐㄧㄝˊ
蟹的一種。廣韻作"蠽"。體形似梭子,俗名梭子蟹。明屠本畯閩中海錯疏下:"蠘,似蟹而大殼,兩傍尖出而多黃,螯有稜鋸利,截物如剪,故曰蠘。"

蠖 huò 烏郭切,入,鐸韻,影。ㄏㄨㄛˋ
蟲名。即尺蠖。蟲體細長,行時屈伸其體,如尺量物,故名。見"尺蠖"。

【蠖屈】㊀易繫辭下:"尺蠖之屈,以求信也。"後以蠖屈喻人不遇時,屈身退隱。晉書庾闡傳弔賈誼賦:"是以道隱則蠖屈,數感則鳳睨。"㊁物形屈曲,狀如尺蠖。南朝陳徐陵玉臺新詠序:"三臺妙迹,龍伸蠖屈之書;五色花牋,河北膠東之紙。"

【蠖略】行步進止,如蠖之有尺度。史記一一七司馬相如傳大人賦:"駕應龍象輿之蠖略委麗兮,驂赤螭青虯之蠖蟉宛蜒。"文選漢揚子雲(雄)甘泉賦:"駟蒼螭兮六素虯,蠖略蕤綏,灕虖襂纚。"注:"蠖略蕤綏,龍行之貌也。"

【蠖濩】指宮殿中的刻鏤裝飾。漢書八七上揚雄傳甘泉賦:"蓋天子穆然珍臺閒館琁題玉英蜵蜎蠖濩之中。"注:"張晏曰:'蜵蜎蠖濩,刻鏤之形。'"

蠓 měng 莫孔切,上,董韻,明。ㄇㄥˇ 莫紅切,平,東韻,明。
蟲名。蚋屬。一種小飛蟲。俗稱蠓蜙子。列子湯問:"春夏之月有蠓蚋者,因雨而生,見陽而死。"注:"謂蠛蠓,蚊蚋也。二者,小飛蟲也。"參見"蠛蠓"。

【蠓螉】蜂。方言十一:"蠭,燕趙之間謂之蠓螉。其小者謂之蠮螉,或謂之蚴蜕。其大而蜜謂之壺蠭。"廣雅釋蟲:"蠓螉,蜂也。"

蠱 fù 房久切,上,有韻,並。ㄈㄨˋ
見下。

【蠱螽】蟲名。即蚱蜢。也作"阜螽"、"蝗螽"。詩召南草蟲:"喓喓草蟲,趯趯阜螽。"傳:"阜螽,蠜也。"爾雅釋蟲:"蝗螽,蠜。"疏:"李巡曰:'蝗子也。'"

蠵 wèi 以醉切,去,至韻,喻。ㄨㄟˋ
昆蟲名。1. 蝱屬。國語楚上:"夫邊境者,國之尾也,譬之如牛馬,處暑之既至,虿蠆之既多,而不能掉其尾,臣亦懼之。"注:"大曰蠆,小曰蠆。"2.穀蠹。廣雅釋蟲:"蚲蠆蝓蛣蛘也。"爾雅釋蟲"強蛘"晉郭璞注:"今米穀中蠹小黑蟲是也。建平人呼爲蛘子。"

十五畫

蠢 chǔn ㄔㄨㄣˇ 尺尹切,上,準韻,穿。

㊀蟲蠕動貌。詩小雅采芑:"蠢爾蠻荆,大邦爲讎。"㊁不恭順。爾雅釋訓:"蠢,不遜也。"注:"蠢動爲惡,不謙遜也。"㊂愚笨。本作"惷",亦作"惷"。漢王充論衡自然:"當時亦無災異,如有災異,不名曰譴告。何則?時人愚蠢,不知相繩責也。"

【蠢動】 ㊀謂率性而動,出於自然。莊子天地:"蠢動而相使,不以爲賜。"注:"用其自動,故動而不謝。"㊁蠕動。多指蟲類從蟄眠中開始蘇醒過來。藝文類聚三晉傅玄陽春賦:"幽蟄蠢動,萬物樂生。"㊂騷動。後漢書六七李膺傳應奉上疏理膺等:"今三垂蠢動,王旅未振,……乞原膺等,以備不虞。"

【蠢蠢】 ㊀蠕動貌。南朝宋劉敬叔異苑一:"吳孫權赤烏八年,遣校尉陳勳漕句容中道鑿破瑶,掘得一黑物,……蠢蠢而動。"㊁衆多而雜亂貌。文選晉束廣微(晳)補亡詩之四:"蠢蠢庶類,王亦柔之。"㊂騷亂貌。左傳昭二四年:"今王室實蠢蠢焉。"㊃無禮,不恭順貌。楚辭漢劉向九歎惜賢:"盪渨涹之姦咎兮,夷蠢蠢之溷濁。"

蠚 chuò ㄔㄨㄛˋ 丑略切,入,藥韻,徹。 呵各切,入,鐸韻,曉。

有毒腺的動物刺毒別的生物。山海經西山經:"(崑崙之丘)有鳥焉,其狀如蜂,大如鴛鴦,名曰欽原。蠚鳥獸則死,蠚木則枯。"漢書三三田儋傳:"蝮蠚手則斬手,蠚足則斬足。"史記九四田儋傳作"螫"。

蠜 fán ㄈㄢˊ 附袁切,平,元韻,並。

蟲名。卽蚱蜢。爾雅釋蟲:"阜螽,蠜;草螽,負蠜。"疏:"阜螽,一名蠜。李巡曰:蝗子也。陸機疏云:今人謂蝗子爲螽子,兗州人謂之螣。許慎云:蝗螽也。蔡邕云:螽蝗也。明是一物。草蟲,一名負蠜,一名常羊。"參見"蟲螽"。

蠠 mì ㄇㄧˋ 集韻 覓畢切,入,質韻。

廣韻作"𧖴"。見下。

【蠠没】 勤勉努力。爾雅釋詁上:"蠠没,勉也。"注:"蠠没,猶黽勉。"清郝懿行義疏:"蠠没者,釋文蠠,……本或作𧖴,引說文曰:𧖴,古密字;是蠠無正文,借聲爲之,蠠没,聲轉爲黽勉,故郭云:蠠没,猶黽勉也。"

蠩 zhū ㄓㄨ 章魚切,平,魚韻,照。

㊀蟾蜍,蛙屬。卽癩蝦蟆。淮南子原道作"蟾蠩"。參見"蟾蜍"。㊁蝺蠩,蟲名。見該條。

蠛 miè ㄇㄧㄝˋ 莫結切,入,屑韻,明。

蟲名。卽蠛蠓。

【蠛蠓】 蟲名。一名蠓。爾雅釋蟲:"蠓,蠛蠓。"注:"小蟲似蚋,喜亂飛。"文選漢揚子雲(雄)甘泉賦:"歷倒景而絶飛梁兮,浮蠛蠓而撇天。"

【蠛蠓集】 明盧柟撰。五卷。雜文二卷,賦一卷,詩二卷。柟博文强識,以事被逮論死,後得平反,偏游吳會,落魄以終。其騷賦爲王世貞所稱,詩亦豪放,不墨守七子格局。集名蠛蠓,取其介於自守,不如蚊蚋之侵磯疆噉之意。

蠣 lì ㄌㄧˋ 力制切,去,祭韻,來。

牡蠣,也叫蠔。文選晉郭景純(璞)江賦:"踞蜡森衰以垂翹,玄蠣磈磥而碨硪。"注:"臨海水土物志曰:蠣長七尺。南越志曰:蠣形如馬蹄。"

【蠣奴】 蟹的一種。亦名豆蟹,常寄居於蛤仔、牡蠣等殼內。闕名海物異名記:"蠣殼中有小蟹,時出取食,復入蠣殼,謂之蠣奴。"(類說六)

【蠣房】 牡蠣,也指牡蠣殼。元詩選柳貫待制集送臨川謝有源赴閩憲提領詩:"鷁首去乘潮浪白,蠣房催出酒波紅。"

【蠣黃】 醃製的牡蠣肉。本草綱目四六介二牡蠣:"南海人……食其肉,謂之蠣黃。"清李調元南越筆記十一蠔:"蠔,生食曰蠔白,醃之曰蠣黃,味皆美。"

【蠣塘】 人工養殖牡蠣白蜆的海塘。我國蠣產,本有石蠔竹蠔二種;石蠔附石而生,竹蠔則插竹海邊爲浮田,亦謂之蘢簰,又稱蠣塘。見清李調元南越筆記十一蠔。

蟔 mò ㄇㄛˋ 莫北切,入,德韻,明。

㊀蟲名。一種毛蟲。一名蛅蟴,螫人有毒。爾雅釋蟲作"蟔"。㊁蠛蟔,蝙蝠。見該條。

蠝 lěi ㄌㄟˇ 集韻 魯水切,上,旨韻。

鼯鼠。同"鸓"。漢書五七司馬相如傳上林賦:"蜼玃飛蠝。"注引張揖:"飛蠝,飛鼠也,其狀如兔而鼠首,以其頗飛。"又引郭璞:"蠝,鼯鼠也,毛紫赤色,飛且生,一名飛生。"史記一一七司馬相如傳上林賦作"鸓"。

蠟 là ㄌㄚˋ 盧盍切,入,盍韻,來。

㊀動物或植物分泌的脂質。如蜜蠟。晉書石崇傳:"(王)愷以粭澳釜,崇以蠟代薪。"㊁淡黃如蠟的顏色。見"蠟梅"。㊂以蠟塗物。世說新語雅量:"阮遙集(孚)好屐。……或有詣阮,見自吹火蠟屐。"㊃蠟燭的簡稱。唐李商隱李義山詩集五無題之一:"蠟照半籠金翡翠,麝薰微度繡芙蓉。"

【蠟子】 ㊀寶石的一種。明曹昭新增格古要論六蠟子:"蠟子,出南蕃西蕃,性堅。有紅蠟紫蠟,亦有酒色者,俱明瑩,可廂嵌釧鐲碗盞戒指用。"本草綱目八石二寶石:"寶石出西番、回鶻地方諸坑井內,雲南、遼東亦有之。有紅綠碧紫數色。……紫者名蠟子。"㊁蟲白蠟的卵。本草綱目三九蟲蟲白蠟:"其蟲嫩時白色作蠟,及老則赤黑色,乃結苞於樹枝,初若黍米大,入春漸長大如雞頭。子紫赤色,纍纍抱枝,宛若樹之結實也。蓋蟲將遺卵作房,正如雀甕螵蛸之類爾,俗呼爲蠟種,亦曰蠟子。"

【蠟丸】 蠟製的丸,用以密封書信或奏狀等,可保密防濕。又稱蠟彈。唐趙元一奉天録二:"(包)佶使使飛表于蠟丸中,論(陳)少遊收財事。"新唐書一五三顏真卿傳:"肅宗已卽位靈武,真卿數遣使以蠟丸裹書陳事。"

【蠟本】 以蠟塗絹上,臨摹原畫,叫做蠟本。宋米芾畫史:"潁州公庫,顧凱〔愷〕之維摩百補,是唐杜牧之摹寄潁守本者。……余與潁簽善,託尋善工摹,須切記似,凡三寄蠟本,無一筆似者。"

【蠟石】 火山石的一種。廣東從化、清遠、永安、恩平諸溪澗多有之,色大黃,嫩者如琥珀,以其潤澤如蠟,故稱蠟石。見清屈大均廣東新語五蠟石。

【蠟兄】 枇杷的別名。宋陶穀清異録果:"建業野人種梨者,誇其味曰蜜父。種枇杷者,恃其色曰蠟兄。"(說郛六一)

【蠟兒】 枇杷的別名。宋張端義貴耳集中:"建業間,園丁種梨曰蜜父,種枇杷曰蠟兒。"

【蠟炬】 蠟燭。唐杜甫杜工部草堂詩箋二二宿府:"清秋幕府井梧寒,獨宿江城蠟炬殘。」李商隱李義山詩集五無題：「春蠶到死絲方盡，蠟炬成灰淚始乾。」

【蠟珠】燭液凝結所成之珠。南齊書王僧虔傳：「僧虔年數歲，獨正坐採蠟燭珠爲鳳凰。」唐溫庭筠集七海榴詩：「蠟珠攢作蔕，緗綵剪成叢。」此言榴花攢聚光滑如珠。

【蠟茶】茶的一種。宋程大昌演繁露續集五蠟茶：「建(州)茶名蠟茶，爲其乳泛湯面，與鎔蠟相似，故名蠟面茶也。楊文公談苑曰『江左方有蠟面之號』是也。今人多書蠟爲臘，云取先春爲義，失其本矣。」元詩選郝經陵川集橄欖：「半青來子味難詩，宜著山僧點蠟茶。」參見「蠟面茶」。

【蠟書】封在蠟丸中的書信，以防泄密或潮濕。宋陸游劍南詩稿四八追憶征西幙中舊事之四：「關輔遺民意可傷，蠟封三寸絹書黃。」自注：「關中將校密報事宜，皆以蠟書至宣司。」宋史三六七李顯忠傳：「顯忠至東京，劉麟喜之，授南路鈐轄，乃密遣其客雷燦以蠟書赴行在。」

【蠟屐】以蠟塗屐。世說新語雅量：「或有詣阮(孚)，見自吹火蠟屐。」唐元稹長慶集十八奉和嚴司空……登龍山落梅臺佳宴詩：「謝公秋思眇天涯，蠟屐登高爲菊花。」

【蠟液】蠟燭的熔液。猶蠟淚。新唐書一六三柳公綽傳附柳公權：「嘗夜召對子亭，燭窮而語未盡，宮人以蠟液濡紙繼之。」

【蠟淚】蠟燭燃燒時滴下的油。唐李賀歌詩編二惱公：「蠟淚垂蘭燼，秋蕪掃綺櫳。」舊唐書一六五柳公綽傳附柳公權：「每浴堂召對，繼燭見跋，語猶未盡，不欲取燭，宮人以蠟淚揉紙繼之。」

【蠟梅】梅的一種。落葉灌木，與梅不同科。植庭院或作盆景，供觀賞。宋黃庭堅山谷內集五戲詠蠟梅二首宋任淵注：「山谷書此詩後云：『京洛間有一種花，香氣似梅花，亦五出而不能晶明，類女功撚蠟所成，京洛人因謂蠟梅。』」宋范成大梅譜：「蠟梅，本非梅類，以其與梅同時，香又相近，色酷似蜜脾，故名蠟梅。」

【蠟詔】藏在蠟丸中的詔書。即密詔。資治通鑑二七二後唐同光元年：「梁主登建國樓，面擇親信厚賜之，使衣野服，齎蠟詔，促段凝軍。」注：「蠟詔，猶蠟書也，命出於上，故謂之蠟詔。」

【蠟觜】鳥名。即桑扈。本草綱目四九禽三桑扈：「桑扈乃扈之在桑間者，其觜或淡白如脂，或凝黃如蠟，故古名竊脂，俗名蠟觜。」

【蠟鳳】蠟製的鳳凰。南齊書王僧虔傳：「曇首兄弟集會諸子孫，弘子僧綽下地跳戲，僧虔年數歲，獨正坐採蠟燭珠爲鳳凰。」曇首，弘弟；僧虔，曇首子。宋蘇軾分類東坡詩十九次韻子由使契丹至涿州見寄之四：「始憶庚寅降屈原，旋看蠟鳳戲僧虔。」

【蠟鼻】鴿鷹爲猛禽，中有一種羽毛粗重，鼻根色黃如蠟者，俗名蠟鼻。此鳥更無他能，反爲衆鳥所侮。故民間呼不肖子爲蠟鼻。見宋吳曾能改齋漫錄十五鴿有數種。

【蠟彈】卽蠟丸。宋趙升朝野類要四蠟彈：「以帛寫機密事，外用蠟固，陷于股肱皮膜之間，所以防在路之浮沈漏泄也。」舊五代史晉尹暉傳：「時范延光據鄴謀叛，以暉失意，密使人齎蠟彈，以榮利啖之。」

【蠟樹】女貞樹的別名。人於女貞枝上養蠟蟲，以取白蠟，故亦稱蠟樹。參見「女貞」。

【蠟燈】燭燈。唐李商隱李義山詩集五無題之一：「隔座送鉤春酒暖，分曹射覆蠟燈紅。」

【蠟燭】古代供照明用的蠟製圓柱形物。世說新語雅量：「須臾(周嵩)舉蠟燭火擲伯仁(顗)，伯仁笑曰：『阿奴火攻，固出下策耳！』」周禮秋官司烜氏「共墳燭庭燎」唐賈公彥疏：「以葦爲中心，以布纏之，飴蜜灌之，若今蠟燭。」唐河東道晉州貢物有蠟燭，見唐六典三戶部尚書。

【蠟面茶】茶的一種，出建州。亦名蠟茶。唐徐夤釣磯文集八有尚書惠蠟面茶詩。參閱宋高承事物紀原九蠟茶。參見「蠟茶」。

【蠟槍頭】比喻徒有外表，好看不頂用。古今雜劇缺名劉千病打獨角牛一：「不害您娘羞，你原來是個蠟槍頭。」也作「鑞槍頭」。元王實甫西廂記四本二折：「呸！你是箇銀樣鑞槍頭。」

蠡

1. lǐ ㄌㄧˇ 集韻 里弟切，上，薺韻。

㊀蟲蛀木。引申爲器物因腐蝕或磨損而剝落斷絕。孟子盡心下：「以追蠡。」注：「追，鍾鈕也。鈕磨齧處深矣。蠡，欲絕之貌也。」

2. lí ㄌㄧˊ 郎奚切，平，齊韻，來。

㊀瓠瓢。見「蠡₂測」。

3. lì ㄌㄧˋ 集韻 郎計切，去，霽韻。

㊂分割。方言六：「參、蠡，分也。」

4. luó ㄌㄨㄛˊ 集韻 盧戈切，平，戈韻。

㊃螺。通「蠃」。文選漢曹大家(班昭)東征賦：「諒不登樔而椓蠡兮，得不陳力而相追。」注：「尸子曰：卵生曰琢，胎生曰乳，琢與椓，蠡與蠃古字通。蠡，力戈反。」

5. luǒ ㄌㄨㄛˇ 集韻 魯果切，上，果韻。

㊄瘰蠡，六畜病名。見該條。

【蠡₂升】受一升容量的瓢。急就篇三：「蠡升參升半卮觛。」注：「蠡升，瓢蠡之受一升者，因以爲名，猶今人言勺升耳。」

【蠡吾】縣名。漢置。屬涿郡。北齊省入博野縣。漢劉志父翼封蠡吾侯於此，翼死志襲。質帝死，太后定策立志爲帝(桓帝)。故城在今河北博野縣西南。參閱後漢書桓帝紀、讀史方輿紀要十二保定府蠡縣。

【蠡湖】湖名。在江蘇無錫縣東南。相傳春秋越范蠡伐吳時開造。又名蠡瀆、漕湖。唐常州刺史孟簡開泰伯瀆，東連蠡湖，故又名孟湖。參閱太平寰宇記九二常州無錫縣、讀史方輿紀要二五常州府無錫縣。

【蠡₂測】用瓠瓢測量海水。比喻淺薄不能了解高深。漢書六五東方朔傳答客難：「語曰：以筦闚天，以蠡測海。」唐李商隱李義山詩集四詠懷寄祕閣舊僚二十六韻：「典籍將蠡測，文章若管窺。」

【蠡₂帽】古代軍士防箭石的盔帽，形似瓠瓢，故名。通典一五二兵五守拒法附：「凡攻城之兵，禦捍矢石，頭戴蚤帽，仰視不便。」蚤同「蠡」。

【蠡實】草名，卽馬藺子，又名荔實、馬薤。三月開紫碧花，五月結實作角子。根細長，通黃色，人取以爲刷。見本草綱目十五草四蠡實。

【蠡₂廔】卽鏤花的窗戶。一說爲樓壁窗戶的疏孔。見說文。參見「麗廔」。

【蠡臺】古臺名。在河南商丘縣。水經注二四睢水：「司馬彪郡國志曰：睢陽縣有盧門亭，城內有高臺，甚秀廣，巍然介立，超然獨上，謂之蠡臺，亦曰升臺焉。……(宋)景公登虎圈之臺，援弓東面而射之，矢踰于孟霜之山，集於彭城之東，餘勢逸勁，猶飲羽于石梁，然則蠡臺卽是虎圈臺也。蓋宋世牢虎所在矣。」

【蠡縣】縣名。屬河北省。漢蠡吾縣，北齊省入博野縣。唐置蠡州，元改爲縣，明清皆屬保定府。參閱寰宇通志二保定府。

【螽₃螽₃】行列分明貌。楚辭漢劉向九歎惜賢:"登長陵而四望兮,覽芷圃之螽螽。"

【螽₂海集】明王逵撰。舊題作宋人,誤。一卷。分天文、地理、人身、庶物、歷數、氣候、鬼神、事義八類。論證多穿鑿附會,缺乏科學根據,但亦時有精義,如二十四番花信風,所述卽較有條理。

十六畫

蠪 lóng ㄌㄨㄥˊ 盧紅切,平,東韻,來。

也作"蠬"。㊀大蟻。爾雅釋蟲:"蠪,朾螘。"疏:"(螘)大而赤色斑駁者名蠪。"㊁海龍之屬。史記一二八龜策傳"蚗龍伏之"唐司馬貞索隱:"蚗蠪伏之。按:蚗當爲'蛟'。蠪音龍。"

【蠪姪】獸名。山海經東山經:"(鳧麗之山)有獸焉,其狀如狐而九尾、九首、虎爪,名曰蠪姪,其音如嬰兒,是食人。"廣韻作"蠪蛭"。

【蠪蚳】獸名,卽蠪蛭。山海經中山經:"(昆吾之山)其上多赤銅,有獸焉,其狀如彘而有角,其音如號,名曰蠪蚳,食之不眯。"注:"上已有此獸,疑同名。"清郝懿行箋疏:"蚳疑當爲蛭。"

【蠪蜂】蜂之一種,傳說能治蠱毒。也作"蠬螽"。出陽春,嘗附橄欖樹而生,雖有首足,與木葉無別,須木葉凋落乃得之。見本草綱目拾遺十蠬蜂。

蠥 niè ㄋㄧㄝˋ 魚列切,入,薛韻,疑。

㊀妖孽。禽獸蟲蝗之怪爲蠥。見說文。字亦作"孼"、"孽"。㊁憂也。楚辭屈原天問:"啟代益作后,卒然離蠥。"注:"離,遭也。蠥,憂也。……天下皆去益而歸啟,以爲君,益卒不得立,故曰遭憂也。"

䗈 nè ㄋㄜˋ 奴勒切,入,德韻,泥。

蟲名。似虻而小,青斑色,齧人。也作"蠥"。淮南子說林:"兔齧爲蠥。"

蠭 fēng ㄈㄥ 敷容切,平,鍾韻,滂。

昆蟲名。"蜂"的本字,也作"螽"。㊀爾雅釋蟲:"土蠭、木蠭。"說文:"蠭,飛蟲螫人者。"參見"蜂"字各條。㊁銳利。通"鋒"。新唐書一九一高叡傳:"突厥蠭銳,所向無完。"參見"蠭氣"。

【蠭午】紛然並起貌。史記項羽紀:"今君起江東,楚蠭午之將皆爭附君者,以君世世楚將,爲能復立楚之後也。"集解引如淳:"蠭午,猶言蠭起也。衆蠭飛起,交橫若午,言其多也。"也作"螽午"。漢書三六劉向傳:"水、旱、饑、蝝、螽、螟螽午並起。"

【蠭門】古代善射者人名,卽逢蒙。荀子王霸:"羿,蠭門者,善服射者也。"注:"蠭門,卽逢蒙。"也作"逢蒙"。見該條。

【蠭起】羣蜂並飛。比喻衆多。史記項羽紀太史公曰:"夫秦失其政,陳涉首難,豪傑蠭起,相與並爭,不可勝數。"

【蠭氣】鋒銳之氣。漢書七六趙廣漢傳:"好用世吏子孫新進年少者,專厲彊壯蠭氣,見事風生,無所回避。"注:"蠭與鋒同,言鋒銳之氣。"

【蠭旗】古之畫有蜂形圖案的軍旗。左傳哀二年:"鄭人擊簡子,中肩,斃于車中,獲其蠭旗。"參見"蜂旗"。

【蠭蠆】蜂與蝎。毒蟲的泛稱。左傳僖二二年:"君其無謂邾小,蠭蠆有毒,而況國乎?"也作"蜂蠆"、"螽蠆"。國語晉:"蚋蟻蜂蠆,皆能害人。"後漢書六四盧植傳論:"夫螽蠆起懷,雷霆駭耳,雖賁、育、荆、諸之倫,未有不冘豫奪常者也。"

【蠭目豺聲】目如蜂眼突露,聲似豺狼。形容人的兇悍。左傳文元年:"初,楚子將以商臣爲大子,訪諸令尹子上,子上曰:'君之齒未也,……且是人也,蠭目而豺聲,忍人也,不可立也。'"

十七畫

蠯 pí ㄆㄧˊ 符支切,平,支韻,並。
薄佳切,平,佳韻,並。
蒲幸切,上,耿韻,並。

體形狹長的蚌。字亦作"螷"、"蜱"、"蠯"。周禮天官鼈人:"祭祀共蠯蠃蚳,以授醢人。"注:"鄭司農(衆)云:蠯,蛤也。杜子春云:蠯,蜯也。"文選漢張平子(衡)東京賦:"獻鼈蜃與龜魚,供蝸蠯與菱芡。"五臣本作"蜱"。

【蠯醢】蛤蚌的肉醬。周禮天官醢人:"饋食之豆,其實葵菹、蠃醢、脾析、蠯醢、蜃、蚳醢、豚拍、魚醢。"

蠲 juān ㄐㄩㄢ 古玄切,平,先韻,見。

㊀蟲名。亦名馬蠲、馬陸、馬蚿。俗稱香油蟲。清段玉裁說文解字注"蠲":"馬蠲,今巫山夔州人謂之艸鞋絆,亦曰百足蟲,茅茨陳朽,則多生之。"㊁顯示,明示。左傳襄十四年:"惠公蠲其大德,謂我諸戎,是四嶽之裔胄也,毋是翦棄。"㊂清潔。通"涓"。書多方:"圖厥政,不蠲蒸,天惟降時喪。"傳:"紂謀其政,不絜進于善。"周禮天官宮人:"除其不蠲,去其惡臭。"注:"蠲,猶絜也。"參見"蠲吉"。㊃除去,減免。通"捐"。文選漢揚子雲(雄)劇秦美新:"擿秦政慘酷尤煩者,應時而蠲。"

【蠲吉】選擇吉日。詩小雅天保:"吉蠲爲饎,是用孝享。"傳:"吉,善;蠲,絜也。"箋云:"謂將祭祀也。"文苑英華八七九唐王延昌河瀆神靈源公祠廟碑:"每蠲吉歷選,自郊徂宮。"

【蠲免】多指免除租稅徭役。周書武帝紀下建德四年:"逋租懸調,兵役殘功,並宜蠲免。"元史食貨志四賑恤:"元賑恤之名有二:曰蠲免者,免其差稅,卽周官大司徒所謂薄征者也。"

【蠲忿】消除忿怒。文選三國魏嵇叔夜(康)養生論:"合歡蠲忿,萱草忘憂。"晉崔豹古今注下問答釋義:"欲蠲人之忿,則贈之青堂,青堂一名合懽,合懽則忘忿。"

【蠲除】免除。史記八七李斯傳上書:"臣請諸有文學詩書百家語者,蠲除去之。"漢書元帝紀黃龍二年詔:"赦天下。有可蠲除減省以便萬姓者,條奏,毋有所諱。"

【蠲紙】㊀唐代臨安溫州等地所造紙名,以紙質細白光潔而名。宋趙與時賓退錄二:"臨安有蠲紙者,澤以漿粉之屬,使之瑩滑,謂之蠲紙,蠲猶潔也。"一說謂五代吳時凡供此紙者,得蠲賦役故曰蠲紙。見宋錢康公植跋簡談(說郛二十)、元程棨三柳軒雜識蠲紙。㊁以頒發豁除賦役證書名義,向民間攤派供應的公文用紙。新五代史何澤傳:"五代之際,民苦於兵,往往因親疾以割股,或旣喪而割乳廬墓,以規免州縣賦役。戶部歲給蠲符,不可勝數,而課州縣出紙,號爲'蠲紙'。澤上書言其敝,明宗下詔悉廢戶部蠲紙。"

【蠲復】指免除賦稅或勞役。晉書許孜傳:"咸康中太守張虞上疏,……疏奏,詔旌表門閭,蠲復子孫。"宋書孝武紀孝建三年:"制荆徐兗豫雍青冀七州統內,家有馬一匹者,蠲復一丁。"

【蠲體】祭祀以前,沐浴齋戒,清潔身體。後漢書五九張衡傳思玄賦:"湯蠲體以禱祈兮,蒙庬褫以拯人。"

【蠲忿犀】犀骨製的一種妝飾品。唐蘇鶚杜陽雜編下:"咸通九年,同昌公主出降,……又帶蠲忿犀、如意玉。其犀圓如彈丸,入土不朽爛,帶之令人蠲忿怒。"

蠰 1. shuāng ㄕㄨㄤ 色莊切,平,陽韻,山。
式亮切,去,漾韻,審。

㊀蟲名。爾雅釋蟲:"蠰,齧桑。"注:"似

天牛,角長,體有白點,喜齧桑樹,作孔入其中,江東呼爲齧髮。」淮南子道應:「吾比夫子,猶黃鵠與蠰蟲也。」

2. náng 奴當切,平,唐韻,泥。
ㄋㄤ

㊀見「蟷蠰」。

3. rǎng 如兩切,上,養韻,日。
ㄖㄤˇ

㊁見「蠰₃谿」。

【蠰₃谿】 即蚱蜢。又名土螽。爾雅釋蟲:「土螽,蠰谿。」疏:「土螽,一名蠰谿,今謂之土蠑,江南呼虴蛨,又名虴蜢,形似蝗而小,善跳者是也。」

蠯 yīng 於陵切,平,蒸韻,影。
ㄧㄥ

蟲名。即寒蟬。方言十一:「蠯,謂之寒蜩;寒蜩,瘖蜩也。」注:「爾雅以蜺爲寒蜩……寒蜩,螿也,似小蟬而色青。」參見「寒蟬㊀」。

蠳 yíng 正字通 音營。
ㄧㄥˊ

見下。

【蠳虰】 寄生蟲名。五代南唐譚峭化書天地:「蠳虰者,腸中之蟲也。嘷我精氣,鑠我魂魄」。

蠨 xiāo 集韻 先彫切,平,蕭韻。
ㄒㄧㄠ

說文作「蟰」。見下。

【蠨蛸】 蟲名。長脚蛛。即喜蛛,一名喜子、喜母。詩豳風東山:「伊威在室,蠨蛸在戶。」唐柳宗元柳先生集四三遊朝陽巖遂登西亭十二韻:「庭除植蓬艾,隙牖懸蠨蛸。」參見「喜子」。

蠮 yē 烏結切,入,屑韻,影。
ㄧㄝ

見「蠮螉」。

【蠮螉】 土蜂,即細腰蜂。方言十一:「蠭,其小者謂之蠮螉。」注:「小細腰蠭也。」爾雅釋蟲「果蠃,蒲盧」晉郭璞注:「即細腰蠭也,俗呼爲蠮螉。」參閱本草綱目三九蟲一蠮螉。

【蠮螉塞】 地名,即今居庸關。意爲塞上築土室以候望,如蠮螉之掇土爲房,故名。北魏溫子昇溫侍讀集擣衣詩:「蠮螉塞邊逢候雁,鴛鴦樓上望天狼。」晉書慕容皝載記:「於是率騎二萬出蠮螉塞,長驅至于薊城。」

蠵 wèi 於胃切,去,未韻,影。
ㄨㄟˋ

白蟻的別稱。亦作「螱」。爾雅釋蟲:「螱,飛螘。」宋羅願爾雅翼釋蟲四:「螱,飛螘。螘之有翅者,蓋柱中白螘之所化也。……以泥爲房,詰曲而上,往往變化生羽,遇天晏濕,羣隊而出,飛亦不能高,尋則脫翼,藉藉在地而死矣。」

蠳 yīng
ㄧㄥ

見下。

【蠳龜】 龜的一種。又名攝龜、呷蛇龜。文選漢張平子(衡)南都賦:「其水蟲則有蠳龜鳴蛇,潛龍伏螭。」注:「抱朴子曰:蠳龜啖蛇。」參閱本草綱目四五介一攝龜。

【蠳螺】 螺的一種。藝文類聚八晉孫綽望海賦:「靈貝含素而表紫,蠳螺絡丹而帶緗。」

蠱 gǔ 公户切,上,姥韻,見。
ㄍㄨˇ

㊀人腹中的寄生蟲。說文:「蠱,腹中蟲也。」周禮秋官庶氏:「掌除毒蠱。」注:「毒蠱,蟲物而病害人者。」㊁相傳爲一種人工培養的毒蟲。文選宋鮑明遠(照)苦熱行:「含沙射流影,吹蠱痛行暉。」注:「顧野王輿地志曰:江南數郡有畜蠱者,主人行之以殺人,行食飲中,人不覺也。其家絕滅者,則飛遊妄走,中之則斃。」㊂陳穀所生的蟲。左傳昭元年:「穀之飛,亦爲蠱。」注:「穀久積則變爲飛蟲,名曰蠱。」漢王充論衡商蟲:「穀蟲曰蠱,蠱若蛾矣。粟米饐熱生蠱。」㊃誘惑。左傳莊二八年:「楚令尹子元欲蠱文夫人。」注:「蠱惑以淫事。」㊄神志惑亂的病。見「蠱疾」。㊅易卦名。☶☴,艮上巽下。蠱訓事。

【蠱毒】 毒害。左傳昭元年「何謂蠱」唐孔穎達疏:「以毒藥藥人,令人不自知者,今律謂之蠱毒。」

【蠱疾】 神志惑亂的病。左傳宣八年:「晉胥克有蠱疾。」注:「惑以喪志。」又昭元年:「近女室,疾如蠱。……淫則生內熱惑蠱之疾。」疏:「蠱者,心志惑亂之疾,若今昏狂失性,其疾名之爲蠱。公惑於女色,失其常性,如彼惑蠱之疾也。」一說蠱通「痼」,久病之意。見清俞樾羣經平議二六。

【蠱道】 用咒詛等邪術加害他人的方法。史記一一八衡山王賜傳:「厥姬乃惡王后徐來於太子曰:『徐來使婢蠱道殺太子母。』」後漢書五五清河王慶傳:「因誣言欲作蠱道祝詛,以菟爲厭勝之術。」參見「巫蠱」。

【蠱惑】 迷惑,毒害。爾雅釋詁下「蠱、諂、貳,疑也」晉郭璞注:「蠱惑有貳心者皆疑也。」弘明集八南朝梁劉勰滅惑論:「糜費產業,蠱惑士女。運迍則蠹國,世平則蠹民。」

【蠱敝】 言積弊之深,如蠱之害人。宋史四三四楊泰之傳對言:「法天行健,奮發英斷,總攬威權,無牽於私意,無奪於邪說,以救蠱敝,以新治功。」

【蠱媚】 以姿態惑人。文選漢張平子(衡)南都賦:「侍者蠱媚,巾幘鮮明。」又思玄賦:「咸姣麗以蠱媚兮,增嫮眼而蛾眉。」

【蠱毒犀】 海象等獸的長牙,又名蛇角。明陶宗儀輟耕錄二九骨咄犀:「骨咄犀,蛇角也。其性至毒,而能解毒,蓋以毒攻毒也,故曰蠱毒犀。」參見「骨咄犀」。

十八畫

蠹 dù 當故切,去,暮韻,端。
ㄉㄨˋ

同「螙」、「蝨」。㊀蛀蟲。商君書脩權:「諺曰:蠹衆而木析,隙大而牆壞。」(羣書治要本)韓非子亡徵:「木之折也,必通蠹;牆之壞也,必通隙。」㊁喻侵奪或損耗財物的人。左傳襄二七年:「兵,民之殘也,財用之蠹。」漢王充論衡非韓:「故其論儒也,謂其不耕而食,比之于一蠹。」㊂敗壞,蛀蝕,損害。左傳襄三一年:「其暴露之,則恐燥濕之不時而朽蠹,以重敝邑之罪。」公羊傳宣十二年:「古者杅不穿,皮不蠹,則不出於四方。」注:「杅,飲水器;穿,敗也;皮,裘也;蠹,壞也。」㊃曬去書中的蠹魚。穆天子傳五:「蠹書于羽陵。」注:「謂暴書中蠹蟲,因云蠹書也。」

【蠹册】 被蟲蛀壞的書籍。南朝梁沈約沈隱侯集二和竟陵王抄書詩:「披縢辨蠹册,酌醴訪深疑。」

【蠹役】 害民的吏役。聊齋志異夢狼:「弟居數日,見其蠹役滿堂。」又冤獄:「飽蠹役之貪囊,鬻子典妻。」

【蠹魚】 蟲名。常蛀蝕衣服書籍。體小,有銀白色細鱗,形似魚,故名。又名紙魚、衣魚。唐白居易長慶集一傷唐衢詩之二:「今日開篋看,蠹魚損文字。」宋詩鈔徐積節孝詩鈔和路朝奉新居之五:「呼童解袟捫飢蝨,趁日開箱曝蠹魚。」

【蠹簡】 謂被蠹蝕的書籍。唐陸龜蒙甫里集一奉詶襲美先輩初夏見寄次韻詩:「蠹簡有遺字,敂琴無泛聲。」

【蠹書蟲】 喻埋頭苦讀的人。含有食古不化,不合時宜之意。唐韓愈昌黎集五雜詩:「豈殊蠹書蟲,生死文字間。」蠹,同「蠹」。

蠶 cán 昨含切,平,覃韻,從。
ㄘㄢˊ

㊀一種能吐絲結繭的蟲。有家蠶、柞蠶等種。淮南子覽冥:「蠶咡絲而商絃絕,

或感之也。”㈡養蠶。書禹貢:“桑土既蠶,是降丘宅土。”疏:“宜桑之土,既得桑養蠶矣。”新唐書一一二韓思彦傳附韓琬上言:“一夫耕,一婦蠶,衣食百人,欲儲蓄有餘,安可得乎?”

【蠶人】養蠶的人。多指女性。藝文類聚六五漢王逸機賦:“蠶人告訖,舍罷獻絲,……纖纖静女,經之絡之。”參見“蠶女”。

【蠶工】有關蠶事的工作。新唐書一〇五來濟傳:“老人曰:‘春不奪農時,卽有食;夏不奪蠶工,卽有衣。’”

【蠶山】供蠶在上作繭的山形草把。清沈公練廣蠶桑説輯補下:“蠶山以糯稻草爲之,用四齒鐵耙仰縛他物上,……以草紐鬆鬆縛之,而截齊其兩頭,如洗箒狀。”參見“蠶簇”。

【蠶女】養蠶的婦女。唐李白李太白詩十贈從孫義興宰銘:“農人棄蓑笠,蠶女墮簪纓。”

【蠶月】忙於蠶事之月。夏曆三月。詩豳風七月:“蠶月條桑取彼斧斨。”晉陶潛陶淵明集二歸田園居詩之六:“但願桑麻成,蠶月得紡績。”

【蠶市】買賣蠶具的市集。唐司空圖司空表聖詩集二漫題:“蝸廬今歲客,蠶市異鄉人。”宋黄休復茅亭客話九鬻龍骨:“蜀有蠶市,每年正月至三月,州城及屬縣循環一十五處。耆舊相傳,古蠶藂氏爲蜀主,民無定居,隨蠶藂所在致市居。此之遺風也。又蠶將興以爲名也,因是貨蠶農之具及花木果藥雜物。”參閲嘉慶一統志三八四成都府二、四一〇眉州。

【蠶母】主治蠶事的女官。宋書禮志一:“皇后采桑壇在蠶室西,……取民妻六人爲蠶母。”

【蠶矢】蠶糞。也稱蠶沙。北魏賈思勰齊民要術一種穀:“薄田不能糞者,以原蠶矢雜禾種種之,則禾不蟲。”參見“蠶沙”。

【蠶衣】㈠蠶繭。見説文。㈡絲綢製成的衣服。廣弘明集五南朝梁沈約均聖論:“肉食蠶衣,皆須耆齒;牛羊犬豕,無故不殺。”㈢皇后親蠶時所著之衣。晉書輿服志:“自二千石夫人以上至皇后,皆以蠶衣爲朝服。”

【蠶沙】蠶屎。北魏賈思勰齊民要術二種瓠:“先掘地作坑,方圓深各三赤,用蠶沙與土相和,令中半著坑中。”

【蠶豆】豆的一種。以豆莢狀如老蠶而名,或謂以蠶時始熟而名。種子供食用。參閲明徐光啓農政全書五七救荒本草蠶豆。

【蠶忌】養蠶時的諸種忌諱。宋范成大石湖集二七晚春田園雜興詩之六:“三旬蠶忌閉門中,鄰曲都無步往蹤。”

【蠶官】官名。後漢書禮儀上“祠先蠶,禮以少牢”注引漢舊儀:‘置蠶官令、丞,諸天下官皆詣蠶室,與婦人從事,故舊有東西織室作治。”

【蠶妾】養蠶的女奴。也泛指養蠶的婦女。左傳僖二三年:“(重耳)及齊,齊桓公妻之,有馬二十乘,公子安之。從者以爲不可,將行,謀於桑下,蠶妾在其上,以告姜氏,姜氏殺之。”南朝宋鮑照鮑氏集四紹古辭之二:“昔與君別時,蠶妾初獻絲。”

【蠶花】㈠卽小蝦。明謝肇淛西吴枝乘:“吴興以四月爲蠶月,……又有小蝦亦以蠶時出,市民謂之蠶花,蠶熟則絶無矣。”(説郛續二六)㈡蟻蠶,初孵生的幼蠶。清沈公練廣蠶桑説輯補下:“(蠶)子之初出者名蠶花,亦名蟻,又名烏。”

【蠶姑】養蠶的女子。元楊維楨鐵崖樂府逸編三有祠蠶姑火龍詞。

【蠶室】㈠飼蠶之室。禮祭義:“古者天子諸侯必有公桑蠶室。”㈡獄名。宮刑者所居之室。漢書六二司馬遷傳報任安書:“李陵既生降,隤其家聲,而僕又茸以蠶室,重爲天下觀笑。”後漢書光武帝紀下:“詔死罪繫囚皆一切募下蠶室。”注:“蠶室,宮刑獄名。宮刑者畏風,須暖,作窨室蓄火如蠶室,因以名焉。”㈢地名。春秋時魯邑,地在今山東滕縣東。左傳哀八年:“吴師克東陽而進,舍於五梧,明日舍於蠶室。”

【蠶宮】貴族飼蠶之室。後漢書六二荀淑傳附荀悦申鑒:“帝耕籍田,后桑蠶宮,國無遊人,野無荒業。”

【蠶神】司蠶的神。傳説爲菀窳婦人及寓氏公主。後漢書禮儀志上“祠先蠶,禮以少牢”注引漢舊儀:“祠以中牢羊豕,祭蠶神曰菀窳婦人、寓氏公主,凡二神。”唐元稹長慶集二三織婦詞:“蠶神女聖早成絲,今年絲稅抽徵早。”

【蠶要】養蠶的季節。元李治敬齋古今黈五:“管子齊國老人語曰:‘君不奪農時,則一國之人皆有餘食矣;不奪蠶要,則一國之人皆有餘衣矣。’注云:‘蠶要者,以蠶事爲要’,非也。上云農時,則蠶要者,亦切要之時也。”

【蠶莓】植物名,也名蛇莓、地莓。見“蛇莓”。

【蠶食】蠶食桑葉。比喻逐漸侵吞。韓非子存韓:“荆人不動,魏不足患也,則諸侯可蠶食而盡,趙氏可得與敵矣。”史記八七李斯傳上書:“昭王得范雎,廢穰侯,逐華陽,彊公室,杜私門,蠶食諸侯,使秦成帝業。”

【蠶連】蠶種紙。用連二大紙,待蛾生卵後,又用線綴接通爲一連,故稱蠶連。見明徐光啓農政全書三二蠶桑蠶事圖譜。

【蠶書】㈠指用繭紙寫的書信。全唐詩八一喬知之從軍行:“宛轉結蠶書,寂寥無雁使。”㈡書名。文獻通考經籍著録宋初孫光憲蠶書三卷,已佚。又秦觀有蠶書一卷,分變種、時食、制居、化治、錢眼、瑣星、添梯、車、禱神、戎治十目。宋史藝文志農家著録,誤以撰人爲觀子湛(處度)。

【蠶眠】蠶蜕皮時,不食不動,其狀如眠,謂之蠶眠。全唐詩二〇八包何和程員外春日東郊卽事:“幾處折花驚蝶夢,數家留葉待蠶眠。”宋秦觀淮海集後集六時食:“(蠶生)九日,不食一日一夜,謂之初眠。又七日再眠如初,……又七日三眠如再,又七日若五日,不食二日,謂之大眠。”

【蠶師】善養蠶的人。宋秦觀淮海集後集六蠶書:“見蠶者豫事時作,一婦不蠶,比屋詈之,故知兗人可爲蠶師。”

【蠶蛾】蠶的成蟲。蠶蛹在繭内化蛾,破繭而出。漢書元帝紀建昭元年“有白蛾羣飛蔽日”唐顔師古注:“蛾,若今之蠶蛾類也。”

【蠶紙】承接蠶蛾下卵之紙。也稱蠶卵紙。唐張彦遠法書要録二梁中書侍郎虞龢論書表:“子敬(王獻之)門生以子敬書種蠶,後人於蠶紙中尋取,大有所得。”唐李商隱李義山詩集二無愁果有愁曲北齊歌:“白楊別屋鬼迷人,空留暗記如蠶紙。”

【蠶陵】縣名。漢置,屬蜀郡,以地有蠶陵山而名。東晉後縣廢,北周得其地,改名翼針縣。唐建爲翼州。在今四川松潘縣境。參閲讀史方輿紀要七三東川軍民府。

【蠶崖】關名。在四川灌縣西北。其處江山險絶,鑿崖通道,有如蠶食,因以爲名。見元和郡縣志三一成都府導江縣。

【蠶鳥】鳥的一種,或謂布穀鳥。明謝肇淛西吴枝乘:“吴興以四月爲蠶月,……是月也,有鳥飛,其聲曰著山看火,湖民謂之蠶鳥。”(説郛續二六)

【蠶禁】舊俗養蠶期間的禁忌。明謝肇淛西吴枝乘:“吴興以四月爲蠶月,家家

閉户，官府勾攝徵收及里閈往來慶弔，皆罷不行，謂之蠶禁。”（說郛續二六）

【蠶漁】蠶食漁取。指對民侵吞掠奪。晉書徐邈傳與范寧書：“知足下遣十五議曹各之一縣，……吾聞勸導以實不以文，……豈須邑至里詣，飾其游聲哉，非徒不足致益，乃是蠶漁之所資，又不可縱小吏爲耳目也。”

【蠶箔】養蠶的一種器具。用竹篾或蘆葦編織而成。也稱蠶簾。唐陸龜蒙甫里集二崦裏詩：“處處倚蠶箔，家家下漁筌。”參閱明黄省曾蠶經及清沈公練、仲昂庭廣蠶桑說輯補下。

【蠶蔟】供蠶作繭的器具。晉書左貴嬪傳元楊皇后誄：“修成蠶蔟，分繭理絲。”也作“蠶簇”。宋詩鈔蘇舜欽滄浪集鈔田家詞：“雨多蕭蕭蠶簇寒，蠶婦低眉憂繭單。”明黄省曾蠶經：“（蠶）簇以稻之草爲之，殺疏之必潔，則不牽絲，乃握而束之，厚籍以所殺之草殼，可以禦地濕，可以承墜蠶。”

【蠶蟻】蠶子初孵化時，色黑而小，似蟻，故稱。宋梅堯臣宛陵集四六依韻和許待制偶書詩：“深屋鷰巢將欲補，密房蠶蟻尚憂寒。”

【蠶叢】㊀相傳爲蜀王之先祖，教人蠶桑。太平御覽一六六漢揚雄蜀王本紀：“蜀之先稱王者，有蠶叢、折權、魚易、開明。是時椎髻左衽，不曉文字，未有禮樂。從開明已上至蠶叢，凡四千歲。”唐李白李太白詩三蜀道難：“蠶叢及魚鳧，開國何茫然？”㊁喻指蜀地。唐李白李太白詩十八送友人入蜀：“且說蠶叢路，崎嶇不易行。”

【蠶攢】衆多，如蠶聚集於桑葉之上。南齊書孔稚珪傳上表：“而蟻聚蠶攢，窮誅不盡，馬足毛羣，難與競逐。”一本作“蠶攢”。

【蠶鹽】官府以目前鹽價，於春時給民食用，民隨夏税送納所領鹽價，其鹽稱蠶鹽。資治通鑑二八三後晉天福七年十一月：“先是河南、北諸州官自賣海鹽，歲收緡錢十七萬；又散蠶鹽斂民錢。”注：“蠶鹽所以裹繭。唐天成二年，敕：每年二月内一度俵散蠶鹽，依夏税限納錢。”宋陸游劍南詩稿四二村興：“園丁上牛米，村婢博蠶鹽。”參見“蠶鹽錢”。

【蠶繭紙】用蠶絲所造的紙。宋桑世昌蘭亭考三：“何延之蘭亭記云：王逸少（羲之）永和九年，蘭亭脩祓禊之禮，揮毫製序，興樂而書，用蠶繭紙鼠鬚筆，遒媚勁健，絶代更無。”

【蠶鹽錢】宋代課税名。其時行兩税鹽錢，在夏秋兩季同地税徵收；京東則行蠶鹽。其法：先給民以鹽而徵其税，如先課其桑，後徵其絲，因稱蠶鹽錢。宋史食貨志下三：“自是諸州官不貯鹽，而百姓蠶鹽，歲皆罷給，然使輸錢如故。”參閱文獻通考十六征榷三蠶鹽。

【蠶頭鷰尾】形容書法起筆凝重，結筆輕疾。宣和書譜三顔真卿：“惟其忠貫白日，識高天下，故精神見於翰墨之表者，特立而兼括。……後之俗學，乃求其形似之末，以謂蠶頭燕尾，僅乃得之；曾不知以錐畫沙之妙，其心通而性得者，非可以糟粕議之也。”宋米芾海岳名言：“又真蹟皆無蠶頭鷰尾之筆，與郭知運爭坐位帖，有篆籀氣，顔（真卿）傑思也。”

【蠶績蟹匡】禮檀弓下：“成人有其兄死而不爲衰者，聞子皋將爲成宰，遂爲衰。成人曰：‘蠶則績而蟹有匡，范有冠而蟬有緌，兄則死而子皋爲之衰。’注：“言其衰之不爲兄死，如蟹有匡，蟬有緌，不爲蠶之績、范之冠也。范，蜂也。”後以蠶績蟹匡比喻名實不符。

蠸

quán 巨員切，平，仙韻，羣。ㄑㄩㄢ

蟲名。爾雅釋蟲：“蠸，輿父，守瓜。”注：“今瓜中黄甲小蟲，喜食瓜葉，故曰守瓜。”列子天瑞：“九猷生乎瞀芮，瞀芮生乎腐蠸。”注：“音權，一音歡，謂瓜中黄甲蟲也。”

蠵

xī 户圭切，平，齊韻，匣。ㄒㄧ 悦吹切，平，支韻，喻。

龜的一種。楚辭宋玉招魂：“露雞臛蠵，厲而不爽些。”漢書八七上揚雄傳校獵賦：“據黿鼉，抾靈蠵。”注引應劭：“蠵，大龜也。雄曰毒冒，雌曰觜蠵。”

【蠵龜】大龜的一種。山海經東山經：“（跂踵之山）有水焉，廣員四十里皆涌，其名曰深澤，其中多蠵龜。”注：“蠵，觜蠵，大龜也。甲有文彩似瑇瑁而薄。”

蠹

tuó 徒河切，平，歌韻，定。ㄊㄨㄛ

獸名。亦作“鼉”。山海經中山經：“（驕山）神蠹圍處之，其狀如人面，羊角虎爪；恆遊于雎漳之淵，出入有光。”注：“蠹，音鼉魚之鼉。”一本作“鼉”。

十九畫

蠻

mán 莫還切，平，删韻，明。ㄇㄢ

㊀古時對南方少數民族的泛稱。詩大雅抑：“用戒戎作，用逷蠻方。”周禮夏官職方氏：“四夷、八蠻、七閩、九貉。”後來用作對少數民族的泛稱，含有輕視之意。㊁不文明，不講理。如野蠻、蠻横。參閱章炳麟新方言釋言。

【蠻布】舊指南方地區少數民族所織的布。宋歐陽修文忠集一二八詩話：“蘇子瞻（軾）學士，蜀人也，嘗於淯井監得西南夷人所賣蠻布弓衣。”

【蠻夷】古代泛指華夏中原民族以外的少數民族。書舜典：“柔遠能邇，……蠻夷率服。”

【蠻服】古代相傳指距天子所居最遠的地帶。周禮夏官職方氏：“乃辨九服之邦國：……又其外方五百里曰衛服，又其外方五百里曰蠻服。”參見“九服㊀”。

【蠻書】唐樊綽撰，十卷。綽咸通中爲安南經略使蔡襲幕僚，據所見聞，著成此書。對於當時雲南的山川、交通、六詔歷史、各族概況、城市、物產、風俗及經濟政治制度等，皆有記述。新唐書南蠻傳、資治通鑑有關古滇越的記事，多取材於此。原書久佚，今本爲清修四庫全書時自永樂大典輯出。

【蠻牌】盾牌。宋孟元老東京夢華録七駕登寶津樓諸軍呈百戲：“駕登寶津樓，諸軍百戲呈於樓下。……有花粧輕健軍士百餘，前列旗幟，各執雉尾、蠻牌、木刀。”

【蠻貊】泛指少數民族。書武成：“華夏蠻貊，罔不率俾。”論語衛靈公：“言忠信，行篤敬，雖蠻貊之邦行矣。”

【蠻語】對少數民族或某些外國語言的含有輕視之稱。世說新語排調：“郝隆爲桓公南蠻參軍，三月三日會，作詩，……（郝隆）攬筆便作一句云：‘娵隅躍清池。’桓問：‘娵隅是何物？’答曰：‘蠻名魚爲娵隅。’桓公曰：‘作詩何以作蠻語？’”唐張籍張司業集二上國贈日南僧詩：“時逢海南客，蠻語問誰家？”

【蠻箋】㊀謂蜀牋。唐時指四川地區所造彩色花紙。元費著牋紙譜：“謝公（師厚）有十色牋。……楊文公（億）談苑載韓浦寄弟詩云：‘十樣蠻箋出益州，寄來新自浣花頭。’”牋，同“箋”。㊁唐時高麗紙的別稱。宋顧文薦負暄雜録紙：“唐中國紙未備，多取于外夷，故唐人詩多用蠻箋字，亦有謂也。高麗歲貢蠻紙，書卷多用爲襯。”（說郛十八）

【蠻氈】我國西南和南方少數民族地區出產的毛氈。宋蘇軾分類東坡詩二五郭綸：“我當憑軾與寓目，看君飛矢射蠻氊。”氊，同“氈”。范成大桂海虞衡志志

器:"蠻毡出西南諸番,以大理者爲最,蠻人晝披夜卧,無貴賤,人有一番。"(説郛十五)

【蠻隸】周禮秋官有蠻隸,掌役校人養馬,在王宫者,並掌守衛王宫。唐柳宗元柳先生集二六嶺南節度饗軍堂記:"問役焉取?則蠻隸是徵。"

【蠻鞾】舞鞋。用麂皮製成。詩話總龜二四引古今詩話唐舒元輿贈李翱:"湘江舞罷忽成悲,便脱蠻鞾出絳帷。"

【蠻觸】莊子則陽:"有國於蝸之左角者,曰觸氏,有國於蝸之右角者,曰蠻氏。時相與争地而戰,伏尸數萬。"注:"誠知所争者若此之細也,則天下無争矣。"後稱由於細小之事而引起争端爲蠻觸之争。唐白居易長慶集七一禽蟲十二章詩之七:"蟭螟殺敵蚊巢上,蠻觸交争蝸角中。"宋蘇軾分類東坡詩七與正輔表兄遊白水山:"永辭角上兩蠻觸,一洗胸中九雲夢。"

【蠻蠻】㊀鳥名。卽比翼鳥。山海經西山經:"(崇吾之山)有鳥焉,其狀如鳧,而一翼一目,相得乃飛,名曰蠻蠻。"注:"比翼鳥也。色青赤,不比不能飛。爾雅作鶼鶼鳥也。"㊁水獸名。山海經西山經:"剛山之尾,洛水出焉,而北流注于河。其中多蠻蠻,其狀鼠身而鼈首,其音如吠犬。"㊂鳥聲。全唐詩三八六張籍登樓寄胡家兄弟:"獨上西樓盡日閒,林煙演漾鳥蠻蠻。"張司業集作"綿蠻"。

【蠻夷邸】漢代藩屬少數民族官員來京師所居的賓館。漢書元帝紀:"(建昭三年)秋,使護西域騎都尉甘延壽、副校尉陳湯撟發戊巳校尉屯田吏士及西域胡兵攻郅支單于。冬,斬其首,傳詣京師,縣蠻夷邸門。"注:"蠻夷邸,若今鴻臚客館。"

【蠻雲蜑雨】詩文中多形容邊遠少數民族地區開發以前的荒涼景象。宋劉克莊後村集二六挽趙漕克勤禮部詩:"定應去判芙蓉館,不墮蠻雲蜑雨中。"

二十畫

蠼 1. jué ㄐㄩㄝˊ 集韻 厥縛切,入,藥韻。

㊀母猴。同"玃"、"貜"。見"蠼猱"。㊁龍的形貌。史記一一七司馬相如傳大人賦:"低卬夭蟜据以驕驁兮,詘折隆窮蠼以連卷。"漢書作"躩",注引張揖:"躩,跳也。"

2. qú ㄑㄩˊ

㊂見"蠼₂螋"。

【蠼猱】獸名。猴屬。文選漢司馬長卿(相如)上林賦:"蛭蜩蠼猱,獑胡縠蛫,棲息乎其間。"注:"貜猱,獮猴也。"史記作"蠷蝚",漢書作"貜蝚"。

【蠼₂螋】㊀蟲名。亦作"蛷螋"。見玉篇。俗稱蛒蛸、長脚蜈蚣。狀如小蜈蚣,色青黑長足,能溺人影,令人發瘡。參閲唐段成式酉陽雜俎十一廣知、政和證類本草二一蠼螋。㊁蚰蜒的俗名。見"蚰蜒"。

二十一畫

蠾 zhú ㄓㄨˊ 市玉切,入,燭韻,禪。之欲切,入,燭韻,照。

見下。

【蠾蝓】蜘蛛的一種。方言十一:"鼅鼄,鼄蝥也。自關而西,秦晉之間,謂之鼄蝥;自關而東,趙魏之郊,謂之鼅鼄,或謂之蠾蝓。"

蠽 jié ㄐㄧㄝˊ 姊列切,入,薛韻,精。

㊀蟬類。爾雅釋蟲:"蠽,茅蜩。"注:"江東呼爲茅截,似蟬而小,青色。"㊁蟲名。蟬類。通"蚻"。方言十一:"蟬,其小者謂之麥蚻。"注:"今關西呼麥蠽。"

血 部

血 xuè ㄒㄩㄝˋ 呼決切,入,屑韻,曉。

㊀血液。詩小雅信南山:"執其鸞刀,以啓其毛,取其血膋。"莊子外物:"萇宏死於蜀,藏其血,三年而化爲碧。"㊁血淚,因悲痛而流的淚。文選南朝梁江文通(淹)恨賦:"此人但聞悲風汨起,血下霑衿。"㊂塗染。山海經南山經:"其名曰白䓘,可以血玉。"注:"血,謂可用染玉作光彩。"

【血刃】血染刀口,指殺人。荀子議兵:"故近者親其善,遠方慕其德,兵不血刃,遠邇來服。"漢書三五吳王濞傳:"方今計,獨斬(朝)錯,發使赦七國,復其故里,則兵可毋血刃而俱罷。"注:"血刃,謂殺傷人而刃著血也。"

【血汗】赤色的汗。文苑英華二〇九南朝陳張正見君馬黄詩之二:"血汗染龍花,胡鞍抱秋月。"

【血色】深紅色。唐白居易長慶集十二琵琶引:"鈿頭雲篦擊節碎,血色羅裙翻酒汙。"

【血祀】殺牲取血,用以祭祀。後漢書十六鄧騭傳朱寵疏:"罪無申證,獄不訊鞠,遂令騭等罹此酷濫,一門七人,並不以命,……宜收還冢次,寵樹遺孤,奉承血祀,以謝亡靈。"

【血忌】舊俗稱不宜見血的日子爲血忌,於該日不殺牲畜。漢王充論衡譏日:"假令血忌月殺之日固凶,以殺牲設祭,必有患禍。"宋范成大石湖集二四灼艾詩:"血忌詳涓日,尻神謹避方。"

【血性】謂剛强正直的性格。清李玉清忠譜上書鬧:"淋漓血性,頗知忠勇三分。"

【血珀】深紅色的琥珀。詳"琥珀"。

【血勇】血氣之勇,古人以爲生自血液的勇氣。燕丹子中:"田光云:'血勇怒而面赤,脈勇怒而面青,骨勇怒而面白,光知荆軻者,神勇也,怒而不變。'"(意林二)

【血食】古時殺牲取血,用以祭祀,故名。左傳莊六年:"若不從三臣,抑社稷實不血食,而君焉取餘。"漢書高帝紀:"秦侵奪其地,使其社稷不得血食。"注:"祭者尚血腥,故曰血食也。"

【血海】㊀中醫術語。1. 卽衝脈。見靈樞經六海論、素問上古天真論唐王冰注。參見"衝脈"。2. 指肝臟。肝有儲藏和調節血液的功能。見素問五臟生成篇王冰注。3. 經穴名。在大腿内側,離臏骨一寸處的陷窩中。見針灸甲乙經三。㊁佛家語。比喻地獄中的慘境。昆奈耶雜事三七:"今我今者,枯竭血海,超越骨山,閉惡趣門,開涅槃路,置人天道。"

【血氣】㊀指有血液和氣息的動物。禮中庸:"凡有血氣者,莫不尊親。"此指人。禮玉藻:"君子遠庖廚,凡有血氣之類,弗身踐也。"此指禽獸。㊁指感情。荀子修身:"凡用血氣志意知慮,由禮則治通,不由禮則勃亂高慢。"㊂指一時衝動而生的勇氣。孟子公孫丑"若是則夫子過孟賁遠矣"宋朱熹集注:"孟賁血氣之勇。"

【血脈】㊀體内流通血液的脈絡。卽血管。史記樂書:"故音樂者,所以動盪血脈,通流精神而和正心也。"㊁血统。梁書劉杳傳:"王僧孺被敕撰譜,訪杳血脈所因。"也作"血脉"。唐羅隱甲乙集七寄酬鄴王羅令公詩之三:"敢將衰弱附強宗,細算還緣血脉同。"

【血淚】韓非子和氏:"和乃抱其璞,而哭於楚山之下,三日三夜,淚盡而繼之以血。"後稱悲痛之極而流淚爲血淚。晉陸雲陸士龍集三兄平原贈詩之九:"拊膺涕泣,血淚彷徨。"

【血崩】婦科病名。經血過多,且持續不止,俗稱血崩。素問六元正紀大論:"其病氣怫於上,血溢目赤,欬逆,頭痛,血崩。"

【血祭】用牲血爲祭。周禮春官宗伯:"以血祭祭社稷、五祀、五嶽。"疏:"血祭,……先薦血以歆神。"

【血誠】出自内心深處的誠意。晉書謝玄傳上疏:"臣之微身,復何足惜,區區血誠,憂國實深。"唐柳宗元柳先生集三九爲南承嗣上中書門下乞兩河效用狀:"猶賴舊勳,謫居樂土,食人力之粟,守無事之官,拳拳血誠,無所陳露。"

【血嗣】承祭祖先的後代。祭用牲,又父子氣血相承,故稱血嗣。後漢書五六張綱傳:"去順效逆,非忠也;身絶血嗣,非孝也。"

【血竭】藥名。又名騏驎竭。本草綱目三四木一騏驎竭:"騏驎,亦馬名也。此物如乾血,故謂之血竭。"又:"今南番諸國及廣州皆出之,木高數丈,婆娑可愛,葉似櫻桃而有三角,其脂液從木中流出,滴下如膠飴狀,久而堅凝,乃成竭,赤作血色。"

【血餘】卽頭髮。本草綱目五二人一亂髮:"髮者血之餘,……今方家呼髮爲血餘,蓋本此義也。"

【血戰】激烈拚搏的戰鬬。舊五代史晉少帝紀三開運二年:"杜威召諸將議曰:'戎首自來,實爲勍敵,若不血戰,我輩何以求免!'宋劉過龍洲詞六州歌頭之三:"血戰成何事?萬户封侯。"

【血屬】有血緣關係的親屬。禮玉藻"服之襲也,充美也"唐孔穎達疏:"父是天性至極,以質爲敬;……君非血屬,以文爲敬。"資治通鑑二四七唐會昌四年:"今劉稹不詣尚書面縛,又不遣血屬祈哀。"注:"血屬,謂父子兄弟至親同出於一氣者。"

【血盆經】佛經名。全名目連正教血盆經。又名女人血盆經。唐建陽書林范氏版本的大乘法寶諸品經咒和諸經日誦均載此經。但大藏經不載,疑出僞造,在民間流傳頗廣。

【血暈粧】唐代婦女的一種面粧。宋王讜唐語林六補遺二:"長慶中……婦人去眉,以丹紫三四橫約於目上下,謂之血暈粧。"

【血流漂杵】形容殺人之多。杵,大盾。書武成:"前徒倒戈,攻於後以北,血流漂杵。"傳:"血流漂舂杵,甚之言。"孟子盡心:"以至仁伐至不仁,而何其血之流杵也。"參閱清黄生義府下血流漂杵。

三　畫

衁 huāng　呼光切,平,唐韻,曉。
ㄏㄨㄤ

血液。左傳僖十五年:"士刲羊,亦無衁也。"注:"衁,血也。"

【衁池】血聚成池。唐韓愈昌黎集四陸渾山火詩:"紅帷赤幕羅脤膰,衁池波風肉陵屯。"

四　畫

衃 fōu　匹尤切,平,尤韻,滂。
ㄈㄡ

凝血。素問五藏生成篇:"赤如衃血者,死。"注:"衃血,謂敗惡凝聚之血,色赤黑也。"

衄 nǜ　女六切,入,屋韻,娘。
ㄋㄩˋ　如六切,入,屋韻,日。

㊀鼻出血。見説文。廣韻作"衂"。㊁挫折,失敗。文選三國魏曹子建(植)求自試表:"流聞東軍失備,師徒小衄。"注:"衄,猶挫折也。"㊂收縮。通"朒㊁"。韓非子説林上:"夫死者,始死而血,已血而衂。"

【衄血】鼻出血。素問金匱真言論:"春不鼽衄"唐王冰注:"鼽,謂鼻中水出。衄,謂鼻中血出。"

五　畫

衅 xìn　許覲切,去,震韻,曉。
ㄒㄧㄣˋ

用牲血塗器祭祀。同"釁"。禮樂記:"車甲衅而藏之府庫,而弗復用。"疏:"言車、甲不復更用,故以血衅而藏之。"

六　畫

衈 ěr　仍吏切,去,志韻,日。
ㄦˇ

古祭禮殺牲取血,以塗祭社器。穀梁傳僖十九年:"邾人執繒子用之。……用之者,叩其鼻以衈社也。"注:"衈者,釁也。取鼻血以釁祭社器。"一説用毛牲叫刉,用羽牲叫衈。見周禮秋官士師"凡刉珥則奉犬牲"注。

衉 kè　音韻闕微 可赫切,入,陌韻。
ㄎㄜˋ

㊀咯血,嘔血。國語晉九:"吾伏弢衉血,鼓音不衰。"㊁吐唾。唐李商隱李義山詩集一驕兒:"曲躬牽窗網,衉唾拭琴漆。"

衆 zhòng　之仲切,去,送韻,照。
ㄓㄨㄥˋ

同"眾"。見"眾"。

衇 mài　莫獲切,入,麥韻,明。
ㄇㄞˋ

血管。脈、脉的本字。見"脈"。

七　畫

衊 zuī　臧回切,平,灰韻,精。
ㄗㄨㄟ

男嬰的生殖器。也作"朘"。見廣韻。老子:"未知牝牡之合而峻作,精之至也。"元周密浩然齋意抄:"建寧人士亦以此音呼小兒之陰。"

八　畫

衉 kǎn　苦紺切,去,勘韻,溪。
ㄎㄢˇ

羊血羹。説文:"衉,羊凝血也。从血,臽聲。"古今韻會舉要:"陶氏本草注云:'宋時大官作衉,削藕皮落其中,血不凝,如藕之散血。然則衉,血羹也。'"

十五畫

衊 miè　莫結切,入,屑韻,明。
ㄇㄧㄝˋ

㊀污血。見説文。㊁以言詞毀壞別人的名譽。漢書四七梁平王立傳:"汙衊宗室以内亂之惡。"

【衊染】以不實之詞冤枉誣蔑別人。新唐書一二七張嘉貞傳:"帝數幸東都,洛陽主簿王鈞者爲嘉貞繕第,會以贓聞,有詔杖之朝堂。嘉貞畏衊染,促有司速斃以滅言。"

十八畫

衋 xì　許極切,入,職韻,曉。
ㄒㄧˋ

傷痛。書酒誥:"誕惟厥縱淫泆于非彝,用燕,喪威儀,民罔不衋傷心。"

行　部

行 1. xíng 户庚切，平，庚韻，匣。ㄒㄧㄥˊ

㊀行走，步趨。論語述而："三人行，必有我師焉。"㊁去，離開。論語微子："齊景公待孔子曰：'若季氏，則吾不能；以季孟之間待之。'曰：'吾老矣，不能用也。'孔子行。"㊂流動，傳布。易乾彖："雲行雨施。"禮月令孟春之月："行慶施惠，下及兆民。"㊃實行。論語先進："冉有問：'聞斯行諸？'子曰：'聞斯行之。'"㊄賜，給與。禮月令季夏之月："養衰老，授几杖，行糜粥飲食。"㊅使用。論語衛靈公："行夏之時。"㊆經歷。見"行年"。㊇行裝。史記一二〇鄭當時傳："鄭莊使視決河，自請治行五日。"㊈道路之神。禮月令孟冬之月："其祀行，祭先賢。"㊉樂章。史記一一七司馬相如傳："相如辭謝，爲鼓一再行。"索隱："樂府長歌行、短歌行，行者曲也。此言'鼓一再行'，謂一兩曲。"行，本指樂曲的進行，後稱樂曲、歌唱的遍數爲行。㊀㊀樂府和古詩的一種體裁，如漢樂府有長歌行、短歌行，魏晉有燕歌行、從軍行等。㊀㊁漢字書寫體的一種。見"行書"。㊀㊂且，將要。副詞。詩魏風十畝之間："十畝之間兮，桑者閑閑兮，行與子還兮。"史記一一三南越傳："漢興兵誅郢，亦行以驚動南越。"㊀㊃唐宋官制，官階高而所理職低者稱行。如宋歐陽修文忠集二五瀧岡阡表題名觀文殿學士特進行兵部尚書，觀文殿學士爲從二品，兵部尚書爲正三品，官高職低故稱行。㊀㊄舊公事文牘，於事之可行者，上官判"依"字。宋淳熙六年周必大奏請凡内批或三省批答可用依，其餘六部所批文案，皆用"行"字，自後歷代相承。見清沈濤銅熨斗齋隨筆八案牘書行之始。㊀㊅巡視，巡狩。左傳昭十八年："司馬、司寇列居火首，行火所焮。"周禮地官州長："若國作民而師、田、行、役之事，則帥而致之。"疏："師謂征伐，田謂田獵，行謂巡狩，役謂役作。"㊀㊆姓。周有大行人之官，因官爲氏。漢有趙相行祐。見漢應劭風俗通姓氏上。

2. háng 胡郎切，平，唐韻，匣。ㄏㄤˊ

㊀㊇道路。詩豳風七月："女執懿筐，遵彼微行。"傳："微行，牆下徑也。"㊀㊈行列。古代軍制二十五人爲一行。左傳隱十一年："鄭伯使卒出豭，行出犬雞，以詛射潁考叔者。"注："百人爲卒，二十五人爲行，行亦卒之行列。"楚辭屈原九歌國殤："凌余陣兮躐余行。"㊁㊉排行，班輩。漢書五四蘇武傳："漢天子我丈人行也。"㊁㊀行業。俗稱三百六十行。如同業稱同行，不懂業務稱外行。又買賣交易的處所亦稱行。如行棧，商行。參閱宋灌圃耐得翁都城紀勝諸行。㊁㊁質量差，不牢實。周禮地官司市"害者使亡"漢鄭玄注："害，害于民，謂物行苦者。"苦，通"楛"。粗糙，不堅固。新唐書一一二韓琬傳："俗不偷薄，器不行窳。"

3. xìng 下更切，去，映韻，匣。ㄒㄧㄥˋ

㊁㊂行爲。論語公冶長："今吾於人也，聽其言而觀其行。"

4. hàng 集韻 下浪切，去，宕韻，匣。ㄏㄤˋ

㊁㊃見"行₄行₄"。

【行人】㊀出行或出征之人。詩齊風載驅："汶水滔滔，行人儦儦。"唐杜甫杜工部草堂詩箋二兵車行："車轔轔，馬蕭蕭，行人弓箭各在腰。"㊁使者的通稱。左傳襄四年："韓獻子使行人子員問之。"注："行人，通使之官。"㊂古官名。掌朝覲聘問。周官有大行人、小行人，屬秋官。春秋、戰國時各國皆有行。漢代爲大鴻臚官，後改稱大行令。明代設行人司，復有行人之官。掌傳旨、册封等事。參閱續通志職官志七、清梁章鉅稱謂録十七。㊃複姓。以官爲氏。春秋時，陳有行人之儀。見通志二八氏族四。

【行子】出行的人。文選南朝宋鮑明遠（照）東門行："居人掩閨卧，行子夜中飯。野風吹秋木，行子心腸斷。"

【行₂子】儀仗警衛人員。宋史儀衛志二："太上皇儀衛。……編排禁衛行子一十人。"

【行尸】㊀喻雖生而不能有所爲的人。漢書九九下王莽傳："莽召問羣臣禽賊方略，皆曰此天囚行尸，命在漏刻。"參見"行尸走肉"。㊁中醫以脈爲人生理的根本，脈病人不病，根本内絶，形貌雖强，必將猝死。見傷寒論平脈法。

【行文】㊀實行文治。史記留侯世家："殷事已畢，偃革爲軒，倒置干戈，覆以虎皮，以示天下不復用兵。今陛下能偃武行文，不復用兵乎？"㊁官署間的文書往還，謂之行文。周書蘇綽傳："所行公文，綽又爲之條式。"

【行火】用火。周禮夏官司爟："司爟掌行火之政令。"大戴禮五帝德："使益行火，以辟山萊。"

【行夫】周禮秋官之屬，掌供邦國之間使人往來所需車馬之事。周禮秋官行夫："行夫掌邦國傳遽之小事媺惡而無禮者。凡其使也，必以旌節。雖道有難而不時，必達。"

【行木】巡視樹木。禮月令季夏之月："樹木方盛，乃命虞人入山行木，毋有斬伐。"虞人，掌山林之官。

【行止】㊀動静，進退。指行爲舉動。孟子梁惠王下："行，或使之；止，或尼之。行止，非人所能也。"晉陶潛陶淵明集三飲酒詩之六："行止千萬端，誰知非與是。"㊁指品行。外史檮杌："鄭奕教子文選，其兄曰：'莫學沈謝嘲風弄月，污人行止。'"明清刑律中官吏不職有"行止有虧"名目。

【行内】宫禁之内。漢書八一孔光傳："徙光爲帝太傅，位四輔，給事中，領宿衛供養，行内署門户，省服御食物。"注："行内，行在所之内中，猶言禁中也。"

【行水】㊀流水，對静止的水而言。禮月令季夏之月："大雨時行，燒薙行水，利以殺草，如以熱湯。"内經五常正大論："乘金則止水增，味迺鹹，行水減也。"注："止水，井泉也；行水，河渠流注者也。"㊁行於水上。周禮考工記："作車以行陸，作舟以行水。"㊂治水。孟子離婁下："禹之行水也，行其所無事也。"清傅澤洪等曾編輯水利專著，稱行水金鑑。

【行主】㊀行軍時所奉的神主。禮大傳"牧之野，武王之大事也"漢鄭玄注："柴祈，奠告天地及先祖也。……先祖者，行主也。"㊁行旅中的領隊。晉書祖逖傳："逖率親黨數百家避地淮泗，……是以少長咸宗之，推逖爲行主。"

【行₂市】同行業間所公定的市價。紅樓夢六一："你們深宅大院，'水來伸手，飯來張口'，只知雞蛋是平常東西，那裏知道外頭買賣的行市呢？"

【行刑】執行刑罰。國語周上："賦事行

刑，必問於遺訓而咨於故實。”後常指執行死刑爲行刑。

【行₂老】宋代都市中專門介紹職業的人。即薦頭。宋孟元老東京夢華録三雇覓人力：“凡雇覓人力，幹當人、酒食作匠之類，各有行老供雇。”宋吴自牧夢粱録十九顧覓人力：“凡顧覓人力，及幹當人，……俱各有行老引領。如有逃閃、將帶東西，有元地脚保識人，前去跟尋。”

【行成】春秋時代諸侯國之間訂立和議，求和。左傳哀元年：“（越）使大夫種因吴大宰嚭以行成，吴子將許之。”

【行₂列】排列的次第。直的叫行，横的叫列。莊子山木：“東海有鳥焉，其名曰意怠。……進不敢爲前，退不敢爲後，……是故其行列不斥。”國語周中：“行列治整。”

【行在】㊀本作“行在所”。封建帝王所在的地方。史記一一一衛將軍傳：“右將軍蘇建盡亡其軍，獨以身得亡去，自歸大將軍。……遂囚建詣行在所。”集解：“蔡邕曰：天子自謂所居曰行在所，言今雖在京師，行所至耳。巡狩天下，所奏事處皆爲宫。”後專指帝王所至之地。唐杜甫杜工部草堂詩箋十有喜達行在所三首。㊁宋高宗南渡，建都臨安（今浙江杭州），稱臨安爲行在，示不忘舊都汴梁，而以臨安爲行都之意。宋史高宗紀六：“八年……張通古、蕭哲至行在，……是歲，始定都于杭。”

【行色】出行的神態。莊子盜跖：“柳下季曰：今者闕然數日不見，車馬有行色，得微往見跖邪？”

【行年】經歷過的年歲。國語晉四：“文公問元帥於趙衰，對曰：‘郤穀可，行年五十矣。’”注：“行，歷也。”

【行₂伍】古代軍隊編制，五人爲伍，二十五人爲行，故以“行伍”作爲軍隊代稱。史記秦始皇紀賈誼論：“（陳涉）躡足行伍之間，而倔起什伯之中。”

【行行】走着不停。文選魏武帝（曹操）苦寒行：“行行日已遠，人馬同時饑。”又古詩十九首之一：“行行重行行，與君生别離。”

【行₂行₂】字的行數。晉書王羲之傳論：“子雲近出，擅名江表，然僅得成書，無丈夫之氣，行行若縈春蚓，字字如綰秋蛇。”

【行₄行₄】剛强貌。論語先進：“子路（侍側），行行如也。……子樂。‘若由也，不得其死然！’”

【行走】凡有本來官職而受派到其他機構辦事，稱行走。清制，凡不設專官的機構和非專任的官職，均叫行走。如軍機處行走，南書房行走等。清會典事例十四内閣職掌嘉慶（仁宗顒琰）七年諭：“嗣後軍機處行走之大學士，值朕進城，諭、令到衙門辦事時，着先赴内閣，再赴所管之部院衙門。”

【行步】走動。禮經解：“燕處，則聽雅頌之音。行步，則有環佩之聲。”

【行李】㊀使者。左傳僖三十年：“若舍鄭以爲道主，行李之往來，共其乏困，君亦無所害。”注：“行李，使人。”參閱“行理”。㊁唐時官府導從之人。文苑英華一七七唐張説奉和聖制送宇文融安輯户口應制詩：“柏臺簡行李，蘭殿錫朝衣。”㊂出行時攜帶的衣裝。唐白居易長慶集六九李盧二中丞各創山居……偶題十五韻，聊戲二君詩：“聞君每來去，矻矻事行李。”宋蘇軾東坡集後集七與程德孺運使書之一：“約程四月末間到真州，當遣兒子邁往宜興取行李。”

【行吟】漫步歌吟。楚辭屈原漁父：“屈原既放，遊於江潭，行吟澤畔。”亦作“行唫”。楚辭漢劉向九歎愍命：“行唫累欷，聲喟喟兮；懷憂含戚，何佗傺兮！”

【行作】㊀勞動。商君書墾令：“聲服無通於百縣，則民行作不顧，休居不聽。”㊁矯揉造作。唐王維王右丞集五燕子龕禪師詩：“救世多慈悲，即心無行作。”

【行₂作】粗製濫造的物品，次貨。資治通鑑二〇六唐聖曆元年“金銀器皆行濫，非真物”元胡三省注：“市列爲行，市列造金銀器販賣，率殺他物以求贏，俗謂之行作。”

【行役】㊀因服役或公務而跋涉在外。詩魏風陟岵：“嗟！予子行役，夙夜無已。”周禮地官州長：“若國作民而師田行役之事則帥而致之。”疏：“行謂巡狩，役謂役作。”㊁行旅之事。晉陶潛陶淵明集三庚子歲五月中從都還阻風于規林詩之二：“自古歎行役，我今始知之。”

【行官】唐制，節鎮、州、府皆有牙官、行官，牙官給牙前驅使；行官受差遣至各地公幹。見資治通鑑二二三唐廣德二年“（郭）子儀使牙官盧諒至汾州”注。

【行夜】㊀巡夜。漢書七二鮑宣傳：“將作治第，行夜吏卒皆得賞賜。”㊁蟲名，即氣蟹。有短翅，飛不遠，好夜中行，人觸之即氣出，故名。見本草綱目四一蟲三行夜。

【行庖】流動的烹飪設備。指飲食。文選晉左太沖（思）魏都賦：“豐肴衍衍，行庖皤皤。”唐李賀歌詩編四榮華樂：“丹穴取鳳充行庖，玃玃如拳那足食。”

【行府】中央官署派出在外代行指定事務的機構。晉書楚王瑋傳告諸軍令：“吾今受詔都督中外諸軍，諸在直衛者皆嚴加警備；其在外營，便相率徑詣行府，助順討逆，天所福也。”

【行房】夫婦性交。唐張鷟朝野僉載二：“真臘國。……又行房不欲令人見，此俗與中國同。”

【行卷】㊀唐代應舉者把所作詩文寫成卷軸，投獻朝中顯貴，希望得到賞識，稱爲行卷。唐李商隱李義山文集四與陶進士書：“除凶書及人憑倩作箴故銘表之外，不復作文，文尚不作，況復能學人行卷耶？”宋程大昌演繁露七唐人行卷：“唐人舉進士，必有行卷，爲緘軸，録其所著文，以獻主司。”㊁明代書坊刻舉人中式之作，以供人揣摩仿作，稱行卷。見清顧炎武日知録十六十八房。

【行具】出行所需的設備器具。戰國策魏一：“臣急使燕、趙，急約車爲行具。”

【行者】㊀行人，出征的人。左傳僖二八年：“不有居者，誰守社稷？不有行者，誰扞牧圉？”㊁佛寺中服雜役而未剃髮出家者的通稱。釋氏要覽上師資：“善見律云：‘有善男子欲求出家，未得衣鉢，欲依寺中住者，名畔頭波羅沙，今詳若此方行者也。’”㊂指行脚乞食的僧人。梵語亦稱頭陀。詳“頭陀”。

【行取】明制，州縣官有政績者經地方長官保舉，由吏部行文調取至京，通過考選，補授科道或部屬官職，或奉旨召見，均稱行取。明張居正張文忠集書牘九答河道吴自湖：“他人一聞行取之報，恨不能即日釋去重負，而李君乃自願留任，以就湖工，其志量忠慮，不啻加人一等矣。”清初沿襲，乾隆十六年廢。

【行炁】道家指呼吸吐納之術。今稱氣功。抱朴子釋滯：“初學行炁（氣），鼻中引炁而閉之，陰以心數至一百二十，乃以口吐之。及引之，皆不欲令自耳聞其炁出入之聲，常令入多出少，以鴻毛著鼻口之上，吐炁而鴻毛不動爲候也。”

【行述】即行狀。見“行狀㊀”。

【行狀】㊀文體名稱，記述死者生平行事的文章。亦稱行述。漢書高帝紀下“遣詣相國府，署行、義、年”注引三國魏蘇林：“行狀年紀也。”文選著録南朝梁任昉齊竟陵文宣王行狀。參閱宋吴曾能改齋漫録一行狀。㊁品行，業績。三國志吴步騭傳：“騭於是條于時事業在荆州界者，諸葛瑾、陸遜，……十一人，甄别行狀。」

【行服】服喪，守孝。後漢書三七桓榮傳附桓郁：「肅宗即位，郁以母憂乞身，詔聽以侍中行服。」

【行所】猶行在。行在所的略稱。文選漢班孟堅(固)西都賦：「行所朝夕，儲不改供。」魏書出帝紀：「又詔荆州刺史賀拔勝赴於行所。」參見「行在」。

【行客】過路客人。淮南子精神：「視至尊窮寵，猶行客也。」南史夷貊傳下文身國：「土俗歡樂，物豐而賤，行客不齎糧。」

【行神】舊時詩文評論中多用以指神韻的運用。唐司空圖詩品勁健：「行神如空，行氣如虹。」

【行₂神】路神。儀禮聘禮「又釋幣于行」漢鄭玄注：「行者之先，其古人之名未聞。……今時民春秋祭祀有行神，古之遺禮乎？」漢書五三臨江哀王劉閼傳「祖於江陵北門」唐顏師古注：「昔黃帝之子纍祖好遠游而死於道，故後人以爲行神也。」

【行郎】宋時婚禮，男家至女家迎親的人稱行郎。宋吳自牧夢粱錄三十嫁娶：「至迎親日，男家刻定時辰，預令行郎，各以執色如花瓶、花燭、香球，沙羅洗漱、妝盒、照台、裙箱、衣匣、百結、清凉傘，交椅，授事街司等人……前往女家迎娶新人。其女家以酒禮款待行郎。」

【行軍】用兵，指揮作戰。孫子軍爭：「不知山林險阻沮澤之形者，不能行軍。」管子地圖：「凡兵主者，必先審知地圖轘轅之險，……然後可以行軍襲邑。」

【行首】㊀隊伍的前列。左傳成十六年：「塞井夷竈，陳於軍中而疏行首。」注：「疏行首者，當陳前決開營壘爲戰道。」㊁猶領班。宋司馬光涑水紀聞一：「太祖嘗罷朝，坐便殿，不樂者久之，內侍行首王繼恩請其故。」㊂宋元稱上等妓女。宋朱彧萍洲可談三：「近世擇姿容，習歌舞，迎送使客侍宴好，謂之弟子，其魁謂之行首。」元曲選關漢卿謝天香楔子：「不想游學到此處，與上廳行首謝天香作伴。」

【行春】漢制，太守於春季時巡視所管州縣，督促耕作曰行春。後漢書三三鄭弘傳：「弘少爲鄉嗇夫，太守第五倫行春，見而深奇之，召署督郵，舉孝廉。」注：「太守常以春行所主縣，勸人農桑，振救乏絕，見續漢志也。」

【行政】執掌政務。史記周紀：「召公、周公二相行政，號曰『共和』。」

【行屋】可拆遷移動的房屋。南齊書河南傳：「河南，匈奴種也。……多畜，逐水草，無城郭。後稍爲宮屋，而人民猶以氈廬百子帳爲行屋。」

【行省】地方行政區劃名稱。元代以中書省爲中央最高行政機關，因於河南、江浙、湖廣、陝西、遼陽、甘肅、嶺北、雲南等處設行中書省，簡稱行省，置丞相、平章等官以總攬該地區的政務，行省遂成最高地方行政區的名稱。明代改行中書省爲承宣布政使司，除兩京直轄地區外，共有十三布政使司，但習慣上仍稱行省。簡稱爲省。清沿置。參閱元史百官志七、明史職官志四承宣布政使司。

【行侶】同行的伴侶。唐許渾丁卯集下晨裝：「帶月飯行侶，西游關塞長。」

【行食】㊀游食。管子君臣下：「爲人君者，能遠讒諂，廢比黨淫悖行食之徒。」㊁勸人飲食。宋詩鈔孔平仲清江集鈔上元作：「侍觴行食皆官妓，目眙不言語或偷。」㊂飯後散步。水滸四五：「少刻，衆僧齋罷，都起身行食去了。」

【行香】㊀禮佛儀式。起於南北朝時。行香之法：主齋者執香爐繞行道場中，或散撒香末；或自炷香爲禮；或手取香分授衆僧，故亦稱傳香。帝王行香則自乘輦繞行佛壇，令他人執爐隨後。南史王弘傳附王僧達：「何尚之致仕，復膺朝命，於宅設八關齋，大集朝士，自行香。」唐白居易長慶集五八閑吟之一：「官寺行香少，僧房寄宿多。」參閱宋程大昌演繁露七。㊁清代外省文武官每逢朔望例向文武廟焚香叩拜，亦稱行香。

【行酒】巡行酌酒勸飲。史記一〇七魏其武安侯傳附灌夫：「灌夫不悅，起，行酒至武安，武安膝席曰：『不能滿觴。』」漢書三八高五王傳：「高后令(劉)章爲酒吏。章自請曰：『臣，將種也，請得以軍法行酒。』」

【行₂家】稱精通業務的人。唐盧言盧氏雜說：「織綾錦人李某投官錦行不售。吟詩云：『學織錦綾工未多，亂按機杼錯抛梭，莫教官錦行家見，把此文章笑殺他。』」(類說四九)景德傳燈錄十六寰普禪師：「耕夫置玉樓，不是行家作。」

【行宮】京城以外供帝王出行時居住的宮殿。文選晉左太沖(思)吳都賦：「古昔帝代，曾覽八紘之洪緒，一六合而光宅，……烏聞梁岷有陟方之館，行宮之基歟。」

【行唐】㊀怠慢，遲緩。元曲選武漢臣生金閣二：「小丫鬟忙來呼喚，道衙內共我商量，豈敢行唐，大走向庭前去問當。」雍熙樂府四點絳脣套妓者嗟怨：「你心兒自想，口兒休強，似這等好前程爭忍廝行唐！」㊁縣名。屬河北省。戰國時趙地。漢承秦，置南行唐縣，屬恆山郡。後魏爲行唐縣。明清屬直隸真定府。見寰宇通志四真定府定州。

【行旅】來往的旅客。孟子梁惠王上：「商賈皆欲藏于王之市，行旅皆欲出于王之塗。」唐孟浩然集三夜渡湘水詩：「行旅時相問，潯陽何處邊？」

【行馬】㊀官署前所設，用交叉木條製成，攔阻人馬通行的木柵。古稱「梐枑」。周禮天官掌舍「設梐枑再重」漢鄭玄注：「梐枑，謂行馬。」唐李商隱李義山詩集五九日：「郎君官貴施行馬，東閣無因再得窺。」㊁軍事上防禦武器名。六韜軍用：「三軍拒守木螳螂，劍刃扶胥，廣二丈，百二十具，一名行馬。」

【行栗】標示道路的樹木。左傳襄九年：「魏絳斬行栗。」疏：「行，道也，謂之行栗，必是道上之栗。周語云：『列樹以表道。』知此行栗是表道之樹。」

【行逕】模樣。同「行徑㊀」。水滸三一：「張青又分付(武松)道：『……休要與人爭鬧，也做出些出家人行逕。』」

【行書】㊀書法的一體。筆勢居乎草書楷書之間。始於漢末，以其簡易，流通至今。宣和書譜七行書敍論：「自隸法掃地而真幾於拘，草幾於放，介乎兩間者，行書有焉。於是兼真則謂之真行，兼草則謂之行書。爰自西漢之末有穎川劉德升者，實爲此體。而其法蓋貴簡易，相間流行，故謂之行書。」㊁明清書坊所刻八股文選集。所選大都爲舉人中式的作品。儒林外史二十：「自從那年到杭州，至今五六年，考卷、墨卷、房書、行書、名家的稿子，還有四書講書，五經講書，古文選本——家里有個帳，共是九十五本。」

【行₂院】㊀同行，行幫。宋車若水脚氣集上：「劉漫塘(宰)云：『向在金陵，親見小民有行院之說。且有賣炊餅者自別處來，未有其地與資，而一城賣餅諸家便與借市，某送炊具，某貸麵料，百需皆裕，謂之護引行院，無一毫忌心。』」㊁雜劇藝人聚居地區。亦指妓院或江湖賣技的女伎。元曲選喬夢符兩世姻緣一：「我不比等閑行院，煞教我占場兒住老麗春園。」水滸一〇三：「那粉頭是西京來新打踅的行院，色藝雙絕，賺得人山人海價看。」

【行₃能】品行及才能。六韜王翼：「謀士五人，主圖安危，慮未萌，論行能，明賞罰，授官位，決嫌疑，定可否。」漢書七九馮奉世傳附馮野王：「上使尚書選第中二千石，而野王行能第一。」

【行氣】道家稱呼吸吐納之法。同"行炁"。三國志魏華陀傳注引魏文帝(曹丕)典論:"甘陵甘始亦善行氣，老有少容。"唐王建詩五贈王處士:"道士寫將行氣法，家童授與步虛詞。"參見"行炁"。

【行徑】㊀小路。唐韓愈昌黎集三山石詩:"山石犖确行徑微，黄昏到寺蝙蝠飛。"㊁模樣，作爲。孤本元明雜劇缺名梁山七虎鬧銅臺一:"我那日離山晉到銅城，且倉官壞法胡行徑，專瞞天昧地不公平。"

【行清】廁所。因常需清除，故稱行清。史記一〇三萬石君傳"取親中帬廁牏"南朝宋裴駰集解:"孟康曰:'廁，行清;窬，行中受糞者也。東南人謂鑿木空中如曹謂之窬。'"

【行婆】信佛修行的老婦。景德傳燈録八:"浮盃和尚有凌行婆來禮拜師。"宋蘇軾分類東坡詩三白鶴峯新居欲成夜過西鄰翟秀才詩之一:"林行婆家初閉户，翟夫子舍尚留關。"

【行部】漢制，刺史常於八月巡視部屬，考察刑政，稱爲行部。漢書七六王尊傳:"先是，琅邪王陽爲益州刺史，行部至邛郲九折阪，歎曰:'奉先人遺體，奈何數乘此險!'後以病去。"後漢書三九劉平傳:"刺史太守行部，獄無繫囚，人自以爲得所，不知所問，唯班詔書而已。"

【行商】往來販賣的商人。對坐商而言。宋范成大石湖集五題南塘客舍詩:"君看坐賈行商輩，誰復從容唱渭城?"

【行₂情】商品供求、漲落的情况。清褚人穫堅瓠八集一行情:"商賈貿易，物價貴賤曰行情。不曰理與勢者，可見不能使價之盡一，悉隨時爲低昂，故曰情。"

【行理】古代職官，掌出使聘問，接待賓客。也作"行李"。左傳昭十三年:"行理之命，無月不至。"注:"行理，使人通聘問者。"國語周中:"周之秩官有之曰:'敵國賓至，關尹以告，行理以節逆之。'"注:"理，吏也。……行理，小行人也。"參見"行李㊀"。

【行都】京師以外、另建爲皇帝暫駐施政的都城。宋王朝南渡後，建都臨安(杭州)欲圖規復河北，還以汴梁爲都，故稱臨安爲行都。宋鄭興裔鄭忠肅奏議遺集下與周侍郎必大書:"行都相别，倏已逾年，仰懷温諭，不去於心。"宋史三九三黄裳傳:"中興規模與守成不同，出攻入守，當據利便之勢，不可不定行都。"

【行₂陳】軍隊行列。吕氏春秋簡選:"離散係系，可以勝人之行陳整齊。"注:"行陳，五列也。"亦作"行陣"。文選三國蜀諸葛孔明(亮)出師表:"愚以爲營中之事，悉以諮之，必能使行陣和穆，優劣所得也。"

【行販】往來販賣貨物。晉書石勒載記:"年十四，隨邑人行販洛陽，倚嘯上東門，王衍見而異之。"

【行國】無城郭常處、隨畜牧逐水草而居、遷徙不定的游牧部落。史記一二三大宛傳:"烏孫在大宛東北可二千里，行國，隨畜，與匈奴同俗。"集解:"徐廣曰:不土著。"

【行唫】見"行吟"。

【行第】封建家族排行次第。唐人詩文中朋友之間多以行第相稱。如李白稱李十二，杜甫稱杜二，韓愈稱韓十八之類。宋陸游老學庵筆記五:"今吳人子弟，稍長，便不欲人呼其小名。雖尊者，亦以行第呼之矣。"近人岑仲勉有唐人行第録一書。

【行移】移，舊時代的文書體裁，多用於指稱平列關係之間的書牘。如漢劉歆有移書讓太常博士，南朝齊孔稚珪有北山移文。一般官署間公文往還，謂之行移。宋李心傳建炎以來繫年要録一建炎元年:"甲寅，陝西宣撫使范致虛以勤王兵次華州。……宗印請築長城，起龍關，迄龍門，雖致虛行移峻急，而上下皆不以爲是，築城及肩，應命而已。"

【行脚】㊀行步，行走。宋書顧覬之傳:"覬之不欲與殷景仁久接事，乃辭脚疾自免歸。在家每夜常於牀上行脚。"㊁指僧道周游各地。唐段成式酉陽雜俎二玉格:"史論在齊州時，出獵，……覺桃香異常，訪其僧，僧不及隱，言近有人施二桃。……論因詰其所自，僧笑:'向實謬言之，此桃去此十餘里，道路危險，貧道偶行脚見之。'"景德傳燈録十二臨濟義玄禪師:"遂告辭第一坐，云:早承激勸問話，唯蒙和尚賜棒，所恨愚魯，且往諸方行脚去。"

【行貨】㊀賄賂。左傳昭二三年:"爲叔孫故，申豐以貨如晉。叔孫曰:'見我，吾告女所行貨。'見而不出。"㊁往來販賣貨物。孟子梁惠王上"商賈皆欲藏於王之市"宋朱熹集註:"行貨曰商，居貨曰賈。"

【行₂貨】貨物，貨色。元曲選張國賓合汗衫二:"元來他將着些價高的行貨。"引伸爲對人的蔑稱。水滸三八:"那人大喝道:'你這賊配軍，是我手裏行貨，輕咳嗽便是罪過。"

【行童】僧寺中的童僕。宋郭彖睽車志二:"吳江藝澤村人朱三，有子年十三四，傭於應天寺僧子孚房爲行童。"水滸四:"只見行童托出茶來。"

【行詐】做欺騙之事。論語子罕:"子疾病，子路使門人爲臣。病間，曰:'久矣哉，由之行詐也!無臣而爲有臣，吾誰欺?欺天乎!'"

【行廁】佛家比喻肉體的不潔淨，如受屎之廁。猶"行清"。釋門歸敬儀上寄緣真俗篇:"或比行廁畫瓶，或擬危城壞器。"

【行₂款】古代雕版刻書或文字書寫的行列格式。明王世貞弇州山人四部稿一二八答李駒書之一:"梓法依獻吉集行款大小，得二十四卷，刻手頗精，新歲二三月可辦也。"清黄丕烈士禮居藏書題跋記續下朝野新聲太平樂府:"中有精鈔太平樂府九卷本，較元刻多元正辛卯春巴西鄧子春序一篇，餘與元刻差近，惟行款不同耳。"

【行朝】指皇帝臨時駐在之處，即行在所。舊唐書一七七崔胤傳朱全忠上表:"臣今見與(李)茂貞要約，釋兩地猜嫌，……伏乞詔赴行朝，以備還駕。"

【行散】魏晉人喜服五石散，服後須出門散步調度關節，以散發藥性，名爲"行散"。亦稱"行藥"。世説新語文學:"王孝伯(恭)在京行散，至其弟王睹(爽)户前。"又言語:"太傅(司馬道之)繞東府城行散，僚屬在南門要望候拜。"參見"行藥"。

【行菴】用楼特製可以搬動的小木室。宋黄庭堅豫章集十三王良翰行菴銘:"剪楼作菴，駕以人肩，利用行遠，琴几後前。"

【行棋】下棋，着棋。宋何薳春渚紀聞五晝字行棋:"又弈棋，古亦謂之行棋。……蓋棋戰所以爲人困者，以其行道窮迫耳。'行'字於棋家，亦有深意，不知何時改作'着'棋。"

【行棧】古代守城的設施。在城門前的壕塹中埋下陷阱，上鋪可活動的橋樑以誘敵。墨子備城門:"城上之備，渠譫、藉車、行棧。"

【行間】施行反間計。新五代史楚世家馬殷附馬希聲:"荆南高季昌聞殷將高郁素教殷以計策而楚以彊，患之，嘗使諜者行間於殷，殷不聽。"

【行₂間】㊀軍中，行伍之間。商君書畫策:"行間無所逃，遷徙無所入。"史記一一一衛將軍傳:"臣幸得待罪行間，賴陛下神靈，軍大捷，皆諸校尉力戰之功也。"㊁行與行之間。宋范成大石湖集七插秧詩:"種密移疎綠毯平，行間淸淺縠紋生。"

【行圍】行獵的圍圈。唐李白李太白詩二五觀獵:"江沙橫獵騎,山火繞行圍。"

【行媒】媒人的撮合。禮曲禮上:"男女非有行媒，不相知名。"楚辭屈原離騷:"苟中情其好修兮,又何必用夫行媒。"

【行痹】病名。風痹。又稱周痹,俗稱走注。病者肢體疫痛，痛的部位移動無定處。素問痹論:"風氣勝者爲行痹。"

【行₃義】操修與道義。同"行誼"。莊子天地:"跖與曾史,行義有間矣,然其失性均也。"漢書宣帝紀地節三年:"其令郡國舉孝弟、有行義聞於鄉里者各一人。"

【行鼓】帝王儀仗隊所用的大鼓。淸會典事例五三〇樂制二:"七曰行鼓，一名陀羅鼓,上大下小,面徑一尺八分。……跨於馬上鼓之。"

【行賈】㊀往來行販商貨的商人。史記一二九貨殖傳:"故南陽行賈盡法孔氏之雍容。"㊁往來行販。樂府詩集三八孤兒行:"兄嫂令我行賈,南到九江,東到齊與魯。"

【行葦】路旁蘆葦。詩大雅行葦:"敦彼行葦,牛羊勿踐履。"漢儒相承,以行葦爲公劉之詩,言公劉和睦九族，尊事耆老,周人忠厚之政，仁及草木。後漢書十六寇榮傳上書:"昔文王葬枯骨，公劉敦行葦，世稱其仁。"晉書紀瞻傳上疏:"如復天假之年,蒙陛下行葦之惠,適可薄存性命,枕息陋巷，亦無由復廁八座，升降臺閣也。"

【行殿】㊀能移動的宮殿。南齊書魏虜傳:"(拓拔)弘自率衆至壽陽，軍中有黑氈行殿，容二十人坐。"北史宇文愷傳:"又造觀風行殿,上容衛者數百人，離合爲之,下施輪軸,推移倏忽，有若神功。"㊁皇帝行幸時所住的宮殿。唐李商隱李義山詩集六舊頓:"猶鎖平時舊行殿，盡無宮户有宮鴉。"

【行₂當】㊀行業。特指職業、工作。醒世恒言十三:"若説二郎神所爲，難道神道做這等虧心行當不成?"㊁傳統戲曲角色的類別。如京劇有生、旦、淨、丑四行當。每個行當中又有更細密的分支，如生又分老生、小生、武生等行當。

【行賄】賄賂。逸周書和寤:"后降惠于民,民罔不格,惟風行賄,賄無成事。"

【行賂】同"行賄"。國語魯上:"國急矣!百物唯其可者，將無不趨也。願以子之辭行賂焉,其可賂乎?"

【行路】㊀道路。文選南朝宋顔延年(延之)秋胡詩:"驅車出郊郭,行路正威遲。"㊁行路之人。後漢書八四董祀妻(蔡琰)傳悲憤詩:"觀者皆歔欷,行路亦嗚咽。"舊唐書七一魏徵傳陳得失疏二:"竭誠則胡越爲一體,傲物則骨肉爲行路。"

【行₃業】操行事業。三國志魏武帝紀:"太祖少機警,有權數,而任俠放蕩,不治行業,故世人未之奇也。"北齊書趙彦深傳:"凡諸選舉,先令銓定,提獎人物，皆行業爲先,輕薄之徒,弗之齒也。"

【行禽】路上之囚徒。禽,猶囚。管子立政:"三本者審,則便辟無威於國,道塗無行禽,疏遠無蔽獄，孤寡無隱治。"參閲郭沫若等管子集校。

【行實】生平事蹟，記述一人生平的文字。文苑英華八〇三唐劉寬夫汴州糾曹廳壁記:"於數十人中得君充詔，故君之行實，敢不詳知。"宋田況儒林公議下:"故相陳堯佐既終身居於鄭,翰林學士李淑知鄭州,諸子納其父行實於淑,求神道碑文。"

【行窩】宋邵雍自名其居曰安樂窩,出則乘小車,一人挽之,惟意所適。好事者别作屋如雍所居,以候其至,名曰行窩。見宋史四二七本傳。後來泛稱小住或待客的别舍。宋劉克莊後村集四六病起詩之一:"縱使大寒並大暑，小車時出至行窩。"元袁桷淸容居士集九次韻馬伯庸春思兼簡繼學詩之二:"行窩春匝匝,下榻望君來。"

【行臺】㊀東漢以後,朝廷政務由三公改歸臺閣(尚書)，習稱朝廷爲"臺"。晉以後,朝官稱臺官,軍稱臺軍。在地方代表朝廷行尚書省事的機構稱行臺。由軍事征伐而設置,若任職的人權位特重,則稱大行臺。唐貞觀以後廢行臺。至元時,有行中書省(行省),行樞密院(行院),行御史臺(行臺)，分别執掌行政、軍事及監察權。參閲通典職官四、元史百官志七八。㊁古代帝王巡守所居之處。初學記二四南朝宋王韶之始興記:"含洭縣有堯山,堯巡狩至於此,立行臺也。"封建時代大臣出巡所駐處也稱行臺。

【行障】圍屏之類。南齊書宗測傳:"測善畫,自圖阮籍遇蘇門於行障上,坐卧對之。"北周庾信庾子山集一燈賦:"舒屈膝之屏風,掩芙蓉之行障。"

【行賕】行賄，賄賂。史記九五灌嬰傳:"元光三年，天子封灌嬰孫賢爲臨汝侯,續灌氏後,八歲,坐行賕有罪,國除。"

【行裝】㊀出行時所攜帶的衣物。史記一一三南越傳:"王、王太后飭治行裝重齎，爲入朝具。"唐岑參岑嘉州詩三送懷州吳别駕:"春流飲去馬，暮雨濕行裝。"㊁束裝。三國志吳朱然傳:"雖世無事,每朝夕嚴鼓，兵在營者,咸行裝就隊,以此玩敵,使不知所備,故出輒有功。"

【行遯】猶言避世。書微子:"自靖,人自獻于先王,我不顧行遯。"

【行像】㊀奉佛像出行。佛國記:"法顯到于闐國,其國中十四大僧伽藍,不數小者,從四月一日便掃灑道路,城門上張大帷幕，王及夫人在其中。瞿摩帝僧最先行像,像入城時，遥散衆花，紛紛而下。至十四日行像訖。"參閲宋贊寧僧史略上創造伽藍。㊁佛像之一種。世説新語巧藝:"戴安道(逵)中年畫行像甚精妙。庾道季(龢)看之，語戴云:'神明太俗,由卿世情未盡。'"

【行₂綴】舞隊行列。唐李肇國史補:"于司空頔因章太尉奉聖樂，亦撰順聖樂以進,每宴必使奏之,其曲將半,行綴皆伏,獨一卒舞於其中。"

【行潦】溝中積水。行爲"洐"之省借。詩召南采蘋:"于以采藻?于彼行潦。"左傳隱三年:"潢汙行潦之水。"詩經毛傳以流潦釋行潦,誤行與潦爲一事;左傳正義以道釋"行"，非。參閲淸馬瑞辰毛詩傳箋通釋三。

【行窳】器物不牢固、粗糙惡劣。新唐書一一二韓思彦傳附韓琬:"俗不偷薄，器不行窳。"殿本作"汙窳"。

【行誼】猶行義。品行,道義。漢書五六董仲舒傳對策:"今世廢而不修，亡以化民,民以故棄行誼而死財利,是以犯法而罪多,一歲之獄以萬千數。"

【行廚】出行途中的臨時烹飪設置。北周庾信庾子山集四詠畫屏風詩之十七:"行廚半路待,載妓一雙迴。"唐杜甫杜工部詩史補遺三嚴公仲夏枉駕草堂兼攜酒饌詩:"竹裏行廚洗玉盤，花邊立馬簇金鞍。"

【行廟】帝王出巡或大軍出征途中臨時建立的祖廟。晉書溫嶠傳:"嶠於是創建行廟,廣設壇場，告皇天后土祖宗之靈,親讀祝文,聲氣激揚,流涕覆面，三軍莫能仰視。"魏書孝文帝紀下:"乙未,解嚴,設壇於滑臺城東,告行廟以遷都之意。"

【行樓】攻城用的樓車。宋書沈慶之傳:"司空竟陵王(劉)誕據廣陵反,……慶之塞塹,造攻道，立行樓、土山並諸攻具。時夏雨,不得攻城。"參見"樓車"。

【行殣】路上餓死的人。藝文類聚三四南朝宋顔延之行殣賦:"嗟我來之云遠,覩行蘊於水隅。”

【行₂輩】年輩，同輩。全唐詩二四三韓翃送崔秀才赴上元兼省叔父：“詩家行輩如君少，極目苦心懷謝脁。”

【行樂】㊀製作樂章。漢書禮樂志安世房中歌之五：“行樂交逆，簫勺羣慝。”注：“言制定新樂，教化流行，則逆亂之徒盡交歡也。”㊁消遣娛樂。文選漢楊子幼（惲）報孫會宗書：“人生行樂耳，須富貴何時。”㊂行樂圖簡稱。儒林外史二八：“有一個小照行樂，求大筆一題。”

【行禪】坐禪。唐白居易長慶集七睡起晏坐詩：“行禪與坐忘，同歸無異路。”續高僧傳二四釋慈藏：“獨靜行禪，不避虎兕。”

【行頭】演戲用的道具、衣服。清李斗揚州畫舫録五新城北録下：“戲具謂之行頭。行頭分衣盔雜把四箱。……此之謂江湖行頭。鹽務自製戲具，謂自內班行頭。”元高則誠琵琶記二九乞丐尋夫：“只得改換衣裝，扮作道姑，將琵琶做行頭。”也指手工業者所用的工具。水滸三九：“次日五更，金大堅持了包裹行頭，來和蕭讓戴宗二人同行。”

【行₂頭】㊀古代軍隊一行之長，隊長。國語吳：“陳士卒百人，以爲徹行百行。行頭皆官師，擁鐸拱稽。”㊁唐代稱各行業的總管。周禮地官肆長“肆長各掌其肆之政令”唐賈公彥疏：“此肆長謂一肆立一長，使之檢校一肆之事，若今行頭者也。”宋施彥執北牕炙輠下：“劉若虛言：京師一富人，欲得一行頭，難其人。有人薦一人往，富人却之。……富人曰：‘我觀其人，不能忍飢，此不足掌財。’”

【行邁】行，走路。邁亦行。詩王風黍離：“行邁靡靡，中心搖搖。”傳：“邁，行也。”

【行₂樹】謂成行列的樹林。阿彌陀經：“七重羅網，七重行樹。皆是四寶周匝圍繞，是故彼國名曰極樂。”

【行險】冒險。禮中庸：“故君子居易以俟命，小人行險以徼幸。”疏：“小人以惡自居，恒行險難傾危之事以徼求榮幸之道。”唐柳宗元柳先生集三三與楊誨之第二書：“今子又以行險爲車之罪。夫車之爲道，豈樂於行險耶，度不得已而至乎險，期勿敗而已耳。”

【行器】行裝，旅行用具。左傳昭元年：“（游吉）歸，謂子産曰：‘具行器矣！楚王汰侈而自說其事，必合諸侯。吾往無日矣。’”

【行錢】㊀放款。宋廉布清尊録：“凡富人以錢委人權其出入而取其半息，謂之行錢。富人視行錢如部曲也。”（說郛十一）㊁僕人，雜役。元曲選缺名看錢奴楔子：“有俺那祖財，攜帶不去，且埋在後面牆下。房廊屋舍，着行錢看守着。”

【行縢】以布帛裹脛至脚，以便騰跳。其布帛古稱“邪幅”，漢人稱行縢，今稱裹腿、綁腿。詩小雅采菽“赤芾在股，邪幅在下”漢鄭玄箋：“邪幅如今行縢也。偪束其脛，自足至膝，故曰在下。”

【行營】㊀營治，經營。史記九二淮陰侯傳：“其母死，貧無以葬，然乃行營高敞地，令其旁可置萬家。”㊁狩獵或出征時使用的營幕。北周庾信庾子山集四詠畫屏風詩之十五：“淺草開長埒，行營繞細廚。”唐岑參岑嘉州詩四送郭僕射節制劍南：“曉雲隨去陣，夜月逐行營。”㊂行軍。新五代史周太祖紀：“威居軍中，延見賓客，褒衣博帶，及臨陣行營，幅巾短後，與士卒無異。”

【行₃檢】操行。檢，約束。三國志魏曹仁傳：“仁少時不脩行檢。及長爲將，嚴整奉法令。”世說新語自新：“戴淵少時遊俠不治行檢，嘗在江淮間攻掠商旅。”

【行糧】兵士出征、巡邊、守墩等按日或按月所領的口糧。明會典三九廩祿二行糧馬草：“永樂四年，令從征旗軍人等沿途給與行糧，日行一程，止關一次。”

【行藏】論語述而：“子謂顏淵曰：用之則行，舍之則藏，唯吾與爾有是夫！”謂出仕卽行其所學之道，否則退隱藏道以待時機。後因以“行藏”指出處或行止。文選晉潘安仁（岳）西征賦：“孔隨時以行藏，蘧與國而舒卷。”唐杜甫杜工部草堂詩箋二七江上：“勳業頻看鏡，行藏獨倚樓。”

【行闕】行宮前的闕門。晉書慕容德載記：“德謂其下曰：‘卿等前以社稷大計，勸吾攝政，吾亦以嗣帝奔亡，人神曠主，故權順羣議，以繫衆望。今天方悔禍，嗣帝得還，吾將具駕奉迎，謝罪行闕，然後角巾私第，卿等以爲何如？’”

【行觴】行酒，依次敬酒。禮投壺：“命酌，曰：‘請行觴。’”急就篇三：“侍酒行觴宿昔酲。”注：“侍酒，謂侍坐而飲酒也。行觴，傳觴也。”

【行藥】古人在服五石散等藥後，漫步以散發藥性，稱行散，亦稱行藥。文選有南朝宋鮑照行藥至城東橋詩。魏書邢巒傳：“高祖因行藥至司空府南，見巒宅，遣使謂巒曰：‘朝行藥至此，見卿宅乃住，東望德館，情有依然。’”

【行竈】可以移動的竈。古稱煁，漢人稱三隅竈。說文：“烓，行竈也。”唐白居易長慶集六舟行：“船頭有行竈，炊稻烹紅鯉。”參見“煁”。

【行纏】纏腿布。卽行縢。古時男女皆用之。樂府詩集四九雙行纏曲之二：“新羅繡行纏，足趺如春妍。”全唐詩二四三韓翃寄哥舒僕射：“帳下親兵皆少年，錦衣承日繡行纏。”參見“行縢”。

【行權】權宜行事。易繫辭下：“巽以行權。”注：“權反經而合道，必合乎巽順，而后可以行權也。”公羊傳桓十一年：“權者何？權者反於經，然後有善者也。權之所設，舍死亡無所設。行權有道，自貶損以行權，不害人以行權。”

【行司馬】古代官名。周禮夏官之屬，掌徒卒之官，位次掌車之輿司馬。周禮夏官“行司馬”唐賈公彥疏：“行司馬當中士十六人。”

【行用庫】倉庫名。明代置於京城及諸府州縣，用以收兑破舊紙幣。明史食貨志五：“（洪武）十三年，以鈔用久昏爛，立倒鈔法，令所在置行用庫，許軍民商賈以昏鈔納庫易新鈔，量收工墨直。”

【行事鈔】佛書名。四分律删繁補闕行事鈔的略稱。十二卷。唐道宣著。此鈔與戒疏、業疏合稱律之三大部，爲律宗之名著。宋元照解釋道宣的行事鈔，著有行事鈔資持記十六卷。

【行祕書】比喻博聞强記的人。唐劉肅大唐新語八聰敏：“太宗嘗出行，有司請載書以從。太宗曰：‘不須，虞世南在，此行祕書也。’”又見劉餗隋唐嘉話中。宋劉克莊後村集十題袁祕書文藁詩：“舉人尚說前鄉貢，天子亦呼行祕書。”

【行香子】詞調名。雙調。有六十四字，六十六字，六十八字，六十九字諸體。見詞譜十四。

【行看子】畫卷。畫家所稱行看子，特指長橫卷的山水畫，意謂畫裏諸山並列，無遠近差別，如走馬看山。宋樓鑰攻媿集三題高麗行看子序：“高麗賈人有以韓幹馬十二匹貿于鄉人者，題曰行看子。按處黃綾上書韓幹馬，表飾以綾，尾以精紙，皆麗物也。”又詩：“丹青不減陸與顧，麗人傳來譯通語，裝爲橫軸看且行，云是韓幹非虛聲。”

【行脚僧】遊行四方求師問道的僧人，稱行脚僧。唐徐夤釣磯文集八題琉璃院詩：“一條溪遶翠巖隈，行脚僧言勝五臺。”宋蘇軾蘇文忠詩合注四十次韻子由所居六詠：“蕭然行脚僧，一身寄天涯。”參見“行脚”。

【行詩圖】唐葛清於全身自頸已下，遍刺白居易舍人詩，凡刻三十餘處，首體無完膚。陳至呼爲白舍人行詩圖。見唐段成式酉陽雜俎八黥。

【行義年】行狀年紀，猶今言履歷。漢書高帝紀下："其有意稱明德者，必身勸，爲之駕，遣詣相國府，署行、義、年。"注引蘇林："行狀年紀也。"

【行路難】樂府雜曲歌辭篇名。樂府詩集七十雜曲歌辭："樂府解題曰：'行路難，備言世路艱難及離別悲傷之意。多以君不見爲首。'按陳武別傳曰：'武常牧羊，諸家牧豎有知歌謠者，武遂學行路難。'則所起亦遠矣。唐王昌齡又有變行路難。"南朝宋鮑照有行路難十九首。

【行漏輿】隋代一種銅鉢刻漏計時車。宋史輿服志一："行漏輿，隋大業行漏車也。制同鍾、鼓樓而大，設刻漏如稱衡。首垂銅鉢，末有銅象，漆匱貯水。渴烏注水入鉢中。長竿四，輿士六十人。"

【行樂圖】唐裴孝源貞觀公私畫史著録隋朝官本劉項畫少年行樂圖。後稱個人小照爲行樂圖。參閱清翟灝通俗編十五行樂圖。

【行尸走肉】猶言活僵屍。比喻徒具形骸，缺乏生活理想的人。舊題晉王嘉拾遺記六："(任末)臨終誡曰：'夫人好學，雖死猶存；不學者，雖存，謂之行尸走肉耳。'"

【行水金鑑】清傅澤洪主編，鄭元慶編輯，一百七十五卷。按河流分類，綜述我國水利歷史，共十四門，所收資料，上起禹貢，下迄康熙六十年，包括黃河、長江、淮河、運河和永定河等流域水系的源流、變遷和施工經過等記載，所述於古不嫌其略，於今務得其詳，爲一代有用之書。

【行宣政院】元制，中央政權有宣政院，掌理宗教事務及西藏地區軍民政事。地方或設分院，如世祖(忽必烈)至元二年以也先帖木兒爲院使，處理邊事。元順帝(妥懽帖睦爾)元統二年，革罷廣教總管府一十六處，於杭州置行宣政院。參閱元史百官志八行宣政院。參見"宣政院"。

【行軍司馬】三國魏咸熙元年，司馬昭挾魏帝止長安，時諸王公皆在鄴，乃以山濤爲行軍司馬鎮鄴，行軍司馬之號始此。唐開元中各節度使皆置行軍司馬，掌軍政，權任甚重。參閱新唐書百官志五外軍司馬。參見"行司馬"。

【行若狗彘】行爲鄙賤像猪狗一樣。墨子耕柱："傷矣哉！言則稱於湯文，行則譬於狗豨。"漢賈誼新書二階級："故此一豫讓也，反君事讎，行若狗彘，已而折節致忠，行出乎烈士，人主使然也。"

【行家生活】元代指非伎人出身者所扮演的雜劇謂之行家生活。清焦循劇說："周挺齋(德清)論曲云：'良家子弟所扮雜劇，謂之行家生活；倡優所扮，謂之戾家把戲。'"參見"戾家"。

【行雲流水】比喻純任自然，毫無拘束。宋蘇軾東坡集續集十一與謝民師推官書："所示書教及詩賦雜文，觀之熟矣，大約如行雲流水，初無定質，但常行於所當行，常止於不可不止。"也作"流水行雲"。宋洪咨夔平齋詞壽章君舉："流水行雲才思，光風霽月精神。"

【行不得也哥哥】鷓鴣鳴聲的擬意。比喻人事、世路等艱難。本草綱目四八禽二鷓鴣："鷓鴣性畏霜露，早晚稀出。夜棲以木葉蔽身。多對啼，今俗謂其鳴曰行不得也哥哥。"

【行百里者半九十】行百里路，走了九十里，有了一半。比喻做事愈接近完成愈困難。戰國策秦五："詩云：'行百里者半於九十。'此言末路之難。"注："逸詩言之百里者，已行九十里，適爲行百里之半耳。"書旅獒"功虧一簣"唐孔穎達疏："古語云：'行百里者半於九十。'言末路之艱難也。"

【行不更名,坐不改姓】古戲劇小說中江湖上人物通報姓名時習用，含有坦率大胆、無所顧忌之意。古今雜劇元李文蔚燕青博魚四："我行不更名，坐不改姓，則我是浪子燕青也。"水滸二七："武松道：'我行不更名，坐不改姓，都頭武松的便是！'"

三畫

衍 yǎn 以淺切，上，獮韻，喻。
ㄧㄢ 予線切，去，線韻，喻。

㊀潮盛貌。說文："衍，水朝宗于海貌也。"清段玉裁注："海潮之來，旁推曲暢，兩厓渚涘之間，不辨牛馬，故曰衍。"㊁豐饒，富實。荀子君道："聖王財衍以明辨異。"漢桓寬鹽鐵論通有："編户齊民，無不家衍人給。"㊂溢出常態之外。詩大雅板："昊天曰旦，及爾游衍。"疏："游行衍溢，亦自恣之意也。"典籍中多出的字句叫衍文。見"衍文"。㊃擴大，推廣。墨子非攻中："廣衍數於萬。"漢書六六公孫賀等傳贊："汝南桓寬次公治公羊春秋，……推衍鹽鐵之議，增廣條目，極其論難，著數萬言。"㊄推演。通"演"。易繫辭上："大衍之數五十。"注："王弼曰：演天地之數所賴者五十也。"疏："若用之推演天地之數，所賴者唯賴五十。"㊅低平之地。周禮地官大司徒："辨其山林川澤丘陵墳衍原隰之名物。"注："下平曰衍。"左傳襄二五年："井衍沃。"疏："衍是高平而美者，沃是下平而美者，二者並是良田。"㊆沼澤。穆天子傳三："天子乃遂東征，南絶沙衍。"注："沙衍，水中有沙者。"楚辭漢劉向九歎憂苦："巡陸夷之曲衍兮，幽空虛以寂寞。"㊇盒子。莊子天運："將復取而盛以篋衍。"釋文："李(頤)云：笥也。……司馬(彪)云：合也。"㊈祭名。周禮春官男巫："掌望祀、望衍。"又大祝："二曰衍祭。"注："衍祭，羨之道中，如今祭殤，無所主命。"㊉姓。見廣韻。

【衍文】書寫或印刷訛誤多出的字句。四書中庸"子曰好學近乎知"宋朱熹章句："'子曰'二字衍文。"又作"衍字"。禮檀弓上"爵弁經紂衣"漢鄭玄注："此言經，衍字也。"

【衍衍】㊀行走貌。楚辭漢東方朔七諫自悲："駕青龍以馳騖兮，班衍衍之冥冥。"㊁寬裕貌。古文苑十三漢班固十八侯銘酈商："衍衍衛尉，德行循規。"

【衍曼】連綿不絕貌。同"曼衍"。史記一一七司馬相如傳大人賦："攢羅列聚，叢以蘢茸兮，衍曼流爛壇以陸離。"參見"曼衍"。

【衍溢】泛濫，滿布。漢董仲舒春秋繁露十指："德澤廣大，衍溢于四海。"史記一一七司馬相如傳難蜀父老："昔者鴻水浡出，氾濫衍溢，民人登降移徙，陭區而不安。"

【衍義】推演發明的義理。如宋真德秀著大學衍義、明丘濬著大學衍義補，皆在推演大學一書的義理。

【衍漾】隨水蕩漾。文選南朝宋顏延年(延之)車駕幸京口三月三日侍遊曲阿後湖作詩："藐盼覯青崖，衍漾觀綠疇。"注："衍漾，遊衍漂漾也。"

【衍繹】推演引申。新唐書一五七陸贄傳："從狩奉天，機務填總，遠近調發，奏請報下，書詔日數百，贄初若不經思，逮成，皆周盡事情，衍繹孰復，人人可曉。"

【衍波詞】清王士禛著，二卷。士禛之詩，體兼唐宋，在清初負盛名，其詞綺麗諧婉，亦自成家。

【衍聖公】孔子後裔世襲的封號。自漢朝開始，歷代王朝對孔子後裔皆加封爵位，漢初封褒成侯，子孫襲爵者封公，唐開元中封文宣王，名稱不一。至宋仁宗至和二年，以用太常博士祖擇之言，文宣謚號，不當封爵，乃改封孔子四十七代孫爲衍聖公。明清兩朝沿襲不改。見宋史仁宗紀四、又祖無擇傳、明史禮志四。

衎 kàn ㄎㄢˋ 苦旰切，去，翰韻，溪。 空旱切，上，旱韻，溪。

㊀快樂。詩商頌那："奏鼓簡簡，衎我烈祖。"文選晉左太沖(思)吳都賦："於是樂只衎而歡飫無匱。"㊁耿直貌。通"侃"。漢國三老袁良碑："其節衎然，忠義之臣。"(隸釋六)

【衎衎】㊀和樂貌。易漸："鴻漸于磐，飲食衎衎。"㊁强毅耿直貌。漢書七六張敞傳贊："張敞衎衎，履忠進言。"注："衎衎，彊敏之貌也。"列子仲尼："衎衎然若專直而存雄者。"注："故觀其形者似求是而尚勝也。"

【衎爾】自得貌。禮檀弓上："居處言語飲食，衎爾。"

四畫

衏 háng ㄏㄤˊ 字彙 胡剛切，音杭。

見下。

【衏衏】同行院。㊀行業。元曲選馬致遠任風子一："你親曾見，做居户的這些衏衏。"古今雜劇本作"行院"。㊁演劇或賣唱的人。字彙："俗呼衏衏，樂人也。"參見"行₂院"。

衏 yuàn ㄩㄢˋ 字彙 虞怨切，音院。

見"衏衏"。

五畫

衒 xuàn ㄒㄩㄢˋ 黃絢切，去，霰韻，匣。

㊀沿街叫賣。說文："衒，行且賣也。从行，从言。衒或从玄。"參見"衒鬻"。㊁自薦求進。後漢書六十下蔡邕傳釋誨："故伊摯有負鼎之衒，仲尼設執鞭之言。"㊂自我矜誇。舊唐書六十河間王孝恭傳附李瓌："時長史馮長命爲御史大夫，素矜衒，事多專決，瓌怒杖之。"

【衒士】自我誇耀的人。越絶書越絶外傳記范伯："衒女不貞，衒士不信。"

【衒女】賣弄風姿的女人。參見"衒士"。

【衒沽】賣弄。後漢書五七李雲傳論："禮有五諫，諷爲上，……貴在於意達言從，理得乎正，曷其絞訐摩上，以衒沽成名哉！"

【衒鬻】誇耀貨色以求出售。漢書六五東方朔傳："四方士多上書言得失，自衒鬻者以千數。"楚辭漢王逸九思疾世："抱昭華以寶璋，欲衒鬻兮莫取。"

【衒玉求售】比喻自炫才能，以求録用。論語子罕："子貢曰：'有美玉於斯，韞匵而藏諸？求善賈而沽諸？'子曰：'沽之哉！沽之哉！我待賈者也。'"宋朱熹集註引晉范甯注："士之待禮，猶玉之待賈也。若伊尹之耕於野，伯夷太公之居於海濱，世無成湯文王則終焉而已，必不枉道以從人，衒玉而求售也。"

【衒玉賈石】以石當玉出售，指以僞貨欺人。漢揚雄法言問道："衒玉而賈石者，其狙詐乎！"

術 1. shù ㄕㄨˋ 食聿切，入，術韻，神。

㊀邑中的道路。後漢書二八下馮衍傳顯志賦："播蘭芷於中庭兮，列杜衡於外術。"㊁方法。孟子告子下："教亦多術矣，予不屑之教誨者，是亦教誨之而已矣。"㊂學術，學問。唐韓愈昌黎集十二師說："聞道有先後，術業有專攻。"㊃技能，技藝。禮鄉飲酒義："古之學術道者，將以得身也。是故聖人務焉。"注："術，猶藝也。"後漢書二六伏湛傳附伏無忌："永和元年，詔無忌與議郎黃景校定中書五經、諸子百家、蓺術。"注："蓺謂書、數、射、御，術謂醫、方、卜、筮。"㊄特指天文曆法。晉書律曆志中："乃使羲和占日，常儀占月，臾區占星氣，伶倫造律呂，大撓造甲子，隸首作算數，容成綜斯六術，考定氣象，……謂之調曆。"又："以術追日、月、五星之行。"㊅省視。通"述"。禮祭義："結諸心，形諸色，而術省之。"注："術，當爲述，聲之誤也。"疏："術，述，省視也。"清朱駿聲說文通訓定聲："術，段借爲述。"

2. suì ㄙㄨㄟˋ 集韻 徐醉切，去，至韻。

㊆古代的行政區劃。通"遂"。禮學記："家有塾，黨有庠，術有序，國有學。"注："術當爲'遂'，聲之誤也。……周禮：五百家爲黨，萬二千五百家爲遂。黨屬於鄉，遂在遠郊之外。"

【術人】作幻術的人。聊齋志異偷桃："吏下宣問所長。答言'能顛倒生物'。吏以白官。少頃復下，命取桃子，術人應諾。"

【術士】㊀指儒生。史記一二一儒林傳序："及至秦之季世，焚詩書，阬術士，六藝從此缺焉。"㊁有技藝的人。宋缺名西湖老人繁勝録："御街應市兩岸術士，有三百餘人設肆。年夜抱燈，及有多般，或爲屛風，或做畫，或作故事人物，或作傀儡神鬼，驅邪鼎佛。"俗又稱巫祝占卜之流爲術士。

【術知】道術才智。孟子盡心上："人之有德慧術知者，恒存乎疢疾。"又作"術智"。元虞集道園學古録十六御史中丞楊襄愍公神道碑："方其盛時，宦寺固結於內，術智爲用於外。"

【術家】古代掌管律曆的人。後漢書律曆志上："截管爲律，吹以考聲，列以物氣，道之本也。術家以其聲微而體難知，其分數不明，故作準以代之。"晉書天文志上："三光之行，不必有常，術家以算求之，各有同異，故諸家曆法參差不齊。"

【術畫】用法術所畫的畫。宋郭若虛圖畫見聞志六術畫："昔者孟蜀有一術士稱善畫。蜀主遂令於庭之東隅畫野鵲一隻。俄有衆禽集而噪之。次令黃筌於庭之西隅畫野鵲一隻，則無有集禽之噪。蜀主以故問筌。對曰：'臣所畫者藝畫也，彼所畫者術畫也。'"

【術數】㊀權術，策略。韓非子姦劫弒臣："夫姦臣得乘信幸之勢，以毁譽進退羣臣者，人主非有術數以御之也。"也指治國之術。漢書四九鼂錯傳："又上書言人主所以尊顯功名揚於萬世之後者，以知術數也。"注："臣瓚曰：'術數謂法制，治國之術也。'"㊁用陰陽五行生剋制化的數理，來推斷人事吉凶，如占候、卜筮、星命等。三國志吳吳範傳："募三州有能舉知術數如吳範趙達者，封千户侯，卒無所得。"

【術藝】㊀指學術道藝。文選漢班孟堅(固)答賓戲："婆娑乎術藝之場，休息乎篇籍之囿。"注："項岱曰：'場圃，講經藝之處也。'"列子周穆王："魯之君子多術藝。"㊁指曆數占卜之術。魏書有術藝傳序："蓋小道必有可觀，況往聖標曆數之術，先王垂卜筮之典，論察有法，占候相傳，觸類長之，其流雖廣。"

六畫

街 jiē ㄐㄧㄝ 古膎切，平，佳韻，見。

四通的道路。說文："街，四通道也。"後漢書三七桓榮傳："帝幸其家問起居，入街下車，擁經而前，撫榮垂涕。"

【街坊】㊀市井，街巷。明田汝成西湖游覽志餘二十熙朝樂事："自此街坊簫鼓之聲，鏗鍧不絶矣。"㊁鄰居。古今雜劇元關漢卿陳母教子一："兀的不歡喜殺老尊堂，炒鬧了衆街坊。"

【街官】巡察街道的官吏。唐張籍張司

業集一沙隄行呈裴相公詩："街官閭吏相傳呼，當前十里惟空衢。"

【街卒】清潔道路的役夫。後漢書八一范式傳："友人南陽孔嵩，家貧親老，乃變名姓，傭爲新野縣阿里街卒。"

【街居】指處於要衝之地。漢書九一貨殖傳："雒陽街居在齊秦楚趙之中，富家相矜以久賈，過邑不入門。"注："言雒陽之地居在諸國之中，要衝之所，若大街衢。"

【街使】巡查街道的官員。新唐書百官志四上："左右街使，掌分察六街徼巡。"

【街亭】地名。1.卽街泉亭，故址在今甘肅秦安縣東北。漢置街泉縣，東漢時省。三國時蜀諸葛亮北出祁山，使馬謖拒張郃於街亭，爲張郃所破，卽此地。見通典一七四州郡四天水郡。2.卽街亭城，在甘肅永登縣北。東晉時禿髮烏孤攻涼，與呂光將戰於街亭，涼兵大敗，卽此。見晉書一二六禿髮烏孤載記。

【街鼓】城坊警夜之鼓。唐劉肅大唐新語十："舊制，京城內金吾曉暝傳呼，以戒行者，馬周獻封章，始置街鼓，俗號鼕鼕，公私便焉。"新唐書百官志四上："凡城門坊角，有武候鋪，衛士、彍騎分守，大城門百人，大鋪三十人，小城門二十人，小鋪五人。日暮，鼓八百聲而門閉……五更二點，鼓自內發，諸街鼓承振，坊市門皆啓，鼓三千撾，辨色而止。"

【街彈】漢代里官的辦事處。周禮地官里宰"以歲時合耦於耡"漢鄭玄注："耡者，里宰治事處也，若今街彈之室。"宋趙明誠金石錄有昆陽城漢街彈碑。明人稱申明亭，見該條。

【街邏】巡查街道的兵卒。宋史三一九歐陽修傳："向之罥薄者伺修出，聚譟於馬首，街邏不能制。"

【街談巷議】街坊羣衆的談說議論。文選漢張平子(衡)西京賦："若其五縣遊麗辯論之士，街談巷議，彈射臧否，剖析毫釐，擘肌分理。"亦作"街談巷語"或"街談巷說"。漢書藝文志："小說家者流，蓋出於稗官，街談巷語，道聽塗說者之所造也。"三國志魏陳思王植傳注引典略："夫街談巷說，必有可采，……匹夫之思，未易輕棄也。"

衖 xiàng 胡絳切，去，絳韻，匣。
ㄒㄧㄤˋ

小巷，弄堂。同"巷"。爾雅釋宫作"衖"，廣韻又作"衚"。唐李賀歌詩編一綠章封事爲吳道士夜醮作："金家香衖千輪鳴，揚雄秋室無俗聲。"江南一帶通作"弄"字。

衕 1. tóng 徒紅切，平，東韻，定。
ㄊㄨㄥˊ 徒弄切，去，送韻，定。

㊀街道。說文："衕，通街也。"清段玉裁注："今京師衚衕字如此作。"宋樓鑰攻媿集九小溪道中詩之二："後衕環村盡溯游，鳳山寺下換輕舟。"參見"衚衕"。

2. dòng
ㄉㄨㄥˋ

㊁腹瀉。卽洞下，通"洞"。山海經北山經："嚻，其音如鵲，食之已腹痛，可以止衕。"注："治洞下也。音洞。"

七 畫

衙 1. yá 五加切，平，麻韻，疑。
ㄧㄚˊ

㊀官署。集韻："古者軍行有牙，尊者所在。後人因以所治爲衙。"詳"衙門"。㊁唐代帝王所在之處稱衙。新唐書儀衛志上："唐制，天子居曰'衙'，行曰'駕'，皆有衛有嚴。"後來藩鎮亦潛稱衙，遂爲臣下通稱。㊂吏員參見本官。唐李賀歌詩編一始爲奉禮憶昌谷山居："掃斷馬蹄痕，衙門自閉門。"宋張耒張右史集二三縣齋詩："暗樹五更雞報曉，晚庭三疊鼓催衙。"㊃排列成行之物。如蜂衙、槐衙等。唐尉遲偓中朝故事："天街兩畔槐樹，俗號爲槐衙。曲江池畔多柳，亦號爲柳衙，謂其成行列如排衙也。"㊄姓。漢有長平令衙謹卿。見通志二七氏族三以邑爲氏秦邑。

2. yǔ 集韻 牛據切，去，御韻。
ㄩˇ

㊅停遏，制止。釋名釋樂器："敔，衙也。衙，止也，所以止樂也。"周禮夏官田僕"設驅逆之車"漢鄭玄注："逆衙還之，使不出圍。"釋文："衙，本又作御。"

3. yú 語居切，平，魚韻，疑。
ㄩˊ 魚巨切，上，語韻，疑。

㊆行貌。見"衙$_3$衙$_3$"。

【衙內】㊀唐代的禁衛官。新唐書儀衛志上："凡朝會之仗，三衛番上，分爲五仗，號衙內五衛。"㊁唐末宋初，藩鎮相沿以親子弟領衙內之職，如五代陳洪進在漳、泉割據時，以其子文顥文顗爲衙內都指揮使，文頊爲泉州衙內都校，又爲衙內都監使。世俗相沿，遂呼貴家子弟爲衙內。如水滸傳中高衙內，元人雜劇陳州糶米中的小衙內，望江亭中的楊衙內，均是。參閱宋史四八三陳洪進傳、清俞樾茶香室四鈔六衙內。

【衙兵】㊀唐代禁衛軍名。新唐書兵志："夫所謂天子禁軍者，南北衙兵也。南衙，諸衛兵是也；北衙者，禁軍也。"參見"南北衙"。㊁州鎮長官的親兵也稱衙兵。舊唐書一四一田承嗣傳："仍選其魁偉強力者萬人以自衛，謂之衙兵。"

【衙官】州鎮的屬官。新唐書百官志四下："刺史領使，則置副使、推官、衙官、州衙推、軍衙推。"舊唐書一九〇上杜審言傳："又嘗謂人曰：'吾之文章，合得屈宋作衙官；吾之書跡，合得王羲之北面。'"

【衙門】舊稱官署爲衙門。本作"牙門"。古代營門樹立旗幟，兩邊刻繪成牙狀，稱爲牙旗，因稱營門爲牙門。後漢書七四上袁紹傳："遂到瓚營，拔其牙門。"卽是。其後官署之門亦稱牙門。南史侯景傳："景之爲丞相，居於西州，將率謀臣，朝必集行列門外，謂之牙門。"後又訛爲衙門。北齊書宋世良傳："每日衙門虛寂，無復訴訟者。"唐封演封氏聞見記五公牙："近俗尚武，是以通呼公府爲公牙，府門爲牙門。字稍訛變轉而爲'衙'也。"

【衙前】宋代官役之一種。主管運送官物或看管府庫糧倉，或管理州縣官食物。宋史食貨志上五役法上："宋因前代之制，以衙前主官物，以里正、户長、鄉書手課督賦稅。"

【衙推】㊀唐代軍府或州郡的屬官。節度使、觀察使、團練使屬下皆有衙推。又刺史領諸軍使時，所屬下亦有衙推。見新唐書百官志四下。㊁五代宋時稱以醫卜爲業的人。五代孫光憲北夢瑣言十八："(後唐)莊宗好俳優，宫中暇日，自負蓍囊藥篋，令繼岌相隨，以后父劉叟以醫卜爲業也。后方晝眠，及造其臥內，自稱劉衙推訪女。"按繼岌，劉后之子。又宋代亦以稱市井醫生。宋陸游老學庵筆記二："今北人謂卜相之士爲巡官。巡官，唐五代郡僚之名。或謂以其巡游賣術，故有此稱。然北方人市醫皆稱衙推，又不知何謂。"

【衙參】吏員齊集衙門向長官請示公事，稱爲衙參。有早衙、晚衙之分。唐元稹長慶集十二酬樂天東南行詩一百韻詩："科試銓衡局，衙參典校廚。"太平廣記一〇八兗州軍將："兗州節度使崔尚書，法令嚴峻，嘗有一軍將衙參不到，崔大怒，令就衙門處斬。"

【衙鼓】衙門報時的鼓。唐白居易長慶集十一南賓郡齋卽事寄楊萬州詩："衙鼓暮復朝，郡齋臥還起。"

【衙$_3$衙$_3$】行貌。楚辭宋玉九辯："屬雷師之闐闐兮，通飛廉之衙衙。"注："通一作'道'。"宋洪興祖補注："衙衙，行貌。"

【衕内鑽】指專向貴要子弟鑽營的人。宋史三二九王子韶傳:"劉安世言:'熙寧初,士大夫有"十鑽"之目,子韶爲"衕内鑽"。指其交結要人子弟,如刀鑽之利。'"

九畫

衚 hú 字彙 洪孤切,音胡。
ㄏㄨˊ

見下。

【衚衕】巷,小街道。古今雜劇元王實甫歌舞麗春堂一:"排列着左軍也那右軍,恰便似錦衚衕。"又缺名孟母三移二:"辭别了老母,俺串衚衕去來。"

衝 chōng 尺容切,平,鍾韻,穿。
ㄔㄨㄥ

㊀縱橫相交的大道。左傳昭元年:"執戈逐之,及衝,擊之以戈。"注:"衝,交道。"史記九七酈生(食其)傳:"陳留者,天下之據衝也。"㊁突前,衝擊。戰國策齊一:"使輕車鋭騎衝雍門。"後漢書十七岑彭傳:"(魯)奇船逆流而上,直衝浮橋。"㊂碰撞。史記八一藺相如傳:"相如因持璧卻立,倚柱,怒髮上衝冠。"唐詩紀事四十賈島:"島赴舉至京,騎驢賦詩,得僧推月下門之句,欲改推作敲,引手作推敲之勢,未決,不覺衝大尹韓愈。"㊃對,向。山海經海外北經:"有一蛇,虎色,首衝南方。"注:"衝,猶向也。"㊄古代用來衝撞城牆的戰車。詩大雅皇矣:"臨衝閑閑,崇墉言言。"淮南子原道:"是故革堅則兵利,城成則衝生。"

【衝口】率意發言。宋蘇軾分類東坡詩十八重寄:"好詩衝口誰能擇,俗子疑人未遣聞。"朱熹朱文公集三四答呂伯恭:"故見人有小失,每忍而不欲言,至於不得已而有言,則衝口而出,必至於傷事而後已。"

【衝牙】古代佩飾部件之一種。禮玉藻:"佩玉有衝牙。"疏:"凡佩玉必上繫於衡,下垂三道,穿以蠙珠,下端前後以縣於璜,中央下端縣以衝牙,動則衝牙前後觸璜而爲聲。所觸之玉其形似牙,故曰衝牙。"

【衝車】古代攻城用的戰車。淮南子覽冥:"大衝車。"注:"衝車,大鐵著其轅端,馬披甲,車被兵,所以衝於敵城也。"後漢書天文志上:"(王莽軍)至昆陽山作營百餘,圍城數重,或爲衝車以撞城,爲雲車高十丈以瞰城中。"

【衝改】宋時公文書用語,指違反及觝觸原來決定。宋張綱華陽集十七駁折彥質衝改指揮狀:"自降不許受理指揮,至今將及半年,若又衝改不行,豈唯滋長姦弊,亦恐無以示信四方。"

【衝突】原指衝前突擊。後漢書七三劉虞傳:"(公孫)瓚乃簡募鋭士數百人,因風縱火,直衝突之。"梁書杜崱傳:"及戰,(侯)景親率精鋭,左右衝突,崱從嶺後橫截之,景乃大敗。"今通稱因爭執而互鬬曰衝突。

【衝要】在軍事或交通等方面有重要作用的地方。後漢書七六王景傳:"景乃商度地勢,鑿山阜,破砥績,直截溝澗,防遏衝要,疏決壅積,十里立一水門,令更相洄注,無復潰漏之患。"文選晉謝靈運擬魏太子鄴中集詩劉楨:"河兗當衝要,淪飄薄許京。"也指重要的事情。唐劉知幾史通二體:"至於賢士貞女,高才儁德,事當衝要者,必盱衡而備言。"

【衝風】猛烈的風。楚辭屈原九歌少司命:"與女遊兮九河,衝風至兮水揚波。"史記一〇八韓長孺傳和親議:"且強弩之極,矢不能穿魯縞;衝風之末,力不能漂鴻毛。非初不勁,末力衰也。"

【衝狹】古代雜技的一種。文選漢張平子(衡)西京賦:"衝狹鷰濯。"薛綜注:"卷簟席,以矛插其中,伎兒以身投,從中過。"唐張銑注:"狹,以草爲環,插刀四邊,使人躍入其中,胸突刀上,如燕(燕)之飛躍水也。"按此類似現代的穿刀圈雜技。

【衝脈】中醫所説身中脈象的一種。起於小腹,沿脊椎骨内部上行;同時由陰部兩側,夾臍兩旁向上,至胸部而止。素問骨空論:"衝脈者,起於氣街,並少陰之經,俠齊上行至胸中而散。"注:"言衝脈起於氣街者,亦從少腹之内與任脈並行而至,於是乃循腹也。"俠,同"夾",齊,同"臍"。氣街,穴名,在毛際兩傍鼠鼷上。

【衝替】宋代公文用語,指黜降官職。宋蘇轍欒城集四六論冬温無冰劄子:"開封府推官王韶故入徒罪,雖該德音,法當衝替。"宋史選舉志一:"諸科三場内有十'不',進士詞理紕繆者各一人以上,監試、考試官從違制失論。……有三人,則監試、考試官亦從違制失論。幕職、州縣官衝替,京朝官遠地監當。"

【衝隆】古代攻城的工具。淮南子兵略:"故攻不待衝隆雲梯而城拔,戰不至交兵接刃而敵破,明於必勝之攻也。"

【衝撞】㊀撞擊。元薩都剌薩天錫詩集前集瓜州阻風:"渡口無人上野航,白頭危浪自衝撞。"㊁冒犯,觸犯。水滸三二:"武松慌忙答禮道:'卻纔甚是衝撞,休怪,休怪!'"古今雜劇缺名許真人拔宅飛昇二:"不是徒弟衝撞説話,跟了師父許多時,那裏曾見你的手段來?"

【衝蓯】糾結貌。史記一一七司馬相如傳大人賦:"騷擾衝蓯其相紛挐兮,滂濞泱軋灑以林離。"

【衝衝】㊀衆多。漢揚雄法言問明:"或問活身,……曰:君子所貴,亦越用明保慎其身也。如庸行翳路,衝衝而活,君子不貴也。"注:"衝衝,多也。"㊁不安定貌。漢揚雄太玄經四遇:"次二:衝衝兒遇不受定之論。測曰:衝衝兒遇,不肖子也。"注:"火不制水,猶衝衝之兒,不受父訓,故言不之論也。"南朝梁何遜何水部集七召:"神忽忽而若忘,意衝衝而不定。"

【衝鋒】衝擊敵人陣地。北齊書崔暹傳:"高祖(高歡)握暹手而勞之,曰:'……衝鋒陷陣,大有其人,當官正色,今始見之。'"

【衝州撞府】見州入州,見縣入縣,指在江湖上到處漂蕩,行止無定。水滸四十:"那夥使鎗棒的説道:'你倒鳥村!我們衝州撞府,那裏不曾去?'"古今雜劇明周王誠齋清河縣繼母大賢一:"你既是衝州撞府,便索將經商爲務。"

【衝繁疲難】清代把全國州縣分爲衝、繁、疲、難四類,以便根據具體情況選用官吏。清凌揚藻蠡勺編二五衝繁疲難:"州縣向例有繁簡兩調。雍正間,金鉷任廣西布政使,請分衝、繁、疲、難四條,許督撫量才奏請。從之。今直省所行自茲始。"

十畫

衠 zhūn 字彙 朱倫切,音諄。
ㄓㄨㄣ

㊀儘,老是。宋秦觀淮海詞品令:"衠倚賴臉兒得人惜,放軟頑,道不得。"㊁純粹。元曲選鄭德輝王粲登樓一:"你那裏有江湖心量,衠一片虀鹽肚腸。"

衛 wèi 于歲切,去,祭韻,于。
ㄨㄟˋ

㊀防護,保衛。公羊傳定四年:"朋友相衛而不相迿,古之道也。"注:"相衛,不使爲讎所勝。"㊁担任衛護、防守之職的人。左傳文七年:"文公之入也無衛,故有呂、郤之難。"漢書六二司馬遷傳報任安書:"主上幸以先人之故,使得奉薄技,出入周衛之中。"注:"周衛,言宿衛周密也。"㊂周代京師以外的行政區域之一。詳

"衛服"。㊃中醫指血氣的作用。靈樞經營衛生會："穀入于胃以傳與肺，五藏六府皆以受氣，其清者爲營，濁者爲衛。營在脉中，衛在脉外，營周不休，五十而復大會，陰陽相貫，如環無端。"參見"營衛㊀"。㊄驢的别稱。唐范攄雲溪友議八："南中丞卓吴楚遊學十餘年，衣布縷，乘牝衛，薄遊上蔡。"㊅箭羽。漢王充論衡儒增："楚能渠子出，見寢石，以爲虎，將弓射之，矢没其衛。"㊆古國名。周武王弟康叔封地。至懿公爲狄所滅。戴公野處漕邑，文公又徙居楚丘。秦始皇既統一全國，獨置衛君，爲附庸，至二世元年廢。參閲通典一七八州郡八汲郡衛州、宋王應麟詩地理考一衛。㊇西藏舊分爲阿里、前藏、後藏和康四部。前藏又稱衛；又前藏、康也合稱衛。㊈姓。周文王子康叔封於衛，子孫以國爲氏。漢有丞相衛綰。見元和姓纂八霽。

【衛士】守衛的士卒。穀梁傳僖十年："胡不使大夫將衛士而衛冢乎？"史記八七李斯傳："趙高詐詔衛士，令士皆素服持兵内鄉。"漢代專指守衛皇宫的士兵，隋唐實行府兵制，軍人泛稱衛士。

【衛水】㊀古水名。源出河北靈壽縣(今正定縣)東北。書禹貢："恆衛既從。"卽此。漢書地理志上常山郡："靈壽(縣)，……禹貢衛水出東北，東入虖池。"虖池，卽滹沱。清胡渭禹貢錐指謂靈壽以下的衛水卽滹沱。㊁見"衛河"。

【衛生】猶養生。莊子庚桑楚："南榮趎曰：'……趎願聞衛生之經而已矣。'"釋文："李(頤)云：防衛其生，令合道也。"晉陶潛陶淵明集二形影神詩影答形："存生不可言，衛生每若拙。"

【衛仗】帝王出行時用以衛護的儀仗。宋沈括夢溪筆談一故事："車駕行幸，前驅謂之隊，則古之清道也；其次衛仗。衛仗者，視闌入宫門法，則古之外仗也。其中謂之禁圍，如殿中仗。"

【衛州】州名。春秋衛國地，北魏於汲縣置義州。北周更名衛州。治所朝歌(今河南淇縣)，唐貞觀初移汲縣，後累有變易。金升河平軍節度，仍治汲縣。明清爲衛輝府，公元1913年廢。參閲通典一七八州郡八汲郡、金史地理志中河北西路。

【衛戍】保衛戍守。宋書路淑媛傳："(太后弟路)瓊之上表曰：'先臣故懷安令道慶賦命乖辰，自違明世。敢緣衛戍請名之典，特乞雲雨，微垂灑潤。'"指從事武職。

【衛河】水名。源出河南輝縣蘇門山，合淇漳諸水，東北至天津合白河入海。古稱白溝，以發源地屬春秋衛國，故又稱衛河。唐宋以後，又稱永濟渠。參見"永濟渠"。

【衛青】？—公元前106年。西漢河東平陽人，字仲卿，官至大將軍。本姓鄭，以同母姊得幸武帝爲皇后，遂冒姓衛。自元朔二年至元狩四年，前後七次出擊匈奴，屢立戰功，收河南地，置朔方郡。封長平侯。史記、漢書有傳。

【衛玠】公元286—312年。晉安邑人，字叔寶。風姿秀異，有玉人之稱。好談玄理，官至太子洗馬。後避亂移家建業。人聞其名，圍觀如堵。不久遂卒。時人謂"看殺衛玠"。晉書附衛瓘傳。

【衛協】西晉畫家。師法三國吴曹不興。工人物，尤善道釋像。名作有七佛圖等。時有畫聖之稱。參閲南齊謝赫古畫品録第一品衛協、宣和畫譜五衛協。

【衛服】古代王畿以外之地分九等，稱爲服。王畿外二千五百里之地爲衛服。參見"九服㊀"。

【衛所】明初軍隊的編制。京師和各地於要害處設衛所。一郡設所，連郡設衛。大抵五千六百人稱衛，一千一百二十人稱千户所，一百一十二人稱百户所。所設總旗二，小旗十。軍士皆世襲。各衛所分屬各省的都指揮使司(都司)，統由中央五軍都督府分别管轄。參閲明史兵志二。

【衛恒】？—公元291年。晉安邑人。字巨山。尚書令衛瓘子。書法宗尚漢張芝，善作草、章草、隸、散隸四種書體。著有四體書勢。官至黄門侍郎。父衛瓘爲賈后及楚王司馬瑋所殺，恒亦遇害。唐張懷瓘書斷中列恒之章草、草書入妙品，隸書入能品。晉書附瓘傳。

【衛率】官名。秦置，漢沿設。屬詹事，主門衛。晉泰始五年分爲左右衛率，惠帝時又加前後二率。唐時爲東宫武官之一。參閲漢書百官公卿表上、宋書百官志下、舊唐書職官志三。

【衛尉】官名。秦置，漢時爲九卿之一，掌管宫門警衛。漢景帝時改稱中大夫令，旋復舊名。魏、晉、南北朝多沿置。北齊稱衛尉寺，有卿、少卿各一人。隋時改掌軍器儀仗帳幕之事。唐宋因之，建炎後併入工部。元稱衛尉院。明廢。參閲漢書百官公卿表上、宋書百官志上、通典二五職官七。

【衛魚】春秋衛大夫史魚。文選南朝梁沈休文(約)齊故安陸昭王碑文："公臨危審正，載貽話言，……衛魚之心，身亡而意結，二宫軫慟，遐邇同哀。"參見"史魚"。

【衛道】指維護儒家正統理論。宋史四〇一劉爚傳論："劉爚表章朱熹四書以備勸講，衛道之功莫大焉。"元明至清封建王朝尊奉朱熹之學爲儒學正宗。

【衛彈】漢代鄉官治事之所稱街彈，亦曰衛彈。水經注二九比水："澧水西北流逕平氏縣……王莽更名其縣曰平善，城内有南陽都鄉正衛彈勸碑。"參見"街彈"。

【衛輝】路、府名。本春秋衛國地，漢爲河内郡，魏置朝歌郡，晉改汲郡，北朝魏移汲郡治於枋頭城，又於汲縣置義州。北周改義州爲衛州。元置衛輝路，明清爲府，治汲縣。公元1913年廢府留縣，屬河南省。參閲元和郡縣志十六衛州、嘉慶一統志七三衛輝府一。

【衛賜】孔子弟子子貢，名賜。左傳哀十一年"衛賜進曰"唐孔穎達疏："子貢衛人，故稱衛賜。"後漢書二八下馮衍傳顯志賦："卑衛賜之阜貨兮，高顔回之所慕。"參見"子貢"。

【衛霍】漢朝名將衛青和霍去病。後漢書三八馮緄傳："衛、霍北征，功列金石。"晉書齊王冏傳追册："廓土殊分，跨兼吴越；崇禮備物，寵侔衛霍。"

【衛瓘】公元220—291年。晉安邑人。字伯玉。初仕魏爲廷尉卿，監鄧艾、鍾會軍攻蜀。蜀既平，鍾會謀自主，瓘糾集諸將殺會。咸寧初，徵拜尚書令。瓘與尚書郎索靖均善草書，時稱爲"一臺二妙"。武帝以太子(惠帝)不慧，欲廢立，瓘贊其事，深爲太子妃(賈后)所怨。惠帝立，瓘遂被殺。晉書有傳。

【衛子夫】漢武帝皇后，衛青姊。初爲平陽主歌女，武帝納之，生太子據，立爲后。後遇巫蠱之事，據起兵事敗死，后自殺。宣帝立，追謚思后。參閲史記外戚世家、漢書九七上外戚傳。

【衛夫人】公元272—349年。衛鑠，字茂猗，衛恒的侄女，汝陰太守李矩之妻，世稱衛夫人。工書，隸書尤善，師鍾繇。王羲之少時，曾從之學書。傳世衛夫人帖，爲唐初李懷琳僞作。參閲唐張彦遠法書要録八唐張懷瓘書斷中、宋黄伯思東觀餘論上法帖刊誤上雜帖。

【衛世師】梵語。亦云吠世史迦，義譯爲勝異。古印度婆羅門鵂鶹仙人造六句論，諸論罕匹，以過餘論故名勝；能破餘論，故名異。參閲成唯識論述記一末、慧琳一切經音義五十玄應音一攝大乘論一吠世師。

【衡拉特】民族名。也作額魯特，卽明之瓦剌。參見"瓦剌㊀"、"額魯特㊀"。

衡 héng 戶庚切，平，庚韻，匣。ㄏㄥˊ

㊀古代加於牛角上以防觸人的橫木。詩魯頌閟宮："秋而載嘗，夏而楅衡，白牡騂剛。"疏："楅衡其牛，言豫養所祭之牛，設橫木於角以楅之，令其不得觝觸人也。"參見"楅衡"。㊁車轅前端的橫木。論語衞靈公："在輿，則見其倚於衡也。"㊂測定物體重量的器具。書舜典："協時月正日，同律度量衡。"傳："衡，稱也。"墨子經說下："衡加重於其一旁，必捶。"㊃稱量，比較。詳"衡量"。㊄平。周禮考工記下梓人："凡試梓飲器，鄉衡而實不盡，梓師罪之。"注："衡，平也。平爵鄉口酒不盡，則梓人之長罪於梓人焉。"素問五常致大論："德施周普，五化均衡。"㊅古代觀測天體用的長管。書舜典："在璿璣玉衡，以齊七政。"疏引蔡邕："玉衡長八尺，孔徑一寸，下端望之以視星辰，蓋懸璣以象天而衡望之，轉璣窺衡以知星宿。"㊆北斗七星的第五星。文選漢張平子(衡)東京賦："攝提運衡，徐至於射宮。"三國吳薛綜注："玉衡，北斗中星。"㊇結冠冕於髮髻上的橫簪。左傳桓二年："袞冕黻珽，帶裳幅舄，衡紞紘綖，昭其度也。"注："衡，維持冠者。"㊈古代鐘柄上的平頂。周禮考工記鳧氏："鳧氏爲鍾，……舞上謂之甬，甬上謂之衡。"參閱清戴震考工記圖。㊉古代掌管山林川澤的官。國語齊："山立三衡。"注："周禮有山虞林衡之官。衡，平也，掌平其政也。"參閱周禮地官司徒下。⑪眉毛以上。一說眉目之間。後漢書六十蔡邕傳釋誨："胡老乃揚衡含笑，援琴而歌。"參見"盱衡"。⑫樓殿邊的欄杆。史記一〇一袁盎傳："千金之子坐不垂堂，百金之子不騎衡。"⑬通"橫"。詩齊風南山："蓺麻如之何，衡從其畝。"傳："衡音橫……亦作橫字。又一音如字，衡卽訓爲橫。"禮檀弓上："古者冠縮縫，今也衡縫。"注："今禮制衡讀爲橫。"⑭姓。相傳商阿衡伊尹之後。漢有衡咸。參閱通志二八氏族四以官爲氏。

【衡人】以連橫之說從事遊說的人，卽戰國時張儀之流。史記六九蘇秦傳："夫衡人日夜務以秦權恐愒諸侯以求割地。"參見"合從連衡"。

【衡山】㊀山名。1.卽五岳之一的南岳。一名岣嶁山。在湖南省。跨舊長沙、衡州二郡。書舜典："五月南巡守至于南岳。"傳："南岳，衡山。"山有七十二峯，以祝融、紫蓋、雲密、石廩、天柱五峯爲最大。參閱讀史方輿紀要七五湖廣一。2.卽浙江的會稽山。參見"禹穴"、"會稽"。㊁縣名。屬湖南省。春秋屬楚。漢湘南縣地，屬長沙國。三國吳析置衡陽縣，晉改衡山縣，取衡山爲名。南朝宋齊梁陳均沿置。隋廢，別改湘西爲衡山。唐復置。卽今衡山縣。明清皆屬衡州府。參閱寰宇通志五六衡州府、嘉慶一統志三六二衡州府一。㊂郡名。隋大業初改衡州爲衡山郡。治所在衡陽。唐改爲衡州。屬今湖南省。參見"衡州"。

【衡水】㊀縣名。屬河北省。本漢下博縣地，隋開皇十六年分信都、武邑、下博三縣置，以近衡漳水得名。見讀史方輿紀要十四直隸五深州。㊁古水名。在衡水縣西北。又名長蘆水，卽濁漳水的下游。見讀史方輿紀要十四直隸五長蘆河、畿輔通志六六輿地二一冀州衡水縣。

【衡石】㊀古代對衡器的通稱。衡，秤；石，古代重量單位，一百二十斤爲一石。禮月令仲春之月："日夜分，則同度量，鈞衡石，角斗甬(斛)，正權概。"管子七法："尺寸也……規矩也，衡石也，斗斛也，角量也，謂之法。"㊁比喻份量很重。詳"衡石量書"。㊂選拔、甄別人材，猶言銓衡。梁書徐勉傳："爰自小選，迄于此職，常參掌衡石，甚得士心。"

【衡宇】㊀指簡陋的房屋。文選晉陶淵明(潛)歸去來辭："乃瞻衡宇，載欣載奔。"唐劉良注："衡宇，謂其所居衡門屋宇也。"參見"衡門"。㊁宮室廟宇的通稱。南史劉粹傳："(劉)損元嘉中爲吳郡太守，至昌門，便入太伯廟。時廟室頹毁，垣牆不修，損愴然曰：'清塵尚可髣髴，衡宇一何摧頹！'卽令修葺。"

【衡州】州、路、府名。秦屬長沙郡，漢爲酃縣地，吳分長沙東部爲湘東郡。隋開皇九年改爲衡州，以衡山而名。治所在衡陽。元至元中改爲路，明洪武初改爲府。公元1913年廢。參閱元和郡縣志二九江南道五、歷代地理沿革表八。

【衡行】卽橫行。孟子梁惠王下："一人衡行於天下，武王恥之，此武王之勇也。"一人，指商紂王。

【衡決】橫斷，脫節。漢書四八賈誼傳陳政事疏："本末舛逆，首尾衡決，國制搶攘，非甚有紀，胡可謂治！"

【衡泌】詩陳風衡門："衡門之下，可以棲遲，泌之洋洋，可以樂飢。"傳："衡門，橫木爲門，言淺陋也。"又："泌，泉水也。"後用以指隱居之地或隱居的生活。宋書雷次宗傳與子姪書："汝等年各成長，冠娶已畢，修惜衡泌，吾復何憂。"

【衡巷】平民居住的里巷。泛指民間。南朝陳徐孝穆集七與王吳郡僧智書："仰屬伊公在亳，渭老師周，旌賁丘園，採拾衡巷，遂以衰駘不衰，甕盎無遺，還顧庸虛，未應階此。"

【衡門】橫木爲門，喻簡陋的房屋。詩陳風衡門："衡門之下，可以棲遲。"後借指隱者所居。漢陸賈新語愼微："意懷帝王之道，身在衡門之裏，志圖八極之表。"晉陶潛陶淵明集三癸卯歲十二月中作與從弟敬遠詩："寢跡衡門下，邈與世相絕。"

【衡茅】衡門茅屋，指陋室。文選晉陶淵明(潛)辛丑歲七月赴假還江陵夜行塗口詩："養眞衡茅下，庶以善自名。"唐白居易長慶集六二四月池水滿詩："吾亦忘靑雲，衡茅足容膝。"

【衡宰】殷湯時伊尹爲阿衡，周初周公爲太宰，後因以衡宰指宰相的職位。後漢書八十下酈炎傳："有志氣，作詩二篇曰：'……文質道所貴，遭時用有嘉。絳、灌臨衡宰，謂誼崇浮華。'"誼，賈誼。參見"宰衡"。

【衡鹿】守山林之吏。鹿，通"麓"。左傳昭二十年："山林之木，衡鹿守之。"

【衡陽】㊀縣名。1.屬湖南省。漢承陽、酃二縣地，屬長沙國。三國吳析二縣置臨蒸縣，屬衡陽郡。隋改衡陽縣。唐初復稱臨蒸縣，開元二十年又改名衡陽。歷代相沿。參閱讀史方輿紀要八十湖廣六衡陽縣。2.漢湘南縣地。三國吳析置衡陽縣，屬衡陽郡。晉改衡山縣。參見"衡山㊁"。㊁郡名。三國吳置，晉因之，故治湘鄉，在今湖南湘潭縣西。隋廢。見歷代地理沿革表八。

【衡軸】文選三國魏李蕭遠(康)運命論："天動星迴而辰極猶居其所，璣旋輪轉而衡軸猶執其中。"本指觀測天體儀器上可以旋轉的橫管，也比喻中樞要職。陳書傅縡傳："會施文慶、沈客卿以便佞親幸，專制衡軸，而縡益疎。"唐劉肅大唐新語六舉賢："(姚崇)歷牧常揚，吏並建碑紀德，再秉衡軸，天下欽其公直。"

【衡量】量度。書五子之歌"關石和鈞"唐孔穎達疏："關者，通也，名石而可通者，惟衡量之器耳。"引申指比較事物的輕重得失。

【衡鈞】秉持國政。指宰相。唐韓愈昌黎集二三祭馬僕射文："帝念厥功，還公於朝，……顧瞻衡鈞，將舉以付。」宋王明清揮麈錄前錄三：「韓王(趙普)以開寶六年八月免相，至太平興國六年九月，始再秉衡鈞。」

【衡雍】春秋地名。卽垣雍。在河南舊原武縣，今原陽縣。左傳僖二八年：「甲午，至于衡雍，作王宮于踐土。」注：「衡雍，鄭地，今滎陽卷縣。襄王聞晉戰勝，自往勞之。」水經注二三陰溝水：「陰溝首受大河于卷縣……左瀆又東絕長城，逕垣雍城南，昔晉文公戰勝于楚，周襄王勞之于此。」

【衡漳】古水名。卽漳水。書禹貢：「覃懷厎績，至於衡漳。」疏：「衡卽古橫字，漳水橫流入河，故云橫漳。」詳「漳水」。

【衡漢】北斗和天河。文選南朝宋鮑明遠(照)玩月城西門廨中詩：「夜移衡漢落，徘徊帷戶中。」唐李周翰注：「衡，北斗也；漢，天河也。」

【衡霍】有二說。一說衡山又名霍山，故稱衡霍。漢應劭風俗通義十五嶽：「衡山一名霍。霍者，萬物盛長，……霍然而大。」一說衡霍爲二山，卽衡山和天柱山。衡山在今湖南。天柱山在今安徽。見爾雅釋山「江南，衡」注「霍山爲南嶽」注疏。

【衡館】簡陋的房屋，猶言「衡門」。指士庶或隱者居住的地方。藝文類聚十六南朝宋謝莊豫章長公主墓誌銘：「肅恭在國，掖庭欽其風；恪勤衡館，庶族仰其德。」文選南齊王仲寶(儉)褚淵碑：「跡屈朱軒，志隆衡館。」

【衡廬】衡山和廬山。宋書王僧達傳解職表：「生平素念，願閑衡廬。」唐王勃王子安集五滕王閣詩序：「星分翼軫，地接衡廬。」

【衡鏡】衡可以量輕重，鏡可以照美醜，指辨別是非善惡的尺度。文苑英華九三六唐張說中書令逍遙公墓誌銘：「衡鏡高懸，文武矯首，才無我失，善若己有。」舊唐書八八韋嗣立傳上疏：「然後審持衡鏡，妙擇良能，以之臨人，寄之調俗，則官無侵暴之政，人有安樂之心。」

【衡纊】文選南朝梁劉孝標(峻)廣絕交論：「馳騖之俗，澆薄之倫，無不操權衡，秉纖纊。衡所以揣其輕重，纊所以屬其鼻息。」唐張銑注：「言趨走之人，澆薄之輩，皆執衡秤勢之輕重，持緜量氣之麤細。」後以衡纊指勢利眼。資治通鑑九三六唐景福二年李茂貞上表：「體物錙銖，看人衡纊。」

【衡鑑】同「衡鏡」。宋人避宋太祖祖趙敬諱，改鏡字作「鑑」。宋范仲淹范文正公集八上執政書：「夫賞罰者，天下之衡鑑也，衡鑑一私，則天下之輕重妍醜從而亂焉。」科舉考試場所考官所居廳堂題名衡鑒堂，卽取公平清明之義。參見「衡鏡」。

【衡方碑】漢衛尉卿衡方之碑。方有政績，死後，其門生於建寧元年爲立碑。碑在今山東汶上縣西南十五里郭家樓前，南向。清雍正八年，汶水泛濫，碑陷卧，莊人郭承錫等出資復建。見金石萃編十二。

【衡石量書】用衡器稱取表、奏。形容文書(簡牘)極多。史記秦始皇紀：「天下之事無小大皆決於上，上至以衡石量書，日夜有呈，不中呈不得休息。」正義：「衡，秤衡也。言表牋奏請，秤取一石，日夜有程期，不滿不休息。」一石，一百二十斤。

【衡陽雁斷】衡陽有回雁峯，相傳雁至此峯不過，因以衡陽雁斷比喻音信阻隔。元高則誠琵琶記官邸憂思：「湘浦魚沈，衡陽雁斷，音書要寄無方便。」

十二畫

衝 chōng ㄔㄨㄥ

衝的本字。見「衝」。

十八畫

衢 qú ㄑㄩˊ 其俱切，平，虞韻，羣。

㊀四通八達的道路。左傳昭二年：「七月壬寅，縊。尸諸周氏之衢，加木焉。」爾雅釋宮：「四達謂之衢。」㊁四出交錯。比喻樹枝分岔。山海經中山經：「(少室之山)百草木成囷，其上有木焉，其名曰帝休，葉狀如楊，其枝五衢。」注：「言樹枝交錯相重五出，有象衢路也。」

【衢江】卽古穀水。又名信安江、衢港。源出浙江江山縣仙霞嶺，東北流至西安縣，稱衢港，又西南與信安溪合，稱信安江。參閱嘉慶一統志三〇一衢州府山川。

【衢州】州、府、路名。唐武德四年分婺州西境於信安縣置，因州西有三衢山而名。天寶元年爲信安郡，乾元元年復名衢州。宋沿置。元爲路，明清爲府。公元1912年廢。見太平寰宇記九七衢州。

【衢地】指諸侯國交界、四通八達的地方。孫子九變：「凡用兵之法，……圮地無舍，衢地合交，絕地無留，圍地則謀，死地則戰。」宋張預注：「四通之地，旁有鄰國，先往結之，以爲交援。」

【衢室】管子桓公問：「堯有衢室之問者，下聽於人也。」原指築室於衢，以聽民言，後泛指帝王聽政之所。南朝梁江淹江文通集八蕭太尉上便宜表：「太祖文皇帝恭己明臺之上，聽政衢室之下，九官咸静，萬績惟凝。」

【衢柯】向四周伸展的樹枝。全唐詩段成式穗柏聯句序：「上座璘公院，有穗柏一株，衢柯偃覆，下坐十餘人。」

【衢涂】岔路。荀子王霸：「楊朱哭衢涂曰：『此夫過舉蹞步而覺跌千里者夫！』哀哭之。此亦榮辱安危存亡之衢已，此其爲可哀甚於衢涂。」注：「歧路也。秦俗以兩爲衢，或曰四達謂之衢。」

【衢尊】淮南子繆稱：「聖人之道，猶中衢而致〔設〕尊邪，過者斟酌，多少不同，各得其所宜，是故得一人，所以得百人也。」注：「尊，酒器也。」後因用衢尊比喻恩澤。尊，一作「樽」。晉書刑法志：「念室後刑，衢樽先惠，將以屏除災害，引導休和。」唐張說張燕公集一奉和暇日遊興慶宮作應制詩：「侍酌衢樽滿，詢芻諫鼓懸。」

【衢道】岔路。荀子勸學：「行衢道者不至，事兩君者不容。」注：「孫炎云：『衢，交道四出也。或曰：衢道，兩道也。』」

衣部

衣 1. yī ㄧ 於希切，平，微韻，影。

㊀衣服。上曰衣，下曰裳。詩秦風無衣：「豈曰無衣，與子同袍。」又邶風綠衣：「綠兮衣兮，綠衣黃裳。」㊁蔽護器物的外罩。禮檀弓下「赴車不載櫜韔」漢鄭玄注：「櫜，甲衣；韔，弓衣。」㊂果實的薄皮。全唐詩七三九李建勳宿友人山居寄司徒相公：「隔紙烘茶蕊，移鐺剝芋衣。」㊃姓。通志二九氏族五平聲：「衣氏，見姓苑。」

2. yì ㄧˋ 於既切，去，未韻，影。

㊄穿著。論語子罕："衣敝緼袍，與衣狐貉者立，而不恥者，其由也與？"㊅給人穿上衣服。左傳閔二年："大子帥師，公衣之偏衣，佩之金玦。"漢書三四韓信傳："漢王授我上將軍印，數萬之衆，解衣衣我，推食食我，言聽計從，吾得至於此。"㊆覆蓋。易繫辭下："古之葬者，厚衣之以薪。"引申爲包紮。唐柳宗元柳先生集八段太尉逸事狀："裂裳衣瘡，手注善藥。"㊇服行。書康誥："紹聞衣德言。"傳："繼其所聞服行其德言。"

【衣工】製衣的工匠。文選晉郭泰機答傅咸詩："衣工秉刀尺，棄我忽若遺。"

【衣圭】衣襟裁成燕尾形，其向兩旁垂下的部分稱衣圭。漢書四五江充傳"曲裾後垂交輸"注引如淳："交輸，割正幅，使一頭狹若燕尾，垂之兩旁，見於後，是禮深衣'續衽鉤邊'。賈逵謂之'衣圭'。"

【衣車】㊀載衣服的車。釋名釋車："衣車，前戶，所以載衣服之車也。"㊁有遮蔽的車。猶言巾車。漢書六三昌邑哀王傳："過弘農，使大奴善以衣車載女子。"又八七上揚雄傳河東賦"奮電鞭，驂雷輜"唐顏師古注："輜，衣車也。"

【衣服】衣裳，服飾。詩小雅大東："西人之子，粲粲衣服。"唐王維王右丞集一桃源行："樵客初傳漢姓名，居人未改秦衣服。"

【衣冠】㊀士大夫的穿戴。冠，禮帽。論語堯曰："君子正其衣冠，尊其瞻視，儼然人望而畏之，斯亦不威而不猛乎？"㊁士大夫，官紳。舊題漢劉歆西京雜記二："故新豐多無賴，無衣冠子弟故也。"漢書九二陳遵傳："性善書，與人尺牘，主皆藏去以爲榮。請求不敢逆，所到衣冠懷之，唯恐在後。"㊂猶言文明禮教、斯文。宋史三七四胡銓傳上疏："秦檜，大國之相也，反驅衣冠之俗，而爲左衽之鄉。"

【衣帢】猶衣帽。南齊書始安貞王道生傳附遥光："遥光還小齋帳中，著衣帢坐，秉燭自照。"也作"衣帕"。晉書劉曜載記："遣劉岳劉震等乘馬，從男女，衣帕以見曜。"

【衣被】衣服和被褥。史記一一七司馬相如傳："分予文君僮百人，錢百萬，及其嫁時衣被財物。"晉書吳逵傳："家極貧窘，冬無衣被。"

【衣₂被】養護，加惠。荀子禮論："乳母飲食之者也，而三月；慈母衣被之者也，而九月。"南朝梁劉勰文心雕龍一辨騷："是以枚賈追風以入麗，馬揚沿波而得奇，其衣被詞人，非一代也。"

【衣珠】衣上寶珠，佛家譬喻衆生本具的佛性。楞嚴經四："譬如有人，於自衣中，繫如意珠，不自覺知，窮露他方，乞食馳走。"法華文句記三下："衆生身中，有昔種緣，名爲衣珠。"

【衣桁】掛衣服的横木。猶衣架。唐岑參岑嘉州詩七山房春事之一："數枝門柳低衣桁，一片山花落筆牀。"

【衣眥】衣領交接處。爾雅釋器："衣眥謂之襟。"注："交領。"清郝懿行義疏："蓋削殺衣領以爲斜形，下屬於襟，若目眥然也。"

【衣魚】蟲名。體長三四分，尾毛三，全身有銀白色的細鱗，形如魚，又名蠹魚，蛀蝕衣物書籍。爾雅釋蟲"蟫，白魚"注："衣書中蟲"，即此。參閱政和證類本草二二衣魚。

【衣裓】佛教徒掛在肩上的長方形布帛，用以拭手或盛物。法華經二譬喻品："當以衣裓，若以几案，從舍出之。"又爲盛花之器。阿彌陀經義記："天華至妙，名曼陀羅，色妙無比，香氣芬馥，常以清旦，衣裓盛華，供養他方十萬億佛。……衣裓是盛華器，形如函而有一足，手擎供養。"

【衣著】衣着，身上的穿戴。晉陶潛陶淵明集五桃花源記："其中往來種作，男女衣着，悉如外人。"南史姚察傳："吾所衣著，止是麻布蒲練。"

【衣裳】衣服。古時上曰衣，下曰裳。易繫辭下："黃帝堯舜，垂衣裳而天下治。"詩齊風東方未明："東方未明，顛倒衣裳。"

【衣鉢】佛教僧尼的袈裟和食器。金剛經："爾時世尊食時，著衣持鉢，入舍衛大城乞食，……飯食訖，收衣鉢。"中國禪宗初祖至五祖師徒間傳授道法，常付衣鉢爲信證，稱爲衣鉢相傳。舊唐書一九一神秀傳："昔後魏末，有僧達摩者，……得禪宗妙法，云自釋迦相傳，有衣鉢爲記，世相付授。"後又泛指師傅的學問、技能等。宋楊萬里誠齋集三八贈王婿時可詩："兩家不是無家法，何須外人問衣鉢。"中興以來絶妙詞選二張安國(孝祥)鷓鴣天長沙餞劉樞密："他年真肯傳衣鉢，今日先須酹一觴。"參見"傳衣鉢"。

【衣裝】㊀隨身的衣服及行囊。列子説符："(牛缺)遇盜於耦沙之中，盡取其衣裝車牛。"後漢書七七樊曄傳："政嚴猛，……道不拾遺。行旅至夜，聚衣裝道傍，曰：'以付樊公。'"㊁衣着，衣飾。唐白居易長慶集七一喜老自嘲詩："名籍同逋客，衣裝類古賢。"

【衣銘】寫在衣上的銘文。後漢書四三朱穆傳："古之明君，必有輔德之臣，規諫之官，下至器物，銘書成敗，以防遺失。"注："太公陰謀曰：武王衣之銘曰：'桑蠶苦，女工難，得新捐故後必寒。'"

【衣₂綵】太平御覽六八九缺名孝子傳："老萊子年七十，父母猶在。萊子常服斑襴衣，爲嬰兒戲。"後以衣綵爲孝親的典故。全唐詩五四九趙嘏送權先輩歸覲信安："衣綵獨歸去，一枝蘭更香。"參見"綵衣娛親"。

【衣廩】謂衣服和廩食。也泛指生活供給。元史文宗紀二："(十一月)壬午，詔豫王阿喇忒納失里鎮雲南，賜其衛士鈔萬錠，仍每歲豫給其衣廩。"也作"衣稟"。新唐書一五七陸贄傳："被邊長鎮之兵，皆百戰傷夷，……然衣稟止於當身，又爲家室所分，居常凍餒。"

【衣₂錦】穿錦繡衣服。詩衛風碩人："碩人其頎，衣錦褧衣。"比喻榮顯。參見"衣錦夜行"。

【衣篝】薰衣用的竹薰籠。宋黃庭堅豫章集五賈天錫惠寶薰乞詩……作詩報之之十："衣篝麗紈綺，有待乃芬芳。"陸游劍南詩稿六二秋懷之三："不惜衣篝重換火，卻緣微潤得香多。"

【衣簪】衣冠簪纓，皆爲貴者之服。代指官紳貴冑。宋書孝義傳論："若夫孝立閨庭，忠被史策，多發溝畎之中，非出衣簪之下。"

【衣冠里】謂士大夫聚居處。北魏楊衒之洛陽伽藍記一永寧寺："(護軍)府南有衣冠里。"

【衣冠塚】謂僅埋葬死者衣冠的墳墓。漢書郊祀志上："上曰：'吾聞黃帝不死，有冢何也？'或對曰：'黃帝以僊上天，羣臣葬其衣冠。'"宋范致明岳陽風土記："又有寶慈觀，乃張真人煉丹飛昇之所，弟子葬其衣冠，俗謂之衣冠塚，丹竈遺跡尚在。"

【衣冠譜】記載世族門第的譜牒。唐路敬淳撰衣冠譜六十卷。已佚。見舊唐書經籍志上。

【衣食客】晉代世族豪強佔有的一種依附人口。晉書食貨志："其官品第一至于第九，各以貴賤占田，……而又得蔭人以爲衣食客及佃客，品第六已上得衣食客三人，第七第八品二人，第九品……一人。"

【衣帶水】見"一衣帶水"。

【衣帶詔】藏在衣帶裏的密詔。三國志蜀先主傳："先主未出時，獻帝舅車騎將軍董承辭受帝衣帶中密詔，當誅曹公(操)。”

【衣₂錦營】唐昭宗授錢鏐爲鎮海鎮東軍節度使。光化元年，移鎮海軍於杭州，加鏐檢校太師，改鏐鄉里曰廣義鄉勳貴里，鏐素所居營曰衣錦營。又圖鏐象置凌煙閣，升衣錦營爲衣錦城，石鑑山曰衣錦山。鏐游衣錦城宴故老，山林皆覆以錦，號其幼所嘗戲大木爲“衣錦將軍”。見五代史吳越世家錢鏐。

【衣冠掃地】指士大夫不顧名節，喪盡廉恥。舊五代史唐薛廷珪等傳史臣曰：“自唐祚横流，衣冠掃地，苟無端士，孰恢素風。”

【衣冠盛事】指封建仕宦世家一門之內榮華富貴之事。宋歐陽修文忠集外制集一供備庫副使王道卿……制：“近至于唐將相之後，能以勳名自繼其家者亦衆，秉筆者記之，號稱衣冠盛事。”新唐書藝文志二著録蘇特唐代衣冠盛事録一卷，宋史藝文志五著録錢明逸衣冠盛事一卷，今皆不傳。

【衣冠梟獍】指行同禽獸的壞人。傳説梟爲吃母的惡鳥，獍爲吃父的惡獸。宋孫光憲北夢瑣言十七：“(蘇)楷人才寢陋，兼無才行，……河朔士人目蘇楷爲衣冠梟獍。”後又作“衣冠禽獸”。明陳汝元金蓮記構衅：“哭哭啼啼假慈悲，善瞞老鼠；耽耽逐逐借聲勢，巧勝妖狐。人人駡我做衣冠禽獸，箇箇識我是文物穿窬。”

【衣食父母】指供給衣食之人。古今雜劇元關漢卿竇娥寃三：“張千：‘相公，他是告狀的，怎生跪着他？’丑：‘你不知道，但來告狀的，就是我衣食父母。’”

【衣食税租】謂居官食禄。漢書諸侯王表：“武(帝)有衡山淮南之謀，作左官之律，設附益之法，諸侯惟得衣食税租，不與政事。”

【衣香鬢影】形容婦女的服飾華麗。北周庾信庾子山集一春賦：“池中水影懸勝鏡，屋裏衣香不如花。”唐李賀歌詩編一詠懷之一：“彈琴看文君，春風吹鬢影。”後來形容婦女出遊之盛曰衣香鬢影。

【衣裳之會】指國與國間以禮交好的會合。與兵車之會相對而言。穀梁傳莊二七年：“衣裳之會十有一，未嘗有歃血之盟也，信厚也；兵車之會四，未嘗有大戰也，愛民也。”

【衣₂褐懷寶】外穿布衣，內藏珍寶。比喻有才能的貧士聲名未顯。史記一二六滑稽列傳褚少孫補：“東郭先生久待詔公車，貧困飢寒，衣敝，履不完。……及其拜爲二千石，……榮華道路，立名當世。此所謂衣褐懷寶者也。”

【衣₂錦晝遊】同“衣繡晝行”。舊唐書八三張士貴傳：“虢州盧氏人也。……從平東都，授虢州刺史，高祖謂之曰：‘欲卿衣錦晝遊耳。’”

【衣₂錦還鄉】謂富貴歸故鄉。梁書柳慶遠傳：“四年，出爲……雍州刺史，高祖(梁武帝)餞於新亭，謂曰：‘卿衣錦還鄉，朕無西顧之憂矣。’”

【衣₂繡夜行】夜間穿錦繡之服出行。比喻榮顯而未爲衆人所知。史記項羽紀：“項王見秦宮室皆以燒殘破，又以心懷思東歸，曰：‘富貴不歸故鄉，如衣繡夜行，誰知之者！’”漢書三一項籍傳作“衣錦夜行”。

【衣₂繡晝行】比喻在本鄉做官，或富貴歸故鄉，誇耀鄉里。三國志魏張既傳：“魏國既建，爲尚書，出爲雍州刺史。太祖(曹操)謂既曰：‘還君本州，可謂衣繡晝行矣。’”

二畫

衦 liǎo 盧鳥切，上，篠韻，來。
ㄌㄧㄠˇ

見“衼衦”。

三畫

衩 chà 楚懈切，去，卦韻，初。
ㄔㄚˋ

㊀衣衩。見廣韻。指衣裙下旁開口的地方。俗稱衩口。㊁短褲，褌衩。廣雅釋器：“衩、衸、袑，褏膝也。”唐李商隱李義山詩集一無題：“十歲去踏青，芙蓉作裙衩。”今讀 chǎ。

【衩衣】內衣，便服。唐韓偓香奩集早歸詩：“衩衣吟宿醉，風露動相思。”通鑑釋文辯誤十一通鑑二五二：“衩衣二字，今人所常言也。凡交際之間，賓以世俗之所謂禮服來者，主欲從簡便，必使人傳言曰：‘請衩衣。’客於是以便服進。……可見衩衣之語起於唐人，而通行於今世也。”

衪 yì 弋支切，平，支韻，喻。
ㄧˋ 移爾切，上，紙韻，喻。

衣袖。漢書五七司馬相如傳上子虛賦：“紛紛裶裶，揚衪戌削，蜚襳垂髾。”注引張揖：“衪，衣袖也。”史記、文選並作“袘”。

衫 shān 所銜切，平，銜韻，山。
ㄕㄢ

㊀古指短袖的單衣。釋名釋衣服：“衫，芟也，芟末無袖端也。”疏證：“蓋短袖無袪之衣。”後爲單衣的通稱。方言四“汗襦，……或謂之禪襦”晉郭璞注：“今或呼衫爲單襦。”也爲衣服的通稱。藝文類聚六四晉束皙近遊賦：“設緊襦以御冬，脅汗衫以當熱。”樂府詩集七二雜曲歌辭西州曲：“單衫杏子紅，雙鬢鴉雛色。”㊁旌旗下垂(旒)的正幅。“縿”、“襂”的異體字。參見“縿㊀”、“襂㊀”。

【衫子】婦女短上衣。又名半衣。中華古今注中：“始皇元年，詔宮人及近侍宮人，皆服衫子，亦曰半衣，蓋取便於侍奉。”全唐詩四二二元稹雜憶之五：“憶得雙文衫子薄，鈿頭雲映褪紅酥。”

【衫襟】指衣衫。襟，衣衫的前幅。唐岑參岑嘉州詩四奉送賈侍御使江外：“荆南渭北愁難見，莫惜衫襟着淚痕。”

表 biǎo 陂嬌切，上，小韻，幫。
ㄅㄧㄠˇ

㊀説文作“𧘲”。外加上衣。論語鄉黨：“當暑，袗絺綌，必表而出之。”集解：“孔(安國)曰，必表而出之，加上衣。”莊子讓王：“子貢乘大馬，中紺而表素。”㊁外，外面。書立政：“方行天下，至于海表。”㊂標幟，標記。周禮春官肆師：“祭之日，表齍盛告絜。”注：“表，謂徽識也。”荀子大略：“武王始入殷，表商容之閭，釋箕子之囚，哭比干之墓。”㊃標準，法則。淮南子本經：“戴圓履方，抱表懷繩。”㊄儀範，表率。禮表記：“仁者，天下之表也。”㊅表彰。書畢命：“旌别淑慝，表厥宅里。”㊆明示，顯揚。禮檀弓下：“君子表微。”左傳襄十四年：“世胙大師，以表東海。”㊇古代測量日影以計時的標竿。史記六四司馬穰苴傳：“穰苴先馳至軍，立表下漏待賈。”索隱：“立表，謂立木爲表以視日景；下漏，謂下漏水以知刻數也。”㊈漢制，下言於上，分章、奏、表、駮議四種。後漢書四四胡廣傳注引漢雜事：“凡羣臣之書，通於天子者四品：一曰章，二曰奏，三曰表，四曰駮議。……表者不需頭，上言‘臣某言’，下言‘誠惶誠恐，頓首頓首，死罪死罪’，左方下附曰‘某官臣甲乙上’。”表多用於陳述衷情，如三國蜀諸葛亮的出師表，晉李密的陳情表。後來應用漸廣，有賀表、謝表等。㊉記載事物，分類排列，按年次或類别列記複雜事件的文字。如史記十“表”、漢書古今人表、百官公卿表。㊀表親。凡外姻皆稱表。唐徐夤釣磯文集九贈表弟黄校書輅詩：“產破自窮爲學儒，我家諸表愛詩書。”

【表子】妓女。也作"婊子"。水滸五一:"那知縣雖然愛朱仝,只是恨這雷橫打死了他表子白秀英,也容不得他說了。"明陸噓雲世事通考一人物:"表子。表,外衣也,言倡非內室妻子,乃外邊苟合者。"

【表木】立木以作標記。史記夏紀:"行山表木,定高山大川。"索隱:"表木,謂刊木立爲表記。"

【表正】作爲儀表、法式。書仲虺之誥:"天乃錫王勇智,表正萬邦。"傳:"言天與王勇智,應爲民主,儀表天下,法正萬國。"文選南朝梁陸佐公(倕)石闕銘:"或以表正王居,或以光崇帝里。"

【表白】佛教唱導的別稱。水滸四:"表白宣疏已罷,行童引魯達到法座下。"釋氏要覽上:"表白,僧史略云:亦曰唱導也。始則西域上座凡赴請,呪願以悅檀越之心。舍利弗多辯才,曾作上座,讚導頗佳,白衣大歡喜,此表白之椎輪也。"

【表字】舊時人的字、號,表達其取名之義,故俗稱字爲表字。如孔子之子名鯉,字伯魚,便是。舊五代史周王峻傳:"峻年長於太祖(郭威)二歲,太祖雖登大位,時以兄呼之,有字呼表字,不忘布衣之契也。"

【表表】卓立,特出。唐韓愈昌黎集二三祭柳子厚文:"富貴無能,磨滅誰記,子之自著,表表愈偉。"

【表的】標的,目標。後漢書二四馬援傳與楊廣書:"竊見四海已定,兆民同情,而季孟閉拒背畔,爲天下表的,常懼海內切齒,思想屠烈。"注:"表猶標也,言爲標準爲射的也。言背畔之罪,爲天下所指射也。"季孟,隗囂字。

【表相】㊀表彰之意。後漢書四十下班固傳典引:"表相祖宗,贊揚迪哲,備哉燦爛。"注:"表,明也。相,助也。"㊁外貌。後漢書四八翟酺傳:"乃往候(孫)懿,……酺曰:'圖書有漢賊孫登,將以才智爲中官所害,觀君表相,似當應之。'"

【表背】裝裱書畫。也作"裱背"、"裱褙"。宋王炎午吾汶稾三贈晏裱背:"盧陵闤闠間裝理書畫者,署其門曰表背,往往裁飾其外之謂表,輔襯其裏之謂背。"元陶宗儀輟耕録七:"世人但知醫有十三科,畫有十三科,殊不知裱背亦有十三科。"參見"表背匠"。

【表姪】表兄弟的兒子。舊唐書一〇五楊慎矜傳:"慎矜與(王)鉷父瑨中外兄弟,鉷卽表姪。"

【表海】面向海。子華子下晏子問黨:"且齊之爲國也,表海而負嵎。"

【表記】㊀標誌。史記夏紀"行山表木"唐司馬貞索隱:"表木,謂刊木立爲表記。"㊁信物。元曲選喬孟符金錢記二:"又留下五十文金錢,以作表記。"

【表章】顯揚。漢書武帝紀贊:"孝武初立,卓然罷黜百家,表章六經。"章,也作"彰"。後漢書光武紀下:"孝宣帝每有嘉瑞,輒以改元,神爵五鳳甘露黃龍,列爲年紀,蓋以感致神祇,表彰德信。"

【表率】儀表,榜樣。謂以身作則。漢書七六韓延壽傳:"幸得備位,爲郡表率。"又八六何武傳:"刺史古之方伯,上所委任,一州表率也。"

【表情】表達情感。漢班固白虎通姓名:"人所以相拜者何?所以表情見意,屈節卑體,尊事人者也。"今指表現在外貌上的情態。

【表掇】儀範,模楷。呂氏春秋不屈:"惠子曰:'今之城者,或者操大築乎城上,或負畚而赴乎城下,或操表掇以善睎望。若施者,其操表掇者也。"注:"施,惠子名也;表掇,儀度。"也作"表綴"。大戴禮五曾子制言中:"昔者伯夷叔齊,死於溝澮之間,……言爲文章,行爲表綴于天下。"藝文類聚五五南朝梁王僧孺詹事徐府君集序:"行稱表綴,言成模楷。"

【表著】古代朝會時,卿士大夫佇立之處按貴賤各有定位,謂之表著。表,標幟。著,亦作"宁",門屏之間。左傳昭十一年:"朝有著定,會有表,……會朝之言,必聞于表著之位,所以昭事序也。"注:"著定,朝內列位常處,謂之表著。"

【表甥】表姊妹之子。唐詩紀事五二皇甫松:"松,丞相奇章公(牛僧孺)表甥。"

【表象】顯露在外的徵象。史記龜策傳:"會上欲擊匈奴,西攘大宛,南收百越,卜筮至預見表象,先圖其利。"

【表裏】㊀卽內外。荀子禮論:"文理情用,相爲內外表裏,並行而雜。"朱子語類十六大學三:"誠意只是表裏如一,若外面白,裏面黑,便非誠意。"㊁互爲呼應、補充。漢書七八蕭望之傳:"中書令弘恭石顯久典樞機,明習文法,亦與車騎將軍(史)高爲表裏。"後漢書六四盧植傳上書:"今毛詩左氏周禮各有傳記,其與春秋共相表裏。"注:"表裏,言義相須而成也。"㊂指衣料。水滸四:"趙員外取出銀錠、表裏、信香,向法座前禮拜了。"

【表衺】外衣。禮玉藻:"表衺不入公門。"

【表微】表明微細的事,或發揚已經衰微之學。禮檀弓下:"君子表微。"疏:"若失禮顯著,凡人皆知;若失禮微細,唯君子乃能表明之。"漢書禮樂志二:"衰微之學,興廢在人。宜領屬雅樂,以繼絕表微。"

【表閭】刻石於里門,以表彰功德。後漢書三九淳于恭傳:"病篤,使者數存問,卒於官。詔書褒歎,賜穀千斛,刻石表閭,除子孝太子舍人。"三國志魏鍾會傳檄蜀將吏士民:"王者之師,有征無戰;故虞舜舞干戚而服有苗,周武有散財、發廩、表閭之義。"

【表德】北齊顏之推顏氏家訓風操:"古者名以正體,字以表德。"言人於名之外,取字以表明德行。後因稱人本名外的字爲表德。宋蘇軾東坡詞減字木蘭花贈勝之:"說與賢知,表德元來是勝之。"朱子語類六三中庸二:"古人未嘗諱其字。明道(程顥)嘗云:'予年十四五,從周茂叔(敦頤)。'本朝先輩尚如此。伊川(程頤)亦嘗呼明道表德。"元曲選石君寶曲江池一:"人見我有些錢鈔,與我起個表德,喚做趙牛觔。"

【表徵】揭示,闡明。南朝梁劉勰文心雕龍四史傳:"原夫載籍之作也,必貫乎百氏,被之千載,表徵盛衰,殷鑒興廢。"

【表禮】指衣料。古代拜訪時所持贈的禮物。水滸四:"趙員外取出銀錠、表禮、信香,向法座前禮拜了。"一本作"表裏"。紅樓夢七:"早有鳳姐跟的丫鬟媳婦們,看見鳳姐初見秦鍾,並未備得表禮來。"

【表薄】戰國策楚一:"昔者葉公子高身獲於表薄,而財於柱國。"表,野外;薄,林木。表薄,謂其出身貧賤。

【表識】標記。漢書九九下王莽傳:"初,京師聞青、徐賊衆數十萬人,訖無文號旌旗表識,咸怪異之。"後漢書桓帝紀建和三年詔:"今京師廝舍,死者相枕,……若無親屬,可於官壖地葬之,表識姓名,爲設祠祭。"

【表襮】謂自我表現,以炫耀於人前。唐韓愈昌黎集三一南海神廟碑:"治人以明,事神以誠;內外單盡,不爲表襮。"新唐書一五四李晟傳:"晟每與賊戰,必錦裘繡帽自笑,指顧陣前。(李)懷光望之,戒曰:'將務持重,豈宜自表襮爲賊餌哉!'"

【表丈人】表伯叔,也稱"中外丈人"。太平廣記一四八崔圓:"表丈人李彥允爲刑部尚書,崔公自南方至京候謁。"

【表兄弟】中表兄弟。卽父親的姊妹、母親的兄弟姊妹之子。舊唐書七四崔湜傳:"湜表兄周利貞先爲桓、敬等所惡。"

宋呂本中東萊先生詩集二寄知止才仲:"一門叔父到卿好,中表弟兄惟爾賢。"

【表字印】只刻表字的私章。元吾丘衍學古編上三十五舉:"三十四舉曰:表字印只用二字,此爲正式。近人欲并加姓于其上,曰某氏某。若作姓某父,古雖有此稱,係他人美己,却不入印。人多好古,不論其原,不爲俗亂可也。"

【表度說】明萬曆時意大利人熊三拔撰,一卷。以立標測度之說解釋地球爲圓形、面積比太陽爲小的道理。書末介紹表式表度與節氣時刻推算的方法。明史藝文志三著録。

【表背匠】裝裱書畫的工匠。新唐書百官志校書郎有楊書手、筆匠三人,熟紙裝潢匠八人。裝潢匠卽後之表背匠。參閱清翟灝通俗編二一表背匠。參見"表背"。

【表忠觀碑】碑名。宋趙抃修龍山廢佛祠妙因院爲觀,以頌揚吳越國王錢氏的功德。後賜名爲表忠觀。宋蘇軾撰碑文,述其緣起,文見經進東坡文集事略五五。

【表記集傳】書名。明黄道周撰,二卷。引春秋以解禮之表記。自序以爲古者觀測天地日月,皆先立表,爲表記題名之所由。

【表裏山河】謂有山河爲屏障,自守無虞。左傳僖二八年:"子犯曰:'戰也。戰而捷,必得諸侯;若其不捷,表裏山河,必無害也。'"注:"晉國外河而內山。"

【表壯不如裏壯】形容妻子善能持家,可爲內助。古今雜劇元羅貫中風雲會三:"卿道是糟糠妻不下堂,朕須認貧賤交不可忘,常言道表壯不如裏壯,妻賢夫免災殃。"

四畫

衷 1. zhōng 陟弓切,平,東韻,知。ㄓㄨㄥ

㊀貼身的內衣,引申爲穿在裏邊。左傳宣九年:"皆衷其衵服以戲于朝。"參見"衷甲"。㊁內心。左傳僖二八年:"今天誘其衷,使皆降心以相從也。"㊂正中。左傳襄十八年:"晉州綽及之,射殖綽中肩,兩矢夾脰,曰:'止,將爲三軍獲。不止,將取其衷。'"注:"不止、復欲射兩矢中央。"㊃正,正派。左傳昭六年:"叔向曰:'楚辟我衷,若何效辟。'"注:"辟,邪也。衷,正也。"㊄善,福。書湯誥:"惟皇上帝,降衷于下民。"注:"衷,善也。"㊅姓。五代南唐有書家衷愉,漢哀章之後,以慶賀不便,改姓衷。見正字通。

2. zhòng 陟仲切,去,送韻,知。ㄓㄨㄥˋ

㊆恰當,適當。通"中"。左傳僖二四年:"君子曰:'服之不衷,身之災也。'"注:"衷,猶適也。"又昭十六年:"子產怒曰:'發命之不衷,……僑之恥也。'"注:"衷,當也。"

【衷心】內心,心中。三國志蜀法正傳:"孫權以妹妻先主(劉備),妹才捷剛猛,有諸兄之風,侍婢百餘人,皆親執刀侍立,先主每入,衷心常凜凜。"

【衷甲】內披衣甲。左傳襄二七年:"辛巳,將盟于宋西門之外,楚人衷甲。"注:"甲在衣中。"後漢書七二董卓傳:"(李)肅以戟刺之,卓衷甲不入,傷臂墮車。"

【衷甸】古代指兩馬一轅的卿車。卽中乘。甸,讀如盛,通"乘"。左傳哀十七年:"良夫乘衷甸兩牡。"注:"衷甸,一轅,卿車。"疏:"甸,卽乘也。四丘爲甸,出車一乘,故以甸爲名,是古者乘、甸同也。……兵車一轅而二馬夾之,其外更有二驂,是爲四馬。今止乘兩牡,而謂之衷乘者,衷,中也,蓋以四馬爲上乘,兩馬爲中乘。"

【衷款】誠意。南朝陳徐陵徐孝穆集三爲陳主答周主論和親書:"希篤親鄰,敬開衷款。"

【衷誠】內心的誠意。陳書虞寄傳諫陳寶應書:"將軍運動微之鑒,折從衡之辯,策名委質,自託宗盟,此將軍妙筭遠圖,發於衷誠者也。"

【衷腸】內心的感情。唐韓偓玉山樵人集天鑒詩:"神依正道終潛衛,天鑒衷腸競不違。"宋晁補之琴趣外篇四惜奴嬌詞:"歌闋瓊筵,暗失金貂似,說衷腸、丁寧囑付。"

衺 xié 似嗟切,平,麻韻,邪。ㄒㄧㄝˊ

邪惡,不正。同"邪"。周禮地官比長:"比長各掌其比之治,五家相受相和親,有辠奇衺則相及。"注:"衺,猶惡也。"又天官宮正:"去其淫怠與其奇衺之民。"注:"奇衺,譎觚非常。"釋文:"衺,亦作邪。"

衰 1. shuāi 所追切,平,脂韻,山。ㄕㄨㄞ

㊀"盛"之對。指事物由强盛漸趨微弱。論語微子:"楚狂接輿歌而過孔子,曰:'鳳兮鳳兮,何德之衰!'"

2. cuī 楚危切,平,支韻,初。ㄘㄨㄟ

㊁由大到小,依照一定的等級遞減。左傳桓二年:"故天子建國,諸侯立家,卿置側室,大夫有貳宗,士有隸子弟,庶人工商各有分親,皆有等衰。"㊂古代的喪服,有"斬衰"、"齊衰"之分。同"縗"。禮喪服小記:"斬衰括髮以麻,……齊衰惡笄以終喪。"參見"斬衰"、"齊衰"。世說新語任誕:"謝征西(尚)往尚書(謝裒)墓還葬後三日反哭,……諸人門外迎之,把臂便下,裁得脫幘著帽酣宴半坐,乃覺未脫衰。"

【衰亡】衰落滅亡。韓非子愛臣:"是以姦臣蕃息,主道衰亡。"

【衰₂分】古代數學名詞。亦作"差分"。九章算術三衰分:"衰分以御貴賤稟稅。"言從大漸差而小。參見"九章算術"。

【衰朽】老邁無能。南朝陳江總江令君集宴樂修堂應令:"庸疎濫應阮,衰朽忝連章。"唐韓愈昌黎集十左遷至藍關示姪孫湘詩:"欲爲聖明除弊事,肯將衰朽惜殘年。"

【衰年】老年。唐杜甫杜工部草堂詩箋三七江閣卧病走筆寄呈崔盧兩侍御:"衰年病秪瘦,長夏想爲情。"

【衰₂序】按一定比數遞減的次序。左傳昭三二年:"遲速衰序,於是焉在。"注:"衰,差也;序,次也。"文選漢馬季長(融)長笛賦:"洪殺衰序,希數必當。"

【衰宗】衰敗的宗族。三國志蜀張裔傳:"撫恤故舊,振贍衰宗,行義甚至。"也作謙詞用。世說新語夙惠:"不意衰宗,復生此寶!"

【衰₂征】按其土地產量的多少而征稅。國語齊:"相地而衰征,則民不移。"注:"衰,差也。視土地之美惡及所生出,以差征賦之輕重也。"

【衰退】精力衰減。猶云年邁。宋曾鞏元豐類稿三四乞賜唐六典狀:"臣備數內閣,以文學爲職,宜略知典故,不可以衰退駑鈍,怠惰苟止。"宋陳傅良止齋集七和徐叔子用林宗易韻見示詩:"方信深交相戀嫪,却因衰退更躊躇。"

【衰紅】凋謝的花。唐白居易長慶集十四惜牡丹花詩之一:"明朝風起應吹盡,夜惜衰紅把火看。"

【衰涕】見"衰淚"。

【衰容】衰老或病弱的容態。唐杜甫杜工部草堂詩箋三六北風:"再宿煩舟子,衰容問僕夫。"白居易長慶集十四新磨鏡詩:"衰容常晚櫛,秋鏡偶新磨。"

【衰衰】瘦瘠貌。漢揚雄太玄經三衆:"兵衰衰,見其病,不見輿尸。"注:"衰衰,瘦瘠之貌也。"

【衰淚】老淚。唐韓愈昌黎集十遊西林寺題蕭二兄郎中舊堂詩:"偶到匡山曾住處,幾行衰淚落煙霞。"也作"衰涕"。金元好問遺山集九過三鄉望女几邨追懷溪南詩老辛敬之詩之二:"欲就溪南問遺事,不禁衰涕落煙霞。"

【衰殘】枯殘,萎落。宋林逋林和靖集拾遺西湖孤山寺後舟中寫望詩:"拂拂煙雲初淡蕩,蕭蕭蘆葦半衰殘。"曾幾茶山集六上元日大雪詩:"便似落花飛絮去,直疑春事併衰殘。"

【衰₂絰】古代居喪之服。左傳僖六年:"許男面縛,銜璧,大夫衰絰,士輿櫬。"

【衰落】衰敗零落。謂事物由盛而衰。詩小雅天保"如松柏之茂,無不爾或承"漢鄭玄箋:"如松柏之枝葉常茂盛,青青相承,無衰落也。"

【衰₂颯】枯萎,衰落。唐張九齡曲江集三登古陽雲臺詩:"庭樹日衰颯,風霜未云已。"杜甫杜工部草堂詩箋十五秦州雜詩之七:"烟塵獨長望,衰颯正摧顏。"

【衰暮】衰老,年邁。南朝宋鮑照鮑氏集四擬古詩之四:"幼壯重寸陰,衰暮反輕年。"文選南朝梁沈休文(約)別范安成詩:"及爾同衰暮,非復別離時。"

【衰謝】同"衰退"。宋書顧覬之傳:"(覬之)曰:'禮,年六十不服戎,以其筋力衰謝,非復軍旅之日。'"唐杜甫杜工部詩史補遺二陪李七司馬皂江上觀造竹橋……聊題短作簡李公之二:"衰謝多扶病,招邀屢有期。"

【衰薄】頹敗澆薄。多指世風道德。詩王風中谷有蓷序:"夫婦日以衰薄,凶年饑饉,室家相棄爾。"唐杜甫杜工部詩史補遺五昔遊:"胡爲客關塞,道意久衰薄。"

衮 gǔn 古本切,上,混韻,見。
ㄍㄨㄣˇ

也作"袞"。㊀古代帝王及上公祭宗廟所穿的禮服。周禮春官司服:"王之吉服,……享先王則衮冕。"注:"鄭司農(衆)云:衮,卷龍衣也。"正義:"按卷龍者,謂畫龍於衣,其形卷曲,其字禮記多作卷。"㊁古代上公服衮,後世因稱三公爲衮。文選漢張平子(衡)思玄賦:"董弱冠而司衮兮,設王隧而弗處。"注:"漢書曰,董賢年二十二爲三公。"參見"台₂衮"。

【衮司】指三公的職位。文選南齊王仲寶(儉)褚淵碑文:"今之尚書令,古之冢宰,雖秩輕於衮司,而任隆於百辟。"參見"三公㊀"。

【衮衣】衮也作"袞"。古代帝王及上公繡龍的禮服。也稱"衮服"。詩豳風九罭:"我覯之子,衮衣繡裳。"傳:"衮衣,卷龍也。"清陳奐傳疏:"衮與卷古同聲,卷者曲也,象龍曲形曰卷龍,畫龍作服曰龍卷,加衮之服曰衮衣,玄衣而加衮曰玄衮,戴冕而加衮曰衮冕,天子上公皆有之。"

【衮命】三公之任。隋書韋世康傳與子弟書:"吾生因緒餘,夙霑纓弁,驅馳不已,四紀於茲。亟登衮命,頻涖方岳,……以不貪而爲寶,處膏脂而莫潤。"

【衮服】古代帝王及公侯的禮服。天子大裘冕,十二章,日、月、星辰、山、龍、華蟲,繪於衣;宗彝、藻、火、粉米、黼、黻,繡於裳。衮冕九章,自山龍以下。鷩冕七章,華蟲以下。毳冕五章,藻火以下。希冕三章,粉米以下。玄冕一章,惟裳刺黻而已。參閱周禮春官司服注。圖見清黃以周禮書通故。

衮服

【衮衮】謂相繼不絕。晉書王戎傳:"裴頠論前言往行,衮衮可聽。"唐杜甫杜工部草堂詩箋三醉時歌:"諸公衮衮登臺省,廣文先生官獨冷。"

【衮章】指衮服的文采。藝文類聚四七南齊王儉拜儀同三司章:"遂乃班同衮章,燮和台曜。"也指衮服。文選南朝梁任彥昇(昉)齊竟陵文宣王行狀:"詔給溫明秘器,斂以衮章。"唐呂向注:"衮章,龍服也。"

【衮冕】衮衣和冠冕。古代帝王及大夫的禮服和禮帽。周禮春官司服:"王之吉服,……享先王則衮冕。"國語周中:"陳我大姬之後也,棄衮冕而南冠以出,不亦簡彝乎?"引申指登朝入仕。後漢書七九上孔僖傳:"(孔子建)對曰:'吾有布衣之心,子有衮冕之志,各從所好,不亦善乎!'"

【衮遍】宋大曲套數名。宋王灼碧雞漫志三:"凡大曲有散序、靸、排、遍、攧、正攧、入破、虛催、實催、衮遍、歇指、殺衮,始成一曲。"

【衮華】古代王公貴族的禮服。猶"華衮"。宋朱熹朱文公集九孝宗皇帝挽歌辭:"衮華叨假寵,縞素識通喪。"

【衮職】㊀帝王之職。詩大雅烝民:"衮職有闕,維仲山甫補之。"疏:"衮職,實王職也。不言王而言衮,不敢指斥而言,猶律謂天子爲乘輿也。"㊁三公之職。後漢書五四楊賜傳哀策:"七在卿校,殊位特進;五登衮職,弭難乂寧。"

【衮闕】謂帝王的過失。漢蔡邕蔡中郎集四胡公碑:"弘綱既整,衮闕以補。"

袂 fū 甫無切,平,虞韻,幫。
ㄈㄨ

㊀劍衣。見"袂襓"。㊁衣前襟。見廣韻。㊂廣東方言爲"褲"字。

【袂襓】刀鞘,劍衣。即"夫襓"。廣雅釋器:"夫襓,木劍衣也。"清王念孫疏證:"夫舊本作袂,……木舊本作袜。……案(禮)少儀'加夫襓與劍焉'鄭玄注云:'夫襓,劍衣也。'……熊氏(安生)云:'……謂以木爲劍衣者,若今刀檻。'"

袂 mèi 彌弊切,去,祭韻,明。
ㄇㄟˋ

古代衣袖統稱爲袪;析言之,袖口曰袂。論語鄉黨:"褻裘長,短右袂。"疏:"袂是裘之袖。"楚辭屈原九歌湘夫人:"捐余袂兮江中,遺余褋兮澧浦。"

袡 rán 汝鹽切,平,鹽韻,日。
ㄖㄢˊ

同"衻"。見"衻"。

衵 nì 人質切,入,質韻,日。
ㄋㄧˋ

內衣,近身衣。見說文。參見"衵服"。

【衵衣】近身衣。後漢書八十下禰衡傳:"於是先解衵衣,次釋餘服,裸身而立。"

【衵服】婦女的近身衣。左傳宣九年:"陳靈公與孔寧儀行父通於夏姬,皆衷其衵服以戲于朝。"釋文:"婦人近身內衣也。"

衶 chōng
ㄔㄨㄥ

見下。

【衶襌】謂言語淡薄無味。即"沖澹"。荀子非十二子:"弟佗其冠,衶襌其辭,禹行而舜趨,是子張氏之賤儒也。"注:"衶襌當爲沖澹,謂其言淡薄也。"

衲 nà 奴荅切,入,合韻,泥。
ㄋㄚˋ

㊀補,縫綴。廣雅釋詁四:"衲,……補也。"清王念孫疏證:"衲者,釋言云紩納也,納與衲通。亦作內。今俗語猶謂破布相連處爲衲頭。"㊁僧衣。即"百衲衣"。唐白居易長慶集五七贈僧自遠禪師詩:"自出家來長自在,緣身一衲一繩牀。"㊂僧徒的自稱或代稱。全唐詩二七三戴叔倫題橫山寺:"老衲供茶盌,斜陽送客舟。"

【衲子】僧徒的別稱。宋黃庭堅豫章集七送密老住五峯詩:"水邊林下逢衲子,南北東西古道場。"樓鑰攻媿集五七徑山興聖萬壽禪寺記:"紹興七年,大慧禪師來主法席，衲子雲集，至千七百衆。」

【衲衣】僧衣。唐貫休禪月集六深山逢老僧詩之一：「衲衣線粗心似月，自把短鋤鋤榾柮。」參見「糞掃衣」。

【衲被】㈠曾經補綴之被。宋蘇轍欒城集三集二上元雪詩：「衲被蒙頭真老病，紗籠照佛本無心。」㈡宋楊億爲文用故事，使子姪檢出處，用片紙録之，文成而後綴拾，人謂之衲被。見宋俞文豹吹劍録三録。

【衲僧】僧人。唐貫休禪月集十五寄新定桂雍詩：「獨自住烏龍，應憐是衲僧。」

衿 1. jīn ㄐㄧㄣ 居吟切，平，侵韻，見。

説文作「裣」。字又作「襟」。㈠衣下兩旁掩裳際處。戰國策齊三：「臣輒以頸血湔足下衿。」㈡古代衣服的交領。詩鄭風子衿：「青青子衿，悠悠我心。」北齊顔之推顔氏家訓書證：「按：古者斜領下連於衿，故謂領爲衿。」青衿爲學子所服，故沿稱秀才爲青衿，亦省稱衿，如紳衿；出仕者爲紳，學者爲衿。㈠㈡參閲清段玉裁説文解字注八上裣。

2. jìn ㄐㄧㄣˋ 集韻 巨禁切，去，沁韻。

㈢結住，帶上。或作「紟」。見「衿₂纓」。

【衿甲】謂不解甲。左傳襄十八年：「(齊殖綽郭最)皆衿甲面縛，坐於中軍之鼓下。」北史周武帝紀建德五年詔：「(高)延宗衆散，衿甲軍門。」

【衿曲】中懷，心曲。藝文類聚三七南朝梁陶弘景答虞仲書：「辭動情端，志交衿曲。」

【衿抱】猶言懷抱。世説新語輕詆：「謝太傅(安)謂子姪曰：『中郎(謝萬)始是獨有千載。』車騎(謝玄)曰：『中郎衿抱未虚，復那得獨有？』」

【衿契】謂情意相投的朋友。世説新語方正：「顧孟著(顯)嘗以酒勸周伯仁(顗)，伯仁不受。顧因移勸柱，而語柱曰：『詎可便作棟梁自遇？』周得之欣然，遂爲衿契。」

【衿帶】喻形勢回互環繞的險要之地。後漢書八十上杜篤傳論都賦：「(關中)城池百尺，阸塞要害，關梁之險，多所衿帶。」注：「衿帶，衣服之要，故以喻之。」文選晉潘安仁(岳)西征賦：「躡函谷之重阻，看天險之衿帶。」

【衿喉】衣領與咽喉。喻要害之地。新唐書一五四李晟傳：「晟懼爲(李懷光)所併，上言當先變制備，請假裨佐趙光銑唐良臣張彧爲洋利劍三州刺史，各勒兵以通蜀漢衿喉。」

【衿₂纓】古制：婦人繫纓於身，示有所屬；而男女未成年時，也結纓以佩香囊，便於近侍父母，皆稱衿纓。衿，結、繫。纓，香纓，以五采絲爲之。禮內則：「婦事舅姑，……衿纓綦屨。」又：「總角衿纓，皆佩容臭。」注：「容臭，香物也，以纓佩之。」疏：「與婦人既笄之纓别也。」

衯 fēn ㄈㄣ 撫文切，平，文韻，滂。

長衣貌。見説文。

【衯衯】長衣貌。史記一一七司馬相如傳子虛賦：「衯衯裶裶，揚袘卹削，蜚纖垂髾。」

衽 rèn ㄖㄣˋ 汝鴆切，去，沁韻，日。

俗作「袵」。㈠衣襟。1.衣的兩旁掩裳際處。儀禮喪服：「衽二尺有五寸。」注：「衽，所以掩裳際也。」戰國策齊一：「臨淄之途，……連衽成帷，舉袂成幕，揮汗成雨。」2.衣服胸前交領部份。論語憲問：「微管仲，吾其被髮左衽矣。」疏：「衽謂衣衿，衣衿向左，謂之左衽。」㈡衣袖。漢劉向列女傳魯季敬姜：「文伯引衽攘捲而親饋之。」㈢臥席。禮曲禮上：「請衽何趾。」注：「衽，臥席也。」引申爲寢宿的意思。禮中庸：「衽金革，死而不厭，北方之强也。」㈣下裳。周禮考工記輈人：「衣衽不敝。」注：「衽謂裳也。」㈤整襟。漢劉向新序節士上：「衽襟則肘見。」㈥結連棺蓋與棺木的木榫。兩頭寬，中間窄，形似衽，故名。漢人名「小要」。禮檀弓上：「衽每束一。」參見「小要㈠」、「細腰㈣」。

【衽席】㈠朝堂宴享時所設的席位。禮坊記：「衽席之上，讓而坐下，民猶犯貴。」㈡臥席。韓詩外傳二：「(樊)姬曰：『妾得侍於王，尚湯沐，執巾櫛，振袵(衽)席，十有一年矣。』」引申爲寢處之所。莊子達生：「人之所取畏者，衽席之上，飲食之間，而不知爲之戒者，過也。」

袄 ǎo ㄠˇ

「襖」俗字。

袀 jūn ㄐㄩㄣ 居勻切，平，諄韻，見。

㈠通「均」。上下同色。見「袀服」。㈡純色。漢書九九下王莽傳：「時莽紺袀服，帶璽韍。」注：「紺，深青而揚赤色也。袀，純也，純爲紺服也。」

【袀服】上衣下裳同色之服。同「均服」。呂氏春秋悔過：「今(秦師)袀服回建，左不軾而右之，力則多矣，然而寡禮，安得無疵？」注：「袀，同也。兵服上下無別，故曰袀服。」左傳僖五年「均服振振」，漢書五行志中之上引作「袀服」。

【袀袨】純黑色的祭服。淮南子齊俗：「尸祝袀袨，大夫端冕。」注：「袀，純服；袨，墨齋衣也。」祭服上下皆玄色，故作「袀玄」。後漢書輿服志下：「秦以戰國即天子位，滅去禮學，郊祀之服皆以袀玄。」

【袀睟】猶純粹。漢揚雄太玄經三睟：「陽氣袀睟清明，物咸重光，保厥昭陽。」

衱 jié ㄐㄧㄝˊ 其輒切，入，葉韻，羣。

㈠衣後襟。爾雅釋器：「衱謂之裾。」注：「衣後襟也。」㈡裙帶。唐杜甫杜工部草堂詩箋四麗人行：「背後何所見，珠壓腰衱穩稱身。」

衹 1. zhī ㄓ 章移切，平，支韻，照。

㈠僅僅。猶「適」。左傳僖十五年：「晉未可滅而殺其君，衹以成惡。」注：「衹，適也。」古籍中衹與祇、秖等字通用。今皆讀 zhǐ。

2. qí ㄑㄧˊ 巨支切，平，支韻，羣。

㈡見「衹₂裓」。

【衹₂裓】僧尼的法衣。新唐書一八七李罕之傳：「初爲浮屠，行丐市，窮日無得者，抵鉢褫衹裓去，聚衆攻剽五臺下。」

袁 yuán ㄩㄢˊ 雨元切，平，元韻，于。

㈠衣長貌。見説文。㈡姓。陳胡公滿，本姓嬀。十八世孫莊伯生諸，字伯爰，孫濤塗以祖父字爲氏，世爲陳上卿。爰，或作「轅」、「袁」。左傳作轅濤塗，穀梁傳作袁濤塗。參閲元和姓纂四元。

【袁公】傳説中的猿精。春秋時，越有處女善劍術，將北往見越王句踐，途中遇一老翁，自稱袁公，請女試劍，正試演中，袁公忽飛上樹，變爲白猿。見吳越春秋九句踐陰謀外傳。

【袁江】水名。又名袁水、秀江。源出江西萍鄉縣羅霄山，東流入贛江。有險灘，形勢險峻，號五浪灘。參閲太平寰宇記一〇九袁州新喻縣。

【袁安】公元？—92年。東漢汝南汝陽人。字邵公。爲人嚴謹，州里敬重，洛陽令舉爲孝廉。永平間，拜楚郡太守。時因楚王英謀反事，株連數千人，死者甚衆。安到郡理獄，平反冤案，獲釋者四百餘家。和帝時，外戚竇憲兄弟擅政，安守正不屈，卒於官。後漢書四五有傳。

【袁州】漢豫章郡地。隋平陳，置袁州，

以境内袁山而名。大業初，改宜春郡。唐復名袁州，元改爲袁州路。明清爲府，府治宜春縣。公元 1912 年裁府入縣，屬江西省。今江西宜春縣是其舊治。參閲元和郡縣志一〇九袁州、讀史方輿紀要八七袁州府。

【袁宏】公元 328—376 年。晉陽夏人，字彦伯，小字虎。少孤貧，有逸才，文章絶美。鎮西將軍謝尚引爲參軍，後爲桓温記室，温北征，令宏倚馬前撰露布，頃刻間成七紙，文皆可觀。太元初，出爲東陽太守。嘗以舊有諸家後漢書雜亂，因撰集後漢紀三十卷，自出鑒裁，抉擇去取，與范曄後漢書並傳。晉書入文苑傳。

【袁枚】公元 1716—1797 年。清浙江錢塘人。字子才，號簡齋。乾隆四年進士，官溧水江浦江寧等縣知縣，以父喪辭官歸，不復出仕。築隨園於江寧城西小倉山，遠近投詩文者無虚日，享盛名五十年。其文不拘義法，以才運情，筆力横逸，詩倡獨抒性靈，與主聲調之沈德潛争雄長。有隨園全書。參閲清姚鼐惜抱軒文集十三袁隨園君墓誌銘。

【袁盎】公元前？—前 148 年。漢楚人，字絲。父徙居安陵，文帝遷淮南王於蜀，盎諫不聽；王至雍病死，盎又請立子三人爲王，由此名重朝廷。爲吴相，景帝時鼂錯令人案盎受吴王財物抵罪，詔赦爲庶人。吴楚七國反，盎勸景帝誅錯。吴楚事平，爲楚王禮相，病免居家，後爲梁王所殺。史記一〇一、漢書四九有傳，漢書作爰盎。

【袁桷】公元 1266—1327 年。元慶元人，字伯長。舉茂才異等，起爲麗澤書院山長。成宗大德初，薦授翰林國史院檢閲官，累官至侍講學士。泰定初，辭官歸。當時朝廷制册、勳臣碑銘，多出其手。著有清容居士集、易説、春秋説。元史一七二有傳。

【袁婁】春秋時地名。在今山東臨淄縣西。春秋成二年:"秋七月，齊侯使國佐盟于袁婁。"左傳及穀梁皆作"爰婁"。

【袁紹】公元？—202 年。東漢汝陽人，字本初。自袁安以後，四世三公。紹爲袁逢庶子，出爲伯父成後。靈帝時，爲佐軍校尉。靈帝死，勸大將軍何進誅宦官，太后不從，進乃密召董卓率兵入京。卓未至而事洩，進爲宦官所害。紹乃勒兵入宫盡殺諸宦官。卓至，議廢立，紹不從，出奔冀州。獻帝初平元年，紹起兵討卓，各州並推紹爲盟主。及卓死，紹據河北，破公孫瓚，併其衆。獻帝建安七年與曹操戰於官渡，兵敗，病作而死。後漢書、三國志皆有傳。

【袁術】公元？—199 年。東漢汝陽人，字公路。父逢。紹從弟。靈帝時爲虎賁中郎將。董卓擅權，議廢立，以術爲後將軍，術恐禍及，乃奔南陽。獻帝初平四年，據壽春，僭稱帝號，自稱"仲家"。建安四年，因糧盡衆散，欲走青州依袁譚，又爲劉備所截擊，復還走壽春，憤恚嘔血死。後漢書及三國志均有傳。

【袁黄】明吴江人。字坤儀，又字了凡。萬曆十四年進士。初任寶坻縣知事，有政績，擢兵部主事。黄博學好奇，凡曆數律吕、水利、兵事以及勾股、堪輿、星命之學，無所不窺。律己甚嚴，行功過格，以紀每日所行善惡。著有兩行齋集、曆法新書、皇都水利、羣書備考、立命論、評注八代文宗等。

【袁凱】明松江華亭人。字景文。博學有才辨，洪武中薦授御史。後因言獄事，不爲太祖所喜，凱懼，佯狂告歸，得免。凱工詩，在楊維楨座賦白燕詩著名，時人呼爲袁白燕。自號海叟，有海叟集。明史入文苑傳。

【袁粲】公元 420—477 年。南朝宋陽夏人。少孤，祖母名爲愍孫，後慕晉荀粲爲人，自改名，字景倩。好學，足不出户。武帝時，爲尚書吏部郎。明帝時，粲與褚淵同受命擁立太子，時權在中領軍蕭道成，道成殺太子，立順帝，以粲爲中書監。粲與劉秉王藴等謀誅道成，褚淵洩其謀，粲父子均被害。時人哀粲，作歌曰:"可憐石頭城，寧爲袁粲死，莫作褚淵生!"見宋書八九、南史二六本傳。

【袁樞】公元 1131—1205 年。宋建安人，字機仲。試禮部第一，寧宗時官至右文殿修撰，知江寧府。樞喜讀司馬光資治通鑑，而苦其卷帙浩繁，紀一事而隔數卷，首尾難稽，乃自出新意，以一事爲一篇，分類排纂，每事各詳起迄，自爲標題，凡二百三十九事，成通鑑紀事本末四十二卷，遂開史學上紀事本末之體。宋史三八九有傳。

【袁燮】公元 1144—1224 年。宋鄞縣人，字叔和。孝宗乾道初，入太學，淳熙八年進士，授江陰尉。寧宗即位，燮爲太學正。值黨禁興，罷去。後復起用，累官至寶文閣直學士。燮師事陸九淵，傳其學，以反躬切己、忠信篤實爲本，學者稱爲絜齋先生。有絜齋集。宋史四〇〇有傳。參閲清黄宗羲宋元學案七五。

【袁山松】公元？—401 年。晉陽夏人，一名崧。博學能文，著後漢書百篇，已亡，有輯本。又善音樂，時羊曇善唱樂，桓伊能挽歌，人稱"三絶"。後爲吴郡太守，會孫恩攻滬瀆城，山松固守，城陷而死。見晉書八三本傳。

【袁天綱】唐成都人。綱，俗作"罡"。相人之術，自謂勝於漢之嚴君平。子客師，亦傳其術。四庫存目有九天元女六壬課一卷，舊題袁天綱撰，實爲宋元時術數之士所僞託者。新、舊唐書皆入方伎傳。

【袁中道】公元 1570—1623 年。明公安人，字小修(一作少修)，宏道弟。年十餘歲，即以作黄山賦雪賦知名於時。萬曆四十四年進士，官至南京吏部郎中。著有珂雪齋集。明史二八八有傳。參見"袁宏道"。

【袁宏道】公元 1568—1610 年。明公安人，字中郎。萬曆二十年進士，選爲吴縣令，旋解官去;後復起用，官至稽勳郎中。宏道與兄宗道弟中道並有才名。時人稱爲"三袁"。宏道等反對王世貞李攀龍等前後七子擬古之作，主張妙悟，獨抒性靈，不拘格套，學者多舍王李而從三袁，號爲公安體。雖能力矯王李專事摹擬之習，而空疎之病，往往有之。著有袁中郎集、觴政、明文雋等。明史二八八有傳。

【袁廷玉】公元 1335—1410 年。明鄞縣人。名珙，字廷玉，以字行。好學能詩，以相術知名當時。後卜居鄞縣城西，環舍種柳，自號柳莊居士。著有柳莊集。明史入方伎傳。

【袁宗道】公元 1560—1600 年。明公安人，字伯修。宏道之兄。萬曆十四年會試第一，授職編修。宗道作詩，於唐好白居易，於宋好蘇軾，故名其齋曰白蘇。著有白蘇齋集。明史二八八有傳。參見"袁宏道"。

【袁家皮】套料煙壺的名目。與辛家皮相類，屑珍寶爲色，光采奪目。參見"辛家皮"。

【袁崇焕】公元 1584—1630 年。明廣東東莞人，字元素。萬曆四十七年進士。慷慨有膽略，好談兵。天啓二年，擢兵部主事。後金兵攻寧遠，崇焕激勵士卒死守，卒解圍，擢右僉都御史，巡撫遼東。然爲魏忠賢所阨，乞歸。崇禎立，放忠賢於鳳陽，道死，復起用崇焕爲兵部尚書，督師薊遼。崇禎二年，後金兵越長城陷遵化而西，崇焕急引兵入護京師，或誣其通敵，下獄，被磔於市。明史二五九有傳。

衾 qīn 去金切,平,侵韻,溪。
ㄑㄧㄣ

㊀大被。詩召南小星:"肅肅宵征,抱衾與裯,寔命不猶。"㊁覆蓋屍體的單被。孝經喪親:"爲之棺椁衣衾而舉之。"疏:"衾謂單被,覆尸薦尸所用。"韓非子內儲說上:"齊國好厚葬,布帛盡於衣衾,材木盡於棺椁。"

【衾衽】被和席。文選南朝宋王僧達祭顏光祿(延年)文:"衾衽長塵,絲竹罷調。"

【衾裯】寢時覆體之具。衾,大被;裯,帳,字同"幬"。詩召南小星:"抱衾與裯,寔命不猶。"玉臺新詠一漢張衡同聲詩:"願爲羅衾幬,在上衛風霜。"三國魏曹植曹子建集五贈白馬王彪詩:"何必同衾幬,然後展慇懃。"

【衾影】北齊劉晝劉子慎獨:"獨立不慚影,獨寢不愧衾。"後謂在私生活中無喪德敗行之事曰"衾影無慚"或"無慚衾影",本此。

五 畫

袤 mào 莫候切,去,候韻,明。
ㄇㄠ

長。一般指南北之長。文選漢張平子(衡)西京賦:"於是量徑輪,考廣袤。"注:"說文曰:南北曰袤,東西曰廣。"也泛指橫長。史記八八蒙恬傳:"築長城,因地形,用制險塞,起臨洮,至遼東,延袤萬餘里。"

袠 zhì 直一切,入,質韻,澄。
ㄓ

㊀書套,書函。同"帙"。後漢書三十上楊厚傳:"吾綈袠中有先祖所傳祕記。"㊁十年爲一袠。通"秩"。宋王楙野客叢書十二開八袠:"以十年爲一袠。其說見白樂天(居易)集中,詩云:'年開第七袠,屈指幾多人?'是時六十三元日詩也。……蓋以十年爲一袠爾。"參見"秩㊃"。

袌 bào 薄報切,去,号韻,並。
ㄅㄠ

抱,說文作袌。抱字行而"袌"遂廢。見清段玉裁說文解字注袌。

袨 xuàn 黃絢切,去,霰韻,匣。
ㄒㄩㄢ

㊀黑色的禮服。淮南子齊俗:"纏以朱絲,尸祝袀袨。"注:"袨,墨齋衣也。"參見"袀袨"。㊁盛服。見"袨服"。

【袨服】㊀盛服。漢書五一鄒陽傳上吳王書:"夫全趙之時,武力鼎士袨服叢臺之下者一旦成市,而不能止幽王之湛患。"注:"袨服,盛服也。"㊁黑色的衣服。文選晉陸士衡(機)豪士賦序:"而時有袨服荷戟,立乎廟門之下;援旗誓衆,奮於阡陌之上。"

袢 pàn fán 附袁切,平,元韻,並。
ㄆㄢˋ ㄈㄢˊ

㊀白色內衣。詩鄘風君子偕老:"蒙彼縐絺,是紲袢也。"㊁炎熱。見"袢暑"、"袢溽"。

【袢延】詩鄘風君子偕老"是紲袢也"漢毛亨傳:"是當暑袢延之服也。"按袢延,疊韻連語,漢時方言。緩言曰袢延,急言則爲袢。其義有四說:1.唐孔穎達詩正義謂袢延爲熱之氣。宋文同丹淵集十八西岡僦居詩:"前時大暑中,幾不禁袢延。"2.清焦循謂與晉左思蜀都賦之"叛衍"同。猶漫衍。謂寬闊的衣服。見毛詩補疏(清經解一一五二)。3.清馬瑞辰謂袢讀如煩,義近煩污。延,義近硟,以石衦繒爲硟。袢延謂以衣揩摩汗澤。見毛詩傳箋通釋五。4.清俞樾謂袢延猶大雅卷阿之"伴奐",縱弛之意。見羣經平議毛詩。

【袢暑】猶言溽暑、炎暑。宋范成大石湖集十九夔門即事詩:"峽行風物不堪論,袢暑驕陽雜瘴氛。"樓鑰攻媿集七三跋蓮荷:"又有熟茨生菱鳧茈之屬,一一如生,袢暑尤宜觀之,所謂宛然坐我水仙府也。"

【袢溽】蒸熱。宋盧炳烘堂詞念奴嬌:"短髮蕭蕭襟袖冷,便覺都無袢溽。"

袜 1. mò 莫撥切,入,末韻,明。
ㄇㄛˋ

㊀抹胸,兜肚。玉臺新詠八劉緩敬酬劉長史詠名士悅傾城詩:"釵長逐鬟髮,袜小稱腰身。"

2. wà 集韻 勿撥切,入,月韻。
ㄨㄚˋ

㊁同襪。明楊慎雜事祕辛:"足長八寸,踁跗豐妍,底平指斂,約縑迫袜,收束微如禁中。"

【袜肚】腰巾。五代後唐馬縞中華古今注中袜肚:"蓋文王所制也,謂之腰巾,但以繒爲之;宮女以綵爲之,名曰腰綵。至漢武帝以四帶,名曰袜肚。至靈帝賜宮人蹙金絲合勝袜肚,亦名齊襠。"

【袜腹】俗稱兜肚。陳書周迪傳:"迪性質朴,不事威儀,冬則短身布袍,夏則紫紗袜腹。"

袪 qū 去魚切,平,魚韻,溪。
ㄑㄩ

㊀袖口。詩鄭風遵大路:"遵大路兮,摻執子之袪兮。"㊁舉起,撩起。呂氏春秋達鬱:"特會朝雨,袪步堂下。"注:"袪步,舉衣而步也。"㊂分開。漢書五八兒寬傳:"合袪於天地神祇。"文選漢揚子雲(雄)劇秦美新:"權輿天地未袪,睢睢盱盱。"注:"言混沌之始,天地未開,萬物睢盱不定也。"㊃除去。通"祛"。文選漢蔡伯喈(邕)郭有道碑文:"童蒙賴焉,用袪其蔽。"又晉殷仲文南州桓公九井作詩:"伊余樂好仁,惑袪吝亦泯。"

【袪衣請業】撩衣親往受業。表示虛心請教的意思。韓詩外傳三:"孟嘗君請學於閔子,使車往迎閔子。閔子曰:'禮有來學,無往教……'於是孟嘗君曰:'敬聞命矣。'明日袪衣請受業。"

袣 yì 餘制切,去,祭韻,喻。
ㄧˋ

衣袖。漢書五七上司馬相如傳上林賦:"曳獨繭之褕袣,眇閻易以恤削。"文選袣作"绁"。

袯 bō 北末切,入,末韻,幫。
ㄅㄛ

㊀蔽膝。跪拜所用的護膝。通"帗"、"韍"。方言四:"蔽厀,江淮之間謂之褘,或謂之袯。"厀,同"膝"。㊁古代樂舞時舞者所執的舞具。同"帗"。史記孔子世家:"景公曰:'諾。'於是旍、旄、羽、袯、矛、戟、劍、撥鼓噪而至。"索隱:"袯音弗,謂舞者所執。故周禮樂有袯舞。"按周禮舞師作"帗"。

被 1. bèi 皮彼切,上,紙韻,並。
ㄅㄟˋ

㊀被子。寢時覆體之具。楚辭宋玉招魂:"翡翠珠被,爛齊光些。"㊁表面。儀禮士昏禮:"笲,緇被纁裏。"注:"被,表也。"㊂覆蓋。楚辭宋玉招魂:"皋蘭被徑兮斯路漸。"㊃及。書禹貢:"東至於海,西被于流沙。"荀子臣道:"功參天地,澤被生民。"㊄遭遇。史記八四屈原傳:"信而見疑,忠而被謗,能無怨乎?"世說新語言語:"孔融被收,中外惶怖。"引申爲被動之意。㊅姓。春秋時鄭有大夫被瞻,漢有牂牁太守被條。見通志二九氏族五。

2. bì 平義切,去,寘韻,並。
ㄅㄧˋ

㊆頭飾,即假髮。通"髲"。被爲古婦女常服,祭時則於被上加副笄六。詩召南采蘩:"被之僮僮,夙夜在公。"

3. pī 集韻 攀糜切,平,支韻。
ㄆㄧ

㊇通"披"。穿著。左傳襄十四年:"乃祖吾離,被苫蓋,蒙荊棘,以來歸我先君。"

楚辭屈原九歌國殤:"操吳戈兮被犀甲,車錯轂兮短兵接。"㊈數量詞。具。史記絳侯世家:"條侯(周亞夫)子爲父買工官尚方甲楯五百被可以葬者。"

【被巾】婦女的領巾。方言四:"帍裱謂之被巾。"

【被池】被的緣飾。俗稱被頭。唐顏師古匡謬正俗七池氈:"池者,緣飾之名,謂其形象水池耳。左太沖(思)嬌女詩云:'衣被皆重池',即其證也。今人被頭別施帛爲緣者,猶謂之被池。"

【被₃衣】㊀拔衣。楚辭漢嚴忌哀時命:"鑿山楹而爲室兮,下被衣於水渚。"注:"下洗浴水涯,被己衣裳,不失清潔也。"㊁傳說堯時賢人。莊子知北遊:"齧缺問道乎被衣。"注:"被音披。本亦作披。"又作蒲衣,見該條。

【被₃羽】謂背負鳥羽以作旌旗。後漢書十七賈復傳:"於是被羽先登,所向皆靡,賊乃敗走。"注:"被猶負也。析羽爲旌旗,將軍所執。先登,先赴敵也。"

【被告】被控告。唐劉肅大唐新語三公直:"自垂拱已後,被告身死破家者,皆枉酷自誣而死,告事者特以爲功,天下號爲羅織,甚於漢之黨錮。"後來法律上被他人起訴的當事人稱被告,對原告而言。

【被服】㊀指衾被衣服之類。史記一二九貨殖傳:"皆中國人民所喜好,謠俗被服、飲食、奉生、送死之具也。"㊁穿,着。文選古詩十九首之十二:"被服羅裳衣,當戶理清曲。"㊂以被服之不離身,喻親身感受。漢陸賈新語無爲:"民不罰而畏罪,不賞而歡悅,漸漬於道德,被服於中和之所致也。"漢書五三河間獻王傳:"修禮樂,被服儒術,造次必於儒者。"注:"被服,言常居處其中也。"

【被酒】猶中酒。史記高祖紀:"高祖被酒,夜徑澤中,令一人行前。"漢書高帝紀注:"被酒者爲酒所加。"

【被袋】旅行用具。被囊,今稱行李袋。唐李匡乂資暇集下被袋:"非古製,不知孰起也,比者遠遊行則用,……舊以細革爲腰囊,置於殿乘,至是服用既繁,乃以被易之,成俗于今,大中以來,吳人亦結絲爲之。"參閱清俞樾茶香室續鈔二二被袋。

【被單】單被。按宋人豹隱紀談載范成大戲用鄉語土俗云:"七九六十三,夜眠尋被單,八九七十二,單被添夾被。"是宋時已有被單之稱。

【被₃緇】穿起袈裟,謂出家爲僧。緇衣,指袈裟。宋馬令南唐書二一馮延魯傳:"延魯棄揚州,削髮爲沙門,逃歸。周人執之,歸于京師。時誚之曰:'執節分符,始作大軍之帥;被緇削髮,潛爲行脚之僧。'"

【被褥】棉被及墊褥。北齊書邢峙傳:"峙方正純厚,有儒者之風。……顯祖聞而嘉之,賜以被褥縑纊,拜國子博士。"

【被₃髮】散髮。論語憲問:"微管仲,吾其被髮左衽矣。"禮王制:"東方曰夷,被髮文身,有不火食者矣。"

【被識】綴組繩於被頭及被邊以爲標誌。周時稱紞,漢稱被識。禮喪服大記"無紞"漢鄭玄注:"紞以組類爲之,綴之領側,若今被識矣。生時禪被有識,死者去之,異於生也。"

【被₃離】㊀衆盛而雜亂貌。楚辭屈原九章哀郢:"忠湛湛而願進兮,妬被離而鄣之。"㊁分散貌。同"被麗"。漢書八七上揚雄傳反離騷:"亡春風之被離兮,孰知龍之所處?"注:"被讀曰披。"參見"被麗"。

【被₃麗】分散貌。文選戰國楚宋玉風賦:"至其將衰也,被麗披離,衝孔動楗,眴煥粲爛,離散轉移。"又漢揚子雲(雄)甘泉賦:"攢并閭與茇葀兮,紛被麗其亡鄂。"

【被₃毛戴角】指有角的走獸。法苑珠林十六道畜生:"或復被毛戴角,抱翠啣珠,嘴巨鋒芒,爪牙長利。"

【被底鴛鴦】喻夫婦恩愛。唐玄宗與楊貴妃避暑遊興慶池,宮嬪凭欄爭看雌雄二鸂鶒戲於水中,帝曰:"爾輩愛水中鸂鶒,爭如我被底鴛鴦!"見五代後周王仁裕開元天寶遺事下。

【被₃堅執銳】披堅甲,執利兵。謂投身戰鬭。史記蕭相國世家:"高祖以蕭何功最盛,封爲酇侯,所食邑多。功臣皆曰:'臣等身被堅執銳,多者百餘戰,少者數十合,攻城略地,大小各有差。今蕭何未嘗有汗馬之勞,徒持文墨議論,不戰,顧反居臣等上,何也?'"

【被₃褐懷玉】穿粗布衣而懷美玉,比喻人有美德,深藏不露。老子:"知我者希,則我者貴,是以聖人被褐懷玉。"亦以比喻貧寒而懷有真才實學的人。三國志魏武帝紀漢建安十五年令:"今天下得無有被褐懷玉而釣于渭濱者乎?又得無盜嫂受金而未遇無知者乎?二三子其佐我明揚仄陋,唯才是舉,吾得而用之。"

【被髮文身】散髮不束,身上刺紋。古代東方某些少數民族的風俗。禮王制:"東方曰夷,被髮文身,有不火食者矣。"

【被₃髮纓冠】來不及束髮,只結上冠纓。形容救急的迫切。孟子離婁下:"今有同室之人鬭者,救之;雖被髮纓冠而救之,可也。"

袒

tǎn 徒旱切,上,旱韻,定。
ㄊㄢˇ

㊀去衣露上身。禮曲禮上:"冠毋免,勞毋袒,暑毋褰裳。"㊁解上衣露左臂,或去外衣露短襦,皆曰袒。古射禮及喪禮皆左袒。儀禮鄉射禮:"司射適堂西袒決遂。"注:"袒,左免衣也。"又士喪禮:"主人出,南面左袒。"㊂袒護。參見"偏袒㊀"、"左袒㊂"。

【袒右】解上衣露右肩。戰國策齊六:"王孫賈乃入市中曰:'淖齒亂齊國,殺閔王;欲與我誅者,袒右。'市人從者四百人。"漢書三一陳勝傳:"乃詐稱公子扶蘇、項燕,從民望也。袒右,稱大楚。"注:"袒右者,脫右肩之衣。當時取異於凡衆也。"

【袒免】袒衣免冠。古代喪禮:凡五服外的遠親,無喪服之制,唯袒衣免冠,以示哀思。露左臂曰袒,去冠括髮曰免。左傳哀十四年:"孟懿子卒,成人奔喪,弗內(納),袒免哭于衢。"參閱明張存紳雅俗稽言八九族。

【袒割】天子袒衣,親自切割牲口。爲古代敬老、養老之禮。禮樂記:"食三老、五更於大學,天子袒而割牲,執醬而饋。"後漢書明帝紀永平二年冬詔:"尊事三老,兄事五更,……朕親袒割,執爵而酳。"

【袒飾】長襦,直領。猶後世之長袍。方言四:"袒飾謂之直衿。"注:"婦人初嫁,所著上衣直衿也。"

【袒縛】袒衣露體,縛手於背。表示降服。史記宋微子世家:"周武王伐紂克殷,微子乃持其祭器造於軍門,肉袒面縛,……於是武王乃釋微子,復其位如故。"索隱:"肉袒者,袒而露肉也;面縛者,縛手于背而面向前也。"文苑英華七八八唐賈至虎牢關序:"時則太宗據以拒河、朔,克擒醜夏,僞鄭袒縛而請命。"夏鄭爲隋末竇建德王世充自署國號。

【袒裼裸裎】猶赤身露體。指對人無禮貌。孟子公孫丑上:"爾爲爾,我爲我,雖袒裼裸裎於我側,爾焉能浼我哉!"

袖

xiù 似祐切,去,宥韻,邪。
ㄒㄧㄡˋ

㊀衣袖。韓非子五蠹:"鄙諺曰:長袖善舞,多錢善賈。"後漢書二四馬廖傳:"城中好大袖,四方全匹帛。"㊁藏物於袖中。史記七七信陵君傳:"朱亥袖四十斤鐵椎,椎殺晉鄙。"

【袖刃】暗藏武器於袖中。唐劉禹錫劉夢

得集二武夫詞："探丸害公吏，袖刃妬名倡。"

【袖手】縮手於袖，示不參預其事。晉書庾敳傳："參東海王越太傅軍事，轉軍諮祭酒，時越府多儁異，敳在其中，常自袖手。"宋陸游劍南詩稿三五書憤之二："關河自古無窮事，誰料如今袖手看。"即無能爲力之意。

【袖刺】藏名片於袖中。刺，名片。明缺名西軒客談引張廷詩："有客曳長裾，袖刺謁豪閎。"

【袖箭】兵器。圓筒長六七寸，設彈簧，以箭壓入，藏於袖中，扳機卽發箭。元史順帝紀二："辛未，禁彈弓、弩箭、袖箭。"武備志一〇二雜箭："袖箭者，箭短而簇重，自袖忽發，可以禦人三十步之遠。近世大將軍劉綎最善之。"

【袖珍本】同"巾箱本"。見該條。

【袖手旁觀】縮手袖中，在旁觀看。唐韓愈昌黎集二三祭柳子厚文："不善爲斲，血指汗顏，巧匠旁觀，縮手袖間。"後謂置身事外不加干預爲袖手旁觀。宋蘇軾東坡集奏議十四朝辭赴定州論事狀："弈棋者勝負之形雖國工有所不盡，而袖手旁觀者常盡之。"劉克莊後村集五十賀宋總領除農少啟："有同舟共濟之心，無袖手旁觀之意，薦紳稱説，旒扆歎嘉。"

衻 rán ㄖㄢˊ 汝鹽切，平，鹽韻，日。

也作"袡"。㊀衣裳的邊緣。儀禮士昏禮："女次，純衣纁衻。"注："次，首飾也。……衻，亦緣也。"㊁婦人嫁時的上服。禮喪大記："婦人復不以衻。"注："衻，嫁時上服，而非事鬼神之衣。"㊂蔽膝。跪拜時用的護膝。禮雜記上："繭衣裳與稅衣、纁衻爲一。"釋文："衻，王肅云，婦人蔽膝也。"

袗 zhěn ㄓㄣˇ 章忍切，上，軫韻，照。章刃切，去，震韻，照。

㊀單衣。論語鄉黨："當暑，袗絺綌，必表而出之。"疏："袗，單也。絺綌，葛也。"㊁衣純色。見"袗玄"。㊂盛美。見"袗衣"。

【袗玄】謂玄衣玄裳，上下同色。同"袀玄"。儀禮士冠禮："兄弟畢袗玄，立于洗東。"注："袗，同也；玄者，玄衣玄裳也。"又士昏禮："女從者畢袗玄。"參閱清惠棟九經古義九儀禮古義上。參見"袀玄"。

【袗衣】繡有文采的華貴的衣服。孟子盡心下："(舜)及其爲天子也，被袗衣，鼓琴，二女果，若固有之。"注："袗，畫也。……及爲天子，被畫衣，黼黻絺繡也。"三國志魏文帝紀注引已巳令："(舜)及至承堯禪，被珍裘，妻二女，若固有之。"

袘 1. yì ㄧˋ 集韻 以豉切，去，寘韻。

亦作"袉"、"褫"。㊀衣裙的下緣。儀禮士昏禮："主人爵弁，纁裳緇袘。"注："以緇緣裳，象陽氣下施。"參閱清俞樾曲園雜纂五袘。

2. yī ㄧ

㊁衣袖。史記一一七司馬相如傳子虛賦："揚袘卹削。"集解："徐廣曰：袘音迤，衣袖也。"參見"褕袣"。

袟 zhì ㄓˋ 集韻 直質切，入，質韻。

㊀書套，書函。同"帙"、"袠"。見唐釋慧琳一切經音義十一大寶積經序緗帙。㊁劍衣。見集韻。

袑 shào ㄕㄠˋ 市沼切，上，小韻，禪。

褲子的上半部，卽褲襠。漢書八三朱博傳："又敕功曹，官屬多褒衣大袑，不中節度，自今掾史衣，皆令去地三寸。"注："孟康曰：袑音紹，大袴也。"

袧 kōu ㄎㄡ 集韻 墟侯切，平，侯韻。

古代喪服裳幅兩側的褶襉。儀禮喪服："凡衰外削幅，裳內削幅，幅三袧。"注："袧者，謂辟(襞)兩側，空中央也。"

袍 páo ㄆㄠˊ 薄褒切，平，豪韻，並。

㊀長衣。急就篇二："袍襦表裏曲領帬。"注："長衣曰袍，下至足跗；短衣曰襦，自膝以上。"參閱後漢書輿服志下。㊁有夾層、中著綿絮的長衣。禮玉藻："纊爲繭，縕爲袍。"注："繭、袍，衣有著之異名也。纊，謂今之新綿也；縕，謂今纊及舊絮也。"㊂衣服之前襟。公羊傳哀十四年："反袂拭面，涕沾袍。"

【袍仗】戰袍與兵器。新唐書一〇六楊弘禮傳："帝自山下望其衆，袍仗精整，人人盡力，壯之。"也作"袍杖"。晉書慕容寶載記："時大風雪，凍死者相枕于道。寶恐爲魏軍所及，命去袍杖戎器，寸刃無返。"

【袍笏】古制：自天子以至大夫、士人，皆穿朝服執笏。笏以玉、象牙及竹爲之，按地位高低而異。唐韓愈昌黎集五寄崔二十六立之詩："豈論校書郎，袍笏光參差。"宋葉夢得石林燕語十"米芾詼譎好奇。……知無爲軍，初入州廨，見立石頗奇，喜曰：'此足以當吾拜。'遂命左右取袍笏拜之。每呼曰'石丈'。"

【袍澤】詩秦風無衣："豈曰無衣，與子同袍。王于興師，修我戈矛，與子同仇。"又"豈曰無衣，與子同澤。王于興師，修我矛戟，與子偕作。"衣中襯綿絮者爲袍，貼身褻衣曰澤。後來軍人相稱曰"同袍"，曰"袍澤之誼"，義本此。

【袍笏登場】指出任作官。以戲場喻官場，含有嘲諷的意思。清趙翼甌北詩鈔絶句一數月內頻送南雷述庵淑齋諸人赴京補官戲作詩："袍笏登場也等閒，惹他動色到柴關。"

袙 pà ㄆㄚˋ 集韻 普駕切，去，禡韻。

頭巾。通"帕"。後漢書輿服志下："秦雄諸侯，乃加其武將首飾爲絳袙，以表貴賤。"

【袙腹】卽裲襠。今謂坎肩，俗稱背心。晉書齊王冏傳："時又謡曰：'著布袙腹，爲齊持服。'"也作"袙複"。樂府詩集七十南朝梁王筠行路難："裲襠雙心共一抹，袙複兩邊作八襊。"玉臺新詠九作"袹複"。

袛 dī ㄉㄧ 都奚切，平，齊韻，端。

短衣。見下。

【袛裯】穿於貼身的短衣，卽襜褕。後漢書三一羊續傳："其資藏唯有布衾、敝袛裯、鹽麥數斛而已。顧敕(子)祕曰：'吾自奉若此，何以資爾母乎？'"

袎 yào ㄧㄠˋ 於教切，去，效韻，影。

㊀襪頸。見集韻效。㊁膝褲。見"踏袎"。

袈 jiā ㄐㄧㄚ 古牙切，平，麻韻，見。

見下。

【袈裟】梵語。謂僧衣。本名"迦沙曳"，簡稱"迦沙"。本作"毠毟"，晉葛洪作字苑改從衣作袈裟。南朝梁慧皎高僧傳四竺僧度答楊苕華書："且披袈裟，振錫杖，飲清流，詠波若，雖王公之服，八珍之膳，鏗鏘之聲，曄曄之色，不與易也。"參閱唐釋玄應一切經音義十四四分律一袈裟。

袋 dài ㄉㄞˋ 徒耐切，去，代韻，定。

囊，口袋。說文作"帒"。隋書食貨志："有司嘗進乾薑，以布袋貯之，帝用爲傷費，大加譴責。後進香，復以氊袋，因笞所司，以爲後誡焉。"

六畫

袲 yí ㄧ 弋支切,平,支韻,喻。

地名。春秋桓十五年:"公會宋公、衛侯、陳侯於袲,伐鄭。"注:"袲,宋地,在沛國相縣西南。"今安徽宿縣地。公羊傳作"侈",說文引作"移"。

校 jiǎo ㄐㄧㄠ 吉了切,上,篠韻,見。

見下。

【校衧】㊀脛衣,套褲。方言四:"大袴謂之倒頓,小袴謂之校衧,楚通語也。"㊁漁服。全唐詩六一二皮日休憶洞庭觀步十韻:"校衧漁人服,笭箵野店窗。"

袨 chōng ㄔㄨㄥ 昌終切,平,東韻,穿。

見下。

【袨裾】沒有邊飾的短衣。方言四:"(襜褕)其短者謂之裋褕,以布而無緣,敝而紩之,謂之襤褸,自關而西謂之袨裾。"又:"自關而西,秦晉之間,無緣之衣謂之袨裾。"

袿 guī ㄍㄨㄟ 古攜切,平,齊韻,見。

㊀婦女上衣。文選戰國楚宋玉神女賦序:"振繡衣,被袿裳。"㊁衣裾,衣袖。後漢書八十下邊讓傳章華賦:"披輕袿,曳華文。"注:"方言曰:袿謂之裾。"文選三國魏嵇叔夜(康)贈秀才入軍詩之五:"微風動袿,組帳高褰。"

【袿袍】婦女的袍服。禮雜記上"內子以鞠衣、褒衣、素沙"漢鄭玄注:"六服皆袍制,不禪,以素紗裏之,如今袿袍襈重繒矣。"疏:"謂連衣裳,有表有裏,似袍,故云皆袍制。"

【袿襡】婦人長襦。晉書夏統傳:"(賈充)又使妓女之徒服袿襡,炫金翠,繞其船三帀。統危坐如故,若無所聞。"

【袿襹】婦人長襦。同"袿襡"。隋書禮儀志六:"皇后謁廟,服袿襹大衣,蓋嫁服也,謂之褘衣,皁上皁下。親蠶則青上縹下。皆深衣制,隱領袖緣以絛。"

袺 jié ㄐㄧㄝ 古屑切,入,屑韻,見。古黠切,入,黠韻,見。

提起衣襟兜取東西。詩周南芣苢:"采采芣苢,薄言袺之。"注:"袺音結,執衽也。"

袴 kù ㄎㄨˋ 苦故切,去,暮韻,溪。

㊀脛衣,套褲。禮內則:"衣不帛襦袴。"方言四:"袴,齊魯之間謂之𧞣,或謂之襱,關西謂之袴。"滿襠之袴,古作"褌",又訛轉作"褲"。㊁見"袴下辱"。

【袴褶】服裝名。上服褶而下縛袴,其外不復用裘裳,故謂袴褶。名起於漢末,便於騎乘,爲軍中之服。魏晉至南北朝,上下通用,皆爲軍服及行旅之服,北朝尤盛,以作常服朝服,至施於婦女。唐末漸廢,宋代僅儀衛中尚服之。三國志吳呂範傳注引江表傳:"範出,便釋褠,著袴褶,執鞭,詣閤下啟事,自稱領都督。"參閱晉書輿服志、王國維觀堂集林二二胡服考。

【袴鞾】指軍裝。唐韓愈昌黎集二一送鄭尚書序:"大府帥或道過其府,府帥必戎服,左握刀,右屬弓矢,帕首、袴鞾迎郊。"也作"袴靴"。宋劉克莊後村集十一次韻實之春日詩再和之二:"少小從軍事袴靴,秖今廟算主通和。"

【袴下辱】指漢韓信受辱事。袴,同"胯"。史記九二淮陰侯傳:"淮陰屠中少年有侮信者,曰:'若雖長大,好帶刀劍,中情怯耳。'衆辱之曰:'信能死,刺我;不能死,出我袴下。'於是信孰視之,俛出袴下,蒲伏。一市人皆笑信,以爲怯。"漢書作"跨"。參見"跨下辱"。

裀 yīn ㄧㄣ 於真切,平,真韻,影。

㊀夾衣。廣雅釋器:"複襂謂之裀。"清王念孫疏證:"此說文所謂重衣也,襂與衫同。……方言注以衫爲禪襦,其有裹者,則謂之裀。裀,猶重也。"㊁褥子,床墊。通"茵"、"絪"。古文苑三漢司馬相如美人賦:"裀褥重陳,角枕橫施。"

袷 1. jiá ㄐㄧㄚˊ 古洽切,入,洽韻,見。

㊀夾衣。同"裌"。史記一一〇匈奴傳:"服繡袷綺衣、繡袷長襦、錦袷袍各一。"

2. jié ㄐㄧㄝˊ

㊀朝服、祭服的交領。禮曲禮下:"天子視不上於袷,不下於帶。"又深衣:"袂圜以應規,曲袷如矩以應方。"注:"袷,交領也。"

【袷衣】夾衣。文選晉潘安仁(岳)秋興賦:"藉莞蒻,御袷衣。"注:"袷,衣無絮也。"全唐詩六一三皮日休夏首病愈因招魯望:"曉入清和尚袷衣,夏陰初合掩雙扉。"

袾 1. zhū ㄓㄨ 陟輸切,平,虞韻,知。

㊀大紅色。通"朱"。荀子富國:"故天子袾裷衣冕。"注:"袾,古朱字。"

2. shū ㄕㄨ

㊀美好。說文引詩:"静女其袾。"今詩邶風静女作"姝"。

袧 xún ㄒㄩㄣ 集韻 松倫切,平,諄韻。

㊀纓,帽帶。呂氏春秋離俗:"白縞之冠,丹績之袧。"注:"袧,纓也。績疑纉。"㊁領端。集韻:"袧,領耑也。"

袼 gē ㄍㄜ 古落切,入,鐸韻,見。盧各切,入,鐸韻,來。

衣袖當腋處。俗稱掛肩。禮深衣:"袼之高下,可以運肘。"注:"衣袂當掖之縫也。"釋文:"袼本又作胳,音各,腋也。"

袱 fú ㄈㄨˊ 字彙 房六切,音伏。

包袱。元方回桐江續集十一夜發長山 詩:"好奇引吭窺,畏寒縮頸坐。首取帛爲袱,體用衾自裹。"

袽 rú ㄖㄨˊ 女余切,平,魚韻,娘。

敗絮。說文作"絮"。易既濟:"繻有衣袽,終日戒。"注:"繻宜曰濡。衣袽,所以塞舟漏也。"集解引虞翻:"袽,敗衣也。"

【袽塞】塞舟漏的綿絮。新唐書百官志三都水監諸津:"凡舟渠之備,皆先儗其半,袽塞、竹籥,所在供焉。"

裁 cái ㄘㄞˊ 昨哉切,平,咍韻,從。

㊀裁製,翦裁。文選班婕妤怨歌行:"新裂齊紈素,皎潔如霜雪。裁爲合歡扇,團團似明月。"漢王充論衡譏日:"九錫之禮,一曰車馬,二曰衣服。作車不求良辰,裁衣獨求吉日。"㊁刪減。後漢書三五鄭玄傳論:"鄭玄括囊大典,網羅衆家,刪裁繁誣,刊改漏失。"㊂節制,控制。易繫辭上:"化而裁之謂之變。"疏:"陰陽變化而相裁節之,謂之變也。"國語吳:"富者吾安之,貧者吾與之,救其不足,裁其有餘,使貧富皆利之。"㊃裁斷,量度。左傳僖十五年:"若晉君朝以入,則婢子夕以死;夕以入,則朝以死。唯君裁之。"韓非子初見秦:"臣願悉言所聞,唯大王裁其罪。"㊄殺,自殺謂自裁。漢書四八賈誼傳陳政事疏:"其有大辠者,聞命則北面再拜,跪而自裁,上不使捽抑而刑之也。"㊅體制,格式。文選漢張平子(衡)西京賦:"取殊裁於八都,豈啟度於往舊。"三國吳薛綜注:"裁,制也,……言采取八方異制以爲宮室之巧。"㊆通"纔"。史記七十張儀傳:"燕王曰:'寡人蠻夷僻處,雖大男子裁如嬰兒,言不足以采正計。'"漢

書高惠高后文功臣表:"時大城名都民人散亡,户口可得而數裁什二三。"

【裁可】裁斷决定。新唐書一五一董晉傳:"方竇参得君,裁可大事不關咨晉,晉循謹無所駮異。"

【裁成】剪裁成就。漢書律曆志上:"立人之道曰仁,在天成象,在地成形,后以裁成天地之道,輔相天地之宜,以左右民。"今本易泰作"財成"。文選南朝宋謝宣遠(瞻)張子房詩:"神武睦三正,裁成被八荒。"唐張銑注:"裁制成理,德被八方。"

【裁决】判决,斷定。魏書宋世景傳:"世景明刑理,著律令,裁决疑獄,剖判如流。"

【裁制】㊀規畫,安排。周髀算經上之一:"夫矩之於數,其裁制萬物,惟所爲耳。"淮南子齊俗:"故聖人裁制物也,猶工匠之斵削鑿枘地,宰庖之切割分别也,曲得其直而不折傷。"㊁節止,抑止。三國志蜀姜維傳:"每欲興軍大舉,費禕常裁制不從。"

【裁度】量度。新唐書一三九李泌傳:"泌謂:'廢正月晦,以二月朔爲中和節,因賜大臣戚里尺,謂之裁度。'"

【裁剪】原指剪裁衣料,引申爲對事情的斟酌取捨。唐杜牧樊川集二自遣詩:"遇事知裁剪,操心識卷舒。"也指對詩文的潤飾加工。明王世貞弇州山人四部稿一二一與吳明卿書十二:"四明沈嘉則者,任俠負才氣,文多作兩漢家言,詩歌横逸不可當,似少足下裁剪耳。"

【裁畫】裁斷謀畫。新唐書一〇〇封倫傳:"虞世基得幸煬帝,然不悉吏事,處可失宜。倫陰爲裁畫,内以諂承主意,百官章奏若忤旨,則寢不聞。"

【裁答】裁箋作答。唐皇甫冉詩七酬張繼序:"懿孫,余之舊好,祗役武昌,六言詩見懷,今以七言裁答,蓋拙於事者繁而費也。"

【裁詩】作詩。唐杜甫杜工部史詩補遺一江亭:"故林歸未得,排悶強裁詩。"李商隱李義山詩集六韓冬郎卽席爲詩相送……因成二絶寄酬兼呈畏之員外:"十歲裁詩走馬成,冷灰殘燭動離情。"

【裁錦】左傳襄三一年:"子皮欲使君何爲邑。……子産曰:'不可。……子有美錦,不使人學製焉。大官、大邑,身之所庇也,而使學者製焉。其爲美錦,不亦多乎?'"製,卽"裁"。故以裁錦作爲官主政。北魏楊衒之洛陽伽藍記二城東:"太傅李延寔者,莊帝舅也。永安年中除青州刺史,臨去奉辭。……寔答曰:'……臣已久乞閒退,陛下渭陽興念,寵及老臣,使夜行罪人,裁錦萬里,謹奉明敕,不敢失墜。"

【裁縫】剪裁縫製衣服。也指成衣工。周禮天官内司服"内司服奄一人"漢鄭玄注:"内司服主宫中裁縫官之長。"又"縫人奄二人"注:"女工,女奴曉裁縫者。"南朝梁何遜何水部集與虞記室諸人詠扇詩:"機杼蘼蕪妾,裁縫箧笥人。"

【裁斷】陳史何之元傳梁典序:"案臧榮緒稱史無裁斷,猶起居注耳,由此而言,寔資詳悉。"指材料的剪裁和論斷。

【裁鑑】品評,鑑賞。唐鄭谷鄭守愚集三讀前集之一:"殷璠裁鑑英靈集,頗覺同才得契深。"又指鑑識人才。新唐書九五高儉傳:"雅負裁鑑,又詳氏譜,所署用,人地無不當者。"

【裁衣書】古代裁衣時用以擇吉凶日之書。漢王充論衡譏日:"裁衣有書,書有吉凶,凶日製衣則有禍,吉日則有福。"

裂 liè ㄌㄧㄝ 良薛切,入,薛韻,來。

㊀繒帛的殘餘。見説文。同"𧝝"。㊁拆開。禮内則:"衣裳綻裂,紉箴請補綴。"引申爲分裂、離散。淮南子覽冥:"四極廢,九州裂。"莊子天下:"道術將爲天下裂。"㊂裁,扯開。左傳昭元年:"召使者,裂裳帛而與之,曰:'帶其褊矣。'"

【裂地】㊀土地拆裂。漢桓寬鹽鐵論輕重:"邊郡山居谷處,陰陽不和,寒凍裂地。"㊁分割土地。墨子尚賢中:"般爵以貴之,裂地以封之。"

【裂帛】㊀撕裂繒帛。左傳昭元年:"召使者,裂裳帛而與之。"又形容聲音的清厲。唐白居易長慶集十二琵琶行:"曲終收撥當心畫,四絃一聲如裂帛。"㊁裁帛作書。文選南朝梁江文通(淹)恨賦:"裂帛繫書,誓還漢恩。"唐李賀歌詩編三客遊:"旅歌屢彈鋏,歸問時裂帛。"㊂古指書籍。古代用竹、帛書寫,故以竹、帛爲書籍的代稱。南朝梁劉勰文心雕龍四史傳:"欲其詳悉於體國,必閲石室,啓金匱,抽裂帛,檢殘竹,欲其博練於稽古也。"按,石室、金匱皆爲國家藏書之地。

【裂眦】眦,眼眶。裂眦,形容極其憤怒的神態。淮南子泰族:"荆軻西刺秦王,高漸離、宋意爲擊筑而歌於易水之上,聞者莫不瞋目裂眦,髮植穿冠。"

【裂眼】怒目。同"裂眦"。世説新語品藻:"王右軍(羲之)問許玄度(詢):'卿自言何如安石(謝安)?'許未答。王因曰:'安石故相爲雄,阿萬(謝萬)當裂眼爭邪?'"

【裂鼻】形容氣味強烈。北魏楊衒之洛陽伽藍記二城東引姜質亭山賦:"然目之綺,裂鼻之馨。"唐柳宗元柳先生集二一讀韓愈所著毛穎傳後題:"苦鹹酸辛,雖蜇吻裂鼻,縮舌澁齒,而成有篤好之者。"

【裂膚】皮膚受寒拆裂。文苑英華一〇〇唐李華弔古戰場文:"繒纊無温,墜指裂膚。"

【裂膽】猶破膽,比喻極度惶恐。文苑英華八一七唐于頔潭州法華院記:"隳心裂膽,虔紹前志,此所不敢一日而忘其親也。"

【裂繒】撕裂繒帛。晉皇甫謐帝王世紀:"妺喜好聞裂繒之聲而笑,桀爲發繒裂之,以順適其意。"

【裂葉風】農曆八月颳的秋風。舊題漢郭憲洞冥記:"裂葉風,八月風也。"(歲時廣記三引)太平御覽九周生列子:"夫獵葉之風,不應八節。"按獵葉意卽裂葉。

【裂冠毁冕】㊀左傳昭九年:"王使詹桓伯辭於晉,曰:'……我在伯父,猶衣服之有冠冕,木水之有本原,民人之有謀主也。伯父若裂冠毁冕,拔本塞原,專弃謀主,雖戎狄,其何有余一人。'"周爲列國宗主,晉國背棄王室,猶如自毁冠冕。㊁冠冕爲仕宦之服,比喻絶意仕進。後漢書八三逸民傳序:"漢室中微,王莽篡位,士之藴藉義憤甚矣。是時裂冠毁冕,相攜持而去之者,蓋不可勝數。"

七畫

裟 shā ㄕㄚ 所加切,平,麻韻,山。

見"袈裟"。

裏 1. lǐ ㄌㄧ 良士切,上,止韻,來。

㊀衣服的内層。詩邶風綠衣:"綠兮衣兮,綠衣黄裏。"㊁在内或在其中。與"外"相對。左傳僖二八年:"若其不捷,表裏山河,必無害也。"注:"晉國外河而内山。"文苑英華二九六南朝梁庾肩吾奉使北徐州参丞御詩:"雲邊開篳樹,霧裏識峣峯。"

2. li ㄌㄧ

㊂語助詞。相當於"哩"。宋辛棄疾稼軒詞補遺鵲橋仙送粉卿行:"莫嫌白髮不思量,也須有思量去裏。"

【裏衣】内衣,卽汗衫。詩秦風無衣"豈曰無衣,與子同澤"宋朱熹集傳:"澤,裏衣也，以其親膚近於垢澤，故謂之澤。」

【裏行】散官的一種，與清代某衙門某官上行走相類。太宗貞觀中以馬周自布衣授監察御史裏行，無員數。宋沿用之。太平御覽九〇一引國朝傳記：「武后初稱周，恐下心不安，乃令人自舉供奉官正員外，多置裏行拾遺補闕御史。」參閱宋高承事物紀原五持憲儲闈。

【裏言】心腹之言。左傳莊十四年：「（厲公）使謂原繁曰：『……且寡人出，伯父無裏言，入又不念寡人，寡人憾焉。』」注：「無納我之言。」

【裏許】裏面。許，助詞。全唐詩二七四戴叔倫聽歌回馬上贈崔法曹：「秋風裏許杏花開，杏樹傍邊醉客來。」朱子語類一二一朱子十八：「若是汲汲用功底人自別，他那得功夫說閑話，精專懇切，無一時一息不在裏許。」

【裏謁】通過宮廷內寵而有所干求。猶女謁。新唐書七六后妃傳上：「盛德之君，帷薄嚴奧，裏謁不忓于朝，外言不內諸閫。」參見「女謁」。

【裏應外合】外面進攻和裏面接應相配合。水滸五九：「華州城郭廣闊，濠溝深遠，急切難打，只除非裏應外合，方可取得。」

裛

yè 於輒切，入，葉韻，影。
ㄧㄝ

㊀裝書之袋。見說文。廣雅釋器：「裛謂之袠。」袠，又作「帙」，書衣。㊁纏繞。文選漢班孟堅（固）西都賦：「裛以藻繡，絡以綸連。」㊂用香熏衣。全唐詩六八五吳融辭舍人見徵恩賜香并二十八字同寄：「都緣有意重熏裛，更灑江毫上玉堂。」㊃沾濕。晉陶潛陶淵明集三飲酒詩之七：「秋菊有佳色，裛露掇其英。」

【裛䙞】沾濕黏著貌。全唐詩六一一皮日休蓑衣：「襟色裛䙞靄，袖香襹褷風。」

【裛裛】香氣散布貌。唐李商隱李義山詩集四十一月中旬至扶風界見梅花：「匝路亭亭豔，非時裛裛香。」

裒

póu 薄侯切，平，侯韻，並。
ㄆㄡˊ

㊀聚集。詩小雅常棣：「原隰裒矣，兄弟求矣。」引申爲衆多。詩周頌般：「敷天之下，裒時之對。」箋：「裒，衆；對，配也。徧天之下，衆山川之神皆如是配而祭之。」㊁減少，削除。見「裒多益寡」。

【裒刻】聚斂。指搜刮財物。宋書文九王晉平剌王休祐傳：「在荆州，裒刻所在，多營財貨。」刻，也作「剋」。南齊書竟陵文宣王子良傳陳時政又啟：「（三吳）百度所資，罕在自出，宜在蠲優，使其全富。而守宰相繼，務在裒剋，圍桑品屋，以准貲課。」

【裒會】猶聚斂。會，聚合。新唐書一六七皇甫鎛傳：「憲宗方伐蔡，急於用度，鎛裒會嚴亟，以辦濟師，帝悅，進兼御史大夫。」

【裒輯】彙集編輯。宋陳傅良止齋集四一跋御制至尊壽皇聖帝聖政序記：「爰命史臣，裒輯聖政，鋪張表出，作宋一經。」

【裒斂】猶聚斂。陳書侯安都傳詔：「侯安都素乏遥圖，本慙令德，……受脤專征，剽掠一逞，推轂所鎮，裒斂無厭。」

【裒多益寡】削減多者以補不足。易謙：「君子以裒多益寡，稱物平施。」注：「多者用謙以爲裒，少者用謙以爲益，隨物而與，施不失平也。」宋范仲淹范文正公集別集天道益謙賦：「是故君子法而爲政，敦稱物平施之心；聖人象以養民，行裒多益寡之道。」

裔

yì 餘制切，去，祭韻，喻。
ㄧˋ

㊀衣服的邊緣。見說文。也泛指邊沿。楚辭屈原九歌湘夫人：「麋何食兮庭中，蛟何爲兮水裔。」注：「蛟當在深淵而在水涯。」㊁邊遠的地方。左傳文十八年：「流四凶族渾敦、窮奇、檮杌、饕餮，投諸四裔。」注：「裔，遠也。」也指邊遠地區的民族。左傳定十年：「裔不謀夏，夷不亂華。」㊂後代。書微子之命：「功加于時，德垂後裔。」文選晉左太沖（思）吳都賦：「虞魏之昆，顧陸之裔。」唐劉良注：「昆、裔，皆後世也。」

【裔土】荒遠的邊地。國語周中：「余一人其流辟旅於裔土，何辭之有與？」又晉四：「以實裔土。」

【裔民】謂放逐至邊遠之地的人。國語周中：「且夫陽，豈有裔民哉？夫亦皆天子之父兄甥舅也，若之何其虐之也？」

【裔夷】邊遠的夷人。左傳定十年：「兩君合好，而裔夷之俘，以兵亂之，非齊君所以命諸侯也。」

【裔冑】後代。左傳襄十四年：「昔秦人負恃其衆，貪于土地，逐我諸戎，惠公蠲其大德，謂我諸戎是四嶽之裔冑也，毋是翦棄。」注：「四嶽，堯時方伯，姜姓也。裔，遠也。冑，後也。」

【裔裔】㊀形容雨水飛瀉。漢書禮樂志郊祀歌練時日：「靈之來，神哉沛，先以雨，般裔裔。」注：「裔裔，飛流之貌。」㊁舞姿或步履輕盈貌。文選戰國楚宋玉神女賦：「襛不短，纖不長，步裔裔兮曜殿堂。」注：「裔裔，行貌，婉美貌。」又晉左太沖（思）蜀都賦：「紆長袖而屢舞，翩躚躚以裔裔。」㊂鳥飛翔貌。文選晉孫興公（綽）遊天台山賦：「覩翔鸞之裔裔，聽鳴鳳之嗈嗈。」注：「裔裔，飛貌也。」

祱

shuì 集韻 輸芮切，去，祭韻。
ㄕㄨㄟˋ

餽贈死者的衣被。漢書四三朱建傳：「辟陽侯迺奉百金祱。」注：「贈終者之衣被曰祱。言以百金爲衣被之具。」又七二鮑宣傳附郇相：「病死，（王）莽太子遣使祱以衣衾。」

裕

yù 羊戍切，去，遇韻，喻。
ㄩˋ

㊀豐富，充足。詩小雅角弓：「此令兄弟，綽綽有裕。」㊁使之富足。國語吳：「裕其衆庶，其民殷衆，以多甲兵。」荀子富國：「足國之道，節用裕民，而善臧其餘。」㊂寬宏，寬容。漢賈誼新書道術：「包衆容易謂之裕，反裕爲褊。」㊃道，引導。方言三：「裕、猷，道也。」書康誥：「汝亦罔不克敬典，乃由裕民」清孫星衍注疏：「言汝亦無不能敬法，乃以道導民。」

【裕州】州名。春秋楚方城地，秦置陽城縣，漢爲堵陽縣。北魏置方城縣。金泰和八年始於此置裕州。明清因之。公元1913年復改爲方城縣，屬河南省。參閱嘉慶一統志二一〇南陽府一。

【裕如】豐足。漢揚雄法言五百：「雖山川、丘陵、草木、鳥獸，裕如也，如不用也，神明亦末如之何矣。」後用以謂從容不費力，如：應付裕如。

【裕陵】㊀陵墓名。1.金允恭（顯宗）墓。在今北京市房山縣大房山。見續通考一〇〇王禮山陵。2.明朱祁鎮（英宗）墓。在今北京市昌平縣石門山。見明史英宗後紀。3.清弘曆（高宗）墓。在河北遵化縣昌瑞山。見清會典事例九四三工部陵寢。㊁宋人稱宋神宗爲裕陵。宋蘇軾分類東坡詩二二送陳伯脩察院赴闕：「裕陵固天縱，筆有雲漢姿。」

【裕蠱】其說有二：1.易傳訓蠱爲事。言擴大父輩的事業。文苑英華八九四唐權德輿左散騎常侍王崇術碑：「義方啟迪之遠，纂服裕蠱之盛。」2.蠱指小人，言寬縱父輩的過失。易蠱：「象曰：幹父之蠱，終无咎也。六四，裕父之蠱，往見吝。」明劉基誠意伯集九伐寄生賦：「信知斧鉞之神用，寧能裕蠱以生患也耶！」

補

bǔ 博古切，上，姥韻，幫。
ㄅㄨˇ

㊀修補衣服。禮內則：「衣裳綻裂，紉箴

請補綴。”引申指彌補、補救。詩大雅烝民:“袞職有闕,維仲山甫補之。”漢書四九鼂錯傳賢良對策:“救主之過,補主之失。”㊁補助,補充。周禮秋官小行人:“若國札喪,則令賻補之。”注:“謂賻喪家補助其不足也。”靈樞經脈度:“盛者寫之,虛者飲藥以補之。”㊂裨益。孟子盡心上:“上下與天地同流,豈曰小補之哉。”漢書五六董仲舒傳:“務法上古者,又將無補與?”㊃委任官職。後漢書安帝紀永初二年:“其經明任博士……公府通調,令得外補。”㊄官服上的文繡。續文獻通考九三王禮考內使冠服:“永樂以後,宦官在帝左右,必蟒服,製如曳撒,繡蟒於左右……又有膝襴者,亦如曳撒,上有蟒補,當膝處橫織細雲蟒。”參見“補服”。

【補子】舊時官服上標志品級的徽飾。詳“補服”。

【補天】古代神話傳說,女媧氏用石補天。淮南子覽冥:“往古之時,四極廢,九州裂,天不兼覆,地不周載……於是女媧鍊五色石以補蒼天,斷鼇足以立四極。”後以挽回世運爲補天。舊唐書音樂志一貞觀十四年勑:“高祖縮地補天,重張區宇,反魂肉骨,再造生靈。”

【補正】補充修正。宋書律曆志中何承天上表:“若謬有可採,庶或補正闕謬,以備萬分。”

【補代】有女無子之家,招婿入門,謂之補代,意謂補其世代。宋朱翌猗覺寮雜記上:“世號贅壻爲布袋,多不曉其義,如入布袋,氣不得出。頃附舟入浙,有一同舟者號李布袋。篙人問其徒云:‘如何入舍婿謂之布袋?’衆無語。忽一人曰:‘語訛也。謂之補代。人家有女無子,恐世代自此絶,不肯嫁出,招婿以補其世代耳。’”元曲選張國賓薛仁貴二:“劉大公家菩薩女,招那莊王二做了補代。”參閱清翟灝通俗編四倫常。

【補刖】比喻修真反樸,補救過失,回復本性。宋張耒柯山集十三次韻君復七兄見贈詩:“嗟我塵埃費昏旦,補刖自憐聞道晚。”按語意本莊子大宗師:“庸詎知夫造物者之不息我黥,而補我劓?”唐成玄英疏:“我雖遭仁義是非傷殘情性,焉知造化之內不補劓息黥,令我改過自新。”

【補助】增益幫助。後漢書十六鄧騭傳上疏:“臣兄弟汙濊,無分可採,過以外戚,遭值明時,……不能宣贊風美,補助清化,誠慙誠懼,無以處心。”

【補陀】見“補陀落迦”。

【補服】古代官服的前胸及後背綴有用金線或彩絲繡成的圖象徽識,亦稱補子、補褂。故官服稱補服。補子爲官品的標志,明時已有,清代規定文官繡鳥,武官繡獸。一品文鶴,武麒麟;二品文錦鷄,武獅;三品文孔雀,武豹;四品文雁,武虎;五品文白鷳,武熊;六品文鷺鷥,七品文鸂鶒;六七品武均爲彪;八品文鵪鶉,武犀牛;九品文練雀,武海馬。命婦受封,亦得用補子,各從其父之品以分等級。參閱清通典五四禮嘉四、清會典事例三二八冠服通例。

【補苴】補綴,縫補。漢劉向新序刺奢:“今民衣弊不補,履決不苴,君則不寒,民誠寒矣。”唐韓愈昌黎集十二進學解:“觝排異端,攘斥佛老,補苴罅漏,張皇幽眇。”

【補缺】㊀補充缺額。史記蕭相國世家:“漢王數失軍遁去,何常興關中卒,輒補缺。”㊁修補缺損。管子四時:“是故秋三月以庚辛之日發五政,……四政曰:補缺塞坼。”㊂補求缺失。同“補闕”。後漢書二六伏湛傳杜詩薦湛疏:“柱石之臣,宜居輔弼,出入禁門,補缺拾遺。”詳“補闕㊀”。

【補袞】帝王服袞龍之衣。故稱補救規諫帝王的過失爲補袞。詩大雅烝民:“袞職有闕,維仲山甫補之。”傳:“有兗冕者,君之上服也。仲山甫補之,善補過也。”文選三國魏阮元瑜(瑀)爲曹公作書與孫權:“願仁君及孤虛心回意,以應詩人補袞之歎,而慎周易牽復之義。”

【補貼】彌補,貼補。也作“補帖”。唐白居易長慶集六七和東川楊慕巢尚書府中獨坐……十四韻詩:“老將槃補帖,愁用道銷磨。”宋陸游劍南詩稿四八冬暮:“乘除富貴惟身健,補貼光陰有夜長。”

【補過】改正錯誤,補救過失。易繫辭上:“无咎者,善補過也。”左傳宣十二年:“(荀)林父之事君也,進思盡忠,退思補過,社稷之衛也,若之何殺之?”

【補綻】縫補,彌補。後漢書五二崔寔傳政論:“且濟時拯世之術,……期於補綻決壞,枝柱邪傾,隨形裁割,要措斯世於安寧之域而已。”又作“補綻”。唐杜甫杜工部草堂詩箋十一北征:“牀前兩小女,補綻纔過膝。”

【補綴】㊀修補連綴。禮內則:“衣裳綻裂,紉箴請補綴。”㊁緝集。後漢書七九上儒林傳序:“昔王莽更始之際,天下散亂,禮樂分崩,典文殘落。及光武中興,愛好經術,未及下車,而先訪儒雅,採求闕文,補綴漏逸。”

【補闕】㊀補救錯失。左傳襄元年:“凡諸侯卽位,小國朝之,大國聘焉,以繼好結信,謀事補闕。”漢書六二司馬遷傳報任安書:“次之,又不能拾遺補闕,招賢進能,顯巖穴之士。”㊁官名。唐武后垂拱中置,職務爲侍從諷諫。分左右補闕,左補闕屬門下省,右補闕屬中書省。宋改補闕爲司諫。見舊唐書職官志二門下省、中書省。

【補亡詩】詩經中南陔白華華黍由庚崇丘由儀六篇,文辭亡佚,晉束晳補著其文,文選著録,卽以補亡詩名篇。

【補天穿】古代習俗之一。舊題晉王嘉拾遺記:“江東俗號正月二十日爲天穿日,以紅縷繫煎餅餌置屋上,曰補天穿。”(歲時廣記一)

【補骨脂】草名。一名破故紙。夏秋之交開花,淡紫色,實圓扁色黑,味少腥而有香氣。入藥。見本草綱目十四草三。

【補落迦】山名,卽補陀落迦。宋陸游劍南詩稿七三海山:“補落迦山訪舊遊,菴摩勒果隘中州。”見“補陀落迦”。

【補天浴日】古代神話女媧補天,羲和浴日。補天事見淮南子覽冥,浴日事見山海經大荒南經。後以比喻力挽危局,功勳巨大。宋史三六〇趙鼎傳上疏:“頃張浚出使川陝,國勢百倍於今。浚有補天浴日之功,陛下有礪山帶河之誓,君臣相信,古今無二。”

【補陀落迦】山名。卽普陀山,在浙江普陀縣東。梵名補陀落迦,義譯小白花山,或小花樹山。相傳梅福煉丹於此,故又名梅岑山。參見“普陀”。

【補闕燈檠】對懼內者的諷語。宋陶穀清異録女行:“吳儒李大壯,畏服小君,萬一不遵號令,則叱令正坐,爲綰匾髻,中安燈盌,然燈火。大壯屏氣定體,如枯木土偶。人諢目之曰補闕燈檠。”

裋 shù ㄕㄨˋ 臣庾切,上,麌韻,禪。

粗布衣服。說文:“裋,豎使布長襦,从衣,豆聲。”

【裋褐】㊀粗陋衣服。漢書七二貢禹傳上書:“家貲不滿萬錢,妻子穅豆不贍,裋褐不完。”注:“裋者,謂僮豎所著布長襦也。褐,毛布之衣也。”㊁短而窄的衣服。史記秦始皇紀論引賈誼:“夫寒者利裋褐而飢者甘糟穅。”集解引徐廣:“一作‘短’,小襦也,音豎。”索隱:“謂褐布豎裁,爲勞役之衣,短而且狹,故謂之短褐,亦曰豎褐。”

裌 jiá 古洽切,入,洽韻,見。ㄐㄧㄚˊ

夾衣。通"袷"。宋書朱百年傳:"嘗寒就(孔)覬宿,衣悉裌布,飲酒醉眠,顗以卧具覆之。"

裖 zhěn 章忍切,上,軫韻,照。ㄓㄣˇ

㊀黑色衣服。同"袗"。見說文。㊁重叠貌。漢書五七上司馬相如傳上林賦:"盤石裖崖,嶔巖倚傾。"注:"裖……謂重密而累積。"史記一一七司馬相如傳集解引李奇:"裖,整也,整頓池外之厓。"

裓 1. gé 古得切,入,德韻,見。ㄍㄜˊ

㊀衣的前襟。景德傳燈録一脇尊者:"四衆各以衣裓盛舍利,隨處興塔而供養之。"泛指僧衣。宋蘇軾分類東坡詩十一過廣愛寺見三學演師觀楊惠之塑寶山朱瑶畫文殊普賢之一:"敗蒲翻覆卧,破裓再三連。"

2. jiē 集韻 居諧切,平,皆韻。ㄐㄧㄝ

㊁磚砌的路。周禮考工記匠人"堂涂十有二分"漢鄭玄注:"謂階前,若今令甓裓也。"疏:"漢時名堂涂爲令甓裓。令辟,則今之塼也;裓則塼道者也。"參閱清王聘珍九經學周禮二。

裙 qún 渠云切,平,文韻,羣。ㄑㄩㄣˊ

㊀下裳。說文作"帬"。急就篇二:"袍襦表裏曲領帬。"後漢書明德馬皇后紀:"常衣大練,裙不加緣。"㊁鼈甲的邊緣也叫裙。宋陶岳五代史補:"(僧謙光)嘗云:'老僧無他願,但願鵝生四脚,鼈生兩裙足矣。'"(類説二六)

【裙釵】婦女著裙插釵,因稱婦女爲裙釵。紅樓夢一:"我堂堂鬚眉,誠不若彼裙釵。"

【裙幄】用裙張掛成爲帷幕。五代後周王仁裕開元天寶遺事下裙幄:"長安士女,遊春野步,遇名花則設席藉草,以紅裙遞相插掛,以爲宴幄。"明王逢梧溪集五江邊竹枝詞:"社酒吹香新燕飛,遊人裙幄占灣磯。"

【裙帶官】因妻妾關係而得的官職。宋趙昇朝野類要三西官:"親王南班之婿,號曰西官,卽所謂郡馬也。俗謂裙帶頭官。"宋周煇清波雜志三:"蔡卞之妻七夫人,頗知書,能詩詞。蔡每有國事,先謀之於床笫,然後宣之於廟堂。……蔡拜右相,家宴張樂。伶人揚言曰:'右丞今日大拜,都是夫人裙帶。'譏其官職自妻而致。"按卞妻爲王安石女。

【裙腰路】像裙腰的小路。宋缺名五色線下裙腰路:"白樂天杭州春望云:'誰開湖寺西南路,草緑裙腰一道斜。'注云:'孤山寺路在湖洲中,草緑時望如裙腰。'"

【裙屐少年】指修飾華美而無實學的少年。魏書邢巒傳上表:"蕭淵藻是裙屐少年,未洽治務。"

裎 1. chéng 直貞切,平,清韻,澄。ㄔㄥˊ

㊀裸體。孟子公孫丑上:"雖袒裼裸裎於我側,爾焉能浼我哉?"㊁繫玉佩的帶子。方言四:"佩紟謂之裎。"注:"所以係玉佩帶也。"

2. chěng 丑郢切,上,静韻,徹。ㄔㄥˇ

㊂對襟單衣。古代爲諸侯、大夫、士等日常所穿。方言四:"襌衣……無裹者謂之裎衣,古謂之深衣。"錢繹箋疏:"裎卽今之對衿(襟)衣,無右外衿者也。"

裘 qiú 巨鳩切,平,尤韻,羣。ㄑㄧㄡˊ

㊀皮衣。詩小雅都人士:"彼都人士,狐裘黄黄。"㊁通"求"。詩小雅大東:"舟人之子,熊羆是裘。"箋:"裘當作求,聲相近故也。"㊂姓。衛大夫食采於裘,後以爲氏。或説本求氏,後改爲裘。見元和姓纂五尤。

【裘氏】古代製皮工匠的一種。周禮考工記:"攻皮之工,函、鮑、韗、韋、裘。"疏:"攻皮之工五:函人爲甲,鮑人主治皮,韗人爲鼓,韋氏、裘氏闕也。"

【裘馬】車馬衣裘。論語公冶長:"子路曰:願車馬,衣輕裘,與朋友共,敝之而無憾。"後以比喻生活豪華。文選南朝梁范彦龍(雲)贈張徐州稷詩:"儐從皆珠玳,裘馬悉輕肥。"唐杜甫杜工部草堂詩箋三二秋興:"同學少年多不賤,五陵裘馬自輕肥。"

【裘冕】帝王祭天時穿大裘戴冕冠,稱爲裘冕。周禮夏官節服氏:"郊祀裘冕,二人執戈。"文選南齊謝玄暉(朓)和伏武昌登孫權故城詩:"裘冕類禋郊,卜揆崇離殿。"

【裘溲】毛織物。卽氍毹。釋名釋牀帳:"裘溲,猶屢數,毛相離之言也。"參見"氍毹"。

【裘葛】㊀裘爲冬服,葛爲夏服。公羊傳桓八年:"士不及兹四者,則冬不裘,夏不葛。"後泛指四季衣服。唐韓愈昌黎集十六答崔立之書:"故凡僕之汲汲於進者,其小得,蓋欲以具裘葛,養窮孤。"㊁指寒暑的變遷,猶謂一年。元柳貫柳待制集四睡餘偶題詩之三:"簡書方厲禁,裘葛屢催年。"後謂年復一年爲裘葛屢更。

【裘褐】粗陋的衣服。莊子天下:"使後世之墨者,多以裘褐爲衣,以跂蹻爲服,日夜不休,以自苦爲極。"漢劉向説苑敬慎:"見衣裘褐之士,則爲之禮。"

【裘日修】公元1712—1773年。清江西新建人,字叔度,乾隆四年進士,官至刑部尚書,卒謚文達。屢勘視山東河南安徽河道,及督濬永定北運諸河。奉勅編熱河志、祕殿珠林、石渠寶笈、西清古鑑等書。

【裘敝金盡】戰國齊蘇秦入秦,以連横之説説秦王,書十上而説不行。黑貂之裘敝,黄金百斤盡,資用乏絶,大困而歸。見戰國策秦一。後以裘敝金盡喻生活窮困。

𧛓 jì 集韻 子計切,去,霽韻。ㄐㄧˋ

折斷。管子大匡:"明年,朝之争禄相刺,𧛓領而刎頸者不絶。"注:"𧛓,謂掣斷之也。"

裝 zhuāng 側羊切,平,陽韻,莊。ㄓㄨㄤ

㊀出行時的用具,卽行裝。戰國策齊:"馮煖曰:'願之。'於是約車治裝,載券契而行。"又整備行裝也叫裝。後漢書八一李業傳:"使者謂(王)嘉曰:'速裝,妻子可全。'"㊁衣物。晉書皮京妻龍氏傳:"憐貨其嫁時資裝,躬自紡織。"憐,龍氏字。㊂裝飾打扮。後漢書八十下禰衡傳:"吏訶之曰:'鼓史何不改裝,而輕敢進乎?'"又五五清河孝王慶傳:"每朝謁陵廟,常夜分嚴裝,衣冠待明。"㊃裝備。後漢書十七岑彭傳:"於是裝直進、樓船、冒突、露橈數千艘。"㊄收藏。文選南齊孔德璋(稚珪)北山移文:"敲扑諠囂犯其慮,牒訴倥偬裝其懷。"

【裝旦】扮演正旦的角色。明胡應麟少室山房筆叢辛莊嶽委談下:"開元中,……范傳康、上官唐卿、吕敬遷三人弄假婦人。假婦人卽後世裝旦也。……元雜劇旦有數色,所謂裝旦,卽今正旦也。"

【裝池】裝裱古籍或書畫。清黄丕烈士禮居讀書記續上近事會元:"是册裝池尚出良工錢半巖手,近日已作古人,惜哉!"參閱明楊慎丹鉛總録二七瑣語。

【裝束】㊀束裝,整理行裝。三國志蜀龐統傳:"將軍未至,遣與相聞,説荆州有急,欲還救之,並使裝束,外作歸形。"晉陶潛陶淵明集四擬古詩之六:"裝束既有日,已與家人辭。"㊁打扮。玉臺新詠一古詩爲焦仲卿妻作:"交語速裝束,駱驛如浮雲。"唐李白李太白詩六少年行:"少年游俠好經過,渾身裝束皆綺羅。"

【裝具】婦女使用的裝奩。後漢書十上光烈陰皇后紀:"帝從席前伏御床,視太后鏡奩中物,感動悲涕,令易脂澤裝具。"

【裝送】卽嫁裝。後漢書八四鮑宣妻傳:"宣嘗就少君父學,父奇其清苦,故以女妻之。裝送資賄甚盛。"

【裝背】裝裱書畫。唐張彥遠歷代名畫記一敍畫之興廢:"天后朝,張易之奏召天下畫工,修內庫圖畫,因使工人各推所長,銳意模寫,仍舊裝背,一豪不差。"宋梅堯臣宛陵集十五觀何君寶畫詩:"四牛遂爲何氏有,裝背入眼天下無。"

【裝堂】謂裝飾廳堂。宋米芾畫史:"凡收畫,必先收唐希雅徐熙等雪圖,巨然或范寬山水圖齊整相對者裝堂遮壁。"參見"鋪殿花"。

【裝軸】書畫裱後,在紙尾加軸,便於舒卷或懸掛。元楊弘道小亨集一東坡石鍾山記墨迹詩:"從何得此本,裝軸成珍玩。"

【裝遣】嫁裝。同"裝送"。後漢書八四袁隗妻傳:"汝南袁隗妻者,扶風馬融之女也。……融家世豐豪,裝遣甚盛。"

【裝飾】㊀打扮。後漢書八三梁鴻傳:"同縣孟氏有女……;及嫁,始以裝飾入門。"㊁猶裝裱。唐韓愈昌黎集十七與陳給事書:"並獻近所爲復志賦以下十卷爲一卷,卷有標軸。送孟郊序一首,生紙寫,不加裝飾。"

【裝潢】以黄蘗汁染的紙,裝裱書畫。唐六典三户部尚書:"諸造籍起正月,畢三月,所須紙筆裝潢軸帙當户内。"祕書省屬下有裝潢匠十人。見新唐書百官志祕書省。宋姚寬西溪叢語下:"齊民要術(雜説)有裝潢紙法云:'浸蘗汁入潢,凡潢紙滅白便是,染則年久色暗,蓋染黄也。'……寫訖入潢,辟蠹也。今惟釋藏經如此先寫後潢。"明周嘉冑裝潢志、清周二學一角篇皆爲論裝潢藝術的專著。

【裝褫】裝裱古籍或書畫。唐張彥遠歷代名畫記三論裝背褾軸:"國朝太宗皇帝使典儀王行真等裝褫。"元夏文彥圖繪寶鑑一裝褫書畫定式:"古畫不脱,不須背褾,……故紹興裝褫古畫,不許重洗,亦不許裁剪過多。"參見"裝池"。

【裝褾】裝裱。也作裝潢、裝池、裱背。其法先用紙托襯於書畫等背後,再用綾絹或紙鑲邊,然後裝軸杆或版面。製成品有挂軸、書卷、册頁等形式。宋米芾畫史:"余家顧(愷之)淨名天女,長二尺五,應名畫記所述之數。唐鏤牙軸,紫錦裝褾。"

【裝錢】辦裝費。後漢書光武紀下建武二十六年:"發遣邊民在中國者,布還諸縣,皆賜以裝錢,轉輸給食。"又明帝紀永平五年:"是歲,發遣邊人在内郡者,賜裝錢人二萬。"

【裝點】布置點綴。宋華岳翠微南征録四登樓晚望詩:"展開風月添詩料,裝點江山歸畫圖。"又吳自牧夢粱録十六茶肆:"今杭城茶肆亦如之,插四時花,挂名人畫,裝點店面。"

【裝囊】出行時所用的口袋。資治通鑑二二〇唐肅宗乾元元年:"(史)思明乃執(烏)承恩,索其裝囊,得鐵券及(李)光弼牒。"注:"凡行者之裝,盛以囊橐,故曰裝囊。"舊唐書二〇〇上史思明傳作"衣囊"。

【裝鑾】在梁棟枓栱或塑像上施以彩繪。宋李誡營造法式二總釋下彩畫"謝赫畫品"注:"今以施之于縑素之類者,謂之畫;布彩于梁棟枓栱或素象什物之類者,俗謂之裝鑾;以粉朱丹三色爲屋宇門窗之飾者,謂之刷染。"

裊 niǎo 字彙 尼了切,音鳥。ㄋㄧㄠˇ

㊀"褭"的俗字。漢書百官公卿表上:"簪裊。"注:"以組帶馬曰裊。"參見"簪裊"。㊁柔弱,繚繞。通"嫋"。玉臺新詠五南朝梁沈約十詠領邊繡:"不聲如動吹,無風自裊枝。"

【裊娜】枝葉柔弱細長貌。唐李白李太白詩七侍從宜春苑奉詔賦龍池柳色初青聽新鶯百囀歌:"池南柳色半青青,縈煙裊娜拂綺城。"又形容女子體態輕盈柔美。唐韓偓玉山樵人香奩集裊娜詩:"裊娜腰肢淡薄粧,六朝宮樣窄衣裳。"

【裊窕】動搖不定貌。唐杜甫杜工部草堂詩箋七渼陂行:"半陂以南純浸山,動影裊窕沖融間。"

【裊裊】㊀搖蕩不定貌。文選南朝宋謝靈運擬魏太子鄴中集之八:"平衢脩且直,白楊信裊裊。"唐李賀歌詩編二老夫采玉歌:"斜山柏風雨如嘯,泉脚挂繩青裊裊。"㊁細長柔弱貌。初學記四北齊魏收晦日汎舟應詔詩:"裊裊春枝弱,關關新鳥呼。"㊂繚繞貌。樂府詩集二八相和歌辭南朝陳徐伯陽日出東南隅行:"團龍裊裊挂青絲,鐵鈎冉冉勝丹桂。"宋蘇軾東坡集六青牛嶺高絶處有小寺人迹罕到詩:"暮歸走馬沙河塘,爐煙裊裊十里香。"㊃聲音迴旋不絶。唐杜甫杜工部詩史補遺六猿:"裊裊啼虛壁,蕭蕭掛冷枝。"也形容思緒連綿不絶。南齊書蘇侃傳塞客吟:"情綿綿而方遠,思裊裊而遂多。"

八畫

裹 guǒ 古火切,上,果韻,見。ㄍㄨㄛˇ

㊀包,纏。詩大雅公劉:"迺裹餱糧,于橐于囊。"㊁包裹之物。唐王維王右丞集二酬黎居士淅川作詩:"松龕藏藥裹,石唇安茶臼。"㊂花房。文選戰國楚宋玉高唐賦:"綠葉紫裹,丹莖白蔕。"注:"裹,猶房也。"㊃草的果實。文選晉郭景純(璞)江賦:"翹莖瀵蘂,濯穎散裹。"注:"裹,謂草實也。"

【裹足】纏裹其足。吳越春秋一王僚使公子光傳:"酒酣,公子光佯爲足疾,入窋室裹足。"引申爲止步不敢向前。史記八七李斯傳諫逐客書:"使天下之士退而不敢西向,裹足不入秦。此所謂'藉寇兵而齎盜糧'者也。"

【裹肚】腰帶。宋陳長方步里客談下:"承平時茶酒班殿侍,繫四五重顏色裹肚。先是京師以竹盛五色綫拽之爲戲,謂之變綫,又以殿侍所繫裹肚似之,故亦謂之變綫。今不復繫如許裹肚,但有義帶數條耳。"元詩選張昱廬陵集輦下曲:"只孫宮樣青紅錦,裹肚圓文寶相珠。"

【裹革】指戰鬬而死。全唐詩九四員半千隴頭水詩:"喋血多壯膽,裹革無怯魂。"參見"馬革裹屍"。

【裹創】包紮傷口。後漢書十八吳漢傳:"諸將謂漢曰:'大敵在前而公傷卧,衆心懼矣。'漢乃勃然裹創而起,椎牛饗士。"

【裹蒸】食品名。南齊書明帝紀永泰元年:"太官進御食,有裹蒸,帝曰:'我食此不盡,可四破之,餘充晚食。'"資治通鑑一四〇齊紀建武三年注:"今之裹蒸,以餹和糯米,入香藥、松子、胡桃仁等物,以竹籜裹而蒸之,大纔二指許,不勞四破也。"按今粵俗有裹蒸,爲糉子之極大者,容餡甚多,與通鑑注所言者異,而與齊明帝所食者近似。

【裹頭】㊀男子成丁則裹頭巾,猶古之加冠。唐杜甫杜工部草堂詩箋二兵車行:"去時里正與裹頭,歸來頭白還戍邊。"㊁謂出行者自帶的財物。舊唐書八八韋嗣立傳上疏:"凡是封户,不勝侵擾,或輸物多索裹頭,或相知要取中物,百姓怨歎,遠近所知。"

【裹糧】攜帶糧食，備出戰或遠行。左傳文十二年："(趙穿)反怒曰：'裹糧坐甲，固敵是求，敵至不擊，將何俟焉？'"唐孫樵集三書褒城驛壁："吾聞開元中，天下富蓄，號爲理平，踵千里者不裹糧。"

【裹雞】以絮漬酒暴乾，遇朋友之喪，以絮裹雞，攜至墓前，臨時用水沾絮使有酒氣，陳雞爲祭。元丁鶴年集四輓四明樂仲本先生詩："裹雞吾老矣，東望涕長潸。"參見"隻雞絮酒"。

【裹藥】買藥。宋陸游劍南詩稿六五家風："買魚日待攜籃女，裹藥時從挾篋翁。"自注："俗謂買藥爲裹藥。"

【裹纏】猶盤纏，指日常開銷。元趙孟頫松雪齋集三送高仁卿還湖州詩："太倉粟陳未易糴，中都俸薄難裹纏。"

【裹梅花】植物名。宋范成大桂海虞衡志志花："裹梅花，卽木槿，有紅白二種，葉似蜀葵，采紅者連葉包裹，黃梅鹽漬，暴乾以薦酒，故名。"

【裹頭冰】稱號。形容人操守清潔。宋陶穀清異録官志："宋城主簿祝天貺，勵已如冰玉，百姓呼爲裹頭冰。"

【裹鮓帖】晉王羲之王右軍集二："裹鮓味佳，今致君，所須可示，弗難。"世稱裹鮓帖。元趙孟頫松雪齋集五論書詩："裹鮓若能長住世，子鸞未必可驚人。"

【裹頭内人】唐時宮中雜役。資治通鑑二三一唐興元元年："上命陸贄草詔賜渾瑊，使訪求奉天所失裹頭内人。"注："裹頭内人，在宮中給使令者也。内人給使令者皆冠巾，故謂之裹頭内人。"

裢 zhàn 丈莧切，去，襉韻，澄。ㄓㄢˋ

縫補。同"綻"。後漢書五二崔寔傳政論："且濟時拯世之術，……期於補裢決壞，枝柱邪傾。"

裷 1. yuān 於袁切，平，元韻，影。ㄩㄢ

㊀頭巾。韓非子外儲說左上："衛人有佐弋者，鳥至，因先以其裷麾之，鳥驚而不射也。"

2. gǔn ㄍㄨㄣˇ

㊁古代帝王的禮服。通"袞"。荀子富國："故天子袾裷衣冕。"注："裷與袞同。"

裧 chān 昌豔切，去，豔韻，穿。ㄔㄢ

同"襜"、"幨"。㊀車中帷幕。儀禮士昏禮："婦車亦如之，有裧。"注："裧，車裳帷。"㊁古代裝飾柩車的裙狀物。禮雜記上："其輤有裧。"注："輤，載柩將殯之車飾也……裧謂鼈甲邊緣緇布裳帷，圍棺者也。"

裱 biǎo 方廟切，去，笑韻，幫。ㄅㄧㄠˇ

㊀婦女領巾。方言四："帍裱。"注："婦人領巾也。"清戴震疏證："玉篇'帍，婦人巾'，'裱，人領巾'，皆本此條注文而有脱誤。"㊁裝潢書畫或牆壁。聊齋志異余德："尹至其家，見屋壁俱用明光紙裱，潔如鏡。"

【裱褙】裝潢或修補書畫。京本通俗小說碾玉觀音："啟請婆婆過對門裱褙鋪裏，請璩大夫說話。"

【裱背十三科】裱褙料具。元陶宗儀輟耕録二七："世人但知醫有十三科，畫有十三科，殊不知裱背亦有十三科。一織造綾錦絹帛，一染練上件，一抄造紙劄，一染製上件顏色，一鍘料麥麪，一鍘藥礬蠟，一界尺裁版桿帖，一軸頭，一鍘刷，一鮫鍊，一條，一經帶，一裁刀。數内闕其一，則不能成全畫矣。"

褂 guà ㄍㄨㄚˋ

外衣。清代禮服有袍有褂，禮服加於袍外的，稱外褂，短的稱馬褂。參見"黃馬褂"。

褚 1. zhǔ 丁吕切，上，語韻，端。ㄓㄨˇ

㊀用綿裝衣服。急就篇二"襜、褕、袷、複、褶、袴、褌"唐顏師古注："褚之以綿曰複。"也指綿衣。漢書九五南粵王趙佗傳："上褚五十衣，中褚三十衣，下褚二十衣，遺王。"注："以綿裝衣曰褚。"㊁囊袋。莊子至樂："褚小者不可以懷大，綆短者不可以汲深。"㊂蓋在棺上的紅布。見"褚幕"。㊃儲藏。左傳襄三十年："取我衣冠而褚之。"吕氏春秋樂成作"我有衣冠，而子產貯之。"

2. chǔ 丑吕切，上，語韻，徹。ㄔㄨˇ

㊄姓。漢王符潛夫論志氏姓："褚師氏，皆鄭姬姓也。"參閱通志二五氏族四以官爲氏。

3. zhě 集韻止野切，上，馬韻。ㄓㄜˇ

㊅古代稱兵卒爲褚。方言三："楚東海之間，……卒謂之弩父，或謂之褚。"注："言衣赤也。褚音赭。"按古代兵卒穿赭色之衣。

【褚衣】綿衣。金元好問中洲集十宋朱弁送春詩："風煙節物眼中稀，三月人猶戀褚衣。"參見"褚㊀"。

【褚師】㊀官名。左傳昭二年："子產曰：'人誰不死，凶人不終，……請以印爲褚師。'"注："褚師，市官。"㊁複姓。春秋時，宋衛鄭皆有褚師之官，後以官爲氏。參閱通志二五氏族四以官爲氏。

【褚幕】覆蓋棺材的紅布。禮檀弓上："子張之喪，公明儀爲志焉。褚幕丹質，蟻結于四隅。"注："以丹布幕爲褚，葬覆棺。"

【褚₁遂良】公元596—658年。唐河南陽翟人，自其先世官徙錢塘。字登善。隋大業末爲薛舉通事舍人，後入秦王府。太宗時任起居郎，累官至中書令。直言敢諫，受太宗遺詔輔政。以諫高宗廢皇后王氏，爲武后所惡，貶愛州刺史，憂忿而死。遂良博涉文史，工隸楷。少學虞世南，後祖述王羲之，真書頗得其媚趣。太宗博購羲之故帖，皆由遂良鑒定真僞。新、舊唐書皆有傳。

裲 liǎng 集韻里養切，上，養韻。ㄌㄧㄤˇ

見下。

【裲襠】半臂，形似今之背心，前幅當胸，後幅當背，故名。三國志魏鍾繇傳注引陸氏異林："(婦人)著白練衫，丹繡裲襠。"樂府詩集二五梁鼓角橫吹曲琅琊王歌辭："陽春二三月，單衫繡裲襠。"參見"兩當㊀"。

裺 1. yǎn 衣儉切，上，琰韻，影。ㄧㄢˇ

㊀小兒涎衣。方言四："裺謂之襦。"清戴震疏證："蓋以裺爲小兒次衣，掩頸下者。襦有曲領之名，故裺亦名襦。"㊁衣緣緣。卽衣服的貼邊。方言四："懸裺謂之緣。"注："衣縫緣也。"清戴震疏證："玉篇：裺，緣也。廣韻：裺，衣縫緣也。……禮記玉藻篇：緣廣半寸。鄭(玄)注云：飾邊也。"

2. ān 集韻烏含切，平，覃韻。ㄢ

㊂見"裺₂篼"。

【裺₂篼】餵馬器皿。方言五："飲馬橐，自關而西謂之裺橐，或謂之裺篼。"

裾 1. jū 九魚切，平，魚韻，見。ㄐㄩ

㊀衣服的前襟。卽大襟。淮南子齊俗："楚莊王裾衣博袍，令行乎天下。"也指衣服的後襟。爾雅釋器："衱謂之裾。"注："衣後襟也。"㊁衣袖。方言四："袿謂之裾。"注："衣後裾也，或作袪。廣雅云：衣袖。"漢書五一鄒陽傳上書吳王："飾固陋

之心，則何王之門不可曳長裾乎？"

2. jù ㄐㄩˋ 集韻 居御切，去，御韻。

㊂傲慢。通"倨"。漢書五七下司馬相如傳大人賦："低卬夭蟜裾以驕驁兮，詘折隆窮躩以連卷。"注："張揖曰：'裾，直項也。……'(顏)師古曰：'裾音倨。'"又九十趙禹傳："禹爲人廉裾，爲吏以來，舍無食客。"㊃通"據"。文選晉左太沖(思)魏都賦："由重山之束阨，因長川之裾勢。"注："裾勢，依據川之形勢也。……裾，古據字。"

【裾裾】盛裝貌。荀子子道："子路盛服見孔子。孔子曰：'由，是裾裾何也？'"韓詩外傳三作"疏疏"，說苑雜言引作"襜襜"。

裾 jué ㄐㄩㄝˊ 衢物切，入，物韻，羣。

短衣。漢班固東觀漢記一世祖光武皇帝："見更始諸將過者，已數十輩，皆冠幘，衣婦人衣，諸于繡擁裾，大爲長安所笑。"後漢書光武帝紀上更始元年作"諸于繡镼"。注："前書音義曰：'諸于，大掖衣也，如婦人之袿衣。'字書無'镼'字，續漢書作'裾'，……即是諸于上加繡裾，如今之半臂也。"

【裾掖】無緣之衣。方言四："襜褕，……其短者謂之裋褕，以布而無緣，敝而紩之，謂之襤褸，自關而西謂之裗裾。"注："俗名裾掖。"參見"裗裾"。

裰 duō ㄉㄨㄛ 丁括切，入，末韻，端。

補綴。廣韻："裰，補裰破衣也。"又，圓領大袖的家居常服稱直裰。參見"直裰"。

裸 luǒ ㄌㄨㄛˇ 郎果切，上，果韻，來。

赤身露體。左傳僖二三年："曹共公聞其駢脅，欲觀其裸。"

【裸川】川名，以其地風俗男女父子，共川而浴，故名。南朝梁任昉述異記上："桂林東南邊海有裸川，桓譚新論云：'呈衣冠於裸川，海上有裸人鄉。'"

【裸國】傳說古代西方國名。其人不穿衣服。呂氏春秋貴因："禹之裸國，裸入衣出，因也。"淮南子說林作"倮國"。參見該條。

【裸裎】赤身露體。孟子公孫丑上："爾爲爾，我爲我，雖袒裼裸裎於我側，爾焉能浼我哉？"晉書范宣傳："正始以來，世尚老莊。逮晉之初，競以裸裎爲高。"

【裸蟲】通指無羽毛鱗甲蔽體的動物。晉書五行志中："夫裸蟲人類，而人爲之主。"參見"倮蟲"。

【裸遊館】供皇帝淫樂的離宮別館。舊題晉王嘉拾遺記六："(漢)靈帝初平三年，遊於西園，起裸遊館千間，……宮人年二七以上，三六以下，皆靚妝解其上衣，惟着內服，或共裸浴。"

裼 1. xī ㄒㄧ 先擊切，入，錫韻，心。

㊀袒開或脫去外衣，露出內衣或身體。孟子公孫丑上："雖袒裼裸裎於我側，爾焉能浼我哉。"禮玉藻："君衣狐白裘，錦衣以裼之。"注："君衣狐白毛之裘，則以素錦爲衣覆之，使可裼也。袒而有衣曰裼。"㊁裘上所覆加的外衣。禮玉藻："裘之裼也，見美也。"疏："裘之裼者，謂裘上加裼衣，裼衣上雖加他服，猶開露裼衣，見裼衣之美，以爲敬也。"

2. tì ㄊㄧˋ 集韻 他計切，去，霽韻。

㊂裹覆嬰兒的被。詩小雅斯干："乃生女子，載寢之地，載衣之裼，載弄之瓦。"傳："裼，褓也。"

【裼裘】去外衣而露裼衣，稱爲裼裘。袒而不盡覆其裘爲裼，盡覆而不使裘見於外爲襲。禮檀弓上："曾子襲裘而弔，子游裼裘而弔。曾子指子游而示人曰：'夫夫也，爲習於禮者，如之何其裼裘而弔也？'"

【裼襲】裼，袒而不盡覆其裘；襲，盡覆而不使裘見於外。禮表記："裼襲之不相因也，欲民之毋相瀆也。"注："不相因者，以其或以裼爲敬，或以襲爲敬。禮盛者，以襲爲敬，執玉龜之屬也；禮不盛者，以裼爲敬，受享是也。"唐白居易長慶集四八救學者之失："習禮者以上下長幼爲節，不專於俎豆之數，裼襲之容也。"

裶 fēi ㄈㄟ 芳非切，平，微韻，滂。

裶裶，衣長貌。說文作"裵"。文選漢司馬長卿(相如)子虛賦："衯衯裶裶，揚袘戌削。"注："郭璞曰：衯衯裶裶，皆衣長貌也。"

裯 1. chóu ㄔㄡˊ 直由切，平，尤韻，澄。

㊀單被。詩召南小星："肅肅宵征，抱衾與裯。"傳："衾，被也。裯，襌被也。"按漢鄭玄箋訓裯爲牀帳。㊁泛指衾被。宋楊萬里誠齋集十霜夜無睡聞畫角孤雁詩之一："擁裯起坐何人伴？只有殘燈半暈青。"

2. dāo ㄉㄠ 都牢切，平，豪韻，端。

㊂祗裯，短衣。見該條。

裞 nǐ ㄋㄧˇ 五稽切，平，齊韻，疑。研啓切，上，薺韻，疑。

衣襟下的飾物。爾雅釋器："衣裗謂之裞。"注："衣縷也。齊人謂之攣。或曰袿衣之飾。"參閱清郝懿行義疏。

裨 1. pí ㄆㄧˊ 符支切，平，支韻，並。

㊀古代祭祀大夫所服的禮服。見"裨冕"。㊁副貳，輔助。見"裨補"、"裨將"。㊂附屬。唐韓愈昌黎集五寄崔二十六立之詩："觀名計之利，詎足相陪裨？"㊃細小。通"稗"。見"裨王"。㊄姓。春秋鄭裨竈之後。見廣韻。

2. bēi ㄅㄟ 府移切，平，支韻，幫。

㊅增益。國語鄭："若以同裨同，盡乃棄矣。"注："裨，益也。同者，謂若以水益水，水盡乃棄之，無所成也。"㊆完補。國語晉八："子若能以忠信贊君，而裨諸侯之闕。"

【裨王】漢時匈奴小王之稱。史記一一一衛將軍驃騎傳："漢輕騎校尉郭成等逐數百里，不及，得右賢裨王十餘人。"索隱："小顏(師古)云：'裨王，小王也，若裨將然。'"

【裨海】小海。史記七四孟子荀卿傳："中國外如赤縣神州者九，乃所謂九州也。於是有裨海環之。"索隱："裨海，小海也。"

【裨師】偏師。文選三國魏陳孔璋(琳)爲袁紹檄豫州："故遂與(曹)操同諮合謀，授以裨師。"注："裨師，偏師也。"

【裨冕】古代諸侯卿大夫覲見天子時，著裨衣，戴冕，稱爲裨冕。儀禮覲禮："侯氏裨冕釋幣于禰。"注："裨冕者，衣裨衣而冠冕也。裨之爲言，埤也。天子六服，大裘爲上，其餘爲裨，以事尊卑服之。而諸侯亦服焉。"天子六服：大裘而冕、袞冕、鷩冕、毳冕、希冕、玄冕。玄冕在冕服中最卑，故稱裨冕。參閱清雷鐏古經服緯上。

【裨販】小販。同"稗販"。文選漢張平子(衡)西京賦："爾乃商賈百族，裨販夫婦，鬻良雜苦，蚩眩邊鄙。"薛綜注："裨販，買賤賣貴，以自裨益。"新唐書一五七陸贄傳上書："方且稅侯王之廬，算裨販之緡，貴不見優，近不見異，羣情譽然而關譏不寧矣。"

【裨將】副將。史記項羽紀："於是(項)梁爲會稽守，籍爲裨將，徇下縣。"又八七李斯傳："(蒙恬)爲人臣不忠，其賜死，以兵屬裨將王離。"

【裨₂補】 增益補闕。三國志蜀諸葛亮傳上後主疏:"愚以爲宮中之事,事無大小,悉以咨之,然後施行,必能裨補闕漏,有所廣益。"

【裨裨】 鳥鳴聲。唐白居易長慶集五二和酬鄭侍御東陽春悶放懷追越遊見寄詩:"樂遊原頭春尚早,百舌新語聲裨裨。"

【裨諶】 春秋鄭大夫,以多謀見稱。鄭國與諸侯有盟會,應對之辭,使裨諶先爲草稿,由游吉(世叔)、公孫揮(子羽)、子產等修改審定。見論語憲問、左傳襄三十一年。

裳 cháng 市羊切,平,陽韻,禪。ㄔㄤˊ

古稱裙爲裳,男女皆服。詩邶風綠衣:"綠兮衣兮,綠衣黃裳。"傳:"上曰衣,下曰裳。"

【裳裳】 鮮明貌。詩小雅裳裳者華:"裳裳者華,其葉湑兮。"疏:"言彼堂堂然光明者華也。"

裻 dū 冬毒切,入,沃韻,端。
ㄉㄨˋ 先篤切,入,沃韻,心。

衣背縫。說文作"祷"。國語晉一:"是故使申生伐東山,衣之偏裻之衣。"注:"裻在中,左右異,故曰偏。"史記一二五鄧通傳:"孝文帝夢欲上天,不能,有一黃頭郎從後推之上天,顧見其衣裻帶後穿。"索隱:"裻,衫襦之横者。"

裴 1. péi 薄回切,平,灰韻,並。ㄆㄟˊ

㊀長衣貌。說文作"裵"。㊁通"徘"。見"裴回"。㊂姓。出自風姓。皋陶生伯益,賜姓嬴氏,其後人非子之支孫封䢺鄉,因以爲氏。六世孫陵,後徙封,去"邑"從"衣"爲裴。見新唐書宰相世系表一上。

2. féi 符非切,平,微韻,並。ㄈㄟˊ

㊃地名。在今河北肥鄉南。漢書王子侯表三上:"抑裴戴侯道。"注:"鄭氏曰:抑裴音卽非,在肥鄉縣南五里,卽非城也。"漢書地理志上"魏郡"作卽裴。

【裴回】 往返回旋。同"徘徊"。史記一一七司馬相如傳子虛賦:"於是楚王乃弭節裴回,翱翔容與。"文選作"徘徊"。漢書禮樂志郊祀歌天門:"神裴回,若留放。"

【裴休】 唐濟源人,字公美。能文章,書楷遒媚有體法。大中時,以兵部侍郎進同中書門下平章事。在職五年,改革漕運積弊,制止方鎮横賦。後罷爲宣武軍節度使。咸通初,復入爲吏部尚書。家世奉佛,至休尤甚。新、舊唐書有傳。

【裴秀】 公元224—271年。晉聞喜人,字季彥。父潛,魏尚書令。秀少好學能文,有才名,時人稱"後進領袖有裴秀"。仕魏爲尚書僕射,改定官制。司馬昭爲晉王,未定嗣,因秀言立司馬炎爲世子。炎稱帝(武帝),入晉官司空。作禹貢地域圖十八篇,已亡,僅存序文。晉書有傳。

【裴炎】 公元?—684年。唐聞喜人,字子隆。舉明經及第。進拜侍中,受遺詔輔太子中宗。調露中爲中書令,中宗立,欲以后父韋玄貞爲侍中,炎不從,帝怒,炎與武后合謀廢帝,立豫王。武后臨朝,炎屢以事忤后意。徐敬業兵興,炎又諫請歸政,武后遂誣炎謀反,斬於都亭驛。新、舊唐書皆有傳。

【裴度】 公元765—839年。唐聞喜人,字中立。貞元初擢進士第。憲宗時,淮蔡不奉朝命,諸軍進戰數敗,朝臣爭請罷兵,度力請討伐,合帝意,卽授門下侍郎平章事,督諸軍進兵,擒攝蔡州刺史吳元濟。以功封晉國公,入知政事。度功高持正,不爲朝臣所喜,數起數罷。文宗時從東都留守,建綠野堂別墅,與白居易劉禹錫等名士相宴樂其間,以示無用世之意。新、舊唐書皆有傳。

【裴矩】 公元547—627年。隋河東聞喜人。字弘大。時西域來互市,矩著西域圖記奏呈煬帝,遷黃門侍郎。奉命經略西域,復出使燉煌,遣人游說高昌王等及西蕃二十餘國來朝。又與帝定策征遼。從煬帝至江都,忤旨罷官。入唐,官民部尚書。新、舊唐書皆有傳。

【裴航】 唐裴鉶傳奇敍唐長慶間秀才裴航下第,途經藍橋驛,渴甚,有女雲英以水漿飲之,甘如玉液。雲英絕美,航欲娶以爲婦,因遍訪得玉杵臼爲聘。既婚,夫婦相偕入山仙去(太平廣記五十)。明人龍膺作藍橋記傳奇,卽以此故事爲題材;又楊之炯合航與崔護事作玉杵記。

【裴楷】 公元237—291年。晉河東聞喜人,字叔則。容儀俊爽,時稱"玉人"。博涉羣書,尤精老易。鍾會薦於武帝,累遷散騎常侍,轉侍中。官至中書令。晉書有傳。

【裴駰】 南朝宋河東聞喜人,字龍駒。父松之。官至南中郎參軍。集九經諸史並徐廣漢書音義,著史記集解一百三十卷,所引多先儒舊說,與司馬貞索隱、張守節正義並行。宋書、南史附裴松之傳。

【裴行儉】 公元619—682年。唐絳州聞喜人,字守約。少從蘇定方學兵法,通曉軍事。貞觀中,舉明經,遷長安令。儀鳳二年,奉詔册送波斯王回國,且爲安撫大食使,率軍深入萬里,將吏爲刻石碎葉城紀功。調露元年,以定襄道行軍大總管率軍定突厥之亂,封聞喜縣公。卒謚獻。行儉工於草書,不擇筆墨,嘗以絹素草書文選一部。著有選譜、草字雜體數萬言,已佚。新、舊唐書皆有傳。

【裴延齡】 公元727—796年。唐河東人。曾增補南朝宋裴駰所注史記闕遺,自號"小裴"。德宗時爲司農少卿,兼領度支。延齡不善財計,常取老吏與謀,又好大言,以欺罔固寵。陸贄極論其誕妄不可用,反爲延齡所構,貶外。延齡死,官民相賀,獨德宗悼惜不已。新、舊唐書皆有傳。

【裴松之】 公元372—451年。南朝宋河東聞喜人,字世期。博覽羣書。官至中書侍郎。元嘉年間,奉詔注晉陳壽三國志,兼采衆書,補注闕遺,所采錄之書約一百五十種,亦時下己意。注釋文字比陳壽原書多出數倍,雖名爲注,實爲補遺性質。後爲永嘉太守,授國子博士,奉詔續何承天撰國史,未成而卒。宋書、南史皆有傳。

【裴興奴】 唐貞元時人,善奏琵琶,與同時曹綱齊名。綱善運撥,聲若風雨,不事彈絃。興奴善於攏撚,不撥稍軟。時人云:"曹綱有右手,興奴有左手。"見唐段安節樂府雜錄。

製 zhì 征例切,去,祭韻,照。ㄓˋ

㊀剪裁,裁衣。楚辭屈原離騷:"製芰荷以爲衣兮,集芙蓉以爲裳。"㊁製造器物。後漢書三二樊宏傳附樊準因水旱災異上疏:"五穀不登,謂之大侵。大侵之禮,百官備而不製,羣神禱而不祠。"注:"官職備列,不造作也。"新唐書一六三柳公綽傳附柳仲郢:"置權量於東西市,使貿易用之,禁私製者。"㊂撰寫,著述。南史褚裕之傳附褚玠:"卒於官,皇太子親製誌銘,以表惟舊。"也指文章,作品。唐杜甫杜工部草堂詩箋二四八哀詩贈祕書監江夏李公邕:"聲華當健筆,灑落富清製。"㊃式樣。漢書四三叔孫通傳:"通儒服,漢王憎之,乃變其服,服短衣,楚製。"注:"製謂裁衣之形製。"㊄衣料計量單位。漢劉向說苑復恩:"甯文子具紵絺三百製,將以送之。"㊅意態。通"致"。新唐書一〇四張易之傳:"既冠,頎皙美姿製,音技多所曉通。"

【製裁】 ㊀剪裁的式樣。後漢書八六南蠻西南夷傳:"織績木皮,染以草實,好五色衣服,製裁皆有尾形。"㊁文章的體裁。

北齊顏之推顏氏家訓文章:"宜以古製裁爲本,今之辭調爲末,並須兩存,不可偏棄也。"

【製錦】左傳襄三一年:"子皮欲使尹何爲邑。……子産曰:'不可。……子有美錦,不使人學製焉。大官、大邑,身之所庇也,而使學者製焉。其爲美錦,不亦多乎?'"後因以製錦爲稱頌縣令之辭。隋洺州南和縣澧水石橋碑:"又有宣威將軍縣令馬君,以美譽清風,製錦斯邑。"(金石萃編四十)宋盧炳烘堂詞滿江紅送趙李行赴金壇:"算河陽花縣,恁生留得,製錦才高書善最。"

【製藝】制藝。即八股文。清洪亮吉北江詩話二:"章編修道鴻,甲午江南解元也。是科余本擬第一人,房師以製藝中數語,恐犯磨勘,力言於主師,抑置副榜第一。"參見"制藝"。

九畫

褒 bāo 博毛切,平,豪韻,幫。ㄅㄠ

"褒"的俗字。見"襃"。

褎 1. xiù 似祐切,去,宥韻,邪。ㄒㄧㄡˋ

㊀同"褏₁"、"袖"。漢書四四淮南厲王長傳:"辟陽侯出見之,即自褎金椎椎之。"注:"褎,古袖字也。"

2. yòu 集韻 余救切,去,宥韻。ㄧㄡˋ

㊀同"褏₂"。見下。

【褎₂褎₂】盛貌。漢書一〇〇下敘傳:"樂安褎褎,古之文學。"漢匡衡,封樂安侯。

褏 1. xiù 似祐切,去,宥韻,邪。ㄒㄧㄡˋ

㊀衣袖。"袖"本字。詩唐風羔裘:"羔裘豹褏,自我人究究。"

2. yòu 余救切,去,宥韻,喻。ㄧㄡˋ

㊀禾黍漸長貌。詩大雅生民:"實種實褏,實發實秀。"箋:"褏,枝葉長也。"引申爲出衆貌。見"褏然舉首"。㊁服飾盛貌。見"褏如充耳"。

【褏₂然】枝葉漸長貌。全唐詩六一一皮日休茶中雜詠茶筍:"褏然三五寸,生必依巖洞。"

【褏₂如充耳】詩邶風旄丘:"叔兮伯兮,褏如充耳。"傳:"褏,盛服也。充耳,盛飾也。大夫褏然有尊盛之服而不能稱也。"箋:"充耳,塞耳也。言衛之諸臣顏色褏然,如見塞耳,無聞知也。"傳箋不同,後人多從鄭箋,用作塞耳不聞之意。

【褏₂然舉首】出衆,超出同輩。漢書五六董仲舒傳漢武帝策賢良制:"今子大夫褏然爲舉首,朕甚嘉之。子大夫其精心致思,朕垂聽而問焉。"注引張晏:"褏 進也,爲舉賢良之首也。"

⿰衤突 tū 集韻 陁没切,入,没韻。ㄊㄨ

開襠褌。廣雅釋器:"幝無襠者謂之⿰衤突。"清錢大昕十駕齋養新録四犢鼻褌:"説文無⿰衤突字,當爲突,即犢鼻也。突犢聲相近,重言爲犢鼻,單言爲突,後人又加衣旁耳。"

褊 biǎn 方緬切,上,獮韻,幫。ㄅㄧㄢˇ

㊀衣服狹小。左傳昭元年:"(叔孫)召使者,裂裳帛而與之,曰:'帶其褊矣。'"漢王充論衡自紀:"夫形大衣不得褊。"㊁狹小,狹窄。左傳昭元年:"以敝邑褊小,不足以容從者。"漢賈誼新書道術:"包衆容易謂之裕,反裕爲褊。"㊂同"扁"。三國志魏弁辰傳:"兒生,便以石厭其頭,欲其褊。"後漢書八五辰韓傳作"扁"。

【褊小】狹小,狹隘。左傳隱四年:"衛國褊小,老夫耄矣,無能爲也。"指土地。荀子修身:"狹隘褊小,則廓之以廣大。"指器量。

【褊心】心地狹窄。詩魏風葛屨:"維是褊心,是以爲刺。"史記一二〇汲黯傳:"黯褊心,不能無少望。"

【褊苣】苦菜的別名。見"苦菜"。

【褊促】器量狹隘。南史何承天傳:"承天性褊促,……文帝知之,應遣先戒曰:'善候何顏色,如其不悦,無須多陳。'"

【褊急】器量小而性急躁。商君書墾令:"重刑而連其罪,則褊急之民不鬬,很(狠)剛之民不訟。"宋書晉熙王昶傳:"昶輕訬褊急,不能祇事世祖,大明中常被嫌責。"

【褊桃】桃的一種。即扁桃。宋史四八九三佛齊國傳:"(開寶)七年,又貢象牙、乳香、薔薇水、萬歲棗、褊桃。"

【褊狷】器量狹隘而性情孤僻。唐杜牧樊川集一長安送友人游湖南:"子性劇宏和,愚衷深褊狷。"

【褊激】器量狹窄而言行過激。宋書謝靈運傳:"靈運爲性褊激,多愆禮度,朝廷唯以文義處之,不以應實相許。"

褌 kūn 古渾切,平,魂韻,見。ㄎㄨㄣ

有襠的褲。史記一一七司馬相如傳:"相如身自著犢鼻褌,與保庸雜作。"急就篇二:"襜褕、袷、複、褶、袴、褌。"唐顏師古注:"合襠謂之褌,最親身者也。"

【褌襠】褲襠。晉書阮籍傳大人先生傳:"獨不見羣蝨之處褌中,逃乎深縫,匿乎壞絮,自以爲吉宅也。行不敢離縫際,動不敢出褌襠,自以爲得繩墨也。"

⿰衤要 yāo 於霄切,平,宵韻,影。ㄧㄠ

㊀男子下服的腰部。詩魏風葛屨"要之襋之"傳:"要,⿰衤要也。襋,領也。"疏:"以婦人之服不殊裳,故知所言裳者指男子之下服也。……左執衣領,右執裳要;此要謂裳要,字宜從衣,故云:要,⿰衤要也。"詩中"要(⿰衤要)"作動詞用。㊁衣裙的帶子。晉書五行志上服妖:"武帝泰始初,衣服上儉下豐,著衣者皆厭(壓)⿰衤要。"

褋 dié 徒協切,入,怗韻,定。ㄉㄧㄝˊ

單衣。楚辭屈原九歌湘夫人:"捐余袂兮江中,遺余褋兮澧浦。"方言四:"禪衣,江淮南楚之間謂之褋。"

⿰衤⿱𠂇月 duò 徒卧切,去,過韻,定。ㄉㄨㄛˋ

無袖之衣。也作"⿰衤隋"。方言四:"無袂之衣謂之⿰衤⿱𠂇月。"注:"袂,衣袖也。"

褪 tùn 音韻闡微 吐困切,去,願韻。ㄊㄨㄣˋ

㊀寬衣,卸衣。宋歐陽修文忠集一三三浣溪沙詞之一:"東素美人羞不打,卻嫌裙慢褪纖腰。"㊁凋謝。宋蘇軾東坡詞蝶戀花春景:"花褪殘紅青杏小,燕子飛時,綠水人家繞。"㊂減色。宋周邦彦片玉詞滿江紅春閨:"蝶粉蜂黄都褪了,枕痕一綫紅生玉。"㊃退卻。宋楊萬里誠齋集十七荔枝堂夕眺詩:"夕峯褪日半鉦多,秋漢吹雲一絮過。"

褘 huī 許歸切,平,微韻,曉。ㄏㄨㄟ

㊀王后的祭服。禮明堂位:"夫人副褘立于房中。"參見"褘衣"。㊁蔽膝。方言四:"蔽厀,江淮之間謂之褘。"清戴震疏證:"釋名云:……齊人謂之巨巾,又曰跪襜。"㊂古時女子出嫁時繫的佩巾。爾雅釋器:"婦人之褘謂之縭。縭,緌也。"

褘衣

【褘衣】王后的祭服。衣上有翬(野雞)的圖紋。周禮天官内司服:"掌王后之六服:褘衣、揄狄、闕狄、鞠衣、展衣、緣衣,素沙。"注:"王后之服,刻繒爲之形,而采畫之,綴於衣以爲文章。褘衣,畫翬者。……從王祭先王則服褘衣。"

褞 yǔn 於粉切,上,吻韻,影。ㄩㄣˇ

布衣。漢陸賈新語本行:"二三子布弊褞袍,不足以避寒。"後漢書三七桓榮傳附桓鸞:"少立操行,褞袍糟食,不求盈餘。"

褐 hè 胡葛切,入,曷韻,匣。ㄏㄜˋ

㊀粗毛或粗麻織的短衣,泛指貧苦人的衣服。詩豳風七月:"無衣無褐,何以卒歲。"孟子滕文公上:"許子必織布然後衣乎?曰:否。許子衣褐。"注:"許子衣褐,以毳織之,若今馬衣者也。或曰褐,枲衣也。一曰粗布衣也。"㊁指貧賤之人。左傳哀十三年:"旨酒一盛兮,余與褐之父睨之。"注:"褐,寒賤之人。"孟子公孫丑上:"不受於褐寬博,亦不受於萬乘之君。"注:"褐寬博,獨夫被褐者。"㊂黃黑色。元王思善彩繪法有磚褐、荊褐、鷹背褐、麝香褐等色。見明陶宗儀輟耕錄十一寫像訣。

【褐夫】古代卑者服褐,因稱卑賤者爲褐夫。孟子公孫丑上:"視刺萬乘之君,若刺褐夫。"淮南子主術:"使言之而是,雖在褐夫芻蕘,猶不可棄也。"

【褐衣】㊀粗劣的衣服。史記一二四游俠傳序:"故季次原憲終身空室蓬戶,褐衣疏食不厭。"㊁指卑賤的人。後漢書三六陳元傳上疏難范升奏左氏不宜立博士:"如得以褐衣召見,俯伏庭下,誦孔氏之正道,理丘明之宿冤;……雖死之日,生之年也。"

褑 yuàn 于眷切,去,線韻,于。ㄩㄢˋ

佩帶。爾雅釋器:"佩衿謂之褑。"宋盧炳烘堂詞少年遊:"繡羅褑子間金絲,打扮好容儀。"

褕 1. yú 羊朱切,平,虞韻,喻。ㄩˊ 餘昭切,平,宵韻,喻。

㊀褕狄,褕翟。古代王后的祭服。參見"褕狄"、"褕翟"。㊁華美的衣服。見"褕衣"。

2. tóu 集韻 徒侯切,平,侯韻。ㄊㄡˊ

㊂短袖衣。一說近身衣。詳"裋褕"。

【褕衣】華美的衣服。史記九二淮陰侯傳:"今將軍……名聞海內,威震天下,農夫莫不輟耕釋耒,褕衣甘食,傾耳以待命者,此將軍之長也。"索隱:"褕,鄒氏音踰,美也。恐滅亡不久,故廢止作業而事美衣甘食,日偷苟且也。"漢書三四韓信傳作"靡衣婾食"。

【褕狄】古代王后的祭服,以衣上采繪長尾野雞(翟)圖形而稱。唐柳宗元柳先生集三七禮部賀册太上皇后賀表:"長秋既登其正位,褕狄亦被於恩光。"注:"褕音搖,刻雉飾服也。"周禮天官內司服作"揄狄"。參見"揄₃狄"。

【褕袣】單衣的袖子。漢書五七上司馬相如傳上林賦:"曳獨繭之褕袣,眇閻易以恤削。"注引張揖:"褕,襜褕也。袣,袖也。"史記作"褕袘",文選作"褕袂"。按袘是衣的下緣,可訓爲袖;袂與袣通。

【褕翟】同"褕狄"。詩鄘風君子偕老"其之翟也"漢毛亨傳:"褕翟、闕翟,羽飾衣也。"漢鄭玄箋:"侯伯夫人之服,自褕翟而下,如王后焉。"北堂書鈔一二八衣冠中法服引三禮圖:"褕翟,王后從王祭先公服衣也。刻青翟形采畫雉,綴於衣是也。"

複 fù 方六切,入,屋韻,幫。ㄈㄨˋ 扶富切,去,宥韻,並。

㊀重衣,夾衣。釋名釋衣服:"有裏曰複,無裏曰禪。"三國志魏管寧傳:"寧常著皁帽、布襦袴、布裙,隨時單複,出入閨庭。"㊁重複,重疊。文選漢張平子(衡)東京賦:"乃營三宮,布政頒常,複廟重屋,八達九房。"宋陸游劍南詩稿一遊山西村:"山重水複疑無路,柳暗花明又一村。"㊂土窟。見"複穴"。

【複穴】土窟。禮月令季夏之月"其祀中霤祭先心"漢鄭玄注:"中霤,猶中室也。土主中央而神在室,古者複穴,是以名室爲霤云。"疏:"複穴者,謂窟居也。古者窟居,隨地而造,若平地則不鑿,但累土爲之,謂之爲複,言於地上重複爲之也。若高地則鑿爲坎,謂之爲穴。其形皆如陶竈。"

【複衣】有衣裏可套棉絮的衣服。禮喪服大記:"小斂,君大夫士皆用複衣複衾。"世說新語夙惠:"晉孝武年十二時,冬天晝日不箸複衣,但箸單練衫五六重,夜則累茵褥。"

【複帳】雙重的帷帳。晉陸翽鄴中記:"石虎御牀,辟方三丈,冬月施熟錦流蘇斗帳,四角安純金龍頭,銜五色流蘇。或用青綈光錦,或用緋綈登高文錦,或紫綈大小錦,絲以房子綿百二十斤,白縑裏,名曰複帳。"

【複裙】夾裙。晉張敞東宮舊事:"皇太子納妃,有絳紗複裙、絳碧結綾複裙。"(說郛五九)

【複道】樓閣間有上下兩重通道而架空者稱複道。俗稱天橋。史記秦始皇紀二十六年:"自雍門以東至涇、渭,殿屋複道周閣相屬。"又九九叔孫通傳:"孝惠帝爲東朝長樂宮,及閒往,數蹕煩人,迺作複道,方築武庫南。"集解引韋昭:"閣道也。"

【複舄】木底鞋。方言四:"屝屨,麤履也。徐兗之郊謂之屝,自關而西謂之屨,中有木者謂之複舄。"

【複意】言外有意,字面以外的含義。南朝梁劉勰文心雕龍八隱秀:"是以文之英蕤,有秀有隱。隱也者,文外之重旨者也;秀也者,篇中之獨拔者也。隱以複意爲工,秀以卓絕爲巧。"

【複語】整齊對偶的語句。唐劉知幾史通覈才:"溫子昇尤喜複語,盧思道雅好麗詞。"

【複褌】可套棉絮的夾褲。宋陸游劍南詩稿三一連日大寒夜坐復苦飢戲作短歌:"翁飢不能具小飧,兒凍何由成複褌?"

【複壁】夾牆,即兩重而中空的牆。後漢書六四趙岐傳:"藏岐複壁中數年,岐作戹屯歌二十三章。"

【複襦】短夾襖。方言四:"複襦,江湘之間謂之襜,或謂之筩褹。"注:"今筩袖之襦也。褹即袂字耳。"樂府詩集三八古辭孤兒行:"冬無複襦,夏無單衣。"

褖 tuàn 通貫切,去,換韻,透。ㄊㄨㄢˋ

衣服邊緣的裝飾。見"褖衣"。

【褖衣】㊀王后之禮服。周禮天官內司服"掌王后之六服:褘衣、揄狄、闕狄、鞠衣、展衣、緣衣"漢鄭玄注:"此緣衣者實作褖衣也。褖衣,御于王之服,亦以燕居。"㊁有邊緣裝飾的衣服。1. 士的禮服。儀禮士喪禮:"褖衣。"注:"黑衣裳赤緣謂之褖。褖之言緣也,所以表袍者也。……古文褖爲緣。"2. 士妻的命服。禮玉藻:"再命褘衣,一命襢衣,士褖衣。"注:"此子、男之夫人及其卿大夫士之妻命服也。……諸侯之臣皆分爲三等,其妻以次受此服也。……侯、伯、子、男之臣,卿爲上,大夫次之,士次之。褖或作稅。"

褋 hóu 戶鉤切,平,侯韻,匣。ㄏㄡˊ

見下。

【褋褕】小衫。見廣韻。集韻作"短衫"。

褓 bǎo 博抱切,上,晧韻,幫。ㄅㄠˇ

裹覆小兒之被。本作"緥"。借指嬰兒時期或撫育嬰兒。史記一一七司馬相如傳封禪文:“是以業隆於繈褓而崇冠于二后。”集解引漢書音義:“繈褓謂成王也。二后謂文、武也。”漢書作“繈保”。參見“繈褓”。

十　畫

褰 qiān 去乾切,平,仙韻,溪。ㄑㄧㄢ

㊀套袴。左傳昭二五年:“鸜鵒跦跦,公在乾侯,徵褰與襦。”注:“褰,袴。”㊁撩起,用手提起。詩鄭風褰裳:“子惠思我,褰裳涉溱。”文選三國魏嵇叔夜(康)贈秀才從軍詩之五:“微風動袿,組帳高褰。”㊂縮疊。漢書五七下司馬相如傳子虛賦:“襞積褰縐,鬱橈谿谷。”注:“襞積卽今之帬襵,……言襞積文理,隨身所著,或褰縐委屈如谿谷也。”

褭 niǎo 奴鳥切,上,筱韻,泥。ㄋㄧㄠˇ

㊀以組帶馬。見說文。參見“簪褭”。㊁柔弱搖曳貌。通“嫋”、“嬝”。文苑英華二三三南朝陳江總遊栖霞寺詩:“披逕憐深沉,攀條惜杳嫋。”參見“褭褭”。㊂顫動。全唐詩六八六吳融山禽:“可能知我心無定,頻褭花枝拂面啼。”

【褭褭】㊀搖曳貌。玉臺新詠四南朝宋鮑令暉擬青青河畔草:“褭褭臨窗竹,藹藹垂門桐。”唐溫庭筠集二臺城曉朝曲:“博山鏡樹香芊茸,褭褭浮航金畫龍。”㊁悠揚。唐許渾丁卯集下宿開元寺樓:“誰家歌褭褭,孤枕在西樓。”全唐詩四四九白居易送客:“涼風褭褭吹槐子,卻請行人勸一杯。”白氏長慶集五六作“嫋嫋”。

【褭蹄】卽“褭蹏”。蹄,同“蹏”。宋秦觀淮海集三一弔鎛鍾文:“豈爲麟趾褭蹄之形,翕然玩於邦國乎?”

【褭蹏】馬蹄形的鑄金。漢書六武帝紀太始二年三月詔:“往者朕郊見上帝,西登隴首,獲白麟以饋宗廟,渥洼水出天馬,泰山見黃金,宜改故名。今更黃金爲麟趾褭蹏以協瑞焉。”注引應劭:“獲白麟,有馬瑞,故改鑄黃金如麟趾、褭蹏以協嘉祉也。”

【褭驂】馬名。爾雅釋畜:“玄駒,褭驂。”注:“玄駒,小馬,別名褭驂耳。或曰:此卽腰褭,古之良馬名。”

褱 huái 户乖切,平,皆韻,匣。ㄏㄨㄞˊ

包圍。“懷”的本字。漢書地理志上:“堯遭洪水,褱山襄陵。”書堯典作“懷山襄陵”。參見“懷㊃”。

褢 huái 户乖切,平,皆韻,匣。ㄏㄨㄞˊ

㊀衣袖。見說文。㊁懷抱。漢書九七下孝成許皇后傳成帝報書:“將相大臣褢誠秉忠,唯義是從。”注:“褢,古懷字。”

褣 róng 餘封切,平,鍾韻,喻。ㄖㄨㄥˊ

直襟單衣。一名襜褕。方言四:“襜褕,江淮南楚謂之褈褣,自關而西謂之襜褕。”唐白居易長慶集十七元九以綠絲布白輕褣見寄製成衣服以詩報知詩:“綠絲文布素輕褣,珍重京華手自封。”

褲 kù ㄎㄨˋ

褲子。同“绔”、“袴”。

⿰衤冥 mì 莫狄切,入,錫韻,明。ㄇㄧˋ

覆蓋車前橫木軾上擋禦風塵的帷席。同“幦”。周禮春官巾車:“王之喪車五乘:木車、蒲蔽、犬⿰衤冥、尾櫜、疏飾。”疏:“犬⿰衤冥,以犬皮爲覆笭者。古者男子立乘須馮軾,軾上須皮覆之。”參見“幦”。

褠 gōu 古侯切,平,侯韻,見。ㄍㄡ

㊀單衣。釋名釋衣服:“褠,禪衣之無胡者也,言袖夾直形如溝也。”三國志吳呂範傳“還吳,遷都督”注引江表傳:“範出,更釋褠,著袴褶,執鞭,詣閤下啓事,自稱領都督。”㊁臂衣,袖套。後漢書明德馬皇后紀:“倉頭衣綠褠,領袖正白。”注:“褠,臂衣,今之臂韝,以縛左右手,於事便也。”

⿰衤盍 kè 苦盍切,入,盍韻,溪。ㄎㄜˋ

婦人袍服。新唐書車服志羣臣之服:“登歌工人,朱連裳,革帶,烏皮履。殿庭加白練⿰衤盍襠。”

褡 dā 都榼切,入,盍韻,端。ㄉㄚ

㊀小被。見玉篇。㊁背褡,半臂。舊題漢班固漢武帝內傳:“王母上殿東向坐,著黃金褡襴。”(太平廣記三)

【褡膊】布製長帶,中有口爲袋,可放置錢物,平時束腰間,亦可肩負或手提。又稱褡褳。元曲選康進之李逵負荆一:“你這老人家,這衣服怎麼破了?把我這紅絹褡膊與你補這破處。”亦作“褡褲”。明俞汝楫禮部志稿十八士庶巾服:“(洪武)四年定,皁隸公使人穿皁盤領衫,戴平頂巾,繫白褡褲,帶牌。”

【褡褳】同“褡膊”。金瓶梅四九:“那胡僧直豎起身來,向床頭取過他的鐵柱杖來拄着,背上他的皮褡褳,褡褳內盛着兩個藥葫蘆,下的禪堂,就往外走。”參見“褡膊”。

褥 rù 而蜀切,入,燭韻,日。ㄖㄨˋ

坐卧的墊具。後漢書五六王龔傳附王暢:“郡中豪族多以奢靡相尚,暢常布衣皮褥,車馬羸敗,以矯其敝。”

【褥特鼠】鼠名。新唐書二二一西域傳罽賓國:“(貞觀)十六年,獻褥特鼠,喙尖尾赤,能食蛇,螫者嗅且尿,瘡卽愈。”

褦 nài 集韻 乃代切,去,代韻。ㄋㄞˋ

見下。

【褦襶】避暑笠。一說暑月謁人,衣冠束身之狀,謂之褦襶子。比喻不曉事。古文苑八三國魏程曉嘲熱客詩:“平生三伏時,道里無行車。閉門避暑卧,出入不相過。只今褦襶子,觸熱到人家。主人聞客來,嚬蹙奈此何。”宋章樵注:“褦襶,不曉事之名。”後因稱暑日謁客爲褦襶。宋陸游劍南詩稿三十夏日:“孤舟正作笭箵夢,九陌難隨褦襶忙。”

褫 chǐ 池爾切,上,紙韻,澄。ㄔˇ

㊀剥奪。易訟:“上九,或錫之鞶帶,終朝三褫之。”㊁解除,廢弛。荀子非相:“守法數之有司,極禮而褫。”

【褫革】明清時對生員剥奪其衣衿開革除名。聊齋志異紅玉:“生既褫革,屢受梏慘。”注:“褫革,奪去衣頂也。”

【褫氣】喪失膽氣。猶言奪氣。後漢書六七黨錮傳序:“舉中於理,則強梁褫氣;片言違正,則廝臺解情。”

【褫魄】奪去魂魄。文選漢張平子(衡)東京賦:“罔然若酲,朝罷夕倦,奪氣褫魄之爲者。”三國吳薛綜注:“惘然如神奪其精氣,又若魂魄亡離其身。”唐孫樵集二與王霖秀才書:“足下雷賦,……其辭甚奇,如觀駭濤於重溟,徒知褫魄眙目,莫得畔岸。”

【褫職】革去官職。宋王明清揮麈餘話二:“祐陵時有僧妙應者,江南人。往來京、洛間,能知人休咎。……蔡元長褫職居錢塘,一日忽直造其堂,書詩一絕。”

褧 jiǒng 口迥切,上,迥韻,溪。ㄐㄩㄥˇ

麻布單衣。見說文。

【褧衣】古代女子出嫁時所穿的外衣。用枲麻織製。詩衛風碩人:“碩人其頎,衣錦褧衣。”全唐詩八七張說闕題:“溫席開華扇,梁門換褧衣。”

十一畫

褻 xiè 私列切,入,薛韻,心。
ㄒㄧㄝˋ

㊀便服,内衣。見"褻服"、"褻衣"。㊁親近。論語鄉黨:"見冕者與瞽者,雖褻必以貌。"疏:"言孔子見大夫與盲者,雖數相見,必當以貌禮之。"㊂污穢。見"褻器"。㊃輕慢,不莊重。見"褻慢"。

【褻衣】 内衣,貼身之衣。荀子禮論:"説〔設〕褻衣,襲三稱,縉紳而無鉤帶矣。"注:"褻衣,親身之衣也。"

【褻臣】 親近寵信之臣。禮檀弓下:"曰:'調也,君之褻臣也。'"

【褻服】 古人在家穿的便服。論語鄉黨:"君子不以紺緅飾,紅紫不以爲褻服。"注:"褻服,私居服,非公會之服。"

【褻狎】 ㊀親近寵幸。三國志魏齊王芳紀正始八年尚書何晏奏:"季末闇主,不知損益,斥遠君子,引近小人,忠良疏遠,便辟褻狎,亂生近暱,譬之社鼠。"㊁輕慢。北史韓麒麟傳附韓顯宗上言:"諸宿衛内直(值)者,宜令武官習弓矢,文官諷書傳。無令繕其蒱博之具,以成其褻狎之容,徒損朝儀,無益事實。"唐韓愈昌黎集一南山詩:"雖親不褻狎,雖遠不悖謬。"

【褻裘】 家居所穿的皮衣。論語鄉黨:"褻裘長,短右袂。"注:"私家裘長主温;短右袂,便作事。"

【褻慢】 輕慢,不莊重。孔子家語好生:"鯖䰳衰冕者,容不褻慢,非性矜莊,服使然也。"

【褻器】 ㊀溲便之器。周禮天官玉府:"掌王之燕衣服,衽席,牀第,凡褻器。"注:"褻器,清器,虎子之屬。"㊁洗沐用具。周禮天官内豎:"及葬,執褻器以從遣車。"注:"褻器,振飾頮沐之器。"

【褻瀆】 輕慢,不恭敬。漢班固白虎通社稷:"(社稷)不置中門内何?敬之,示不褻瀆也。"

襄 xiāng 息良切,平,陽韻,心。
ㄒㄧㄤ

㊀升至高處。書堯典:"湯湯洪水方割,蕩蕩懷山襄陵,浩浩滔天。"㊁高舉。漢書五一鄒陽傳上吳王書:"臣聞交龍襄首奮翼,則浮雲出流,霧雨咸集。"文選作"驤首"。㊂高。文選漢張平子(衡)西京賦:"襄岸夷塗,脩路陵險。"㊃成。春秋定十五年:"葬定公。雨,不克襄事,禮也。"注:"襄,成也。"後以襄爲相助、輔佐之義,本此。㊄駕。指馬牽引車輿。詩鄭風大叔于田:"兩服上襄,兩驂鴈行。"箋:"兩服,中央夾轅者。襄,駕也。"引申爲反復、移動。詩小雅大東:"跂彼織女,終日七襄。"㊅除去,排除。詩鄘風牆有茨:"牆有茨,不可襄也。"傳:"襄,除也。"㊆姓。漢應劭風俗通姓氏篇上:"襄氏,楚大夫襄老之後。漢有襄楷。"一説春秋魯莊公子襄仲之後。見廣韻。

【襄尺】 古代六藝中五射之一。周禮地官保氏"三曰五射"漢鄭玄注:"鄭司農(衆)云:'五射:白矢、參連、剡注、襄尺、井儀也。'"疏:"云襄尺者,臣與君射,不與君並立,襄君一尺而退。"釋文:"襄音讓,本作讓。"

【襄牛】 古地名。故地在今河南睢縣。春秋時晉文公伐衛,衛侯出居於襄牛,即此。見左傳僖二十八年。後宋襄公葬此,故又名襄陵。秦於此置襄邑縣,明初省入睢州。參閲讀史方輿紀要五十睢州襄邑廢縣。參見"襄邑"。

【襄平】 縣名。漢置,爲遼東郡治。亦稱遼東城。晉時慕容廆使其子翰鎮遼東,即此。唐爲安東都護府治。故城在今遼寧遼陽市北。參閲讀史方輿紀要三七遼東都指揮使司。

【襄羊】 徘徊,遊蕩不定貌。史記一一七司馬相如傳上林賦:"招摇乎襄羊,降集乎北紘。"索隱:"郭璞曰:襄羊猶仿佯。"文選作"儴佯"。

【襄州】 州名。見"襄陽"。

【襄邑】 縣名。春秋時宋襄牛地,宋襄公葬此,故曰襄陵。戰國時屬魏。秦置襄邑縣,漢沿置,屬陳留郡。北齊省入雍丘縣。隋復置。宋爲拱州治,金爲睢州治,明初廢縣併入州。故城在今河南睢縣西。襄邑在漢時以織錦著稱。文選晉左太沖(思)魏都賦:"錦繡襄邑,羅綺朝歌。"參閲太平寰宇記二襄邑。

【襄河】 水名。漢水在湖北襄陽縣一段,俗稱襄河,亦曰襄水。見水經注二八沔水。參見"漢水"。

【襄事】 成事。見"襄㊃"。

【襄垣】 縣名。屬山西省。秦置,以城爲趙襄子所築,故名。漢沿置,屬上黨郡。明清皆屬山西潞安府。參閲讀史方輿紀要四二潞安府。

【襄城】 縣名。屬河南省。春秋時鄭氾地,戰國時魏邑。秦置縣,歷代因之。清屬河南許州。周襄王因避狄難曾居此,故名。參閲讀史方輿紀要四七開封府襄城縣。

【襄陵】 ㊀大水漫上丘陵。書堯典:"湯湯洪水方割,蕩蕩懷山襄陵,浩浩滔天。"㊁縣名,屬山西省。漢置,屬河東郡,因有晉襄公之陵於此,故名。明清皆屬平陽府。1954年與汾城縣合併爲襄汾縣。參閲讀史方輿紀要四一平陽府襄陵縣。

【襄野】 ㊀莊子徐无鬼:"黄帝將見大隗乎具茨之山,方明爲御,昌寓驂乘,張若謵朋前馬,昆閽滑稽後車。至於襄城之野,七聖皆迷,無所問塗。適遇牧馬童子,問塗焉,曰:'若知具茨之山乎?'曰:'然。''若知大隗之所存乎?'曰:'然。'黄帝曰:'異哉小童!非徒知具茨之山,又知大隗之所存。請問爲天下。'"後遂以"襄野"喻指受到帝王稱許的少年、童子。藝文類聚五一南朝梁簡文帝(蕭綱)爲長子大器讓宣城王表:"襄野之辯,尚對軒君;弘羊之計,猶干漢主。"㊁襄城地區。也用以代指所在的廣大地域。初學記十四南朝梁沈約爲南郡王侍皇太子釋奠詩:"襄野順風,西河杜帚。"時襄城地區爲西魏地,故代指西魏。全唐詩九三盧藏用餞許州宋司馬赴任:"山川襄野隔,朋酒灞亭西。"時襄城地區屬許州,故代指許州。

【襄國】 縣名。其地在今河北邢臺縣。春秋時邢地。戰國爲趙邑。秦置信都縣。項羽改爲襄國。秦漢之際,趙歇爲趙王,張耳爲常山王,皆都於此。東晉列國後趙石勒亦據此爲都。隋初改名龍岡縣,爲邢州治所。宋改爲邢臺縣。參閲讀史方輿紀要十五順德府邢臺縣。

【襄陽】 ㊀郡、府名。春秋時楚地,秦漢時爲南郡和南陽郡地。三國魏置襄陽郡,東晉、南朝宋又於此僑置雍州。西魏自南朝梁得襄陽郡地,改名爲襄州。北周因之。隋唐時或稱襄州,或稱襄陽郡。宋稱襄州,宣和初升爲襄陽府,元改襄陽路,明復改府,清沿置,公元1912年廢。古爲南北交通要衝,魏晉以來均爲軍事重鎮。參閲讀史方輿紀要七九襄陽府。㊁縣名。屬湖北省。漢置,屬南郡。漢末劉表爲荆州刺史,徙州治於襄陽。後均爲州、郡、府治。參閲讀史方輿紀要七九襄陽府襄陽縣。

【襄楷】 東漢平原隰陰人,字公矩。好學多聞,善天文陰陽之術。桓帝時,宦官亂政,災異頻生。以上書極言,被收下獄。靈帝時,太傅陳蕃推薦爲方正,又徵爲博士,皆不就。卒於家。見後漢書三十下本傳。

【襄陵操】 樂府曲名。相傳此歌爲夏禹治水時上會稽山所作。按書堯典有"蕩蕩懷山襄陵"之句，曲名當本此。見樂府詩集五七襄陵操。

【襄陽樂】 樂府曲名。樂府詩集四八襄陽樂引古今樂録:"(南朝)宋隨王誕之所作也。誕始爲襄陽郡，元嘉二十六年仍爲雍州刺史，夜聞諸女歌謡，因而作之。"又引通典:"裴子野宋略稱，晉安侯劉道産爲襄陽太守，有善政，百姓樂業，人户豐贍，……由此歌之，號襄陽樂。"

【襄陽礮】 砲名。元攻襄陽時所用之砲。回族人亦思馬因鑄造。重一百五十斤，發砲時聲震天地，所擊無不摧陷。人號爲襄陽礮。參閱元史二〇三亦思馬因傳、明史兵志四、明董穀碧里雜存上連子弩。

【襄樣節度】 唐時人對暴虐不法節度使的譏稱。唐李肇國史補中:"襄州人善爲漆器，天下取法，謂之襄樣。及于司空頔爲帥，多酷暴，鄭元鎮河中亦虐，遠近呼爲襄樣節度。"參閱新唐書一七二于頔傳。

【襄陽蹋銅蹄】 樂府曲名。南朝梁武帝(蕭衍)作。隋書音樂志上:"初武帝之在雍鎮，有童謡云:'襄陽白銅蹄，反縛揚州兒。'……及義師之興，實以鐵騎，揚州之士，皆面縛，果如謡言。故即位之後，更造新聲，帝自爲之詞三曲，又令沈約爲三曲，以被管絃。"

褒

bāo 博毛切，平，豪韻，幫。ㄅㄠ

今作"褒"，也作"襃"。㊀衣襟寬大。參見"褒衣博帶"。㊁廣大。淮南子主術:"是故得道者不爲醜飾，不爲僞善，一人被之而不褒，萬人蒙之而不褊。"㊂贊美，嘉獎。公羊傳隱元年:"曷爲稱字？褒之也。"㊃古國名。史記周紀"幽王嬖愛褒姒"唐司馬貞索隱:"褒，國名，夏同姓，姓姒氏。"故址在今陝西勉縣東南。㊄姓。姒姓，夏禹之後爲諸侯，以國爲氏。又魏書官氏志有代北達勃氏，後世改作褒。宋有太子洗馬褒希儼。參閱宋鄧名世古今姓氏書辯證十一褒。

【褒中】 縣名。見"褒城"。

【褒衣】 ㊀賞賜的禮服。禮雜記上:"内子以鞠衣、褒衣、素沙。"注:"内子，卿之適(嫡)妻也。……褒衣者，始爲命婦見加賜之衣也。"又:"復，諸侯以褒衣、冕服、爵弁服。"注:"褒衣，亦始命爲諸侯及朝覲見加賜之衣也。"㊁寬大之衣。見"褒衣博帶"。

【褒成】 漢平帝對孔子及其後代所封的爵號。漢書平帝紀元始元年:"(封)孔子後孔均爲褒成侯，奉其祀。追謚孔子曰褒成宣尼公。"唐楊炯楊盈川集四大唐益州大都督府新都縣學先聖廟堂碑文:"尊褒成之厚級，殷崇聖之榮班。"

【褒姒】 周時褒國女子，姒姓。也作"襃姒"。周幽王伐褒，褒侯進褒姒，爲幽王所寵幸。性不好笑。幽王悦之萬方不得。乃舉烽火以召諸侯，諸侯急至，而無外敵入寇事，褒姒大笑。幽王遂數舉烽火，以博褒姒之笑。後申侯與犬戎攻周，幽王又舉烽火，諸侯以爲戲，不至，被殺。參閱國語晉一、史記周紀。

【褒表】 嘉獎表彰。漢書七二龔勝龔舍鮑宣傳:"兩龔、鮑宣子孫皆見褒表，至大官。"宋真德秀真西山集四跋高宗皇帝賜洪忠宣公冬服手詔:"洪忠宣公(皓)之節，亡愧蘇武，而高宗皇帝之所以寵錫者，有過漢庭，其褒表忠義，皆可爲後世法。"

【褒明】 衣名。長襦，也稱爲袍。古人家居時的服裝。方言四:"褒明謂之袍。"注:"廣雅云:'褒明，長襦也。'"

【褒城】 縣名。古褒國地。秦置褒縣，漢改褒中縣，屬漢中郡。晉改爲苞中。隋初爲褒内縣，後改爲褒城縣，復名褒中。唐又改名褒城縣，宋元明清仍之。1958年撤縣，其地併入沔縣及漢中縣。故城在陝西勉縣東北。沔縣公元1964年改名勉縣。參閱讀史方輿紀要五六漢中府。

【褒拜】 古代祭祀時九拜之一。再拜的意思。周禮春官大祝:"辨九撵，一曰稽首，二曰頓首，……八曰褒撵，九曰肅撵，以享右祭祀。"注:"褒讀爲報。報拜是也。鄭司農云:褒拜，今時持節拜是也。"撵，同"拜"。

【褒貶】 贊美和譏刺。文選晉杜預春秋左氏傳序:"其微顯闡幽，裁成義類者，皆據舊例而發義，指行事以正褒貶。"又:"春秋雖以一字爲褒貶，然皆須數句以成言。"

【褒斜】 古通道名。也稱褒斜道、褒斜谷。在陝西省西南。爲沿褒水(南流入沔)、斜水(北流入渭)所形成的河谷。南口稱褒谷，在今勉縣褒城鎮北十里；北口稱斜谷，在今眉縣西南三十里。總長四百七十里。通道山勢險峻，歷代鑿山架木，於中絶壁修成棧道，舊時爲川陝交通要道。史記一二九貨殖傳:"巴蜀亦沃野，……然四塞，棧道千里，無所不通，唯褒斜綰轂其口。"參閱元和郡縣志二二興元府褒城縣。

【褒揚】 嘉獎，表揚。漢書食貨志下:"齊相卜式上書，願父子死南粵。天子下詔褒揚，賜爵關内侯。"

【褒鄂】 唐初功臣段志玄封號褒國公，尉遲恭封號鄂國公，當時並稱褒鄂。唐杜甫杜工部草堂詩箋二十丹青引:"褒公鄂公毛髮動，英姿颯爽來酣戰。"元詩選蒲道源贈傳神李肖巖:"遂爲當代顧陸手，足配向來褒鄂雄。"

【褒甄】 嘉獎，選拔。宋書孝武帝紀孝建元年重農舉才詔:"褒甄之科，精爲其格。四方秀孝，非才勿舉，獻答允值，即就銓擢。"

【褒飾】 猶言誇美。魏書宗欽傳高允答書:"吾少乏尋常之操，長無老成之致，憑賴賢勝，以自克勉，而來喻褒飾，有過其分。"

【褒奬】 表揚，奬勵。文選晉潘安仁(岳)馬汧督誄序:"敦固守孤城，獨當羣寇，……而雍州從事，忌敦勳效，極推小疵，非所以褒奬元功。"

【褒賢】 頌揚賢人。漢桓寬鹽鐵論有褒賢篇。文選南朝宋傅季友(亮)爲宋公修楚元王墓教:"夫褒賢崇德，千載彌光；尊本敬始，義隆自遠。"

【褒聖侯】 唐武德九年孔子後代的爵號。唐高適高常侍集三魯西至東平詩:"寥落千載後，空傳褒聖侯。"見新唐書禮樂志五。

【褒德侯】 漢卓茂爵號。見後漢書二五卓茂傳。宋詩鈔黄公度知稼翁集鈔送弟士季赴永春:"信臣千載循吏傳，密令當年褒德侯。"信臣，召信臣，其事載漢書八九循吏傳。

【褒衣博帶】 寬衣大帶。古代儒生的服式。淮南子氾論:"古者有鍪而綣領而王天下者矣，……豈必褒衣博帶，句襟委章甫哉？"漢書七一雋不疑傳:"不疑冠進賢冠，帶櫑具劍，佩環玦，褒衣博帶，盛服至門上謁。"注:"褒，大裾也。言着褒大之衣，廣博之帶也。"

褵

lí 吕支切，平，支韻，來。ㄌㄧˊ

古時女子出嫁時所繫的佩巾。本作"縭"。也作"褷"，見正字通。後漢書二四馬援傳誡兄子嚴、敦書:"施衿結褵，申父母之戒，欲使汝曹不忘之耳。"參見"縭"。

襀

jī 資昔切，入，昔韻，精。ㄐㄧ

衣裙的褶子。文選漢司馬長卿(相如)子虛賦:"襞襀褰縐，紆徐委曲。"史記司馬相如傳作"襞積"。參見"襞積"。

褹 yì 魚祭切,去,祭韻,疑。
ㄧ
衣袖。同"袂"、"䙬"。方言四:"複襦,江湘之間謂之𧝎,或謂之筩褹。"注:"今筩袖之襦也。褹即袂字。"參見"䙬"。

褾 biǎo 方小切,上,小韻,幫。
ㄅㄧㄠˇ
㊀袖端。唐張彥遠法書要録二南朝梁虞龢論書表:"有一好事少年,故作精白紗裓,著詣子敬(王獻之),子敬便取書之,草正諸體悉備,兩袖及褾略周。"㊁衣帽的飾邊。也作"摽"。宋書禮志五:"近代車駕親戎中外戒嚴之服,無定色,冠黑帽,綴紫褾,褾以繒爲之,長四寸,廣一寸。"晉書輿服志作"摽"。㊂書軸、畫軸正面四邊裱的絲織物;也指裱褙。同"裱"。宋米芾書史:"此帖棗木大軸,古青藻花錦作褾。"明陶宗儀輟耕録二三書畫褾軸:"唐貞觀開元間,人主崇尚文雅,其書畫皆用紫龍鳳紬綾爲表,緑文紋綾爲裏。南唐則褾以迴鸞墨錦,籤以潢紙。"

【褾背】裝潢書畫。宋蘇軾東坡集續集五與子安兄書:"近購獲先伯父親寫謝蔣希魯及第啓一通,躬親褾背題跋。"

【褾軸】以書畫裱成卷軸。唐張彥遠歷代名畫記三論裝背褾軸:"或者云:書畫以褾軸買害,不宜盡飾。"宋文同丹淵集二一魯肅簡公尺牘題後:"因囑可吟令完綴緘鐍之,勿妄以示人。會進士李宏隨計入京,可吟委之裝背褾軸,俾稱其事。"

褔 ōu 烏侯切,平,侯韻,影。
ㄡ 烏后切,去,厚韻,影。
小兒涎衣。方言四:"緊袼謂之褔。"注:"即小兒次(涎)衣也。"清朱駿聲説文通訓定聲需部褔:"蘇俗謂之圍瀺,著小兒頸肩以受次者。"

褶 1. dié 徒協切,入,帖韻,定。
ㄉㄧㄝˊ
㊀夾衣。禮玉藻:"禪爲絅,帛爲褶。"注:"有表裏而無著。"㊁上衣。儀禮士喪禮:"襚者以褶,則必有裳。"

2. xí 似入切,入,緝韻,邪。
ㄒㄧˊ 是執切,入,緝韻,禪。
㊂騎服。三國志魏崔琰傳諫世子書:"唯世子燔翳捐褶,以塞衆望,不令老臣獲罪於天。"參見"袴褶"。㊃傳統戲曲中的一種便服。見"褶子"。

3. zhě 音韻闡微 職攝切,入,葉韻。
ㄓㄜˇ
㊄衣裙的褶襇。本字作"襵"。全唐詩五一一張祜觀杭州柘枝:"看著遍頭香袖褶,粉屏香帕又重限。"香帕,一作"蘭帕"。

【褶₂子】傳統戲裝中的一種便服。也作穿蟒袍的襯衣。男角褶子又名海青,式如道袍,大領大襟,有水袖,分素色、花色兩種:素色以黑、藍爲主;花色上繡五彩鳥獸花草圖案。女角褶子,青衣、宮女穿的小領小襟,老旦穿的則大領大襟,皆長至膝部。桃花扇二傳歌中,淨扮蘇崑生,上場時服扁巾、褶子。以穿褶子的文老生爲主角的戲稱褶子戲,如以程嬰爲主角的搜孤救孤,以禰衡爲主角的擊鼓駡曹。

襁 qiǎng 居兩切,上,養韻,見。
ㄑㄧㄤˇ
亦作"繦"。背負小兒的背帶。見"襁負"、"襁褓"。

【襁抱】指在襁褓中的小兒。比喻年紀幼小。後漢書五五清河孝王慶傳:"鄧太后以殤帝襁抱,遠慮不虞,留慶長子祜與嫡母耿姬居清河邸。"

【襁負】用襁褓背負。論語子路:"夫如是,則四方之民,襁負其子而至矣,焉用稼?"

【襁褓】背負小兒的背帶和布兜。褓,亦作"緥"。史記一一一衛青傳:"臣青子在繈(襁)緥中,未有勤勞,上幸列地封爲三侯,非臣待罪行間所以勸士力戰之意也。"漢書宣帝紀:"曾孫雖在襁緥,猶坐收繫郡邸獄。"參見"繈褓"。

褸 1. lóu 落侯切,平,侯韻,來。
ㄌㄡˊ
㊀衣襟。方言四:"褸謂之衽。"注:"衣襟也。或曰裳際也。"

2. lǚ 力主切,上,麌韻,來。
ㄌㄩˇ
㊁見"襤褸"。

【褸₂裂】衣破爛貌。方言三:"褸裂、須捷、挾斯,敗也。南楚凡人貧,衣被醜弊,或謂之須捷,或謂之褸裂,或謂之襤褸。"

襂 1. shēn 集韻 疏簪切,平,侵韻。
ㄕㄣ
㊀見"襂褷"、"襂纚"。

2. shān 集韻 師銜切,平,銜韻。
ㄕㄢ
㊁同"衫"。廣雅釋器:"複襂謂之裀。"清王念孫疏證:"襂與衫同。"後漢書輿服志下:"自皇后以下,皆不得服諸古麗圭襂闔緣加上之服。"

【襂褷】毛羽下垂貌。宋歐陽修文忠集六戲答聖俞詩:"羽毛襂褷眼睛活,若動不動如風吹。"

【襂纚】毛羽下垂貌。文選漢揚子雲(雄)甘泉賦:"蠖略蕤綏,灕虖襂纚。"注:"灕虖襂纚,龍翰下垂之貌也。"又晉木玄虛(華)海賦:"履阜鄉之留舄,被羽翮之襂纚。"注:"襂纚,羽垂之貌。"

褷 shī 所宜切,平,支韻,山。
ㄕ
見"褷𧝓"、"襂褷"。

【褷𧝓】毛羽初生貌。也作"離褷"。唐韓愈昌黎集五寄崔二十六立之:"玄花著兩眼,視物隔褷𧝓。"參見"離褷"。

褽 wèi 於胃切,去,未韻,影。
ㄨㄟˋ
墊於物之底部。左傳哀十一年:"公使大史固歸國子之元,寘之新篋,褽之以玄纁,加組帶焉。"注:"元,首也;褽,薦也。"

十二畫

襸 chōng 集韻 昌容切,平,鍾。
ㄔㄨㄥ
見下。

【襸裕】短衣。襜褕的別名。方言四:"襜褕,江淮南楚謂之襸裕。"參見"襜褕"。

襚 suì 徐醉切,去,至韻,邪。
ㄙㄨㄟˋ
向死者贈送衣被。也指贈給死者的衣被。儀禮士喪禮:"君使人襚,徹帷,主人如初,襚者左執領,右執要(腰),入升致命。"公羊傳隱元年:"喪事有賵。……車馬曰賵,貨財曰賻,衣被曰襚。"注:"襚猶遺(wèi)也,遺是助死之禮。"後又泛指贈人的禮物。舊題漢劉歆西京雜記一:"趙飛燕爲皇后,其女弟在昭陽殿遺飛燕書曰:'今日嘉辰,貴姊懋膺洪冊,謹上襚三十五條,以陳踊躍之心。'"按"三十五條"包括帽、衣、裙、被、枕、首飾、扇、爐、香、席、燈等。

【襚服】死人穿的衣服。後漢書五四楊震傳附楊賜:"其月薨。天子……贈東園梓器襚服。"

襓 ráo 如招切,平,宵韻,日。
ㄖㄠˊ
劍套。禮少儀:"劍則啓櫝,蓋襲之,加夫襓與劍焉。"注:"夫襓,劍衣也,加劍於衣上。夫,或爲'煩',皆發聲。"

襋 jí 紀力切,入,職韻,見。
ㄐㄧˊ
衣領。詩魏風葛屨:"要之襋之,好人服之。"傳:"要,褄也;襋,領也。"

襉 1. jiǎn 古莧切,去,襇韻,見。
ㄐㄧㄢˇ

㊁裙幅的褶子。宋吕渭老聖求詞千秋歲："腕約金條瘦，裙兒細襇如眉皺。"

2. jiàn ㄐㄧㄢ

㊀同"間"。見"襇₂色衣"。

【襇₂色衣】間色的衣服。新唐書車服志："婦人服從夫、子……凡襇色衣不過十二破，渾色衣不過六破。"

襈 zhuàn 士戀切，去，線韻，牀。ㄓㄨㄢ 渠倦切，去，線韻，羣。

衣服的緣飾。釋名釋衣服："襈，撰也，撰青絳爲之緣。"周書高麗傳："婦人服裙襦，裾袖皆爲襈。"

襏 bó 北末切，入，末韻，幫。ㄅㄛ

見下。

【襏襫】一種雨具，卽蓑衣。國語齊："首戴茅蒲，身衣襏襫。"注："襏襫，蓑襞衣也。"唐陸龜蒙甫里集五漁具蓑衣詩："上有青襏襫，下有新腒踈。"一說指粗糙結實之衣。管子小匡："今夫農夫身服襏襫。"注："襏襫，謂麤堅之衣，可以任苦著者也。"

襒 bié 蒲結切，入，屑韻，並。ㄅㄧㄝ

拂拭。也作"撆"。史記七四孟子荀卿傳："(騶衍)適趙，平原君側行襒席。"索隱引晉張揖三蒼訓詁："拂也。謂側而行，以衣襒席爲敬，不敢正坐當賓主之禮也。"

襊 1. cuì 麤最切，去，泰韻，清。ㄘㄨㄟ

㊀衣褶。玉臺新詠九南朝梁王筠行路難詩："裲襠雙心共一袜，袹複兩邊作八襊。"

2. cuō 倉括切，入，末韻，清。ㄘㄨㄛ

㊁黑色布帽。廣韻："襊，緇布冠。詩作'撮'。"詩小雅都人士："彼都人士，臺笠緇撮。"傳："緇撮，緇布冠也。"

襌 dān 都寒切，平，寒韻，端。ㄉㄢ

單衣。禮玉藻："襌爲絅。"釋名釋衣服："(衣)有裏曰複，無裏曰襌。"

【襌衣】單層的衣服。漢書四五江充傳："充衣紗縠襌衣。"參見"單衣㊁"。

【襌襦】單層的短衣。方言四："汗襦，……陳魏宋楚之間謂之禬襦，或謂之襌襦。"注："今或呼衫爲單襦。"

襆 pú 博木切，入，屋韻，幫。ㄆㄨ 房玉切，入，燭韻，並。

包袱，巾帕。同"幞"、"帓"。唐李賀歌詩編二馬之二："香襆赭羅新，盤龍蹙鐙鱗。"見"襆被"。

【襆被】以包袱裹束衣被。晉書魏舒傳："入爲尚書郎。時欲沙汰郎官，非其才者罷之。舒曰：'吾卽其人也。'襆被而出。"

【襆頭】卽幞頭。資治通鑑一七三陳太建十年："甲戌，周主初服常冠，以阜紗全幅向後襆髮，仍裁爲四脚。"注："今之幞頭始此，制微有不同耳。杜佑曰：後漢末，王公卿士以幅巾爲雅，用全幅阜而向後襆髮，謂之頭巾，俗人因號爲幞頭。後周武帝因裁幅巾爲四脚。襆，與幞同。"參見"幞頭"。

襆頭

襐 xiǎng 徐兩切，上，養韻，邪。ㄒㄧㄤ

見下。

【襐飾】首飾。又謂盛裝。漢書九七下孝平王皇后傳："令立國將軍成新公孫建世子襐飾將毉往問疾。"注："襐，盛飾也；一曰襐，首飾也，在兩耳後，刻鏤而爲之。"新唐書一八一曹確傳："教舞者數百，皆珠翠襐飾，刻畫魚龍地衣。"

襍 zá 集韻 昨合切，入，合韻。ㄗㄚ

混雜。同"雜"。韓非子亡徵："好以智矯法，時以私襍公，法禁變易，號令數下者，可亡也。"

【襍廁】混雜在一起。說文解字敍："分別部居，不相襍廁也。"

襞 pī ㄆㄧ

見下。

【襞裂】炸裂聲。漢王充論衡雷虛："試以一斗水，灌冶鑄之火，氣激襞裂，若雷之音矣。"

十三畫

襢 1. tǎn 徒旱切，上，旱韻，定。ㄊㄢ

㊀裸露。同"袒"。禮喪服大記："父母之喪，居倚廬，……大夫、士襢之。"疏："其廬袒露不帷障也。"

2. zhàn 知演切，上，獮韻，知。ㄓㄢ 陟扇切，去，線韻，知。

㊁見"襢₂衣"。

【襢₂衣】古代王后及大夫之妻所服的衣。也作"展衣"。禮玉藻："一命襢衣。"疏："襢衣者，襢，展也。子男大夫一命，其妻服展衣也。"禮雜記上："大夫之喪，……下大夫以襢衣。"疏："下大夫之妻所服襢衣也。"參見"展衣"。

【襢裼】脫衣露體。詩鄭風大叔于田："襢裼暴虎，獻于公所。"

襟 jīn 居吟切，平，侵韻，見。ㄐㄧㄣ

本作"捦"，也作"衿"。㊀古代指衣的交領。爾雅釋器："衣眥謂之襟。"注："交領。"後指衣的前幅。莊子齊物論："麗之姬，艾封人之子也，晉國之始得之，涕泣沾襟。"㊁襟在前，故也以"襟"代指前面。文選晉陸士衡(機)贈從兄車騎詩："安得忘歸草，言樹背與襟。"㊂心懷，胸懷。晉陶潛陶淵明集一贈長沙公族祖詩："款襟或遼，音問其先。"㊃兩婿相稱爲連襟。省稱襟，如襟兄、襟弟。詳"連襟"。

【襟抱】胸懷，抱負。同"衿抱"。唐杜甫杜工部草堂詩箋二一奉待嚴大夫："身老時危思會面，一生襟抱向誰開。"

【襟度】胸懷度量。宋樓鑰攻媿集七三跋揚州伯父所藏魏元理畫卷桂花："伯父揚州持節擁麾，幾徧東南，襟度高勝，所至多與雅士游。"

【襟袂】僚婿，猶言連襟。宋陳振孫直齋書錄解題十八濟溪老人遺藁："通判明州濟源李迎彥將撰，永嘉周浮沚先生之壻，與先大夫爲襟袂。"

【襟要】指要害之地。南朝陳徐陵徐孝穆集六陳公九錫文："姑熟襟要，崤函阻憑，寇虜據其關梁，大盜負其扃鐍。"晉書石勒載記下："勒大怒，命張敬據其襟要以守之。"

【襟素】猶襟抱。梁書陸雲公傳張纘與陸襄等書："形迹之外，不爲遠近隔情；襟素之中，豈以風霜改節。"唐李商隱李義山文集三爲絳郡公上相公啟："別殿朝迴，禁林夜直(值)；每投襟素，嘗賜語言。"

【襟鬲】猶胸懷。唐李羣玉詩集上龍山人惠石廩方及團茶："一甌拂昏寐，襟鬲開煩拏。"

【襟情】心情，情懷。世說新語賞譽下："許掾(詢)嘗詣簡文(帝)，爾夜風恬月朗，乃共作曲室中語，襟情之詠，偏是許之所長，辭寄清婉，有逾平日。"

【襟帶】謂山川屏障環繞，如襟如帶。比喻地勢險要。文選漢張平子(衡)西京賦："巖險周固，襟帶易守。"又晉陸士衡(機)辯亡論下："懸旍江介，築壘遵渚，襟帶要害，以止吳人之西。"

【襟期】情懷，抱負。同"衿期"。文苑英華六八五北齊高澄與侯景書："繾綣襟期，綢繆素分。"梁書侯景傳作"衿期"。

唐李白李太白集二七秋夜於安府送孟贊府兄還都序："道合而襟期暗親，志乖而肝膽楚越。"

【襟量】氣度。宋王得臣麈史中度量："昔外戚李侯瑋，徒以后族建節，獨襟量容物，亦人所難。"

【襟喉】衣襟與咽喉。比喻要害之地。宋文鑑一三一李格非書洛陽名園記後："洛陽處天下之中，挾殽黽之阻，當秦隴之襟喉而趙魏之走集。"

【襟韻】指人的情懷風度。唐杜牧樊川集一池州送孟遲先輩詩："歷陽裴太守，襟韻苦超越。"宋史四四三文同傳："文彥博守成都，奇之，致書同曰：'與可襟韻洒落，如晴雲秋月，塵埃不到。'"與可，同字。

【襟懷】懷抱。陳書周迪傳："迪性質朴，不事威儀……訥於言語，而襟懷信實，臨川人皆德之。"唐白居易長慶集十八冬至夜詩："老去襟懷常濩落，病來鬚鬢轉蒼浪。"

【襟靈】胸懷，心懷。文苑英華四五六唐沈珣授韋博淄青節度使制："文苑騰芳，儒林擢秀，襟靈曠遠，風度詳閑。"唐白居易長慶集五九故京兆元少尹文集序："操行之貞端，襟靈之曠澹，……皆布在章句中，開卷而盡可知也，故不序。"

襠 dāng 都郎切，平，唐韻，端。
ㄉㄤ

㊀褲腿相連之處。晉書阮籍傳大人先生傳："獨不見羣蝨之處褌中，……行不敢離縫際，動不敢出褌襠，自以爲得繩墨也。"引申指褲。唐李賀歌詩編四艾如張："錦襜褕，繡襠襦。"㊁坎肩、背心之類。舊題漢劉歆西京雜記一記漢趙昭儀贈趙飛燕禮物三十五件中有金錯繡襠。

襛 nóng 女容切，平，鍾韻，娘。
ㄋㄨㄥˊ 而容切，平，鍾韻，日。

茂密貌，衆多貌。詩召南何彼襛矣："何彼襛矣，唐棣之華。"說文："襛，衣厚貌。"清段玉裁注："凡'農'聲之字，皆訓厚。醲，酒厚也；濃，露多也；襛，衣厚貌也。引申爲凡多、厚之稱。"又，豐腴貌。文選戰國宋玉神女賦："振繡衣，被袿裳，襛不短，纖不長。"唐呂向注："襛，肥；纖，細也，言長短合度。"

襗 zé 場伯切，入，陌韻，澄。
ㄗㄜˊ 徒落切，入，鐸韻，定。

褻衣。即貼身衣褲。詩秦風無衣："豈曰無衣，與子同澤。"漢鄭玄箋作"襗"。古文苑十二漢班固竇車騎北征頌："勞不御輿，寒不施襗。"一說專指褲。見說文。

襡 1. shǔ 市玉切，入，燭韻，禪。
ㄕㄨˇ 徒口切，上，厚韻，定。

㊀連腰衣。晉書夏統傳："(賈充)又使妓女之徒服袿襡，炫金翠，繞其船三帀，統危坐如故，若無所聞。"

2. dú 徒谷切，入，屋韻，定。
ㄉㄨˊ

㊁收藏。禮內則："縣衾，篋枕，斂簟而襡之。"注："襡，韜也。"

襘 guì 古外切，去，泰韻，見。
ㄍㄨㄟˋ

古代衣領交叉，其交叉處稱襘。左傳昭十一年："衣有襘，帶有結，會朝之言，必聞于表著之位，所以昭事序也；視不過結襘之中，所以道容貌也。"注："襘，領會；結，帶結也。"

襜 chān 處占切，平，鹽韻，穿。
ㄔㄢ

㊀遮至膝前的短衣，即圍裙。詩小雅采綠："終朝采藍，不盈一襜。"㊁衣袖。方言四："襜謂之袚。"㊂車帷。後漢書十一劉盆子傳："乘軒車大馬，赤屏泥，絳襜絡。"注："襜，帷也；車上施帷以屏蔽者。"㊃搖動貌。論語鄉黨："揖所與立，左右手，衣前後，襜如也。"

【襜帷】車上四旁的帷帳。後漢書二六蔡茂傳附郭賀："敕行部去襜帷，使百姓見其容服，以章有德。"也借以代指車駕。唐王勃王子安集五滕王閣詩序："都督閻公之雅望，棨戟遙臨；宇文新州之懿範，襜帷暫駐。"

【襜裙】裙的一種。金史輿服志下："婦人服襜裙，多以黑紫，上編繡全枝花，周身六襞積。"

【襜褕】短衣。史記一〇七田蚡傳："元朔三年，武安侯坐衣襜褕入宮，不敬。"索隱："謂非正朝衣，若婦人服也。"一說爲寬大的單衣。急就篇："襜褕袷複褶袴褌。"注："襜褕，直裾禪衣也。謂之襜褕者，取其襜襜而寬裕也。"

【襜襜】搖動貌。文選漢司馬長卿(相如)長門賦："飄風迴而赴閨兮，舉帷幄之襜襜。"楚辭漢劉向九歎逢紛："裳襜襜而含風兮，衣納納而掩露。"注："襜襜，搖貌。"

襖 ǎo 烏皓切，上，皓韻，影。
ㄠˇ

有襯裏的上衣，如夾襖、棉襖。唐韓愈昌黎集四崔十六少府以詩及書見投因酬三十韻："蔬飧要同喫，破襖請來綻。"襖子始於北齊。見舊唐書輿服志、宋高承事物紀原三。

襞 bì 必益切，入，昔韻，幫。
ㄅㄧˋ

摺疊衣服。漢書八七上揚雄傳反離騷："衿芰茄之綠衣兮，被芙蓉之朱裳，芳酷烈而莫聞兮，不如襞而幽之離房。"

【襞染】鋪紙作畫。唐陸龜蒙甫里集八襲美以魚牋見寄因謝詩："見倚小窗親襞染，畫圖春色寄夫君。"

【襞牋】摺紙作書。唐劉禹錫劉夢得集外集二樂天寄憶舊送因作報白君以答詩："酒酣襞牋飛逸韻，至今傳在人人口。"宋陸游劍南詩稿二四次韻范參政書懷："築圃漫爲娛老計，襞牋又賦送春詩。"

【襞積】㊀衣裙上的褶子。也作"襞襀"。史記一一七司馬相如傳子虛賦："襞積褰縐，紆徐委曲，鬱橈谿谷。"索隱："小顏云：'襞積，今之裙襵，古謂之素積。'蘇林曰：'褰縐，縮蹙之'是也。"文選子虛賦作"襞襀"。㊁修飾，裝點。南朝梁鍾嶸詩品序："於是士流景慕，務爲精密，襞積細微，專相淩架。"元楊載楊仲弘集一遣興偶作詩："用是易吾慮，毋爲自襞積。"

十四畫

襦 rú 人朱切，平，虞韻，日。
ㄖㄨˊ

㊀短衣，短襖。服於單衫之外。禮內則："衣不帛襦袴。"㊁小兒涎衣。方言四："裺謂之襦。"清戴震疏證："蓋以裺爲小兒次(涎)衣，掩頸下者。襦有曲領之名，故裺亦名襦。"唐白居易長慶集五八阿崔詩："膩剃新胎髮，香繃小繡襦。"㊂細密的羅網。周禮夏官羅氏："羅氏，掌羅烏鳥，蜡則作羅襦。"

【襦袴歌】東漢廉范任蜀郡太守，有政績，百姓作歌頌之："廉叔度，何來暮？不禁火，民安作。平生無襦今五絝。"見後漢書三一廉范傳。後因以"襦袴之歌"喻惠民的德政。文苑英華四五七唐張玄晏授李思敬武軍李繼顏保大軍節度使制："不乏循良之稱，亟彰持重之名，繼成襦袴之歌，顯著山河之誓。"

襤 lán 魯甘切，平，談韻，來。
ㄌㄢˊ

㊀無飾邊的衣服。方言四："無緣之衣謂之襤。"㊁見"襤褸"。

【襤褸】謂衣服破敝。方言三："南楚凡人貧衣被醜弊，謂之須捷，……或謂之襤褸。故左傳曰：'篳路襤褸，以啓山林'，殆謂此也。"今本左傳宣十二年作"篳路藍縷，以啓山林"。也作"繿縷"。梁書唐絢傳:"在省,每寒月見省官繿縷,輒遺以襦衣。"

十五畫

襭 xié 胡結切,入,屑韻,匣。
ㄒㄧㄝˊ
將衣襟掖在腰帶上以盛物。詩周南芣苢:"采采芣苢,薄言襭之。"釋文:"一本作擷,同扱。"

襪 wà 望發切,入,月韻,明。
ㄨㄚˋ
襪子。本作"韤"。釋名釋衣服:"襪,末也,在脚末也。"唐白居易長慶集十六攜諸山客同上香鑪峯遇雨而還……詩:"襪汙君相謔,鞋穿我自哈。"參見"角襪"。

【襪材】淺薄之才。清詩別裁十八張遠題黃山山人墨竹:"襪材揮盡世莫知,撑腸拄肚徒爾爲。"參見"襪線"。

【襪雀】鳥名。即鵖鴔,又名鷦鷯。三國吳陸璣毛詩草木鳥獸蟲魚疏下鵖鴔:"鵖鴔似黃雀而小,其喙尖如錐,取茅莠爲巢,以麻紩之,如刺襪然。……關西謂之桑飛,或謂之襪雀。"又作"鸋鴂"。方言八:"桑飛,……自關而西謂之桑飛,或謂之鸋鴂。"

【襪線】宋孫光憲北夢瑣言五高測啓事:"韓昭仕蜀,……粗有文章,至於琴、棋、書、算、射法悉皆涉獵,以此承恩於後主。時有朝士李台嘏曰:'韓八座事藝如拆襪線,無一條長。'"後因謂藝多而無一精者爲"襪線"。元謝應芳龜巢詞補遺沁園春寄崑山友人並自述之二:"故步全非,新知誤喜,襪線初無尺寸長。"

襫 shì 施隻切,入,昔韻,審。
ㄕˋ
亦作"襩"。見"襏襫"。

襮 bó 補各切,入,鐸韻,幫。
ㄅㄛˊ 博沃切,入,沃韻,幫。
㊀繡有花紋的衣領。詩唐風揚之水:"素衣朱襮,從子于沃。"爾雅釋器:"黼領謂之襮。"㊁外表。漢書一〇〇上敍傳班固幽通賦:"單治裏而外凋兮,張修襮而內逼。"注:"應劭曰:'單,單豹也,静居其所,以理五內,處深山,爲虎所食。張,張毅也,外修恭敬,斯徒馬圉皆與亢禮,不勝其勞,內熱而死。'㊂暴露。新唐書一五四李晟傳:"(懷光)戒曰:'將務持重,豈宜自表襮,爲賊餌哉!'"

襬 1. bēi 彼爲切,平,支韻,幫。
ㄅㄟ 披義切,去,寘韻,並。
㊀裙子。方言四:"帬(裙),陳魏之間謂之帔,自關而東或謂之襬。"
2. bǎi
ㄅㄞˇ
㊁衣的下幅。正字通:"今衣裓下幅有襞積者皆曰襬。讀若'擺'。"

十六畫

襲 xí 似入切,入,緝韻,邪。
ㄒㄧˊ
㊀衣一套曰一襲。包括衣和裳。一說包括單衣和夾衣。史記趙世家:"賜相國衣二襲。"漢書四三叔孫通傳:"賜通帛二十疋,衣一襲。"㊁加衣,穿衣。禮內則:"在父母舅姑之所,……寒不敢襲,癢不敢搔。"史記一一七司馬相如傳上林賦:"襲朝衣,乘法駕。"古代也專指爲死者尸體穿衣。儀禮士喪禮:"乃襲三稱,明衣不在筭。"釋名釋喪制:"衣尸曰襲。襲,匝也,以衣周匝覆衣之也。"㊂掩藏,遮蓋。禮少儀:"劍則啓櫝,蓋襲之。"疏:"蓋,劍函之蓋也,襲謂卻合之。"文選漢張平子(衡)西京賦:"大駕幸乎平樂之館,張甲乙而襲翠被。"甲乙,帳名。㊃重複,重疊。左傳哀十年:"事不再令,卜不襲吉。"爾雅釋山:"山三襲,陟。"疏:"山之形若三山重累者名陟。"㊄繼承,因襲。左傳昭二十八年:"故襲天祿,子孫賴之。"史記樂書:"三王異世,不相襲禮。"㊅合,調和。荀子不苟:"山淵平,天地比,齊秦襲,……是說之難持者也。"注:"襲,合也。"淮南子天文:"虛星乘鉤陳,而天地襲矣!"注:"襲,和也。"㊆突然進攻,掩捕。春秋襄二三年:"齊侯襲莒。"注:"輕行掩其不備曰襲。"引申爲從外取來,非出於己。孟子公孫丑上:"是集義所生者,非義襲而取之也。"後稱文字的抄襲、剿襲,本此。㊇接觸,薰染。楚辭屈原九歌少司命:"綠葉兮素枝,芳菲菲兮襲予。"注:"襲,及也。"淮南子精神:"精神盛而不散則理,……是故憂患不能入也而邪氣不能襲。"㊈姓。晉有隱士襲元之,南史有襲蔦。參閱通志二五氏族五。

【襲玩】穿的衣服和玩賞之物。泛指生活用品。唐宋之問集上浣紗篇贈陸上人詩:"自惜專嬌愛,襲玩唯矜奢。"

【襲逮】重疊而至。宋書符瑞志下江夏王劉義恭上表:"伏惟陛下體乾統極,休符襲逮,……重譯歲至,休瑞月臻。"

【襲跡】沿襲他人的行迹。韓非子孤憤:"與死人同病者,不可生也;與亡國同事者,不可存也。今襲跡於齊晉,欲圖安存,不可得也。"

【襲奪】出其不意而取之。史記九二淮陰侯傳:"項羽已破,高祖襲奪齊王軍。"

【襲慶】㊀承襲祖先傳下的恩澤。北周庾信庾子山集十六周大將軍隴東郡公侯莫陳君夫人竇氏墓銘:"白狼建功,丹蛇襲慶。"㊁府名。宋政和八年升兗州爲襲慶府,金復改爲兗州。見讀史方輿紀要三二兗州府。參見"兗州"。

【襲擊】出敵不意而擊之。漢書武帝紀元光二年:"御史大夫韓安國爲護軍將軍……將三十萬衆屯馬邑谷中,誘致單于,欲襲擊之。"後漢書十九耿弇傳:"昔韓信破歷下以開基,今將軍攻祝阿以發迹,此皆齊之西界,功足相方。而韓信襲擊已降,將軍獨拔勍敵,其功乃難於信也。"

【襲雜】猶錯雜。文選漢王子淵(褒)四子講德論:"是以海內歡慕,莫不風馳雨集,襲雜並至,填庭溢闕。"

襯 chèn 初覲切,去,震韻,初。
ㄔㄣˋ
㊀外衣內的單衫。玉篇:"襯,近身衣。"㊁襯托,陪襯。也作"儭"。北周庾信庾子山集五杏花詩:"好折待賓客,金盤襯紅瓊。"唐司空圖司空表聖詩集三楊柳枝壽盃詞十七:"大堤時節近清明,霞襯煙籠遶禁城。"㊂施捨。同"儭"、"嚫"。南朝梁吳均續齊諧記:"(蔣)潛以此纛上晉武陵王晞,晞薨,以襯衆僧。"引申爲幫助。儒林外史一:"王冕擗踊哀號,哭得那鄰舍之人,無不落淚。又虧秦老一力幫襯,備製衣衾棺槨。"

【襯字】爲使韻律優美,在曲譜規定的字數外增字,謂之襯字。曲譜卷首諸家論說引元周德清(挺齋)論曲:"造語必俊,用字必熟,……格調高,音律好,襯字無,平仄穩。"又,九宮譜定論說:"曲之有襯字,作者於此見長,唱者於此取巧,然襯字過多,使人棘口,或用實字作襯,尤不合律。"

【襯衫】內衣。宋孟元老東京夢華錄十車駕宿大慶殿:"兵士皆小帽,黃繡抹額,黃繡寬衫,青窄襯衫。"

【襯施】布施。北魏楊衒之洛陽伽藍記三大統寺:"東有秦太上公二寺,在景明南一里。……常有中黃門一人,監護僧舍,襯施供具,諸寺莫及焉。"

【襯裙】裏裙。唐馬縞中華古今注中:"襯裙,隋大業中,煬帝制五色夾纈花羅裙,以賜宮人及百僚母妻。"

【襯施錢】施捨的錢。大宋宣和遺事元集:"至於貧下之人,亦買青布幅巾赴齋,日得一飫餐,又獲襯施錢三百,謂之'千道會'云。"也作"襯錢"。水滸四五:"衆僧都坐了吃齋,先飲了幾杯素酒,搬出齋來,都下了襯錢。"

襱 lóng 盧紅切,平,東韻,來。
ㄌㄨㄥˊ 力董切,上,董韻,來。
直隴切,上,腫韻,澄。

褲脚管。也作"裥"。方言四:"袴,齊魯之間謂之襪,或謂之襱。"注:"今俗語袴踦爲襱。"又:"無裥袴謂之襣。"注:"裥亦襱字異耳。"

十七畫

襶 dài 集韻 丁代切,去,代韻。
ㄉㄞˋ

見"褦襶"。

襴 lán 集韻 郎干切,平,寒韻。
ㄌㄢˊ

㊀衫。即短袖單衣。見玉篇。㊁衣與裳相連的服裝。元王實甫西廂記二本二折:"烏紗小帽耀人明,白襴淨,角帶傲黄鞓。"㊂界闌。通"闌"、"欄"。金史百官志四:"鐵券,以鐵爲之,狀如卷瓦。刻字畫襴,以金填之。"

【襴衫】古代士人之服。明清爲秀才舉人公服。以白細布爲之,圓領大袖,下施横襴爲裳。唐韋絢劉賓客嘉話録:"大司徒杜公在維揚也,嘗召賓幕閒語曰:'我致政之後,必買一小駟八九千者,飽食訖而跨之,著一巖布襴衫,入市看盤鈴傀儡,足矣。'"宋王禹偁小畜集七寄碭山主簿朱九齡詩:"利市襴衫抛白紵,風流名紙寫紅箋。"參閲宋史輿服志五、明俞汝楫禮部志稿十八生員巾服。

【襴裙】袜胸一名襴裙,自後圍向前以束裙腰者,故又名合歡袜裙。見宋洪邁夷堅志支志戊五任道元、明田藝蘅留青日札二十。

褸 yìng 鷖迸切,去,諍韻,影。
ㄧㄥˋ

㊀裙上的褶。見玉篇。㊁襯映。文選晉郭景純(璞)江賦:"葭蒲雲蔓,褸以蘭紅。"注:"褸,采色相映也。"

襳 1. xiān 息廉切,平,鹽韻,心。
ㄒㄧㄢ

㊀小襦。短衣的一種。見玉篇。明馬佶人十錦塘傳奇四:"隨分什麼緺紗綿袄,白綾背褡,青羊狨襳子,潞紬披風,一總拿出來,任憑和相公揀中意的穿。"㊁袿帶。即婦人上衣的帶。漢書五七司馬相如傳子虛賦:"於是鄭女曼姬,被阿錫,揄紵縞……揚衪戌削,蜚襳垂髾。"注:"襳,袿衣之長帶也。髾(sào)謂燕尾之屬。皆衣上假飾。"

2. shēn 所今切,平,侵韻,山。
ㄕㄣ 史炎切,平,鹽韻,山。

㊂見"襳$_2$襹"。

【襳褵】古代婦人的衣帶名。明楊慎丹鉛續録六綢繆襳褵:"古者婦人長帶,結者名曰綢繆;垂者名曰襳褵;結而可解曰紐;結而不可解曰締。"

【襳$_2$襹】羽衣輕揚貌。文選晉張平子(衡)西京賦:"洪涯立而指麾,被毛羽而襳襹(shī)。"洪涯,傳説中上古善伎樂人。

十八畫

襵 zhě 之涉切,入,葉韻,照。
ㄓㄜˇ 陟葉切,入,葉韻,知。

㊀衣裙上的褶子。也作"褶"。樂府詩集二八南朝梁簡文帝(蕭綱)採桑:"忌跌行衫領,熨斗成褫襵。"㊁摺。唐元稹長慶集九江陵三夢詩:"分張碎金線,襵疊故蝌蟀。"

十九畫

襹 lí
ㄌㄧˊ

同"褵"。見正字通。

【襹褷】毛羽始生貌。同"離褷"。中興閒氣集上張衆文寄興園池鶴上劉相公詩:"馴狎經時久,襹褷短羽存。"唐温庭筠詩集四溪上行:"雪初襹褷立倒影,金鱗撥剌跳晴空。"參見"離褷"。

襹 shī 所宜切,平,支韻,山。
ㄕ 所寄切,去,寘韻,山。

見"襳$_2$襹"。

襼 yì 篇海 倪祭切,去。
ㄧˋ

衣袖。説文作"褹"。文選晉潘安仁(岳)藉田賦:"躡踵側肩,掎裳連襼。"新唐書八八劉文靜傳:"誠能投天會機,奮襼大呼,則四海不足定也。"

襺 jiǎn 古典切,上,銑韻,見。
ㄐㄧㄢˇ

棉衣。也作"繭"。爾雅釋言:"袍,襺也。"説文:"襺,袍衣也。从衣,繭聲。以絮曰襺,以緼曰袍。春秋傳曰:'盛夏重襺。'"今本左傳襄二十一年作"重繭"。

襻 pàn 普患切,去,諫韻,滂。
ㄆㄢˋ

繫衣裙的帶。玉臺新詠九王筠行路難:"襻帶雖安不忍縫,開空裁穿猶未達。"唐韓愈昌黎集四崔十六少府攝伊陽以詩及書見投因酬三十韻詩:"男寒澁詩書,妻瘦剩腰襻。"今指結繫鈕扣、鞋等的圈或帶子。如扣襻、鞋襻等。

【襻輿】肩輿。即轎子。文選晉潘安仁(岳)閑居賦"太夫人乃御版輿"注:"步輿方四尺,素木爲之,以皮爲襻擱之。"資治通鑑一六〇南朝梁太清元年:"(南康王蕭會理)所乘襻輿,施板屋,冠以牛皮。"注:"襻輿者,輿擱施襻,人以肩舉之。"

襹 luó 郎佐切,去,箇韻,來。
ㄌㄨㄛˊ

女人上衣。世説新語汰侈:"(晉)武帝嘗降王武子(濟)家,武子供饌,並用琉璃器,婢子百餘人,皆綾羅絝襹。"南史王裕之傳:"左右嘗使二老婦女,戴五條辮,著青紋袴襹,飾以朱粉。"

二十一畫

襡 shǔ 市玉切,入,燭韻,禪。
ㄕㄨˇ

長襦,連腰衣。釋名釋衣服:"襡,屬也,衣裳上下相連屬也。"

襾 部

襾 yà 衣嫁切,去,禡韻,影。
ㄧㄚˋ 許下切,上,馬韻,曉。

覆蓋。見説文。又作部首。通作"西"部。

西 xī 先稽切,平,齊韻,心。
ㄒㄧ

㊀篆作𠧧,即棲止的"棲"。説文:"西,鳥在巢上,象形。日在西方而鳥棲,故因以爲東西之西。棲,西或从木,妻(聲)。"㊁方位名,東的對向。易小過:"密雲不雨,自我西郊。"史記曆書:"日歸于西。"㊂古稱西鄰之國。左傳成十三年:"晉侯使吕相絶秦。……則是我有大造於西也。"西謂秦國。宋代亦謂西夏爲西。㊃西行。漢書四十張良傳:"且布聞之,皷行而西耳。"㊄姓。相傳西門豹之後。見通志二

七氏族三以地爲氏。

【西人】春秋時稱周都鎬京人。詩小雅大東:"西人之子,粲粲衣服。"傳:"西人,京師人也。"按:此對東方諸侯之人而言。鎬京在西,故稱周人爲西人。後世亦稱山西陝西人爲西人。

【西子】春秋時越國西施的別稱。孟子離婁下:"西子蒙不潔,則人皆掩鼻而過之。"注:"西子,古之好女西施也。"後漢書八十下邊讓傳章華賦:"攜西子之弱腕兮,援毛嬙之素肘。"

【西山】㊀西方之山。易隨:"王用亨(享)于西山。"引申謂日没之處。文選三國魏王仲宣(粲)從軍詩之三:"白日半西山,桑梓有餘暉。"又晉李令伯(密)陳情事表:"但以劉日薄西山,氣息奄奄。"㊁山名。全國以西山爲名者甚多,尤著名者爲:1.北京西郊名勝,爲太行山支脈,衆山連接,山名甚多,總名爲西山,又名小清涼。所謂北京八景之一的西山霽雪,指此。參閱讀史方輿紀要十一順天府宛平縣。2.首陽山,在山西永濟縣南。相傳商末伯夷叔齊,不仕周,隱於首陽山,卽此。見史記六一伯夷傳。3.在河北平山縣西北,卽房山,又名王母山。後漢章帝元和三年至趙,祠房山;五代梁趙王鎔盛飾館宇於西山,卽此。見讀史方輿紀要十四真定府平山縣房山。4.在山西陽曲縣西北,又名蒙山。後周楊忠會突厥,從西山而下;唐河東將李嗣昭爲汴軍所敗,依西山得還,指此。見讀史方輿紀要四十太原縣蒙山。5.在江西新建縣西,一名南昌山,又名厭原山。連屬三百餘里。相傳明太祖幸南昌,放陳友諒畜鹿於西山,卽此。見讀史方輿紀要八四新建縣西山。6.在福建建陽縣北。宋朱熹弟子蔡元定曾讀書於此。見讀史方輿紀要九七建陽縣西山。7.在福建浦城縣西,本名西巖山。上有西山精舍,爲宋真德秀講學之處。見宋史四三七真德秀傳。

【西川】㊀泛指西方的河流。宋書樂志四雍離篇:"西川無潛鱗,北渚有奔鯨。"㊁泛指蜀地。全唐詩五六一薛能望蜀亭:"前軒一望無他處,從此西川只在心。"㊂指蜀之西部。唐貞觀元年設劍南道。元和後分設西川節度使、東川節度使。西川領益、彭、蜀、漢、眉、嘉、邛等二十六州。其後分合不一。宋乾德三年置西川路,咸平中,又分西川爲東西二路。元改設四川行中書省。見讀史方輿紀要六六四川一。

【西乞】複姓。相傳爲春秋秦將西乞術之後。見廣韻"齊"。

【西王】㊀西王母的簡稱。隋書虞綽傳大鳥銘:"斯固類仙人之騏驥,冠羽族之宗長,西王青鳥,東海赤雁,豈可同年而語哉?"參見"三足烏"。㊁複姓。見通志二六氏族二夏商以前國。

【西天】我國佛教徒稱佛祖所在之處。亦指古天竺。全唐詩二一〇皇甫曾錫杖歌用明楚上人歸佛川:"上人遠自西天至,頭陀行遍南朝寺。"元史輿服志二:"火輪竿,制以白鐵,爲小車輪,……輪及竿皆金塗之,上書西天呪語。"

【西内】唐太極宮稱西内。新唐書玄宗紀:"上元元年,徙居于西内甘露殿。"宋程大昌雍録:"唐諸帝多居大明宮。或遇大禮大事,復在太極。知太極尊於大明也。太極在西,故曰西内。大明在東,故曰東内。興慶宮在都城東南角,人主亦於此出政,故又號南内。"又,宋代亦有西内。宋史徽宗紀三政和六年:"以西内成曲赦京西。"

【西平】㊀縣名,屬河南省。春秋時爲柏國地。漢置西平縣。縣西呂墟,地勢平坦,故名西平。唐初省入郾城,開元間復置。明清屬河南汝寧府。參閱水經注三一溮水、太平寰宇記十一蔡州。㊁郡名。後漢建安中,分漢金城郡置西平郡,東晉末,爲禿髮烏孤所據,稱西平王,都此。後魏置鄯州。隋煬帝改州爲西平郡。唐天寶初,亦稱西平郡。明初改爲西寧衛。清爲西寧鎮。見讀史方輿紀要六四西寧鎮。㊂唐李晟封號。唐裴度撰西平王李晟神道碑,由柳公權正書並篆額。碑在陝西高陵。見清畢沅關中金石記四。

【西皮】㊀漆器名。宋曾三異因話錄:"髹器稱西皮者,世人誤以爲犀角之犀,非也;乃西方馬韉。自黑而丹,自丹而黄,時復改爲五色相疊。馬鐙磨擦,有凹處粲然成文,遂以髹器倣爲之。"按:明都穆聽雨紀談以爲西皮應爲"犀毗",指犀牛臍部附近有特別紋路和光澤的皮。西域人割取以爲腰帶之飾。漆器西皮卽倣此紋路和光澤製成的。參見"犀毗"。㊁戲劇曲調名,謂黄陂調;與黄岡調並重,稱爲皮黄。皮,卽指黄陂;黄,卽謂黄岡。其後徽調出於皮黄,謂之二黄,亦曰漢調。京劇又由徽調衍出。

【西申】古國名。逸周書七王會解:"西申以鳳鳥,……巴人以比翼鳥。"

【西母】西王母的略稱。藝文類聚六一晉傅玄正都賦:"東父騎青蓋而遐望,西母使三足之靈禽。"唐李白李太白詩一大獵賦:"哂穆王之荒誕,歌白雲之西母。"參見"西王母"。

【西瓜】瓜類植物,葫蘆科,蔓生。實味甜多汁,爲夏日消暑佳品。新五代史四夷附錄二:"(胡嶠居契丹)始食西瓜,云契丹破回紇得此種,以牛糞覆棚而種,大如中國冬瓜而味甘。"參見明王世貞弇州山人四部稿一六三宛委續編八。

【西江】㊀珠江幹流之一。在廣東省西部。黔桂鬱三江自廣西梧州合流後,稱西江。見讀史方輿紀要一〇〇廣東西江。㊁西來的大江。泛指大江。莊子外物:"我且南遊吳越之王,激西江之水而迎子,可乎?"新五代史王仁裕傳:"嘗夢剖其腸胃,以西江水滌之,顧見江中沙石皆爲篆籀之文。由是文思益進。"

【西安】㊀府名,卽今陝西省西安市。漢曰京兆。唐宋金皆有變易,仍稱京兆。元爲安西路,皇慶初改爲奉元路。明改西安府。清定爲陝西省治,治縣爲長安。見讀史方輿紀要五三西安府。㊁縣名。1.漢置,故城在今山東淄博市。春秋時爲渠丘。漢武帝封李朔爲軹侯,食邑西安,卽此。見讀史方輿紀要三五青州府臨淄縣。2.秦太末縣址,東漢分太末置新安縣,唐咸通中改西安縣。明清均爲浙江衢州府治。公元1912年改名衢縣。見寰宇通志二七衢州府。

【西充】縣名,屬四川省。本漢充國縣地,晉析置西充國縣,屬巴西郡。唐武德四年置西充縣,屬果州,因縣東有西充山,故名。見讀史方輿紀要六八順慶府。

【西州】㊀地名。晉宋間揚州刺史治所,以治事在臺城西,故曰西州。見元和郡縣志二五。㊁唐州郡名。漢車師前王庭。按:其地爲今維吾爾自治區之土魯番縣及善鄯縣之地,前庭,卽火州。唐武德十四年平高昌,以其地爲西州,天寶元年改交河郡,乾元元年復爲西州。貞元七年後屬吐蕃。見讀史方輿紀要六五火州。

【西夷】古時我國西方少數民族的泛稱。孟子離婁下:"文王生於岐周,卒於畢郢,西夷之人也。"注:"岐山下,周之舊邑,近畎夷。畎夷在西,故曰西夷之人也。"

【西成】謂秋季收成。書堯典:"寅餞納日,平秩西成。"傳:"秋,西方,萬物成。"唐高適高常侍集二東平路中遇大水詩:"稼穡隨波瀾,西成不可求。"

【西戎】古時我國西北部少數民族總稱西戎。書禹貢:"織皮:崑崙、析支、渠搜,西戎卽敍。」宋蔡沈集傳：「三國皆貢皮衣，故以織皮冠之。皆西方戎落，故以西戎總之。」詩小雅出車：「赫赫南仲，薄伐西戎。」

【西曲】古清商曲的一種。樂府詩集四七西曲歌上：「古今樂錄曰：『西曲歌有石城樂、烏夜啼、莫愁樂、估客樂等三十四曲……出於荆郢樊鄧之間，而其聲節送和與吳歌亦異，故因其方俗而謂之西曲云。』」

【西序】㊀夏代的小學。禮王制：「夏后氏養國老於東序，養庶老於西序。」元陳澔集說：「西序，小學，在西郊。」周謂之虞庠。㊁西廂房。書顧命：「西序東嚮，敷重底席。」傳：「東西廂謂之序。」

【西伯】西方諸侯之長，卽周文王。孟子離婁上：「吾聞西伯善養老者。」史記殷紀：「西伯出而獻洛西之地，以請除炮格之刑。紂乃許之，賜弓矢斧鉞，使得征伐，爲西伯。」

【西河】㊀古稱黃河上游南北流向的一段爲西河。書禹貢：「黑水西河惟雍州。」傳：「西距黑水，東據河。龍門之河在冀州西。」宋蔡沈集傳：「謂之西河者，主冀都而言也。」㊁古地區名。1.春秋衞地。今河南浚縣、滑縣一帶。史記孔子世家「其男子有死之志，婦女有保西河之志」，卽此。2.戰國魏地。今陝西東部黃河西岸地區。春秋時子夏居西河，戰國時吳起爲西河守，皆卽此。見史記仲尼弟子傳及吳起傳。㊂郡名。舊汾州西河邑，北魏孝昌二年置郡，隋開皇初郡廢，故地在山西臨汾縣西。見嘉慶一統志一三八平陽府一。㊃縣名。隋置，大業初廢。唐武德中又析洪洞縣復置，貞觀十七年省入臨汾。舊址在山西洪洞縣西南。見嘉慶一統志一三八平陽府一。

【西泠】橋名。爲杭州西湖孤山下名勝。宋張炎山中白雲一高陽臺西湖春感詞：「更悽然，萬綠西泠，一抹荒煙。」元倪瓚倪雲林集六竹枝詞：「西泠橋邊草春綠，飛來峯頭烏夜啼。」參見「西泠十子」。

【西京】㊀漢都長安，東漢遷都洛陽，以長安在西，稱西京，稱洛陽爲東京。文選著錄張衡西京賦。後來卽以西京作西漢的代稱。唐都長安，天寶元年曰西京，至德二載曰中京，上元二年復曰西京。見新唐書地理志一。㊁國都以外，別設陪都，以位於京都以西，有西京之稱，如：

唐	鳳翔(至德二年—上元二年)	舊唐書地理志一
五代後唐	太原	五代史唐莊宗紀四
五代晉漢周	洛陽	五代史晉高祖紀三
宋	洛陽	宋史地理志一
遼	大同	遼史地理志五
金	大同	金史地理志上、中

【西夜】漢西域城國名。在今新疆莎車縣南。漢時王號子合王，治呼犍谷。東與皮山、西南與烏秅、北與莎車、西與蒲犁接。隨畜逐水草往來，族類與羌氐諸行國相同。見漢書九六上西域傳。

【西府】㊀東晉建都建康，咸和四年於歷陽僑置豫州，立軍府，爲一時重鎮，以地在建康以西，故稱西府。建康，今江蘇南京市地；歷陽，今安徽和縣地。晉書庾楷傳：「故出王愉爲江州，督豫州四郡，以爲聲援。楷上疏以江州非險塞之地，而西府北帶寇戎，不應使愉分督。」㊁海棠品種名。見「西府海棠」。

【西羌】我國少數民族羌族，居地在國之西境，漢代泛稱爲西羌。後漢書有西羌傳。參見「羌㊀」。

【西林】㊀北魏官苑名。魏書宣武靈皇后傳：「幸西林園法流堂，命侍臣射，不能者罰之。」㊁寺名，在江西省廬山麓。宋陳舜俞廬山記三：「東林之西百餘步，至遠公塔；塔西百餘步至西林乾明寺。」唐白居易長慶集七春游西(一作二)林寺詩：「下馬西林寺，翛然進輕策。」㊂縣名，屬廣西。宋元稱上林峒，屬泗城州。明初置上林長官司。清康熙五年析治西林縣。參閱讀史方輿紀要一一一廣西六。

【西門】複姓。戰國魏文侯時有西門豹，爲鄴令。見元和姓纂三齊。

【西昌】縣名。屬四川省。漢邛都國地，武帝元鼎六年置邛都縣，爲越嶲郡治。北周爲西寧州治。唐屬南詔。元置建安州。明改置建昌衛。清雍正六年改衛置西昌縣。見嘉慶一統志四〇〇寧遠府。

【西垂】㊀西堂下之階上。書顧命：「一人冕，執戣，立于東垂；一人冕，執瞿，立于西垂。」傳：「立于東西下之階上。」㊁西境邊遠地。史記秦紀：「其玄孫曰中潏，在西戎，保西垂。」也作「西陲」。三國志魏倉慈傳：「太和中，遷燉煌太守，郡在西陲。」㊂古邑名，卽西犬丘，秦國祖先大駱、非子居此。在今甘肅天水市西南。史記秦紀：「於是復予秦仲後，及其先大駱地犬丘并有之，爲西垂大夫。」

【西周】㊀周代。周武王都鎬京(今陝西西安)，至幽王，史稱西周。至平王遷都洛邑(今河南洛陽)以後，史稱東周。晉杜預春秋左氏傳序：「則西周之美可尋，文武之迹不墜。」也指西周國都鎬京。國語周上：「幽王三年，西周三川皆震。」注：「西周謂鎬京也。」㊁周末周考王以王城故地分封其弟揭，爲桓公。王都在洛陽，王城在西，故稱西周。後爲秦所滅。見史記周紀。㊂姓。周末分東西二周，各以爲氏。西周武公庶子，稱爲西周氏。見元和姓纂三齊。

【西岳】西嶽，卽華山。書舜典：「八月西巡守，至于西岳。」傳：「西岳，華山。」

【西洋】㊀明時以爪哇以西的印度洋爲西洋，並指沿海的陸地。明史三二三婆羅傳：「婆羅又名文萊，東洋盡處，西洋所自起也。」永樂時，鞏珍隨鄭和至南海各國，歸紀其事，著書名西洋番國志。讀史方輿紀要九九福建五附考呂宋：「漳郡志云：東洋有呂宋蘇祿諸國，西洋有暹羅占城諸國。」明張燮有東西洋考十二卷。㊁明清之際耶蘇會士入華後，稱大西洋沿岸國家爲西洋。近代又兼指歐美兩洲而言。紅樓夢三七：「衆人聽了都笑道……可不是給了那西洋花點子哈巴兒了？」㊂水名。1.源出雲南廣南縣板郎山。2.西陽河的俗稱。在河北懷安縣西北。分見讀史方輿紀要一一五、十八。

【西音】古時謂西方的樂歌。呂氏春秋音初：「殷整甲徙宅西河，猶思故處，實始作爲西音。」注：「西音，周之音。」文選晉左太沖(思)蜀都賦：「起西音於促柱，歌江上之飉厲。」

【西施】㊀春秋越苧蘿人。一作先施。先西古音同。又稱西子。傳說越人敗於會稽，命范蠡求得美女西施，進於吳王夫差，吳王許和。越王生聚教訓，終得滅吳，西施歸范蠡，從遊五湖而去。其事散見於吳越春秋句踐陰謀外傳、越絕書、吳地記等。明梁辰魚有傳奇浣紗記，卽以西施故事爲題材。㊁西施以美著稱，後常用作絕色美女的代稱。荀子正論：「譬之是猶以人之情爲欲富貴而不欲貨也，好美而惡西施也。」㊂詞調名。詞見宋柳永樂章集。雙調，有七十一字、七十三字二體。見詞譜十六。

【西城】縣名。春秋時庸國地。相傳舜帝曾居此，稱爲姚墟。漢置縣，屬漢中郡。東漢置西城郡，移漢中於南鄭。隋復置西城縣。唐宋因之。元廢。參閱漢書地理志上、讀史方輿紀要五六興安州。

【西垣】中書省的別稱。同「西掖」。唐韋應物韋江州集三和張舍人夜直中書寄吏部劉員外詩：「西垣草詔罷，南宮憶上才。」宋王禹偁小畜集七送田舍人出牧淮陽詩:"西垣罷直蒼苔冷,南郡行春綠野寬。"

【西苑】㊀即北京的三海(北海、中海、南海)。以在紫禁城西,故名。金元時建離宮,明清時爲御苑。中有瓊華島、太液池、瀛臺等勝景。北海今闢爲公園。參見"北海"。㊁隋煬帝宮苑。又名芳華苑、禁苑。唐稱紫苑。周二百里,北距北邙,西至孝水。中有翠微宮、積翠池。故址在河南洛陽市西。見讀史方輿紀要四八河南府。

【西皇】即帝少皞。楚辭屈原離騷:"麾蛟龍以梁津兮,詔西皇使涉余。"注:"西皇,帝少皞也。"

【西海】㊀泛指西方。與東、南、北對舉。禮祭義:"溥之而橫乎四海……推而放諸東海而準,推而放之西海而準。"史記封禪書:"東海致比目之魚,西海致比翼之鳥。"參見"四海"。㊁郡名。漢置,本金城郡,西漢元始末王莽得鮮水海允谷鹽池,因改金城郡爲西海郡。轄境在今青海省青海附近一帶。王莽末廢。見讀史方輿紀要五二陝西一。

【西宫】㊀別宮。國君妃嬪居住的地方。春秋僖二十年:"西宮災。"注:"西宮,公別宮也。"公羊傳僖二十年:"西宮者何?小寢也。"注:"禮,諸侯娶三國女,以楚女居西宮。……夫人居中宮,少在前;右媵居西宮,左媵居東宮,少在後。"後來稱宮內妃嬪所居爲東宮、西宮,本此。㊁姓。諸侯子弟居西宮者因以爲氏。宋鄧名世古今姓氏書辨證四:"西宮,姓苑、元和姓纂皆未詳。按左傳,鄭盜攻執政于西宮之朝,鄭人討西宮之難。則西宮執政所居,以別於太子之東宮,而後世氏焉。"

【西亳】地名,在河南偃師縣。商三亳之一。盤庚遷都於此。又稱尸鄉,春秋時稱尸氏。參見"三亳"。

【西席】古代賓主相見,以西爲尊,主東而賓西。大戴禮武王踐阼:"師尚父亦端冕奉書而入,負屏而立。王下堂南面而立。師尚父曰:'先王之道不北面。'王行西折而南,東面而立。師尚父西面。"後來家塾延師或官府幕職亦稱西席。明沈德符萬曆野獲編二六嗤鄙:"英宗朝,錦衣帥門達之塾師名桂廷珪者,刻一牙印曰'錦衣西席'。"

【西旅】指西方遠國的人。後漢書六十馬融傳廣成頌:"東鄰浮巨海而入享,西旅越葱領而來王。"

【西秦】㊀謂春秋戰國時秦國。以地處於列國之西,故稱。漢陸賈新語輔政:"蘇秦尊於諸侯,商鞅顯於西秦。"㊁晉時十六國之一。公元385—431年。鮮卑族乞伏國仁乘前秦苻堅於淝水戰敗,自稱大單于,其弟乾歸稱秦王,都宛川(今甘肅榆中縣),史稱西秦。有今甘肅西南部之地。四主。公元431年爲夏所滅。參見"五胡十六國"。㊂古曲名。文選晉嵇叔夜(康)琴賦:"進南荆,發西秦,紹陵陽,度巴人。變用雜而並起,竦衆聽而駭神。"唐呂向注:"南荆、西秦、陵陽、巴人,並曲名。"又戲曲劇種名。明末清初有西秦戲,流行於陝西甘肅一帶。

【西班】㊀謂朝會時西邊站班的官員。唐指武官。資治通鑑二五〇唐咸通元年:"可以計取,難以力攻,西班中無可語者。"注:"唐凡朝會,文官班於東,武官班於西,故謂武臣爲西班。"㊁宋時稱內閣官員。清梁章鉅稱謂錄十二內閣各官古稱:"西班,續會要云:宣和三年詔,西班學士待制員多,令中省具名取旨,以班圖觀之。學士待制在西,故曰西班。"

【西晉】朝代名。公元265—317年。司馬炎代魏稱帝,國號晉。都洛陽,因在建康之西北,史稱西晉。凡四世,五十二年。

【西夏】㊀中原的西部。夏謂華夏。晉書賈充傳:"綏静西夏,則吾無西顧之念。"㊁宋時党項羌族建立政權,國號大夏,史稱西夏。公元1038—1227年。據有今寧夏、陝北、甘肅西北、青海東北及內蒙部分地區,都興慶府(今寧夏銀川)。按西夏國主爲拓跋氏之裔,因鎮壓黃巢起義軍,有功於唐,賜姓李。宋時又賜姓趙。世爲夏州節度使。至元昊稱帝,傳十主,爲蒙古成吉思汗所滅。見遼史西夏傳。

【西陘】關名。在山西代縣西北。即古長城要隘雁門關的西口。東口爲東陘關。宋楊業嘗率百騎由西陘出,至雁門北口,大敗遼兵,即此。參閱讀史方輿紀要三九太原府。

【西殺】古突厥武官名。猶右衛。資治通鑑二一五唐天寶元年:"以其子葛臘哆爲西殺。"注:"突厥以其親屬分掌東西兵,號左右殺,亦曰東西殺。西殺,右殺也。"又:"突厥西葉護阿布思及西殺葛臘哆……相次來降。"注:"意此皆突厥右廂之衆也。"

【西笑】漢桓譚新論琴道:"人聞長安樂,則出門西向而笑;知肉味美,則對屠門而大嚼。"長安爲漢都,西望長安而笑,卽仰慕帝都之意。唐李白李太白詩十五留別曹南羣官之江南:"十年罷西笑,攬鏡如秋霜。"宋李昭玘樂静集八祭晁次膺文:"晚有元老,振衣彈冠,翻然西笑,一顧增價。"

【西淀】澤名。爲白洋淀(一作白陽淀)與附近九十二個大小淀泊的總稱。在河北省中部安新雄縣任丘高陽等縣邊境。古名雍奴澤。參閱畿輔通志五九山川三。

【西郭】㊀郭(外城)之西門。左傳襄十八年:"焚雍門及西郭、南郭。"㊁複姓。漢有謁者僕射西郭嵩,晉有祕書西郭陽。參閱通志二七氏族三。

【西涼】㊀晉時十六國之一。公元400—420年。東晉安帝隆安四年涼州李暠所建,自稱涼公,都酒泉,史稱西涼。有今甘肅極西部。爲北涼王沮渠蒙遜所滅。參見"五胡十六國"。㊁府名。宋初以涼州爲西涼府,後爲西夏所據。元初復爲西涼府。即今甘肅武威縣地。見讀史方輿紀要六三涼州。

【西清】㊀西堂清静之處。漢書五七上司馬相如傳上林賦:"青龍蚴蟉於東箱,象輿婉僤於西清。"注:"西清者,西箱清静之處也。"後指宮內遊宴之處。宋徐鉉徐公文集五茱萸詩:"長和菊花酒,高宴奉西清。"㊁清代宮內南書房的別稱。乾隆時纂內府藏器品目,題名西清古鑑。參見該條。

【西都】㊀即周都鎬京。與東都洛邑相對而言。在今陝西長安縣西南。詩小雅大雅譜:"小雅大雅者,周室居西都豐鎬之時詩也。"㊁漢以長安爲西都,故城在今陝西長安縣西北。文選漢班孟堅(固)西都賦:"有西都賓問於東都主人曰:蓋聞皇漢之初經營也。"東都謂洛陽。㊂五代梁以洛陽爲西都。見讀史方輿紀要四八河南府。㊃五代吳越以杭州爲西都,越州(紹興)爲東都。見續通志一一〇都邑略。

【西域】西域之稱始於漢,指玉門關以西、巴爾喀什湖以東及以南的廣大地區。漢武帝遣張騫出使西域。宣帝時,置都護,治烏壘城,去陽關二千七百餘里,於西域爲中。後世泛指葱嶺以西諸國。見漢書九六上西域傳。

【西掖】中書省的別稱。漢應劭漢官儀上:"左右曹受尚書事。前世文士以中書在右,因謂中書爲右曹,亦稱西掖。"文選三國魏劉公幹(楨)贈徐幹詩:"誰謂相去遠?隔此西掖垣。"文苑英華八八四張說梁國公姚崇神道碑:"初,太夫人在堂,公受任西掖，頗限扃禁，求侍晨昏。"參見"中書省"。

【西陸】㊀昴宿所在的方位。也指昴宿。爾雅釋天："大梁，昴也；西陸，昴也。"清郝懿行義疏："二十八宿分列四方，當有四陸。左傳爾雅獨言北陸西陸，又於二陸之中各舉一星爲職，故云：北陸，虛也；西陸，昴也。是皆舉一以包之耳。"㊁指秋天。太平御覽二四易通統圖："日行西方白道曰西陸。"文選晉郭景純（璞）遊仙詩："蓐收清西陸，朱羲將由白。"

【西陵】㊀黃帝時國名。史記五帝紀："黃帝居軒轅之丘，而娶於西陵之女，是爲嫘祖。"正義："西陵，國名也。"㊁渡口名。見"西興"。㊂清帝陵。在河北易縣永寧山。有清世宗（雍正）泰陵、仁宗（嘉慶）昌陵、宣宗（道光）慕陵、德宗（光緒）崇陵。爲全國重點文物保護單位之一。㊃姓。相傳黃帝娶西陵氏女爲妃。春秋時有大夫西陵高。見通志二六氏族二。

【西堂】猶言西廂。書顧命："一人冕，執劉，立于東堂；一人冕，執鉞，立於西堂。"疏："鄭玄云：'序內半以前曰堂。'謂序內檐下自室壁至於堂廉中半以前，總名爲堂。"楚辭宋玉九辯："澹容與而獨倚兮，蟋蟀鳴此西堂。"

【西畤】祀白帝之處。畤，祭天神之臺。史記封禪書："秦襄公既侯，居西垂。自以爲主少皞之神，作西畤，祠白帝，其牲用駵駒黃牛羝羊各一云。"

【西崑】㊀日落之處。文選南朝梁沈休文（約）和謝宣城詩："牽拙謬東汜，浮惰及西崑。"唐李周翰注："西崑，日入處，比衰老也。"㊁相傳爲古帝王藏書之處。見穆天子傳二。文苑英華五六四唐上官儀爲朝臣賀涼州瑞石表："歷選皇猶，稽河圖於東序；詳觀帝籙，披册府於西崑。"宋楊億西崑酬唱集序："凡五七言律詩二百五十章，其屬而和者計十有五人，析爲二卷，取玉山策府之名，命之曰西崑酬唱集云爾。"㊂詩體名。見"西崑體"。

【西偏】㊀猶言西部。左傳隱十一年："乃使公孫獲處許西偏。"史記晉世家："新城西偏將有巫者見我焉。"㊁猶言西廂。文選三國魏何平叔（晏）景福殿賦："温房承其東序，涼室處其西偏。"唐韓愈昌黎集七示兒詩："西偏屋不多，槐榆翳空虛。"

【西湖】全國以西湖爲名者甚多，多以其在某地之西爲義。其尤爲著名者：1.在浙江杭州市西。相傳漢時有金牛見湖中，以爲明聖之瑞，故名明聖湖。以其在錢唐境，又名錢唐湖。唐以後稱西湖。湖周三十里，三面環山，爲著名遊覽勝地。參閱明田汝成西湖遊覽志一總敍。2.在福建福州市西。晉太守嚴高所鑿。五代閩主璘於湖中築臺，四面通明，名水晶宮。今爲公園。見讀史方輿紀要九六福州府侯官縣。3.在廣東惠州市西。宋知州陳偁築堤以湖水灌田，民得豐收，故又名豐湖。湖上有蘇公堤，相傳爲蘇軾謫居時所築。見讀史方輿紀要一〇三惠州府豐湖。4.北京市昆明湖的舊稱。見讀史方輿紀要十一順天府宛平縣太湖。

【西極】㊀西方極遠之處。楚辭屈原離騷："朝發軔於天津兮，夕余至乎西極。"列子周穆王："周穆王時，西極之國有化人來。"㊁漢烏孫國馬名。史記一二三大宛傳："得烏孫馬好，名曰天馬。及得大宛汗血馬，益壯，更名烏孫馬曰西極，名大宛馬曰天馬云。"

【西華】㊀縣名。屬河南省。漢置，初爲長平縣，屬汝南郡，後置西華縣。故城在今治南。隋改爲鴻溝縣。唐改箕城縣，景雲元年復稱西華。宋因之。元廢。明初復置，明清皆屬陳州。參閱太平寰宇記十鄭州、讀史方輿紀要四七陳州。㊁道教仙宮名。對東華而言。東華爲男仙所居，以東王公領；西華爲女仙所居，以西王母領。故女仙名籍稱西華仙籙。雲笈七籤七："八素經云：西華宮有琅簡蕊書，當爲真人者乃得此文。"㊂梁任昉子名。見"西華葛帔"。

【西陽】㊀夕陽。唐李白李太白集一悲清秋賦："于時西陽半規，映島欲沒。"㊁縣名。漢置，屬江夏郡。北魏廢。故城在今河南光山縣境。㊂郡名。晉西陽國。南朝宋置郡。隋廢。故城在今湖北黃岡縣東南。以上見讀史方輿紀要五十、七六。

【西景】謂夕陽。唐于志寧崔敦禮碑："而東流難止，西景易沈，未登千月之期，奄切九□之□。"（金石續編五）

【西番】舊時泛稱西部地區各少數民族。番也作"蕃"。隋書裴矩傳："帝復令矩往張掖，引致西蕃。至者十餘國。"明史三三〇西域傳二："西番卽西羌，族種最多，自陝西歷四川雲南西徼外皆是。"

【西鄉】㊀縣名。屬陝西省。漢城固縣地，三國置南鄉縣。晉改今名。明清均屬漢中府。見讀史方輿紀要五六漢中府。㊁複姓。古宋國大夫西鄉錯之後。見世本。尸子有隱者西鄉曹。

【西溪】水名。1.在浙江杭州市靈隱山西北，爲杭州勝景九溪十八澗之一。見讀史方輿紀要九十杭州府仁和縣。2.閩江西源的富屯溪和將溪在順昌縣合流後稱西溪。見讀史方輿紀要九八光澤縣。

【西零】西羌族部落名。卽先零。文選漢史孝山（岑）出師頌："西零不順，東夷遘逆。"晉書西戎傳："其後（吐谷渾）子孫據有西零已西，甘松之界極乎白蘭，數千里。"

【西頓】謂日落。文選晉陸士衡（機）演連珠之三三："臣聞飛轡西頓，則離朱與矇瞍收察；懸景東秀，則夜光與碔砆匿耀。"

【西楚】區域名，古三楚之一，卽今淮北一帶。史記項羽紀："項王自立爲西楚霸王，王九郡，都彭城。"集解引孟康曰："舊名江陵爲南楚，吳爲東楚，彭城爲西楚。"又貨殖傳："夫自淮北沛、陳、汝南、南郡，此西楚也。"正義："言從沛郡西至荆州，並西楚也。"參見"三楚㊀"。

【西虞】㊀古國名。相傳舜之後封於虞。周武王封古公亶父子虞仲的後代於此，爲西虞。在山西平陸縣境。至春秋時爲晉所滅。管子小匡："西服流沙西虞，而秦戎始從。"注："西虞，國名也。"參見"虞㊈"。㊁謂虞淵，日入之處。北魏山徽墓誌："東影未移，西虞已及。"（漢魏南北朝墓誌集釋圖版二二）

【西照】猶言夕照。唐李白李太白詩二四越中秋懷："路遐迫西照，歲晚悲東流。"宋黃庭堅豫章集十次韻答高子勉詩："鷗鷺西照處，相並曬漁蓑。"

【西園】㊀漢上林苑的別稱。文選漢張平子（衡）東京賦："歲維仲冬，大閱西園。"注："西園，上林苑也。"㊁園名。漢末曹操所建，在鄴都。文選三國魏文帝（曹丕）芙蓉池作詩："乘輦夜行遊，逍遥涉西園。"

【西蜀】地名。指四川省。史記八七李斯傳諫逐客書："江南金錫不爲用，西蜀丹青不爲采。"文選漢王子淵（褒）聖主得賢臣頌："今臣僻在西蜀，生於窮巷之中，長於蓬茨之下。"

【西傾】㊀西斜。文選三國魏曹子建（植）洛神賦："日既西傾，車殆馬煩。"㊁山名。書禹貢："西傾因桓是來。"傳："西傾，山名，桓水自西傾山南行。"漢書地理志作西頃，注："頃讀曰傾。"一名嵹臺山，又名西强山。在今甘肅省南部與青海省東部。

【西漢】前漢都長安，後漢都洛陽。長安在西，故史稱前漢爲西漢。宋書天文志序："以此而推，則西漢長安已有其器矣。"

【西寧】㊀地名，即青海西寧市。古羌族所居，稱湟中。漢屬金城郡。後漢分置西平郡。東晉時，禿髮烏孤據此，稱西平王。後魏置鄯州，隋唐時，郡州名互有變易。宋崇寧間改西寧州。明爲西寧衛，旋置鎮。清爲西寧府，府治西寧縣。公元1913年裁府留縣。原屬甘肅省，公元1928年劃歸青海省管轄。公元1945年設置西寧市，1946年縣名改湟中縣。見讀史方輿紀要六四西寧鎮。㊁河名，即湟水。見該條。

【西賓】同西席。舊時對塾師或幕友的尊稱。唐柳宗元柳先生集四二重贈詩之二："若道柳家無子弟，往年何事乞西賓？"明瞿佑歸田詩話木訥序："無何居間寓金臺，太師英國張公延爲西賓，甚加禮貌。"參見"西席"。

【西臺】㊀中書省的別稱。唐高宗龍朔時改門下省爲東臺，中書省爲西臺。神龍中復舊。見舊唐書職官志二。㊁西御史臺的簡稱。唐趙璘因話錄："御史臺，當時亦謂之左臺右臺，則憲府未曾有東西臺之稱。惟俗間呼在京爲西臺，東都爲東臺。"宋陸游老學庵筆記六："唐人本謂御史在長安者爲西臺，言其雄劇……本朝都汴，謂洛陽爲西京，亦置御史臺，至爲散地。以其在西京，亦號西臺。名同而實異也。"

【西銘】書篇名。宋張載撰。原爲正蒙乾稱篇之一部。載講學關中，嘗在學堂分錄乾稱篇，榜於東西兩牖，東曰砭愚，西曰訂頑。程頤爲之改名東銘、西銘。西銘即訂頑。此篇摭拾經傳中有關天道倫理之説，主張知化窮神，存心養性，以爲天人一體，大君乃天地之宗子，民爲同胞，物則吾與。張載之理學宗旨，略具於斯。參閱宋史四二七張載傳。

【西廠】明代官署名。爲緝訪謀逆妖言奸惡等事的特務機關。參見"東廠"。

【西樓】遼地名。1.卽遼之上京臨潢府。故址在今内蒙古巴林左旗西南。遼史地理志一："上京西樓，有邑屋市肆。交易無錢而用布。有綾錦諸工作、宦者、翰林、伎術、教坊、角觝、儒、僧尼、道。中國人并、汾、幽、薊爲多。"2.遼之祖州。遼史地理志一："祖州，天成軍：……本遼右八部世没里地。太祖秋獵多於此，始置西樓。後因建成，號祖州。"

【西遼】公元1124—1211年。宋時我國契丹族所建政權名。遼王朝滅亡前一年，宗室耶律大石西徙，自立爲王，建都于虎思斡耳朶（今新疆伊犂河西、吹河南），據有今新疆一帶，史稱西遼。三傳至耶律直魯古，位爲乃蠻王屈所律所奪，仍用西遼國號。宋嘉定十一年爲蒙古所滅。二姓五主。

【西虢】周初諸侯國名。爲周文王弟虢仲的封地，故地在今陝西寶雞縣。後隨平王東遷上陽，是爲南虢，爲晉獻公所滅。留岐不遷者稱小虢，爲秦武公所滅。參閱讀史方輿紀要一歷代州域形勢虢。參見"東虢"。

【西膜】西方的沙漠。穆天子傳二："天子北征東還，甲申至于黑水，西膜之所謂鴻鷺。"注："西膜，沙膜之鄉。"又："黑水之阿，爰有苔葦，西膜之所謂木禾。"

【西膠】謂學校。晉書儒林傳序："雖尊儒勸學亟降於綸言，東序西膠未聞於弦誦。"按禮王制記夏人養庶老於東序，周人養國老於東膠。膠序皆謂學校，無西膠之名。此以與東序對舉，故稱西膠。

【西興】渡口名。在浙江蕭山縣西。本名固陵，相傳春秋時越范蠡於此築城。六朝時爲西陵戍，五代吳越改名西興。宋蘇軾分類東坡詩九望海樓晚景五絶之三："江上秋風晚來急，爲傳鐘鼓到西興。"卽指此。參閱嘉慶一統志二九四紹興府津梁。

【西燕】晉時列國名。公元384—394年。晉太元九年鮮卑族慕容沖破苻堅兵，據阿房城（今陝西咸陽），自稱燕帝，據有今山西一帶，史稱西燕。三主。爲後燕慕容垂所滅。

【西錢】古貨幣之一種。南朝梁武帝普通中，盡罷銅錢，更鑄鐵錢，以鐵錢易得，並皆私鑄，大同以後，所在鐵錢，積如山丘，物價騰貴，交易者以車載錢。自破嶺以東，八十爲百，名爲東錢，江郢以上，七十爲百，名曰西錢。京師以九十爲百，名曰長錢。見隋書食貨志。

【西學】周代的小學。禮祭義："祀先賢於西學，所以教諸侯之德也。"疏："王制云：養庶老於虞庠，虞庠在國之西郊是也。"大戴禮保傅："帝入西學，上賢而貴德。"

【西嶽】五嶽之一，卽華山。爾雅釋山："華山爲西嶽。"參見"五嶽"、"西岳"。

【西魏】公元535—556年。北魏孝武帝爲高歡所迫，奔長安依關西大都督宇文泰，都長安。歡立元善見爲帝，自洛陽遷都至鄴。魏遂分爲二，長安在西，史稱西魏。三世。爲北周所廢。

【西藏】我國行政區域名。在四川省之西。古之三危，漢之羌，唐宋名吐蕃。清初稱圖（吐）伯特或唐古特（忒），也稱衛藏。舊分爲前藏、中藏、藏、後藏四部。公元1965年建立西藏自治區。居民絶大部分爲藏族。參閱清文獻通考二九二輿地西藏。

【西雝】古代天子設立的太學。在西郊，有水圜繞，故名。雝卽"雍"的古寫。詩周頌振鷺："振鷺于飛，于彼西雝。"傳："鷺，白鳥也。雝，澤也。"後漢書八十下邊讓傳："雖振鷺之集西雍。"注："韓詩薛君章句曰：鷺，絜白之鳥也。西雍，文王辟雍也。言文王之時，辟雍學士皆絜白之人也。"參見"辟雍㊀"。

【西疇】西邊的田園。晉陶潛陶淵明集五歸去來辭："農人告余以春及，將有事於西疇。"

【西蠶】古時築蠶室於西郊，每年立壇致祭，謂之西蠶。隋書禮儀志二："周禮王后蠶於北郊，而漢法皇后蠶於東郊。魏遵周禮，蠶于北郊。吳韋昭製西蠶頌，則孫氏亦有其禮矣。晉太康六年，武帝楊皇后蠶于西郊，依漢故事。江左至宋孝武大明四年，始於臺城西白石里爲西蠶設兆域，置大殿七間。又立蠶觀。自是有其禮。"

【西夕年】暮年，晚年。晉書慕容儁載記附李產："轉拜太子太保。謂子績曰：'以吾之才而致於此，始者之願亦已過矣，不可復以西夕之年取笑於來今也。'固辭而歸。"

【西子湖】杭州西湖的別稱。宋蘇軾分類東坡詩十飲湖上初晴後雨："欲把西湖比西子，淡妝濃抹總相宜。"明楊維楨鐵崖逸編七嬉春體詩："西子湖頭春色濃，望湖樓下水連空。"

【西王母】㊀古國名。爾雅釋地："觚竹北户西王母日下，謂之四荒。"注："觚竹在北，北户在南，西王母在西，日下在東，皆四方昏荒之國，次四極者。"穆天子傳四："自羣玉之山以西至于西王母之邦，三千里。"㊁神話中的女神。穆天子傳三："吉日甲子，天子賓于西王母，乃執白圭玄璧以見西王母。"注："西王母如人，虎齒，蓬髮，戴勝，善嘯。"史記一一七司馬相如傳大人賦："低回陰山翔以紆曲兮，吾乃今目睹西王母皬然白首。戴勝而穴處兮，亦幸有三足烏爲之使。必長生若此而不死兮，雖濟萬世不足以喜。"後世小説戲曲多以西王母爲美貌之女神。參閱山海經西山經、北山經、大荒西經，舊題漢班固漢武帝内傳，清翟灝通俗編十九神鬼西王母。參見"王母㊁"。

【西江月】詞調名。本爲唐教坊曲。清末敦煌發現唐琵琶譜，猶存此調，但有譜無詞。相傳取唐李白蘇臺覽古詩"只今唯有西江月，曾照吴王宫裏人"之句爲名。雙調，五十字，前後段各四句，兩平韻，結句各叶一仄韻。又名步虚詞、江月令。見詞譜八。

【西字臉】大而横闊形似西字的臉形。宋張端義貴耳集下："孝皇聖明，亦爲左右者所惑。……有宦者奏知：'來日有川知州上殿，官家莫要笑。'壽皇問：'如何不要笑？''外面有一語云，裹上幞頭西字臉，恐官家見了笑，只得先奏。'所謂知州者，面大而横闊，故有此語。"

【西州門】西州城的門。晉謝安卒前扶病還都經此。安死，其甥羊曇悲傷悼念，行不由西州路。嘗大醉，不覺至此門，慟哭而去。見晉書謝安傳。參見"西州城"。

【西州城】古城名。故址在今江蘇南京市朝天宫西。東晉時城在臺城西，又爲揚州刺史治所，故名。元和郡縣志二五上元縣："揚州故里在縣東百步。……其州廨，王敦及王導所創也。後會稽王（司馬）道子於東府城領州，故亦號此爲西州。"

【西來意】佛教語，謂達摩祖師自天竺西來的本意。景德傳燈録五慧安國師："有坦然、懷讓二人來參，問曰：'如何是祖師西來意？'師曰：'何不問自己意？'"宋陳師道后山詩注十一和寇十一同登寺山："會逢南過適，不問西來意。"

【西門行】古樂府相和歌辭瑟調曲名。以古辭首句爲名。樂府詩集三七西門行六解："（吴兢）樂府解題曰：'古辭云：出西門，步念之。始言醇酒肥牛，及時爲樂；次言人生不滿百，常懷千歲憂，晝短苦夜長，何不秉燭遊；終言貪財惜費，爲後世所嗤。'"

【西門豹】戰國魏人，魏文侯時任鄴令，鄴地三老、廷掾勾結女巫，賦斂百姓財物，每年擇民家女子沉入漳河，謂爲河伯娶婦。豹至，投女巫、三老於河，惡俗得除。又發民力開鑿水渠十二道，引漳水灌田，民得饒足。豹性急，常佩韋以自警。見史記滑稽列傳。參見"佩韋"。

【西門渠】古渠名。戰國魏西門豹所鑿，故址在今河北臨漳縣西南。後漢書安帝紀元初二年："修理西門豹所分漳水爲支渠，以溉民田。"注："所鑿之渠在今相州鄴縣西也。"

【西使記】元劉郁撰，一卷。蒙古汗蒙哥（元憲宗）九年，在其弟旭烈兀西征西域法勒噶巴哈台等國之後，遣常德自和林出使軍中，郁隨行，因記其沿途見聞而成此書，爲有關當時中國與西亞交通的重要史料。元王惲玉堂嘉話轉録郁文。近人丁謙、王國維曾加考訂；國外有英法等文譯本。

【西洋鏡】玩具名。清李斗揚州畫舫録虹橋下："江寧人造方圓木匣，中點花樹、禽魚、怪神、祕戲之類；外開圓孔，蒙以五色瑇瑁。一目窺之，障小爲大。謂之西洋鏡。"後以喻騙人的事物或手法。

【西洱河】古稱葉榆澤。即洱海，又名西洱海。在雲南大理縣東。隋開皇十七年，以史萬歲爲行軍總管擊南寧夷爨玩，至南中，過諸葛亮紀功碑，度西洱河，即此。見讀史方輿紀要一一三西洱河。參見"洱海"。

【西施舌】貝類動物。肉白似乳，形酷肖舌，闊約大指，長及二寸，味極鮮美。宋胡仔苕溪漁隱叢話後集二四梅都官引詩説雋永："福州嶺口有蛤屬，號西施舌，極甘脆。其出時天氣正熱，不可致遠。吕居仁有詩云：'海上凡魚不識名，百千生命一杯羹。無端更號西施舌，重與兒童起妄情。"參閲明陳懋仁泉南雜志上。

【西施乳】河豚腹内腴白的别稱。宋趙彦衛雲麓漫鈔五："河豚腹脹而斑，狀甚醜。腹中有白曰訥，有肝曰脂。訥最甘肥，吴人甚珍之，目爲西施乳。東坡（蘇軾）云腹腴者是也。"

【西南夷】漢時爲巴蜀西南地區，即今甘肅南部，四川西部、南部，貴州西南部及雲南諸少數民族的泛稱。史記一一六、漢書九五、後漢書八六有西南夷傳。

【西益宅】古代迷信，謂在舊居西邊增築居室，將召致不祥。淮南子人間："魯哀公欲西益宅，史（官）争之，以爲西益宅不祥。"又見漢王充論衡四諱、應劭風俗通義（藝文類聚六四）。漢劉向新序雜事五、孔子家語正論稱"東益宅不祥"。

【西狹頌】東漢摩崖石刻。全稱武都太守李翕西狹頌。在甘肅成縣魚竅峽。靈帝建寧四年，李翕整治西狹閣道既成，作頌刻石誌其事。文爲隸書。頌前有黽池五瑞圖，刻黄龍、白鹿、嘉禾、木連理、甘露等像，並記翕在黽池得此等瑞物之事。參閲金石萃編十四、孫星衍寰宇訪碑録一。

【西涼州】唐代曲調名。唐莊嚴寺僧段善本製，即道調涼州，亦稱新涼州，爲唐琵琶曲中第一藝。見明胡震亨唐音癸籤十四琵琶曲。

【西涼樂】古樂部名。自北周隋已來，管絃雜曲將數百曲，多用西涼樂。鼓舞曲多用龜兹樂。西涼樂者，起於前秦之末，吕光沮渠蒙遜等據涼州，合中國舊樂與少數民族樂調爲之。後魏拓跋燾（太武帝）平河西得之，列爲九部樂的一部。見隋書音樂志下、舊唐書音樂志二。

【西域記】即大唐西域記。見該條。

【西陵氏】黄帝時氏族名。古史傳説，黄帝娶於西陵氏，是爲累祖（亦作嫘祖）。始教民養蠶治絲，後因以爲先蠶之神。見史記五帝紀。

【西陵峽】長江三峽之一。又名巴峽。在湖北省，西起巴東縣官渡口，東至宜昌縣南津關。水經注三四江水二："江水又東逕西陵峽，……山水紆曲，而兩岸高山重障，非日中夜半不見日月。"參見"三峽"。

【西崑體】北宋初，楊億劉筠錢惟演等諸人以所作倡和之詩，編爲一卷，名西崑酬唱集。其詩大抵宗奉唐李商隱、温庭筠，追求詞藻，好用典故，文字綺麗，而語意輕淺，一時慕之，號西崑體。亦簡稱崑體。宋歐陽修六一詩話："蓋自楊劉倡和，西崑集行，後進學者争效之，風雅一變，謂之崑體。"金元好問遺山集十一論詩絶句之十二："望帝春心託杜鵑，佳人錦瑟怨華年。詩家總愛西崑好，獨恨無人作鄭箋。"

【西廂記】元代雜劇名。全名崔鶯鶯待月西廂記。王實甫撰。共五本二十一折。寫書生張珙與崔相國之女鶯鶯的愛情故事，表達了反對封建禮教的思想。西廂記故事原出唐元稹鶯鶯傳，自唐以來，在民間流行甚廣。北宋趙令畤作商調蝶戀花鼓子詞。金章宗時董解元作西廂記諸宫調，習稱董西廂。王作故事情節與董西廂大致相同，但結構緊湊，語言精煉，藝術性有顯著提高，爲我國戲劇優秀作品之一。

【西遊記】書名。1.元李志常撰長春真人西遊記的簡稱。長春真人邱處機應元太祖之命赴西域，從行弟子李志常誌往返經歷而成此書。述西域山川道里、水土風氣、衣服飲食、草木禽蟲等。2.元末明初楊訥所撰雜劇。共六本二十四折。寫民間流傳唐僧取經的故事，曲文質樸，多言神怪。3.明吴承恩作的神魔小説。一百回。敍唐僧赴西天取經，其弟子孫悟空於路上降伏妖魔，排除險阻之事。全書結構完整，主要人物個性生動，情節曲折，引人入勝。

【西番葵】植物名。莖如竹，葉似蜀葵而大，花色黄，子如蓖麻而扁。明清之間自域外傳入。參閲廣羣芳譜四六附録。

【西番蓮】花名。自域外傳入，又名西洋蓮、西洋菊。花色淡雅，自春之秋相繼不絶，亦花中佳品。春間將藤壓地，自生根，隔年鑿斷分栽。參閲明曹學佺蜀中廣記六一方物三草、清屈大均廣東新語二七草、廣羣芳譜三一荷花附。

【西溪集】宋沈遘撰，十卷。遘文温厚典重，詩亦清俊。與其弟遼、從弟括並稱吴興三沈。遼有雲巢編，括有長興集。合刊爲沈氏三先生集。

【西塞山】山名。1.在浙江吴興縣西南。全唐詩三〇八張志和漁父歌："西塞山前白鷺飛，桃花流水鱖魚肥。"注："西吴記云：湖州磁湖鎮道士磯，即志和所謂西塞山前也。"2.在湖北大冶縣東。水經注三五江水三："(黄石)山連延江側，東山偏高，謂之西塞。"唐韋應物韋江州集八西塞山詩："勢從千里奔，直入江中斷。"即此。

【西塘集】宋鄭俠撰。原有二十卷，明葉向高删爲奏疏雜文八卷，詩一卷，又附本傳諡議之類爲一卷，共十卷。俠反對新法，屢忤當局意，以直聲著名當時。清王士禛稱其文似石介，而無怒張叫呶之習，古詩在白居易、孟郊之間。

【西漢水】水名，在甘肅省南部。南源出天水縣嶓子山，北源出天水縣長板梁子，兩源滙合後稱西漢水，又稱犀牛江。東流入陝西略陽縣爲嘉陵江。水經注二十漾水："漢水又南入嘉陵道而爲嘉陵水。"即指西漢水。

【西臺集】宋畢仲游撰。仲游，字夷仲。進士第，曾奉使契丹。徽宗時官至吏部郎中，以名入黨籍，不得意而終。其文雄偉博辨，切中情理，爲蘇軾所器重。原集久佚，清修四庫全書館臣從永樂大典録出，依郡齋讀書志訂爲二十卷。

【西樓記】傳奇名。清袁于令撰。記于叔夜與妓女穆素薇離合事。于令，清初吴縣人，諸生。字令昭，號籜庵。所撰傳記頗多，如金鎖記、長生樂、玉麟符等，獨以此負當時盛名。見清宋犖筠廊偶筆上。

【西樵山】在廣東南海縣西南。山多巖洞瀑布，有七十二峯、二十四泉。舊有"桂林山水甲天下，南粤名山數二樵"之説。二樵謂西樵山與東樵山(羅浮山)。參閲讀史方輿紀要一〇一廣州府、廣東通志一〇〇山川一。

【西魏書】清謝啟昆撰。二十四卷。魏收魏書以東魏爲正統而於西魏頗略，以孝武爲出帝，啟昆乃取孝武以下四帝事蹟，撰成此書，以補魏書之不足。所作諸考，亦可補魏書諸表的闕失。

【西巖集】書名。1.宋翁卷撰。一卷。卷字靈舒，永嘉四靈之一。葉適序其詩，稱爲"自吐性情，靡所依傍"。2.元張之翰撰。之翰曾知松江府事。著作甚富，詩清新右逸，文亦頗具唐宋舊格。松江府志載原集三十卷，四庫館臣從永樂大典采輯爲二十卷。

【西子捧心】舊時用以形容女子的病態美。也作"西施捧心"。莊子天運："故西施病心而矉(顰)其里，其里之醜人見而美之，歸亦捧心而矉其里。其里之富人見之，堅閉門而不出，貧人見之，挈妻子而去之走。"五代晉李瀚蒙求上："西施捧心，孫壽折腰。"後謂西施捧心，愈見增妍；東施效顰，更形其醜，本此。

【西山文集】宋真德秀撰，五十五卷。德秀崇朱熹之學，所撰文章正宗，持論嚴刻。今集中文字，往往不能盡如所言，釋老之見，亦時時有之。

【西王母桃】又名王母桃。㊀神話中的仙桃。舊題漢班固漢武帝内傳："以盤盛桃七枚，大如鴨子，形圓色青，以呈(西)王母。……母曰：此桃三千歲一生實耳。"㊁即冬桃。北魏楊衒之洛陽伽藍記一："景陽山南有百果園。……又有僊人桃，其色赤，表裏照徹，得霜乃熟。亦出崑崙山，一曰王母桃也。"唐段成式酉陽雜俎續集十："王母桃，洛陽華林園内有之。十月始熟，形如括蔞。俗語曰：'王母甘桃，食之解勞。'亦名西王母桃。"

【西牛貨洲】佛經所説的四大部洲之一，在須彌山西。形如半月。多牛，以牛爲貿易的貨幣。牛貨，梵語作瞿耶尼。見翻譯名義集三世界。也作"西牛賀洲"。西遊記一："世界之間遂分爲四大部洲：曰東勝神洲，曰西牛賀洲，曰南贍部洲，曰北鉅蘆洲。"

【西州寒食】古西域的時節。宋史四九〇外國傳高昌國："高昌即西州也。……用開元七年曆，以三月九日爲寒食，餘二社、冬至亦然。"

【西沙羣島】我國南海四大島羣之一。在海南島東南。南海古稱七洲洋，宋元以來，謂在七洲洋中有萬里石塘，波流甚急，航船必遠避而行，即此地。見明顧玠海槎餘録。又曰長沙石塘。見清陳綸海國聞見録。明王佐瓊臺外記："(萬)州東長沙、石塘、環海之地，每遇鐵颶挾潮，漫屋渰田，則利害中于民矣。"石塘，即今西沙羣島。

【西河之痛】史記六七仲尼弟子傳："孔子既没，子夏居西河教授，爲魏文侯師。其子死，哭之失明。"後因謂喪子之痛曰西河之痛。

【西河文集】清毛奇齡撰，一百七十九卷。其中詩詞六十卷。後其門人子姪編有西河合集，多至四百七十八卷。奇齡博覽載籍，闡發經義，才氣横出。爲文縱横博辨，詩詞亦自成一家。平生自視甚高，性好罵人，於學無所不涉，援引既廣，又不細心檢覆，舛誤亦時有之。

【西泠十子】指清初錢塘十詩人。陸圻麗京，柴紹炳虎臣，孫治宇台，陳廷會際叔，張綱孫祖望(即張丹)，毛先舒稚黄，丁澎藥園，沈謙去矜，吴百朋錦雯，虞黄昊景明。

【西京雜記】舊題漢劉歆撰，六卷。隋書經籍志注謂晉葛洪撰。宋黄伯思東觀餘論則謂書中事皆劉歆所説，葛洪采之，未知所據。書中所記皆西漢遺文軼事，與漢書往往稍有差異，亦間雜怪誕之傳説異聞。採輯既富，後人詩文多取爲典故。

【西府海棠】海棠之一種。春季開紅花，至秋結實，名海紅，大如山樝，皮紅味酸，俗稱海棠果。明王世懋學圃雜疏："海棠品類甚多，……就中西府最佳。而西府之名紫綿者尤佳，以其色重而瓣多也。"

【西受降城】古城名。故址在今内蒙古自治區杭錦後旗烏加河北岸。唐中宗時，朔方總管張仁愿築。開元初爲河所壞。張説又於城東别置新城。見元和郡縣志四關内道。參見"三受降城"。

【西烏夜飛】樂府歌名。樂府詩集四九清商曲辭西曲歌下："古今樂録曰：西烏夜飛者，宋元徽五年荆州刺史沈攸之所作也。攸之舉兵發荆州東下，未敗之前，思歸京師，所以歌和云：'白日落西山，還去來。'送聲云：'折翅烏，飛何處？被彈歸。'"

【西清古鑑】清乾隆十四年梁詩正等奉敕撰。四十卷。著録當時宫中所藏古代銅器一千五百二十九件，按器爲圖，説明形制，按考古博古諸圖體例，辨釋款識，大體精審。但其中僞器，未能考定者，數亦不少。另附録錢録十六卷。

【西溪易説】宋李過撰。十二卷。前有序説一卷。次銓釋經文，但缺繫辭以下。

今本又佚去自序一篇，闕文亦多，然尚可見其獨造之處。

【西溪叢語】宋姚寬撰。三卷。共二百六十三條，皆考證舊文之同異及其譌誤之處，雖不免疎舛，而可采者多。明毛晉刻入津逮祕書，校讎未精。清黃廷鑑合稗海本略加訂正，並爲之跋。

【西華葛帔】南朝梁任昉好獎掖士友，座上客恒數十，而身後蕭條，友朋莫恤。其子西華冬月猶著葛帔練裙，道逢平原劉孝標(峻)，爲作廣絕交論，以譏其舊交。見南史任昉傳。後因以"西華葛帔"指人情淡薄，交道不終。

【西漢年紀】宋王益之撰。三十卷。采集西漢事迹，廣徵博引，大體精審。

【西漢會要】宋徐天麟撰，七十卷。仿唐會要體例，據史記漢書所載典章制度等，以類相從，分門編載，便於隨時檢索。

【西域水道記】清徐松撰，五卷。松字星伯，大興人。嘉慶十年進士。以事戍伊犂，出關卽具開方小册，隨所至記其山川曲折。著成漢書西域傳補注、西域水道記。水道記首記羅布淖爾水，終記宰桑淖爾所受水，源委詳明，並自爲釋，以比酈道元之注水經。

【西域同文志】清乾隆二十八年，大學士傅恒等奉敕撰。共二十四卷。以貫通西域諸少數民族之語文爲主旨。分地、山、水、人四綱，首列滿文，次列漢字，詳註其名義，次列三合切音以取音聲，再列蒙古、西番、托忒、回四種文字與之對照。讀此可知滿蒙藏文的大概。

【西崑酬唱集】宋楊億編。二卷。錄楊億、劉筠等十七人倡和詩。時億官兩禁，諸人多預纂册府元龜在祕閣，故取玉山册府之義，名曰西崑酬唱集。參見"西崑體"。

【西湖遊覽志】明田汝成撰。二十四卷。以杭州西湖名勝爲綱，記其山川形勢，創置沿革及民間傳說等頗詳，體例在地志與雜史之間。汝成，明錢塘人，嘉靖五年進士。後又作西湖遊覽志餘二十六卷，兼記南宋時杭州軼聞。

【西域三十六國】西漢時西域諸國的概稱。漢書九六上西域傳："西域以孝武時始通。本三十六國，其後稍分至五十餘，皆在匈奴之西、烏孫之南。"三十六國爲：

婼羌	皮山	桃槐	尉犂
樓蘭	烏秅	休循	危須
且末	西夜	捐毒	焉耆
小宛	子合	莎車	姑師
精絕	蒲犂	疏勒	墨山
戎盧	依耐	尉頭	劫
扜彌	無雷	姑墨	狐胡
渠勒	難兜	温宿	渠犂
于闐	大宛	龜兹	烏壘

見清徐松漢書西域傳補注上。

三畫

要 1. yāo ㄧㄠ 於霄切，平，宵韻，影。

㊀"腰"本字。腰，古皆作"要"。墨子兼愛中："楚靈王好士細要。"引申爲中樞之義。素問天元紀大論："至數之要，願盡聞之。"注："要，樞紐也。"㊁約，結，要束。論語憲問："見利思義，見危授命，久要不忘平生之言。"注："久要，舊約也。"國語魯下："夫盟，信之要也。"注："要，猶結也。"史記一二九貨殖傳："然地亦窮險，唯京師要其道。"正義："言要束其路也。"㊂强迫，要挾。公羊傳莊十三年："要盟可犯。"注："臣約其君曰要。彊見要脅而盟爾，故云可犯。"㊃求，取。通"徼"。孟子告子上："今之人修其天爵以要人爵。"注："要，求也。"㊄攔截，遮留。通"邀"。孟子萬章上："孔子不悅於魯衛，遭宋桓司馬，將要而殺之。"晉陶潛陶淵明集六桃花源記："便要還家，設酒殺雞作食。"㊅察劾。周禮秋官鄉士："辨其獄訟，異其死刑之罪而要之。"書康誥："要囚。"疏："要察囚情，得其要辭，以斷其獄。"㊆會。禮樂記："行其綴兆，要其節奏，行列得正焉，進退得齊焉。"注："要，猶會也。"㊇姓。春秋吳有要離。漢有河南令要競。見通志二八氏族四吳人名。

2. yào ㄧㄠ 於笑切，去，笑韻，影。

㊈要點，綱要。韓非子揚權："事在四方，要在中央。聖人執要，四方來效。"唐韓愈昌黎集十二進學解："記事者必提其要，纂言者必鈎其玄。"也指重要，切要。孝經："先王有至德要道。"㊉總，總要。史記高祖功臣侯者年表："帝王者各殊禮而異務，要以成功爲統紀。"漢桓寬鹽鐵論相刺："詩書負笈，不爲有道。要在安國家，利人民，不苟繁文衆辭而已。"⑪簿書，會計。周禮夏官大司馬："受其要，以待攷而賞誅。"注："要者，簿書也。"參見"要會㊀"。⑫須要，需要。宋徐鉉徐公文集五柳枝詞之八："天子偏教詞客賦，宮中要唱洞簫詞。"京本通俗小說菩薩蠻："你做一篇詞，要見你本身故事。"⑬想要，希望。清朱駿聲說文通訓定聲："要，後人謂欲曰要。"⑭若，要是。紅樓夢六："嬸子要不借，我父親又說我不會說話了。"

3. yǎo ㄧㄠ 烏皎切，上，篠韻，影。

⑮同"騕"。見"要₃褭"。

【要₂人】顯要人物。宋書顏延之傳："子竣既貴重，權傾一朝……常語竣曰：'平生不喜見要人，今不幸見汝。'"北齊書王晞傳："帝欲以晞爲侍中，苦辭不受，或勸晞勿自疏。晞曰：'我少年以來，閱要人多矣，充詘少時，鮮不敗績。'"

【要₂月】謂農時重要的月令。北史蘇綽傳："夫百畝之田，必春耕之，夏種之，秋收之，然後冬食之。此三時者，農之要月也。若失其一時，則穀不可得而食。"

【要功】邀功，求取功名。漢書七九馮奉世傳："卽封奉世，開後奉使者利以奉世爲比，争逐發兵，要功萬里之外，爲國家生事於夷狄，漸不可長，奉世不宜受封。"後漢書二三竇融傳："智者不危衆以舉事，仁者不違義以要功。"

【要₂目】謂統計綱目。隋書劉炫傳："古人委任責成，歲終考其殿最，案不重校，文不繁悉，府史之任，掌要目而已。"今指重要綱目。

【要囚】審察囚犯的獄辭。書康誥："要囚，服念五六日至于旬時，丕蔽要囚。"傳："要囚，謂察其要辭以斷獄。……言必反覆思念，重刑之至也。"

【要₂地】㊀險要之地。後漢書七十荀彧傳說曹操："將軍本以兗州首事，故能平定山東。此實天下之要地，而將軍之關河也。"㊁樞要的地位。新唐書九六房玄齡傳贊："玄齡身處要地，不吝權，善始以終，此其成令名者。"

【要言】約，約言。左傳僖二八年："王子虎盟諸侯于王庭，要言曰：'皆奬王室，無相害也，有渝此盟，明神殛之！'"又定四年："實與隨人要言。"

【要₂言】㊀至言，至理名言。戰國策衛："此三言者，皆要言也。然而不免爲笑者，蚤晚之時失也。"注："雖要指，非新婦所宜言也。"按鮑彪本作"至言"。文選三國魏吳季重(質)答東阿王書："鑽仲父之遺訓，覽老氏之要言。"㊁扼要之語。見"要言不煩"。

【要求】㊀猶要結。楚辭漢嚴忌哀時命："下垂釣於谿谷兮，上要求於僊者。"注："上則要結僊人，從之受道也。求一作結。"㊁提出願望，祈請或責成。晉書涼武昭王傳誡諸子令："經涉累朝，通否任時，初不役智，有所要求。"清詩別裁五李天馥明景帝廢陵："膚心絕要求，塞外歸重瞳。"

【要束】約束。漢書高帝紀上："且吾所以軍霸上，待諸侯至而定要束耳。"注："要亦約。"史記高祖紀作"約束"。

【要君】要挾君主。論語憲問："臧武仲以防求爲後於魯；雖曰不要君，吾不信也。"

【要利】要求利祿。吕氏春秋愛類："非以要利也，以民爲務故也。"注："要，徼也。"後漢書五九張衡傳應閒："且學非以要利，而富貴萃之。"

【要₂删】删取大旨。史記十二諸侯年表序："表見春秋國語學者所譏盛衰大指，著于篇，爲成學治古文者要删焉。"索隱："言表見春秋國語，本爲成學之人欲覽其要，故删爲此篇焉。"

【要₂近】顯要而接近天子。初學記二十南朝梁沈約奏彈孔稚珪違制啓假事："歷奉朝班，頻登要近。"新唐書一二七張嘉貞傳："兄弟要近，人頗憚媢。"

【要₂妙】精要微妙。老子："不貴其師，不愛其資，雖智，大迷。是謂要妙。"漢河上公章句："能通此意，是謂知微妙要道也。"漢桓寬鹽鐵論散不足："無要妙之音，變羽之轉。"參見"要₂眇"。

【要幸】徼取寵幸。晏子春秋問下："不庶幾，不要幸。"後漢書六十下蔡邕傳釋晦："壽王創基於格五，東方要幸於談優。"注："東方朔以善談笑俳優得幸。"

【要服】古代稱離王城一千五百里至二千里的地區。書禹貢："五百里要服。"傳："綏服外之五百里，要束以文教。"國語周上："夷蠻要服。"注："要者，要結好信而服從也。"參見"五服㊀"、"九服㊀"。

【要₂津】㊀津要，重要的津渡。全唐詩五五八薛能閒居新雪："正色凝高嶺，隨流助要津。"㊁喻顯要的職位。文選古詩十九首之四："何不策高足，先據要路津？"唐杜甫杜工部草堂詩箋四麗人行："簫鼓哀吟感鬼神，賓從雜遝實要津。"

【要₂指】主要的意義。史記太史公自序："太史公(司馬談)仕於建元元封之間，愍學者之不達其意而師悖，乃論六家之要指。"

【要₂眇】㊀美好貌。楚辭屈原九歌湘君："美要眇兮宜脩，沛吾乘兮桂舟。"注："要眇，好貌。"眇，一作"妙"。㊁精微貌。楚辭屈原遠遊："質銷鑠以汋約兮，神要眇以淫放。"補注："眇與妙同。要眇，精微貌。"

【要約】㊀猶約束。史記七八春申君傳："(黃)歇乃上書說秦昭王曰：'……王之地一經兩海，要約天下，是燕趙無齊楚，齊楚無燕趙也。'"㊁盟約。史記六九蘇秦傳："要約曰：'秦攻楚，齊魏各出銳師以佐之。'"

【要₂約】㊀精練。南朝梁劉勰文心雕龍七情采："故爲情者要約而寫真，爲文者淫麗而煩亂。"㊁猶要略、綱領。宋朱熹近思錄三："學者先須讀語孟。窮得語孟，自有要約處，以此觀他經，甚省力。"

【要₂害】㊀關係全局的重要地點或關係決策的機要。史記秦始皇紀賈誼論："良將勁弩守要害之處。"漢書四九鼂錯傳上書："要害之處，通川之道，調立城邑，毋下千家。"世說新語品藻："(顧劭)問(龐統)曰：'聞子名知人，吾與足下孰愈？'曰：'……論王霸之餘策，覽倚伏之要害，吾似有一日之長。'"㊁人體中易致命的部位。後漢書十五來歙傳遺表："臣夜人定後，爲何人所賊傷，中臣要害。"

【要荒】要，要服；荒，荒服。古稱離王城外極遠的地方。文選漢揚子雲(雄)劇秦美新："侯衞厲揭，要荒濯沐。"後漢書四十下班固傳典引："卓犖乎方州，羨溢乎要荒。"

【要₂務】要緊的事務。史記九九叔孫通傳："叔孫生誠聖人也，知當世之要務。"漢何休公羊傳序："孔子有云：'吾志在春秋，行在孝經。'此二學者，聖人之極致，治世之要務也。"

【要₂徑】要道。三國志吴孫靜傳："查瀆南去此數十里，而道之要徑也。"

【要斬】腰斬。古代的酷刑。漢書三五吴王濞傳："敢有議詔及不如詔者，皆要斬。"

【要₂略】大略，概略。淮南子有要略篇，題注："凡鴻烈之書二十篇，略數其要，明其所指，序其微妙，論其大體。"南史竟陵王子良傳："依皇覽例，爲四部要略千卷。"

【要₂術】切要的方法和策略。荀子議兵："上得天時，下得地利，觀敵之變動，後之發，先之至，此用兵之要術也。"此言戰術。後漢書八二上段翳傳："又有一生來學，積年，自謂略究要術，辭歸鄉里。"此言方術。晉書食貨志："大謀天下之利害，將定經國之要術。"此言大政方針。

【要₂紹】㊀曲貌。文選漢王文考(延壽)魯靈光殿賦："層櫨磥垝以岌峩，曲枅要紹而環句。"㊁形容姿態美麗。同"僄紹"。文選漢張平子(衡)西京賦："要紹脩態，麗服颺菁。"三國吴薛綜注："要紹，謂娟嬋作姿容也。"參見"僄紹"。

【要₂道】重要的道理。孝經開宗明義章："先王有至德要道以順天下。"宋書樂志三古詞善哉行來日："淮南八公，要道不煩。"

【要結】邀約，連結。左傳文元年："踐修舊好，要結外援。"後漢書五八蓋勳傳："時左將軍皇甫嵩精兵三萬屯扶風，勳密相要結，將以討(董)卓。"

【要絰】古喪服，束於腰間的麻帶。儀禮喪服"苴絰杖絞帶"注："麻在首在要皆曰絰……首絰象緇布冠之缺項，要絰象大帶。"公羊傳宣元年："閔子要絰而服事。"

【要₂塞】形勢險要設防要地。禮月令孟冬之月："備邊竟，完要塞。"注："要塞，邊城要害處也。"尉繚子攻權："津梁未發，要塞未修，城險未設，渠答未張，則雖有城無守矣。"

【要盟】要挾以結盟，强迫訂立的盟約。左傳襄九年："且要盟無質，神弗臨也。"公羊傳莊十三年："要盟可犯，而桓公不欺。"注："臣約其君曰要。彊見要脅而盟爾，故云可犯。"

【要₂路】㊀主要通道。北史李崇傳："村置一樓，樓懸一鼓。盜發之處，雙槌亂擊。四面諸村聞鼓，皆守要路。"㊁喻顯要的地位。文選古詩十九首之四："何不策高足，先據要路津？"新唐書九九崔湜傳："丈夫當先據要路以制人，豈能默默受制於人哉？"

【要₂會】㊀會計的簿書。周禮天官小宰："聽出入以要會。"注："要會，謂計最之簿書。月計曰要，歲計曰會。"孫詒讓正義："一月之計少，舉其凡要而已，故謂之要。一歲之計多，則總聚攷校，故謂之會也。"㊁起通道作用的要地。後漢書十七岑彭傳："自引兵還屯津鄉，當荆州要會。"注："東觀記曰：津鄉當荆揚之咽喉。"㊂要領體會。北齊顏之推顏氏家訓勉學："以外率多田野閒人，音辭鄙陋，風操蚩拙，……責其指歸，或無要會。"

【要節】㊀合節，合於禮儀升降之節。儀禮士喪禮："君要節而踊，主人從踊。"孫詒讓正義："要節而踊，謂會遇當踊之節而踊也。"㊁立節。荀子禮論："孰知夫出死要節之所以養生也？"注："要節，自要約以節義，謂立節也。"

【要嫋】形容舞姿柔美。楚辭漢王逸九思傷時："聲噭誂兮清和，音晏衍兮要嫋。"宋洪興祖補注："說文：'嫋，曲肩貌。'方言：'嫋，遊也，江沅之間謂戲爲嫿。'"

【要遮】攔截，阻留。淮南子兵略："獵者逐禽，車馳人趨，各盡其力。無刑罰之威，而相爲斥闉要遮者，同所利也。"

【要誓】誓約。後漢書十九耿秉傳："遠斥候，明要誓。有警，軍陳(陣)立成，士卒皆樂爲死。"三國志魏鄭渾傳："發民逐賊，明賞罰，與要誓，其所得獲，十以七賞。"

【要₂鬧】形容市街的繁華熱鬧。唐韓愈昌黎集外集七順宗實録二："(貞元末)置白望數百人於兩市並要鬧坊，閲人所賣物，但稱宫市，卽斂手付與，真僞不復可辨。"宋孟元老東京夢華録三馬行街鋪席："夜市直至三更盡，纔五更又復開張。如要鬧去處，通曉不絕。"

【要₂緊】重要，當緊。水滸七四："大哥休怪，正是要緊的日子，先説得明白最好。"元曲選缺名盆兒鬼一："你性命要緊，財物要緊？你不與我，我就殺了你。"

【要領】㈠要，腰；領，頸。禮檀弓下："是全要領以從先大夫於九京也。"注："全要領者，免於刑誅也。"疏："古者罪重要斬，罪輕頸刑也。"㈡也作"腰領"。後漢書五七李雲傳陳蕃諫疏："昔高祖忍周昌不諱之諫，成帝赦朱雲腰領之誅，今日殺雲，臣恐剖心之譏復議於世矣。"喻事物的重點、關鍵、主要情況。史記一二三大宛傳："(張)騫從月氏至大夏，竟不能得月氏要領。"集解引漢書音義曰："要領，要契。"要，今也讀作 yào。

【要₂樞】地處要衝的交通樞紐。唐韋應物韋江州集六經函谷關詩："萬古爲要樞，往來何時息？"

【要₂劇】謂重要而事繁的職位。文苑英華四〇三唐孫逖授孟温太子賓客等制："或累登要劇，聲謡風著。"新唐書一七四李逢吉傳："其黨有……八人，而傅會者又八人，皆任要劇，故號'八關十六子'。"

【要質】約束，要約。國語楚下："夫人作享，家爲巫史，無有要質，民匱于祀，而不知其福。"後漢書八六南蠻西南夷傳："其在唐虞，與之要質，故曰要服。"

【要₂衝】交通緊要之地。後漢書五八傅燮傳："今涼州天下要衝，國家藩衛。"唐李白李太白集二七秋日於太原南柵餞陽曲王贊公……應舉赴上都序："天王三京，北都居一，……襟四塞之要衝，控五原之都邑。"

【要₃褭】一作"騕褭"。駿馬名。呂氏春秋離俗："飛兔、要褭，古之駿馬也。"注："飛兔、要褭，皆馬名也，日行萬里。"淮南子原道："馳要褭，建翠蓋。"

【要擊】遨擊，截擊。左傳襄三年："以侵吳，吳人要而擊之。"漢書九四上匈奴傳："匈奴使右大都尉與衛律將五千騎要擊漢軍於夫羊句山狹。"

【要₂職】重要的職務。三國志蜀楊洪傳："時人或疑洪意自欲作長史，或疑洪知(張)裔自嫌，不願裔處要職，典後事也。"新唐書一二四姚崇傳："先天末，宰相至十七人，臺省要職不可數。"

【要離】人名，春秋時刺客。吳公子光既弒王僚，又謀殺王子慶忌。要離獻謀，先使吳斷其右手，殺其妻子，然後詐以負罪出奔，見慶忌於衛。慶忌喜，與之謀奪吳國。至吳地，渡江，要離於中流刺中慶忌要害，慶忌釋之，令還吳。要離渡至江陵，亦伏劍自盡。事見吳越春秋闔閭內傳。

【要譽】求取名譽。孟子公孫丑上："非所以要譽於鄉黨朋友也。"

【要₂言不煩】説話簡明扼要。三國志魏管輅傳"常譚者見不譚"注引管輅別傳："輅爲何晏所請……時鄧颺與晏共坐，颺言：'君見謂善易，而語初不及易中辭義，何故也？'輅尋聲答之曰：'夫善易者不論易也。'晏含笑而讚之：'可謂要言不煩也。'"

五 畫

覂 1. fěng 方勇切，上，腫韻，幫。ㄈㄥˇ

㈠翻覆。説文："覂，反覆也。从襾，乏聲。"見"覂駕"。

2. fá ㄈㄚˊ

㈠缺少。通"乏"。新唐書一一八宋務光傳："公私覂竭，戶口減耗。"又一五四李晟傳："時敖庮覂覂。"

【覂駕】覆駕，猶言不受駕馭。唐孔穎達禮記正義序："猶襄陵之浸，修隄防以制之；覂駕之馬，設銜策以驅之。"也作"泛駕"。見"泛₂駕"。

六 畫

覃 1. tán 徒含切，平，覃韻，定。ㄊㄢˊ

㈠長，延，及。詩周南葛覃："葛之覃兮，施于中谷。"箋："覃，延也。"疏："言葛之漸長，稍稍延蔓兮而移於谷中。"又大雅蕩："內奰于中國，覃及鬼方。"疏："延及中國之外，至於鬼方之遠。"㈡深沈。見"覃思"。㈢姓。通志二六氏族二以國爲氏："本譚，或去言爲覃。梁有東寧州刺史覃無克。又音尋，今嶺南多此姓焉。"此字姓讀有 tán、qín 二音。

2. yǎn 音韻闕微 矣斂切，上，琰韻，喻。ㄧㄢˇ

㈣鋒利。通"剡"。詩小雅大田："以我覃耜，俶載南畝。"朱熹注："覃，利。音剡。"

【覃思】深思。漢書一〇〇下敘傳："輟而覃思，草法纂玄。"法，法言；玄，太玄。後漢書三五鄭玄傳戒子書："今我告爾以老，歸爾以事，將閑居以安性，覃思以終業。"

【覃恩】廣施恩惠。多指帝王普行封賞或赦免。文苑英華八九七唐權德輿故中散大夫……武公神道碑："朝典覃恩，贈公杭州刺史。"宋司馬光温國公集二四論覃恩劄子："伏望朝廷豫先明降指揮，言今歲所行明堂之禮，更不覃恩轉官，使中外咸知，以絕徼幸者之望。"

【覃懷】地名。在河南武陟縣，舊懷慶府地。書禹貢："覃懷底績，至於衡漳。"傳："覃懷，近河地名。"疏："河內郡有懷縣，在河之北。蓋覃懷二字共爲一地，故云近河地名。"

十二畫

覆 fù ㄈㄨˋ 芳福切，入，屋韻，滂。敷救切，去，宥韻，滂。匹北切，入，德韻，滂。

㈠翻，傾倒。易鼎："鼎折足，覆公餗。"荀子宥坐："吾聞宥坐之器者，虛則攲，中則正，滿則覆。"㈡敗壞，覆滅。左傳隱元年："吾子孫其覆亡之不暇，而況能禋祀許乎？"孫子九變："覆軍殺將，必以五危，不可不察也。"㈢反，顛倒。詩大雅瞻卬："此宜無罪，女反收之；彼宜有罪，女覆説之。"左傳僖二四年："沐則心覆，心覆則圖反。"㈣遮蓋，掩蔽。詩大雅生民："誕寘之寒冰，鳥覆翼之。"禮中庸："博厚所以載物也，高明所以覆物也。"㈤埋伏。亦謂伏兵。左傳隱九年："君爲三覆以待之，戎輕而不整……進而遇覆必速奔。"注："覆，伏兵也。"㈥審察。周禮考工記弓人："覆之而角至，謂之句弓。"漢書七五李尋傳對問："臣自知所言害身，不辟死亡之誅，唯財留神，反覆覆愚臣之言。"注："財與裁同，謂裁量而反思之。"此指下"覆"字。㈦回，返。如覆信，覆命。通"復"。漢書五十馮唐傳："賞賜決於外，不從中覆也。"注："覆謂覆白之也。"

【覆手】㈠手背向上，掌向下爲覆手。儀禮鄉射禮："下射進坐，橫弓覆手。"疏：

"用左手執弓，覆右手取矢。"㊁反覆其手。亦云反覆手、翻覆手。喻事之易辦。史記九七陸賈傳："(漢)使一偏將將十萬衆臨越，則越殺王降漢，如反覆手耳。"後漢書六五皇甫規傳對問："今興改善政，易於覆手，而羣臣杜口，……莫敢正言。"唐杜甫杜工部草堂詩箋七貧交行："翻手作雲覆手雨，紛紛輕薄何須數？"今以翻雲覆雨喻反覆無常。㊂古禮，飯畢覆手拭口。禮玉藻："君未覆手，不敢飧。"疏："謂食飽必覆手以循口邊，恐有殺粒污著之也。"

【覆考】再加核實。漢王充論衡齊世："郡將撾殺非辜，事至覆考，(孟)英引罪自予。"後漢書四五袁安傳："楚王英謀爲逆，事下郡覆考。"

【覆舟】㊀覆查舟船有無罅漏。禮月令季春之月："命舟牧覆舟，五覆五反，乃告舟備具于天子焉。"㊁翻没的船，使船翻没。韓非子安危："奔車之上無仲尼，覆舟之下無伯夷。"孔子家語儀解："水所以載舟，亦所以覆舟。"

【覆没】㊀船翻而沈没。三國志魏杜畿傳："尚書僕射杜畿於孟津試船，遂至覆没。"㊁謂軍隊全數潰滅。文選三國魏陳孔璋(琳)檄吳將校部曲文："勿朝陽之安，甘折苕之末，日忘一日，以至覆没。"

【覆車】㊀翻車。周禮考工記輈人："既克其登，其覆車也必易。"史記七一甘茂傳："禽困覆車。"集解："譬禽獸得困急，猶能抵觸傾覆人車。"㊁覆車之戒。喻失敗的教訓。漢書四八賈誼傳陳政事疏："(鄙諺)又曰：'前車覆，後車誡。'"後漢書六六陳蕃傳上疏："明鑒未遠，覆車如昨，而近習之權，復相扇結。"㊂捕鳥的器具。爾雅釋器："罦，覆車也。"注："今之翻車也。有兩轅，中施罥以捕鳥，展轉相解。"疏："翻車，小罔捕鳥者。"

【覆宗】没滅宗族。書五子之歌："荒墜厥緒，覆宗絶祀。"國語晉八："欒書實覆宗。"注："覆，敗也。宗，大宗也。"

【覆育】天地的庇護化育。禮樂記："天地訢合，陰陽相得，煦嫗覆育萬物。"也指父兄的保護教養。漢書八五谷永傳與王鳳書："將軍説其狂言，擢之皁衣之吏，廁之争臣之末，……察父悊兄，覆育子弟，誠無以加。"

【覆盂】覆置之盂。喻局面穩定。漢書六五東方朔傳答客難："聖帝流德，天下震慴，諸侯賓服，連四海之外以爲帶，安於覆盂。"注："言不可動摇。"

【覆逆】測度，預料。戰國策秦二："計聽知覆逆者，唯王可也。"注："覆謂反覆，逆謂逆料。"文選晉夏侯孝若(湛)東方朔畫贊："周給敏捷之辯，支離覆逆之數。"唐呂延濟注："覆謂射覆，逆謂逆刺，豫知前事也。"

【覆奏】詳審事情，重行上奏。舊唐書太宗紀下貞觀五年："初令天下決死刑必三覆奏，在京諸司五覆奏。"

【覆按】反覆按驗。也作"覆案"。史記梁孝王世家："乃遣使，冠蓋相望於道，覆按梁。"亦謂審察。史記八七李斯傳："使者覆案三川相屬，誚讓斯居三公位，如何令盜如此。"漢書元帝紀建昭五年詔："今不良之吏覆案小罪，徵召證案，興不急之事，以妨百姓。"

【覆冒】蒙蓋掩蔽。漢書八五谷永傳："黃濁四塞，覆冒京師。"後漢書三六陳元傳："左氏孤學少與，遂爲異家之所覆冒。"引申爲誣陷。漢王符潛夫論述赦："淑人君子爲讒佞利口所加誣覆冒。"列女傳六齊威虞姬："既陷難中，有司受賄，聽用邪人，卒見覆冒，不能自明。"

【覆盆】覆置的盆。漢王充論衡説日："視天若覆盆之狀，故視日上下然似若出入地中矣。"抱朴子辨問："日月有所不照，聖人有所不知……是責三光不照覆盆之内也。"亦喻黑暗籠罩，沉冤莫白。唐李白李太白詩十二贈宣城趙太守悦："願借羲皇景，爲人照覆盆。"明張居正張文忠集書牘十三答應天張按院："辱示運官被劾事，頃蘇松按院已直將本官論劾，若不得大疏存此説，則覆盆之冤誰與雪之？"

【覆訊】再行審問。史記八七李斯傳："趙高使其客十餘輩詐爲御史、謁者、侍中，更往覆訊斯。"

【覆被】遮蓋。喻恩澤庇蔭。漢班固白虎通禮樂："先王惟行道德，和調陰陽，覆被夷狄。"後漢書二五魯恭傳："祥風時雨，覆被遠方。"

【覆校】重行校訂。晉荀勖荀公曾集讓樂事表："今覆校錯誤，十萬餘卷書。"唐柳宗元柳先生集八段太尉逸事狀："得太尉遺事，覆校無疑。"

【覆逴】查勘，檢察。晉令成帝元年四月詔："火節度七條云：火發之日，詣火所赴救。御史蘭臺令史覆逴，有不以法隨事録坐。"又云："交互逴覆，有犯禁者，依制罰之。"覆逴，唐時謂"覆拆"。見顔師古匡謬正俗六拆。

【覆瓿】㊀喻没有多大價值的著作。同"覆瓿"。梁書伏挺傳與徐勉書："揚生沈鬱，且猶覆瓿。惠子五車，彌多踳駮。"參見"覆瓿"。㊁漢長安城門名。三輔黃圖都城十二門："長安城，南出東頭第一門曰覆盎門。"

【覆釜】古九河之一。在今河北河間縣西南，滄縣東北。釜，一作"鬴"。書禹貢"九河既道"疏："覆釜水中多渚，往往而處形如覆釜，……在東光之北，成平之南。"參閲讀史方輿紀要十三直隸四慶雲縣、清蔣廷錫尚書地理今釋九河。

【覆笭】車簾。亦作覆軨、覆苓。禮玉藻"君羔幦虎犆"漢鄭玄注："幦，覆苓也。犆謂緣也，此君齊車之飾。"周禮春官巾車"王之喪車五乘，木車，蒲蔽、犬榠"漢鄭玄注："犬榠，以犬皮爲覆笭。"

【覆瓿】漢書八七下揚雄傳贊："而鉅鹿侯芭常從雄居，受其太玄法言焉。劉歆亦嘗觀之，謂雄曰：'空自苦！今學者有祿利，然尚不能明易，又如玄何？吾恐後人用覆醬瓿也。'"後因以覆瓿作謙詞，喻自己的著作價值不高，只能用蓋醬罐。宋陸游劍南詩稿十七病起鏡中見白髮……偶得長句："覆瓿書成空自苦，擊轅歌罷遣誰聽？"

【覆掌】猶覆手、反掌，言成事之易。新唐書一七七李翱傳："武德貞觀不難及，太平可覆掌而致。"

【覆滅】傾覆滅亡。文選晉陸士衡(機)五等諸侯論："覆滅之禍豈在曩日？"

【覆溺】淹没。唐鄭綮開天傳信記："天寶中，上以三河道險束，漕運艱難，乃傍北山鑿石爲月河，以避湍急。……無覆溺淹滯之患，天下稱之。"

【覆意】再行臆斷。漢書八三朱博傳："掾史試與正監共撰前世決事吏議難知者數十事，持以問廷尉，得爲諸君覆意之。"注："如淳曰：但欲用意覆之，不近法律事故也。"

【覆試】考試的第二場試。後漢書六一黃瓊傳："又(左)雄前議，舉吏先試之於公府，又覆之於端門。後尚書張盛奏除此科，瓊復上言，覆試之作，將以澄洗清濁，覆實虚濫，不宜改革。"

【覆載】㊀天覆地載。謂庇養包容。禮中庸："天之所覆，地之所載。"文選三國魏陳孔璋(琳)檄吳將校部曲文："聖朝寬仁覆載，允信允文。"㊁天地的代稱。宋史樂志十三："揭名日月，侔德覆載。"

【覆蓋】遮蓋，掩蔽。文選戰國宋玉高唐賦："榛林鬱盛，葩華覆蓋。"史記曹相國世家："參見人之有細過，專掩匿覆蓋之。"

【覆墓】在墓上覆土。亦指省墓。唐白

居易長慶集十四答騎馬入空臺詩:"寂寞咸陽道,家人覆墓迴。"釋氏要覽下:"殯後三日,再往墓所,謂之覆墓。杜氏云:不戴禮經,但以孝子自遷奉後,追慕所親;又慮墳墓未完者覆之。"

【覆獄】覆核獄案。資治通鑑七秦始皇帝三四年:"謫治獄吏不直及覆獄故失者築長城及處南越地。"注:"覆獄者,奏當已成而覆按之也。"新五代史馬縞傳:"縞,明宗時嘗坐覆獄不當,貶綏州司馬。"

【覆墜】傾覆。莊子德充符:"雖天地覆墜,亦將不與之遺。"唐柳宗元柳先生集十九弔屈原文:"立而視其覆墜兮,又非先生之所志。"

【覆餗】鼎中食物傾出於外。易鼎:"鼎折足,覆公餗。"喻不勝任而敗事。後漢書五七謝弼傳上封事:"今之四公,唯司空劉寵斷斷守善,餘皆素餐致寇之人,必有折足覆餗之凶。"注:"餗,鼎實也。折足覆餗,言不勝其任。"

【覆橑】天花板。宋沈括夢溪筆談十九器用:"屋上覆橑,古人謂之綺井,亦曰藻井,又謂之覆海;今令文中謂之鬭八;吳人謂之罳頂。唯宮室祠觀爲之。"

【覆醢】禮檀弓上:"孔子哭子路於中庭。有人弔者,而夫子拜之。既哭,進使者而問故。使者曰:'醢之矣。'遂命覆醢。"謂孔子傷子路被醢於衞,不忍食其相似之物,故覆棄之。文選漢班孟堅(固)幽通賦:"遊聖門而靡救兮,雖覆醢其何補?"

【覆幬】猶言覆被。禮中庸:"辟如天地之無不持載,無不覆幬。"後漢書四三朱穆傳崇厚論:"故夫天不崇大則覆幬不廣,地不深厚則載物不博。"注:"幬亦覆。"一作"覆燾"。三國志魏高堂隆傳棧潛疏:"天生蒸民而樹之君,所以覆燾羣生,熙育兆庶。"

【覆檠】頭巾之類。方言四:"覆結(髻)謂之幘巾,或謂之承露,或謂之覆檠,皆趙魏之間通語也。"注:"今結籠是也。"

【覆簣】謂積小成大。論語子罕:"譬如平地,雖覆一簣,進,吾往也。"注:"雖始覆一簣,我不以其功少而薄之。"文選南齊王簡栖(屮)頭陀寺碑:"慨深覆簣,悲同棄井。"亦喻事業的開端。晉潘尼潘太常集贈滎陽太守吳子仲詩:"無謂敝邑陋,覆簣由茲起。"

【覆轍】翻車的輪跡。喻失敗的教訓。後漢書三六范升傳奏記:"馳騖覆車之轍,探湯敗事之後。"唐劉長卿劉隨州集六按覆後歸睦州贈苗侍御詩:"羊腸留覆轍,虎口脱餘生。"

【覆露】蔭庇,霑潤。國語晉六:"智子(荀罃)之道善矣,是先主(趙衰趙盾)覆露子也。"注:"露,潤也。"漢書六四上嚴助傳上書:"陛下垂德惠以覆露之,使元元之民安生樂業,則澤被萬世,傳之子孫,施之無窮。"

【覆舟山】山名。在江蘇南京市東北。原屬江寧縣。爲鍾山西足,以地形如覆舟而名。南朝宋元嘉中改名玄武山,置樂遊苑。參閱元和郡縣志二五上元縣。

【覆盆子】藥草名。子形似覆盆,故名。藤生。色烏赤,故俗名烏藨。五月子熟,故亦名大麥苺。見本草綱目十八草四。

【覆酒甕】猶覆瓿。喻無價值的著作。晉書左思傳:"陸機入洛,欲爲此(三都)賦。聞思作之,撫掌而笑,與弟雲書曰:'此間有傖父欲作三都賦。須其成,當以覆酒甕耳。'"

【覆水難收】喻事已成定局,無法挽回。後漢書六九何進傳:"國家之事亦何容易?覆水不可收。宜深思之。"多以喻夫婦離異之難復合。唐李白李太白詩四妾薄命:"雨落不上天,水覆難再收。君情與妾意,各自東西流。"

【覆雨翻雲】謂反覆無常。宋吳文英夢窗甲稾鳳池吟詞:"覆雨翻雲,忽變清明,紫垣敕使下星辰。"參見"翻雲覆雨"。

【覆巢之下無完卵】鳥巢傾覆,其卵皆破。喻滅門之禍,無一幸免。世説新語言語:"孔融被收,……謂使者曰:'冀罪止於身,二兒可得全不?'兒徐進曰:'大人,豈見覆巢之下復有完卵乎?'尋亦收至。"也用來喻整體覆滅,局部亦不能幸存。漢陸賈新語輔政:"秦以刑罰爲巢,故有覆巢破卵之患。"

十三畫

覈 hé 下革切,入,麥韻,匣。ㄏㄜ 胡結切,入,屑韻,匣。

㊀查驗,核實。考事得實曰覈。文選漢張平子(衡)西京賦:"化俗之本,有與推移,何以覈諸?"又東京賦:"温故知新,研覈是非。"㊁深刻。後漢書四一第五倫傳論:"峭覈爲方,非夫愷悌之士。"注:"峭覈謂其性急,好窮覈事情。"㊂果實的核。通"核"。參見"肴覈"、"覈物"。㊃米麥的粗屑。通"籺"、"麧"。史記陳丞相世家:"亦食糠覈耳。"集解:"麥糠中不破者也。"

【覈考】拷問。後漢書四十上班固傳:"固弟超恐固爲郡所覈考,不能自明,乃馳詣闕上書。"

【覈物】有核之果。周禮地官大司徒:"三曰丘陵,其動物宜羽物,其植物宜覈物。"注:"核物,李梅之屬。"經文作"覈",注從今文假借作"核"。

【覈理】條理明晰。韓非子揚權:"夫道者弘大而無形,德者覈理而普至。"

【覈實】審核屬實。唐白居易長慶集四八策林六八議文章:"今褒貶之文無覈實,則勸懲之道缺矣。"

【覈論】深刻評論。後漢書六八郭太(泰)傳:"(郭)林宗雖善人倫,而不爲危言覈論,故宦官擅政而不能傷也。"又許劭傳:"初劭與(從兄)靖俱有高名,好共覈論鄉黨人物,每月輒更其品題,故汝南俗有月旦評焉。"

【覈舉】審核舉薦。後漢書六四盧植傳上封事:"用良者,宜使州郡覈舉賢良,隨方委用,責求選舉。"

見 部

見 1. jiàn 古電切,去,霰韻,見。ㄐㄧㄢˋ

㊀看見。詩王風采葛:"一日不見,如三秋兮。"禮大學:"心不在焉,視而不見。"㊁謁見。左傳莊十年:"齊師伐我,公將戰,曹劌請見。"㊂見解,見識。晉書王豹傳與齊王冏牋:"敢以淺見,陳寫愚情。"㊃聽,聽説。唐王維王右丞集三贈裴旻將軍詩:"見説雲中擒黠虜,始知天上有將軍。"杜甫杜工部草堂詩箋十九杜鵑行:"君不見昔日蜀天子,化作杜鵑似老烏。"㊄知,覺得。唐李賀歌詩編外集感諷之五:"本無辭輦意,豈見入空宮。"宋周邦彥片玉詞下解花語上元:"年光是也,惟只見舊情衰謝。"㊅擬議。唐張籍張司業詩集六寄王奉御:"見欲移居相近住,有田多與種黄精。"李賀歌詩編一南園之七:"見買若耶溪水劍,明朝歸去

事猿公。"㈦助動詞。1.被，表示被動。荀子正論："明見辱之不辱，使人不鬬，人皆以見侮爲辱，故鬬也。"史記八四屈原傳："信而見疑，忠而被謗。"2.表示他人行爲及於己。史記六九蘇秦傳："初，蘇秦之燕，貸人百錢爲資。及得富貴，以百金償之，徧報諸所嘗見德者。"

集韻 居莧切，去，襇韻。

㈧棺衣。儀禮既夕禮："藏器，於旁加見。"注："見，棺飾也。"禮雜記上："實見間，而后折入。"釋文："古莧反。"參閱清孫希旦禮記集解十一。

2. xiàn 胡甸切，去，霰韻，匣。
ㄒㄧㄢˋ

㈨"現"的本字。1.顯露，出現。論語泰伯："天下有道則見，無道則隱。"戰國策燕："圖窮而匕首見。"2.引申爲薦舉。左傳昭二十年："初，齊豹見宗魯於公孟，爲驂乘焉。"3.現成。史記項羽紀："軍無見糧。"

【見小】洞察細微之事。老子："見小曰明，守柔曰强。"韓非子喻老："箕子見象箸以知天下之禍，故曰：'見小曰明。'"意謂見微知著。

【見地】見解，見識。續傳燈録三五卧龍破庵禪師："工夫穩實，見地明白，嘗分座杭之靈隱。"宋張鎡南湖集一俞玉汝以詩編來因次卷首韻詩："寥寥千百年，所取僅三四，此言或是癡，的確有見地。"

【見$_2$地】現有的土地。文苑英華六九七唐皇甫憬諫不置勸農判官疏："山水之餘，卽爲見地，何必聚人阡陌，新遣檢量。"

【見$_2$在】現今存在。史記五二齊悼惠王世家："且代王又親高帝子，於今見在，且最爲長。"漢王充論衡正説："夫尚書滅絶於秦，其見在者二十九篇。"

【見$_2$卒】現有的士兵。戰國策韓一："料大王之卒，悉之不過三十萬。……爲除守徼亭鄣塞，見卒而已矣。"

【見背】指父母或長輩去世。文選晉李令伯(密)陳情事表："生孩六月，慈父見背。"抱朴子自敍："年十有三，而慈父見背，夙失庭訓，飢寒困瘁。"

【見效】發生效力。漢書七五李尋傳："政治感陰陽，猶鐵炭之低卬，見效可信者也。"

【見$_2$員】現有的人員。魏書鄭羲傳附鄭道昭："館宇既修，生房粗構，博士見員，足可講習。"

【見訪】尊稱他人的訪問。新五代史劉玘傳："不早相聞，今日見訪，不其晚邪？"

【見教】受人指教，義同賜教。史記一一七司馬相如傳上林賦："鄙人固陋，不知忌諱；乃今日見教，謹聞命矣。"

【見晛】雲消見日。指天空晴朗。詩小雅角弓："雨雪瀌瀌，見晛曰消。"漢書三六劉向傳引詩師古注："見，無雲也。晛，日氣也。……言雨雪之盛瀌瀌然，至於無雲，日氣始出，而雨雪皆消釋矣。"

【見惠】指別人贈物與己。宋書庾悅傳："(劉)毅又相聞曰：'身今年未得子鵝，豈能以殘炙見惠？'悦又不答。"

【見幾】謂事前明察事物細微的變化。易繫辭下："幾者，動之微，吉之先見者也。君子見幾而作，不俟終日。"疏："言君子既見事之幾微，則須動作而應之，不得待終其日。"

【見解】對事物的看法。清章學誠文史通義五古文十弊："惟時文結習，深錮腸腑，進窺一切古書古文，皆此時文見解。"

【見説】猶言聞説。唐時習用語。唐李白李太白詩十八送友人入蜀："見説蠶叢路，崎嶇不易行。"韓愈昌黎集四十黄家賊事宜狀："臣自南來，見説江西所發，共四百人。"

【見賞】被賞識。唐顔真卿顔魯公集七歐陽使君神道碑銘："曾祖胤年十七以門子入侍，見賞太宗。"

【見齒】指笑。笑則露齒，故云。禮檀弓上："高子皋之執親喪也，泣血三年，未嘗見齒。"疏："凡人大笑則露齒本，中笑則露齒，微笑則不見齒。"

【見機】識機微，辨情勢。世説新語識鑒："張季鷹(翰)辟齊王東曹掾，在洛見秋風起，因思吴中菰菜羹鱸魚膾，曰：'人生貴得適意爾，何能羈宦數千里以要名爵？'遂命駕便歸。俄而齊王敗，時人皆謂爲見機。"參見"見幾"。

【見$_2$錢】現有的錢。漢書八六王嘉傳："是時，外戚貲千萬者少耳，故少府水衡見錢多也。"宋范成大攬轡録："(金人)于汴京置局造官會，謂之交鈔，擬見錢使用，而陰收銅錢，悉運而北。過河卽用見錢，不用鈔。"(説郛四一)此指金屬鑄幣。

【見獨】道家指達到至道的境界。莊子大宗師："朝徹，而後能見獨；見獨，而後能無古今。"唐成玄英疏："夫至道凝然，妙絶言象，非無非有，不古不今，獨往獨來，絶待絶對。覩斯勝境，謂之見獨。"

【見$_2$糧】現存的糧食。史記項羽紀："今歲饑民貧，士卒食芋菽，軍無見糧。"

【見識】㊀主意，計策。京本通俗小説錯斬崔寧："又使見識往鄰舍家借宿一夜，却與漢子通同計較，一處逃走。"㊁見解。紅樓夢三四："這不過是我的小見識。"

【見證】明顯的效驗。淮南子繆稱："德者性之所扶也，仁者積恩之見證也。"

【見獵】"見獵心喜"之省，舊習難忘之意。宋米芾寶晉英光集補遺書海月贊跋："余至惠州，……見其堂張海月辨公真像，坡公(蘇軾)贊於其上，書法遒勁，余不覺見獵，索紙疾書。"

【見山亭】在河南汝南縣前牙城上。金史哀宗紀下天興二年八月"丁丑，上閱兵于見山亭"，卽此。參閱嘉慶一統志二一六汝寧府二古蹟。

【見天日】看到光明。比喻脱離災難、禍患。舊唐書五一中宗韋庶人傳："帝在房州時，常謂后曰：'一朝見天日，誓不相禁忌。'"

【見$_2$在佛】僧人對帝王的尊稱。宋歐陽修文忠集一二六歸田録一："太祖皇帝初幸相國寺，至佛像前燒香，問當拜與不拜，僧録贊寧奏曰：'不拜。'問其何故，對曰：'見在佛不拜過去佛。'"

【見知法】漢律，吏知他人犯罪而不舉報，與之同罪。參閱史記一二二趙禹傳、漢書刑法志。

【見風消】㊀鬆脆的薄油餅。宋陶穀清異録饌羞："韋巨源拜尚書令，上燒尾宴，其家故書中尚存有食帳，……有見風消，乃油浴餅也。"㊁植物名。生長沙山阜，似櫸柳，高二三尺。俗以爲消風敗毒之藥，故名。見清吴其濬植物名實圖考三八見風消。

【見$_2$頭角】喻才智顯露。唐韓愈昌黎集三二柳子厚墓誌銘："雖少年已自成人，能取進士第，嶄然見頭角。"

【見仁見知】易繫辭上："一陰一陽之謂道，……仁者見之謂之仁，知者見之謂之知。"周易集解十三引侯果："仁者見道，謂道有仁；知者見道，謂道有知也。"後稱對事物的看法各異爲見仁見知，本此。

【見危授命】謂在危難關頭，不惜犧牲生命。論語憲問："見利思義，見危授命，久要不忘平生之言，亦可以爲成人矣！"

【見怪不怪】指遇到怪異現象而不受驚擾。續傳燈録十八齊添禪師："驀召大衆曰：見怪不怪，其怪自壞。"宋郭彖睽車志引諺作"見怪不怪，其怪自敗"。

【見兔顧犬】比喻及時設法補救。戰國策楚四："臣聞鄙語曰：見兔而顧犬，未爲晚也；亡羊而補牢，未爲遲也。"

【見神見鬼】形容多疑，無中生有。續

傳燈錄三十智策禪師:"及造門，典牛獨指師曰:'甚處見神見鬼來?'"水滸三九:"叵耐那廝見神見鬼，白日把鳥廟門關上。"

【見笑大方】謂知識淺陋，爲有道者譏笑。莊子秋水:"吾非至於子之門則殆矣,吾長見笑於大方之家。"疏:"方,猶道也。"今多用爲謙辭。

【見異思遷】國語齊:"士之子恆爲士，農之子恆爲農,少而習焉,其心安焉,不見異物而遷焉。"又見管子小匡。後以"見異思遷"謂人無定見,意志不堅定。

【見義勇爲】見正義之事勇於作爲。語本論語爲政:"見義不爲，無勇也。"尺牘新鈔三陳宏緒上督師閣部書:"閣下前次之申敕,何其見義勇爲，而後此之寂寂，何其與初懷悖謬，而甘蒙不白於天下乎?"

【見微知著】從事物的細微迹兆，認識其實質和發展。意林一范子:"計然者，葵丘濮上人,姓辛,名文子。……少而明學陰陽,見微而知著。"

【見獵心喜】二程全書遺書七:"明道(程顥)先生年十六七時，好田獵。十二年，暮歸，在田野見田獵者，不覺有喜心。"比喻舊習難忘，見其所好便躍躍欲試。清慵訥居士咫聞錄一武生:"故覩鶴者過,雖見獵心喜,亦不復入其場矣。"

四　畫

視 1. shì ㄕˋ 承矢切,上,旨韻,禪。

㊀看,審察。書太甲中:"視遠惟明，聽德惟聰。"論語爲政:"視其所以，觀其所由，察其所安，人焉廋哉！人焉廋哉!"㊁看待,看顧。左傳成三年:"賈人如晉，荀罃善視之。"㊂比照。左傳襄二七年:"季武子使謂叔孫，以公命曰視邾滕。"後漢書三五張純傳:"帝乃東巡岱宗，以純視御大夫從。"注:"視，比也。"㊃效法。書太甲中:"王懋乃德，視乃厥祖。"㊄生存。老子:"是謂深根固柢，長生久視之道。"㊅以事或物示人。通"示"。詩小雅鹿鳴:"德音孔昭，視民不恌。"漢書高帝紀上:"(張良)因説漢王燒絶棧道，以備諸侯盜兵,亦視項羽無東意。"史記作"示"。

2. zhǐ ㄓˇ

㊆通"指"。列子湯問:"肆咤則徒卒百萬,視撝則諸侯從命。"

【視日】㊀看日影以知時刻。禮曲禮上:"君子欠伸，撰杖屨，視日蚤莫，侍坐者請出矣。"㊁占候時日，以卜吉凶。史記陳涉世家:"(周文)嘗爲項燕軍視日。"集解:"如淳曰:視日時吉凶舉動之占也。"

【視肉】㊀借指禽獸。史記八七李斯傳:"處卑賤之位而計不爲者，此禽鹿視肉，人面而能彊行者耳。"索隱:"言禽獸但知視肉而食之。莊子及蘇子曰:'人而不學,譬之視肉而食。'"㊁傳説中獸名。山海經海外南經:"(狄山)爰有熊羆、文虎、蜼豹、離朱、視肉。"注:"聚肉形如牛肝，有兩目也,食之無盡,尋復更生如故。"

【視事】治事，任職。多指政事言。左傳襄二五年:"崔子稱疾，不視事。"漢書七六王尊傳出教:"今太守視事已一月矣，五官掾張輔懷虎狼之心，貪污不軌,……今將輔送獄,直符史詣閣下從太守受其事。"

【視朔】天子諸侯每月朔日(陰曆初一)祭告於祖廟，然後治理政事。告廟稱告朔，聽政稱視朔。左傳文十六年:"夏五月,公四不視朔。"疏:"告朔謂告於祖廟，視朔謂聽治月政。"參閲左傳僖五年"公既視朔"疏。

【視效】倣效，效法。漢書五六董仲舒傳賢良策對三:"天子大夫者，下民之所視效，遠方之所四面而内望也。近者視而放之,遠者望而效之。"

【視草】古時詞臣奉旨修正詔諭稱視草。漢書四四淮南王傳:"(武帝)每爲報書及賜,常召司馬相如等視草乃遣。"注:"草，謂爲文之藁草。"舊唐書一九〇中徐安貞傳:"上每屬文及作手詔，多命安貞視草。"後來泛指代皇帝起草制書。明史二八八陳仁錫傳:"魏忠賢冒邊功，矯旨錫上公爵,給世券。仁錫當視草,持不可,其黨以威劫之,毅然曰:'世自有視草者,何必我!'"參閲明張萱疑耀七視草之義、清趙翼陔餘叢考二一視草。

【視息】視，看;息，呼吸。目僅能視,鼻僅能息，含有偷生苟活之意。後漢書八四董祀妻(蔡琰)傳悲憤詩之一:"爲復彊視息，雖生何聊賴?"三國志吳周魴傳與曹休牋:"雖尚視息，憂惕焦灼，未知軀命,竟在何時。"

【視朝】天子臨朝聽政。禮玉藻:"天子……皮弁以日視朝。"孟子公孫丑上:"朝將視朝,不識可使寡人得見乎?"

【視遇】看待。漢書宣帝紀:"(邴吉)憐曾孫(宣帝)之亡辜，使女徒復作淮陽趙徵卿、渭城胡組更乳養,私給衣食,視遇甚有恩。"

【視篆】官印例用篆文。官吏到任治事稱視篆。元方回桐江續集九七月十日有感詩:"十年前此日，視篆上嚴州。"元詩選宋无子虛翠寒集送金華黄晉卿之諸暨州判官:"談經猶寶地,視篆必瓜期。"

【視膳】人子侍養父母等長輩的禮節。禮文王世子:"食上，必在視寒煖之節；食下，問所膳。"左傳閔二年:"大子奉冢祀社稷之粢盛,以朝夕視君膳者也,故曰冢子。"南齊書江斅傳:"斅庶祖母王氏老疾,斅視膳嘗藥,七十餘日不解衣。"

【視學】㊀周制,天子親臨國學行春秋祭奠及養老之禮,稱爲視學。禮文王世子:"天子視學，大昕鼓徵所以警衆也。"疏:"天子視學者，謂仲春合舞，季春合樂，仲秋合聲,於此之時,天子親往視學也。"㊁天子派有司到國學對學子進行考試。禮學記:"未卜禘，不視學。"疏:"此視學謂考試學者經業，或君親往，或使有司爲之,非天子大禮視學也。"

【視瞻】顧盼的神態。宋書高帝紀上:"或説(桓)玄曰:'劉裕龍行虎步，視瞻不凡,恐不爲人下,宜蚤爲其所。'"

【視草臺】唐代學士院起草詔諭之處。宋沈括夢溪筆談一故事:"學士院玉堂，……堂中設視草臺,每草制,則具衣冠據臺而坐。"

【視民如傷】極言顧恤民衆之深。孟子離婁下:"文王視民如傷，望道而未之見。"疏:"言文王常有恤民之心，故視下民常若有所傷而不敢以横役而擾動之也。"宋程顥爲縣官,於坐處常書"視民如傷"四字以自警。見宋朱熹近思錄十。

【視死如歸】把赴死看作歸家。意謂不怕死。管子小匡:"平原廣牧，車不結轍，士不旋踵,鼓之而三軍之士視死如歸,臣不如王子城父。"史記七九蔡澤傳:"是故君子以義死難,視死如歸;生而辱不如死而榮。"

規 1. guī ㄍㄨㄟ 居隋切,平,支韻,見。

㊀圓規。畫圓形的工具。墨子天志上:"譬若輪人之有規。"用作動詞，指畫圓。國語周下:"其母夢神規其臀以墨。"注:"規，畫也。"㊁圓形。禮玉藻:"周還中規，折還中矩。"荀子勸學:"其曲中規。"漢揚雄太玄經十玄圖:"天道成規，地道成矩。"㊂法度，準則。史記一一七司馬相如傳難蜀父老:"必將崇論閎議，創業垂統，爲萬世規。"三國志魏臧洪傳答袁紹書:"幸相去步武之間耳，而以趣舍異規,不得相見,其爲愴悢,可爲心哉!"㊃典範，風儀。文選三國魏王仲宣(粲)詠

史詩："生爲百夫雄，死爲壯士規。"晉書王承傳論："素德清規足傳於汗簡矣。"㊄謀畫。國語周上："近臣盡規。"注："盡規，盡其規計以告王也。"漢揚雄法言淵騫："或問蕭(何)、曹(參)曰：'蕭也規，曹也隨。'"㊅分劃。國語周中："規方千里以爲甸服。"㊆規勸，諫諍。書胤征："官師相規，工執藝事以諫。"莊子盜跖："夫可規以利而可諫以言者，皆愚陋恆民之謂耳。"㊇見"規規"。㊈古代田制之一。見"規田"。㊉姓。明有規恂，弘治中教授，夏邑人。見正字通。

2. kuī ㄎㄨㄟ

㊀窺測。通"窺"、"闚"。韓非子制分："然則去微姦之奈何？其務令之相規其情者也。"一本作"闚"。

【規正】 改正。南史孔靖傳附孔奐："奐在職清儉，多所規正。"新唐書一九八曹憲傳："煬帝令與諸儒譔桂苑珠叢，規正文字。"

【規田】 古代井田的等級。周制授農田，蓄儲流水之地，九夫爲規，四規而當一井。見禮王制"百畝之分"疏。

【規求】 貪求，需索。左傳昭二六年："侵欲無厭，規求無度。"唐律疏議二五詐僞："即僞寫前代官文書印，有所規求，封用者，徒二年。"

【規利】 ㊀以利勸誘。莊子盜跖："夫可規以利而可諫以言者，皆愚陋恆民之謂耳。"㊁猶言圖利。宋歐陽修文忠集一一三論均稅劄子："均稅非以規利，而本以便民。"

【規則】 規範。唐李羣玉詩集上湘中別成威閣黎："至哉彼上人，冰霜凜規則。"亦指共同遵守的辦事章程。

【規格】 規範，格局。三國志魏夏侯惇傳評："(夏侯)玄以規格局度，世稱其名。"明張居正張文忠集書牘四答楚按院陳燕野："若代公者肯再加申飭，諸司長吏，遵奉唯謹，則規格永定，雖有姦民猾吏，無所措手足矣。"

【規院】 守戒靜修之所。指僧院。全唐詩一一五王灣奉和賀監林月清酌："淨林新霽入，規院小涼通。"

【規矩】 ㊀校正圓形方形之器。禮經解："規矩誠設，不可欺以方圜。"孟子離婁上："離婁之明，公輸子之巧，不以規矩，不能成方員。"㊁準則，禮法。僧友略上受齋懺法："魏晉之世，僧皆布草而食，起坐威儀，唱導開化，略無規矩。"紅樓夢七："親友知道，豈不笑話咱們這樣的人家，連個規矩都沒有？"引申爲人的言行正派、守禮。

【規規】 ㊀惘然自失貌。莊子秋水："於是埳井之蛙聞之，適適然驚，規規然自失也。"疏："適適，驚怖之容。規規，自失之貌。"㊁淺陋、拘泥貌。莊子秋水："子乃規規然求之以察，索之以辯，是直用管闚天，用錐指地也，不以小乎！"也作"䂓䂓"。見該條。㊂圓貌。文苑英華六唐蔣防姮娥奔月賦："冥冥晬容，規規皓質。"

【規措】 金官名。正七品，掌灌溉民田。見金史百官志三。

【規略】 經營謀畫。三國志魏田豫傳評："居身清白，規略明練。"晉書溫嶠傳："時陶侃雖爲盟主，而處分規略，一出於嶠。"

【規畫】 計畫，謀畫。三國志蜀楊儀傳："(諸葛)亮數出軍，儀常規畫分部，籌度糧穀。"宋蘇洵嘉祐集三高祖："陳平張良智之所不及，則高帝常先爲之規畫處置。"

【規爲】 謀度。禮儒行："不臣不仕其規爲如此者。"疏："謂不與人爲臣，不求仕官，但自規度所爲之事而行。"

【規程】 猶言規則，章程。文苑英華六九五代徐寅京兆府試入國知教賦："豈俟入乎闇闠，方能知彼規程。"

【規誡】 以正言警戒。世說新語規箴："(郗鑒)後朝覲，以王丞相(導)末年多可恨，每見，必欲苦相規誡。王公知其意，每引作它言。"

【規摩】 猶切磋。新唐書一〇三張玄素傳上書太子："孔穎達奉詔講勸，宜數延問，裨萬分。博選賢傑，朝夕侍左右，與相規摩。"

【規摹】 通作規模，猶言制度程式。漢書高帝紀下："雖日不暇給，規摹弘遠矣。"注："取喻規摹，謂立制垂範也。"宋蘇軾分類東坡詩九次韻子由椰子冠："規摹簡古人爭看，簪導輕安髮不知。"

【規模】 ㊀氣概，氣象。三國志魏胡質傳："(質)規模大略不及於父，至於精良綜事過之。"唐王勃王子安集三尋道觀詩："芝廛光分野，蓬闕盛規模。"㊁規制，格局。唐白居易長慶集十五題周皓大夫新亭子二十二韻詩："規模何日創，景致一時新。"宋史三五九下李綱傳："夫創業中興，如建大廈，堂室奧序，其規模可一日而成；鳩工聚材，則積累非一日所致。"

【規範】 ㊀標準，法式。北史宇文愷傳："宋起居注曰：'孝武大明五年立明堂，其牆宇規範，擬則太廟。'"㊁模範，典範。晉陸雲陸士龍集三答兄平原贈詩："今我頑鄙，規範靡遵。"

【規諫】 以正言相勸誡。墨子尚同上："上有過則規諫之，下有善則傍薦之。"荀子成相："周幽厲，所以敗，不聽規諫忠是害。"

【規磨】 差錯。荀子正論："是規磨之說也，溝中之瘠也，則未足與及王者之制也。"注："規磨之說，猶言差錯之說也。規者，正圓之器，磨久則偏盡而不圓，失於度程也。"

【規避】 設法躲避。北史齊本紀論："既而魏武帝規避權逼，曆數既盡，適所以速闕、河之分焉。"唐元稹長慶集十二酬樂天東南行詩一百韻："諫獵寧規避，彈豪詎囁嚅。"

【規鏡】 見"規鑒"。

【規鑒】 謂可爲鑒戒之言。三國志魏桓階傳評："(陳)矯、(徐)宣剛斷骨鯁，(衛)臻、(盧)毓規鑒清理。"也作"規鏡"。南朝梁劉勰文心雕龍十才略："傅玄篇章，義多規鏡；長虞筆奏，世執剛中。"長虞，玄子咸。

【規行矩步】 ㊀指行步端正。含有謹守禮法之意。文選晉陸士衡(機)長安有狹邪行："規行無曠迹，矩步豈逮人。"晉書潘尼傳釋奠頌："二學儒官搢紳先生之徒，垂纓佩玉規行矩步者，皆端委而陪於堂下，以待執事之命。"㊁比喻墨守成規，無所作爲。晉書張載傳權論："今士循常習故，規行矩步，積階級，累閥閱，碌碌然以取世資。"

【規矩準繩】 規、矩、準、繩爲畫圓、畫方形、測水平、打直線的工具。喻指一定的法度、規則、標準。孟子離婁上："聖人既竭目力焉，繼之以規矩準繩，以爲方圓平直，不可勝用也。"也作"規矩繩墨"。史記六五孫子傳："婦人左右前後跪起，皆中規矩繩墨，無敢出聲。"

覓

mì ㄇㄧˋ 莫狄切，入，錫韻，明。

㊀尋找。三國志魏管輅傳："招呼婦人，覓索餘光。"世說新語賞譽下："庾公(亮)爲護軍，屬桓廷尉(彝)覓一佳吏。"㊁量詞。唐時南詔以貝十六枚爲一覓。見新唐書南蠻傳上。

【覓石】 石名。宋張師正倦遊雜錄："通遠軍，渾源出焉。中有水蟲類魚，鳴作覓覓之聲，見者既以挺刃擊之，或化爲石，可以爲礪石，名曰覓石。"又見杜綰雲林石譜下通遠石。

【覓句】 指詩人苦吟。唐杜甫杜工部草堂詩箋三四又示宗武："覓句新知律，攤書解滿床。"唐詩紀事四六劉昭禹："嘗與人論詩曰：'……覓句者若掘得玉合子，底必有蓋，但精心求之，必獲其寶。"

【覓舉】士子請託以求舉用。新唐書一一二薛登傳上疏："方今舉士，尤乖其本。明詔方下，固已驅馳府寺之廷，出入王公之第，陳篇希恩，奏記誓報。故俗號舉人皆稱覓舉。覓者，自求也，非彼知之義。"

【覓貼兒】猶北方之剪綹。元周密武林舊事六游手："若闤闠之地，則有剪脱衣囊環佩者，謂之覓貼兒。"

五畫

覕 miè ㄇㄧㄝ 莫結切，入，屑韻，明。必刃切，去，震韻，幫。

暫見貌。莊子徐无鬼："是以一人之斷制利天下，譬之猶一覕也。"釋文："司馬(彪)云：暫見貌。"

覘 chān ㄔㄢ 丑廉切，平，鹽韻，徹。丑豔切，去，豔韻，徹。

窺視。左傳成十七年："郤至聘于周，欒書使孫周見之。公使覘之。"

【覘候】偵伺。三國志吴吴範傳："徐州牧陶謙謂範爲袁氏(術)覘候，諷縣掠考範，範親客健兒篡取以歸。"

六畫

覜 tiào ㄊㄧㄠ 他弔切，去，嘯韻，透。

㊀ 諸侯聘問相見之禮。周禮春官典瑞："瑑圭璋璧琮，繅皆二采一就，以覜聘。"注："大夫衆來曰覜，寡來曰聘。"左傳昭五年："朝聘有珪，享覜有璋，小有述職，大有巡功。"㊁遠望。同"眺"。後漢書五九張衡傳思玄賦："流目覜夫衡阿兮，覩有黎之圮墳。"文選作"眺"。

覛 mì ㄇㄧ 莫狄切，入，錫韻，明。莫獲切，入，麥韻，明。

㊀察視。國語周上："古者，太史順時覛土。"㊁尋覓。同"覓"。文選漢張平子(衡)西京賦："覛往昔之遺館，獲林光於秦餘。"林光，秦離宫名。

七畫

覝 lián ㄌㄧㄢ 力鹽切，平，鹽韻，來。

察視。"廉"的本字。漢書高帝紀下："且廉問，有不如吾詔者，以重論之"唐顏師古注："廉，察也。廉字本作覝，其音同耳。"

覡 xí ㄒㄧ 胡狄切，入，錫韻，匣。

爲人禱祝鬼神的男巫。國語楚下："古者民神不雜，民之精爽不攜貳者，……如是則明神降之，在男曰覡，在女曰巫。"注："巫、覡，見鬼者。"後漢書五九張衡傳上疏："或觀星辰逆順，寒燠所由，或察龜策之占，巫覡之言，其所因者，非一術也。"

覞 yào ㄧㄠ 弋照切，去，笑韻，喻。

並視。見説文。五代後周衛元嵩元包經一晉："覞于醜，觀夫衆也。"

八畫

覢 shǎn ㄕㄢ 失冉切，上，琰韻，審。

猝見。同"睒"。説文："覢，暫見也，从見，炎聲。春秋公羊傳曰：覢然公子陽生。"今公羊傳哀六年作"闖然"。參閲清段玉裁説文解字注八下"覢"。

覩 dǔ ㄉㄨ 當古切，上，姥韻，端。

見。同"睹"。易乾："聖人作而萬物覩。"史記魏世家："翟璜忿然作色曰：'以耳目之所覩記，臣何負於魏成子？"

【覩貨邏】西域國名。即吐火羅。見該條。

【覩著知微】由明顯的外表推知隱微的內情。文選三國魏王仲宣(粲)贈文叔良詩："探情以華，覩著知微。"注："越絶書：子胥曰：聖人見微知著，覩始知終。"

【覩貌獻餐】文選晉潘安仁(岳)西征賦："長傲賓於柏谷，妻覩貌而獻餐。"注引漢武帝故事："帝卽位，爲微行。嘗至柏谷，夜投亭長宿，亭長不納，乃宿逆旅。逆旅翁要少年十餘人，皆持弓矢刀劍，令主人嫗出遇客。婦謂其翁曰：'吾觀此丈夫非常人也；且有備，不可圖也。'天寒，嫗酌酒，多與其夫，夫醉，嫗自縛其夫，諸少年皆走，嫗出謝客，殺雞作食。平旦，上去還宫，乃召逆旅夫妻見之，賜嫗金千斤，擢其夫爲羽林郎。"後因以覩貌獻餐爲帝王微行之典。餐，也作"飧"。唐文粹七八李德裕丹扆防微箴："栢谷微行，豺豕塞路，覩貌獻飧，斯可戒懼。"

覥 xì ㄒㄧ 集韻乞逆切，入，陌韻。

恐懼貌。同"虩"。莊子天地："將閭葂覤覤然驚曰：'葂也汒若於夫子之所言矣。'"

九畫

親 1. qīn ㄑㄧㄣ 七人切，平，真韻，清。

㊀父母。孟子盡心上："孩提之童，無不知愛其親者。"㊁親族。周禮秋官小司寇："一曰議親之辟。"疏："親謂五屬之内及外親有服者。"㊂愛。易比："先王以建萬國，親諸侯。"疏："親諸侯，謂爵賞恩澤而親友之。"㊃和睦。書堯典："克明俊德，以親九族。"㊄黨援，結交。左傳僖五年："國君不可以輕，輕則失親。"注："親，黨援也。"史記六九蘇秦傳贊："夫蘇秦起閭閻，連六國從親，此其智有過人者。"㊅近，接近。論語學而："汎愛衆而親仁。"禮郊特牲："壻親御授綏，親之也。親之也者，親之也。"㊆準，準確。水滸四七："(祝彪)左手拈弓，右手取箭，搭上箭，拽滿弓，覷得較親，背翻身一箭。李應急躲時，臂上早着。"㊇躬親，親自。詩小雅節南山："弗躬弗親，庶民弗信。"箋："此言王之政不躬而親之，則恩澤不信於衆民矣。"

2. qìn ㄑㄧㄣˋ 七遴切，去，震韻，清。七鄰切，去，震韻，清。

㊈姻親。見"親₂家"。

3. xīn ㄒㄧㄣ

㊉通"新"。禮大學："大學之道，在明明德，在親民，在止於至善。"宋朱熹章句："程子(頤)曰：'親當作新。'"韓非子亡徵："親臣進而故人退，不肖用事而賢良伏。"

【親土】以尸體貼土。卽裸葬。漢書六七楊王孫傳："及病且終，先令其子曰：'吾欲臝葬，……死則爲布囊盛尸，入地七尺，既下從足引脱其囊，以身親土。"三國志魏王淩傳："乃發淩愚冢，……燒其印綬朝服，親土埋之。"愚，淩外甥令狐愚。

【親王】皇族中封王者稱親王。隋書百官志上："陳承梁，皆循其制官，……其親王起家則爲侍中。"又百官志下："高祖又採後周之制，……國王、郡王、國公、郡公、縣公、侯、伯、子、男，凡九等。皇伯叔昆弟、皇子爲親王。"親王之名始此。清代以親王爲封爵之號，位在郡王之上。見清會典事例宗人府二封爵封爵等級。

【親比】親近依附。荀子王霸："身不能、不知恐懼而求能者，安唯便僻左右親比己者之用，如是者危削。"

【親母】生母。淮南子齊俗："親母爲其

子治扢秃，而血流至耳，見者以爲其愛之至也；使在於繼母，則過者以爲嫉也。”舊制：嫡子稱其父母，並加親字。妾生子則稱生母爲親母。見清梁章鉅稱謂録二生母親母。

【親交】謂親戚交情。莊子山木：“吾犯此數患，親交益疏，徒友益散，何與？”唐成玄英疏：“親戚交情，益甚疏遠，門徒朋友，益甚離散。”也指親昵交往。漢書八四翟方進傳：“方進奏(陳)咸與逢信邪枉貪汙，營私多欲。皆知陳湯姦佞傾覆，利口不軌，而親交賂遺，以求薦舉。”也指親友。文選三國魏曹子建（植）贈丁儀詩：“子其寧爾心，親交義不薄。”

【親任】親近信任。後漢書四三朱穆傳：“(梁)冀亦素聞穆名，乃辟之，使典兵事，甚見親任。”

【親串】親近的人。文選南朝宋謝惠連秋懷詩：“因歌遂成賦，聊用布親串。”串，原讀爲慣。今通指有戚誼者爲親串。串讀爲穿的去聲。清詩別裁八侯開國將歸青齊先送雲巖兄返大梁：“欲去恐勞親串望，將歸翻使弟兄愁。”

【親兵】隨身護衛的士兵。三國志魏典韋傳：“拜韋都尉，引置左右，將親兵數百人，常繞大帳。”

【親迎】㊀結婚六禮之一。夫壻於親迎日公服至女家，迎新娘入室，行交拜合卺之禮。詩大雅大明：“文定厥祥，親迎于渭。”禮哀公問：“冕而親迎，親之也。”按春秋公羊說，謂天子至庶人皆親迎；左氏說，天子不親迎。鄭玄用公羊說；杜預用左氏說。參閱清江藩隸經文二公羊親迎辯。㊁謂親自出迎。左傳莊九年“及堂阜而稅之”疏：“至於堂阜之上，鮑叔祓而浴之三，桓公親迎於郊。”

【親近】親密接近。史記八八蒙恬傳：“始皇甚尊寵蒙氏，信任賢之。而親近蒙毅，位至上卿。”漢書七二貢禹傳：“天子報曰：‘朕以生有伯夷之廉，史魚之直，守經據古，不阿當世，孳孳於民，俗之所寡，故親近生，幾參國政。’”

【親幸】㊀寵幸。史記一一〇匈奴傳：“中行説既至，因降單于，單于甚親幸之。”㊁謂帝王親自臨幸。北史王盟傳附王誼：“及隋受禪，顧遇彌厚，帝親幸其第，與之極歡。”

【親事】㊀親自治理政事。漢書四九鼂錯傳賢良對策：“臣聞五帝神聖，其臣莫能及，故自親事。”㊁官名。唐置親事府，掌守衛陪從。以六七品官之子，年在十八以上者爲親事。見通典三一職官十三、舊唐書職官志三。㊂俗謂婚姻之事。元王實甫西廂記二本楔子：“(長老曰)鶯鶯親事，擬定妻君。”

【親知】親友。南齊謝朓謝宣城集四和王著作八公山詩：“浩蕩別親知，連翩戒征軸。”

【親委】㊀猶言自認。國語吳：“句踐用帥二三之老，親委重罪，頓顙於邊。”注：“委，猶歸也。”㊁寵愛信任。舊唐書五九丘和傳附丘神勣：“尋復入爲左金吾衛大將軍，深見親委。”

【親朋】親戚朋友。北史李元忠傳：“園庭羅種果藥，親朋尋詣，必留連宴賞。”唐杜甫杜工部草堂詩箋三六登岳陽樓：“親朋無一字，老病有孤舟。”

【親炙】謂親承教化。孟子盡心下：“奮乎百世之上，百世之下，聞者莫不興起也；非聖人而能若是乎？而況於親炙之者乎？”集注：“親近而熏炙之也。”

【親狎】親近狎暱。新唐書九七魏徵傳上疏：“親狎者阿旨不肯諫，疏遠者畏威不敢言。積而不已，所損非細。”

【親客】㊀親近之客。宋陸游避暑漫抄：“秦會之(檜)有十客：曹冠以塾師爲門客，王會以婦弟爲親客。”㊁蟲名。蠨蛸的別稱。見清杭世駿續方言下。

【親郊】帝王親自舉行郊祀。晉書石季龍載記下附冉閔：“內外兇兇，皆謂閔已没矣，射聲校尉張艾請閔親郊以安衆心，閔從之，訛言乃止。”

【親軍】同“親兵”。新唐書兵志：“(乾寧元年)又詔諸王閱親軍，收拾神策亡散，得數萬。”遼史兵衛志中御帳親軍：“漢武帝多行幸之事，置期門、佽飛、羽林之目，天子始有親軍。”

【親政】皇帝親自處理政務。舊制，君主幼年即位，由太后聽政，或由親王、大臣攝政，待帝成年，始親自裁決政務，稱親政。漢書九九上王莽傳太后詔：“皇帝年在襁褓，未任親政，戰戰兢兢，懼於宗廟之不安，國家之大綱，微朕孰當統之。”清制：先期遣官祭天地太廟社稷，屆時御殿宣詔，由禮部頒行。參閱清會典二九三禮部親政。

【親故】親戚故舊。禮檀弓下：“親者毋失其爲親也，故者毋失其爲故也。”文選三國魏文帝(曹丕)與吳質書：“昔年疾疫，親故多離其災，徐(幹)、陳(琳)、應(瑒)、劉(楨)，一時俱逝，痛可言邪！”

【親昵】卽親暱。左傳昭三二年：“我一二親昵甥舅不皇啓處，於今十年。”晉書顧愷之傳：“桓温引爲大司馬參軍，甚見親昵。”也謂親暱之人。列子楊朱：“屏親昵，絶交游。”

【親信】㊀親近信任。戰國策韓二：“夫賢者以感忿睚眦之意，而親信窮僻之人；而政獨安可嘿然而止乎？”政，聶政自稱。漢書六八霍光傳：“出入禁闥二十餘年，小心謹慎，未嘗有過，甚見親信。”㊁南朝中朝官除佐史外，例給親信，爲護衛之吏，如梁書徐勉傳勉加中書令，給親信二十人，范岫傳岫遷金紫光禄大夫，加親信二十人。也泛指親近信任之人。唐李商隱李義山文集二爲濮陽公檄劉稹文：“麾下平生，盡忘舊愛；帳中親信，卽起他謀。”

【親$_{2}$家】㊀姻戚的通稱。漢王符潛夫論思賢：“自春秋之後，戰國之制，將相權臣，必以親家。”後漢書禮儀志上：“西都舊有上陵。東都之儀，百官、四姓親家婦女、公主、諸王大夫、外國朝者侍子、郡國計吏會陵。”注：“蔡邕獨斷曰：‘凡與先后有瓜葛者。’”㊁男女兩姻家互稱。男稱親家翁，女稱親家母。簡稱則爲親家。新唐書一〇一蕭瑀傳附蕭嵩：“子衡，尚新昌公主。嵩妻入謁，帝呼爲親家，儀物貴甚。”全唐詩二七七盧綸王評事駙馬花燭之三：“人主人臣是親家，千秋萬歲保榮華。”

【親耕】古代天子耕籍田之禮。穀梁傳桓十四年：“天子親耕以共粢盛。”注：“天子親耕，其禮三推。”參見“三推”、“籍田”。

【親展】㊀謂會晤。晉陸雲陸士龍集十與陸典書之六：“無因親展，書以言心。”㊁謂親自開拆。如書函密封者多用之。

【親秩】按血統遠近或親戚疏所定的親者順序。後漢書質帝紀詔：“其令恭陵次康陵，憲陵次恭陵，以序親秩，爲萬世法。”

【親密】㊀親近密切。漢書八五杜鄴傳：“(王)音甚嘉其言，由是與成都侯商親密，二人皆重鄴。”三國魏嵇康嵇中散集家誡：“所居長吏，但宜敬之而已矣，不當極親密。”㊁指親近機密的地位。三國志吳孫登傳：“夫中庶子官最親密，切問近對，宜用儁德。”

【親眷】㊀謂親近信愛的人。三國志魏毛玠傳：“文帝爲五官將，親自詣玠，屬所親眷。”南朝宋鮑照鮑氏集六吴興黃浦亭庾中郎別詩：“已經江海別，復與親眷違。”㊁親戚，親屬。初刻拍案驚奇四：“婦人道：‘妾在城西去探一個親眷，少刻就到東來。'"參閱清王應奎柳南隨筆二、顧張思土風録十七親眷。

【親戚】㊀內外親屬。墨子非命上："是以入則孝慈於親戚，出則弟長於鄉里。"孟子公孫丑下："寡助之至，親戚畔之；多助之至，天下順之。"按古人於父子兄弟皆得稱親戚。左傳昭二十年："親戚爲戮，不可以莫之報也。"大戴禮五曾子疾病："親戚既歿，雖欲孝，誰爲孝；年既耆艾，雖欲弟，誰爲弟。"此謂父母。左傳僖二四年："昔周公弔二叔之不咸，故封建親戚，以藩屏周。"此謂伯叔子弟。今則專以戚屬爲親戚。㊁猶言親愛。晉阮籍阮步兵集鳩賦："何依恃以育養，賴兄弟之親戚。"

【親習】親近熟識的人。戰國策秦三："范雎曰：'臣東鄙之賤人也，開罪於楚魏，遁逃來奔，臣無諸侯之援，親習之故，王舉臣於羇旅之中，使職事，天下皆聞臣之舉也。"

【親婭】兩壻相稱呼。爾雅釋親："兩壻相謂爲亞。"亞，同"婭"。後漢書七七酷吏傳序："自中興以後，科網稍密，……而閹人親婭，侵虐天下。"

【親貴】㊀謂親近貴幸。史記九九叔孫通傳："魯有兩生不肯行，曰：'公所事者且十主，皆面諛以得親貴。"㊁王室至親也稱親貴。管子立政："三曰罰避親貴，不可使主兵。"晉書武帝紀太熙元年："平吳之後，天下乂安，遂怠於政術，耽於遊宴，寵愛后黨，親貴當權，舊臣不得專任。"

【親遇】信任厚待。北史崔辯傳附崔士謙："士謙隨賀拔勝之在荊州也，雖被親遇，而名位未顯。"

【親廟】古稱皇帝的高、曾、祖、禰四廟爲親廟。漢書七三韋玄成傳詔："蓋聞明王制禮，立親廟四；祖宗之廟，萬世不毀，所以明尊祖敬宗，著親親也。"按禮喪服小記"以其祖配之，而立四廟"注："高祖以下與始祖而五。"參見"五廟"。

【親鄰】親睦鄰舍、鄰里、鄰邦。南朝陳徐陵徐孝穆集二爲貞陽侯與太尉王僧辯書："至於親鄰之道，夙契逾深，無改曩懷。"

【親賢】㊀因其賢而親之。禮表記："今父之親子也，親賢而下無能。"疏："言父之於子，若見賢者則親愛之，若見無能者則下賤之。"㊁親而又賢。唐杜甫杜工部詩九送重表姪王砅評事使南海："番禺親賢領，籌運神功操。"時李勉爲嶺南節度觀察使，王砅應命入勉幕。勉爲宗室，有廉名，故稱親賢。

【親暱】謂親近。左傳閔元年："諸夏親暱，不可弃也。"世説新語術解"郭景純過江"注引璞別傳："永嘉中海內將亂，璞投策歎曰：'黔黎將同異類矣！'便結親暱十餘家，南渡江居於暨陽。"

【親衞】武官名。隋置。與勳衞、翊衞同掌宿衞之事，猶漢之三署郎。唐因其制。親衞之府稱親府。以中郎將、郎將統之。宋三衞官，其中親衞以外戚及翰林學士、觀察以上子孫任之；勳衞以勳賢之後及中大夫、團練使以上子孫任之；翊衞則以卿、監、刺史以上子孫任之；皆日值於殿陛。遼、金、元亦有三衞，爲扈從之官。明不設。見通典二八職官十左右衛並親衞、續通典三三職官武官上左右衛並親衞。

【親親】㊀謂親其所當親。禮中庸："仁者人也，親親爲大。義者宜也，尊賢爲大。"孟子盡心上："親親，仁也。敬長，義也。"儒家言仁，由親及疏，故以親親爲仁之本。㊁親戚。世説新語賢媛："絡秀語伯仁（周顗）等：'我所以屈節爲汝家作妾，門户計耳。汝若不與吾家作親親者，吾亦不惜餘年。'伯仁等悉從命。"宋書王鎮惡傳："鎮惡軍人與劉毅東來將士，或有是父兄、子弟、中表親親者。"

【親舊】親戚故舊。文選三國魏嵇叔夜（康）與山巨源絶交書："今但願守陋巷，教養子孫，時與親舊敍闊，陳説平生，濁酒一盃，彈琴一曲，志願畢矣。"

【親類】猶親屬。魏書崔辯傳附崔巨倫："初，巨倫有姊，明惠有才行，因患眇一目，內外親類莫有求者。"

【親屬】凡本宗外姻之有服制者爲親屬。高曾祖父母及父母爲尊親屬。禮大傳："六世親屬竭矣。"

【親懿】猶懿親，至親。文選南朝宋謝希逸（莊）月賦："親懿莫從，羇孤遞進。"參見"懿親"。

【親蠶】古代季春之月，皇后躬親蠶事的典禮。穀梁傳桓十四年："王后親蠶以共祭服。"

【親痛讐快】後漢書三三朱浮傳與彭寵書："定海內者無私讐，勿以前事自誤，願留意顧老母幼弟。凡舉事無爲親厚者所痛，而爲見讐者所快。"言人之舉動錯誤，親者爲之痛惜，而讐者引爲快事。

覦 yú 羊朱切，平，虞韻，喻。
ㄩˊ 羊戍切，去，遇韻，喻。
希望得到。指非分之想。左傳襄十五年："能官人，則民無覦心。"注："無覬覦以求幸。"參見"覬覦"。

十 畫

覭 míng 莫經切，平，青韻，明。
ㄇㄧㄥˊ 莫狄切，入，錫韻，明。
㊀微見，暗處密窺。説文："覭，小見也。"㊁見"覭髳"。

【覭髳】草木叢生貌。爾雅釋詁下："覭髳，茀離也。"注："謂草木之叢茸翳薈也。茀離，即彌離；彌離，猶蒙蘢耳。"

覯 gòu 古候切，去，候韻，見。
ㄍㄡˋ
㊀遇見。同"遘"、"逅"。詩豳風九罭："我覯之子，衮衣繡裳。"㊁構成。通"構"。左傳成六年："郇瑕氏土薄水淺，其惡易覯。"注："覯，成也。"

【覯閔】遭遇傷痛的事。詩邶風柏舟："覯閔既多，受侮不少。"

覬 jì 几利切，去，至韻，見。
ㄐㄧˋ
希冀，希圖。見"覬幸"、"覬覦"。

【覬幸】希冀徼幸。北史房法壽傳附房彥謙諭張衡書："楊諒之愚鄙，羣小之凶慝，而欲憑陵畿甸，覬幸非望者哉。"也作"覬倖"。元史仁宗紀三延祐六年："御史臺臣言：'……夤緣近侍，出入內庭，覬倖名爵，宜斥逐之。'"

【覬覦】非分的冀望或希圖。左傳桓二年："是以民服事其上，而下無覬覦。"注："下不冀望上位。"

十 一 畫

覭 biǎo 方小切，上，小韻，幫。
ㄅㄧㄠˇ
暫見，斜看。説文："覭，目有察省見也。"清段玉裁注："目偶有所見也。伺者有意，覭者無心，今俗語尚云覭。與目部之瞟音義皆同。"

覰 qù 七慮切，去，御韻，清。
ㄑㄩˋ
俗作"覷"。㊀窺伺。唐張鷟朝野僉載四："黃門侍郎盧懷慎好視地，（魏光乘）目爲覷鼠貓兒。"㊁集中視力，瞄。水滸三五："（花榮）搭上箭，拽滿弓，覷着那絨絲較親處，颼的一箭，恰好正把絨絲射斷。"

【覰步】且行且視貌。引申爲探刺。唐元稹長慶集二六答子蒙詩："强梁御史人覰步，安得夜開沽酒户。"宋朱翌猗覺寮雜記上："京師以探刺者爲覰步。"覰，覷的俗字。

【覰當】看管，照顧。元曲選孟漢卿魔合

羅楔子:"你則照管這家私裏外,别的不打緊,你是必好覷當小嬰孩。"覰,"覷"的俗字。

覰 qù ㄑㄩˋ

覷的俗字。見正字通。參見"覷"。

覲 1. jìn ㄐㄧㄣˋ 渠遴切,去,震韻,羣。

㊀古代諸侯秋朝天子稱覲。禮曲禮下:"諸侯北面而見天子曰覲。"注:"諸侯春見曰朝,……秋見曰覲。"㊁會見。左傳昭十六年:"宣子私覲於子產,以玉與馬。"

2. jǐn ㄐㄧㄣˇ

㊂通"僅"。呂氏春秋長見:"魯公以削,至於覲存。"

【覲禮】諸侯秋朝天子的儀式。禮郊特牲:"覲禮,天子不下堂而見諸侯;下堂而見諸侯,天子之失禮也。"

十二畫

覵 jiàn ㄐㄧㄢˋ 方免切,上,獮韻,幫。

窺視。同"瞯"。廣雅釋詁:"覵,視也。"參見"瞯㊀"。

覶 luó ㄌㄨㄛˊ 落戈切,平,戈韻,來。

委曲。廣韻:"覶縷,委曲。"案覶,說文作覼。"見"覼縷"。

【覶縷】委曲,原委。俗作"覼縷"。古文苑六漢王延壽王孫賦:"忽踊逸而輕迅,羌難得而覶縷。"注:"覶縷,委曲也。"指沿委曲蜿蜒之山路而行進。唐劉知幾史通敍事:"夫敍事之體,其流甚多,非復片言所能覶縷。"唐柳宗元柳先生集三十寄許京兆孟容書:"雖欲秉筆覶縷,……不能成章。"此指委曲陳述。

十三畫

覺 1. jué ㄐㄩㄝˊ 古岳切,入,覺韻,見。

㊀省悟,明白。公羊傳昭三一年:"叔術覺焉。"漢班固白虎通辟雍:"學之爲言覺也,悟所不知也。"㊁啟發,使人覺悟。孟子萬章上:"予將以斯道覺斯民也。"㊂知覺,感覺。書說命下:"念終始典于學,厥德脩罔覺。"疏:"日有所益,不能自知也。"唐李商隱李義山詩集五無題:"曉鏡但愁雲鬢改,夜吟應覺月光寒。"㊃發覺。漢書高帝紀下:"有而弗言,覺,免。"謂已不言而被發覺,則免其職也。㊄表明。左傳文四年:"王於是乎賜之彤弓一,彤矢百,玈弓矢千,以覺報宴。"注:"覺,明也。……以明報功宴樂。"㊅高大,正直。詩小雅斯干:"殖殖其庭,有覺其楹。"傳:"有覺,言高大也。"箋:"覺,直也。"又大雅抑:"有覺德行,四國順之。"禮緇衣引詩作"梏"。

2. jiào ㄐㄧㄠˋ 古孝切,去,效韻,見。

㊆睡醒。詩王風兔爰:"逢此百憂,尚寐無覺。"莊子齊物論:"覺而後知其夢也。"

【覺王】佛的别稱。佛陀,義譯爲淨覺,故佛也稱覺王。舊唐書高祖紀武德九年詔:"自覺王遷謝,像法流行,末代陵遲,漸以虧濫。"

【覺元】腦神名。唐段成式酉陽雜俎十一廣知:"身神及諸神名異者:腦神曰覺元。"

【覺岸】佛教以迷喻海,以覺喻岸。由迷惘而入覺悟的境界謂覺岸。法華玄贊:"庶令畢離苦津,終登覺岸。"

【覺苑】指佛所居的淨土。也比喻修行者的心境。唐高適高常侍集三同馬太守聽九思法師講金剛經詩:"靈嶠衆香中,臨人覺苑內。"元詩選清珙石屋禪師山居集閒詠詩之九:"心田不長無明草,覺苑常開智慧花。"

【覺星】星名。一名天棓。古代迷信,謂此星出主人間有兵爭。漢書天文志六:"石氏'見覺星'。"參見"天棓"。

【覺海】指佛教。佛以覺悟爲宗;海,喻教義的深廣。廣弘明集二八上北齊盧思道遼陽山寺願文:"投心覺海,束意玄門,手執明珠,頂受甘露。"

【覺悟】㊀醒悟,啟發。荀子成相:"不覺悟,不知苦,迷惑失指易上下。"漢書四五息夫躬傳丞相王嘉對:"天之見異,所以敕戒人君,欲令覺悟反正,推誠行善,民心説而天意得矣。"㊁佛教指領悟佛教的真諦。隋書經籍志佛:"(釋迦)捨太子位,出家學道,勤行增進,覺悟一切種智,而謂之佛。"

【覺華】島名。在今遼寧興城南十二里海中。明屬寧遠衛,爲山海關外重要軍事據點。清改寧遠州。參閱嘉慶一統志六四錦州府一覺華島注。

【覺路】佛教指成佛正覺之路。楞嚴經六:"雖未即明無上覺路,是人於法已決定心。"唐李白李太白詩十四春日歸山寄孟浩然:"金繩開覺路,寶筏度迷川。"

【覺寤】醒悟。寤,通"悟"。國語吳:"王若不得志於齊,而以覺寤王心,而吳國猶世。"史記項羽紀:"身死東城,尚不覺寤,而不自責,過矣!"

【覺輪】道家認爲覺性圓融,周遊不息,故以車輪爲喻。宋陳顯微文始真經言外經旨上一宇:"抱一子曰修真練性,圓通覺輪。"

【覺劍】指覺悟之力。謂其能破邪執,故以劍爲喻。唐王勃王子安集十五益州綿竹縣武都山淨慧寺碑:"揮覺劍而破邪山,揚智燈而照昏室。"

【覺羅學】清代貴族子弟的學校。宗人府設立宗學,教習宗室。設覺羅學,教習覺羅。規定八歲至十八歲有志讀書,及十九歲以上已讀書願就學者皆可入學,在內讀書學射,兼習滿漢文。學成,可參加歲科和鄉會試,並考用中書筆帖式等官。見清會典事例四宗人府八旗覺羅學。

十四畫

覽 lǎn ㄌㄢˇ 盧敢切,上,敢韻,來。

㊀觀看。史記秦始皇紀二十八年刻石:"登茲泰山,周覽東極。"㊁接受,摘取。通"攬"。戰國策齊一:"從人説大王者,……大王覽其説,而不察其至實。"注:"覽,受。"唐李白李太白詩十八宣州謝朓樓餞别校書叔雲:"俱懷逸興壯思飛,欲上青天覽明月。"

【覽揆】鑒度。楚辭屈原離騷:"皇覽揆余于初度兮,肇錫余以嘉名。"注:"覽,觀也;揆,度也。……言父伯庸觀我始生年時,度其日月,皆合天地之正中。"後以覽揆爲生辰的代稱,本此。

【覽勝】觀覽勝境。宋王安石臨川集十二和平甫舟中望九華山詩之一:"尋奇出後徑,覽勝倚前簷。"

覼 luó ㄌㄨㄛˊ 落戈切,平,戈韻,來。

"覶"的俗字。見"覶"。

十五畫

覿 dí ㄉㄧˊ 徒歷切,入,錫韻,定。

相見。易困:"三歲不覿。"論語鄉黨:"私覿,愉愉如也。"

【覿武】尚武。國語周中:"武不可覿,文不可匿,覿武無烈,匿文不昭。"注:"覿,見也。匿,隱也。言不當尚武隱文也。"

十八畫

觀 1. guān ㄍㄨㄢ 古丸切,平,桓韻,見。

㈠細看,看。論語爲政:"視其所以,觀其所由,察其所安,人焉廋哉,人焉廋哉!"易繫辭下:"仰則觀象於天,俯則觀法於地。"㈡示人,給人看。周禮考工記㮚氏:"嘉量既成,以觀四國。"注:"以觀示四方。"漢書宣帝紀:"饗賜單于,觀以珍寶。"㈢景象。史記一一七司馬相如傳封禪文:"皇皇哉斯事!天下之壯觀,王者之丕業。"宋楊萬里誠齋集二四過弋陽觀競渡詩:"三年端午真虛過,奇觀初逢慰道塗。"㈣遊覽。詩鄭風溱洧:"女曰觀乎?士曰既且。"孟子梁惠王下:"吾何修而可以比於先王觀也。"注:"當何修治,可以比先王之遊觀乎。"㈤鑑戒。左傳莊二三年:"書而不法,後嗣何觀?"㈥易六十四卦之一。☷☴。坤下巽上。易觀:"象曰:風行地上,觀,先王以省方觀民設教。"㈦智的別名。佛教指觀察妄惑;又達觀真理。隋釋慧遠觀無量壽經義疏:"繫念思察,說以爲觀。"大乘義章二:"麤思曰覺,細思名觀。"

2. guàn 古玩切,去,換韻,見。ㄍㄨㄢˋ

㈧闕,宮門前兩邊的望樓。禮禮運:"出遊於觀之上。"爾雅釋宮:"觀謂之闕。"注:"孫炎曰:'宮門雙闕,舊章懸焉,使民觀之,因謂之觀。'"㈨臺榭。左傳哀元年:"宮室不觀,舟車不飾。"㈩道教的廟宇。唐康駢劇談録下慈恩寺牡丹:"至于佛宇道觀,遊覽者罕不徑歷。"新唐書一四七李叔明傳上書:"臣請本道定寺爲三等,觀爲二等。上寺留僧二十一,上觀道士十四。"⑪姓。周時夏同姓諸侯國,以國爲氏。國語楚下:"楚之所寶者,曰觀射父。"⑫通"鸛"。見"觀₂雀"。

【觀心】觀察心性。佛教以心爲萬法的主體,無一事在心外,故觀心即能究明一切事(現象)理(本體)。十不二門指要鈔上:"蓋一切教行,皆以觀心爲要。"

【觀火】㈠比喻看得清楚明白。書盤庚上:"予若觀火。"傳:"我視汝情如視火。"疏:"我見汝情若觀火,言見之分明如見火也。㈡觀看火勢。漢書八七下揚雄傳解嘲:"觀雷觀火,爲盈爲實,天收其聲,地藏其熱。"

【觀止】言所見事物盡善盡美,無以復加。左傳襄二九年:"(吳公子札)請觀于周樂。……見舞韶箾者,曰:'德至矣哉!大矣,如天之無不幬也,如地之無不載也,雖甚盛德,其蔑以加于此矣。觀止矣!若有他樂,吾不敢請已!'"

【觀化】㈠觀察變化。莊子至樂:"生者,假借也;假之而生生者,塵垢也。死生爲晝夜。且吾與子觀化而化及我,我又何惡焉!"㈡觀察教化。呂氏春秋具備:"宓子賤治亶父。……乃得行其術於亶父。三年,巫馬旗短褐衣弊裘而往觀化於亶父。"

【觀世】㈠顯示給世人。呂氏春秋節喪:"以此觀世,則美矣侈矣。"注:"觀世,猶示人也。"㈡觀察世事。唐王維王右丞集五登辨覺寺詩:"空居法雲外,觀世得無生。"

【觀成】看到成果。漢桓寬鹽鐵論結和:"故民可與觀成,不可與圖始。"

【觀光】觀見國之盛德光輝。易觀:"六四,觀國之光,利用賓于王。"按國光本謂九五至尊也,六四居近九五,故曰觀國之光。唐孟浩然集四送袁太祝尉豫章詩:"何幸遇休明,觀光來上京。"宋程頤伊川文集三回禮部取問狀:"新制稱四方人士願觀光者,掌儀列入,遊覽堂舍,觀禮儀,聽絃誦,唯不得入齋。"

【觀色】謂觀察表情。論語顏淵:"夫達也者,質直而好義,察言而觀色,慮以下人。"史記七四淳于髡傳:"其諫說,慕晏嬰之爲人也,然而承意觀色爲務。"

【觀兵】檢閱軍隊示人以兵威。左傳襄十一年:"諸侯會于北林,師于向,右還次于瑣,圍鄭,觀兵於南門。"注:"觀,示也。"國語周上:"先王耀德不觀兵。"

【觀法】㈠觀察法度。荀子成相:"上通利,隱遠至。觀法不法見不視。"㈡佛家實踐修行的一種門徑。觀,探究、領悟;法,指教說、規範、道理、事物等。關於觀法之說,各宗派說各不同。參閱唐釋湛然止觀大意。

【觀河】古傳說禹臨河而得河圖。竹書紀年上帝禹夏后氏:"當堯之世,舜舉之。禹觀於河,有長人白面魚身,出曰:'吾河精也。'呼禹曰:'文命治水。'言訖授禹河圖,言治水之事。"南朝陳徐陵徐孝穆集二在北齊與楊僕射書:"昔分鼇命鳫(扈)之世,觀河拜洛之年。"

【觀津】戰國趙地。故城在今河北武邑縣東南。趙封樂毅於此,號望諸君。漢置縣,屬信都國;東漢屬冀州安平國。晉沿置。北魏改名灌津。參閱嘉慶一統志四九冀州一古蹟。

【觀音】即觀世音。佛教菩薩名。唐人避太宗(李世民)諱,但稱觀音。詳"觀世音"。

【觀美】外觀美好。孟子公孫丑下:"古者棺槨無度,中古棺七寸,槨稱之,自天子達於庶人,非直爲觀美也,然後盡於人心。"

【觀城】縣名。屬山東省。古觀國之地,春秋屬衛。漢畔觀縣,東漢更名衛國縣。隋改觀城。清屬山東曹州府。見寰宇通志七二東昌府濮州。

【觀政】了解政績。書咸有一德:"七世之廟,可以觀德;萬夫之長,可以觀政。"文選南齊王簡栖(屮)頭陀寺碑文:"觀政藩維,樹風江漢。"後謂從政爲觀政。

【觀風】㈠觀察風氣。易觀"觀我生進退"唐孔穎達疏:"時可則進,時不可則退,觀風相機,未失其道,故曰觀我生進退也。"㈡觀察風俗得失。禮王制:"命太師陳詩以觀民風。"文選南朝宋顏延年(延之)應詔觀北湖田收詩:"觀風久有作,陳詩愧未妍。"唐貞觀中設視風俗使;清雍正中設觀風整俗使。又清代學政及地方官到任時,命題考試士子,也稱"觀風"。清顏光敏顏氏家藏尺牘一李處士日景:"聞有觀風之舉,此江南諸士子之幸。"

【觀海】㈠比喻所觀者大。孟子盡心上:"故觀於海者難爲水,遊於聖人之門者難爲言。"藝文類聚十四南朝梁沈約武帝集序:"事同觀海,義等窺天。"㈡地名。在浙江餘姚縣東北八十里,明初置衛,爲沿海戍守要害。見讀史方輿紀要九二觀海衛。

【觀望】㈠觀瞻,外觀。管子八觀:"乘車者飾觀望,步行者雜文采。"㈡遲疑不決。史記七七魏公子傳:"魏王恐,使人止晉鄙,留軍壁鄴,名爲救趙,實持兩端以觀望。"㈢眺望。唐韋應物韋江州集七觀灃水漲詩:"雲嶺同昏黑,觀望悸心魂。"

【觀₂雀】鳥名。即鸛雀。莊子寓言:"彼視三釜三千鍾,如觀雀蚊虻相過乎前也。"參見"鸛雀"。清俞樾諸子平議謂"觀雀"之"雀"爲衍字,觀,釋作視。

【觀照】佛教指靜觀世界,以智慧而照見事理。楞嚴經二:"(佛告阿難)汝雖强記,但益多聞,予奢摩他,微密觀照,心猶未了。"文苑英華八六〇唐李華衢州龍興寺故律師體公碑:"於辨才得自在,於文義得解脫,於人法得無我,於觀照得甚深。"

【觀鼎】圖謀君位。文選晉陸士衡(機)五等論:"故彊晉收其請隧之圖,暴楚頓其觀鼎之志。"用左傳宣三年楚子 鼎故事。參見"問鼎"。

【觀察】㈠審視。周禮地官司諫:"正其

行,而强之道藝,巡問而觀察之。"後漢書和熹鄧皇后紀:"乃親閱宮人,觀察顏色。"㊁宋時稱緝捕使臣爲觀察。見元周密癸辛雜識王小官人。㊂清代道員的俗稱。見清梁章鉅稱謂録二一各道觀察。

【觀臺】㊀瞭望天象之臺。左傳僖五年:"公既視朔,遂登觀臺以望。而書,禮也。"注:"觀臺,臺上構屋可以遠觀者也。"㊁臺名。1.在浙江紹興縣城内龜山上。一名遊臺,一名靈臺。相傳越王句踐建,登臺以望雲物。見嘉慶一統志二九四紹興府古蹟。2.在河北南皮縣東。又名袁侯臺。三國時袁譚所築,漢建安十年曹操擒譚於此。見嘉慶一統志二五天津府二古蹟。

【觀摩】言觀察別人長處而汲取學習。禮學記:"相觀而善之謂摩。"注:"摩,相切磋也。"

【觀濤】觀賞江潮。文選漢枚叔(乘)七發:"將以八月之望,與諸侯遠方交游兄弟,並往觀濤於廣陵之曲江。"南齊書州郡志:"廣陵因此爲州鎮(南兗州)。土甚平曠,刺史每以秋月多出海陵觀濤,與京口對岸,江之壯闊處也。"

【觀$_2$魏】皇宮門前兩邊之樓。後漢書四十下班固傳典引:"是以鳳凰來儀,集羽族於觀魏,肉角馴毛宗於外囿。"注:"觀魏,門闕也。"

【觀瞻】㊀顯著於外的物象。三國志魏王粲傳附吳質注引魏略曹丕與質書:"以犬羊之質,服虎豹之文;無衆星之明,假日月之光,動見觀瞻,何時易邪?"宋史樂志九:"雲車風馬,從衛觀瞻。"㊁瞻望,觀賞。北周庾信庾子山集八謝滕王集序啟:"南陽寶雉,幸足觀瞻。"

【觀釁】伺隙而欲有所圖。左傳宣十二年:"會聞用師,觀釁而動。"注:"釁是間隙之名。"會,晉士會。

【觀文殿】隋煬帝殿名。宋亦有此殿,卽延恩殿改名。設有學士、大學士,資望極高,非曾爲宰相者不除。見宋史職官志二。

【觀天曆】曆法名。宋元祐七年黃居卿等造新曆,賜名觀天。七年頒行,至崇寧元年,凡行十一年。參閱宋史律曆志十觀天曆、清阮元疇人傳二十黃居卿。

【觀日玉】玉名。太平御覽八〇五梁四公記:"扶桑國使使貢觀日玉,大如鏡,方圓尺餘,明澈如琉璃,映日以觀,見日中宮殿皎然分明。"

【觀世音】佛教菩薩名。唐避太宗(李世民)諱,但稱觀音。亦稱觀自在菩薩。與大勢至菩薩共侍阿彌陀如來,推行教化。法華經七觀世音菩薩普門品二五:"若有無量百千萬億衆生受苦惱,聞是觀世音菩薩,一心稱名,觀世音菩薩卽時觀其音聲,皆得解脱,……以是因緣名觀世音。"唐宋名手所繪觀世音像,皆不作婦人。宋壽涯禪師詠魚藍觀音,有金蘭茜裙等語,僅爲觀音變相。後世訛爲女像,又變爲妙莊玉女。參閱翻譯名義集一菩薩別名、清姚之駰元明事類鈔十九大士女像、趙翼陔餘叢考三四觀音像。

【觀自在】觀世音菩薩的別名。大唐西域記三烏丈那國:"西渡大河三四十里,至一精舍,有阿嚩盧枳低濕伐羅菩薩像。"注:"唐言觀自在,合字連聲梵語如上;分文散音,卽'阿嚩盧枳多',譯曰'觀';'伊濕伐羅',譯曰'自在'。舊譯爲光世音、或觀世音,皆訛謬也。"元曲選武漢臣玉壺春三:"謝姨姨肯憐才,則你是洛伽山救苦的觀自在。"

【觀音山】山名。國内山以觀音名者甚多,著名者有:1.一名越秀山,在廣東廣州市。上有越王臺故址,明永樂初山上建觀音閣,始名觀音山。見讀史方輿紀要一〇一廣州府番禺縣越秀山。2.在南京市北觀音門外。北濱大江,西引幕府諸山,東連臨沂、衡陽諸山,皆懸崖峭壁。有石臨瞰江水,形如飛燕,曰燕子磯。見讀史方輿紀要二十江寧府臨沂山。3.在雲南鶴慶縣南。又名方丈山。山半有洞,中有深池,水滴巖下,若金石音,故名觀音山。見讀史方輿紀要一一七鶴慶軍民府方丈山、嘉慶一統志四八五麗江府山川。

【觀音竹】竹的一種。兩浙江淮俱有之,似淡竹,但葉差細瘦,高止五六尺。永州祁陽有矮竹,人家多植於水石之上,亦名觀音竹。參閱元李衎竹譜三竹品一、清吳其濬植物名實圖考九觀音竹。

【觀音柳】檉柳的別名。見本草綱目三五木二檉柳。參見"檉柳"。

【觀音菊】植物名。卽天竺花。自五月開至九月,花頭細小,其色純紫,枝葉如嫩柳,其幹之長與人等。宋史鑄百菊集譜有觀音菊詩。

【觀星臺】我國現存最早的天文臺。在河南登封縣東南的告成鎮(古稱陽城),相傳爲周公設置,中立土圭,以測日影。漢唐沿用。參閱讀史方輿紀要四八河南府登封縣。

【觀魚臺】臺名。1.在山東魚臺縣北。春秋隱五年"公矢魚於棠"晉杜預注:"今高平方與縣北有武唐亭,魯侯觀魚臺。"方與卽今魚臺縣。見太平寰宇記十四魚臺縣、嘉慶一統志一八三濟寧直隸州古蹟。2.在安徽鳳陽縣東,一名莊周臺。水經注謂卽莊子與惠子觀魚之處。見嘉慶一統志一二六鳳陽府古蹟莊周臺。

【觀象臺】古代測候天象的場所。明朱元璋於洪武間在安徽鳳陽縣東獨山上初建,後廢。明時北京東城泡子河亦有觀象臺,今猶存。上設銅製天文儀器,有明代之舊,亦有清康熙間增置者。參閱明謝肇淛五雜俎二天部二、嘉慶一統志一二六安徽鳳陽府古蹟。

【觀象曆】曆法名。唐憲宗卽位,徐昂上新曆,名觀象。元和二年頒行,沿用至長慶元年,共十五年。以測驗多不合,廢。見新唐書曆志六上。

【觀察使】官名。唐於諸道置觀察使,位次於節度使。中葉以後,多以節度使兼領其職。無節度使之州,亦特設觀察使,管轄一道或數州,並兼領刺史之職。後改爲採訪處置使,又改爲觀察處置使。凡兵甲財賦民俗之事無所不領,謂之都府,權任甚重。宋觀察使爲虛銜,無定員。見歷代職官表五二。

【觀往知來】觀察過去,推知未來。列子説符:"是故聖人見出以知入,觀往以知來,此其所以先知之理也。"

【觀軍容使】官名。唐置,爲監視出征將帥的最高軍職,以宦官充任。新唐書二〇六魚朝恩傳:"九節度圍賊相州,以朝恩爲觀軍容、宣慰、處置使。觀軍容使自朝恩始。"

【觀過知仁】論語里仁:"人之過也,各於其黨,觀過,斯知仁矣。"人之個性不同,所犯過失亦各有其類;觀其過,可以知其仁與不仁。北齊書郎基傳:"基性清慎,無所營求,……唯頗令寫書。潘子義曾遺之書曰:'在官寫書,亦是風流罪過。'基答曰:'觀過知仁,斯亦可矣。'"也作"觀過知人"。後漢書六四吳祐傳:"祐曰:掾以親故,受污穢之名,所謂'觀過斯知人矣'。"

【觀海難爲水】比喻所見既大,則其小者不足觀。孟子盡心上:"孔子登東山而小魯,登泰山而小天下,故觀於海者難爲水,遊於聖人之門者難爲言。"

【觀妙齋金石文考略】清李光暎撰。十六卷。光暎嘉興人,字子中,收藏金石甚富,此書編撰,採金石之書凡四十種,地志、文集、説部類有六十種。着重品評書跡,不以考訂史實爲長。

十九畫

覼 lì ㄌㄧˋ 郎計切，去，霽韻，來。

探視。說文：“覼，求視也。从見，麗聲。讀若池。”清段玉裁注：“求視者，求索之視也。”文選晉左太沖(思)吴都賦：“窺東山之府，則瓌寶溢目；覼海陵之倉，則紅粟流衍。”注：“蒼頡篇曰：‘覼，索視之貌。’”

角 部

角 1. jué ㄐㄩㄝˊ 古岳切，入，覺韻，見。

㊀獸角。易大壯：“羝羊觸藩，羸其角。”㊁額骨，俗稱額角。國語鄭：“惡角犀豐盈，而近頑童窮固。”注：“角犀，謂顏角有伏犀。”參見“日角”。㊂古時未成丁者頭頂兩側束髮爲髻，形如牛角，也稱角。詩齊風甫田：“婉兮孌兮，總角丱兮。”禮內則：“翦髮爲鬌，男角女羈。”㊃古樂器名。出於西北地區游牧民族。晉書樂志下：“胡角者本以應胡笳之聲，後漸用之橫吹，即胡樂也。”多用作軍號。㊄古代量器。管子七法：“尺寸也，繩墨也，……角量也。”注：“角亦器量之名。”㊅星宿名。二十八宿之一。國語周中：“夫辰角見而雨畢。”參見“角宿”。㊆植物果實的一種。或指豆莢。本草綱目二四穀三大豆：“角曰莢，葉曰藿，莖曰萁。”參見“角果”。㊇隅。角落。易晉：“上九，晉其角。”新唐書一八二裴坦傳：“舍人初詣省視事，四丞相送之，施榻堂上，壓角而坐。”㊈姓。明陳士元姓觿九引姓考：“齊頃公子角之後。後漢書有角善叔、角閎。”㊉五聲之一。周禮春官大師：“皆文之以五聲：宮、商、角、徵、羽。”⑪古代酒器。前後尾形，無兩柱，形狀似爵而無柱。禮禮器：“宗廟之祭，……尊者舉觶，卑者舉角。”注：“凡觴，一升曰爵，……四升曰角。”後也指酒的單位容量。宋孟元老東京夢華錄二宣德樓前省府宫宇：“銀缾酒七十二文一角，羊羔酒八十一文一角。”⑫校正。禮月令仲春之月：“日夜分則同度量，鈞衡石，角斗甬，正權概。”注：“角、正，皆謂平之也。”⑬較量，争競。孫子虛實：“角之，而知有餘不足之處。”曹操注：“角，量也。”漢書八五谷永傳：“廢承天之至言，角無用之虛文。”⑭見“角色”。㊀至㊇今讀 jiǎo。

角

2. lù ㄌㄨˋ 盧谷切，入，屋韻，來。

⑮見“角₂里先生”。

3. gǔ ㄍㄨˇ

⑯見“角₃角₃”。

【角力】比武。禮月令孟冬之月：“天子乃命將帥講武，習射御、角力。”也指決勝負。三國志吴華覈傳上疏：“今當角力中原，以定彊弱，正於際會，彼益我損，加以勞困，此乃雄夫智士所以深憂。”

【角人】周代官名。周禮地官之屬，掌以時徵收犀象麋鹿等獸之齒角，以當邦賦之政令。

【角弓】㊀用角裝飾之弓。詩魯頌泮水：“角弓其觩，束矢其搜。”文選南朝宋鮑明遠(照)出自薊北門行：“馬毛縮如蝟，角弓不可張。”㊁詩小雅篇名。詩序謂爲刺幽王好讒佞不親九族而作。見角弓序。三國志魏陳思王植傳詔報求存問親戚疏：“故夫忠厚仁極草木，則行葦之詩作；恩澤衰薄，不親九族，則角弓之章刺。”

【角巾】方巾。有稜角的頭巾。古代隱士的冠飾。晉書羊祜傳：“嘗與從弟琇書曰：‘既定邊事，當角巾東路，歸故里，爲容棺之墟。’”唐高適高常侍集一答侯少府詩：“江海有扁舟，丘園有角巾。”參見“林宗巾”。

【角立】㊀卓然特立。後漢書五三徐穉傳：“至於穉者，爰自江南卑薄之域，而角立傑出，宜當爲先。”注：“如角之特立也。”文苑英華三十唐李德裕大孤山賦：“惟大孤之角立，掩二山而礫豎。”㊁並立。宋史四〇七呂午傳上疏：“邊閫角立，當協心釋嫌，而乃幸災樂禍，無同舟共濟之心。”

【角仙】宋陶穀清異録獸：“華清宮一鹿，千年精俊不衰，人呼曰角仙。”(說郛六一)後因以角仙爲鹿的代稱。

【角尖】比喻微小。唐杜牧樊川集六燕將録：“執事若能陰解陴障，遺魏一城，魏得持之奏捷，天子以爲符信，此乃使魏北得以奉趙，西得以爲臣，於趙爲角尖之耗，於魏獲不世之利。”

【角圭】圭，古代玉製禮器。有稜角的玉圭，譬喻人之有鋒鋩。唐韓愈昌黎集七南内朝賀歸呈同官詩：“法吏多少年，磨淬出角圭。”參見“圭角”。

【角色】傳統劇中演員的類別。見“脚色㊀”。

【角角】四方，四角。唐杜牧樊川集一郡齋獨酌詩：“中畫一萬國，角角棊布方。”

【角₃角₃】象聲詞。唐韓愈昌黎集二此日足可惜贈張籍詩：“百里不逢人，角角雄雉鳴。”注：“角音谷。”

【角妓】古之藝妓。宋陳鵠西塘耆舊續聞四：“章子厚(惇)當軸，喜罵士人。常對衆曰：‘今時士人，如人家婢子，纔出外求食，箇箇要作行首。’張天覺在旁，曰：‘如商英者，莫做得一個角妓否？’”宣和遺事亨集：“這箇佳人，名冠天下，乃是東京角妓，姓李，小名師師。”

【角戾】乖戾，古怪。晉書王恭傳：“時內外疑阻，津邏嚴急，(殷)仲堪之信因庾楷達之，以斜絹爲書，內箭簳中，合鏑漆之，楷送於恭。恭發書，絹文角戾，不復可識，謂楷爲詐。”

【角招】㊀古樂章名。招，同“韶”。孟子梁惠王下：“(齊景公)召大師曰：‘爲我作君臣相說之樂。’蓋徵招角招是也。”注：“徵招角招，其所作樂章名也。”㊁詞調名。雙調，一百七字。前段十一句八仄韻，後段十二句九仄韻。趙以夫虛齋集自注：“姜夔製角招徵招兩曲，余以角招賦梅，古樂府有大小梅花，皆角聲也。”見詞譜三四。

【角抵】古代的一種技藝表演，類似今之摔跤。傳說起源於戰國。見漢書刑法志。漢書武帝紀元封三年：“三年春，作角抵戲，三百里內皆觀。”注引文穎：“名此樂爲角抵者，兩兩相當角力，角技藝射御，故名角抵，蓋雜技樂也。”宋元時稱爲相撲或争交。參見“角觝”。

【角枕】角製的或用角裝飾的枕頭。詩唐風葛生：“角枕粲兮，錦衾爛兮。”唐白居易長慶集五五新昌閑居招楊郎中詩：“紗巾角枕病眠翁，忙少閑多誰與同。”

【角門】正門兩側的小門。宋王安石臨

川集三一省中沈文通廳事詩："竹上秋風吹網絲，角門常閉吏人稀。"蔡絛鐵圍山叢談一："(祕閣)視舊亦甚偉，而祕書省之西切近大慶殿，故於殿廊闢角門支以相通。"

【角果】豆莢類植物的總稱。見清厲荃事物異名録二三蔬穀下豆。

【角冠】道冠。文苑英華二二八唐王建贈詔徵王屋道士："玉皇符到下天壇，玳瑁頭簪白角冠。"

【角馬】生角之馬。比喻失去本來面目的事物。漢揚雄太玄經三更："童牛角馬，不今不古。測曰：童牛角馬，變天常也。"

【角逐】爭奪，競相取勝。戰國策趙三："且王之先帝，駕犀首而驂馬服，以與秦角逐。"五代前蜀韋莊浣花集四上元縣詩："南朝三十六英雄，角逐興亡盡此中。"

【角射】射擊競技。資治通鑑二三九唐元和八年："(田)興嘗於軍中角射，一軍莫及。"注："角，競也。角射者，以中爲勝。"

【角宿】星宿名，二十八宿之一。東方蒼龍七宿的第一宿。有星兩顆，屬今室女座。楚辭屈原天問："角宿未旦，曜靈安藏。"

【角掎】比喻前後夾擊敵人。左傳襄十四年："晉禦其上，戎亢其下，秦師不復，我諸戎實然。譬如捕鹿，晉人角之，諸戎掎之，與晉踣之。"疏："角之，謂執其角也；掎之，言戾其足也。"文選三國魏陳孔璋(琳)爲袁紹檄豫州："大軍汎黄河以角其前，荆州下宛、葉而掎其後。"參見"掎角"。

【角犀】額角入髮處隆起謂之角犀。古代迷信以爲顯貴之相。國語鄭："今王棄高明昭顯，而好讒慝暗昧；惡角犀豐盈，而近頑童窮固。"此以指人。參見"伏犀"、"匿犀"。

【角黍】即粽子。因以菰蘆葉裹成角狀，故名。初學記四晉周處風土記："仲夏端午，烹鶩角黍。"又："進筒糭，一名角黍，一名糭。"注引續齊諧記："屈原五月五日自投汨羅而死，楚人哀之，每至此日，以竹筒貯米，投水祭之。"宋陸游劍南詩稿十歸州重五："屈平鄉國逢重五，不比常年角黍盤。"

【角勝】爭奪勝利。三國魏曹植曹子建集九與司馬仲達書："無有爭雄於宇內、角勝於平原之志也。"新唐書一一五郝處俊傳："時赤縣與太常音技分東西朋，帝詔雍王賢主東，周王顯主西，因以角勝。"

【角觝】本爲相互角力的一種技藝，後爲百戲的總名。同"角抵"。文選漢張平子(衡)西京賦："臨迥望之廣場，程角觝之妙戲。"注："兩兩相當角力，技藝射御，故名角觝也。"舊題南朝梁任昉述異記上："秦漢間説，蚩尤氏耳鬢如劍戟，頭有角；與軒轅鬭，以角觝人，人不能向。今冀州有樂，名蚩尤戲，其民兩兩三三，頭戴牛角而相觝，漢造角觝戲，蓋其遺制也。"參見"角抵"。

【角試】比較，試驗。管子七法："故聚天下之精財，論百工之鋭器，春秋角試以練，精鋭爲右。"

【角落】㊀隅。禮檀弓下"公室視豐碑"唐孔穎達疏："椁前後及兩旁樹之，角落相望，故云四角。"㊁木名。似茱萸，獨莖，其皮可治赤白痢。生江西山谷。見本草綱目三七木四。

【角端】㊀傳説獸名。宋書符瑞志下："角端者，日行萬八千里，又曉四夷之語。"元史一四六耶律楚材傳："帝至東印度，駐鐵門關，有一角獸，形如鹿而馬尾，其色緑，……帝以問楚材，對曰：'此瑞獸也，其名角端。'"㊁弓名。後漢書九十鮮卑傳："又禽獸異於中國者，野馬、原羊、角端牛，以角爲弓，俗謂之角端弓者。"玉臺新詠九晉張載擬四愁詩之三："佳人遺我雙角端，何以贈之雕玉環。"

【角蒿】草名。又名豬牙菜。莖葉如青蒿，開淡紅紫花，秋熟結角，長二寸許，實黑而細。參閲政和證類本草十一角蒿。

【角樓】建於城垣四角作瞭望用的城樓。宋書沈文秀傳："時白曜在城西南角樓，裸縛文秀至曜前。"唐元稹長慶集十四欲曙詩："片月低城堞，稀星轉角樓。"

【角𧤗】獸名。即角端。史記一一七司馬相如傳上林賦："獸則麒麟角𧤗，騊駼橐駝。"集解引郭璞："角𧤗，音端。似豬，角在鼻上，堪作弓。李陵嘗以此弓十張遺蘇武也。"文選作"角端"。見"角端"。

【角鴟】鵋鵙的别名。見"鵋鵙"。

【角鐍】覆蓋刀劍鞘外表的角飾。淮南子齊俗："夫玉璞不厭厚，角鐍不厭薄。"注："角鐍，刀劍羽間之覆角也。"刀劍無羽飾，羽疑爲"削"之譌。削，通"鞘"。

【角襪】襪名。五代後唐馬縞中華古今注中："三代及周著角襪，以帶繫於踝。至魏文帝吴妃，乃改樣，以羅爲之。後加以綵繡畫，至今不易。"襪，也作"韤"。參閲宋高承事物紀原三。

【角鷹】鷹的頭頂有毛角，故又名角鷹。唐杜甫杜工部詩史補遺八王兵馬使二角鷹："角鷹翻倒壯士臂，將軍玉帳軒勇氣。"

【角₂里先生】秦末漢初四皓之一，避世隱居商雒山中。見史記留侯世家"顧上有不能致者，天下有四人"唐司馬貞索隱。亦作"甪里"。參見"甪里"、"商山四皓"。

二畫

觓 qiú ㄑㄧㄡˊ 渠幽切，平，幽韻，羣。

角曲貌。同"觩"。詩小雅桑扈："兕觥其觩，旨酒思柔。"釋文："觩，音虯，本或作觓。"穀梁傳成七年："郊牛日，展觓角而知傷。"釋文："觓角，其樛反，一音求，角貌。"

觔 jīn ㄐㄧㄣ

㊀同"筋"。見正字通。元曲選蕭德祥殺狗勸夫四："俺如今剔下了這骨和觔，割掉了這肉共脂。"㊁借用爲"斤"。舊唐書文宗紀大和二年："京兆府奉先縣界鹵池側近百姓，取水柏柴燒灰煎鹽，每一石灰得鹽一十二觔一兩。"

【觔斗】㊀唐代散樂的一種。唐段安節樂府雜録鼓架部："尋橦、跳丸、吐火、吞刀、旋槃、觔斗，悉屬此部。"㊁跟頭。指懸空翻轉身體的動作。西游記七："我老孫一觔斗去十萬八千里。"參見"筋斗"。

【觔節】筋腱骨節。比喻事物的關鍵與要害。同"筋節"。水滸一〇三："自此一連住了十餘日，把槍棒觔節，盡傳與龔端、龔正。"明楊愼升菴詩話九韓翃詩："唐人評韓翃詩，謂比興深於劉長卿，觔節減於皇甫冉。比興，景也；觔節，情也。"

四畫

觕 cū ㄘㄨ 倉胡切，平，模韻，清。

粗疏，粗略。通"粗"。公羊傳莊十年："觕者曰侵，精者曰伐。"注："觕，粗也。將兵至竟以過侵責之，服則引兵而去，用意尚粗。"漢書一〇〇下敍傳："觕舉僚職，並列其人。述百官公卿表第七。"注："觕，……謂大略也。"

觖 jué 古穴切，入，屑韻，見。
ㄐㄩㄝˊ 窺瑞切，去，寘韻，溪。

㊀不滿。淮南子繆稱："禹無廢功，無廢財，自視猶觖如也。"㊁企望，希冀。後漢書十五李通傳論："夫天道性命，聖人難言之，況乃億測微隱，猖狂無妄之福，汙滅親宗，以觖一切之功哉！"注："觖，望也。"㊂挑剔。通"抉"。漢書七七孫寶

傳："馮氏反事明白，故欲擿觖以揚我惡。"

【觖望】㊀因不滿而怨恨。猶言怨望。史記九三盧綰傳："高祖已定天下，諸侯非劉氏而王者七人。欲王盧綰，爲羣臣觖望。"㊁企望。後漢書五八臧洪傳："今王室衰弱，無扶翼之意，而欲因際會，觖望非冀，多殺忠良，以立姦威。"

觘 gāng 集韻 古雙切，平，江韻。ㄍㄤ

舉角，舉物。通"扛"。說文："觘，舉角也。"假借爲扛字。三國魏大饗碑："觘鼎緣橦，舞輪擿鏡。"（隸釋十九）參閱唐顏師古匡謬正俗六。

觕 chù 集韻 樞玉切，入，燭韻。ㄔㄨˋ

以角抵物。古文"觸"字。淮南子齊俗："故諺曰：鳥窮則噣，獸窮則觕，人窮則詐。"

五畫

觛 dàn 徒旱切，上，旱韻，定。ㄉㄢˋ 得按切，去，翰韻，端。

古代酒器。急就篇三："蠡升，參升，半卮觛。"注："觛，謂觶之小者，行禮飲酒角也。"

⿰角巨 jù 其呂切，上，語韻，羣。ㄐㄩˋ

雞距，同"距"。刀鋒倒刺者亦稱⿰角巨。史記一一七司馬相如傳子虛賦"建干將之雄戟"集解引漢書音義："雄戟，胡中有⿰角巨，干將所造也。"

觝 dǐ 都禮切，上，薺韻，端。ㄉㄧˇ

拒，抵擋。通"抵"、"牴"。文選晉嵇叔夜（康）琴賦："爾乃顛波奔突，狂赴爭流，觸巖觝隈，鬱怒彪休。"

【觝排】排斥。唐韓愈昌黎集十二進學解："觝排異端，攘斥佛老，補苴罅漏，張皇幽眇。"

【觝觸】以角相撞擊。淮南子說山："熊羆之動以攫搏，兕牛之動以觝觸。"引申爲衝突、衝撞。急就篇四："讒諛爭語相觝觸。"注："有爭語者，常相觝距而擊觸也。"

觚 gū 古胡切，平，模韻，見。ㄍㄨ

㊀古代酒器。長身侈口，口部與底部呈喇叭狀。盛行於商代和西周初期。論語雍也："子曰：觚不觚，觚哉！觚哉！"注："觚，禮器，一升曰爵，二升曰觚。"禮禮器"貴者獻以爵，賤者獻以散"唐孔穎達疏引五經異義："古周禮說：爵一升，觚二升，獻以爵而酬以觚。"見圖。

觚

㊁多角棱形的器物。史記一二二酷吏傳序："漢興，破觚而爲圜，斲雕而爲朴。"索隱引應劭："觚，八棱有隅者。"也指器物的邊角、棱角。太平御覽一八六莊子（逸篇）："仲尼讀春秋，老聃踞竈觚而聽。觚，竈額也。"㊂木簡，古人用以書寫。急就篇一："急就奇觚與羣異。"注："觚者，學書之牘，或以記事，削木爲之，蓋簡之屬。……其形或六面，或八面，皆可書。觚者，棱也，以有棱角，故謂之觚。"文選晉陸士衡（機）文賦："或操觚以率爾，或含毫而邈然。"㊃法。漢揚雄太玄經七玄攡："占之以其觚。"注："觚，法也。……法謂經緯之休咎也。"㊄劍柄。淮南子主術："操其觚，招其末，則庸人能以制勝。"注："觚，劍拊。"㊅通"孤"。莊子大宗師："與乎其觚而不堅也，張乎其虛而不華也。"

【觚竹】古國名。亦作孤竹。爾雅釋地："觚竹、北户、西王母、日下，謂之四荒。"參見"孤竹㊀"。

【觚棱】同"觚稜"。見該條。

【觚稜】殿堂屋角的瓦脊成方角棱瓣之形，故名。文選漢班孟堅（固）西都賦："設壁門之鳳闕，上觚稜而棲金爵。"後漢書四十下班固傳作"柧棱"。唐杜牧樊川集一杜秋娘詩："觚稜拂斗極，迴首尚遲遲。"參閱宋王觀國學林五。

【觚盧】卽葫蘆。漢書五七上司馬相如傳子虛賦："蓮藕觚盧，奄閭軒于。"注引張晏："觚盧，扈魯也。"史記作"菰蘆"。觚盧、菰蘆、扈魯、葫蘆，均一聲之轉。

【觚賸】清鈕琇撰。計吳觚三卷，燕觚、豫觚、秦觚各一卷，粵觚二卷，共八卷。又續編分言觚、人觚、事觚、物觚各一卷。所記爲詩文雜事，多明末清初史料。如虎林軍營唱和一條，揭示清初文字獄之恐怖；術者言一條，述及順治初清兵在吳中焚戮之慘；俱甚確實。所載故事、傳說，亦多可采。

【觚牘】古代用以書寫的竹簡木札，也指書翰。唐柳宗元柳先生集九唐故給事中皇太子侍讀陸文通先生墓表："孔子作春秋千五百年。……秉觚牘，焦思慮，以爲論註疏說者百千人矣。"又十二志從父弟宗直殯："善操觚牘，得師法甚備。"

【觚不觚録】明王世貞撰。一卷。卷首有自序，稱孔子言"觚不觚，觚哉！觚哉"，傷觚之非復其舊，因取以爲書名。敍當代朝廷制度及搢紳儀注之沿革，以歎今之遜昔。所述多出自身經歷，可補明史之闕。

六畫

觠 quán 巨員切，平，仙韻，羣。ㄑㄩㄢˊ

角捲曲。爾雅釋畜："角三觠，羷。"注："觠，角三匝。"釋文："觠，捲也，羊角捲三迎者名羷。"

觢 shì 時制切，去，祭韻，禪。ㄕˋ

兩角直豎的牛。爾雅釋畜："角一俯一仰，觭；皆踊，觢。"注："今豎角牛。"

觜 1. zī 卽移切，平，支韻，精。ㄗ

㊀貓頭鷹頭上的毛角。說文："觜，鴟舊頭上角觜也。一曰觜觿也。从角，此聲。"㊁星宿名。二十八宿之一。見"觜宿"。

2. zuǐ 卽委切，上，紙韻，精。ㄗㄨㄟˇ

㊂通"嘴"。特指鳥喙。文選晉潘安仁（岳）射雉賦："當味值胸，裂膆破觜。"注："觜，喙也。"

【觜$_2$吻】口吻。指言辭、口氣。南齊書劉休傳請致仕啟："覆背騰其喉脣，武人厲其觜吻。怨之所聚，勢難久堪。"

【觜宿】星宿名。二十八宿之一。西方白虎七宿的第六宿。又名觜觿。有星三顆，屬今獵户座。爾雅釋天："娵觜之口，營室東壁也。"注："星四方似口，因名云。"

【觜$_2$距】鳥類的嘴和爪甲。文選左太沖（思）吳都賦："羽族以觜距爲刀鈹，毛羣以齒角爲矛鋏。"也用以比喻決勝的武力。唐韓愈昌黎集四贈崔立之評事詩："子時專場誇觜距，余始張軍嚴韅靮。"

【觜$_2$鼻】猶言面目、嘴臉。宋黃庭堅豫章集二七題摹鎖諫圖："（陳）使元達作此觜鼻，豈能死諫不悔哉？"金史畢資倫傳："資倫見買住罵曰：'納合買住，國家未嘗負汝，何所求死不可，乃作如此觜鼻耶！"

【觜觿】㊀星宿名。二十八宿之一，卽觜宿。禮月令仲秋之月："日在角，昏牽牛中，旦觜觿中。"見"觜宿"。㊁大龜。後漢書八十上杜篤傳論都賦："甲瑇瑁，戕觜觿。"注："觜觿，大龜，亦瑇瑁之屬。"也作"觜蠵"。文選晉左太沖（思）吳都賦："搜瓌奇，摸瑇瑁，捫觜蠵。"

觟 1. huà 胡瓦切，上，馬韻，匣。ㄏㄨㄚˋ

㊀長角的母羊。見説文。清郝懿行爾雅義疏釋畜:"吳羊牝者無角,其有角者別名觟也。"吳羊,白色羊。㊁偏僻小徑。淮南子俶真:"於是萬民乃始憪觟離跂,各欲行其知僞,以求鑿枘於世。"注:"觟,傒徑之傒也。"

2. xiè ㄒㄧㄝ 集韻 下買切,上,蟹韻。

㊂通"獬"。見"觟₂冠"、"觟₂觽"。

【觟矢】箭名。舊題漢劉歆西京雜記四:"茂陵文固陽,本瑯玡人,善馴野雉爲媒,用以射雉,……用觟矢以射之,日連百數。"

【觟₂冠】古執法官戴的冠。太平御覽六八四冠:"(淮南子)曰:楚莊王好觟冠,楚效之也。"今本淮南子主術作"獬冠"。漢高誘注:"獬豸之冠,如今御史冠。"參見"獬豸冠"。

【觟陽】複姓。後漢書七九上洼丹傳有中山人觟陽鴻,字孟孫,治孟氏易。

【觟₂觽】古代傳説中的一種神獸。即獬廌。漢王充論衡是應:"儒者説云:觟觽者,一角之羊也,性知有罪。皋陶治獄,其罪疑者,令羊觸之,有罪則觸,無罪則不觸。"後世官署正牆上畫獸,即此。俗誤以爲麒麟。參見"獬廌"。

觥 gōng ㄍㄨㄥ 古横切,平,庚韻,見。

㊀飲酒及盛酒器。腹橢圓,圈足,有流,有把手。蓋作獸頭形。本作"觵"。古代用獸角製,後也用木或銅製。詩周南卷耳:"我姑酌彼兕觥,維以不永傷。"傳:"觥,角爵也。"釋文:"韓詩云容五升;禮圖云容七升。"㊁大,豐盛。見"觥飯"。

觥

【觥令】酒令。唐皇甫松醉鄉日月觥録事:"觥録事宜以剛毅木訥之士爲之。有犯者輒投旗於前,曰某犯觥令。"(説郛五八)

【觥羊】大羊。漢揚雄太玄經三毅:"觥羊之毅,鳴不類。"

【觥使】宴席上司酒令之人。唐元稹長慶集十一痁卧聞幕中諸公徵樂會飲因有戲呈三十韻詩:"紅娘留醉打,觥使及醒差。"自注:"酒中觥使,席上右職。"

【觥船】容量大的飲酒器。唐李賀歌詩編三河陽歌:"觥船飫口紅,蜜炬千枝爛。"杜牧樊川集三題禪院詩:"觥船一棹百分空,十歲青春不負公。"

【觥飯】豐盛的肴饌。國語越下:"諺有之曰:'觥飯不及壺飧。'"注:"觥,大也。大飯,謂盛饌。盛饌未具,不能以虛待之,不及壺飧之救飢疾。"

【觥觥】剛直貌。後漢書八二郭憲傳:"帝令兩郎扶下殿,憲亦不拜。帝曰:'常聞關東觥觥郭子横,竟不虛也。'"子横,憲字。

【觥籌】酒杯和酒令籌。唐王建詩五書贈舊渾二曹長:"替飲觥籌知户小,助成書屋見家貧。"宋歐陽修文忠集三九醉翁亭記:"觥籌交錯,起坐而諠譁者,衆賓懽也。"

【觥録事】宴飲時司酒令之人。亦稱酒糾、甌宰。唐元稹長慶集十黄明府詩序:"小年曾於解縣連日飲酒,予常爲觥録事。曾於竇少府廳中,有一人後至,頻犯語令,連飛十二觥,不勝其困,逃席而去。"參閲唐皇甫松醉鄉日月。(類説四十)

【觥籌獄】喻以酒困人。宋陶穀清異録酒漿:"荆南節判單天粹,性耽酒,日延親朋,强以巨杯,多致狼狽,……時戲語曰:'單家酒筵,乃觥籌獄也。'"(説郛六一)

解 1. jiě ㄐㄧㄝˇ 佳買切,上,蟹韻,見。

㊀剖開,分割肢體。左傳宣四年:"宰夫將解黿。"莊子養生主:"庖丁爲文惠君解牛。"㊁分散,分裂。莊子在宥:"故君子苟能无解其五藏,無擢其聰明,尸居而龍見,淵默而雷聲。"史記八九張耳陳餘傳:"今獨王陳,恐天下解也。"㊂解開,消散。孟子公孫丑上:"萬乘之國行仁政,民之悦之,猶解倒懸也。"禮月令孟春之月:"東風解凍,蟄蟲始振。"㊃脱去,排除。禮曲禮上:"解屨不敢當階。"疏:"解,脱也。"荀子臣道:"遂以解國之大患,除國之大害。"㊄分析,解釋。禮"經解"疏:"解者,分析之名。此篇分析六經體教不同,故名曰經解也。"史記呂太后紀:"太后獨有孝惠,今崩,哭不悲,君知其解乎?"㊅曉悟,理解。禮學記:"善問者如攻堅木,先其易者,後其節目,及其久也,相説而解。"也指見識、見解。南史張邵傳附張融:"融玄義無師法,而神解過人。"㊆懂得,知道。晉陶潛陶淵明集二九日閑居詩:"酒能祛百慮,菊解制頹齡。"全唐詩一三三李頎聽安萬善吹觱篥歌:"世人解聽不解賞,長飆風中自來往。"㊇通達。莊子秋水:"且彼方跐黄泉而登大皇,无南无北,奭然四解。"㊈排洩。古代醫家稱汗出病除爲解。俗稱大小便爲解。明戚繼光練兵實紀七:"各開廁坑一箇于本地方,遇夜即于廁中大小解。"㊉樂曲的章節。樂府詩集二六相和歌辭解題:"古今樂録曰:傖歌以一句爲一解,中國以一章爲一解。"引申爲回次。元曲選高文秀黑旋風楔子:"我恰纔囑付了三回五解。"⑪武術用語。原指抵抗以解脱別人的進攻,轉而指武術的套子。元曲選尚仲賢單鞭奪槊三:"我見他格截架解不放空,起一陣殺氣黑濛濛。"參見"解數"。⑫文體的一種。明徐師曾文體明辨解:"按字書,解者釋也,因人有疑而解釋之也。揚雄始作解嘲,世遂倣之;其文以辨釋疑惑,解剥紛難爲主,與論説議辯,蓋相通焉。"按亦有設辭以釋意者,如唐韓愈進學解。

2. jiè ㄐㄧㄝˋ 古隘切,去,卦韻,見。

⑬發送,解送。唐制,舉進士者皆由地方發送入試,稱爲解。故科舉時稱中鄉榜的人爲發解,鄉試也稱解試。唐李肇國史補下:"外府不試而貢者,謂之拔解。"後發送人或物也稱解。見"解₂子"、"解₂交"。

3. xiè ㄒㄧㄝˋ 胡買切,蟹韻,匣。

⑭易卦名。☳☵。坎下震上。易解:"解,利西南。"釋文:"音蟹。序卦云:緩也。"⑮怠忽,鬆弛。通"懈"。詩大雅烝民:"夙夜匪解,以事一人。"説苑立節引詩作"懈"。⑯通"蟹"。呂氏春秋恃君:"夷穢之鄉,大解陵魚。"山海經海内北經作"大蟹"。⑰通"邂"。見"解₃后"。⑱通"澥"。漢書八七下揚雄傳解嘲:"譬若江湖之雀,勃解之鳥。"勃解,即渤澥,渤海的古稱。⑲通"嶰"。見"解₃谷"。⑳地名。1. 春秋周畿内地。左傳昭二二年:"王師軍于氾,于解。"注:"洛陽西南有大解小解。"2. 見"解₃州"。㊁姓。急就篇二:"解莫如。"注:"解,地名也。在河東,因地爲姓,故晉因多姓解氏焉。"

【解人】見事高明能通曉人意者。三國志吳孫霸傳:"解人不當爾邪!"世説新語文學:"謝安年少時,請阮光禄(裕)道白馬論,爲論以示謝。于時謝不即解阮語,重相咨盡。阮乃歎曰:'非但能言人不可得,正索解人亦不可得。'"

【解土】舊時建宅落成時設祭報謝土神,稱解土。東觀漢記十七鍾離意:"意出奉錢,帥人作屋。……泱日而成,功作既畢,爲解土;祝曰:'興功役者令,百姓無事,如有禍祟,令自當之。'"漢王充論衡解除:"世間繕治宅舍,鑿地掘土,功成作畢,解謝土神,名曰解土。"

【解$_2$子】押送犯人的差役。元曲選張國賓合汗衫一:"脊杖了六十,迭配沙門島去。時遇冬天,下着這等大雪,身上單寒,肚中饑餒。解子哥,這一家必然是個財主人家,我如今叫化些兒殘湯剩飯,吃了呵慢慢的行。"

【解巾】除去頭巾。謂出任官職。後漢書二六韋彪傳附韋著:"詔書逼切,不得已,解巾之郡。"注:"巾,幅巾也。既服冠冕,故解幅巾。"

【解$_2$户】明代解納錢糧的差役。明史食貨志二:"民所患苦,莫如差役。錢糧有收户、解户,驛遞有馬户,供應有行户,皆僉有力之家充之。"

【解$_2$元】科舉時,鄉試第一名稱爲解元。也稱解首。因鄉試本稱解試,故名。宋洪邁容齋隨筆四筆十貴降考試官:"(天禧二年)十一月,解一百四人,解元郭稹。"宋以前稱爲解頭。宋元以後又作爲讀書應舉者的通稱,如元王實甫稱張生(君瑞)爲張解元。參見"解$_2$頭"。

【解手】㊀猶言分手,離別。唐韓愈昌黎集二二祭河南張員外文:"兩都相望,於別何有,解手背面,遂十一年,君出我入,如相避然。"宋范成大石湖集十四送周直夫教授歸永嘉詩:"知心海内向來少,解手天涯良獨難。"㊁解除危難的辦法。水滸三九:"宋江聽罷,搔首不知癢處,只叫得苦:'我今番必是死也!'戴宗道:'我教仁兄一着解手,未知如何?'"㊂即解溲。大小便。京本通俗小説錯斬崔寧:"敍了些寒温,魏生起身去解手。"明戚繼光練兵實紀七:"夜間不容許一人出營解手。"

【解札】謂衣服脱線露口。淮南子齊俗:"貧人……冬則羊裘解札,短褐不掩形,而煬竈口。"注:"解札,裘敗解也。"

【解$_2$由】宋金官吏赴任的證書稱爲解由。宋周密癸辛雜識續集下:"(陳謂)嘗爲越學正,滿替,往婺之廉司,取解由,……别注他缺。"金史百官志一:"凡内外官之政績,所歷之資考,更代之期,去就之故,秩滿皆備陳於解由,吏部據以定能否。"

【解甲】㊀脱下戰衣。吴子料敵:"倦而未食,解甲而息。"漢書八七下揚雄傳解嘲:"叔孫通起於枹鼓之間,解甲投戈,遂作君臣之儀。"㊁指草木種籽開裂生芽。易解:"天地解而雷雨作,雷雨作而百果草木皆甲坼。"漢揚雄太玄經二釋:"陽氣和震,圜煦釋物,咸稅其枯,而解其甲。"注:"謂陽氣温暖,萬物咸稅枯解甲,而生於太陽之中也。"

【解$_3$池】鹽池名。在山西運城縣東南。盛産鹽,有解鹽、河東鹽之稱。參閲讀史方輿紀要三九山西鹽池。

【解字】分析字形,解釋字義。後漢書七九下許慎傳:"慎以五經傳説臧否不同,於是撰爲五經異義,又作説文解字十四篇。"

【解交】漢代百官交拜之禮。調任時互相交拜,稱解交。宋書百官志上:"八坐丞郎初拜,並集都坐,交禮。遷,又解交,漢舊制也。今唯八坐解交,丞郎不復解交也。"宋龐元英文昌雜録補遺:"漢制,八坐及丞郎初拜官,並集都坐交。僕射,八坐也。……天子與五更於門屏交禮,即答拜。詳此,並以對拜爲交禮;遷日又集,對拜而去,謂之解交也。"

【解$_2$交】解送交納。清會典事例二一八户部錢法:"(乾隆二十九年)議准,江西省鼓鑄,每年需洋銅二十萬一千六百斤,商人不能按額解交。"

【解$_3$州】春秋晉地。漢置縣,屬河東郡。北魏分置北解、南解二縣,北解治臨晉,南解治虞鄉。唐改虞鄉爲解縣,五代後漢爲解州治,明廢縣入州,清爲直隸州。公元 1912 年廢州改縣,屬山西省。漢故縣相當今山西運城縣及臨猗、永濟二縣的部分地區。參閲寰宇通志七九平陽府解州。

【解$_3$休】休息。解,通"懈"。漢王充論衡儒增:"(董)仲舒雖精,亦時解休;解休之間,猶宜游於門庭之側,則能至門庭,何嫌不窺園菜?"

【解$_3$后】偶然相遇。同"邂逅"。宋楊萬里誠齋集十二晚晴詩:"先生老態似枯禪,解后東風也欲顛。"元方回桐江續集十八贈醫士清溪居士丘通甫詩:"邇來解后古餘杭,其言亹亹慨以慷。"

【解決】排難解紛而作出決斷。漢王充論衡案書:"兩傳并紀,不宜明處,孰與剖破渾沌,解決亂絲?"唐杜牧樊川集九唐故平盧軍節度巡官隴西李府君墓誌銘:"年三十,盡明六經書,解決微隱,蘇融雪釋。"

【解形】㊀猶言息影,隱居。後漢書十二王昌傳:"解形河濱,削迹趙、魏。"注:"解形猶脱身也。"㊁分解形體。唐段成式酉陽雜俎四境異:"王子年拾遺記言:漢武時,因墀國使南方,有解形之民,能先使頭飛南海,左手飛東海,右手飛西澤,至暮,頭還肩上,兩手遇疾風飄於海水外。"

【解$_3$豸】神獸名,相傳能辨曲直。同"獬豸"。史記一一七司馬相如傳上林賦:"推蜚廉,弄解豸。"集解引漢書音義:"解豸似鹿而一角。人君刑罰得中則生於朝廷,主觸不直者。"

【解$_3$谷】古山谷名。漢書律曆志上:"黄帝使泠綸,自大夏之西,昆侖之陰,取竹之解谷生。"注:"孟康曰:'解,脱也。谷,竹溝也。取竹之脱無溝節者也。一説昆侖之北谷名也。'晉灼曰:'谷名是也。'"晉書律曆志上作"嶰谷"。

【解何】如何辯解。即何解。漢書八一匡衡傳:"案故圖,樂安鄉南以平陵佰爲界,不從故而以閩佰爲界,解何?"注:"解何者,以分解此時意,猶今言分疏也。"

【解官】辭官。唐律疏議二五詐僞:"諸父母死應解官,詐言餘喪不解者,徒二年半。"元耶律楚材湛然居士集四再用謝飛卿飯韻詩:"塵緣淡處應忘世,逸興濃時好解官。"

【解$_2$官】解送罪人的官差。清洪昇長生殿傳奇三賄權:"幸得張節度寬恩不殺,解京請旨。……昨已買囑解官,暫時鬆放。"

【解放】除罪釋放。三國志魏趙儼傳:"縣多豪猾,無所畏忌。儼取其尤甚者,收縛案驗,皆得死罪。儼既囚之,乃表府解放,自是威恩並著。"今通指解除束縛,得到自由。

【解事】曉事,懂事。南齊書茹法亮傳:"法亮便辟解事,善於奉承。"唐杜甫杜工部草堂詩箋十彭衙行:"小兒強解事,故索苦李餐。"

【解析】分析。梁書崔靈恩傳:"性拙朴無風采,及解經析理,甚有精致。"宋史四三一孫奭傳:"有從奭問經者,奭爲解析微指,人人驚服。"

【解$_3$果】高地。又以狀中間高而四邊低。荀子儒效:"逢衣淺帶,解果其冠。"注:"或曰説苑:淳于髡謂齊王曰,臣笑鄰圃之祠田,以一壺酒、三鮒魚,祝曰:'蟹螺(堁)者宜禾,汙邪者百車。'蟹螺,蓋高地也,今冠蓋亦比之,謂強爲儒服而無其實也。"按説苑尊賢作"蟹堁"。

【解$_2$帖】當票。孤本元明雜劇元缺名劉弘嫁婢一:"這廝提將起來看了一看,昧着你那一片的黑心,下的筆去那解帖上批上一行。呀!這廝便寫做甚麼原展污了的舊衣服。"

【解舍】㊀寬免,免除。管子五輔:"是故上必寬裕,而有解舍,下必聽從,而不疾怨。"注:"解,放也;舍,免也。"㊁停息。

吴子治兵:"若進止不度,飲食不適,馬疲人倦而不解舍,所以不任其上令。"

【解$_{3}$舍】官府,官舍。晉書何充傳:"(王導)繕揚州解舍,顧而言曰:'正爲次道耳。'"次道,充字。

【解㑊】素問平人氣象論:"尺脈緩濇,謂之解㑊。"注:"尺爲陰部,腹腎主之。緩爲熱中,濇爲無血,熱而無血,故解㑊並不可名之。然寒不寒,熱不熱,弱不弱,壯不壯,㑊不可名謂之解㑊也。"此謂人體不適,又無病可名,稱爲解㑊。

【解使】能使。宋晁補之琴趣外篇四安公子和次膺叔:"問劉郎何計,解使紅顔卻少。"宋陳亮龍川集十七謫仙歌:"歌其什,鬼神泣,解使青塚枯骨立。"

【解佩】㊀解下佩玉。舊題漢劉向列仙傳上江妃二女:"江妃二女者,不知何許人也,出遊於江漢之湄,逢鄭交甫。見而悦之,不知其神人也,謂其僕曰:'我欲下請其佩。'……遂手解佩與交甫。"也作"解珮"。宋歐陽修文忠集一三二玉樓春詞之十一:"聞琴解珮神仙侶,挽斷羅衣留不住。"㊁佩,指古代文官所佩的飾物,因以解佩比喻辭官。文選南朝宋鮑明遠(照)擬古詩之三:"解佩襲犀渠,卷袠奉盧弓。"唐李周翰注:"佩,文服也。犀渠,甲也。袠,書衣也。盧弓,征伐之弓。謂弃筆從戎也。"北齊書祖鴻勳傳與陽休之書:"若能翻然清尚,解佩捐簪,則吾於兹,山莊可辦。"

【解祠】祓除災邪的祭祀。漢書郊祀志上:"古天子常以春解祠,祠黄帝用一梟、破鏡。"注:"解祠者,謂祠祭以解罪求福。"

【解神】祈神還願。南齊書王敬則傳:"敬則於廟中設會,於座收縛,曰:'吾先啓神,若負誓,還神十牛。今不違誓。'卽殺十牛解神。"北周庾信庾子山集一春賦:"三日曲水向河津,日晚河邊多解神。"

【解袂】猶言分手。唐杜甫杜工部草堂詩箋三七湘江宴餞裴二端公赴道州:"鴰鶡催明星,解袂從此旋。"元稹長慶集六送王十一南行詩:"解袂方瞬息,征帆已翩飜。"

【解$_{2}$首】卽"解$_{2}$元"。聊齋志異姊妹易嫁:"秀才宜自愛,終當作解首。"

【解$_{3}$垢】詭曲之辭。莊子胠篋:"知詐漸毒,頡滑堅白,解垢同異之變多,則俗惑於辯矣。"釋文:"司馬(彪)崔(譔)云:解垢,隔角也。或云:詭曲之辭。"疏:"解垢,詐僞也。"

【解故】㊀解釋古代文字語言。同"解詁"。後漢書三六賈逵傳:"復令撰齊魯韓詩與毛氏異同。並作周官解故。"注:"故謂事之指意也。"㊁爲某種原因辯解。後漢書二十祭遵傳:"師次長安,時車駕亦至,而隗囂不欲漢兵上隴,辭説解故。"注:"解故謂解脱事故,以爲辭説。"

【解$_{3}$怠】懶散,怠惰。同"懈怠"。管子宙合:"而外淫于馳騁田獵,内縱于美色淫聲,下乃解怠惰失,百吏皆失其端。"漢書郊祀志下:"皇帝孝順,奉承聖業,靡有解怠。"注:"解讀曰懈。"

【解紅】詞調名。始爲五代和凝所作,五句,二十七字,與赤棗子、桂殿秋、搗練子相同,但平仄略異。元人演變爲解紅兒慢,長調。見詞譜一。

【解剖】醫家剖析屍體以證驗病情。靈樞經經水:"若夫八尺之士,皮肉於此,外可度量切循而得,其死可解剖而視之。"

【解$_{2}$庫】押店、當舖的别稱。宋吳曾能改齋漫録二以物質錢爲解庫:"江北人謂以物質錢爲解庫,江南人謂爲質庫,然自南朝已如此。按齊陽玠談藪云:有甄彬者,有行業,以一束苧就荆州長沙寺庫質錢,得贖苧,于苧束中得金五兩云云。"新編五代史平話上:"咱待把三五百貫錢與他開個解庫,撰些清閑飯喫,怎不快活?"

【解悟】領悟,領會。廣弘明集二七下南齊蕭子良淨住子淨行法門三十:"一切弟子衆,聞聲卽解悟。"北齊書和士開傳:"士開幼而聰慧,選爲國子學生,解悟捷疾,爲同業所尚。"

【解素】解除素食。廣弘明集二九上南朝梁武帝淨業賦序:"因爾蔬食,不噉魚肉,……謝朏、孔彦穎等,屢勸解素。"

【解夏】佛教以中元節爲衆僧結夏圓滿之日,又稱解夏之日。唐韓鄂歲華紀麗三中元:"釋氏託生,衆僧解夏。"注:"四月八日結夏,至七月十五日解,衆生長養之節。"宋李曾伯可齋類藁二六題二水光華驛詩:"感時僧解夏,觸事客驚秋。"

【解除】㊀消除,免去。漢焦延壽易林一小畜之井:"憂患解除,喜至慶來。"㊁謂祭神祈求消災去禍。漢王充論衡解除:"世信祭祀,謂祭祀必有福;又然解除,謂解除必去凶。"後漢書六十下蔡邕傳陳政要封事:"國之大事,實先祀典,天子聖躬所當恭事。……四時至敬,屢委有司,雖有解除,猶爲疎廢。故皇天不悦,顯此諸異。"

【解祟】消除災禍。漢揚雄太玄經一干:"赤舌燒城,吐水于缾。測曰:赤舌吐水,君子以解祟也。"注:"祟猶禍也。以水解火,禍之散也。"唐柳宗元柳先生集二有解祟賦。

【解紐】失却維繫作用。指綱紀渙散解體。文選晉孫子荆(楚)爲石仲容與孫皓書:"於是九州絶貫,皇綱解紐,四海蕭條,非復漢有。"又干令升(寶)晉紀總論:"内外混淆,庶官失才,名實反錯,天綱解紐。"

【解紛】排解紛亂。史記一二六滑稽傳序:"天道恢恢,豈不大哉!談言微中,亦可以解紛。"漢書三六楚元王傳附劉向上諫:"夫有春秋之異,無孔子之救,猶不能解紛,況甚於春秋乎?"

【解$_{3}$梁】古地名。春秋晉地。左傳僖十五年:"(晉侯)賂秦伯以河外列城五,東盡虢略,南及華山,内及解梁城。"注:"解梁城,今河東解縣也。"漢置解縣,後魏改北解縣,五代後周廢。清爲解城。故城在今山西臨猗縣西。

【解$_{2}$勘】清制,軍流及人命擬徒人犯,須由縣解送府、道、司,逐層審勘;斬絞人犯,併須於解省後,經院司分别審勘,稱爲解勘。清會典事例七二六名例律:"止將重罪要犯帶至省内,由司覆勘解院,審擬完結。"

【解脱】㊀開脱,免除。史記一二二酷吏傳義縱:"縱至,掩定襄獄中重罪輕繫二百餘人,及賓客昆弟私人相視亦二百餘人。縱一捕鞠,曰:'爲死罪解脱。'是日皆報殺四百餘人。"集解引漢書音義:"律,諸囚徒私解脱桎梏鉗赭,加罪一等;爲人解脱,與同罪。縱鞠相賂餉者二百人爲解脱死罪,盡殺也。"㊁佛家謂解除煩惱,復歸自在。維摩詰經佛國品:"佛以一音演説法,衆生隨類,各得解脱。"翻譯名義集七:"解脱,縱任無礙,塵累不能拘。"

【解組】解下印綬。組,印綬。謂辭去官職。文苑英華八七三南朝梁蕭綸隱居貞白先生陶君碑:"明年遂拜表解職,抽簪東都之外,解組北山之陽。"唐韋應物韋江州集五答韓庫部協詩:"還當以道推,解組收蒿蓬。"

【解詁】注釋。詁,解釋古代文字語言。漢鄭玄周禮注序:"侍中賈君景伯(逵),南郡太守馬季長(融),皆作周禮解詁。"後漢書六四盧植傳上書:"臣前以周禮諸經,發起粃謬,敢率愚淺,爲之解詁。"

【解$_{3}$惰】懈怠。禮月令季秋之月:"行春令則煖風來至,民氣解惰,師興不居。"

【解慍】消除怨怒。孔子家語辯樂解:

"昔者舜彈五絃之琴，造南風之詩，其詩曰：南風之薰兮，可以解吾民之慍兮。"唐李商隱李義山文集一爲滎陽公賀老人星見表："自南耀彩，得弘解慍之風；近曉流光，欲助無私之日。"

【解菜】同"解素"。南史齊廢帝東昏侯紀："左右直長閹豎王寶孫諸人，共營肴羞，云爲天子解菜。"宋王楙野客叢書二二："今人久茹素，而其親若鄰，設酒殽之具，以相煖熱，名曰開葷，於理合曰開素，此風已見六朝。觀東昏侯喪潘妃之女，閹豎共營殽羞，云爲天子解菜，正其義也。"

【解散】分解離散。文選漢孔安國尚書序："及秦始皇滅先代典籍，焚書坑儒，天下學士，逃難解散。"三國志吳吳主傳："兵皆解散，尚十餘騎。"

【解圍】㊀解除被圍之困。戰國策齊六："故解齊國之圍，救百姓之死，仲連之説也。"韓詩外傳二："華元以誠告子反，得以解圍。"也指解除困境。晉書列女傳王凝之妻謝氏(道韞)："凝之弟獻之嘗與賓客談議，詞理將屈，道韞遣婢白獻之曰：'欲與小郎解圍。'乃施青綾步鄣自蔽，申獻之前議，客不能屈。"㊁解除包圍。史記秦紀："繆公與麾下馳追之，不能得晉君，反爲晉軍所圍……晉軍解圍，遂脱繆公而反生得晉君。"

【解$_2$試】科舉時地方舉行的初試。即鄉試。五代王定保唐摭言二爲等第後久方及第："當其角逐文場，星馳解試，品第潛方於十哲，春闈斷在於一鳴。"

【解$_3$廌】神獸名。同"解豸"。漢書五七上司馬相如傳上林賦："推蜚廉，弄解廌。"注引張揖："解廌似鹿而一角，人君刑罰得中則生於朝廷，主觸不直者。"史記一一七作"解豸"。

【解$_3$搆】附會造作。搆，通"構"。淮南子人間："或明禮義推道體而不行，或解搆妄言而反當。"後漢書二三竇融傳漢光武帝報竇融詔："(隗)囂自知失河西之助，族禍將及，欲設間離之説，亂惑真心，轉相解搆，以成其姦。"注："相解説而結搆。"參見"解$_3$構"。

【解$_3$⿰虫豸】神獸名。同"獬豸"、"解$_3$豸"。漢揚雄太玄經六堅："悃堅禍，惟用解⿰虫豸之貞。"注："好直之獸，故謂之貞也。"

【解裝】卸下行裝。指休息。文選南朝宋顏延年(延之)赭白馬賦："天子乃輟駕迴慮，息徒解裝。"唐詩紀事六二鄭嵎津陽門詩："酒家顧客催解裝，案前羅列樽與卮。"

【解$_2$牒】科舉時鄉試録取的文書。宋司馬光涑水記聞三："是時，陳堯佐爲宰相，韓億爲樞密院副使，既而解牒出，堯佐子博古爲解元，億子孫四人皆無落者，衆議喧然。"宋史選舉志一："進士文卷，諸科義卷、帖由，並隨解牒上之禮部。"

【解説】㊀解釋。史記三王世家："謹論次其真草詔書，編于左方，令覽者自通其意而解説之。"隋書牛弘傳依古制修立明堂議："此皆去聖久遠，禮文殘缺，先儒解説，家異人殊。"㊁能説。全唐詩一四三王昌齡青樓怨："腸斷關山不解説，依依殘月下簾鉤。"唐權德輿權載之文集九相思曲詩："相思不解説，明月照空房。"

【解褐】謂脱去布衣換上官服。猶言入仕。晉書曹毗傳對儒："安期解褐於秀林，漁父擺鉤於長川。"梁書武帝紀中天監四年春正月詔："今九流常選，年未三十，不通一經，不得解褐。"

【解$_3$構】附會造作。淮南子俶真："孰肯解構人間之事，以物煩其性命乎。"注："解構，猶合會也。煩，辱也。"後漢書十三隗囂傳漢光武帝報隗囂書："自今以後，手書相聞，勿用傍人解構之言。"

【解酲】以飲酒來消除酒病。酲，酒醉醒後困乏如病。世説新語任誕："(劉伶婦)供酒肉於神前，請伶祝誓，伶跪而祝曰：'天生劉伶，以酒爲名。一飲一斛，五斗解酲。'"注："毛公注曰：酒病曰酲。"唐孟浩然集三晚春詩："酒伴來相命，開樽共解酲。"

【解維】解開纜索。指開船。唐韋應物韋江州集三寄大梁諸友詩："燕譿始云洽，方舟已解維。"

【解網】史記殷紀："湯出，見野張網四面，祝曰：'自天下四方皆入吾網。'湯曰：'嘻，盡之矣！'乃去其三面，祝曰：'欲左，左。欲右，右。不用命，乃入吾網。'諸侯聞之，曰：'湯德至矣，及禽獸。'"後因以解網比喻寬宥、仁德。梁書袁昂傳謝後軍臨川王參軍事啓："幸約法之弘，承解網之宥。"樂府詩集二十南朝梁沈約漢東流："至仁解網，窮鳥入懷。"

【解綬】解下印綬。指辭官。漢蔡邕蔡中郎集二文範先生陳仲弓銘："遷聞喜長，……郡政有錯，争之不從，即解綬去。"

【解衛】謂隕石的光環。晉書天文志中："飛星大如缶若甕，後皎然白，星滅後，白者曲環如車輪，此謂解衛。"

【解數】武術的套路。朝野新聲太平樂府七元關漢卿鬭鵪鶉女校尉："演習得踢打温柔，施逞得解數滑熟。"西遊記三："你看他弄神通，丢開解數，打轉水晶宫裏。"

【解嘲】因被人嘲笑而自作解釋。漢書八七下揚雄傳："哀帝時丁傅董賢用事，諸附離之者或起家至二千石。時雄方草太玄，有以自守，泊如也。或謿雄以玄尚白，而雄解之，號曰解謿。"謿，文選作"嘲"，同。

【解駕】猶言登仙。南朝梁陶弘景陶隱居集許長史舊館壇碑："太元元年，解駕違世，春秋七十有二，子姪禮窆虚柩於縣西大墓。"

【解$_2$頭】㊀即"解$_2$元"。唐詩紀事四十張又新："時號又新張三頭，謂進士狀頭，宏詞敕頭，京兆解頭。"文獻通考三十選舉三舉士："長興四年，禮部貢院奏新立條件如後：……今後請令舉人復赴正仗如舊法，或以人數不少，請秖取諸科解頭一人就列。"㊁押運糧草或人犯的差役頭目。明沈周客座新聞嘲富翁："廣買田產真可愛，糧長解頭專等待。"李素甫元宵鬧十九："今日一不做，二不休，將些銀兩買囑張李二解頭，路上謀死，豈不斷絶此禍。"

【解頤】開顔歡笑。漢書八一匡衡傳："無説詩，匡鼎來；匡説詩，解人頤。"唐李白李太白詩九贈徐安宜："訟息但長嘯，賓來或解頤。"宋周密齊東野語六解頤："匡説詩，解人頤，蓋言其善於講誦，能使人喜而至於解頤也。至今俗諺以人喜過甚者，云兜不上下頦，即其意也。"

【解龜】解去所佩的龜印。指辭官。漢制：凡吏秩二千石以上，皆銀印青綬，印背有龜紐。文選南朝宋謝靈運初去郡詩："牽絲及元興，解龜在景平。"注："牽絲，初仕；解龜，去官也。"

【解$_3$縉】公元1369—1415年。明吉水人。字大紳，號春雨。洪武二十一年進士。曾上封事萬言，論政令多變、刑罰過重之弊。永樂初，官至翰林學士兼右春坊大學士，直文淵閣，預機務，總裁太祖實録永樂大典。深爲成祖所重。縉才氣放逸，勇於任事，論議無顧忌。因議立太子事爲漢王高煦所忌，被譖，謫廣西布政司參議，又改謫交阯，復遭讒陷，下獄死，妻子宗族徙遼東。著有古今列女傳、文毅集。明史有傳。

【解齋】解除齋戒。後漢書禮儀志上："凡齋，天地七日，宗廟、山川五日，小祠三日。齋日内有汙染，解齋，副倅行禮。"晉書四五劉毅傳："嘗散齋而疾，其妻省之，毅便奏加妻罪而請解齋。"

【解環】戰國策齊六:"秦始皇嘗使使者,遺君王后玉連環,曰:'齊多知,而解此環不?'君王后以示羣臣,羣臣不知解。君王后引椎椎破之,謝秦使曰:'謹以解矣。'"後以解環或解連環比喻解決難題。淮南子俶真:"智終天地,明照日月,辯解連環,澤潤玉石。"

【解薜】指入仕。古以薜蘿衣喻隱士之衣。唐王維王右丞集五留別山中温古上人兄並示舍弟縉詩:"解薜登天朝,去師偶時哲。"

【解₃瀆】地名。故址在今河北安國縣。東漢陽嘉初,封河間孝王子淑爲解瀆亭侯,即此。淑卒,子萇嗣;萇卒,子宏嗣,爲大將軍竇武所立,是爲靈帝。參閱讀史方輿紀要十二保定府祁州、後漢書河間孝王開傳。

【解顏】開顏而笑。文選三國魏曹子建(植)七啓:"南威爲之解顏,西施爲之巧笑。"列子黄帝:"自吾之事夫子友若人也,……五年之後,……夫子始一解顏而笑。"

【解題】説明書籍、文章的作者、卷次及内容。唐吴兢著有樂府解題,宋陳振孫著有直齋書録解題。

【解穢】除去穢氣。唐南卓羯鼓録:"(唐玄宗)酷不好琴,曾聽彈琴,正弄未及畢,叱琴者出,曰:……'速召花奴,將羯鼓來,爲我解穢。'"宋蘇轍欒城集十三種蘭詩:"知有清芬能解穢,更憐細葉巧凌霜。"

【解離】㊀分離,拆散。三國志魏張邈傳:"(韓)暹、(楊)奉與(袁)術,卒合之軍耳,……比之連雞,勢不俱棲,可解離也。"㊁藥草名。即防己。見該條。

【解嚴】解除非常的戒備措施。三國志魏趙儼傳:"儼曰:'……今(關)羽已孤迸,更宜存之以爲(孫)權害。'……(曹)仁乃解嚴。"舊唐書禮儀志四永泰二年詔"及邊陲罷警,戎務解嚴,方奬勵於易象。"

【解釋】㊀消釋,消除。漢陸賈新語慎微:"誅鋤姦臣賊子之黨,解釋疑滯紕繆之結,然後忠良方直之人,則得容於世而施於政。"後漢書章帝紀元和三年詔:"朕惟巡狩之制,以宣聲教,考同遐邇,解釋怨結也。"㊁分析説明。後漢書三六陳元傳上疏:"分明白黑,建立左氏,解釋先聖之積結,洮汰學者之累惑。"

【解驂】春秋齊越石父有賢名,在獄中,晏嬰脱左驂以贖之,載歸,延爲上客。事見晏子春秋雜上、史記六二管晏傳。後因稱以財物救人困急爲解驂。後漢書和熹鄧皇后紀附劉毅上安帝書:"非薄衣食,躬率羣下,損膳解驂,以贍黎苗。"

【解竈】祭竈神以解禍求福。梁書蕭琛傳:"而琛性通脱,常自解竈,事畢餕餘,必陶然致醉。"

【解₃體】㊀肢體懈倦。比喻人心離散。左傳成八年:"信不可知,義無所立,四方諸侯,其誰不解體?"疏:"謂事晉之心皆疏慢也。"後漢書五四楊震傳附楊彪:"今横殺無辜,則海内觀聽,誰不解體!"㊁厭倦,灰心。文選南朝宋顏延年(延之)陶徵士誄序:"遂乃解體世紛,結志區外,定迹深棲,於是乎遠。"

【解₃鹽】山西省解池出産的鹽。水經注二涑水:"河東鹽池謂之鹽。"清紀昀校勘:"案近刻,訛作謂之解鹽,蓋後人所改。"宋王應麟玉海食貨鹽鐵:"淳熙六年七月二十八日,右司員外郎周舜元上解鹽圖一册,付史館。"

【解手刀】日常手邊常用的小刀。警世通言一:"伯牙於衣袂間取出解手刀,割斷琴絃,雙手舉琴,向祭石臺上用力一摔。"

【解虎錫】佛杖名。唐釋道宣續高僧傳十六:"(北齊稠禪師)詣懷州西王屋山修習前法,聞兩虎交鬬,咆響振巖,乃以錫杖中解,各散而去。"唐釋玄覺永嘉證道歌:"降龍鉢,解虎錫,兩鈷金環鳴歷歷。"

【解₂典庫】當舖,典押舖。元曲選楊景賢劉行首三:"小生姓林名盛,字茂之,在這汴梁城内開着座解典庫。"

【解佩令】詞調名。調見晏幾道小山樂府,取鄭交甫遇漢皋神女解佩故事爲名,雙調,有六十五字、六十六字諸體。見詞譜十五。

【解凍水】農曆立春後第一次潮汛。明王志堅表異録二地理:"正月解凍水,二月白蘋水,三月桃花水,四月瓜蔓水,五月麥黄水,六月山礬水,七月豆花水,八月荻苗水,九月霜降水,十月復槽水,十一月走凌水,十二月蹙凌水。"

【解連環】詞調名。此調始自宋柳永,柳詞有"信早梅,偏占陽和",及"時有香來,望明豔遥知非雪"句,故名望梅。後因周邦彦詞有"縱妙手能解連環"句,更名解連環。雙調,一百零六字。見詞譜三四。

【解夏草】解夏之日,僧人贈給施主的象徵吉祥的草。宋道誠釋氏要覽下:"今浙右僧,解夏日以綵束茆,以遺檀越,謂之解夏草。"參見"解夏"。

【解脱身】佛身脱離知見煩惱,故名。唐釋窺基唯識論述記十末:"彼菩提果是五分法身中解脱知見身,不名法身,菩提及涅槃俱離縛故,但名解脱身。"又:"言法身者,非三身中之法身也。佛得二名,離煩惱故,名解脱身;離所知障,具無邊德,名爲法身。"

【解脱履】絲製的無跟履。唐王獻炙轂子雜録一靸鞋舄:"梁天監中,武帝以絲爲之,名解脱履。"(説郛四三)宋蘇軾蘇文忠詩合注二十謝人惠雲中方舄之二:"擬學梁家名解脱,便於禪坐作跏趺。"

【解散幘】古代頭巾的一種。南齊書王儉傳:"作解散髻,斜插幘簪,朝野慕之,相與放效。"南史髻作"幘"。

【解煩兵】三國吴軍隊的一種名號。以喻戰無不勝,能解危困。三國志吴張温傳孫權罪張温令:"寡人信受其言,特以繞帳、帳下、解煩兵五千人付之。"又胡綜傳:"(孫)權以見兵少,使綜料諸縣,得六千人,立解煩兩部,(徐)詳領左部,綜領右部督。"後以泛稱善戰的精卒。南朝陳徐陵徐孝穆集十裴使君墓誌銘:"用能戰必勝,攻必取,督稱無難,兵號解煩。"

【解語花】㊀五代後周王仁裕開元天寶遺事下解語花:"明皇秋八月,太液池有千葉白蓮數枝盛開,帝與貴戚宴賞焉。左右皆嘆羡久之,帝指貴妃示於左右曰:'爭如我解語花?'"後因以比喻美人。宋趙彦端介庵詞鷓鴣天玉婉:"清肌瑩骨能香玉,豔質英姿解語花。"㊁詞調名。調爲林鐘羽調曲,雙調,有一百字、九十八字、一百零一字三體。見詞譜二八。

【解蹀躞】詞調名。此調始自宋周邦彦,見清真集。按古辭卓文君白頭吟有"躞蹀御溝上,溝水東西流"句,調名本此。雙調,七十五字。見詞譜十七。

【解霜雨】麥結實時所得的雨。宋朱弁曲洧舊聞三:"蕎麥葉青、花白、莖赤、子黑、根黄,亦具五方之色,然方結實時最畏霜;此時得雨,則於結實尤宜,且不成霜,農家呼爲解霜雨。"

【解衣推食】贈人衣食。謂關切別人生活。史記九二淮陰侯傳:"漢王授我上將軍印,予我數萬衆,解衣衣我,推食食我,言聽計用,故吾得以至於此。"陳書荀朗傳:"時京師大饑,百姓皆於江外就食,朗更招致部曲,解衣推食,以相賑贍,衆至數萬。"

【解衣般礴】神閒意定,不拘形迹之貌。見"般₂礴"。

【解事舍人】中書舍人之精明幹練者。新唐書一二八齊澣傳:"姚崇復相,用爲給事中、中書舍人。論駁及詰詔皆援準古誼，朝廷大政必咨之，時號'解事舍人。'"宋錢易南部新書乙："凡中書有軍國政事，則中書舍人各執所見，雜署其名，謂之五花判事。其舍人中選一人明練政事者，專典機密，謂之解事舍人。"

【解事僕射】僕射之明達事理者。唐張鷟朝野僉載："唐劉仁軌爲左僕射，天下號爲解事僕射。"(說郛二)參閱唐劉餗隋唐嘉話中。

【解深密經】佛經名。爲法相宗所奉經典之一。唐釋玄奘譯，共五卷，八章，述唯識深密之教理。另有南朝宋求那跋陀羅譯相續解脫經二卷，北魏菩提流支譯深密解脫經五卷，南朝陳真諦譯佛說解節經一卷，皆節譯本。

【解絃更張】琴瑟之音不和時，解下琴絃，重行調整。比喻變更法度或計策。漢書五六董仲舒傳舉賢良對策："竊譬之琴瑟不調，甚者必解而更張之，乃可鼓也。爲政而不行，甚者必變而更化之，乃可理也。"宋范成大石湖集八古風上湯丞相詩之一："知音顧之笑，解絃爲更張。"參見"改絃更張"。

【解鈴繫鈴】本佛教禪宗語。比喻誰作的事有了問題，仍須由誰去解決。指月錄二三法燈："金陵清涼泰欽法燈禪師在衆日，性豪逸，不事事，衆易之。法眼獨契重，眼一日問衆：'虎項金鈴，是誰解得？'衆無對。師適至，眼舉前語問，師曰：'繫者解得。'"紅樓夢九十："心病終須心藥治，解鈴還是繫鈴人。"

觡 gé ㄍㄜˊ 古伯切，入，陌韻，見。

骨角。禮樂記："羽翼奮，角觡生。"注："無鰓曰觡。"無鰓，角中無肉，其外無理。一說有分枝的角爲觡。見玉篇。

觤 guǐ ㄍㄨㄟˇ 過委切，上，紙韻，見。

角不齊。爾雅釋畜："角不齊，觤。"疏："羊角不齊，一長一短者，名觤。"

七畫

觫 sù ㄙㄨˋ 集韻 蘇谷切，入，屋韻。

見"觳觫"。

觩 qiú ㄑㄧㄡˊ 渠幽切，平，尤韻，羣。

㊀本作"斛"。彎曲貌。詩小雅桑扈："兕觥其觩，旨酒思柔。"㊁弓健貌。詩魯頌泮水："角弓其觩，束矢其搜。"箋："角弓觩然，言持弦急也。"

【觩觷】角貌。漢書八七上揚雄傳甘泉賦："玄瓚觩觷，秬鬯泔淡。"注："張晏曰：'瓚受五升，口徑八寸，以圭爲柄，用灌鬯。觩觷，其貌也。'"

八畫

觰 zhā ㄓㄚ 陟加切，平，麻韻，知。

㊀角向上張開。同"奓"。廣韻："角上廣也。"引申爲張開。見"觰沙"。㊁大，過多。廣雅釋詁一："觰，大也。"清王念孫疏證："觰之言奢也。"

【觰沙】張開貌。唐韓愈昌黎集五月蝕詩效玉川子作詩："月蝕汝不知，安用爲龍窟天河。赤鳥司南方，尾禿翅觰沙。"注："觰沙，角上張也。"也作"髗沙"。宋蘇軾分類東坡詩四於潛女："觰沙鬢髮絲穿杼，蓬沓障前走風雨。"

觭 1. qī ㄑㄧ 去奇切，平，支韻，溪。墟彼切，上，紙韻，溪。

㊀牛角一低一昂貌。爾雅釋畜："角一俯一仰，觭。"引申爲偏於一面。戰國策趙四："齊秦非復合也，必有觭重者矣。"高誘本作"踦"。

2. jī ㄐㄧ 集韻 居宜切，平，支韻。

㊁單，隻。通"奇"。漢書五行志中之下："遂要崤阸，以敗秦師，匹馬觭輪無反者，操之急矣。"公羊傳僖三十三年作"匹馬隻輪"，穀梁傳作"倚輪"。㊂有所得。通"掎"。見"觭₂夢"。

【觭₂偶】單數和雙數。卽奇偶。莊子天下："以堅白同異之辯相訾，以觭偶不仵之辭相應。"

【觭₂夢】殷人占夢之法。據夢之所得以占夢。周禮春官大卜："掌三夢之法：一曰致夢，二曰觭夢，三曰咸陟。"注："杜子春云：觭，讀奇偉之奇，其字直當爲奇。(鄭)玄謂當讀如諸戎掎之掎。掎亦得也，亦言夢之所得，殷人作焉。"

觶 zhǎn ㄓㄢˇ 阻限切，上，産韻，莊。

酒杯。同"琖"、"盞"。唐韓愈昌黎集二二祭河南張員外文："君止於縣，我又南踰。把觶相飲，後期有無？"宋晏幾道小山詞生查子："榴花滿觶香，金縷多情曲。"

觬 ní ㄋㄧˊ 五稽切，平，齊韻，疑。

㊀角不正貌。說文："觬，角觬曲也。"㊁觬是，漢縣名。屬西河郡。見漢書地理志下。說文作觬氏。

九畫

觱 bì ㄅㄧˋ 卑吉切，入，質韻，幫。

㊀古代一種能發聲的吹角。篆作"𧢸"。見"觱篥"。㊁通"滭"。見"觱沸"。

【觱沸】泉水湧出貌。詩小雅采菽："觱沸檻泉，言采其芹。"傳："觱沸，泉出貌。"文苑英華一二六南朝梁元帝玄覽賦："井觱沸而蛩蟺，勢崎嶇而低昂。"

【觱發】風寒冷。詩豳風七月："一之日觱發，二之日栗烈。"夏曆爲十一月，周曆爲正月。

【觱篥】古樂器名。又名悲篥、笳管。本出龜茲，後傳入中國。以竹爲管，以蘆爲首，狀似胡笳。全唐詩一三三李頎聽安萬善吹觱篥歌："南山截竹爲觱篥，此樂本自龜茲出。"參閱文獻通考一三八樂考十一竹之屬。

觱篥

觲 chè ㄔㄜˋ 丑列切，入，薛韻，徹。丑例切，去，祭韻，徹。

帶鉤上的叉。廣雅釋器："觲，謂之叙。"隋書禮儀志七："(天子)革帶，玉鉤觲。"又："(太子)革帶，金鉤觲。"

觹 sāi ㄙㄞ 蘇來切，平，咍韻，心。

角中之骨。禮樂記"角觡生"漢鄭玄注："無觹曰觡。"史記樂書"角觡生"唐司馬貞索隱："牛羊有觹曰角，麋鹿無觹曰觡。"

觿 duān ㄉㄨㄢ 多官切，平，桓韻，端。

獸名。卽角觿，亦作角端。狀似豕。古文苑四漢揚雄蜀都賦："䝙、犴、貘、貒。"貒，廣韻作"觿"。參見"角端"、"角觿"。

十畫

觳 1. hú ㄏㄨˊ 胡谷切，入，屋韻，匣。

㊀古代量器名。通"斛"。周禮考工記陶人："鬲實五觳，……庾實二觳。"注："觳讀爲斛。……(鄭)玄謂豆實三而成觳，則觳受斗二升。"㊁見"觳觫"。

2. què ㄑㄩㄝˋ 苦角切，入，覺韻，溪。

㊂瘠薄，枯瘠。通"确"。莊子天下："其生也勤，其死也薄，其道大觳。"注："觳，無潤也。"㊃簡陋。史記秦始皇紀："堯舜采椽不刮，茅茨不翦，……雖監門之養，不觳於此。"正義："雖監守門之人，供養亦不盡此之疏陋也。"㊄脚背。儀禮既夕

禮:"有前後裳,不辟,長及觳。"

3\. jué ㄐㄩㄝˊ 音韻闡微 吉嶽切,入,覺韻。

㊅較量。通"角"。韓非子用人:"爭訟止,技長立,則彊弱不觳力,冰炭不合形,天下莫得相傷,治之至也。"

【觳₂土】 瘠薄的土壤。管子地員:"觳土之次曰五凫,五凫之狀,堅而不骼。"

【觳₂折】 折祭牲後右足。儀禮特牲饋食禮:"主婦俎觳折,其餘如阼俎。"注:"觳,後足;折,分後右足,以爲佐食俎。"

【觳₃抵】 角力。同"角抵"。史記八七李斯傳:"是時二世在甘泉,方作觳抵優俳之觀。"集解引應劭:"戰國之時,稍增講武之禮,以爲戲樂,用相夸示,而秦更名曰角抵。"

【觳觫】 恐懼貌。孟子梁惠王上:"王曰:'舍之。吾不忍其觳觫,若無罪而就死地。'"引申指牛。宋黄庭堅山谷詩注九題竹石牧牛:"阿童三尺箠,御此老觳觫。"元朱晞顏瓢泉吟稿一題二牛三牧圖詩:"川平草樹深,見此兩觳觫。"

觗 zhì ㄓˋ 池爾切,上,紙韻,澄。
敕豕切,上,紙韻,徹。

㊀角傾斜不正貌。見說文。㊁觟觗,獸名。見該條。

【觗俞】 人名。列子湯問:"觗俞、師曠方夜擿耳,俛首而聽之,弗聞其聲。"注:"觗俞,古之聰耳人。"

十一畫

觩 liú ㄌㄧㄡˊ 力求切,平,尤韻,來。

㊀角不正貌。見玉篇。㊁見"觓觩"。

觴 shāng ㄕㄤ 式羊切,平,陽韻,審。

㊀盛有酒的杯。大戴禮曾子事父母:"執觴觚杯豆而不醉,和歌而不哀。"晉陶潛陶淵明集五歸去來兮辭:"引壺觴以自酌,眄庭柯以怡顏。"㊁以酒飲人或自飲。左傳襄二三年:"伏之,而觴曲沃人。"宋范成大石湖集二九月三日宿胥口始聞雁詩:"把酒不能觴,送目問行李。"

【觴令】 酒令。明楊維楨鐵崖樂府逸編七王左轄席上夜宴詩:"佩符新賜連珠虎,觴令嚴行卷白波。"

【觴豆】 飲食的器具。觴酒豆肉的簡稱,泛指飲食。禮坊記:"觴酒豆肉,讓而受惡,民猶犯齒。"文選漢張平子(衡)東京賦:"執鑾刀以袒割,奉觴豆於國叟。"

【觴政】 宴會中執行觴令。漢劉向說苑善說:"魏文侯與大夫飲酒,使公乘不仁爲觴政。曰:'飲不釂者,浮以大白。'文侯飲而不盡釂,公乘不仁舉白浮君。"釂,盡釂,猶言乾杯。明袁宏道袁中郎詩集上九月二日盛集諸公郊遊至二聖寺:"藻心遮戒律,觴政黜軻丘。"

【觴酌】 飲酒具。也指飲酒。韓非子十過:"觴酌有采,而樽俎有飾,此彌侈矣。"三國魏曹植曹子建集四酒賦:"若耽于觴酌,流情縱逸,先王所禁,君子所斥。"

【觴詠】 飲酒賦詩。晉書王羲之傳蘭亭集序:"一觴一詠,亦足以暢敍幽情。"唐白居易長慶集六八老病幽獨偶吟所懷詩:"觴詠罷來賓閤閉,笙歌散後妓房空。"

【觴飲】 暢飲。國語越下:"肆與大夫觴飲,無忘國常。"唐韋應物韋江州集五答長寧令楊敞詩:"嘉賓自遠至,觴飲夜何其。"

十二畫

觵 gōng ㄍㄨㄥ 古橫切,平,庚韻,見。

飲酒及盛酒器。"觥"的本字。說文:"觵,兕牛角可以飲者也。从角,黄聲。其狀觵觵,故謂之觵。"參見"觥"。

【觵撻】 古祭祀時失禮之罰則。周禮地官閭胥:"凡事,掌其比、觵撻罰之事。"疏:"凡有失禮者,輕者以觵酒罰之,重者以楚撻之,故雙言觵撻罰之事。"

觶 zhì ㄓˋ 支義切,去,寘韻,照。

觶

酒器。圓腹侈口,圈足。禮禮器:"宗廟之祭,……尊者舉觶,卑者舉角。"注:"凡觴一升曰爵,……三升曰觶。"

觷 jiǎo ㄐㄧㄠˇ 居夭切,上,小韻,見。

㊀角高貌。漢揚雄太玄經二格:"上九,郭其目,觷其角。"㊁刀劍鞘等的外形角飾。見"角觷"。

十三畫

觸 chù ㄔㄨˋ 尺玉切,入,燭韻,穿。

㊀以角撞物。易大壯:"羝羊觸藩,羸其角。"荀子議兵:"觸之者角摧。"㊁撞。左傳宣二年:"觸槐而死。"㊂遇,接觸。莊子養生主:"手之所觸。"㊃觸動。事物相感應而有所動。易繫辭上:"引而伸之,觸類而長之,天下之能事畢矣。"疏:"謂觸逢事類而增長之。"㊄冒犯。漢書元帝紀永光元年三月詔:"去禮義,觸刑法,豈不哀哉!"㊅姓。戰國趙有左師觸讋。見戰國策趙四。史記趙世家作"觸龍"。

【觸手】 古代有些少數民族認爲右手污穢,稱之爲觸手。宋岳珂桯史十一番禺海獠:"番禺有海獠雜居,……且輒會食,不置匕箸,用金銀爲巨槽,合鮭炙粱米爲一,灑以薔露,散以冰腦。坐者皆寘右手于褥下,不用,曰此爲觸手,惟以溷而已。羣以左手攫取,飽而滌之。"

【觸目】 目光所及。晉書習鑿齒傳與桓祕書:"吾以去五月三日來達襄陽,觸目悲感,略無歡情。"唐杜甫杜工部草堂詩箋三三贈李八祕書別三十韻:"觸目非論故,新文尚起予。"

【觸忤】 冒犯。後漢書五七劉瑜傳上書陳事:"臣悾悾推情,言不足採,懼以觸忤,征營慴悸。"也作"觸迕"。晉書唐彬傳:"順從者謂爲見事,直言者謂之觸迕。"

【觸邪】 ㊀辨觸奸邪。晉書束晳傳玄居釋:"朝養觸邪之獸,庭有指佞之草。"參見"獬豸"。㊁古代執法官戴的冠名。即獬豸冠。唐劉長卿劉隨州集七瓜洲驛奉餞張侍御公……詩:"風生趨府步,筆偃觸邪冠。"

【觸鹿】 晉書許孜傳:"俄而二親没,柴毁骨立,杖而能起,建墓於縣之東山,躬自負土,……鎮宿墓所,列植松柏亙五六里。時有鹿犯其松栽,孜悲歎曰:'鹿獨不念我乎!'明日,忽見鹿爲猛獸所殺,置於所犯栽下。"宋蘇軾分類東坡詩二同年程德林求先墳二詩思成堂:"養松無觸鹿,助祭有馴烏。"猶言孝感所至,墓地無奔鹿撞踐之患。

【觸處】 猶言隨處、到處。唐白居易長慶集六八春盡日宴罷感事獨吟詩:"閑聽鶯語移時立,思逐楊花觸處飛。"唐李商隱李義山詩集六月:"過水穿樓觸處明,藏人帶樹遠含清。"

【觸網】 犯法。南史蔡廓傳附蔡興宗:"州別駕范義與興宗素善,在城内同誅。興宗至,躬自收殯,致喪還豫章舊墓。上聞謂曰:'卿何敢故爾觸網?'"

【觸興】 猶言即興,隨感起興。南朝梁劉勰文心雕龍二詮賦:"至於草區禽族,庶品雜類,則觸興致情,因變取會。"

【觸龍】 人名。戰國時,秦攻趙,趙求救於齊,齊欲以趙太后幼子長安君爲人質,太后不許。左師觸龍入見,說服太后,以長安君出質,齊兵乃出。見史記趙世家。戰國策趙四作觸讋。

【觸諫】 犯顏强諫。楚辭漢劉向九歎怨

思:“犯顏色而觸諫兮,反蒙辜而被疑。”

【觸藩】以角抵撞籬垣。易大壯:“羝羊觸藩,羸其角。”文選晉郭景純(璞)遊仙詩之一:“進則保龍見,退爲觸藩羝。”後以喻所至碰壁,進退兩難。唐韋應物韋江州集二示從子河南尉班詩:“立政思懸棒,謀身類觸藩。”

【觸蹶】羣獸奔竄衝撞貌。文選漢班孟堅(固)西都賦:“窮虎奔突,狂兕觸蹶。”唐呂延濟注:“言虎兕窮迫,自相觸突而顛蹶。”

【觸觸生】北周熊安生將見徐之才和士開,以之才父諱“雄”、士開父諱“安”,乃自稱“觸觸生”。見北史本傳。

斆 xué 胡覺切,入,覺韻,匣。
ㄒㄩㄝ

治角。對獸角加工,製造器具。也作“礐”。爾雅釋器:“象謂之鵠,角謂之斆,……金謂之鏤,木謂之刻。”

十四畫

觺 yí 語其切,平,之韻,疑。
ㄧ 魚力切,入,職韻,疑。

見下。

【觺觺】角鋭利貌。楚辭宋玉招魂:“土伯九約,其角觺觺些。”注:“觺觺,猶狺狺,角利貌也。”

十五畫

觼 jué 古穴切,入,屑韻,見。
ㄐㄩㄝ

繫轡的環。見説文。

【觼軜】駕車用具。詩秦風小戎:“龍盾之合,鋈以觼軜。”傳:“軜,驂内轡也。”箋:“鋈以觼軜,軜之觼以白金爲飾也,軜繫於軾前。”

觻 lù 盧谷切,入,屋韻,來。
ㄌㄨ 郎擊切,入,錫韻,來。

㊀獸角。見説文。㊁見下。

【觻得】漢縣名。屬張掖郡。故址在今甘肅張掖縣西北。見漢書地理志下。漢書五五霍去病傳作“鱳得”。

十六畫

觾 yàn
ㄧㄢ

同“燕”。鳥名。呂氏春秋孝行本味:“肉之美者,猩猩之脣,獾獾之炙,雋觾之翠,述蕩之掔,旄象之約。”清畢沅校注:“觾乃燕字之訛。初學記與文選七命皆作燕。”

十八畫

觿 xī 戶圭切,平,齊韻,匣。
ㄒㄧ 許規切,平,支韻,曉。

古代用以解繩結的角錐。詩衛風芄蘭:“芄蘭之支,童子佩觿。”傳:“觿所以解結,成人之佩也。人君治成人之事,雖童子猶佩觿早成其德。”禮内則:“左佩紛帨、刀礪、小觿、金燧。”注:“觿,貌如錐,以象骨爲之。”

【觿年】因詩衛風芄蘭有“芄蘭之支,童子佩觿”語,後遂以觿年借指少年。文苑英華六五八唐駱賓王上兗州崔長史啟:“偉龍章之秀質,騰孔雀於觿年。”駱賓王集六作“俊年”。

言部

言 yán 語軒切,平,元韻,疑。
ㄧㄢ

㊀説話。論語先進:“夫人不言,言必有中。”周禮春官大司樂:“興道諷誦言語。”注:“發端曰言,答述曰語。”㊁表達,宣説。書舜典:“詩言志。”㊂言論。論語公冶長:“聽其言而觀其行。”㊃一個字或一句話爲一言。見“一言㊀㊁”。㊄議,約。楚辭屈原離騷:“初既與余成言兮,後悔遁而有他。”㊅助詞。無義。詩周南葛覃:“言告師氏,言告言歸。”又衛風竹竿:“駕言出遊,以寫我憂。”㊆地名。春秋衛地。詩邶風泉水:“出宿于干,飲餞于言。”㊇姓。春秋時有言偃,字子游,孔子弟子。見“言偃”。參見“子游”。

【言次】言談之間。猶云語次。三國志吳陸遜傳:“會稽太守淳于式表遜枉取民人,愁擾所在。遜後詣都,言次稱式佳吏。(孫)權曰:‘式白君而君薦之,何也?’”

【言言】㊀高大貌。詩大雅皇矣:“臨衝閑閑,崇墉言言。”㊁和悦貌。同“誾誾”。禮玉藻:“受一爵而色洒如也,二爵而言言斯。”

【言官】言諫議之官。宋史三一八王拱辰傳:“入見,帝曰:‘言事官第自舉職,勿以朝廷未行爲沮己,而輕去以沽名。自今有當言者,宜力陳毋避。’”明史二四五李應昇傳:“(魏)廣微父允貞爲言官,得罪輔臣以去,聲施至今。”

【言事】對君主談論政事,或進諫。荀子大略:“孟子三見宣王,不言事。”後漢書明帝紀詔:“古者卿士獻詩,百工箴諫,其言事者,靡有所諱。”

【言金】秦呂不韋使門客著所聞,集以爲呂氏春秋,布咸陽市門,懸千金其上,諸侯游士賓客有能增損一字者予千金。漢劉安著淮南子,亦懸置千金以徵士人意見。言金,謂言之貴重如金。漢王充論衡自紀:“言金由貴家起,文糞自賤室出。淮南、呂氏之無累害,所由出者,家富官貴也。”參見“一字千金”。

【言重】出言慎重。全唐詩六九一杜荀鶴辭九江李郎中入關:“顧門言重口,薦與分深人。”後謂言之過當亦曰言重。

【言泉】言詞如噴泉湧出,喻口辯敏捷。文選晉陸士衡(機)文賦:“思風發于胸臆,言泉流于脣齒。”晉書文苑傳序:“言泉會於九流,文律諧於六變。”

【言責】謂負進言的職責。孟子公孫丑下:“有言責者,不得其言則去。”注:“言責,獻言之責,諫爭之官也。”

【言教】以言語教人。後漢書四一第五倫傳上疏:“故曰:其身不正,雖令不行,以身教而從,以言教者訟。”

【言晤】猶晤談,即見面談話之意。宋書張敷傳:“(江夏王)義恭就太祖求一學義沙門,比沙門求見發遣,會敷赴假還江陵,……及敷辭,上謂曰:‘撫軍須一意懷道人,卿可以後艑載之,道中可得言晤。’敷不奉旨,曰:‘臣性不耐雜。’上甚不説。”

【言偃】春秋時吳人,一説魯人。字子游,孔子弟子,受業後仕魯爲武城宰。在孔門以文學見稱。見史記六七仲尼弟子傳。參見“子游”。

【言瑞】守信之言。左傳襄九年:“信者,言之瑞也。”注:“瑞,符也。”唐李商隱李義山文集二爲安平公兗州奏杜勝等四人充判官狀:“口含言瑞,身出禮門。”

【言筌】莊子外物:“筌者所以在魚,得魚而忘筌。……言者所以在意,得意而忘言。”筌，魚筍。後因以言筌借指在言詞上留下的痕迹。宋嚴羽滄浪詩話詩辯：“所謂不涉理路，不落言筌者，上也。”

【言詮】㊀以言詞闡述義理。陳書傅縡傳明道論：“言爲心使，心受言詮，和合根塵，鼓動風氣，故成語也。”全唐詩八六張說聞雨：“聲真不世識，心醉豈言詮。”㊁同“言筌”。宋朱熹朱文公集十次晦叔寄弟韻詩之一：“書來爲指誵訛處，不涉言詮不落空。”參見“言筌”。

【言路】向朝廷進言的途徑。文選漢陳孔璋（琳）爲袁紹檄豫州：“又議郎趙彦，忠諫直言，……操欲迷奪時明，杜絕言路，擅收立殺，不俟報聞。”

【言語】㊀説話。易頤：“君子以慎言語。”禮王制：“五方之民，言語不通，嗜欲不同。”㊁謂能言善辯。論語先進：“言語，宰我子貢。”漢書九九中王莽傳：“舉吏民有德行、通政事、能言語、明文學者各一人。”㊂指文辭著作。文選漢班孟堅（固）兩都賦序：“故言語侍從之臣，若司馬相如虞丘壽王東方朔枚皋王褒劉向之屬，朝夕論思，日月獻納。”

【言對】㊀晤談。南朝宋謝靈運謝康樂集答綱琳二法師書：“無由言對，執筆長懷。”㊁對偶的一種。南朝梁劉勰文心雕龍七麗辭：“言對者，雙比空辭者也；……長卿（司馬相如）上林賦云：‘脩容乎禮園，翱翔乎書圃。’此言對之類也。”

【言論】言談，議論。淮南子人間：“至乎以弗解解之者，可與及言論矣。”後漢書六八符融傳：“後遊太學，師事少府李膺，膺風性高簡，每見融，輒絕它賓客，聽其言論。”

【言辭】説話所用詞句。韓非子姦劫弑臣：“循名實而定是非，因參驗而審言辭。”魏書李順傳附李爔：“爔時侍飲，頗醉，言辭不遜，抗辱太傅、清河王懌，爲有司彈劾。”

【言鯖】㊀西京雜記載漢婁護曾合王氏五侯所餽珍膳爲鯖，世稱“五侯鯖”。鯖爲魚肉雜燴，世之奇味。後因稱言語有味爲言鯖。宋黄伯思東觀餘論下織錦回文圖跋：“國初錢鎮州惟治，嘗有寶子垂綬連環之詩，亦錦文之遺範，而世罕傳，故聊附卷左，以資書儁言鯖之餘味焉。”參見“五侯鯖”。㊁書名。清吕種玉撰。二卷。爲訂正字義考究事始之作，與宋人釋常談相類。

【言行録】記述一人或多人言行的書。記載一人言行的，如清舒敬亭撰朱子文公傳道經世言行録。彙録多人言行的，如宋朱熹撰名臣言行録。

【言人人殊】各人所説不同。史記五四曹相國世家：“參盡召長老諸生，問所以安集百姓，如齊故俗，諸儒以百數，言人人殊，參未知所定。”

【言之成理】所論能成文理，自圓其説。見“持之有故”。

【言文刻深】言語文字，務求苛細。史記曹相國世家：“吏之言文刻深，欲務聲名者，輒斥去之，日夜飲醇酒。”

【言方行圓】心口不一，言行異致。漢王符潛夫論八交際：“嗚呼哀哉，凡今之人，言方行圓，口正心邪，行與言謬，心與口違。”

【言不及義】説話不涉及正理。論語衛靈公：“羣居終日，言不及義，好行小慧，難矣哉！”

【言不盡意】易繫辭上：“書不盡言，言不盡意，然則聖人之意其不見乎？”謂言語未能表達全部意思。後多作書信結尾套語，表示情意未盡。

【言行龜鑑】元張光祖撰。八卷。博採典型録、厚德録、善善録、名臣言行録及名臣碑誌等，整理排比，編輯成書。分學問、德行、交際、家道、出處、政事、民政、兵政八門，每門一卷。

【言近指遠】語言淺近而意旨深遠。孟子盡心下：“言近而指遠者，善言也。”

【言爲心聲】言語爲表達心意的聲音。漢揚雄法言問神：“故言，心聲也。書，心畫也。聲畫形，君子小人見矣。”

【言過其實】言語浮誇，超過實際。三國志蜀馬良傳：“先主臨薨謂亮曰：‘馬謖言過其實，不可大用，君其察之！’”文選晉皇甫士安（謐）三都賦序：“及宋玉之徒，淫文放發，言過于實。”

【言提其耳】提其耳以言。謂叮囑再三。詩大雅抑：“匪面命之，言提其耳。”北魏賈思勰齊民要術序：“故丁寧周至，言提其耳，每事指斥，不尚浮辭。”參見“耳提面命”。

【言猶在耳】説過的話似還在耳邊。左傳文七年：“穆嬴日抱太子以啼于朝曰：‘……今君雖終，言猶在耳，而弃之，若何？’”三國志蜀諸葛亮傳臣（陳）壽言：“至今梁、益之民，咨述亮者，言猶在耳。”

【言語道斷】佛家謂無上妙諦，非言語所能表達。維摩詰所説經見阿閦佛品：“不來不去，不出不入，一切言語道斷。”

【言談林藪】喻善於言談者。世説新語賞譽上：“裴僕射（頠），時人謂爲言談之林藪。”注：“惠帝起居注曰：頠理甚淵博，贍於論難。”

【言歸于好】重新和好。言，助詞，無義。左傳僖九年：“凡我同盟之人，既盟之後，言歸于好。”又見孟子告子下。

【言聽計從】極言對人信任。魏書崔浩傳史臣曰：“（崔浩）政事籌策，時莫之二，……屬太宗爲政之秋，值世祖經營之日，言聽計從，寧廓區夏。遇旣隆也，勤亦茂哉！”

【言語妙天下】言語精妙，冠於天下。漢書六四下賈捐之傳：“君房下筆，言語妙天下，使君房爲尚書令，勝五鹿充宗遠甚。”君房，捐之字。

【言者無罪，聞者足戒】詩周南關雎序：“上以風化下，下以風刺上，主文而譎諫，言之者無罪，聞之者足以戒，故曰風。”謂説者無罪，聽者值得引爲警戒。唐白居易白香山集二八與元九書：“言者無罪，聞者足戒。言者聞者，莫不兩盡其心焉。”

二畫

計 jì ㄐㄧˋ 古詣切，去，霽韻，見。

㊀計算，算術。禮内則：“十年，出就外傅，居宿於外，學書計。”後漢書二六馮勤傳：“八歲善計。”注：“計，算術也。”㊁帳簿。左傳昭二五年：“計於季氏。”注：“送計簿於季氏。”淮南子人間：“解扁爲東封，上計而入三倍，有司請賞之。”㊂考核官吏。周禮天官小宰：“以聽官府之六計，弊羣吏之治。”漢董仲舒春秋繁露考功名：“前後三考而黜陟，命之曰計。”㊃計議，商量。史記項羽紀：“項梁召諸别將會薛計事。”㊄計劃，謀略。管子權修：“一年之計，莫如樹穀，十年之計，莫如樹木；終身之計，莫如樹人。”漢書高帝紀下七年：“用陳平祕計得出。”㊅姓。春秋越有計然，漢有計子勳。見史記貨殖傳、後漢書方術傳。

【計臣】謀臣。史記六九蘇秦傳説趙肅侯：“臣聞明主絕疑去讒，屏流言之迹，塞朋黨之門，故尊主廣地彊兵之計臣得陳忠於前矣。”

【計吏】㊀掌計簿的官吏。漢書六四上朱買臣傳：“買臣隨上計吏爲卒，將重車至長安，詣闕上書，書久不報。”後漢書五四楊震傳：“時郡國計吏多留拜爲郎。”參見“計簿”。㊁考察官吏的官員。漢王充論衡須頌：“得詔書到，計吏至，乃聞聖政。”

【計官】主財物及出納的官。周禮天官

序官司會漢鄭玄注:"會,大計也。司會,主天下之大計,計官之長,若今尚書。"

【計東】公元1625—1676年。清江蘇吳江人。字甫草,號改亭。少負經世才,曾著籌南五論,持謁史可法,可法奇之。順治十四年舉順天鄉試。後又被黜。放廢失志,縱遊四方。善詩文,著有改亭集十六卷,詩集六卷。

【計直】計算貨物的價值。宋史二九六查道傳:"嘗出按部,路傍有佳棗,從者摘以獻,道即計直掛錢於樹而去。"

【計度】計算量度。漢王充論衡談天:"如鄒衍之書,若謂之多,計度驗實,反爲少焉。"新唐書百官志下:"經略使以計度爲上考,集事爲中考,修造爲下考。"

【計神】叢辰名。太乙術,歲星之使。子年在寅,逆行十二支,一名天機星,也作財寶星。見太乙淘金歌求計神(說郛一〇九)。

【計相】㊀官名。漢置,專掌計籍。史記九六張丞相(蒼)傳:"遷爲計相,……明習天下圖書計籍。蒼又善用算律曆,故令蒼以列侯居相府。"集解引文穎:"能計,故號曰計相。"㊁宋初沿五代之制,置三司使以總國計,四方貢賦所入,悉歸三司,統管鹽鐵、度支、戶部,號曰計省,位亞執政,目爲計相。見宋史職官志二。參見"三司㊀"。

【計研】即計然。史記一二九貨殖傳:"乃用范蠡、計然。"集解引徐廣:"計然者,范蠡之師也,名研,故諺曰:'研桑心筭。'"桑,指桑弘羊。參見"計然"。

【計省】宋代掌國家賦籍的官府,管理貢賦出入,統轄鹽鐵、度支、戶部三司。見"計相㊁"。

【計校】算計,謀略。三國志吳孫堅傳:"堅夜馳見(袁)術,畫地計校。"又諸葛瑾傳孫權與瑾書:"伯言常長於計校,恐此一事小短也。"伯言,陸遜字。參見"計較"。

【計倪】見計然。

【計部】㊀刑部。魏尚書有比部曹,晉因之。南朝宋時比部主法制,齊梁陳及北魏皆有比部曹。北周曰計部。見通典二三職官志五刑部尚書。㊁明清稱戶部爲計部。明張居正張文忠集書牘四答三邊總督郜文川:"年例及鹽銀,已告計部給發。"

【計曹】主管會計的官。三國志魏高堂隆傳:"犢民酉牧,年七十餘,有至行,舉爲計曹掾。"

【計都】梵語。星命家十一曜之一,與羅睺相對,十八日行一度,十八年一周天。常隱不現,遇日月行次即蝕。宋沈括夢溪筆談七象數一:"交道每月退一度餘,凡二百四十九交而一期。故西天法羅睺、計都,皆逆步之,乃今之交道也。交初謂之'羅睺',交中謂之'計都'。"參見"羅睺"。

【計略】謀畫。後漢書三一杜詩傳:"遷南陽太守,……善於計略,省愛民役。"三國志吳丁奉傳:"丁奉雖不能吏書,而計略過人,能斷大事。"

【計帳】猶計簿。唐制,每三年編造戶籍一次。平時地方每年按當地人口實況,編成手實。再據手實編成計帳,送州申尚書省作爲編造戶籍的底本。參閱唐會要八五簿帳、新唐書食貨志一。

【計偕】史記一二一儒林傳公孫弘奏云:"郡國縣道邑有好文學、敬長上、肅政教、順鄉里、出入不悖所聞者,令相長丞上屬所二千石,二千石謹察可者,當與計偕,詣太常,得受業如弟子。"本謂應徵召之人偕計吏同行,後也指舉人赴會試爲計偕。唐柳宗元柳先生集八故銀青光祿大夫……開國伯柳公(渾)行狀:"開元中舉汝州進士,計偕百數,公爲之冠。"宋劉敞公是集十一酬林國華先輩詩:"奉詔選計偕,至者皆比肩。"參閱唐顏師古匡謬正俗五計偕、清俞正燮癸巳存稿十二蓮峯。

【計掾】地方的計吏。三國志蜀姜維傳:"仕郡上計掾,州辟爲從事。"北齊書樊遜傳對問:"無令桓譚非讖,官止於郡丞;趙壹負才,位終于計掾。"

【計畫】計慮,謀畫。戰國策秦三:"昭王新說蔡澤計畫,遂拜爲秦相。"史記陳丞相世家:"誠臣計畫有可采者,願大王用之;使無可用者,金具在,請封輸官,得請骸骨。"

【計最】指地方官吏每年或每三年呈報京師的考核文書。漢書六四上嚴助傳上書:"陛下不思加誅,願奉三年計最。"注引晉灼:"最,凡要也。"

【計策】計謀,策略。史記七九范睢蔡澤傳太史公曰:"范睢蔡澤世所謂一切辯士,然游說諸侯至白首無所遇者,非計策之拙,所爲說力少也。"

【計然】相傳爲春秋越葵丘濮上人。姓辛氏,字文子,范蠡之師,著有萬物錄。越王勾踐用其計,遂成霸國。漢書古今人表列第四等,一名計研。越絕書四作"計倪",太平御覽七四鲁連子作"計兒"。參閱史記一二九貨殖傳"乃用范蠡計然"集解、漢書九一貨殖傳"乃用范蠡計然"注。

【計較】計算,較量。北齊顏之推顏氏家訓治家:"計較錙銖,責多還少。"漢書四八賈誼傳"婦姑不相說,則反脣而相稽"唐顏師古注:"稽,計也,相與計較也。"參見"計校"。

【計會】㊀總計出入,也指記錄出入的簿書。即會計。會,音 kuài。戰國策齊四:"孟嘗君出記,問門下諸客,誰習計會,能爲文收責於薛者乎?"淮南子人間:"西門豹治鄴,廩無積粟,府無儲錢,庫無甲兵,官無計會,人數言其過於文侯。"㊁思慮,盤算。韓非子解老:"人有欲則計會亂。"樂府詩集三七西門行:"自非仙人王子喬,計會壽命難與期。"

【計蒙】神名。山海經中山經:"(光山)其上多碧,其下多木,神計蒙處之。其狀人身而龍首,恒遊於漳淵,出入必有飄風暴雨。"

【計算】計較,盤算。韓非子六反:"且父母之於子也,產男則相賀,產女則殺之。此俱出父母之懷衽。然男子受賀,女子殺之者,慮其後便,計之長利也。故父母之於子也,猶用計算之心以相待也,而況無父子之澤乎?"參見"計校"。唐白居易長慶集五效陶潛體詩之十一:"朝營暮計算,晝夜不安居。"

【計網】喻計策之施行如設網羅,使人莫能逋逃。三國志吳朱異傳詔:"方今北土未一,(文)欽云欲歸命,宜且迎之。若嫌其有譎者,但當設計網以羅之,盛重兵以防之耳。"

【計數】計謀。三國志吳張溫傳:"諸葛亮達見計數,必知神慮屈申之宜。"北史沮渠蒙遜傳:"蒙遜代父領部曲,有勇略,多計數,頗曉天文,爲諸胡所推服。"

【計簿】載錄人事、戶口、賦稅的簿籍。也叫"計籍"。漢書宣帝紀黃龍元年詔:"上計簿,具文而已,務爲欺謾,以避其課。"宋徐天麟東漢會要二二上計:"通典云:漢制,郡守歲盡,遣上計掾史各一人,條上郡內衆事,謂之計簿。"通典三三職官十五州郡作"計偕簿"。

【計獻】指郡國計吏年終詣京師送計簿時獻物於天子。左傳隱七年"初戎朝於周發幣於公卿"晉杜預注:"朝而發幣於公卿,如今計獻,詣公府卿寺。"疏:"如今者,如晉時諸州,年終遣會計之吏,獻物於天子,因令以物詣公府卿寺。"

【計籌】山名。俗稱界頭山。在今浙江德清縣東南。相傳春秋越大夫計然多才智,籌算於此。故名。參閱嘉慶一統志二八九湖州府一山川。

【計籍】 猶計簿。史記九六張丞相(蒼)傳:"是時蕭何爲相國,而張蒼乃自秦時爲柱下史,明習天下圖書計籍。"參見"計簿"。

【計不旋跬】 謂計謀應驗之神速。跬,半步。新唐書一〇三孫伏伽傳上書:"陛下舉晉陽,天下響應,計不旋跬,大業以成。"

訂 dìng 他丁切,平,青韻,透。ㄉㄧㄥ

㊀評議。漢王充論衡案書:"兩刃相割,利鈍乃知;二論相訂,是非乃見。"㊁改定,修訂。詳見"訂正"。

【訂正】 改定,修訂。晉書荀崧傳上元帝疏:"(劉向劉歆)其書文清義約,諸所發明,或是左氏、公羊所不載,亦足有所訂正。"

【訂頑】 訂正愚頑。宋張載嘗題字於學堂雙牖,左書"砭愚",右書"訂頑"。程頤曰:"是啟爭端。"乃改作東銘西銘。宋朱熹朱文公集八五六先生畫像贊橫渠先生:"訂頑之訓,示我廣居。"

【訂譌雜録】 清胡鳴玉撰。十卷,三百七十四條。考訂聲言文字之譌及事蹟傳聞之誤,大抵採集諸家説部,隨事考證,參以己見。持論平慎,多有可取之處。

訃 fù 芳遇切,去,遇韻,滂。ㄈㄨˋ

㊀報喪。禮雜記上:"凡訃於其君,曰:君之臣某死。"訃,先秦古籍多作"赴",赴、訃古今字。漢王充論衡書虛:"齊亂,公(齊桓公)薨,三月乃訃。"㊁訃告文字。唐張鷟朝野僉載二:"御史中丞李謹度,……遭母喪,不肯舉發哀,訃到,皆匿之。"柳宗元柳先生集十一虞鳴鶴誄:"禍丁舅氏,漂淪海沂,捧訃號呼,匍匐增悲。"

【訃告】 報喪。漢班固白虎通崩薨:"天子崩,訃告諸侯。"也指報喪的文書。

【訃聞】 即訃告。宋蘇軾東坡集六趙清獻公神道碑:"二日而公薨,實七年八月癸巳也。訃聞,天子輟視朝一日,贈太子少師。"也指敍述死者生卒、履歷、祭葬時地,以告親友的文字。

訆 jiào 古弔切,去,嘯韻,見。ㄐㄧㄠˋ

大呼。同"叫"。左傳襄三十年:"或叫于宋大廟,曰譆譆出出。"説文引作"訆"。山海經北山經:"(灌題之山)有獸焉,其狀如牛而白尾,其音如訆。"注:"訆,如人呼喚。"

訄 qiú 巨鳩切,平,尤韻,溪。ㄑㄧㄡˊ 去鳩切,平,尤韻,溪。

促迫。見説文。

訇 hōng 呼宏切,平,耕韻,曉。ㄏㄨㄥ 胡涓切,平,先韻,匣。

象大聲。宋書五行志二:"晉愍帝建興中,江南歌謡曰:'訇如白阬破,合集持作甒。'"唐李白李太白詩十五夢遊天姥吟留別:"列缺霹靂,丘巒崩摧,洞天石扇,訇然中開。"

【訇訇】 象大聲。法苑珠林四二妖怪引證引搜神記:"無故盆器自發訇訇作聲。"唐楊炯楊盈川集五少室山少姨廟碑銘:"文貍赤豹,電策雷車,隱隱中道,訇訇太虛。"又作"輷輷"、"轟轟"。見各該條。

【訇哮】 風勢猛烈貌。唐韓愈昌黎集一赴江陵途中寄贈王二十補闕……詩:"颶起最可畏,訇哮簸陵丘。"

【訇稜】 雷聲。藝文類聚二晉李顒雷賦:"結鬱蒸而成雷兮,鼓訇稜之逸響。"初學記一稜作"輘",而作"以"。

【訇磤】 見"訇隱"。

【訇隱】 形容巨大的聲響。文選漢枚叔(乘)七發:"訇隱匈磕,軋盤涌裔,原不可當。"唐劉良注:"訇隱、匈磕,皆大聲也。"又作"訇磤"。文選晉何平叔(晏)景福殿賦:"體洪剛之猛毅,聲訇磤其若震。"

【訇礚】 形容巨大的聲響。史記一一七司馬相如傳上林賦:"湛湛隱隱,砰磅訇礚,潏潏淈淈,湁潗鼎沸。"注:"皆水流鼓怒之聲也。"文選晉成公子安(綏)嘯賦:"礌硠震隱,訇礚㗳嘈。"

三 畫

訐 jié 居例切,去,祭韻,見。ㄐㄧㄝˊ 居列切,入,薛韻,見。

發人陰私。論語陽貨:"惡不遜以爲勇者,惡訐以爲直者。"

【訐直】 揭發人的過錯而不徇情。北史王建傳:"建兄迴,時爲大夫,諸子多不慎法,建具以狀聞,迴父子伏誅。其訐直如此。"

【訐揚】 揭發暴露。漢書九七下孝成趙皇后傳耿育上疏:"事不當時固爭,……晏駕之後,尊號已定,萬事已訖,乃探追不及之事,訐揚幽昧之過,此臣所深痛也!"

訏 xū 況于切,平,虞韻,曉。ㄒㄩ

㊀大。詩大雅生民:"實覃實訏,厥聲載路。"言后稷之哭聲長而宏亮。㊁和樂。通"盱"。詩鄭風溱洧:"洧之外,洵訏且樂。"韓詩作"恂盱"。參閱清陳喬樅韓詩遺説考四恂盱且樂(清經解一五九)。

【訏訏】 廣大貌。詩大雅韓奕:"孔樂韓土,川澤訏訏。"

【訏謨】 大的謀畫。詩大雅抑:"訏謨定命,遠猶辰告。"世説新語棲逸:"南陽劉驎之高率善史傳,隱於陽岐。于時苻堅臨江,荆州刺史桓沖將盡訏謨之益,徵爲長史。"

討 tǎo 他浩切,上,晧韻,透。ㄊㄠˇ

㊀征討,討伐。書皋陶謨:"天討有罪,五刑五用哉。"禮王制:"革制度衣服者爲畔,畔者君討。"㊁治理。左傳宣十二年:"楚自克庸以來,其君無日不討國人而訓之。"㊂間隔,差等。禮禮器:"君子之於禮也,有直而行也,……有順而討也,……有順而摭也。"注:"討,猶去也。"疏:"謂天子至尊,每十二爲節,自此以下轉相差降,公九,侯伯七,子男五,順序而稍去之也。"㊃探究,尋訪。三國志魏公孫瓚傳:"(袁)紹遣將攻之,連年不能拔"注引漢晉春秋袁紹與瓚書:"而足下曾不尋討禍源,克心罪己。"唐杜甫杜工部草堂詩箋三六憶昔行:"更討衡陽董鍊師,南遊早鼓瀟湘柂。"㊄錯雜。見"討羽"。㊅索取。晉書衞恒傳:"或時不持錢詣酒家飲,因書其壁,顧觀者以酬酒,討錢足而滅之。"㊆娶。初刻拍案驚奇二六:"我又不是你師父討的,我怕他做甚?"㊇招,惹。紅樓夢九三:"人人都不喜歡,討人厭煩是有的。"

【討伐】 征伐。史記十二諸侯年表:"然挾王室之義,以討伐爲會盟主,政由五伯,諸侯恣行,淫侈不軌,賊臣篡子滋起矣。"後漢書四五袁安傳上封事:"大將軍遠師討伐,席卷北庭,此誠宣明祖宗,崇立弘勳者也。"

【討羽】 雜羽。詩秦風小戎"蒙伐有苑"漢毛亨傳:"蒙,討羽也。"箋:"討,雜也。畫雜羽之文於伐。"伐,通"瞂",盾。

【討究】 探索,研究。廣弘明集十五南朝梁沈約佛記序:"散析衆部,卒難討究。"新唐書一七六韓愈傳贊:"討究儒術,以興典憲。"

【討來】 蒙古語,即兔。元趙孟頫松雪齋集三兔詩:"耳後生風鼻出火,大呼討來飛鳴髀。"自注:"討來,國朝語,謂兔也。"

【討春】 ㊀探春。唐陸龜蒙甫里集八詩題:"閶闔城北有賣花翁,討春之士,往往造焉,因招襲美。"㊁卜卦算命。西遊記十四:"(水神)問曰:大王訪那賣卦的如何？龍王道：'……一個掉嘴口討春的先生。'"

【討索】研究探討。宋史四三九和㠓傳："每草制，必精思討索而後成。"

【討飯】募化，乞食。宋黄庭堅豫章集二六跋招清公詩："雖與慧林本法雲秀同師，頗以討飯養千白閑漢爲笑也。"宋詩鈔陳造江湖長翁集鈔吟詩自笑："投荒忍死經人鲊，討飯充腸上岳陽。"

【討源】探尋本源。文選晉陸士衡（機）文賦："或因枝以振葉，或沿波而討源。"

【討論】研究，評論。論語憲問："爲命，裨諶草創之，世叔討論之，行人子羽修飾之，東里子産潤色之。"梁書昭明太子傳："恆自討論篇籍，或與學士商榷古今，閒則繼以文章著述，率以爲常。"

【討繹】研究闡發。新唐書九八王燾傳："數從高醫游，遂窮其術，因以所學作書，號外臺秘要，討繹精明，世寶焉。"

【討讁】尋究指責。後漢書四九王符傳："乃隱居著書三十餘篇，……故號曰潛夫論。其指訐時短，討讁物情，足以觀見當時風政。"

【討便宜】謀取非分利益。全唐詩八〇六寒山詩之九八："凡事莫容易，盡愛討便宜。"

訌 hòng 户公切，平，東韻，匣。
ㄏㄨㄥˋ

争亂，潰敗。詩大雅召旻："天降罪罟，蟊賊内訌。"

【訌阻】争喧阻難。宋李劉梅亭先生四六標準十八賀聶宫教："方當楮幣新舊之交承，頗覺中外人情之訌阻。"

記 jì 居吏切，去，志韻，見。
ㄐㄧˋ

㊀記住不忘。書益稷："侯以明之，撻以記之。"傳："笞撻不是者使記識其過。"㊁記録，記載。左傳僖七年："夫諸侯之會，其德刑禮義，無國不記，記姦之位，君盟替矣。作而不記，非盛德也。"㊂書牘，劄子。如奏記、牋記。漢書七八蕭望之傳："（周）堪白令（鄭）朋待詔金馬門。朋奏記望之。"後漢書四一鍾離意傳："時部縣亭長有受人酒禮者，府下記案考之。"注："記，文符也。"㊃解釋經傳的文字。十三經中的禮記，即秦漢儒家疏釋禮經的文字。又記事文體的一種，如晉陶潛桃花源記。㊄印章，如鈐記。宋史輿服志六："監司、州縣長官曰印，僚屬曰記。又下無記者，止令本道給以木朱記，文大方寸。"

【記功】特出的記憶能力。世説新語任誕："（羅友）爲人有記功，從桓宣武（温）平蜀，按行蜀城闕觀宇、内外道陌廣狹，植種果竹多少，皆默記之。"

【記名】㊀記録姓名。史記項羽紀："書足以記名姓而已。"唐張籍張司業集二舊宫人詩："宫錦不傳樣，御香空記名。"㊁清制，官吏有勞績，由軍機處或吏部記名，以備考核銓敍。

【記言】記録言論。漢書藝文志春秋："古之王者世有史官，君舉必書，所以慎言行，昭法式也。左史記言，右史記事，事爲春秋，言爲尚書。"又八三朱博傳："博因敕（尚方）禁：'毋得泄語，有便宜，輒記言。'"注："不令泄拔扰之言，而外有便宜之事，爲書記以言於博。"

【記注】記録注釋。古文苑十漢王粲爲劉表與袁尚書："且當先除曹操以卒先公恨，事定之後乃議兄弟之怨，使記注之士定曲直之評，不亦上策邪？"文選晉杜預春秋左氏傳序："周德既衰，官失其守，上之人不能使春秋昭明，赴告策書，諸所記注，多違舊章。"

【記府】天子保存史策文書之處。史記八八蒙恬傳："成王觀於記府，得周公旦沈書。"

【記性】記憶力。唐鄭谷鄭守愚集二蜀中夏日自貽詩："道阻歸期晚，年加記性銷。"二程語録三："勿謂小兒無記性，所歷事皆能不忘。"

【記事】記録古今所發生的重大事件。禮文王世子："是故聖人之記事也，慮之以大，愛之以敬。"古代史官，左史記言，右史記事。也作"紀事"，多爲書名，如紀事本末之類。參見"記言"。

【記取】猶記住。唐白居易長慶集六五感興之二："我有一言君記取，世間自取苦人多。"

【記室】官名。東漢置，諸王三公及大將軍都設有記室令史，掌章表書記文檄。後代因之，或稱記室督、記室參軍等。元後廢。三國志魏陳琳傳："太祖（曹操）並以琳（阮）瑀爲司空軍謀祭酒，管記室，軍國書檄，多琳瑀所作也。"參閲後漢書百官志、五代後蜀馬鑑續事始。

【記問】記誦詩書以待問。謂無真知，缺乏心得。禮學記："記問之學不足以爲人師。"注："記問，謂豫誦雜難雜説，至講時爲學者論之。"宋歐陽修文忠集二八蔡君山墓誌銘："天子以六科策天下士，而學者以記問應對爲事，非古取士之意也。"孔叢子有記問篇。

【記過】記録過失以爲儆戒。漢書四八賈誼傳陳政事疏："及太子既冠成人，免於保傅之嚴，則有記過之史，徹膳之宰，進善之旌，誹謗之木，敢諫之鼓。"

【記傳】歷史傳記。後漢書六四盧植傳："校中書五經記傳，補續漢記。帝以非急務，轉爲侍中，遷尚書。"梁書傳昭傳附弟映："映泛涉記傳，有文才而不以篇什自名。"

【記誦】默記背誦。宋王安石臨川集三九上仁宗皇帝言事書："今朝廷又開明經之選，以進經術之士，然明經之所取，亦記誦而略通於文辭者，則得之矣。彼通先王之意，而可以施於天下國家之用者，顧未必得與於此選也。"

【記憶】記住，對舊事的印象。關尹子五鑑："昔游再到，記憶宛然。"南史沈慶之傳附沈攸之："攸之晚好讀書，手不釋卷，史漢事多所記憶。"宋書本傳作"諳憶"。

【記録】記載。漢王充論衡答佞："太史公記功，故高來祺，記録成則著效明驗，攬奏高卓，以（張）儀（蘇）秦功美，故列其狀。"北齊顔之推顔氏家訓風操："汝曹生於戎馬之間，視聽之所不曉，故聊記録，以傳示子孫。"

【記里車】又名大章車、記里鼓車。車上二層，皆有木人。車行齒輪轉動，每行一里，下層木人擊鼓一槌；行十里，上層木人擊鐘一次。創始於晉代，其制已亡。參閲晉崔豹古今注上輿服、宋書禮志五。

【記事珠】能幫助記憶之珠。五代後周王仁裕開元天寶遺事上記事珠："開元中，張説爲宰相，有人惠説一珠，紺色有光，名曰記事珠。或有闕忘之事，則以手持弄此珠，便覺心神開悟，事無巨細，涣然明曉，一無所忘。"

【記惡碑】唐開元間，盧奂累任大郡，凡治姦惡，既斷罪，並以所犯之罪，刻石立於其人門首，再犯必處極刑。民間呼其石爲記惡碑。見五代後周王仁裕開元天寶遺事上記惡碑。

【記曲娘子】唐大歷中，有張紅紅者，善歌，盡傳其父藝。將軍韋青納之爲姬。時有樂工自撰一曲，加減其節奏，頗有新聲。青潛令紅紅於屏風後聽之，以小豆數合記其節拍，樂工歌罷，紅紅即能隔屏風歌之，一聲不失。後召入宜春院，宫中號記曲娘子。見唐段安節樂府雜録歌。

訑 1. yí 集韻 余支切，平，支韻。
ㄧˊ

㊀見"訑訑"。

2\. tuó ㄊㄨㄛˊ 集韻 唐何切,平,戈韻。

㊀欺詐。通"詑"。戰國策燕一:"寡人甚不喜訑者言也。"

3\. dàn ㄉㄢˋ 集韻 徒案切,去,换韻。

㊁放肆。通"誕"。莊子知北遊:"天知予僻陋慢訑,故棄予而死已矣。"

【訑訑】傲慢自足貌。孟子告子下:"訑訑之聲音顏色,距人於千里之外。"注:"訑訑者,自足其智,不嗜善言之貌。"

【訑₂謾】欺罔。楚辭屈原九章惜往日:"或忠信而死節兮,或訑謾而不疑。"

訓

xùn ㄒㄩㄣˋ 許運切,去,問韻,曉。

㊀教誨。詩大雅抑:"無競維人,四方其訓之。"㊁法則。詩大雅烝民:"古訓是式,威儀是力。"㊂訓練。晉書羊祜傳:"祜繕甲訓卒,廣爲戎備。"㊃解說。見"訓詁"。㊄順從。書康王之誥:"皇天用訓厥道,付畀四方。"漢揚雄法言問神:"事得其序之謂訓。"注:"順其理也。"

【訓人】教人之師長。書康誥:"不率大戛,矧惟外庶子訓人?"傳:"凡民不循太常之教,猶刑之無赦。況在外掌衆子之官、主訓民者而親犯乎?"疏:"鄭玄以訓人爲師長。"

【訓名】父師所命之名,猶學名。宋史選舉志三:"凡無官宗子應舉,初生則用乳名給據,既長則用訓名。"

【訓典】㊀教導之常規、法則。書畢命:"弗率訓典,殊厥井疆,俾克畏慕。"國語周上:"纂修其緒,修其訓典。"注:"訓,教也。典,法也。"㊁先王之書。左傳文六年:"予之法制,告之訓典。"國語楚上:"教之訓典,使知族類,行比義焉。"注:"訓典,五帝之書。"

【訓迪】教誨開導。書周官:"仰惟前代時若,訓迪厥官。"

【訓狐】鳥名。又名鳩鴟、鵂鶹。唐韓愈昌黎集五射訓狐詩:"有鳥夜飛名訓狐,矜凶挾狡誇自呼。"段成式酉陽雜俎十六作"訓胡"。

【訓政】清制,太上皇傳位後,仍裁決政務,或皇太后垂簾預政,皆稱爲訓政。如乾隆(高宗弘曆)之於嘉慶(仁宗顒琰)初年,慈安慈禧兩太后之於同治(穆宗載淳)、光緒(德宗載湉)兩帝便是。

【訓故】解釋古書文義。同"訓詁"。漢書藝文志:"漢興,魯申公爲詩訓故。"又三六劉歆傳:"初左氏傳多古字古言,學者傳訓故而已。"參見"訓詁"。

【訓詁】解釋古書字義。也作"詁訓"、"訓故"、"故訓"。爾雅有釋詁釋訓兩篇。晉郭璞爾雅序:"夫爾雅者,所以通詁訓之指歸。"疏:"詁,古也,通古今之言使人知也。訓,道也,道物之貌以告人也。"舊時小學分文字、音韻、訓詁三門,如方言、釋名、廣雅等都是訓詁一類的書。

【訓誥】訓,指教導之辭;誥,指詔書或告誡之文。合稱爲訓誥。漢孔安國尚書序:"典、謨、訓、誥、誓、命之文凡百篇。"初學記二一經典:"上世帝王之遺書,有三墳、五典、訓誥、誓命。"

【訓誘】教訓誘導。北齊顏之推顏氏家訓勉學:"及至冠婚,體性稍定,因此天機,倍須訓誘。有志尚者遂能磨礪,以就素業;無履立者,自兹墮慢,便爲凡人。"

【訓蒙】書伊訓:"臣下不匡,其刑墨,具訓於蒙士。"疏:"蒙謂蒙稚,卑小之稱。"後因以訓蒙指教育兒童。宋史藝文志四著録彭龜年止堂訓蒙二卷。明王錡寓圃雜記八:"表兄滕文用,錫山舊族,家業久墜,爲人訓蒙以糊口。"

【訓導】㊀教導。國語楚上:"聞一二之言,必誦志而納之,以訓導我。"㊁學官名。明清於府設教授,州設學正,縣設教諭,掌教育所屬生員,其副職皆稱訓導。清末廢。

【訓練】指教練兵士。唐杜甫杜工部草堂詩箋二一奉寄章十侍御……:"指麾能事迴天地,訓練强兵動鬼神。"今泛指培訓鍛煉。

【訓辭】教導之言。左傳僖七年:"君若綏之以德,加之以訓辭,而帥諸侯以討鄭,鄭將覆亡之不暇,豈敢不懼。"國語楚下:"楚之所寶者曰觀射父,能作訓辭,以行事於諸侯,使以寡君爲口實。"

【訓方氏】官名。周禮夏官之屬。掌道四方之政事。

【訓纂篇】古字書。漢元始中,召天下通小學者百數人,各令記字於庭中。揚雄取其有用者以作訓纂篇。此書以六十字爲一章,共三十四章,二千零四十字。原書久亡。有玉函山房輯佚本。

訕

shàn ㄕㄢˋ 所晏切,去,諫韻,山。
所姦切,平,删韻,山。

㊀毀謗,譏刺。禮少儀:"爲人臣下者,有諫而無訕。"孟子離婁下:"與其妾訕其良人,而相泣於中庭。"㊁見"訕訕"。

【訕上】毀謗上位者。論語陽貨:"惡居下流而訕上者。"

【訕笑】㊀譏笑。新唐書一七六韓愈傳贊:"愈獨喟然引聖,争四海之惑,雖蒙訕笑,跆而復奮,始若未之信,卒大顯於時。"㊁勉強裝笑。紅樓夢十六:"賈璉此時不好意思,只是訕笑。"

【訕訕】難爲情的樣子。紅樓夢三六:"自己便訕訕的,紅了臉。"

託

tuō ㄊㄨㄛ 他各切,入,鐸韻,透。

㊀依託。戰國策趙四:"一旦山陵崩,長安君何以自託於趙?"文選戰國楚宋玉招魂:"魂兮歸來,東方不可以託些。"㊁委託。論語泰伯:"可以託六尺之孤,可以寄百里之命。"㊂請求,囑咐。漢書八六何武傳:"欲除吏,先爲科例以防請託。"㊃假託,推託。淮南子修務:"世俗之人,多尊古而賤今,故爲道者必託之於神農黄帝而後能入說。"後漢書五三姜肱傳:"肱託以它辭,終不言盗。"

【託大】㊀謂雖居高位,而不爲事牽。世說新語賞譽下:"時人目庾中郎善於託大,長於自藏。"注引名士傳:"庾敳雖居職任,未嘗以事自嬰。"㊁因驕傲自大而疏忽大意。三國演義七十:"雖然如此,未可託大,可使魏延助之。"也作"托大"。水滸三一:"張青又吩咐道:'二哥於路小心在意,凡事不可托大。'"今謂自高身分曰託大。

【託心】㊀寄託心情。文選三國魏嵇叔夜(康)琴賦:"顧兹梧而興慮,思假物以託心。"㊁猶委心。謂將心交託給對方。三國志蜀張嶷傳"然放蕩少禮"注引益部耆舊傳:"時車騎將軍夏侯霸謂嶷曰:'雖與足下疎闊,然託心如舊,宜明此意。'"

【託分】託迹。三國魏阮籍阮步兵集詠懷詩之一:"適彼沅湘,託分漁父。"

【託化】道家謂寄迹人世以示化導。真君傳:"託化人間,示陳孝弟之教。"(古今圖書集成二三五)

【託付】委託,委任。三國志蜀諸葛亮傳出師表:"受命以來,夙夜憂歎。恐託付不效,以傷先帝之明。"

【託交】謂託身於朋友。交,朋友。唐李白李太白詩四結客少年場行:"託交從劇孟,買醉入新豐。"

【託名】㊀寄託名聲。漢書七三韋賢傳附子玄成:"古之辭讓,必有文義可觀,故能垂榮於後。今子獨壞容貌,蒙耻辱,爲狂癡,光曜晻而不宣。微哉!子之所託名也。"㊁依託他人以顯名。後漢書八十下趙壹傳:"(壹)往造河南尹羊陟,不得見。壹以公卿中非陟無足以託名者,乃日往到門,陟自强許通,尚卧未起。"㊂假託名義。三國志吳周瑜傳:"(曹)操雖託名漢相,其實漢賊也。"

【託足】立足,安身。漢書五一賈山傳至言:"(秦)爲馳道於天下,東窮燕齊,南極吳楚,……使其後世曾不得邪徑而託足焉。"

【託身】棲止,投身。淮南子主術:"然民有掘穴狹廬,所以託身者,明主弗樂也。"文選南朝宋謝靈運擬魏太子鄴中詩之六應瑒:"天下昔未定,託身早得所。"

【託陀】蒙語。國老。元史塔本傳:"父宋五設託陀,託陀者,其國主所賜號,猶華言國老也。"

【託附】㊀受託,委任。晉常璩華陽國志九李特雄壽勢志:"臣託附深重,忘疲病之穢,實感殊遇。"㊁依附。北齊劉晝劉子託附:"夫含氣庶品,未有不託附物勢,以成其便者也。"

【託孤】以遺孤相託。論語泰伯:"可以託六尺之孤,可以寄百里之命。"集解:"六尺之孤,幼少之君。"三國志蜀先主傳章武三年:"先主病篤,託孤於丞相(諸葛)亮,李嚴爲副。"

【託命】寄託命運。漢書六八霍光傳:"中孺扶服叩頭,曰:'老臣得託命將軍,此天力也。'"中孺,光生父。後漢書八四董祀妻傳悲憤詩:"託命於新人,竭心自勗厲。"

【託始】借一事作爲敍事的開端。公羊傳隱二年:"前此則曷爲始乎此,託始焉爾;曷爲託始焉爾?春秋之始也。"注:"春秋託王者始起所當誅也。"意謂借此時之事,作爲起始,以行褒貶之辭。

【託迹】猶言託身。寄託蹤跡。文選晉陸士衡(機)漢高祖功臣頌:"託迹黄老,辭世却粒。"此謂遁世隱居。也作"託跡"。唐柳宗元柳先生集三八爲劉同州謝上表:"託跡儒門,乏仲弓南面之德;委身郎署,闕馮唐論將之對。"

【託食】寄食。管子國蓄:"號有百乘之守,而實無尺壤之用,故謂託食之君。"

【託宿】寄託,寄宿。莊子天運:"古之至人,假道於仁,託宿於義,以遊逍遥之虚,食於苟簡之田,立於不貸之圃,逍遥無爲也。"

【託情】寄託情意。文選南朝梁任彦昇(昉)奉答勑示七夕詩啓:"託情風什,希世罕工。"

【託寓】㊀寄居。墨子非儒下:"周公旦非其人也邪?何爲舍亓家室而託寓也?"㊁假託他事以寓意。史記一一七司馬相如傳言封禪書:"依類託寓,諭以封巒。"

【託夢】㊀夢中寄情。藝文類聚十八漢蔡邕檢逸賦:"晝騁情以舒愛,夜託夢以交靈。"㊁舊謂夢中神鬼現形,有所囑咐。三國魏曹植曹子建集十髑髏說:"慕嚴周之適楚,儻託夢以通情。"

【託諷】寄寓諷意。文選南朝宋顏延年(延之)五君詠阮步兵詩:"沈醉似埋照,寓辭類託諷。"也作"託風"。漢書一〇〇下敍傳:"寓言淫麗,託風終始。"

【託體】猶附體。漢蔡邕蔡中郎集七爲陳留太守上孝子狀:"烏以反哺,託體太陽;羔以跪乳,爲贄國卿。"

【託之空言】無實事爲證的議論。漢趙岐孟子題辭:"仲尼有云:我欲託之空言,不如載之行事之深切著明也。"孔子語出緯書,又見董仲舒春秋繁露俞序、史記一三〇太史公自序。

訖 qì 居乙切,入,迄韻,見。ㄑㄧˋ

㊀完畢,終了。書呂刑:"典獄,非訖于威,惟訖于富。"㊁副詞。竟然,始終。漢書九六上西域傳:"而康居驕黠,訖不肯拜使者。"注:"訖,竟也。"㊂到。通"迄"。書禹貢:"聲教訖于四海。"

【訖糴】囤積糧食不發。穀梁傳僖九年:"毋雍泉,毋訖糴。"注:"訖,止也。謂貯粟。"孟子告子下作"遏糴"。

訊 xùn 息晉切,去,震韻,心。ㄒㄩㄣˋ

㊀問。詩小雅正月:"召彼故老,訊之占夢。"㊁審問。禮王制:"出征執有罪反,釋奠于學,以訊馘告。"㊂音訊。全唐詩一三七儲光羲田家即事答崔二東皋作之二:"有客山中至,言傳故人訊。"參見"執訊㊁"。㊃勸告,告語。詩小雅雨無正:"凡百君子,莫肯用訊。"禮學記:"今之教者,呻其佔畢,多其訊。"元吳澄、清王引之朱彬等皆以"多其訊言"爲訊與"誶"通,訓告。參閱朱彬訓纂十八。㊄責讓。詩陳風墓門:"夫也不良,歌以訊之。"國語吳:"吳王還自伐齊,乃訊申胥。"㊅迅速。通"迅"。漢書八七上揚雄傳甘泉賦:"猋駭雲訊,奮以方攘。"注:"訊亦奮迅也。"

【訊檢】訊問檢察。魏書源賀傳:"武邑姦人石華告沙門道可與賀謀反。……乃精加訊檢,華果引誣。"

【訊鞫】審訊。史記一二二張湯傳:"鼠盜肉,其父怒,笞湯。湯掘窟得盜鼠及餘肉,劾鼠掠治,傳爰書,訊鞫論報,並取鼠與肉,具獄磔堂下。"也作"訊鞠"。後漢書十六鄧騭傳朱寵上疏追訟騭:"罪無申證,獄不訊鞠,遂令騭等罹此酷濫,一門十人,並不以命。"

訒 rèn 而振切,去,震韻,日。ㄖㄣˋ

言不易出,説話謹慎。論語顏淵:"仁者其言也訒。"

訚 yín 語巾切,平,真韻,疑。ㄧㄣˊ

見下。

【訚訚】紛爭貌。漢揚雄法言問神:"或問聖人之作事,不能昭若日月乎?何後世之訚訚也?"

四畫

訪 1. fǎng 敷亮切,去,漾韻,滂。ㄈㄤˇ

㊀詢問。書洪範:"惟十有三祀,王訪于箕子。"左傳僖三二年:"穆公訪諸蹇叔。"㊁商議。國語楚上:"教之令,使訪物官。"注:"使議知百官之事業。"㊂訪查,尋求。魏書馮熙傳:"使人外訪,知熙所在。"晉書儒林傳序:"於是傍求蠹簡,博訪遺書,創甲乙之科,擢賢良之舉。"㊃探望。全唐詩二四五韓翃送丹陽劉太真:"相訪不辭千里遠,西風好借木蘭橈。"

2. fāng ㄈㄤ

㊄通"方"。漢書三八高五王傳齊悼惠王:"訪以呂氏故,幾亂天下。"注:"如淳曰:訪猶方也。"

【訪古】探尋古蹟。唐李白李太白詩二二峴山懷古詩:"訪古登峴首,憑高眺襄中。"

【訪問】㊀詢問。左傳襄四年:"臣聞之,訪問於善爲咨,咨親爲詢。"㊁訪查尋求。元曲選馬致遠陳摶高卧三:"好生想他,昨差使臣物色訪問。"後也指探望、拜訪。

【訪戴】晉王徽之居山陰,大雪夜眠覺,開室酌酒,忽憶戴逵,時戴在剡溪,即便夜乘輕船就戴;經宿方至,既造門,不前便返。人問其故,徽之曰:"吾本乘興而來,興盡而返,何必見戴。"見世説新語任誕。後常用作訪友之詞。唐李白李太白詩二十陪從祖濟南太守泛鵲山湖之一:"此行殊訪戴,自可緩歸橈。"

訝 yà 吾駕切,去,禡韻,疑。ㄧㄚˋ

㊀迎接。亦作"迓"。儀禮聘禮:"厥明,訝賓于館。"㊁驚訝。呂氏春秋必已:"若夫道德則不然,無訝無訾。"樂府詩集二八梁簡文帝採桑:"寄語採桑伴,訝今春日短。"

【訝士】官名。周禮秋官之屬。掌四方

獄訟、迎送邦國賓客。邦有大事聚衆，掌宣讀誓書、禁令。

【訝鼓】宋代民間歌舞。又名村裏迓鼓。每逢迎神賽會或重大節日，舞者扮演各行各業人物登場。宣和遺事前集十二月預賞元宵："訝鼓通宵，華燈竞起。"曲中有大訝鼓，出於此。朱子語類一三九："前輩文字有氣骨，故其文壯浪。……今人只是於枝葉上粉澤耳，如舞訝鼓然，其間男子婦人僧道雜色，無所不有，但都是假底。"參閱宋范正敏遯齋閒覽(類說四七)。

訧 yóu 羽求切，平，尤韻，于。ㄧㄡˊ

過失。古書多作"尤"。詩邶風綠衣："我思古人，俾無訧兮。"孟子梁惠王下："其詩曰：畜君何尤。"注："何尤者，無過也。"

訣 jué 古穴切，入，屑韻，見。ㄐㄩㄝˊ

㊀將遠離而相告別。史記六五吳起傳："東出衞郭門，與其母訣。齧臂而盟曰：'起不爲相卿，不復入衞！'"㊁與死者告別，永別。世說新語任誕："阮籍嘗葬母，蒸一肥豚，飲酒二斗，然後臨訣。"㊂裁决，自裁。通"決"。隋書薛道衡傳："帝令自盡，道衡殊不意，未能引訣。"參見"引決"。㊃秘訣，訣竅。列子說符："衞人有善數者，臨死以訣喻其子。"唐許渾丁卯集上學仙詩之二："心期仙訣意無窮，彩畫雲車起壽宮。"

【訣別】話別。後漢書八一范冉傳："今子遠適千里，會面無期，故輕行相候，以展訣別。"

【訣要】秘訣，要領。魏書釋老志："藥別授方，銷煉金丹、雲英、八石、玉漿之法，皆有訣要。"

【訣厲】形容聲音激越清澈。文選晉潘安仁(岳)笙賦："訣厲悄切，又何磬折。"

訬 1. chāo 楚交切，平，肴韻，初。ㄔㄠ

㊀擾。見說文。㊁矯健，敏捷。淮南子修務："越人有重遲者，而人謂之訬。"

2. miǎo 亡沼切，上，小韻，微。ㄇㄧㄠˇ

㊂高。文選漢張平子(衡)西京賦："通天訬以竦峙，徑百常而莖擢。"通天，臺名。㊃見"訬₂婧"。

【訬₂婧】苗條貌。文選漢張平子(衡)思玄賦："舒訬婧之纖腰兮，揚雜錯之袿徽。"注："訬婧，細腰貌。"後漢書本傳作"妙婧"。

【訬輕】狡獪輕薄。漢書一〇〇下敍傳："魯恭館室，江都訬輕。"注："訬謂輕狡也。"

訥 nè 内骨切，入，没韻，泥。ㄋㄜˋ

語言遲鈍。論語里仁："子曰：'君子欲訥於言而敏於行。'"

【訥口】言語遲鈍。史記一〇九李廣傳："廣訥口少言，與人居則畫地爲軍陣，射闊狹以飲。"

【訥澀】言語艱難。澀，也作"澁"、"濇"，音義並同。楚辭漢東方朔七諫初放："言語訥澁兮，又無彊輔。"南史齊東昏侯紀："性訥澀少言，不與朝士接。"

訩 xiōng 許容切，平，鍾韻，曉。ㄒㄩㄥ

㊀争辯。詩魯頌泮水："不告于訩，在泮獻功。"傳："訩，訟也。言……又無以争訟之事告於治訟之官者。"㊁禍亂，昏亂。詩小雅節南山："昊天不傭，降此鞠訩。"

【訩訩】諠譁紛擾貌。漢桓寬鹽鐵論利議："辯訟公門之下，訩訩不可勝聽。"三國志蜀趙雲傳注引雲別傳："天下訩訩，未知孰是，民有倒縣之厄。"參見"匈匈㊁"、"詾詾"。

訟 1. sòng 似用切，去，用韻，邪。ㄙㄨㄥˋ 祥容切，平，鍾韻，邪。

㊀訴訟案件。論語顏淵："聽訟，吾猶人也。必也使無訟乎！"周禮地官大司徒："凡萬民之不服而有獄訟者與有地治者，聽而斷之。"注："争罪曰獄，争財曰訟。"㊁争辯是非。後漢書三五曹褒傳："會禮之家，名爲聚訟。"㊂替人雪冤。漢書九九上王莽傳："(莽)在國三歲，吏上書訟冤莽者以百數。"㊃責備。論語公冶長："吾未見能見其過而内自訟者也。"㊄通"頌"、"誦"。說文："訟，从言公聲，一曰調訟。"清段玉裁注："訟、頌古今字，古作訟，後人假頌皃字爲之。"古本毛詩雅頌字多作訟。

2. gōng ㄍㄨㄥ

㊅公然，明白。通"公"。淮南子兵略："夫有形埒者，天下訟見之；有篇籍者，世人傳學之。"參見"訟₂言"。

3. róng ㄖㄨㄥˊ

㊆接納。通"容"。淮南子泰族："藏精於心，靜莫恬淡，訟繆胸中。"史記一〇六吳王濞傳："佗郡國吏欲來捕亡人者，訟共禁弗予。"正義："訟，音容。言其相容禁止不與也。"

【訟₂言】公言，明言。史記呂太后紀："太尉(周勃)尚恐不勝諸呂，未敢訟言誅之。"集解："徐廣曰：'訟一作公。'"索隱："韋昭以訟爲公，……公言猶明言也。"

【訟庭】訴訟案件的地方。猶現代的法庭。唐李白李太白詩十二贈從弟宣州長史昭："訟庭垂桃李，賓館羅軒蓋。"宋吳自牧夢粱錄七小西河橋道："臨安府治前曰州橋，俗名懊來橋，蓋因到訟庭者，到此心已悔也，故以此名呼之。"

【訟師】協助人辦理訟事務的人。清黃六鴻福惠全書十刑名立狀式："凡原告狀准發房，被告必由房抄狀，……被告抄狀入手，乃請刀筆訟師，又照原詞多方破調，聘應敵之虛情，壓先攻之勁勢。"

【訟棍】挑唆人興訟從中謀利的人。棍即光棍之義。儒林外史四十："沈大年又補了一張呈子，知縣大怒，說他是個刁健訟棍，一張批，兩個差人，押解他回常州去了。"

【訟學】訴訟之學。元周密癸辛雜識續集上訟學業觜社："江西人好訟，是以有簪筆之譏，往往有開訟學以教人者，如金科之法，出甲乙對答及譁訐之語，蓋專門於此，從之者常數百人。"

許 1. xǔ 虛呂切，上，語韻，曉。ㄒㄩˇ

㊀應允，認可。孟子梁惠王上："明足以察秋毫之末而不見輿薪，則王許之乎？"左傳隱元年："亟請於武公，公弗許。"㊁贊同，承認。唐杜甫杜工部草堂詩箋十三戲贈閿鄉秦少公短歌："同心不減骨肉親，每語見許文章伯。"宋陸游劍南詩稿十七書憤："塞上長城空自許，鏡中衰鬢已先斑。"㊂允嫁。史記高祖紀："呂媼怒呂公曰：'公始常欲奇此女，與貴人。沛令善公，求之不與，何自妄許與劉季？'"㊃進。詩大雅下武："昭茲來許，繩其祖武。"㊄處所，地方。世說新語文學："孫安國(盛)往殷中軍(浩)許共論，往反精苦，客主無閒。"晉陶潛陶淵明集五五柳先生傳："先生不知何許人也。"㊅這樣，如此。唐杜甫杜工部詩史補遺一野人送朱櫻："數迴細寫愁仍破，萬顆勻圓訝許同。"參見"許多"。㊆甚麼。文苑英華二四九唐杜審言贈蘇綰書記詩："知君書記本翩翩，爲許從戎赴朔邊。"㊇表示約略估計之詞。後漢書七一皇甫嵩傳："大破之，斬梁，獲首三萬級，赴河死者五萬許人。"㊈助詞。樂府詩集四六清商曲辭三華山畿："奈何許！天下人何限，慊慊只爲汝。"㊉周時國名。也作"鄦"。姜姓。後爲楚滅。㊀㊀姓。姜姓。相傳爲炎帝之後，周

武王伐紂封於許，因以國爲氏。參閱元和姓纂六語。

2. hǔ ㄏㄨˇ 集韻 火五切，上，姥韻。

㈢見"許₂許₂"。

【許可】允許。世說新語言語："范甯作豫章，八日請佛，有板。衆僧疑，或欲作答。有小沙彌在坐末，曰：'世尊默然，則爲許可。'"

【許由】上古高士，隱於箕山。相傳堯讓以天下，不受，遁耕於箕山之下，堯又召爲九州長，由不欲聞之，洗耳於潁水濱。史記伯夷傳、漢書古今人表作許繇。參閱莊子逍遙遊、晉皇甫謐高士傳上。

【許史】指漢宣帝時兩家外戚：許，宣帝許皇后家；史，宣帝母家，皆顯貴。漢書七七蓋寬饒傳鄭昌上書："上無許、史之屬，下無金、張之託。"文選漢張平子(衡)西京賦："彼肆人之男女，麗美奢乎許史。"

【許州】州名。周爲許國。秦漢爲許縣，漢屬潁川郡。東漢建安元年曹操迎獻帝都此，及操子丕廢漢自稱帝，黃初二年改爲許昌。東魏改爲鄭州，北周改爲許州，隋廢，唐復置，宋升爲潁昌府。金元明皆爲許州。清升爲直隸州。公元 1913 年改爲許昌縣。1947 年改爲許昌市，屬河南省。參閱嘉慶一統志二一八許州一。

【許多】很多，這樣多。玉臺新詠九南朝梁簡文帝擬古詩："念人一去許多時，眼語笑靨迎來情。"宋楊萬里誠齋集十三宿靈鷲禪寺詩："流到前溪無半語，在山做得許多聲。"

【許行】戰國時楚人。嘗與其弟子數十人至滕見文公，爲神農之言，主張君民並耕，自食其力。見孟子滕文公上。

【許劭】公元 150—195 年。漢平輿人。字子將。常評論鄉里人物，每月更換品題，故汝南俗有"月旦評"。曹操少時曾求爲己品評，劭曰："子治世之能臣，亂世之姦雄。"操大笑。司空楊彪辟舉方正敦樸，不就。後漢書有傳。

【許身】期望自己，猶言立志。唐杜甫杜工部草堂詩箋六自京赴奉先縣詠懷五百字："許身一何愚，竊比稷與契。"

【許昌】郡名。周爲許國，秦置許縣，漢分置潁陰縣，皆屬潁川郡。東漢因之。建安元年曹操迎獻帝都許，三國魏黃初二年改許爲許昌，晉爲潁川郡治。東魏分置許昌郡，北齊郡廢。唐置許州，屬縣有許昌，宋熙寧四年省爲鎮，併入長社。故址在今河南許昌市一帶。參閱太平寰宇記七許州。參見"許州"。

【許洞】宋吳縣人。字洞天。少習弓矢擊刺之技，及長，折節勵學，尤精左傳。咸平三年進士，爲雄武軍推官。因私用公錢，免歸，日以酣飲爲事。撰虎鈐經二十卷，著春秋釋幽五卷、演玄十卷，有集一百卷。宋史附黃夷簡傳。

【許負】漢初河內溫地老婦人，善相術。高祖封爲鳴雌亭侯。見史記絳侯周勃世家。後泛指相術家。聊齋志異刁姓："有刁姓者，家無生產，每出賣許負之術。"

【許₂許₂】象聲詞。指勞動時共同出力的呼聲。詩小雅伐木："伐木許許，釃酒有藇。"

【許國】爲國效命。文苑英華二〇九隋煬帝白馬篇："本持身許國，況復武功彰。"唐杜甫杜工部草堂詩箋五前出塞之一："丈夫誓許國，憤惋復何有。"

【許渾】唐潤州丹陽人。字仲晦，故相許圉師之後，太和六年進士，爲太平縣令。歷官監察御史、睦州郢州刺史等。因病退居潤州城南丁卯橋丁卯莊，故名其詩集爲丁卯集。詩多登高懷古之作，以律詩最擅名。參閱元辛文房唐才子傳七。

【許褚】三國魏譙人。字仲康。東漢末，率宗族歸曹操，爲宿衛，從操征張繡、討袁紹、戰馬超，力戰有功。操甚重之，賜爵關內侯。軍中以褚力如虎而癡，號曰虎癡。明帝時卒，謚壯侯。三國志魏有傳。

【許慎】公元 30—124 年。漢召陵人。字叔重。曾爲洨長、太尉南閣祭酒。從賈逵受業，博通經籍，時人謂之"五經無雙許叔重"。作說文解字並敍目共十五篇，以"六書"推究文字本義兼及聲音訓詁，爲我國最早的文字學專著。又有五經異義十卷，已佚。後漢書載儒林傳。參見"說文解字"。

【許學】有關考訂注釋漢許慎說文解字之學，通稱許學。如清張炳翔所編許學叢書、許頌鼎許湛祥同編的許學叢刻等皆爲彙刻說文的叢書。又如黎徑誥的許學考，則爲說文書目解題之書。

【許衡】公元 1209—1281 年。元河內人。字仲平。幼好學，後得程朱書，遂與姚樞竇默等講理學，以道爲己任。元世祖(忽必烈)時，命議事中書省，上書言立國必行漢法，乃可長久。後爲集賢大學士，兼國子祭酒，培育人材，善教，學者稱之魯齋先生。又領太史院事，與太史令郭守敬等改定曆法，新製儀像圭表。卒謚文正。有魯齋集。元史有傳。

【許賽】指迷信者祈福於神，許以物報。俗稱許願。晉書戴洋傳："(庾)亮曰：'何方救我疾？'……洋曰：'昔蘇峻時，公於白石祠中祈福，許賽其牛，至今未解，故爲此鬼所考。'"是晉人已有此俗。

【許謙】公元 1199—1266 年。元金華人，字益之。受業於金履祥，盡得其所傳。延祐初，居東陽八華山講學，學者甚衆。里居四十年，公卿屢薦，皆不起。晚年以白雲山人自號，世稱白雲先生。有白雲集。元史載儒學傳。

【許飛瓊】仙女名。舊題漢班固漢武帝內傳："(王母)又命侍女董雙成吹雲和之笙，石公子擊昆庭之金，許飛瓊鼓震靈之簧。"

【許真君】晉汝南人許遜，字敬之。學道於吳猛，舉孝廉，官蜀旌陽令。後因晉室棼亂，棄官東歸。相傳其於東晉孝武帝太康二年，在洪州西山，舉家四十二口，拔宅上昇而去。道家稱爲許真君。參閱太平廣記十四許真君引十二真君傳、宋劉斧青瑣高議前集一許真君。

訞

yāo ㄧㄠ 於喬切，平，宵韻，影。

同"袄"。㈠地上反常變異的現象。見"訞孽"。㈡邪惡的話，蠱惑人心的言論。見"訞言"。

【訞言】邪說，蠱惑人心的言論。同"妖言"。史記秦始皇紀三十五年："始皇聞亡，乃大怒曰：'諸生在咸陽者，吾使人廉問，或爲訞言以亂黔首。'"漢書文帝紀二年五月詔："今法有誹謗訞言之罪。"注："訞與妖同。"

【訞孽】指災異。同"妖孽"。大戴禮易本命："動不以道，靜不以理，則自夭而壽，訞孽數起。"

設

shè ㄕㄜˋ 識列切，入，薛韻，審。

㈠陳列，安排。易繫辭上："聖人設卦觀象。"韓非子難勢："勢必於自然，則無爲言於勢矣，吾所謂勢者，言人之所設也。"㈡開設，建立。孟子滕文公上："設爲庠序學校以教之。"㈢完備。史記八六聶政傳："嚴仲子具告曰：'……(俠累)居處，兵衛甚設，臣欲使人刺之，終莫能就。'"㈣合。禮禮器："禮也者，合於天時，設於天財，順於鬼神，合於人心理萬物者也。"參閱清王引之經義述聞三各設中于乃心。㈤具饌。世說新語雅量："羊曼拜丹陽尹，客來蚤者，並得佳設，日晏漸罄，不復及精。"㈥大。周禮考工記桃氏："桃氏爲劍……中其莖，設其後。"㈦假使，假若。史記九魏其武安侯傳："此特帝在，即録録，設百歲後，是屬寧有可信者乎？"㈥突厥別部典兵者之稱。新唐書八十常山王承乾傳："忽復起曰：'使我有天下，將數萬騎到金城，然後解髮，委身思摩，當一設，顧不快邪！'"

【設色】着色。周禮考工記："設色之工，畫、繢、鍾、筐、㡛。"元虞集道園學古録二八題村田樂圖詩："尺素自是高唐物，瑩如秋水宜設色。"

【設伏】設置伏兵。漢書藝文志："自春秋至於戰國，出奇設伏，變詐之兵並作。"晉書馬隆傳："虜樹機能等以衆萬計，或乘險以遏隆前，或設伏以截隆後。"

【設法】㊀籌劃。書禹貢"禹敷土"唐孔穎達疏："禹必身行九州，規謀設法。"㊁宋代稱用婦女作樂賣酒爲設法。宋王栐燕翼貽謀録三設法賣酒："上散青苗錢于設廳，而置酒肆于譙門，民持錢而出者誘之使飲，十費其二三矣。又恐其不顧也，則命娼女坐肆作樂以蠱惑之。小民無知，争競鬬毆，官不能禁，則又差兵官列枷杖以彈壓之，名曰設法賣酒。此設法之名所由始也。"又見王楙野客叢書十五設法。

【設弧】在門左設掛木弓作生男的標記。禮内則："子生，男子設弧於門左，女子設帨於門右。"注："表男女也。弧者，示有事於武也；帨，事人之佩巾也。"後慶男子生日稱設弧，慶女人生日稱設帨，本此。

【設施】措置，安排。淮南子兵略："易則用車，險則用騎，……夜則多火，晦冥多鼓，此善爲設施者也。"

【設帨】女子生日稱設帨。清徐枋居易堂集六朱師母六十壽序："庚子春爲太夫人設帨之辰，致一兄弟將稱觴爲壽。"也作"帨辰"。參見"設弧"。

【設教】設施教化。易觀："聖人以神道設教而天下服矣。"

【設帳】開館執教。清尹會一健餘先生尺牘一與博陵館師趙孝廉書："兹聞諸親已迓文旌設帳，佇見時雨之化，嘉惠無窮。"聊齋志異褚生："蓋都中設帳者多以月計，月終，束金完，任其留止。"

【設備】設軍備以制敵。左傳僖二二年："邾人以須句故出師，公卑邾，不設備而禦之。"三國志魏荀彧傳："彧知(張)邈有變，即勒兵設備，馳召東郡太守夏侯惇，而兗州諸城皆應(呂)布矣。"

【設熬】古禮大斂後，用筐盛熬熟之穀物，陳於棺下，使蟲蟻不至蛀蝕棺木。參閱儀禮士喪禮。清代粵俗有煮飯加酒，貯以罐置棺下，即設熬遺風。見清吳榮光吾學録十六喪禮。

【設論】文體名。作者先設置問題，然後進行論辯。文選有設論類，選録漢東方朔答客難、揚雄解嘲、班固答賓戲三篇。

【設險】設防於險要之地。易習坎："王公設險，以守其國。"

【設難】設置疑難。後漢書八七西羌傳虞詡上疏："今三郡未復，園陵單外，而公卿選懦，容頭過身，張解設難，但計所費，不圖其安。"

【設廳】唐宋時郡署之廳事。唐制，諸郡燕犒將吏，謂之旬設。後因稱廳事曰設廳，公廚曰設廚。宋王應麟玉海一六〇宮室紹興崇政垂拱殿："崇政垂拱二殿，其修廣僅如大郡之設廳。"

【設客曲】琴家謂琴聲能娱俗耳者爲設客曲。見"供官詩"。

【設身處地】設想自身處於其境。明盧象昇盧忠肅公書牘與少司成吳葵菴書之二："而中外在事諸老，終是痛癢隔膚，誰是設身處地者，某亦惟以盡瘁是期，不負朝廷足矣。"

訛 é 五禾切，平，戈韻，疑。ㄜˊ

㊀謬誤。本作"譌"。見"訛言"。㊁妖言。爾雅釋詁下："訛，言也。"注："世以妖言爲訛。"㊂改變。詩小雅節南山："式訛爾心，以畜萬邦。"㊃嚇詐。紅樓夢四八："訛他拖欠官銀，拿他到了衙門裏去。"㊄行動，移動。通"吪"。詩小雅無羊："或降于阿，或飲于池，或寢或訛。"參見"吪"。

【訛火】野火。唐柳宗元柳先生集四二同劉二十八院長述舊言懷詩："瘴氛恒積潤，訛火亟生煨。"

【訛言】謠言。詩小雅沔水："民之訛言，寧莫之懲。"漢書成帝紀建始三年："京師無故訛言大水至。"注："訛，僞言。"

【訛詐】詐騙。紅樓夢六八："這些人既是無賴的小人，銀子到手，三天五天，一光了，他又來找事訛詐，再要叨蹬起來，咱們雖不怕，終久耽心。"

【訛奪】文字謬誤脱漏。清俞樾春在堂全書雜文六編七札迻序："其精熟訓詁，通達叚借，援據古籍，以補正訛奪。"

【訛頭】過錯，把柄。清顧炎武日知録三二訛："(明光宗)泰昌元年八月，御史張潑言：京師奸宄叢集，游手成羣，有謂之把棍者，有謂之拏訛頭者。"原注："偵知一人作奸，則尾隨其後，陷人於罪，從而嚇詐金錢，謂之拏訛頭，即漢律所謂恐愒受賕。"紅樓夢九三："都是那些混賬東西在外頭撒野擠訛頭。"擠訛頭，猶言訛詐强索。

訢 1. xīn 許斤切，平，欣韻，曉。ㄒㄧㄣ

㊀快樂。同"欣"。孟子盡心上："終身訢然，樂而忘天下。"

2. xī 集韻虛其切，平，之韻。ㄒㄧ

㊁見"訢₂合"。

3. yín 集韻魚巾切，平，諄韻。ㄧㄣˊ

㊂見"訢₃訢₃"。

【訢₂合】和氣交感。禮樂記："天地訢合，陰陽相得。"注："訢讀爲熹，熹猶蒸也。"疏："言樂感動天地之氣，是使二氣蒸動，則天氣下降，地氣上騰。"引申泛指意氣投合。唐白居易長慶集二四唐江州興果寺律大德湊公塔碣銘序："初余與師相遇，如他生舊識，一見訢合，不知其然。"

【訢訢】喜悦貌。同"欣欣"。淮南子俶真："使知之訢訢然人樂其性者，仁也。"

【訢₃訢₃】謹敬貌。史記一〇三萬石君(石奮)傳："子孫勝冠者在側，雖燕居必冠，申申如也。僮僕訢訢如也，唯謹。"集解引晉灼、韋昭訓訢訢爲欣欣，唐顏師古漢書注謂讀與誾誾同，謹敬之貌。

五 畫

註 zhù 中句切，去，遇韻，知。ㄓㄨˋ

記載，注解。後漢書律曆下："班示文章，重黎記註。"

【註册】登記備案。清會典事例四三吏部候選文結："候選官員，未及回籍取文者，取具同鄉京官印結，在部註册。"

【註脚】猶注解。解釋字句的文字。宋陸九淵象山集三四語録上："學苟知本，六經皆我註脚。"

詠 yǒng 爲命切，去，映韻，于。ㄩㄥˇ

同"咏"。㊀曼聲長吟，歌唱。書益稷："戛擊鳴球，搏拊琴瑟以詠，祖考來格。"國語周下："詩以道之，歌以詠之。"㊁諷誦。國語楚上："若是而不從，動而不悛，則文詠物以行之。"注："詠，風也，謂以文辭風託事物，以動行也。"晉書樂志上祠廟饗神歌之二："舞象德，歌詠功，……舞象功，歌詠德。"㊂詩詞。唐李白李太白集二七春夜宴從弟桃花園序："不有佳詠，何伸雅懷，如詩不成，罰依金谷酒數。”

【詠史】歌詠史實，以歷史事件爲題材。其體例：有專詠一人一事者，如三國魏曹植曹子建集五三良詩，文選南朝宋謝宣遠（瞻）張子房詩；有泛詠史事者，如文選晉左太沖（思）詠史。

【詠絮】晉王凝之妻謝道蘊，聰明有才辨。叔父謝安寒雪日嘗內集，天驟雪。安曰：“白雪紛紛何所似？”兄子朗曰：“撒鹽空中差可擬。”道蘊曰：“未若柳絮因風起。”安大悅。見世說新語言語。後因稱女子之能文詞者爲詠絮才。參見“咏絮”。

【詠歎】長聲歌歎。文選漢王子淵（褒）四子講德論：“有二人焉，乘軨而歌，倚輗而聽之，詠歎中雅，轉運中律。”也作“咏歎”。禮樂記：“咏歎之，淫液之。”疏：“咏歎者，謂長聲而歎矣。”

【詠懷】抒發情懷抱負。其源本諸離騷，或謂出於小雅。南朝梁鍾嶸詩品上：“晉步兵阮籍詩，其源出於小雅，……而詠懷之作，可以陶性靈，發幽思，言在耳目之內，情寄八荒之表。”唐杜甫有自京赴奉先詠懷五百字。

【詠月嘲風】唐白居易長慶集六五將歸先寄舍弟詩：“詠月嘲風先要減，登山臨水亦宜稀。”風月，指景色，常作爲詩人歌詠的題材。因泛稱寫詩爲詠月嘲風。

詃

juǎn 姑泫切，上，銑韻，見。
ㄐㄩㄢ

引誘，欺詐。宋書索虜傳拓跋燾與太祖書：“爲大丈夫之法，何不自來取之，而以貨詃引誘我邊民，募往者復除七年，是賞姦人也。”

評

píng 符兵切，平，庚韻，並。
ㄆㄧㄥ 皮命切，去，映韻，並。

品論是非高下。後漢書六八許劭傳：“初劭與（從兄）靖俱有高名，好共覈論鄉黨人物，每月輒更其品題，故汝南俗有‘月旦評’焉。”南史鍾嶸傳：“嶸品古今詩爲評，言其優劣。”

【評事】官名。漢置廷尉平，掌平決刑獄。隋煬帝乃置評事，屬大理寺。歷代因之。參閱隋書百官志下、文獻通考五六職官十。

【評品】對人或事物品論高低。宋孫光憲北夢瑣言三薛保遜輕薄：“薛保遜，名家子，恃才與地，凡所評品，士子以之升降。”

【評話】亦稱平話。㊀宋元講史的別稱。見“平話”。㊁曲藝的一種，即說書。只說不唱，以演說歷史故事爲主。清李斗揚州畫舫錄十一虹橋錄下：“評話盛於江南，如柳敬亭、孔雲霄、韓圭湖諸人，屢爲陳其年（維崧）余澹心（懷）杜茶村（濬）朱竹垞（彝尊）所賞鑒。”參閱清李聲振百戲竹枝詞評話序。

【評論】批評議論。世說新語德行“武帝謂劉仲雄”注引王隱晉書：“劉毅字仲雄，……亮直清方，見有不善，必評論之，王公大人，望風憚之。”

【評議】評論議定。後漢書八五東夷傳：“高句驪，……無牢獄，有罪，諸加評議便殺之，没入妻子爲奴婢。”魏書程駿傳：“舊事，廟中執事之官，例皆賜爵，今宜依舊。詔百僚評議，羣臣咸以爲宜依舊事，駿獨以爲不可。”

証

zhèng 之盛切，去，勁韻，照。
ㄓㄥ

㊀諫正。戰國策齊一：“士尉以証靖郭君，靖郭君不聽。”㊁證據。通“證”。清段玉裁說文解字注：“今俗以証爲證驗字。”

【証諫】直言位尊者或長輩的過失。呂氏春秋貴當：“觀人主也，其朝臣多賢，左右多忠，主有失，皆交爭証諫。”

詓

qǔ 集韻 口舉切，上，語韻。
ㄑㄩˇ

象聲詞。漢班固白虎通一上：“古之時未有三綱六紀，民人但知其母，不知其父，能覆前而不能覆後，卧之詓詓，起之吁吁。”按莊子盜跖作“居居”。

詎

jù 其吕切，上，語韻，羣。
ㄐㄩ 其據切，去，御韻，羣。

㊀副詞。1.何，豈。莊子齊物論：“庸詎知吾所謂知之非不知邪？”2.曾。列子黃帝：“（商丘開）遂先投下，形若飛鳥，揚於地，骪骨無碼。范氏之黨以爲偶然，未詎怪也。”唐韓愈昌黎集四送侯參謀赴河中幕詩：“一別詎幾何，忽如隔晨興。”㊁連詞。苟，如果。國語晉六：“且唯聖人能無外患，又無內憂，詎非聖人，必偏而後可。”

詌

gàn 集韻 古暗切，去，勘韻。
ㄍㄢ

以勢壓人。荀子哀公：“魯哀公問於孔子曰：‘請問取人？’孔子對曰：‘無取健，無取詌，無取口啍。健，貪也。詌，亂也。口啍，誕也。’”漢劉向說苑尊賢作“拑”。

詍

yì 餘制切，去，祭韻，喻。
ㄧ

多言。荀子解蔽：“辯利非以言是，則謂之詍。”注：“辯說利口而飾非，以言亂是，則謂之詍。詍，多言也。”

訶

hē 虎何切，平，歌韻，曉。
ㄏㄜ

怒斥，大聲喝叱。同“呵”。三國志蜀廖立傳注引（諸葛）亮集又彈廖立表：“隨大將軍則誹謗譏訶。”宋史二八二王旦傳：“旦子弟及家人皆迎于郊，忽聞後有騶訶聲，驚視之，乃旦也。”參見“呵㊀”。

【訶子】㊀植物名。即訶黎勒。果實入藥。東晉十六國後趙時，避石勒諱，改名訶子。見宋高承事物紀原十草木花果部。參見“訶梨勒”。㊁抹胸。相傳始於唐楊貴妃。貴妃私安禄山，禄山指爪傷貴妃胸乳間，遂作訶子之飾以蔽之。見宋高承事物紀原三衣裘帶服引唐宋遺史。

【訶林】三國吳騎都尉虞翻謫居廣州光孝寺，手植訶子，因名其地爲虞苑，又名訶林。見清王士禛廣州遊覽小志。

【訶護】禁衛。元王惲秋澗集六宿仙山朝元觀題示詩：“陰靈訶護石壇古，老雨留漬蒼苔痕。”

【訶陵國】古南海國名。唐白居易長慶集十七送客春遊嶺南二十韻詩：“訶陵國分界，交趾郡爲鄰。”新唐書地理志七下：“佛逝國東水行四五日，至訶陵國，南中洲之最大者。”

【訶陵樽】酒器名。全唐詩六一二皮日休五貺序：“有南海鼊魚殼樽一，澀鋒齾角，內玄外黃，謂之訶陵樽。”

【訶梨子】婦女所服的披肩。花間集七五代晉和凝採桑子詞：“蝤蠐領上訶梨子，繡帶雙垂。”梨，一本作“棃”。

【訶梨勒】植物名。也作訶子、訶黎勒。果實供藥用。產於印度南海諸島及我國廣東等省。晉嵇含南方草木狀中：“訶黎勒，樹似木梡，花白，子形如橄欖，六路，皮肉相着，可作飲。變白髭髮令黑。出九真。”參閱本草綱目三五木二訶黎勒。

【訶棃棒】軍器名。以堅硬之木製成，長四五尺，其上有鐵包裹。也作“訶羅棒”。見明茅元儀武備志一〇四軍資乘棒棍。

【訶利帝母】梵語音譯，義譯爲暴惡。即鬼子母神，爲育子、安産、維護佛法之神。參閱毘奈雜事三一、翻譯名義集二八部。

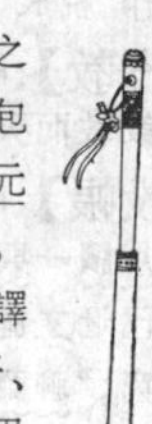
訶棃棒

【訶佛罵祖】五燈會元十七青原下四世德山宣鑒禪師：“再入相見，……至晚，問首座今日新到在否？座曰：當時背卻法堂，著草鞋出去也。山曰：此子已後向孤峯頂上盤結草菴，訶佛罵祖去在。”禪宗語錄中用語，譬喻解縛去執，突破前人。參見"呵佛罵祖"。

詁 gǔ 公户切，上，姥韻，見。ㄍㄨˇ

以今言解釋古代語言文字或方言字義。漢書八七上揚雄傳："雄少而好學，不爲章句，訓詁通而已，博覽無所不見。"

【詁經精舍】書院名。故址在今浙江杭州西湖孤山麓。清嘉慶八年浙江巡撫阮元創建。延王昶孫星衍爲主講。學生學習十三經、三史疑義、小學、天部、地理、算法等。刻有詁經精舍文集。其後俞樾繼爲主講，以通經致用教衆，在職前後三十一年。

詠 xù 辛聿切，入，術韻，心。ㄒㄩˋ

㊀利誘。漢書五二韓安國傳："今大王列在諸侯，詠邪臣浮説，犯上禁，橈明法。"㊁恫嚇。宋史三六五岳飛傳："(張)俊以前途糧乏詠飛，飛不爲止。"

詞 cí 似兹切，平，之韻，邪。ㄘˊ

同"𧥝"。㊀語言音義獨立的最小單位。説文："詞，意内而言外也。"清段玉裁注："有是意於内，因有是言於外，謂之𧥝……言者，文字之聲也。𧥝者，文字形聲之合也。"㊁言辭，文辭。公羊傳昭十一年："春秋之信史也。……其詞，則(孔)丘有罪焉耳。"史記一二一申公傳："是時天子方好文詞，見申公對，默然。"㊂韻文文體之一。原指古樂府的變體，後以泛稱合樂的詩體。詞始於唐，盛於宋。因其由詩歌發展而來，故稱詩餘；因其先有曲調，後有文詞，又稱曲子詞；因其句式長短不一，故又稱長短句。每首皆有調名，稱詞調；每調的片(闋)數、句數、字數、用韻、字的平仄，都有一定的格式。

【詞人】擅長文詞的人。梁書沈約傳："又撰四聲譜，以爲在昔詞人，累千載而不寤，而獨得胸衿，窮其妙旨，自謂入神之作。"唐杜甫杜工部草堂詩箋十一洗兵馬："隱士休歌紫芝曲，詞人解撰河清頌。"

【詞仙】稱譽擅長文詞的人。明高啟高太史集八夜飲丁二侃宅聽琵琶詩："好手正可羞紅蓮，座間豪客皆詞仙。"

【詞臣】謂文學侍從之臣，如翰林之類。唐劉禹錫劉夢得集四江令宅詩："南朝詞臣北朝客，歸來唯見秦淮碧。"

【詞伯】稱譽擅長文詞的人。唐宋之問集上傷王七祕書監……詩："書乃墨場絶，文稱詞伯雄。"金元好問中州集十辛願贈趙宜之詩之一："夫子今詞伯，胡爲遠帝京。"

【詞宗】擅長詞章的大師。藝文類聚五二南朝梁裴子野晉陵太守王勵德政碑："至於網羅圖籍，脂粉藝文，學侶揖其精微，詞宗稱其妙絶。"梁書任昉傳："昉雅善屬文，尤長載筆，才思無窮。……沈約一代詞宗，深所推挹。"

【詞府】猶言詞林。文苑英華八四二南朝梁王僧孺從子永寧令謙誄："容與學丘，徘徊詞府，青紫已拾，大夫斯取。"

【詞林】㊀匯集在一處的文詞。也指文人之羣。南朝梁蕭統昭明太子集三答晉安王書："殽核墳史，漁獵詞林。"隋書經籍志四集部著録有缺名詞林五十八卷。新唐書藝文志有許敬宗等撰文館詞林一千卷。㊁翰林之通稱。玉海三四康定賜翰林飛白書："至和元年九月，王洙爲學士，仁宗嘗以塗金龍水牋爲飛白詞林二字賜之。"明洪武初於皇城内建翰院，扁曰詞林。見清梁章鉅稱謂録十三詞林。

【詞客】猶詞人。唐王維王右丞集六偶然作詩："宿世謬詞客，前身應畫師。"李白李太白詩八草書歌行："八月九日天氣涼，酒徒詞客滿高堂。"

【詞垣】謂翰林署。宋王千秋審齋詞西江月小鹿鳴："册府牙籤書閱，詞垣紫誥宵傳。"元虞集道園學古録一寄陳衆仲助教上都作詩："學省足清晝，詞垣驚蚤秋。"

【詞苑】謂翰林署。同"詞垣"。元詩選王士熙江亭集次霍狀元接駕韻："詞苑恩波供染翰，秋風歲歲候鳴鑾。"

【詞律】㊀文詞的聲律。唐錢起錢考功集七送沈冲詩："心期邈霄漢，詞律響瓊琚。"㊁清萬樹輯，二十卷，附清徐本立纂詞律拾遺八卷。唐宋以來，倚聲度曲之法，久已失傳，此書能糾正舊譜之譌，其論句讀及拗字，頗爲細密。辨元人曲詞之分，斥明人自度腔之謬，皆有依據。詞律拾遺補原書未收一百六十五調、四百九十五體。

【詞致】文辭的意趣、情調。隋書蘇威傳附蘇夔："少聰敏，有口辯，……十四詣學，與諸儒論議，詞致可觀，見者莫不稱善。"

【詞章】詩文的總稱。也作"辭章"。唐韓愈昌黎集三二柳子厚墓誌銘："居閑益自刻苦，務記覽，爲詞章，汎濫停蓄爲深博無涯涘，而自肆於山水間。"濂洛關閩書："程子(頤)曰：古之學者一，今之學者三，異端不與焉。一曰詞章之學，二曰訓詁之學，三曰儒者之學。"

【詞曹】猶言詞林。唐高適高常侍集七送柴司户充劉卿判官之嶺外詩："月卿臨幕府，星使出詞曹。"參見"詞林"。

【詞華】詩文的文采。唐杜甫杜工部草堂詩箋一贈比部蕭郎中十兄："詞華傾後輩，風雅藹孤騫。"

【詞場】㊀喻文壇。南朝梁蕭統昭明太子集三錦帶書十二月啟姑洗三月："持郭璞之毫鸞，詞場月白；吞羅含之彩鳳，辯囿日新。"唐王勃王子安集十三益州夫子廟碑："踐詞場之閫閾，觀質文之否泰。"㊁文詞科場。唐白居易長慶集十九喜敏中及第偶示所懷詩："自知羣從爲儒少，豈料詞場中第頻。"

【詞源】㊀以水源喻文詞之層出不窮。文苑英華九七八唐宋之問祭王城門文："理闡探索，詞源論討。"唐杜甫杜工部草堂詩箋六醉歌行："詞源倒流三峽水，筆陣獨掃千人軍。"㊁書名。宋張炎撰。二卷。上卷論五音十二律，以及宮調管色諸事，下卷論製曲、句法、字面、虛字、意趣諸事，可由以考見宋代樂府之制。

【詞話】㊀評論詞調源流、作家、作品之書，其體裁略如詩話。如明陳霆渚山堂詞話、清毛奇齡詞話等皆是。㊁元明時的一種説唱藝術。其中有詞曲，有説有唱，故名詞話。元曲選關漢卿救風塵三："那唱詞話的有兩句留文。"又明人章回小説中夾有詩詞者亦稱詞話，如金瓶梅詞話。

【詞綜】清初朱彝尊編二十六卷，汪森增補十卷，共三十六卷。録唐宋金元詞共二二五三首，作者六五九人，多收未見之作，採摭豐富，辨別精審，迥出諸詞選之上。

【詞鋒】謂文章議論，鋭不可當，猶如鋒芒。南朝陳徐陵徐孝穆集四與楊僕射書："足下素挺詞鋒，兼長理窟，匡丞相(衡)解頤之説，樂令君(廣)清耳之談，向所諮疑，誰能曉喻。"

【詞頭】唐宋代朝廷命官任職的諭旨。唐白居易長慶集十九中書寓直詩："病對詞頭慙彩筆，老看鏡面愧華簪。"宋王禹偁小畜集七舍人院竹詩："封了詞頭遶砌行，此君相伴最多情。"

【詞翰】㊀猶言詞章。魏書儒林傳序："其餘涉獵典章，關歷詞翰，莫不縻以好爵。"㊁文章與書翰。唐杜甫杜工部詩史補遺八奉賀陽城郡王太夫人恩命加鄧國太夫人："義方兼有訓，詞翰兩如神。"

【詞韻】供詞家填詞押韻用之韻書。今

傳世最久者，爲菉斐軒詞韻，舊題宋人所作，論者多疑爲元明人僞託。見清秦恩復詞林韻釋跋。嗣後如明胡文煥文會堂詞韻，清吳烺學宋齋詞韻，亦未足據依。最晚出者，爲清戈載之詞林正韻，其書列平、上、去爲十四部，入聲爲五部，共十九部。皆取古今有名之詞，參酌而定，去取審慎，詞家多遵用之。

【詞譜】輯録諸詞調，説明詞之格律及變體之書。如清聖祖(玄燁)康熙五十四年欽定詞譜四十卷，共收八百二十六調，二千三百六體，每調各注源流，每字各圖平仄，每句各注韻叶。

【詞藻】㊀文詞藻飾，富麗華美。指詩文中工巧有文采的詞語。北齊書祖珽傳："珽神情機警，詞藻遒逸，少馳令譽，爲世所推。"㊁清彭孫遹著。四卷，皆論詞之語，選唐宋金元至清初，名篇雋句，品評長短，大致主張各家各派均擅所長，不宜偏愛偏廢。

【詞苑叢談】清徐釚撰，十二卷。輯録詞家故實，分體製、音韻、品藻、紀事、辨證、諧謔、外編七類，采摭繁富，援據詳明，爲論詞之總匯。

【詞學叢書】清秦恩復编。二十三卷。清史稿藝文志四著録。顧廣圻謂學者得是書而讀之，於詞源可以得七宮十二調聲律一定之學，於韻釋可以得清濁部類分合配隸之學，於雅詞等可以博觀體製，深尋旨趣，得自來傳作無一字一句任意輕下之學，有功於填詞者殊多云。

詖

bì 彼義切，去，寘韻，幫。
ㄅㄧˋ

偏頗，邪僻。漢王充論衡自然："心險而行詖，則犯約而負教。"

【詖行】偏頗不正的行爲。孟子滕文公下："我亦欲正人心，息邪説，距詖行，放淫辭，以成三聖(禹周公孔子)者，豈好辯哉？予不得已也。"

【詖辭】偏頗的話。孟子公孫丑上："詖辭知其所蔽。"

詛

zǔ 莊助切，去，御韻，莊。
ㄗㄨˇ

祝詛。以言告神曰祝，請神加殃曰詛。詩小雅何人斯："出此三物，以詛爾斯。"左傳隱十一年："鄭伯使卒出豭，行出犬雞，以詛射潁考叔者。"疏："詛者盟之細，殺牲告神，令加之殃咎。"

【詛祝】㊀求神加禍害於人。書無逸："民否則厥心違怨，否則厥口詛祝。"疏："詛祝，謂告神明令加殃咎也。"參見"祝詛"。㊁官名。周禮春官之屬，掌誓盟祝號。

【詛盟】誓約。書吕刑："罔中于信，以覆詛盟。"

【詛楚文】戰國時，秦昭襄王詛楚懷王之罪於神之文。宋歐陽修文忠集一三四集古録跋尾又別本："右秦祀巫咸神文，今流俗謂之詛楚文者，以其言楚王熊相之罪也。"參見"亞駞"。

詀

1. zhān 竹咸切，平，咸韻，知。
ㄓㄢ

㊀見"詀諵"。

2. chè 叱涉切，入，葉韻，穿。
ㄔㄜˋ

㊁見"詀$_2$讘"。

【詀諵】語聲。唐元稹長慶集十一送侍御之嶺南二十韻詩："蛛懸絲繚繞，鵲報語詀諵。"

【詀$_2$讘】輕聲細語。唐劉禹錫劉夢得集十四上杜司徒書："嘗矯激以買直矣，嘗詀讘以取容矣。"舊唐書九四徐彦伯傳樞機論："用詀讘爲全計，以號諛爲令德。"參見"呫$_2$讘"。

詗

xiòng 休正切，去，勁韻，曉。
ㄒㄩㄥˋ 火迥切，上，迥韻，曉。

㊀告密。説文："詗，知處告言之。"急就篇四："乏興猥逮詗讂求。"注："詗，謂知處密告之也。"㊁偵察，刺探。史記一一八淮南王安傳："淮南王有女陵，慧有口辯，王愛陵，常多予金錢，爲中詗長安，約結上左右。"

【詗伺】諜探。資治通鑑二三二唐貞元三年："己未，韋皋復與東蠻和義王苴那時書，使詗伺導達雲南。"注："詗伺，刺探之人也。"

【詗察】偵察。新唐書一四五竇參傳："每延英對，它相罷，參必留，以度支爲言，實專政也。然參無學術，不能稽古立事，惟樹親黨，多所詗察，四方畏之。"

【詗邏】偵察巡邏。宋王禹偁爲諫官，上禦戎十策，其一爲罷小臣詗邏邊事，行間牒以離其黨。見宋司馬光涑水紀聞三。

詘

1. qū 區勿切，入，物韻，溪。
ㄑㄩ

㊀卷屈，屈曲。通"屈"。禮喪服大記："凡陳衣不詘。"注："不屈，謂舒而不卷也。"荀子勸學："若挈裘領，詘五指而頓之，順者不可勝數也。"注："詘與屈同。"㊁冤曲。吕氏春秋壅塞："宋王因怒而詘殺之。"注："詘，枉也。無罪而殺之曰枉。"㊂屈服，折服。荀子議兵："古之兵，戈矛弓矢而已矣，然而敵國不待試而詘。"史記八三魯仲連傳："吾與富貴而詘於人，寧貧賤而輕世肆志焉。"㊃言語鈍拙。史記八七李斯傳："(趙)高曰：'(胡亥)辯於心而詘於口。'"楚辭漢王逸九思疾世："嗟此國兮無良，媒女詘兮謰謱。"㊄短縮。周髀算經下之三："往者詘。"注："從夏至南往，日益短，故曰詘。"㊅戛然而止貌。禮聘義："叩之其聲清越以長，其終詘然，樂也。"注："詘，絶止貌也。"

2. chù 集韻 勑律切，入，術韻。
ㄔㄨˋ

㊆貶絀，貶退。通"黜"。戰國策韓三："彼公仲者，秦勢能詘之。"

【詘申】卽屈伸。荀子解蔽："形可劫而使詘申。"漢書七十陳湯傳："湯擊郅支時中寒病，兩臂不詘申。"也作"詘伸"。禮樂記："執其干戚，習其俯仰詘伸。"

【詘折】卽曲折。史記一一七司馬相如傳大人賦："詘折隆窮蠼以連卷。"漢書天文志："有流星出文昌，……詘折委曲，貫紫宫西。"

【詘指】㊀曲意。戰國策燕一："詘指而事之，北面而受學，則百己者至。"㊁卽屈指。用手指計算。漢書七十陳湯傳："詘指計其日，曰：'不出五日，當有吉語聞。'"

詅

líng 郎丁切，平，青韻，來。
ㄌㄧㄥˊ 力政切，去，勁韻，來。

叫賣。元周密齊東野語二十莫氏別室子："其夫以鬻粉羹爲業，子稍長，詅羹于市。"

【詅癡符】本無才學，又好誇耀於人，適成爲獻醜的標誌。北齊顏之推顏氏家訓文章："吾見世人，至無才思，自謂清華，流布醜拙，亦以衆矣，江南號爲詅癡符。"清王夫之薑齋詩集一詠史之九："奇字詅癡萬卷，危言賣綻千春。"

診

zhěn 章忍切，上，軫韻，照。
ㄓㄣˇ 直刃切，去，震韻，澄。

㊀察看，驗證。莊子人間世："匠石覺而診其夢。"疏："診，占也。"一説：診，通"畛"，訓告；診其夢卽告其夢。見清王念孫讀書雜志十六餘編上。後漢書八六南蠻傳："羣臣怪而診之，乃吴將軍首也。"注："診，候視也。"㊁候脈，斷定病狀。素問風論："帝曰：五藏風之形狀不同者何？願聞其診及其病能。"史記一〇五倉公傳："齊王中子諸嬰兒小子病，召臣意診切其脈。"參見"診脈"。

【診候】看病。晉書齊王冏傳："攸有疾，武帝不信，遣太醫診候，皆言無病。"北齊書馬嗣明傳："少明醫術，博綜經方，……爲人診候，一年前知其生死。"

【診脈】切脈以察病情。史記一〇五扁

鵲傳："以此視病，盡見五藏癥結，特以診脈爲名耳。"宋書范曄傳："熙先善於治病，兼能診脉。"脉，同"脈"。靈樞經九鍼十二原："凡將用鍼，必先診脈，視氣之劇易，乃可以活也。"

【診視】察看，驗視。漢書九三董賢傳："莽疑其詐死，有司奏請發賢棺，至獄診視。"

【診療】治病。資治通鑑二五二唐咸通十一年："宗劭等診療之時，惟求疾愈。"注："診，止忍翻，候脉也；療，力照翻，治疾也。"

【診驗】察看和驗證病狀。南齊書王僧虔傳上疏："愚謂治下囚病，必先刺郡，求職司與醫對共診驗；遠縣，家人省視，然後處理。可使死者不恨，生者無怨。"

詒 1. yí ㄧ 與之切，平，之韻，喻。

㊀傳，遺留。詩大雅文王有聲："詒厥孫謀，以燕翼子。"箋："詒，猶傳也。"㊁給與，贈與。通"貽"。詩小雅天保："神之弔矣，詒爾多福。"左傳昭六年："叔向使詒子產書。"

2. dài ㄉㄞ 徒亥切，上，海韻，定。

㊂欺騙。漢徐幹中論考僞："至於父盜子名，兄竊弟譽，骨肉相詒，朋友相詐，此大亂之道也。"

【詒託】猶言假託。穀梁傳定元年："夫請者，非可詒託而往也，必親之者也，是以重之。"注："詒託，猶假寄。"釋文："詒，以之反。"

【詒厥】指子孫。詩大雅文王有聲："詒厥孫謀，以燕翼子。"宋王楙野客叢書二十詒厥友于等語："世謂兄弟爲友于，謂子孫爲詒厥，歇後語也。……自東漢以來，多有此語，曰居詒厥之始，曰友于之情愈厚。"

詄 dié ㄉㄧㄝ 徒結切，入，屑韻，定。

遺忘。見說文。引申爲曠蕩貌。漢書禮樂志郊祀歌天門："天門開，詄蕩蕩。"清王先謙補注："天體廣遠，言象俱忘。"

詐 zhà ㄓㄚ 側駕切，去，禡韻，莊。

㊀欺騙，假裝。左傳宣十五年："宋及楚平，華元爲質。盟曰：我無爾詐，爾無我虞。"後漢書五七杜根傳："根遂詐死。"㊁突然。通"乍"。公羊傳僖三三年："詐戰不日。"注："詐，卒也，齊人語也。"㊂俊俏。金董解元西廂記一："不苦詐打扮，不甚豔梳掠。"元王實甫西廂記三本三折："打扮的身子兒詐，準備著雲雨會巫峽。"

【詐故】詐僞，巧變。故亦詐。荀子王霸："大國之主也，不隆本行，不敬舊法，而好詐故。"

【詐馬】元代蒙古族習俗，於賽馬後舉行盛宴，稱詐馬筵。元詩選周伯琦近光集詐馬行序："國家之制，乘輿北幸上京，歲以六月吉日，命宿衛大臣及近侍服所賜只孫，珠翠金寶，衣冠腰帶，盛飾名馬。清晨自城外各持綵仗，列隊馳入禁中。於是上盛服御殿臨觀，乃大張宴爲樂。……名之曰只孫宴。只孫，華言一色衣也。俗呼曰詐馬筵。"清代帝王巡幸木蘭，舉行秋季圍獵時，亦有此舉。清文獻通考一四〇王禮十六高宗(弘曆)塞宴四時詩詐馬詩自注："詐馬爲蒙古舊俗，今漢語俗所謂跑等者是也。然元人所云詐馬實咱馬之誤。蒙古語謂掌食之人爲咱馬。蓋呈馬戲之後，則治筵以賜食耳。"

【詐晴】久雨初晴。宋李覯直講李先生集三七寄傳代言詩："春地更無嫌草處，雨天還有詐晴時。"也作"乍晴"。宋陸游劍南詩稿六五新晴："繁花滿樹春才半，斜日穿雲雨乍晴。"

【詐譎】詭計。淮南子本經："比周朋黨，設詐譎，懷機械巧故之心而性失矣。"注："譎，謀也。"

【詐諼】欺騙，弄虛作假。漢書四五息夫躬傳哀帝詔："虛造詐諼之策，欲以詿誤朝廷。"又藝文志從横家："及邪人爲之，則上詐諼而棄其信。"注："諼，詐言也。"

詑 yí ㄧ 集韻 余支切，平，支韻。

也作"訑"、"詍"、"訑"。見集韻。參見"詑詑"。

【詑詑】自得自滿貌。孟子告子下："夫苟不好善，則人將曰詑詑，予既已知之矣。詑詑之聲音顏色，拒人於千里之外。"注："詑詑者自足其智不嗜善言之貌。"唐柳宗元柳先生集十九敵戒："秦有六國，兢兢以强；六國既除，詑詑乃亡。"

詔 1. zhào ㄓㄠ 之少切，去，笑韻，照。

㊀告。多用於上對下。說文："詔，告也。"周禮春官大宗伯："詔大號，治其大禮，詔相王之大禮。"禮曲禮下："出入有詔於國。"㊁教訓。莊子盜跖："若父不能詔其子，兄不能教其弟，則無貴父子兄弟之親矣。"㊂詔書。古時上級給下級的命令文告。秦漢以後，專指帝王的文書命令。史記秦始皇紀李斯議："臣等昧死上尊號，王曰'泰皇'，命爲'制'，令爲'詔'，天子自曰'朕'。"又一〇四田叔傳："會事發覺，漢下詔捕趙王及羣臣反者。"㊃召見。後漢書二八馮衍傳顯志賦："詔伊尹於亳郊兮，享呂望於酆州。"注："詔，召也。"㊄雲南少數民族南詔稱王爲詔。其先渠帥有六，自號六詔。見舊唐書一九七南蠻傳。

2. shào ㄕㄠ 字彙 市召切，音紹。

㊅介紹。通"紹"。禮禮器："故禮有擯詔。"注："詔，或爲紹。"疏："賓主相見，有擯相詔告也。"

【詔令】㊀號令，通告。戰國策秦一："地廣而兵强，戰勝攻取，詔令天下。"㊁詔書誥令。秦制，天子之令稱詔，皇后太子稱令。混言無別，分言爲二。史記八四賈誼傳："每詔令議下，諸老先生不能言，賈生盡爲之對。"

【詔旨】詔書意旨。後漢書六一周舉傳："羣臣議者多謂宜如詔旨，舉獨對曰：'……今北鄉侯無它功德，以王禮葬之，於事已崇，不宜稱謚。'"

【詔板】古時將詔書寫於板上，故也稱詔書爲詔板。後漢書六九竇武傳："(曹節)召尚書官屬，脅以白刃，使作詔板，拜王甫爲黃門令。"

【詔書】皇帝的命令文告。史記八九張耳陳餘傳："秦詔書購求兩人。"漢蔡邕獨斷上："漢天子正號曰皇帝。……其命令：一曰策書，二曰制書，三曰詔書，四曰戒書。"又："詔書者，詔告也。有三品：其文曰告某官某，如故事，是爲詔書。羣臣有所奏請，尚書令奏之，下有司曰制；天子答之曰可，若下某官云云，亦曰詔書。羣臣有所奏請，無尚書令奏制之字，則答曰已奏，如書本官下所當至，亦曰詔。"

【詔條】詔書所頒列的條款。漢書百官公卿表上："武帝元封五年初置部刺史，掌奉詔條察州。"

【詔黃】用黃色紙書寫的詔書。宋書王韶之傳："恭帝即位，遷黃門侍郎，領著作郎，西省如故。凡諸詔黃，皆其辭也。"漢以來，凡朝廷有大政事、大典禮、佈告臣民者，概稱詔書。漢用詔板。唐敕，舊用白紙，高宗上元間，因白紙多蠹，改用黃麻紙。見宋王楙野客叢書八禁用黃。

【詔策】猶詔書。漢書八十宣元六王傳："王幸受詔策，通經術。"三國志蜀諸葛亮傳："詔策亮曰：'街亭之役，咎由馬謖，……今復君丞相，君其勿辭。'"參見"詔書"。

【詔獄】奉詔令關押犯人的牢獄。史記一二二杜周傳:"廷尉及中都官詔獄逮至六七萬人,吏所增加十萬餘人。"

【詔諭】以詔書指示臣民。新五代史後蜀世家孟知祥:"唐兵先在蜀者數萬人,知祥皆厚給其衣食,因請送其家屬,明宗詔諭不許。"

【詔息湖】湖名。在今浙江杭縣境。水經注四十漸江水:"浙江北合詔息湖,湖本名阼湖,因秦始皇帝巡狩所憩,故有詔息之名也。"又名御息湖。見嘉慶一統志二八三杭州府一山川。

【詔書掛壁】謂地方官實握大權,往往不顧朝廷詔令,使之成爲具文。初學記二四東漢崔寔正論:"今典州郡者,自違詔書,縱意出入,故里語曰:'州郡詔,如霹靂,得詔書,但掛壁。'"

詾 gòu 胡遘切,去,候韻,匣。ㄍㄡˋ

同"詬"。㊀罵。左傳襄十七年:"衛孫蒯田于曹隧,飲馬于重丘,毁其瓶,重丘人閉門而詾之。"注:"詾,罵也。"㊁恥辱。左傳昭二十年:"子死亡有命,余不忍其詾。"呂氏春秋離俗:"務光曰:彊力忍詾,吾不知其他也。"

詆 dǐ 都禮切,上,薺韻,端。ㄉㄧˇ 杜奚切,平,齊韻,定。

㊀誣蔑,毁謗。漢書三六劉向傳上封事:"是以羣小窺見閒隙,巧言醜詆,流言飛文,譁於民間。"㊁根底,基礎。通"柢"。淮南子兵略:"兵有三詆。"注:"詆,要事也。"

【詆娸】詆毁,辱罵。漢書五一枚皋傳:"故其賦有詆娸東方朔,又自詆娸,其文骫骳,曲隨其事,皆得其意。"注:"詆,毁也。娸,醜也。"

【詆訶】毁謗,斥責。文選三國魏曹子建(植)與楊德祖書:"劉季緒才不能逮於作者,而好詆訶文章,掎摭利病。"南朝梁劉勰文心雕龍五奏啓:"是以世人爲文,競於詆訶,吹毛求瑕,次骨爲戾。"

【詆訿】毁謗。史記六三莊子傳:"作漁父盜跖胠篋,以詆訿孔子之徒。"也作"詆訾"。漢書八七下揚雄傳:"雄見諸子各以其知舛馳,大氐詆訾聖人,即爲怪迂,析辯詭辭,以撓世事。"

【詆毁】惡意誣衊。宋書顏延之傳荀赤松奏:"交遊闒茸,沈迷麴糵,橫興譏謗,詆毁朝士。"

【詆嫚】詆毁侮辱。南朝梁劉勰文心雕龍三諧讔:"於是東方枚皋,餔糟啜醨,無所匡正,而詆嫚媟弄,故其自稱爲賦,迺亦俳也。"

【詆讕】猶抵賴。資治通鑑一七八隋開皇十八年:"蜀王秀奏'史萬歲受賄縱賊,致生邊患'。上責萬歲,萬歲詆讕。"注:"詆,拒諱也。讕,逸辭也。"

訴 sù 桑故切,去,暮韻,心。ㄙㄨˋ

同"謝"、"愬"。見説文。㊀告訴,訴說。楚辭漢王逸憫上:"思怫鬱兮肝切剥,忿悁悒兮孰訴告。"㊁控告。漢書成帝紀鴻嘉元年詔:"刑罰不中,衆冤失職,趨闕者告訴不絶。"後漢書和熹鄧皇后紀:"畏吏不敢言,將去,舉頭若欲自訴。"㊂譖,誹謗。左傳成十六年:"郤犨將新軍,……取貨于宣伯,而訴公于晉侯。晉侯不見公。"

【訴訟】因紛爭告於官署,以分曲直。後漢書四六陳寵傳:"西州豪右并兼,吏多姦貪,訴訟日百數。"

【訴衷情】唐教坊曲名,後用爲詞調。唐毛文錫詞有"桃花流水漾縱橫"句,故又名桃花水。按花間集此調有兩體:單調三十三字,平韻、仄韻混用。雙調四十一字,平韻。參閱詞譜二。

詉 náo 女加切,平,麻韻,娘。ㄋㄠˊ 集韻 尼交切,平,肴韻。

諠譊。舊唐書九四徐彦伯傳樞機論:"以號詉爲令德。"一說:詉,奴故切,惡言。見集韻。

⿱巧言 biàn 符蹇切,上,獮韻,並。ㄅㄧㄢˋ

同"辯"。北魏造新字,以巧言爲辯。廣韻本作"⿱巧言",譌作"䛒"。隋柳⿱巧言字顧言,隋書有傳。其後"⿱巧言"譌爲"䛒"。唐有沙門䛒光。見下。

【䛒光】唐僧名,江南人,曾受業於唐陸希聲,得其筆法,潛心草字,名重一時。曾爲翰林供奉,得幸於唐昭宗。見宣和書譜十九、唐詩紀事四八陸希聲。亦作⿱巧言光。

詈 lì 力智切,去,寘韻,來。ㄌㄧˋ

罵,責備。書無逸:"小人怨汝,詈汝。"楚辭屈原離騷:"女嬃之嬋媛兮,申申其詈予。"

【詈言】罵人的話。唐孟郊孟東野集四秋懷詩之十一:"詈言一失香,千古聞臭詞。"

六畫

詫 chà 丑亞切,去,禡韻,徹。ㄔㄚˋ

㊀誇飾,誇耀。史記一一七司馬相如傳子虛賦:"田罷,子虛過詫烏有先生。"㊁欺誑。晉書司馬休之傳:"甘言詫方伯,襲之以輕兵。"㊂告知。莊子達生:"有孫休者,踵門而詫子扁慶子。"㊃驚訝。新唐書二二五上史思明傳:"思明大怒,……詫曰:'朝義怯,不能成我事!'"宋楊萬里誠齋集十七過烏沙望大塘石峯詩:"山神自賀應自詫,古來比(此)地無車馬。"

詨 xiào 胡教切,去,效韻,匣。ㄒㄧㄠˋ

㊀叫呼。山海經北山經:"(歸山)有鳥焉,其狀如鵲,……其名曰鶌,是善驚,其鳴自詨。"注:"今吴人謂呼爲詨。"㊁象聲,通"嗃"。北史尒朱世隆傳:"初,世隆曾與吏部尚書元世儁握槊,忽聞局上詨然有聲,一局子盡倒立。"魏書作"歘然"。

該 gāi 古哀切,平,咍韻,見。ㄍㄞ

㊀具備。穀梁傳哀元年:"夏四月,辛巳,郊。此該之變而道之也。"注:"該,備也。"三國志魏武帝紀評:"太祖運籌演謀,鞭撻宇内,擥申商之法術,該韓白之奇策。"㊁應該,應當。西遊記二一:"如來照見了他,不該死罪。"紅樓夢一〇一:"(鳳姐)說道:天也不早了,我也該起來了。"㊂舊時公文書中,指上文說過的人或事等,如該員、該件、該處、該案。㊃欠。紅樓夢一〇〇:"人家該咱們的,咱們該人家的,……算一算,看看還有幾個錢没有。"

【該洽】詳備,廣博。周書盧眞傳:"又撰西京記三卷,引據該洽,世稱其博聞焉。"晉書藝術傳論:"陳(訓)戴(洋)等諸子並該洽墳典,研精數術,究推步之幽微,窮陰陽之祕奧。"

【該富】完備豐富。南朝梁劉勰文心雕龍四史傳:"及班固述漢,因循前業,觀司馬遷之辭,思實過半。其十志該富,讚序弘麗,儒雅彬彬,信有遺味。"

【該博】博學多識。晉書索靖傳:"靖少有逸羣之量,與鄉人氾忠張甝索紾索永俱詣太學,馳名海内,號稱敦煌五龍。四人並早亡,唯靖該博經史,兼通内緯。"

【該贍】同"該富"。南史賀琛傳:"往復從容,義理該贍。"

詶 chóu 市流切,平,尤韻,禪。ㄔㄡˊ 承咒切,去,宥韻,禪。

㊀答。通"酬"。玉篇:"詶,答也。"漢王充論衡謝短:"二家各短,不能自知也,世之

論者亦不能詶之。”㊁見“詶咨”。

【詶咨】諮詢，顧問。同“疇咨”。後漢書五二崔駰傳慰志賦：“思輔弼以媮存兮，亦號眺以詶咨。”也作“詶諮”。魏書司馬叡傳附司馬紹：“謂公宜入輔朝政，得旦夕詶諮，朝士亦咸以爲然。”

詳 1. xiáng 似羊切，平，陽韻，邪。ㄒㄧㄤˊ

㊀審慎，審察。書蔡仲之命：“詳乃視聽，罔以側言改厥度。”㊁周備。荀子非相：“傳者久則論略，近則論詳。略則舉大，詳則舉小。”漢書八八儒林傳序：“故詳延天下方聞之士，咸登諸朝。”㊂備說，詳細說明。詩鄘風牆有茨：“中冓之言，不可詳也。”後漢書八八西域傳：“皆前世所不至，山經所未詳，莫不備其風土，傳其珍怪焉。”㊃知悉。晉陶潛陶淵明集六五柳先生傳：“先生不知何許人也，亦不詳其姓字，宅邊有五柳樹，因以爲號焉。”㊄官文書名。下級官員對上級官長的報告稱詳。明戚繼光練兵實記雜集三將官到任寶鑑：“應該自行者，不敢遲怠。應該請詳者，請詳遵奉。”㊅善。通“祥”。易大壯：“不能退，不能遂，不詳也。”疏：“祥者，善也。”

2. yáng 與章切，平，陽韻，喻。ㄧㄤˊ

㊆假作。通“佯”。史記殷本紀：“箕子懼，乃詳狂爲奴。”

【詳平】周密公平。漢書八一孔光傳：“光久典尚書，練法令，號稱詳平。”新唐書一二六張九齡傳：“九齡有才鑒，吏部試拔萃與舉者，常與右拾遺趙冬曦考次，號稱詳平。”

【詳刑】指斷獄詳審，用刑謹慎。也作“祥刑”。後漢書明帝紀永平三年正月詔：“詳刑慎罰，明察單辭。”後也用作官名。唐高宗龍朔二年改大理爲詳刑。參閱通典二五職官七大理卿。參見“祥刑”。

【詳雅】安詳文雅。晉書王衍傳：“衍字夷甫，神情明秀，風姿詳雅。”北史裴寬傳：“寬舉止詳雅，善於占對。”

【詳盡】猶詳悉，周備。三國志魏高貴鄉公(髦)紀甘露元年：“帝曰：‘若聖人以不合（彖象與經）爲謙，則鄭玄何獨不謙邪？’(博士淳于)俊對曰：‘古義弘深，聖問奥遠，非臣所能詳盡。’”北史序傳：“雖則疏野，遠慙先哲，於披求所得，竊謂詳盡。”

【詳練】詳審，熟習。宋書蔡興宗傳：“時(吏部)尚書何偃疾患，上謂興宗曰：‘卿詳練清濁，今以選事相付，便可開門當之，無相讓也。’”北史叱羅協傳：“協歷事二京，詳練故事。”

誆 kuāng 渠放切，去，漾韻，羣。ㄎㄨㄤ

以謊言騙人。通“誑”。史記鄭世家：“乃求壯士，得霍人解揚，字子虎，誆楚。”

誄 lěi 力軌切，上，旨韻，來。ㄌㄟˇ

㊀累述死者功德以示哀悼。卽今之悼辭。周禮春官大祝：“作六辭以通上下親疏遠近，……六曰誄。”注：“誄，謂積累生時德行以錫之命，主爲其辭也。春秋傳曰：‘孔子卒，哀公誄之。’”禮曾子問：“賤不誄貴，幼不誄長，禮也。”㊁哀悼死者之文。漢書景帝紀中二年：“令諸侯王薨，列侯初封及之國，大鴻臚奏謚、誄、策。”文選晉陸士衡(機)文賦：“碑披文以相質，誄纏綿而悽愴。”

詩 shī 書之切，平，之韻，審。ㄕ

㊀有韻律可歌詠者的一種文體。書舜典：“詩言志，歌永言。”古詩多四言，東漢魏晉以後，多五、七言，至唐遂有古體近體之分，古體卽仿樂府之作，近體卽律詩及絕句。㊁志，意思。在心爲志，發言爲詩。呂氏春秋慎大：“湯謂伊尹曰：若告我曠夏，盡如詩。”㊂書名。卽詩經。論語爲政：“詩三百，一言以蔽之，曰：思無邪。”㊃承奉，維持。禮內則：“三日，卜士負之，……詩負之。”謂以手承下而抱負之。儀禮特牲饋食禮：“詩懷之。”鄭玄注：“謂奉納之懷中。”

【詩人】詩歌作者。史記周紀：“周道之興自此始，故詩人歌樂思其德。”漢揚雄法言吾子：“詩人之賦麗以則，辭人之賦麗以淫。”

【詩王】傳說中對唐大詩人杜甫的頌稱。唐馮贄雲仙雜記一文星典吏：“杜子美十餘歲，夢人令采文於康水，覺而問人，此水在二十里外，乃往求之，見鵝冠童子告曰：‘汝本文星典吏，天使汝下謫，爲唐世文章海，九雲誥已降，可於豆壠下取。’甫依其言，果得一石，金字曰：‘詩王本在陳芳國，九夜捫之麟篆熟，聲振扶桑享天福。’”

【詩友】指相互以詩詞唱和而結交者。唐杜甫杜工部草堂詩箋四十送王侍御往東川放生池祖席：“東川詩友合，此贈怯輕爲。”

【詩囚】指苦吟的詩人。謂詩境迫窄艱窘，如被拘囚。金元好問遺山集二放言詩：“長沙一湘纍，郊島兩詩囚。”又十一論詩之十八：“東野窮愁死不休，高天厚地一詩囚。”郊，孟郊，字東野；島，賈島。

【詩史】唐杜甫詩多有敷陳時事如史者，時人稱爲詩史。唐孟棨本事詩：“杜(甫)逢(安)祿山之難，流離隴蜀，畢陳於詩，推見至隱，殆無遺事，故當時號爲詩史。”又見新唐書二〇一杜甫傳贊。

【詩仙】謂詩才飄逸如仙。唐白居易長慶集十九待漏入閣書事奉贈元九學士閣老：“詩仙歸洞裏，酒病滯人間。”宋嚴羽滄浪詩話詩評：“人言太白仙才，長吉鬼才；不然，太白天仙之詞，長吉鬼仙之詞耳。”參見“詩聖”條。

【詩奴】指拙劣的詩人。宋蘇軾分類東坡詩五贈詩僧道通：“爲報韓公莫輕許，從今島可是詩奴。”島卽賈島；可，無可，島之從弟。

【詩序】毛詩各篇之前，解釋此詩主題者爲小序。在首篇關雎的小序之後，概論全書者爲大序。詩序的作者，說法不一：

大序爲子夏作，小序子夏毛公合作　　鄭玄詩譜

子夏所序詩，卽今毛詩序　　孔子家語王肅注

衛宏受學謝曼卿作　　後漢書儒林傳

毛公作，衛宏潤益　　隋書經籍志

首句子夏作，下出於毛公　　唐成伯璵毛詩指說

毛公門人互相傳授，各記師說　　宋曹粹中放齋詩說

大序爲孔子作，小序爲國史舊文　　宋程頤

村野妄人所作　　宋鄭樵朱熹

首二句爲毛公前經師所傳，下爲毛公弟子續　　四庫全書總目提要

【詩社】詩人爲吟咏而定期結聚的社團。宋蘇軾分類東坡詩十九次韻答馬忠玉：“河梁會作看雲別，詩社何妨載酒徒。”灌圃耐得翁都城紀勝社會：“文士則有西湖詩社，此社非其他社集之比，乃行都士夫及寓居詩人，舊多出名士。”

【詩伯】詩壇領袖。唐杜甫杜工部草堂詩箋十二贈畢四曜：“才大今詩伯，家貧苦宦卑。”

【詩妖】指某些預示禍福徵兆的歌謠。東漢王充論衡訂鬼：“詩妖童謠石言之

屬，明其言者也。”漢書五行志中之上：“君炕陽而暴虐，臣畏刑而拑口，則怨謗之氣發於謌謠，故有詩妖。”

【詩宗】㊀漢代傳授詩經各派的宗師。漢書八八王式傳：“博士江公世爲魯詩宗。”注：“爲魯詩者所宗師也。”㊁對詩人的敬稱。唐姚合姚少監詩集三寄陝州王司馬：“自當臺直無因醉，一別詩宗更嬾吟。”

【詩虎】㊀唐羅鄴的別稱。明程羽文詩本事：“羅鄴，時人目爲詩虎。”㊁用詩作的謎語。詩謎原於古時的隱語廋詞，與射覆相類。喻其不易中，謂之虎。謎語用詩句爲多，故曰詩虎。參見“燈謎”。

【詩祖】見“詩派”。

【詩故】明朱謀㙔撰，十卷。以詩小序首句爲主，略如宋蘇轍詩傳之例，參用舊說以考證之。其曰故者，取漢儒魯故韓故毛詩故訓傳之義，其說詩多以漢儒爲主。

【詩思】作詩的情思。思讀去聲。唐賈島長江集九酬慈恩寺文郁上人詩：“聞說又尋南岳去，無端詩思忽然生。”宋孫光憲北夢瑣言七：“或曰：‘相國近有新詩否？’對曰：‘詩思在灞橋風雪中驢子上。’”相國，鄭綮。

【詩品】書名。1.南朝梁鍾嶸撰。三卷。取漢魏至梁能詩者一百零三人，論其優劣，分爲上中下三品，每品各冠以小序，每人又加以評論，爲我國詩評最早的專門著作。2.唐司空圖撰，一卷。圖論詩主言意外之致，書中分二十四品，各以四言韻語，寫其意境，所列詩格，諸體皆備。清袁枚倣其例作續詩品。

【詩律】詩的格律。唐杜甫杜工部草堂詩箋四十遣悶戲呈路十九曹長：“晚節漸於詩律細，誰家數去酒杯寬。”

【詩流】㊀詩的流派。文選漢班孟堅（固）兩都賦序：“賦者，古詩之流也。”㊁詩人。唐杜甫杜工部草堂詩箋十送長孫九侍御赴武威判官：“罇前失詩流，塞上得國寶。”

【詩酒】賦詩飲酒。南史袁粲傳：“粲負才尙氣，愛好虛遠，雖位任隆重，不以事務經懷。獨步園林，詩酒自適。”文苑英華八一六唐白居易吳郡詩石記：“韋（應物）嗜酒，房（孺）嗜酒，……或目韋房爲詩酒仙。”

【詩派】詩家的派別。宋呂居仁作江西宗派圖，劉克莊作江西詩派小序，推黃庭堅爲詩祖，列陳師道等爲法嗣。參見“江西詩派”。

【詩案】詩人因作詩獲罪的案件。宋元豐中蘇軾知湖州，言者摘其詩語以爲譏訕朝政，逮赴臺獄，終以黃州團練副使安置。朋九萬搜集有關此案的劄子、供狀等資料，著東坡烏臺詩案。

【詩病】作詩的癖好。全唐詩七二〇裴說寄曹松：“莫怪苦吟遲，詩成鬢亦絲。鬢絲猶可染，詩病却難醫。”宋蘇軾分類東坡詩十七子玉家宴用前韻見寄復答之：“詩病逢春轉深痼，愁魔得酒暫奔忙。”

【詩料】作詩的資料。宋楊萬里誠齋集二八過太湖石塘詩：“松江是物皆詩料，蘭槳穿湖卽水仙。”

【詩格】㊀詩的體例。北齊顏之推顏氏家訓文章：“詩格既無此例，又乖製作本意。”㊁詩的風格。宋王禹偁小畜集七寄毘陵劉博士詩：“官散道古詩格老，不應雙鬢更皤然。”陳善捫蝨新話下三歐陽公不能變詩格：“歐陽公（修）詩，猶有國初唐人風氣，公能變國朝文格，而不能變詩格，及荆公（王安石）蘇（軾）黃（庭堅）輩出，然後詩格遂極於高古。”

【詩翁】對詩人的敬稱。唐韓愈昌黎集七雪後寄崔二十六丞公詩：“詩翁憔悴斸荒棘，清玉刻佩聯玦環。”宋王安石臨川集二二寄張襄州詩：“遙憶習池寒夜月，幾人談笑伴詩翁。”

【詩眼】㊀詩人的觀察力。宋蘇軾分類東坡詩二四次韻吳傳正枯木歌：“君雖不作丹青手，詩眼亦自工識拔。”范成大石湖集八次韻樂先生除夜三絕詩：“道眼已空詩眼在，梅花欲動雪先稀。”㊁唐人五言詩，工在一字，謂之詩眼。見明程羽文詩本事。後來也指全詩中最精彩和關鍵性的詩句。

【詩帳】㊀宋蘇軾因詩獲罪，官府移杭取境內所留詩，杭州供數百首，稱詩帳。見分類東坡詩十八杭州故人信至齊安“相期結書社，未怕供詩帳”自注。㊁清施閏章分守湖州，製苧帳，題詩其上，一時多屬和，名曰詩帳。見清王士禛池北偶談十一詩帳。

【詩婢】後漢鄭玄博通諸經，相傳其家奴婢皆讀書。玄嘗使一婢，不稱旨。使人曳箸泥中。須臾，復有一婢來，問曰：“胡爲乎泥中？”答曰：“薄言往愬，逢彼之怒。”見世說新語文學。“胡爲乎泥中”，出詩邶風式微；“薄言往愬”，出邶風柏舟。

【詩牌】㊀唐人以木板題詩，稱詩板。全唐詩五一一張祜題靈徹上人舊房：“寂寞空門支道林，滿堂詩板舊知音。”宋人稱爲詩牌。宋林逋林和靖集二孤山寺詩：“白公睡閣幽如畫，張祜詩牌妙入神。”㊁韻牌。明屠隆考槃餘事四韻牌：“刻詩韻上下二平聲爲紙牌式，每韻一葉，總三十葉，山游分韻，人取一葉。”也稱詩牌。

【詩筒】以竹筒盛詩，便於傳遞，稱詩筒。唐白居易長慶集五三醉封詩筒寄微之詩：“爲向兩川郵吏道，莫辭來去遞詩筒。”宋林逋林和靖集三寄呈張九禮詩：“若念故人兼久病，公餘無惜寄詩筒。”

【詩話】㊀評論詩篇或記載詩人故實的著作。寫作詩話之風盛於宋代，宋歐陽修退居汝陰時，曾集六一詩話。其後司馬光有續詩話，劉攽有中山詩話，陳師道有後山詩話。宋人詩話，不下數十家。清代作者更多，如王士禛的漁洋詩話，袁枚的隨園詩話等，不勝枚舉。㊁宋代說唱文學的一種，略如平話之類，有詩也有散文。如唐三藏取經詩話，每節前爲說話，末繫以詩，故曰詩話。其有詞有話者稱爲詞話。

【詩聖】詩中之聖。指唐杜甫。宋王安石選詩，列杜甫爲四家之首。明清人始以詩聖推杜，如明楊慎謂李白神於詩，杜甫聖於詩；清王士禛謂李白飛仙語，杜甫聖語；故有詩仙詩聖之稱。參閱明楊慎升菴詩話七評李杜。

【詩債】別人求詩或索和，尙未酬答，有如負債，故稱。唐白居易長慶集六六晚春欲攜酒尋沈四著作先以六韻寄之詩：“顧我酒狂久，負君詩債多。”司空圖司空表聖詩集五白菊雜書之二：“此生只是償詩債，白菊開時最不眠。”

【詩傳】㊀詩經的解說。漢書三六楚元王傳：“申公始爲詩傳，號魯詩，元王亦次之詩傳，號曰元王詩。”注：“凡言傳者，謂爲之解說，若今詩毛氏傳也。”後漢荀爽著有詩傳，皆附正義，無他說。見後漢荀悅前漢紀二五孝成皇帝紀。㊁詩的總集。清王昶有湖海詩傳，四十六卷。

【詩腸】詩思，詩情。唐詩紀事四六劉言史孟郊哭言史：“精異劉言史，詩腸傾珠珂。”宋朱熹朱文公集八見梅用攀字韻詩：“只有顛狂無告訴，詩腸欲斷酒腸寬。”參見“詩腸鼓吹”。

【詩經】我國最早的詩歌總集。先秦稱爲詩，漢尊爲經典，始稱詩經。共收西周初年至春秋中葉的民歌和朝廟樂章三百十一篇。內小雅有笙詩六篇，有目無詩，實際存數爲三百零五篇。全書分爲風、小雅、大雅、頌四體。漢代傳詩者有齊魯韓（今文）毛（古文）四家。齊詩、魯詩先後亡於魏和西晉，韓詩僅存外傳。毛詩晚出，獨傳至今，今稱詩經皆指毛詩。參見"毛詩"、"三家詩"。

【詩豪】傑出的詩人。唐白居易長慶集六十劉白唱和集解："彭城劉夢得（禹錫），詩豪者也，其鋒森然，少敢當者，予不量力，往往犯之。"

【詩禍】因作詩得禍。宋劉克莊後村集一〇一宋自達梅谷序："(魯)景建以詩禍謫舂陵，不以其身南行萬里爲戚。"

【詩圖】㊀詩譜圖表。宋歐陽修文忠集四一詩譜補亡後序："嘗略考春秋史記本紀世家年表，而合以毛鄭之説爲詩圖十四篇。"㊁根據詩中意境所畫的畫。宋郭若虛圖畫見聞誌五雪詩圖："鄭谷有雪詩云：'……江上晚來堪畫處，漁人披得一蓑歸。'時人多傳誦之。段贊善善畫，因採其詩意景物圖寫之，曲盡蕭灑之思，持以贈谷。"

【詩箋】㊀漢鄭玄撰。今通行注疏本，其箋並附毛傳之後，亦稱鄭箋。唐孔穎達毛詩正義一："鄭於諸經皆謂之注，此言箋者，呂忱字林云：箋者，表也，識也。鄭以毛學審備，遵暢厥者，所以表明毛意，記識其事，故特稱爲箋。"㊂寫詩的箋紙，也稱詩箋。如百韻箋，薛濤箋等。參閱明胡震亨唐詩談叢五。

【詩獄】因作詩而引起的文字獄。宋張舜民畫墁錄八："子瞻坐詩獄，謫此已數年。"子瞻，蘇軾字。元豐中軾以作詩譏訕朝政，爲言者所舉，逮赴臺獄，牽連甚衆。參見"詩案"。

【詩餘】詞的別名。自古詩變爲樂府，自樂府又變爲長短句，故稱詞爲詩餘。南宋何士信有草堂詩餘四卷，以宋人詞爲主，間有唐五代人之作。清沈辰垣等編御定歷代詩餘一百二十卷，共收自唐至明人詞九千餘首，一千五百四十調。

【詩興】謂作詩的興致。唐杜甫杜工部草堂詩箋二五和裴迪登蜀州東亭送客逢早梅相憶見寄："東閣官梅動詩興，還如何遜在揚州。"

【詩緯】漢人僞託孔子所作緯書之一，有含神霧汎歷樞推度災三篇，十八卷，魏博士宋均注，以儒家經義，附會人事吉凶禍福。書已久亡，有明孫瑴古微書、清馬國翰玉函山房輯本。參見"緯書"。

【詩緝】宋嚴粲撰，三十六卷。以宋呂祖謙讀詩記爲主，而雜採諸説加以發明。舊説有未妥者，乃斷以己意，於音訓疑似，名物異同，以考證精核見稱。

【詩壇】謂詩家爲人所宗，如築壇坫以主盟會。宋歐陽修文忠集五三答梅舜俞寺丞見寄詩："文會忝余盟，詩壇推子將。"蘇軾分類東坡詩十九次韻答劉景文左藏詩："我老詩壇仆鼓旗，借君佳句發良時。"

【詩瓢】貯詩稿的瓢。唐詩紀事五十唐球："球居蜀之味江山，方外之士也。爲詩撚藁爲圓，納之大瓢中。後臨病，投瓢於江曰：'斯文苟不沉没，得者方知吾苦心爾。'至新渠，有識者曰：唐山人瓢也。"宋胡仲弓葦航漫遊稿二約枯崖話詩："清風資話柄，流水去詩瓢。"

【詩癖】愛詩成癖。梁書簡文帝紀："雅好題詩，其序云：'余七歲有詩癖，長而不倦。'"唐白居易長慶集十七十年三月三日別微之……詩："別來只是成詩癖，老去何曾更酒顛。"

【詩韻】㊀詩的韻調。唐白居易長慶集六八繼之尚書自余病來……今以此篇用伸酬謝詩："交情鄭重金相似，詩韻清鏘玉不如。"㊁作詩及其他韻文據以押韻的書。宋以前韻書皆依切韻分韻目爲二百零六部。平水人劉淵增修禮部韻略，始併同用之韻爲一百零七部。稍前，有金人王文郁新刊韻略，則分爲一百零六韻。卽後世通行之"平水韻"。清佩文詩韻因之。

【詩譜】漢鄭玄作。唐人奉詔撰正義，割裂詩譜説置風雅頌之首。其譜至北宋亡。清丁晏重加補綴，著詩譜考正，胡元儀別爲總譜，稱毛詩譜，皆收入皇清經解續編。清吳騫著有詩譜補亡後訂及拾遺各一卷，收入清芬堂叢書。

【詩寶】以詩爲賭，俗稱詩寶。以紙條書七言詩或五言詩一句，空去其中一字，另撰類似之字四，并原字爲五，任人猜壓，而藏原字於紙底，中者償錢三倍。

【詩魔】㊀喻詩興不能自制，有如入魔。唐白居易長慶集十七醉吟詩之二："酒狂又引詩魔發，日午悲吟到日西。"㊁指詩的格調流於怪僻。宋嚴羽滄浪詩話詩辯："夫學詩者，以識爲主，入門須正，立志須高，以漢魏晉盛唐爲師，不作開元天寶以下人物。若自退屈，卽有下劣詩魔，入其肺腑之間。"

【詩鐘】一種文字游戲之作。其法：取意義絕不相同的兩個詞，或分詠，或嵌字。前者如以"尺"、"蜂"爲題："燈下量衣催五夜，房中釀蜜正三春。"前句詠"尺"，後句詠"蜂"。後者如以"女"、"花"爲題："商女不知亡國恨，落花猶似墮樓人。"前句嵌"女"字，後句嵌"花"字。以湊合自然，對仗工整爲上。相傳拈題後綴錢於縷，繫香寸許，承以銅盤，香焚縷斷，錢落盤鳴，其聲鏗然，以爲構思之限，故名詩鐘。

【詩囊】裝詩稿的袋子。唐李賀有古錦囊，得句則納其中。見唐李商隱李義山文集四李賀小傳。宋陸游劍南詩稿六五春日雜賦之二："退紅衣焙熏香冷，古錦詩囊覓句忙。"

【詩讖】迷信者謂所賦詩無意中預示後事的朕兆。南史侯景傳："初，簡文寒夕詩云：'雪花無有蔕，冰鏡不安臺。'又詠月云：'飛輪了無轍，明鏡不安臺。'後人以爲詩讖，謂無蔕者，是無帝。不安臺者，臺城不安。輪無轍者，以邵陵名綸，空有赴援名也。"

【詩本音】清顧炎武撰，十卷。爲顧氏音學五書之二。主明陳第詩無叶韻之説，以詩經所用之韻，自相參證，並旁及他書，以考定詩韻本讀，故曰本音。

【詩窖子】喻富於詩才，作品很多的詩人。宋高若拙後史補："王仁裕著詩萬首，謂之詩窖子，亦曰千篇集。"（類説二六）

【詩集傳】宋朱熹撰，宋刊本十二卷，坊刻改併爲八卷。初稿用小序，後改從鄭樵廢小序之説。訓詁多用毛鄭，間用三家詩説，而斷以己見，常有新意。音叶則根據吳棫詩補音。自元以來，科舉考試功令，於詩皆取朱傳，影響廣遠。

【詩聲類】清孔廣森著，十二卷。此書根據詩經用韻分古韻爲陽聲九類，陰聲九類，共十八類。創東、冬分部及陰陽對轉之説。

【詩人玉屑】宋魏慶之撰，共二十卷。宋人裒集詩話成編者甚多，但多蕪雜挂漏，唯胡仔苕溪漁隱叢話與此書內容比較完備。仔書所録多北宋人語，慶之書多南宋人語，兩書相輔，宋人論詩之概況大致可見。

【詩中有畫】指詩中描寫的景物有如畫圖。宋蘇軾東坡題跋五書摩詰藍田煙雨圖："味摩詰之詩，詩中有畫；觀摩詰之畫，畫中有詩。"摩詰，唐王維字。

【詩苑英華】隋書經籍志四集部著録古今詩苑英華十九卷，梁昭明太子撰。梁蕭統昭明太子文集三有答湘東王求文集及詩苑英華書一首，書已亡。

【詩話總龜】宋阮閱撰，前集四十八卷，後集五十卷。采集古今詩話之作，附以諸家小説，分爲一百六門，所採書凡二百種，摭拾舊文，多資考證，惟分類不免瑣屑。此書本名詩總，改爲今名，不知出於誰手。

【詩腸鼓吹】激發作詩的情思。唐馮贄雲仙雜記二：“戴顒春日攜雙柑斗酒，人問何之，曰：‘往聽黃鸝聲，此俗耳鍼砭，詩腸鼓吹，汝知之乎？’”指黃鸝的鳴聲可激發人的詩思。

【詩經通論】清姚際恒撰。十八卷。際恒仁和人，康熙時諸生。所著有九經通論及古今僞書考等。九經通論一百七十卷，世少傳本，惟詩經通論一種，道光時四川督學王篤刻於蜀中。擺脱漢宋人門户之見，不依傍詩序，亦不附和朱熹集傳，自詩的本文探求詩的意旨，開後來説詩的新風。

【詩人主客圖】唐張爲撰，一卷。書中所謂主者，以白居易爲廣大敎化主，孟雲卿爲高古奧逸主，李益爲清奇雅正主，孟郊爲清奇僻苦主，鮑溶爲博解宏拔主，武元衡爲瓌奇美麗主。主下爲客，分升堂、入室及門，所著録近百人，於唐代詩人不及十之三四，所引詩亦多非集中警拔之作，爲後來宋人詩派之説所本。

【詩毛氏傳疏】清陳奐撰，三十卷。附釋毛詩音四卷，毛詩説一卷，毛詩傳義類十九篇，鄭氏箋考徵一卷。此書專疏毛傳，以段注説文爲宗，於名物訓詁考證最詳。

詿 guà 古賣切，去，卦韻，見。ㄍㄨㄚˋ

㊀欺詐。史記一〇六吳王濞傳遺諸侯書：“漢有賊臣，……不以諸侯人君禮遇劉氏骨肉，絶先帝功臣，進任姦宄，詿亂天下，欲危社稷。”㊁牽累。詳“詿誤”。

【詿誤】貽誤，連累。戰國策韓一：“夫不顧社稷之長利，而聽須臾之説，詿誤人主者，無過於此者矣。”史記文帝紀三年：“迺詔有司曰：‘濟北王背德反上，詿誤吏民，爲大逆。’”後來官吏因事受譴曰詿誤，本此，意謂己本無罪，被人所詿誤。

詰 jié 去吉切，入，質韻，溪。ㄐㄧㄝˊ

㊀問，責問。老子：“視之不見名曰夷，聽之不聞名曰希，博之不得名曰微，此三者不可致詰，故混而爲一。”左傳昭十四年：“赦罪戾，詰姦慝。”㊁審訊。禮月令孟秋之月：“詰誅暴慢，以明好惡。”注：“詰，謂問其罪窮治之也。”㊂整治。書立政：“其克詰爾戎兵，以陟禹之迹。”傳：“其當能治汝戎服、兵器。”㊃屈曲。見“詰詘”。㊄見“詰旦”、“詰朝”。

【詰旦】明旦，明朝。宋書武帝紀上：“丙辰，詰旦，(何)無忌服傳詔服，稱詔居前，義衆馳入，齊聲大呼，吏士驚散，莫敢動。”

【詰晨】明晨。南朝梁蕭統昭明太子集二鍾山解講詩：“清宵出望園，詰晨届鍾嶺。”

【詰詘】屈曲，曲折。漢許慎説文解字敍：“象形者，畫成其物，隨體詰詘，日月是也。”楚辭漢王逸九思遭厄：“思哽饐兮詰詘，涕流瀾兮如雨。”也作“詰屈”。文選三國魏曹操苦寒行：“羊腸阪詰屈，車輪爲之摧。”

【詰朝】明旦，明朝。左傳成二年：“齊侯使請戰，曰：‘子以君師辱於敝邑，不腆敝賦，詰朝請見。’”

【詰難】責問。史記一一七司馬相如傳：“乃著書，籍以蜀父老爲辭，而己詰難之，以風天子。”

【詰屈聱牙】形容文義深奧，音調艱澁，不易誦讀。見“佶屈聱牙”。

詡 xǔ 況羽切，上，麌韻，曉。ㄒㄩˇ

㊀大言。漢書八七上揚雄傳校獵賦序：“尚泰奢，麗誇詡。”㊁敏捷而有勇。禮少儀：“賓客主恭，……會同主詡。”㊂普遍。禮禮器：“德發揚，詡萬物。”言發揚其德，遍施萬物。㊃嫵媚。見“詡畜”。

【詡畜】嫵媚。漢書七六張敞傳“長安中傳張京兆眉憮”唐顏師古注：“孟康曰：‘憮音詡，北方人謂媚好爲詡畜。’”

【詡詡】生動活潑貌。同“栩栩”。漢焦延壽易林睽之泰：“魴鱮詡詡，利來母憂。”北周庾信庾子山集七郊廟歌辭周祀宗廟歌皇夏：“清室桂馮馮，齊房芝詡詡。”

試 shì 式吏切，去，志韻，審。ㄕˋ

㊀任用。詩小雅大東：“私人之子，百僚是試。”書堯典：“我其試哉！”㊁嘗試。易无妄：“无妄之藥，不可試也。”㊂考較，考試。周禮夏官槀人：“試其弓弩。”新唐書選舉志上：“凡秀才，試方略策五道，以文理通粗爲上上、上中、上下、中上，凡四等爲及第。”㊃試探。戰國策秦一：“大王試聽其説，一舉而天下之從不破，……大王斬臣以徇於國。”

【試用】在正式任用前先行試用。漢書六五東方朔傳：“朔上書陳農戰彊國之計，因自訟獨不得大官，欲求試用。”三國志蜀諸葛亮傳出師表：“將軍向寵，性行淑均，曉暢軍事，試用於昔日，先帝稱之曰能。”

【試守】猶試用。漢書六七朱雲傳：“而華陰守丞嘉上封事，言：‘……平陵朱雲兼資文武，忠正有智略，可使以六百石秩試守御史大夫，以盡其能。’”後漢書二四馬援傳：“朱勃未二十，右扶風請試守渭城宰。”注：“前書音義曰：‘試守者，試守一歲乃爲真，食其全俸。’”

【試判】唐制以身、言、書、制選士，凡試判登科，謂之入等。唐高擇羣居解頤三嘲戲：“唐初有裴略者，宿衛考滿，兵部試判，爲錯一事落第。”（説郛三二）參閱新唐書選舉志下。

【試官】㊀試用待録之官。唐武后天授二年，凡舉人無賢不肖，盡加録用，設試用的官以安置，試官蓋源於此。其後各朝相傳。如清有試用道、試用知府等。見文獻通考四七官制總序。㊁主持科舉考試的官吏。五代王定保唐摭言十載應不捷聲價益振：“乾符中，蔣凝應宏辭，爲賦止及四韻，遂曳白而去，試官不之信，逼請所試，凝以實告。”

【試卷】考試的文卷。宋史選舉志一：“又定令：凡試卷，封印院糊名送知舉官考定高下，復令封之送覆考所。”

【試帖】㊀唐制明經科帖經試士，試卷上抄録經書一段並用紙覆蓋，在紙中間裁開一行，使應試者根據顯露字句補上下文。相當於填空題。新唐書選舉志上：“乃詔自今明經試帖，粗十得六以上，……然後試策。”㊁唐以來科舉考試中採用的一種詩體。大抵以古人詩句命題，其詩或五言或七言，或八韻或六韻，冠以“賦得”二字，故亦稱賦得體。

【試兒】北齊顏之推顏氏家訓風操：“江南風俗，兒生一朞，爲製新衣，盥浴裝飾，男則用弓矢紙筆，女則刀尺鍼縷，並加飲食之物及珍寶服玩，置之兒前，觀其發意所取，以驗貪廉愚智，名之爲試兒。”俗稱“抓週”。參見該條。

【試晬】周歲試兒，謂之試晬。宋孟元老東京夢華録五育子：“生子……至來歲生日，謂之‘周晬’，羅列盤琖於地，盛菓木、飲食、官誥、筆研、筭秤等經卷針綫應用之物，觀其所先拈者，以爲徵兆，謂之‘試晬’，此小兒之盛禮也。”參見“試兒”。

【試新】㊀試其新者。猶嘗新。唐孟浩然集三九日詩：“落帽恣觀飲，授衣同試新。”㊁茶名。宋姚寬西溪叢語上：“(建州)茶有十綱，……第一名曰試新。”

【試燈】舊俗元宵節張燈結彩，以祈豐收。正月十四日爲試燈日。宋范成大石湖集二六丙午新正書懷詩之十：“烏欖雞楨嘗老酒，酥花芋葉試新燈。」宋陸游劍南詩稿三八初春：「元日人日來聯翩，轉頭又見試燈天。」

【試錄】明清舊制，將鄉試會試中式的舉子姓名籍貫名次及優等的文章，刊刻進呈，名曰試錄。參閱清翟灝通俗編五仕進試錄。

【試驗】考察，驗證。三國志魏蔣濟傳「進爵昌陵亭侯」注引列異傳：「何惜不一試驗之？」中州集三金劉迎徐夢弼以詩求蘆菔輒次來韻之二：「中云萊菔根，試驗頗爲大。」

【試年庚】舊時於歲終夜聚博，以勝負占來年的命運。宋陸游劍南詩稿三八歲首書事：「呼盧院落譁新歲，賣困兒童起五更。」注：「鄉俗歲夕聚博，謂之試年庚。」

【試劍石】石名。1.在今江蘇吳縣之虎丘，相傳秦王試劍於此。與劍池、千人坐、點頭石等，並爲山中勝景。見宋范成大吳郡志十六虎丘。2.在今廣西桂林市伏波巖，懸石如柱，去地一寸，相傳漢馬援試劍於此。見宋范成大桂海虞衡志巖洞伏波巖。3.在今江蘇鎮江市之北固山，相傳爲吳大帝(孫權)試劍之處。見嘉慶一統志九十鎮江府山川北固山。

【試守孝子】晉王愉在江州，爲殷仲堪桓温所逐，奔竄豫章，存亡未測。其子王綏在都，居處飲食，每事貶降，時人謂爲試守孝子。見世說新語德行。

詼 huī 苦回切，平，灰韻，溪。ㄏㄨㄟ

戲謔，嘲笑。漢書五一枚乘傳：「(枚)皋不通經術，詼笑類俳倡。」

【詼俳】戲謔。唐韓愈昌黎集四崔十六少府攝伊陽以詩及書見投因酬三十韻詩：「寄詩雜詼俳，有類說鵬鷃。」

【詼啁】謿謔。啁，同「謿」。漢書六五東方朔傳：「後常爲郎，與枚皋、郭舍人俱在左右，詼啁而已。」三國志蜀馬忠傳：「忠爲人寬濟有度量，但詼啁大笑，忿怒不形於色。」

【詼諧】戲謔，有風趣。漢書一〇〇下敍傳：「東方贍辭，詼諧倡優。」文選晉夏侯孝若(湛)東方朔畫贊：「明節不可以久安也，故詼諧以取容。」

誠 chéng 是征切，平，清韻，禪。ㄔㄥ

㊀真誠，真實。易乾：「修辭立其誠，所以居業也。」禮樂記：「著誠去僞，禮之經也。」㊁果然，確實。孟子公孫丑上：「子誠齊人也，知管仲晏子而已矣。」㊂如果。史記八九張耳陳餘傳：「誠聽臣之計，可不攻而降城。」

【誠壹】心志專一。史記一二九貨殖傳：「田農，掘業，而秦揚以蓋一州。……此皆誠壹之所致。」

【誠實】㊀忠誠老實。舊唐書一〇一韓思復傳上疏：「持此誠實，以答休咎。」㊁確實。後漢書六八郭太傳：「賈子厚(淑)誠實凶德，然洗心向善，仲尼不逆互鄉，故吾許其進也。」

【誠齋集】宋楊萬里撰，其子長孺編。一百三十三卷。其中詩集四十二卷，做南齊王儉例，以一官爲一集。萬里號誠齋，集以號行。其詩平易自然，清新活潑，與尤袤范成大陸游並稱四大家。嚴羽滄浪詩話名之爲楊誠齋體。

【誠惶誠恐】漢魏羣臣上書，有章、奏、駁議之名，表前不用套式，逕稱臣某言，末言「誠惶誠恐、死罪死罪」。文選三國魏曹子建(植)上責躬應詔詩表：「謹拜表並獻詩二篇，辭旨淺末，不足采覽，貴露下情，冒顏以聞。臣植誠惶誠恐，頓首頓首，死罪死罪。」參閱後漢書四四胡廣傳注引漢雜事。

【誠齋易傳】宋楊萬里撰。二十卷。大旨本程頤，而多引史傳爲證，則與李光讀易詳說相同。

【誠意伯文集】明劉基撰，二十卷。其文奔放，短篇精悍簡賅，一掃元末卑弱文風。其詩雄渾頓宕，在明初影響僅次於高啟。

誇 kuā 苦瓜切，平，麻韻，溪。ㄎㄨㄚ

同「夸」。㊀大。漢書九七下外戚傳：「皇后迺上疏曰：『妾誇布服糲食。加以幼稚愚惑，不明義理。』」注：「誇，大也，大布之衣也。」㊁大言，誇大。史記一二七司馬季主傳：「夫卜者多言誇嚴以得人情，虛高人祿命以說人志。」唐韓愈昌黎集十二進學解：「春秋謹嚴，左氏浮誇。」㊂誇耀。文選漢揚子雲(雄)長楊賦：「明年，上將大誇胡人以多禽獸。」唐李白李太白詩八上皇西巡南京歌之六：「北地雖誇上林苑，南京還有散花樓。」

【誇張】言過其實。列子天瑞：「又有人鍾賢世，矜巧能，脩名譽，誇張於世。」南朝梁劉勰文心雕龍六通變：「大誇張聲貌，則漢初已極，自茲厥後，循環相因。」

【誇誕】誇大，虛妄。漢王充論衡案書：「案大才之人，率多侈縱，無實是之驗；華虛誇誕，無審察之實。」

【誇奬】稱讚。晉書張華傳：「鍾會才見有限，而太祖(司馬懿)誇奬太過，……故使會自謂算無遺策，功在不賞，輈張跋扈，遂搆凶逆耳。」

【誇多鬭靡】謂自衒其學識多，詞藻美。唐韓愈昌黎集二十送陳秀才彤序：「讀書以爲學，纘言以爲文，非以誇多而鬭靡也。」

詷 dòng 徒弄切，去，送韻，定。ㄉㄨㄥ

見「總詷」。

訿 zǐ 將此切，上，紙韻，精。ㄗ

詆毀，非議。同「呰」。史記六三莊子傳：「作漁父、盜跖、胠篋，以詆訿孔子之徒。」參見「呰㊀」。

【訿訿】詆毀。同「呰呰」。詩小雅小旻：「潝潝訿訿，亦孔之哀。」

詣 yì 五計切，去，霽韻，疑。ㄧ

㊀往，到。史記孝文紀：「乃命宋昌參乘。張武等六人乘傳詣長安。」漢書六七楊王孫傳：「僕迫從上祠雍，未得詣前。」㊁所到達的境界曰詣。見「造詣」。

【詣闕】赴皇帝的殿庭。漢書六四朱買臣傳：「詣闕上書，書久不報。」

詮 quán 此緣切，平，仙韻，清。ㄑㄩㄢ

㊀說明解釋。晉書武陔傳：「文帝甚親重之，數與詮論時人。」㊁事理，真理。淮南子兵略：「發必中詮，言必合數。」唐杜甫杜工部草堂詩箋三十秋日夔府詠懷奉寄鄭監李賓客一百韻詩：「落帆追宿昔，衣褐向真詮。」

【詮次】選擇和編次。晉陶潛陶淵明集三飲酒詩序：「既醉之後，輒題數句自娛，紙墨遂多，辭無詮次，命故人書之，以爲歡笑爾。」南朝梁鍾嶸詩品中：「一品之中略以世代爲先後，不以優劣爲詮次。」

【詮言】闡明事理、真理的言論。淮南子要略：「詮言者，所以譬類人事之指，解喻治亂之體也，差擇微言之眇，詮以至理之文，而補縫過失之闕者也。」

【詮證】根據事實解釋、論證。孝經聖治「夫聖人之德又何以加於孝乎」宋邢昺疏：「前儒詮證，各擅一家。」

【詮釋】解說。文苑英華四七三唐顏師古策賢良問一：「厥意如何，佇聞詮釋。」

【詮讀】官名。金時會試有詮讀官二員。見金史選舉志一進士諸科。

詤 huāng 呼光切，平，唐韻，曉。ㄏㄨㄤ

亦作「謊」。夢言。呂氏春秋知接：「瞑者

目無由接也，無由接而言見，詵。」後稱假話爲詵，讀 huǎng。

誅 zhū 陟輸切，平，虞韻，知。ㄓㄨ

㊀殺戮。書胤征：「昏迷于天象，以干先王之誅。」漢書三三田儋傳：「(田)橫來，大者王，小者乃侯耳。不來，且發兵加誅！」㊁討伐。史記秦始皇紀二六年：「已而(韓王)倍約，與趙魏合從畔秦，故興兵誅之，虜其王。」㊂治除。楚辭屈原卜居：「寧誅鋤草茅，以力耕乎？」㊃懲罰。禮曲禮上：「以足蹙路馬芻，有誅。齒路馬，有誅。」㊄責備，責求。論語公冶長：「宰予晝寢。子曰：『朽木不可雕也。糞土之牆不可杇也。於予與何誅？』」左傳莊八年：「公懼，隊于車，傷足喪屨，反誅屨於徒人費。」

【誅求】徵求，需索。左傳襄三一年：「誅求無時，是以不敢寧居。」唐杜甫杜工部草堂詩箋二八奉送王信州崟北歸：「朝廷防盜賊，供給愍誅求。」

【誅茅】剪茅爲屋。梁書沈約傳郊居賦：「或誅茅而翦棘，或既西而復東。」唐杜甫杜工部詩史補遺二枏樹爲風雨所拔歎：「誅茅卜居總爲此，五月髣髴聞寒蟬。」

【誅意】責備人動機不善。後漢書四八霍諝傳：「諝聞春秋之義，原情定過，赦事誅意，故許止雖弒君而不罪，趙盾以縱賊而見書。」

【誅論】以罪論死。漢書九五南粵王趙佗傳：「又風聞老夫父母墳墓已壞削，兄弟宗族已誅論。」

【誅斂】需索搜刮財貨。宋蘇舜欽蘇學士集十一斂匱疏：「今又府庫匱竭，民鮮蓋藏，誅斂科率，殆無虛日，三司計度，二十倍於祖宗時。」

【誅心之論】誅心，猶誅意。如春秋宣二年，晉趙穿殺靈公。太史以趙盾爲執政，去不出境，歸不討賊，雖無弒君之事，不免有弒君之心，乃書曰「趙盾弒君」，以示於朝。後世謂之誅心之論。

詵 shēn 所臻切，平，臻韻，山。ㄕㄣ

見下。

【詵詵】㊀衆多貌。詩周南螽斯：「螽斯羽詵詵兮。宜爾子孫振振兮。」㊁和集貌。藝文類聚四晉閭丘沖三月三日應詔詩：「光光華輦，詵詵從臣。」陳書周弘正傳請釋乾坤二繫啟：「後進詵詵，不無傳業。」

話 huà 下快切，去，夬韻，匣。ㄏㄨㄚˋ

㊀言語。詩大雅抑：「慎爾出話，敬爾威儀。」文選晉陶淵明(潛)歸去來辭：「悅親戚之情話，樂琴書以消憂。」㊁告，告諭。書盤庚中：「乃話民之弗率，誕告用亶，其有衆。」㊂談論，議論。唐杜甫杜工部草堂詩箋十七乾元中寓居同谷縣作歌之七：「山中儒生舊相識，但話宿昔傷懷抱。」唐杜牧樊川集外集盧秀才將出王屋……贈別詩：「交游話我憑君道，除却鱸魚更不聞。」

【話本】宋代說書人說唱故事的底本。多用口語寫成。今有清平山堂話本等，皆爲後人重訂，僅存白文，而無唱詞。

【話私】竹屏的別名。宋紹興時宿直中官，用小竹編成屏風，罩以外衣，畫風雲鷺絲，作爲枕屏。號曰畫絲。後人張大其制，施於酒席或野次，可以障風，易其名曰掛罳。又名話私，意謂遮蔽可談私事。見宋趙彥衛雲麓漫鈔三。

【話雨】唐李商隱李義山詩集上夜雨寄北：「何當共剪西窗燭，却話巴山夜雨時。」後遂稱朋友聚晤話舊爲話雨。

【話柄】談資。宋胡仲弓葦航漫遊稿二約枯崖話詩：「清風資話柄，流水走詩瓢。」參見「話欛」。

【話靶】猶話柄。宋王邁臞軒集十二謝京尹惠酒饌詩：「平生仗信義，正色叱姦詐，此樣不入時，致人入話靶。」參見「話欛」。

【話頭】說話的入頭部分。景德傳燈錄十二靈觀禪師：「洞山云：『好個話頭，只欠進語，何不更去問爲什麼不道？』」宋羅大經鶴林玉露六：「陳了翁(瓘)日與家人會食，男女各爲一席。食已，必舉一話頭，令家人答。」

【話舊】談論舊事。唐鄭綮開天傳信記：「父老有先與上相識者，上悉賜酒食，與之話舊。」宋陸游劍南詩稿六六雜感：「相逢欲話舊，意極轉忘言。」

【話欛】指言行作爲別人談論的資料。續傳燈錄二九明辯禪師：「因贊達磨曰：『昇元閣前懡㦬，洛陽峯畔乖張，皮髓傳成話欛，隻履無處埋藏。』」宋陳亮集十七賀新郎酬辛幼安再用韻見寄詞：「據地一呼我往矣，萬里搖肢動骨，這話欛，只成癡絕！」

訩 xiōng 許拱切，上，腫韻，曉。ㄒㄩㄥ

見下。

【訩訩】諠譁紛擾貌。新五代史四夷附錄二：「契丹大人聚而謀者訩訩，必有變，宜備之。」也作「詾詾」，見「詾詾㊀」。

詢 xún 相倫切，平，諄韻，心。ㄒㄩㄣ

㊀咨詢，詢問。詩大雅板：「先民有言，詢于芻蕘。」㊁均。尚書大傳虞夏傳：「四時，推六律六呂，詢十有二變，而道宏廣。」注：「詢，均也。」

【詢察】查訪。元史一四六耶律楚材傳：「燕多劇賊，……楚材詢察得其姓名，皆留後親屬及勢家子，盡捕下獄。」

【詢謀】謀於衆人。書大禹謨：「朕志先定，詢謀僉同。」魏書李彪傳上表：「是以訪童問師，不避淵澤，詢謀諮善，不棄芻蕘。」

【詢事考言】考驗言行。書舜典：「詢事考言，乃言底可績。」疏：「我考汝言，汝所爲之事，皆副汝所謀，致可以立功。」宋史三五五賈易傳上書：「欲官人皆任其責，則莫若詢事考言，循名責實。」

詭 guǐ 過委切，上，紙韻，見。ㄍㄨㄟˇ

㊀責成，要求。漢書七五京房傳上封事：「今臣得出守郡，自詭效功，恐未效而死。」㊁欺詐。管子法禁：「行辟而堅，言詭而辯。」荀子正論：「天下有道，盜其先變乎？……是何也？則求利之詭緩，而犯分之羞大也。」㊂奇異。淮南子本經：「贏鏤雕琢，詭文回波。」文選漢班孟堅(固)西都賦：「殊形詭制，每各異觀。」㊃違反。呂氏春秋淫辭：「則下多所言非所行也，所行非所言也。言行相詭，不祥莫大焉。」漢書五六董仲舒傳賢良對策：「意者有所失於古之道與？有所詭於天之理與？」

【詭求】責求，誅求。後漢書八一陳重傳：「有同署郎負息錢數十萬，責主日至，詭求無已，重乃密以錢代還。」唐李賢注：「說文曰：『詭，責也。』」

【詭戾】差異貌。文選漢馬季長(融)長笛賦：「波瀾鱗淪，窊隆詭戾。」注：「詭戾，乖違貌。」

【詭祕】詭詐隱祕。唐韓愈昌黎集外集八順宗實錄五：「(王)叔文說中上意，遂有寵。……又因其黨而進交遊，蹤跡詭祕，莫有知其端者。」

【詭特】殊異貌。唐柳宗元柳先生集十五晉問：「長樂未央建章昭陽之隆麗詭特，皆是之自出。」

【詭寄】將自己的田地僞報在別人名下，以逃避田賦、差役。宋紹興十二年李椿年言土地經界有十害，其第五爲託名詭寄。見文獻通考五田賦歷代田賦之制。明張居正張文忠集一陳六事疏：「外之豪強兼併，賦役不均，花分詭寄，恃頑不納田糧，偏累小民。”一人田産，立數人户名，稱爲花分。

【詭異】奇特。漢王充論衡談天：“此言詭異，聞者驚駭。”晉書蔡謨傳：“高平劉整恃才縱誕，服飾詭異，無所拘忌。”

【詭得】以不正當的手段獲得。宋秦觀淮海集二春日雜興詩：“豈不慕裘馬，詭得非所安。”

【詭道】㊀詭詐之道。孫子計篇：“兵者詭道也。”曹操注：“兵無常形，以詭詐爲道。”三國志蜀郤正傳釋譏：“或詭道以要上，或鬻技以自矜。”㊁隱祕的別徑。三國志魏杜畿傳：“遂詭道從郖津度。”

【詭遇】指打獵時不按禮法規定而橫射禽獸。後喻用不正當的手段獵取名利地位。孟子滕文公下：“吾爲之範我馳驅，終日不獲一；爲之詭遇，一朝而獲十。”宋書臧燾等傳史臣曰：“由是仕憑借譽，學非爲己，崇詭遇之巧速，鄙税駕之遲難。”

【詭隨】放肆譎詐。詩大雅民勞：“無縱詭隨，以謹無良。”宋史三五五李南公傳：“南公爲吏六十年，幹局明鋭，然反覆詭隨，無特操，識者非之。”

【詭億】博戲名。後漢書三四梁冀傳“能挽滿、彈棊、蹴鞠、意錢之戲”注：“何承天纂文曰：‘詭億一曰射意，一曰射數，即攤錢也。’”參見“意錢”、“攤錢”。

【詭激】奇異偏激，背離常理。六韜龍韜選將：“有詭激而有功効者，有外勇而内怯者。”北堂書鈔九十司馬彪後漢書：“周澤爲太常，……嘗卧疾齋官，其妻哀澤老病，闚問所苦。澤大怒，以妻干犯齋禁，遂收送詔獄謝罪。當世疑其詭激。”又見後漢書七九下本傳。

【詭譎】㊀變化多端。藝文類聚六三晉張協玄武館賦：“於是崇墉四匝，豐廈詭譎。”㊁怪誕。晉書王坦之傳廢莊論：“若夫莊生者……其言詭譎，其義恢誕，君子内應從我游方之外，衆人因藉以爲弊薄之資。”

【詭辭】詭辯不實之言。穀梁傳文六年：“故士造辟而言，詭辭而出。”注：“詭辭而出，不以實告人。”漢揚雄法言吾子：“公孫龍詭辭數萬以爲法。”

【詭辯】用顛倒是非或似是而非的言論進行辯論。史記八四屈原傳：“（張儀）如楚，又因厚幣用事者臣靳尚，而設詭辯於懷王之寵姬鄭袖。”世説新語輕詆：“王中郎（坦之）與林公（支遁）絶不相得，王謂林公詭辯。”

【詭銜竊轡】指馬吐出口中的鐵勒，掙脱頭上的籠頭，以擺脱羈絆。比喻束縛愈甚，則求解脱之心愈切。莊子馬蹄：“夫加之以衡扼，齊之以月題，而馬知介倪、闉扼、鷙曼，詭銜竊轡。”

詻

è 五陌切，入，陌韻，疑。
ㄜ

見下。

【詻詻】㊀教令嚴。禮玉藻：“戎容暨暨，言容詻詻。”㊁直言争辯。同“諤諤”。墨子親士：“君必有弗弗之臣，上心有詻詻之士，分議者延延，而支苟者詻詻，焉可以長生保國？”

詺

mìng 彌正切，去，勁韻，明。
ㄇㄧㄥˋ

爲事物題名。新唐書一〇四于志寧傳：“昔陶弘景以神農經合雜家別録註詺之。”

誃

yí 集韻 余支切，平，支韻。
ㄧˊ

見下。

【誃臺】臺名。亦作“誃臺”。周景王作，在洛陽南宫。見説文。參見“誃臺”。

誂

1\. tiǎo 徒了切，上，篠韻，定。
ㄊㄧㄠˇ

㊀引誘。以微言挑動別人。戰國策秦一：“楚人有兩妻者，人誂其長者，詈之；誂其少者，少者許之。”史記一〇六吳王濞傳：“於是乃使中大夫應高誂膠西王。”㊁噭誂，聲音高揚。楚辭漢王逸九思傷時：“聲噭誂兮清和，音晏衍兮要婬。”注：“清暢貌。”參見“噭咷”。

2\. diào
ㄉㄧㄠˋ

㊂卒然。淮南子兵略：“雖誂合刃於天下，誰敢在於上者。”注：“誂，卒也。雖卒然合，與天下争，人誰敢在其上者。”

【誂越】聲音飛揚。吕氏春秋音初：“流辟誂越慆濫之音出，則滔蕩之氣，邪慢之心感矣。”注：“誂與佻同。”

【誂擊】戲言嘲弄。北齊顔之推顔氏家訓文章：“近在并州，有一士族，好爲可笑詩賦，誂擊邢（邵）魏（收）諸公。”

詬

gòu 苦候切，去，候韻，溪。
ㄍㄡˋ 古厚切，上，厚韻，見。

㊀恥辱。左傳定八年：“公以晉詬語之。”文選漢司馬子長（遷）報任少卿書：“行莫醜於辱先，詬莫大於宫刑。”㊁辱駡。左傳昭十三年：“（楚靈王）投龜詬天而呼曰：‘是區區者而不余畀，余必自取之！’”

【詬病】恥辱，侮辱。禮儒行：“今衆人之命儒也妄常，以儒相詬病。”南朝梁劉勰文心雕龍五奏啟：“若能闢禮門以懸規，標義路以植榘，然後踰垣者折肱，捷徑者滅趾，何必躁言醜句，詬病爲切哉！”

【詬厲】同“詬病”。莊子人間世：“若無言，彼亦直寄焉，以爲不知己者詬厲也。”

訾

1\. zǐ 將此切，上，紙韻，精。
ㄗˇ

㊀詆毁。禮曲禮上：“不苟訾。”莊子天下：“以堅白同異之辯相訾。”㊁怨恨，厭惡。逸周書太子晉：“四荒至，莫有怨訾，乃登爲帝。”注：“訾，嘆恨也。”

2\. zī 即移切，平，支韻，精。
ㄗ

㊂計量。通“貲”。國語齊：“桓公召而與之語，訾相其質。”商君書墾令：“訾粟而税，則上壹而民平。”參見“訾₂程”。㊃資財。通“資”。史記一二二杜周傳：“及身久任事，至三公列，子孫尊官，家訾累數巨萬矣。”㊄足。荀子非十二子：“以不俗爲俗，離縱而跂訾者也。”注：“訾讀爲恣。離縱謂離於俗而放縱，跂恣謂跂足違俗而恣其志意。皆違俗自高之貌。”㊅放縱。通“恣”。淮南子氾論：“故小謹者無成功，訾行者不容於衆。”㊆語氣詞。嗟嘆聲。戰國策齊三：“訾！天下之主，有侵君者，臣請以臣之血湔其衽。”吕氏春秋權勳：“子反叱曰：‘訾！退，酒也。’”注：“韓非（子）作嘻。”㊇地名。春秋周地，在今河南鞏縣西南。左傳昭二三年：“單子取訾。”即此。參閱讀史方輿紀要四八河南府鞏縣。㊈姓。本姓祭，以爲不祥，改爲訾。漢有訾順。見通志二八氏族四以名爲氏。

3\. cī
ㄘ

㊉疾病，缺點。通“疵”。禮檀弓下：“故子之所刺於禮者，亦非禮之訾也。”釋文：“訾，似斯反。”參見“訾₃厲”。

【訾₃病】尋人毛病，横加非議。宋歐陽修文忠集三九御書閣記：“夫老與佛之學，皆行於世久矣，爲其徒者常相訾病，若不相容於世。”

【訾黄】傳説中馬名。漢書禮樂志郊祀歌日出入：“訾黄其何不徠下。”注：“應劭曰：訾黄一名乘黄，龍翼而馬身。”參見“乘黄”。

【訾₂陬】複姓。以國爲姓，相傳帝嚳妃爲訾陬氏。見宋鄧名世古今姓氏書辨證三。

【訾短】揭短，詆毁。新唐書一四九劉晏傳：“饋謝四方有名士無不至，其有口舌者，率以利啖之，使不得有所訾短。”

【訾₂程】程式界限。管子君臣上：“吏嗇

夫盡有訾程事律。"注:"訾,限也。程,准也。事律,謂每事據律而行也。"

【訾訾】詆毁。荀子非十二子:"禮節之中,則疾疾然,訾訾然。"注:"謂憎疾毁訾也。"

【訾₂算】資財數。漢書景帝紀後元二年詔:"今訾算十以上乃得宦。"注:"服虔曰:'訾萬錢,算百二十七也。'應劭曰:'古者疾吏之貪,衣食足知榮辱,限訾十算乃得爲吏。十算,十萬也。'訾讀與貲同。"

【訾₃厲】疾病。管子入國:"歲凶,庸人訾厲,多死喪。"注:"訾,疾也。厲,病也。"

【訾警】詆毁。唐韓愈昌黎集十三藍田縣丞廳壁記:"(丞)官雖尊,力勢反出主簿尉下,諺數慢,必曰丞,至以相訾警。"

詹 1. zhān 職廉切,平,鹽韻,照。
ㄓㄢ

㊀多言。詳"詹詹"。㊁仰望。通"瞻"。詩魯頌閟宫:"泰山巖巖,魯邦所詹。"韓詩外傳、説苑複言引詩皆作"瞻"。史記周本紀:"顧詹有河,粤詹雒、伊。"㊂通"占"。見"詹尹"。㊃姓。周有詹父、詹恆伯,相傳出自周宣王支子,封爲詹侯。晉有詹嘉,虢有詹父,鄭有詹伯。見宋鄧名世古今姓氏書辨證二四鹽。

2. dàn
ㄉㄢ

㊄足。吕氏春秋適音:"不充則不詹,不詹則窕。"漢高誘注:"詹,足也。詹讀如澹然無爲之澹。"

3. chán
ㄔㄢ

㊅蟾蜍。通"蟾"。文選古詩十九首之一:"三五明月滿,四五詹兔缺。"

【詹尹】古占筮之官。楚辭屈原卜居:"心煩慮亂,不知所從,往見太卜鄭詹尹。"

【詹成】宋時雕刻家。能於竹片上刻成宫室、山水、人物、花鳥,纖毫俱備,細巧若縷,玲瓏生動。見明張應文清祕藏上論雕刻。

【詹何】人名。1.古之善術數者。相傳其在室内聞牛鳴而知牛之形態。見韓非子解老。2.古之善釣者。見淮南子原道、又覽冥。

【詹事】官名。秦漢置詹事,秩二千石,掌皇后、太子家事。東漢廢,魏晉復置。唐建詹事府,設太子詹事一人,少詹事一人,總東宫内外庶務。歷朝因之。清不設太子,詹事班次在通政使大理卿之下,作爲翰林官遷轉之階。光緒時廢。參閱漢書百官公卿表上、文獻通考六十職官十四。

【詹唐】香料名。亦作"詹糖"。煎枝爲香,似糖而黑。見宋書范曄傳、南史夷貊傳上槃槃國。

【詹詹】喋喋不休。一作"呫呫"。莊子齊物論:"大言炎炎,小言詹詹。"

【詹₃諸】蝦蟇。同蟾蜍。淮南子説林:"月照天下,蝕於詹諸。"注:"詹諸,月中蝦蟇,食月,故曰食於詹諸。"

詧 chá 初八切,入,黠韻,初。
ㄔㄚˊ 千結切,入,屑韻,清。

諦視,明察。同"察"。史記秦紀:"繆公曰:'善。'因與由余曲席而坐,傳器而食,問其地形與其兵勢盡詧。"

七畫

説 1. shuō 失爇切,入,薛韻,審。
ㄕㄨㄛ

㊀解釋,解説。詩衛風氓:"士之耽兮,猶可説也;女之耽兮,不可説也。"後漢書三一孔奮傳:"奮晚有子嘉,官至城門校尉,作左氏説云。"注:"説,猶今之疏也。"㊁告訴,講。國語吴:"夫差將死,使人説於子胥曰:'使死者無知,則已矣;若其有知,吾何面目以見員也。'遂自殺。"吕氏春秋當務:"備説非六王五伯。"㊂言論,主張。孟子滕文公下:"世衰道微,邪説暴行。"㊃解釋經文的一種體裁。漢書五三河間獻王傳:"獻王所得書皆古文先秦舊書,周官、尚書、禮、禮記、孟子、老子之屬,皆經傳説記,七十子之徒所論。"藝文志著録易有五鹿充宗略説,詩有魯説韓説等。

2. shuì 舒芮切,去,祭韻,審。
ㄕㄨㄟˋ

㊄勸説别人服從自己的意見。孟子盡心下:"説大人,則藐之,勿視其巍巍然。"莊子説劍:"孰能説王之意止劍士者,賜之千金。"㊅舍止。通"税"。詩召南甘棠:"勿翦勿拜,召伯所説。"

3. yuè 弋雪切,入,薛韻,喻。
ㄩㄝˋ

㊆喜悦。通"悦"。詩召南草蟲:"亦既見止,亦既覯止,我心則説。"

4. tuō
ㄊㄨㄛ

㊇解脱。通"脱"。易蒙:"利用刑人,用説桎梏。"左傳僖十五年:"車説其輹,火焚其旗。"

【説₂士】游説之士。史記八三魯仲連傳遺燕將書:"上輔孤主以制羣臣,下養百姓以資説士。"

【説文】説文解字的略稱。三國志吴嚴畯傳:"少耽學,善詩、書、三禮,又好説文。"詳"説文解字"。

【説白】傳統戲曲中的道白。參見"賓白"。

【説合】介紹以成其事。世説新語識鑒:"何晏鄧颺夏侯玄,並求傅嘏交,而嘏終不許,諸人乃因荀粲説合之。"

【説法】佛教謂道爲法,故以講道爲説法。維摩經方便品:"維摩詰因以身疾,廣爲説法。"

【説卦】周易篇名。十翼之一。傳説爲孔子贊易所作。易説卦疏:"陳説八卦之德業變化及法象所爲也。"參見"十翼"。

【説林】韓非子篇名。史記六三韓非傳:"故作孤憤、五蠹、内外儲、説林、説難十餘萬言。"索隱:"説林者,廣説諸事,其多若林,故曰'説林'也。"後人襲韓書之稱以説林名書者,有孔衍説林五卷、張大素説林二十卷。見唐書藝文志三雜家。又淮南子有説林訓。

【説₂客】遊説的人。史記九七酈食其傳:"酈生常爲説客,馳使諸侯。"三國志吴周瑜傳注引江表傳:"(蔣幹)自託私行詣瑜,瑜出迎之,立謂幹曰:'子翼良苦,遠涉江湖爲曹氏作説客邪?'"子翼,幹字。

【説苑】漢劉向撰,凡二十卷。皆録可以爲人取法的遺聞佚事。其體例與新序同。兩書皆出向手,但其中有一事而兩書異詞,殆因採摭羣書,各據本文,傳疑並存所致。

【説書】㊀漢成帝時召鄭寬中張禹説尚書論語於金華殿中,爲説書之始。宋有崇政殿説書,景祐元年置,掌進讀書史,講釋經義,備顧問應對,相當於後世經筵講官。參閱宋史藝文志二。㊁舊時藝人在廟宇、茶肆中講史或説故事,俗稱爲説書。宋缺名西湖老人繁勝録瓦市:"常是兩座勾欄,專説史書。"

【説郛】明陶宗儀編。體例如宋曾慥類説。采摭自漢魏至宋元人之作六百餘種。原本一百卷,後佚其三十卷。弘治中上海郁文博仍補爲一百卷。清順治丁亥姚安陶珽所刊,又增爲一百二十卷,稱重校説郛,已非宗儀之舊。近人張宗祥據明鈔本校補,復爲百卷,有商務印書館涵芬樓排印本。

【説項】唐項斯字子遷,江東人。始未著名,以卷謁楊敬之。楊贈詩云:"幾度見詩詩盡好,及觀標格過於詩,平生不解藏人善，到處逢人説項斯。"詩達長安，明年擢上第。見唐詩紀事四九項斯。後因稱替人説好話爲説項。明張羽静居集四寄劉仲鼎山長詩："向人恐説項，何地可依劉？"

【説桔】明焦周撰，七卷。集取諸書中新穎之語，及見聞所及，可資談笑者，雜載成編，不分門類。桔訓濫惡，取荀子勸學"説桔勿聽"語，謙言不足當大雅之意。

【説鈴】㊀喻小説不合大雅。漢揚雄法言吾子："好説而不要諸仲尼，説鈴也。"㊁書名。1.清汪琬撰，一卷，紀載同時名人逸事，倣世説新語，惟不分目。2.清吳震方所編叢書，彙刻清初諸人所作見聞録、日記、筆記、遊記、雜録等，分前後續集，共六十二種。

【説經】㊀講解儒家的經書。漢書藝文志："(左)丘明恐弟子各安其意，以失其真，故論本事而作傳，明夫子不以空言説經也。"後漢書七九上楊政傳："楊政字子行，……善説經書。京師爲之語曰：説經鏗鏗楊子行。"㊁宋元説話人流派之一，以講説佛經傳説故事爲主。見宋耐得翁都城紀勝瓦舍衆伎、吳自牧夢粱録十九小説講經史。

【説夢】説夢中之事。南史何敬容傳："帝嘗夢具朝服入太廟拜伏悲感，且於延務殿説所夢。"唐白居易長慶集六五讀禪經詩："言下忘言一時了，夢中説夢兩重虚。"參見"癡人説夢"。

【説$_4$輻】易小畜："輿説輻，夫妻反目。"謂車脱去其輻則不能行，夫妻怒目而視則家不成，用以比喻。釋文及集解本作"輹"。清阮元周易注疏校勘記："按：作輹是也。輹者伏兔也，可言脱，輻貫於牙轂，不可言脱。"按：小畜作輻，屬同音假借，非謂輪輻，後人多作"脱輻"。

【説$_4$輹】見"説$_4$輻"。

【説$_2$難】韓非子篇名。説難者，言遊説之道爲難。史記六三韓非傳："然韓非知説之難，爲説難甚具，終死於秦，不能自脱。"

【説$_4$驂】解脱驂馬。驂，駕車兩旁的馬。禮檀弓上："孔子之衛，遇舊館人之喪，入而哭之，哀。出，使子貢説驂而賻之。"注："賻，助喪用也。"

【説文五翼】清王煦撰，五卷。本爲煦讀説文時隨手加於紙端簡尾的注批，後乃分類整理成書。分爲證音、詁義、拾遺、去復、檢字等五部分。證音曾先印單行本，其後詁義、拾遺等次第付梓。

【説文句讀】清王筠撰。三十卷。筠先著説文釋例，後又作是書，遍考徐鉉、徐鍇及各家之本，辨其正誤，定其句讀；注解兼采清段玉裁、桂馥、嚴可均三家之説，參以己見，淺易簡明，爲研讀説文入門之書。

【説文外編】清雷浚撰，十六卷。先舉四書中字，次及諸經中字，凡説文所無，鈕樹玉新附考續考所未及者，共一千一百六十八字，皆於説文中求其本字，於他書求其通假字，疑則闕之。又玉篇廣韻中字之常用而不可廢者，亦附及之。以其爲説文外字，故以外編爲名。

【説文字原】元周伯琦撰，一卷。參酌歷代諸家之説，以推究六書本義，校正許慎説文之錯簡，於原書五百四十部增删各十七部，改其字者四部，正其點畫音訓者亦多。惟不免穿鑿附會，只能聊備一説。

【説文長箋】明趙宧光撰，一百四卷。其書用李燾五音韻譜之本，而凡例乃稱爲徐鍇徐鉉本，南唐敕定。所列諸字，於原書多所增删。其字下之註，謂之長語；所附論辨，謂之箋文。故名長箋。惟所註所論，殊多疎誤。清顧炎武日知録揭其謬誤凡十餘條，皆深中其失。

【説文通檢】清黎永椿撰。因説文部首共五百四十部，不便檢查，字之前後排列，尤難尋索，故倣康熙字典檢字之例，依其畫數次第編成是書。其卷首檢部目，卷末檢疑字，按説文例分十四卷。

【説文逸字】清鄭珍撰，二卷。此書據經典漢以前訓義明白、及玉篇切韻廣韻釋文集韻類篇諸書所引説文字，而爲今徐鉉本無者，斷爲傳寫遺落，共得一百六十五文。其子知同更附考三百餘字，斷爲許書本書誤文、諸書誤引及二徐所增。

【説文解字】漢許慎撰。成於漢和帝永元十二年，共十四篇，合敍目一篇爲十五篇。收字九千三百五十三，又重文一千一百六十三。慎自序稱依類象形謂之文，形聲相益謂之字，按文字的形體及偏傍構造，分列五百四十部。以小篆爲主，列古文、籀文等異體爲重文。字義解釋，皆本六書，歷來爲治小學者所宗。五代南唐徐鉉徐鍇皆精研説文之學，鉉於宋太宗雍熙時，重加刊定，益以未收之字爲新附字，世稱大徐本。鍇著説文繫傳，世稱小徐本。清代中葉，研究此書的人尤多，最著者如段玉裁之説文解字注，王筠之説文釋例、説文句讀，朱駿聲之説文通訓定聲，桂馥之説文義證等，皆精核詳博，有功於小學。原書本十五篇，鉉等以篇帙繁重，每卷各分上下爲三十卷。

【説文聲類】清嚴可均撰。定古音爲十六類，用廣韻二百六十部分合之以爲對照，而用説文得聲以證明之。與清段玉裁六書音韻表、江永古韻標準、孔廣森詩聲類，同爲考究古音之要籍。

【説文繫傳】書名。五代南唐徐鍇撰。四十卷。其音切則朱翺所作。首通釋三十卷，以許慎原本十五篇，每篇析而爲二。凡鍇所發明者，皆列於慎註之後並題名以別之。次爲部敍二卷，通論三卷，祛妄、類聚、錯綜、疑義、系述各一卷。此本成於其兄鉉校刊説文以前，故鉉書多引其説，而此書既殘缺，後人又多用鉉書竄補。清王筠有説文繫傳校録、祁寯藻説文繫傳校勘記於繫傳多有改正。

【説文釋例】清王筠撰，二十卷。自段玉裁撰説文解字注創爲通例，以限於體裁，未能詳備，筠因撰成此書，以明許慎著書之體制條例。例目甚繁，首卷爲六書總説，分正例一，變例八。自指事至列文變例，皆論篆籀，自説解正例至雙聲疊韻，皆論説解。筠研習説文二十年，此書貫穿通達，深明體例，爲專門之學。

【説長道短】文選漢崔子玉（瑗）座右銘："無道人之短，無説己之長。"本指勿抑人、揚己意，後以説長道短，指隨意評論，含有信口雌黄，多事生非的意思。古今雜劇元缺名魯智深喜賞黄花峪："打這廝將無作有，説長道短，膽大心麄。"又明缺名徐伯株貧富興衰記三："這牛鼻子大膽，怎生在跟前，説長道短的？"

【説短論長】猶説長道短。草堂詩餘後下宋蘇軾滿庭芳警悟詞："思量能幾許，憂愁風雨，一半相妨。又何須抵死，説短論長。"孤本元明雜劇元缺名關雲長獨行千里四："他那裏説短論長，數黑論黄，斷不了村沙莽撞，你心中自忖量。"

【説學齋稿】明危素撰。原本五十卷，明已散佚，嘉靖三十八年，歸有光得其手稿傳抄，凡一百三十三篇，共四卷，皆素在元末時所作。素在元與修遼金宋史，入明又與修元史，有文名，以身事兩朝，爲明太祖所惡，文亦不爲世重。

【説一切有部】佛教小乘二十部之一，又名薩婆多部。從上座部分出，別名説因部。立有爲無爲一切諸法之實有，且一一説明其因由爲宗，故稱説一切有部，其經典有發智六足諸論。參閱異部宗輪論。

【説文引經攷】清吳玉搢撰，二卷。取説文所引之經，與今本有異同者，一一標出。共一千一百十二條，並加考證，不唯有益説文學者，且利於治經。清爲説文引經而作之書甚多，繼玉搢書後，有陳瑑説文引經攷證八卷，吳雲蒸説文引經異字三卷，柳榮宗説文引經考異十六卷，雷浚説文引經例辨三卷，承培元説文引經證例二十四卷等。

【説文古籀補】清吳大澂撰。十四卷。大澂博通金石文字，又多見古代鼎彝，乃從原器摹拓，加以考證。擇其顯而易明，視而可識者，得三千五百餘字，參以故訓，附以己意，依説文部次編纂成書。其不可考者則附錄於書後，名曰説文古籀補。

【説文新附考】書名。1.清鈕樹玉撰。一卷。續考一卷。説文解字大徐(鉉)本各部均附有説文未收字，共四百一字。稱爲新附。樹玉逐字考明其通借，説明其字之當附或不當附者。2.清鄭珍撰。六卷。於文字正俗，歷指其遞變所由，逐字窮源竟委，引據切洽，條縷分明。珍子知同於書後加按語，對樹玉説頗有辯正。

【説文解字注】清段玉裁撰。分卷仍依説文原目爲十四篇。逐字注解，引證豐富，凡玉篇廣韻及各經典訓詁與説文有異同者，無不采集考訂而求得其精確之指歸，於篆文亦頗多改正刪補。説解旁徵博引，引書至二百二十六種，爲治説文學者所推崇。惟增刪篆文，改動説解，武斷之處，亦所難免。後徐承慶有説文解字注匡謬八卷，鈕樹玉有段氏説文注訂，王紹蘭又有説文段注訂補等，對段皆有所補充匡正。

【説文諧聲譜】清張成孫撰。成孫父惠言著有説文諧聲譜，手自寫定，未刊行。成孫續成此書。據自序云：出於先人者十之五，餘則自足成之。原書一至三爲詩、易、楚辭韻，四至二十三爲詩韻表，二十四至四十三爲諧聲譜，四十四至四十七爲略，四十八爲惠言之五論，四十九爲目錄，合其自序一篇共五十卷。原書已散佚，清經解續編所收爲龍啓瑞節本。

【説文通訓定聲】清朱駿聲撰。十八卷。此書取説文九千五百餘字，分類得聲母八百八十三，以聲爲經，以形爲緯，依説文聲旁分類，按聲音系統排列字頭。分古韻爲十八部，采卦名之字爲韻部名稱，每字下先釋本義，次以轉注假借別義，以經籍訓詁爲證，引證賅博，條理精密，讀者覽一字，於古音古義，通假正別，本末瞭如。附説雅十九篇，古今韻準一卷。

【説文解字校録】清鈕樹玉撰。初依經典釋文體例，成書十八卷。後改依大徐(徐鉉)説文原目分十四卷。自唐李陽冰刊定説文，漸多改易，宋以後皆宗二徐，而大徐本尤通行，其中頗有以小徐(徐鍇)所説改爲許説者。大徐本流傳最廣者爲毛氏翻刊本，又經後人竄改。鈕氏自敍以爲毛氏之失，宋本及五音韻譜集韻類篇足以正之。大徐之失，繫傳韻會舉要足以正之。至李氏之失，可以糾正者，惟玉篇爲最古。因取玉篇爲主，旁及諸書所引，悉錄其異，互相參考以成是書。

【説文解字義證】清桂馥撰，五十卷。於説文每字之下，博引經典文字爲考證，包涵衆義，案而不斷，令學者引申貫注，自得其義。清王筠説文釋例序謂其書徵引豐富，脈絡貫通，前説未盡，則以後説補苴之，前説有誤，則以後説辨正之，凡所稱引，皆有次第，故專臚古籍，不下己意，取足達許説至止。惟引據之典，時代失於限斷，且泛及詞藻，蓋本爲脱稿未校之書。

【説文解字斠詮】清錢坫撰，十四卷。所斠者：一、毛斧扆刊本之誤；二、宋徐鉉官本之誤；三、徐鍇繫傳本之誤；四、唐以前本之誤。所詮者：一、許君之正義；二、許君之正讀；三、經傳只一字，而許君有數字者；四、經傳有數字，而許君止一字者。見錢氏自訂説文解字斠詮凡例。

【説文解字篆韻譜】即説文解字韻譜。五代南唐徐鍇撰。宋本十卷，後人併爲五卷。其書取漢許慎説文解字九千餘字，按四聲分部，編次成書，以便於查字。

【説文解字五音韻譜】宋李燾撰，十卷。其書分部與説文同，惟部首次序，依集韻二百六韻之次序改編，移自一至亥之部，爲自東至甲。又徐鉉新附之字，本非許慎原文，合而爲一，使人誤以鉉説爲慎説，實乖體例。

【説文解字羣經正字】清邵瑛撰，二十八卷。以説文正羣經中之文字，於隸變之舛誤，多所是正。以所引文字，兼及逸周書大戴禮國語，不在十三經之列，故以羣經爲名。

誡 jiè ㄐㄧㄝ 古拜切，去，怪韻，見。

㊀警誡。易繫辭下："小懲而大誡，此小人之福也。"韓詩外傳五："前車覆而後車不誡，是以後車覆也。"㊁教令。荀子彊國："發誡布令而敵退，是主威也。"引申爲囑咐。史記項羽紀："(項)梁乃出，誡籍持劍居外待。"㊂文體名。規勸告誡之文。東漢班昭作女誡七篇。見後漢書八四列女傳。

【誡敕】漢制，皇帝下書有四：一曰策書，二曰制書，三曰詔書，四曰誡敕。誡敕者，敕刺史、太守之書，其文曰"有詔敕某官"。見後漢書光武帝紀"更始奔高陵，辛未，詔曰"注。

誖 bèi ㄅㄟ 蒲昧切，去，隊韻，並。
補妹切，去，隊韻，幫。
蒲没切，入，没韻，並。

同"悖"。㊀違背。漢書禮樂志："禮樂政刑四達而不誖，則王道備矣。"㊁惑亂。漢書六二司馬遷傳："太史公仕於建元、元封之間，愍學者不達其意而師誖。"史記太史公自序作"悖"。

【誖謾】逆亂狂妄。漢書九七下孝成許皇后傳："廢后因(姊)孊私賂遺(淳于)長，數通書記相報謝，長書有誖謾，發覺。"

誌 zhì ㄓ 職吏切，去，志韻，照。

㊀記。列子楊朱："太古之事滅矣，孰誌之哉。"新唐書一〇二褚亮傳："博見圖史，一經目輒誌於心。"舊唐書作記。㊁標識。南齊書韓係伯傳："襄陽土俗，隣居種桑樹於界上爲誌。"㊂記事的文章或書籍。通"志"。如地方誌，墓誌。㊃皮膚上的斑痕。通"痣"。南齊書江祏傳："高宗胛上有赤誌，常祕不傳。"

【誌公】即南朝宋齊梁間僧人寶誌。南史釋寶誌傳："雖剃鬚髮而常冠帽，下裙納袍，故俗呼爲誌公。好爲讖記，所謂誌公符是也。"參見"寶誌"。

【誌石】墓碑。唐賈島長江集一哭盧仝詩："塚側誌石短，文字行參差。"

詛 dòu ㄉㄡ 都豆切，去，候韻，端。

見下。

【詛譳】説話遲鈍。唐韓愈昌黎集一南山詩："先強勢已出，後鈍嗔詛譳。"

誣 wū ㄨ 武夫切，平，虞韻，微。

㊀欺騙。左傳襄十四年："定姜曰：無神何告？若有，不可誣也。"韓非子顯學："無參驗而必之者，愚也；弗能必而據之者，誣也。故明據先王，必定堯舜者，非愚則誣也。"㊁誣蔑，誹謗。易繫辭下："誣善之人其辭游。"㊂加罪於無辜。國語周上："其刑矯誣，百姓攜貳。"

【誣罔】以不實之辭欺騙人。漢書武帝

紀元鼎五年:"樂通侯樂大坐誣罔要斬。"又五四李陵傳:"上以(司馬)遷誣罔,欲沮貳師,爲陵游說,下遷腐刑。"

【誣服】無辜服罪。史記八七李斯傳:"趙高治斯,榜掠千餘,不勝痛,自誣服。"

【誣陷】誣告陷害。後漢書六四史弼傳:"若承望上司,誣陷良善,淫刑濫罰,以逞非理,則平原之人,户可爲黨。"晉書賈充傳附賈謐:"及遷侍中,專掌禁内,遂於后成謀誣陷太子。"

【誣祿】冒充有功而受祿。管子揆度:"自言能爲司馬不能爲司馬者,殺其身以釁其鼓,……故無敢姦能誣祿至於君者矣。"

【誣蠛】捏造事實,毁人名譽。新唐書二〇九來俊臣傳:"俊臣乃引侯思止……等,陰嘯不逞百輩,使飛語誣蠛公卿,上急變。"

【誣豔】謂文辭浮豔失實。文苑英華四七六唐權德輿策問明經八道左氏傳第一道:"魯史之文,先師用明於王道,漢武之代,左氏不列於學官,誠義例之可觀,終誣豔而多失。"誣,一本作"巫"。

詼

jiá 集韻 吉協切,入,帖韻。
ㄐㄧㄚˊ

多言,妄語。見"讘詼"。

誫

zhèn
ㄓㄣˋ

震動,摇動。列子黄帝:"壺子曰:向吾示之以地文,罪乎不誫不止。"注:"罪或作萌。向秀曰:萌然不動,亦不自止。"

語

1. yǔ 魚巨切,上,語韻,疑。
ㄩˇ

㊀自言爲言,與人談論爲語。論語鄉黨:"食不語,寢不言。"禮雜記下:"三年之喪,言而不語。"注:"言,言己事也;爲人説爲語。"後泛指説話。北史隋房陵王勇傳:"乃向西北奮頭,喃喃細語。"㊁諺語,成語。穀梁傳僖二年:"語曰:脣亡則齒寒。"禮文王世子:"語曰:樂正司業,父師司成。"㊂語言。北齊顔之推顔氏家訓教子:"教其鮮卑語及彈琵琶。"㊃辭,句。唐杜甫杜工部詩集十一江上值水如海勢聊短述:"爲人性僻耽佳句,語不驚人死不休。"㊄用以示意的動作。玉臺新詠八劉孝威郡縣遇見人織率爾寄婦詩:"窗疎眉語度,紗輕眼笑來。"

2. yù 牛倨切,去,御韻,疑。
ㄩˋ

㊅告訴。論語陽貨:"居,吾語女。"㊆告戒。國語魯下:"季康子問於公父文伯之母,曰:'主亦有以語肥也。'"

【語石】清葉昌熾撰。十卷。此書上溯古初,下迄宋元,對碑版制作之名義,標題之發凡,書學之升降,藏弆之源流,以至摹拓裝池,軼聞瑣事等,分門别類,敍述甚詳。

【語冰】莊子秋水:"北海若曰:'井鼃不可以語於海者,拘於虚也;夏蟲不可以語於冰者,篤於時也。'"喻人受時地所限,見識不廣。

【語次】談話之間。史記九一黥布傳:"布所幸姬疾,請就醫,醫家與中大夫賁赫對門。……姬侍王,從容語次,譽赫長者也。"

【語忘】傳説的産神名。唐段成式酉陽雜俎前集十四諾皋記上:"語忘、敬遺,二鬼名,婦人臨産呼之,不害人,長三寸三分,上下烏衣。"

【語兒】地名。在今浙江嘉興縣。卽語兒鄉,古稱禦兒。國語越上:"句踐之地,南至于句無,北至于禦兒"三國吴韋昭注:"今嘉興語兒鄉是也。"參見"禦兒"。

【語病】指言語、文字中措詞的毛病。宋歐陽修文忠集一二八詩話:"詩人貪求好句而理有不通,亦語病也。"黄庭堅豫章集二七題李伯時憩寂圖:"或言子瞻不當目伯時爲前身畫師,流俗人不領,便是語病。"子瞻,蘇軾字。

【語國】傳説中勒畢國的别稱。五代後晉李石續博物志十:"勒畢國,人長三寸,有翼,善言語戲笑,因名語國。"參見"勒畢"。

【語業】佛家語。佛家三業之一,卽口業。成唯識論一:"世尊經中説有三業,……能發語思,説名語業。"宋楊炎正詞集名西樵語業,亦卽取此義。參見"口業"。

【語録】文體名。舊唐書經籍志上雜史類有孔思尚宋齊語録十卷,爲語録二字之始。自唐以來,僧徒記録師語,以所用多口語,故沿稱語録。釋道原采諸方語録集成景德傳燈録三十卷。後來宋儒師弟傳授亦常采用此體。如宋史藝文志四著録程頤語録二卷、朱熹語録四十三卷等皆是。

【語辭】無實義之字,今言虚字。易觀"有孚顒若"唐孔穎達疏:"顒是嚴正之貌。'若'爲語辭。"

【語兒巾】頭巾名。唐元稹長慶集十二和樂天送客游嶺南二十韻詩:"貢兼蛟女絹,俗重語兒巾。"自注:"南方去京華絶遠,冠冕不到,唯海路稍通,吴中商肆多牓云,此有語兒巾子。"

誙

kēng 口莖切,平,耕韻,溪。
ㄎㄥ

見下。

【誙誙】奔競貌。莊子至樂:"吾觀夫俗之所樂舉羣趣者,誙誙然如將不得已。"釋文:"李(頤)云趨死貌,崔(譔)云以是爲非,以非爲是爲誙誙。本又作脛脛。"

誦

sòng 似用切,去,用韻,邪。
ㄙㄨㄥˋ

㊀朗讀。周禮大司樂:"以樂語教國子:興、道、諷、誦、言、語。"注:"倍文曰諷,以聲節之曰誦。"禮文王世子:"春誦,夏弦。"㊁述説。孟子公孫丑下:"王之爲都者,臣知五人焉,知其罪者,惟孔距心,爲王誦之。"㊂可以朗誦的詩歌。詩大雅烝民:"吉甫作誦,穆如清風。"㊃怨謗,諷誦。左傳襄四年:"臧紇救鄫,侵邾,敗於狐駘。……國人誦之曰:'臧之狐裘,敗我於狐駘。'"國語周上:"矇賦,矇誦。"注:"誦,謂箴諫之語也。"㊄通"訟"。見"誦言㊁"。

【誦言】㊀誦讀詩書之言。詩大雅桑柔:"聽言則對,誦言如醉。"傳:"見道聽之言則應答之,見誦詩書之言則冥卧如醉。"㊁猶明言。漢書高后紀八年:"(吕産)欲爲亂,殿門弗納,徘徊往來。平陽侯馳語太尉周勃,勃尚恐不勝,未敢訟言誅之。"史記作"訟言"。

【誦訓】官名。周禮地官之屬,掌道方志,爲王誦述四方久遠之事。

【誦讀】念,熟讀。史記留侯世家:"且日視其書,乃太公兵法也。良因異之,常習誦讀之。"三國志吴闞澤傳:"常爲人傭書,以供紙筆,所寫既畢,誦讀亦遍。"

諅

jì 渠記切,去,志韻,羣。
ㄐㄧˋ

告誡。淮南子繆稱:"目之精者,可以消澤,而不可以昭諅。"注:"昭,道;諅,誡也。不可以教導戒人。"

誚

qiào 才笑切,去,笑韻,從。
ㄑㄧㄠˋ

責備。説文作"譙"。書金縢:"公乃爲詩以貽王,名之曰鴟鴞,王亦未敢誚公。"疏:"誚公,言王意欲責而未敢也。"

【誚讓】譴責。史記九一黥布傳:"項王由此怨布,數使使者誚讓召布。"漢書作"譙讓"。

誤

wù 五故切,去,暮韻,疑。
ㄨˋ

㊀謬誤。禮聘義:"使者聘而誤,主君弗親饗食也。"史記八九張耳傳:"張敖齧其指出血,曰:'君何言之誤,……願君無復

出口。'"㊁耽誤，妨害。左傳僖十五年："鄭以救公誤之，遂失秦伯。"唐杜甫杜工部草堂詩箋三奉贈韋左丞丈二十二韻："紈袴不餓死，儒冠多誤身。"㊂受惑。荀子正論："是特姦人之誤於亂說，以欺愚者，而潮陷之以偷取利焉，夫是之謂大姦。"

【誤事】耽誤事情。後漢書七五呂布傳："將軍舉動，不肯詳思，忽有失得，動輒言誤。誤事豈可數乎？"

【誤筆畫】就落筆之誤而改成之畫。白孔六帖三二圖畫："曹不興誤點屏風，因就畫爲蠅，孫權謂是真，以手彈之。"又："王獻之善丹青，桓溫使畫扇，筆誤落，因畫爲駁牸牛，甚妙。"

認 rèn 而振切，去，震韻，日。ㄖㄣ

㊀認識，識別。後漢書二五卓茂傳："時嘗出行，有人認其馬。"三國志魏武帝紀注引司馬彪續漢書："(曹)騰父節，……鄰人有亡豕者，與節家相類，詣門認之。"㊁承認。北魏楊衒之洛陽伽藍記二龍華寺："(蕭)衍因幸景暉，及綜生，認爲己子，小名緣覺。"㊂認爲，當作。宋劉克莊後村集五答婦兄林公遇詩："夢迴殘月在，錯認是天明。"

【認真】作事切實，不苟且。元史王克敬傳："世俗喜言勿認真，此非名言，臨事不認真，豈盡忠之道乎？"

【認得】知道。唐劉禹錫劉夢得集四題竇員外新居詩："莫言堆案無餘地，認得詩人在此間。"

【認賊爲子】佛家禪宗喻以妄見爲真覺。楞嚴經一："佛告阿難，此是前塵，虛妄相想，惑汝真性，由汝無始，至於今生，認賊爲子，失汝元常，故受輪轉。"亦泛指顛倒是非，混淆黑白。宋朱熹朱文公集三六答陳同甫："今不講此而遽欲大其目，平其心，以斷千古之是非，宜其指鐵爲金，認賊爲子，而不自知其非也。"

誒 xī 許其切，平，之韻，曉。ㄒㄧ

㊀歎聲。漢書七三韋賢傳諫詩："在予小子，勤誒厥生。"注："誒，歎聲。"㊁强笑。楚辭大招："長爪踞牙，誒笑狂只。"注："誒，猶强也。……或曰：誒，笑樂也。"

【誒詒】懈倦貌，一曰失魂魄貌。莊子達生："桓公田於澤，管仲御，見鬼焉。……公反，誒詒爲病，數日不出。"

【誒誒出出】象聲詞。說文："春秋傳曰：誒誒出出。"左傳襄三十年作"譆譆出出"。見該條。

誥 gào 古到切，去，号韻，見。ㄍㄠ

㊀上告下曰誥。易姤："天下有風，姤，后以施命誥四方。"㊁告誡，勉勵。國語楚上："近臣諫，遠臣謗，輿人誦，以自誥也。"㊂告誡之文。書有仲虺之誥康誥酒誥等。漢書九九中王莽傳："各策命以其職，如典誥之文。"㊃帝王任命或封贈的文書。古者上下有誥，秦廢古制稱制、詔。漢武帝元狩六年初作誥，然不以命官。唐稱制不稱誥。宋始以誥命庶官，凡追贈大臣、貶謫有罪、贈封其祖父妻室，不宣於廷者，皆用誥，通謂之制。明命官用敕。見正字通。

【誥命】㊀朝廷頒布的命令。後漢書二三竇憲傳："和帝卽位，太后臨朝，憲以侍中，內幹機密，出宣誥命。"㊁帝王的封贈命令。明清五品以上授誥命，六品以下授敕命。見續文獻通考五三職官吏部、清會典事例一四三吏部封贈。㊂特指受封贈的婦人。紅樓夢十三："惟恐各誥命來往，虧了禮數，怕人笑話。"

【誥授】清制五品以上官，覃恩予封者，本身之封曰誥授，曾祖父母、祖父母、父母及妻，存者曰誥封，歿者曰誥贈。見清會典十二吏部。

【誥敕】官吏受封的敕書。明制，京官滿一考，及外官滿一考而以最聞者，皆給本身誥敕。清因之。誥敕的文字皆有定式，各按品級填寫，不能增損一字。參閱續文獻通考五三職官三、清會典十二吏部、趙翼陔餘叢考二七誥敕。

誨 huì 荒内切，去，隊韻，曉。ㄏㄨㄟ

㊀教，導。詩大雅抑："誨爾諄諄，聽我藐藐。"論語述而："學而不厭，誨人不倦。"㊁教導之詞。書說命上："朝夕納誨，以輔台德。"

【誨盜誨淫】易繫辭上："慢藏誨盜，冶容誨淫。"疏："若慢藏財物，守掌不謹，則教誨於盜者，使來取此物。女子妖冶其容，身不精愨，是教誨淫者，使來淫己也。"本意謂咎由己取，後言"誨淫誨盜"指引誘人犯盜竊奸淫之罪。

誘 yòu 與久切，上，有韻，喻。ㄧㄡ

㊀教導，引導。論語子罕："夫子循循然善誘人，博我以文，約我以禮，欲罷不能，既竭吾才。"㊁引誘。詩召南野有死麕："有女懷春，吉士誘之。"左傳僖十年："幣重而言甘，誘我也。"㊂稱美之詞。淮南子繆稱："善生乎君子，誘然與日月爭光。"

【誘兵】誘敵之兵。漢書九四上匈奴傳："故其戰，人人自爲趨利，善爲誘兵以包敵。"

【誘脅】利誘和威脅。舊唐書一二八顏真卿傳："真卿正色叱之曰：'……守吾兄之節，死而後已，豈受汝輩誘脅耶！'"

【誘掖】引導和扶助。詩陳風衡門序："衡門誘僖公也，愿而無立志，故作是詩以誘掖其君也。"疏："誘謂在前導之；掖謂在傍扶之。"

【誘導】奬引教導。宋書禮志一謝石上書："立人之道，曰仁與義；翼善輔性，唯禮與學；雖理出自然，必須誘導。"

【誘餌】謂以事物引誘，如設餌釣魚，使魚上鉤。宋史三四一王存等傳論："(王)存、(孫)固、(趙)瞻、(傅)堯俞，初皆善王安石；及其秉政，未嘗受所誘餌，與論新法，終不詭隨。"

誕 dàn 徒旱切，上，旱韻，定。ㄉㄢ

㊀大。書湯誥："王歸自克夏，至于亳，誕告萬方。"㊁放誕，虛妄。左傳昭元年："伯州犁曰：子姑憂子晳之欲背誕也。"國語楚上："是知天咫，安知民則，是言誕也。"㊂欺騙。書無逸："乃逸乃諺，既誕，否則侮厥父母。"列子黄帝："吾不知子之有道而誕子。"㊃生，育。藝文類聚八九晉傅咸舜華賦："應青春而敷蘖，逮朱夏而誕英。"後漢書三十下襄楷傳："昔文王一妻，誕致十子。"㊄發語詞。詩大雅生民："誕寘之隘巷，牛羊腓字之。"參閱清王引之經傳釋詞六。

【誕日】誕生之日，俗謂壽辰。舊唐書德宗紀上建中元年："癸丑，上誕日，不納中外之貢。"

【誕妄】荒誕虛妄。宋詩鈔王令廣陵詩鈔八檜圖："仙書虛荒喜誕妄，推說事理尤綿延。"

【誕育】生育。三國志魏武帝紀建安十八年詔："乃誘天衷，誕育丞相，保乂我皇家，弘濟於艱難，朕實賴之。"

【誕放】縱放曠達，不受拘束。新唐書一九六賀知章傳："知章晚節尤誕放，遨嬉里巷，自號四明狂客及秘書外監。"舊唐書本傳作"縱誕"。

【誕命】猶言大命。後漢書光武帝紀下贊："光武誕命，靈貺自甄，沈機先物，深略緯文。"

【誕馬】隨儀從以備的散馬。宋書禮志五江夏王義恭改革諸王車服制度奏："公主王妃，……平乘，誕馬不得過二匹。"魏書王瓊傳:"道逢太保廣平王懷,據鞍抗禮,自言馬瘦,懷即以誕馬並乘具輿與之。"宋程大昌引宣和鹵簿圖以爲誕馬即袒馬,有馬無鞍,如人袒裼。然宣和圖言馬有氈帛爲飾,宋史儀衛志六言誕馬加金塗銀鬧裝鞍勒,當非袒馬。參閱宋程大昌演繁露三誕馬、明王世貞弇州山人四部稿一五九宛委餘編四誕馬。

【誕章】 猶言大憲章。漢書一〇〇下敍傳:"國之誕章,博載其路。"注:"誕,大也。謂憲章之大者,故廣載之。"

【誕彌】 詩大雅生民:"誕彌厥月,先生如達。"傳:"誕,大。彌,終。"箋:"大矣后稷之在其母,終人道十月而生。"案生民詩自二章至七章有八"誕"字,宋朱熹皆訓爲發語之詞。後人以有"先生如達"語,遂謂生育爲誕,生日滿月爲誕彌。參閱清黃生字詁誕道、胡鳴玉訂譌雜錄六宴爾誕彌。

【誕謾】 放縱,散漫。淮南子脩務:"彼并身而立節,我誕謾而悠忽。"漢賈誼新書勸學作"僮僈",廣雅釋詁作"謾"。參見僮₂僈"。

【誕辭】 虛誕之辭。後漢書四九王充等傳論:"貴清静者,以席上爲腐議;束名實者,以柱下爲誕辭。"

誑

kuáng 居況切,去,漾韻,見。
ㄎㄨㄤ

欺騙,迷惑。韓非子和氏:"楚人和氏得玉璞楚山中獻之厲王,……王以和爲誑,而刖其右足。"史記高祖紀:"將軍紀信乃乘王駕,詐爲漢王誑楚,楚皆呼萬歲,之城東觀,以故漢王得與數十騎出西門遁。"

【誑誕】 欺騙和荒誕。唐白居易長慶集三新樂府海漫漫:"徐福文成多誑誕,上元太一虛祈禱。"

誓

shì 時制切,去,祭韻,禪。
ㄕ

㊀告誡將士或互相約束的言辭。書有湯誓甘誓等篇。禮曲禮下:"約信曰誓。"疏:"以其不能自和好,故用言辭共相約束以爲信也。"㊁立誓,發誓。左傳隱元年:"遂寘姜氏于城潁,而誓之曰:'不及黃泉,無相見也。'"㊂猶言受命。周禮春官典命:"凡諸侯之適子,誓於天子,攝其君,則下其君之禮一等。"㊃謹慎。禮文王世子:"曲藝皆誓之。"注:"誓,謹也。皆使謹習其事。"

【誓水】 佛家語。亦曰金剛水,即真言,行者受三昧耶戒時爲表誓約所飲之水。大毘盧遮那成佛經疏五:"又於別器調和香水,以鬱金龍腦旃檀等種妙香,亦以真言加持,授與令飲少許,此名金剛水。……阿闍梨言:此即名爲誓水,亦順世諦猶如盟誓之法,令於一切衆聖前,噉此香水自誓其心,要令不退大菩提願也。"

【誓師】 出兵時告誡將士。書大禹謨:"禹乃會羣后,誓于師曰:'濟濟有衆,咸聽朕命。'"淮南子要略:"(武王)躬擐甲冑,以伐無道而討不義,誓師牧野,以踐天子之位。"

【誓墓】 晉王羲之與王述情好不協。羲之爲會稽内史,述後檢察會稽郡,羲之深恥之,遂稱病去郡,於父母墓前自誓不復出仕,見晉書本傳。後人因以誓墓稱去官歸隱。宋陸游劍南詩稿二十上書乞祠:"誓墓那因一懷祖,人間處處是危機。"懷祖,王述字。

八畫

誼

yì 宜寄切,去,寘韻,疑。
ㄧ

㊀合宜的道理、行爲。楚辭屈原九章惜誦:"吾誼先君而後身兮,羌衆人之所仇。"㊁意義。漢許慎説文解字敍:"會義者,比類合誼,以見指撝,武信是也。"漢書義字多作誼。漢書三一項籍傳贊引賈誼過秦論:"一夫作難而七廟墮,身死人手,爲天下笑者,何也?仁誼不施,而攻守之勢異也。"㊂議論。通"議"。漢書五六董仲舒傳對策:"故舉賢良方正之士,論誼考問。"㊃交情,友誼。如世交稱誼,鄉情稱鄉誼。

【誼士】 同義士。文選漢班孟堅(固)典引:"詔因曰:司馬遷著書,成一家之言,揚名後世。至以身陷刑之故,反微文刺譏,貶損當世,非誼士也。"

【誼主】 指知禮義的君主。漢書五六董仲舒傳對策:"今陛下貴爲天子,……行高而恩厚,知明而意美,愛民而好士,可謂誼主矣。"

諄

zhūn 章倫切,平,諄韻,照。
ㄓㄨㄣ 之閏切,去,稕韻,照。

㊀教誨不倦。宋蘇軾東坡集後集七崔文學申攜文見過……賦一篇示志舉詩:"著書已絕筆,一獸含千諄。"參見"諄諄㊀"。㊁輔佐。國語晉九:"衛莊公禱曰:'曾孫蒯聵以諄趙鞅之故,敢昭告於皇祖文王、烈祖康叔、文祖襄公、昭考靈公。'"㊂忠誠。唐韓愈昌黎集一送惠師詩:"吾嫉惰遊者,憐子愚且諄。"

【諄芒】 莊子天地:"諄芒將東之大壑,適遇苑風於東海之濱。"諄芒,本指雲霧,借用爲寓言中的人物。見釋文。

【諄諄】 ㊀教導不倦之貌。詩大雅抑:"誨爾諄諄,聽我藐藐。"㊁遲鈍,有氣無力。左傳襄三一年:"且年未盈五十,而諄諄焉如八九十者,弗能久矣。"孫子行軍:"諄諄翕翕,徐言入入者,失衆也。"唐杜牧注:"諄諄者,乏聲氣促也。"㊂忠謹貌。後漢書二五卓茂傳:"勞心諄諄,視人如子。"

諒

liàng 力讓切,去,漾韻,來。
ㄌㄧㄤ

㊀誠信。論語季氏:"友直,友諒,友多聞,益矣。"㊁信任,原諒。詩鄘風柏州:"母也天只,不諒人只。"宋歐陽修文忠集六八與刁景純學士書:"某之愚誠,所守如此。然雖胥公,亦未必諒某此心也。"㊂確實,委實。漢鄭玄詩譜序:"詩之興也,諒不在於上皇之世。"㊃推想。如諒必,諒可。㊄見"諒闇"。㊅姓。漢有諒輔。見後漢書獨行傳。

【諒直】 誠實正直。楚辭宋玉九辯:"私自憐兮何極,心怦怦兮諒直。"唐韓偓玉山樵人集感事三十四韻詩:"諒直尋鉗口,奸纖益比肩。"

【諒闇】 也作"亮陰"、"梁闇"、"涼陰"。有二説:一説爲天子、諸侯居喪之稱;一説爲居喪之所,即凶廬。書説命上:"王宅憂,亮陰三祀。"釋文:"亮,本又作諒。"禮喪服四制:"高宗諒闇,三年不言。"注:"闇,謂廬也。"文選晉潘安仁(岳)西征賦:"武皇(司馬炎)忽其升遐,八音遏於四海,天子寢於諒闇,百官聽於冢宰。"晉人臣居喪,亦稱諒闇,以後僅用於皇帝。參閱宋王楙野客叢書二八諒闇登遐。參見"亮陰"。

誶

suì 蘇内切,去,隊韻,心。
ㄙㄨㄟ 雖遂切,去,至韻,心。

㊀問訊。莊子山木:"捐彈而反走,虞人逐而誶之。"㊁告知,數説。漢書一〇〇上敍傳幽通賦:"既誶爾以吉象兮,又申之以炯戒。"文選作"訊"。㊂進諫。楚辭屈原離騷:"余雖好修姱以鞿羈兮,謇朝誶而夕退。"

【誶語】 責讓,埋怨話。漢書四八賈誼傳陳政事疏:"借父耰鉏,慮有德色;母取箕箒,立而誶語。"金史石盞女魯歡傳:"往宿州就食,軍士有不願者,誶語道中,朝廷聞之,使問其故。"

談

tán 徒甘切,平,談韻,定。
ㄊㄢ

㊀對話。詩小雅節南山:"憂心如惔,不敢戲談。"孟子離婁下:"蚤起,施從

良人之所之，徧國中無與立談者。"㊁言論。公羊傳閔二年："魯人至今以爲美談。"㊂姓。本作"郯"。六國時有談生。見通志二六氏族二以國爲氏。

【談天】㊀史記七四荀卿傳："故齊人頌曰：談天衍，雕龍奭。"注："劉向別錄：騶衍之所言五德終始，天地廣大，盡言天事，故曰談天。"後世衆人閒居，高談闊辯，概云談天，原本於此。㊁言天，談論天文。晉書天文志上："自虞喜虞聳姚信皆好奇徇異之說，非極數談天者也。"

【談玄】談論玄理。世說新語容止："王夷甫(衍)容貌整麗，妙於談玄。"玄理，魏晉六朝專指老莊之說，後世泛指一般哲理。唐駱賓王集五敍寄員半千詩："釣名勞拾紫，隱迹自談玄。"

【談吐】談話的詞令。梁釋慧皎高僧傳六釋慧遠："初遠善屬文章，辭氣清雅，席上談吐，精義簡要。"

【談助】供談論的材料。後漢書四九王充傳"後到京師，受業太學"注引袁山松書："充所作論衡，中土未有傳者，蔡邕入吳始得之，恆秘玩以爲談助。"

【談宗】謂善於言談，爲世所宗。晉書阮籍傳附阮脩："王衍當時談宗，自以論易略盡，然有所未了，研之終莫悟。"又潘京傳："(樂廣)謂京曰：'君天才過人，恨不學耳。若學，必爲一代談宗。'"

【談客】擅長談話之客。三國志蜀簡雍傳："先主至荆州，雍與麋竺孫乾同爲從事中郎，常爲談客，往來使命。"世說新語文學："何晏爲吏部尚書，有位望，時談客盈坐。"

【談苑】十五卷。初，宋楊億里人黄鑑從億遊，纂億所述異聞奇說，名南陽談藪。宋庠删其重複，分爲二十一門，改名談苑。今本作楊文公談苑，一卷。見宋陳振孫直齋書錄解題十一。

【談柄】古人清談，多執麈尾，僧人講法或執如意，故有談柄之名。後來泛指可作談話的資料爲談柄。北周庾信庾子山集四送炅法師葬詩："玉匣摧談柄，懸河落辯鋒。"唐韋絢劉賓客嘉話錄序："退而默記，今錄之，號曰劉公嘉話錄，傳之好事，以爲談柄。"(說郛二一)參閱唐蘇鶚杜陽雜編中、清高士奇天祿識餘下。

【談屑】喻談吐文雅，絫絫不絕。晉書胡母輔之傳王澄與人書："彥國吐佳言如鋸木屑，霏霏不絕，誠爲後進領袖也。"彥國，輔之字。世說新語賞譽上作"吐佳言如屑"。元詩選王惲秋澗集琉璃肺詩："四筵談屑霏餘烈，一縷冰漿溜襟膀。"

【談話】與人對話。文選晉潘安仁(岳)秋興賦序："僕野人也，偃息不過茅屋茂林之下，談話不過農夫田父之客。"世說新語賞譽下："王敦爲大將軍，鎮豫章，衛玠避亂，從洛投敦。相見欣然，談話彌日。"

【談箋】紙的一種。亦作"譚箋"。明清產於松江，以荆川連紙褙厚，砑光用蠟，打各色花鳥，堅滑可類宋紙。相傳明侍郎談倫得其法於内府，子孫以是爲業。見明屠隆考槃餘事國朝紙、嘉慶一統志八五松江府土產。

【談鋒】謂言談精銳，如有鋒鋩。宋蘇軾分類東坡詩十七刁景純席上和謝生詩之二："綺羅勝事齊三閣，賓主談鋒敵兩都。"

【談麈】談講時所執的麈尾。宋詩鈔黄庭堅山谷詩鈔次韻奉送公定："每來促談麈，風生麈竹枝。"亦作"譚麈"。又陳造江湖長翁詩鈔夜宿商卿家："更喜良宵共譚麈，幾煩親手剪燈花。"

【談叢】衆人聚談之所。梁書昭明太子傳："或擅談叢，或稱文囿，四友推德，七子慚秀。"唐駱賓王集七上郭贊府啟："惠牛曜辯，驚荀鶴於談叢；揚風摛文，詠鄒龍於筆海。"後來多用爲小說雜記類的書名。

【談藪】㊀喻言談豐博。世說新語賞譽上："裴僕射(頠)，時人謂爲言談之林藪。"㊁宋龐元英撰，一卷。述南宋寧理兩朝事，皆爲他說部所有，疑爲書賈鈔合成書，託名行世。

【談容娘】曲名。即踏謠娘，見唐崔令欽教坊記。唐常非月有詠談容娘詩，見全唐詩二〇三。

【談龍錄】清趙執信撰，一卷。王士禛論詩持神韻之說，與門人論詩，謂當如雲中之龍，時露一鱗一爪。執信與士禛有隙，因著此書以駁之，雖不免偏激，亦頗中士禛之病。

【談何容易】謂談說論議並非易事。多以指向君王進言。何容，猶言豈可。漢書六五東方朔傳："吳王曰：'可以談矣，寡人將竦意而覽焉。'(非有)先生曰：'於戲！可乎哉？可乎哉？談何容易！'"漢桓寬鹽鐵論鹽鐵箴石："賈生有言曰：'懇言則辭淺而不入，深言則逆耳而失指，故曰談何容易。'"今以"容易"連讀，謂言易而行難。

【談言微中】謂言談委婉而切中事理。史記一二六滑稽傳："談言微中，亦可以解紛。"

【談空說有】佛教有"空宗"和"有宗"。二宗各執其一辭以相爭辯。宋蘇軾分類東坡詩十六寄吳德仁兼簡陳季常："龍丘居士亦可憐，談空說有夜不眠。"後來泛指閒談聊天。宋張擴東窗集二大年復用前韻賦詩見贈亦次韻答之詩："世間癡兒浪搖吻，談空說有天一隅。"

【談虎色變】比喻談及可怕之事即畏懼變色。宋朱熹輯二程語錄十一："向親見一人曾爲虎所傷。言及虎，神色便變。傍有數人，見他說虎，非不知虎之猛可畏，然不如他說了有畏懼之色。"元王炎午吾汶稾四祭御史蕭方厓："談虎色變，公亦流涕。"

【談笑封侯】唐杜甫杜工部草堂詩箋三二復愁之七："閭閻聽小子，談笑覓封侯。"後常用以形容貴達成名之易。

請

1. qǐng 七静切，上，静韻，清。ㄑㄧㄥˇ

㊀請求，要求。左傳隱元年："亟請於武公，公弗許。"㊁謁見。荀子成相："下不私請。"漢書五九張湯傳："其造請諸公，不避寒暑。"㊂詢問。儀禮士昏禮："擯者出請事入告。"㊃告訴。儀禮鄉射禮："鄉射之禮，主人戒賓，賓出迎再拜，主人答再拜乃請。"㊄邀請。漢書九九上孝宣許皇后傳："(張)賀聞許嗇夫有女，迺置酒請之。"

2. qìng 疾政切，去，勁韻，從。ㄑㄧㄥˋ

㊅朝會名。漢制，春曰朝，秋曰請。史記一〇六吳王濞傳："及後使人爲秋請。"

3. qíng 疾盈切，平，清韻，從。ㄑㄧㄥˊ

㊆通"情"。荀子成相："聽之經，明其請，參伍明謹施賞刑。"注："請當爲情，聽獄之經在明其情。"按墨子書多以請爲情。

【請火】乞求火種。韓詩外傳七："臣里母相善婦，見疑盜肉，其姑去之，恨而告于里母。里母曰：'安行，今令姑呼汝。'即束蘊請火去婦之家曰：'吾犬爭肉相殺，請火治之。'姑乃直使人追去婦還之。"參見"乞火㊁"。

【請平】請和。左傳哀十七年："齊人伐衛，衛人請平。"

【請安】㊀自請安息。左傳昭二七年："乃飲酒，使宰獻而請安。"注："齊侯請自安，不在坐也。"㊁古代宴會時請客安坐。儀禮鄉飲酒禮："主人曰：'請安于賓。'"㊂清代見面問安的一種儀式。男子屈右膝半跪，口稱請某人安。女子則雙手扶左膝，右膝微屈，往下蹲身。紅樓夢四：

"門子忙上前請安。"

【請老】以年高請求退休。左傳襄三年："祁奚請老，晉侯問嗣焉。"新唐書一一一唐休璟傳："景龍二年致仕。未幾，復起爲太子少師，同中書門下三品，監脩國史。……明年，復請老，給一品全祿。"

【請命】㊀代他人祈求保全生命。書湯誥："以與爾有衆請命。"疏："桀爲殘虐，人不自保，故伐桀除人之穢，是爲請命。"史記九二淮陰侯傳："因民之欲，西鄉爲百姓請命，則天下風走而響應矣。"㊁猶言請示。儀禮聘禮："几筵既設，擯者出請命。"

【請室】請罪之室，即囚禁有罪官吏的牢獄。漢書四八賈誼傳上疏陳政事："盤水加劍，造請室而請罪耳。"注："請室，請罪之室。"漢書六二司馬遷傳報任安書："絳侯(周勃)誅諸吕，權傾五伯，囚於請室。"

【請急】請假。宋書謝靈運傳："出郭游行，或一日百六七十里，經旬不歸，既無表聞，又不請急。"

【請訓】清制欽差及外官三品以上赴任時謁見皇帝辭行，謂之請訓。清會典事例九二吏部處分例道府告假乾隆十六年諭："道府等官，於請訓赴任時，有面奏暫假回籍，經允准者，皆於次日具呈吏部覆奏。"

【請託】私相囑託。漢書八六何武傳："欲除吏，先爲科例以防請託。"後漢書明帝紀詔："今選舉不實，邪佞未去，權門請託，殘吏放手，百姓愁苦，情無告訴。"

【請益】已受教而更有所問。禮曲禮上："請業則起，請益則起。"後泛指向人請教。

【請寄】猶請託。史記一二二郅都傳："都爲人勇，有氣力，公廉，不發私書，問遺無所受，請寄無所聽。"

【請期】古代婚禮，納徵後請女家同意婚期。參閱禮昏義及疏、儀禮士昏禮"納采用鴈"疏。參見"六禮㊁"。

【請閒】謂請於閒暇之時以言事，不欲對衆言之。左傳昭四年："寡人願結驩於二三君，使(椒)舉請閒。"史記一一二平津侯(公孫弘)傳："嘗與主爵都尉汲黯請閒，汲黯先發之，弘推其後。"

【請業】向師長請教所學之業。禮曲禮上："請業則起，請益則起。"

【請罪】㊀問罪。即聲討。書湯誥："敢用玄牡，敢昭告于上天神后，請罪有夏。"傳："明告天問桀，百姓有何罪而加虐乎？"左傳僖二年："敢請假道，以請罪于虢。"注："問虢伐已以何罪。"㊁承認罪過，服罪。三國志蜀麋竺傳："(麋芳)叛迎孫權，羽因覆敗。竺面縛請罪，先主慰諭，以兄弟罪不相及。"

【請謁】告求。左傳隱十一年："無寧兹許公復奉其社稷，唯我鄭國之有請謁焉，如舊昏媾，其能降以相從也。"注："謁，告也。"因謂干求別人曰請謁。管子立政："請謁任舉之説勝，則繩墨不正。"

【請願】拜佛祈求。唐冥祥大唐故三藏玄奘法師行狀："山中有精舍，中有刻檀觀自在菩薩像，……其守護人恐塵汙，於外面各十步作勾欄，人有散花請願，皆於欄外，不許入内。"

【請纓】漢終軍使南越，欲説其王，令入朝。軍自請"願受長纓，必羈南越王而致之闕下"。見漢書六四本傳。後遂稱自請從軍擊敵曰請纓。唐杜甫杜工部草堂詩箋二五歲暮："天地日流血，朝廷誰請纓。"

【請自隗始】戰國時，燕昭王卑身厚幣以招賢，以求報齊雪恥，謀於郭隗。隗曰："王必欲致士，先從隗始，況賢於隗者，豈遠千里哉！"於是昭王乃爲郭隗改築宫室，奉以爲師。四方之士，争赴燕國，樂毅自魏往，鄒衍自齊往，劇辛自趙往，燕因以富强。事見戰國策燕一、史記燕召公世家。後常作爲自薦之詞。唐韓愈昌黎集十七與于襄陽書："古人有言，請自隗始，愈今者惟朝夕芻米僕賃之資是急，不過費閣下一朝之享而足也。"

【請君入甕】唐武后時，或告周興與丘神勣通謀，武后命來俊臣審理。俊臣與興方推事對食，問興曰："囚多不承，當爲何法？"興曰："此甚易耳！取大甕，以炭四周炙之，令囚入中，何事不承！"俊臣即索大甕，起謂興曰："有内狀推老兄，請兄入此甕。"興惶恐叩頭伏罪。見唐張鷟朝野僉載(太平廣記一二一)、新唐書二〇九周興傳。後遂稱以其人之道，還治其人之身爲請君入甕。

【請賣爵子】漢書食貨志上賈誼上疏論積貯："歲惡不入，請賣爵子。"注引如淳："賣爵級又賣子也。"資治通鑑十三漢文帝前二年注："入粟得以拜爵，故曰請爵。富者有粟以徼上之急，至於請爵；貧者無以自活，至於賣子。"

諸 1. zhū ㄓㄨ 章魚切，平，魚韻，照。

㊀衆多。左傳襄二年："晉師侵衛，諸大夫欲從晉。"史記陳涉世家："諸陳王故人皆自引去。"㊁指代人或事、物。通"之"。左傳僖十三年："冬，晉荐饑，使乞糴於秦。秦伯謂子桑：'與諸乎？'"漢揚雄法言學行："夫有刀者礲諸，有玉者錯諸，不礲不錯焉攸用？"㊂猶"於"。禮郊特牲："不知神之所在，於彼乎？於此乎？或諸遠人乎？"又祭義："孝弟發諸朝廷，行乎道路，至於州巷。"㊃"之於"的合音。論語學而："告諸往而知來者。"左傳襄二六年："宋芮司徒生女子，赤而毛，棄諸堤下。"㊄"之乎"的合音。論語顔淵："雖有粟，吾得而食諸！"孟子梁惠王下："齊宣王問曰：湯放桀，武王伐紂，有諸？"㊅語氣詞。猶"乎"。詩邶風日月："日居月諸，照臨下土。"傳："日乎月乎照臨之也。"㊆語中、語末助詞。無義。論語學而："夫子之求之也，其諸異乎人之求之與！"左傳文五年："皋陶庭堅不祀，忽諸！"㊇姓。相傳春秋越王無諸之後；一説大彭之裔封諸，因氏。見明陳士元姓觿二。

2. zū ㄗㄨ

㊈醬。通"菹"。禮内則："醢醬、桃諸、梅諸、卵鹽。"疏："諸，菹也，謂桃菹、梅菹，即今之藏桃也，藏梅也。"

3. chú ㄔㄨ

㊉通"蜍"。見"詹諸"。

【諸于】婦女穿的寬大上衣。漢書九八元后傳："是時政君坐近太子，又獨衣絳緣諸于。"注："諸于，大掖衣，即袿衣之類也。"

【諸子】㊀周代官名，屬夏官司馬。主管公卿、大夫、士子。見周禮夏官諸子。㊁指先秦各學派。漢書藝文志："諸子十家，其可觀者九家而已。"㊂猶諸君。三國志蜀李嚴傳"其見貴重於此"注引諸葛亮答書："若滅魏斬叡，帝還故居，與諸子並升，雖十命可受。"㊃諸兒。漢書五九張湯傳："昆弟諸子欲厚葬湯。"宋史二六五吕蒙正傳："上謂蒙正曰：'卿諸子孰可用？'對曰：'諸子皆不足用。'"㊄衆姬妾。左傳襄十九年："諸子仲子戎子，戎子嬖。"又哀五年："諸子鬻姒之子荼嬖。"一説内官名。參閱漢書三八高五王傳"諸姬"唐顔師古注、清顧炎武左傳杜解補正(清經解一)。

【諸天】佛家語。唐李白李太白詩十九答族姪僧中孚贈玉泉仙人掌茶詩："朝坐有餘興，長吟播諸天。"注："佛書言，三界共有三十二天，自四天王天至非有想非無想天，總謂之諸天。"三界，佛家謂欲界、色界、無色界。參閱經律異相一三界諸天。

【諸毛】指毛筆。唐韓愈昌黎集五寄崔二十六立之詩："又論諸毛功，劈水看蛟螭。"

【諸父】對同宗族伯叔輩的通稱。詩小雅伐木："既有肥羜，以速諸父。"傳："天子謂同姓諸侯，諸侯謂同姓大夫皆曰父。"漢書四四淮南王安傳："時武帝方好藝文，以安屬爲諸父，辩博善爲文辭，甚尊重之。"注："安於天子服屬爲從父叔父。"

【諸母】㊀庶母。禮曲禮上："諸母不漱裳。"注："諸母，庶母也。"㊁對同宗族伯叔母的通稱。史記高祖紀："沛父兄、諸母、故人日樂飲，極驩，道舊故爲笑樂。"後漢書光武帝紀："時宗室諸母因酣悅，相與語曰：'文叔少時謹信。'"光武名秀，字文叔。

【諸生】㊀衆儒生。史記曹相國世家："參盡召長老諸生，問所以安集百姓。"㊁衆弟子。唐韓愈昌黎集十二進學解："國子先生晨入太學，招諸生立館下。"㊂明清時經省各級考試錄取入府、州、縣學者，稱生員。生員有增生、附生、廩生、例生等名目，統稱諸生。

【諸色】猶言各種。唐韓愈昌黎集三七論今年權停舉選狀："伏見今月十日敕，今年諸色舉選，宜權停者。"宋歐陽修文忠集一一五畫一起請劄子："候臣到彼，不得令官吏及諸色人出城迎送，及不得作樂筵席。"

【諸季】諸弟。藝文類聚五十南朝陳江總廣州刺史歐陽頠墓誌："公孝敬純深，友悌惇睦，家積遺財，並讓諸季，兼賙同壤。"

【諸城】縣名。屬山東省。春秋時魯諸邑及齊琅邪邑地。秦爲琅邪郡地。漢爲東武、諸、姑幕、琅邪等縣地。隋開皇十八年改東武爲諸城縣，並以原諸、姑幕等縣地併入。唐武德初又以琅邪縣併入，歷代相因。明清屬青州府。參閱太平寰宇記二四密州、寰宇通志七三青州府。

【諸柘】甘蔗。見"諸蔗"。

【諸侯】古代對中央政權所分封各國國君的統稱。周分公、侯、伯、子、男五等，漢分王、侯二等。周制諸侯名義上服從王朝的政令，向王朝朝貢、述職、出兵、服役。漢時諸侯國由皇帝派相或長吏治理，王、侯僅食賦稅。禮王制："諸侯之上大夫、卿、下大夫、上士、中士、下士凡五等。"疏："此公侯伯子男，獨以侯爲名稱諸侯者，舉中而言。又爾雅，侯爲君，故以侯言之。"史記漢興以來諸侯王年表："漢定百年之間，親屬益疎，諸侯或驕奢，……天子觀於上古，然後加惠，使諸侯得推恩分子弟國邑。"

【諸夏】指周代分封的諸侯國。左傳閔元年："諸夏親暱，不可棄也。"注："諸夏，中國也。"公羊傳成十五年："春秋：內其國而外諸夏，內諸夏而外夷狄。"注："內其國者，假魯以爲京師也；諸夏，外土諸侯也。謂之夏者，大總下土言之辭也。"

【諸姬】㊀衆姬姓之國。即周王室同姓之國。左傳僖二八年："漢陽諸姬，楚實盡之。"注："姬姓之國，在漢北者，楚盡滅之。"㊁謂同姓之衆女。詩邶風泉水："孌彼諸姬，聊與之謀。"傳："諸姬，同姓之女。"㊂衆姬妾。漢書三八高五王傳："高皇帝八男：吕后生孝惠帝，曹夫人生齊悼惠王肥，薄姬生孝文帝，……諸姬生趙幽王友、趙共王恢、燕靈王建。"注："諸姬，總言在姬妾之列者耳。其知姓位者，史各具言之。不知氏族及秩次者，則云諸姬也。"

【諸馮】古地名。孟子離婁下："舜生於諸馮，遷於負夏，卒於鳴條，東夷之人也。"注："諸馮、負夏、鳴條皆地名，負海也，在東方夷服之地。"也用以代指舜。元方回桐江續集十五題江君天澤古脩堂詩之二："堯付諸馮藥一丸，養心誰牘執中丹。"

【諸御】㊀指在軍中理事的官員。史記越王勾踐世家："乃發習流二千人，教士四萬人，君子六千人，諸御千人，伐吳。"索隱："諸御，謂諸理事之官在軍有職掌者。"㊁指衆侍妾。唐瞿曇開元占經一一三引竹書紀年："今王四年，碧陽君之諸御產二龍。"

【諸葛】複姓。本葛氏，夏商諸侯葛伯之後，舊居琅邪郡之諸縣，後徙陽都。陽都先有葛姓，時人謂之諸葛。見世說新語品藻"諸葛瑾弟亮及從弟誕"注引吳書。世本氏姓謂有熊氏之後有詹葛氏，齊人語訛，以詹葛爲"諸葛"。

【諸舅】㊀異姓之親的統稱。詩小雅伐木："既有肥牡，以速諸舅。"疏："禮天子謂同姓諸侯，諸侯謂同姓大夫，皆曰父，異姓則稱舅，故曰諸父諸舅也。禮記注云：'稱之以父與舅，親親之辭也。'"㊁母親的兄弟。南史袁湛傳："陳郡謝重，王胡之外孫也，於諸舅敬禮多闕。"

【諸暨】縣名。屬浙江省。戰國時越邑，曾爲越王允常都。秦置諸暨縣。漢以後因之。明清屬紹興府。參閱嘉慶一統志二九三紹興府。

【諸蔗】即甘蔗。史記一一七司馬相如傳子虛賦："江離麋蕪，諸蔗猼且。"集解："諸蔗，甘柘也。"漢書五七下司馬相如傳作"諸柘"。

【諸慮】㊀藤類植物。爾雅釋木："諸慮，山櫐。"注："今江東呼櫐爲藤，似葛而粗大。"㊁蟲名。見爾雅釋蟲。

【諸餘】㊀古山名。又水名。山海經北山經："又北三百八十里曰諸餘之山，其上多銅玉，其下多松柏。諸餘之水出焉，而東流注于旄水。"㊁其餘種種。唐韓愈昌黎集五贈劉師服詩："朱顏皓頸訝莫親，此外諸餘誰更數。"元曲選關漢卿杜蕊娘三："只除了心不志誠，諸餘的所事兒聰明。"

【諸宮調】説唱藝術的一種。有説有唱，以唱爲主，因用多種宮調曲子聯套演唱故事，故稱諸宮調。北宋熙寧元豐間藝人孔三傳首創，金董解元西廂記諸宮調仍存其原貌。參閱宋王灼碧雞漫志二、宋吳自牧夢粱錄二十妓樂、宋灌圃耐得翁都城記勝瓦舍衆伎。

【諸葛巾】冠名。青絲帶所編的頭巾，相傳爲諸葛亮所戴。見明王圻三才圖會一衣服。參見"綸巾"。

諸葛巾

【諸葛亮】公元 181—234 年。三國蜀相。陽都人，字孔明。隱居隆中，自比管仲樂毅，人稱"卧龍"。劉備三顧始見之，爲備畫據荆益、聯孫權、拒曹操之策，佐備取荆州，定益州，遂與魏吳成鼎足之勢。曹丕代漢，備稱帝於成都，以亮爲丞相。備死，亮輔後主劉禪，以丞相封武鄉侯，兼領益州牧。整官制，修法度，志復中原。屢次北伐，與魏相攻戰。章武十二年卒於五丈原軍中，年五十四，謚爲忠武侯。三國志蜀有傳。後民間小説、戲曲謂其通曉陰陽，料事如神。明羅貫中三國演義所刻畫者，流傳衆口，最爲著稱。

【諸葛恪】公元 203—253 年。三國吳人。諸葛瑾長子，字元遜。少知名，弱冠拜騎都尉。年三十二，孫權拜爲撫越將軍。孫亮立，進封陽都侯，加荆揚州牧，督中外諸軍事。後孫峻誣其欲謀變，殺之。三國志吳有傳。

【諸葛菜】蔓菁。相傳諸葛亮行軍所駐處即令兵士種蔓菁，以爲軍食，故蜀江陵稱蔓菁爲諸葛菜。見唐韋絢劉賓客嘉話錄。

【諸葛筆】唐宋時的名筆。宋梅堯臣宛陵集二一次韻永叔試諸葛高筆戲書詩："筆工諸葛高，海内稱第一。"葉夢得石林避暑録話上:"筆蓋出於宣州,自唐惟諸葛一姓世傳其業。治平嘉祐前有得諸葛筆者率以爲珍玩,云一枝可敵它筆數枝。"

【諸葛誕】三國陽都人。字公休。初以尚書郎爲滎陽令仕魏,累遷御史中丞尚書。後出任揚州刺史,隨司馬懿伐吴、討王淩毌丘儉,有功,進封高平侯,任征東大將軍。以起兵反司馬昭,兵敗被殺,夷三族;麾下數百人皆不降死。三國志魏有傳。

【諸葛瑾】公元 174—241 年。三國陽都人,字子瑜。諸葛亮之兄。初爲孫權長史,轉中司馬。權遣瑾使蜀通好劉備,與亮俱公會相見,退無私面。後劉備伐吴,或言其密遣親人通蜀。權曰:"子瑜之不負孤,猶孤之不負子瑜也。"權稱帝,拜大將軍、左都護、領豫州牧。三國志吴有傳。

【諸葛燈】夜行用燈。又稱孔明燈。一面透光,前置凸鏡,後置凹鏡,光線遠照所向處,而他人不能見持燈之人。以其巧,故稱諸葛燈。

【諸葛瞻】公元 227—263 年。諸葛亮子,字思遠。由騎都尉累官至尚書僕射、軍師將軍。蜀後主景耀四年,爲行都護衛將軍,平尚書事。魏將鄧艾伐蜀,瞻督諸軍拒之。艾遣書誘降,瞻怒斬其使,戰於緜竹,兵敗,與其長子尚俱死,時年三十七。三國志蜀附諸葛亮傳。

【諸蕃志】宋趙汝适撰。二卷。南宋時,東南沿海各地設市舶司,汝适曾提舉福建路市舶,遂以所聞撰成此書。上卷記國,凡四十餘國,東自日本,西至今北非之摩納哥,於東南亞各國尤詳;下卷記物,均諸國特產,如乳香、没藥、胡椒、象牙之類,凡四十餘則。宋史外國傳多取材此書。原書已佚,今本自永樂大典中輯出。

【諸子平議】清俞樾撰。三十五卷。分管子六卷,晏子春秋一卷,老子一卷,墨子三卷,荀子四卷,列子一卷,莊子三卷,商子一卷,韓非子一卷,呂氏春秋三卷,春秋繁露二卷,賈子二卷,淮南内經四卷,揚子太玄經一卷,揚子法言二卷。諸子之書,文辭深奥,且多古文假借字,諸家注疏,不能盡通,後人傳寫,又不免顛倒錯亂,樾列舉諸子中疑難之句,正其句讀,審其字義,疏通古文假借,多有精義。

【諸子百家】先秦至漢初各種學派的總稱。史記八四賈誼傳:"廷尉乃言賈生年少,頗通諸子百家之書。"按漢書藝文志著録諸子百八十九家。舉其成數稱百家。

【諸惡莫作】大般涅槃經十四梵行品第八之一:"諸惡莫作,諸善奉行,自淨其意,是諸佛教。"舊時佛寺常於壁間書"諸惡莫作、諸善奉行",即出於此。

諏 zōu 子于切,平,虞韻,精。 ㄗㄡ

問,諮詢。詩小雅皇皇者華:"載馳載驅,周爰咨諏。"傳:"咨事爲諏。"

【諏日】選擇吉日。儀禮特牲饋食禮:"特牲,饋食之禮,不諏日。"文選晉潘安仁(岳)籍田賦:"廟祧有事,祝宗諏日。"

【諏訪】詢問。國語晉四:"諏於蔡原,而訪於辛尹。"新唐書一五八張建封傳:"(馬)燧伐李靈耀,軍中事多所諏訪。"

諆 jī 居之切,平,之韻,見。 ㄐㄧ

㊀欺。見説文。㊁謀劃。後漢書五九張衡傳思玄賦:"回志朅來從玄諆,獲我所求夫何思!"注:"'諆'或作'謀'。諆亦謀也。"㊂嫉妒。也作"碁"。北齊劉晝劉子六傷讒:"妬才智之在己前,碁富貴之在己上。"

諓 jiàn 慈演切,上,獮韻,從。 ㄐㄧㄢˋ 才線切,去,線韻,從。

善於言辭。説文:"諓,善言也。"清段玉裁注:"謂善爲言辭者,不同話下之善言也。"

【諓諓】巧言善辯貌。國語越下:"余雖靦然人面哉,吾猶禽獸也,又安知是諓諓者乎。"漢書七五李尋傳説王根:"昔秦穆公説諓諓之言,任仡仡之勇,身受大辱,社稷幾亡。"注:"諓諓,小善也。"

諑 zhuó 竹角切,入,覺韻,知。 ㄓㄨㄛˊ

毀謗。楚辭屈原離騷:"衆女嫉余之蛾眉兮,謠諑謂余以善淫。"

誸 xián 集韻 胡千切,平,先韻。 ㄒㄧㄢˊ

急迫。莊子外物:"謀稽乎誸,知出乎爭。"晉郭象注:"誸,急也。急而後考其謀也。"釋文:"向本作弦。云堅正也。"

詘 qū 集韻 曲勿切,入,迄韻。 ㄑㄩ

㊀屈折。同"屈"。淮南子氾論:"詘寸而伸尺,聖人爲之。"㊁見"詘詭"。

【詘詭】詭異。文選晉左太沖(思)吴都賦:"倜儻之極異,詘詭之殊事,藏理於終古,而未寤於前覺也。"

諔 chù 集韻 昌六切,入,屋韻。 ㄔㄨˋ

見下。

【諔詭】奇異。莊子德充符:"彼且蘄以諔詭幻怪之名聞,不知至人之以是爲己桎梏邪!"又天下:"其辭雖參差,而諔詭可觀。"

諕 1. huò 虎伯切,入,陌韻,曉。 ㄏㄨㄛˋ

㊀"謋"之異體。見廣韻。參見"謋"。

2. háo 集韻 乎刀切,平,豪韻。 ㄏㄠˊ

㊁號,呼。説文:"諕,號也。"清段玉裁注:"此與号部號音義皆同。"

3. xià ㄒㄧㄚˋ

㊂嚇唬。宋孟元老東京夢華録三般載雜賣:"仍於車後繫驢騾二頭,遇下峻險橋路,以鞭諕之,使倒坐緾車,令緩行也。"西廂記二本四折:"則見他走將來氣沖沖,怎不教人恨匆匆,諕得人來怕恐。"

諣 wǎng 文兩切,上,養韻,明。 ㄨㄤˇ

欺騙。同"罔"。晉書郤詵傳對問:"動則争競,争競則朋黨,朋黨則誣諣,誣諣則臧否失實,真僞相冒,主聽用惑,姦之所爲也。"

課 kè 苦卧切,去,過韻,溪。 ㄎㄜˋ

㊀考查,考核。凡定有程式而試驗稽核,均曰課。楚辭屈原天問:"僉曰何憂,何不課而行之。"管子明法:"故明主之治也,明分職而課功勞。"㊁賦税,抽税。史記一一〇匈奴傳:"於是(中行)説教單于左右疏記,以計課其人衆畜物。"舊唐書職官志二:"凡賦役之制有四:一曰租,二曰調,三曰役,四曰課。"一本作"雜徭"。㊂指占卜。宋惠洪冷齋夜話九課術有驗無驗:"有日者能課,使之課,莫不奇中。"

【課户】有納税丁口的民户。新唐書食貨志一:"凡主户内有課口者爲課户。"

【課役】㊀課納財賦與分派勞役。後漢書三二樊宏傳:"其營理産業,物無所棄,課役童隸,各得其宜。"㊁賦税及徭役。隋書高祖紀下開皇十八年:"秋七月壬申,詔以河南八州水,免其課役。"新唐書食貨志一:"凡新附之户,春以三月免役,夏以六月免課,秋以九月課役皆免。"

【課馬】唐六典十七諸上牧監:"牝馬四游五課,騍四游六課。"此謂歲課駒犢。明陶宗儀輟耕録七課馬:"俗呼牝馬爲課馬者。"此指母馬。

【課程】㊀按規定數量和內容的工作或學習進程。詩小雅巧言"奕奕寢廟,君子作之"唐孔穎達疏:"以教護課程,必君子監之,乃得依法制也。"宋劉克莊後村集二四即事詩之一:"禿翁未敢佚餘生,洗竹澆蘭立課程。"參見"功課"。㊁按税率收税。金史孫鐸傳:"鐸上言:'民間鈔多,宜收斂。院務課程及諸窠名錢須要全收交鈔。'"元史世祖紀五:"庚午,阿合馬等以軍興國用不足,請復立都轉運司九,量增課程元額,鼓鑄鐵器,官爲局賣,禁私造銅器。"

【課試】考查,考核。韓非子亡徵:"境內之傑不事,而求封外之士,不以功伐課試,而好以名問舉錯,羈旅起貴以陵故常者,可亡也。"後漢書順帝紀:"令諸以詔除爲郎,年四十以上課試如孝廉科者,得參廉選,歲舉一人。"

諮 tà 徒合切,入,合韻,定。
ㄊㄚˋ

㊀妄語。魏書安定王休傳:"譐諮明昏,有虧禮教。"㊁同"沓"。見"諮諮"。

【諮諮】多言貌。同"沓沓"。荀子正名:"故愚者之言,芴然而粗,嘖然而不類,諮諮然而沸。"

誹 fěi 甫微切,平,微韻,幫。
ㄈㄟˇ 方味切,去,未韻,幫。

毀謗。莊子刻意:"刻意尚行,離世異俗,高論怨誹,爲亢而已矣。"注:"非世無道,怨己不遇。"

【誹章】謗書,以不實之詞説人壞話的文書。後漢書三八馮緄傳:"中官相黨,遂共誹章誣緄。"

【誹謗】説人壞話。韓非子難言:"大王若以此不信,則小者以爲毀訾誹謗,大者患禍災害,死亡及其身。"史記高祖紀元年:"(沛公)還軍霸上。召諸縣父老豪傑曰:'父老苦秦苛法久矣,誹謗者族,偶語者弃市。'"

諍 1. zhèng 側迸切,去,諍韻,莊。
ㄓㄥˋ

㊀直言規勸,止人之失。漢劉向説苑臣術:"有能盡言於君,用則留之,不用則去之,謂之諫;用則可生,不用則死,謂之諍。"漢書六四下王褒傳聖主得賢臣頌:"及其遇明君遭聖主也,運籌合上意,諫諍即見聽。"

2. zhēng
ㄓㄥ

㊁爭奪,紛爭。通"爭"。戰國策秦二:"有兩虎諍人而鬬者。"注:"一作爭。"

【諍友】能直言規勸的朋友。漢班固白虎通諫諍:"孝經曰:……士有諍友,則身不離於令名。"今孝經諫争作"爭友"。宋王邁臞軒集十二簡同年刁時中俊卿詩序:"時中,吾諍友也。"

【諍臣】直言諫諍之臣。漢班固白虎通諫諍:"孝經曰:天子有諍臣七人,雖無道不失其天下。"今孝經諫争作"争臣"。唐白居易長慶集四采詩官詩:"諍臣杜口爲冗員,諫鼓高懸作虚器。"

諗 shěn 式任切,上,寢韻,審。
ㄕㄣˇ

㊀規諫,告知。左傳閔二年:"昔辛伯諗周桓公。"國語晉七:"果敢者諗之,則過不隱。"㊁思念。通"念"。詩小雅四牡:"豈不懷歸,是用作歌,將母來諗。"注:"諗,念也。"㊂知悉。也作"諳",義同"審"。

論 1. lùn 盧昆切,平,魂韻,來。
ㄌㄨㄣˋ 盧困切,去,慁韻,來。

㊀議論。周禮考工記:"或坐而論道,或作而行之。"荀子解蔽:"坐於室而見四海,處於今而論久遠。"㊁評論,辯論。禮王制:"凡官民材必先論之,論辨然後使之。"吕氏春秋應言:"入與不入之時,不可不熟論也。"注:"論,辯也。"㊂定罪。史記吕后紀七年:"趙王至,置邸不見,令衛圍守之,弗與食。其羣臣或竊饋,輒捕論之。"㊃文體之一種。南朝梁劉勰文心雕龍四論説:"論也者,彌綸羣言,而研一理者也。"

2. lún
ㄌㄨㄣˊ

㊄見"論₂語"。㊅秩序。通"倫"。禮王制:"凡制五刑,必即天論。"㊆選擇。通"掄"。國語齊:"權節其用,論比協材。"注:"論,擇也。"

【論次】論定次第。即評議編次。史記一二一儒林傳序:"故孔子閔王路廢而邪道興,於是論次詩書,修起禮樂。"

【論列】論次評定。荀子王霸:"相者論列百官之長,要百事之聽,以飾朝廷臣下百吏之分,度其功勞,論其慶賞,歲終奉其成功以效於君。"漢書六二司馬遷傳報任安書:"今已虧形爲埽除之吏,在闒茸之中,迺欲卬首信眉,論列是非,不亦輕朝廷、羞當世之士邪!"

【論死】判處死刑。漢書天文志:"鉅鹿都尉謝君男詐爲神人,論死,父免官。"

【論思】議論思考。文選漢班孟堅(固)兩都賦序:"故言語侍從之臣,若司馬相如……之屬,朝夕論思,日月獻納。"後來多以喻謀畫國事。全唐詩四三李百藥安德山池宴集:"朝宰論思暇,高宴臨方塘。"

【論著】論議著述。史記九九叔孫通傳:"及稍定漢諸儀法,皆叔孫生爲太常所論著也。"後來對議論性著作也稱論著。

【論量】計較是非。金元好問遺山集十一論詩詩之三十:"撼樹蚍蜉自覺狂,書生技癢愛論量。"

【論₂語】爲孔子弟子及其後學關於孔子言行思想的記録。二十篇。漢時有今文齊論魯論及古文古論三家。傳魯論者夏侯勝蕭望之韋賢及其子玄成,傳齊論者王卿庸生王吉。魯共王壞孔子宅爲宫,得古論語,孔安國爲之訓解而世不傳。漢末,鄭玄就魯論篇章考之齊論古論作注,鄭注本獨傳,齊論及古論皆亡。三國魏孫邕鄭沖曹羲荀凱何晏五人同奏進論語集解,盛行於世,集解行而漢魏諸家注皆廢。梁時皇侃作論語義疏,宋咸平中邢昺奉詔改定舊疏,頒於學宫。朱熹以論語孟子大學中庸合爲四書,並作集注,明清科舉取士皆取朱注,集注本遂成爲功令必讀之書。

【論辨】文體之一。今稱論説。清姚鼐古文辭類纂有論辨類。自賈誼起,至蘇王止,其體原於古之諸子。

【論輸】定罪而罰作勞役。史記九一黥布傳:"布已論輸麗山。"正義:"言布論決受黥竟,麗山作陵也。"文選南朝梁任彦昇(昉)天監三年策秀才文:"睚眦有違,論輸左校。"

【論篤】言論厚重樸實。論語先進:"論篤是與,君子者乎?色莊者乎?"

【論衡】漢王充著。凡三十卷,八十五篇,其中招致篇已亡。充家貧,仕止郡功曹,以俗儒守文,多失其實,乃閉門潛思,前後三十年著成此書。疾虚妄而求實證,抨擊當時迷信思想,主張今優於古,皆卓有所見。

【論藏】佛教以經律論爲三藏。佛以自問答的方式論辨法相爲經,佛弟子及諸菩薩又據此解釋經義、論辨法相的有關著作,梵名阿毘達磨藏,義譯爲論藏。參見"三藏"。

【論難】辯論詰難。漢書六六公孫賀等傳贊:"(桓寬)博通善屬文,推衍鹽鐵之議,增廣條目,極其論難,著數萬言。"

【論贊】史傳一篇之末所附的評論。史記列傳稱"太史公曰",漢書稱"贊",漢荀悦前漢記稱"論",晉陳壽三國志稱"評"。史官所撰者稱"史臣曰"。其他稱"議"、"詮"、"述"等不一,統稱"論贊"。

【論黄數黑】談論是非曲直。古今雜劇元鄭德輝王粲登樓一:"可着我怎挂眼,只待要論黄數黑在筆硯閒。"元曲選楊文奎兒女團圓一:"你入門來便鬧起,有甚的論黄數黑。"

【論₂語正義】書名。1.宋邢昺撰。又名論語注疏。二十卷。疏釋何晏集解,削去皇侃論語義疏之宂蔓,兼採諸儒之說。2.清劉寶楠撰,二十四卷。以何晏集解爲主,旨在存魏晉古著録之舊,而鄭玄遺注悉載疏内。書未完而卒,其子恭冕續成。此書之解釋、考證甚爲周詳,實勝舊疏。

諈 zhuì ㄓㄨㄟˋ 竹恚切,去,寘韻,知。

見下。

【諈諉】鈍滯。列子力命:"眠娗、諈諉、勇敢、怯疑,四人相與游於世,胥如志也。窮年不相謫發,自以行無戾也。"注:"諈諉,鈍滯也。"四者皆爲寓言中擬託人名。

諉 wěi ㄨㄟˇ 女恚切,去,寘韻,娘。

推託。漢書四八賈誼傳上疏陳政事:"然尚有可諉者,曰疏,臣請試言其親者。"注引蔡謨:"諉者託也。尚可託言(韓)信、(彭)越等以疏故反。"又六七胡建傳上奏:"丞於用法疑,執事不諉上,臣謹以斬,昧死上聞。"建時爲守軍正丞,故自稱丞。見法卽行,不以事累於上。

調 1. tiáo ㄊㄧㄠˊ 徒聊切,平,蕭韻,定。

㊀調和,調節。詩小雅車攻:"決拾既佽,弓矢既調。"箋:"調謂弓强弱與矢輕重相得。"墨子雜守:"先舉城中官府,民宅室署,大小調處。"㊁畜養訓練。史記秦紀:"大費拜受,佐舜調馴鳥獸。"㊂嘲笑,調戲。通"啁"。世説新語排調:"康僧淵目深而鼻高,王丞相(導)每調之。"

2. diào ㄉㄧㄠˋ 徒吊切,去,嘯韻,定。

㊃徵發,徵調。史記秦始皇紀二世三年:"當食者多,度不足,下調郡縣轉輸菽粟芻槀,皆令自齎糧食,咸陽三百里内不得食其穀。"㊄遷轉。史記一〇二張釋之傳:"以貲爲騎郎,事孝文帝,十歲不得調,無所知名。"㊅轉動,對换。後漢書五九張衡傳應閒:"參輪可使自轉,木雕猶能獨飛,已垂翅而還故棲,盍亦調其機而銛諸?"玉臺新詠七梁武帝織婦詩:"調梭輟寒夜,鳴機罷秋日。"㊆計算,調查。漢書四九鼂錯傳:"要害之處,通川之道,調立城邑,毋下千家。"注:"調,謂算度之也,總計城邑之中令有千家以上也。"又:"會賓嬰言爰盎,詔召入見,上方與錯調兵食。"㊇一種徵收紡織品的户税。漢末魏晉有户調,每年徵收絹綿若干。唐時有租、庸、調之法。見"租庸調"。㊈才情。三國志蜀孟光傳:"吾今所問,欲知其權略智調何如也。"㊉樂律曰調。如曲調、聲調、腔調、宮調等。晉書四九嵇康傳:"因索琴彈之,而爲廣陵散,聲調絶倫,遂以授康。"㊀㊀指詩的韻律。新唐書一八三鄭綮傳:"綮本善詩,其語多俳諧,故使落調,世共號'鄭五歇後體'。"

3. zhōu ㄓㄡ 張流切,平,尤韻,知。

㊀㊁通"朝"。見"調₃飢"。

【調人】官名。周禮地官調人:"調人,掌司萬民之難而諧和之。"後遂稱居間調停者爲調人。晉劉兆撰春秋調人,調停春秋公羊傳、穀梁傳、左傳三家之説。

【調元】喻宰相調和陰陽,執掌政柄。宋范成大石湖集六知郡檢計齋醮禱雨登時感通輒賦古風以附輿頌詩:"我評兹事與天通,知公小試調元手。"

【調皮】頑皮,不老實。古今名劇元缺名度柳翠楔子:"你這和尚,風張風勢,說謊調皮,没些兒至誠的。"元明雜劇元鄭德輝虎牢關三戰吕布一:"爲頭説謊,調皮無賽。"

【調₂白】俗稱以假易真爲調白,亦稱調包。元典章五七禁局騙:"一等無籍之徒,游手好閒,不務生理,尋常糾合惡黨,欺遏良善,局騙錢物,恃此爲生。其局之名七十有二。略舉如太學龜、美人局、調白之類是也。"

【調伏】佛教謂調和心口意三業,以制伏諸惡。引申爲降伏。維摩詰經香積佛品:"以難化之人,心如猨猴,故以若干種法,制御其心,乃可調伏。"舊唐書七六蜀王愔傳:"禽獸調伏,可以馴擾於人;鐵石鐫鍊,可爲方圓之器。"

【調序】㊀樂律名。卽太簇的三十四律之一。見隋書律曆上。㊁猶調節。漢書宣帝紀元康元年三月詔:"朕未能章先帝休烈,協寧百姓,承天順地,調序四時。"

【調弄】㊀演奏樂器。全唐詩六五一方干聽段處士彈琴:"幾年調弄七條絲,元化分功十指知。"㊁擺布,戲弄。宋劉克莊後村集一九〇賀新郎蒙恩主崇禧詞:"被賀監、天隨調弄,做取散人千百歲。"宣和書譜五正書三:"而(吴)彩鸞在歌場中作調弄語以戲(文)簫。"

【調和】㊀和合,協調。墨子節葬下:"是故凡大國之所以不攻小國者,積委多,城郭修,上下調和。"荀子修身:"血氣剛强,則柔之以調和。"㊁調味。吕氏春秋去私:"庖人調和而弗敢食,故可以爲庖。"引申爲調味品,如油鹽醬醋之類。西遊記六八:"行者暗笑道:沙僧,好生煮飯,等我們去買調和來。"

【調侃】譏笑。盛明雜劇沈君庸鞭歌妓:"調侃咱,夾被兒當奮發;嫌鄙咱,繡簾下不撐達。"

【調₂度】㊀安排,調遣。漢書九三董賢傳:"太皇太后召大司馬賢,引見東廂,問以喪事調度,賢内憂,不能對,免冠謝。"㊁謂徵調賦税。後漢書二五魯恭傳上疏:"今始徵發,而大司農調度不足。"㊂格調,器度。楚辭屈原離騷:"和調度以自娱兮,聊浮游以求女。"漢王逸注:"言我雖不見用,猶和調己之行度。"此以和調爲連語。清蔣驥注:"調,格調;度,器度也。"則以調度爲連語。

【調₃飢】謂朝飢。表渴慕的心情。詩周南汝墳:"未見君子,惄如調飢。"箋:"未見君子之時,如朝飢之思食。"韓詩作"朝"。

【調氣】㊀猶言調息身心。漢陸賈新語道基:"調氣養性,仁者壽長;美才次德,義者行方。"唐白居易長慶集六四負春:"病來道士教調氣,老去山僧勸坐禪。"㊁一年二十四節氣,每月二氣,月初爲節,月中爲氣。調氣謂和調節氣。南朝梁江淹江文通集八蕭太傅東耕教:"今玄司調氣,青祇佇節。"

【調笑】嘲戲取笑。玉臺新詠一辛延年羽林郎:"依倚將軍勢,調笑酒家胡。"三國志魏華佗傳"阿從其言,壽百餘歲"注引東阿王辯道論:"世有方士,吾王悉所招致,……自家王與太子及余兄弟咸以爲調笑,不信之矣!"

【調息】調勻鼻息。宋朱熹朱文公集八五有調息箴。

【調理】㊀調和。莊子天運:"應之以自然,然後調理四時。"漢荀悦前漢紀文帝元年:"宰相在上佐天子,調理陰陽,下遂萬物之宜。"㊁調治療養。宋蘇軾東坡集續集七與馮祖仁書之三:"又苦河魚之疾,少留調理乃行,益遠,愈增瞻繫也。"

【調梅】指宰相的職務。全唐詩九二李乂奉和幸望春宮送朔方軍大總管張仁亶:"上宰調梅寄,元戎細柳威。"參見"調鼎"。

【調停】謂居間和解。宋蘇轍欒城集後集十三潁濱遺老傳下:"自元祐初革新庶政,至是五年矣,一時人心已定,惟元豐舊黨,分布中外,多起邪説以搖撼在位,吕微仲(大防)與中書郎劉莘老(摯)二人尤畏之,皆持兩端爲自全計,遂建言欲引用其黨,以平舊怨,謂之調停。"

【調達】和諧通暢。三國魏阮籍阮步兵集樂論:"陰陽調達,和氣均通。"晉書桓伊傳:"帝善其調達,乃敕御妓奏笛。"指樂音。南朝梁鍾嶸詩品上晉黄門郎張協:"風流調達,實曠代之高手。"指詩的風格。

【調₂發】調取徵發。漢書九九中王莽傳:"調發諸郡兵穀,復訾民取其十四。"

【調鼎】書説命下:"若作和羹,爾惟鹽梅。"鹽、梅都是調味品。意謂商王武丁立傅説爲相,欲其治理國家,如調鼎中之味,使之協調。後因以調鼎爲宰相職責之喻稱。唐孟浩然集四都下送辛大之鄂詩:"未逢調鼎用,徒有濟川心。"舊唐書一七〇裴度傳文宗詔曰:"果聞勿藥之喜,更佇調鼎之功。"

【調₂遣】調度差遣。宋史理宗紀四:"丙辰詔選精鋭招信、泗州千人…… 赴京聽調遣。"

【調節】協調,調整。藝文類聚九二晉摯虞鴳鵝賦:"其在水也,則巧態多姿,調節柔骨。"唐白居易長慶集四六策林十九息游惰:"王者平均其貴賤,調節其輕重,使百貨流通,四人交利。"

【調齊】調整使之均適符合要求。荀子富國:"時其事,輕其任,以調齊之。"又見王霸、議兵。淮南子本經:"煎熬焚炙,調齊和之適,以窮荆吴甘酸之變。"齊也作"劑"。今謂配藥物以成方劑也稱調劑。

【調調】摇動貌。莊子齊物論:"泠風則小和,飄風則大和,厲風濟則衆竅爲虚。而獨不見之調調之刁刁乎?"

【調曆】古曆法名。傳説出於黄帝。漢書律曆志上:"案漢元年不用黄帝調曆。"又(張)壽王及待詔李信治黄帝調曆,課皆疏闊。見晉書律曆志中。

【調戲】戲弄,嘲謔。後漢書二八下馮衍傳注引衍與婦弟任武達書:"房中調戲,布散海外。"晉書熊遠傳上疏:"陛下憂勞於上,而羣官未同戚容於下,每有會同,務在調戲酒食而已。"後多指戲侮婦女。水滸七:"調戲良人妻子,當得何罪?"

【調燮】調和元氣,諧理陰陽。指宰相之職。宋王安石臨川集六和王微之登高齋詩之一:"風豪雨横費調燮,坐使髮背爲黄台。"宋史二九三田錫傳:"端拱二年,京畿大旱,錫上章,有'調燮倒置'語,忤宰相,罷爲户部郎中。"

【調羹】㊀指宰相之職。元詩選蒲道源閑居叢藁郭某席間賦:"調羹事業無勞問,深謝諸公愧不能。"參見"調鼎"。㊁湯匙,喝湯用的小勺。清段玉裁説文解字注:"匕,今江蘇所謂搽匙、湯匙也,亦謂之調羹。"參閲近人章炳麟新方言六庇。

【調護】調理保護。史記留侯世家:"上曰:煩公幸卒調護太子。"金史一一〇楊雲翼傳:"夏秋之交病者相籍,雲翼提舉醫藥,躬自調護,多所全濟。"

【調露】唐李治(高宗)年號。公元697年。

【調攝】調理保養。漢焦延壽易林一屯之泰:"坐位失處,不能自居,調攝違和,陰陽顛倒。"唐白居易長慶集三九答裴垍讓中書侍郎平章事表:"宜加調攝,速就平和,以副虚懷,無爲固讓。"

【調鹽】指宰相之職。宋王安石臨川集十六送鄆州知府宋諫議詩:"治裝行入覲,金鼎重調鹽。"參見"調梅"、"調鼎"。

【調₂水符】取水的竹籤。宋蘇軾分類東坡詩八詩題:"愛玉女洞中水,既致兩缾,恐後復取,而爲使者見紿,因破竹爲契,使寺僧藏其一,以爲往來之信,戲謂之調水符。"時軾爲鳳翔簽判。

【調三斡四】挑撥、播弄是非。元曲選缺名貨郎旦四:"尋這等閒公事,他正是節外生枝,調三斡四,只教你大渾家吐不的嚥不的這一個心頭刺。"也作"調三窩四"。紅樓夢六三:"晴雯笑道:你如今也學壞了,專會調三窩四。"

【調₂虎離山】把對方從有利地勢調開。西遊記五三:"我是個調虎離山計,哄你出來爭戰。"

【調脂弄粉】指婦女整容打扮。古今詩話:"徐仲雅李九臯俱善詩,徐詩富豔,李多用事。李謂徐曰:'公詩如美女善調脂弄粉。'徐曰:'公詩乃甖冥器者,乃垛疊死人耳。'"

【調嘴弄舌】耍嘴皮。清平山堂話本快嘴李翠蓮:"這早晚,東方將亮了,還不梳妝完,尚兀子調嘴弄舌!"又作"調嘴調舌"。金瓶梅四八:"怪短命!誰和你那等調嘴調舌的?"

諂

chǎn 丑琰切,上,琰韻,徹。
ㄔㄢˇ

奉承,獻媚。説文作"讇"。論語學而:"貧而無諂,富而無驕。"

【諂骨】指諂媚的人。唐王建詩六寄上韓愈侍郎:"碑文合遣貞魂謝,史筆應令諂骨羞。"

【諂笑】强笑以討好人。孟子滕文公下:"脅肩諂笑,病于夏畦。"

【諂淚】僞哭以求憐。全唐文六八四張仲方駁李吉甫謚議:"諂淚在臉,遇便則流。"

諛

yú 羊朱切,平,虞韻,喻。
ㄩˊ

諂媚,用不實之詞奉承人。書冏命:"僕臣正,厥后克正;僕臣諛,厥后自聖。"荀子修身:"以不善先人者謂之諂。以不善和(hè)人者謂之諛。"

【諛墓】唐李商隱李義山文集四劉乂:"後以争語不能下諸公,因持(韓)愈金數斤去,曰:'此諛墓中人得耳,不若與劉君爲壽!'"此言韓愈爲人作碑銘,多諛辭得厚酬。後謂阿諛死人爲諛墓。宋陸游劍南詩稿五三題齋壁:"作碑諛墓已絶筆,紬史藏山猶苦心。"

誽

ná 妳佳切,平,佳韻,娘。
ㄋㄚˊ

窺伺。墨子經上:"服執誽。"清孫詒讓閒詁:"服謂言相從而不執;執謂言相持而不服;誽則不服不執而相伺,若鬼谷子所謂抵巇者。"

誰

shuí 視隹切,平,脂韻,禪。
ㄕㄨㄟˊ

㊀疑問代詞,用以問人,也用以泛稱。詩大雅桑柔:"誰生厲階,至今爲梗。"論語微子:"夫執輿者爲誰?"㊁發語詞。見"誰昔"。

【誰何】㊀誰人,哪個。莊子應帝王:"吾與之虚而委蛇,不知其誰何。"淮南子本經:"兼包海内,澤及後世,不知爲之者誰何?"㊁稽察詰問。六韜虎韜金鼓:"凡三軍以戒爲固,以怠爲敗,令我壘上,誰何不絶。"史記秦始皇紀引賈誼過秦論:"良將勁弩守要害之處,信臣精卒陳利兵而誰何。"

【誰昔】疇昔,從前。誰,發語詞。詩陳風墓門:"知而不已,誰昔然矣。"

【誰差】徵詢挑選。漢書七五眭弘傳:"漢帝宜誰差天下,求索賢人。"注:"孟康曰:'誰,問;差,擇也。問擇天下賢人。'"

【誰爲爲之】漢書六二司馬遷傳報任安書:"諺曰:'誰爲爲之?孰令聽之?'"注:"言無知己者,設欲修名節,立言行,誰可爲作之,又令誰聽之?"上"爲"字讀去聲。猶言不逢知音,無可作爲。

誾 yín 語巾切，平，真韻，疑。
ㄧㄣˊ

見下。

【誾誾】㊀和顏悅色貌。論語先進："閔子侍側，誾誾如也。"㊁香氣盛烈。文選漢司馬長卿(相如)長門賦："桂樹交而相紛兮，芳酷烈之誾誾。"

訾 qiān 去乾切，平，仙韻，溪。
ㄑㄧㄢ

罪過，過失。古"愆"字。禮緇衣引詩："淑愼爾止，不訾于儀。"今詩大雅抑作"愆"。漢書七七劉輔傳辛慶忌等上書："朝廷無諫諍之士，元首無失道之訾。"

【訾殃】過錯，過失。文選漢司馬長卿(相如)長門賦："揄長袂以自翳兮，數昔日之訾殃。"

九　畫

諠 xuān 況袁切，平，元韻，曉。
ㄒㄩㄢ

㊀忘記。通"諼"。禮大學引詩："有斐君子，終不可諠兮。"注："諠，忘也。"詩衛風淇奧作"諼"。㊁聲大而雜。同"喧"。南朝宋鮑照鮑氏集三代東武吟詩："主人且勿諠，賤子歌一言。"後漢書二十銚期傳："光武趣駕出，百姓聚觀，諠呼滿道，遮路不得行。"

【諠吹】聲音嘈雜。同"喧吹"。廣弘明集二四南朝梁劉峻東陽金華山棲志："酒酣耳熱，屢舞諠吹。"

【諠譁】聲大而嘈雜。同"喧譁"。吕氏春秋樂成："衆雖諠譁，而弗爲變。"史記一〇一鼂錯傳："錯所更令三十章，諸侯皆諠譁疾鼂錯。"

諦 1. dì 都計切，去，霽韻，端。
ㄉㄧˋ

㊀細察，注意。關尹子九藥："諦毫末者，不見天地之大。"漢劉向說苑權謀："聖王之舉事，必先諦之於謀慮。"㊁佛家語。意同真言、真理。唐玄奘譯大毗婆沙論七七："問，何故名諦？諦是何義？答，實義是諦義，真義、如義、不顛倒義、無虛誑義是諦義。"唐姚合姚少監詩集三寄郁上人："誰爲傳真諦，唯應是上人。"

2. tí 集韻 田黎切，平，齊韻。
ㄊㄧˊ

㊂通"啼"。見"諦₂號"。

【諦思】仔細思考。三國志魏杜畿傳："民嘗辭訟，有相告者，畿親見爲陳大義，遣令歸諦思之，若意有所不盡，更來詣府。"

【諦視】仔細審視。三國志魏吳質傳"封列侯"注引質别傳："帝嘗召質及曹休歡會，命郭后出見質等。帝曰：'卿仰諦視之。'其至親如此。"

【諦當】恰當，精確。景德傳燈錄十三郢州興陽山清讓禪師："僧問：大通智勝佛十劫坐道場，佛法不現前不得成佛道時，如何？師曰：其問甚諦當。"宋朱熹朱文公集四二答吳晦叔："其間精微處，恐儘有病在，且得存之，異時或稍長進，自然見得諦當，改易不難。"

【諦₂號】號哭。荀子禮論："歌謠謸笑，哭泣諦號，是吉凶憂愉之情發於聲音者也。"注："諦讀爲啼。管子曰：'豕人立而諦。'古字通用。"今本管子大匡作"豕人立而啼"。

【諦聽】認真聽取，細細聽。楞嚴經二："汝應諦聽，今當示汝。"唐白居易長慶集五一霓裳羽衣歌和微之："當時乍見驚心目，凝視諦聽殊未足。"

諳 ān 烏含切，平，覃韻，影。
ㄢ

㊀熟悉，知道。後漢書三三虞延傳："延進止從容，占拜可觀，其陵樹株蘖，皆諳其數，俎豆犧牲，頗曉其禮。"唐白居易長慶集六七憶江南詞之一："江南好，風景舊曾諳。"㊁熟記，背誦。南齊書陸澄傳："(王)儉自以博聞多識，讀書過澄。澄曰：'令君少便鞅掌王務，雖復一覽便諳，然見卷軸未必多僕。'"

【諳事】熟悉事理。晉書刑法志："故諳事識體者，善權輕重，不以小害大，不以近妨遠。"

【諳達】滿族語。意爲夥伴、朋友。清制：皇子入學後，除師傅外，選派八旗翻繹出身人員教滿蒙書，稱内諳達；選派各旗營參佐領教弓箭騎射，稱外諳達；管理鞍轡及教演鳥槍等事人員，亦稱諳達。又有總諳達，由貴臣充任。見清梁章鉅稱謂錄十二上書房行走。

【諳練】熟習。晉書刁協傳："協久在中朝，諳練舊事，凡所制度，皆稟於協焉，深爲當時所稱許。"

諺 yàn 魚變切，去，線韻，疑。
ㄧㄢˋ

㊀長期流傳下來文詞固定的常言。左傳桓十年："周諺有之：'匹夫無罪，懷璧其罪。'"㊁粗俗。通"喭"。書無逸："厥子乃不知稼穡之艱難，乃逸乃諺，既誕。"㊂弔喪。通"唁"。南朝梁劉勰文心雕龍五書記："諺者，直語也。喪言亦不及言，故弔亦稱諺。"

諫 sù 桑故切，去，暮韻，心。
ㄙㄨˋ

"訴"的别體。宋書謝靈運傳撰征賦："風流蕙兮水增瀾，諫愁衿兮鑑戚顏。"今本作"訴"。參閱說文"訴"清段玉裁注。

諞 pián 房連切，平，仙韻，並。
ㄆㄧㄢˊ

符善切，上，獮韻，並。

符蹇切，上，獮韻，並。

巧辯。通"便㊈"。書秦誓："惟截截善諞言，俾君子易辭。"說文："諞，便巧言也。……論語曰：'友諞佞。'"今本論語季氏作"友便佞"。

諢 hùn 五困切，去，慁韻，疑。
ㄏㄨㄣˋ

詼諧有趣，令人發笑的話。玉篇："諢，弄言。"也指說滑稽逗趣話的人。新唐書二二五上史思明傳："思明愛優諢，寢食常在側。"

【諢名】綽號，花名。水滸二九："那廝姓蔣名忠，有九尺來長身材，因此江湖上起他一個諢名，叫做蔣門神。"

【諢話】引人發笑的話。宋陳鵠西塘集耆舊續聞三："元豐末東坡赴闕，道出南都，……坡至都下，就宋氏借本看。宋氏諸子不肯出，謂東坡滑稽，萬一摘數語作諢話，天下傳爲口實矣。"

謎 mí 莫計切，去，霽韻，明。
ㄇㄧˊ

隱語。古稱廋詞。南朝宋鮑照鮑氏集有井謎詩。梁劉勰文心雕龍三諧隱："謎也者，迴互其辭，使昏迷也。"

【謎子】謎語的俗稱。宋胡仔苕溪漁隱叢話前集五五宋朝雜記下："劉義落葉詩云：'返蟻難尋穴，歸禽易見窠。滿廊僧不厭，一片俗嫌多。'鄭谷柳詩云：'半煙半雨溪橋畔，閒杏閒桃山路中。會得離人無限意，千絲萬絮惹春風。'或戲謂此二詩乃落葉及柳謎子，觀者試一思之，方知其善謔也。"

【謎語】暗示事物或文字等需人猜測而後知的隱語。南朝梁劉勰文心雕龍三諧隱："自魏代已來，頗非俳優，而君子嘲隱化爲謎語。"唐段成式酉陽雜俎前集五怪術："張魏公(延賞)在蜀時，有梵僧難陀，得如幻三昧，……時時預言人凶衰，皆謎語，事過方曉。"

諮 zī 即夷切，平，脂韻，精。
ㄗ

商量，徵詢。同"咨"。後漢書二七趙典傳："朝廷每有災異疑議，輒諮問之。"參見"咨㊀"。

【諮報】宋代官文書名。宋洪邁容齋隨筆九翰苑故事："公文至三省，不用申狀，但尺紙直書其事，右語云：'諮報尚書省，伏候裁旨'，月日押。謂之諮報。"參見"咨㊃"。

【諮詢】徵求意見。楚辭漢王逸九思疾世："紛載驅兮高馳，將諮詢兮皇羲。"三國志吳是儀傳："太子敬之，事先諮詢，然後施行。"

【諮諏】徵求詢問。三國志蜀諸葛亮傳章武三年上疏："陛下亦宜自謀，以諮諏善道，察納雅言，深追先帝遺詔。"

【諮謀】商議。左傳桓六年："夏，會于成。紀來諮謀齊難也。"南朝梁劉勰文心雕龍五議對："周爰諮謀，是謂爲議。"

【諮議】詢問商議。三國志魏田疇傳："遂隨使者到軍，署司空户曹掾，引見諮議。"晉公府皆置諮議參軍，取諮詢謀議軍事而名，位在諸參軍之上。

諫 jiàn 古晏切，去，諫韻，見。ㄐㄧㄢ

㊀直言規勸。多用以下對上。周禮地官保氏："保氏掌諫王惡。"墨子非儒下："務善則美，有過則諫。"㊁姓。周禮有司諫之官，因以爲氏。漢有治書御史諫忠。見通志二八氏族四以官爲氏。

【諫官】掌諫諍的官員。漢班固白虎通諫諍："君至尊，故設輔弼置諫官。"諫官之設，歷代不一，如漢唐有諫議大夫，唐又有補闕、拾遺，宋有左右諫議大夫、司諫、正言等。

【諫果】果名。1.橄欖。因果味雖澀，但食後回甘，有如忠言逆耳，故名諫果。宋趙蕃章泉稿四倪秀才惠橄欖詩之二："直道堪嗟故不容，更持諫果欲誰從。"參閱本草綱目三一果三橄欖。2.餘甘子。果味雖苦，然苦中有甘，故亦名諫果。見元周密齊東野語十四諫筍諫果。

【諫珂】傳説中鳥名。文身而朱足，憎烏而愛狐。見漢劉向説苑辨物。

【諫垣】諫官官署。唐白居易長慶集十五張十八詩："諫垣幾見遷遺補，憲府頻聞轉殿監。"舊唐書一六六元稹傳："既居諫垣，不欲碌碌自滯，事無不言，卽日上疏論諫職。"

【諫草】諫書的草稿。三國志魏賈逵傳注引魏略："逵受教謂其同寮三主簿曰：'今實不可出，而教如此，不可不諫也。'乃建諫草以示三人。"唐杜甫杜工部草堂詩箋十二晚出左掖："避人焚諫草，騎馬欲雞棲。"

【諫院】諫官官署。宋龐元英文昌雜録補遺："余前記唐諫議、(拾)遺、補(闕)在左右省，而劉禹錫送(國子)令狐博士(赴輿元覲省)云'諫院過時榮棣萼'，已有諫院之名，何哉？按(唐)會要：貞元中，薛元輿爲諫議大夫，奏云：'諫官所上封章，事皆機密，每進一封，兩省印署，凡有封奏，人且先知，請別鑄諫院印，庶免漏泄。'乃知'諫院'之名舊矣。"宋代專設諫院，以左右諫議大夫爲之長，下隸司諫、正言。遼金沿置，元廢。宋司馬光司馬温國公集六六有諫院題名記。參閱宋史職官志一門下省及中書省、續文獻通考五二職官。

【諫筍】苦筍。元周密齊東野語十四諫筍諫果："(涪翁)嘗賦苦筍云：'苦而有味，如忠諫之可活國。'放翁又從而奬之云：'我見魏徵殊嫵媚，約束兒童勿多取。'於是世以諫筍目之。"

【諫鼓】設於朝廷供進諫者敲擊以聞之鼓。管子桓公問："舜有告善之旌，而主不蔽也；禹立諫鼓於朝，而備訊唉。"一本作"建鼓"。藝文類聚十九晉孫楚反金人銘："堯懸諫鼓，舜立謗木。"

【諫議大夫】官名。秦置諫大夫掌論議，無定員，多至數十人，屬郎中令。漢屬光禄勳。東漢改爲諫議大夫，歷代因之。隋屬門下省，煬帝曾一度廢置。唐復置。後又分爲左諫議大夫、右諫議大夫，分屬門下省、中書省。宋仍之，並以爲諫院之長。元無諫官。明洪武二十五年復置，不久又廢。參閱文獻通考五十職官四、續通典二一職官三。

諶 chén 氏任切，平，侵韻，禪。ㄔㄣˊ

㊀相信。書咸有一德："嗚呼！天難諶，命靡常。"傳："以其無常，故難信。"㊁的確。楚辭屈原九章哀郢："外承歡之汋約兮，諶荏弱而難持。"㊂姓。漢有荆州刺史諶仲葉。見明陳士元姓觿四。

諾 nuò 奴各切，入，鐸韻，泥。ㄋㄨㄛˋ

㊀應承之詞。疾應曰"唯"，緩應曰"諾"。禮玉藻："父命呼，唯而不諾。"戰國策齊四："孟嘗君不説，曰：'諾，先生休矣。'"㊁應允。老子："夫輕諾必寡信，多易必多難。"史記一〇〇季布傳："楚人諺曰'得黄金百(斤)，不如得季布一諾。'"㊂文書上所簽之字。三國志吳黄蓋傳下諸曹教："一以文書委付兩掾，……兩掾所置，事入諾出。"梁書陳伯之傳："伯之不識書，及還江州，得文牒辭訟，惟作大諾而已。"參見"畫諾㊀"。

【諾皋】呼召鬼神之詞。抱朴子登涉："往山林中，……禹步而行，三呪曰：'諾皋，太陰將軍。'"舊傳人死招魂，登屋而呼曰皋，下有人代魂應聲曰諾，故稱"諾皋"。唐段成式酉陽雜俎中有諾皋記一篇，專記鬼神怪異之事。參閱宋姚寬西溪叢語(説郛九)。

【諾諾】答應之詞。有順從意。韓非子八姦："優笑侏儒，左右近習，此人主未命而唯唯，未使而諾諾，先意承旨，觀貌察色，以先主心者也。"史記六八商君傳："千人之諾諾，不如一士之諤諤。"

【諾龍】水蟲名。出南海，狀如蜥蜴，微有龍狀。見太平廣記四七八(唐房千里)投荒雜録。清彭孫遹延露詞浣溪沙豔情："皋厭細捘紈簟上，諾龍私貯繡襟前。"

諜 dié 徒協切，入，怗韻，定。ㄉㄧㄝˊ

㊀間諜，細作。左傳宣八年："晉人獲秦諜。"也指秘密刺探敵情。又桓十二年："羅人欲伐之，使伯嘉諜之。"㊁譜諜。通"牒"。史記三代世表："余讀諜記，黄帝以來皆有年數。"㊂通"喋"。見"諜諜"。

【諜報】秘密報告敵情。宋史理宗紀三淳祐七年詔："淮安主簿周子鎔，久俘于此，數遣蠟書諜報邊事。"

【諜諜】説話無休無止，囉唆煩瑣。同"喋喋"。史記一〇二張釋之傳："夫絳侯東陽侯稱爲長者，此兩人言事曾不能出口，豈斆此嗇夫諜諜利口捷給哉！"索隱："漢書作'喋喋'，口多言。"

謀 móu 莫浮切，平，尤韻，明。ㄇㄡˊ

㊀計謀，籌策。書洪範："明作哲，聰作謀。"詩小雅皇皇者華："載馳載驅，周爰咨謀。"傳："咨事之難易爲謀。"㊁計議，商量。詩衛風氓："匪來貿絲，來卽我謀。"㊂圖謀，營求。論語衛靈公："君子謀道不謀食。"㊃姓。春秋周卿士祭公謀父之後，以字爲氏。見漢應劭風俗通姓氏上。

【謀主】主謀的人。左傳襄二六年："析公奔晉，晉人寘諸戎車之殿，以爲謀主。"三國志蜀法正傳："以正爲蜀郡太守、揚威將軍，外統都畿，內爲謀主。"

【謀生】圖謀生計。唐白居易長慶集十四題施山人野居詩："得道應無著，謀生亦不妨。"宋蘇軾分類東坡詩二一送安節十四首之十四："應笑謀生拙，團團如磨驢。"

【謀克】金代軍政合一的基層政權單位，大抵一謀克轄三百户，七至十謀克爲一猛安。其後又改爲每二十五人爲一謀克，四謀克爲一猛安，每謀克有蒲輦一人、旗鼓司火頭五人，其任戰者纔十八人，不足成隊伍，但存其名而已。參閱金史太祖紀、兵志。

【謀府】謂謀議所從出之處。莊子應帝王："無爲名尸，無爲謀府。"唐成玄英疏："虛淡無心，忘懷任物，故無復運爲謀慮於靈府耳。"

【謀面】書立政："謀面用丕訓德，則乃宅人。"孔傳以"謀面"爲"謀所面見之事"，猶言"目覩"；宋蔡沈謂爲"謀人之面貌"，則猶言"以貌取人"；清孫星衍謂爲"察其言，觀其色"，則猶言"面試"。三說各異。今稱"謀面"，是指彼此欲圖相見。

【謀猶】計謀。猶，通"猷"。詩小雅小旻："我視謀猶，伊于胡底。"也作"謀猷"。書文侯之命："越小大謀猷，罔不率從。"

諵 nán ㄋㄢˊ 女咸切，平，咸韻，娘。

見下。

【諵諵】低語聲。同"喃喃㊀"。唐韓愈昌黎集五酬司門盧四兄雲夫院長望秋作詩："日來省我不肯去，論詩說賦相諵諵。"

諴 xián ㄒㄧㄢˊ 胡讒切，平，咸韻，匣。

和，和協。書大禹謨："至諴感神，矧茲有苗。"又召誥："嗚呼！有王雖小，元子哉！其丕能諴于小民，今休。"

【諴雅】樂曲名。南朝梁沈約製。南北郊降神及明堂、太廟送神用，取尚書大禹謨"至諴感神"之意。見隋書音樂志上。

諱 huì ㄏㄨㄟˋ 許貴切，去，未韻，曉。

㊀隱諱。公羊傳閔元年："春秋爲尊者諱，爲親者諱，爲賢者諱。"左傳僖元年："公出復入，不書，諱之也。諱國惡，禮也。"㊁迴避，顧忌。墨子非命上："福不可請，禍不可諱。"史記范睢傳："華陽涇陽等擊斷無諱。"也指避忌的事物。楚辭漢東方朔七諫謬諫："願承閒而效志兮，恐犯忌而干諱。"㊂指對君主、尊長輩的名字避開不直稱。禮曲禮上："禮不諱嫌名，二名不偏諱。逮事父母，則諱王父母；不逮事父母，則不諱王父母。"又於人死後書其名，名前稱"諱"，以示尊敬。漢荀悅前漢紀高祖紀："漢高祖諱邦，字季。"唐韓愈昌黎集二八試大理評事王君墓誌銘："君諱適，姓王氏。"

【諱忌】禁忌。漢王充論衡四諱："實說諱忌產子乳犬者，欲使人常自潔清，不欲使人被污辱也。"後漢書四六郭鎮傳："司隸校尉下邳趙興亦不卹諱忌，每入官舍，輒更繕修館宇，移穿改築，故犯妖禁。"

【諱疾】隱瞞缺點錯誤。穀梁傳成九年："晉欒書帥師伐鄭，不言戰，以鄭伯也。爲尊者諱恥，爲賢者諱過，爲親者諱疾。"注："鄭，兄弟之國，故謂之親；君臣交兵，病莫大焉，故爲之諱。"

【諱疾忌醫】本作"護疾忌醫"。比喻護短以避人規勸。濂洛關閩書一宋周子（濂溪）通書過："仲由（子路）喜聞過，令名無窮焉。今人有過，不喜人規，如護疾而忌醫，寧滅其身而無悟也，噫！"後來多作"諱疾忌醫"，比喻有過而不願人知。

【諱莫如深】穀梁傳莊三二年："公子慶父如齊。此奔也，其曰'如'，何也？諱莫如深，深則隱。苟有所見，莫如深也。"疏："謂爲國隱諱，莫如事之最深，深者則隱。深謂君弒、賊奔之深重。以其深重，則爲之隱諱。"後指將事情盡力隱瞞，不使人知。

諝 xǔ ㄒㄩˇ 私呂切，上，語韻，心。ㄒㄩ 相居切，平，魚韻，心。

㊀才智。文選晉陸士衡（機）辯亡論上："謀無遺諝，舉不失策。"㊁計謀。淮南子本經："仁鄙不齊，比周朋黨，設詐諝，懷機械巧故之心，而性失矣。"

諟 shì ㄕˋ 承紙切，上，紙韻，禪。

是，訂正。書太甲上："先王顧諟天之明命，以承上下神祇。"

【諟正】審查訂正。同"是正"。陳書姚察傳："尤好研覈古今，諟正文字，精采流贍，雖老不衰。"

謁 yè ㄧㄝˋ 於歇切，入，月韻，影。

㊀稟告，陳說。禮月令孟春之月："先立春三日，太史謁之天子曰：某日立春。"戰國策秦一："臣請謁其故。"㊁請求。左傳昭十六年："宣子有環，其一在鄭商。宣子謁諸鄭伯，子產弗與。"㊂晉見。史記七九范睢傳："唯睢亦得謁，睢請爲見君於張君。"漢書五九張湯傳："還，謁大將軍（霍）光。"㊃名刺，名帖。史記九七酈生傳："酈生瞋目案劍叱使者曰……使者懼而失謁，跪拾謁，還走。"㊄掌管晉見的近侍。新唐書一七九李訓傳贊："文宗偃然倚之成功，卒爲閹謁所乘。"參見"謁者㊀"。

【謁告】請假。宋史二八三王欽若傳附林特："特體素羸，然未嘗一日謁告。"又四二一常楙傳："與廟堂議事不合，以疾謁告。"

【謁戾】山名。山海經北山經："（謁戾之山）其上多松柏，有金玉，沁水出焉。"淮南子地形作楬戾。

【謁者】㊀通接賓客的近侍。韓非子說林："有獻不死之藥於荊王者，謁者操之以入。"㊁官名。1.秦置，漢因之，掌賓讚。長官爲僕射，又稱大謁者。南北朝置謁者臺，掌朝覲賓饗及奉詔出使。唐廢，以其職屬通事舍人。2.漢有中謁者，屬大長秋。主報中章。隋唐改爲內謁者，置內謁者監。宋以後廢。3.漢哀帝置河堤謁者，掌河堤。歷代省置不常。隋以後併其事於都水監。參閱通典二七職官九、歷代職官表三三鴻臚寺。㊂星名。晉書天文志上："左執法東北一星曰謁者，主贊賓客也。"

【謁刺】名帖。宋祝穆事文類聚別集人事部謁見："文潞公（彥博）判北京，有汪輔之者……初入謁，潞公方坐廳事，閱謁刺，置案上不問。"

【謁舍】客棧。漢書食貨志下："工匠醫巫卜祝及它方技商販賈人坐肆列里區謁舍，皆各自占所爲於其在所之縣官。"注引如淳："謁舍，今之客舍也。"後漢書八一陸續傳："續母遠至京師，覘候消息。……使者問諸謁舍，續母果來。"

【謁選】官吏去吏部等候選派。明錢仲益錦樹集七送方學正赴北京行國監詩："今年及書滿，謁選特超擢。"

【謁醫】請醫。列子周穆王："宋陽里華子中年病忘，朝取而夕忘，夕與而朝忘，……謁醫而攻之，弗已。"

【謁歸】請假回家。史記七八春申君傳："李園求事春申君爲舍人，已而謁歸，故失期。"史記高祖紀三年："魏王豹謁歸視親疾，至則絕河津，反爲楚。"

【謁金門】詞調名。本唐教坊曲名。別名甚多：五代前蜀韋莊詞起句"空相憶，無計得消息"，因名空相憶；張輯詞有"無風花自落"句，因名花自落；又有"樓外垂楊如此碧"句，因名垂楊碧。宋李清臣詞有"楊花落"句，因名楊花落。宋李石名出塞；宋韓淲詞有"東風吹酒面"句，因名東風吹酒面；又有"不怕醉，記取吟邊滋味"句，因名不怕醉；又有"人已醉，溪北溪南春意，擊鼓吹簫花落未"句，因名醉花春；又有"春尚早，春入湖山漸好"句，因名春早湖山。雙調，有四十五字、四十六字諸體。見詞譜五。

諰 xǐ ㄒㄧˇ 胥里切，上，止韻，心。

畏懼。荀子彊國："雖然，則有其諰矣。"

【諰諰】恐懼貌。荀子議兵："秦四世有

勝，諰諰然常恐天下之一合而軋己也。”宋王安石臨川集三九上仁宗皇帝言事書：“四方有志之士，諰諰然常恐天下之久不安。”

謂 wèi 于貴切，去，未韻，于。ㄨㄟˋ

㊀告訴。左傳桓八年：“少師謂隨侯曰：‘必速戰。’”㊁評論，談論。論語公冶長：“子謂子賤，君子哉若人。”㊂稱爲，叫作。孟子滕文公下：“富貴不能淫，貧賤不能移，威武不能屈，此之謂大丈夫。”㊃言，說。戰國策秦二：“義渠君致羣臣而謀曰：‘此乃公孫衍之所謂也。’”注：“謂，猶言也。”㊄勤。詩小雅隰桑：“心乎愛矣，遐不謂矣。”箋：“謂，勤。”㊅猶“與”。史記鄭世家：“晉於是欲得叔詹爲僇。鄭文公恐，不敢謂叔詹言。”㊆通“爲”。漢桓寬鹽鐵論憂邊：“有一人不得其所，則謂之不樂。”

【謂何】爲何，如何。詩小雅節南山：“赫赫師尹，不平謂何。”箋：“謂何，猶云何也。”

諤 è 五各切，入，鐸韻，疑。ㄜˋ

直言。後漢書七九上戴憑傳：“臣無謇諤之節，而有狂瞽之言，不能以尸伏諫，偷生苟活，誠慙聖朝。”

【諤諤】直言貌。韓詩外傳七：“願爲諤諤之臣。”史記六八商君傳：“千羊之皮，不如一狐之掖；千人之諾諾，不如一士之諤諤。”

謔 xuè 虛約切，入，藥韻，曉。ㄒㄩㄝˋ

戲言，開玩笑。詩衛風淇奥：“善戲謔兮，不爲虐兮。”唐李白李太白詩六陌上桑：“不知誰家子，調笑來相謔。”

【謔浪】戲謔放蕩。詩邶風終風：“謔浪笑敖，中心是悼。”唐李白李太白詩二十尋魯城北范居士……摘蒼耳作：“風流自簸蕩，謔浪偏相宜。”

【謔謔】喜樂貌。詩大雅板：“天之方虐，無然謔謔。”

【謔親】舊俗謂“鬧洞房”。明楊愼丹鉛雜録一戲婦：“抱朴子疾謬篇云：‘世俗有戲婦之法’……今此俗世尚多有之，聚婦之家，新壻避匿，羣男子競作戲調，以弄新婦，謂之謔親。”

諧 xié 戶皆切，平，皆韻，匣。ㄒㄧㄝˊ

㊀和合，協調。書舜典：“八音克諧，無相奪倫。”左傳襄十一年：“如樂之和，無所不諧。”㊁詼諧。漢書六五東方朔傳：“上以朔口諧辭給，好作問之。”

【諧比】親狎交結。新唐書一三二吳兢傳：“貫知經史，方直寡諧比。”

【諧臣】即俳優。新唐書一四三元結傳上時議之一：“諧臣顐官，怡愉天顏。”顐官，元次山集八時議上作“戲官”。

【諧易】詼諧平易。新唐書一五一陸長源傳：“長源好諧易，無威儀，而清白自將。”

【諧價】議價成交。後漢書七八張讓傳：“刺史、二千石及茂才孝廉遷除，皆責助軍修宫錢，大郡至二三千萬，餘各有差。當之官者，皆先至西園諧價，然後得去。”注：“諧，謂平論定其價也。”

【諧謔】詼諧逗趣。猶今言開玩笑。晉書顧愷之傳：“愷之好諧謔，人多愛狎之。”

【諧聲】六書之一。即形聲。見“六書”。

諼 xuān 況袁切，平，元韻，曉。ㄒㄩㄢ 況晚切，上，阮韻，曉。

㊀欺詐。公羊傳文三年：“晉陽處父帥師伐楚救江。此伐楚也，其言救江何？爲諼也。”漢書八六師丹傳免丹策：“朕惟君位尊任重，慮不周密，懷諼迷國……甚爲君恥之。”㊁忘記。詩衛風考槃：“獨寐寤言，永矢弗諼。”箋：“諼，忘也。”

【諼草】忘憂之草。即萱草。詩衛風伯兮：“焉得諼草，言樹之背。”韓詩作“萱”。說文引詩作“藼”。參見“萱”、“忘憂草”。

諭 yù 羊戍切，去，遇韻，喻。ㄩˋ

㊀告曉，告示。一般用於上對下。周禮秋官訝士：“訝士掌四方之獄訟，諭罪刑於邦國。”禮祭義：“於是諭其志意。”疏：“曉諭鬼神以志意。”㊁知道，理解。荀子儒效：“其言多當矣，而未諭也。”唐白居易長慶集二秦中吟之十買花：“低頭獨長歎，此歎無人諭。”㊂表明。淮南子主術：“衰經菅屨，辟踊哭泣，所以諭哀也。”㊃比喻。戰國策齊四：“請以市諭，市朝則滿，夕則虛。”

【諭旨】皇帝施於臣下的文書。清制，凡曉諭中外及京官自侍郎以上，外官自知府總兵以上之升降調補稱諭，亦曰上諭，由軍機處撰擬以進。批答内外臣工題本常事，謂之旨，由内閣撰擬以進。通稱諭旨。參閱清會典事例十五内閣職掌承宣諭旨例。

【諭德】官名。唐代於東宫官屬中設左、右諭德各一員，主管對太子的諷諫規勸。取禮文王世子“師也者，教之以事而喻諸德者也”爲名。歷代因之，至清康熙年間裁省。參閱舊唐書職官志一、清通典二三職官一。

諡 shì 神至切，去，至韻，神。ㄕˋ

同“謚”。見該條。

諷 fěng 方鳳切，去，送韻，幫。ㄈㄥˇ

㊀背誦。周禮春官大司樂：“以樂語教國子：興、道、諷、誦、言、語。”注：“倍文曰諷，以聲節之曰誦。”漢書藝文志小學：“太史試學童，能諷書九千字以上，乃得爲史。”㊁不用正言，託辭婉言勸說。通“風”。後漢書五七李雲傳論：“禮有五諫，諷爲上。”

【諷味】誦讀玩味。世說新語賞譽下“太傅東海王（越）鎭許昌”注引趙吳郡（穆）行狀越與穆等書：“然學之所受者淺，體之所安者深，是以閑習禮度，不如式瞻軌儀；諷味遺言，不如親承辭旨。”

【諷刺】以婉言隱語譏刺人。本作“風刺”。詩周南關雎序：“上以風化下，下以風刺上，主文而譎諫，言之者無罪，聞之者足以戒。”箋：“風化、風刺，皆謂譬喻，不斥言也。”南朝梁劉勰文心雕龍五書記：“刺者，達也。詩人諷刺，周禮三刺，事敍相達，若針之通結也。”

【諷喻】同“諷諭”。見該條。

【諷諫】以婉言隱語相勸諫。史記一二六滑稽傳優孟：“多辯，常以談笑諷諫。”又一三〇太史公自序：“作辭以諷諫，連類以爭義，離騷有之。”

【諷諭】用委婉的話進行勸說。文選漢班孟堅（固）兩都賦序：“或以抒下情而通諷諭，或以宣上德而盡忠孝。”也作“諷喻”。三國志吳闞澤傳：“（孫）權嘗問：‘書傳篇賦，何者爲美？’澤欲諷喻以明治亂，因對賈誼過秦論最善。”

【諷一勸百】史記一一七司馬相如傳：“揚雄以爲靡麗之賦，勸百風一，猶馳騁鄭衛之聲，曲終而奏雅，不已虧乎！”後作“諷一勸百”，謂以一事諷諫而有勸戒多事之功。南朝梁劉勰文心雕龍三雜文：“自桓麟七說以下，左思七諷以上，枝附影從，十有餘家。……雖始之以淫侈，而終之以居正。然諷一勸百，勢不自反。”

謏 xiǎo 先鳥切，上，篠韻，心。ㄒㄧㄠˇ 所六切，入，屋韻，山。

見下。

【謏才】小才。才疏學淺。唐柳宗元柳先生集三八爲樊左丞讓官表：“臣實謏才，謬登清貫。”

【謏聞】小有名聲。禮學記：“發慮憲，求善良，足以謏聞，不足以動衆。”注：“謏之言小也。"

十 畫

謇 jiǎn 九輦切,上,獮韻,見。 ㄐㄧㄢˇ

㊀口吃。北史李諧傳:"因謇而徐言。"㊁正直。楚辭屈原離騷:"汝何博謇而好脩兮,紛獨有此姱節。"㊂語首助詞。楚辭屈原九章惜誦:"紛逢尤以離謗兮,謇不可釋。"

【謇吃】口吃。世說新語排調:"此數子者,或謇喫無宮商,或尪陋希言語,……而猶以文采可觀,意思詳序,攀龍附鳳,並登天府。"吃、喫同。

【謇愕】㊀正直。後漢書六六陳蕃傳竇太后詔:"謇愕之操,華首彌固。"參見"謇諤"。㊁聲調亢激。文選晉潘安仁(岳)笙賦:"終嵬峩以謇愕,又颯遝而繁沸。"

【謇諤】正直。後漢書四六陳忠傳上疏:"臣聞仁君廣山藪之大,納切直之謀;忠臣盡謇諤之節,不畏逆耳之害。"文選晉陸士衡(機)辯亡論:"大司馬陸公(抗)以文武熙朝,左丞相陸凱以謇諤盡規。"

【謇謇】㊀忠貞。楚辭屈原離騷:"余固知謇謇之爲患兮,忍而不能舍也。"注:"謇謇,忠貞貌也。"後漢書二二樊準傳上疏:"博士倚席不講,儒者競論浮麗,忘謇謇之忠,習諓諓之辭。"㊁正直之言。後漢書二五魯丕傳:"陛下既廣納謇謇,以開四聰,無令芻蕘以言得罪。"

謗 bàng 補曠切,去,宕韻,幫。 ㄅㄤˋ

㊀指責別人的過失。國語周上:"厲王虐,國人謗王。"㊁誹謗。論語子張:"信而後諫;未信,則以爲謗己也。"楚辭漢東方朔七諫沈江:"正臣端其操行兮,反離謗而見攘。"

【謗木】古史傳説,堯立進善之旌,誹謗之木,政有缺失,民得書之於木。後世因於宮外立木。南朝梁武帝天監元年詔,於公車府謗木及肺石旁各設函,吏民有議時政者,以書投謗木函;有懷才莫伸者,投肺石函。見史記孝文紀二年、梁書武帝紀中天監元年。

【謗書】㊀攻擊他人的書函。戰國策秦二:"魏文侯令樂羊將攻中山,三年而拔之。樂羊反而語功,文侯示之謗書一篋。"㊁後漢書六十蔡邕傳:"(王)允曰:'昔武帝不殺司馬遷,使作謗書,流於後世。'"注:"凡史官記事,善惡必書,謂遷所著史記,但是漢家不善之事,皆爲謗也。"後因以謗書爲史記的別稱。

【謗議】毀謗,非議。漢書六二司馬遷傳報任安書:"且負下未易居,下流多謗議。"文選三國魏嵇叔夜(康)幽憤詩:"欲寡其過,謗議沸騰。"

【謗讟】非議,怨言。左傳昭元年:"師徒不頓,國家不罷,民無謗讟,諸侯無怨。"抱朴子廣譬:"準的陳則流鏑赴焉,美名起則謗讟及焉。"

謞 hè 呵各切,入,鐸韻,曉。 ㄏㄜˋ 許角切,入,覺韻,曉。

㊀飛箭聲。莊子齊物論:"激者、謞者、叱者、吸者。"釋文:"謞,簡文云:若箭去之聲。"㊁見下。

【謞謞】盛烈貌。同"熇熇"。爾雅釋訓:"謔謔謞謞,崇讒慝也。"參閱清郝懿行爾雅義疏。參見"熇熇"。

【謞躁】性情粗暴凶殘。管子侈靡:"鵰然若謞之静"注:"雖有謞躁之人,亦皆恬静。"一說"謞之静"本作"皜月之静",形容教化之感人。參閱郭沫若等管子集校三五。

謐 mì 彌畢切,入,質韻,微。 ㄇㄧˋ

安寧。文選漢蔡伯喈(邕)陳太丘碑文序:"政以禮成,化行有謐。"三國志魏東夷傳:"收樂浪帶方之郡,而後海表謐然,東夷屈服。"

【謐謐】静寂貌。唐李賀歌詩編三昌谷詩:"謐謐厭夏光,商風道清氣。"

謝 sù 桑故切,去,暮韻,心。 ㄙㄨˋ

告訴。同"訴"、"愬"。管子版法:"治不盡理,則疏遠微賤者無所告謝。"

謙 1. qiān 苦兼切,平,添韻,溪。 ㄑㄧㄢ

㊀謙遜。書大禹謨:"滿招損,謙受益。"㊁易卦名。☶☷,艮下坤上。易謙:"象曰:地中有山,謙,君子以裒多益寡,稱物平施。"

2. qiàn 集韻 苦簟切,上,忝韻。 ㄑㄧㄢˋ

㊂滿足。通"慊"。禮大學:"所謂誠其意者,毋自欺也,如惡惡臭,如好好色,此之謂自謙。"

【謙光】因謙讓而愈有光輝。易謙:"謙尊而光,卑而不可踰。"疏:"尊者有謙而更光明盛大。"後用以形容謙遜禮讓的風度。三國志魏高貴鄉公髦紀太后詔:"夫有功不隱,周易大義,成人之美古賢所尚,今聽所執,出表示外,以章公之謙光焉。"

【謙沖】謙虛。三國志魏荀彧傳注引彧別傳曹操報書:"君之策謀,非但所表二事,前後謙沖,欲慕魯連先生乎?此聖人達節者所不貴也。"

【謙克】謙遜有節。漢蔡邕蔡中郎集一故太尉喬公廟碑:"雅性謙克,不吝於利欲。"

【謙挹】謙遜退讓。唐大詔令集五五聖曆元年王方慶麟臺監監修國史制:"謇諤之風,不忘於獻替;謙挹之風,屢陳於衰疾。"

【謙虛】不自滿,謙遜自抑。漢揚雄太玄經一增:"澤庳其容,謙虛大也。"後漢書明德馬皇后紀:"帝省詔悲歎,復重請曰:'漢興,舅氏之封侯,猶王子之爲王也,太后誠存謙虛,奈何令臣獨不加恩三舅乎?'"

【謙巽】同謙遜。唐韓愈昌黎集十九答魏博田僕射書:"僕射公忠賢德,內外所宗,位望益尊,謙巽滋甚。"

【謙謙】謙遜貌。易謙:"謙謙君子,卑以自牧也。"漢書八五谷永傳與王譚書:"宜深辭職,自陳淺薄不足以固城門之守,收太伯之讓,保謙謙之路,闔門高枕,爲知者首。"

【謙辭】卑遜之辭。尹文子大道上:"齊有黃公者,好謙卑。有二女皆國色,以其美也,常謙辭毀之,以爲醜惡。"後漢書十三隗囂傳:"囂不欲東,連遣使深持謙辭,言無功德,須四方平定,退伏閭里。"

謚 shì 神至切,去,至韻,神。 ㄕˋ

㊀帝王、貴族、大臣、士大夫死後,依其生前事迹給予的稱號。也作"諡"。左傳宣十年:"(鄭人)改葬幽公,謚之曰靈。"史記蕭相國世家:"孝惠二年,相國何卒,謚爲文終侯。"漢書三九蕭何傳作"諡"。參見"謚法"。㊁稱,號。史記一一七司馬相如傳喻巴蜀民檄:"身死無名,謚爲至愚,恥及父母,爲天下笑。"文選漢王子淵(褒)洞簫賦:"幸得謚爲洞簫兮,蒙聖主之渥恩。"

【謚法】㊀上古有號無謚,周初始制謚法,秦始皇廢不用。自漢初恢復,以後帝王謚號,由禮官議上。貴族大臣死後定謚,唐宋由考功上行狀,太常博士作謚議,其有名實不符者,給事中得駁奏再議。明清定謚屬禮部。士大夫死後由親族門生故吏爲立謚者稱私謚。參見"私謚"。㊁宋蘇洵撰。取劉熙等六家謚法,删訂考證,計一百六十八謚,三百十一條,新改二十三條,新補十七條。又有七去八類，對原文多所刊正。

講 1. jiǎng 古項切，上，講韻，見。ㄐㄧㄤˇ

㊀和解。戰國策趙三：「秦攻趙於長平，大破之，……因使人索六城於趙而講。」史記七一甘茂傳：「樗里子與魏講，罷兵。」索隱：「鄒氏云：講讀曰媾，媾猶和也。」㊁談論。禮禮運：「協於藝，講於仁，得之者強。」國語魯上：「夫仁者講功，而智者處物。」㊂講習，訓練。論語述而：「德之不脩，學之不講，聞義不能徙，不善不能改，是吾憂也。」國語周上：「三時務農而一時講武。」注：「講，習也。」㊃謀畫。左傳襄五年：「講事不令，集人來定。」注：「言謀事不善，當聚致賢人以定之。」

2. gòu ㄍㄡˋ

㊄通「覯」。見「講₂若畫一」。

【講究】㊀議論研究。宋史食貨志二：「神宗講究方田利害，作法而推行之。」朱子語類一一八：「又問讀書宜以何爲法？曰：須少看。凡讀書須子細窮講究，不可放過。」㊁重視，力求精美完善。紅樓夢六四：「你雖然不講究這個，要叫老太太回來看見，又該說我們躲懶。」官場現形記六：「其實他的上房裏另外有個小廚房，飲食極其講究。」

【講武】講習武事。禮月令孟冬之月：「天子乃命將帥講武，習射御，角力。」

【講郎】講授經籍的官員。後漢書七九儒林傳：「又詔高才生受古文尚書毛詩穀梁左氏春秋，雖不立學官，然皆擢高第爲講郎，給事近署。」

【講座】同「講席」。陳書岑之敬傳：「因召入面試，令之敬升講座，勑中書舍人朱异執孝經唱士章，武帝親自論難之。」唐白居易長慶集五九三教論衡：「儒臣居易，學淺才微，謬列禁筵，猥登講座。」

【講師】㊀講授武事。文選晉張景陽（協）七命：「將因氣以效殺，臨金郊而講師。」唐張銑注：「講師，謂講武教戰也。」㊁講解經籍的人。後漢書禮儀志上：「先吉日，司徒上太傅若講師故三公人名，用其德行年耆高者一人爲老，次一人爲更也。」

【講席】㊀講學者的席位，講壇。梁書張緬傳昭明太子（蕭統）與緬弟纘書：「文筵講席，朝遊夕宴，何曾不同茲勝賞，共此言寄。」陳書張譏傳：「是時周弘正在國學，發周易題，弘正第四弟弘直亦在講席。」㊁僧人講法之所。梁慧皎高僧傳四竺潛：「潛優游講席三十餘載，或暢方等，或釋老莊，投身北面者，莫不內外兼洽。」唐孟浩然集三題融公蘭若詩：「芰荷薰講席，松柏映香臺。」

【講習】講論研習。易兌：「麗澤兌，君子以朋友講習。」漢王充論衡問孔：「世儒學者，好信師而是古，以爲聖賢所言皆無非，專精講習，不知難問。」

【講堂】講經之堂。後漢書明帝紀永平十五年：「親御講堂，命皇太子諸王說經。」又僧徒說法講經之堂，亦稱講堂。宋書謝靈運傳山居賦：「面南嶺，建經臺；倚北阜，築講堂；傍危峯，立禪室；臨浚流，列僧房。」

【講貫】猶講習。國語魯下：「士朝受業，晝而講貫，夕而習復。」注：「貫，習也。」

【講義】㊀講解經典義理。北齊書崔暹傳：「子達拏年十三，暹命儒者權會教其說周易兩字……趙郡睦仲讓陽屈服之，暹喜，擢爲司徒中郎。鄴下爲之語曰：『講義兩行得中郎。』」南史梁武帝紀下：「初，帝創同泰寺，至是開大通門以對寺之南門……自是晨夕講義，多由此門。」㊁講解經義的書。宋邢昺孝經注疏序：「今特翦截元疏，旁引諸書，分義錯經，會合歸趣，一依講說，次第解釋，號之爲講義也。」宋有湯義周易講義三卷，曾肇書講義八卷等。見宋史藝文志一。㊂古講經者執經口授，宋元豐間陸佃爲崇政殿說書在經筵，進講周官，神宗稱善，因名進講前一名進稿，以後講官皆進講義。參閱宋王應麟困學紀聞八、宋史三四三陸佃傳。

【講肆】㊀講舍。晉陶潛陶淵明集二示周續之祖企謝景夷三郎詩：「馬隊非講肆，校書亦已勤。」梁慧皎高僧傳四支遁：「年二十五出家，每主講肆，善標宗會，而章句或有所遺，時爲守文者所陋。」㊁講習。肆，通「肄」。晉書范汪傳：「汪屏居吳郡，從容講肆，不言枉直。」

【講肄】講習。詩小雅甫田「攸介攸止，烝我髦士」漢鄭玄箋：「閒暇則於廬舍及所止息之處，以道藝相講肄，以進其爲俊士之行。」漢書刑法志：「至武帝平百粵，內增七校，外有樓船，皆歲時講肄，修武備云。」

【講筵】講席。陳書張正見傳：「簡文雅尚學業，每自昇座說經，正見嘗預講筵，請決疑義。」此指講儒家經義。又孫瑒傳：「時興皇寺（慧）朗法師該通釋典，瑒每造講筵，時有抗論，法侶莫不傾心。」此指講佛經。

【講解】㊀和解。史記項羽紀：「項王范增疑沛公之有天下，業已講解，又惡負約，恐諸侯叛之。」集解：「蘇林曰：講，和也。」㊁講論，解釋。唐韓愈昌黎集五石鼓歌：「聖恩若許留太學，諸生講解得切磋。」

【講樹】三國魏嵇康家有大柳樹，康嘗在樹下與客清談講論，故稱講樹。北周庾信庾子山集一哀江南賦：「移談講樹，就簡書筠。」全唐詩六五〇方干茅山贈洪拾遺：「溪頭講樹纔漁艇，篋裏朝衣輸酒家。」

【講律僧】佛家稱經、律、論爲三藏，三者包涵一切法義。凡專講律藏的和尚稱爲講律僧。唐柳宗元柳先生集七大明和尚碑：「乾元元年，又命衡山立毗尼藏，詔選講律僧七人，師應其數。」

【講₂若畫一】和協整齊如一。漢書三九曹參傳：「參爲相國三年薨，……百姓歌之曰：『蕭何爲法，講若畫一，曹參代之，守而勿失。』」注：「講，和也。畫一，言整齊也。」史記曹相國世家作「顜若畫一」。

【講信脩睦】講究信用，謀求親善。禮禮運：「大道之行也，天下爲公，選賢與能，講信脩睦。」

謰 lián 集韻 陵延切，平，僊韻。ㄌㄧㄢˊ

見下。

【謰謱】言語繁雜。楚辭漢王逸九思疾世：「嗟此國兮無良，媒女詘兮謰謱。」此爲連綿字，又作嗹嘍、連嘍。皆爲委曲繁雜之意。

謊 huǎng ㄏㄨㄤˇ

「謊」的俗體字。見「謊」。

謘 chí ㄔˊ

同「謘」。見「謘謘」。

謖 sù 所六切，入，屋韻，山。ㄙㄨˋ

㊀起來。禮祭統：「惠術也，可以觀政矣，是故尸謖。」㊁整飭。後漢書六十下蔡邕傳釋誨：「公子謖爾斂袂而興，曰：『胡爲其然也。』」㊂見「謖謖」。

【謖謖】㊀峻挺。世說新語賞譽：「世目李元禮（膺）謖謖如勁松下風。」㊁風聲。初學記三晉陸機感時賦：「寒冽冽而寖興，風謖謖而妄作。」宋蘇軾分類東坡詩九西湖壽星院此君軒：「卧聽謖謖碎龍鱗，俯看蒼蒼立玉身。」

謠 yáo 餘昭切，平，宵韻，喻。ㄧㄠˊ

㊀徒歌，無音樂伴奏的歌唱。詩魏風園

有桃:"心之憂矣,我歌且謠。"傳:"曲合樂曰歌,徒歌曰謠。"國語晉六:"風聽臚言於市,辨祆祥於謠。"㊁歌謠,歌曲。樂府詩集八十三至八十九卷爲雜歌謠辭,唐人詩以謠名者如李白有廬山謠、溫庭筠有夜宴謠、皮日休有農父謠等。㊂憑空虛構之詞。詳"謠琢"。

【謠言】 ㊀民間流傳評議時政的歌謠、諺語。後漢書五七劉陶傳:"光和五年,詔公卿以謠言舉刺史、二千石爲民蠹害者。"㊁没有事實根據的傳聞。詳"謠諑"。

【謠俗】 風俗。史記貨殖傳:"人民謠俗,山東食海鹽,山西食鹽鹵。"爾雅序:"考方國之語,采謠俗之志。"

【謠諑】 毀謗。楚辭屈原離騷:"衆女嫉余之蛾眉兮,謠諑謂余以善淫。"宋洪興祖補注:"言衆女競爲謠言,以譖愬我。"

謟 tāo 土刀切,平,豪韻,透。
ㄊㄠ
疑惑。左傳昭二六年:"天道不謟,不貳其命,若之何禳之?"漢王充論衡變虛引左傳作"不闇"。

謑 xǐ 胡禮切,上,齊韻,匣。
ㄒㄧ
見下。

【謑詢】 辱罵。楚辭漢王逸九思遭厄:"起奮迅兮奔走,違羣小兮謑詢。"謑,也作"謨"。荀子非十二子:"偷儒而罔,無廉恥而忍謨詢,是學者之嵬也。"楊倞注:"謨詢,詈辱也。……漢書賈誼傳有'奊詬亡節'語,同此。"

【謑落】 譏諷,嘲笑。清翟灝通俗編十七言笑謑落。"謂高則誠琵琶曲有"奚落"語,奚當作"謑"。見通俗編十七言笑謑落。

【謑髁】 不正貌。莊子天下:"謑髁无任,而笑天下之尚賢也。"

謋 huò 虎伯切,入,陌韻,曉。
ㄏㄨㄛ
亦作"訹"。迅速分解狀。莊子養生主:"動刀甚微,謋然已解。"唐成玄英疏:"謋然,骨肉離之聲也。"

謅 zhōu 楚鳩切,平,尤韻,初。
ㄓㄡ 初爪切,上,巧韻,初。
㊀信口胡言。元曲選楊文奎兒女團圓三:"一謎裏便胡謅亂說。"㊁争吵。朱子語類一三一:"(李)光性剛,雖暫屈,終是不甘,曾與秦檜謅。"

謝 xiè 辭夜切,去,禡韻,邪。
ㄒㄧㄝ
㊀認錯,道歉。戰國策秦一:"嫂蛇行匍伏,四拜,自跪而謝。"㊁辭却。禮曲禮上:"大夫七十而致事,若不得謝,則賜之几杖。"㊂推辭,拒絶。史記晉世家:"(里克等)使人迎公子重耳於翟,欲立之。重耳謝曰:'……重耳何敢入!大夫其更立他子。'"又一二〇汲黯傳:"(上)乃召拜黯爲淮陽太守。黯伏謝不受印。"㊃告辭,告别。史記八九張耳陳餘傳:"有廝養卒謝其舍中曰:'吾爲公説燕,與趙王載歸。'"㊄感謝。漢書五九張安世傳:"嘗有所薦,其人來謝,安世大恨,以爲舉賢達能,豈有私謝邪?"㊅遜讓,不如。唐李白李太白詩八上皇西巡南京歌之五:"萬國同風共一時,錦江何謝曲江池。"杜甫杜工部草堂詩箋十九進艇:"茗飲蔗漿攜所有,瓷罌無謝玉爲缸。"㊆衰落。楚辭大招:"青春受謝。"文選晉潘安仁(岳)悼亡詩之一:"荏苒冬春謝,寒暑忽流易。"㊇死,凋落。南史范縝傳神滅論:"形存則神存,形謝則神滅。"唐韓偓玉山樵人集三月詩:"辛夷才謝小桃發,踏青過後寒食前。"㊈臺榭。通"榭"。公羊傳宣十六年:"成周宣謝災。"按左傳作"宣榭火"。荀子王霸:"臺謝甚高。"注:"謝與榭同。"㊉姓。姜姓,炎帝之裔,周宣王舅受封於謝,後失爵,以國爲氏。見元和姓纂九禡。

【謝女】 ㊀指晉王凝之妻謝道韞。全唐詩四八一李紳登禹廟迴降雪五言二十韻:"麻引詩人興,鹽牽謝女才。"㊁泛指女郎。唐李賀歌詩編三牡丹種曲:"檀郎謝女眠何處,樓臺月明燕夜語。"羅隱甲乙集二七夕詩:"應傾謝女珠璣篋,盡寫檀郎錦繡篇。"

【謝玄】 公元343—388年。晉陽夏人。字幼度。謝安侄。初桓溫辟以爲掾,甚被禮重。時苻秦强盛,數擾晉邊。安舉玄爲建武將軍、兗州刺史、領廣陵相,監江北諸軍事。太元八年苻堅率大軍攻晉,玄等以精兵八千大敗堅於肥水,以功封康樂縣公。晉書有傳。

【謝石】 公元327—388年。晉陽夏人。謝安弟。字石奴。初拜祕書郎,累遷尚書僕射。太元八年苻秦東晉肥水之戰,以將軍假節征討大都督,與兄子玄、琰等大敗苻堅,以功遷中軍將軍、尚書令,更封南康郡公。爲人聚斂無厭,取譏當世。晉書有傳。

【謝安】 公元320—385年。晉陽夏人。字安石。尚之從弟。少有重名,累辟皆不起。每游賞,必攜妓以從。年四十,方有仕宦意,桓溫請爲司馬。簡文帝死,桓溫欲篡晉,以勢劫安,安不爲所動,溫謀終不成。後爲尚書僕射,領吏部,加後將軍,一心輔晉,威懷外著,時人比之王導。太元八年苻秦攻晉,加安征討大都督。安遣侄玄等大破苻堅於肥水,以總統功,拜太保。卒贈太傅,晉書有傳。

【謝孝】 明清時親喪至七七,孝子縗絰至來弔親友之門拜謝,謂之謝孝。按士喪禮所謝者限於曾來賵賻之人,後世乃遍謝來弔之客。參閱清顧張思土風録二謝孝。

【謝表】 東觀漢記六和熹鄧皇后:"后遜位,手書謝表,深陳德薄,不足以奉宗廟。"唐宋外任官到任並陞除,或内廷有所宣賜,例有四六句謝表。參閱文苑英華五五三至六二六表類。

【謝事】 辭去官職。宋蘇軾分類東坡詩二一送仲素寺丞歸潛山:"潛山隱居七十四,紺瞳緑髮初謝事。"

【謝尚】 公元308—357年。晉陽夏人。字仁祖,謝鯤子。善音樂,博綜衆藝,王導深器重之,比之王戎。後辟爲掾,襲父爵咸亭侯。尚曾署僕射事,尋進號鎮西將軍,鎮壽陽。後徵集樂人,並製石磬,以備太樂。江表有鍾石之樂,自尚始。晉書有傳。

【謝客】 ㊀辭别賓客。史記七七魏公子傳:"侯生視公子色終不變,乃謝客就車。"㊁酬謝别人。漢王符潛夫論述赦:"洛陽至有主諧合殺人者,謂之會任之家,受人十萬,謝客數千。"㊂南朝宋謝靈運小字客兒,時人稱之爲謝客。梁書庾肩吾傳與湘東王書:"何者?謝客吐言天拔,出於自然。"

【謝亭】 亭名。文苑英華一二六南朝梁元帝玄覽賦:"經謝亭而帳飲,想彦伯之高風。"嘉慶一統志一一六寧國府二謝公亭:"方輿勝覽:在宣城縣北二里。即謝朓送范雲赴零陵之地。"

【謝政】 禮曲禮上:"若不得謝,則必賜之几杖。"注:"君不許其致仕也。"後稱辭官致仕爲謝政。見正字通。

【謝朏】 公元441—506年。南朝宋陽夏人。字敬沖。初爲撫軍法曹行參軍,遷太子舍人。蕭道成爲宋驃騎將軍輔政,選朏爲長史,以不從命勸進,道成不悅。轉侍中,道成廢宋帝自立,建號齊,登位日,朏不肯解璽,因免官。南齊末,起爲義興太守,歷都官尚書,出守吴興。梁代齊,官至侍中、司徒、尚書令。梁書南史皆有傳。

【謝病】 因病引退或謝客來訪。戰國策秦三:"應侯因謝病,請歸相印。"史記七八春申君傳:"楚太子因變衣服爲楚使者御以出關,而黃歇守舍,常爲謝病。"

【謝恩】感謝别人的恩惠。漢書八一張禹傳:"上親拜禹牀下,禹頓首謝恩。"清制,官得陞賞,例有謝恩摺。

【謝豹】㊀鳥名。卽子規,又名杜宇、杜鵑。禽經:"子規啼苦則倒懸於樹,自呼曰謝豹。"宋陸游老學庵筆記三:"吳人謂杜宇爲謝豹。杜宇初啼時,漁人得蝦曰謝豹蝦,市中賣筍曰謝豹筍。唐顧况送張衛尉詩曰:'綠樹村中謝豹啼。'若非吳人,殆不知謝豹爲何物也。"㊁蟲名。唐段成式酉陽雜俎十七謝豹:"虢州有蟲名謝豹,常在深土中,……小類蝦蟆而圓如毬。見人以前兩脚交覆首如羞狀,能穴地如鼢鼠,頃刻深數尺。或出地聽謝豹鳥聲,則腦裂而死。俗因名之。"

【謝朓】公元464—499年。南齊陳郡陽夏人,字玄暉。與謝靈運同族,稱小謝。初爲隋王蕭子隆文學。明帝輔政,朓領記室,出爲宣城太守。後遷尚書吏部郎。爲蕭遙光誣陷死。朓善草隸,長五言詩,沈約常云:"二百年來無此詩也。"以山水風景詩最爲出色,風格秀麗清新。並重聲律,爲"永明體"主要作家。後人集其作品爲謝宣城集。南齊書、南史皆有傳。參見"永明體"。

【謝娘】㊀晉王凝之妻謝道韞有文才,後人因稱有學問的女子爲謝娘。全唐詩二四四韓翃送李舍人攜家歸江東覲省:"承顏陸郎去,攜手謝娘歸。"㊁妓女。唐白居易長慶集十九代謝好答崔員外詩:"青娥小謝娘,白髮老崔郎。"唐彥謙鹿門集續補遺離鸞詩:"庭前佳樹名梔子,試結同心寄謝娘。"

【謝娥】指妓女。猶"謝娘㊁"。五代前蜀韋莊浣花集一嘆落花詩:"西子去時遺笑靨,謝娥行處落金鈿。"

【謝章】㊀猶謝表。晉書劉實傳崇讓論:"人臣初除,皆通表上聞,名之謝章,所由來尚矣。原謝章之本意,欲進賢能以謝國恩也。"㊁指行束脩之禮。北史冀儁傳:"時俗入書學者亦行束脩之禮,謂之謝章。"

【謝莊】公元421—466年。南朝宋陽夏人。字希逸。謝弘微之子。七歲能文。初爲始興王濬後軍法曹行參軍,又轉隨王誕後軍諮議,並領記室。分左氏經傳,隨國立篇,制木方丈,圖山川土地,各有分理,分之自成州郡,合之則宇內一統。善歌賦,文選著錄其月賦一篇。官至光祿大夫,共著文章四百餘篇,謚憲子。宋書南史均有傳。

【謝暑】暑氣消退。文苑英華一五二隋蕭琮奉和御製月夜觀星示百僚詩:"夕風凄謝暑,夜氣應新秋。"

【謝榛】公元1495—1575年。明臨清人。字茂秦,自號四溟山人,又號脫屣山人。眇一目,刻意爲樂府歌詩,與李攀龍王世貞宗臣梁有譽倡結詩社,稱爲五子;未幾,徐中行、吳國倫加入,改稱七子,名盛一時。著有四溟集。明史有傳。

【謝翺】公元1249—1295年。宋長溪人。字皋羽,自號晞髮子。嘗爲文天祥諮事參軍,後别去。宋亡,天祥被俘不屈死。翺悲慟不已,行至浙水東,設天祥神主於子陵釣臺以祭,並作楚歌以招之。翺卒,葬於子陵臺。有晞髮集。

【謝小娥】唐段居貞妻,洪州豫章人。父與夫督商江湖,爲盜申蘭、申春所殺。小娥喬裝傭於申蘭家,殺蘭擒春。報父、夫仇後,剪髮事浮屠以終身。事見太平廣記四九一謝小娥傳、新唐書二〇五列女傳。

【謝女峽】地名。一名仙女澳。在今廣東中山縣境海中。宋建炎二年,元將劉深襲擊香山縣井澳,宋端宗逃至謝女峽,後又由此入海。參閱讀史方輿紀要一〇一廣州府香山縣井澳。

【謝公屐】一種底有釘的木鞋。南朝宋謝靈運登山常著有齒木屐,上山去其前齒,下山則去其後齒。見宋書本傳。唐李白李太白詩十五夢遊天姥吟留别:"脚著謝公屐,身登青雲梯。"

【謝公牋】宋謝景初創紙樣,有十色牋;分深紅、粉白、杏紅、明黃、深青、淺青、深綠、淺綠、銅綠、淺雲十色,人稱謝公牋。見元費著牋紙譜。

【謝公墩】山名。在今江蘇江寧縣城北。晉謝安(安石)嘗居半山,後宋王安石亦嘗居此地,故王安石臨川集二八有謝公墩詩云:"我名公字偶相同,我屋公墩在眼中。公去我來墩屬我,不應墩姓尚隨公。"參閱嘉慶一統志七三江寧府一山川。

【謝良佐】公元1050—1103年。宋上蔡人。字顯道。元豐進士,宰應城縣。建中靖國初,召對,忤旨而去。後監京西竹木場,因口語有失下獄,廢爲民。良佐記性甚强,對人稱引前史,至不差一字。與游酢呂大臨楊時稱程門四先生。著有論語說。宋史有傳。

【謝枋得】公元1226—1289年。宋末信州弋陽人。字君直,號疊山。寶祐四年進士,曾爲考官,後以訕謗賈似道謫興國軍。德祐初,元兵東下,枋得知信州,力戰兵敗,變姓名入建寧山中。元統一後,隱居閩中。薦者不絕,至元二十六年,福建行省強之北行,至京不食死。著有文章軌範、疊山集。宋史有傳。

【謝秋娘】曲調名。唐李德裕鎮浙西日,悼亡妓謝秋娘,用隋煬帝所作望江南調撰謝秋娘曲,後仍從本名。也名夢江南。白樂天作此詞改爲憶江南。後人又因樂天首句,改名江南好。見明胡震亨唐音癸籤十三唐曲。

【謝道韞】謝安姪女,晉王凝之妻。聰識有才辯。安曾問:"毛詩何句最佳?"道韞稱:"吉甫作頌,穆如清風。"安謂有雅人深致。又值天雪,安曰:"白雪紛紛何所似?"安兄子朗曰:"散鹽空中差可擬。"道韞曰:"未若柳絮因風起。"安大悦。世稱道韞爲詠絮才。凝之弟獻之曾與賓客談議,詞理將屈,道韞遣婢白獻之曰:"欲爲小郎解圍。"乃施青綾步障自蔽,申獻之前議,客不能屈。凝之及諸子爲孫恩所殺,道韞嫠居會稽。晉書載列女傳。

【謝惠連】公元397—433年。南朝宋陽夏人。十歲能屬文,書畫並妙。族兄靈運特賞之,云:"每有篇章,對惠連輒得佳語。"元嘉中,惠連爲司徒彭城王義康法曹行參軍,爲雪賦,以高麗見奇,文章並傳於世。時人以與惠連族兄謝靈運並稱"大小謝"。宋書南史皆有傳。

【謝濟世】公元1689—1756年。清廣西全州人。字石霖,號梅莊。康熙五十一年進士,授檢討。雍正間官御史,以劾田文鏡遣戍,又注大學不宗程朱坐怨望論死,特旨寬免。乾隆間官湖南驛鹽道。著有以學居業集、史評、纂言內外篇等書。

【謝靈運】公元385—433年。南朝宋陽夏人,謝玄孫,襲封康樂公。博覽羣書,工書畫,初爲武帝太尉參軍,後遷太子左衛率。少帝時貶爲永嘉太守。好山水,既不得意,便肆意遨遊,各處題咏。不久辭官移居會稽。文帝徵爲秘書監,遷侍中,常稱病不朝。後請假東歸,免官。尋爲臨川內史,以行爲放縱,爲有司所糾,流徙廣州,不久以謀反罪被殺。靈運之詩,以詠山水者居多。有詩文集傳世。宋書南史皆有傳。

謕 tí 杜奚切,平,齊韻,定。
ㄊㄧˊ

同"啼"。漢書六四嚴助傳:"親老涕泣,

孤子謕號。"

謍 yíng 余傾切,平,清韻,喻。
ㄧㄥˊ 虎橫切,平,庚韻,曉。

象聲詞。文選漢班孟堅(固)西都賦:"聲激越,謍厲天。"

【謍嗃】大小聲俱發。文選漢馬季長(融)長笛賦:"纖末奮藭,錚鐄謍嗃。"注:"字林曰:'謍,小聲也。'……埤蒼曰:'嗃,大呼也。'"

【謍謍】象聲詞。說文:"謍,小聲也。……詩曰:'謍謍青蠅。'"今本詩小雅青蠅作"營營青蠅"。

譻 pò 匹角切,入,覺韻,滂。
ㄆㄛˋ

因痛而呼叫。漢書六五東方朔傳:"上令倡監榜舍人,舍人不勝痛,呼譻。"注:"謂痛切而叫呼也,……自冤痛之聲也。"

謄 téng 徒登切,平,登韻,定。
ㄊㄥˊ

抄寫。說文:"謄,迻書也。"唐王建詩三貧居:"蠹生謄藥紙,字暗換書籤。"

【謄黄】清制,凡向全國頒發用黄紙謄寫的詔書皆稱謄黄。清會典事例三一六禮部頒詔:"詔授督撫,謄黄恭鐫,頒學政、鹽政、織造、管關、兩司道府,轉頒所屬州、縣、衛;將軍、提鎮、協參,轉頒所屬營、汛,至日宣布軍民。"

【謄録】自宋真宗大中祥符八年置謄録院,先是鄉、會試考生試卷交由封印官糊名封卷。至仁宗時,爲防止筆跡有弊,進一步規定試卷交謄録所用硃筆謄寫,以謄本送交考官評閱。明清鄉會試皆沿宋制。清制,於會試下第之舉人及順天鄉試,於正榜外分別挑取能書者充謄録,備各館繕寫,積資得邀議敘。參閱宋吴曾能改齋漫録一糊名考校、文獻通考三十選舉三。

十一畫

謫 zhé 陟革切,入,麥韻,知。
ㄓㄜˊ

㊀譴責。左傳成十七年:"國子謫我。"也作"讁"。詩邶風北門:"我入自外,室人交徧讁我。"㊁罰罪。凡官吏降級、調往邊外地方皆稱"謫"。文選漢賈誼弔屈原文序:"誼爲長沙王太傅既以謫去,意不自得。"世說新語言語:"禰衡被魏武(曹操)謫爲鼓吏。"㊂缺點,過失。老子:"善言無瑕謫。"㊃雲氣變化。左傳昭三一年:"庚午之日,日始有謫。"注:"謫,變氣也。"

【謫仙】謫居世間的仙人。古人往往稱譽才行高邁的人爲謫仙,言非人間所有。唐李白李太白詩七玉壺吟:"世人不識東方朔,大隱金門是謫仙。"又二三對酒憶賀監詩序:"太子賓客賀公(知章)於長安紫極宫一見余,呼余爲謫仙人,因解金龜換酒爲樂。"

【謫戍】以罪譴送至邊地,擔任守衛。文選漢賈誼過秦論:"謫戍之衆,非抗於九國之師也。"或作"適戍"。見史記陳涉世家。也作"讁戍"。漢書四九鼂錯傳:"秦之戍卒……因以讁發之,名曰'讁戍'。先發吏有讁及贅壻、賈人,後以嘗有市籍者,又後以大父母、父母嘗有市籍者,後入閭,取其左。"

【謫降】㊀職官因罪被降級,調到邊遠地方。宋王鞏甲申雜記:"又以通判周純爲知情不告,云將引用嶺南謫降人、元祐人同力爲之。"㊁舊小說戲曲中指天上神仙因譴罰降人間。元明雜劇元闕漢卿山神廟裴度還帶四:"瑶池謫降玉天仙,今夜高門招狀元。"

【謫仙怨】唐樂曲名。唐天寶十五年,安祿山兵入長安,玄宗奔蜀,行次駱谷,謂高力士曰:"吾不用張九齡之言,至此!"索長笛吹一曲。樂官録成譜以進,題名爲謫仙怨。其音怨切,諸曲莫比。參閱明胡震亨唐音癸籤樂通二。

謣 yú 羽俱切,平,虞韻,于。
ㄩˊ

㊀虛誇。漢揚雄法言問明:"謣言敗俗,謣好敗則。"今本作"譁"。音義:"天復本作謣。"㊁輿謣,歌聲。詳"輿謣"。

謳 ōu 烏侯切,平,侯韻,影。
ㄡ

㊀歌唱。孟子告子下:"昔者王豹處於淇,而河西善謳。"漢書高帝紀上:"漢王既至南鄭,諸將及士卒皆歌謳思東歸,多道亡還者。"㊁歌曲。文選戰國楚宋玉招魂:"吴歈蔡謳,奏大吕些。"漢書禮樂志:"乃立樂府,采詩夜誦,有趙代秦楚之謳。"

【謳啞】櫓聲。見"謳鴉"。

【謳歌】㊀唱歌。楚辭屈原離騷:"甯戚之謳歌兮,齊桓聞以該輔。"㊁歌頌。孟子萬章上:"謳歌者,不謳歌堯之子而謳歌舜。"

【謳鴉】搖櫓聲。唐陸龜蒙甫里集十一北渡詩:"江客柴門枕浪花,鳴機寒櫓任謳鴉。"又十三雙聲溪上思詩:"迎漁隱映間,安問謳鴉櫓。"也作"謳啞"。宋蘇舜欽蘇學士集五淮上喜雨聯句:"繁聲過沙頭,上下謳啞櫓。"

【謳謠】㊀唱歌。楚辭漢王逸九思傷時:"使素女兮鼓簧,乘戈龢兮謳謠。"注:"乘戈,仙人也,和素女而歌也。"文選漢王子淵(褒)洞簫賦:"要復遮其蹊徑兮,與謳謠乎相龢。"㊁民間歌謠。隋書音樂志上:"武帝裁音律之響,定郊丘之祭,頗雜謳謠,非全雅什。"

謨 mó 莫胡切,平,模韻,明。
ㄇㄛˊ

㊀謀畫。書伊訓:"聖謨洋洋,嘉言孔彰。"㊁見"謨信"。

【謨士】猶謀士。文選晉陸士衡(機)辯亡論下:"卑宫菲食,以豐功臣之賞;披懷虛己,以納謨士之筭。"

【謨信】没有信用。宋馬令南唐書黨與傳查文徽:"越人謨信,未可速進。"注:"謨信,無信也。閩人語音。"按今閩、粤方言仍讀無字爲謨,字或作"冇"。

謹 jǐn 居隱切,上,隱韻,見。
ㄐㄧㄣˇ

㊀謹慎。書盤庚上:"恪謹天命。"㊁防止。詩大雅民勞:"毋縱詭隨,以謹無良。"㊂恭敬。戰國策魏四:"信陵君曰:無忌謹受教。"史記一〇九扁鵲傳:"舍客長桑君過,扁鵲獨奇之,常謹遇之。"㊃通"墐"。禮内則:"塗之以謹塗。"注:"謹當爲墐。"

【謹空】唐人書簡末的用語,表示尊敬及請求批覆之意。宋沈括夢溪筆談補二八:"前世風俗,卑者致書於所尊,尊者但批紙尾答之曰反,故人謂之批反,如官司批狀,詔書批答之類,故紙尾多作敬空字,自謂不敢抗敵,但空紙尾以待批反耳。"清王士禛池北偶談二五:"唐人書末曰謹空。"參閱清胡鳴玉訂譌雜談四。

【謹舍】設館舍,謹爲守護。史記七八春申君傳:"春申君大然之,乃出李園女弟,謹舍而言之楚王。"

【謹厚】恭謹樸實。楚辭屈原九章懷沙:"重仁襲義兮,謹厚以爲豐。"漢書六六車千秋傳:"千秋居丞相位,謹厚有重德。"

【謹密】謹慎細密。墨子號令:"謹令信人守衛之,謹密爲故。"漢書八二史丹傳:"貌若儻蕩不備,然心甚謹密。"

【謹敕】謹慎而整飭。漢書九九上王莽傳:"宿衛謹敕,爵位益尊,節操愈謙。"敕,也作"勑"。後漢書二四馬援傳誡兄子嚴敦:"効(龍)伯高不得,猶爲謹勑之士,所謂刻鵠不成猶類鶩者也。"

【謹飭】謹慎周到。同"謹敕"。晉書劉超傳:"子訥嗣,謹飭有石慶之風。"唐韓愈昌黎集二五興元少尹房君墓誌銘:"以明經歷官至興元少尹，謹飭畏慎，年七十三，以其官終。」

【謹慎】細心慎重。荀子不苟：「柔從而不流，恭敬謹慎而容。」漢書六八霍光傳：「小心謹慎，未嘗有過。」

【謹愿】誠實。漢劉向說苑雜言：「謹愿敦厚可事主，不施用兵。」

【謹嚴】慎重嚴密。唐韓愈昌黎集十二進學解：「春秋謹嚴，左氏浮誇。」

【謹小慎微】見「敬小慎微」。

【謹毛失貌】喻顧小而失大。淮南子說林：「畫者謹毛而失貌，射者儀小而遺大。」注：「謹悉微毛，留意於小，則失其大貌。」

謸 ào ㄠˋ

戲謔。荀子禮論：「歌謠謸笑，哭泣諦號，是吉凶憂愉之情發於聲音者也。」

謬 miù 靡幼切，去，幼韻，微。ㄇㄧㄡˋ

㊀荒誕，錯誤。書冏布：「繩愆糾謬，格其非心。」㊁差錯。漢書六二司馬遷傳：「故易曰：差以毫釐，謬以千里。」㊂姓。史記趙有宦者令謬賢。漢書八八儒林傳有蘭陵謬生，任長沙內史。

【謬妄】言行荒謬。後漢書十一劉玄傳李淑上書：「敗材傷錦，所宜至慮，惟割既往謬妄之失，思隆周文濟濟之美。」晉書王宏傳：「論者以爲暮年謬妄，由是獲譏於世。」

【謬戾】荒謬乖戾。宋林逋省心錄：「得天地之至和者爲君子，故溫良慈儉；稟陰陽之謬戾者爲小人，故凶詐姦邪。」

【謬耄】年老糊塗。晉書馬隆傳：「年老謬耄，不宜服戎。」

【謬悠】虛空悠遠。莊子天下：「（莊周）以謬悠之說，荒唐之言，無端崖之辭，時恣縱而不儻，不以觭見之也。」注：「謬悠，謂若忘於情實者也。」宋曾鞏元豐類稿五和貢甫送元考不至詩：「學問本閎博，言談悲謬悠。」

【謬語】㊀錯話。漢陸賈新論明誡：「謬語出於口，則亂及萬里之外。」㊁妄言，說假話。舊五代史漢湘陰公贇傳：「（馮）道既行，語左右曰：『吾生平不作謬語人，今謬語矣。』」㊂隱語，謬悠之語。左傳宣十二年：「叔展曰：有麥麴乎？」注：「軍中不敢正言，故謬語。」楚師圍蕭，蕭大夫還無社向楚大夫申叔展求脫身之計。軍中不便直說，叔展問有無麥麴等禦濕之藥？暗示無展逃離陷於泥水之蕭軍。

【謬誤】錯誤。漢王充論衡答佞：「聰明有蔽塞，推行有謬誤。」三國志蜀向朗傳：「年踰八十，猶手自校書，刊定謬誤。」

【謬論】錯誤的言論。漢書刑法志：「夫以孝文之仁，（陳）平（周）勃之知，猶有過刑謬論如此甚也，而況庸材溺於末流者乎？」

【謬舉】錯誤的薦舉。三國魏曹植曹子建集八求自試表：「故君無虛授，臣無虛受；虛授謂之謬舉，虛受謂之尸祿。」

【謬種流傳】謬誤輾轉相傳。詳「繆種流傳」。

謯 shē 集韻 陟加切，平，麻韻。ㄕㄜ

見下。

【謯拏】辭窮而差踖。說文：「謯拏，差窮也。」清段玉裁注：「差窮者，謂差踖。辭窮而支離牽引，是曰謯拏。」

謯 zǔ 集韻 莊助切，去，御韻。ㄗㄨˇ

同「詛」。漢書九七下許皇后傳：「后姊平安剛侯夫人謁等爲媚道，祝謯後宮有身者王美人及（大將軍王）鳳等。」

謼 hū 荒故切，去，暮韻，曉。ㄏㄨ 荒烏切，平，模韻，曉。

號呼。同「呼」。漢書四五息夫躬傳：「上遣侍御史廷尉監逮躬，繫雒陽詔獄，欲掠問，躬仰天大謼，因僵仆。」

【謼服】呼叫認罪。漢書五二灌夫傳：「春，（田）蚡疾，一身盡痛，若有擊者，謼服謝罪。」注：「晉灼曰：『服音瓝，關西俗謂得杖呼及小兒啼呼爲呼瓝。或言蚡號呼謝服罪也。』」

謱 lóu 落侯切，平，侯韻，來。ㄌㄡˊ

見「謰謱」。

謾 1. mán 母官切，平，桓韻，明。ㄇㄢˊ 莫還切，平，刪韻，明。

㊀欺騙。韓非子守道：「爲符非所以豫尾生也，所以使衆人不相謾也。」楚辭屈原九章惜往日：「或忠信而死節兮，或訑謾而不疑。」㊁抵賴。史記孝文紀二年：「民或祝詛上，以相約結而後相謾。」索隱：「韋昭云：『謾，相抵讕也。』」㊂浮誇。見「謾誕」。

2. màn 謨晏切，去，諫韻，明。ㄇㄢˋ

㊃怠慢，傲慢。漢書八四翟方進傳：「不遵禮儀，輕謾宰相。」㊄廣泛。通「漫」。莊子天道：「老聃中其說。曰：『太謾，願聞其要。』」宋蘇軾東坡集十王定國硯銘：「墨雲浮空，謾不見天。」

【謾訑】欺詐。急就篇四：「謾訑首匿愁勿聊。」注：「謾訑，巧黠不實也。」也作「訑謾」。參見該條。

【謾欺】詐騙。史記秦始皇紀三十五年：「上不聞過而日驕，下懾伏謾欺以取容。」

【謾語】說謊。唐人捉季布傳文：「聖明王子堪匡佐，謾語君王何是論。」（敦煌變文）宋邵博聞見後錄二一：「予見司馬文正公（光）親書一帖：『光年五六歲，弄青胡桃，女兄欲爲脫皮，不得。女兄去，一婢子以湯脫之。女兄復來，問脫胡桃皮者。光曰：「自脫也。」先公適見，訶之曰：「小子何得謾語。」光自是不敢謾語。』」

【謾誕】浮誇虛妄。韓詩外傳九：「謾誕者，趨禍之路也。」

【謾天謾地】漫無邊際。喻欺上瞞下。謾，也作「漫」。元劉一清錢塘遺事十：「賈相（似道）當國，陳藏一作雪詞譏之，詞曰：沒巴沒鼻，霎時間做出漫天漫地，不論高低並上下，平白都教一例。」明田汝成西湖遊覽志餘五引作「謾天謾地」。

謲 1. càn 七紺切，去，勘韻，清。ㄘㄢˋ

㊀怒。見廣韻。

2. zào ㄗㄠˋ

㊁喧嚷。通「譟」。墨子迎敵祠：「靜夜聞鼓聲而謲。」

謻 yí 弋支切，平，支韻，喻。ㄧˊ

見下。

【謻門】㊀古冰室門。文選漢張平子（衡）東京賦：「謻門曲榭，邪阻城洫。」水經注穀水：「謻門，即宣陽門也，門內有宣陽冰室。」㊁泛指宮殿的側門。晉書劉曜載記贊：「未央朝寂，謻門旦空。」明清官署第二重正門稱謻門，俗訛作儀門。

【謻廊】曲折的通道。新唐書一〇〇韋弘機傳：「古天子陂池臺榭皆深宮複禁，不欲百姓見之，恐傷其心。而今列岸謻廊亘王城外，豈愛君哉？」

【謻臺】臺名。在洛陽南宮。傳說周末赧王避債於此臺。漢書諸侯王表序「分爲二周，有逃責之臺」注引劉德：「洛陽南宮謻臺是也。」說文作「誃」，謂臺爲周景王作。

謥 còng 千弄切，去，送韻，清。ㄘㄨㄥˋ

見下。

【謥詷】詩誕。後漢書和熹鄧皇后紀詔：「每覽前代外戚賓客，假借威權，輕薄謥詷，至有濁亂奉公，爲人患苦，咎在執法怠懈不輒行其罰故也。"三國志魏程昱傳附程曉:"其選官屬,以謹慎爲粗疏,以譅詷爲賢能。"

譈 shǎ 沙瓦切,上,馬韻,山。ㄕㄚˇ

强事言語。見廣韻。明劉基誠意伯集十四聽蛙詩:"得非作姦謀蝕月,無奈聚訟騰讙譈。"

謷 1. áo 五勞切,平,豪韻,疑。ㄠˊ 五交切,平,肴韻,疑。

㊀詆毀。吕氏春秋懷寵:"謷醜先王,排訾舊典。"㊁高大,高邁。莊子德充符:"謷乎大哉,獨成其天!"又大宗師:"謷乎其未可制也。"

2. ào ㄠˋ

㊂驕傲。通"傲"。新唐書一八二周墀傳:"宿將暴謷,不循令者,墀命鞭其背。"

【謷謷】㊀衆人愁怨聲。漢書食貨志:"制度又不定,吏緣爲姦,天下謷謷然,陷刑者衆。"㊁妄語貌。楚辭漢王逸九思怨上:"令尹兮謷謷,羣司兮譨譨。"注:"謷謷,不聽話言而妄語也。"

謦 qǐng 去挺切,上,迥韻,溪。ㄑㄧㄥˇ

輕聲咳嗽。見說文。聲之輕者曰謦,重者曰欬。

【謦欬】㊀欬嗽。列子黄帝:"惠盎見宋康王,康王蹀足謦欬疾言。"北齊書崔㥄傳:"謦欬爲洪鍾響,胸中貯千卷書,使人那得不畏服!"㊁比喻談笑。莊子徐无鬼:"夫逃虚空者,……聞人足音跫然而喜矣,又況乎昆弟親戚之謦欬其側者乎?"

十二畫

識 1. shí 賞職切,入,職韻,審。ㄕˊ

㊀識别,知道。詩大雅皇矣:"不識不知,順帝之則。"又瞻卬:"如賈三倍,君子是識。"㊁知識,見識。文選漢張平子(衡)東京賦:"鄙夫寡識,而今而後,乃知大漢之德馨,咸在於此。"舊唐書一〇二劉子玄傳對問:"史才須有三長,世無其人,故史才少也。三長:謂才也,學也,識也。"㊂性,意識。文選南朝宋顏延年(延之)五君詠阮步兵:"阮公雖淪跡,識密鑒亦洞。"注:"識,心之别名,湛然不動謂之心,分别是非謂之識。"

2. zhì 職吏切,去,志韻,照。ㄓˋ

㊃記住。通"誌"。論語述而:"默而識之,學而不厭,誨人不倦,何有於我哉?"㊄標幟。通"幟"。釋名釋言語:"識,幟也,有章幟可按視也。"左傳宣十二年"前茅慮無"晉杜預注:"茅,明也。或曰:時楚以茅爲旌識。"㊅古器物如鐘鼎之類所刻文字。通稱款識。詳"款識"。

【識丁】指識字。舊唐書一二九張延賞傳附張弘靖:"今天下無事,汝輩挽得兩石力弓,不如識一丁字。"元史一八二許有壬傳:"積分雖未盡善,然可得博學能文之士,若曰惟德行之擇,其名固佳,恐皆厚貌深情,專意外飾,或懵不能識丁矣。"參見"目不識丁"。

【識見】見識,見地。世說新語棲逸:"郗尚書(恢)與謝居士善,常稱謝慶緒(敷)識見雖不絶人,可以累心處都盡。"

【識别】鑒别。漢王充論衡别通:"不曉古今,以位爲賢,與文之〔人〕異術,安得識别通人,俟以不次乎?"三國志魏王昶傳戒子書:"夫虚僞之人,言不根道,行不顧言,其爲浮淺,較可識别,而世人惑焉。"

【識₂别】用標記使有區别。識同"誌"。後漢書十一劉盆子傳:"(樊)崇等欲戰,恐其衆與(王)莽兵相亂,乃皆朱其眉以相識别,由是號曰赤眉。"

【識者】有見識的人。漢書八六師丹傳尚書令唐林上疏:"事既已往,免爵大重,京師識者咸以爲宜復丹邑爵,使奉朝請,四方所瞻卬也。"注:"識者,謂有識之人也。"

【識拔】賞識並提拔。三國志魏崔林傳"明帝分林邑封一子列侯"注引晉諸公贊:"初,林識拔同郡王經於民户之中,卒爲名士。"

【識面】見面。唐杜甫杜工部草堂詩箋三奉贈韋左丞丈二十二韻:"李邕求識面,王翰願卜鄰。"

【識荆】唐李白李太白文二六與韓荆州書:"白聞天下談士相聚而言曰:'生不用封萬户侯,但願一識韓荆州。'何令人之景慕一至于此耶!"按韓朝宗曾爲荆州長史,喜識拔後進,爲時人所重。後用作久聞其名而初識面的敬詞。元魯貞桐山老農集四次程仲京韻詩:"避地曾來銀嶺居,識荆已是二年餘。"

【識略】見識與膽略。新唐書一〇〇封倫傳:"倫年方少,舅盧思道曰:是兒識略過人,當自致卿相。"

【識量】見識與度量。文選晉傅季友(亮)爲宋公求加贈劉前軍表:"撫寧之勳,實洽朝野,識量局致,棟幹之器也。"晉書裴楷傳:"楷明悟有識量,弱冠知名,尤精老易,少與王戎齊名。"

【識遺】宋羅璧撰。十卷。筆記類雜著。其説推崇朱熹,謂孔孟之道,至朱熹而集大成,諸家經解,自朱熹斷定而後正。其中頗多杜撰,惟徵據舊文,間亦有可採之處。

【識韓】即"識荆"。見該條。

【識鑒】能賞識人才,辨别是非。世說新語有識鑒篇。晉書桓彝傳:"有人倫識鑒,拔才取士,或出於無聞,或得之孩抱,時人方之許郭。"梁書武帝紀上:"(王)融俊爽,識鑒過人,尤敬異高祖(蕭衍),每謂所親曰:'宰制天下,必在此人。'"

【識小編】書名。1. 明周賓所撰。一卷。記掌故瑣事。收入明何偉然所編之廣快書中。2. 清董豐垣撰。二十四篇。多爲研討古禮之作,雖得失參半,但援據較詳,可資參考。

【識面臺官】宋參知政事孫抃爲御史中丞,薦唐介吴中復爲御史。人或問曰:'聞君未嘗與二人相識,而遽薦之何也?'孫答曰:'昔人恥呈身御史,今豈求識面臺官也。'後二人皆以風力且稱。見宋吴曾能改齋漫録十二窮達有命、魏泰東軒筆録十二。

【識時務者爲俊傑】三國志蜀諸葛亮傳注引襄陽記:"劉備訪世事於司馬德操(徽)。德操曰:'儒生俗士,豈識時務?識時務者在乎俊傑。'"後演爲"識時務者爲俊傑",謂能看清形勢,認識時代潮流者方爲英雄豪傑。

譈 duì 徒對切,去,隊韻,定。ㄉㄨㄟˋ

怨恨,憎惡。同"憝"。孟子萬章下:"康誥曰:殺越人于貨,閔不畏死,凡民罔不譈。"按今本尚書康誥作"憝"。

譊 láo 集韻 郎刀切,平,豪韻。ㄌㄠˊ 郎到切,去,號韻。

語聲。陳書高祖紀上太平二年梁帝禪位策:"精華既竭,耄勤已倦,則抗首而笑,惟賢是與,譊然作歌,簡能斯授,遺風餘烈,昭晰圖書。"藝文類聚十四南朝陳沈炯爲羣臣勸進梁元帝二表:"雖醒醉相扶,同歸景亳,或謳或誦,總赴唐郊,陛下沈首譊然,讓德不嗣。"

譐 zǔn 兹損切,上,混韻,精。ㄗㄨㄣˇ

㊀減少。漢賈誼新書脩政語上:"故服人而不爲仇,分人而不譐者,其惟道矣。"㊁同"噂",聚語。見"譐諮"。

【譐諮】議論紛雜。同"噂沓"。魏書安定王休傳附元燮上表:"譐諮明昏,有虧禮教。"參見"噂沓"。

謿 cháo 集韻 陟交切,平,爻韻。ㄔㄠˊ

譏諷。同"嘲"。漢書八七下揚雄傳:"時雄方草太玄,有以自守,泊如也。或謿雄以玄尚白,而雄解之,號曰解謿。"

譊 náo 女交切,平,肴韻,娘。ㄋㄠˊ

喧呼。晉書庾純傳上表自劾:"臣不自量,飲酒過多。……臣不服罪自引,而更忿怒,厲聲名公,臨時諠譊。"唐杜牧樊川集一長安送友人游湖南詩:"相捨囂譊中,吾過何由鮮!"

【譊譊】喧嚷爭辯之聲。莊子至樂:"彼唯人言之惡聞,奚以夫譊譊爲乎!"漢揚雄法言寡見:"呱呱之子,各識其親;譊譊之學,各習其師。"

譓 huì 胡桂切,去,霽韻,匣。ㄏㄨㄟˋ

㊀辯察。國語晉五:"今陽子之情譓矣。"一本作"譿"。㊁順從。漢書五七司馬相如傳下封禪書:"陛下仁育羣生,義征不譓。"史記作"憓"。

譆 xī 許其切,平,之韻,曉。ㄒㄧ

表驚嘆、悲痛等。通"嘻"。莊子養生主:"譆,善哉!技蓋至此乎!"文選三國魏曹子建(植)七啟:"玄微子俯而應之曰:'譆!有是言乎?'"

【譆譆】歎聲。左傳襄三十年:"或叫于宋大廟曰:'譆譆出出。'"注:"譆譆,熱也。"明方以智通雅十釋詁:"譆譆出出,當作嘻嘻咄咄,皆是狀鬼神之聲。"

譚 tán 徒含切,平,覃韻,定。ㄊㄢˊ

㊀延及。管子侈靡:"而祀譚次祖,犯詛渝盟傷言。"注:"譚,延也。國敗絕祀之事延及次祖。"㊁放縱。大戴禮子張問入官:"富恭有本能圖,修業居久而譚。"㊂說。同"談"。莊子則陽:"彭陽見王果曰:夫子何不譚我於王?"釋文:"音談,本亦作談,李云,說也。"㊃春秋時諸侯國名。子爵,故地在今山東歷城縣東,爲齊桓公所滅。見左傳莊十年。㊄姓。漢有河南尹譚閎。見廣韻。

【譚峭】五代泉州人,字景升,唐國子司業洙之子。師嵩山道士,得辟穀養氣煉丹之術,道家稱紫霄真人。著有化書六卷,大旨爲道家言而附合於儒書。參見"化書"。

【譚綸】公元1520—1577年。明宜黃人,字子理,嘉靖二十三年進士。任台州知府,練兵抗倭,頗著成效。嘉靖四十二年任福建巡撫,率戚繼光、俞大猷等平倭。後任薊遼保定總督,又與戚繼光練兵防邊。官至兵部尚書,卒諡襄敏。綸治兵三十年,與繼光共事齊名,稱譚戚。有譚襄敏奏議。明史有傳。

【譚元春】公元1586—1631年。明竟陵人,字友夏。天啟七年鄉試第一。與同里鍾惺共編古詩歸及唐詩歸,論文反對復古,主性靈之說,曾風行一時,稱爲竟陵派,與公安派相頡頏。有譚友夏合集。明史附袁宏道傳。

【譚苑醍醐】明楊慎撰。九卷。爲考證辨論之作。其嘉靖二十一年自敘謂:"從乳出酪,從酪出酥,從生酥出熟酥,從熟酥出醍醐。"意爲晚年精心所得,非一蹴而成。考訂該博,多新解;亦偶有誤記。

譖 1. zèn 莊蔭切,去,沁韻,莊。ㄗㄣˋ

㊀誣陷。詩小雅巷伯:"彼譖人者,亦已大甚。"公羊傳莊元年:"夫人譖公於齊侯。"注:"如其事曰訴,加誣曰譖。"

2. jiàn ㄐㄧㄢˋ

㊀不信。通"僭"。詩大雅瞻卬:"鞫人忮忒,譖始竟背。"箋:"譖,不信也。"釋文:"譖,本又作僭,子念反。"

【譖言】讒言。詩小雅雨無正:"聽言則答,譖言則退。"箋:"有譖毀之言,則共爲排退之。"

【譖潤】論語顏淵:"浸潤之譖。"後因以譖潤指受讒毀的影響。三國志吳孫堅傳:"堅夜馳見(袁)術,畫地計校曰:'……堅與(董)卓非有骨肉之怨也,而將軍受譖潤之言,還相嫌疑!'"

譎 jué 古穴切,入,屑韻,見。ㄐㄩㄝˊ

㊀欺詐。論語憲問:"晉文公譎而不正,齊桓公正而不譎。"㊁差異。莊子天下:"相里勤之弟子五侯之徒,南方之墨者苦獲、已齒、鄧陵子之屬,俱誦墨經,而倍譎不同,相謂別墨。"疏:"譎,異也。"㊂變化。文選漢張平子(衡)東京賦:"玄謀設而陰行,合二九而成譎。"

【譎怪】㊀奇異,怪誕。後漢書八八大秦國傳:"諸國所生奇異玉石諸物,譎怪多不經。"南朝梁劉勰文心雕龍一辯騷:"康回傾地,夷羿彈日,木夫九首,土伯三目,譎怪之談也。"㊁詭詐。新唐書一六七裴延齡傳:"延齡資苛刻,又劫于利,專剝下附上,肆騁譎怪。"

【譎觚】猶譎詭。周禮天官宮正"去其淫怠與其奇衺之民"漢鄭玄注:"奇衺,譎觚非常。"孫詒讓正義:"觚、怪、乖、詭,並聲轉,義略同。"

【譎詭】怪誕,變幻。文選戰國楚宋玉高唐賦:"狀似走獸,或象飛禽,譎詭奇偉,不可究陳。"文選漢張平子(衡)東京賦:"龍雀蟠蜿,天馬半漢。瑰異譎詭,燦爛炳煥。"

【譎諫】委婉地規諫。詩周南關雎序:"上以風化下,下以風刺上,主文而譎諫,言之者無罪,聞之者足以戒,故曰風。"孔子家語辯政:"忠臣之諫君有五義焉,一曰譎諫,二曰戇諫,三曰降諫,四曰直諫,五曰風諫。"

譔 zhuàn 士免切,上,獮韻,牀。ㄓㄨㄢˋ 士戀切,去,線韻,牀。

㊀具備。楚辭大招:"魂乎歸徠,聽歌譔只。"注:"譔,具也。言觀聽衆樂,無不具也。"㊁撰述。禮祭統:"銘者,論譔其先祖之有德善、功烈、勳勞、慶賞、聲名,列於天下,而酌之祭器,自成其名焉,以祀其先祖者也。"疏:"論謂論說,譔則譔錄,言子孫爲銘,論說譔錄其先祖道德善事。"漢書八七下揚雄傳:"故人時有問雄者,常用法應之,譔以爲十三卷,象論語,號曰法言。"注:"譔與撰同。"

【譔述】即撰述。唐白居易長慶集二四傳法堂碑:"師既歿後,予出守南賓郡,遠託譔述,迨今而成。"

謘 chí 直尼切,平,脂韻,澄。ㄔˊ

見下。

【謘謘】懇切。猶諄諄。謘,說文作"謘"。荀子樂論:"盡筋骨之力以要鐘鼓俯會之節,而靡有悖逆者,衆積意謘謘乎?"

證 zhèng 諸應切,去,證韻,照。ㄓㄥˋ

㊀證實,驗證。論語子路:"其父攘羊,而子證之。"楚辭屈原九章惜誦:"故相臣莫若君兮,所以證之不遠。"㊁諫。戰國策齊一:"士尉以證靖郭君,靖郭君不聽,士尉辭而去。"㊂法則。漢揚雄太玄經二從:"人不攻之,自然證也。"注:"證,則也。"㊃證據,根據。晉書范甯傳:"時更營新廟,博求辟雍、明堂之制,甯據經傳奏上,皆有典證。"㊄病況。通"症"。列子周穆王:"其父之魯,過陳,遇老聃,因告其子之證。"

【證人】作證的人。北史蘇瓊傳:"有百姓乙普明,兄弟爭田,積年不斷,各相援據,乃至百人。瓊召普明兄弟,對衆人諭之,……因而下淚,諸證人莫不灑泣。"

【證左】 卽證人。史記五宗世家:"天子遣大行騫驗王后及問王勃,請逮勃所與姦諸證左,王又匿之。"漢書九九中王莽傳:"召會吏民,逮捕證左。"

【證見】 證據,證明。唐人張義潮變文:"阿耶驅來作證見,阿孃也交作保知。"(敦煌變文。)宋呂東萊紫薇雜記作文引事:"老蘇(洵)嘗謂學士作文,引證事實,猶訟事之引證見人。"(說郛三一)

【證果】 佛教謂精修久之,悟道有得。南朝陳江總江令君集明慶寺詩:"金河知證果,石室乃安禪。"唐張鷟朝野僉載二:"北齊稠禪師,鄴人也,落髮爲沙彌。……禪師後證果,居於林慮山。"

【證明】 據實以明眞僞。漢書八八孟喜傳:"同門梁丘賀疏通證明之。"漢王逸離騷經章句序:"屈原放在草野,復作九章,援天引聖,以自證明。"

【證候】 ㊀氣象。晉書天文志上引葛洪:"張平子、陸公紀之徒,咸以爲推步七曜之道,以度曆象昏明之證候……莫密於渾象者也。"㊁症狀。南朝梁陶弘景陶隱居集肘後百一方序:"撰效驗方五卷,具論諸病證候,因藥變通。"

【證聖】 ㊀佛教謂證入聖諦。南齊蕭子良竟陵王集二淨住子敬重正法門:"雜録正經,七千餘卷,詞義明敏,談味無遺,近則安國利人,遠則超凡證聖。"㊁唐武則天的年號。公元695年。

【證據】 ㊀證明事實的根據。抱朴子弭訟:"若有變悔而證據明者,女氏父母兄弟,皆加刑罪。"宋書禮志一晉荀崧疏:"儀禮一經,所謂曲禮,鄭玄於禮特明,皆有證據,宜置鄭儀禮博士一人。"㊁證明,考據。後漢書八一繆肜傳:"時縣令被章見考,吏皆畏懼自誣,而肜獨證據其事,掠考苦毒。"唐韓愈昌黎集三二柳子厚墓誌銘:"儁傑廉悍,議論證據今古,出入經史百子。"

【證驗】 ㊀檢驗,證明。漢書八三薛宣傳:"證驗以明白,欲遣吏考案,恐負舉者,恥辱儒士。"漢王充論衡對作:"論則考之以心,效之以事,浮虛之事,輒立證驗。"㊁效驗。漢班固白虎通辟雍:"天子所以有靈臺者何?所以考天人之心,察陰陽之會,揆星度之證驗,爲萬物獲福無方之元。"

【證道歌】 全稱永嘉證道歌。唐永嘉大師玄覺著,宋知訥、元永盛各有證道歌注一卷。玄覺初依天台宗,後習禪觀,曾至曹溪參慧能,因倡台禪融合之說。參閱景德傳燈録五、宋高僧傳八。

【證治準繩】 明王肯堂撰,一百二十卷。分證治、傷寒、瘍醫、幼科和女科,類方六種。每種分門別類,採摭宏富,參驗脈證,辨析甚詳,爲後世醫家所宗。

【證龜成鼈】 謂爲衆口所惑,顛倒黑白。宋蘇軾東坡志林三賈氏五不可:"晉武帝欲爲太子娶婦。衛瓘曰:'賈氏有五不可:青黑短妬而無子。'竟爲羣臣所譽娶之,竟以亡晉。婦人黑白差惡,人人知之,而愛其子欲爲娶婦,且使多子者,人人同也。然至其惑於衆口,則顛倒錯繆如此。俚語曰:'證龜成鼈',此未足怪也。以此觀之,當云'證龜成蛇',小人之移人也,使龜蛇易位。"

【證類本草】 宋唐愼微撰,三十卷。本名經史證類備急本草,大觀中校刊者稱大觀本草,政和中校刊者稱政和本草。本草舊經止三卷,收藥僅三百六十五種,歷代皆有所增益。愼微取嘉祐補注本草及圖經本草合爲一書,新增藥品六百二十種,總數至一千七百四十六種。古來諸家本草之流傳不絕,此書之功爲多。商務印書館四部叢刊初集據金泰和本影印。

譁 huá 呼瓜切,平,麻韻,曉。ㄏㄨㄚ

㊀吵嚷,喧嘩。書費誓:"公曰:嗟!人無譁,聽命。"孫子軍爭:"以治待亂,以靜待譁,此治心者也。"㊁虛誇。韓詩外傳三:"夫愼於言者不譁,愼於行者不伐。"

【譁釦】 大聲歡呼。國語吳:"三軍皆譁釦以振旅,其聲動天地。"一切經音義十九引國語釦作"呴"。呴,同"吼"。

【譁衆取寵】 以浮誇的言行博取衆人的尊敬。漢書藝文志儒家:"然惑者既失精微,而辟者又隨時抑揚,違離道本,苟以譁衆取寵。"

譓 huì 胡對切,去,隊韻,匣。ㄏㄨㄟ

中止。說文"譓"引司馬法:"師多則人譓。"

【譓列】 或止或列。文選晉左太沖(思)魏都賦:"齊被練而銛戈,襲偏裻以譓列。"

譌 é 五禾切,平,戈韻,疑。ㄜ

錯誤。同"訛"。說文:"譌,譌言也。……詩曰:'民之譌言。'"今本詩小雅沔水作"訛言"。史記封禪書:"百姓怨其法,天下畔之,皆譌曰:'始皇上泰山,爲暴風雨所擊,不得封禪。'"

【譌火】 妖火。山海經西山經:"(章莪之山)有鳥焉。其狀如鶴,一足,赤文,青質而白喙,名曰畢方。其鳴自叫也,見則其邑有譌火。"

譕 mó 集韻蒙晡切,平,模韻。ㄇㄛ

"謨"的古字。見"譕臣"。

【譕臣】 謀臣。管子形勢:"譕臣者可與遠舉,顧憂者可與致道。"注:"言行莫先,謂之譕臣。有大言行者,可與圖國之遠也。"按清王引之謂臣當作"巨",因字形相似而誤。"譕巨"者,謀及天下之大,非一家一國之謀也。參閱清王念孫讀書雜志管子一。

譑 jiǎo 居夭切,上,小韻,見。ㄐㄧㄠ

㊀多言。見玉篇。㊁取。通"撟"。荀子富國:"而或以無禮節用之,則必有貪利糾譑之名,而且有空虛窮乏之實矣。"注:"譑,發人罪也。"參閱清王念孫讀書雜志十一糾譑。

譙 1. qiáo 昨焦切,平,宵韻,從。ㄑㄧㄠˊ

㊀憔悴。通"憔"。見"譙譙"。㊁瞭望。通"瞧"。見"譙門"、"麗譙"。㊂地名。1.縣名。春秋陳譙邑。秦置縣。漢屬沛郡,東漢屬沛國。三國魏時爲五都之一,其後曾爲南兗州、譙郡、陳留郡治所。唐、宋、元爲亳州治所。明初併入亳州。故地在今安徽亳縣。參閱讀史方輿紀要二一鳳陽府。2.郡名。東漢末,分沛國置譙郡。轄地在今皖、豫間蒙城、亳縣、鹿邑等地,治所譙縣。隋初廢。大業及唐天寶時改亳州爲譙郡。參閱讀史方輿紀要二一鳳陽府。㊃姓。春秋曹大夫食采於譙,子孫因邑爲氏。漢有譙玄。三國時有譙周。見通志二七氏族三以邑爲氏。

2. qiào 集韻才笑切,去,笑韻。ㄑㄧㄠˋ

㊄責備。通"誚"。韓非子五蠹:"父母怒之弗爲改,鄉人譙之弗爲動,師長教之弗爲變。"

【譙玄】 ?—公元35年。漢巴郡閬中人,字君黃。少好學,能說易、春秋。成帝時拜議郎,平帝時遷中散大夫。王莽攝政,改姓名,歸家隱居。公孫述據蜀,徵召不就。後漢書載獨行傳。

【譙門】 建有望樓的城門。漢書三一陳勝傳:"攻陳,陳守令皆不在,獨守丞與戰譙門中。"注:"譙門,謂門上爲高樓以望者耳。樓一名譙,故謂美麗之樓爲麗譙。譙亦呼爲巢。所謂巢車者,亦於兵車之上爲樓以望敵也。譙、巢聲相近,本一物也。"

【譙$_2$呵】申斥。史記一〇三衛綰傳:"景帝立,歲餘不噍呵綰"唐司馬貞索隱:"一作'譙呵'。譙,責讓也,言不嗔責綰也。"

【譙周】公元201—270年。三國蜀巴西西充國人,字允南。幼孤,家貧,誦讀典籍,至忘寢食,精研六經,尤善書札。諸葛亮領益州牧,命爲勸學從事,後官至光祿大夫。以勸蜀主劉禪降魏,魏封爲陽城亭侯。入晉,屢詔徵用,拜騎都尉,後以疾辭。著有法訓、五經論、古史考等百餘篇,皆佚,古史考有輯本。三國志蜀有傳。

【譙城】古地名。1.在今河南夏邑縣。漢譙縣初治此。東晉初,祖逖屯淮陰,進據太丘城,攻克譙城而居,卽此。見讀史方輿紀要五十歸德府。2.在今安徽蒙城縣。漢置山桑縣,屬沛郡。東魏武定中,改置譙州南譙郡。陳太建五年,克齊淮南,譙城降,卽此。見讀史方輿紀要二一壽州。3.在今安徽亳縣。唐初譙州治此,貞觀十七年州廢,以故城爲臨渙縣縣治。後遂誤以隋之譙縣爲古譙城。又在今安徽巢縣及滁縣,古有譙郡城及南譙城之稱。見讀史方輿紀要二一亳州、二六無爲州、二九滁州。

【譙樓】城門上的望樓,俗稱鼓樓。三國志吳孫權傳赤烏三年:"夏四月,大赦,詔諸郡縣治城郭,起譙樓,穿塹發渠,以備盜賊。"唐唐彥謙鹿門集下敍別詩:"譙樓夜促蓮花漏,樹影搖月蛟螭走。"

【譙譙】羽毛殘敝貌。詩豳風鴟鴞:"予羽譙譙,予尾翛翛。"傳:"譙譙,殺也。翛翛,敝也。"

【譙櫓】設於道上的門樓,供守望之用。新唐書一五五馬燧傳:"西山直吐蕃,其上有通道,虜常所出入者。燧聚石種樹障之,設二門爲譙櫓,八日而畢,虜不能暴。"舊唐書作"籬櫓"。

【譙$_2$讓】譴責。史記九五樊噲傳:"是日微樊噲犇入營譙讓項羽,沛公事幾殆。"

【譙敏碑】東漢碑刻。額篆書"漢故小黃門譙君之碑"。碑文隸書,中平四年立石。記小黃門譙敏事蹟。原碑宋時在冀州,現已佚。有清黃易藏翻宋拓本傳世,今存故宮博物院。參閱宋歐陽修六一題跋三、宋洪适隸釋十一。

譏 jī ㄐㄧ 居依切,平,微韻,見。

㊀譴責,非議。左傳隱元年:"段不弟,故不言弟;如二君,故曰克;稱鄭伯,譏失教也。"公羊傳隱二年:"外逆女不書,此何以書?譏。"注:"譏,猶譴也。"史記一二三游俠列傳序:"韓子曰:'儒以文亂法,而俠以武犯禁',二者皆譏。"正義:"譏,非言也。"㊁諷刺。見"譏刺"、"譏彈"。㊂稽查,察問。孟子公孫丑上:"關譏而不征,則天下之旅皆悅,而願出於其路矣。"

【譏刺】諷刺。漢書六七梅福傳:"是時成帝委任大將軍王鳳,鳳專勢擅朝,而京兆尹王章素忠直,譏刺鳳,爲鳳所誅,王氏浸盛。"

【譏呵】責問,非難。三國志蜀孟光傳:"好公羊春秋而譏呵左氏。"也作"譏訶"。三國魏劉邵人物志上流業:"清節之流,不能弘恕,好尚譏訶,分別是非,是謂臧否,子夏之徒是也。"

【譏彈】評論,抨擊。三國魏曹植曹子建集九與楊德祖(修)書:"世人之著述,不能無病,僕嘗好人譏彈其文,有不善者應時改定。"

【譏諷】嘲笑諷刺。唐韓愈昌黎集二一石鼎聯句詩序:"劉與侯皆已賦十餘韻,彌明應之如響,皆穎脫含譏諷。"宋蘇軾分類東坡詩二五廣陵會三同舍各以其字爲韻仍邀同賦:"作詩聊遣意,老大慵譏諷。"

十三畫

譩 yī ㄧ 於其切,平,之韻,影。
於希切,平,微韻,影。
於擬切,上,止韻,影。

歎聲。同"噫"。

【譩譆】人體經穴名。素問骨空論:"大風汗出灸譩譆,譩譆在背下俠脊傍三寸所,厭之,令病者呼譩譆,譩譆應手。"

譜 pǔ ㄆㄨˇ 博古切,上,姥韻,幫。

㊀記載事物類別或系統的書。見説文。釋名釋典藝:"譜,布也,布列見其事也。亦曰緒也,主敍人世類相繼,如統緒也。"如漢鄭玄有詩譜。㊁编排紀録。史記三代世表:"太史公曰:五帝、三代之記,尚矣。自殷以前諸侯不可得而譜,周以來乃頗可著。"正義:"譜,布也,列其事也。"㊂樂曲以符號表示聲音節拍之高低、長短者亦名譜,按詞作曲曰譜曲。隋書律曆志上:"(毛)爽因稽諸故實,以著于篇,名曰律譜。"唐白居易長慶集五一霓裳羽衣歌和微之詩:"由來能事皆有主,楊氏創聲君造譜。"

【譜系】記述宗族系統等的書。隋書經籍志二:"氏姓之書,其所由來遠矣。……今録其見存者,以爲譜系篇。"所録除帝王、世族家譜、姓譜之外,並有竹譜、錢譜等。

【譜表】按事物類別編成的表册。如年譜、年表、史譜、史表等。唐劉知幾史通表曆:"蓋譜之建名,起於周代;表之所作,因譜象形。故桓君山有云:太史公三代世表,旁行邪上,並効周譜。"

【譜第】卽譜系。晉杜預春秋序:"又别集諸例,及地名、譜第、歷數,相與爲部,凡四十部、十五卷。皆顯其異同,從而釋之,名曰釋例。"晉書杜預傳:"乃耽思經籍,爲春秋左氏經傳集解。又參攷衆家譜第,謂之釋例。"

【譜牒】記述氏族或宗族世系的書。史記太史公自序:"維三代尚矣,年紀不可考,蓋取之譜牒舊聞,本于兹,於是略推,作三代世表第一。"亦作"譜諜"。史記十二諸侯年表:"太史公讀春秋曆譜諜,至周厲王,未嘗不廢書而歎也。"

【譜録】㊀四部圖書分類法子部中的一類。宋尤袤遂初堂書目創立譜録一門,於是别類殊名,咸歸統攝。清初修四庫全書,沿用其例,以收諸雜書之無可繫屬者,包括器物、飲食及草木鳥獸蟲魚之屬。㊁猶譜牒。北史高允傳附高諒:"諒造親表譜録四十餘卷,自五世以下,内外曲盡,覽者服其博記。"

【譜學】研究譜牒的學科。魏晉南北朝時,特重門第,選擧必稽譜牒,譜學遂成專門之學。如東晉賈弼之、南齊賈淵祖孫及梁王僧孺,均長於譜學。南齊書賈淵傳:"先是譜學未有名家,淵祖弼之廣集百氏譜記,專心治業。"唐五代以後,門閥制度衰落,譜學亦衰。

議 yì ㄧˋ 宜寄切,去,寘韻,疑。

㊀謀慮,商議。易節:"君子以制數度,議德行。"㊁評論是非。多指非議。論語季氏:"天下有道,則庶人不議。"商君書更法:"君亟定變法之慮,殆無顧天下之議之也。"㊂言論,意見。史記八七李斯傳:"始皇下其議丞相。"㊃文體名。用以論事、説理或陳述意見。如奏議、駁議等。㊄選擇。儀禮有司徹:"乃議侑于賓以異姓。"注:"議,猶擇也。擇賓之賢者可以侑尸,必用異姓,廣敬也。"

【議民】漢碑碑陰多載出錢人名,名目有故吏、議民、故三老、故處士、義民等。蔡湛碑陰有議民,當爲郡縣官與論議政事之士人,不見於他碑。參閱宋趙明誠金石録十七跋尾七。

【議決】議論並作出決定。漢書九十田延年傳:"會昭帝崩,昌邑王嗣位,淫亂,霍將軍(光)憂懼,與公卿議廢之,莫敢發言。延年按劍,廷叱羣臣,即日議決。"

【議郎】官名。秦置,漢制秩比六百石,徵賢良方正敦朴有道之士任之,掌顧問應對。見漢書百官公卿表上。

【議處】官員有過,交議處分。晉書刑法志裴頠表:"刑書之文有限,而舛違之故無方,故有臨時議處之制,誠不能皆得循常也。"

【議曹】漢時郡守所辟屬吏之稱。漢書八九龔遂傳:"上以爲渤海太守,……吏民皆富實,獄訟止息。數年,上遣使者徵遂,議曹王生願從。"

【議敘】清制:官員有功而交吏部核議,以定功賞之等級,謂之議敘。功多者曰從優議敘。

【議貴】周代八辟之一,辟,法;貴,高位、高官者。貴者犯罪則考慮減、免其刑罰。周禮秋官小司寇:"六曰議貴之辟。"注:"鄭司農(衆)云:若今時吏墨綬有罪先請是也。"疏:"先鄭推引漢法,墨綬爲貴;若據周,大夫以上皆貴也。"漢改爲"八議"。參見"八辟"。

【議賓】周代八辟之一。辟,法;賓,不以臣禮對待的特殊身份的人,如前王朝的後人等。賓者有罪則考慮減免刑罰。周禮秋官小司寇:"八曰議賓之辟。"參見"八辟"。

【議賢】周代八辟之一。賢,指有德行的人,有罪則考慮減免刑罰。周禮秋官小司寇:"三曰議賢之辟。"注:"鄭司農(衆)云:若今時廉吏有罪先請是也。玄謂賢,有德行者。"參見"八辟"。

【議親】周代八辟之一。親,指王之五屬以內及外親族,有罪則考慮減免刑罰。參見"八辟"。

【議禮】評議禮制的因革。禮中庸:"非天子不議禮,不制度,不考文。"疏:"此論禮由天子所行,既非天子,不得論議禮之是非。"

譤 jǐng 居影切,上,梗韻,見。ㄐㄧㄥˇ

警戒。同"警"。墨子明鬼下:"爲君者以教其臣,爲父者以譤其子。"

譝 shéng 食陵切,平,蒸韻,神。ㄕㄥˊ

㊀稱譽。見廣雅釋詁。㊁見下。

【譝譝】言語樸素。舊題宋程本子華子北宮子仕:"古之知道者,洎兮如太羹之未調,譝譝兮如將孩。"

譨 nóu 集韻 奴侯切,平,侯韻。ㄋㄡˊ

見下。

【譨譨】多言貌。楚辭漢王逸九思怨上:"令尹兮謷謷,羣司兮譨譨。"

譟 zào 蘇到切,去,號韻,心。ㄗㄠˋ

喧鬧。同"噪"。左傳文十三年:"(士會)既濟,魏人譟而還。"

譴 qiǎn 去戰切,去,線韻,溪。ㄑㄧㄢˇ

㊀責備,責問。詩小雅小明:"豈不懷歸,畏此譴怒。"戰國策東周:"太卜譴之,曰:周之祭地爲祟。"㊁罪過。後漢書六十下蔡邕傳上書自陳:"欲以改政思譴,除凶致吉。"㊂官吏謫降稱譴。全唐詩九一韋嗣立奉和張岳州王潭州別詩序:"後承朝譴,各自東西。"㊃姓。明陳士元姓觿引千家姓云:雁門族。按當以獲譴而得氏。如辠氏之類。

【譴責】斥責。史記外戚世家:"後數日,帝譴責鉤弋夫人。"漢書九十嚴延年傳:"延年後復劾大司農田延年持兵干屬車,大司農自訟不干屬車。事下御史中丞,譴責延年何以不移書宮殿門禁止大司農,而令得出入宮。"

譯 yì 羊益切,入,昔韻,喻。ㄧˋ

㊀翻譯。禮王制:"五方之民,言語不通,嗜欲不同,達其志,通其欲……北方曰譯。"隋書經籍志四佛:"三國時有西域沙門康僧會齎佛經至吳譯之。"㊁解釋經義亦曰譯。漢王符潛夫論考績:"夫聖人爲天口,賢者爲聖譯。"

【譯官】主管翻譯的官員。漢書百官公卿表上典客:"景帝中六年更名大行令,武帝太初元年更名大鴻臚。屬官有行人、譯官、別火三令丞及郡邸長丞。"

【譯經院】宋代掌譯佛經的譯場。隋唐皆有翻譯道場。宋太平興國五年,詔於太平興國寺大殿西建譯經院。中設譯經堂,東序爲潤文堂,西序爲正義堂。選通曉梵語文義者爲譯成華語,再使人爲之潤色文字。八年,改爲傳法院。參閱宋宋敏求春明退朝錄上、高承事物紀原七傳法院。

譫 zhān 集韻 之廉切,平,鹽韻。ㄓㄢ

㊀多言。見集韻。㊁病中說胡話。素問熱論:"身熱不欲食,譫言。"唐王冰注:"譫言,謂妄謬而不次也。"

【譫諄】胡言亂語。宋蘇軾分類東坡詩十九用前韻再和孫志舉:"願子事篤實,浮言掃譫諄。"

譍 yìng yīng 於證切,去,證韻,影。ㄧㄥˋ ㄧㄥ

答話。通"應"。唐元稹長慶集二六通州丁溪館夜別李景信詩之三:"倦童呼喚譍復眠,啼雞拍翅三聲絶。"

【譍門女】應門的少女。宋蘇軾分類東坡詩二三上巳日與二三子携酒出游隨所見作:"映簾空復小桃枝,乞漿不見譍門女。"此用崔護覓漿之典。參閱唐孟棨本事詩情感。

譱 shàn 常演切,上,獮韻,禪。ㄕㄢˋ

"善"的本字。漢書禮樂志:"故孔子曰:'安上治民,莫譱於禮;移風易俗,莫譱於樂。'"古籍通作"善"。

警 jǐng 居影切,上,梗韻,見。ㄐㄧㄥˇ

㊀戒備。左傳宣十二年:"且雖諸相見,軍衛不徹,警也。"㊁告誡。周禮天官宰夫:"正歲則以法警戒羣吏。"左傳宣十二年:"今天或者大警晉也。"㊂凡報告危急的信息都可稱警。如邊警、烽警。漢書六四下終軍傳:"邊警時有風塵之警,臣宜被堅執鋭當矢石,啟前行。"後漢書二三竇融傳:"修兵馬,習戰射,明烽燧之警。"㊃警醒。禮文王世子:"大昕鼓徵,所以警衆也。"疏:"警動衆人,今早起也。"㊀至㊃同"儆"。㊄敏捷。三國志魏武帝紀:"太祖少機警,有權數,而任俠放蕩。"㊅驚。文選晉陸士衡(機)歎逝賦:"日望空以駿驅,節循虛而警立。"注:"警,猶驚。"

【警句】詩文中精鍊警策的句子。唐司空圖司空表聖文集二與李生論詩書:"賈浪仙(島)誠有警句,視其全篇,意思殊餒。"孟棨本事詩徵咎:"崔曙進士作明堂火珠詩續帖曰:'夜來雙月滿,曙後一星孤。'當時以爲警句。"

【警巡】警衛巡視。唐白居易長慶集三七除軍使邠寧節度使制:"自領軍衛,爲我爪牙,夙夜警巡,不懈于位。"

【警告】告誡使警覺。宋張耒柯山集九夏日雜感之四:"我歌豈徒然,亦用自警告。"宋史二八五賈昌朝傳:"近年寺觀屢災,此殆天示警告。"

【警角】古代軍中所吹的號角。晉時惟天子得用。大司馬桓温屯中堂,夜吹警角,御史中丞司馬恬奏劾大不敬。宋代地方郡邑皆可使用。見晉書敬王恬傳、文獻通考一三八樂考十一警角。

【警拔】出衆拔俗。1. 指人風度。梁書王暕傳："年數歲，而風神警拔，有成人之度。"2. 指詩文創作。梁鍾嶸詩品中晉處士郭泰機等："觀此五子，文雖不多，氣調警拔。"

【警枕】用圓木做的枕頭，熟睡則欹動，容易覺醒。禮少儀"頴、杖、琴、瑟……其執之皆尚左手"漢鄭玄注："頴，警枕也。"才調集三陸龜蒙和人宿木蘭院詩："猶憶故山欹警枕，夜來嗚咽似流泉。"吳越備史一武肅王（錢鏐）："又以圓木小枕緩鈴，睡熟則欹，由是而卧，名曰警枕。"

【警悟】㊀警覺，領悟。漢王充論衡藝增："故曰：'語不易，心不惕；心不惕，行不易。'增其語欲以懼之，冀其警悟也。"㊁機敏聰慧。世說新語賞譽下："林公（支遁）云：'見司州（王胡之）警悟交至，使人不得住，亦終日忘疲。'"

【警惕】㊀悚動。文選晉潘安仁（岳）悼亡詩之一："悵怳如或存，周遑忡警惕。"㊁戒懼。明張居正張文忠集書牘四答參議吳道南："辱教，滿紙皆藥石之言，但謂僕驕抗，輕棄天下士，則實未敢，然因此而益加警惕，無不可也。"

【警策】㊀三國魏曹植曹子建集五應詔詩："僕夫警策，平路是由。"本指馬受鞭策而悚動。引申爲受人督教而儆戒振奮。宋司馬光溫國文正公集六三答彭寂朝議書："銜荷盛德，刻骨不忘，謹當寶藏，時取伏讀，以自警策，少副萬分之一。"㊁文章中精煉切要、辭義深妙之處。文選晉陸士衡（機）文賦："立片言而居要，乃一篇之警策。"注："以文喩馬也，言馬因警策而彌駿，以喩文資片言而益明也。"

【警備】警戒以備非常。漢書九四上匈奴傳："單于使犂汙王窺邊，……時漢先得降者，聞其計，天子詔邊警備。"

【警鼓】報警之鼓。韓非子外儲左上："楚厲王有警鼓，與百姓爲戒。飲酒醉過而擊，民大驚，使人止之，曰：'吾醉而與左右戲而擊之也。'民皆罷。居數月，有警，擊鼓而民不赴。"

【警趕】趕，同"蹕"。見"警蹕"。

【警蹕】古時帝王出入稱警蹕，左右侍衛爲警，止人清道爲蹕，以戒止行人。史記一一八淮南王傳："（厲王）出入稱警蹕，稱制，自爲法令，擬於天子。"晉崔豹古今注輿服："警蹕，所以戒行徒也。周禮蹕而不警，秦制出警入蹕，謂出軍者皆警戒，入國者皆蹕止也。……一曰，蹕，路也，謂行者皆警於塗路也。"也作"警趕"。漢書四七梁孝王傳："出稱警，入言趕，儗於天子。"

【警巡院】官署名。遼金元於京師置警巡院，設警巡使、副使、判官等官，掌平理獄訟及警巡檢稽之事。元順帝又於大都城之四隅，各立警巡分院。明清置五城兵馬指揮司。見續文獻通考五九職官九警巡院。

【警嚴曲】古鼓吹樂之一。宋代皇帝出行時，止宿衛中所奏的歌曲。曲調有六州、十二時等。樂隊多達千餘人。也用於祭祀。見宋史樂志十五。

【警世通言】明末馮夢龍編集。收宋元明話本及擬話本四十卷。其中亦有夢龍自作。與其所集喩世明言、醒世恒言合稱"三言"。

譬 pì 匹賜切，去，寘韻，敷。ㄆㄧˋ

㊀比喩。詩大雅抑："取譬不遠，昊天不忒。"論語爲政："爲政以德，譬如北辰，居其所而衆星共之。"㊁明曉，曉諭。後漢書二九鮑永傳論："若乃言之者雖誠，而聞之未譬，豈苟進之悅，易以情納，持正之忤，難以理求乎？"又七四下劉表傳："唯江夏賊張虎陳坐擁兵據襄陽城，表使（蒯）越與龐季往譬之，乃降。"

【譬喩】比喩。喩，亦作"諭"。荀子非十二子："辯說譬諭，齊給便利而不順禮義，謂之姦說。"淮南子要略："已知大略而不知譬喩，則無以推明事。"

【譬說】以譬喩之辭勸說。資治通鑑一三四南朝宋昇明元年："初褚淵爲衛將軍，遭母憂去職，朝野敦迫，不起。（袁）粲素有重名，自往譬說，淵乃從之。"

謦 jiào 古弔切，去，嘯韻，見。ㄐㄧㄠˋ

㊀大叫。通"噭"。說文："痛呼也，从言，敫聲。"㊁揭發他人陰私。漢書藝文志名家："及謦者爲之，則苟鉤鈲析亂而已。"注："晉灼曰：謦，訐也。"

譽 yù 羊洳切，去，御韻，喻。ㄩˋ 以諸切，平，魚韻，喻。

㊀稱人之美。禮表記："君子不以口譽人。"㊁美好的名聲。詩周頌振鷺："庶幾夙夜，以永終譽。"孟子告子上："令聞廣譽施於身，所以不願人之文繡也。"㊂安樂。通"豫"。詩小雅蓼蕭："燕笑語兮，是以有譽處兮。"宋朱熹注："蘇氏曰：'譽豫通，凡詩之譽，皆言樂也。'"

【譽兒癖】太平御覽四九〇虞翻書："雖蝦不生鯉子，此子似人，欲婦，不知所向，君爲訪之，勿怪老癡譽此兒也。"後因稱好誇自己的兒子爲譽兒癖。新唐書二〇一王勃傳附王助："（王）福畤少子助亦有文。福畤嘗託韓思彥，思彥戲曰：'武子有馬癖，君有譽兒癖，王家癖何多邪？'使助出其文，思彥曰：'生子若是，可夸也。'"福畤五子勔勮勃助劼，皆能文。武子，晉王濟。

十四畫

譶 zhí 直立切，入，緝韻，澄。ㄓˊ 徒合切，入，合韻，定。

見"𧭹譶"。

譹 háo 集韻乎刀切，平，豪韻。ㄏㄠˊ

大聲呼叫。同"嚎"。莊子齊物論："大木百圍之竅穴，似鼻，似口……叫者，譹者，宎者，咬者。"唐成玄英疏："叫者，如叫呼聲也；譹者，哭聲也。"

讁 zhé 陟革切，入，麥韻，知。ㄓㄜˊ

同"謫"。㊀責難。詩邶風北門："我入自外，室人交徧讁我。"㊁過失，災禍。老子："善行無轍迹，善言無瑕讁。"國語周中："王孫滿觀之，言於王曰：'秦師必有讁。'"注："讁，猶咎也。"㊂因罪流放或貶官。文選漢賈誼過秦論："讁戍之衆，非抗於九國之師也。"又鵩鳥賦序："誼旣以讁居長沙，長沙卑濕。"

譍 yíng ㄧㄥˊ

尚書大傳虞夏傳："執事還歸二年，譍然乃作大唐之歌。"注："譍，猶灼也。大唐之歌，美堯之禪也。"案南齊書高帝紀齊王策、陳書高帝紀禪陳策均作"謗"。

譸 zhōu 張流切，平，尤韻，知。ㄓㄡ

㊀見"譸張"。㊁忖度。通"籌"。後漢書五八虞詡傳："初除之日，士大夫皆見弔勉。以詡譸之，知其無能爲也。"注："譸當作籌也。"

【譸張】虛誑放肆。書無逸："古之人……胥教誨，民無或胥譸張爲幻。"傳："譸張，誑也。君臣以道相正，故下民無有相欺誑幻惑也。"世說新語雅量："僧彌（王珉）舉酒勸謝（玄）云：'奉使君一觴。'謝曰：'可爾。'僧彌勃然起作色曰：'汝故是吳興溪中釣碣，何敢譸張！'"參見"侜張"、"侜張"。

護 hù 胡誤切，去，暮韻，匣。ㄏㄨˋ

㊀救助，衛護。史記蕭相國世家："高祖爲布衣時，（蕭）何數以吏事護高祖。"又一二二張湯傳："於故人子弟爲吏及貧昆

弟，調護之尤厚。”㊁庇護。見“護前”、“護短”。㊂總領。史記八十樂毅傳：“樂毅於是並護趙、楚、韓、魏、燕之兵以伐齊，破之濟西。”索隱：“護謂總領之也。”㊃監視。漢書五四李廣傳：“有白馬將出護兵。”注：“護謂監視之。”

【護于】漢時匈奴左賢王的尊號。漢書九四下匈奴傳：“烏珠留單于在時，左賢王數死，以爲其號不祥，更易命左賢王曰‘護于’。護于之尊最貴，次當爲單于，故烏珠留單于授其長子以爲護于，欲傳以國。”

【護世】佛經稱四天王爲守護世界之神。後秦維摩詰所説經方便品：“若在護世，護世中尊，護諸衆生。”唐元稹長慶集大雲寺二十韻詩：“現身千佛國，護世四王軍。”

【護失】回護自己過失。新唐書一五二李絳傳：“事或過差，聖哲所不免。……但矜能護失，常情所蔽，聖人改過不吝，願陛下以此處之。”

【護朽】傳説龍生九子，其一爲蚚蛥。蚚蛥性好立險，人以其刻象，包在柱頭之上，稱爲護朽。見明謝肇淛五雜俎九物部一、陸容菽園雜記二。

【護法】護持佛法。上自梵天帝釋八部鬼神，下至人世保護佛法之人，皆稱護法。宋書夷蠻傳釋慧琳均善論：“務勸化之業，結師黨之勢，苦節以要厲精之譽，護法以展陵競之情。”

【護軍】官名。1.秦有護軍都尉。漢高祖以陳平爲護軍中尉，盡護諸將，後仍爲護軍都尉，屬大司馬。東漢班固爲中護軍，隸將軍幕府，非漢朝列職。曹操爲丞相，亦置護軍。魏置護軍將軍，主武官選。晉代權任亦重，宋齊梁陳並有之。北齊護軍府統四中郎將。隋諸衛各置護軍，以副將軍，後改爲郎將。唐中葉後，神策諸軍，置護軍中尉及中護軍，以宦官爲之。宋不設。清制，京旗有護軍營，置護軍統領以管理之。參閲宋書百官志下、通典職官十六、清文獻通考兵考一。2.僅有名號而無職事。勳官。唐置上護軍、護軍，歷朝因之。清廢。見續通典職官十六。

【護前】袒護所爲，絶不認錯。三國志吳朱桓傳：“桓性護前，恥爲人下，每臨敵交戰，節度不得自由，輒嗔恚憤激。”

【護書】書筴。本作“書摀”，後訛爲保護之護。可以收放名帖文件等。藝文類聚五五有漢杜篤書摀賦。警世通言二六：“學士教打開看時，牀帳什物一毫不動，護書內帳目開載明白。”

【護理】舊制上級官缺職，以次級官守護印信，以下理大，處理事務，稱曰護理。其銜職相當者，則稱署理。見六部成語註解吏部。

【護喪】治理喪事。漢書六八霍光傳：“光薨，上及皇太后親臨光喪。太中大夫任宣與侍御史五人持節護喪事。”此指大臣之喪，須奉特旨始有。宋司馬光司馬氏書儀喪儀：“護喪，以家長或子孫能幹事知禮者一人爲之，凡喪事皆禀焉。”參閲清翟灝通俗編九儀節護喪。

【護短】㊀袒護他人之短，不使其難堪。文選三國魏嵇叔夜（康）與山巨源絶交書：“仲尼不假蓋於子夏，護其短也。”孔子家語致思：“孔子將行，雨而無蓋。門人曰：‘商也有之。’孔子曰：‘商之爲人也，甚悋於財；吾聞與人交，推其長者，違其短者，故能久也。’”㊁自諱過失。唐釋慧能壇經決疑品：“改過必生智慧，護短心內非賢。”韓愈昌黎集七記夢詩：“乃知仙人未賢聖，護短憑愚邀我敬。”

【護臂】以武藝受雇爲保護他人生命財物的人。元明雜劇元劉唐卿降桑椹蔡順奉母一：“俺這家私裏外，無人照管，若得這箇壯士與我做護臂，可也好也。”

【護田鳥】鳥名。爾雅釋鳥：“鸗澤虞。”注：“今婣澤鳥，似水鴞，蒼黑色，常在澤中，見人輒鳴，喚不去，有象主守之官，因名云。俗呼爲護田鳥。”

【護身咒】用以護身的咒語，亦指護身符。唐王建詩三隱者居：“朱書護身咒，水噀斷邪刀。”

【護身符】佛教徒以佛經或佛像繫身上，希藉佛威力以免災避邪，謂之護身符。景德傳燈錄十三真應禪師：“師又問：‘百年後有人問極則事如何？’國師曰：‘幸自可憐生，須要見個護身符子作麼？’”後稱藉以托庇的力量爲護身符。宋王邁臞軒集十五贈郭五星若水叔清詩之一：“南海編書希代寶，西山一序護身符。”西山，真德秀。

【護花鳥】鳥名。宋宋祁益部方物略記：“護花鳥，青城峨眉間往往有之，至春則啼，其音若云‘無偷花果’，憇歸人言云。”又見明李詡戒庵漫筆三。

【護花鈴】拉動發聲以阻鵲鳥傷害花朵的金鈴。五代後周王仁裕開元天寶遺事上花上金鈴：“天寶初，寧王日侍，好聲樂。……至春時，於後園中紉紅絲爲繩，密綴金鈴，繫於花梢之上，每有烏鵲翔集，則令園吏掣鈴索以驚之，蓋惜花之故也。”

【護花幡】唐人小説記唐崔玄微在花苑中遇數美人，自謂苦惡風，常求十八姨相庇，後得罪十八姨，乞玄微每歲二月初一作一朱幡，上圖日月五星之文，則免難。玄微從之，其日暴風拔木，而苑中繁花皆無恙。因名幡爲護花幡。見唐鄭還古博異誌。

【護霜天】雲凝霜降的天氣。宋費袞梁谿漫志七方言入詩：“九月霜降而雲，謂之護霜。竹坡周少隱有句云：‘雨細方淋露，雲疏欲護霜。’”農政全書十一農事占候：“冬天近晚，忽有老鯉斑雲起，漸合成濃陰者，必無雨，名曰護霜天。”

【護臘草】草名，今名烏拉草。產東北之吉林、黑龍江一帶。莖細若線，三稜，微有刺，生澱子中，拔之頗觸手，以木椎數十下，則軟如綿，土人以爲履絮，故有是稱，與貂鼠、人參稱爲遼東三寶。見清楊賓柳邊紀略三。

【護法善神】宋王安石行新法，及罷相，呂惠卿代之，守其成規，人稱爲護法善神。見宋史三二七王安石傳。

譺 ài ㄞ 五介切，去，怪韻，疑。

齊敬貌。史記一二八龜策傳：“求之於白蛇蟠杅林中者，齋戒以待，譺然。”索隱：“音嶷。”

諰 sè ㄙㄜ 集韻色入切，入，緝韻。

語不流暢。楚辭漢東方朔七諫初放：“言語訥諰兮，又無彊輔。”注：“訥者，鈍也；諰者，難也。”猶今之口吃。

譞 xuàn juàn ㄒㄩㄢ ㄐㄩㄢ 許縣切，去，霰韻，曉。古縣切，去，霰韻，見。

㊀流言。見説文。㊁追求。急就篇四：“乏興猥逮詗譞求。”注：“譞，隱語也，謂偵伺官府利害，隱密其事，有所追求也。”㊂遠。管子宙合：“譞充，言心也，心欲忠。”

謍 yīng ㄧㄥ 烏莖切，平，耕韻，影。

象聲詞。後漢書五九張衡傳思玄賦：“曳雲旗之離離兮，鳴玉鸞之謍謍。”文選三國魏嵇叔夜（康）琴賦：“謍若離鵾鳴清池，翼若游鴻翔曾崖。”

【謍譚】細碎聲。全唐詩三九九元稹蟻子詩：“陰霾煩擾擾，拾粒苦謍譚。”元氏長慶集四作“謍譚”。

十五畫

譛 shěn ㄕㄣˇ

知悉。同"審"。古代字書不載此字,但書翰中常用,如譜知、譜悉、不譜近况何如等等。

譾 jiǎn ㄐㄧㄢˇ 集韻 子淺切,上,獮韻。

淺薄。史記八七李斯傳:"能薄而材譾,彊因人之功,是不能也。"俗寫作"謭"。

譓 huì ㄏㄨㄟˋ 集韻 胡桂切,去,霽韻。

辨察。同"諟"。國語晉五:"今陽子之情譓矣,以濟蓋也。"

讀 1. dú ㄉㄨˊ 徒谷切,入,屋韻,定。

㊀誦讀。孟子萬章下:"又尚論古之人,頌其詩,讀其書,不知其人可乎,是以論其世也。"㊁抽釋,宣揚。詩鄘風牆有茨:"中冓之言,不可讀也。"傳:"讀,抽也。"

2. dòu ㄉㄡˋ 音韻闡微 惰候切,去,宥韻。

㊂句讀。文中語絶處曰句,句中停頓曰讀。見"句₃讀"。

【讀法】周制州長、黨正,於正月之吉,及歲時祭祀,集合民衆宣讀一年之政令,及司徒之十二教法,稱讀法。周禮地官州長:"正月之吉,各屬其州之民而讀灋,以攷其德行道藝而勸之,以糾其過惡而戒之。"灋,古"法"字。

【讀祝】宣讀祝文。漢制,設太祝令一人,凡國家祭祀,掌讀祝及迎送神事。歷代多沿置。參閱後漢書百官志二、清通志三九禮略四吉禮。

【讀律】習讀法律。宋蘇軾分類東坡詩十五戲子由:"讀書萬卷不讀律,致君堯舜知無術。"金史章宗紀一:"律科舉人止知讀律,不知教化之原,必使通治論語孟子,涵養器度。"

【讀畫】鑑賞畫品。清周亮工讀畫録張遺序:"然則得先生之意以讀畫,當不墮作家雲霧中;得先生之意以作畫,必不以神化讓古人矣。"

【讀禮】㊀學習禮節。荀子勸學:"其數則始乎誦經,終乎讀禮。"注:"禮,謂典禮之屬也。"㊁禮曲禮下:"居喪未葬讀喪禮,既葬讀祭禮。"疏:"事須預習,故皆許讀之。"古居喪則輟業在家,惟禮書之關於喪祭者則讀之,故以後又稱居喪爲讀禮。明謝晉庭蘭集上送朱孝廉起復詩:"讀禮已終三載後,辭家又向五雲邊。"

【讀鞫】宣讀判刑辭。周禮秋官小司寇"讀書則用法"漢鄭玄注:"如今時讀鞫已,乃論之。"唐賈公彥疏:"鞫,謂劾囚之要辭,行刑之時,讀已乃論其罪也。"

【讀父書】猶言承父遺教。禮玉藻:"父没而不能讀父之書,手澤存焉爾。"史記八一廉頗藺相如傳附趙括:"藺相如曰:'王以名使括,若膠柱而鼓瑟耳。括徒能讀其父書傳,不知合變也。'"

【讀曲歌】樂府清商曲吳聲歌曲。相傳爲南朝宋民間爲彭城王劉義康流徙所作。南齊時朱碩仙、朱子尚皆以善歌吳聲讀曲而名。樂府詩集録八十九首,唐人張祜仿作五首。參閱宋書樂志一、樂府詩集四六清商曲辭。

【讀書枕】古人讀書時所倚之枕。後漢李尤讀書枕銘:"聽政理事,怠則覽書,傾倚偃息,隨體興居,寤心起意,由愈宴娱。"見藝文類聚五五。

【讀書記】書名。1.隋王劭撰,三十卷。採摘經史謬誤,時人稱爲精博。新唐書藝文志三著録爲三十二卷。書久佚,清馬國翰玉函山房輯佚書收有一卷。2.宋真德秀撰。六十一卷,分甲、乙、丙、丁四集,丙集原書本闕。甲集論天命鬼神哲理養氣之奥,乙集論虞夏以來名臣事迹,略仿編年之體,前有綱目一篇,稱止於五代,而實止於唐李德裕。丁集論出處大義及先儒授受源流,名言緒論,徵引極多。

【讀書録】明薛瑄撰。十一卷,又續録十二卷。瑄治學一本程朱,以復性爲主,嘗謂自朱熹以後,儒道已明,無煩他人著作,故書中皆爲躬行心得之言,絶少新義。

【讀畫録】清周亮工撰。四卷。記明末清初畫家七十六人。各論其品第、風格及生平梗概,亦間附以題詠。後列有名無傳者六十九人,明末畫家,大體具此。

【讀離騷】雜劇名。清尤侗撰。演戰國楚屈原事。據屈原本傳,附以巫山神女等事。順治間曾進内廷,命教坊内人裝演供奉。魏書盧元明傳記中山王元熙見元明而歎曰:"盧郎有如此風神,惟須誦離騷,飲美酒,自爲佳器。"劇名出此。參閱曲海總目提要二十。

【讀史管見】宋胡寅撰,三十卷。是書爲其謫居嶺南時讀司馬光資治通鑑所作,成於紹興二十五年。寅以通鑑事備而義少,故書中多出己見,不揆事勢,好爲深刻之論,又以在謫無書自攜,多憑記憶立議,前後矛盾,故爲後人所譏。

【讀易詳説】宋李光撰,十卷。光紹興中忤秦檜,謫嶺南,自號讀易老人,因據其平時讀易所得,編爲此書。書中於卦爻之辭,皆引證史事,意存警戒,然易本卜筮之書,光所論,多有牽合附會之處。

【讀書三到】謂讀書要心到、眼到、口到。見"三到"。

【讀書脞録】清孫志祖撰,十卷。志祖字詒穀,號頤谷,仁和人,乾隆二十二年進士,官至御史,此書爲其歸田後隨筆疏記。凡説經二卷,説子史二卷,雜識三卷。又續編四卷,爲未定稿,後由其子同元輯成。其經解部分清阮元收入皇清經解。

【讀書種子】喻累代讀書之人,如種子相傳,衍生不息。宋羅大經鶴林玉露十一:"周益公(必大)云:'漢二獻皆好書,而其傳國皆最遠,士大夫家,其可使讀書種子衰息乎。'"明史一四一方孝孺傳:"先是成祖發北平,姚廣孝以孝孺爲託,曰:'城下之日,彼必不降,幸勿殺之。殺孝孺,天下讀書種子絶矣!'"

【讀書雜志】清王念孫撰,八十二卷。念孫精訓詁之學,長於校勘經史。此書所校逸周書、戰國策、史記、漢書、管子、荀子、晏子春秋、墨子、淮南子九種書的文字譌誤,於音訓異同及句讀錯亂,一一加以辨正。並附漢隸拾遺一種。於嘉慶十七年以後陸續刊行。道光十二年念孫子引之又刻其遺稿爲餘編上下二卷。

【讀書叢録】清洪頤煊撰,二十四卷,凡經傳八卷,小學四卷,諸子四卷,三史(史記漢書後漢書)七卷,而以宋元刊本一卷列後,前有自序。書成於道光元年。頤煊爲孫星衍門人,長於經史。是書略仿王念孫讀書雜志,取經史百家之書,摘句爲釋,證其異同,辨其得失,而於辨證輿地,尤簡而明。

【讀禮通考】清徐乾學撰,一百二十卷。專紀歷代喪禮。分爲喪期、喪服、喪儀節、葬考、喪具、變禮、喪制、廟制八類,古今言喪禮者莫備於是。後秦蕙田撰五禮通考,即因其義例而成。乾學富於藏書,一時學者如閻若璩等,皆集其門,蓋亦合衆力所成。以其爲居喪時撰,故以讀禮爲名。

【讀書紀數略】類書名。清宫夢仁編,共五十四卷。分天、地、人、物四大綱,各分子目。凡諸書所載故實,有數可記者,各以類從。以宋王應麟小學紺珠、明張九韶羣書拾唾爲藍本,而附益宋元明事。檢尋便易,頗爲賅備。

【讀書敏求記】清錢曾撰,分經、史、子、集四卷。曾字遵王,常熟人,家富藏書。是書皆載其所藏之最佳本，手所題識者。多論書本繕寫，刊刻之工拙，於考證不甚留意。四庫提要譏其編次無法，品評多誤，故僅列於存目。曾別有述古堂書目，爲其藏書之總目。

【讀書齋叢書】叢書名。清顧修輯，共四十六種，刻於嘉慶四年。修好藏書，其齋名讀書齋。以其所藏者彙刻爲讀書齋叢書，分甲至辛八集，皆爲經史考據、藝術、詩話、筆記等書，入刻之書由鮑廷博等考定，徐鯤點勘，校讎甚精。

【讀史方輿紀要】清顧祖禹撰，一百三十卷。祖禹，無錫人，明亡後隱居不仕，積二十年之力而撰成此書。分歷代州域形勢九卷，各直省一百十四卷，山川異同六卷，天文分野一卷，而冠以方輿圖便覽二卷，圖後又各有表，自謂圖以舉其要，書以備其詳。敍述各省、府、州、縣建置沿革，疆域變遷，側重於山川險易，攻守異勢，對舊輿地書名實錯誤，據正史多有訂正。

【讀書分年日程】元程端禮撰，三卷。端禮曾爲衢州路教授。是書以朱熹讀書法六條爲綱，加以推廣。規定學童自八歲以後讀經史等書的方法和程序，當時曾頒行郡邑校官。清代陸隴其張伯行皆爲一再刊行，爲舊時通行發蒙課授子弟之作。

十六畫

讋 zhé 之涉切，入，葉韻，照。ㄓㄜˊ

恐懼。漢書三一項籍傳：“諸將讋服，莫敢枝梧。”史記項羽紀作“慴服”。

讌 yàn 於甸切，去，霰韻，影。ㄧㄢˋ

宴會，會飲。同“宴”。後漢書三二樊準傳上疏：“又多徵名儒，以充禮官，……每讌會，則論難衎衎，共求政化。”

【讌服】唐時宴會常禮服。舊唐書輿服志：“讌服，蓋古之褻服也，今亦謂之常服。江南則以巾褐裙襦，北朝則雜以戎夷之制。爰至北齊，有長帽短靴，合袴襖子，朱紫玄黃，各任所好。雖謁見君上，出入省寺，若非元正大會，一切通用。”

讇 chǎn 丑琰切，上，琰韻，徹。ㄔㄢˇ

㊀用卑順的態度奉承人。同“諂”。禮少儀：“頌而無讇，諫而無驕。”漢董仲舒春秋繁露十三：“讇順主指，聽從爲比，進主所善，以快主意。”

集韻 余廉切，平，鹽韻。

㊁傾身卑恭貌。禮玉藻：“立容辨卑，毋讇。”注：“爲傾身以有下也。”釋文：“讇，音諂，舊又音鹽。”

讎 chóu 市流切，平，尤韻，禪。ㄔㄡˊ

㊀對答。詩大雅抑：“無言不讎，無德不報。”㊁匹，對手。猶“儔”。書召誥：“予小臣，敢以王之讎民百君子，越友民，保受王威命明德。”疏：“讎訓爲匹。”㊂等，相類。漢書六八霍光傳：“侍中史高與金安上建發其事……皆讎有功。”注：“晉灼曰：讎，等也。師古曰：言其功相等類也。”㊃合，相當。漢書五二灌夫傳：“於是上使御史簿責嬰所言灌夫頗不讎。”㊄應驗。史記封禪書：“五利妄言見其師，其方盡，多不讎。”索隱：“鄭德云：相應爲讎，謂其言語不相應。無驗也。”㊅償價。墨子經下：“買宜則讎。”史記高祖紀：“高祖每酤留飲，酒讎數倍。”集解：“讎亦售。”㊆仇敵。書微子：“小民方興，相爲敵讎。”詩邶風谷風：“不我能慉，反以我爲讎。”㊇校對文字。魏書李奇傳：“高允與奇讎温古籍，嘉其遠致。”參見“讎校”。㊈通“酬”。見“讎柞”。㊉多。通“稠”。書微子：“降監殷民，用乂讎斂。”釋文：“馬本作稠，云數也。”按謂賦斂繁數。

【讎夷】直視貌。淮南子道應：“齧缺繼以讎夷，被衣行歌而去。”注：“讎夷，熟視不言。”廣雅釋訓作“讎眱”。

【讎柞】賓主互相敬酒。向客人敬酒曰酬。向主人敬酒曰酢。同“酬酢”。戰國策趙一：“五國之王，嘗合横而謀伐趙，三分趙國壤地。著之盤盂，屬之讎柞。”宋鮑彪注：“讎柞，酬酢同，言其相屬伐趙於酬酢之間。”

【讎校】校對文字。後漢書和熹鄧皇后紀：“太后自入宮掖……乃博選諸儒劉珍等及博士、議郎、四府掾史五十餘人，詣東觀讎校傳記。”注：“讎，對也。”文選晉左太沖(思)魏都賦：“讎校篆籀，篇章畢覿。”注：“劉向別録：讎校，一人讀書，校其上下，得繆誤爲校。一人持本，一人讀書，若怨家相對爲讎。”

【讎問】猶言辯駁問難。後漢書六八郭太傳：“庾乘……後能講論，自以卑第，每處下坐，諸生博士皆就讎問。”

【讎隙】仇恨。三國志魏劉表傳：“初表及妻愛少子琮，……乃遂出長子琦爲江夏太守，衆遂奉琮爲嗣，琦與琮還爲讎隙。”

變 biàn 彼眷切，去，線韻，幫。ㄅㄧㄢˋ

㊀變化，改變。易繫辭下：“易窮則變，變則通，通則久。”商君書更法：“今吾欲變法以治，更禮以教百姓，恐天下之議我也。”㊁權變。漢書三四韓彭英盧吳傳贊：“功臣異姓而王者八國，……皆徼一時之權變。”㊂突發的事故。漢書七六尹翁歸傳：“奴客持刀兵入市鬬變。”後漢書十六鄧訓傳：“(烏桓)怨恨謀反，詔訓將黎陽營兵屯狐奴，以防其變。”㊃災異，不正常的自然現象。漢書五行志中之下：“災異俞甚，天變成形。”㊄唐代俗文學的一種文體。才調集八有吉斯老看蜀女轉昭君變。敦煌出土寫本有王陵變、大目乾連冥間救母變文等。

【變文】唐代俗文學之一種。由散文與韻文交雜組成，以敷陳故事爲主，多取材於佛經，後來又擴大包括歷史故事，民間傳說等。常見的有維摩詰經變文、伍子胥變文、孟姜女變文等，皆於敦煌出土，近人王重民等輯集敦煌變文集，共收敦煌出土自唐代而宋初的寫本七十八種。

【變火】相傳古代鑽木取火，一年之中，所鑽之木各異。改用取火之木，稱變火。隋書王劭傳：“劭以古有鑽燧改火之義，近代廢絶，於是上表請變火。”參見“改火”。

【變天】指東北方的天。呂氏春秋有始：“東北曰變天，其星箕、斗、牽牛。”注：“東北，水之季，陰氣所盡，陽氣所始，萬物向生，故曰變天。”又見淮南子天文。

【變化】事物的生滅轉化。易乾：“乾道變化，各正性命。”疏：“變，謂後來改前，以漸移改，謂之變也。化，謂一有一無，忽然而改，謂之爲化。”文選古詩十九首之十一：“四時更變化，歲暮一何速。”

【變幻】變化莫測。明王光藴江心塔燈賦：“神五色於變幻，噓七寶而騫騰。”(歷代賦彙一〇六)

【變告】向朝廷上書告發謀叛作亂之事。漢書三四韓信傳：“有變告信欲反，書聞，上患之。”注：“凡言變告者，謂告非常之事。”

【變法】變更法制。史記秦紀：“衛鞅說孝公變法修刑，内務耕稼，外勸戰死之賞罰。”

【變卦】指原來約定的事突然發生變化。西廂記二本四折：“生背云：‘呀，聲息不好了也。’旦：‘呀，俺娘變了卦也。’”西遊記七六：“行者道：‘我師徒俱是善勝的人，依你言，且饒你命。快擡轎來，如再變卦，拿住決不再饒！’”

【變革】變舊革新。多指改革制度、法度

而言。禮大傳:"立權度量、考文章、改正朔、易服色、殊徽號、異器械、別衣服,此其所得與民變革者也。"

【變故】患難,事故。荀子榮辱:"堯禹者,非生而具者也,夫起於變故,成乎修修之爲,待盡而後備者也。"注:"變故,患難事故也。"漢書六六楊惲傳報孫會宗書:"懷祿貪勢,不能自退,遭遇變故,橫被口語。"

【變相】釋道繪仙佛像及經文中變異之事,稱爲變相。宣和畫譜一道釋:"(董)展作道經變相,尤爲世所稱賞。"

【變風】舊説詩者指詩經中以邶風至豳風一百三十五篇爲變風,以別於周南召南自關雎至騶虞二十五篇之正風。詩國風關雎序:"至于王道衰,禮義廢,政教失,國異政,家殊俗,而變風變雅作矣。"參見"正風"。

【變宮】古代七音之一,宫的變音稱變宮。其音較宮稍高。後漢書律曆志上:"建日冬至之聲,以黃鍾爲宮,太族爲商,姑洗爲角,林鍾爲徵,南呂爲羽,應鍾爲變宮,蕤賓爲變徵。"參見"變聲㊀"。

【變通】事物因變化而通達。易繫辭上:"是故法象莫大乎天地,變通莫大乎四時。"疏:"謂四時以變得通,是變中最大也。"也指不拘恒常,隨宜變更。唐吳兢貞觀政要一政體:"以天下之廣,四海之衆,千頭萬緒,須合變通,皆委百司商量,宰相籌畫。"

【變異】災異變怪之事。漢書元帝紀初元三年詔:"乃者火災降於孝武園館,朕戰栗恐懼。不燭變異,咎在朕躬。"

【變雅】詩之大小雅皆有正變。小雅自六月至何草不黄五十八篇,爲變小雅;大雅自民勞至召旻十三篇,爲變大雅:總稱變雅。詩小大雅譜:"大雅民勞、小雅六月之後皆謂之變雅。"

【變置】變换改立。孟子盡心下:"諸侯危社稷,則變置。犧牲既成,粢盛既絜,祭祀以時,然而旱乾水溢,則變置社稷。"

【變節】㊀猶言折節,指改過遷善。漢書六七朱雲傳:"少時通輕俠,借客報仇。……年四十,迺變節從博士白子友受易。"㊁變易節操。楚辭屈原九章思美人:"欲變節以從俗兮,媿易初而屈志。"注:"念改忠直隨讒佞也。"㊂季節變化。初學記二八引南朝梁蕭綱(簡文帝)梅花賦:"寒圭變節,冬灰徙筩。"唐宋之問集下宋公宅送甯諫議詩:"露荷秋變節,風柳夕鳴梢。"

【變態】事物形態的變化。荀子君道:"故君子恭而不難,敬而不鞏,貧窮而不約,富貴而不驕,竝遇變態而不窮,審之禮也。"晉書藝術傳論:"然而詭託近於妖妄,迂誕難可根源,法術紛以多端,變態諒非一緒。"

【變徵】古七音之一,徵之變聲。較徵稍下。史記八六荆軻傳:"高漸離擊筑,荆軻和而歌,爲變徵之聲,士皆垂淚涕泣。"後漢書律曆志上:"林鍾爲徵,……蕤賓爲變徵。"

【變聲】㊀五音中之徵、羽。宋沈括夢溪筆談五樂律一:"五音:宮、商、角爲從聲,徵、羽爲變聲。"參見"從聲"。㊁謂變宮變徵。五聲宮與商,商與角,徵與羽,相去各一律;至角與徵,羽與宮,相去爲二律。相去一律,則音節和;相去二律,則音節遠。故角徵之間,近徵收一聲,比徵稍下,謂之變徵;羽宮之間,近宮收一聲,少高於宮,謂之變宮。參閱清毛奇齡竟山樂録一。

【變本加厲】指事物變得比原來有所發展。文選南朝梁昭明太子(蕭統)序:"增冰爲積水所成,積水曾微增冰之凛,何哉?蓋踵其事而增華,變其本而加厲。"

讆 wèi 于歲切,去,祭韻,于。
ㄨㄟˋ

稱譽壞人。管子形勢:"毀訾賢者之謂訾,推譽不肖之謂讆。"

十七畫

謇 jiǎn 集韻 紀偃切,上,阮韻。
ㄐㄧㄢˇ

口吃。見下。

【謇極】口吃。列子力命:"謬伢情露,謇極凌誶。"注:"字林云:極,吃也。方言:謇,吃也,極,急也。謂語急而吃。"方言十作"謇極"。

讓 1. ràng 人樣切,去,漾韻,日。
ㄖㄤˋ

㊀以辭相責。左傳僖二四年:"寺人披請見,公使讓之,且辭焉。"㊁謙讓。書堯典:"允恭克讓。"注:"推賢尚善曰讓。"禮曲禮上:"是以君子恭敬撙節退讓以明禮。"㊂以己所有者與人。論語泰伯:"泰伯,其可謂至德也已矣!三以天下讓,民無德而稱焉。"

2. rǎng
ㄖㄤˇ

㊃竊奪。通"攘"。管子君臣下:"治斧鉞者,不敢讓刑;治軒冕者,不敢讓賞。"

【讓王】以王位讓予他人。亦指去帝位而封王的人。北周庾信庾子山集一哀江南賦:"輸我神器,居爲讓王。"南朝陳霸先自稱帝,封梁敬帝爲江陰王。

【讓木】楠木的別名。宋江休復江隣幾雜志:"楠樹直竦,枝葉不相妨,蜀人謂之讓木。"

【讓水】水名。在今陝西褒城縣西南,一名遜水。其源出於廉水,溉田之餘,東南流至古廉水城側。南朝宋范柏年語明帝"臣鄉(梁州)有廉泉、讓水",即此。見讀史方輿紀要五六漢中府褒城縣。

【讓位】以官爵或職位讓予他人。淮南子精神:"堯不以有天下爲貴,故授舜,公子札不以有國爲尊,故讓位。"史記一一九李離傳:"李離曰:'臣居官爲長,不與吏讓位。'"

【讓帝】㊀唐李憲,睿宗太子,以弟隆基(玄宗)有平韋氏功,辭讓儲位。死後追贈讓皇帝。唐杜甫杜工部草堂詩箋二四八哀詩贈太子太師汝陽郡王璡:"汝陽讓帝子,眉宇真天人。"璡,憲長子。㊁五代南唐主徐知誥受吳楊溥禪,上溥尊號爲高尚思玄弘古讓皇帝。知誥復姓名爲李昪。見新五代史南唐世家。

【讓畔】古史相傳,仁德之君,教化所及,耕者讓畔。畔,田界。舜、文王皆有讓畔之事。見史記五帝紀舜、詩大雅緜。

【讓梨】漢末孔融兄弟七人,融居第六。四歲時,與諸兄分梨,融取小者。大人問之,答曰:"我小兒,法當取小者。"見後漢書七十孔融傳"融幼有異才"注引融家傳。

【讓棗推梨】喻兄弟友愛。南史梁武陵王紀傳元帝與紀書:"友于兄弟,分形共氣,兄肥弟瘦,無復相代之期;讓棗推梨,長罷歡愉之日。"讓棗,出王泰讓棗典故;推梨出孔融讓梨典故。見南史王泰傳及後漢書孔融傳。

【讓禮一寸】喻以禮相讓,事雖微而報答必大。藝文類聚二一魏武(曹操)令:"讓禮一寸,得禮一尺。"

讕 lán 落干切,平,寒韻,來。
ㄌㄢˊ
ㄌㄢˋ 郎旰切,去,翰韻,來。

㊀以誣言相加。漢董仲舒春秋繁露深察名號:"詰其名實,觀其離合,則是非之情不可以相讕矣。"㊁誑言,抵賴。新唐書九四張亮傳:"亮讕辭曰:'囚等畏死,見誣耳。'"漢書四七文三王傳:"王陽病抵讕,置辭驕嫚,不首主令,與背畔亡異。"注:"抵,距也。讕,誣讕也。"

【讕言】誣妄之言。南朝梁劉勰文心雕龍四諸子:"迄至魏晉,作者間出,讕言兼存,璅語必録,類聚而求,亦充箱照軫矣。"

【讕言長語】明曹安撰。一卷。多據所見聞，闡明義理。自序云："讕言者，逸言也，長語者，剩語也。"自謙謂皆零碎之詞，故名爲讕言長語。

讔 yǐn ㄧㄣˇ 集韻 倚謹切，上，隱韻。

隱語。呂氏春秋重言："荆莊王立三年，不聽而好讔。"南朝梁劉勰文心雕龍三諧隱："讔者，隱也。遯辭以隱意，譎譬以指事也。"

讖 chèn ㄔㄣˋ 楚譖切，去，沁韻，初。

預言吉凶得失的文字、圖記。史記趙世家："公孫支書而藏之，秦讖於是出矣。"後漢書八二上謝夷吾傳："時博士勃海郭鳳亦好圖讖，善說災異，吉凶占應。先自知死期，豫令弟子市棺斂具，至其日而終。"

【讖記】預言未來事象的文字圖錄。漢書九九下王莽傳："先是衛將軍王涉素養道士西門君惠，君惠好天文讖記，爲涉言：'星孛掃宫室，劉氏當復興，國師公姓名是也。'"

【讖緯】讖書和緯書的合稱。文選晉左太沖(思)魏都賦："藏氣讖緯，閟象竹帛。"按讖緯起於秦而大盛於東漢。王莽謀建新王朝，上下爭言符命。劉秀起兵，亦以符命籠絡人心。風氣所至，甚者以通七緯爲内學，以通諸經爲外學。緯書附會六經，讖則尤爲誕妄，詭爲隱語，預決吉凶。但民間起義，亦往假借讖緯，號召羣衆。故自曹魏以來歷代封建王朝，皆懸以爲禁。隋煬帝至發使四方，搜集與讖緯有關之書籍皆焚之，爲吏所糾者處死，其學遂微。參見"緯書"。

讒 chán ㄔㄢˊ 士咸切，平，咸韻，牀。
ㄔㄢˋ 士懺切，去，鑑韻，牀。

說別人的壞話。莊子漁父："好言人之惡謂之讒。"荀子修身："傷良曰讒，害良曰賊。"

【讒書】唐羅隱撰。五卷。隱於唐末凡十試皆不第，抑鬱不平，因著此書。自謂用其文以致困辱，比於自讒，故稱讒書。共文六十首，缺二首。論說雜出，間以韻語，議古刺今，多出新意。

【讒間】用讒言離間他人。晉書劉元海載記："元海餞(王)彌於九曲之濱，泣謂彌曰：'王渾、李憙以鄉曲見知，每相稱達，讒間因之而進，深非吾願，適足爲害。'"

【讒鼎】春秋魯鼎名。左傳昭三年："讒鼎之銘曰：昧旦丕顯，後世猶怠，況日不悛，其能久乎？"注："讒，鼎名。"疏："讒鼎，疾讒之鼎。明堂位所云：崇鼎是也。一云：讒，地名。禹鑄九鼎於甘讒之地，故曰讒鼎。二者並無案據，其名不可審知。"韓非子說林下："齊伐魯，索讒鼎，魯以其鴈往。"鴈卽"贋"。

【讒慝】惡言惡意。亦指邪惡之人。左傳襄三一年："魯不堪晉求，讒慝弘多，是以有平丘之會。"國語鄭："今王棄高明昭顯，而好讒慝暗昧。"

【讒箭】喻讒言傷人如箭。唐陸龜蒙甫里集三感事詩："將軍被鮫函，秖畏金矢鏃；豈知讒箭利，一中成赤族。"

十八畫

讘 zhé ㄓㄜˊ 而涉切，入，葉韻，日。

見下。

【讘誺】多言貌。韓非子姦劫弑臣："且夫世之愚學，皆不知治亂之情，讘誺多誦先古之書，以亂當世之治。"

讙 huān ㄏㄨㄢ 呼官切，平，桓韻，曉。
況袁切，平，元韻，曉。

㊀喧譁。荀子儒效："此君義信乎人矣，通於四海，則天下應之如讙。"史記陳丞相(平)世家："是日乃拜平爲都尉，使爲參乘，典護軍，諸將盡讙。"㊁喜悦。通"歡"、"懽"。禮檀弓下："書云：高宗三年不言，言乃讙。"注："讙，喜說也。"

【讙敖】諠譁。荀子彊國："百姓讙敖，則從而執縛之，……如是，下比周賁潰以離上矣。"注："讙，喧譁也；敖，喧噪也。亦讀爲嗷，謂叫呼之聲嗷嗷然也。"

【讙頭】傳說中的古國名。山海經海外南經："讙頭國在其南，其爲人，人面、有翼，鳥喙，方捕魚，……或曰讙朱國。"淮南子地形有讙頭國民。

讛 yī ㄧ 集韻 於其切，平，之韻。

歎聲。同"噫"。列子黄帝："讛！吾與若玩其文也，久矣，而未達其實，而固且道與。"

十九畫

讚 zàn ㄗㄢˋ 則旰切，去，翰韻，精。

㊀贊美。頌揚。後漢書五二崔駰傳達旨："進不黨以讚己，退不黷於庸人。"晉書劉隗傳附劉波上疏："希旨承意者以爲奉公，共相讚曰者以爲忠節。"㊁佐助。文選晉潘安仁(岳)爲賈謐作贈陸機詩："齊轡羣龍，光讚納言。"注："鄭玄周禮注曰：'贊，佐也。'"㊂文體名，以頌揚人物爲主旨。亦作"贊"。後漢書六十下蔡邕傳："所著詩、賦、碑、誄、銘、讚、連珠……凡百四篇，傳於世。"㊃佛經中歌頌之辭。唐段成式酉陽雜俎續集寺塔記上："唄讚未畢，滿地現舍利。"

【讚歎】稱讚。北魏楊衒之洛陽伽藍記一永寧寺："寶鐸含風，響出天外。歌詠讚歎，實是神功。"

二十畫

讜 dǎng ㄉㄤˇ 多朗切，去，蕩韻，端。

正直。三國志魏王脩傳"遷魏郡太守，爲治，抑强扶弱，明賞罰，百姓稱之"注引魏略："脩奏記自稱，是以在職七年，忠讜不昭於時，功業不見於事，欣於所受，俯慙不報。"

【讜言】正直的話。漢書一〇〇上敍傳："上迺喟然歎曰：'吾久不見班生(伯)，今日復聞讜言！'"注："讜言，善言也。"書臯陶謨"禹拜昌言"，孟子離婁下漢趙岐注引亦作"昌言"。

【讜論】正直之論。宋歐陽修文忠集一〇七論杜衍范仲淹等罷政事狀："昔年仲淹初以忠言讜論，聞於中外，天下賢士，爭相稱慕。"

【讜辭】正直的言詞。文選漢班孟堅(固)典引："既感羣后之讜辭，又悉經五繇之碩慮矣。"

【讜議】公正的議論。晉書羊祜傳："勢利之求，無所關與，其嘉謀讜議，皆焚其草，故世莫聞。"

讞 yàn ㄧㄢˋ 魚列切，入，薛韻，疑。
魚蹇切，上，獮韻，疑。

議罪。禮文王世子："獄成，有司讞于公。"注："成，平也，讞之言白也。"漢書景帝紀中五年詔："諸獄疑，若雖文致於法而於人心不厭者，輒讞之。"注："讞，平議也。"

【讞篋】存放獄案材料之篋。後漢書五行志一："時有識者竊言：革方笥，郡國讞篋也；今珍用之，此天下人皆當有罪讞於理官也。"

【讞讞】清正貌。宋詩鈔石介徂徠詩鈔慶曆聖德頌："惟脩惟靖，立朝讞讞。"

讝 zhān ㄓㄢ 集韻 之廉切，平，鹽韻。

病人昏迷時的自言自語。同"譫"。傷寒論辨陽明："陽明病，讝語，發潮熱，脈滑而疾者，小承氣湯主之。"

二十二畫

讟 dú ㄉㄨˊ 徒谷切，入，屋韻，定。

誹謗，怨言。左傳宣十二年："今茲入鄭，民不罷勞，君無怨讟，政有經矣。"漢書五行志上："作不時，怨讟動於民，則有非言之物而言。今宮室崇侈，民力彫盡，怨讟並興，莫信其性，石之言不亦宜乎！"注："讟，痛怨之言也。"

谷　部

谷 1. gǔ ㄍㄨˇ 古祿切，入，屋韻，見。

㊀兩山間的夾道或流水道。詩小雅十月之交："高岸爲谷，深谷爲陵。"㊁深的穴口。易井："井谷射鮒。"㊂針灸穴位。素問氣穴論："肉之大會爲谷，肉之小會爲谿。"㊃喻困境。詩大雅桑柔："人亦有言，進退維谷。"㊄姓。漢有衛司馬谷吉，世居長安，生永，爲大司農。北魏有谷楷，昌黎人。見元和姓纂十屋。

2. lù ㄌㄨˋ 盧谷切，入，屋韻，來。

㊅見"谷₂蠡"。

3. yù ㄩˋ 余蜀切，入，燭韻，喻。

㊆見"谷₃渾"、"吐谷渾"。

【谷口】㊀山谷之口。六韜豹韜分險："衢道谷口，以武衝絕之。"唐杜甫杜工部草堂詩箋三一十六夜玩月："谷口樵歸唱，孤城笛起愁。"㊁地名。即寒門，故地在今陝西禮泉縣東北。戰國策秦三："范雎曰：大王之國，北有甘泉、谷口。"漢書郊祀志上："所謂寒門者，谷口也。"注："谷口，仲山之谷口也，漢時爲縣，今呼之治谷是也。以仲山之北寒涼，故謂此谷爲寒門也。"當涇水出山之處，故稱谷口。參閱太平寰宇記二六雍州醴泉縣。

【谷水】㊀山谷之水。管子度地："山之溝，一有水，一毋水者，命曰谷水。"㊁水名。在甘肅武威縣東。清時亦名武始澤、三岔河。長七百九十里，北流入沙漠。參閱漢書地理志下武威郡、嘉慶一統志二六七涼州府山川。㊂松江的別名。明陶宗儀輟耕錄三十詩讖："潮逢谷水難興浪，月到雲間便不明。松江古有此語，谷水、雲間，皆松江別名也。"松江，今屬上海市。

【谷永】漢長安人。字子雲。少時爲長安小史。建始初，對賢良策，舉上第，與樓護俱爲五侯上客。長安人稱"谷子雲筆札，樓君卿脣舌"。永治京氏易，喜言災異，前後所上四十餘事，言頗切直，以黨於王氏，不爲成帝所親信。仕終大司農。漢書有傳。

【谷那】複姓。唐有谷那律，弘文館學士。新、舊唐書均有傳。參閱續通志八八氏族八。

【谷音】元杜本集。二卷。上卷錄王滄以下十人，多任俠之流，詩五十首；下卷錄詹本以下十五人，其餘名字無可考者五人，詩五十一首。各載小傳，記其大略。詩多古直悲涼，風格雄渾。

【谷神】谷中空虛之處。虛懷深藏之意。老子："谷神不死，是謂玄牝。"三國魏王弼注："谷神，谷中央無谷也，無形無影，……谷以之成，而不見其形。"北周庾信庾子山集二道士步虛詞之五："要妙思玄牝，虛無養谷神。"一說爲腹中的元神。漢河上公注："谷，養也，人能養神則不死也。神，謂五藏之神也。"宋司馬光溫國公集八雙井茶寄贈景仁詩："欲憑洪井真茶力，試遣刀圭報谷神。"

【谷風】東風。爾雅釋天："東風謂之谷風。"疏："孫炎曰：谷之言穀，穀，生也，谷風者生長之風也。"晉陶潛陶淵明集二和劉柴桑詩："谷風轉淒薄，春醪解飢劬。"

【谷氣】山谷間氣。淮南子地形："谷氣多痺，丘氣多狂。"

【谷₃渾】複姓。吐谷渾姓。見通志二九氏族五代北複姓。

【谷量】謂畜多至不可勝計，置於谷以量之。史記一二九貨殖傳："烏氏倮畜牧，及衆，斥賣，求奇繒物，間獻遺戎王。戎王什倍其償，與之畜，畜至用谷量牛馬。"集解："韋昭曰：'滿谷則具不復數。'"魏書尒朱榮傳："牛羊駝馬，色別爲羣，谷量而已。"參見"滿阬滿谷"。

【谷飲】取山谷之水而飲。指隱士生活。淮南子人間："單豹倍世離俗，巖居谷飲。"唐王勃王子安集十二九成宮頌序："山村野塾，家連菌草之園；谷飲川居，戶有桃符之水。"

【谷₂蠡】匈奴藩王封號。史記一一〇匈奴傳："置左右賢王，左右谷蠡王。"集解："服虔曰：'谷音鹿，蠡音離。'"

【谷口謡】漢隱士鄭子真耕於谷口，成帝時，大將軍王鳳禮聘之，不應，名震京師。見漢書七二王貢兩龔鮑傳。文苑英華五〇二唐上官儀高潔之士策："鄭君谷口，擅不言之謡；曹相府門，多清淨之化。"

【谷山硯】硯名。宋米芾硯史潭州谷山硯："色淡青，有紋如亂絲，理慢，扣之無聲，得墨快，發墨有光。"

【谷鹿洲】地名。又名蓼洲。三國吳於此造船，置水師。水經注三九贛水："贛水又逕谷鹿洲，即蓼子洲也，舊作大艑處。"三國志吳呂蒙傳作"艕艤"，晉楊泉物理論作"䑩艤"，皆小船名。

【谷董羹】僧寺有食不盡物，皆投大釜中煮之，名谷董羹。見宋曾慥高齋漫錄。參見"骨薰羹"。

【谷應泰】清豐潤人。字賡虞，別號霖蒼。順治四年進士，官至戶部員外郎，浙江學政僉事。著明史紀事本末、築益堂集。

【谷簾泉】瀑布名。在江西星子縣西廬山康王谷中。其水如簾，布巖而下，共三十餘派。陸羽品其水，爲天下第一。參閱宋陸游入蜀記四、嘉慶一統志三一六南康府一山川。

四　畫

谺 xiā ㄒㄧㄚ 許加切，平，麻韻，曉。

見"谽呀"。

谻 jí ㄐㄧˊ 集韻 竭戟切，入，陌韻。

疲倦。史記一一七司馬相如傳子虛賦："觀壯士之暴怒，與猛獸之恐懼，徼谻受詘，殫睹衆物之變態。""谻"同"谻"。

谹 hóng ㄏㄨㄥˊ 戶萌切，平，耕韻，匣。

㊀谷中響聲。說文作"䆪"。㊁宏大。通"閎"。見下。

【谹議】猶洪論。漢書五七下司馬相如傳難蜀父老："必將崇論谹議，創業垂統，爲萬世規。"注："谹，深也。"史記作"閎"。文選作"吰"。

七畫

谽 hān 火含切,平,覃韻,曉。ㄏㄢ

見下。

【谽呀】山谷空闊貌。又作"谽谺"、"谽谺"。史記一一七司馬相如傳上林賦:"谽呀豁閜。"索隱:"司馬彪云:谽呀,大貌。"又哀二世賦:"通谷豁兮谽谺。"漢書作"谽谺"。文苑英華三五八唐岑參招北客文:"創山巉巉,天鑿之門,二壁谽谺,高崖嶙峋。"

【谽啁】深貌。後漢書四九張衡傳思玄賦:"趨谽啁之洞穴兮,摽通淵之碄碄。"

八畫

谾 hōng 呼東切,平,東韻,曉。ㄏㄨㄥ 許江切,平,江韻,曉。

見下。

【谾谾】長大貌。史記一一七司馬相如傳哀二世賦:"巖巖深山之谾谾兮,通谷豁兮谽谺。"索隱:"晉灼曰:谾,音籠,古巃字。蕭該云:谾,或作巃,長大貌也。"漢書注謂深通貌。

十畫

豁 1. huò 呼括切,入,末韻,曉。ㄏㄨㄛˋ

㊀開闊,大度。史記高祖紀:"仁而愛人,喜施,意豁如也。"㊁開朗貌。文選晉郭景純(璞)江賦:"豃如地裂,豁若天開。"陶潛陶淵明集五桃花源記:"初極狹,纔通人,復行數十步,豁然開朗。"㊂深邃,空虛。文選漢張平子(衡)西京賦:"枍詣、承光,睽罛庨豁。"㊃排遣,免除。世說新語雅量:"豫章太守顧邵,是雍之子。邵在郡卒,……(雍)賓客既散,方歎曰:'已無延陵之高,豈可有喪明之責!'於是豁情散哀,顏色自若。"參見"豁免"。

2. huō ㄏㄨㄛ

㊄殘缺。唐韓愈昌黎集十二進學解:"頭童齒豁,竟死何裨!"㊅捨却。唐杜牧樊川集外集寄杜子詩之一:"狂風烈焰雖千尺,豁得平生俊氣無?"

3. huá ㄏㄨㄚˊ

㊆見"豁₃拳"。

【豁免】免除。清會典事例二六八戶部蠲恤免科:"(順治)三年覆准,直隸省任邱縣鹹水浸地,賦稅無出,照數豁免。"也作"豁除"。又:"(康熙)二年覆准,廣東福建兩省遷移沿海田地無徵銀米,悉予豁除。"

【豁₃拳】拇戰,即猜拳。唐皇甫松有手勢指令,明王徵福有拇陣譜,手勢、拇陣,即後來之豁拳。明李日華六研齋筆記四:"俗飲,以手指屈申相搏,謂之豁拳,又名豁指頭。蓋以目遙覘人為己伸縮之數,隱機闘捷,余頗厭其呶號。"

【豁宿】宋制,館閣每夜輪校官一人直宿,如有故不宿,則虛其夜,謂之豁宿。見宋陳鵠西塘耆舊續聞十、彭乘續墨客揮犀八館宿一人直宿。

【豁達】㊀開通貌。文選三國魏何平叔(晏)景福殿賦:"爾乃開南端之豁達,張筍虡之輪豳。"㊁器度開闊。文選晉潘安仁(岳)西征賦:"觀夫漢高之興也,非徒聰明神武,豁達大度而已也。"

【豁落】度量寬大,心胸磊落。唐孟棨本事詩情感:"韓翊少負才名,……鄰有李將,妓柳氏,李每至,必邀韓同飲,韓以李豁落大丈夫,故常不逆。"

【豁閜】空虛。史記一一七司馬相如傳上林賦:"谺崖溝瀆,谽呀豁閜。"文選作"豁閕"。

【豁蕩】器度開闊,不受拘束。世說新語賞譽下"劉琨稱祖車騎(逖)"注引虞預晉書:"(逖)豁蕩不修儀檢,輕財好施。"

【豁瀆】疏通江河。漢書八七上揚雄傳河東賦:"灑沈菑於豁瀆兮,播九河於東瀕。"注:"豁,開也;瀆,謂江、河、淮、濟也。"

谿 xī 苦奚切,平,齊韻,溪。ㄒㄧ

㊀山間的河溝。同"溪"。左傳隱三年:"澗谿沼沚之毛。"㊁空虛。呂氏春秋適音:"以危聽清,則耳谿極。"

【谿子】强弓名。戰國策韓一:"天下之强弓勁弩,皆自韓出,谿子、少府時力、距來者,皆射六百里之外。"淮南子俶真:"烏號之弓,谿子之弩,不能無弦而射。"注:"谿子為弩所出國名也。或曰:谿,蠻夷也。以柘桑為弩,因曰谿子之弩也。一曰:谿子陽,鄭國善為弩匠,因以名也。"

【谿谷】㊀山谷。文選戰國楚宋玉風賦:"夫風生於地,起於青蘋之末,浸淫谿谷。"淮南子地形:"凡地形,……邱陵為牡,谿谷為牝。"注:"邱陵,高敞,陽也,故為牡;谿谷,污下,陰也,故為牝。"㊁針灸穴位。素問氣穴論:"肉之大會為谷,肉之小會為谿,肉分之間,谿谷之會,以行榮衛,以會大氣。"

【谿壑】本謂谿谷溝壑。國語晉八:"叔魚生,其母視之,曰:'是虎目而豕喙,鳶肩而牛腹,谿壑可盈,是不可饜也,必以賄死。'"後以谿壑之心喻無厭之欲。舊五代史晉李專美傳奏:"臣思明宗之際,……紀綱大壞,縱有無限之財賦,不能滿驕軍谿壑之心。"

十二畫

豃 kàn 荒檻切,上,檻韻,曉。ㄎㄢ

深貌。文選晉郭景純(璞)江賦:"豃如地裂,豁若天開。"唐呂向注:"豃,深穴。言水為烈風所吹,四面浪起,中為深穴,則豃然如地裂。風波既息,煙霧盡銷,則豁然若天開。"

豅 jiàn ㄐㄧㄢ

"澗"的異體字。文選晉郭景純(璞)江賦:"幽豅積岨,礐硞礐礭。"注:"爾雅曰:山夾水曰澗。豅與澗同。"

豆部

豆 1. dòu 田候切,去,候韻,定。ㄉㄡ

㊀古代食器,初以木製,形似高足盤。後多用於祭祀。詩大雅生民:"卬盛于豆,于豆于登。"傳:"木曰豆,瓦曰登;豆,薦菹醢也。"見圖。㊁豆類植物。種類甚多,其實皆結莢。古稱菽,自漢以後稱豆。文選漢楊子幼(惲)報孫會宗書:"種一頃豆,落而為萁。"參閱本草綱目二四穀三大豆。㊂古量器名。儀禮士喪禮:"稻米一豆實於筐。"注:"豆,四升。"又為重量單位。漢劉向說苑辨物:"十六黍為一豆,六豆為一銖。"㊃姓。漢有校尉豆如意,北魏有將軍豆代田,代郡人。又有複姓豆盧。見宋鄧名世古今姓氏書辨證三四、明陳士元姓觿八。

豆

2. dǒu ㄉㄡˇ

㊄通"斗"。周禮考工記梓人:"食一豆肉,飲一豆酒,中人之食也。"注:"一豆酒,又聲之誤,當爲斗。"參閱清顧炎武左傳杜解補正昭三三年(清經解一)。

【豆肉】一豆所盛之肉。禮坊記:"子云:觴酒豆肉,讓而受惡,民猶犯齒。"

【豆沙】食品。把豆煮熟,擣如泥沙,作餅餌之餡。宋范成大石湖集三十臘月村田樂府十首之祭竈詞:"猪頭爛熟雙魚鮮,豆沙甘鬆粉餌團。"

【豆佉】梵語。義譯曰苦。苦,指生老病死。佛家認爲一切有爲心行,常爲無常患累所困擾逼惱,與集、滅、道合稱四諦。參閱法界次第初門中下四諦初門。參見"四諦"。

【豆規】清末民間通用的銀兩計算標準。中外未通商以前,商市以豆業爲領袖,市用銀兩,通行豆規。豆規銀又稱九八銀,以一百九兩六錢當庫平銀百兩。

【豆豉】用豆經過蒸煮發酵製成的食品。有淡鹹兩種。見北魏賈思勰齊民要術八作豉。

【豆湊】方言,指偶然相遇。明田汝成西湖游覽志餘二五委巷叢談:"事相邂逅日豆湊,葢鬭湊之訛也。或言吳越風俗,除日互擊炒豆交納之,且餐且祈曰湊投,此語所從出歟。"

【豆萁】豆莖。宋王禹偁小畜集八畬田詞之一:"各願種成千百索,豆萁禾穗滿青山。"

【豆粥】豆製的粥。後漢書十七馮異傳:"光武自薊東南馳,……至饒陽無蔞亭。時天寒烈,衆皆飢疲,異上豆粥。明旦,光武謂諸將曰:昨得公孫豆粥,飢寒俱解。"公孫,馮異字。

【豆飯】以豆爲飯。戰國策韓一:"韓地險惡,山居,五穀所生,非麥而豆,民之所食,大抵豆飯藿羹。"

【豆登】古食器。登似豆而較淺。詩大雅生民:"于豆于登。"傳:"木曰豆,瓦曰登。豆薦葅醢也,登盛大羹也。"唐韓愈昌黎集四陸渾山火和皇甫湜用其韻詩:"豆登五山瀛四罇,熙熙釂酬笑語言。"注:"豆登五山者,以五嶽爲豆登。瀛四罇者,以四海爲酒罇也。"

【豆實】豆,食器;實,豆中所盛的祭品。周禮天官醢人:"凡祭祀共薦羞之豆實,賓客喪紀亦如之。"漢董仲舒春秋繁露祭義:"宗廟之祭,物之厚無上也,春上豆實。……豆實,韭也,春之始所生也。"

【豆腐】豆類製成的食品,以豆浸水,磨成漿,濾去滓,煎成,澱以鹽鹵汁或石膏末,凝固而成。相傳此法始於漢淮南王劉安。又名黎祁。宋陸游渭南文集二五書二公事:"(謝諤)晨興,烹豆腐菜羹一釜,偶有肉,則縷切投其中,客至,亦不問何人,輒共食。"參閱本草綱目二五穀四豆腐、清高士奇天祿識餘上黎祁。

【豆蔻】植物名,多年生常綠草本。又名草果。分肉豆蔻、紅豆蔻、白豆蔻等種,均可入藥。肉豆蔻、白豆蔻國内外均有出産,紅豆蔻生於南海諸谷中,南人取其花尚未大開者,名含胎花,言如懷姙之身。詩人或以喻未嫁少女,言其少而美。豆,也作"荳"。唐杜牧樊川集四贈別詩:"娉娉嫋嫋十三餘,荳蔻梢頭二月初。"自後常以"荳蔻年華"稱十三四歲的少女。參閱政和證類本草九肉豆蔻、紅豆蔻、白豆蔻。

【豆盧】複姓。本姓慕容,鮮卑族。晉末十六國燕北地王精之後。精歸附北魏,北人稱歸義爲豆盧,因以爲姓。見隋書豆盧勣傳。

【豆糜】豆粥。南朝梁宗懍荆楚歲時記:"正月十五日作豆糜,加油膏其上,以祠門户。"新唐書一六九韋貫之傳:"(貫之)居貧,啗豆糜自給。"

【豆羹】㊀一豆之羹。喻微少、微細。孟子盡心上:"孟子曰:'(陳)仲子不義,與之齊國而弗受,人皆信之,是舍簞食豆羹之義也。'"㊁豆粥。急就篇二:"餅餌麥飯甘豆羹。"注:"甘豆羹,以洮米泔和小豆而煮之也。一曰以小豆爲羹,不以醯酢其味純甘,故曰甘豆羹也。"

【豆花雨】俗以八月雨爲豆花雨。見南朝梁宗懍荆楚歲時記(類說六)。

【豆莫婁】古少數民族名。卽舊北扶餘,在勿吉(靺鞨)北、失韋(室韋)東,多山陵廣澤,平敞,地宜五穀,人民强勇,部落酋皆以六畜名官,自北魏至唐屢遣使朝貢。地在今黑龍江嫩江以東、哈爾濱以北的呼蘭河流域。魏書有傳。

【豆稭灰】豆稭所燒成的灰。灰色發白,喻雪。宋蘇軾分類東坡詩十四岐亭道上見梅花戲贈季常:"野店初嘗竹葉酒,江雲欲落豆稭灰。"

【豆重榆瞑】謂物各有性。文選三國魏嵇叔夜(康)養生論:"且豆令人重,榆令人瞑。"唐張銑注:"豆,謂大豆也。言食大豆則身重,食榆則多睡也。瞑,睡也。"也作"榆瞑豆重"。唐李商隱李義山文集三爲柳珪謝京兆公啓之一:"木朽石頑,雕鐫莫就;榆瞑豆重,性分難移。"

【豆剖瓜分】謂國土分裂,破碎支離。晉書地理志上總敍:"時逢穡侵,道接陵夷,平王東遷,星離豆剖,當塗馭寓,瓜分鼎立。"也作"豆分瓜剖"。宋史二九三王禹偁傳上疏:"自五季亂離,各據城壘,豆分瓜剖,七十餘年。"

三畫

豇 jiāng ㄐㄧㄤ 古雙切,平,江韻,見。

見下。

【豇豆】植物名。蔓生,花有紅白二色。結實成莢,種子腎臟狀,供蔬食。參閱本草綱目二四穀三豇豆。

豈 1. qǐ ㄑㄧˇ 袪狶切,上,尾韻,溪。

㊀副詞。1.用於疑問或反詰。詩檜風羔裘:"豈不爾思,勞心忉忉。"莊子外物:"君豈有斗升之水而活我哉?"2.用於命令。國語吳:"大王豈辱裁之!"

2. kǎi ㄎㄞˇ 苦亥切,上,海韻,溪。

㊁見"豈₂樂"、"豈₂弟"。

【豈₂弟】和樂平易。同"愷悌"。詩小雅青蠅:"豈弟君子,無信讒言。"羣書治要本作"愷悌"。又大雅旱麓:"豈弟君子,干祿豈弟。"國語周下引詩作"愷悌"。

【豈奈】無奈,無可如何。唐韓愈昌黎集二合江亭詩:"人生誠無幾,事往悲豈奈。"

【豈₂樂】和樂。詩小雅魚藻:"王在在鎬,豈樂飲酒。"箋:"豈亦樂也。"亦作"愷樂"。文選漢張平子(衡)南都賦:"接歡宴於日夜,終愷樂之令儀。"

【豈有此理】難道有這樣的道理?唐張彥遠法書要錄十右軍書記:"知足下以界内有此事,便欲去縣,豈有此理。此縣弊久,因足下始有次第耳,必無此理,便當息意。"本指事不當然,或對不合理的事表示憤慨。南齊書虞悰傳:"鬱林(王)廢,悰竊歎曰:'王(晏)徐(孝嗣)遂縛袴廢天子,天下豈有此理邪!'"

四畫

䛷 dǒu ㄉㄡˇ 當口切,上,厚韻,端。

量器。同"斗"。管子乘馬:"六步一䛷。"漢書平帝紀元始二年:"民捕蝗詣吏,以石䛷受錢。"

豉 chǐ ㄔˇ 是義切,去,寘韻,禪。

豆豉。用豆類發酵製成的調味佐料。古代

調味衹用醬，秦漢以來始有豉。釋名釋飲食："豉，嗜也，五味調和，須之而成，乃可甘嗜也，故齊人謂豉聲如嗜也。"參閱宋吴曾能改齋漫録一鹽豉。詳"豆豉"。

【豉酒】以豉浸成的藥酒。晉王羲之王右軍集二豉酒帖："又□焦，小服豉酒至佳，數用有驗。直以純酒漬豉令汁濃便有，多少任意。"

六 畫

登 dēng 都滕切，平，登韻，端。ㄉㄥ

食器。形如豆而較淺。本作"登"，今詩大雅生民、爾雅釋器皆作"登"，儀禮公食大夫禮作"鐙"。參見"登㊀"、"豆登"。

八 畫

豌 wān 一丸切，平，桓韻，影。ㄨㄢ

見下。

【豌豆】植物名。花淡紫色或白色，結實成莢。嫩莢及苗供蔬食。參閱本草綱目二四穀三豌豆。

豎 shù 臣庾切，麌韻，禪。ㄕㄨˋ

㊀直立。俗從立作"竪"。北堂書鈔一二一三國蜀諸葛亮軍令："始出營，豎矛戟，舒旛旗，鳴鼓角。"㊁童僕。列子説符："楊子之鄰人亡羊，既率其黨，又請楊子之豎追之。"㊂宫中小臣。周禮天官内豎："内豎掌内外之通令凡小事。"國語晉八："平公射鴳不死，使豎襄搏之。"㊃對人的鄙稱，猶謂"小子"。史記蕭相國世家："今相國多受賈豎金而爲民請吾苑。"㊄書法中的直筆。明張紳法書通釋上："努者，中心豎畫也。"㊅姓。寺人小臣之稱，曹豎侯獳之類，後世或以爲氏。見宋鄧名世古今姓氏書辨證二三。

【豎子】㊀童子。莊子山木："故人喜，命豎子殺雁而烹之。"㊁對人的鄙稱，猶謂"小子"。戰國策燕三："荆軻怒，叱太子曰：'今日往而不反者，豎子也。'"史記項羽紀："唉！豎子不足與謀。"

【豎毛】毛髮豎立，怒或懼貌。唐杜甫杜工部草堂詩箋十三無家别："但對狐與狸，豎毛怒我啼。"新唐書一七九李訓等傳贊："若訓等持腐株支大廈之顛，天下爲寒心豎毛，卒爲閹謁所乘，天果厭唐德哉！"

【豎臣】小臣。後漢書七十孔融傳上疏："(劉表)雖罪不容誅，至於國體，宜且諱之。……每有一豎臣，輒云圖之，若形之四方，非所以杜塞邪萌。"

【豎宦】宫廷中小臣、宦官。後漢書六一黄瓊傳："諸梁秉權，豎宦充朝。"

【豎理】垂直的紋理。晉書陶侃傳："有善相者師圭謂侃曰：'君左手中指有豎理，當爲公。'"

【豎義】闡明義理。陳書張譏傳："後主嘗幸鍾山開善寺召從臣坐於寺西南松林下，勑召譏豎義。"

【豎褐】用粗麻或獸毛製成的短衣。爲童僕或貧民所服。荀子大略："古之賢人，賤爲布衣，貧爲匹夫，食則饘粥不足，衣則豎褐不完。"注："豎褐，僮豎之褐，亦短褐也。"

【豎儒】對儒者的鄙稱。言其賤陋如童奴。史記留侯世家："漢王輟食吐哺，罵曰：'豎儒，幾敗而公事！'"豎儒，指酈食其。唐孟浩然集二和宋太史北樓新亭詩："欲識狂歌者，丘園一豎儒。"

【豎箜篌】古樂器。出自西域，又名胡箜篌。體曲而長，二十三弦，直抱於懷，兩手齊奏。參見"箜篌"。

【豎起脊梁】喻振刷精神，擔當大事。續傳燈録二二普鑑佛慈善師："不如屏盡塵緣，豎起脊梁骨，著些精彩，究教七穿八六、百了千當，向水邊林下，長養聖胎，亦不枉受人天供養。"宋陳亮龍川集二十又癸卯秋與朱元晦(熹)書："伯恭欽夫敏妙固未易及，然正大之體，挺特之氣，豎起脊梁，當時輕重有無，獨於門下歸心而已。"

十 畫

豋 láo 魯刀切，平，豪韻，來。ㄌㄠ

見下。

【豋豆】豆名。又名鹿豆，野緑豆。晉崔豹古今注下："豋豆，一名治豋，葉似葛而實長尺餘，可蒸食，一名豋菽。"參見"鹿藿"。

十一畫

豐 fēng 敷空切，平，東韻，滂。ㄈㄥ

㊀古代放酒器的托盤。儀禮公食大夫禮："飲酒實于觶，加于豐。"注："豐，所以承觶者也，如豆而卑。"又鄉射："命弟子設豐。"㊁豐收，富饒。詩周頌豐年："豐年多黍多稌，亦有高廩，萬億及秭。"㊂茂盛，充實。詩小雅湛露："湛湛露斯，在彼豐草。"戰國策秦一："毛羽不豐滿者不可以高飛。"㊃易卦名。☳☲。離下震上。易豐："彖曰：'豐，大也。'"㊄國名。竹書紀年下："(成王)十九年，王巡狩侯甸方岳……遂正百官，黜豐侯。"㊅地名。1.西周文王滅崇，自岐遷都於此。詩大雅文王有聲："既伐于崇，作邑于豐。"亦作"酆"。地在今陝西户縣(鄠縣)西。2.見"豐縣"。㊆姓。戰國鄭穆公子豐之後，以王父字爲氏。見通志二九氏族五以名氏爲氏。

【豐人】身材高大之人。方言二："趙魏之郊，燕之北鄙，凡大人謂之豐人。"參見"杼首"。

【豐干】唐高僧，開元間人。居天台山國清寺，剪髮齊眉，衣布裘，與寒山拾得友善，皆名重當時。參閱景德傳燈録二七天台拾得、宋高僧傳十九封干。

【豐下】形容腮頰豐滿。左傳文元年："王使内使叔服來會葬，公孫敖聞其能相人也，見其兩子焉。叔服曰：'……穀(文伯)也豐下，必有後於魯國。'"注："豐下，蓋面方。"

【豐本】韭的别名。根大而美，故稱。禮曲禮下："凡祭宗廟之禮，……韭曰豐本。"

【豐衣】㊀寬大之衣。古代儒者所服。淮南子氾論："當此之時，豐衣博帶而道儒墨者，以爲不肖。"後漢書三二樊準傳："又多徵名儒，以充禮官，……或安車結駟，告歸鄉里；或豐衣博帶，從見宗廟。"參見"逢衣"。㊁衣服豐足。唐李翱李文公集一幽懷賦："躬不田而飽食兮，妻不織而豐衣。"

【豐州】地名。1.隋開皇五年置。故地在今内蒙古巴彦淖爾盟五原縣。見隋書地理志上。2.本漢定襄郡地，遼置豐州天德軍，治富民縣，屬西京道，金因之。元至元四年省縣入州，屬大同縣，明初廢。故地在今内蒙古自治區托克托縣。見嘉慶一統志一六〇歸化城六廳古蹟。

【豐肉】豐滿的肌肉。周禮地官大司徒："其民豐肉而庳。"注："豐，猶厚也。"楚辭大招："豐肉微骨，調以娱只。"

【豐肌】豐腴的肌膚。古文苑三司馬相如美人賦："皓體呈露，弱骨豐肌。"文選晉陸士衡(機)挽歌詩之三："豐肌饗螻蟻，妍骸永夷泯。"

【豐亨】富厚通順。易豐："豐，亨。王假之。"疏："財多德大，故謂之爲豐，德大則无所不容，財多則无所不齊，无所擁礙謂之爲亨，故曰豐亨。"

【豐坊】明鄞人，字存禮。豐熙子。晚年改名道生。字人翁，别號南禺外史。嘉靖二年進士，出爲南京吏部考功主事。尋謫通州同知，免歸。坊家有萬卷樓，博學工文，兼通書法，性介僻，滑稽玩世，貧病以死。著十三經訓詁等，語多穿鑿；世傳子貢詩傳，卽出坊之僞撰。明史附豐熙傳。

【豐肜】林木茂盛。後漢書六十上馬融傳廣成頌："豐肜對蔚，崟頟槮爽。"注："並林木貌也。"

【豐注】大雨。文選晉陸士衡(機)贈尚書郎顧彥先詩之二："豐注溢脩霤，黃潦浸階除。"

【豐沛】㊀盛多。文選戰國楚宋玉高唐賦："東西施翼，猗狔豐沛。"五臣本作"豐霈"。㊁沛縣豐邑，爲漢高祖劉邦故鄉。漢劉邦沛豐邑中陽里人。邦旣稱帝，以沛豐舊居，並免諸賦。見史記高祖紀十二年。後來詩文中因以豐沛泛指帝王的故鄉。文選南齊謝玄暉(朓)齊敬皇后哀策文："懷豐沛之綢繆兮，背神京之弘敞。"魏書孝文紀延興二年："詔以代郡事同沛豐，代民先配邊戍者，皆免之。"

【豐芺】茂盛。古文苑四揚雄蜀都賦："其竹則鍾龍笨篁，野篠紛邑，宗生族攢，俊茂豐芺。"芺，一作"美"。

【豐岳】牛膝骨。初學記二九甯戚相牛經："豐岳欲得大。"注："膝株骨。"

【豐狐】大狐。莊子山木："夫豐狐文豹，棲於山林，伏於巖穴，静也。"

【豐城】縣名，屬江西省。漢南昌縣地，晉太康元年移治豐水西，改名豐城，屬豫章郡。南北朝以來，廢置不常。元改富州，明洪武二年復爲豐城縣。明清皆屬南昌府。見嘉慶一統志三〇八南昌府一。

【豐盈】㊀豐富。戰國策趙一："甘露降，風雨時，農夫登，年穀豐盈。"古文苑四揚雄太玄賦："豐盈禍所棲兮，名譽怨所集。"㊁豐滿。文選戰國楚宋玉神女賦："貌豐盈以莊姝兮，苞温潤之玉顏。"

【豐妍】豐滿優美。宣和書譜十行書四唐："林藻，不知何許人也。……作行書，其婉約豐妍處，得智永筆法爲多。"

【豐侯】酒器。射禮罰爵用此。太平御覽七六二三禮圖："射爲罰爵之豐，作人形也。豐，國名也，坐酒亡國，戴盂戒酒。"又後漢崔駰酒箴："豐侯沉酒，荷罌負缶，自戮於世，圖形戒後。"

【豐衍】豐盛盈溢。後漢書四八應劭傳奏上漢儀："臣累世受恩，榮祚豐衍。"又七六任延傳："是歲風雨順節，穀稼豐衍。"

【豐席】蒲席，一說竹席。書顧命："東序西嚮，敷重豐席。"傳："豐，莞。"疏："郭璞曰：今之西方人呼蒲爲莞，用之爲席也。……鄭玄云：豐席，刮凍竹席。"

【豐殺】增減。韓非子喻老："豐殺莖柯，毫芒繁澤，亂之楮葉之中而不可別也。"淮南子作"鋒殺"。晉書禮志中太宰司馬孚等奏："臣聞禮典軌度，豐殺隨時，虞夏商周，咸不相襲。"

【豐悴】猶言盛衰。唐韓愈昌黎集十二圬者王承福傳："抑豐悴有時，一去一來，而不可常者邪？"宋陳師道后山詩注十謝寇十一惠端硯："南隣居士卿之孫，豐悴相從不爲異。"

【豐都】縣名。漢屬巴郡枳縣地，後漢置平都縣。隋義寧二年分置豐都縣，唐宋元因之。明初改豐爲"酆"，清因之。參見"酆都"。

【豐湖】又名西湖，在廣東惠陽縣西。湖水源出石埭山，通於西江。所灌溉田地數百頃，有葦藕蒲魚之利，其施以豐，故名。宋蘇軾分類東坡詩六新年之三："豐湖有藤菜，似可敵蓴羹。"卽此。參閱讀史方輿紀要一〇三廣東四惠州府。

【豐富】富裕充足。易大有"上九，自天祐之，吉无不利"三國魏王弼注："大有，豐富之世也。"後漢書八十上黃香傳："於是豐富之家各出義穀，助官稟貸，荒民獲全。"

【豐登】豐收。六韜龍韜立將："是故風雨時節，五穀豐登。"一本作"豐熟"。唐白居易長慶集十一徵秋稅畢題郡南亭詩："豈伊循良化，賴此豐登年。"

【豐華】充足而精美。魏書畢衆敬傳："衆敬善自奉養，食膳豐華，必致他方遠味。"

【豐腆】豐盛精美。晉書羊曼傳："曼拜丹陽，客來早者得佳設，日晏則漸罄，不復及精。……有羊固拜臨海太守，竟日皆美，雖晚至者猶獲盛饌。論者以固之豐腆，乃不如曼之真率。"世說新語雅量作"豐華"。南齊書到撝傳："才調流贍，善納交遊，庖廚豐腆，多致賓客。"

【豐碑】㊀古代下棺之具。斲大木爲之，立於槨前後四角，碑端穿孔納索，附以鹿盧，引棺徐下於壙穴，天子六綍(卽索)四碑，謂之豐碑。諸侯四綍二碑，謂之桓楹，大夫二綍二碑，士二綍無碑。禮檀弓下："公室視豐碑。"周禮地官鄉師"及窆，執斧以涖匠師"漢鄭玄注："匠師，主豐碑之事。"㊁漢以後，樹大石爲碑於墓前，爲文表死者言行，因以豐碑爲墓碑之泛稱。豐，大也。北周庾信庾子山集十四周隴右總管長史豆盧公神道碑銘："石壇承祀，豐碑頌靈。"

【豐隆】傳說中的雲師。楚辭屈原離騷："吾令豐隆乘雲兮，求宓妃之所在。"注："豐隆，雲師。"一說爲雷神。淮南子天文："季春三月，豐隆乃出，以將其雨。"注："豐隆，雷也。"

【豐臺】地名。在北京市南郊。原爲金時郊臺，其南有豐宜門，故名豐臺。曾爲種花之所，芍藥最盛。相傳元人園亭，皆在於此。見嘉慶一統志八直隸順天府三古蹟。

【豐媷】豐美。唐張彥遠法書要録五竇臮述書賦上："體裁簡約，肌骨豐媷。"

【豐潤】㊀豐厚滋潤。藝文類聚八七三國魏鍾會葡萄賦："仰承甘液之靈露，下歆豐潤于醴泉。"㊁富麗寬敞。唐李白李太白文二九任城縣廳壁記："況其城池爽塏，邑屋豐潤。"㊂縣名。屬河北省。本玉田縣永濟務地，金陞爲豐潤縣，以古豐州潤河合而爲名。元至元二年省，四年復置，屬薊州。明因之，清屬遵化州。參閱讀史方輿紀要十一順天府薊州、清孫承澤天府廣記二府縣治。

【豐蔚】豐富茂美。文選晉左太沖(思)蜀都賦："水陸所湊，兼六合而交會焉；豐蔚所盛，茂八區而菴藹焉。"指蘊藏富饒。世說新語文學："謝鎮西(尚)少時，聞殷浩能清言，故往造之。殷未過有所通，爲謝標榜諸義，作數百語，既有佳致，兼辭條豐蔚，甚足以動心駭聽。"指辭藻豐富而華美。

【豐熾】富足興旺。後漢書四六郭鎮傳："每入官舍，輒更繕修館宇，移穿改築，故犯妖禁，而家人爵祿，益用豐熾。"新唐書二〇六楊國忠傳："時海内豐熾，州縣粟帛舉巨萬。"

【豐融】盛貌。漢書八七上揚雄傳甘泉賦："肸嚮豐融，懿懿芬芬。"文選三國魏嵇叔夜(康)琴賦："豐融披離，斐韡奐爛。"

【豐縣】縣名。屬江蘇省。本秦沛縣之豐邑，漢置縣，屬沛郡。隋屬徐州，唐宋仍舊。元屬濟寧路。明清屬徐州。參閱漢書地理志上、太平寰宇記十五徐州。

【豐豐】衆多。楚辭宋玉九辯："驂白霓之習習兮，歷羣靈之豐豐。"

【豐鎬】西周舊都。也作"酆鄗"。豐京爲周文王所建，在陝西長安豐水西；鎬京爲周武王所建，在豐水東。見史記周紀、漢書郊祀志下。

【豐壤】肥沃的土地。文選漢張平子(衡)南都賦:"割周楚之豐壤,跨荆豫而爲疆。"晉書阮种傳:"夫廉耻之於政,猶樹藝之有豐壤,良歲之有膏澤,其生物必油然茂矣!"

【豐贍】豐富。1. 指琴調。文選三國魏嵇叔夜(康)琴賦:"既豐贍以多姿,又善始而令終。"2. 指財物。三國志魏陶謙傳:"是時徐州百姓殷盛,穀米豐贍,流民多歸之。"3. 指才能。世説新語豪爽"庾穉恭既常有中原之志"注引漢晉春秋:"(庾)翼風儀美劭,才能豐贍。"

【豐穰】收獲豐盛。漢書食貨志上:"百姓安土,歲數豐穰,穀至石五錢,農人少利。"

【豐西澤】水澤名,故地在江蘇豐縣西。秦末劉邦爲泗上亭長,送徒赴酈山,徒多道亡。至豐西澤中,乃盡釋所送徒,曰:"公等皆去,吾亦從此逝矣!"邦既建漢王朝,後人因名此澤爲豐西澤。見史記高祖紀。

【豐年玉】比喻太平盛世的人材。世説新語賞譽:"世稱庾文康(亮)爲豐年玉,穉恭(翼)爲荒年穀。"注:"謂亮有廊廟之器,翼有匡世之才,各有用也。"

【豐貨錢】錢幣名。1. 晉石勒鑄。徑寸,重四銖,文曰豐貨。後人稱富錢,言得此錢使致富。宋洪遵泉志十五列入厭勝品。2. 南朝梁武帝時民間私鑄錢名。徑一寸,重四銖半。見文獻通考八歷代錢幣之制。

【豐瑞花】花名。瑞聖花的别名。見"瑞聖花"。

【豐樂亭】亭名。在安徽滁縣西豐山北麓。宋歐陽修建,自爲記。蘇軾書刻石。修記文見文忠集三九。參閱嘉慶一統志一三〇安徽滁州古蹟。

【豐儲倉】南宋紹興二十六年置貯米粟之倉。時户部尚書韓仲通請别儲粟百萬斛於行都,以備水旱,號豐儲。其後於鎮江建康闕外四川皆設豐儲倉。參閱文獻通考二四國用二。

【豐上銳下】額寬而頤頰瘦削。遼史太祖紀上:"(耶律德光)身長九尺,豐上銳下,目光射人。"也作豐上殺下。

【豐功偉績】偉大的功勞。元朱晞顏瓢泉吟稿一題金總管所藏王宰臨本長江萬里圖詩:"豐功偉績想餘風,霸略雄圖見遺趾。"

【豐衣足食】衣食充足。唐釋齊己白蓮集九病中勉送小師往清凉山禮大聖詩:"豐衣足食處莫住,聖迹靈踪好遍尋。"五代王定保唐摭言十五賢僕夫:"李敬者,本夏侯譙公之傭也。公久厄塞名場,敬寒苦備歷。或爲其類所引曰:'當今北面官人……你何不從之?而孜孜事一窮措大,有何長進!縱不然,堂頭官人豐衣足食,所往無不克。'"

【豐亨豫大】豐、豫,二卦名。豐,富饒;豫,安樂。易豐:"豐亨,王假之。"又序卦:"有大而能謙,必豫。"形容富足隆盛的太平安樂景象。朱子語類七三易九:"宣(和)政(和)間,有以奢侈爲言者,小人卻云當豐亨豫大之時,須是恁地侈泰方得,所以一面放肆,如何得不亂。"宋史四七二蔡京傳:"時承平既久,帑庾盈溢,京倡爲豐、亨、豫、大之説,視官爵財物如糞土。"

【豐取刻與】多取少與,形容貪吝。荀子君道:"上好貪利,則臣下百吏乘是而後豐取刻與,以無度取於民。"

【豐城劍氣】傳説三國吳未滅時,斗、牛二星之間常有紫氣。及吳平,紫氣愈明。豫章人雷煥妙達緯象,言紫氣爲豫章豐城寶劍之精,上徹於天。尚書令張華卽補煥爲豐城令,密令尋之。煥到縣,掘獄屋基,得雙劍,一曰龍泉,一曰太阿。其夕,紫氣不復見。見晉書張華傳。

【豐筋多力】形容書法筆力矯健。唐張彥遠法書要録一晉衛夫人筆陣圖:"多力豐筋者聖,無力無筋者病。"宣和書譜四唐韻上下:"(鍾)繇於是時不溺流俗,傑然追古爲一家法,而議者謂其豐筋多力,有雲遊雨驟之勢。"

十三畫

豑 zhì 直一切,入,質韻,澄。ㄓ

禮器爵的等級次第。同"秩"。説文引虞書:"平豑東作。"今書堯典作"秩"。參見"秩㊀"。

二十一畫

豔 yàn 以贍切,去,豔韻,喻。ㄧㄢ

隸作"艷"。也作"豓"。㊀美麗。左傳桓元年:"宋華父督見孔父之妻於路,目逆而送之,曰:'美而豔。'"引申指美女。唐李白李太白詩十一經亂離後天恩流夜郎憶舊遊書懷贈江夏太守良宰:"吳娃與越豔,窈窕誇鉛紅。"㊁文辭華麗。三國志吳孫權傳黄龍元年:"信言不豔,實居于好。"晉范甯春秋穀梁傳序:"左氏豔而富,其失也巫。"㊂光彩貌。文選晉張景陽(協)七命:"流綺星連,浮彩豔發。"宋蘇轍欒城集四和子瞻宿臨安淨土寺詩:"吳都況清華,觀刹吐光豔。"㊃羨慕。禮郊特牲"而豔諸利"漢鄭玄注:"豔讀爲豔,行田示之,以禽使歆豔之。"新唐書二一二朱克融傳:"悉薦之朝,冀厚與爵位,使北方歆豔,無甘亂心。"㊄古楚國歌曲。文選晉左太沖(思)吳都賦:"荆豔楚舞,吳愉越吟。"

【豔曲】豔麗的歌曲。初學記十五南朝梁元帝纂要:"古豔曲有北里靡靡激楚結風陽阿之曲。"樂府詩集六一雜曲歌辭序:"豔曲興於南朝,胡音生於北俗。"

【豔色】美色。漢阮瑀阮元瑜集鸚鵡賦:"惟翩翩之豔色,誕嘉類於京都。"晉陶潛陶淵明集六閒情賦:"表傾城之豔色,期有德於傳聞。"

【豔冶】豔麗。南朝梁庾肩吾庾度支集長安有狹斜行:"少婦多豔冶,花鈿繫石榴。"樂府詩集三五作"妖豔"。

【豔妻】美貌之妻。詩小雅十月之交:"楀維師氏,豔妻煽方處。"豔妻,指周幽王后褒姒。

【豔客】指杏。宋張景修(敏叔)有十客圖,以十種花各標名目,如牡丹爲貴客,而以杏爲豔客。參見"十客㊀"。

【豔段】宋元搬演正劇以前的一場。宋灌圃耐得翁都城紀勝瓦舍衆伎:"雜劇中,末泥爲長,每四人或五人爲一場,先做尋常熟事一段,名曰豔段;次做正雜劇,通名爲兩段。"又見吳自牧夢粱録二十妓樂。

【豔陽】指春天的明媚風光。文選南朝宋鮑明遠(照)學劉公幹體詩之三:"玆辰自爲美,當避豔陽年。豔陽桃李節,皎潔不成妍。"

【豔詩】以愛情爲題材的詩。唐元稹長慶集三十敍詩寄樂天書:"近世婦人……衣服修廣之度及匹配色澤,尤劇怪豔,因爲豔詩百餘首。"

【豔歌】描寫有關愛情的歌辭。玉臺新詠十梁武帝子夜歌:"朱口發豔歌,玉指弄嬌弦。"南朝梁劉勰文心雕龍二樂府:"若夫豔歌婉孌,怨志詄絶,淫辭在曲,正響焉生?"

【豔陽天】陽光燦爛景色佳麗的春天。南朝宋鮑照鮑氏集四學劉公幹體詩之三:"玆晨自爲美,當避豔陽天。"唐杜甫杜工部草堂詩箋五數陪章梓州泛江有女樂在諸舫戲爲豔曲之一:"競將明媚色,偷眼豔陽天。"白居易長慶集五七何處難忘酒詩之三:"此時無一盞,爭過豔陽天。"

【豔歌行】樂府瑟調曲名。樂府詩集有豔歌行,録自古辭至陳顧野王所作九篇。見樂府詩集三九豔歌行序。

【豔歌何嘗行】樂府瑟調曲名。樂府詩集三九豔歌何嘗行四解序:"一曰飛鵠行。……樂府解題曰:古辭云:飛來雙白鵠,乃從西北來,言雌病雄不能負之而去,五里一反顧,六里一徘徊,雖遇新相知,終傷生別離也。鵠一作鶴。"樂府詩集共録古辭及魏文帝所作各一篇。

豕 部

豕 shǐ 施是切,上,紙韻,審。ㄕ

俗稱豬。食用家畜,係野豬之變種。我國飼養甚早。爾雅釋獸:"豕子,豬。"注:"今亦曰彘。江東呼豨,皆通名。"

【豕心】豕貪食,因以喻貪婪之心。左傳昭二八年:"生伯封,實有豕心,貪惏無饜,忿纇無期,謂之封豕。"

【豕仙】戰國時朔人獻燕昭王以大豕,王問:"養奚若?"使者曰:"豕也,非大圂不居,非人便不珍,今年百二十矣,人謂豕仙。"見太平御覽九〇三符子。

【豕牢】養豕之處,或兼廁所。國語晉四:"大任娠文王不變,少溲於豕牢,而得文王。"注:"豕牢,廁也。"晉書愍懷太子傳:"嘗從帝觀豕牢,言於帝曰:'豕甚肥,何不殺以享士,而使久費五穀?'帝嘉其意,即使烹之。"

【豕突】豕駭則奔突難制,因以喻人之横衝直撞,流竄侵擾。後漢書五七劉陶傳上疏:"今(西羌)果已攻河東,恐遂轉更豕突上京,如是則南道斷絶,車騎(皇甫嵩)之軍孤立,關東破膽,四方動摇。"

【豕首】草名。也稱豨首、彘盧(顱)、蟾蠩(蜍)蘭,可以煼蠶蛹。見爾雅釋草"茢薽、豕首"注。一說爲染草之屬。見周禮地官掌染草"掌以春秋斂染草之物"漢鄭玄注。明李時珍以爲豕首乃藥草天名精的別名,因其氣如豕彘,故名。見本草綱目十五草四天名精。按說法雖異,蓋爲一物。

【豕韋】㊀上古部落名,彭姓,爲商所滅。詩商頌長發"韋顧既伐"漢鄭玄箋:"韋,豕韋,彭姓也。"漢班固白虎通號:"大彭氏、豕韋氏霸於殷者也。"故地在今河南滑縣境。㊁星名。廣雅釋天:"營室謂之豕韋。"左傳昭十一年:"歲在豕韋。"古豕韋國,即春秋時衛地,衛爲營室之分野,故以營室爲豕韋。見清王念孫廣雅疏證九上釋天異祥。

【豕視】言目視如豕。戰國策齊一:"(齊貌)辨謂靖郭君曰:'太子相不仁,過頤豕視,若是者信反。'"宋鮑彪注:"豕多反視。"反視,俯目下邪偷視。孔叢子五執節:"其爲人也,長目而豕視者,必體方而心員。"

【豕胾】塊切之豬肉。儀禮公食大夫禮:"炙南醢以西,豕胾、芥醬、魚膾。"

【豕喙】口形似豬嘴。喻貪婪之相。國語晉八:"叔魚生,其母視之,曰:'是虎目而豕喙,鳶肩而牛腹。谿壑可盈,是不可饜也,必以賄死。'"

【豕腊】古祭祀用的醃製乾肉。禮哀公問:"備其鼎俎,設其豕腊,脩其宗廟。"疏:"設其豕腊者,謂喪中之奠,有豕有腊也。"

【豕禍】災異名。漢書五行志中下:"時則有鼓妖,時則有魚孽,時則有豕禍。"又:"於易坎爲豕,豕大耳而不聽察,聽氣毀,故有豕禍也。一曰寒歲豕多死,及爲怪,亦是也。"

【豕零】藥名。即豬苓。治渴,解毒。莊子徐无鬼:"藥也,其實堇也,桔梗也,雞廱也,豕零也,是時爲帝者也,何可勝言。"參見"豬苓"。

【豕膏】豬膏,俗稱豬油。周禮天官庖人"夏行腒鱐膳膏臊"漢鄭玄注:"膏臊,豕膏也。"後漢書八五挹婁國傳:"冬以豕膏塗身,厚數分,以禦風寒。"

【豕交獸畜】喻不以禮待人。孟子盡心上:"食而弗愛,豕交之也;愛而不敬,獸畜之也。"

三 畫

豗 huī 呼恢切,平,灰韻,曉。ㄏㄨㄟ

㊀水相擊聲。文選晉木玄虛(華)海賦:"澒泊栢而迆颺,磊匒匌而相豗。"唐李太白詩三蜀道難:"飛湍瀑流爭喧豗,砯崖轉石萬壑雷。"清王琦注引韻會:"豗,喧聲。"㊁豕掘地曰豗。見正字通。㊂姓。古有豗傀氏,後有豗氏傀氏。見宋羅泌路史前紀四。

四 畫

豜 1. jiān 古賢切,平,先韻,見。ㄐㄧㄢ

亦作"豣"。㊀三歲大豬。詩豳風七月:"言私其豵,獻豜于公。"傳:"豕,一歲曰豵,三歲曰豜。"三家詩作"豣"。參閱清陳喬樅韓詩遺說考五(清續經解一五九)。

2. yàn 吾甸切,去,霰韻,疑。ㄧㄢ

㊁獐子。通"麙"。爾雅釋獸:"麔,……絶有力,豜。"清郝懿行義疏:"豜、麙聲同,疑鹿麔俱名麙,借作豜。"

豝 bā 伯加切,平,麻韻,幫。ㄅㄚ

母豬。詩召南騶虞:"壹發五豝。"傳:"豕牝曰豝。"

豚 1. tún 徒渾切,平,魂韻,定。ㄊㄨㄣ

㊀小豬。或作"豘"、"𧱿"。荀子大略:"錯質之臣,不息雞豚。"太平御覽九〇三三輔決録:"馬氏兄弟五人,共居此地作客舍,養豬賣豚。"

2. dùn 集韻 杜本切,上,混韻。ㄉㄨㄣ

㊁土堆。通"墩"。三國志魏蔣濟傳:"豫作土豚,遏斷湖水。"㊂隱遁。通"遯"。漢揚雄太玄經六瞢:"師或導射,豚其埻。"注:"豚,遁也。"

【豚子】自稱其子的謙詞。明章懋楓山集二與鄧侍御書:"仍令豚子,具詞陳告,惟先生憐之念之。"參見"豚犬"。

【豚犬】三國志吳孫權傳"曹公望權軍,歎其齊肅,乃退"注引吳歷:"公(曹操)見舟船器仗軍伍整肅,喟然歎曰:'生子當如孫仲謀(權),劉景升(表)兒子若豚犬耳!'"按豚犬乃輕賤之詞,後常用以謙稱自己的兒子,如言豚兒、犬子,本此。宋岳珂寶真齋法書贊二三劉錡書簡:"豚犬輩豈非椎鈍不足教耶?"

【豚耳】馬齒莧的別名。北齊顏之推顏氏家訓書證:"馬莧堪食,亦名豚耳,俗曰馬齒。"皆因葉形似而名。參閱"馬齒莧"。

【豚肩】猶豚膊。禮祭器:"晏平仲(嬰)祀其先人,豚肩不揜豆。"參見"豚拍"。

【豚拍】即豚膊。周禮天官醢人:"豚拍、魚醢。"注:"鄭大夫杜子春皆以拍爲膊,謂脅也,或曰:豚拍,肩也。"

【豚兒】自稱其子之謙詞。明張居正張文忠集書牘九與藩伯曾文伯:"豚兒寡學,濫竊科名,遠辱遺賀,兼拜珍貺,感戢莫喻。"參見"豚犬"。

【豚犢】猶言豚兒。謂生子不肖。水經注十六穀水:"桓氏有言,曹子丹生此豚犢。"三國魏正始十年大將軍曹爽弟中領軍曹羲從駕朝高平陵,司馬懿矯太后命勒兵屯洛水浮橋以拒爽。大司農桓範勸爽等奉車駕幸許昌,召外兵。爽不從,範哭曰:"曹子丹佳人,生汝兄弟犢耳!"子丹,爽父曹真字。語無"豚"字,見三國志魏曹爽傳。

【豚蹄禳田】以豬蹄敬神祈求豐年。喻予人者少而望厚報。史記一二六淳于髡傳:"今者臣從東方來,見道旁有禳田者,操一豚蹄,酒一盂,祝曰:'甌窶滿篝,汙邪滿車,五穀蕃熟,穰穰滿家。'臣見其所持者狹而所欲者奢,故笑之。"

五畫

豿 hòu 呼漏切,去,候韻,曉。ㄏㄡˋ

豕聲。唐韓愈昌黎集二二祭河南張員外文:"鈎登大鮎,怒頰豕豿。"

象 xiàng 徐兩切,上,養韻,邪。ㄒㄧㄤˋ

㊀哺乳動物。力强,性温順。門牙特長,爲名貴手工藝材料。爾雅釋地:"南方之美者,有梁山之犀象焉。"疏:"犀象二獸,皮、角、牙、骨,材料之美者也。"㊁象牙曰象,如象床、象笏。禮玉藻:"笏,天子以球玉,諸侯以象。"㊂形狀,象貌。如圖象、畫象。通作"像"。書説命上:"乃審厥象。"傳:"刻其形象。"三國志魏臧洪傳:"故身著圖象,名垂後世。"㊃凡形於外者皆曰象,如氣象、星象。易繫辭:"在天成象,在地成形,變化見矣。"㊄酒器名。禮明堂位:"犧象,周尊也。"㊅通譯之官。禮王制:"達其志,通其言……南方曰象。"㊆舞名。禮内則:"成童舞象。"參見"象舞"。㊇姓。通志二九氏族五引姓苑:"潁川望族,今南昌有此姓。"

【象人】㊀謂偶人。周禮春官冢人:"及葬,言鸞車象人。"注:"象人,謂以芻爲人。"韓非子顯學:"象人百萬,不可謂强。"㊁漢書禮樂志:"常從象人四人。"象人,三國吳韋昭以爲著假面者。見唐顔師古注。

【象口】製成象狀的香爐,焚香時,烟自象口噴出。唐李賀歌詩編二宫娃歌:"象口吹香毾㲪暖,七星挂城聞漏板。"

【象山】㊀縣名,屬浙江省。以境有象山,故名。唐神龍元年置,屬明州。明清皆屬寧波府。見元和郡縣志二六明州、讀史方輿紀要九三寧波府。㊁山名。1.在江西貴溪縣西南,初名應天山,宋陸九淵曾講學於此,以山形如象,改名象山,故世稱九淵爲象山先生。見宋陸九淵象山集三三楊簡象山先生行狀。2.在江蘇丹徒縣北,一名石公山,與焦山對峙,形如雙象。見嘉慶一統志九十鎮江府。3.在浙江象山縣北,以形如伏象而名。見嘉慶一統志二九一寧波府。

【象王】象之最大者,佛家喻佛。涅槃經二三:"是大涅槃,唯大象王能盡其底。大象王者,謂諸佛也。"法苑珠林十五占相現相:"合身迴顧,猶如象王。"

【象牙】象上顎伸出口外之二門齒。牡者較長,牝者較短。爲雕刻工藝品的珍貴材料。後漢書八六西南夷傳:"永初元年,徼外僬僥種夷陸類等三千餘口舉種内附,獻象牙、水牛、封牛。"抱朴子清鑒:"虎尾不附狸身,象牙不出鼠口。"

【象主】印度多象,故又名象主。唐釋道宣釋迦方志上:"雪山已南至于南海名象主也。地唯暑溼,偏宜象住,故王以象兵而安其國。風俗躁烈,篤學異術。是爲印度國。"參閱大唐西域記一。

【象生】祭祀時,以亡者生前所用之物爲象徵,稱象生。後漢書祭祀志下:"廟以藏主,以四時祭。寢有衣冠几杖象生之具,以薦新物。"也指仿造如生之物。宋楊萬里誠齋集三一三月三日上忠襄墳……詩之四:"粉揑孫兒活逼真,象生果子更時新。"參見"像生㊀"。

【象外】超逸物象之外。文選晉孫興公(綽)遊天台山賦:"散以象外之説,暢以無生之篇。"注:"象外,謂道也。"此指天道。唐司空圖司空表聖文集三與極浦書:"戴容州云:詩家之景,如藍田日暖,良玉生煙,可望而不可置於眉睫之前也。象外之象,景外之景,豈容易可譚哉!"此指意境。

【象州】縣名。屬廣西。隋開皇十二年置象州,大業二年廢,唐武德四年復置,取界内象山爲名。宋因之,元曰象州路,尋降爲州,明清因之。公元1912年改縣。參閱元和郡縣志三七象州、讀史方輿紀要一〇九柳州府。

【象刑】象刑之説有二:1.傳説上古堯舜時無肉刑,以特異的服飾象徵五刑,以示恥辱,謂之象刑。荀子正論:"世俗之爲説者曰:治古無肉刑,而有象刑。墨黥,慅嬰,共艾畢,菲對屨,殺赭衣而不純,治古如是。是不然,以爲治邪,則人固莫觸罪,非獨不用肉刑,亦不用象刑矣。"參閱慎子逸文。2.象天道以制刑法,公示於衆,謂之象刑。書益稷:"方施象刑惟明。"漢書刑法志:"所謂'象刑惟明'者,言象天道而作刑,安有菲屨赭衣者哉?"

【象形】六書之一。指描摹實物形狀的一種造字法。漢書藝文志:"古者八歲入小學,故周官保氏掌養國子,教之六書,謂象形、象事、象意、象聲、轉注、假借,造字之本也。"注:"象形,謂畫成其物,隨體詰屈,日、月是也。"

【象車】㊀象駕之車。韓非子十過:"駕象車而六蛟龍。"晉書輿服志象車:"武帝太康中平吳後,南越獻馴象,詔作大車駕之,以載黄門鼓吹數十人,使越人騎之。元正大會,駕象入庭。"㊁舊指象徵太平盛世的一種瑞應物。也稱"山車"。宋書符瑞志下:"象車者,山之精也。王者德澤流洽四境則出。"參見"山車㊀"。

【象武】即象舞。禮仲尼燕居:"下管象武。"注:"象武,武舞也。"見"象舞"。

【象事】㊀觀察事物的現象。易繫辭下:"吉事有祥,象事知器,占事知來。"疏:"觀其所象之事,則知作器物之方也。"㊁六書之一。漢書藝文志作象事,漢許慎説文解字敘作指事。參見"指事"。

【象林】漢縣,屬交州日南郡,晉因之。水經注三六温水:"林邑記曰:建武十九年,馬援樹兩銅柱于象林南界,與西屠國分,漢之南疆也。"參閱漢書地理志日南郡、後漢書八六南蠻傳。

【象罔】莊子天地:"黄帝遊乎赤水之北,登乎崑崙之丘,而南望還歸,遺其玄珠。使知索之而不得,使離朱索之而不得,使喫詬索之而不得也。乃使象罔,象罔得之。"象罔,虛擬人物,意爲似有象而實無,蓋無心之謂;以無心,故能獨得玄珠。也作"罔象"。弘明集六南齊張融答周顒書:"但敷生靈以竦志,庶足下罔象以捫珠。"

【象牀】象牙裝飾的牀。戰國策齊三:"孟嘗君出行國,至楚,獻象牀。"南朝宋鮑照鮑氏集四代白紵舞歌詞之二:"象牀瑤席鎮犀渠,雕屏合匝組帷舒。"

【象物】謂麟鳳龜龍四靈物。周禮春官大司樂:"六變而致象物及天神。"注:"象物,有象在天,所謂四靈者。……麟鳳龜龍，謂之四靈。”

【象服】古王后及諸侯夫人以繪畫爲飾之服。詩鄘風君子偕老:“象服是宜。”傳:“象服，尊者所以爲飾。”疏:“以人君之服畫日月星辰謂之象，故知畫翟羽亦爲象也。”漢鄭玄箋以象服爲揄翟、闕翟，清馬瑞辰毛詩傳箋通釋五謂爲褘衣。

【象邸】用象骨做的帽頂。周禮夏官弁師:“會五采玉璂，象邸玉笄。”注:“邸，下柢也，以象骨爲之。”

【象度】天象的度數。猶天文。後漢書三十下郎顗傳:“晝研精義，夜占象度，勤心鋭思，朝夕無倦。”

【象弭】以象骨裝飾的弓的兩端。詩小雅采薇:“四牡翼翼，象弭魚服。”

【象胥】古通譯官名。周禮秋官象胥:“掌蠻夷閩貉戎狄之國，使掌傳王之言，而諭説焉。”

【象浦】漢象林縣，屬日南郡。南朝宋改象浦，以境内象水而名。隋屬林邑郡，唐廢。故城在今越南境。參閲隋書地理志下林邑郡、讀史方輿紀要一一二廣西七象浦城。參見“象林”。

【象馬】維摩詰經佛道品:“奴婢童僕，象馬車乘，皆何所在。”象馬爲貴重之物，後來泛指財産家業。北魏楊衒之洛陽伽藍記序:“王侯貴重，棄象馬如脱屣;庶士豪家，捨資財若遺跡。”

【象恭】貌似恭敬。書堯典:“象恭滔天。”傳:“言共工……貌象恭敬而心傲很，若漫天。”

【象郡】郡名。秦始皇三十三年置，漢因之，元鳳五年廢。治所在臨塵(今廣西崇左縣境)。參閲史記秦始皇紀、讀史方輿紀要一歷代州域形勢秦。

【象笏】象牙所製的手版。周制，諸侯始執象笏。明以前，一至五品，笏俱象牙，五品以下用木。禮玉藻:“史進象笏，書思對命。”參閲隋書禮儀志七笏、明史輿服志三。

【象教】釋迦牟尼即離世，諸大弟子想慕不已，刻木爲佛，以形象教人。故佛教又謂之象教。文選南朝梁王簡栖(巾)頭陀寺碑文:“正法既没，象教陵夷。”參閲宋胡繼安書言故事四釋教象教。

【象尊】酒器名。周禮春官司尊彝:“其再獻用兩象尊。”注:“象尊以象鳳皇，或曰:以象骨飾尊。”王肅謂全刻象形，鑿背爲尊，阮諶禮圖謂畫象以爲飾，見詩魯頌閟宫“犧尊將將”疏。後世出土古祭器多如王肅説。清太廟祭器從之，象尊，范銅爲象形，尊加其上。

象　尊

【象揥】象牙所製，可用以搔頭的簪子。詩魏風葛屨:“好人提提，宛然左辟。佩其象揥。”疏:“佩其象骨之揥以爲飾。”

【象棋】博戲之具。棋，本作“碁”、“棊”。先秦時代，以象牙製棋，黑白各六枚，其博法已無可考。楚辭宋玉招魂:“菎蔽象棊，有六簙些。”太平廣記三六九引唐人玄怪録，汝南岑順夢觀金象將軍與天那軍會戰，軍師進曰:“天馬斜飛度三止，上將横行係四方，輜車直入無迴翔，六卒次第不乖行。”其對弈之步法，已與後世象棋略同。今棋多斲木爲之，白黑各十六枚，晝局道而中分之，黑白將帥分居兩端之中央，又各輔以士相，並各有車二、馬二、礮二、卒五爲攻守之用。奕時雙方輪流行棋，以將一方之將帥圍死爲勝。

【象觚】以象骨爲飾，或飾以象形花紋之酒器。儀禮燕禮:“主人盥洗，象觚。”注:“象觚，觚有象骨飾也。”博古圖十五商四象觚:“無銘，是器觚也。飾以山雷饕餮蟠虺之狀，而腹之下復作四象形。儀禮所謂象觚者，亦及見是製而有傳也。”

象觚

【象路】以象牙爲飾之車，爲帝王的乘輿。周禮夏官道僕:“掌馭象路，以朝夕燕出入。”也作“象輅”。隋書禮儀志五:“皇帝之輅，十有二等:一曰蒼輅，……十曰象輅。”

【象筵】豪華之筵席。初學記十四南朝宋顔延之皇太子釋奠會作詩之七:“堂設象筵，庭宿金懸。”唐劉禹錫劉夢得集外集二和留守令狐相公答白賓客詩:“官拂象筵終日待，私將雞黍幾人期。”

【象傳】周易十翼之一。爲解釋爻象之辭，亦稱易大傳。總釋一卦之象者曰大象，如乾卦“象曰:天行健，君子以自强不息。”論一爻之象者曰小象，如乾卦“潛龍勿用，陽在下也;……亢龍有悔，盈不可久也”一節。舊説爲周公所作，或説出於孔子，皆不足信。參閲周易正義一第四論卦辭爻辭誰作。

【象瑱】冠冕兩側下垂結於絲繩上的飾物，以象牙爲之，下垂當耳，可用以塞耳。詩齊風著“充耳以素乎而”漢毛萇傳:“素，象瑱。”參見“充耳”。

【象管】㊀指筆。或以象牙爲飾。唐羅隱甲乙集二清溪江令公宅詩:“蠻牋象筦夜深時，曾賦陳宫第一詩。”筦，同“管”。㊁指笛。元周密齊東野語十混成集:“嘗聞紫霞翁云，幼日隨其祖郡王曲宴禁中，太后令内人歌之，凡用三十人，每番十人，奏音極高妙。翁一日自品象管作數聲，真有駐雲落木之意，要非人間曲也。”

【象箸】象牙所製之箸。韓非子喻老:“紂爲象箸而箕子怖，以爲象箸必不盛羹於土簋，則必犀玉之杯。……吾畏其卒，故怖其始。”

【象舞】相傳周初之樂，童子舞之。詩周頌維清序:“維清，奏象舞也。”疏:“謂文王時有擊刺之法，武王作樂，象而爲舞，號其樂曰象舞。”北周庾信庾子山集七周宗廟歌皇夏:“階變升歌，庭紛象舞。”

【象穀】罌粟花的别名。又名米囊、御米。參見“罌粟”。

【象賢】書微子之命:“殷王元子，惟稽古，崇德象賢。”言後嗣子孫能象先賢。後來成爲稱美父子事業相承的套語。唐白居易長慶集三三劉總弟約等五人並除刺史賜紫……制:“惟爾兄司空總，象賢纂戎，以續名業。”

【象鞋】捕象之器。宋吴萃視聽鈔三逐象法:“象鞋者，用厚木，當中鑿之如深竅，劣容其足，中植大錐，其末上向，于竅之外周，回峻鑿之，如今之唾盂而加峻密，密埋于其往來之所，出草覆之。倘投足木上，必滑下竅中，其身既重，錐洞貫其足，不能自拔，即仆，負其痛莫能展轉，謂之著鞋。”(説郛二十)

【象數】左傳僖十五年:“龜，象也;筮，數也。物生而後有象，象而後有滋，滋而後有數。”注:“言龜以象示，筮以數告，象數相因而生，然後有占，占所以知吉凶。”周易中凡言天日山澤之類爲象，言初上九六之類爲數。

【象劍】朝臣上殿時所佩作儀飾用的木劍。隋書禮儀志七:“劍，案漢自天子至于百官，無不佩刀。蔡謨議云:‘大臣優禮，皆劍履上殿。非侍臣，解之。’蓋防刃也。近代以木，未詳所起。東齊著令，謂爲象劍，言象於劍。”

【象緯】謂日月五星。舊題晉王嘉拾遺記二殷湯:“至延師精述陰陽，曉明象緯，莫測其爲人。”唐杜甫杜工部草堂詩箋一遊龍門奉先寺:“天闕象緯逼，雲卧衣裳冷。"

【象蹄】花名。宋范成大桂海虞衡志志花："象蹄花如梔子而葉小，夏開至秋深。"

【象環】象牙環。禮玉藻："孔子佩象環五寸，而綦組綬。"唐李商隱李義山文集三端午日上所知劍啟："廁玉玦于君侯，擬象環于夫子。"

【象聲】即形聲。六書之一。漢書藝文志："故周官保氏掌養國子，教之六書，謂象形、象事、象意、象聲、轉注、假借，造字之本也。"參見"形聲"。

【象櫛】象牙所製之梳。禮玉藻："髮晞用象櫛。"疏："晞，乾燥也，沐已燥則髮澀，故用象牙滑櫛以通之也。"文苑英華九六唐浩虛舟陶母截髮賦："象櫛重理，蘭膏舊濡。"

【象鼜】以象革所製之兜鼜。宋范成大石湖集十四次韻平江韓子師侍郎見寄詩之一："蚺鼓揭天驚客座，象鼜航海厭蠻琛。"

【象戲】古博戲之一種。也稱"象棊"。隋書經籍志三著錄北周武帝撰象經一卷。北周庾信庾子山集八進象經賦表："臣伏讀聖製象經，並觀象戲，私心踴躍，不勝抃舞。"宋梅堯臣宛陵集二十有象戲詩。按此博戲，爲古彈棊之類，而非今之象棋。

【象魏】宮廷外的闕門。古宮廷門外有二臺，上作樓觀，上圓下方，兩觀雙植。門在兩旁，中央闕然爲道，以其懸法，謂之象魏。周禮天官大宰："乃縣治象之法于象魏。"參閱梁書何胤傳、明周祈名義考三地部象魏冀闕兩觀。

【象輿】㊀傳說徵象太平盛世的一種車。史記一一七司馬相如傳上林賦："青龍蚴蟉於東箱，象輿婉蟬於西清。"注引張揖："山出象輿，瑞應車也。"參見"象車㊀"。㊁象駕之車。元史泰定帝紀二泰定四年六月："辛巳，造象輿六乘。"

【象闕】宮廷的闕門。即象魏。文選南齊王元長(融)策秀才文之一："審聽高學，載懷祇懼，雖言事必史，而象闕未箴。"又南朝梁陸佐公(倕)石闕銘："居以業盛，文以化光，爰有象闕，是惟舊章。"

【象簟】以象牙所製之席。舊題漢劉歆西京雜記一："趙飛鷰女弟居昭陽殿，……玉几、玉牀、白象牙簟。"太平御覽七〇八王隱晉書："車永爲廣州刺史，永子溢，使工作象牙細簟。"

【象簡】象牙笏。唐康駢劇談錄上龍待詔相笏："開成中，有龍復本者，無目，善聽聲揣骨，每言休咎，無不必中；凡有象簡竹笏，以手捻之，必知官祿年壽。"宋史度宗紀："陳宜中經筵進講春秋終篇，賜象簡。"

【象辭】易之爻辭，卦有六畫，謂之六爻，爻各有所象，謂之象辭。參見"象傳"。

【象譯】猶通譯。禮王制："五方之民，言語不通，嗜欲不同，達其志，通其欲。東方曰寄，南方曰象，西方曰狄鞮，北方曰譯。"呂氏春秋慎勢："凡冠帶之國，舟車之所通，不用象譯。"

【象山集】宋陸九淵撰。凡二十八卷，又外集四卷，附語錄四卷。九淵治學以悟爲宗，後人稱爲心學。象山集爲其主要著作。參見"象山學案"。

【象牙籠】漢制，皇帝玉几，冬則加綈錦其上，謂之綈几，以象牙爲火籠，籠上皆散華文。見舊題漢劉歆西京雜記一。

【象外句】唐僧寫詩，其琢句法，比物以意，而不指言某物，謂之象外句。如"微陽下喬木，遠燒入秋山"，遠燒即夕陽，下句爲避免與"微陽"重復，故別遣一詞。見宋釋惠洪冷齋夜話六象外句。

【象載瑜】漢郊祀歌名，太始三年武帝遊東海獲赤雁作。參見"赤雁"。

【象山書院】宋陸九淵講學處。在今江西貴溪縣。宋紹定五年建。清乾隆十年改建。宋袁甫蒙齋集十三有象山書院記。見嘉慶一統志三一四廣信府一。

【象山學案】指宋陸九淵之學派。後人以九淵與程頤程顥朱熹和明代王守仁統稱宋明理學。程朱主"萬物皆天理"之說，陸則以"此心此理，我固有之"爲宗。陸學教人，惟以"先立乎其大者"一語爲根本，而以道問學爲枝節之談。至明王守仁又發揮其說，程朱與陸王遂成爲正統儒家中相對立的兩大流派。參閱宋元學案五八象山學案。

【象耕鳥耘】古代傳說舜禹葬時，象爲耕田，鳥爲耘地。漢王充論衡書虛："舜葬於蒼梧，象爲之耕；禹葬會稽，鳥爲之田。……象自蹈土，鳥自食苹〔草〕，土蹶草盡，若耕田狀，壤靡泥易，人隨种之，世俗則謂爲舜禹田。"唐陸龜蒙甫里集十九象耕鳥耘辯："吾觀耕者行端而徐，起撥欲深，獸之形魁者無出於象，行必端，履必深，法其端深，故曰象耕。耘者去莠，舉手務疾而畏晚，鳥之啄食，務疾而畏奪，法其疾畏，故曰鳥耘。"此爲另一說。

【象箸玉杯】見"象箸"。

【象齒焚身】象以有牙，爲人所利，而遭捕殺。喻人以多財而招禍。左傳襄二四年："象有齒以焚其身，賄也。"疏："服虔曰：焚讀曰僨。僨，僵也。爲生齒牙僵仆其身。"

六　畫

豢 huàn 胡慣切，去，諫韻，匣。
ㄏㄨㄢ

飼養牲畜。禮樂記："夫豢豕爲酒，非以爲禍也。"注："以穀食犬豕曰豢。"國語楚語下："王曰：'芻豢幾何？'"注："草養曰芻，穀養曰豢。"引申指餌人以利。左傳哀十一年："王及列士皆有饋賂，吳人皆喜，唯子胥懼曰：'是豢吳也夫。'"

【豢圉】養牛馬之處。新五代史李守貞傳："晉兵素驕，而守貞(杜)重威爲將皆無節制，行營所至，居民豢圉一空，至於草木皆盡。"

【豢龍】傳說虞舜時有董父，能畜龍，有功，舜賜之氏曰豢龍，舊許州臨潁縣有豢龍城，相傳即董父封邑。見左傳昭二九年、太平寰宇記七許州。

豥 hài 户來切，平，咍韻，匣。
ㄏㄞ 集韻 下楷切，上，駭韻。

豬四蹄皆白稱豥。見爾雅釋獸。也作"駭"。詩小雅漸漸之石"有豕白蹢"漢鄭玄箋："四蹢皆白曰駭。"釋文："駭，户楷反，爾雅、說文皆作豥。"

豣 jiān
ㄐㄧㄢ

同"豜"。見"豜"。

豤 kěn 康很切，上，很韻，溪。
ㄎㄣˇ 苦昆切，平，魂韻，溪。
牽繭切，上，銑韻，溪。

㊀豕齧地。俗作"啃"。見玉篇。㊁通"懇"。見"豤豤"。

【豤豤】即懇懇。款誠之意。漢書三六楚元王傳附劉向上奏："臣幸得託末屬，誠見陛下有寬明之德，冀銷大異，……故豤豤數奸死亡之誅。"

豦 jù 居御切，去，御韻，見。
ㄐㄩˋ 强魚切，平，魚韻，羣。

獸名。玃類。大如犬，似獮猴，黃黑色，多髯鬣，好奮迅其頭，能舉石擲人。見爾雅釋獸及注。山海經西山經："(崇吾之山)有獸焉，其狀如禺而文臂，豹虎而善投，名曰舉父。"清郝懿行疏："惟能舉石擿人，故經曰善投，亦因名舉父。舉、豦聲同，故古字通用。"一說指大豕。見說文及段玉裁注。

七　畫

豪 háo 胡刀切，平，豪韻，匣。
ㄏㄠ

㊀箭猪項脊間之長毛。見說文。參見"豪豬"。㊁指特出的人才。鶡冠子博選:"德千人者謂之豪。"㊂豪放。史記七七魏公子傳:"平原君之游,徒豪舉耳,不求士也。"唐杜甫杜工部草堂詩箋三四壯游:"性豪業嗜酒,嫉惡懷剛腸。"㊃奢侈。梁書賀琛傳上疏陳政事:"今之燕喜,相競誇豪,積果如山岳,列肴同綺繡。"㊄强橫。見"豪奪"。㊅長尖的細毛。通"毫"。史記八九張耳陳餘傳:"秋豪皆高祖力也。"參見"豪釐"。

【豪士】豪放任俠之士。管子問:"問兵官之吏,國之豪士,其急難足以先後者幾何人。"史記一二四游俠傳:"魯人皆以儒教,而朱家用俠聞。所藏活豪士以百數,其餘庸人不可勝言。"

【豪大】主帥。資治通鑑九六晉咸康四年:"段遼以其弟蘭既敗,不敢復戰,帥妻子、宗族、豪大千餘家,棄令支,奔密雲山。"注:"是時東北夷率謂主帥爲大,部帥曰部大,城主曰城大是也。"

【豪末】極言其細微。莊子秋水:"此其比萬物也,不似豪末之在於馬體乎?"

【豪右】豪强大族。後漢書明帝紀永平十三年詔:"濱渠下田,賦與貧人,無令豪右得固其利。"注:"豪右,大家也。"文選晉左太沖(思)詠史詩之六:"高眄邈四海,豪右何足陳。"參見"右姓"。

【豪民】大富豪。漢書食貨志上:"或耕豪民之田,見稅什五。"後也謂稱豪一方者爲豪民。

【豪奴】强悍狡黠的家奴。史記一二九貨殖傳:"齊俗賤奴虜,而刀閒獨愛貴之。桀黠奴,人之所患也,唯刀閒收取,使之逐漁鹽商賈之利,……故曰'寧爵毋刀'。言其能使豪奴自饒而盡其力。"

【豪臣】權貴之臣。史記秦始皇紀十年:"大梁人尉繚來說秦王曰:'……願大王毋愛財物,賂其豪臣,以亂其謀,不過亡三十萬金,則諸侯可盡。'"

【豪忕】謂過度奢侈。後漢書八六西南夷傳滇:"人俗豪忕,居官者皆富及累世。"也作"豪汰"。三國志魏何夔傳:"夔以國有常制,遂不往,其履正如此,然於節儉之世,最爲豪汰。"

【豪芒】喻極纖細。同"毫芒"。莊子知北遊:"大馬之捶鉤者,年八十矣,而不失豪芒。"漢書一〇〇上敍傳答賓戲:"獨攄意虖宇宙之外,鋭思於豪芒之內。"參見"毫芒"。

【豪宗】猶豪姓。後漢書三一廉范傳:"漢興,以廉氏豪宗,自苦陘徙焉。世爲邊郡守,或葬隴西襄武,故因仕焉。"

【豪放】狂放不檢點。魏書張彝傳:"彝少而豪放,出入殿庭,步眄高上,無所顧忌。"新唐書二〇二李邕傳:"邕資豪放,不能治細行。"

【豪門】權勢盛大的家族。南朝宋鮑照鮑氏集七見賣玉器者詩:"揚光十貴室,馳譽四豪門。"舊唐書一六三王播傳:"及臨所部,政理修明,恃勢豪門,未嘗貸法。"

【豪姓】豪强大族。三國志吴士燮傳:"燮又誘導益州豪姓雍闓等,率郡人民使遥東附。"

【豪客】㊀富豪。唐許渾丁卯集下送從兄歸隱藍溪詩之一:"漸老故人少,久貧豪客稀。"㊁俠客。宋陸游劍南詩稿九大雪歌:"虬鬚豪客狐白裘,夜來醉眠寶釵樓。"㊂唐李涉過九江,至皖口遇盗。盗首求詩,涉贈一絶云:"暮雨蕭蕭江上村,緑林豪客夜知聞。他時不用相迴避,世上如今半是君。"見唐詩紀事四六。後因以豪客稱盗首。

【豪眉】長眉毛。也指年長者之壽眉。詩豳風七月"以介眉壽"漢毛亨傳:"眉壽,豪眉也。"後漢書八十下趙壹傳:"體貌魁梧,身長九尺,美須豪眉,望之甚偉。"

【豪俠】强横任俠。漢書七六趙廣漢傳:"(杜)建素豪俠,賓客爲姦利。"

【豪家】即豪門。管子輕重甲:"吾國之豪家,遷封食邑而居者,君章之以物,則物重。"史記八五吕不韋傳:"子楚夫人趙豪家女也。"

【豪恣】狂放恣肆。宋書戴法興傳泰始二年詔:"法興小人,專權豪恣,雖虐主所害,義由國討,不宜復貪人之封,封爵可停。"

【豪格】公元 1609—1648 年。後金愛新覺羅皇太極(太宗)長子。從征蒙古,定中原。明崇禎九年,皇太極自稱帝,改號清。福臨(世祖)順治元年,隨攝政王多爾袞入關。征蜀時,親手殺害農民軍領袖張獻忠。封和碩肅親王。五年被多爾袞構陷,下獄死。

【豪氣】豪邁之氣。三國志魏陳登傳:"後許汜與劉備並在荆州牧劉表坐,表與備共論天下士。汜曰:'陳元龍(登)湖海之士,豪氣不除。'"宋朱熹朱文公集五醉下祝融峰作詩:"濁酒三杯豪氣發,朗吟飛下祝融峰。"

【豪族】豪户大族。三國志魏倉慈傳:"又常日西域雜胡欲來貢獻,而諸豪族多逆斷絶。"世說新語政事"謝公時兵廝逋亡"注引晉陽秋:"自中原喪亂,民離本域,江左造創,豪族并兼,或客寓流離,名籍不立。"

【豪曹】古劍名。相傳越王句踐有寶劍五,一曰豪曹。見越絶書十一記寶劍。後作爲利劍的通名。唐柳宗元柳先生集二三送元秀才下第東歸序:"夫有湛盧豪曹之器者,患不得犀兕而劀之,不患其不利也。"

【豪爽】豪放爽快。晉書桓温傳:"温豪爽有風概,姿貌甚偉,面有七星。"

【豪富】猶言巨富。史記秦始皇紀二十六年:"徙天下豪富於咸陽十二萬户。"三國志吴潘璋傳:"性博蕩嗜酒,居貧,好賒酤,債家至門,輒言後豪富相還。"

【豪華】奢侈。北周庾信庾子山集五見遊春人詩:"長安有狹邪,金屋盛豪華。"南史鮑泉傳:"後爲通直侍郎,常乘高幰車,從數十左右,繖蓋服玩甚精。……都下少年遂爲口實,見尚豪華人,相戲曰'鮑通直復是何許人,而得如此',以爲笑謔。"

【豪雄】猶豪傑。後漢書五八虞詡傳:"若棄其境域,徙其人庶,安土重遷,必生異志。如使豪雄相聚,席卷而東,雖賁育爲卒,太公爲將,猶恐不足當禦。"唐李白李太白詩九贈從兄襄陽少府皓:"結髮未識事,所交盡豪雄。"

【豪犀】以犀角製的刷鬢髮器。元龍輔女紅餘志上豪犀:"豪犀,刷鬢器也。詩曰:側釵移袖拂豪犀。"

【豪飲】謂縱飲。宋陸游劍南詩稿五病後暑雨書懷:"止酒亡聊還自笑,少年豪飲似長鯨。"

【豪筋】相牛法中稱牛蹄的後筋爲豪筋。見唐段成式酉陽雜俎前集十六廣動植一。豪也作"毫"。

【豪傑】才智出衆的人。孟子盡心上:"若夫豪傑之士,雖無文王猶興。"也作"豪桀"。吕氏春秋功名:"人主賢則豪桀歸之。"注:"才過百人曰豪,千人曰桀。"

【豪猾】豪强不守法度。史記一二二酷吏傳郅都:"濟南瞯氏宗人三百餘家,豪猾,二千石莫能制。"漢王充論衡講瑞:"豪猾之人,任使用氣,往來進退,士衆雲合。"也指有聲勢的不法之徒。三國志魏趙儼傳:"太祖(曹操)以儼爲朗陵長,縣多豪猾,無所畏忌。儼取其尤甚者,收縛案驗,皆得死罪。"

【豪語】豪壯的話。宋陸游劍南詩稿一夜宿陽山磯將曉大雨北風甚勁……:"應知老去負壯心,戲遣窮途出豪語。"

【豪誕】猶豪放。元詩選任士林松鄉集公子舞歌:"人生豪誕有如此,況有開筵柳公子。"

【豪奪】恃勢掠奪。管子國蓄:"使萬室之都,必有萬鍾之藏,藏繈千萬;使千室之都,必有千鍾之藏,藏繈百萬。春以奉耕,夏以奉芸,耒耜械器,鍾饟糧食,畢取贍於君,故大賈蓄家不得豪奪吾民矣。"

【豪嘈】高亢雄壯。唐元稹長慶集二六琵琶歌:"曲名無限知者鮮,霓裳羽衣偏宛轉,涼州大遍最豪嘈,六么散序多籠撚。"

【豪氂】喻極短。也作"毫釐"。禮經解:"差若豪釐,繆以千里。"釋文:"豪,……依字作毫。氂,……本又作釐。"漢書律曆志上:"度長短者不失豪氂。"注引孟康:"豪,兔豪也。十豪爲氂。"參見"毫釐"。

【豪橫】恃強橫暴。後漢書十六鄧寇傳論:"漢世外戚,……自東西京十有餘族,非徒豪橫盈極,自取災故,必於貽釁後主,以至顛敗者,其數有可言焉。"

【豪豬】齧齒類哺乳動物。也稱箭豬、毫彘。體肥,全身生棘毛,尖如針,長者至尺許,其端白。平時毛向後,遇敵則豎毛以爲防禦。穴居,夜出齧食樹皮,傷禾稼。漢書八七下揚雄傳:"張羅罔罝罘,捕熊羆豪豬虎豹狖玃狐菟麋鹿,載以檻車,輸長楊射熊館。"

【豪擅】豪強獨霸一方。魏書尒朱榮傳:"家世豪擅,財貨豐贏。"

【豪邁】氣魄宏大,豪放不羈。世說新語言語"桓公北征"注引桓溫別傳:"溫少有豪邁風氣,爲溫嶠所知。"又指文詞雄渾壯闊。唐元稹長慶集五故工部員外郎杜君墓係銘序:"詞氣豪邁而風調清深,屬對律切而脫棄凡近。"

【豪彊】地方上有勢力之人。漢書八四翟方進傳:"徙方進爲京兆尹,搏擊豪彊,京師畏之。"也作"豪強"。後漢書八十下趙壹傳刺世疾邪賦:"傴僂名埶,撫拍豪強。"

【豪舉】豪放的舉動。史記七七魏公子傳:"平原君之游,徒豪舉耳。"文選漢班孟堅(固)西都賦:"鄉曲豪舉遊俠之雄,節慕原嘗,名亞春陵。"原嘗春陵爲戰國四君子:趙平原君,齊孟嘗君,楚春申君,魏信陵君。後漢書四十班固傳作"豪俊"。

【豪縱】豪放不羈。宋蘇軾分類東坡詩十四次韻李公擇梅花:"江湖長在眼,詩酒事豪縱。"陸游劍南詩稿十懷成都十韻:"放翁五十猶豪縱,錦城一覺繁華夢。"

【豪黨】植黨成幫,把持地方的豪族。後漢書三九趙咨傳:"咨在官清簡,計日受奉,豪黨畏其儉節。"

【豪竹哀絲】指管絃樂。唐杜甫杜工部詩史補遺八醉爲馬墜諸公攜酒相看:"酒肉如山又一時,初筵哀絲動豪竹。"注:"哀絲,謂絲聲哀也;豪竹,謂大管也。"宋陸游劍南詩稿三東津:"打魚斫膾修故事,豪竹哀絲奉歡樂。"

豩 1. bīn ㄅㄧㄣ 集韻 悲巾切,平,真韻。

㊀二豕。見說文。

2. huán ㄏㄨㄢ 集韻 呼關切,平,刪韻。

㊀頑劣。唐劉禹錫劉夢得集外集二答樂天見憶詩:"筆底心猶毒,盃前膽不豩。"宋王禹偁小畜集十三江豚歌:"依憑風水恣豩豪,吞啗魚蝦頗肥腯。"

豘 dòu ㄉㄡˋ 都豆切,去,候韻,端。

星宿名。國語楚下:"日月會于龍豘。"注:"豘,龍尾也。謂周十二月、夏十月,日月合辰於尾上。月令:孟冬,日在尾。"

豨 xī ㄒㄧ 香衣切,平,微韻,曉。虛豈切,上,尾韻,曉。

豬。淮南子本經:"封豨、脩蛇,皆爲民害。"方言八:"豬……南楚謂之豨。"也作"狶"。見廣韻。

【豨突】橫衝直撞。猶豕突。資治通鑑二五二唐乾符二年:"(西川節度使)高駢至劍州,先遣使走馬開成都門。或曰:'蠻寇逼近成都,相公尚遠,萬一豨突,奈何?'"注:"豨,豕也。豕健於突。"

【豨苓】藥草名。唐韓愈昌黎集十二進學解:"若夫……忘己量之所稱,指前人之瑕疵,是所謂詰匠氏之不以杙爲楹,而訾醫師以昌陽引年,欲進其豨苓也。"本作"豬苓"。參見"豬苓"。

【豨椒】植物名。又名豬椒、豕椒、蔓椒。枝軟如蔓,葉上有刺。本草在木部,本草綱目三二移入果部。參閱政和證類本草十四蔓椒。

【豨膏】豬脂。一作"狶膏"。史記田完世家:"淳于髡曰:'豨膏棘軸,所以爲滑也。'"宋蘇軾分類東坡詩十述古以詩見責屢不赴會復次前韻:"多謝清詩屢推轂,豨膏那解轉方輪。"

【豨薟】植物名。亦作"狶薟"。又名豬膏母、蟾蜍蘭等。高二三尺,秋初有花如菊,秋末結實,夏採葉暴乾,入藥,治肝腎風氣等病,有微毒。參閱政和證類本草十五草四豨薟。

八畫

豬 zhū ㄓㄨ 陟魚切,平,魚韻,知。

㊀小豕。爾雅釋獸:"豕子,豬。"今通稱豕曰豬。或作"猪",見集韻。㊁水停積之處。通"瀦"。書禹貢:"大野既豬,東原底平。"傳:"水所停曰豬。"

【豬加】官名。三國志魏夫餘傳:"國有君王,皆以六畜名官,有馬加、牛加、豬加、狗加、大使、大使者、使者。"

【豬肝】東漢閔仲叔,太原人,客居安邑縣,老病家貧,不能得肉,日買猪肝一片。屠者或不肯與,縣令聞,令吏常供給。仲叔怪而問之,知,乃歎曰:"閔仲叔豈以口腹累安邑邪!"遂去,客沛。見後漢書五二閔仲叔傳。宋陸游劍南詩稿六一蔬食:"何由取熊掌,幸免買豬肝。"明錢子正綠苔軒集三自笑詩:"不知仲叔辭安邑,可是猪肝解累人。"猪、豬同。

【豬神】卽貓豬。見"貓豬"。

【豬苓】植物名。又名豕槖、豭豬屎、地烏桃。寄生於楓等植物根部,子實埋土中,皮黑作塊似豬糞,故名。肉及裏白色。入藥,主治瘧疾,解毒。參閱政和證類本草十三豬苓。

【豬都】唐段成式酉陽雜俎前集十五諾皋記下:"伍相奴或擾人,許於伍相廟多已。舊說,一姓姚,二姓王,三姓汪。昔值洪水,食都樹皮,餓死,化爲鳥都,皮骨爲猪都,婦女爲人都。"唐李商隱李義山詩集三異俗之二:"未曾容獺祭,只是縱豬都。"清馮浩箋注謂豬都當卽豪豬。豪豬成羣結隊以害禾稼,爲民所苦。與酉陽雜俎所記非一事。

【豬野】澤名。書禹貢:"原隰底績,至於豬野。"古休屠澤,唐時曰白亭海。清俗名魚海子。在今甘肅民勤縣東北。參閱嘉慶一統志二六七涼州府一休屠澤。參見"休屠㊀"。

【豬鼻】車名。豬,也作"猪"。宋書沈慶之傳:"慶之每朝賀,常乘猪鼻無幰車,左右從者不過三五人。"

【豬蕁】豬,也作"猪"。㊀卽荇菜。北齊顏之推顏氏家訓書證:"詩云:參差荇菜。……黃花似蓴,江南俗亦呼爲猪蓴。"參見"荇菜"。㊁蓴之老者,可飼豬。見本草綱目十九草八蓴。

【豬龍】傳說唐玄宗嘗與安祿山夜宴,祿山醉卧,化爲一豬而龍首,左右遽告帝。

帝曰:"此豬龍,無能爲。"龍爲帝象,身爲豬,言終不能成帝業。見宋樂史太真外傳下。

【豬婆龍】即鼉龍。見"鼉龍"。

【豬龍河】河名。今作"豬龍河"。河北大清河之南支,沙兹(今作"磁")二水之尾。舊志謂傳説古有豬龍化而成河,故名。歷安國高陽等縣,入白洋淀,東北流依城河,豬爲西淀,又東流爲大清河。參閲嘉慶一統志十三保定二。

【豬嘴關】喻背後議論,信口雌黄。宋缺名桐江詩話:"(宋)元祐間,東平王景亮與諸仕族無成子,結爲一社,純事嘲誚,士大夫無問賢愚,一經諸人之目,即被不雅之名,當時號曰豬嘴關。"(苕溪漁隱叢話前集五五)。又見宋王得臣麈史下風俗。

【豬蘭橋】橋名。水經注二八沔水:"沔水又東逕豬蘭橋,橋本名木蘭橋,橋之左右豐蒿荻,于橋東劉季和大養豬,襄陽太守曰:此中作豬屎臭,可易名豬蘭橋。"

【豬突豨勇】西漢末王莽軍隊名。言如豕之觸突,一往無前。漢書食貨志下:"匈奴侵寇甚,(王)莽大募天下囚徒人奴,名曰豬突豨勇。"注引服虔:"豬性觸突人,故取以喻。"

九畫

豭 jiā 古牙切,平,麻韻,見。
ㄐㄧㄚ

牡豬。見説文。左傳隱十一年:"鄭伯使卒出豭,行出犬雞,以詛射潁考叔者。"釋文:"豭,音加,豬别名。"

【豭豚】牡豚。禮雜記下:"凡宗廟之器,其名者,成則釁之以豭豚。"史記六七仲尼弟子傳:"子路性鄙,好勇力,志伉直,冠雄雞,佩豭豚,陵暴孔子。"集解:"冠以雄雞,佩以豭豚。二物皆勇,子路好勇,故冠帶之。"

豫 1. yù 羊洳切,去,御韻,喻。
ㄩ

㊀象之大者。見説文。㊁安樂,娱樂。書太甲:"視乃厥祖,無時豫怠。"詩小雅白駒:"爾公爾侯,逸豫無期。"㊂巡遊。孟子梁惠王下:"夏諺曰:吾王不遊,吾何以休;吾王不豫,吾何以助。"晏子春秋内篇問下:"春省耕而補不足者謂之遊;秋省實而助不給者謂之豫。"㊃先事爲備。易既濟:"君子以思患而豫防之。"荀子大略:"先患慮患謂之豫,豫則禍不生。"㊄遲疑不決。楚辭屈原九章惜誦:"壹心而不豫兮,羌不可保。"注:"豫,猶豫也。"㊅變動。鶡冠子泰録:"百化隨而變,終始從而豫。"參見"豫賈"。㊆參與。通"與"。左傳隱元年:"豫凶事,非禮也。"後漢書八五東夷傳:"及楚靈會申,亦來豫盟。"㊇禹貢九州之一。其地包括今河南省及湖北省北部。今爲河南省之簡稱。見"豫州"。㊈卦名。☷☳坤下震上。㊉姓。本姬姓。戰國有豫讓。見漢王符潛夫論志氏姓。

2. xiè 集韻 詞夜切,去,禡韻。
ㄒㄧㄝ

㊀古州學名。通"榭"。儀禮鄉射禮:"豫則鉤楹内。"注:"今言豫者,謂州學也。……周禮作'序'。凡屋無室曰謝(榭)。"

【豫且】古神話中漁者名。莊子外物作"余且"。史記一二八龜策傳:"宋元王二年,江使神龜使於河,至於泉陽,漁者豫且舉網得而囚之,置之籠中。夜半,龜來見夢於宋元王。"漢劉向説苑正諫:"昔白龍下清冷之淵化爲魚,漁者豫且射中其目。"參見"余且"。

【豫州】㊀古九州之一。書禹貢:"荆河惟豫州。"傳:"西南至荆山,北距河水。"爾雅釋地:"河南曰豫州。"疏:"李巡曰:河南其氣著密,厥性安舒,故曰豫。豫,舒也。"㊁漢以後皆置豫州,惟治所無常,地域屢變。西漢元封五年豫州領郡國四,縣一百二,無常治,其境僅得禹貢之半。北魏立豫州,治虎牢,後得汝南,置豫州,以虎牢爲北豫州。見歷代地理沿革表一部表。

【豫言】事未至而先言。同"預言"。後漢書二九申屠剛傳:"夫未至豫言,固常爲虚,及其已至,又無所及。"

【豫附】心悦而歸附。漢書四三陸賈傳:"將相和,則士豫附。"史記作"務附"。宋朱熹朱文公集五拜張魏公墓下詩:"士心既豫附,國威亦張皇。"

【豫政】謂參與國政。後漢書三三周章傳:"是時中常侍鄭衆蔡倫等皆秉埶豫政。"

【豫章】㊀木名。樟類。左傳哀十六年:"抉豫章以殺人而後死。"注:"豫章,大木。"淮南子修務:"豫章之生也,七年而後知,故可以爲棺舟。"㊁地名。左傳定四年:"蔡侯吳子唐侯伐楚,舍舟于淮汭,自豫章與楚夾漢。"其地在淮南江北之界。漢移其名於江南,置郡,屬揚州。隋平陳,改爲縣,屬洪州。故治在今江西南昌市。見漢書地理志上、舊唐書地理志三。㊂臺觀名。文選漢張平子(衡)西京賦:"豫章珍館,揭焉中峙。"三國吳薛綜注:"皆豫章木爲臺館也。"三輔黄圖五:"豫章觀,武帝造,在昆明池中,亦曰昆明觀。又一説曰:上林苑中有昆明池館,蓋武帝所置。"

【豫備】準備。尉繚子十二陵:"無過在於度數,無困在於豫備。"三國志蜀龐統傳:"統復説(劉備)曰:'陰選精兵,晝夜兼道,逕襲成都。(劉)璋既不武,又素無豫備,大軍卒至,一舉便定,此上計也。'"

【豫賈】不變價。賈,價之古字。荀子儒效:"魯之粥(鬻)牛馬者不豫賈。"注:"豫賈,定爲高價也。"史記一一九循吏傳:"以子產爲相,……二年,市不豫賈。"參閲清俞樾曲園雜纂二十讀鶡冠子。

【豫讓】春秋末戰國初刺客。曾事晉范氏及中行氏,無所知名,去而事智伯。趙襄子與韓魏滅智伯,豫讓漆身爲癩子,滅鬚去眉,以變其容,吞炭爲啞,以變其音,謀刺襄子,爲智伯報讎。曾言:范中行氏以衆人遇我,我故以衆人報之;智伯以國士遇我,我故以國士報之。謀刺襄子,被執自殺。見戰國策趙一、史記八六刺客傳。

【豫知子】藥草名。見"預知子"。

【豫章行】樂府清調曲名。豫章,漢郡名。樂府詩集三四豫章行引樂府解題:"陸機'汎舟清川渚',謝靈運'出宿告密親',皆傷離别,言壽短景馳,容華不久。傅玄苦相篇云:'苦相身爲女',言盡力於人,終以華落見棄,亦題曰豫章行也。"樂府詩集共録自古辭以下至唐李白作共十首。

【豫印空白】清制,每屆歲終,官署皆封印,既封後,例不得啟封鈐用。有印信衙門,於封印前一日,酌量件數用空白印紙,並文移封套,以備封印遇有緊急公文之用。印文旁並鈐"豫印空白"四字。參閲吏部則例九處分。

【豫借元宵】謂先期放燈。豫,也作"預"。宋俞文豹清夜録:"宣和七年,預借元宵。時有譏詞云:'……奈吾皇不待元宵景色來到,只恐後日陰晴未保。'"又曰"豫賞元宵"。宣和遺事前集:"(都城)從臘月初一日,直點燈到宣和六年正月十五夜,……故謂之預賞元宵。"

【豫署空紙】北周蘇綽常以天下爲己任,博求賢俊。太祖(宇文泰)亦推心委任,或出遊,常預署空紙以授綽,若須有處分,則隨事施行,及還,啟知而已。預,同"豫"。見周書蘇綽傳。

貑 wēn 烏渾切,平,魂韻,影。
ㄨㄣ

猪名。爾雅釋獸:"豕子……奏者豱。"注:"今豱豬短頭,皮理腠蹙。"後俗謂市物不稱意曰豱豬頭。見清翟灝通俗編二八獸畜豱豬頭。

十　畫

縠 hù 呼木切,入,屋韻,曉。ㄏㄨˋ

獸名。爾雅釋獸:"貔,白狐,其子縠。"史記一一七司馬相如傳子虛賦:"蟃胡縠蛫。"索隱引郭璞:"縠似貂而大,腰以後黃,一名黃腰,食獼猴。"說文作"豰",謂腰以上黃,腰以下黑。

豲 huán 胡官切,平,桓韻,匣。ㄏㄨㄢˊ

豕屬。逸周書周祝:"豲有蚤而不敢以撅。"又豪豬一名"帚豲"。見漢書八七下揚雄傳長楊賦"扡豪豬"注。

【豲道】本戎邑,漢置縣。屬天水郡。漢書元帝紀初元二年:"地震于隴西郡,……壞敗豲道縣城郭官寺及民室屋。"又地理志下:"豲道,騎都尉治密艾亭。"注:"豲,戎邑也。"在今甘肅隴西縣。

豯 xī 胡雞切,平,齊韻,匣。ㄒㄧ

豚生三月之稱。見說文。方言八:"豬,……南楚謂之豨,其子或謂之豚,或謂之豯。"五代本切韻作"豯"。

豳 1. bīn 府巾切,平,真韻,幫。ㄅㄧㄣ

㊀古國名。同"邠"。在今陝西旬邑縣彬縣一帶。周代公劉始遷於豳。西周亡,歸於秦。詩大雅公劉:"篤公劉,于豳斯館。"北魏置豳州。見"豳州"。

2. bān ㄅㄢ

㊀通"斑"。見"豳₂文"。

【豳₂文】指有斑文之衣。豳,通斑。史記一一七司馬相如傳子虛賦:"絝白虎,被豳文。"集解引郭璞:"著斑衣。"文選作"斑衣"。

【豳州】古西戎地。後公劉居此,爲豳國。西魏置南豳州,尋曰豳州。隋大業三年州廢,唐武德元年復曰豳州,開元十三年,因"豳"與"幽"形近易混,改爲邠州。天寶元年曰新平郡,乾元元年復曰邠州。歷代因之。故治在今陝西彬縣。參閱讀史方輿紀要五四西安府下、嘉慶一統志二四八邠州。

【豳風】詩國風之一。共七篇二十七章,皆爲西周時代之詩。豳,也作"邠",本周之舊國,自公劉至太王皆居於此。參閱詩豳譜及疏。

【豳籥】古豳人所作的樂器,截葦作籥,故名。即禮明堂位之葦籥。周禮春官籥章:"掌土鼓、豳籥。"參閱清馬瑞辰毛詩傳箋通釋一豳雅豳頌說。

十 一 畫

貗 lóu 落侯切,平,侯韻,來。ㄌㄡˊ 力朱切,平,虞韻,來。

求偶的母豬。通作"婁"。見"婁豬"。

豵 zōng 子紅切,平,東韻,精。ㄗㄨㄥ 即容切,平,鍾韻,精。

小豕。詩召南騶虞:"彼茁者蓬,壹發五豵。"傳:"一歲曰豵。"一曰豕生三子爲豵。見爾雅釋獸並注。

十 二 畫

豨 lín 力珍切,平,真韻,來。ㄌㄧㄣˊ

獸名。見"闖豨"。

豷 yì 於計切,去,霽韻,影。ㄧˋ 許位切,去,至韻,曉。

古史傳說,后羿滅夏,恃射好獵,不修民事,信用讒臣,以寒浞爲相,浞使羿家衆殺羿而代之,佔羿之妻妾,生澆及豷。封澆於過,封豷於戈。夏少康中興,並滅過戈。見左傳襄四年。

豶 fén 符分切,平,文韻,並。ㄈㄣˊ

去勢之豬。易大畜:"豶豕之牙,吉。"亦指人之去勢。韓非子十過:"(齊桓)公妬而好內,豎刁自豶以爲治內。其身不愛,又安能愛君!"豶,同"豶",見集韻。

十 八 畫

貛 huān 集韻 呼官切,平,桓韻。ㄏㄨㄢ

野豬。見玉篇。同"貛"、"獾"。

豸　部

豸 zhì 池爾切,上,紙韻,澄。ㄓˋ

㊀蟲豸。無足的昆蟲,如蚯蚓之類。爾雅釋蟲:"有足謂之蟲,無足謂之豸。"㊁解決。左傳宣十七年:"范武子(士會)將老,召文子(士燮)曰:'……余將老,使郤子(克)逞其志,庶有豸乎。'"注:"豸,解也。欲使郤子從政快志以止亂。"

【豸冠】古代執法官吏所戴之冠。即獬豸冠。唐岑參岑嘉州詩三送韋侍御先歸京:"聞欲朝龍闕,應須拂豸冠。"唐會要六一御史臺中彈劾:"乾元二年四月六日,勅御史臺,所欲彈事,不須先進狀,仍服豸冠。……舊制,凡事非大夫中丞所劾,而合彈奏者,則具其事爲狀,大夫中丞押奏。大事則豸冠、朱衣、纁裳、白紗中單以彈之,小事常服而已。"參見"獬豸冠"。

三　畫

豻 1. án 俄寒切,平,寒韻,疑。ㄢˊ 可顏切,平,删韻,溪。

也作"犴"。㊀古時生於北地之野狗。見說文。

2. àn 五旰切,去,翰韻,疑。ㄢˋ 侯旰切,去,翰韻,匣。

㊀古代鄉亭的拘留所。漢書刑法志:"原獄刑所以蕃若此者,……姦不輒得,獄豻不平之所致也。"參見"犴㊁"。

【豻侯】射矢之的。的之邊以豻皮爲飾。士射用豻侯。周禮夏官射人:"士以三耦,射豻侯。"

豺 chái 士皆切,平,皆韻,牀。ㄔㄞˊ

野獸名。也作"犲"。形似犬而殘猛如狼,俗名豺狗。禮月令季秋之月:"豺乃祭獸戮禽。"文選漢王子淵(褒)四子講德論:"是以養雞者不畜貍,牧獸者不育豺。"

【豺虎】㊀豺與虎。也概指猛獸。詩小雅巷伯:"取彼譖人,投畀豺虎。"文選南朝梁沈休文(約)齊故安陸昭王碑文:"蝝蝗弗起,豺虎遠迹。"㊁喻貪殘暴亂的人。文選漢張平子(衡)南都賦:"方今天地之睢剌,帝亂其政,豺虎肆虐,真人革命之秋也。"唐杜甫杜工部詩史補遺七憶昔之二:"九州道路無豺虎,遠行不勞吉日出。"

【豺狗】即豺。爾雅釋獸:"豺狗足。"清郝懿行義疏:"豺瘦而猛捷,俗名豺狗。"

【豺狼】豺與狼。左傳襄十四年:"賜我南鄙之田,狐狸所居,豺狼所嗥。"亦喻凶惡之人。左傳閔元年:"戎狄豺狼,不可厭也。"

【豺祭】豺於深秋時多殺諸獸以備冬,陳於四周,有似人之陳物而祭,因稱祭獸或豺祭。禮王制:"獺祭魚,然後虞人入澤梁;豺祭獸,然後田獵。"唐魏徵魏鄭公詩集五郊樂章白帝商音肅和:"豺祭隼擊,潦收川鏡。"

【豺漆】中藥五加之別名。又名豺節。見本草綱目三六木三五加。

【豺聲】聲如豺狼。古以此爲惡人之徵。左傳文元年:"楚子將以商臣爲大子,訪諸令尹子上,子上曰:'……且是人也,蠭目而豺聲,忍人也。'"晉書王敦傳:"洗馬潘滔見敦而目之曰:'處仲蜂目已露,但豺聲未振,若不噬人,亦當爲人所噬。'"處仲,敦字。

【豺狼當道】漢順帝漢安元年選遣八使,巡行郡邑,侍御史張綱年少,官次最微。七人皆受命之部,綱獨埋輪于雒陽都亭,曰:"豺狼當道,安問狐狸!"豺狼,謂擅國政之大將軍梁冀及冀弟河南尹不疑。見東觀漢紀二十張綱。三國志魏杜襲傳:"方今豺狼當道,而狐貍是先,人將謂殿下避彊攻弱。"

豹 bào ㄅㄠˋ 北教切,去,效韻,幫。

㊀獸名。似虎而小。說文:"豹,似虎,圜文。"正字通:"狀似虎而小。白面,毛赤黄,文黑如錢圈,中五圈左右各四者,曰金錢豹,宜爲裘;如艾葉者,曰艾葉豹,次之;色不赤毛無文者,曰土豹;山海經玄豹,黑文多也;詩赤豹,尾赤文黑也;又西域有金線豹,文如金線。"㊁姓。相傳爲帝嚳時八元叔豹之後。見漢應劭風俗通姓氏篇下。

【豹尾】㊀指豹尾車。皇帝巡幸時殿屬車之後,上懸豹尾。漢書八七上揚雄傳:"又是時趙昭儀方大幸,每上甘泉,常法從,在屬車間豹尾中。"參見"豹尾車"。㊁儀仗名。指豹尾槍、豹尾旛之類。世說新語規箴"蘇峻東征沈充"注引晉陽秋:"明帝伐王敦,充率衆就王含,謂其妻曰:'男兒不建豹尾,不復歸矣!'"宋凡命節度使,有司給門旗二,龍虎旗各一,旌一,節一,麾槍二,豹尾二。豹尾,用赤黄布上畫豹文。見宋岳珂愧郯錄十旌節。

【豹房】明武宗(朱厚照)正德二年詔造豹房,在西華門内,不聽政,晝夜淫樂。正德十六年,厚照死於豹房。明王世貞弇州山人四部稿四七正德宫詞之八:"玉水垂楊面面栽,豹房官邸接天開。"參閱明史三〇七錢寧傳。

【豹直】官吏節假值日稱豹直。"直"同"值"。唐封演封氏聞見記五豹直:"御史舊例,初入臺,陪直二十五日。節假直日,謂之伏豹,亦曰豹直。百司州縣,初授官陪直者,皆有此名。"也作"儤直"。宋黄朝英靖康緗素雜記一豹直:"余觀宋景文公(祁)有和龐相公聞余儤直見寄詩一篇,乃用儤字。又職林云:'凡當直之法,自給舍丞郎入者,三直無儤;自起居郎官入者,五直一儤;御史補闕入者,七直兩儤;其余雜入者,十直三儤。'亦用儤字。案玉篇云:'儤,連直也。'字當作儤,非虎豹之豹。"

【豹祠】戰國魏西門豹之祠堂。隋書禮儀志二:"(後齊)祈禱者有九焉:一曰雩,二曰南郊,三曰堯廟,四曰孔、顏廟,五曰社稷,六曰五岳,七曰四瀆,八曰滏口,九曰豹祠。"

【豹侯】射矢之的,中心畫豹而以豹皮飾其側。卿大夫以下射用豹侯。周禮天官司裘:"王大射,則共虎侯、熊侯、豹侯,設其鵠。"注:"侯者,其所射也。以虎、熊、豹、麋之皮飾其側。……豹侯,卿大夫以下所射。"

【豹產】謂西門豹、子產。兩人皆有治績,後因以豹產作爲稱頌循吏之詞。藝文類聚三六晉潘岳許由頌:"愧無惠化,豹產之政。"文館詞林一七五晉棗嵩贈荀彦將詩:"昔在豹產,顯名當時。"

【豹略】古代兵書六韜中有豹韜篇,又有三略。因稱用兵之術爲豹略。北周庾信庾子山集三從駕觀講武詩:"豹略推全勝,龍圖揖所長。"

【豹隱】列女傳二陶答子妻:"妾聞南山有玄豹,霧雨七日而不下食者,何也?欲以澤其毛而成文章也。故藏而遠害。犬彘不擇食以肥其身,生而須死耳。"後因以比喻隱居伏處,愛惜其身,有所不爲。唐駱賓王集四秋日别侯四詩:"我留安豹隱,君去學鵬摶。"

【豹騎】騎兵,言其勇猛。文苑英華六四五隋盧思道爲北齊檄陳文:"虎夫萬隊,豹騎千羣。"又爲隋唐將軍之名號。見唐六典二四左右驍衛大將軍。

【豹韜】㊀古兵書六韜中有豹韜八篇。淮南子精神:"故通許由之意,金縢豹韜廢矣。"㊁謂用兵之韜略。唐杜甫杜工部草堂詩箋十喜聞官軍已臨賊寇二十韻:"元帥歸龍種,司空握豹韜。"

【豹變】豹文變美,喻潤色事業,或遷善去惡。易革:"君子豹變,其文蔚也。"疏:"亦潤色鴻業,如豹文之蔚縟,故曰君子豹變也。"三國志蜀後主傳魏主封禪爲安樂縣公策:"不憚屈身委命,以愛民全國爲貴,降心回慮,應機豹變,履信思順,以享左右無疆之休。"亦喻人地位轉變,由貧賤而顯貴。文選南朝梁劉孝標(峻)辨命論:"視彭韓之豹變,謂鷙猛致人爵。"

【豹子馬】宋人的一種馬技。宋孟元老東京夢華録七駕登寶津樓諸軍呈百戲:"或放令馬先走,以身追及,握馬尾而上,謂之豹子馬。"

【豹文鼠】鼠之一種,身有豹文。也作"豹鼠"。晉郭璞爾雅序:"爾雅者,蓋興於中古,隆於漢世,豹鼠既辯,其業亦顯。"唐李商隱李義山詩集四贈送前劉五經映:"驚疑豹文鼠,貪竊虎皮羊。"參閱宋王楙野客叢書七豹文鼮鼠。

【豹奴帖】王獻之書帖名。晉王獻之王大令集豹奴帖:"豹奴此月惟省一書,亦不足慰懷,深悉足下情素耳。"注:"桓嗣小字豹奴,王氏甥。故二王帖中時及之。"

【豹尾車】皇帝屬車,最後一乘懸豹尾,稱豹尾車。漢蔡邕獨斷下:"古者諸侯貳車九乘。秦滅九國,兼其車服,故大駕屬車八十一乘也,法駕半之,尚書御史乘之。最後一車懸豹尾。"唐貞觀後,始加此車於鹵簿内,上載朱漆竿,首綴豹尾,右武衛隊正一人執之。駕兩馬,駕士十五人。參閱晉崔豹古今注上輿服、宋史輿服志一。

【豹尾槍】儀仗名。飾有豹尾之槍。唐白居易長慶集五四奉和汴州令狐令公詩:"槍森赤豹尾,纛吒黑龍髯。"清制:豹尾槍,由侍衛執之,謂之豹尾班侍衛,隨從帝後。與古之豹尾車相類。見清文獻通考一四四王禮二十。

【豹林谷】地名。在今陝西西安市南終南山麓。宋种放隱居於此,結草爲廬,僅庇風雨。後放族人种師道亦居此。金人南下,召起爲京畿河北制置使。見宋史三三五种世衡傳附种師道、又四五七种放傳。

【豹脚蚊】蚊之一種。脚有花紋,故名。宋蘇軾分類東坡詩十八次韻周開祖長官見寄:"風定軒窗飛豹脚,雨餘欄檻上蝸牛。"注:"湖州多蚊,豹脚者尤毒。"

【豹死留皮】喻留美名於後世。新五代史王彥章傳:"彥章武人不知書,常爲俚語謂人曰:'豹死留皮,人死留名。'"元詩選郝經陵川集題汶陽王太師彥章廟:"千年豹死留皮在,破冢風雲繞鐵鎗。"

四 畫

豽 nà 女滑切,入,黠韻,娘。ㄋㄚˋ

獸名。同"貀"。後漢書九十烏桓鮮卑傳:"又有貂、豽、鼲子,皮毛柔蝡,故天下以爲名裘。"注:"豽,猴屬也。"參見"貀"。

五 畫

貁 yòu 余救切,去,宥韻,喻。ㄧㄡˋ

也作"狖"。獸名,長尾猨。漢書八七上揚雄傳反離騷:"枳棘之榛榛兮,蝯貁擬而不敢下。"注:"貁似猴,卬鼻而長尾。"說文:"貁,鼠屬善旋。"參見"狖"。

貎 ní 女夷切,平,脂韻,娘。ㄋㄧˊ

獸名。宋史四九一日本傳:"又別啟,貢……鹿皮籠一,納貎裘一領。"

貏 yāng 烏郎切,平,唐韻,影。ㄧㄤ

見下。

【貏貗】爾雅釋獸"貈子貆"晉郭璞注:"今江東呼貉爲貏貗。"清郝懿行義疏:"貈似狐,善睡獸也。借作貉。……今棲霞人呼貉爲貆,貆貉聲相轉也。其毛縟厚,擊之難斃,惟捶其鼻莖即死。野人煎其膏,治痔良也。"

貀 nà 女滑切,入,黠韻,娘。ㄋㄚˋ

獸名。同"豽"。爾雅釋獸:"貀,無前足。"注:"晉太康七年,召陵扶夷縣檻得一獸,似狗豹文,有角,兩脚,卽此種類也。或說貀似虎而黑,無前兩足。"

貂 diāo 都聊切,平,蕭韻,端。ㄉㄧㄠ

哺乳動物。又稱貂鼠,字亦作鼦。體細長,色黃或紫黑,種類很多。皮毛極輕暖,爲珍貴裘料。戰國策趙一:"(蘇秦)明日來,抵掌而談。李兌送蘇秦明月之珠,和氏之璧,黑貂之裘,黃金百鎰。蘇秦得以爲用,西入於秦。"

【貂寺】古代內廷宦官以貂尾爲冠飾,因以貂寺爲宦官的別稱。宋史四二五趙景緯傳應詔上封事:"弄權之貂寺素爲天下之所共惡者,屏之絶之;毒民之恩澤侯嘗爲百姓之所憤者,黜之棄之。"

【貂羽】古以貂尾飾冠,因亦稱貂尾冠爲貂羽。漢書六三燕刺王旦傳:"建旌旗鼓車,旄頭先敺,郎中侍從者,著貂羽,黃金附蟬,皆號侍中。"

【貂珥】漢代宦官冠上插貂尾懸珥璫以爲飾,後遂以貂珥喻顯貴。南朝陳徐陵徐孝穆集三勸進元帝表:"珪璋特達,通聘河陽,貂珥雍容,尋盟洹水。"文苑英華四八二唐賢良方正策問:"七葉貂珥,表金室之榮;十紀羽儀,峻班門之躅。"

【貂鼠】卽貂。或作鼦鼠,又名栗鼠、松狗。參閱宋羅願爾雅翼二一釋獸。

【貂璫】漢代中常侍冠上的兩種飾物。後漢書四三朱穆傳上疏:"案漢故事,中常侍參選士人。建武以後,乃悉用宦者。自延平以來,浸益貴盛,假貂璫之飾,處常伯之任。"注:"璫以金爲之,當冠前,附以金蟬也。漢官儀曰:'中常侍,秦官也。漢興,或用士人,銀璫左貂。光武已後,專任宦者,右貂金璫。'常伯,侍中。"後以作宦官的別稱。唐韓偓玉山樵人集感舊詩:"省趨弘閣侍貂璫,指座恩深刻寸腸。"宋梅堯臣宛陵集一和謝希深會聖宫詩:"龜組恭來詣,貂璫肅奉承。"

【貂蟬】㊀古代王公顯官冠上之飾物。始於漢代武官。後漢書輿服志下:"武冠,一曰武弁大冠,諸武官冠之。侍中、中常侍加黃金鐺,附蟬爲文,貂尾爲飾,謂之'趙惠文'冠。"晉崔豹古今注上輿服謂出於胡服。也常以"貂蟬"喻達官顯貴。漢書三六楚元王傳附劉向上封事:"今王氏一姓,乘朱輪華轂者二十三人,青紫貂蟬充盈幄内,魚鱗左右。"參閱隋書禮儀志七、宋史輿服志四。㊁傳說之三國時美女,初爲董卓侍女,後爲呂布妾。三國演義小說傳呂布妻名貂蟬,爲司徒王允家婢。按三國志呂布傳僅言布與卓侍婢私通,不記名字。

【貂蟬冠】貂尾與蟬羽皆古代顯官冠上之飾物。宋史一五二輿服四:"貂蟬冠,一名籠巾,織藤漆之,形正方,如平巾幘。飾以銀,前有銀花,上綴玳瑁蟬,左右爲三小蟬,銜玉鼻,左插貂尾。三公、親王侍祠大朝會,則加于進賢冠而服之。"參見"貂蟬㊀"。

【貂裘換酒】貂裘爲貴者之服,以之易酒,形容富貴者或名士的風流放誕。舊題漢劉歆西京雜記二記司馬相如與卓文君還成都,以所著鷫鸘裘向市人貰酒。又晉阮孚嘗以金貂換酒,爲有司所糾彈,見晉書本傳。

六 畫

貆 huán 胡官切,平,桓韻,匣。ㄏㄨㄢ
呼官切,平,桓韻,曉。
況袁切,平,元韻,曉。

獸名,卽豪豬。詩魏風伐檀:"不狩不獵,胡瞻爾庭有縣貆兮。"山海經北山經:"(譙明之山)有獸焉,其狀如貆而赤豪。"晉郭璞注:"貆,豪豬也。"參見"狟"。

貊 mò 莫白切,入,陌韻,明。ㄇㄛˋ

㊀古稱居於東北地區的民族爲貊。禮中庸:"是以聲名洋溢乎中國,施及蠻貊。"㊁静。詩大雅皇矣:"貊其德音。"㊂獸名。本作"貘"。後漢書八六哀牢傳:"出銅、鐵、鉛、錫、……犀、象、猩猩、貊獸。"注引南中八郡志:"貊大如驢,狀頗似熊,多力,食鐵,所觸無不拉。"又引廣志:"貊色蒼白,其皮温煖。"

【貊炙】一種烤肉聚餐方式,出自北方民族,故名。晉泰始以後,盛行於中原地區,豪富之家,用於吉享嘉會。見宋書五行志一。釋名釋飲食:"貊炙,全體炙之。各自以刀割,出於胡貊之爲也。"

【貊澤】獸名。唐段成式酉陽雜俎前集十六廣動植之一:"貊澤,大如犬,其膏宣,利,以手所承及於銅鐵瓦器中貯,悉透,以骨盛則不漏。"

貉 1. hé 下各切,入,鐸韻,匣。ㄏㄜˊ

㊀哺乳動物。字本作"貈"。似貍,銳頭尖鼻,晝伏夜出。皮毛爲珍貴裘料。詩豳風七月:"一之日于貉,取彼狐貍,爲公子裘。"

2. mò 莫白切,入,陌韻,明。ㄇㄛˋ

㊁古泛指居於北方的民族。通"貊"。周禮夏官職方氏:"掌天下之圖,以掌天下之地。辨其邦國、都、鄙、四夷、八蠻、七閩、九貉、五戎、六狄之人民。"注引鄭司農(衆):"北方曰貉狄。"

3. mà ㄇㄚˋ

㊂古代出師或行軍停駐時祭神。通"禡"。周禮春官肆師:"祭表貉,則爲位。"注:"貉,師祭也。……於所立表之處,爲師祭造軍法者,禱氣勢之增倍也。其神蓋蚩蚘,或曰黃帝。"參見疏及"貉₃祭"。

【貉子】小貉。駡人的話。世說新語惑溺:"(孫秀)妻嘗妒,乃駡秀爲貉子,秀大不平,遂不復入。"

【貉奴】六朝時南北對峙,北人駡江東人

的話，猶言"貉子"。晉書陸機傳："假機後將軍河北大都督，……(孟)超領萬人爲小都督。未戰，縱兵大掠，録録其主者，超將鐵騎百餘人，直入機麾下奪之，顧謂機曰：'貉奴能作督不！'"機本吳人，吳已入晉。

【貉袖】北宋末流行的一種男子服裝。宋曾三異因話録："近歲衣制：有一種如旋襖，長不過腰，兩袖僅掩肘，以最厚之帛爲之，仍用夾裏，或其中用綿者，以紫皂緣之，名曰貉袖，聞之起於御馬院圉人。短前後襟者，坐鞍上不妨脱著；短袖者，以其便於控御耳。"(說郛十九)

【貉$_3$祭】軍中之祭。周禮夏官大司馬"遂以蒐田，有司表貉"漢鄭玄注："表貉，立表而貉祭也。……鄭司農(衆)云：貉讀爲禡，禡謂師祭也。書亦或爲禡。"

【貉隸】周代掌馴養野獸之官。見周禮秋官貉隸。

【貉一丘】言事物實質一樣。宋蘇軾分類東坡詩一過嶺之一："平生不作兔三窟，今古何殊貉一丘。"參見"一丘之貉"。

貅 xiū 許尤切，平，尤韻，曉。ㄒㄧㄡ

見"貔貅"。

貈 hé 下各切，入，鐸韻，匣。ㄏㄜˊ

獸名。狗獾。同"貉㊀"。爾雅釋獸："貈子貆。"說文："似狐，善睡獸也。……論語曰：'狐貈之厚以居。'"清段玉裁注："凡狐貉連文者，皆當作此貈字，今字乃皆假貉爲貈，造貊爲貉矣。"

七 畫

貍 1. lí 里之切，平，之韻，來。ㄌㄧˊ

㊀獸名。1. 哺乳動物。貓屬。同"狸"。爾雅釋獸："貍、狐、貒、貈醜，其足蹯，其跡厹。"2. 貓貍的省稱。見該條。

2. mái 集韻 謨皆切，平，皆韻。ㄇㄞˊ

㊁通"埋"。見"貍$_2$沈"。

3. yù 集韻 紆勿切，入，迄韻。ㄩˋ

㊂腐臭。通"鬱"。周禮天官內饔："鳥皫色而沙鳴，貍。"疏："鳥毛失色而鳴又嘶，其肉氣必鬱，鬱謂腐臭。"

【貍力】獸名。山海經南山經："(柜山)有獸焉，其狀如豚，有距，其音如狗吠，其名曰貍力，見則其縣多土功。"注："一作貍刀。"

【貍奴】貓的别稱。宋陸游劍南詩稿十五贈貓："裹鹽迎得小貍奴，盡護山房萬卷書。"參見"狸奴"。

【貍$_2$沈】山林川澤之祭。貍，通"埋"。周禮春官大宗伯："以貍沈祭山林川澤。"疏："以其山林無水故埋之，川澤有水故沈之。"

【貍豆】有斑點如貍文的豆。即黎豆。晉崔豹古今注下："貍豆，一名貍沙，一名獵沙。葉似葛而實大如李核，可啗食也。"參閱本草綱目二四穀三黎豆。

【貍步】古代射禮量度距離的單位。周禮夏官射人："若王大射，則以貍步張三侯。"注："鄭司農(衆)云：貍步，謂一舉足爲一步，於今爲半步。(鄭)玄謂：貍，善搏者也，行則止而擬度焉，其發必獲，是以量侯道法之也。"儀禮大射："司馬命量人，量侯道，與所設乏，以貍步。"注："鄉射記曰，侯道五十弓，考工記曰：弓之下制六尺，則此貍步六尺明矣。"

【貍$_2$物】指龜鼈等棲息於泥中的動物。周禮天官鼈人："以時簎魚鼈龜蜃，凡貍物。"注："鄭司農(衆)云：簎謂以杈刺泥中搏取之，貍物，龜鼈之屬，自貍藏伏於泥中者。(鄭)玄謂貍物亦謂鱴刀含漿之屬。"

【貍首】㊀逸詩篇名。共二章。行射禮時諸侯歌貍首爲發矢之節度。周禮春官鍾師："凡射，王奏騶虞，諸侯奏貍首。"禮射義："其節，天子以騶虞爲節，諸侯以貍首爲節。"釋文："貍之言不來也，首，先也。此逸詩也。"㊁瓜名。即貍頭。晉陸機陸士衡集一瓜賦："玄骭素椀，貍首虎蹯。"初學記二八晉傅玄瓜賦："雖貍首之甘美兮，未若東門之奇偉。"

【貍製】貍裘製的斗篷。左傳定九年："有先登者，臣從之，皙幘而衣貍製。"文苑英華一一三唐雍陶千金裘賦："極貍製之狀，殊豹飾之跡。"

【貍頭】㊀即貍。淮南子說山："貍頭愈鼠，雞頭已瘻，蝱散積血，斲木愈齲，此類之推者也。"注："鼠齧人瘡，貍愈之。"㊁瓜名。藝文類聚八七晉郭義恭廣志："瓜之所出，以遼東廬江燉煌之種爲美。有魚瓜、貍頭瓜、蜜筩瓜、女臂瓜、羊核瓜。"㊂武士冠名。五代後唐馬縞中華古今注上："昔秦始皇東巡狩，有猛獸突於帝前，有武士戴貍皮白首，獸畏而遁。遂軍仗儀服皆戴作貍頭白首，以威不虞也。"

【貍$_2$蟲】潛伏於屋室孔穴的昆蟲。周禮秋官赤犮氏："凡隙屋除其貍蟲。"疏："埋藏之蟲在屋孔穴之中，故以隙屋言之。"

【貍骨帖】法帖名。見"狸骨帖"。

貌 mào 莫教切，去，效韻，明。ㄇㄠˋ

㊀容儀，容色。論語季氏："貌思恭。"楚辭屈原九章惜誦："言與行其可迹兮，情與貌其不變。"引申爲樣子、狀態。史記八四賈生傳服鳥賦："止于坐隅，貌甚閒暇。"㊁外觀，外表。逸周書芮良夫："王貌受之，終弗獲用。"注："貌謂外相悦而無實也。"禮儒行："禮節者，仁之貌也。"㊂敬貌。論語鄉黨："見冕者與瞽者，雖褻必以貌。"㊃描摹，寫真。唐杜甫杜工部草堂詩箋二十丹青引贈曹將軍霸："即今漂泊干戈際，屢貌尋常行路人。"新唐書七六楊貴妃傳："命工貌妃於别殿，朝夕往，必爲觀欷。"

【貌言】無實之言。史記六八商君傳："商君曰：'語有之矣，貌言華也，至言實也，苦言藥也，甘言疾也。'"南齊書豫章王嶷傳："嶷謂上曰：古來言願陛下壽偕南山，或稱萬歲，此殆近貌言。如臣所懷，實願陛下極壽百年亦足矣。"

【貌冠】冠名。漢高祖劉邦所作竹皮冠，也叫委貌冠、劉氏冠。淮南子氾論："履天子之圖籍，造劉氏之貌冠。"注："高祖于新豐所作竹皮冠也。一曰委貌冠。"參見"劉氏冠"。

【貌侵】容貌醜陋。史記一〇七武安侯傳："武安者，貌侵，生貴甚。"集解："韋昭曰：'侵音寑，短小也。又云醜惡也，刻确也。'"也作"貌寑"。三國志魏王粲傳："表以粲貌寑而體弱通侻，不甚重也。"參閱唐段成式酉陽雜俎續集四貶誤。

【貌執】以禮貌待人。荀子堯問："貌執之士者，百有餘人。"注："執，猶待也。以禮貌接待之士，百餘人也。"

【貌閱】檢查户口時閱驗人之年貌。隋書食貨志："高祖令州縣大索貌閱，户口不實者，正、長遠配。"正，閭正、族正、里正；長，保長、黨長。又裴蘊傳："于是猶承高祖和平之後，禁網疎闊，户口多漏。或年及成丁，猶詐爲小；未至於老，已免租賦。蘊歷爲刺史，素知其情，因是條奏，皆令貌閱。"

【貌合心離】外表親密而內懷二心。舊題漢黄石公素書遵義："貌合心離者孤，親讒遠忠者亡。"抱朴子勤求："口親心疎，貌合行離。"今多作"貌合神離"。

八 畫

貈 zhōu 之九切，上，有韻，照。ㄓㄡˇ

傳說獸名。見玉篇。本草綱目五一獸四

貜引神異經："西方有獸名𤝔，大如驢，狀如猴，善緣木。"今本神異經中荒經𤝔作"猥"。

貏 bǐ 集韻 部靡切，上，紙韻。
ㄅㄧˇ
見下。

【貏豸】漸平貌。文選漢司馬長卿（相如）上林賦："陂池貏豸，沇溶淫鬻。"

九 畫

猰 yà 烏黠切，入，黠韻，影。
ㄧㄚˋ
見下。

【猰貐】傳說獸名。同"猰貐"、"窫窳"。爾雅釋獸："猰貐類貙。虎爪，食人，迅走。"參見"猰貐"、"窫窳"。

貓 māo 莫交切，平，肴韻，明。
ㄇㄠ 武瀌切，平，宵韻，明。
家畜名。俗作"猫"。善捕鼠之小獸。詩大雅韓奕："有熊有羆，有貓有虎。"傳："貓似虎，淺毛者也。"禮郊特牲："迎貓，爲其食田鼠也。"

【貓牛】卽犛牛。漢書五七上司馬相如傳上林賦"其獸則𤜶旄貘犛"唐顏師古注："犛牛卽今之貓牛者也。"

【貓竹】竹之一種。廣羣芳譜八二竹譜一："貓竹，一作茅竹，又作毛竹，榦大而厚，異於衆竹，人取以爲舟。……續竹譜云，毛竹生武夷山，李義山詩：武夷洞裏生茅竹，是也。"

【貓貍】獸名。哺乳動物。又稱貍貓、豹貓。居森林草叢中。正字通謂圓頭大尾者爲貓貍。善竊雞鴨，肉臭不可食。

【貓兒眼】見"貓睛石"。

【貓兒頭】在地方勾結官府包攬詞訟通關節的人。元典章五七刑部十九禁豪霸札忽兒歹陳言三件："一件：把持官府之人處處有之，……家坊人民見其如此，遇有公事，無問大小，悉皆奔投囑托關節，俗號貓兒頭。"

【貓睛石】礦物名。以其晶瑩明透如貓眼睛，故名。又稱貓兒眼。其次者名走水石。用爲寶石，甚珍貴。宋缺名百寶總珍集五貓睛："貓睛，出南番國。酒水睛活如指面大者尤佳，以大爲好。睛死不活並墨睛者不甚直錢。"參閱宋朱彧萍洲可談二、明曹昭格古要論六貓睛。

【貓蝶圖】貓蝶合繪之圖。宣和畫譜十七載有黃居寀、徐熙蜂蝶戲貓圖。舊時常用貓蝶合繪爲人祝壽，以貓蝶與耄耋同音，稱耄耋圖，以爲祝人壽考之意。

【貓頭竹】竹之一種。宋范成大桂海虞衡志志草木："貓頭竹質性類筋竹。"其筍稱貓頭笋。宋黃庭堅豫章集十一有謝人惠貓兒頭笋詩。

【貓頭鞋】明崇禎五六年間，宫人於鞋上繡獸頭飾，呼爲貓頭鞋。見清王譽昌崇禎宫詞之七八"白鳳裝成鼠見愁"注。

【貓頭鷹】鵂鶹，俗呼貓頭鷹。見"鵂鶹"。

【貓鼠同眠】新唐書五行志一："龍朔元年十一月，洛州貓鼠同處，鼠隱伏，象盜竊，貓職捕嚙，而反與鼠同，象司盜者廢職容姦。"言爪牙失職，暱近宵小。後謂上下相比爲奸，彼此容隱，曰貓鼠同眠。

貑 jiā 古牙切，平，麻韻，見。
ㄐㄧㄚ
獸名。1.猿類。爾雅釋獸"貜父善顧"晉郭璞注："貑，貜也，似獼猴而大。"2.羆。爾雅釋獸"羆如熊，黃白文"晉郭璞注："關西呼曰貑羆。"清郝懿行義疏："今關東人呼爲憨貑，聲轉如云黑瞎。"今東北各省呼熊爲黑瞎子，蓋又爲黑貑之轉。

貒 tuān 他端切，平，桓韻，透。
ㄊㄨㄢ 通貫切，去，換韻，透。
獸名。豬獾。似豕而肥。爾雅釋獸："貒子貗。"注："貒，豚也，一名獾。"藝文類聚六一漢揚雄蜀都賦："貔、犛、貘、貒。"亦作"猯"。世說新語品藻："人人皆如此，便可結繩而治，但恐狐貍猯貉噉盡。"參閱本草綱目五一獸二貒。

十 畫

貕 xī 胡雞切，平，齊韻，匣。
ㄒㄧ
㊀小豬。方言八："豬，……其子或謂之豚，或謂之貕。"㊁見下。

【貕養】古澤藪名。周禮夏官職方氏："東北曰幽州，其山鎭曰醫無閭，其澤藪曰貕養。"注："貕養在長廣。"已湮廢，故地在今山東萊陽縣。見太平寰宇記二十萊州。

貔 pí 房脂切，平，脂韻，並。
ㄆㄧˊ
猛獸名。豹屬。詩大雅韓奕："獻其貔皮，赤豹黃羆。"釋文："貔，本亦作豼，音毗，卽白狐也。一名執夷。"草木疏云：似虎，或曰似熊，遼東人謂之白羆。"參見"貔貅"。

【貔虎】貔與虎皆猛獸名，故以喻勇士。後漢書光武紀下贊："尋邑百萬，貔虎爲羣。"王尋王邑爲王莽大將。也作"豼虎"。唐岑參岑嘉州詩一陪狄員外早秋登府西樓因呈院中諸公："階下豼虎士，幕中鴛鷺行。"

【貔貅】㊀猛獸名，卽貔。一說貔之牝者曰貅，古人多連舉，以喻勇猛之士。晉書熊遠傳上疏："今順天下之心，命貔貅之士，鳴檄前驅，大軍後至，威風赫然。"唐劉禹錫劉夢得集六送唐舍人出鎭閩中詩："暫辭鴛鷺出蓬瀛，忽擁貔貅鎭粵城。"㊁旌旗名。禮曲禮上："前有摯獸，則載貔貅。"古代行軍，前有猛獸，乃舉畫貔貅之旗以警衆。㊂清王士禛隴蜀餘聞："貔貅產峨嵋，自木皮殿以上林木間有之。形類犬，黃質白章，龐贅遲鈍，見人不驚，羣犬常侮之，其聲似念陀佛，非猛獸也。"或謂卽熊貓。

十 一 畫

貘 mò 莫白切，入，陌韻，明。
ㄇㄛˋ
獸名。爾雅釋獸："貘，白豹。"注："似熊，小頭庳脚，黑白駁，能舐食銅鐵及竹骨。骨節強直，中實少髓，皮辟溼。或曰豹白色者別名貘。"宋羅願爾雅翼十八釋獸："貘，今出建寧郡，毛黑白，臆似熊而小，能食蛇，以舌舐鐵，可頓進數十斤，溺能消鐵爲水。有誤食針鐵在腹者，服其溺則化。……今蜀人云峨眉山多有之。"據所描述有似大熊貓。

【貘屏】謂畫貘之屏。唐白居易長慶集二二貘屏贊序："貘者，象鼻犀目，牛尾虎足，生南方山谷中。寢其皮辟溫，圖其形辟邪。予舊病頭風，每寢息常以小屏衛其首，適遇畫工，偶令寫之。"

貙 chū 敕俱切，平，虞韻，徹。
ㄔㄨ
㊀獸名。爾雅釋獸："貙似貍。"注："今貙虎也，大如狗，文如貍。"唐柳宗元柳先生集十六羆說："鹿畏貙，貙畏虎，虎畏羆。"㊁古代氏族名。見"貙人"、"貙氓"。

【貙人】古代氏族名，居於江漢之間。相傳爲廩君之後。見晉干寶搜神記十二。參見"廩君"。

【貙氓】卽貙人。文選晉左太沖（思）蜀都賦："拍貙氓於葽草，彈言鳥於森木。"

【貙虎】貙的別名。抱朴子廣譬："貙虎尥䠓，不能威蚊虻；冠世之才，不能合流俗。"

【貙豻】猛獸名。爾雅釋獸："貙獌似貍"晉郭璞注："今山民呼貙虎之大者爲貙豻。"史記一一七司馬相如傳子虛賦："蟃蜒貙豻。"集解以貙、豻爲兩獸名。

【貙膢】立秋祭名。膢，祭名。貙，虎屬。古常以立秋日祭獸；王者亦以此日出獵，還，以祭宗廟，故稱貙膢之祭。後漢書劉玄傳："張卬廖湛胡殷申屠建等與御史大夫隗囂合謀，欲以立秋日貙膢時共劫更始。"

【貙劉】祭名。即貙膢。後漢書禮儀志中："立秋之日，自郊禮畢，……還宮，遣使者束帛以賜武官。武官肄兵，習戰陣之儀、斬牲之禮，名曰貙劉。"參見"貙膢"。

十八畫

貛 huān ㄏㄨㄢ 呼官切，平，桓韻，曉。

哺乳動物。即狗貛。俗呼貛子。穴居山野，形似豬而小。淮南子修務："蟷知爲蛭，貛貉爲曲穴，……掘墟連比，以像宮室，陰以防雨，景以蔽日。"清段玉裁謂貒貛本一字，貛爲貒之或體，其物非有二。集韻、篇海亦合爲一字。見說文解字注九下。

【貛郎】王安石小字。安石初生，有貛入其室，故小字貛郎。宋劉克莊後村集四四田舍詩："貛郎一肚皮周禮，浪說求田意最高。"參閱宋邵博河南邵氏聞見後錄三十。

二十畫

貜 jué 居縛切，入，藥韻，見。
ㄐㄩㄝ 具籰切，入，藥韻，羣。

同"玃"。見下。

【貜父】猴之一種。爾雅釋獸："貜父善顧。"注："貑、玃也。似獼猴而大，色蒼黑，能玃持人，好顧眄。"

貝部

貝 bèi ㄅㄟ 博蓋切，去，泰韻，幫。

㊀軟體動物之有介殼者總稱。說文："貝，海介蟲也。居陸名猋，在水名蛹。"㊁古代用貝殼作的貨幣。書盤庚中："茲予有亂政，同位具乃貝玉。"疏："貝者，水蟲。古人取其甲以爲貨，如今之用錢然。"史記平準書："農工商交易之路通，而龜貝金錢刀布之幣興焉。"索隱："又古者貨貝寶龜，食貨志有十朋五貝，皆用爲貨。"㊂財物。易震："震來厲，億喪貝。"注："貝，資貨糧用之屬也。"㊃錦名。因錦紋如貝故名。書禹貢："厥篚織貝。"參見"貝錦㊀"。㊄樂器。唐時用龜茲樂，有金鉦、搁、鼓、鐃、貝、大鼓。元馬端臨謂梵樂用貝，以和銅鈸，即法螺。參閱新唐書二二二南蠻傳下驃國、文獻通考一三九樂十二八音之外梵貝。㊅同"楨"。見"貝多"。㊆姓。古有貝獨坐，唐有貝俊。見宋邵思姓解二貝引姓苑。明有貝秉彝。見明史二八一循吏傳。

【貝州】州名。北周建德六年置，隋開皇三年廢。唐武德四年平竇建德復置貝州。宋因之，後改爲恩州。故治即今河北清河縣。見周書武帝紀下、太平寰宇記五八貝州。

【貝多】㊀樹名。梵文的音譯。亦稱貝多羅、畢鉢羅樹、阿輸陀樹、菩提樹、道樹、覺樹等。葉可裁爲梵夾，用以寫經。廣弘明集二二後周王褒周經藏願文："盡天竺之音，窮貝多之葉。"見唐釋慧琳一切經音義十仁王護國陀羅尼經貝多、段成式酉陽雜俎十八木篇。亦以爲佛經的代稱。唐李商隱李義山詩集五題僧壁："若信貝多真實語，三生同聽一樓鐘。"㊁傳說中的國名。舊題南朝梁任昉述異記上："貝多國人獻舞雀，周公命返之。"

【貝書】即貝葉書，佛經之泛稱。明黎民表瑤石山人詩稿十同公載公實思伯登白雲最高頂詩："金錫乍飛遊鶴去，貝書初誦毒龍聽。"

【貝編】佛經的代稱。古代印度用貝葉寫佛經，故名。唐段成式酉陽雜俎前集三有貝編一卷，皆著錄佛經之事。

【貝錦】㊀錦名。因錦文如貝，故名。文選晉左太沖（思）蜀都賦："貝錦斐成，濯色江波。"㊁編成貝形花紋的錦緞。詩小雅巷伯："萋兮斐兮，成是貝錦。彼譖人者，亦已大甚。"箋："喻讒人集作己過以成於罪，猶女工之集采色以成錦文。"後遂以貝錦喻故意編造，入人於罪的讒言。晉書王濬傳上表："秣陵之事，皆如前所表，而惡直醜正，實繁有徒，欲構南箕，成此貝錦，公於聖世，反白爲黑。"宋書徐羡之傳元嘉三年誅羡之等詔："羡之等暴蔑求專，忌賢畏逼，造構貝錦，成此無端。"

【貝闕】以貝裝飾宮門前兩側的樓觀。楚辭屈原九歌河伯："魚鱗屋兮龍堂，紫貝闕兮珠宮。"注："言河伯所居，以魚鱗蓋屋，堂畫蛟龍之文，紫貝作闕，朱丹其宮。"唐劉禹錫劉夢得集外集五韓十八侍御見示岳陽樓別竇司直……詩："鮫人弄機杼，貝闕騁紅紫。"李商隱李義山詩集五利州江潭作："河伯軒窗通貝闕，水宮帷箔卷冰綃。"

【貝葉書】指佛經。唐柳宗元柳先生集四二晨詣超師院讀禪經詩："閒持貝葉書，步出東齋讀。"白居易長慶集十八和李灃州題韋開州經藏詩："既悟蓮花藏，須遺貝葉書。"參見"貝書"。

【貝葉偈】同貝葉書、貝葉經。唐姚合姚少監集二送清敬闍梨歸浙西詩："自翻貝葉偈，人施福田衣。"

【貝聯珠貫】聯貫整齊美好貌。宋司馬光溫國文正公集二華星篇："貝聯珠貫拱北辰，三五縱横此何夕。"

二畫

貞 zhēn ㄓㄣ 陟盈切，平，清韻，知。

㊀占卜，問卜。周禮春官大卜："凡國大貞，卜立君，卜大封。"㊁易的內卦，指卦的下三爻。書洪範："曰貞曰悔。"傳："內卦曰貞，外卦曰悔。"左傳僖十五年："蠱之貞，風也；其悔，山也。"㊂正。易師："彖曰：師，衆也。貞，正也。"書太甲下："一人元良，萬邦以貞。"㊃當。書洛誥："我二人共貞。"釋文："貞，正也。馬（融）云：當也。"楚辭屈原離騷："攝提貞于孟陬兮，惟庚寅吾以降。"㊄言行一致。漢賈誼新書八道術："言行抱一謂之貞。"在封建社會多指婦女守節。參見"貞士"、"貞女"等。

【貞一】專一，守一。漢劉向列女傳四召南申女："頌曰：'召南申女，貞一脩容。'"

【貞人】㊀卜人。殷虛甲骨刻貞人之名甚多。貞人即爲某事而貞卜之人，文中貞字之上一字，常爲人名，如殷契粹編一一〇一片："丁亥卜爭貞我受土方〔又〕祐。"㊁意志或操守堅定不移的人。抱朴子行品："不改操於得失，不傾志於可欲者，貞人也。"

【貞士】言行一致、守志不移之人。韓非子守道："託天下於堯之法，則貞士不失分，姦人不徼幸。"晉書安平獻王孚傳：

"臨終,遺令曰:'有魏貞士河內温縣司馬孚,字叔達,不伊不周,不夷不惠,立身行道,終始若一。'"

【貞女】㊀易屯:"六二……女子貞不字。"後稱未嫁而能自守之女爲貞女。戰國策秦五:"(姚賈)對曰:'……貞女工巧,天下願以爲妃。'"㊁有節操的婦女。多指從一而終者。史記八二田單傳:"王蠋曰:'忠臣不事二君,貞女不更二夫。'"

【貞元】年號。1.唐李适(德宗),公元785—805年。2.金完顏亮(海陵煬王),公元1153—1155年。

【貞夫】忠直的人。晉書桓玄傳:"乃下書曰:'夫三才相資,天人所以成功;理由一统,貞夫所以司契;帝王之興,其源深矣。'"也作"真夫"。唐駱賓王文集七上吏部裴侍郎書:"且義士期乎真夫,忠臣出乎孝子。"

【貞木】㊀堅勁耐寒經冬不凋的樹木。宋書顧覬之傳定命論:"爾乃松柳異質,薺荼殊性,故疾風知勁草,嚴霜識貞木。"㊁女貞木的别稱。廣羣芳譜七九木譜十二:"女貞,一名貞木。……凌冬不凋,人亦呼爲冬青。"參見"女貞"。

【貞石】指堅固之石。多作碑石的美稱。文選南朝梁王簡栖(屮)頭陁寺碑文:"勝幡西振,貞石南刊。"唐李綽尚書故實:"東晉謝太傅(安)墓碑,但樹貞石,初無文字,蓋重難製述之意也。"

【貞白】正直清廉。後漢書四一第五倫傳:"性質慤,少文采,在位以貞白稱。"南朝梁何遜何水部集仰贈從兄興寧寘南詩:"家世傳儒雅,貞白仰餘徽。"

【貞臣】正直有操守之臣。史記趙世家:"且夫貞臣也難至而節見,忠臣也累至而行明。"漢劉向説苑臣術:"六正者……五曰,守文奉法,任官職事,辭禄讓賜,不受贈遺,衣服端齊,飲食節儉;如此者,貞臣也。"

【貞明】㊀正而明。易繫辭下:"日月之道,貞明者也。"疏:"言日月照臨之道,以貞正得一而爲明也。"㊁貞節賢明。舊題晉王嘉拾遺記六後漢:"賈逵年五歲,明惠過人,其姊韓瑤之婦,嫁瑤無嗣而歸居焉,亦以貞明見稱。"㊂年號。1.南詔隆舜(宣武帝)。公元878—?年。2.五代後梁朱友貞(末帝)公元915—920年。

【貞固】固守正道。易乾:"貞者,事之幹也。……貞固足以幹事。"晉書張闓傳:"太常薛兼進之於元帝,言闓材幹貞固,當今之良器。"

【貞祐】金完顏珣(宣宗)年號。公元1213—1217年。

【貞姜】春秋齊侯之女,楚昭王之夫人。王出遊,留夫人於漸臺之上。王聞江水大至,使使者迎之。使者忘持其符,夫人不肯從行。曰:"妾聞之,貞女之義不犯約,勇者不畏死。"使者歸取符,水大至,臺崩,流而死,乃號貞姜。見漢劉向列女傳四楚昭貞姜。藝文類聚十八三國魏阮瑀止欲賦:"重行義以輕身,志高尚乎貞姜。"

【貞珉】石刻碑銘的美稱。猶貞石。唐李商隱李義山文集四太尉衛公昌一品集序:"追琢貞珉,彰灼來葉。"也作"貞岷"。文苑英華九四一唐權德輿金紫光禄大夫……李公墓誌銘:"鏤此貞岷,壉之内兮。"

【貞桐】木名。梧桐的一種。唐段成式酉陽雜俎續集九支植上:"貞桐,枝端抽赤黄條,條復旁對,分三層,花大如落蘇,黄色,一莖上有五六十朵。"宋陳翥桐譜類屬作"真桐"。晉嵇含南方草木狀作"楨桐"。參見"楨桐"。

【貞娘】唐妓女。唐陸廣微吳地記:"虎邱山……咸和二年,舍山宅爲東西二寺,立祠於山。寺側有貞娘墓,吳國之佳麗也。行客才子多題詩墓上。"貞,一作"真"。參見"真娘墓"。

【貞鳥】鴞。俗稱貓頭鷹。漢焦延壽易林九晉之同人:"貞鳥鳴鳩,執一無尤。"

【貞婦】舊稱從一而終、夫死不再嫁的婦女。禮喪服四制:"禮以治之,義以正之,孝子、弟弟、貞婦,皆可得而察焉。"

【貞琰】碑石。猶貞石、貞珉。南朝梁陶弘景陶隱居集吳太極左仙公葛公碑:"此土舊居,未鐫貞琰。"唐王勃王子安集十五益州綿竹縣武都山淨慧寺碑:"親承妙業,俯刊貞琰。"

【貞期】㊀太平時世。後漢書五三申屠蟠傳贊:"琛寶可懷,貞期難對。"注:"貞期,謂明時也。"㊁猶貞節。晉書列女傳史臣曰:"夫繁霜降節,彰勁心於後凋;横流在辰,表貞期於上德。"

【貞幹】㊀同"楨幹"。本指築垣牆之工具。語本易乾:"貞者,事之幹也。"後用來比喻國家的賢才。莊子列禦寇:"魯哀公問於顔闔曰:'吾以仲尼爲貞幹,國其有瘳乎?'"漢王充論衡語增:"夫三公鼎足之臣,王者之貞幹也。"參見"楨幹"。㊁節操和才幹。五代南唐劉崇遠金華子雜編上:"李景讓尚書少孤貧,……太夫人孀居之歲,才未中年,貞幹嚴肅,姻族敬憚。"

【貞節】堅貞的德操。文選漢張平子(衡)思玄賦:"伊中情之信脩兮,慕古人之貞節。"

【貞寧】舊縣名。本漢陽周縣地,屬上郡。陳餘與章邯書曰"蒙恬爲秦將,北逐戎人,開榆中地數千里,竟斬陽周",即此。後魏置泥陽惠涉二護軍,孝文帝時復置陽周縣,隋改爲羅川縣,因縣南羅水爲名,屬寧州。天寶元年改爲貞寧縣。見太平寰宇記三四寧州貞寧縣。按漢縣在陝西舊安定縣北,後魏縣在甘肅正寧縣北,所指非一地。參閱嘉慶一統志二三四延安府二、二六二慶陽府二陽周故城。

【貞蔚】茺蔚的别名,卽益母草。參見"茺蔚"。

【貞静】節操堅貞、性情淑静。後漢書八四曹世叔妻傳女誡:"清閑貞静,守節整齊。"晉書衛瓘傳:"瓘年十歲喪父,至孝過人。性貞静有名理,以明識清允稱。"

【貞操】堅定不移的節操。晉崔豹古今注中音樂:"杞植戰死,妻……乃抗聲長哭,杞都城感之而頹,遂投水而死。其妹悲其姊之貞操,乃爲作歌,名爲杞梁妻焉。"藝文類聚三七南朝梁沈約謝竟陵王撰高士傳啟:"貞操與日月俱懸,孤芳隨山壑共遠。"南朝梁釋慧皎高僧傳五釋僧先:"常山淵公弟子,性純素有貞操。"

【貞曜】㊀光曜。也作"貞耀"。抱朴子廣譬:"懸象雖薄蝕,不可以比螢燭之貞耀。"文苑英華五七一唐吕温代齊賈二相賀遷獻懿二祖表:"十五日奉遷事畢,十六日祫饗禮成;日月貞曜,乾坤定紀。"㊁唐孟郊謚號。新唐書一七六孟郊傳:"卒年六十四,張籍謚曰貞曜先生。"

【貞蟲】細腰蜂。墨子明鬼下:"百獸貞蟲,允及飛鳥,莫不比方。"淮南子説山:"貞蟲之動以毒螫。"注:"貞蟲,無牝牡之合而有毒,故能螫。"

【貞觀】㊀易繫辭下:"天地之道,貞觀者也。"疏:"謂天覆地載之道,以貞正得一,故其功可爲物之所觀也。"後以貞觀指澄清宇宙,恢宏正道。文選晉陸士衡(機)弔魏武帝文:"掃雲物以貞觀,要萬途而來歸。"魏書李諧傳述身賦:"掩四奧而同軌,穆三辰而貞觀。"㊁年號。1.唐李世民(太宗)。公元627—649年。2.西夏李乾順(崇宗)。公元1101—1113年。

【貞女山】在廣東連縣南。水經注三九洭水:"洭水又東南流……歷峽南,出是峽謂之貞女峽。峽西岸高巖,名貞女山。山下際有石如人形,高七尺,狀如女子,故名貞女峽。古來相傳有數女取螺於此,遇風雨晝晦,忽化爲石。」

【貞觀政要】唐吳兢撰。十卷。兢爲恒王傅,於太宗實錄外,採太宗與羣臣問答之語,記當時法制政令,議論事蹟,用備借鑒。元戈直有注。又採唐柳芳等以下二十二家之說附之,名集論。

【貞觀公私畫史】唐裴孝源撰。一卷。書以貞觀畫史爲名,但所錄實爲貞觀時存隋代官庫收藏之本,共二百九十三卷,并佛寺畫壁四七,終於隋楊契丹。其體例前列畫名,後書作者之名。而以梁太清目所有、梁太清目所無分注於下。考隋以前古畫,以此書爲最早。

負 fù ㄈㄨˋ 房久切,上,有韻,並。

㊀以背載物。詩大雅生民:「恒之穈芑,是任是負,以歸肇祀。」孟子梁惠王上:「頒白者不負載於道路矣。」引申爲牽累、負擔。晉書束晳傳:「可申嚴此防,令監司精察,一人失課,負及郡縣。」又引申爲責任。晉書劉毅傳上疏:「今立中正,定九品,……公無考校之負,私無告訐之忌。」㊁背倚。禮明堂位:「天子負斧依南鄉而立。」㊂仗恃。左傳襄十四年:「昔秦人負恃其衆,貪于土地,逐我諸戎。」史記一〇七魏其武安侯傳論:「武安負貴而好權。」㊃虧欠。漢書九三鄧通傳:「通家尚負責數鉅萬。」㊄辜負。史記七七信陵君傳:「自言辠過,以負於魏,無功於趙。」文選漢李陵答蘇武書:「陵雖孤恩,漢亦負德。」㊅賠償。韓非子說林下:「宋之富賈有監止子者,與人爭買百金之璞玉,因佯失而毀之,負其百金,而理其毀瑕,得千溢焉。」㊆敗。史記陳丞相世家:「今有尾生、孝已之行,而無益處於勝負之數,陛下何暇用之乎?」㊇喪服。儀禮喪服:「負廣出於適寸。」注:「在背上者也;適,辟領也。負出於辟領外旁一寸。」疏:「以一方布置於背上,上畔縫著領,下畔垂放之。以在背上,故得負名。」㊈老婦之異稱。通「媍」。史記高祖紀:「好酒及色,常從王媼、武負貰酒。」漢書高帝紀上注引如淳:「俗謂老大母爲阿負。」列女傳三有魏曲沃負。

【負下】負汚辱之名。漢書六二司馬遷傳報任安書:「且負下未易居,下流多謗議。」

【負子】㊀諸侯有病的謙稱。禮曲禮下「某有負薪之憂」疏引白虎通:「天子病曰不豫,言不復豫政也。諸侯曰負子。子,民也。言憂民不復子之也。」公羊傳桓十六年作「負茲」。參見該條。㊁水蟲,有子多負之,故名。見唐段成式酉陽雜俎前集十七蟲篇。

【負山】㊀背山。喻力不勝任。莊子應帝王:「狂接輿曰:『是欺德也。其於治天下也,猶涉海鑿河而使蚉負山也。』」北齊劉晝劉子均任:「是以君子量才而授任,量任而授爵,則君無虛授,臣無虛位,故無負山之累、折足之憂也。」㊁背後依山。漢書九五兩粵傳:「且番禺負山險阻,南北東西數千里。」

【負心】違良心而忘恩德。抱朴子對俗:「民間君子,猶內不負心,外不愧影,上不欺天,下不食言。」唐蔣防霍小玉傳:「我爲女子,薄命如斯;君是丈夫,負心若此!」(太平廣記四八七)

【負日】向日曝背。謂曬太陽取暖。列子楊朱:「昔者宋國有田夫,常衣縕黂,僅以過冬。暨春東作,自曝於日,不知天下之有廣廈隩室、緜纊狐狢。顧謂其妻曰:『負日之暄,人莫知者,以獻吾君,將有重賞。』」後人稱有所貢獻於上爲獻曝,本此。

【負手】反手於背。禮檀弓上:「孔子蚤作,負手曳杖,消搖於門。」淮南子說林:「過府而負手者,希不有盜心。」

【負丘】重疊之丘。爾雅釋丘:「丘背有丘爲負丘。」清郝懿行義疏:「丘背有丘者,背猶北也,言丘之北,復有一丘,若背負然。」

【負米】孔子家語致思:「子路見於孔子,曰:『……昔者由也事二親之時,常食藜藿之實,爲親負米百里之外。親歿之後,南遊於楚,從車百乘,積粟萬鍾,累茵而坐,列鼎而食,願欲食藜藿爲親負米者不可復得也……。』孔子曰:『由也事親,可謂生事盡力,死事盡思者也。』」後因以負米作竭力事奉父母之典。宋司馬光溫國文正公集十一和景仁瓊林集上偶成詩:「將雛雖復慰心喜,負米翻成觸目悲。」

【負羽】謂背上帶弓箭。文選漢揚子雲(雄)羽獵賦:「賁育之倫,蒙盾負羽,杖鏌邪而羅者以萬計。」又南朝梁江文通(淹)別賦:「或乃邊郡未和,負羽從軍,遼水無極,雁山參雲。」

【負芒】背負芒刺,喻局促不安。漢書六八霍光傳:「宣帝始立,謁見高廟,大將軍光從驂乘,上內嚴憚之,若有芒刺在背。」北齊書顏之推傳觀我生賦:「嗣君聽於巨猾,每凜然而負芒。」梁書張纘傳南征賦:「歷祖宗之明君,猶負芒於盛主。」

【負局】謂磨鏡。局,指鏡箱。舊題漢劉向列仙傳下負局者:「負局先生者,不知何許人也,語似燕代間人,常負磨鏡局,徇吳市中,衒磨鏡,一錢磨之。」唐劉禹錫劉夢得集二磨鏡篇:「門前負局人,爲我一磨拂。」

【負园】圓渾無棱角。後漢書七十孔融傳論:「豈有負园委曲,可以每其生哉!」注:「园卽『刓』字,音五丸反。」前書音義曰:刓謂刓團無棱角也。每,貪也。言不能委曲以貪生也。」

【負固】憑恃地勢險固。周禮夏官大司馬:「以九伐之法正邦國,……負固不服則侵之。」

【負版】㊀背着國家圖籍。論語鄉黨:「式負版者。」注:「負版者,持邦國之圖籍者也。」疏:「言孔子乘車之時,見持邦國之圖籍者皆憑式而敬之也。」㊁喪服的別稱。儀禮喪服「衰長六寸,博四寸」唐賈公彥注:「前有衰,後有負版,左右有辟領。」㊂蟲名。爾雅釋蟲:「傅,負版。」詳「蝜蝂」。

【負姆】保姆。新唐書七七章敬皇后吳氏傳:「生代宗,爲嫡皇孫。生之三日,帝臨澡之。孫體攣弱,負姆嫌陋,更取他宮兒以進。」姆,同「姥」,也作「負姥」。

【負弩】㊀身背弓矢。史記一一七司馬相如傳:「蜀太守以下郊迎,縣令負弩矢先驅。」南朝陳徐陵徐孝穆集四與王僧辨書:「郡將州司,郊迎負弩。」㊁亭長的別稱。後漢書百官志五「亭有亭長,……主求捕盜賊」南朝梁劉昭注引風俗通:「亭吏舊名負弩,改爲長,或謂亭父。」

【負俎】史記殷紀:「(伊尹)負鼎俎,以滋味說湯,致於王道。」俎,俗謂刀砧板,庖人所至必隨身攜帶,故稱負俎。後以喻干時以求進用。抱朴子任命:「士以自衒爲不高,女以自媒爲不貞。何必委洗耳之峻標,效負俎之干榮哉。」晉書紀瞻傳上疏:「臣以凡庸,邂逅遭遇,勞無負俎,口不商歌,橫逢大運,頻煩饕竊。」

【負負】謂慚愧之甚。後漢書十二張步傳:「(蘇)茂讓步曰:『以南陽兵精,延岑善戰,而耿弇走之。大王柰何就攻其營,既呼茂,不能待邪?』步曰:『負負,無可言者。』」注:「負,愧也。再言之者,愧之甚。」

【負俗】謂不能適應世俗,受人譏諷。漢書武帝紀元封五年詔:「蓋有非常之功,必待非常之人,故馬或奔踶,或致千里,士或有負俗之累而立功名。」世說新語賞譽下「諺曰揚州獨步王文度」注引續晉陽秋:「(郗)超少有才氣,越世負俗,不循常檢。」

【負海】謂地得形勝，有海衛其後。戰國策齊一：“從人說大王者，必謂齊西有強趙，南有韓魏，負海之國也。”

【負扆】扆，戶牖間畫有斧紋的屏風。天子朝諸侯，背扆南面而立，故稱負扆。淮南子齊俗：“攝天子之位，負扆而朝諸侯。”也作“負依”。荀子正論：“居則設張容，負依而坐。”注：“戶牖之間謂之依，亦作扆。扆、依音同。”參閱明方以智通雅七釋詁。

【負茲】諸侯患病之稱。公羊傳桓十六年：“屬負茲舍不即罪爾。”注：“天子有疾稱不豫，諸侯稱負茲，大夫稱犬馬，士稱負薪。”疏：“言負茲者，謂負事繁多，故致疾。”宋劉昌詩謂茲指藉席，諸侯病曰負茲，與負薪蓋有等級。見蘆浦筆記三負茲。明焦竑謂茲爲新生草，草一年一生，故古人以茲爲年。諸侯稱負茲，言已年老有疾也。見焦氏筆乘三屬負茲。

【負荊】身背荊杖，言願受杖，表示謝罪之意。史記八一廉頗藺相如傳：“廉頗聞之，肉袒負荊，因賓客至藺相如門謝罪。”後即以爲謝罪之典故。宋朱熹朱文公集五八答葉味道書：“子靜（陸九淵）終不謂然，而其後子壽（陸九齡）遂服，以書來謝，至有負荊請罪之語。”元曲選有梁山泊李逵負荊雜劇。

【負釜】鸛的別名。詩豳風東山“鸛鳴于垤，婦歎于室”唐孔穎達疏：“鸛鸛，雀也……一名負釜。”

【負笈】謂背笈遊學。笈，書箱。抱朴子祛惑：“書者，聖人之所作而非聖也，而儒者萬里負笈以尋其師。”晉書王裒傳：“北海邴春少立志操，寒苦自居，負笈遊學，鄉邑僉以爲邴原復出。”唐釋玄應一切經音義三經後序：“風土記云笈謂學士所以負書箱如冠箱面卑者也。謝承後漢書云‘負笈隨師’是也。”

【負氣】謂恃其意氣，不肯屈於人下。北齊顏之推顏氏家訓文章：“潘岳乾沒取危，顏延年負氣摧黜。”北史荀濟傳：“濟初與梁武帝布衣交，知梁武當王，然負氣不服。”

【負乘】喻小人居於君子之位。後漢書八十上崔琦傳外戚箴：“荷爵負乘，采食名都，詩人所刺，德用不憮。”注：“易曰：‘負且乘。’負也者，小人之事也。乘也者，君子之器也。”文選晉張茂先（華）答何劭詩之二：“負乘爲我戒，夕惕坐自驚。”

【負芻】猶荷薪。孟子離婁下：“昔沈猶有負芻之禍。”漢趙岐注：“時有作亂者曰負芻，來攻沈猶氏。”宋朱熹集注：“言曾子嘗舍於沈猶氏，時有負芻者作亂，來攻沈猶氏。”朱注於義爲長。呂氏春秋觀世：“晏子之晉，見反裘負芻息於塗者，以爲君子也。”

【負郭】靠近城郭。戰國策齊六：“齊負郭之民，有孤狐咺者。”史記六九蘇秦傳：“且使我有雒陽負郭田二頃，吾豈能佩六國相印乎？”

【負責】㊀負擔責任。淮南子主術：“君人者不任能而好自爲之，則智日困，而自負其責也。”抱朴子博喻：“量才而授者，不求功於器外，揆能而受者，不負責於力盡。”㊁欠債。責，同“債”。漢王符潛夫論斷訟：“諸侯負責，輒有削絀之罰。”漢書九三鄧通傳：“遂竟案，盡沒入之，通家尚負責數鉅萬。”

【負荷】背負肩擔。左傳昭七年：“其父析薪，其子弗克負荷。”引申爲繼承、擔任。抱朴子交際：“經夷險而不易情，歷危苦而相負荷者，吾未見其可多得也。”

【負販】擔貨販賣。禮曲禮上：“夫禮者，自卑而尊人，雖負販者，必有尊也。”

【負累】㊀無罪而蒙受惡名。史記八三鄒陽傳：“鄒陽客游，以讒見禽，恐死而負累。”正義：“諸不以罪爲累。”按負累，謂其罪不白，將永負惡名。㊁牽累。水滸二：“只恐高太尉追捕到來，負累了你，不當穩便，以此兩難。”

【負雀】鳥名，亦稱負爵。爾雅釋鳥：“鶅，負雀。”急就篇四“鷹鷂鴇鴰翳雕羽”唐顏師古注：“鷂，一名題肩，亦曰擊征，又名負爵，色類甚多，皆鷙鳥也。”

【負進】進，收入，指賭贏之錢。欠人賭債曰負進。漢書九二陳遵傳：“宣帝微時與有故，相隨博弈，數負進。”晉書袁耽傳：“桓溫少時，游於博徒，資產俱盡，尚有負進。”

【負勞】蟲名。爾雅釋蟲：“虰蛵，負勞。”注：“或曰即蜻蛉也。”

【負嵎】嵎，山曲；負，背倚。負嵎則只當一面，三面無慮。孟子盡心下：“有衆逐虎，虎負嵎，莫之敢攖。”後世因稱據險以抗曰負嵎。

【負黍】地名。春秋周邑，周儋翩之亂，鄭伐負黍。見左傳定六年。戰國屬韓。史記鄭世家“鄭伐韓，敗韓兵於負黍”，即此。在今河南登封縣西南。

【負瑕】地名，春秋魯邑，即瑕丘城。在今山東曲阜縣西。左傳哀七年“師宵掠以邾子益來，獻于亳社，囚諸負瑕”，即此。亦稱負夏。禮檀弓上：“曾子弔於負夏。”

【負載】㊀荷載。禮中庸“博厚所以載物也”唐孔穎達疏：“以其德博厚，所以負載於物。”謂地能負載萬物。㊁攜帶盟書。載，盟書。左傳哀八年：“景伯負載造於萊門。”注：“以言不見從，故負載書，將欲出盟。”

【負鼓】㊀莊子天運：“吾子亦放風而動，總德而立矣，又奚傑然若負建鼓，而求亡子者邪？”謂背鼓敲打以求走失之子。宋蘇軾東坡集十四葉濤致遠見和笑幹兒詩次韻詩：“笑我老而癡，負鼓欲求亡。”㊁背鼓演唱。宋陸游劍南詩稿三三小舟游近村舍舟步歸之四：“斜陽古柳趙家莊，負鼓盲翁正作場。”

【負鼎】鼎，烹具。傳說伊尹善烹調，嘗背鼎求見商湯王。史記七四孟子傳：“伊尹負鼎而勉湯以王。”後因以負鼎喻干時以求進用。後漢書二四馬援傳論：“馬援騰聲三輔，遨遊二帝，及定節立謀，以干時主，將懷負鼎之願，蓋爲千載之遇焉。”

【負暄】曝背取暖。暄，亦作“煊”。列子楊朱：“負日之煊，人莫知者。”唐韋應物韋江州集八郊居言志詩：“負暄衡門下，望雲歸遠山。”參見“負日”。

【負養】爲公家負擔給養的人。戰國策韓一：“料大王之卒，悉之不過三十萬，而廝徒負養在其中矣。”

【負劍】㊀抱小兒狀。禮曲禮上：“負劍辟咡詔之。”疏：“負，謂致兒背上也。劍，謂挾於脇下如帶劍也。”㊁謂推劍於背。戰國策燕三：“秦王之方還柱走，卒惶急不知所爲，左右乃曰：‘王負劍！王負劍！’”史記八六荊軻傳“王負劍”索隱：“王劭曰：‘古者帶劍，上長，拔之不出室，欲王推於背，令前短易拔，故云王負劍。’”

【負盤】阜螽的別名。又名行夜、蜚蠊。見本草綱目四一蟲三行夜。亦作“負蠜”。見爾雅釋蟲。

【負擔】㊀擔荷。戰國策秦一：“（蘇秦）去秦而歸，羸縢履蹻，負書擔橐。”漢書食貨志下：“時又通西南夷道，作者數萬人，千里負擔餽饟。”亦泛指生活奔走之勞。唐李賀歌詩編三春歸昌谷：“豈能脫負擔，刻鵠曾無兆。”㊁責任。左傳莊二二年：“羈旅之臣，幸若獲宥，及於寬政，赦其不閑於教訓而免於罪戾，弛於負擔，君之惠也。”

【負螟】古人誤認蜾蠃養螟蛉爲子，故喻以他人子爲嗣。詩小雅小宛：“螟蛉有子，蜾蠃負之。”宋書明四王傳論：“太宗負螟之慶，事非己出，枝葉不茂，豈能庇其本根。”

【負戴】 背負首戴。指勞役之事。孟子梁惠王上:"謹庠序之教,申之以孝悌之義,頒白者,不負戴於道路矣。"

【負薪】 ㊀背柴草。指任力役。禮曲禮下:"問庶人之子,長曰,能負薪矣;幼曰,未能負薪。"漢書武帝紀元封二年:"命從臣將軍以下皆負薪塞河隄。"引申以指卑賤之人,在野之人。後漢書四十上班固傳:"時固始弱冠,奏記說蒼曰:'……採擇狂夫之言,不逆負薪之議。'"注:"負薪,賤人也。"後漢書袁紹傳上書:"臣以負薪之資,拔於陪隸之中。"㊁士自稱有疾。禮曲禮下:"君使士射,不能,則辭以疾。言曰:'某有負薪之憂。'"疏:"負,擔;薪,樵也。……憂,勞也。言已有擔樵之餘勞,不能射也。"

【負牆】 背牆而立。古時與尊者言談畢,退至於牆,肅立,以示避讓尊敬之意。禮文王世子:"凡侍坐於大司成者,遠近間三席,可以問,終則負牆。"又孔子閒居:"子夏蹶然而起,負牆而立,曰:'弟子敢不承乎?'"

【負繩】 衣裳的背縫。禮三年問:"深衣……負繩及踝以應直。"疏:"衣之背縫及裳之背縫上下相當,如繩之正,故云負繩,非謂實負繩也。"漢劉向說苑修文:"衣必荷規而承矩,負繩而准下,故君子衣服中而容貌得。"

【負蠜】 蟲名。爾雅釋蟲:"草螽,負蠜。"疏:"草螽,一名負蠜,一名常羊。"參見"草螽"。

【負床孫】 扶床而立,未能行走之孫。戰國策燕一:"(蘇代)對曰:'足下以愛之故與,則何不與愛子,與諸舅、叔父,負床之孫?'"宋鮑彪注:"負言背,倚床立,未能行也。"

【負石赴河】 背石投河。喻必死之決心。荀子不苟:"故懷負石而赴河,是行之難爲者也。"注:"申徒狄恨道不行,發憤而負石自沉於河。"也作"負石赴淵"。漢劉向說苑說叢:"故君子慎言出已,負石赴淵,行之難也。"

【負重致遠】 喻能肩負重大責任。三國蜀龐士元(統)至吳,見陸勣、顧劭、全琮曰:"陸子可謂駑馬有逸足之力,顧子可謂駑牛能負重致遠也。"見三國志蜀龐統傳、世說新語品藻。

【負暄野録】 書名。舊題宋陳槱撰。二卷。上卷論石刻及諸家書格。下卷論學書之法及紙墨筆硯諸事。源委頗爲分明。

【負薪救火】 謂想消滅災害,反而使災害擴大。韓非子有度:"其國亂弱矣,又皆釋國法而私其外,則是負薪而救火也,亂弱甚矣。"三國志吳吳主傳"以從兄瑜代翊"注引吳録:"先生銜命,將以裨補先王之教,整齊風俗,而輕脱威儀,猶負薪救火,無乃更崇其熾乎!"

【負類反倫】 謂自絶於同類。列子仲尼:"其負類反倫,不可勝言也。"注:"負猶背也;類,同也。"宋陸佃埤雅釋蟲蟪蛄:"山海經有獸,以其尾飛;有鳥,以其鬚飛。則覆載之間,負類反倫,何所不有,可勝言哉!"

三畫

貢 gòng 古送切,去,送韻,見。
ㄍㄨㄥˋ

㊀進獻方物於朝廷。書禹貢:"任土作貢。"疏:"貢者,從下獻上之稱,謂以所出之穀,市其土地所生異物,獻其所有,謂之厥貢。"周禮天官大宰:"以九貢致邦國之用。"晉書武帝紀泰始六年:"大宛獻汗血馬,焉耆來貢方物。"㊁田賦名。孟子滕文公上:"夏后氏五十而貢。"㊂進入。書顧命:"爾無以釗冒貢于非幾。"注:"釗,周康王名,謂陷入於非義也。"㊃告。易繫辭上:"六爻之義易以貢。"清王引之謂書傳無訓貢爲告者,以貢爲"功"之假字,功訓成;言六爻之義,剛柔相易,乃得成爻。見經義述聞二六爻之義易以貢。㊄薦舉。唐白居易長慶集二七與陳給事書:"嘗勤苦學文,迨今十年,始獲一貢。"㊅姓。漢有貢禹。見漢書七二。

【貢士】 ㊀禮射義:"諸侯歲獻貢士於天子。"爲貢士一稱所由起。自唐以來,朝廷取士,由學館出身者曰生徒,由州縣者曰鄉貢,由朝廷自詔者曰制舉。鄉貢有秀才、進士、明經等名目。經鄉貢考試合格者稱貢士,由州縣送京參加會試。參閱五代王定保唐摭言一統序科第、文獻通考二八至三二選舉。㊁清代會試中録取的稱貢士,殿試賜出身者進士。見清會典事例七四吏部除授。

【貢水】 古稱湖漢水,亦名東江、會昌江。源出福建長汀縣新樂山,西流入江西省,經瑞金、會昌、雩都(今作于都)三縣,至贛縣北,與章水合,爲贛江。參閱嘉慶一統志三三〇贛州府一山川。

【貢生】 科舉時代,挑選府、州、縣生員(秀才)中成績或資格優異者,升入京師的國子監(太學)肄業,稱爲貢生。明代有歲貢、選貢、恩貢和納貢;清代有恩貢、拔貢、副貢、歲貢、優貢和例貢。參閱各該條。

【貢奉】 獻物給朝廷。後漢書四七班超傳上疏:"今西域諸國,自日之所入,莫不向化,大小欣欣,貢奉不絶。"

【貢禹】 公元前123—前44年。漢琅玡人,字少翁。以明經潔行,徵爲博士。元帝時,累官至御史大夫。屢次上書言朝事得失,主張選賢能,誅姦臣,罷倡樂,修節儉。禹與王吉爲友,兩人相知。吉字子陽。世稱"王陽在位,貢禹彈冠。"謂二人取舍相同。見漢書七二本傳。

【貢院】 科舉時代考試貢士之所。唐李肇國史補下:"開元二十四年,考功郎中李昂,爲士子所輕詆。天子以郎署權輕,移職禮郎,始置貢院。"全唐詩四六四王起和周侍郎見寄詩:"貢院離來二十霜,誰知更忝主文場。"

【貢新】 ㊀貢獻新熟稻米。南朝梁周興嗣千字文:"稅熟貢新,勸賞黜陟。"㊁茶名。宋姚寬西溪叢語上:"茶有十綱,第一第二綱太嫩,第三綱最妙,自六綱至十綱,小團至大團而止。第一名曰試新,第二名曰貢新。"

【貢賦】 賦稅。下之所供爲貢,上之所取爲賦。書禹貢:"厥賦貞,作十有三載乃同;厥貢漆絲,厥篚織文。"疏:"治水十三年,乃有賦法,始得貢賦與他州同也。"

【貢舉】 古有鄉舉里選之制。又諸侯貢士,得人有賞,失人有罰。至漢始合貢舉之名,渾稱爲貢舉。漢高祖十一年下求賢之詔,武帝元光元年始令郡國舉孝廉各一人,貢舉之法始此。元帝令光祿勳舉四科以吏事。後漢令郡國舉孝廉。魏、晉、宋、齊,互有改易。隋煬帝改置明經、進士二科。唐因隋制,增置秀才、明法、明字、明算,并前爲六科。武德時以考功郎中試貢士,貞觀時以考功員外掌之。其後以省郎位輕,乃改以吏部侍郎掌之。參閱唐劉肅大唐新語十釐革。

【貢闈】 考試貢士之場所。猶貢院。宋黄裳演山集六送袁運判赴荆湖詩:"仕路莫驚離合易,貢闈猶想笑言同。"

【貢獻】 進奉,進貢。國語吳:"天子有命,周室卑約,貢獻莫入。"亦指貢獻之物。漢書九三鮑宣傳上書:"海內貢獻,當養一君,今反盡之(董)賢家,豈天意與民意邪?"

【貢舉考略】 明貢舉考略二卷,國朝貢舉考略四卷,黄崇蘭趙學曾陸熊祥輯。是書紀明清兩代科舉,凡歷科典試官,官階籍貫,首場題目,鄉會試中式第一名,殿試一甲三名,無不備録。黄輯自明洪武三年，迄崇禎十六年止。又自清順治二年，至乾隆十六年止。趙輯自嘉慶元年，至同治十三年止。陸輯自光緒元年，至三十年止。此後科舉遂廢。考貢舉始末，以此書最爲簡易。

財 cái ㄘㄞˊ 昨哉切，平，咍韻，從。

㊀財物。國語周下："聖人保樂而愛財，財以備器，樂以殖財。"荀子成相："務本節用財無極。"㊁節制，制裁。通"裁"。易泰："天地交泰，后以財成天地之道。"荀子王制："王者之等賦政事，財萬物，所以養萬民也。"注："財與裁同。"㊂才能，才智。孟子盡心上："有成德者，有達財者。"㊃僅。通"纔"。漢書五四李陵傳："初，上遣貳師大軍出，財令陵爲助兵。"又六一李廣利傳："士財有數千，皆飢罷。"參見"財幸"。

【財主】財物的主人。世説新語政事："陳仲弓(寔)爲太丘長，有劫賊殺財主。"唐律疏議十九强盜："即得闌遺之物，財主來認。"按古稱財主皆指資財的主人，後泛稱有錢人家。元曲選缺名舉案齊眉一："你原來不敬書生敬財主。"

【財交】用錢財來交友。戰國策楚一："江乙曰：'以色交者，華落而愛渝；以財交者，財盡而交絶。'"

【財幸】裁取。漢書四八賈誼傳上疏："故使人臣得畢其愚忠。唯陛下財幸！"注："財與裁同，裁擇而幸從其言。"清王念孫謂財通"纔"，猶少幸從之。見讀書雜志五漢書九。

【財取】裁量取用。財，通"裁"。漢書五二竇嬰傳："所賜金，陳廊廡下，軍吏過，輒令財取爲用。"

【財帛】財物布帛。史記一二三大宛傳："散財帛以賞賜，厚具以饒給之，以覽示漢富厚焉。"

【財氣】舊時以爲積財在於氣運，故稱財氣。藝文類聚八五夢書："禾稼爲財，田之所生，夢見禾稼，言財氣生。"

【財産】財物産業。漢書食貨志上賈誼上疏："生之者甚少而靡之者甚多，天下財産何得不蹶？"三國志魏明帝紀景初元年："九月，冀、兖、徐、豫四州民遇水，遣御史循行，没溺死亡及失財産者，在所開倉振救之。"

【財運】舊謂人之發財致富出於命運，故稱財運。舊題晉王嘉拾遺記八蜀："(麋)竺歎曰：'人生財運有限，不得盈溢，懼爲身之患害。'"

【財源】財貨的來源。荀子富國："財貨渾渾如泉源，汸汸如河海，暴暴如丘山。"舊時商店常用聯語有"生意興隆通四海，財源茂盛達三江。"

【財賄】財貨，財物。泛指動産。左傳隱十一年："凡而器用財賄，無寘於許。"周禮天官大宰："以九賦斂財賄。"

【財察】猶言少察。漢書四九鼂錯傳言募民徙塞："愚臣亡識，唯陛下財察。"參見"財幸"。

【財賦】財貨貢賦。書禹貢："庶土交正，底慎財賦。"

【財擇】猶言少擇。漢書四九鼂錯傳言兵事："傳曰：狂夫之言而明主擇焉。臣錯愚陋，昧死上狂言，唯陛下財擇。"參見"財幸"。

【財禮】舊日娶婦的聘金。宋孫光憲北夢瑣言一一："(阿鄭)許嫁右驍勇軍健李玄慶，未受財禮，阿鄭知父神佐陣没，遂與李玄慶休親，截髮往慶州北懷安鎮，收亡父遺骸。"吴自牧夢粱録二十嫁娶："且論聘禮，富貴之家，常備三金送之，……又送官會銀鋌，謂之下財禮。"

貣 tè ㄊㄜˋ 他德切，入，德韻，透。

㊀向人求物，乞貸。荀子儒效："今有人於此，屑然藏千溢之寶，雖行貣而食，人謂之富矣。"漢書五七下司馬相如傳："文君久之不樂，謂長卿曰：'弟俱如臨邛，從昆弟假貣，猶足以爲生，何至自苦如此。'"㊁差。古"忒"字。史記宋世家："卜五占之用，二衍貣。"易豫彖云"四時不忒"，忒京房本作"貣"。尚書洪範"衍忒"，史記作"衍貣"。

貤 1. yì ㄧˋ 以豉切，去，寘韻，喻。羊至切，去，至韻，喻。

㊀挨次疊物，引申爲重複。也作"䞄"。文選晉左太冲(思)魏都賦："兼重悂以䞄繆，偭辰光而罔定。"注："言既重其悂而又累其繆也。"㊁延展。通"迆"。漢書五七上司馬相如傳上林賦："貤丘陵，下平原。"史記作"䞄"。

2. yí ㄧˊ 集韻 余支切，平，支韻。

㊂轉移，轉手。漢書六武帝紀："受爵賞而欲移賣者，無所流貤。"注引應劭："貤音移，言軍吏士斬首虜爵級多，無所移與，今爲置武功賞官，爵多者分與父兄子弟及賣與他人也。"

【貤₂封】清制：職官以己所應得封誥，呈請改授遠祖及伯叔或外祖父母等，謂之貤封；婦人則稱貤贈。宋王楙野客叢書二八封贈外祖："唐制封贈，雖宰相止及其父，若以恩回贈，不但其祖，雖異姓亦及之。如權德輿以檢校尚書恩乞及其祖贈禮部郎中。……又如劉總外祖故瀛州刺史張懿贈工部尚書。"爲後世貤封貤贈之始。

四畫

責 1. zé ㄗㄜˊ 側革切，入，麥韻，莊。

㊀求，索取。左傳桓十三年："宋多責賂于鄭，鄭不堪命。"㊁要求，督促。荀子宥坐："不教而責成功，虐也。"參見"責成"。㊂譴責，詰問。管子大匡："文姜通於齊侯，桓公聞，責文姜。"史記一二二張湯傳："天子果以湯懷詐面欺，使使八輩簿責湯。"㊃處罰，加刑。新五代史梁家人傳文惠皇后王氏："(劉)崇患太祖慵墮不作業，數加笞責。"㊄責任。書金縢："若爾三王是有丕子之責于天，以旦代某之身。"史記八九張耳陳餘傳："貫高曰：所以不死一身無餘者，白張王不反也。今王已出，吾責已塞，死不恨矣。"

2. zhài ㄓㄞˋ 集韻 側賣切，去，卦韻。

㊅所欠的錢財。"債"之本字。管子輕重乙："君直幣之輕重，以決其數，使無券契之責，則積藏囷窌之粟，皆歸於君矣。"注："責，讀曰債。"戰國策齊四："後孟嘗君出記，問門下諸客誰習計會，能爲文收責於薛者乎？"

【責₂主】同"債主"。後漢書八一陳重傳："有同署郎負息錢數十萬，責主日至，詭求無已。"

【責成】督責完成任務。韓非子外儲右下："人主者，守法責成以立功者也。"漢桓寬鹽鐵論刺復："故任能者責成而不勞，任己者事廢而無功。"

【責言】譴責之言，問罪之言。左傳僖十五年："西鄰責言，不可償也。"

【責躬】自陳己過。後漢書三七丁鴻傳上封事："若敕政責躬，杜漸防萌，則凶妖銷滅，害除福湊矣。"文選有三國魏曹子建(植)責躬詩一首。

【責望】責難抱怨。韓非子外儲左上："挾夫相爲則責望，自爲則事行。"史記一一八衡山王賜傳："衡山王、淮南王兄弟相責望禮節，間不相能。"

【責善】勸勉從善。孟子離婁下："責善，朋友之道也；父子責善，賊恩之大者。"

【責備】以盡善盡美苛求於人。淮南子氾論："夫堯舜湯武，世主之隆也，齊桓晉文，五霸之豪英也；然堯有不慈之名，舜有卑父之謗，湯武有放弒之事，五伯有暴亂之謀。是故君子不責備於一人。」

【責課】徵收賦稅。課，賦稅。宋史食貨志上一農田：「諸州各隨風土所宜，量地廣狹，土壤瘠埆不宜種藝者，不須責課。」

【責難】以難事勉人。孟子離婁上：「責難於君謂之恭，陳善閉邪謂之敬，吾君不能謂之賊。」今以指摘責問爲責難。

貶 biǎn ㄅㄧㄢˇ 方斂切，上，琰韻，幫。

㊀損減，抑制。左傳僖二一年：「脩城郭，貶食省用，務穡勸分。」㊁失墜，降謫。詩大雅召旻：「兢兢業業，孔填不寧，我位孔貶。」孟子告子下：「一不朝則貶其爵。」㊂褒之對稱。貶美曰褒，非刺曰貶。文選晉杜預春秋左氏傳序：「春秋雖以一字爲褒貶，然皆須數句以成言。」

【貶身】抑損自己。三國志魏文帝紀黄初二年詔：「欲屈己以存道，貶身以救世。」

【貶損】抑制，壓低。公羊傳桓十一年：「行權有道，自貶損以行權。」

販 fàn ㄈㄢˋ 方願切，去，願韻，幫。

賤買而貴賣。荀子王霸：「賈分貨而販。」史記八五呂不韋傳：「陽翟大賈人也，往來販賤賣貴，家累千金。」

【販夫】出售貨物的小商人。周禮地官司市：「夕市，夕時而市，販夫販婦爲主。」

【販君】出賣君主。宋書沈攸之傳蕭道成檄文：「(攸之)既殺從父，又害良朋，雖呂布販君，酈寄賣友，方之斯人，未足爲酷。」

【販賣】出售貨物。史記秦紀：「鄭販賣賈人弦高持十二牛將賣之周。」漢書食貨志上鼂錯論貴粟疏：「而商賈大者積貯倍息，小者坐列販賣，操其奇贏，日游都市。」

【販寶翁】販賣珍寶的人。唐張籍張司業詩集一賈客樂：「農夫稅多長辛苦，棄業寧爲販寶翁。」

貫 1. guàn ㄍㄨㄢˋ 古玩切，去，换韻，見。

㊀穿錢之繩。史記平準書：「京師之錢累巨萬，貫朽而不可校。」㊁古錢中間有孔，可用繩索貫穿成串，一千錢稱一貫。漢書武帝紀元狩四年「初算緡錢」注引李斐：「一貫千錢，出算二十也。」㊂穿，以繩穿物。引申爲貫穿、會通。論語里仁：「子曰：參乎！吾道一以貫之。」㊃射中，穿過。詩齊風猗嗟：「舞則選兮，射則貫兮。」傳：「貫，中也。」左傳宣四年：「(伯棼)又射汰輈以貫笠轂。」㊄學習，熟習。國語魯下：「晝而講貫，夕而習復。」注：「貫，習也。」左傳襄三一年：「譬如田獵，射御貫則能獲禽。」㊅事，例。論語先進：「仍舊貫，如之何？」㊆條理。文選晉杜預春秋左氏傳序：「經之條貫，必出於傳；傳之義例，總歸諸凡。」㊇習慣。通「慣」。孟子滕文公下：「我不貫與小人乘，請辭。」㊈原籍。世代居住之處。隋書食貨志：「其無貫之人，不樂州縣編户者，謂之浮浪人。」唐白居易長慶集三新豐折臂翁詩：「翁云貫屬新豐縣，生逢聖代無征戰。」㊉姓。以地爲氏。漢初有趙相貫高。見史記張耳陳餘傳。

2. wān ㄨㄢ 集韻 烏關切，平，删韻。

⑪通「彎」。見「貫₂弓」。

【貫₂弓】彎弓，張滿弓。貫，通「彎」。史記六六伍子胥傳：「使者捕伍胥。伍胥貫弓執矢嚮使者，使者不敢進。」索隱：「劉氏音貫爲彎，又音古患反。貫謂滿張弓。」史記陳涉世家贊：「士不敢貫弓而報怨。」漢書作「彎弓」。

【貫日】㊀積日，累日。荀子王霸：「若夫貫日而治詳，一日而曲列之，是所使夫百吏官人爲也，不足以是傷游玩安燕之樂。」㊁遮蔽日光。史記八三鄒陽傳獄中上書：「昔者荆軻慕燕丹之義，白虹貫日。」

【貫朽】穿錢的繩索腐朽。指積錢多而久不用。漢書六四下賈捐之傳棄珠崖議：「太倉之粟紅腐而不可食，都内之錢貫朽而不可校。」唐白居易長慶集二傷宅詩：「廚有臭敗肉，庫有貫朽錢。」

【貫休】公元832—913年。唐蘭溪人，字德隱。俗姓姜，七歲出家爲僧，善詩，兼工書畫。其書人稱姜體；善畫佛像，以羅漢爲最著名。在吳越爲錢鏐所重。後入蜀，又爲王建所禮遇，號爲禪月大師。曾有句謂：「一瓶一鉢垂垂老，萬水千山得得來。」人稱得得來和尚。卒年八十一。其徒曇域編其詩爲禪月集二十五卷。參閱宋贊寧宋高僧傳三十、宋郭若虛圖畫見聞誌二。

【貫行】連續實行。漢書八五谷永傳對問：「深惟日食再既之意，抑損椒房玉堂之盛寵，毋聽後宮之請謁，……以次貫行，固執無違。」注：「貫，聯續也。謂上所陳眾條諸事，宜次第相續行之，不當更違異也。」

【貫盈】以繩貫錢，一一重之，至滿一貫，謂之貫盈。書泰誓上：「商罪貫盈，天命誅之。」猶言罪惡累累。參見「惡貫滿盈」。

【貫穿】通達，連貫。漢書六二司馬遷傳贊：「貫穿經傳，馳騁古今，上下數千載間，斯已勤矣。」唐白居易長慶集二八與元九書：「世稱李杜，……杜詩最多，可傳者千餘首。至於貫穿今古，覼縷格律，盡工盡善，又過於李。」

【貫城】古貫國。春秋宋城。故城在今山東曹縣南。春秋僖二年「秋九月，齊侯宋公江人黄人盟于貫」，即此。宋名蒙澤城。見太平寰宇記十三曹州濟陰縣。

【貫珠】聯珠成串。喻聲音之圓潤美妙。禮樂記：「故歌者上如抗，下如隊，曲如折，……纍纍乎端如貫珠。」唐白居易長慶集五二和新樓北園偶集……詩：「歌聲凝貫珠，舞袖飄亂霞。」

【貫索】㊀星宿名。屬天市垣，共九星。星經上：「貫索九星，在七公前。」參閱晉書天文志上。㊁長而粗的大繩。唐張説張説之集二奉和觀拔河詩：「長繩繫日住，貫索挽河流。」

【貫通】首尾通達。宋朱熹朱文公集七六中庸章句序：「別爲或問，以附其後，然後此書之旨，支分節解，脉絡貫通，詳略相因，巨細畢舉。」朱子語類二七論語九：「曾子偶未見得，但見一箇事是一箇理，不曾融會貫通。」

【貫敍】按次序敍録。資治通鑑一一六晉義熙八年：「(劉)裕問(劉)毅府諮議參軍申永曰：'今日何施而可？'永曰：'除其宿釁，倍其惠澤，貫敍門次，顯擢才能，如此而已。'」注：「魏晉以來，率以門地高下爲用人之次第。貫敍者，以次敍之，若穿錢貫然也。」

【貫習】貫通熟習。呂氏春秋不二：「無術之智，不教之能，而恃彊速貫習，不足以成也。」梁書庾詵傳詔：「新野庾詵止足栖退，自事却掃，經史文藝，多所貫習。」

【貫魚】成串的魚。比喻前後有次序，前後相及。易剥：「貫魚，以宫人寵，无不利。」晉書蔡謨傳讓侍中疏：「今猥以輕鄙，超倫踰等，上亂聖朝貫魚之序，下違羣士準平之論。」

【貫衆】草名。生於林野隱處。爾雅釋草：「濼，貫衆。」又名貫節、貫渠、百頭、草鴟頭、黑狗脊、鳳尾草，俗名貫仲。葉莖如鳳尾，其根一本而衆枝貫之，故名貫衆。入藥。參閱政和證類本草十貫衆。

【貫鼎】貫國之鼎。禮明堂位：「崇鼎、貫鼎、大璜、封父龜，天子之器也。」注：「崇、貫、封父，皆國名。」

【貫蝨】射中蝨子。言射技高明。紀昌學射於飛衛，飛衛曰：「學視而後可。」昌以氂懸蝨於牖南面而望之，三年之後，大如車輪。射之，貫蝨之心而懸不絕。見列子湯問。後以貫蝨言功深技精。宋劉克莊後村集九還黃鏞詩卷詩：“貫蝨功夫須切近，膽鯨力量要雄深。”

【貫徹】上下始終，通達至底。朱子語類六性理三：“夫樹之根固有生氣，然貫徹首尾，豈可謂榦與枝、花與葉無生氣也？”

【貫月查】相傳堯登位三十年，有巨查浮於西海，查上有光，夜明晝滅。查常浮繞四海，十二年一周天，周而復始，名曰貫月查。見舊題晉王嘉拾遺記一唐堯。查，通“楂”，水中浮木。後或借爲舟楫之名。元陳樵鹿皮子集四玉雪亭詩之七：“銀漢傾翻貫月查，驚鴻無處認江沙。”

【貫胸國】古代傳説中的國名。山海經海外南經：“貫匈國在其東，其爲人匈有竅。”匈同“胸”。淮南子地形謂之穿胸民。高誘注：“胸前穿孔達背。”竹書紀年上黄帝軒轅氏：“五十九年，貫胸氏來賓。”

【貫雲石】公元 1286—1324 年。元代維吾爾族人。原名小雲石海涯，其父名貫只哥，遂以貫爲姓，號酸齋。初襲父官爲兩淮萬户府達魯花赤，後讓職於弟。仁宗時，任翰林侍讀學士，與修國史。後退隱江南，號蘆花道人。工書，草隸等自成一家。精通漢文，擅長散曲，豪放俊爽，與徐再思(號甜齋)齊名。後人合輯所作，稱酸甜樂府。參閲元史一四三小雲石海涯傳。

貪 1. tān ㄊㄢ 他含切，平，覃韻，透。

㊀欲，求得無厭。詩大雅桑柔：“民之貪亂，寧爲荼毒。”箋：“貪猶欲也。”戰國策齊四：“左右皆惡之，以爲貪而不知足。”㊁愛財。史記八四賈誼傳服鳥賦：“貪夫徇財兮，烈士徇名。”㊂貪戀。見“貪生”。

2. tàn ㄊㄢˋ

㊃探求。通“探”。見“貪₂情”。

【貪叨】貪婪，貪殘。漢王符潛夫論班祿：“滅典禮而行貪叨，重賦斂以厚己。”後漢書六七岑晊傳：“父豫，爲南郡太守，以貪叨誅死。”注：“方言曰：叨，殘也。”

【貪汙】韓非子姦劫弑臣：“我不以清廉方正奉法，乃以貪汙之心枉法以取私利。”本指貪得而卑下，後稱枉法取得財物爲貪污。漢書九十尹賞傳：“疾病且死，戒其諸子曰：‘……一坐軟弱不勝任免，終身廢棄無有赦時，其羞辱甚於貪汙坐臧。’”

【貪昧】貪財昧利。左傳襄二八年：“(楚子)不修其政德，而貪昧於諸侯，以逞其願，欲久，得乎？”

【貪冒】貪圖財利。冒，亦貪。左傳成十二年：“諸侯貪冒，侵欲不忌。”國語鄭：“虢叔恃勢，鄶仲恃險，是皆有驕侈怠慢之心，而加之以貪冒。”

【貪泉】水名。1. 在今廣東南海縣西北。又名石門水、沈香浦、投香浦。晉吴隱之性廉潔，桓玄欲革嶺南之弊，以爲廣州刺史。去州二十里有貪泉，世傳飲之者其心無厭。隱之乃至水上，酌而飲之，因賦詩曰：“石門有貪泉，一歃重千金。試使夷齊飲，終當不易心。”唐王勃王子安集五滕王閣詩序：“酌貪泉而覺爽，處涸轍以猶懽。”即此。見世説新語德行“吴道助附子”注引晉安帝紀、晉書吴隱之傳、藝文類聚五十引王隱晉書、初學記八引晉中興書、太平寰宇記十四濮州人物。2. 在今湖南郴縣境内。耒水西流，黄水注之。黄水東北流，衆山水出注於大溪，號曰横流溪，俗亦稱爲貪泉。相傳飲者貪於財賄。見水經注三九耒水。

【貪狼】貪狠如狼。漢書五六董仲舒傳賢良對策：“師申商之法，行韓非之説，憎帝王之道，以貪狼爲俗。”

【貪₂情】探取情實。後漢書四六郭躬傳論：“若乃推己以議物，捨狀以貪情，法家之能慶延於世，蓋由此也。”注：“貪與探同也。”

【貪婪】貪得無厭。楚辭屈原離騷：“衆皆競進以貪婪兮，憑不厭乎求索。”注：“愛財曰貪，愛食曰婪。”清王念孫謂貪婪亦愛財愛食之通稱，不宜分訓。見廣雅疏證釋詁。也作“貪啉”。左傳僖二四年：“狄固貪啉，王又啟之。”

【貪墨】貪財好賄。左傳昭十四年：“貪以敗官爲墨。”注：“墨，不絜之稱。”唐元稹長慶集三二敍奏：“會潘孟陽代(嚴)礪爲節度使，貪墨過礪。”

【貪饕】貪得無厭。戰國策燕三：“今秦有貪饕之心，而欲不可足也。”

【貪天功】奪天之所成爲己功。左傳僖二四年：“竊人之財，猶謂之盗，況貪天之功以爲己力乎？”後泛指貪他人之功爲己有。聊齋志異張鴻漸：“勝則人人貪天功，一敗則紛然瓦解。”

【貪狼風】指暴風。新五代史前蜀王衍世家：“行至梓潼，大風發屋拔木。太史曰：此貪狼風也，當有敗軍殺將者。”

【貪人敗類】謂貪鄙之人敗壞善道。詩大雅桑柔：“貪人敗類，聽言則對，誦言如醉。”傳：“類，善也。”

【貪小失大】吕氏春秋權勳：“達子又帥其餘卒，……使人請於齊王(湣王)。齊王怒曰：‘若殘豎子之類，惡能給若金？’與燕人戰，大敗。……燕人逐北入國，相與爭金於美唐甚多。此貪於小利以失大利者也。”以貪金而致失國，故稱貪小失大。

【貪多務得】指讀書求多。唐韓愈昌黎集十二進學解：“記事者必提其要，纂言者必鉤其玄，貪多務得，細大不捐。”

貧 pín ㄆㄧㄣˊ 符巾切，平，真韻，並。

㊀窮乏。“富”之反。詩邶風北門：“終窶且貧，莫知我艱。”莊子讓王：“无財謂之貧。”㊁不足，缺乏。南朝梁劉勰文心雕龍八事類：“有學飽而才餒，才富而學貧。”㊂絮煩。見“貧嘴賤舌”。

【貧乏】窮困，短缺。漢王充論衡定賢：“管仲分財取多，無廉讓之節；貧乏不足，志義廢也。”

【貧相】形容貧而暴富，仍不脱寒傖之色。唐薛逢嘗策羸赴朝，值新進士榜下，綴行而出。前導者曰：“迴避新郎君。”逢遣人語之曰：“報道莫貧相，阿婆三五少年時，也曾東塗西抹來。”見五代王定保唐摭言三慈恩寺題名遊賞賦詠雜記。

【貧婆】㊀明滅元，令内地蒙族部落後人就所在編入户籍。其赤貧者，在京謂之樂户，在州邑謂之丐户。於常熟者，男謂之貧子，婦謂之貧婆。其聚族而居之處，謂之貧巷。見琴川三風十愆記(虞陽説苑甲)。㊁樹名。舊題唐郭橐駝種樹書中木：“貧婆樹，冬花夏子。”

【貧道】僧人自稱之詞。晉南北朝僧人自稱，或舉名，或云我，或云貧道。如法曠上書晉簡文帝，支遁上書乞歸剡，道安諫前秦苻堅，皆稱貧道。世説新語言語：“支道林(遁)常養數匹馬，或言道人畜馬不韻。支曰：‘貧道重其神駿。’”自唐以後，漸專用於道士。參閲宋贊寧僧史略下對王者稱謂、清翟灝通俗編二十釋道。

【貧窮】貧苦窮困。缺乏財物爲貧，生活無着落、前途無出路爲窮。荀子修身：“士君子不爲貧窮怠乎道。”戰國策秦：“蘇秦曰：‘嗟乎！貧窮則父母不子，富貴則親戚畏懼。’”

【貧窶】貧困。荀子大略：“從士以上皆羞利而不與民爭業，樂分施而恥積臧，然故民不困財，貧窶者有所竄其手。”晉書韓伯傳：“家貧窶，伯年數歲，至大寒，母方爲作襦。”亦指貧困之人。管子五輔：

"食飢渴,匪貧窶。"

【貧賤交】貧困時所結交的朋友。後漢書二六宋弘傳:"弘曰:'臣聞貧賤之知不可忘,糟糠之妻不下堂。'"又南朝齊武帝(蕭賾)亦有此語,作"貧賤之交不可忘"。見南齊書劉悛傳。明湯顯祖集二十讀延庚樓詩有懷詩:"始知富貴兒,不如貧賤交。"

【貧賤驕人】謂身雖貧困而不屈身於富貴之人。史記魏世家:"子擊逢文侯之師田子方於朝歌,引車避,下謁。田子方不爲禮。子擊因問曰:'富貴者驕人乎?且貧賤者驕人乎?'子方曰:'亦貧賤者驕人耳。'"

【貧嘴賤舌】話多而刻薄。紅樓夢二五:"你們都不是好人!再不跟着好人學,只跟着鳳丫頭學的貧嘴賤舌的。"

貨 huò 呼臥切,去,過韻,曉。
ㄏㄨㄛˋ

㊀財物,商品。書洪範:"三、八政:一曰食,二曰貨。"疏:"貨者,金玉布帛之總名。"易繫辭下:"日中爲市,致天下之民,聚天下之貨。"㊁貨幣。漢書一〇〇下敍傳:"貨自龜貝,至此五銖。"㊂賄賂。左傳僖二八年:"曹伯之豎侯獳貨筮史。"又三十年:"晉侯使醫衍酖衛侯,甯俞貨醫使薄其酖,不死。"㊃收買。孟子公孫丑下:"無處而餽之,是貨之也,焉有君子而可以貨取乎?"㊄賣出。晉書王戎傳:"家有好李,常出貨之,恐人得種,恒鑽其核。"世說新語儉嗇作"賣之"。

【貨布】西漢末王莽時貨幣名。天鳳元年罷大小錢,改作貨布。長二寸五分,廣一寸,首長八分有奇,廣八分,其圜好徑二分半,足枝長八分,間廣二分,其文右曰"貨",左曰"布",重二十五銖,直貨泉二十五。見漢書食貨志下。

貨布

【貨色】㊀財貨與女色。書伊訓:"敢有殉于貨色,恒于遊畋。"傳:"昧求財貨美色。"荀子大略:"流言滅之,貨色遠之,禍之所由生也。"㊁貨物成色,即貨物的種類與質地。

【貨易】貿易。資治通鑑一三五齊永明元年:"會有人告(張)敬兒遣人至蠻中貨易。"注:"貨易,即貿易也,以我所有,易我所無。"

【貨郎】挑擔出售雜貨的小商販。古今雜劇元闕漢卿王國香夜月四春園三:"自家是個貨郎兒,來到這街市上,我搖動不郎鼓兒,看有是麽人來。"水滸七四:"(燕青)扮做山東貨郎,腰里插着一把串鼓兒,挑一條高肩雜貨担子。"

【貨泉】古貨幣名。王莽天鳳元年,罷大小錢,改作貨布、貨泉。貨泉徑一寸,重五銖,文右曰"貨",左曰"泉",枚直一,與貨布二品並行。見漢書食貨志下。參見"貨布"。

【貨貢】周禮九貢之一。指金玉龜貝之類。見周禮天官大宰。

【貨財】貨物。管子權修:"商賈在朝,則貨財上流。"

【貨殖】經商。居積財貨,經營生利。論語先進:"賜不受命,而貨殖焉;億則屢中。"注:"子貢貨殖,謂居財貨以生殖也。"史記漢書皆有貨殖傳。也指商人。文選漢班孟堅(固)西都賦:"與乎州郡之豪傑,五都之貨殖,三選七遷,充奉陵邑。"

【貨賄】財帛。周禮天官大宰:"以九職任萬民,……六曰商賈,阜通貨賄。"注:"金玉曰貨,布帛曰賄。"左傳文十八年:"縉雲氏有不才子,貪于飲食,冒于貨賄,侵欲崇侈,不可盈厭,聚斂積實,不知紀極。"

【貨賂】以財貨賄賂人。管子七臣七主:"故君法則主位安,臣法則貨賂止。"世說新語賢媛:"漢元帝宮人既多,乃令畫工圖之,欲有呼者,輒披圖呼之,其中常者皆行貨賂。"

【貨罰】用貨財贖罪。周禮秋官職金:"掌受士之金罰、貨罰,入于司兵。"注:"貨,泉貝也;罰,罰贖也。"疏:"既言金罰,又曰貨罰者,出罰之家,時或無金,即出貨以當金直。"

【貨幣】錢,交易的媒介物。管子山至數:"國筴出於穀軌,國之筴,貨幣乘馬者也。"元馬端臨文獻通考自序:"先王以爲衣食之具未足以周民用也,於是以適用之物作爲貨幣以權之。"

五 畫

貳 1. èr 而至切,去,至韻,日。
ㄦˋ

㊀副職。周禮天官大宰:"乃施法於官府,而建其正,立其貳。"注:"正謂冢宰、司徒、宗伯……司空也。貳,謂小宰、小司徒、小宗伯……小司空也。"㊁協助。書周官:"少師,少傅,少保曰三孤,貳公弘化。"㊂再,重複。論語雍也:"有顏回者好學,不遷怒,不貳過。"㊃有二心。詩大雅大明:"上帝臨女,無貳爾心。"左傳僖九年:"荀叔(息)曰:'吾與先君言矣,不可以貳。'"㊄懷疑,不信任。書大禹謨:"任賢勿貳,去邪勿疑。"荀子解蔽:"故心枝則無知,傾則不精,貳則疑惑。"㊅兩屬。左傳隱元年:"既而大叔命西鄙北鄙貳於己,……大叔又收貳以爲己邑。"㊆數字"二"的大寫。唐白居易長慶集四三論行營狀:"況其軍一月之費,計實錢貳拾漆捌萬貫。"漆同"柒"。數字作壹貳叁肆捌玖等字,皆唐武后所改。見清顧炎武金石文字記三岱岳觀造像記。

2. tè
ㄊㄜˋ

㊇差錯。通"忒"。詩衛風氓:"女也不爽,士貳其行。"清王引之謂貳爲"貣"之譌。貣,音也得切,爲"忒"之借字。見經義述聞五士貳其行。

【貳令】副本。周禮天官職內:"凡受財者受其貳令而書之。"疏:"其有官府合用官物而受財者,並副寫一通,勑令文書與職內,然後職內依數付之。"

【貳臣】王朝易代之際,兼仕兩朝的大臣。見"貳臣傳"。

【貳言】異議。國語越下:"越王句踐即位三年而欲伐吳,范蠡進諫。……王曰:'無是貳言也,吾已斷之矣。'"

【貳車】副車。禮少儀:"乘貳車則式,佐車則否。"注:"貳車、佐車,皆副車也。朝祀之副曰貳,戎獵之副曰佐。"國語魯下:"大夫有貳車,備承事也。"

【貳宗】大夫的次子。左傳桓二年:"卿置側室,大夫有貳宗。"注:"適子爲小宗,次子爲貳宗,以相輔貳。"或曰別子爲祖,繼別爲宗,即貳宗。

【貳室】天子的副宮。孟子萬章下:"舜尚見帝,帝館甥於貳室。"

【貳負】古代神話人名。山海經海內西經:"貳負之臣曰危,危與貳負殺窫窳,帝乃梏之疏屬之山,桎其右足,反縛兩手與髮,繫之山上木,在開題西北。"注:"漢宣帝使人上郡發盤石,石室中得一人,跣踝被髮,反縛械一足。以問羣臣,莫能知。劉子政(向)案此言對之。宣帝大驚。於是時人爭學山海經矣。論者多以爲是其尸象,非真體也。"漢王充論衡別通:"董仲舒睹重常之鳥,劉子政曉貳負之尸,皆見山海經,故能立二事之說。"

【貳卿】侍郎的別稱。尚書爲卿,故侍郎稱貳卿。舊五代史職官志天成三年勑:"新除翰林學士張昭遠早踐綸闈,久司史筆,曾居憲府,累陟貳卿,今既擢在禁林,所宜別宣班序,其立位宜次崔棁。"宋蘇軾東坡集續集六與范純父侍郎書:“中間辱書及承拜命貳卿,亦深慶慰。”

【貳師】漢時大宛地名。大宛有善馬,在貳師城,匿不肯獻。武帝太初元年,命李廣利爲貳師將軍,征貳師城,取善馬,故以爲號。見漢書六一李廣利傳。

【貳廣】諸侯的副車。左傳襄二三年:“貳廣,上之登御,邢公、盧蒲癸爲右。”

【貳臣傳】書名。清弘曆(高宗)乾隆四十一年,詔於國史增列貳臣傳,所載明朝降清之大臣,共十二卷,一百二十人。續通志合自唐至七史,增貳臣傳六卷(六〇六——六一一)。

賁 1. bì 彼義切,去,寘韻,幫。
ㄅㄧˋ

㊀裝飾。易賁:“象曰山下有火,賁。”書湯誥:“天命弗僭,賁若草木。”注:“賁,飾也。”

2. fén 符分切,平,文韻,並。
ㄈㄣ

㊁宏大,盛美。書盤庚下:“各非敢違卜,用宏茲賁。”注:“宏、賁皆大也。”文選南朝宋謝希逸(莊)宋孝武宣貴妃誄:“修詩賁道,稱圖照言。”參閱清王引之經義述聞三。㊂龜的一種。爾雅釋魚:“龜三足,賁。”

3. bēn 博昆切,平,魂韻,幫。
ㄅㄣ

㊃勇士。書立政:“準人、綴衣、虎賁。”注:“準人平法,謂仕官;綴衣,掌衣服;虎賁,以武力事王,皆左右近臣。”墨子備梯:“令賁士主將皆聽城鼓之音而出。”㊄見“賁$_3$星”。

4. fèn 集韻 父吻切,上,吻韻。
ㄈㄣˋ

㊅怒。通“忿”。禮樂記:“粗厲猛起奮末廣賁之音作,而民剛毅。”㊆沸起。通“墳”。穀梁傳僖十年:“覆酒於地,而地賁。”㊇覆敗。通“僨”。詳“賁$_4$軍”。

5. féi 符非切,平,微韻,並。
ㄈㄟ

㊈姓。漢書功臣表有賁赫。後漢有賁休。也讀 hēn。見後漢書光武帝紀上“董憲將賁休以蘭陵城降”注。

【賁$_3$石】指孟賁、石蕃二勇士。文選晉張景陽(協)七命:“於是飛黃奮鋭,賁石逞伎。”注:“説苑曰:‘勇士孟賁,水行不避蛟龍,陸行不避虎狼。’吳越春秋:‘夫差使王孫聖占夢,聖曰:占之不吉。王怒,使力士石蕃以鐵椎椎殺聖。’張華博物志曰:‘石蕃,衛臣也,背負千二百斗沙。’”晉書張協傳七命作“賁育”。

【賁$_3$育】指孟賁、夏育二勇士。文選戰國楚宋玉高唐賦:“賁育之斷,不能爲勇。”戰國策秦三:“烏獲之力焉而死,奔育之勇焉而死。”奔通賁,即孟賁。夏育之力能舉千鈞,皆古時勇士。

【賁$_4$軍】敗軍。禮射義:“賁軍之將、亡國之大夫與爲人後者不入。”注:“賁,讀爲僨,僨猶覆敗也。”又:“賁依注讀爲僨,音奮,覆敗也。”

【賁$_3$星】奔星。彗星的一種。淮南子天文:“蠶珥絲而商弦絶,賁星墜而勃海決。”注:“賁星,客星也,又作孛星。”

【賁$_2$庸】帝居之牆。尚書大傳多士:“天子賁庸,諸侯梳杼。”注:“賁,大也。牆謂之庸,大牆,正直之牆。”太平御覽一八七引大傳作“賁墉”。

【賁賁】㊀星體貌。左傳僖五年:“鶉之賁賁,天策焞焞。”注:“賁賁,鳥星之體也。鶉,鶉火,星名。”㊁跳行貌。禮表記:“詩曰:鵲之姜姜,鶉之賁賁。”注:“姜姜、賁賁,争鬬惡貌也。”

【賁$_2$鼓】大鼓。賁,通“鼖”。詩大雅靈臺:“虡業維樅,賁鼓維鏞。”宋朱熹集傳:“賁,大鼓也,長八尺。鼓四尺,中圍加三之一。”

【賁$_3$諸】孟賁與專諸,皆古之勇士。戰國策楚三:“賁諸懷錐刃,而天下爲勇。”亦作“諸賁”。文選漢馬季長(融)長笛賦:“牢刺拂戾,諸賁之氣也。”

【賁臨】猶光臨。詩小雅白駒:“皎皎白駒,賁然來思。”傳:“賁,飾也。”箋:“願其來而得見之。”謂來者賁然盛飾,後人本此,敬稱人之蒞臨爲“賁臨”。金瓶梅四十:“十二日寒舍薄具菲酌,奉屈魚軒,仰冀賁臨,不勝榮幸。”

【賁$_3$獲】孟賁與烏獲,皆古之勇士。抱朴子擢才:“夫結緑玄黎,非陶猗不能市也;千鈞之重,非賁獲不能抱也。”陶、猗,陶朱,猗頓,古之富人。

貰 shì 舒制切,去,祭韻,審。
ㄕ 神夜切,去,禡韻,神。

㊀相借,借貸。周禮地官司市“以泉府同貨而斂賒”漢鄭玄注:“民無貨,則賒貰而予之。”今以器物出賃爲貰。㊁賒欠。見“貰酒”。㊂赦免。意通“赦”。國語吳:“吾先君闔廬,不貰不忍,被甲帶劍,……以與楚昭王毒逐於中原柏舉。”漢書九十尹賞傳:“或故吏善家子失計隨輕黠願自改者,財數十百人,皆貰其罪。”㊃漢縣名。屬鉅鹿郡。見漢書地理志上。故地在今河北束鹿縣西南。

【貰酒】賒酒。史記高祖紀:“及壯,試爲吏,爲泗水亭長,……常從王媪武負貰酒。”

費 1. fèi 芳未切,去,未韻,滂。
ㄈㄟˋ 扶沸切,去,未韻,並。

㊀用財多。論語堯曰:“君子惠而不費。”又:“因民之所利而利之,斯不亦惠而不費乎?”引申爲消耗。墨子所染:“不能爲君者,傷形費神,愁心勞意。”㊁費用。史記八六聶政傳:“竊聞足下義甚高,故進百金者,將用爲大人麤糲之費。”㊂光貌。楚辭宋玉招魂:“晉制犀比,費白日些。”㊃姓。費氏,姬姓。商紂王有幸臣費仲,春秋楚有費無極。漢有費直。見元和姓纂八未。

2. bì 兵媚切,去,至韻,幫。
ㄅㄧˋ

㊄春秋魯邑名。見“費$_2$縣”。

【費心】指用心、操心。唐杜甫杜工部詩史補遺四嚴氏溪放歌:“費心姑息是一役,肥肉大酒徒相要。”今以事煩人,道謝之語也稱費心。紅樓夢三四:“襲人趕着送出院外,說:‘姑娘倒費心了。改日寶二爺好了,親自來謝。’”

【費用】用錢,開支。荀子禮論:“孰知夫出費用之所以養財也。”宋書少帝紀景平二年皇太后令:“興造千計,費用萬端,帑藏空虛,人力殫盡。”

【費句】無謂的文句。隋書刑法志梁天監元年詔:“前王之律,後王之令,因循創附,良各有以。若游辭費句,無取於實録者,宜悉除之。”

【費仲】商紂王的寵臣,善諛好利,殷民弗親。紂囚西伯昌(周文王),周臣因費仲獻美女奇物善馬,得出。見史記殷紀、周紀。殷紀作費中。

【費連】代北複姓。北魏始祖時內附,至拓跋珪(太祖)時,編民籍。拓跋宏(孝文帝)時,改爲費氏。見魏書官氏志。

【費留】賞不及時。孫子火攻:“夫戰勝攻取,而不修其功者凶,命曰費留。”曹操注:“賞不以時,但費留也,賞善不踰日。”文選晉左太冲(思)魏都賦:“朝無刓印,國無費留。”

【費費】動物名。即狒狒。逸周書王會:“州靡費費,其形人身反踵,自笑,笑則上脣翕其目,食人,北方謂之吐嘍。”注:“費費曰梟羊,好立行如人,被髮,前足稍長者也。”

【費禕】公元?—253年。三國蜀漢鄳人。字文偉。與許叔龍、董允齊名。後主時任黃門侍郎,爲丞相諸葛亮所重,屢奉命使吳。亮卒,任後軍師,繼代蔣琬爲尚書令。延熙十六年,以歲朝大會酒醉,被魏降人郭循刺死。諡曰敬侯。三國志蜀有傳。

【費₂縣】縣名。屬山東省。古費國地,春秋時魯季孫氏邑。漢置費縣,屬東海郡。後漢屬泰山郡。晉屬琅邪國。宋魏至隋屬琅邪郡,唐及宋元明屬沂州。清屬沂州府。參閱太平寰宇記二三沂州。

【費氏易】漢世傳易者,有施讐、孟喜、梁丘賀、京房、費直。費最晚出,不得立於學官。其學無章句,惟以彖象文言等解上下經。自劉向校中古文易經,諸家或脱无咎、悔亡,惟費氏與古文文同。東京名儒馬融、鄭玄皆傳之。其後諸家俱廢,而費學孤行。參閱宋陳振孫直齋書錄解題一古周易。

【費長房】人名。1.東漢汝南人。曾爲市掾。從壺公學道不成,持符而歸。相傳能醫療衆病,鞭笞百鬼,又善變幻捉妖,一日之間,人見其在千里之外數處。後失其符,爲衆鬼所殺。後漢書載方術傳。2.隋僧,成都人。北周武帝時廢僧還俗。隋開皇初召入京師,爲翻經學士。開皇十七年撰開皇三寶錄十五卷。見大唐內典錄五、續高僧傳二附達摩笈多傳。

【費脚手】猶言費事。宋朱熹朱文公集三一答張敬夫集大成説:"然則來説似頗傷冗,費脚手,無餘味矣。"

貯 zhù ㄓㄨˋ 丁呂切,上,語韻,端。

㈠儲存,收藏。呂氏春秋樂成:"我有衣冠,而子產貯之。"漢書食貨志上引晁錯:"而商賈大者積貯倍息,小者坐列販賣。"㈡唐時圖籍的又副本稱貯。新唐書百官志二祕書省:"祕書郎……掌四部圖籍。以甲乙丙丁爲部,皆有三本,一曰正,二曰副,三曰貯。"㈢待。通"佇"。漢書九七上外戚傳武帝傷悼李夫人賦:"飾新宮以延貯兮,泯不歸乎故鄉。"注:"貯與佇同。佇,待也。"

【貯廊】即主廊。宋袁文甕牖閑評六:"廳後屋,人多呼爲主廊,其實名貯廊。澠水燕談云:'是時,會議于玉堂後貯廊。'"

貼 tiē ㄊㄧㄝ 他協切,入,帖韻,透。

㈠典質。説文:"貼,以物爲質也。"宋書何承天傳:"時有尹嘉者家貧,母熊自以身貼錢,爲嘉償責。"㈡黏附。宋歐陽修文忠集五四日本刀歌:"魚皮裝貼香木鞘,黃白閑雜鍮與銅。"儒林外史十七:"門斗進了門,見匡太公睡在床上,道了恭喜,把報帖升貼起來。"㈢靠近,依附。宋邵雍伊川擊壤集九天津看雪代簡謝蔣秀才還詩卷詩:"清洛接天去,寒雲貼地飛。"晏殊珠玉詞拂霓裳:"風日好,數行新雁貼寒煙。"㈣順從,妥適。北齊書庫狄干傳附士文:"法令嚴肅,吏人貼服,道不拾遺。"㈤裨益,補其不足。如津貼、幫貼。西遊記三五:"快快的送將出來還我,多多貼些盤費。"㈥箭靶上之中心。金史兵志:"凡選弩手之制……取身與杖等,踏弩至三石,鋪弦解索,登踏闊集,射六箭皆上垛,內二箭中貼者。"㈦中藥量詞。藥一劑曰一貼。宋吳處厚青箱雜記載蜀王衍時童謠:"我有一貼藥。"醒世恒言劉小官雌雄兄弟:"教家人開了藥箱兒,撮了一貼藥劑。"㈧戲劇角色名。元曲稱副旦爲貼旦。見"貼旦"。古籍中貼與帖字往往互用。

【貼户】元明兵制的一種稱謂,亦作貼軍户。元統一中原,徵發漢軍,民丁壯及有力者充軍,謂之正軍,弱者出錢,謂之貼户。至元十八年,併貧乏軍人三萬户爲一萬五千户,取貼户津貼正軍充役。明初,三丁以上,垛正軍一,別有貼户,正軍死,貼户丁補。成祖時,令正軍、貼户更代,貼户單丁者免;當軍家免其一丁徭。參閱元史兵志一、明實錄三五永樂實錄十五。

【貼旦】戲劇角色名。通稱貼。即副旦,對正旦而言。明徐渭南詞敍錄:"旦之外,貼一旦也。"如明高則誠琵琶記趙五娘由正旦扮,牛氏由貼旦扮。

【貼妥】妥當,合適。猶妥貼。宋梅堯臣宛陵集十牡丹詩:"竹陰水照增顏色,春服貼妥裁輕羅。"

【貼身】古江浙方言稱媵妾曰貼身。宋莊季裕雞肋編下:"古所謂媵妾者,今世俗西北名曰祗候人,或云左右人,以其親近爲言,已極鄙陋,而浙人呼爲貼身,或曰橫牀。江南又云橫門,尤爲可笑。"現俗稱親近者爲貼身。

【貼書】金元官府案牘文書繁冗,非積吏老吏不能通曉,欲習此業者,必須以吏爲師。其主吏稱主文,其助手稱貼書,又曰小書生。諸吏舞文弄弊,滋爲民害,明代雖嚴禁濫設,亦不能盡止。金史曹望之傳:"望之還言,乞汰諸路胥吏,可減其半。詔胥吏如故。於是始禁用貼書云。"參閱明實錄十洪武實錄十五、又十八洪武實錄一二六。

【貼射】宋天聖元年,更定茶税,行貼射法。其法:官不出錢,使商人和園户自相交易,納息於官。如茶一斤售錢五十六,其本錢二十五,官不復給,但令商人輸納息錢三十一。商人必須輦茶入官指驗,給券爲證,以防私售,故有貼射之名。見宋史食貨志下五。

【貼黃】㈠唐皇帝下敕書,如有更改,用紙貼去。因敕書以黃紙寫成,貼紙亦須用黃,故稱貼黃。見宋葉夢得石林燕語三。㈡宋朝臣吏上奏狀、劄子用白紙,有未盡之意,摘要以黃紙另寫附於正文之後,亦稱貼黃。宋人集中多有之。參閱清趙翼陔餘叢考二七帖黃。㈢明章奏冗濫,崇禎時,命內閣爲貼黃之式,令本官自撮文中大要,不過百字,黏附本上,以便省閱。清順治時議定內外官員題奏本章,不得過三百字,如難拘字數,可將文中大意,撮爲貼黃,不許超過一百字。雍正後始不限字數。參閱清顧炎武日知錄十八貼黃、清會典事例十三內閣進本。

【貼脚】指以田產僞託他人名下。明田藝蘅留青日札摘鈔四非民風:"先是命户部覈實天下土田,而兩浙富民畏避差役,往往以田產詭寄親鄰佃僕,謂之貼脚詭寄。久之相習成風,鄉里欺州縣,州縣欺府,姦弊百出,謂之通天詭寄,而富者益富,貧者益貧。"

【貼職】猶言兼職。也作"帖職"。宋代直館、直院,謂之館職,以他官兼者謂之貼職。元豐改官制,廢崇文院爲祕書監,建祕閣,自監少至正字列爲職事官,罷直館直院之名;獨以直祕閣爲貼職,皆不試而除,特以爲恩數而已。見宋史職官志二。參閱宋趙昇朝野類要二稱謂。

【貼梗海棠】植物名。叢生單葉,花五出,初極紅,如臙脂點點然,及開則漸成纈暈,至落則若宿妝殘粉矣。見廣羣芳譜三五花譜海棠一。

貺 kuàng ㄎㄨㄤˋ 許訪切,去,漾韻,曉。

賜與,加惠。詩小雅彤弓:"我有嘉賓,中心貺之。"傳:"貺,賜也。"左傳隱十一年:"君若辱貺寡人,則願以滕君爲請。"

貽 yí ㄧˊ 與之切,平,之韻,喻。

㈠贈送。詩邶風靜女:"靜女其孌,貽我彤管。"古經傳中詒、貽互見。清鄭珍謂"貽"字皆漢後所改。參閱説文新附考三"貽"。㈡遺留。魏書張袞傳附張倫上表:"將取笑於當時,貽醜於來葉。"參見"貽厥"。

【貽貝】黑貝。爾雅釋魚:"玄貝,貽貝。"注:"黑色貝也。"釋文:"字林作蛤……大才反。"

【貽訓】傳於後人的格言。晉書郭璞傳史臣曰:"夫語怪徵神,伎成則賤,前修貽訓,鄙乎玆道。"

【貽厥】也作"詒厥"。書五子之歌:"有典有則,貽厥子孫。"詩大雅文王有聲:"詒厥孫謀,以燕翼子。"貽、詒音義皆同。自晉以來常作歇後語,以貽厥兼子孫而言。宋書五行志二:"晉武帝每延羣臣,多說平生常事,未嘗及經國遠圖。此言之不從也。何曾謂子遵曰:'國家無貽厥之謀,及身而已,後嗣其殆乎!此子孫之憂也。'"南史到彥之傳附到藎:"藎受詔便就,上以示溉曰:'藎定是才子,……'後溉每和御詩,上輒手詔戲溉曰:'得無貽厥之力乎?'"此直以詒厥指孫。藎,溉之孫。

【貽燕】詩大雅文王有聲:"詒厥孫謀,以燕翼子。"貽,遺留;燕,安定。後因以貽燕示使子孫安吉之意。後漢書四十下班彪傳附班固典引:"蓋用昭明寅畏,承聿懷之福;亦以寵靈文、武,貽燕後昆。"唐白居易長慶集二六許昌縣令新廳壁記:"吾家世以清簡,垂爲貽燕之訓。"參見"貽厥"。

【貽笑大方】爲有識者所譏笑。宋韓拙山水純全集四:"且古人以務學而開其性,今人以天性而恥于學,此所以去古逾遠,貽笑于大方之家也。"(說郛四二)元劉將孫養吾齋集十一須溪先生集序:"迺皇慶壬子泉江文集刻本成,遠徵爲序。嗚呼!如之何使孺子僭妄重貽笑於大方也。"參見"大方㊀"。

【貽臭萬年】謂惡名難泯。明詩別裁八王世貞將軍行:"寄語二心臣,貽臭空萬年。"

貾 chí 直尼切,平,脂韻,澄。ㄔˊ

貝名。見"餘貾"。

貴 guì 居胃切,去,未韻,見。ㄍㄨㄟˋ

㊀價高。左傳昭三年:"國之諸市,屨賤踊貴。"㊁位尊。易繫辭上:"卑高以陳,貴賤位矣。"㊂重要。論語學而:"禮之用,和爲貴。"㊃重視。禮中庸:"去讒遠色,賤貨而貴德。"國語晉七:"且夫戎狄荐處,貴貨而易土。"㊄敬詞。三國志吳孫策傳注引江表傳:"(袁)術謂策曰:'孤始用貴舅爲丹楊太守,賢從伯陽爲都尉。'"貴舅,謂策舅吳景;伯陽,策從兄孫賁字。晉書潘京傳:"貴郡何以名武陵?"㊅姓。漢有廬江太守貴遷。晉有司空中郎將貴霸。見通志二九氏族五去聲引風俗通。

【貴人】㊀謂公卿大夫或顯貴之人。儀禮喪服:"君子子者,貴人之子也。"漢書五二灌夫傳:"夫怒,因嬉笑曰:'將軍貴人也,畢之!'"㊁女官名。東漢光武帝置,位次皇后,金印紫綬。歷代沿用其名,而位尊卑不一。見後漢書皇后紀序。

【貴土】尊稱別人的鄉里。三國志蜀張裔傳:"裔臨發,(孫)權乃引見,問裔曰:'蜀卓氏寡女,亡奔司馬相如,貴土風俗何以乃爾乎?'"

【貴山】山名。在貴陽北,爲入蜀之道。一名貴人峯。貴州以此名。見讀史方輿紀要一二一貴陽軍民府。

【貴介】謂尊貴。左傳襄二六年:"夫子爲王子圍,寡君之貴介弟也。"注:"介,大也。"文選晉劉伯倫(伶)酒德頌:"有貴介公子,搢紳處士,聞吾風聲,議其所以。"

【貴主】㊀謂公主。後漢書二三竇融傳附竇憲:"今貴主尚見枉奪,何況小人哉!"文苑英華一七六沈佺期侍宴安樂公主新宅應制:"皇家貴主好神仙,別業初開雲漢邊。"㊁尊稱他人之主。晉書李雄傳:"(張)駿又遣治中從事張淳稱藩于蜀,託以假道,雄大悅,謂淳曰:'貴主英名蓋世,土險兵强,何不自稱帝一方?'"

【貴仕】仕宦顯達。猶言貴位。左傳僖二三年:"夫有大功而無貴仕,其人能靖者與有幾?"

【貴池】縣名。屬安徽省。漢置石城縣,隋爲秋浦縣,五代十國時楊吳改爲貴池縣。清爲安徽池州府治。參閱讀史方輿紀要二七池州府。

【貴州】地名。1.原商周鬼方地,戰國屬楚,爲黔中地,兼有夜郎、且蘭諸國。漢置牂牁郡,唐改爲黔中郡。元於其地置八番、順元等處宣慰、宣撫使司,分屬湖廣、四川、雲南行中書省。明初置貴州都指揮使司,旋改爲布政司。清列爲省。參閱嘉慶一統志四九九貴州統部。2.梁武帝改漢鬱林郡爲桂州,後又分置南定州。隋改爲尹州,唐改爲貴州,明降爲縣,屬潯州府。見"貴縣"。

【貴地】尊顯的地位。南史張弘策傳:"弘策爲人寬厚通率,篤舊故。及居隆重,不以貴地自高。"梁書作"貴勢"。

【貴妃】女官名。南朝宋孝武帝孝建三年置,位比相國,與貴嬪、貴人同爲三夫人。歷代多沿用其名,位尊卑不同。參閱宋書后妃傳。

【貴里】富貴者所居之里。北魏楊衒之洛陽伽藍記一修梵寺:"寺北有永和里,漢太師董卓之宅也。……涼州刺史尉成興等六宅,皆高門華屋,齋館敞麗,……當世名爲貴里。"陳書宣帝紀太建十一年詔:"至今貴里豪家,金鋪玉舄;貧居陋巷,彘食牛衣;稱物平施,何其遼遠。"

【貴近】居貴要之位而接近於君王的人。新唐書一〇〇權萬紀傳:"然以爲不阿貴近,由是獎禮。"

【貴宗】猶言貴族。三國志魏陳思王植傳上疏求存問:"妃妾之家,膏沐之遺,歲得再通。齊義於貴宗,等惠於百司。"資治通鑑七二魏太和五年注:"貴宗,謂貴戚及公卿之族也。"

【貴官】尊顯之稱。常指帝王。樂府詩集三十短歌行引古今樂録:"王僧虔技録云:'短歌行仰瞻一曲,魏氏遺令,使節朔奏樂。魏文(帝)製此辭,自撫箏和歌。歌者云:貴官彈箏。貴官,即魏文(帝)也。'"

【貴定】縣名。屬貴陽省。明萬曆三十六年析新貴縣及定番州地置,屬貴陽府。址在貴州今縣西南。清徙今治。參閱讀史方輿紀要一二一貴陽府。

【貴幸】位尊而爲君王所親近。戰國策楚四:"楚王之貴幸君,雖兄弟不如。"漢書九三佞幸傳:"高祖時則有籍孺,孝惠時有閎孺。此兩人非有材能,但以婉媚貴幸,與上卧起,公卿皆因關說。"

【貴門】㊀尊稱他人家的門。玉臺新詠一古詩爲焦仲卿妻作:"往昔初陽歲,謝家來貴門。"㊁貴顯之門第。晉書王渾妻鍾氏傳:"琰雖貴門,與郝雅相親重。"全唐文三七三魏顥李翰林集序:"上皇豫游,召(李)白,白時爲貴門邀飲,比至半醉。"

【貴宮】即路寢。君王處理政事所居的地方。禮文王世子:"公若有出疆之政,……正室守大廟,諸父守貴宮、貴室,諸子諸孫守下宮、下室。"疏:"此貴宮貴室,既非大廟,又非下宮、下室,唯當路寢也。"按爾雅釋宮云:"宮謂之室,室謂之宮。"禮記下文亦止言貴室、下室而不及宮、宮室本爲一事。

【貴客】㊀貴顯之客。史記一一七司馬相如傳:"臨邛中多富人,而卓王孫家僮八百人,程鄭亦數百人,二人乃相謂曰:'令有貴客,爲具召之。'並召令。"貴客,即司馬相如;令,臨邛令王吉。㊁指牡丹。宋張景修(敏叔)爲諸花作品目,作十客圖,名牡丹爲貴客。參閱宋姚寬西溪叢語上。參見"十客㊀"。

【貴室】古代君王處理政事的宮室。禮文王世子:"諸父守貴宮、貴室,諸子諸孫守下宮、下室。"舊時亦用爲稱他人妻之敬詞。參見"貴宮"。

【貴要】猶言權要。晉書杜預傳:"預在鎮,數餉遺洛中貴要。或問其故,預曰:'吾但恐爲害,不求益也。'"

【貴相】㊀星名。史記天官書:"斗魁戴匡六星曰文昌宮:一曰上將,二曰次將,三曰貴相。"㊁有貴顯之徵的形貌。三國志魏鍾繇傳:"嘗與族父瑜俱至洛陽,道遇相者,曰:'此童有貴相。'"

【貴冑】指貴族子弟。陳書江總傳:"中權將軍、丹陽尹何敬容開府,置佐史,並以貴冑充之。"

【貴重】位尊任重。韓非子孤憤:"故智術能法之士用,則貴重之臣必在繩之外矣。"今言價昂不易得之物亦曰貴重。

【貴望】尊貴的門第和名聲。南齊書蕭惠基傳:"尚書令王儉朝宗貴望,惠基同在禮閣,非公事不私覿焉。"

【貴族】顯貴的家族。三國志魏陳思王植傳上疏陳審舉:"華宗貴族藩王之中,必有應斯舉者。"世說新語賢媛:"絡秀曰:門户殄瘁,何惜一女;若連姻貴族,將來或大益。"

【貴庾】囤積貨物以待高價。漢書食貨志下:"萬物卬貴,過平一錢,則以平賈賣與民。其賈氐賤減平者,聽民自相與市,以防貴庾者。"

【貴盛】尊貴的名流。世說新語任誕:"阮宣子(脩)常步行,以百錢掛杖頭,至酒店,便獨酣暢,雖當世貴盛不肯詣也。"

【貴戚】㊀君主的内外親族。孟子萬章下:"有貴戚之卿,有異姓之卿。"史記秦紀:"法之不行,自於貴戚。"㊁謂姑姐妹之屬。呂氏春秋仲冬紀:"省婦事,毋得淫,雖有貴戚近習,無有不禁。"

【貴遊】無官職的王公貴族。周禮地官師氏:"掌國中失之事以教國子弟,凡國之貴遊子弟學焉。"注:"王公之子弟遊無官司者。"抱朴子博喻:"是以六藝備則卑鄙化爲君子,衆譽集則孤陋邈乎貴遊。"

【貴陽】府名。漢牂牁郡地,明洪武四年置貴州宣撫司,成化十二年分置程番府,隆慶二年改程番府爲貴陽府,清因之,爲貴州省治。公元1930年改貴筑縣,分置貴陽市。1957年撤銷貴筑縣,併入貴陽市。今爲貴州貴陽市。參閱嘉慶一統志五〇〇貴陽府。

【貴階】唐制官吏以九品分秩,五品以上得封妻蔭子,故謂之貴階。見唐白居易長慶集三二兵部郎中知制誥馮宿……鄧州刺史渾鐬並可朝散大夫同制。

【貴筑】縣名。漢故且蘭縣地,明萬曆十四年置新貴縣,清康熙二十六年置貴筑縣,與新貴縣同爲附郭縣,後省新貴縣入之。公元1957年省入貴陽市。其地在今貴州貴陽市。參閱嘉慶一統志五〇〇貴陽府。

【貴鄉】對他人家鄉的尊稱。唐李白李太白詩十一經亂離後天恩流夜郎憶舊遊書懷贈江夏韋太守良宰:"蹉跎不得意,驅馬還貴鄉。"

【貴溪】縣名。漢餘汗縣地。隋爲餘干弋陽二縣地,唐永泰元年析置貴溪縣。故城在今縣西,宋因之。元徙今治,明清皆屬江西廣信府。參閱嘉慶一統志三一四廣信府一。

【貴德】㊀貴顯而品德高尚的人。玉臺新詠十晉孫綽情人碧玉歌:"碧玉小家女,不敢攀貴德。"㊁地名。1.元置吐蕃等處宣慰司,明置歸德所,清乾隆四十七年改歸德爲貴德廳。公元1913年改縣,1928年由原屬甘肅省劃歸青海省管轄。參閱嘉慶一統志二七〇西寧府二。2.遼置貴德州寧遠軍,又置貴德縣爲州治。金廢軍,存州治縣,元廢。其境約當今遼寧遼陽至瀋陽之間。參閱嘉慶一統志六十奉天府二。

【貴徵】預兆貴顯的徵象。史記外戚世家:"薄姬曰:'昨暮夜妾夢蒼龍據吾腹。'高帝曰:'此貴徵也。'"

【貴縣】縣名。屬廣西。漢爲廣鬱縣,爲鬱林郡治。唐貞觀間改置貴州,宋、元因之。明降州爲縣。清因之。參閱寰宇通志一〇九潯州府。

【貴嬪】女官名。漢末曹丕爲魏王,以郭后爲夫人;及稱帝以爲貴嬪。明帝太和時,貴嬪、夫人,位次皇后,爵無所視。晉武帝時,置貴嬪、夫人、貴人,爲三夫人,位視三公。南朝宋孝建時,以貴妃、貴嬪、貴人爲三夫人。見三國志魏后妃傳、宋書后妃傳。

【貴由赤】元朝稱快行者爲貴由赤。每歲一試之,名曰放走,自灤河至上京二百里,脚力便捷首先行畢全程者受上賞。有軍事,則隨軍出征或參加運輸。見元楊瑀山居新語、明陶宗儀輟耕録一貴由赤。

【貴耳集】宋張端義撰。三卷。端義字正夫,因上書獲罪而貶韶州,作此書,以世人貴耳賤目,取爲書名。全書共三集,各一卷,一、二集多記朝廷軼事,兼及詩話,且涉神怪,三集則多記猥雜事。

【貴妃粉】傳說馬嵬坡上土白如粉,稱爲貴妃粉。以水和粉,可以洗除婦女面上黑點。見清蔡九霞廣輿記八陝西土產。

【貴人多忘】人貴事煩,又趨奉者多,故易忘。五代王定保唐摭言二恚恨:"君之此恩,頂上相戴,儻也貴人多忘,國士難期,使僕一朝出其不意,與君並肩臺閣,側眼相視,今始悔而謝僕,僕安能有色於君乎!"

【貴耳賤目】指重所聞而輕所見。文選漢張平子(衡)東京賦:"若客所謂未學膚受,貴耳而賤目者也。"北齊顏之推顏氏家訓慕賢:"世人多蔽,貴耳賤目。"

買 mǎi 莫蟹切,上,蟹韻,明。ㄇㄞˇ

㊀以錢易物。出物曰賣,入物曰買。墨子經說上:"買鬻,易也。"急就篇二:"貰貸賣買販肆便。"㊁招惹,引起。戰國策韓一:"此所謂市怨而買禍者也。"

【買山】世說新語排調:"支道林(遁)因人就深公買印山。深公答曰:'未聞巢由買山而隱。'"後以買山指歸隱。唐李白李太白詩十三北山獨酌寄韋六:"巢父將許由,未聞買山隱。"文苑英華二三一唐顧況送李山人還玉溪詩:"好鳥共鳴臨水樹,幽人獨欠買山錢。"

【買名】以財求名。管子七臣七主:"居爲非母,動爲善棟,以非買名,以是傷上。"南朝梁江淹江文通集一去故鄉賦:"寧歸骨於松柏,不買名於城市。"

【買官】以財求官。後漢書五二崔寔傳:"程夫人於傍應曰:'崔公冀州名士,豈肯買官?'"崔公,崔寔從兄崔烈。宋趙昇朝野類要三進納:"有因納粟賑糶及助邊者,有只納粟則得不理選限文資者,俗謂之買官。"

【買春】買酒。唐司空圖詩品典雅:"玉壺買春,賞雨茆屋。"馮贄雲仙雜記二引承平舊纂:"進士不第者,親知供酒肉費,號買春錢。"

【買宴】唐五代時皇帝賜宴,羣臣獻錢帛,謂之買宴。方鎮入朝亦如之。實卽爲臣下向皇帝獻納之一種。舊唐書哀帝紀天祐二年、新五代史唐明宗紀天成二年、新五代史郭延魯傳論,俱有買宴之記載。資治通鑑二九一後周廣順二年十二月:"前靜難節度使侯章獻買宴絹千匹,銀五百兩。"注:"五代之時,不特方鎮入朝買宴,唐明宗天成二年幸會節園,羣臣買宴,則在朝之臣亦買宴矣。"

【買骨】 買馬骨，喻求賢之切。古之人君，有以千金求千里馬者。千里馬已死，涓人買其骨五百金，反以報君。見戰國策燕一。唐徐夤釣磯文集六偶題詩之一：“買骨須求騏驥骨，愛毛宜採鳳凰毛。”見“千金市骨”。

【買笑】 舊指狎妓。唐劉禹錫劉夢得集九泰娘歌：“自言買笑擲黃金，月墮雲中從此始。”

【買菜】 菜名，卽苦菜。亦名平慮草。三國志吳孫晧傳天紀三年：“又有買菜，生工人吳平家，高四尺，厚三分，如枇杷形，上廣尺八寸，下莖廣五寸，兩邊生葉，綠色。東觀案圖，名鬼目作芝草，買菜作平慮草。”又作“蕒菜”。參閱本草綱目二七菜二苦菜。參見“苦蕒”。

【買婚】 魏晉以來重門地，唐王朝既建，崔盧李鄭等舊姓仍爲人所重，凡與舊姓結親，必納重資，故稱買婚。新唐書九五高儉傳：“帝（唐太宗）曰：‘……今謀士勞臣，以忠孝學藝從我定天下者，何容納貨舊門，向聲背實，買昏爲榮耶？’”昏，同“婚”。

【買鵍】 布穀鳥的別名。鵍，舌屬。言聞其聲則思買鵍舌以布穀。漢書八七上揚雄傳反離騷“徒恐鷤搗之將鳴兮，顧先百草爲不芳”唐顏師古注：“搗，鴂字也。鷤鴂鳥一名買鵍，一名子規，一名杜鵑。……鵍音詭。”

【買鄰】 擇鄰而居。南史呂僧珍傳：“初，宋季雅罷南康郡，市宅居僧珍宅側。僧珍問宅價，曰：‘一千一百萬。’怪其貴，季雅曰：‘一百萬買宅，千萬買鄰。’”

【買醉】 沽酒而飲。唐李白李太白詩四結客少年場行：“託交從劇孟，買醉入新豐。”

【買撲】 指商人呈官包稅。宋朱熹朱文公集十八奏鹽酒課及差役利害狀：“買撲之害，在買人有消折本柄破壞家產之患，在衆人有抑托抑勒捕捉欺凌之擾。”

【買賦】 漢武帝（劉徹）陳皇后遭冷遇，住長門宮，愁怨悲思，奉黃金百斤，請司馬相如作解悲愁之辭，以悟主上。相如爲之作長門賦，武帝見賦感動，陳皇后復得親幸。見文選司馬長卿（相如）長門賦序。唐李白李太白詩四白頭吟之二：“聞道阿嬌失恩寵，千金買賦要君王。”

【買辦】 官府中掌管采購和其他雜務的差役。明史成祖紀永樂六年：“詔罷北京諸司不急之務及買辦，以甦民困。”儒林外史一：“這人姓翟，是諸暨縣一個頭役，又是買辦。”

【買爵】 出錢得官爵。漢書四九鼂錯傳上疏：“郡縣之民得買其爵，以自增至卿。”漢書惠帝紀元年：“民有罪，得買爵三十級以免死罪。”

【買譽】 猶言沽名釣譽。管子法禁：“說人以貨財，濟人以買譽。”注：“濟施人貨財，所以買其聲譽。”

【買笑金】 舊時狎妓所費的錢。唐劉禹錫劉夢得集外集七懷妓詩之二：“情知點污投泥玉，猶自經營買笑金。”也作“買笑錢”。李商隱李義山詩集五和人題真娘墓：“柳眉空吐效顰葉，榆莢還飛買笑錢。”

【買路錢】 盜匪攔路行劫，稱買路錢。水滸四三：“你留下買路錢並包裹，便饒了你性命，容你過去。”古今雜劇元陳以仁飛虎峪存孝打虎二：“某威鎮此間，名揚天下，左右埋伏人馬，但有來往的軍將，留下三千貫買路錢便放他過去。”

【買菜求益】 東漢司徒侯霸，遣侯子道奉書嚴光。子道求報書，光口授之，嫌少，請更增足。光曰：‘買菜乎？求益也。’”見晉皇甫謐高士傳下嚴光。今俗語謂計較多寡曰買菜求添，本此。

【買櫝還珠】 喻去取不當。韓非子外儲左上：“楚人有賣其珠於鄭者，爲木蘭之櫃，薰以桂椒，綴以珠玉，飾以玫瑰，輯以羽翠；鄭人買其櫝而還其珠。”元詩選張養浩雲莊類藁讀詩有感自和詩之一：“久知好瑟吹竽拙，每笑還珠買櫝非。”

貸

1. dài ㄉㄞˋ 他代切，去，代韻，透。

㊀借債。孟子滕文公上：“將終歲勤勤，不得以養其父母，又稱貸而益之。”此指借入。左傳昭三年：“以家量貸，而以公量收之。”此指借出。㊁寬免。漢書七六張敞傳：“（絮）舜本臣敞素所厚吏，數蒙恩貸。”

2. tè ㄊㄜˋ

㊂失誤，差忒。通“忒”。禮月令孟春之月：“乃命太史守典奉法司天日月星辰之行，宿離不貸。”呂氏春秋仲冬紀作“無有差忒”。清惠棟謂貸當作“貣”，古“忒”字。見九經古義十一禮記古義上。

【貸子】 借貸以生利息。周禮天官小宰：“四曰：聽稱責以傅別。”注：“稱責，謂貸子。”疏：“云責謂貸子者，謂貸而生子者，若今舉責。”

【貸帖】 借錢的文書。資治通鑑二八二後晉高祖天福六年：“諸省務以匡範貸帖聞。”匡範，陳匡範，五代晉時任閩國計使。

貿

mào ㄇㄠˋ 莫候切，去，候韻，明。

㊀買賣。詩衛風氓：“氓之蚩蚩，抱布貿絲。”㊁變易。文選晉陸士衡（機）辨亡論上：“險阻之利，俄然未改，而成敗貿理，古今詭趣，何哉？”注：“廣雅曰：貿，易也。”漢書五六董仲舒傳對策：“今則不然，絫日以取貴，積久以致官，是以廉恥貿亂，賢不肖混淆，未得其真。”㊂混雜。南朝宋裴駰史記集解序：“是非相貿，真僞舛雜。”㊃謀取。見“貿利”。

【貿名】 變易名稱。淮南子詮言：“公孫龍粲於辭而貿名，鄧析巧辯而亂法，蘇秦善說而王。”注：“公孫龍以白馬非馬，冰不寒，炭不熱爲論，故曰貿也。”

【貿利】 牟利，求利。漢桓寬鹽鐵論本議：“開委府于京以籠貨物，賤卽買，貴卽賣，是以縣官不失實，商賈無所貿利，故曰平準。”

【貿易】 買賣。墨子號令：“募民欲財物粟米以貿易凡器者，卒以賈予。”史記貨殖傳：“以物相貿易，腐敗而食之貨勿留，無敢居貴。”

【貿首】 謂積仇至深，不共戴天，互欲取其首。戰國策楚二：“甘茂與樗里疾，貿首之讎也。”

【貿貿】 目不明貌。禮檀弓下：“有餓者，蒙袂輯屨，貿貿然來。”今謂輕率、考慮不周爲貿貿。

【貿遷】 ㊀販運，買賣。晉書食貨志：“貿遷有無，各得其所。”唐劉知幾史通敍事：“亦猶售鐵錢者，以兩當一，方成貿遷之價也。”㊁變易，改換。文選南朝梁任彥昇（昉）爲下彬謝修下忠貞墓啓：“而年世貿遷，孤裔淪塞。”唐劉知幾史通因習：“夫事有貿遷，而言無變革，此所謂膠柱而調瑟，刻船以求劍也。”

賀

hè ㄏㄜˋ 胡箇切，去，箇韻，匣。

㊀以禮相慶，祝賀。詩大雅下武：“受天之祜，四方來賀。”國語越上：“弔有憂，賀有喜；送往者，迎來者。”㊁嘉獎，犒勞。晏子外篇七：“景公迎而賀之曰：‘甚善矣！子之治東阿也。’”㊂加，覆。儀禮士喪禮：“帶用靲賀之，結于後。”注：“賀，加也。”㊃舊時方術家謂錫爲賀，以臨賀出者爲美，故云。見本草綱目八金一。㊄姓。其先慶氏，姜姓，齊公族慶封之後。後漢侍中慶純，避安帝父諱，改爲賀氏。參閱晉書賀循傳、通志二七氏族三以字爲氏。

【賀冬】 慶賀冬至節。元周密武林舊事三冬至:"朝廷大朝會,慶賀排當,並如元正儀,而都人最重一陽賀冬,車馬皆華整鮮好,五鼓已填擁雜遝於九街……三日之內,店肆皆罷市,垂簾飲博,謂之做節。"元詩選馬臻霞外集至節即事:"天街曉色瑞煙濃,名紙相傳盡賀冬。"

【賀江】 源出廣西富川縣北石龍山,東南流經賀縣至廣東封川縣附近注入西江。參閱讀史方輿紀要一〇七平樂府賀縣。

【賀表】 歷代皇帝有慶典武功等事,臣屬上書頌揚,稱爲賀表。南史垣護之傳附垣崇祖:"高帝即位,方鎮皆有賀表。"

【賀拔】 複姓。其先與後魏同出陰山,世代爲酋長。北方謂土爲拔,言總有其地則人相賀,因以爲氏。後改爲何氏。參閱魏書官氏志、通志二九氏族五代北複姓。

【賀若】 ㊀琴曲名。或云出於唐宣宗時待詔賀若,或云出於隋賀若弼,已無可考。宋蘇軾分類東坡詩十二聽武道士彈賀若:"琴裏若能知賀若,詩中定合愛陶潛。"參閱宋朱翌猗覺寮雜記上。㊁複姓。世居北方,隨魏南遷,北俗謂忠貞爲賀若,遂以爲氏。見通志二九氏族五代北複姓。北史有賀若敦傳。

【賀悅】 複姓。賀遂氏之音訛。北周柱國太尉李弼,賜姓賀悅氏。唐代關西有此姓。見元和姓纂九箇。

【賀遂】 複姓。晉州稽胡,晉初賜姓呼延,居西州。後魏正始中,呼延勤爲定州刺史,賜姓賀遂氏,因住南汾州作城縣。後因音訛又爲賀悅。見通志二九氏族五代北複姓。

【賀廈】 慶賀大廈落成。淮南子說林:"大廈成而燕雀相賀。"全唐詩七六六劉兼秋夕書懷:"守方半會蠻夷語,賀廈全忘燕雀心。"

【賀臺】 臺名。相傳春秋越王勾踐滅吳用以誌慶而建。故址在浙江紹興縣境。見水經注四十漸江水。

【賀縣】 今縣名。屬廣西。漢置臨賀縣,屬蒼梧郡,隋初改爲賀州,明改爲縣。明清皆屬平樂府。見讀史方輿紀要一〇七平樂府。

【賀蘭】 ㊀山名。主峯在寧夏賀蘭縣境內。山丘多青白草,遥望如駿馬,蒙語稱駿馬爲賀蘭,故名。見讀史方輿紀要五二陝西一。㊁複姓。鮮卑族。其先與魏俱起。鮮卑族多依山谷爲氏族,以賀蘭山爲名,後改爲賀氏。參閱魏書官氏志、太平寰宇記三六靈州。

【賀長齡】 公元 1785—1848 年。清湖南善化人,字耦耕,號西涯,晚年自署耐菴。嘉慶十三年進士,官至雲貴總督兼署雲南巡撫。以永昌民變時罷官。工文章,爲學以導養身心爲主。所輯著有皇朝經世文編一百二十卷、耐菴詩文集等。

【賀知章】 公元 659—744 年。唐越州永興人,字季真。少以文辭知名。證聖初,舉進士,官正銀青光祿大夫兼正授祕書監。性放曠,善談笑,醉後屬詞,動成卷軸。又善草隸書。晚年自號四明狂客。天寶初請爲道士,敕賜鏡湖,後終於其地。世以知章曾任祕書監,亦稱爲賀監。新、舊唐書皆有傳。

【賀梅子】 宋賀方回的別稱。宋周紫芝竹坡詩話一:"賀方回嘗作青玉案詞,有'梅子黃時雨'之句,人皆服其工,士大夫謂之賀梅子。"

【賀新郎】 詞調名。宋葉夢得填此調有"唱金縷"句,因又名金縷歌、金縷曲、金縷詞;蘇軾詞有"乳燕飛華屋"句,故又名乳燕飛;有"晚涼新浴"句,故又名賀新涼;有"風敲竹"句,故又名風敲竹;張輯詞有"把貂裘換酒長安市"句,故又名貂裘換酒。調始自蘇軾,因後段"花前對酒"句少一字,且格調未諧,故詞譜以葉夢得詞爲正體,雙調一百十六字,前後段各十句,六仄韻。另有一百十三字、一百十五字、一百十七字諸體。見詞譜三六。

【賀新涼】 詞調名。即賀新郎。宋蘇軾守錢塘,湖中宴會有官妓秀蘭後至,問其故,以結髮沐浴忽覺困倦對。座客頗恚恨,軾作賀新涼詞以解之,即"乳燕飛華屋"一闋。見清徐釚詞苑叢談七。後訛呼爲賀新郎。參見"賀新郎"。

六畫

資 1. zī ㄗ 即夷切,平,脂韻,精。

㊀財物,本錢。詩大雅板:"喪亂蔑資,曾莫惠我師。"戰國策楚一:"地方五千里,帶甲百萬,車千乘,騎萬匹,粟支十年,此霸王之資也。"㊁鬻,售。莊子逍遥遊:"宋人資章甫而適諸越,越人斷髮文身,無所用之。"㊂憑借,依託。易乾:"大哉乾元,萬物資始。"淮南子主術:"夫七尺之橈,而制船之左右者,以水爲資。"㊃供給,資助。莊子大宗師:"意而子見許由,許由曰:堯何以資汝?"注:"資者,給濟之謂也。"戰國策秦四:"乃資萬金使東遊韓魏。"㊄積蓄。史記七七魏公子傳:"嬴聞如姬父爲人所殺,如姬資之三年,自王以下欲求報其父仇,莫能得。"㊅天賦,資質。漢書五六董仲舒傳:"今陛下貴爲天子,……又有能致之資。"又七二龔勝傳:"(王)嘉資性邪僻。"㊆地位,聲望。文選晉干令升(寶)晉紀總論:"而世族貴戚之子弟,陵邁超越,不拘資次。"晉書閻纘傳上疏:"固知太子有變,臣故求副監國,……主者以臣名資輕淺,不肯見與。"㊇詢問。通"咨"。禮表記:"事君先資其言。"注:"資,謀也。"㊈姓。傳爲黃帝之後,食采益州資中,因以爲氏。見元和姓纂二脂。

2. jī ㄐㄧ

㊉致。通"齎"。儀禮少牢饋食禮:"資黍于羊俎兩端。"注:"今文資作齎。"

3. jì ㄐㄧ

㊀菜名。通"薺"。吕氏春秋任地:"日至苦菜死而資生。"又作"蕢"。參閱清孫詒讓札迻六。

【資中】 縣名。漢置,屬犍爲郡。後漢書十七岑彭傳"公孫述使其將延岑吕鮪王元及其弟恢悉兵拒廣漢及資中",即此。北周改爲資陽縣。見舊唐書地理志四劍南道。

【資水】 水名。在今湖南境。有二源,西源出武岡縣西唐糾山,南源夫夷水,出廣西興安縣越城嶺,東北流經邵陽縣北,又北經新化、益陽等地,入洞庭湖。夏秋水盛,自湖溯資,可達武岡縣,春冬水淺,僅至邵陽。參閱水經注三八資水、嘉慶一統志三六〇寶慶府一。

【資本】 本錢。元曲選蕭德祥殺狗勸夫一:"從亡化了雙親,便思營運尋資本,怎得分文?"清平山堂話本錯認屍:"這在喬俊看來有三五貫資本,專一在長安崇德收絲,往東京賣了。"

【資江】 水名。1. 沱江自今四川資陽縣以下稱資江。又名雒江。見讀史方輿紀要六七成都府內江縣中江。2. 湖南四大河流之一。即資水。見該條。

【資州】 州名。西魏置,治陽安。北周移資陽。隋又移盤石縣,并改州爲資陽郡。唐復曰資州,明降爲縣,清復升爲州。公元 1913 年改名資中縣,屬四川省。參閱讀史方輿紀要六七四川簡州。

【資性】 猶言資質。史記一〇七魏其武安侯傳:"籍福賀魏其侯(竇嬰),因弔曰:'君侯資性喜善疾惡,方今善人譽君侯,故至丞相。"宋邵雍伊川擊壤集十一教子吟:"善惡一何相去遠，也由資性也由勤。"

【資直】衣食之值。指生活費用。三國志吳孫堅傳"荆州刺史王叡，素遇堅無禮，堅過殺之"注引吳録:"叡聞兵至，登樓望之，遣問欲何爲。堅前部答曰:兵久戰勞苦，所得賞不足以爲衣服，詣使君更乞資直耳。"

【資斧】㊀易旅:"旅于處，得其資斧，我心不快。"注:"斧所以斫除荆棘，以安其舍者也。"資，亦作"齊"。齊斧，卽利斧，用以斷物。宋程頤易傳訓資斧爲資財器用。後人從程義，通稱行旅之費用爲資斧。聊齋志異金陵女子:"身父貨藥金陵，倘欲再晤，可載藥往，當助資斧。"㊁誅戮，征伐。晉書劉弘傳上表:"(張)弈雖貪亂，欲爲荼毒，由臣劣弱，不勝其任，令弈肆心，以劣資斧，敢引覆餗之刑，甘受專輒之罪。"梁書武帝紀上移檄京邑:"今資斧所加，止梅蟲兒、茹法珍而已。"

【資政】㊀殿名。宋真宗建龍圖閣，以閣之東序爲資政殿。景德二年，王欽若罷參政，真宗特置資政殿學士以寵之，班次在翰林學士下，欽若不悦，真宗復以欽若爲資政殿大學士，班次在翰林學士承旨之上。其後宰相罷職，多授此官。見宋史職官志二。㊁文散官。金置資政大夫，爲正三品文散官，元明改爲正二品。見續文獻通考六二職官十二文散官。

【資送】以財物相送。晉書紀瞻傳:"少與陸機兄弟親善，及機被誅，贍卹其家周至，及嫁女，資送同於所生。"

【資格】官吏據年資升遷之制。唐初吏部銓注，不以資歷考績爲限，或不次超遷，或老於下位。至開元十八年侍中裴光庭兼吏部尚書，始奏用循資格，凡官罷滿，以若干選而集，各有差等，選滿則注，限年升級，不得逾越。自宋以後年資之制，遂爲常法。參閱唐封演封氏聞見記三銓曹、新唐書裴光庭傳、選舉志下，清顧炎武日知録八停年格。

【資望】門第，聲望。三國志吳薛綜傳附子瑩"著書八篇"注引王隱晉書:"瑩子兼，字令長，清素有器宇，資望故如上國。"世説新語任誕"周伯仁(顗)風德雅重"注引語林:"伯仁正有姊喪，三日醉；姑喪，二日醉；大損資望。"

【資陽】縣名，屬四川省。本漢資中縣，北周改名。參見"資中"。

【資履】卽資歷。資治通鑑二四九唐宣宗大中六年:"(畢)諴欣然奉命，上欲重其資履，"注:"資，以序進。履，所歷之官也。"參見"資歷"。

【資質】謂天資、品格、稟賦等。漢書五六董仲舒傳對策:"臣聞良玉不瑑，資質潤美，不待刻瑑。此亡異達巷黨人不學而自知也。"漢書六七梅福傳:"故京兆尹王章，資質忠直，敢面引廷爭。"

【資興】縣名。屬湖南省。東漢置漢寧縣，隋爲晉興縣，唐改爲資興縣。元改名興寧縣。明清皆屬郴州。公元1914年改名資興。見舊唐書地理志三江南西道、讀史方輿紀要八二郴州興寧縣。

【資歷】資格，經歷。梁書裴子野傳:"會(范縝)遷國子博士，乃上表讓之，有司以資歷非次，弗爲通。"又江蒨傳:"高祖謂(徐)勉曰:江蒨資歷，應居選部。"

【資儲】儲備，積蓄。後漢書七四上袁紹傳:"北兵雖衆，而勁果不及南軍；南軍穀少，而資儲不如北。"

【資麤】粗布。荀子禮論:"卑絻、黼黻、文織、資麤、衰絰、菲繐、菅屨，是吉凶憂愉之情發於衣服者也。"

【資暇集】唐李匡乂撰，三卷。亦曰資暇録。舊本題李濟翁撰，爲宋人避趙匡義(太宗)諱改以匡文之字署名。上卷多糾正俗説之謬，中卷多論事物之原由，下卷多談物品，以援據典賅見稱。

【資治通鑑】宋司馬光領銜編撰，神宗製序賜名，元胡三省注。二百九十四卷。以治平二年受詔撰，元豐七年書成奏上。修書分領，漢屬劉攽，三國至隋屬劉恕，唐迄五代屬范祖禹，各盡所長。體例編次，多出恕手，五代十國史料差誤最多，亦經恕整理，其功尤著。其書體裁爲編年史。上起戰國，下終五代，共一千三百六十二年，採用之書除十七史外，雜史多至三百三十二種。光又略舉事目，年經國緯，以備檢閱，別爲目録三十卷。復考證史料異同，説明去取之意，別爲考異三十卷。

【資深望重】資格久而聲望高。宋蘇軾經進東坡文集二八答試館職人啓:"國家求賢之道，必於閒暇無事之時；賢者報國之功，乃在緩急有爲之際。……非獨使之業廣而材成，抑將待其資深而望重。"

【資治通鑑綱目】省稱通鑑綱目。宋朱熹據司馬光資治通鑑而作，由其門人趙師淵助編而成，五十九卷。書之起訖皆依通鑑。其凡例，大書以題要者稱綱，分注以備言者稱目。

賈 1. gǔ 公户切，上，姥韻，見。
ㄍㄨˇ 古下切，上，姥韻，見。

㊀居貨待售者。指坐商。左傳宣十二年:"商農工賈，不敗其業。"周禮天官大宰:"以九職任萬民……六曰商賈，阜通貨賄。"注:"行曰商，處曰賈。"㊁作買賣。詩大雅瞻卬:"如賈三倍，君子是識。"韓非子五蠹:"長袖善舞，多錢善賈。"㊂謀求，招致。國語晉八:"謀於衆不以賈好。"注:"賈，求也。"

2. jià ㄐㄧㄚˋ 古訝切，去，禡韻，見。

㊃價錢。同"價"。論語子罕:"有美玉於斯，韞匵而藏諸？求善賈而沽諸？"

3. jiǎ ㄐㄧㄚˇ 古疋切，上，馬韻，見。

㊄姓。姬姓，周康王封唐叔虞少子公明於賈，子孫以國爲氏。見元和姓纂七馬。

【賈3山】漢潁川人。泛覽羣書，孝文帝時，上書言治亂之道，借秦爲喻，名曰至言。後文帝除鑄錢令，山又上書諫之，復禁鑄錢。漢書有傳。

【賈父】指東漢賈彪。見"賈彪"。

【賈正】官名。掌市肆平價。周禮地官作賈師。左傳昭二五年:"郈魴假使爲賈正焉。"注:"賈正，掌貨物使有常價，若市吏。"參見"賈師"。

【賈田】商人所受之田。周禮地官載師:"以宅田、士田、賈田，任近郊之地。"注:"賈田，在市賈人，其家所受田也。"

【賈2直】卽價值。漢書食貨志下:"天鳳元年，復申下金銀龜貝之貨，頗增減其賈直。"

【賈胡】經商的域外胡人。後漢書二四馬援傳耿舒與兄弇書:"伏波類西域賈胡，到一處輒止。"注:"言似商胡，所至之處輒停留。"

【賈勇】左傳成二年:"齊高固入晉師，桀石以投人，禽之，而乘其車，繫桑本焉，以徇齊壘。曰:'欲勇者，賈余餘勇。'"言猶有餘勇以待售。樂府詩集十九南朝宋何承天宋鼓吹鐃歌雍離:"歸德戒後夫，賈勇尚先鳴。"

【賈害】自招災禍。左傳桓十年:"匹夫無罪，懷璧其罪，吾焉用此，其以賈害也。"晉書張華傳鷦鷯賦:"不懷寶以賈害，不飾表以招累。"

【賈3孫】複姓，衛大夫王孫賈之後。後漢有侍中賈孫暱，北海人。見通志二九氏族五以族系爲氏。

【賈鬼】一種食品名。明楊慎升庵外集地理鬼方:"今貴州以牛馬骨漬之經年，候其柔脆如笋，其氣逆於人鼻，以爲上品供客，謂之賈鬼。"

【賈3島】公元779—843年。唐范陽人，字閬仙，一作浪仙。初爲僧，名無本。曾於京師騎驢吟詩，得"鳥宿池邊樹，僧敲月下門"之句，初欲作"推"字未決，引手作推敲勢，不覺衝京兆尹韓愈導從，愈因教其爲文。因返俗，舉進士，久不第。文宗時坐誹謗謫長江主簿，會昌初終普州司户參軍。有長江集。新唐書附韓愈傳。參閱唐詩紀事四十賈島。

【賈₂師】官名。周禮地官有賈師，掌評定物價，每二十肆則一人。荀子解蔽："賈精於市，而不可以爲賈師。"參見"賈正"。

【賈₃逵】人名。1.公元30—101年。後漢扶風平陵人，字景伯，賈誼九世孫。弱冠能誦左傳及五經，以大夏侯尚書教授，兼通五家穀梁。諸儒稱之曰："問事不休賈長頭。"永平中，獻左氏傳解詁三十篇，國語解詁二十一篇，明帝重其書，寫藏秘館。章帝時，令逵自選公羊嚴(彭祖)顔(安樂)諸生高才者二十人，教以左氏，遷逵爲衛士令。和帝時，官至侍中，以老病請歸。著經傳義詁及論難百餘萬言。又作詩、頌、誄、書、連珠、酒令凡九篇。永元十三年卒，七十二歲。後漢書有傳。2.公元174—228年。三國魏襄陵人，字梁道。初爲郡吏，後舉茂才，除澠池令。文帝時，歷官豫州刺史。逵外修軍旅，内治民事，造新坡，通運渠二百餘里，人稱賈侯渠。三國志有傳。

【賈區】囤售商貨之屋。漢書六七胡建傳："時監軍御史爲姦，穿北軍壘垣以爲賈區。"注："坐賣曰賈，爲賣物之區也。區者，小室之名，若今小庵屋之類耳。"

【賈₃彪】漢定陵人，字偉節。兄弟三人，並有高名，而彪最優。桓帝時，爲新息長。時民間困窮，多不養子，彪嚴爲其制，數年，養子者千數，皆曰："賈父所長"，生男名爲賈子，生女名爲賈女。延熹九年，黨爭事起，彪曰："我不西行，大禍不解"，因入洛陽説竇武等訟之，桓帝遂赦黨人。後漢書有傳。

【賈衒】炫賣。南齊書竟陵文宣王子良傳上啟："又司市之要，自昔所難。頃來此役，不由才舉，並條其重貲，許以賈衒。前人增估求俠，後人加税請代，如此輪回，終何紀極？"

【賈詘】蟲名。太平御覽八八六引白澤圖："千載木，其中有蟲，名曰賈詘，狀如豚，食之如狗肉味。"

【賈禍】自招禍患。左傳定六年："(宋樂祁)獻楊楯六十於(趙)簡子。陳寅曰：昔吾主范氏，今子主趙氏，又有納焉，以楊楯賈禍，弗可爲也已。"

【賈₃誼】公元前201—前169年。漢洛陽人。以年少能通諸家書，文帝召爲博士，遷太中大夫。誼改正朔，易服色，制法度，興禮樂。又數上疏陳政事，言時弊，爲大臣所忌，出爲長沙王太傅，遷梁懷王太傅而卒，年三十三。世稱賈太傅，又稱賈生。史記、漢書皆有傳。

【賈餘】謂炫示餘勇。南朝梁劉勰文心雕龍九養氣："常弄閑於才鋒，賈餘於文勇；使刃發如新，湊理無滯，雖非胎息之邁術，斯亦衛氣之一方也。"唐韓愈昌黎集八鬬雞聯句："連軒尚賈餘，清厲比歸凱。"參見"賈勇"。

【賈₃魯】公元1297—1353年。元高平人，字友恒。順帝時，黃河決，魯巡河道察地形，往復數千里，備知要害。因受命爲總治河防使，爲時僅八月，工程完畢，河復故道，拜集賢殿大學士。紅巾軍起義，魯參與鎮壓，卒於軍。元史有傳。

【賈儈】商人，市儈。宋朱松韋齋集九上李參政書："下至衰世，士不復講明道義之要，而惟勢利之徇，乃無以異於賈儈之交。"

【賈豎】舊時對商人的蔑稱。史記蕭相國世家："上曰：'……今相國多受賈豎金而爲民請吾苑，以自媚於民，故繫治之。'"漢書四十張良傳："臣聞其將屠者子，賈豎易動以利。"注："商賈之人志無遠大，譬猶僮豎，故云賈豎。"

【賈₃讓】漢哀帝時人，爲待詔。時河從魏郡以東多潰決，因廣求能浚川疏河者。讓奏治河三策，上策爲放河使北入海，遷冀州遭水衝之民；中策爲多穿漕渠於冀州地，分散水流；下策爲完繕舊堤，增高加厚。古來治河方略，不外乎此。見漢書溝洫志。

【賈₃似道】公元1213—1275年。宋台州人，字師憲。理宗時，以其姊爲貴妃，累官左丞相，兼樞密使。端平初，蒙古兵攻鄂州，軍漢陽，似道納幣請和，而詭稱用兵解圍。度宗立，似道益專政，同平章軍國事，封魏國公。尋元兵迫建康，宋軍屢敗，陳宜中等劾似道罪，謫高州團練使，循州安置，途次漳州木綿庵，爲監送者縣尉鄭虎臣所殺。宋史入姦臣傳。

【賈₃長頭】後漢賈逵自爲兒童，常在太學，不通人間事。身長八尺二寸，諸儒爲之語曰："問事不休賈長頭。"參見"賈₃逵"。

【賈島佛】唐末李洞酷慕賈島，以銅爲島像，載之巾中，嘗持數珠念"賈島佛"，一日千遍。又手録島詩贈人，謂曰："此無異佛經，歸焚香拜之。"曾集島警句五十聯及唐諸人警句五十聯爲詩句圖。參閱元周密齊東野語十六賈島佛、元辛文房唐才子傳九李洞。

【賈₃魯河】古蒗蕩渠。即宋之惠民河。在今河南境。以元賈魯所修濬之，故有此名。源出滎陽縣東南，上游曰京水，至鄭州附近，始爲賈魯河。河東南流入潁河。參閱嘉慶一統志一八六開封府山川。

【賈₃氏談録】宋張洎撰，一卷。洎初仕南唐，爲李煜使宋，録所聞於賈黃中者而成此書，故名賈氏談録。所記多唐代軼事，足資考證。原書久佚，今本係清修四庫全書時自永樂大典中輯出。

賅 gāi ㄍㄞ 古哀切，平，咍韻，見。

完備，具全。莊子齊物論："百骸、九竅、六藏，賅而存焉。"

賊 zé ㄗㄜˊ 昨則切，入，德韻，從。

㊀敗壞，傷害。論語先進："子路使子羔爲費宰，子曰：賊夫人之子。"注引包咸："子羔學未熟習而使爲政，所以爲賊害。"孟子梁惠王下："賊仁者謂之賊，賊義者謂之殘。"㊁殺害。左傳閔二年："共仲使卜齮賊公于武闈。"又宣二年："宣子驟諫，公患之，使鉏麑賊之。"㊂指爲害社會的壞人。周禮秋官士師："掌士之八成，一曰邦汋，二曰邦賊。"論語陽貨："鄉原，德之賊也。"㊃泛稱盜竊之人。墨子非樂上："寇亂盜賊並興。"後漢書百官志一："賊曹主盜賊事。"亦用爲罵人之詞。三國志吳周瑜傳："(孫)權曰：老賊欲廢漢自立久矣，徒忌二袁、吕布、劉表與孤耳。"老賊，指曹操。㊄一種專食苗節的害蟲。詩小雅大田："去其螟螣，及其蟊賊，無害我田穉。"注："食根曰蟊，食節曰賊。"

【賊禿】對和尚的侮辱性稱呼。廣弘明集七南朝梁荀濟論佛教表："朝夕敬妖怪之胡鬼，曲躬供貪淫之賊禿，……恐非聰明正直，而可以福祐陛下者也。"

【賊星】妖星，俗稱流星。淮南子原道："虹蜺不出，賊星不行，含德之所致也。"

【賊風】自孔隙透入之風，易致疾病，故稱賊風。宋王袞博濟方四胎產："床頭厚鋪裀褥，遮障孔隙，免有賊風所傷。"清黃六鴻福惠全書二八郵政部立局："凡簷有絲毫空隙風入，謂之賊風。馬被賊風所吹，則易于成病。"

【賊深】謂用法狠酷刻深。史記一二二張湯傳："始條侯以爲(趙)禹賊深，弗任。"

【賊毫】指書法用筆之劣鋒。宋米芾書史："蘇耆家蘭亭三本，……第二本……覽字内斤字足字轉筆，賊毫隨之，於斫筆處賊毫直出其中。世之摹本，未嘗有也。"毫，本又作"豪"。

【賊曹】官名。西漢置三公曹，主斷獄。東漢改以二千石曹，主中都官水火、盜賊、訟詞、罪法，亦謂之賊曹。重於諸曹，各郡皆置之，爲郡之佐吏。後漢書六七岑晊傳："(太守成瑨)聞晊高名，請爲功曹，又以張牧爲中賊曹吏。"

【賊參】薺苨的别名。人常用以冒充人葠。見唐侯寧極藥譜。

【賊王八】新五代史前蜀世家王建："少無賴，以屠牛盜驢販私鹽爲事，里人謂之'賊王八'。"後以泛作駡人之語。

【賊不空手】喻必欲有所得。宋朱熹朱文公集四十答何叔京書之四："夫孔明之出祁山，三郡響應，……拔來而歸，蓋所以全之，非賊人諱空手之謂也。"

【賊去關門】喻事後張皇。景德傳燈録二一法瑫宗一禪師："僧曰：'若不遇於師，幾成走作。'師曰：'賊去後關門。'"又卷十從諗禪師有"賊過後張弓"語，亦同此義。

賄 huì ㄏㄨㄟˋ 呼罪切，上，賄韻，曉。

㊀財物。詩衛風氓："以爾車來，以我賄遷。"㊁贈送財物。左傳宣九年："孟獻子聘於周，王以爲有禮，厚賄之。"引申爲賄賂。隋書煬帝紀下："政刑弛紊，賄貨公行，莫敢正言，道路以目。"

【賄交】以財貨相交。文選晉劉孝標(峻)廣絶交論："富埒陶白，貲巨程羅，山擅銅陵，家藏金穴，……銜恩遇，進款誠，援青松以示心，指白水而旌信，是曰賄交。"

【賄賂】私贈財物以請託於人。左傳昭六年："亂獄滋豐，賄賂並行。"隋書刑法志："憲章遐棄，賄賂公行。"

賂 lù ㄌㄨˋ 洛故切，去，暮韻，來。

㊀贈送財物。詩魯頌泮水："元龜象齒，大賂南金。"亦指行賄。國語晉一："驪姬賂二五，使言於公。"注："賂，遺也。"㊁財貨。左傳莊二八年："齊侯伐衛，戰，敗衛師，數之以王命，取賂而還。"

【賂遺】㊀賄賂的財物。史記孝文紀十七年："羣臣如張武等受賂遺金錢，覺，上乃發御府金錢賜之，以愧其心。"㊁以財物送人。漢書哀帝紀："時(定陶)王祖母傅太后隨來朝，私賂遺上所幸趙昭儀及帝舅票騎將軍曲陽侯王根。"

貲 zī ㄗ 即移切，平，支韻，精。

㊀秦漢對未成年人所課的賦名。説文："貲，小罰以財自贖也。从貝，此聲。漢律，民不繇，貲錢二十三。"㊁財貨。通"資"。史記六七仲尼弟子傳："子貢好廢舉，與時轉貨貲。"㊂計量。後漢書六六陳蕃傳諫疏："萬人飢寒，不聊生活，而采女數千，食肉衣綺，脂油粉黛，不可貲計。"

【貲郎】有一定家資爲官的人。史記一一七司馬相如傳："以貲爲郎，事孝景帝，爲武騎常侍。"後世稱以納貲得官者爲貲郎。參閱清何焯義門讀書記前漢書四。

【貲簿】帳簿。宋書羊玄保傳附兄子希："官品第一、第二聽占山三頃，第三、第四品二頃五十畝……皆依定格，條上貲簿。"新唐書一一四牛僧孺傳："帝遣使者至其家，悉收貲簿，校計出入。"舊唐書一七二作"宅簿"。

賃 lìn ㄌㄧㄣˋ 乃禁切，去，沁韻，泥。

㊀傭工。史記一〇〇欒布傳："窮困，賃傭於齊，爲酒人保。"㊁租借。宋王禹偁小畜集十書齋詩："年年賃宅住閑坊，也作幽齋着道裝。"

【賃書】受雇爲人繕寫。南史庾震傳："喪父母，居貧無以葬，賃書以營事，至手掌穿，然後葬事獲濟。"

【賃舂】受雇爲人舂米。後漢書六四吳祐傳："時公沙穆來遊太學，無資糧，乃變服客傭，爲祐賃舂。"又八三梁鴻傳："居廡下，爲人賃舂。"

七畫

賓 1. bīn ㄅㄧㄣ 必鄰切，平，真韻，幫。

㊀客。論語顔淵："出門如見大賓，使民如承大祭。"㊁待以客禮。書洪範："三、八政……七曰賓。"疏："七曰賓，教民以禮待賓客相往來也。"㊂歸服，順從。禮樂記："暴民不作，諸侯賓服。"㊃姓。左傳昭十三年有齊大夫賓須無，昭二二年有周賓起，爲王子朝之傅。參閲通志二八氏族四以名爲氏名字未辨。

2. bìn ㄅㄧㄣˋ

㊄屏棄。通"擯"。書多士："今朕作大邑于茲洛，予惟四方罔攸賓。"

【賓川】縣名。屬雲南省。漢葉榆縣地，唐爲匡州，明弘治七年始置賓川州，屬雲南大理府，清因之。公元1913年改縣。參閲嘉慶一統志四七八大理府。

【賓天】借指帝王之死。元周密齊東野語十七龔孟鎡策問："明年秋，度宗賓天。"後泛稱尊者死。紅樓夢六四："俞禄道：'昨日已曾上庫上去領，但只是老爺賓天以後，各處支領甚多。'"

【賓玉】藏玉。漢徐幹中論藝紀："故賓玉之山，土木必潤，盛德之士，文藝必衆。"

【賓白】兩人對語曰賓，一人獨語曰白。後泛指戲曲中於歌唱間所夾的道白。明徐渭南詞敍録："唱爲主，白爲賓，故曰賓白，言其明白易曉也。"

【賓州】州名。本漢嶺方縣。南朝梁立嶺方郡，隋廢郡，以縣屬尹州。唐貞觀五年置賓州。明清皆屬柳州府。公元1912年改賓陽縣，屬廣西省。參閲寰宇通志一〇七柳州府。

【賓服】諸侯入貢朝見天子。國語周上："侯衛賓服。"亦指歸順、臣服。史記秦始皇紀："二十有六年，初并天下，罔不賓服。"漢書七十段會宗傳谷永與會宗書："方今漢德隆盛，遠人賓服。"

【賓郎】卽檳榔。北史王憲傳附王昕："偽賞賓郎之味，好詠輕薄之篇。"宋黄庭堅豫章集九戲詠猩猩毛筆詩之一："桄榔葉暗賓郎紅，朋友相呼墮酒中。"

【賓連】古代稱象徵繼嗣良好的一種瑞木。漢班固白虎通封禪："繼嗣平明，則賓連生於房戶。賓連者，木名，連累相承，故在於房户，象繼嗣也。"北周庾信庾子山集四喜晴應詔詩："有序屬賓連，無私表平憲。"參閲孫氏瑞應圖(太平御覽八七三)。

【賓貢】㊀古代州郡地方向朝廷推舉人材，以賓禮對待，貢於京師。隋書梁彦光傳："及大成，當舉行賓貢之禮。"全唐詩二一〇皇甫曾送裴秀才貢舉："賓貢年猶少，篇章藝已成。"㊁猶賓服。唐韓愈昌黎集十六後廿九日復上書："九夷八蠻之在荒服之外者，皆已賓貢。"

【賓射】天子以諸侯爲賓而行射禮於朝。周禮地官牛人："饗食賓射，共其膳羞之牛。"又春官大宗伯："以賓射之禮，親故舊朋友。"

【賓師】㊀謂不居官而受賓客師友的禮遇。孟子公孫丑下："故湯之於伊尹，學焉而後臣之。"宋朱熹集注引范氏："孟子之於齊，處賓師之位，非當仕有官職者。"

㊁鳥名。太平御覽九二八引臨海異物志："賓師形大如鶚鴿，毛正黑色。"

【賓雀】家雀的别名，以其常棲止於人家簷下或庭前，如賓客然，故稱。參閱宋羅願爾雅翼釋鳥雀、本草綱目四八禽二雀。參見"嘉賓㊁"。

【賓從】㊀賓客及僕從。左傳襄三一年："車馬有所，賓從有代。"三國志魏王粲傳附嵇康注引魏氏春秋："（鍾）會名公子，以才能貴幸，乘肥衣輕，賓從如雲。"㊁服從，歸順。史記五帝紀："於是軒轅乃習用干戈，以征不享，諸侯咸來賓從。"㊂縣名。秦置，後漢作賓徒，屬遼西郡。晉因之。故址在今遼寧錦州以北。參閱漢書地理志下。

【賓萌】客民。呂氏春秋高義："墨子曰：翟度身而衣，量腹而食，比於賓萌，未敢求仕。"注："賓，客也；萌，民也。"也作"賓孟"，指戰國時往來諸侯列國間之遊士說客。荀子解蔽："昔賓孟之蔽者，亂家是也。"注："孟當讀爲萌。"

【賓階】西階。古時賓主相見，賓自西階上，故稱。書顧命："大輅在賓階面。"孔子家語儒行："公自阼階，孔子賓階升堂立侍。"

【賓₂滅】即擯滅。史記周紀："維天建殷，其登名民三百六十夫，不顯亦不賓滅，以至今。"

【賓賓】恭敬貌。莊子德充符："無趾語老聃曰：孔丘之於至人，其未邪，彼何賓賓以學子爲？"釋文："賓賓，司馬（彪）云：恭貌。"清俞樾謂賓賓即頻頻，賓頻聲通，釋文所引皆望文生義之談。見諸子平議十七莊子一。

【賓實】猶言名實。莊子逍遥遊："名者實之賓也，吾將爲賓乎？"藝文類聚十六南朝梁簡文帝謝爲皇太子表："臣本凡蔽，賓實無取。"參見"名實"。

【賓興】周時選舉法，自鄉小學舉賢能而賓禮之，以升於國學。周禮地官大司徒："以鄉三物教萬民，而賓興之。"注："興，猶舉也。"科舉時代，地方官設宴招待應舉之士，謂之賓興，即仿古鄉飲酒之禮。後又逕稱鄉試爲賓興。宋張方平樂全集三六大宋……諡文定李公（迪）神道碑："賓興至都，士皆目屬之，禮部奏公第居下，及廷對，天子擢居第一。"

【賓器】古代迎賓的禮器。周禮地官鄉師："州共賓器。"注："賓器者，尊俎笙瑟之屬。"

【賓館】賓客所居的館舍。儀禮公食大夫禮："有司卷三牲之俎，歸于賓館。"

【賓禮】接待賓客之禮。周禮春官大宗伯："以賓禮親邦國。"漢書四九鼂錯傳對策："賓禮長老，愛邮少孤。"此謂以賓客之禮相待。

【賓戲】東漢班固所撰文名。固自以與父彪兩世皆有才術，而位不過郎，感東方朔、揚雄所作，仿之撰賓戲以自遣。又見後漢書本傳。

【賓爵】家雀。呂氏春秋九月紀："候鴈來，賓爵入大水爲蛤。"注："賓爵者，老雀也。棲宿於人堂宇之間，有似賓客，故謂之賓爵。"爵，通"雀"，淮南子時則、爾雅翼釋鳥皆作"賓雀"。參見"賓雀"。

【賓鐵】㊀純精之鐵。即"鑌鐵"。新五代史王建世家："（顧）彥暉將顧彥瑤顧城已危，謂諸將吏曰：'事公當生死以之！'指其所佩賓鐵劍曰：'事急而有叛者，當齒此劍！'"宋史四九〇高昌傳："又有礦石，剖之得賓鐵，謂之喫鐵石。"㊁遼以賓鐵爲號，取其堅。金以賓鐵雖堅，然終變壞，惟金不變不壞，故國號大金。見金史太祖紀收國元年。

【賓退録】書名。1.宋趙與時撰，十卷。書中考訂經史，辨析典故，精核處頗多。與時受學於楊簡，詩非所長，論詩多迂謬。自序稱聞見所及，喜爲賓客誦之，賓退或筆於牘，故名其書爲賓退録。2.明趙善政撰，四卷。書録閭里風俗，民生疾苦，及舊聞奇事。

【賓頭盧】羅漢名。具名賓頭盧頗羅墮闍，十六羅漢中的第一尊者，白頭長眉相。頗盧墮闍，婆羅門十八姓之一，相傳爲佛陀出家時之師。亦作"賓度羅"。宋黄庭堅豫章集十四十六羅漢贊之一："大阿羅漢賓度羅，奉持末後如來印。"參閱翻譯名義集一總諸聲聞。

【賓至如歸】謂主人招待周到，雖客居而有在家之感。左傳襄三一年："賓至如歸，無寧菑患；不畏寇盜，而亦不患燥濕。"

賕 qiú ㄑㄧㄡˊ 巨鳩切，平，尤韻，羣。

賄賂。史記一二六優孟傳："身死家室富，又恐受賕枉法，爲姦觸大罪，身死而家滅。"

賑 zhèn ㄓㄣˋ 章刃切，去，震韻，照。章忍切，上，軫韻，照。

㊀富饒。文選後漢張平子（衡）西京賦："郊甸之内，鄉邑殷賑。"㊁救濟。通"振"。漢桓寬鹽鐵論力耕："倉廩之積，戰士以俸，饑民以賑。"參見"振㊄"。

【賑邮】救濟。後漢書五六种暠傳："父爲定陶令，有財三千萬。父卒，暠悉以賑邮宗族及邑里之貧者。"邮，也作"恤"。魏書十六河南王曜傳附鑒："鑒表加賑恤，民賴以濟。"

【賑捐】清國用不足，許人納資捐官，遇有非常之事，需用大宗經費者，往往就所需經費之額以定賣官之數，其中用於賑災所開的捐例，稱爲賑捐。

【賑貸】救濟。漢書九九下王莽傳："枯旱霜蝗，飢饉薦臻，百姓困乏，流離道路，於春尤甚，予甚悼之。今使東嶽太師、特進褒新侯開東方諸倉，賑貸貧乏。"

【賑濟】以財物救濟。抱朴子君道："緩賑濟而急聚斂，勤畋弋而忽稼穡。"賑，一本作"振"。舊唐書武宗紀會昌五年："十一月甲辰勑悲田養病坊，緣僧尼還俗，無人主持，恐殘疾無以取給，兩京量給寺田賑濟。"

【賑贍】以財物周給。漢書九九下王莽傳下書："惟民困乏，雖溥開諸倉以賑贍之，猶恐未足，其且開天下山澤之防。"後漢書十五來歙傳："隴西雖平，而人飢，流者相望。歙乃傾倉廩，轉運諸縣以賑贍之。"

賒 shē ㄕㄜ 式車切，平，麻韻，審。

亦作"賖"、"賒"。㊀買物緩償其價曰賒。周禮地官泉府："凡賒者，祭祀無過旬日。"唐許渾丁卯集上郊居春日有懷府中諸公並柬王兵曹詩："僧舍覆棋消白日，市樓賒酒過青春。"㊁寬鬆，遲緩。文選南齊謝玄暉（朓）和王主簿怨情詩："徒使春帶賒，坐惜紅粧變。"注："賒，緩也。"唐杜甫杜工部草堂詩箋九喜晴："甘澤不猶愈，且耕今未賒。"㊂長，久，遥遠。玉臺新詠七南朝梁蕭衍（梁武帝）孌童詩："羽帳晨香滿，珠簾夕漏賒。"李白李太白詩七扶風豪士歌："我亦東奔向吳國，浮雲四塞道路賒。"㊃稀疏。唐杜甫杜工部草堂詩箋三陪鄭廣文游何將軍山林之四："詞賦工無益，山林跡未賒。"㊄奢侈。通"奢"。後漢書四九王充等傳論："楚楚衣服，戒在窮賒。"㊅助詞。唐韋應物韋江州集八池上詩："郡中卧病久，池上一來賒。"

【賒多】梵語。音譯，亦作涅槃、泥洹。義譯爲寂滅。亦作滅度、圓寂等。見翻譯名義集五四十二字篇。

【賒貸】出借財物，借者緩期償還。漢書食貨志下："夫周禮有賒貸，樂語有五均，傳記各有斡焉。今開賒貸，張五均，設諸斡者，所以齊衆庶，抑并兼也。"又九九中王莽傳:"又令市官收賤賣貴,賒貸予民,收息百月三。"

賖 shē ㄕㄜ

同"賒"。見"賒"。

八畫

賨 cóng ㄘㄨㄥˊ 藏宗切,平,冬韻,從。

古巴人賦稅之稱。亦用以稱巴人。晉書李特載記:"巴人呼賦爲賨,因謂之賨人焉。及漢高祖募賨人平定三秦,既而求還鄉里。高祖以其功,復同豐沛,不供賦稅,更名其地爲巴郡。"古文苑四漢揚雄蜀都賦:"東有巴賨,綿亘百濮。"

【賨布】賨人充賦稅之布。後漢書八六西南夷傳:"始置黔中郡。漢興,改爲武陵。歲令大人輸布一匹,小口二丈,是謂賨布。"

【賨叟】巴賨之兵。三國志蜀諸葛亮傳"於是以亮爲右將軍行丞相事,揔統如前"注引漢晉春秋上書:"自臣到漢中,中間期年耳,然喪趙雲陽羣……等及曲長屯將七十餘人,突將無前;賨叟青羌散騎武騎一千餘人。"

賡 gēng ㄍㄥ 古行切,平,庚韻,見。

㊀繼續。書益稷:"乃賡載歌曰:元首明哉,股肱良哉,庶事康哉。"賡,本古文"續"字。見說文。㊁抵償。管子國蓄:"智者有什倍人之功,愚者有不賡本之事。"

【賡和】唱和。新唐書七六韋皇后傳附上官昭容(婉兒):"數賜宴賦詩,君臣賡和,婉兒常代帝及后、長寧安樂二主,衆篇並作,而采麗益新。"宋楊萬里誠齋集七九洮湖和梅詩序:"吟詠之不足,則盡取古今詩人賦梅之作而賡和之,寄一編以遺予。"

【賡揚】飛揚輕舉。爾雅釋詁:"賡揚,續也。"亦作"賡颺"。清郝懿行義疏:"皆特釋書益稷篇文。……揚者通作颺,書之颺言,史記夏紀作揚言。揚訓續者,蓋飛揚輕舉,亦有連續之形,故又訓續,古義或如此也。"參見"颺言"。

【賡酬】與人作詩相贈答。宋張耒張右史集二二屋東詩:"賴有西鄰好詩句,賡酬終日自忘飢。"

【賡歌】作歌唱和。唐李商隱李義山詩集五寄令狐學士:"賡歌太液翻黃鵠,從獵陳倉獲碧雞。"

【賡韻】和韻。宋樓鑰攻媿集十二客省中次適齋韻詩:"詩筒纔到先賡韻,酒興方濃莫算杯。"

賣 mài ㄇㄞˋ 莫懈切,去,卦韻,明。

㊀售物,出貨。周禮地官司市:"治其市政,掌其賣價之事。"戰國策西周:"越人請買之千金,折而不賣。"㊁欺騙,叛賣。戰國策東周:"公何不令人謂韓魏之王曰,欲秦趙之相賣乎。"史記七九范睢傳:"須賈大驚,自知見賣,乃肉袒鄰行,因門下人謝罪。"㊂炫耀,賣弄。莊子天地:"爲圃者曰:子非夫博學以擬聖,於于以蓋衆,獨弦哀歌以賣名聲於天下者乎?"

【賣卜】得錢爲人占卜。晉皇甫謐高士傳嚴遵:"嚴遵,字君平,蜀人也。隱居不仕,常賣卜於成都市,日得百錢以自給。"後漢書五三姜肱傳:"遂羸服閒行,竄伏青州界中,賣卜給食。"

【賣力】出賣勞動力。漢王符潛夫論讚學:"倪寬賣力於都巷,匡衡自鬻於保徒者,身貧也。"今亦稱獻技出力或作事盡力爲賣力。

【賣文】以文賣錢。唐杜甫杜工部詩史補遺一聞斛斯六官未歸詩:"本賣文爲活,翻令室倒懸。"宋楊萬里誠齋集八二送郭才舉序:"吾友人郭克明之子才舉,書生也,以賣文授徒爲生產作業。"

【賣友】出賣朋友。漢書四一酈商傳:"天下稱酈況賣友。"史記作"賣交"。宋黃庭堅山谷詩注外集八大雷口阻風:"鹿鳴猶念羣,雉媒竟賣友。"參見"賣交"。

【賣宅】南齊庾杲之嘗兼主客郎,對魏使,使問曰:"百姓那得家家題門帖賣宅?"答曰:"朝廷既欲掃蕩京洛,克復神州,所以家家賣宅耳。"見南史庾杲之傳。

【賣交】出賣朋友。漢酈商子寄,字況,與呂祿善。大臣欲誅諸呂,呂祿爲將軍,軍於北軍,太尉周勃不得入北軍,乃使人劫酈商,令其子況紿呂祿,祿信之,故與出遊,勃遂得入據北軍,誅諸呂。天下稱酈況賣交。見史記九五酈商傳。漢書作"賣友"。

【賣冰】喻掌握時機。五代王定保唐摭言十二自負:"昔蒯人爲商而賣冰于市,客有苦熱者將買之。蒯人自以得時,欲邀客以數倍之利。客於是怒而去,俄而其冰亦散。……今君坐青雲之中,平衡天下,天下之士皆欲附矣。此亦君賣冰之秋,而士買冰之際,有利則合,豈宜失時?"

【賣舌】以言語炫世。文苑英華三五一南朝梁簡文帝七勵:"賣舌彈劍,買義追仁。"宋梅堯臣宛陵集十七十一日垂拱殿起居聞南捷詩:"從來儒帥空賣舌,未到已愁茅葉黃。"

【賣弄】炫耀。後漢書五四楊震傳上疏:"而親近倖臣,未崇斷金,驕溢踰法,多請徒士,盛修第舍,賣弄威福,道路讙譁,衆所聞見。"續傳燈錄二九法順禪師:"忽有箇衲僧出來道:'長老少賣弄得恁麼窮乞相。'山僧祇向他道:'却被爾道著。'"

【賣昏】索重資以嫁娶。新唐書九五高儉傳:"太宗嘗以山東士人尚閥閱,後雖衰,子孫猶負世望,嫁娶必多取貲,故人謂之賣昏。"昏,同"婚"。

【賣客】勾引遊客。元周密武林舊事六酒樓:"每處各有私名妓數十輩皆時妝袨服,巧笑爭妍,夏月茉莉盈頭,春滿綺陌,憑檻招邀,謂之'賣客'。"

【賣重】賣弄權勢。韓非子和氏:"主用術,則大臣不得擅斷,近習不敢賣重。"

【賣恩】以小恩小惠收買他人。三國志吳張溫傳駱統表:"(王)靖兵衆之勢,幹任之用,皆勝於賈原蔣康,溫尚不容私以安於靖,豈敢賣恩以協原康邪?"新唐書二一二劉怦傳附劉濟:"今天子誅(王)承宗,而燕無一卒濟易水者,正使潞人賣恩於趙,販忠於上。"

【賣笑】舊指娼妓以巧笑媚人。元周密武林舊事六歌館:"外此諸處茶肆,莫不靚裝迎門,爭妍賣笑,朝歌暮絃,搖蕩心目。"

【賣婆】舊時販賣貨物的婦女。卽牙婆。宋米芾畫史:"每歲荒及迫節,往往使老婦駔攜書畫出售。"清梁章鉅稱謂錄三一三姑六婆引楊慎注:"婦駔,今謂之賣婆。"

【賣眼】猶賣笑。舊指妓女以媚眼迷人。玉臺新詠十梁武帝子夜四時歌冬歌之一:"賣眼拂長袖,含笑留上客。"唐李白李太白詩二五越女詞之二:"賣眼擲春心,折花調行客。"

【賣國】爲私利而叛賣國家。史記六九蘇秦傳:"人有毀蘇秦者曰:左右賣國反覆之臣也,將作亂。"清姚之駰元明事類鈔九官門品二:"吾學編:練子寧建文時爲御史大夫,李景隆懷異志,屢敗,召還,子寧執之於朝,請誅之,不聽,叩首言:此賣國賊臣。備員執法,不能除奸,請先伏誅。"

【賣惡】把罪惡推給他人。宋書蔡廓傳:"(傅)亮已與(徐)羨之議,害少帝,乃馳信止之,信至已不及。羨之大怒曰:'與人共計議,云何裁轉背,便賣惡於人!'"

【賣買】貿易。周禮天官小宰:"聽賣買以質劑。"漢書食貨志上:"(秦)用商鞅之法,改帝王之制,除井田,民得賣買。"

【賣解】軍中演習騎馬之術,明人曰走驃騎,俗稱走解。後來江湖雜技,命婦女在馬上呈藝,騰擲跳躍,稱爲賣解。參見"走解"。

【賣獄】受賄而減免罪犯的刑罰。唐會要三九議刑輕重:"或有詐僞資蔭者,上令自首;不首者死。俄有詐僞者,大理少卿戴冑斷流。帝曰:'朕下勅不首者死,今斷流,示天下不以信,卿欲賣獄乎?'"亦見新唐書九九戴冑傳。

【賣履】賣鞋。履,也作"屨"。漢書六三戾太子(劉)據傳:"太子之亡也,東至湖,臧匿泉鳩里。主人家貧,常賣屨以給太子。"參見"分香賣履"。

【賣爵】出賣官爵。史記孝文紀:"天下旱、蝗。帝加惠:……發倉庾以振貧民,民得賣爵。"索隱:"崔浩云:'富人欲爵,貧人欲錢,故聽買賣也。'"

【賣花聲】詞調名。卽浪淘沙令。見該條。

【賣春困】宋代江浙民間風俗,立春日羣兒相呼賣春困,以立春後,農事將興,欲人振作之意。宋陸游劍南詩稿三八歲首書事:"呼盧院落譁新歲,賣困兒童起五更。"注:"立春未明,相呼賣春困,亦舊俗也。"又五十開歲:"賣困不靈仍喜睡,送窮無術又來歸。"

【賣菜傭】賣菜者。後漢書七七周紆傳:"徵拜洛陽令,下車先問大姓主名,吏數閭里豪彊以對,紆厲聲怒曰:'本問貴戚若馬竇等輩,豈能知此賣菜傭乎!'"此係虛指,猶言微賤不足輕重之人。

【賣餅家】三國志魏裴潛傳"秀,咸熙中爲尚書僕射"注引魏略:"嚴幹字仲公……特善春秋公羊。司隸鍾繇不好公羊而好左氏,謂左氏爲太官,而謂公羊爲賣餅家。"以喻左傳豐富而公羊傳貧乏。

【賣懞懂】宋時一種民間風俗。意卽賣癡獃。元陳元靚歲時廣記五賣懞懂:"歲時雜記:元日五更初,猛呼他人,他人應之,卽告之曰:'賣與爾懞懂。'賣口吃亦然。"

【賣餳簫】賣糖人所吹之簫。詩周頌有瞽"既備乃奏,簫管備舉"箋:"簫,編小竹管,如今賣餳者所吹也。"元吳萊淵穎集二嚴陵應仲章自杭寄書至賦此答之詩:"花濃攜酒榼,柳嚲賣餳簫。"

【賣癡獃】舊傳吳人忌諱癡獃,每歲除夕,小兒繞街呼叫賣癡賣獃。見宋范成大石湖集三十臘月村田樂府詩序賣癡獃詞。元高德基平江記事:"吳人……每歲除夕,羣兒繞街呼叫云:'賣癡獃,千貫賣汝癡,萬貫賣汝獃,見賣儘多送,要賒隨我來。'"

【賣官鬻爵】出賣官爵。宋書鄧琬傳:"琬性鄙闇,貪吝過甚,財貨酒食,皆身自量校。至是父子並賣官鬻爵,使婢僕出市道販賣,酣歌博弈,日夜不休。"

【賣履舍兒】賣鞋小兒。輕蔑罵人之詞。三國志魏任城威王彰傳"黃鬚兒竟大奇也"注引魏略:"太祖(曹操)在漢中,而劉備棲於山頭,使劉封下挑戰。太祖罵曰:'賣履舍兒,長使假子拒汝公乎?'"劉備微時賣履,故云。封,備之養子。

【賣劍買牛】改業歸農。漢書八九龔遂傳:"遂見齊俗奢侈,好末技,不田作,乃躬率以儉約,勸民務農桑。……民有帶持刀劍者,使賣劍買牛,賣刀買犢。"宋蘇軾分類東坡詩十八次韻曹九章見贈:"賣劍買牛真欲老,得錢沽酒更無疑。"

賢 xián 胡田切,平,先韻,匣。
ㄒㄧㄢ

㊀德才兼備。書大禹謨:"野無遺賢,萬邦咸寧。"墨子尚賢上:"列德而尚賢。"㊁善。禮內則:"若富,則具二牲,獻其賢者於宗子。"注:"賢,猶善也。"㊂尊重。禮禮運:"以賢勇知,以功爲己。"論語學而:"賢賢易色。"前一賢字,用爲動詞。㊃多,勝於。禮投壺:"某賢於某若干純。"國語晉九:"瑤之賢於人者五,其不逮者一也。"㊄勞苦。詩小雅北山:"大夫不均,我從事獨賢。"㊅對人的敬稱。北齊顏之推顏氏家訓風操:"凡與人言,稱彼祖父母、世父母、父母及長姑皆加尊字,自叔父已下則加賢字。"㊆車轂所穿之孔,在輻以內一端略大者名賢。周禮考工記輪人:"五分其轂之長,去一以爲賢。"

【賢人】㊀德才並美之人。莊子德充符:"久與賢人處則無過。"㊁指酒。太平御覽八四四引魏略:"太祖時禁酒而人竊飲之,故難言酒,以白酒爲賢人,清酒爲聖人。"唐柳宗元柳先生集四三從崔中丞過盧少府郊居詩:"蒔藥閑庭延國老,開罇虛室值賢人。"宋陸游劍南詩稿五九對酒詩:"氣衰成小户,醅濁號賢人。"參見"聖人㊃"。

【賢妃】女官名。唐制,皇后而下,有貴妃、淑妃、德妃、賢妃。是爲夫人。參閱新唐書七六上后妃傳、宋高承事物紀原一賢妃。

【賢劫】佛家稱過去住劫爲莊嚴劫;未來住劫爲星宿劫;現在住劫爲賢劫,此時有千佛出世,故稱。亦稱善劫。魏書釋老志:"釋迦繼六佛而成道,處今賢劫。"大悲經三禮拜品八:"彼浄居天因見此已,心生歡喜,踊躍無量,而讚歎言:'奇哉奇哉!希有希有!如此劫中,當有千佛出興於世,以是因緣,遂名此劫號之爲賢。'"

【賢良】㊀有德行的人。荀子王制:"選賢良,舉篤敬,興孝弟,收孤寡,補貧窮,如是則庶人安政矣。"文選晉棗道彥(據)雜詩:"開國建元士,玉帛聘賢良。"㊁賢良文學的簡稱。爲漢代選拔官吏的科目之一。漢書六五東方朔傳:"武帝初卽位,徵天下舉方正賢良文學材力之士,待以不次之位。四方士多上書言得失。"參閱宋高承事物紀原三賢良。

【賢弟】㊀對弟的美稱。史記八六聶政傳:"妾其奈何畏歿身之誅,終滅賢弟之名。"此爲聶政姊榮稱弟政之語。㊁對位卑年幼者之敬稱。藝文類聚三七南朝梁劉孝標與宋玉山元思書:"今賢弟賓從,抗觲奮翼,或衣繡方塘,或鳴騶洛浦,連騎方驅,擊鍾乃食,夢跗若是,吾子復何憂哉!"

【賢豆】古印度之異譯。大唐西域記二三國:"詳夫天竺之稱,異議糺紛,舊云身毒,或曰賢豆,今從正音,宜云印度。"續高僧傳二闍那崛多:"賢豆本音因陀羅婆陀那,此云主處,謂天地所護故也。賢豆之音,彼國之訛略耳。身毒、天竺,此方之訛稱也。而彼國人總言賢豆而已,約之以爲五方也。"

【賢妻】妻的美稱。晉陶潛陶淵明集八與子儼等疏:"余嘗感孺仲賢妻之言,敗絮自擁。"元曲選缺名合同文字四:"雖然是張秉彝十分仁德,李社長一生信義,也何如俺伯父家有賢妻。"

【賢叔】對人叔的敬稱。晉書鄭袤傳:"宣帝謂袤曰:'賢叔大匠垂稱於陽平魏郡,百姓蒙惠化。'又劉弘傳:"弘遣之曰:'賢叔征行,君祖母年高,便可歸也。'"今俗稱令叔。

【賢姊】對人姊的敬稱。晉陸雲陸士龍集十答車茂安書:"尊大夫賢姊上下,當爲喜慶,歌舞相送,勿爲慮也。"

【賢郎】猶言令郎。五代王定保唐摭言十一怨怒張楚與達奚侍郎書:"于時賢郎幼年辭翰,公以本司恐謗,不議祁奚;僕聞善必驚,是敬王粲。驟請座主,超升甲科;今果飛騰,已遷京縣。"宋歐陽修文忠集一四六與王懿恪公書(嘉祐四年):"漸暖爲時自重，因賢郎行，謹布區區。」

【賢首】見「法藏㊀」。

【賢書】周禮地官鄉大夫：「鄉老及鄉大夫、羣吏獻賢能之書于王，王再拜受之，登于天府。」賢能之書，謂舉薦賢能者之名籍。後因稱鄉試中式爲登賢書，也稱舉賢書。宋張榘芸窗詞賀新涼次拙逸劉直孺維揚客中韻：「藻黼皇猷君能事，況賢書兩度登天府。」

【賢能】賢良有才能之人。荀子仲尼：「處重擅權，則好專事而妬賢能，抑有功而擠有罪。」

【賢從】稱人之從兄弟。世說新語傷逝：「羊孚年三十一卒，桓玄與羊欣書曰：『賢從情所信寄，暴疾而殞，祝予之歎，如何可言。』」梁書劉孺傳附劉遵：「大同元年，卒官，皇太子深悼惜之，與遵從兄陽羨令孝儀令曰：『賢從中庶，奄至殞逝，痛可言乎！』」

【賢勞】勞苦。孟子萬章上：「此莫非王事，我獨賢勞也。」注：「何爲獨使我以賢才而勞苦，不得養父母乎？」清王念孫廣雅疏證一下：「賢亦勞也。賢勞，猶言劬勞。」後世有賢者多勞之語，本此。

【賢達】賢能通達之人。後漢書五三黃憲傳：「太守王龔在郡禮進賢達，多所降致，卒不能屈憲。」晉陶潛陶淵明集四擬挽歌辭之三：「千年不復朝，賢達無柰何。」

【賢甥】對外甥的美稱。唐王維王右丞集五送嚴秀才還蜀詩：「寧親爲令子，似舅卽賢甥。」

【賢路】賢人仕進之路。史記一〇三萬石君傳：「願歸丞相侯印，乞骸骨歸，避賢者路。」文選晉潘安仁(岳)河陽縣作詩：「在疚妨賢路，再升上宰朝。」晉書卞壼傳自陳牋：「聞西臺召壼爲尚書郎，實欲因此以避賢路，未及陳誠，奄丁窮罰。」

【賢臺】卽黃金臺。元詩選郝經陵川集賢臺行：「費盡黃金臺始成，一朝拜隗人盡驚。」注：「賢臺，古黃金臺也，土人稱爲賢臺。」參見「黃金臺」。

【賢閤】對人妻的敬稱。宋何薳春渚紀聞四馬武復得妻：「賢閤縣君，於暌索中，適某過澶州，得之逆旅間，了不言其所自也。」

【賢獲】射中爲獲。筭爲計勝負之籌。兩隊所得筭多者稱賢獲。儀禮鄉射禮：「司射復位，釋獲者遂進取賢獲，執以升自西階。」注：「賢獲，勝黨之筭也。齊之而取其餘。」參閱清胡培翬正義九。

【賢關】進入仕途之門徑。漢書五六董仲舒傳對策：「故養士之大者，莫大虖太學。太學者，賢士之所關也。」注：「關，由也。」唐錢起錢考功集五送李棲桐道舉擢第還鄉省侍詩：「幾年深道要，一舉過賢關。」

【賢已圖】宋李公麟(龍眠居士)作賢已圖，圖中繪衆人博弈樗蒲之狀，見宋岳珂桯史二賢已圖。按論語陽貨有「不有博弈者乎？爲之猶賢乎已」句，謂博弈猶勝於飽食終日無所用心。畫名卽用此意。

【賢內助】猶賢妻。宋史二四三孟皇后傳：「宣仁太后語帝曰：得賢內助，非細事也。」

【賢良祠】清時，京師各省均有賢良祠，祀合於功令、有功德的官吏，每歲春秋致祭。見清會典四九禮部羣祀三、清文獻通考一六七羣廟二。

【賢首山】㊀山名。在河南信陽縣西南，峯巒秀麗，亦名賢隱山。南北朝時，後魏孝文帝伐齊，攻義陽，齊遣蕭衍救之，夜上賢首山，卽此。今山上有梁王壘賢首寺。參閱水經注三十淮水、資治通鑑一四〇齊建武二年、讀史方輿紀要五十信陽州。㊁南朝梁鼓吹曲名。沈約製。隋書音樂志上：「第二，漢曲思悲翁改爲賢首山，言武帝破魏軍於司部，肇王迹也。」

【賢良方正】漢文帝二年詔舉賢良方正，能直言極諫者，爲科舉名目賢良方正所自始，見史記孝文紀。唐宋皆有賢良方正科。

【賢德夫人】對婦人的尊稱。宋范坰林禹吳越備史四：「又勑王元妃孫氏爲吳越國賢德夫人。」舊時浙東西寺廟神偶之配，皆稱賢德夫人。稱美賢婦人，亦習爲此語。見清翟灝通俗編二二婦女。

【賢護菩薩】佛書人名。梵語拔羅婆羅，又作跋陀羅波梨，亦稱賢護長者、大士等。王舍城在家之菩薩。大寶積經一〇九賢護長者會有佛說長者家中衆樂之事，乃至具足，說其受於快樂果報，雖忉利帝釋天王猶不能及。寺院浴室多供此像，據以水因證圓通之故事。楞嚴經五作跋陀婆羅。

賚

lài 洛代切，去，代韻，來。ㄌㄞˋ

賜予。書湯誓：「爾尚輔予一人，致天之罰，予其大賚汝。」

【賚假】給與假期。梁書徐勉傳：「勉以疾自陳，求解內任，詔不許。……脚疾轉劇，久缺朝覲，固陳求解，詔乃賚假，須疾差還省。」

賞

1. shǎng 書兩切，上，養韻，審。ㄕㄤˇ

㊀對有功者賜與財物、官爵等。書泰誓下：「功多有厚賞。」㊁稱揚。左傳襄十四年：「善則賞之，過則匡之。」㊂賞玩，賞識。晉陶潛陶淵明集二移居詩之一：「奇文共欣賞，疑義相與析。」梁書王筠傳：「(沈)約製郊居賦，構思積時，猶未都畢，乃要筠示其草。筠讀……次至『墜石磓星』及『冰懸埳而帶坻』，筠皆擊節稱贊。約曰：『知音者希，真賞殆絕，所以相要，政在此數句耳。』」㊃姓。晉有賞慶。見通志二八氏族四以族爲氏。

2. shàng ㄕㄤˋ

㊄崇尚。通「尚」。荀子王霸：「致忠信以愛之，賞賢使能以次之。」

【賞口】指被俘或抄家供賞賜爲奴僕之人。新唐書一二八畢構傳：「構子炕，天寶末爲廣平太守，拒安祿山，城陷，覆其家……炕生坰，始四歲，與其弟增以細弱得不殺，爲賞口。河北平，宗人宏以財贖出之。」

【賞心】心意歡樂。文選南朝宋謝靈運田南樹園激流植楥詩：「賞心不可忘，妙善冀能同。」又南朝梁沈休文(約)遊沈道士館詩：「寄言賞心客，歲暮爾來同。」

【賞田】賞賜之田。周禮地官載師：「以官田、牛田、賞田、牧田，任遠郊之地。」左傳成七年：「子重請取於申、呂以爲賞田，王許之。」

【賞延】賞賜及於他人。書大禹謨：「罰弗及嗣，賞延于世。」藝文類聚三六南朝宋謝靈運辭祿賦：「荷賞延之渥恩，在弱齡而覃惠。」

【賞玩】欣賞觀玩。世說新語任誕：「劉尹(惔)云：孫承公(統)狂士，每至一處，賞翫累日，或回至半路卻返。」翫，同「玩」。唐韓愈昌黎集九詠雪贈張籍詩：「賞玩損他事，歌謠放我才。」

【賞味】賞識品評。南史謝覽傳：「覽時年二十餘，……意氣閑雅，視瞻聰明，武帝目送良久，謂徐勉曰：『覺此生芳蘭竟體，想謝莊政當如此。』自此仍被賞味。」

【賞音】聽其音而知其曲，並識其人。猶言知音。三國志吳周瑜傳「惟與程普不睦」注引江表傳：「瑜曰，吾雖不及夔曠，聞弦賞音，足知雅曲也。」三國魏曹植曹子建集八求自試表：「夫臨搏而企竦，聞樂而竊抃者，或有賞音而識道也。」

【賞首】以功最高而受賞的第一人。韓非子難一：「襄子圍於晉陽中，出圍，賞有功者五人，高赫爲賞首。”漢王充論衡定賢:“高祖得天下，賞羣臣之功，蕭何爲賞首。”

【賞格】懸賞所定的等差、標準。梁書侯景傳:“城内亦射賞格出外:‘有能斬景首，授以景位，并錢一億萬，布絹各萬匹。’”陳書陳寶應傳:“於是尚書下符曰:‘……其建晉士民，久被驅迫者，大軍明加撫慰，各安樂業，流寓失鄉，即還本土，其餘立功立事，已具賞格。’”

【賞設】犒賞。資治通鑑二四三唐寶曆元年左僕射李絳上疏:“劉悟死已數月，朝廷尚未處分，中外人意，共惜事機。……猶豫之間，若有姦人爲之畫策，虛張賞設錢數，軍士覬望，尤難指揮。”

【賞遇】受賞識優待。北齊顏之推顏氏家訓勉學:“齊有宦者内參田鵬鸞，本蠻人也……吾甚憐愛，倍加開獎，後被賞遇，賜名敬宣，位至侍中開府。”宋史二九六楊徽之傳:“時李氏據有江表，乃潛服至汴、洛，以文投竇儀、王朴，深賞遇之。”

【賞賀】新婦送尊長親戚之物。宋孟元老東京夢華錄五娶婦:“次日五更，用一卓(桌)盛鏡臺、鏡子於其上，望堂展拜，謂之新婦拜堂，次拜尊長親戚，各有綵段巧作鞋襪等爲獻，謂之賞賀，尊長則復換一疋回之，謂之答賀。”今作上賀。

【賞適】賞心安適。北史陽休之傳:“簡率不樂煩職，典選稍久，非其所好。每謂人曰:‘此官實自清華，但煩劇，妨吾賞適，真是獎籠矣。’”

【賞禮】賞賜禮物。左傳襄二六年:“(鄭伯)賜子産次路再命之服，先六邑。子産辭邑。曰:‘……臣不敢及賞禮，請辭邑。’公固予之，乃受三邑。”注:“賞禮，以禮見賞，謂六邑也。”

【賞識】識別並重視人才。後漢書六八許劭傳:“少峻名節，好人倫，多所賞識。”宋史三一九歐陽修傳:“獎引後進，如恐不及，賞識之下，率爲聞人。”

【賞鑒】賞識，鑒別。文苑英華八八三唐張説贈太尉裴行儉神道碑:“凡所進拔，皆爲名將，此則有道之人倫，武侯之賞鑒也。”宋華鎮雲溪居士集七挽兗守程大卿詩之三:“交遊敦久要，賞鑒謝先容。”此皆對人言。唐司空圖司空表聖文集三書屏記:“今旅寓華下，於進士姚顗所居獲覽書品及徐公評論，因感憤追述，貽信後學，且冀精於賞鑒者，必將繼有詮次。”宋米芾畫史唐畫:“好事者與賞鑒之家，爲二等。賞鑒家謂其篤好，遍閱紀録，又復心得或自能畫，所收皆精品。”此皆對書畫言。

【賞贛】賞賜。急就篇一:“寵賞贛。”唐顏師古注:“寵者，高屋之名，寵氏之先，貲産殷富，好爲室屋，鄉黨榮慕，謂之寵家，遂以立氏。……贛，賜也。賞贛義與得賜同。”

【賞心亭】路邊游息之亭。宋岳珂桯史九金陵無名詩:“王荊公(安石)罷相鎮金陵……有無名子題詩賞心亭曰:‘青苗免役兩妨農，天下嗷嗷怨相公。’”明劉基誠意伯集十八漁父詞之二:“白鷺洲邊好月明，賞心亭下暮潮平。”

【賞心樂事】心情歡悦，如意稱快之事。文選南朝宋謝靈運擬魏太子鄴中集詩八首序:“天下良辰、美景、賞心、樂事，四者難并。”元周密武林舊事十有張約齋(鎡)賞心樂事一則，記一年中遊觀之事。明湯顯祖牡丹亭驚夢:“良辰美景奈何天，賞心樂事誰家院。”

【賞花釣魚】宋太宗雍熙二年四月命宰相、三司使、翰林、樞密直學士、尚書省四品兩省五品以上、三館學士，宴於宫内，賞花釣魚，張樂賜宴，自後成爲故事。宋人集中多有和賞花釣魚詩，如王安石臨川集十八有和御製賞花釣魚詩二首。參閱宋史禮志五。

賠 péi 字彙 俗音裴。ㄆㄟˊ

㊀賠償。元曲選關漢卿裴度還帶四:“聖人可憐，將老夫賠過贓三千貫，盡給還老夫。”明王志堅表異録十一:“高歡立法，盜私家十備五，盜官物十備三。後周(明帝紀)詔，侵盜官廩，雖經赦免，徵備如法。備音裴，償補也。今作賠。”㊁折損，虧蝕。三國演義五五:“周郎妙計安天下，賠了夫人又折兵!”

【賠錢貨】舊時重男輕女，稱女子爲賠錢貨。賠，也作陪。元王實甫西廂記二本三折:“他怕我是陪錢貨，兩當一便成合。”古雜劇元賈仲名荊楚臣重對玉梳二:“休置俺這等掂梢折本賠錢貨，則守恁那遠害全身安樂窩。”

賥 suì 雖遂切，去，至韻，心。ㄙㄨㄟˋ

財物。韓非子説疑:“故爲人臣者，破家殘賥，内構黨與，外接巷族以爲譽。”

賧 tàn 吐濫切，去，闞韻，透。ㄊㄢˋ

指古代東方、南方民族以財贖罪。宋書吳喜傳:“又遣人入蠻，矯詔慰勞，賧伐所得，一以入私。”魏書劉裕傳:“凡蠻夷不受鞭罰，輸財贖罪謂之賧。”

賦 fù 方遇切，去，遇韻，幫。ㄈㄨˋ

㊀田地税。書禹貢:“厥田惟下下，厥賦下上錯。”又禹貢“任土作貢”疏:“賦者，自上税下之名，謂治田出穀，故經定其差等，謂之厥賦。”㊁收田地税。吕氏春秋樂成:“我有田疇，而子産賦之。”㊂兵。古按田賦出兵，故稱兵爲賦。論語公冶長:“千乘之國，可使治其賦也。”國語魯下:“自伯子男有大夫無卿，帥賦以從諸侯。”注:“賦，國中出兵車甲士，以從大國諸侯也。”㊃稟受。如天賦、稟賦。見“賦分”。㊄頒布。詩大雅烝民:“天子是若，明命使賦。”㊅授，給予。國語晉四:“公屬百官，賦職任功。”吕氏春秋分職:“出高庫之兵以賦民。”注:“賦，予也。”㊆貢士曰賦。漢書四九鼂錯傳:“今臣(曹)窋等乃以臣錯充賦。”謂備數如賦調。㊇詩周南關雎序謂詩有六義:風、雅、頌、賦、比、興。鋪叙其事曰賦。參見“六義”。㊈文體名。文選漢班孟堅(固)兩都賦序:“賦者，古詩之流也。”

【賦分】天賦資質。唐温庭筠集六開成五年秋……因書懷……一百韻詩:“賦分知前定，寒心畏厚誣。”金元好問遺山集一麥歎詩:“人滿天地間，天豈獨吾讐。正以賦分薄，所向困拙謀。”

【賦役】田賦力役的合稱。古制除地租外，每年調用民力若干天，稱爲力役，後世改用雇役，以另收丁税代替勞役。清康熙時，納丁税於田租，稱爲地丁，而賦役則作爲田租的專稱。三國志魏杜恕傳上疏:“帑藏歲虚而制度歲廣，民力歲衰而賦役歲興，不可謂節用。”

【賦彩】着色。南齊謝赫古畫品録顧駿之:“賦彩製形，皆創新意。”參見“傅彩”。

【賦得】科舉考試，考官以古人詩句，或各事物爲題，使作五言排律詩六韻或八韻，稱爲試帖，題目用“賦得”。唐以前如梁元帝有賦得涉江采芙蓉詩、北周庾信庾子山集六有賦得荷、賦得集池雁等。唐元稹有賦得數蓂試帖詩。至唐後遂成爲科舉試士詩的一體。

【賦閒】晉潘岳辭官家居，作閒居賦，賦見文選。近代稱人失業爲賦閒。官場現形記四三:“吾兄在省候補，是個賦閒的人，有這閒工夫等他。”

【賦税】田地税。漢書食貨志上:“有賦有税，税謂公田十一及工商衡虞之入也。賦共車馬甲兵士徒之役，充實府庫賜予之用。税給郊社宗廟百神之祀，天子奉養，百官禄食庶事之費。”注:“賦謂計口發財，税謂收其田入也。"宋李覯直講李先生文集十八安民策九："先王之道，取於民有制，計口發財曰賦，收其田入曰税。"

【賦稟】人自然具有的資質。宋梅堯臣宛陵集三六依韻公擇察推詩："竊常恃賦稟，平直如勁箭。"

【賦算】賦税。北齊顏之推顏氏家訓歸心："遂使非法之寺，妨民稼穡；無業之僧，失國賦算；非大覺之本旨也。"

【賦輿】兵車。古以田賦出兵，故稱兵車爲賦輿。左傳成二年："晉人許之，對曰：'羣臣帥賦輿，以爲魯衛請。'"注："賦輿，猶兵車。"亦用以泛指軍事。唐權德輿權載之集四送商州杜中丞赴任詩："安康地里接商於，帝命專城總賦輿。"

【賦歸】猶言告歸。論語公冶長："子在陳曰：'歸與，歸與。'"後因以賦歸作告歸的代稱。宋范成大石湖集十七病起初見賓僚時上疏乞祠未報："追此良辰公事少，天恩儻許賦歸歟。"朱熹朱文公集八宿密菴分韻賦詩得衣字詩："明朝驛騎黄塵裏，莫待迷塗始賦歸。"

【賦韻】指限韻分詠。南朝人作詩，多先賦韻，如梁武帝於華光殿宴飲聯句，沈約賦韻，曹景宗不得韻，啟求賦詩，乃得競病兩字之類。參閱南史曹景宗傳、宋洪邁容齋續筆五作詩先賦韻。

【賦鵩】漢賈誼爲長沙王太傅三年，有鵩飛入舍，楚人命鵩曰服，乃爲賦以自廣。服，同鵩。見史記八四賈生傳。唐李中碧雲集下吉水作尉時酬閻侍御見寄詩："謬佐驅雞任，常思賦鵩人。"

賭

dǔ 當古切，上，姥韻，端。

ㄉㄨˇ

賭博。用財物作注比勝負。三國志吳韋曜傳博弈論："今世之人多不務經術，好翫博弈，……至或賭及衣服，徙棊易行，廉恥之意弛，而忿戾之色發。"凡較勝負皆曰賭。唐白居易長慶集十七劉十九同宿詩："唯共嵩陽劉處士，圍棊賭酒到天明。"

【賭書】比賽書法。南齊書王僧虔傳："太祖善書，及即位，篤好不已。與僧虔賭書畢，謂僧虔曰：'誰爲第一？'僧虔曰：'臣書第一，陛下亦第一。'上笑曰：'卿可謂善自爲謀矣。'"

【賭郡】以郡官爲賭注。宋書羊玄保傳："善弈棋，棋品第三，太祖與賭郡戲，勝，以補宣城太守。"

【賭博】以錢物作注來比輸贏。宋蘇軾東坡集奏議十四乞降度牒修定州禁軍營房狀："城中有開櫃坊人百餘户，明出牌牓，召軍民賭博。"晏殊珠玉詞山亭柳："家住西秦，賭博藝隨身。"

【賭賽】比優劣定勝負。魏書任城王雲傳附元澄："（高祖）特令澄爲七言連韻，與高祖往復賭賽，遂至極歡，際夜乃罷。"

賬

zhàng

ㄓㄤˋ

登記出入款數的簿册。古作"帳"。漢書武帝紀元封五年"因朝諸侯王列侯，受郡國計"唐顏師古注："計，若今之諸州計帳也。"後人因避免與帷帳之義相混，另造賬字以代之，如賬單、賬簿等。舊五代史周世宗紀二顯德二年詔："每年造僧賬二本，其一本奏聞，一本申祠部。逐年四月十五日後，勒諸縣取索管界寺院僧尼數目申州，州司攢賬，至五月終以前文賬到京。"參見"帳"。

賤

jiàn 才線切，去，線韻，從。

ㄐㄧㄢˋ

㊀價值低廉。漢書食貨志上："糴甚貴傷民，甚賤傷農。"又下："大農諸官盡籠天下之貨物，貴則賣之，賤則買之。"㊁卑下，卑微。論語子罕："吾少也賤，故多能鄙事。"㊂輕視。禮樂記："廣則容姦，狹則思欲，感條暢之氣而滅平和之德，是以君子賤之也。"㊃自謙之詞。戰國策趙二："周紹曰：'王失論矣，非賤臣所敢任也。'"㊄姓。虞子賤後，以字爲姓。漢有右北平太守賤瓊，又有賤虞。參閱通志二九氏族五去聲。

【賤子】自謙之稱。漢書九二樓護傳："而成都侯（王）商子邑爲大司空，貴重，商故人皆敬事邑，唯護自安如舊節，邑亦父事之，不敢有闕。時請召賓客，邑居樽下，稱'賤子上壽。'"南朝宋鮑照鮑氏集三代東武吟詩："主人且勿諠，賤子歌一言。"

【賤伎】卑微的技藝。南朝梁江淹江文通集三獄中上建平王書："備鳴盗淺術之餘，豫三五賤伎之末。"

【賤妾】㊀位卑之妾。左傳宣三年："鄭文公有賤妾曰燕姞。"漢王充論衡四諱："昔齊相田嬰賤妾有子，名之曰文。"㊁婦人自謙之稱。後漢書鄧皇后紀："后言於帝曰：宫禁至重，而使外舍久在内省，上令陛下有幸私之譏，下使賤妾獲不知足之謗，上下交損，誠不願也。"

【賤事】㊀謙稱自己之事。漢書六二司馬遷傳報任安書："書辭宜答，會東從上來，又迫賤事，相見日淺，卒卒無須臾之間得竭指意。"注："謂所供職事也。"㊁鄙賤之事。後漢書六四吳祐傳："常牧豕於長垣澤中，行吟經書，遇父故人，謂曰：'卿二千石子而自業賤事，縱子無恥，奈先君何！'"

【賤息】謙稱己子。戰國策趙四："老臣賤息舒祺最少，不肖，而臣衰，竊愛憐之。"

【賤降】自己生日的謙稱。元曲選關漢卿陳母教子三："老身陳婆婆是也，今日是老身生辰賤降的日子。"

【賤累】謙稱自己的家屬。宋蘇軾東坡集續集四與林天和長官書之四："承問賤累，正月末已到贛上矣。"

【賤業】卑下的職業。漢書七二王貢兩龔鮑傳序："君平卜筮於成都市，以爲'卜筮者賤業，而可以惠衆人。'"

【賤儒】鄙塞偏執、不識大道的儒者。荀子非十二子："弟佗其冠，衶禫其辭，禹行而舜趨，是子張氏之賤儒也。正其衣冠，齊其顔色，嗛然而終日不言，是子夏氏之賤儒也。偷儒憚事，無廉恥而嗜飲食，必曰君子固不用力，是子游氏之賤儒也。"注："此皆言先儒性有所偏，愚者效而慕之，故有此敝也。"

【賤軀】謙稱己身。文選漢李少卿（陵）與蘇武詩之一："欲因晨風發，送子以賤軀。"

【賤丈夫】貪利可鄙之人。孟子公孫丑下："有賤丈夫焉，必求龍斷而登之，以左右望而罔市利，人皆以爲賤。"

賰

jū 九魚切，平，魚韻，見。

ㄐㄩ

㊀賣。見廣雅釋詁。㊁貯存。唐元結元次山集四石魚湖上作詩序："有獨石在水中，狀如遊魚，魚凹處，修之可以賰酒。"

賜

cì 斯義切，去，寘韻，心。

ㄘˋ

㊀給予。上給下謂賜。禮曲禮上："夫爲人子者，三賜不及車馬。"㊁恩惠。論語憲問："管仲相桓公，霸諸侯，一匡天下，民到于今受其賜。"國語晉一："報生以死，報賜以力，人之道也。"注："賜，惠也。"㊂窮盡。通"儩"。文選晉潘安仁（岳）西征賦："超長懷以遐念，若循環之無賜。"書札中稱言猶未盡曰不儩。㊃姓。世本氏姓："賜氏，齊大夫簡子賜之後。"通志二八氏族四以名爲氏："仲尼弟子端木賜之後，以王父名爲氏。"

【賜火】周禮四時變國火，謂春取榆柳之火，夏取棗杏之火，秋取柞楢之火，冬取槐檀之火。唐宋唯清明取榆柳之火以賜近臣、戚里。唐韓愈昌黎集九寒食直歸遇雨詩："惟將新賜火，向曙著朝衣。"宋歐陽修文忠集十二和較藝將畢詩："踏青寒時追遊騎，賜火清明忝侍臣。"參閱宋胡仔苕溪漁隱叢話前集二二熟食清明引迂叟詩話。

【賜支】地名，即書禹貢之析支。後漢書八七西羌傳："賜支者，禹貢所謂析支者也。"故地在今青海積石山至貴德縣、河曲一帶。參見"析支"。

【賜氏】古時貴者有氏，賤者無氏。故有功者，君主賜氏以示寵幸。左傳昭二九年："有陶唐氏既衰，其後有劉累，學擾龍于豢龍氏，以事孔甲，能飲食之。夏后嘉之，賜氏曰御龍。"

【賜田】君主賜予之田。南史王曇首傳附王騫："騫舊墅在寺側者，卽王導賜田也。"元范椁范德機詩集七送梁知事之婺州："新官浙下皆名郡，舊宅山東有賜田。"

【賜告】漢律：二千石有予告，有賜告。病滿三月當免，皇帝優賜其告，使得帶印綬。將官屬歸家治病，謂之賜告。至成帝時，郡國二千石賜告不得歸家。至和帝時，賜予皆絕。史記一二〇汲黯傳："黯多病，病且滿三月，上常賜告者數，終不愈。"集解："如淳曰：杜欽所謂'病滿賜告，詔恩'也。"參見"予告"。

【賜官】賜予置官以治家邑的權力。周禮春官大宗伯："一命受職，……六命賜官。"注："賜官者，使得自置其臣治家邑，如諸侯。"

【賜玦】見"賜環"。

【賜板】謂以白板書官爵賜人，無印綬，僅得虛銜而已。魏書肅宗紀熙平二年："丁酉，詔京尹所統，百年以上賜大郡板，九十以上賜小郡板。"也稱"板贈"。又孝感吴悉達傳："刺史以悉達兄弟行著鄉里，板贈悉達父勃海太守。"

【賜姓】天子因官吏有功，賜姓以示褒寵。左傳隱八年："天子建德，因生以賜姓。"注："因其所由生以賜姓，謂若舜由嬀汭，故陳爲嬀姓。"後代多有以王朝家族的姓施於功臣，如漢高祖賜婁敬姓曰劉氏，唐太宗賜徐勣姓曰李氏。

【賜則】賜予土地。周禮春官大宗伯："四命受器，五命賜則。"注："則，地未成國之名，王之下大夫四命，出封加一等。五命，賜之以方百里，二百里之地者。方三百里以上爲成國。"

【賜胙】賜祭後的肉。左傳僖九年："王使宰孔賜齊侯胙，曰：天子有事于文武，使孔賜伯舅胙。"注："胙，祭肉。"後漢書祭祀志下"惠、景、昭三帝非殷祭時不祭"注："舊漢儀：'其夜半入行禮，平明上九卮，畢，羣臣皆拜，因賜胙。'"

【賜卹】給死者家屬以撫卹。後漢書質帝紀詔："又兵役連年，死亡流離，或支骸不斂，或停棺莫收。……今遣使者案行，若無家屬及貧無資者，隨宜賜卹，以慰孤魂。"後世卹典，專用於在官有功者。清制：一品官在外身故，例得賜卹。二品以下賜卹，須奉特旨。陣亡者，由兵部議卹。因公差遣，没於大洋江湖者，照陣亡例。參閱清會典事例四九七禮部喪禮。

【賜宴】君臣宴集。隋書韋師傳："上召師與左僕射高熲、上柱國韓擒等，於卧内賜宴，令各敍舊事，以爲笑樂。"舊唐書憲宗紀上元和二年正月："丁巳，停中和、重陽二節賜宴。"

【賜書】皇帝賜予的書籍。漢書一〇〇上敍傳："(班)彪字叔皮，幼與從兄嗣共遊學，家有賜書。"北周庾信庾子山集一小園賦："門有通德，家承賜書。"

【賜祭】大臣身故，皇帝遣官致祭。清制：親王以下至奉恩將軍身故，例得賜祭。公侯伯子男及内外文武官員身故予卹典者，亦得致祭。見清會典事例四九七禮部喪禮。

【賜魚】賜魚袋。新唐書車服志："高宗給五品以上隨身魚銀袋，以防召命之詐，出内必合之。三品以上金飾袋。垂拱中，都督、刺史始賜魚。"參見"賜紫"。

【賜奠】清制：親王喪禮，皇帝親臨致祭，謂之賜奠。對於師傅大臣，爲示尊崇亦有賜奠之舉。見清會典事例四九七禮部喪禮。

【賜紫】唐制：以紫色爲三品以上官員的袍色，五品以上爲緋色，官位不及者，及僧道以至畫院待詔，也往往有賜紫之舉。賜紫必兼金魚袋，故也稱賜金紫。宋沿唐例。見舊唐書輿服志、新唐書車服志。

【賜復】以特恩免除賦役。後漢書光武紀下建武十九年："秋九月，南巡狩，……賜吏人，復南頓田租歲。父老前叩頭言：'皇考居此日久，陛下識知寺舍，每來輒加厚恩，願賜復十年。'"

【賜福】皇帝祭宗廟，贊享以祖先之名讀祝誦之辭，以賜福於皇帝。後漢書祭祀志下"惠景昭三帝非殷祭時不祭"注："丁孚漢儀有桓帝祠恭懷皇后祝文曰：'……嘏辭賜皇帝福：恭懷皇后命工祝承致多福無疆于爾孝曾孫皇帝，使爾受禄于天，宜稼于田，眉壽萬年。介爾景福，俾守爾民，勿替引之。'"參見"賜壽"。

【賜筯】賜臣下金筯以表彰其忠直。唐玄宗時宋璟爲宰相，朝野人心歸美。會春宴，帝以所用金筯，令内臣賜璟，曰："所賜之物，非賜汝金，蓋賜卿之筯，表卿之直也。"見五代王仁裕開元天寶遺事上賜筯表直。

【賜壽】㊀漢制宗廟三年大祫祭時，皇帝再拜前上酒畢，退西面坐。贊享奉高祖賜壽，以祭物太牢之左辨（膝以下的部位）賜皇帝。見後漢書祭祀志下"惠、景、昭三帝非殷祭時不祭"注引漢舊儀。㊁清制：内廷大官生日，賜以壽字及聯物，亦稱賜壽。

【賜酺】漢律，三人以上無故不得聚飲，違者罰金四兩。朝廷有慶祝之事，特許臣民會聚歡飲，稱賜酺。漢書文帝紀詔："朕初卽位，其赦天下，賜民爵一級，女子百户牛酒，酺五日。"後來歷代王朝，遇新皇帝登位、帝后誕日、豐收、平定叛亂等事，常有賜酺之舉。新唐書太宗紀貞觀二年："九月壬子，以有年，賜酺三日。"參見"酺"。

【賜緋】唐代五品官以上之服色。舊唐書一六六元稹傳自敍："朱書授臣制誥，延英召臣賜緋。"參見"賜紫"。

【賜履】㊀君主所賜的封地。左傳僖四年："賜我君履，東至于海，西至于河，南至于穆陵，北至于無棣。"注："履，所踐履之界。"泛指界域。明高啓高太史集十四送鄭都司赴大將軍行營詩："賜履已分無棣遠，舞戈還見有苗來。"㊁神話傳説，東漢葉令王喬，朔望自縣詣朝，每臨至，不見車騎，常有雙鳧從南飛來。明帝命太史候鳧至，張羅網之，僅得四年中尚方署所賜尚書官屬之履。見漢應劭風俗通二葉令祠、後漢書八二上王喬傳。後用作京官的典故。唐杜甫杜工部草堂詩箋三八長沙送李十一銜："遠媿尚方曾賜履，竟非吾土倦登樓。"杜甫曾爲右拾遺，故稱。

【賜謚】大臣死，天子賜予謚號。周禮春官大史："凡喪事攷焉，小喪賜謚。"注："小喪，卿大夫也。"參見"謚法"。

【賜環】荀子大略："絶人以玦，反絶以環。"唐楊倞注："玦如環而缺，肉好若一謂之環。古者臣有罪，待放於境，三年不敢去，與之環則還，與之玦則絶，皆所以見意也。"後稱於被放逐之臣赦罪召還爲賜環，永不召還謂賜玦。唐張説張燕公集三出湖寄趙冬曦詩之二："湘浦未賜環，荆門猶主諾。"

【賜爵】㊀指祭祀時賜予助祭者以酒爵。禮祭統："凡賜爵，昭爲一，穆爲一。"㊁賜予爵位。墨子號令:"丞及吏比於丞者,賜爵五大夫。"漢書高帝紀下詔:"軍吏卒會赦,其亡罪而亡爵及不滿大夫者,皆賜爵爲大夫。"

【賜灌】賜飲。灌猶飲。禮投壺:"當飲者皆跪奉觴,曰賜灌。"明汪禔投壺儀節儀節:"勝者揖飲者,東面跪豐旁,取酒捧揖勝者曰賜灌。勝者西面跪對曰敬養。"

【賜硯堂】室名。清長洲顧沅以其先世曾得雍正時世宗(胤禛)所賜古硯,因稱所居之堂爲賜硯。沅收藏古籍及金石文字甚富,曾刻賜硯堂叢書,分甲乙丙丁四集,共四十種,除明人一種外,皆爲清人著作。

賙

zhōu 職流切,平,尤韻,照。ㄓㄡ

給,救濟。周禮地官大司徒:"五黨爲州,使之相賙。"注:"賙者,謂禮物不備,相給足也。"北齊顏之推顏氏家訓勉學:"賙窮卹匱,赧然悔恥。"

【賙濟】救濟,給予。新唐書一六四薛戎傳:"悉奉稟賙濟內外親,無疏遠皆歸之。既病,以所有分遺之曰:'吾死矣,可持爲歸資。'衆皆哭而去。"

質

zhì 之日切,入,質韻,照。ㄓ

㊀抵押。說文:"質,以物相贅。"梁書庾詵傳:"隣人有被誣爲盜者,被治劾,妄款。詵矜之,乃以書質錢二萬,令門生詐爲其親,代之酬備。"㊁留作保證的人、物。左傳隱三年:"王貳于虢,鄭伯怨王,王曰無之,故周鄭交質。王子狐爲質於鄭,鄭公子忽爲質於周。"戰國策趙四:"趙太后新用事,秦急攻之,趙氏求救於齊,齊曰:必以長安君爲質,兵乃出。"㊂盟約。左傳哀二十年:"趙孟曰:黃池之役,先主與吳王有質。"㊃貿易契券。見"質劑"。㊄誠信,真實。左傳昭十六年:"楚子聞蠻氏之亂也,與蠻子之無質也,使然丹誘戎蠻子嘉,殺之。"注:"質,誠也。"大戴禮衛將軍文子:"孔子曰:'言之。'子貢以其質告。"注:"質,由實也。"㊅本體。易繫辭下:"易之爲書也,原始要終,以爲質也。"論語衛靈公:"君子義以爲質,禮以行之。"㊆稟性。禮禮器:"禮,釋回,增美質。措則正,施則行。"楚辭屈原九章惜誦:"恐情質之不信兮,故重著以自明。"㊇質樸。與"文"相對。論語雍也:"質勝文則野,文勝質則史。"㊈就正,請評定;諮詢。詩大雅緜:"虞芮質厥成。"禮王制:"司會以歲之成質於天子。"疏:"質,平也,謂奉上文書,聽天子平量之。"世說新語言語"南郡龐士元聞司馬德操在潁川"注引司馬徽別傳:"其婦諫曰:人質所疑,君宜辨論,而一皆言佳,豈人所以咨君之意乎?"㊉射侯,箭靶。周禮天官司裘"皆設其鵠"注:"鵠,鵠毛也。方十尺曰侯,四尺曰鵠,二尺曰正,四寸曰質。"荀子勸學:"是故質的張而弓矢至焉。"注:"質,射侯。"亦泛指目標。韓非子存韓:"均如貴臣之計,則秦必爲天下兵質矣。"⑪弓柎。公羊傳定八年:"璋判白,弓繡質。"注:"質,柎也。"⑫即椹,古刑具,鍘刀的墊座。同"櫍"、"鑕"。穀梁傳昭八年:"以葛覆質以爲槷。"注:"質,椹也。"史記九六張蒼傳:"蒼坐法當斬,解衣伏質,身長大,肥白如瓠。"⑬初見時所執持的禮物。俗稱見面禮。通"贄"。孟子滕文公下:"傳曰:孔子三月無君,則皇皇如也,出疆必載質。"注:"質,臣所執以見君者也。"⑭姓。漢有質氏,以洒削而鼎食。見漢書貨殖傳。

【質人】官名。周禮地官之屬。主平定物價,保證貨物的品質。

【質子】人質。古代派往別國作抵押的人,多爲王子或世子,故名質子。戰國策燕一:"蘇秦弟厲,因燕質子而求見齊王。"又秦五:"濮陽人呂不韋賈於邯鄲,見秦質子異人。"

【質木】質樸無文飾。漢書地理志下:"故此(天水隴西)數郡,民俗質木,不恥寇盜。"文選晉陸士衡(機)漢高祖功臣頌:"絳侯質木,多略寡言。"絳侯,周勃。

【質布】質人掌管市易,課犯約者的錢帛,稱質布。周禮地官廛人:"廛人掌斂市,絘布,總布,質布,罰布,廛布,而入于泉府。"注:"質布者,質人所罰犯質劑者之泉也。"參見"質劑"。

【質地】布帛等物的底色。三國魏明帝景初二年賜倭女王絳地交龍錦五匹,絳地縐粟罽十張,紺地句文錦三匹。見三國志魏東夷傳。注謂地當作"綈"。清洪亮吉以爲地猶質,絳地紺地,即以絳色紺色爲質耳,今俗語尚云質地。瓷器有青花白地者,亦即此義。見曉讀書齋雜錄初錄下。

【質朴】樸實。漢書七三韋賢傳:"賢爲人質朴少欲,篤志於學。"漢王充論衡齊世:"語稱上世之人,質朴易化。"朴,亦作"樸"。抱朴子鈞世:"是以古書雖質樸,而俗儒謂之墮於天也,今文雖美玉,而常人同之於瓦礫也。"

【質成】求人評定是非。詩大雅緜:"虞芮質厥成,文王蹶厥生。"傳:"質,成也;成,平也;蹶,動也。虞、芮之君,相與爭田,久而不平,乃相謂曰:'西伯,仁人也,盍往質焉。'乃相與朝周。"

【質任】猶質子。三國志魏衛覬傳注引魏書:"是時關西諸將,外雖懷附,內未可信。司隸校尉鍾繇求以三千兵入關,外託討張魯,內以脅取質任。"

【質言】實言。史記一〇二張釋之傳:"問釋之秦之敝,具以質言。"

【質作】以身抵押服勞役。梁書武帝紀下中大同元年詔:"自今可通用足陌錢,令書行後,百日爲期,若猶有犯,男子謫運,女子質作,並同三年。"隋書刑法志:"一人亡逃,則舉家質作。"

【質劵】典押借貸的契劵。金史李晏傳:"故同判大睦親府事謀衍家有民質劵,積其息不能償,因没爲奴。"

【質直】正直。論語顏淵:"夫達也者,質直而好義。"

【質明】天剛亮的時候。儀禮士冠禮:"擯者請期,宰告曰:'質明行事。'"注:"質,正也,……且日正明,行冠事。"禮禮器:"他日祭,子路與。室事交乎户,堂事交乎階,質明而始行事,晏朝而退。"

【質的】箭靶。淮南子原道:"先者隤陷,則後者以謀,先者敗績,則後者違之;由此觀之,先者則後者之弓矢質的也。"

【質要】古代買賣貨物的劵契。左傳文六年:"正法罪,辟刑獄,董逋逃,由質要。"注:"由,用也;質要,劵契也。"後漢書六十上馬融傳:"由質要之故業,率典刑之舊章。"引申爲準則。三國志魏公孫瓚傳"紹遣將攻之,連年不能拔"注引漢晉春秋袁紹與瓚書:"而足下二三其德,彊弱易謀,急則曲躬,緩則放逸,行無定端,言無質要,爲壯士者,固若此乎?"

【質律】猶質劑。荀子王霸:"關市,幾而不征;質律,禁止而不偏。如是,則商賈莫不敦慤而無詐矣。"注:"質律,質劑也。可以爲法,故言質律也……周禮小宰聽賣買以質劑。鄭司農云:質劑平市價,皆今之劵書也。"

【質庫】即當舖。續傳燈錄二六天游禪師偈:"質庫何曾解典牛,秖緣價重實難酬。想君本領無多子,畢竟難禁這一頭。"舊唐書德宗紀建中三年:"少尹韋禎又取僦櫃質庫法拷索之,纔及二百萬。"參閱宋吳曾能改齋漫錄一物質錢爲解庫。

【質責】以正義責人。史記一二〇汲黯傳:"黯數質責(張)湯于上前,曰:'公爲正卿,上不能褒先帝之功業,下不能抑天下之邪心。'"

【質問】問人而正其是非。漢書三六楚元王傳附劉歆："時丞相史尹咸以能治左氏，與歆共校經傳，歆略從咸及丞相翟方進受，質問大義。"注："質，正也。"又八八嚴彭祖傳："質問疑誼，各持所見。"

【質鈇】卽斧砧，古之刑具。漢書八七下揚雄傳解謿："徽以糾墨，製以質鈇，散以禮樂，風以詩、書，曠以歲月，結以倚廬。"

【質疑】心有所疑，就正於人。管子七臣七主："芒主通人情以質疑，故臣下無信。"漢書九二陳遵傳："(張)竦居貧，無賓客，時時好事者從之質疑問事，論道經書而已。"

【質劑】貿易券契。周禮地官質人："凡賣儥者質劑焉，大市以質，小市以劑。"質，長券，用以購買馬牛之屬。劑，短券，用以購買兵器珍異之物。見周禮地官司徒司市疏。

【質館】接納域外民族降人質子之所。後漢書九十鮮卑傳："通胡市，因築南北兩部質館。"注："築館以受降質。"

【質讓】詰問譴責。後漢書七一皇甫嵩傳："堅壽直前質讓，責以大義。"

【質多羅】樹名。全名波利質多羅樹。卽貝多樹。北周庾信庾子山集十三陝州弘農郡五張寺經藏碑："是以熙連禪河，質多羅樹，……象負之所未勝，龍藏之所不盡。"

【質典庫】金大定十三年於中都、南京、東平、真定等處並置質典庫，以流泉爲名，各設使、副一員。凡典質物，使、副親評價直，許典七分，月利一分，不及一月者以日記之。經二周年外，又逾月不贖，卽聽下架出賣。見金史百官志三中都流泉務。

【質孫衣】一色衣服。元史輿服志一："質孫，漢言一色服也，内庭大宴則服之。"質，亦作"只"，元詩紀事十七柯九思宮詩之五注："凡諸侯王及外番來朝，必錫宴以見之，國語謂之質孫宴。質孫，漢言一色，言其衣服皆一色也。參見"一色衣"、"只孫"。

九　畫

賴 lài ㄌㄞˋ 落蓋切，去，泰韻，來。

㊀依靠，憑藉。書大禹謨："六府三事允治，萬世永賴。"又呂刑："一人有慶，兆民賴之。"㊁贏，利。國語齊："相語以利，相示以賴。"注："賴，贏也。"戰國策衛："胡衍謂樗里疾曰：公之伐蒲，以爲秦乎，以爲魏乎？爲魏則善，爲秦則不賴矣。"㊂有事實而否認，故意拖延。清平山堂話本錯認屍："大娘子，你不要賴！瞞了別人，不要瞞我。"㊃惡瘡。通"癩"。史記八六刺客傳"漆身爲厲"索隱："厲音賴，惡瘡也。……古多假厲爲賴。"㊄姓。春秋時有賴國，爲楚所滅，子孫以國爲氏。漢有交趾太守賴先。見元和姓纂八泰。

【賴子】圖人財物而不知羞恥的人。新五代史南平世家高從誨傳："其後南漢與閩蜀皆稱帝，從誨所嚮稱臣，蓋利其賜予。俚俗語謂奪攘苟得無媿恥者爲賴子，猶言無賴也，故諸國皆目爲高賴子。"

【賴利】受惠。新唐書一五四李晟傳附李憲："憲濱汾相地治新倉，當費二百萬，請留垣縣粟糴河南，以錢還糴絳粟，既免負載勞，又權其贏以完新倉，絳人賴利。"

賮 jìn ㄐㄧㄣˋ 徐刃切，去，震韻，邪。

㊀送行者所贈。"贐"本字。漢王充論衡刺孟引孟子："予將有遠行，行者必以賮。"一本作"贐"。梁書楊公則傳："徵中護軍，代至，乘二舸便發，賮送一無所取。"㊁納貢的財禮。文選南朝宋顏延年(延之)赭白馬賦："有肆險以稟朔，或踰遠而納賮。"

賵 fèng ㄈㄥˋ 撫鳳切，去，送韻，滂。

助葬用的如車馬束帛等財物。左傳隱元年："天王使宰咺來歸惠公仲子之賵。"公羊傳隱元年："賵者何？喪事有賵。賵者，蓋以馬，以乘馬束帛。車馬曰賵，貨財曰賻。"

十　畫

賽 sài ㄙㄞˋ 先代切，去，代韻，心。

㊀舊時酬神稱賽。唐韓愈昌黎集八城南聯句："賽饌木盤簇，靸妖藤索絣。"清鄭珍謂賽字漢以前作"塞"，六朝時乃從貝作"賽"。見說文新附考三賽。㊁比優劣定勝負。魏書任城王傳附元澄："特令澄爲七言連韻，與高祖往復賭賽。"㊂比並，等於。元曲選孟漢卿魔合羅一："自家李文道便是，開着個生藥鋪，人順口都叫我做賽盧醫。"㊃完結。宋趙長卿惜香樂府清平樂："何日利名俱賽，爲予笑下愁城。"梨園樂府上馬致遠新水令題西湖："自賽了兒婚女嫁，却歸來林下。"

【賽社】一年農事既畢，陳酒食以報田神，聚飲作樂。周代十二月腊祭的遺俗。宋劉克莊後村集十九喜雨二首束張使君又和詩之六："村深隱隱聞簫鼓，知是田家賽社還。"參閱宋高承事物紀原八賽神。

【賽神】還願，酬神。唐白居易長慶集十三春村詩："黃昏林下路，鼓笛賽神歸。"花間集二唐溫庭筠河瀆神三："銅鼓賽神來，滿庭幡蓋徘徊。"後稱賽會，於春、秋二季舉行。

【賽會】用儀仗、簫鼓、雜戲迎神，稱賽會。宋陸游劍南詩稿四五春儘記可喜數事："鄰家賽神會，自喜亦能來。"

【賽願】祈神還願。宋永亨搜採異聞録四："予頃使金國時，辟景孫弟輔行，弟婦在家許齋醮，及還家賽願，予爲作青詞。"

【賽鶻哥】傳說杜鵑花盛開，陽羨土人，有染成淺綠色者，名賽鶻哥。見清梁紹壬兩般秋雨盦隨筆二賽鶻哥。

賫 jī ㄐㄧ 相稽切，平，齊韻，精。

持物贈人。同"賷"、"齎"。漢王充論衡紀妖："妖氣象人之形，則其所賫持之物，非真物也。"周禮春官小宗伯"大賓客受其將幣之齎"注："齎，本又作賫。"

賺 zhuàn ㄓㄨㄢˋ 佇陷切，去，陷韻，澄。

㊀獲利。水滸二四："却說本縣知縣自到任已來，却得二年半多了，賺得好些金銀。"㊁騙。宋楊萬里誠齋集十四詩情詩："虛名滿世真何用，更把虛名賺後生。"元曲選缺名賺蒯通三："不想差一使去，果然賺的韓信回朝。"㊂樂歌的腔調。宋沈義父樂府指迷可歌之詞："如秦樓楚館所歌之詞，多是教坊樂工及鬧井做賺人所作。"宋灌圃耐得翁都城紀勝："賺者，誤賺之義也，令人正堪美聽，不覺已至尾聲，是不宜爲片序也……凡賺最難，以其兼慢曲、曲破、大曲、嘌唱、耍令、番曲、叫聲，諸家腔譜也。"

【賺漏】騙取。水滸三八："他却幾時有一錠大銀解了！兄長吃他賺漏了這個銀去。"

購 gòu ㄍㄡˋ 古候切，去，候韻，見。

㊀懸賞，收買。戰國策韓二："韓取聶政屍暴於市，縣購之千金。"史記九二淮陰侯傳："乃令軍中毋殺廣武君，有能生得者，購千金。"引申爲懸賞。今指買物爲購物。㊁講和。通"媾"。史記韓世家："乃警公仲之行，將西購於秦。"㊂草名。爾雅釋草："購，蔏蔞。"注："蔏蔞，蔞蒿

也，生下田。"

【購求】㊀懸賞格緝捕。史記一〇〇季布傳："項籍使將兵，數窘漢王，及項羽滅，高祖購求布千金，敢有舍匿，罪及三族。"㊁買物。漢書五九張湯傳附張安世："後購求得書，以相校無所遺失。"

賻 fù 符遇切，去，遇韻，並。ㄈㄨˋ

以財物助喪事。春秋隱三年："秋，武氏子來求賻。"荀子大略："貨財曰賻，輿馬曰賵，……賻賵所以佐生也。"

【賻布】送給喪家的錢帛。禮檀弓上："既葬，子碩欲以賻布之餘具祭器。"

【賻襚】送給喪家的貨財衣物。史記八三魯仲連傳："鄒魯之臣，生則不得事養，死則不得賻襚。"正義："衣服曰襚，貨財曰賻，皆助生送死之禮。"

賸 shèng 以證切，去，證韻，神。ㄕㄥˋ 實證切，去，證韻，神。

㊀多餘，餘下。同"剩"。唐杜甫杜工部草堂詩箋二七九日諸人集于林詩："舊采黃花賸，新梳白髮微。"新唐書二〇一杜甫傳贊："它人不足，甫乃厭餘，殘膏賸馥，沾丐後人多矣。"㊁儘。宋晏幾道小山詞鷓鴣天："今宵賸把銀釭照，猶恐相逢是夢中。"

【賸語】多餘的話。宋邵博邵氏聞見後錄："韓忠獻公（琦）曾祖惟古無官，以忠獻貴，贈太保，無可書。李邦直追作神道碑，至三百餘言，其文無一賸語，世尤以爲難也。"

【賸水殘山】荒寂之山川風物。元詩選陳樵鹿皮子集陳氏山林春日雜興："賸水殘山瘴海濱，一丘一壑可全真。"參見"殘山剩水"。

十一畫

贄 zhì 脂利切，去，至韻，照。ㄓˋ

㊀初見尊長時所送的禮品。左傳莊二四年："男贄，大者玉帛，小者禽鳥，以章物也；女贄，不過榛、栗、棗、脩，以告虔也。"㊁聘享的禮物。左傳成十二年："凡晉楚無相加戎，好惡同之，同恤菑危，備救凶患。……交贄往來，道路無壅。"注："贄，幣也。"㊂見"贄然"。

【贄然】不動貌。莊子在宥："鴻蒙方將拊髀雀躍而遊，雲將見之，倘然止，贄然立。"

【贄幣】見面時贈送的財物。國語周上："爲贄幣瑞節以鎮之。"晉書五行志上服妖："男女之別，國之大節，故服物異等，贄幣不同。"

贅 zhuì 之芮切，去，祭韻，照。ㄓㄨㄟˋ

㊀抵押。以物質錢。漢書四八賈誼傳陳政事疏："家貧子壯則出贅。"集解："家貧無有聘財，以身爲質也。"㊁連綴，聚集。詩大雅桑柔："哀恫中國，具贅卒荒。"宋朱熹集傳："贅，屬也。春秋傳曰'君若綴旒然'，與此贅同。"韓非子存韓："夫趙氏聚士卒，養從徒，欲贅天下之兵。"㊂多餘。莊子駢拇："附贅縣疣，出乎形成。"此指多餘之肉塊。南朝梁劉勰文心雕龍七鎔裁："一意兩出，義之駢枝也；同辭重句，文之疣贅也。"此指多餘重複的話。㊃男子到女家成婚謂之贅壻。見"贅壻"。㊄頂椎骨。莊子大宗師："肩高於頂，句贅指天。"

【贅子】漢書六四上嚴助傳淮南王安上書："間者，數年歲比不登，民待賣爵贅子以接衣食。"注："如淳曰：'淮南俗，賣子與人作奴婢，名爲贅子，三年不能贖，遂爲奴婢。'"

【贅木】樹上生長的木疙瘩。丸經下權輿："贅木爲丸，乃堅乃久。"注："贅木者，瘿木也，瘿木堅牢，故可久而不壞。"

【贅行】醜惡的行爲。老子："其在道也，曰餘食贅行，物或惡之，故有道者不處。"後漢書皇后紀論："當其接牀笫，承恩色，雖險情贅行，莫不德焉。"

【贅肬】見"贅疣"。

【贅疣】肉瘤。也譬喻多餘無用之物。莊子大宗師："彼以生爲附贅縣疣。"抱朴子逸民："流俗之所欲，不能染其神；近人之所惑，不能移其志；榮華猶贅疣也，萬物猶蜩翼也。"也作"贅肬"。楚辭屈原九章惜誦："竭忠誠以事君子兮，反離羣而贅肬。"

【贅斿】猶贅旒。新唐書一三七郭子儀傳贊："子儀自朔方提孤軍，轉戰逐北，誼不還顧。當是時，天子西走，唐祚若贅斿，而能輔太子，再造王室。"

【贅壻】男到女家成婚者。史記一二六滑稽傳："淳于髡者，齊之贅壻也。"索隱："女之夫也，比於子，如人疣贅，是餘剩之物也。"

【贅旒】喻虛居其位而無實權。公羊傳襄十六年："君若贅旒然。"注："旒，旂旒；贅，繫屬之辭；……以旂旒喻者，爲下所執持東西。"

【贅聚】會聚。漢書武帝紀元狩元年詔："賜縣三老、孝者帛，人五匹，鄉三老、弟者、力田帛，人三匹，年九十以上及鰥寡孤獨帛，人二匹，絮三斤，八十以上米，人三石，……縣鄉即賜，毋贅聚。"注："各遣就其所居而賜之，勿會聚也。"

賾 zé 士革切，入，麥韻，牀。ㄗㄜˊ

精微，深奧。易繫辭上："聖人有以見天下之賾，而擬諸其形容，象其物宜。"

十二畫

贇 yūn 於倫切，平，真韻，影。ㄩㄣ

美好貌。見廣韻。北周有宇文贇（宣帝）。

贈 zèng 昨亘切，去，嶝韻，從。ㄗㄥˋ

㊀奉送。詩鄭風女曰雞鳴："知子之來之，雜佩以贈之。"國語周下："賓禮贈餞，視其上而從之。"注："送之以物曰贈。"㊁送走，驅逐。周禮春官男巫："冬堂贈，無方無筭；春招弭，以除疾病。"注："贈，謂逐疫。"㊂以已官爵追封先人。又歷代朝廷賜給誥敕：生前曰封，身後曰贈。參見"封典"。

【贈刀】晉書王覽傳："呂虔有佩刀，工相之，以爲必登三公，可服此刀。虔謂王祥曰：'苟非其人，刀或爲害，卿有公輔之量，故以相與。'……祥臨薨，以刀授覽，曰：'汝後必興，足稱此刀。'"後因用贈刀事作爲頌人前程遠大之典。唐李白李太白詩九贈華州王司士："知君先負廟堂器，今日還須贈寶刀。"

【贈公】舊制，官員之父稱贈公，亦稱贈君。唐宋古文碑狀中多有。參閱清梁章鉅稱謂錄二五官員父母贈公。

【贈言】用正言相勉勵。多指臨別時贈語。荀子非相："故贈人以言，重於金石珠玉。"唐楊炯楊盈川集二西陵峽詩："行旅相贈言，風濤無極已。"

【贈序】文體之一，即贈別之文。臨別時親友贈言以申惜別之情者。清姚鼐古文辭類纂序："贈序類者，老子曰：'君子贈人以言。'顏淵子路之相違，則以言相贈處；梁王觴諸侯於范臺，魯君擇言而進，所以致敬愛，陳忠告之誼也。唐初贈人始以序名，作者亦衆，至於（韓）昌黎，乃得古人之意。"

【贈別】送別。全唐詩五五六馬戴下第寄友人："年來御溝柳，贈別雨霏霏。"

【贈策】見"繞朝策"。

【贈詩】互相贈答之詩。多爲送行或賀頌之作。唐杜甫杜工部詩史補遺九哭李常侍嶧之二："次第尋書札，呼兒檢贈詩。"

【贈賻】送財物助人辦喪事。儀禮既夕禮："知死者贈，知生者賻。"周書盧光傳："天和二年卒，時年六十二。高祖(宇文邕)少時嘗受業於光，故贈賻有加恒典。"

【贈儺】歲末或除夜驅逐疫鬼的祭儀。舊唐書禮儀志四："季冬晦，堂贈儺，磔牲於宮門及城四門。"一作"贈大儺"。舊唐書職官志三："太卜令掌卜筮之法。……歲季冬之晦，帥侲子入宮中堂贈大儺。"注："贈，送也。堂中舞侲子以送不祥也。"

賵 dàn 徒紺切，去，勘韻，定。ㄉㄢˋ

㊀買物預付錢。見廣韻。㊁卷首貼綾的地方。古時裝裱卷軸，引首後以綾貼之，曰賵。唐人謂之"玉池"。古藏書皆用錦賵。參閱明楊慎丹鉛總錄七珍寶。參見"玉池㊂"。

贊 zàn 則旰切，去，翰韻，精。ㄗㄢˋ

㊀輔佐，幫助。左傳僖二二年："勁敵之人，隘而不列，天贊我也。"禮中庸："能盡物之性，則可以贊天地之化育。"㊁引導。國語周上："太宰以王命，命冕服，內史贊之。"又晉八："韓宣子贊授客館。"注："贊，導也。"㊂告。書咸有一德："伊陟贊于巫咸。"注："贊，告也。"史記七七信陵君傳："公子引侯生坐上坐，徧贊賓客。"索隱："謂以侯生徧告賓客。"㊃贊禮。相者唱行禮之節曰贊。漢書九九上王莽傳："周公奉鬯立于阼階，延登，贊曰：'假王莅政。'"亦指贊禮之人。儀禮公食大夫禮："上贊，下大夫也。"㊄稱頌，讚美。三國魏劉楨劉公幹集射鳶詩："庶士同聲贊，君射一何妍。"世說新語賞譽下："常集聚，王公(導)每發言，衆競贊之。(王)述於末坐曰：'主非堯舜，何得事事皆是。'"㊅選拔。禮月令孟夏之月："命太尉贊桀俊，遂賢良，舉長大。"注："贊，猶出也。"㊆文體的一種。通"讚"。南朝梁劉勰文心雕龍二頌讚："讚之義兼美惡，亦猶頌之變耳。"文選有晉夏侯孝若(湛)東方朔畫贊。㊇姓。呂氏春秋有相馬贊居。參閱明陳士元姓觿七引千家姓。

【贊水】指引涉水的人。管子小問："有贊水者，曰：'從左方涉，其深及冠；從右方涉，其深至膝；若右涉，其大濟。'"

【贊成】贊助促成。三國志魏劉放傳："帝曰：'曹爽可代(燕王司馬)宇不？'放、(孫)資因贊成之。"晉書張華傳："帝潛與羊祜謀伐吳，而羣臣多以爲不可，唯華贊成其計。"

【贊府】唐時稱縣丞爲贊府，又稱爲贊公。唐封演封氏聞見記十獻論："裴子羽爲下邳令，張晴爲縣丞，二人俱有聲氣而善言語。曾論事移時，人吏竊相謂曰：'縣官甚不和，長官稱雨，贊府卽道晴；贊府稱晴，長官卽道雨；終日如此，非不和乎？'"參閱宋洪邁容齋隨筆四筆十五官稱別名。

【贊拜】臣子朝見君王，司儀宣讀行禮的儀式。三國志魏武帝紀建安十七年："天子命公贊拜不名，入朝不趨，劍履上殿，如蕭何故事。"後漢書四七班梁傳附何熙："贊拜殿中，音動左右。"

【贊皇】縣名。屬河北省。漢鄗縣地，屬恒山郡。隋置贊皇縣，取縣南贊皇山爲名。宋熙寧中省爲鎮，元祐復置，元至元二年併入高邑，七年復置，明清因之。參閱寰宇通志四真定府趙州。

【贊書】贊作詔書。周禮春官御史："御史……掌贊書。"注："王有命，當以書致之，則贊爲辭，若今尚書作詔文。"

【贊理】助理，助手。國語晉九："士景伯如楚，叔魚爲贊理。"

【贊善】官名。唐置贊善大夫，爲太子僚屬，掌侍從翊贊，比諫議大夫。見通典三十職官十二太子庶子贊善。

【贊揚】頌讚，稱揚。後漢書七十孔融傳："既而與(禰)衡更相贊揚，衡謂融曰：'仲尼不死。'融答曰：'顏回復生。'"又四十下班彪傳附班固典引："表相祖宗，贊揚迪哲。"

【贊普】吐蕃君長之號。新唐書二一六上吐蕃傳："其俗謂彊雄曰贊，丈夫曰普，故號君長曰贊普。"

【贊寧】公元919—1001年。宋吳興德清縣人。後唐天成中出家，在吳越爲兩浙僧統。入宋，詔改號曰通惠。太平興國八年，詔修大宋高僧傳，聽歸杭州舊寺，成三十卷。尋居京師天壽寺。有內典集一百五十二卷、外學集四十九卷。見宋王禹偁小畜集二十左街僧錄通惠大師文集序。

【贊襄】贊助。書皋陶謨："予未有知思，曰贊贊襄哉。"宋蔡沈集傳："思曰之'曰'當作'日'。"唐柳宗元柳先生集三七禮部賀皇太子册禮畢德音表："崇教諭之方，忠良是舉；嚴贊襄之禮，賜與有加。"

【贊禮】㊀祭祀、典禮時司儀唱讀儀式叫人行禮。唐柳宗元柳先生集二六監祭使壁記："奉奠之士，贊禮之童。"㊁官名。卽贊禮郎。漢唐以來，皆有贊禮之官。宋有太祝，其任甚重，常以宰相任子爲之。明初亦以處文學之官，後乃以道士爲之。明清太常寺設有贊禮郎，主管祭祀、典禮時贊導之事。清孔尚任桃花扇先聲："老夫原是南京太常寺一個贊禮，爵位不尊，姓名可隱。"參閱清嚴有禧漱華隨筆二贊禮郎、吳榮光吾學錄十四品官家祭。

【贊饗】祀神之祝辭，讀之以勸食。漢書郊祀志上："天子始郊拜泰一。……而見泰一如雍郊禮。其贊饗曰：'天始以寶鼎神策授皇帝，朔而又朔，終而復始，皇帝敬拜見焉。'"

十三畫

贏 yíng 以成切，平，清韻，喻。ㄧㄥˊ

㊀盈利。左傳昭元年："賈而欲贏而惡囂乎？"㊁利益。詩大雅雲漢："大夫君子，昭假無贏。"㊂過度。周禮考工記弓人："撟幹欲孰於火而無贏。"注："贏，過孰也。"㊃解散。禮月令孟秋之月："天地始肅，不可以贏。"㊄進，前。見"贏縮"。㊅容受。左傳襄三一年："我實不得，而以隸人之垣，以贏諸侯，是吾罪也。"㊆擔負。莊子庚桑楚："南榮趎贏糧，七日七夜，至老子之所。"荀子議兵："贏三日之糧，日中而趨百里。"㊇獲勝。與"輸"相對。唐白居易長慶集十五放言詩之二："不信君看弈棋者，輸贏須待局終頭。"

【贏勾】欺騙，勾引。也作"營勾"。金董解元西廂四："說盡虛脾，使盡局段，把人贏勾廝欺謾。"

【贏利】貿易所得利益。商君書外內："故農之用力最苦，而贏利少，不如商賈技巧之人。"史記一二九貨殖傳："與時俯仰，獲其贏利。"

【贏得】獲得。唐杜牧樊川集外集遣懷詩："十年一覺揚州夢，贏得青樓薄倖名。"贏得，一本作"占得"。

【贏絀】伸屈。呂氏春秋執一："故凡能全國完身者，其唯知長短贏絀之化邪。"也作"贏絀"，見該條。

【贏羨】盈餘。唐劉禹錫劉夢得集二九唐故朝散大夫……贈太師崔公神道碑："歲杪會其所入，贏羨什百。"

【贏餘】多餘，充裕有餘。指財物豐富。漢書七一疏廣傳："廣曰：吾豈老誖不念子孫哉？顧自有舊田廬，令子孫勤力其中，足以供衣食，與凡人齊。今復增益之以爲贏餘，但教子孫怠墯耳。"參見"盈餘"。

【贏縢】足裹行縢。行縢，綁腿。戰國策秦一："(蘇秦)說秦王，書十上而說不行，……去秦而歸，贏縢履蹻，負書擔橐。”贏，一本作“羸”。

【贏縮】㊀進退。國語越下：“贏縮轉化，後將悔之。”注：“贏縮，進退也。轉化，變易也。”㊁長短。淮南子本經：“贏縮卷舒，淪於不測；終始虛滿，轉於無原。”注：“贏，長。縮，短。”㊂有餘與不足。資治通鑑二二六唐大曆十四年：“由是以天下公賦爲人君私藏，有司不復得窺其多少，校其贏縮。”注：“贏，有餘也。縮，不足也。”

【贏糧】負擔着糧食。莊子胠篋：“某所有賢者，贏糧而趨之。”戰國策楚一：“于是贏糧潛行，上峥山。”

【贏不足】見“盈不足”。

贍 1. shàn ㄕㄢˋ 時豔切，去，豔韻，禪。

㊀供給，供養。漢書九九上王莽傳：“收贍名士，交結將相卿大夫甚衆。”㊁充足，豐富。孟子梁惠王上：“樂歲終身苦，凶年不免於死亡，此惟救死而恐不贍，奚暇治禮義哉！”後漢書四十下班彪傳論：“(司馬)遷文直而事覈，(班)固文贍而事詳。”清鄭珍謂魏晉前止作“詹”、“澹”、“贍”。晉右將軍鄭烈碑始見从貝之“贍”。見說文新附考三“贍”。㊂姓。元代有贍思。見元史一九〇。

2. dàn ㄉㄢˋ

㊃安定。通“澹”。史記一一七司馬相如傳難蜀父老：“夏后氏戚之，乃堙鴻水，決江疏河，灑沈贍菑，東歸之於海。”索隱：“漢書作‘澌沈澹災’，…… 澹音徒暫反。”文選作“灑沈澹災”。

【贍養】供給生活所需。元史世祖紀一：“河南民王四妻靳氏一產三男，命有司量給贍養。”

【贍部洲】佛經中所說四大洲名之一。續一切經音義一大乘理趣六波羅蜜多經七：“贍部洲，上時染反，梵語也。此大地總名。古經或名琰浮，或名閻浮提，皆訛轉耳。立世阿毘曇論云：此洲北泥民陀羅河南岸，正當洲之中心，有贍部樹，下水底南岸有贍部黃金，古名閻浮壇金是也。樹因金而立名，洲因樹而得號，故名贍部洲也。”參見“南贍部洲”。

十四畫

贓 zāng ㄗㄤ 則郎切，平，唐韻，精。

㊀盜竊得來的財物。列子天瑞：“向氏大喜，喻其爲盜之言，而不喻其爲盜之道，遂踰垣鑿室，手目所及，亡不探也，未及時，以贓獲罪。”㊁受賄，貪污。魏書世祖紀下：“六月，西征諸將扶風公元處眞等八將坐盜没軍資，所在虜掠，贓各千萬計，並斬之。”

【贓物】貪污以及其他非法所得的財物。三國志魏司馬芝傳：“芝曰：‘夫刑罪之失，失在苛暴，今贓物先得而後訊其辭，若不勝掠，或至誣服。’”

賮 jìn ㄐㄧㄣˋ

以財物贈行者。本作“費”。孟子公孫丑下：“行者必以賮，辭曰餽賮，予何爲不受。”參見“費”。

贔 bì ㄅㄧˋ 平祕切，去，至韻，並。

猛壯貌。水經注四河水：“其水尚崩浪萬尋，懸流千丈，渾洪贔怒，鼓若山騰。”

【贔屓】猛壯有力。文選漢張平子(衡)西京賦：“綴以二華，巨靈贔屓，高掌遠蹠，以流河曲，厥跡猶存。”三國吴薛綜注：“贔屓，作力之貌也。”

【贔響】巨響。水經注四十漸江水：“浦陽江又東逕石橋……溪水兩旁悉高山。山有石壁二十許丈，溪中相攻，贔響外發，未至橋數里，便聞其聲。”

【贔屭】㊀猛壯有力貌。元詩選柳貫待制集浦陽十詠龍峯孤墖：“朱鳥前頭森贔屭，蒼龍左角見嵯峨。”㊁傳說中龜名。明楊基眉菴集八天妃宮題贈道士沈雪溪詩：“月明貝闕金銀氣，日暖龍旂贔屭紋。”楊愼升庵集八一龍生九子：“俗傳龍生九子，……一曰贔屭，形似龜，好負重，今石碑下龜趺是也。”

十五畫

贗 yàn ㄧㄢˋ 五晏切，去，諫韻，疑。

僞物。俗作“贋”。唐韓愈昌黎集四崔十六少府攝伊陽以詩及書見投因酬三十韻詩：“前計頓乖張，居然見眞贗。”宋龔頤正芥隱筆記眞贗字：“贗字，字書云：僞物也。蓋出韓非子：齊伐魯，索鑱鼎，魯以其鴈往，齊曰鴈，魯曰眞也。古止用鴈字。”

【贗本】書畫之僞託者。宋樓鑰攻媿集二跋汪季路所藏修禊序詩：“贗本滿東南，瑣瑣不足呈。”周紫芝竹坡詩話：“楊次翁守丹陽，米元章過郡留數日而去，元章好易他人書畫，次翁作羹以飯之，曰：‘今日爲君作河豚。’其實他魚，元章疑而不食。次翁笑曰：‘公可無疑，此贗本耳。’”

【贗鼎】仿造或僞託之物。清方薰山靜居畫論下：“高詹事(士奇)題白陽山人(陳道復)畫後云：宋元之蹟，太半爲贗鼎。”

【贗天子】假天子。宋書戴法興傳：“廢帝年已漸長，凶志轉成，欲有所爲，法興每相禁制。……帝嘗使(華)願兒出入市里，察聽風謠，而道路之言，謂法興爲眞天子，帝爲贗天子。”

贖 shú ㄕㄨˊ 神蜀切，入，燭韻，神。

㊀用財物換回人身自由或抵押品。晏子春秋雜上：“晏子曰：‘爲僕幾何？’對曰：‘三年矣。’晏子曰：‘可得贖乎？’對曰：‘可。’遂解左驂以贖之。”㊁抵銷或彌補罪過。國語齊：“制重罪贖以犀甲一戟，輕罪贖以鞼盾一戟。”史記一〇五倉公傳女緹縈上書：“妾願入身爲官婢，以贖父刑罪，使得改行自新也。”㊂去。管子五行：“草木區萌，贖蟄蟲卵菱。”注：“贖，猶去也。”㊃續，接合。後漢書八十下趙壹傳：“壹乃貽書謝恩曰：‘昔原大夫贖桑下絶氣，傳稱其仁。’”注：“贖，即續也。”

【贖生】用錢財買生物來放生。唐會要四一斷屠釣：“景龍元年遣使江淮，分道贖生。”新唐書一二四姚崇傳治令：“近孝和皇帝發使贖生，太平公主武三思等度人造寺，身嬰夷戮，爲天下笑。”

【贖刑】以財物贖罪。書舜典：“流宥五刑，鞭作官刑，扑作教刑，金作贖刑。”疏：“古之贖罪者，皆用銅。漢始改用黃金，但少其斤兩，令與銅相敵……後魏以金難得，合金一兩，收絹十四，今律乃復。依古死罪贖銅一百二十斤，合古稱三百六十斤。”

【贖身】以錢物換回人身的自由。詩秦風黃鳥：“如可贖兮，人百其身。”箋：“如此奄息之死，可以他人贖之者，人皆百其身，謂一身百死猶爲之，惜善人之甚。”醒世恆言三賣油郎獨占花魁：“姨娘莫管閒事，只當你侄女自家贖身便了。”

【贖罪】以錢物或功勞折贖刑罰。史記平準書：“(桑)弘羊又請令吏得入粟補官及罪人贖罪。”三國志吴凌統傳：“(孫)權壯其果毅，使得以功贖罪。”

【贖命物】贖取生命的物品。北齊書和士開傳：“士開見人將加刑戮，多所營救，既得免罪，即命諷喻，責其珍寶，謂之贖命物。”

贕 dú ㄉㄨˊ 徒谷切，入，屋韻，定。

死於胎內的獸。淮南子原道：“獸胎不贕，鳥卵不毈。”注：“胎不成獸曰贕，卵不成鳥曰毈。”

十六畫

䞋 chèn 初覲切，去，震韻，初。 ㄔㄣˋ

施舍，贈與。同"嚫"。見廣韻。梁釋慧皎高僧傳二佛陀耶舍："（姚）興䞋耶舍布絹萬匹，悉不受。"

【䞋施】對僧道施舍、贈與。梁釋慧皎高僧傳三求那跋陀羅："連日降雨，明旦公卿入賀，勅見慰勞，䞋施相續。"法苑珠林四五有䞋施部。

【䞋錢】僧道作法事畢，與之錢曰䞋錢。全唐詩八〇六寒山詩之一五九："封疏請名僧，䞋錢兩三樣。"水滸四五："衆僧都坐了喫齋，先飲了几杯素酒，搬出齋來，都下了䞋錢。"

贙 xuàn 胡畎切，上，銑韻，匣。 ㄒㄩㄢˋ

㊀分別。説文："贙，分別也。从虤對爭貝。讀若迴。"文選晉左太沖（思）魏都賦："蒹葭贙，萑蒻森。"㊁獸名。爾雅釋獸："贙，有力。"注："出西海，大秦國有養者，似狗，多力，獷惡。"唐杜甫杜工部草堂詩箋二六寄劉峽州伯華使君四十韻："乳贙號攀石，飢鼯訴落藤。"

十七畫

贛 1. gòng 古送切，去，送韻，見。 ㄍㄨㄥˋ

㊀賜給。通"貢"。淮南子精神："今贛人敖倉，予人河水，飢而餐之，渴而飲之。"注："贛，賜也。"孔子弟子子貢，禮樂記作子贛。

2. gàn 古暗切，去，勘韻，見。 ㄍㄢˋ 古禫切，上，感韻，見。

㊁水名。見"贛江"。亦用爲江西省的簡稱。

3. zhuàng 集韻 陟降切，去，絳韻。 ㄓㄨㄤˋ

㊂剛直而愚。同"戇"。見"贛$_3$愚"。

【贛石】地名。在江西省。贛江從贛州至萬安縣一段共有十八灘，怪石如鐵騎，錯峙波面，俗稱贛石。高涼冼夫人曾與陳武帝（陳霸先）會於此。贛也作"灨"。唐孟浩然集二下灨石："灨石三百里，沿洄千嶂間。"參閱元胡三省通鑑釋文辯誤十二通鑑七十、讀史方輿紀要八三江西一贛水、八八江西六贛水。

【贛江】河名。自南向北，縱貫江西全省。上游有二源：西爲章水，即古豫章水；東爲貢水，即古湖漢水。二水滙於贛州，始稱贛江。北流注入鄱陽湖。見讀史方輿紀要八三南昌府。

【贛州】地名。隋開皇九年於南康郡置虔州，宋紹興二十三年改爲贛州，元升爲路，明清改爲府。府治贛縣。公元1912年裁府留縣。1949年改設市，屬江西省。參閱隋書地理志下、嘉慶一統志三三〇贛州府一。

【贛榆】縣名。屬江蘇省。漢置，三國魏省。晉太康初復置，北齊廢。金復置。元明清因之。明清皆屬淮安府。參閱嘉慶一統志一〇五海州。

【贛$_3$愚】愚蠢。墨子非儒下："其親死，列尸弗斂，登堂窺井，挑鼠穴，探滌器，而求其人矣，以爲實在，則贛愚甚矣。"

【贛縣】見"贛州"。

赤部

赤 1. chì 昌石切，入，昔韻，穿。 ㄔˋ

㊀紅色。禮檀弓上："周人尚赤，大事斂用日出。"朱深而赤淺。見禮月令孟冬之月"天子居玄堂左个"疏。㊁空淨無物。如赤貧、赤地、赤手。見各該條。引申有純淨不雜，專誠不二的意思。如赤金、赤誠、赤膽，詳見各該條。㊂誅滅無餘。文選漢楊子雲（雄）解嘲："客徒朱丹吾轂，不知一跌將赤吾之族也。"唐柳宗元柳先生集三一與韓愈論史官書："范曄悖亂，雖不爲史，其宗族亦赤。"㊃裸露。水滸一〇二："只見一簇人亞肩疊背的圍着一個漢子，赤着上身，在那陰凉樹下，吆吆喝喝地使棒。"㊄斥候。通"斥"。史記晉世家："（成公）六年，伐秦，虜秦將赤。"索隱："赤卽斥，謂斥候之人也。"㊅掃除。通"捇"。見"赤犮"。

2. chǐ ㄔˇ

㊆尺。通"尺"。北魏賈思勰齊民要術一種穀："苗高一赤，鋒之。"按漢西嶽石闕銘："張勳爲西嶽華山作石闕，高二丈二赤。"又北齊平等寺碑："銅像一軀，高二丈八赤。"又廣州記謂"蝦鬚長四赤"，皆爲"赤"通"尺"之例。見明劉元卿賢弈編四閒鈔下。

【赤九】指漢光武帝。後漢書三五曹褒傳元和二年詔："赤九會昌，十世以光，十一以興。"注："九謂光武，十謂明帝，十一謂章帝也。"按五行之説漢以火德王，故云赤；光武是高祖九代孫，故云九。

【赤刀】寶刀。書顧命："陳寶赤刀、大訓、弘璧、琬琰，在西序。"文選後漢張平子（衡）西京賦："東海黄公，赤刀粵祝，冀厭白虎，卒不能救。"注："西京雜記：'東海人黄公，少時能幻，制蛇御虎，常佩赤金刀。'"

【赤土】㊀古南海國名。北史赤土傳："赤土國，扶南之別種也。在南海中，……所都土色多赤，因以爲號。"㊁不生五穀的地方，光禿的土地。北史九九突厥傳："舊居之地，赤土無依，遷徙漠南，偷存晷刻。"唐白居易長慶集三捕蝗詩："雨飛蠶食千里間，不見青苗空赤土。"

【赤子】嬰兒。書康誥："若保赤子，惟民其康乂。"疏："子生赤色，故言赤子。"引申爲子民百姓。漢書八九龔遂傳："其民困於飢寒，而吏不恤，故使陛下赤子，盜弄陛下之兵於潢池中耳。"

【赤口】讒言，口舌是非。元陳元靚歲時廣記二一釘赤口："陳氏手記：今日端五日多寫赤口字貼壁上，以竹釘釘其口中，云斷口舌。不知起自何代。"參見"赤舌"。

【赤山】㊀傳説山名。後漢書九十烏桓傳："俗貴兵死，……使護死者神靈歸赤山。赤山在遼東西北數千里，如中國人死者魂神歸岱山也。"㊁湖名。在江蘇句容縣西南。又名絳巖湖。上接九源，下通秦淮。今已乾涸。參閱新唐書地理志五。

【赤心】真誠的心。荀子王制："功名之所就，存亡安危之所墮，必將於愉殷赤心之所。"注："赤心者，本心不雜貳。"後漢書光武紀更始二年："蕭王推赤心置人腹中，安得不投死乎！"

【赤仄】漢錢幣名。同"赤側"。漢書食貨志下："郡國鑄錢，民多姦鑄，錢多輕，而公卿請令京師鑄官赤仄，一當五，非赤仄不得行。"後亦用爲錢之通稱。宋陸游劍南詩稿六七老學庵北窗雜書詩之五："不恨囊中無赤仄，且欣案上有黄庭。"參見"赤側"。

【赤水】㊀軍名。唐置。本赤烏鎮，因有青赤泉而名。軍之大者，莫如赤水，幅員五千一百八十里。開元中改爲大斗軍。見元和郡縣志四十涼州赤水軍。舊治在甘肅武威縣。㊁古城名。1.故址在青海南境。本爲吐谷渾所築赤水城。隋置赤水縣，爲河源郡治，唐太宗討吐谷渾，分軍出赤水道，卽此。見嘉慶一統志五四六厄魯特古蹟河源舊郡。2.在貴州遵義境。明洪武二二年築，甃以石，有五門，周三里有餘。見讀史方輿紀要一二三貴州四赤水城。㊂明衛名。在貴州畢節縣北，與四川敍縣接界，以赤水得名。清廢入畢節縣。見嘉慶一統志五〇九大定府畢節縣。㊃神話中的水名。楚辭屈原離騷："忽吾行此流沙兮，遵赤水而容與。"注："博雅云：'崑崙虛，赤水出其東南陬。'"莊子天地："黃帝游乎赤水之北，登乎崑崙之丘。"穆天子傳："遂宿于崑崙之阿，赤水之陽。"注："赤水出東南隅而東北流。"

【赤手】卽徒手。宋蘇軾分類東坡詩二一送范純粹守慶州："當年老使君，赤手降於菟。"

【赤斤】地名。也作赤金。明置赤斤蒙古衛，以受理韃靼降人。卽今甘肅玉門縣及安西縣東境地，玉門縣東南有赤金硤、赤金湖，是其遺址。赤金硤亦作赤斤山。見嘉慶一統志二七九安西直隸州建置沿革及赤斤山、赤金堡、赤金硤站。

【赤立】空無所有貌。唐韓愈昌黎集十四鄆州谿堂詩序："而公承死亡之後，掇拾之餘，剝膚椎髓，公私掃地赤立，新舊不相保持，萬目睽睽。公於此時，能安以持之，其功爲大。"金元好問遺山集三游黃華山詩："是時氣節已三月，山木赤立無春容。"意卽樹上光禿無物。

【赤犮】除去。猶"捇拔"。周禮秋官有赤犮氏，主理清除藏在牆屋的蟲豸。說文"犮"作赤䰩氏，謂爲驅除鬼物之官。參見"捇2拔"。

【赤甲】㊀山名。在四川奉節縣東。唐杜甫杜工部草堂詩箋二六黃草："黃草峽西船不歸，赤甲山下人行稀。"宋吳曾能改齋漫錄九赤甲："案荊州圖記云：'魚腹縣西北赤甲城，東連白帝城，西臨大江。'"㊁水稻名。北魏賈思勰齊民要術二水稻："赤甲稻，……一年再熟。"

【赤衣】紅色衣服。1.罪人所穿。漢劉向新序善謀："赤衣塞路，羣盗滿山。"亦作"赭衣"。2.隸卒所穿。太平廣記十引神仙傳劉根："傳呼赤衣兵數十人，齎刀劍，將一車，直從壞壁中入來。……其赤衣便乃發車上披，見下有一老翁老姥，大繩反縛囚之。"3.貴官所穿。南史沈嶦之傳："上曰：'清復何以獲罪？'曰：'無以奉承要人。'上曰：'要人爲誰？'嶦之以手板四面指曰：'此赤衣諸賢皆是。'"

【赤米】粗糙的米。國語吳："今吳民既罷，而大荒荐饑，市無赤米，而囷鹿空虛。"元詩選 陳旅 安雅堂集吳王納涼圖詩："坐擁紅妝可娛老，市無赤米不教愁。"

【赤地】指旱災造成遍地不生五穀。韓非子十過："晉國大旱，赤地三年。"漢書七五夏侯勝傳："百姓流離，物故者半，蝗蟲大起，赤地數千里。"

【赤老】對軍人的鄙稱。宋江休復(鄰幾)雜志："都下鄙俗，目軍人爲赤老。莫原其意，緣尺籍得此名耶。狄青自延安入樞府西府，迓者累日不至，問一路人，不知乃狄子也，既云未至，因謾駡曰：'迎一赤老，累日不來。'"青由卒伍起家，而爲大帥，仍不爲時人所重。

【赤舌】讒言，口舌是非。唐陸龜蒙甫里集三紀事詩："嗟今多赤舌，見善唯蔽謗。"

【赤沙】㊀湖名。又稱爲赤湖、赤亭湖。在湖南華容縣西南。夏秋水漲，與洞庭湖相連。參閱讀史方輿紀要七七岳州府華容縣。㊁少數民族部落名。晉書匈奴傳："北狄以部落爲類，其入居塞者有屠各種……赤沙種……凡十九種，皆有部落，不相雜錯。"

【赤社】史記漢褚少孫補三王世家右廣陵王策："於戲，小子胥，受茲赤社！"王者以五色土爲太社，封四方諸侯，各以其方之色土與之，使歸以立社，廣陵在南方，故稱赤社。後來用爲南方疆吏出守之典。元詩選黃鎮成秋聲集投贈鄭守光遠三十韻："赤社分南服，頹年愧席珍。"

【赤坂】地名。在今陝西洋縣龍亭山東。三國魏太和四年，曹真、司馬懿、張郃率兵入蜀，諸葛亮在城固赤坂駐師待敵，卽此。見嘉慶一統志二三七漢中府龍亭山。

【赤邑】指京師。中國舊稱赤縣神州，故名。宋史二七〇邊珝傳："兄玗自河南令入爲吏部員外郎，復以珝爲洛陽令，兄弟迭尹赤邑，時人榮之。"

【赤狄】春秋時北方地區少數民族狄族的一部，以衣服尚赤而稱。狄也作"翟"。其居地在今山西長治縣北、黎城縣西。左傳自宣公三年至十六年晉士會滅赤狄，成公三年晉郤克等討赤狄之餘，記赤狄事共九處。

【赤卒】一種紅色小蜻蜓。晉崔豹古今注中魚蟲："蜻蛉……小而赤者曰赤卒，一名絳騶。"

【赤斧】仙人名。文選晉左太冲(思)蜀都賦："山圖采而得道，赤斧服而不朽。"舊題漢劉向列仙傳下："赤斧者，巴戎人也。爲碧雞祠主簿。能作水澒錬丹與硝石服之，三十年反如童子，毛髮生皆赤。……累世傳見之，手掌中有赤斧焉。"

【赤金】㊀銅。漢書食貨志下："金有三等，黃金爲上，白金爲中，赤金爲下。"注："孟康曰：白金，銀也，赤金，丹陽銅也。"山海經南山經："(柤陽之山)其陽多赤金。"㊁純金。明曹昭格古要論六金明王佐增："古諺云：金怕石頭銀怕火。其色七青八黃九紫十赤，以赤爲足色金也。"

【赤兔】㊀傳說中象徵吉祥的瑞獸。孫氏瑞應圖："赤兔者瑞獸。王者盛德則至。"(太平御覽九〇七)。新唐書百官志一："白狼、赤兔爲上瑞，其名物三十有八。"㊁駿馬名。三國志魏呂布傳："布有良馬曰赤兔。"注："時人語曰：'人中有呂布，馬中有赤兔。'"後漢書七五呂布傳作"赤菟"。

【赤帝】㊀卽炎帝。見逸周書嘗麥。參見"炎帝㊀"。㊁五天帝之一，南方之神。史記天官書："赤帝行德，天牢爲之空。"正義："赤帝，南方赤熛怒之帝也。"㊂指漢高祖劉邦。史記高祖紀："(劉邦於大澤斬蛇起義，有一老嫗哭)曰：吾子，白帝子也，化爲蛇，當道，今爲赤帝子斬之，故哭。"㊃火神祝融氏。唐李賀歌詩編一河南府試十二月樂辭六月："炎炎紅鏡東方開，暈如車輪上徘徊，啾啾赤帝騎龍來。"

【赤亭】㊀古地名。1.在甘肅成縣西南。東漢虞詡爲武都太守，羌衆圍攻赤亭，爲詡所擊，卽此。見嘉慶一統志二七七階州府。2.在甘肅隴西縣西，漢時燒當之羌來降，漢置之赤亭，後遂爲赤亭羌。東晉列國後秦始祖姚弋仲卽其後裔。見嘉慶一統志二五六鞏昌府。㊁山名。在甘肅隴西縣北，山色正赤，上有堡甚險。見嘉慶一統志二五五鞏昌府。㊂水名。在甘肅隴西縣東北，也稱赤水。出南安郡之東山赤谷，西流逕城北，南入渭水。東晉乞伏熾磐遣將討南羌於赤水，卽此。見嘉慶一統志二五五鞏昌府。

【赤城】㊀地名。東晉列國時，築有此城。城在山阜之上，下枕深隍。南北朝時，魏築長城自赤城至五原二千餘里，置戍以備柔然。清於此置赤城縣，屬直隸宣化府。今屬河北省。參閱水經注十四沽河、嘉慶一統志三八宣化府一。㈡山名。1. 在浙江天台縣北六里，爲往天台必經之路。見嘉慶一統志二九七台州府山川。2. 青城山也名赤城。見"青城"。3. 道教傳說中山名。初學記八登真隱訣："赤城山下有丹洞，在三十六洞天數，其山足丹。"北周庾信庾子山集四道士步虛詞之七："五香紛紫府，千燈照赤城。"

【赤眉】西漢末年農民起義軍。王莽建新王朝，天鳳五年瑯琊人樊崇、東莞人逄安、臨沂人徐宣謝祿楊音等各起兵數萬人。爲區別敵我，眉均塗成赤色，故稱赤眉軍。集衆至三十萬人，奉劉盆子爲帝，一度攻入長安。後爲劉秀(光武帝)圍擊而失敗。見東觀漢記二三赤眉載記、後漢書十一劉盆子傳。

【赤馬】㈠舟名。釋名釋船："輕疾者曰赤馬，其體正赤，疾如馬也。"晉書杜預傳表："長吏劉儈修治洛陽以東運渠，通舟常用赤馬。"㈡指丙午年。古代方士迷信的說法，是國家發生非常動亂災難之年。詳"紅羊劫"。

【赤草】古代傳說一種瑞草。後漢書三五曹褒傳元和三年詔："乃者鸞鳳仍集，麟龍並臻，甘露宵降，嘉穀滋生，赤草之類，紀於史官。"注："赤草，卽朱草也。大戴禮曰：朱草日生一葉，至十五日；十六日落一葉，周而復始也。"

【赤峯】縣名。屬內蒙古自治區。金爲北京路地，明爲朵顏衛地，清雍正七年設八溝廳。乾隆三十九年在八溝廳北析置烏蘭哈達廳，轄南境翁牛特右翼旗。四十年改設赤峰縣，以縣北有赭色孤峰而名。屬承德府。後改直隸州，公元 1913 年改縣，屬熱河特別區域。參閱嘉慶一統志四二承德府。

【赤烏】㈠吉祥的神鳥。尚書大傳大誓："武王伐紂，觀兵於孟津，有火流於王屋，化爲赤烏，三足。"㈡三國吳大帝(孫權)年號。公元 238—251 年。

【赤章】道士祈天時所用的赤色奏章。梁書沈約傳："因病，夢齊和帝以劍斷其舌，召巫視之，巫言如夢。乃呼道士，奏赤章於天，稱禪代之事，不由己出。"

【赤郭】傳說的神名。見神異經(類說三七)。通行本作"尺廓"。見該條。

【赤族】全家族被殺。漢書八七上揚雄傳解嘲："客徒欲朱丹吾轂，不知一跌，將赤吾之族也！"注："見誅殺者必流血，故云赤族。"一說：赤，空也，一族盡空。晉書楊濟傳："濟謂傅咸曰：'若家兄徵大司馬入，退身避之，門户乃得免耳。不爾，行當赤族。'"濟，駿弟；大司馬，汝南王司馬亮。宋釋文珦潛山集二感春詩："或登青雲貴，或成赤族禍。"

【赤尉】京畿各縣的縣尉。唐韓愈昌黎集四崔十六少府攝伊陽以詩及書見投因酬三十韻詩："崔君初來時，相識頗未慣。但聞赤縣尉，不比博士慢。"又贈崔立之評事詩："勿嫌法官未登朝，猶勝赤尉長趨尹。"

【赤符】漢代的符讖。卽赤伏符。文苑英華三二〇唐劉希夷謁漢世祖廟詩："運開朱旗後，道合赤符先。"參見"赤伏符"。

【赤鳥】傳說中預示吉凶禍福的神鳥。墨子非攻下："赤鳥銜珪，降周之岐社。"三國志魏管輅傳"來殺我壻"注引輅別傳："赤鳥夾日，殃在荆楚。"

【赤側】漢錢幣名。以赤銅爲外邊，故名。又稱紫紺錢、子紺錢。史記平準書："郡國多姦鑄錢，錢多輕，而公卿請令京師鑄鍾官赤側，一當五，賦官用非赤側不得行。"漢書食貨志下作"赤仄"。

【赤貧】極貧，家空物盡。南史臨汝侯坦之傳："(黃文濟)檢(坦之從兄翼宗)家赤貧，惟有質錢帖子數百。"

【赤道】天球上的赤道，爲我國古來之習稱。起於儀象劃線，爲赤緯之基線，與地平線交於東西二點。舊以二十八宿之位爲赤道，日所行爲黃道，月所行爲白道，自漢至唐，皆以赤道爲測儀，至唐李淳風僧一行始改用黃道。見史記天官書及漢書以下諸史天文志。

【赤雅】明鄺露撰。三卷。露遊廣西，遍歷岑藍胡侯槃五姓土司，既歸，因記其山川物產，以及民俗異聞等而成此書。

【赤棒】執法的紅色棒。後來用於鹵簿。清代總督儀仗中所用紅杠，卽古代赤棒遺制。北史高道穆傳："帝姊壽陽公主行犯清路，執赤棒卒呵之不止，道穆令卒棒破其車。"宋徐鉉徐公文集二賀殷游二舍人入翰林江給事拜中丞詩："青綾對覆蓬壺晚，赤棒前驅道路開。"

【赤蛟】漢郊祀歌名。言諸神既享，禮樂將畢，以首句"赤蛟綏"爲篇名。見漢書禮樂志郊祀歌赤蛟。

【赤舄】古代帝王及貴族所穿的禮鞋。詩豳風狼跋："公孫碩膚，赤舄几几。"

【赤須】㈠古仙人名。傳說秦時爲穆公主魚吏，食松實、天門冬、石脂，齒落更生，髮墮再生，後往吳山，不知所終。見舊題漢劉向列仙傳(初學記二三)。㈡地名。文選漢班叔皮(彪)北征賦："登赤須之長坂，入義渠之舊城。"注："赤須坂在北地郡。……水經注曰：赤須水出赤須谷，西南流注羅水。"

【赤誠】謂誠心。三國志魏劉表傳注引零陵先賢傳劉先："太祖(曹操)問先：'劉牧(表)如何郊天也？'先對曰：'劉牧託漢室肺腑，處牧伯之位，……抱玉帛而無所聘頫，修章表而不獲達御，是以郊天祀地，昭告赤誠。'"魏書夏侯道遷傳上表："臣赤誠奉國，苟取濟事，輒捐小跡，且從權宜，假當州位。"

【赤電】㈠駿馬名。舊題漢劉歆西京雜記二："文帝自代還，有良馬九匹，皆天下之駿馬也。一名浮雲，一名赤電。"㈡赤色閃光。唐楊炯楊盈川集二劉生詩："劍鋒生赤電，馬足起紅塵。"

【赤瑕】紅色玉石。史記一一七司馬相如傳上林賦："赤瑕駁犖，雜臿其間。"索隱："說文云：瑕，玉之小赤色。張揖曰：赤玉也。"

【赤楊】檉柳的別名。晉崔豹古今注下草木："赤楊，霜降則葉赤，材理亦赤。"參閱本草綱目三五木二檉柳。詳"檉柳"。

【赤緊】當真，真個是。宋以來俗語。元王實甫西廂記一本二折："待颺下教人怎颺，赤緊的情沾了肺腑，意惹了肝腸。"元曲選鄭德輝王粲登樓一："赤緊的世途難，主人慳，那里也握髮周公，下榻陳蕃。"

【赤蓋】喻太陽。文苑英華一唐李爲日賦："及將暮也，……赤蓋下空，埃塵濛籠，渾渾黃黃，漸無精光。"

【赤韍】諸侯的卿大夫所用的蔽膝，以皮革製成。禮玉藻："再命赤韍幽衡，三命赤韍葱衡。"也作"赤紱"。後漢書四二東王憲王蒼傳上疏："宜當暴骸膏野，爲百僚先，而愚頑之質，加以固病，誠羞負乘，辱汙輔將之位，將被詩人三百赤紱之刺。"又作"赤芾"。詩曹風候人："彼其之子，三百赤芾。"

【赤幘】束髮的赤巾。東觀漢記一光武帝建平元年："帝深念良久，天變已成，遂市兵弩、絳衣、赤幘。"宋書禮志五："又有赤幘，騎吏武吏乘輿鼓吹所服。救日蝕，文武官皆免冠著赤幘對朝服，示威武也。"

【赤銅】純銅色赤，故稱。山海經西山經："(女牀之山)其陽多赤銅，其陰多石涅。"

【赤鼻】山名。在湖北黃岡縣。屹立長江濱，土石皆帶赤色，下有赤鼻磯。也名赤壁山。宋蘇軾遊赤壁作賦誤爲三國周瑜敗曹操處。參閱水經注三五江水三、讀史方輿紀要七六黃州府。

【赤綱】菟絲子的別名。見本草綱目十八草七菟絲子。

【赤窮】猶赤貧。宋劉克莊後村集六五馬光祖依舊觀文學士提領户部財賦……制:"官無紅腐之宿儲,民或赤窮而貴糴。"

【赤憎】猶言可惡、討厭。唐杜甫杜工部草堂詩箋三七風雨看舟前落花戲爲新句:"赤憎輕薄遮入懷,珍重分明不來接。"

【赤霄】㊀有紅色雲的天空。淮南子人間:"背負青天,膺摩赤霄。"注:"赤霄,飛雲也。"楚辭漢劉向九歎遠遊:"譬若王僑之乘雲兮,載赤霄而凌太清。"㊁古劍名。南朝梁陶弘景刀劍録:"漢劉季在位十二年,以始皇三十四年於南山得一鐵劍,長三尺,銘曰赤霄,大篆書。及貴,常服之。"

【赤熱】猶酷熱。宋文同丹淵集十八鳴玉亭籌筆之南詩:"坐可脱赤熱,聽宜徹清夜。"

【赤墀】皇帝宮殿階地塗丹漆,故稱赤墀,也稱丹墀。漢書六七梅福傳上書:"故願壹登文石之陛,涉赤墀之塗,當户牖之法坐,盡平生之愚慮。"文苑英華二五〇唐張子容贈司勳蕭郎中:"作相開黄閣,爲郎奏赤墀。"

【赤鴉】太陽的別稱。相傳日中有三足烏,烏卽鴉。全唐詩六三六聶夷中住京寄同志:"白兔落天西,赤鴉飛海底。一日復一日,日日無終始。"

【赤幟】漢用赤色旗幟。韓信攻趙,背水爲陣,誘趙軍空壁出戰,選輕騎馳入趙壁,拔趙旗,立漢赤幟。見史記九二淮陰侯傳。宋神宗欲用司馬光,詢之王安石,安石曰:"韓信立漢赤幟,趙卒氣奪,今用光,是與異論者立赤幟也。"見宋史三三六司馬光傳。後亦以赤幟喻自成一家。明王世貞弇州山人四部稿一四八藝苑巵言五:"勝國之季,業詩者道園(虞集)以典麗爲貴,廉夫(楊維楨)以奇崛見推。迨於明興,虞氏多助,大約立赤幟者二家而已。"

【赤箭】草名。又名獨搖、離母、合離草、鬼督郵。初生一莖直上,高三、四尺,狀如箭,幹赤青色。葉尖小,初夏開淡紫花成穗,實如豆大。其根暴乾可以入藥,稱天麻。唐韓愈昌黎集十二進學解:"玉札丹砂,赤箭青芝,牛溲馬勃,敗鼓之皮,俱收並蓄,待用無遺者,醫師之良也。"參閲唐段成式酉陽雜俎前集十九草篇合離、本草綱目十二草一赤箭。

【赤練】毒蛇名。元方回桐江續集十九修石山詩:"赤練稍宛轉,碎首忽若麋。"

【赤緹】淺絳色。周禮地官草人:"騂剛用牛,赤緹用羊。"注:"赤緹,縓色也。"按帛丹黄色謂之緹,帛赤黄色謂之縓。

【赤龍】五代後唐馬縞中華古今注上孫權舸船:"孫權,吳之主也。時號舸爲赤龍,小船爲馳馬,言如龍之飛于天,如馬之走陸地也。"

【赤壁】㊀山名。有三,均在湖北省。1.在蒲圻縣,長江南岸,北岸爲烏林。其地石山高聳如長垣,突入江濱,上刻"赤壁"二字。漢末曹操追劉備至巴丘(巴陵),遂至赤壁,爲周瑜所破,取華容(石首)道歸,卽此。參閲三國志吳孫權傳、資治通鑑六五漢獻帝建安十三年注、嘉慶一統志三三五武昌府一山川。2.見"赤鼻㊁"。3.在今武昌縣東南,又名赤磯,亦名赤圻。見讀史方輿紀要七六武昌府。㊁水名。在今山西安澤縣南,西北流入澗水。東晉初,劉曜稱帝於此。見太平寰宇記一一三岳州、讀史方輿紀要四一平陽府岳陽縣。

【赤頰】鶴的別名。三國吳陸璣毛詩草木鳥獸蟲魚疏鶴鳴于九皐:"鶴形狀大如鵝,長脚青黑,高三尺餘,赤頂赤目,喙長四寸餘,多純白,亦有蒼色。蒼色者,今人謂之赤頰。"

【赤縣】㊀赤縣神州的略稱,指中國。南朝梁江淹江文通集三遊黄蘗山詩:"南州饒奇怪,赤縣多靈仙。"參見"赤縣神州"。㊁唐制縣有赤、畿、望、緊、上、中、下七等之差,凡縣治設在京師內者稱爲赤縣,京之旁邑稱畿縣。西京以長安萬年爲赤縣,東京以河南洛陽爲赤縣。唐李白李太白詩十二贈宣城趙太守悦詩:"赤縣揚雷聲,強項聞至尊。"杜甫杜工部草堂詩箋十九投簡成華兩縣諸子:"赤縣官曹擁材傑,軟求快馬當冰雪。"參閲通典三三職官十五縣令、宋吳曾能改齋漫録八赤縣。

【赤鯉】傳説中的仙騎。舊題漢劉向列仙傳上琴高:"入涿水中取龍子,與諸弟子期,曰:'皆潔齋,待於水傍設祠。'果乘赤鯉來,出坐祠中。"南朝梁江淹江文通集三採石上菖蒲詩:"赤鯉儻可乘,雲霧不復還。"

【赤瀨】水名。紫溪的一段。在今浙江臨安境。中道夾水有紫色磐石,長百餘丈,望之如朝霞,故名爲赤瀨。見水經注四十漸江水、嘉慶一統志二八三杭州府一山川。

【赤₂牘】卽尺牘。赤,通"尺"。明楊慎有赤牘清裁。

【赤₂籍】兵籍。同"尺籍"。宋史一二三韓世忠傳:"年十八,以敢勇應募鄉州,隸赤籍,挽強馳射,勇冠三軍。"參見"尺籍"。

【赤髗】俗稱禿髮病。因頭髮脱落而呈光赤,故稱。唐韓愈昌黎集一南山詩:"或赤若禿髗,或燻若柴槱。"注:"赤髗,頭瘡也。"

【赤鹽】道家所煉的鹽。以寒鹽一斤,雨泥一斤,納火器中,用火燒煉而成。參閲抱朴子黄白治作赤鹽法。

【赤驥】㊀駿馬。周穆王八駿之一,卽世所謂騏驥。見穆天子傳四。㊁赤鯉。傳説爲靈仙所乘,能飛越江湖。見晉崔豹古今注下鯉魚。

【赤小豆】豆科植物,高約二尺餘。花生在葉腋,結細長的莢果,內有暗紅色的種子。可煮食,亦入藥。見本草綱目二四穀三赤小豆。

【赤石脂】風化石的一種,以色理細膩者爲勝,可用作塗飾牆壁,又爲道家煉丹所用原料。世説新語汰侈:"石(崇)以椒爲泥,王(愷)以赤石脂泥壁。"抱朴子金丹:"第一之丹名曰丹華,當先作玄黄,……赤石脂、滑石、胡粉各數十斤,以爲大一泥,火之三十六日成。"

【赤伏符】漢代流行的一種讖語。後漢書光武紀建武元年:"光武先在長安時,同舍生彊華自關中奉赤伏符曰:'劉秀發兵捕不道,四夷雲集龍鬭野,四七之際火爲主。'"泛指帝王的符命。元詩選郭鈺靜思集早春試筆:"喜聞諸將黄金印,共捧中朝赤伏符。"

【赤松子】傳説中的仙人。1.神農時爲雨師,服水玉以教神農,能入火不燒。至崑崙山,常入西王母石室,隨風雨上下。史記留侯世家:"願棄人間事,欲從赤松子游耳。"亦作"赤誦子"。淮南子齊俗:"今夫王喬、赤誦子,吹嘔呼吸,吐故納新;遺行去智,抱素返真;以遊無眇,上通雲天。"見舊題漢劉向列仙傳上、晉干寶搜神記一。2.晉黄初平牧羊,爲一道士攜至金華山石室中,服食松脂茯苓成仙,改名爲赤松子。見晉葛洪神仙傳二黄初平。世傳叱石成羊,卽黄初平事。

【赤帝子】指漢高祖。見"赤帝㊂"。

【赤城集】宋林表民撰。原書詩十卷,文十八卷,今佚其詩集,惟文集存。表民嘗續陳耆卿赤城志,集輯藝文爲志所不載者以成此集。

【赤骨立】赤裸裸,空無所有。亦作"赤

骨力"、"赤骨律"。宋朱熹朱子語類二九論語十一:"子路譬如脱得上面兩件鏖糟底衣服了,顏子又脱得那裏面底衣服了,聖人則和那裏面貼身底汗衫都脱得赤骨立了。"景德傳燈録十招賢大師:"夏天赤骨力,冬寒須得被。"永樂大典三〇〇三引大慧語録:"上無片瓦蓋頭,下無卓錐之地,赤骨律箇渾身,與人爭甚閑氣。"

【赤紙籍】古代因罪而淪爲工樂雜户的户口册。左傳襄二三年:"斐豹,隸也,著於丹書。"疏:"近世魏律:'緣坐配没爲工樂雜户者,皆用赤紙爲籍,其卷以鉛爲軸。'"

【赤堇山】又名鄞城山、鑄浦山。在浙江奉化縣東,古鄞城在其下。越絶書記,歐冶子曾於此鑄劍。國策破赤堇而取錫,即此。山有草曰赤堇,縣以此名而加邑旁。參閱嘉慶一統志二九一寧波府一鄞城山。

【赤條條】本指裸體,身無片絲。引申爲一身以外,無任何牽掛。續傳燈録三六無準禪師:"其徒以遺偈爲請,乃執筆疾書云:來時空索索,去時赤條條。"水滸十三:"衆人拿着火,一齊照將入來,只見供桌上赤條條地睡着一個大漢。"

【赤鵻烏】鳥名。水經注十三㶟水:"東方朔神異傳云:其山出雛烏,形類雅烏,純黑而姣好,音與之同,繢采紺發,鵻若丹砂,性馴良而易附,丱童幼子,捕而執之,曰:赤鵻烏,亦曰阿雛烏。"一說爲山鵲的别名。見本草綱目四九禽三山鵲。

【赤鳳來】古曲名。漢成帝后趙飛燕與妹合德並通宫奴鳳來,會十月十五日,歌赤鳳來曲。飛燕問合德:"赤鳳爲誰來?"合德説:"赤鳳自爲姊來。"見舊題漢伶玄飛燕外傳。舊題漢劉歆西京雜記三:"十月十五日,共入靈女廟,以豚黍樂神,吹笛擊筑,歌上靈之曲,既而相與連臂,踏地爲節,歌赤鳳凰來。"唐李商隱李義山詩集五可歎:"梁家宅裏秦宫入,趙后樓中赤鳳來。"

【赤熛怒】古稱南方的神。周禮春官小宗伯"兆五帝於四郊"漢鄭玄注:"五帝,……赤曰赤熛怒,炎帝食焉。"謂按五方定五帝之位,立壇祭祀。隋書禮儀志一梁武帝與羣臣論明堂制:"若五堂而言,雖當五帝之數,向南則背叶光紀,向北則背赤熛怒,東向西向,又亦如此,於事殊未可安。"

【赤奮若】㊀天神名。淮南子天文:"赤奮若之歲,歲有小兵,旱水。"又地形:"赤奮若,清明風之所生也。"注:"赤奮若,天神也。"㊁太歲在丑的歲名。爾雅釋天:"在丑曰赤奮若。"

【赤鯶公】鯉魚的别稱。唐段成式酉陽雜俎十七廣動植之二:"國朝律,取得鯉魚即宜放,仍不得喫,號赤鯶公,賣者杖六十,言鯉爲李也。"宋蘇軾分類東坡詩七廬山二勝開元漱玉亭:"願隨琴高生,脚踏赤鯶公。"

【赤鸇頭】芋的一種。宋宋祁益部方物略記:"蜀芋多種,鸇芋爲最美,俗號赤鸇頭芋,形長而圓,但子不繁衍。"

【赤靈符】道教指能避兵器傷害的符籙。抱朴子雜應:"或問辟五兵之道,……或以五月五日作赤靈符,著心前。"

【赤口白舌】由口舌惹來的是非。宋吴泳鶴林集二贈星翁郭若水詩:"片文隻字不經世,赤口白舌空招尤。"宋時杭州風俗,五月端午以生硃於午時書"五月五日天中節,赤口白舌盡消除"之句。或以青羅作赤口白舌帖子與艾人並懸門楣,祈求消除口舌之災。見宋吴自牧夢粱録三五月、元周密武林舊事三端午。

【赤口毒舌】用狠毒的語言駡人。唐盧仝玉川子集一月蝕詩:"鳥爲居停主人不覺察,貪向何人家,行赤口毒舌。"

【赤心報國】竭盡忠心,爲國効勞。唐劉長卿劉隨州集十疲兵篇:"赤心報國無片賞,白首還家有幾人?"

【赤水玄珠】明孫一奎撰。共三十卷,分七十門。又采諸名家言及與人辨難之語,撰緒餘二卷。大意以明證爲主,故於寒熱虚實表裏氣血八端,言之最詳。對古今病證名稱相混之處,剖析尤明。

【赤手空拳】空無所有。孤本元明雜劇元白仁甫董秀英花月東牆記楔子:"我如今赤手空拳百事無,父喪家貧不似初,褒篋不如初。"又秦簡夫陶母剪髮待賓一:"喒如今少米無柴,赤手空拳。"形容身上無錢。

【赤弁丈人】蜻蜓别名。見"赤衣使者"。

【赤衣使者】蜻蜓中的小而赤者。又名赤卒、絳騶,一曰赤弁丈人。雄體赤色,翅透明,面部赤褐色;雌體及面部皆黄色,翅的基部赤褐色,夏日多飛翔於水面。參閱晉崔豹古今注中魚蟲蜻蛉。

【赤舌燒城】太玄經一干:"次八赤舌燒城,吐水於瓶;測曰:'赤舌吐水,君子以解祟也。'"本爲筮卜者禳解災禍之語,後以喻讒言爲害之烈。唐陸龜蒙甫里集三雜諷詩之四:"赤舌可燒城,讒邪易爲伍。"

【赤車駟馬】古代達官貴人乘坐的四馬車。晉常璩華陽國志三蜀志蜀郡州治:"司馬相如初入長安,題市門曰:'不乘赤車駟馬,不過汝下也。'"

【赤脚仙人】宋仁宗(趙禎)幼年,每穿履襪即急欲脱去,宫中皆呼爲赤脚仙人。按赤脚仙人是古代傳説中的得道李君。參閱宋王明清揮麈録後録一。

【赤縣神州】中國的别稱,也簡稱爲"赤縣"或"神州"。史記孟子傳附騶衍:"中國名曰赤縣神州。赤縣神州内自有九州,禹之序九州是也,不得爲州數。中國外如赤縣神州者九,乃所謂九州也。"

【赤繩繫足】唐人小説記有司婚姻之神,凡遇有緣男女,即以赤繩繫兩人之足,最後必成夫婦。後因稱締成婚姻爲赤繩繫足。參見"月下老人"。

四 畫

赧 nǎn 奴板切,上,潸韻,泥。ㄋㄢ

字也作"赦"。㊀因慚愧而面赤。見"赧赧"。㊁憂懼。國語楚上:"夫子踐位則退,自退則敬,不則赧。"

【赧赧】慚愧面赤貌。孟子滕文公下:"未同而言,觀其色赧赧然。"注:"赧赧,面赤心不正之貌。"

【赧愧】羞愧。太平御覽八八三引幽明録:"阮德如嘗於廁見一鬼,長丈餘。色黑而眼大,著皂單衣,平上幘,去之咫尺。德如心安定,徐笑語之曰:'人言鬼可憎,果然!'鬼即赧愧而退。"

赦 shè 始夜切,去,禡韻,審。ㄕㄜ

有罪而放免。易解:"君子以赦過宥罪。"周禮秋官司刺:"三赦之法,……壹赦曰幼弱;再赦曰老旄;三赦曰惷愚。"

【赦書】免罪的文書。魏書高崇傳:"及尒朱榮之死也,帝召道穆(高恭之字)付赦書,令宣於外。"

五 畫

赦 nǎn 集韻乃版切,上,潸韻。ㄋㄢ

同"赧"。見"赧"。

六 畫

赨 tóng 徒冬切,平,冬韻,定。ㄊㄨㄥˊ

赤色。管子地員:"其種大苗細苗,赨莖,

黑秀，箭長。」注：「赩，卽赤也。」

赩 xì 許極切，入，職韻，曉。ㄒㄧˋ

赤色。楚辭大招：「北有寒山，逴龍赩只。」注：「赩，赤色無草木貌。」

【赩赫】赤色貌。文選晉潘安仁(岳)射雉賦：「摛朱冠之赩赫，敷藻翰之陪鰓。」

【赩熾】深紅色。文選晉左太沖(思)蜀都賦：「丹沙赩熾出其坂，蜜房郁毓被其阜。」

七畫

赫 1. hè 呼格切，入，陌韻，曉。ㄏㄜˋ

㊀赤色鮮明貌。詩邶風簡兮：「左手執籥，右手秉翟，赫如渥赭。」㊁顯著，顯耀。見「赫赫㊀」。㊂發怒。詩大雅皇矣：「王赫斯怒，爰整其旅。」㊃分裂，支解。後漢書禮儀志中黄門令奏：「凡使十二神追惡凶，赫女軀，拉女幹，節解女肉，抽女肺腸。」㊄威嚇。通「嚇」。詩大雅桑柔：「既之陰女，反予來赫。」唐釋玄應一切經音義一恐嚇下引詩作「反予來嚇」。㊅姓。傳説赫胥氏之後。見風俗通姓氏下。

2. xì ㄒㄧˋ

㊆見「赫₂蹏」。

【赫弈】光顯，盛大。文選三國魏何平叔(晏)景福殿賦：「故其華表則鎬鎬鑠鑠，赫弈章灼，若日月之麗天也。」

【赫咤】憤怒歎息。三國志吴陸凱傳上疏：「而萬或瑣才凡庸之質，……而陛下愛其細介，不妨大趣，榮以尊輔，越尚舊臣，賢良憤悗，智士赫咤。」

【赫烜】顯赫。爾雅釋訓：「赫兮烜兮，威儀也。」詩衛風淇奥：「瑟兮僩兮，赫兮咺兮。」咺爲「烜」的借字。

【赫連】代北複姓。匈奴左賢王劉去卑之後，去卑卽獨孤氏之祖，傳至勃勃，稱夏王，自云赫赫與天連，因以爲氏。參閲晉書赫連勃勃載記、通志二九氏族五代北複姓。

【赫哲】我國東北地區少數民族名。本女真支裔，居吉林東北混同江沿岸地。原名赫哲喀喇，也稱赫哲費雅哈、黑津。其民以魚皮爲衣覆，故舊有魚皮韃子之稱。挽車行獵均用犬，故稱使犬部。清乾隆間隸旗籍，屬三姓副都統。參見「三姓」。

【赫喧】顯赫。禮大學：「赫兮喧兮者，威儀也。」宋朱熹集注：「赫喧，宣著盛大之貌。」喧爲「烜」的借字。參見「赫烜」。

【赫然】㊀驚悚貌。公羊傳宣六年：「趙盾就視之，則赫然死人也。」㊁怒貌。漢桓寬鹽鐵論褒賢：「趙高治獄於內，蒙恬用兵於外，百姓愁苦，同心而患秦，陳王(涉)赫然，奮爪牙爲天下首事。」㊂顯赫盛大。三國志蜀諸葛亮傳詔策：「神武赫然，威鎮八荒。」

【赫赫】㊀顯赫盛大貌。詩大雅常武：「赫赫明明，王命卿士。」荀子勸學：「無惛惛之事者，無赫赫之功。」㊁乾旱、炎熱貌。詩大雅雲漢：「旱既太甚，則不可沮。赫赫炎炎，云我無所。」莊子田子方：「至陰肅肅，至陽赫赫。」

【赫₂蹏】西漢末年流行的一種小幅薄紙。漢書九七孝成趙皇后傳解光奏：「(籍)武發篋，中有裹藥二枚，赫蹏書。」注：「鄧展曰：'赫音兄弟鬩牆之鬩。'應劭曰：'赫蹏，薄小紙也。'晉灼曰：'今謂薄小物爲鬩蹏。'」

【赫羲】見「赫戲」。

【赫戲】光明炎盛貌。楚辭屈原離騷：「陟升皇之赫戲兮，忽臨睨夫舊鄉。」又作「赫羲」、「赫曦」。文選晉潘安仁(岳)在懷縣作詩之一：「初伏啓新節，隆暑方赫羲。」初學記三晉夏侯湛大暑賦：「何太陽之赫曦，乃鬱陶以興熱。」

【赫胥氏】傳説古帝名。莊子馬蹄：「夫赫胥氏之時，民居不知所爲，行不知所之，含哺而熙，鼓腹而遊。」疏：「赫胥，上古帝王也。亦言有赫然之德，使民胥附，故曰赫胥。蓋炎帝也。」

【赫連勃勃】公元？—425年。晉朔方人。匈奴右賢王去卑的後代。字屈孑。其先本姓鐵物，北人謂父爲鮮卑，母爲鐵弗。後取徽赫與天連之義，改姓爲赫連。父衛辰，秦苻堅封爲西單于，爲魏所殺。堅敗死，盡有朔方之地。勃勃自謂大夏之裔，稱大夏天王。晉劉裕破後秦，入長安，以內患南歸，留子義真守之。勃勃伐義真，大破之，入長安，稱皇帝，建號夏，都統萬，在位十三年。子昌及弟定並爲後魏所擒滅。晉書有傳。參閲清湯球輯十六國春秋纂録校本十夏。

【赫圖阿喇】地名。在遼寧新賓縣西，蘇克素護河(今蘇子河)、嘉哈河(今二道河)之間。滿洲孟特穆(清肇祖)居此，至努爾哈赤始遷居呼蘭哈達南岡新城。不久，仍於赫圖阿喇舊址築城居之。天命元年以爲都城。後金皇太極天聰八年，改稱興京。參閲嘉慶一統志五八興京。

赪 chēng 丑貞切，平，清韻，徹。ㄔㄥ

赤色。儀禮士喪禮：「赪裏，著組繫。」注：「赪，赤也。」

【赪粉】涂臉的紅色脂粉。釋名釋首飾：「赪粉；赪，赤也。染粉使赤，以著頰上也。」

八畫

赭 zhě 章也切，上，馬韻，照。ㄓㄜˇ

㊀赤色。詩邶風簡兮：「左手執籥，右手秉翟，赫如渥赭。」疏：「且其顏色，赫然而赤，如厚漬之丹赭。」㊁赤色的土。管子地數：「上有赭者，下有鐵。」㊂使山赤裸無草木。史記秦始皇紀二十八年：「使刑徒三千人皆伐湘山樹，赭其山。」

【赭山】山名。1.本在浙江海寧縣西南，因土石皆赤故名。南與蕭山縣之龕山相對，東接鼈子門。明代爲防倭戍守重地。後江流改道，山在江南。屬蕭山縣境。參閲嘉慶一統志二九四紹興府一。2.在安徽蕪湖市。又稱小九華。山有塔，塔後有滴翠軒，爲宋黄庭堅讀書處。參閲嘉慶一統志一二〇太平府一。

【赭衣】赤褐色衣。古代囚徒穿紅衣，因此也稱罪人爲赭衣。荀子正論：「殺，赭衣而不純。」注：「以赤土染衣，故曰赭衣。」漢書食貨志上引董仲舒：「重以貪暴之吏，刑戮妄加，民愁亡聊，亡逃山林，轉爲盗賊，赭衣半道，斷獄歲以千萬數。」

【赭圻】嶺名。在安徽繁昌縣北，晉桓温爲揚州牧，城赭圻居之，卽此。城在嶺上，下臨江。參閲嘉慶一統志一二〇太平府一。

【赭面】把臉染成赤褐色。唐白居易長慶集四時世粧詩：「圓鬟無鬢堆髻樣，斜紅不暈赭面狀。」舊唐書一九六上吐蕃傳上：「十五年，太宗以文成公主妻之，……公主惡其人赭面，弄讚令國中權且罷之。」

【赭袍】紅袍，指帝王之衣。唐杜牧樊川集二長安雜題長句之一：「觚稜金碧照山高，萬國珪璋擁赭袍。」新五代史四夷附録一：「(杜)重威等被圍糧絶，遂舉軍降。(耶律)德光喜，謂趙延壽曰：'所得漢兒皆與爾。'因以龍鳳赭袍賜之，使衣以撫晉軍，亦以赭袍賜重威。」

【赭堊】紅土和白土。韓非子用人：「夫人主不塞隙穴，而勞力於赭堊，暴雨疾風必壞。」魏書禮志二：「內外門牆，並用赭堊。」

【赭黄】自然產生的褐鐵礦，可做黄色顏料。北史綦毋懷文傳：“時齊軍旗幟盡赤，……神武（高歡）遂改爲赭黄，所謂河陽幡者也。”元詩選張翥蜕菴集翰林三朝御容戊戌仲冬朔把香前宮詩：“嘉禧殿前初日高，瑞光先映赭黄袍。”

【赭魁】草名。其根如芋，有汁如赭，故名。宋沈括夢溪筆談二六藥議：“本草所論赭魁，皆未詳審，今赭魁南中極多，膚黑肌赤，似何首烏。切破其中，赤白理如檳榔，有汁如赭，南人以染皮製鞾，閩嶺人謂之餘糧。”參閱政和證類本草十赭魁。

【赭鞭】赤色之鞭。漢書九九下王莽傳：“又感漢高廟神靈，遣虎賁武士入高廟，拔劍四面提擊，桃湯赭鞭，鞭灑屋壁。”晉干寶搜神記一：“神農以赭鞭鞭百草，盡知其平毒寒温之性，臭味所主，以播百穀，故天下號神農也。”

【赭白馬】駿馬名。爾雅釋畜“彤白雜毛，騢”晉郭璞注：“即今之赭白馬。”晉末十六國前燕慕容廆有駿馬曰赭白，見晉書慕容儁載記。文選有南朝宋顏延年（延之）赭白馬賦。

九畫

赮 xiá 胡加切，平，麻韻，匣。
ㄒㄧㄚˊ

“霞”古字。㊀赤色。文選晉郭景純（璞）江賦：“絶岸萬丈，壁立赮駮。”㊁日出之光。漢書天文志：“夫雷電、赮蚉、辟歷、夜明者，陽氣之動也。”唐柳宗元柳先生集四二同劉二十八院長述懷感時書事……詩：“金爐仄流月，紫殿啟晨赮。”清鄭珍謂“霞”本作“瑕”，漢人改“赮”以別於“瑕”。“霞”後出字。參閱説文新附考五“霞”。

赬 chēng 丑貞切，平，清韻，徹。
ㄔㄥ

紅色。説文作“經”，俗作“頳”。爾雅釋器：“再染謂之赬。”疏：“赬，淺赤也。”南朝齊謝朓謝宣城集三望三湖詩：“積水照赬霞，高臺望歸異。”

【赬尾】赤色的魚尾。詩周南汝墳：“魴魚赬尾，王室如燬。”注：“赬，赤色，魚勞則尾赤。”後用來比喻人民困於虐政。五代前蜀韋莊浣花集五和鄭拾遺秋日感事詩：“黑頭期命爵，赬尾尚憂魴。”

【赬桐】草名。亦稱“貞桐”、“百日紅”。葉如桐，其花連枝蕚，皆深紅色，俗呼貞桐花。見晉嵇含南方草木狀上。宋陸游劍南詩稿三思政堂東軒偶題詩：“唤起十年閩嶺夢，赬桐花畔見紅蕉。”注：“赬桐，嘉州謂之百日紅。”

【赬莖】草名。即朱草。文選南朝宋顏延年（延之）三月三日曲水詩序：“赬莖素毳，並柯共穗之瑞，史不絶書。”注：“赬莖，朱草也。”參見“朱草”。

【赬玉盤】指初升的太陽。唐李賀歌詩編三春歸昌谷：“誰揭赬玉盤，東方發紅照。”

【赬虬卵】指柿果。唐韓愈昌黎集四遊青龍寺贈崔大補闕詩：“燃雲燒樹火實騈，金烏下啄赬虬卵。”

十畫

赯 táng 徒郎切，平，唐韻，定。
ㄊㄤˊ

赤色。人面色紫曰赯，或作“糖”。見宋趙叔向肯綮録（説郛二四）。按俗稱紫棠色，棠當作“赯”。

走部

走 zǒu 子苟切，上，厚韻，精。
ㄗㄡˇ 則侯切，去，侯韻，精。

㊀疾趨，跑。詩大雅緜：“古公亶父，來朝走馬。率西水滸，至于岐下。”左傳昭七年：“三命而俯，循牆而走。”注：“言不敢安行。”㊁趨向。孟子離婁上：“民之歸仁也，猶水之就下，獸之走壙也。”吕氏春秋期賢：“若蟬之走明火也。”史記一〇六吴王濞傳：“西走蜀漢中。”注：“走音奏，向也。”㊂逃跑。孟子梁惠王上：“兵刃既接，棄甲曳兵而走。”㊃移動，變動。見“走丸”。㊄自稱的謙詞。自謙爲趨走之僕。文選漢司馬子長（遷）報任少卿書：“太史公牛馬走。”自謂掌牛馬之僕夫。又張平子（衡）東京賦：“走雖不敏，庶斯達矣。”㊅叱之使去，亦爲叱聲。史記九七酈生傳：“酈生瞋目案劍叱使者曰：‘走！’”清翟灝通俗編三三走：“集韻走亦音奏。正與今叱人聲合。元人雜劇有云哇者，其實只當作走。”

【走丸】如丸之速轉。喻便易迅疾。漢書四五蒯通傳：“爲君計者，莫若以黄屋朱輪迎范陽令，使馳騖於燕趙之郊，則邊城皆將相告曰：‘范陽令先下而身富貴’，必相率而降，猶如板上走丸也。”南朝宋鮑照鮑氏集二觀漏賦：“時不留乎激矢，生乃急於走丸。”

【走作】謂越出軌範。景德傳燈録二一宗一禪師：“僧曰：若不遇於師，幾成走作。”宋朱熹朱文公集三九答林巒：“此段文意未通，又多用佛語，尤覺走作。”

【走卒】謂供人奔走之隸卒、差役。漢書六七胡建傳：“貧亡車馬，常步與走卒起居，所以尉薦走卒，甚得其心。”宋蘇軾分類東坡詩十司馬君實（光）獨樂園詩：“兒童誦君實，走卒知司馬。”

【走狗】獵犬。史記勾踐世家范蠡遺文種書：“蜚鳥盡，良弓藏，狡兔死，走狗烹。”漢荀悦前漢紀漢四年：“語曰：‘野禽殫，走狗烹。’”史記九二淮陰侯傳作“野獸已盡而獵狗亨”。後來也比喻受人豢養的爪牙。明人牟尼合記貞竄：“你元來掉轉臉皮，與封其蔀那廝做走狗了，這樣小人！”

【走珠】㊀珠的一種。南朝宋沈懷遠南越志：“珠有九品……璫珠之次爲走珠，走珠之次爲滑珠。”㊁滚珠。譬喻圓潤融通。宋蘇軾東坡題跋一書楞伽經後：“楞伽四卷，可以印心，……句句皆理，字字皆法，後世達者，神而明之，如槃走珠，如珠走槃。”

【走馬】㊀善走的馬。荀子王制：“北海則有走馬吠犬焉，然而中國得而畜使之。”漢書六三燕剌王旦傳：“旦遣孫縱之等前後十數輩，多齎金寶走馬，賂遺蓋主。”注：“走馬，馬之善走者。”㊁馳馬，喻疾驅。宋蘇軾分類東坡詩十二月十四日夜微雪明日早往南谿小酌至晚詩：“南谿得雪真無價，走馬來看未及消。”參見“走㊀”。

【走索】古百戲之一。即今雜技中之踩軟索。文選漢張平子（衡）西京賦：“跳丸劍之揮霍，走索上而相逢。”三國吴薛綜注：“索上長繩，繫兩頭於梁，舉其中央，兩人各從壹頭上，交相度，所謂儛絙者也。”

【走草】犬類發情曰走草。參閱清桂馥札樸九鄉里舊聞雜言。

【走卿】司農的戲稱。司農掌倉庾，常須巡檢四方，故稱。宋王得臣麈史下諧謔：“七寺閒劇不同，大府爲忙卿，司農爲走卿，光祿爲飽卿，鴻臚爲睡卿。”洪邁容齋四筆十五官稱別名：“鴻臚爲客卿睡卿，司農爲走卿，大理爲棘卿。”

【走舸】快船。三國志吳周瑜傳：“又豫備走舸，各繫大船後，因引次俱前。”神機制敵太白陰經四水戰具：“走舸亦如戰船，舷上安重檣，棹夫多，戰卒少，皆選勇士精銳者充，往返如飛，乘人之不及，兼備非常救急之事。”

【走戟】使戟盤旋回轉，快速如飛走。晉書張昌傳王歆上言：“挑刀走戟，其鋒不可當，請臺敕諸軍，三道救助。”

【走筆】謂運筆疾書。唐白居易長慶集六二北窗三友詩：“興酣不疊紙，走筆操狂詞。”

【走集】邊境之壘壁。左傳昭二三年：“夫正其疆埸，修其土田，險其走集，親其民人，……以待不虞，又何畏矣。”注：“走集，邊竟之壘辟。”宋李格非洛陽名園記論：“洛陽處天下之中，狹殽澠之阻，當秦瀧之襟喉，向趙魏之走集，蓋四方必爭之地也。”

【走解】馬上戲技。一人執旗引於前，二人馳馬繼出，呈藝馬上，或上或下，或左或右，騰躍蹻捷，人馬相得，俗名曰走解。本爲軍中騎兵習武之術，後來成爲江湖雜技的一種。參閱明彭時彭公筆記、清翟灝通俗編三八邂馬。

【走水石】寶石之一種。明陶宗儀輟耕錄七回回石頭：“回回石頭，種類不一，……貓睛，走水石。”注：“新坑出者，似貓睛而無光。”又田藝蘅留青日記二貓睛祖母綠：“貓睛名貓兒眼，一綫中橫，四面活光，輪轉照人。次者名走水石，無光。”

【走百病】明謝肇淛五雜俎二：“齊魯人多以正月十六日遊寺觀，謂之‘走百病’。”又京師舊俗，婦女多以元宵夜出遊，摸正陽門釘，以祓除不祥，名“走百病”。參閱清姚之駰元明事類鈔三元夕走橋。

【走馬引】古樂府琴曲名。晉崔豹古今注中音樂謂古有樗里牧恭，爲父報冤，殺人而亡，匿於山下。夜聞馬聲，以爲吏追，乃亡去，入於沂澤，援琴而鼓，作天馬聲，因曰走馬引。樂府詩集五八琴曲歌辭二錄梁張率、唐李賀作各一首。

【走馬燈】舊俗，元宵節時，以紙剪爲人馬之形，黏於紙輪之下四周，輪下有幹，能活動自轉。點燭，燭焰驅幹轉動，人馬隨之而轉，往來不停，故曰走馬燈。唐人稱影燈。宋范成大石湖集二三上元紀吳中節物俳諧體三十二韻詩“映光魚隱見，轉影騎縱橫”自注：“馬騎燈。”按卽走馬燈。元郝經鄧雅謝宗可皆有走馬燈詩。

【走無常】舊時迷信，謂地下亦如人間，有官有吏。有時吏有不足，卽勾攝生人爲之，事訖放還，稱爲走無常。見明祝允明語怪。聊齋誌異耍狼中有丁姓走無常故事。

【走花溜水】吹牛，說大話。西遊記七四：“你莫象纔來的那個和尚走花溜水的胡纏。”

【走馬看花】唐孟郊孟東野集三登科後詩：“春風得意馬蹄疾，一日看盡長安花。”宋劉過龍洲集六同郭殿帥游鳳山寺探桃李詩：“走馬看花生怕晚，果然桃李一山開。”本以形容登科後得意愉快的心情，引申指游賞之樂。後又喻草草觀察，不能仔細深入。明畢魏三報恩囑託：“場中看文，如走馬看花。”

【走馬承受】官名。宋置，諸路各一員，隸經略安撫總管司，無事歲一入奏，有邊警則不時馳驛上聞。政和六年改爲廉訪使者。靖康初復舊。走馬承受，凡耳目所及，皆得上聞，於是往往與帥臣抗禮，脅制州縣，無所不至。參閱宋徐度卻掃編中、宋史職官志七。

二畫

赴 fù ㄈㄨˋ 芳遇切，去，遇韻，滂。

㊀趨往，投入。孟子梁惠王上：“天下之欲疾其君者，皆欲赴愬於王，其若是孰能禦之？”荀子不苟：“負石而赴河是行之難爲者也。”㊁告喪。今文作“訃”。左傳隱三年：“平王崩，赴以庚戌，故書之。”

【赴告】古代諸侯以崩薨禍福相告曰赴告。史記周本紀：“昭王南巡狩不返，卒于江上。其卒不赴告，諱之也。”晉杜預春秋序：“赴告策書，諸所記注，多違舊章。”疏：“文十四年傳曰：崩薨不赴，禍福不告。然則鄰國相命，凶事謂之赴，他事謂之告。對文則別，散文則通。”

【赴義】㊀猶仗義，見義勇爲。三國志魏袁紹傳“(董)卓遣執金吾胡母班，將作大匠吳脩齎詔書喻紹”注引漢末名士錄：“(班)等八人並輕財赴義振濟人士，世謂之八廚。”㊁獻身國家急難。南史劉鍾傳：“帝板鍾爲郡主簿，曰：‘豫是彭城鄉人赴義者，並可依劉主簿。’於是立義隊，連戰皆捷。”

【赴銓】指往吏部聽候銓選。金史宣宗紀上至寧四年：“庚子，詔河南陝西鎮防軍應廕及納粟補官者，當役如舊，俟事定乃聽赴銓。”

【赴敵】奔赴戰陣。隋書于仲文傳：“昔周亞夫之爲將也，見天子，軍容不變。此決在一人，所以功成名遂。今者，人各其心，何以赴敵？”

【赴蹈】“赴湯蹈火”的省語。晉書衛瓘張華傳論：“昏亂方凝，則事暌其趣；松筠無改，則死勝於生；固以赴蹈爲期而不辭乎傾覆者也。”參見“赴湯蹈火”。

【赴難】謂趨救國難。漢書八六王嘉傳上疏：“今諸大夫有材能者甚少，宜豫畜養可成就者，則士赴難不愛其死。”

【赴火蹈刃】猶赴湯蹈火，喻不避艱險。淮南子泰族：“墨子服役者百八十人，皆可使赴火蹈刃，死不還踵，化之所致也。”

【赴湯蹈火】喻不畏危難。湯，滾水。漢書四九晁錯傳上書：“故能使其衆蒙矢石，赴湯火，視死如生。”三國志魏劉表傳“知(韓)嵩無他意乃止”注引傅子：“今策命委質，唯將軍所命，雖赴湯蹈火，死無辭也。”

赳 jiū ㄐㄧㄡ 居黝切，上，黝韻，見。

見下。

【赳赳】雄健勇武貌。詩周南兔罝：“赳赳武夫，公侯干城。”元曲選鄭廷玉疎者下船二：“只道他暮境蕭蕭，依還的雄風赳赳。”

【赳螑】申頸低昂。螑，通“趫”。史記一一七司馬相如傳大人賦：“沛艾赳趫仡以佁儗兮，放散畔岸驤以孱顏。”集解：“漢書音義曰：赳螑，申頸低卬也。”

三畫

赶 1. qián ㄑㄧㄢˊ 巨言切，平，元韻，羣。其月切，入，月韻，羣。

㊀獸類翹尾奔跑。說文：“赶，舉尾走也。”廣韻：“獸舉尾走。”

2. gǎn ㄍㄢˇ

㊁追趕，趕走。古今名劇元馬致遠三度任風子二：“你家去磨下刀，燒下湯，我便赶將頭口來也。”水滸五二：“殷直閣將帶三二十人到家，定要赶逐出屋。”字亦作“趕”。參見“趕”。

起 qǐ ㄑㄧˇ 墟里切，上，止韻，溪。

㊀起立。左傳宣十四年：“楚子聞之，投袂而起。”㊁起牀。孟子盡心上：“雞鳴而起。”㊂啟發。參見“起予”。㊃發生，興起。書益稷：“乃歌曰：股肱喜哉，元首起

哉，百工熙哉。」荀子天論：「一廢一起，應之以貫，理貫不亂。」㊄起事。史記項羽紀：「今君起江東，楚蠭午之將皆爭附君者，以君世世楚將，爲能復立楚之後也。」㊅舉用，出仕。戰國策秦二：「起樗里子於國。」注：「起，猶舉也。」世說新語賞譽下：「殷淵源（浩）在墓所幾十年，于時朝野，以擬管葛，起不起以卜江左興亡。」㊆興建。漢書武帝紀太初元年：「二月，起建章宮。」㊇出身。漢書三九蕭何曹參傳贊：「蕭何曹參皆起秦刀筆吏，當時錄錄未有奇節。」㊈豎起，扶持。書金縢：「王出郊，天乃雨，反風，禾則盡起，二公命邦人，凡大木所偃，盡起而築之。」國語晉四：「平王勞而德之，而賜之盟質，曰：世相起也。」注：「起，扶持也。」㊉凸起，隆起。後漢書五九張衡傳：「合蓋隆起，形似酒尊。」㊀量詞。一夥曰一起。金史孟浩傳：「據田穀一起人除已敍用外，但未經任用身死，並與復舊官爵。」

【起予】論語八佾：「子曰：起予者商也，始可與言詩已矣。」疏：「起，發也。予，我也。商，子夏名。孔子言，能發明我意者，是子夏也。」後指得自他人的教益。晉書庾冰傳上疏：「願陛下既思日側於勞謙，納其起予之情，則天下幸甚矣。」

【起伏】㊀指高低不平。文苑英華七七二南朝梁蕭綱（簡文帝）南郊頌序：「紆餘委蛇，丘陵起伏。」㊁形容世事盛衰、情感起落。後漢書皇后紀上論：「物之興衰，情之起伏，理有固矣。」文選南朝宋顏延年（延之）始安郡還都與張湘州登巴陵城樓作詩：「万古陳往還，百代勞起伏。」

【起事】㊀舉事，辦事。管子形勢解：「解惰簡慢，次之事主則不忠；……以之起事則不成。」㊁起義，舉兵首事。新唐書太宗紀：「高祖謀欲還兵太原，太宗哭于軍門，高祖驚召問之，對曰：『還則衆散於前，而敵乘於後，死亡須臾，所以悲爾。』高祖寤曰：『起事者，汝也，成敗惟汝！』」

【起居】㊀作息，舉止。謂日常生活。素問上古天真論：「食飲有節，起居有常。」注：「起居者，動止之綱紀。」㊁問候安否之言。世說新語言語：「顧司空（榮）時爲揚州別駕，援翰曰：『……明公蒙塵路次，羣下不寧，不審尊體起居何如？』」唐杜甫杜工部詩二一奉送蜀州柏二別駕將中丞命赴江陵起居衛尚書太夫人詩：「遷轉五州防禦使，起居八座太夫人。」宋代依後唐明宗制，每五日羣臣隨宰相入見，謂之起居。見宋史禮志十九常朝之儀。㊂大便。吳越春秋夫差內傳：「吳王曰：『何謂糞種？』左右曰：『盛夏之時，人食生瓜，起居道傍，子復生。』」

【起家】起之於家而出任官職。史記一〇一晁錯傳：「建元中，上招賢良，公卿言鄧公，時鄧公免，起家爲九卿。」

【起草】打草稿。後漢書百官志三：「侍郎三十六人，四百石。本注曰：一曹有六人，主作文書起草。」唐韓愈昌黎集十三張中丞傳後叙：「爲文章，操紙筆立書，未嘗起草。」

【起部】官名。晉武帝置起部郎。取尚書「百工起哉」爲義。南北朝時，宋齊梁陳有起部尚書，但不常置，每營宗廟宮室則置之，事畢則省。其事分屬都官、左民二尚書。北齊起部亦掌工造。隋以後改爲工部。見通典二三職官五尚書下。

【起溲】猶云發酵，也謂發酵餅。初學記二六晉束晳餅賦：「高風既厲……肴饌尚溫，則起溲可施。」宋蘇軾分類東坡詩二四真一酒歌：「天旋雷動玉塵香，起溲十裂照坐光。」

【起復】㊀封建時代，官吏有喪，服未滿而復起用，謂之起復。晉書卞壼傳：「遭繼母憂，既葬，起復舊職，累辭不就。」北史李德林傳：「尋丁母艱，……裁百日，奪情起復，固辭不起。」後亦有人稱服滿而起用者爲起復，服未滿而起用者爲奪情。參閱宋趙昇朝野類要三起復、清趙翼陔餘叢考二七起復。㊁降官後復職。宋史三七七向子諲傳：「初（張）邦昌爲平章軍國事，子諲乞致仕避之，坐言者降三官，起復知潭州。」

【起義】㊀記事之文，立義以發凡。晉杜預春秋左傳序：「一曰微而顯，文見於此，而起義在彼。」㊁仗義起兵。宋書殷琰傳：「時綏戎將軍、汝南新蔡二郡太守周矜起義於懸瓠，收兵得千餘人。」

【起敬】肅然致敬。禮內則：「父母有過，下氣怡色，柔聲以諫，諫若不入，起敬起孝，說（悅）則復諫。」宋朱熹朱文公集八三跋趙中丞行實：「趙公之孝謹醇篤，雖古人猶難之，三復其書，令人起敬，不勝霜露風木之悲也。」

【起課】方士六壬術，有四課式，用占日之干支爲推算之本，因稱求卜爲起課。元曲選王曄桃花女破法嫁周公一：「我這孩兒也說道會起課，常常在手兒上掄掄搯搯，胡言亂語的。」

【起廢】重新振興廢棄的事物。史記太史公自序：「幽厲之後，王道缺，禮樂衰，孔子脩舊起廢，論詩書，作春秋，則學者至今則之。」

【起夜來】古樂府雜曲歌辭名。樂府解題：「起夜來，其辭意猶念疇昔思君之來也。」樂府詩集七五雜曲歌辭十五錄梁柳惲、唐施肩吾作各一篇。又唐聶夷中一篇，作起夜半。

【起居注】官名。即周左右史之職。漢時起居注，本宮中女史所撰，武帝時有禁中起居注，東漢明德馬后撰明帝起居注，皆佚。晉令著作郎掌起居注，北魏始置有起居令史，又別置修起居注二人。隋代於內史置起居舍人二員，唐宋時於門下省置起居郎，於中書省置起居舍人。明洪武九年定設起居注二人，至萬曆間又命翰林院兼攝。清康熙時設日講起居注官，屬翰林院，於詞臣中擇才品優長者兼之。參閱唐劉知幾史通史官建置、通典二一職官三、續通典二五職官。

【起信論】佛書大乘起信論之略名。見「大乘起信論」。

【起輦谷】地名。在內蒙古鄂爾多斯右翼中旗、黃河西北阿爾坦山陰。蒙古汗鐵木真（元太祖）及其子孫葬於此。葬地名察罕額爾格，近三音諾顏界。參閱元史太祖紀。

【起麪餅】即起酵餅。資治通鑑南齊永明九年：「詔太廟四時之祭：薦宣皇帝，起麪餅，鴨臛。」注：「起麪餅，今北人能爲之，其餅浮軟，以卷肉啗之，亦謂之卷餅。程大昌曰：起麪餅，入教麪中，令鬆鬆然也。教，俗書作酵。」

【起膠餅】即發酵餅。周禮天官醢人「酏食糝食」唐賈公彥疏：「酏，粥也。以酒酏爲餅，若今起膠餅。」正字通「餢」：「餢飳，起麪也，發酵使麪輕高浮起。炊之爲餅。賈公彥以酏食爲起膠餅，膠卽酵也。」

【起居萬福】宋司馬光書儀家書：「疏狀式云：伏維某親尊體起居萬福。」晚輩致書尊長多用此語，問安祝福之意。

【起承轉合】詩文結構的一般順序。元范梈詩法：「作詩有四法：起要平直，承要春容，轉要變化，合要淵永。」清王應奎柳南隨筆一宋人論文：「馮已蒼（舒）批才調集，頗斤斤於起承轉合之法。何義門（焯）謂若著四字在胸中，便看不得大歷以前詩。」

五　畫

越 1. yuè ㄩㄝˋ 王伐切，入，月韻，于。

㊀度，度過。楚辭屈原天問：「阻窮西征，岩何越兮。」㊁經過。書召誥：「惟二月既

望，越六日，乙未，王朝步自周，則至于豐。」㊂踰越，超出。易繫辭下：「其稱名也，雜而不越。」漢書宣帝紀元康二年詔：「越職踰法，以取名譽。」㊃揚。禮聘義：「叩之，其聲清越而長。」引申爲發揚、宣揚。國語晉八：「宣其德行，順其憲則，使越于諸侯。」㊄迂闊。國語魯上：「越哉！臧孫之爲政也。」注：「越，迂也。言其迂闊，不知政要。」㊅遠。左傳襄十四年：「使厚成叔弔于衛，曰：『寡君使瘠聞君不撫社稷而越在他竟，若之何不弔。』」㊆消散。左傳昭四年：「風不越而殺。」淮南子主術：「精神勞則越，耳目淫則竭。」㊇失墜，墜落。書太甲上：「毋越厥命以自覆。」注：「越，墜失也。」左傳成二年：「射其左，越于車下。」㊈發語辭。書大誥：「越予小子。」又高宗肜日：「高宗肜日，越有雊雉。」㊉劫奪，搶劫。書康誥：「凡民自得罪，寇攘姦宄，殺越人于貨。」⑪於。書大誥：「有大艱于西土，西土人亦不靜，越茲蠢。」⑫與。書大誥：「猷大誥爾多邦，越爾御事。」⑬愈加。宋辛棄疾稼軒詞贈子文侍人名笑笑：「宜顰宜笑越精神。」⑭古國名。也稱於越，姒姓，相傳始祖爲夏少康庶子無余。封於會稽。春秋末越王勾踐卧薪嘗胆，終滅吳稱霸，戰國時爲楚所滅。⑮民族名。古時江浙粵閩之地越族所居，謂之百越。越與「粵」通，百越亦作百粵。參見「百越」。⑯姓。春秋時齊有越石父。見史記六一管晏傳。

2. huó ㄏㄨㄛˊ 户括切，入，末韻，匣。

⑰結。通「括」。左傳桓二年：「清廟茅屋，大路越席。」疏：「結蒲爲席。」⑱穴，瑟底的小孔。禮樂記：「清廟之瑟，朱弦而疏越。」

【越方】禁呪術。即後世的祝由科。後漢書八二下徐登傳「又趙炳，字公阿，東陽人，能爲越方。」注：「越方，善禁呪也。」

【越日】明日。列子湯問：「越日，偃師謁見王。」

【越布】越地所產之布。後漢書八一陸續傳：「(陸閎)喜著越布單衣，光武見而好之，自是常敕會稽郡獻越布。」藝文類聚八五梁劉孝綽謝越布啟：「比納方綃，既輕且麗，珍邁龍水，妙越鳥夷。」知越布之佳。

【越州】地名。1.南朝宋泰始中置，治臨漳，隋改曰祿州。即今廣東省合浦縣治。見南齊書州郡志上。2.隋初改會稽郡爲越州，宋廢，在今浙江紹興。見讀史方輿紀要九二紹興府。

【越次】踰越次序。猶言「躐等」。漢書九九上王莽傳上書：「臣以外屬，越次備位，未能奉稱。」列子仲尼：「伯豐子之從者，越次而進曰：『大夫不聞齊魯之多機乎？』」

【越析】地名，六詔之一。唐初置州，貞元以後，屬於南詔。宋時麼些族居此，故又稱麼些。即今雲南麗江地區。參閱元史地理志四麗江路、讀史方輿紀要一一七麗江軍民府。

【越城】山嶺名。一名始安嶺。五嶺之最西者。在今廣西東北部與湖南省邊境。水經注三八灕水：「湘灕之間，陸地廣百餘步，謂之始安嶠，嶠，即越城嶠也。」見讀史方輿紀要一〇六廣西一。

【越若】發語詞。書召誥「惟太保先周公相宅，越若來三月，惟丙午朏，越三日戊申，太保朝至于洛，卜宅」。

【越席】起座，離席。禮仲尼燕居：「子貢越席而對曰：敢問何如？」

【越$_2$席】結蒲草爲席。左傳桓二年：「清廟茅屋，大路越席。」禮禮器：「大路素而越席，犧尊疏布鼏。」

【越桃】梔子的別名。唐劉禹錫劉賓客集三和令狐相公詠梔子詩：「蜀國花已盡，越桃今正開。」

【越鳥】孔雀的别名。以產於南方而名。見本草綱目四九禽四孔雀。

【越紼】古喪禮，未葬以前，引柩車之索結於車上。遇有天地社稷或非常之祭，稱爲越紼行事。禮王制：「喪三年不祭，唯祭天地社稷爲越紼而行事。」魏書禮志三：「高祖(孝文帝元宏)曰：『魯公帶絰從師，晉侯墨衰敗寇，往聖無譏，前典所許。如有不虞，雖越紼無嫌，而況衰麻乎？』」

【越訴】越級控訴。唐律疏議二四：「諸越訴及受者，各笞四十。」注：「凡諸辭訴，皆從下始，從下至上，令有明文。謂應經縣而越向州、府、省之類，其越訴及官司受者，各笞四十，若有司不受，即訴者亦無罪。」宋王洋東牟集九蠲逋欠劄子：「如州縣敢以新苗補填舊欠，移易簿書，委監司覺察，民户越訴。」

【越越】輕易貌。呂氏春秋本味：「聖人之道要矣，豈越越多業哉。」

【越棘】古武器名。禮明堂位：「越棘大弓，天子之戎器也。」注：「越，國名也。棘，戟也。」太平御覽三四七三國魏陳琳武庫賦：「弓則烏號、越棘、繁弱、角端。」藝文類聚五九作武軍賦，越棘作「越耗」。

【越椒】草名，茱萸的別名。見廣雅釋木。

【越發】更加。明缺名張子房赤松記望靜：「你看他兩箇越發打扮得好了。」紅樓夢七二：「彩霞那孩子，這幾年我雖不見，聽見說越發出跳得好了。」

【越裳】古南海國名。相傳周公輔成王，制禮作樂，越裳氏以三象重譯而獻白雉。見後漢書南蠻傳、梁書海南諸國傳。

【越調】音調名。商聲七調之一。以其出於越，故曰越調。唐段安節樂府雜錄：「商七調，第一運，越調。」新唐書禮樂志十二：「越調、大食調、高大食調、雙調、小食調、歇指調、林鍾商爲七商。」宋樂與古樂差二律，以無射爲黃鍾，俗呼無射商爲越調，應鍾商爲中管越調。宋沈括夢溪補筆談樂律：「黃鍾商，今爲越調，用六字。」

【越燕】燕之一種。越燕小而多聲，頷下紫，又名紫燕。巢於門楣上，作窠極淺。見政和證類本草十九鷰屎。

【越錄】㊀謂超越次第。國語吳：「兩君偃兵接好，日中爲期。今大國越錄，而造於弊邑之軍壘，敢請亂故。」注：「錄，第也。」㊁謂超越等第而受爵。資治通鑑二四四唐太和七年：「王侯通爵，越錄受之。」注：「凡賞功者，錄其功而加之封爵，無功而超越授之以爵，是謂越錄。」

【越禮】踰越禮法。舊題漢劉向西京雜記二：「(卓文君)十七而寡，爲人放誕風流，故悅長卿(司馬相如)之才而越禮焉。」晉書裴頠傳上書：「昔穆叔不拜越禮之饗，臣亦不敢聞殊常之詔。」

【越騎】漢武帝置屯騎、步兵、越騎、長水、射聲五校尉。越騎掌越人來降之騎卒，一說取材力超越爲名。秩二千石。後改青巾，光武建武十五年復舊名。後漢五校皆典宿衛。見漢書百官公卿表上、後漢書百官志四。

【越嶲】地名。本西南夷邛都之地。漢武帝元鼎六年置。唐改爲嶲州；清置越嶲衛。故城在今四川西昌縣治。見讀史方輿紀要七四。

【越雞】小雞。莊子庚桑楚：「越雞不能伏鵠卵。魯雞固能矣。」一說謂產於荆地之雞。見釋文。

【越人歌】古雜歌謡。鄂君子皙泛舟河中，有榜枻越人擁楫而歌。歌詞見漢劉向說苑善說。

【越王竹】竹之一種。晉嵇含南方草木狀下：「越王竹，根生石上，若細荻，高尺餘，南海有之，南人愛其青色，用爲酒籌。云越王棄餘筭而生竹。」

【越王鳥】鳥名。又名鸀鳿。唐劉恂嶺

表録異中:“越王鳥，曲頸長足，頭有黄冠如杯，用貯水。人取其冠，堅緻可爲酒杯。”參閲太平御覽九二八南方草物志。

【越王頭】椰實之別名。晉嵇含南方草木狀下:“(椰樹)其實大如寒瓜……有漿，飲之得醉，俗謂之越王頭。云:昔林邑王與越王有故怨，遣俠客刺得其首，懸之於樹，俄化爲椰子。林邑王憤之，命剖以爲飲器，南人至今效之。當刺時，越王大醉，故其漿猶如酒。”

【越州窯】古窯名。以在越州，故名。所産茶具稱越盌。唐陸羽茶經中:“盌，越州上，鼎州次，婺州次，壽州次，洪州次，或以邢州處越州上，殊爲不然。”清朱琰陶説四晉器:“東甌荈器……甌亦越地，是先越州窯而知名者也。”

【越秀山】山名。卽粤秀山。在今廣州市北郊。見“粤秀山”。

【越絶書】不著撰人姓名。隋、唐志著録云子貢作。四庫提要以爲漢袁康撰，吳平所定。近人謂非一人一時之作。原書二十五篇，今佚五篇，十五卷，其文與吳越春秋相類，記春秋越國事。

【越裳操】琴曲歌辭。相傳周初越裳來獻白雉，周公作歌。歌僅三句，唐韓愈有倣作一篇，皆見樂府詩集五七。

【越謡歌】越人初定交時的祝歌。初學記十八晉周處風土記:“越俗性率朴，初與人交有禮，封土壇，祭以犬雞。祝曰:‘卿雖乘車我戴笠，後日相逢下車揖;我步行，卿乘馬，後日相逢卿當下。’言朋友締交，不以貴賤移易。樂府詩集八七題作古辭越謡。參見“乘車戴笠”。

【越王約髮】兩頭蛇的別名。爾雅釋地“中有軹首蛇焉”晉郭璞注:“今江東呼兩頭蛇爲越王約髮。”疏:“言是越王約髮所化也。”

【越俎代庖】莊子逍遥遊“庖人雖不治庖，尸祝不越樽俎而代之矣。”晉郭象注:“庖人尸祝，各安其所司。”謂人有專職，卽他人不能盡責，亦不必超越己職而代作。宋王安石臨川集八十上郎侍郎啟之一:“追惟舊聞，不越俎以代庖;蓋言有守，未操刀而使割。”曹彦約昌谷集十一上宰執臺諫劄子:“漢陽者前日之小壘，今日之地利措置，經畫當有正官，越俎代庖，其名不正。”

【越鳧楚乙】喻名異而實同。南史顧歡傳:“張融作門律云:道之與佛，逗極無二，吾見道士與道人戰儒墨，道人與道士辨是非。昔有鴻飛天首，積遠難亮，越人以爲鳧，楚人以爲乙(燕子)。人自楚、越，鴻常一耳。”弘明集六張融答周顒書:“皇有三而道無二，鳧乙之交，定者鴻乎?”

趄 1. jū ㄐㄩ 七余切，平，魚韻，清。

㊀脚步不穩。水滸二二:“宋江已有八分酒，脚步趄了，只顧踏去。”㊁見“趄避”。

2. qiè ㄑㄧㄝ

㊂見“趑趄”。

【趄避】躲避。宋詩鈔陳造江湖長翁集房陵之一“覿面未須趄避我，褰衣無計跋尋公。”注:“房人謂巧避云趄避。”

趁 chèn ㄔㄣˋ 丑刃切，去，震韻，徹。

俗作“趂”。㊀追逐。北魏賈思勰齊民要術雜説:“凡秋收了，先耕蕎麥地，次耕餘地，務遣深細，不得趁多。”唐杜甫杜工部草堂詩箋十三題鄭縣亭子:“巢邊野雀欺羣燕，花底山蜂遠趁人。”㊁趨，赴。見“趁虚”。㊂乘便，乘勢。唐白居易長慶集十三答韋八詩:“早知留酒待，悔不趁花歸。”宋文鑑四五富弼論河北災民:“所遺趁此明尚淺，未有大段死損之人，可以救卹得及。”

【趁社】舊時農民於社日集會祀神。宋詩鈔陳造江湖長翁集房陵之七:“杯酒清濃肉更肥，感言趁社極歡嬉。”

【趁哄】謂趕熱鬧。宋范公偁過庭録:“温公(司馬光)曰:某適過范淳父(祖禹)門，邀之同去，徐思之，不敢輕言，被他不是個趁哄低人。”

【趁墟】趕集。墟，亦作“虚”。唐柳宗元柳先生集四二柳州峒氓詩:“青箬裹鹽歸峒客，緑荷包飯趁虚人。”宋錢易南部新書八“端州以南，三日一市，謂之趁墟”。

【趁熟】逃荒至豐收之地就食。劉知遠諸宮調一甘草子曲:“蓋爲新來壞了家緣，離故里，往南中趁熟。”初刻拍案驚奇包龍圖智賺合同文:“不想遇着荒歉之歲，……往他鄉外府趁熟。”

【趁韻】謂作詩時就韻以成句。宋尤袤全唐詩話六:“(權龍褒)好賦詩而不知聲律。……嘗吟夏日詩:‘嚴霜白皓皓，明月赤團團。’或曰:‘豈是夏景?’答曰:‘趁韻而已。’”

趂 chèn ㄔㄣˋ

“趁”的異體字。見“趁”。

超 chāo ㄔㄠ 敕宵切，平，宵韻，徹。

㊀躍上，越過。左傳僖三三年:“秦師過周北門，左右免胄而下，超乘者三百乘。”孟子梁惠王上:“挾泰山以超北海。”㊁超出。韓非子五蠹:“超五帝侔三王者，必此法也。”文選三國魏阮嗣宗(籍)爲鄭沖勸晉王牋:“大魏之德，光于唐虞;明公盛勳，超于桓文。”㊂遥遠。楚辭屈原九歌國殤:“平原忽兮路超遠。”㊃悵然。見“超然㊂”。

【超世】㊀超出當世。後漢書二八上馮衍傳與田邑書:“顯忠貞之節，立超世之功。”㊁超然世外。宋朱熹朱文公集一寄山中舊知詩之一:“超世慕肥遯，鍊形學飛仙。”

【超伍】出位，越出隊伍。資治通鑑二三八唐元和四年:“田季安聞吐突承璀將兵討王承宗，……其將有超伍而言者，曰:‘願借騎五千，以除君憂。’”

【超辰】古代占星家，據長期實踐，知歲星(木星)十二年繞日一周，爲一周天，與十二辰相應，因卽以歲星紀年，一年稱一歲。但此僅指成數而言，按實測歲星一周天不足十二年(11.83年)，每八十三年當超出一次，謂之超辰，也曰超次。參閲後漢書律曆志中、宋史天文志五。

【超空】山魅名。太平御覽八八六抱朴子:“山之精，形如小兒而獨足，……其名曰蚑，知而呼之，卽不敢犯人，一名曰超空。”今本抱朴子登涉“超空”作“熱内”。

【超卓】卓越不羣。晉書殷浩傳桓温罪浩疏:“寵靈超卓，再司京輦，不能恭慎所任，恪居職次，而侵官離局，高下在心。”

【超忽】㊀曠遠貌。文選南齊王簡棲(中)頭陁寺碑文:“東望平皐，千里超忽。”㊁精神高逸貌。全唐詩六〇八皮日休太湖桃花塢:“窮深到玆塢，逸興轉超忽。”

【超度】㊀逾越。三國志吳主傳“(孫)權乘駿馬越津橋得去”注引江表傳:“谷利在馬後，使權持鞍緩控，利於後著鞭，以助馬勢，遂得超度。”㊁佛、道均謂使死者靈魂得以脱離地獄諸苦難爲超度。唐張鷟朝野僉載四:“于時漁人網得一魚，……衆共剖而分之，於腹中得長者所施蔬食，儼然並在，村人遂於陂中設齋超度。”

【超格】超過常格。晉曹嘉之晉紀武帝太康四年，以荀勖守尚書令，詔曰:“勖肆力先朝，庸勳超格。”(北堂書鈔五九)

【超乘】跳躍上車。喻勇武。左傳僖三三年:“秦師過周北門，左右免胄而下，超乘者三百乘。”引申爲勇士、武士。文選南朝梁沈休文(約)應詔樂遊苑餞吕僧珍詩:“超乘盡三屬，選士皆百金。”

【超脱】高超脱俗。宋劉克莊後村集六湖南江西道中詩之六"從今詩律應超脱，新吸瀟湘入肺腸。"

【超逸】超然物外。南史阮孝緒傳："乃著高隱傳，……斟酌分爲三品：言行超逸，名氏弗傳，爲上篇。"

【超越】㊀跳躍。謂習武。漢桓寬鹽鐵論和親："丁壯弧弦而出鬭，老者超越而入葆。"參見"超距"。㊁超過。三國志魏管寧傳王基薦："陛下踐祚，纂承洪緒，聖敬日躋，超越周成。"

【超距】跳躍。古代練習武功的一種活動。管子輕重丁："男女當壯，扶輦推輿，相睹樹下，戲笑超距，終日不歸。"史記七三王翦傳："王翦使人問軍中戲乎？對曰：'方投石超距。'"

【超等】謂超越平常等第。管子法禁："故莫敢超等踰官，漁利蘇功，以取順其君。"後漢書六一左雄傳陳時事疏："言善不稱德，論功不據實，……州宰不覆，競共辟召，踴躍升騰，超等踰匹。"

【超然】㊀高超貌。楚辭屈原卜居："將從俗富貴以媮生乎？寧超然高舉以保真乎？"漢書五六董仲舒傳對策："人受命於天，固超然異於羣生。"㊁離世脱俗貌。老子："雖有榮觀，燕處超然。"㊂惆悵貌。莊子徐无鬼："武侯超然不對。"釋文："司馬(彪)云：超然，猶悵然也。"

【超詣】卓越的造詣。世説新語文學："諸葛厷年少，不肯學問，始與王夷甫(衍)談，便已超詣。王歎曰：'卿天才卓出，若復小加研尋，一無所愧。'"

【超遥】遥遠貌。藝文類聚五九三國魏王粲初征賦："違世難以迴折兮，超遥集于蠻楚。"三國魏阮籍阮步兵集清思賦："超遥茫渺，不能究其所在。"

【超摇】不安貌。楚辭漢東方朔七諫謬諫："心悇憛而煩冤兮，蹇超摇而無冀。"

【超遷】超格升擢。史記八四賈生傳："孝文帝説之，超遷，一歲中至太中大夫。"又一〇二張釋之傳："今陛下以嗇夫口辯而超遷之，臣恐天下隨風靡靡，争爲口辯而無其實。"

【超然臺】古蹟臺名。在山東諸城縣北城上。宋蘇軾守郡時因舊臺建，並刻秦篆置臺中，又建山堂於臺上。其弟轍題名爲超然。見經進東坡文集五十超然臺記。

【超凡入聖】超越平常，進入聖域。景德傳燈録十八神晏國師："定祛邪行歸真見，必得超凡入聖鄉。"後多指修養達到登峯造極之境。朱子語類八學二："而今緊要，且看聖人是如何，常人是如何，自家因甚便不似聖人？因甚便只是常人？就此理會得透，自可超凡入聖。"

【超軼絶塵】駿馬飛馳，出羣超衆，不着塵埃。莊子徐无鬼："天下馬有成材，若卹若失，若喪其一，若是者超軼絶塵，不知其所。"以喻出類拔萃。亦作"奔逸絶塵"。見"奔逸"。

【超超玄箸】謂議論高妙，不著形迹。世説新語言語："王(衍)曰：'……我與王安豐(戎)説延陵子房亦超超玄箸。'"

趏 pāi ㄆㄞ 集韻 匹陌切，入，陌韻。

越過。文選晉郭景純(璞)江賦："鼓帆迅越，趏漲截洞。"

六　畫

趑 zī ㄗ 取私切，平，脂韻，清。

見下。

【趑趄】且行且却，徘徊不前貌。同"次且"。文選晉張孟陽(載)劍閣銘："矧兹狹隘，土之外區，一人荷戟，萬夫趑趄。"一作"趦趄"。三國志蜀張裔傳："徑往至郡。(雍)闓遂趑趄不賓。"參見"次₂且"。

趔 liè ㄌㄧㄝ

見下。

【趔趄】脚步歪邪，行路不穩貌。古今雜劇元李文蔚同樂院燕青博魚三："我恰纔便横飲到兩三巡，我來酩酊，酩酊猶未醒，脚趔趄，身倒褪，尚兀自不曾驚。"

趎 chú ㄔㄨˊ 直誅切，平，虞韻，澄。

古人名。南榮趎，庚桑弟子。見莊子庚桑楚。漢書古今人表上作南榮疇。

趓 duǒ ㄉㄨㄛˇ

躲避。同"躲"。元明雜劇元缺名劉千病打獨角牛二："一了説，明槍易趓，暗箭難防。"

趍 qū ㄑㄩ 七逾切，平，虞韻，清。

朝向，奔向。同"趨"。戰國策韓二："嚴遂拔劍趍之。"高誘注本作"趨"。淮南子兵略："獵者逐禽，車馳人趍，各盡其力。"

七　畫

趙 1. zhào ㄓㄠˋ 治小切，上，小韻，澄。

㊀超騰，輕捷。穆天子傳二："天子北征，趙行□舍。"晉郭璞注："趙，猶超騰。舍三十里。"此有兼程並進之意。㊁不實。見"趙李㊁"。㊂國名。1.周穆王封造父於趙，故址在今山西趙城縣境。2.戰國時，晉卿趙魏韓三家分晉自立。趙得今河北南部、山西北部，後爲戰國七雄之一，爲秦所滅。見史記趙世家。3.晉時劉曜石勒稱帝，國號趙。史稱前趙後趙。見晉書劉曜載記、石勒載記。㊃姓。趙造父之後，以國爲氏。見元和姓纂七小。

2. diào ㄉㄧㄠˋ 集韻 徒了切，上，筱韻。起了切，上，筱韻。

㊄刺。謂扒地，除草。詩周頌良耜："其鎛斯趙，以薅荼蓼。"㊅見"趙₂縹"。

【趙可】清翟灝通俗編三三語辭趙："十國春秋：'天福末，浙地兒童聚戲，動以"趙"字爲語助。云得則曰趙得，云可則曰趙可。'按今謂所言之是曰照，疑卽趙可之遺。"按北方話稱是曰照，卽"着"。

【趙州】㊀地名。春秋屬晉爲鄗邑，戰國屬趙，秦爲邯鄲、鉅鹿兩郡地。北魏爲趙郡，北齊稱南趙郡，另置趙州。唐以後相仍。公元1913年改爲趙縣，屬河北省。參閲寰宇通志四真定府。㊁人名。公元？—898年。本姓郝，曹州人。法名從諗，南泉普願弟子。傳揚佛教，不遺餘力，時謂"趙州門風"。世稱趙州和尚。見景德傳燈録十。

【趙抃】公元1008—1084年。宋衢州西安人，字閲道。少孤，景祐元年進士。官殿中侍御史，彈劾不避權貴。京師號"鐵面御史"。歷知杭州青州，知成都以一琴一鶴自隨，匹馬入蜀。神宗立，擢参知政事，與王安石議政不合，再出知成都。卒謚清獻。宋史有傳。

【趙李】㊀漢書八五谷永傳對成帝問："又以掖庭獄大爲亂阱，……主爲趙李報德復怨，反除白罪，建治正吏。"又七七何並傳："陽翟輕俠趙季李款多畜賓客，以氣力漁食閭里。"文選三國魏阮嗣宗(籍)詠懷詩："西遊咸陽中，趙李相經過。"趙李所指，其説不一：1.文選注引顔延之謂卽漢成帝皇后趙飛燕及武帝李夫人。2.宋劉辰翁謂或當時實有其人，今已難於確指。3.明楊慎謂卽成帝嘗與微行之人，或卽漢書何並傳中的趙季李款。見升庵詩話二趙李。4.清惲敬謂卽漢書敍傳"趙李諸侍中皆引滿浮白"之趙李，卽成帝趙后及李倢伃族人之侍中者。見大雲山房雜記一。㊁無實李。爾雅釋木"休，無實李"晉郭璞注："一名趙李。"

【趙岐】公元？—201年。東漢京兆長陵

人,原名嘉,字臺卿。少明經史,工書法,有才藝。娶馬融兄女,鄙融爲人,不與通。嘗與中常侍唐衡不洽,避禍北海,匿安丘孫嵩家複壁中。更名岐,字邠卿。唐死,徵拜議郎,太傅。嘗使劉表,以老病留於荆州。建安六年卒,年九十餘。著有孟子章句及三輔決録。後漢書有傳。

【趙佗】公元?一前137年。秦真定人。秦二世時爲南海龍川令。南海尉任囂死,佗行南海尉事。秦滅,自立爲南越武王。漢高祖稱帝,遣陸賈立佗爲南越王。吕后時,自尊爲南越武帝。文帝立,復使陸賈責佗,佗上書自稱"蠻夷大長老臣佗",去帝號稱臣。建元四年卒。見史記一一三南越傳。

【趙坡】地名。以産茶著,因也代指茶。宋史食貨志下六:"蜀茶之細者,其品視南方已下,惟廣漢之趙坡,合州之水南,峨眉之白牙,雅安之蒙頂,土人亦珍之。"宋陸游劍南詩稿八晚過保福:"茶試趙坡如潑乳,芋來犀浦可專車。"

【趙昌】宋廣漢人,字昌之。以善畫花果著名,後畫草蟲折枝,妙於傅彩。見宋郭若虛圖畫見聞誌四、宣和畫譜十八。

【趙客】戰國燕趙之地尚武多俠士,後來詩文中遂以趙客爲俠士的通稱。唐李白李太白詩三俠客行:"趙客縵胡纓,胡鉤霜雪明。"

【趙城】縣名。周穆王封造父於趙城。春秋時,趙簡子居此,隋置趙城縣。以古趙城爲名。明清皆屬平陽府。公元1954年與洪洞縣合併,1958年改名洪洞縣,屬山西省。見讀史方輿紀要四一平陽府。

【趙苞】公元?—177年。東漢甘陵東武城人。字威豪。從兄趙忠爲"十常侍"之一,苞以爲恥,不與往來。任遼西太守。遣使迎母及妻子,途中爲鮮卑所劫質,載以擊郡,且出母以示苞。苞不顧,卽時進戰,破敵而母妻亦皆被害。苞葬母畢,嘔血而死。後漢書有傳。

【趙高】公元前?一前207年。秦時宦者。始皇崩於沙丘,高與丞相李斯矯詔賜長子扶蘇死,立胡亥爲二世皇帝。旋殺李斯,自爲丞相,獨攬大權。後又殺二世,立子嬰。子嬰立,乃誅高。見史記秦始皇本紀。

【趙衰】公元前?一前622年。卽趙成子,字子餘,也稱成季孟子餘。春秋時晉文公臣,從文公出亡十九年,文公之立,衰與狐偃最有功。歸國後,佐文公定霸,其子孫世爲晉卿。見史記晉世家。

【趙普】公元921—991年。祖籍幽州薊人。後徙常山,又徙河南洛陽,字則平。五代後周時趙匡胤領定國軍節度使,移鎮滑許,普皆在幕府,後爲歸德軍節度使掌書記。宋王朝建,以佐命功,累官至樞密使、同中書門下平章事。其後收石守信等諸將兵權,削平諸國,皆與其謀。太宗立,復爲相。普初寡學術,太祖勸以讀書,晚年手不釋卷。既死,家人發篋取書,僅論語二十篇。真宗時,追封韓王。宋史有傳。

【趙雲】公元?—229年。漢末常山真定人。字子龍。初從公孫瓚,後歸劉備。曹操取荆州,備敗于當陽長坂,棄妻子南走,雲爲騎將,力戰乃得免難。後從備取成都、定益州,皆有功。備嘗稱其"一身都是膽"。建興七年卒,年八十餘。三國志有傳。

【趙鼎】公元1085—1147年。宋解州聞喜人。字元鎮。崇寧五年進士,對策斥章惇誤國。從高宗南渡。陳四十事,累遷御史中丞,進尚書右僕射兼樞密使,與張浚並相。鼎以力圖復興爲志,薦用岳飛收復重鎮襄陽。主保全東南根本,與張浚大舉北進之議不合。又嘗闢和議,忤秦檜。紹興八年被貶嶺南,移吉陽軍,三年後不食而死。世稱宋中興賢相。孝宗時,追謚忠簡。宋史有傳。

【趙翼】公元1727—1814年。清陽湖人,字雲松,一字耘松,號甌北。乾隆二十六年進士,授編修,累官至貴西兵備道,被劾降級,辭官歸里。主講安定書院,以文名於時,詩與袁枚蔣士銓齊名。有甌北詩集。又長於史學,著二十二史劄記、皇朝武功紀盛、陔餘叢考、簷曝雜記等。

【趙₂繚】長貌。荀子賦:"長其尾而鋭其剽者邪?頭銛達而尾趙繚者邪?"注:"趙,讀如掉。趙繚,長貌。"

【趙元昊】公元1003—1048年。宋時西夏主,本姓李,一名曩霄。先世據夏州,元昊嗣立,襲封西平王。宋仁宗寶元元年稱帝,國號大夏,建元天授,定官制、立蕃漢學,創制西夏文字。至天授禮法延祚七年(宋慶曆四年)與宋結和,宋策命元昊爲夏國主。廟號景宗。見宋史西夏傳、宋史紀事本末三十李元昊拒命。

【趙玄壇】神名。玄武之神。俗稱趙公元帥。道家傳説,神姓趙名朗,字公明。自秦時避世山中,精修至道,功成封正一玄壇元帥,主除瘟翦瘧,保病禳災;凡訟冤伸抑,使之解釋公平;買賣求財,使之得利。舊時各地有玄壇廟,民間奉作財神,其像頭戴鐵冠,黑面濃鬚,手執鞭,跨黑虎,故又稱黑虎玄壇。參閱清顧張思土風録十八玄壇廟。

【趙汝愚】公元1140—1196年。宋宗室。饒州餘干人,字子直。紹興二年爲吏部尚書,除知樞密院事。孝宗崩,光宗(趙惇)疾,不能治事,汝愚定策,遣韓侂冑禀太后,遂奉嘉王(趙擴)卽皇帝位(寧宗),以汝愚爲右丞相。悉收前此貶斥在外諸臣。時侂冑用事,忌汝愚,誣以謀害社稷,謫寧遠軍節度副使,至衡州暴卒。宋史三九二有傳。

【趙充國】公元前137—前52年。漢隴西上邽人。字翁孫。善騎射,通兵法,爲人沈勇有方略。武帝時,以破匈奴功,拜爲中郎將。宣帝時,以定册功封營平侯。西羌起事,充國年七十餘,猶馳馬金城,招降罕开,擊破先零,罷兵屯田,振旅而還。其言屯田十二便,寓兵於農,頗有利於地方的安定和開發。見漢書六九趙充國傳。

【趙孟頫】公元1254—1322年。宋太祖子秦王德芳之後,因賜第湖州,故爲湖州人。字子昂,號松雪道人。入元,以程鉅夫薦,官刑部主事,累官至翰林學士承旨,卒謚文敏。孟頫詩書畫皆自成家。書稱趙體,畫變南宋畫院格調,開元代畫風。有松雪齋集,子雍編集。妻管道昇工書法,擅畫墨竹、梅、蘭,人稱管夫人。元史有傳。

【趙明誠】公元1081—1129年。宋諸城人。字德父。歷官知湖州軍州事。與妻李清照同好金石圖書。以所藏三代彝器及漢唐以來石刻,仿歐陽修集古録例,成金石録三十卷。紹興中清照表上於朝。見金石録李清照後序。參見"李清照"。

【趙南星】公元1550—1627年。明高邑人,字夢白,號儕鶴。萬曆二年進士。歷文選員外郎,上疏陳天下四大害。與鄒元標顧憲成號"三君"。光宗立,拜左都御史。熹宗時,爲吏部尚書。澄清吏治,引用羣賢。天啟中,宦官魏忠賢擅政,以南星爲東林黨重要人物,四年謫戍代州,卒於戍所。有趙忠毅集、芳茹園樂府等。明史有傳。

【趙飛燕】公元前?一前1年。漢成帝宫人,成陽侯趙臨之女。初學歌舞,以體輕號曰飛燕。先爲婕妤,許后廢,立爲后,與其妹昭儀專寵十餘年。哀帝立,尊爲皇太后。平帝卽位,廢爲庶人,自殺。見漢書九七下孝成趙皇后傳。

【趙執信】公元1662—1744年。清益都人,字伸符,號秋谷,晚號飴山老人。康熙十八年進士，官至右春坊右贊善，以國喪燕飲觀長生殿劇，違制革職。精書法，於詩極尊馮班，自稱"私淑門人"。爲王士禛甥壻，士禛專主神韻，執信與論詩不合，因著談龍録一卷，專攻士禛。所著有聲調譜、飴山堂集。見碑傳集四五、清朝先正事略三八。

【趙廣漢】公元前?—前65年。漢蠡吾人，字子都。宣帝時任潁川太守，誅殺豪强原氏、褚氏等，遷京兆尹，執法不避權貴，有聲於時。以治丞相魏相夫人殺婢事，以摧辱大臣罪腰斬。廣漢治事廉明，豪强懾伏，故頗爲人民所追思。漢書有傳。

【趙氏孤兒】雜劇名。全名冤報冤趙氏孤兒，一名趙氏孤兒大報仇。元紀君祥作。演春秋時晉國權臣屠岸賈残殺趙盾全家，並搜捕孤兒趙武，趙家門客程嬰與公孫杵臼定計救出孤兒，由程嬰撫養成人，報仇雪恨事。文詞豪放，頗富戲劇性。也爲南戲名，撰人不詳。明人傳奇八義記，京劇八義圖(一名搜孤救孤)，皆取材於此。

【趙老送燈臺】東魏天平末，侍中竇泰發鄴，有民謡:"竇行臺，去不回。"見北齊書竇泰傳。其後有"趙老送燈臺"，歇後語。喻去而不回。宋歐陽修歸田録二:"俚諺云:趙老送燈臺，一去更不來。不知是何等語? 雖士大夫亦往往道之。"

趕 gǎn ㄍㄢˇ

同"赶"。㊀追趕。唐張鷟朝野僉載二:"(楊齊)莊曰:'……莊走出被趕，斫射不死，走得脱來，願王哀之。'"宋張鎡南湖集七五家林詩:"多多益辦真難事，半里撑船趕不歸。"㊁驅逐。南唐劉崇遠金華子下:"廚人饋食於堂，手中盤饌，皆被羣禽搏攫，莫可驅趕。"

【趕趁】指江湖獻演雜技。宋灌圃耐得翁都城紀勝閑人:"又有趕趁唱喏者，探聽妓館人客及遊湖賞翫所在，專以獻香送勸爲由，覓錢贍家。"水滸六六:"這北京大名府是河北頭一個大都衙要去處，卻有諸路買賣，雲屯霧集，只聽放燈，都來趕趁。"

趗 cù 千木切，入，屋韻，清。ㄘㄨˋ

見"趢趗"。

趖 suō 蘇禾切，平，戈韻，心。ㄙㄨㄛ

謂走。見説文。引伸指太陽跌落。花間集五代後蜀歐陽炯南鄉子之六:"鋪葵席，荳蔻花間趖晚日。"儒林外史二六:"又慢慢梳頭、洗脚、穿衣服，直弄到日頭趖西纔清白。"

八畫

趣 1. qū ㄑㄩ 集韻 逡須切，平，虞韻。

㊀趨向，趨附。詩大雅棫樸:"濟濟辟王，左右趣之。"春秋繁露郊祀、賈子連語咨經引詩皆作"趨"。

2. qù ㄑㄩˋ 七句切，去，遇韻，清。

㊁旨趣，意味。文選三國魏嵇叔夜(康)琴賦序:"推其所由，似元不解聲音；覽其旨趣，亦未達禮樂之情也。"列子湯問:"曲每奏，鍾子期輒窮其趣。"㊂志趣，意志。見"趣₂向"。㊃興趣。晉書王羲之傳:"恒恐兒輩覺，損其歡樂之趣。"

3. cù ㄘㄨˋ 親足切，入，沃韻，清。

㊄催促。禮月令季秋之月:"乃趣獄刑，毋留有罪。"史記陳涉世家:"(陳王)趣趙兵亟入關。"㊅急，從速。史記項羽紀:"周苛罵曰:'若不趣降漢，漢今虜若，若非漢敵也。'"

【趣向】朝一個方向。三國志魏陳泰傳:"泰量賊勢終不能三道，……報(王)經審其定問，知所趨向，須東西勢合乃進。"

【趣₂向】志趣，意志。新唐書一〇七陳子昂傳奏八科:"勇者徇死，怯者所不從，此趣向之反也。"陳伯玉集作"趨向"。唐杜牧樊川集三春末題弄水亭詩:"趣向人家異，賢豪莫笑渠。"

【趣₂味】興趣，意味。水經注三四江水二:"清榮峻茂，良多趣味。"宋葉適水心集二九跋劉克遜詩:"怪偉伏平易之中，趣味在言語之外。"

【趣舍】趨向或捨棄。荀子修身:"趣舍無定，謂之無常。"世説新語尤悔"陸平原河橋敗誅"注引陸機別傳:"成都王(司馬穎)長史盧志，與機弟雲趣舍不同。"

【趣馬】官名。周禮夏官大司馬之屬，掌養馬之官。書立政:"虎賁、綴衣、趣馬，小尹。"詩大雅雲漢"趣馬師氏，膳夫左右"傳:"趣馬，中士也，掌王馬之政。"

【趣勢】㊀順應形勢。後漢書二三竇融傳論:"竇融始以豪俠爲名，拔起風塵之中，以投天隙。遂蟬蜕王侯之尊，終膺卿相之位，此則徼功趣埶之士也。"埶，同"勢"。㊁趨奉權勢。後漢書六十下蔡邕傳:"侍中祭酒樂松、賈護多引無行趣埶之徒，並待制鴻都門下。"

【趣₃裝】趕緊整頓行裝。史記曹相國世家:"蕭何卒，參聞之，告舍人趣治行，'吾將入相。'居無何，使者果召參。"漢書曹參傳注:"趣，讀曰促，謂速也；治行，謂修行治裝也。"

【趣₃織】蟋蟀的别名。也作"促織"。淮南子時則"涼風始至，蟋蟀居奥"漢高誘注:"蟋蟀，趣織也。"文選古詩十九首之七:"明月皎夜光，促織鳴東壁。"注:"春秋考異郵曰:立秋趣織鳴。宋均曰:趣織，蟋蟀也。立秋女功急，故趣之。"

趟 1. zhēng ㄓㄥ 竹盲切，平，庚韻，知。猪孟切，去，映韻，知。

㊀跳躍。唐韓愈昌黎集八城南聯句:"得雋蠅虎健，相残雀豹趟。"

2. tàng ㄊㄤˋ

㊁走一次爲一趟。紅樓夢三九:"園子裏頭也有果子，你明日也嚐嚐，帶些家去，也算是看親戚一趟。"

趠 chào 丑教切，去，效韻，徹。ㄔㄠˋ 敕角切，入，覺韻，徹。

同"踔"。㊀遠走。晉書曹毗傳對儒:"游不踐綽約之室，趠不希騄駬之踪。"㊁騰躍。文選晉左太沖(思)吴都賦:"狖鼯猓然，騰趠飛超。"

趡 cuǐ 千水切，上，旨韻，清。ㄘㄨㄟˇ

㊀奔跑。史記一一七司馬相如傳大人賦:"糾蓼叫奡蹋以艐路兮，蔑蒙踊躍騰而狂趡。"漢書作"趡"。㊁春秋魯地名。左傳桓十七年:"二月丙午，公會邾仪父，盟於趡。"注:"趡，魯地。"在今山東泗水鄒縣間。

趢 lù 盧谷切，入，屋韻，來。ㄌㄨˋ

見下。

【趢趗】局小貌。文選漢張平子(衡)東京賦:"德寓天覆，輝烈光燭，狹三王之趢趗，軼五帝之長驅。"唐李賀歌詩編四摩多樓子:"曉氣朔烟上，趢趗胡馬蹄。"此指步子急促細碎。

九畫

趦 zī 取私切，平，脂韻，清。ㄗ

㊀同"趑"。見"趦趄"。㊁見"趦睢"。

【趦趄】欲進不前。同"次₂且"、"趑趄"。

【趦睢】狂妄、凶暴貌。同"恣睢"。晉書華譚傳詔問:"吴蜀恃險，今既蕩平，蜀人服化，無攜貳之心；而吴人趦睢，屢作妖寇。"参見"恣₂睢㊀"。

十畫

趨 1. qū ㄑㄩ 七逾切,平,虞韻,清。

㊀跑,疾走。論語微子:"孔子下,欲與之言,趨而避之,不得與之言。"㊁向,歸附。史記六八商君傳:"明日,秦人皆趨令。"

2. cù ㄘㄨˋ 集韻 趨玉切,入,燭韻。

㊂急速。莊子徐无鬼:"王命相者趨射之。"漢書高祖紀三年:"今趨銷印。"

3. qù ㄑㄩˋ

㊃旨趣。孟子告子下:"二三子者不同道,其趨一也。一者何也,曰:仁也。"

【趨走】㊀疾走。戰國策趙一:"不佞寢食,不能趨走。"又作"趣走"。韓非子揚權:"腓大於股,難以趨走。"㊁吳越春秋句踐入臣外傳:"范蠡對(吳王)曰:'……蒙大王鴻恩,得君臣相保,願得入備掃除,出給趨走,臣之願也。'"後遂以趨走作僕役之別名 資治通鑑一二〇宋元嘉元年引南朝梁裴子野:"古者人君養子,能言而師授之辭,能行而傅相之禮,宋之教誨,雅異於斯,居中則任僕妾,處外則近趨走。"

【趨利】求利,謀利。史記一二九貨殖傳:"及其衰,好賈趨利,甚於周人。"也作"趣利"。列子力命:"農赴時,商趨利。"

【趨附】趨炎附勢。唐張鷟朝野僉載四:"(魏)元忠文武雙闕,名實兩空,外示貞剛,內實趨附。"

【趨風】急走。恭敬之貌。左傳成十六年:"郤至三遇楚子之卒,見楚子,必下,免冑而趨風。"漢劉向新序善謀上:"是故虞卿一言,而秦之震懼,趨風馳指而請備。"

【趨庭】論語季氏:"(孔子)嘗獨立,鯉趨而過庭。曰:學詩乎?"鯉,孔子子伯魚。後因謂子承父教曰趨庭。唐王勃王子安集五滕王閣詩序:"他日趨庭,叨陪鯉對,今晨捧袂,喜託龍門。"杜甫杜工部草堂詩箋一登兗州城樓:"東郡趨庭日,南樓縱目初。"

【趨時】謂隨時勢爲轉移。淮南子原道:"禹之趨時也,履遺而弗取,冠挂而弗顧,非爭其先也,而爭其得時也。"史記一二九貨殖傳:"(白圭)趨時若猛獸摯鳥之發。"

【趨勢】趨奉權勢。戰國策齊四:"與使(顏)斶爲趨勢,不如使王爲趨士。"鮑彪本作"慕勢"。三國志魏董昭傳上疏:"竊見當今年少,不復以學問爲本,專更以交遊爲業,國士不以孝悌清修爲首,乃以趨勢游利爲先。"今謂形勢所向爲趨勢。

【趨廝】供奔走的僮僕。唐皮日休皮子文藪七郢州孟亭記:"爲有賢者之名爲趨廝走養,朝夕言於刺史前耶?"

【趨熱】趨炎附勢。晉書王沈傳釋時論:"融融者皆趨熱之士,其得鑪冶之門者,唯挾炭之子,苟非其人,不如其已。"

【趨$_2$數】猶促速。禮樂記:"宋音燕女溺志,衛音趨數煩志。"注:"趨數,讀爲促速,聲之誤也。"唐白居易長慶集十八留北客詩:"楚袖蕭條舞,巴絃趨數彈。"

【趨謁】前往進見。漢書六三昌邑哀王劉髆傳:"衣短衣大絝,冠惠文冠,佩玉環,簪筆持牘趨謁。"

【趨$_2$趨$_2$】㊀行速貌。猶"促促"。禮祭義:"其行也,趨趨以數。"注:"趨讀如促,數之言速也。"㊁蟋蟀的俗稱。清翟灝通俗編二九禽魚引明沈德符顧曲雜言:"京師人呼促織爲趨趨,蓋促織二字俱入聲。北音無入,遂訛至此。"

【趨蹌】步履有節奏貌。詩齊風猗嗟:"巧趨蹌兮,射則臧兮。"傳:"蹌,巧趨貌。"玉臺新詠五梁沈約脚下履:"丹墀上颯沓,玉殿下趨蹌。"

【趨$_2$織】蟋蟀的別名。詩唐風蟋蟀"蟋蟀在堂,歲聿其逝"三國吳陸璣毛詩草木鳥獸蟲魚疏:"蟋蟀……楚人謂之王孫,幽州人謂之趨織,……里語曰:'趨織鳴,嬾婦驚'是也。"參見"促織"、"趣織"。

【趨讙】趨走而喧讙。漢書九九上王莽傳地皇元年下書:"方出軍行師,敢有趨讙犯法者輒論斬,毋須時。"

【趨炎附勢】依附權勢。宋李覯直講李先生文集外集二名公手書蕭注:"注鄙人,然而有志於聖賢之術,心銘足下之道,故發此書以聞,非今之趨炎附勢輩,聞足下有大名而沽相知之幸,足下其以爲是非。"勢亦作"熱"。宋史二九九李垂傳:"我若昔謁丁崖州(謂),則隆興初已爲翰林學士矣。今已老大,見大臣不公,常欲面折之,焉能趨炎附熱,看人眉睫,以冀推輓乎!"

十一畫

⿺走參 cān ㄘㄢ 倉含切,平,覃韻,清。七含切,入,合韻,清。

見下。

【⿺走參⿺走覃】驅走貌;相隨貌。文選晉左太沖(思)吳都賦:"鷹瞵鶚視,⿺走參⿺走覃⿰犭立⿰犭票。"注:"⿺走參⿺走覃⿰犭立⿰犭票,相隨驅逐衆多貌。"唐溫庭筠詩集一拂舞詞:"神椎鑿石塞神潭,白馬⿺走參⿺走覃赤塵起。"

十二畫

趪 huáng ㄏㄨㄤˊ 胡光切,平,唐韻,匣。

見下。

【趪趪】任重用力貌。文選漢張平子(衡)西京賦:"洪鐘萬鈞,猛虡趪趪。"三國吳薛綜注:"趪趪,張設貌。"唐顏真卿顏魯公文集四宋開府碑:"亞相烈烈,尹京趪趪。"

趬 qiāo 去遙切,平,宵韻,溪。ㄑㄧㄠ 丘召切,去,笑韻,溪。

輕捷。又舉足貌。見說文。

【趬悍】輕捷勇猛。後漢書六十上馬融傳廣成頌:"或輕訬趬悍,廋疏嶁領,犯歷嵩巒。"也作"獟悍"。參見"獟"。

趫 qiáo ㄑㄧㄠˊ 起囂切,平,宵韻,溪。

㊀便捷。文選漢張平子(衡)西京賦:"非都盧之輕趫,孰能超而究升。"注:"都盧國,其人善緣高。"㊁善走。同"蹻"。文選三國魏曹子建(植)七啟:"趫捷若飛,蹈虛遠蹠。"注:"廣雅曰:'趫,趫行也。'今爲蹻。"㊂壯盛,武健。呂氏春秋悔過:"襲國邑,以車不過百里,以人不過三十里,皆以其氣之趫與力之盛至。"後漢書七三公孫瓚傳贊:"伯珪疏獷,武才趫猛。"伯珪,瓚字。

【趫才】輕捷勇健之士。也作"趫材"。文選晉左太沖(思)吳都賦:"趫材悍壯,此焉比廬。"注:"成公綏洛褉賦曰:趫才逸態,習水善浮。"新唐書九一姜確傳:"太宗選趫才,衣五色袍,乘六閑馬,直屯營,宿衛仗內,號曰'飛騎',每出幸,即以從。"

【趫悍】勇捷。文選漢張平子(衡)西京賦:"趫悍虓豁,如虎如貙。"新唐書九十柴紹傳:"幼趫悍,有武力,以任俠聞。"

【趫捷】矯捷。文選漢張平子(衡)西京賦:"輕銳僄狡,趫捷之徒。"晉書石季龍載記上:"身長七尺五寸,趫捷便弓馬,勇冠當時。"

趭 jiào ㄐㄧㄠˋ 子肖切,去,笑韻,精。才笑切,去,笑韻,從。

奔走。同"趭"。漢書五七下司馬相如傳大人賦:"蘉蒙踊躍,騰而狂趭。"

十三畫

趮 zào ㄗㄠˋ 則到切,去,號韻,精。

㊀不安静。同"躁"。管子心術:"趮者不静。"漢書天文志:"用兵静吉,趮凶。"㊁矢旁掉。周禮考工記矢人:"前弱則俛,後弱則翔,中弱則紆,中强則揚,羽豐則遲,羽殺則趮。"

十四畫

趯 1. tì 他歷切,入,錫韻,透。ㄊㄧˋ

㊀踢。續傳燈録二三慧空禪師:"一拳拳倒黄鶴樓,一趯趯翻鸚鵡洲。"㊁書法。筆鋒上出者曰趯。參見"永字八法"。

2. yuè 集韻 弋灼切,入,藥韻。ㄩㄝˋ

㊂跳躍。漢書七五李尋傳與王根書:"涌趯邪陰,湛溺太陽。"注:"趯,與躍同。"後漢書四十下班固傳東都賦:"北動幽崖,南趯朱垠。"

【趯趯】跳貌。詩召南草蟲:"喓喓草蟲,趯趯阜螽。"

十九畫

趲 zǎn 藏旱切,上,旱韻,從。ㄗㄢˇ 則肝切,去,翰韻,精。

㊀趕行,快走。朱子語類十六大學三:"才剔撥得有些通透處,便須急急躡蹤趲鄉前去。"張協狀員戲文四八:"長江後浪催前浪,一替新人趲舊人。"㊁聚斂,積聚。通"攢"。宋李心傳建炎以來繫年要録一四〇紹興十一年:"樞密使韓世忠言,自提兵以來,有回易利息及收簇趲積軍須見在錢一百萬貫,排垛楚州軍前。"元曲選缺名陳州糶米二:"你積趲的金銀過北斗,你指望待天長地久。"

足 部

足 1. zú 卽玉切,入,燭韻,精。ㄗㄨˊ

㊀脚。左傳文十三年:"履士會之足於朝。"㊁指支撑器物的脚。易鼎:"鼎折足,覆公餗。"㊂山麓。宋書謝瞻傳與弟晦書:"吾得啟體幸全,歸骨山足,亦何所多恨。"㊃充實,足够,滿足。詩小雅信南山:"既霑既足,生我百穀。"老子:"知足者富。"㊄可以,值得。孟子公孫丑下:"王由足用爲善。"戰國策燕一:"言不足以求正,謀不足以決事。"

2. jù 子句切,去,遇韻,精。ㄐㄩˋ

㊅過分。見"足₂恭"。㊆增補。列子楊朱:"逃於後庭,以晝足夜。"釋文:"足,卽且切,益也。"

【足下】古代下稱上或同輩相稱的敬詞。戰國時多稱君主爲"足下"。戰國策燕一蘇代謂燕昭王:"足下以爲足,則臣不事足下矣。"史記秦始皇紀:"閻樂前卽二世數曰:'足下驕恣,誅殺無道,天下共畔足下,足下其自爲計。'"後多用於同輩之間。史記一〇〇季布傳:"曹丘至,卽揖季布曰:'……且僕楚人,足下亦楚人也,僕游揚足下之名於天下,顧不重邪?何足下距僕之深也。"

【足衣】襪子。說文:"韤,足衣也。"

【足色】不含雜質,精純。明徐愛傳習録上:"人到純乎天理方是聖,金到足色方是精。"

【足足】鳳凰的鳴聲。漢王充論衡講瑞:"瑞命與詩,俱言鳳皇之鳴,瑞命之言卽卽足足,詩云雍雍喈喈,此聲異也。"宋書符瑞志中:"鳳凰者,仁鳥也。……雄曰鳳,雌曰凰。……其鳴,雄曰'節節',雌曰'足足'。"

【足₂恭】過度謙恭。論語公冶長:"巧言令色足恭,左丘明耻之,丘亦耻之。"注:"孔(安國)曰:足恭,便僻貌。"宋朱熹集注:"足,過也。"

【足訾】獸名。山海經北山經:"蔓聯之山,其上無草木,有獸焉,其狀如禺而有鬣,牛尾文臂馬蹄,見人則呼,名曰足訾。"

【足繭】脚底的趼子。唐杜甫杜工部草堂詩箋三三觀公孫大娘弟子舞劍器行:"老夫不知其所往,足繭荒山轉愁疾。"

【足陌錢】古代制錢每貫十足爲一百枚,稱爲足陌錢。梁書武帝紀下中大同元年七月詔:"頃聞外間多用九陌錢,陌減則物貴。陌足則物賤。……自今可通用足陌錢。"南史作"足佰錢"。

【足穀翁】唐相韋宙在江陵,善治生,其莊田積穀如坻,宣宗稱爲足穀翁。見宋孫光憲北夢瑣言三。

三畫

趵 1. bō 北角切,入,覺韻,幫。ㄅㄛ

㊀足擊聲。見玉篇。

2. bào 集韻 巴校切,去,效韻。ㄅㄠˋ

㊁跳躍。見集韻。

【趵趵】足擊聲。唐元稹長慶集二三田家詞:"牛吒吒,田确确,旱塊敲牛蹄趵趵。"樂府詩集九三作王建田家行。

【趵突泉】泉名。在山東濟南市舊城西門外。泉始見於水經注濟水,以爲是濼水之源,自宋曾鞏元豐類藁十九齊州二堂記乃有趵突之稱。至金元好問又有瀑流濫泉之名。泉水北注爲濼水。清任宏遠有趵突泉志二卷。參閲山東通志二八疆域三山川。

四畫

跈 chěn 集韻 丑甚切,上,寑韻。ㄔㄣˇ

行動無定貌。同"踸"、"趻"。

【跈踔】進退不定貌。文選晉木玄虛(華)海賦:"跈踔湛灤,沸潰渝溢。"注:"跈踔湛灤,波前却之貌。"

趺 fū 甫無切,平,虞韻,幫。ㄈㄨ

同"跗"。㊀足背。見玉篇。參見"趺坐"。引申指足迹。宋史三七四張九成傳:"每執書就明,倚立庭磚,歲久雙趺隱然。"㊁花萼。文選晉束廣微(晳)補亡詩之二:"白華絳趺,在陵之陬。"㊂碑下的石座。唐劉禹錫劉夢得集二八奚公神道碑:"螭首龜趺,德輝是紀。"

【趺坐】雙足交疊而坐。唐善導觀念阿彌陀佛相海三昧功德法門:"行者若欲坐,先須結跏趺坐,左足安右髀上與外齊,右足安左髀上與外齊,右手安左手掌中,二大指面相合,次端身正坐。"唐王維王右丞集八登辨覺寺詩:"軟草承趺坐,長松響梵聲。"

跂 1. qí 巨支切,平,支韻,羣。ㄑㄧˊ

㊀多出的脚趾,卽一足六趾。莊子駢拇:"故合者不爲駢,而枝者不爲跂。"㊁行貌,也作蟲行貌,通"蚑"。漢書禮樂志郊祀歌青陽:"膏潤并愛,跂行畢逮。"注:"凡有足而行者,稱跂行也。"㊂分歧。通"歧"。詩小雅大東:"跂彼織女,終日七

襄。”傳：“跂，隅貌。”疏：“孫毓云：‘織女三星，跂然如隅。’然則三星鼎足而成三角，望之跂然，故云隅貌。”

2. qǐ 丘弭切，上，紙韻，溪。ㄑㄧˇ

㈣踮起脚尖。通“企”。史記高祖紀：“軍吏士卒皆山東之人也，日夜跂而望歸。”

3. qì 去智切，去，寘韻，溪。ㄑㄧˋ

㈤垂足而坐。見“跂₃坐”。

【跂₃坐】垂足而坐，脚跟不着地。南齊書王敬則傳：“敬則橫刀跂坐，問(王)詢等：‘發丁可得幾人？傳庫見有幾錢物？’”

【跂骨】脚跟骨。宋宋慈洗冤録三：“膝蓋骨下生者脛骨，……脛骨前垂者，兩足跂骨，跂骨前者足本節，本節前者小節，小節相連者足指甲。”

【跂₂望】舉踵翹望。詩衛風河廣：“誰謂宋遠，跂予望之。”三國志魏董昭傳：“然朝廷播越，新還舊京，遠近跂望，冀一朝獲安。”

【跂跂】蟲爬行貌。漢書六五東方朔傳：“跂跂脈脈善緣壁，是非守宮卽蜥蜴。”

【跂₂訾】表示離羣絶俗自鳴孤高的神態。荀子非十二子：“以不俗爲俗，離縱而跂訾者也。”注：“訾讀爲恣，……跂恣謂跂足違俗而恣其志意，皆違俗自高之貌。或曰：……跂訾亦謂跂足自高而訾毁於人。”

【跂₂踵】㈠鳥名。山海經中山經：“復州之山……有鳥焉，其狀如鴞而一足，彘尾，其名曰跂踵。”㈡傳説國名。山海經海外北經：“跂踵國在拘纓東，其爲人大，兩足亦大，一曰大踵。”注：“其人行，脚跟不著地也。”吕氏春秋當染作歧踵。

【跂₂蹻】古時一種有跟的草鞋。跂同“屐”，蹻同“屩”。莊子天下：“使後世之墨者，多以裘褐爲衣，以跂蹻爲服，日夜不休，以自苦爲極。”唐成玄英疏：“木曰跂，草曰蹻也。”

【跂行喙息】泛指人和一切動物。淮南子原道：“跂行喙息，蠉飛蝡動。”漢書五八公孫弘傳元光五年詔：“舟車所至，人迹所及，跂行喙息，咸得其宜。”注：“跂行，有足而行者也。喙息，謂有口能息者也。”

趹 1. jué 古穴切，入，屑韻，見。ㄐㄩㄝˊ

㈠馬疾行時，後蹄踢地騰空貌。史記七十張儀傳：“秦馬之良，戎兵之衆，探前趹後，蹄間三尋騰者，不可勝數。”索隱：“趹謂後足抉地，言馬之走勢疾也。”文選漢班孟堅(固)西都賦：“爾乃期門佽飛，列刃鑽鍭，要趹追蹤，鳥驚觸絲，獸駭值鋒。”注：“趹，奔也。”

2. guì 集韻 涓惠切，去，霽韻。ㄍㄨㄟˋ

㈡騍馬用後蹄踢人。淮南子兵略：“有角者觸，有齒者噬，有毒者螫，有蹏者趹。”

【趹蹄】傳説中的瑞獸名。宋書符瑞志下：“趹蹄者，后土之獸，自能言語，王者仁孝於國則來。禹治水而至。”

跁 1. bà 傍下切，上，馬韻，並。白駕切，去，禡韻，並。ㄅㄚˋ

㈠蹲貌。㈡短貌，矮小。或作“㭛”、“𤬁”，見集韻禡。

2. pá 集韻 蒲巴切，平，麻韻。ㄆㄚˊ

㈢小兒匍匐稱跁，通作“爬”。見正字通。

【跁跒】矮小貌。全唐詩七九三陸龜蒙皮日休嵩起報恩寺南池聯句：“跁跒松形矮，般跚檜樾矬。”

【跁₂跒】匍匐而前。全唐詩七三九李建勳送八分書與友人繼以詩：“跁跒爲詩跁跒書，不封將去寄仙都。”元詩選張翥蛻菴集蟠松引：“豚知根受元氣大，跁跒力爭崖不礙。”

趾 zhǐ 諸市切，上，止韻，照。ㄓˇ

㈠脚。詩豳風七月：“三之日于耜，四之日舉趾。”㈡脚指。文選左太沖(思)吴都賦：“耳目之所不該，足趾之所不蹈。”㈢支撑器物的脚。易鼎：“鼎顛趾。”㈣踪迹。晉皇甫謐高士傳下梁鴻：“仰頌逸民，庶追芳趾。”㈤基礎部分。通“址”、“阯”。左傳宣十一年：“令尹蔿艾獵城沂，使封人慮事，以授司徒，量功命日，分財用……議遠邇，略基趾。”

【趾澤】地名。在今柬埔寨以西。三國魏繆襲尤射華蟲：“我賫以華蟲，報我趾澤之履。”注：“華蟲，帶鈎也。趾澤，在真臘西，出奇錦。”

【趾高氣揚】驕傲自大，得意忘形的樣子。左傳桓十三年：“楚屈瑕伐羅，鬬伯比送之。還，謂其御曰：‘莫敖(屈瑕字)必敗，舉趾高，心不固矣。’”戰國策齊三：“今何舉足之高，志之揚也？”清孔尚任桃花扇設朝：“舊黄扉，新丞相，喜一旦趾高氣揚(一本作足高氣揚)，廿四考中書模樣。”

趻 chěn 集韻 丑甚切，上，寢韻。ㄔㄣˇ

見下。

【趻踔】跳躍。莊子秋水：“吾以一足趻踔而行，予无如矣。”

跀 yuè 魚厥切，入，月韻，疑。ㄩㄝˋ

古代砍足或砍去脚趾的酷刑。説文：“跀，斷足也。”經傳中多作“刖”。參閲清段玉裁説文解字注二下。參見“刖”。

【跀危】指古代受刖刑的人，因其行路顛危，故稱。韓非子外儲左下：“子皋從出門，跀危引之而逃之門下室中。”參見“刖跪”。

五 畫

趟 chéng 直庚切，平，庚韻，澄。ㄔㄥˊ

㈠抵拒，支撑。“撑”的本字。説文：“趟，歫也。从止，尚聲。”隸變從“足”。㈡撑之使正。周禮考工記弓人：“維角趟之，欲宛而無負弦。”疏：“先鄭(衆)云：‘趟，讀如牚距之牚。’牚距，取其正也。”

跎 tuó 徒河切，平，歌韻，定。ㄊㄨㄛˊ

㈠見“蹉跎”。㈡駝背。“駝”的俗寫。清褚人穫堅瓠三集四引明魏驥老態詩：“漸覺年來老病磨，兩肩酸痛脊梁跎。”

跓 zhù 直主切，上，麌韻，澄。ㄓㄨˋ

佇立。楚辭漢王逸九思悼亂：“垂屣兮將起，跓竢兮須明。”

跡 bì 集韻 蒲計切，去，霽韻。蒲結切，入，屑韻。ㄅㄧˋ

見下。

【跡跋】奔馬蹄踏地之聲。樂府詩集二五折楊柳歌辭：“健兒須快馬，快馬須健兒，跡跋黄塵下，然後别雄雌。”

距 jù 其吕切，上，語韻，羣。ㄐㄩˋ

㈠雞爪。左傳昭二五年：“季(平子)、郈(昭伯)之雞鬬，季氏介其雞，郈氏爲之金距。”後專指雄雞足後突出如趾的尖骨。漢書五行志中之上：“丞相府史家雌雞伏子，漸化爲雄，冠，距，鳴，將。”注：“距，雞附足骨，鬬時所用刺之。”㈡物之彎曲成角形的地方。淮南子原道：“夫臨江而釣，曠日而不能盈羅，雖有鉤箴芒距，微綸芳餌，加之以詹何、娟嬛之數，猶不能與網罟爭得也。”指釣鉤上的倒刺。㈢到。書益稷：“予決九川，距四海，濬畎澮距川。”㈣去，距離。國語周上：“距今九日，土其俱動。”㈤抗拒。通“拒”。詩大雅皇矣：“密人不恭，敢距大邦。”㈥豈，難道。

通"詎"。韓非子難四:"燕噲雖舉所賢而同於用所愛,衛奚距然哉。"㈦大。通"鉅"。淮南子氾論:"體大者節疏,蹠距者舉遠。"㈧見"距虛"。

【距捍】抵禦。同"拒捍"。文選晉孫子荊(楚)爲石仲容與孫皓書:"二邦合從,東西唱和,互相扇動,距捍中國。"

【距虛】獸名。急就篇四:"豹狐距虛豺犀兕。"注:"距虛,卽蛩蛩也,似馬而有青色,一曰:距虛似贏而小。"一作"駏驉",也作"岠虛"。

【距國】兩面受敵的國家。管子國蓄:"前有萬乘之國,而後有千乘之國,謂之抵國;前有千乘之國,而後有萬乘之國,謂之距國。"

【距隨】謂射者站立時兩足間的距離。儀禮鄉射禮:"射自楹間,物長如笴,其間容弓,距隨長武。"注:"距隨者,物横畫也,始前足至東頭爲距,後足來合而南面爲隨;武,跡也,尺二寸。"

【距闉】攻城時築的土壘,以窺敵城内情況。也作"距堙"。孫子謀攻:"修櫓轒轀,具器械,三月而後成,距闉又三月而後已。"

【距躍】㈠躍過,直跳向前。左傳僖二八年:"距躍三百,曲踊三百。"注:"距躍,超越也。"參閱清顧炎武左傳杜解補正(清經解一)。㈡猶止躍。文選漢王子淵(褒)四子講德論:"今夫子閉門距躍,專精趍學,有日矣。"注:"距躍,不行也。"此謂足不出户。

【距諫飾非】同"拒諫飾非"。史記殷紀:"(帝紂)知足以距諫,言足以飾非。"見"拒諫飾非"。

跇 yì 餘制切,去,祭韻,喻。
ㄧ

跨越,渡過。史記樂書太一之歌:"太一貢兮天馬下,霑赤汗兮沫流赭。騁容與兮跇萬里,今安匹兮龍爲友。"集解:"如淳曰:跇謂超踰也。"漢書八七上揚雄傳校獵賦:"跇巒阬,超唐陂。"

阿 qiǎ 苦下切,上,馬韻,溪。
ㄑㄧㄚˇ

見"跁阿"、"跁₂阿"。

趹 chù 丑律切,入,術韻,徹。
ㄔㄨˋ

㈠獸迹。見廣韻。㈡見下。

【趹踼】傳説之獸名。山海經大荒南經:"南海之外,赤水之西,流沙之東,有獸,左右有首,名曰趹踼。"

跋 bá 蒲撥切,入,末韻,並。
ㄅㄚˊ

㈠跌倒。説文:"跋,蹎跋也。"蹎,卽今顛字。跋,經傳多假借"沛"字爲之,大雅、論語"顛沛"皆卽"蹎跋"。見清段玉裁説文解字注二下。㈡踏草而行或越山過嶺。見"跋涉"。㈢踩,踐踏。詩豳風狼跋:"狼跋其胡,載疐其尾。"㈣扭轉。漢書八七上揚雄傳校獵賦:"抢希,跋犀犛,蹶浮麋。"注:"跋,反戾也。"㈤足後爲跋,故題詞于文字之後者稱跋。見"跋尾。"㈥火炬或燭燃盡殘餘的部分。禮曲禮上:"燭不見跋。"注:"跋,本也。"疏:"古者未有蠟燭,唯呼火炬爲燭也。"㈦拔。見"跋扈"。

【跋尾】在文末署名。新唐書二〇〇褚无量傳:"貞觀御書皆宰相署尾,臣位卑不足以辱,請與宰相聯名跋尾。"後稱題文字於書卷之後爲跋尾。唐李綽尚書故實:"清夜遊西園圖,顧長康畫,有梁朝諸王跋尾處。"

【跋刺】象聲詞。形容魚躍、鳥飛撲翼、張弓等聲音。也作撥剌、拔剌、潑剌。唐李白李太白詩十九訓中都吏携斗酒雙魚於逆旅見贈:"雙鰓呀呷鰭鬣張,跋刺銀盤欲飛去。"參見"撥刺"。

【跋涉】登山涉水。形容旅途艱苦。詩鄘風載馳:"大夫跋涉,我心則憂。"傳:"草行曰跋,水行曰涉。"釋文引韓詩:"不由蹊遂而涉曰跋涉。"左傳襄二八年:"跋涉山川,蒙犯霜露。"

【跋馬】勒馬使回轉。資治通鑑一九一唐武德九年:"建成、元吉至臨湖殿,覺變,卽跋馬東歸宮府。"注:"跋馬者,摇騄馬銜,偏促一轡,又以兩足摇鼓馬腹,使之迴走。"

【跋扈】驕横,强暴。本作"拔扈"。詩大雅皇矣"無然畔援"漢鄭玄箋:"畔援,猶拔扈也。"後漢書三四梁冀傳:"(質)帝少而聰慧,知冀驕横,嘗朝羣臣,目冀曰:'此跋扈將軍也。'"又五二崔駰傳附崔篆慰志賦:"黎共奮以跋扈兮,羿浞狂以恣睢。"

【跋焦】古西北戎族用羊骨卜吉凶,稱跋焦。以艾灼羊髀骨,視其兆,稱"死跋焦";又有先咒粟,使羊食其粟,則自摇其首,乃殺羊視其五臟,稱"生跋焦",尤盛行。參閱宋沈括夢溪筆談十八技藝。

【跋履】登山涉水。猶跋涉。左傳成十三年:"(晉)文公躬擐甲冑,跋履山川,踰越險阻,征東之諸侯。"

【跋遮那】梵語,義譯爲袈裟環。宋陶穀清異録釋族:"晉天福三年,賜僧法城跋遮那。"(説郛六一)

【跋隊斬】唐末朱全忠(温)在藩鎮,用法嚴酷,將校有戰没者,所部兵悉斬之,謂之跋隊斬。士卒失主將者,多亡逸不敢歸。見資治通鑑二六六後梁開平元年。

【跋前躓後】喻進退兩難。詩豳風狼跋:"狼跋其胡,載疐其尾。"傳:"跋,躐。疐,跆也。老狼有胡,進則躐其胡,退則跆其尾,進退有難。"疐,三家詩作"躓"。唐韓愈昌黎集十二進學解:"然而公不見信於人,私不見助於友,跋前躓後,動輒得咎。"

【跋闍羅波膩】佛教神名。翻譯名義集二:"應法師云:跋闍羅,此云金剛;波膩,此云手;謂手執金剛杵以立名。"

跖 zhí 之石切,入,昔韻,照。
ㄓ

同"蹠"。㈠脚掌。吕氏春秋用衆:"善學者若齊王之食雞也,必食其跖數千而後足。"㈡踐踏。淮南子齊俗:"故伊尹之興土功也,修脛者使之跖钁,强脊者使之負土,……各有所宜而人性齊矣。"㈢傳説中人名。見"盜跖"。

【跖蹻】謂跖與莊蹻。漢書四八賈誼傳弔屈原文:"謂隨、夷溷兮,謂跖、蹻廉。"漢桓寬鹽鐵論世務:"故君仁莫不仁,君義莫不義,世安得跖、蹻而親之乎?"

【跖狗吠堯】喻人臣各爲其主。戰國策齊六:"貂勃曰:跖之狗吠堯,非貴跖而賤堯也,狗固吠非其主也。"史記九二淮陰侯傳:"(蒯通)對曰:跖之狗吠堯,堯非不仁,狗固吠非其主也。"今用作嫉忌賢才之意。

跜 ní 女夷切,平,脂韻,娘。
ㄋㄧˊ

詳"躨跜"。

跛 1. bǒ 布火切,上,果韻,幫。
ㄅㄛˇ

㈠一足瘸。易履:"跛能履,不足以與行也。"今兩足瘸,亦稱跛。

2. bì 彼義切,去,寘韻,幫。
ㄅㄧˋ

㈡偏。禮曲禮上:"遊毋倨,立毋跛。"疏:"跛,偏也,謂挈舉一足,一足蹋地。"

【跛₂倚】㈠偏倚,立不正。禮禮器:"有司跛倚以臨祭,其爲不敬大矣。"注:"偏任爲跛,依物爲倚。"疏:"有司倦怠,故皆偏跛邪倚於物。"㈡猶偏袒。宋王安石臨川集七六上田正言書之一:"介然立朝,無所跛倚。"

【跛₂蹶】失足傾跌。漢焦延壽易林六復

之萃：“蜱蜉戴盆，不能上山，脚推跛蹶，頓傷其顏。”

【跛₂躃】足有疾不便於行。禮王制：“瘖聾跛躃斷者、侏儒、百工，各以其器食之。”

【跛₂躓】猶跛蹶。漢焦延壽易林一屯之困：“跛躓未起，先利後市，不得鹿子。”

【跛鼈千里】喻勤可補拙。荀子修身：“故蹞步而不休，跛鼈千里；累土而不輟，丘山崇成。”

跙 jù 慈呂切，上，語韻，從。ㄐㄩˋ

行不前貌。唐白居易長慶集十初出藍田路作詩：“人煩馬蹄跙，勞苦已如此。”

【跙跙】㊀行不前貌。漢揚雄太玄經三更：“駟馬跙跙，而更其御。”㊁惡貌。漢揚雄太玄經一閑：“跙跙，閑于蘧除，或寢之廬。”

跕 1. tiē 他協切，入，怗韻，透。ㄊㄧㄝ

㊀足尖輕着地而行。史記一二九貨殖傳：“女子則鼓鳴瑟，跕屣，游媚貴富。”集解引臣瓚：“蹋跟爲跕也。”此謂舞步。漢書地理志下作“跕躧”，義同。

2. dié 丁愜切，入，怗韻，端。ㄉㄧㄝˊ

㊀通“喋”。見“跕₂跕₂”。

【跕₂跕₂】墜落貌。後漢書二四馬援傳：“下潦上霧，毒氣重蒸，仰視飛鳶跕跕墯水中。”注：“跕跕，墯貌也。”

【跕₂鳶】言山嵐瘴氣之盛。雖鳶鳥亦將墮落，難以飛越。宋史四八八交阯傳雍熙二年制：“矧兹跕鳶之隅，克修設羽之貢。”參見“跕₂跕₂”。

【跕躧】同“跕屣”。見“跕㊀”。

跈 niǎn 乃殄切，上，銑韻，泥。ㄋㄧㄢˇ 徒典切，上，銑韻，定。

踐踏。莊子外物：“凡道不欲壅，壅則哽，哽而不止則跈，跈則衆害生。”釋文：“郭(象)云：‘跈，踐也。’廣雅云：‘履也，止也。’本或作‘踞’，同。”清王念孫謂跈讀爲“抮”，乖戾之意。言哽塞而不止，則相乖戾，相乖戾則衆害生。參閱讀書雜志餘編上莊子。

跆 tái 徒哀切，平，咍韻，定。ㄊㄞˊ

見下。

【跆籍】踐踏。漢書天文志：“因以張楚並興，兵相跆籍，秦遂以亡。”注：“蘇林曰：跆，登蹋也，或作蹈。”引申爲冒犯。文選晉夏侯孝若(湛)東方朔畫贊：“龍罩靡前，跆籍貴勢。”

跌 diē 徒結切，入，屑韻，定。ㄉㄧㄝ

㊀失足倒下。漢陸賈新語輔政：“任杖不固則仆。……(秦)以趙高李斯爲杖，故有傾仆跌傷之禍。”㊁差失，誤差。荀子王霸：“此夫過舉蹞步而覺跌千里者夫！”公羊傳莊二二年：“肆者何？跌也。”注：“跌，過度。”㊂脚掌。文選漢傅武仲(毅)舞賦：“浮騰累跪，跗蹋摩跌。”注：“或反足跗以象蹈，或以足摩地而揚跌也。”㊃手足關節脱臼。同“胅”。太平御覽四九七魏曹丕典論酒誨：“無不顛倒僵仆，踒跌手足。”㊄急行。見“跌蹶”。㊅擲。見“跌成”。

【跌成】博戲的一種。清李斗揚州畫舫錄十六蜀岡錄：“跌成，古博戲也，時人謂之拾博。用三錢者爲三星，六錢者爲六成，八錢者爲八叉，均字均幕爲成，四字四幕爲天分，天分必幕與幕偶。……蓋跌成之戲，古謂之純。”舊時兒童擲錢爲戲稱“跌博”，猶其遺意。

【跌宕】謂行爲無檢束。三國志蜀簡雍傳：“性簡傲跌宕，在先主坐席，猶箕踞傾倚，威儀不肅，自縱適。”參見“跌踼㊀”、“跌蕩㊀”。

【跌踼】㊀放佚不羈。同“跌宕”。五代南唐徐鍇説文繫傳：“跌：跌踼，邁越不拘也。”㊁抑揚頓挫。唐韓愈昌黎集二岳陽樓別竇司直詩：“鬼神非人世，節奏頗跌踼。”

【跌蕩】㊀行爲放縱。同“跌宕”。後漢書七十孔融傳路粹奏融狀：“又前與白衣禰衡跌蕩放言，云：‘父之與子，當有何親？’”注：“跌蕩，無儀檢也。”㊁震驚貌。世説新語雅量：“夏侯太初(玄)嘗倚柱作書，時大雨，霹靂破所倚柱，衣服焦然，神色無變，書亦如故。賓客左右，皆跌蕩不得住。”

【跌蹶】急行，趨路。淮南子脩務：“夫墨子跌蹶而趨千里，以存楚宋，段干木闔門不出以安秦魏。”注：“跌，疾行也；蹶，趨走也。”

跏 jiā 古牙切，平，麻韻，見。ㄐㄧㄚ

結跏，蟠足坐。見玉篇。

【跏趺】佛教徒的坐法，即所謂結跏趺坐。分降魔坐與吉祥坐二種。前者先以右趾押左股，後以左趾押右股，諸禪宗多傳此坐；後者先以左趾押右股，後以右趾押左股，令二足掌仰放於二股之上，相傳即如來佛成道時的坐法。參閱隋智者大師説灌頂記方等三昧行法、唐善導觀念阿彌陀佛相海三昧功德法門。參見“結跏趺坐”。

跑 1. páo 薄交切，平，肴韻，並。ㄆㄠˊ

㊀用脚刨地。舊題漢劉歆西京雜記四：“滕公(夏侯嬰)駕至東都門，馬鳴跼不肯定，以足跑地久之。”

2. pǎo ㄆㄠˇ

㊀疾走爲跑。

【跑₂凌鞋】卽滑冰鞋。清張燾津門雜記中：“又有所謂跑凌鞋者，履下包以滑鐵，游行冰上爲戲，兩足如飛，緩疾自然，縱横如意，不致傾跌。”

跔 jū 舉朱切，平，虞韻，見。ㄐㄩ

㊀屈曲難伸。逸周書九太子晉解：“王子曰：‘太師何舉足驟？’師曠曰：‘天寒足跔，是以數也。’”㊁跳躍。見“跿跔”。

跚 shān 蘇干切，平，寒韻，心。ㄕㄢ

見“蹣跚”。

跗 fū 甫無切，平，虞韻，幫。ㄈㄨ

㊀脚背。儀禮士喪禮：“乃屨，綦結於跗。”注：“跗，足上也。”莊子秋水：“赴水則接腋持頤，蹶泥則没足滅跗。”㊁花萼的基部。同“柎”。管子地員：“朱跗黄實。”注：“跗，花足也。”㊂毛筆桿下端栽毛的部分。舊題漢劉歆西京雜記一：“天子筆，管以錯寶爲跗，毛皆以秋兔之毫官師路扆爲之，以雜寶爲匣，廁以玉璧翠羽，皆直百金。”㊃同“趺”。參見“趺”。

【跗注】衣褲相連的軍服。左傳成十六年：“方事之殷也，有韎韋之跗注，君子也。”注：“跗注，戎服，若袴而屬於跗，與袴連。”

【跗蕚】詩小雅常棣：“常棣之華，鄂不韡韡，凡今之人，莫如兄弟。”鄂爲蕚的借字；不，通柎，蕚的底部。以花蕚相依指兄弟之親。後因以跗蕚作兄弟關係親密之典。北齊書趙郡王琛傳史臣曰：“趙郡以跗蕚之親，當顧命之重，高揖則宗社易危，去惡則人神俱泰。”琛爲北齊主高歡(高祖)弟。

跅 tuò 集韻 闥各切，入，鐸韻。ㄊㄨㄛˋ

放蕩不羈。見“跅弛”。

【跅弛】放蕩不循規矩。漢書武帝紀元封五年詔：“夫泛駕之馬，跅弛之士，亦在御之而已。”注：“跅者，跅落無檢局也。弛者，放廢不遵禮度也。”隋書沈光傳：“家甚貧窶，父兄並以傭書爲事，光獨跅弛，交通輕俠，爲京師惡少年之所朋附。」

六 畫

跫 qióng 集韻 丘恭切，平，鍾韻。
ㄑㄩㄥˊ

見下。

【跫然】脚步聲。一説喜貌。莊子徐无鬼：「聞人足音跫然喜矣。」

【跫跫】踏地聲。宋蘇轍欒城集二次韻子瞻宿南山蟠龍寺詩：「跫跫深徑馬蹄響，落落稀星著疎木。」

跡 jì 資昔切，入，昔韻，精。
ㄐㄧ

同「迹」。文選漢張平子(衡)思玄賦：「匪仁里其焉宅兮，匪義跡其焉追。」李善本作「迹」。古籍中兩字常互用。參見「迹」字各條。

趼 1. yán 五堅切，平，先韻，疑。
ㄧㄢˊ

㊀獸蹄平正。爾雅釋畜：「騉蹄趼，善陞甗。」疏：「趼，平也，謂蹄平正。」

2. jiǎn 古典切，上，銑韻，見。
ㄐㄧㄢˇ

㊀胝，足生硬皮。莊子天道：「吾固不辭遠道而來願見，百舍重趼而不敢息。」釋文引晉司馬彪：「(趼)，胝也。」

跬 kuǐ 丘弭切，上，紙韻，溪。
ㄎㄨㄟˇ

半步，相當於今之一步。説文作「趌」。司馬法：「一舉足曰跬，跬三尺。兩舉足曰步，步六尺。」漢賈誼新書審微：「故墨子見衢路而哭之悲，一跬而繆千里也。」

【跬步】半步，相當於今之一步。喻數量之小。大戴禮七勸學：「是故不積跬步，無以致千里。」淮南子説林：「故跬步不休，跛鼈千里。」荀子勸學説林皆作「蹞步」。

【跬譽】一時的聲譽。莊子駢拇：「駢於辯者，纍瓦結繩竄句，游心於堅白同異之間，而敝跬譽無用之言非乎？」或以「敝跬」爲句，敝跬卽蹩躠，分外用力之貌。跬，讀 xiè。

跱 zhì 直里切，上，止韻，澄。
ㄓˋ

同「峙」。㊀止，獨立。淮南子修務：「(申包胥)七日七夜至於秦庭，鶴跱而不食，晝吟宵哭。」後漢書五九張衡傳思玄賦：「松喬高跱孰能離？結精遠遊使心攜。」㊁踞，安置。莊子秋水：「且夫擅一壑之水，而跨跱埳井之樂，此亦至矣。」文選漢張平子(衡)西京賦：「跱遊極於浮柱，結重欒以相承。」三國吳薛綜注：「跱，猶置也。」㊂具備。後漢書章帝紀元和元年：「詔所經道上，郡縣無得設儲跱。」

【跱踬】停步踏足。文選漢馬季長(融)長笛賦：「氣噴勃以布覆兮，乍跱踬以狼戾。」注：「跱踬，言其聲跱立，如有所踬蹋也。」

【跱躇】行不進。宋書樂志三古詞豔歌羅敷行：「使君從南來，五馬立跱躇。」樂府詩集二八晉傅玄豔歌行五馬作「駟馬」、跱躇作「踟蹰」。

跮 chì 丑栗切，入，質韻，徹。
ㄔ

見下。

【跮踱】忽進忽退。史記一一七司馬相如傳大人賦：「跮踱輵轄容以委麗兮，絧繆偃蹇怵㚟以梁倚。」

跨 kuà 苦化切，去，禡韻，溪。
ㄎㄨㄚˋ

㊀越過，超越。左傳昭十三年：「康王跨之。」注：「過其上也。」文選漢張平子(衡)西京賦：「乃覽秦制，跨周法。」三國吳薛綜注：「比周勝，故曰跨之也。」㊁騎。史記一一七司馬相如傳上林賦：「被豳文，跨野馬。」㊂據有。國語晉一：「不跨其國，可謂挾乎？」注：「跨，猶據也。」史記八七李斯傳諫逐客書：「此非所以跨海內制諸侯之術也。」㊃通「胯」。見「跨下辱」。

【跨年】謂自本年至明年初。晉書郭璞傳上疏諫興刑獄：「又去秋以來，沈雨跨年，雖爲全家涉火之祥，然亦是刑獄充溢，怨歎之氣所致。」

【跨竈】謂子勝於父。宋蘇軾東坡集續集十一答陳季常書：「二子作詩騷殊勝，咄咄皆有跨竈之興。」其説有三：1.竈上有釜，故子過於父爲跨竈。見三國魏王朗雜箴(宋呂祖謙詩律武庫一跨竈擅樓引)。2.馬前蹄之上有二空處，名竈門。馬之良者，後蹄印地之痕，反在前蹄印之前，故名跨竈。謂後步越過前步。見清高士奇天祿識餘上。3.馬櫪曰皁，竈爲皁之借字，馬生而越過皁，非凡馬矣。見清桂馥札樸五。

【跨鶴】謂飛昇成仙。雲笈七籤七四太上肘後玉經方：「昔巢居子奉事東海青童君，……無懈無怠；僅二十年，乃口授玄法，手錄聖方曰：『若求跨鶴昇九霄，未易致也。』」舊時諱人死爲仙去，故云跨鶴西歸。

【跨下辱】漢韓信微時，淮陰少年有侮信者，曰：「能死，刺我；不能，出跨下。」於是信孰視，俛出跨下。又龍且曰：「吾平生知韓信爲人，易與耳，……受辱於跨下，無兼人之勇。」見漢書三四韓信傳。史記九二淮陰侯傳作「袴下」。後因用跨下辱爲忍辱負重之典。晉書劉喬傳劉弘與喬書：「至人之道，用行舍藏，跨下之辱，猶宜俯就，况於換代之嫌，纖介之釁哉！」

【跨馬鞍】唐時婚禮的一種儀式。唐蘇鶚蘇氏演義上：「婚姻之禮，坐女於馬鞍之側，或謂此北人尚乘鞍馬之義。夫鞍者，安也，欲其安穩同載者也。(唐段成式)酉陽雜俎云：『今士大夫家婚禮，新婦乘馬鞍，悉北朝之餘風也。』今聚婦家新人入門跨馬鞍，此蓋其始也。」參閱宋高承事物紀原九吉凶典制、清顧張思土風錄二跨鞍。

跟 gēn 古痕切，平，痕韻，見。
ㄍㄣ

㊀足後爲跟。急就篇三：「踝跟踵相近聚。」注：「足後曰根，亦謂之踵。跟猶根也，下著於地如木根也。」㊁追隨於後。宋吳自牧夢粱錄十九顧覓人力：「如有逃舍，將帶東西，有元地脚保識人前去跟尋。」

【跟挂】倒掛身體的雜技表演。藝文類聚六一晉傅玄正都賦：「乃有材童妙妓，都盧迅足，緣修竿而上下，形既變而景屬，忽跟挂而倒絶，若將墜而復續。」也作「跟絓」。抱朴子廣喻：「公旦不能與伯氏跟絓於馮雲之峻，仲尼不能與呂梁較伎於百仞之溪。」

【跟頭戲】卽筋斗戲。明張萱疑耀二觔斗：「今人以頭豎於地，以脚番上，爲觔斗戲。……又跟頭戲，倒頭爲跟也，或作跟，則觔斗字當從孫吾與(韻會)爲跟頭，謂以頭爲跟也。」參見「筋斗」。

跠 yí 以脂切，平，脂韻，喻。
ㄧ

箕踞。臀部着地，兩腿前伸的坐式。文選漢王文考(延壽)魯靈光殿賦：「玄熊蚺蛟以齗齗，却負載而蹲跠。」晉張載注：「跠，踞也。」

跐 cǐ 雌氏切，上，紙韻，清。
ㄘ

踐踏。莊子秋水：「且彼方跐黃泉而登大皇。」列子天瑞：「若躇步跐蹈，終日在地上行止，奈何憂其壞？」釋文：「(躇步跐蹈)四字皆踐踏之貌。」

【跐豸】妖媚貌。文選漢張平子(衡)西京賦：「嚼清商而卻轉，增嬋娟以跐豸。」李善本跐作「此」。

跧 quán 莊緣切，平，仙韻，莊。
ㄑㄩㄢˊ 阻頑切，平，刪韻，莊。

㊀蹴。說文:"蹴也。"宋羅泌路史後紀一:"華胥決履以跧之。"㊁見"跧伏"、"跧縮"。

【跧伏】蜷伏。文選漢王文考(延壽)魯靈光殿賦:"狡兔跧伏於柎側,猨狖攀椽而相追。"唐柳宗元柳先生集三九爲裴中丞伐黄賊轉牒:"恃狡兔之穴,跧伏偷安;憑孽狐之丘,跳踉見怪。"

【跧縮】蜷縮,退避不前。唐陸贄陸宣公集十六論替换李楚琳狀:"頗同狐鼠,乘夜睢盱,晨光既升,勢自睢盱。"

跲 jiá 古洽切,入,洽韻,見。
ㄐㄧㄚˊ 居怯切,入,業韻,見。

絆倒。禮中庸:"言前定則不跲,事前定則不困。"疏引字林:"跲,躓也。躓,謂行倒蹶也。"

跦 1. zhū 陟輸切,平,虞韻,知。
ㄓㄨ

㊀見"跦跦"。

2. chú 集韻 重株切,平,虞韻。
ㄔㄨˊ

㊁見"踟跦"。

【跦跦】跳行貌。左傳昭二五年:"童謠曰:'……鸜鵒跦跦,公在乾侯,徵褰與襦。'"

跣 1. xiǎn 蘇典切,上,銑韻,心。
ㄒㄧㄢˇ

㊀光着脚。書說命上:"若跣弗視地,厥足用傷。"國語晉七:"公跣而出。"

2. xiān 集韻 蕭前切,平,先韻。
ㄒㄧㄢ

㊁旋行貌。見"蹁跣"。

【跣子】猶今之拖鞋。急就篇二"靸鞮印角褐韈巾"唐顏師古注:"靸,謂韋履,頭深而兑,平底者也,今俗呼謂之跣子。"

【跣跗】露出脚背。猶言赤脚。漢王充論衡宣漢:"古之露首,今冠章甫;古之跣跗,今履高舄。"

跪 guì 去委切,上,紙韻,溪。
ㄍㄨㄟˋ 渠委切,上,紙韻,羣。

㊀兩膝着地,伸直腰股爲跪;兩膝着地,臀着於蹠者爲坐。莊子在宥:"跪坐而進之。"㊁螯,足。荀子勸學:"蟹六〔八〕跪而二螯。"韓非子内儲下:"門者刖跪。"

【跪乳】公羊傳莊二四年"腶脩云乎"漢何休注:"凡贄,天子用鬯,諸侯用玉,卿用羔,……羔取其執之不鳴,殺之不號,乳必跪而受之,類死義知禮者也。"舊多用以喻孝道。漢蔡邕蔡中郎集七爲陳留太守上孝子狀:"烏以反哺,託體太陽;羔以跪乳,爲贄國卿。禽鳥之微,猶以孝寵。"

跺 duò 集韻 都果切,上,果韻。
ㄉㄨㄛˋ

㊀行貌。見玉篇。㊁俗謂以足蹬地爲跺脚。紅樓夢二四:"賈芸進入院内,把脚一跺。"又三四:"黛玉急得跺脚。"參見"跢"。

路 1. lù 洛故切,去,暮韻,來。
ㄌㄨˋ

㊀道路。周禮地官遂人:"萬夫有川,川上有路,以達于畿。"㊁道理,達到或實現某種目標的途徑。書洪範:"無有作惡,遵王之路。"孟子離婁上:"義,人之正路也。"㊂職位。孟子公孫丑上:"夫子當路於齊。"注:"如使夫子得當仕路於齊。"文選古詩十九首之四:"何不策高足,先據要路津?"㊃大,正。詩大雅生民:"實覃實訏,厥聲載路。"莊子馬蹄:"雖有義臺路寢,無所用之。"㊄羸困。孟子滕文公上:"是率天下而路也。"參見"路亶"。㊅車。荀子哀公:"夫端衣玄裳,絻而乘路者,志不在於食葷。"參見"五路"。㊆行政區域名。見宋史地理志一。㊇姓。相傳黄帝封炎帝支子於路,以地爲氏。漢有大中大夫路温舒。參閲元和姓纂八暮。

2. luò 集韻 歷各切,入,鐸韻。
ㄌㄨㄛˋ

㊈纏繞。通"落"。漢書八七上揚雄傳校獵賦:"爾迺虎路三嵕以爲司馬,圍經百里而爲殿門。"注:"服虔曰:'以竹虎落此山也。'……落,纍也,以繩周繞之也。"

【路人】喻彼此無關的人。晉陶潛陶淵明集一贈長沙公詩序:"昭穆既遠,以爲路人。"

【路弓】大弓。史記孝武紀元狩五年:"路弓乘矢,集獲壇下。"集解引韋昭:"路,大也。"

【路引】道路通行的憑證。大明律例十五:"凡不應給路引之人而給引,或軍詐爲民、民詐爲軍,若冒名告給引及以所給引轉與他人者,並杖八十。"參見"引㊂"。

【路史】宋羅泌撰,四十七卷。紀三皇至夏桀之事,依據緯書及道書,多不經之談,喜出新意,好用僻辭古語。爾雅訓路爲大,書名取此。其發揮六卷、餘論十卷,皆辨難考證之文。明徐渭亦有路史二卷,考訂不免疏陋。

【路車】古代天子及諸侯貴族所乘的車,即輅車。詩大雅嵩高:"王遣申伯,路車乘馬。"禮玉藻:"乘路車不式。"注:"王祀昊天上帝,……乘玉路。"

【路岐】㊀大道上分出小路。譬喻生活中的逆境、波折。唐李白李太白文二七春於姑熟送趙四流炎方序:"其身通方大適,何往不可,何戚戚於路岐哉!"㊁宋元稱民間藝人。宋曾三省因話録:"散樂出周禮注:云野人之能樂舞者,今乃謂之路岐人。"(説郛十九)。古今雜劇缺名漢鍾度脱藍采和一:"俺將這古本相傳,路岐體面,習行院,打諢通禪,窮薄藝,知深淺。"

【路門】宫室最内的正門。周禮考工記匠人:"路門不容乘車之五个。"注:"路門者,大寢之門。"左傳桓二年"大路越席"唐孔穎達疏:"路訓大也。君之所在,以大爲號,門曰路門。"

【路室】客舍。周禮地官遺人:"凡國野之道,……三十里有宿,宿有路室,路室有委。"楚辭漢東方朔七諫怨世:"路室女之方桑兮,孔子過之以自侍。"

【路南】州名。古滇國地。漢屬益州。五代後爲黑爨仲蒙由之後人落蒙所有,號爲落蒙部。元初置落蒙管民萬户府,後改爲路南州。明清皆屬澂江府。公元1913年改爲縣。1957年改爲路南彝族自治縣,屬雲南省。參閲寰宇通志一一二澂江府。

【路馬】古天子、諸侯所乘路車之馬。禮曲禮上:"大夫、士下公門,式路馬。"

【路祭】出殯時於沿途設筵致祭。宋王讜唐語林八:"(唐)明皇朝,海内殷贍。送葬者或當衢設祭,張施幃幕,有假花、假果、粉人、粉帳之屬。"

【路軨】秦漢官名,屬太僕。掌輿馬,有兩丞。屬官有車府、路軨、騎馬、駿馬四令丞。路軨廄在未央宫内。見漢書百官公卿表上、三輔黄圖三。

【路費】旅行的用費。宋王禹偁小畜集三感流亡詩:"道糧無斗粟,路費無百錢。"

【路程】道路的遠近。元薩都剌薩天錫集前集送南臺從事劉子謙之遼東詩:"策馬犯霜雪,逢人問路程。"

【路亶】猶言露袒。荀子議兵:"仁人之兵,不可詐也;彼可詐者,怠慢者也,路亶者也。"注:"路,暴露也。亶,讀爲袒。露袒,謂上下不相覆蓋。"漢劉向新序雜事三作"落單"。清王念孫謂路通"露",亶同"癉",羸弱疲憊之義。參閲讀書雜志荀子五路亶。

【路鼓】祭鬼神所用的鼓。周禮地官鼓人:"以路鼓鼓鬼享。"注:"路鼓,四面鼓也。"鄭司農以爲有兩面;鄭玄則以爲有四面。見周禮春官大司樂"路鼓、路鼗"注。舊唐書音樂志:"雷鼓八面以祀,靈鼓六面以祀地，路鼓四面以祀鬼神。"

【路節】旌節。周禮秋官環人："掌送逆邦國之通賓客，以路節達諸四方。"疏："以其道路用旌節，故知路節，旌節也。"參見"旌節㊀"。

【路寢】㊀天子、諸侯的正室。詩魯頌閟宮："松桷有舄，路寢孔碩。"公羊傳莊三二年："路寢者何？正寢也。"注："公之正居也。天子、諸侯皆有三寢：一曰高寢，二曰路寢，三曰小寢。"㊁星名。軒轅星的别稱。見廣雅釋天。

【路頭】路子，方向。宋嚴羽滄浪詩話詩辯："路頭一差，愈騖愈遠，由入門之不正也。"呂濱老聖求詞漁家傲作浮圖語送深上人遊廬山："胥口周遮何日了，禪牀四面藤蘿遶，有箇路頭君試討。"

【路鼗】鼓名。周禮春官大司樂："路鼓、路鼗。"注："（鄭司農云）靈鼓靈鼗四面，路鼓路鼗兩面。……（玄謂）靈鼓靈鼗六面，路鼓路鼗四面。"疏："皆祭祀之鼓。"也作"路鞉"。宋書樂志一："以桴擊之曰鼓，以手摇之曰鞉。（鼓及鞉之）六面者曰靈鼓、靈鞉，四面者曰路鼓、路鞉。"

【路氏琴】唐代琴名。唐李肇國史補下："京師又以樊氏、路氏琴爲第一。路氏琴有房太尉（琯）石枕，損處惜之不理。"宋沈括夢溪筆談五樂律："予曾見唐初路氏琴，木皆枯朽，殆不勝指，而其聲愈清。"

【路温舒】漢鉅鹿東里人，字長君。少學律令，受春秋。昭帝時，守廷尉史。宣帝時，上書言尚德緩刑。累遷臨淮守，有治迹。漢書有傳。

【路傍兒】樂府詩集五八南朝梁張率走馬引："斂轡且歸去，吾畏路傍兒。"參見"殺君馬者路傍兒"。

【路不拾遺】途有遺物，人不私取。喻政治修明。漢賈誼新書七先醒："富民恒一，路不拾遺，國無獄訟。"

【路遥知馬力，事久見人心】謂須經過長期的實際考驗，始能識别人心的善惡好歹。事林廣記前集九下結交警語："路遥知馬力，事久見人心。"今多作"日久見人心"。

跢 duò 丁佐切，去，箇韻，端。ㄉㄨㄛˋ

㊀小兒行貌。見玉篇。今俗猶謂扶小兒試行爲將將朶朶。㊁頓足，以足頓地。同"跺"。清孔尚任桃花扇沈江："今夜揚州城陷，逃到此間，聞的皇帝已死，跢了跢脚，跳下江去了。"

跳 1. tiào 徒聊切，平，蕭韻，定。ㄊㄧㄠˋ

㊀躍。漢劉向説苑辨物："其後齊有飛鳥一足，來下止於殿前，舒翅而跳。"列子湯問："鄰人京城氏之孀妻有遺男，始齔，跳往助之。"唐殷敬順釋文："跳，躍也。"㊁弄。文選漢張平子（衡）西京賦："跳丸劍之揮霍，走索上而相逢。"

2. táo 集韻 徒刀切，平，豪韻。ㄊㄠˊ

㊂同"逃"。史記高祖紀："項（羽）遂圍成皋，漢王跳。"索隱："如淳云：'跳，走也。'"

【跳丸】㊀拋弄彈丸。古雜戲之一。三國志魏王粲傳"潁川邯鄲淳"注引晉魚豢魏略："（曹植）遂科頭拍袒，胡舞五椎鍛，跳丸擊劍，誦俳優小説數千言訖。"參見"丸劍"。㊁喻時間速逝。唐韓愈昌黎集一秋懷詩之九："憂愁費晷景，日月如跳丸。"杜牧樊川集四寄浙東韓乂評事詩："一笑五雲谿上舟，跳丸日月十經秋。"

【跳月】苗族未婚男女的歌舞。明楊慎丹鉛總録二四瑣語蘆笙吟："河邊跳月歌，令人玄鬢皤。"參閲續文獻通考一一〇樂考十匏之屬蘆笙。

【跳出】書寫時另起一行。明楊慎俗言一跳出："魏晉儀注寫表章，别起行頭者謂之跳出。今曰擡頭。"

【跳兔】動物名。宋陸佃埤雅釋蟲鼠："按蟨，鼠前而兔後，趨則頓，走則顛。今契丹北境有跳兔，前足纔寸許，後足幾一尺。行則用足跳，一躍數尺；止則蹶然仆地。即所謂蟨。"明金幼孜北征録："上令衛士掘沙穴中跳兔，與幼孜三人觀。大如鼠，其頭目毛色皆兔，爪足則鼠。尾長，其端有毛，或黑或白。前足短，後足長，行則跳躍。性狡如兔，犬不能獲之。疑即詩所謂'躍躍毚兔'者也。"參見"蟨"。

【跳神】一種祭神、請神之舞。古今雜劇元賈仲明重對玉梳一："俺娘自做師婆自跳神，一會家難禁努目詘筋。"清楊賓柳邊紀略四："滿人病，輕服藥而重跳神。亦有無病而跳神者。富貴家，或月一跳，或季一跳，至歲終則無有弗跳者。……跳神者，或用女巫，或以冢婦，以鈴繫臀後，摇之作聲，而手擊鼓……而口致頌禱之詞。"聊齋誌異有跳神一篇，記跳神事。

【跳馬】一種馬術表演。宋孟元老東京夢華録七駕登寶津樓諸軍呈百戲："或用手握定鐙袴，以身從後鞦來往，謂之跳馬。"

【跳梁】㊀跳躍。同"跳踉"。莊子逍遥遊："子獨不見狸狌乎？……東西跳梁，不辟高下。"疏："跳梁，猶走擲也。"漢書九二陳遵傳："遵起舞跳梁，頓仆坐上。"㊁强横。漢書七八蕭望之傳："今羌虜一隅小夷，跳梁於山谷間。"後漢書二四馬援傳與楊廣書："可有子抱三木，而跳梁妄作，自同分羹之事乎？"

【跳脱】手鐲、腕釧一類的臂飾。玉臺新詠一漢繁欽定情詩："何以致契闊？繞腕雙跳脱。"唐詩紀事二文宗："又一日問宰臣，古詩云：'輕衫襯跳脱'，跳脱是何物？宰臣未對。上曰：'即今之腕釧也'。真誥言安妃有斲粟金跳脱是臂飾。"也作"條脱"。參見該條。

【跳踉】跳躍。晉書諸葛長民傳："眠中驚起，跳踉，如與人相打。"唐柳宗元柳先生集十九三戒黔之驢："驢不勝怒，蹄之，虎因喜，計之曰：'技止此耳！'因跳踉大㘎，斷其喉，盡其肉，乃去。"

【跳盪】謂臨戰前以突襲破敵。新唐書百官志一吏部："矢石未交，陷堅突衆，敵因而敗者，曰跳盪。"又一五五渾瑊傳："瑊年十一，善騎射，……立跳盪功。"

【跳繩】一種兒童遊戲。北齊書後主傳："游童戲者好以兩手持繩，拂地而却上，跳且唱高末。"

【跳驅】疾馳。史記荆燕世家："（燕敬王劉）澤還兵備西界，遂跳驅至長安。"集解引漢書音義："跳驅，馳至長安也。"索隱："（跳）謂疾去也。"

【跳八丈】蟲名。似蝗而小，色青黄，好在莎草中，善跳，能以股相切作聲，甚清亮，俗呼跳八丈。見爾雅釋蟲"蚣蝑"清郝懿行義疏。

【跳白索】一種兒童遊戲。明劉侗等帝京景物略二燈市："（元夕）二童子引索略地，如白光輪；一童子跳光中，曰跳白索。"今稱跳繩。

【跳加官】舊時傳統戲劇開場，先一人戴面具、袍笏緩步而出，循臺三匝，不作一聲，謂之跳加官，祝觀衆加官進禄之意。儒林外史十："戲子上來參了堂，磕頭下去，打動鑼鼓，跳了一齣加官，演了一齣張仙送子，一齣封贈。"

⿰𧾷犬 fú 集韻 房六切，入，屋韻。ㄈㄨˊ
鼻墨切，入，德韻。

屈手足伏地。同"匐"。文選晉左太沖（思）吴都賦："魂褫氣懾而自踢⿰𧾷犬者，應弦飲羽。"晉劉淵林（逵）注："踢、⿰𧾷犬，皆頓伏也。"

七　畫

踅 xué 集韻 似絶切，入，薛韻。ㄒㄩㄝˊ

盤旋。元王實甫西廂記四本四折:"四野風來,左右亂踅,我這裏奔馳,他何處困歇?"水滸六六:"(時遷)又撞見解珍解寶,拖着鋼叉,又上掛着兔兒,在閣子前踅。"

踉 1. liáng ㄌㄧㄤˊ 呂張切,平,陽韻,來。

㊀跳躍。莊子徐无鬼:"夫逃虛空者,藜藋柱乎鼪鼬之逕,踉位其空。"

2. liàng ㄌㄧㄤˋ 力讓切,去,漾韻,來。

㊁見"踉₂蹡"。

【踉₂蹌】行走急遽貌。玉臺新詠七梁簡文帝妾薄命:"王嬙貌本絕,踉蹌入氈帷。"太平廣記五〇〇振甫角抵人引玉堂閒話:"纔近食桉,踉蹌而倒。"清胡鳴玉訂譌雜錄二踉蹡謂俗以亂走爲踉蹌。踉音亮,蹌音應讀鏘,後或因聲譌而讀作郎倉。

【踉₂蹡】行走遲滯或倚側不正貌。文選晉潘安仁(岳)射雉賦:"褰微罟以長眺,已踉蹡而徐來。"唐韓愈昌黎集五贈張籍:"有兒雖甚憐,教示不免簡。君來好呼出,踉蹡越門限。"引申指不順利。梁書伏暅傳虞皭奏:"竊以暅踉蹡落魄,三十餘年,……一紀之間,三世隆顯,曾不能少懷感激,仰答萬一。"參閱清俞樾曲園雜纂三三訂胡踉蹡。

跿 tú ㄊㄨˊ 集韻 同都切,平,模韻。

見下。

【跿跔】跳躍。史記七十張儀傳:"秦帶甲百餘萬,車千餘乘,騎萬匹,虎賁之士跿跔科頭,貫頤奮戟者,至不可勝計。"集解:"跿跔,音徒俱,跳躍也。又云偏舉一足曰跿跔。"按戰國策韓一"跿跔科頭"元吳師道補注:"跿,猶下文徒裎,此謂徒跣也。義與'科頭'協。"

踂 niè ㄋㄧㄝˋ 尼輒切,入,葉韻,娘。

兩足相並,不能開步。足疾的一種。玉篇廣韻五經文字作"踂",集韻類篇作"踙",穀梁傳昭二十年作"輒"。參見"輒"。

踁 jìng ㄐㄧㄥˋ 胡定切,去,徑韻,匣。

小腿。同"脛"。漢書刑法志"衣三屬之甲"唐顏師古注:"如淳曰:上身一,髀褌也,踁繳一,凡三屬也。"

踊 yǒng ㄩㄥˇ 余隴切,上,腫韻,喻。

㊀往上跳。左傳僖二八年:"距躍三百,曲踊三百。"㊁登上。公羊傳成二年:"踊于棓而窺客。"注:"踊,上也。"棓,踏板。㊂刖足刑者所穿的鞋子。見"踊貴"。

【踊貴】㊀左傳昭三年:"國之諸市,屨賤踊貴。"注:"踊,刖足者屨,言刖多。"晏子譏齊景公濫用酷刑,受刖刑者多,踊價爲貴。㊁物價上漲。後漢書三五曹褒傳:"時春夏大旱,糧穀踊貴。"太平御覽八二八引董卓別傳:"呂布殺卓,百姓相對欣喜抃舞,……自相慶賀,長安酒肉爲之踊貴。"

【踊溢】興會升騰。文選晉嵇叔夜(康)琴賦:"抃舞踊溢,留連瀾漫。"

【踊躍】狀歡欣奮起。詩邶風擊鼓:"擊鼓其鏜,踊躍用兵。"

跽 jì ㄐㄧˋ 暨几切,上,旨韻,羣。

古人席地而坐,以兩膝著地,兩股貼於兩脚跟上。股不著脚跟爲跪,跪而聳身直腰爲跽。戰國策秦三:"秦王跽而請曰:'先生何以幸教寡人?'"史記項羽紀:"項王按劍而跽,曰:'客何爲者?'"

跼 jú ㄐㄩˊ 渠玉切,入,燭韻,羣。

曲,屈。也作"局"。見"跼蹐"。

【跼蹐】詩小雅正月:"謂天蓋高,不敢不局;謂地蓋厚,不敢不蹐。"釋文:"局本又作跼。"局,曲身,彎腰;蹐,小步行路。形容行動小心戒懼之貌。後漢書四六陳忠傳上疏:"至有逞威濫怒,無辜僵仆;或有跼蹐比伍,轉相賦斂。"注:"言跼身小步,畏吏之甚也。"

【跼蹙】拘束,窘迫。同"局促"。宋詩百一鈔賀鑄答杜仲觀登叢臺見寄詩:"老步失騰驤,短轅甘跼蹙。"

【跼蹜】狹小。唐白居易長慶集十四和夢遊春詩:"心期仍蕭索,宦序仍跼蹜。"言官職無陞擢。

【跼躅】徘徊不前。同"躑躅"。史記九二淮陰侯傳:"猛虎之猶豫,不若蜂蠆之致螫;騏驥之跼躅,不如駑馬之安步。"集解引徐廣:"跼,一作'躑'也。"躑,同"躑"。

【跼天蹐地】窘迫,無所容身。後漢書四九仲長統傳昌言理亂:"當君子困賤之時,跼高天,蹐厚地,猶恐有鎮厭之禍也。"三國志吳步騭傳上疏:"伏聞諸典校擿抉細微,吹毛求瑕,重案深誣,輒欲陷人以成威福,……是以使民跼天蹐地,誰不戰慄。"參見"跼蹐"。

踃 xiāo ㄒㄧㄠ 蘇彫切,平,蕭韻,心。

跳踊。古文苑四漢揚雄蜀都賦:"舞曲轉節,踃馺應聲。"注:"踃音簫,馺音颯,舞之遲疾,皆與歌聲相應。"文選漢傅武仲(毅)舞賦:"簡惰跳踃,般紛挐兮。"

踆 1. cún ㄘㄨㄣˊ 徂遵切,平,魂韻,從。

㊀踢。公羊傳宣六年:"獒亦躇階而從之,祁彌明逆而踆之。"注:"以足逆躢曰踆。"㊁蹲。莊子外物:"紀他聞之,帥弟子而踆於窾水。"釋文:"踆,音存。字林云:古蹲字。"

2. qūn ㄑㄩㄣ 七倫切,平,諄韻,喻。

㊂止,退。文選漢張平子(衡)東京賦:"千品萬官,已事而踆。"㊃天體之運行。方言十二:"日運爲躔,月運爲逡。"逡同踆。唐文粹五盧肇海潮賦後序:"雖迷放屬之源,終識踆躔之數。"㊄見"踆踆"。

【踆烏】傳說太陽中的烏鴉。淮南子精神:"日中有踆烏,而月中有蟾蜍。"注:"踆猶蹲也,謂三足烏。"許慎注本作"蹲"。因以稱日。文苑英華三五二南朝梁何遜七召神仙:"踆烏始照,宮槐遽而欲舒;顧兔纔滿,庭英紛而就落。"

【踆踆】㊀跳躍貌。文選漢張平子(衡)西京賦:"怪獸陸梁,大雀踆踆。"㊁卻退貌。唐杜甫杜工部草堂詩箋三奉贈韋左丞丈二十二韻:"焉能心怏怏,秖是走踆踆。"

【踆鴟】芋。漢書九一貨殖傳:"此地陿薄。吾聞㟭山之下沃壄,下有踆鴟,至死不飢。"注:"踆鴟謂芋也,其根可食,以充糧,故無飢年。華陽國志曰汶山郡都安縣有大芋如蹲鴟也。"

八畫

踪 zōng ㄗㄨㄥ

足迹。同"蹤"。見玉篇。唐齊己白蓮集九寄韓蛻秀才詩:"松門高不似侯門,蘚徑鞋踪觸處分。"見"蹤"字各條。

踠 wǎn ㄨㄢˇ 於阮切,上,阮韻,影。

屈曲。同"宛"。文選漢班孟堅(固)東都賦:"馬踠餘足,士怒未渫(泄)。"注:"踠,屈也。"後漢書八二上李南傳:"向度宛陵浦里㼜,馬踠足,是以不得速。"

踣 bó ㄅㄛˊ 蒲北切,入,德韻,並。
匹候切,去,候韻,滂。

㊀僵仆。左傳襄十四年:"譬如捕鹿,晉人角之,諸戎掎之,與晉踣之。"國語周下:"踣斃不振。"㊁滅,破。左傳襄十一年:"隊民亡氏,踣其國家。"呂氏春秋行論:"將欲踣之,必高舉之。"

【踣様巾】一種高而折下的頭巾。新唐書車服志:"至中宗又賜百官英王踣様巾,其製高而踣,帝在藩時冠也。"

踤 1. zú ㄗㄨˊ 慈卹切,入,術韻,從。

㊀踢。漢書八七下揚雄傳長楊賦:"帥軍踤阹,錫戎獲胡。"

2. cuì ㄘㄨㄟˋ 集韻 秦醉切,去,至韻。

㊁聚集。漢揚雄太玄經四逃:"見鷙踤于林。"

踥 qiè ㄑㄧㄝˋ 七接切,入,葉韻,清。

見下。

【踥蹀】行走貌。楚辭屈原九章哀郢:"衆踥蹀而日進兮,美超遠而踰邁。"文中狀衆人之奔走鑽營。

跰 1. bèng ㄅㄥˋ 北孟切,去,映韻,幫。

㊀散走。同"迸"。見"跰跰"。

2. pián ㄆㄧㄢˊ 部田切,平,先韻,並。

㊁見"跰₂躚"、"跰₂蹮"。

【跰跰】奔走貌。漢揚雄太玄經四逃:"上九,利逃跰跰。"注:"九爲其終,終始逃遁,故跰跰也。"

【跰₂躚】星名。史記天官書:"歲陰在巳,星居戌。以四月與奎、婁晨出,曰跰躚。"集解:"一曰'路嶂'。"

【跰₂蹮】行不正貌。莊子大宗師:"其心閒而無事,跰蹮而鑑於井。"疏:"跰蹮,曳疾貌,言曳疾力行。"參閱清鄭珍說文新附考一躚。

踡 quán ㄑㄩㄢˊ 巨員切,平,仙韻,羣。

曲身。見"踡跼"。

【踡跼】屈曲,不能伸直。淮南子精神:"病疵瘕者,……踡跼而諦,通夕不寐。"楚辭漢王逸九思憫上:"踡跼兮寒局,數獨處兮志不申。"

【踡嵼】特起貌,險峻貌。文選漢王文考(延壽)魯靈光殿賦:"崙菌踡嵼,傍欹傾兮。"

踛 lù ㄌㄨˋ 力竹切,入,屋韻,來。

跳。文選晉郭景純(璞)江賦:"夔𧈭翹踛於夕陽,鴛雛弄翮乎山東。"注:"莊子曰:'齕草飲水,翹尾而踛,此馬之真性也。'"今本莊子馬蹄作"翹足而陸"。

踖 1. jí ㄐㄧˊ 資昔切,入,昔韻,精。

㊀跨越。禮曲禮上:"毋踐屨,毋踖席。"疏:"熊氏(安生)以爲踖席猶逆席。逆席謂從下升。"㊁見"踖踖"、"踧踖"。

2. què ㄑㄩㄝˋ 七雀切,入,藥韻,清。

㊂地名。見"踖₂陵"。

【踖₂陵】春秋時地名:左傳莊十九年:"遂伐黄,敗黄師于踖陵。"注:"踖陵,黄地。"在今河南潢川縣西境。黄,嬴姓國,僖公十二年爲楚所滅。

【踖踖】㊀恭敬而敏捷貌。詩小雅楚茨:"執爨踖踖,爲俎孔碩,或燔或炙。"釋文:"此皆便速敏捷於事也。"㊁慚愧貌。漢揚雄太玄經六勤:"勞踖踖,心爽蒙柴不却。"

踦 1. qī ㄑㄧ 去奇切,平,支韻,溪。

㊀一隻脚。管子侈靡:"其獄,一踦腓,一踦屨而當死。"注:"諸侯犯罪者,令著一隻屨以耻之。"㊁跛脚,行不便貌。尚書大傳三:"禹其跳,……其跳者,踦也。"注:"踦,步足不能相過也。"㊂偏於一面。韓非子亡徵:"夫兩堯不能相王,兩桀不能相亡,亡王之機,必其治亂其强弱相踦也。"㊃邪曲。大戴禮八子張問入官:"失言勿踦。"注:"出言既失,勿爲邪途以成之。"㊄奇,偶之對,謂命運不順當。漢書七十段會宗傳谷永與會宗書:"願吾子因循舊貫,毋求奇功,終更亟還,亦足以復雁門之踦。"注:"會宗從沛郡下爲雁門,又坐法免,爲踦隻不偶也。"

2. jǐ ㄐㄧˇ 居綺切,上,紙韻,見。

㊅足脛。爾雅釋蟲:"蠨蛸,長踦。"注:"小蜘蛛長脚者。"㊆偏倚。見"踦₂閭"。

3. qí ㄑㄧˊ

㊇通"崎"。見"踦₃嶇"。

【踦跂】跛,行走不便。國語魯下:"使叔孫豹悉帥敝賦,踦跂畢行,無有處人。"注:"踦跂,跰蹇也。"

【踦₂閭】偏倚。兩人對語,各倚門而語。公羊傳成二年:"二大夫出,相與踦閭而語。"注:"閭,當道門;閉一扇,開一扇,一人在外,一人在内曰踦閭。"參閱清陳立公羊傳義疏五十。

【踦₃嶇】險阻不平。同"崎嶇"。文選晉左太沖(思)魏都賦:"山阜猥積而踦嶇,泉流迸集而咉咽。"

【踦零錢】宋時一種雜税。宋史四三四楊泰之傳:"知果州。踦零錢病民,泰之以一年經費儲其贏爲諸邑對減,上尚書省,按爲定式。"

踐 1. jiàn ㄐㄧㄢˋ 慈演切,上,獮韻,從。

㊀踩,踏。詩大雅行葦:"敦彼行葦,牛羊勿踐履。"㊁臨,足跡所至。莊子讓王:"无道之世,不踐其土。"㊂登,承襲。書蔡仲之命:"蔡叔既没,王命蔡仲踐諸侯位。"參見"踐阼"。㊃實現,實行。左傳僖十五年:"寡人之從君而西也,亦晉之妖夢是踐。"參見"踐言"。㊄依循。論語先進:"不踐迹,亦不入於室。"㊅行列有序貌。詩小雅伐木:"籩豆有踐,兄弟無遠。"箋:"踐,陳列貌。"

2. jiǎn ㄐㄧㄢˇ

㊆剪滅。通"翦"。書蔡仲之命:"成王東伐淮夷,遂踐奄。"

【踐土】春秋鄭地名。故地在今河南原陽西南。春秋魯僖公二十八年四月,晉文公率諸侯之師,敗楚人於城濮,五月諸侯結盟於踐土,即此地。見左傳僖二十八年,盟之載書,見左傳定四年。

【踐石】上馬時的墊脚。戰國策趙二:"當子爲子之時,踐石以上者,皆道子之孝。"宋鮑彪注:"踐石,謂能騎乘者。"

【踐冰】行於冰上。三國志魏陳思王植傳陳審舉之義疏:"今臣與陛下踐冰履炭,登山浮澗,寒温燥濕,高下共之,豈得離陛下哉!"踐冰履炭,喻寒熱同感,休戚與共之意。南史宋江夏文獻王義恭傳論:"自謂踐冰之慮已除,泰山之安可恃,曾未云幾,而磔體分肌。"詩小雅小旻有"戰戰兢兢,如臨深淵,如履薄冰"語,故以踐冰喻處於險境。

【踐年】猶歷年。三國志魏文帝紀"降壇,視燎成禮而反"注:"漢歷世二十有四,踐年四百二十有六。"

【踐言】實行諾言。禮曲禮上:"脩身踐言,謂之善行。"注:"踐,履也,言履而行之。"

【踐形】體現人所天賦的品質。孟子盡心上:"形色,天性也,惟聖人然後可以踐形。"注:"聖人内外文明,然後能以正道履居此美形。"明宋濂宋學士全集贈劉俊民先輩詩:"須知學踐形,庶不慚載覆。"

【踐更】㊀秦漢徭役有更賦。有卒更、過更、踐更之别。貧者得錢,代當值應征者爲卒,稱踐更。史記一〇六吴王濞傳:"卒踐更,輒予平賈。"注:"爲卒者顧其賈。"參見"更賦"。㊁履歷;作官的遷擢升降。宋張方平樂全集二八免知益州表:"周旋侍從之職,踐更清要之津,風議無長,猷爲弗建。"

【踐阼】禮曲禮下:"踐阼,臨祭祀,內事曰孝王某,外事曰嗣王某。"指天子新即位,升宗廟東階以主祭。又文王世子:"成王幼,不能涖阼,周公相,踐阼而治。"阼,指王位前之階。後來逕稱皇帝登極爲踐阼。三國志魏管寧傳王基薦寧表:"陛下踐阼,纂承洪緒。聖敬日躋,超越周成。"

【踐祚】皇帝登位。同"踐阼"。史記三四燕召公世家:"成王既幼,周公攝政,當國踐祚。"參見"踐阼"。

【踐極】謂登帝位。極,屋的正梁;以喻正中高位。南朝宋鮑照鮑氏集十河清頌序:"聖上天飛踐極,迄茲二十有四載。"

【踐履】㊀踐踏。詩大雅行葦:"敦彼行葦,牛羊勿踐履。"㊁身體力行。宋朱熹朱文公集四十答何叔京:"易説序文,敬拜大賜,三復研味,想見前賢造詣之深,踐履之熟。"

【踐墨】遵守法度。孫子九地:"踐墨隨敵,以決戰事。"杜牧注:"墨,規矩也。言我常須踐履規矩,深守法制。"

踞 jù 居御切,去,御韻,見。
ㄐㄩˋ

㊀蹲或坐。左傳襄二四年:"乘皆踞轉而鼓琴。"史記高祖紀:"沛公方踞牀,使兩女子洗足。"㊁憑倚。史記留侯世家:"漢王下馬踞鞍而問曰:'吾欲捐關以東等弃之,誰可與共功者?'"㊂傲慢。通"倨"。漢桓寬鹽鐵論結和:"今有帝名而威不信長城,反賂遺而尚踞傲,此五帝所不忍,三王所畢怒也。"參見"倨傲"。㊃通"鋸"。楚辭大招:"長爪踞牙,誒笑狂只。"參見"鋸牙"。

【踞肆】傲慢放肆。漢書一〇〇上敍傳:"書云'乃用婦人之言',何有踞肆於朝?"

【踞爐炭上】晉書宣帝紀:"(孫)權遣使乞降,上表稱臣,陳説天命。魏武帝(曹操)曰:'此兒欲踞吾著爐炭上邪!'"喻置人於難處之境。

踧 1. dí 徒歷切,入,錫韻,定。
ㄉㄧˊ

㊀平坦貌。見"踧踧"。

2. cù 子六切,入,屋韻,精。
ㄘㄨˋ

㊀驚異貌。漢揚雄法言學行:"或人踧爾曰:旨哉,問鑄金得鑄人!"㊁踢。後漢書六六陳蕃傳:"遂執蕃送黃門北寺獄,黃門從官騶蹋踧蕃曰:'死老魅!復能損我曹員數,奪我曹稟假不?'"㊃緊迫。通"蹙"。三國志魏鍾會傳檄蜀將吏士民:"(孫)壹等窮踧歸命,猶加盛寵,況巴蜀賢知見機而作者哉!"㊄見"踧₂踖"。

【踧₂沺】蹴聚貌。文選晉木玄虛(華)海賦:"葩華踧沺,澒濘潗㵫。"

【踧₂踖】㊀恭敬貌。論語鄉黨:"君在,踧踖如也。"注:"恭敬之貌。"㊁局促不安貌。後漢書四二東平憲王蒼傳:"每會見,踧踖無所措置。"注:"踧踖,謙讓貌也。"世説新語言語:"(陳)韙曰:'小時了了,大未必佳。'文舉(孔融)曰:'想君小時,必當了了。'韙大踧踖。"

【踧踧】平坦貌。詩小雅小弁:"踧踧周道,鞫爲茂草。"

【踧₂踖】退縮。文選晉木玄虛(華)海賦:"噏波則洪漣踧蹜,吹澇則百川倒流。"宋史二六七陳恕傳:"恕斂板踧蹜,退至殿壁負立,若無所容。"

踔 chuō 丑教切,去,效韻,徹。
ㄔㄨㄛ

㊀踢,騰躍。史記一一七司馬相如傳上林賦:"捷垂條,踔稀間。"後漢書六十上馬融傳廣成頌:"踔攳枝,杪標端。"注:"踔,跳也。"㊁超越。後漢書六十下蔡邕傳釋誨:"踔宇宙而遺俗兮,眇翩翩而獨征。"注:"踔,猶越也。"參見"踔絶"。

【踔絶】超越尋常。漢書八一孔光傳:"尚書以久次轉遷,非有踔絶之能,不相踰越。"

【踔遠】遼遠。史記一二九貨殖傳:"(燕)上谷至遼東,地踔遠,人民希,數被寇。"

【踔厲風發】指議論高邁,如風之續至,層出不窮。唐韓愈昌黎集三二柳子厚墓誌銘:"議論證據今古,出入經史百子,踔厲風發,率常屈其座人。"

踝 huái 胡瓦切,上,馬韻,匣。
ㄏㄨㄞ

㊀小腿下連接脚跟兩旁的突起部分。急就篇三:"䠊踝跟踵相近聚。"注:"踝,足之內外踝也。"㊁脚跟。禮深衣:"負繩及踝以應直。"注:"踝,跟也。"

踢 tī 他歷切,入,錫韻,透。
ㄊㄧ

㊀舉足蹴物。景德傳燈錄十九太原孚上座:"師曰:'小狗子不消一踢。'"㊁驚慌貌。漢書八七上揚雄傳河東賦:"河靈矍踢。"

【踢達】錯過。楚辭漢王逸九思遭厄:"徑娵觜兮直馳,御者迷兮失軌。遂踢達兮邪造,與日月兮殊道。"

【踢毽】兒童遊戲名。亦作踢箭。猶南方踢毽子。清李聲振百戲竹枝詞踢毽兒序:"縛雉毛錢眼上,數人更翻踢之,名曰'攢花',幼女之戲也。"參見"毽"。

【踢斛淋尖】明清官府收糧,倉吏爲浮收多得,量米時用脚踢斛,使斛中米因震動而密積充實,謂之踢斛。不用米準刮平斛面,而使米粒滿堆高出成錐形,淋漓下卸,謂之淋尖。清黃六鴻福惠全書八錢穀倉收陋弊:"又有倉胥積惡,……或串同斗級,踢斛淋尖,指稱欠數,停閣倉收。"

踏 tà 他合切,入,合韻,透。
ㄊㄚˋ

㊀踩。本作"蹋"。舊題漢劉歆西京雜記五:"既而相與連臂踏地爲節,歌赤鳳皇來。"晉書王述傳:"雞子圓轉不止,便下牀以屐齒踏之,又不得。"㊁實地察看。見"踏勘"。

【踏月】月下閒步。唐劉禹錫劉夢得集三武陵書懷五十韻詩:"照山畬火動,踏月俚歌喧。"

【踏白】唐宋騎兵番號名。唐司空圖司空表聖文集一紀恩門王公宣城遺事:"公前命寧國兵遮截之,生得踏白數十騎,乃並山引退。"五代梁有王檀官踏白副指揮使,王裕虔李思安爲踏白將(舊五代史梁李思安傳、朱珍傳),吳有鎮海軍踏白使(宋路振九國志吳陳璋傳)。北宋末宗澤留守開封,命岳飛爲踏白使,以五百騎破金兵於氾水(元黃溍日損齋筆記)。

【踏伏】搜捕敵人伏兵。唐段成式酉陽雜俎四喜兆:"劉沔爲小將,軍頭頗易(一曰"異")之,每捉生踏伏,沔必在數。"新五代史安金全傳:"爲人驍果,工騎射,號能擒生踏伏。"

【踏床】坐時承足之具。今稱脚踏。宋史輿服志二:"襯脚席褥、靠背坐褥及踏床各一。"

【踏青】春日郊遊。唐杜甫杜工部詩史補遺四絶句:"江邊踏青罷,回首見旌旗。"宋蘇轍欒城集一記歲首鄉俗寄子瞻詩之一踏青:"江上冰消岸草青,三三五五踏青行。"序云在正月八日。按:古代踏青節的日期,因時地而異,也有在二月二日或三月三日的。後世多以清明出遊爲踏青。參閱元陳元靚歲時廣記十八褉曲江、清顧張思土風錄一踏青。

【踏春】春日郊遊。唐孟郊孟東野集五濟源寒食詩之三:"一日踏春一百迴,朝朝没脚走芳埃。"

【踏逐】㊀覓求,尋訪。宋張綱華陽集十七駮張公裕廨宇指揮狀:"將舊祇候庫房十間,添修充張公裕廨宇,其雜買務別行踏逐。"元周密武林舊事宮中誕育儀例略:"仍令太醫局……合本分踏逐老娘伴人、乳婦抱女、洗澤人等。”㊁宋代選舉名目，由大臣訪問人材，薦請朝廷辟召。宋蘇軾東坡集續集五與鮮于子駿書之三：“故人劉格，道原之親弟，……公若可以踏逐辟召，幸先之，敢保稱職也。”宋史選舉志六：“元祐中左司諫王巖叟言：自罷辟舉而用選格，可以見功過而不可以見人材，中外病之。於是不得已而別爲之名，以用其平日之所信，故有‘踏逐申差’之目，‘踏逐’實薦舉而不與同罪，且選才薦能而謂之‘踏逐’，非雅名也。”

【踏勘】到現場實地調查。宋李石方舟集七論荆鄂兩軍戰守勝勢疏：“今日初八日以出臘爲名，同往新野一帶，踏勘勝勢，意欲合兩軍之力，則戰守俱利也。”清詩別裁二三楊士凝饑民謡：“縣令踏勘初入村，萬戶盡望天家恩。饑民無錢吏胥怒，有名不上官家簿。”

【踏趿】不振作，不順當。宋吳曾能改齋漫録二事始：“俗語以事之不振者爲踏趿。唐人已有此語。酉陽雜俎錢知微賣卜，爲韻語曰：‘世人踏趿，不肯下錢。’”按今本酉陽雜俎六藝絶作“踏踧”。清胡文英吳下方言考十一：“吳中謂人作事遲緩曰踏趿。音塔殺。”

【踏碓】用足踏碓舂米。五燈會元十二：“石室行者，踏碓困甚，忘却下脚。”宋陸游劍南詩稿五五農家歌：“腰鐮卷黃雲，踏碓舂白玉。”

【踏實】切實，穩定牢靠。宋朱熹朱文公集五五答包詳道書：“然觀古人爲學，只是升高自下，步步踏實。”今讀 tāshī。

【踏歌】連手而歌，以足踏地爲節奏。唐李白李太白詩十二贈汪倫：“李白乘舟將欲行，忽聞岸上踏歌聲。”舊唐書睿宗紀：“上元日夜，上皇御安福門觀燈，出内人連袂踏歌。”

【踏餐】吞食。踏，通“噬”。唐李賀歌詩編二感諷之二：“越婦通言語，小姑具黃粱。縣官踏餐去，簿吏復登登。”

【踏蹺】也作踏撬。宋元時，元夕舞隊有踏蹺。猶今之踩高蹺。見元周密武林舊事二舞隊。

【踏五花】北宋皇帝元宵觀燈的一種儀式。宋孟元老東京夢華録六：“正月十四日，車駕幸五嶽觀迎祥池。……御輦圍轉一遭，倒行觀燈山，謂之鵓鴿旋，又謂之踏五花兒。”

【踏地菘】植物名，卽今塌棵菜。宋范成大石湖集二七冬日田園雜興之七：“撥雪挑來踏地菘，味如蜜藕更肥醲。”

【踏莎行】詞調名。唐韓翃詩：“踏莎行草過春谿。”詞名本此。別有喜朝天、柳長春、踏雪行等名；又添字者有轉調踏莎行。雙調，五十八字；轉調者有六十四字、六十六字兩體。見詞譜十三。

【踏歌詞】唐樂曲名。唐玄宗嘗命張説撰元夕御前踏歌詞。樂府詩集八二録唐崔液踏歌詞二首。參閲明楊愼詞品一、胡震亨唐音癸籤十三。

【踏潮歌】唐代新樂府名。唐劉禹錫劉夢得集九踏潮歌引：“元和十年夏五月，終風駕濤，南海羨溢，南人云踏潮也。率三更歲一有之。余爲連州客，或爲予言其狀，因歌之，附于南越志。”參見“沓潮”。

【踏謡娘】南北朝及唐代散樂。唐崔令欽教坊記：“北齊有人姓蘇，鮑鼻，實不仕而自號爲郎中。嗜飲酗酒，每醉輒毆其妻，妻銜悲訴於鄰里。時人弄之，丈夫著婦人衣，徐步入場，行歌每一疊，旁人齊聲和之云：‘踏謡和來，踏謡娘苦和來。’以其且步且歌，故謂之踏謡；以其稱冤，故言苦。及其夫至，則作毆鬭之狀，以爲笑樂。”

【踏破鐵鞋無覓處，得來全不費功夫】古雜劇馬致遠呂洞賓三醉岳陽樓四：“由你揀大處告去愛的做，踏破鐵鞋無覓處，筭來全不費工夫，干喫了半半碗腌臢吐。”古今雜劇元張國賓相國寺公孫汗衫記四：“踏盡鐵鞋無覓處，得其全不費工夫，我那裏不尋，那裏不見？”言平日有心求之而不得，忽一朝無意而得之。

跸 fèi 扶沸切，去，未韻，並。ㄈㄟˋ

㊀斷足，古肉刑之一。也作“剕”。爾雅釋言：“跸，刖也。”㊁脛内，足肚。同“腓”。易艮：“艮其跸。”

踟 chí 直離切，平，支韻，澄。ㄔˊ

見下。

【踟跦】同“踟躕㊀”。文選晉成公子安（綏）嘯賦：“逍遥攜手，踟跦步趾。”五臣本作“踟躕”。

【踟躕】㊀來回走動。詩邶風靜女：“愛而不見，搔首踟躕。”韓詩作“躊躇”，説文作“峙躇”。㊁相連貌。文選漢王文考（延壽）魯靈光殿賦：“西廂踟躕以閑宴，東序重深而奥秘。”㊂古刻漏器，用以承木者。初學記二五殷夔漏刻法：“爲器三重，圓皆徑尺，差立於水輿踟躕之上，爲金龍口吐水，轉注入踟躕經緯之中。”參見“銅龍”。

踒 wō 烏禾切，平，戈韻，影。ㄨㄛ

折，跌傷。韓非子説林下：“此其爲馬也，踒肩而腫膝。”唐韓愈昌黎集二三祭馬僕射文：“顛而不踒，乃得其地。”

【踒跌】跌傷。太平御覽四九七引三國魏文帝（曹丕）典論酒誨：“無不傾倒僵仆，踒跌手足。”

踘 jū 居六切，入，屋韻，見。ㄐㄩ

毬。通“鞠”。見“蹴鞠”。

跾 zhí ㄓˊ

脚掌。古“蹠”字。

【跾盭】足掌扭折。漢書四八賈誼傳陳政事疏：“病非徒瘇也，又苦跾盭。”注：“跾，古蹠字也，音之石反。足下曰蹠，今所呼脚掌是也。盭，古‘戾’字，言足蹠反戾，不可行也。”清胡文英吳下方言考三跾盭：“案跾盭，痛極之意。吳中謂痛極爲直跾盭，亦曰跾盭。”

九畫

蹄 1. tí 杜奚切，平，齊韻，定。ㄊㄧˊ

㊀獸足。同“蹏”。孟子滕文公上：“獸蹄鳥迹之道，交於中國。”㊁捕兔的工具，用以繫兔足，故稱蹄。見“蹄筌”。

2. dì 集韻大計切，去，霽韻。ㄉㄧˋ

㊂踢。同“踶”。禮月令季春之月“游牝別羣，則縶騰駒”漢鄭玄注：“爲其牡氣有餘，相蹄齧也。”釋文：“蹄，踢也。本或作踶。”

【蹄涔】牛馬路上所留足迹中的積水，比喻容量微小。淮南子氾論：“夫牛蹏之涔，不能生鱣鮪。”藝文類聚七八晉郭璞遊仙詩：“東海猶蹄涔，崑崙若蟻堆。”參見“涔蹄”。

【蹄筌】蹄，兔罝；筌，魚笱；爲捕兔及魚的工具。莊子外物：“荃者所以在魚，得魚而忘荃；蹄者所以在兔，得兔而忘蹄；言者所以在意，得意而忘言。”荃，同“筌”。宋書謝靈運傳山居賦：“磻弋靡用，蹄筌誰施。”後常以蹄筌指實現某種目的之手段，或反映事物的迹象。梁釋慧皎高僧傳序録：“原夫至道沖漠，假蹄筌而後彰法致幽凝，藉師保以致用。”陳姚最續畫品序：“自非淵識博見，熟究於精，擯落蹄筌，方窮致理。”

【蹄輪】猶言車馬。唐韓愈昌黎集四酬裴十六功曹巡府西驛塗中見寄詩：“四海日富庶，道塗隘蹄輪。"

踱 duó 徒落切，入，鐸韻，定。
ㄉㄨㄛˊ

㊀赤足踏地。見廣韻。㊁慢步行走。水滸四："離了僧房，信步踱出山門外立地，看着五臺山，喝采一回。"

蹁 pián 部田切，平，先韻，並。
ㄆㄧㄢˊ

見下。

【蹁躚】行不正之貌。文選漢張平子（衡）南都賦："翹遙遷延，蹩躠蹁躚。"此指舞者旋轉之姿。本無正字，莊子大宗師作"跰䠥"，史記一一七司馬相如傳上林賦作"媻姍勃窣"，漢書五七上作"便姍嫳屑"。參閱清鄭珍說文引經考一躚。

踃 qiū 集韻 雌由切，平，尤韻。
ㄑㄧㄡ

㊀蹴踏。莊子秋水"䲡我亦勝我"釋文："䲡，本又作踃。"㊁魚名。明馮時可雨航雜錄下："鮻魚，卽石首魚也，小者曰䲡魚，又名踃魚。"參見"石首魚"。

踳 chǔn 尺尹切，上，準韻，穿。
ㄔㄨㄣˇ

見下。

【踳落】錯謬雜亂。南朝梁劉勰文心雕龍四史傳："爾其實錄無隱之旨，博雅弘辨之才，愛奇反經之尤，條例踳落之失，叔皮（班彪）論之詳矣。"

【踳駮】雜亂。文選晉左太沖（思）魏都賦："非醇粹之方壯，謀踳駮於王義。"梁書伏挺傳與徐勉書："揚生（雄）沉鬱，且猶覆盎；惠子（施）五車，彌多踳駮。"

踾 fú 方六切，入，屋韻，非。
ㄈㄨˊ

見下。

【踾踧】迫蹙貌。文選漢馬季長（融）長笛賦："踾踧攢仄，蜂聚蟻同。"

踸 chěn 丑甚切，上，寑韻，徹。
ㄔㄣˇ

見下。

【踸踔】㊀跛行貌。引申爲遲滯、支絀。文選晉陸士衡（機）文賦："患挈瓶之屢空，病昌言之難屬，故踸踔於短垣，放庸音以足曲。"宋陸游劍南詩稿四八村興："漁翁足踸踔，牧豎手丫叉。"參閱清鄭珍說文新附考一踸踔。㊁迅速滋長。楚辭漢東方朔七諫怨世："蓬艾親入御于牀笫兮，馬蘭踸踔而日加。"注："踸踔，暴長貌也。"

蹀 dié 徒協切，入，怗韻，定。
ㄉㄧㄝˊ

踏，蹈。淮南子俶真："耳分八風之調，足蹀陽阿之舞。"

【蹀血】殺人流血，踏血而行，形容殺人之多。同"喋血"。資治通鑑一九一唐武德九年："既而爲羣下所迫，遂至蹀血禁門，推刃同氣，貽譏千古，惜哉！"參見"喋血"。

【蹀足】猶言頓足。淮南子道應："惠孟見宋康王，蹀足謦欬疾言曰：'寡人之所說者，勇有功也，不說爲仁義者也，客將何以教寡人？'"文又見列子黃帝。

【蹀座】趺坐，箕踞而坐。樂府詩集二五折楊柳歌辭之一："蹀座吹長笛，愁殺行客兒。"

【蹀馬】馬戲。通典一四五樂五雜舞曲："今翔麟鳳苑廄有蹀馬，俯仰騰躍，皆合曲節。"也指按蹀馬動作譜成的樂曲。舊唐書樂志二："及會，先奏坐部伎，次奏立部伎，次奏蹀馬，次奏散樂而畢矣。"

【蹀皺】聚集，積累。文選晉左太沖（思）魏都賦："輿騎朝猥，蹀皺其中。"

【蹀蹀】㊀散亂貌。南朝宋鮑照鮑氏集五過銅山掘黃精詩："蹀蹀寒葉離，㶁㶁秋水積。"㊁緩行貌。宋范成大石湖集十五三月十五日華容湖尾看月出詩："徘徊忽騰上，蹀蹀恐頹墜。"

【蹀躞】㊀小步貌。玉臺新詠一古樂府皚如山上雪之一："蹀躞御溝上，溝水東西流。"宋書樂志三古辭白頭吟作"蹀蹤"。南朝梁鮑照鮑氏集八擬行路難詩之六："丈夫生死會幾時，安能蹀躞垂羽翼？"㊁佩帶上的飾物名。宋陸游劍南詩稿十四軍中雜歌："名王金冠玉蹀躞，面縛纛下聲呱呱。"遼史西夏記："金塗銀帶，佩蹀躞、解錐、短刀、弓矢。"

蹅 chǎ
ㄔㄚˇ

踏，踩。古今雜劇元李文蔚同樂院燕青博魚三："我蹅開門，這廝可走了也。"又秦簡夫東堂老三："你今日有甚臉，落可便蹅着我的門戶？"

【蹅踏】踐踏，糟蹋。元曲選缺名貨郎旦一："你蹅踏的我忒太過，這妮子欺負的我没奈何。"

蹞 kuǐ 丘弭切，上，紙韻，溪。
ㄎㄨㄟˇ

蹞踽，開步貌。見"奎踽"。

蹂 róu 耳由切，平，尤韻，日。
ㄖㄡˊ 人又切，去，宥韻，日。

㊀踐踏。史記項羽紀："王翳取其頭，餘騎相蹂踐爭項王，相殺者數十人。"㊁以手揉搓。通"揉"。詩大雅生民："或舂或揄，或簸或蹂。"參閱清馬瑞辰毛詩傳箋通釋。

【蹂若】踐踏。史記一一七司馬相如傳上林賦："觀徒車之所轔轢，乘騎之所蹂若，人民之所蹈躪，……塡坑滿谷，掩平彌澤。"

【蹂轔】卽"蹂躪"。後漢書八十上杜篤傳論都賦："東擁烏桓，蹂轔濊貊。"

【蹂躪】踐踏，摧殘。漢書八二王商傳："京師民無故相驚，言大水至，百姓奔走相蹂躪。"文選漢班孟堅（固）西都賦："蹂躪其十二三，乃拗怒而少息。"後漢書四十上西都賦作"蹂轔"。

踴 yǒng 集韻 尹竦切，上，腫韻。
ㄩㄥˇ

同"踊"。見集韻。見"踊"。

踶 1. dì 特計切，去，霽韻，定。
ㄉㄧˋ

㊀踢，蹋。莊子馬蹄："夫馬……喜則交頸相靡，怒則分背相踶。"

2. tí 集韻 田黎切，平，齊韻。
ㄊㄧˊ

㊁獸足。同"蹄"。見集韻。

3. zhì 池爾切，上，紙韻，澄。
ㄓˋ

㊂見"踶₃跂"。

4. chí
ㄔˊ

㊃奔馳。通"馳"。見"奔踶"。

【踶₃跂】矜持貌。莊子馬蹄："及至聖人，蹩躠爲仁，踶跂爲義，而天下始疑矣。"

踼 dàng 徒浪切，去，宕韻，定。
ㄉㄤˋ 徒郎切，平，唐韻，定。

跌倒。倉頡篇中："踼，驅馳貌也。亦失跡也。"參見"跌踼"。

【踼趹】跌倒。文選晉左太沖（思）吳都賦："魂褫氣懾而自踼趹者，應弦飲羽。"

踹 1. shuàn 市兗切，上，獮韻，禪。
ㄕㄨㄢˋ

㊀足跟。見玉篇。㊁頓足。淮南子人間："追者至，踹足而怒。"注："踹足，躍足也。"

2. chuài
ㄔㄨㄞˋ

㊂踩。元曲選缺名鴛鴦被三："我便死呵，是張家婦名，怎肯踹到家門徑。"

踰 1. yú 羊朱切，平，虞韻，喻。
ㄩˊ

㊀跳過，超越。同"逾"。詩鄭風將仲子："將仲子兮，無踰我牆。"易謙："謙尊而光，卑而不可踰。"國語吳："亦令右軍銜枚踰江五里以須。"

2. yáo 集韻 餘招切,平,宵韻。
丨ㄠ
㊀通"遥"。見"踰₂言"。

【踰分】超出本分。南史王微傳:"時兄遠免官歷年,微歎曰:'我兄無事而屏廢,我何得而叨忝踰分?'"

【踰₂言】禮投壺:"毋踰言。"注:"踰言,遠談語也。……踰,或爲遥。"

【踰侈】過度奢侈。漢書食貨志上董仲舒説:"富者田連仟陌,貧者亡立錐之地,……荒淫越制,踰侈以相高。"

【踰封】越過邊境。禮雜記下:"婦人非三年之喪,不踰封而弔。"注:"踰封,越竟也,或爲越疆。"

【踰矩】超越法度。論語爲政:"吾十有五而志於學,……七十而從心所欲,不踰矩。"注:"矩,法也。從心所欲,非無法。"

【踰閑】越過範圍。論語子張:"子夏曰:大德不踰閑,小德出入可也。"注:"閑猶法也。"

【踰跗】古醫名。韓詩外傳十:"吾聞中古之爲醫者曰踰跗,踰跗之爲醫也,搦木爲腦,芷草爲軀,吹竅定腦,死者復生。"史記一〇五扁鵲傳、淮南子人間作"俞跗"。見該條。

【踰輪】駿馬名。傳説周穆王八駿之一。見穆天子傳一。列子周穆王:"次車之乘,右服渠黄而左踰輪。"參見"八駿"。

【踰繕那】梵語。古印度計量長度的單位名。見"由旬"。

踵 zhǒng 之隴切,上,腫韻,照。
ㄓㄨㄥˇ
㊀脚後跟。禮曲禮下:"行不舉足,車輪曳踵。"莊子讓王:"納履而踵決。"㊁追逐,跟隨。左傳昭二四年:"吴踵楚,而疆埸無備,邑能無亡乎?"漢書武帝紀元狩四年:"步兵踵軍後數十萬人。"㊂至,到。戰國策齊一:"重踵高宛,使輕車鋭騎衝雍門。"㊃追隨,因襲。漢書刑法志:"天下既定,踵秦而置材官於郡國,京師有南北軍之屯。"

【踵見】接連往見。莊子德充符:"魯有兀者叔山,無趾,踵見仲尼。"注:"踵,頻也。"

【踵武】譬喻繼承前人的事業。武,足迹。楚辭屈原離騷:"忽奔走以先後兮,及前王之踵武。"史記一一七司馬相如傳封禪文:"率邇者踵武,逖聽者風聲。"

【踵門】親至其門。孟子滕文公上:"(許行)自楚之滕,踵門而告文公曰:遠方之人,聞君行仁政,願受一廛而爲氓。"

【踵接】前後相接,喻來者之多。宋詩鈔陳造江湖長翁詩鈔官務詩:"追逮有踵接,狩諜動山積。"宋史三六七李顯忠傳:"入城,宣布德意,不戮一人,中原歸附者踵接。"

【踵決肘見】鞋跟破敝,衣裂露肘。形容貧困之貌。莊子讓王:"曾子居衛,……捉衿而肘見,納屨而踵決。"

【踵事增華】繼續前人的成就,並加增飾,有所提高。南朝梁昭明太子(蕭統)文選序:"蓋踵其事而增華,變其本而加厲,物既有之,文亦宜然。"

踽 jǔ 俱雨切,上,麌韻,見。
ㄐㄩˇ
㊀獨行貌。見"踽踽"。㊁同"傴"。見"踽僂"。

【踽僂】脊梁彎曲。猶言傴僂。文選戰國楚宋玉登徒子好色賦:"其妻蓬頭攣耳,齞脣歷齒,旁行踽僂,又疥且痔。"參見"傴旅"。

【踽踽】孤獨貌。詩唐風杕杜:"獨行踽踽,豈無他人,不如我同父。"傳:"踽踽,無所親也。"孟子盡心下:"古之人,行何爲踽踽涼涼?生斯世也,爲斯世也,善斯可矣。"

十 畫

蹇 1. jiǎn 九輦切,上,獮韻,見。
ㄐㄧㄢˇ
㊀跛,行動遲緩。莊子達生:"汝得全而形軀,具而九竅,无中道夭於聾盲跛蹇而比於人數,亦幸矣。"借喻爲駑劣之馬。漢書一〇〇上敘傳班彪王命論:"是故駑蹇之乘,不騁千里之塗;燕雀之疇,不奮六翮之用。"㊁凝滯,停留。管子水地:"凝蹇而爲人,而九竅五慮出焉。"㊂困苦。宋蘇軾東坡集二病中大雪數日未嘗起……用其韻答之詩:"詩人例窮蹇,秀句出寒餓。"㊃易卦名。六十四卦之一。☶☵艮下坎上。㊄口吃。通"謇"。見"謇吃"。㊅發語詞。通"謇"。楚辭屈原九歌湘君:"君不行兮夷猶,蹇誰留兮中洲。"㊆姓。秦有蹇叔,漢有蹇蘭。見通志二八氏族四。

2. qiān
ㄑㄧㄢ
㊇揭,提起。通"褰"、"攐"。楚辭屈原九章思美人:"因芙蓉而爲媒兮,憚蹇裳而濡足。"

【蹇吃】口吃。北周庾信庾子山集八謝滕王集序啓:"是以精采昏亂,頗同宋玉;言辭蹇吃,更甚揚雄。"宋黄庭堅豫章集七病起荆江亭即事之九:"張子耽酒語蹇吃,聞道潁州又陳州。"

【蹇步】行走艱難。文選南朝宋謝宣遠(瞻)張子房詩:"四達雖平直,蹇步愧無良。"藝文類聚四八南朝梁沈約讓五兵尚書表:"醜貌悴容,不藉鑒於泗水;駑足蹇步,終取躓於鹽車。"

【蹇兔】跛足之兔。戰國策秦三:"以秦卒之勇,車騎之多,以當諸侯,譬若馳韓盧而逐蹇兔也。"

【蹇連】易蹇:"六四,往蹇來連。"注:"往則無應,來則乘剛,往來皆難。"後謂行路艱難爲蹇連。漢蔡邕蔡中郎集外紀述行賦:"塗屯邅其蹇連兮,潦汚滯而爲災。"也指艱難、困厄。文選漢班孟堅(固)幽通賦:"紛屯邅與蹇連兮,何艱多而智寡!"

【蹇剥】易蹇:"蹇,難也。"易剥:"剥,不利有攸往。"後遂謂命運不順當爲蹇剥。唐白居易長慶集二六草堂記:"一旦蹇剥,來佐江郡。"宋范仲淹范文正集尺牘中與韓魏公(琦):"已乞罷使名,改蒲同襄鄧一郡,必有俞旨,孤平蹇剥,所得已多,須求便安,以全衰晚。"

【蹇脩】楚辭屈原離騷:"吾令豐隆乘雲兮,求宓妃之所在;解佩纕以結言兮,吾令蹇脩以爲理。"注:"蹇脩,伏羲之臣也。理,分理也,述禮意也。……使古賢蹇脩而爲媒理也。"後謂媒妁曰蹇脩,本此。聊齋志異辛十四娘:"生不忘蹇修,翼日,往祭其墓。"

【蹇産】屈曲貌。楚辭屈原九章哀郢:"心絓結而不解兮,思蹇産而不釋。"又漢東方朔七諫哀命:"戲疾瀨之素水兮,望高山之蹇産。"也作"嵼嵼",見玉篇。

【蹇愕】忠直敢言。蹇,通"謇";愕,通"諤"。文選晉袁彦伯(宏)三國名臣贊序:"子布(張昭)佐策,致延譽之美;輟哭止哀,有翼戴之功。神情所涉,豈徒蹇愕而已。"也作"蹇諤"。抱朴子君道:"悦狗馬而惡蹇諤。"

【蹇滻】屈曲貌。同"蹇産"。文選晉左太沖(思)蜀都賦:"徑三峽之崢嶸,躡五屼之蹇滻。"亦作"蹇嵼"。唐韓愈昌黎集五贈張籍詩:"開祛露毫末,自得高蹇嵼。"

【蹇滯】困窘,不順遂。唐李咸用披沙集六投知詩:"自是遠人多蹇滯,近來仙牓半孤寒。"

【蹇衛】駑鈍的驢子。衛,指驢。宋岳珂桯史五大小寒引缺名詩:"蹇衛衝風怯曉寒,也隨舉子到長安。"

【蹇澀】㊀步履艱難。唐白居易長慶集

六九夢上山詩："晝行雖蹇澀，夜步頗安逸。"㊁文字生硬，言語遲鈍。唐司空圖司空表聖文集二與李生論詩書："賈浪仙(島)誠有警句，視其全篇，意思殊餒，大抵附於蹇澁，方可致才，亦爲體之不備也。"聊齋志異珠兒："然性絕癡，五六歲尚不辨菽麥，言語蹇澀。"

【蹇蹇】忠直貌。通"謇謇"。易蹇："王臣蹇蹇，匪躬之故。"漢書八九龔遂傳："遂爲人忠厚，剛毅有大節，內諫爭於王，外責傅相，引經義，陳禍福，至於涕泣，蹇蹇亡已。"注："蹇蹇，不阿順之意。"

【蹇人上天】後漢書五行志一："王莽末，天水童謠曰：'出吳門，望緹羣。見一蹇人，言欲上天；令天可上，地上安得民！'後因以蹇人上天指不可能之事。梁書武帝紀上："始安(王蕭遥光)欲爲趙倫，形迹已見，蹇人上天，信無此理。且性甚猜狹，徒取亂機。"趙倫，指晉惠帝時趙王司馬倫。

蹉

cuō 七何切，平，歌韻，清。

ㄘㄨㄛ

㊀差誤。古文苑十四漢揚雄并州牧箴："宗周罔職，日用爽蹉。"㊁過。樂府詩集六七晉張華輕薄篇："孟公結重關，賓客不得蹉。"孟公，漢陳遵字。遵好客，嘗投客車轄於井，使不得去。

【蹉跎】㊀失足，顛蹶。楚辭漢王褒九懷株昭："驥垂兩耳兮，中坂蹉跎。"也作"蹉跑"。文選漢張平子(衡)西京賦："海若游於玄渚，鯨魚失流而蹉跑。"㊁失時，虛度光陰。文選三國魏阮嗣宗(籍)詠懷詩之八："娛樂未終極，白日忽蹉跎。"世說新語自新："(周處)正見清河(陸雲)，具以情告，並云欲自修改，而年已蹉跎，終無所成。"

【蹉跌】失足。比喻失誤。漢書八三朱博傳："功曹後常戰栗，不敢蹉跌，博遂成就之。"後漢書六十下蔡邕傳釋誨："胡老慠然而笑，曰：'若公子，所謂覩曖昧之利而忘昭晢之害；專必成之功，而忽蹉跌之敗者已。"

【蹉對】詩歌對仗中對應詞位置不同，參差爲對。亦稱"交股對"。宋胡仔苕溪漁隱叢話後集二五引藝苑雌黃："僧惠洪冷齋夜話載介甫(王安石)詩云：'春殘葉密花枝少，睡起茶多酒盞疎'，……此一聯以'密'字對'疎'字，以'多'字對'少'字，正交股用之，所謂蹉對法也。"按冷齋夜話二引作王元之(禹偁)詩。

【蹉躔】行走不便貌。漢揚雄太玄經一差："足纍纍，其步蹉躔。"

踖

jí 資昔切，入，昔韻，精。

ㄐㄧˊ

輕步，小步行走。詩小雅正月："謂地蓋厚，不敢不踖。"

【踖地跼天】形容戒慎小心。唐白居易長慶集四四爲宰相讓官表："寵擢非次，憂惶失圖，踖地跼天，不知所措。"參見"跼天踖地"。

蹥

lián

ㄌㄧㄢˊ

見下。

【蹥蹸】曲屈貌。文苑英華三五一南朝梁蕭統(昭明太子)七契："千里之駒，出自余吾，……異態蹥蹸，奇姿猗猗。"

【蹥蹇】口吃貌。猶言蹇連。漢王充論衡物勢："亦或辯口利舌，辭喻横出爲勝；或詘弱綴跲，蹥蹇不比者爲負。"

蹎

diān 都年切，平，先韻，端。

ㄉㄧㄢ

㊀跌倒，僵仆。"顛"的本字。荀子正論："蹎跌碎折，不待頃矣。"注："蹎與顛同，蹶也。"㊁見"蹎蹎"。

【蹎仆】跌倒。同"顛仆"。漢書七二貢禹傳上書："誠恐一旦蹎仆氣竭，不復自還……不勝私願，乞骸骨，及身生歸鄉里，死亡所恨。"

【蹎蹎】遲重徐緩貌。同"填填"。淮南子覽冥："其行蹎蹎，其視暝暝。"注："蹎，讀填寘之填。"

蹍

zhǎn 知演切，上，獮韻，娘。

ㄓㄢˇ

踩，踏。莊子庚桑楚："蹍市人之足，則辭以放驁。"字亦作"蹍"。淮南子修務："欲棄學而循性，是謂猶釋船而欲蹍水也。"

蹋

tà 徒蓋切，入，盍韻，定。

ㄊㄚˋ

踩，踢。同"踏"。漢書六三武五子傳："山陽男子張富昌爲卒，足蹋開戶。"

【蹋地】歌舞時以足踏地作節拍。後漢書八五東夷傳："常以五月田竟祭鬼神，晝夜酒會，羣聚歌舞，舞輒數十人相隨蹋地爲節。"

【蹋鼓】古時歌者著屨舞於鼓上，踏步與鼓聲合拍。周禮春官鞮鞻氏漢鄭玄注："鞻，讀如屨也。鞮屨，四夷舞者所屝也。今時倡蹋鼓沓行者，自有屝。"三國志魏楊阜傳："(曹)洪置酒大會，令女倡著羅縠之衣，蹋鼓，一坐皆笑。"

【蹋頓】人名。漢末獻帝時，烏桓丘力居死，從子蹋頓有武略，代立。建安初，助袁紹破公孫瓚，賜單于印綬。及紹敗，曹操自征烏桓，戰敗被殺，其餘衆悉徙居中國。見後漢書九十烏桓傳。

【蹋歌】連手而歌，踏地以爲節。同"踏歌"。資治通鑑二〇六唐聖曆元年："(閻)知微與虜連手蹋萬歲樂於城下，將軍陳令英在城上謂曰：'尚書位任非輕，乃爲虜蹋歌，獨無慙乎！'"

【蹋鴟】金人頭巾名。宋周煇北轅録："無貴賤，皆著尖頭靴；所頂巾謂之蹋鴟。"(說郛五四)宋范成大石湖集十二蹋鴟巾序："接送伴田彥皋愛予巾褁，求其樣，指所戴蹋鴟，有愧色。"詩："重譯知書自貴珍，一生心愧蹋鴟巾。"

【蹋鞠】即蹴鞠。古代的一種習武之戲。史記六九蘇秦傳："臨菑甚富而實，其民無不吹竽鼓瑟，彈琴擊筑，鬬雞走狗，六博蹋鞠者。"集解引劉向別録："蹋鞠，兵勢也，所以練武士，知有材也，皆因嬉戲而講練之。"戰國策齊一作"蹹踘"。漢書五五霍去病傳作"蹋鞠"。漢書藝文志兵家技巧著録蹵鞠二十五篇。

【蹋壁】㊀緊靠牆壁。隋書薛道衡傳："道衡每至構文，必隱坐空齋，蹋壁而卧。"㊁壁上行走。南史羊侃傳："嘗於兗州堯廟蹋壁，直上至五尋，横行得七跡。"

【蹋百草】古代荆楚民俗，每年端午節，民出門蹋百草。見初學記四南朝梁宗懍荆楚歲時記。

【蹋虎車】獵車名。宋書禮志五："獵車，輞轆輪，畫繆龍繞之。一名闟猪車。魏文帝改曰蹋虎車。"晉書輿服志以避唐王朝祖先李虎諱，改作"蹋獸車"。

蹈

dǎo 徒到切，去，号韻，定。

ㄉㄠˇ

㊀踏，投。莊子達生："至人潛行不窒，蹈火不熱，行乎萬物之上而不慄。"㊁頓足。禮樂記："嗟歎之不足，故不知手之舞之，足之蹈之也。"㊂實行。穀梁傳隱元年："若隱者，可謂輕千乘之國，蹈道則未也。"㊃悼痛。詩小雅菀柳："上帝甚蹈，無自暱焉。"箋："蹈讀曰悼……今幽王暴虐，不可以朝事，甚使我心中悼病，是以不從而暱之。"韓詩外傳引詩作"慆"。

【蹈海】赴海，投身入海。史記八三魯仲連傳："彼秦者，弃禮義而上首功之國也，權使其士，虜使其民，卽肆然而爲帝，過而爲政於天下，則連有蹈東海而死耳，吾不忍爲之民也。"後漢書八三逸民傳論："故蒙恥之賓，屢黜不去其國；蹈海之節，千乘莫移其情。"

【蹈節】信守節操。晉書元帝紀："孤，罪人也，惟有蹈節死義，以雪天下之恥，庶贖鈇鉞之誅。"又忠義傳序："雖背恩亡義之徒，不可勝載，而蹈節輕生之士，無乞於時。”

【蹈舞】臣下朝賀時對皇帝表示敬意的一種儀節。唐白居易長慶集一賀雨詩：“蹈舞呼萬歲，列賀明庭中。”新唐書二〇一杜審言傳：“後武后召審言，將用之，問曰：‘卿喜否？’審言蹈舞謝。”

【蹈厲】頓足以示猛厲。形容舞時動作的威武。禮樂記：“發揚蹈厲之已蚤，何也？對曰：及時事也。”舊唐書音樂志一貞觀十四年八座議：“鍾律革音，播鏗鏘於饗燕；羽籥成列，申蹈厲於烝嘗。”參見“發揚蹈厲”。

【蹈襲】因襲沿用。宋沈遼雲巢編二新作小屏詩：“蹈襲已陳語，何爲浪逡巡？”陳師道后山詩注十一贈田從先：“落筆如流寧蹈襲，行前應敵卻紛紜。”

【蹈躪】踐踏。亦作“蹈藉”。史記一一七司馬相如傳上林賦：“乘騎之所蹂若，人民之所蹈躪。”三國志吳諸葛恪傳：“魏軍驚擾散走，爭渡浮橋，橋壞絶，自投於水，更相蹈藉。”

【蹈虎尾】喻身臨危境。書君牙：“心之憂危，若蹈虎尾，涉于春冰。”

【蹈常習故】猶言墨守陳規。宋蘇軾東坡集應詔七伊尹論：“後之君子，蹈常而習故，惴惴焉懼不免於天下。”習，亦作“襲”。清黃宗羲南雷文案撰杖集張心友詩序：“即唐之詩亦非無蹈常襲故充其膚廓而神理蔑如者。”

蹊 1. xī ㄒㄧ 胡雞切，平，齊韻，匣。

㊀小路。莊子馬蹄：“山無蹊隧，澤無舟梁。”史記一〇九李將軍傳論：“諺曰‘桃李不言，下自成蹊。’”㊁踩踏。左傳宣十一年：“牽牛以蹊人之田，而奪之牛。牽牛以蹊者信有罪矣；而奪之牛，罰已重矣。”

2. qī ㄑㄧ

㊂見“蹊₂蹺”。

【蹊要】小路險要之處。三國志魏田疇傳：“時方夏水雨，而濱海洿下，濘滯不通，虜亦遮守蹊要，軍不得進。”

【蹊徑】小路，山路。晏子春秋雜上：“昔者嬰之治阿也，築蹊徑，急門閭之政，而淫民惡之。”也指門徑，路子。荀子勸學：“將原先王，本仁義，則禮正其經緯蹊徑也。”

【蹊₂蹺】奇怪，可疑。同“蹺蹊”。朱子語類二六論語八：“仁者之過，只是理會事錯了，無甚蹊蹺。”古今雜劇元關漢卿蝴蝶夢一：“子細尋思，兩回三次，這場蹊蹺事，走的我氣咽聲絲，恨不的兩肋生雙翅。”

【蹊田奪牛】宋葉夢得石林燕語十：“歐陽文忠（脩）時爲翰林學士，因疏包孝肅（拯）攻二人，以爲不可而己取之，不無蹊田奪牛之意。”即乘人有罪，罰過其當，從中謀利之意。參見“蹊㊁”。

蹌 qiāng ㄑㄧㄤ 七羊切，平，陽韻，清。

㊀行走有節奏。詩齊風猗嗟：“美目揚兮，巧趨蹌兮。”㊁起舞。文選南朝宋鮑明遠（照）舞鶴賦：“始連軒以鳳蹌，終宛轉而龍躍。”

【蹌捍】疾馳貌。文選漢傅武仲（毅）舞賦：“良駿逸足，蹌捍凌越。”注：“蹌捍，馬走疾之貌。言馬駿逸奔突而走。”

【蹌蹌】㊀步趨有節奏貌。詩小雅楚茨：“濟濟蹌蹌，絜爾牛羊，以往烝嘗。”荀子大略作“濟濟鎗鎗”。㊁起舞貌。書益稷：“笙鏞以間，鳥獸蹌蹌。”傳：“鳥獸化德，相率而舞，蹌蹌然。”㊂飛躍奔騰貌。漢書八七上揚雄傳校獵賦：“秋秋蹌蹌，入西園，切神光。”注：“秋秋蹌蹌，騰驤之貌。”

蹣 pán ㄆㄢ 集韻 蒲官切，平，桓韻。

跛行貌。同“蹒”。玉篇：“蹣，蹣跚也。”見下。

【蹣跚】跛行貌。宋陸游劍南詩稿五六園中小飲：“鬢毛雖蕭颯，脚力未蹣跚。”

【蹣躃】退縮盤旋貌。同“盤辟”、“般辟”。南齊書王融傳上疏：“匈奴以氈帳爲帷牀，馳射爲糇糧，……節其揖讓，教以翔趨，必同艱桎梏，等懼冰淵，婆娑蹣躃，困而不能前已。”

蹏 tí ㄊㄧ 杜奚切，平，齊韻，定。

古“蹄”字。㊀獸足。莊子徐无鬼：“濡需者，豕蝨是也，擇疏鬣自以爲廣宮大囿，奎蹏曲限，乳間股脚，自以爲安室利處。”漢書九一貨殖傳：“故曰陸地牧馬二百蹏。”注：“蹏，古蹄字。”㊁奔走。淮南子修務：“夫墨子跌蹏而趍千里以存楚宋。”注：“跌，疾行也。蹏，趨走也。”

【蹏噭】古時數馬，以蹄、口合計。蹏，馬蹄。噭，馬口。漢書九一貨殖傳：“馬蹏噭千。”注：“噭，口也。蹄與口共千，則爲馬二百也。”史記一二九貨殖傳作“蹄躈”。

【蹏氏觀】漢宮觀名。史記孝武紀：“是時上求神君，舍之上林中蹏氏觀。”漢書郊祀志上作“磃氏館”。

十一畫

蹔 zàn ㄗㄢ 藏濫切，去，闞韻，從。

暫時。同“暫”。列子楊朱：“以若之治外，其法可蹔行於一國，未合於人心。”

蹙 cù ㄘㄨ 子六切，入，屋韻，精。

也作“蹴”。㊀急促，緊迫。詩小雅小明：“曷云其還？政事愈蹙。”㊁減縮。詩大雅召旻：“昔先王受命，有如召公，日辟國百里。今也，日蹙國百里。”㊂皺縮。管子水地：“夫玉溫潤以澤，仁也。……堅而不蹙，義也。”注：“蹙，屈聚也。”參見“蹙頞”。㊃接近，迫近。周禮考工記弓人：“夫角之本，蹙於剒而休於氣。”㊄恭敬謹愿貌。儀禮士相見禮：“始見于君，執摯至下，容彌蹙。”注：“蹙，猶促也。促，恭慤貌也。”㊅蹋，踏。同“蹴”。禮曲禮上：“以足蹙路馬芻，有誅。”釋文：“蹙，本又作蹴。”南史劉穆之傳：“一蹙自造青雲，何至與駑馬爭路。”

【蹙戎】古代弈戲之一。也作“蹙融”。即格五。唐李匡乂資暇集中：“今有弈局，取一道人行五棊，謂之蹙融，融宜作戎。此戲生於黃帝蹙鞠，意在軍戎也，殊非圓融之義。庾元規（亮）著座右方，所言蹙戎者，今之蹙融也。”參見“格五”。

【蹙沓】密集迫近貌。唐李白李太白詩三春日行：“因出天池泛蓬瀛，樓船蹙沓波浪驚。”

【蹙金】用金絲銀線刺繡成皺紋狀的織品。唐杜甫杜工部草堂詩箋四麗人行：“繡羅衣裳照暮春，蹙金孔雀銀麒麟。”

【蹙咨】棗名。一名大白，核小、肉厚。見廣羣芳譜五八果棗。

【蹙剩】浮收的賦稅。宋徽宗大觀五年五月，臣僚上言朝廷，言推行方田法之初，外路官吏不遵詔令，輒於舊管稅額外，增出稅數，號爲蹙剩。見文獻通考五田賦五歷代田賦之制。

【蹙頞】眉頭緊皺。憂愁貌。孟子梁惠王下：“百姓聞王鐘鼓之聲，管籥之音，舉疾首蹙頞而相告。”

【蹙融】古代弈戲之一。同“蹙戎”。即格五。唐段成式酉陽雜俎續集四貶誤：“小戲中於弈局一枰，各布五子角遲速，名蹙融。予因讀（庾亮）座右方，謂之蹙戎。”宋張表臣珊瑚鉤詩話二：“融者，戎也，生於黃帝蹙鞠戎旅之間爲戲耳。……漢謂之格五，取五子相格之義以名之耳。”參見“蹙戎”。

【蹩蹩】㊀局促，不舒展。詩小雅節南山：“我瞻四方，蹩蹩靡所騁。”箋：“蹩蹩，縮小之貌。”㊁褊急，急躁。爾雅釋訓：“速速、蹩蹩，惟，逑，鞫也。”清郝懿行義疏：“然則速速與蹩蹩，皆爲褊急之意。”

【蹩凌水】黄河水隨季節漲落，人舉物候爲水勢之名。十一月十二月斷冰雜流，乘寒復結，稱蹩凌水。見宋史河渠志一。

蹜 sù ㄙㄨˋ 所六切，入，屋韻，山。

見下。

【蹜蹜】步足相接，足步密而狹貌。論語鄉黨：“勃如戰色，足蹜蹜如有循。”禮玉藻：“執龜玉，舉前曳踵，蹜蹜如也。”疏：“蹜蹜如也，言舉足狹數蹜蹜如也。”

蹢 1. zhí ㄓˊ 直炙切，入，昔韻，澄。

㊀見“蹢躅”。

2. zhì ㄓˋ

㊁投。通“擿”。莊子徐无鬼：“齊人蹢子於宋者，其命閽也，不以完。”釋文：“蹢，呈以反，投也。”

3. dí ㄉㄧˊ 都歷切，入，錫韻，端。

㊂獸蹄。詩小雅漸漸之石：“有豕白蹢，烝涉波矣。”傳：“蹢，蹄也。”

【蹢躅】徘徊不進貌。猶言踟躕。易姤：“羸豕孚蹢躅。”釋文：“蹢，一本作蹄，古文作蹜。躅，本亦作躅，古文作𨇾。”禮三年問：“蹢躅焉，踟躕焉，然後乃能去之。”注：“蹢躅，不行也。”

【蹢躅】同“蹢躅”。莊子秋水：“蹢躅而屈伸，反要而語極。”唐成玄英疏：“蹢躅，進退不定之貌。”

蹠 zhí ㄓˊ 之石切，入，昔韻，照。

㊀踐，踩。楚辭屈原九章哀郢：“心嬋媛而傷懷兮，眇不知其所蹠。”㊁至。淮南子原道：“自無蹠有，自有蹠無，終始無端，莫知其所萌。”㊂足跟，脚掌。戰國策楚一：“上峥山，踰深谿，蹠穿膝暴。”淮南子說山：“善學者，若齊王之食雞，必食其蹠，數十而後足。”㊃背，背上。史記六九蘇秦傳：“以韓卒之勇，被堅甲，蹠勁弩，帶利劍，一人當百，不足言也。”㊄人名。同“跖”。孟子盡心上：“雞鳴而起，孳孳爲利者，蹠之徒也。”

【蹠蹻】盜蹠與莊蹻。傳說古之大盜。慎子：“湯武非得伯夷之民而治，桀紂非得蹠蹻之民以亂也，民之治亂在於上，國之安危在於政。”淮南子主術：“明分以示之，則蹠蹻之姦止矣。”

蹟 jì ㄐㄧˋ 資昔切，入，昔韻，精。

道，法度。同“迹”。詩小雅沔水：“念彼不蹟，載起載行。”傳：“不蹟，不循道也。”箋：“彼，諸侯也。諸侯不循法度，妄興師出兵。”

蹣 1. pán ㄆㄢˊ 薄官切，平，桓韻，並。

㊀見“蹣跚”。

2. mán ㄇㄢˊ 母官切，平，桓韻，明。

㊁踰牆。見廣韻。

【蹣連】旋轉貌。文苑英華三五二梁何遜七召：“步想象以頓足，腕蹣連而拂面。”

【蹣跚】㊀旋轉貌。唐張彥遠法書要錄五竇臮述書賦上：“婆娑蹣跚，綽約文質。”㊁跛行貌。全唐詩六一〇皮日休上真觀：“天鈞鳴響亮，天祿行蹣跚。”天祿，獸名。宋范成大石湖集四病中夜坐呈致遠詩：“便當採藥西山去，脚力蹣跚怕遠游。”

蹛 1. dài ㄉㄞˋ 當蓋切，去，泰韻，端。

㊀環繞。見“蹛林”。

2. zhì ㄓˋ 直例切，去，祭韻，澄。

㊁居積，停滯。通“墆”、“滯”。史記平準書：“日者，大將軍攻匈奴，斬首虜萬九千級，留蹛無所食。”參見“蹛₂財”。

【蹛林】㊀匈奴秋社，繞林而祭，謂之蹛林。史記一一〇匈奴傳：“秋，馬肥，大會蹛林，課校人畜計。”索隱：“服虔云：‘音帶。匈奴秋社八月中皆會祭處。’”漢書九四上匈奴傳顏師古注：“蹛者，遶林木而祭也。鮮卑之俗，自古相傳，秋天之祭，無林木者，尚豎柳枝，衆騎馳遶三周迺止，此其遺法。”㊁州名。唐有蹛林州，屬隴右道，初隸燕然都護府，後隸涼州都督府。在今甘肅秦安縣東北。見新唐書地理志七下。

【蹛₂財】積蓄錢財。史記平準書：“於是縣官大空，而富商大賈或蹛財役貧，轉轂百數。”集解：“漢書音義曰：‘蹛，停也。一曰貯也。’”漢書食貨志下作“墆財”。

蹴 cù ㄘㄨˋ

㊀縮。同“蹩”。左傳成十六年：“其卦遇復☷☳，曰：‘南國蹴，射其元王中厥目。國蹴王傷，不敗何待？’㊁同“蹙”。見“蹴繩”。㊂成爲，成就。文選三國魏陳孔璋(琳)爲袁紹檄豫州：“被以虎文，獎蹴威柄。”三國志魏袁紹傳注引魏氏春秋作“蹩”。

【蹴竦】恐懼不安貌。文選漢揚子雲(雄)羽獵賦：“徒角槍題注，蹴竦讋怖，魂亡魄失，觸輻關脰。”注：“蹴與蹩同。爾雅曰：竦，慴，懼也。”

【蹴蹐】小步。南朝宋鮑照鮑氏集二尺蠖賦：“冰炭弗觸，鋒刃靡迕，逢嶮蹴蹐，值夷舒步。”

【蹴蹜】退縮不前。唐韓愈昌黎集十九與鄂州柳中丞書又一首：“握兵之將，熊羆貙虎之士，畏懦蹴蹜，莫肯杖戈爲士卒前行者。”

【蹴繩】即鞦韆戲。唐韓愈昌黎集八城南聯句：“蹴繩覲娥婺，鬭草擷璣珵。”注：“蹴或作蹵。”

蹕 bì ㄅㄧˋ 卑吉切，入，質韻，幫。

㊀古代帝王出行時，禁止行人以清道。說文作“趩”。周禮天官閽人：“大祭祀、喪紀之事，設門燎，蹕宮門廟門。”注：“蹕，止行者。”晉崔豹古今注上輿服：“警蹕，所以戒行徒也。周禮蹕而不警，秦制出警入蹕，謂出軍者皆警戒，入國者皆蹕止也。”後因以指帝王的車駕或行幸之處。舊五代史李茂貞傳：“朱玫之亂，唐僖宗再幸興元，文通扈蹕山南，論功第一。”㊁站立不正。漢劉向列女傳一周室三母：“古者婦人姙子，寢不側，坐不邊，立不蹕。”

【蹕路】古代帝王出行時，禁行人，清道路，謂之蹕路。宋書樂志四三國魏曹植孟冬篇：“蚩尤蹕路，風弭雨停。”晉書石季龍載記上侍中韋謏諫：“深願陛下清宮蹕路，思二神爲元鑒，不可忽天下之重，輕行斤斧之間。”也指帝王行經之路。全唐詩五二宋之問松山嶺應制：“塵銷清蹕路，雲溼從臣衣。”

蹡 1. qiāng ㄑㄧㄤ 七羊切，平，陽韻，清。

㊀步行貌。說文作“𨆪”。

2. qiàng ㄑㄧㄤˋ 七亮切，去，漾韻，清。

㊁脚步不穩當或行動不便利的樣子。見“踉蹡”。

【蹡蹡】有節奏貌。同“𨆪𨆪”、“蹌蹌”。說文“𨆪”引詩：“管磬蹡蹡。”今詩周頌執競作“磬筦將將”。

蹞 kuǐ ㄎㄨㄟˇ 玉篇羌捶切。

半步。說文作“趌”。同“跬”。見下。

【蹞步】半步。荀子勸學:"故不積蹞步,無以至千里。"又脩身:"故蹞步而不休,跛鼈千里;累土而不輟,丘山崇成。"

蹝 xǐ 所綺切,上,紙韻,山。ㄒㄧ

草履。説文作"躧"。孟子盡心上:"舜視棄天下,猶棄敝蹝也。"文選漢司馬長卿(相如)長門賦:"舒息悒而增欷兮,蹝履起而彷徨。"

蹤 zōng 卽容切,平,鍾韻,精。ㄗㄨㄥ

同"踪"。㊀踪迹。史記蕭相國世家:"高帝曰:'夫獵,追殺獸兔者狗也,而發蹤指示獸處者人也。'"漢書八七上揚雄傳河東賦:"軼五帝之遐迹兮,躡三皇之高蹤。"㊁追隨。隋書煬帝蕭皇后傳述志賦:"質菲薄而難蹤,心恬愉而去惑。"

【蹤跡】㊀按行踪影迹追查,追踪。史記七五孟嘗君傳:"湣王乃驚,而蹤跡驗問,孟嘗君果無反謀,乃復召孟嘗君。"㊁行動所留的痕迹。唐李白李太白詩六估客行:"譬如雲中鳥,一去無蹤迹。"

十二畫

蹵 cù ㄘㄨˋ

同"蹴"。參見"蹴"字各條。

【蹵然】恭敬貌。孟子公孫丑上:"曾西蹵然曰:'吾先子之所畏也。'"

【蹵蹵】驚悚不安貌。莊子天運:"子貢蹵蹵然立不安。"

【蹵瓶伎】古雜技名。文獻通考一四七樂二十散樂百戲:"蹵瓶伎,蓋蹵其瓶使上於鐵鋒杖端,或水精丸與瓶相植,回旋而不失也。"

蹷 jué 其月切,入,月韻,羣。ㄐㄩㄝ

同"蹶"。見"蹶"字各條。

蹩 bié 蒲結切,入,屑韻,並。ㄅㄧㄝ

也作"蹴"。見下。

【蹩躠】㊀跛行、盡力以前貌。莊子馬蹄:"及至聖人,蹩躠爲仁,踶跂爲義,而天下始疑矣。"疏:"蹩躠,用力之貌。"㊁旋行起舞貌。唐盧照鄰幽憂子集四五悲悲人生:"鐘鼓玉帛,蹩躠踴躍。"

蹴 cù 七六切,入,屋韻,清。ㄘㄨˋ

㊀踐踏。孟子告子上:"蹴爾而與之,乞人不屑也。"注:"蹴,蹋也。"㊁踢。晉書祖逖傳:"中夜聞荒雞鳴,蹴(劉)琨覺曰:'此非惡聲也。'"㊂蹴然。驚悚、恭敬狀。莊子寓言:"陽子蹴然變容曰:'敬聞命矣。'"禮哀公問:"孔子蹴然避席而對曰:'仁人不過乎物。'"

【蹴毬】唐變古蹴鞠戲爲蹴毬。其法:植兩脩竹,高數丈,絡網於上爲門以度毬,毬工分左右朋以角勝負。唐白居易長慶集五六洛橋寒日作詩:"蹴毬塵不起,潑火雨新晴。"參閱文獻通考一四七樂二十散樂百戲。

【蹴鞠】古代軍中習武之戲。類似今之足球賽。後漢書三四梁冀傳:"性嗜酒,能挽滿、彈棊、格五、六博、蹴鞠之戲。"注:"劉向別錄曰:'蹴鞠者,傳言黄帝所作,或曰起戰國之時。蹋鞠,兵埶也,所以講武知有材也。"唐韋應物韋江州集七寒食後北樓作詩:"遥聞擊鼓聲,蹴鞠軍中樂。"也作"蹴鞠"(史記一〇五倉公傳)、"蹵鞠"(漢書五一枚乘傳)、"蹋鞠"(漢書五五霍去病傳)。

蹳 zhé 集韻 直列切,入,屑韻,澄。ㄓㄜˊ

車輪碾過的痕迹。同"轍"。列子説符:"若此者絶塵弭蹳。"

蹲 dūn 徂尊切,平,魂韻,從。ㄉㄨㄣ

㊀踞。似坐而臀下着地。莊子外物:"蹲乎會稽,投竿東海。"㊁聚置。左傳成十六年:"潘尫之黨與養由基蹲甲而射之,徹七札焉。"㊂見"蹲蹲"。

【蹲循】退聽之貌。猶言逡巡。莊子至樂:"忠諫不聽,蹲循勿爭。"

【蹲䠞】踞坐。文選漢王文考(延壽)魯靈光殿賦:"玄熊蚺蜥以齗齗,却負載而蹲䠞。"注:"廣雅:'蹲䠞,踞也。'"也作"蹲夷"。後漢書二五魯恭傳上疏諫:"蹲夷踞肆,與鳥獸無別。"

【蹲鋒】書法的一種筆勢。凡作趯筆時,用力一頓,隨將筆鋒上挑,稱爲蹲鋒。明張紳法書通釋上八法:"趯者,挑也。而謂之趯者,其法借勢於努,蹲鋒得勢而出,期於倒收。"

【蹲鴟】㊀大芋。史記一二九貨殖傳"吾聞汶山之下,沃野,下有蹲鴟,至死不飢。"正義:"蹲鴟,芋也。"文選晉左太沖(思)蜀都賦:"交讓所植,蹲鴟所伏。"㊁書法側筆(點)的筆勢。明張紳法書通釋上八法:"側,蹲鴟而墜石。"

【蹲蹲】㊀起舞貌。詩小雅伐木:"坎坎鼓我,蹲蹲舞我。"注:"蹲蹲,舞貌。"㊁行有節貌。漢書八七上揚雄傳河東賦:"穆穆肅肅,蹲蹲如也。"注:"蹲蹲,行有節也。"

【蹲鶚】飲酒時拳令用指的代稱。唐皇甫松醉鄉日月:"招手令云:亞其虎膺,曲其松根,以蹲鶚間虎膺之下,以鉤戟差玉柱之旁。"注:"虎膺,手掌也;松根,指節也;蹲鶚,大指也;鉤戟,頭指也;玉柱,中指也。"(宋曾慥類説四三)。按蹲鶚亦作蹲鴟。

蹭 cèng 千鄧切,去,嶝韻,清。ㄘㄥˋ

見下。

【蹭蹬】文選晉木玄虛(華)海賦:"或乃蹭蹬窮波,陸死鹽田。"本指海水近陸,水勢漸次削弱之貌。詩文中常譬喻人的困頓失意。唐李白李太白詩十一贈張相鎬之二:"晚途未云已,蹭蹬遭讒毁。"高適高常侍集五送蔡山人詩:"我今蹭蹬無所似,看爾崩騰何若爲。"

蹺 qiāo 去遥切,平,宵韻,溪。ㄑㄧㄠ

㊀舉足。宋司馬光司馬温公詩話引丁謂蹴踘詩:"躡來行數步,蹺後立多時。"㊁見"蹺捷"。

【蹺捷】舉動敏捷。金史禮志拜天:"已而擊毬,各乘所常習馬,持鞠杖。……皆所以習蹺捷也。"

【蹺欹】俗謂事違常道曰蹺欹。宋陳亮龍川集二十甲辰答朱元晦書:"曹孟德本領一有蹺欹,便把捉天地不定,成敗相尋,更無着手處。"朱子語類二九論語十一:"如一件物事相似,自恁地平平正正,更不著得些子蹺欹;是公鄉里人去説這般所在,却都勞攘了。"

【蹺墊】唐時用錢,每千文扣去若干,謂之蹺墊,卽後世所稱扣串。宋高承事物紀原十布帛雜事蹺墊:"(唐)憲宗朝,吴元濟、王承宗拒命,經費盡竭。皇甫鎛建議,内外用錢,每緡墊二十,民間墊陌至七十。穆宗卽位來,米鹽每陌錢墊七八,所在用錢墊不一,詔從風俗所宜。則蹺墊之起,自唐皇甫鎛也。今俗謂明除者爲蹺,暗蹺者爲墊。"參閱新唐書食貨志四。

【蹺蹊】奇怪,可疑。元王實甫西廂記五本四折:"有這般蹺蹊的事!"古今名劇元岳伯川鐵拐李四:"這廝説話,有些蹺蹊,你是甚麽人?"

躇 1. chú 直魚切,平,魚韻,澄。ㄔㄨˊ

㊀踐踏貌。列子天瑞:"若躇步跐蹈,終日在地上行止,奈何憂其壞?"注:"四字皆踐踏之貌。"㊁見"躊躇"。

2. chuò 集韻 勑略切,入,藥韻。ㄔㄨㄛˋ

㊂不順次而行。公羊傳宣六年:"趙盾知之,躇階而走。"按一本作"辵",音同。見校勘記。

【躇跱】停住不前。文選魏嵇叔夜(康)琴賦:"寬明弘潤,優遊躇跱。"注:"躇跱,躊躇竦跱。"喻琴聲低緩,若斷若續。

蹶 1. jué ㄐㄩㄝˊ 居月切,入,月韻,見。

亦作"蹷"。㊀顛仆。孟子公孫丑上:"今夫蹶者、趨者是氣也而反動其心。"引申爲挫敗、損失。史記六五孫子傳:"兵法,百里而趨利者蹶上將。"㊁踏,用脚推。史記九五汝陰侯傳:"漢王急,馬罷,虜在後,常蹶兩兒(孝惠、魯元)欲棄之。"漢書四一夏侯嬰傳蹶作"蹳"。㊂竭盡。漢書食貨志上賈誼說:"生之者甚少,而靡之者甚多,天下財産,何得不蹶?"㊃病名。突然暈倒。史記一〇五倉公傳:"菑川王病,召臣意診脈,曰:'蹶上爲重。'"正義:"蹶,逆氣上也。"參見"厥㊂"。

2. guì ㄍㄨㄟˋ 居衛切,去,祭韻,見。

㊄動。文選戰國楚宋玉風賦:"蹶石伐木,梢殺林莽。"㊅行急貌。禮曲禮上:"足毋蹶。"國語越下:"蹶而趨之。"㊆蹶然,疾起貌。逸周書太子晉:"師曠蹶然起曰:'瞑臣請歸。'"

【蹶角】額角叩地。文選南朝梁丘希範(遲)與陳伯之書:"朝鮮、昌海,蹶角受化。"

【蹶泄】棗名。爾雅釋木:"蹶泄,苦棗。"清郝懿行義疏:"蹶泄者,今登萊人謂物之短尾者爲蹶泄,音若蹶雪。棗形肥短,故以爲名。"

【蹶張】㊀以脚踏弩,使之張開。史記九六申屠嘉傳:"以材官蹶張,從高帝擊項籍,遷爲隊率。"㊁以手足支拄物體。唐段成式酉陽雜俎九盜俠:"有婢晨治地,見紫衣帶垂於寢牀下,視之,乃小奴蹶張其牀而負焉,不食三日而力不衰。"

【蹶₂蹶₂】㊀急遽貌。引申爲勤奮。詩唐風蟋蟀:"好樂無荒,良士蹶蹶。"㊁驚動貌。莊子至樂:"俄而柳生其左肘,其意蹶蹶然惡之。"

蹢 tǎn ㄊㄢˇ 字彙 丑犯切,音毯。

猶踏歌。古文苑四漢揚雄蜀都賦:"蹢凄秋,發陽春。"注:"蹢,以足踏地而歌。"

蹼 xuǎn ㄒㄩㄢˇ 息絹切,去,線韻,心。區倦切,去,線韻,溪。

捕鳥獸的網。說文作"罥",引逸周書(文傳)"不卵不蹼,以成鳥獸(之長)。"今本逸周書作"不麛不卵"。參閱清朱右曾集訓校釋三。

蹬 1. dèng ㄉㄥˋ 徒亘切,去,嶝韻,定。

㊀見"蹭蹬"。

2. dēng ㄉㄥ

㊁同"登"。漢隸長蔡湛頌:"三載勳最,功蹬王府。"(隸釋五)㊂以足踏物。西遊記七:"猛睁眼看見光明,他就忍不住,將身一縱,跳出丹爐,唿喇的一聲蹬倒八卦爐,往外就走。"

蹳 bō ㄅㄛ 集韻 北末切,入,末韻。

㊀踏,用脚推。漢書四一夏侯嬰傳:"項羽大破漢軍,漢王不利馳去,見孝惠魯元載之。漢王急,馬罷,虜在後,常蹳兩兒棄之。"㊁見"蹳剌"。

【蹳剌】魚躍聲。唐李白李太白詩十九酬中都吏攜斗酒雙魚於逆旅見贈:"雙鰓呀呷鰭鬣張,蹳剌銀盤欲飛去。"

蹪 tuí ㄊㄨㄟˊ 杜回切,平,灰韻,定。

顛仆。猶躓。淮南子人間:"人莫蹪於山而蹪於垤,故人皆輕小害,易微事以多悔。"

蹼 pǔ ㄆㄨˇ 博木切,入,屋韻,幫。

禽鳥趾間相連的膜。爾雅釋鳥:"鳧鴈醜,其足蹼。"

蹯 fān ㄈㄢ 附袁切,平,元韻,並。

獸足。左傳文元年:"冬,十月(商臣)以宮甲圍成王,王請食熊蹯而死。"注:"熊掌難熟,冀久將有外救。"又宣二年:"宰夫胹熊蹯不熟,殺之。"呂氏春秋過理作"蹞"。

蹹 tá ㄊㄚˊ 徒合切,入,合韻,定。

踐,踢。同"蹋"。晉書張軌傳:"長史王融、參軍孟暢蹹折(張)鎮檄,排閤入諫。"參見"蹹鞠"。

【蹹鞠】即蹴鞠。戰國策齊一:"蘇秦爲趙合從,說齊宣王曰:……臨淄甚富而實,其民無不吹竽鼓瑟,擊筑彈琴,鬭雞走犬,六博蹹鞠者。"參見"蹴鞠"。

蹺 1. qiāo ㄑㄧㄠ 去遥切,平,宵韻,溪。

㊀舉足。同"蹻"。見"蹺足"。

2. jiǎo ㄐㄧㄠˇ 居夭切,上,小韻,見。

㊁壯武。見"蹺₂蹺₂"。

3. jué ㄐㄩㄝˊ 居勺切,入,藥韻,見。

㊂屐,鞋。通"屩"。戰國策秦一:"嬴縢履蹺。"史記七六虞卿傳:"躡蹺檐簦,說趙孝成王。"集解:"徐廣曰:'蹺,草履也。'"㊃不堅固貌。呂氏春秋情欲:"意氣易動,蹺然不固。"注:"謂其流行速疾,不堅固之貌。"

【蹺足】踮起脚跟。同"翹足"。漢書高帝紀下十二年:"大臣内畔,諸將外反,亡可蹺足待也。"史記作"翹足"。按喻快速。又八七下揚雄傳長楊賦:"自上仁所不化,茂德所不綏,莫不蹺足抗手,請獻厥珍。"按有企望意。

【蹺₂勇】勇武多力。新唐書二〇二宋之問傳:"初之問父令文,富文辭,且工書,有力絶人,世稱三絶。……既之問以文章起,其弟之悌以蹺勇聞,之愻精草隸,世謂皆得父一絶。"

【蹺捷】身手輕靈敏捷。文選三國魏曹子建(植)七啓:"蹺捷若飛,蹈虛遠蹠。"魏書尒朱兆傳:"少驍猛,善騎射,手格猛獸,蹺捷過人。"

【蹺₂蹺₂】㊀勇武貌。詩周頌酌:"蹺蹺王之造,載用有嗣,實維爾公允師。"詩魯頌泮水:"魯侯戾止,其馬蹺蹺。"㊁驕縱貌。詩大雅板:"老夫灌灌,小子蹺蹺。"

十三畫

躉 dǔn ㄉㄨㄣˇ 字彙補 音敦,上聲。

清曹寅奏押運賑米到淮情形摺:"漕臣桑格嚴行戒諭,載米到彼,止許升斗零星糶與貧民,不許求速躉售。"

【躉船】停大舟岸旁,以備他舟往來行旅上下及囤積貨物的船。清梁廷枏夷氛紀聞一:"每千六百八十觔爲一躉,約三百躉爲一船,故名躉船。"

躄 bì ㄅㄧˋ 必益切,入,昔韻,幫。

跛。同"躃"。史記七六平原君傳:"民家有躄者,槃散行汲。"

蹞 fān ㄈㄢ 附袁切,平,元韻,並。

同"蹯"。獸足。見集韻。呂氏春秋過理:"(晉靈公)使宰人臑熊蹞,不熟,殺之。"左傳宣二年作"蹯"。

躐 liè ㄌㄧㄝˋ 集韻 力涉切,入,葉韻。

㊀踐踏。同"躐"。見該條。㊁經過。通"獵"。文選晉左太沖(思)蜀都賦:"躐蹈蒙籠,涉躐寥廓。"唐呂向注:"涉獵,經過

也。寥廓，山谷幽遠貌。”

躃 bì 房益切，入，昔韻，並。ㄅㄧˋ

足不能行。禮王制：“瘖、聾、跛、躃斷者，侏儒、百工，各以其器食之。”

【躃踊】椎胸頓足。極言哀痛之狀。同“辟踊”、“擗踊”。晉書慕容熙載記：“苻氏死，熙悲號躃踊，若喪考妣。”

【躃躃】行走緩慢貌。唐李賀歌詩編二感諷之二：“奇俊無少年，日車何躃躃。”

𨇉 jù 集韻 居御切，去，御韻。ㄐㄩˋ

㊀踞，以足據持。漢書一〇〇上敍傳班彪答賓戲：“應龍潛於潢汙，魚黿媟之，不覩其能奮靈德，合風雲，超忽荒，而𨇉顥蒼也。”注：“𨇉，以足據持也。……𨇉音戟。”㊁手據地。見集韻。

躁 zào 則到切，去，号韻，精。ㄗㄠˋ

㊀急躁，浮躁。說文作“趮”。論語季氏：“言未及之而言，謂之躁。”易繫辭下：“躁人之辭多。”疏：“以其煩躁，故其辭多也。”㊁狡猾。通“剿”。荀子富國：“躁者皆化而愨。”

【躁進】急於進取。多指熱中於功名仕宦。唐李商隱李義山文集五祭張書記文：“良時不來，躁進爲恥。”新五代史唐蕭希甫傳：“希甫性褊而躁進。”

【躁競】急於與人比高下，爭權勢。文選三國魏嵇叔夜（康）養生論：“今以躁競之心，涉希靜之塗，意速而事遲，望近而應遠，故莫能相從。”北齊顏之推顏氏家訓省事：“世見躁競得官者，便爲弗索何獲。”

蠋 1. zhú 直錄切，入，燭韻，澄。ㄓㄨˊ

㊀見“躑蠋”。

2. zhuó ㄓㄨㄛˊ

㊁足迹。引申指事迹、門徑。漢書一〇〇上敍傳班嗣報桓譚書：“伏周孔之軌蠋，馳顏閔之極摯。”注：“鄭氏曰：‘蠋，迹也。’”唐韓愈昌黎集三四南陽樊紹述墓誌銘：“文從字順各識職，有欲求之此其蠋。”㊂踏。逸周書太子晉：“師曠東蠋其足曰：‘善哉，善哉！’”注：“東蠋，踏也。”

躈 qiào 集韻 詰弔切，去，嘯韻。ㄑㄧㄠˋ

脊骨的末端，肛門。史記一二九貨殖傳：“馬蹄躈千。”集解：“徐廣曰：‘躈音苦弔反，馬八髎也。’”漢書九一貨殖傳作“馬蹄噭千。”注：“噭，口也。蹄與口共千，則爲二百也。”

十 四 畫

𨇨 qīng 去盈切，平，清韻，溪。ㄑㄧㄥ 苦定切，去，徑韻，溪。

用一條腿走路。唐陸龜蒙甫里集四江南秋懷寄華陽山人詩：“項豈重瞳聖，夔猶一足𨇨。”

躋 jī 相稽切，平，齊韻，精。ㄐㄧ 子計切，去，霽韻，精。

登，升。詩商頌長發：“湯降不遲，聖敬日躋。”疏：“湯之下士尊賢甚疾而不遲也，其聖明恭敬之德日升而不退也。”

【躋攀】登攀。唐韓愈昌黎集五聽穎師彈琴詩：“躋攀分寸不可上，失勢一落千丈强。”

躊 chóu 直由切，平，尤韻，澄。ㄔㄡˊ

見下。

【躊竚】猶豫不前。同“躊躇”。南朝宋鮑照鮑氏集三代櫂歌行：“驚波無留連，舟人不躊竚。”

【躊躇】㊀徘徊不前，猶豫。楚辭宋玉九辯：“事亹亹而覬進兮，蹇淹留而躊躇。”漢書九七上李夫人傳武帝悼李夫人賦：“何靈魂之紛紛兮，哀裴回以躊躇。”注：“躊躇，住足也。”㊁從容自得貌。莊子養生主：“提刀而立，爲之四顧，爲之躊躇滿志。”

躍 1. yuè 以灼切，入，藥韻，喻。ㄩㄝˋ

㊀跳。詩大雅旱麓：“鳶飛戾天，魚躍于淵。”

2. tì ㄊㄧˋ

㊁見“躍₂躍₂”。

【躍冶】莊子大宗師：“今之大冶鑄金，金踊躍曰：‘我且必爲鏌鋣，大冶必以爲不祥之金。’”鏌鋣，即莫邪，傳說是吳匠干將爲吳王所鑄的寶劍名。後以喻自炫，求有所表現。宋范仲淹范文正公集二十金在鎔賦：“昔麗水而隱晦，今躍冶而光亨。”

【躍馬】策馬馳騁騰躍。喻富貴得志。史記七九蔡澤傳：“吾持粱刺齒肥，躍馬疾驅，懷黃金之印，結紫綬於要，揖讓人主之前，食肉富貴，四十三年足矣。”文選晉左太沖（思）吳都賦：“躍馬疊跡，朱輪累轍。”

【躍躍】喜悅貌。唐韓愈昌黎集二一韋侍講盛山十二詩序：“夫得利則躍躍以喜，不利則戚戚以泣。”

【躍₂躍₂】疾跳貌。詩小雅巧言：“躍躍毚兔，遇犬獲之。”藝文類聚六六晉夏侯湛獵兔賦：“擢輕足之甇甇，振遊形之躍躍。”

【躍鱗】㊀魚躍。文選晉潘安仁（岳）西征賦：“華魴躍鱗，素鱮揚鬐。”㊁謂跳過龍門的鯉魚。喻人登上顯赫的地位。唐李白李太白詩二古風之一：“羣才屬休明，乘運共躍鱗。”

【躍馬年】指獵取功名富貴的時機。多謂科擧應試的日期。唐王維王右丞集三贈從弟司庫員外絿詩：“徒聞躍馬年，苦無出人智。”

十 五 畫

躔 chán 直連切，平，仙韻，澄。ㄔㄢˊ

㊀踐，經歷。文選晉左太沖（思）吳都賦：“習其敝邑而不覩上邦者，未知英雄之所躔也。”㊁日月運行五星的度次，指其行經的軌跡。方言十二：“日運爲躔，月運爲逡。”又星辰運行亦稱躔。見“躔次”、“躔度”。㊂足跡。爾雅釋獸：“麇，……其跡躔。”注：“脚所踐處。”

【躔次】日月星辰運行的軌迹。唐韓愈昌黎集九和崔舍人詠月詩：“赫奕當躔次，虛徐度杳冥。”宋沈括夢溪筆談七象數一：“若不用太陽躔次，則當日當時日月、五星、支干、二十八宿，皆不應天行。”

【躔度】用以標誌日月星辰在天空運行的度數。古人把周天分爲三百六十度，劃爲若干區域，辨別日月星辰的方位。舊題漢劉歆西京雜記四：“公孫乘爲月賦，其詞曰：‘月出皦兮，君子之光。……躔度運行，陰陽以正。’”宋陸游老學庵筆記三：“崇寧中，長星出，推步躔度，長七十二萬里。”

躕 chú 直誅切，平，虞韻，澄。ㄔㄨˊ

見“踟躕”。

【躕躇】來回走動。同“踟躕”。後漢書四九仲長統傳：“躕躇畦苑，遊戲平林。”

躑 zhí 直炙切，入，昔韻，澄。ㄓˊ

㊀住足。也作“蹢”。㊁見“躑蠋㊀”。

【躑蠋】㊀住足，踏步不前。同“蹢蠋”。文選戰國宋玉神女賦：“奮長袖以正衽兮，立躑蠋而不安。”荀子禮論：“躑蠋焉，踟躕焉然後能去之也。”也作“躑躅”。文選晉陸士衡（機）答張士然詩：“逍遙春王圃，躑躅千畝田。”㊁花名。羊躑躅、山躑躅的簡稱。即杜鵑花。宋陸游劍南詩稿四三東園小飲："高枝濯濯辛夷紫，密葉深深躑躅紅。"

躚 xiān 蘇前切，平，先韻，心。ㄒㄧㄢ

見下。

【躚躚】旋舞貌。文選晉左太沖(思)蜀都賦："紆長袖而屢舞，翩躚躚以裔裔。"

躓 zhì 陟利切，去，至韻，知。ㄓ

㊀跌倒。同"跲"。左傳宣十五年："及輔氏之役，(魏)顆見老人結草以亢杜回，杜回躓而顛，故獲之。"㊁困頓，挫折。新唐書一六六杜牧傳："而牧回躓不自振，頗怏怏不平。"

【躓頓】失敗挫折。晉書庾亮傳附庾翼上表："加以向冬，野草漸枯，往反二千，或容躓頓，輒便隨事挑量，權停此舉。"

【躓閡】失敗而進退無據。三國志魏毌丘儉傳注引文欽與郭淮書："孤軍梁昌，進退失所，還據壽春。壽春復去，狼狽躓閡，無復他計，惟當歸命大吳，借兵乞食，繼踵伍員耳。"

躒 1. lì 郎擊切，入，錫韻，來。ㄌㄧˋ

㊀走動。大戴禮七勸學："騏驥一躒，不能千里。"

2. luò 盧各切，入，鐸韻，來。ㄌㄨㄛˋ

㊁見"卓躒"。

躐 liè 良涉切，入，葉韻，來。ㄌㄧㄝ

㊀踐踏。楚辭屈原九歌國殤："凌余陣兮躐余行，左驂殪兮右刃傷。"㊁超越。禮檀弓上："及葬毀宗，躐行出于大門，殷道也。"參見"躐席"、"躐等"。㊂持，拿。通"擸"。後漢書五二崔駰傳達旨："當其無事，則躐纓整襟，規矩其步。"史記一二七日者傳作"獵纓正襟危坐"，躐、獵皆爲"擸"之借字。

【躐席】越前而登席。禮玉藻："登席不由前爲躐席。"注："升必由下也。"賓席在戶西，以西頭爲下。賓升席自西方，故注云："升必由下也。"行禮之時人各一席，如相離稍遠，可以由下而升。若布席稍密，或數人共一席，必須由前乃可得己之座；若不由前，爲躐席。

【躐進】越次擢升。新唐書八三諸帝公主太平公主傳："有所論薦，或自寒穴躐進至侍從，旋踵將相。"

【躐等】謂不循次序，越級而進。禮學記："幼者聽而弗問，學不躐等也。"唐杜牧樊川集一雪中書懷詩："向來躐等語，長作陷身機。"

躗 wèi 火怪切，去，怪韻，曉。ㄨㄟ

㊀謬誤，詐僞。見"躗言"。㊁踢。宋賈昌朝羣經音辨六："足相躗曰踦。"

【躗言】過謬不足信的話。左傳哀二四年："君卑政暴，往歲克敵，今又勝都，天奉多矣，又焉能進，是躗言也，役將班矣。"注："躗，户快切，謂過謬之言；服(虔)云：僞不信言也。"

十七畫

躠 sà 桑割切，入，曷韻，心。ㄙㄚˋ

見"蹩躠"。

躟 rǎng 如兩切，上，養韻，日。ㄖㄤˇ

疾行貌。文選漢傅武仲(毅)舞賦："攑躟就駕，僕夫正策。"

躞 xiè 蘇協切，入，怗韻，心。ㄒㄧㄝˋ

㊀軸心。宋米芾書史："古囊織標可復得，白玉爲躞黃金題。"指用白玉爲軸心的書畫卷軸。㊁見下。

【躞蹀】往來小步貌。唐白居易長慶集五五初到洛下閒遊詩："曾在東方千騎上，至今躞蹀馬頭高。"也作"踥蹀"、"躡蹀"。

躚 xiān 集韻 相然切，平，僊韻。ㄒㄧㄢ

見"跰₂躚"。

十八畫

躡 niè 尼輒切，入，葉韻，娘。ㄋㄧㄝˋ

㊀踩。戰國策秦四："(韓)康子履魏桓子，躡其踵。"㊁登。方言一："躡，……登也。自關而西，秦晉之間曰躡。"文選晉左太沖(思)詠史詩之二："世胄躡高位，英俊沈下僚。"㊂緊隨在後。三國志魏鄧艾傳："(楊)欣等追躡於疆川口，大戰，(姜)維敗走。"

【躡景】景，同"影"。㊀追趕日影。喻極快。三國魏曹植曹子建集九七啓："忽躡景而輕騖，逸奔驥而超遺。"㊁馬名。秦始皇的名馬之一。晉崔豹古今注中鳥獸："秦始皇有七名馬：追風、白兔、躡景、犇電、飛翮、銅爵、晨鳧。"

【躡跟】曳履。史記一二九貨殖傳"女子則鼓鳴瑟，跕屣，游媚貴富。"南朝宋裴駰集解引張晏："跕，屣也。"又引臣瓚："躡跟爲跕也。"

【躡蹀】往來小步貌。文選漢張平子(衡)南都賦："脩袖繚繞而滿庭，羅襪躡蹀而容與。"

【躡空草】神話中草名。舊題漢郭憲洞冥記："有掌中芥，葉如松，取其子置掌中，吹之而生，一吹長一尺，至三尺而止。……食之，能空中孤立，足不躡地，亦名躡空草。"

【躡蹻檐簦】謂遠行。蹻，草鞋；簦，長柄雨笠。皆遠行用具。史記七六虞卿傳："虞卿者，游說之士也。躡蹻檐簦，說趙孝成王。"也作"躡屩檐簦"。史記七九范睢傳："夫虞卿躡屩檐簦，一見趙王，賜白璧一雙，黃金百鎰。"

躤 jì 慈夜切，去，禡韻，從。ㄐㄧˋ

踐踏。也作"藉"。史記一一七司馬相如傳上林賦："乘騎之所蹂若，人民之所蹈躤。"

【躤柳】騎射術之一種。宋程大昌演繁露十三："壬辰三月三日，在金陵預閱李顯忠司馬兵，最後折柳環插毬場，軍士馳馬射之，其矢鏃闊於常鏃，略可寸餘，中之輒斷，名曰躤柳。"

躢 tà 徒盍切，入，盍韻，定。ㄊㄚˋ

踐踏。同"蹋"。漢書五五霍去病傳："其在塞外，卒乏糧，或不能自振，而去病尚穿域躢鞠也。"史記作"蹋鞠"。

躣 jù 其俱切，平，虞韻，羣。ㄐㄩˊ

見下。

【躣躣】行走貌。楚辭宋玉九辯："左朱雀之茇茇兮，右蒼龍之躣躣。"洪興祖補注："躣躣，行貌。"

躖 tuǎn 吐緩切，上，緩韻，透。ㄊㄨㄢˇ

足迹。說文作"躖"。見下。

【躖躖】獸跡。楚辭漢王逸九思悼亂："鹿蹊兮躖躖，貒貉兮蟫蟫。"

十九畫

躧 xǐ 所綺切，上，紙韻，山。ㄒㄧˇ 所蟹切，上，蟹韻，山。

同"屣"、"蹝"。㊀無跟的小鞋。漢書地理志下："女子彈弦跕躧，游媚富貴。"注："躧字與屣同。屣謂小履之無跟者也。"㊁皮鞋。戰國策燕："燕趙之棄齊也，猶釋弊躧。"注："革履也。"㊂曳履而行。漢書七一雋不疑傳："不疑容貌尊嚴，衣冠甚偉，(暴)勝之躧履起迎。"注："履不著跟曰躧。躧謂納履未正，曳之而行，言其遽也。"

【躧步】輕快的步伐。文選晉左太沖(思)魏都賦："易陽壯容，衛之稚質；邯鄲躧步，趙之鳴瑟。"文選南朝宋謝靈運永初三年七月十六日之郡初發都詩："李牧愧長袖，郤克慚躧步。"

二十畫

躨 kuí ㄎㄨㄟˊ 渠追切，平，脂韻，羣。

見下。

【躨跜】動貌。文選漢王文考(延壽)魯靈光殿賦："虯龍騰驤以蜿蟺，頷若動而躨跜。"亦作"夔跜"。南朝齊謝朓謝宣城集一三日侍華光殿曲水宴代人應詔詩之八："河宗躍踼，海介夔跜"。

躪 lìn ㄌㄧㄣˋ 集韻 良刃切，去，震韻。

車輪碾壓。文選漢班孟堅(固)西都賦："蹂躪其十二三，乃拗怒而少息。"後漢書三十上班固傳作"蹂蹸"。

【躪藉】欺壓傷害。新唐書七六武后傳："太后自見諸武王非天下意，……恐百歲後爲唐宗室躪藉無死所，卽引諸武及相王太平公主誓明堂，告天地，爲鐵券使藏史館。"

【躪轢】踐踏輾壓，傷害之意。鶡冠子度萬："生物無害，爲之父母，無所躪轢。"唐李白李太白集一大獵賦："雖躪轢之已多，猶拗怒而未歇。"一作"轔轢"。

躩 jué ㄐㄩㄝˊ 居縛切，入，藥韻，見。

㊀疾行貌。論語鄉黨："君召使擯，色勃如也，足，躩如也。"參見"躩步"。㊁跳躍。淮南子精神："熊經鳥伸，鳧浴蝯躩。"

【躩步】疾步。莊子山木："莊周遊於雕陵之樊，都一異鵲自南方來者，……蹇裳躩步，執彈而留之。"釋文："躩，司馬(彪)云：疾行也。案卽論語云'足躩如也'。"

身 部

身 1. shēn ㄕㄣ 失人切，平，真韻，審。

㊀身軀的總稱。楚辭屈原九歌國殤："身既死兮神以靈，子魂魄兮爲鬼雄。"左傳襄三十年："亥有二首六身。"引申爲物件的主體部分。如樹幹曰樹身。爾雅釋木："樅，松葉柏身。檜，柏葉松身。㊁自我，自身。爾雅釋詁下："朕、余、躬，身也。"注："今人亦自呼爲身。"韓非子五蠹："五有老父，身死，莫之養也。"也指自身的品節、行爲、才力等。論語學而："吾日三省吾身。"又："事君能致其身。"㊂親自。墨子非儒下："取妻身迎，祗褍爲僕，如仰嚴親。"三國志蜀趙雲傳："(諸葛)亮令雲與鄧芝往拒，而身攻岐山。"㊃懷孕。詩大雅大明："大任有身，生此文王。"

2. yān ㄧㄢ

㊄見"身₂毒"。

【身三】佛教中有"三業"之説，指身、口、意三方面的活動。戒身業的，一不殺生，二不偷盗，三不邪淫，稱爲身三。參見"三業"、"業障"。

【身火】佛教比喻人慾。廣弘明集二八下梁簡文帝謝敕爲建涅槃懺啟："冀慧雨微垂，卽滅身火；梵風纔起，私得清涼。"

【身分】㊀人在社會上的地位、資歷等統稱爲身分。宋書王僧達傳求徐州啟："固宜退省身分，識恩之厚，不知報答，當在何期。"北齊顏之推顏氏家訓省事："吾自南及北，未嘗一言與時人論身分也。"㊁模樣，體態。金董解元西廂七："甚娘身分！駝腰與龜胸，包牙缺上邊唇。"

【身手】謂武藝。北齊顏之推顏氏家訓誡兵："頃世亂離，衣冠之士，雖無身手，或聚徒衆，違棄素業，徼幸戰功。"唐杜甫杜工部草堂詩箋九哀王孫："朔方健兒好身手，昔何勇鋭今何愚。"

【身世】人生的經歷、遭遇。北周庾信庾子山集二哀江南賦序："傅燮之但悲身世，無處求生；袁安之每念王室，自然流涕。"元詩選黄庚月屋漫藁暮春："百年身世成何事？回首西山又落暉。"

【身外】自身之外。管子問："身外事謹，則聽其名。"晉陸機陸士衡集一豪士賦："夫以自我之量，而挾非常之勳，……豈識乎功在身外，任出才表者哉！"

【身圭】見"信圭"。

【身材】身體的高矮肥瘦。才調集二缺名雜詞詩："三十六峯猶不見，況伊如燕這身材。"宋楊無咎逃禪詞蝶戀花："穩稱身材輕綽約，微步盈盈。"

【身₂毒】古印度的音譯。史記一二三大宛傳："大夏……，其東南有身毒國。"集解引徐廣："身，或作'乾'，又作'訖'。"索隱："身音乾，毒音篤。孟康云：'卽天竺也，所謂浮圖胡也。'"又史記一一六西南夷傳"身毒國"索隱："身音捐。"參閱梁書中天竺國傳。

【身段】體態。多形容女性。宋柳永樂章集荔枝香詞："遥認衆裏盈盈好身段。"

【身後】死後。晉陸機陸士衡集十晉平西將軍孝侯周處碑："徇高位於生前，思垂名於身後。"晉書張翰傳："使我有身後名，不如卽時一杯酒。"

【身根】指男性生殖器。觀佛三昧海經八："太子晝寢，皆聞諸女欲見太子馬陰藏相，……太子於其根處出白蓮華，其色紅白，……是時華中忽有身根如童子形，……忽有身根如是漸漸如丈夫形。"

【身教】以自己的實際行動，對人進行教育。後漢書四一第五倫傳上疏："故曰：其身不正，雖令不行；以身教者從，以言教者訟。"宋李呂澹軒集二師正堂詩："物我雖殊理本同，算來身教易爲功。"

【身錢】卽人口税。宋陳師道後山談叢三："吴越錢氏，人成丁，歲賦錢三百六十，謂之身錢。民有至老死不冠者。"參見"身丁錢"。

【身丁錢】卽人口税。此制自漢始，歷代相沿，但名稱各異，賦額不一。宋時稱身丁錢或丁錢。宋陸游劍南詩稿三四豐年行："縣前歸來傳好語，黄紙續放身丁錢。"參見"丁賦"、"丁錢"。

【身邊人】卽貼身侍女。宋廖瑩中江行雜録："京都中下之户，不重生男。每生女則愛護如捧璧擎珠。甫長成，則隨其姿質，教以藝業，用備士大夫採拾娱侍，名目不一，有所謂身邊人、本事人、供過人、針線人、前堂人、劇雜人、拆洗人、琴童、棋童、廚娘，等級截乎不紊，就中廚娘最爲下色，然非極富貴家不可用。"

【身先士卒】作戰時將領衝在士兵之前。三國志吴孫輔傳："(孫)策西襲廬江太守劉勳，輔隨從，身先士卒，有功。"

【身名俱泰】名譽地位都安穩，生活舒適。世説新語汰侈："士當令身名俱泰，何至以甕牖語人。"

【身言書判】唐代選拔人材的標準。新

唐書選舉志下:"凡擇人之法有四:一曰身,體貌豐偉;二曰言,言辭辯正;三曰書,楷法遒美;四曰判,文理優長。四事皆可取,則先德行;德均以才,才均以勞。"

【身輕言微】身分卑下,言論主張不爲人之所重。猶言人微言輕。後漢書七六孟嘗傳:"同郡楊喬上書薦嘗曰:'臣前後七表,言故合浦太守孟嘗,而身輕言微,終不蒙察。'"

【身體力行】淮南子汜論有"故聖人以身體之"語,禮中庸有"力行近乎仁"語,後人因以身體力行指由自己的體驗,努力實踐。明章懋楓山集三答東陽徐子仁書:"但不能身體力行,則雖有所見,亦無所用。"

三 畫

躬 gōng ㄍㄨㄥ 居戎切,平,東韻,見。

說文作"躳"。㊀身體。詩大雅烝民:"王命仲山甫式是百辟。纘戎祖考,王躬是保。"史記一一七司馬相如傳難蜀父老:"躬胝無胈,膚不生毛。"㊁親自。詩小雅節南山:"弗躬弗親,庶民弗信。"左傳成十三年:"文公躬擐甲冑,跋履山川。"又引申爲自身。詩邶風谷風:"我躬不閱,遑恤我後。"㊂彎身。管子霸形:"桓公變躬遷席,拱手而問曰:'敢問何謂其本?'"參見"躬圭"。㊃箭靶的上下幅。儀禮鄉射禮:"倍中以爲躬,倍躬以爲左右舌。"疏:"身謂中,上下中各橫接一幅布者。"㊄姓。見元和姓纂一東。

【躬圭】古代諸侯朝見天子所持的六瑞之一。周禮春官大宗伯:"以玉作六瑞以等邦國,王執鎮圭……侯執信圭,伯執躬圭。"注:"身圭、躬圭,蓋皆象以人形爲瑑飾,文有麤縟耳。"清孫詒讓正義:"伸圭、躬圭,同像人形爲瑑飾,而伸圭人形直,躬圭人形微曲。"參見"六瑞"、"信圭"。

【躬行】親身實踐,身體力行。論語述而:"子曰:'文,莫吾猶人也,躬行君子,則吾未之有得。'"宋陸游劍南詩稿四二冬夜讀書示子聿之三:"紙上得來終覺淺,絕知此事要躬行。"

【躬身】㊀自身。國語越下:"王若行之,將妨於國家,靡王躬身。"㊁俯身示敬。宋吳自牧夢粱錄一車駕詣景靈宮孟饗:"天武官前導引,至官寮起居亭,高聲喝曰:躬身不要拜,唱喏,直身立,奏聖躬萬福,嵩呼而行。"

【躬耕】㊀古代皇帝耕籍田之禮。禮月令孟春之月:"乃擇元辰,天子親載耒耜,措之于參保介御之間,帥三公九卿諸侯大夫,躬耕帝籍。"㊁親治農事。文選三國蜀諸葛孔明(亮)出師表:"臣本布衣,躬耕於南陽,苟全性命於亂世,不求聞達於諸侯。"

【躬桑】古代后妃親自採桑,表示重視蠶事。禮月令季春之月:"后妃齋戒,親東鄉躬桑。"注:"后妃親採桑,示帥先天下也。"

【躬稼】親治農事。論語憲問:"禹稷躬稼而有天下。"注:"馬(融)曰:禹盡力於溝洫,稷播百穀,故曰躬稼。"晉書食貨志:"百畝之田,十一而稅,九年躬稼,而有三年之蓄。"

五 畫

躲 shè ㄕㄜˋ 神夜切,去,禡韻,神。

射本字。說文:"躲,弓弩發於身而中於遠也。从矢从身。射,篆文躲,从寸;寸,法度也,亦手也。"今經傳皆從篆文作"射"。參見"射"。

六 畫

躲 duǒ ㄉㄨㄛˇ 字彙 丁可切,多上聲。

㊀身。見玉篇。㊁避開,隱匿。宋宣和遺事元:"(陳後主)無處躲藏,遂同二妃投入井中。"洪邁夷堅志甲十六車四道人作"軃"。陸游渭南文集四九沁園春之三:"躲盡危機,消殘壯志。"

【躲閃】閃身避開。元明雜劇元關漢卿關大王獨赴單刀會四:"便有那張儀口、蒯通舌,休那裏躲閃藏遮,好生送我到船上者,我和你慢慢的相避。"

【躲避】隱匿規避。宋洪邁夷堅志景六孝義坊土地:"平江市人周翁瘧疾不止,嘗聞人說瘧有鬼,可以出他處躲避,乃以昏時潛入城隍廟中,伏卧神座下。"

七 畫

躳 gōng ㄍㄨㄥ 居戎切,平,東韻,見。

躬本字。說文:"躳,身也。从身从吕;躬,或从弓。"見"躬"各條。

八 畫

躺 tǎng ㄊㄤˇ

俗語稱卧爲躺。紅樓夢二十:"襲人道:'……我就靜靜的躺一躺也好啊。'"

躶 luǒ ㄌㄨㄛˇ 郎果切,上,果韻,來。

露體。同"裸"、"臝"。史記陳丞相世家:"平恐,乃解衣躶而佐刺船。"

【躶步】螺的一種。舊題晉王嘉拾遺記十蓬萊山:"其西有含明之國,……有大螺,名躶步,負其殼露行,冷則復入其殼。生卵著石則軟,取之則堅,明王出世,則浮於海際焉。"

十 一 畫

軀 qū ㄑㄩ 豈俱切,平,虞韻,溪。

㊀身體。孟子盡心下:"其爲人也小有才,未聞君子之大道也,則足以殺其軀而已矣。"㊁塑像單位名。續高僧傳一菩提支流:"初營基日,掘至黃泉,獲金像三十二軀。"又六釋法貞傳:"隨得嚫施,造像千軀,分布供養。"

【軀殼】形體,對精神而言。宋詩鈔孔平仲清江集鈔松上老藤:"蛇蟠筋脈壯,龍死軀殼在。"

【軀幹】身體。晉書劉曜載記隴上歌:"隴上壯士有陳安,軀幹雖小腹中寬。"唐杜甫杜工部草堂詩箋十送韋十六評事充同谷郡防禦判官:"子雖軀幹小,老氣橫九州。"

十 二 畫

軃 duǒ ㄉㄨㄛˇ 丁可切,上,哿韻,端。

㊀垂下貌。同"嚲"。唐岑參岑嘉州詩四和刑部成員外秋夜寓直臺省知己:"竹喧交砌葉,柳軃拂窗條。"參見"嚲"。㊁躲避。五燈會元十一存獎禪師:"中途遇一陣卒風暴雨,卻向古廟裏軃避得過。"宋洪邁夷堅志甲十六車四道人:"又被渠軃了六十年,可怪可怪。"

【軃懶】猶言偷懶。宋詩鈔方岳秋崖小稾鈔即事之一:"畦丁軃懶欲誰欺,趁我行山始一犂。"嚲,一作"嚲"。

車　部

車 chē jū 尺遮切,平,麻韻,穿。ㄐㄩ 九魚切,平,魚韻,見。㊀輪輿。兩輪中貫以軸,軸上承輿以任載。爲陸上交通運輸工具。詩小雅何草不黄:"有棧之車,行彼周道。"墨子非儒下:"奚仲作車,巧垂作舟。"㊁指牙牀。左傳僖五年:"諺所謂輔車相依、脣亡齒寒者。"注:"輔,頰輔。車,牙車。"參見"輔車"。㊂泛指用輪子轉動的機械,如紡車、水車之類。宋陳與義簡齋集二五羅江二絶詩之一:"荒村終日水車鳴,陂北陂南共一聲。"也指用輪子轉動操作。如車水、車螺絲釘。唐段成式酉陽雜俎前集六樂:"(皇甫)直遂集客車水竭池,窮池索之。"㊃姓。漢丞相田千秋以年老得乘小車入宮殿中,時號車丞相。子孫因以爲氏。見漢書本傳、通志二八氏族四以事爲氏。

【車人】古代造車及農具的木工。見周禮考工記車人。

【車士】㊀拉車的人。戰國策燕二:"又譬如車士之引車也,三人不能行,索二人,五人而車因行矣。"㊁車戰的兵士。史記一〇二馮唐傳:"拜唐爲車騎都尉,主中尉及郡國車士。"集解引服虔:"車戰之士。"

【車子】車人。左傳哀十四年:"叔孫氏之車子鉏商獲麟。"注:"車子,微者。"疏:"杜以車子連文,爲將車之子。"文選三國魏繁休伯(欽)與魏文帝牋:"都尉薛訪車子年始十四,能喉囀引聲,與笳同音。"

【車正】古代掌管車服諸事的官。左傳定元年:"薛之皇祖奚仲居薛,以爲夏車正。"又殷太戊三十一年命費侯中衍爲車正。見竹書紀年上。

【車右】古時車乘位於僕者右邊的武士。禮曲禮上:"君撫僕之手而顧命車右就車。"穀梁傳成五年:"使車右下而鞭之。"注:"凡車,將在左,御在中,有力之人在右,所以備非常。"也稱"戎右"或"右"。參見"戎右"、"驂乘"。

【車耳】前端横木上的曲鉤,形似人耳,故稱車耳。太玄經五積:"君子積善,至于車耳。測曰:君子積善,至于蕃也。"注:"蕃,車耳也。"

【車攻】詩小雅篇名。宣王會諸侯於東都,因田獵而選車徒,詩人作此贊美其事。見詩序。後漢書六十上馬融傳廣成頌:"吉日車攻,序於周詩。"

【車里】地名。元車里路。明置車里軍民府,後改爲宣慰司。清屬普洱府。參閱續通典一四六州郡二六、清朝文獻通考二八九輿地二一雲南省普洱府。地在今雲南景洪附近一帶。

【車府】㊀官名。秦有中車府令,掌乘輿路車。始皇時趙高任此職。漢魏時屬太僕。宋齊後屬尚書駕部。北齊以下屬太僕。唐時置令丞各一人,掌王公以下車輅。見通典二五職官七太僕卿車府署。㊁星名。星經下:"車府七星,在天津東,近河,主官車之府也。"漢張衡張河間集二週天大象賦:"車府息雷轂之聲,造父曳風鑾之響。"

【車兩】古謂車一乘爲一兩。詩召南鵲巢:"之子于歸,百兩御之。"兩之取義,其說有三:1.漢應劭風俗通以爲車有兩輪,故車稱兩。見上詩疏。後漢書六四吳祐傳"此書若成,則載之兼兩"唐李賢注:"車有兩輪,故稱兩也。"2.漢書九一貨殖傳"牛車千兩"注說轅輪兩兩相對,故稱爲兩。3.南朝梁劉勰文心雕龍九指瑕:"原夫古之正名,車兩而馬匹。……蓋車貳佐乘,馬儷驂服,服乘不隻,故名號必雙。"以爲車有貳車佐車,故稱兩。後也二字連用。宋書張暢傳:"近以騎至,車兩在後。"兩,後也作"輛"。元史百官志六:"器物局,秩從五品。掌……帳房車輛金寶器物。"

【車非】複姓。隋周搖之祖先與北魏同源,爲普乃氏。後改爲周氏。周閔帝(宇文覺)賜姓車非氏。參閱隋書周搖傳、通志二九氏族五代北複姓。

【車服】車和章服。書舜典:"明試以功,車服以庸。"注:"功成則賜車服以表顯其能用。"國語周上:"故爲車服旗章以旌之。"注:"車服旗章,上下有等。"

【車弩】古代戰具。唐李靖衛公兵法輯本下攻守戰具:"其牙一發,諸箭齊起,及七百步。所中城壘無不摧隕,樓櫓亦顛墜。謂之車弩。"宋史二五九張瓊傳:"及攻壽春,太祖乘皮船入城濠。城上車弩遽發,矢大如椽。"亦謂之絞車弩。太平御覽三四八趙公王琚教射經:"今有絞車弩,中七百步,攻城拔壘用之。"

【車前】植物名。古名芣苢。三國吳陸璣毛詩草木鳥獸蟲魚疏上采采芣苢:"芣苢一名馬舄,一名車前,一名當道。喜在牛跡中生,故曰車前、當道也。今藥中車前子是也。"

【車重】輜重,輜重車。史記秦紀:"景公母弟富,或譖之,恐誅,乃奔晉,車重千乘。"漢書六九趙充國傳:"爲虜所擊,失亡車重兵器甚衆。"

【車胤】晉南平人。字武子。幼時勤學,家貧不常得油,夏月則囊螢照書。以博學知名。桓溫在荆州,徵爲從事,稍遷別駕、征西長史,官至吏部尚書。會稽王司馬道子世子元顯驕縱不法,胤密言於道子,爲元顯所知,逼令自殺。晉書有傳。

【車宮】古代帝王遠行野宿,以車爲藩而成的行宮。見周禮天官掌舍"設車宮轅門"注疏。

【車書】禮中庸:"今天下車同軌,書同文。"後取"車書"字,泛指國家體制制度。魏書世宗紀永平二年詔:"江海方同,車書宜一。"唐杜牧樊川集三江南懷古詩:"車書混一業無窮,井邑山川今古同。"也指推行制度。宋李杲卿孟邦雄墓誌:"朝廷得以車書隴右,開拓巴蜀,皆公之力也。"(金石萃編一五九)

【車展】輚的異名。見"輚"。

【車師】漢西域城國名。分爲車師前國、車師後國。前國一名前部,治交河城;後國治務塗谷,分别在今新疆吐魯番縣及吉木薩爾縣一帶。漢武帝遣諸國兵共破車師,其王内屬。後叛屬匈奴。東漢和帝時竇憲破北匈奴,車師震慴,前後王曾各遣子入侍。至北魏太平眞君十一年爲高昌所滅。參閱漢書西域傳下、通典一九一邊防七西戎三、北史西域傳。

【車徒】㊀兵車及步卒。周禮夏官大司馬:"羣吏撰車徒。"注:"撰讀曰算,算車徒謂數擇之也。"詩小雅車攻序:"(宣王)復會諸侯於東都,因田獵而選車徒焉。"㊁車騎與僕從。文選三國魏李蕭遠(康)運命論:"故遂絜其衣服,矜其車徒,冒在貨賄,淫其聲色,脉脉然自以爲得矣。"

【車匿】人名。亦譯闡釋迦,意爲樂欲。釋迦牟尼離王城出家時的馭者。後出家爲比丘,惡口之性不改,故稱爲惡口車匿,亦稱惡性車匿。佛臨涅槃,敕阿難慫治，終得證果。唐元稹長慶集十八盧頭陀詩："馬哭青山別車匿，鵲飛螺髻見羅睺。"參閲翻譯名義集三帝王。

【車區】黃帝臣名。晉書律歷志中："軒轅紀三綱而闡書契，乃使羲和占日，常儀占月，車區占星氣，伶倫造律呂，大撓造甲子，隸首作筭數，容成綜斯六術，……謂之調歷。"殿本作"臾區"。

【車笠】晉周處風土記："越俗性率朴，初與人交有禮，封土壇，祭以雞犬，祝曰：'卿雖乘車我戴笠，後日相逢下車揖。我步行，君乘馬，他日相逢君當下。'"(五朝小說本) 宋詩鈔孔平仲清江集鈔送張天覺詩："萬事倏忽如疾風，莫以君車輕戴笠。"俗稱不因貴賤而改變的好友爲"車笠交"，本此。

【車船】用輪鼓浪而行的船。北宋末洞庭湖地區農民起義領袖鍾相楊幺創作爲戰船。後官軍亦倣製。長三十六丈，廣四丈一尺，高七丈二尺五寸。見宋陸游老學庵筆記一、李心傳建炎以來繫年要録五九紹興二年十月。又宋時杭州湖船，有賈似道府車船，船棚上無人撑駕，但用車輪脚踏而行。見宋吳自牧夢粱録十二湖船。

【車渠】㊀車輪。尚書大傳西伯戡耆："散宜生……之江淮之浦，取大貝，如車渠。"五代前蜀貫休禪月集一夢遊仙詩："車渠地無塵，行至瑤池濱。"㊁一種海中生物，蚌類。殼甚厚，略呈三角形，表面有渠壟如車輪之渠，故名。肉可食，殼入藥。大者長二三尺，闊尺許。殼内白如玉，或切磨爲飾物。參閲本草綱目四六介二車渠。㊂玉石之類。西域七寶之一。藝文類聚八四三國魏文帝(曹丕)車渠椀賦序："車渠，玉屬也。多纖理縟文。生於西國，其俗寶之。"參閲本草綱目四六介二車渠。

【車焜】複姓。北魏獻帝命疏屬爲車焜氏。後改爲車氏。見魏書官氏志。

【車裂】古代酷刑之一，以車撕裂人體。韓非子和氏："商君車裂於秦。"戰國策楚一："齊王大怒，車裂蘇秦於市。"

【車犂】匈奴五單于之一。漢書匈奴傳下："右奧鞬王聞之，即自立爲車犂單于。"參見"五單于"。

【車舝】詩小雅篇名。序以爲幽王寵褒姒，無道並進，讒巧敗國，周人思得賢女以配君子，故作此詩。宋朱熹集傳以爲此燕樂其新婚之詩。

【車塵】車行揚起的塵埃。唐温庭筠詩集三秋日："天籟思林嶺，車塵倦都邑。"

【車輔】齒牀與頰骨。比喻互相依賴，關係密切。文選三國魏王仲宣(粲)贈士孫文始詩："在漳之湄，亦剋宴處，和通篪塤，比德車輔。"參見"輔車"。

【車蓋】㊀古代車上遮雨蔽日之篷。狀如傘，有柄。其杠謂之桯，杠上直柄，

車蓋

謂之達常；達常之上有蓋斗如繖頂，謂之部；部出蓋橑如繖骨下覆者謂之弓。周禮考工記輪人載有爲蓋之法度。㊁山名。以形如車蓋而名。1.在浙江吳興縣南。晉太守殷康於山上建車蓋亭。見初學記五南朝宋山謙之吳興地記。2.在安徽全椒縣西北。參閲嘉慶一統志一三〇滁州山川。

【車僕】官名。周禮春官之屬。掌戎路、廣車、闕車、苹車、輕車五種兵車的副車。參見"五戎㊁"。

【車駕】馬駕的車。漢書景帝紀中六年詔："夫吏者，民之師也，車駕衣服宜稱。"又作帝王的代稱。史記九九劉敬傳："即日車駕西都關中。"漢書高帝紀下："車駕西都長安。"注："凡言車駕者，謂天子乘車而行，不敢指斥也。"

【車輻】㊀車的輪輻。漢書五四李陵傳："徒斬車輻而持之。"㊁儀衛用的木棒。魏書宗室子思傳御史令："中尉出行，車輻前驅。"宋史儀衛志六："車輻，棒也，形如車輪輻。宋制，朱漆八稜白幹。"

【車螯】蛤屬。亦作硨螯。俗稱昌蛾蜃。殼紫色，璀璨如玉，有斑點。肉可食。肉殼皆入藥。自古即爲海味珍品。太平御覽九四二南朝宋謝靈運答弟書："前月十二日至永嘉郡，蠣不如鄞，車螯亦不如北海。"宋書劉湛傳："(廬陵王)義真於齋内別立廚帳，會湛入，因命濡酒炙車螯。"參閲宋吳曾能改齋漫録十五車螯、政和證類本草二二車螯。

【車轂】㊀車輪中心插軸的部分。轂，也作"轚"。戰國策秦一："古者使車轂擊馳，言語相結，天下爲一。"又齊一："車轚擊，人肩摩。"注："轚，劉作轂。"漢書七六韓延壽傳："老小扶持車轂，争奏酒炙。"㊁梨的一種。宋黄休復茅亭客話八滕處士："園中有梨，名車轂，圍一尺。摘時先以布囊盛之，落地即碎。"

【車轄】㊀車軸兩端的鍵，即銷釘。墨子魯問："子之爲鵲也，不如匠之爲車轄。"韓非子内儲上七術："西門豹爲鄴令，佯亡其車轄，令吏求之不能得。"參見"投轄"。㊁星名。漢張衡張河間集二週天大象賦："長沙明而獻壽，車轄朗而陳兵。"㊂詩小雅篇名。左傳昭二五年："昭子賦車轄。"釋文："轄，本又作舝。"參見"車舝"。

【車騎】㊀成隊的車馬。禮曲禮上："前有車騎，則載飛鴻。"㊁將軍的名號。漢文帝始以薄昭爲車騎將軍，其後時置時罷。章帝和帝安帝皆以舅氏任之。靈帝數以車騎拜嬖臣，贈亡人。歷代多置此官，唐以後廢。見通典二九職官十一車騎將軍。㊂星名。星經上："車騎三星在騎官南，總領車騎行軍之事。"又："車騎將軍星，在騎官東南，主車騎將軍之官。"漢張衡張河間集二週天大象賦："頓頑司於五聽，車騎參於八屯。"

【車轍】車輪經過之迹。左傳昭十二年："昔穆王欲肆其心，周行天下，將皆必有車轍馬跡焉。"也指車所由之路。莊子人間世："汝不知夫螳螂乎？怒其臂以當車轍，不知其不勝任也。"

【車轓】車旁的屏蔽。後漢書輿服志上："景帝中五年，始詔六百石以上施車轓。"參見"轓"。

【車下李】唐棣的別名。三國吳陸璣毛詩草木鳥獸蟲魚疏上唐棣之華："唐棣，奥李也，一名雀梅，亦曰車下李。"參見"唐棣"。

【車生耳】言官高則車施轓。太平御覽四九六漢應劭漢官儀："里語云：'仕宦不止車生耳。'"後漢書輿服志上："景帝中元五年，始詔六百石以上施車轓。"參見"轓"。

【車臣汗】蒙古舊部落名。清時外蒙古喀爾喀東路。所部二十三旗，以格根車臣汗爲盟長，領中旗。見清續文獻通考三二八輿地二四喀爾喀蒙古。故地在今蒙古人民共和國東部。

【車傍斤】即"斬"字。晉書易雄傳："雄笑曰：'昨夜夢乘車，挂肉其傍。夫肉必有筋，筋者斤也。車傍有斤，吾其戮乎。'"也作"車邊斤"。宋魏泰東軒筆録十二："又有御史席平，因鞫詔獄畢上殿。仁宗問其事。平曰：'已從車邊斤矣。'"

【車箱阪】地名。阪，也作"坂"。亦名車盤嶺。在陝西淳化縣南。其地地勢陡峻，縈紆曲折，僅通單軌。上坂即平原宏敞，樓觀相屬。爲通往漢甘泉宮之道。參閲元和郡縣志一京兆府上雲陽縣、金史地理志下慶原路邠州。

【車箱谷】谷名。亦名車水渦。在陝西華陰縣西南。深不可測。古代傳説祈雨者投石其中，有一鳥飛出，應時獲雨。唐杜甫杜工部草堂詩箋十三望嶽："車箱入

谷無歸路，箭栝通天有一門。」參閱太平寰宇記二九華州華陰縣。

【車駕司】官名。明置，屬兵部，掌鹵簿、儀仗、禁衞、驛傳、廐牧之事。清因之，掌驛傳、郵符及牧馬之政。後廢。參閱明史職官志一兵部、清朝通志六五職官略二兵部。

【車水馬龍】車馬衆多，來往不絕。後漢書明德馬皇后紀：「前過濯龍門上，見外家問起居者，車如流水，馬如游龍。」宋司馬光溫國文正司馬公集十四次韻和復古春日五絶句詩之二：「車如流水馬如龍，花市相逢咽不通。」

【車在馬前】喻初學自易至難，自粗至精。禮學記：「始駕馬者反之，車在馬前。」疏：「大馬本駕在車前，今將馬子繫隨車後而行，故云『反之，車在馬前』。……繫駒於後，使……慣習而後駕之，不復驚也。言學者亦須先教小事操縵之屬，然後乃示其業。」

【車攻馬同】車輛堅固，馬匹整齊。言車馬整肅。詩小雅車攻：「我車既攻，我馬既同。」傳：「攻，堅；同，齊也。」後漢書六十上馬融傳廣成頌：「車攻馬同，教達戒通。」

【車殆馬煩】謂征途勞頓。殆，亦作「怠」。文選三國魏曹子建(植)洛神賦：「日既西傾，車殆馬煩。」南朝宋鮑照鮑氏集三代白紵舞之一：「車怠馬煩客忘歸，蘭膏明燭承夜暉。」

【車載斗量】形容數量多，不足奇。三國志吳吳主傳「遣都尉趙咨使魏」注引吳書：「(趙咨)使魏，魏文帝善之。嘲咨，……又曰：『吳如大夫者幾人？』咨曰：『聰明特達者八九十人。如臣之比，車載斗量，不可勝數。』」唐張鷟朝野僉載四：「則天革命，擧人不試皆與官，起家至御史評事拾遺補闕者不可勝數。張鷟謂謡曰：補闕連車載，拾遺平斗量。」

一畫

軋 yà 烏黠切，入，黠韻，影。 ㄧㄚˋ

㊀輾。見說文。引申爲排擠，傾軋。莊子人間世：「名也者，相軋也。」荀子議兵：「秦四世有勝，諰諰然常恐天下之一合而軋己也，此所謂末世之兵，未有本統也。」㊁古刑法。史記一一〇匈奴傳：「有罪小者軋，大者死。」唐顏師古漢書注：「軋謂輾轢其骨節，若今之厭踝者也。」㊂象聲詞。見「軋伊」、「軋軋㊀」。

【軋伊】繅車聲。元詩選馬祖常石田集繅絲行：「繅車軋伊繭抽絲，桑薪煮水急莫遲。」

【軋沕】不分明貌。史記一一七司馬相如傳上林賦：「於是乎周覽泛觀，瞋盼軋沕。」漢書、文選作「軋芴」。又大人賦：「西望崑崙之軋沕洸忽兮，直徑馳乎三危。」

【軋軋】㊀生機始發貌。史記律書：「甲者，言萬物剖符甲而出也；乙者，言萬物生軋軋也。」也作「乙乙」。說文：「乙，象春艸木冤曲而出。陰氣尚彊，其出乙乙也。」禮月令：「其日甲乙」疏：「其當孟春仲春季春之時，日之生養之功，謂爲甲乙。……乙軋聲相近，故云乙之言軋也。」亦狀文思之抽乙。文選晉陸士衡(機)文賦：「理翳翳而愈伏，思軋軋其若抽。」李善本作「乙乙」。㊁象聲詞。唐許渾丁卯集下旅懷詩：「征車何軋軋，南北極天涯。」溫庭筠詩集二江南曲：「軋軋搖槳聲，移舟入茭葉。」

【軋芴】同「軋沕」。見該條。

【軋忽】長遠貌。漢書禮樂志郊祀歌天門：「假清風軋忽，激長至重觴。」

【軋箏】箏的一種。唐時用竹片軋其弦發音。見舊唐書音樂二。唐杜牧樊川集四題張處士山莊一絶：「好鳥疑敲磬，風蟬認軋箏。」清制十弦，小於箏，改用木桿軋弦。見清通典六六樂四。

軋 箏

【軋盤】廣大無邊貌。文選漢枚叔(乘)七發：「軋盤涌裔，原不可當。」

【軋辭】委曲之辭。春秋襄十九年「取邾田自漷水」穀梁傳：「取邾田，自漷水，軋辭也。」疏：「經言自漷水者，委曲之辭也。」

二畫

軍 jūn 擧云切，平，文韻，見。 ㄐㄩㄣ

㊀軍隊。孫子謀攻：「凡用兵之法，……全軍爲上，破軍次之。」史記九二淮陰侯傳：「軍皆殊死戰，不可敗。」㊁軍隊的編制單位。周禮地官小司徒：「五旅爲師，五師爲軍。」注：「軍，萬二千五百人。」㊂指揮軍隊。左傳桓五年：「祝聃射王中肩，王亦能軍。」㊃駐紮。左傳桓六年：「軍於瑕以待之。」戰國策齊一：「軍於邯鄲之郊。」㊄刑法的一種。明史刑法志一：「流有安置，有遷徙，有口外爲民，其重者曰充軍。充軍者，明初唯邊方屯種。後定制，分極邊、烟瘴、邊遠、邊衞、沿海、附近。軍有終身，有永遠。」㊅宋代行政區劃名，與州、府、監同隸屬於路。文獻通考三一五輿地：「(宋)至道三年，分天下爲十五路，其後又增三路，……凡十八路，州、府、軍、監三百二十二。」

【軍人】軍隊的成員。穀梁傳昭四年：「軍人粲然皆笑。」韓非子外儲說左上：「軍人有病疽者，吳起跪而自吮其膿。」

【軍山】山名。在江西南豐縣西。四峯高聳，傍有飛瀑，甚爲壯觀。相傳漢時吳芮攻南越，駐軍此山，因名。見讀史方輿紀要八六江西建昌府。

【軍户】南北朝時，兵士及其家屬的户籍屬於軍府，稱爲軍户或營户。入軍户後，世代爲兵，社會地位低下，非經免除，不得脱籍。宋書孝武帝紀大明二年詔：「吏身可賜爵一級，軍户免爲平民。」明代亦有軍户。清代屯衞兵丁以及充配爲軍的本人，隨配子孫、到配所後所生子孫，亦稱軍户。

【軍主】一軍的主將。三國志魏張郃傳：「(夏侯)淵司馬郭淮乃令衆曰：『今日事急，非張將軍不能安也。』遂推郃爲軍主。」南北朝呼長帥爲隊主、軍主。隊主者，主一隊之稱；軍主者，主一軍之稱。隋唐以後不稱。宋時蕃兵，大首領稱都軍主，百帳已上爲軍主，其次者爲副軍主。參閱資治通鑑一二三宋元嘉十七年、二八七後漢天福十二年、二九一後周顯德元年注及文獻通考一五二兵四兵制。

【軍市】㊀軍中的交易場所。商君書墾令：「又使軍市無得私輸糧者。」史記一〇二馮唐傳：「軍市之租皆自用饗士。」索隱：「謂軍中立市，市有稅。稅即租也。」㊁星名。晉書天文志上：「軍市十三星在參東南，天軍貿易之市。」

【軍正】軍中執法之官。三國志吳凌統傳：「還，自拘於軍正，(孫)權壯其果毅，使得以功贖罪。」列子說符：「好兵者之楚，以法干楚王。王悅之，以爲軍正。」

【軍功】猶戰功。史記六八商君傳：「有軍功者各以率受上爵。」清代，作戰有功得官者，謂之軍功出身。

【軍司】軍職官名。晉書衞瓘傳：「鄧艾鍾會之伐蜀也，瓘以本官持節監艾會軍事，行鎮西軍司。」又譙王承傳：「(王)敦尋構難，遣參軍桓羆說承，以劉隗專寵，今便討擊，請承以爲軍司，以軍期上道。」參見「軍師」。

【軍令】軍隊的法令。管子小匡：「作內

政而寓軍令焉。"國語齊寓作"寄"。

【軍用】軍費。漢書七八蕭望之傳："昔先帝征四夷，兵行三十餘年，百姓猶不加賦，而軍用給。"六韜虎有軍用篇。

【軍法】治軍的法律。周禮夏官諸子："合其卒伍，置其有司，以軍法治之。"韓非子外儲右上："明日令田於圃陸，期以日中爲期，後期者行軍法焉。"

【軍官】謂有卒徒武事之官。漢書百官公卿表上："騪粟都尉，武帝軍官，不常置。"騪粟都尉屬治粟內史(大司農)，非武官。謂之都尉者，漢書注引張晏曰："主諸官，故曰都。有卒徒武事，故曰尉。"近世以軍官泛指武官。

【軍府】㊀儲藏軍用器械的府庫。左傳成七年："晉人以鍾儀歸，囚諸軍府。"注："軍藏府也。"漢焦延壽易林二師之蹇："武庫軍府，甲兵所聚。"㊁將帥的幕府。三國志魏崔琰傳："涿郡孫禮、盧毓始入軍府。"晉書傅咸傳上言："空校牙門，無益宿衛，而虛立軍府，動有百數。"

【軍門】㊀軍營之門。古時行軍，樹兩旗爲門。左傳哀十年："齊人弒悼公，赴于師。吳子三日哭于軍門之外。"㊁明代命文臣總督軍務或提督軍務，稱爲軍門，猶言麾下。清代專命武臣爲提督，以總軍務，軍門遂成爲提督的敬稱。見明朱國楨湧幢小品八總督提兵、清梁章鉅稱謂錄二三總戎。㊂星名。晉書天文志上："土司空北二星曰軍門。"

【軍所】兵營。史記蕭相國世家："鮑生謂丞相曰：'王暴衣露蓋，使使勞苦君者，有疑君心也。爲君計，莫若遣君子孫昆弟能勝兵者悉詣軍所，上必益信君。'"

【軍政】軍中政事。左傳宣十二年："百官象物而動，軍政不戒而備，能用典矣。"後漢書八十上黃香傳："又曉習邊事，均量軍政，皆得事宜。"

【軍持】梵語。大唐西域記作"捃稚迦"。意爲淨瓶或澡罐。僧人遊方時隨身攜帶以貯水。唐賈島長江集九訪鑒玄師姪詩："我有軍持憑弟子，岳陽溪裏汲寒流。"

【軍容】㊀軍隊的儀容。指軍隊的禮節、風紀及裝備。司馬法天子之義："古者國容不入軍，軍容不入國。"文選晉左太沖(思)吳都賦："軍容蓄用，器械兼儲。"新唐書一六三柳公綽傳："牛僧孺罷政事，爲武昌節度使，公綽具軍容伏謁，左右諫止之。答曰：'奇章始去台宰，方鎮重宰相，使以重朝廷也。'"㊁軍職。南史王敬則傳："敬則大叫索馬，再上不得上，興盛軍容袁文曠斬之，傳首。"唐肅宗時以中官魚朝恩爲觀軍容使，監神策軍。參見"神策軍"。

【軍旅】㊀軍隊。國語齊："春以蒐振旅，秋以獮治兵，是故卒伍整於里，軍旅整於郊。"㊁軍事，戰爭。論語衛靈公："俎豆之事，則嘗聞之矣；軍旅之事，未之學也。"

【軍校】任輔助之職的軍官。晉書職官志："武帝甚重兵官，故軍校多選朝廷清望之士居之。"清有步軍校、護軍校、親軍校等職。見清會典事例五四二兵部官制。

【軍書】軍事文書。漢書四五息夫躬傳上書："軍書交馳而輻湊，羽檄重迹而押至。"樂府詩集二五木蘭詩："昨夜見軍帖，可汗大點兵。軍書十二卷，卷卷有爺名。"

【軍師】㊀軍隊。禮檀弓上："謀人之軍師，敗則死之；謀人之邦邑，危則亡之。"㊁官名。後漢隗囂遣使聘請平陵人方望，以爲軍師。隗囂將高峻有軍師皇甫文。皆爲師事之意。見後漢書十三隗囂傳、十六寇恂傳。三國時魏以荀攸爲軍師，蜀以諸葛亮爲軍師將軍，吳以朱然爲右軍師。晉避司馬師諱，改稱軍司，各軍皆置，爲監軍之職。太尉軍司，權任尤重。梁武帝以羊侃爲大軍司，後代不復置。參閱通典二九職官十一監軍。參見"監軍"。

【軍候】維持軍紀的軍官。漢制大將軍營五部，部下有曲，曲有軍候一人。漢書五四李陵傳："會陵軍候管敢爲校尉所辱，亡降匈奴。"新唐書一五三段秀實傳："時公廩竭，縣吏不知所出，皆逃去，軍輒散剽，(白)孝德不能制。秀實曰：'使我爲軍候，豈至是邪？'"

【軍都】縣名。漢置昌平軍都二縣，北魏併昌平入軍都，後又改昌平。即今北京市昌平縣。西北有軍都山，爲太行八陘之一。主峰八達嶺，明時在此建居庸關，爲交通要道。參閱嘉慶一統志六順天府昌平州。參見"昌平㊀"。

【軍副】副將之稱。宋書柳元景傳："元景方督義租，並上驢馬，以爲運糧之計，而(魯)方平信至，元景遣軍副柳元怙簡步騎二千，以赴陝急，卷甲兼行，一宿而至。"

【軍國】軍務與國政。文選晉干令升(寶)晉紀總論："(昔高祖宣皇帝)籌畫軍國，嘉謀屢中，遂服輿軫，驅馳三世。"

【軍將】㊀全軍主將。周禮夏官："凡制軍，萬有二千五百人爲軍。王六軍，大國三軍，次國二軍，小國一軍。軍將皆命卿。"㊁山名。在江蘇無錫縣西南，近太湖。一名軍嶂山。南唐時屯兵於此以備吳越，因名。見讀史方輿紀要二五常州府無錫縣。

【軍符】古時調遣軍隊的符節憑證。即兵符。全唐詩三一九顏粲吳宮教美人戰："玉顏承將略，金鈿指軍符。"參見"兵符㊀"。

【軍須】同軍需。唐杜甫杜工部草堂詩箋二一喜雨："巴人困軍須，慟哭厚土熱。"杜牧樊川集一感懷詩："急征赴軍須，厚賸資凶器。"

【軍資】軍需。吳子料敵："軍資既竭，薪芻既寡。"後漢書六四趙岐傳："軍資委輸，前後不絕。"

【軍鼓】軍中用的鼓。左傳昭五年："使臣獲釁軍鼓，而敝邑知備，以禦不虞，其爲吉孰大焉？"三國志魏陳登傳注引先賢行狀曰："登手執軍鼓，縱兵乘之，賊遂大破。"

【軍號】㊀軍隊的名號。後漢書七四上袁紹傳上書："時(董)卓方貪結外援，招悅英豪，故即臣勃海，申以軍號。"注："山陽公載記曰：董卓以紹爲前將軍，封邟鄉侯，紹受侯，不受前將軍。"㊁軍中口令。周書達奚武傳："武從三騎，皆衣敵人衣服，至日暮，去營百步，下馬潛聽，得其軍號。上馬歷營，若警夜者，有不如法者，往撻之，具知敵之情狀，以告太祖。"

【軍裝】漢書八七上揚雄傳甘泉賦："八神奔而警蹕兮，振殷轔而軍裝。"注："軍裝，爲軍戎之飾裝也。"

【軍實】㊀指器械、糧餉及作戰俘獲等軍事物資。左傳隱五年："歸而飲至，以數軍實。"注："飲於廟，以數車徒、器械及所獲也。"三國志蜀先主傳："曹公(操)以江陵有軍實，恐先主據之，乃釋輜重，輕軍到襄陽。"㊁兵事。國語楚上："樹不過講軍實。"注："軍實，戎事也。"

【軍臺】清代西北兩路傳達軍報及官文書的機構，辛亥革命後廢。清會典事例七〇三郵政："張家口外阿爾泰軍臺正站二十九處，……止留管站章京，所有各臺官兵令其管理。"

【軍鋒】軍隊的前鋒。史記九一黥布傳："至咸陽，布常爲軍鋒。項王封諸將，立布爲九江王，都六。"

【軍興】漢制，朝廷徵集財物以供軍用，謂之軍興。周禮地官旅師"平頒其興積"漢鄭玄注："興積，所興之積，……縣官徵聚物曰興，今云軍興，是也。」漢書七一雋不疑傳：「郡國盜賊羣起，暴勝之爲直指使者，……以軍興誅不從命者，威振州郡。」

【軍樂】軍中的音樂。如漢時短簫鐃歌，唐時破陣樂，清時凱歌鐃樂等。後漢書禮儀中注引蔡邕禮樂志曰：「漢樂四品……其短簫、鐃歌，軍樂也。」遼史樂志鼓吹樂：「鼓吹樂，一曰短簫鐃歌樂，自漢有之，謂之軍樂。」

【軍機】軍中機要之事。宋書顏竣傳：「世祖發尋陽，便有疾，領錄事自沈慶之以下並不堪相見，唯竣出入卧内，斷決軍機。」

【軍壁】軍營周圍的防守工事。說文：「壘，軍壁也。」唐駱賓王集三晚泊蒲類詩：「寵火通軍壁，烽煙上戍樓。」

【軍禮】㊀古代五禮之一。周禮春官大宗伯：「以軍禮同邦國。」參見「五禮」。㊁軍中所行的禮節。史記絳侯周勃世家：「介胄之士不拜，請以軍禮見。」

【軍營】㊀軍隊駐紮之所。全唐詩二七六盧綸送衛司法河中覲省：「曉山臨野渡，落日照軍營。」㊁口的別稱。養生經：「軍營之中有甘泉。」注：「軍營，口也。甘泉，唾也。」(太平御覽三六七)

【軍壘】軍營周圍的防守工事。卽軍壁。史記八一廉頗藺相如傳附趙奢：「軍壘成，秦人聞之，悉甲而至。」

【軍籍】軍人的名册。唐韓愈昌黎集十五爲河南令上留守鄭相公啟：「愚以爲此必姦人以錢財賂將吏，盜相公文牒，竊注名姓於軍籍中，以陵駕府縣。」

【軍司馬】官名。周禮夏官之屬，位次於小司馬。周禮夏官：「政官之屬，大司馬卿一人，小司馬中大夫二人，軍司馬下大夫四人。」又漢官名。漢大將軍營五部，部校尉一人，比二千石；軍司馬一人，比千石。其不置校尉部，但置軍司馬一人。見後漢書百官志一、三六鄭衆傳。

【軍令狀】接受軍令後所立的保證，載明如不能完成任務，願依軍法治罪。宋王明清揮麈後錄六：「范德孺帥廣州日，忽夏人入寇，圍城甚急。……麾下有老指揮使獨來前曰：『願勒軍令狀，保無它。』」曹彥約昌谷集十二與郭統制劄子：「如彼中無著處，差人送來此間亦好，然須責所差人軍令狀，路上照顧他也。」

【軍容頭】幞頭的一種。朱子語錄九一禮八：「唐人幞頭，初止以紗爲之。後以其軟，遂斫木作一山子，在前襯起，名曰軍容頭。其說以爲起於魚朝恩。一時人爭效之。」

【軍機處】清雍正朝用兵西北，以内閣在太和門外，恐機密泄漏，七年設軍需房於隆宗門内，選内閣中謹密者入值繕寫。因地近内廷，便於召見。十年更名軍機處，以親王、重臣充任稱軍機處行走，位卑者稱學習行走，俗稱小軍機。軍機之首稱領班，總攬一切。軍機處除處理機務外，凡特旨簡放大員，如大學士、六部、九卿、督撫、將軍、提督、都鎮、學差、主考及駐外使臣，皆由軍機大臣開單請旨。自咸豐十年成立總理各國通商事務衙門，軍機之權漸次移屬後者。參閱清趙翼簷曝雜記、清朝續文獻通考一一八職官四。

【軍器監】掌管製造軍械的官署。舊唐書職官志三：「軍器監掌繕造甲弩，以時納于武庫。」南宋併入工部。金又設軍器監。元代改爲武備監。見宋史一九七兵志十一、元史百官志六。參見「武備院」。

【軍法從事】按軍法處斷。三國志魏曹爽傳司馬懿奏：「臣輒敕主者及黃門令罷爽羲訓吏兵，以侯就第，不得逗留以稽車駕。敢有稽留，便以軍法從事。」

【軍籍勘合】軍人的憑證。明洪武二十一年，兵部置軍籍勘合，發給軍中士兵，載明本人從軍來歷、軍中調防年月及營丁口人數。如遇點閱檢驗，以此爲據。見續文獻通考一二二兵考兵制。

軌

guǐ 居洧切，上，旨韻，見。
ㄍㄨㄟˇ

㊀車兩輪間的距離。呂氏春秋勿躬：「車不結軌。」注：「車兩輪間曰軌。」禮中庸：「今天下車同軌。」古軌(徹)有定制。周禮考工記車人：「徹廣六尺。」此自其裏言之。又匠人：「經涂九軌。」注：「軌謂轍廣，乘車六尺六寸，旁加七寸，凡八尺。」此自其表言之。㊁天體運行的軌道。淮南子本經：「五星循軌而不失其行。」㊂法則，制度。左傳隱五年：「故講事以度軌量謂之軌。」管子山國軌：「田有軌，人有軌，用有軌，鄉有軌，人事有軌，幣有軌，縣有軌，國有軌。」不循法度稱爲不軌。亦稱謀亂爲不軌。晉書石季龍載記上：「二歸告鎮西石廣私樹恩澤，潛謀不軌。」㊃遵循，依照。韓非子五蠹：「是境内之民，其言談者必軌於法。」參見「軌道」。㊄車軸頭。卽軎。詩邶風匏有苦葉：「濟盈不濡軌。」禮少儀：「祭左右軌范。」注：「軌與軹，於車同謂轊頭也。」按唐陸德明詩釋文及清人禮校勘記均謂軌當作「軓」，音范。㊅古代户口的一種編制。管子小匡：「制五家爲軌，軌有長，六軌爲邑。」國語齊：「五家爲軌，故五人爲伍，軌長帥之。」注：「居則爲軌，出則爲伍。」㊆内亂。通「宄」。左傳成十七年：「臣聞亂在外爲姦，在内爲軌。」釋文：「軌，本又作宄。」

【軌物】㊀法度與準則。左傳隱五年：「君將納民於軌物者也。故講事以度軌量謂之軌，取材以章物采謂之物，不軌不物，謂之亂政。」㊁作爲事物的規範。北齊顏之推顏氏家訓序致：「吾今所以復爲此者，非敢軌物範世也。」

【軌迹】車的轍迹。漢書三六劉向傳：「夫遵衰周之軌迹，循詩人之所刺。」此言故轍，往迹。

【軌革】古時術士取人生年月日時成卦，附會人事，預言吉凶的占候術。宋史藝文志五五行類有軌革祕寶、軌革指迷照膽訣、軌革照膽訣，蓍龜類有易通子周易菥蓂璇璣軌革口訣、軌革金庭玉鑑、軌革傳道錄等。

【軌則】準則。史記律書：「王者制事立法，物度軌則壹稟於六律。」宋書樂志三魏武帝(曹操)度關山詩：「天地間，人爲貴，立君牧民，爲之軌則。」

【軌道】㊀依循道路。謂天體依循其運行之路。史記天官書：「月、五星順入，軌道……其逆入，若不軌道……。」㊁遵循法制。漢書禮樂志賈誼議：「漢興至今二十餘年，宜定制度興禮樂，然後諸侯軌道，百姓素樸，獄訟衰息。」注：「軌道，言遵道，猶車行之依軌轍也。」

【軌漏】古代測時的儀器。又名晷漏。新唐書曆志三上：「觀晷景之進退，知軌道之升降。軌與晷名舛而義合，其差則水漏之所從也。總名曰軌漏。」參見「晷漏」。

【軌模】猶法式、楷模。文選漢張平子(衡)歸田賦：「揮翰墨以奮藻，陳三皇之軌模。」隋書李諤傳上書：「祿利之路既開，愛尚之情愈篤，……故文筆日繁，其政日亂，良由棄大聖之軌模，構無用以爲用也。」

【軌範】猶法式、楷模。尚書序：「典謨訓誥誓命之文，凡百篇，所以恢弘至道，示人主以軌範也。」魏書崔玄伯傳崔僧淵復蕭惠景書：「雖復途遥二千，心想若對。敬遵軌範，以資一生。」

【軌儀】法則，儀制。國語周下：「度律均鍾，百官軌儀。」注：「軌，道也。儀，法也。」魏書李崇傳：「模唐虞以革軌儀，規周漢以新品制。」

【軌轍】㊀車輪。文苑英華一四四唐蕭穎士伐櫻桃樹賦：「乃終古覆車之軌轍，豈尋常散木之足議。」也指車。水經注十七渭水：「(小隴山)巖嶂高險，不通軌轍。"也指車兩輪間的距離。魏書世宗紀永平二年詔:"諸州軌轍南北不等。"㊁喻法則,途徑。漢王充論衡自紀:"豈材有淺極,不能爲覆,何文之察,與彼經藝殊軌轍也?"世説新語言語:"王中郎(坦之)甚愛張天錫,問之曰:'卿觀過江諸人經緯江左,軌轍有何偉異?'"

【軌躅】㊀車行之迹。文選晉左太沖(思)蜀都賦:"外則軌躅八達,里閈對出。"㊁喻法則,規範。漢書一〇〇上敍傳班嗣報桓譚書:"伏周孔之軌躅,馳顏閔之極摯。"北齊顏之推顏氏家訓文章:"凡爲文章,猶人乘騏驥,雖有逸氣,當以銜勒制之,勿使流亂軌躅,放意塡坑岸也。"

【軌範師】僧寺職位。音譯作阿闍利。南海寄歸內法傳三"阿遮利耶存念"注:"譯爲軌範師,是能教弟子法式之義。"

三 畫

軒 1. xuān 虛言切,平,元韻,曉。ㄒㄩㄢ

㊀一種曲轅有輜的車,爲卿大夫及諸侯夫人所乘。左傳閔二年:"衛懿公好鶴,鶴有乘軒者。"注:"軒,大夫車。"疏:"服虔云:車有藩曰軒。"又:"歸夫人魚軒。"注:"魚軒,夫人車,以魚皮爲飾。"又定九年:"與之犀軒與直蓋。"注:"犀軒,卿車。"也作爲車的通稱。尚書大傳帝告:"未命爲士者不得乘朱軒。"注:"軒,車通稱也。"㊁引申爲高起、高仰、飛舉。見"軒昂"、"軒輊"。㊂樓版,檻版。楚辭宋玉招魂:"高堂邃宇,檻層軒些。"注:"軒,樓版也。"宋洪興祖補注:"一云檐宇之末曰軒。"漢書五七上司馬相如傳上林賦:"奔星更於閨闥,宛虹拖於楯軒。"注:"楯軒,軒之闌板也。並言室宇之高。"㊃堂之前沿,外周以欄。漢書六七朱雲傳"雲攀殿檻"唐顏師古注:"檻,軒前欄也。"亦謂長廊或小室。文選晉左太沖(思)魏都賦:"周軒中天,丹墀臨猋。"注:"軒,長廊之有窗也。"南齊書劉善明傳陳事表:"陛下凝暉自天,照湛神極,……故能高嘯閒軒,鯨鯢自翦。"㊄廁所的別稱。釋名釋宮室:"廁……或曰軒。前有伏,似殿軒也。"參見"溷軒"。㊅姓。軒轅氏,亦省作軒氏。漢有諫議大夫軒和宋,登科軒彥績。見通志二八氏族四以名爲氏。

2. xiàn 集韻 許建切,去,願韻。ㄒㄧㄢ

㊆肉片。禮內則:"肉腥,細者爲膾,大者爲軒。"注:"膾者必先軒之。"又,"麋、鹿、田豕、麕皆有軒。"注:"軒讀爲憲,憲謂藿葉切也。"

【軒丘】複姓。系出羋姓。楚文王庶子食采軒丘,因以爲氏。漢有梁相軒丘豹。見通志二七氏族三以邑爲氏。

【軒朱】即"朱軒"。漢書禮樂志郊祀歌天地:"九歌畢奏斐然殊,鳴琴竽瑟會軒朱。"注:"軒朱卽朱軒也。言總合音樂,會於軒檻之前。"

【軒車】㊀大夫的車。莊子讓王:"子夏乘大馬,中紺而表素,軒車不容巷,往見原憲。"漢班固白虎通車旂:"諸侯路車,大夫軒車。"㊁攻城車。墨子備城門:"今之世常所以攻者……轒轀、軒車。"孫詒讓閒詁:"此軒車疑卽樓車。……馬瑞辰云:六韜軍用篇飛樓,蓋卽墨子之軒車,左傳之巢車。"

【軒芋】蕕草。史記一一七司馬相如傳子虛賦:"奄閭軒芋。"集解引漢書音義:"軒芋,蕕草也。"文選作"軒于"。爾雅釋草"莤,蔓于"注:"草生水中,一名軒于,江東呼莤。"

【軒岐】指高明的醫術。軒,黃帝軒轅氏。岐,醫家始祖岐伯。古醫書素問假託黃帝與岐伯問答。元詩選丁復檜亭集贈杜一元:"傳家況有軒岐閟,展手活人非我職。"

【軒昂】㊀峻高貌,揚起貌。唐韓愈昌黎集五聽穎師彈琴詩:"劃然變軒昂,勇士赴敵場。"柳宗元柳先生集十八招海賈文:"舟航軒昂兮,下上飄鼓。"㊁形容氣概不凡。唐韓愈昌黎集五盧郎中雲夫寄示送盤谷子詩兩章歌以和之詩:"開緘忽覩送歸作,字向紙上皆軒昂。"古今雜劇明朱權卓文君私奔相如:"憑着我志軒昂,氣飛揚。"㊂倨傲。三國志吳孫堅傳:"(董)卓受任無功,應召稽留,而軒昂自高。"

【軒城】諸侯之城。公羊傳定十二年"百雉而城"漢何休注:"諸侯軒城。軒城者,缺南面以受過也。"唐徐彥疏:"或者但不設射垣以備守,故曰缺其南面以受過,不妨仍有城。"

【軒眉】猶揚眉。形容得意。魏書路恃慶傳附路思令上疏:"貴戚子弟,未經戎役,至於銜杯躍馬,志逸氣浮,軒眉攘腕,便以攻戰自許。"宋陸游劍南詩稿十七初夏山中:"野客款門聊倒屣,溪潭照影一軒眉。"

【軒宮】星名。漢張衡張河閒集二週天大象賦:"廣邦畿而斯留,復軒宮而載出。"文選南朝宋謝希逸(莊)月賦:"增華台室,揚采軒宮。"注:"軒宮,軒轅之宮。……淮南子曰:軒轅者,帝妃之舍。高誘曰:軒轅,星名。"

【軒唐】軒,軒轅氏,卽黃帝。唐,陶唐氏,卽帝堯。晉陶潛陶淵明集六感士不遇賦:"望軒唐而永歎,甘貧賤以辭榮。"

【軒朗】開暢貌。元歐陽玄圭齋文集一辟雍賦:"若乃道闡邃嚴,義闡軒朗。"

【軒軒】㊀起舞貌。淮南子道應:"見一士焉,深目而玄鬢,淚注而鳶肩,豐上而殺下,軒軒然方迎風而舞。"㊁儀態軒昂貌。世説新語容止:"海西時,諸公每朝,朝堂猶暗。唯會稽王來,軒軒如朝霞舉。"㊂自得貌。初學記十二晉傅玄傅子:"王黎爲黃門郎,軒軒然得志,煦煦然自樂。"新唐書一六三孔戣傳:"戣自以適所志,軒軒甚得。"㊃將止貌。楚辭漢王逸九思悼亂:"鶬鶊兮軒軒,鶉鵪兮甄甄。"

【軒掖】宮禁。史記呂太后紀索隱述贊:"及正軒掖,潛用福威。"唐張九齡曲江集二酬通事舍人寓直見示篇中兼起居陸舍人景獻詩:"軒掖殊清祕,才華固在斯。"

【軒冕】卿大夫的軒車和冕服。亦謂官位爵祿。莊子繕性:"古之所謂得志者,非軒冕之謂也。"晉書應貞傳:"自漢至魏,世以文章顯,軒冕相襲,爲郡盛族。"

【軒渠】悦樂貌。後漢書八二下方術傳薊子訓:"兒識父母,軒渠笑悦,欲往就之。"清袁枚隨園隨筆十八辨訛類下引薊子訓傳謂軒渠者,開懷暢適之態,非笑也,今人皆誤用。

【軒頊】謂軒轅與顓頊。遠古帝名。梁書沈約傳郊居賦:"既牢籠於嬀夏,又驅馳乎軒頊。"南朝陳徐陵徐孝穆集五梁貞陽侯與王太尉僧辯書:"軒頊比於諸王,湯武方於兒戲。"

【軒輊】詩小雅六月:"戎車既安,如輊如軒。"車輿前高後低(前輕後重)稱軒,前低後高(前重後輕)稱輊。引申爲輕重、高低。後漢書二四馬援傳上疏:"夫居前不能令人輊,居後不能令人軒,與人怨不能爲人患,臣所恥也。"新唐書十一宗諸子傳贊:"唐自中葉,宗室子孫,多在京師,……實與匹夫不異,故無赫赫過惡,亦不能爲王室軒輊。"參見"軒摯"。

【軒翥】飛舉。楚辭屈原遠遊:"雌蜺便娟以增撓兮,鸞鳥軒翥而翔飛。"宋洪興祖補注:"方言:翥,舉也。楚謂之翥。"文選晉潘安仁(岳)射雉賦:"鬱軒翥以餘怒,思長鳴以效能。"

【軒摯】卽軒輊。周禮考工記輈人:"是故大車,平地,既節軒摯之任。"孫詒讓正義:"王宗涑云:大車前重後輕,行平地時，節其任載，俾之輕重適均，不至畸輕畸重也。"亦作"軒輖"。儀禮既夕禮："志矢一乘，軒輖中。"注："輖，摯也。"清胡培翬正義三一："摯、蟄、輊同字。輖，雙聲。……軒言車輕，輖言車重，引申爲凡物之輕重。故禮經以之言矢。然則軒輖中者，謂矢前後之輕重適均而已。"

【軒輬】軒，有篷蓋的車；輬，可以卧息的安車。楚辭宋玉招魂："軒輬既低，步騎羅些。"

【軒駕】謂帝王車駕。文選南朝宋范蔚宗(曄)樂遊應詔詩："軒駕時未肅，文囿降照臨。"魏書崔光傳："昨軒駕頻出，幸馮翊君、任城王第。"

【軒羲】謂軒轅與伏羲。文苑英華一二六南朝梁蕭繹(元帝)玄覽賦："俯軼麟於軒羲，諒斗筲於子姒。"

【軒縣】諸侯陳列樂器，如鐘磬之類，三面懸挂。亦作"軒懸"。周禮春官小胥："王宮縣，諸侯軒縣。"注："宮縣四面縣，軒縣去其一面。"魏書胡國珍傳下："及國珍神主入廟，詔太常權給以軒懸之樂，六佾之舞。"

【軒舉】高揚。北周庾信庾子山集十三周上柱國齊王憲神道碑："儀範清冷，風神軒舉。"

【軒豁】開朗。唐韓愈昌黎集三一南海神廟碑："乾端坤倪，軒豁呈露。"宋蘇舜欽蘇學士集十三石曼卿詩集序："曼卿資性軒豁，遇者輒詠，前後所爲，不可勝計。"

【軒轅】㊀即黃帝。古史傳説姓公孫。居於軒轅之丘，故名曰軒轅。戰勝炎帝於阪泉，戰勝蚩尤於涿鹿，諸侯尊爲天子。後人以黃帝爲中華民族的祖先。參閱史記五帝紀。㊁車輈。也指車。戰國策趙二："前有軒轅，後有長庭，美人巧笑。"説文通訓定聲六軥："大車左右兩木直而平者謂之轅；小車居中一木曲而上者謂之輈，故亦曰軒轅，謂其穹隆而高也。"㊂星名。史記天官書："軒轅，黃龍體。"正義："軒轅十七星，在七星北。黃龍之體。主雷雨之神，後宮之象也。"索隱引援神契作十二星。㊃傳説之國名。山海經海外西經："軒轅之國，在此窮山之際，其不壽者八百歲。在女子國北。人面蛇身。"㊄複姓。又稱帝鴻氏。宋有軒轅損。見通志二八氏族四以名爲氏。

【軒檻】殿前欄杆。漢書八二史丹傳："或置鼙鼓殿下，天子自臨軒檻上，隤銅丸以擿鼓。"文選三國魏王仲宣(粲)登樓賦："憑軒檻以遙望兮，向北風而開襟。"

【軒騫】高飛。元吳萊淵穎集八雙林寺觀傅大士頂相舍利及耕具故物詩："一牛眠雲已化石，雙鶴覆雨仍軒騫。"

【軒露】顯露。元柳貫柳待制集三商學士畫雲壑招提歌："商侯胸有羣玉府，借酒時時一軒露。"明宋濂宋學士集三閱江樓記："千載之祕，一旦軒露，豈非天造地設，以俟大一統之君，而開千萬世之偉觀者歟？"

【軒轅鏡】鏡名。宋趙希鵠洞天清禄集："軒轅鏡其形如毬，可作卧榻前懸挂，取以辟邪。"元曲選武漢臣生金閣四："只願老爺懷中高揣軒轅鏡，照察我這悲悲痛痛、酸酸楚楚、説無休、訴不盡的含冤負屈情。"

【軒然大波】高涌的波濤。唐韓愈昌黎集二岳陽樓別竇司直詩："軒然大波起，宇宙隘而妨。"後以喻大的糾紛或風潮。

軑 dài 特計切，去，霽韻，定。ㄉㄞˋ 徒蓋切，去，泰韻，定。

㊀車轂端的金屬冒。即"軧"。楚辭屈原離騷："屯余車其千乘兮，齊玉軑而並馳。"參見"軧"。㊁車轄。方言九："輪，韓楚之間謂之軑。"注："車轄也。"㊂縣名。漢置，屬江夏郡。南朝宋改孝寧。後周廢。在今湖北浠水縣蘭溪鎮附近。參閱漢書地理志上、水經注三五江水、嘉慶一統志三四〇黃州府一。

軏 yuè 魚厥切，入，月韻，疑。ㄩㄝˋ

説文作"軏"。置於轅的前端與車衡銜接處的銷釘。用於大車的稱輗，用於小車的稱軏。論語爲政："大車無輗，小車無軏，其何以行之哉？"

軎 wèi suì 于歲切，去，祭韻，于。ㄨㄟˋ ㄙㄨㄟˋ 祥歲切，去，祭韻，邪。

車軸頭。即轊字。也作軎。見説文。

【軎術】算學名詞。宋沈括夢溪筆談十八技藝："審方面勢覆，量高深遠近，算家謂之軎術。軎文象形，如繩木所用墨斗也。"

軕 chūn 丑倫切，平，諄韻，徹。ㄔㄨㄣ

㊀巡繞。亦作"輴"。秦嶧山刻石："窺輴遠方。"(金石萃編四)參閱説文解字十四上軕清段玉裁注。㊁載柩之車。通"輴"。説文："一曰下棺車曰軕。"

軓 fàn 防錽切，上，范韻，並。ㄈㄢˋ

車前擀版，在軾之前，與軫前後相對。周禮考工記："軓前十尺而策半之。"清戴震考工記圖釋車："軓與輢皆輿擀版。輢之言倚也，兩旁人所倚也。軓之言範也，範圍輿前也。"

軔 rèn 而振切，去，震韻，日。ㄖㄣˋ

㊀刹住車輪的木頭。故車啟行曰發軔。楚辭屈原離騷："朝發軔於蒼梧兮，夕余至乎縣圃。"亦謂阻住車輪。後漢書二九申屠剛傳："諫不見聽，遂以頭軔乘輿輪，帝遂爲止。"㊁柔，亦謂怠惰。管子制分："故凡用兵者，攻堅則軔，乘瑕則神。"荀子富國："其禮義節奏也，芒軔僈楛，是辱國已。"㊂通"仞"。孟子盡心上："掘井九軔而不及泉，猶爲棄井也。"參見"仞㊀"。

四畫

軖 kuáng 巨王切，平，陽韻，羣。ㄎㄨㄤˊ

手摇的繅絲車。通俗文："繰車曰軖。軖，笙也。"(玉函山房輯佚本)宋秦觀蠶書車："車制如轆轤，必活其兩輻，以利脱系。"注："車今呼爲軖。"

軘 tún 徒渾切，平，魂韻，定。ㄊㄨㄣˊ

見下。

【軘車】兵車名。左傳宣十二年："晉人懼二子之怒楚師也，使軘車逆之。"又襄十一年："鄭人賂晉侯以……廣車、軘車淳十五乘，甲兵備，凡兵車百乘；歌鐘二肆，及其鎛、磬；女樂二八。"注："廣車、軘車，皆兵車名。"疏："服虔云：軘車，屯守之車也。"

軛 è ㄜˋ

"軶"的俗字。見"軶"。

軜 nà 奴答切，入，合韻，泥。ㄋㄚˋ

驂馬的內側轡繩。詩秦風小戎："龍盾之合，鋈以觼軜。"

軞 máo 集韻 謨袍切，平，豪韻。ㄇㄠˊ

公車。詩魏風汾沮洳"殊異乎公路"漢鄭玄箋："公路，主君之軞車，庶子爲之，晉趙盾爲軞車之族，是也。"左傳宣二年作"旄"。釋文："旄，一本作軞。"

軟 ruǎn ㄖㄨㄢˇ

柔和。"輭"的異體字。唐元稹長慶集十七送嶺南崔侍御詩："火布垢塵須火浣，木綿温軟當綿衣。"

【軟火】猶言文火。唐白居易長慶集五二普池上舊亭詩："軟火深土爐，香醪小瓷榼。"

【軟半】即小半。唐白居易長慶集六八題

朗之槐亭詩:"春風可惜無多日,家醞唯殘軟半瓶。"

【軟紅】都市繁華。宋蘇軾分類東坡詩三次韻蔣頴叔錢穆父從駕景靈宮之一:"半白不羞垂領髮,軟紅猶戀屬車塵。"自注:"前輩戲語,有西湖風月,不如東華軟紅香土。"

【軟弱】力氣孱弱。戰國策楚四:"李園軟弱人也。"漢王充論衡氣壽:"人之稟氣,或充實而堅强,或虛劣而軟弱。"

【軟脂】饊子。一種油炸麪食。元宇文懋昭金志婚姻:"金人舊俗,……酒三行,進大軟脂、小軟脂,如中國寒具以進。"

【軟脚】㊀爲作客歸來的親友擧行慰勞。唐玄宗每歲去温泉,楊氏諸夫人從出有賜,曰"餞路";返有勞,曰"軟脚"。㊁病名。卽脚氣病。唐韓愈昌黎集二三祭十二郎文:"汝去年書云:'比得軟脚病,往往而劇。'"

【軟飽】飲酒。宋蘇軾分類東坡詩一發廣州:"三杯軟飽後,一枕黑甜餘。"自注:"浙人謂飲酒爲軟飽。"

【軟節】春天。藝文類聚四晉曹毗正朝詩:"軟節暢宇宙,和風被八區。"

【軟塵】軟紅塵,指京師車馬繁喧景象。宋陸游劍南詩稿十七仗錫平老自都城回見訪索怡雲堂詩:"東華軟塵飛撲帽,黄金絡馬人看好。"參見"軟紅"。

【軟舞】唐開元中樂舞。與"健舞"并稱。唐崔令欽教坊記:"垂手羅、回波樂、蘭陵王、春鶯、半社、渠借席、烏夜啼之屬,謂之軟舞。"段安節樂府雜録舞工:"舞者,樂之容也,……古之能者不可勝記,卽有健舞、軟舞、字舞、花舞……軟舞曲有涼州、緑腰、蘇合香、屈柘、團圓旋、甘州等。"注:"開成末有樂人崇胡子能軟舞,其腰支不異女郎也。"

【軟盤】豪家宴客,不設几案,令女妓手執以進,謂之軟盤。見宋沈括夢溪筆談九人事一、明王志堅表異録飲食。

【軟輿】軟座轎子。唐詩紀事四四王建宮詞:"御前新賜紫羅襦,步步金階上軟輿。"元詩選張憲玉笥集送鐵崖先生歸錢塘詩:"軟輿送别湖源道,江花照人日杲杲。"

【軟輪車】蒲輪安車。唐王維王右丞集三贈東岳焦練師詩:"頻蒙露版詔,時降軟輪車。"也名軟車。唐白居易長慶集五六和春深:"蘭索紉幽珮,蒲輪駐軟車。"

軝

qí 巨支切,平,支韻,羣。
ㄑㄧˊ

車轂末端用革纏束作爲裝飾的部分。一作"軝",見說文。詩小雅采芑:"方叔率止,約軝錯衡,八鸞瑲瑲。"傳:"軝,長轂之軝也,朱而約之。"疏:"言朱而約之,謂以朱色纏束車轂以爲飾。"

𨊻

fǎn 府遠切,上,阮韻,幫。
ㄈㄢˇ

車兩旁反出如耳的部分。說文:"𨊻,車耳反出也。"廣雅釋器:"轓謂之𨊻。"參見"轓"。

五　畫

軶

è 於革切,入,麥韻,影。
ㄜˋ

車上部件,軶首繫在車轅前脚横木,軶脚架於馬頭。俗作軛。左傳襄十四年:"射兩軥而還"注:"軥,車軶卷者。"疏引服虔:"車軶兩邊叉馬頸者。"

軯

pēng 音韻闡微 鋪庚切,平,庚韻,滂。
ㄆㄥ

象聲。後漢書五九張衡傳思玄賦:"豐隆軯其震霆兮,列缺曄其照夜。"此指雷聲。文選漢張平子(衡)東京賦:"撞洪鍾,伐靈鼓,旁震八鄙,軯磕隱訇,若疾霆轉雷而激迅風也。"此指鐘鼓之聲。

軻

1. kē 苦何切,平,歌韻,溪。
ㄎㄜ

㊀軸用兩木接起來的車。說文:"軻,接軸車也。"

2. kě 枯我切,上,哿韻,溪。
ㄎㄜˇ 口箇切,去,箇韻,溪。

㊁見"轗軻"。

【軻峨】高貌。唐劉禹錫劉夢得集五秋江晚泊詩:"軻峨艑上客,勸酒夜相依。"又八堤上行詩之三:"日晚上樓招估客,軻峨大艑落帆來。"

【軻蟲】海貝。後漢書八六西南夷傳哀牢夷:"出銅、鐵、……水精、瑠璃、軻蟲、蚌珠。"

【軻比能】人名。三國時鮮卑族首長。以勇健被推爲大人。魏文帝時内屬,封附義王。數與東部鮮卑大人素利及步度根相攻,有衆十餘萬騎。因叛服不常,爲魏將所刺殺。三國志魏有傳。

軷

bá 蒲撥切,入,末韻,並。
ㄅㄚˊ 蒲蓋切,去,泰韻,並。

將行,祭道神。卽軷祭。詩大雅生民:"取羝以軷。"傳:"軷,道祭也。"

【軷祭】祭行道之神。周禮夏官大馭:"大馭掌玉路以祀,及犯軷。"注:"行山曰軷。犯之者封土爲山象,以菩芻棘柏爲神主,既祭之,以車轢之而去,喻無險難也。"藝文類聚五九梁簡文帝和武帝詩:"犒兵隨後拒,軷祭逐前師。"

【軷壤】古祀行之禮。在廟門外之西爲軷壤,厚二尺,廣五尺,輪四尺,北面設主于軷上。見禮月令孟冬之月"其祀行"注。

軸

zhóu zhú 直六切,入,屋韻,澄。
ㄓㄡˊ ㄓㄨˊ

㊀車軸。管子乘馬:"其木可以爲材,可以爲軸。"戰國策魏一:"臣聞積羽沈舟,羣輕折軸,衆口鑠金。"引申爲中心、樞

軸

紐。南朝宋鮑照鮑氏集一蕪城賦:"柂以漕渠,軸以崑岡。"參見"當軸"。㊁窆車,升降棺所用。儀禮士喪禮:"升棺用軸。"注:"軸,輁軸也。輁狀如牀,軸其輪,輓而行。"㊂書畫卷軸。唐韓愈昌黎集七送諸葛覺往隨州讀書詩:"鄴侯家多書,插架三萬軸。"引申爲捲。唐裴硎傳奇崑崙奴:"一品命妓軸簾,召生入室。"(太平廣記一九四)㊃指可以旋轉之物。唐白居易長慶集十二琵琶引:"轉軸撥絃三兩聲,未成曲調先有情。"參見"杼軸㊀"。㊄詩衛風考槃:"碩人之軸。"傳:"軸,進也。"箋:"軸,病也。"疏以爲訓進爲"迪"之假借;訓病爲"逐"之假借。皆見爾雅釋詁。宋朱熹集傳訓軸爲盤桓不行之意。㊅通"舳"。見"軸轤"。

【軸轤】同舳艫。長方形的船。初學記六漢王粲浮淮賦:"軸轤千里,名卒億計。"參見"舳艫"。

軹

zhǐ 諸氏切,上,紙韻,照。
ㄓˇ

㊀車轂外端貫穿車軸的小孔。周禮考工記輪人:"五分其轂之長去三,以爲軹。"注:"軹,小穿也。"㊁車軸端。周禮考工記:"六尺有六寸之輪,軹崇三尺有三寸也。"疏:"軹是軸頭,處輪之中央,故崇三尺有三寸。"㊂車箱左右横直交結的欄木。周禮考工記輿人:"參分較圍去一,以爲軹圍。"注:"軹,輢之植者横者也。"㊃助詞。同"只"。莊子大宗師:"而奚來爲軹?"疏:"軹,語助也。"

【軹道】亭名。在陝西西安市東北。史記高祖紀:"秦王子嬰素車白馬,係頸以組,封皇帝璽符節,降軹道旁。"索隱:"漢宮殿疏云:枳道亭東去霸城觀四里,觀東去霸水百步。蘇林云:在長安東十三里也。"漢書高帝紀上作"枳道"。北周庾信庾子山集二哀江南賦:"是知并吞六合,

不免軹道之災；混一車書，無救平陽之禍。”

【軹關】地名。關當軹道之險，故名。爲太行八陘第一陘，爲軍事要衝。三國魏景初二年，司馬懿在汲，詔懿自軹關西還長安；晉咸和三年，石虎自軹關西入，擊趙之河東；卽此。北齊河清二年，斛律光築勳掌城於此。故地在河南濟源縣西北。參閱嘉慶一統志二〇三懷慶府二。

軦 kuàng 集韻 許放切，去，漾韻。ㄎㄨㄤˋ

蟲名。見“黃軦”。

軮 yǎng 烏朗切，上，蕩韻，影。ㄧㄤˇ

見下。

【軮軋】㊀廣大彌漫。亦作“坱軋”、“坱圠”。漢書八七上揚雄傳甘泉賦：“據軨軒而周流兮，忽軮軋而亡垠。”文選作“坱圠”。㊁象聲音。唐元稹長慶集十九遭風詩：“騰凌豈但河宮溢？軮軋渾憂地軸摧。”

軨 líng 郎丁切，平，青韻，來。ㄌㄧㄥˊ

㊀車箱的木格欄。亦作轜。說文：“軨，車轖間橫木。”楚辭宋玉九辯：“倚結軨兮長太息，涕潺湲兮下霑軾。”㊁車輪。亦作“轔”。禮曲禮上：“已駕，僕展軨效駕。”參閱清段玉裁說文解字注。㊂小車名。漢書百官公卿表上太僕：“又車府、路軨、騎馬、駿馬四令丞。”注引伏儼：“軨，今之小馬車曲輿也。”

【軨才】見“軡才”。

【軨軒】㊀有窗的車。文選漢揚子雲(雄)劇秦美新：“式軨軒旂旗以示之。”注：“軨軒，皆車也。尚書大傳：未命爲士，車不得有飛軨。鄭玄曰：如今窻車也。”㊁有窗格的小室或長廊。漢書八七上揚雄傳甘泉賦：“據軨軒而周流兮，忽軮軋而亡垠。”注：“軨軒謂前軒之軨也。軨者，軒間小木也，字與櫺同。”文選注引韋昭曰：“軨，欄也。軒，檻板也。”參見“櫺軒”。

【軨軨】傳說中的獸名。山海經東山經：“(空桑之山)有獸焉，其狀如牛而虎文，其音如欽，其名曰軨軨。”

【軨積】聚積。後漢書八六西南夷傳論：“又其賨賝火毳馴禽封獸之賦，軨積於內府。”宋劉攽刊誤謂：軨字誤，當作駢字。

【軨獵車】獵車。漢書宣帝紀元平元年：“太僕以軨獵車奉迎曾孫，就齊宗正府。”注：“文穎曰：‘軨獵，小車，前有曲輿不衣也，近世謂之軨獵車也。’……李奇曰：‘蘭輿輕車也。’(顏)師古曰：‘文、李二說皆是。時未備天子車駕，故且取其輕便耳。’”

軫 zhěn 章忍切，上，軫韻，照。ㄓㄣˇ

㊀車箱底部後面的橫木。周禮考工記：“車軫四尺。”注：“軫，輿後橫木。”車箱底部四周橫木亦曰軫。又考工記輈人：“軫之方也，以象地也。”疏：“不言輿言軫者，軫是輿之本。”戴震考工記圖上釋車：“輿下四面材合而收輿謂之軫，亦謂之收。獨以爲輿後橫者，失其傳也。”㊁謂車。國語晉四：“若資窮困，亡在長幼，還軫諸侯，可謂窮困。”注：“還軫，猶迴車。”㊂琴瑟箜篌等腹下轉動弦的木柱。魏書樂志：“中弦須施軫如琴，以軫調聲。”㊃轉。文選漢枚叔(乘)七發：“初發乎或圍之津涯，荄軫谷分。”注：“涯如草轉也。”㊄盛多。淮南子兵略：“畜積給足，士卒殷軫。”㊅痛。楚辭屈原九章惜誦：“背膺胖以交痛兮，心鬱結而紆軫。”參見“軫懷”。㊆陌路。通“畛”。淮南子要略：“測窈冥之深，以翔虛無之軫。”文選南朝宋謝靈運登臨海嶠初發彊中作與從弟惠連詩：“與子別山阿，含酸赴脩軫。”㊇星名。見“軫宿”。㊈春秋國名。爲楚所滅。左傳桓十一年：“楚屈瑕將盟貳、軫。”注：“貳軫，二國名。”在湖北應城縣。參閱清沈欽韓春秋左氏傳地名補注一。

【軫石】方石。楚辭屈原九章抽思：“軫石崴嵬，蹇吾願兮。”注：“軫，方也。……志如方石，終不可轉。”

【軫念】深切懷念。梁書沈約傳郊居賦：“思幽人而軫念，望東皋而長想。”

【軫恤】深切顧念和憐憫。猶軫念。宋史二七七張鑑傳：“顧此疲羸，尤堪軫恤。”

【軫宿】二十八宿之一。南方朱鳥七宿的末宿。右轄、左轄、長沙、青丘等星屬之，全部在今烏鴉、室女、長蛇諸座間。其本星有四，均屬烏鴉座。禮月令仲冬之月：“日在斗，昏東辟中，旦軫中。”

【軫悼】猶痛悼。唐白居易長慶集六一唐故武昌軍節度使元公墓誌銘：“薨于位，春秋五十三。上聞之，軫悼不視朝。”

【軫軫】盛大。史記律書：“軫者，言萬物益大而軫軫然。”漢書八七上揚雄傳校獵賦：“殷殷軫軫，被陵緣阪。”

【軫懷】痛念。楚辭屈原九章哀郢：“出國門而軫懷兮，甲之鼂吾以行。”

軼 1. yì 夷質切，入，質韻，喻。ㄧˋ

㊀超車。說文：“車相出也。”亦泛謂超越。莊子徐无鬼：“若是者超軼絕塵，不知其所。”漢書八七上揚雄傳河東賦：“軼五帝之遐迹兮，躡三皇之高蹤。”㊁突，襲擊。左傳隱九年：“彼徒我車，懼其侵軼我也。”㊂散失。通“佚”、“逸”。史記五帝紀贊：“書缺有閒矣，其軼乃時時見於他說。”㊃通“溢”。漢書地理志上：“軼爲滎。”注：“軼與溢同。”書禹貢作“溢”。

2. dié 徒結切，入，屑韻，定。ㄉㄧㄝˊ

㊄更迭。通“迭”。史記封禪書：“自五帝以至秦，軼興軼衰。”漢書郊祀志作“迭”。

3. zhé 集韻 直列切，入，薛韻。ㄓㄜˊ

㊅車迹。通“轍”。莊子天地：“季徹局局然笑曰：‘夫子之言，於帝王之德，猶螳蜋之怒臂以當車軼，則必不勝任矣。’”釋文：“軼，音轍。”

【軼材】才能出衆。史記一一七司馬相如傳諫獵疏：“卒然遇軼材之獸，駭不存之地，……豈不殆哉！”文選作“軼才”。漢書六四下王褒傳：“益州刺史(王襄)因奏褒有軼材，上迺徵褒。”

【軼事】同逸事。不見於記載的事迹。史記六二管晏傳贊：“至其書，世多有之，是以不論，論其軼事。”

【軼倫】超出一般。同“逸倫”。鶡冠子天權：“歷越踰俗，軼倫越等。”參見“逸倫”。

【軼詩】同逸詩。指未編入三百篇的古詩。史記六一伯夷傳：“余悲伯夷之意，睹軼詩可異焉。”

軺 yáo 餘昭切，平，宵韻，喻。ㄧㄠˊ 市昭切，平，宵韻，禪。

㊀小車。國語齊：“負任擔荷，服牛軺馬。”注：“軺，馬車也。”漢書平帝紀元始三年：“親迎，立軺併馬。”注引服虔：“軺，立乘小車也。併馬，驪駕也。”㊁使車。文選南朝梁丘希範(遲)與陳伯之書：“佩紫懷黃，讚帷幄之謀；乘軺建節，奉疆埸之任。”後世沿用軺爲使車。參見“軺車”、“軺傳”。

【軺車】一馬駕之輕便車。墨子雜守：“以軺車，輪軲廣十尺。”史記一〇〇季布傳：“朱家迺乘軺車之洛陽，見汝陰侯滕公。”索隱：“謂輕車，一馬車也。”晉書輿

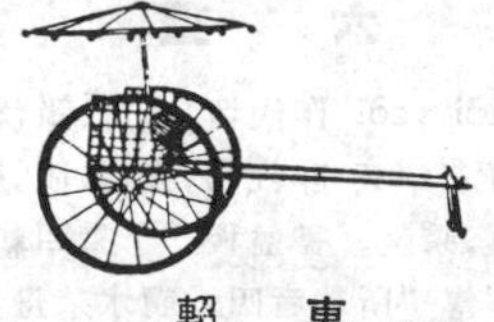

軺車

服志:"古之時軍車也。一馬曰軺車,二馬曰軺傳。漢世貴輜軿而賤軺車,魏晉重軺車而賤輜軿。"

【軺傳】使者所乘之車。漢書高帝紀下五年"(田橫)乘傳詣雒陽"注:"如淳曰:'律,四馬高足爲置傳,四馬中足爲馳傳,四馬下足爲乘傳,一馬二馬爲軺傳。'傳者若今之驛。古者以車,謂之傳車。其後又單置馬,謂之驛騎。"

軥 qú gōu 其俱切,平,虞韻,羣。
ㄑㄩˊ ㄍㄡ 古侯切,平,侯韻,見。

㊀車轅前駕馬之具。即軛。因勾曲夾貼馬頸,故謂之軥。左傳襄十四年:"射兩軥而還。"注:"軥,車軛卷者。"釋文:"服(虔)云:車軛兩邊叉馬頸者。"㊁夏后之輅曰軥。見廣韻。㊂見"軥録"。

軥

【軥牛】小牛。史記一二四游俠傳朱家:"食不重味,乘不過軥牛。"

【軥録】形容勤勞。亦作"拘録"。荀子榮辱:"孝弟原愨,軥録疾力,以敦比其事業,而不敢怠傲。"又君道:"愿愨拘録計數纖嗇而無敢遺喪。"

軵 rǒng 而隴切,上,腫韻,日。
ㄖㄨㄥˇ

㊀推。呂氏春秋精通:"慈石召鐵,或引之也;樹相近而靡,或軵之也。"漢書七九馮奉世傳:"往者數不料敵,而師至於折傷,再三發軵,則曠日煩費,威武虧矣。"㊁擠。淮南子氾論:"相戲以刃者,太祖軵其肘。"今讀 fǔ。

軱 gū 古胡切,平,模韻,見。
ㄍㄨ

大骨。莊子養生主:"技經肯綮之未嘗,而況大軱乎?"亦謂盤骨。見廣韻。

軬 fàn 扶晚切,上,阮韻,並。
ㄈㄢˋ

車篷。三國志魏常林傳注引魏略時苗:"始之官,乘薄軬車,黄牸牛,布被囊。"方言九:"車枸簍,西隴謂之㡛。"晉郭璞注:"㡛,即軬字。"

【軬帶】繫車篷的帶子。方言九"車枸簍……其上約謂之箹"晉郭璞注:"即軬帶也。"

六畫

載 1. zài cài 作代切,去,代韻,精。
ㄗㄞˋ ㄘㄞˋ 昨代切,去,代韻,從。

㊀乘具,乘坐。書益稷:"予乘四載,隨山刊木。"傳:"所載者四,謂水乘舟,陸乘車,泥乘輴,山乘樏。"㊁裝載。易大有:"大車以載。"疏:"猶若大車以載物也。"亦謂所載之物。詩小雅正月:"屢顧爾僕,不輸爾載。"㊂盛,放置。凡酒在尊,牲在俎,皆曰載。詩大雅旱麓:"清酒既載,騂牡既備。"儀禮士冠禮:"若殺則特豚載合升。"注:"凡牲皆用左胖,煮於鑊曰亨,在鼎曰升,在俎曰載。"㊃戴。詩周頌絲衣:"載弁俅俅。"箋:"載猶戴也。"釋名釋姿容:"戴,載也,載之於頭也。"㊄充滿。詩大雅生民:"實覃實訏,厥聲載路。"㊅始。詩豳風七月:"春日載陽,有鳴倉庚。"孟子萬章上:"朕載自亳。"㊆裝飾。淮南子兵略:"夫栝淇衛箘簵,載以銀錫。"注:"載,飾也。飾箭以銀。"㊇通"再"。呂氏春秋順民:"文王載拜稽首而辭。"漢王符潛夫論考績:"其不貢士也,一則黜爵,載則黜地,三黜則爵土俱畢。"㊈則。詩大雅江漢:"時靡有争,王心載寧。"箋:"載之言則也。"㊉語詞。詩鄘風載馳:"載馳載驅,歸唁衛侯。"又秦風小戎:"言念君子,載寢載興。"

2. zǎi 作亥切,上,海韻,精。
ㄗㄞˇ

⑪記録,載籍。書禹貢:"冀州既載。"又洛誥:"丕視功載。"傳:"視羣臣有功者記載之。"宋蔡沈集傳:"功載者,記功之載籍也。"⑫年和歲的别稱。書堯典:"朕在位七十載。"爾雅釋天:"載,歲也。夏曰歲,商曰祀,周曰年,唐虞曰載。"唐天寶三年改年爲載,至肅宗乾元元年復舊,凡十四年。見舊唐書玄宗紀下。

【載初】唐武則天年號。公元 689—690 年。

【載弄】詩小雅斯干:"乃生男子,……載弄之璋。……乃生女子,……載弄之瓦。"載,語詞。後人斷章取義,以"載弄"謂誕生。唐員半千尹尊師碑:"及載弄之始,目光炯然,眸子轉眄,若有所見。"(金石萃編七一)

【載₂記】舊史爲曾立名號而非正統者所作的傳記,以别於本紀、列傳。後漢書四十上班固傳:"固又撰功臣、平林、新市、公孫述事,作列傳、載記二十八篇,奏之。"按今本漢書標目無載記。三國魏樂資有山陽公載記。至唐人纂晉書,敍十六國始用載記之目。四庫全書史部有載記類,專收吳越春秋以下偏方割據的史籍,史家或謂之霸史。

【載₂書】盟書。會盟時所訂的誓約文字。孟子告子下:"葵丘之會諸侯,束牲載書而不歃血。"左傳襄九年:"晉士莊子爲載書。"注:"載書,盟書。"

【載脂】詩邶風泉水:"載脂載舝,還車言邁。"謂命駕而行。唐杜甫九家集注杜詩六赤谷:"亂石無改轍,我車已載脂。"

【載師】官名。周禮地官之屬,掌任土之法,如園廛、郊甸、漆林之類。因其地以制爲貢賦。見周禮地官載師。

【載筆】攜帶文具記録王事。禮曲禮上:"史載筆,士載言。"注:"筆,謂書具之屬。"疏:"史謂國史,書録王事者。王若舉動,史必書之。王若行往,則史載書具而從之也。"梁書任昉傳:"昉雅善屬文,尤長載筆。"

【載福】承受福惠。漢焦延壽易林八坎之乾:"載福綏厚。"

【載璧】祭祀所用之璧。國語晉四:"及河,子犯授公子載璧。"注:"載,祀也。"

【載₂籍】書籍。史記六一伯夷傳:"夫學者載籍極博,猶考信於六藝。"史記一一七司馬相如傳封禪文:"軒轅之前,遐哉邈乎,其詳不可得聞也。五三六經載籍之傳,維見可觀也。"

【載舟覆舟】孔子家語五儀:"夫君者舟也,庶人者水也,水所以載舟,亦所以覆舟。"後來因以載舟覆舟作爲警戒帝王注意民心向背的習用語。

【載酒問字】漢書八七下揚雄傳贊:"家素貧,耆酒,人希至其門,時有好事者載酒肴從游學。"又:"劉棻嘗從雄學作奇字。"後世傳爲博學高名的典故。

較 1. jué 古岳切,入,覺韻,見。
ㄐㄩㄝˊ

㊀說文作"較"。車箱兩旁橫木,跨於輢上者。其長與車箱等,平底築孔,以納軨子,謂之牝服。前端有曲鉤謂之耳。棧車無軨,故無較。命士以上一較,卿以上重較,重較則重耳。參見"重較"。㊁直。尚書大傳二:"覺兮較兮。"注:"較兮,謂直道者。"㊂相競爭。通"角"。孟子萬章下:"魯人獵較。"

2. jiào 古孝切,去,效韻,見。
ㄐㄧㄠˋ

㊃比較,考校。通"校"。新唐書百官志一:"歲較其屬功過。"㊄明。舊音角。見"較₂著"。㊅略,概略。晉嵇康嵇中散集五聲無哀樂論:"古人知情不可恣,欲不可極,……使哀不至傷,樂不至淫。斯其大較也。"㊆不等,差。金元好問遺山集十一論詩絶句詩:"無人說與天隨子,春草輸贏較幾多。"

【較₂炳】著明。漢書八五谷永傳:"大異較炳如彼,水災浩浩,黎庶窮困如此。"

【較₂略】猶言大致、大體。三國志吳孫皎傳："此人雖粗豪，有不如人意時，然其較略，大丈夫也。"

【較₂量】比較，衡量。唐韓愈昌黎集十二進學解："較短量長，惟器是適。"宋梅堯臣宛陵集十二郡閣閱書投壺和呈相國晏公詩："較量人世無窮樂，羅列平生未見書。"

【較₂著】明顯。史記六一伯夷傳："此其尤大彰明較著者也。"漢王充論衡藝增："經增非一，略舉較著，令恍惑之人，觀覽采擇，得以開心通意，曉觸覺悟。"

【較₂然】顯明貌。史記一一二平津侯主父傳："輕財重義，較然著明，未有若故丞相平津侯公孫弘者也。"

【較₂藝】比賽技藝。文苑英華七一一唐符載陪劉尚書宴集北池序："獻奇較藝，鉤索勝負。"宣和畫譜十八花鳥四宋崔白："祖宗以來，圖畫院之較藝者，必以黃筌父子筆法爲程式。"

輆 kǎi 苦亥切，上，海韻，溪。ㄎㄞˇ

困。漢揚雄太玄經六止："折于株木，輆于砭石，止。"注："高上則石困，進退不宜。故言輆于砭石也。"

【輆沐】古國名。墨子節葬下："昔者越之東有輆沐之國者。其長子生，則解而食之。謂之宜弟。其大父死，負其大母而棄之，曰：'鬼妻不可與居處。'"

輁 gǒng 居悚切，上，腫韻，見。ㄍㄨㄥˇ 渠容切，平，鍾韻，羣。

車。文選南朝宋顏延年(延之)宋文皇帝元皇后哀策文："龍輁纚綍，容翟結驂。"參見"輁軸"。

【輁軸】支棺的工具。儀禮既夕禮："遷於祖用軸。"注："軸，輁軸也。軸狀如轉轔，刻兩頭爲軹。輁狀如長牀，穿桯前後，著金而關軹焉。"

軾 shì 賞職切，入，職韻，審。ㄕˋ

㈠車箱前扶手橫木。戰國策秦一："伏軾撙銜，橫歷天下。"經傳多作"式"。㈡古人立乘，扶軾表示敬意，或傾聽，或注視。呂氏春秋期賢："魏文侯過段干木之閭而軾之。"參見"式㈢㈣"。

【軾鼃】鼃，卽蛙字。見"式怒蛙"。

輊 zhì 陟利切，去，至韻，知。ㄓˋ

車前重向下叫輊。詩小雅六月："戎車既安，如輊如軒。"參見"軒輊"。

輀 ér 如之切，平，之韻，日。ㄦˊ

喪車。見說文。漢書九九下王莽傳："百官竊言，此似輀車，非僊物也。"(百衲本)亦作轜。釋名釋喪制："輿棺之車曰轜。"

輇 quán 市緣切，平，仙韻，禪。ㄑㄩㄢˊ

㈠斫全木製成沒有輻條的輪子。周禮地官遂師："蜃車之役"。蜃車或作"輇車"。漢鄭玄注謂其四輪迫地而行。㈡見"輇才"。

【輇才】小才。莊子外物："已而後世輇才諷說之徒皆驚而相告也。"釋文："李(頤)云：輇量人也。本或作軨，軨，小也。本又或作輕。"

輅 1. hé 胡格切，入，陌韻，溪。ㄏㄜˊ 集韻 轄格切，入，陌韻。

㈠挽輦的橫木，縛於轅上，供人拉車使用。廣韻作"輅"。儀禮既夕："賓奉幣由馬西，當前輅，北面致命。"漢書四三婁敬傳："敬脫輓輅。"注引蘇林："輅，一木橫遮車前，二人挽之，一人推之。"孟康、顏師古、史記索隱均音胡格切。㈡挽車。管子小匡："服牛輅馬。"

2. lù 洛故切，去，暮韻，來。ㄌㄨˋ

㈢大車。論語衛靈公："乘殷之輅。"文選漢張平子(衡)東京賦："龍輅充庭，雲旗拂霓。"注："輅，天子之車也。"

3. yà ㄧㄚˋ

㈣迎。通"迓"。左傳僖十五年："輅秦伯，將止之。"注："輅，迎也。"釋文："五嫁反。"

軫 qǐ 康禮切，上，薺韻，溪。ㄑㄧˇ

礙。管子輕重甲："弓弩多匡軫者。"

輈 zhōu 張流切，平，尤韻，知。ㄓㄡ

㈠轅。用於大車上的稱轅，用於兵車、田車、乘車上的稱輈。輈爲曲木，一端爲方形，置於軸中央，從車底伸出漸漸隆起，又漸成圓木。木前端置橫木，稱爲衡。衡兩端作缺月形，夾貼馬頸，稱爲軛，也稱軥。見圖。左傳隱十一年："公孫閼與潁考叔爭車，潁考叔挾輈以走。"參閱周禮考工記輈人。㈡泛指爲車。楚辭屈原九歌東君："駕龍輈兮乘雷，載雲旗兮委蛇。"

【輈人】造輈的工匠。周禮考工記："輈人爲輈。"

【輈張】㈠囂張。後漢書董皇后紀："后每欲參干政事，(何)太后輒相禁塞，后忿恚，詈言曰：'汝今輈張，怙汝兄耶！'"注："輈張，猶彊梁也。"㈡驚懼貌。文選晉劉越石(琨)答盧諶詩序："自頃輈張，困於逆亂，國破家亡，親友彫殘。"

輂 jú 居玉切，入，燭韻，見。ㄐㄩˊ

㈠駕馬的大車。周禮地官鄉師："正治其徒役與其輂輦。"注："輂駕馬，……所以載任器也。"㈡盛土的器具。漢書五行志上："陳畚輂，具綆缶。"今本左傳襄九年作"陳畚挶"。

七畫

輐 wàn 集韻 戶管切，上，緩韻。ㄨㄢˋ

圓。見下。

【輐斷】使圓而無稜角，圓而不粘。莊子天下："椎拍輐斷，與物宛轉。"

輔 fǔ 扶雨切，上，麌韻，並。ㄈㄨˇ

㈠附於車輻的直木，用以加固。詩小雅正月："其車既載，乃棄爾輔。……無棄爾輔，員于爾輻。"宋朱熹注："輔，如今人縛杖於輻，以防輔車也。員，益也，輔所以益輻也。"㈡腮，頰輔。通"酺"。易咸："咸其輔頰舌，滕口說也。"參見"輔車"。㈢輔助。詩魯頌閟宮："大啟爾宇，爲周室輔。"三國志蜀諸葛亮傳："若嗣子可輔，輔之。"後世稱宰相爲輔。北史陸俟傳："年未二十，時人便以宰輔許之。"㈣官名。禮文王世子："虞、夏、商、周有師保，有疑丞，設四輔及三公。"疏："其四輔者，案尚書大傳云：古者天子必有四鄰，前曰疑，後曰丞，左曰輔，右曰弼。"府吏胥徒也稱輔。周禮天官大宰："乃施典于邦國而建其牧，立其監，……置其輔。"疏："置其輔者，謂三卿下各設府史胥徒。"㈤京畿稱輔。如漢三輔。晉書地理志上："武帝改河上、渭南、中地爲京兆、馮翊、扶風，是爲三輔也。"參見"畿輔"。㈥星名。漢書八四翟方進傳："輔湛沒，火守舍，萬歲之期近慎朝暮。"注引張晏："北斗第四星旁一小星曰輔。"晉書天文志上："抱北極四星曰四輔，所以輔佐北極而出度授政也。"㈦姓。春秋晉智果別族于太史，爲輔氏。及智氏亡，唯輔果在。見國語晉九。唐有輔公祏。

【輔行】副使。孟子公孫丑下："孟子爲卿於齊，出弔於滕，王使蓋大夫王驩爲輔行。"

【輔車】頰輔與牙牀。喻相依之物。左

傳僖五年:"諺所謂輔車相依,唇亡齒寒者,其虞、虢之謂也。"注:"輔,頰輔。車,牙車。"呂氏春秋權勳:"虞之與虢也,若車之有輔也。車依輔,輔亦依車。"參閱清段玉裁說文解字注十四下"輔"。

【輔佐】輔弼,大臣。漢書五四蘇武傳:"是以表而揚之,明著中興輔佐,列於方叔召虎仲山甫焉。"又五六董仲舒傳:"此大臣輔佐之職,三公九卿之任。"

【輔相】㊀助,佐。易泰:"后以財成天地之道,輔相天地之宜,以左右民。"疏:"相,助也。當輔助天地所生之宜。"孟子公孫丑上:"又有微子微仲王子比干箕子膠鬲,皆賢人也,相與輔相之。"㊁謂宰相。魏書衛操傳:"桓帝嘉之,以爲輔相,任以國事。"

【輔弼】佐助。常指宰相等大臣。國語吳:"昔吾先王世有輔弼之臣,以能遂疑計惡,以不陷於大難。"尚書大傳虞夏傳皋陶謨:"古者天子必有四鄰:前曰疑,後曰丞,左曰輔,右曰弼。"

【輔然】親附貌。荀子非十二子:"輔然端然,……是子弟之容也。"

【輔導】輔助勸導。漢書宣帝紀元康三年詔:"及故掖庭令張賀輔導朕躬,修文學經術,恩惠卓異,厥功茂也。"

【輔檠】矯正弓弩的工具。漢桓寬鹽鐵論申韓:"是以聖人審於是非,察於治亂,故設明法,陳嚴刑,防非矯邪,若隱括輔檠之正弧刺也。"

【輔用庫】元官署名。屬供膳司。元史百官志三:"輔用庫,秩正九品。掌規運息錢,以給供需。"

【輔國公】清宗室封爵有十四等。八等爲奉恩輔國公,十等爲不入八分輔國公。見清會典事例二宗人府封爵。

【輔國將軍】㊀武散官,漢獻帝置。見通典三四職官十六。㊁清宗室封爵有十四等。十二等爲輔國將軍,位次鎮國將軍。見清會典事例二宗人府封爵。

輒 zhé 陟葉切,入,葉韻,知。ㄓㄜˊ

㊀車廂兩輢如耳垂的部分。輢,車箱兩旁的木板。見說文"輒"。參見"車耳"。㊁獨,特;專擅。三國志魏曹爽傳:"臣輒敕主者及黃門令罷爽羲訓吏兵,以侯就第。"㊂每,總是。史記九七酈生傳:"諸客冠儒冠來者,沛公輒解其冠,溲溺其中。"㊃即時。史記八七李斯傳:"宦者輒從轀輬車中可諸奏事。"漢書景帝紀中五年:"諸獄疑,若雖文致於法,而於人心不厭者,輒讞之。"㊄則。漢書食貨志上:"地方百里之增減,輒爲粟百八十萬石矣。"㊅足疾。穀梁傳昭二十年:"輒者何也?曰:兩足不能相過。齊謂之綦,楚謂之踙,衛謂之輒。"㊆見"輒然"。

【輒沐】古國名。列子湯問:"越之東有輒沐之國。"墨子節葬下作"輆沐"。參見該條。

【輒然】不動貌。莊子達生:"必齊(齋)以靜心。……齊七日,輒然忘吾有四枝形體也。"

輕 qīng 去盈切,平,清韻,溪。ㄑㄧㄥ 墟正切,去,勁韻,溪。

㊀車名。見"輕車"。㊁分量小,與重相對。書呂刑:"上刑適輕下服,下刑適重上服。輕重諸罰有權。"孟子梁惠王上:"權然後知輕重,度然後知長短。"減少分量也說輕。荀子富國:"輕田野之稅。"㊂輕易,輕視。老子:"夫輕諾必寡信。"管子權修:"祿賞加于無功,則民輕其祿賞。"㊃輕佻。左傳僖三三年:"秦師輕而無禮,必敗。輕則寡謀,無禮則脫,入險而脫,又不能謀,能無敗乎?"荀子不苟:"小人……喜則輕而翾,憂則挫而慴。"注:"輕謂輕佻失據。"㊄不貴重;小,薄。孟子盡心下:"民爲貴,社稷次之,君爲輕。"漢書六二司馬遷傳報任安書:"人固有一死,死有重於泰山,或輕於鴻毛,用之所趨異也。"

【輕土】質地鬆的土壤。淮南子地形:"輕土多利,重土多遲。"

【輕民】游手無正業的人。管子七法:"百姓不安其居,則輕民處而重民散。"注:"輕民,謂爲盜者。用盜致富,故處。重民,謂務農者。爲盜破產,故散。"

【輕生】㊀輕棄性命。管子法法:"上妄誅則民輕生,民輕生則暴人興。"㊁輕賤的生命。南齊謝朓謝宣城詩集三始出尚書省:"中區咸已泰,輕生諒昭洒。"

【輕車】㊀兵車名。周禮春官車僕:"掌戎路之萃……輕車之萃。"注:"萃猶副也。此五者皆兵車。……輕車,所用馳敵致師之車也。"左傳哀二七年:"將爲輕車千乘以厭齊師之門。"參閱宋書禮志五輕車。㊁輕捷的車。淮南子原道:"末世之御,雖有輕車良馬,勁策利鍛,不能與之爭先。"

【輕呂】劍名。逸周書克殷:"武王答拜。先入,適王所。乃剋射之,三發而後下車,而擊之以輕呂,斬之以黃鉞。"史記周紀作"輕劍"。

【輕身】㊀輕卑自身。孟子梁惠王下:"何哉,君所爲輕身以先於匹夫者。"㊁使身輕舉。道家稱不食五穀、服藥行氣,可使身輕舉。史記留侯世家:"乃學辟穀,道引輕身。"政和證類本草六萎蕤:"久服去面黑䵟,好顏色潤澤,輕身不老。"㊂空身。初學記二一南朝陳周弘正學中早起聽講詩:"未解輕身去,唯應下第歸。"

【輕典】輕法。周禮秋官大司寇:"掌建邦之三典,……一曰刑新國用輕典,二曰刑平國用中典,三曰刑亂國用重典。"北史蘇威傳:"奏減賦役,務從輕典。"

【輕肥】論語雍也:"(公西)赤之適齊也,乘肥馬,衣輕裘。"後遂以輕肥指輕車肥馬。藝文類聚二八南朝梁蕭子範東亭極望詩:"從君採蘼葛,寧復想輕肥?"唐杜甫杜工部草堂詩箋三二秋興八之三:"同學少年多不賤,五陵衣馬自輕肥。"

【輕佻】不穩重。尉繚子治本:"民相輕佻,則欲心與爭奪之心起矣。"三國志吳孫堅孫策傳評:"然皆輕佻果躁,隕身致敗。"

【輕盈】纖柔輕飄的樣子。樂府詩集三四相逢行:"下車何輕盈,飄然似落梅。"唐劉禹錫劉夢得集九楊柳枝詞:"輕盈嫋娜占春華,舞榭妝樓處處遮。"

【輕容】薄紗名。亦作"輕褣"。唐李賀歌詩編二惱公:"蜀煙飛重錦,峽雨濺輕容。"白居易長慶集十七元九以綠絲布白輕褣見寄製成衣服以詩報知:"綠絲文布素輕褣,珍重京華手自封。"參閱元周密齊東野語十輕容方空。

【輕脆】鬆散不固結,輕浮脆弱。漢書溝洫志馮逡奏言:"郡承河下流,與兗州東郡分水爲界,城郭所居尤卑下,土壤輕脆易傷。"晉書石苞傳詔:"吳人輕脆,終無能爲。"

【輕窕】不穩重。左傳成十六年:"欒書曰:楚師輕窕,固壘而待之,三日必退。"

【輕訬】㊀輕捷。後漢書六十上馬融傳廣成頌:"或輕訬趫悍,廋疏𡜊領。"㊁輕狡,浮躁。文選晉左太沖(思)吳都賦:"其鄰則有任俠之靡,輕訬之客。"宋書廬陵王義真傳:"(徐)羨之等……以義真輕訬,不任主社稷,因其與少帝不協,乃奏廢之。"參見"訬輕"。

【輕率】不慎重。世說新語任誕"王劉共在杭南酣宴於桓子野家"注引南朝宋明帝文章志:"(謝)尚性輕率,不拘細行。"南齊書晉安王子懋傳:"子懋謂(陳顯達)曰:'朝廷令身單身而反。身是天王,豈可過爾輕率?"

【輕脫】輕佻,不穩重。後漢書八四曹世

叔妻(班昭)傳女誡:“若夫動静輕脱,視聽陜輸……此謂不能專心正色矣。”三國志吴張紘傳:“(孫)策身臨行陳,紘諫曰:‘夫主將乃籌謨之所自出,三軍之所繫命也,不宜輕脱,自敵小寇。’”

【輕健】輕捷强健。唐段成式酉陽雜俎續集八支動:“鄆縣侯生者,於漚麻池側得鱓魚,大可尺圍。烹而食之,髮白復黑,齒落更生,自此輕健。”

【輕煖】㊀指輕而煖的衣服。墨子辭過:“冬則輕煖,夏則輕凊。”㊁微煖。元詩選黄庚月屋漫稿修竹宴客東園:“酒當半醉半醒處,春在輕寒輕暖中。”暖,同“煖”、“煗”。

【輕僄】輕浮。遼史宋王喜隱傳:“喜隱輕僄無恆,小得志卽驕。”

【輕銀】淡薄的銀泥。唐李賀歌詩編四蘭香神女廟三月中作:“舞珮剪鸞翼,帳帶塗輕銀。”

【輕蔑】非薄,輕視。詩大雅桑柔“國步蔑資”漢鄭玄箋:“蔑猶輕也。……國家爲政行此,輕蔑民之資用。”

【輕趫】便捷矯健。唐高適高常侍集一睢陽酬别暢大判官詩:“軍中多燕樂,馬上何輕趫。”

【輕諾】見“輕諾寡信”。

【輕舉】㊀輕身升起。楚辭屈原遠遊:“悲時俗之迫阨兮,願輕舉而遠遊。”注:“高翔避世,求道真也。”三國魏曹植曹子建集六仙人篇:“萬里不足步,輕舉淩太虛。”也比喻致身高位。晉張華張茂先集上巳篇:“高飛舞鳳翼,輕舉攀龍鱗。”㊁舉動輕率。韓非子難四:“輕舉以行計,則人主危。”㊂輕裝疾進。三國志吴呂岱傳:“或謂岱曰:‘(士)徽藉累世之恩,爲一州所附,未易輕也。’岱曰:‘今徽雖懷逆計,未過吾之卒至,若我潛軍輕舉,掩其無備,破之必也。’”

【輕薄】㊀與厚重相對。史記平準書:“今半兩錢法重四銖,而姦或盜摩錢裏取鋊,錢益輕薄而物貴,則遠方用幣煩費不省。”㊁輕浮刻薄,不厚道。漢書六四上嚴助傳淮南王安上書:“且越人愚戆輕薄,負約反覆,其不用天子之法度,非一日之積也。”唐杜甫杜工部草堂詩箋七貧交行:“翻手爲雲覆手雨,紛紛輕薄何須數。”㊂放蕩。文選三國魏阮嗣宗(籍)詠懷詩之八:“平生少年時,輕薄好弦歌。”

【輕騎】輕裝的騎兵。史記九九劉敬傳:“匈奴河南白羊、樓煩王,去長安近者七百里,輕騎一日一夜可以至秦中。”

【輕㽋】輕脆的土壤。周禮地官草人:“凡糞種……彊㯺用蕡,輕㽋用犬。”注:“彊㯺,强堅者。輕㽋,輕脆者。”疏:“㽋脆聲相近,故知㽋卽脆也。”

【輕齎】輕裝。史記一一一衛將軍驃騎傳:“驃騎將軍去病率師,躬將所獲葷粥之士,約輕齎,絶大幕。”唐顔師古漢書衛青霍去病傳注:“輕齎者,不以輜重自隨,而所齎糧食少也。一曰齎字與資同,謂資裝也。”

【輕鷁】小船。古於舟首畫鷁形,後作爲船的通稱。全唐詩一一六張子容泛永嘉江日暮迴舟:“無雲天欲暮,輕鷁大江清。”

【輕侮法】後漢章帝建初中,有人殺侮辱其父者,帝判以死刑而降宥之。自後成爲法例,稱輕侮法。和帝時尚書張敏駁議,謂相殺之路不可開,乃廢。見後漢書四四張敏傳。

【輕高麪】食品名。唐韋巨源食帳有婆羅門輕高麪,猶今之饅頭。見宋陶穀清異録饌羞。(説郛六一)

【輕薄篇】樂府雜曲歌辭。樂府詩集六七輕薄篇樂府解題:“輕薄篇,言乘肥馬,衣輕裘,馳逐經過爲樂。與少年行同意。何遜云‘城東美少年’,張正見云‘洛陽美少年’,是也。”

【輕齎銀】明時漕米兑運法,民運至淮安、徐州、臨清、德州諸倉,兑與軍運入京,需付路費耗米。每石米隨船給運四斗,其餘折銀,稱爲輕齎銀。清制,每納入京倉漕米一石,所附加耗米視遠近而定。山東、河南爲一斗六升,江蘇、安徽二斗六升,江西、浙江、湖南、湖北三斗六升,每升折徵銀五釐,時稱一六輕齎、二六輕齎、三六輕齎。運京倉、通州倉的漕米,每石附納木板、大竹、蓆片等物,如折銀,也稱輕齎銀。參閲明史食貨志三、續文獻通考二漕運、清會典事例一九四戶部漕運隨漕輕齎易米折銀。參見“兑運法”。

【輕車都尉】勳官名。漢武帝以公孫賀爲輕車將軍。梁、陳、後魏、北齊、北周、隋皆有輕車都尉,以獎戰功。唐雜用隋制,有上輕車都尉、輕車都尉等勳官,共十二階,正二品至從七品。輕車都尉爲從四品。宋、金、元、明沿唐制而品階名稱稍有不同。清有一等二等三等輕車都尉,與騎都尉、雲騎尉,均爲世職。參閲通典三四職官十六勳官、文獻通考六四職官十八、續文獻通考六四職官十四、清文獻通考九十職官十四。

【輕車熟路】駕輕就熟。喻辦事順利,不費力氣。唐韓愈昌黎集二一送石處士序:“若駟馬駕輕車就熟路,而王良造父爲之先後也。”宋辛棄疾稼軒詞一賀新郎和徐斯遠下第謝諸公載酒相訪:“逸氣軒眉宇,似王良輕車熟路,驊騮欲舞。”

【輕財好施】指人慷慨好義,不以錢財置懷。唐李白李太白文二六上安州裴長史書:“曩昔東遊維揚,不逾一年,散金三十餘萬,有落魄公子,悉皆濟之,此則是白之輕財好施也。”

【輕裘緩帶】輕暖的裘、寬鬆的衣帶。形容雍容閒適的風度。晉書羊祜傳:“在軍常輕裘緩帶,身不被甲。鈴閣之下,侍衛者不過十數人,而頗以畋漁廢政。”宋王安石臨川集二一次韻酬子玉同年詩:“塞垣高壘深溝地,幕府輕裘緩帶時。”

【輕諾寡信】輕易允諾,很少守信。老子:“夫輕諾必寡信,多易必多難。”

【輕舉妄動】不經周密考慮,草率採取行動。宋李心傳建炎以來繫年要録三七建炎四年趙鼎與劉光世書:“固不可輕舉妄動,重貽朝廷之憂;亦安忍坐視不救,滋長賊勢,留無窮之患。”

【輕薄少年】輕浮放蕩的青年。漢書九十尹賞傳:“雜舉長安中輕薄少年惡子,無市籍商販作務,而鮮衣凶服被鎧扞持刀兵者,悉籍記之,得數百人。”也稱輕薄子、輕薄兒。後漢書二四馬援傳誡兄子嚴敦書:“效(杜)季良不得,陷爲天下輕薄子,所謂畫虎不成反類狗者也。”文選南朝梁沈休文(約)三月三日率爾成篇:“洛陽繁華子,長安輕薄兒。”

【輕薄蓮華】宋陶穀清異録作用:“王行簡,江西人。口吻甚惡,當世之事莫不品藻。一經題品,終身不可逃醜。識者憎長,號行簡舌頭爲輕薄蓮華。”(説郛六一)

【輕塵棲弱草】微塵依附在弱草上。喻人生渺小短暫。元郝經續後漢書列女傳曹文叔妻:“人生世間,如輕塵棲弱草爾,何至自苦迺爾?”

輑 qún ㄑㄩㄣˊ 去倫切,平,真韻,溪。

文選漢張平子(衡)南都賦:“溝澮脈連,隄塍相輑。”注:“輑,相連之貌,丘筠反。”

輷 tián ㄊㄧㄢˊ 徒年切,平,先韻,定。

見下。

【輷輷】衆車聲。見廣韻。文選晉左太沖(思)魏都賦:“振旅輷輷,反旆悠悠。”注:“史記蘇秦曰:輷輷殷殷,若三軍之衆。”今本史記六九蘇秦傳作“輷輷”。見該條。

輓 wǎn 無遠切，上，阮韻，明。
ㄨㄢ 無販切，去，願韻，明。

俗作“挽”。㊀拉車，牽引。左傳襄十四年：“夫二子者，或輓之，或推之，欲無入，得乎？”㊁謂助葬牽引喪車。因而泛用以表示哀悼。參見“輓歌”、“輓聯”。㊂通“晚”。見“輓近世”。

【輓歌】送喪哀悼的歌。晉書禮志中：“漢魏故事，大喪及大臣之喪，執紼者輓歌。新禮以爲輓歌出於漢武帝役人之勞歌，聲哀切，遂以爲送終之禮。”參見“挽歌”。

【輓輸】運送物資。漢書五二韓安國傳：“又遣子弟乘邊守塞，轉粟輓輸，以爲之備。”

【輓聯】哀悼死者的對聯。宋陸游老學庵筆記一記趙元鎮(鼎)丞相謫朱崖，病亟，自書銘旌云：“身騎箕尾歸天上，氣作山河壯本朝。”爲輓聯之始。參閱清梁紹壬兩般秋雨龕隨筆六輓聯。

【輓近世】猶言近世、近代。史記一二九貨殖傳：“必用此爲務，輓近世塗民耳目，則幾無行矣。”索隱：“輓音晚，古字通用。”

輷 tián 徒年切，平，先韻，定。
ㄊㄧㄢ

見下。

【輷輷】喜悅貌。全唐詩六〇九皮日休魯望昨以五百言見貽……：“日晏朝不罷，龍姿歡輷輷。”

八畫

琕 fú 房六切，入，屋韻，並。
ㄈㄨ

說文：“琕，車笭間皮篋。古者使奉玉，以藏之。”字也作“韠”。盛弓弩器。通“箙”。文選漢張平子(衡)東京賦：“琕弩重旃，朱旄青屋。”

輦 niǎn 力展切，上，獮韻，來。
ㄋㄧㄢ

㊀人拉的車。竹書紀年上夏后氏帝癸：“遷于河南，初作輦。”詩小雅黍苗：“我任我輦，我車我牛。”自漢以來以輦爲人君之乘。見晉書輿服志、通典六六禮二六輦輿。㊁後世專稱天子的車爲輦，因稱京城爲輦下、輦轂下。文選晉左太沖(思)吳都賦：“於是樂只衎而歡飫無匱，都輦殷而四奧來暨。”注：“輦，王者所乘，故京邑之地通曰輦焉。”周書孝義傳：“叔毗切同氣之悲，援白刃而不顧，雪家冤於輦轂。”㊂拉車。左傳襄十年：“秦堇父輦重如役。”注：“步挽重車以從師。”

【輦下】謂京城。唐杜牧樊川集外集冬至日遇京使發寄舍弟詩：“鐏前豈解愁家國？輦下唯能憶弟兄。”參見“輦轂下”。

【輦夫】運輸器物的役人。新唐書一八〇李德裕傳：“舊制，歲杪運內粟贍黎巂州，……常以盛夏至，地苦瘴毒，輦夫多死。”

【輦車】人拉的車。1.宮中所用。周禮謂之連車，連，音輦。後世稱爲步輦。周禮春官巾車：“輦車組輓，有翣羽蓋。”亦名羊車。晉書輿服志：“羊車，一名輦車。其上如軺，伏兔箱，漆畫輪軛。”2.載兵器所用。漢書四四淮南王傳：“以輦車四十乘反谷口。”注：“輦車，人輓行以載兵器也。”

【輦郎】宮廷中引御輦的官。漢書三六楚元王傳附劉向：“年十二，以父德任爲輦郎。”注引服虔：“如今引御輦郎也。”北魏有侍輦郎。見北史韓茂傳。

【輦席】車茵，車褥子。南史宋太祖紀：“又輦席舊以烏皮緣故，欲代以紫皮，上以……紫色貴，並不聽改。”

【輦道】可乘輦往來的宮中道。史記武帝紀太初元年：“乃立神明臺、井幹樓，度五十餘丈，輦道相屬焉。”又一一七司馬相如傳上林賦：“華榱璧璫，輦道纚屬。”也泛指帝王車駕所經之路。同“輦路”。文選南朝宋顏延年(延之)三月三日曲水詩序：“南除輦道，北清禁林。”

【輦路】天子車駕常經之路。文選漢班孟堅(固)西都賦：“輦路經營，脩除飛閣。”注：“輦路，輦道也。”唐詩紀事二文宗宮中題：“輦路生春草，上林花滿枝。”

【輦轂】天子的車輿。用以代指天子。文選三國魏曹子建(植)求通親親表：“出從華蓋，入侍輦轂。”也謂京師。宋書孔琳之傳奏劾徐羨之：“羨之內居朝右，外司輦轂，任位隆重，百辟所瞻。”

【輦轂下】天子車駕近旁。亦謂京師。漢書六二司馬遷傳報任安書：“僕賴先人緒業，得待罪輦轂下，二十餘年矣。”注：“言侍從二子之車輿。”北齊書路去病傳：“京城下有鄴臨漳成安三縣，輦轂之下舊號難治。”宋黃庭堅山谷外集十六送薛樂道知鄚鄉詩：“歲晚相望青雲衢，去年樽酒輦轂下。”

輨 guǎn 古滿切，上，緩韻，見。
ㄍㄨㄢ

車轂頭包的冒蓋。或作“錧”。也叫軑。方言九：“關之東西曰輨，南楚曰軑。”急就篇三：“輻轂輨轄輮轑轅。”注：“輨，轂端之鐵也。”

輧 1. píng 薄經切，平，青韻，並。
ㄆㄧㄥ 部田切，平，先韻，並。
㊀有帷蓋的車。見“輧車”、“輜輧”。
2. pēng 集韻披庚切，平，庚韻。
ㄆㄥ
㊁見“輧₂訇”。

【輧車】㊀婦女所乘四周有障蔽的車。後漢書輿服志上：“太皇太后、皇太后法駕。……非法駕，則乘紫罽輧車。”㊁兵車的一種。周禮春官車僕“(掌)苹車之萃”漢鄭玄注：“苹，猶屏也。所用對敵自蔽隱之車也。……杜子春云：苹車當爲輧車。”

【輧₂訇】衆鳥奮飛聲。文選漢張平子(衡)西京賦：“鳥則……南翔衡陽，北栖雁門，奮隼歸鳧，沸卉輧訇，衆形殊聲，不可勝論。”

【輧輅】后妃所乘輧車。文選南朝宋謝希逸(莊)宋孝武宣貴妃誄：“帷軒夕改，輧輅晨遷。”

【輧羅衣】衣名。唐蘇鶚杜陽雜编中：“寶曆二年淛東國貢舞女二人，……衣輧羅之衣，戴輕金之冠，表異國所貢也。輧羅衣無縫而成，其紋巧織，人未之識焉。”

輬 liáng 呂張切，平，陽韻，來。
ㄌㄧㄤ

卧車。文選戰國楚宋玉招魂：“軒輬既低，步騎羅些。”

【輬車】旁開窗牖的卧車。漢書六八霍光傳“載光尸柩以輼輬車”注：“臣瓚曰：‘案杜延年奏，載霍光柩以輬車，駕大廄白虎駟，以輼車駕大廄白鹿駟爲倅。’輼輬，本安車也，可以卧息。後因載喪，飾以柳翣，故遂爲喪車耳。輼者密閉，輬者旁開窗牖，各别一乘，隨事爲名。後人既專以載喪，又去其一，總爲藩飾，而合二名呼之耳。”

輤 qiàn 倉甸切，去，霰韻，清。
ㄑㄧㄢ

載柩車之飾。禮雜記上：“其輤有裧，緇布裳帷，素錦以爲屋而行。”後因以輤裧指柩車。唐竇從直盧公夫人崔氏墓誌：“乃歲十月六日奉夫人輤裧啟府君東北九里合防，以虞陵谷，順也。”(金石萃編一〇六)

【輤車】柩車。宋曾鞏元豐類稿六胡大傅挽詞之二：“輤車俄就路，瑞節始還鄉。”

輘 1. léng 魯登切，平，登韻，來。
ㄌㄥ

㊀車聲。見“輘輷”。

2. líng 集韻 閭承切,平,蒸韻。
ㄌㄧㄥˊ

㊁見"輘$_2$轢"。

【輘輷】大聲。文選漢王子淵(褒)洞簫賦:"故其武聲則若雷霆輘輷,佚豫以沸㥜。"

【輘$_2$轢】車輪輾軋。喻踐踏。漢書五二灌夫傳:"輘轢宗室,侵犯骨肉。"史記作"淩轢"。

輛 liàng 力讓切,去,漾韻,來。
ㄌㄧㄤˋ

車一乘稱一輛。古作"兩"。輛爲後起字。元史百官志六:"器物局,秩從五品。掌……御用各位下鞍轡、忽哥輌子、帳房車輛金寶器物。"參見"兩㊅"。

輢 yǐ 於綺切,上,紙韻,影。
ㄧˇ 於義切,去,寘韻,影。

車旁人所凭倚之木。戰國策趙三:"今王憧憧,乃輦建信以與强秦角逐,臣恐秦折王之輢也。"宋鮑彪注:"元作椅。輢車旁也,以輦喻,故云。"引申爲凭倚,靠近。文選晉左太沖(思)蜀都賦:"於前則跨躡犍牂,枕輢交趾。"

輚 zhàn 士限切,上,産韻,牀。
ㄓㄢˋ 士諫切,去,諫韻,牀。

臥車。亦兵車。亦作"轏"。見廣韻。

【輚輅】文選漢班孟堅(固)西都賦:"於是後宮乘輚輅,登龍舟。"注:"埤蒼曰:輚,卧車也。"後漢書四十上班彪傳附班固作"棧路"。

輟 chuò 陟劣切,入,薛韻,知。
ㄔㄨㄛˋ

停,中止。論語微子:"耰而不輟。"

【輟斤】停止使用斧頭。漢書八七下揚雄傳解難:"獿人亡則匠石輟斤而不敢妄斲。"意謂無知己,不願輕試其技。引申爲失去知己。唐盧照鄰幽憂子集六南陽公集序:"輟斤之慟,何獨莊周?聞笛而悲,甯惟向秀?"

【輟朝】㊀中止朝見。禮曲禮下:"輟朝而顧,不有異事,必有異慮。"疏:"臣於朝,矜莊儼恪,視不流目。若忽止朝而迴顧,此若非見異事,則心有異慮也。"㊁停止視朝。北周庾信庾子山集十五鄭偉墓誌銘:"天子輟朝,彌深大臣之議。羣公會葬,咸得同盟之禮。"

【輟耕録】明陶宗儀撰。三十卷。前有元至正丙午年孫作序。書中稱明兵爲集慶軍、江南游軍。當是元末時所作。雜記元代法令制度及見聞瑣事。宗儀,天台人,故載元末江浙事尤詳。間附書畫文藝考證,亦以精當著稱。

輥 gǔn 古本切,上,混韻,見。
ㄍㄨㄣˇ

㊀車轂均勻整齊。指榦木正圓,不橈不減。説文引周禮考工記輪人:"望其轂,欲其輥。"今本考工記輥作"眼"。注:"鄭司農(衆)云:眼讀如限切之限。"㊁滚動。宋蘇軾東坡詞南柯子觀潮:"雷輥夫差國,雲翻海若家。"

【輥繡毬】詞調名。調見宋趙長卿惜香樂府。雙調六十五字,前段七句兩仄韻,後段七句三仄韻。見詞譜十四。

輠 1. guǒ 古火切,上,果韻,見。
ㄍㄨㄛˇ 胡火切,上,果韻,匣。

㊀車之盛膏器。史記七四荀卿傳:"談天衍,雕龍奭,炙轂過髡。"集解:"(劉向)別録曰過字作輠。輠者車之盛膏器也。炙之雖盡,猶有餘流者。言淳于髡智不盡如炙輠也。"

2. huì 胡瓦切,上,馬韻,匣。
ㄏㄨㄟˋ 胡罪切,上,賄韻,匣。

㊁轉貌。禮雜記下:"叔孫武叔朝,見輪人以其杖關轂而輠輪者。"疏:"關,穿也。輠,迴也。謂作輪之人以扶病之杖關穿車轂中,而迴轉其輪。"

輪 1. lún 力迍切,平,諄韻,來。
ㄌㄨㄣˊ

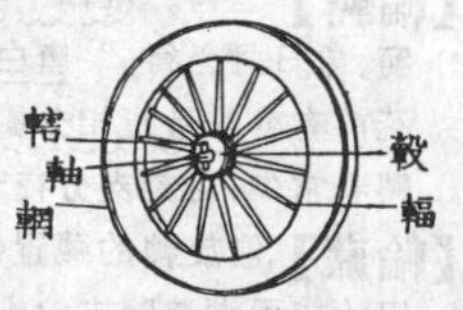

輪

㊀車輪。古代用堅木作輪,内周以貫軸者曰轂,外周曰牙,亦謂之輞。拄於轂與輞之間者曰輻。一軸兩輪,夾輔車旁,隨輪的旋轉而使車前進。見圖。周禮考工記:"是故察車自輪始。"㊁謂車。舊題晉王嘉拾遺記周穆王:"又副以瑤華之輪十乘,隨王之後,以載其書。"文苑英華一九二南朝梁簡文帝長安道:"椎輪抵長樂,複道向宜春。"㊂轉。吕氏春秋大樂:"天地車輪。"注:"輪,轉。"㊃輪流。神仙傳張道陵:"使諸弟子隨事輪出米絹器物。"㊄謂凡平圓形如車輪之物。1.月輪。梁簡文帝集二十空六首水月詩:"圓輪既照水,初生亦映流。"2.收卷釣絲的轉輪。文選晉潘安仁(岳)西征賦:"徒觀其鼓枻迴輪,灑釣投網。"謂爲車以收釣緡也。㊅面積的縱度。周禮地官大司徒:"以天下土地之圖,周知九州之地域廣輪之數。"參見"廣輪"。㊆外緣,周圍。參見"輪郭"。㊇高大。禮檀弓下:"美哉輪焉,美哉奐焉。"注:"輪,輪囷,言高大。"參見"輪奐"。

2. lūn
ㄌㄨㄣ

㊈揮動。同"掄"。元曲選李直夫虎頭牌二:"你索與他演槍刀,輪劍戟,習弓箭。"

【輪人】周官名。掌製造車輪及有關部件。墨子天志上:"譬如輪人之有規,匠人之有矩。"參閲周禮考工記輪人。

【輪王】佛家語。即轉輪王。法苑珠林八貴賤:"一、貴中之貴,謂輪王等;二、貴中之次,謂粟散王等。"

【輪充】輪流充當。宋史食貨志上六役法下:"處州松陽縣倡爲義役,衆出田穀助役户輪充。自是所在推行。"

【輪直】輪流當值。直,同"值"。元詩選楊奂還山遺稿録汴梁宫人語之三:"殿前輪直罷,偷去賭金釵。"

【輪囷】㊀屈曲貌。史記八三鄒陽傳獄中上書:"蟠木根柢輪囷離詭,而爲萬乘器者。"集解引張晏曰:"輪囷離詭,委曲槃戾也。"也作"輪菌"。文選漢枚叔(乘)七發:"龍門之桐高百尺而無枝,中鬱結之輪菌,根扶疏以分離。"㊁高大貌。禮檀弓下"美哉輪焉"注:"輪,輪囷,言高大。"文選三國魏何平叔(晏)景福殿賦:"爰有遐狄,鐐質輪菌。"

【輪扁】古代斲輪的名匠,名扁。莊子天道:"桓公讀書於堂上,輪扁斲輪於堂下。"後用作名匠高手的代稱。文選晉陸士衡(機)文賦:"是蓋輪扁所不得言,亦非華説之所能精。"南齊書陸厥傳沈約答陸厥書:"韻與不韻,復有精粗,輪扁不能言,老夫亦不盡辨此。"

【輪相】㊀觀佛三昧海經一序觀地品:"自有衆生樂觀如來足下平滿,不容一毛,足下千輻輪相。"是説佛足掌紋如千輻輪。㊁塔頂的槃蓋。見"相$_2$輪"。

【輪迴】也作"輪回"。㊀循環不息。南齊書竟陵文宣王子良傳:"前人增估求俠,後人加税請代,如此輪回,終何紀極?"㊁佛家認爲世界衆生莫不展轉生死於六道之中,如車輪旋轉,稱爲輪迴,惟成佛之人始能免受輪迴之苦。法華經方便品:"以諸欲因緣,墜墮三惡道,輪迴六趣中,備受諸苦毒。"

【輪奐】高大華美,高大衆多。禮檀弓下:"晉獻文子成室,晉大夫發焉。張老曰:'美哉輪焉,美哉奐焉。'"文選南齊王簡栖(屮)頭陀寺碑文:"丹刻翬飛,輪奐離立。"也作"輪焕"。唐白居易長慶集五二和望曉詩:"星河稍隅落,宫闕方輪煥。"

【輪扇】節氣測驗器。隋書律曆志上候

氣：「後齊神武霸府田曹參軍信都芳有巧思，……又爲輪扇二十四，埋地中以測二十四氣。每一氣感，則一扇自動，他扇並住，與管灰相應，若符契焉。」

【輪班】輪流值班。宋李昴英文溪集六嘉熙己亥著作郎奏劄：「諫紙來上，邇臣直前，輪班敷陳，投匭徑達。」宋史職官志一參知政事：「至道元年，詔宰相與參政輪班知印，同升政事堂。」

【輪軒】達官貴人所乘之車。北周庾信庾子山集一小園賦：「況乃黃鶴戒露，非有意於輪軒；爰居避風，本無情於鐘鼓。」

【輪郭】邊緣。物體的外緣。三國志魏董卓傳：「更鑄爲小錢，大五分，無文章，肉好無輪郭，不磨鑢，於是貨輕而物貴。」也作「輪廓」。唐王度古鏡記：「辰畜之外，又置二十四字，周遶輪廓，文體似隸，點畫無缺，而非字書所有也。」（太平廣記二三〇）

【輪彩】謂日光。唐許渾丁卯集上鶴林寺中秋夜玩月詩：「輪彩漸移金殿外，鏡光猶掛玉樓前。」

【輪船】南宋初，鍾相楊幺於洞庭湖中造船，船中設輪，踏輪激水使船前進。見宋史三六五岳飛傳。其後虞允文命水軍戰士踏車船，中流上下，回轉如飛。見宋史三八三虞允文傳。輪船之名，始於宋末。元史一二八阿术傳：「宋稗將張貴張順裝軍衣百船，自上流入襄陽。阿术攻之，順死，貴僅得入城。俄乘輪船順流東走。」近代稱以蒸氣等爲動力推動機器而駛行之船爲輪船。

【輪番】輪班。宋程頤伊川文集三三學看詳文：「今立法改試爲課，更不考定高下，只輪番請召學生，當面下點抹，教其未至。」遼史營衛志中冬捺鉢：「壽寧殿北有長春帳，衛以硬寨。官用契丹兵四千人，每日輪番千人祗直。」

【輪臺】地名。土名玉古爾，或作布古爾。漢武帝時曾遣戍屯田於此。唐貞觀中置縣。治所在今新疆米泉縣。唐岑參岑嘉州詩二白雪歌送武判官歸京：「輪臺東門送君去，去時雪滿天山路。」即此。參閱嘉慶一統志五二三喀喇沙爾玉古爾。

【輪蓋】車蓋。借指作官之人。文選南朝梁劉孝標（峻）廣絕交論：「故輪蓋所游，必非夷惠之室；苞苴所入，實行張霍之家。」

【輪鞅】謂車馬。晉陶潛陶淵明集二歸園田居詩之二：「野外罕人事，窮巷寡輪鞅。」

【輪對】宋太祖建隆三年，初定百官輪對制。每五日內殿起居，輪一員上殿，指陳時政得失，自侍從以下，稱輪當面對；如爲臺諫官，則稱有本職公事；若三衙大帥，則稱執杖子奏事。通稱輪對。參閱宋趙升朝野類要一輪對。

【輪燈】佛前掛燈，形狀如輪，故名。廣弘明集二八下陳文帝藥師齋懺文：「十方世界若輪燈而明朗，七百鬼神尋結縷而應赴。」唐釋皎然集二酬李侍御萼題看心道場賦以眉毛腸心牙等五字詩：「定起輪燈缺，宵分印月斜。」

【輪蹄】車輪馬蹄。唐韓愈昌黎集七南內朝賀歸呈同官詩：「綠槐十二街，渙散馳輪蹄。」

【輪環】循環。唐司馬貞補史記三皇紀：「金木輪環，周而復始。」

【輪囷】多貌。文選三國魏何平叔（晏）景福殿賦：「爾乃開南端之豁達，張筍虡之輪囷。」

【輪輿】輪人和輿人。輪人製車輪；輿人製車箱。見周禮考工記。孟子盡心下：「梓匠輪輿能與人規矩，不能使人巧。」唐韓愈昌黎集六符讀書城南詩：「木之就規矩，在梓匠輪輿。」

【輪轉】迴轉。淮南子兵略：「輪轉而無窮，象日月之行。」唐白居易長慶集五五花前有感兼呈崔相公劉郎中詩：「四時輪轉春常少，百刻支分夜苦長。」

【輪藏】能旋轉的藏置佛經的書架。明田汝成西湖遊覽志餘十四方外玄蹤：「高麗寺輪藏甚偉。宋時，高麗國進金字藏經一部，貯其中，到今猶有存者。其原起于傅大士。以經目繁多，人或不能遍閱，乃就山中建大層龕，一柱八面，實以諸經，運行不礙，謂之輪藏。」

【輪臺子】詞調名。調見宋柳永樂章集。雙調，有一百十四字，一百四十字兩體。見詞譜三六。

【輪臺詔】漢書九六下西域傳贊：「是以末年遂棄輪臺之地，而下哀痛之詔，豈非仁聖之所悔哉？」後常引謂皇帝追悔往事引咎自責之言。宋楊萬里誠齋集一讀罪己詔詩：「莫讀輪臺詔，令人淚點垂。」

輞

wǎng 文兩切，上，養韻，明。

ㄨㄤˇ

車輪的外周。廣韻作「輌」。釋名釋車：「輞，罔也，罔羅周輪之外也。」抱朴子微旨：「猶工匠之爲車焉，轅輞軸轄莫或應虧也。」

【輞川】水名。又名輞谷水。在陝西藍田縣南。川口卽嶢山之口。兩山夾峙，川水從此北流入灞，路甚險狹。過此則豁然開朗，山巒掩映，風景幽美，有唐王維別業，後捨爲寺。參閱嘉慶一統志二二七西安府一山川。

【輞川圖】唐王維晚年在藍田輞口得宋之問藍田別墅，改築別業，水環舍下，風景奇勝，與友裴迪浮舟往來其間。嘗集其所作詩號輞川集，又自圖其山水，號輞川圖。唐朱景玄唐朝名畫錄著錄入妙品上。後爲退隱別業的通名。宋蘇軾分類東坡詩十二李伯時畫其弟亮工舊隱宅圖：「五畝自栽池上竹，十年空看輞川圖。」

輣

péng 薄庚切，平，庚韻，並。

ㄆㄥˊ 薄萌切，平，耕韻，並。

㊀兵車。史記一一八衡山王傳：「王乃使（子）孝客江都人救赫陳喜作輣車鏃矢。」㊁樓車。後漢書光武帝紀上：「衝輣橦城。」注：「輣，樓車也。」廣韻作「輣」。

【輣軋】象聲詞。波相激聲。文選漢張平子（衡）南都賦：「流湍投濈，砏汃輣軋。」

輈

zhōu 職流切，平，尤韻，照。

ㄓㄡ

重。儀禮既夕禮：「志矢一乘，軒輈中。」疏：「恆矢之屬，軒輈中，所謂志也。」軒輈，猶軒輊；中，適中。言前後輕重適中。

輡

kǎn 苦感切，上，感韻，溪。

ㄎㄢˇ

見「輡軻」、「輡轗」。

【輡軻】不遇，不得志。楚辭漢東方朔七諫怨世：「年既已過太半兮，然埳軻而留滯。」注：「輡軻，不遇也。埳，一作轗，一作輡。」

【輡轗】車行不平。比喻遭遇挫折，不順利。見玉篇、廣韻。參見「坎廩」。

輗

ní 五稽切，平，齊韻，疑。

ㄋㄧˊ

大車車杠（轅）和衡相固着的銷子。論語爲政：「大車無輗，小車無軏，其何以行之哉？」

【輗軏】輗與軏爲車杠與衡相固著的銷子。比喻事物的關鍵。漢揚雄太玄經一閑：「拔我輗軏，貴以信。」注：「輗軏，喻信也。治民以道，信行於下也。」唐韓愈昌黎集二送文暢師北遊詩：「已窮佛根源，粗識事輗軏。」

輜

zī 側持切，平，之韻，莊。

ㄗ 楚持切，平，之韻，初。

㊀有帷蓋可載重的車。管子問：「鄉師車輜造修文具，其繕何若？」急就篇三：「輜軺轅軸輿輪轑。」注：「輜，衣車，四面皆蔽

也。」參見「輜車」。㊁輜重。淮南子兵略：「隧路亟，行輜治，……此司空之官也。」注：「行輜，道路輜重。」

【輜車】有帷蔽可坐卧載物的車。釋名釋車：「輜車，載輜重，卧息其中之車也。」史記留侯世家：「上雖病，彊載輜車，卧而護之，諸將不敢不盡力。」又六五孫子(臏)傳：「於是乃以田忌爲將，而孫子爲師，居輜車中，坐爲計謀。」

輜車

【輜重】行者攜載的物資。常指軍用物資。孫子軍爭：「是故軍無輜重則亡。」漢書五二韓安國傳：「王恢李息別從代主擊輜重。」注：「輜，衣車也；重謂載重物車也。故行者之資，總曰輜重。」

【輜軿】輜車、軿車，都是有障蔽的車。軿車四面有衣蔽；衣車後有衣蔽，而前開户，可以啟閉；輜車則前有衣蔽，而後開户。泛指有衣蔽之車，多爲婦人所乘。舊題漢劉向列女傳四齊孝孟姬：「妾聞妃后踰閾，必乘安車輜軿。」漢書七六張敞傳：「禮，君母出門則乘輜軿。」也指有覆蓋的載重之車。梁書元帝紀告四方檄：「舳艫汎水，以掎其南；輜軿委輸，以重其北。」參閱釋名釋車、周禮春官巾車清孫詒讓正義。

【輜囊】隨軍之物資。資治通鑑二五四唐廣明元年：「(張)承範盡散其輜囊以給士卒。」注：「輜囊，謂輜重、橐囊也。輜重，隨軍之物；橐囊，私裝也。」

輝 huī ㄏㄨㄟ 許歸切，平，微韻，曉。

光。同「煇」。三國志魏陳思王植傳上疏求自試：「螢燭末光，增輝日月。」晉書天文志上：「極在天之中……夏時陽氣多，陰氣少。陽氣光明，與日同輝，故日出即見。」

【輝光】光輝。易大畜：「剛健篤實，輝光，日新其德。」漢書七五李尋傳對問：「夫日者，衆陽之長，輝光所燭，萬里同晷，人君之表也。」

【輝映】光明照射。文選南朝宋謝靈運登江中孤嶼詩：「雲日相輝映，空水共澄鮮。」

【輝特】部族名。原爲杜爾伯特屬部，姓依克明安。明時土爾扈特北遷後，成爲四額魯特之一。清乾隆時内附，隸於科布多大臣，受定邊左副將軍的節制。見清續文獻通考三二八輿地二四喀爾喀蒙古。

【輝發】㊀部族名。明海西女真四部之一。本姓伊克得里。後黑龍江尼瑪察部遷居該地，改姓納喇，其後人招服附近諸部，築城於輝發河邊呼爾奇山，號輝發國，明萬曆三十五年爲建州女真努爾哈赤所滅。參閱嘉慶一統志六八吉林二古蹟案語。㊁河名。也稱柳河。源出吉林柳河縣西南，東北流經輝南縣，匯一統河、三統河諸水，經黑石、樺甸注入松花江。文獻通考作「回霸」，遼史作「回跋」，金史作「晦發」，明一統志作「灰扒」。參閱嘉慶一統志六七吉林一。

【輝赫】顯耀。北齊顔之推顔氏家訓省事：「印組光華，車騎輝赫。」唐李白李太白詩十四宣州九日……寄崔侍御之一：「彤襜雙白鹿，賓從何輝赫。」

【輝縣】縣名。屬河南省。古共伯國，春秋併於衛。漢爲共縣。隋爲共城縣。金貞祐三年改置輝州。明清爲縣，皆屬衛輝府。參閱寰宇通志九十衛輝府。

輩 bèi ㄅㄟˋ 補妹切，去，隊韻，幫。

㊀百輛車。亦謂分行列之車。說文：「若軍發，車百兩爲輩。」宋戴侗六書故：「車以列分爲輩。」㊁等第，類。史記六五孫臏傳：「馬有上中下輩。」謂有三等。世說新語傷逝：「王(戎)曰：『聖人忘情，最下不及情；情之所鍾，正在我輩。』」引申爲羣、隊。三國志魏滿寵傳：「當先破賊大輩，然後圍乃得解。」㊂表示人的多數。史記秦始皇紀：「(趙)高使人請子嬰數輩，子嬰不行。」又八九張耳陳餘傳：「使者往十餘輩輒死，若何以能得王？」㊃行輩，輩分。晉書吐谷渾傳：「當在汝之子孫輩耳。」㊄比。後漢書七六循吏傳序：「邊鳳延篤先後爲京兆尹，時人以輩前世趙(廣漢)張(敞)。」藝文類聚八二南朝梁劉孝威謝東宮賚藕啟：「凡厥水羞，莫敢相輩。」

【輩出】一個一個不斷出現，指人才。後漢書六十下蔡邕傳上封事：「孝武之世，郡舉孝廉，又有賢良文學之選，於是名臣輩出，文武並興。」

【輩行】㊀輩分。唐韓愈昌黎集三一太原王公神道碑銘：「當時名公皆折官位輩行願爲交。」㊁排行。新唐書一五七陸贄傳：「贄入翰林，年尚少，以材幸，天子常以輩行呼而不名。」按唐人稱呼多用排行，如長輩稱第幾丈或第幾伯叔，平輩稱第幾兄弟。㊂同輩人。宋文天祥文山集二山中謾成柬劉方齋詩：「二三輩行惟須醉，多少公卿未得歸。」

【輩作】㊀全家一起勞作。詩周頌載芟「千耦其耘」漢鄭玄箋：「輩作者千耦，言趨時也。」唐孔穎達疏：「輩作者，合家盡行，輩輩俱作。」㊁成羣而起。後漢書六十上馬融傳廣成頌：「遊雉羣驚，晨鳧輩作。」

【輩流】同輩人。北史李穆傳：「穆長子惇，……惇於輩流中特被引接。」唐韓愈昌黎集三八月十五夜贈張功曹詩：「同時輩流多上道，天路幽險難追攀。」

九畫

輶 yóu ㄧㄡˊ 以周切，平，尤韻，喻。與久切，上，有韻，喻。余救切，去，宥韻，喻。

㊀輕車。詩秦風駟驖：「輶車鸞鑣，載獫歇驕。」㊁輕。詩大雅烝民：「德輶如毛，民鮮克舉之。」

【輶軒】輕車。使臣所乘之車。漢揚雄方言一書全稱爲輶軒使者絶代語釋別國方言。漢應劭風俗通序：「周秦常以歲八月遣輶軒之使求異代方言。」文選晉左太沖(思)吴都賦：「輶軒蓼擾，彀騎煒煌。」

輳 còu ㄘㄡˋ 倉奏切，去，候韻，清。

車輪之輻集於轂。見「輻輳」。

輻 fú ㄈㄨˊ 方六切，入，屋韻，幫。

車輪中連接軸心和輪圈的直木條。老子：「三十輻共一轂，當其無，有車之用。」周禮考工記輪人：「輻也者，以爲直指也。」

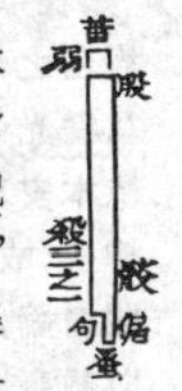
輻

【輻湊】也作「輻輳」。車輻集中於軸心。喻人或物聚集一處。戰國策魏一：「地四平，諸侯四通，條達輻湊，無有名山大川之阻。」淮南子主術：「夫人主之聽治也，清明而不闇，虛心而弱志，是故羣臣輻湊並進，無愚智賢不肖，莫不盡其能。」史記九九叔孫通傳：「且明主在其上，法令具於下，使人人奉職，四方輻輳，安敢有反者。」

輭 ruǎn ㄖㄨㄢˇ 而兗切，上，獮韻，日。

柔弱。異體作「軟」。古籍中「輭」、「軟」互用。參見「軟」字各條。

【輭輪】蒲裹車輪。古時徵聘長者，用輭輪車，表示優禮。後漢書明帝紀永平二年詔：「尊事三老，兄事五更，安車輭輪，供綏執授。」

輮 róu ㄖㄡˊ 人九切，上，有韻，日。人又切，去，宥韻，日。

㊀車輪的外周。亦稱輞(网)或牙。周禮考工記車人:"行澤者反輮,行山者仄輮。"疏:"此經言車牙所宜外內堅濡之事。"㊁使物彎曲。通"揉"。易說卦:"坎爲水……爲矯輮。"疏:"使曲者直爲矯,使直者曲爲輮。"荀子勸學:"木直中繩。輮以爲輪,其曲中規。"㊂踐踏。通"蹂"。漢書三一項籍傳:"王翳取其頭,亂相輮蹈,爭羽相殺者數十人。"史記項羽紀作"蹂踐"。

【輮轢】車輪軋過。晉書五六孫楚傳爲石苞與孫晧書:"(公孫淵)自以控弦十萬,奔走之力,信能右折燕齊,左振扶桑,輮轢沙漠,南面稱王。"

輼 1. wēn 烏渾切,平,魂韻,影。ㄨㄣ

㊀卧車。見"輼車"、"輼輬"。

2. yūn 音韻闡微 紆薰切,平,文韻,影。ㄩㄣ

㊁見"轒輼"。

【輼車】卧車。史記秦始皇紀三十七年:"會暑,上輼車臭。"魏書元孚傳:"孚持白虎幡勞阿那瓌於柔玄懷荒二鎮間。阿那瓌衆號三十萬,陰有異志,遂拘留孚,載以輼車,日給酪一升肉一段。"參見"輼輬"。

【輼輬】卧車。史記八七李斯傳:"宦者輒從輼輬車中可諸奏事。"集解引孟康:"如衣車,有窗牖,閉之則温,開之則涼,故名之輼輬車也。"後以稱喪車。漢書六八霍光傳:"載光尸柩以輼輬車。"注:"輼輬本安車也,可以卧息。後因載喪,飾以柳翣,故遂爲喪車耳。輼者密閉,輬者旁開窗牖,各别一乘,隨事爲名。後人既專以載喪,又去其一,總爲藩飾,而合二名呼之耳。"參閲宋書禮志五。

【輼涼車】卽輼輬車。史記秦始皇紀三十七年:"乃祕之,不發喪。棺載輼涼車中。"參見"輼輬"。

輵 1. gé 古達切,入,曷韻,見。ㄍㄜˊ

㊀見"轇輵"。

2. hè 集韻 阿葛切,入,曷韻。ㄏㄜˋ

㊁見"輵$_2$轄"。

【輵$_2$轄】史記一一七司馬相如傳大人賦:"跮踱輵轄容以委麗兮。"索隱引張揖:"輵轄,摇目吐舌也。"

輯 jí 秦入切,入,緝韻,從。ㄐㄧˊ

㊀車箱。泛指車子。列子湯問:"推於御也,齊輯乎轡銜之際,而急緩乎脣吻之和。"參閲清段玉裁說文解字注十四下"輯"。㊁和協,親睦。詩大雅板:"辭之輯矣,民之洽矣。"國語魯上:"契爲司徒而民輯。"㊂聚集,收集。韓非子說林下:"雨十日,甲輯而兵聚,吳人必至,不如備之。"漢書藝文志:"夫子旣卒,門人相與輯而論篹。故謂之論語。"㊃整修。漢書六七朱雲傳:"御史將雲下,雲攀檻,檻折。……及後當治檻,上曰:'勿易,因而輯之,以旌直臣。'"㊄斂。書舜典:"輯五瑞。"傳:"輯,斂。舜斂公侯伯子男之瑞圭璧。"禮檀弓下:"有餓者,蒙袂輯屨,貿貿然來。"

【輯安】㊀和安。史記一一七司馬相如傳喻告巴蜀檄:"陛下卽位,存撫天下,輯安中國。"㊁縣名。清光緒二十八年置,屬盛京長白府。辛亥革命後屬奉天東邊道。後屬遼寧省,改歸吉林省,公元1965年改名集安縣。

【輯柔】和安柔順。詩大雅抑:"視爾友君子,輯柔爾顔,不遐有愆。"宋朱熹集傳:"和柔爾之顔色,常若自省曰:豈不至於有過乎?"

【輯略】漢成帝時,光祿大夫劉向受詔校經傳諸子詩賦,每種皆敍明篇目,撮擧大意,未終而卒。子歆繼其事,總羣書而成七略,奏上哀帝。七略首爲輯略,爲諸書之總要。參見"七略"。

【輯睦】和睦。左傳僖十五年:"羣臣輯睦,甲兵益多,好我者勸,惡我者懼,庶有益乎?"漢桓寬鹽鐵論相刺:"安衆庶,育羣生,使百姓輯睦,無怨思之色。"

【輯輯】㊀和舒貌。漢焦延壽易林一蒙之益:"莫莫輯輯,夜作晝匿。謀議我資,求攻我室。"㊁風聲和貌。文選晉束廣微(皙)補亡詩:"輯輯和風。"注:"輯輯,風聲和也。"五臣本作"習習"。

【輯録】收集而著録成書。宋朱熹朱文公集七六中庸章句序:"而凡石氏之所輯録,僅出於其門人之所記,是以大義雖明而微言未析。"

【輯濯】漢官名。水衡都尉屬官。掌行船,有令、丞。見漢書百官公卿表上。

輲 chuán 市緣切,平,仙韻,禪。ㄔㄨㄢˊ

見下。

【輲車】載柩車。四輪迫地而行,其輪無輻。輲者車之名,輇者輪之名。禮雜記上:"載以輲車。"注:"輲讀爲輇,或作槫。"疏:"凡在路載柩,天子以下至士皆用蜃車,與輲車同。……輲車則蜃車也。"

【輲輪】小車。禮曲禮上"適四方,乘安車"疏:"熊氏(安生)云:案書傳略說云:致仕者,以朝乘車輲輪。鄭(玄)云:乘車,安車。言輲輪,明其小也。"

輸 shū 式朱切,平,虞韻,審。ㄕㄨ 傷遇切,去,遇韻,審。

㊀輸送,轉運。左傳僖十三年:"秦於是乎輸粟於晉。"引申爲告語事情或消息。書呂刑:"獄成而孚,輸而孚。"戰國策秦一:"陳軫爲王臣,常以國情輸楚。"㊁繳納,獻納。漢桓寬鹽鐵論本議:"往者,郡國諸侯各以其物貢輸。"特指納稅。新唐書食貨志二:"至德宗相楊炎,遂作兩稅法,夏輸無過六月,秋輸無過十一月。"㊂墮,掉落。詩小雅正月:"載輸爾載,將伯助予。"箋:"輸,墮也。"㊃失敗,與贏相對。世說新語任誕:"温太真(嶠)位未高時,屢與揚州淮中估客摴蒱,與輒不競。嘗一過大輸物戲屈,無因得反。"

【輸入】運進。史記八一廉頗藺相如傳附李牧:"市租皆輸入莫府,爲士卒費。"

【輸心】表示真心。唐杜甫杜工部草堂詩箋二一莫相疑行:"晚將末契託年少,當面輸心背面笑。"

【輸平】春秋隱六年:"鄭人來輸平。"輸,左傳作"渝",公羊穀梁皆作"輸"。公羊傳:"輸平,猶墮成也,何言乎墮成,敗其成也。曰:吾成敗矣,吾與鄭人未有成也。"左傳:"鄭人來渝平,更成也。"疏:"渝,變也。釋言文。變平者,變更前惡而復爲和好。"公穀以輸平爲墮成,左氏以渝平爲更成。考前年魯公子翬伐鄭,有憾而未平,則更成之說爲近。

【輸巧】元代宮中七夕,宮女以穿針落人後爲輸巧。明陶宗儀元氏掖庭記:"至(七)夕,宮女登臺,以采絲穿九尾鍼,先完者爲得巧,遲完者謂之輸巧,各出資以贈得巧者焉。"參見"乞巧"。

【輸芒】傳說稻熟時,蟹執稻芒以朝其魁,吳人謂之輸芒。唐段成式酉陽雜俎前集十七廣動植鱗介:"蟹,八月腹中有芒。芒,真稻芒也,長寸許,向東輸與海神。未輸不可食。"宋王十朋梅溪集後集一會稽風俗賦:"輸芒之蟹,孕珠之蠃。"參閲宋龔明之中吳紀聞四蟹。

【輸作】罰作苦工。漢蔡邕蔡中郎集外傳上漢書十志疏:"顧念元初中尚書郎張俊坐漏泄事當復重刑,已出轂門,復聽讀鞫,詔書馳救,一等輸作左校。"三國志魏王粲傳附劉楨"楨以不敬被刑"注引典略:"太子(曹丕)命夫人甄氏出拜,坐中衆人咸伏,而楨獨平視。太祖(曹操)聞之，乃收楨，減死輸作。」

【輸情】 表達真情。三國志吳周魴傳與曹休牋：「敢緣古人，因知所歸，拳拳輸情，陳露肝膈。」又蜀諸葛亮傳評：「服罪輸情者雖重必釋，游辭巧飾者雖輕必戮。」

【輸將】 運送。漢書四九鼂錯傳上書言事：「陛下幸募民相徙以實塞下，使屯戍之事益省，輸將之費益寡。」注：「如淳曰：將，送也。或曰：將，資也。」

【輸誠】 表達誠心。三國志蜀先主傳上獻帝書：「盡力輸誠，獎厲六師，率齊羣義，應天順時，撲滅凶逆，以寧社稷，以報萬分。」北齊書楊愔傳：「至安陽亭，謂(鞏)榮貴曰：'僕家世忠臣，輸誠魏室，家亡國破，一至於此！'」

【輸鼠】 馬體直肉下方的一部。北魏賈思勰齊民要術六養牛馬驢騾：「相馬，……輸鼠欲方，胁肉欲急。」注：「直肉下也。」

【輸實】 竭盡忠誠。晉書皇甫謐傳上疏：「臣聞上有明聖之主，下有輸實之臣；上有在寬之政，下有委情之人。」

【輸寫】 傾吐。漢書七六趙廣漢傳：「吏見者皆輸寫心腹，無所隱匿。」後漢書六十下蔡邕傳對：「襄臣末學，特垂訪及，……斯誠輸寫肝膽出命之秋，豈可以顧患避害，使陛下不聞至戒哉！」

【輸攻墨守】 公輸盤爲楚造雲梯，將以攻宋。墨子聞之，乃爲守宋之具。至楚，與公輸盤演攻守之戰於楚王前。公輸盤九設攻城之機變，墨子九距之。公輸盤之攻械盡而墨子之守圉有餘。見墨子公輸。

【輸肝瀝膽】 指暢敘衷曲，十分真誠。宋司馬光溫國文正司馬公集四七辭門下侍郎第二劄子：「臣區區之心，惟望先帝察其何故辭貴就賤，一賜召對，訪以新法，於民間果爲利害，臣得輸肝瀝膽，極竭以聞，退就鼎鑊，死且不朽。」

輹

fù 房六切，入，屋韻，並。
ㄈㄨˋ 方六切，入，屋韻，幫。

車伏兔。輿下方木，亦稱鉤心木。在車軸中央，使輿與軸相鉤連而不脫離。易大畜：「輿說(脫)輹。」左傳僖十五年：「車說其輹。」或譌作「輻」。隋唐以轐、輹二字不分，故亦訓爲伏兔。參見「伏兔㊀」、「轐」。

輹

輷

hōng 呼宏切，平，耕韻，曉。
ㄏㄨㄥ 呼迸切，去，諍韻，曉。

象聲。同「轟」。見下。

【輷輘】 車聲。唐韓愈昌黎集七讀東方朔雜事詩：「偷入雷電室，輷輘掉狂車。」

【輷輷】 羣車行進時的隆隆聲。史記六九蘇秦傳：「人民之衆，車馬之多，日夜行不絕，輷輷殷殷，若有三軍之衆。」

輴

chūn 丑倫切，平，諄韻，徹。
ㄔㄨㄣ

㊀泥濘路上的交通工具。亦作「橇」。書益稷「予乘四載」傳：「泥乘輴。」釋文：「輴，丑倫反。漢書作橇。如淳音蕝，謂以板置泥上。服虔云：木橇形如木箕，擿行泥上。尸子云：澤行乘蕝。蕝音子絕反。」參見「橇」。㊁載柩車。一作輇。禮檀弓上：「天子之殯也，菆塗龍輴以椁。」

十 畫

輾

1. zhǎn 知演切，上，獮韻，知。
ㄓㄢˇ

㊀猶轉。見「輾轉」。

2. niǎn 女箭切，去，線韻，娘。
ㄋㄧㄢˇ

㊁同「碾」。玉臺新詠八南朝梁王訓奉和率爾有詠：「簡釵新輾翠，試履逆垣牆。」京本通俗小說西山一窟鬼：「勸君莫向愁人道，又被香輪輾破青青草。」

【輾轉】 形容卧不安席。詩周南關雎：「悠哉悠哉，輾轉反側。」又形容反覆。後漢書十五來歙傳附來歷：「歷怫然廷詰(薛)皓曰：'屬通諫何言而今復背之，大臣乘朝車，處國事，固得輾轉若此乎？'」又形容轉移。文選樂府飲馬長城窟行：「佗鄉各異縣，輾轉不可見。」

轂

gǔ 古祿切，入，屋韻，見。
ㄍㄨˇ

㊀車輪中間車軸貫入處的圓木。安裝在車輪兩側軸上，使輪保持直立不至內外傾斜。

轂

老子：「三十輻共一轂。」楚辭屈原九歌國殤：「操吳戈兮被犀甲，車錯轂兮短兵接。」㊁亦指車。漢書食貨志下：「轉轂百數。」

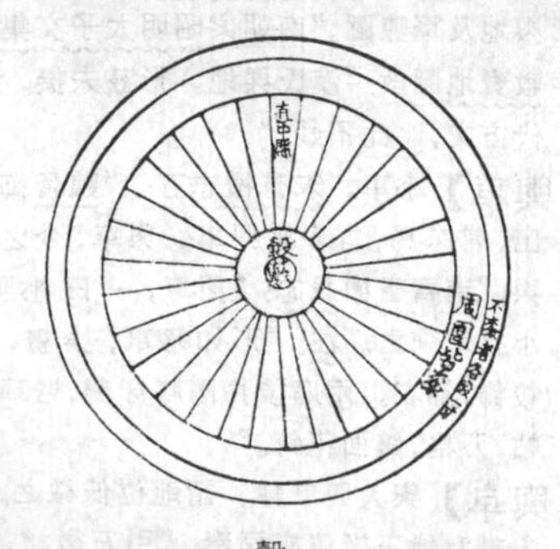

轂

【轂下】 ㊀車下。謂身旁。史記一一七司馬相如傳上疏諫獵：「今陛下好陵險阻，射猛獸，卒然遇軼材之獸，駭不存之地，……是胡越起於轂下而羌夷接軫也，豈不殆哉！」㊁輦轂之下。謂京城。文選南朝梁任彥昇(昉)齊竟陵文宣王行狀：「神皋載穆，轂下以清。」注：「轂下，喻在輦轂之下，京城之中也。」參見「輦轂下」。㊂敬稱，猶閣下、麾下之類。晉書慕容廆載記：「遣使與太尉陶侃箋曰：'明公使君轂下。'」

【轂轂】 搖動聲。全唐詩六〇九皮日休吳中苦雨因書一百韻寄魯望：「怒鯨瞪相向，吹浪山轂轂。」

【轂轆子】 搔背器。古亦稱不求人。清褚人穫堅瓠集二集四嘲禿指：「幼時曾聞俚句云：十指磊竫光鹿禿，有時爬背同轂轆。」注：「搔背爬名轂轆子。」

【轂轆鷹】 鴟鵂的別名。見本草綱目四九禽三鴟鵂。

【轂擊肩摩】 車轂相擊，人肩相摩。形容車馬行人擁擠。戰國策齊一：「臨淄之途，車轂擊，人肩摩。」宋蘇過斜川集二題岑氏遠心亭詩：「紛紛朝市我無與，轂擊肩摩同一軌。」

轄

xiá 胡瞎切，入，鎋韻，匣。
ㄒㄧㄚˊ

㊀固定車輪與車軸位置，插入軸端孔穴的銷釘。一作「舝」、「鎋」。左傳襄三一年：「巾車脂轄，隸人、牧、圉各瞻其事。」淮南子人間：「夫車之所以能千里者，以其要在三寸之轄。」㊁管理。晉書涼武昭王傳上表：「又敦煌郡大衆殷，制御西域，管轄萬里，爲軍國之本。」㊂星名。晉書天文志上：「轄星傅軫兩傍，主王侯。左轄爲王者同姓，右轄爲異姓。」

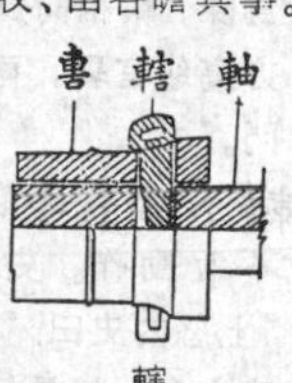

轄

轃

zhēn 則前切，平，先韻，精。
ㄓㄣ 側詵切，平，臻韻，莊。

㊀大車上的席墊。說文：「轃，大車簣也。」㊁至。通「臻」。漢書禮樂志安世房中歌：「大矣孝熙，四極爰轃。」

轅

yuán 雨元切，平，元韻，于。
ㄩㄢˊ

㊀車前駕牲畜的直木。周禮考工記車人：「凡爲轅，三其輪崇。」左傳宣十二年：「令尹南轅返

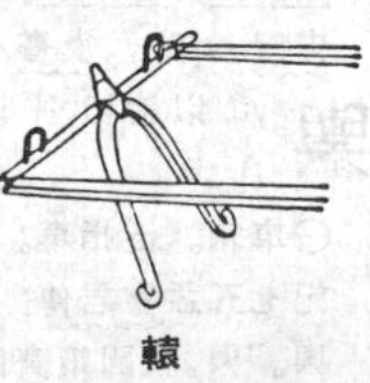

轅

旃。"㈡行館。魏書李順傳:"尚書今以西京説朕,乃使朕不廢東轅。"㈢易。通"爰"。見"轅田"。㈣地名。春秋齊邑。漢置瑗縣。在今山東禹城縣。左傳哀十年:"趙鞅帥師伐齊,……於是乎取犁及轅。"注:"祝阿縣西有轅城。"㈤姓。春秋僖四年有陳轅濤塗,史記儒林傳有轅固生。

【轅下】車下。元詩選段克己二妙集古意弔張漢臣:"停車伏轅下,骨斷筋力折。"

【轅田】分配田地之法。國語晉三:"且賞以悦衆,衆皆哭焉。作轅田。"注引賈侍中(逵)云:"轅,易也。爲易田之法,賞衆以田。易者,易疆界也。"漢書地理志下:"孝公用商君,制轅田。"注引張晏:"周制三年一易,以同美惡。商鞅始割列田地,開立阡陌,令民各有常制。"又引孟康:"三年爰土易居,古制也。末世侵廢。商鞅相秦,復立爰田。上田不易,中田一易,下田再易。爰自在其田,不復易居也。食貨志曰'自爰其處'而已,是也。轅、爰同。"

【轅門】古代帝王巡狩田獵,止宿處周以車,作屏障。出入處仰兩車使車轅相向以表示門,稱轅門。周禮天官掌舍:"設車宫轅門。"後指軍營營門。史記項羽紀:"項羽召見諸侯將,入轅門,無不膝行而前,莫敢仰視。"集解引張晏:"軍行以車爲陳,轅相向爲門,故曰轅門。"後來地方高级官署,兩旁作木栅圍護,亦稱轅門。

【轅下駒】車轅下的小馬。喻觀望畏縮不敢動作。史記一〇七魏其武安侯傳:"上怒内史曰:'公平生數言魏其(竇嬰)、武安(田蚡)長短,今日廷論,局趣效轅下駒,吾并斬若屬矣!'"集解:"張晏曰:俛頭於車轅下,隨母而已。"

【轅固生】漢齊人。治詩,景帝時爲博士。曾與黄生争論於景帝前。時竇太后好老子書,固曰:"此家人言耳。"爲太后所怒,賴帝援之得免。以廉直,爲清河王太傅。病免。武帝時,以賢良徵固,罷歸。公孫弘亦徵。固謂曰:"公孫子,務正學以言,無曲學以阿世。"齊言詩皆本轅固生。顔師古謂固是名,生爲稱號。史記一二一、漢書八八都載儒林傳。

輿 yú 以諸切,平,魚韻,喻。
ㄩˊ

㈠車箱。泛指車。易小畜:"輿説輻。"史記七五孟嘗君傳:"長鋏歸來乎,出無輿。"輿,戰國策齊四作"車"。見圖。㈡轎。見"肩輿"。㈢抬,負荷。戰國策秦三:"百人輿瓢而趨,不如一人持而走疾。"漢書六四上嚴助傳:"輿轎而隃領,拕舟而入水。"禮曾子問:"遂輿機而往。"㈣地。見"輿地"。㈤衆。左傳僖二八年:"聽輿人之謀。"注:"輿,衆也。"漢書四三陸賈傳:"人衆車輿,萬物殷富。"㈥古代分人自王、公至僕、臺爲十等,輿屬第六等。左傳昭七年:"皁臣輿,輿臣隸。"

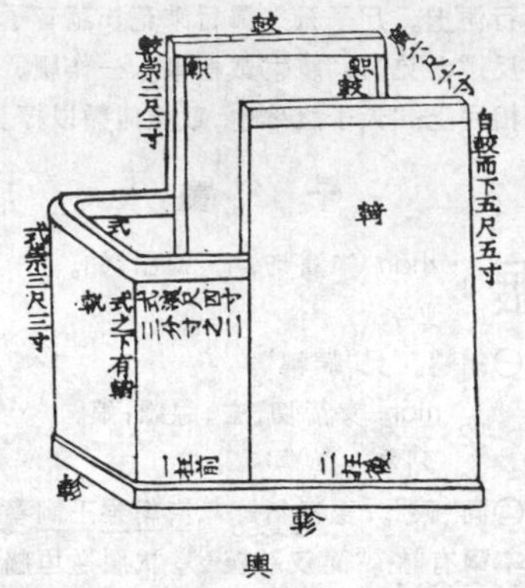

輿

【輿人】㈠造車工人。周禮考工記輿人:"輿人爲車。"㈡古代十等人之第六等。左傳昭四年:"輿人納之,隸人藏之。"注:"輿隸皆賤官。"參見"輿㈥"。㈢衆人。左傳僖二八年:"聽輿人之誦曰:'原田每每,舍其舊而新是謀。'"國語楚上:"近臣諫,遠臣謗,輿人誦,以自誥也。"

【輿士】抬轎或推車的人。宋史儀衛志五:"次腰輿一,輿士八人。"

【輿尸】以車載屍。易師:"師或輿尸,大无功也。"宋范仲淹范文正公集十七鄧州謝上表:"夙夜一心,首尾四載,僅免輿尸之禍,終無克敵之勳。"

【輿地】㈠地。易説卦:"坤爲地,……爲大輿。"史記漢褚少孫補三王世家:"臣請令史官擇吉日,具禮儀上,御史奏輿地圖。"索隱:"謂地爲輿者,天地有覆載之德,故謂天爲蓋,謂地爲輿,故地圖稱輿地圖。疑自古有此名,非始漢也。"㈡地圖。漢書五三江都易王非傳:"具天下之輿地及軍陳圖。"南朝梁昭明太子文集謝敕賚地圖啟:"漢氏輿地,形兹未擬。晉代方文,比此不妙。"

【輿車】小車。宋書禮志五:"魏晉御小出,常乘馬,亦多乘輿車。輿車,今之小輿。"南齊書輿服志:"輿車,一曰小輿。小行幸乘之。"注:"形如軺車,柒畫,金校飾,錦衣。兩廂後户隱膝牙蘭,皆瑇瑁帖,刀格,鏤面花釘。"

【輿皁】輿人與皁隸。謂地位低微之人。宋書竟陵王誕傳有司奏:"引石徵材,專擅輿發,驅迫士族,役同輿皁。"

【輿服】車服。車乘衣冠章服的總稱。古代有車服之制,以表明等級。史記平準書:"宗室有土公卿大夫以下,争于奢侈,室廬輿服僭于上,無限度。"漢揚雄法言孝至:"禮樂以容之,輿服以表之。"後漢書有輿服志,晉書、舊唐書皆沿之。

【輿帥】主管兵車的將領。左傳成二年:"司馬、司空、輿帥、候正、亞旅皆受一命之服。"注:"輿帥主兵車。"

【輿病】抱病登車。也作"輿疾"。後漢書六七劉淑傳:"桓帝聞淑高名,切責州郡,使輿病詣京師。"魏書于栗磾傳:"蕭寶卷遣其太尉陳顯達入寇馬圈,高祖輿疾赴之。"

【輿馬】車馬。荀子勸學:"假輿馬者非利足也,而致千里。"秦漢有太僕,掌輿馬。見漢書百官公卿表上。

【輿鬼】星名。史記天官書:"輿鬼,鬼祠事,中白者爲質。"集解引晉灼:"輿鬼五星,其中白者爲質。"

【輿梁】可通車之橋。孟子離婁下:"十二月輿梁成。"

【輿情】民衆的意願。唐李中碧雲集中獻喬侍郎:"格論思名士,輿情渴直臣。"

【輿尉】春秋晉主持徵役之官。晉置三軍,每軍皆有輿尉。左傳襄三十年:"以爲絳縣師,而廢其輿尉。"疏引服虔云:"輿尉,軍尉,主發衆使民。"國語晉七:"知鐸遏寇之恭敬而信彊也,使爲輿尉。"

【輿誦】衆人的議論。左傳僖二八年:"晉侯患之,聽輿人之誦。"注:"恐衆畏險,故聽其歌誦。"晉書郭璞傳上疏:"今聖朝明哲,思弘謀猷,方闢四門以亮采,訪輿誦於羣心。"

【輿臺】古代分人爲十等,輿爲第六等,臺爲第十等。輿臺指地位低微的人。左傳昭七年:"人有十等。……皁臣輿,輿臣隸,隸臣僚,僚臣僕,僕臣臺。"宋書五行志一:"晉末皆冠小冠而衣裳博大,風流相倣,輿臺成俗。"唐杜甫杜工部草堂詩箋六後出塞之五:"越羅與楚練,照耀輿臺軀。"

【輿圖】㈠即輿地圖。周禮夏官職方氏"職方氏掌天下之圖,以掌天下之地"注:"天下之圖,如今司空輿地圖也。"㈡疆土。北周庾信庾子山集七齊王進兔表:"臣聞輿圖欲遠,則玉虎晨鳴;轍迹方開,則銀麏入貢。"宋陸游劍南詩稿五八書事:"聞道輿圖次第還,黄河依舊抱潼關。"

【輿論】公衆的言論。三國志魏王朗傳

上疏："設其傲狠，殊無入志，懼彼輿論之未暢者，並懷伊邑。臣愚以爲宜敕別征諸將，各明奉禁令，以慎守所部。"

【輿廝】用車載傷者。漢書八七下揚雄傳長楊賦："蹂屍輿廝，係累老弱。"注："破傷者則輿之而行也。廝，破折也，音斯。"

【輿薪】車載之柴。喻大而易見之物。孟子梁惠王上："明足以察秋毫之末而不見輿薪。"列子仲尼："故學眎者先見輿薪，學聽者先聞撞鍾。"

【輿謣】衆人勞動時，一齊用力的呼聲。吕氏春秋淫辭："今舉大木者，前呼輿謣，後亦應之。"注："輿謣或作邪謣。前人倡，後人和，舉重勸力之歌聲也。"淮南子道應作"邪許"。

【輿櫬】載棺以隨，表示決死。左傳僖六年："許男面縛銜璧，大夫衰絰，士輿櫬。"周書顏之儀傳："(樂)運乃輿櫬詣朝堂，陳帝八失。"

【輿司馬】官名。周禮夏官之屬，位次軍司馬。左傳有輿帥、輿尉，皆指掌兵車之官而言。輿司馬亦爲掌車卒之官。次於輿司馬者爲行司馬，則爲掌徒卒之官。詩唐風有公路公行，公路，卽輿之長帥；公行，卽行之長帥，與輿行兩司馬義。參見"行司馬"。

【輿地紀勝】宋王象之撰。二百卷。今闕三十一卷。據各郡圖經録其要略而成。每郡自成一編，各邑次之，山川、人物、詩章附於後。

【輿地廣記】宋歐陽忞撰。三十八卷。前三卷記自遠古至五代疆域大略，而繫以宋代郡名。第四卷專載宋代郡名，以當目録。五卷以後，列郡縣建置沿革離合，內容完整，體例清晰，爲後代編一統志的先河。

【輿地碑紀目】輿地紀勝中的一種。宋王象之撰。四卷。體例與陳思寶刻叢書同。但陳書用北宋輿圖，此書用南宋輿圖；陳書集各家題跋，此書爲自作考證。

十一畫

蟄 zhì 陟利切，去，至韻，知。
ㄓˋ

車前低後高(前重後輕)。同"輊"。淮南子人間："道者，置之前而不蟄，錯之後而不軒。"

轆 lù 盧谷切，入，屋韻，來。
ㄌㄨˋ

見下。

【轆轆】車聲。唐元稹長慶集二三田家詞："六十年來兵簇簇，月月食糧車轆轆。"又杜牧樊川集一阿房宫賦："雷霆乍驚，宫車過也。轆轆遠聽，杳不知其所之也。"

【轆轤】亦作樚櫨、轒轤。見廣韻。井上汲水的起重裝置。北魏賈思勰齊民要術三種葵："井，別作桔槔、轆轤。"注："井深用轆轤，井淺用桔槔。"參見"樚"。

【轆轤格】作詩用韻的一種格式。取音近可以通押的合併而用，八句中四個韻脚，頭二韻脚用一個韻，次二韻脚用另一個韻者，稱轆轤格；隔句遞換用韻者，稱進退格。見宋魏元慶詩人玉屑。宋楊萬里誠齋集十四有重九日雨仍菊花未開用轆轤體詩。參閱元李治敬齋古今黈拾遺四。

【轆轤金井】詞調名。又名四犯翦梅花。有三體：1. 雙調九十三字，前段九句，五仄韻，後段十句，五仄韻；2. 雙調九十三字，前段九句，六仄韻，後段十句，六仄韻；3. 雙調九十二字，前後段各十句，六仄韻。見詞譜二三。

轊 wèi 于歲切，去，祭韻，于。
ㄨㄟˋ 祥歲切，去，祭韻，邪。

車軸頭。說文作"軎"。史記八二田單傳："城壞，齊人走，爭塗，以轊折車敗，爲燕所虜。"文選南朝宋鮑明遠(照)蕪城賦："車挂轊，人駕肩。"

轉 1. zhuǎn 陟兗切，上，獮韻，知。
ㄓㄨㄢˇ

㊀轉動，運轉。詩邶風柏舟："我心匪石，不可轉也。"孫子埶篇："故善戰人之埶如轉圓石於千仞之山者，埶也。"㊁遷徙，轉移。左傳昭十九年："勞罷死轉，忘寢與食。"孟子梁惠王下："凶年饑歲，君之民老弱轉乎溝壑，壯者散而之四方者，幾千人矣。"㊂傳送。漢書高帝紀上："軍士不幸死者，吏爲衣衾棺斂，轉送其家。"注："轉，傳送也。"㊃婉轉。左傳昭三十年："趙簡子夢童子臝而轉以歌。"㊄逃避。管子法法："引而使之，民不敢轉其力。"㊅遷職。魏書裴延儁傳："以軍功稍遷太尉從事中郎，轉咨議參軍。"

2. zhuàn 知戀切，去，線韻，知。
ㄓㄨㄢˋ

㊆環轉變化。道家燒丹，丹砂燒成水銀，積變又還成丹砂。唐白居易長慶集五七天壇峯下贈杜録事詩："河車九轉宜精錬，火候三年在好看。"參見"九轉金丹"。㊇裝衣甲的口袋。左傳襄二四年："皆踞轉而鼓琴。"注："轉，衣裝。"釋文："轉，張戀切。裝一作囊。"

【轉尸】尸體棄置轉徙，猶言死無葬身之地。卽傳尸。尸又作"屍"。淮南子主術："是故人君者上因天時，下盡地財，中用人力，是以羣生遂長，五穀蕃植，……是故生無乏用，死無轉尸。"漢書高惠高后文功臣表："生爲愍隸，死爲轉屍。"注引應劭："死不能葬，故屍流轉在溝壑之中。"參見"傳尸㊀"。

【轉丸】㊀鬼谷子篇名。今佚。南朝梁劉勰文心雕龍四論說："暨戰國爭雄，辨士雲踊，縱橫參謀，長短角勢，轉丸騁其巧辭，飛鉗伏其精術。"㊁喻容易流暢。唐杜甫杜工部草堂詩箋十送從弟亞赴安西判官詩："應對如轉丸，疏通略文字。"㊂蜣蜋一名轉丸，以好用土苞糞堆轉成丸。見晉崔豹古今注中魚蟲。

【轉化】轉變。國語越下："得時無怠，時不再來，天予不取，反爲之災。贏縮轉化，後將悔之。"注："轉化，變易也。"淮南子原道："行柔而剛，用弱而強，轉化推移，得一之道，而以少正多。"

【轉注】六書之一。漢許慎說文敍："五曰轉注。轉注者，建類一首，同意相受，考老是也。"轉注是互訓，在指事、象形、形聲、會意四種文字中，意義相同或相近之字可以互相解釋。如考老同義，老可注考，考可注老，故名爲轉注。後人也有不同的說法。參閱清王筠說文釋例四轉注、朱駿聲說文通訓定聲轉注。

【轉肩】一種投機買賣。宋灌園耐得翁就日録："甚至在外指屋起錢，高價賒物，低價出賣，謂之轉肩。"(說郛十四)

【轉背】轉身。形容時間的短促。宋書蔡廓傳："(傅)亮已與(徐)羨之議害少帝，乃馳信止之，信至已不及，羨之大怒曰：'與人共計議，云何裁轉背便賣惡於人？'"唐李白李太白詩十二贈宣城宇文太守兼呈崔侍御："回旋若流光，轉背落雙鳶。"

【轉規】猶轉圜。喻無阻滯。後漢書二四馬援傳朱勃上書："謀如涌泉，埶如轉規。"注："規，員也。孫子曰：'戰如轉員石於萬仞之山者，埶也。'"文選南朝梁陸佐公(倕)石闕銘："計如投水，思若轉規。"

【轉補】謂遷官補缺。元史選舉志三銓法下："至元十一年，省議：有出身人員，遇省掾有闕，擬合於正從七品文資職官并臺、院、六部令史內，從上名轉補。"

【轉運】㊀循環運行。漢王充論衡說日："然而日出上，日入下者，隨天轉運，視天若覆盆之狀，故視日上下然，似若出入地中矣。”㊁運輸，轉移。漢書六九趙充國傳屯田奏：“今久轉運煩費，傾我不虞之用以澹(贍)一隅，臣愚以爲不便。”㊂謂聲調變換。文選漢王子淵(褒)四子講德論：“歷于西州，有二人焉，乘軺而歌，倚輗而聽之，詠歎中雅，轉運中律。”

【轉道】運糧的道路。漢書六九趙充國傳：“虜並出絶轉道。”

【轉筋】痙攣。韓非子外儲說左上：“叔向御坐平公，請事。公腓痛足痹，轉筋，而不敢壞坐。”

【轉圓】便易迅速。同“轉圜”。後漢書六十下蔡邕傳釋誨：“夫世臣門子，㬅御之族，……其取進也，順傾轉圓，不足以喻其便；逡巡放屣，不足以況其易。”參見“轉圜㊀”。

【轉漕】運糧。車運曰轉，水運曰漕。史記項羽紀：“楚項久相持未決，丁壯苦軍旅，老弱罷轉漕。”史記高祖紀作“轉饟”。

【轉漏】古代用銅壺滴漏計時刻。轉漏謂一次滴漏前後轉移之頃刻，謂時間極短。漢書九九上王莽傳詔：“朕惟定國之計，莫宜於公，引納於朝，即日罷退高安侯董賢。轉漏之間，忠策輒建，綱紀咸張。”

【轉蓬】蓬草隨風飄轉。後漢書輿服志上：“上古聖人見轉蓬始知爲輪。”後以喻身世飄零。文選三國魏曹子建(植)雜詩之二：“轉蓬離本根，飄颻隨長風。”

【轉對】百官輪次奏事，言時政闕失。宋王栐燕翼貽謀録：“後唐天成中廢待制次對官，五日一次，内殿百官轉對。”見宋史禮志二一百官轉對。參見“輪對”。

【轉鄰】燐火。俗稱鬼火。列子天瑞：“馬血之爲轉鄰也。”注：“說文作粦，又作燐，皆鬼火也。淮南子云：‘血爲燐也。’音吝。”

【轉燈】走馬燈。元耶律楚材湛然居士集十一有轉燈詩。參見“走馬燈”。

【轉輸】運輸。轉，運；輸，納。史記九七酈食其傳：“夫敖倉，天下轉輸久矣，臣聞其下迺有藏粟甚多。”

【轉圜】㊀轉動圜體的器物。喻便易迅速。漢書六七梅福傳上書：“昔高祖納善若不及，從諫若轉圜。”注：“轉圜，言其順也。”㊁調解挽回。清楊士聰玉堂薈記上：“袁(崇焕)既被執，遼東兵潰數多，皆言以督師之忠，尚不能自免，我輩在此何爲。……上乃出諭，謂暫令解任聽勘，而先入之言深，卒無轉圜之意。”

【轉燭】喻世事變幻莫測如風中燭。唐杜甫杜工部草堂詩箋十六佳人：“世情惡衰歇，萬事隨轉燭。”

【轉轂】㊀運貨的車。史記平準書：“於是縣官大空，而富商大賈，或蹛財役貧，轉轂百數，廢居居邑。”㊁車輪轉動。喻迅速。淮南子兵略：“欲疾以遬，人不及步鋗，車不及轉轂。”唐賈島長江集一古意詩：“碌碌復碌碌，百年雙轉轂。”

【轉瞬】轉動眼睛。形容時間短促。廣弘明集二五梁沈約形神論：“凡人之暫無本實有，無未轉瞬，有已隨之。”宋葉適水心集六靈巖詩：“援琴固停晷，解甲仍轉瞬。”

【轉韻】詩歌數句更换一韻，稱轉韻。南齊書樂志：“又尋漢世歌篇，多少無定，皆稱事立文，並多八句，然後轉韻，時有兩三韻而轉，其例甚寡。”參閲清顧炎武日知録二一古詩用韻之法。

【轉轔】車軸。儀禮既夕“遷于祖，用軸”注：“軸狀如轉轔，刻兩頭爲軹。”疏：“漢時名轉軸爲轉轔。轔，輪也。”

【轉關】㊀即轉關橋。古代守城的戰具。六韜虎韜軍略：“越溝塹則有飛橋轉關。”神機制敵太白陰經四守城具：“轉關橋，一梁爲橋，梁端着横栝，拔去栝，橋轉關，人馬不得渡，皆傾水中。”㊁古樂曲名。宋蘇軾分類東坡詩十二古纏頭曲：“轉關濩索動有神，雷輥空堂戰窗牖。”注：“樂譜琵琶曲，有轉關、六幺、濩索、梁州，皆其名也。”

【轉饟】運輸糧食。見“轉漕”。

【轉法輪】佛家謂轉其所悟之真理於衆生，摧破迷夢，如轉車輪。相傳佛於八月八日在鹿野園說法，因稱是日爲轉法輪日。唐道宣行事鈔中三：“若佛生日，轉法輪日，乃至大會，通夜說法。”

【轉枝花】牡丹花品的一種。宋歐陽修歐陽永叔集居士外集二二洛陽牡丹記：“潛溪緋者，千葉緋花……本是紫花，忽於叢中特出緋者，不過一二朵。明年移在他枝，洛人謂之轉枝花。”

【轉宿篆】字體名。唐韋續墨藪五十六種書第一：“轉宿篆者，宋司馬以熒惑退舍所作也，象蓮花未開形也。”

【轉運使】官名。唐置。初爲水陸發運使，後設江淮轉運使，掌糧食、財賦轉運事務。多以大臣兼領。宋置諸道轉運使，掌一路或數路軍需糧餉，後並兼軍事、刑名、巡視地方之職，爲府州以上行政長官，權任甚重。以有兵權，故稱漕帥。明代有轉運使，僅主鹽政。參閲文獻通考六一職官十五轉運使。

【轉輪王】佛書中指最有勢力之王。謂此王在世，有瑞輪旋轉。長阿含經一大本經：“時諸相師卽白王言，王所生子，有三十二相，……在家當爲轉輪聖王；若其出家，當成正覺，十號俱足。”俱舍論十二：“從此洲人壽無歲，乃至八萬歲。有轉輪王生……此王由輪旋轉應導，威伏一切，名轉輪王。施設足中說有四種，金銀銅鐵應别故。”

【轉關牀】可隨意轉動的坐具。晉陸翽鄴中記：“石虎少好遊獵。後體壯大，不復乘馬，作獵輦，……當坐處安轉關牀。若射鳥獸，直有所向，關隨身而轉。”

【轉敗爲功】變失敗爲成功。史記六二管仲傳：“其爲政也，善因禍而爲福，轉敗而爲功。”又六九蘇秦傳蘇代遺燕昭王書：“智者舉事，因禍爲福，轉敗爲功。”戰國策燕一作“轉禍而爲福，因敗而成功”。

【轉禍爲福】變禍難爲吉利。史記六九蘇秦傳：“臣聞古之善制事者，轉禍爲福，因敗爲功。”又八九張耳陳餘傳：“君急遣臣見武信君，可轉禍爲福。”

轇 jiāo 古肴切，平，肴韻，見。ㄐㄧㄠ

見下。

【轇輵】㊀廣大深遠貌。史記一一七司馬相如傳上林賦：“置酒乎昊天之臺，張樂乎轇輵之宇。”亦作“轇轕”。文選漢王文考(延壽)魯靈光殿賦：“迢嶢倜儻，豐麗博敞，洞轇轕乎其無垠也。”㊁縱横交雜貌。楚辭漢劉向九歎遠遊：“溶湲轇轕，雷動電發，馺高舉兮。”文選漢張平子(衡)東京賦：“雲罕九斿，闟戟轇轕。”

轈 cháo 鉏交切，平，肴韻，牀。ㄔㄠ

兵車之一種。說文：“轈，兵高車，加巢以望敵也。”左傳成十六年：“楚子登巢車以望晉軍。”注：“巢車，車上爲櫓。”釋文：“巢，說文作轈。”

十二畫

𨌆 chōng 尺容切，平，鍾韻，穿。ㄔㄨㄥ

陷陣車。詩大雅皇矣“與爾臨衝”釋文：“衝，衝車也。說文作𨌆。𨌆，陷陣車也。”唐韓愈昌黎集八城南聯句詩：“慶流蠲疾厲，咸暢轉𨌆𨍭。”

轍 zhé 直列切，入，薛韻，澄。ㄓㄜ

車輪的行迹。左傳莊十年：“齊師敗績，

公將馳之。(曹)劌曰:'未可。'下視其轍,登軾而望之,曰:'可矣。'"

【轍鮒】車轍中的鮒魚。喻人窮困失所。莊子外物:"(莊)周顧視,車轍中有鮒魚焉。周問之曰:'鮒魚來!子何爲者邪?'對曰:'我東海之波臣也,君豈有斗升之水而活我哉?'"唐杜甫杜工部詩九奉贈李八丈判官:"真成窮轍鮒,或似喪家狗。"參見"涸轍"。

轔 1. lín 力珍切,平,真韻,來。ㄌㄧㄣˊ

㊀車聲。見"轔轔"。㊁車輪。儀禮既夕禮"遷于祖用軸"漢鄭玄注:"軸狀如轉轔。"㊂門檻。淮南子説林:"雖欲謹,亡馬不發戶轔。"注:"言馬亡不可發戶限而求。"

2. lìn 良刃切,去,震韻,來。ㄌㄧㄣˋ

㊃車輪輾壓。同"躪"。史記一一七司馬相如傳:"掩兔轔鹿。"集解:"徐廣曰:'轔音吝。'(裴)駰案:郭璞曰:'……轔,車轢。'"

【轔輻】下垂貌。文選漢張平子(衡)西京賦:"白象行孕,垂鼻轔輻。"

【轔₂藉】踐踏。後漢書三一廉范傳:"范乃令軍中蓐食,晨往赴之,斬首數百級,虜自相轔藉,死者千餘人。"

【轔轔】衆車聲。楚辭屈原九歌大司命:"乘龍兮轔轔,高馳兮沖天。"唐杜甫杜工部草堂詩箋二兵車行:"車轔轔,馬蕭蕭,行人弓箭各在腰。"參見"鄰鄰"。

【轔₂轢】車輪輾軋。喻踐踏。史記一一七司馬相如傳上林賦:"徒車之所轔轢,乘騎之所蹂若。"文選作"躪轢"。隋書何妥傳上八事諫:"張山居未知星位,前已蹂藉太常;曹魏祖不識北辰,今復轔轢太史。……邀射名譽,厚相誣罔。"參見"軼轢"。

轒 fén 符分切,平,文韻,並。ㄈㄣˊ

車蓋弓。説文:"淮陽名車穹隆,轒。"

【轒輼】攻城車。六韜虎韜軍略:"攻城圍邑,則有轒輼臨衝。"孫子謀攻:"攻城之法,爲不得已,修櫓轒輼。"曹操注:"轒輼者,轒牀也。轒牀其下四輪,從中推之至城下也。"又杜牧注:"轒輼,四輪車,排大木爲之,上蒙以生牛皮,下可以容十人。往來運土塡塹,木石所不能傷,今所謂木驢是也。"

【轒轒】設於城上用以守禦瞭望之樓。古文苑十二漢班固竇車騎北征頌:"勒邊御之永設,奮轒櫓之遠徑。"注:"轒,當作轒,……轒轒,城上守禦望樓,可藏兵器矢石,自上而發,所以望遠,故云遠徑。"

轑 1. lǎo 盧晧切,上,晧韻,來。ㄌㄠˇ

㊀車蓋弓,車輻。説文:"轑,蓋弓也。一曰:輻也。"㊁椽。通"橑"。漢書七六張敞傳:"圍守王宮,搜索(劉)調等,果得之殿屋重轑中。"注:"蘇林曰:'轑,椽也。重轑,重棼中。'(顏)師古曰:'重棼卽今之廊舍也,一邊虛爲兩夏者也。轑音老。'"

2. láo 集韻 郎刀切,平,豪韻。ㄌㄠˊ

㊂刮,敲。漢書三六楚元王傳:"嫂厭叔與客來,陽爲羹盡,轑釜,客以故去。"注:"服虔曰:'音勞,轢也。'以勺轢釜,令爲聲也。"史記作"櫟釜"。

3. liáo 集韻 憐蕭切,平,蕭韻。ㄌㄧㄠˊ

㊃見"轑₃河"。

4. liǎo 集韻 朗鳥切,上,筱韻。ㄌㄧㄠˇ

㊄燃燒。通"燎"。喻恐嚇恫脅。見"熏轑"。

【轑₃河】縣名。戰國趙轑陽邑,漢置轑河縣。晉改轑陽。隋改遼山。故城在山西左權縣(原遼縣)。參閱嘉慶一統志一五九遼州直隸州山川古蹟。

轏 zhàn 士限切,上,產韻,牀。ㄓㄢˋ

卧車。卽"棧車"。左傳成二年:"(逢)丑父寢於轏中。"注:"轏,士車。"釋文:"士車也。字林云:卧車也。"參見"棧車"。

轐 bú 博木切,入,屋韻,幫。
ㄅㄨˊ 蒲沃切,入,沃韻,並。

輿下方木,伏於軸上兩旁,以承輿。亦名伏兔。周禮考工記:"加軫與轐焉。"注:"車軸圜,故加轐使平以安軫也。狀如伏兔。"參見"伏兔㊀"、"輹"。

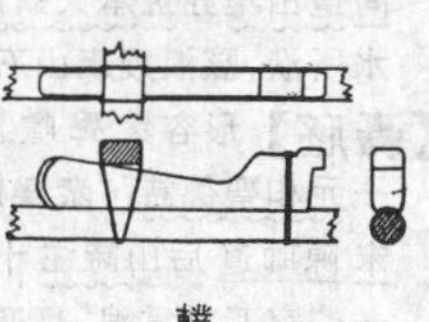
轐

轓 fān 孚袁切,平,元韻,滂。
ㄈㄢ 甫煩切,平,元韻,幫。

㊀車的障蔽。漢書景帝紀中六年:"令長吏二千石車朱兩轓。"注:"據許慎李登説,轓,車之蔽也。左氏傳云'以藩載欒盈',卽是有鄣蔽之車也。轓音甫元反。"後漢書七二董卓傳:"卓遂僭擬車服,乘金華青蓋,爪畫兩轓,時人號竿摩車。"注:"續漢志曰:轓長六尺,下屈,廣八寸。"參閱後漢書輿服志上。㊁車的通稱。南齊謝朓謝宣城集一三日侍宴曲水代人應詔詩:"華轓徒駕,長纓未飾。"

【轓車】水碓。見廣韻去聲隊韻"碓"引通俗文。

轎 jiào 巨嬌切,平,宵韻,羣。
ㄐㄧㄠ 渠廟切,去,笑韻,羣。

山行的工具。古作"橋"。漢書六四上嚴助傳:"輿轎而隃領。"注:"臣瓚曰:'今竹輿車也,江表作竹輿以行是也。'……此直言以轎過領耳。"後爲肩輿之通稱。朱子語類一二八:"南渡以前,士大夫皆不甚用轎,如王荆公(安石)、伊川(程頤)皆云不以人代畜,朝士皆乘馬。或有老病,朝廷賜令乘轎,猶力辭後受。自南渡後至今,則無人不乘轎矣。"參見"橋㊃"。

【轎子】肩輿。五代時已有此名。宋王銍默記:"藝祖(趙匡胤)初自陳橋推戴入城,周恭帝卽衣白襴,乘轎子,出居天淸寺。"

【轎車】舊時的一種木輪車。其形如轎,支穹形之布帳,旁設兩轅,用一騾或二騾挽行,故亦稱騾車。乘車時,須倒退入車廂而趺坐其中。

轎車

十三畫

轙 1. yǐ 魚倚切,上,紙韻,疑。
ㄧ 魚羈切,平,支韻,疑。

㊀車衡上穿過轡繩的大環。淮南子説山:"遺人馬而解其羈,遺人車而稅其轙,所愛者少而所忘者多。"

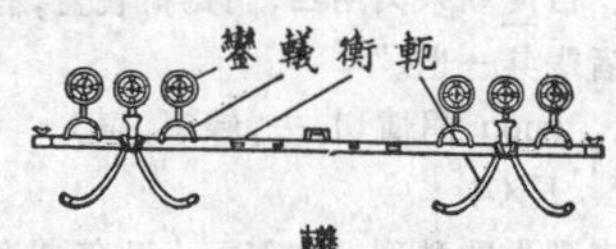

轙

2. yí ㄧˊ

㊁等待。漢書禮樂志郊祀歌赤蛟:"靈褆褆,象輿轙。"注:"孟康曰:'轙,待也。'如淳曰:'轙,僕人嚴駕待發之意也。'轙,音儀。"

轠 léi ㄌㄟˊ

見下。

【轠車】鹽場運柴之車。長方形,用木板

縱橫架成。四輪，駕以二牛。小者稱塌車，無輪，類橇，駕以一牛。元陳椿熬波圖說：“運柴必有輻車、塌車。二車大小各隨其制，皆用樟榆等硬木做造，方可耐久。管車輪軸頭處，每輛用生鐵鑄成鐵管四個，穿套在車機內，籠軸其中，庶耐轉軸，名曰團穿。有力之家則造輻車，無力之家用塌車。”

轖 sè 所力切，入，職韻，山。ㄙㄜ

㊀以皮革蒙蓋車箱外部爲障蔽。見說文。也作“轖”。急就篇三：“革轖髤漆油黑蒼。”㊁塞。文選漢枚叔（乘）七發序：“邪氣襲逆，中若結轖。”

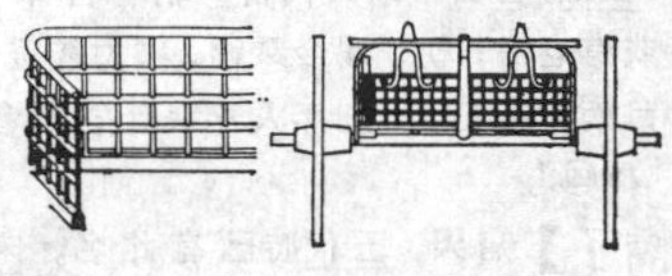

轖

轗 kǎn 苦感切，上，感韻，溪。ㄎㄢˇ 苦紺切，去，勘韻，溪。

見“轗軻”。

【轗軻】不平貌。喻境遇不順。亦作“坎軻”、“坎坷”。文選古詩十九首之四：“無爲守窮賤，轗軻長苦辛。”三國魏嵇康嵇中散集一述志詩之二：“轗軻丁悔吝，雅志不得施。”

【轗頓】摧折不振。古文苑七北周庾信枯樹賦：“莫不苔埋菌壓，鳥剥蟲穿，低垂於霜露，轗頓於風煙。”

轛 pì ㄆㄧˋ

見下。

【轛輗蓋】車蓋的一種。晉崔豹古今注上輿服：“武王伐紂，大風折蓋。太公因折蓋之形而制曲蓋焉。戰國常以賜將帥。自漢朝乘輿用四，謂爲轛輗蓋，有軍號者賜其一也。”

轘 1. huàn 胡慣切，去，諫韻，匣。ㄏㄨㄢˋ

㊀車裂人的酷刑。左傳桓十八年：“齊人殺子亹而轘高渠彌。”注：“車裂曰轘。”

2. huán 户關切，平，刪韻，匣。ㄏㄨㄢˊ

㊁見“轘₂轅”。

【轘裂】車裂人的酷刑。後漢書七八呂强傳上疏：“伏聞中常侍王甫張讓等……有趙高之禍，未被轘裂之誅，掩朝廷之明，成私樹之黨。”注：“轘裂，以車裂也。”

【轘磔】同“轘裂”。陳書始興王叔陵傳論：“叔陵險躁奔競，遂行悖逆，轘磔形骸，未臻其罪；汙瀦居處，不足彰過，悲哉！”

【轘₂轅】㊀險要的道路。管子地圖：“凡兵主者必先審知地圖轘轅之險。”注：“謂路形若轘而又轘曲。緱氏東南有轘轅道是也。”㊁山名，關口名。在河南偃師縣東南。山路險阻，凡十二曲，循環往還，故稱轘轅。後漢河南尹何進所置八關之一。左傳襄二一年“使候出諸轘轅”，卽此。參閱元和郡縣志五河南府緱氏縣。

轚 jí 古歷切，入，錫韻，見。ㄐㄧˊ

車轄相觸擊。亦作“擊”。穀梁傳昭八年：“御轚者不得入。”注：“轚，本或作擊。”

【轚互】舟車在迫隘處相互觸擊。周禮秋官野廬氏：“凡道路之舟車轚互者，敍而行之。”疏：“轚互者，謂水陸之道舟車往來狹隘之所，更互相轚。”

轝 yú ㄩˊ

㊀共舉，對舉。後漢書七八張讓傳：“監奴乃率諸蒼頭迎拜於路，遂共轝車入門。”㊁同“輿”。1. 車。墨子公輸：“鄰有敝轝而欲竊之。”2. 衆，多。史記九七陸賈傳：“人衆車轝，萬物殷富。”漢書作“輿”。㊂承放酒具的禮器。同“棜”。儀禮既夕禮“設棜于東堂下”漢鄭玄注：“棜，今之轝也。”

十四畫

轟 hōng 呼宏切，平，耕韻，曉。ㄏㄨㄥ 呼迸切，去，諍韻，曉。

㊀羣車聲。見說文。亦謂轟鳴。唐元稹長慶集十八放言詩之三：“霆轟電烻數聲頻，不奈狂夫不藉身。”㊁衝擊。金元好問遺山集五遊承天鎭懸泉詩：“并州之山水所洑，駭浪幾轟山石裂。”

【轟豗】形容衆聲喧鬨。唐韓愈昌黎集一元和聖德詩：“衆樂驚作，轟豗融洽。”宋陳師道后山詩注十一顏市阻風詩之一：“突兀重重浪，轟豗處處雷。”

【轟飲】猶言鬧酒，痛飲。宋范成大石湖集三天平寺詩：“舊遊彷彿記三年，轟飲題詩夜滿山。”

【轟醉】痛飲，爛醉。金元好問遺山集五南冠行：“安得酒船三萬斛，與君轟醉太湖秋。”

【轟隱】衆車聲。世說新語方正：“韓康伯（伯）病，拄杖前庭消搖，見諸謝皆富貴，轟隱交路，歎曰：‘此復何異王莽時！’”

【轟轟】象大聲。文選晉左太沖（思）蜀都賦：“車馬雷駭，轟轟闐闐。”藝文類聚七七北魏溫子昇寒陵山寺碑：“轟轟隱隱，若轉石之墜高崖。”

轞 jiàn 胡黤切，上，檻韻，匣。ㄐㄧㄢˋ

見下。

【轞車】囚車。史記八九張耳傳：“乃轞車膠致，與王詣長安。”正義：“謂其車上著板四周，如檻形，膠密不得開，送致京師也。”漢書作“檻車”。亦爲囚猛獸的車子。參見“檻車”。

轛 1. zhuì 追萃切，去，至韻，知。ㄓㄨㄟˋ

㊀車軾下橫直交接的欄木。周禮考工記輿人：“參分軹圍去一，以爲轛圍。”注：“轛，式之植者衡者也。……以其鄉人爲名。”

2. duì 都隊切，去，隊韻，端。ㄉㄨㄟˋ

㊁車箱。同“轛”。見廣韻。

轜 yǐn 於謹切，上，隱韻，影。ㄧㄣˇ

車聲。見廣韻。

【轜轔】車聲。唐李賀歌詩編四出城別張又新酬李漢：“臘春戲草苑，玉輓鳴轜轔。”

十五畫

轒 lù 盧谷切，入，屋韻，來。ㄌㄨˋ

同轆，或作“樚”。見廣韻。參見“轆”。

【轒轤】井上汲水的起重裝置。唐釋玄應一切經音義十五僧祇律：“轒轤又作樚櫨。……蒼頡篇：三輔舉水具也，卽汲水者也。”

轢 luó 盧各切，入，鐸韻，來。ㄌㄨㄛˊ

車轉聲。見玉篇。

【轢轢車】黑龍江載運糧草之車。清西清黑龍江外記四：“達呼爾隨意造轢轢車。輪不求甚圓，轅不求甚直，軸徑如椽，而載重致遠，不資轂輮。”又：“轢轢車，牛曳之，一童子嘗御三五輛，載糧草類。然富者乘之，以氈毳爲蓋，蔽風雪，間亦用樺皮。”

轠 léi 魯回切，平，灰韻，來。ㄌㄟˊ 力軌切，上，旨韻，來。

㊀碰擊。漢書九二陳遵傳揚雄酒箴：“一旦叀礙，爲瓽所轠。”注：“轠，擊也。言瓶忽縣礙不得下，而爲井瓽所擊，則破碎也。”㊁見下。

【轀轤】連續不斷貌。一說環轉。漢書八七上揚雄傳校獵賦："繽紛往來，轀轤不絕。"注："轀轤，環轉也。"又引孟康曰："轀轤，連屬貌。"

轢 lì ㄌㄧˋ 郎擊切，入，錫韻，來。盧達切，入，曷韻，來。盧各切，入，鐸韻，來。

㊀車輪輾過。漢王充論衡幸偶："火燔野草，車轢所致。"文選漢張平子(衡)西京賦："當足見蹍，值輪被轢。"注："車所加爲轢。"㊁敲打。文選漢張平子(衡)西京賦："轢輻輕鶩，容于一扉。"注："馭車欲馬疾，以箠轢於輻，使有聲也。"

轡 pèi ㄆㄟˋ 兵媚切，去，至韻，幫。

馬繮。詩秦風駟驖："駟驖孔阜，六轡在手。"禮曲禮上："執策分轡。"引申爲駕御、騎行。文選南朝梁江文通(淹)雜體詩擬謝僕射混遊覽："薄言遵郊衢，總轡出臺省。"

【轡勒】馬繮和銜勒。大戴禮盛德："不能御民者棄其德法。譬猶御馬，棄轡勒而專以筴御馬，馬必傷，車必敗。"

十六畫

轐 fú ㄈㄨˊ 集韻 房六切，入，屋韻。

亦作"䡏"。盛弓弩器。後漢書輿服志上："戎車，……蓍以矛麾金鼓羽析幢翳，轐青甲弩之箙。"注引鄭玄注既夕："服，車箱也。"此以箙爲車箱之服，以轐爲盛弓弩之箙。

轣 lì ㄌㄧˋ

見下。

【轣轆】車聲，轉動聲。宋蘇軾東坡集九次韻舒教授寄李公擇詩："松下縱橫餘屐齒，門前轣轆想君車。"陸游劍南詩稿八一春寒復作："青絲玉井聲轣轆，又是窗白鴉鳴時。"

【轣轆車】縰車。布帛經織之前，用來著絲縷。方言五："縰車，趙魏之間謂之轣轆車，東齊海岱之間謂之道軌。"亦作"厤鹿"。廣雅釋器："縰車謂之厤鹿。"

轤 lú ㄌㄨˊ 落胡切，平，模韻，來。

見"轆轤"。

二十畫

轥 lìn ㄌㄧㄣˋ 良刃切，去，震韻，來。

輾，踐。文選晉潘安仁(岳)西征賦："紫駁娑而款駘盪，轥枍詣而轢承光。"

【轥轢】㊀車輪輾軋。文選漢司馬長卿(相如)上林賦："徒車之所轥轢，步騎之所蹂若。"史記一一七司馬相如傳作"蹸轢"。㊁超越。隋書楊玄感傳論："(煬帝)又躬爲長君，功高曩列，寵不假於外戚，權不逮於羣下，足以轥轢軒唐，奄吞周漢，……振古以來，一君而已。"

轍 niè ㄋㄧㄝˋ 魚列切，入，薛韻，疑。五割切，入，曷韻，疑。

高。文選三國魏何平叔(晏)景福殿賦："飛櫚翼以軒翥，反宇轍以高驤。"

【轍轍】盛飾貌；高壯貌。呂氏春秋過理"宋王築爲蘗帝"漢高誘注引詩："庶姜轍轍。"今本詩衛風碩人作"孽孽"。釋文引韓詩亦作"轍"。文選漢張平子(衡)西京賦："反宇業業，飛檐轍轍。"

辛 部

辛 xīn ㄒㄧㄣ 息鄰切，平，真韻，心。

㊀天干第八位。爾雅釋天："太歲……在辛曰重光。"史記律書："辛者，言萬物之辛生，故曰辛。"㊁辣味。書洪範："從革作辛。"亦指辛味的蔬菜。如葱、韭、蒜等。參見"五辛"。㊂悲痛。唐杜甫杜工部草堂詩箋二三贈別賀蘭銛："生離與死別，自古鼻酸辛。"㊃勞苦。唐白居易長慶集七一開龍門八節石灘詩之二："夜舟過此無傾覆，朝脛從今免苦辛。"㊄姓。傳說夏啟封支子于莘，莘、辛聲相近，後爲辛氏。商有辛甲，漢有辛慶忌。參閱元和姓纂三真。

【辛甲】商紂臣，屢諫紂王不聽，去而至周，爲太史。漢書藝文志道家著錄辛甲二十九篇。

【辛夷】香木名。樹高二、三丈，葉似柿葉而狹長。花似蓮而小如盞，色紫，香氣馥鬱，初出時，苞長半寸，尖如筆頭，故一名木筆。江南地暖，正月開花；北地春寒，二月始開。花蕾可入藥。白者名玉蘭，亦稱望春、迎春。楚辭屈原九歌山鬼："乘赤豹兮從文狸，辛夷車兮結桂旗。"唐韓愈昌黎集四感春詩之一："辛夷高花最先開，青天露出始此迴。"參閱政和證類本草十二辛夷。

【辛芥】蔬菜名。方言三："蘴蕘，蕪菁也，……其小者謂之辛芥，或謂之幽芥。"

【辛苦】辛，辣味；苦，苦味。以喻艱勞。左傳昭三十年："吳光新得國而親其民，視民如子，辛苦同之，將用之也。"書洪範"凶短折"唐孔穎達疏："辛苦者，味也。辛苦之味入口，猶困阨之事在身，故謂殃厄勞役之事爲辛苦也。"全唐詩四八三李紳憫農："誰知盤中餐，粒粒皆辛苦。"引申爲悲痛。文選晉李令伯(密)陳情表："臣之辛苦，非獨蜀之人士，及二州牧伯，所見明知，皇天后土，實所共鑒。"

【辛癸】商紂和夏桀。紂名受辛，桀名履癸。以指暴君。南朝陳徐陵徐孝穆集六爲梁貞陽侯與陳司空書："孤宗室之長，爰自布衣，辛癸之朝，容身靡託。"

【辛楚】辛酸苦楚。後漢書五七劉瑜傳上書："臣在下土，聽聞歌謠，驕臣虐政之事，遠近呼嗟之音，竊爲辛楚，泣血漣如。"晉陸機陸士衡集五於承明作與士龍詩："俯仰悲林薄，慷慨含辛楚。"

【辛雉】即辛夷。漢書八七上揚雄傳甘泉賦："平原唐其壇曼兮，列新雉於林薄。"注："服虔曰：雉、夷聲相近。"參見"辛夷"。

【辛勤】辛苦勤勞。藝文類聚六五南朝宋謝莊懷園引："辛勤越霜露，聯翩遡江汜。"唐韓愈昌黎集七示兒詩："辛勤三十年，以有此屋廬。"

【辛廖】複姓。楚大夫辛廖之後，漢有河間相辛廖通。見通志二八氏族四以名爲氏。

【辛酸】辣味和酸味。藝文類聚五七後漢張衡七辯："審其齊和，適其辛酸。"引喻爲悲痛苦楚。三國志魏劉劭傳附杜摯注引文章敍錄與毌丘儉詩："壯士志未伸，坎軻多辛酸。"文選魏阮嗣宗(籍)詠懷詩之六："感慨懷辛酸，怨毒常苦多。"

【辛盤】舊時元旦迎春，以葱、韭、蒜、薤等辛菜作食品，謂之辛盤。南朝梁宗懍荊楚歲時記引周處風土地："元日造五辛盤。正元日五薰鍊形。五辛所以發五藏之氣。"元詩百一鈔八貢性之題菜詩："三日宿酲醒不得，正思風味到辛盤。"參見"五辛盤"。

【辛螫】毒蟲以刺螫人。詩周頌小毖："莫如拌蜂，自求辛螫。"

【辛文房】元西域人，字良史。其生平不見史傳，惟陸友仁於研北雜志稱其能詩，與王執謙、楊載齊名。輯唐才子傳八卷。有詩集稱披沙詩集，取唐李咸用集名，已佚。

【辛家皮】一種精美的套料鼻煙壺。清趙之謙勇盧閒詰："凡所造作，或稱曰皮，最著者曰'辛家皮'。"注："辛家皮，最精潔，其色屑珍寶爲之，光采奪目。"

【辛棄疾】公元 1140—1207 年。宋歷城人，字幼安，號稼軒。少時參加抗金義軍，爲掌書記。後率師歸宋，歷任大理寺少卿，湖南江西福建湖北浙東安撫使等職。爲人慷慨有大略，一生力主抗金，曾獻美芹十論、九議等，主張革新政治，整頓軍旅，以和議方定，不行。落職閒居信州幾二十年，後雖再起，不能久於其位，抑鬱以没。善爲詞，悲壯激烈，雄渾豪放，與蘇軾齊名，並稱"蘇辛"。著有稼軒長短句。宋史四〇一有傳。

【辛慶忌】公元？一前 12 年。漢狄道人，字子真。父武賢，宣帝時以勇武顯聞。慶忌以父任爲右校丞，屯田烏孫赤谷城。元帝時，任張掖、酒泉太守，所在著名。成帝時爲左將軍，匈奴西域皆敬其威信。朱雲以張禹阿附王氏，上書請誅禹，帝怒欲殺雲，慶忌免冠解印綬叩頭救之，得免。子孫因不附王莽，被誅。漢書六九有傳。

五 畫

辜 1. gū 古胡切，平，模韻，見。ㄍㄨ

㊀罪。書大禹謨："與其殺不辜，寧失不經。"㊁分裂肢體。周禮秋官掌戮："殺王之親者辜之。"注："辜之言枯也，謂磔之。"清段玉裁謂辜本非常重罪，引申凡有罪皆曰辜。見說文解字注十四下辜。㊂見"辜負"。

2. gù ㄍㄨˋ

㊃原因。通"故"。史記八四屈原賈生傳："般紛紛其離此尤兮，亦夫子之辜也。"索隱："漢書'辜'作'故'，夫子謂屈原也，李奇曰：'亦夫子不如麟鳳翔逝之故，罹此咎也。'"文選賈誼弔屈原文亦作"故"。㊄必定。通"固"。漢書律曆志上："姑洗：洗，絜也，言陽氣洗物辜絜之也。"注引孟康："辜，必也，必使之絜也。"

【辜人】受磔刑棄市的人。莊子則陽："（柏矩）至齊，見辜人焉，推而强之，解朝服而幕之。"清俞樾云辜謂辜磔。漢書景帝紀改磔曰棄市。古之辜磔人者，必張其尸於市，故柏矩推而强之，解朝服而幕之。見諸子平議十九莊子三。

【辜月】農曆十一月的别名。爾雅釋天："十一月爲辜。"清郝懿行義疏："辜者，故也。十一月陽生，欲革故取新也。"

【辜負】虧負，對不起。同"孤負"。三國志魏司馬朗傳"州人追思之"注引魏書："朗臨卒，謂將士曰：'刺史蒙國厚恩，督司萬里，微功未效，而遭此疫癘，既不能自救，辜負國恩。'"唐白居易長慶集三七戊申歲暮詠懷詩："幸得展張今日翅，不能辜負昔時心。"參見"孤負"。

【辜限】古刑律，毆人致傷，着令毆人者在限期内爲傷者治療，其限期稱爲辜限。宋樓鑰攻媿集二七繳泉州吴淨黨罪案："以枕背打許應遂額中心一下，……傷重，於辜限内身死。"

【辜較】㊀梗概，大略。孝經天子"蓋天子之孝也"疏："孔傳云：'蓋者，辜較之辭。'劉炫云：'辜較，猶梗概也。孝道既廣，此纔舉其大略也。'"㊁壟斷，剥奪他人。同"辜榷"。後漢書八七單超傳："兄弟姻戚，皆宰州郡，辜較百姓，與盜賊無異。"

【辜榷】壟斷，獨占。漢書八四翟方進傳："貴戚近臣子弟賓客多辜榷爲姦利者。"注："榷，專也。辜榷者，言己自專之，它人取者輒有辜罪。"亦作"辜推"。後漢書靈帝紀光和四年："初置騄驥監丞，領受郡國調馬。豪右辜推，馬一匹至二百萬。"注："前書音義曰：辜，障也；推，專也。謂障餘人賣買而自取其利。"

【辜磔】古代一種酷刑。指肢解軀體並棄市。韓非子内儲説上七術："荆南之地，麗水之中生金，人多竊采金，采金之禁，得而輒辜磔於市。"也作"辜射"。韓非子難言："田明辜射。"磔從石聲，與射聲相近。參閱清俞樾諸子平議二一。

辞 cí ㄘˊ

"辭"的别體。見說文。漢焦延壽易林二需之晉："不可辞阻，終无悔咎。"

六 畫

辟 1. pì 房益切，入，昔韻，並。ㄆㄧˋ

㊀打開。國語晉五："晨往則寢門辟矣。"㊁開拓。詩大雅江漢："式辟四方，徹我疆土。"㊂排除。荀子解蔽："是以辟耳目之欲，而遠蚊虻之聲，閑居静思則通。"㊃不實在，偏頗。通"僻"。論語先進："柴（子羔）也愚，參（曾參）也魯，師（子張）也辟，由（子路）也喭。"集注："辟，便辟也，謂習於容止，少誠實也。"荀子議兵："房辟曲私之屬爲之化而工。"㊄旁側。左傳莊二一年："鄭伯享王於闕西辟。"疏："辟是旁側之語也，服虔云：西辟，西偏也。"㊅拊心。通"擗"。詩邶風柏舟："静言思之，寤辟有摽。"傳："辟，拊心也。"釋文："辟，本又作擘，避亦反。"玉篇"擗"引詩作"擗"。㊆比喻。通"譬"。墨子小取："辟也者，舉物而以明之也。"禮中庸："君子之道，辟如行遠必自邇，辟如登高必自卑。"㊇見"辟纑"。

2. bì 必益切，入，昔韻，幫。ㄅㄧˋ

㊈天子、諸侯君主的通稱。書洪範："惟辟作福，惟辟作威，惟辟玉食。"詩大雅蕩："蕩蕩上帝，下民之辟。"㊉法，刑法。詩小雅雨無正："如何昊天。辟言不相。"⑪罪。國語周上："土不備墾，辟在司寇。"又魯："男女效績，愆則有辟，古之制也。"⑫徵召。文選漢蔡伯喈（邕）郭有道碑文序："羣公休之，遂辟司徒掾。"後漢書五三黄憲傳："憲初舉孝廉，又辟公府。"⑬躲避。通"避"。孟子滕文公下："（陳仲子）辟兄離母，處於於陵。"左傳僖二三年："晉楚治兵，遇於中原，其辟君三舍。"國語晉四辟作"避"。⑭閉。莊子田子方："心困焉而不能知，口辟焉而不能言。"釋文："必亦反。司馬（彪）云：辟卷不開也。"⑮腿瘸。通"躄"。荀子正論："王梁造父者，天下之善馭者也，不能以辟馬毁輿致遠。"漢書四八賈誼傳陳政事疏："非亶倒縣而已，又類辟且病痱。夫辟者一面病，痱者一方痛。"注："辟，足病；痱，風。"漢賈誼新書倒縣辟作"躄"。⑯彰明。禮祭統："對揚以辟之。"

3. mǐ 集韻 母婢切，上，紙韻。ㄇㄧˇ

⑰停止，平息。禮郊特牲："有由辟焉。"注："辟讀爲弭，謂弭災兵，遠罪疾也。"

4. bò 集韻 博厄切，入，麥韻。ㄅㄛˋ

⑱析裂。通"擘"。禮喪服大記："絞一幅爲三，不辟。"⑲見"辟[4]雞"。

5. pí 集韻 頻彌切，平，支韻。ㄆㄧˊ

⑳緣飾。通"紕"。禮玉藻："而素帶終辟。"注："辟，讀如裨冕之裨，裨謂以繒

采飾其側。”

【辟人】闢除行人。孟子離婁下:“君子平其政,行辟人可也,焉得人人而濟之。”疏:“君子之爲,但平其政事使無違失,行法於人而使尊之,其若此則可也,又安得人人而濟渡之乎?”

【辟₂人】論語微子:“且而與其從辟人之士也,豈若從辟世之士哉?”避人之士指孔子。孔子周遊列國,求得賢君而仕,躲避不道之主。

【辟₂王】猶言君王。詩周頌載見:“載見辟王,曰求厥章。”箋:“諸侯始見君王,謂見成王也。”

【辟₂引】徵召引進。梁書楊公則傳:“湘俗單家以賂求州職,公則至,悉斷之,所辟引皆州郡著姓,高祖班下諸州以爲法。”

【辟₂公】諸侯。詩周頌雝:“相維辟公,天子穆穆。”

【辟₂世】隱居不出。同“避世”。論語憲問:“賢者辟世。”

【辟₂召】因推薦而徵召入仕。後漢書二七鄭均傳:“常稱病家廷,不應州郡辟召。”文獻通考三九選舉辟舉:“蓋東漢時,選舉辟召皆可以入仕,以鄉舉里選循序而進者,選舉也;以高才重名躐等而升者,辟召也;故時人猶以辟召爲榮云。”

【辟₂仗】皇帝出行在車駕前清道的儀仗隊。資治通鑑一九八唐貞觀二十年:“上嘗幸未央宮,辟仗已過。”注:“辟仗者,衛士在駕前攘辟左右,止行人,所謂陳兵清道而後行也。”

【辟₂耳】山名。國語齊:“懸車束馬,踰太行與辟耳之谿拘夏。”注:“太行辟耳,山名也。拘夏,辟耳之谿也。三者皆山險谿谷,故懸鉤其車、偪束其馬以渡。”史記封禪書作“卑耳”。索隱謂在河東大陽。即今山西平陸縣西北之卑耳山。

【辟名】詐爲文書,名實不符。周禮天官宰夫:“凡失財用物,辟名者,以官刑詔冢宰而誅之。”注:“辟名,詐爲書以空作見,文書與實不相應也。”

【辟₂色】論語憲問:“賢者辟世,其次辟地,其次辟色。”謂君禮貌衰減,有厭己之狀,即去之。

【辟言】㊀乖僻之言。荀子正名:“凡邪說辟言之離正道而擅作者,無不類於三惑者矣。”㊁違背名實的謬論。論語憲問:“賢者辟世,其次辟地,其次辟色,其次辟言。”謂君有違言,即去之。

【辟₂言】合於法度之言。詩小雅雨無正:“如何昊天,辟言不信。”箋:“如何乎昊天,痛而愬之也,爲陳法度之言,不信之也。”

【辟邪】偏邪不正。左傳昭十六年:“辟邪之人而皆及執政,是先王無刑罰也。”國語周上:“國之將亡,其君貪冒、辟邪、淫佚、荒怠、粗穢、暴虐。”

【辟₂邪】㊀古代傳說中的一種神獸,似獅而帶翼。急就篇三:“射魃辟邪除羣凶。”唐顏師古注:“射魃、辟邪皆神獸名。……辟邪,言能辟禦妖邪也。”古代織物、軍旗、帶鉤、印紐、鍾鈕等物,常用辟邪爲象。參見“天祿辟邪”。㊁三國魏宮中使者的稱號。三國志魏明帝紀“宣王頓首流涕”注引魏略:

辟邪

“顧呼宮中常所給使者曰:‘辟邪來,汝持我此詔授太尉也。’辟邪馳去。”㊂三國吳大帝(孫權)有寶劍六,其三曰辟邪。見晉崔豹古今注上輿服。㊃異香名。唐蘇鶚杜陽雜編下:“同昌公主出降,……自兩漢至皇唐,公主出降之盛,未之有也,公主乘七寶步輦,四面綴五色香囊,囊中貯辟寒香、辟邪香、……此香異國所獻也。”㊄避除邪惡。宋李石續博物志七:“陶隱居云:學道之士居山,宜養白犬、白雞,可以辟邪。”

【辟₂兵】避免兵器傷害。文子上德:“蟾蜍辟兵,壽在五月之望。”注引萬畢術:“蟾蜍五月中殺塗五兵,入軍陣而不傷。”按古人或用辟兵爲名。史記宋微子世家有辟公辟兵。

【辟芷】香草名。楚辭屈原離騷:“扈江離與辟芷兮,紉秋蘭以爲佩。”

【辟₂易】㊀狂疾。國語吳:“申胥釋劍而對曰:‘……員不忍稱疾辟易,以見王之親爲越之擒也,員請先死。’”注:“辟易,狂疾。”㊁驚退。史記項羽紀:“是時赤泉侯爲騎將,追項王,項王瞋目叱之,赤泉侯人馬俱驚,辟易數里。”正義:“言人馬俱驚,開張易舊處,乃至數里。”

【辟₂舍】避開正房,寢於他處,以示不敢寧居。戰國策魏四:“信陵君聞縮高死,素服縞素辟舍,使使謝安陵君。”史記八三魯仲連傳:“天子巡狩,諸侯辟舍。”索隱:“辟音避。避正寢。案:禮‘天子適諸侯,必舍於祖廟。’”

【辟陋】地偏遠而俗粗鄙。左傳昭十九年:“晉之伯也,邇於諸夏,而楚辟陋,故弗能與爭。”

【辟咡】交談時側頭,避免使口氣觸及對方。禮曲禮:“負劍辟咡詔之,則掩口而對。”注:“辟咡詔之,謂傾頭與語,口旁曰咡。”又少儀:“有問焉,則辟咡而對。”疏:“尊者有事問己,己則辟口而對,不使口氣及尊者。”

【辟宮】壁虎。即守宮。漢書六五東方朔傳“置守宮盂下”唐顏師古注:“守宮,蟲名也。……今俗呼爲辟宮,辟亦禦扞之義耳。”參見“守宮”。

【辟₂席】同“避席”。古人布席於地,各專一席以坐,有所敬,則起立避原位。禮哀公問:“孔子蹴然辟席而對。”

【辟剡】書牘薦授官職。元詩百一鈔一戴良送范主一憲郎:“崇臺交辟剡,思覲理歸船。”參見“剡薦”。

【辟₂株】吐綬鳥的别名。見明毛晉毛詩草木鳥獸蟲魚疏廣要。

【辟₂書】徵召的文書。文選三國魏阮嗣宗(籍)奏記詣蔣公:“開府之日,人人自以爲掾屬;辟書始下,而下走爲首。”

【辟除】打掃,掃除。管子心術上:“故館不辟除,則貴人不舍焉。”荀子成相:“禹有功,抑下鴻,辟除民害逐共工。”

【辟₂除】徵舉授官。周禮天官冢宰序官“府六人,史十有二人”漢鄭玄注:“府治藏,史掌書者,凡府史皆其官長所自辟除。”

【辟倪】斜視。表示輕蔑。史記一〇七魏其武安侯傳附灌夫:“不仰視天而府畫地,辟倪兩宮間,幸天下有變而欲有大功。”索隱:“埤倉云:睥睨,邪視也。”漢書五二灌夫傳作“辟睨”。

【辟匿】偏僻地方。史記秦紀:“戎王處辟匿,未聞中國之聲。”

【辟₂惡】避除邪惡。太平御覽九八一後漢秦嘉與婦書:“今奉麝香一斤,可以辟惡。”南朝梁宗懍荆楚歲時記:“六月伏並作湯餅,名爲辟惡。”

【辟違】偏邪乖謬。荀子修身:“辟違而不慤,程役而不録。”

【辟陽】縣名。漢置。漢高祖封審食其爲侯國,後置縣,屬信都國。東漢廢。故城在今河北冀縣境。參閱嘉慶一統志四九冀州一古蹟。

【辟₂雍】㊀周王朝爲貴族子弟所設的大學。取四周有水,形如璧環爲名。大學有五,南爲成均,北爲上庠,東爲東序,西爲瞽宗,中曰辟雍。又作“辟廱”、“辟雝”、“璧廱”。禮王制:“大學在郊,天子曰辟雍,諸侯曰頖宮。”漢班固白虎通辟雍:“辟者,璧也。象璧圓又以法尺,於雍水側,象教化流行也。”㊁樂名。莊子天下："文王有辟雍之樂。"尚書大傳一："談然乃作大唐之歌，樂曰：舟張辟雍，鶬鶬相從，八風回回，鳳皇喈喈。"

【辟₂辟₂】中醫謂脈促而堅。素問平人氣象論："死腎，脈來發如奪索，辟辟如彈石，曰腎死。"

【辟稱】譬喻稱引。荀子儒效："而狂惑戇陋之人，乃始率其羣徒，辯其談説，明其辟稱，老身長子，不知惡也。"

【辟₂嫌】避免嫌疑。公羊傳桓十二年："及鄭師伐宋，丁未，戰于宋。戰不言伐，此其言伐何？辟嫌也。"

【辟₂瘧】避免瘧疾。南齊書桓康傳："隨世祖起義，……所經村邑，恣行暴害。江南人畏之，以其名怖小兒，畫其形以辟瘧，無不立愈。"

【辟踊】捶胸頓足，極言哀痛之狀。禮檀弓下："辟踊，哀之至也。"疏："撫心爲辟，跳躍爲踊。"淮南子主術："衰絰菅履，辟踊哭泣，所以諭哀也。"

【辟穀】古稱行導引之術，不食五穀，可以長生。道家方士，乃附會爲神仙入道之術。史記留侯世家："（張良）乃學辟穀，道引輕身。"晉張華博物志七引三國魏曹植辯道論云魏時方士，甘陵有甘始，廬江有左慈，陽城有郄儉；儉善辟穀，悉號三百歲人。

【辟₂閭】㊀劍名。荀子性惡："闔閭之干將、莫邪、鉅闕、辟閭，此皆古之良劍也。"注："或曰：辟閭，即湛盧也。閭、盧聲相近；盧，黑色也。湛盧言湛然如水而黑也。"㊁複姓。春秋衛文公支孫以居楚丘督辟閭里，後人爲辟閭氏。見元和姓纂十昔。

【辟歷】雷電轟鳴。即霹靂。史記天官書："〔夫〕雷電、蝦虹、辟歷、夜明者，陽氣之動者也。"漢書八七揚雄傳上校獵賦："辟歷列缺，吐火施鞭。"

【辟彊】漢賈誼新書審微："昔者衛侯朝於周，周行問其名。曰：'衛侯辟彊。'周行還之，曰：'啟彊、辟彊，天子之號也，諸侯弗得用。'本謂開闢疆土等詞，惟天子能用作名字，但實亦並不拘此。漢張良即有子名辟彊。見史記呂后紀。辟彊之説有二：1.人名用字，彊，讀作"疆"，猶言開拓土地之意。漢初有河間王劉辟彊，張良有子名辟彊。晉有顧辟彊。2.避御彊梁，辟，讀 bì。參閱漢書文帝紀前二年"辟彊"唐顏師古注。

【辟舉】開墾荒地。管子牧民："國多財，則遠者來；地辟舉，則民留處。"注："舉，盡也。言地盡闢，則人留而安居處也。"

【辟₂舉】徵召和選舉。宋史徽宗紀崇寧五年："罷辟舉，盡復元豐選法。"

【辟₄雞】菹之一種。細切牲肉，以葱、薤加醋爲之。禮内則："麋鹿魚爲菹，麕爲辟雞，野豕爲軒，兔爲宛脾，切葱若薤，實諸醯以柔之。"

【辟₂廱】周王朝爲貴族子弟所設的大學。亦爲大射行禮之處。辟，通"璧"。詩大雅靈臺："於論鼓鍾，於樂辟廱。"參見"辟₂雍㊀"。

【辟纑】把緝過的麻搓成綫。孟子滕文公下："彼身織屨，妻辟纑，以易之也。"注："緝績其麻曰辟，練其麻曰纑。故云辟纑。"

【辟蠹】驅除蠹蟲。宋米芾畫史："檀香，辟濕氣，画必用檀軸，有益。開匣有香而無糊氣，又辟蠹也。"

【辟支佛】梵語。亦稱辟支、辟支迦佛，全名辟支迦佛陀。舊譯緣覺。新譯獨覺。不逢佛世，獨自能悟，曰獨覺；觀十二因緣而得悟，曰緣覺。大乘義章十四："辟支胡語，此方翻譯因緣覺，藉現事緣而得覺悟，不假他教，名因緣覺。"參閱唐釋慧琳一切經音義二一大方廣佛華嚴經六辟支佛地、翻譯名義集一三乘通號。參見"緣覺乘"。

【辟₂水犀】傳説中的一種犀牛。唐劉恂嶺表録異中："辟水犀。"原注："云此犀行于海，水爲之開，置角於霧之中，不濕矣。"

【辟₂邪樹】即安息香樹。唐段成式酉陽雜俎前集十八木篇："安息香樹，出波斯國，波斯呼爲辟邪樹，長三丈，皮色黃黑，葉有四角，二月開花黃色，花心微碧，不結實。刻其樹皮，其膠如飴，名安息香，六、七月堅凝，乃取之，燒之通神明，避衆惡。"參見"安息香"。

【辟₂兵符】古代傳説謂佩之可以避刀兵的符籙。三國志魏董卓傳注引魏書："（牛）輔恇怯失守，不能自安。常把辟兵符，以鐵鑕致其旁，欲以自彊。"或謂於五月五日作赤靈符，著心前，可避五兵。參閱抱朴子雜應。

【辟₂兵繒】古代傳説可避兵害的絲織物。南朝梁宗懔荆楚歲時記："按仲夏繭始出，婦人染練，咸有作務，日月星辰鳥獸之狀，文繡金縷，貢獻所尊，一名長命縷，一名續命鏤，一名辟兵繒。"唐韓鄂歲華紀麗二端午"辟兵繒"注引裴玄新語："五月五日集五綵繒，謂之辟兵繒也。"

【辟₂寒金】傳説三國魏明帝即位之二年，昆明國獻嗽金鳥，形如雀，色黃，常翱翔海上，吐金粟如屑。至冬畏霜雪，帝乃起温室以處之，名辟寒臺，宫人争以鳥吐之金飾釵珮，謂之辟寒金，並相嘲曰："不服辟寒金，那得帝王心。"見舊題晉王嘉拾遺記七魏。

【辟₂寒香】香名。舊題南朝梁任昉述異記上："辟寒香，丹丹國所出，漢武時入貢，每至大寒，於室焚之，暖氣翕然，自外而入，人皆減衣。"或謂自漢至唐，宫主出降，囊中貯辟寒香。見唐蘇鶚杜陽雜編下。

【辟₂寒珠】珠名。古有辟塵珠、辟寒珠、夜光照乘，大者徑寸。見清方以智通雅四八金石。

【辟₂寒犀】傳説能避寒氣之犀角。唐王仁裕開元天寶遺事上："開元二年冬，交趾國進犀一株，色黃如金，使者請以金盤置於殿中，温温然有暖氣襲人，上問其故，使者對曰：'此辟寒犀也。'"

【辟₂暑犀】傳説能避暑氣之犀角。白孔六帖九七犀："（唐）文宗於内庭延李訓講周易，時方盛夏，上命取辟暑犀以賜。"

【辟₂瘟扇】扇名。唐馮贄雲仙雜記一洛陽歲節："洛陽人家，……端午，朮羹艾酒，以花絲樓閣插鬢，贈遺辟瘟扇。"

【辟₂塵犀】傳説中的海獸。舊題南朝梁任昉述異記上："却塵犀，海獸也，然其角辟塵，致之於座，塵埃不入。"

【辟穀方】指修道成仙之方。唐王維王右丞集五春日上方即事詩："好讀高僧傳，時看辟穀方。"

【辟彊園】園名。故址在江蘇吴縣界。晉書王獻之傳："嘗經吴郡，聞顧辟彊有名園，先不相識，乘平肩輿徑入。時辟彊方集賓友，而獻之游歷既畢，傍若無人。"唐時其園猶在，顧況嘗假以居，至宋遂不可考。參閱宋范成大吴郡志十四園亭。

辠 zuì ㄗㄨㄟˋ 徂賄切，上，賄韻，從。

古"罪"字。國語晉一："蔽兆之紀，失臣之官，有二辠焉，何以事君？"説文："辠，犯法也，从辛从自。言辠人蹙鼻苦辛之憂。秦以辠似皇字，改爲罪。"

七　畫

辣 là ㄌㄚˋ

玉篇、廣韻皆作"辢"。㊀辛辣，如薑、蒜、辣椒等的滋味。唐釋玄應一切經音義八解節經辛辣引通俗文："辛甚曰辢（辣）。"㊁凶狠，惡毒。見"辣手"。

【辣子】厲害、不好招惹的人。紅樓夢三:"他是我們這裏有名的一個潑辣貨,南京所謂'辣子',你只叫他鳳辣子就是了。"

【辣手】厲害的手段。元王義山稼村類稿二送按察王僉事除行臺察院詩:"祇爲外臺要精采,更煩辣手大支撐。"指執法公正無私。京本通俗小說錯斬崔寧:"怎麼便下得這等狠心辣手?"指狠毒。

【辣玉】指蘆菔。清趙翼甌北詩鈔絕句二野蔌:"辣玉甜冰常饌足,不知世有乳蒸豚。"注:"楊誠齋(萬里)以蘆菔爲辣玉,蔓菁爲甜冰。"

【辣虎】辣味的茱萸醬。集韻有"䓶"字,釋謂搗茱萸爲之,味辛而苦。虎即苦音之譌。見清桂馥札樸七匡謬辣虎。

【辣撻】太陽噴薄將出的景色。宋陳郁藏一話腴:"藝祖(趙匡胤)微時日詩云:'欲出未出光辣撻,千山萬山如火發。須臾走向天上來,逐却殘星趕却月。'"

【辣燥】厲害、潑辣。儒林外史二七:"現今這小廝傲頭傲腦,也要娶個辣燥些的媳婦來制着他纔好。"

【辣闒】不整潔。同"邋遢"。宋詩紀事五四項安世釣臺:"辣闒山頭破草亭,祇須此地了生平。"

辢 là ㄌㄚˋ 盧達切,入,曷韻,來。

"辣"的本字。見玉篇、廣韻。

八畫

辤 cí ㄘˊ 似茲切,平,之韻,邪。

不受。同"辭"。經傳凡辤讓之辤皆作"辭"。漢碑如漢安二年景北海碑陰、永興元年孔龢碑、延熹元年鄭固碑、建寧三年夏承碑有"辤"字,皆爲"辭㊀"的省借。參閱清段玉裁說文解字注十四下辤。

九畫

辦 1. biàn ㄅㄧㄢˋ 符蹇切,上,獮韻,並。

說文從刀作"辧",俗有辨、辦。㊀辨別。左傳隱五年:"明貴賤,辨等列。"㊁明察。周禮天官小宰:"六曰廉辨。"注:"辨,辨然,不疑惑也。"㊂古代土地面積單位。左傳襄二五年:"井衍沃"疏引賈逵:"京陵之地,九夫爲辨,七辨而當一井也。"㊃牀身與牀足結合之處。易剝:"剝牀以辨。辨者,足之上也。"疏:"辨,謂牀身之下,牀足之上,足與牀身分辨之處也。"㊄周徧。左傳定八年:"子言辨舍爵於季氏之廟而出。"㊅爭論。通"辯"。見"辨士"。

2. bàn ㄅㄢˋ 蒲莧切,去,襇韻,並。

㊆治理。通"辦"。荀子議兵:"城郭不辨。"注:"辨,治也,或音辦。"㊇具備。周禮考工記總序:"或審曲面埶,以飭五材,以辨民器。"注:"辨,猶具也。"

3. biǎn ㄅㄧㄢˇ 集韻 悲檢切,上,儼韻。

㊈通"貶"。見"辨₃卑"。

4. piàn ㄆㄧㄢˋ 集韻 匹見切,去,霰韻。

㊉皮革中斷。集韻作"辧"。爾雅釋器:"革中絕,謂之辨。"

【辨士】能言善辯的人。史記一一八淮南王傳:"諸辨士爲方略者,妄作妖言,諂諛王。"

【辨日】辨別天象。藝文類聚五南朝梁沈約謝賜新曆表:"竊惟觀斗辨日,馭生爲本。審時分地,稼政莫先。"

【辨白】分析明白。南朝梁劉勰文心雕龍六定勢:"世之作者,或好煩文博采,深沉其旨者,或好離言辨白,分毫析釐者;所習不同,所析各異,言勢異也。"後多指受冤誣而詳說其事爲辨白。

【辨色】天初明,能辨別物色之時。禮玉藻:"朝,辨色始入。"

【辨志】辨別志趣意向。禮學記:"比年入學,中年考校,一年視離經辨志,三年視敬業樂羣,五年視博習親師,七年視論學取友,謂之小成。"

【辨別】分別,判別。唐元稹長慶集九哭子詩之二黃昏:"纔能辨別東西位,未解分明管帶身。"

【辨告】布告。漢書高帝紀下:"民前或相聚保山澤,不書名數,今天下已定,令各歸其縣,復故爵田宅,吏以文法教訓辨告,勿笞辱。"注:"辨告者,分別義理以曉喻之。"清王念孫謂辨讀爲班。班告即布告。見讀書雜志三漢書一。

【辨₃卑】謙恭貌。禮玉藻:"立容辨卑,毋讇。"注:"辨,讀爲貶,自貶卑。謂磬折也。"

【辨章】分辨明白。文選漢班孟堅(固)典引:"躬逄天經,惇睦辨章之化洽。"注:"尚書(堯典)曰:'惇敍九族,九族既睦,平章百姓。'辨與平古字通也。"參見"便₂章"、"平₂章"。

【辨惑】辨別迷惑之所在。論語顏淵:"子張問崇德、辨惑。"

【辨誣】對所受冤誣進行申辨。宋史四七一章惇傳:"紹興五年,高宗閱任伯雨章疏,手詔曰:'惇詆誣宣仁后,欲追廢爲庶人,賴哲宗不從其請,使其言施用,豈不上累泰陵?貶昭化軍節度副使,子孫不得仕於朝。'詔下,海內稱快,獨其家猶爲辨誣論,見者哂之。"

【辨駁】辯論駁難。新唐書八五王世充傳:"善占對,習法,敢舞文上下。人或辨駁,世充以口舌緣飾,衆知其非,亦不能屈也。"

【辨證】辨別論定是非。新唐書一七七錢徽傳:"(楊)汝士等劾徽出(段)文昌(李)紳私書自直,徽曰:'苟無愧於心,安事辨證邪?'敕子弟焚書。"

【辨護】照管。墨子號令:"養吏一人,辨護諸門。"注:"辨護,猶言監治也。"

【辨₂護】照顧,維護。漢書七二貢禹傳詔:"往者嘗令金敞語生,欲及生時祿生之子,既已諭矣,今復云子少。夫以王命辨護生家,雖百子何以加?"

【辨惑編】元謝應芳撰。四卷,分十五類。此書針對吳俗信鬼神、多拘忌的風俗習慣,引用古人事跡及儒家論說,加以分析辨駁。又附錄書及雜著八篇。明史藝文志所載無附錄,說郛所載一卷爲刪節本。

辦 bàn ㄅㄢˋ 蒲莧切,去,襇韻,並。

說文從刀作"辧"。俗有辨、辦。㊀辦理,料理。管子中匡:"(齊桓)公曰:民辦軍事矣,則可乎?"史記項羽紀:"每吳中有大繇役及喪,項梁常爲主辦。"㊁具備,做成。世說新語汰侈:"石崇爲客作豆粥,咄嗟便辦。"

【辦事】作事。新唐書一四三郗士美傳:"獨士美兵銳整,最先有功。憲宗喜曰:'固知士美能辦吾事。'"宋黃庭堅山谷外集二送薛樂道知鄖鄉詩:"念君胸中極了了,作吏辦事猶詩書。"

【辦賊】料量對敵之事。三國志蜀費禕傳:"禕與(光祿大夫來)敏留意對戲,色無厭倦。敏曰:'向聊觀試君耳。君信可人,必能辦賊者也。'"百衲本作"辨賊"。

【辦裝】置辦行裝。漢書七二龔勝傳:"安車駟馬迎勝,即拜,秩上卿,先賜六月祿直以辦裝。"唐李商隱李義山文集三爲同州張評事謝辟並聘錢啟之二:"辦裝無闕,通刺有期。"

【辦嚴】即辦裝。後漢明帝名莊,裝、莊音同,故改裝爲"嚴"。後漢書十八吳漢傳:"每當出師,朝受詔,夕即引道,初無辦嚴之日。"注:"嚴即裝也,避明帝諱,故改之。"

【辦裝錢】置辦行裝之費用。後漢書三九劉平傳:"顯宗初,尚書僕射鍾離意上書薦平及琅邪王望、東萊王扶,……書奏,有詔徵平等,特賜辦裝錢。"

辥 xuē ㄒㄩㄝ 私列切,入,薛韻,心。

"薛"的異體字。詳"薛"。

十一畫

辬 bān ㄅㄢ 布還切,平,删韻,幫。

不純,駁雜。同"斑"。說文:"辬,駁文也。"

【辬華】華美。文選漢張平子(衡)西京賦:"上辬華以交紛,下刻陗其若削。"唐劉良注:"辬華交紛,言文綵交錯也。"

十二畫

辭 cí ㄘ 似茲切,平,之韻,邪。

㊀訟辭,口供。書呂刑:"民之亂,罔不中聽獄之兩辭。"周禮秋官鄉士:"聽其獄訟,察其辭。"㊁文辭,言辭。易繫辭下:"吉人之辭寡,躁人之辭多。"左傳襄二五年:"晉爲伯,鄭入陳,非文辭不爲功,愼辭哉!"㊂命題。荀子正名:"辭也者,兼異實之名以論一意也。"㊃告,致辭。禮檀弓上:"使人辭於狐突。"注:"辭,猶告也。"㊄責讓。左傳昭九年:"王使詹桓伯辭於晉。"㊅謙讓,不受。書大禹謨:"禹拜,稽首固辭。"論語雍也:"與之粟九百,辭。"㊆告別,離開。楚辭屈原九歌少司命:"入不言兮出不辭。"戰國策趙三:"(魯仲連)遂辭平原君而去,終身不復見。"㊇古代文體之一種。如:楚辭、漢武帝秋風辭、晉陶潛歸去來辭。參見"辭賦"。

【辭人】辭賦作家。漢揚雄法言吾子:"詩人之賦麗以則,辭人之賦麗以淫。"後泛指善於作詩文的人。宋書謝靈運傳論:"自漢至魏,四百餘年,辭人才子,文體三變。"

【辭世】㊀隱居避世。文選晉陸士衡(機)漢高祖功臣頌:"託迹黃老,辭世却粒。"㊁死亡。唐韓愈昌黎集二二祭虞部張員外文:"倏忽逮今,二十餘載,存皆衰白,半亦辭世。"

【辭令】應對的言詞。禮冠義:"齊顏色,順辭令。"史記八四屈原傳:"博聞彊志,明於治亂,嫺於辭令。"

【辭吐】言語談吐。北史景穆十二王傳下附元順:"時高肇權重,天下人士望塵拜伏,……及見,直往登牀,捧手抗禮,王公先達莫不怪愕,而順辭吐傲然,若無所覩。"

【辭色】言語和神態。三國志魏崔琰傳:"於是罰琰爲徒隸,使人視之,辭色不撓。"晉書祖逖傳:"中流擊楫而誓曰:'祖逖不能清中原而復濟者,有如大江!'辭色壯烈,衆皆慨歎。"

【辭見】京朝官出任外官赴任前朝見皇帝。資治通鑑二〇九唐景龍二年:"攸緒趨立辭見班中,再拜如常儀。"注:"凡百官自中朝出爲外官赴朝辭,自外官入朝覲者引入見,其辭見者不與百官序班,自爲班立,謂之辭見班。"

【辭宗】辭賦作者中的宗師。漢書一〇〇下敍傳:"多識博物,有可觀采;蔚爲辭宗,賦頌之首。"指司馬相如。也泛指受人敬仰的作家。梁書王筠傳:"尚書令沈約當世辭宗,每見筠文,咨嗟吟咏,以爲不逮也。"

【辭典】文辭典雅。廣弘明集二十梁昭明太子答玄圃園講頌啟令:"得書并所製講頌,首尾可觀,殊成佳作,辭典文豔,既温切雅,豈直斐然有意,可謂卓爾不羣。"今稱彙釋詞語之工具書爲辭典。

【辭采】指文思、才藻。宋書謝瞻傳:"瞻善於文章,辭采之美,與族叔混弟靈運相抗。"

【辭命】古代列國之間使者聘問應對之辭。孟子公孫丑上:"我於辭命,則不能也。"周禮秋官大行人:"屬象胥,諭言語,協辭命。"

【辭案】案牘,文書。後漢書七七周紆傳:"專任刑法,而善爲辭案條教,爲州内所則。"

【辭致】辭令或文詞的風格。晉書嵇康傳:"初康嘗游於洛西,暮宿於華陽亭,引琴而彈。夜分,忽有客詣之,稱是古人,與康共談音律,辭致清辯,因索琴彈之,而爲廣陵散。"又孫綽傳:"嘗作天台賦,辭致甚工。"

【辭氣】言詞聲調。論語泰伯:"出辭氣,斯遠鄙倍矣。"史記八三魯仲連傳:"顏色不變,辭氣不悖。"

【辭章】詩文的總稱。後漢書六十下蔡邕傳:"好辭章、數術、天文,妙操音律。"南朝梁劉勰文心雕龍六通變:"晉之辭章,瞻望魏采。"

【辭訟】争訟,訴訟。周禮地官小司徒:"聽其辭訟,施其賞罰,誅其犯命者。"漢書武帝紀元朔元年:"諸逋貸及辭訟,在孝景後三年以前,皆勿聽治。"

【辭曹】㊀東漢官名。主辭訟事。見後漢書百官志一。㊁晉羊祜都督荆州諸軍事,鎭襄陽,甚得民心。既卒,州人避其諱,改呼户曹爲辭曹。户與祜諧音。見晉書羊祜傳。

【辭費】多無謂的空話。禮曲禮上:"禮不妄說人,不辭費。"注:"言而不行爲辭費。"世說新語品藻"王夷甫以王東海(承)比樂令"注引江左名士傳:"承言理辯物,但明其旨要,不爲辭費,有識者伏其約而能通。"

【辭源】猶辭采。指文思、才藻。唐杜甫杜工部草堂詩箋三六贈虞十五司馬:"淒涼憐筆勢,浩蕩問辭源。"宋王禹偁小畜集十三訓安祕書見贈長謌詩:"二十把筆疏辭源,黄河傾落崑崙山。"

【辭輦】漢書九七下孝成班倢伃傳:"成帝遊於後庭,嘗欲與倢伃同輦載,倢伃辭曰:'觀古圖畫,賢聖之君皆有名臣在側,三代末主乃有嬖女,今欲同輦,得無近似之乎?'上善其言而止。"後因以辭輦指后妃之賢。太平廣記四八五唐許堯佐柳氏傳:"向使柳氏以色選,則當熊辭輦之誠可繼;許俊以材舉,則曹柯澠池之功可建。"

【辭趣】文章的旨趣和情調。廣弘明集十九南齊蕭子良與南郡太守劉景蕤書:"去冬因君與劉居士書,今春得其返价,辭趣翩翩,足有才藻。"

【辭賦】戰國時楚有屈原離騷;荀卿有賦篇,爲賦之先河。至漢而賦體大盛,名屈原等所作爲楚辭。常以辭賦並稱。辭賦講求聲調,以抒情爲主,注重排比鋪陳。其後以行文駢散之異而分爲駢賦、文賦。史記一一七司馬相如傳:"會景帝不好辭賦。"漢書六四王褒傳:"辭賦大者與古詩同義,小者辯麗可喜。"

【辭翰】辭藻、文筆。文選南齊王仲寶(儉)褚淵碑文:"眇眇玄宗,萋萋辭翰。"

【辭職】辭去官職。唐劉肅大唐新語三清廉:"李日知爲侍中,頻乞骸骨,詔許之。……妻驚曰:'家室屢空,子弟名宦未立,何爲辭職也?'"

【辭藻】文采、才藻。指行文措辭等。三國志魏高貴鄉公紀注:"(張)璠撰後漢紀雖似未成,辭藻可觀。"宋書自序始興王劉濬與顏邁孔道存書:"向聊問之而還答累翰,辭藻豔逸,致慰良多。"

【辭竈】舊俗稱送竈神上天。清張爾岐蒿庵閒話:"禮:'夏祀竈。'今以季冬,雖與古異,實本功令,乃云竈神於月二十四日上天，言人功罪，設糕餳酒脯之屬以送之，名曰辭竈，愚誣之甚。蓋惑於晦日上天之說，遂誤以祠爲辭耳。」

【辭辯】能言善辯。宋書張邵傳附張暢：「(李)孝伯足辭辯，亦北土之美。暢隨宜應答，甚爲敏捷，音韻詳雅，魏人美之。」

【辭觀】談吐儀表。三國志吳胡綜傳：「青州人隱蕃歸吳……(孫)權卽召入，蕃謝答問，及陳時務，甚有辭觀。」

【辭不獲命】推辭不得允許。莊子天地：「將閭葂見季徹曰：『魯君謂葂也，曰：請受教。辭不獲命，既已告矣，未知中否。』」

十四畫

辯 1. biàn 符蹇切，上，獮韻，並。ㄅㄧㄢˋ

㊀辯論，有口才。孟子滕文公下：「予豈好辯哉？予不得已也。」引申爲巧言，詭辯。老子：「善者不辯，辯者不善。」㊁辨明，辨別。通「辨」。易繫辭上：「辯吉凶者存乎辭。」莊子秋水：「兩涘渚崖之間不辯牛馬。」㊂治理。左傳昭元年：「主齊盟者，誰能辯焉。」注：「辯，治也。」㊃周徧。史記五帝紀：「望于山川，辯於衆神。」今書舜典辯作「徧」。儀禮鄉飲酒：「衆賓辯。」注：「今文辯皆作徧。」㊄變化。通「變」。莊子逍遙遊：「若夫乘天地之正，而御六氣之辯，以遊無窮者，彼且惡乎待哉！」

2. pián 集韻 毗連切，平，僊韻。ㄆㄧㄢˊ

㊅通「便」。見「辯$_2$辯$_2$」。

【辯人】善辯之人。指說客。淮南子人間：「人或問孔子曰：『……子貢何如人也？』曰：『辯人也。』」

【辯士】有口才的人。莊子徐无鬼：「辯士無談說之序，則不樂。」韓詩外傳七：「君子避三端：避文士之筆端，避武士之鋒端，避辯士之舌端。」

【辯才】㊀辯論的才能。北齊顏之推顏氏家訓歸心：「辯才智惠，豈徒七經百氏之博哉。」唐李白李太白詩二十陪族叔當塗宰遊化城寺……清風亭：「升公湖上秀，粲然有辯才。」㊁佛家語。梵語鉢底婆，指解說佛法，貫通無滯，具辯說之才。參閱翻譯名義集四衆善行法篇鉢底婆。

【辯口】能言善辯。史記七九范睢傳：「齊襄王聞睢辯口，乃使人賜睢金十斤及牛酒，睢辭謝不敢受。」漢王充論衡物勢：「亦或辯口利舌，辭喻橫出爲勝；或詘弱綴跲，蹥蹇下比者爲負。」

【辯日】古代傳說孔子東遊，見兩小兒辯日之離地遠近。一兒曰：日初出大如車蓋，及日中則如盤盂，我以日始出時去人近，而日中時遠也。一兒曰：日初出滄滄涼涼，至日中如探湯，故以日初出遠而日中時近也。詢於孔子，孔子不能決。見列子湯問。

【辯析】分辨解析。後漢書二八桓譚傳：「能文章，尤好古學，數從劉歆揚雄辯析疑異。」

【辯囿】㊀善辯者的局限性。囿，局限。莊子天下：「桓團、公孫龍辯者之徒，飾人之心，易人之意，能勝人之口，不能服人之心，辯者之囿也。」㊁善於辭令，言語豐富。文選晉左太沖(思)魏都賦：「聊爲吾子復翫德音，以釋客競於辯囿者也。」唐張銑注：「言辯者多詞，如苑囿之有草木也。」

【辯給】能言善辯。韓非子難言：「捷敏辯給，繁於文采，則見以爲史。」世說新語文學：「太叔廣甚辯給，而摯仲治(虞)長於翰墨，俱爲列卿。」

【辯銅】官名。漢置。屬水衡都尉。主分別銅之品類。見漢書百官公卿表上。

【辯難】辯析疑難。後漢書三六范升傳：「時尚書令韓歆上疏，欲爲費氏易、左氏春秋立博士，詔下其議，……(升)遂與韓歆及太中大夫許淑等互相辯難，日中乃罷。」

【辯贍】能言善辯。晉書王羲之傳：「羲之幼訥於言，人未之奇，……及長，辯贍，以骨鯁稱。」

【辯$_2$辯$_2$】善於辭令，侃侃而談。史記孔子世家：「其於宗廟朝廷，辯辯言，唯謹爾。」論語鄉黨作「便便」。參見「便$_2$便$_2$」。

【辯護】指幹練能辦事。公羊傳宣十五年「什一行而頌聲作矣」漢何休注：「一里八十户，……選其耆老有高德者，名曰父老；其有辯護伉健者爲里正。」清阮元校勘記：「按辯當作辨。辨卽今人所用之辦字。辨護，謂能幹辦護衛也。」

【辯圃學林】士林，文人學士聚集的地方。藝文類聚四九南朝梁王僧孺太常敬子任府君傳：「辭人才子，辯圃學林，莫不含毫咀思，争高競敏。」

辰部

辰 chén 植鄰切，平，真韻，禪。ㄔㄣˊ

㊀十二支的第五位。用以計時，上午七點至九點爲辰。㊁十二支的通稱。以干支紀日，干稱日，支稱辰。從甲至癸爲十日，從子至亥爲十二辰。左傳成九年：「浹辰之間，而楚克其三都。」參見「浹辰」。㊂時刻；時運。詩大雅桑柔：「我生不辰，逢天僤怒。」儀禮士冠禮：「吉月令辰，乃申爾服。」㊃星名。1.北極星。漢揚雄太玄經九梲：「星辰不相觸。」注：「辰，北極也。」2.大火星。卽心宿。左傳昭元年：「遷閼伯於商丘，主辰。」㊄日、月、星的通稱。左傳桓二年：「三辰旂旗，昭其明也。」注：「三辰，日月星也。」㊅指日月交會之所。卽夏曆一年十二個月的月朔時，太陽所在的位置。書堯典「厤象日月星辰」釋文：「日月所會，謂日月交會於十二次也。」㊆指東方。魏書靈徵志上：「莊帝永安三年六月甲子申時，辰地有青氣，廣四尺，東頭緣山，西北引，至天半止。」㊇通「晨」。詩齊風東方未明：「不能辰夜，不夙則莫。」

【辰山】山名。又稱虎山。在今廣西桂林市東北。山有上中下三巖。宋嘉泰初士人劉晞隱此，桂帥李大異表此山爲蟄龍巖。山後有古代石刻。參閱讀史方輿紀要一〇七桂林府堯山。

【辰州】地名。1.秦時黔中郡，漢爲武陵郡地。隋始置辰州，不久廢。唐復置，宋因之。元爲路，明清爲府。府治沅陵縣。公元1913年裁府留縣，屬湖南省。參閱嘉慶一統志三六六辰州府一。2.秦漢時遼東郡地。北燕爲平郭郡治。唐爲蓋州，屬安東都護府。渤海國改爲辰州，北宋遼因之。金復曰蓋州。故址在遼寧省蓋縣。參閱讀史方輿紀要三七山東蓋州衛、嘉慶一統志六十奉天府二蓋州故城。

【辰光】時間。文選晉左太沖(思)魏都賦：「兼重悂以䏿繆，偭辰光而罔定。」

【辰告】以時告戒。詩大雅抑：「訏謨定命，遠猶辰告。」集傳：「辰，時；告，戒也。辰告，謂以時播告也。」

【辰牡】合射獵時令的公獸。詩秦風駟驖：「奉時辰牡，辰牡孔碩。」傳：「辰，時也。冬獻狼,夏獻麋,春秋獻鹿豕羣獸。"清王引之謂辰當讀爲慎,獸五歲爲慎,獸之最大者。見經義述聞五奉時辰牡。

【辰砂】產於辰州的朱砂。入藥,主治心悸失眠、驚癇顛狂等症。參閱宋寇宗奭本草衍義四丹砂、本草綱目九石三丹砂。

【辰星】㊀房星。楚辭屈原遠遊:"奇傅說之託辰星兮。"注:"辰星,房星。東方之宿,蒼龍之體也。"㊁水星的別名。史記天官書:"辰星不出,太白爲客。其出,太白爲主。……"索隱:"謂辰星出西方。辰,水也。"

【辰馬】星名。國語周下:"辰馬,農祥也。"注:"辰馬,謂房心星也。所在大辰之次爲天駟。駟,馬也,故曰辰馬。"

【辰陵】春秋時陳地。又名辰亭。春秋宣十一年楚莊王陳侯鄭伯盟於辰陵,卽此。故地在今河南省長平縣。穀梁傳作夷陵。參閱嘉慶一統志一九一陳州府古蹟辰亭。

【辰極】北極星。文選三國魏嵇叔夜(康)琴賦:"披重壤以誕載兮,參辰極而高驤。"注:"參,近也。辰極,北斗也。"抱朴子嘉遯:"夫羣迷于雲夢者,必須指南以知道;竝乎滄海者,必仰辰極以得反。"也比喻皇帝。宋書毛脩之傳上表:"今臣庸踰在昔,未蒙宵邁之旗;是以仰辰極以照照,眷西土以灑淚也。"參見"宸極"。

【辰陽】縣名。戰國楚地。漢置縣,屬武陵郡。晉宋以後因之。隋改辰溪縣。楚辭屈原九章涉江"朝發枉陼兮,夕宿辰陽",卽此。故址在今湖南辰溪縣西。參閱讀史方輿紀要八一辰州府辰溪縣。

【辰牌】古代一種報時的工具。宋袁褧楓窗小牘上:"太平興國中,蜀人張思訓,製上渾儀。……自能撞鐘擊鼓。又爲十二神,各直一時,至其時,卽自執辰牌,循環而出。"宣和遺事前集:"一杯未盡笙歌送,階下辰牌又報時。"

【辰溪】㊀縣名。屬湖南省。漢爲辰陵縣,後漢改辰陽縣,以縣在辰水之陽而名。隋平陳後,改爲辰溪縣,歷代因之,明清皆屬辰州府。參閱嘉慶一統志三六六辰州府一。㊁水名。卽辰水,又名錦水、錦江。自貴州銅仁縣東南流入湖南麻陽縣界,又東北流入辰溪縣西南入沅江。參閱嘉慶一統志三六六辰州府一山川辰水。

【辰旒】畫日月星之十二旒旌旗。文選漢張平子(衡)東京賦:"建辰旒之太常,紛焱悠以容裔。"

【辰駕】皇帝的車駕。文選南朝宋顏延年(延之)車駕幸京口三月三日侍遊曲阿後湖詩:"春方動辰駕,望幸傾五州。"注:"論語(爲政):子曰:爲政以德,譬如北辰。故謂天子爲辰也。"

三畫

辱 rǔ 而蜀切,入,燭韻,日。ㄖㄨˇ

㊀恥辱。禮曲禮上:"地廣大,荒而不治,此亦士之辱也。"莊子庚桑楚:"以徹爲名,以窮爲辱。"㊁侮辱。禮儒行:"儒有可親而不可劫也,可近而不可迫也,可殺而不可辱也。"㊂屈抑,埋没。左傳襄三十年:"使吾子辱在泥塗久矣。"㊃辜負,玷辱。論語子路:"使於四方,不辱君命,可謂士矣。"國語吳:"君王不以鞭箠使之,而辱軍士使寇令焉。"㊄謙詞,猶言承蒙。文選漢司馬子長(遷)報任少卿書:"曩者辱賜書,教以順於接物,推賢進士爲務,意氣懃懃懇懇。"

【辱井】隋開皇九年韓擒虎等征陳,破建康,率軍趨宫城,陳後主聞兵至,與張麗華等出後堂景陽殿自投於井,隋軍出之,號其井爲辱井。俗稱臙脂井。宋王安石臨川集十九次韻王微登高齋詩:"臺殿荒墟辱井湮,豪華不復見臨春。"參閱宋程大昌演繁露五辱井、葉寘坦齋筆錄辱井。參見"臙脂井"。

【辱没】玷辱。元曲選關漢卿陳母教子四:"此子未曾治國,先受民財,辱没先祖。"

【辱命】㊀辱賜恩命。儀禮士昏禮:"某以非他故,不足以辱命,請終賜見。"㊁玷辱、辜負君命。文選南朝宋傅季友(亮)爲宋公求加贈劉前軍表:"出征入輔,幸不辱命,微夫人之左右,未有寧濟其事者矣。"㊂受人來書的謙詞。文選三國魏陳孔璋(琳)答東阿王牋:"昨加恩辱命,并示龜賦,披覽粲然。"唐李周翰注:"辱命,謂得(曹)植書。"

【辱金】出自丘冢或曾作釵釧溲器等的金子。唐段成式酉陽雜俎前集十一廣知:"金曾經在丘冢及爲釵釧溲器,陶隱居(弘景)謂之辱金,不可合鍊。"

【辱臨】敬稱他人的來臨。左傳昭七年:"嘉惠未至,唯襄公之辱臨我喪。"晏子春秋問下:"晏子聘于魯,魯昭公問曰:子大夫儼然辱臨敝邑,竊甚嘉之。"

六畫

農 nóng 奴冬切,平,冬韻,泥。ㄋㄨㄥˊ

㊀耕種。國語周上:"夫民之大事在農。"注:"穀,民之命,故農爲大事也。"漢書食貨志上:"闢土殖穀曰農。"㊁耕作之人。卽農民。論語子路:"吾不如老農。"莊子讓王:"舜以天下讓其友石戶之農。"㊂田官。禮郊特牲:"饗農及郵表畷禽獸。"注:"農,田畯也。"㊃濃厚。通"醲"。書洪範:"農用八政。"傳:"農,厚也。"疏:"鄭玄云:農讀爲醲,則農是醲意,故爲厚也。"㊄勤勉。左傳襄十三年:"小人農力以事其上。"管子大匡:"耕者用力不農,有罪無赦。"參閱清王引之經義述聞四農殖嘉穀。㊅姓。傳說爲神農氏之後。見廣韻引風俗通。

【農力】㊀努力。左傳襄十三年:"世之治也,君子尚能而讓其上,小人農力以事其上。"參閱清王引之經義述聞十八農力。㊁耕種的能力。宋李覯李直講集三六感事詩:"役頻農力耗,賦重女工寒。"

【農工】務農勞作之人。宋蘇軾分類東坡詩二三上巳日與二三子攜酒出游……:"東坡作塘今幾尺,攜酒一勞農工苦。"

【農土】㊀神州的別名。淮南子地形:"東南神州曰農土。"注:"農神之所經緯。"㊁經界,引伸爲領地。元史一一八特薛禪傳:"歲甲戌,太祖在迭蔑可兒時,有旨分賜按陳及其弟火忽、册等農土。"注:"農土,猶言經界也。"

【農夫】從事耕作的人。詩豳風七月:"嗟我農夫,我稼既同,上入執宫功。"左傳隱六年:"爲國家者,見惡如農夫之務去草焉。"

【農父】㊀古官名,司徒的尊稱。書酒誥:"矧惟若疇圻父,薄違農父。"疏:"父者,尊之辭。以司徒教民五土之藝,故言農父也。"㊁卽農夫。太平樂府一元馮子振農夫渴雨:"近日最懊惱殺農父,稻苗肥恰待抽花,渴煞青天雷雨。"

【農月】立夏以後農事的忙月。後漢書七六秦彭傳:"每於農月,親度頃畝,分別肥塉,差爲三品,各立文簿,藏之鄉縣。"唐王維王右丞集五新晴晚望詩:"農月無閑人,傾家事南畝。"

【農末】指農業和商業。末,謂逐末利,卽商業。史記一二九貨殖傳:"夫糶,二十病農,九十病末。末病則財不出,農病則草不辟矣。上不過八十,下不減三十,則農末俱利。"

【農正】古官名,掌農事及農祈。左傳昭十七年:"九扈,爲九農正。"注:"以九扈爲九農之號,各隨其宜以教民事。"國語周上:"膳夫、農正陳籍禮。"注:"農正,田大夫也。主敷陳籍禮，而祭其神，爲農祈也。"

【農功】農事。左傳襄二五年："政如農功，日夜思之，思其始而成其終，朝夕而行之。"荀子王制："相高下，視肥墝，序五種，省農功，……治田之事也。"

【農民】從事耕稼的百姓。穀梁傳成元年："古者有四民。有士民，有商民，有農民，有工民。"北齊顏之推顏氏家訓勉學："人生在世，會當有業，農民則計量耕稼，商賈則討論貨賄，……武夫則慣習弓馬，文士則講議經書。"

【農田】可耕的田地。禮王制："制農田百畝。"新唐書一六五權德輿傳建言："今靈雨二時，農田不開，庸亡日衆。"

【農作】耕種。漢班固白虎通號："(神農)制耒耜，教民農作。"

【農官】勸農之官。史記平準書："乃分緡錢諸官，而水衡、少府、大農、太僕各置農官，往往卽郡縣比没入田田之。"

【農事】耕種的活動。禮月令孟春之月："是月也，天氣下降，地氣上騰，天地和同，草木萌動，王命布農事。"左傳襄七年："夫郊祀后稷，以祈農事也。"

【農具】耕種的器具。管子禁藏："繕農具，當器械。"

【農政】有關農業的政令、制度。文選晉潘安仁(岳)楊荆州誄："改授農政，于彼野王，倉盈庾億，國富兵彊。"宋史二五六趙普傳附趙安易："初，太宗嘗問農政，安易請復井田之制。"

【農家】㊀戰國時期學術流派之一，主張勸耕桑，以足衣食。漢書藝文志列入"九流"。㊁種田人家。宋陸游劍南詩稿一遊山西村："莫笑農家臘酒渾，豐年留客足雞豚。"

【農祥】星名，卽房星。國語周上："農祥晨正。"注："農祥，房星也。"又周下："月之所在辰馬農祥也。"注："祥猶象也，房星晨正而農事起焉，故謂之農祥。"後亦以指農時。舊五代史唐張全義傳："每農祥勸耕之始，全義必自立畎畝，餉以酒食，政寬事簡，吏不敢欺。"

【農桑】農耕與蠶桑。指耕織。漢書食貨志上鼂錯議："故務民於農桑，薄賦斂，廣畜積，以實倉廩，備水旱，故民可得而有也。"也作"農蠶"。漢書景帝紀後二年詔："欲天下務農蠶，素有畜積，以備災害。"

【農時】指春耕、夏耘、秋收，農事之三時。孟子梁惠王上："不違農時，穀不可勝食也。"注："使民得三時務農，不違奪其要時。"參見"三時"。

【農書】㊀有關農業的書。南朝宋鮑照鮑氏集五臨川王服竟還田里詩："道經盈竹笥，農書滿塵閣。"㊁書名。1.宋陳旉撰。三卷，分別論農事、養牛、養蠶。內容切實，多本實踐。末附蠶書一卷，宋秦湛作。2.元王禎撰。二十二卷。其中農桑通訣六卷，穀譜四卷，農器圖譜十二卷。言農事極詳，引據博贍。圖譜所載水器，尤切實用，爲全書精華所在。

【農師】古官名，掌農事。國語周上："農師一之，農正再之。"注："農師，上士也。"史記周紀："帝堯聞之，舉弃爲農師。"

【農隙】農事閒暇之時。左傳隱五年："故春蒐夏苗，秋獮冬狩，皆於農隙以講事也。"國語周上："蒐于農隙。"注："農隙，仲春既耕之後。隙，閒也。"

【農業】栽種畜養之業。漢書宣帝紀本始四年詔："樂府減樂人，使歸就農業。"

【農戰】從事農耕，以爲攻戰之本。商君書農戰："國之所以興者，農戰也。"後也指屯田。三國志蜀張裔傳："先主以裔爲巴郡太守，還爲司金中郎將，典作農戰之器。"

【農輿】耕作用的車。文選漢張平子(衡)東京賦："立戈迤戞，農輿輅木。"三國吳薛綜注："農輿無蓋，所謂耕根車也。"

【農丈人】星名。晉書天文志上："農丈人一星在南斗西南，老農主穡也。"玉海一九五祥瑞星瑞："祥符四年正月……己丑，司天言：農丈人星見，主歲豐。"

【農家子】村野耕作之人。後漢書三七桓榮傳："榮初遭倉卒，與族人桓元卿同飢戹，而榮講誦不息。……及爲太常，元卿歎曰：'我農家子，豈意學之爲利乃若是哉！'"

【農政全書】書名。明徐光啟撰。六十卷。內分農本、田制、農事、水利、農器、樹藝、蠶桑、蠶桑廣類、種植、牧養、製造、荒政等十二項。博採前人農書文獻，條而貫之，內容賅備。其中水利部分，吸取西方科技成果，尤具特色。光啟卒於崇禎六年，遺稿由陳子龍整理寫定，刊行於崇禎十二年。

【農桑輯要】書名。元至元十年官修頒行。七卷，分典訓、耕墾、播種、栽桑、養蠶、瓜菜、果實、竹木、藥草、孳畜十門。大致以齊民要術爲藍本，而删其今古異宜及瑣屑繁重迷信荒誕之處，雜採他書以附益之。詳而不蕪，簡而有要，便於採用。

辵　部

辵 chuò　ㄔㄨㄛˋ　丑略切，入，藥韻，徹。

疾行。通"踖"。儀禮公食大夫禮"賓栗階升不拜"漢鄭玄注："不拾級而下曰辵。"

三　畫

迂 yū　ㄩ　憶俱切，平，虞韻，影。羽俱切，平，虞韻，于。於武切，上，麌韻，影。

㊀曲折。書盤庚中："恐人倚乃身，迂乃心。"孫子軍爭："軍爭之難者，以迂爲直，以患爲利。"㊁路遠。史記河渠書："河湯湯兮激潺湲，北渡迂兮浚流難。"㊂迂腐，不切實際。論語子路："有是哉，子之迂也！奚其正？"

【迂久】良久。後漢書二五劉寬傳："嘗坐客，遣蒼頭市酒，迂久，大醉而還。客不堪之。"

【迂回】回旋曲折。南齊書文學傳史臣曰："今之文章，作者雖衆，總而爲論，略有三體。一則啟心閑繹，託辭華曠，雖存巧綺，終致迂回。……此體之源，出(謝)靈運而成者也。"又作"迂迴"。唐王勃王子安集六還冀州別洛下知己序："登鄂坂而迂迴，入邙山而北走。"

【迂怪】猶迂誕。弘明集南朝宋何承天答宗居士書："夫明天地性者不致惑於迂怪，識盛衰之逕者不役心於理表。"

【迂拙】迂闊笨拙。唐白居易長慶集六二晚歸香山寺因詠所懷詩："吾道本迂拙，世途多險艱。"

【迂叟】㊀迂闊的老人。唐白居易長慶集六六迂叟詩："初時被目爲迂叟，近日蒙呼作隱人。"㊁宋司馬光別號。光有迂書四十一篇。見宋葉夢得石林燕語十。

【迂遠】不切實情。史記七四孟軻傳："梁惠王不果所言，則見以爲迂遠而闊於事情。"

【迂誕】荒唐遠出事理之外。史記孝武紀："言神事，事如迂誕，積以歲乃可致。"晉書裴秀傳禹貢地域圖序："或荒外迂誕之言，不合事實，於義無取。"

【迂緩】遲滯。藝文類聚五二三國魏王粲儒吏論："竹帛之儒，豈生而迂緩也，起於講堂之上，遊於鄉校之中，無嚴猛斷割以自裁，雖欲不迂緩，弗能得矣。"

【迂儒】拘執而不達世情的儒生。宋戴復古石屏集二訪陳與機縣尉於湘潭下攝市詩："自稱爲漫尉，人道是迂儒。"

【迂闊】不切實情。漢書七二王吉傳："上以其言迂闊，不甚寵異也。"漢趙岐孟子題辭："遂以儒道游於諸侯，思濟斯民，然由不肯枉尺直尋，時君咸謂之迂闊於事，終莫能聽納其說。"

达 1. tì ㄊㄧˋ 他計切，去，霽韻，透。

㊀滑。俗作"达"、"达"。文選漢王子淵(褒)洞簫賦："其妙聲，則清靜厭瘱，順敘卑达，若孝子之事父也。"㊁迭，代。見玉篇。

2. dá ㄉㄚˊ

㊂"達"的別體。見說文、玉篇。

迆 yǐ ㄧˇ 弋支切，平，支韻，喻。移爾切，上，紙韻，喻。

亦作"迤"。㊀邪行貌。書禹貢："岷山導江，東別爲沱；……東迆北會于匯。"㊁邪倚貌。周禮冬官考工記輪人："望而眡其輪，欲其幎爾下迆也。"

【迆涎】曲折連綿。文選晉木玄虛(華)海賦："長波涾㴣，迆涎八裔。"

【迆颺】邪起貌。文選晉木玄虛(華)海賦："沏泊柏而迆颺，磊匒匌而相豗。"

【迆靡】相連貌。文選漢揚子雲(雄)甘泉賦："邐迤離宮，般以相燭兮；封巒石關，迆靡乎連屬。"漢書八七上揚雄傳作"施靡"。

【迆嶂】邪平貌。文選漢王子淵(褒)洞簫賦："徒觀其旁山側兮，則嶇嶔巋崎，倚巇迆㠁，誠可悲乎其不安也。"

【迆邐】曲折連綿。同"迤邐"。元李志常長春真人西遊記："初從西北登高嶺，漸轉東南指上京，迆邐直西南下去，陰山之外不知名。"參見"迤邐"。

迟 qī ㄑㄧ

"棲"的俗字。見清何萱韻史五七。

【迟迟】游息。同"棲遲"。文選漢揚子雲(雄)甘泉賦："徘徊招搖，靈迟迟兮。"漢書八七上揚雄傳作"遲迡"。參見"棲遲㊀"。

迅 xùn ㄒㄩㄣˋ 私閏切，去，稕韻，心。息晉切，去，震韻，心。

快，迅速。楚辭宋玉招魂："九侯淑女，多迅衆些。"參見"迅雷"。

【迅羽】㊀指鷹。文選漢張平子(衡)西京賦："乃有迅羽輕足，尋景追括。"三國吳薛綜注："迅羽，鷹也。"㊁疾飛之鳥。南齊謝朓謝宣城詩集一野鶩賦："落摩天之迅羽，絕歸飛之好音。"

【迅流】急速的河流。漢書溝洫志漢武帝歌："河湯湯兮激潺湲，北渡回兮迅流難。"後漢書六十上馬融傳廣成頌："靡颸風，陵迅流，發櫂歌，縱水謳。"

【迅雷】疾雷。論語鄉黨："迅雷風烈必變。"禮玉藻："若有疾風，迅雷，甚雨，則必變，雖夜必興，衣服冠而坐。"

【迅頭】獸名。爾雅釋獸："㺊，迅頭。"注："今建平山中有㺊，大如狗，似獼猴，黃黑色，多髯鬣，好奮迅其頭，能舉石擿人。"

【迅奮】快速奔馳。文選漢揚子雲(雄)甘泉賦："其相膠轕兮，猋駭雲迅奮以方攘。"唐張銑注："猋駭雲迅，言其速也。奮亦速也。"

【迅雷不及掩耳】喻事起突然，不及防備。晉書石勒載記上："速鑿北壘爲突門二十餘道，候賊列守未定，出其不意，直衝(段)末柸帳，敵必震惶，計不及設，所謂迅雷不及掩耳。"

迄 qì ㄑㄧˋ 許訖切，入，迄韻，曉。

㊀至。詩大雅生民："庶無罪悔，以迄于今。"㊁竟，始終。後漢書七十孔融傳："融負其高氣，志在靖難，而才疏意廣，迄無成功。"

四畫

迒 háng ㄏㄤˊ 胡郎切，平，唐韻，匣。古郎切，平，唐韻，見。

㊀獸迹，車迹。爾雅釋獸："兔子嬎，其跡迒，絕有力欣。"漢許慎說文解字敘："黃帝之史倉頡，見鳥獸蹏迒之迹，知分理之可相別異也，初造書契。"㊁道路。文選漢張平子(衡)西京賦："結罝百里，迒杜蹊塞。"

迋 1. wàng ㄨㄤˋ 于放切，去，漾韻，于。

㊀往。左傳襄二八年："公過鄭，鄭伯不在，伯有迋勞於黃崖，不敬。"

2. guàng ㄍㄨㄤˋ 俱往切，上，養韻，見。集韻 古況切，去，漾韻。

㊁欺騙。通"誑"。詩鄭風揚之水："無信人之言，人實迋女。"左傳定十年："是我迋吾兄也。"注："迋，欺也。"㊂恐嚇。左傳昭二一年："子無我迋，不幸而後亡。"

【迋₂迋₂】惶恐。文選漢司馬長卿(相如)長門賦："惕寤覺而無見兮，魂迋迋若有亡。"

迍 zhūn ㄓㄨㄣ 陟綸切，平，諄韻，知。

困頓。弘明集八南朝梁劉勰滅惑論："運迍則蠍國，世平則蠹民。"唐白居易長慶集一哭劉敦質詩："愚者多貴壽，賢者獨賤迍。"

【迍厄】境遇受挫折，不順當。北齊書楊愔傳："頻遭迍厄，冒履艱危，一飡之惠，酬答必重；性命之讎，捨而不問。"

【迍邅】難行貌。古文苑二一漢蔡邕述行賦："塗迍邅其蹇連，潦汙滯而爲災。"也指處境困難。唐劉長卿劉隨州集七贈別于羣投筆赴安西詩："誰謂命迍邅，還令計反覆。"參見"屯邅"。

迓 yà ㄧㄚˋ 吾駕切，去，禡韻，疑。

迎接。書盤庚中："予迓續乃命于天。"

【迓鼓】元民間樂曲名。官府有衙鼓，民間效其節奏，訛作迓鼓。朝野新聲太平樂府一蟾宮曲張小山幽居次韻："舞元宵迓鼓，摸索着大肚皮裝村酒葫蘆。"參閱清俞樾茶香室續鈔七。

迕 wǔ ㄨˇ 五故切，去，暮韻，疑。集韻 阮古切，上，姥韻。

㊀違背，抵觸。莊子天道："倒道而言，迕道而說者，人之所治也，安能治人？"漢書食貨志上鼂錯論貴粟疏："上下相反，好惡乖迕，而欲國富法立，不可得也。"㊁交錯。文選戰國楚宋玉風賦："耾耾雷聲，迴穴錯迕。"㊂相遇。後漢書六六陳蕃傳："王甫時出，與蕃相迕。"注："迕，猶遇也。"

【迕目】逆而視之。比喻不和睦。資治通鑑二〇〇唐永徽六年："嬪嬙之間，未嘗迕目。"

迎 1. yíng ㄧㄥˊ 語京切，平，庚韻，疑。

㊀迎接。儀禮士昏禮："主人迎賓于廟門外。"㊁逆，反向。墨子魯問："昔者，楚人與越人舟戰於江，楚人順流而進，迎流而退，見利而進，見不利則其退難。越人迎流而進，順流而退，見利進，見不利則其退速。"㊂逢迎，迎合。新五代史皇后劉氏傳："劉氏多智，善迎意承旨，其佗嬪御莫得進見。"㊃推算。史記五帝紀："獲寶

鼎,迎日推策。」集解:「瓚曰:日月朔望,未來而推之,故曰迎日。」

2. yìng 魯敬切,去,映韻,疑。
ㄧㄥˋ

㊄迎娶。詩大雅大明:「文定厥祥,親迎于渭。」

【迎合】㊀約期會合。南齊書陳顯達傳與朝貴書:「今忝役戎驅,亟請乞路。……申司州志節堅明,分見迎合,總勒偏率,殿我而進。」㊁揣度別人心意而投其所好。唐海山記:「左右近臣,阿諛順旨,迎合帝意。」(說郛三二)

【迎年】㊀祈求豐年。史記孝武紀:「方士有言黃帝時爲五城十二樓,以候神人於執期,命曰迎年。」㊁迎新年。南朝梁宗懍荆楚歲時記:「歲暮,家家具肴蔌,詣宿歲之位,以迎新年。」宋陳師道后山詩注十早春:「度臘不成雪,迎年遽得春。」

【迎阿】逢迎阿諛。新唐書九六杜淹傳:「(郅)懷道及隋時位吏部主事,方煬帝幸江都,羣臣迎阿,獨懷道執不可。」

【迎虎】古八蜡之一。迎虎神而祭。禮郊特牲:「迎虎,爲其食田豕也,迎而祭之也。」

【迎春】㊀古代祭禮之一。禮月令孟春之月:「立春之日,天子親帥三公、九卿、諸侯、大夫,以迎春於東郊。」舊時地方官,例於立春前一日,公服率紳耆吏役,鼓樂出迎春牛芒神於東郊,謂之迎春。參閱清黃六鴻福惠全書二四迎春。㊁花名。1.小灌木。高者二三尺,葉如初生小椒葉而無齒,正月初開小花,色黃,不結實。見本草綱目十六草五迎春花。2.辛夷的別名。見「辛夷」。

【迎香】人體經穴名,在鼻孔兩旁。見銅人鍼灸經正人形迎香。

【迎氣】祭迎五帝,祈求豐年。後漢迎氣五郊之兆,四方之兆各依其位,中央之兆在未,壇皆三尺。立春之日,迎春於東郊,祭青帝、句芒,車服皆青。立夏之日,迎夏於南郊,祭赤帝、祝融,車服皆赤。先立秋十八日,迎黃靈於中兆,祭黃帝、后土,車服皆黃。立秋之日,迎秋於西郊,祭白帝、蓐收,車服皆白。立冬之日,迎冬於北郊,祭黑帝、玄冥,車服皆黑。見後漢書祭祀中迎春。

【迎授】指接受王命或符命。宋朱翌猗覺寮雜記下:「今之封王建節,以鼓吹迎節于閤門,謂之迎授。」也作「迎受」。漢書九九上王莽傳:「是歲廣饒侯劉京、車騎將軍千人扈雲、大保屬臧鴻奏符命。京言齊郡新井,雲言巴郡石牛,鴻言扶風雍石,莽皆迎受。」

【迎晨】向晨。謂黎明時分。唐儲光羲詩集二田家卽事:「迎晨起飯牛,雙駕耕東菑。」

【迎將】㊀奉迎。莊子寓言:「其往也,舍者迎將,其家公執席,妻執巾櫛,舍者避席,煬者避竈。」㊁迎送。淮南子詮言:「聖人無思慮,無設儲,來者弗迎,去者弗將。」宋朱熹朱文公集六次劉彥集木犀韻詩之二:「定觀極知先透徹,通心豈是故迎將。」

【迎富】古代秦俗以二月初二日擒鼓樂郊外,朝往暮回,謂之迎富。月盡爲窮,月新爲富,每月皆然。以歲首舉行之,故正月晦爲送窮,二月二爲迎富。參閱唐韓鄂歲華紀麗一二月、明謝肇淛五雜俎二天部二。

【迎睇】目迎。北齊劉晝劉子因顯:「於是伯樂造市,來而迎睇之,去而目送之,一朝之價,遂至千金。」

【迎歲】㊀春祭。同「迎春㊀」。淮南子時則:「立春之日,天子親率三公九卿大夫,以迎歲於東郊。」㊁迎接新年。初學記四唐太宗(李世民)於太原召侍臣賜宴守歲詩:「送寒餘雪盡,迎歲早梅新。」

【迎貓】古八蜡之一,迎貓神而祭。禮郊特牲:「迎貓,爲其食田鼠也。」

【迎鑾】迎接皇帝。皇帝的車駕稱鑾駕,省作「鑾」。舊五代史唐莊宗紀一:「武皇(李克用)起義雲中,部下皆北邊勁兵,及破賊迎鑾,功居第一。」

【迎$_2$茅娘】古代冥婚風俗。宋周去非嶺外代答十蠻俗迎茅娘:「欽廉,子未娶而死,則束茅爲婦於郊,備鼓樂迎歸而以合葬,謂之迎茅娘。」

【迎風板】清初地方長官初蒞任,爲樹立威望,先訪拿數十人,責四十,名曰迎風板,然後按情節或枷、或遣、或杖斃。見清顧公燮消夏閑記摘抄上迎風板。

【迎梅雨】三月雨。宋陸佃埤雅釋木梅:「故自江以南,三月雨謂之迎梅,五月雨謂之送梅。」參見「黃梅雨」。

【迎紫姑】古時民間的一種風俗。於正月十五日迎紫姑神,以卜蠶桑,並占衆事。宋陸游劍南詩稿十四軍中雜歌:「征人樓上看太白,思婦城南迎紫姑。」參見「紫姑」。

【迎輦花】花名。唐顏師古隋遺錄:「時洛陽進合蒂迎輦花,云得之嵩山塢中,人不知名,採者異而貢之,會(煬)帝駕適至,因以迎輦名之。花外殷紫,內素膩菲芬,粉蕊,心深紅,……其香氣穠芬馥,或惹襟袖,移日不散。」

【迎霜兔】㊀宋代,以將作監簿易名爲承務郎,時人戲稱爲迎霜兔。見宋王得臣麈史下諧謔。㊁明人重陽節設宴,席間食迎霜麻辣兔肉。見明劉若愚酌中志二十飲食好尚紀略。

【迎鑾鎮】地名。本漢江都縣地。唐析置揚子縣地爲揚子縣白沙鎮。五代吳楊溥據有淮南地,溥至白沙閱舟師,徐溫自金陵來見,因改其地名爲迎鑾鎮。宋升爲建安軍,祥符中改真州,政和中爲儀徵郡。即今江蘇儀徵縣。見宋陸游渭南文集四入蜀記。

【迎刃而解】比喻事情容易解決。晉書杜預傳:「昔樂毅藉濟西一戰以并強齊,今兵威已振,譬如破竹,數節之後,皆迎刃而解,無復著手處也。」朱子語類十學四:「文字大節目,痛理會三五處,後當迎刃而解。」

【迎春黃胖】宋韓侂冑設宴于南園,席間有獻牽絲傀儡爲土偶負小兒者,名爲迎春黃胖。見宋龐元英談藪(說郛三一)。

近

1. jìn 其謹切,上,隱韻,羣。
ㄐㄧㄣˋ 巨靳切,去,焮韻,羣。

㊀遠之反。易繫辭下:「近取諸身,遠取諸物,於是始作八卦。」㊁接近,親近。詩大雅民勞:「敬慎威儀,以近有德。」書五子之歌:「皇祖有訓,民可近,不可下。」㊂近似。禮中庸:「好學近乎知,力行近乎仁,知恥近乎勇。」㊃淺近。孟子盡心下:「言近而指遠者,善言也。」㊄淺陋。北史崔宏傳:「聖策獨發,非愚近所及,願陛下必行無疑。」㊅指君主的近臣。孟子離婁下「武王不泄邇,不忘遠」漢趙岐注:「邇,近也,……近謂朝臣。」新唐書一四三高適傳:「擢諫議大夫,負氣敢言,權近側目。」

2. jì 集韻居吏切,去,志韻。
ㄐㄧˋ

㊆助詞。猶「矣」。詩大雅崧高:「往近王舅,南土是保。」傳:「近,已也。」清臧琳經義雜記十八謂近爲「迈」之誤。

【近世】猶言近代。荀子非相:「凡說之難,……未可直至也,遠舉則病繆,近世則病傭。」唐孟郊孟東野詩集二衰松:「近世交道衰,青松落顏色。」

【近代】距身所處不遠的時代。戰國策楚四:「近代所見,李兌用趙,餓主父於沙丘,百日而殺之。」三國志吳孫登傳:「權欲登讀漢書,習知近代之事。」

【近臣】君主左右親近之臣。儀禮喪服:

"衆臣杖不以即位,近臣君服斯服矣。"唐杜甫杜工部草堂詩箋十二紫宸殿退朝口號:"晝漏聲聞高閣報,天顏有喜近臣知。"

【近名】追求名譽。莊子養生主:"爲善無近名,爲惡無近刑。"舊唐書一一一房琯傳乾元元年詔:"崇黨近名,實爲害政之本;黜華去薄,方啓至公之路。"

【近似】相像。漢書九七班倢伃傳:"觀古圖畫,賢聖之君皆有名臣在側,三代末主乃有嬖女,今欲同輦,得無近似之乎?"宋蘇軾東坡志林二:"僕嘗謂退之(韓愈)畫記,近似甲乙帳耳,了無可觀。"

【近局】指鄰居。晉陶潛陶淵明集二歸園田居詩之五:"漉我新熟酒,隻雞招近局。"

【近幸】㊀寵信。戰國策趙一:"以子之才而善事襄子,襄子必近幸子,子之得近而行所欲,此甚易而功必成。"㊁指帝王寵信的人。梁書蕭景傳:"景在職峻切,官局肅然,制局監皆近幸,頗不堪命,以是不得久留中。"

【近侍】親近侍奉。漢書八六王嘉傳詔:"朕居位以來,寢疾未瘳,反逆之謀,相連不絕;賊亂之臣近侍帷幄。"也指親近侍從之人。後漢書三四梁統傳附梁冀:"宮衛近侍,並所親樹,禁省起居,纖微必知。"

【近郊】城邑外五十里的地方。周禮地官載師:"以宅田、士田、賈田任近郊之地。"注:"五十里爲近郊,百里爲遠郊。"唐李商隱李義山詩集五茂陵:"漢家天馬出蒲梢,苜蓿榴花徧近郊。"

【近習】㊀親近。楚辭漢東方朔七諫初放:"斥逐鴻鵠兮,近習鴟梟。"㊁指君主親幸的人。韓非子孤憤:"治亂之功,制於近習;精潔之行,決於毀譽;則修智之吏廢,而人主之明塞矣。"禮月令仲冬之月:"省婦事,毋得淫,雖有貴戚近習,毋有不禁。"注:"近習,謂天子所親幸者。"

【近事女】指在家奉佛受五戒的女子。近事,親近三寶,奉事如來之意。大唐西域記九摩揭陁國下:"鄔波斯迦,唐言近事女,舊〔曰〕優婆斯,又曰優婆夷,皆訛也。"

【近事男】指在家奉佛受五戒的男子。近事,近三寶奉事如來之意。大唐西域記九摩揭陁國下:"鄔波索迦,唐言近事男,舊曰伊蒲塞,又曰優婆塞,皆訛也。"

【近思録】書名。宋朱熹呂祖謙合撰。十四卷。分十四門,共六百二十二條。集宋代學者周敦頤、程顥、程頤和張載主要言論而成,取論語子張記子夏"切問而近思"之義爲書名,爲闡述儒家性理的概論之作。宋葉采作集解,清茅星來、江永皆有集註。

【近體詩】指唐代興起的格律詩,别於古體詩而言。近體詩包括絶句、律詩,平仄、對仗等有一定的格律。明胡震亨唐音癸籤一體凡:"其所變詩體,則聲律之叶者,不論長句,絶句,概名爲律詩,爲近體。"

【近水惜水】古諺語。珍惜用水之意。喻不要因易得而浪費。宋林洪山家清事泉源:"引泉之甘者貯之以缸。……又須愛護用之,諺云'近水惜水',此實修福之事云。"

【近水樓臺】喻因近便而獲得利益。宋俞文豹清夜録:"范文正公(仲淹)鎮錢塘,兵官皆被薦,獨巡檢蘇麟不見録,乃獻詩云:'近水樓臺先得月,向陽花木易爲春。'公即薦之。"

【近在眉睫】喻相距極近。列子仲尼:"雖遠在八荒之外,近在眉睫之内,來干我者,我必知之。"後來亦指事情迫切。

【近朱近墨】比喻人因環境影響而變化。北堂書鈔六五晉傅玄少傅箴:"夫金木無常,方員應形,亦有隱括,習與性成,故近朱者赤,近墨者黑。"

【近事會元】宋李上交撰。五卷。記述唐至五代典制。一至三卷載宫殿輿服官制軍制及六曹掌故。四卷記樂曲、州郡沿革。五卷多述與典制有關的瑣聞雜事,多可補唐史所失記。

【近説遠來】論語子路:"葉公問政,子曰:'近者説,遠者來。'"説,同"悦"。言近居之民,以政治清明而歡悦;遠者之民聞風而附。後因以"近悦遠來"指清明之政。唐白居易長慶集三八除李爽簡西川節度使制:"專奉詔條,削去弊政,……近悦遠來,歸如流水。"

返 fǎn 府遠切,上,阮韻,幫。ㄈㄢˇ

㊀還,回。孫子行軍:"粟馬肉食,軍無懸甀,不返其舍者,窮寇也。"漢劉向説苑辨物:"完山之鳥,生四子,羽翼已成,乃離四海,哀鳴送之,爲是往而不復返也。"㊁更换。呂氏春秋慎人:"孔子烈然返瑟而弦,子路抗然執干而舞。"

【返哺】幼烏長成,啣食以哺母烏。初學記三三國蜀譙周譙子法訓:"烏者猶有返哺,況人而無孝心者乎?"喻養親。唐駱賓王集一靈泉頌:"俯就微班之列,將由返哺之情。"

【返照】㊀迴照。宋書武帝紀上:"天子遣兼太常葛籍授公策曰:'……二儀廓清,三光返照,事遂永代,功高開闢。'"唐劉長卿劉隨州集五三月三日寒食從劉八文使君登遷仁樓眺望詩:"桑柘温風軟,雲霞返照鮮。"㊁指落日。唐杜甫杜工部草堂詩箋二八返照:"返照入江翻石壁,歸雲擁樹失山村。"

【返生香】香名。傳説聚窟洲有神鳥山,山上有返魂樹。伐其木根心,於玉釜中煮成汁,煎成丸,名曰驚精香,或名震靈丸、返生香、却死香。死者在地,聞香氣即活。見舊題漢東方朔海内十洲記。

【返初服】謂辭官歸田。南齊謝朓謝宣城詩集四附劉繪入琵琶峽望積布磯詩:"暫將返初服,歲暮請爲鄰。"南朝梁江淹江文通集三效阮公詩之八:"常願返初服,閑步潁水阿。"

【返魂香】漢武帝時,西域月氏國貢返魂香三枚。大如燕卵,黑如桑椹。燃此香,病者聞之即起,死未三日者,熏之即活。參閱舊題漢東方朔海内十洲記、晉張華博物志。

【返魂梅】㊀嶺南一歲再發的梅花。唐韓偓玉山樵人集湖南梅花一冬再發偶題於花援詩:"湘浦梅花兩度開,直應天意别栽培。玉爲通體依稀見,香號返魂容易迴。"宋蘇軾分類東坡詩十四岐亭道上見梅花戲贈季常:"蕙死蘭枯菊亦摧,返魂香入嶺頭梅。"㊁一種氣味如梅花的香料。元方回瀛奎律髓二十梅花引曾茶山(幾)返魂梅詩注:"原批,此非梅花也,乃製香者合諸香,氣味如梅花,號之曰返魂梅。"

【返老還童】即道家所謂却老術。雲笈七籤六十諸家氣法:"日服千嚥,不足爲多,返老還童,漸從此矣。"

五 畫

迣 1. zhì ㄓˋ 征例切,去,祭韻,照。

㊀超踰。漢書二二禮樂志郊祀歌日出入:"體容與,迣萬里。"注:"如淳曰:迣,超踰也。"

2. liè ㄌㄧㄝˋ 集韻力蘖切,入,薛韻。

㊀遮攔。同"列"。漢書七二鮑宣傳上書:"部落鼓鳴,男女遮迣。"注:"迣,古列字也。"

述 shù ㄕㄨˋ 食聿切,入,術韻,神。

㊀遵循。書五子之歌:"述大禹之戒以作

歌。”禮中庸：“父作之，子述之。”㊁申述，記述。儀禮士喪禮：“筮人許諾，不述命。”注：“既受命而申言之曰述。”㊂道。通“術”。詩邶風日月：“胡能有定，報我不述。”不述，卽不道。文選劉孝標(峻)廣絶交論注引韓詩作“術”。㊃冠飾。通“鷸”。後漢書輿服志下：“通天冠……前有山，展筩爲述。”參見“鷸冠”。

【述作】述，傳承；作，創新。後常指撰寫著作或寫成的作品。文選三國魏文帝(曹丕)與吳質書：“德璉(應瑒)常斐然有述作之意，其才學足以著書，美志不遂，良可痛心。”唐劉長卿劉隨州集七送薛據宰涉縣詩：“夫君多述作，而我常諷味。”

【述律】遼姓。遼耶律阿保機(太祖)后爲述律氏，耶律德光(太宗)時與后族乙室拔里同爲蕭氏，皆爲后族。遼亡，改爲石抹氏。淸代改譯爲舒嚕氏、舒嚕穆氏。參閱遼史七一后妃傳、元史一五〇石抹也先傳、續通志八二氏族。

【述記】一名三代兩漢遺書。淸任兆麟輯。全書收集漢代以前古籍自夏小正以下至漢紀共三十四種，摘其槪略，其中部分根據宋元版本加以校正。

【述聖】㊀陳述聖人之道。唐錢起錢考功集七奉和中書常舍人晚秋集賢院卽事詩：“述聖魯宣父，通經漢仲舒。”㊁元圖帖睦爾(文宗)追封孔子孫子思爲述聖公。明嘉靖九年詔孔子及門弟子皆稱先儒，罷封爵，止稱述聖。見續通典五四禮十孔子祠。

【述遵】遵循。後漢書光武紀下：“太宗識終始之義，景帝能述遵孝道。”

【述學】淸汪中撰。內篇三卷，補遺一卷，外篇一卷，別錄一卷。除外篇爲序、跋、碑、銘等雜文外，其餘各卷皆爲攷證之文。中天資高邁，尤惡宋儒，作文不屑於家數文法，卷中釋三九一篇，引證明通，最爲著名。

【述職】㊀諸侯向天子陳述職守。左傳昭五年：“朝聘有珪，亨覜有璋，小有述職，大有巡功。”孟子梁惠王下：“諸侯朝於天子曰述職。述職者，述所職也。”㊁喻到職。魏書崔辯傳附弟楷：“初楷將之州，人咸勸留家口，單身述職。”

【述贊】文體名。史論的一種，全篇皆用韻。文選有史述贊一類，自漢書後漢書錄出贊四篇。唐司馬貞撰史記索隱，對史記每篇紀、傳、世家、書、表之末皆有述贊。

【述古堂】淸初錢曾藏書堂名。曾爲錢謙益族孫。尤嗜宋刻，人嗤之曰佞宋。有述古堂書目，以其所藏宋元精本，詳加評論，著讀書敏求記。

【述異記】㊀志怪小說兩種：1.南齊祖沖之撰。十卷。已佚。見隋書經籍志二。2.舊題南朝梁任昉撰。二卷。崇文總目、郡齋讀書志等始載之。內容宂雜，間有昉卒後之事，四庫總目謂疑是後人收集類書所引述異記益以他書雜記而成。㊁舊題東軒主人撰。三卷。所記皆順治末年康熙初年之事。收入古今說部叢書。

【述而不作】傳述成說而不自立新義。論語述而：“述而不作，信而好古，竊比我於老彭。”

迪 dí ㄉㄧˊ 徒歷切，入，錫韻，定。

㊀道理。書大禹謨：“惠迪吉，從逆凶。”㊁實行，開導。書皋陶謨：“允迪厥德。”又太甲上：“旁求俊彥，啓迪後人。”㊂前進。書泰誓下：“爾衆士，其尚迪果毅，以登乃辟。”㊃進用。詩大雅桑柔：“維此良人，弗求弗迪。”㊄繼，至。漢書一〇〇下敘傳：“漢迪於秦，有革有因。”㊅助詞。1.用在句首。書君奭：“迪惟前人光，施於我冲子。”2.用在句中。書酒誥：“又惟殷之迪諸臣，惟工乃湎于酒。”

【迪化】舊縣名。卽今新疆維吾爾自治區烏魯木齊市，土名紅兒廟。淸乾隆二十五年設迪化同知，三十八年改設直隸迪化州。光緒十二年升府。公元1913年裁府留縣，1945年設迪化市。1953年改烏魯木齊市。見嘉慶一統志二八〇迪化直隸州。

【迪功集】明徐禎卿撰。六卷，附談藝錄一卷。一至四卷爲詩。五卷以下爲雜文。禎卿，弘治十八年進士，善詩，與李夢陽何景明等人齊名，稱前七子，卒年纔三十三。其論詩以摹古爲宗旨，見於談藝錄中。

迥 jiǒng ㄐㄩㄥˇ 戶頂切，上，迥韻，匣。

遠。史記一一七司馬相如傳封禪書：“邇陜游原，迥闊泳沫。”文選封禪文作“逈”。文選三國魏曹子建(植)雜詩之一：“之子在萬里，江湖迥且深，方舟安可極，離思故難任。”

【迥拔】高遠挺拔。唐杜確岑嘉州集序：“其有所得，多入佳境，迥拔孤秀，出於常情。”元稹長慶集十酬翰林白學士代書詩：“昔歲俱充賦，同年遇有司，八人稱迥拔，兩郡濫相知。”

【迥迥】遠。南朝梁江淹江文通集三齊太祖高皇帝誄：“迥迥寵迹，窈窈睿功。”唐張說張說之集七同趙侍御望歸舟詩：“山亭迥迥面長川，江樹重重極遠煙。”

迨 dài ㄉㄞˋ 徒亥切，上，海韻，定。

同“逮”。㊀及，趁着。詩召南摽有梅：“求我庶士，迨其吉兮。”㊁等到。晉陸雲陸士龍集六牛責季友：“迨良期於風柔，競悲飆於葉落，……子如不能建功以及時，予請迹於桃林之薄。”

【迨吉】謂男女嫁娶及時。詩召南摽有梅：“求我庶士，迨其吉兮。”

迮 zé ㄗㄜˊ 側伯切，入，陌韻，莊。zuò ㄗㄨㄛˋ 則落切，入，鐸韻，精。

㊀倉卒。公羊傳襄二九年：“今若是迮而與季子國，季子猶不受也。”㊁逼迫。後漢書四六陳寵傳附陳忠上疏：“鄰舍比里，共相壓迮。”㊂狹窄。三國志蜀張飛傳：“飛率精卒萬餘人，從他道邀(張)郃軍交戰，山道迮狹，前後不得相救，飛遂破郃。”㊃姓。明有迮紹原。見明史二六七徐汧傳。

迭 1. dié ㄉㄧㄝˊ 徒結切，入，屑韻，定。

㊀更替，輪流。易說卦：“分陰分陽，迭用柔剛。”莊子天運：“四時迭起，萬物循生。”㊁及。見“不迭”。

2. yì ㄧˋ

㊂侵犯。通“軼”。左傳成十三年：“迭我殽地，奸絶我好。”

【迭日】更日。晉書石季龍載記上：“以石韜爲太尉，與太子宣迭日省可尚書奏事。”

【迭配】㊀更替搭配，攤派。唐元稹長慶集四旱災自咎貽七縣宰詩：“官分市井户，迭配水陸珍。”㊁遞配，充軍。元曲選張國賓合汗衫一：“多虧了那六案孔目，救了我的性命，改做悮傷人命，脊杖了六十，迭配沙門島去。”

【迭逷】無檢束貌。同“跌宕”。文選漢張平子(衡)思玄賦：“爛熳麗靡，藐以迭逷。”

迤 1. yǐ ㄧˇ 集韻演爾切，上，紙韻。

同“迆”。㊀地勢斜延。世說新語言語：“林公(支遁)見東陽長山，曰：‘何其坦迤。’”參見“迆”字各條。

2. yí ㄧˊ 集韻余支切，平，支韻。

㊁見“逶迤㊁”。

3. tuō ㄊㄨㄛ 集韻唐何切，平，戈韻。

㊂見"迤₃迤₃"。

【迤迤】斜延貌。宋沈與求龜谿集二石壁寺詩:"迴廊迤迤穿危嶠,側澗涓涓露淺沙。"

【迤₃迤₃】連延。唐杜牧樊川集一赴京初入汴口曉景即事詩:"檣形櫛櫛斜,浪態迤迤好。"

【迤衍】地勢斜延平廣。羅浮山志會編一明黃佐圖經:"上界三峯高三十仞,不可以上,其下迤衍,有匯水與潮汐應,曰瑤池。"

【迤₃逗】勾引,挑動。元王實甫西廂記一本二折:"迤逗得腸荒,斷送得眼亂,引惹得心忙。"元曲選康進之梁山泊李逵負荊一:"待不吃呵,又被這酒旗兒將我來相迤逗。"

【迤逞】曲折連緜。南朝梁江淹江文通集一哀千里賦:"嶄巖生岸,迤逞成迹。"引申爲曲折行走貌。

【迤邐】曲折連緜。同"迤邐"。南齊謝朓謝宣城集三治宅詩:"迢遰南川陽,迤邐西山足。"樂府詩集三二相和歌辭梁簡文帝從軍行:"迤邐觀鵝翼,參差覩雁行。"

迦 1. jiā ㄐㄧㄚ 古牙切,平,麻韻,見。

譯音字。㊀見"釋迦"。

2. xiè ㄒㄧㄝ

㊀同"邂"。見"迦₂逅"。

【迦文】釋迦牟尼,亦稱釋迦文佛。藝文類聚七七南齊王融法門頌啟:"伏以迦文啟聖,道冠百靈,常住寘言,理高萬乘。"唐韓鄂歲華紀麗一二月八日:"釋氏下生之日,迦文成道之時。"

【迦沙】即"袈裟"。僧衣。梵語迦羅沙曳,省羅曳字,止稱迦沙。晉葛洪撰字苑,添衣作袈裟。參閱唐僧峯象教皮編一衣服。

【迦₂逅】邂逅。不期而會。漢揚雄太玄經四迎:"次七,遠之眲,近之掊,迎父迦逅。"

【迦陵】鳥名。迦陵頻加的略稱。楞嚴經一:"迦陵仙音,徧十方界。"注:"迦陵,仙禽。在卵㲉中,鳴音已壓衆鳥,佛法音似之。"唐元稹長慶集十三度門寺詩:"佛語迦陵說,僧行猛虎從。"參見"迦陵頻加"。

【迦葉】㊀佛學弟子以迦葉爲名者五人。佛經中單稱迦葉或大迦葉者,指摩訶迦葉。華言飲光勝尊。摩竭陀國人,本事外道,後歸佛教,釋迦没後,傳正法眼藏,爲佛教長老。禪宗奉爲西土二十八祖之始祖。參閱唐玄應一切經音義二四飲光部、景德傳燈錄一第一祖摩訶迦葉。㊁複姓。唐貞觀中有涇原大將試太常卿迦葉濟。見通志二九氏族五。

【迦維】古天竺國名。梵語劫毘羅筏窣覩城,亦作迦維羅衛國、迦毗羅,省作迦維。爲佛祖釋迦牟尼出生之地。佛没後,大迦葉與千羅漢在此第一次結習三藏。文選南朝梁王簡棲(屮)頭陁寺碑文:"是以如來利見迦維,託生王室。"引申指佛祖。文選南朝梁任彥升(昉)齊竟陵文宣王行狀:"弘洙泗之風,闡迦維之化。"

【迦羅】數量詞。梵語音譯。人身上一毛的百分之一。見翻譯名義集三數量。

【迦樓羅】神名。佛家所稱天龍八部之一。卽金翅鳥神。翅翮金色,頸有如意珠,兩翅相去三百三十六里。以龍爲食。參閱正法念處經三一觀天品六、翻譯名義集二八部。

【迦蘭陀】㊀梵語譯音。山鼠名。佛書謂昔有毘舍離王入山,眠於樹下。有毒蛇出欲害王,山鼠鳴叫,使王覺醒,王感其恩,因號山旁之村爲迦蘭陀。一說救王者爲迦蘭陀鳥,卽好聲鳥,其形似鵲,多棲竹林。參閱南朝梁旻寶經律異相四七鼠、唐玄應一切經音義十九。㊁人名。佛說法於王舍城,迦蘭陀長者,以其所有竹林奉佛,名曰竹林精舍。參閱南朝宋釋法顯佛國記、翻譯名義集七寺塔壇幢。

【迦真鄰陀】同"迦旃鄰提"。見該條。

【迦旃鄰提】梵語譯音。水鳥名。正法念處經三十觀天品第六之九:"迦旃鄰提,海中之鳥,觸之大樂,有輪王出,此鳥則現。"也作"迦真鄰陀"。法苑珠林八六道:"迦真鄰陀之鳥,生於海中,王抱觸之,身心猗適,勝過六欲。"

【迦陵頻伽】梵語譯音。義譯爲好音聲鳥。迦陵者好,頻加者聲。長阿含經一大本經:"菩薩生時,其聲清徹,柔軟和雅,如迦羅頻伽。"參閱翻譯名義集二畜生。

【迦羅鳩馱迦旃延】佛家所稱外道六師之一。翻譯名義集二六師篇:"迦羅鳩馱,此云牛領;迦旃延,此云翦髮,肇曰:姓迦旃延,字迦羅鳩馱,其人謂諸法亦有相,亦無相。"

迢 tiáo ㄊㄧㄠ 徒聊切,平,蕭韻,定。

見下。

【迢迢】㊀高貌。晉陸機陸士衡集六擬西北有高樓詩:"高樓一何峻,迢迢峻而安。"㊁遠貌。玉臺新詠二晉潘岳內顧詩之一:"漫漫三千里,迢迢遠行客。"㊂漫長貌。元曲選缺名神奴兒二:"夜迢迢,星耿耿,忽的陰,忽的晴。"

【迢遙】遥遠。南朝梁江淹江文通集二橫吹賦:"迢遙衡山,崎曲抱津。"

【迢遞】亦作"迢遰"。㊀遠貌。文選三國魏嵇叔夜(康)琴賦:"指蒼梧之迢遞,臨迴江之威夷。"㊁高貌。文選南齊謝玄暉(朓)郡內高齋閒坐答吕法曹詩:"結構何迢遰,曠望極高深。"水經注十五洛水:"迢遰層峻,流煙半垂。"

【迢嶢】高貌。文選漢王文考(延壽)魯靈光殿賦:"迢嶢倜儻,豐麗博敞。"

迯 táo ㄊㄠ

俗"逃"字。唐李白李太白詩十贈僧崖公:"中夜卧山月,拂衣迯人羣。"古今名劇元岳伯川鐵拐李一:"諕的走的走了,迯的迯了。"

迫 pò ㄆㄛ 博陌切,入,陌韻,幫。

㊀逼近。韓非子亡徵:"恃交援而簡近鄰,怙强大之救而侮所迫之國者,可亡也。"文選漢司馬子長(遷)報任少卿書:"今少卿抱不測之罪,涉旬月,迫季冬。"㊁逼迫。左傳哀十五年:"迫孔悝於厠,强盟之。"㊂危急,緊急。史記項羽紀:"(樊)噲曰:'此迫矣!臣請入,與之同命。'"㊃狹窄。後漢書二三竇融傳與隗囂書:"當今西州地勢局迫,人兵離散,易以輔人,難以自建。"㊄急遽。晉書袁宏傳:"時賢皆集,(謝)安欲以卒迫試之。"㊅催促。唐杜甫杜工部草堂詩箋八戲題王宰畫山水圖歌:"十日畫一水,五日畫一石,能事不受相促迫。"

【迫切】卽近。漢書八五谷永傳對言:"厲精致政,專心反道,……克己復禮,毋貳微行出飲之過,以防迫切之禍。"

【迫脅】㊀威迫。荀子臣道:"迫脅於亂時,窮居於暴國。"漢書三八趙幽王友傳:"趙王餓,乃歌曰:'……迫脅王侯兮,彊授我妃。'"㊁狹窄。文選漢張平子(衡)西京賦:"狹百堵之側陋,增九筵之迫脅。"㊂近附。楚辭漢嚴忌哀時命:"外迫脅於機臂兮,上牽聯於矰隿。"

【迫措】追捕。漢書九九下王莽傳詔:"(太師王匡等)亟進所部州郡兵凡三十萬衆,迫措青徐盜賊。"注:"措,讀與笮同,音莊客反。"

六　畫

迹 jī 資昔切,入,昔韻,精。ㄐㄧ

同"跡"、"蹟"。㊀脚印,痕迹。左傳襄四年:"芒芒禹迹,畫爲九州。"呂氏春秋必已:"不若相與追而殺之,以滅其迹。"㊁業迹,事迹。書武成:"至於大王,肇基王迹。"莊子天運:"夫六經,先王之陳迹也。"㊂追踪。漢書三七季布傳:"漢求將軍急,迹且至臣家。"㊃考核,推究。漢書高惠高后文功臣表:"迹漢功臣,亦皆割符世爵,受山河之誓。"

【迹人】周代掌管狩獵之官。周禮地官迹人:"掌邦田之地政,爲之厲禁而守之,凡田獵者受令焉。"春秋列國亦設此官。左傳哀十四年:"迹人來告曰:'逢澤有介麇焉。'"

【迹迹】徘徊不安。方言十:"迹迹、屑屑,不安也。江沅之間謂之迹迹,秦晉謂之屑屑。"

送 sòng 蘇弄切,去,送韻,心。ㄙㄨㄥˋ

㊀送行。詩邶風燕燕:"之子于歸,遠送于野。"㊁遣送。荀子富國:"婚姻娉内送逆無禮。"注:"送,致女。逆,親迎也。"㊂輸送,轉運。漢書食貨志下:"干戈日滋,行者齎,居者送,中外騷擾相奉。"㊃餽贈。儀禮聘禮:"賓再拜稽首送幣。"也指餽贈之物。史記九六申屠嘉傳:"(申屠臾)坐爲九江太守受故官送有罪,國除。"㊄斷送。朝野新聲太平樂府四張雲莊紅繡鞋:"才上馬齊聲兒喝道,只這的便是那送了人的根苗。"

【送老】謂消遣晚年。唐杜甫杜工部草堂詩箋十五秦州雜詩二十之十四:"何時一茅屋?送老白雲邊。"

【送死】㊀父母喪葬之事。孟子離婁下:"孟子曰:'養生者不足以當大事,惟送死可以當大事。'"㊁自取殺身之道。三國志吳周瑜傳:"(江東)兵精足用,英雄樂業,尚當橫行天下,爲漢家除殘去穢,況(曹)操自送死,而可迎之邪?"

【送任】送質子。資治通鑑七四魏景初二年:"(公孫)淵復遣侍中衛演乞克日送任。"注:"送任,謂送質子也。"

【送使】唐憲宗時,分國家之賦入爲三:一曰上供,上交作朝廷之用;二曰送使,直接進奉於節度使;三曰留州,爲地方所自用。參閱舊唐書一四八裴垍傳、續通典八食貨八賦稅上。

【送終】同"送死㊀"。漢書九一貨殖傳:"所以養生送終之具,靡不皆育。"後漢書章帝紀建初二年詔:"而今貴戚近戚,奢縱無度,嫁娶送終,尤爲僭侈。"

【送敬】致謝。後漢書五三周燮傳:"因自載到潁川陽城,遣〔門〕生送敬,遂辭疾而歸。"

【送歲】送走舊歲。宋詩鈔陳師道後山詩鈔湖上晚歸寄詩友:"殘年憎送歲,病眼怯逢春。"

【送窮】唐人於正月下旬送窮。唐韓愈昌黎集三六有送窮文,姚合姚少監詩集六有晦日送窮詩三首。按南朝梁宗懍荆楚歲時記已記正月晦日送窮鬼之事,其源遠在唐前。參閱元陳元靚歲時廣記九送窮鬼、又十三號窮子。

【送聲】樂歌每終一曲,復和以他詞,謂之送聲。唐太常丞呂才上言,琴操曲弄皆合於歌,今以御雪詩爲白雪歌。古今奏正曲,復有送聲,君唱臣和之義。以羣臣所和詩十六韻爲送聲十六節。見舊唐書樂志一、新唐書禮樂志二一。

【送迎錢】送迎官員用的款項。晉書鄧攸傳:"攸在(吳)郡,刑政清明,……後稱疾去職。郡常有送迎錢數百萬,攸去郡,不受一錢。"

【送卷頭】清代參加殿試的貢士,試前將所擬策首二十餘行,先繕寫送閱卷大臣,以圖賞識,稱送卷頭。見清趙翼簷曝雜記二殿試送卷頭。

【送梅雨】即五月雨。江南梅子時節多連陰雨,謂之梅雨。三月梅初成,謂之迎梅雨;五月梅欲黃落,謂之送梅雨。見宋陸佃埤雅十三釋木梅。

【送梨帖】晉帖名。宋米芾寶章待訪録據唐柳公權跋定爲王獻之書。宣和書譜十五列爲王羲之書。

【送燈臺】宋諺。比喻一去不復返。宋歐陽修歸田録二:"俚諺云:'趙老送燈臺,一去更不來。'……天聖中,有尚書郎趙世長者,常以滑稽自負。其老也,求爲西京留臺御史。有輕薄子送以詩云:'此回真是送燈臺。'……其後竟卒於留臺也。"

【送往迎來】送去者,迎來者。莊子山木:"萃乎芒乎,其送往而迎來。"禮中庸:"送往迎來,嘉善而矜不能,所以柔遠人也。"本爲泛指之辭,後來多指人事應酬。亦作"迎來送往"。宋楊萬里誠齋集二九過鬻闢湖詩:"紅旗青蓋鳴鉦處,都是迎來送往人。"

【送故迎新】送去舊的,迎接新的。漢書八六王嘉傳:"吏或居官數月而退,送故迎新,交錯道路。"宋徐鉉徐公文集二除夜詩:"寒燈耿耿漏遲遲,送故迎新了不欺。"

【送暖偷寒】指對人關心體貼。元王實甫西廂記三本二折:"直待我拄着拐幫閒鑽懶,縫合唇送暖偷寒。"參見"偷寒送暖㊁"。

【送舊迎新】同"送故迎新"。五燈會元二十石霜宗鑒禪師:"上堂曰:'送舊年,迎新歲,動用不離光影内。'"宋楊萬里誠齋集四十宿城外張氏莊早起入城詩:"送舊迎新也辛苦,一番辛苦两年間。"

逆 nì 宜戟切,入,陌韻,疑。ㄋㄧˋ

㊀迎。國語晉二:"呂甥逆君於秦。"㊁受。儀禮聘禮:"衆介皆逆命不辭。"㊂預先。三國志蜀諸葛亮傳"於是以亮爲右將軍行丞相事"注引魏晉春秋亮上言:"凡事如是,難可逆見。"㊃倒向。見"逆流"。㊄不順。書太甲下:"有言逆於汝心,必求諸道。"㊅反常。荀子非十二子:"行辟而堅,……言辯而逆,古之大禁也。"㊆叛亂。史記禮書:"孝景用其計,而六國畔逆,以(鼂)錯首名,天子誅錯以解難。"㊇拒。國語晉七:"翟人出逆。"㊈奏事上書。周禮天官宰夫:"諸臣之復,萬民之逆。"注:"自下而上曰逆。逆,謂上書。"又夏官太僕:"掌諸侯之復逆。"

【逆毛】倒卷向裏的毛。爾雅釋畜:"逆毛居馻。"注:"馬毛逆刺。"後魏賈思勰齊民要術六養牛馬驢騾:"(馬)腹下陰前兩邊,生逆毛入腹帶者行千里,一尺者五百里。"

【逆耳】刺耳。史記留侯世家:"且'忠言逆耳利於行,毒藥苦口利於病',願沛公聽樊噲言。"

【逆祀】顛倒祭祀次序。左傳文二年:"大事于大廟,躋僖公,逆祀也。"按僖公爲閔公之兄,而嘗爲閔公之臣,今升其主於閔公之上,故謂之逆祀。

【逆計】㊀謀反。史記一一八衡山王賜傳:"賓客來者,微知淮南、衡山有逆計,日夜從容勸之。"㊁預測。宋史三〇五晁迥傳:"有以術命語迥,迥曰:'自然之分,天命也。樂天不憂,知命也。推理安常,委命也。何必逆計未然乎?'"

【逆流】㊀水倒流。管子七法:"不明于決塞,而欲驅衆移民,猶使水逆流。"㊁迎着水流的方向。後漢書十七岑彭傳:"時天風狂急,彭、(田)奇船逆流而上,直衝浮橋。"

【逆旅】客舍。迎止賓客之處。左傳僖

二年:"今虢爲不道,保於逆旅,以侵敝邑之南鄙。"注:"逆旅,客舍也。"莊子山木:"陽子之宋,宿於逆旅。"

【逆倫】反倫常之道。禮祭統:"孝者,畜也。順於道不逆於倫,是之謂畜。"六部成語補遺刑部逆倫注:"凡以卑幼犯害尊長之人,皆謂之逆倫,言悖逆於倫常之道也。"

【逆詐】事先卽猜疑別人存心欺詐。論語憲問:"不逆詐,不億不信。"

【逆備】預備。左傳宣三年:"鑄鼎象物,百物而爲之備,使民知神姦。"注:"圖鬼神百物之形,使民逆備之。"

【逆境】不順利的境遇。宋陸游劍南詩稿三三贈湖上父老十八韻:"吾生行逆境,平地九折卬。"劉過龍洲集七泊船吳江縣詩:"逆境年年夢,勞身處處愁。"

【逆覩】預見。三國志蜀諸葛亮傳注引漢晉春秋亮出師表:"臣鞠躬盡力,死而後已,至於成敗利鈍,非臣之明所能逆覩也。"

【逆數】㊀逆而數之,猶言推測。易說卦:"數往者順,知來者逆,是故易逆數也。"元劉因靜修集三和飲酒詩:"逆數百年間,相會能幾次。"㊁四時寒暑反常。國語周下:"時無逆數,物無害生。"

【逆鱗】倒生的鱗片。韓非子說難:"夫龍之爲蟲也,柔可狎而騎也,然其喉下有逆鱗徑尺,若人有嬰之者,則必殺人。人主亦有逆鱗,說者能無嬰人主之逆鱗則幾矣!"古以龍爲人君之象,因稱觸人君之怒爲批逆鱗。戰國策燕三:"(太子丹)謂其傅鞠武曰:'燕秦不兩立,願太傅幸而圖之。'武對曰:'秦地遍天下,……奈何以見陵之怨,欲排其逆鱗哉!'"

【逆臣傳】舊史列傳篇目。始見於新唐書,分叛臣、逆臣爲二,後遼史、金史、元史皆有逆臣傳。清史稿錄清初二十四人爲逆臣,八卷,附貳臣傳後。

【逆取順守】以武力奪取天下曰逆取,修文教以治天下曰順守。史記九七陸賈傳:"陸生曰:'居馬上得之,寧可以馬上治之乎?且湯武逆取而以順守之,文武并用,長久之術也。'"後漢書七四下袁紹傳劉表與袁譚書:"昔三王五伯,下及戰國,君臣相弑,父子相殺,……皆所謂逆取順守,而徼富强於一世也。"

迷 mí ㄇㄧˊ 莫兮切,平,齊韻,明。

㊀迷惑。詩小雅節南山:"天子是毗,俾民不迷。"㊁迷路,分辨不清。左傳哀二年:"晉趙鞅納衛大子于戚,宵迷。陽虎曰:'右河而南,必至焉。'"㊂媚惑。使人入迷。文選戰國楚宋玉登徒子好色賦序:"嫣然一笑,惑陽城,迷下蔡。"㊃沈迷。唐尉遲樞南楚新聞:"生躭悅烟花,迷於飲博。"㊄彌漫。唐杜甫杜工部草堂詩箋四十送靈州李判官:"血戰乾坤赤,氛迷日月黃。"

【迷罔】㊀蒙蔽。漢王符潛夫論忠貴:"動爲姦詐,託之經義;迷罔百姓,欺誣天地。"㊁神志失常。列子周穆王:"秦人逢氏有子,少而惠,及壯而有迷罔之疾。"

【迷岸】佛家語。猶迷塗。廣弘明集十九南朝梁簡文帝奉請上開講啟:"是以背流知反,迷岸識歸。"

【迷迭】植物名。製爲香名迷迭香。藝文類聚八一迷迭選錄三國魏文帝、曹植、王粲、應瑒、陳琳等賦。參閱宋洪芻香譜。

【迷津】㊀猶迷途。唐孟浩然集三南還舟中寄袁太祝詩:"桃源何處是?遊子正迷津。"㊁佛教指迷妄的境界。唐敬播大唐西域記序:"廓羣疑於性海,啟妙覺於迷津。"文苑英華八五五唐李嶠宣州大雲寺碑:"昇大悲之坐,俯慰迷津;轉無上之輪,高懸勝躅。"

【迷迷】不明貌。韓詩外傳五:"耳不聞學,行無正義,迷迷然以富利爲隆,是俗人也。"

【迷途】迷失道路。文選晉陶淵明(潛)歸去來辭:"實迷途之未遠,覺今是而昨非。"也比喻昏亂的時世。南齊書褚淵傳答蕭道成(太祖)書:"劉領軍(懷珍)峻節霜明,臨危不顧,音迹未晞,奄成今古,迷途失偶,慟不及悲。"

【迷雲】謂知覺迷罔,如被雲霧。楞嚴經四:"而我不知是義攸往,惟願如來,宣流大慈,開我迷雲。"全唐文二七七王勃釋迦佛賦:"目容修廣於青蓮,寒生定水;毫相分明於皓月,照破迷雲。"

【迷惑】㊀迷亂,心神無主。荀子成相:"不覺悟,不知苦,迷惑失指易上下。"楚辭宋玉九辯:"忼慨絕兮不得,中瞀亂兮迷惑。"注:"思念煩惑,忘南北也。"㊁迷亂他人心意。莊子盜跖:"縫衣淺帶,矯言僞行,以迷惑天下之主。"

【迷陽】莊子人間世:"迷陽迷陽,無傷吾行。"其說有三:1.亡陽任獨,不蕩於外。見晉郭象注。2.謂詐狂。見釋文引司馬彪。3.棘刺名。生於山野,踐之傷足。見清王先謙莊子集解。

【迷網】惑於外物,如墮網中。宋蘇軾分類東坡詩十五贈杜介:"羣生陷迷網,獨達從古少。"

【迷穀】傳說中植物名。山海經南山經:"(招搖之山)有木焉,其狀如穀而黑理,其花四照,其名曰迷穀,佩之不迷。"

【迷樓】樓名。隋煬帝時,浙人項昇進新宮圖。帝令揚州依圖起造,經年始成。回環四合,上下金碧,工巧弘麗,自古無有,費用金玉,帑庫爲之一空。人誤入者雖終日不能出。帝顧左右曰:"使眞仙遊其中,亦當自迷也,可目之曰迷樓。"見缺名迷樓記(說郛三二)。

【迷藏】一種遊戲名。卽捉迷藏。宋朱熹朱文公集四八答呂子約書:"此如小兒迷藏之戲,你東邊來,我卽西邊去;你西邊來,我又東邊去避。"參見"捉迷藏"。

【迷離】模糊。樂府詩集二五木蘭詩:"雄兔脚撲朔,雌兔眼迷離。"

【迷魂湯】迷信傳說,人死以後服迷魂湯,卽盡忘生前之事。見清趙吉士寄園寄所寄五滅燭寄異。後用以比喻媚惑他人的話。

【迷空步障】霧的別名。見宋陶穀清異錄天文。明王志堅表異錄天文作"迷天步障"。

【迷塗知反】喻知錯能改。三國志魏袁術傳陳珪答術書:"若迷而知反,尚可以免,吾備舊知,故陳至情。"文選南朝梁丘希範(遲)與陳伯之書:"夫迷塗知反,往哲是與;不遠而復,先典攸高。"

迺 nǎi ㄋㄞˇ 奴亥切,上,海韻,泥。

同"乃"。㊀汝。見"迺公"。㊁語詞。詩大雅緜:"迺立皐門,皐門有伉。"

【迺公】同乃公。對人自大的謾語。史記九七陸賈傳:"高帝罵之曰:迺公居馬上而得之,安事詩書?"漢書四十張良傳:"漢王輟食吐哺,罵曰:'豎儒,幾敗乃公事!'"

迾 liè ㄌㄧㄝˋ 良薛切,入,薛韻,來。

車駕出時,清道禁止行人。後漢書輿服志:"諸侯王法駕,官屬傅相以下,皆備鹵簿,似京都官騎,張弓帶鞬,遮迾出入稱(課)促。"

【迾卒】担任清道警衛的士卒。文選漢張平子(衡)西京賦:"迾卒清侯,武士赫怒。"

【迾宮】守衛宮禁。漢書六三昌邑哀王髆傳:"以王家錢取卒,迾宮清中備盜賊。"

退 tuì ㄊㄨㄟˋ 他內切,去,隊韻,透。

㊀進之反,後退。易乾:"知進而不知退。"左傳宣十二年:"見可而進,知難而退,軍

之善政也。"㊁離去。老子運夷:"功成名遂身退,天之道。"㊂返,歸。墨子兼愛下:"是故退睹萬民,饑卽食之,寒卽衣之。"漢書五六董仲舒傳:"古人有言曰:'臨淵羡魚,不如退而結網。'"㊃屏退。禮檀弓下:"古之君子,進人以禮,退人以禮。"㊄減退,衰退。左傳昭三年:"火中,寒暑乃退。"宋蘇軾分類東坡詩七雪後書北臺壁之二:"老病自嗟詩力退,空吟冰柱憶劉叉。"㊅謙退,遜讓。禮曲禮上:"是以君子恭敬樽節,退讓以明禮。"㊆柔和貌。禮檀弓下:"文子其中退然,如不勝衣。"

【退士】隱士。抱朴子交際:"故曩哲先擇而後交,不先交而後擇也。子之所論,出人之計也;吾之所守,退士之志也。"

【退休】退職休養。唐韓愈昌黎集一復志賦序:"有負薪之疾,退休於居,作復志賦。"司空圖司空表聖詩集一華下:"不用華山訪真訣,退休便是養生方。"

【退步】讓退,抽身引退。宋李之彦東谷所見貪欲:"予年近七旬,儘宜省事樂閒,息心退步,何必貪欲。"(說郛七七)

【退谷】地名。1.在湖北武昌縣西,樊山郎亭二山之間。唐元結遊於此,孟士源命名爲退谷。元結作退谷銘。見元次山集六。2.在北京西郊卧佛寺旁櫻桃溝。清初孫盛澤以吏部左侍郎退職,於此築室以居,自號退谷。見所撰天府廣記三五巖麓附退谷。

【退舍】㊀退却。左傳僖三三年:"吾聞之:'文不犯順,武不違敵。'子若欲戰,則吾退舍,子濟而陳,遲速唯命。"舊唐書僖宗紀二年:"自是諸軍退舍,賊鋒愈熾。"㊁指日月等星體移動位置。三國志吳華覈傳上疏:"熒惑守心,宋以爲災,景公下從瞽史之言,而熒惑退舍,景公延年。"梁書元帝紀告四方檄:"按劍而叱,江水爲之倒流;抽戈而揮,皎日爲之退舍。"

【退征】辭官。漢書七三韋賢傳韋孟在鄒詩:"我之退征,請于天子,天子我恤,矜我髮齒,……懸車之義,以洎小臣。"

【退省】退而自省。論語爲政:"子曰:'吾與回言終日,不違如愚,退而省其私,亦足以發。回也不愚。'"隋王勣王無功集負苓者傳:"昔者文中子講道於白牛之谿,……講罷,程生薛生退省於松下。"

【退食】減膳以示節約。詩召南羔羊:"退食自公,委蛇委蛇。"箋:"退食,減膳也。"後漢書四三何敞傳奏記宋由:"宜先正己以率羣下,……使百姓歌誦,史官紀德,豈但子文逃祿,公儀退食之比哉!"一說爲退朝而進食。參閱清馬瑞辰毛詩傳箋通釋三。

【退紅】粉紅色。唐王建詩三題所賃宅牡丹花:"粉光深紫膩,肉色退紅嬌。"花間集四薛昭蘊醉公子詞:"牀上小薰籠,韶州新退紅。"

【退素】恬退質樸。宋書雷次宗傳元嘉二十五年詔:"前新除給事中雷次宗,篤尚希古,經明行修,自絶招命,守志隱約,宜加升引,以旌退素。"

【退朝】臣朝君畢而退。左傳襄二二年:"(薳子馮)退朝見之曰:'子三困我於朝。'"亦指君主視朝畢而退。唐詩紀事二德宗(李适)元日退朝觀軍仗歸營:"綵仗宿華殿,退朝歸禁營。"

【退閒】退職閒居。宋孟珙蒙韃備錄諸將功臣:"伯林昨已封王,近退閒于家。"

【退職】解除職務。三國志蜀來敏傳"坐事去職"注引諸葛亮集教:"今既不能,表退職,使閉門思愆。"

【退轉】佛教謂退失所修證而轉移地位。法華經序品:"皆於阿耨多羅三藐三菩提不退轉。"注:"不退轉有三:一,位次不退減;二,行功不退怯;三,正念不退出。"南朝陳徐陵徐孝穆集七諫仁山深法師罷道書:"法師今若退轉,未必有一稱心,交失現前十種大利。"

【退思巖】宋魯宗道書齋名。宋葉廷珪海錄碎事一一臣職上宰相:"魯宗道爲執政,營一小室畫山水,退朝獨坐,謂之退思巖,雖妻子不得入。"

【退筆塚】埋禿筆頭而成之塚。唐李綽尚書故實:"(智永禪師)積年學書,禿筆頭十甕,每甕皆數石……後取筆頭瘞之,號爲退筆塚。"

【退鋒郎】禿筆。宋陶穀清異錄文用:"趙光逢薄遊襄漢,濯足溪上,見一方磚,上題云:'禿友退鋒郎,功成鬢髮傷,冢頭封馬鬣,不敢負恩光。'……蓋好事者瘞筆所在。"(說郛六一)

【退有後言】當面順從,背後有異議。書益稷:"予違汝弼,汝無面從,退有後言。"

【退避三舍】春秋晉公子重耳亡命過楚國,楚成王待之以禮,問若得返國,將何以報楚。重耳答曰:"若以君之靈,得反晉國,晉、楚治兵,遇於中原,其辟君三舍。"師行三十里爲舍。後晉楚城濮之戰,晉師果退三舍,以避楚軍。見左傳僖二三年、二八年。後用退避三舍比喻退讓。有自愧不如之意。儒林外史十:"兩公子將此書略翻了幾頁,稱贊道:'賢姪少年如此大才,我等俱要退避三舍矣。'"

迴 huí 户恢切,平,灰韻,匣。
ㄏㄨㄟ 胡對切,去,隊韻,匣。

㊀返回。同"回"。俗誤作"廻"。文選漢揚子雲(雄)甘泉賦:"於是事畢功弘,迴車而歸。"㊁運轉。漢揚雄太玄經七玄攡:"天日迴行,剛柔接矣。"㊂迂迴難行。文選漢張平子(衡)東京賦:"迴行道乎伊闕,邪徑捷乎轘轅。"㊃逃避。唐陳子昂陳伯玉集九諫靈駕入京書:"赴湯鑊而不迴,至誅夷而無悔。"

【迴心】轉意。文選晉潘安仁(岳)悼亡詩之一:"僶俛恭朝命,迴心反初役。"

【迴穴】㊀紆曲、變化無定。文選戰國楚宋玉風賦:"耾耾雷聲,迴穴錯迕,蹷石伐木,梢殺林莽。"㊁邪僻。文選漢班孟堅(固)幽通賦:"叛迴穴其若茲兮,北叟頗識其倚伏。"

【迴曲】彎曲。廣弘明集三十上南朝陳江總庚寅年二月十二日遊虎丘山精舍詩:"縱棹憐迴曲,尋山靜見聞。"

【迴合】環繞。文選南朝宋謝靈運入彭蠡湖口詩:"洲島驟迴合,圻岸屢崩奔。"才調集四張泌寄人:"別夢依依到謝家,小廊迴合曲闌斜。"

【迴車】掉轉車頭。史記一一七司馬相如傳上林賦:"道盡塗殫,迴車而還。"三國魏曹植曹子建集九與吳季重書:"墨翟不好妓,何爲過朝歌而迴車乎?"

【迴易】交易買賣。同"回易"。隋書食貨志:"先是京官及諸州,並給公廨錢,迴易取利,以給公用。"舊唐書德宗紀上大曆十四年:"詔王公卿士不得與民爭利,諸節度觀察使於揚州置迴易邸,並罷之。"參見"回易㊁"。

【迴首】回頭,回頭看。文選漢司馬長卿(相如)封禪文:"昆蟲闓澤,迴首面內。"引申指追憶往事。藝文類聚一梁鮑泉江上望月:"無因轉還汎,迴首眷前賢。"

【迴風】㊀旋風。爾雅釋天:"迴風爲飄。"唐杜甫杜工部草堂詩箋九對雪:"亂雲低薄暮,急雪舞迴風。"㊁曲名。舊題漢郭憲洞冥記四:"帝所幸宫人名麗娟,……每歌,李延年和之於芝生殿,唱迴風之曲,庭中花皆翻落。"

【迴翔】㊀回旋飛翔。楚辭屈原九歌大司命:"君迴翔兮以下,踰空桑兮從女。"㊁水回流。文選漢枚叔(乘)七發:"迴翔青篾,銜枚檀桓。"㊂盤旋不進。唐白居易長慶集六四和夢得詩:"郎署迴翔何水部,江湖留滯謝宣城。"

【迴遑】惘然。猶彷徨。文選南朝宋謝希逸(莊)月賦:"歌響未終,餘景就畢,滿堂變容，迴遑如失。"唐孟郊孟東野集一贈崔純亮詩："君心與我懷，離別俱迴遑。"

【迴腸】比喻愁思輾轉不解。才調集六唐彦謙春陰詩："一寸迴腸百慮侵，旅愁危涕兩爭禁。"參見"九迴腸"。

【迴斡】旋轉。文選南朝宋謝惠連七月七日夜詠牛女詩："傾河易迴斡，款情難久悰。"唐杜甫杜工部草堂詩箋八三川觀水漲："乘陵破山門，迴斡到地軸。"

【迴樂】地名。漢富平縣地，屬北地郡。北周置縣。隋爲靈武郡治。宋入西夏，廢。故城在今寧夏靈武縣西南。參閱太平寰宇記三六靈州、嘉慶一統志二六四甘肅寧夏府靈州。

【迴縈】迂迴環繞。南朝宋鮑照鮑氏集八登廬山詩："千巖盛阻積，萬壑勢迴縈。"

【迴避】㊀避忌。漢書七七蓋寬饒傳："擢爲司隸校尉，刺舉無迴避，小大輒舉，所劾奏衆多。"㊁躲避。五代王定保唐摭言慈恩寺題名遊賞賦詠雜記："薛監(逢)晚年厄於宦途，嘗策羸赴朝，值新進士榜下綴行而出。……見逢行李蕭條，前導曰：'迴避新郎君。'"㊂避嫌。舊制，凡有親屬關係的不能同官一省，以小避大，官小者調往他處任職，叫"迴避"。其制始於後漢，其初尚不甚嚴，至明代始成定制。㊃清科舉考試時爲避免主考官營私舞弊的一種制度。凡主考官之親屬不得入試。參見清趙翼簷曝雜記二辛巳殿試。

【迴薄】動蕩。文選漢賈誼鵩鳥賦："水激則旱兮，矢激則遠；萬物迴薄兮，振盪相轉。"注："鶡冠子曰：水激則悍，矢激則遠，精神迴薄，振盪相轉。"又晉潘安仁(岳)秋興賦："四運忽其代序兮，萬物紛以迴薄。"

【迴贈】猶貤封。舊唐書八九姚璹傳："璹表請迴贈父一官，乃追贈其父豫州司户參軍處平爲博州刺史。"參見"貤封"。

【迴鑾】皇帝車駕曰鑾駕，外出還宫稱迴鑾。初學記四南朝梁庾肩吾侍宴九日詩："獻壽重陽節，迴鑾上苑中。"藝文類聚四鑾作"鸞"。唐宋之問集下幸少林寺應制詩："紺宇横天室，迴鑾指帝休。"

【迴鸞】㊀猶迴鑾。南朝梁蕭統昭明太子集一和梁武帝遊鐘山大愛敬寺詩："豈若欽明后，迴鸞鷲嶺岐。"㊁舞曲名。北周庾信庾子山集一春賦："陽春淥水之曲，對鳳迴鸞之舞。"

【迴文詩】以一定的格式排列，迴環往復均能成義可讀之詩。見"回文"。

【迴文錦】㊀織有迴文詩之錦。玉臺新詠七南朝梁蕭繹寒宵詩："願織迴文錦，因君寄武威。"㊁雜劇名。清洪昇撰。以晉竇滔妻蘇蕙爲滔徙流沙，因織錦迴文詩故事爲題材。見曲海總目提要二三。

【迴波詞】樂府商調曲。又名"回波樂"。每句六言，第一句用"迴波爾時"四字起。後亦爲舞曲。唐劉肅大唐新語三公直："景龍中，中宗嘗遊興慶池，侍宴者遞起歌舞，并唱迴波詞，方便以求官爵。"參閱樂府詩集八十回波樂解題。

【迴光返照】太陽將落時反射的光，比喻没落以前的景象。景德傳燈録二六義能禪師："師曰：方便呼爲佛，迴光返照，看身心是何物。"紅樓夢一一〇："賈母又瞧了一瞧寶釵，嘆了一口氣，只見臉上發紅。賈政知是迴光返照，即忙進上參湯。"

【迴黄轉緑】言時序變遷，由秋冬草木黄落，以至春日重臨。明趙撝謙學範引休洗紅歌："迴黄轉緑無定期，世事返復君所知。"

【迴腸傷氣】文選戰國楚宋玉高唐賦："感心動耳，迴腸傷氣。"注："言諸聲能迴轉人腸，傷斷人氣。"本指樂音感人之深。後亦作"迴腸蕩氣"，常指詩文情思，纏綿悱惻。清龔自珍龔定盦集餘集下夜坐詩："功高拜將成仙外，才盡迴腸蕩氣中。"

迵 dòng 徒弄切，去，送韻，定。
ㄉㄨㄥˋ

通"透"。史記一〇五倉公傳"臣意診其脈曰迵風"集解："迵，音洞。言洞徹入四支。"

【迵迵】通達。漢揚雄太玄經一達："中冥獨達，迵迵不屈。"

适 kuò 苦栝切，入，末韻，溪。
ㄎㄨㄛˋ 古活切，入，末韻，見。

疾速。見説文。

逄 páng 薄江切，平，江韻，並。
ㄆㄤˊ

㊀姓。孟子離婁下有善射者逄蒙，宋孫奭音義、朱熹集注作逄蒙。參見"逢㊆"。㊁象聲。見"逄逄"。

【逄安】？—27年。字少子，東莞人。西漢末，王莽建新王朝，天鳳初，樊崇起兵於莒，安與徐宣等合數萬人響應，大破莽將王丹、王匡軍。崇等既敗更始軍，入長安，奉劉盆子爲帝，推安爲左大司馬。赤眉敗，隨樊崇降劉秀。不久被殺。見後漢書十一劉盆子傳。

【逄逄】鼓聲。唐韓愈昌黎集五病中寄張十八詩："不蹋曉鼓朝，安眠聽逄逄。"

迿 xùn 私閏切，去，稕韻，心。
ㄒㄩㄣˋ 黄練切，去，霰韻，匣。

爭先。公羊傳定四年："朋友相衛而不相迿，古之道也。"疏："迿者，謂不顧步伍、勉力先往之意。"

迻 yí 弋支切，平，支韻，喻。
ㄧˊ

遷徙。通"移"。楚辭漢劉向九歎遠逝："悲余性之不可改兮，屢懲艾而不迻。"

追 1. zhuī 陟隹切，平，脂韻，知。
ㄓㄨㄟ

㊀追逐。春秋莊十八年："夏，公追戎于濟西。"㊁跟隨。楚辭屈原離騷："背繩墨以追曲兮，競周容以爲度。"㊂回溯。詩大雅文王有聲："匪棘其欲，遹追來孝。"左傳成十三年："吾與女同好棄惡，復修舊德，以追念前勳。"㊃補救。書五子之歌："弗慎厥德，雖悔可追？"論語微子："往者不可諫，來者猶可追。"㊄我國古代北方少數民族建立的國名。詩大雅韓奕："王錫韓侯其追其貊，奄受北國，因以其伯。"

2. duī 都回切，平，灰韻，端。
ㄉㄨㄟ

㊅雕刻。見"追₂琢"。㊆古冠名。周禮天官追師"追師掌王后之首服"注："鄭司農(衆)云：追，冠名。"㊇鐘鈕。見"追₂蠡"。㊈通"堆"。文選漢枚叔(乘)七發："窮曲隨隈，踰岸出追。"注："追亦堆字。"

【追₂人】古代幻術。漢桓寬鹽鐵論散不足："唐銻追人，奇蟲胡妲。"明楊慎藝林伐山十唐梯追人："唐梯，今之上高竿也。追人，追，猶追琢，今割截人，易牛馬首。"

【追日】古代神話，夸父逐日，道渴而死，棄其杖，化爲鄧林。唐王勃王子安集十三益州夫子廟碑："竭河追日，夸父力盡於楹間；越海陵山，竪亥塗窮於廡下。"參見"夸父㊀"。

【追北】追擊敗逃的敵軍。史記高祖紀："(項梁)北攻亢父，救東阿，破秦軍。齊軍歸，楚獨追北，使沛公項羽別攻陽城，屠之。"參見"追亡逐北"。

【追加】指官吏身後加贈或貶削名號。漢書五行志上："戾后，衛太子妾，遭巫蠱之禍，宣帝既立，追加尊號，於禮不正。"宋陸游老學庵筆記五："元豐間建尚書省于皇城之西，鑄三省印，米芾謂印文背戾，不利輔臣，故自用印以來，凡爲相者悉投竄，善終者亦追加貶削。"

【追呼】指胥吏到門號叫催租。新唐書一五七陸贄傳上書："禁防滋章，吏不堪命，農桑廢于追呼，膏血竭于笞捶。"

【追非】因循錯誤而不改。漢書五行志上京房易傳："歸獄不解，兹謂追非，厥水寒，殺人。"注引張晏："追非，遂非也。"

【追美】㊀追憶前功而推獎贊美。漢書六

九趙充國傳:"成帝時,西羌嘗有警,上思將帥之臣,追美充國,乃召黄門郎揚雄卽充國圖畫而頌之。"㊁猶比美。舊唐書禮儀志三玄宗開元十二年制:"兢兢業業,非敢追美前王;日愼一日,實以奉遵遺訓。"

【追封】死後封爵。吳越春秋吳太伯傳:"追謚古公爲大王,追封太伯於吳。"

【追胥】偵捕盜賊。周禮地官小司徒:"小司徒之職,掌建邦之教法,……以起軍旅,以作田役,以比追胥,以令貢賦。"注:"追,逐寇也。……胥,伺捕盜賊也。"引申指胥吏的需索。宋史食貨志上二大觀二年詔:"比聞慢吏廢期,凡輸官之物,違期促限,蠶者未絲,農者未穫,追胥旁午,民無所措。"

【追科】催徵賦稅。新唐書一九四陽城傳:"城至道州,……賦稅不時,觀察使數誚責。州當上考功第,城自署曰:'撫字心勞,追科政拙,考下下。'"唐韓愈昌黎集外集九順宗實録四作"徵科政拙"。

【追風】馬名。以馳疾而稱。1.晉崔豹古今注中鳥獸:"秦始皇有名馬七:一曰追風,二曰白兔,三曰躡景,四曰犇電,五曰飛翮,六曰銅爵,七曰晨鳧。"2.北魏楊衒之洛陽伽藍記四城西:"(元琛)遣使向西域求名馬,遠至波斯國,得千里馬,號曰追風赤驥。"

【追₂師】古官名。周禮天官之屬,掌冠冕。夏后氏禮冠曰毋追,故名。見周禮天官追師。參見"毋追"。

【追悼】對死者追念哀悼。三國志魏鄧哀王沖傳"黄初二年,追贈謚沖曰鄧哀侯"注引魏書載策:"惟爾不逮斯榮,且葬禮未備。追悼之懷,愴然攸傷。"

【追陪】伴隨。唐韓愈昌黎集七奉酬盧給事雲夫四兄曲江荷花行見寄詩:"上界真人足官府,豈如散仙鞭笞鸞鳳終日相追陪。"

【追尊】爲死者加尊號。史記秦始皇紀二十六年:"追尊莊襄王爲太上皇。"

【追₂琢】雕琢。金曰雕,玉曰琢。詩大雅棫樸:"追琢其章,金玉其相。"宋歐陽修文忠集二送楊闢秀才詩:"天姿樸且茂,美不待追琢。"

【追福】爲死者祈求冥福。北魏楊衒之洛陽伽藍記二城東秦太上君寺:"當時(胡)太后正號崇訓,母儀天下,號父爲秦太上公,母爲秦太上君,爲母追福,因以名焉。"

【追遠】㊀久遠之事,録而不忘。宋書王僧達傳上解職表:"生平素念,願閑衡廬,先朝追遠之恩,早見榮齒。"㊁見"愼終追遠"。

【追節】舊俗定婚後男方按節饋送禮物於女方。宋吳自牧夢粱録二十嫁娶:"自送定之後,全憑媒氏往來,朔望傳語,遇節序,亦以冠花綵段合物酒果遣送,謂之追節。女家以巧作女工金寶帕環答之。"

【追蓐】行軍時遣別隊前行以徵集供給。左傳宣十二年:"軍行,右轅,左追蓐。"注:"在車之右者,挾轅爲戰備;在左者,追求草蓐爲宿備。"

【追謚】追加謚號。漢書平帝紀元始元年:"追謚孔子曰褒成宣尼公。"

【追隨】隨從。文選三國魏曹子建(植)公讌詩:"清夜遊西園,飛蓋相追隨。"唐杜甫杜工部草堂詩箋十九過南隣朱山人水亭:"看君多道氣,從此數追隨。"

【追薦】誦經拜懺以超度死者。唐釋宗密盂蘭盆經疏上序:"宗密罪釁,早年喪親,每履雪霜之悲,永懷風樹之恨。……遂搜索聖賢之教,虔求追薦之方,得此法門,實是妙行。"

【追蹤】㊀跟蹤。文選漢班孟堅(固)西都賦:"爾乃期門佽飛,列刃鑽鍭,要趹追蹤,鳥驚觸絲,獸駭值鋒。"㊁仿效前人。漢蔡邕蔡中郎集二汝南周巨勝碑:"確乎不拔,如山之固,追蹤先緒,應期作度。"三國志蜀黄權傳:"魏文帝謂權曰:'君捨逆效順,欲追蹤陳(平)、韓(信)邪?'"

【追贈】給死者贈官。後漢書光武郭皇后紀:"后母郭主薨,……遣使者迎昌喪柩,與主合葬,追贈昌陽安侯印綬,謚曰思侯。"參閱宋高承事物紀原二崇奉褒册部追贈。

【追₂蠡】鐘鈕磨損將斷。孟子盡心下:"高子曰:'禹之聲,尚文王之聲。'孟子曰:'何以言之?'曰:'以追蠡。'"注:"追,鐘鈕也,鈕擘齧處深矣;蠡,欲絶之貌也。"一說:追,鐘鈕;蠡,齧木蟲。追蠡,謂鐘鈕如蟲齧而欲斷。見宋朱熹集注。又宋趙希鵠洞天清禄集古鐘鼎彝器辨謂追蠡爲古銅器款紋凸起處經久逐漸剥蝕。參閱清黄生義府上追蠡。

【追歡】尋求歡樂。唐白居易長慶集六七追歡偶作詩:"追歡逐樂少閑時,補帖平生得事遲。"

【追尋帖】宋米芾以爲晉王獻之書,而淳化閣帖收入王羲之卷中。清張照云:字勢圓緊,既非新體,而中云:"吾老矣!餘願未盡,惟在此輩耳。"案獻之壽四十三,無嗣,與此不合。參閱唐張彦遠法書要録十、淳化閣帖釋文三晉人法帖。

【追復脯】傳說中的乾肉。舊題漢東方朔神異經西北荒經:"西北荒有遺酒追復脯焉,其味如麞,食一片,復一片。"(初學記二六)

【追鋒車】晉代一種輕便快速的驛車。無平蓋,加通幰,如軺車,駕二。車行迅速,故以追鋒爲名。晉書宣帝紀景初二年:"有詔召帝(司馬懿),三日之間,詔書五至,……乃乘追鋒車晝夜兼行,自白屋四百餘里,一宿而至。"參閱宋書禮志五。

【追亡逐北】追擊敗逃之敵。史記八二田單傳:"燕軍擾亂奔走,齊人追亡逐北,所過城邑皆畔燕而歸田單。"也作"追奔逐北"。文選漢李少卿(陵)答蘇武書:"策疲乏之兵,當新羈之馬;然猶斬將搴旗,追奔逐北。"

【追風逐電】喻迅疾。多指馬的奔馳。北齊劉晝劉子知人:"故孔〔九〕方諲之相馬也,雖未追風逐電,絶塵滅影,而迅足之勢,固已見矣。"宋朱熹朱文公集八二跋米元章帖:"米老(芾)書如天馬脱銜,追風逐電,雖不可以馳驅之節,要自不妨痛快。"

【追風躡景】比喻馬行迅疾。景,同"影"。引申指突飛猛進。晉葛洪抱朴子内篇序:"洪體乏超逸之才,偶好無爲之業,假令奮翅則能凌厲玄霄,騁足則能追風躡景。"

逃 táo 徒刀切,平,豪韻,澄。ㄊㄠˊ

㊀逃亡。書牧誓:"乃惟四方之多罪逋逃,是崇是長。"㊁離去。孟子盡心下:"逃墨必歸於楊,逃楊必歸於儒。"㊂避開。左傳襄十年:"今我逃楚,楚必驕,驕則可與戰矣。"

【逃世】猶避世。晉皇甫謐高士傳上:"老萊子者,楚人也。當時世亂,逃世耕於蒙山之陽。"

【逃刑】逃避刑罰。左傳襄三年:"事君不辟難,有罪不逃刑。"

【逃名】避名而不居。後漢書八三法真傳:"友人郭正稱之曰:法真名可得聞,身難得而見,逃名而名我隨,避名而名我追,可謂百世之師者矣。"

【逃軍】棄軍而逃。穀梁傳文七年:"(晉先蔑)輟戰而奔秦,以是爲逃軍也。"注:"爲將而獨奔,故曰逃軍。"

【逃席】席間不辭而去。唐元稹長慶集十黄明府詩序:"小年曾於解縣連日飲酒,予常爲觥録事。曾於竇少府廳中,有一人後至,頻犯語令,連飛十二觥,不勝其困,逃席而去。"

【逃秦】晉陶潛陶淵明集五桃花源記："先世避秦時亂，率妻子邑人來此絶境，不復出焉，遂與外人間隔。"後因以"逃秦"喻逃避亂世。全唐詩三一九麴信陵移居洞庭："重林將疊嶂，此處可逃秦。"

【逃禄】㊀謂仕而不受禄。後漢書四三何敞傳奏記太尉宋由："宜先正己以率羣下，使百姓歌誦，史官紀德，豈但子文逃禄，公儀退食之比哉。"子文，春秋鬭伯比之子於菟，爲令尹，逃禄事見國語楚下。㊁指不出仕。晉陶潛陶淵明集六感士不遇賦："彼達人之善覺，乃逃禄而歸耕。"

【逃嫁】棄夫改嫁。史記秦始皇紀三七年會稽刻石："妻爲逃嫁，子不得母，咸化廉清。"也指女子臨嫁逃避。

【逃瘧】瘧疾發作有定時，迷信的人以爲可以逃避。新唐書二〇七高力士傳："力士方逃瘧功臣閣下，輔國以詔召，力士趨至閣外，遣內養授謫制。"

【逃禪】逃避世事，歸依佛法。唐杜甫杜工部草堂詩箋二飲中八仙歌："蘇晉長齋繡佛前，醉中往往愛逃禪。"宋劉克莊後村集二二贈梅巖王相士詩之二："和靖詩高千古瘦，逃禪墨妙一生貧。"

【逃難】躲避禍難。左傳昭元年："若子之羣吏，處不辟汚，出不逃難，其何患之有？"文選漢孔安國尚書序："及秦始皇滅先代典籍，焚書坑儒，天下學士，逃難解散。"

【逃責臺】責，古通"債"。周景王建誃臺，周赧王因負債而逃居此臺，後人因名爲逃債臺，也叫避債臺。故址在今河南洛陽市境。見漢書諸侯王表"有逃責之臺，被竊鈇之言"服虔注、晉皇甫謐帝王世紀(太平御覽一七七)。

【逃暑飲】去暑的飲料。全唐詩三唐玄宗(李隆基)端午三殿宴羣臣探得神字序："廚人嘗散熱之饌，酒正行逃暑之飲。"宋陸游劍南詩稿十二自咏："安用更爲逃暑飲，虛堂三復自蕭森。"

【逃禪詞】宋楊无咎撰，一卷。无咎自號清夷長者，當秦檜柄國時，恥於附勢，屢徵不起。工書墨梅，其詞格調頗高。

逅 hòu ㄏㄡˋ 胡遘切，去，候韻，匣。

見"邂逅"。

七　畫

這 zhè ㄓㄜˋ

代詞，與"那"相對。唐盧仝玉川子集外集送好法師歸江南詩："爲報江南二三日，這回應見雪中人。"才調集二缺名雜詞之十一："三十六峯猶不見，況伊如燕這身材。"按"這"本義爲迎，見玉篇廣韻。蓋唐時始作代詞，"這"、"者"音近，常互爲通假。參閱清劉淇助字辨略三者。參見"者㊁"。

逋 bū ㄅㄨ 博孤切，平，模韻，幫。

㊀逃亡。左傳僖十五年："六年其逋，逃歸其國而棄其家。"㊁拖欠。漢書昭帝紀元鳳四年："三年以前，逋更賦未入者，皆勿收。"注引如淳："逋，未出更錢者也。"㊂見"逋峭"。

【逋客】文選南齊孔德璋(稚珪)北山移文："請迴俗士駕，爲君謝逋客。"逋客，逃人，指晉周顒。顒曾隱於北山，後應詔棄此出爲海鹽縣令，故有此稱。後多指隱士或無官失意之人。唐顔真卿顔魯公集十五謝陸處士杼山折青桂花見寄之什詩："緑荑含素萼，折桂自逋客。"白居易長慶集十五讀李杜詩集因題卷後詩："暮年逋客恨，浮世謫仙悲。"逋客，指杜甫，甫晚年顛沛流離，故稱。

【逋負】拖欠稅賦。史記一二〇鄭當時傳："(鄭)莊任人賓客爲大農僦人多逋負。"後泛指各種未償的債務或仇恨。後漢書六五段熲傳："時竇太后臨朝，下詔曰：'……洗雪百年之逋負，以慰忠將之亡魂，功用顯著，朕甚嘉之。'"

【逋峭】形容曲折多姿。魏書溫子昇傳："子昇前爲中書郎，嘗詣蕭衍客館受國書，自以不修容止，謂人曰：'詩章易作，逋峭難爲。'"宋徐度卻掃編中："熙寧間，蘇丞相(頌)奉使契丹，道過北京，時文潞公(彥博)爲留守，燕會款文公，因問：'魏收有"逋峭難爲"之語，人多不知逋峭何謂？'蘇公曰：'聞之宋元憲公(庠)云：事是〔見〕本〔木〕經，蓋梁上小柱名，取有折勢之義耳。'"

【逋租】欠租。後漢書光武帝紀上更始元年："初，光武爲舂陵侯家訟逋租於(嚴)尤，尤見而奇之。"宋書文帝紀："元嘉元年秋八月丁酉，大赦天下，……文武賜位二等，逋租宿債勿復收。"

【逋留】猶言逗留。三國志魏王朗傳："孫權欲遣子登入侍，不至。是時車駕徙許昌，大興屯田，欲舉軍東征。朗上疏曰：……往者聞權有遣子之言而未至，今六軍戒嚴，臣恐輿人未暢聖旨，當謂國家慍於登之逋留，是以爲之興師。"

【逋逃】指逃亡的罪人。書牧誓："乃惟四方之多罪逋逃，是崇是長。"也指逃亡。唐杜甫杜工部草堂詩箋三七遣遇："奈何黠吏徒，漁奪成逋逃。"

【逋慢】言不守法。文選晉李令伯(密)陳情表："詔書切峻，責臣逋慢，郡縣逼迫，催臣上道，州司臨門，急於星火。"晉書齊獻王攸傳下教："夫先王馭世，明罰勑法，鞭朴作教，以正逋慢。"

【逋蕩】㊀散漫。漢書七四丙吉傳："吉馭吏耆酒，數逋蕩，嘗從吉出，醉歐丞相車上。"注："逋，亡也。蕩，放也。謂亡其所供之職而游放也。"㊁流散。新唐書八十李傑傳："以採訪使行山南，時戶口逋蕩，細弱下戶爲豪力所兼，傑爲設科條區處，檢防亡匿，復業者十七八。"

【逋遷】逃亡遷徙。國語晉二："君若惠顧社稷，不忘先君之好，辱收其逋遷裔胄而建立之，……其誰不儆懼於君之威，而欣喜於君之德？"

【逋懸】拖欠。後漢書七三劉虞傳："邊章等發幽州烏桓三千突騎，而牢稟逋懸，皆畔還本國。"注："言軍糧不續也。"三國志吳華覈傳上孫皓疏："到秋收月，督其限入，奪其播殖之時，而責其今年之稅，如有逋懸，則籍没財物，故家戶貧困，衣食不足。"此謂拖欠租稅。

【逋沙他】梵語。卽齋日。佛教每月有六個齋日。見翻譯名義集七齋法四食。

【逋城錢】拖欠之修城費。南齊書武帝紀建元四年三月詔："城直之制，歷代宜同，頃歲逋弛，遂以萬計。雖在憲宜懲，而原心可亮，積年逋城，可悉原蕩。"初晉宋舊制，受官二十日，輒送修城錢二千。宋泰始初，軍役大起，受官者萬計，兵戎機急，事有未遑，自是令僕以下，並不輸送。二十年中積欠不可勝計，文符督切，至是始除。

【逋逃藪】藏納逃亡人的地方。世說新語假譎"陶公自上流來"注引晉陽秋："中書令庾亮以元舅輔政，欲以風軌格政，繩四海，而(蘇)峻擁兵近甸爲逋逃藪。"

【逋播臣】逃亡流散之臣。書大誥："予惟以爾庶邦，于伐殷逋播臣。"

逗 dòu ㄉㄡˋ 田候切，去，候韻，定。

㊀止住，停留。文選漢張平子(衡)思玄賦："亂弱水之潺湲兮，逗華陰之湍渚。"㊁句中的停頓。也作"投"。文選漢馬季長(融)長笛賦"觀法於節奏，察變於句投"唐李善注："投與逗古字通，音豆。投，句之所止也。"㊂招引。唐李賀歌詩編一箜篌引："女媧鍊石補天處，石破天驚逗秋雨。"元曲選關漢卿玉鏡臺三："休

題着逢宣抗敕，越逗的他煩天惱地。”㈣投合。景德傳燈録四嵩嶽安國禪師:“有坦然懷讓二人來參，……讓機緣不逗，辭往曹谿。”㈤投。見“逗藥”。

【逗落】匈奴名冢曰逗落。見史記一一〇匈奴傳“而無封樹喪服”集解引晉張華。

【逗遛】停留不前。也作“逗留”。漢書九八元后傳:“逐捕魏郡羣盜堅盧等黨與，及吏畏愞逗遛當坐者，翁孺皆縱不誅。”翁孺，王賀字。後漢書光武紀下建武十二年:“詔邊吏力不足戰則守，追虜料敵，不拘以逗留法。”

【逗橈】曲行而觀望。史記一〇八韓長孺傳:“於是下(王)恢廷尉。廷尉當恢逗橈，當斬。”集解引漢書音義:“逗，曲行避敵也;橈，顧望。軍法語也。”

【逗藥】猶投藥。梁書賀琛傳封奏:“故天下顒顒，惟注仰於一人，……苟須應痛逗藥，豈可不知之哉!”廣弘明集十九南朝梁簡文帝(蕭綱)又請御講啟:“隨機逗藥，不以人廢言。”

逑 qiú ㄑㄧㄡˊ 巨鳩切，平，尤韻，羣。

㊀匹配，配偶。詩周南關雎:“窈窕淑女，君子好逑。”也作“仇”。㊁聚合。詩大雅民勞:“惠此中國，以爲民逑。”

連 lián ㄌㄧㄢˊ 力延切，平，仙韻，來。

㊀聯合。孟子離婁上:“故善戰者服上刑，連諸侯者次之。”注:“連諸侯，合從者也。”㊁連續。禮曲禮上:“拾級聚足，連步以上。”㊂流連。孟子梁惠王下:“從流下而忘反謂之流，從流上而忘反謂之連。”注:“連者，引也，使人徒引舟船上行而忘反以爲樂，故謂之連。”參見“流連”。㊃姻親爲連。史記一一三南越傳:“其相呂嘉年長矣，……男盡尚王女，女盡嫁王子兄弟宗室，及蒼梧秦王有連。”㊄四里爲連，十連爲鄉。見國語齊。㊅十國爲連。詳“連帥”。㊆艱難。易蹇:“往蹇來連。”注:“往來皆難，故曰往蹇來連。”三國吳虞翻訓連爲“輦”，見釋文。㊇徐。詳“連連”。㊈鉛。通“鏈”。史記一二九貨殖傳:“豫章出黃金，長沙出連錫。”㊉姓。左傳齊大夫連稱之後。又是連氏改爲連，望出上黨。見通志二八氏族四以名爲氏。

【連山】㊀古易名。周禮春官大卜:“掌三易之法，一曰連山，二曰歸藏，三曰周易。”漢鄭玄易贊及易論皆稱:夏曰連山，殷曰歸藏，周曰周易。㊁地名。漢桂陽縣地。南朝梁析置廣德縣。隋改縣曰廣漢，仁壽初，避煬帝(楊廣)諱改曰連山。公元1958年撤銷，1962年建連山壯族瑶族自治縣，屬廣東省。參閱讀史方輿紀要一〇一連州。

【連文】謂二字相連爲詞。唐張守節史記正義音字例:“一字單録，乃恐致疑。兩字連文，檢尋稍易。”清王言有連文釋義一書。

【連尹】㊀楚官名。左傳襄十五年:“屈蕩爲連尹。”疏引服虔:“連尹，射官，言射相連屬也。”宣十二年有連尹襄老。㊁複姓。芈姓，楚屈氏之後。見通志二八氏族四以官爲氏。

【連平】縣名。屬廣東省。漢南海郡龍川縣地。明崇禎六年割河平 翁源等四縣，置連平州，屬惠州府。清因之。公元1912年改爲連平縣。參閱嘉慶一統志四四五惠州府。

【連母】知母的别名。見政和證類本草八知母。參見“知母”。

【連句】㊀即聯句。宋書沈懷文傳:“文義之士畢集，爲連句詩，懷文所作尤美，辭高一座。”參見“聯句”。㊁綴連文句。漢王充論衡效力:“書五行之牘，奏十言之記，其才劣者，筆墨之力尤難，况乃連句結章，篇至十百哉!”連句結章，指寫作文章。

【連白】標記水下魚網的白羽片。文選晉潘安仁(岳)西征賦:“纖經連白，鳴桹厲響，貫鰓𩹄尾，掣三牽兩。”注:“纖經連白，網也。連白，以白羽連綴，網經其上，於水中二人對引之。”

【連江】縣名。屬福建省。漢冶縣地。晉置温麻縣，隋省入閩縣。唐武德元年復置，尋改連江。明清皆屬福州府。參閱寰宇通志四五福州府。

【連州】州名。南朝梁置陽山郡，隋改置連州，以州西南有黃連嶺而名。唐改爲連山郡，尋復舊。元升爲路，尋又改爲州，明清皆屬廣州府。公元1912年改連縣，屬廣東省。參閱寰宇通志一〇二廣州府。

【連行】指魚類。周禮考工記梓人:“卻行，仄行，連行，紆行。”疏:“云連行魚屬者，以其魚唯行相隨，故謂之連行也。”

【連坐】一人犯法，其他人連帶一同受罰。史記六八商鞅傳:“(秦孝公)卒定變法之令，令民爲什伍，而相收司連坐。”索隱:“一家有罪而九家連舉發，若不糾舉，則十家連坐。”

【連延】連續貌。文選漢枚叔(乘)七發:“沇沇湲湲，蒲伏連延。”

【連犿】宛轉貌。莊子天下:“其書雖瓌瑋，而連犿無傷也。”釋文:“本亦作‘抃’，……李(頤)云:皆宛轉貌。一云相從之貌，謂與物相從不違，故無傷也。”

【連卷】屈曲貌。文選漢劉安招隱士:“桂樹叢生兮山之幽，偃蹇連卷兮枝相繚。”楚辭卷作“蜷”。史記一一七司馬相如傳大人賦:“詘折隆窮，躩以連卷。”

【連長】官名。國語齊:“四里爲連，故二百人爲卒，連長帥之。”

【連枝】枝葉相連，同出一本。常用以喻兄弟關係。文選漢蘇子卿(武)詩之一:“况我連枝樹，與子同一身。”南朝梁周興嗣千字文:“孔懷兄弟，同氣連枝。”

【連昏】聯姻，姻親。漢書八二王商傳:“初，大將軍(王)鳳連昏楊肜爲琅邪太守。”注引如淳:“連昏者，婚家之婚親也。”

【連弩】裝有機栝，可以連發數矢的弓。史記秦始皇紀:“(徐市)乃詐曰:‘蓬萊藥可得，然常爲大鮫魚所苦，故不得至，願請善射與俱，見則以連弩射之。’”三國志蜀諸葛亮傳:“亮性長於巧思，損益連弩，木牛流馬，皆出其意。”

【連袂】㊀攜手同行。抱朴子疾謬:“攜手連袂，以遨以集。”唐李白李太白詩十九翫月金陵城西……訪崔四侍御:“捨舟共連袂，行上南渡橋。”㊁即連襟。宋吳曾能改齋漫録十八李氏之門女多貴:“李參政昌齡家女多得貴壻，參政范公仲淹、樞副鄭公戩，皆自小官布衣選配爲連袂。”

【連城】㊀史記一一二主父偃傳:“今諸侯或連城數十，地方千里，緩則驕奢易爲淫亂，急則阻其彊而合從以逆京師。”文選三國魏文帝(曹丕)與鍾大理書:“不煩一介之使，不損連城之價，嘉貺益腆，敢不欽承。”後以價值連城形容物之貴重。詳“連城璧”。㊁縣名。屬福建省。本長汀縣地，宋紹興初析置蓮城縣。元至正中改曰連城，明清皆屬汀州府。見嘉慶一統志四三四汀州府一。

【連枷】收獲時脱粒的農具。宋范成大石湖集二七秋日田園雜興之八:“笑歌聲裏輕雷動，一夜連枷響到明。”參閱農政全書二二連枷。

連枷

【連屋】㊀喻多。唐杜甫杜工部草堂詩箋三陪鄭廣文遊何將軍山林之九:“牀上書連屋，階前樹拂雲。”㊁近鄰。宋黃庭堅豫章集十九上蘇子瞻書:“蓋心親則千里晤對，情異則連屋不相往來,是理之必然者也。"

【連眉】 雙眉相連接。文選晉左太沖(思)魏都賦:"昌容練色,犢配眉連"晉張載注引列仙傳:"陽都女者,生而連眉,耳細而長,衆以爲異,俗皆言此天人也。"

【連帥】 古十國諸侯之長名連帥。禮王制:"十國以爲連,連有帥。"唐柳宗元柳先生集三封建論:"於是有方伯連帥之類。"後來泛稱地方長官。唐代多指觀察使、按察使。唐白居易長慶集三五京兆尹盧士玫……除瀛漢二州觀察等使制:"及兵革甫定,思弘風化,則命連帥以分理之。"

【連珠】 ㊀文體名。起於漢章帝時,班固賈逵傅毅皆有作,其體不指説事情,祇以華麗之文旨,假譬喻委婉表達其意,如明珠之連貫,故稱連珠。晉陸機又加以擴充,所作稱演連珠。庾信作演連珠喻梁一代興廢,與賦體相近。參閱文選連珠類題注、南朝梁劉勰文心雕龍雜文。㊁連成串的珍珠。漢書律曆志上:"日月如合璧,五星如連珠。"文選漢王子淵(褒)洞簫賦:"揚素波而揮連珠兮,聲礚礚而澍淵。"連珠,喻浪沫。

【連敖】 春秋楚官名。史記九二淮陰侯傳:"信亡楚歸漢,未得知名,爲連敖。"集解引徐廣:"典客也。"索隱引張晏:"司馬也。"一謂左傳楚有連尹、莫敖,其後合爲一官號。見漢書高惠高后文功臣表"以連敖入漢"注。

【連連】 連續不斷。詩大雅皇矣:"執訊連連,攸馘安安。"莊子駢拇:"則仁義又奚連連如膠漆纆索,而遊乎道德之間爲哉。"

【連軒】 飛舞貌。文選晉木玄虛(華)海賦:"翔霧連軒,泄泄淫淫。"又南朝宋鮑明遠(照)舞鶴賦:"始連軒以鳳蹌,終宛轉而龍躍。"

【連挺】 守城之武器。墨子備城門:"二步置連挺、長斧、長椎各一物。"挺,也作"梃"。通典一五二兵五守城法:"連梃,如打禾連枷狀,打女牆外上城敵人。"

【連展】 麥餌。宋陸游劍南詩稿五六鄰曲:"拭盤堆連展,洗鬴煮黎祁。"自注:"連展,淮人以名麥餌;黎祁,蜀人以名豆腐。"

【連娟】 曲細。史記一一七司馬相如傳上林賦:"長眉連娟,微睇緜藐。"也指身材苗條。漢書九七上外戚傳漢武帝悼李夫人賦:"美連娟以脩嫮兮,命樔絶而不長。"注:"連娟,孅弱也。"

【連率】 ㊀西漢末王莽建新王朝,改郡守爲連率。後漢書二四馬援傳:"援兄員時爲增山連率。"又六十下蔡邕傳:"六世祖勳,……王莽初授以厭戎連率。"參見"連帥"。㊁統帥,盟主。梁書元帝紀告四方檄:"粤以不佞,謬董連率,遠維國艱,不遑寧處。"

【連理】 異根草木,枝幹連生。舊以爲吉祥之兆。漢班固白虎通封禪:"德至草木,朱草生,木連理。"參見"連理枝㊀"。

【連乾】 馬之飾品。晉書王濟傳:"嘗乘一馬,著連乾鄣泥,前有水,終不肯渡。"唐文粹十七上顧況露青竹鞭歌:"金鞍玉勒錦連乾,騎入桃花楊柳煙。"

【連廂】 金作清樂,仿遼時大樂之製,有名連廂詞者,帶唱帶演,以司唱一人,琵琶笙笛各一人,列坐唱詞,而復以男名末泥,女名旦兒,並雜色人等入勾欄扮演,隨唱詞作舉止,北人至今謂之連廂,大抵以連四廂舞人而演其曲,故名。見清毛奇齡西河詞話古歌舞不相合。

【連筒】 古時凡所居離水泉遠,汲用不便,乃取大竹,内通其節,令頭尾相接,連延不斷,擱之平地,或架越澗谷,引水而至,稱爲連筒。唐杜甫杜工部詩史補遺一春水:"接縷垂芳餌,連筒灌小園。"

【連署】 二人以上在同一呈文上簽名,以示負責,稱爲連署。北齊書顏之推傳:"崔季舒等將諫也,之推取急還宅,故不連署。"唐白居易長慶集十五渭村退居寄禮部崔侍郎翰林錢舍人詩一百韻:"差肩承詔旨,連署進封章。"

【連滯】 後漢書二五魯恭傳上疏:"舊制至立秋乃行薄刑,自永元十五年以來,改用孟夏,而刺史、太守不深惟憂民息事之原,進良退殘之化,因以盛夏徵召農人,拘對考驗,連滯無已。……上逆時氣,下傷農業。"謂獄辭相牽連,案情遲遲不決。

【連瑣】 以玉製爲小連環,動則其聲清澈而細碎,謂之連瑣。玉臺新詠二晉左思嬌女詩:"嬌語若連瑣,分速乃明㦎。"

【連蜷】 屈曲貌。楚辭屈原九歌東皇太一:"靈連蜷兮既留,爛昭昭兮未央。"文選漢揚子雲(雄)甘泉賦:"蛟龍連蜷於東厓兮,白虎敦圉乎崑崙。"參見"連卷"。

【連嶁】 委曲之意。淮南子原道:"失其所守之位,而離其外内之舍,……終身運枯形于連嶁列埒之門,而蹪蹈于汙壑穽陷之中。"

【連銜】 二人以上連書官銜共同奏事。宋史孝宗紀二乾道五年詔:"自今詔令未經兩省書讀者,毋輒行;給、舍駁正毋連銜同奏。"

【連翩】 接續不斷。文選三國魏曹子建(植)名都篇:"連翩擊鞠壤,巧捷惟萬端。"又晉何敬宗(劭)遊仙詩:"迢遞陵峻岳,連翩紛暗曖。"參見"聯翩"。

【連緜】 連續不斷。文選南朝宋謝靈運過始寧墅:"巖峭嶺稠疊,洲縈渚連緜。"唐李白李太白詩十七灞陵行送別:"古道連緜走西京,紫闕落日浮雲生。"緜,也作綿。宋史河渠志七:"正分秦淮之水,每逢春夏天雨連綿,上源犇湧。"

【連錢】 ㊀馬飾。世説新語術解:"(王濟)嘗乘一馬,箸連錢障泥。"樂府詩集二四南朝梁蕭繹(元帝)紫騮馬:"長安美少年,金絡錦連錢。"㊁鶺鴒别名。鶺鴒頸下黑毛如連錢,故名。見詩小雅常棣"脊令在原"疏。㊂草名。見"連錢草"。

【連錫】 未煉的鉛。漢書食貨志下:"凡寶貨五物六名二十八品鑄作錢布皆用銅,殽以連錫。"注:"許慎云:'鏈,銅屬也。'然則以連及錫雜銅而爲錢也。此下又云能采金銀銅連錫,益知連錫非錫也。"

【連衡】 ㊀戰國時張儀遊説六國共同事奉秦國,稱連衡或連横,與蘇秦説六國合而抗秦稱合縱相對。荀子賦:"以能合縱,又善連衡。"戰國策齊一:"張儀爲秦連横。"參見"合從連衡"。㊁多。文選晉陸士衡(機)辯亡論上:"謨臣盈室,武將連衡。"注:"包咸論語注曰:衡,軛也。戎車,武將所駕,故以連衡喻多也。"

【連蹇】 艱難。易蹇:"往蹇來連。"注:"往來皆難,故曰往蹇來連。"後謂遭遇坎坷曰連蹇。漢書八七下揚雄傳解嘲:"孟軻雖連蹇,猶爲萬乘師。"新唐書一四六李吉甫傳:"吉甫連蹇外遷十餘年,究知閭里疾苦。"

【連環】 戰國策齊六:"秦始皇嘗使使者遺君王后玉連環曰:齊多智,而解此環不?君王后以示羣臣,羣臣不知解。君王后引椎椎破之,謝秦使曰:謹以解矣。"連環,連結成串而不可解之玉環。常以喻緊密相連接之事物,如連環馬、連環計等。

【連牆】 猶言比鄰。列子仲尼:"而與南郭子連牆二十年,不相謁請。"

【連襟】 ㊀謂彼此心連心。唐駱賓王集八秋日與羣公宴序:"既而誓敦交道,俱忘白首之情;款爾連襟,共挹青田之酒。"㊁姊妹丈夫之互稱,也作連袂、連袂。宋馬永卿嬾真子二亞壻:"爾雅曰:兩壻相謂爲亞。注云:今江東人呼同門爲僚壻。嚴助傳呼友壻,江北人呼連袂,又呼連襟。"

【連翹】草名。本名連，又名異翹。有小翹、大翹之分。以實似蓮作房，翹出衆草而名。根、莖、實入藥。參閱政和證類本草十一連翹。

【連璧】兩玉並聯。常以喻並美的事物或人。莊子列禦寇："以日月爲連璧，星辰爲璣珠。"世説新語容止："潘安仁（岳）夏侯湛並有美容，喜同行，時人謂之連璧。"也指人與物合成雙美。宣和書譜二李陽冰："（顏）真卿書碑，必得陽冰題其額，欲以擅連璧之美。"

【連雞】縛在一起的雞。喻互相牽制，行動不能一致。戰國策秦一："諸侯不可一，猶連雞之不能俱止於棲亦明矣。"注："連，謂繩繫之。"

【連鎖】作連環形的器物。南史齊東昏侯紀徐孝嗣議："王侯貴人昏，……今除金銀連鎖，自餘新器，悉用埏陶。"唐李賀歌詩編二貴主征行樂："奚騎黃銅連鎖甲，羅騎香幹金畫葉。"

【連鑣】兩騎並接。鑣，馬嚼子露出口外兩邊的部分。文選晉張景陽（協）七命："肴駟連鑣，酒駕方軒。"世説新語捷悟："王東亭（珣）作宣武（桓溫）主簿，嘗春月與石頭（溫長子熙）兄弟乘馬出郊，時彥同遊者連鑣俱進。"

【連史紙】紙的一種。原稱連四紙，又名綿紙。原料用竹。色白，質頗細，經久色質不變。舊時，凡貴重書籍、碑帖、契文、書畫、扇面等多用之。産江西、福建，尤以江西鉛山縣所産爲佳。上等品名橘紗紙，其次爲連四紙，或稱連四、綿連四紙，今訛稱連史紙。見元費著蜀牋譜、明宋應星天工開物十三殺青造皮紙、明文震亨長物志七紙。

【連底凍】宋李元綱厚德録四："應山二連：伯氏庶，字君錫，仲氏庠，字元禮，少從學于二宋（祁、庠），相繼登科。君錫爲人清修孤潔，故當官人號爲連底清；元禮加以肅，人號爲連底凍。"連底凍，形容其嚴肅冷峻。

【連昌宮】唐宮殿名。高宗顯慶三年置。故址在今河南宜陽縣。唐元稹長慶集二四有連昌宮詞。見嘉慶一統志二〇六河南府二。

【連狀人】連名告狀的人。資治通鑑二四二唐長慶二年："富商大賈或行財賄，邀截喧訴，其爲首者所在杖殺，連狀人皆杖脊。"

【連城璧】價值連城之玉。史記八一藺相如傳："趙惠文王時，得楚和氏璧。秦昭王聞之，使人遺趙王書，願以十五城請易璧。"後因形容璧之極其珍貴者爲連城璧。玉臺新詠九晉張載擬四愁詩之二："佳人遺我雲中翮，何以贈之連城璧。"

【連珠帳】成串珍珠裝飾的帷帳。唐蘇鶚杜陽雜編下："（唐懿宗）咸通九年，同昌公主出降，宅于廣化里……堂中，設連珠之帳，却寒之簾，……連珠帳，續真珠爲之也。"紅樓夢五："上面設着壽昌公主於含章殿下卧的寶榻，懸的是同昌公主製的連珠帳。"

【連理枝】㊀兩棵樹之枝連生在一起。1.喻相愛的夫妻。唐白居易長慶集十二長恨歌："在天願作比翼鳥，在地願爲連理枝。"2.比喻兄弟。明張羽靜居集一送弟瑜赴京師詩："願言保令體，慰此連理枝。"㊁詞調名。宋程垓詞，名紅娘子；劉過詞，名小桃紅，又名灼灼花。雙調七十字。又有七十二字體，爲變格。見詞譜十六。

【連雲棧】棧道名。在陝西漢中地區，爲古時川陝之通道，全長四百七十里。自鳳縣東北草涼驛爲入棧之始，南至褒城之開山驛，路始平，爲出棧道之始。明洪武二十五年，因故址增修，約爲棧閣二千二百七十五間。戰國時，秦惠王伐蜀所經之棧道，漢張良勸劉邦燒絶所過棧道，皆指此。參閱戰國策秦三、史記留侯世家、讀史方輿紀要五六漢中府褒斜道。

【連機碓】水力舂米機械。相傳爲晉杜預所創。參閱太平御覽七六二晉諸公讚、明徐光啟農政全書十八機碓。

【連錢草】草名。又名地錢草、積雪草。葉圓大如錢，莖細而勁，蔓生溪澗側。可供藥用。參閱唐段成式酉陽雜俎十九草、政和證類本草九積雪草。

【連錢驄】馬名。爾雅釋畜"青驪驎驒"晉郭璞注："色有深淺，斑駁隱粼，今之連錢驄。"宋梅堯臣宛陵集五五江鄰幾暫來相見去後戲寄詩："衆中舊騎跛瘤馬，塞下新買連錢驄。"

【連錦書】唐呂向工草隸，能一筆環寫百字，狀若縈髮，時號連錦書。見新唐書二〇二呂向傳。

【連環記】傳奇名。明王濟撰。以元劇連環計爲藍本而加敷演。故事稱東漢王允患董卓專横，乃以歌伎貂蟬爲己女，予以玉連環，授以密計，先許呂布爲妻，旋又獻給董卓爲姬，使二人結仇，卓終爲布所殺。原本已佚，今僅存賜環、問探、拜月、小宴、大宴、梳粧、擲戟等數折。參閱曲海總目提要四。

【連文釋義】清王言撰，一卷，分十門。專收二字連文及一名而兼兩義，與兩字各爲一義者，分別加以訓釋。

【連篇累牘】形容文詞冗長。隋書李諤傳上書："連篇累牘，不出月露之形；積案盈箱，唯是風雲之狀。"也作"累牘連篇"。宋史選舉志二："寸晷之下，唯務貪多；累牘連篇，何由精妙？"

【連類比物】聯系相類的事物，進行比較。韓非子難言："多言繁稱，連類比物，則見以爲虚而無用。"

【連鑣並軫】並駕齊驅之意。清沈德潛明詩別裁集序："洪武之初，劉伯溫（基）之高格，並以高季迪（啟）、袁景文（凱）諸人，各逞才情，連鑣並軫。"

【連筠簃叢書】叢書名。清張穆主編，楊尚文輯。所輯之書自宋吴棫韻補至明姚廣孝等永樂大典目録共十五種，二百十八卷。刊印頗精。

速 sù ㄙㄨˋ 桑谷切，入，屋韻，心。

㊀迅速，快。論語子路："欲速則不達，見小利則大事不成。"引申爲催促。唐韓愈昌黎集二九貞曜先生墓誌銘："樊子使來速銘，曰：'不則無以掩諸幽。'乃序而銘之。"㊁召請，招致。易需："有不速之客三人來，敬之終吉。"左傳隱三年："去順效逆，所以速禍也。君人者，將禍是務去，而速之，無乃不可乎！"

【速末】卽松花江。魏書勿吉國傳："勿吉國在高句麗北……國有大水，濶三里餘，名速末水。"新唐書作粟末水。參見"粟末"。

【速成】論語憲問："非求益者也，欲速成者也。"本謂迅速成人之意，後指短期内完成某事。

【速香】卽黄熟香，香之輕虚者，俗訛爲速香。見本草綱目三四木一沈香。

【速速】㊀疏遠不親貌。楚辭漢劉向九歎逢紛："心懭恍其不我與兮，躬速速其不吾親。"㊁粗陋貌。後漢書六十下蔡邕傳釋誨："速速方轂，夭夭是加。"注："詩小雅曰：'速速方榖，夭夭是椓。'毛萇注云：'速速，陋也。'"今本詩小雅正月作"蔌蔌"。

【速駕】快駕車前行。左傳定八年："從者曰：'嘻，速駕。'"宋李呂澹軒集一寄贈天台石橋京行人詩："恨不速駕鵂鶹皮，屈伸臂項款山扉。"

【速藻】謂爲文敏速，揮筆立就。宋書自序："（沈）璞嘗作舊宮賦，久而未畢，（始興王）濬與璞疏曰：'卿常有速藻，舊宮何其淹耶，想行就耳。'"

逝 shì 時制切,去,祭韻,禪。ㄕˋ

㊀流去,過去。論語子罕:"子在川上曰:'逝者如斯夫,不舍晝夜!'"㊁人去世。漢書六二司馬遷傳報任安書:"恐卒然不可諱,是僕終已不得舒憤懣以曉左右,則長逝者魂魄私恨無窮。"㊂助詞。詩邶風日月:"乃如之人兮,逝不古處。"

【逝波】 流去的光陰。宋蘇舜欽蘇學士集六遊洛中内詩:"洛陽宮殿鬱嵯峨,千古榮華逐逝波。"又李光莊簡集七新年雜興詩之五:"世事悠悠委逝波,六年歸夢寄南柯。"

逜 wù 五故切,去,暮韻,疑。ㄨˋ

抵觸,迕逆。鶡冠子天則:"下之所逜,上之可蔽。"注:"逜之言干也。"

逐 zhú 直六切,入,屋韻,澄。ㄓㄨˊ

㊀追趕。左傳隱九年:"戎人之前遇覆者奔,祝聃逐之。"㊁驅逐,放逐。莊子讓王:"夫子再逐於魯。"㊂競爭。左傳昭元年:"自無令王,諸侯逐進,狎主齊盟,其可壹乎?"㊃追求。國語晉四:"厭邇逐遠,遠人入服。"注:"逐,求也。"㊄依次排列曰逐。魏書江式傳上表:"詁訓假借之誼,僉隨文而解;音讀楚夏之聲,並逐字而注。"

【逐一】 逐個,一個個。宋蘇轍欒城集三九論諸路役法侯齊足施行狀:"近日夔州等路文字相繼申到,旋已逐一進呈施行。"胡太初晝簾諸論聽訟:"不若令自逐一批覽案卷,切不要案吏具單。"

【逐日】 ㊀追逐太陽。列子湯問:"夸父不量力,欲追日影,逐之於隅谷之際。"亦喻馬行之速。梁書元帝紀告四方檄:"挾輈曳牛之侶,拔距碎石之夫,騎則逐日追風,弓則吟猿落雁。"㊁按日,一天天。唐白居易長慶集六二首夏詩:"料錢隨月用,生計逐日營。"

【逐末】 古以農爲本務,商爲末務,故謂經商曰逐末。漢書食貨志四下:"貢禹言:鑄錢采銅,一歲十萬人不耕,……棄本逐末,耕者不能半。"

【逐北】 追逐敗走之敵兵。莊子則陽:"(觸氏蠻氏)時相與爭地而戰,伏尸數萬,逐北旬有五日而後反。"戰國策中山:"魏軍既敗,韓軍自潰,乘勝逐北,以是之故能立功。"

【逐臣】 被朝廷貶謫放逐之臣。戰國策秦五:"取世監門子、梁之大盜、趙之逐臣與同知社稷之計,非所以厲羣臣也。"玉臺新詠六南朝梁王僧孺何生姬人有怨詩:"逐臣與棄妾,零落心可知。"

【逐夷】 魚名。也指曬乾的鹹魚腸。南齊書虞悰傳:"(明)帝素能食,尤好逐夷,以銀鉢盛蜜漬之,一食數鉢。"唐張鷟朝野僉載五作"鱁鮧",廣韻作"鱁鮧"。參閱宋程大昌演繁露續集五夷亭。

【逐宍】 追逐禽獸。宍爲"肉"的俗字。古彈歌:"斷竹續竹,飛土逐宍。"見吳越春秋九勾踐陰謀外傳。參見"宍"。

【逐兔】 ㊀義同逐鹿。後漢書七四上袁紹傳:"沮授諫曰:'世稱萬人逐兔,一人獲之,貪者悉止,分定故也。……願上惟先代成(則)〔敗〕之誡,下思逐兔分定之義。"參見"逐鹿"。㊁獵兔。史記八七李斯傳:"二世二年七月,具斯五刑,論腰斬咸陽市。斯出獄,與其中子俱執,顧謂其中子曰:"吾欲與若復牽黄犬俱出上蔡東門逐狡兔,豈可得乎!"金元好問遺山集一飲酒詩之三:"驅驢上邯鄲,逐兔出東門。"

【逐客】 ㊀戰國時指驅逐列國入境的游説之士。史記八七李斯傳:"斯乃上書曰:'臣聞,吏議逐客,竊以爲過矣。'"㊁指被朝廷貶謫之人。唐杜甫杜工部草堂詩箋十四夢李白之一:"江南瘴癘地,逐客無消息。"

【逐疫】 東漢時,宮禁中於臘日之前一日,集羣巫行術,以驅疫鬼,稱爲大儺,又稱逐疫。見後漢書禮儀志中。參見"儺㊀"。

【逐食】 隨處求食。梁書武帝紀下大同十年九月己丑詔:"其有因饑逐食,離鄉去土,悉聽復業,蠲課五年。"魏書元丕傳:"太后曰:'今京師旱儉,欲聽飢貧之人出關逐食。'"

【逐逐】 必須得之之貌。易頤:"虎視眈眈,其欲逐逐。"釋文:"如字,敦實也。"周易集解六引漢虞翻:"逐逐,心煩貌。"

【逐陣】 舊時陰陽家稱六月丙午戊午日、十二月壬子戊子日爲逐陣,謂百事不宜。見協紀辨方書四義例二。

【逐除】 舊俗於臘歲前一日,擊鼓驅疫,謂之逐除。見呂氏春秋季冬"命有司大儺旁磔"漢高誘注。梁書曹景宗傳:"爲人嗜酒好樂,臘月於宅中使人作野虖逐除,遍往人家乞酒食。"

【逐臭】 追逐臭味,喻嗜好之怪癖。呂氏春秋遇合:"人有大臭者,其親戚兄弟妻妾知識,無能與居者,自苦而居海上。海上人有悦其臭者,晝夜隨之而弗能去。"文選三國魏曹子建(植)與楊德祖書:"人各有好尚,蘭茝蓀蕙之芳,衆人所好,而海畔有逐臭之夫。"

【逐鹿】 史記九二淮陰侯傳:"(蒯通)對曰:秦失其鹿,天下共逐之,於是高材疾足者先得焉。"文選漢班叔皮(彪)王命論:"世俗見高祖興於布衣,不達其故,……游説之士,至比天下於逐鹿,幸捷而得之。"注引六韜:"取天下若逐野鹿;得鹿,天下共分其肉。"後因稱國家分裂之時,競爭天下爲逐鹿。搜玉小集魏徵述懷詩:"中原初逐鹿,投筆事戎軒。"樂府詩集二一引詩題作出關詩。

【逐旋】 逐漸,陸續。宋范仲淹范文正公集奏議上奏乞重定三班審官院流内銓條貫:"臣竊見審官三班院並銓曹,自祖宗以來,條貫極多,逐旋衝改,久不删定,主判臣僚,卒難删定。"司馬光温國文正公集五一奏乞黄庭堅同校資治通鑑劄子:"近又奉聖旨,令據已校定到本,逐旋送國子監鏤板。"參閱清劉淇助字辨略五入聲。

【逐隊】 謂隨衆而行。唐韓愈昌黎集十六與李翺書:"累累隨行,役役逐隊,飢而食,飽而嬉者也。"唐元稹長慶集二四望雲騅馬歌:"功成事遂身退天之道,何必隨羣逐隊到死踏紅塵。"

【逐隱】 鷓鴣別名。見"懷南"。

【逐客令】 秦始皇十年下令驅逐列國入秦的游説之士,李斯上書勸諫,逐客令乃止。見史記秦始皇紀。唐杜牧樊川集一杜秋娘詩:"秦因逐客令,柄歸丞相斯。"參見"逐客㊀"。後來主人不悦賓客,欲客辭去,亦稱下逐客令。

逕 jìng 古定切,去,徑韻,見。ㄐㄧㄥˋ

同"徑"。㊀小路。莊子徐无鬼:"夫逃虛空者,藜藋柱乎鼪鼬之逕。"㊁直,直捷。世説新語方正:"(周嵩)既前,都不問(兄顗)病,直云:'君在中朝,與和長輿(嶠)齊名,那與佞人刁協有情。'逕便出。"㊂經過。水經注一河水:"屈而東南流,逕中天竺國。"

【逕庭】 偏激。莊子逍遥遊:"大有逕庭,不近人情焉。"釋文引李頤:"逕庭,謂激過也。"參閱"徑廷㊁"、"大相逕庭"。

通 tōng 他紅切,平,東韻,透。ㄊㄨㄥ

㊀到達。國語晉二:"道遠難通,望大難走。"㊁暢通。易繫辭上:"一闔一闢謂之變,往來不窮謂之通。"㊂流通,交换。荀子儒效:"通財貨,相美惡,辯貴賤,君子不如賈人。"又王制:"通流財物粟米無有

滯留，使相歸移也。”㈣通知。史記七十張儀傳：“上謁求見蘇秦。蘇秦乃誡門下人不爲通。”㈤陳述。漢書七五夏侯勝傳：“朝廷每有大議，上知勝素直，謂曰：‘先生通言，無懲前事。’”注：“通，謂陳道之也。”㈥通曉，博識。易繫辭上：“曲成萬物而不遺，通乎晝夜之道而知。”疏：“通曉於幽明之道而無事不知也。”參見“不通㈠”。㈦往來交好。左傳隱元年：“惠公之季年，敗宋師于黃，公立而求成焉。九月，及宋人盟于宿，始通也。”㈧全部，整個。孟子離婁下：“匡章，通國皆稱不孝焉。”唐李商隱李義山詩集四賜：“隔樹澌澌雨，通池點點荷。”㈨普遍，一般。荀子仲尼：“少事長，賤事貴，不肖事賢，是天下之通義也。”㈩通姦。左傳桓十八年：“公會齊侯于濼，遂及文姜如齊，齊侯通焉。”⑪土地區劃單位。周禮地官小司徒“九夫爲井，四井爲邑”注引司馬法：“屋三爲井，井十爲通。通爲匹馬三十家，士一人，徒二人。”⑫量詞。1.鼓一曲爲一通。初學記十八三國吳謝承後漢書：“諸生每升講堂，鳴鼓三通，横經捧手，請問者百人。”2.一份。後漢書五二崔寔傳：“論當世便事數十條，名曰政論。指切時要，言辯而確，當世稱之。仲長統曰：‘凡爲人主，宜寫一通，置之坐側。’”3.一篇。文選三國魏曹子建(植)與楊德祖書：“今往僕少小所著辭賦一通。”⑬見“馬通”。

【通人】指學識淵博的人。史記田敬仲完世家太史公曰：“蓋孔子晚而喜易。易之爲術，幽明遠矣，非通人達才孰能注意焉！”漢王充論衡超奇：“通書千篇以上，萬卷以下，弘暢雅閑，審定文讀，而以教授爲人師者，通人也。”

【通士】通達事理的人。荀子不苟：“上則能尊君，下則能愛民，物至而應，事起而辨，若是則可謂通士矣。”

【通才】指博學多識、才能出衆之人。後漢書二六韋彪傳彪上疏：“又諫議之職，應用公直之士，通才謇正，有補於朝者。”文選三國魏文帝(曹丕)典論論文：“蓋奏議宜雅，書論宜理，銘誄尚實，詩賦欲麗。此四科不同，故能之者偏也，唯通才能備。”

【通山】縣名。屬湖北省。漢鄂縣地。五代南唐立爲通山縣。宋紹興四年省爲鎮，五年又恢復。明清屬武昌府。參閱湖北通志輿地五沿革二。

【通夕】整夜。三國志吳諸葛恪傳：“恪將見之夜，精爽擾動，通夕不寐。”

【通文】五代時十國之一閩主王昶年號(公元936—938年)。

【通方】通曉爲政之道。漢書五二韓安國傳：“清水明鏡，不可以形逃；通方之士，不可以文亂。”注：“方，道也。”宋歐陽修文忠集九二再乞外任第一表：“學不通方，識非慮遠，徒以遭逢先帝，誤被聖知，擢自諸生，俾參大政。”

【通化】㈠開導教化。魏書樂志：“祖瑩復議曰：夫樂所以乘靈通化，舞所以象物昭功。”㈡地名。屬吉林省。清光緒三年置縣，屬奉天興京府。公元1947年，設市，屬安東省。解放後改屬吉林省。見清朝續文獻通考三〇六輿地二興京府。

【通市】即通商。孔叢子五陳士義：“誘之以其所利，而與之通市。”資治通鑑六九魏黄初二年：“鮮卑大人步度根、……檄機等因(烏丸校尉)閻柔上貢獻，求通市。”元胡三省注：“通關市，以其土物與中國互市也。”

【通玄】通曉玄妙之理。藝文類聚三九漢張衡東巡誥：“皇皇者鳳，通玄知時。”雲笈七籤六三洞經教部：“道門大論云：三洞者，洞言通也。通玄達妙，其統有三，故云三洞。”唐張果、五代後晉張薦明，皆道士，均賜號通玄先生。見舊唐書玄宗紀上、新五代史張薦明傳。

【通正】㈠順暢平正。爾雅釋天：“四時和爲通正，謂之景風。”㈡五代前蜀王建年號(公元916年)。

【通本】清制，外官通過通政司送給内閣的奏章，謂之通本。參閱清會典事例十三内閣進本。

【通史】㈠不限於一個朝代、通貫古今的史書。與斷代史相對而言。如史記、資治通鑑等。㈡南朝梁武帝(蕭衍)令吳均等編。六百二十卷(一説四百八十卷)。上起三皇，下至南齊。秦以上以史記爲本，參以他説；漢以後全録當時紀傳。體例仿史記，但無表。後佚。參閱梁書吳均傳、唐劉知幾史通六家。

【通令】傳達命令。周禮天官内豎：“内豎，掌内外之通令。”今稱上級機關發到各處的命令爲通令。

【通江】縣名，屬四川省。漢宕渠縣地，後魏置諾水縣。唐天寶元年改爲通江縣。宋末分爲上通江、下通江兩縣，元至正四年，復置通江縣。明清屬保寧府。見寰宇通志六三保寧府。

【通池】城牆外的濠溝。文選南朝宋鮑明遠(照)蕪城賦：“通池既已夷，峻隅又以頽。”

【通守】官名。隋開皇時每郡加置通守一人，地位低於太守。唯京兆河南則稱爲内史。見隋書百官志下。清代稱通判爲通守。

【通州】州名。1.西魏改萬州爲通州。隋廢，唐復舊。宋乾德二年改稱達州通川郡。元稱達州，清嘉慶七年升爲綏定府。屬四川省。故治在今四川達縣。參閱嘉慶一統志四〇八綏定府一。2.本漢潞縣，屬漁陽郡。金天德三年置通州，取漕運通濟之義。元屬大都路，明清皆屬順天府。俗稱北通州。即今北京市通縣。參閱寰宇通志一順天府通州。3.五代周置，宋改崇州，後復爲通州。元改爲通州路總管府。明復爲州。清雍正二年升爲直隸州。公元1912年廢州改爲南通縣。俗稱南通州。今爲江蘇南通縣。見嘉慶一統志一〇六通州。

【通考】彙考古今典章制度而依次敍述之書，常以通考爲名。如元馬端臨文獻通考，清徐乾學讀禮通考，秦蕙田五禮通考之類。惟文獻通考常簡稱通考。

【通行】㈠通過。尉繚子分塞令：“非將吏之符節，不得通行。”㈡謂習以爲常。漢書七六張敞傳：“廣川王姬昆弟及王同族宗室劉調等通行爲之囊橐，吏逐捕窮窘，蹤迹皆入王宫。”㈢實行，流行。漢書七二王吉傳上疏：“今俗吏所以牧民者，非有禮義科指可世世通行者也，獨設刑法以守之。”

【通判】官名。宋初鑒於五代藩鎮權力太大，威脅朝廷，因用文臣知州，並置州、府通判，與知府、知州共理政事。以京朝官儒臣充之。小郡則稱簽判。知府公事，須長史通判簽議連書，始得行下。元不設通判，明設於府，分掌糧運、督捕、水利等事務，權力較宋爲小。清於府設，稱通判，州稱州判。皆爲輔佐之官。參閱續通志一三一職官二大都護府、一三六職官七各府，清通志六九職官六通判。

【通志】㈠表達意思志向。晉書皇甫謐傳：“其後鄉親勸令應命，謐爲釋勸論以通志焉。”㈡宋鄭樵撰。二百卷。體例仿通史。分帝紀、皇后列傳、年譜、諸略、列傳等目。起自三皇，終於隋代。其中二十略：氏族、六書、七音、天文、地理、都邑、禮、謚、器服、樂、職官、選舉、刑法、食貨、藝文、校讎、圖譜、金石、災祥、草木昆蟲等，爲全書精華所在，内氏族、六書、七音、都邑、草木昆蟲五略，乃舊史所無，爲鄭氏獨創。與唐杜佑通典、元馬端臨文獻通考並稱“三通”。清代官修續通志、皇朝通志，皆爲鄭氏通志的續編。㊂各直省志書亦稱通志。如畿輔通志、四川通志等。

【通官】㊀謂通理各種政務，不專一職之官。南齊書百官志："太尉、司徒、司空三公，舊爲通官。"㊁漢制，官二百石以下，由丞相府除授；百石以下，由郡縣辟任。二百石以上官名具於丞相府，稱爲通官。後漢書二九鮑永傳附昱："拜司隸校尉。詔昱詣尚書，使封胡降檄。光武遣小黄門問昱有所怪不？對曰：'臣聞故事通官文書不著姓，又當司徒露布，怪使司隸下書而著姓也。'帝報曰：'吾故欲令天下知忠臣之子復爲司隸也。'"按昱父永，亦曾任司隸校尉。㊂猶達官，顯官。陳書王沖傳："沖有子三十人，竝致通官。"

【通事】㊀列國交際往來之事。周禮秋官掌交："掌邦國之通事而結其交好。"注："通事謂朝覲聘問也。"㊁通報傳達。漢劉向新序雜事二："靖郭君欲城薛，而客多以諫，君告謁者，無爲客通事。"㊂五代時契丹置通事，以熟曉華俗精華語之人爲之。明洪武永樂以來設御前答應大通事，統屬一十八處小通事。嘉靖初廢大通事，其小通事悉屬提督官。參閱元周密癸辛雜識後集譯者、明俞汝楫禮部志稿三六四夷館通事。

【通刺】通報名刺。漢王充論衡骨相："韓生謝遣相工，通刺倪寬，結膠漆之交，盡筋力之敬，徙舍從寬，深自附納之。"史記高祖紀"乃紿爲謁曰'賀錢萬'"唐司馬貞索隱："謁謂以札書姓名，若今之通刺，而兼載錢穀也。"參見"刺㊃"、"名刺"。

【通昔】通宵。莊子天運："蚊虻噆膚，則通昔不寐矣。"釋文："昔，夜也。"太平御覽九四五引莊子，昔作"宵"。

【通典】㊀通用的法典。穀梁傳晉范甯序："信不易之宏軌，百王之通典也。"北史蘇綽傳附蘇威："帝令朝臣釐改舊法，爲一代通典，律令格式多威所定。"㊁書名。唐杜佑撰。二百卷。先是劉秩採經史，自黃帝迄唐天寶末制度沿革廢置，議論得失，撰政典三十五篇。佑因而廣之，參以新禮，分食貨、選舉、職官、禮、樂、兵刑、州郡、邊防八門。成書於貞元十七年，前後費時三十六年。所述下迄唐天寶年間，肅宗、代宗後之重要因革，亦附載於註中，爲我國現存最早專門論述典章制度之通史。與後來宋鄭樵通志、元馬端臨文獻通考合稱三通。清官修續通典、皇朝通典皆爲補續通典之作。

【通室】彼此互通妻妾。左傳昭二八年："晉祁勝與鄔臧通室。"注："通室，易妻。"

【通城】縣名，屬湖北省。漢下雋縣地。唐隸寉年縣，縣西有市名錫山，元和中陞爲鎮。宋陞爲縣。明清屬武昌府。見寰宇通志五十武昌府。

【通眉】雙眉相連。唐李商隱李義山文集四李賀小傳："長吉細瘦，通眉，長指爪，能苦吟疾書。"長吉，賀字。

【通則】通行的準則。初學記二十南朝梁沈約立左降詔："是故減秩居官，前代通則；貶職左遷，往朝繼軌。自今內外羣司有事者，可開左降之科。"

【通侯】爵位名。即徹侯。史記八七李斯傳："斯曰：'斯，上蔡閭巷布衣也，上幸擢爲丞相，封爲通侯。'"漢書高帝紀下五年："上曰：'通侯諸將，毋敢隱朕，皆言其情。'"注引應劭："舊曰徹侯，避武帝諱曰通侯。"史記高祖紀作"列侯"。參見"徹侯"。

【通侻】曠達不拘小節。三國志魏王粲傳："乃之荊州依劉表。表以粲貌寢而體弱通侻，不甚重也。"注："通侻者，簡易也。"北史盧思道傳："思道字子行，聰爽俊辯，通侻不羈。"

【通俗】淺顯易懂。漢服虔有通俗文。清翟灝有通俗編。京本通俗小說馮玉梅團圓："話須通俗方傳遠，語必關風始動人。"

【通幽】㊀通曉幽冥之理。三國志魏管輅傳"(王)經爲江夏太守"注引輅別傳："經每論輅，以爲得龍雲之精，能養和通幽者，非徒合會之才也。"㊁通往幽勝之處。河嶽英靈集上常建題破山寺後禪院詩："竹逕(一作"曲徑")通幽處，禪房花木深。"

【通海】㊀縣名。屬雲南省。元爲通海千戶，至元十三年置縣。明清屬臨安府。見寰宇通志一一二臨安府一。㊁湖名。一名杞麓湖。在雲南通海縣北。相傳昔水澇不通，有僧以杖穿穴洩水，因名通海。見嘉慶一統志四七九臨安府一。

【通家】㊀謂世代有交誼之家。後漢書七十孔融傳："(河南尹李膺)勑外自非當世名人及與通家，皆不得白。融欲觀其人，故造膺門。語門者曰：'我是李君通家子弟。'門者言之，膺請融，問曰：'高明祖父嘗與僕有恩舊乎？'融曰：'然。先君孔子與君先人李老君(聃)同德比義，而相師友，則融與君累世通家。'"㊁謂姻親。宋書顏延之傳："妹適東莞劉憲之，穆之子也。穆之既與延之通家，又聞其美，將仕之，先欲相見，延之不往也。"

【通宵】整夜。隋書楊汪傳："其時繫囚二百餘人，汪通宵究審，詰朝而奏，曲盡事情，一無遺誤。"唐駱賓王集五詠鴈詩："陣照通宵月，書封幾夜霜？"

【通病】共同的毛病。宋楊萬里誠齋集八一通鑑韻語序："司馬文正公資治通鑑之書，學者讀之，孰不有席卷篇帙，包舉事辭，囊括百代，并吞千載之心！然其涯也浩，則其記覽也艱；其緒也紛，則其誦數也苦；此學者通病也。"

【通草】㊀即木通。見該條。㊁通脫木之俗稱。見"通脫木"。

【通書】㊀通信。史記八四賈誼傳："而賈嘉最好學，世其家，與余通書。"㊁宋周敦頤撰，朱熹注。一卷。原名易通。與太極圖說並出，以太極、陰陽、五行爲道體之本，太極爲理，陰陽五行爲氣，爲宋明理學中理氣之說所本。㊂曆書。紅樓夢九七："(賈璉)便說：'明日就是上好的日子。……'說着，捧過通書來。"

【通財】㊀流通財貨。周禮秋官士師："令移民通財，糾守緩刑。"㊁共享財物。漢班固白虎通文質："朋友之際，五常之道，有通財之義，振窮救急之意。"

【通商】進行貿易。左傳閔二年："務材訓農，通商惠工。"疏："通商，通商販之路，令貨利往來也。"舊時指與外商進行貿易的港口爲通商口岸。見清會典事例一二二〇總理各國事務衙門。

【通許】縣名。古許地，漢屬陳留扶溝二縣。宋初置通許鎮，金改置縣。明清屬開封府。1960年併入尉氏縣，屬河南省。參閱寰宇通志八三開封府上。

【通率】㊀曠達坦率。晉書孫綽傳："綽性通率，好譏調。"㊁通常的比例。率，讀lǜ。周禮小司徒"乃經土地，井牧其野"漢鄭玄注："隰皐之地，九夫爲牧，二牧而當一井。今造都鄙授民田，有不易，有一易，有再易，通率二而當一，是之謂井牧。"

【通視】㊀天神名。淮南子地形："通視，明庶風之所生也。赤奮若，清明風之所生也。"㊁猶縱觀。後漢書二八下馮衍傳自論："西顧酆鄗，周秦之丘，宮觀之墟，通視千里，覽見舊都，遂定塋焉。"

【通都】四通八達的都市。文選南朝宋顏延年(延之)赭白馬賦："蹋鑣轡之牽制，隘通都之圈束。"唐韓愈昌黎集十二守戒："今之通都大邑，介於屈強之間而不知爲之備，噫亦惑矣！"

【通問】互相問候。禮曲禮上："男女不雜坐，……嫂叔不通問。"也指互通音訊。

元楊維楨鐵崖全集逸編四紅酒歌詩:“別來南北不通問,夜夢玉樹春風前。”

【通脱】曠達不拘小節。晉書袁耽傳:“遂變服懷布帽,隨(桓)温與債主戲。……耽投馬絶叫,探布帽擲地,曰:‘竟識袁彦道不?’其通脱若此。”彦道,耽字。宋書五行志一:“魏文帝(曹丕)居諒闇之始,便數出遊獵,體貌不重,風尚通脱。”

【通貨】㊀通用的貨幣。管子輕重乙:“黄金刀布者,民之通貨也。”㊁交换商貨。史記六二管仲傳:“管仲既任政相齊,以區區之齊在海濱,通貨積財,富國彊兵,與俗同好惡。”漢王符潛夫論務本:“商賈者,以通貨爲本,以鬻奇爲末。”

【通婚】互通婚姻。魏書官氏志:“凡與帝室爲十姓,百世不通婚。”宋陸游劍南詩稿七八村女:“白襦女兒繫青裙,東家西家世通婚。”

【通渭】縣名,屬甘肅省。本隴西縣地。宋置縣,固渭道始通,故名。明清屬甘肅鞏昌府。見寰宇通志九七五鞏昌府。

【通裙】猶統裙。舊唐書一九七南平僚傳:“婦人横布兩幅,穿中而貫其首,名爲通裙。”

【通道】㊀開闢道路。書旅獒:“惟克商,遂通道于九夷八蠻。”㊁大路,暢通之路。詩齊風載驅序:“故盛其車服,疾驅於通道大都。”漢書七十陳湯傳:“卒以無罪老棄燉煌,正當西域通道。”㊂通行的常道。漢書五八公孫弘傳上書:“臣聞天下通道五,所以行之者三。君臣、父子、夫婦、長幼、朋友之交,五者天下之通道也。”㊃縣名。屬湖南省。宋崇寧初置,屬靖州,明清因之。公元1954年改設通道侗族自治縣。參閲讀史方輿紀要八二靖州。

【通款】降服,與敵方通好言和。晉書慕容皝載記附陽裕:“願兩追前失,通款如初,使國家有太山之安,蒼生蒙息肩之惠。”周書盧柔傳:“舉三荆之地,通款梁國,可以身免,功名去矣。”

【通雅】㊀通達雅正。三國志魏荀彧傳評:“荀彧清秀通雅,有王佐之風。”㊁明方以智撰,五十二卷,分四十四門。因仿爾雅體例,故名。以考證、訓詁、音聲爲主,旁及典章制度、天文曆數、金石書法、音樂舞蹈,至動植物等,内容豐富,考證訓釋以博洽見稱。

【通犀】犀牛角的一種,即通天犀。漢書西域傳下贊:“自是之後,明珠、文甲、通犀、翠羽之珍盈於後宫。”後漢書章帝紀元和元年“蠻夷獻生犀白雉”注引楊孚異物志:“角中特有光耀,白理如線,自本達末,則爲通天犀。”

【通唤】㊀因疼痛而呻唤。唐顔師古匡謬正俗六恫:“今太原俗呼痛而呻吟謂之通唤。”㊁傳唤。宋史禮志十六宴饗:“皇帝降坐,御集英殿,鳴鞭,殿中監已下通班起居。殿中監、少監升殿,通唤閤門官升殿。”

【通塞】指境遇的順利與滯澀。易節:“象曰:不出户庭,知通塞也。”疏:“知通塞者,識時通塞,所以不出也。”文選晉潘安仁(岳)西征賦:“生有脩短之命,位有通塞之遇。”

【通義】普遍適用的道理。孟子滕文公上:“治於人者食人,治人者食於人,天下之通義也。”

【通鼓】傳令擊鼓。周禮地官鼓人:“以金鐸通鼓。”疏:“兩司馬振鐸,軍將已下即擊鼓,故云通鼓也。”孫詒讓正義:“以鼓者非一人,故振鐸令其一人先鼓,衆人徧應之。通者,傳達周徧之謂。”

【通解】貫通,理解。北齊書馮偉傳:“少從李寶鼎遊學,李重其聰敏,恒别意試問之,多所通解,尤明禮傳。”

【通經】通曉經學。後漢書質帝紀:“又千石、六百石、四府掾屬、三署郎、四姓小侯先能通經者,各令隨家法。”

【通説】通達之説。弘明集四南朝宋顔延之重釋何陽衡:“無形之有,既不匠立,徒謂支離以爲通説。”

【通榜】唐時科舉不糊名,由主試者定去取。試前,有預列知名之士,薦於主司,得中者往往出於其中。謂之通榜。參閲五代王定保唐摭言八通榜、宋洪邁容齋隨筆四筆五韓文公薦士。

【通稱】㊀共同的稱呼。漢班固白虎通號:“子者,丈夫之通稱也。”㊁一般的説法。尹文子大道上:“語曰好牛,又曰不可不察也,好則物之通稱,牛則物之定形。以通稱隨定形,不可窮極者也。”文選三國魏嵇叔夜(康)養生論:“夫田種者,一畝十斛,謂之良田,此天下之通稱也,不知區種可百餘斛也。”

【通論】㊀通達的議論。後漢書二八下馮衍傳顯志賦:“講聖哲之通論兮,心愊憶而紛紜。”文選晉杜預春秋左氏傳序:“子路欲使門人爲臣,孔子以爲欺天,而云仲尼素王,丘明素臣,又非通論也。”㊁通貫諸經之論。後漢書四二沛獻王輔傳:“輔矜嚴有法度,好經書,善説京氏易、孝經、論語、傳及圖讖,作五經論,時號之曰沛王通論。”晉書束皙傳:“其五經通論、發蒙記、補亡詩、文集數十篇,行于世云。”今言概論爲通論,以别於專論。

【通融】變通,互相調濟。隋書律曆志中:“晉時有姜岌,又以月食驗於日度,知冬至之日日在斗十七度。宋文帝元嘉十年癸酉歲,何承天考驗乾度,亦知冬至之日日在斗十七度。雖言冬至後上三日,前後通融,只合在斗十七度。”宋王安石臨川集四二相度牧馬所舉薛向劄子:“今薛向既掌解鹽,又領陝西財賦,則通融變轉,於事爲便。”今謂給予方便爲通融。

【通曆】曆書。含有通貫古今之意。晉書律曆志下:“穆帝永和八年,著作郎琅邪王朔之造通曆,以甲子爲上元,積九萬七千年,……因其上元爲開闢之始。”

【通儒】指博通古今、學識淵博的儒者。尉繚子治本:“野物不爲犧牲,雜學不爲通儒。”後漢書二七杜林傳:“林從(張)竦受學,博洽多聞,時稱通儒。”注:“風俗通曰:儒者,區也。言其區别古今,居則玩聖哲之詞,動則行典籍之道,稽先王之制,立當時之事,此通儒也。”

【通學】指精通學問的門人,猶言高材生。淮南子精神:“夫顔回、季路、子夏、冉伯牛,孔子之通學也。”

【通禮】㊀通行的禮儀。漢書郊祀志下宣帝詔:“蓋聞天子尊事天地,修祀山川,古今通禮也。”㊁指官編頒行的禮書。如唐開元禮、宋政和五禮新儀、清大清通禮等。其私家所撰,爲士人所遵用者,有宋司馬光書儀、朱熹家禮等。

【通檢】普遍檢查。金有通檢推排之法。金史世宗紀上大定四年十月:“己卯,命泰寧軍節度使張弘信等二十四人分路通檢諸路物力。”又食貨志一:“通檢,即周禮大司徒三年一大比,各登其鄉之衆寡、六畜、車輦,辨物行徵之制也。”

【通隱】曠達的隱士。世説新語雅量“戴公從東出”注引晉安紀:“戴逵字安道,……性甚快暢,泰於娱生,好鼓琴,善屬文,尤樂遊燕,多與高門風流者遊,談者許其通隱。”梁書何點傳:“點雖不入城府,而遨遊人世,不簪不帶,或駕柴車,躡草屩,恣心所適,致醉而歸,士大夫多慕從之,時人號爲‘通隱’。”

【通韻】律詩一般不出韻,古詩可用相通的韻部,稱通韻。如東、冬、江相通,支、微、齊、佳相通之類。

【通譜】㊀同姓的人互認爲同族。晉石苞曾孫樸没於胡,石勒以與樸同姓,俱出河北,引樸爲宗室,特加優寵,位至司徒。此即通譜一例。見晉書石苞傳附石樸。參閲清顧炎武日知録二三通譜。㊁異姓人相約爲兄弟。俗稱換帖。宋朱熹朱文公集七奉同都運直閣張文哭敬夫張兄……詩之二："亦知遊好曾通譜，却記登臨喚卜鄰。"敬夫，張栻字，浚之子。

【通寶】流通的錢幣。唐會要八九泉貨："武德四年七月十日，廢五銖錢，行開元通寶錢。"後世鑄幣用"通寶"二字，始此。

通寶

【通議】共同議論。後漢書四三朱暉傳："於是詔諸尚書通議。暉奏據(張)林言不可施行，事遂寢。"

【通譯】經翻譯使相通。後漢書和帝紀論："偏師出塞，則漠北地空；都護(班超)西指，則通譯四萬。"注："西域傳曰：班超定西域五十餘國，皆降服，西至海瀕，四萬里，皆重譯貢獻。"

【通籍】㊀漢制，將記有姓名、年齡、身份等的竹片掛在宮門外，經核對，合者乃得入宮內。記名於門籍稱通籍。漢書元帝紀初元五年："令從官給事宮司馬中者，得爲大父母、父母、兄弟通籍。"注："應劭曰：籍者，爲二尺竹牒，記其年紀名字物色，縣之宮門，案省相應，乃得入也。"漢書七四魏相傳："(霍)光夫人顯及諸女皆通籍長信宮。"㊁指進士初及第。唐劉禹錫劉夢得集五訓元九院長江陵見寄詩："金門通籍真多士，黃紙除書每日聞。"

【通體】㊀合爲一體。淮南子本經："通體于天地，同精于陰陽，一和于四時，明照于日月。"㊁指文章的整個體例。文選晉杜預春秋左氏傳序："其發凡以言例，皆經國之常制，周公之垂法，史書之舊章。仲尼從而脩之，以成一經之通體。"㊂猶言全身。唐韓偓玉山樵人集寒食日沙縣雨中看薔薇詩："通體全無力，酡顏不自持。"㊃謂媾合。史記一一七司馬相如傳"而以琴心挑之"唐司馬貞索隱引(琴歌)詩曰："交情通體必和諧，中夜相從別有誰？"玉臺新詠九作"通意"。

【通鑑】資治通鑑簡稱。見"資治通鑑"。

【通靈】神異，與神靈相通。世說新語巧藝"謝太傅云顧長康有蒼生來所無"注引南朝宋檀道鸞續晉陽秋："(顧)愷之尤好丹青，妙絶於時。曾以一廚畫寄桓玄。……玄乃發廚後取之，好加理復。愷之見封題如初，而畫並不存，直云'妙畫通靈，變化而去，如人之登仙矣'。"續搜神記："李子豫少善醫方，當代稱其通靈。"(太平御覽七四一)

【通衢】四通八達之大道。漢書六五東方朔傳對："陛下誠能用臣朔之計，推甲乙之帳燔之於四通之衢，卻走馬示不復用，則堯舜之隆宜可與比治矣。"文選晉潘安仁(岳)在懷縣作詩之一："靈圃耀華果，通衢列高椅。"

【通顯】謂官位高、名聲大。梁書王暕傳："有四子訓、承、穉、訏，並通顯。"北齊書邢邵傳："年五歲，魏吏部郎清河崔亮見之，曰：'此子後當大成，位望通顯。'"

【通心錦】結婚時所用之錦緞帶。象徵夫婦永結同心。宋缺名戊辰雜抄："女初至門，壻去丈許逆之，相者授以紅綠連理之錦，各持一頭，然後入，俗謂之通心錦，又謂之合歡梁。"(說郛三一)

【通天冠】皇帝之冠。始於秦，終於明。其間唯元不用，凡郊祀、朝賀、燕會，皆戴此冠。冠之形製，歷代大同小異。後漢書輿服志下："通天冠，高九寸，正豎，頂少邪却，乃直下爲鐵卷梁，前有山，展筩爲述，乘輿所常服。"注："獨斷曰：漢受之秦，禮無文。"

通天冠

【通天犀】犀牛角的一種。見"通犀"。

【通天臺】臺名。在陝西淳化縣西北甘泉山故甘泉宮中。漢書武帝紀元封二年："作甘泉通天臺。"注："通天臺者，言此臺高，上通於天也。漢舊儀云高三十丈，望見長安城。"三輔黃圖五："漢武故事：築通天臺於甘泉，去地百餘丈，望雲雨悉在其下，望見長安城。武帝時祭泰乙，上通天臺。……上有承露盤仙人，掌擎玉杯，以承雲表之露。元鳳間自毀。"

【通中枕】指空心枕頭。後漢書四一鍾離意傳"給帷被皁袍，及侍史二人"注引漢蔡質漢官儀："尚書郎入直臺中，官供新縑白綾被，或錦被，晝夜更宿，帷帳畫，通中枕，卧旃蓐，冬夏隨時改易。"唐白居易長慶集五冬夜與錢員外同直禁中詩："連鋪青縑被，對置通中枕。"

【通直郎】官名。晉武帝置員外散騎侍郎。元帝泰興二年使二人與散騎侍郎同員值，因稱通直散騎侍郎，省稱通直郎。隋後爲寄祿官。參閱通典二一職官三侍中。

【通明相】漢書八四翟方進傳："方進知能有餘，兼通文法吏事，以儒雅緣飾法律，號爲通明相。"意謂通達明理之宰相。

【通明麻】蔴的一種。舊題晉王嘉拾遺記六前漢下："宣帝地節元年，樂浪之東有背明之國，來貢其方物，……有通明麻，食者夜行不持燭，是苣藤也，食之延壽，後天而老。"此言食通明麻之籽。

【通明殿】神殿名。亦指皇帝的大殿。宋蘇軾分類東坡詩三上元侍飲樓上三首呈同列："仙風吹下御爐香，侍臣鵠立通明殿。"宋王十朋注："敦謨明聖保德傳云：張守真朝玉皇大殿，覩其扁曰'通明'，不曉其旨，因焚香告曰：通明之誼，切所未喻，敢祈真教。真君曰：上帝升金殿，殿之光明照於帝身，身之光明照於金殿，光明通徹，故爲通明殿。"

【通政司】官署名。全稱通政使司，亦稱銀臺。宋遼以通進司掌章奏，隸屬門下省。明初置察言司，洪武十年始置通政司。有通政使、副使、參議、經歷知事等官。凡臣民建言、陳情、申訴及軍情災異等事，錄其事送所司辦理，事重者得請旨裁決。清承明制，權力較小，職掌收受各省題本，送內閣辦理。光緒二十八年廢。參閱續通志一三五職官六明官制上、清通志六五職官三通政使司。

【通俗文】漢服虔撰，一卷。訓釋經史用字。隋書經籍志一小學類著錄。原書已失傳，僅散見於漢書注、文選注及唐宋類書及諸經音義中。清任大椿、臧庸、顧震福等皆有輯本。

【通俗編】清翟灝撰，三十八卷，取日用習見之語，分類排比，考辨語義，探索源流，援引頗爲詳博。同時梁同書嘗著直語類錄，見灝書，自以弗如，乃棄之，別著直語補證共四百餘條，以補其闕。

【通荊門】三國吳鼓吹曲名。韋昭製。曲共二十四句。其中十七句，每句五字；四句，每句三字；三句，每句四字。樂府詩集十八："古今樂錄曰：通荊門者，言孫權與蜀交好齊盟，中有關羽自失之愆，戎蠻樂亂，生變作患，蜀疑其眩，吳惡其詐，乃大治兵，終復初好也。"

【通草花】用通草製作的花。宋洪邁夷堅志四九李大哥："饒州天慶觀居民李小二，以製造通草花朵爲業。"

【通脫木】植物名。俗名通草。爾雅名離南、活莌。山海經中山經名寇脫。木高丈餘，葉如蓖麻而肥大，莖間有白瓤，花黃白色，花粉入藥。莖髓切成薄片，可代紙用，或製作裝飾工藝品。參閱政和證類本草八通草。

【通替棺】一種像抽屜一樣可以隨意開閉的棺木。替，通"屜"。南史宋孝武殷淑儀傳："及薨，帝常思見之，遂爲通替棺，欲見輒引替覩屍，如此積日，形色不異。」宋孔平仲孔氏雜説引作「抽替棺」（説郛二四）。

【通惠河】運河名。元都水監郭守敬規畫開鑿。至元二十九年春動工，次年秋完成。上自昌平縣截引神山泉、玉泉諸水，至西水門入大都城（今北京市區），南匯爲積水潭（今什刹海），東至通州高麗莊入白河。全長一百六十四里，立壩牐十一處，共二十座。明初淤塞，其後成化、正德、嘉靖時幾經疏浚或改道。入清後康熙、乾隆時皆曾重濬，但不久卽淤淺如故。舊時漕船至城東大通橋而止，故稱大通河。參閲元史河渠志一、缺名北平考五通惠河、嘉慶一統志七順天府二山川。

【通腸米】唐尉遲樞南楚新聞：「荆南孫儒之亂，斗米四十千，持金寳換易，纔得一撮一合，謂之通腸米。言飢人不可食他物，惟煎米飲之，可以稍通腸胃。」（類説四五）言米價昂貴，飢人亦只宜食米湯，以通腸胃。

【通德門】後漢孔融爲北海相，深敬鄭玄，命高密縣爲玄特立鄭公鄉，廣大門閭，使得容高車，號爲通德門。見後漢書三五鄭玄傳。北周庾信庾子山集一小園賦：「門有通德，家承賜書。」信祖父易在江陵居鄉不仕，以比鄭玄，故言「通德」。

【通力合作】論語顏淵「盍徹乎」宋朱熹注：「周制，一夫受田百畝，而與同溝共井之人通力合作，計畝均收。」謂不分田界，共同耕作經營。

【通今博古】通曉古今的學問。宋詩鈔周必大益公省齋藁鈔敷文閣學士李仁甫挽詞之二：「鳴珮甘泉不乏人，誰能博古復通今？」紅樓夢三十：「寶玉便笑道：姐姐通今博古，色色都知道，怎麽連這一齣戲的名兒也不知道，就説了這麽一套。」

【通功易事】謂人各有業，互通有無。孟子滕文公下：「子不通功易事，以羡補不足，則農有餘粟，女有餘布；子如通之，則梓匠輪輿皆得食於子。」

【通印子魚】宋王安石臨川集送張兵部知福州詩有「長魚俎上通三印」之句，福州頻海多魚，初不指言子魚。至蘇軾分類東坡詩二十送牛尾貍與徐使君詩「通印子魚猶帶骨，披綿黃雀漫多脂」，始以「通印子魚」對「披綿黃雀」。後來范正敏遯齋閒覽、王得臣麈史中詩話、彭乘續墨客揮犀一通印子魚、莊季裕雞肋編中，或以爲出於通應江水，或以爲其地有通應侯廟，皆附會不足信。參閲宋洪邁容齋隨筆四筆八通印子魚。

【通事舍人】漢末曹操爲魏王，置祕書令，掌尚書奏書。至魏文帝黃初初改爲中書令，置監及通事郎。通事郎位次黃門郎，黃門郎已署事過，通事乃奉以入内，爲帝省讀書可。晉改爲中書侍郎中人；又舍人一人，通事一人，江左合通事舍人爲一，省稱通事舍人。尋省。南朝宋又置通事舍人，直閤，内隸中書，掌詔命及呈奏案章，職任在中書侍郎之上。參閲宋書百官志下、文獻通考五一職官五通事舍人。

【通幽博士】指龜。宋陶穀清異録魚：「令元介卿，爾卜灼之効，吉凶了然，所主大矣，宜授通幽博士。」（説郛六一）

【通商口岸】與外國進行貿易的港口。清會典事例一二二〇總理各國事務衙門：「凡洋商運洋藥進通商口岸，每百斤應納税銀三十兩。」

【通議大夫】隋置文散官，取秦大夫掌議論之義。唐制正四品以下爲通議大夫。宋制四品階有通議大夫。金大致同。元、明、清正三品爲通議大夫。見通志五七職官七光祿大夫以下、續通志一三七職官八光祿大夫以下、清通典四十職官十八文武官階。

【通鑑外紀】又名資治通鑑外紀。宋劉恕撰，十卷，目録五卷。記載自遠古伏羲氏至戰國周威烈王二十二年事蹟，與資治通鑑相接。恕以司馬光薦，與修資治通鑑，欲摭周烈王前事爲通鑑前紀，採太祖四宗實録國史爲後紀。因病廢未果，乃口授其子羲仲，編外紀，以備刊定前紀之資。

【通鑑答問】舊題宋王應麟撰。五卷。所論始自周威烈王，與資治通鑑相應，終漢元帝。書以通鑑答問爲名，而多涉於朱熹通鑑綱目，文字與應麟他書不類，四庫總目疑爲王厚孫託其祖名，刊附玉海。

【通鑑綱目】見「資治通鑑綱目」。

【通鑑輯覽】原名御批歷代通鑑輯覽。清乾隆三二年官修。共一百十六卷，附南明唐桂二王本末四卷。以明正德年間李東陽所輯歷代通鑑纂要爲藍本增改而成，起自黃帝，終於明末。編年紀載，綱目相從。其批語爲清弘曆（高宗）所撰。

【通志堂經解】叢書名。亦稱九經解。清納蘭成德（納喇性德）所刊。實爲徐乾學所輯。共一百三十九種。皆爲乾學傳是樓藏本，唐宋元明説經之書，傳本罕見者，全部收入其中。

【通鑑紀事本末】宋袁樞撰。四十二卷。資治通鑑篇帙浩繁，敍述一事首尾，往往相隔甚遠，甚或散出於數十百年之後，難於貫串。樞因據書中所述史事，區分門目，以自三家分晉至後周世宗征淮南止一千三百年之史事，共分爲二百三十九篇。按其發生時間，詳其起訖，使讀者於一事的前後，一目瞭然。於舊史編年、紀傳二體以外，創紀事本末一體，始於此書。

逍

xiāo 相邀切，平，宵韻，心。
ㄒㄧㄠ

見「逍遥」。

【逍遥】安閒自得貌。詩鄭風清人：「二矛重喬，河上乎逍遥。」釋文：「逍，本又作消；遥，本又作搖。」楚辭屈原離騷：「欲遠集而無所止兮，聊浮遊以逍遥。」參見「消摇」。

【逍遥子】竹輿的別稱。元周密武林舊事七：「是日官裏大醉，申後宣逍遥子入便門升輦還内。」宋史儀衛志三國初鹵簿：「郊壇遇雨，則就青城放御仗，逍遥子還宫，導駕官免步導。」

【逍遥山】在今江西南昌市新建縣西南，道家以爲第四十福地（雲笈七籤二七洞天福地作第三十八福地），山南有許真君（遜）玉隆宫。又義寧州（今江西修水）亦有逍遥山，高峻幽僻，人迹罕至。參閲嘉慶一統志三〇八南昌府一。

【逍遥公】㊀北周韋夐賜號。周書韋夐傳：「明帝卽位，禮敬逾厚。……敕有司日給河東酒一斗，號之曰逍遥公。」㊁唐韋嗣立封號。新唐書一一六韋嗣立傳：「營別第驪山鸚鵡谷，帝臨幸，命從官賦詩，制序冠篇，賜況優備，因封嗣立逍遥公。」

【逍遥津】肥水渡口。水經注三二肥水：「（合肥縣）東有逍遥津，水上舊有梁，孫權之攻合肥也，張遼敗之于津北。」卽此。在今安徽合肥市。

【逍遥座】相傳唐玄宗行幸頻繁，從臣或侍詔野頓，扈駕登山，不能跂立，欲息則無以寄身，遂創製坐床，設轉關以交足，穿便條以容坐，可以隨時摺疊，重不數斤，時稱逍遥座。見宋陶穀清異録下陳設（説郛六一）。

【逍遥遊】莊子篇名。大意以爲天地之間，萬物貴任性自然卽爲逍遥至樂。唐陸龜蒙甫里集一補沈恭子詩：「雖非放曠懷，雅奉逍遥遊。」

【逍遥集】宋潘閬撰。一卷。閬，大名人。宋晁公武郡齋讀書志載逍遥詩三卷，謂閬字逍遥。江少虞事實類苑則謂其自號逍遥子。宋史藝文志有潘閬集一卷。原本久佚。四庫全書據永樂大典録出，編爲一卷。

【逍遥園】地名。在陝西長安縣。水經注十九渭水：“渭水又東與泬水枝津合，水上承泬水東北流，逕鄠艾祠南，又東分爲二水，一水東入逍遥園，注藕池。”西晉時，前趙劉曜使趙染襲長安，屯逍遥園；後秦時，鳩摩羅什來長安，姚興到逍遥園，引諸沙門聽什説佛經；皆指此地。一説鄠縣(今户縣)東南之棲禪寺，本名草堂寺，即姚興所居逍遥園。

【逍遥樓】㊀東晉列國後趙石虎所建。相傳虎每獵獲珍禽奇獸歸，輒大宴鄴城樓上。一日酒酣，北望漳水，極目遊戲。謂衆臣曰：“真逍遥之奇觀也!”人因名爲逍遥樓。見晉陸翽鄴中記。故址在河北省臨漳縣。㊁明太祖於金陵淮清橋北建逍遥樓，見人博弈者，養禽鳥者，游手不事生業者，盡拘入樓中，日使之逍遥，皆餓死。其後樓廢，改建鐵關帝廟。見明周暉金陵瑣事三逍遥樓、江寧府志九古蹟中。

【逍遥臺】在今廣東曲江縣南。隋刺史薛道衡所建。唐張九齡曲江集十七有歲除陪王司馬登薛公逍遥臺序。見嘉慶一統志四四四韶州府。又山東滕縣故薛城南亦有逍遥臺。左傳莊三一年云築臺於薛，舊志謂孟嘗君歸薛，乃更築，名曰逍遥。見嘉慶一統志一六六兖州府二。

【逍遥輦】宋時皇帝坐轎名。宋史輿服志一：“逍遥輦，以椶櫚爲屋，赤質，金塗銀裝，朱漆扶版二，雲版一，長竿二，飾以金塗銀龍頭。常行幸所御。……東封，別造辟塵逍遥輦，加綯隔，黄繒爲裏，賜名省方逍遥輦。”

【逍遥館】唐開元時高太素隱商山，起六逍遥館：晴夏晚雲，中秋午月，冬日方出，春雪未融，暑簟清風，夜階急雨，各製一銘。見宋陶穀清異録上天文。

【逍遥自在】無拘無束，自由自在。五燈會元十八性空妙普庵主：“建炎初，徐明叛，道經烏鎮，肆殺戮，民多逃亡。師獨荷策而往，賊怒，欲斬之；爲文自祭。有云：‘四十二臘，逍遥自在；逢人則喜，見佛不拜。’賊駭異釋之。”

逌 yóu 字彙 于求切，音由。ㄧㄡˊ

㊀笑貌。漢書一〇〇敘傳上答賓戲：“主人逌爾而咲。”㊁助詞。所。同“攸”。漢書地理志上：“漆沮既從，酆水逌同。”書禹貢作“攸”。㊂古“由”字。漢劉向新序雜事二：“國君驕士曰：‘士非我無逌貴富。’”

【逌然】寬緩，悠閒。史記趙世家：“牛畜侍烈侯以仁義，約以王道，烈侯逌然。”列子楊朱：“量十數年之中，逌然而自得，亡介焉之慮者，亦亡一時之中爾。”

逞 chěng 丑郢切，上，静韻，徹。ㄔㄥˇ

㊀快意。左傳隱十一年：“鬼神實不逞于許君，而假手于我寡人。”㊁得逞。左傳隱九年：“後者不救，則無繼矣，乃可以逞。”㊂舒展，顯露。論語鄉黨：“逞顏色，怡怡如也。”莊子山木：“處勢不便，未足以逞其能也。”㊃盡，止境。左傳襄二五年：“今陳忘周之大德，蔑我大惠，棄我姻親，介恃楚衆，以馮陵我敝邑，不可億逞，我是以有往年之告。”

途 tú 同都切，平，模韻，定。ㄊㄨˊ

道路。也作“塗”、“涂”。孫子軍爭：“故迂其途而誘之以利。”史記一一二主父偃傳：“吾日暮途遠，故倒行暴施之。”

逡 1. qūn 七倫切，平，諄韻，清。ㄑㄩㄣ

㊀退讓，退却。漢書五八公孫弘傳對武帝問：“有功者上，無功者下，則羣臣逡。”宋書袁淑傳上書議防禦：“如有決罦漏網，逡竄逗穴，命淮汝戈船，遏其還徑；兖部勁卒，梗其歸塗。”㊁指日月等星體運行的度次。方言十二：“日運爲躔，月運爲逡。”漢書律曆志上：“日月初躔，星火之紀也。”參見“躔”。

2. jùn ㄐㄩㄣˋ

㊂急速。禮大傳：“遂率天下諸侯執豆籩，逡奔走。”注：“逡，疾也。……周頌曰：‘逡奔走在廟。’”今本詩周頌清廟逡作“駿”。㊃狡兔名。通“[illegible]”。戰國策齊三：“東郭逡者，海内之狡兔也。”注：“逡，魏同，狡兔名。”

【逡巡】㊀遲疑徘徊，欲行又止。公羊傳宣六年：“趙盾逡巡北面再拜稽首。”史記秦始皇紀太史公引賈誼論：“秦人開關延敵，九國之師逡巡遁逃而不敢進。”㊁頃刻，不一會。宋陸游劍南詩稿四五除夜：“相看更覺光陰速，笑語逡巡即隔年。”

【逡遒】漢縣名，屬九江郡。晉南渡後，僑置蕪湖縣界，屬淮南郡，宋齊以後因之，隋初并入宣城縣。宋書州郡志作逡道，云漢作逡遒，晉作逡道。南齊書州郡志及隋志仍作逡遒。逡，兩漢志具作浚。參閱嘉慶一統志一一六寧國府二逡遒故城。

【逡遁】欲行又止。管子戒：“桓公蹵然逡遁。”漢書七一平定彭宣傳贊：“平當逡遁有恥。”注：“遁，讀與巡同。”

【逡巡酒】頃刻之間所釀成之酒。全唐詩八六〇韓湘言志：“解造逡巡酒，能開頃刻花。”

造 zào 七到切，去，号韻，清。ㄗㄠˋ

㊀到，去。書盤庚中：“誕告用亶其有衆，咸造勿褻在王庭。”漢書八六何武傳：“武每奏事至京師，(戴)聖未嘗不造門謝恩。”引申爲及於。淮南子氾論：“柯之盟，(曹沫)揄三尺之刃，造桓公之胸，三戰所亡，一朝而反之。”㊁成就。詩大雅思齊：“肆成人有德，小子有造。”㊂起始。書伊訓：“造攻自鳴條，朕哉自亳。”㊃容納。禮喪大記：“君設大盤造冰焉。”㊄世代。儀禮士冠禮：“公侯之有冠禮也，夏之末造也。”㊅訟事兩方，猶今之原告、被告。書吕刑：“兩造具備，師聽五辭。”㊆祭名。禮王制：“天子將出，類乎上帝，宜乎社，造乎禰。”周禮六祈，二曰造。㊇比連。見“造舟”。㊈倉卒。見“造次”。㊉愁貌。韓非子忠孝：“記曰：舜見瞽瞍，其容造焉。”孟子萬章作“其容有蹙”。⑪舊時星命術士稱人的生辰干支。明鄭仲夔耳新八命相：“蕭鳴鳳素善星相，以比部郎罷歸，道遇張永嘉璁，張使爲己推造。”

昨早切，上，晧韻，從。

⑫創建，製造。書康誥：“用肇造我區夏。”禮玉藻：“大夫不得造車馬。”著作亦稱造。漢王充論衡案書：“新語，陸賈所造。”

【造士】學而有成之士。禮王制：“升於司徒者不征於鄉，升於學者不征於司徒，曰造士。”魏書李訢傳上學校疏：“是以昔之明主，建庠序於京畿，立學官於郡邑，教國子弟，習其通藝，然後選其俊異，以爲造士。”

【造父】㊀周時之善御者。傳説曾取駿馬以獻穆王，王賜造父以趙城，由此爲趙氏。見史記趙世家。㊁星名。又名司馬、伯樂。指傳舍南河中五星，屬危宿。見晉書天文志上。

【造化】㊀指自然的創造化育。莊子大宗師：“今一以天地爲大鑪，以造化爲大冶。”唐杜甫杜工部草堂詩箋一望嶽：“造化鍾神秀，陰陽割分曉。”㊁幸運，運氣。京本通俗小説菩薩蠻：“紹興年間，三舉不第，就於臨安府衆安橋命舖，算看本身造化。”紅樓夢三二：“襲人笑道：當真的？

這可就是我的造化了!"

【造字】創造文字。漢書藝文志:"教之六書,謂象形、象事、象意、象聲、轉注、假借,造字之本也。"

【造次】㊀倉卒,急遽。論語里仁:"君子無終食之間違仁,造次必於是,顛沛必於是。"史記五宗世家河間獻王德:"好儒學,被服造次必於儒者。"後漢書十八吳漢傳:"漢爲人質厚少文,造次不能以辭自達。"㊁輕易。水滸五六:"是一副鴈翎砌就圈金甲,……多有貴公子要求一見,造次不肯與人看。"

【造舟】連船爲橋,卽今之浮橋。詩大雅大明:"造舟爲梁,不顯其光。"爾雅釋水:"天子造舟,諸侯維舟。"釋文:"廣雅作艁,音同。"說文以艁爲造之古字。清朱駿聲以爲造,假借爲橋。見說文通訓定聲。

【造兵】製造戰爭。莊子徐无鬼:"爲義偃兵,造兵之本也。"注:"爲義則名彰,名彰則競興,競興則喪其眞矣。父子君臣懷情相欺,雖欲偃兵,其可得乎?"

【造物】㊀創造萬物。莊子大宗師:"偉哉夫造物者,將以予爲此拘拘也。"拘拘,一本作"區區"。㊁運氣。猶造化。元曲選宣大用范張雞黍一:"這是各人的造物,你管他怎麼。"又孫仲章勘頭巾一:"你看我那造物!不見一個人,當門卧着一隻惡犬。"

【造陽】地名。戰國時燕邑。漢屬上谷郡。漢書九四上匈奴傳:"於是漢遂取河南地,築朔方,復繕故秦時蒙恬所爲塞,因河而爲固。漢亦棄上谷之斗辟縣造陽地以予胡。"故地在今河北懷來縣。

【造意】㊀首倡其意。東觀漢記二十蔡倫:"造意用樹皮及敝布魚網作紙。"㊁指犯法行爲的主謀。三國志魏賈逵傳"然太祖心善逵,以爲丞相主簿"注引魏略:"太祖怒,收逵等。當送獄,取造意者,逵卽言'我造意',遂走詣獄。"晉書刑法志張裴上表:"唱首先言謂之造意,二人對議,謂之謀,制衆建計謂之率。"

【造詣】㊀往訪,前往。晉書傅咸傳與汝南王司馬亮書:"比四造詣,及經過尊門,冠蓋車馬,填塞街衢。"又陶潛傳:"或要之共至酒坐,雖不識主人,亦欣然無忤,酣醉便返。未嘗有所造詣,所之唯至田舍及廬山游觀而已。"㊁學問技藝所達到的程度。宋朱熹朱文公集四十答何叔京書:"易說序文,敬拜大賜,三復研味,想見前賢造詣之深,踐履之熟。"

【造端】起始,發端。禮中庸:"君子之道,造端乎夫婦。"漢書藝文志:"傳曰:'不歌而頌謂之賦,登高能賦可以爲大夫。'言感物造耑,材知深美。"注:"耑,古端字也。因物動志,則造辭義之端緒。"

【造像】雕塑佛像。造像立碑始於北魏,訖於唐中葉,所造者以釋迦、彌陁、彌勒、觀音、勢至爲多。其初不過刻石,或刻山崖,或刻碑石,或造石窟,或造佛龕;其後或施以金塗彩繪。造像者,自稱佛弟子、正信佛弟子、淸信女、優婆塞等。出資造像者稱像主、副像主等。參閱釋氏要覽中三寶造像、金石萃編三九北朝造像諸碑總論。

【造獄】㊀特定之嚴刑。漢書七六王尊傳:"尊曰:'律無妻母之法,聖人所不忍書,此經所謂造獄者也。'"注:"非常刑名,造殺戮之法。"㊁興訟。宋陸游渭南文集三十跋義松:"然草木無知,造物無心,太平無象,其所感猶如此,則是邑之民,其有以不友不敬至庭造獄者乎?"

【造誼】創立新義。誼,通"義"。漢荀悅前漢紀孝成紀:"及至末俗,異端並生,諸子造誼以亂大倫,於是微言絕,羣議繆焉。"

【造請】往見。史記一二二趙禹傳:"禹爲人廉倨。爲吏以來,舍毋食客。公卿相造請禹,禹終不報謝。"漢書五九張湯傳:"其造請諸公,不避寒暑。"

【造膝】至於膝下,謂親近。三國志魏高堂隆傳上疏:"今陛下所與共坐廊廟治天下者,非三司九列,則臺閣近臣。皆腹心造膝,宜在無諱。"膝,也作"郄"。世說新語品藻:"郗嘉賓(超)道謝公(安),造郄雖不深徹而纏綿綸至。"

【造孽】本作"造業"。佛教以過去世之惡因爲今生之障礙者,謂之業障。俗作孽障。後來泛稱做惡事爲造孽,本此。

【造牓天】唐光啟二年,陸扆從僖宗幸山南,六月牓出,擢進士第。自後每盛暑,他學士輒戲曰:"造牓天也。"以譏扆進非其時。見新唐書一八三陸扆傳。

【造化小兒】戲指司命之神。唐杜審言病甚,宋之問、武平一等省候何如,答曰:"甚爲造化小兒相苦,尚何言!然吾在,久壓公等,今且死,固大慰;但恨不見替人。"見新唐書二〇一杜審言傳。

【造言生事】造謠生事。孟子萬章上"好事者爲之也"宋朱熹集注:"好事,謂喜造言生事之人也。"

透

1. tòu 他候切,去,候韻,透。ㄊㄡˋ

㊀跳。隋書音樂志下:"并二人戴竿,其上有舞,忽然騰透而換易之。"㊁通過,穿過。唐韓愈昌黎集一南山詩:"蒸嵐相澒洞,表裏忽通透。"㊂極。元詩選郝經陵川集青州山行:"酒散身逾困,饑透食有味。"㊃遍。水滸三一:"拿我解送孟州府里,强扭做賊,打招了,監在牢里;却得施恩上下使錢透了,不曾受害。"

2. shū 式竹切,入,屋韻,審。ㄕㄨ

㊄驚慌貌。方言:"透,驚也。……宋衛南楚凡相驚曰猲,或曰透。"文選晉左太沖(思)吳都賦:"驚透沸亂,牢落翬散。"

【透字】卽歇後。元李治敬齋古今黈拾遺二:"(漢)桓帝時,勃海王悝多不法,史弼上書事曰:'陛下隆於友于,不忍遏絕,爲害彌大。'據'隆於友于'一句,似不成語。今詞賦家用此等,謂之透字,俚俗人道此等,謂之歇後。"參見"歇後"。

【透索】跳索。唐段成式酉陽雜俎前集四鏡異:"婆羅遮,并服狗頭猴面,男女無晝夜歌舞,八月十五日,行像及透索爲戲。"近世有跳白索卽此。見淸翟灝通俗編三一俳優。

【透渡】渡過。元周密癸辛雜識上船吼:"甲戌歲,越中榮邸兩舫舟,忽有聲如牛吼,移時方止,俗謂之船吟,不祥之徵也。未幾,有透渡之禍。"透渡,指宋末元兵渡江事。

【透漏】洩露。金史僕散安貞傳:"(楊安兒)至雞鳴山不進,衛紹王驛召問狀,安兒乃曰:'……屯駐雞鳴山所以備間道透漏者耳。'"

【透徹】㊀通明。唐杜牧樊川集三題白蘋州詩:"溪光初透徹,秋色正淸華。"引申爲通體靈活之意。宋嚴羽滄浪詩話詩辯:"盛唐諸人,惟在興趣,羚羊掛角,無跡可求,故其妙處,透徹玲瓏,不可湊泊。"㊁熟悉深入。宋朱熹朱文公集六次劉彥集木犀韻詩三之一:"定觀極知先透徹,通心豈是故迎將。"朱子語類一二一朱子十八:"今公輩看文字,大概都有箇生之病,所以說得來不透徹。"

【透骨金】傳說漢武帝有透骨金,大如彈丸,凡物與之相近,便成金色。帝試以檀香屑共裹一處,置李夫人枕旁,及旦視之,香皆化爲金屑。見明周嘉胄香乘二引拾遺記。

【透劍門】唐軍中游戲名。大宴日,庭中設幄,編劍刃爲榱棟之狀。一人乘小馬至門,審度形勢,下鞭而進,錚焉聞劍動之聲,既過,人馬無傷。見唐趙璘因話錄六羽部。

【透額羅】透明之羅。全唐詩四二三元稹贈劉採春:"新粧巧樣畫雙蛾，謾裹常州透額羅。"

逢 1. féng 符容切，平，鐘韻，並。ㄈㄥˊ

㊀遭，遇到。詩邶風柏舟:"薄言往愬，逢彼之怒。"左傳宣三年:"故民入川澤山林，不逢不若。螭魅罔兩，莫能逢之。"㊁逢迎。見"逢君"。㊂大。楚辭屈原天問:"眩弟並淫，危害厥兄，何變化以作詐，後嗣而逢長？"參見"逢吉"。㊃通"麷"。周禮天官籩人"朝事之籩，其實麷蕡"漢鄭玄注:"今河間以北，煮穜麥賣之，名曰逢。"

2. fēng ㄈㄥ

㊄通"烽"。漢書五七下司馬相如傳:"大漢之德，逢涌原泉。"注:"逢讀曰㷭。言如㷭火之升，原泉之流也。"㷭，同"烽"。

3. péng 集韻 蒲蒙切，平，東韻。ㄆㄥˊ

㊅見"逢₃逢₃"。

4. páng 薄江切，平，江韻，並。ㄆㄤˊ

㊆姓。孟子離婁下夏有逢蒙，善射。左傳成二年齊有逢丑父。逢蒙之"逢"，荀子王霸、呂氏春秋具備、史記一二八龜策傳皆作"蠭"。自宋孫奭孟子音義作"逄"，集注相承。參閱清俞樾曲園雜纂三十。

【逢占】預測。漢書六五東方朔傳贊:"朔之詼諧，逢占射覆，其事浮淺，行於衆庶，童兒牧豎，莫不眩燿。"注:"逢占，逆占事，猶云逆刺也。"

【逢衣】儒者所服寬大之衣。亦作"縫衣"。荀子儒效:"逢衣淺帶，解果其冠，略法先王而足亂世。"列子黄帝:"孔子顧謂弟子曰:'用志不分，乃疑於神，其痀僂丈人之謂乎？'丈人曰:'汝逢衣徒也。'"參見"縫衣淺帶"。

【逢吉】大吉。書洪範:"身其康彊，子孫其逢吉。"清王引之謂當於"逢"字絶句，逢訓大，子孫其逢，猶言其後必大。然漢書九九上王莽傳有"所謂康强之占，逢吉之符也"文，是西漢已以"逢吉"連讀。參閱經義述聞三子孫其逢。

【逢君】迎合君主。孟子告子下:"長君之惡其罪小，逢君之惡其罪大。"

【逢迎】㊀迎接。戰國策燕三:"(田光)乃造焉，太子跪而逢迎，却行爲道，跪而拂席。"㊁衝擊。史記項羽紀:"於是大風從西北而起，折木發屋，揚沙石，窈冥晝晦，逢迎楚軍。楚軍大亂。"引申爲奉承。孟子告子下"逢君之惡其罪大"漢趙岐注:"逢，迎也。君之惡心未發，臣以諂媚逢迎而導君爲非，故曰罪大。"

【逢₄門】㊀古代善射者。即逢蒙。漢書藝文志有逢門射法二篇。參見"逢蒙"。㊁複姓。漢書古今人表有逢門子。唐顏師古謂即有窮君。

【逢俉】相逢而驚。史記天官書:"鬼哭若呼，其人逢俉。"索隱:"(俉)亦作'迕'，音同。"

【逢₃逢₃】㊀鼓聲。詩大雅靈臺:"鼉鼓逢逢，矇瞍奏公。"㊁升騰貌。墨子耕柱:"逢逢白雲，一南一北，一西一東。"

【逢₄孫】複姓。秦大夫逢孫之後。漢有隴西都尉逢孫依。見通志二七氏族三以邑爲氏。

【逢留】河名。即青海貴德縣境之黄河。東漢和帝永元五年，護羌校尉貫友，攻迷唐於大、小榆谷，夾逢留大河築城塢。此大河即黄河，河水至此，有逢留之名。參閱資治通鑑四八漢永元五年。

【逢掖】寬袖之衣，古代儒者所服。也作"縫掖"。掖，同"腋"。禮儒行:"(孔)丘少居魯，衣逢掖之衣；長居宋，冠章甫之冠。"注:"逢，猶大也，大掖之衣，大袂禪衣也。"後來用爲士人的代稱。後漢書四九王符傳:"時人爲之語曰:'徒見二千石，不如一縫掖。'言書生道義之交爲貴也。"

【逢處】所到之處。全唐詩六八六吳融途中見杏花:"一枝紅杏出牆頭，牆外行人更獨愁。長得看來猶有恨，可堪逢處更難留。"

【逢₄蒙】古代善射者。孟子離婁下:"逢蒙學射於羿，盡羿之道，思天下惟羿爲愈己，於是殺羿。"荀子王霸、史記一二八龜策傳作蠭門。漢書古今人表作逢門。

【逢澤】地名。一作蓬澤，又名逢池、蓬陂。左傳哀十四年:"逢澤有介麇焉。"史記秦紀:"(孝公)二十年，諸侯畢賀。秦使公子少官率師會諸侯逢澤，朝天子。"故址在今河南商丘縣。

【逢人説項】唐項斯始未聞名，因以詩作謁楊敬之，楊甚愛之，贈詩云:"幾度見詩詩盡好，及觀標格過于詩。平生不解藏人善，到處逢人説項斯。"未幾，詩達長安，斯明年擢上第。參閱唐李綽尚書故實、宋錢易南部新書甲。後謂到處讚揚別人好處或替人講情爲逢人説項。清徐枋居易堂集三與王生書:"若足下貿貿然逢人説項，是愛我者害我，譽我者毀我也。"

【逢場作戲】景德傳燈録六道一禪師:"鄧隱峯辭師，師云:'什麽處去？'對云:'石頭去。'師云:'石頭路滑。'對云:'竿木隨身，逢場作戲。'便去。"續傳燈録十二靈巖志愿禪師:"遇知音而隨佛事，在山野而別構清規，亦可竿木隨身，逢場作戲。"本謂江湖藝人於所止擇空場，用隨帶竿木，蒙巾幔成臺，當衆演奏。禪宗語録中多指悟道在心，不拘時地。後謂隨事應景，偶一爲之，爲逢場作戲。宋蘇軾分類東坡詩十二六觀堂老人草書:"逢場作戲三昧俱，化身爲醫忘其軀。"

逖 tì 他歷切，入，錫韻，透。ㄊㄧˋ

㊀遠。書牧誓:"逖矣！西土之人。"又多方:"我則致天之罰，離逖爾土。"㊁見"逖逖"。

【逖逖】憂懼貌。楚辭屈原九章悲回風:"吾怨往昔之所冀兮，悼來者之逖逖。"注:"逖逖，欲利貌也。"一本作"悐悐"。

逛 guàng 居往切，上，養韻，見。ㄍㄨㄤˋ

㊀走貌。見廣韻。㊁外出閒遊。紅樓夢六:"五六歲的孩子，聽見帶了他進城逛去，喜歡的無不應承。"

八畫

逯 lù 力玉切，入，燭韻，來。ㄌㄨˋ

㊀任意貌。淮南子精神:"渾然而往，逯然而來。"注:"逯，謂無所爲，忽然往來也。"㊁姓。逯，秦邑。以邑爲氏。西漢有蒙鄉侯逯並。見風俗通姓氏下。

逭 huàn 胡玩切，去，換韻，匣。ㄏㄨㄢˋ

逃避。書太甲:"天作孽，猶可違；自作孽，不可逭。"

【逭暑】避暑。新唐書一二五張説傳:"久視中，(武)后逭暑三陽宮，汔秋未還。"

迸 1. bèng 北諍切，去，諍韻，幫。ㄅㄥˋ

㊀噴涌。分裂。文選晉潘安仁(岳)寡婦賦:"口嗚噎以失聲兮，淚橫迸而霑衣。"世説新語方正:"桓大司馬(温)詣劉尹(惔)，卧不起，桓彎彈彈劉枕，丸迸碎牀褥間。"㊁奔散。後漢書三二樊宏傳附準:"時饑荒之餘，人庶流迸，家戶且盡。"

2. bǐng ㄅㄧㄥˇ

㊂排斥。通"屏"。禮大學:"唯聖人放流之，迸諸四夷，不與同中國。"

【迸散】奔散。宋鄭文寶南唐近事:"(何

敬洙)乃擲硯于石階之上，鏗然毀裂，羣豎迸散，無敢觀者。”宋詩鈔孔平仲清江集鈔日出：“輝光一迸散，夜氣埽若失。”

【迸竄】奔散。三國志魏公孫瓚傳注引典略表袁紹罪狀：“(董)卓既入雒，而主見質，紹不能權譎以濟君父，而棄置節傳，迸竄逃亡，忝辱爵命，背上不忠。”

逵 kuí 渠追切，平，脂韻，羣。
ㄎㄨㄟˊ

四通八達的道路。詩周南兔罝：“肅肅兔罝，施于中逵。”左傳宣十二年：“楚子圍鄭，……三月克之，入自皇門，至于逵路。”

逫 zhú 竹律切，入，術韻，知。
ㄓㄨˊ

見下。

【逫律】緩緩出氣貌。文選漢王子淵(褒)洞簫賦：“氣旁迕以飛射兮，馳散渙以逫律。”

逮 dài 徒耐切，去，代韻，定。
ㄉㄞˋ 特計切，去，霽韻，定。

㊀及。論語里仁：“古者言之不出也，恥躬之不逮也。”㊁逮捕。漢書五三常山憲王劉舜傳：“天子遣大行(張)騫驗問，逮諸證者，王又匿之。”注：“逮捕之。”㊂見“逮逮”。

【逮下】恩惠及於下人。詩周南樛木序：“樛木，后妃逮下也；言能逮下而無嫉妒之心焉。”

【逮捕】事相連及而並捕之。史記絳侯周勃世家：“其後有人上書告勃欲反，下廷尉，廷尉下其事長安，逮捕勃治之。”漢書高帝紀下九年：“行如雒陽，貫高等謀逆，發覺，逮捕高等。”

【逮逮】文雅安和貌。禮孔子閒居：“威儀逮逮，不可選也。”詩邶風柏舟作“棣棣”。參見“棣$_2$棣$_2$”。

【逮繫】追捕而拘囚。漢書刑法志：“齊太倉令淳于公有罪當刑，詔獄逮繫長安。”

逴 chuò 敕角切，入，覺韻，徹。
ㄔㄨㄛˋ 丑略切，入，藥韻，徹。

遠。史記一一一衛將軍驃騎傳：“取食於敵，逴行殊遠而糧不絕。”

【逴逴】遠貌。楚辭宋玉九辯：“春秋逴逴而日高兮，然惆悵而自悲。”

【逴龍】山名。一說神名。楚辭大招：“北有寒山，逴龍赩只。”注：“逴龍，山名也。……言北方有常寒之山，陰不見日，名逴龍。”宋洪興祖補注：“山海經大荒北經：西北海之外有章尾山，有神，身長千里，人面蛇身而赤，是燭九陰，是謂燭龍，疑此逴龍即燭龍也。”

【逴躒】超越。文選漢班孟堅(固)西都賦：“封畿之內，厥土千里，逴躒諸夏，兼其所有。”後漢書四十班彪傳附固作“逴犖”。

逷 tì 他歷切，入，錫韻，透。
ㄊㄧˋ

遠。同“逖”。詩大雅抑：“用戒戎作，用逷蠻方。”左傳襄十四年：“猶殺志也，豈敢離逷？”

逶 wēi 於爲切，平，支韻，影。
ㄨㄟ

彎曲貌。文選晉潘安仁(岳)笙賦：“脩橢內辟，餘簫外逶。”注：“逶，逶迤衺邪之貌。”

【逶迤】也作“逶移”、“逶地”、“逶蛇”、“委移”。㊀彎曲而延續不斷貌。淮南子泰族：“河以逶蛇故能遠，山以陵遲故能高。”史記八八蒙恬傳：“(長城)延袤萬餘里，於是渡河，據陽山，逶蛇而北。”㊁曲折宛轉貌。漢書禮樂志郊祀歌赤蛟：“要然逝，旗逶蛇。”後漢書八十下邊讓傳章華賦：“振華袂以逶迤，若遊龍之登雲。”㊂從容自得貌。後漢書五四楊秉傳尚書令周景等奏：“(楊秉周者)俱徵不至，誠違側席之望，然逶迤退食，足抑苟進之風。”

【逶隨】紆曲。楚辭漢王逸九思逢尤：“顧竭節兮隔無由，望舊邦兮路逶隨。”注：“委隨，迂遠也。近而障隔，則與遠同也。”

【逶遲】紆迴曲折貌。文選南朝梁江文通(淹)別賦：“舟凝滯於水濱，連逶遲於山側。”參見“倭遲”。

逸 yì 夷質切，入，質韻，喻。
ㄧˋ

㊀逃亡。左傳桓八年：“隨師敗績，隨侯逸。”㊁奔。左傳成二年：“馬逸不能止。”㊂釋放。左傳成十六年：“明日復戰，乃逸楚囚。”㊃安閒，無所用心。國語吳：“今大夫老，而又不自安恬逸，而處以念惡。”㊄隱退。見“逸士”、“逸民”。㊅放縱。書大禹謨：“罔遊于逸。”戰國策楚四：“莊辛謂楚襄王曰：‘君王……專淫逸侈靡，不顧國政，郢都必危矣！’”㊆散失。見“逸書”。㊇超絕。通“軼”。三國志蜀諸葛亮傳：“亮少有逸羣之才，英霸之器。”

【逸士】隱居之士。文選晉潘安仁(岳)西征賦：“悟山潛之逸士，卓長往而不反。”魏書有逸士傳。

【逸才】才智出衆的人。後漢書六十蔡邕傳：“太尉馬日磾馳往謂(王)允曰：‘伯喈曠世逸才，多識漢事，當續成後史，爲一代大典。’”伯喈，邕字。才，亦作“材”。魏書楊大眼傳：“自千載以來，未有逸材若此者也。”

【逸口】失言。書盤庚上：“相時憸民，猶胥顧于箴言，其發有逸口。”

【逸民】指避世隱居的人。亦作“佚民”。論語微子：“逸民：伯夷、叔齊、虞仲、夷逸、朱張、柳下惠、少連。”又堯曰：“興滅國，繼絕世，舉逸民，天下之民歸心焉。”後漢書有逸民傳，記野王二老等以下共十八人。

【逸史】正史以外的歷史記載。新唐書藝文志丙部小說家類有大中時人撰逸史三卷。

【逸足】快步。文選漢傅武仲(毅)舞賦：“良駿逸足，蹌捍凌越。”譬喻爲出衆的材能或才能出衆的人。三國志蜀龐統傳：“及當西還，並會昌門，陸績顧劭全琮皆往。統曰：‘陸子可謂駑馬有逸足之力，顧子可謂駑牛能負重致遠也。’”唐高適高常侍集七奉酬睢陽李太守詩：“逸足橫千里，高談注九流。”

【逸妻】避世隱居者之妻。文選晉郭景純(璞)遊仙詩：“漆園有傲吏，萊氏有逸妻。”注：“列女傳曰：‘萊子逃世，耕於蒙山之陽，或言之楚，楚王遂駕至老萊之門……妻曰：……妾不能爲人所制。投其畚而去，老萊乃隨而隱。’”

【逸居】安居。孟子滕文公上：“人之有道也，飽食暖衣，逸居而無教，則近於禽獸。”

【逸品】指超衆脫俗的工技或藝術創作。梁書武帝紀下：“六藝備閑，棋登逸品。”唐劉禹錫劉夢得集外集四酬樂天醉後狂吟十韻詩：“詩家登逸品，釋氏悟真筌。”

【逸珠】特異的珍珠。喻人的品德。文選晉劉越石(琨)答盧諶詩：“朝採爾實，夕捋爾竿，竿翠豐尋，逸珠盈椀。”注：“珠印以喻德也，逸謂過于衆類。”

【逸格】超俗的品格。唐李中碧雲集上懷王道者：“間思王道者，逸格世難羣。”

【逸書】指漢時所得二十九篇以外的尚書，即古文尚書。史記一二一伏生傳：“孔氏有古文尚書，而(孔)安國以今文讀之，因以起其家。逸書得十餘篇。”後來泛指經散失的古書。

【逸倫】超過同輩。文選晉顏延年(延之)赭白馬賦：“伊逸倫之妙足，自前代而間出。”

【逸雅】釋名的別稱。明郎奎金彙刻小學訓詁之書爲五雅，爾雅、小爾雅、廣雅、埤雅、釋名五種，因釋名無雅名，改稱逸雅。

【逸逸】往來有次序貌。詩小雅賓之初筵："鍾鼓既設，舉醻逸逸。"注："逸逸，往來次序也。"

【逸詩】指不見於詩經三百十一篇中的古詩。如茅鴟、唐棣之華之類。清桂馥札樸二逸詩："古者謠諺皆謂之詩，其采於道人者，如國風是也。未采者，傳聞里巷，凡周秦諸書引詩不在四家編內者，皆得之傳聞，故曰逸詩。"

【逸羣】超羣。後漢書六十下蔡邕傳釋誨："夫有逸羣之才，人人有優贍之智。"

【逸經】漢六經皆置博士，凡不在博士所習，出於民間流傳者，皆稱爲逸。漢書平帝紀元始五年："徵天下通知逸經、古記、天文、歷筭、鍾律、小學、史篇、方術、本草及以五經、論語、孝經、爾雅教授者，在所爲駕一封軺傳，遣詣京師。"

【逸罰】刑罰太過。國語周上："在盤庚曰：國之臧，則維女衆；國之不臧，則維余一人是有逸罰。"今書盤庚上作"佚罰"。

【逸豫】安樂。詩小雅白駒："爾公爾侯，逸豫無期。"書君陳："周公之猷訓，惟日孜孜，無敢逸豫。"新唐書伶官傳論："書曰：'滿招損，謙受益。'憂勞可以興國，逸豫可以亡身。"

【逸興】清閒脫俗的興致。唐王勃王子安集五滕王閣詩序："遥吟俯暢，逸興遄飛。"李白李太白詩十七送賀賓客歸越："鏡湖流水漾清波，狂客歸舟逸興多。"

【逸禮】儀禮十七篇以外的古文禮經，相傳有三十九篇，今佚。文選漢劉子駿(歆)移書讓太常博士："及魯恭王壞孔子宅，欲以爲宮，而得古文於壞壁之中，逸禮有三十九篇。"漢書八十儒林傳贊："平帝時，又立左氏春秋、毛詩、逸禮、古文尚書，所以罔羅遺失，兼而存之，是在其中矣。"

【逸聲】淫佚之聲。國語楚下："夫闔閭口不貪嘉味，耳不樂逸聲，目不淫於色，身不懷於安，……是故得民以濟其志。"

【逸周書】舊題汲冢周書。謂晉太康二年汲郡人得於魏安釐王冢中。然考漢魏人所著書，多引此書，當漢時已有，出於汲冢者，爲又一本。漢書藝文志有周書七十一篇。唐初僅存四十五篇，而今本有六十一篇，唯缺程寤解等十篇，當經後人竄補。清朱右曾有逸周書集訓校釋，以詳明見稱。

逷 zhōu 玉篇 職由切。ㄓㄡ

同"周"。今用於逷期、逷回之義，如一星期稱一逷。

進 jìn 即刃切，去，震韻，精。ㄐㄧㄣˋ

㊀就其所處的地位向上、向前皆稱進。退之反。詩大雅常武："進厥虎臣，闞如虓虎。"列子湯問："迴旋進退，莫不中節。"㊁行。周禮考工記輪人："進而眡之，欲其微至也。"㊂引薦。禮儒行："程功積事，推賢而進達之。"㊃奉上。禮曲禮上："侍飲於長者，酒進則起。"文選戰國楚宋玉高唐賦："進純犧，禱琁室。"㊄收入的錢財。通"賮"、"贐"。史記高祖紀："蕭何爲主吏，主進。令諸大夫曰：'進不滿千錢，坐堂下。'"㊅竭盡。通"盡"。列子黃帝："竭聰明，進智力。"

【進士】禮王制："大樂正論造士之秀者，以告於王而升諸司馬，曰進士。"指可以進授爵祿之人。至隋大業中乃以進士爲取士科目，唐宋因之。唐制，應舉者謂之舉進士，試畢放榜合格者曰成進士，凡試於禮部，皆謂之進士。明清時，舉人會試中式，殿試一甲三名，賜進士及第，二甲賜進士出身，三甲賜同進士出身，通稱進士，凡列銜皆先書賜進士及第或出身。參閱清顧炎武日知錄進士、又十七出身授官、清趙翼陔餘叢考二八進士。

【進止】㊀進退舉止。漢書八三薛宣傳："宣爲人好威儀，進止雍容，甚可觀也。"玉臺新詠古詩爲焦仲卿妻作："奉事循公姥，進止敢自專。"㊁進退，去留。晉書呂光載記："光於是大饗文武，博議進止。"㊂唐人奏劄或面對言取進止，指所奏之事或進或止，請皇帝處分。參閱宋吳曾能改齋漫錄一奏御劄子稱進止、岳珂愧郯錄二。

【進用】㊀財用。史記八五呂不韋傳："子楚，秦諸孽孫，質於諸侯，車乘進用不饒。"索隱："進者，財也，古字假借之也。"㊁提拔任用。漢書八一孔光傳對問："退去貪殘之徒，進用賢良之吏。"

【進呈】貢獻。宋史職官志五："元豐三年，詔自今奉舉大學博士，先以所業進呈。"

【進步】向上或向前。景德傳燈錄十招賢大師："百丈竿頭須進步，十方世界是全身。"引申爲好的發展。宋朱熹朱文公集四七答呂子約書："若更主張調停兩字，正是以水濟水，竊恐昏昧隘促，轉見無進步也。"

【進取】努力向前，有所作爲之意。論語子路："狂者進取，狷者有所不爲也。"疏："狂者進取於善道，知進而不知退。"

【進春】清制，立春先一日，豫設春山寶座芒神土牛各案於禮部，屆日各官俱朝服，生員俱頂戴公服，自部舁案，天文生引導，由東長安左門、天安門、端門各中門入，至午門前，恭進於皇帝皇后，謂之進春。見清會典三一五禮部授時。

【進香】焚香敬禮。宋趙升朝野類要一進香："北宮聖節及生辰，必前十日車駕詣殿進香。"

【進孰】進浮誇之言。漢書六一張騫傳："漢使往既多，其少從率進孰於天子，言大宛有善馬在貳師城。"注："進孰者，但空進成孰之言。"

【進畫】進呈文書由皇帝書行。資治通鑑二一七唐天寶十四年："安祿山使副將何千年入奏，請以蕃將三十二人代漢將，上命立進畫，給告身。"注："進畫者，命中書爲發日敕，進請御畫而行之。"

【進賢】㊀薦引賢能之士。周禮天官大宰："以八統詔王馭萬民，一曰親親，二曰敬故，三曰進賢。"國語晉九："獻能而進賢，擇材而薦之。"㊁星名。隋書天文志："平道西一星曰進賢，主卿相舉逸才。"㊂縣名。屬江西省。宋崇寧二年以南昌縣進賢鎮置，明清皆屬南昌府。參閱宋史地理志四隆興府、嘉慶一統志三〇八南昌府一。

【進學】㊀使學有進益。禮學記："善待問者如撞鐘，……不善答問者反此，此皆進學之道也。"唐韓愈昌黎集十二有進學解。㊁科舉時，童生應歲試，錄取入府縣學肄業，稱爲進學。進學的童生稱秀才。儒林外史二："比如童生進了學，不怕十幾歲，也稱爲'老友'；若是不進學，就到八十歲，也還稱'小友'。"

【進爵】提升封號。漢班固白虎通考黜："書所言三考黜陟者，謂爵土異也，小國考之有功，增土進爵。"

【進奏院】周制，方伯朝天子，有湯沐之邑。見禮王制。漢郡國在京師有朝宿之舍曰邸。唐藩鎮皆在京師置邸，稱上都留後院。大曆十二年改爲上都知進奏院，置有進奏官，掌章奏、詔令及各種文書的投遞、承傳。後由朝官監領。宋沿唐制。參閱唐柳宗元柳先生集二六邠寧進奏院記、文獻通考六十職官十四六院四轄。

【進退格】律詩用韻的一種格式。即採用兩個相近的韻部來押韻，隔句遞換用韻，一進一退，亦稱進退韻。宋王邁臞軒集十四有賀許宰伯詡再考詩，注進退韻，用韻由豪至歌，即首聯用豪，次聯用歌，三聯又用豪，四聯又用歌，他倣此。

【進善旍】傳說帝堯所置，用以激勸進

善言的旗。亦稱告善旌。大戴禮保傅:"於是有進善之旍,有誹謗之木。"注:"堯置之,令進善者立於旍下也。"參見"告善旌"。

【進賢車】古安車,周制,致仕之老者乘之。自漢迄宋,歷代因之。見宋高承事物紀原二進賢車。

【進賢冠】古時儒者所戴之緇布冠。漢制,公侯三梁,中二千石以下至博士兩梁,自博士以下至小吏私學弟子皆一梁。以梁數分別貴賤。歷代因之,元以後其制始廢。參閱後漢書輿服志下、宋高承事物紀原三進賢冠。

進賢冠

【進寸退尺】喻所得者少而所失者多。老子:"用兵有言,吾不敢爲主而爲客,不敢進寸而退尺。"唐韓愈昌黎集十五上兵部李侍郎書:"薄命不幸,動遭讒謗,進寸退尺,卒無所成。"

【進奉門户】勒索入市農民的一種法外雜稅。唐韓愈昌黎集外集七順宗實錄二:"貞元末,以宦者爲使,抑買人物,稍不如本估,末年不復行,文書置白望數百人於兩市,……其論價之高下者,率用百錢物,買人直數千錢物,仍索進奉門户幷脚價錢,將物詣市,至有空手而歸者,名爲宫市,而實奪之。"

【進退維谷】進退兩難。詩大雅桑柔:"人亦有言,進退維谷。"傳:"谷,窮也。"宋司馬光温國文正公集十七辭修注第五狀:"臣之情亦極矣,臣之辭亦殫矣,雖欲重復稱引,無以復加,而朝廷以臣微賤,終不之聽,臣晝夜憂悸,無以自存,俯仰三思,進退維谷。"

【進旅退旅】共進共退,整齊劃一之意。禮樂記:"今夫古樂,進旅退旅。"注:"旅,猶俱也。俱進俱退,言其齊一也。"參見"旅進旅退"。

九畫

遊 yóu 以周切,平,尤韻,喻。ㄧㄡˊ

㊀遨遊。也作"游"。書大禹謨:"罔遊于逸,罔淫于樂。"㊁樂。孟子梁惠王下:"夏諺曰:吾王不遊,吾何以休。"㊂遊觀之所。禮王制:"九十飲食不離寢,膳飲從於遊可也。"㊃行走。禮曲禮上:"遊毋倨,立毋跛,坐毋箕,寢毋伏。"㊄遊說。孟子盡心上:"子好遊乎?吾語子遊。"㊅交友,往來。禮曲禮上:"交遊稱其信也。"

【遊子】離家遠遊的人。也作"游子"。文選古詩十九首之十六:"涼風率已厲,遊子寒無衣。"參見"游子㊀"。

【遊刃】"遊刃有餘"的省縮,比喻專精。南朝梁慧皎高僧傳四竺法義:"深(公)見其幼而穎悟,勸令出家,於是棲志法門,從深受學,遊刃衆典,尤善法華。"唐柳宗元柳先生集二二送苑論登第後歸覲詩序:"覩其掉鞅于術藝之場,遊刃乎文翰之林,……甚可壯也。"參見"遊刃有餘"。

【遊方】僧人修行問道,周遊四方。南朝梁慧皎高僧傳七釋慧觀:"十歲便以博見馳名,弱年出家,遊方受業。"唐賈島長江集九送靈應上人詩:"遍參尊宿遊方久,名岳奇峯問此公。"

【遊目】目光轉動,隨意瞻望。儀禮士相見禮:"若父則遊目毋上於面,毋下於帶。"楚辭屈原離騷:"忽反顧以遊目兮,將往觀乎四荒。"

【遊仙】脱離塵俗,遊心仙境。晉何劭郭璞都有遊仙詩。見文選二一。至唐曹唐作遊仙詩及小遊仙詩,改變格調,後來遊仙之作,多敍兒女情懷及仙人遊戲人間之事。

【遊冶】遊蕩娛樂。唐李白李太白詩四採蓮曲:"岸上誰家遊冶郎,三三五五映垂楊。"後來多指追求聲色,尋歡作樂。唐宋諸賢絶妙詞選二宋歐陽修蝶戀花春晚:"玉勒雕鞍遊冶處,高樓不見章臺路。"

【遊牧】居無定處,逐水草而居,以畜牧爲生。清張穆有蒙古遊牧記一書。

【遊宦】異鄉爲官,遷轉不定。文選晉陸士衡(機)赴洛詩之二:"羈旅遠遊宦,託身承華側。"宋陸游劍南詩稿七五閒中戲賦村落景物:"遊宦才能薄,還山日月長。"

【遊軍】㊀客軍,可作策應之用者。三國志魏荀攸傳:"攸言於太祖(曹操)曰:(張)繡與劉表相恃爲彊,然繡以遊軍仰食於表,表不能供也,勢必離。"㊁無固定防地,流動出擊的軍隊。宋書武帝紀上:"又以輕騎爲遊軍。軍令嚴肅,行伍齊整。"梁書武帝紀下大同七年:"又復多遣遊軍,稱爲遏防,姦盜不止,暴掠繁地。"

【遊春】遊覽春景。漢蔡邕有琴曲遊春。唐王維有遊春曲遊春辭。見樂府詩集五九。唐詩紀事十三賈曾奉和春日出苑矚目應令:"彤闈曉闢問安迴,金輅遊春博望開。"

【遊食】不務農而食。宋書文帝紀元嘉二十年詔:"遊食之徒,咸令附業,考覈勤惰,行其誅賞,觀察能殿,嚴加黜陟。"參見"游食㊀"。

【遊俠】敢於反抗,不顧社會秩序,救人急難的人。史記一二四遊俠傳序:"今遊俠,其行雖不軌於正義,然其言必信,其行必果,已諾必誠,不愛其軀,赴士之阨困,……蓋亦有足多者焉。"

【遊氣】㊀浮動的雲氣。晉書天文志中:"凡遊氣蔽天,日月失色,皆是風雨之候也。"㊁猶喘氣。元史一五七郝經傳東師議:"遺黎殘姓,游氣驚魂,虔劉劘盪,殆欲殲盡。"

【遊絃】曲調名。文選晉嵇叔夜(康)琴賦:"飛龍鹿鳴,鵾雞遊絃,更唱迭奏,聲若自然。"宋書戴顒傳:"衡陽王義季鎮京口,……(顒)爲義季鼓琴,並新聲變曲,其三調遊絃廣凌止息之流,皆與世異。"

【遊惰】遊嬉不務正業。南史孔靖傳:"及帝定桓玄,以季恭爲會稽内史,……季恭到任,釐整浮華,翦罰遊惰,由是境内肅清。"季恭,靖字。

【遊絲】㊀蜘蛛或其他蟲類所吐之絲,飛揚於空者,稱遊絲。玉臺新詠九南朝梁沈約會圃臨春風詩:"遊絲暖如烟,落花雰如霧。"魏書袁翻傳思歸賦:"錯翻花而似繡,網遊絲其如織。"㊁繚繞的爐煙。唐杜甫杜工部草堂詩箋十二宣政殿退朝晚出左掖:"宫草微微承委珮,爐煙細細駐遊絲。"

【遊預】見"遊豫"。

【遊魂】㊀遊散之魂。易繫辭上:"精氣爲物,遊魂爲變。"唐杜甫杜工部草堂詩箋九哀江頭:"明眸皓齒今何在?血汚游魂歸不得。"㊁似鬼魂遊動不定。宋書劉勔傳對:"(賈)元友又云:虜圍逼汝陰,遊魂二歲,爲張景遠所挫,不敢渡淮。"

【遊蜂】遊動之蜂。宋蘇軾蘇文忠詩合注十五堂後白牡丹詩:"何似後堂冰玉潔,遊蜂非意不相干。"

【遊樹】浮柱。一説斜柱。文選漢司馬長卿(相如)長門賦:"羅丰茸之遊樹兮,離樓梧而相撐。"

【遊歷】猶遊覽。世説新語簡傲:"王子敬(獻之)自會稽經吳,聞顧辟疆有名園,先不識主人,徑往其家,值顧方集賓友酣燕,而王遊歷既畢,指麾好惡,傍若無人。"今稱去外地周覽考察爲遊歷。

【遊豫】遊樂。孟子梁惠王下:"吾王不遊,吾何以休,吾王不豫,吾何以助;一遊一豫,爲諸侯度。"注:"言王者巡狩觀民,其行從容,若遊若豫;豫亦遊也,遊亦豫也。"文選晉盧子諒(諶)贈崔温詩:"逍遥步城隅，暇日聊遊豫。”也作“遊預”。唐白居易長慶集五二和三月三十日四十韻：“仙亭日登眺，虎丘時遊預。”

【遊講】出遊講授。北史熊安生傳：“安生在山東時，歲歲遊講，從之者傾郡縣。”

【遊戲】嬉笑娛樂。韓非子難三：“或曰：管仲之所謂言室滿室，言堂滿堂者，非特謂遊戲飲食之言也，必謂大物也。”樂府詩集四六晉緑珠懊儂歌：“黄牛細犢車，遊戲出孟津。”

【遊藩】仕於諸侯王府。陳書虞寄傳：“(陳)文帝曰：所以暫屈卿遊藩者，非止以文翰相煩，乃令以師表相事也。”

【遊辭】題外的話。世説新語文學：“殷中軍(浩)嘗至劉尹(惔)所清言，殷理小屈，遊辭不已，劉亦不復答。”參見“游辭㊀。”

【遊子吟】樂府雜曲歌辭名。文選漢蘇子卿(武)詩：“幸有弦歌曲，可以喻中懷，請爲遊子吟，泠泠一何悲。”唐孟郊顧況等遊子吟，本此。宋劉義恭有遊子移，意與此同。並見樂府詩集六七。

【遊女曲】樂府江南弄曲名。南朝梁武帝(蕭衍)製。見樂府詩集五十引古今樂録。

【遊仙枕】相傳唐玄宗時，龜茲國貢獻一枕，色如瑪瑙，温潤如玉，製作樸素。枕之則十洲、三島、四海、五湖，盡入夢中，因命名爲遊仙枕。見後周王仁裕開元天寶遺事上。宋劉克莊後村集十九和季弟韻詩：“俗中安得遊仙枕，世上原須使鬼錢。”

【遊仙磬】傳説中的磬名。文苑英華七一梁簡文帝(蕭綱)箏賦：“洞陰之石，范女有遊仙之磬焉。”按舊題漢班固漢武帝内傳云，王母命侍女范成君，擊湘陰之磬。

【遊弈使】唐武官名。資治通鑑二〇九唐景龍二年：“以左玉鈐衛將軍論弓仁爲朔方軍前鋒遊弈使，戍諾真水爲邏衛。”注：“遊弈使，領遊兵以巡弈者也……杜佑曰：遊弈，於軍中選驍勇諳山川、泉井者充，日夕邏候於亭障之外，捉生問事。”

【遊俠曲】樂府雜曲歌辭名。樂府詩集六七：“魏志曰：楊阿若後名豐，字伯陽，少遊俠，常以報仇解怨爲事。故時人爲之號曰：‘東市相斫楊阿若，西市相斫楊阿若。’後世遂有遊俠曲。”

【遊山玩水】出行賞覽自然風景。宋朱熹朱文公集二六與陳師中書：“素聞月二十七日受代，即日出城，遊山玩水。”明俞汝楫禮部志稿二四學校學規萬曆三年：“亦不許招邀詩酒朋友，遊山玩水，致啟倖門，妨廢公務。”

【遊刃有餘】莊子養生主：“彼節者有間，而刀刃者無厚；以無厚入有間，恢恢乎其於遊刃必有餘地矣。”言庖丁善於解牛，雖在骨節之間，而刀刃遊行有餘地。後多比喻才力優良，善於治事。明張居正張文忠集書牘一答御史顧公曰唯：“惟公端亮之節，冠於臺表，比者一二注措，尤協輿情。太阿發硎，虚以運之，遊刃有餘地矣。”

【遊手好閒】遊蕩懶散，不務正業。元曲選(蕭德祥)殺狗勸夫楔子：“我打你個遊手好閒，不務生理的弟子孩兒。”閒，也作“閑”。五代史平話梁：“各自少年不肯學習經書，專事遊手好閑。”

【遊增地獄】佛書稱八熱八寒爲大地獄。八大熱一一各有十六小地獄。以一獄城之四面門外，各有爐煨增、屍糞增、鋒刃增、烈河增之四處，是名十六遊增地獄。八大熱合爲一百二十八遊增。有罪業的衆生死後遊此，倍增苦惱，故曰遊增。見俱舍論十一。

運 yùn 王問切，去，問韻，于。ㄩㄣˋ

㊀轉動。易繫辭上：“日月運行，一寒一暑。”㊁搬運。三國志蜀諸葛亮傳：“(建興)九年，亮復出祁山，以木牛運，糧盡退軍。”㊂運用。三國魏嵇康嵇中散集四答難養生論：“或運智御世，不嬰禍故。”㊃地之南北距離曰運。國語越上：“句踐之地，……廣運百里。”注：“東西爲廣，南北爲運。”㊄氣數，運氣。漢書高帝紀贊：“漢承堯運，德祚已盛。”參見“運命”。

【運寸】週圍一寸。莊子山木：“莊周遊乎雕陵之樊，覩一異鵲自南方來者，翼廣七尺，目大運寸。”注：“運寸，司馬云：可回一寸也。”唐段成式酉陽雜俎前集五詭習：“懷中出竹一節及小鼓，規纔運寸。”

【運日】鴆鳥。楚辭屈原離騷：“吾令鴆爲媒兮”漢王逸注：“鴆，運日也。”國語魯上“使醫鴆之”三國吴韋昭解：“鴆，鳥也，一名運日，其羽有毒，漬之酒而飲之，立死。”

【運用】靈活變通以用之。文選晉袁彦伯(宏)三國名臣序贊：“公達(荀攸)潛朗，思同蓍蔡，運用無方，動攝羣會。”宋史三六五岳飛傳：“陣而後戰，兵法之常，運用之妙，存乎一心。”

【運河】大運河，古代通南北漕運之河。水源於山東之汶河，至南旺分南北流。南流經江蘇至浙江杭州市；北流至河北通縣。全長二千餘里。春秋末吴王夫差開鑿邗溝，歷隋、唐、北宋皆曾興工續鑿，至元仁宗時成爲溝通海河、黄河、淮河、長江、錢塘江五大水系的大運河。清咸豐五年黄河改流北徙出海，汶水隨而東流，運河漸次涸竭，黄河以北至臨清段已成平陸。參閲讀史方輿紀要一二九漕河。

【運命】命運。宋書羊玄保傳：“太祖嘗曰：‘人仕宦非唯須才，然亦須運命，每有好官缺，我未嘗不先憶羊玄保。’”文選著録有三國魏李蕭遠(康)運命論。

【運祚】國運福祚，猶世運。唐韓愈昌黎集三九論佛骨表：“漢明帝時始有佛法，明帝在位纔十八年耳，其後亂亡相繼，運祚不長。”

【運軍】漕運之軍。明永樂間興支運法，始用衛軍助民運，後漸爲軍民並運。至成化間，又定官軍長運之制。清沿用，定緑旗兵制，以屬於漕運總督之各衛所，專管分幫領運，稱爲運軍，亦稱旗丁。清會典事例二〇五漕運僉選運軍：“順治九年覆准，舊例用黄快船以運貨物，設運船以輓漕糧，遞年運軍苦於運糧，每多竄入黄快丁。”又：“(康熙)二十五年議准，各省衛所運軍，舊例每船自十名至十一二名不等；今酌定每船額設十名，各省一例僉差。”

【運商】販運和經銷食鹽的商人。清會典事例二二四鹽法河東：“(道光)十七年議准，河東池鹽，運商掣鹽，由東中西三禁門而出，每門每日止准出鹽二十五名。”

【運動】㊀轉動運行。古文苑二漢董仲舒雨雹對：“運動抑揚，更相動薄。”漢陸賈新語慎微：“因天時而行罰，順陰陽而運動。”㊁猶運用。後漢書三四梁統傳論：“夫宰相運動樞極，感會天人，中於道則易以興政，乖於務則難乎御物。”

【運遇】遭遇。文選晉向子期(秀)思舊賦：“託運遇於領會兮，寄餘命於寸陰。”

【運爲】行爲。猶言云爲。北齊顔之推顔氏家訓教子：“吾見世間，無教而有愛，每不能然；飲食運爲，恣其所欲，恣其所欲，宜誡翻奬，應訶反笑。”

【運筆】㊀書法用語，指運腕用筆。唐張彦遠法書要録二梁武帝答陶弘景書：“夫運筆邪，則無芒角；執手寬，則書緩弱。”㊁動筆寫作。北史陳元康傳：“元康於壇下作軍書，颯颯運筆，筆不及凍，俄傾數紙。”

【運智】猶言使用計謀。宋詩鈔石介徂徠詩鈔觀棋：“運智奇復詐，用心險且傾。”

【運褭】迴旋繚繞。文選漢馬季長(融)長笛賦:"運褭穿妆,岡連嶺屬。"注:"運褭,迴旋相纏也。"

【運會】㊀時勢。文選晉羊叔子(祜)讓開府表:"今臣身託外戚,事遭運會,誠在過寵,不患見遺。"㊁術數家計年,以三十年爲一世,十二世爲一運,三十運爲一會,十二會爲一元。見宋邵雍皇極經世書觀物内篇十一。

【運腳】運費。唐大詔令集一一一關内庸調折變粟米敕:"江淮等苦變造之勞,河路增轉輸之弊,每計其運脚,數倍加錢。"

【運漕】由水路運糧。三國志魏鄧艾傳:"艾以爲田良水少,不足以盡地利,宜開河渠,可以引水澆溉,大積軍糧,又通運漕之道。"晉書成帝紀咸和六年:"以運漕不繼,發王公已下千餘丁,各運米六斛。"

【運數】命運,氣數。唐白居易長慶集一薛中丞詩:"況聞善人命,長短繫運數。"舊唐書八八韋嗣立傳上疏:"夫水旱之災,關之陰陽運數,非人智力所能及也。"

【運輸】轉運輸送。史記一一七司馬相如傳諭巴蜀檄:"郡又擅爲轉粟運輸,皆非陛下之意也。"

【運甓】搬運磚瓦以自勵。晉書陶侃傳:"侃在(荆)州無事,輒朝運百甓於齋外,暮運於齋内。人問其故,答曰:'吾方致力中原,過爾優逸,恐不堪事。'"

【運斤成風】言技藝入神。莊子徐无鬼:"郢人堊慢其鼻端,若蠅翼,使匠石斲之;匠石運斤成風,聽而斲之,盡堊而鼻不傷。"

【運籌帷幄】在室内謀畫戰事。漢書高帝紀下五年:"夫運籌帷幄之中,決勝千里之外,吾不如子房(張良)。"史記高祖紀幄作"帳"。

【運籌畫策】策畫謀略。史通言語:"逮漢魏已降,周隋而往,世皆尚文,時無專對。運籌畫策,自具於章表;獻可替否,總歸於筆札。"

遍 biàn 方見切,去,線韻,幫。ㄅㄧㄢ

㊀周徧。同"徧"。荀子性惡:"足可以遍行天下,然而未嘗有能遍行天下者也。"㊁一次爲一遍。三國志魏賈逵傳注引魏略:"最好春秋左傳,及爲牧守,常自課讀之,月常一遍。"㊂曲調曰遍。唐元稹長慶集二四連昌宫詞:"逡巡大遍涼州徹,色色龜茲轟録續。"參見"大遍"。

道 1. dào 徒晧切,上,晧韻,定。ㄉㄠ

㊀道路。詩小雅大東:"周道如砥,其直如矢。"㊁方法,技藝。論語里仁:"富與貴,是人之所欲也;不以其道得之,不處也。"又子張:"雖小道,必有可觀者焉。"㊂規律,事理。易説卦:"是以立天之道曰陰與陽,立地之道曰柔與剛,立人之道曰仁與義。"莊子養生主:"庖丁釋刀對曰:臣之所好者道也,進乎技矣。"㊃思想,學説。不同學者、學派賦予道的含意各不相同。論語里仁:"吾道一以貫之哉。"孟子滕文公上:"從許子之道,則市賈不貳,國中無僞。"㊄説。論語憲問:"夫子自道也。"孟子梁惠王上:"仲尼之徒無道桓文之事者,是以後世無傳焉。"㊅先秦諸子有道家,魏晉以後有道教,省稱道。見"道家"、"道教"。㊆祭路神。禮曾子問:"道而出,告者五日而徧。"清孫希旦集解:"道,祭行道之神於國城之外也。"㊇古代行政區劃名。漢零陵廣漢越巂武都隴西天水等有少數民族聚居的郡所設的縣,後指一般行政單位。唐分全國爲十道。清代在省與州、府之間設道。參閲漢書百官公卿表上、舊唐書地理志一。㊈量詞。唐元稹長慶集十七望喜驛詩:"子規驚覺燈又滅,一道月光横枕前。"㊉姓。春秋楚有大夫道朔,北史齊有道榮。參閲明陳士元姓觿六。

2. dǎo 集韻 大到切,去,号韻。ㄉㄠ

⑪疏通。書禹貢:"九河既道。"左傳襄三一年:"大決所犯,傷人必多,吾不克救也。不如小決使道。"⑫引導。論語學而:"道千乘之國,敬事而信,節用而愛人,使民以時。"釋文:"道本或作導。"

【道人】㊀方士,有道術的人。漢書七五京房傳:"道人始去,寒,涌水爲災。"注:"道人,有道術之人也。"㊁六朝時僧人的别稱。世説新語言語:"竺法蘭在簡文坐,劉尹(惔)問:'道人何以在朱門?'答曰:'君自見其朱門,貧道如游蓬户。'"後也指道教徒。參閲清錢大昕十駕齋養新録十九道人道士之别。

【道力】指宗教教徒修道的功力。楞嚴經一:"阿難見佛,頂禮悲泣,恨無始來,一向多聞,未全道力。"藝文類聚七十南朝梁元帝(蕭繹)香爐銘:"孰云道力,慈悲所薰。"

【道亡】南朝梁鼓吹曲名。沈約作。隋書音樂志上:"第四,漢曲上之回改爲道亡,言東昏(侯)喪道,義師起樊鄧也。"

【道士】㊀有道之士。漢董仲舒春秋繁露循天之道:"古之道士有言曰,將欲無陵,固守一德。"㊁方士。漢書九九下王莽傳:"衛將軍王涉素養道士西門君惠。君惠好天文讖記。"參閲初學記二三道士。㊂僧徒。法苑珠林七六咒術感應緣:"(石)勒後因忿,欲害諸道士,並欲苦(圖)澄。"宗密盂蘭盆經疏下:"佛教初傳此方,呼僧爲道士。"㊃道教的教徒。南史沈約傳:"乃呼道士奏赤章於天,稱禪代之事,不由己出。"

【道山】㊀後漢書二三竇融傳附竇章:"是時學者稱東觀爲老氏臧室,道家蓬萊山。"後來以道山借喻爲人文薈萃之地,猶言儒林、文苑。宋黄庭堅豫章集三和答子瞻和子由常父憶館中故事詩:"天網極恢疎,道山非簿領。"㊁仙山。舊時稱人死爲歸道山。宋釋惠洪冷齋夜話七:"東坡(蘇軾)遷儋耳,久之天下盛傳子瞻已仙去矣。後七年北歸,……東坡至南昌,太守云:世傳端明已歸道山,今尚爾遊戲人間耶。"

【道心】㊀猶言道德觀念。荀子解蔽:"故道經曰:人心之危,道心之微。"僞古文尚書大禹謨作"人心惟危,道心惟微"。參見"十六字"。㊁悟道之心。唐王建詩三題東華館:"白髮道心熟,黄衣仙骨輕。"

【道₂引】㊀古代一種養生術。同"導引"。莊子刻意:"吹呴呼吸,吐故納新,熊經鳥申,爲壽而已矣。此道引之士,養形之人,彭祖壽考者之所好也。"史記留侯世家:"留侯性多病,卽道引不食穀。"參見"導引㊀"。㊁在前引導。周禮夏官太僕"王出入,則自左馭而前驅"漢鄭玄注:"前驅,如今道引也。"

【道布】祭祀所設之巾。周禮春官司巫:"祭祀,則共匰主,及道布,及葙館。"注:"道布者,爲神所設巾。"

【道右】官名。王出入,則持馬陪乘。見周禮夏官。

【道生】公元355—434年。卽竺道生。東晉時高僧,鉅鹿人,寓居彭城。本姓魏,幼從竺法汰出家,改姓竺。南朝宋義熙七年入廬山,幽棲七年,與慧遠等十八人結白蓮社。後入長安,受學於鳩摩羅什。道生精研羣經,著有二諦論、佛性常有論、法身無色論、佛無淨土論等。佛家故事,稱道生曾於虎丘山豎石爲聽徒,講涅槃經,羣石皆爲點頭。參閲南朝梁釋慧皎高僧傳七竺道生、宋陳舜俞廬山記三十八賢傳。

【道安】公元314—385年。東晉時高僧,本姓衛。常山扶柳人。十二歲出家,受業於佛圖澄。晉武帝時，避亂，率弟子慧遠等四百餘人至襄陽立檀溪寺，鑄佛像，宣揚佛法。居十五年，前秦苻堅攻取襄陽，送往長安。安以一切諸法本性空寂，主張本無之説，注般若道行密迹安般諸經。前此僧人出家，多隨師姓，安謂師莫如佛，僧應以釋爲氏，遂爲佛門永式。弟子中以立浄土宗之慧遠最著名。參閲南朝梁釋慧皎高僧傳五釋道安、出三藏集記十五。

【道州】地名。漢屬零陵郡地。三國吳分零陵置營陽郡，南朝梁改爲永陽郡，隋并其地爲永州。唐貞觀間改爲道州。元改路，明復爲州，清屬永州府。公元1913年改爲縣，屬湖南省。今在湖南道縣。參閲寰宇通志五八永州府。

【道地】㊀代人疏通，以留餘地。漢書九十田延年傳："丞相議奏延年'主守盜三千萬，不道。'霍將軍(光)召問延年，欲爲道地。"注："爲之開通道路，使有安全之地也。"㊁真實，真正。多指產品。元湯顯祖牡丹亭三四詗藥："好道地藥材。"舊時藥店招牌多注明"道地藥材"。亦稱"地道"。參閲清顧張思土風録十道地。

【道光】㊀道德的光輝。晉書汝南王亮傳史臣曰："有晉欝興，載崇藩翰，分茅錫瑞，道光恒典。"㊁清愛新覺羅·旻寧(宣宗)年號。公元1821—1850年。

【道君】道教所稱的仙尊。宋徽宗自號教主道君皇帝。見宋史徽宗紀四。時人稱徽宗爲道君。

【道車】古天子御車之一。周禮夏官道右："掌前道車。"注："道車，象路也。王行道德之車。"儀禮既夕禮："道車載朝服。"注："道車，朝夕及燕出入之車。"參見"象路"。

【道官】掌道教之官。隋設威儀道官。五代後周有道録，宋明因之。清代道官，在京稱道録司，在外府稱道紀司。內外僧道官，專管全國僧道。道光年間，京城分設僧官、道官。參閲清通典三九職官十七、清文獻通考八八職官十二、清會典事例十八吏部官制。

【道門】㊀入道之門。漢嚴遵道德指歸論一："静爲虛户，虛爲道門。"㊁指道家、道教。元夏文彥圖繪寶鑑三："道士李八師，邛州依政人，工畫道門尊像。"明張羽静居集五僧君寒夜詩之一："山木蕭條啼鳥歇，道門清淨俗人稀。"

【道具】佛家應用器物的通名。景德傳燈録六禪門規式："依夏次安排，設長連牀、施椸架、挂搭道具。"宋釋贊寧僧史略上服章法式："今僧盛戴竹笠，禪師則蔓笠，及持澡罐漉囊錫杖戒刀斧子針筒，此皆爲道具也。"今稱戲劇演出時所用的設備、器具爲道具。

【道宣】公元596—667年。唐時高僧，丹徒人。本姓錢。十六歲落髮。隋大業中從智首法師受具戒。唐武德中，爲西明寺上座。玄奘三藏從西域還，宣奉敕入譯場與譯事。撰有行事鈔、戒疏、義抄、續高僧傳、廣弘明集等二百餘卷。以其居終南山最久，故其學稱南山律宗。見宋高僧傳十四。

【道故】敍故舊之情。史記一二六淳于髡傳："若朋友交遊，久不相見，卒然相覩，歡然道故。"

【道拜】雙膝齊屈下拜，如道士跪拜。宋羅大經鶴林玉露十四："朱文公(熹)云：古者男子拜，兩膝齊屈，如今之道拜。"

【道流】㊀即道家。漢書藝文志："道家者流，蓋出於史官，歷記成敗存亡禍福古今之道，然後知秉要執本。"文選南齊孔德璋(稚珪)北山移文："談空空於釋部，覈玄玄於道流。"㊁僧、道。唐韋應物韋江州集五答崔主簿兼簡温上人詩："緣情生衆累，晚悟依道流。"劉禹錫劉夢得集四洛中酬福建陳判官見贈詩："静對道流論藥石，偶逢詞客與瓊瑰。"

【道家】古九流十家之一。史記一三〇太史公自序："道家無爲，又曰無不爲，其實易行，其辭難知。其術以虛無爲本，以因循爲用。"漢書藝文志："道家者流，……清虛以自守，卑弱以自持。"凡宗尚黃帝老莊之説，及後世的道教，都稱道家。

【道庫】清代儲存地賦、軍餉等倉庫，有督糧道庫，專存漕項銀；驛道庫，專存驛站夫馬工料；河道庫，專存河餉；兵道庫，專存兵餉；鹽法道庫，專存正雜鹽課。見清會典事例一八三户部庫藏。

【道袍】古時燕居之服。腰中間斷，以一線道横貫者，稱程子衣；無線道横貫者，稱道袍，又名直掇(裰)。見明王世貞觚不觚録。

【道真】得道之真人。漢書三六楚元王傳附劉歆移書太常博士："若必專己守殘，黨同門，妒道真，違明詔，失聖意，以陷於文吏之議，甚爲二三君子不取也。"

【道根】大道的根本。漢荀悅申鑒政體："恕者，仁之術也；正者，義之要也，至哉！此謂道根，萬化存焉爾。"

【道書】道家的書籍。三國志魏張魯傳："祖父陵，客蜀，學道鵠鳴山中，造作道書，以惑百姓。"廣弘明集三十上南朝梁武帝述三教詩："中復觀道書，有名與無名。"

【道院】道人所居之處。宋王禹偁小畜集七寄獻翰林宋舍人詩："宮牆月上開琴匣，道院風清響藥羅。"宋王闢之澠水燕談録九："江陰軍北距大江，地僻，鮮過客，無將迎之煩。……通州南阻江，東北濱海，士大夫罕至。……仕宦二州者，最爲優逸，故謂江陰爲兩浙道院，通州爲淮南道院。"

【道情】㊀有道之情。文選南朝宋謝靈運述祖德詩之二："拯溺由道情，龕暴資神理。"㊁鼓詞的一種。本道士曲，宣揚離情絶俗。後爲民間説唱文藝形式之一。宋周密乾淳起居注："後苑小厮兒三十人，打息氣唱道情。太上云：'此是張掄所撰鼓子詞。'"(説郛四二)。參閲清顧張思土風録二唱道情、李聲振百戲竹枝詞唱道情。

【道理】事理。莊子天下："是故慎到棄知去己，而緣不得已，泠汰於物，以爲道理。"三國志魏杜恕傳上疏："夫糾擿奸宄，忠事也，然而世憎小人行之者，以其不顧道理而苟求容進也。"

【道教】我國教派之一。奉元始天尊、太上老君爲教祖。創於東漢張道陵。晉時稱天師道，故後稱道教。金元以後分正一、全真二派。

【道眼】指抉擇真妄的能力。楞嚴經一："發妙明心，開我道眼。"宋蘇軾分類東坡詩十四花落復次韻："先生來年六十化，道眼已入不二門。"

【道術】㊀方術。莊子天下："古之所謂道術者，果惡乎在？曰：無乎不在。"晉書戴洋傳："爲人短陋，無風望，然好道術，妙解占候卜數。"㊁道德學術。漢書藝文志："方今去聖久遠，道術缺廢，無所更索。"

【道場】㊀佛、道二教誦經禮拜成道修道的地方。華嚴經世間淨眼品一："佛在摩竭提國寂滅道場，始成正覺。"宋書謝靈運傳山居賦："謝麗塔於郊郭，殊世間於城傍。欣見素以抱樸，果甘露於道場。"㊁指佛寺。宋釋贊寧僧史略上創造伽藍："後魏太武帝始光元年，創立伽藍，爲招提之號。隋煬帝大業中改天下寺爲道場，至唐復爲寺也。"

【道揆】指以義理度量事物。孟子離婁上："上無道揆也，下無法守也，……國之所存者幸也。"

【道統】聖道承繼的統系，儒家指由堯

舜禹而至湯文王武王周公孔子孟子的統系。唐韓愈昌黎集十一原道："斯道也，……堯以是傳之舜，舜以是傳之禹，禹以是傳之湯，湯以是傳之文武周公，文武周公傳之孔子，孔子傳之孟軻，軻之死不得其傳焉。"宋朱熹朱文公集七六中庸章句序："自是以來，聖聖相承，若成湯文武之爲君，臯陶伊傅周召之爲臣，既皆以此而接夫道統之傳。"

【道路】供衆人通行的土地。荀子天論："糴貴民飢，道路有死人。"國語吳："今吾道路悠遠，無會而歸，與會而先晉，孰利？"

【道經】道教的經典。隋書經籍志四："道經者，云有元始天尊，生於太元之先，稟自然之氣，冲虛凝遠，莫知其極，所以説天地淪壞，刼數終盡，略與佛經同。"

【道臺】清時省以下、府以上一級的官員，也稱觀察。主管範圍有按地區分者如濟東道，有按職務分者如鹽法道。參見"道㊉"。

【道貌】學道者的容貌。太平廣記三一引李玨續神仙傳："李(玨)情景恬憺，道貌秀異。"

【道調】㊀宫調名。册府元龜五六九掌禮作樂五："(天寶十三年)改諸樂名，……林鍾宫時號道調。"宋樂與古樂差二律，以中吕宫爲道調，又以蕤賓爲中宫管道調。見宋史七一律曆四。參閲宋沈括夢溪補筆談二樂律。㊁曲名。唐高宗命樂工所製，祀老子。參閲新唐書禮樂志十一、唐段安節樂府雜録道調子。

【道殣】路邊餓死的人。左傳昭三年："庶民罷敝而宫室滋侈，道殣相望而女富溢尤。"

【道德】韓非子五蠹："上古競於道德，中世出於智謀，當今争於氣力。"禮曲禮上："道德仁義，非禮不成。"注："道者通物之名，德者得理之稱。"今指一種社會意識形態，是人類社會在共同生活中形成的對社會成員起約束和團結作用的準則。

【道謀】謀於路人。喻意見分歧，難於成功。詩小雅小旻："如彼築室于道謀，是用不潰于成。"唐柳宗元柳先生集十七梓人傳："奪其世守，而道謀是用。"參見"築室道謀"。

【道樹】菩提樹，本名畢鉢羅樹。佛於此樹下成道，故稱道樹。大方等大集經十："具足智慧壞魔衆，憐愍衆生趣道樹。"參見"菩提樹"。

【道學】㊀道家的學説，即老莊之學。隋書經籍志三："漢時，曹參始薦蓋公能言黄老，文帝宗之。自是相傳，道學衆矣。"㊁指宋時理學。自周敦頤程灝程頤至朱熹最後完成的以儒家爲主、兼容佛道思想某些内容的一種思想體系。宋朱熹朱文公集七六中庸章句序："中庸何爲而作也？子思子憂道學之失其傳而作也。"宋史有道學傳。

【道藏】道家典籍的彙刻。道家書籍自東晉以來數量增多，隋書經籍志四載三百七十七部，一千二百餘卷。宋張君房雲笈七籤收有蘇州舊道藏經本及台州趙州舊道藏經本各千餘卷，此爲道藏之始。見雲笈七籤張君房序明有正統道藏五千三百零五卷；萬曆續道藏一百八十一卷。道士白雲霽編有道藏目録，分洞真、洞玄、洞神、太玄、太平、太清、正一七部，計五千四百八十六卷。

【道藝】學問與技能。周禮天官宫正："會其什伍而教之道藝。"注引鄭司農(衆)："道謂先王所以教道民者，藝謂禮樂射御書數。"又地官鄉大夫："攷其德行道藝，而興賢者能者。"

【道籙】道家的符籙圖訣。凡入道者必受籙。隋書經籍志四："其受道之法，初受五千文籙，次受三洞籙，次受洞玄籙，次受上清籙。籙皆素書，紀諸天曹官屬佐吏之名有多少，又有諸符，錯在其間，文章詭怪，世所不識。"太平廣記二六葉法善引集異記："二京受道籙者，文武中外男女子弟千餘人。"

【道體】㊀道的本體。漢嚴遵道德指歸論四方而不割："夫道體虛無，而萬物有形。"㊁猶言玉體。北史徐則傳晉王廣書："霜風已冷，海氣將寒，偃息茂林，道體休悆。"

【道觀】道教的神廟。唐白居易長慶集五首夏同諸校正遊開元觀因宿翫月詩："沉沉道觀中，心賞期在兹。"參閲宋高承事物紀原七。

【道正司】清代掌州屬道教的官。見清會典事例十八吏部官制。參見"道官"。

【道因碑】記唐益州多寶寺道因法師的碑刻，李儼文，歐陽通書，龍朔三年十月立。道因，本姓侯，七歲出家，曾在大慈恩寺與玄奘同譯佛經。見宋高僧傳二。通，歐陽詢子，工書，與父齊名。碑文見明趙崡石墨鐫華四。石在今陝西西安市碑林内。

【道行仙】道行修養已到圓熟境界的人。楞嚴經八："堅固呪禁而不休息，術法圓成，名道行仙。"

【道林寺】佛寺名。在湖南長沙市嶽麓山下。唐歐陽詢書有道林寺碑。宋圓悟禪師曾居於此。見嘉慶一統志三五六長沙府三。

【道紀司】清代掌府屬道教之官。見清梁章鉅稱謂録十六道官。參見"道官"。

【道會司】清代掌縣屬道教之官。見清文獻通考八八職官考十二。參見"道官"。

【道德經】即老子。見"老子㊁"。

【道德臘】道家七月七日之祭。見雲笈七籤三七齋戒説雜齋法。

【道録司】道官。明置。掌道教。有左右正一各一人，左右演法各一人，左右至靈各一人，左右至義各一人。清因之。見清朝通典三九職官十七。參見"道官"。

【道山清話】撰者不詳。一卷。記北宋雜事，終於崇寧五年。宋史藝文志小説家著録作道山新聞。

【道不拾遺】路有遺物，無人拾取。謂法治嚴峻，社會安定。戰國策秦一："商君治秦，法令至行，……朞年之後，道不拾遺，民不妄取。"

【道路以目】形容國人懾於暴政，敢怒而不敢言。國語周上："厲王虐，國人謗王，召公告王曰：'民不堪命矣。'王怒，得衞巫，使監謗者，以告，則殺之。國人莫敢言，道路以目。"

【道聽塗説】無根據的傳説。論語陽貨："道聽而塗説，德之棄也。"漢書藝文志："小説家者流，蓋出於稗官，街談巷語，道聽塗説者之所造也。"

【道三不着兩】謂説話顛三倒四，不着邊際。儒林外史十六："你哥又没中用，説了幾句道三不着兩的話。我着了這口氣，回來就病倒了。"又："老爹而今有些害發了，説的話道三不着兩的。"

【道園學古録】元虞集撰。五十卷。分在朝稿、應制稿、歸田稿、方外稿四編。集字伯生，號道園，官至翰林學士、國子祭酒，詩文皆有重名。集從孫堪又輯集外遺文爲道園遺稿，十六卷。

遒 qiú 自秋切，平，尤韻，從。
ㄑㄧㄡ 即由切，平，尤韻，精。

㊀迫近，盡。楚辭宋玉招魂："分曹並進，道相迫些。"注："道，亦迫。"又九辯："歲忽忽而遒盡兮，恐余壽之弗將。"㊁強勁有力。文選南朝宋鮑明遠(照)還都道中作詩："鱗鱗夕雲起，獵獵曉風遒。"㊂聚。詩商頌長發："敷政優優，百禄是遒。"㊃堅固。詩豳風破斧："周公東征，四國是遒。"傳："遒，固也。"

【遒人】古時官名，掌宣布教化。書胤征："每歲孟春，遒人以木鐸徇于路。"疏：

“名曰道人，不知其意，蓋訓道爲聚，聚人而令之，故以爲名也。”

【道上】挺拔，英邁。世説新語賞譽下：“王右軍（羲之）道謝萬石（萬）在林澤中，爲自道上。”

【道美】剛健美麗。新唐書選舉志下：“擇人之法有四：一曰身，體貌豐偉；……三曰書，楷法道美。”也作“道媚”。唐李商隱李義山文集四太尉衞公會昌一品集序：“王子敬（獻之）之隸法道媚，皇休明（象）之草書沉着。”

【道勁】剛勁有力。多指書畫用筆而言。唐張彦遠法書要録四敍書録：“褚遂良下筆道勁，甚得王逸少（羲之）之體。”宋王禹偁小畜集三八絶詩陽冰篆：“唯茲數十字，道勁倚雲窟。”

【道逸】剛健飄逸。梁書周捨傳：“尚書僕射招（昊）包講，捨造坐，累折包，辭理道逸，由是名爲口辯。”北齊書祖珽傳：“珽神情機警，詞藻道逸，少馳令譽，爲世所推。”

【道緊】剛健嚴謹。唐韓愈昌黎集四贈崔立之評事詩：“朝爲百賦猶鬱怒，暮作千詩轉道緊。”

遂 suì ㄙㄨㄟ 徐醉切，去，至韻，邪。

㊀進。易大壯：“羝羊觸藩，不能退，不能遂。”㊁登進。書仲虺之誥：“佑賢輔德，顯忠遂良。”㊂成功。禮月令仲秋之月：“上無乏用，百事乃遂。”注：“遂，猶成也。”㊃順，猶言如意。國語周下：“節之鼓而行之，以遂八風。”注：“遂，猶順也。”史記一一七司馬相如傳：“（王）吉曰：長卿久宦遊不遂，而來過我。”㊄盡，窮究。禮曲禮上：“有後入者，闔而勿遂。”漢書六八霍光傳：“（上官）桀等懼，白上小事不足遂。”㊅因循。荀子王制：“若是，則大事殆乎弛，小事殆乎遂。”注：“遂，因循也。”㊆舒肆貌。詩衞風芄蘭：“容兮遂兮，垂帶悸兮。”㊇道，通路。荀子大略：“迷者不問路，溺者不問遂。”注：“遂，謂徑遂，水中可涉之徑也。”㊈小溝。周禮地官遂人：“凡治野，夫間有遂，遂上有徑。”注：“遂，廣深二尺。”㊉遠郊之地。書費誓：“魯人三郊三遂，峙乃楨榦。”禮王制：“不變，移之遂。”注：“遠郊之外曰遂。”⑪五縣爲遂。周禮地官遂人：“五鄙爲縣，五縣爲遂。”⑫鐘體受擊處。周禮考工記鳧氏：“爲遂，六分其厚，以其一爲之深而圜之。”注：“厚，鐘厚。”⑬射鞲，射箭時穿的臂衣。射者著於左臂，所以遂其放弦，故曰遂。儀禮鄉射禮：“司射適堂西，袒決遂，取弓于階西。”注：“遂，射鞲也，以韋爲之。”⑭於是。詩邶風泉水：“問我諸姑，遂及伯姊。”春秋桓八年：“祭公來，遂逆王后于紀。”⑮終於。韓非子説林上：“乃掘地，遂得水。”⑯周代諸侯國名，嬀姓，舜的後裔，春秋時爲齊所滅。故地在今山東寧陽北。春秋莊十三年：“夏六月，齊人滅遂。”注：“遂國在濟北，蛇丘縣東北。”

【遂人】㊀周代官名。地官之屬。周禮地官序官：“遂人，中大夫二人。”注：“遂人，主六遂，若司徒之於六鄉也。……鄭司農（衆）云：遂，謂王國百里外。”㊁即燧人，三皇之一。宋羅泌路史：“遂人氏……乃教民取火以灼以焫，以熟臊勝……使人得遂其性，號遂人氏。”參見“燧人氏”。

【遂士】周代官名。秋官之屬。掌管六遂的獄訟。周禮秋官遂士：“遂士，掌四郊，各掌其遂之民數，而糾其戒令，聽其獄訟，察其辭，辨其獄訟，異其死刑之罪而要之。”

【遂心】如心所欲。北周庾信庾子山集九謝趙王示新詩啟：“揵爲舍人，實有誠願；碧雞主簿，無由遂心。”

【遂平】縣名。屬河南省。春秋時房子國。漢爲吴房縣。唐元和十二年改今名，屬唐州，長慶初還屬蔡州，宋金仍舊。元初省入汝陽，大德間復置，屬汝寧府，明清因之。參閲太平寰宇記十一蔡州、讀史方輿紀要五十汝寧府。

【遂古】往古，上古。楚辭屈原天問：“遂古之初，誰傳道之。”文選漢班孟堅（固）典引：“伊考自遂古，乃降戾爰茲。”

【遂江】即遂水，又名龍泉江，今名遂川江。在江西遂川縣境，上游爲左右二溪，合流繞縣城東下，歷八十四灘，至萬安滙入贛江。見讀史方輿紀要八七吉安府龍泉縣。

【遂安】縣名。晉置，屬新安郡。隋初省入新安縣，仁壽四年復置，屬睦州。唐因之，宋屬建德府，元屬建德路，明清屬嚴州府。公元1958年，并入淳安縣，屬浙江省。參閲讀史方輿紀要九十嚴州府、嘉慶一統志三〇二嚴州府一。

【遂初】謂去官隱居，得遂其初願。漢劉歆徙五原太守，不得意，作遂初賦。文見古文苑五。又晉孫綽少與高陽許詢俱有高尚之志，居於會稽，遊放山水十餘年，作遂初賦自言見止足之分。見世説新語言語。明王世貞弇州山人四部稿十二病後初行園有述詩：“安知浮榮在，且當談遂初。”

【遂長】成長。淮南子修務：“禾稼春生，人必加功焉，故五穀得遂長。”

【遂事】㊀已經完成的事。論語八佾：“成事不説，遂事不諫，既往不咎。”㊁專斷，專事。公羊傳僖三十年：“大夫無遂事。此其言遂何？公不得爲政爾。”漢書七九馮奉世傳上疏：“春秋之義亡遂事，漢家之法有矯制。”注：“無遂事者，謂臨時制宜，前事不可必遂也。”

【遂昌】縣名。屬浙江省。漢太末縣地，三國吴孫權赤烏二年分太末置平昌縣。晉太康元年改爲遂昌。隋屬處州。唐武德八年，省入松陽縣，景雲初復置。歷代相沿，明清皆屬處州府。參閲宋書州郡志一、讀史方輿紀要九四處州府。

【遂皇】即遂人氏。漢應劭風俗通義三皇：“尚書大傳説，遂人爲遂皇，伏羲爲戲皇，神農爲農皇也。”

【遂師】周代官名。周禮地官之屬。佐遂人掌管政令戒禁。見周禮地官遂師。

【遂遂】隨行貌。禮祭義：“及祭之後，陶陶遂遂，如將復入然。”一説思念貌。見清孫希旦禮記集解。

【遂過】謂成遂其過失。吕氏春秋審應：“公子食我之辯，適足以飾非遂過。”注：“飾好其非，遂成其過。”

【遂溪】縣名。屬廣東省。漢徐聞縣地。隋置鐵杷縣，唐改遂溪，屬雷州。宋開寶五年廢入海康縣，紹興十九年復置。自宋至清皆屬雷州。參閲讀史方輿紀要一〇四雷州府。

【遂路】通達的道路。商君書算地：“此其墾田，足以食其民；都邑遂路，足以處其民；山林藪澤谿谷，足以供其利。”三國魏劉邵人物志下釋爭：“然則卑讓降下者，茂進之遂路也；矜奮侵陵者，毁塞之險途也。”

【遂寧】縣名。屬四川省。漢廣漢縣，屬廣漢郡。晉置遂寧郡，北周置遂州。宋改爲遂寧府。元降爲州，明洪武九年改爲縣。清屬潼川府。參閲寰宇通志六六潼川州。

【遂隱】㊀遂其隱遁之願。唐李中碧雲集中廬山詩：“他年如遂隱，五老是知音。”㊁鳥名。即子規。蜀右曰杜宇，江左曰遂隱。見晉張華禽經鷤鴂。

【遂大夫】周代官名。地官之屬。爲一遂之長，掌管政令。見周禮地官遂大夫。

【遂昌雜録】元鄭元祐撰。一卷。書多記宋末遺聞及元代高士名臣軼事。元祐，遂昌人，故以名書。

【遂初堂書目】又名益齋書目。宋尤袤撰。一卷。分經總、周易、尚書等四十四類，僅列書名，無解說。袤字延之，家富藏書，建遂初堂於九龍山下，自號遂初居士。

達 1. dá ㄉㄚˊ 唐割切，入，曷韻，定。

㊀通。荀子君道："然後明分職，序事業，材技官能，莫不治理，則公道達而私門塞矣，公義明而私事息矣。"㊁至，到。書禹貢："浮于濟漯，達于河。"㊂通達事理。論語雍也："賜也達，於從政乎何有？"㊃顯貴。孟子盡心上："故士窮不失義，達不離道。"㊄常，通行不變。禮三年問："夫三年之喪，天下之達喪也。"注："達，謂自天子至於庶人。"㊅皆。禮禮器："是故天時雨澤，君子達亹亹焉。"注："達猶皆也。"㊆以物相送。周禮夏官懷方氏："掌來遠方之民，致方貢，致遠物，而送逆之，達之以節。"㊇幼苗出土。詩周頌載芟："驛驛其達，有厭其傑。"箋："達，出地也。"㊈夾室。禮內則："天子之閣，左達五，右達五。"

2. tà ㄊㄚˋ 他達切，入，曷韻，透。

㊉見"挑₃達"。㊉㊀小羊。通"羍"。詩大雅生民："誕彌厥月，先生如達。"箋："達，羊子也……生如達之生，言易也。"㊉㊁姓。八愷叔達之後，明史有達雲。

【達人】㊀顯貴人。左傳昭七年："聖人有明德者，若不當世，其後必有達人。"㊁通達知命的人。文選漢賈誼鵩鳥賦："小智自私兮，賤彼貴我；達人大觀兮，物無不可。"史記八四賈誼傳作"通人"。

【達士】明智達理之士。呂氏春秋知分："達士者，達乎死生之分。"漢書七八蕭望之傳上疏："朝無争臣則不知過，國無達士則不聞善。"

【達生】莊子達生："達生之情者，不務生之所無以爲。"注："生之所無以爲者，分外物也。"後即以達生爲不受世務牽累之意。文選南朝宋謝靈運齋中讀書詩："萬事難並歡，達生幸可託。"

【達旨】表達意旨。晉書裴頠傳崇有論："頠退而思之，雖君子宅情，無求於顯，及其立言，在乎達旨而已。"

【達孝】指最大之孝道。禮中庸："子曰：武王周公，其達孝矣乎？……事死如事生，事亡如事存，孝之至也。"

【達步】複姓。北周宇文泰（文帝）妃達步氏，茹茹人，生齊王憲。見通志二九氏族五代北複姓。

【達官】㊀顯貴之官。禮檀弓下："公之喪，諸達官之長杖。"疏："謂國之卿大夫士，被君命者也。"唐杜甫杜工部草堂詩箋九哀王孫："又向人家啄大屋，屋底達官走避胡。"㊁突厥語稱可汗的侍從人員。唐溫大雅大唐創業起居注一："突厥之報帝書也，謂使人曰：唐公若從我語，即宜急報，我遣大達官往取進止。"

【達巷】地名。論語子罕："達巷黨人曰：'大哉孔子，博學而無所成名。'"集解："鄭（玄）曰：達巷，黨名也。五百家爲黨。"

【達奚】複姓。北魏拓跋弘（獻文帝）弟爲達奚氏，後改爲奚氏。見魏書官氏志。北周有達奚寔，周書有傳。

【達理】紋理。史記六三老子傳"老子者"唐張守節正義引朱韜玉札及神仙傳："（老子）長耳大目，廣額疏齒，方口厚脣，額有三五達理，日角月懸。"

【達常】車蓋上柄。蓋柄有二節，上節曰達常，下節曰杠，亦曰桯，達常插入杠中。周禮考工記輪人："輪人爲蓋，達常圍三寸；桯圍倍之，六寸。"

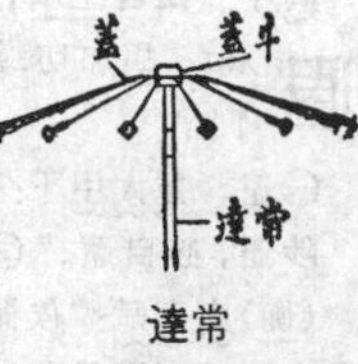

達常

【達道】㊀人所共由之道。禮中庸："君臣也，父子也，夫婦也，昆弟也，朋友之交也。五者天下之達道也。"㊁通曉大道。唐杜甫杜工部草堂詩箋十五遣興之三："陶潛避俗翁，未必能達道。"

【達尊】指衆所共同尊貴的事物。孟子公孫丑下："天下有達尊三，爵一，齒一，德一。"參見"三達尊"。

【達鄉】門側的窗户。禮明堂位："山節，藻棁，復廟，重檐，刮楹，達鄉，……天子之廟飾也。"注："鄉，牖屬，謂夾户窻也。每室八窻爲四達。"疏："每室四户八窻，窻户皆相對，以牖户通達，故曰達鄉也。"

【達節】通達事理，不拘常格而自然合節。左傳成十五年："聖達節，次守節，下失節。"

【達德】通行不變的美德。禮中庸："知（智）、仁、勇，三者天下之達德也。"

【達頭】海魚名。宋歐陽修文忠集八奉答聖俞達頭魚之作詩："波濤浩渺中，島嶼生傾刻。俄而没不見，始悟出背脊。……嗟彼達頭微，誰傳到京國？乾枯少滋味，治洗費炮炙。"

【達磨】也作"達摩"。㊀梵語。漢語譯爲法。法分經、律、論。見翻譯名義集五。㊁菩提達磨，省稱達磨。南朝梁釋慧皎高僧傳謂達磨天竺人，本名菩提多羅。於梁普通元年入華，武帝迎至金陵。後渡江往魏，止嵩山少林寺，面壁九年而化。傳法於神光（慧可），禪宗稱爲天竺禪宗第二十八祖，中華初祖。見景德傳燈録三、續傳燈録二八。

【達縣】縣名。屬四川省。後漢置宣漢縣。後魏改名石城，於縣置通州。隋改縣曰通川。宋元改州爲達州。明省通川入州。清嘉慶年間升州爲綏定府，置達縣，爲府治。公元1913年裁府留縣。參閱嘉慶一統志四〇八綏定府一。

【達聰】多方聽取。書舜典："明四目，達四聰。"注："廣視聽於四方，使天下無壅塞。"

【達識】㊀通達事理。三國魏劉邵人物志上材理："明能見機，謂之達識之材。"唐韋應物韋江州集三寄柳州韓司户郎中詩："達識與昧機，智殊跡同靜。"㊁透徹的見識。文選晉袁彥伯（宏）三國名臣序贊："夫仁義不可不明，則時宗舉其致；生理不可不全，故達識攝其契。"

【達嚫】梵語。亦作檀嚫。以財布施。唐白居易長慶集六一蘇州南禪院千佛堂轉輪經藏石記："師既來，教行如流，僧至如歸，供施達嚫，隨日而集。"

【達觀】㊀遍視。書召誥："周公朝至于洛，則達觀于新邑營。"㊁通達的見解。文選漢賈誼鵩鳥賦："達人大觀兮，物無不可。"莊子逍遥遊"其名爲鵬"晉郭象注："達觀之士，宜要其會歸而遺其所寄，不足事事曲與生説。"

【達里泊】湖名。即達里諾爾。在內蒙古自治區昭烏達盟克什克騰旗西北。周圍數十里。公姑爾、野猪等河流入其中。元史一一八特薛禪傳作"答兒腦兒"。嘉慶一統志五三九克什克騰作"捕魚兒海"、"達爾海子"。

【達磨支】唐健舞舞曲名。見唐崔令欽教坊記。唐會要三三載天寶十三載改達磨支爲泛蘭叢。溫庭筠有達磨支辭，七言十二句，見樂府詩集八十。

【達魯花赤】蒙語，譯言掌印官。成吉思汗十八年初置。元代漢人不能任正官，朝廷各部、院及各路、府、州、縣均置達魯花赤，由蒙古或色目人擔任，以掌實權，而別置總管、知府、州尹、縣尹、提舉、萬户、千户、元帥及宣撫、安撫、招討諸司爲達魯花赤之副。清代譯爲"達嚕噶齊"。參閱元史百官志一至八、明葉子奇草木子三下雜制。

【達磨馱都】梵語。意譯爲法界。翻譯名義集五："達磨馱都，此云法界。……

法界者，一切衆生身心之本體也。"參見"法界"。

【達賴喇嘛】我國西藏喇嘛教主，屬黃衣派，謂係禪定菩薩化身，"達賴"爲蒙語，意爲大海；"喇嘛"爲藏語，意爲勝者。明永樂時西藏黃教領袖宗喀巴有達賴喇嘛爲大弟子、班禪額爾德尼爲二弟子。宗喀巴遺囑二大弟子世世以呼畢勒罕(化身)轉生演大乘教。參閱清文獻通考二九二輿地二四西藏、衛藏通志五喇嘛。

逼 bī ㄅㄧ 彼側切，入，職韻，幫。

㊀迫近。見爾雅釋言。㊁脅迫。玉臺新詠一古詩爲焦仲卿妻作序："劉氏爲仲卿母所遣，自誓不嫁。其家逼之，乃投水而死。"㊂狹窄。荀子賦："充盈大宇而不窕，入郄穴而不逼者與？"文選三國魏曹子建(植)七啟："人稠網密，地逼勢脅。"

【逼真】與實物極爲相似。水經注二八沔水："堵水之旁有別溪……又有白馬山，山石似馬，望之逼真。"

【逼側】狹窄，相迫近。後漢書三一廉范傳："成都民物豐盛，邑宇逼側，舊制禁民夜作，以防火災。"文選晉潘安仁(岳)西征賦："都中雜遝，户千人億，華夷士女，駢田逼側。"參見"偪側"。

違 wéi ㄨㄟˊ 雨非切，平，微韻，于。

㊀離開。論語里仁："君子無終食之間違仁。"㊁違背。書堯典："吁！靜言庸違，象恭滔天。"傳："言共工自爲謀言，起用行事而違背之。"孟子梁惠王上："不違農時，穀不可勝食也。"㊂避開。易乾："樂則行之，憂則違之。"左傳成十六年："有淖于前，乃皆左右相違于淖。"注："違，辟也。"㊃邪惡。左傳桓二年："君人者，將昭德塞違，以臨照百官，猶懼或失之。"疏："塞違，謂閉塞違邪，使違命止息也。"

【違才】委屈才能。晉書謝萬傳王羲之與桓溫書："謝萬才流經通，……而今屈其邁往之氣，以俯順荒餘，近是違才易務矣。"

【違心】㊀二心。左傳桓六年："嘉栗旨酒，謂其上下皆有嘉德，而無違心也。"㊁違背自己心願。北史高允傳："違心苟免，非臣之意。"成語有"違心之論"。

【違失】處事失當，過失。後漢書百官志三："侍御史十五人……有違失舉劾之。"

【違言】㊀以言語不合而失和。左傳隱十一年："鄭、息有違言，息侯伐鄭。"注："以言語相違恨。"㊁不順之言。管子戒："邪行亡乎體，違言不存口。"注："體無邪行，口言必順。"

【違和】因失調和而致病。多用爲言人病之敬詞。南史劉湎傳："(蕭)暢曰：'公去歲違和，今欲發動。'顧左右急呼師視脈。"

【違怨】懷恨。書無逸："民否則厥心違怨，否則厥口詛祝。"

【違惑】違背道理所致之迷惑。藝文類聚三十漢董仲舒士不遇賦："鬼神不能正人事之變戾，聖賢亦不能開愚夫之違惑。"

【違貳】有二心者。晉書荀勖傳："時官騎路遺求爲刺客入蜀，勖言於帝曰：明公以至公宰天下，宜仗正義以伐違貳，而名以刺客除賊，非所謂刑于四海，以德服遠也。"

【違憲】違法。後漢書四一第五倫傳上疏："繩以法則傷恩，私以親則違憲。"

【違難】避難。左傳莊四年："夏，紀侯大去其國，違齊難也。"注："違，辟也。"國語周中："雖吾王叔，未能違難。"

遐 xiá ㄒㄧㄚˊ 胡加切，平，麻韻，匣。

㊀遠。書太甲下："若升高，必自下；若陟遐，必自邇。"㊁遠去。文選漢張平子(衡)東京賦："俟閶風而西遐，致恭祀於高祖。"三國吳薛綜注："遐，逝也。"㊂長久。見"遐齡"。㊃如何，那能。通"何"。詩小雅隰桑："心乎愛矣，遐不謂矣。"

【遐心】㊀疏遠之心。詩小雅白駒："毋金玉爾音，而有遐心。"㊁離世之念。南齊書蘇侃傳太祖(蕭道成)作塞客吟："悟樊籠之或累，悵遐心以栖玄。"

【遐荒】邊遠廣大的地方。三國魏曹植曹子建集六五游詩："逍遙八紘外，游目歷遐荒。"貞觀政要十魏徵十漸不克終疏："陛下貞觀之初，無爲無欲，清靜之化，遠被遐荒。"

【遐想】想得很遠，超越現實境界的想法。文選晉袁彥伯(宏)三國名臣序贊："孔明盤桓，俟時而動，遐想管樂，遠明風流。"孔明，諸葛亮字；管樂，春秋齊管仲、燕樂毅。初學記二三晉郭璞遊仙詩："悠然心永懷，眇爾自遐想。"

【遐棄】猶言遠棄，離絕。書胤征："假擾天紀，遐棄厥司。"詩周南汝墳："既見君子，不我遐棄。"

【遐福】久遠之福。詩小雅鴛鴦："君子萬年，宜其遐福。"

【遐舉】㊀遠行。楚辭屈原遠遊："氾容與而遐舉兮，聊抑志而自弭。"唐白居易長慶集一送王處士詩："王生獨拂衣，遐舉如雲鵠。"㊁指功業。文選舊題漢李少卿(陵)答蘇武書："卒使懷才受謗，能不得展，彼二子之遐舉，誰不爲之痛心哉？"二子，指賈誼周亞夫。

【遐齡】高齡，長壽。梁慧皎高僧傳六釋慧遠答王謐書："古人不愛尺璧而重寸陰，觀其所存，似不在長年耳。檀越既履順而遊性，乘佛理以御心，因此而推，復何羨於遐齡？"

【遐方怨】詞調名。本唐教坊曲名。有單調、雙調兩種。單調始見唐溫庭筠詞，三十二字；雙調始見五代顧敻詞，六十字。宋詞無此調。見詞譜二。

【遐邇一體】遠近一體。史記一一七司馬相如傳難蜀父老："遐邇一體，中外提福，不亦康乎？"

過 1. guò ㄍㄨㄛˋ 古卧切，去，過韻，見。

㊀經過。莊子知北遊："若白駒之過隙。"㊁過去。唐杜甫杜工部草堂詩箋二九阻雨不得歸瀼西甘林："三伏適已過，驕陽化爲霖。"㊂超越。見"過猶不及"。㊃過失。書大禹謨："宥過無大，刑故無小。"左傳宣二年："人誰無過？過而能改，善莫大焉。"㊄責備。穀梁傳成七年："過有司也。"疏："以責有司也。"史記項羽紀："聞大王有意督過之，脫身獨去，已至軍矣。"

2. guō ㄍㄨㄛ 古禾切，平，戈韻，見。

㊅古國名。左傳襄四年："處澆于過，處豷于戈。"故地在今山東掖縣北。㊆姓。過國之後。見風俗通姓氏上。

【過分】超越其本分，超過限度。晉書王敦傳上疏："以(王)導之才，何能無失！當令任不過分，役其所長，以功補過，邀之將來。"宋梅堯臣宛陵集二八途中寄上尚書晏相公二十韻詩："官雖寸進實過分，名姓已被賢者知。"

【過世】㊀超越世人。莊子盜跖："今夫此人，以爲與己同時而生，同鄉而處者，以爲夫絕俗過世之士焉。"㊁去世。晉書苻登載記："(姚萇)亦於軍中立(苻)堅神主，請曰：'……陛下雖過世爲神，豈假手于苻登而圖臣，忘前征時言邪？'"

【過目】經過閱覽。晉書王接傳馮收薦接表："竊見處士王接，岐嶷儁異，十三而孤，居喪盡禮，學過目而知，義觸類而長，斯玉鏡之妙味，經世之徽猷也。"

【過失】過錯。周禮秋官司刺："壹宥曰不識，再宥曰過失，三宥曰遺忘。"晉書刑法志張裴上注律表："不意誤犯曰過失。"

【過存】問候。後漢書二四馬援傳與楊廣書："援聞至河內，過存伯春。"注："存，猶問也。”伯春,隗囂子恂字。

【過行】行爲有過失。禮表記:“是故君子不自大其事,不自尚其功,以求處情;過行勿率,以求處厚。”史記孝文紀後七年遺詔:“朕既不敏,常畏過行,以羞先帝之遺德。”

【過更】秦漢時所徵一種以錢代更役的賦税。男子年二十三至五十六輪番戍邊服兵役,稱爲更。漢書昭帝紀元鳳四年“三年以前逋更賦未入者,皆勿收”唐顏師古注引如淳:“更有三品,有卒更,有踐更,有過更。古者……天下人皆直戍邊三日,亦名爲更,律所謂繇戍也。雖丞相子亦在戍邊之調。不可人人自行三日戍,又行者當自戍三日,不可往便還,因便住一歲一更。諸不行者,出錢三百入官,官以給戍者,是謂過更也。”參見“更賦”。

【過官】唐制,門下省審定吏部、兵部注擬六品以下官稱過官。資治通鑑二一一唐開元二年:“遣吏部尚書宋璟於門下過官。”注:“唐制,凡文武職事官六品以下,吏、兵部進擬必過門下省,量其階資,校其才用,以審定之;若擬職不當,隨其優屈退而量焉,謂之過官。”

【過房】無子而以兄弟之子或他人之子爲子。宋歐陽修文忠集一二〇濮議一:“但習見閭閻里俗,養過房子及異姓乞養義男之類,畏人知者,皆諱其所生父母。”元史刑法志户婚:“諸乞養過房男女者聽,奴婢過房良民者禁。”參閲清顧張思土風録十七過房子。

【過拍】填詞在中間少頓處,稱爲過拍,結束上半闋。刻詞者多空一字以爲另起。也作“過片”。參閲宋張炎詞源下。

【過門】女子嫁到男家。元曲選關漢卿竇娥冤一:“孩兒也,他如今只待過門,喜事匆匆的,教我怎生回得他去。”

【過所】古代過關所用的憑照。魏書元丕傳:“太后曰:今京師旱儉,欲聽飢貧之人出關逐食。如欲給過所,恐稽延時日,不救災窘;若任其外出,復慮姦良難辨。卿等可議其所宜。”唐六典六司門郎中:“古書帛爲繻,刻木爲契,二物通謂之傳,如今過所。”參閲宋洪邁容齋隨筆四筆十過所。

【過計】錯誤估計。荀子富國:“夫不足,非天下之公患也,特墨子之私憂過計也。”戰國策齊六魯仲連遺燕將書:“彼燕國大亂,君臣過計,上下迷惑。”

【過差】㊀過失差錯。文選戰國楚宋玉登徒子好色賦:“揚詩守禮,終不過差。”漢書禮樂志劉向議:“禮以養人爲本,如有過差,是過而養人也。”注:“過差,猶失錯也。”㊁過度,過分。文選三國魏嵇叔夜(康)與山巨源絶交書:“阮嗣宗(籍)口不論人過,吾每師之而未能及,至性過人,與物無傷,惟飲酒過差耳。”

【過度】超出常度。左傳襄十四年:“使師保之,勿使過度。”

【過庭】論語季氏:“嘗獨立,鯉趨而過庭。”鯉,孔子之子,字伯魚。後人遂謂定省其父爲過庭,以父教爲過庭之訓。後漢書六五李膺傳荀爽與膺書:“久廢過庭,不聞善誘,陟岵瞻望,惟日爲歲。”晉書夏湛傳抵疑:“僕世承門户之業,受過庭之訓,是以得接冠帶之末,充乎士大夫之列。”

【過班】清制,官吏由保舉或納資而得陞官階,稱爲過班。如州縣過府班,知府過道班。見清會典事例七六吏部除授。

【過夏】唐代在長安舉進士落第,留京不歸,借静坊廟院及閒宅居住,習業作文,謂之過夏。唐李肇國史補下:“(進士)捷而入選,謂之春闈,不捷而醉飽,謂之打毷氉,……退而肄業,謂之過夏。”參閲宋錢易南部新書乙。

【過情】超過實情。孟子離婁下:“故聲聞過情,君子恥之。”

【過堂】㊀唐制,新及第進士隨座主至都堂初見宰相通姓名,稱爲過堂。唐詩紀事六六張曙:“張曙、崔昭緯中和初同舉,相與詣日者問命,……日者曰:郎君亦及第,然須待崔拜相,當此時過堂。”參閲五代王定保唐摭言三過堂。㊁宋代尚書省樞密院屬官,持所議事上都堂稟白宰執而後施行。見宋趙升朝野類要四過堂。㊂清代京官赴都察院京察,及罪犯到該管衙門聽審,皆稱過堂,均取到堂點名之義。見清會典事例四五吏部官員給憑、六部成語註解吏部。

【過從】互相往來。宋黄庭堅豫章集十一次韻德孺五丈新居病起詩:“稍喜過從近,扶筇不駕車。”

【過渡】由此岸至彼岸。宋蘇軾分類東坡詩一荆州之五:“野市分麞闊,官帆過渡遲。”

【過飯】以菜肴下飯。北魏賈思勰齊民要術八作鱧魚脯法:“味又絶倫,過飯下酒,極是珍美也。”

【過意】過分的盛意。史記一一二公孫弘傳上書:“今臣弘罷駑之質,無汗馬之勞,陛下過意擢臣弘卒伍之中,封爲列侯,致位三公。”

【過當】㊀超過相當之數。漢書六二司馬遷傳報任安書:“與單于連戰十餘日,所殺過當。”㊁失當。唐白居易長慶集四二論孫璹張奉國狀:“豈唯公議之間以爲過當,亦恐同類之内皆生倖心。”

【過稱】稱譽太過而不符事實。後漢書明帝紀永平六年詔:“自今若有過稱虛譽,尚書皆宜抑而不省。”

【過醆】金國宴會敬酒的一種儀式。宋文惟簡虜廷事實:“金國上至朝廷,下至州郡,皆有過醆之禮。如宰臣百官生日,及民間娶婦生子,若迎接天使,趨奉州官之類……主人乃捧其酒于賓,以相贊祝祈懇,名曰過醆。”

【過辨】旋流之水。爾雅釋水:“過辨回川。”注:“旋流。”疏:“言川水之中,有回旋而流者,名過辨。”

【過謁】過其門而順路進見。樂府詩集三七古辭步出夏門行:“過謁王父母,乃在太山隅。”後漢書三四梁統傳附玄孫冀:“南郡太守馬融,江夏太守田明初除,過謁(冀弟)不疑,冀諷州郡以它事陷之,皆髡笞徙朔方。”

【過舉】有過失的舉動。戰國策秦三:“王舉臣於羈旅之中,……今遇惑,或與罪人同心而王明誅之,是王過舉顯於天下,而爲諸侯所議也。”史記梁孝王世家附褚先生(少孫)曰:“周公曰:‘人主無過舉,不當有戲言,言之必行之。’”

【過禮】指結親下聘。唐孟浩然集三送桓子之郢城過禮詩:“爲結潘楊好,言過鄢郢城,標梅詩已贈,羔雁禮將行。”

【過臘】㊀俗稱小歲爲過臘。南朝梁宗懍荆楚歲時記:“四民月令云:過臘一日,謂之小歲。”全唐詩三三二羊士諤郡齋感物寄長安親友:“晴天春意併無窮,過臘江樓日日風。”㊁魚名。明屠本畯閩中海錯疏上:“頭類鯽,身類鱖,又類鰱魚;肉微紅,味美,尾端有肉;口中有牙如鋸,好食蚶蚌,以臘來春去,故名過臘。”

【過聽】誤聽。戰國策秦二:“故楚之土壤士民非削弱,僅以救亡者,計失於陳軫,過聽於張儀。”

【過去佛】謂已往的佛。宋歐陽修文忠集一二六歸田録:“太祖皇帝初幸相國寺,至佛前燒香,問當拜與不拜?僧録贊寧奏曰:‘不拜。’問其何故?對曰:‘見在佛不拜過去佛。’……適會上意,故微笑而頷之,遂以爲定制。”

【過來人】對某事有所經歷的人。清尹會一健餘先生尺牘四與王湖邨書:“其餘學政所關,有不得不陳明辨理之處,過來人定能深悉其原委也。”

【過眉杖】高於人眉的枴杖。宋陸游劍南詩稿八三湖上夜賦:"瘦竹過眉杖,輕紗折角巾。"

【過庭錄】書名。1.宋范公偁撰。一卷。公偁爲范仲淹玄孫,純仁曾孫。其書多述其先人逸事,間及詩文雜事。以所記皆聞之於父,故名曰過庭。2.清宋翔鳳撰。十六卷。爲考證經、史、子及詩文的札記。

【過馬廳】唐時方鎮廳事名。宋宋敏求春明退朝錄下:"北都使宅,舊有過馬廳。按唐韓偓詩云:外使進鷹初得按,中官過馬不教嘶。注云:上每乘馬,必中官馭以進,謂之過馬。既乘之,蹀躞嘶鳴也。蓋唐時方鎮亦傚之,因而名廳事也。"

【過雲雨】五六月間的小雷陣雨。唐元稹長慶集十四閑詩之一:"江喧過雲雨,船泊打頭風。"參閱宋葉夢得避暑錄話下。

【過午不食】佛教戒律,每日一餐,過午不食。清俞正燮癸巳存稿十一午食:"古以不能夕食爲病,宋人言長年訣:夜卧不覆首,晚飯少數口。避瘴者訣:稍飲卯前酒,莫喫申後飯,似非常行之道。學佛者則過午不食,謂是佛所制……佛以日午食者,乞他食故。"參見"一食㊂"。

【過化存神】孟子盡心上:"夫君子所過者化,所存者神。"論語學而"夫子之求之也,其諸異乎人之求之與"宋朱熹集注:"聖人過化存神之妙,未易窺測。"言聖人具盛德,所經之處,人人無不被感化;心所存主之處,神妙莫測。

【過去七佛】佛家語。一毗婆尸佛,二尸棄佛,三毗舍婆佛,四拘樓秦佛,五拘那含牟尼佛,六迦葉佛,七釋迦牟尼佛。前三佛出於莊嚴劫(過去劫)之末,後四佛出於賢劫(現在住劫)。見法苑珠林十三千佛姓名。

【過目不忘】一經閱覽即長記不忘。極言記憶力强。晉書苻融載記:"融聰辯明慧,下筆成章,……耳聞則誦,過目不忘。"

【過目成誦】看過一遍就能背誦。極言記憶力之强。宋史四四四劉恕傳:"恕少穎悟,書過目即成誦。"

【過河拆橋】謂事成之前借助於人,事成以後即置之不理。元史一四二徹里帖木兒傳:"治書侍御史普化誚(許)有壬曰:'參政可謂過河拆橋者矣。'"

【過海和尚】指唐僧鑒真。天寶十二載偕日本遣唐使東渡至該國,傳布佛教,爲日本律宗初祖。人稱過海和尚。參閱唐李肇國史補上、宋釋贊寧宋高僧傳十四唐揚州大雲寺鑒真傳。

【過眼雲煙】比喻很快就消失的事物。清洪亮吉北江詩話六:"蓋勝地園林,亦如名人書畫,過眼雲煙,未有百年不易主者。"參見"煙雲過眼"。

【過猶不及】事情做得過頭,就如做得不够,皆爲不合。論語先進:"子貢問師(子張)與商(子夏)也孰賢,子曰:'師也過,商也不及。'曰:'然則師愈與?'子曰:'過猶不及。'"荀子王霸:"既能治近,又務治遠;既能治明,又務見幽;既能當一,又務正百;是過者也,過猶不及也。"

【過頤豕視】醜貌。戰國策齊一:"太子相不仁,過頤豕視。若是者信反。"元吳師道補正引宋劉辰翁:"過頤,卽俗所謂耳後見腮;豕視,卽相法所謂下邪偷視。"呂氏春秋知士頤作"顲"。

遏

è 烏葛切,入,曷韻,影。
ㄜˋ

㊀阻止。書武成:"予小子既獲仁人,敢祗承上帝,以遏亂略。"㊁斷絶。詩大雅文王:"命之不易,無遏爾躬。"

【遏密】禁絶。書舜典:"帝乃殂落,百姓如喪考妣;三載,四海遏密八音。"注:"遏,絶;密,静也。"後來以指皇帝之死。宋書明帝紀泰始元年詔:"子業凶嚚自天,忍悖成性,……再罹遏密,而無一日之哀;齊斬在躬,方深北里之樂。"子業,前廢帝。

【遏訟】阻止獄訟。周禮秋官禁殺戮:"凡傷人見血而不以告者,攘獄者,遏訟者,以告而誅之。"注:"遏訟者,遏止欲訟者也。"

【遏雲】阻遏行雲,喻歌聲響亮美妙。列子湯問:"薛譚學謳於秦青,……撫節悲歌,聲振林木,響遏行雲。"唐段安節樂府雜錄歌:"善歌者,……既得其術,卽致遏雲響谷之妙也。"

【遏劉】止殺。詩周頌武:"嗣武受之,勝殷遏劉,耆定爾功。"宋朱熹集傳:"言武王……嗣而受之,勝殷止殺,以致定其功也。"

【遏糴】禁購買穀米。孟子告子下:"五命曰:無曲防,無遏糴,無有封而不告。"指禁止遭受災荒的鄰國入境購買糧食。

【遏惡揚善】禁止姦惡,舉揚善良。易大有:"君子以遏惡揚善,順天休命。"

逿

1. dàng 徒浪切,去,宕韻,定。
ㄉㄤˋ

㊀跌倒。漢書八八王式傳:"式恥之,陽醉逿墜(地)。"注:"逿,失據而倒也。"

2. táng 集韻 徒郎切,平,唐韻。
ㄊㄤˊ

㊀搖盪,衝擊。史記一〇五倉公傳對文帝問:"周身熱,脈盛者,爲重陽。重陽者,逿心主。"文選漢張平子(衡)思玄賦:"爛漫麗靡,藐以迭逿。"注:"逿,突也。"

遇

yù 牛具切,去,遇韻,疑。
ㄩˋ

㊀相逢,不期而會。詩鄭風野有蔓草:"邂逅相遇,適我願兮。"春秋隱四年:"夏,公及宋公遇于清。"㊁相待,接待。漢書四五蒯通傳:"(韓)信曰:'漢遇我厚,吾豈可見利而背恩乎!'"又三七季布傳:"布弟季心氣蓋關中,遇人恭謹。"㊂當,對付。荀子大略:"無用吾之所短,遇人之所長。"㊃投合。戰國策秦四:"楚王揚言與秦遇,魏王聞之恐,效上洛於秦。"㊄姓。相傳黃帝子任姓之裔,封於遇,以國爲氏。漢有河内太守遇沖。見風俗通姓氏篇下、明陳士元姓觽七遇引姓譜。

【遇犬】獵犬。詩小雅巧言:"躍躍毚兔,遇犬獲之。"箋:"遇犬,犬之馴者,謂田犬也。"

【遇合】得到君王的賞識。呂氏春秋勸學:"凡遇合也,合不可必。"史記一二五佞幸傳序:"諺曰:'力田不如逢年,善仕不如遇合。'"後亦指賓主相得。

【遇仙帶】衣帶名。又名御仙帶。宋徐度却掃編上:"舊制,執政以上,始服毬文帶,佩魚;侍從之臣,止服遇仙帶,世謂之横金。元豐官制,始詔六曹尚書、翰林學士,並服遇仙帶,佩魚。"參見"御仙帶"。

【遇人不淑】所嫁之人不善。詩王風中谷有蓷:"有女仳離,條其歗矣;條其歗矣,遇人之不淑矣。"

【遇事生風】借故生事。漢書趙廣漢傳:"所居好用世吏子孫新進年少者,專厲彊壯蠭氣,見事風生,無所回避。"注:"風生,言其速疾不可當也。"宋樓鑰攻媿集四送周君可宰會稽詩:"遇事勿生風,三思庶能安。"

遌

1. è 五各切,入,鐸韻,疑。
ㄜˋ

㊀抵觸。説文作"逆",隸作"遌"。見"逆"。

2. wǔ
ㄨˇ

㊀遇。楚辭屈原九章懷沙:"重華不可遌兮,孰知余之從容。"史記八四屈原傳作"牾"。牾卽"啎"。

遄

chuán 市緣切,平,仙韻,禪。
ㄔㄨㄢˊ

疾速。詩鄘風相鼠:"人而無禮,胡不遄死!"

【遄飛】疾速飛揚。猶言勃發。唐王勃王子安集五滕王閣詩序:"遙襟俯暢,逸興遄飛。"

逾 1. yú ㄩˊ 羊朱切,平,虞韻,喻。

㊀越過。書武成:"既戊午,師逾孟津。"釋文:"逾,亦作踰。"又禹貢:"逾于洛,至南河。"

2. yù ㄩˋ

㊁更加。通"愈"。淮南子原道:"夫釋大道而任小數,……不足以禁姦塞邪,亂乃逾滋。"注:"逾滋,益甚也。"

【逾健達羅】古印度山名。意謂雙迹。此山之峰有二隴道,似車迹,故名。見翻譯名義集三衆山篇。

遯 dùn ㄉㄨㄣˋ 集韻 杜本切,上,混韻。

逃避。同"遁"、"遁"。漢書九四下匈奴傳贊:"如其後嗣遯逃竄伏。"注:"遯,古遁字。"

遑 huáng ㄏㄨㄤˊ 胡光切,平,唐韻,匣。

㊀閒暇。詩召南殷其靁:"何斯違斯,莫敢或遑。"又小雅小弁:"心之憂矣,不遑假寐。"參見"不遑"。㊁恐懼。通"惶"。見"遑急"、"遑遑㊀"。㊂見"迴遑"。

【遑急】急迫驚懼。後漢書二四馬援傳附馬嚴:"時京師訛言賊從東方來,百姓奔走,轉相驚動,諸郡遑急,各以狀聞。"

【遑遑】㊀驚恐不安貌。楚辭宋玉九辯:"衆鳥皆有所登棲兮,鳳獨遑遑而無所集。"本或作"惶惶"。後漢書十六鄧禹傳赦:"長安吏人,遑遑無所依歸,宜以時進討,鎭慰西京,繫百姓之心。"㊁匆忙貌。列子楊朱:"遑遑爾競一時之虛譽,規死後之餘榮。"宋書陶潛傳歸去來辭:"已矣乎,寓形宇內復幾時,奚不委心任去留,胡爲遑遑欲何之?"

遁 1. dùn ㄉㄨㄣˋ 徒困切,去,慁韻,定。徒損切,上,混韻,定。

㊀逃走。左傳莊二八年:"楚師夜遁。"㊁隱去。詩小雅白駒:"慎爾優游,勉爾遁思。"㊂回避。後漢書二七杜林傳奏:"至於法不能禁,令不能止,上下相遁,爲敝彌深。"㊃猶欺。淮南子繆稱:"或以治,或以亂,非自遁。"注:"遁,欺。"

2. qūn ㄑㄩㄣ 集韻 七倫切,平,諄韻。

㊄同"逡"。見"遁₂巡"。

3. xún ㄒㄩㄣˊ

㊅同"巡"。見"逡遁"。

【遁人】指心多疑畏的人。列子楊朱:"生民之不得休息,爲四事故:一爲壽,二爲名,三爲位,四爲貨。有此四者,畏鬼,畏人,畏威,畏刑,此謂之遁人也。"注:"謂違其自然者也。"

【遁化】道士之死婉稱遁化。唐顏真卿顏魯公集九茅山玄靖先生廣陵李君碑銘:"先生以大曆己酉歲冬十一月十有四日,遁化於茅山紫陽之別院,春秋八十有七。"

【遁甲】古代方士術數之一。起於易緯乾鑿度太乙行九宮法,盛於南北朝。神其說者,以爲出自黃帝風后及九天玄女,皆妄誕。其法以十干的乙丙丁爲三奇,以戊己庚辛壬癸爲六儀。三奇、六儀,分置九宮,而以甲統之,視其加臨吉凶,以爲趨避,故稱遁甲。後漢書八二方術傳序:"又有風角、遁甲、七政……之術。"注:"遁甲,推六甲之陰而隱遁也,今書七志有遁甲經。"一說遁甲當云循甲,以六甲循環推數,遁卽"循"字。參閱宋趙彥衛雲麓漫鈔九。

【遁₂巡】遲移徘徊,欲行又止。漢書三一陳勝項籍傳贊:"九國之師,遁巡而不敢進。"注:"遁巡,謂疑懼而卻退也。"賈誼新書過秦上作"逡巡"。參見"逡巡㊀"。

【遁跡】隱居。宋書翟法賜傳:"違避徵聘,遁跡幽深。"也作"遁迹"。南朝梁蕭統梁昭明集陶靖節傳:"釋慧遠彭城劉遺民,亦遁迹匡山。"

【遁辭】指理屈辭窮或不願吐露真意時,用來支吾搪塞的話。孟子公孫丑上:"遁辭知其所窮。"

【遁天之刑】指違背自然規律所受的刑罰。莊子列禦寇:"古者謂之遁天之刑。"注:"仍自然之能以爲己功者,逃天者也,故刑戮及之。"

【遁甲演義】明程道生撰,二卷。言遁甲者皆祖洛書,實起於易緯乾鑿度太乙行九宮法。是編於遁甲之法與用奇置閏之要,論述頗詳。

【遁迹銷聲】隱居不出。舊唐書八八韋嗣立傳上疏:"若任用無才,則有才之路塞,賢人君子所以遁迹銷聲,常懷歎恨者也。"

十 畫

遡 sù ㄙㄨˋ 桑故切,去,暮韻,心。

㊀逆流而上。同"溯"。詩秦風蒹葭:"遡洄從之,道阻且長。"順流而下亦謂遡。又:"遡游從之,宛在水中央。"引申爲推尋事物的源委。㊁向,面臨。詩大雅公劉:"夾其皇澗,遡其過澗。"㊂告訴。通"愬"。戰國策齊五:"衛君跣行告遡於魏。"宋鮑彪注:"遡、愬同。"

遘 gòu ㄍㄡˋ 古候切,去,候韻,見。

㊀遭遇。書洛誥:"惠篤敍,無有遘自疾。"梁書張稷傳:"稷所生母遘疾歷時,稷始年十一,夜不解衣而養。"㊁構成。通"構"。文選漢王仲宣(粲)七哀詩之一:"西京亂無象,豺虎方遘患。"

【遘禍】㊀造成禍患。後漢書二八下馮衍傳顯志賦:"忿戰國之遘禍兮,憎權臣之擅彊。"㊁遭受禍患。後漢書七十孔融傳曹操與融書:"故鼂錯念國,遘禍於袁盎;屈平悼楚,受譖於椒、蘭。"

【遘閔】遭遇父母之喪。文選晉潘安仁(岳)楊仲武誄:"子之遘閔,曾未齔〔齓〕齧。"

【遘難】生事發難。晉書樂廣傳:"成都王穎,廣之壻也。及與長沙王乂遘難,而廣既處朝望,羣小讒謗之。"

遠 yuǎn ㄩㄢˇ 雲阮切,上,阮韻,于。

㊀近之反。1. 距離。莊子天道:"吾固不辭遠道而來願見。"2. 時間。呂氏春秋大樂:"音樂之所由來者遠矣。"3. 差距。戰國策齊一:"窺鏡而自視,又弗如遠甚。"㊁深奧。易繫辭下:"其旨遠,其辭文。"

于願切,去,願韻,于。

㊂疏遠,離去。論語雍也:"敬鬼神而遠之,可謂知矣。"又顏淵:"舜有天下,選於衆,舉皋陶,不仁者遠矣。"

【遠人】㊀關係疏遠的人。左傳定元年:"周鞏簡公棄其子弟而好用遠人。"注:"遠人,異族也。"㊁遠方之人。論語季氏:"故遠人不服,則修文德以來之。"唐李白李太白詩三烏夜啼:"停梭悵然憶遠人,獨宿孤房淚如雨。"

【遠大】指高遠弘大的志向、職位、前途。藝文類聚六南齊謝朓爲王敬則謝會稽太守啟:"臣本布衣,不謀遠大。"

【遠公】晉釋慧遠居廬山東林寺,世人稱爲遠公。唐孟浩然集一晚泊潯陽望香爐峯詩:"嘗讀遠公傳,永懷塵外蹤。"也泛指有道行的僧人。宋林逋林和靖集二寺居詩:"閒棲已合稱高士,清論除非對遠公。"參見"慧遠 1"。

【遠安】縣名。屬湖北省。漢臨沮縣地,

晉析置高安縣。北周改爲遠安。故城在今縣北,明徙置於今縣東,崇禎末始移今治。清屬荆門州。參閱嘉慶一統志三五二荆門州。

【遠臣】㊀疏遠之臣。墨子親士:"近臣則喑,遠臣則唫。"㊁來自遠方之臣。孟子萬章上:"吾聞觀近臣以其所爲主,觀遠臣以其所主。"

【遠因】久遠的原因。廣弘明集二六南朝梁武帝斷酒肉文:"方飾邪說云:佛教爲法,本存遠因,在於卽日,未皆悉斷,以錢買肉,非己自殺。"

【遠志】草名。高七八寸,莖細,葉橢圓互生,夏開紫色花,根可入藥。爾雅釋草"葽繞,棘蒬",卽此。參閱政和證類本草六遠志。參見"葽繞"。

【遠庖】遠離廚房。孟子梁惠王上:"君子之於禽獸也,見其生,不忍見其死;聞其聲,不忍食其肉。是以君子遠庖廚也。"唐杜甫杜工部詩史補遺一題新津北橋樓:"池水觀爲政,廚烟覺遠庖。"

【遠到】言其才能大成。晉書陶侃傳:"尚書樂廣欲會荆揚士人,武庫令黃慶進侃於廣,人或非之,慶曰:'此子終當遠到,復何疑也。'"

【遠味】遠方所產之食物。尸子下:"珍怪遠味。"晉干寶搜神記一:"飲食常可得遠味異膳。"

【遠郊】城邑外百里之地。周禮地官載師:"以官田、牛田、賞田、牧田,任遠郊之地。"

【遠祖】稱高曾祖以上的遠代祖先。公羊傳莊四年:"遠祖者幾世乎?九世矣。"後漢書章帝紀建初七年詔:"仰惟先帝烝烝之情,前修禘器,以盡孝敬,朕得識昭穆之序,寄遠祖之思。"

【遠望】㊀向遠處瞻望。楚辭屈原九歌湘夫人:"慌忽兮遠望,觀流水兮潺湲。"㊁弩名。抱朴子雜應:"弩名遠望,張星主之。"藝文類聚六十太公兵法謂弩神名遠望。

【遠略】㊀建立武功於遠方。左傳僖九年:"齊侯不務德而勤遠略,故北伐山戎,南伐楚,西爲此會也。"㊁遠大的謀略。後漢書七一朱儁傳:"且(李)傕、(郭)汜小豎,樊稠庸兒,無他遠略,又埶力相敵,變難必作,吾乘其閒,大事可濟。"

【遠遊】㊀冠名。見"遠遊冠"。㊁履名。文選三國魏曹子建(植)洛神賦:"踐遠遊之文履,曳霧綃之輕裾。"注:"(漢)繁欽定情詩曰:'何以消滯憂,足下雙遠遊。'"唐李白李太白詩十八江上送女道士褚三清遊南嶽:"足下遠遊履,凌波生素塵。"

【遠意】㊀指古人之意。水經注一河水一:"後人假合,多差遠意。"㊁遠人之意。唐李白李太白詩十九答裴侍御……期月滿泛洞庭:"開緘識遠意,速此南行舟。"㊂意趣高遠。唐賈島長江集二送集文上人遊方詩:"分首芳草時,遠意青天外。"

【遠裔】遠代子孫。晉書赫連勃勃載記贊:"淳維遠裔,名王之餘。"

【遠猷】遠大的謀略。書康誥:"顧乃德,遠乃猷。"傳:"遠汝謀,思爲長久。"晉書汝南王亮傳詔:"汝南王亮體道沖粹,通識政理,……將憑遠猷,以康王化,其以亮爲太宰,錄尚書事。"

【遠業】遠大的事業。後漢書十七馮異傳論:"中興將帥,立功名者衆矣。……若馮(異)、賈(復)之不伐,岑公(彭)之義信,乃足以感三軍而懷敵人,故能剋成遠業,終全其慶也。"

【遠嫌】遠避嫌疑。晉書陳壽傳:"司空張華愛其才,以壽雖不遠嫌,原情不至貶廢,舉爲孝廉。"

【遠圖】長遠之謀。左傳襄二八年:"榮成伯曰:遠圖者忠也。"後漢書十七賈復傳贊:"奇鋒震敵,遠圖謀國。"

【遠慮】指事先的考慮。論語衞靈公:"人無遠慮,必有近憂。"漢書四九晁錯傳贊:"晁錯銳於爲國遠慮,而不見身害。"

【遠謀】深遠的謀畫。左傳莊十年:"肉食者鄙,未能遠謀。"全唐詩二三五賈至送友人使河源:"舉酒有餘恨,論邊無遠謀。"

【遠山眉】形容女子秀麗之眉。舊題漢劉歆西京雜記二:"(卓)文君姣好,眉色如望遠山。"也指美女。唐杜牧樊川集四少年行:"豪持出塞節,笑別遠山眉。"

【遠山黛】用黛畫眉,如遠山。趙飛燕妹合德,爲薄眉,號遠山黛。見舊題漢伶玄趙飛燕外傳(顧氏文房小說本)。

【遠兄弟】族兄弟。禮檀弓上:"有殯聞遠兄弟之喪,雖緦必往。"

【遠如期】漢鐃歌名。一名遠期。以首句遠如期三字爲名。古今樂録:"漢太樂食舉曲有遠期,至魏省之。"見樂府詩集十六遠如期。

【遠遊冠】冠名。後漢書輿服志下:"遠遊冠,制如通天,有展筩橫之於前,無山述,諸王所服也。"漢以後歷代沿用,宋爲皇太子受册謁廟之服,至元始廢。

遠遊冠

【遠遊篇】樂府雜曲歌辭。三國魏曹植作。楚辭有屈原遠遊,曲名本此。北周王褒有輕舉篇,亦出於此。見樂府詩集六四雜曲歌辭遠遊篇。

【遠交近攻】交好遠邦,攻伐近國。戰國策秦三范睢說秦王:"王不如遠交而近攻,得寸則王之寸,得尺亦王之尺也。今舍此而遠攻,不亦繆乎?"

【遠水不救近火】喻緩不濟急。韓非子說林上:"失火而取水于海,海水雖多,火必不滅矣,遠水不救近火也。"周書赫連達傳:"及(賀拔)岳爲侯莫陳悅所害,軍中大擾。……諸將或欲南追賀拔勝,或云東告朝廷。達又曰:'此皆遠水不救近火,何足道哉。'"

【遠親不如近鄰】喻遠不濟急,近乃可恃。古今雜劇元秦簡夫東堂老勸破家子弟四:"豈不聞道遠親呵不如近隣,我可便說的話言忠信。"

遜 xùn ㄒㄩㄣ 蘇困切,去,慁韻,心。

㊀退避。書堯典:"將遜于位,讓于虞舜。"㊁辭讓。漢荀悅申鑒政體:"垂拱揖遜而海內平矣。"㊂恭順,謙遜。書舜典:"百姓不親,五品不遜。"後漢書四四胡廣傳:"性溫柔謹素,常遜言恭色。"㊃謂不如。如言稍遜一籌。

【遜衣】清代鑾儀衞鹵簿中擡轎執仗的人所穿的衣服。見清會典事例一一〇九鑾儀衞鹵簿。

【遜位】退位。史記太史公自序:"唐堯遜位,虞舜不台。"後漢書十六鄧騭傳:"功成身退,讓國遜位。"

【遜國】猶言讓國。明建文四年六月,燕王朱棣兵入京師,宮中火起,建文帝不知所終。民間傳說其由地道出亡。其後滇黔巴蜀間,皆傳帝爲僧事,世遂以帝爲遜國。明史藝文志二著錄有朱睦㮮遜國記二卷、曹參芳遜國正氣紀二卷。

【遜遜】誠謹貌。漢劉修碑:"其於鄉黨,遜遜如也。"(隸釋八)參見"恂恂㊀"。

【遜愿】謙恭謹慎。新唐書一六七崔損傳:"損以便柔遜愿,中帝意,乃留八年。"

【遜辭】恭順的言語。漢書三三韓王信傳:"(韓增)爲人寬和自守,以溫顏遜辭承上接下,無所失意,保身固寵,不能有所建明。"

【遜志齋集】明方孝孺撰。二十四卷,分雜著八卷,文十四卷,詩二卷。孝孺建文時任侍講學士,以不爲燕王草登極詔,誅死,滅十族。死後,文禁極嚴,其門人王稔，藏其遺稿，宣德後始流布，故集中多有缺文脱簡。

遢 tà 吐盍切，入，盍韻，透。ㄊㄚˋ

見"邋遢"。

遣 qiǎn 去演切，上，獮韻，溪。ㄑㄧㄢˇ

㊀派遣，使離去。墨子號令："遣卒候者無過五十人。"左傳僖二三年："公子不可，姜與子犯謀，醉而遣之。"㊁放逐。公羊傳宣十八年："歸父還自晉，……至檉，聞君薨家遣。"漢書八一孔光傳："太后從弟子傅遷在左右尤傾邪，上免官遣歸故郡。"㊂排遣。晉書王濬傳："吾始懼鄧艾之事，畏禍及，不得無言，亦不能遣諸胸中，是吾褊也。"㊃使，令。唐李白李太白詩二五勞勞亭："春風知別苦，不遣柳條青。"

去戰切，去，線韻，溪。

㊄見"遣車"。

【遣刑】清代刑法，將平民罪犯發送邊地安置，官吏發送新疆及邊遠地區當差，稱遣刑，又稱發遣。見清會典事例七二七刑部名例律五。

【遣戍】舊時發送犯人戍邊，使效力贖罪，謂之遣戍。史記秦始皇紀："三十三年，發諸嘗逋亡人、贅壻、賈人略取陸梁地，爲桂林、象郡、南海，以適遣戍。"

【遣車】送葬時載牲體的用車。禮檀弓下："遣車一乘，及墓而反。"注："人臣賜車馬者，乃得有遣車。"也稱鸞車。周禮春官巾車："大喪，飾遣車。"漢鄭玄注："遣車，一曰鸞車。"

【遣晝】猶言放晴。農政全書十一農事占候："凡久雨至午少止，謂之遣晝。在正午遣，或可晴；午前遣，則午後雨不可勝。"

【遣奠】發靈之日所設的祭奠。周禮春官巾車"大喪，飾遣車，遂廞之行之"唐賈公彥疏："此時當在朝廟之時，於始祖廟陳器之明旦大遣奠之後。"

【遣悶】排除煩悶。唐李羣玉詩集下旅泊："短篇纔遣悶，小釀不供愁。"

【遣蝨】猶除蝨。東觀漢記十二馬援傳："擊尋陽山賊，上書曰：'除其竹木，譬如嬰兒頭多蟣蝨，而剃之蕩蕩，蟣蝨無所復依。'書奏，上大悦，……敕黄門取頭蝨章特入，因出小黄門有蝨者皆剃之。"廣弘明集二七上南朝梁簡文帝答湘東王書："剃頂之時，此心特至，心口自謀，併欲剪落，無疑馬援遣蝨之談，不辭應氏赤壺之諷。"

【遣辭】用詞。世説新語賞譽下："殷中軍（浩）道韓太常（伯）曰：'康伯少自標置，居然是出羣器，及其發言遣辭，往往有情致。'"辭，也作"詞"。宋李心傳建炎以來繫年要録八建炎元年："且既非臺章，又非諫疏，不知遣詞者何所據而言。"

遝 1. dài 徒合切，入，合韻，定。ㄉㄞˋ

㊀迨，及。漢陳球後碑："遝完徂齊，實爲陳氏。"（隸釋十）漢太尉劉寬碑："未遝誅討，亂作不旋。"（隸釋十一）

2. tà ㄊㄚˋ

㊁重積。同"沓"。漢書三六楚元王傳附劉向上封事："雜遝衆賢，罔不肅和。"

遙 yáo 餘昭切，平，宵韻，喻。ㄧㄠˊ

㊀遠。禮王制："自江至於衡山，千里而遙。"引申爲長。見"遙夕"、"遙夜"。㊁漂蕩。楚辭大招："魂魄歸徠，無遠遙只。"注："遙，猶漂遙，放流貌也。"

【遙夕】長夜。文選晉何敬祖（劭）雜詩："勤思終遙夕，永言寫情慮。"也作"遙昔"。文選晉張茂先（華）雜詩："伏枕終遙昔，寤言莫予應。"

【遙夜】長夜。楚辭宋玉九辯："靚杪秋之遙夜兮，心繚悷而有哀。"

【遙遙】遠。1.遼遠。左傳昭二五年："鸜鵒之巢，遠哉遙遙。"2.久遠。南史何尚之傳附何昌寓："昌寓後爲吏部尚書，嘗有一客姓閔求官，昌寓謂曰：'君是誰後？'答曰：'子騫後。'昌寓團扇掩口而笑，謂坐客曰：'遙遙華胄。'"

【遙領】擔任職名，不親往任職。晉書桓温傳："温至赭圻，詔又使尚書車灌止之，温遂城赭圻，固讓内禄，遙領揚州牧。"參閱宋吴曾能改齋漫録一將帥遙領州鎮。

【遙香草】草名。舊題晉王嘉拾遺記十岱輿山："有遙香草，其花如丹，光曜日月，葉細長而白，如忘憂之草，其花葉俱香，扇馥數里，故名遙香草。"

遞 1. dì 徒禮切，上，薺韻，定。ㄉㄧˋ 特計切，去，霽韻，定。

㊀交替，順次更迭。荀子天論："列星隨旋，日月遞炤。"㊁傳送。舊唐書一〇三郭虔瓘傳章湊上疏："又一萬行人，詣六千餘里，咸給遞馱，并供熟食，道次州縣，將何以供？"

2. dài ㄉㄞˋ

㊂圍繞。漢書九九上王莽傳陳崇等奏莽功德："夫絳侯（周勃）即因漢藩之固，杖朱虛之鯁，依諸將之遞，據相扶之勢，其事雖醜，要不能遂。"

【遞夫】長途轉輸傳送貨物的丁壯。唐韓愈昌黎集二三唐正議大夫尚書左丞孔公（戣）墓誌銘："明州歲貢海蟲淡菜蛤蚶可食之屬，自海抵京師，道路水陸遞夫積功歲爲四十三萬六千人。"

【遞代】更迭。楚辭宋玉招魂："二八侍宿，射遞代些。"漢書禮樂志郊祀歌景星："空桑琴瑟結信成，四興遞代八風生。"

【遞衣】幾個人交替服用一套衣。後漢書八一李充傳："家貧，兄弟六人，同食遞衣。"清王先謙集解："東觀記云：出入更衣。"

【遞馱】沿路遞發馬牛驢馱運兵器什物。驢載曰馱。唐制每馱一百斤，其脚直一百里一百文，山阪處一百二十文，驢少處不得過一百五十文，平易處不得下八十文，其有人負處，兩人分一馱。見唐六典三户部尚書。

【遞解】舊制，非本籍犯人，由官府押令出境，按站輪傳，送至犯事地方，稱爲遞解。明湯顯祖牡丹亭鬧宴："叫中軍官暫時拏下那光棍，逢州换驛，遞解到臨安監候。"

【遞鋪】遞送公文書或貨物的驛站。唐闕名玉泉子："李德裕在中書，嘗飲惠山泉，自毗陵至京置遞鋪。"

【遞鐘】琴名。漢書六四下王褒傳聖主得賢臣頌："雖伯牙操遞鐘，逢門子彎烏號，猶未足以喻其意也。"注："晉灼曰：'遞音遞迭之遞，二十四鐘各有節奏，擊之不常，故曰遞。'"

十一畫

適 1. shì 施隻切，入，昔韻，審。ㄕˋ

㊀往，至。詩鄭風緇衣："適子之館兮，還予授子之粲兮。"論語子路："子適衛。"㊁歸。左傳昭十五年："好惡不愆，民知所適，事無不濟。"㊂女子出嫁。文選晉潘安仁（岳）寡婦賦序："少喪父母，適人而所天又殞。"世説新語任誕："袁彥道（耽）有二妹，一適殷淵源（浩），一適謝仁祖（尚）。"㊃適合，恰好。詩鄭風野有蔓草："邂逅相遇，適我願兮。"商君書畫策："由此觀之，神農非高於黄帝也，然其名尊者，適於時也。"吕氏春秋首時："其貌適吾所甚惡也。"㊄滿足，安適。書盤庚上："盤庚遷于殷，民不適有居。"漢書五一賈山傳至言："秦王貪狼暴虐，殘賊天下，窮困萬民，以適其欲也。"㊅纔。漢書四八

賈誼傳上疏:"陛下之臣雖有悍如馮敬者,適啟其口,匕首已陷其匈矣!" ㊆祇,僅。孟子告子上:飲食之人,無有失也,則口腹豈適爲尺寸之膚哉。" ㊇當然,應當。詳"適然"。

2. dí ㄉㄧˊ 都歷切,入,錫韻,端。

㊈專主。詩衛風伯兮:"豈無膏沐,誰適爲容。"傳:"適,主也。" 呂氏春秋下賢:"帝也者天下之適也。" ㊉正妻,正妻所生的長子。通"嫡"。左傳文十八年:"夫人姜氏歸于齊,大歸也。將行,哭而過市曰:天乎!仲爲不道,殺適立庶。"詩大雅大明:"天位殷適,使不挾四方。" (十一)相當。通"敵"。禮燕義:"君獨升立席上,西面特立,莫敢適之義也。"疏:"莫敢適,言臣下莫敢與君亢敵。"史記七九范雎傳:"攻適伐國。"戰國策秦三作"征敵伐國"。

3. zhé ㄓㄜˊ 集韻陟革切,入,麥韻。

(十二)譴責,懲罰。通"謫"。詩商頌殷武:"歲事來辟,勿予禍適,稼穡匪解。"孟子離婁上:"人不足與適也,政不足間也;惟大人爲能格君心之非。"

4. tì ㄊㄧˋ 集韻他歷切,入,錫韻。

(十三)驚貌。見"適$_4$適$_4$"。

【適人】出嫁。儀禮喪服"子嫁反在父之室"漢鄭玄注:"凡女行於大夫以上曰嫁,行於士庶人曰適人。"孔子家語六本命:"女十五許嫁,有適人之道。"

【適$_2$人】敵人。墨子備城門:"適人遂入,引機發梁,適人可禽。"史記八二田單傳贊:"夫始如處女,適人開戶;後如脫兔,適不及距:其田單之謂邪!"

【適$_2$士】上士。禮祭法:"適士二廟一壇。"注:"適士,上士也。"按清孫希旦集解:"適士,謂大宗世適爲士者也。鄭氏(玄)以適士爲上士,孔疏雖順注爲義,而曾子問疏有大宗子爲士,得立祖禰二廟之說,蓋已陰識鄭說之非矣。"

【適$_2$子】正妻所生之子,即嫡子。左傳襄二三年:"季武子無適子,公彌長,而愛悼子,欲立之。"參見"嫡子"。

【適口】適合口味。三國魏嵇康嵇中散集七難張遼叔自然好學論:"嘉肴珍膳,雖所未嘗,嘗必美之,適於口也。"宋書孔琳之傳建言:"所甘不過一味,而陳必方丈,適口之外,皆爲悅目之費。"

【適用】適合使用。史記項羽本紀:"東陽少年殺其令,相聚數千人,欲置長,無適用,乃請陳嬰。"晉書職官志:"及秦變周官,漢遵嬴舊,或隨時適用,或因務遷革,霸王之典,義在於斯。"

【適$_3$戍】以罪被罰守邊。史記秦始皇紀論引賈誼:"適戍之衆,非抗於九國之師。"又陳涉世家:"(秦)二世元年七月,發閭左適戍漁陽九百人,屯大澤鄉。"

【適$_2$室】㊀正寢之室。儀禮士喪禮:"士喪禮,死于適室,幠用斂衾。"注:"適室,正寢之室也。"疏:"卿大夫士謂之適室,亦謂之適寢。"㊁正妻。三國志魏夏侯尚傳:"尚有愛妾嬖幸,寵奪適室。"

【適$_2$孫】嫡出長孫。儀禮喪服:"有適子者無適孫。"注:"周之道,適子死,則立適孫,是適孫將上爲祖後者也。長子在,則皆爲庶孫耳。"

【適$_2$莫】猶厚薄。論語里仁:"君子之於天下也,無適也,無莫也,義之與比。"皇侃義疏:"范甯曰:適莫,猶厚薄也;比,親也。君子與人,無有偏頗厚薄,唯仁義是親也。"後漢書六三李固傳附李燮:"時潁川荀爽賈彪,雖俱知名而不相能,燮並交二子,情無適莫,世稱其平正。"

【適然】㊀偶然。莊子秋水:"當桀紂而天下无通人,非知失也,時勢適然。"韓非子顯學:"故有術之君,不隨適然之善,而行必然之道。"㊁當然。漢書四八賈誼傳陳政事疏:"至於俗流失,世壞敗,因恬而不知怪,慮不動於耳目,以爲是適然耳。"注:"適,當也,謂事理當然。"

【適意】順心。文選古詩十九首之十六:"眄睞以適意,引領遙相睎。"世說新語識鑒:"張季鷹(翰)辟齊王東曹掾,在洛見秋風起,因思吳中菰菜羹、鱸魚膾,曰:'人生貴得適意耳,何能羈宦數千里以要名爵!'遂命駕便歸。"

【適$_2$寢】正寢,亦叫適室。禮喪大記:"君夫人卒於路寢,大夫世婦卒於適寢。"參見"適室㊀"。

【適$_4$適$_4$】驚視自失貌。莊子秋水:"於是埳井之鼃聞之,適適然驚,規規然自失也。"疏:"適適,驚怖之容。"

【適歷】謂分布稀疏均勻。周禮地官遂師"抱磨"注:"磨者,適歷,執綍者名也。"疏:"謂天子千人,分布於六綍之上,謂之適歷者,分布稀疏得所,名爲適歷也。"參閱清惠棟九經古義七周禮古義。

遮

zhē ㄓㄜ 正奢切,平,麻韻,照。

㊀阻攔,遏止。呂氏春秋應同:"子不遮乎親,臣不遮乎君。"注:"遮,後遏也。"史記七三白起傳:"發年十五以上悉詣長平,遮絕趙救及糧食。"㊁掩蔽。唐韓愈昌黎集九西山詩:"爲遮西望眼,終是懶迴頭。"㊂衆多。管子侈靡:"六畜遮育,五穀遮熟。"注:"遮,猶兼也。"㊃這。文苑英華九八九唐白居易祭元相公文引元稹詩:"自識君來三度別,遮回白盡老髭鬚。"景德傳燈錄二七布袋和尚:"師在街衢立,有僧問:和尚在遮裏做什麼?"

【遮放】地名。本隴川宣撫司地。明萬曆十二年,置副宣撫司。清屬騰越廳。故地在今雲南騰衝縣。見嘉慶一統志四九八騰越廳。

【遮迣】周列遮攔。漢書七二鮑宣傳上書:"凡民有七亡:……部落鼓鳴,男女遮迣,六亡也。"注:"言聞桴鼓之聲以爲有盜賊,皆當遮列而追捕。"

【遮迾】列隊遮攔。後漢書輿服志上:"張弓帶鞬,遮迾出入稱促。"文選南朝宋顏延年(延之)赭白馬賦:"進迫遮迾,却屬輦輅。"注引服虔通俗文:"天子出,虎賁伺非常,謂之遮迾。"

【遮留】攔阻挽留。北史唐永傳:"行臺蕭寶夤表永爲南豳州刺史,夷人送故者,莫不垂淚,當路遮留,隨數日,始得出境。"

【遮莫】㊀猶這麼。晉干寶搜神記十八張華:"狐曰:我天生才智,反以爲妖,以犬試我,遮莫千試萬慮,其能爲患乎?"㊁儘管,任憑。景德傳燈錄二九梁寶誌十四頌運用無等:"遮莫刀劍臨頭,我自安然不采。"唐李白李太白詩六少年行:"遮莫親姻連帝城,不如當身自簪纓。"㊂不論,不問。唐岑參岑嘉州詩七原頭送范侍御:"別君只有相思夢,遮莫千山與萬山。"㊃莫要。唐李白李太白詩三十寒女吟:"不是妾無堪,君家婦難作。起來強歌舞,縱好君嫌惡。下堂辭君去,去後悔遮莫!"宋陳傅良止齋集八和張端士初夏詩:"短夜得眠常不足,僧鐘遮莫報昏晨。"㊄或者。元曲選關漢卿魯齋郎一:"或是流二千,遮莫徒一年,恁時節則落的幾度喘。"㊅拚着。水滸二:"好了,遮莫去那裏陪個小心,借宿一宵,明日早行。"

【遮道】攔路。史記陳涉世家:"其故人嘗與庸耕者聞之,之陳,扣宮門,曰:'吾欲見涉。'……(宮門令)不肯爲通。陳王出,遮道而呼涉。陳王聞之,乃召見,載與俱歸。"

【遮擊】截擊。漢書六一張騫傳:"樓蘭姑師小國當空〔孔〕道,攻擊漢使王恢等尤甚,而匈奴奇兵又時時遮擊之。"

【遮欄】遮蔽,攔阻。全唐詩八〇四魚玄機打毬作:"無滯礙時從撥弄,有遮欄處任鉤留。”宋詩鈔孔武仲清江集鈔九月二十二日西館雨中作：“路多綠竹遮欄雨，池有殘荷掩映秋。”引申爲排遣。草堂詩餘後集下黄山谷（庭堅）西江月勸酒：“花病等閒瘦弱，春愁没處遮欄。”也作“遮攔”。宋詩鈔戴復古石屏詩鈔竹洲諸姪孫小集永嘉蔣子高有詩次韻：“美景能兼樂事難，愁來唯仗酒遮攔。”

【遮吒迦】鳥名。唐段成式酉陽雜俎三貝編：“此言鬼子魔遮吒迦鳥，唯得食魚，捨鵝〔餓〕鬼受此身。”法苑珠林九七局施：“受遮吒迦鳥身。”注：“此身唯食天雨，仰口承天雨水而飲之，不得飲餘水。”

【遮虜障】地名。漢路博德所築，卽居延城。在今內蒙古自治區額濟納旗。參閱嘉慶一統志二七八肅州。

遨 áo ㄠ 五勞切，平，豪韻，疑。

嬉遊。說文作“敖”。後漢書十一劉盆子傳：“乘軒車大馬，赤屏泥，絳襜絡，而猶從牧兒遨。”又八三梁鴻傳作詩：“聊逍搖兮遨嬉，纘仲尼兮周流。”

【遨遊】㊀游樂。文選晉陸士衡（機）擬古詩擬青青陵上柏：“遨遊放情願，慷慨爲誰歎。”㊁奔走周旋。後漢書二四馬援傳：“援至，引見於宣德殿，世祖迎笑謂援曰：‘卿遨游二帝間，今見卿，使人大慙！’”

【遨頭】宋代成都自正月至四月浣花，太守出遊，士女縱觀，稱太守爲遨頭。宋蘇軾分類東坡詩八次韻劉景文周次元寒食同游西湖：“藍尾忽驚新火後，遨頭要及浣花前。”陸游老學庵筆記八：“四月十九日，成都謂之浣花，遨頭宴於杜子美（甫）草堂滄浪亭，傾城皆出，錦繡夾道，自開歲宴遊至是而止。”

遭 zāo ㄗㄠ 作曹切，平，豪韻，精。

㊀遇。禮曲禮上：“遭先生於道，趨而進，正立拱手。”㊁四圍。唐劉禹錫劉夢得集四金陵五題石頭城詩：“山圍故國周遭在，潮打空城寂寞回。”㊂次。俗稱幾次曰幾遭。唐孟郊孟東野集三寒地百姓吟詩：“華膏隔仙羅，虛遶千萬遭。”

【遭逢】遭遇。漢王充論衡命義：“遭者，遭逢非常之變，若成湯囚夏臺，文王戹牖里矣。”周書文帝紀上：“侯莫陳悅本實庸材，遭逢際會，遂叨任委。”

【遭遇】遭逢。文選漢班孟堅（固）東都賦：“匪唯主人之好學，蓋乃遭遇乎斯時也。”泛指生活中的經歷。漢王充論衡書解：“蓋材知無不能，在所遭遇；遇亂則知立功，有起則以其材著書者也。”

【遭際】猶遭遇。指生活中的經歷。宋沈括夢溪筆談九人事上：“狄青爲樞密使，有狄梁公（仁傑）之後，持梁公畫像及告身十餘通，詣青獻之，以謂青之遠祖。青謝之曰：‘一時遭際，安敢自比梁公？’”

【遭艱】遭父母之喪。猶丁憂。世說新語德行：“王安豐（戎）遭艱，至性過人。”

【遭家不造】詩周頌閔予小子：“閔予小子，遭家不造，嬛嬛在疚。”箋：“造，猶成也。……遭武王崩，家道未成，嬛嬛然孤特在憂病之中。”本爲成王除喪朝廟感傷之辭，後常以指家中遭遇不幸。

遬 sù ㄙㄨ 桑谷切，入，屋韻，心。

㊀疾，速。墨子明鬼下：“鬼神之誅，若此之憯遬。”淮南子兵略：“欲疾以遬，人不及步鋗，車不及轉轂。”㊁局促不安貌。禮玉藻：“君子之容舒遲，見所尊者齊遬。”注：“遬，猶蹙蹙也。”㊂密。管子小匡：“別苗秀，列疏遬。”注：“遬，密也。”㊃見“遬濮”。

【遬濮】漢匈奴部落名。漢書五五霍去病傳：“票騎將軍率戎士隃烏盭，討遬濮，涉狐奴。”注：“遬，古速字也。遬濮，匈奴部落名也。”

遰 1. dì ㄉㄧ 特計切，去，霽韻，定。

㊀去，往。大戴禮二夏小正：“九月……遰鴻雁。遰，往也。”

2. shì ㄕ 正字通音逝。

㊁刀鞘。禮內則：“右佩玦、捍、管、遰、大觿、木燧。”㊂通“逝”。史記八四賈生傳弔屈原賦：“鳳漂漂其高遰兮，夫固自縮而遠去。”

遳 cuó ㄘㄨㄛ 七戈切，平，戈韻，清。

脆弱，短小。見下。

【遳陋】矮小醜陋。新唐書一六八王伾傳：“伾本闒茸，皃遳陋。”又一七〇史敬奉傳：“敬奉遳陋，頪不勝衣，其走逐奔馬，挾鞍勒以上，而後羈帶之，矛矢其手，前無彊敵。”參見“矬陋”。

【遳脆】軟弱。文選晉左太沖（思）魏都賦：“漢罪流禦，秦餘徙帑，宵貌蕞陋，稟質遳脆。”注：“遳，亦脆也。”

遥 yáo ㄧㄠ 集韻 餘招切，平，宵韻。

遠。同“遙”。漢書郊祀志下：“及言世有僊人，服食不終之藥，遥興輕舉，登遐倒景。”注：“遥，古遙字也。”

遯 dùn ㄉㄨㄣ 徒損切，上，混韻，定。徒困切，去，慁韻，定。

“遁”本字。㊀隱避。書說命下：“台小子舊學于甘盤，既乃遯于荒野。”㊁欺騙。淮南子修務：“審于形者，不可遯以狀。”㊂易卦名。☰☶。艮下乾上。

【遯心】逃遁之心。禮緇衣：“教之以政，齊之以刑，則民有遯心。”

【遯世】避世。易乾文言：“不成乎名，遯世无悶。”禮中庸：“遯世不見知而不悔，唯聖者能之。”

【遯辭】支吾搪塞的話。後漢書八三戴良傳：“州郡迫之，乃遯辭詣府，……因逃入江夏山中。”參見“遁辭”。

十二畫

遵 zūn ㄗㄨㄣ 將倫切，平，諄韻，精。

㊀沿着。詩周南汝墳：“遵彼汝墳，伐其條枚。”㊁遵守。禮中庸：“君子遵道而行，半塗而廢，吾弗能已矣！”

【遵化】縣名。屬河北省。春秋無終國地，漢爲右北平之境。唐於此置馬監及鐵冶。五代後唐改遵化縣，屬薊州。宋元明因之。清康熙十五年，以陵寢重地，升縣爲州，屬順天府。乾隆八年升爲直隸州。公元1913年復改縣。境內有昌瑞山，清之東陵在此。參閱清孫承澤天府廣記二府縣治、嘉慶一統志四五遵化直隸州。

【遵堯】漢盧植陳八事，五曰修禮，六曰遵堯。遵堯，卽行堯之法，謂郡守刺史不應一月數遷，宜三年考績，黜陟幽明，以章能否。見後漢書六四盧植傳。

【遵遁】逡巡，遲疑不前。管子小問：“公遵遁繆然遠，二三子遂徐行而進。”參閱清王念孫讀書雜志管子八。

【遵義】府、縣名。故治在今貴州遵義市一帶。漢爲夜郎且蘭二縣地，屬牂柯郡。唐貞觀時置郎州，後改播州，置遵義縣，乾符後入南詔。宋大觀時改遵義軍，宋末縣廢。元爲播州宣撫司，明改宣慰司。萬曆二十六年改遵義府，府治遵義縣，屬四川。清因之，雍正五年改屬貴州。公元1913年裁府留縣，1949年分立遵義市。參閱讀史方輿紀要七十四川遵義府。

【遵王履】唐宣宗（李忱）令有司仿製孔子履以進，名“魯風鞋”。宰相諸王多倣之，而微殺其式，別呼爲“遵王履”。見宋陶穀清異錄衣服（說郛六一）。

【遵巖集】明王愼中撰。二十五卷。愼中晉江人，嘉靖五年進士，官至吏部郎中、河南參政。古文與唐順之齊名，詩亦相似。

【遵生八牋】明高濂撰。十九卷。分清修妙論、四時調攝、起居安樂、延年却病、飲饌服食、燕閒清賞、靈祕丹藥、塵外遐舉等八目。

【遵養時晦】詩周頌酌："於鑠王師，遵養時晦。"箋："於美乎文王之用師，率殷之叛國以事紂，養是闇昧之君，以老其惡。"後亦用作身處亂世、退隱待時之意。舊五代史唐李琪傳："琪雖博學多才，拙於遵養時晦，知時不可爲，然猶多岐取進，動而見排，由己不能鎮静也。"

遴 1. lìn ㄌㄧㄣˋ 良刃切，去，震韻，來。

㊀行路難。說文："行難也。……易曰：'以往遴。'"今易蒙初六作"吝"。㊁吝嗇。通"吝"。漢書五三魯恭王餘傳："初好音樂輿馬，晚節遴，唯恐不足於財。"史記五宗世家作"嗇"。

2. lín ㄌㄧㄣˊ 正字通 離呈切，音隣。

㊂見"遴$_2$柬"、"遴$_2$選"。

【遴柬】吝嗇。漢書高惠高后文功臣表序："恐議者不思大義，設言虛亡，則厚德掩息，遴柬布章，非所以視化勸後也。"注："晉灼曰：柬，古簡字也。簡，少也。"清王先謙補注："簡，略也。遴柬，即吝嗇簡略之謂。"

【遴$_2$柬】審慎選拔人才。新唐書一一七魏玄同傳上疏："故當衰弊之乏，則磨策朽鈍以馭之；太平多士，則遴柬髦俊而使之。"

【遴集】類聚。漢揚雄法言問明："鷦明遴集，食其絜者矣。"晉李軌注："遴集者，類聚羣遊，得其所也。"

【遴嗇】同"吝嗇"。漢書九九下王莽傳："莽好空言，慕古法，多封爵人，性實遴嗇。"注："遴，讀與吝同。"

【遴$_2$選】審慎選拔。世說新語言語"陶公疾篤"注引王隱晉書陶侃遺表："願遴選代人，使必得良才，足以奉宣王猷，遵成志業，則雖死之日，猶生之年。"

遶 rào ㄖㄠˋ 而沼切，上，小韻，日。

圍繞。世說新語規箴："（王衍）口未嘗言錢字，婦欲試之，令婢以錢遶牀不得行，夷甫晨起，見錢閡言，呼婢曰：'舉卻阿堵物。'"夷甫，衍字。

【遶殿雷】㊀琵琶名。舊五代史周馮道傳注引陶岳五代史補："馮吉，瀛王道之子，能彈琵琶，以皮爲弦，世宗嘗令彈於御前，深欣善之，因號其琵琶曰：'遶殿雷。'"㊁宮廷高聲傳呼。宋吳自牧夢粱錄一元旦大朝會："禁衛人高聲嵩呼，聲甚震，名爲繞殿雷。"明彭大翼山堂肆考商集三六科第衛士傳名："進士在集英殿，唱第日，皇帝臨軒，宰臣進一甲三名卷子，讀于御案前，讀畢，宰臣拆視姓名，則曰某人，由是閤門承之，以傳于階下，衛士凡六七人，皆齊聲傳其名而呼之，謂之臚傳，亦謂之遶殿雷。"

遷 qiān ㄑㄧㄢ 七然切，平，仙韻，清。

㊀遷移。詩小雅伐木："出自幽谷，遷于喬木。"㊁變易。左傳昭五年："吾子爲國政，未改禮而又遷之。"㊂離散。國語晉四："姓利相更，成而不遷，乃能攝固，保其土房。"注："遷，離散也。"㊃徙官。漢書四八賈誼傳："文帝説之，超遷，歲中至太中大夫。"㊄貶謫，放逐。書皋陶謨："何憂乎驩兜，何遷乎有苗。"

【遷方】指西方。漢班固白虎通五行："西方者，遷方也，萬物遷落也。"

【遷化】㊀遷移變化。文選漢傅武仲（毅）舞賦："與志遷化，容不虛生。"三國志魏劉廙傳："廙謂（兄）望之曰：'……今兄既不能法柳下惠和光同塵於內，則宜模范蠡遷化於外，坐而自絶於時，殆不可也。'"㊁指人死。漢書九七上李夫人傳："忽遷化而不反兮，魄放逸以飛揚。"南朝梁釋慧皎高僧傳三佛陀什："先沙門法顯於師子國得彌沙塞律梵本，未被翻譯而法顯遷化。"

【遷正】改正朔。文選漢班孟堅（固）典引："至於遷正黜色，賓監之事，渙揚寓內。"

【遷江】縣名。唐大曆間置思剛州。宋改爲遷江縣。屬賓州。歷代因之。公元1952年撤銷。故址在今廣西來賓縣西。參閱讀史方輿紀要一〇九柳州府。

【遷安】縣名。屬河北省。漢肥如縣地。遼爲安喜縣。金大定七年改置遷安縣。元省入盧龍縣，尋復置。明清皆屬直隸永平府。參閱讀史方輿紀要十七永平府。

【遷次】㊀遷移。左傳哀十五年："廢日共積，一日遷次。"唐杜甫杜工部詩史補遺八入宅之一："客居媿遷次，春色漸多添。"㊁按次第升遷。三國志魏毛玠傳："文帝爲五官將，親自詣玠，屬其親眷。玠答曰：'老臣以能守職，幸得免戾，今所説人非遷次，是以不敢奉命。'"

【遷形】僧人死的婉稱。猶言辭世。唐道安禪師塔記："以總章元年十月七日，遷形於趙景公寺禪院。"（金石萃編五七）

【遷延】㊀退却貌。左傳襄十四年："乃命大還，晉人謂之遷延之役。"注："遷延，却退。"漢書八二王商傳："商起，離席與言，單于仰視商貌，大畏之，遷延却退。"㊁拖延。晉書愍懷太子傳孫秀説趙王倫："不若遷延却期，賈后必害太子，然後廢賈后，爲太子報讐。"

【遷固】指司馬遷班固。南齊書崔慰祖傳與從弟緯書："常欲更注遷固二史，採史漢所漏二百餘事，……以存大意。"北堂書鈔九九華嶠集序："嶠作後漢書百卷，張華等稱其有良史之才，足以繼迹遷固。"

【遷染】爲習俗所沾染而改變。後漢書六七黨錮傳序："孔子曰：'性相近也，習相遠也。'言嗜惡之本同，而遷染之塗異也。"注："言人好惡，各有本性，遷染者，由其所習。"

【遷客】㊀貶謫遠方。文選南朝梁江文通（淹）恨賦："遷客海上，流戍隴陰。"㊁貶謫在外者。唐李白李太白詩二三與史郎中飲聽黃鶴樓上吹笛："一爲遷客去長沙，西望長安不見家。"

【遷神】㊀移柩。文選晉潘安仁（岳）寡婦賦："痛存亡之殊制兮，將遷神而安措。"唐陸長源景昭法師碑："以其月己酉遷神於雷平山之西，原玄静先生壽宮之左。"（金石續編九）㊁僧死的婉稱。續高僧傳六釋慧超傳："以普通七年五月十六日遷神於寺房，行路隕涕，學徒奔赴。"

【遷祔】遷殯附葬。文苑英華八三七唐李百藥太穆皇后哀册文："背櫟陽之神宇，指原陵之封樹；悼虞妃之不從，遵周典而遷祔。"又九八〇唐李華祭亡友揚州功曹蕭公文："避亂全潔，忠也；冒危遷祔，孝也。"

【遷怒】怒此而移於彼。論語雍也："有顔回者好學，不遷怒，不貳過。"注："怒當其理，不移易也。"漢王充論衡變虛："皇天遷怒，使熒惑本景公身有惡而守心，則雖聽子韋言，猶無益也。"

【遷海】謂自瀕海內遷。廣東沿海繁庶，清初爲防臺灣鄭成功的抗清軍，强令居民內遷五十里，東起大虎門，西迄防城，地方三千里，以爲大界，八郡之民死者至數十萬人。其議發於鄭氏降臣黃梧，至施烺始行，民有闌出界外者處死刑，至雍正六年其禁稍弛，界外漸有居民。參閱清屈大均廣東新語二遷海、劉獻庭廣陽雜記三。

【遷除】官吏的升遷除授。晉書王沈傳

釋時論:"高會曲宴,惟言遷除消息,官無大小,問是誰力。"

【遷逡】行不進貌。猶逡巡。楚辭屈原九章思美人:"遷逡次而勿驅兮,聊假日以須時。"

【遷訛】㊀輾轉失真。後漢書八二下方術傳贊:"如或遷訛,實乖玄奧。"㊁猶言變遷。宋書恩倖傳序:"歲月遷譌,斯風漸篤。"譌,同"訛"。

【遷都】遷徙國都。文選漢班孟堅(固)東都賦:"遷都改邑,有殷宗中興之則焉。"

【遷徙】變易。荀子非相:"與時遷徙,與世偃仰。"

【遷就】舍此取彼,委曲求合。漢書四八賈誼傳陳政事疏:"故貴大臣定有其辠矣,猶未斥然正以謼之也,尚遷就而爲之諱也。"唐柳宗元柳先生集別集上非國語上卜:"左氏惑於巫而尤神怪之,乃始遷就附益以成其說,雖勿信之可也。"

【遷善】改惡從善。孟子盡心上:"王者之民,皡皡如也。……民遷善而不知爲之者。"漢書禮樂志二:"光輝日新,化上遷善,而不知所以然。"

【遷喬】遷往高處。詩小雅伐木:"出自幽谷,遷于喬木。"藝文類聚九二南朝梁劉孝綽詠百舌詩:"遷喬聲迴出,赴谷響幽深。"參見"喬遷"。

【遷復】恢復。新唐書一二六盧懷愼傳上疏:"竊見內外官有賕餉狼藉,劓剝蒸人,雖坐流黜,俄而遷復,還爲牧宰。"全唐文四三七李陽冰上李大夫論古篆書:"蔡中郎以豐同豊,李丞相將束爲宋,魚魯一惑,涇渭同流,學者相承,靡所遷復。"

【遷鼎】意指遷都。左傳桓二年:"武王克商,遷九鼎于雒邑,義士猶或非之。"文選南齊王元長(融)三月三日曲水詩序:"革宋受天,保生萬國,度邑靜鹿丘之歎,遷鼎息大坰之慙。"注:"帝王世紀曰:湯卽天子位,遂遷九鼎于亳,至大坰,而有慙德。"

【遷謝】遷官及謝任。南齊書武帝紀永明元年三月詔:"宋德將季,風軌陵遲,列宰庶邦,彌失其序,遷謝遄速,公私凋弊。"

【遷謫】貶官遠地。文苑英華二九〇唐蘇頲曉發興州入陳平路詩:"舊史饒遷謫,恒情厭苦辛。"唐姚合姚少監詩集四寄主客劉郎中:"漢朝共許賈生賢,遷謫還應是宿緣。"

【遷鶯】仕途上進。卽"遷喬"。唐人多指舉試進士及第。唐李商隱李義山詩集三喜舍弟羲叟及第上禮部魏公:"朝滿遷鶯侶,門多吐鳳才。"李中碧雲集中送夏侯秀才:"況是清朝至公在,預知喬木定遷鶯。"參閱唐李綽尚書故實。

【遷民鎮】地名。遼置縣,金元爲鎮,乃關隘重地。相傳爲山海關故址,在今河北撫寧縣東。參閱讀史方輿紀要十七永平府撫寧縣。

【遷蘭變鮑】喻潛移默化。南史恩倖傳論:"探求恩色,習覩威顏,遷蘭變鮑,久而彌信。"按:孔子家語六本:"與善人居,如入芝蘭之室,久而不聞其香,卽與之化矣;與不善人居,如入鮑魚之肆,久而不聞其臭,亦與之化矣。""遷蘭變鮑"語本此。

遼 liáo ㄌㄧㄠˊ 落蕭切,平,蕭韻,來。

㊀遥遠。左傳襄八年:"楚師遼遠,糧食將盡,必將速歸。"㊁久遠。晉阮籍阮步兵集詠懷詩之八:"人生樂長久,百年自言遼。"㊂朝代名。公元 916—1125 年。後梁貞明二年,契丹族耶律阿保機稱帝(太祖),國號契丹,建元神册。天顯二年耶律德光(太宗)改國號爲遼。轄境東北到今日本海,南到河北、山西,北到外興安嶺、鄂霍次克海,西及天山。與北宋長期對峙。耶律延禧(天祚帝)保大五年爲金所滅。㊃水名。見"遼河"。

【遼丁】遼制錢,背文有"丁"字,故稱。五代史平話周上:"郭威見說:謝長者看覷!但是小人身畔沒個遼丁,怎生敢說婚姻的話?"

【遼中】縣名。屬遼寧省。清置,屬奉天府。參閱清續文獻通考三〇六輿地二奉天府。

【遼史】元右丞相脫脫等撰。一百十六卷。元忽必烈(世祖)中統二年議修遼金二史,至元十六年滅宋,又命史臣通修遼金宋三史,以三國正統問題議論不定,雖經六十四年,迄未成書。至妥懽帖木兒(順帝)至正三年,脫脫奏請設局,定立義例,據原有底本重修三史,四年三月遼史先成。遼起朔方,記載本少,其制國人著作不得傳於鄰境,故經兵燹,蕩然無存,修史時僅據金人耶律儼、陳大任二家所紀,天祚天慶二年以後多採自葉隆禮契丹國志,史料缺乏,以是頗見疏略。清厲鶚撰遼史拾遺,採摭羣書至三百餘種,可以補遼史之闕。

【遼西】郡名。戰國燕地。秦置,屬幽州,漢因之。治陽樂。轄境相當今河北遷西縣、樂亭縣以東、長城以南、大凌河下游以西地區。參閱漢書地理志下遼西郡、水經注十四濡水。

【遼豕】譬喻自命不凡,少見多怪。爲"遼東豕"之省。宋李覯直講李先生文集二六謝授官表:"過蒙嘉惠,首命試言,緊遼豕之自矜,柰齊竽之有辨。"

【遼河】古名句驪河。清亦稱巨流河。有東西兩源:東遼河源出吉林東遼縣薩哈嶺;西遼河上游西拉木倫河源出內蒙克什克騰旗西南白岔山。兩河在遼寧昌圖縣靠山屯附近匯合後稱遼河,折西南流至盤山灣入海。參閱嘉慶一統志五九奉天府一山川。

【遼東】㊀郡名。戰國燕地。秦置,屬幽州,漢因之,治襄平。轄有今遼寧東南部遼河以東地。參閱漢書地理志下遼東郡。㊁都指揮使司名。明置,治所在定遼中衛(今遼寧遼陽市)。轄區東至鴨綠江,西至山海關,南至旅順口,北至開原。參閱明史地理志二遼東都指揮使司。㊂鎮名。明置九邊陲重鎮之一。鎮守總兵官駐廣寧,隆慶後移駐遼陽。參閱明史地理志一序。參見"九邊"。

【遼板】遼之刻板印書。契丹書禁甚嚴,傳入內地者,法皆死,故遼板書流傳絕少。參閱宋沈括夢溪筆談十五藝文、清錢曾讀書敏求記一字學龍龕手鑑。

【遼海】渤海,也泛指遼東濱海之地。唐杜甫杜工部草堂詩箋六後出塞之四:"雲帆轉遼海,粳稻來東吳。"李賀歌詩編一南園詩之六:"不見年年遼海上,文章何處哭秋風。"

【遼巢】蘊積貌。淮南子俶真:"譬若周雲之蘢蓯,遼巢彭濞而爲雨,沈溺萬物而不與爲溼焉。"

【遼隊】縣名。隊,音遂。也作"遼隧"。漢置,屬遼東郡。東漢初廢,公孫度復置。三國魏景初元年,公孫淵曾拒擊幽州刺史毌丘儉於此。故地在今遼寧海城縣西。參閱三國志魏公孫度傳附公孫淵、嘉慶一統志六十奉天府。

【遼陽】㊀縣名。1.漢置,晉廢,遼復置,金元因之。故城在今遼寧遼陽市梁水、渾河交會之處。參閱漢書地理志下遼東郡、讀史方輿紀要三七自在州。2.北魏置。地在今山西遼縣。參閱嘉慶一統志一五九遼州古蹟、讀史方輿紀要四三遼州。㊁府、路、州名。遼置遼陽府,爲遼之東京。元改路。明置遼東都指揮使司,清初又置遼陽府,遼陽縣附郭,康熙間升縣爲州,仍隸於府。公元 1913 年改縣。1938 年設市,屬遼寧省。參閱遼史地理志二東京遼陽府。

【遼落】㊀稀疏，空曠。同"寥落"。宋書庾悅傳劉毅陳江州不宜置軍府表："其州郡邊江，民户遼落，加以郵亭嶮闊，畏阻風波，轉輸往還，常有淹廢。"世説新語言語："江山遼落，居然有萬里之勢。"㊁猶懸殊。文選南朝梁任彥昇(昉)爲范尚書讓吏部封侯第一表："在魏則毛玠公方，居晉則山濤識量，以臣況之，一何遼落。"

【遼寧】省名。在我國東北地區南部。古青、冀二州地，戰國時屬燕，秦置遼東遼西二郡，漢爲遼東遼西玄菟三郡地，唐入渤海，五代及宋爲契丹東京南京地，金屬東京北京咸平等路，元置遼陽行中書省，明屬遼東都指揮使司，清天聰八年尊爲盛京，光緒三十一年改奉天省。公元1929年改今名。參閱嘉慶一統志五七盛京統部。

【遼廓】曠遠，空闊。淮南子俶真："達人之學也，欲以通性於遼廓，而覺於寂漠也。"古文苑三漢司馬相如美人賦："若臣者，少長西土，鰥處獨居，室宇遼廓，莫與爲娛。"

【遼餉】明神宗萬曆四十六年，以對遼左用兵爲名，加徵田賦銀三百萬兩，謂之"遼餉"。此後年有增加，至崇禎年間，歲達九百萬兩，搜括遍及民間，爲明末大弊政之一。參閱明史食貨志二、神宗紀二、清趙翼廿二史劄記三六明末遼餉勦餉練餉。

【遼遼】遠貌。楚辭漢劉向九歎憂苦："山修遠其遼遼兮，塗漫漫其無時。"

【遼敻】遥遠。廣弘明集二九上南朝梁武帝(蕭衍)孝思賦序："江途遼敻，家無指信。"

【遼緩】迂緩。公羊傳桓十一年："少遼緩之，則突可故出，而忽可故反。"注："遼，假緩之。"

【遼闊】闊大，寬廣。魏書韓麒麟傳附顯宗："若欲取況古人，班、馬之徒，固自遼闊。"唐劉知幾史通六家："尋史記疆宇遼闊，年月遐長。"

【遼鶴】舊題晉陶潛搜神後記一丁令威："丁令威本遼東人，學道于靈虛山，後化鶴歸遼，集城門華表柱。時有少年舉弓欲射之。鶴乃飛，徘徊空中而言曰：'有鳥有鳥丁令威，去家千年今始歸，城郭如故人民非，何不學仙冢壘壘。'遂高上沖天。"後常用以指重遊舊地之人。宋周邦彥片玉集九點絳唇傷感詞："遼鶴歸來，故鄉多少傷心地。"參見"化鶴"、"丁令威"。

【遼太宗】公元902—947年。契丹主耶律德光，阿保機(太祖)第二子。五代後唐潞王清泰三年，以石敬瑭爲天平節度使，敬瑭拒命，乞師於契丹，德光率兵南下，立石爲晉帝，晉割燕雲十六州與之。敬瑭死，其子重貴(出帝)與契丹不合，德光舉兵南下滅晉，改國號爲遼。在位二十一年。見遼史太宗紀。

【遼太祖】公元872—926年。契丹主耶律億，原名阿保機。遼王朝創建者。唐時契丹分爲八部，後梁時諸部奉阿保機爲王，破奚及渤海，並控制女真、室韋諸部，其勢漸强。梁末貞明二年稱帝，國號契丹，建元神册。後又西略回紇，東滅渤海。在位十九年。見遼史太祖紀。

【遼東豕】文選漢朱叔元(浮)爲幽州牧與彭寵書："往時遼東有豕，生子白頭，異而獻之。行至河東，見羣豕皆白，懷慙而還。若以子之功論於朝廷，則爲遼東豕也。"後以遼東豕喻少見多怪，自命不凡。宋毛滂東堂集二上曾樞密詩："門前賓客馬如蟻，誰是我公天下士。趦趄欲進仍厚顏，紛紛無乃遼東豕。"

【遼聖宗】公元971—1031年。耶律隆緒。十二歲卽位，由母蕭太后攝政。統和二十二年宋真宗景德元年大舉攻宋，兵至澶州，遭宋軍抵抗，大將蕭撻凜被射死。遂與宋締和，宋許給遼歲幣，結"澶淵之盟"。在位四十九年。見遼史聖宗紀。

【遼來遼來】怖小兒語。五代後晉李瀚蒙求上"張遼止啼"宋徐子光注引魏志："張遼，字文遠，雁門馬邑人，武力過人，數有戰功，累轉前將軍。舊注云：江東小兒啼，怖之曰：'遼來遼來'，無不止者。"

遵 téng 駝恆切，平，蒸韻。
ㄊㄥˊ

見下。

【遵睒】地名，唐六詔之一。今雲南鄧川縣地。見新唐書二二二中南蠻傳遵睒詔。參見"六詔"。

遹 yù 餘律切，入聲，術韻，喻。
ㄩˋ

㊀遵循。書康誥："今民將在祇遹乃文考。"㊁邪辟。詩小雅小旻："謀猶回遹，何日斯沮。"參見"回遹"。㊂發語詞。詩大雅文王有聲："文王有聲，遹駿有聲。遹求厥寧，遹觀厥成。"

【遹皇】往來貌。文選漢張平子(衡)思玄賦："倚招搖攝提以低佪劉流兮，察二紀五緯之綢繆遹皇。"

遲 1. chí 直尼切，平，脂韻，澄。
ㄔˊ

㊀徐行，緩慢。吕氏春秋審分："今以衆地者公作則遲，有所匿其力也；分地則速，無所匿遲也。"玉臺新詠一古詩爲焦仲卿妻作："非爲織作遲，君家婦難爲。"㊁遲鈍。漢書六十杜周傳："周少言重遲，而内深次骨。"注："遲謂性非敏速也。"㊂晚。樂府詩集三二晉陸機燕歌行："非君之念思爲誰，别日何早會何遲。"㊃姓。商有遲任。東晉有湘東太守遲超。見通志二九氏族五。

2. zhì 直利切，去，至韻，澄。
ㄓˋ

㊄等待。荀子修身："故學曰：'遲彼止而待我。'"注："遲，待也。"㊅希望。後漢書章帝紀建初五年詔："朕思遲直士，側席異聞。"注："遲，猶希望也，音持二反。"

3. zhí
ㄓˊ

㊆當，乃。史記七八春申君傳上書："壹舉事而樹怨於楚，遲令韓魏歸帝重於齊，是王失計也。"

【遲久】長久。禮記樂記："若此，則周道四達，禮樂交通，則夫武之遲久，不亦宜乎。"唐陸龜蒙甫里集二入林屋洞詩："真君不可見，焚盟〔盥〕空遲久。"

【遲日】春日。全唐詩六二杜審言渡湘江："遲日園林悲昔遊，今春花鳥作邊愁。"

【遲$_2$旦】猶言遲明。漢書九五南粵王傳："遲旦，城中皆降伏波。"注："遲音丈二反。"

【遲回】遲疑，徘徊。後漢書四二東海恭王彊傳："數因左右及諸王陳其懇誠，願備蕃國。光武不忍，遲回者數歲，乃許焉。"也作"遲迴"。文選南朝宋鮑明遠(照)放歌行："今君有何疾，臨路獨遲迴。"

【遲任】殷之賢者。書盤庚上："遲任有言曰：'人惟求舊，器非求舊，惟新。"

【遲$_2$明】黎明。史記一一一衛將軍傳："遲明，行二百餘里，不得單于，頗捕斬首虜萬餘級。"索隱："(遲)音值，待也。待天欲明，謂平明也。"

【遲莫】卽"遲暮"。見該條。

【遲鈍】㊀不敏捷。三國志吴孫奂傳："見奂軍陳整齊，(孫)權歎曰：'初吾憂其遲鈍，今治軍，諸將少能及者，吾無憂矣。'"㊁鏽澀。藝文類聚三五晉束晳貧家賦："釜遲鈍而難沸，薪鬱絀而不然。至日中而不熟，心苦苦而飢懸。"

【遲頓】卽"遲鈍"。漢書八四翟方進傳："方進年十二三，失父孤學，給事太守府爲小史，號遲頓不及事。"

【遲疑】猶豫。晉書孔坦傳與石聰書:"況二三子無曩人之嫌,而遇天啟之會,當如影響,有何遲疑?"

【遲暮】㊀暮年,晚景。楚辭屈原離騷:"惟草木之零落兮,恐美人之遲暮。"南朝梁何遜何水部集贈諸游舊詩:"少壯輕年月,遲暮惜光輝。"㊁徐緩。文選南朝宋鮑明遠(照)舞鶴賦:"颯沓矜顧,遷延遲暮。"唐李周翰注:"遷延遲暮,謂徐緩也。"

【遲遲】㊀徐行。詩邶風谷風:"行道遲遲,中心有違。"孟子萬章下:"遲遲吾行也,去父母國之道也。"㊁和舒貌。詩豳風七月:"春日遲遲,采蘩祁祁。"㊂從容不迫貌。禮孔子閒居:"無體之禮,威儀遲遲。"㊃猶豫。後漢書四四鄧彪等傳論:"統之方軌易因,險途難御,故昔人明慎於所受之分,遲遲於岐路之間也。"

選

1. xuǎn 思兖切,上,獮韻,心。
ㄒㄩㄢˇ 息絹切,去,線韻,心。

㊀選擇。禮禮運:"選賢與能,講信脩睦。"㊁甄録古人詩文成集謂之選。南朝梁昭明太子(蕭統)有文選六十卷。㊂量才授官。明史職官志一:"凡選,每歲有大選,有急選,有遠方選,有歲貢就教選,間有揀選,有舉人乞恩選。"

2. xuàn
ㄒㄩㄢˋ

㊃齊整。詩齊風猗嗟:"舞則選兮,射則貫兮。"韓詩作"纂"。

3. xùn
ㄒㄩㄣˋ

㊄柔弱,懼怯。通"巽"。參見"選₃懦"、"選₃耎"。

4. suàn 集韻 損管切,上,緩韻。
ㄙㄨㄢˋ

㊅數(shǔ)。通"算"。詩邶風柏舟:"威儀棣棣,不可選也。"漢書六六公孫賀等傳贊:"斗筲之徒,何足選也。"按論語子路選作"算"。㊆猶萬。山海經海外東經:"帝命竪亥自東極至于西極,五億十選九千八百步。"注:"選,萬也。"

5. shuā 集韻 數滑切,入,牽韻。
ㄕㄨㄚ

㊇金選,銖兩名。漢書七八蕭望之傳:"甫刑之法,小過赦,薄罪贖,有金選之品。"注:"應劭曰:選音刷,金銖兩名也。"

【選人】候補、候選的官員。唐張鷟朝野僉載一:"乾封以前選,每年不越數千;垂拱以後,每歲嘗至五萬人。"舊唐書九二韋安石傳附韋陟:"後爲吏部侍郎,常病選人冒名接脚,闕員既少,取士良難,正調者被擠,僞集者冒進。"參閱清梁章鉅稱謂録二二知府選人。

【選士】材能秀異、受推薦的士人。禮王制:"命鄉論秀士,升之司徒,曰選士。"

【選官】主銓選之官,特指吏部。世説新語德行:"韓康伯(伯)時爲丹陽尹。母殷在郡,……語康伯曰:'汝若爲選官,當好料理此人。'"此人,指吴坦之、隱之兄弟。

【選侍】明季稱被選入宫的侍女爲選侍。明劉若愚酌中志三恭紀先帝誕生:"(萬曆三十三年)先帝誕生……此時先帝生母孝和皇后未有名封。該正者問曰:'發外旨意,作何稱謂?'先監曰:'前曾有旨,多選淑媛,不好稱别樣名色。今可稱曰:欽命選侍某氏出。不亦宜乎?'"選侍之名出此。

【選事】㊀自求任事。國語魯上:"魯饑,臧文仲言於莊公曰:'……請糴于齊。'公曰:'誰使?'對曰:'國有饑饉,卿出告糴,古之制也。辰也備卿,辰請如齊。'公使往。從者曰:'君不命吾子,吾子請之,其爲選事乎?'"注:"選事,自選擇其職事也。"唐柳宗元柳先生集十唐故邕管招討副使試大理寺直兼貴州刺史鄧君墓誌銘:"行非選事,進不避難。"㊁銓選職官之事。宋書蔡廓傳:"時(吏部)尚書何偃疾老,上謂興宗曰:'卿詳練清濁,今以選事相付。'"興宗,廓子。文選南朝梁任彦昇(昉)王文憲集序:"詔加中書監,猶參掌選事。"

【選₃耎】怯弱。漢書九五西南夷傳:"恐議者選耎,復守和解。"也作"選₃懦"、"選₃蠕"。見各條。

【選貢】明代取士之法,用以補歲貢之不足。明史選舉志一:"弘治中,南京祭酒章懋言:'……乞於常貢外令提學行選貢之法,不分廩膳、增廣生員,通行考選,務求學行兼優、年富力强、累試優等者,乃以充貢。'"清代恩貢、優貢、歲貢、副貢、拔貢稱五貢。見清梁章鉅稱謂録二四。

【選部】官署名。漢有吏曹主選舉祠祀,後漢置吏部曹,靈帝以侍中梁鵠爲選部尚書。三國魏改選部爲吏部,主選部事。後來遂爲吏部的代稱。南齊書褚炫傳:"及在選部,門庭蕭索,賓客罕至。"炫永明元年爲吏部尚書。參閱晉書職官志。參見"吏部"。

【選曹】官名。主銓選官吏事。三國志吴陸胤傳華覈薦胤書:"胤天姿聰明,才通行絜,昔歷選曹,遺迹可紀。"晉書祖約傳劉隗劾約:"約幸荷殊寵,顯位選曹,銓衡人物,衆所具瞻。"時約爲從事中郎,典選舉事。

【選場】科舉考試的試場。元曲選缺名漁樵記一:"一轉眼選場開,發了願來年去,直至那長安帝都。"明謝晉蘭庭集下送舉人陳永言會試詩:"歲晚促行裝,來春赴選場。"

【選間】片刻,須臾之間。吕氏春秋任數:"孔子望見顔回攫其甑中而食之。選間,食熟,謁孔子而進食。"

【選勝】尋遊名勝之地。舊唐書德宗紀下貞元九年:"先是宰相以三節賜宴,府縣有供帳之弊,請以宴錢分給,各令諸司選勝宴會,從之。"唐張籍張司業集三和令狐尚書平泉東莊近居李僕射有寄詩:"探幽皆一絶,選勝又雙全。"

【選鋒】從士卒中選拔組成的突擊隊。孫子地形:"將不能料敵,以少合衆,以弱擊强,兵無選鋒,曰北。"六韜犬韜武鋒:"凡用兵之要,必有武車、驍騎、馳陳、選鋒。"引申指某種事物的先驅。宋施彦執北窗炙輠上引龜山(楊時)梅花詩寄故人:"欲驅殘臘變春容,先遣梅花作選鋒。"

【選練】㊀選擇幹練者。史記趙世家:"明日,荀欣侍,以選練舉賢,任官使能。"㊁精鋭幹練。韓非子和氏:"不如使封君之子孫三世而收爵禄,絶滅百官之禄秩,損不急之枝官,以奉選練之士。"漢書四九鼂錯傳上言:"士不選練,卒不服習,起居不精,動静不集,……此不習勒卒之過也,百不當十。"

【選舉】㊀選擇舉用賢能。淮南子兵略:"故德義足以懷天下之民,事業足以當天下之急,選舉足以得賢士之心,謀慮足以知强弱之勢,此必勝之本也。"㊁古代選舉,兼指舉士舉官而言。自隋以來,分爲二途,舉士屬禮部,包括考試與學校。舉官屬吏部,掌管銓選與考績。歷代正史自新、舊唐書以下至明史皆有選舉志。今指以舉手或投票方式産生適當人員。

【選₃懦】猶懦怯。後漢書五五清河孝王慶傳永元十五年詔:"選懦之恩,知非國典,且復須留。"又八七西羌傳虞詡疏:"今三郡未復,園陵單外,而公卿選懦,容頭過身。"

【選簿】銓選官吏的簿籍。梁書武帝紀中興二年上表:"故前代選官,皆立選簿,應在貫魚,自有銓次。"

【選₃蠕】懦怯。猶"選₃懦"。史記律書:"自全秦時内屬爲臣子,後且擁兵阻阸,選蠕觀望。"

【選體】㊀仿南朝梁蕭統文選著録古詩體所作的詩,稱"選體",與唐以後近體詩相對稱。宋嚴羽滄浪詩話詩體：「選詩，時代不同，體制隨異，今人例謂五言古詩多選體，非也。」元劉將孫養吾齋集一感遇詩之五：「高者倣選體，下者唐作程。」㊁銓選官員之法。宋書蔡興宗傳：「若謂(薛)安都晚達微人，本宜裁抑，令名器不輕，宜有貫序，謹依選體，非私安都。」

【選仙圖】宋王珪華陽集六宮詞之八一：「盡日閒窗賭選仙，小娃爭覓倒盆錢。上籌得占蓬萊島，一擲乘鸞出洞天。」按宋時有選仙圖，用骰子比色，先爲散仙，次爲上洞，以漸至蓬萊大羅。見清金學詩牧豬閒話。

【選佛場】佛家開堂設戒之地。景德傳燈錄十四天然禪師：「初習儒學，將入長安應舉……偶一禪客問曰：『仁者何往？』曰：『選官去。』禪客曰：『選官何如選佛。』曰：『選佛當往何所？』禪客曰：『今江西馬大師出世，是選佛之場，仁者可往。』」明史謹獨醉亭集中送月滄海之天界寺詩：「老夫未奉徵賢詔，開士先登選佛場。」

【選官圖】卽陞官圖。唐人稱骰子選格，宋謂之選官圖。宋孔平仲清江集有選官圖口號八韻詩。趙必瑑覆瓿集二沁園春歸田作詞：「看做官來，只似兒時，擲選官圖。」

【選冠子】詞調名。又作選官子。宋曹勛詞，名轉調選冠子；魯逸仲詞，名惜餘春慢；侯寘詞，名蘇武慢，一名仄韻過秦樓。雙調，字數不一，自一百七字至一百十四字。見詞譜三五。

【選壻窗】唐李林甫有女六人，相傳林甫常令其女於寶窗下戲嬉，每有貴族子弟入謁，使女於窗中窺視，自選可意者事之。謂之選壻窗。見唐王仁裕開元天寶遺事上。

遺 1. yí 以追切，平，脂韻，喻。一

㊀亡失，遺漏。詩小雅谷風：「將安將樂，棄予如遺。」箋：「如遺者，如人行道遺忘物，忽然不省存也。」韓非子有度：「刑過不避大臣，賞善不遺匹夫。」㊁拋棄。史記八三魯仲連傳遺燕將書：「(管仲)遺公子糾不能死，怯也。」索隱：「遺，棄也。」㊂墮，落下。楚辭漢劉向九歎思古：「悲余心之悁悁兮，目眇眇而遺泣。」㊃遺留。國語魯上：「臣聞聖王公之先封者，遺後之人法，使無陷於惡。」㊄便溺。漢書六五東方朔傳：「朔嘗醉入殿中，小遺殿上。」注：「小遺者，小便也。」㊅姓。魯費宰南遺之後。見通志二八氏族四以名爲氏。

2. wèi 以醉切，去，至韻，喻。ㄨㄟ

㊆交付。詩邶風北門：「王事敦我，政事一埤遺我。」傳：「遺，加也。」㊇給予。書大誥：「寧王遺我大寶龜，紹天明卽命。」釋文：「遺，唯季反。」左傳隱元年：「小人有母，皆嘗小人之食矣，未嘗君之羹，請以遺之。」㊈見「遺₂遺」、「遺₂遺₂」。

【遺₂人】周代官名。地官之屬。掌管施予、撫恤之事，故以餽遺爲名。見周禮地官遺人。

【遺才】有才能而未被發現者。晉書嵇紹傳：「尚書左僕射裴頠亦深器之，每曰：『使延祖爲吏部尚書，可使天下無復遺才矣。』」延祖，紹字。

【遺弓】指皇帝死亡。宋劉克莊後村集三六雜興詩之五：「及帝將遺弓，許臣遂掛冠。」參見「攀髯」。

【遺世】避世，超脫世俗。抱朴子博喻：「出處自冰炭之殊，躁靜有飛沈之異，是以墨翟以重繭怡顏，箕叟以遺世得意。」

【遺民】㊀亡國之民。左傳閔二年：「衛之遺民男女七百有三十人，益之以共滕之民爲五千人，立戴公以廬于曹。」㊁改朝換代後不仕新朝的人。藝文類聚七漢杜篤首陽山賦：「其二老乃答余曰：吾殷之遺民也。」二老指伯夷叔齊。

【遺占】猶遺言。文選南朝宋顏延年(延之)陶徵士誄：「敬述靖節，式尊遺占。」唐呂延濟注：「遺占，遺書也。占者，口隱度其事，令人書之也。」

【遺矢】解大便。史記八一廉頗傳：「廉將軍雖老，尚善飯，然與臣坐，頃之三遺矢。」索隱：「謂數起便也。矢，一作屎。」

【遺失】失誤。漢書五九張湯傳附張安世：「上行幸河東，嘗亡書三篋，詔問莫能知，唯安世識之，具作其事。後購求得書，以相校，無所遺失。」漢班固白虎通諫諍：「設輔弼，置諫官，本不當有遺失。」

【遺₂安】給以安寧。後漢書八三龐公傳：「(劉)表指而問曰：『先生苦居畎畝而不肯官祿，後世何以遺子孫乎？』龐公曰：『世人皆遺之以危，今獨遺之以安；雖所遺不同，未爲無所遺也。』」

【遺老】㊀年老歷練的人。史記九五樊噲等傳贊：「吾適豐沛，問其遺老，觀故蕭(何)、曹(參)、樊噲、滕公(夏侯嬰)之家，及其素，異哉所聞！」㊁前朝之臣。呂氏春秋愼大：「武王乃恐懼太息流涕，命周公旦進殷之遺老，而問殷之亡故。」㊂已故皇帝之臣。漢書三六楚元王傳附劉向：「吾幸得同姓末屬，絫世蒙漢厚恩，身爲宗室遺老，歷事三主。」

【遺光】㊀光彩照人。文選漢張平子(衡)思玄賦：「離朱脣而微笑兮，顏的礫以遺光。」㊁餘光，前人遺留的恩澤。水經注二八沔水引晉李安宅銘：「聽鼓鞞而永思，庶先哲之遺光。」

【遺行】失檢之行爲。文選戰國楚宋玉對楚王問：「楚襄王問於宋玉曰：先生其有遺行與，何士民衆庶不譽之甚也？」

【遺言】㊀猶古訓。荀子勸學：「不聞先王之遺言，不知學問之大也。」禮緇衣：「子曰：『南人有言曰：人而無恒，不可以爲卜筮。古之遺言與？』」疏：「遺餘之言。」㊁臨終的話。左傳襄十四年：「楚子囊還自伐吳，卒。將死，遺言謂子庚：『必城郢。』」

【遺忘】忘却。周禮秋官司刺：「壹宥曰不識，再宥曰過失，三宥曰遺忘。」漢書八一匡衡傳上疏：「治性之道，必審己之所有餘而强其所不足，蓋聰明疏通者戒於大察，……廣心浩大者戒於遺忘。」

【遺佚】遺棄。孟子萬章下：「(柳下惠)遺佚而不怨，阨窮而不憫。」

【遺表】漢唐以來，大臣臨卒，多有奏章，卒後上奏，稱爲遺表。也稱遺疏、遺摺。宋史二五六趙普傳：「周顯德初，永興軍節度劉詞辟爲從事，詞卒，遺表薦普於朝。」

【遺直】謂直道而行，有古之遺風。左傳昭十四年：「仲尼曰：叔向，古之遺直也。」注：「言叔向之直，有古人遺風。」

【遺計】猶失策。後漢書三七桓榮傳附桓郁竇憲薦郁疏：「昔成王幼小，越在襁保，周公在前，史佚在後，太公在左，召公在右，中立聽朝，四聖維之，是以慮無遺計，舉無過事。」

【遺恨】餘恨，遺憾。後漢書十五王常傳：「聞陛下卽位河北，心開目明。今得見闕庭，死無遺恨。」唐杜甫杜工部草堂詩箋二六八陣圖：「江流石不轉，遺恨失吞吳。」

【遺挂】死者遺物，指衣服之類。文選晉潘安仁(岳)悼亡詩：「流芳未及歇，遺挂猶在壁。」唐呂延濟注：「謂平生翫用之物，尚在於壁。」

【遺風】㊀遺留下來的風尚。楚辭屈原九章涉江：「哀州土之平樂兮，悲江介之遺風。」㊁猶餘音。淮南子原道：「揚鄭衛之浩樂，結激楚之遺風。」㊂疾風。文選漢王子淵(褒)聖主得賢臣頌：「追奔電，逐遺風，周流八極，萬里一息，何其遼哉，人馬相得也。」注：「遺風，風之疾者也。」㊃

駿馬名。文選漢司馬長卿(相如)子虛賦：“乘遺風，射游騏。”注：“張揖曰：‘遺風，千里馬也。’”

【遺珠】 遺失珍珠。莊子天地：“黃帝遊乎赤水之北，登乎崑崙之丘而南望還歸，遺其玄珠。”也指失去的珍珠。唐張籍張司業集三罔象得玄珠詩：“赤水今何處？遺珠已渺然。”後以喻遺漏精華或埋没人材。清李調元童山文集五陸詩選序：“放翁詩非選不可，何也？不選則卷軸煩多，難于繙閱；過選則片鱗隻羽，不免遺珠。”參見“滄海遺珠”。

【遺書】 ㊀前人遺著。文選漢孔安國尚書序：“春秋左氏傳曰：楚左史倚相，能讀三墳五典八索九丘，卽謂上世帝王遺書也。”也用作書名，如船山遺書、章氏遺書。㊁散佚之書。漢書藝文志：“至成帝時，以書頗散亡，使謁者陳農求遺書於天下。”㊂寫成文字的遺言。見“遺占”。

【遺臭】 流傳惡名。宋朱熹朱文公集七折桂院黃雲觀詩：“竹帛有遺臭，桂樹徒芬芳。”參見“遺臭萬載”。

【遺族】 名門望族的後代。金元好問遺山集十贈玉峰魏丈邦彥：“販婦傭兒識名姓，故鄉遺族見衣冠。”也泛指死者家族。

【遺教】 ㊀前人遺留的教訓。楚辭宋玉九辯：“獨耿介而不隨兮，願慕先聖之遺教。”㊁臨終的教誨。漢劉向說苑敬慎：“常摐有疾，老子往問焉，曰：‘先生疾甚矣，無遺教可以語諸弟子者乎？’”

【遺₂蛇】 猶逶迤。漢書六五東方朔傳：“遺蛇其迹，行步偶旅。”

【遺逸】 ㊀遺文散籍。漢書藝文志：“武帝時，軍政楊僕捃摭遺逸，紀奏兵錄，猶未能備。”㊁指隱士。漢書五行志中之下：“是歲遣博士褚大等六人持節巡行天下，存賜鰥寡，假與乏困，舉遺逸獨行君子詣行在所。”

【遺策】 ㊀失算。呂氏春秋貴當：“荆有善相人者，所言無遺策。”㊁先人遺留的計畫。文選漢賈誼過秦論：“孝公既没，惠文武昭蒙故業因遺策，南取漢中，西取巴蜀。”㊂古代典籍。後漢書四十下班固傳典引：“鋪聞遺策在下之訓，匪漢不弘。”注：“遺策，堯之餘策，謂堯典也。”一說爲古代有缺漏的典策。見文選典引唐呂周翰注。

【遺象】 死人生前之像。文選晉潘安仁(岳)寡婦賦：“上瞻兮遺象，下臨兮泉壤。”象，也作“像”。晉書庾闡傳弔賈誼辭：“及造長沙，觀其遺像，喟然有感，乃弔之云。”

【遺溺】 小便淤積難通。史記一〇五倉公傳對文帝問：“臣意診其脈，曰：‘病氣疝，客於膀胱，難於前後溲，而溺赤。病見寒氣則遺溺，使人腹腫。’”今多指遺尿而言。

【遺摺】 見“遺表”。

【遺跡】 ㊀行後所遺脚印。國語楚下：“靈王不顧於民，一國棄之如遺跡焉。”㊁古人遺留之跡。包括事跡與遺物。文選三國魏王仲宣(粲)贈文叔良詩：“先民遺跡，來世之矩。”唐張彥遠法書要錄四唐朝敍書錄：“上謂鳳閣侍郎王方慶曰：‘卿家多書，合有右軍(王羲之)遺跡。’”後亦指遺址而言。㊂忘乎形跡。文選南朝梁劉孝標(峻)廣絕交論：“寄通靈臺之下，遺跡江湖之上。”唐張銑注：“遺跡，謂心相知而跡相忘也。”

【遺愛】 ㊀左傳昭二十年：“及子產卒，仲尼聞之，出涕曰：‘古之遺愛也。’”注：“子產見愛，有古人之遺風。”後以指遺留及於後世之愛。漢書一〇〇下敍傳：“淑人君子，時同功異，没世遺愛，民有餘思。”㊁愛而未遍。後漢書七八張讓傳：“扶風人孟佗，資產饒贍，與奴朋結，傾竭饋問，無所遺愛。”

【遺腹】 婦孕夫死，兒爲遺腹。史記趙世家：“趙朔妻成公姊，有遺腹，走公宮匿。”參見“遺腹子”。

【遺稾】 死後所遺手稿。南朝梁沈約沈隱侯集梁武帝集序：“雖密奏忠規，遺稾必削，而國謨藩政，存者猶多。”宋蘇軾經進東坡文集五六范文正公集敍：“又十一年，遂與其季德孺同僚於徐，皆一見如舊，且以公遺稾見屬爲敍。”稾，今作“稿”。

【遺榮】 遺棄榮貴。文選晉張景陽(協)詠史詩：“達人知止足，遺榮忽如無。”注：“(三國魏)鍾會有遺榮賦。”

【遺噍】 指殘存者。南史陳武帝紀策：“公回茲地軸，抗此天羅，曾不崇朝，俾無遺噍。此又公之功也。”參見“噍類”、“遺類”。

【遺₂遺】 猶逶迤。戰國策趙：“(趙武靈)王遂胡服率騎入胡，出於遺遺之門，踰九限之固，絕五俓之險，至榆中，辟地千里。”

【遺₂遺₂】 魚行相隨貌。詩齊風敝笱“敝笱在梁，其魚唯唯”唐陸德明釋文：“唯唯，維癸反。……鄭(玄)云：行相隨貌。韓詩作‘遺遺’，言不能制也。”參閱清陳喬樅韓詩遺說考五其魚遺遺。

【遺黎】 亡國之民。晉書地理志一：“自中原亂離，遺黎南渡，並僑置牧司，在廣陵丹徒南城，非舊土也。”宋書州郡志一作“遺民”。參見“遺民㊀”。

【遺編】 遺留後世的著作。舊唐書八六章懷太子傳：“往聖遺編，咸窺壺奧。”唐柳宗元柳先生集十九弔屈原文：“託遺編而嘆喟兮，渙余涕之盈眶。”

【遺類】 史記高祖紀：“項羽嘗攻襄城，襄城無遺類，皆阬之，諸所過無不殘滅。”言城中之人皆死，無一存者。漢書高帝紀作“噍類”，見該條。

【遺籌】 失計，失算。漢劉向說苑權謀：“蒭蕘之役，咸盡其心，故萬舉而無遺籌失策。”

【遺屬】 臨終的囑咐。卽遺囑。晉書宋纖傳上疏：“生不喜存，死不悲没。素有遺屬，屬諸知識，在山投山，臨水投水。”宋楊萬里誠齋集六九論吏部恩澤之敝劄子：“今則不然，有所謂父祖遺囑者，亦聽其奏補。夫奏補自有成法，又焉用遺囑乎？”

【遺體】 古稱己身爲父母的遺體。禮祭義：“曾子曰：身也者，父母之遺體也。”今多指屍體(含敬意)。

【遺山集】 金元好問撰。詩十四卷，文二十六卷，附錄一卷。好問字裕之，號遺山，興定五年進士。詩文皆負盛名，爲金元間一大家。其詩風格遒上，古文衆體悉備。詩有施國祁箋注本，專詳本事。

【遺愛碑】 頌德之碑。唐封演封氏見聞記五頌德：“在官有異政，考秩已終，吏人立碑頌德者，皆須審詳事實，州司以狀聞奏，恩勅聽許，然後得建之，故謂之頌德碑，亦曰遺愛碑。”新唐書一四〇崔圓傳：“肅宗立，命與房琯韋見素赴行在所，帝爲製遺愛碑于蜀以寵之。”

【遺腹子】 生於父死之後者。淮南子說林：“遺腹子不思其父，無貌于心也。”史記一〇九李將軍傳：“(子)當戶有遺腹子名陵。”

【遺大投艱】 賦予重大艱難之任。書大誥：“予造天役，遺大投艱於朕身。”傳：“我周家爲天下役事，遺我甚大，投此艱難於我身，言不得已。”

【遺臭萬載】 惡名永傳後世。世說新語尤悔：“(桓溫)既而屈起坐曰：‘既不能流芳後世，亦不足復遺臭萬載邪！’”宋史三八一范如圭傳遺秦檜書：“公不喪心病狂，奈何爲此，必遺臭萬世矣！”

【遺簪墜屨】 韓詩外傳九：“婦人曰：‘鄉者刈蓍薪亡吾蓍簪，吾是以哀也。’弟子曰：‘刈蓍薪而亡蓍簪，有何悲焉？’婦人曰：'非傷亡簪也，蓋不忘故也。'"漢賈誼新書七諭誡："楚軍敗，昭王走而屨決，背而行，失之；行三十步，復旋取屨。及至於隋，左右問曰：'王何曾惜一踦屨乎？'昭王曰：'楚國雖貧，豈愛一踦屨哉？惡與偕出弗與偕反也。'"後人合兩事爲遺簪墜屨，喻覩物而起懷舊之情。北史韋孝寬傳附韋敻："孝寬爲延州總管，敻至州，與孝寬相見。將還，孝寬以所乘馬及轡勒與敻。敻以其華飾，心弗欲之，笑謂寬曰：'昔人不棄遺簪墜屨者，惡與之同出，而不與同歸。吾之操行，雖不逮前烈，然捨舊錄新，亦非吾志也。'"唐羅隱甲乙集一得宣州竇尚書書因投寄詩之二："遺簪墜履應留念，門客如今只下僚。"

遻 wù 五故切，去，暮韻，疑。ㄨˋ

遇。字也作"遌"、"逜"、"遌"。莊子達生："死生驚懼不入乎其胸中，是故遻物而不慴。"參見"遌㊀"。

十三畫

邅 zhān 張連切，平，仙韻，知。ㄓㄢ
除善切，上，獮韻，審。
持碾切，去，線韻，澄。

㊀難行而不進貌。易屯："屯如邅如，乘馬班如。"參見"屯邅"。㊁轉，轉換方向。楚辭屈原離騷："邅吾道夫崑崙兮，路脩遠以周流。"

【邅回】徘徊，周旋不進。淮南子原道："邅回川谷之間，而滔騰大荒之野。"周書鄭偉等傳史臣曰："鄭偉崔彥穆等之在山東，竝以不羈之才，邅回於燕雀，終能翻然豹變，自致龜組，其知機之士歟！"引申指生活不順當，多周折。唐劉禹錫劉夢得集四洛中酬陳判官見贈詩："潦倒聲名擁腫材，一生多故苦邅迴。"迴，同"回"。

【邅迍】喻處境不順當。太平廣記四四五引傳奇孫恪："某一生邅迍，久處凍餒，因茲婚娶，頗似蘇息，不能負義，何以爲計。"參見"屯邅"。

邁 mài 莫話切，去，夬韻，明。ㄇㄞˋ

㊀行，前進。詩王風黍離："行邁靡靡，中心搖搖。"魏書邢巒傳表："前軍長邁，已至梓潼。"特指帝王以時巡行。詩周頌時邁："時邁其邦，昊天其子之。"㊁超過，超越。三國志魏高堂隆傳上疏："渙然改往事之過謬，勃然興來事之淵塞……則三王可邁，五帝可越。"㊂老。後漢書六五皇甫規傳上疏："凡諸敗將，非官爵之不高，年齒之不邁。"㊃勤勉。通"勱"。見"邁德"。

【邁世】超脫世俗。世說新語賞譽下："王平子（澄）邁世有儁才，少所推服，每聞衛玠言，輒歎息絕倒。"晉書郗鑒傳附郗愔："與姊夫王羲之、高士許詢，並有邁世之風。"

【邁往】一往無前。晉書謝萬傳王羲之與桓溫牋："謝萬才流經通，處廊廟，參諷議，故是後來一器，而今屈其邁往之氣，以俯順荒餘，近是違才易務矣。"

【邁迹】猶言發迹，開創事業之意。書蔡仲之命："爾乃邁迹自身，克勤無怠，以垂憲乃後。"

【邁德】勉行其德。書大禹謨："皋陶邁種德，德乃降。"文選晉陸士衡（機）漢高祖功臣頌："拔奇夷難，邁德振民。"

【邁邁】不悅。詩小雅白華："念子懆懆，視我邁邁。"朱熹集傳訓"邁邁"爲不顧。

避 bì 毗義切，去，寘韻，並。ㄅㄧˋ

㊀逃避，回避。史記八一廉頗藺相如傳："相如引車避匿。"漢書五四李廣傳："匈奴號曰漢飛將軍，避之。"㊁違背。國語周下："今吾執政無乃實有所避，而滑夫二川之神，使至於爭明，以妨王宮。"

【避世】逃避世務而隱居。莊子刻意："就藪澤，處閒曠，釣魚閒處，無爲而已矣；此江海之士，避世之人，閒暇者之所好也。"世說新語棲逸："何驃騎（充）弟（準）以高情避世，而驃騎勸之令仕。"

【避宅】不居家中，潛匿他處。漢書三四盧綰傳："高祖爲布衣時，有吏事避宅，綰常隨上下。"

【避地】因避災禍而移居他處。後漢書六八許劭傳："王室將亂，吾欲避地淮海，以全老幼。"宋呂本中東萊先生詩集十二連州陽山歸路三絕之二："兒女不知來避地，强言風物勝江南。"

【避席】古時席地而坐，避席即離開坐位。戰國策燕三："田先生坐，左右無人，太子避席而請曰：'燕秦不兩立，願先生留意也。'"史記一一七司馬相如傳上林賦："於是二子愀然改容，超若自失，逡巡避席曰：'鄙人固陋，不知忌諱。'"

【避秦】㊀避秦時之苛政及戰亂而隱居。晉陶潛陶淵明集五桃花源記："先世避秦時亂，率妻子邑人，來此絕境，不復出焉。"金元好問遺山集十四武善夫桃溪圖詩之一："物外煙霞卜四鄰，武陵不是避秦人。"㊁籠名。宋曾三異因話錄："雲水人以小竹揉之，下爲方籠，上爲方蓋。籠之中置衣食之屬，蓋之下藏藥物之屬。負之於背以行，名曰避秦。"（說郛十九）雲水人謂僧道游方者。

【避衰】即避災。三國志魏陳羣傳上疏："聞車駕欲幸摩陂，實到許昌，二宮上下，皆悉俱東，舉朝大小，莫不驚怪，或言欲以避衰。"資治通鑑魏太和六年："或言欲以避衰，或言欲以便移殿舍。"注："避衰，謂五行之氣，有王有衰，徙舍以避之也。今人謂之避災。"

【避就】避免與趨向。商君書定分："萬民皆知所避就，避禍就福，而皆以自治也。"魏書高允傳："或有上事陳得失者，高宗省而謂羣臣曰：'……朕有是非，常正言面論，至朕所不樂聞者，皆侃侃言說，無所避就。'"

【避煞】舊時迷信，謂人死後有煞，方士爲喪家推算死者之煞反舍之期，令家人出避之，俗謂之避煞。唐太常博士李才有喪煞損害法。見宋俞文豹吹劍錄四錄。

【避嫌】避免嫌疑。公羊傳桓十二年："此其言伐何？避嫌也。"辟，同"避"。舊五代史唐戴思遠傳："及西川俱叛，思遠以董璋故人，避嫌請代，徵入朝宿衛，以年告老，授太子少保致仕。"

【避寢】獨居。漢書五行志中："宜齊戒辟寢，以深自責。"注："齊讀曰齋，辟讀曰避。"漢劉向新序節士："晉文公反國，……（介子推）遂去而之介山之上，文公使人求之，不得，爲之避寢三月，號呼朞年。"

【避賢】意即讓賢。史記一〇三萬石君傳上書："願歸丞相侯印，乞骸骨歸，避賢者路。"全唐詩一〇九李適之罷相作："避賢初罷相，樂聖且銜杯。"

【避諱】㊀回避。漢王充論衡佚文："班叔皮（彪）續太史公書，載鄉里人以爲惡戒，邪人枉道，繩墨所彈，安能避諱？"㊁古人在言談和書寫時要避免君父尊親的名字。對孔子及帝王之名，衆所共諱，稱公諱；人子避祖父之名，稱家諱。避諱之法，一般或取同義或同音字以代本字，或用原字而省缺筆劃。漢武帝名徹，遂改徹侯爲通侯，漢景帝名啟，史記稱微子啟爲微子開。孔子名丘，清雍正後定作"邱"，或缺筆作"𠀉"。南朝梁范曄，父泰，曄撰後漢書有郭泰傳，泰皆省作"太"。參閱元周密齊東野語四避諱。

【避驄】漢靈帝時，桓典爲侍御史，執正有清操，常乘驄馬。京師語曰："行行且止，避驄馬御史！"後常用避驄爲御史之典。唐高適高常侍集七陪竇侍御泛靈雲池詩："乘興宜投轄，邀歡莫避驄。"參見

"驄馬御史"。

【避風臺】相傳漢趙飛燕身輕不勝風，成帝爲築七寶避風臺。見漢伶玄趙飛燕外傳(顧氏文房小説本)。

【避株鳥】即吐綬鳥。唐段成式酉陽雜俎十六羽篇："吐綬鳥……又食必蓄嗉，臆前大如斗，慮觸其嗉，行每遠草木，故一名避株鳥。"參見"吐綬鳥"。

【避暑飲】漢末，獻帝都許，使光禄大夫劉松北鎮袁紹軍，與紹子弟日共宴飲，常以三伏之際，晝夜酣飲，至極醉，云以避一時之暑，故河朔有避暑飲。見初學記三夏。

【避債臺】見"逃債臺"。

【避坑落井】喻一害方去而一害又生。晉書褚裒傳："今宜共戮力以備賊，幸無外難，而内自相擊，是避坑落井也。"又作"避穽入坑"。易林五觀之益："避穽入坑，憂患日生。"

【避重就輕】喻畏難圖易，推卸責任。唐六典七工部尚書："少府監匠一萬九千八百五十人，將作監匠一萬五千人，散出諸州，皆取材力强壯，技能工巧者，不得隱巧補拙，避重就輕。"大明律附例四："凡軍民驛竈醫卜工樂諸色人户，並以籍爲定，若詐冒脱免，避重就輕者，杖八十。"

【避暑山莊】在河北省承德市。亦稱承德離宫、熱河行宫。清康熙四十二年始建，乾隆五十五年建成，爲清帝避暑處。壘石繚垣，上加雉堞，如紫禁城制，左湖右山，形勢佳勝。敞殿飛樓，平臺奥室，各因地形而建，妙造自然，以三十六景著名。參閲嘉慶一統志四二承德府一。

【避暑録話】宋葉夢得撰，二卷。夢得博通羣籍，熟悉舊聞，書中所記，多裨史事，辨論考證，亦稱精賅。本爲消夏而作，故其中常言消遣之法及訓誨子孫之語。

【避實擊虚】作戰之法，當避敵之堅實而攻其虚弱。孫子虚實："兵之形，避實而擊虚。"也作"避實就虚"。淮南子要略："避實就虚，若驅羣羊，此所以言兵也。"

遽 jù ㄐㄩˋ 其據切，去，御韻，羣。

㊀傳車，驛車。左傳僖三三年："(秦師)及滑，鄭商人弦高將市於周，遇之，……且使遽告于鄭。"國語吴："吴晉爭長未成，邊遽乃至，以越亂告。"參見"傳$_{2}$車"。㊁疾，速。國語晉四："(頭須)謂謁者曰：'……國君而讎匹夫，懼者衆矣。'謁者以告，公遽見之。"吕氏春秋貴因："武王曰：'嘻！'遽告太公。"㊂倉猝。禮檀弓上："喪事欲其縱縱爾，……故喪事雖遽不陵節。"㊃窘迫。文選漢張平子(衡)西京賦："百禽㥄遽，騤瞿奔觸。"㊄畏懼。左傳襄三一年："不聞作威以防怨，豈不遽止。"注："遽，畏懼也。"世説新語雅量："謝太傅(安)盤桓東山時，與孫興公(綽)諸人汎海戲，風起浪涌，孫王(羲之)諸人色並遽，便唱使還。"㊅遂。史記越世家："由是觀之，何遽不爲福乎？"

【遽人】㊀驛卒。國語晉九："遽人來告。"㊁傳命的人。列子説符："使遽人來謁之。"注："遽，傳也；謁，告也。"

【遽色】臉色突然改變。參見"疾言遽色"。

【遽容】惶懼的臉色。世説新語言語："孔融被收，中外惶怖。時融兒大者九歲，小者八歲，二兒故琢釘戲，了無遽容。"

還 1. huán ㄏㄨㄢˊ 户關切，平，删韻，匣。

㊀返回。詩小雅何人斯："爾還而入，我心易也；還而不入，否難知也。"㊁回顧。左傳昭二十年："暴虐淫從，肆行非度，無所還忌。"㊂償還。老子："以道佐人主者，不以兵强天下，其事好還。"後稱償債爲還債。㊃環繞。儀禮既夕："祖還車不易位。"左傳襄十年："諸侯之師，還鄭而南，至於陽陵。"㊄副詞。1.再，復。荀子王霸："如是則舜禹還至，王業還起。"2.反而。三國志魏公孫淵傳"誘呼鮮卑，侵擾北方"注引魏書淵官屬上書："盡忠竭節，還被患禍，小弁之作，離騷之興，皆由此也。"3.依然。唐柳宗元柳先生集四三田家詩之一："子孫日以來，世世還復然。"

2. xuán ㄒㄩㄢˊ 似宣切，平，仙韻，邪。

㊅旋轉。禮玉藻："周還中規。"釋文："還音旋。本亦作旋。"㊆敏捷。詩齊風還："子之還兮，遭我乎峱之間兮。"釋文："韓詩作'嫙'，好貌。"㊇迅速。漢書五六董仲舒傳："此皆可使還至而立有效者也。"注："還，讀曰旋。旋，速也。"

【還丹】道家煉丹之術，以九轉丹再煉，化爲還丹，自稱服之白日昇天。抱朴子金丹："余考覽養性之書，鳩集久視之方，曾所披涉，篇卷以千計矣，莫不皆以還丹金液爲大要者也。"唐李白李太白詩二一江上望皖公山："待吾還丹成，投迹歸此地。"

【還$_{2}$目】回顧，反視。莊子山木："顔回端拱還目而窺之。"

【還味】不著塵味。楞嚴經五："佛問圓通，如我所證，還味旋知，斯爲第一。"

【還首】自歸請罪。資治通鑑一一四晉義熙三年："初(燕)中衛將軍馮跋及弟侍御素弗，皆得罪於(慕容)熙，熙欲殺之。……跋素弗與其從弟萬泥謀曰：'吾輩還首無路，不若因民之怨，共舉大事，可以建公侯之業。事之不捷，死未晚也。'"

【還$_{2}$風】旋風，暴風。易緯覽圖："還風者，善令還也。"

【還俗】出家爲僧尼後又再回家爲俗人，稱還俗。宋書徐湛之傳："時有沙門釋惠休，善屬文……世祖命使還俗。"也作"歸俗"。大寶積經八八："寧可一日百數歸俗，不應破戒受人信施。"

【還剪】南朝齊建元初，竟陵王蕭子良爲會稽太守，范雲爲府主簿，爲子良所寵信。征北參軍江祏求雲女婚姻，酒酣，自巾箱中取剪刀與雲曰："且以爲聘。"雲笑納之。後祏貴，雲語祏曰："昔與將軍俱爲黄鵠，今將軍化爲鳳皇，荆布之室，理隔華盛。"因出剪刀還之。祏乃改姻他族。見南史范雲傳。

【還雲】㊀歸雲。文選南朝梁江文通(淹)雜體詩之十一潘黄門："雨絶無還雲，華落豈留英。"㊁唐韋陟以侍妾掌書記，惟自署名，所書涉字若五朶雲。後稱答書爲還雲，本此。參見"五雲體"。

【還$_{2}$軫】乘車周迴。軫，車後横木。國語晉四："還軫諸侯，可謂窮困。"注："還軫，猶迴車，周歷諸國，遭離阨困。"

【還葬】速葬。禮檀弓下："斂手足形，還葬而無椁，稱其財，斯之謂禮。"注："還猶疾也，謂不及其日月。"

【還$_{2}$辟】逡巡避讓，離其所立之處。還，同"旋"，辟，同"避"。禮曲禮下："大夫士見於國君，君若勞之，則還辟再拜稽首，君若迎拜，則還辟不敢答拜。"

【還翰】回信。梁書何胤傳武帝(蕭衍)與胤書："今遣候承音息，矯首還翰，慰其引領。"

【還$_{2}$踵】同"旋踵"。㊀一轉足之間，喻迅速。漢書六四上徐樂傳上書："天下雖未治也，誠能無土崩之勢，雖有彊國勁兵，不得還踵而身爲禽。"㊁退縮。史記八三魯仲連傳："鄉使曹子(沫)計不及顧，議不還踵，刎頸而死，則亦名不免敗軍禽將矣。"

【還錦】南朝梁江淹晚年才思衰退，人稱江郎才盡。好事者相傳淹爲宣城太守罷歸，夜夢一人，自稱爲張載，謂曰："前以一匹錦相寄，今可見還。"淹探懷中，得數尺還之，自後文章遂不振。見南史江淹傳。參見"江淹"。

【還嬰】返老還童。太平廣記二二唐羅公遠傳："異日，玄宗復以長生爲請，……因以三峯歌八首以進焉。其大旨乃玄素黄赤之使，還嬰泝流之事。"

【還顧】回頭看，回顧。史記一二六滑稽傳："乳母如其言，謝去，疾步數還顧。"文選晉阮嗣宗(籍)詠懷詩："徘徊蓬池上，還顧望大梁。"

【還年藥】返老還童之藥。大智度論二二："如是耆老相，還變成少身，如服還年藥，是事如何然？"

【還形燭】唐玄宗妃楊太真既死於馬嵬坡，帝日夕思之。有道士以少君術求見，言以太真像置於五色帳中，以諸藥作燭，外畫五色花，謂之還形燭。黄昏時秉燭入帳，可見人形。見元伊世珍瑯嬛記卷下。

【還魂記】即牡丹亭。見該條。

【還魂秀才】宋廖復在開封應試，解榜出，被黜不中。復訴有司不公，重考取落第者七十餘人，時號還魂秀才。見宋方勺泊宅編。

邀 yāo 古堯切，平，蕭韻，見。 ㄧㄠ 於霄切，平，宵韻，影。

㊀邀約。莊子寓言："老聃西遊於秦，邀於郊。"釋文："邀，要也，遇也。"㊁阻截。三國志魏劉放傳："太和末，吳遣將周賀浮海詣遼東，招誘公孫淵，(明)帝欲邀討之，朝議多以爲不可。"㊂招。唐李白李太白詩二三月下獨酌之一："舉杯邀明月，對影成三人。"㊃求。文選南朝梁劉孝標(峻)廣絶交論："冀宵燭之餘光，邀潤屋之微澤。"

【邀功】求功。唐韓愈昌黎集四十黄家賊事宜狀："此兩人者本無遠慮深謀，意在邀功求賞。"

【邀喝】官府出行，有前驅喝道者，俗稱吆喝。金制百官儀從正。一品邀喝四人，正二品邀喝三人。見金史衛儀志下。參見"喝道"。

【邀笛步】古迹名。舊名蕭家渡，在舊上元縣城東南青溪橋右側。今爲江蘇江寧縣地。晉桓伊善樂，爲江左第一，有蔡邕柯亭笛，常自吹之。王徽之赴召京師，泊舟青溪側，與伊不相識，令人謂曰："聞君善吹笛，試爲我一奏。"伊爲作三調。弄畢，便去，客主不交一言。後人名其地爲邀笛步。見宋張敦頤六朝事迹編類。

【邀醉舞破】曲調名。南唐後主(李煜)周后所作。一日，宮中雪夜酣宴，后舉杯請後主起舞，后自撰譜，頃刻譜成，曲名邀醉舞破。見宋陸游南唐書十六後主昭后周氏傳。

邂 xiè 胡懈切，去聲，卦韻，匣。 ㄒㄧㄝ

見下。

【邂逅】謂不期而會。詩鄭風野有蔓草："邂逅相遇，適我願兮。"

十四畫

邃 suì 雖遂切，去，至韻，心。 ㄙㄨㄟ

㊀深。楚辭屈原離騷："閨中既以邃遠兮，哲王又不寤。"㊁精深。漢書四二任敖傳："(張)蒼尤好書，無所不觀，無所不通，而尤邃律歷。"

【邃古】遠古。後漢書四十下班彪傳附班固典引："伊考自邃古，乃降戾爰茲，作者七十有四人。"抱朴子論仙："邃古之事，何可親見，皆賴記籍傳聞於往耳。"

【邃密】㊀幽深。晉書五行志下龍蛇之孽："屋宇邃密，非龍所處。"㊁精細。晉書賀循傳陸機薦循疏："伏見武康令賀循德量邃密，才鑒清遠，服膺道素，風操凝峻。"宋朱熹朱文公集四鵝湖寺和陸子壽詩："舊學商量加邃密，新知培養轉深沉。"

邇 ěr 兒氏切，上，紙韻，日。 ㄦ

㊀近。詩周南汝墳："雖則如燬，父母孔邇。"注："邇，近也。"㊁接近。書仲虺之誥："惟王不邇聲色，不殖貨利。"

【邇言】㊀淺近或左右親近的話。詩小雅小旻："維邇言是聽，維邇言是爭。"禮中庸："舜好問，而好察邇言。"宋王安石臨川集五九李舜舉賜詔書藥物謝表："況遠迹久孤之地，實邇言易間之時。"指吳充，充熙寧中代安石爲同中書門下平章事，反對安石再起。㊁書名。1.宋劉炎撰。十二卷。論述歷史人物、朋黨、井田、封建等。2.清錢大昭撰。六卷。搜集古籍中俗語俗事，溯其源始演變，並加考訂。

邈 miǎo 莫角切，入，覺韻，明。 ㄇㄧㄠ

㊀久遠，渺茫。楚辭屈原九章懷沙："湯禹久遠兮，邈而不可慕。"㊁輕視。通"藐"。文選晉陸士衡(機)謝平原内史表："振景拔迹，顧邈同列。"

【邈川】地名。本漢破羌縣。宋初號爲邈川城，宣和元年改爲樂州。宋吐蕃唃廝囉，曾自宗哥徙居此地，授爲邈川大首領。元廢，明置碾伯衛，清屬甘肅碾伯縣。故地在今青海西寧市東樂都縣。參閲宋史地理志三秦鳳路樂州、嘉慶一統志二六九西寧府碾伯縣。

【邈邈】遠貌。楚辭屈原離騷："抑志而弭節兮，神高馳之邈邈。"

十五畫

邊 biān 布玄切，平，先韻，幫。 ㄅㄧㄢ

㊀邊緣。禮深衣："續衽鉤邊，要縫半下。"㊁側，近旁。禮檀弓上："齊衰不以邊坐，大功不以服勤。"㊂方位，一方面稱一邊。特指邊界、邊境。晉書張軌傳論："世途多難，畟五郡以誰何；時遇兵凶，阻三邊而高視。"㊃姓。春秋宋平公子御戎字子邊，因以爲氏。東漢有邊韶。見通志二七氏族宋人字。

【邊防】邊疆的保衛防禦。新唐書兵志："兵之戍邊者，大曰軍，小曰守捉，……此自武德至天寶以前邊防之制。"

【邊垂】邊境。垂，也作"陲"。左傳成十三年："芟夷我農功，虔劉我邊垂。"漢書武帝紀元鼎六年詔："朕將巡邊垂，擇兵振旅。躬秉武節，置十二部將軍，親帥師焉。"

【邊圉】邊疆。宋魏了翁鶴山集六壽四川制置李侍郎詩："增屯御驕卒，募耕實邊圉。"

【邊寄】防守邊疆的任務。宋歐陽修歐陽文忠公集八十左藏庫使涇原鈐轄王從政可西上閤門使益州鈐轄制："而爾久習兵戎，嘗委邊寄，克堪茲任，往服訓詞，可。"

【邊陲】邊境。史記律書："秦二世宿軍無用之地，連兵於邊陲，力非弱也。"參見"邊垂"。

【邊幅】㊀本指布帛的邊緣，借以喻人的儀表、衣着。見"不修邊幅"。㊁譬喻文章的潤飾。唐劉肅大唐新語文章："張九齡之文，有如輕縑素練，雖濟時適用，而窘於邊幅。"

【邊塞】邊疆設防之處。史記三王世家霍去病上疏："陛下過聽，使臣去病待罪行間，宜專邊塞之思慮，暴骸中野無以報。"漢書昭帝紀始元六年："以邊塞闊遠，取天水、隴西、張掖郡各二縣置金城郡。"

【邊裔】邊遠的地方。隋書河間王弘傳："弘奏爲盜者百餘人，投之邊裔，州境帖然，號爲良吏。"

【邊罪】佛教戒律。以僧人犯淫、盜、殺人、大妄語四大罪爲邊罪。犯此罪者爲佛海邊外人，不堪重入凈戒之海。見唐釋道宣四分律删繁補缺行事鈔上三。

【邊韶】東漢陳留浚儀人。字孝先。才思敏捷，應口成章，以文學知名，教授數百人。桓帝時，官至尚書令。著有詩文十五篇。後漢書八十上有傳。參見"便₂便₂㈠"。

【邊塵】戰士馳逐原野則風塵起，因以邊塵指戰争。漢書六四下終軍傳上奏："邊境時有風塵之警，臣宜被堅執鋭，當矢石，啟前行。"玉臺新詠五南朝梁江淹征怨詩："何日邊塵静，庭前征馬還。"

【邊瑣】駐守邊境官吏年齡、經歷的記録。漢書七四丙吉傳："吉善其言，召東曹案邊長吏，瑣科條其人。"注引張晏曰："瑣，録也。欲科條其人老少及所經歷，知其本以文武進也。"後因以邊瑣泛指守邊的軍務。宋蘇軾分類東坡詩二二送蔣穎叔帥熙河："正坐喜論兵，臨老付邊瑣。"又衛涇後樂集十五與左曹蓋郎中鑄："宣勞邊瑣，首尾五年，望實既孚，物論歸重。"

【邊際】邊界，邊緣。莊子知北遊"將爲汝言其崖略"晉郭象注："崖，猶邊際也。"唐孟浩然集四洛下送奚三還揚州："水國無邊際，舟行共使風。"

【邊鄙】近邊界的地方。左傳襄四年："邊鄙不聳，民狎其野，穡人成功。"國語吳："夫吳之邊鄙遠者，罷而未至，吳王將恥不戰，必不須至之會也，而以中國之師與我戰。"

【邊璋】古代祭祀山川用的小璋瓚。周禮考工記玉人："大璋、中璋九寸，邊璋七寸。"注："於小山川用邊璋，半文飾也。"參見"璋"。

【邊頭】邊塞，邊境的盡頭。唐杜甫杜工部詩史補遺四嚴氏溪放歌："劍南歲月不可度，邊頭公卿仍獨驕。"姚合姚少監詩集十窮邊詞："清夜滿城絲管散，行人不信是邊頭。"

【邊遽】邊境警報。遽，驛車。國語吳："吳晉争長未成，邊遽乃至，以越亂告。"宋趙雄韓蘄王碑："王每聞邊遽至，輒上馬或不俟鞍而奮。"(金石萃編一五〇)

【邊谿】獸名。晉郭璞山海經圖贊西山經邊谿獸："邊谿類狗，皮厭妖蠱。"山海經西山經天帝之山作"谿邊"。

【邊騎】㈠守備邊境的騎兵。史記一三三大宛傳："益發惡少年及邊騎，歲餘而出敦煌者六萬人。"㈡侵犯邊境之敵騎。宋史兵志九靖康元年二月詔："又神臂弓、馬黄弩乃中國長技，宜多行教習，以扞邊騎。"

【邊疆】邊境之地。左傳成十三年："帥我蝥賊，以來蕩摇我邊疆。"唐杜甫杜工部草堂詩箋十二夏夜嘆："念彼荷戈士，窮年守邊疆。"

【邊爐】粵俗稱火鍋爲邊爐。明陳獻章白沙集七南歸寄鄉舊詩："生酒鱘魚會，邊罏蜆子羹。"

【邊警】邊境的警報。陳書高祖紀上梁永平二年策："公以國盜邊警，知無不爲，邮是同盟，誅其醜類。"宋劉克莊後村集十九送陳守祕丞再和詩之二："與君未得便安閒，邊警偏能惱澗槃。"

【邊鸞】唐京兆人。善畫花鳥，用筆輕利，設色鮮明，爲世所重。參閱唐張彦遠歷代名畫記、宋米芾畫史。

【邊吳淀】沼澤名。也名邊吳泊。在今河北安新縣西南。宋人於宋遼邊境多置塘濼，自邊吳淀至泥姑海口，曲折九百里，以防遼軍騎兵突襲。泥姑海口即今直沽口。參閱讀史方輿紀要十二保定府邊吳泊。

【邊要棗】邊大而腰細的棗。見爾雅釋木疏。

邋 1. lā 盧盍切，入，盍韻，來。ㄌㄚ

㈠見"邋遢"。

2. liè 良涉切，入，葉韻，來。ㄌㄧㄝ

㈡旌旗飄動聲。見"邋₂邋₂"。

【邋遢】㈠行走貌。古今雜劇明王子一劉晨阮肇誤入天台一："行得道路迢遥芒鞋邋遢，抵多少古道西風鞭瘦馬。"㈡唐韻盍遢注："邋遢，不謹事也。"後稱不潔淨爲邋遢。綴白裘二集爛柯山痴夢："只是我形齷齪，身邋遢，衣衫藍縷把人嚇殺。"參閱清翟灝通俗編三四狀貌。

【邋₂邋₂】旌旗飄動之聲。周宣王石鼓文："君子員員，邋邋員斿。"(金石萃編一)

【邋遢本】南宋紹興年間四川刻七史：宋書、南齊書、梁書、陳書、魏書、周書、齊書。至元代版片大部模糊漫漶，著録家稱以舊板印成之書爲邋遢本。七史版式半頁九行，行十八字，故又稱爲九行邋遢本。

十六畫

邍 yuán 愚袁切，平，元韻，疑。ㄩㄢ

"原"的古體。地之廣平者。周宣王石鼓文："隮于邍𨒆。"(金石萃編一)

【邍師】官名。周禮夏官之屬，掌四方地名，辨其丘陵墳衍原隰之名。

十九畫

邐 lǐ 力紙切，上，紙韻，來。ㄌㄧ

見下。

【邐迤】曲折綿延。文選三國魏吳季重(質)答東阿王書："夫登東嶽者，然後知衆山之邐迤也。"唐韋應物韋江州集二灃上西齋寄諸友詩："清川下邐迤，茅棟上岩嶤。"

【邐倚】高下曲直相間。文選漢張平子(衡)西京賦："既乃珍臺蹇產以極壯，墱道邐倚以正東。"

邏 luó 郎佐切，去，箇韻，來。ㄌㄨㄛˊ

㈠偵候，巡邏。水經注十七渭水上引諸葛亮與兄瑾書："邏候往來要道通人。"晉書戴洋傳："洋言於(庾)亮：'……當有怨賊報仇，攻圍諸侯，誠宜遠偵邏。'"㈡遮攔。宋黄庭堅豫章集四演雅詩："桑蠶作繭自纏裹，蛛蝥結網工遮邏。"

【邏子】巡邏兵。新唐書一四八康承訓傳："(觀察使崔彦曾)乃禡纛黄堂前，選兵三千授都虞侯元密，屯任山，須(龐)勛至劫取之，遣邏子贏服覘賊。"

【邏卒】巡邏士兵。新唐書九一温廷筠傳："丐錢揚子院，夜醉，爲邏卒擊折其齒，訴於(令狐)綯。"舊唐書一九〇下温庭筠傳作"虞侯"。

【邏所】巡邏哨所。資治通鑑九四晉成和三年："(蘇)峻遣兵攻吳國内史庾冰，冰不能禦，……吳鈴下卒引冰入船，以蘧蒢覆之，吟嘯鼓枻，泝流而去。每逢邏所，輒以杖叩船曰：'何處覓庾冰，庾冰正在此。'人以爲醉，不疑之，冰僅免。"

【邏娑】㈠地名。亦作邏逤、邏些。唐時吐蕃都城，即今西藏之拉薩。唐高適高常侍集八九曲詞之三："鐵騎横行鐵嶺頭，西看邏逤取封侯。"㈡川名。即今入雅魯藏布江的米底克藏川。新唐書二一六吐蕃傳上："其贊普居跋布川，或邏娑川。"

【邏逤槽】用藏地所產檀木製成的琵琶。槽，琵琶面上架絃的部件。宋陸游劍南詩稿十四琵琶詩："西蜀琵琶邏逤槽，梨園舊譜鬱輪袍。"又十六感舊詩："縷金羯鼓龜茲樂，鏤玉琵琶邏逤槽。"

【邏逤檀】西藏產的檀木。古時蜀地製作琵琶，常以此木爲槽，音色皆佳。宋樂史楊太真外傳上："妃子琵琶邏逤檀，寺人白季貞使蜀還獻，其木温潤如玉，光耀可鑒。”省作“暹檀”。元楊維楨鐵崖古樂府二琵琶怨：“蜀絲鴛鴦織錦縚，暹檀鳳凰斲金槽。”參閱文獻通考一三七樂十。

邑　部

邑 yì 於汲切，入，緝韻，影。
ㄧ

㊀京城。詩商頌殷武：“商邑翼翼，四方之極。”㊁侯國之稱。書武成：“天休震動，用附我大邑周。”左傳桓十一年：“鄖人軍其郊，必不誡，且日虞四邑之至也。”注：“四邑，隨絞州蓼也。”㊂城市。大曰都，小曰邑。左傳隱元年：“制，巖邑也，虢叔死焉，佗邑唯命。”史記五帝紀：“一年而所居成聚，二年成邑，三年成都。”㊃大夫的封地。周禮地官載師：“以公邑之田任甸地，以家邑之田任稍地。”注：“家邑，大夫之采也。”㊄古代區域單位。周禮地官小司徒：“九夫爲井，四井爲邑，四邑爲丘，四丘爲甸，四甸爲縣，四縣爲都。”注：“四井爲邑，方二里。”又爲庶民編制單位。管子小匡：“制五家爲軌，軌有長；六軌爲邑，邑有司。”㊅憂鬱。通“悒”。見“邑邑”。

【邑人】㊀全邑的人。易比：“邑人不誡，上使中也。”㊁同邑的人。左傳定九年：“盡借邑人之車，鍥其軸，麻約而歸之。”史記一一七司馬相如傳：“上讀子虛賦而善之，曰：‘朕獨不得與此人同時哉！’(楊)得意曰：‘臣邑人司馬相如自言爲此賦。’”

【邑入】封邑的租稅。史記七五孟嘗君傳：“其舍人魏子爲孟嘗君收邑入，三反而不致一入。”

【邑子】同邑的人。史記八九張耳陳餘傳：“中大夫泄公曰：‘臣之邑子，素知之。此固趙國立名義不侵爲然諾者也。’”後漢書十七馮異傳：“異因薦邑子銚期、叔壽、段建、左隆等，光武皆以爲掾史，從至洛陽。”

【邑司】唐代貴族之掌管其食邑財物的官。資治通鑑二一〇唐景雲二年：“時人謂(竇)懷貞前爲皇后阿奢，今爲公主邑司。”注：“唐公主有邑司令、丞，掌其主家財貨出入、田園徵封之事。”

【邑考】卽伯邑考，周文王長子。逸周書世俘：“王烈祖自太王太伯王季虞公文王邑考以列升，維告殷罪。”按邑考亦尊稱，猶邑姜。

【邑君】古代女子的封號。後漢書七二董卓傳：“其子孫雖在髫亂，男皆封侯，女爲邑君。”按漢書百官公卿表上：“皇太后、皇后、公主所食曰邑。”邑君之稱，始於此。

【邑邑】㊀憂鬱不樂。通“悒悒”。史記六八商君傳：“且賢君者，各及其身顯名天下，安能邑邑待數十百年以成帝王乎？”㊁微弱貌。楚辭漢劉向九歎遠逝：“張絳帷以襜襜兮，風邑邑而蔽之。”

【邑庠】明清時稱縣學爲邑庠。庠，古學校之名。明李昌祺剪燈餘話一月夜彈琴記：“洪武初，除吉安永新知縣。到任三日，祗謁先聖於邑庠。”

【邑姜】周武王之妻，呂尚之女，周成王之母。左傳昭元年：“當武王邑姜方震大叔，夢帝謂己：‘余命而子曰虞，將與之唐。’”詩大雅大明“摯仲氏任”唐孔穎達疏：“以其尊加于婦，尊而稱之，故謂之大姜、大任、大姒，皆稱大，明皆尊而稱之。唯武王之妻，左傳謂之邑姜，不稱大，蓋避大姜故也。”大姜，文王妃。

【邑屋】村舍。漢書九二郭解傳：“居邑屋不見敬，是吾德不脩也，彼何辠！”

【邑侯】舊稱縣令爲邑侯，以其治理一邑，如古之諸侯。明唐玉翰府紫泥全書二生日請客翰百歲：“人生難得者上壽，翁獨得之，況邑侯旌之以牌額，榮之以冠帶，鄉里增光，敢不趨祝。”

【邑宰】縣令。文選晉潘安仁(岳)河陽縣作詩之一：“誰謂邑宰輕，令名患不劭。”通典三三職官五縣令：“縣邑之長曰宰、曰尹、曰公、曰大夫。”

【邑尊】舊時縣民對縣令的敬稱，言其爲一邑之長。

【邑落】村落。三國志魏邴原傳注引原別傳：“遼東多虎，原之邑落，獨無虎患。”

【邑憐】悒鬱吝惜。荀子解蔽：“不慕往，不閔來，無邑憐之心。”注：“或曰：‘邑與悒同。悒，快也。憐，讀爲吝，惜也。言棄無益之事，更無悒快吝惜之心。’”

三　畫

邙 máng 莫郎切，平，唐韻，明。
ㄇㄤ　武方切，平，陽韻，明。

山名。卽河南洛陽北邙山。三國魏應璩應休連集與程文信書：“南臨洛水，北據邙山。”新唐書一〇七陳子昂傳上書：“今景山崇秀，北對嵩邙，右眄汝海。”卽此。參見“北邙”。

邗 hán 胡安切，平，寒韻，匣。
ㄏㄢ　古寒切，平，寒韻，見。

地名。在今江蘇揚州市境。左傳哀九年：“秋，吳城邗，溝通江淮。”

【邗江】水名。亦名邗溝。卽江蘇境內自揚州市西北至淮安縣北入淮的運河。左傳哀九年：“秋，吳城邗，溝通江淮。”注：“於邗江築城穿溝，東北通射陽湖，西北至末口入淮，通糧道也，今廣陵韓江是。”參閱太平寰宇記一二三揚州廣陵縣。

【邗州】揚州別名。唐武德七年改兗州爲邗州，以邗溝爲名。九年改爲揚州。見新唐書地理志五淮南道。

【邗溝】水名。卽“邗江”，見“邗江”。

邘 yú 羽俱切，平，虞韻，于。
ㄩ

㊀古諸侯國名。周武王子邘叔的封地。春秋時爲鄭邑。在今河南沁陽縣境。左傳僖二四年：“邘晉應韓，武之穆也。”注：“四國皆武王子…… 河內野王縣西北有邘城。”㊁姓。周武王子邘叔封於邘，子孫以國爲氏。見通志二六氏族二。

邛 qióng 渠容切，平，鍾韻，羣。
ㄑㄩㄥ

㊀土丘。詩陳風防有鵲巢：“防有鵲巢，邛有旨苕。”㊁勞，病。詩小雅巧言：“匪其止共，維王之邛。”箋：“邛，病也。”㊂漢代西南少數民族國名。見“邛筰”。㊃水名。見“邛水”。㊄姓。世本有周大夫邛叔。

【邛水】水名。1. 在四川滎經縣境，又名邛來水，或長濆水，今名滎經河。源出邛來山，東北至今雅安縣入青衣江(平羌江)，卽古邛水。見嘉慶一統志四〇二雅州府一。2. 在今四川邛崍縣南，今名南河，卽古僕千水，又名白木江。源出邛崍山(又名臨邛山)，北源爲溪河，古稱郲水；南源爲小南河，古稱布濮水。東流至今新津縣(古武陽縣境)入岷江。見水經注三六青衣水。3. 在貴州鎮遠縣東南，首受縣南松明藁把諸水，東入於洪江。鎮遠縣舊名邛水縣以此。見嘉慶一統志五〇三鎮遠府。

【邛州】地名。南朝梁置，隋廢，唐復置。初治依政縣，在今四川邛崍縣東南。後移治臨邛，即今邛崍縣治。元爲州，明改爲邛縣，後升爲州，清因之，屬四川。公元1913年改縣，並改名邛崍。參閱元和郡縣志三一劍南道、嘉慶一統志四一一邛州。

【邛邛】獸名。逸周書王會："獨鹿邛邛，邛邛，善走者也。"注："邛邛，獸，似距虛，負蟨而走也。"（清朱右曾集訓校釋本）參見"蛩蛩㊀"、"邛邛岠虛"。

【邛竹】竹名。藝文類聚八九晉戴凱之竹譜："邛竹，高節實中，狀如人刻，俗謂之扶老竹。"參見"扶老㊀"、"笻竹"。

【邛河】水名。在今四川西昌縣東南。後漢書八六西南夷傳："邛都夷者，武帝所開，以爲邛都縣，無幾而地陷爲汙澤，因名爲邛池，南人以爲邛河。"注："在今嶲州越嶲縣東南。南中八郡志曰：'邛河，縱廣岸二十里，深百餘丈。多大魚，長一二丈，頭特大，遥視如戴鐵釜狀。'"

【邛都】古代我國西南少數民族國名。在今四川西昌縣東南。史記一一六西南夷傳："自滇以北君長以什數，邛都最大。"按漢通西南夷置邛都縣，屬越嶲郡。北周置越嶲縣。明爲建昌衛，清改爲西昌縣。見嘉慶一統志四〇〇寧遠府。

【邛崍】山名。1.在四川滎經縣西，本名邛筰，古爲邛人、筰人分界處。一作邛來，也稱邛僰，又名大關山，山西麓有隋置邛崍關，唐僖宗時，南詔過大渡河，陷黎州，破邛崍關，即此。參閱元和郡縣志三一劍南道、嘉慶一統志四〇二雅州府。2.在四川邛崍縣，古稱臨邛山。見嘉慶一統志四一一邛州。

【邛疏】仙人名。舊題漢劉向列仙傳上："邛疏者，周封史也。能行氣鍊形，煮石髓而服之，謂之石鍾乳。"

【邛筰】邛都、筰都兩地名的合稱。見"邛都"、"筰都"。

【邛鉅】藥草名。爾雅釋草："蕎，邛鉅。"注："今藥草，大戟也。"參見"大戟"。

【邛竹杖】邛竹製的行杖。史記一一六西南夷傳："及元狩元年，博望侯張騫使大夏來，言居大夏時見蜀布、邛竹杖。"集解引臣瓚曰："邛，山名，此竹節高實中，可作杖。"簡稱邛杖。唐白居易長慶集六七東城晚歸詩："一條邛杖懸龜榼，雙角吴童控馬銜。"

【邛邛岠虛】獸名。也作"蛩蛩距虛"。傳説邛邛岠虛與蟨互相依存，邛邛岠虛善走而不善求食，蟨善求食而不善走。平時蟨以美草供給邛邛岠虛，遇難時邛邛岠虛負蟨而逃。見爾雅釋地。一説邛邛、岠虛是兩種獸。漢書五七上司馬相如傳子虛賦："蹵蛩蛩，轔距虛。"注引張揖曰："蛩蛩，青獸，狀如馬。距虛似驘而小。"

邙 qǐ 墟里切，上，止韻，溪。
ㄑㄧ 渠記切，去，志韻，羣。

漢縣名。在今湖北宜城縣北。後漢書十四泗水王歙傳："封長子柱爲邙侯。"注："邙，縣，屬南郡。"

邕 yōng 於容切，平，鍾韻，影。
ㄩㄥ

㊀城郭四方有水，環抱而成池。見説文。㊁見"邕寧"。㊂和睦。通"雍"。漢書五八兒寬傳："上元甲子，肅邕永享。"晉書桑虞傳："虞五世同居，閨門邕穆。"㊃堵塞。通"壅"。漢書九九中王莽傳："長平館西岸崩，邕涇水不流，毁而北行。"注："邕讀曰壅。"

【邕州】地名。秦桂林郡地，漢爲領方、廣鬱等縣地，晉爲晉興郡，隋改宣化縣，唐貞觀六年置南晉州，尋改爲邕州，以州西南邕江爲名。元爲南寧路，明清爲南寧府。公元1913年廢。舊治所在今廣西南寧市。參閱嘉慶一統志四七一南寧府。

【邕邕】㊀鴈鳴聲。文選漢班叔皮（彪）北征賦："鴈邕邕以羣翔兮，鵾雞鳴以嚌嚌。"㊁和睦。三國魏嵇康嵇中散集一遊仙詩："臨觴奏九韶，雅歌何邕邕。"

【邕寧】縣名。屬廣西。周百越地，秦屬桂林郡，漢爲領方縣地，隋改爲宣化縣。唐改爲邕州。明清皆爲廣西南寧府治。公元1913年改縣，1914年改邕寧縣。見嘉慶一統志四七一南寧府、讀史方輿紀要一一〇南寧府。

【邕熙】㊀魏鼓吹曲。繆襲作。晉書樂志下："及魏受命，改其十二曲，……改芳樹爲邕熙，言魏氏臨其國，君臣邕穆，庶績咸熙也。"㊁指和平盛世。周書王褒傳周弘讓報書："昔吾壯日，及弟富年，俱值邕熙，竝歡衡泌。"

【邕州小集】宋陶弼撰，一卷。弼本集十八卷，此其一種，爲弼知邕州時所作，故以爲名。黄庭堅稱邕平生不治細故，獨以文章自喜，尤號爲能詩。此集收詩七十三首，不盡所長，略見一斑而已。

四 畫

邡 1. fāng 府良切，平，陽韻，幫。
ㄈㄤ

㊀見"什邡"。

2. fǎng 敷亮切，去，漾韻，滂。
ㄈㄤ

㊀謀劃。通"訪"。穀梁傳昭二五年："宋公佐卒于曲棘，邡公也。"注："邡，當爲訪。訪，謀也。言宋公所以卒于曲棘者，欲謀納公。"

邟 kāng 苦岡切，平，唐韻，溪。
ㄎㄤ

見下。

【邟鄉】古地名。在今河南臨汝縣。後漢書六一黄瓊傳："復拜瓊爲太尉，以師傅之恩，而不阿梁氏，乃封爲邟鄉侯。"注："漢潁川有周承休侯國，元始二年更名曰邟。"

邥 shěn 式任切，上，寑韻，審。
ㄕㄣ

㊀周諸侯國名。故地在今河南平輿縣。也作"沈"。亦姓。廣韻："沈，國名，古作邥，亦姓。……自周文王第十子聃季食采於沈，即汝南平輿沈亭是也。子孫以國爲氏。"㊁見"邥垂"。

【邥垂】古地名。故地在今河南洛陽市南。左傳文十七年："周甘歜敗戎于邥垂，乘其飲酒也。"注："邥垂，周地，河南新城縣北有垂亭。"

邦 bāng 博江切，平，江韻，幫。
ㄅㄤ

㊀國。書堯典："百姓昭明，協和萬邦。"詩大雅文王："周雖舊邦，其命維新。"㊁分封。書蔡仲之命："叔卒，乃命諸王，邦之蔡。"㊂姓。史記仲尼弟子傳有邦巽。

【邦交】國與國之間的交往。周禮秋官大行人："凡諸侯之邦交，歲相問也。"

【邦老】古劇脚色名。明闕名墨娥小録十四市語聲嗽："邦老，賊。"清焦循劇説一："末、旦、淨、丑之外，又有孤、倈兒、孛老、邦老、卜兒等名目……邦老之稱，一爲合汗衫之陳虎，一爲盆兒鬼之盆罐趙，一爲硃砂擔之鐵旛竿白正，皆殺人賊，皆以淨扮之。然則邦老者，蓋惡人之目也。"

【邦君】地方長官，指太守、刺史等。宋蘇軾蘇文忠詩合注四一和陶和劉柴桑："邦君助畚鍤，鄰里通有無。"又王之道相山集十和高守無隱官閒郎事詩："莫嫌蕪顈晚相浼，欲換邦君白雪詞。"

【邦伯】州牧。書召誥："命庶殷，侯甸男邦伯。"注："邦伯，方伯，即州牧也。"後因稱州刺史爲邦伯。唐高適高常侍集三登子賤琴堂賦詩之二："邦伯感遺事，慨然建琴堂。"

【邦典】國家的典章制度。周禮秋官大

司寇:"凡諸侯之獄訟,以邦典定之。"注:"邦典,六典也。以六典待邦國之治。"唐柳宗元柳先生集四駁復讎議:"讎天子之法而戕奉法之吏,是悖驁而凌上也,執而誅之,所以正邦典,而又何旌焉。"

【邦彥】國中英俊之士。詩鄭風羔裘:"彼其之子,邦之彥兮。"文選晉陸士衡(機)吳趨行:"邦彥應運興,粲若春林葩。"

【邦禁】國家的禁令。書周官:"司寇掌邦禁,詰姦慝,刑暴亂。"

【邦墓】國中民人的墓地。周禮春官墓大夫:"墓大夫掌凡邦墓之地域,爲之圖。"注:"凡邦中之墓地,萬民所葬地。"

【邦畿】國境。詩商頌玄鳥:"邦畿千里,維民所止。"傳:"畿,疆也。"疏:"畿者,爲之畿限疆畔,故爲疆也。"三國魏嵇康嵇中散集一兄秀才公穆入軍贈詩之十四:"浩浩洪流,帶我邦畿。"

【邦器】禮樂之器和祭器。周禮夏官小子:"凡沈辜侯禳,飾其牲,釁邦器及軍器。"

邢 1. xíng 户經切,平,青韻,匣。ㄒㄧㄥ

㊀古諸侯國名。周公之子封於此,春秋時爲衛所滅。左傳隱五年:"以鄭人邢人伐翼。"注:"邢國在廣平襄國縣。"故地在今河北邢臺縣境。㊁姓。周公第四子受封於邢,子孫以國爲氏。見元和姓纂五青。

2. gěng 集韻 古幸切,上,耿韻。ㄍㄥˇ

㊂地名。在今山西河津縣境。史記殷紀:"祖乙遷于邢。"索隱:"邢音耿,近代,本亦作耿,今河東皮氏縣有耿鄉。"

【邢丘】地名。春秋晉邑。戰國屬魏。左傳宣六年:"赤狄伐晉,圍懷及邢丘。"史記秦紀:"四十一年夏,攻魏取邢丘、懷。"集解:"徐廣曰:邢丘在平皋。"故地在今河南温縣東。

【邢昺】公元932—1010年。宋濟陰人,字叔明。太宗時擢九經及第,官至禮部尚書。真宗初,置翰林侍講學士,昺任此職。後受詔與杜鎬、舒雅、孫奭等人校定三禮三傳,撰論語、孝經、爾雅諸疏。宋史四三一入儒林傳。

【邢臺】縣名。屬河北省。古邢國,秦爲信都縣,項羽改爲襄國。漢稱襄國縣,隋改爲龍岡縣。後置邢州,宋改爲邢臺縣,以縣有古邢臺而名。歷代相因,明清皆屬順德府。見讀史方輿紀要十五順德府邢臺縣。

邙 yún 王分切,平,文韻,于。ㄩㄣ

周時諸侯國名,同"鄖"。春秋時爲楚所滅。故地在今湖北安陸縣。左傳宣四年:"若敖娶於邙。"即此。左傳桓十一年作鄖。

邦 fū 甫無切,平,虞韻,幫。ㄈㄨ

漢縣名,屬琅邪郡,後漢廢。故地在今山東膠縣。參閱漢書地理志上、嘉慶一統志一七四萊州府一。

祁 yuán 愚袁切,平,元韻,疑。ㄩㄢ

古地名。春秋秦邑。故地在今陝西澄城縣。左傳文四年:"秋,晉侯伐秦,圍祁、新城,以報王官之役。"參閱讀史方輿紀要五四同州元里城。

邪 1. xié 似嗟切,平,麻韻,邪。ㄒㄧㄝ

㊀不正。書大禹謨:"任賢勿貳,去邪勿疑。"論語爲政:"詩三百,一言以蔽之,曰:思無邪。"㊁中醫謂四時不正之氣,能傷人致病,如風寒暑濕等。素問生氣通天論:"風客淫氣,精乃亡,邪傷肝也。"㊂妖異怪誕之事。南史袁湛傳附袁君正:"性不信巫邪。"隋書藝術傳序:"毉巫所以禦妖邪,養性命者也。"㊃通"斜"。漢書五七上司馬相如傳子虛賦:"邪與肅慎爲鄰,右以湯谷爲界。"

2. yé 以遮切,平,麻韻,喻。ㄧㄝ

㊄助詞,表疑問。莊子逍遙遊:"天之蒼蒼,其正色邪?"㊅通"也"。莊子天地:"始也我以女爲聖人邪,今然君子也。"

3. yú ㄩ

㊆通"餘"。史記曆書:"舉正於中,歸邪於終。"集解:"音餘。"又引韋昭:"邪,餘分也。"左傳文元年作"歸餘於終"。

4. xú ㄒㄩ

㊇緩慢。通"徐"。詩邶風北風:"其虛其邪,既極只且。"箋:"邪,讀徐。"

【邪曲】不正。荀子非相:"類不悖,雖久同理,故鄉乎邪曲而不迷,觀乎雜物而不惑。"

【邪₂呼】舊時歲終驅疫鬼時的呼喝之聲。南史曹景宗傳:"爲人嗜酒好樂,臘月於宅中使人作邪呼逐除,徧往人家乞酒食。"邪呼,梁書作"野虖"。

【邪氣】不正之氣。管子形勢:"朝忘其事,夕失其功,邪氣入内,正色乃衰。"楚辭漢東方朔七諫自悲:"邪氣入而感内兮,施玉色而外淫。"

【邪₂許】勞動時衆人一齊發出的呼聲。許,音 hǔ。淮南子道應:"今夫舉大木者,前呼邪許,後亦應之,此舉重勸力之歌也。"呂氏春秋淫辭作"輿謣"。清龔自珍定盦文集補己亥雜詩五月十二日抵淮浦作:"我亦曾糜太倉粟,夜聞邪許淚滂沱。"

【邪散】不正,散亂。禮樂記:"流辟、邪散、狄成、滌濫之音作,而民淫亂。"疏:"邪散,謂違辟不正,放邪散亂。"

【邪₂揄】嘲笑,戲弄。同"揶揄"。後漢書二十王霸傳:"光武令霸至市中募人,將以擊(王)郎,市人皆大笑,舉手邪揄之,霸慚懅而還。"也作"邪歈"。宋蘇舜欽蘇學士集六送陳進士游江南詩:"歸來莫戀溪山勝,楓鬼邪歈解笑人。"參見"揶揄"。

【邪惡】奸邪不正。周禮地官司救:"掌萬民之邪惡過失,而誅讓之。"也以指邪惡之人。漢王符潛夫論四述赦:"故凡立王者,將以誅邪惡而養正善,而以遏邪惡逆,安莫甚焉。"

【邪幅】裹小腿的布幅。詩小雅采菽:"赤芾在股,邪幅在下。"箋:"邪幅,如今行縢也。偪束其脛,自足至膝,故曰在下。"

【邪媚】奸邪諂媚。後漢書七三公孫瓚傳上疏:"(袁)紹不能舉直措枉,而專爲邪媚,招來不軌,疑誤社稷。"

【邪辟】乖戾不正。禮樂記:"惰慢邪辟之氣不設於身體。"荀子勸學:"故君子居必擇鄉,游必就士,所以防邪僻而近中正也。"僻,同"辟"。

【邪蒿】草名。根葉可食。北齊書邢峙傳:"峙方正純厚,有儒者之風。廚宰進太子食,有菜曰邪蒿,峙命去之,曰:'此菜有不正之名,非殿下所宜食。'"

【邪慝】奸惡。孟子盡心下:"庶民興,斯無邪慝矣。"後漢書六九何進傳贊:"上惛下嬖,人靈動怨。將糾邪慝,以合人願。"

【邪赢】用不正當手段獲利。文選漢張平子(衡)西京賦:"爾乃商賈百族,裨販夫婦,鬻良雜苦,蚩眩邊鄙,何必昏於作勞,邪赢優而足恃。"史記一二九貨殖傳唐司馬貞索隱述贊:"廢居善積,倚市邪赢。"

【邪命食】佛教指僧人不以乞食自活,而以不合佛法之道向世人斂求而得的衣食。見智度論三。

【邪魔外道】佛書以妄見爲邪魔,佛教以外的教派爲外道。通指各色鬼怪。藥師經下:"又信世間邪魔外道,妖孽之師妄説禍福,便生恐動,心不自正。"古今雜劇元宮大用死生交范張雞黍二:"此事真假未辨,敢是甚麼邪魔外道向你討祭祀來麼?"

那 1. nuó ㄋㄨㄛˊ 諾何切,平,歌韻,泥。

㊀多。詩小雅桑扈:"不戢不難,受福不那。"㊁安閒貌。詩小雅魚藻:"王在在鎬,有那其居。"㊂美好。見"那豎"。㊃奈何的合音。左傳宣二年:"牛則有皮,犀兕尚多,棄甲則那?"唐李白李太白詩四長干行之二:"那作商人婦,愁水復愁風。"㊄對於。國語越下:"吳人之那不穀,亦又甚焉。"注:"那,於也。"㊅移動。通"挪"。宋歐陽修文忠集一〇三論乞賑救饑民劄子:"只聞朝旨令那移近邊馬及於有官米處出糶。"㊆姓。明陳士元姓觿三引姓譜:"左傳莊十八年,楚武王克權,遷權於那處,因氏。"

2. nuǒ ㄋㄨㄛˇ 奴可切,上,哿韻,泥。

㊇如何,怎麼。三國志魏田豫傳注引魏略:"會病亡,戒其妻子曰:'葬我必於西門豹(祠)邊。'妻子難之,言:'西門豹古之神人,那可葬於其邊?'"玉臺新詠一古詩爲焦仲卿妻作:"處分適兄意,那得自任專?"那,今讀 nǎ。

3. nuò ㄋㄨㄛˋ 奴箇切,去,箇韻,泥。

㊈指代詞,與"這"相對。唐張鷟朝野僉載二:"尚書右丞陸餘慶轉洛州長史,其子嘲之,曰:'陸餘慶,筆頭無力嘴頭硬。一朝受詞訟,十日不判竟。'送牀褥下。餘慶得而讀之,曰:'必是那狗!'遂鞭之。"釋齊己白蓮集九道林寓居詩:"青嶂者邊來已熟,紅塵那畔去已疎。"那,今讀 nà。者,同"這"。㊉助詞。表反詰。後漢書八三韓康傳:"公是韓伯休那?乃不二價乎?"伯休,康字。

4. nà ㄋㄚˋ

⑪譯音字。見"那伽"、"那$_4$落迦"、"那$_4$羅陀"、"那$_4$爛陁"等。

【那父】傳說中獸名。山海經北山經:"(灌題之山)有獸焉,其狀如牛而白尾,其音如詨,名曰那父。"

【那$_3$吒】佛教護法神名。也作"哪吒"。毗沙門天王之子,析骨還父,析肉還母,然後現本身,運大神力,爲父母說法。參見"哪吒太子"。

【那行】移步前行。同"挪行"。宋陸游老學庵筆記四:"百官入殿門,閤門輒促之曰:'那行!'"注:"那,音糯"。

【那$_4$伽】㊀花名。唐段成式酉陽雜俎續集九支植上:"那伽花,狀如三春,無葉,花色白,心黃,六瓣,出舶上。"㊁梵語稱龍爲那伽。見翻譯名義集二那伽。

【那$_2$庚】如何。唐段成式酉陽雜俎前集一忠志:"(唐)中宗景龍中,召學士賜獵,……狡兔起前,上舉搗擊斃之,帝稱'那庚?'從臣皆呼萬歲。"

【那豎】美貌少年。國語楚上:"使富都那豎贊焉,而使長鬣之士相焉,臣不知其美也。"注:"那,美也。豎,未冠者也。"

【那呵灘】樂府西曲歌名。樂府詩集四九清商曲辭西曲歌下:"古今樂録曰:那呵灘,舊舞十六人,梁八人。其和云:'郎去何當還?'多敍江陵及揚州事。那呵,蓋灘名也。"

【那核婆】果名。唐段公路北户録二食目:"印度出那核婆果,大如冬瓜,熟則果赤,剖之中有十小果,大如鵝卵,更又破之,其汁黃赤,其味甘美。或在樹枝,如衆果之結實;或在樹根,若茯苓之在土。"

【那$_4$落迦】梵語,佛教地獄名。續一切經音義九根本破僧事十捺落迦:"此云苦器,或云苦具,謂受苦之器具,卽八寒、八熱、無間等大地獄總名也。"

【那$_4$羅陀】天竺花名。翻譯名義集七那羅陀:"那羅,正云捺羅,此云人也。陀謂陁。羅,此云持也。其花香妙,人皆佩之,故名人持花也。"

【那$_4$爛陁】古印度摩揭陁國的寺名。唐玄奘義淨等入天竺求法,皆曾停居此寺。大唐西域記九摩揭陁國下:"從此北行三十餘里至那爛陁。僧伽藍聞之耆舊曰:'此伽藍南菴没羅林中有池,其龍名那爛陁,旁建伽藍,因取爲稱。'從其實議,是如來在昔修菩薩行,爲大國王建都此地,悲愍衆生,好樂周給,美其德,號施無猒,由是伽藍因以爲稱。"

邠 bīn ㄅㄧㄣ 府巾切,平,真韻,幫。

㊀古國名。故地在今陝西彬縣。本作豳。周先人公劉所建。唐開元十三年以豳字類"幽",改爲邠。九經論語多以漢石經爲據,字體未變,惟孟子梁惠王下作"邠"。參見清顧炎武日知録七孟子字樣。㊁有文采。通"彬"。漢揚雄太玄經四文:"斐如邠如,虎豹文如。"

五畫

邲 bì ㄅㄧˋ 房密切,入,質韻,並。毗必切,入,質韻,並。

地名。春秋鄭邑。春秋魯宣公十二年(晉成公十年、楚莊王十七年)晉楚大戰於邲,晉敗,爲春秋時列國著名戰役之一。見左傳宣十二年。地在今河南滎陽東北。

邴 bǐng ㄅㄧㄥˇ 兵永切,上,梗韻,幫。陂病切,去,映韻,幫。

㊀地名。春秋鄭邑。穀梁傳隱八年:"三月,鄭伯使宛來歸邴。"注:"邴,鄭邑。"左傳作祊。地在今山東費縣境。參見"祊㊂"。㊁姓。同"丙"。左傳成二年:"邴夏御齊侯。"通志二七氏族以邑爲氏:"邴氏,亦作丙。晉大夫邴豫食邑于邴,因以爲氏。齊亦有邴邑,而亦有邴氏。漢有博士邴丹、丞相丙吉。"㊂見"邴邴"。

【邴邴】喜悦貌。莊子大宗師:"邴邴乎其似喜乎?崔乎其不得已乎?"

【邴曼容】漢哀帝時人。邴漢侄,養志自修,爲官不肯過六百石,輒自免去,時有名望。見漢書七二兩龔傳。金元好問遺山集五南湖先生雪景乘騾圖詩:"仕宦不作邴曼容,辭鄉自愛王無功。"

邯 hán ㄏㄢˊ 胡安切,平,寒韻,匣。

見下。

【邯山】山名。在今河北邯鄲市西。一名堵山。漢書地理志下:"邯鄲,堵山,牛首水所出。"水經注十濁漳水:"牛首水,……其水又東歷邯鄲阜,張晏所謂邯山在東城下者也。"

【邯川】水名。在今青海樂都縣東南,注入黃河。川南有邯川城。後漢馬武追擊羌軍至東西邯,卽此。見後漢書二二馬武傳。

【邯鄲】㊀縣名。屬河北省。邯,山名,鄲訓盡,謂邯山至此而盡,故名。春秋時衛地,後屬晉。戰國時爲趙國國都。秦始皇十九年置邯鄲郡,漢高祖四年改置趙國,三國魏晉爲廣平郡,隋開皇中復置縣,唐宋金元因之。明清皆屬廣平府。公元 1952 年析縣區置邯鄲市。參閱嘉慶一統志三二廣平府一。㊁複姓。春秋時晉趙盾之弟趙穿,食邑邯鄲,因以爲氏。漢有衛尉邯鄲義。見通志二七氏族以邑爲氏。

【邯鄲行】樂府雜曲篇名。樂府詩集七六雜曲歌辭引樂府廣題:"邯鄲,舞曲也。"詩集著録南齊陸厥作一首,梁武帝(蕭衍)作邯鄲歌一首。

【邯鄲淳】三國魏潁川人。一名竺,字子叔。博學有才,又善蒼、雅,師於曹喜,精古文大篆,八分隸書。黃初初,爲博士給事中。參閱三國志魏王粲傳"自潁川邯鄲淳"注引魏畧、唐張彥遠法書要録八引張懷瓘書斷。

【邯鄲夢】唐人小説記有盧生在邯鄲旅店中，遇道者呂翁，翁以枕授生，生睡入夢，歷數十年富貴繁華。及醒，主人炊黄粱尚未熟。見文苑英華八三三唐沈既濟枕中記。宋王安石臨川集二八中年詩："中年許國邯鄲夢，晚歲還家壙埌遊。"明湯顯祖本此爲題材作邯鄲夢傳奇。參見"黄粱夢"。

【邯鄲學步】比喻倣效别人不成，反喪失原有的本領。莊子秋水："且子獨不聞夫壽陵餘子之學行於邯鄲與？未得國能，又失其故行矣，直匍匐而歸耳！"壽陵，燕邑；邯鄲，趙都。太平御覽三九四引莊子，兩行字皆作"步"。宋姜夔白石道人詩集上送項平甫倅池陽："論文要得文中天，邯鄲學步終不然。"

【邯鄲郭公歌】樂府篇名。北齊後主高緯，雅好傀儡，謂之郭公，時人戲爲郭公歌。見樂府詩集八七邯鄲郭公歌序。詩集採録唐温庭筠邯鄲郭公辭一首。

邳 pī 符悲切，平，脂韻，並。ㄆㄧ

㊀地名。左傳定元年："奚仲遷于邳，仲虺居薛，以爲湯左相。"仲虺，奚仲後人。故地在今江蘇邳縣境。㊁大。通"丕"。見"邳張"。㊂姓。通志二六氏族以國爲氏："風俗通云：奚仲爲夏車正，自薛封邳，……故子孫亦以爲氏。"後漢有邳肜。

【邳州】地名。夏爲邳國，春秋時爲薛國地。漢武帝時置爲臨淮郡，東漢永平十五年改置下邳國。南朝宋改爲下邳郡。北周改曰邳州，隋大業初廢。唐武德四年復置，貞觀元年又廢。宋太平興國七年置爲淮陽軍，金貞祐三年改爲邳州，元明因之。公元 1912 年改爲邳縣，屬江蘇省。參閲嘉慶一統志一〇〇徐州府一。

【邳張】宏大寬敞。文選三國魏何平叔(晏)景福殿賦："櫺檻邳張，鉤錯矩成。"注："邳，或爲丕。"

邶 bèi 蒲昧切，去，隊韻，並。ㄅㄟ

古國名。周武王克商，分朝歌以北爲邶，南爲鄘，東爲衛，以封紂子武庚。武庚叛，周公盡以其地封弟康叔，而遷邶鄘之民於雒邑。詩邶風，羣書治要本作"鄁"。地在今河南湯陰縣東南。參閲詩邶譜疏、宋王應麟詩地理考一邶。

【邶殿】春秋齊邑。左傳襄二八年："與晏子邶殿其鄙六十，弗受。"注："邶殿，齊别都。"在今山東昌邑縣境。

邰 tái 土來切，平，咍韻，透。ㄊㄞ

㊀古國名。古史相傳后稷所封。詩大雅生民："實方實苞，實種實褎，……即有邰家室。"傳："邰，姜嫄之國也。堯見天因邰而生后稷，故國后稷於邰。"故址在今陝西武功縣境。㊁姓。世本："后稷封邰，因氏。"

邵 shào 寔照切，去，笑韻，禪。ㄕㄠ

㊀古地名。見"郫邵"。㊁姓。周召公之後。通志二七氏族以邑爲氏："召氏，或作邵。姬姓，召公食邑也。……春秋，召與邵一氏，而後世分爲二……秦有邵不疑。"

【邵平】即召平。宋文同丹淵集十七依韻和滿誠之春日即事詩："入夏盃盤須准備，繞畦親灌邵平瓜。"參見"召₂平"。

【邵武】㊀府名。秦屬閩中郡，漢屬會稽郡，宋置邵武軍，元改邵武路，明清爲邵武府。治所在邵武縣。公元 1913 年廢。見嘉慶一統志四三二邵武府一。㊁縣名。屬福建省。三國吴孫休永安三年置昭武縣。晉太康三年避司馬昭諱改曰邵武。太寧初改曰邵陽，南北朝復曰邵武縣。參閲寰宇通志四七邵武府。

【邵虎】即召虎。文選三國魏曹子建(植)求自試表："今陛下以聖明統世，將欲卒文武之功，繼成康之隆，簡良授能，以方叔邵虎之臣鎮衛四境，爲國爪牙者，可謂當矣。"

【邵陵】地名。見"召₂陵"。

【邵陽】縣名。屬湖南省。漢昭陵縣地。三國吴置昭陵郡，分置昭陽縣。晉改邵陽縣。隋廢郡，縣仍舊，屬潭州。唐爲邵州治。宋明清皆爲寶慶府治。參閲嘉慶一統志三六〇寶慶府一。

【邵雍】公元 1011—1077 年，宋共城人，字堯夫。好易理，其學得之於李之才，之才又得於穆修。以太極爲宇宙本體，有象數之學。居洛幾三十年，名所居曰安樂窩，自號安樂先生。與二程同時，程顥歎其有内聖外王之學。著有皇極經世、伊川擊壤集等。元祐中賜謚康節。宋史四二七有傳。參閲宋元學案九百源學案。

【邵伯湖】在江蘇邗江縣北，裏運河以西，北通高郵湖，旁有邵伯埭，亦曰邵伯堰。晉謝安築此堰灌民田，後人追思，比於邵伯，故名。參閲晉書謝安傳、嘉慶一統志九六揚州府一。

【邵長蘅】公元 1673—1704 年。清江蘇武進人，字子湘，號青門。補學官弟子，因奏銷案絓誤，以布衣終。善詩古文辭及音韻學，詩文與侯方域魏禧齊名。著有古今韻略、青門集。

【邵晉涵】公元 1743—1796 年。清浙江餘姚人，字與桐，號二雲。乾隆三十六年進士，官至侍講學士。博聞强記，於經專宗訓詁；於史繼承黄宗羲之學，極爲章學誠所推重。乾隆時開四庫全書館，主史部，薛居正舊五代史已佚，晉涵依永樂大典等書薈萃編次成書，列入正史。今四庫提要史部，多出其手。著有爾雅正義、孟子述義、穀梁正義、韓詩内傳考等書。

【邵遠平】清浙江仁和人，字戒三。康熙三年進士，試鴻博，授翰林院侍讀，官至詹事府詹事。因康熙賜其御書"蓬觀"額，又自號蓬觀子。與修一統志。著有元史類編、史學辨誤等。

邸 dǐ 都禮切，上，薺韻，端。ㄉㄧ

㊀戰國時諸國客館，漢諸郡王侯爲朝見而在京都設置的住所。史記七九范雎傳："魏使須賈於秦，范雎聞之，爲微行，敝衣閒步之邸，見須賈。"又孝文紀："太尉(周勃)乃跪上天子符璽，代王謝曰：'至代邸而議之。'"㊁王侯府第。也用以借指王侯。全唐文六四八元稹授薛爲朝等王傅等制："擇才以佐諸邸。"參見"朱邸"。㊂客舍，旅店。文選南齊陸韓卿(厥)奉答内兄希叔詩："出入平津邸，一見孟嘗尊。"宋史四三〇黄榦傳："時大雪，既至而(朱)熹它出，榦因留客邸。"㊃官庫。世説新語政事："(賀邵)於是至諸屯邸，檢校顧陸役使官兵及藏逋亡，悉以事言上，罪者甚衆。"㊄茶館酒店。梁書武帝紀上移檄京邑："淫酗僭肆，酣歌壚邸。"宋劉克莊後村集二戲孫季蕃詩："常過茶邸租船出，或在禪林借枕欹。"㊅屏風。周禮天官掌次："張氈案，設皇邸。"注："邸，後版也。"疏："邸，謂以版爲屏風。"㊆物的基部。通"柢"、"底"。周禮春官典瑞："四圭有邸，以祀天旅上帝。"晉書輿服志："皮弁象玉邸。"㊇量器名。周禮考工記弓人："絲三邸，漆三斞。"孫詒讓疏："戴震云：邸，收絲之器，……皆有數量可取則者。"㊈至，抵達。同"抵"。楚辭屈原九章涉江："步余馬兮山皋，邸余車兮方林。"史記河渠書："今鑿涇水自中山西邸瓠口爲渠。"㊉觸動。通"抵"。文選戰國楚宋玉風賦："邸華葉而振氣。"⑪姓。漢有上郡太守邸杜。見廣韻薺韻引風俗通。

【邸店】古代兼具堆棧、商店、客舍性質

的市肆。梁書徐勉傳戒子崧書:"所以顯貴以來,將三十載,門人故舊,亟薦便宜,或使創闢田園,或勸興立邸店,……若此衆事,皆距而不納。"

【邸舍】㊀猶邸店。禮王制"市廛而不稅"漢鄭玄注:"廛,市物邸舍。"文苑英華八三三唐沈既濟枕中記:"開元七年,道士有呂翁者,得神仙術,行邯鄲道中,息邸舍,攝帽弛帶,隱囊而坐。"㊁府第。漢劉向説苑尊賢:"史鰌去衛靈公邸舍三月,琴瑟不御。"宋書蔡廓傳附蔡興宗:"會土全實,民物殷阜,王公妃主,邸舍相望,撓亂在所,大爲民患。"會,會稽郡。

【邸第】王侯府第。史記荆燕世家:"臣觀諸侯王邸第百餘,皆高祖一切功臣。"

【邸報】漢唐時代地方長官於京師設邸,邸中傳抄詔令奏章等,以報於諸藩,故稱邸報。後世因稱朝廷官報爲邸鈔。明末始有活字邸報,清季由報房刊行,稱京報。全唐詩話二韓翃:"家居,一日夜將半,客叩門急賀曰:'員外除駕部郎中知制誥。'翃愕然曰:'誤矣。'客曰:'邸報制誥闕人,中書兩進名不從。'又請之,曰:'與韓翃。'"宋蘇軾東坡集續集二小飲公瑾州中詩:"坐觀邸報談迂叟,閒説滁山憶醉翁。"迂叟,司馬光;醉翁,歐陽修。參閱清顧炎武日知錄二八邸報。參見"京報"。

【邸鈔】即"邸報"。鈔,同"抄"。儒林外史一:"危老爺自己問了罪,發在和州去了,我帶了一本邸抄來與你看。"參見"邸報"。

【邸閣】屯積軍糧或物資之所。三國志蜀後主傳:"十一年冬,亮使諸軍運米,集於斜谷口,治斜谷邸閣。"新唐書一八二裴休傳:"時方鎮設邸閣居茶取直,因視商人它貨橫賦之,道路苛擾。"

邱 qiū ㄑㄧㄡ 去鳩切,平,尤韻,溪。

㊀同"丘"。地名。見廣韻。㊁孔子名丘,清雍正三年上諭除四書五經外,凡遇"丘"字,並加"⻏"旁爲邱。地名字亦作邱。參見"丘㊆"。

六畫

郊 jiāo ㄐㄧㄠ 古肴切,平,肴韻,見。

㊀距都城百里謂之郊。泛指城外、野外。詩鄘風干旄:"孑孑干旄,在浚之郊。"易小畜:"密雲不雨,自我西郊。"見爾雅釋地:"邑外謂之郊"疏。㊁祭天地。見"郊祀"、"郊社"。

【郊社】祭天地。周代冬至祭天稱郊,夏至祭地稱社。禮中庸:"郊社之禮,所以事上帝也。"文獻通考有郊社考,記述歷代郊社儀禮及其議論。

【郊祀】古於郊外祭祀天地。郊謂大祀,祀謂羣祀。漢書平帝紀元始四年:"春正月郊祀高祖以配天,宗祀孝文以配上帝。"史記有封禪書,漢書改爲郊祀志。後漢書元史有祭祀志。

【郊圻】都邑的疆界。書畢命:"申畫郊圻,慎固封守。"也指郊野。唐高適高常侍集八同陳留崔司户早春宴蓬池詩:"同官載酒出郊圻,晴日東馳雁北飛。"

【郊里】自遠郊至國中六鄉民居之處。周禮地官縣師:"縣師,掌邦國、都鄙、稍甸、郊里之地域。"注:"郊里,郊所居也。"

【郊甸】郊野。左傳昭九年:"使偪我諸姬,入我郊甸,則戎焉取之。"注:"邑外爲郊,郊外爲甸。"文選晉潘安仁(岳)在懷縣作詩之二:"登城望郊甸,游目歷朝寺。"

【郊迎】出郊迎接,以示隆重。戰國策秦一:"(蘇秦)路過洛陽,父母聞之,清宫除道,張樂設飲,郊迎三十里。"史記七四孟子傳附騶衍:"適梁,惠王郊迎。"

【郊牧】郊外牧地。國語周中:"國有郊牧,畺(疆)有寓望。"注:"國外曰郊,牧,放牧之地。"

【郊原】郊野平原。唐高適高常侍集三同韓四薛三東亭翫月詩:"墻堺近洲渚,户牖當郊原。"宋蘇軾分類東坡詩五遊鶴林招隱之一:"郊原雨初霽,春物有餘妍。"

【郊柴】燒柴祭天。漢書郊祀志下匡衡奏:"臣聞郊柴饗帝之義,埽地而祭,上質也。"宋秦觀淮海集四次韻侍祠南郊詩:"風馬雲車下九天,郊柴祈告帝心虔。"

【郊射】周制,天子出郊祭天,於射宫習射以擇士。禮樂記:"散軍而郊射。"疏:"郊射,射於射宫,在郊學之中也,天子於郊學而射,所以擇士簡德也。"

【郊畤】祭天的地方。後漢書章帝紀元和二年詔:"沙漠之北,葱嶺之西,……駿奔郊畤,咸來助祭。"注:"郊畤,祭天處也。前書音義曰:'畤,神靈之居止者。'"

【郊野】邑外爲郊,郊外爲野,統稱郊野。周禮秋官士師:"正歲,帥其屬,而憲禁令于國及郊野。"注:"去國百里爲郊,郊外謂之野。"文選漢班孟堅(固)西都賦:"竹林果園,芳草甘木。郊野之富,號爲近蜀。"

【郊祭】即郊祀。祭祀天地。禮祭義:"郊之祭,大報天而主日。"漢董仲舒春秋繁露十五郊祭:"國有大喪者,止宗廟之祭而不止郊祭。不敢以父母之喪,廢事天地之禮也。"

【郊勞】到郊外迎接、慰勞。禮聘義:"君使士迎於竟(境),大夫郊勞。"左傳僖三三年:"齊國莊子來聘,自郊勞至于贈賄,禮成而加之以敏。"注:"迎來曰郊勞。"

【郊遂】古代都城以外百里爲郊,郊外百里爲遂。禮王制"移之郊,如初禮;不變,移之遂,如初禮"漢鄭玄注:"郊,鄉界之外者也……遠郊之外曰遂。"泛指郊區之地。文選漢張平子(衡)西京賦:"便旋閭閻,周觀郊遂。"

【郊禖】禖,指求子所祭之神,其祠在郊外,故曰"郊禖"。詩大雅生民"以弗無子"漢毛亨傳:"弗,去也。去無子求有子,古者必立郊禖焉。"漢鄭玄箋:"姜嫄之生后稷如何乎?乃禋祀上帝於郊禖,以祓除其無子之疾而得其福也。"參見"高禖"。

【郊天鼓】祭天用的鼓。太平御覽六〇八漢孔融與諸卿書:"若子所執,以爲郊天鼓,必當麒驎之皮,寫孝經本當曾子家策乎?"

【郊祀歌】漢武帝定郊祀之禮,立樂府。命李延年爲協律都尉,作郊祀歌,共十九章。有練時日、帝臨青陽、朱明、西顥、玄冥、惟泰元、天地、日出入、天馬、天門、景星、齊房、后皇、華爗爗、五神、朝隴首、象載瑜、赤蛟,其目多以歌之首句爲名。見漢書禮樂志二、樂府詩集一郊廟歌辭。

【郊寒島瘦】唐孟郊賈島之詩,清峭瘦硬,好作苦語,故有此稱。宋蘇軾東坡集三五祭柳子玉文:"元輕白俗,郊寒島瘦。"也作"島瘦郊寒"。朱熹朱文公集四次韻謝劉仲行惠筍詩之二:"君詩高處古無師,島瘦郊寒詎足差。"

郎 láng ㄌㄤ 魯當切,平,唐韻,來。

㊀地名。春秋魯邑。左傳隱元年"費伯帥師城郎",即此。故地在今山東魚臺縣東。㊁官名。戰國始置。秦漢時直宿衛,屬郎中令,有侍郎、郎中,爲侍從之職。東漢以尚書臺爲政務中樞,分曹任事者爲尚書郎。魏晉除尚書郎外,祕書、黃門亦皆有郎。隋始於六部各置侍郎一人,以爲尚書之副。唐於諸司皆置郎中,以員外郎爲副,歷代因之。又文散官亦稱郎,如朝議郎、通直郎等,列於大夫之下。㊂漢魏以後少年的通稱。三國志

吳周瑜傳："瑜時年二十四，吳中皆呼爲周郎。"世說新語雅量："郗鑒門生歸白郗曰：'王家諸郎亦皆可嘉，聞來覓壻，咸自矜持，唯有一郎坦腹卧如不聞。'"㈣女子對少年情人的暱稱。樂府詩集七二古辭西洲曲："開門郎不至，出門採紅蓮。"㈤僕人稱主人爲郎。舊唐書九六宋璟傳："鄭善果謂璟曰：'公奈何謂五郎(張易之)爲卿？'璟曰：'以官正當爲卿，足下非(張)易之家奴，何郎之有？'"㈥姓。魯懿公孫費伯城郎，子孫遂以爲氏。漢有郎含，東漢有中郎郎顗。參閱通志二七氏族三以邑爲氏。

【郎子】對英俊少年之愛稱，猶言郎君。北史暴顯傳："顯幼時，見一沙門指之曰：'此郎子好相表，大必爲良將。'"參閱宋龔頤正續釋常談郎子。(說郛三五)

【郎山】山名。在今河北易縣西南。相傳漢武帝時戾太子以巫蠱事被誣出奔，其子遠遁此山，故名。易水流經北側，徐河(古稱徐水)繞經南麓。元劉因靜修文集十四雪嶺遇雨詩："今朝雪嶺初逢雨，應是郎山帶帽迎。"注："土人諺云：'郎山戴帽，十日無道。'"參閱水經注十一易水、滱水、嘉慶一統志四八易州山川。

【郎中】㊀官名。戰國時爲近侍之稱，秦置爲官，與侍郎、郎中同隸郎中令，以其爲郎居中，故曰郎中。漢世並選爲尚書郎。隋唐以後，六部皆置郎中，遂爲諸司之長，迄清末始廢。參見"侍郎"。㊁宋人稱醫生爲郎中。宋洪邁夷堅志三志己三劉師道醫："伸手求脈，……婦在傍，忽鼓掌笑曰：劉郎中細審此病，不可醫也。"東京夢華錄三馬行街北諸醫舖有柏郎中家。

【郎主】門生家吏稱其主爲郎，主之子爲郎主。唐李賀歌詩編四江樓曲詩："蕭騷浪白雲差池，黃粉油衫寄郎主。"

【郎君】㊀漢制，二千石以上得任其子爲郎，後來門生故吏稱長官或師門子弟爲郎君。文選三國魏應休璉(璩)與滿公琰(炳)書："外嘉郎君謙下之德，內幸頑才見誠知己。"璩常事炳父寵，故稱炳爲郎君。三國志蜀張嶷傳與諸葛瞻書："取古則今，今則古也，自非郎君進忠言於太傅(諸葛恪)，誰復有盡言者也。"後來作爲貴家子弟的通稱。北齊書陽州公永樂傳："永樂弟長弼，小名阿伽，性粗武，出入城市，好毆擊行路，時人皆呼爲阿伽郎君。"㊁唐代稱新進士爲郎君。薛監(逢)赴朝，值新進士榜下，綴行而去，其前導曰："迴避新郎君。"見五代王定保唐摭言三。㊂女真宗室及貴臣亦有郎君之稱。金史八四奔睹爲河南諸路兵馬都統，稱金牌郎君。金石萃編一五四金天會十二年，有皇弟都統經略郎君行紀，清錢大昕潛研堂金石文跋尾考爲郎撒離喝。

【郎秀】元、明稱人子弟，以身分而異，寒則稱郎，世家稱秀，郎秀有別，合稱郎秀。參閱清王應奎柳南隨筆五，參見"不郎不秀"。

【郎伯】妻子稱丈夫。唐杜甫杜工部草堂詩箋九元旦寄韋氏妹："郎伯殊方鎮，京華舊國移。"

【郎官】漢稱中郎、侍郎、郎中爲郎官。後漢書桓帝紀建和元年："博士、議郎、郎官各上封事，指陳得失。"注："郎官謂三中郎將下之屬官也。"自唐以來指郎中員外。唐劉禹錫劉夢得集四洛下初冬拜表有懷上京故人詩："鳳樓南面控三條，拜表郎官早渡橋。"

【郎婆】北朝人呼父爲郎，母爲婆。北史汲固傳："刺史李式坐事被收，吏人皆送至河上。時式子憲始生滿月，……憲即爲固長育，至十餘歲，恒呼固夫婦爲郎婆。"

【郎將】官名。北周行府兵制，每府一郎將主之。隋因之，諸府之兵，有郎將、副將、坊主、團主以相統治。唐制左右十四衛及太子左右六率府，皆有郎將，爲五品官。唐李白李太白詩十八有與諸公送陳郎將歸衡陽詩。參閱文獻通考一五一兵三兵制。

【郎壻】女壻。唐裴廷裕東觀奏記上："萬壽公主，上愛女，鍾愛獨異，將下嫁，命擇郎壻。"

【郎當】㊀破敗，紊亂。景德傳燈錄十一如敏禪師："郎當屋舍勿人修。"宋朱熹朱文公集二九答黃仁卿書："今日弄得朝廷事體郎當，自家亦立不住，畢竟何益？"㊁衣服寬大不合身。宋陳師道後山詩話："楊大年(億)傀儡詩云：鮑老當年笑郭郎，笑他舞袖太郎當。"(說郛八三)

【郎署】官署名。文選漢張平子(衡)思玄賦"尉尨眉而郎潛兮"注引漢武故事："顏駟不知何許人。漢文帝時爲郎，至武帝，嘗輦過郎署，……是以三世不遇，故老於郎署。"唐顏師古匡謬正俗五："郎者，當時宿衛之官，非謂趨衣小吏。署者，部署之所，猶言曹局；今之司農太府諸署是也。"明清稱京曹爲郎署。

【郎舅】姊妹之婿稱爲郎，妻之兄弟稱爲舅。相互之間稱郎舅。聊齋志異梅女："年餘，大成漸厭薄之，因而郎舅不相能。"亦專作對妻兄弟的稱呼。

【郎闈】猶郎署。南朝齊謝朓謝宣城集一酬德賦："爾腰戟於戎禁，我拂劍於郎闈。"

【郎潛】喻爲官久不升遷。文選漢張平子(衡)思玄賦："尉尨眉而郎潛兮，逮三葉而遘武。"尉，都尉顏駟。唐劉禹錫劉夢得集一裴祭酒尚書見示春歸城南青松塢別墅……詩："顧余久郎潛，愁寂對芳菲。"參見"郎署"。

【郎窰】清瓷的一種，康熙時郎廷極任江西巡撫時所製之瓷器，因其姓而名。郎窰有米湯底及蘋果底二種，尚有綠郎窰者，其色深綠。其特點爲仿明代宣德成化製品，可以亂真。參閱清許之衡飲流齋說瓷說窰。

【郎罷】閩人稱父爲郎罷。全唐詩二六四顧況囝："囝別郎罷，心摧血下。"注："閩俗呼子爲囝，父爲郎罷。"宋陸游劍南詩稿六五戲遣老懷之一："阿囝略如郎罷老，稚孫能伴太翁嬉。"

【郎中令】官名。秦置。秦二世元年趙高爲郎中令，用事。見史記始皇紀。漢承其官，掌宮殿掖門戶，有丞。武帝太初元年更名光祿勳，屬官有大夫、郎、謁者。見漢書百官公卿表上。

【郎官清】酒名。見唐李肇國史補下。宋黃庭堅豫章集十一病來十日不舉酒詩："承君折送袁家紫，令我興發郎官清。"

【郎官湖】湖名。唐李白李太白詩二十泛沔州城南郎官湖："郎官愛此水，因號郎官湖，風流若未滅，名與此山俱。"湖明後湮竭，故址在湖北舊漢陽府(今武漢市)。

【郎官鱠】魚羹。海物異名記："江南人喜作鱠，名郎官鱠，言因張翰得名。"(類說六)

郉

xíng
ㄒㄧㄥˊ

同"邢"。見"邢"。

郝

shī 書之切，平，之韻，審。
ㄕ

㊀春秋附庸國名。春秋襄十三年："夏，取郝。"注："郝，小國也。任城亢父縣有郝亭。"在今山東濟寧南。㊁地名。左傳襄十八年"魏絳樂盈以下軍克郝"，即此。故地在今山東平陰縣西。

邽

guī 古攜切，平，齊韻，見。
ㄍㄨㄟ

㊀地名。春秋秦邑。史記秦紀："十年，伐邽、冀戎。"漢置上邽縣，屬隴西郡；又置下邽縣，屬京兆尹。上邽縣在今甘肅

天水市西南，下邽縣在今陝西渭南縣境。參見"上邽"、"下邽"。㊁姓。孔子弟子有邽巽，唐司馬貞索隱引劉氏作邽巽。見史記六七仲尼弟子傳。

【邽石】石名，即封石，一種似玉之石。山海經中山經："(若山)其上多㻬琈之玉，多赭，多邽石。"清郝懿行疏："邽，疑封字之譌。"

⿰存阝 cún 徂尊切，平，魂韻，從。ㄘㄨㄣˊ

見下。

【⿰存阝䣓】古縣名。漢置，屬犍爲郡。後漢省，諸葛亮南征置⿰存阝䣓戍。華陽國志四作存驅。唐天寶初改爲義賓縣，宋太平興國元年，避太宗(趙匡義)諱，改曰宜賓。卽今四川宜賓縣。參閱漢書地理志上、太平寰宇記七九戎州宜賓縣。

郁 yù 於六切，入，屋韻，影。ㄩˋ

㊀文采貌。通"彧"。見"郁郁"。㊁果實無核。見"郁樸"。㊂温暖。通"燠"。文選南朝梁劉孝標(峻)廣絶交論："敍温郁則寒谷成暄，論嚴苦則春叢零葉。"注："郁與燠，古字通也。"㊃果木名。通"薁"。文選晉潘安仁(岳)閑居賦："梅杏郁棣之屬。"注："張揖上林賦注曰：'薁，山李也。郁與薁音義同。'"㊄通"鬱"。見"郁夷"。㊅姓。郁氏，出魯相郁貢之後。見元和姓纂十屋。

【郁州】卽鬱州。見該條。

【郁夷】㊀地名。史記五帝紀："公命羲仲居郁夷，曰暘谷。"書堯典、禹貢作"嵎夷"。參見"嵎夷"。㊁漢縣名。屬右扶風，東漢廢。故地在今陝西寶雞市東。見漢書地理志上。

【郁伊】憂悶。同"鬱伊"。藝文類聚十九晉孫楚笑賦："怫鬱唯轉，呻吟郁伊。"參見"鬱伊"。

【郁李】木名。卽唐棣。落葉灌木，高五六尺，春開花五瓣，夏結實爲核果。其材可爲器具，仁入藥。一名雀李。參閱政和證類本草十四郁李仁。參見"唐棣"。

【郁郁】㊀文采盛貌。論語八佾："子曰：'周監於二代，郁郁乎文哉！吾從周。'"㊁香氣發散。史記一一七司馬相如傳上林賦："郁郁菲菲，衆香發越。"㊂盛美貌。史記五帝紀："(高辛)其色郁郁，其德嶷嶷。"

【郁捋】吹笙時以口就孔。文選晉潘安仁(岳)笙賦："郁捋劫悟，泓宏融裔。"

【郁烈】香氣濃盛。文選三國魏曹子建(植)洛神賦："踐椒塗之郁烈，步蘅薄而流芳。"晉陸機陸士衡集一瓜賦："芳郁烈其充堂，味窮理而不餳。"

【郁毓】盛多貌。文選晉左太沖(思)蜀都賦："丹沙赩熾出其坂，蜜房郁毓被其阜。"

【郁樸】指未經琢磨的玉石，譬喻缺乏教養的人。漢王充論衡量知："物實無中核者謂之郁，無刀斧之斷者謂之樸。文吏不學，世之教無核也，郁樸之人，孰與程哉？"

【郁穆】和美貌。文選晉劉越石(琨)答盧諶詩一首并書："郁穆舊姻，嬿婉新婚。"宋陳與義簡齋詩集二七題長岡亭星德升大光："發發不可遲，帝言頻郁穆。"

【郁馥】香氣濃烈。廣弘明集十五南朝梁王僧孺初夜文："名香郁馥，出重檐而輕轉。"

【郁靄】雲盛貌。文苑英華五五王起東郊迎春賦："祥雲爲之郁靄，佳氣爲之葱蘢。"

【郁離子】明劉基撰，二卷。基初仕元不得志，棄官入青田山中，因著此書，共一百九十五條，多係寓言。

郅 zhì 之日切，入，質韻，照。ㄓˋ

㊀大，盛。見"郅隆"。㊁登陟。方言一："躡、郅、跂、狢、躋、踰，登也。……齊、衛曰郅。"㊂姓。郅氏，商時侯國，見毛詩。漢有濟南太守郅都。見元和姓纂十引風俗通。

【郅支】匈奴單于名號。匈奴呼韓邪單于之兄，名呼屠吾斯。漢宣帝五鳳元年五單于爭立，呼屠吾斯於東邊自立爲郅支骨都單于。甘露三年呼韓邪入朝，郅支亦遣使奉獻。元帝初，因怨漢厚呼韓邪，叛漢，殺漢使，並西走攻占烏揭、堅昆、丁令，侵擾漢之西陲。建昭三年爲漢西域副都護陳湯攻殺。見漢書九四匈奴傳。

【郅都】漢河東大陽人。景帝時爲中郎將，敢直諫，拜濟南太守。後遷中尉，行法不避貴戚，列侯宗室見都側目而視，號曰"蒼鷹"。以治臨江王獄，王自殺，忤竇太后。遷雁門太守，犯法，景帝欲免其罪，太后不可，遂死。史記、漢書俱載酷吏傳。

【郅偈】矗立貌。漢書八七上揚雄傳甘泉賦："騰淸霄而軼浮景兮，夫何旟旐郅偈之旖柅也。"注："郅偈，竿杠之狀也。"

【郅惲】東漢西平人。字君章。治韓詩及嚴氏春秋，明天文曆數。舉孝廉，後授皇太子韓詩，侍講殿中，遷長沙太守。坐事免歸，病卒。後漢書二九有傳。

【郅隆】昌盛。文選漢司馬長卿(相如)封禪文："文王改制，爰周郅隆，大行越成。"

郕 chéng 是征切，平，清韻，禪。ㄔㄥˊ

古諸侯國名。周武王封弟叔武於此。左傳隱五年："郕人侵衛。"公羊傳桓三年作"盛"。後爲春秋魯孟氏邑。見説文。左傳昭七年作"成"。漢爲成陽縣。故地在山東舊臨濮(今范縣)。參閱太平寰宇記十四濮州臨濮。

郄 xì 綺戟切，入，陌韻，溪。ㄒㄧˋ

本字作"郤"。㊀春秋地名。晉大夫叔虎食邑。見集韻。㊁嫌隙，空隙。通"隙"。戰國策燕二："將軍過聽，以與寡人有郄，遂捐燕而歸趙。"史記一〇二張釋之傳："使其中有可欲者，雖錮南山猶有郄。"漢書作"隙"。㊂空。戰國策齊三："今求柴葫桔梗於沮澤，則累世不得一焉，及之睪黍梁父之陰，則郄車而載耳。"㊃開，初。鶡冠子泰鴻："郄始窮初，得齊之所出。"注："郄者，開也。"

【郄穴】㊀孔穴。荀子賦篇："此夫大而不塞者與？充盈大宇而不窕，入郄穴而不偪者與？"㊁中醫針灸指體内氣血聚會於某些空隙處的重要穴位。見晉皇甫謐針灸甲乙經三。

【郄曲】彎斜。晉戴凱之竹譜："弓竹如藤，其節郄曲。"

郃 hé 侯閤切，入，合韻，匣。ㄏㄜˊ 古沓切，入，合韻，見。

㊀地名。見"郃陽"。㊁姓。魏書官氏志："大莫干氏，後改爲郃氏。"

【郃陽】縣名。古莘國地，戰國屬魏。秦爲合陽縣，屬内史。漢改郃陽縣，屬左馮翊。以在郃水之陽而名。晉屬馮翊郡。北周屬澄城郡，隋屬馮翊郡，自故城移今治。唐貞觀中屬同州。宋屬禎州，元明清皆屬同州。公元 1964 年改合陽，屬陝西省。參閱太平寰宇記三八同州、寰宇通志九二西安府同州。

邾 zhū 陟輸切，平，虞韻，知。ㄓㄨ

㊀春秋諸侯國名。曹姓，爲楚所滅。公羊傳、禮檀弓下皆作邾婁。左傳隱元年："三月，公及邾儀父盟於蔑。"故地在今山東鄒縣境。㊁姓。出自高陽氏，周封曹挾於邾，因以爲氏。邾既失國，子孫去邑爲朱氏。見通志二六氏族二。

【邾城】古邑名。楚宣王滅邾，徙其君於此，因名。項羽封吳芮爲衡山王，都邾，卽此。故地在今湖北黄岡縣。參閱讀史方輿紀要七六湖廣二黄州府黄岡縣。

【郲婁】春秋郲國。公羊傳隱元年:"公及郲婁儀父盟于眛。"注:"郲人語聲後曰婁,故曰郲婁。"在今山東濟寧縣境。

【郲嶧】山名。卽嶧山。見"嶧山1"。

【郲莒食】南齊王肅,以父兄爲蕭道成(武帝)所殺,奔魏。初不食羊肉酪漿,常飯鯽魚羹,渴飲茗汁。嘗對拓跋珪(高祖)言:羊比齊魯大邦,魚比郲莒小國,茗不中與酪作奴。後因以郲莒食作爲對故鄉食肉的謙稱。見北魏楊衒之洛陽伽藍記三城南正覺寺。

郇 xún 相倫切,平,諄韻,心。
ㄒㄩㄣ 戶關切,平,刪韻,匣。

㊀古國名。文王庶子封地,魯桓公五年爲曲沃所滅。詩曹風下泉:"四國有王,郇伯勞之。"春秋時爲晉地。左傳僖二四年:"軍于郇。"注:"解縣西北有郇城。"地在今山西臨猗縣西南。參閱清王夫之詩經稗疏一(續清經解六)。㊁姓。周文王之子封郇侯,其後以國爲氏。漢有郇越。參閱通志二六氏族二以國爲氏。

【郇公廚】唐韋陟襲封郇國公,廚食奢靡。人稱"郇公廚"。唐馮贄雲仙雜記三郇公廚:"韋陟廚中,飲食之香錯雜,人入其中,多飽飫而歸。語曰:'人欲不飯筋骨舒,夤緣須入郇公廚。'"後以"郇廚"爲譽人膳食精美之詞。明王世貞弇州山人四部稿四二王學士元馭留飲花下作詩:"毋驚百徧相過語,若到郇廚體自輕。"

郋 xí 胡雞切,平,齊韻,匣。
ㄒㄧ

地名。汝南召陵里名。召陵又有萬歲里,爲東漢經學家許愼居地。召陵故地在今河南郾縣東。參閱說文及清段玉裁注。

郈 hòu 胡口切,上,厚韻,匣。
ㄏㄡˋ

地名。春秋魯叔孫氏邑。春秋定十二年:"叔孫州仇帥師墮郈。"卽此。故地在今山東東平縣東南。

七畫

郝 1. hǎo 呵各切,入,鐸韻,曉。
ㄏㄠˇ 昌石切,入,昔韻,穿。

㊀姓。殷帝乙時有子期,封太原郝鄉,因以爲氏。漢有上谷太守郝賢,東漢有郝蘭。見元和姓纂十鐸。

2. shì 施隻切,入,昔韻,審。
ㄕˋ

㊁見"郝₂郝₂"。

【郝₂郝₂】耕地翻土的聲音。爾雅釋訓:"郝郝,耕也。"釋文:"郝,釋。"疏:"謂耕地,其土解散郝郝然也。周頌載芟云:'其其耕澤澤。'……郝郝澤澤,竝音釋,其義亦同。"

【郝懿行】公元1755—1823年。清山東棲霞人。字恂九,號蘭皋。嘉慶進士,官至戶部主事。精於名物訓詁之學。著有爾雅義疏、山海經箋疏、春秋說略等書。

郙 fǔ 方矩切,上,麌韻,幫。
ㄈㄨˇ 芳無切,平,虞韻,滂。

見下。

【郙閣】漢閣道名。在今陝西略陽縣西嘉陵江邊。東漢靈帝建寧三年太守李翕建。其地臨江崖,高數十丈,水溢則上下不通,故鑿石架木,於此建閣以濟行人。參閱嘉慶一統志二三八漢中府二古蹟。

【郙閣頌】漢李翕建郙閣,以濟行人,時人刻碑贊頌,題析里橋郙閣頌。郙閣在陝西略陽縣舊棧道中,崖石碑刻在橋旁,後棧道改他處,石亦磨損。明縣令申如塤重刻,今所傳搨本,多非原刻。宋歐陽棐集古録謂爲仇紼書,明趙山函石墨精華以字體與夏承碑相似又以爲蔡邕書,皆無確據。參閱清王昶金石萃編十四。

郖 dòu 田候切,去,候韻,定。
ㄉㄡˋ 當侯切,平,侯韻,端。

古渡口名。見下。

【郖津】古渡口名。在今河南靈寶縣西北。三國志魏杜畿傳:"於是追拜畿爲河東太守,(衛)固等使兵數千人絶陝津,畿至不得渡。……遂詭道從郖津度。"水經注四河水作洹津。隋末義寧元年置關,唐貞觀元年廢關置津。參閱嘉慶一統志二二一陝州二。

郠 gěng 古杏切,上,梗韻,見。
ㄍㄥˇ

春秋莒邑。左傳昭十年:"秋七月,平子(季孫意如)伐莒,取郠。"故地在今山東沂水縣境。

郟 jiá 古洽切,入,洽韻,見。
ㄐㄧㄚˊ

㊀地名。春秋鄭邑。見"郟縣"。㊁山名。見水經注十六穀水。在今河南郟縣境。㊂姓。春秋鄭大夫郟張,其先封郟鄉,因以爲氏。見通志二七氏族三以鄉爲氏。

【郟室】卽"夾室"。郟,通"夾"。大戴禮諸侯釁廟:"郟室,割雞於室中。"注:"郟室,門郊之室,一曰東西廂也。"參見"夾室㊀"。

【郟鄏】地名。周之雒邑。左傳宣三年:"成王定鼎于郟鄏。"春秋謂之王城。自平王以下十二王皆都此城。故地在今河南洛陽市。參見"洛邑"。

【郟縣】縣名,屬河南省。春秋時鄭邑,後爲楚公子郟敖封邑。漢爲郟縣,屬潁川郡。隋大業初改郟城縣,屬襄城郡。元復置郟縣。明清皆屬河南汝州。見寰宇通志八八南陽府汝州。

郚 wú 五乎切,平,模韻,疑。
ㄨˊ

地名。1.春秋紀邑。春秋莊元年:"齊師遷紀郱、鄑、郚。"後屬齊,漢置郚縣。在今山東安丘縣西南。參閱太平寰宇記二四密州安丘縣。2.春秋魯邑。春秋文七年:"遂城郚。"漢置郚鄉縣,後省。在今山東泗水縣東南。見嘉慶一統志一六六兖州府二。

郡 jùn 渠運切,去,問韻,羣。
ㄐㄩㄣˋ

古代行政區劃名。歷代沿革不同,一爲郡統於縣,周制,全境分爲百縣,縣有四郡。一爲縣統於郡,秦統一六國,置三十六郡,以統其縣。漢因之。隋唐後,州郡互稱。宋元設州府,至明而郡廢。清沿明制,郡或爲府之別名,如杭州府稱杭郡,紹興府稱越郡。參見"郡縣"。

【郡王】爵名。漢魏封建,但有王爵。晉武帝封建子弟爲王二十餘人,以郡爲國。至隋始有郡王之稱,位次於王。唐皇太子、諸王並爲郡王,親王之子承恩澤者亦封郡王。見唐六典二吏部尚書司封郎中。

【郡公】爵名。晉始定郡公制度,如小國王,謂之開國郡公。歷代因之。明初尚有郡公之封,後廢。參閱晉書職官志、宋高承事物紀原四官爵封建郡公。

【郡主】東漢公主,有縣公主,鄉亭公主之別,晉始有郡公主。世說新語賢媛"桓宣武(溫)平蜀,以李勢妹爲妾"注引妒記:"桓平蜀,以李勢女爲妾,郡主凶妒……乃拔刃往李所,因欲斫之。"溫婦爲明帝女南康長公主。唐制,太子女爲郡主,視從一品;親王女爲縣主,視正二品。明清則親王女爲郡主,郡王女爲縣主。參閱舊唐書職官志二、明史禮志八。

【郡守】官名。秦廢封建,設郡縣,郡設守、丞、尉各一人。守治民,丞爲佐。邊遠之郡丞爲長史。漢景帝中二年更名太守,尉爲都尉,秩二千石。宋以後郡改爲府,知府亦稱郡守。參閱宋書百官志下、文獻通考六三職官十七。

【郡丞】官名。秦於郡守下置郡丞,以輔

佐郡守;邊遠郡設長史,掌兵馬。漢沿秦制。唐廢。見漢書百官公卿表上、文獻通考六三職官十七。

【郡君】婦女的封號。漢武帝尊王太后母臧兒爲平原君,爲封郡君之始。平原,漢郡。唐制四品官之母或妻爲郡君,宋元以後惟宗室女爲郡君。參閱唐六典二吏部尚書司封郎中、宋高承事物紀原一。

【郡伯】㊀爵名。金改縣伯爲郡伯。一品稱郡王,二品稱郡公,三品稱郡侯,四品稱郡伯。元因之。見金史百官志一、元史百官志七。㊁舊稱知府爲郡伯,以其掌管一郡,相當於古代的方伯。

【郡姓】一郡之內的大姓望族。資治通鑑一四〇南齊建武三年:"衆議以薛氏爲河東茂族,帝曰:'薛氏,蜀也,豈可入郡姓?'直閤薛宗起執戟在殿下,出次對曰:'臣之先人,漢末仕蜀,二世復歸河東,今六世相襲,非蜀人也。……今不預郡姓,何以生爲!'"

【郡庠】科舉時代稱府學爲郡庠。庠,周代鄉學名。元王惲秋澗集十二謁武惠魯公林墓詩:"清秩銓華省,羣英萃郡庠。"

【郡侯】㊀爵名。晉武帝封羊祜爲南城侯,置相,與郡公同。郡侯之名由此起。歷代因之。參閱通典十九職官一封爵。㊁一郡之長。全唐詩七〇一王貞白改貫永留鄉黨額詩句:"改貫永留鄉黨額,減租重感郡侯恩。"

【郡馬】郡主之夫爲郡馬。宋歐陽修歸田録二:"皇女爲公主,其夫必拜駙馬都尉,故謂之駙馬。宗室女封郡主者,謂其夫爲郡馬。縣主者爲縣馬,不知何義也。"

【郡尉】武官名。秦置三十六郡,郡官有守、丞、尉。尉掌兵,漢景帝中二年,更名都尉。參見"郡守"。

【郡倅】郡守的副職。元虞集道園學古録二送人之劍閣倅詩:"鄉人遊雪界,郡倅試冰銜。"清時稱府通判爲郡倅。參見"通判"。

【郡望】郡中顯貴的氏姓。如魏晉時清河的張姓,太原的王姓等。參見"四姓㊀㊂"。

【郡將】官名,即郡守。郡守兼領武事,故稱。後漢書二四馬援傳戒兄子書:"郡將下車輒切齒,吾常爲寒心。"始見郡將之名。宋代郡守稱郡將,以朝臣出知列郡,其結銜稱知某州軍州事。郡邑武官,皆其所屬。參閱清梁章鉅稱謂録二三。

【郡縣】猶言府縣。郡縣之名,初見於周。秦始皇統一六國,分國內爲三十六郡,爲郡縣政治之始。漢鑒於秦以郡縣而亡,乃分國內爲國與郡兩種,郡爲朝廷直轄,國以封同姓異姓諸侯。其後中央集權,郡縣遂成常制。周時縣大於郡,逸周書作雒:"千里百縣,縣有四郡。"又左傳哀二年:"克敵者,上大夫受縣,下大夫受郡。"後世則郡大於縣。參閱清顧炎武日知録二二郡縣。

【郡齋】郡守的府第。唐韋應物韋江州集五答崔都水詩:"郡齋有佳月,園林含清泉。"白居易長慶集六八送唐州崔使君侍覲赴任詩:"唯慮郡齋賓友少,數盃春酒共誰傾。"

【郡邸獄】漢王侯、郡守府邸中所設的監獄。漢書八宣帝紀:"曾孫雖在襁緥,猶坐收繫郡邸獄。"注:"據漢舊儀,郡邸獄治天下郡國上計者,屬大鴻臚。"

【郡國志】秦之郡縣,至漢又分爲郡與國。郡直轄於朝廷,國分封於諸王侯。漢書稱地理志,後漢書稱郡國志。宋書南齊書稱州郡志。魏書稱地形志。舊五代史稱郡縣志,新五代史稱職方志,其他各史皆稱地理志。

【郡國利病書】見"天下郡國利病書"。

【郡齋讀書志】宋晁公武撰。四卷。後志二卷。公武得井憲孟所貽藏書,因著是書。趙希弁爲作考異附志,刊於袁州,世稱袁本;又衢州刊有公武門人姚應績所編二十卷本,世稱衢本。增加書目甚多,爲公武晚年續裒之作。二書各以經史子集分部,並有解題。

郢

yǐng 以整切,上,靜韻,喻。
ㄧㄥˇ

㊀地名。春秋楚國都。見"郢都"。㊁初夏氣節名。管子幼官:"十二小郢,至德,……十二中郢,賜與。"

【郢人】㊀莊子徐无鬼:"郢人堊慢其鼻端若蠅翼,使匠石斲之,匠石運斤成風,聽而斲之,盡堊而鼻不傷,郢人立不失容。"言匠石神技,得郢人而後顯,後因以郢人喻知己。文選三國魏嵇叔夜(康)贈秀才從軍詩之四:"嘉彼釣叟,得魚忘筌。郢人逝矣,誰與盡言。"㊁歌手。文選戰國楚宋玉對楚王問:"客有歌於郢中者,其始曰下里巴人,國中屬而和者數千人。"宋沈括夢溪筆談樂律一:"世稱善歌者皆曰郢人,郢州至今有白雪樓。"

【郢斤】運斤如風,能削去鼻上之粉而不傷鼻。斤,斧。喻指人的神技,非凡的材能。唐杜甫杜工部草堂詩箋四奉贈鮮于京兆二十韻:"脫略磻溪釣,操持郢匠斤。"

【郢正】請人削改文字的謙詞。清顏光敏顏氏家藏家牘一繆彤:"伏枕偶得二詩,書呈大方郢正,興會必佳,得賜和教尤深也。"

【郢州】州名。1.三國吳置,治江夏。晉平吳廢。南朝宋孝建元年分荆、湘、江、豫四州之八郡爲郢州。隋開皇九年平陳後改爲鄂州。州治故地在今湖北武昌縣。參閱讀史方輿紀要七五湖廣一夏口。2.西魏大統十七年置。北周改曰石城郡,唐復置郢州。宋末張世傑屯郢州以禦元伯顏之師,即此。元至元十五年升爲安陸府。治所在今湖北鍾祥縣。參閱嘉慶一統志三四二安陸府鍾祥縣。

【郢曲】郢,楚地。泛指楚歌。南朝宋鮑照鮑氏集七翫月西門廨中:"蜀琴抽白雪,郢曲發陽春。"

【郢匠】對考官的敬稱。唐皇甫冉詩集四上禮部楊侍郎:"郢匠掄材日,輪輪必盡呈。"文苑英華九八一唐顧況祭李員外文:"生人不幸,天喪斯文。斯文既喪,嗚呼郢匠。"

【郢客】指善歌的人。唐姚合姚少監集六詠雪詩:"飛隨郢客歌聲遠,散逐宮娥舞袖迴。"

【郢政】以詩文求人教正的謙詞。或稱削政、斧正、斧政。政,借作"正"。明黃中重刻朱子年譜記:"且身處孤陋,書籍不全,暫作裨諶之補,祈諸君子更爲郢政,另刊善本。"

【郢雪】楚郢人歌之高者曰陽春白雪,國中屬和者不過數十人。見文選宋玉對楚王問。後因以"郢雪"稱優美的詩篇。宋趙鼎臣竹隱畸士集三均文厦約相過近得書輒遷延……詩:"頗聞列屋盡蛾眉,自教繞梁歌郢雪。"

【郢都】春秋楚都。1.楚文王十年自丹陽遷此。至昭王十年,吳師入郢,楚遷都於鄀。故址在今湖北江陵西北。參閱水經注沔水。2.楚文王遷郢,後九世平王立別宮,亦稱郢。故址在江陵東北。參閱資治通鑑三周赧王十六年。

【郢書燕說】韓非子外儲說左上:"郢人有遺燕相國書者,夜書,火不明,因謂持燭者曰:'舉燭。'而誤書'舉燭'。舉燭,非書意也。燕相受書而說之曰:'舉燭者,尚明也,尚明也者,舉賢而任之'。燕相白王,王大說。國以治,治則治矣,非書意也。今世學者,多似此類。"後因以"郢書燕說"比喻以訛傳誤。明楊慎升庵詩話:"子美詩句(汝與東山李白好),正因其自號而稱之耳,流俗不知而妄改。

近世作大明一統志，遂以李白入山東人物類，而引杜詩爲證，近於郢書燕説矣。”

郘 lǚ ㄌㄩˇ 力舉切，上，語韻，來。

㊀亭名。見廣韻。㊁周器。見"郘鐘"。

【郘鐘】周器。周時郘黛戰勝，以所得兵器作鐘以記其功。此鐘在清同治初年，出山西榮河縣土祠旁河岸中。見清劉體乾小校經閣金文一。

郛 fú ㄈㄨˊ 芳無切，平，虞韻，滂。

外城。左傳隱五年："鄭人以王師會之，伐宋，入其郛。"國語吳："越王勾踐乃率中軍，泝江以襲吳，入其郛，焚其姑蘇，徙其大舟。"

【郛郭】㊀外城。文選南朝宋顏延年（延之）還至梁城作詩："丘壟填郛郭，銘志滅無水。"隋書煬帝紀下大業十一年詔："而近代戰爭，居人散逸，田疇無伍，郛郭不修。"㊁猶言屏障。漢揚雄法言吾子："唐政虐世，然後知聖人之爲郛郭也。"

郗 xī ㄒㄧ 丑飢切，平，脂韻，徹。

㊀周邑名。見説文。今本左傳隱十一年作"絺"。故地在今河南沁陽縣境。㊁姓。戰國策趙一有郗疵。又晉有郗鑒，爲江左大姓。見通志二七氏族三以邑爲氏。

郤 xì ㄒㄧˋ 綺戟切，入，陌韻，溪。

㊀地名。晉大夫叔虎邑。其地在今山西沁水下游。見説文。㊁空隙，間隙。指兩物之間。莊子知北遊："人生天地之間，若白駒之過郤。"引申爲嫌隙。史記八六聶政傳："濮陽嚴仲子事韓哀侯，與韓相俠累有郤。"㊂仰。儀禮士昏禮："贊啟會郤於敦南。"疏："郤，仰也。謂仰於地也。"㊃姓。春秋晉公族郤獻子之後，以食邑爲氏。

【郤地】郤，同"隙"。猶言空地。禮曲禮下："諸侯未及期相見曰遇，相見於郤地曰會。"疏："相見於郤地曰會者，此謂及期之禮，郤，間也。既及期又至所期之地，則其禮閒暇。"

【郤缺】春秋晉人。獻公大夫芮之子。芮食邑於冀，獻公死，因秦齊之師納公子夷吾於晉，爲惠公。惠公死，公子重耳立，是爲文公，芮奔秦，爲秦所殺。文公從臣臼季（胥臣）以使命過冀，見缺耕於野，其妻饁之，相敬如賓，以爲賢，乃舉於文公，以爲下軍大夫。復與冀爲采邑，稱冀缺。晉成公時，趙盾卒，缺代爲政。卒謚成子。見左傳僖三三年、史記晉世家。

郜 gào ㄍㄠˋ 古到切，去，號韻，見。

㊀古諸侯國名。周文王庶子的封國。爲宋所滅。都北郜城。在今山東成武縣東南。見讀史方輿紀要三二兗州府。㊁春秋地名。1.宋邑，即南郜城，在北郜城南二里。故址在今山東成武縣東南。見讀史方輿紀要三二兗州府。2.晉邑。左傳成十三年："焚我箕郜。"即此。在今山西浮山縣境。㊂姓。見通志二六氏族二以國爲氏。

郔 yán ㄧㄢˊ 以然切，平，仙韻，喻。

地名。1.春秋鄭地名。左傳宣三年："晉侯伐鄭及郔。"故地在今河南鄭州市南。2.春秋楚地。左傳宣十一年："楚左尹子重侵宋，王待諸郔。"故地在今河南項城縣境。

八畫

部 1. bù ㄅㄨˋ 裴古切，上，姥韻，並。

㊀統率。史記項羽紀："春，漢王部五諸侯兵，凡五十六萬人，東伐楚。"唐柳宗元柳先生集二六嶺南節度使饗軍堂記："唐制，嶺南爲五府，府部州爲十數。"㊁衙署。玉臺新詠一古詩爲焦仲卿妻作："還部白府君：'下官奉使節，言談大有緣。'"舊制中央政府分吏、户、禮、兵、刑、工六部。㊂軍隊之稱。文選漢揚子雲（雄）羽獵賦："移圍徙陣，浸淫蹴部，曲隊堅重，各按行伍。"注："部，軍之部伍也。"參見"部曲"。㊃門類。如古籍分經、史、子、集等部。抱朴子釋滯："以次門春秋四部詩書，三禮之家，皆復無以對矣。"㊄古時區域單位。漢書七六尹翁歸傳："河東二十八縣，分爲兩部，閎孺部汾北，翁歸部汾南。"

2. pǒu ㄆㄡˇ 蒲口切，上，厚韻，並。

㊅小阜。通"培"。風俗通義十山澤："部者，阜之類也，今齊魯之間田中少高印，名之爲部矣。"參見"部婁"。

【部下】部屬，下級。三國志魏司馬芝傳："自黄初以來，聽諸典農治生，各爲部下之計，誠非國家大體所宜也。"

【部大】魏晉時少數民族的部落首領或酋長。晉書石勒載記上："時胡部大張㔨督馮莫突等擁衆數千，壁于上黨，勒往從之，深爲所昵。"

【部尺】也稱營造尺。用金屬、象牙、骨、竹、木等製成，用以衡量長度。因由工部製造，故名部尺。起初以秬黍種子定尺，一粒黍縱廣爲一分，百粒黍爲一尺，故又稱縱黍尺。

【部分】㊀部位。素問陰陽應象大論："審清濁而知部分。"注："部分，謂藏府之位可占候處。"㊁處分，部署。後漢書十七馮異傳："及破邯鄲，乃更部分諸將，各有配隸，軍士皆言願屬大樹將軍。"三國志李嚴傳諸葛亮與孟達書："部分如流，趨舍罔滯，正方性也。"正方，李嚴字。

【部民】所統屬的人民。魏書神元帝紀："積十數歲，德紀大洽，諸舊部民，咸來歸附。"

【部丞】輔佐之官。史記平準書："（桑弘羊）領大農，……弘羊以諸官各自市，相與爭，物故騰躍，……乃請置大農部丞數十人，分部主郡國。"漢書平帝紀元始元年："置少府海丞、果丞各一人，大司農部丞十三人，人部一州，勸農桑。"

【部曲】㊀古時軍隊的編制單位。漢書五四李廣傳："及出擊胡，而廣行無部曲行陳。"注："續漢書百官志云：'將軍領軍，皆有部曲，大將軍營五部，部校尉一人。部下有曲，曲有軍候一人。'今廣尚於簡易，故行道之中而不立部曲也。"㊁豪門大族私人的軍隊。三國志魏鄧艾傳："艾言景王（司馬師）曰：'孫權已没，大臣未附，吴名宗大族，皆有部曲，阻兵仗勢，足以建命。'"

【部伍】部曲行伍。史記一〇九李將軍傳："及出擊胡，而廣行無部伍行陳，就善水草屯，舍止，人人自便。"唐杜甫杜工部草堂詩箋五後出塞之二："平沙列萬幕，部伍各見招。"

【部位】漢王符潛夫論相列："夫骨法爲禄相表，氣色爲吉凶候，部位爲年時，德行爲三者招。"指面目的位置。凡整體之個别位置，也稱部位。

【部居】類，門類；以類相聚。急就篇一："急就奇觚與衆異，羅列諸物名姓字。分别部居不雜廁，用日約少誠快意。"注："前後之次，以類相從，種别區分，不相間錯也。"宋范成大桂海虞衡志雜志："嶠南風土之異，宜録以備博聞，而不可以部居。"

【部帙】謂書籍、卷册。北齊顏之推顏氏家訓雜藝："晉宋以來，多能書者，故其時俗，遞相染尚，所有部帙，楷正可觀。"北史牛弘傳："今御出單本，合一萬五千餘卷，部帙之間，仍有殘缺，比梁之舊目，止有其半。"

【部星】星名。晉書天文志上："北斗七

星在太微北，……七曰部星，亦曰應星，主兵。」

【部校】部隊。漢書五五衛青傳"常護軍傅校獲王"唐顏師古注："言(公孫)敖總護諸軍，每附部校，以致克捷而獲王也。校者，營壘之稱，故謂軍之一部爲一校。"泛指武官。宋文鑑六五宋祁謝衣襖表："矧部校什長，賜各有差；儕壘窮鄣，悅而忘苦。"

【部秩】謂書函。同"部帙"。北齊顏之推顏氏家訓治家："借人典籍，……或有狼籍几案，分散部秩，多爲童幼婢妾之所點汙，風雨犬鼠之所毀傷，實爲累德。"

【部族】聚居的部落、氏族。舊五代史馮暉傳："党項拓拔彥昭者，州界部族之大者，暉至來謁，厚加待遇。"遼史營衛志中部族上："部落曰部，氏族曰族，契丹故俗，分地而居，合族而處。……舊志曰：契丹之初，草居野次，靡有定所，至涅里始制部族，各有分地。"

【部曹】古代職官治事的機構中，有部，又有曹。漢時置尚書五人，一人爲僕射，四人則分爲四曹，後分六曹。分曹，猶後世之分部。魏晉以後，稱吏曹爲吏部。至隋有吏、禮、兵、刑、户、工六部。煬帝時又改禮部爲儀曹，兵部爲兵曹等。後世以尚書爲各部的長官，而部郎皆分司辦事，各部之司官稱爲部曹。參閱隋書百官志下、文獻通考職官考六。

【部勒】部署約束。史記項羽紀："每吳中有大繇役及喪，項梁常爲主辦，陰以兵法部勒賓客及弟子，以是知其能。"

【部陳】布列隊伍。陳，即陣。後漢書光武帝紀上："降者猶不自安，光武知其意，勑令各歸營勒兵，乃自乘輕騎按行部陳，……由是皆服。"

【部堂】清代各部尚書、侍郎之稱。各省總督加尚書銜者，亦稱部堂。

【部₂婁】小土丘。同"培塿"。左傳襄二四年："部婁無松柏。"注："部婁，小阜。"晏子春秋內篇雜下之十三："若部婁之未登，善登之無蹊。"參見"培₂塿"。

【部將】軍中偏將。後漢書十六寇恂傳："執金吾賈復在汝南，部將殺人於潁川，恂捕得繫獄。"注："部將謂軍部之下小將也。"

【部隊】軍隊。後漢書六十上馬融傳："臣願請賢所不可用關東兵五千，裁假部隊之號，盡力率厲……必克破之。"宋史禮志二四："合圍場徑十餘里，部隊相應。"

【部發】傳布，發揚。荀子王霸："如是，則夫名聲之部發於天地之間也，豈不如日月雷霆然矣哉！"

【部落】聚居的部族。史記一一一衛將軍驃騎傳"討遬濮"唐司馬貞索隱："崔浩云：匈奴部落名。"三國志魏管寧傳附胡昭："民孫狼等因興兵殺縣主簿，作爲叛亂……到陸渾南長樂亭，自相約誓，言：'胡居士賢者也，一不得犯其部落。'"

【部署】㊀安排，布置。史記項羽紀："(項)梁部署吳中豪傑爲校尉、候、司馬。"又九二淮陰侯傳："欲發以襲呂后、太子，部署已定，待豨報。"㊁古官名。資治通鑑二七三後唐同光二年："詔以天平節度使李嗣源爲招討使，武寧節度使李紹榮爲部署。"注："部署之官始見于通鑑，本在招討使之下，其後有都部署，遂爲專任主帥之任。"

【部黨】朋黨。後漢書六七范滂傳："王甫詰曰：'君爲人臣，不惟忠國，而共造部黨，自相褒舉，評論朝廷，虛構無端，諸所謀結，並欲何爲？'"晉書劉毅傳議九品疏："況乃人倫交爭而部黨興，刑獄滋生而禍根結。"

【部屬】順次安排。漢書八二王商傳："初，大將軍鳳連昏楊肜爲琅邪太守，其郡有災害十四，已上。商部屬按問。"注："如淳曰：部屬猶差次，差次其屬令治之。"

郭

guō ㄍㄨㄛ 古博切，入，鐸韻，見。

㊀外城。孟子公孫丑下："三里之城，七里之郭。"㊁物體的四周或外部。史記平準書："有司言三銖錢輕，易姦詐，乃更請諸郡國鑄五銖錢，周郭其下，令不可磨取鋊焉。"漢書九十尹賞傳："賞至，修治長安獄，穿地方深各數丈，致令辟爲郭，以大石覆其口，名爲'虎穴'。"注："郭，謂四周之內也。"素問湯液醪醴論："津液充郭。"注："郭，皮也。"㊂國名。同"虢"。公羊傳僖二年："虞公不從其言，終假之道以取郭。"左傳作"虢"。㊃姓。周武王封文王弟虢叔於西虢，後平王又封虢叔裔孫序於陽曲，號曰郭公。虢郭，聲之轉。見新唐書宰相世系表十四上。

【郭公】㊀傀儡。北齊後主高緯愛好傀儡，謂之"郭公"，時人戲爲郭公歌。見樂府詩集八七邯鄲郭公歌引樂府廣題。唐溫庭筠詩集三有邯鄲郭公辭。㊁布穀鳥別名。元詩選李春光五峯集寄朱希顏之一："會有行人回首處，兩邊楓樹郭公啼。"參見"布穀"。

【郭伋】東漢扶風茂陵人。字細侯。少有志行，哀平間辟大司空府，三遷爲漁陽都尉。王莽時爲并州牧。建武中，由潁川太守復調并州牧。伋前在州素結恩德，及再至，所到縣邑，老幼相攜，逢迎道路。至西河美稷，有童兒數百，各騎竹馬，道次迎拜。唐劉禹錫劉夢得集六奉送浙西李僕射相公赴鎮詩："郡人重得黃丞相，童子争迎郭細侯。"後漢書三一有傳。

【郭禿】禿頭木偶。北齊顏之推顏氏家訓書證："或問俗名傀儡子爲郭禿，有故實乎？答曰：'風俗通云：諸郭皆諱禿，當是前代人有姓郭而病禿者，滑稽戲調，故後人爲其象，呼爲郭禿。'"

【郭河】水名。也稱三岔河。古名谷水、武始澤。匯甘肅舊涼州府南境及天山以北諸渠水，由武威縣東北流，經民勤縣東北入白亭海。參閱嘉慶一統志二六七涼州府。

【郭亮】東漢朗陵人。字恒直。太尉李固因得罪大將軍梁冀被殺，冀命凡敢收屍者加罪處罰。亮時在洛陽，以固弟子，乃左提章鉞，右秉鈇鑕，詣闕上書，乞收葬固屍，不許。因往臨哭，守喪不去。太后聞而憐之，許其殮屍安葬，由此顯名。其事附載後漢書六三李固傳。

【郭郎】戲劇行當中的丑角。唐段安節樂府雜錄傀儡子："樂家翻爲戲，其引歌舞，有郭郎者，髮正禿，善優笑，閭里呼爲'郭郎'，凡戲場必在俳兒之首也。"宋劉克莊後村集二二無題詩之一："郭郎綫斷事都休，卸了衣冠返沐猴。"

【郭威】五代後周太祖，邢州堯山人，字文仲。本姓常，少孤，隨母適郭氏。從軍，立戰功。後漢時爲鄴都留守，起兵反，殺隱帝(劉承祐)，迎立湘陰公(劉贇)。契丹入境，太后命威出師迎擊，軍至澶州，遂自立爲帝，廢漢，建(後)周王朝。威少賤，黥其頸上爲飛雀，世人稱爲郭雀兒。見舊五代史周太祖紀、新五代史周紀。

【郭泰】公元127—169年。東漢太原界休人。字林宗。博通經典，居家教授，弟子至千人。曾遊洛陽，與河南尹李膺相友好。後歸鄉，諸儒送者車千乘。曾遇雨，折巾一角，人效之，稱爲"林宗巾"。嘗舉有道，不就。泰品題海內人物，而不爲危言覈論，故當時宦官擅政，黨錮禍起，而得免於禍。死後，蔡邕爲作碑銘，自言其所撰碑銘，惟於郭有道無愧色。後漢書六八有傳，范曄以父名泰，改作郭太。

【郭索】蟹行貌。漢揚雄太玄經二銳："蟹

之郭索,後蚓黄泉。"唐陸龜蒙甫里集八詶襲美見寄海蟹詩:"自是揚雄知郭索,且非何胤敢餦餭。"宋胡仔苕溪漁隱叢話前集二七引遯齋閑覽載林逋詩:"草泥行郭索,雲木叫鉤輈。"

【郭琇】公元1638—1715年。清山東即墨人。字華野。康熙九年進士,授江南吳江知縣,材力强幹,善斷疑獄。任職七年,頗著政績。後授江南道御史,擢爲僉都御史。上疏劾奏大學士明珠、余國柱,以直言聞名於世。官至湖廣總督。著有華野疏稿。

【郭椒】好牛。漢桓譚新論:"夫畜生賤也,然有尤善者,皆見記識。故馬稱驊騮、驥騄,牛譽郭椒、丁櫟。"清王念孫廣雅疏證引作"郭朻",也作"郭朻"。

【郭象】晉河南人。字子玄。好老莊,能清言。官至黄門侍郎,東海王越任爲太傅主簿。永嘉末病卒。著碑論十二篇。初莊子有向秀注,惟秋水至樂未竟。象以秀義不傳於世,遂據爲己注,自注秋水至樂,易馬蹄一篇。其後秀義别本出,遂有向郭二本。今郭本傳世,向注僅見於經典釋文所引。見世説新語文學、晉書本傳。

【郭隗】戰國燕人。燕昭王欲得賢士,以報齊仇。郭隗曰:"王必欲致士,先從隗始。況賢於隗者,豈遠千里哉!"於是昭王爲隗改築宫而師事之。樂毅自魏往,鄒衍自齊往,劇辛自趙往,士爭趨燕,燕國大强。見史記燕世家。

【郭解】漢河内軹人。字翁伯。少常以細事殺人,或爲人報仇。鑄錢掘墓,作姦剽攻,不可勝數。及年長,更折節爲儉,以德報怨,仗義不伐,人爭慕附,徒黨甚衆。有詆謗解者,客爲殺之,而解不知殺者爲誰。御史大夫公孫弘議曰:"解布衣爲任俠行權,以睚眦殺人,解雖不知,此罪甚於解殺之。當大逆無道。"遂族誅解。漢之游俠,自魯朱家而後,首推郭解。史記、漢書皆載游俠傳。

【郭熙】宋河南温縣人。字淳夫,爲御畫院藝學士,善山水,師李成畫法。得雲煙出没、峯巒隱顯之態,年老落筆愈壯。撰有林泉高致集。今存窠石平遠圖,藏故宫博物院。見宣和畫譜十一、宋郭若虛圖畫見聞誌四。

【郭鄰】地名。書蔡仲之命:"(周公)囚蔡叔于郭鄰。"逸周書作郭淩。史記管蔡世家不言所遷何地。

【郭憲】東漢汝南宋人。字子横。少師事東海王仲子。王莽攝政,逃於東海之濱。光武卽位,仕至光祿勳,因諫争不合,辭歸,卒於家。後漢書載方術傳。漢武洞冥記舊題爲憲作。

【郭璞】公元276—324年。晉河東聞喜人。字景純。好經術,博洽多聞,擅詞賦,通陰陽曆算、卜筮之術。以時亂避地渡江,官著作佐郎,後爲王敦記室參軍,以勸阻敦起兵,被殺。好古文奇字,釋爾雅、方言、山海經、穆天子傳等。晉書有傳。

【郭子儀】公元697—781年。唐華州鄭人。玄宗時爲朔方節度使,平安史之亂,功第一。吐蕃回紇分道來犯,子儀以數十騎出,免胄見其大酋。回紇捨兵下馬而拜。遂與回紇會軍,破吐蕃。以一身繫時局安危者二十年。累官至太尉、中書令,封汾陽郡王,號"尚父"。世稱郭汾陽,亦稱郭令公。新、舊唐書皆有傳。

【郭子興】元末定遠人。奉白蓮教,任俠,喜賓客。至正十一年起義於濠州,入滁州,取和州。病卒。初,朱元璋(明太祖)隨之起義,太祖后馬氏,爲子興養女。明王朝建,追封子興爲滁陽王。明史一二二有傳。

【郭元振】公元656—713年。唐魏州貴鄉人。名震,以字顯。咸亨四年舉進士,爲通泉尉。任俠使氣,不拘小節。武后遣使吐蕃,還陳和蕃之計。官涼州都督,進安西大都護。睿宗立,出爲朔方軍大總管。旋以兵部尚書復進同中書門下三品。後玄宗講武驪山,以軍容不振,流新州。開元元年起爲饒州司馬,怏怏道病死。新、舊唐書皆有傳。

【郭公磚】磚名。空心,以長而大者爲貴,相傳出河南鄭州泥水中者絶佳,人用以作琴几。參閲明曹昭格古要論一王佐增琴桌、清周亮工書影二。

【郭守敬】公元1231—1316年。元順德邢臺人。字若思。祖父榮,通五經,精於算數、水利。守敬稟承祖業,天文、曆數、儀像制度、水利之學,冠絶一時。先後爲都水監、太史令。曾興浚西夏濱河五州諸渠,開大都運糧河。與許衡王恂等修授時曆,施行於世三百六十年。著有曆議擬稾、儀象法式、修改源流等書。元史有傳。參見"授時曆"。

【郭忠恕】宋洛陽人。字恕先。七歲能誦書屬文,舉童子試及第,後周廣順中爲博士,以事忿於朝堂,貶崖州司户。宋太宗時,授國子監主簿,以言朝政得失,配流登州,死於道中。精於字學,有佩觿三卷,善書畫。宋史載文苑傳。參閲宋郭若虛圖畫見聞誌三。

【郭崇韜】公元?—926年。五代後唐代州雁門人,累官兵部尚書,樞密使。後唐同光元年勸莊宗襲汴州,八日滅梁,以謀議居佐命功第一。賜鐵券,拜侍中、成德軍節度。崇韜擁重兵,遇事切諫,爲宦官伶人所惡。同光三年以招討使隨魏王李繼岌征蜀,劉后使宦官馬彥珪矯詔殺之。新、舊五代史皆有傳。

【郭爾羅斯】地名。内蒙哲里木盟四部之一。遼於此置泰州昌德軍。金因之。元爲遼王分封地。明入科爾沁。清初分立郭爾羅斯。所部二旗,前旗在吉林扶餘縣南松花江濱,公元1956年改設前郭爾羅斯蒙古族自治縣。後旗在黑龍江肇東縣東南,公元1956年改設肇源縣。參閲嘉慶一統志五三八蒙古郭爾羅斯。

郱 píng 薄經切,平,青韻,並。ㄆㄧㄥ

春秋紀邑名。春秋莊元年:"齊師遷紀郱、鄑、郚。"地在今山東臨朐縣境。

郯 tán 徒甘切,平,談韻,定。ㄊㄢ

古國名。少昊之後,己姓。左傳宣四年:"公及齊侯平莒及郯。"又昭十七年:"郯子來朝。"故地在今山東郯城縣境。參見"郯城"。

【郯城】縣名。屬山東省。春秋郯子國,漢置郯縣,屬東海郡。東魏置郯郡,隋省入臨沂。唐置郯城縣,後廢,元末復置。清屬沂州府。見嘉慶一統志一七七沂州府一。

都 dū 當孤切,平,模韻,端。ㄉㄨ

㊀國都。書説命中:"明王奉若天道,建邦設都。"疏:"立國謂立王國及邦國,設都謂設帝都及諸侯國都,總言建國立家之事。"㊁城邑。左傳隱元年:"都城過百雉,國之害也。先王之制,大都不過參國之一。"又莊二八年:"凡邑有宗廟先君之主曰都,無曰邑。"㊂古代行政區劃名。1.周禮地官小司徒:"乃經土地而井牧其田野,九夫爲井,四井爲邑,四邑爲丘,四丘爲甸,四甸爲縣,四縣爲都,以任地事而令貢賦。"2.管子度地:"故百家爲里,里十爲術,術十爲州,州十爲都,都十爲霸國。"㊃唐五代軍隊的一種稱號。新唐書二〇八田令孜傳:"别募神策新軍,以千人爲都,凡五十四都,分左右爲十軍統之。"吳楊行密有黑雲都,劉仁恭有定霸都,李克用有落雁都等。㊄聚,滙集。管子水地:"人皆赴高,己獨赴下,卑也。

卑也者，道之室，王者之器也。而水以爲都居。”注：“都，聚也。”水經注六文水：“水澤所聚謂之都，亦曰瀦。”㈥居。文選漢東方曼倩(朔)答客難：“蘇秦張儀壹當萬乘之主，而身都卿相之位。”㈦優美貌。詩鄭風有女同車：“彼美孟姜，洵美且都。”史記一一七司馬相如傳：“相如之臨邛，從車騎雍容閒雅甚都。”㈧凡，總。文選三國魏文帝(曹丕)與吳質書：“頃撰其遺文，都爲一集。”㈨全。三國志蜀趙雲傳注引雲別傳：“先主(劉備)明旦自來至雲營圍視昨戰處，曰：‘子龍一身都是膽也。’”子龍，雲字。都，今讀 dōu。㈩於。文選漢司馬長卿(相如)封禪文：“揆厥所元，終都攸卒。”㈩㈠感歎詞。書皋陶謨：“皋陶曰：都！在知人，在安民。”㈩㈡姓。見廣韻“模”。明史有都勝，附王信傳。

【都了】蟲名。蟬之一種。明郎瑛七修類稿三天地氣候集解：“按蟬乃總名。……今初秋夕陽之際，小而綠色聲急疾者，俗稱都了是也。”

【都士】官名。周禮秋官之屬。周禮秋官序官：“都士，中士二人，下士四人，府二人，史四人，胥四人，徒四十人。”注：“都家之士，主治都家吏民之獄訟以告方士者也。”

【都下】京城。世說新語言語：“袁彥伯(宏)爲謝安南(奉)司馬，都下諸人，送至瀨鄉。”宋李覯直講李先生文集二七上葉學士書：“不幸今茲旅食都下，而執事方在省局，門牆伊邇，有請見之路。”

【都大】官名。宋置。熙寧七年於成都泰川置司，後改名都大，管茶馬貿易事。咸平三年，江南轉運副使，兼都大，管江南福建路鑄錢事。景祐二年置江、浙、川、廣、福建等路都大，管坑冶鑄錢事。見文獻通考六二職官十六。

【都内】都城的内庫。史記平準書：“乃募豪民田南夷，入粟縣官，而内受錢於都内。”集解：“服虔曰：‘入穀於外縣，受錢於内府也。’”漢書六四下賈捐之傳棄珠崖議：“太倉之粟紅腐而不可食，都内之錢貫朽而不可校。”

【都水】官名。秦漢有都水長、都水丞，主管陂池灌溉，保守河渠。漢太常、少府、水衡都尉、三輔，均設都水官。漢武帝以都水官多，乃置左右使者各一人管轄之。劉向曾任左都水使者。晉以後改爲都水臺。隋唐改臺爲監，宋代將都水事歸工部掌管，後復置都水監。元因之。明置都水司，歸工部。清仍明制。參閱漢書百官公卿表七上、通典二七職官九都水使者、歷代職官表十四工部上歷代建置。

【都匀】縣名，屬貴州省。漢爲牂牁郡地，隋爲牂州，唐屬黔州。宋爲羈縻州，元置都雲軍民府。明改雲爲匀，置都匀軍民指揮司，弘治間改爲都匀府，清仍之。公元 1913 年廢府改縣，公元 1966 年又於城區別置都匀市。參閱嘉慶一統志五〇二都匀府。

【都公】左右司的別稱。唐李肇國史補下：“舊說吏部爲省眼，……二十四曹呼左右司爲都公。”

【都市】城市。漢書食貨志上鼂錯論貴粟疏：“而商賈大者積貯倍息，小者坐列販賣，操其奇贏，日遊都市，乘上之急，所賣必倍。”

【都布】布名，卽荅布，又名都致。後漢書二四馬援傳：“更爲援制都布單衣、交讓冠。”注：“東觀記曰：‘都作荅。’史記曰：‘荅布千匹。’前書音義曰：‘荅布，白疊布也。’何承天纂文曰：‘都致、錯履、無極，皆布名。’”參見“白疊”。

【都司】官名。1. 隋稱尚書省爲都省，置左右司稱都司。都司置左右司郎中各一人，品同諸曹郎，掌都省之職。見文獻通考五二職官六歷代郎官。2. 指都指揮使司。掌一方之軍政。元設都指揮使司，明洪武八年十月詔各都衛並改爲都指揮使司，凡改都司十三。行都司三，職位甚重。至清都司僅爲四品武職，次於遊擊。見續文獻通考六一職官十一諸路將官、清文獻通考八八職官考十二準部新疆職官。

【都目】猶要例、要則。後漢書四八應劭傳：“輒撰具律本章句、尚書舊事、廷尉板令、決事比例、司徒都目、五曹詔書及春秋斷獄凡二百五十篇。”注：“司徒卽丞相也。總領綱紀，佐理萬機，故有都目。”東漢鮑昱有決事都目八卷。見東觀漢記十四鮑昱傳、晉書刑法志。

【都句】木名。北魏賈思勰齊民要術十引晉劉欣期交州記一：“都句樹似栟櫚，木中出屑如麪，可啖。”又見太平御覽九六一魏王花木志。

【都丘】水澤中有丘曰都丘。見爾雅釋丘。

【都老】少數民族首領。嶺南諸少數民族，勇敢自立，鑄銅爲大鼓。欲相攻則鳴鼓以聚衆。有鼓者號爲“都老”，羣情推服。也稱爲“倒老”。見隋書地理志下。

【都吏】官名。漢書文帝紀元年：“賜物及當稟鬻米者，長吏閱視，……不滿九十，嗇夫、令史致，二千石遣都吏循行，不稱者督之。”注：“如淳曰：律説，都吏今督郵是也。閑惠曉事，卽爲文無害都吏。”

【都匠】官名。掌治水。管子度地：“請爲置水官，令習水者爲吏大夫。……乃取水左右各一人，使爲都匠水工。”注：“爲水工之都匠。”水經注四河水：“晉泰始三年正月，武帝遣監運大中大夫趙國，都匠中郎將河東樂世帥衆五千餘人修治河灘。”

【都君】對舜的別稱。孟子萬章上：“謨蓋都君，咸我績。”疏：“然謂之都君者，蓋以舜在側微之時，漁雷澤，一年所居成聚，二年成邑，三年成都。故以此遂因爲之都君矣。”

【都坐】北魏大臣議政事之處。魏書高允傳：“宗愛之任勢也，威振四海。嘗召百官於都坐，王公以下，望庭畢拜，高子(允)獨昇階長揖。”

【都兵】官名。三國魏置五兵尚書，有都兵曹，掌都内之兵。晉因之。北齊及隋，掌鼓吹、太樂、雜户等事。見隋書百官志中、歷代職官表十二兵部。

【都伯】㊀軍官名。漢曹操步戰令：“伍中有不進者，伍長殺之；伍長有不進者，什長殺之；什長有不進者，都伯殺之。”(通典一四九兵二)三國志魏于禁傳：“及太祖(曹操)領兖州，禁與其黨俱詣爲都伯，屬將軍王朗，朗異之，薦禁才任大將軍。”㊁行刑人，劊子。資治通鑑一三九齊建武元年：“(杜文謙)前次說綦母珍之曰：‘……卽勒兵入尚書，斬蕭令(鸞)，兩都伯力耳。’”

【都官】官名。漢司隸校尉有都官從事，掌中都官不法事，別有尚書二千石曹，掌中都官水火盜賊辭訟罪法。三國魏置尚書都官郎佐督軍事。晉置都官尚書，領都官諸曹，主軍事刑獄。隋改都官爲刑部尚書，統都官郎中等。元以後都官郎中亦廢。見文獻通考六一職官考十五司隸校尉、歷代職官表十三刑部。

【都府】㊀卽都會。唐白居易長慶集三三鄭絪可吏部尚書制：“國之都府，半在東周。委以保釐，人安吏肅。”㊁唐節度使於兵甲、財賦、民俗之事無所不領，故謂之都府。見宋洪邁容齋三筆七唐觀察使。

【都房】花房。文選戰國楚宋玉九辯：“竊悲夫蕙華之曾敷兮，紛旖旎乎都房。”唐劉良注：“都，大也。房，花房也。”

【都長】㊀貌美性善。文選晉袁彥伯(宏)三國名臣序贊：“子瑜都長，體性純懿。”

注："都長，謂體貌都閑而雅，性長厚也。"子瑜，吳諸葛瑾字。㊁武官名。新五代史康義誠傳："而侍衛親軍者，天子自將之私兵也；……天子自爲將，則都指揮使乃其卒伍之都長耳。"㊀㊁長讀 zhǎng。

【都事】官名。晉有尚書都令史，與左右丞總知都臺事。隋改爲都事，分隸六尚書，領六曹事。唐置尚書省，設都事六人，宋尚書省都事三人。元改隸中書省，中央及地方主要官署均設有都事。明初仍設，不久廢。清惟都察院設都事。參閱通典二二職官四歷代都事主事令史、續通典二六職官四歷代都事主事令史。

【都門】㊀京城城門。漢書九九下王莽傳："兵從宣平城門入，民間所謂都門也。"注："長安城東出北頭第一門。"唐白居易長慶集十二長恨歌："翠華搖搖行復止，西出都門百餘里。"㊁都中里門。世說新語規箴："元皇帝時，廷尉張闓在小市居，私作都門，蚤閉晚開，羣小患之，詣州府訴，不得理。"

【都居】㊀水滙聚之處。管子水地："人皆赴高，己獨赴下，卑也。卑也者，道之室，王者之器也，而以水爲都居。"注："都，聚也，水聚於下卑也。"㊁居住。穆天子傳一："天子西征，鶩行，至于陽紆之山，河伯無夷之所都居。"

【都昌】縣名，屬江西省。漢彭澤縣地，屬豫章郡。晉屬潯陽郡。唐析置都昌縣，以縣有都村，南接南昌，西望建昌而名。故城在今縣北。宋明清皆屬南康府。參閱寰宇通志三九南康府。

【都知】㊀宋代官名，爲宦官最高職事。見宋史職官志六、宋高承事物紀元五。㊁教坊歌師。宋史樂志十七教坊："建隆中，教坊都知李德昇作長春樂曲。"又"教坊本隸宣徽院，有使、副使……大小都知。"㊂明清妓女的稱謂。妓之有聲名者爲都知，其爲酒糾，則稱錄事。見明方以智通雅十九稱謂。

【都亭】秦法，十里一亭。郡縣治所則置都亭。史記一一七司馬相如傳："於是相如往，舍都亭。"索隱："臨邛郭下之亭也。"漢書九十嚴延年傳："初延年母從東海來，欲從延年臘。到雒陽，適見報囚，母大驚，便止都亭，不肯入府。"

【都軍】官名。即都監。宋洪皓松漠記聞補遺："北地漢兒張獻甫作太原都軍。"參見"都監"。

【都契】要義，要領。雲笈七籤三三雜修攝自慎："夫養性者，當少思，少念，……行此十二少者，養生之都契也。"

【都城】封邑之城。左傳隱元年："祭仲曰：'都城過百雉，國之害也。'"文選三國魏文帝(曹丕)與鍾大理書："宋之結綠，楚之和璞，價越萬金，貴重都城。"後人亦稱國都爲都城。後漢書四九仲長統傳理亂："船車賈販，周於四方；廢居積貯，滿於都城。"

【都省】漢以僕射總理六尚書，謂之都省。唐垂拱中，改尚書省曰都省。後來因以都省指宰相官職。宋朱熹朱文公集二六與執政劄子："日夕憂愧，疾病益侵，勢恐不堪復加勉彊，不得不早爲計，謹已具申都省。"

【都則】官名。周禮秋官之屬。主治都家吏民獄訟。見周禮秋官司寇序官注。

【都俞】感歎詞。書益稷："禹曰：'都，帝，慎乃在位。'帝曰：'俞。'"引申爲君臣問答相得情景。宋朱熹朱文公集二六與周參政劄子："伏惟都俞之暇，從容造膝，一爲明主極言之，則天下幸甚。"宋陸游劍南詩稿五十讀書："堯庭君相都俞盛，闕里師生博約深。"參閱"都俞吁咈"。

【都保】宋神宗熙寧時，王安石變募兵而行保甲，十家爲一保，五十家爲一大保，十大保爲一都保。選爲衆所服者爲都保正。見文獻通考十三職役二。

【都家】王子弟公卿大夫的采地。周禮秋官朝大夫："掌都家之國治，日朝，以聽國事故，以告其君長。"

【都荔】指都良、薜荔兩種香草。漢書禮樂志安世房中歌之十："都荔遂芳，窅窊桂華。"

【都校】五代時統兵官名。舊五代史安審琦傳："奉審琦爲牙兵都校，……及凱旋，改龍武右廂都校，領富州刺史。"又王建傳："初，(楊)復光以忠武軍八千人立爲八都，(鹿)晏弘與建各一都校也。"

【都候】行夜巡邏之士。周禮秋官司寤氏"掌夜時，以星分夜，以詔夜士夜禁"漢鄭玄注："夜士，主行夜徼候者，如今都候之屬。"後漢衛尉屬有左右都候各一人，六百石，主巡邏宮禁，收考罪人。見後漢書百官志二。

【都梁】㊀地名。漢置縣，縣西有小山，山上有渟水，既清且淺，其中悉生蘭草。俗謂蘭曰都梁，山因名都梁，縣亦因以爲名。隋廢入邵陽縣。故城在今湖南武岡縣東北。參閱水經注三八資水、讀史方輿紀要八一武岡州。㊁山名。在江蘇盱眙縣。廣志謂山上生蘭草，一名都梁香草，故以爲名。上有都梁宮，隋煬帝所建。大業十年，孟讓於此立營，宮遂廢。唐光宅元年，徐敬業起兵討武后，其將韋超屯於此。參閱太平寰宇記十六泗州盱眙縣、讀史方輿紀要二一泗州。㊂蘭的別名。又香名。三國魏曹植曹子建集六妾薄命詩："中有霍納都梁，雞舌五味雜香。"參閱本草綱目十四草三蘭草。

【都尉】㊀官名。秦滅六國，遂以其地爲郡，置郡守、丞、尉。尉典兵，維持地方治安，秩比二千石。漢景帝中二年更名守爲太守，尉爲都尉。東漢光武建武六年省都尉，兼其職於太守，後又往往置東部西部都尉；少數民族居住州郡，有屬國都尉，皆爲地方之官。朝廷職事之官有水衡都尉、搜粟都尉；至侍從之官，有奉車都尉、駙馬都尉、騎都尉、農都尉等。三國都尉名號尤多，如建忠都尉、揚武都尉之類皆爲將官。其後都尉可分三種，如奉車、駙馬等，皆奉朝請，而駙馬自魏至明，專爲帝婿之官；輕車、騎都尉等，則爲勳官；諸名號都尉，則爲武官。參閱漢書百官公卿表上、文獻通考五九職官十三。㊁複姓。以官爲氏，秦有都尉壘。見晉常璩華陽國志三。漢有都尉朝。見漢書孔安國傳注。

【都堂】㊀官署名。唐制尚書令有大廳，在尚書省之中，謂之都堂。唐詩紀事五六韋承貽策試夜潛紀長句於都堂西南隅詩："褒衣博帶滿塵埃，獨自都堂納試回。"參閱通典二二職官四尚書省。㊁官職之稱。明制都御史、副都御史、僉都御史稱都堂。又差遣在外任總督、巡撫者亦稱都堂，故有三邊都堂、漕運都堂、巡撫都堂等。見清梁章鉅稱謂錄二一都堂。

【都將】唐五代統兵官名。如唐李晟稱神策都將、五代後唐李從敏爲捧聖都將等。見新唐書一五四李晟傳、舊五代史李從敏傳。

【都船】漢執金吾屬官。水官。漢書八六王嘉傳："廷尉收嘉丞相新甫侯印綬，縛嘉載致都船詔獄。"參閱漢書百官公卿表上。

【都紵】苧麻布。後漢書禮儀志上養老："(三老)皆服都紵大袍，單衣皁緣領袖，中衣.冠進賢，扶玉杖。"

【都廁】大廁所。三國志魏司馬芝傳："有盜官練置都廁上者，吏疑女工，收以付獄。"舊題晉葛洪神仙傳四劉安："於是仙伯主者奏安云不敬，應斥遣去，八公爲之謝過，乃見赦。謫守都廁三年，後爲散仙人。"宋王安石臨川集三一八公山詩："身與仙人守都廁，可能雞犬得長生。"

【都運】官名。都轉運使的省稱。南宋於各路均置官，掌一路財賦之入，有軍旅之事，則供餽錢糧，或令本官隨軍移運，或別置隨軍轉運使一員。如諸路事體當合一，則置都轉運使以總之。隨軍及都運廢置不常。見宋史職官七。

【都場】聚會場。文選漢張平子（衡）東京賦：“其西則有平樂都場，示遠之觀。”三國吳薛綜注：“都，謂聚會也，爲大場於上以作樂，使遠觀之，謂之平樂，在城西也。”

【都雅】文雅。三國志吳孫韶傳：“身長八尺，儀貌都雅。”文選三國魏嵇叔夜（康）琴賦：“若乃閑舒都雅，洪纖有宜，清和條昶，案衍陸離。”注：“都，閑也。”

【都廐】牛馬欄。漢書惠帝紀三年：“秋七月，都廐災。”

【都督】㊀統領，總領。三國志吳魯肅傳：“後（劉）備詣京見權，求都督荆州，惟肅勸權借之，共拒曹公（操）。”㊁官名。魏文帝始置都督諸州軍事，或領刺史，而都督中外諸軍及大都督權位爲最重。吴、蜀亦置之。晉南北朝因之。後周改都督諸軍爲總管，又有大都督、帥都督、都督。至隋，三都督並爲散官。唐復爲都督府，分爲上中下三等，上都督由親王任之。常亦爲贈官。其邊防重地之都督，則加旌節，謂之節度使。中葉以後，節度使益增，都督之名遂廢。元置大都督府，統領諸衛，專爲武官。明改元之樞密院爲大都督府，又改爲五軍都督府，置左右都督及諸官，分領全國衛所，制與元同，而非晉唐舊制。參閱文獻通考五九職官十三都督、續通志一三三職官四大都督府、一三六職官七五軍都督府。㊂三國時，帳下領兵者謂之都督，猶後世之衛隊長。如蜀張飛被害，飛營都督表報先主；又吴甘寧受勑出斫敵前營，酌酒自飲，又酌酒與其都督，皆是。見三國志蜀張飛傳、吴甘寧傳。

【都勝】花名。1.紫色，兩重心，數葉卷上如蘆朶，蘂黄葉細。見唐段成式酉陽雜俎續集九支植上。2.菊花。出陳州，以九月末開。見宋劉蒙菊譜（類説七十）。3.芍藥。見宋周必大益公題跋二題楊謹仲芍藥詩後。4.山茶花。見清王士禛香祖筆記九。

【都統】㊀猶率領。後漢書十四齊武王縯傳“自稱柱天都部”注：“都部者，都統其衆也。”㊁官名。晉太元中，前秦苻堅興兵侵晉，徵富家子弟二十以下者共三萬餘騎，命秦州主簿趙盛之爲少年都統。都統官名，始於此。唐乾元元年置都統，後又置諸道行營都統，掌征伐，兵罷則省。宋時置都統制，亦非定職。清代始設八旗都統，分掌滿蒙漢軍二十四旗政令。參閱文獻通考五九職官十三都統、歷代職官表四四八旗都統。

【都鄉】㊀地名。漢置縣，屬常山郡。地在今河北省境，確址已無考。見漢書地理志上。㊁舊時對坊廂的通稱。漢濟陰太守孟郁脩堯廟碑記成陽仲氏，屬都鄉高相里（隸釋一），宋宗愨母夫人墓誌記愨爲涅陽縣都鄉安衆里人，窆於秣陵縣都鄉石泉里（歐陽修文忠集一三七集古録跋尾四）皆是。參閱清顧炎武日知録七都鄉。

【都試】考試。漢制以立秋日總試騎士。漢書七六韓延壽傳：“及都試講武，設斧鉞旌旗，習射御之事。”又八四翟方進傳附翟義：“義迺詐移書以重罪傳逮慶。於是以九月都試日斬觀令，因勒其車騎材官士，募郡中勇敢，部署將帥。”

【都肄】指總閱演習武備。漢書六八霍光傳：“詐令人爲燕王上書，言‘光出都肄郎羽林，道上稱趩’。”

【都會】大城市。史記一二九貨殖傳：“然邯鄲亦漳、河之間一都會也。……夫燕亦勃、碣之間一都會也。”

【都魁】土豪。抱朴子刺驕：“漢末諸無行，自相品藻次第，羣驕慢傲，不入道檢者，爲都魁雄伯。”

【都廣】古傳説中地名。山海經海内經：“西南黑水之間，有都廣之野，后稷葬焉。”楚辭漢劉向九歎遠逝：“絶都廣以直指兮，歷祝融於朱冥。”又爲國名、山名。淮南子地形：“南方曰都廣。”注：“都廣，國名也，山在此國，因復曰都廣山。”

【都養】爲衆治炊。漢書五八兒寬傳：“以郡國選詣博士，受業孔安國。貧無資用，嘗爲弟子都養。”注：“都，凡衆也。養，主給烹炊者也。”

【都臺】官署名。唐垂拱元年，武后改稱尚書省爲都臺。見新唐書百官志一尚書省注。

【都監】官名。三國時内侍官稱之。三國志魏曹爽傳：“又以黄門張當爲都監，專共交關，看察至尊，候伺神器。”唐中葉常以太監爲監軍，稱都監。如命韓全義討淮西，以中人賈良國爲都監，高崇文討劉闢，以劉貞亮爲都監。宋於諸路、州、府，皆置兵馬都監，各路都監掌本路禁軍、屯戍、邊防、訓練之事。州府以下都監，掌本地屯駐、兵甲、訓練、差使等事務。參閱文獻通考五九職官十三兵馬都監。

【都圖】宋人登科録，必書某縣某都某里人。至元改里爲圖，以每里册籍，首列地圖，故稱。圖，俗省作啚。舊時鄉鎮保甲分某都某圖，本此。參閱清外方山人談徵言部都圖。

【都鄙】㊀采邑，封邑。周禮天官大宰：“以八則治都鄙。”注：“都鄙，公卿大夫之采邑，王子弟所食邑。”㊁京都和邊邑。左傳襄三十年：“子産使都鄙有章，上下有服。”注：“國都及邊鄙。”文選晉潘安仁（岳）藉田賦：“居靡都鄙，民無華裔。”㊂美好與醜陋。文選漢馬季長（融）長笛賦：“尊卑都鄙，賢愚勇懼。”注：“子都世之美好者；鄙，陋也。”

【都蔗】即甘蔗。藝文類聚六九漢劉向杖銘：“都蔗雖甘，殆不可杖。”三國魏曹植曹子建集五矯志詩：“都蔗雖甘，杖之必折。”

【都嶠】山名。在今廣西容縣南。最高峯曰八疊峯，有南北二洞。都嶠山洞，周迴一百八十里，道家名爲寶玄洞天。見雲笈七籤二七洞天福地。

【都畿】㊀京師及其周圍地區。文選晉皇甫士安（謐）三都賦序：“故作者先爲吴蜀二客，盛稱其本土險阻瓌琦，可以偏王，而却爲魏主述其都畿弘敞豐麗，奄有諸華之意。”㊁道名。唐開元時置都畿道，轄今河南省西部。參閱嘉慶一統志一八五河南統部建置沿革。

【都頭】㊀軍職名。唐僖宗入蜀後，田令孜募神策新軍，分五十四都，每都設都將，也稱爲都頭。五代因之。宋時禁軍，有都頭、副都頭，位次於指揮使。見新唐書兵志、宋史兵志一。㊁縣役的通稱。水滸十八：“隨即叫尉司並兩個都頭，一個姓朱名仝，一個姓雷名横。”參閱清梁章鉅稱謂録二六各役都頭。

【都賴】水名。漢書七十陳湯傳：“横厲烏孫，踰集都賴。”近人王國維謂即長春真人西遊記之答剌速没輦，地在今蘇聯境。見觀堂集林別集西域雜考都賴水。

【都盧】㊀國名。在南海一帶。文選漢張平子（衡）西京賦：“非都盧之輕趫，孰能超而究升。”注：“漢書曰：自合浦南有都盧國。太康地志曰：都盧國其人善緣高。”㊁雜技名。漢書九六下西域傳贊：“（武帝）設酒池肉林以饗四夷之客，作巴俞都盧、海中碭極、漫衍魚龍、角抵之戲以觀視之。”㊂統統，總是。唐盧仝玉川子集一守歲詩之二：“不及兒童日，都盧不解愁。”

【都講】㊀學舍主講者。後漢書三七丁鴻傳:"鴻年十三,從桓榮受歐陽尚書,三年而明章句,善論難,爲都講。"㊁魏晉以來,佛家講經之制,開講之時,以一人唱經,一人解釋,唱經者謂之都講,解釋者謂之法師。世說新語文學:"支道林(遁)許掾(詢)諸人共在會稽王(司馬昱)齋頭。支爲法師,許爲都講。支通一義,四座莫不厭心,許送一難,衆人莫不抃舞。"參閱釋氏要覽下說聽。㊂謂講武。晉書禮志下:"古四時講武,皆於農隙;漢西京承秦制,三時不講,惟十月都講。"百衲本、殿本作"都試"。

【都輦】指京師。輦,帝王所乘。三國志吳胡綜傳:"(孫)權又問:'隱蕃可堪何官?'綜對曰:'未可以治民,且試以都輦小職。'"文選晉左太沖(思)吳都賦:"於是樂只衎而歡飫無匱,都輦殷而四奧來暨。"

【都龐】山名。五嶺之一。山之絕頂曰都逄,語變作都龐。在今湖南藍山縣南、江永縣北。參閱水經注三九鍾水、讀史方輿紀要八一道州永明縣。

【都竈】大竈。漢書五行志中之下:"昭帝元鳳元年,燕王宮永巷中豕出圂,壞都竈。"注:"都竈,烝炊之大竈也。"

【都籃】盛茶具的籃子。唐陸羽茶經中:"都籃以悉設諸器而名之。"宋梅堯臣宛陵集五一嘗茶和公儀詩:"都籃攜具向都堂,碾破雲團北焙香。"

【都纂】總編。舊唐書憲宗紀上元和二年:"史官李吉甫撰元和國計簿,總計天下方鎮凡四十八,管州府二百九十五,縣一千四百五十三,户二百四十四萬二百五十四,……吉甫都纂其事,成書十卷。"

【都護】官名。漢置西域都護,督護諸國,以並護南北道,故號都護,本爲加官。晉宋以後,公府則有參軍都護、東曹都護。廣州亦別置西江都護,南江都護,雖管軍事,而職權頗卑,與漢制異。唐置六大都護府,統轄邊遠諸國,權任始與漢同,且爲實職。參閱通典三二職官州郡上都護注。

【都人士】指居於京師有士行的人。詩小雅都人士:"彼都人士,狐裘黃黃,其容不改,出言有章。"箋:"城郭之域曰都,古明王時,都人之有士行者,冬則衣狐裘,黃黃然,取溫裕而已。"參閱清俞樾茶香室經說三彼都人士。

【都人子】㊀美貌的女子。文選晉陸士龍(雲)爲顧彥先贈婦詩之一:"京室多妖冶,粲粲都人子。"唐呂延濟注:"都,亦美也。人子,士女也。"㊁宮女之子。明史一一四孝定李太后傳:"光宗之未册立也…… 一日帝入侍,太后問故。帝曰:'彼都人子也。'太后大怒曰:'爾亦都人子!'帝惶恐,伏地不敢起。蓋內廷呼宮人曰都人,太后亦由宮人進,故云。"

【都元帥】唐代宗時,以廣平王爲天下兵馬元帥,以郭子儀爲副。其後又以舒王謨爲荆南等道節度諸道行營都元帥,加都字自此始。此皆實領兵柄。唐末以授錢鏐,僅爲表示尊崇的名號。元代於各行省置都元帥、元帥府,爲正二品、三品之職。參見"元帥"。

【都司馬】官名。周禮夏官之屬。都爲王子弟所封及三公之采地,司馬主其軍賦。

【都江堰】在四川灌縣城西北岷江中,爲我國古代著名水利工程之一。戰國時秦蜀郡太守李冰父子鑿離堆開寶瓶口作堰,分岷江爲內外二支,佐堤作堰,控制岷江激流,調濟水量,用以灌溉川西平原土地,蜀都由此變爲殷富之區,號稱天府。歷代屢經整修。解放後又經大規模整治,灌溉面積已擴大至八百萬畝。也作"都安堰"。參閱史記河渠書、嘉慶一統志三八四成都府二隄堰。

【都夷香】傳說中食物名。狀如棗核,食一片,則歷月不饑。以粒如粟米許投水中,俄而滿大盂。見舊題漢郭憲洞冥記一。

【都丞盒】放置文具的盒子。明缺名天水冰山錄都丞文具:"銅水注一箇、銅筆架一箇、銅熨紙一箇,……以上共貯都丞盒一箇內。"舊時安置文具之器名都盛盤,或又作都珍盤。

【都良管】樂器名。舊傳女媧氏命娥陵氏製都良之管,以定天下之音。見文獻通考一三八樂十一。

【都作院】官署名。1.宋代製造軍械之所。建炎三年,詔軍器監併歸工部,東西作坊、都作院併入軍器所。見宋史職官志五軍器監。2.金代各州拘禁罪犯之所,犯者或使之磨甲,或作土工。見金宇文懋昭大金國志科條。(說郛八六)

【都宗人】官名。周禮春官之屬。掌都祭祀之禮。

【都官集】宋陳舜俞撰。十四卷,其中文十一卷,詩三卷。舜俞,宋烏程人,慶曆六年進士。少師胡瑗,長師歐陽修而友司馬光蘇軾,學問具有根柢。其詩文均自抒胸臆,不作依違趨俗之態。

【都念子】果名,即倒捻子。隋杜寶大業拾遺録、唐陳藏器本草拾遺作都念子。參見"倒捻子"。

【都料匠】總工匠,負責房屋建築的設計和指揮。唐柳宗元柳先生集十七梓人傳:"梓人,蓋古之審曲面勢者,今謂之都料匠云。"宋歐陽修歸田録一:"開寶寺塔,…… 都料匠預浩所造也。"

【都都知】官名。宋初,入內內侍省與內侍省號爲前後省,而入內省尤爲親近。入內內侍省有都都知、都知、副都知、押班等。後省官闕,則以前省官補。押班次遷副都知,次遷都都知,遂爲內臣之極品。見宋史職官志六。

【都都統】猶元帥。新唐書僖宗紀:"二年正月辛亥,王鐸爲諸道行營都都統,承制封拜。"

【都桷子】果名。生廣南山谷,樹高丈餘,二三月開花,赤色,實大如雞卵,七月熟。見太平御覽九六〇魏王花木志、本草綱目三一果三都桷子。

【都鄉侯】官名。東漢封國之制,有鄉侯、都鄉侯。都鄉侯在列侯之下,關內侯之上,有所封之地、所食之户。如皇甫嵩封都鄉侯。參閱後漢書七一皇甫嵩傳、清顧炎武日知録二二都鄉侯。

【都虞司】官署名。清置,掌內務府屬武職升補及三旗禁旅、訓練、遣調、供應,畋漁之禁令。初名尚膳監,順治間改爲採捕衙門,康熙十六年改定爲都虞司。見清通典二九職官七內務府。

【都察院】官署名。漢以後有御史臺,專監察彈劾官吏,參與審理重大案件。明洪武十三年改御史臺設都察院,以都御史爲長官,其次有副都御史、僉都御史、監察御史等。清因明制,置左都御史滿漢各一人,左副都御史滿漢各二人(右副都御史爲外省總督巡撫兼銜),下有吏户禮兵刑工六科給事中及京畿道、河南道等十五道監察御史。參閱續文獻通考五四職官四、清通典二六職官四都察院。

【都管草】草名。根似羌活頭,歲長一節,苗高一尺許,葉似土當歸,有重臺,二八月採根入藥。參閱本草綱目十三草二都管草。

【都維那】唐代寺院,每寺設上座一人,寺主一人,都維那一人。見舊唐書職官志二祠部郎中。參見"維那"。

【都曇鼓】隋唐九部樂中天竺伎中所用樂器,似腰鼓而小,以小槌擊之。見新唐書禮樂志十一。

【都麴院】官署名，屬光祿寺。掌造麴以給內酒坊之用，及出鬻而收其直。見文獻通考五五職官九光祿卿。

【都總管】宋遼官名。宋馬步軍都總管以節度使充，副總管以觀察以下充。有止管一州者，有管數州爲一路者，亦有帶兩路三路者。或文臣知州兼任，舊相重臣亦爲都總管。遼會同二年有南京都總管府，興宗重熙四年則五京皆有都總管府，又有兵馬都總管府，五州都總管府，設都總管、副總管。見文獻通考五九職官十三都總管、續通典三六職官十四都督。

【都指揮使】官名。五代時爲統兵將領之稱。宋殿前司置都指揮使、副都指揮使、都虞候各一人，掌殿前諸班值及步騎諸指揮之名籍，凡統制、訓練、番衛、戍守、遷補、賞罰，皆總其政令。又馬步軍及各軍均置此官，統領軍隊並治其獄訟。遼、金、元因之。明置都指揮使司，設都指揮使，掌一方之軍政。參閱文獻通考五八職官十二殿前司，續文獻通考五九職官九兵馬指揮使司，明史職官五都指揮使司。

【都俞吁咈】四字皆嘆詞，以爲可，則曰都曰俞；以爲否，則曰吁曰咈。也作"吁咈都俞"。書益稷："禹曰：都！帝，愼乃在位。帝曰：俞！"又堯典："帝曰：吁，咈哉！"後以此指君臣論政問答、氣象雍睦之詞。

郰 zōu 側鳩切，平，尤韻，莊。ㄗㄡ

春秋魯地，孔子鄉邑。左傳襄十年："縣門發，郰人紇抉之以出門者。"注："紇，郰邑大夫，仲尼父叔梁紇也。郰邑，魯縣。"論語八佾作"鄹"，史記孔子世家作"陬"。在今山東曲阜縣東南。

郪 qī 七稽切，平，齊韻，清。ㄑㄧ 取私切，平，脂韻，清。

地名。漢縣，屬廣漢郡。三國魏鍾會軍至涪，蜀姜維軍至郪，得後主敕詔會降，卽此。晉廢。隋大業時又置，唐爲梓州治所，故址在今四川三台縣南。參閱漢書地理志上、太平寰宇記八二梓州。

【郪丘】地名。1.春秋齊邑。春秋文十六年："公子遂及齊侯盟于郪丘。"故地在今山東東阿縣境。一說當在臨淄縣境。2.戰國魏邑。史記魏世家："(安釐王)十一年，秦拔我郪丘。"漢書地理志上"汝南郡……新郪"注："應劭曰：'秦伐魏，取郪丘。漢興爲新郪。章帝封殷後，更名宋。'"故地在今安徽界首縣東北茨河南岸。

郲 lái 落哀切，平，咍韻，來。ㄌㄞ 落猥切，上，賄韻，來。

地名。春秋鄭邑。春秋隱十一年"夏，公會鄭伯于時來"晉杜預注："時來，郲也。"公羊傳作"祁黎"。在今河南鄭州市西北。

郴 chēn 丑林切，平，侵韻，徹。ㄔㄣ

見下。

【郴州】春秋楚地。秦置縣，屬長沙郡。秦末項羽徙義帝都郴，卽此。漢爲桂陽郡，屬荊州。隋唐皆爲郴州，五代晉天福初改爲敦州，不久復舊，宋仍爲郴州，元爲路，明初爲府，洪武九年降爲州，後廢。淸爲直隸州，屬湖南。公元 1913 年改縣，屬湖南省。參閱讀史方輿紀要八二郴州。

郵 yóu 羽求切，平，尤韻，于。ㄧㄡ

㊀傳遞文書的驛站。馬傳曰置，步傳曰郵。孟子公孫丑上："德之流行，速於置郵而傳命。"漢書七五京房傳："因郵上封事。"㊁田間房舍。禮郊特牲："饗農及郵表畷禽獸，仁之至，義之盡也。"疏："郵若郵亭，屋宇處所……造此郵舍，田畯處焉。"㊂過失。詩小雅賓之初筵："是曰旣醉，不知其郵。"箋："郵，過。"㊃怨恨。荀子議兵："故刑一人而天下服，罪人不郵其上，知罪之在己也。"史記禮書作"尤"。㊄最。列子周穆王："況魯之君子，迷之郵者，焉能解人之迷哉！"㊂㊃㊄通"尤"。㊅姓。漢書古今人表有郵無恤。

【郵人】傳遞公文書信的人。漢王充論衡定賢："傳〔儒〕者傳學，不妄一言，先師古語，到今具存，雖帶徒百人以上，位博士文學，郵人門者之類也。"

【郵子】驛卒。新唐書一七四元稹傳："明州歲貢蚶，役郵子萬人，不勝其疲，稹奏罷之。"元氏長慶集三九浙東論罷進海味狀作"遞夫"。

【郵吏】驛站小官。唐白居易長慶集五三醉封詩筒寄微之詩："爲向西川郵吏道，莫辭來去遞詩筒。"宋蘇軾分類東坡詩一太白山下早行至橫渠鎭書崇壽院壁："奔走煩郵吏，安閒愧老僧。"

【郵巡】古巡察官。五代前蜀杜光庭錄異記四鬼神："(唐)段文昌……嘗佐太尉南康王韋皋爲成都郵巡。"

【郵官】卽驛丞。一稱郵官，亦曰傳宰。參閱淸梁章鉅稱謂錄二二驛丞郵官。

【郵亭】驛館，遞送文書投止之所。墨子雜守："築郵亭者圜之。"漢書八三薛宣傳："宣從臨淮遷至陳留，過其縣，橋梁郵亭不修。"注："郵，行書之舍，亦如今之驛及行道館舍也。"唐杜甫杜工部草堂詩箋三十春陵行："郵亭傳急符，來往急相追。"

【郵棠】春秋齊地。左傳襄十八年："齊侯駕，將走郵棠。"注："郵棠，齊邑。"故地在今山東平度縣境。

【郵筒】古時封寄書函的竹管。宋歐陽修文忠集十三送梅龍圖公儀知杭州："郵筒不絕如飛翼，莫惜新篇屢往還。"

【郵置】驛館。後漢書六八郭太傳："又識張孝仲芻牧之中，知范特祖郵置之役。"宋陳傅良止齋集八村居詩之一："絕勝倚市看郵置，客至還無菜甲羹。"

【郵筩】封寄書函的竹管，同郵筒。宋王安石臨川集十九寄張先郎中詩："篝火尚能書細字，郵筩還肯寄新詩？"

【郵傳】驛傳。新唐書一六二薛存誠傳："元和初，討劉闢，郵傳事叢，詔以中人爲館驛使，存誠以爲害體甚，奏罷之。"宋歐陽修文忠集十一自勉詩："官居處處如郵傳，誰得三年作主人。"參見"郵㊀"。

【郵館】客舍。宋史二七六王賓傳："賓規起公署、郵館，供帳之器咸具。"

【郵籤】驛館夜間報時的器具。唐杜甫杜工部草堂詩箋三六宿青草湖："宿槳依農事，郵籤報水程。"注："漏籌謂之郵籤。"

【郵驛】驛館。傳送文書，步遞曰郵，馬遞曰置、曰驛。漢陸賈新語至德："近者無所議，遠者無所聽，郵驛無夜行之吏，鄉閭無夜名之征。"後漢書十六寇恂傳附寇榮上書："不意滯怒不爲春夏息，淹恚不爲順時怠，遂馳使郵驛，布告遠近，嚴文尅剝，痛於霜雪。"

郫 pí 符羈切，平，支韻，並。ㄆㄧ 符支切，平，支韻，並。薄佳切，平，佳韻，並。

㊀地名。春秋晉邑。左傳文六年："賈季亦使召公子樂于陳，趙孟使殺諸郫。"故地在今河南濟源縣西。㊁縣名。見"郫縣"。㊂姓。黃帝子任姓之裔封郫，以國爲氏。見明陳士元姓觿一四支。

【郫江】水名。在四川境，爲岷江支流，一名內江。自灌縣分流，經郫縣北，繞成都東北與流江(亦名錦江)合，於彭山縣境滙入岷江正流。舊稱郫江、流江爲成都二江。史記河渠書："蜀守(李)冰鑿離碓，辟沫水之害，穿二江成都之中。"正義："任豫益州記云：'二江者，郫江、流江也。'"卽此。參見"內江"。

【郫邵】春秋晉地。卽郫。左傳襄二三年齊侯遂伐晉，取朝歌，戍郫邵，卽此。在今河南濟源縣西。

【郫縣】縣名。屬四川省。古稱郫邑，蜀王杜宇建都於此。秦置縣，屬蜀郡。唐宋屬成都府，元屬成都路，明清屬成都府。見寰宇通志六一成都府。

【郫釀】卽郫筒酒。宋陸游劍南詩稿八夜聞雨聲："長缾磊落輸郫釀，輕騎聯翩報海棠。"詳"郫筒酒"。

【郫筒酒】酒名。郫人截大竹長二尺以上，留一節爲底，刻其外爲花紋，或朱或黑或不漆，用以盛酒。相傳晉山濤爲郫令，用竹管釀酒，兼旬方開，香聞百步。唐杜甫杜工部草堂詩箋二一將赴成都草堂途中有作先寄嚴鄭公五之一："魚知丙穴由來美，酒憶郫筒不用沽。"宋穆修河南穆公集一城南五題獨遊詩："水曲林幽獨杖藜，郫筒香入亂花攜。"參閱宋范成大吳船録上、明曹學佺蜀中廣記六五方物七酒譜。

郳 ní 五稽切，平，齊韻，疑。 ㄋㄧˊ

㊀古附庸國名。春秋莊五年："郳黎來來朝。"釋文："郳，國名，後爲小邾。"通志二六氏族二周異姓國："邾挾七世孫夷父顏有功於周，次子友父別封附庸爲小邾國，以居郳，故又稱郳國。"故地在今山東滕縣境。㊁姓。以國爲氏，夷父顏次子之後。見通志二六氏族二。其後避仇改爲倪，或省作兒。

九畫

郰 sōu 所鳩切，平，尤韻，山。 ㄙㄡ

同"鄒"。見該條。

鄆 yùn 王問切，去，問韻，于。 ㄩㄣˋ

春秋魯地名。1. 春秋文十二年："季孫行父帥師城諸及鄆。"是爲東鄆。在今山東沂水縣北。2. 左傳成十六年："公還待于鄆。"是爲西鄆。在今山東鄆城縣東。

【鄆城】縣名。屬山東省。春秋魯鄆邑，漢爲壽良縣地。隋開皇十年置鄆州，十八年改爲鄆城。唐改爲萬安縣，五代以後復稱鄆城縣。金以水患徙盤溝村，卽今治。見寰宇通志七三濟寧州。

鄄 juàn 吉掾切，去，線韻，見。 ㄐㄩㄢˋ

春秋衛邑。春秋莊十四年："冬，單伯會齊侯、宋公、衛侯、鄭伯于鄄。"注："鄄，衛地，今東郡鄄城也。"參見"鄄城"。

【鄄城】縣名，屬山東省。鄄本春秋衛邑，秦屬東郡，漢置鄄城縣，屬濟陰郡。隋以後爲濮州治，明洪武二年廢入濮州。公元1931年以濮縣境內黃河東岸地置鄄城縣。公元1936年裁撤，1949年重置。參閱嘉慶一統志一八一曹州府一濮州。

鄀 ruò 而灼切，入，藥韻，日。 ㄖㄨㄛˋ

㊀春秋列國名。左傳僖二五年："秋，秦晉伐鄀。"注："鄀本在商密秦楚界上小國，其後遷於南郡鄀縣。"在今河南內鄉縣。㊁春秋楚邑。史記吳太伯世家："十一年，吳王使太子夫差伐楚，取番。楚恐而去郢徙鄀。"集解引服虔："鄀，楚邑。"在今湖北宜城縣。按古器銘鄀有上鄀下鄀之分，下鄀之鄀作"蠚"或"蛨"。本條㊀所指爲下鄀，㊁所指爲上鄀。參閱郭沫若兩周金文辭大系考釋。

郾 yǎn 於幰切，上，阮韻，影。 ㄧㄢˇ

見下。

【郾城】縣名，屬河南省。戰國魏下邑，漢置郾縣，屬潁川郡。東晉廢。隋開皇五年復置，改稱郾城。明清皆屬許州。見太平寰宇記七許州。

郼 yī 於希切，平，微韻，影。 ㄧ

殷之封國名。呂氏春秋愼大："湯立爲天子，夏民大說，……親郼如夏。"注："郼讀如衣，今兗州人謂殷氏皆曰衣，言桀民親殷如夏氏也。"參見"殷商"。

郿 méi 武悲切，平，脂韻，明。 ㄇㄟˊ 明祕切，去，至韻，明。

㊀古地名。詩大雅崧高："申伯信邁，王餞于郿。"卽今陝西眉縣。㊁春秋魯地名。春秋莊二八年："冬築郿。"注："郿，魯下邑。"公羊穀梁傳作"微"。故址在今山東東平縣西。

【郿塢】地名。在陝西眉縣北。東漢初平中，董卓築塢於郿，高厚七丈，高與長安城等。號曰萬歲塢，積穀爲三十年儲。見後漢書七二董卓傳。

【郿縣】縣名，屬陝西省。今作眉縣。秦縣，漢屬右扶風。西魏改爲郿城縣，尋廢入周城縣。隋開皇十八年改周城爲渭濱，大業二年復爲郿縣。明清屬鳳翔府。參閱太平寰宇記三十鳳翔府。

郹 jú 古闃切，入，錫韻，見。 ㄐㄩˊ

見下。

【郹陽】春秋蔡邑。左傳昭十九年："楚子之在蔡也，郹陽封人之女奔之。"在今河南新蔡縣境。

鄁 bèi 蒲昧切，去，隊韻，並。 ㄅㄟˋ

"邶"本字。見"邶"。

鄂 è 五各切，入，鐸韻，疑。 ㄜˋ

㊀殷代國名。戰國策趙三："昔者鬼侯之鄂侯文王，紂之三公也。"史記殷紀："以西伯昌、九侯、鄂侯爲三公。"在今河南沁陽縣西北邘台鎮。㊁地名。1. 春秋楚地。史記楚世家："(熊渠)乃興兵伐庸、楊粵，至于鄂。"正義引劉伯莊曰："地名。在楚之西，後徙楚，今東鄂州是也。"在今湖北鄂城縣。2. 春秋晉地。左傳隱六年："逆晉侯于隨，納諸鄂。"注："鄂，晉別邑。"在今山西鄉寧縣南。㊂邊際。漢書八七上揚雄傳甘泉賦："攢并閭與茇苦兮，紛被麗其亡鄂。"㊃捕獸器。國語魯上："水虞於是乎禁罝麗，設穽鄂。"注："鄂，柞格，所以誤獸也。"清汪遠孫札記二謂當作"咢"，不從"阝"。㊄花托。通"萼"。詩小雅常棣："常棣之華，鄂不韡韡。"羣書治要本作"萼不煒煒"。㊅驚愕。通"愕"。漢書六八霍光傳："羣臣皆驚鄂失色，莫敢發言，但唯唯而已。"注："凡言鄂者，皆謂阻礙不依順也。後字作愕，其義亦同。"㊆直言貌。通"諤"。文選漢馬季長(融)長笛賦："蒯聵能退敵，不占成節鄂。"㊇姓。晉鄂侯之後，以居於鄂邑，子孫因以爲姓。漢有安平侯鄂千秋。見通志二七氏族三以邑爲氏。

【鄂不】花萼與花蒂。詩小雅常棣："常棣之華，鄂不韡韡。"箋："承華者曰鄂。不，當作柎，柎，鄂足也。"

【鄂州】地名。春秋屬楚，秦屬南郡，漢爲江夏郡，隋廢郡，改置鄂州。煬帝初改爲江夏郡，唐復置鄂州，宋因之。元置鄂州路，後改武昌路。明初改爲武昌府，屬湖廣省，清因之。州治故地在今湖北武昌縣。後稱湖北省爲鄂省，以此。參閱嘉慶一統志表三三五武昌府一。

【鄂君】人名。鄂君子晳，楚王母弟，官令尹，越人悅其美，因作越人歌而贊之。後以"鄂君"爲美男的通稱。唐李商隱李義山詩集五碧城之二："鄂君悵望舟中夜，繡被焚香獨自眠。"參見"越人歌"。

【鄂城】縣名，屬湖北省。楚熊渠伐庸、揚粵至於鄂，立其中子爲鄂王。秦於此置鄂縣。三國吳改武昌縣，晉時分置鄂縣，隋、唐以後復入武昌縣。公元1913年改爲壽昌縣，次年改爲鄂城。參閱讀史方輿紀要七六武昌縣。

【鄂凌】湖名。一作鄂凌海，卽今鄂陵湖。在青海巴顏喀拉山脈北麓。水經注一河水"又出海外，南至積石山，下有石門"清趙一清釋云:"所云渤海，當卽指扎凌鄂凌諸海。"

【鄂根】水名。一作渭甘，或作烏恰克，又作烏兹根達里雅，古稱龜兹川。在新疆天山南路，庫車縣西南一百里，流經沙雅縣城北，東流入塔里木河。見嘉慶一統志五二四庫車烏恰特河。

【鄂渚】地名。楚辭屈原九章涉江:"乘鄂渚而反顧兮，欸秋冬之緒風。"注:"鄂渚，地名。"宋洪興祖補注:"楚子熊渠封中子紅於鄂，鄂州武昌地是也。隋以鄂渚爲名。"地在今湖北武昌縣境。

【鄂博】游牧交界之所，無山河爲表識，則疊石爲包，曰鄂博。今稱敖包。見清會典事例九六三理藩院疆理內蒙古部落。

【鄂鄂】㊀直言爭辯貌。同"諤諤"。大戴禮曾子立事:"是故君子出言以鄂鄂，行事亦戰戰。"注:"鄂鄂，辨厲也。"史記趙世家:"諸大夫朝，徒聞唯唯，不聞周舍之鄂鄂。"㊁不休息。漢王符潛夫論斷訟:"晝夜鄂鄂，慢遊是好。"參見"頟頟"。

【鄂諾】水名。黑龍江之上游。元人稱斡難河。見"黑龍江"。

【鄂爾布】清之漢軍驍騎營昇鹿角兵，謂之鄂爾布。見清會典事例七一四兵部兵籍。

【鄂爾坤】河名。也作阿魯渾，源出杭愛山北麓，明洪武三年李文忠敗元兵於阿魯渾河，卽此。見明史一二六李文忠傳、嘉慶一統志五三二烏里雅蘇臺。

【鄂爾泰】清滿洲鑲藍旗人。姓西林覺羅氏，字毅庵，康熙舉人。任雲南巡撫時，上疏主張改土歸流。遷雲南、貴州、廣西三省總督，多次鎮壓雲、貴苗族起義。官至保和殿大學士兼兵部尚書，封襄勤伯。諡文端，有西林遺稿。

【鄂爾多斯】部落名。也作地名。漢爲朔方郡，屬并州，明爲蒙族鄂爾多斯部。清時所部七旗，合爲伊克昭盟。在今內蒙古自治區西部，黃河以南。參閱嘉慶一統志五四三鄂爾多斯。

鄃

shū 式朱切，平，虞韻，審。
ㄕㄨ

地名。漢縣。屬清河郡。唐改夏津縣。史記河渠書:"是時武安侯田蚡爲丞相，其奉邑食鄃。"故地在今山東夏津縣。

鄅

yǔ 王矩切，上，麌韻，于。
ㄩˇ

㊀春秋列國名。春秋昭十八年:"六月，邾人入鄅。"注:"鄅國，今琅邪開陽縣。"在今山東臨沂縣北。㊁姓。見通志二七氏族三以國爲氏。

鄋

sōu
ㄙㄡ

同"鄋"。春秋時狄(翟)族的一支。見下。

【鄋瞞】春秋狄國名。相傳爲防風氏之後，殷爲汪芒氏。山海經大荒北經、説苑辨物謂爲釐姓，國語魯下及左傳文十一年注謂爲漆姓。活動於今山東境內。文十一年鄋瞞侵齊，齊人敗之於鹹，獲長狄僑如。僑如之弟焚如、榮如、簡如先後爲晉齊衞諸國所獲。鄋瞞遂亡。

鄇

hóu 戶鉤切，平，侯韻，匣。
ㄏㄡˊ 胡遘切，去，侯韻，匣。

春秋地名。左傳成十一年:"晉郤至與周爭鄇田。"注:"鄇，溫別邑。"在今河南武陟縣境。

鄉

1\. xiāng 許良切，平，陽韻，曉。
ㄒㄧㄤ

㊀行政區域單位。所轄範圍，歷代不同。周制，萬二千五百家爲鄉。見周禮地官大司徒"五州爲鄉"注。春秋齊制，郊內以五家爲軌，十軌爲里，四里爲連，十連爲鄉；郊外以五家爲軌，六軌爲邑，十邑爲率，十率爲鄉。見管子小匡。秦漢以十里爲亭，十亭爲鄉。見漢書百官公卿表上。後多指縣以下行政區域單位。㊁地方，處所。詩商頌殷武:"維女荆楚，居國南鄉。"㊂城市以外的地方。南朝宋謝靈運謝康樂集二石室山詩:"鄉村絕聞見，樵蘇限風霄。"㊃家鄉。左傳莊十年:"曹劌請見。其鄉人曰：肉食者謀之，又何間焉？"

2\. xiàng 集韻 許亮切，去，漾韻。
ㄒㄧㄤˋ

㊄方向。通"向"、"嚮"。荀子成相:"武王怒，師牧野，紂卒易鄉啟乃下。"注:"易鄉，回也，謂前徒倒戈攻于後。……鄉，讀爲向。"㊅趨向。國語周上:"阜其財求而利其器用，明利害之鄉。"㊆朝向。禮曲禮上:"從長者而上丘陵，則必鄉長者所視。"㊇窗戶。禮明堂位:"復廟，重檐，刮楹，達鄉。"注:"鄉，牖屬，謂夾戶窗也，每室八窗爲四達。"㊈從前。通"曏"。論語顏淵:"鄉也，吾見於夫子而問知。"

3\. xiǎng 正字通 音享，養韻。
ㄒㄧㄤˇ

㊉通"響"。漢書五六董仲舒傳對策:"夫善惡之相從，如景鄉之應形聲也。"注:"鄉讀曰響。"⑪通"享"、"饗"。漢書文帝紀十四年詔:"夫以朕之不德，而專鄉獨美其福，百姓不與焉。"

【鄉士】周代官名。周禮秋官鄉士:"鄉士，掌國中，各掌其鄉之民數而糾戒之。"注:"此主國中獄也，六鄉之獄在國中。"

【鄉井】家鄉。宋文鑑四五富弼論河北流民:"臣亦曾子細諭云，朝廷恐你拋離鄉井，欲擬發遣卻歸河北，不知如何？"

【鄉公】爵號名。三國志魏文帝紀黃初三年:"初制封王之庶子爲鄉公，嗣王之庶子爲亭侯，公之庶子爲亭伯。"

【鄉₂化】向往教化。漢書八九黃霸傳詔:"潁川太守霸，宣布詔令，百姓鄉化。……吏民鄉于教化，興於行誼，可謂賢人君子矣。"

【鄉正】官名。左傳襄九年:"二師令四鄉正敬享。"注:"鄉正，鄉大夫。"參見"鄉大夫"。

【鄉末】對鄉中前輩，自稱鄉末。清錢大昕恒言錄三親屬稱謂類友生:"(明)朱存理鐵網珊瑚，錄貞溪諸名勝詞翰，皆元時筆札也，其紙尾署名，……有云鄉末維善上。"

【鄉老】㊀周代官名。周禮地官序官:"鄉老，二鄉則公一人。"注:"老，尊稱也。王置六鄉，則公有三人也；三公者，內與王論道，中參六官之事，外與六鄉之教。"孫詒讓正義:"沈彤云：鄉老二鄉一人，注以爲三公兼之，……鄉老無專職，惟及鄉大夫帥其吏而禮賓賢能，以獻其書于王，退而行以鄉射之禮，五物詢衆庶而已。"㊁漢制每鄉置三老一人，掌教化鄉人，後世謂之鄉老，亦稱鄉耆。漢書百官公卿表上:"大率十里一亭，亭有長。十亭一鄉，鄉有三老，有秩、嗇夫、遊徼。三老掌教化。"

【鄉曲】猶言鄉下。以其偏處一隅，故稱鄉曲。後引申指鄉里。莊子胠篋:"闔四竟之內，所以立宗廟社稷，治邑屋州閭鄉曲者，曷嘗不法聖人哉？"唐白居易長慶集十八種桃杏詩:"路遠誰能念鄉曲，年深兼欲忘京華。"

【鄉弟】同鄉間之俗稱。宋王闢之澠水燕談錄二名臣:"忠定公張(詠)爲御史中丞。一日於行香所，宰相張齊賢呼參知政事溫仲舒爲鄉弟，及它語尤鄙。公以非所宜言，失大臣禮，遂彈奏之。"

【鄉君】婦人封號。始於晉代，如羊祜夫人夏侯氏封萬歲鄉君。唐制，勳官四品，母、妻封鄉君。宋元廢，明清惟宗室之女可稱鄉君。參閱晉書三四羊祜傳、唐會要二六命婦朝皇后。

【鄉里】㊀所居之鄉。國語齊："有居處好學，慈孝於父母，聰惠質仁，發聞於鄉里者，有則以告。"㊁猶言鄉曲。後漢書二八上馮衍傳注引衍與陰就書："外無鄉里之譽，内無汗馬之勞。"宋書陶潛傳："郡遣督郵至。縣吏白應束帶見之，潛嘆曰：我不能爲五斗米折腰向鄉里小人！"㊂同鄉。世説新語賢媛："許允爲吏部郎，多用其鄉里，明帝遣虎賁收之。"㊃妻之代稱。南史張彪傳："彪知不免，謂妻楊呼爲鄉里曰：'我不忍令鄉里落佗處，今當先殺鄉里然後就死。'"宋姚寬西溪叢語下："沈休文(約)山陰柳家女詩云：'還家問鄉里，詎堪持作夫？'鄉里，謂妻也。"後世言"家里"、"屋里"，與此意同。

【鄉兵】地方武裝。西魏北周有鄉兵，由大都督或儀同統領，居於本鄉。歷代相沿。宋史兵志四："鄉兵者，選自户籍，或士民應募，在所團結訓練，以爲防守之兵也。"

【鄉佐】漢制，縣下十里爲亭，十亭爲鄉，鄉有鄉佐、三老、嗇夫、遊徼。鄉佐，有秩，主賦稅。後漢書三八張宗傳："王莽時，爲縣陽泉鄉佐。"見宋書百官志下。

【鄉官】㊀治理一鄉事務的官吏。如三老、嗇夫等皆是。見漢書百官公卿表上。㊁鄉官治事之處。漢書八九黄霸傳："使郵亭鄉官皆畜雞豚，以贍鰥寡貧窮者。"注："鄉官者，鄉所治處也。"

【鄉長】鄉的長官。墨子尚同："鄉長唯能壹同鄉之義，是以鄉治也。"國語齊："正月之朝，鄉長復事，君親問焉。"注："鄉長，鄉大夫也。"

【鄉味】故鄉的食物。全唐詩四二三元稹春分投簡陽明洞天作："鄉味尤珍蛤，家神愛事烏。"唐賈島長江集九巴興作詩："鄉味朔山林果位，北歸期掛海帆孤。"

【鄉$_2$往】猶向往。史記孔子世家："雖不能至，然心鄉往之。"也作"嚮往"。宋曾鞏元豐類稿十八撫州顏魯公祠堂記："蓋人之嚮往之不足者，非祠則無以致其至也。"

【鄉音】故鄉土音。北齊書裴讞之傳："楊愔每稱歎云：河東士族，京官不少，唯此家兄弟，全無鄉音。"全唐詩一一二賀知章回鄉偶書二首："少小離鄉老大回，鄉音無改鬢毛衰。"

【鄉亭】㊀漢制十里一亭，亭有長；十亭一鄉，鄉有三老，有秩、嗇夫、游徼。百官功大者食縣，小者食鄉亭。見漢書百官公卿表上、後漢書百官志五。㊁築於鄉間的公舍。漢王充論衡詰術："民間之宅，與鄉亭比屋相屬，接界相連。"漢書六九趙充國傳："冰解漕下，繕鄉亭，浚溝渠。"

【鄉思】思念故鄉之心。南朝梁何遜何水部集渡連圻詩之二："寓目皆鄉思，何時見狹邪。"晉書楊軻傳："後上疏陳鄉思，求還，(石)季龍送以安車蒲輪，蠲十户供之。"

【鄉風】故鄉風俗。宋蘇軾東坡集一歲暮思歸寄子由弟詩："亦欲舉鄉風，獨倡無人和。"

【鄉$_2$風】歸化。管子版法："兼愛無遺，是謂君心，必先順教，萬民鄉風。"史記留侯世家："陛下誠能復立六國後世，畢已受印，此其君臣百姓必皆戴陛下之德，莫不鄉風慕義，願爲臣妾。"

【鄉信】家信。唐孟浩然集二初年樂城館中卧疾懷歸詩："往來鄉信斷，留滯客情多。"岑參岑嘉州詩三巴南舟中夜書事："見雁思鄉信，聞猿積淚痕。"

【鄉侯】爵名。漢有縣侯、鄉侯、亭侯之别。魏以嗣王庶子爲鄉侯，晉因之，位在亭侯之上。唐以後皆廢。見通典三一職官十三歷代王侯封爵。

【鄉俗】鄉土風俗。漢賈誼新書胎教："毋取於名山通谷，毋悖於鄉俗。"唐孟浩然集四同張將薊門看燈詩："異俗非鄉俗，新年改故年。"

【鄉約】㊀鄉人共守之約。宋史三四〇呂大防傳："關中言禮學者推呂氏。嘗爲鄉約曰：'凡同約者，德業相勸，過失相規，禮俗相交，患難相邮。'"㊁明清時鄉中小吏。由知縣任命，負責傳達政令、調解糾紛。儒林外史六："族長嚴振先，乃城中十二都的鄉約。"

【鄉貢】唐代取士之法，出自學館者稱"生徒"，出自州縣者稱"鄉貢"，由天子自詔者稱"制舉"。宋以方州貢士，自元以後皆以行省選貢士，亦通稱鄉貢。參閲唐韓愈昌黎集二十贈張童子序、新唐書選舉志上。

【鄉原】外博謹愿之名，實與流俗合污的僞善者。論語陽貨："鄉原，德之賊也。"孟子盡心下："萬子曰：一鄉皆稱原人焉，無所往而不爲原人，孔子以爲'德之賊'，何哉？曰：非之無舉也，刺之無刺也，同乎流俗，合乎污世，居之似忠信，行之似廉絜，衆皆悦之，自以爲是，而不可與入堯舜之道，故曰：'德之賊'也。"原，也作"愿"。漢徐幹中論考僞："鄉愿亦無殺人之罪也，而仲尼惡之，何也？以其亂德也。"

【鄉校】鄉學。左傳襄三一年："鄭人遊於鄉校，以論執政。然明謂子産曰：毁鄉校，何如？子産曰：何爲？夫人朝夕退而游焉，以議執政之善否。其所善者，吾則行之；其所惡者，吾則改之。是吾師也，若之何毁之？"

【鄉書】㊀周禮地官鄉大夫："三年則大比，攷其德行道藝。……鄉老及鄉大夫羣吏，獻賢能之書于王。王再拜受之，登于天府。"原指登賢之書，後以謂鄉試中式。宋史三八九張孝祥傳："年十六，領鄉書，再舉冠里選。"㊁指家信。全唐詩一一五王灣次北固山下："鄉書何處達，歸雁洛陽邊。"唐韋莊浣花集一章臺夜思詩："鄉書不可寄，秋雁又南迴。"

【鄉射】古以射選士，其制有二：一爲州長於春秋兩季以禮會民，射於州之學校；二爲鄉大夫三年大比，獻賢能之書於王，行鄉射之禮。射禮前皆先行鄉飲酒禮。儀禮有鄉射禮篇。

【鄉師】周代官名。周禮地官鄉師："鄉師之職，各掌其所治鄉之教而聽其治。"注："聽，謂平察之。"荀子王制："以時順修，使百姓順命，安樂處鄉，鄉師之事也。"注："鄉師，公卿也。周禮：鄉老，二鄉公一人；鄉大夫，每鄉卿一人。"

【鄉望】鄉中有聲望之人。梁書韋叡傳："初，高祖(蕭衍)敕(曹)景宗曰：'韋叡，卿之鄉望，宜善敬之。'"北史蘇綽傳附蘇椿："十四年，置當州鄉師，自非鄉望允當衆心者不得預焉。"

【鄉$_2$隅】同"向隅"。漢書刑法志："古人有言：滿堂而飲酒，有一人鄉隅而悲泣，則一堂皆爲之不樂。"後以謂失望之狀。參見"向隅"。

【鄉貫】籍貫，本貫。唐白居易長慶集四十答盧虔謝賜男從史德政碑文并移貫屬京兆表："昨又請移鄉貫，願隸京邑。"新唐書選舉志上："(大和)八年宰相王涯以爲禮部取士，乃先以牓于中書，非至公之道。自今一委有司，以所試雜文、鄉貫、三代名諱，送中書門下。"

【鄉國】㊀本國。吳越春秋勾踐入臣外傳："吾已絶望，永辭萬民，豈料再還，重復鄉國。"㊁家鄉。唐韓愈昌黎集三憶昨行和張十一詩："眼中了了見鄉國，知有歸日眉方開。"

【鄉評】漢許劭與兄靖好共評論鄉里人物，每月輒更其品題，時人謂之月旦評。

後通稱鄉黨的評論爲鄉評。宋曾鞏元豐類稿五送豐稷詩："精微自得有天質，操行秀出存鄉評。"參見"月旦評"。

【鄉試】科舉時代，每三年，各省集士子於省城，朝廷選派正副主考官，試四書、五經、策問、八股文等，謂之鄉試。中式者稱舉人。見續文獻通考三五選舉二舉士。

【鄉寧】縣名。屬山西省。漢臨汾縣地。北魏分置泰平縣，後又分泰平縣置昌寧縣。隋屬汾州，唐屬慈州。五代後唐諱"昌"，改爲鄉寧。元初省，尋復置。明清均屬平陽府。見讀史方輿紀要四一平陽府。

【鄉豪】㊀官名。梁書武帝紀中天監七年二月："詔於州郡縣置州望、郡宗、鄉豪各一人，專掌搜薦。"㊁鄉中豪紳。列子楊朱："昔人有美戎菽，甘枲莖芹萍子者，對鄉豪稱之。鄉豪取而嘗之。"注："鄉豪，里之貴者。"晉書習鑿齒傳："習鑿齒字彥威，襄陽人也，宗族富盛，世爲鄉豪。"

【鄉塾】鄉間私塾。藝文類聚十四南朝梁任昉齊明帝謚議："巖廊有縉紳之談，鄉塾無橫議之士。"又五三劉孝儀爲江僕射禮薦士表："鄉塾染其丹采，朋友扣其洪鍾。"

【鄉閭】即鄉里。管子幼官："修鄉閭之什伍，量委積之多寡。"幼官圖作"鄉里"。後漢書七九下樓望傳："操節清白，有稱鄉閭。"

【鄉論】禮王制："命鄉論秀士，升之司徒，曰選士。"謂由鄉大夫論量考核以舉士。後也指鄉評。晉書三六衛瓘傳："鄉邑清議，不拘爵位，褒貶所加，足以勸勵，猶有鄉論餘風。"

【鄉鄰】猶鄉里。孟子離婁下："鄉鄰有鬭者，被髮纓冠而往救之，則惑也。"晉書陶潛傳："潛少懷高尚，博學善屬文，穎脫不羈，任真自得，爲鄉鄰之所貴。"

【鄉₂導】帶路者。即"嚮導"。孫子軍爭："不用鄉導者，不能得地利。"三國志魏田疇傳："太祖(曹操)令疇將其衆爲鄉導，上徐無山，出盧龍，歷平岡。"

【鄉親】鄉里親故。晉書魏舒傳："姿望秀偉，飲酒石餘，而遲鈍質朴，不爲鄉親所重。"後泛稱同鄉爲鄉親。全唐詩六四九方干收兩京後還上都兼訪一二親故："天涯將野服，闕下見鄉親。"

【鄉學】地方所辦學校。禮學記"古之教者，家有塾，黨有庠，術有序，國有學"唐孔穎達疏："鄉學曰庠。"文獻通考四十學校一："夏曰校，殷曰序，周曰庠。"注："校、序、庠皆鄉學。"

【鄉₂學】銳意求學。漢書五八兒寬傳："異日，(張)湯見上。問曰：'前奏非俗吏所及，誰爲之者？'湯言兒寬。上曰：'吾固聞之久矣。'湯由是鄉學。"

【鄉舉】鄉里舉薦。漢書六十杜周傳附杜欽："必鄉舉求窈窕，不問華色。"注："鄉舉者，博問鄉里而舉之也。"漢戚伯著碑："子孫孝弟篤學，應鄉舉上選。"(隸釋十二)參見"鄉舉里選"。

【鄉薦】唐代應進士試，由州縣地方官薦舉，稱鄉薦。全唐文八一五顧雲上池州衛郎中啓："自隨鄉薦，便託門牆。"後稱鄉試中式爲"鄉薦"。宋王禹偁小畜集八送舍弟赴舉因寄兩制諸大僚詩："全家送爾隨鄉薦，試向朝端獻此詩。"

【鄉闈】鄉試試院。元丁鶴年集四題宋貢士袁庸死節傳後詩："始獲鄉闈薦，俄驚國祚傾。"又魯貞桐山老農集四挽程思齋詩："作賦鄉闈曾奏捷，修文地下是新除。"

【鄉關】指故鄉。梁書元帝紀徐陵勸進表："瞻望鄉關，誠均休戚。"河嶽英靈集中崔顥黃鶴樓："日暮鄉關何處在，煙波江上使人愁。"才調集八在作"是"。

【鄉黨】猶鄉里。論語鄉黨："孔子於鄉黨，恂恂如也，似不能言者。"禮曲禮上："故州閭鄉黨稱其孝也。"注："周禮，二十五家爲閭，四閭爲族，五族爲黨，五黨爲州，五州爲鄉。"

【鄉儺】論語鄉黨："鄉人儺，朝服而立阼階。"儺，古代驅除疫神之祭。泛指鄉間的迎神賽會。宋陸游劍南詩稿三四歲暮："太息兒童癡過我，鄉儺雖陋亦爭看。"

【鄉大夫】周代官名。地官之屬。掌鄉之政教禁令。見周禮地官鄉大夫。

【鄉先生】年老辭官居鄉的人。儀禮士冠禮："奠摯見於君，遂以摯見於鄉大夫鄉先生。"注："鄉先生，鄉中老人，爲卿大夫致仕者。"又鄉飲酒禮："主人就先生而謀賓介。"注："先生，鄉中致仕者。……古者年七十而致仕，老於鄉里，大夫名曰父師，士名曰少師，而教學焉。"

【鄉先達】鄉間有名望的前輩。明沈周客座新聞胡忠安公格言："毘陵白司寇昂爲進士時，往候鄉先達大宗伯胡忠安公譚，間問處世之要。忠安曰：'多栽桃李，少種荊棘。'"

【鄉飲酒】古之鄉學，三年業成，考其德藝，以其賢者能者薦升於君。時由鄉大夫作主人，爲之設宴送行，待以賓禮，飲酒酬酢，皆有儀式，稱鄉飲酒禮。儀禮有鄉飲酒禮篇。後世由地方官設宴招待應舉之士，謂之"賓興"，本此。參閱宋史禮志十七。

【鄉賢祠】東漢孔融爲北海相，以甄士然祀於社。此稱鄉賢之始。明清時凡有品學爲地方所推重者，死後由大吏題請祀於其鄉，入鄉賢祠，春秋致祭。參閱明會典九三奉祀三有司祀典上、清梁章鉅稱謂錄二五故紳鄉賢。

【鄉里夫妻】廝守不分離的夫妻。明楊慎升菴詩話三鄉里夫妻："俗語云：'鄉里夫妻，步步相隨。'言鄉不離里，如夫不離妻也。"參見"鄉里㊃"。

【鄉飲耆賓】清制，每歲由各州縣遴訪年高有聲望的士紳，一人爲賓，次爲介，又次爲衆賓，詳報督撫，舉行鄉飲酒禮。所舉賓介姓名籍貫，造册報部，稱爲鄉飲耆賓。倘鄉飲後，間有過犯，則詳報褫革，咨部除名，並將原舉之官議處。參閱清會典事例四〇六禮部鄉飲酒禮。

【鄉壁虛造】憑空杜撰。說文解字敍："而世人大共非訾，以爲好奇者也，故詭更正文，鄉壁虛造不可知之書，變亂常行，以耀於世。"清段玉裁注："此謂世人不信壁中書爲古文，非毀之，謂好奇者改易正字，向孔氏之壁，憑空造此不可知之書，指爲古文。"後多作"向壁虛構"。

【鄉舉里選】古代取士之法。或經鄉試選拔，或就鄉里中考察推薦。後漢書章帝紀建初元年詔："夫鄉舉里選，必累功勞，今刺史守相，不明眞僞，茂才孝廉，歲以百數，既非能顯而當授之政事，甚無謂也。"

【鄉黨圖考】清江永撰。十卷。取經傳中制度名物，證論語鄉黨篇之義，分圖譜、聖蹟、朝聘、宮室、衣服、飲食、器用、容貌、雜典九類，進行考核，根據詳明。其中對深衣、車制以及宮室諸條，尤爲精審。

十畫

鄗 1. hào 胡老切，上，晧韻，匣。
2. ㄏㄠ 呵各切，入，鐸韻，曉。

㊀地名。1. 周武王之都。通"鎬"。故地在今陝西西安市西南。荀子王霸："湯以亳，武王以鄗，皆百里之地也。"2. 春秋晉邑。戰國入趙，漢爲侯國。光武在此即位，因避諱，改名高邑。故地在今河北柏鄉縣北。見左傳哀四年。3. 春秋齊地。公羊傳桓十五年："公會齊侯于鄗。"左傳

作"艾"，穀梁傳作"蒿"。故地在今山東蒙陰縣北。

2. qiāo 口交切，平，肴韻，溪。ㄑㄧㄠ

㊁山名。在今河南滎陽縣西北。左傳宣十二年："晉師在敖鄗之間。"

3. jiāo ㄐㄧㄠ

㊂通"郊"。春秋晉地。史記秦紀："取王官及鄗，以報殽之役。"左傳文三年作"郊"。故地在今山西省南部。

【鄗池】池名。卽鎬池。古文苑十八漢樊毅修西嶽廟記："秦違其典，璧遺鄗池，二世以亡。"參見"鎬池"。

鄐 chù 丑六切，入，屋韻，徹。ㄔㄨˋ

地名。左傳襄二六年："雍子奔晉，晉人與之鄐。"注："鄐，晉邑。"地在今河南温縣附近。

【鄐君褒斜道碑】漢碑名。漢明帝時，漢中太守鄐君開通褒斜道所刻，碑爲摩崖。在今陝西勉縣境(舊褒城)。其地崖壁斗峻，苔蘚阻深。宋昭熙末，南鄭令晏袤始爲文記其事，並釋文，刻摩崖後。至清，畢沅王昶始爲之著録。字經三四寸，體介篆隸之間，古樸渾穆，甚方整而長短廣狹不一。見金石萃編五漢一。

鄍 míng 莫經切，平，青韻，明。ㄇㄧㄥˊ

春秋虞邑。左傳僖二年："冀爲不道，入自顛軨，伐鄍三門。"地在今山西平陸縣境。

鄑 zī jìn 卽移切，平，支韻，精。ㄗ ㄐㄧㄣˋ 集韻 卽刃切，去，稕韻。

地名。1.春秋紀邑。春秋莊元年："齊師遷紀郱、鄑、郚。"在今山東昌邑縣西北。2.春秋魯地。春秋莊十一年："公敗宋師于鄑。"注："鄑，魯地。"按當在今山東西南部。

鄏 rǔ 而蜀切，入，燭韻，日。ㄖㄨˇ

見"郟鄏"。

鄖 yún 王分切，平，文韻，于。ㄩㄣˊ

㊀春秋國名。爲楚所滅。左傳桓十一年："鄖人軍於蒲騷。"注："鄖國，在江夏，雲杜縣東南有鄖城。"故地在今湖北安陸縣。㊁地名。1.春秋衛邑。左傳哀十一年："使處巢，死焉，殯於鄖，葬於少禘。"2.春秋吴地。春秋哀十二年："秋，公會衛侯、宋皇瑗於鄖。"注："鄖，發揚也。"故地在今江蘇如皋縣東。

【鄖城】春秋鄖國都城。楚昭王十年，吴入郢，昭王逃雲夢走鄖，卽此。晉太元八年，苻堅大舉伐晉，慕容垂進拔鄖城卽此。因鄖水爲名。故地在今湖北安陸縣境。參閲史記楚世家、讀史方輿紀要七七德安府安陸縣。

【鄖陽】府名。明置，清因之。府治鄖縣。公元1912年裁府留縣。參閲讀史方輿紀要七九鄖陽府。參見"鄖縣"。

【鄖縣】縣名。屬湖北省。本古鄖子國。漢爲鄖關，屬漢中郡。晉置鄖鄉縣。隋唐屬均州，宋因之。元至元十四年改今名。明初亦屬均州，成化中爲鄖陽府治，清因之。參閲讀史方輿紀要七九鄖陽府。

【鄖溪集】宋鄭獬撰。原本五十卷，久佚。清乾隆間從永樂大典輯成三十卷。宋史本傳稱獬文豪偉峭整，議論剴切，精練民事，與唐皇甫湜文相似。

鄒 zōu 側鳩切，平，尤韻，莊。ㄗㄡ

㊀春秋邾國，戰國時爲騶。漢置騶縣，屬魯國。唐爲鄒縣，歷代因之。㊁姓。戰國時有鄒忌、鄒衍，漢有鄒陽。見元和姓纂五尤。

【鄒山】卽嶧山。在今山東鄒縣境。見"嶧山1"。

【鄒平】縣名。屬山東省。漢置梁鄒鄒平二縣，屬濟南郡。晉永嘉之亂，縣廢。隋開皇十八年改平原縣爲鄒平縣，復漢舊名。歷代相因。明清皆屬濟南府。見太平寰宇記十九淄州。

【鄒枚】漢代鄒陽和枚乘。水經注二四睢水："梁王與鄒枚司馬相如之徒，極遊于其上(平臺)。"兩人皆以才辯著名當時，後因作才辯之士的通名。唐高適高常侍集四酬龐十兵曹詩："懷賢想鄒枚，登高思荆棘。"

【鄒查】語聲。宋辛棄疾南渡録："是日申刻，有北兵三百餘人，首領見澤利，下馬作禮，言語鄒查，不可辨。"

【鄒衍】戰國齊臨淄人。史記作騶衍。深觀陰陽消息，作怪迂之變，著終始、大聖等篇，共十餘萬言，皆閎大不經。主時世盛衰興亡，皆隨金木水火土五德爲轉移，又以中國爲赤縣神州，内自有九州，外有裨海環之。如此者九。歷遊各國，至燕，昭王築碣石宫師事之。見史記七四孟軻傳。漢書藝文志陰陽家著録鄒子四十九篇、鄒子終始五十六篇，皆不傳。參見"五德㊀"、"大九州"。

【鄒律】指鄒衍吹律事。列子湯問："微矣子之彈也！雖師曠之清角，鄒衍之吹律，亡以加之。"注："北方有地，美而寒，不生五穀。鄒子吹律煖之，而禾黍滋也。"唐羅隱甲乙集十東歸别所知詩："鄒律有風吹不變，郄枝無分住應難。"

【鄒馬】指漢代鄒陽和司馬相如。南齊謝朓謝宣城集一擬宋玉風賦："鄒馬之賓咸至，申穆之體已酬。"後作爲文士的通名。唐李商隱李義山詩集五贈趙協律晳："已叨鄒馬聲華末，更共劉盧族望通。"

【鄒屠】複姓。舊題晉王嘉拾遺記："帝嚳之妃，鄒屠氏之女也。軒轅去蚩尤之凶，遷其民善者於鄒屠之地，遷惡者於有北之鄉。其先以地命族，後分爲鄒氏屠氏。"

【鄒搜】貌不揚，委瑣不開闊。宋羅大經鶴林玉露十："(安)子文盡室出蜀，嘗自贊云：面目鄒搜，行步蹣躞。"朱子語類八三春秋："公羊説得弘大，……穀梁雖精細，但有些鄒搜狹窄。"

【鄒陽】漢臨淄人。以文辯知名。初從吴王濞。吴王謀起兵，陽上書諫，不聽，遂去，投梁孝王。以見讒於羊勝、公孫詭，下獄。將死，上書自陳冤屈，獲釋後，爲梁孝王上客。史記八三、漢書五一有傳。

【鄒談】史記七四荀卿傳："騶衍之術迂大而閎辯；奭也文具難施；……故齊人頌曰：'談天衍，雕龍奭。'"後以"鄒談"喻善辯。全唐詩六一李嶠夏晚九成宫呈同僚："枚藻清詞律，鄒談耀辯鋒。"文苑英華三一一談作"譚"，同。

【鄒魯】莊子天下："其在於詩書禮樂者，鄒魯之士搢紳先生多能明之。"鄒，孟子故鄉；魯，孔子故鄉。鄒魯喻指文化昌盛之地。北周庾信庾子山集一哀江南賦："于時朝野歡娱，池臺鐘鼓，里爲冠蓋，門成鄒魯。"

【鄒縣】縣名。屬山東省。本春秋邾地，漢置騶縣。晉爲鄒縣，明清皆屬兗州府。參閲讀史方輿紀要三二兗州府。

【鄒嶧】山名。亦名邾嶧山、鄒山。在今山東鄒縣東南。秦始皇二十八年，東行郡縣，登鄒嶧山，與魯諸生議，刻石頌秦德，議封禪，卽此。見史記秦始皇紀。

【鄒纓】指鄒君服纓斷纓事。韓非子外儲説左上："鄒君好服長纓，左右皆服長纓，甚貴，鄒君患之，問左右，左右曰：'君好服，百姓亦多服，是以貴。'君因先自斷其纓而出，國中皆不服長纓。"後用爲風氣隨人主喜惡而轉移之典。南史儒林傳論："語云：'上好之，下必有甚焉者。'

是以鄒纓齊紫，且以移俗。"

【鄒一桂】公元1686—1772年。清江蘇武進人。字原褒，號小山。晚號二知老人。雍正五年進士，官至禮部侍郎。畫工花卉，繼承惲格畫法，曾作百花卷，每花題一詩。著有洋菊譜、小山畫譜。

【鄒元標】公元1551—1624年。明吉水人。字爾瞻，號南皐。萬曆五年進士，官刑部右侍郎。因責張居正奪情，被廷杖，謫戍都勻衛。居正死，召拜給事中。上書論時政六事，又被謫南京，遂回鄉講學，從游日衆。光宗立，累官至左都御史，與馮從吾建首善書院，集衆講學。魏忠賢當權，傳旨謂宋室滅亡，由於講學，因辭歸，卒於家。謚忠介。有願學集。明史有傳。

【鄒守益】公元1491—1562年。明安福人，字謙之。正德六年進士第一，授翰林院編修。次年歸，講學於贛州。世宗時，始赴官。因進諫，謫廣德州判，建復初書院，講授其間。遷南京禮部郎中、國子祭酒。又因進諫落職。回鄉講學。學者稱東廓先生。謚文莊。著有東廓集十二卷。明史載儒林傳。

鄎 xī ㄒㄧ 相即切，入，職韻，心。

㊀春秋齊地。左傳哀十年："公會吳子邾子郯子伐齊南鄙，師于鄎。"㊁周諸侯國名。說文："鄎，姬姓之國，在淮北，从邑息聲，今汝南新鄎。"鄎也作"息"。其地在今河南息縣境。見"息㊇"。

鄔 wū ㄨ 哀都切，平，模韻，影。
ㄨ 安古切，上，姥韻，影。

㊀地名。1.春秋鄭地。周桓王取鄔之田于鄭，即此。見左傳隱十一年。在今河南偃師縣。2.春秋晉地。左傳昭二八年："司馬彌牟爲鄔大夫。"在今山西介休縣。㊁姓。晉大夫鄔臧之後，食邑於鄔，因以爲氏。見通志二七氏族三以邑爲氏。

十一畫

鄣 1. zhāng ㄓㄤ 諸良切，平，陽韻，照。

㊀春秋國名。春秋莊三十年："七月，齊人降鄣。"注："鄣，紀附庸國。"東漢時稱章城，屬無鹽縣。見後漢書郡國志三東平國。故地在今山東東平縣東。

2. zhàng ㄓㄤˋ

"障"的本字。㊀阻塞。國語周上："王喜，告召公曰：'我能弭謗矣，乃不敢言。'召公曰：'是鄣之也，防民之口，甚於防川。"㊁屏障。設置要塞。戰國策韓一："料大王之卒，悉之不過三十萬，……爲除守徼亭鄣塞，見卒不過二十萬而已矣。"

【鄣₂泥】見"障泥"。

【鄣₂扇】扇名。宋書江夏王義恭傳："有司奏曰：……鄣扇不得雉尾，劍不得鹿盧形。"

【鄣氣】瘴氣。三國志魏公孫瓚傳："日南鄣氣，或恐不還。"文選南朝宋鮑明遠(照)苦熱行："鄣氣晝熏體，菵露夜沾衣。"參見"瘴氣"。

【鄣郡】戰國時楚地。秦置郡。元帝元封二年更名丹陽郡。今江蘇南部茅山以西，安徽省長江以南，浙江省新安江以北，皆其地。治所在鄣，今浙江長興縣西南有故鄣城。參閱嘉慶一統志表江蘇、安徽、浙江。

【鄣₂衛】障蔽護衛。新唐書一〇九竇懷貞傳："俄而禁中寶扇鄣衛，有衣翟衣出者。"

【鄣₂蔽】屏障，遮隔。漢書六四上嚴助傳淮南王安上書："臣安幸得爲陛下守藩，以身爲鄣蔽，人臣之任也。"漢王充論衡說日："儒者曰：……夏時陽氣多，陰氣少，陽氣光明，與日同耀，故日出輒無鄣蔽。"

【鄣₂日山】山名。位於山東諸城縣東南。水經注二六濰水："(密)水有二源，西源出奕山，亦曰鄣日山。山勢高峻，隔絕陽曦。"參閱嘉慶一統志一七〇青州府。

鄘 yōng ㄩㄥ 餘封切，平，鍾韻，喻。

㊀周國名。武王克商，分京師地爲三國，即詩經中之邶鄘衛。武王死，武庚畔，周公乃盡以其地封弟康叔，而遷邶鄘之民於雒邑。故地在今河南汲縣境。參閱宋王應麟詩地理考一。㊁城。通"墉"。左傳昭二一年："六月，庚午，宋城舊鄘及桑林之門而守之。"注："舊鄘，故城也。"釋文："鄘音容，本亦作墉。"

鄜 fū ㄈㄨ 芳無切，平，虞韻，滂。

地名。見下。

【鄜州】禹貢雍州之域，春秋時白翟國。漢爲上郡雕陰縣地。後魏廢帝二年改爲鄜州，因春秋時秦文公立鄜畤爲名。隋改鄜城郡，唐復爲鄜州。歷代相因，公元1913年改縣，1964年改爲富縣。屬陝西省。參閱太平寰宇記三五鄜州。

【鄜畤】秦文公祭白帝之地。史記封禪書："文公夢黃蛇自天下屬地，其口止於鄜衍。文公問史敦，敦曰：'此上帝之徵，君其祠之。'於是作鄜畤，用三牲郊祭白帝焉。"其地在今陝西洛川縣東南。

鄠 hù ㄏㄨˋ 侯古切，上，姥韻，匣。

地名。漢書地理志上："右扶風……鄠，古國。有扈谷亭。扈，夏啓所伐。"參見"鄠縣"。

【鄠杜】鄠縣杜陵。杜陵，漢宣帝陵墓。漢書地理志下："故秦地……有鄠杜竹林。"唐劉禹錫劉夢得集四題王郎中宣義里新居詩："愛君新買街西宅，客到如遊鄠杜間。"

【鄠縣】縣名，屬陝西省。夏扈國，殷爲崇國，文王伐崇，即此。秦爲鄠邑，漢初置縣，屬右扶風。歷代因之，明清皆屬西安府。公元1964年改户縣。參閱太平寰宇記二六雍州。

鄢 yān ㄧㄢ 於乾切，平，仙韻，影。

㊀地名。春秋鄭邑。左傳隱元年："鄭伯克段于鄢。"即此。故地在今河南鄢陵縣境。參見"鄢陵㊀"。㊁水名。左傳桓十三年："楚屈瑕伐羅……及鄢，亂次以濟。"注："鄢水，在襄陽宜城縣，入漢。"楚師濟渡之處，在今湖北宜城縣境。㊂姓。春秋時，衛有大夫鄢武子，名肸。見左傳哀十六年。

【鄢陵】㊀縣名。屬河南省。春秋鄭邑。春秋成十六年："晉侯及楚子、鄭伯，戰于鄢陵。"即此。戰國謂之安陵。漢置鄢陵縣，屬潁川郡。北齊省入許昌，隋開皇十六年復置。宋至清皆屬開封府。參閱太平寰宇記二東京下。㊁春秋莒邑。左傳文七年："穆伯如莒涖盟，且爲仲逆。及鄢陵，登城見之，美。"注："鄢陵，莒邑。"周爲莒子國，後屬楚，戰國屬齊。其地即今山東莒縣。參閱嘉慶一統志一七七沂州府。

【鄢懋卿】明豐城人。嘉靖二十年進士。累官御史、大理少卿、左副都御史。見嚴嵩當權，深附之，爲嵩父子所暱，遂用爲兩浙、兩淮、長蘆、河東鹽政總理。所至市權納賄。歲時饋贈嚴氏及諸權貴，不可勝紀。及嵩敗，被劾落職，後戍邊。明史三〇八有傳。

鄚 mò ㄇㄛˋ 慕各切，入，鐸韻，明。

地名。見下。

【鄚縣】戰國燕鄚邑。漢置鄚縣，初屬涿郡，後改屬河間國。北魏及隋，屬河間郡。唐改鄚州，開元十三年改鄚爲莫。宋廢入任丘。金置莫亭縣。元復置莫州。明併入任丘縣。史記趙世家:"(惠文王)五年,與燕鄚、易。"即此。地在今河北任丘縣。參閱嘉慶一統志二一河間府一。

鄞 yín 語巾切,平,真韻,疑。
ㄧㄣˊ 語斤切,平,欣韻,疑。
春秋越邑。國語越上:"句踐之地……東至于鄞。"即此。故地在今浙江鄞縣境。

【鄞鄂】邊沿,楞坎。喻形體。漢魏伯陽參同契正文上:"經營養鄞鄂,凝神以成軀。"參見"垠堮"。

【鄞縣】縣名,屬浙江省。秦鄮縣地,漢置鄞縣。隋省入句章縣。五代梁復置,歷代因之。參閱嘉慶一統志二九一寧波府。

郪 qī 親吉切,入,質韻,清。
ㄑㄧ
春秋齊地。見說文。通"漆"。春秋襄二十一年:"邾庶其以漆閭邱來奔。"即此。故址在今山東鄒縣境。參閱嘉慶一統志一六六兗州府。

鄟 tuán 職緣切,平,仙韻,照。
ㄊㄨㄢˊ 度官切,平,桓韻,定。
市兗切,上,獮韻,禪。
春秋小國名。春秋成六年二月辛巳,取鄟,即此。公羊傳成六年謂爲邾婁邑名。故地在今山東郯城縣。

鄝 liǎo 盧鳥切,上,篠韻,來。
ㄌㄧㄠˇ
春秋國名。1.左傳桓十一年"(鄖人)將與隨絞州蓼伐楚師"唐陸德明釋文:"蓼,音了,本或作鄝,同。隨絞州蓼,四國名。"故地在今河南唐河縣南。2.左傳文五年"冬,楚子燮滅蓼"唐陸德明釋文:"字或作鄝,音同。"故地在今河南固始縣北。3.穀梁傳宣八年:"楚人滅舒鄝。"按:春秋作"舒蓼"。漢書地理志下:"蓼,故國,皋繇後,爲楚所滅。"故地在今安徽舒城縣南。

鄺 cuó 昨何切,平,歌韻,從。
ㄘㄨㄛˊ
縣名。漢蕭何封邑,屬沛郡。漢書地理志上"沛郡酇"注:"此縣本爲鄺。……中古以來,借酇字爲之耳。"故地在今河南永城縣西。參見"酇"。

鄤 màn 集韻 無販切,去,願韻。
ㄇㄢˋ
春秋鄭地。左傳成三年:"鄭公子偃帥師禦之,使東鄙覆諸鄤,敗諸丘輿。"地在今河南滎陽縣(舊汜水)境。

鄙 bǐ 方美切,上,旨韻,幫。
ㄅㄧˇ
㊀古代行政區劃單位。周禮地官遂人:"五家爲鄰,五鄰爲里,四里爲酇,五酇爲鄙。"㊁采邑,小邑。周禮天官大宰:"以八則治都鄙。"注:"都之所居曰鄙。都鄙,公卿大夫之采邑,王子弟所食邑。"㊂邊邑。春秋莊十九年:"冬,齊人、宋人、陳人伐我西鄙。"注:"鄙,邊邑。"也指郊外。國語齊:"昔者聖王之治天下也,參其國而伍其鄙。"注:"國,郊以內也。……鄙,郊以外也。"㊃質朴,鄙陋。莊子胠篋:"焚符破璽,而民朴鄙。"左傳莊十年:"肉食者鄙,未能遠謀。"㊄輕視。書大誥:"予復,反鄙我周邦。"參見"鄙夷"、"鄙薄"。㊅自謙之詞。戰國策齊一:"客曰:鄙臣不敢以死爲戲。"

【鄙人】㊀邊鄙之人。荀子非相:"楚之孫叔敖,期思之鄙人也。"注:"鄙人,郊野之人也。"史記六八商君傳:"夫五羖大夫,荊之鄙人也。"㊁鄙陋之人。莊子應帝王:"無名人曰:去,汝鄙人也。何問之不豫也。"參閱唐顏師古匡謬正俗八鄙人。㊂自謙之詞。史記一一七司馬相如傳難蜀父老書:"今割齊民以附夷狄,弊所恃以事無用,鄙人固陋,不識所謂。"宋書蒯恩傳:"命朝士與之交,恩益自謙損,與人語常呼位官,而自稱爲鄙人。"

【鄙夫】鄙陋淺薄之人。論語陽貨:"子曰:鄙夫可與事君哉?其未得之患得之,既得之患失之。"也用作謙詞。文選漢張平子(衡)東京賦:"鄙夫寡識,而今而後,乃知大漢之德馨,咸在於此。"

【鄙夷】唐韓愈昌黎集三一柳州羅池廟碑:"柳侯爲州,不鄙夷其民,動以禮法。"鄙與夷連文對舉,不鄙夷言不以爲鄙爲夷而賤視之。後來以鄙夷通指賤視。

【鄙老】老者自謙之詞。晉書王接傳馮收與河東太守劉原薦接書:"伏惟明府……求賢與能,小無遺錯,是以鄙老思獻所知。"

【鄙言】㊀鄙陋之言。漢書六二司馬遷傳贊"辨而不華,質而不俚"注引如淳:"言雖質,猶不如閭里之鄙言也。"不如,謂不像。宋書臨川王義慶傳附鮑照:"上好爲文章,自謂物莫能及,照悟其旨,爲文多鄙言累句,當時咸謂照才盡,實不然也。"㊁自謙之詞。後漢書二四馬援傳:"援謂黃門郎梁松、竇固曰:'凡人爲貴,當使可賤,如卿等欲不可復賤,居高堅自持,勉思鄙言。'"

【鄙吝】淺俗、計較得失之念。後漢書五三黃憲傳:"同郡陳蕃周舉常相謂曰:'時月之間不見黃生,則鄙吝之萌復存乎心。'"又見世說新語德行。今多指嗇於用財。

【鄙近】淺近。南朝梁鍾嶸詩品上:"(晉阮籍詠懷詩)可以陶性靈,發幽思。言在耳目之內,情寄八荒之表,洋洋乎會於風雅,使人忘其鄙近,自致遠大。"

【鄙事】卑賤之事。論語子罕:"吾少也賤,故多能鄙事。"宋歐陽修文忠集九留題齊州舜泉詩:"耕田浚井雖鄙事,至今遺迹存依然。"

【鄙耇】山野老人。多用作謙詞。耇本作"耇"。漢書七三韋賢傳附韋孟詩:"我雖鄙耇,心其好而。"後漢書五二崔駰傳慰志賦:"分畫定而計決兮,豈云賁乎鄙耇。"

【鄙陋】㊀庸俗淺薄。漢書六六楊惲傳報孫會宗書:"言鄙陋之愚心,若逆指而文過。"㊁醜陋。吳越春秋勾踐陰謀外傳:"不以鄙陋寢容,願以供箕帚之用。"北齊顏之推顏氏家訓雜藝:"北朝喪亂之餘,書迹鄙陋,加以專輒造字,猥拙甚於江南。"

【鄙背】粗俗悖理。漢桓寬鹽鐵論毀學:"今人主張官立朝以治民,疏爵分祿以褒賢,而曰懸門腐鼠,何辭之鄙背而悖於所聞也。"參見"鄙倍"。

【鄙俚】粗俗。文選晉左太沖(思)魏都賦:"非疏糲之士所能精,非鄙俚之言所能具。"南朝梁劉勰文心雕龍書記:"夫文辭鄙俚,莫過於諺,而聖賢詩書,採以爲談。"

【鄙袒】即汗衣。釋名釋衣服:"汗衣,近身受汗垢之衣也。詩謂之澤,受汗澤也。或曰鄙袒,或曰羞袒,作之用六尺,裁足覆胸背,言羞鄙於袒而衣此耳。"

【鄙笑】鄙薄,恥笑。新唐書一〇九楊再思傳:"(張)易之兄司禮少卿同休,請公卿宴其寺,酒酣,戲曰:'公面似高麗。'再思欣然,翦穀綴巾上,反披紫袍,爲高麗舞,舉動合節,滿座鄙笑。"

【鄙倍】鄙陋背理。倍,通"背"。論語泰伯:"君子所貴道者三:動容貌,斯遠暴慢矣;正顏色,斯近信矣;出辭氣,斯遠鄙倍矣。"三國志吳張溫傳:"溫至蜀,詣闕拜章曰:'……軍事興煩,使役乏少,是以忍鄙倍之羞,使下臣溫通致情好。'"

【鄙師】官名。周禮地官之屬,位次縣正。周制每縣五鄙,鄙師掌其鄙之政令祭祀。

【鄙野】㊀鄉野之地。戰國策齊四:"今夫士之高者,乃稱匹夫,徒步而處農畝,下則鄙野監門閭里,士之賤也亦甚矣。"注:"五酇爲鄙,郊外曰野,亦所處也。"㊁

粗野。宋書王微傳報何偃書:"然復自怪鄙野,不參風流,未有一介熟悉於事,何用獨識之也。"

【鄙累】鄙俗,累贅。三國魏嵇康嵇中散集一答二郭詩之二:"遺物棄鄙累,逍遥遊太和。"

【鄙詐】貪鄙詐僞。禮學記:"心中斯須不和不樂,而鄙詐之心入之矣。"注:"鄙詐入之,謂利欲生。"

【鄙語】猶俗語。戰國策楚四:"莊辛對曰:'臣聞鄙語曰:見兔而顧犬,未爲晚也;亡羊而補牢,未爲遲也。'"史記七六平原君傳論:"鄙語曰'利令智昏',平原君貪馮亭邪説,使趙陷長平兵四十餘萬衆,邯鄲幾亡。"

【鄙賤】㊀卑賤。荀子樂論:"樂姚冶以險,則民流僈鄙賤矣。流僈則亂,鄙賤則爭。"㊁謙詞。史記八一廉頗藺相如傳:"鄙賤之人,不知將軍寬之至此也。"

【鄙諺】諺語。韓非子説林下:"以管仲之聖而待鮑叔之助,此鄙諺所謂'虜自賣裘而不售,士自譽辯而不信'者也。"史記六九蘇秦傳:"臣聞鄙諺曰:'寧爲雞口,無爲牛後。'"

【鄙樸】簡陋樸素。史記絳侯周勃世家論:"絳侯周勃始爲布衣時,鄙樸人也。"也作"鄙朴"。北齊顔之推顔氏家訓勉學:"江南閭里間士大夫或不學問,羞爲鄙朴,道聽塗説,強事飾辭。"

【鄙儒】識見褊淺的儒生。史記七四荀卿傳:"荀卿疾濁世之政亡國亂君相屬,……鄙儒小拘如莊周等又猾稽亂俗,於是推儒墨道德行事興壞,序列著數萬言而卒。"漢書四三叔孫通傳:"魯有兩生不肯行,……通笑曰:'若真鄙儒,不知時變。'"

【鄙駭】獸奔貌。後漢書六十上馬融傳廣成頌:"山敦雲移,羣鳴膠膠,鄙駭譟讙,子野聽聳,離朱目眩。"注:"鄙駭,獸迅貌也。"參見"駭駭"。

【鄙薄】㊀卑下,微薄。後漢書六十上馬融傳廣成頌:"淺陋鄙薄,不足觀省。"㊁嫌惡,輕視。南朝梁鍾嶸詩品下:"齊雍州刺史張欣泰、梁中書郎范縝、欣泰子真,並希古勝文,鄙薄俗製,賞心流亮,不失雅宗。"

鄘 1. pěng 普等切,上,等韻,滂。ㄆㄥˇ

㊀古國名。穆天子傳一:"天子西征,至于鄘人。"㊁漢侯國。漢書高惠高后文功臣表有"鄘成侯"。其地在今陝西鄠縣境。

2. péi 薄回切,平,灰韻,並。ㄆㄟˊ

㊂鄉名。説文:"沛城父有鄘鄉,讀若陪。"清段玉裁注:"沛郡城父,見地理志。……今安徽潁州府亳州州東南七十里有故城父城是也。"

鄡 qiāo 苦幺切,平,蕭韻,溪。ㄑㄧㄠ

㊀地名。漢置鄡縣,後漢改爲鄡。後漢書光武紀:"光武擊銅馬于鄡。"即此。故址在今河北束鹿縣東。參閲嘉慶一統志十四保定府。㊁姓。史記有鄡單,字子家,孔子弟子。見史記六七仲尼弟子傳。

【鄡陽】縣名。漢置,屬豫章郡。三國吴屬鄱陽郡。南朝宋省。故地在今江西波陽縣(舊鄱陽)西北。參閲漢書地理志上、嘉慶一統志三一二饒州府。

鄛 cháo 鉏交切,平,肴韻,牀。ㄔㄠˊ

地名。見下。

【鄛鄉】地名。漢和帝封鄭衆爲鄛鄉侯。見後漢書七八鄭衆傳。故地在今河南新野縣。

十二畫

鄯 shàn 時戰切,去,線韻,禪。常演切,上,獮韻,禪。ㄕㄢˋ

見下。

【鄯州】州名。北魏初爲鄯善鎮,孝昌二年,改置鄯州。北周改爲樂都郡,隋大業初改爲西平郡。唐武德二年復稱鄯州。上元二年後入吐蕃。宋元符二年復置鄯州隴右節度。崇寧三年改鄯州爲西寧州。元因之,明改西寧衛,清雍正二年改置西寧府。故址在今青海西寧樂都一帶。見嘉慶一統志二六九西寧府一。

【鄯善】㊀古西域城國名。原名樓蘭,漢昭帝時稱鄯善,魏晉因之。隋置鄯善郡,唐時稱紐縛波,後没入沙漠。見漢書九六西域傳。故址在今新疆若羌縣境。㊁縣名。屬新疆維吾爾自治區。土名闢展,也作闢善。漢爲車師前廷,三國時爲車師國,晉爲高昌郡,北魏屬蠕蠕,唐爲柳中縣,宋入於遼,元爲魯古城地,明爲柳城,清光緒二十八年置縣。參閲嘉慶一統志五二二吐魯蕃。

【鄯闡】府名。唐天寶末南詔蒙氏置,五代及宋爲大理段氏地,元憲宗五年置鄯善萬户府,至元七年改爲路,十三年改鄯闡爲中慶。見嘉慶一統志四七六雲南府一。故址在今雲南昆明市。

鄭 zhèng 直正切,去,勁韻,澄。ㄓㄥˋ

㊀國名。本周西都畿内地。周宣王封季弟友(桓公)於此。在今陝西華縣境。其後犬戎殺周幽王,桓公死之,其子武公與晉文侯定平王於東都,武公遷居東都畿内,都新鄭,卽春秋之鄭國。戰國時爲韓所滅。見史記鄭世家。㊁見"鄭重"。㊂姓。系出姬姓。鄭既爲韓所滅,其子孫遷移陳宋間,以國爲姓。見元和姓纂九勁。

【鄭五】卽鄭綮。見"鄭綮"。

【鄭牛】東漢鄭玄兼通今古文,爲當時大儒。古諺有"鄭玄家牛,觸牆成八字"。唐白居易長慶集五六雙鸚鵡詩:"鄭牛識字吾常歎,丁鶴能歌爾亦知。"

【鄭玄】公元127—200年。東漢高密人,字康成。曾入太學習京氏易、公羊春秋及三統曆、九章算術。又從張恭祖受禮記、左傳、古文尚書等。後事扶風馬融。游學十餘年,回鄉後,聚徒講學,旋因黨事禁錮,遂杜門不出,刻意研經,遍注之,并著有天文七政論等書,共百餘萬言。弟子自遠方至者數千人。時孔融爲北海相,深敬之。告高密令爲特立一鄉,稱"鄭公鄉"。經學家稱鄭衆爲先鄭,因稱玄爲後鄭,亦曰鄭君。西漢儒生大都專治一經,至玄意主博通,遍注五經。其所著,今惟存毛詩箋,周禮、儀禮、禮記注,其易注及春秋之箴膏肓、發墨守、起廢疾,皆後人所輯佚書,已殘缺不全。清鄭珍撰鄭學録四卷,卷一爲傳注,二爲年譜,三爲書目,於玄生平及學術輯述甚詳。後漢書三五有傳。

【鄭旦】春秋越美女名,傳説與西施皆爲苧蘿山鬻薪者之女,越王勾踐得之,與西施同進於吴王夫差。見吴越春秋九勾踐陰謀外傳。

【鄭白】鄭渠與白渠。古代關中著名的水利工程。文選漢班孟堅(固)西都賦:"下有鄭白之沃,衣食之源。"參見"鄭渠"、"白渠"。

【鄭州】地名。周初管叔鮮封於此爲管國。秦時屬三川郡,漢屬河南郡。北周置滎州,隋開皇三年爲鄭州。唐初改爲管州,後復置。宋元明因之。公元1913年改鄭縣,公元1948年設鄭州市,屬河南省。參閲太平寰宇記九鄭州。

【鄭吉】公元?—49年。漢會稽人,卒伍從軍爲郎,數至西域。宣帝時,任侍郎,屯田渠犁。破車師,降日逐,累官衛司馬。爲西域都護,治烏壘城,都護之置自吉始。封安遠侯。漢朝號令行於西域，始於張騫，至吉而通行於全境。漢書七十有傳。

【鄭志】三國魏鄭小同撰。三卷。小同，漢鄭玄之孫。玄死之後，門人述其問答爲八篇，小同編次爲十一卷。原文久佚，有輯本。清皮錫瑞有鄭志疏證八卷。

【鄭均】漢任城人。字仲虞。兄爲縣吏，常受賄賂，均累諫不聽，出而爲傭，得錢帛歸以與兄，曰："物盡可復得，爲吏坐臧，終身捐棄。"兄感其言，遂以廉名。朝廷累徵，不就。建初六年，公車特徵，再遷尚書。後以病乞骸骨，拜議郎，告歸。章帝東巡至其家，賜尚書俸祿終其身，時號"白衣尚書"。後漢書二七有傳。

【鄭谷】㊀漢鄭子真隱居於雲陽谷口，成帝時大將軍王鳳禮聘之，不應，世號谷口子真。漢揚雄法言五問神："谷口鄭子真，不屈其志而耕乎巖石之下。"唐杜甫杜工部草堂詩箋二鄭駙馬宴洞中："自是秦樓壓鄭谷，時聞雜佩聲珊珊。"言駙馬富貴，非谷口貧賤之比。㊁唐袁州人。字守愚，光啟三年進士，官至都官郎中。少即爲司空圖所重，稱"當爲一代風騷主"。其鷓鴣詩聞名當時，時稱"鄭鷓鴣"。嘗從僖宗登三峯寓雲臺道舍，因編所作爲雲臺編三卷。見元辛文房唐才子傳九鄭谷。

【鄭花】花名。即山礬。宋黃庭堅山谷詩注內集十九戲詠高節亭邊山礬花詩序："江湖南野中有一種小白花，木高數尺，野人號爲鄭花。王荊公嘗欲求此花栽，欲作詩而陋其名。予請名曰山礬。野人采鄭花以染黃，不借礬而成色，故名山礬。"又楊萬里誠齋集五雨中送客有感詩："老子今晨偶然出，李花全落鄭花開。"參見"山礬"。

【鄭和】公元1371—1435年。明雲南人，字三保。本姓馬，回族。從燕王棣起兵有功，擢內官監太監，賜姓鄭。時稱三保太監。棣既接帝位，欲招諭外國，自永樂至宣德三十年間命和赴南洋各地七次，經歷三十餘國，先後至占城、爪哇、蘇門答臘、暹羅、錫蘭山、沙里灣泥等三十餘國，最遠達紅海海口，非洲東岸。明茅元儀武備圖志刊其航海地圖。和隨行人員鞏珍撰西洋番國志，譯員馬觀撰瀛涯勝覽、費信撰星槎勝覽，皆存。明史有傳。

【鄭珍】公元1806—1864年。清遵義人。字子尹，號柴翁。道光十七年舉人。以教職用，選荔波縣訓導。學問甚博，通諸經聲音訓詁之學，皆有成就，詩、古文亦自名家。著有儀禮私箋、巢經巢經說、巢經巢詩文集等。

【鄭重】㊀頻繁。漢書九九中王莽傳："改元爲初始，欲以承塞天命克厭上帝之心，然非皇天所以鄭重降符命之意。"㊁殷勤。唐白居易長慶集十四庾順之以紫霞綺遠贈以詩答之："千里故人心鄭重，一端香綺紫氛氳。"李商隱李義山詩集三無題："錦長書鄭重，眉細恨分明。"

【鄭俠】公元1041—1119年。宋福清人。字介夫。初從學於王安石，後極力反對新法。時遇大旱，俠以所見居民流離困苦之狀，令畫工爲流民圖上奏。神宗覽畢，下責躬詔，罷方田、保甲、青苗諸新法。安石辭位，薦呂惠卿以代，俠復上言安石本爲惠卿所誤，斥徙英州。哲宗立，得歸，徽宗時復故官，又爲蔡京所奪，歸里以終。有西塘集二十卷。宋史三二一有傳。

【鄭袖】戰國楚懷王后，號稱南后。能歌善舞，寵冠後宮。張儀爲秦使楚，懷王以儀離間齊楚友好，欲殺之，儀因與懷王幸臣靳尚合謀，使鄭袖日夜說懷王，釋張儀，親秦絶齊。楚卒因孤立，爲秦所滅。見史記七十張儀傳、戰國策楚三。

【鄭虔】唐滎陽人。字弱齋。工書畫，曾將其詩畫呈獻，帝署曰："鄭虔三絶。"天寶初爲協律郎，以私撰國史，坐謫十年。還京爲廣文館博士。安祿山反，授虔水部郎中，潛以密章達靈武。事平免死，貶台州司户參軍。新唐書載文藝傳。

【鄭渠】古渠名。戰國時韓水工鄭國爲秦所鑿。分涇水東流，經三原富平蒲城諸縣界，入沮洛。溉地四萬餘頃，關中爲沃野。已湮廢。見史記河渠書、太平寰宇記三一耀州雲陽縣。

【鄭琴】列子湯問記有鄭師文善琴，當春而叩商弦，以召南呂，涼風忽至，草木成實。及秋而叩角弦，以激夾鍾，温風徐迴，草木發榮。當夏而叩羽弦，以召黃鍾，霜雪交下，川池暴沍。及冬而叩徵弦，以激蕤賓，陽光熾烈，堅冰立散，將終命宮而總四弦，則景風翔，慶雲浮，甘露降，澧泉湧。南朝宋劉懷民墓誌："鄭琴再寢，吳涕重零。"（匋齋藏石記五）唐元稹長慶集八酬東川李相公十六韻詩："鄒律寒氣變，鄭琴祥景奔。"

【鄭衆】㊀東漢開封人。字仲師。少力學，明三統曆，作春秋難記條例，兼通易、詩。永平初，以給事中出使匈奴。單于令拜，衆不屈。章帝時爲大司農。其後受詔作春秋删十九篇，經學家稱爲鄭司農，以別於鄭玄，亦稱先鄭。後漢書有傳。㊁東漢宦官，南陽犨人，字季産。和帝時竇憲當權，衆與帝定謀誅憲。以功授大長秋，封鄛鄉侯，與議政事。東漢中官用權自衆始。見後漢書宦者傳。

【鄭綮】唐滎陽人。字蘊武。善詩，多詼諧，時稱鄭五歇後體。乾寧初，拜中書門下平章事，詔下，綮曰："歇後鄭五作宰相，事可知矣！"立朝侃然，無復故態，未三月以太子少保致仕。新、舊唐書皆有傳。

【鄭箋】漢鄭玄對毛詩的注釋。玄注諸經皆稱注，獨於詩稱箋。後漢書七九衛宏傳："馬融作毛詩傳，鄭玄作毛詩箋。"宋梅堯臣宛陵集六代書寄歐陽永叔四十韻詩："問傳輕何學，言詩詆鄭箋。"後人泛指對古籍的注釋。元元好問元遺山集十一論詩三十首詩："詩家總愛西崑好，獨恨無人作鄭箋。"

【鄭嫗】古之善相者。三國志吳吾粲傳注引吳録："粲生數歲，孤城嫗見之，謂其母曰：'是兒有卿相之骨。'"北周庾信庾子山集十四周車騎大將軍婁公神道碑："孤城鄭嫗，不相其年，巴水涪翁，不醫其疾。"按吳録僅言孤城嫗，不著其姓。

【鄭舞】泛稱鄭國士女的舞蹈。楚辭宋玉招魂："二八齊容，起鄭舞些。"

【鄭履】漢哀帝時，鄭崇爲尚書僕射，數求見諫争。帝每見曳革履，笑曰："我識鄭尚書履聲。"見漢書七七鄭崇傳。後因以鄭履指立朝敢言的大臣。南朝梁何遜何水部集早朝車中聽望詩："蘧車響北闕，鄭履入南宮。"

【鄭樵】公元1104—1160年。宋莆田人。字漁仲。居夾漈山，學者稱夾漈先生。游名山大川，搜奇訪古，遇藏書家，必借留讀盡乃去。博學多識，好爲考證之學。官至樞密院編修。著有通志二百卷。宋史載儒林傳。

【鄭燮】公元1693—1765年。清興化人。字克柔，號板橋。乾隆元年進士，官范縣、濰縣知縣。以歲飢爲民請賑，忤上官意罷官，歸里不再出仕。久居揚州鬻畫，與金農、汪士慎、黃慎、李鱓、李方膺、高翔、羅聘稱揚州八怪。善詩，工畫蘭竹，書法於行楷中兼取隸法。自號"六分半書"。書詩畫皆自成一家。詩詞皆別調，而有摯語。著有板橋全集。

【鄭聲】古代鄭地的俗樂。論語衛靈公："樂則韶舞，放鄭聲，遠佞人；鄭聲淫，佞人殆。"參見"鄭衛之音"。

【鄭子真】見"鄭谷㊀"。

【鄭公風】神助之風。故事傳説東漢太尉鄭弘少貧,入白鶴山採薪,拾還神人遺箭。神人感之,以風助其載薪出入若邪溪。故稱鄭公風。也作"鄭風"。見後漢書鄭弘傳注引孔靈符會稽記、水經注四十漸江水。

【鄭公鄉】後漢北海相孔融深敬鄭玄,告高密縣爲玄特立一鄉,曰:"公者仁德之正號,不必三事大夫也。今鄭君鄉,宜曰鄭公鄉。"見後漢書三五鄭玄傳。參見"鄭玄"。

【鄭交甫】神話中人物。文選晉郭景純(璞)江賦"感交甫之喪珮"注引韓詩内傳:"鄭交甫遵彼漢皋臺下,遇二女,與言曰:'願請子之珮',二女與交甫,交甫受而懷之,超然而去,十步循探之,卽亡矣,迴顧二女,亦卽亡矣。"

【鄭成功】公元 1624—1662 年。明安南人。初名森,字大木,明唐王賜姓朱,改名成功。父芝龍叛降清,成功不屈,遁入海島,據南澳,繼續抗清。桂王立,封爲延平郡王,招討大將軍。永曆十三年(清順治十六年)成功引軍自崇明入江,直抵南京,東南大振,旋爲清將梁化鳳所敗,退還廈門。十八年進兵臺灣,驅逐荷蘭侵略軍,收復全臺。成功卒,子經立,經卒,次子克塽立。康熙二十二年清提督施琅渡海攻入臺灣,克塽降。

【鄭芝龍】公元?—1661 年。清安南人。字飛黄,小字一官。少爲海盜。明天啟時,自據海島,受招撫,累官總兵。明亡,擁立唐王朱建鍵於福建,改元隆武,欲圖恢復,王封芝龍爲南安伯,晉平國公。隆武二年(順治三年)清兵入閩,芝龍迎降,子成功不從。清徙芝龍於北京。順治十六年,鄭成功入臺灣,芝龍誅死。清史稿有傳。

【鄭固碑】碑名。碑高六尺四寸,廣三尺三寸,十五行,行二十九字,額題"漢故郎中鄭君之碑"八字,篆書。不知何時,下截斷裂,中段埋於土中,乾隆四十三年全碑掘現。見金石萃編十。

【鄭思肖】公元 1241—1318 年。宋連江人。字所南,一字憶翁。思肖、所南、憶翁皆爲宋亡後改,寓不亡趙宋王朝之意。初以太學上舍應博學宏詞科。剛介有志操。元兵南下,所南叩闕上書陳得失,宋亡,隱居吴下,自稱三外隱人,與朝客交往,坐必南向。終身不娶。善繪蘭。傳世有心史七卷。參見"心史"。

【鄭道昭】公元?—516 年。北魏滎陽人,字僖伯。自稱中岳先生。孝文時累官國子祭酒,爲光州刺史。道昭工書,初不甚著,至清嘉道間,發見所書雲峯山諸石刻爲包世臣、張琦、吴熙載等所推重,遂爲習北碑者所宗。世臣謂其書原本乙瑛,並疑世傳刁惠公碑、鄭文公碑、經石峪大字,亦爲道昭所書。魏書有傳。參見"鄭文公碑"。

【鄭當時】漢陳人。字莊。以任俠聲聞梁楚間。景帝時爲太子舍人。常置驛馬四郊,存問故人,惟恐不遍,所交皆名士。武帝時爲大農令。客至,無貴賤俱留之。後爲客所累,落職。起守長史,遷汝南太守。史記漢書皆有傳。

【鄭羲碑】北魏鄭羲之碑。永平四年立,碑有二,一在直南天柱山之陽,一在萊州南山上,前者稱上碑,後者稱下碑,皆其子道昭永平中爲光州刺史時磨崖刻石。見宋趙明誠金石録二一。

【鄭櫻桃】東晉列國後趙石虎所寵愛的優僮。季龍惑之,先後爲殺二妻。樂府有鄭櫻桃歌。見晉書石季龍載記、樂府詩集八五鄭櫻桃歌。

【鄭文公碑】北魏兖州刺史鄭羲之碑。羲爲道昭之父。上碑在天柱山之陽。後覓得佳石,又刊下碑,皆刻於磨崖。上碑磨滅已多,下碑存千餘字,字大二寸餘。其石於清之中葉始發見,爲包世臣所激賞。天柱山在今山東平度縣北五十里。又有天柱山銘,爲道昭子述祖所撰。

【鄭季宣碑】東漢中平三年立,名已殘缺,季宣爲字。碑高四尺五寸,廣三尺二寸,舊在濟寧州學。此碑自宋時已殘缺,惟洪氏隸辨所録二百六十餘字,尚屬全碑,後來僅存半截,又分作二段。見隸續十九、金石萃編十七。

【鄭衛之音】春秋戰國時鄭、衛國的俗樂。禮樂記:"魏文侯問於子夏曰:'吾端冕而聽古樂,則唯恐卧;聽鄭衛之音,則不知倦。'"本指地方之樂,音調與雅樂不同。儒家以論語衛靈公有"鄭聲淫"之語,附會鄭聲爲詩之鄭風,而鄭風衛風等篇,皆爲刺淫而作。後來因以鄭衛之音通指淫蕩的樂歌或文學作品。禮樂記:"鄭衛之音,亂世之音也。"南齊書蕭惠基傳:"自(宋)大明以來,聲伎所尚,多鄭衛淫俗,雅樂正聲,鮮有好者。"北齊顔之推顔氏家訓文章:"吾家世文章,甚爲典正,不從流俗。梁孝元在蕃邸時,撰西府新文紀,無一篇見録者,亦以不偶於世,無鄭衛之音故也。"

鄰 lín 力珍切,平,真韻,來。ㄌㄧㄣˊ

㊀周時基層組織單位之一。周禮地官遂人:"五家爲鄰,五鄰爲里。"㊁親,近。管子水地:"鄰以理者,知也。"注:"鄰,近也。"左傳昭十二年:"倍其鄰者恥乎?"注:"鄰,猶親也。"㊂比鄰。書蔡仲之命:"懋乃攸績,睦乃四鄰。"莊子山木:"彼其道幽遠而无人,吾誰與爲鄰?"㊃帝王的近臣。書益稷:"欽四鄰。"注:"四近,前後左右之臣。"㊄燐火。通"粦"。列子天瑞:"馬血之爲轉鄰也。"注:"説文作粦,又作粦,皆鬼火也。"㊅車聲。通"轔"。見"鄰鄰"。

【鄰水】縣名。屬四川省。南朝梁置,北魏改鄰山縣,隋廢,唐復置,宋因之,元併入大竹縣,明復置,屬廣安州,清屬順慶府。見嘉慶一統志三九三順慶府一。

【鄰比】鄰居。三國志魏管輅傳"故人多愛之而不敬也"注引輅别傳:"與鄰比兒共戲土壤中,輒畫地作天文及日月星辰。"

【鄰曲】鄰里,鄰人。晉陶潛陶淵明集二遊斜川詩序:"與二三鄰曲,同遊斜川。"又移居詩之一:"鄰曲時時來,抗言談在昔。"

【鄰伍】周制,每鄰五家。漢劉熙釋名釋州國:"五家爲伍,以五爲名也。又謂之鄰。鄰,連也,相接連也。"晉書三六衛瓘傳:"則同鄉鄰伍,皆爲邑里,郡縣之宰,卽以居長,盡除中正九品之制。"引申爲鄰居。宋詩鈔陳造江湖長翁集鈔泊慈湖北岸:"漁翁家葦間,蝸舍無鄰伍。"

【鄰里】古代基層組織單位名。鄰小於里。有二説:1.周禮地官遂人:"五家爲鄰,五鄰爲里。"2.尚書大傳謂八家爲鄰,三鄰爲朋,三朋爲里。

【鄰近】附近,接近。唐杜甫杜工部草堂詩箋三一詠懷古跡詩之三:"武侯祠屋常鄰近,一體君臣祭祀同。"

【鄰長】官名。周禮地官之屬。周制,每里五鄰,鄰凡五家,掌相糾相受。名雖爲官,實屬吏職。見周禮地官鄰長。

【鄰居】鄰家。列子湯問:"山之中間相去七萬里,以爲鄰居焉。"唐張籍張司業集四送從弟徹東歸詩:"早晚得爲朝署拜,閒坊買宅作鄰居。"

【鄰封】鄰縣,鄰地。宋蘇軾東坡集續集五與人書:"託庇鄰封,每荷存記。"

【鄰接】疆界相連。三國志吴諸葛恪傳:"衆議咸以丹楊地勢險阻,與吴郡、會稽、新都、鄱陽四郡鄰接。"

【鄰虚】接近於無,極言其細小。楞嚴經三如來藏之三七大:"汝觀地性,粗爲大地，細爲微塵。至鄰虛塵，析彼極微，更析鄰虛，卽實空性。」法苑珠林六九道教敬佛：「邪正顯然，升沉殊趣，豈可以爝火之暉，争日月之光；鄰虛之塵，同太岳之峻。」

【鄰笛】文選晉向子期（秀）思舊賦序：「余與嵇康吕安，居止接近，其人並有不羈之才，然嵇志遠而疎，吕心曠而放。其後各以事見法，……余逝將西邁，經其舊廬，于時日薄虞淵，寒冰淒然。鄰人有吹笛者，發聲寥亮，追思曩昔遊宴之好，感音而歎。」後以鄰笛借喻追昔懷舊。全唐詩三八孔紹安傷顧學士：「何言陵谷徙，翻驚鄰笛悲。」

【鄰援】鄰人相助。唐陸贄陸宣公集十賜吐番將書：「國家與大蕃，親則舅甥，義則鄰援。」

【鄰菌】竹紋繚繞貌。文選漢王子淵（褒）洞簫賦：「鄰菌繚糾，羅鱗捷獵。」注：「簫之形也。鄰菌、繚糾，相著貌，如羅魚鱗布列也。」

【鄰睦】與鄰友善。陳書虞寄傳諫陳寶應書：「方今周齊鄰睦，境外無虞，并兵一向，匪朝伊夕。」南朝陳徐陵徐孝穆集七與周冢宰宇文護論邊境事書：「所謂通和，是由鄰睦。」

【鄰敵】與我爲敵的鄰國。荀子議兵：「故兵大齊則制天下，小齊則治鄰敵。」戰國策齊二：「是王内自罷而伐與國，廣鄰敵以自臨，而信（張）儀於秦王也。」

【鄰熟】穀物豐熟。管子五行：「然則晝炙陽，夕下露，地競環，五穀鄰熟，草木茂實。」注：「鄰，緊也。陰陽氣足，故緊熟。」

【鄰鄰】車鈴聲。詩秦風車鄰：「有車鄰鄰，有馬白顛。」參見「轔轔」。

【鄰國爲壑】見「以鄰爲壑」。

鄫

céng 疾陵切，平，蒸韻，從。ㄘㄥˊ

㊀古國名，姒姓，春秋魯襄公六年爲莒所滅。見左傳襄六年。在今山東棗莊市（舊嶧縣）境。㊁地名。春秋鄭地。春秋襄元年：「仲孫蔑會齊崔杼、曹人、邾人、杞人，次于鄫。」注：「鄫，鄭地，在陳留襄邑縣東南。」在今河南睢縣境。

鄩

xún 徐林切，平，侵韻，邪。ㄒㄩㄣˊ

㊀地名。春秋周邑。左傳昭二三年：「癸卯，郊鄩潰。」故地在今河南鞏縣。㊁姓。春秋周有大夫鄩肸。見左傳昭二二年。

鄨

bì 兵媚切，去，至韻，幫。ㄅㄧˋ

地名，春秋魯邑。同費。史記周公世家：「釐公元年，以汶陽鄨封季友。」索隱：「鄨，今作費。」春秋、論語皆作「費」。在今山東費縣境。

鄧

dèng 徒亘切，去，嶝韻，定。ㄉㄥˋ

㊀古國名。曼姓。左傳桓七年：「春，穀伯、鄧侯來朝。」疏：「鄧是南方諸侯近楚小國。」莊公十六年爲楚文王所滅。故地在今河南鄧縣一帶。㊁地名。1. 春秋魯地。左傳隱十年：「正月，公會齊侯鄭伯于中丘。癸丑，盟于鄧。」注：「鄧，魯地。」故地在今山東滋陽縣境。2. 春秋蔡地。春秋桓二年：「蔡侯鄭伯會於鄧。」故址在今河南郾城縣東南。㊂姓。春秋時鄧侯吾離朝魯。子孫以國爲氏。又鄭有鄧析，復爲一氏。見元和姓纂九嶝。

【鄧川】州名。漢爲葉榆縣地。唐置遵備州。後爲六詔之一。元置德源千户所，後改鄧川州，明清因之，皆屬大理府。公元1913年改縣，1960年併入洱源縣，屬雲南省。參閱嘉慶一統志四七八大理府。

【鄧州】州名。春秋時鄧侯國地。秦穰邑，漢置穰縣，屬南陽郡。隋改爲鄧州，歷代因之。明清皆屬南陽府。公元1913年，改鄧縣，屬河南省。參閱嘉慶一統志二一〇南陽府一。

【鄧艾】公元197—264年。三國魏棘陽人。字士載。仕魏至城陽太守，鎮西將軍，都督隴右諸軍事，進封鄧侯。魏伐蜀，艾督軍自陰平道入，行無人之地七百里，至成都，蜀主劉禪降。進太尉。後鍾會誣以謀反，爲監軍衛瓘所殺。三國志魏有傳。

【鄧芝】公元？—251年。三國蜀新野人。字伯苗。官廣漢太守，入爲尚書。先主（劉備）死，奉使入吳，説孫權絶魏連蜀。遷車騎將軍。芝任大將軍二十餘年，賞罰明斷，善邺卒伍，不治私産，死之日家無餘財。於時人少所敬貴，唯重視姜維。三國志蜀有傳。

【鄧攸】公元？—326年。晉襄陵人。字伯道。爲河東太守，没於石勒，挈家出走，過泗水，途中遇賊，度不兩全，因其弟早亡，棄兒存侄。元帝時爲吳郡太守，清廉自持。累官至吏部尚書，遷尚書右僕射。無嗣，時人哀之曰：「天道無知，使鄧伯道無兒！」晉書載良吏傳。

【鄧林】㊀神話中的樹林。山海經海外北經：「夸父與日逐走，入日，渴欲得飲。飲于河渭，河渭不足，北飲大澤，未至，道渴而死，棄其杖，化爲鄧林。」又見列子湯問。文選晉阮嗣宗（籍）詠懷詩之十六：「焉見王子喬，乘雲翔鄧林。」㊁地名。史記禮書：「阻之以鄧林，緣之以方城。」索隱：「襄州南鳳林山是古鄧祁侯之國，在楚之北境，故云阻以鄧林也。」

【鄧析】春秋鄭人。嘗作竹刑。能操兩可之説，設無窮之辭。荀子宥坐、吕氏春秋離謂、淮南子氾論等謂爲子産所殺，左傳定九年謂爲駟顓所殺。漢書藝文志名家著録鄧析二篇。參見「鄧析子」。

【鄧禹】公元2—58年。東漢新野人。字仲華。幼游學長安，與劉秀（光武）親善。秀起兵至河北，禹杖策往見，佐秀運籌帷幄。秀稱帝，拜爲大司徒，封酇侯，食邑萬户。國内既定，論功禹居第一，封爲高密侯。卒謚元侯。明帝永平三年於南宫雲臺繪二十八將像，以禹爲首。後漢書十六有傳。

【鄧通】㊀漢南安人。因善濯船爲黄頭郎，嘗爲文帝吮癰得寵，賜蜀嚴道銅山，可自鑄錢，因之鄧氏錢滿天下。景帝立，盡没收入官。通寄死人家。史記、漢書皆載佞幸傳。㊁鄧通得自鑄錢。因以「鄧通」作錢的代稱。金瓶梅三十：「正是富貴必因奸巧得，功名全仗鄧通成。」

【鄧師】古鄧國鑄劍的名師。戰國策韓一：「（蘇秦）説韓王曰：『……韓卒之劍戟，皆出於冥山、棠谿、墨陽、合伯膊、鄧師、宛馮、龍淵、太阿，皆陸斷牛馬，水擊鵠鴈，當敵卽斬堅。』」史記六九蘇秦傳索隱：「鄧國有工鑄劍，而師名焉。」

【鄧尉】山名。在江蘇吳縣西南七十里。漢有鄧尉曾隱居此地，故名。一名袁墓山，亦名玄墓山，又名萬峯山。前瞰太湖，山多梅，花時如雪，香聞數十里，爲著名風景區。見嘉慶一統志七七蘇州府一。

【鄧曼】戰國楚武王夫人。楚屈瑕伐羅，鄧曼知其必敗。楚武王伐隨而心蕩。鄧曼歎曰：「王禄盡矣，盈而蕩，天之道也。」武王果卒於樠木之下。事見左傳桓十三年、莊四年。唐元稹長慶集四楚歌之四：「懼盈因鄧曼，罷獵爲樊姬。」按：鄧爲國名，曼爲姓。周制，女子以母家姓爲名。

【鄧塞】地名。水經注三一淯水：「濁水又東逕鄧塞北，卽鄧城東南小山也，方俗名之爲鄧塞。昔孫文臺（堅）破黄祖於其下。」故址在今河南鄧縣東南。文選晉陸士衡（機）辯亡論上：「魏氏嘗藉戰勝之威，率百萬之師，浮鄧塞之舟，下漢陰之衆。」

【鄧石如】公元1743—1805年。清懷寧人。初名琰，以避顒琰(仁宗)諱，以字行，更字頑伯；因居皖公山下，又號完白山人。書法真草篆隸皆精，推陳出新，自成一家。包世臣著藝舟雙楫推爲清朝第一。其篆刻於當時徽浙兩派外，獨樹一幟，人稱鄧派。

【鄧廷楨】公元1775—1846年。清江寧人。字嶰筠。嘉慶六年進士。道光十五年，爲兩廣總督，與林則徐同心協力禁鴉片，迎擊入侵英兵，終其任英艦不得入虎門。後調福建、浙江。旋遣戍伊犁。不久釋還。任甘肅布政使，後陞陝西巡撫，署陝甘總督。廷楨並精音韻之學。著有雙聲叠韻譜及雙硯齋詞話等。

【鄧析子】漢書藝文志名家著録鄧析二篇。今本分無厚、轉辭兩篇，併爲一卷。析爲名家，今本多摭集道家之説，疑爲晉人託名之作。

【鄧思賢】宋代民間流行的訴訟書。宋沈括夢溪筆談二五："有一書名鄧思賢，皆訟牒法也。其始則教以舞文，舞文不可得，則欺誣以取之；欺誣不可得，則求其罪劫之。蓋思賢人名也。人傳其術，遂以之名書。"

鄨 bì 必袂切,去,祭韻,幫。
ㄅㄧˋ 并列切,入,薛韻,幫。
縣名。漢置，屬牂牁郡。地有鄨水，東流入沅水。見漢書地理志上。故地在今貴州遵義縣境。

鄲 dān 都寒切,平,寒韻,端。
ㄉㄢ
見"邯鄲"。

鄱 pó 薄波切,平,戈韻,並。
ㄆㄛˊ
見下。

【鄱江】水名。卽古番水，又名長港、饒河，宋時植柳江濱，亦名柳江。上游有二源：一出安徽婺源縣之婺江，西南流至江西樂平縣爲樂安江；一出安徽祁門縣之大北港，西南流至江西浮梁縣，爲昌江。二水至鄱陽縣西合流爲鄱江，繞縣而西，又分二支，亦稱雙港，並入鄱陽湖。見讀史方輿紀要八五饒州府。

【鄱君】西楚吳芮的稱號。史記項羽紀："鄱君吳芮率百越佐諸侯，又從入關，故立芮爲衡山王，都邾。"集解："韋昭曰：'吳芮爲鄱令，故號曰鄱君，今鄱陽縣是也。'"

【鄱陽】㊀湖名。爲我國五大湖之一，在長江以南，江西省北部。卽書禹貢之彭蠡，漢書作彭澤，後亦稱彭湖、宮亭湖。隋改今名，因近鄱陽山故。湖形似葫蘆，中爲細腰，因而有南北之分：南曰宮亭湖、族亭湖；北曰落星湖、左蠡湖。湖濒星子縣處，古稱甖子口，爲南湖與長江的交通要道。參閱嘉慶一統志三一一饒州府一山川。㊁郡名。漢末建安十五年孫權置，隋開皇九年廢，大業初仍爲鄱陽郡。唐武德四年稱饒州，天寶元年復爲鄱陽郡，宋爲饒州鄱陽郡，明初改爲鄱陽府，不久又改爲饒州府，清因之。府治鄱陽縣。公元1912年裁撤。見嘉慶一統志三一一饒州府一。㊂縣名。屬江西省。春秋楚番邑，秦置鄱陽縣。漢屬豫章郡，唐以後均屬饒州府。公元1957年改波陽縣。見嘉慶一統志三一一饒州府一。

【鄱陽白】紙名。宋陶穀清異録文用鄱陽白："先君子蓄紙百幅，長如一疋絹，謂之鄱陽白。"(説郛六一)

【鄱陽集】書名。1.宋彭汝礪撰。原本四十卷，今已散佚，僅存詩集十二卷，編次錯亂，爲後人重輯。其詩頗諧婉可誦。彭平生好佛，故與僧人唱和爲多。2.宋洪皓撰。原本亦散佚，今存佚本四卷，拾遺一卷。

鄬 wéi 薳支切,平,支韻,于。
ㄨㄟˊ 韋委切,上,紙韻,于。
地名。春秋鄭邑。春秋襄七年："公會晉侯……于鄬。"穀梁傳作"僞"。故地在今河南魯山縣境。

鄦 xǔ 虛呂切,上,語韻,曉。
ㄒㄩˇ
周時國名。同"許"。史記鄭世家："悼公元年，鄦公惡鄭於楚。"左傳成五年作"許靈公愬鄭伯于楚。"

鄮 mào 莫侯切,去,候韻,明。
ㄇㄠˋ
㊀漢縣名，屬會稽郡。以縣南有鄮山而名。見漢書地理志上。故址在今浙江鄞縣境。㊁姓。東漢有鄮孜。見宋邵思姓解一邑及宋鄧名世古今姓氏書辨證三四候。

【鄮山】地名。在浙江鄞縣東。古時有海人貿易於此，故名貿山。後加邑成鄮，因作縣名。見嘉慶一統志二九一寧波府一。

【鄮峯真隱漫録】宋史浩撰。史浩號鄮峯真隱，因以名書。五十卷，分詩五卷，雜文三十九卷，詞曲四卷，童丱須知二卷。

十三畫

鄳 méng 武庚切,平,庚韻,微。
ㄇㄥˊ 莫幸切,上,梗韻,明。
見下。

【鄳阸】古關隘名。卽春秋楚之冥阸。史記六九蘇秦傳附蘇代："秦欲攻魏重楚，則以南陽委於楚曰：'寡人固與韓且絶矣，殘均陵，塞鄳阸，苟利於楚，寡人如自有之。'"正義："又申州羅山縣，本漢鄳縣，申州有平清關，蓋古鄳縣之阸塞。"卽今河南信陽縣西南之平靖關。戰國策楚作黽塞。參閱嘉慶一統志二一六汝寧府二關隘平靖關。

【鄳縣】古縣名。本春秋冥阸地。漢置鄳縣，屬江夏郡。北魏正始初改屬齊安郡。故城在今河南羅山縣西。見嘉慶一統志二一六汝寧府二古蹟。

鄵 cào 七到切,去,号韻,清。
ㄘㄠˋ
春秋鄭地名。春秋襄七年："鄭伯髡頑如會，未見諸侯。丙戌，卒于鄵。"公羊穀梁作"操"。其地當在今河南新鄭縣魯山縣之間。

鄴 yè 魚怯切,入,業韻,疑。
ㄧㄝˋ
㊀地名。見"鄴縣"。㊁姓。漢有梁令鄴風。見廣韻引風俗通。

【鄴瓦】用魏鄴都銅雀臺瓦製成的硯。體質細潤，而堅如石。宋梅堯臣宛陵集五二王幾道罷磁州遺澄泥古瓦二硯詩："澄泥叢臺泥，瓦斲鄴宮瓦。"蘇軾分類東坡詩十二次韻和子由欲得驪山沉泥研："擧世争稱鄴瓦堅，一枚不換百金頒。"參見"瓦硯"。

【鄴架】唐李泌父承休，聚書二萬餘卷，戒子孫不許出門，有來求讀者，別院供饌，見鄴侯家傳。唐韓愈昌黎集七送諸葛覺往隨州讀書詩："鄴侯家多書，插架三萬軸。"指李泌子繁。後用以稱人之藏書。明王世貞弇州山人四部稿一二〇與余德甫書："二章奉酬來雅，並薄有書刻之類，以佐鄴架，幸賜麾納。"

【鄴縣】地名。春秋齊邑，桓公於此作鄴城。戰國魏都。漢置縣，屬魏郡。漢末袁紹爲冀州牧，鎮鄴。紹敗亡，又以封曹操。魏置鄴都，與長安、譙、許昌、洛陽合稱五都。晉避司馬業(愍帝)諱，改名臨漳。後趙、前燕、東魏、北齊相繼都此，仍稱鄴。故城在今河北臨漳縣北。北周大象二年以戰亂焚毁，民衆南徙，於故址置靈芝縣。隋開皇十年復爲鄴縣，宋熙寧六年省入臨漳，故城在今河北臨漳縣西。參閱嘉慶一統志一九六、一九七彰德府。

【鄴中記】晉陸翽撰，一卷。記石虎事，

後人又搜集鄴都之事加以補充。原書已佚,今本自永樂大典輯出。

鄶 kuài 古外切,去,泰韻,見。
ㄎㄨㄞ

西周侯國。傳説爲祝融之後。後爲鄭武公所滅。左傳襄二九年:“自鄶以下無譏焉。”詩作“檜”。故地在今河南鄭州市南。

【鄶下】左傳記吴公子季札聘魯,得觀周樂,於國風、周南、召南以下,工每歌畢,皆有評語,“自鄶(檜)以下無譏焉。”鄶以下尚有曹風。無譏,卽不足道之意。見左傳襄二九年。後因以“鄶下”指相形見絀。明王世貞弇州山人四部稿三中丞子才以詩定交及余季子聊此報謝并贈懷詩:“我已無譏安鄶下,君應不愧在王前。”

十四畫

鄸 mèng 莫鳳切,去,送韻,明。
ㄇㄥ

春秋曹邑。春秋昭二十年:“夏,曹公孫會自鄸出奔宋。”故地在今山東菏澤縣境。

鄹 zōu 側鳩切,平,尤韻,莊。
ㄗㄡ 辭纂切,上,緩韻,邪。

地名。春秋魯邑。孔子故鄉。論語八佾:“孰謂鄹人之子,知禮乎?入太廟,每事問。”左傳襄八年作“郰”,史記孔子世家作“陬”。故地在今山東曲阜縣東南。

十五畫

鄺 kuàng 呼光切,平,唐韻,見。
ㄎㄨㄤ 古晃切,上,蕩韻,曉。

姓,出廬江。見廣韻。明有鄺埜、鄺露。

【鄺埜】公元1384—1449年。明湖南宜章人,字孟質。永樂七年進士,官至兵部尚書。英宗(朱祁鎮)正統十四年瓦剌部也先大舉入塞,太監王振力求帝親征,埜諫阻不聽,師不利,退至土木,兵潰,帝被俘,埜死於軍中。

【鄺露】明南海人。字湛若。爲諸生,慷慨自負,歷游粤西吴越間。明亡,鄭芝龍等奉唐王朱聿鍵於福州爲帝,建元隆武,召露爲中書舍人。唐王敗死,赴桂王(朱由榔)於桂林。永曆四年奉使還廣州,清兵攻城,城破自殺。著有赤雅三卷,嶠雅三卷。

鄽 chán 直連切,平,仙韻,澄。
ㄔㄢ

民居或市肆地。同“廛”。見玉篇。參見“廛”。

【鄽市】猶市集。唐李肇國史補上:“柳相初名載,後改名渾。佐江西幕中,嗜酒,好入鄽市,不事拘檢。”

鄾 yōu 於求切,平,尤韻,影。
ㄧㄡ

地名。春秋楚邑。左傳哀十八年:“巴人伐楚圍鄾。”在今湖北襄樊市東北。

十七畫

酃 líng 郎丁切,平,青韻,來。
ㄌㄧㄥ

見下。

【酃酒】酒名。水經注三九耒水:“酃縣有酃湖,湖中有洲,洲上居民,彼人資以給釀酒甚美,謂之酃酒。歲常貢之。”

【酃淥】美酒名。晉書文帝紀太康三年:“薦酃淥酒于太廟。”有二説:1.酃、淥二酒的合稱。文選晉張景陽(協)七命“乃有荆南烏程”注引南朝宋盛弘之荆州記:“淥水出豫章康樂縣,其間烏程鄉有酒官,取水爲酒,酒極甘美,與湘東酃湖酒,年常獻之,世稱酃淥酒。”2.卽酃酒。資治通鑑一六四南朝梁承聖元年“陸納襲擊衡州刺史丁道貴於淥口”注:“衡州,治衡陽縣。縣東二十里有酃湖,其水湛然緑色,取以釀酒,甘美,謂之酃淥。淥口,卽酃湖口也。”

【酃緑】酒名。同“酃淥”。文館詞林一五七晉曹攄贈石崇詩:“飲必酃緑,肴則時鮮。”參見“酃淥”。

【酃縣】縣名。1.屬湖南省。漢荼陵縣地,宋嘉定四年析置酃縣。元屬衡州路,明清皆屬衡州府。見嘉慶一統志三六二衡州府一。2.漢置,屬長沙國。晉廢。故城在今湖南衡陽市東。見嘉慶一統志三六二衡州府一。

十八畫

酅 xī 户圭切,平,齊韻,匣。
ㄒㄧ

㊀地名。1.春秋紀邑。春秋莊三年:“紀季以酅入于齊。”在今山東臨淄縣東。2.春秋齊地。春秋僖二六年:“齊人侵我西鄙,公追齊師至酅,弗及。”公羊、穀梁傳作“巂”。在今山東東阿縣南。㊁峻險的丘陵。左傳僖二八年:“楚師背酅而舍。”

酆 fēng 敷空切,平,東韻,敷。
ㄈㄥ

㊀古地名。亦作“豐”。在今陝西户縣(舊鄠縣)東。本商崇侯虎邑。文王滅崇作豐邑。武王封其弟爲酆侯。左傳僖二四年:“管蔡郕霍……畢原酆郇,文之昭也。”參閲史記周紀。㊁水名。同“灃水”。見該條。㊂姓。周文王子酆侯之後。春秋有酆舒,南朝宋有酆去奢。見明陳士元姓觿一。

【酆宫】周文王宫名。左傳昭四年:“康有酆宫之朝。”故址在陝西户縣(舊鄠縣)東。參閲宋宋敏求長安志三宫室、太平寰宇記二六雍州。

【酆琅】衆聲宏大四布貌。文選漢馬季長(融)長笛賦:“酆琅磊落,駢田磅唐。”

【酆都】㊀縣名。漢巴郡枳縣地,隋義寧二年置豐都縣,唐屬忠州,明洪武時改爲酆都縣。清初屬重慶府,雍正改屬忠州。公元1958年改丰都縣。參閲嘉慶一統志四一六忠州。㊁舊豐都縣有平都山仙都觀,爲道家七十二福地之一。傳説西漢王方平、東漢陰長生皆於此得道。道士惑世,謂爲陰府所在,人死所歸。參閲唐段成式酉陽雜俎玉格、宋范成大吴船録下。

十九畫

酈 lì 吕支切,平,支韻,來。
ㄌㄧ 郎擊切,入,錫韻,來。

㊀春秋魯地名。春秋僖元年:“冬十月壬午,公子友帥師敗莒師于酈,獲莒挐。”公羊作“犂”,穀梁作“麗”。今地無考。㊁古縣名。楚酈邑。秦置。北魏分置南酈北酈二縣,此爲南酈,亦稱下酈。北周復合爲一縣,隋改爲菊潭縣,五代周省。在今河南内鄉縣東北。見讀史方輿紀要五一。㊂姓。黄帝裔孫封於酈,因氏。見元和姓纂十錫。

【酈商】公元前?—前180年。漢陳留高陽人。酈食其之弟。劉邦兵至陳留,率衆四千屬之。從擊項羽、黥布,以功遷右丞相,封曲周侯。史記九五、漢書四一有傳。

【酈食其】公元前?—203年。漢陳留高陽人。家貧落魄,爲里監門吏。人皆謂之狂生。劉邦至高陽,獻計攻下陳留,因封廣野君。後説齊王田廣歸漢,已定議,罷守禦。及韓信從蒯通計襲齊,入臨菑,田廣以食其賣己,遂烹之。史記九七、漢書四三有傳。

【酈道元】公元?—527年。北魏范陽涿縣人。字善長。爲御史中尉,後任關右大使。雍州刺史蕭寶寅反,被執遇害。性好學,注意地理之學。舊有水經,記述我國河流水道,共一百三十七條,道元爲作注,增至一千二百五十條,注文二十倍於原書,成水經注四十卷,爲我國古代地理學的名著之一。魏書、北史均有傳。

酇 1. zuǎn 作管切,上,緩韻,精。ㄗㄨㄢˇ

也作"鄼"。㊀周代地方組織單位名。周禮地官遂人:"五家爲鄰,五鄰爲里,四里爲酇。"

2. cuó 則旰切,去,翰韻,精。ㄘㄨㄛˊ 集韻 才何切,平,戈韻。

㊁見"酇$_2$縣"。㊂見"酇$_2$白"。

【酇$_2$白】白酒。周禮天官酒正"三曰盎齊"鄭玄注:"盎猶翁也,成而翁翁然蔥白色,如今酇白矣。"釋文:"酇白,卽今之白醝酒也。宜作醝。作酇,假借也。"

【酇長】官名。掌一酇之政。見周禮地官。一酇爲一百户。參見"酇㊀"。

【酇$_2$臺】臺名。相傳漢蕭何於此造律,又名造律臺。何封酇侯,故稱酇臺。唐李白李太白詩十三憶舊遊寄譙郡元參軍:"渭橋南頭一遇君,酇臺之北又離羣。"故址在河南永城縣西。

【酇$_2$縣】古縣名。1.秦置,漢屬沛郡。蕭何封酇侯,以此爲封國。北魏廢,隋復置,至元省。故地在今河南永城縣西南。參閱嘉慶一統志一九四歸德府二古蹟酇縣故城。2.後漢置縣。光武帝封鄧禹爲酇侯,卽此。至南朝梁廢。蕭何初封之酇在沛郡,後嗣移封於南陽之酇。故城在今湖北光化縣北。參閱嘉慶一統志三四七襄陽府二古蹟酇縣故城。

酉部

酉 yǒu 與久切,上,有韻,喻。ㄧㄡˇ

㊀十二地支之十。又十二屬相之一,酉爲雞。漢王充論衡物勢:"酉,雞也。"㊁十二時之一,十七時至十九時爲酉時。唐白居易長慶集十二醉歌:"黃雞催曉丑時鳴,白日催年酉前没。"㊂飽。淮南子天文"(斗柄)指酉,酉者,飽也。"㊃老。史記律書:"酉者,萬物之老也,故曰酉。"㊄蓄水之池塘。宋詩鈔陳造江湖長翁集鈔房陵之三:"祠壇歌舞雜嗟吁,下酉猶濡上酉枯。"注:"瀦水溉曰酉。"㊅姓。三國魏有酉牧。見三國志魏高堂隆傳。

【酉仲】太初所生之處。廣雅釋天:"太初,氣之始也;生於酉仲,清濁未分也。太始,形之始也;生於戌仲,清者爲精,濁者爲形也。太素,質之始也;生於亥仲,已有素朴而未散也。三氣相接,至於子仲,剖判分離,輕清者上爲天,重濁者下爲地,中和爲萬物。"詩小雅采薇"歲亦陽止"疏引三國魏宋均詩緯:"陽生酉仲,陰生戌仲。"

【酉室】明陳繼儒太平清話四:"項子京藏紫端石子硯,如羊肝,不穴研池,而細滑可玩,其研匣銀胎外漆之,……上又有篆'酉室'二字。"按此指小酉山石穴藏書事。參見"酉陽㊁"。

【酉陽】㊀縣名。1.屬四川省。漢爲涪陵遷陵二縣地。三國蜀僑置酉陽縣,尋廢。隋置務川縣。唐置思州。元置酉陽州。明爲宣撫司。清爲直隸州。公元1913年改縣。參閱嘉慶一統志四一七酉陽直隸州。2.漢置酉陽縣,屬武陵郡,以在酉水之陽,故名。隋廢。故地在今湖南沅陵縣。見讀史方輿紀要八一辰州府沅陵縣。㊁山名。1.在四川酉陽縣西北,接黔江縣界。見讀史方輿紀要七三酉陽宣撫司。2.在湖南沅陵縣西北酉溪口,亦名小酉山。相傳山有石穴,有書千卷,秦人避而學於此。參閱嘉慶一統志三六六辰州府。參見"二酉"。

【酉溪】水名。卽酉水。源出四川酉陽縣境,東入湖南,折東南流,至沅陵入沅水。參閱讀史方輿紀要八一辰州府沅陵縣。

【酉陽雜俎】唐段成式撰。二十卷,續集十卷。分門輯事。所記自仙佛鬼怪,人事以至動物、植物、酒食、寺廟等等,包羅甚廣,標目亦新。如志怪異者稱諾臯記,記道術者曰壺史,鈔佛書者名貝編,各有寓意。多可供考證,資談助。如寺塔記之述寺廟,宋宋敏求撰長安志、元李好文編長安志圖,皆據以考見唐代街巷。

二畫

酋 1. qiú 自秋切,平,尤韻,從。ㄑㄧㄡˊ

㊀陳酒。周禮天官酒正"昔酒"漢鄭玄注:"昔酒,今之酋,久白酒。"亦以稱掌酒之官。禮月令仲冬之月:"乃命大酋。"注:"酒孰曰酋。大酋者,酒官之長也。"掌酒女奴也稱酋。墨子天志下:"大夫以爲僕圉、胥靡,婦人以爲舂、酋。"㊁豪帥,部族之長。文選晉左太沖(思)吳都賦:"儋耳黑齒之酋,金鄰象郡之渠。"㊂成就。漢書一〇〇上敍傳:"說難既酋,其身乃囚。"㊃聚。漢揚雄太玄經十玄圖:"陰酋西北,陽尚東南。"注:"酋,聚也。言此時陰皆聚於西北之地,而陽滿於東南也。"

2. yóu ㄧㄡˊ

㊄功業。通"猷"。詩大雅卷阿:"豈弟君子,俾爾彌爾性,似先公酋矣。"箋:"嗣先君之功而終成之。"

【酋矛】矛名。長二丈。周禮考工記廬人:"酋矛常有四尺。"注:"八尺曰尋,倍尋曰常。"常有四尺,卽二丈。

【酋耳】傳說之獸名。逸周書王會:"央林以酋耳。酋耳者,身若虎豹,尾長參其身,食虎豹。"一本作"尊耳"。唐張鷟朝野僉載二:"天后中,涪州武龍界多虎暴。有一獸似虎而絕大,日正中,逐一虎直入人家,噬殺之,亦不食肉。自是縣界不復有虎矣。録奏,檢瑞應圖,乃酋耳;不食生物,有虎暴則殺之。"

【酋長】㊀首領,頭目。漢書七六張敞傳:"敞既視事,求問長安父老,偷盜酋長數人,居皆溫厚,出從童騎,閭里以爲長者。"㊁部落長。唐吳兢貞觀政要九安邊:"酋長悉授大官,禄厚位尊。"

【酋望】南詔官名。舊唐書一九七南詔傳:"異牟尋遣酋望大將軍王丘各等賀正,兼獻方物。"新唐書二二二上南詔傳:"(官)曰酋望、曰正酋望、曰員外酋望、曰大將軍、曰員外,猶試官也。"

【酋腊】酒之極毒者。國語鄭:"毒之酋腊者,其殺也滋速。"注:"精孰爲酋,腊,極也,滋,益也。"方言七:"久熟曰酋。"

酊 dǐng 都挺切,上,迥韻,端。ㄉㄧㄥˇ

見"酩酊"。

三畫

酒 jiǔ 子酉切,上,有韻,精。ㄐㄧㄡˇ

用穀類或果類發酵製成的飲料。詩大雅既醉:"既醉以酒,既飽以德。"戰國策魏二:"昔者帝女令儀狄作酒而美,進之禹。禹飲而甘之,遂疏儀狄,絕旨酒,曰:後世必有以酒亡其國者。"

【酒力】酒的醉人之力。唐白居易長慶

集五五贈東鄰王十三詩："驅愁知酒力，破睡見茶功。"宋王禹偁小畜集十七黄州新建小竹樓記："待其酒力醒，茶烟歇，送夕陽，迎素月，亦謫居之勝槩也。"

【酒人】㊀官名。掌造酒。周禮天官酒人："酒人掌爲五齊三酒，祭祀則共奉之。"㊁酒徒，好酒之人。史記八六荆軻傳："荆軻雖游於酒人乎，然其爲人沈深好書。"

【酒士】官名。王莽置，每郡一員，掌督察酒利。見漢書九九中王莽傳。後漢書八一李業傳："王莽以業爲酒士，病不之官。"注："王莽時官酤酒，故置酒士也。"

【酒户】㊀古稱酒量大者爲大户，小者爲小户，故謂酒量曰酒户。唐元稹長慶集十九和樂天仇家酒詩："病嗟酒户年年減，老覺塵機漸漸深。"宋陸游劍南詩稿四深居："病來酒户何妨小，老去詩名不厭低。"㊁賣酒之家。舊唐書食貨志下："元和六年六月，京兆府奏：'榷酒錢除出正酒户外，一切隨兩税青苗據貫均率。'"宋史食貨志下七："在京麴院酒户鬻酒虧額，原於麴數多則酒亦多，多則價賤，賤則人户損其利。"

【酒市】賣酒之市。漢書九二萬章傳："王尊爲京兆尹，捕擊豪俠，殺章及箭張回、酒市趙君都、賈子光，皆長安名豪。"宋趙朴成都古今記："正月燈市，二月花市……十月酒市，十一月梅市，十二月桃符市。"(宛委山堂本説郛六二)

【酒正】官名。周禮天官有酒正，掌有關酒的政令。

【酒母】㊀酒麴。説文訓"酴"爲"酒母"。宋王安石臨川集六和王微之登高齋詩之一："剩留官屋貯酒母，取醉不竭當如淮。"㊁酒家老婦。舊題漢劉向列仙傳下呼子先："夜有仙人持二茅狗來至，呼子先。子先持一與酒家嫗，得而騎之，乃龍也。上華陰山，常於山上大呼，言子先、酒家母在此云。"

【酒令】飲酒時的遊戲。推一人爲令官，飲者聽其號令，違則有罰。自唐以來，盛行於士大夫間。梁書王規傳："湘東王時爲京尹，與朝士宴集，屬規爲酒令。規從容對曰：'自江左以來，未有此舉。'"行令飲酒，亦曰酒令。後漢賈逵撰酒令，已不傳。清俞敦培有酒令叢鈔四卷。

【酒失】酒醉中過失。史記一〇七灌夫傳："魏其侯(竇嬰)過灌夫，欲與俱。夫謝曰：'夫數以酒失得過丞相(田蚡)，丞相今者又與夫有郄。'"

【酒仙】對嗜酒者的美稱。唐杜甫杜工部草堂詩箋二飲中八僊歌："李白一斗詩百篇，長安市上酒家眠；天子呼來不上船，自稱臣是酒中仙。"宋歐陽修歸田録下："有劉潛者，亦志義之士也，常與(石)曼卿爲酒敵。聞京師沙行王氏新開酒樓，遂往造焉，對飲終日，不交一言……至夕，殊無酒色，相揖而去；明日，都下喧傳王氏酒樓有二酒仙來飲。久之乃知劉、石也。"

【酒池】言以酒爲池。漢劉向新序刺奢："桀作瑶臺，罷民力，殫民財，爲酒池糟隄，縱靡靡之樂，一鼓而牛飲者三千人。"參見"酒池肉林"。

【酒丞】掌酒之官。晉有酒丞一人，齊有酒吏，梁曰酒庫丞，隋曰良醞署，令丞各一人，唐因之。見通典二五職官七光禄卿。

【酒色】㊀酒與女色。史記高祖紀："好酒及色。常從王媪、武負貰酒。"漢書八三朱博傳："博爲人廉儉，不好酒色游宴。"㊁顯現曾經飲酒的臉色。三國志吴諸葛恪傳："命恪行酒，至張昭前，昭先有酒色，不肯飲。"

【酒車】載酒肴之車。文選漢班孟堅(固)西都賦："陳輕騎以行炰，勝酒車以斟酌。"又漢張平子(衡)西京賦："酒車酌醴，方駕授饔。"

【酒坊】㊀造酒的作坊。隋書食貨志："先是尚依周末之弊，官置酒坊收利。"㊁酒店。唐姚合姚少監集十聽僧雲端講經詩："遠近持齋來諦聽，酒坊魚市盡無人。"

【酒困】爲酒醉所惑。論語子罕："不爲酒困，何有於我哉。"晉書庾純傳自劾表："易戒濡首，論誨酒困，而臣聞言不服，過言盈庭，黷慢台司，違犯憲度。"

【酒坐】猶言酒席。三國魏嵇康嵇中散集十家誡："若會酒坐，見人争語，其形勢似欲轉盛，便當亟舍去之，此將鬬之兆也。"晉書陶潛傳："既絶州郡覲謁，其鄉親張野及周旋人羊松齡寵遵等或有酒要之，或要之共至酒坐，雖不識主人，亦欣然無忤，酣醉便反。"

【酒兵】以酒能消愁，如兵克敵，故稱酒兵。南史陳慶之傳附陳暄與兄子秀書："故江諮議有言：'酒猶兵也，兵可千日而不用，不可一日而不備；酒可千日而不飲，不可一飲而不醉。'"唐張彦謙鹿門集上無題詩之八："憶别悠悠歲月長，酒兵無計敵愁腸。"宋蘇軾分類東坡詩二五景貺履常屢有詩督叔弼季默倡和："君家文律冠西京，旋築詩壇案酒兵。"

【酒狂】飲酒使氣者。漢書七七蓋寬饒傳："無多酌我，我迺酒狂！"

【酒官】周禮天官有酒正，爲酒官之長。泛指掌酒之官。宋史禮志一："宜詔酒官依法制齊、酒，分實之壇殿上下尊罍。"

【酒帘】酒家所用的招子。也稱酒望、望子、招子。以布綴竿，懸於門首，作招徠酒客之用。唐李中碧雲集上江邊吟："閃閃酒帘招醉客，深深緑樹隱啼鶯。"宋洪邁容齋隨筆續筆十六酒肆旗望："今都城與郡縣酒務及凡鬻酒之肆，皆揭大帘於外，以青白布數幅爲之，……唐人多詠於詩。然其制蓋自古以然矣，韓非子云：宋人有酤酒者，升槩甚平，遇客甚謹，爲酒甚美，懸幟甚高，而酒不售，遂至於酸。"

【酒兩】酒味。唐釋道宣行事鈔下二："若不至初夜變成苦酒者，不得飲，以酒兩已成故。"宋釋元照資持記下二："兩即味也，北人呼酒味爲兩。"

【酒虎】鹽漬海鮮。宋鄭清之安晚堂詩集八適得滷蛤頗佳遣餉菊坡……："子蛤遣汝到眉桉，努力去爲酒中虎。"注："諺稱海錯鹹者爲酒虎。"

【酒所】醉意。漢書九三董賢傳："上有酒所，從容視賢笑，曰：'吾欲法堯禪舜，何如？'"注："言酒在體中。"

【酒糾】會飲時置酒録事，執掌酒令，稱酒糾。唐缺名玉泉子："崔(鄲)乘醉突飲，衆人皆醉，時譙公夏侯孜爲户部使，……命酒糾來要下籌，且喫罰爵。"宋陸游老學庵筆記六："蘇叔黨(過)，政和中至東都，見妓稱録事，太息，語廉宣仲(布)曰：'今世一切變古，唐以來，舊語盡廢，此猶存唐舊，爲可喜。前輩謂妓曰酒糾，蓋謂録事也。'"按唐人非全以酒妓爲録事，如元稹即曾爲觥録事。參見"逃席"。

【酒客】嗜酒的人。漢書九二陳遵傳："先是黄門郎揚雄作酒箴以諷諫成帝，其文爲酒客難法度士。"

【酒神】嗜飲成性者。唐馮贄雲仙雜記六酒神："醉録曰：酒席之士，九吐而不減其量者爲酒神。"

【酒軍】朋輩角飲，如兩軍對壘，稱酒軍。唐白居易長慶集五七和令狐相公寄劉郎中兼見示長句詩："酒軍詩敵如相遇，臨老猶能一據鞍。"

【酒城】㊀喻可資暢飲之地。唐皮日休酒中十詠有酒城酒鄉等詩，見全唐詩六一一。㊁地名。見"苦酒城"。

【酒胡】勸人飲酒之具。刻木爲人，而鋭其下，置之盤中，左右欹側如舞，視其傳籌所至，或僅視倒時指向，所指向者當飲。唐元積長慶集十八酬孝甫見贈詩之三:"野詩良輔偏憐假,長借金鞍迓酒胡。"五代王定保唐摭言十海敍不遇:"(唐盧汪)晚年失意,因賦酒胡子長歌一篇甚著,敍曰:'……胡貌類人,亦有意趣,然而傾側不定,緩急由人,不在酒胡也。作酒胡歌以誚曰:……酒胡一滴不入腸,空令酒胡名酒胡。'"

【酒星】即酒旗星。後漢書七十孔融傳"(曹)操表制酒禁,融頻書爭之"注引融集與操書:"酒之爲德久矣,……故天垂酒星之燿,地列酒泉之郡,人著旨酒之德。"唐皮日休皮子文藪十七愛詩李翰林白:"吾愛李太白,身是酒星魄。"參見"酒旗㊀"。

【酒風】㊀病名。素問病能論:"帝曰:'善,有病身熱解墮,汗出如浴,惡風少氣,此爲何病?'歧伯曰:'病名曰酒風。'"注:"飲酒中風者也。風論曰:飲酒中風則爲漏風。是亦名漏風也。……因酒病,故曰酒風。"㊁酒意,任酒意而胡鬧,稱撒酒風。元明雜劇缺名存仁心曹彬下江南一:"廝殺處全然不濟,吃醉了快撒酒風。"

【酒泉】㊀周邑名。左傳莊二一年:"王與之酒泉。"注:"酒泉,周邑。"今地無考。㊁郡名。漢置,以城有金泉,味如酒,故名。隋開皇初,郡廢,仁壽二年,分置肅州。唐天寶初,復稱酒泉郡。清爲肅州直隸州。公元 1913 年廢州,改酒泉縣,屬甘肅省。參閱漢書地理志下、嘉慶一統志二七八肅州直隸州。

【酒保】㊀賣酒者。鶡冠子世兵:"伊尹酒保,太公屠牛。"㊁酒肆傭僱。史記一〇〇欒布傳:"(彭越)窮困,賃傭於齊,爲酒人保。"集解引漢書音義:"酒家作保傭也。可保信,故謂之保。"宋陸游劍南詩稿七五與兒孫同舟泛湖……:"酒保殷勤邀瀹茗,道翁傴僂出迎門。"

【酒海】大型酒器。唐白居易長慶集五一就花枝詩:"就花枝,移酒海,今朝不醉明朝悔。"水滸七五:"令裴宣取一瓶御酒,傾在銀酒海內,看時,卻是村醪白酒;再將九瓶都打開,傾在酒海內,卻是一般的淡薄村醪。"

【酒家】酒店。漢書三七欒布傳:"彭越爲家人時,嘗與布游,窮困,賣庸於齊,爲酒家保。"玉臺新詠一漢辛延年羽林郎:"依倚將軍勢,調笑酒家胡。"

【酒訓】北魏高允著。集論酗酒之教訓。見北史高允傳。

【酒庫】儲酒之室。唐白居易長慶集六七酒庫詩:"此翁何處富,酒庫不曾空。"

【酒席】酒筵。梁書韋粲傳:"粲以舊恩,任寄綢密,……誕倨,不爲時輩所平。右衛朱异嘗於酒席厲色謂粲曰:'卿何得已作領軍面向人!'"

【酒逋】即酒債。宋陸游劍南詩稿八三秋興之三:"朝眠每恨妨書課,秋穫先令入酒逋。"

【酒荒】飲酒無度。書胤征:"羲和廢厥職,酒荒于厥邑。"三國志蜀劉琰傳:"琰稟性空虛,本薄操行,加有酒荒之病。"

【酒務】宋代掌酒稅之官,掌分務管理榷酒之事。宋史食貨志下七政和四年詔:"酒務官二員者分兩務,三員者復增其一,員雖多毋得過四務。"因稱酒店爲酒務。古今雜劇缺名魯智深喜賞黄花峪一:"可早來到也,兀的不是箇小酒務兒,賣酒的,你有乾净閣子兒?"

【酒骨】酒糟。明王志堅表異録十飲食類:"糟曰酒骨,出孟蜀食典;亦曰酒滓,出左傳。"

【酒翁】釀酒者。唐柳宗元柳先生集八段太尉逸事狀:"(郭)晞軍士十七人入市取酒,又以刃刺酒翁,壞釀器,酒流溝中。"

【酒徒】嗜酒者。史記九七酈生傳:"酈生瞋目案劍叱使者曰:'走!復入言沛公,吾高陽酒徒也,非儒人也。'"唐元結元次山集四石魚湖上醉歌:"山爲樽,水爲沼,酒徒歷歷坐洲島。"

【酒望】即酒帘。廣韻鹽:"帘,青帘,酒家望子。"古今雜劇元馬致遠呂洞賓三醉岳陽樓一:"今日早晨間,我將這鏇鍋兒燒的熱了,將酒望兒挑起來,招過客,招過客。"

【酒船】載酒之船。晉書畢卓傳:"卓嘗謂人曰:得酒滿數百斛船,四時甘味置兩頭,右手持酒杯,左手持蟹螯,拍浮酒船中,便足了一生矣。"世説新語任誕作"酒池"。

【酒酤】沽酒,賣酒。漢書武帝紀天漢三年:"初榷酒酤。"注引應劭:"縣官自酤榷賣酒,小民不復得酤也。"又食貨志下:"名山大澤,鹽鐵錢布帛,五均賒貸,斡在縣官,唯酒酤獨未斡。"

【酒惡】醉後不適。宋趙令畤侯鯖録八:"金陵人謂中酒曰酒惡,則知李後主詩云'酒惡時拈花蘂嗅',用鄉人語也。"全唐詩八八九嗅作"齅",同。

【酒量】飲酒的度量。宋夏竦文莊集三二贈逸人詩:"泰華偃標峻,江湖酒量寬。"宋史二五〇王審琦傳:"(太祖)顧謂審琦曰:天必賜卿酒量,試飲之,勿憚也。"

【酒過】猶酒失。晉書周顗傳:"顗荒醉失儀,復爲有司所奏,詔曰:'……(顗)屢以酒過,爲有司所繩,吾亮其極懽之情,然亦是濡首之戒也。"宋書顔延之傳:"延之性既褊激,兼有酒過,肆意直言,曾無遏隱。"

【酒悲】醉後悲傷。新五代史王衍傳:"嘗以九日宴宣華苑,嘉王宗壽以社稷爲言,言發泣涕。韓昭等曰:'嘉王酒悲爾!'"舊五代史作"嘉王好自悲"。

【酒滓】酒糟。參見"酒骨"。

【酒窟】藏酒、飲酒之所。唐馮贄雲仙雜記四酒窟:"蘇晉作曲室爲飲所,名酒窟,又地上每一甎鋪一甌酒,計甎約五萬枚,晉日率友朋次第飲之,取盡而已。"

【酒聖】㊀謂酒之清者。三國志魏徐邈傳:"鮮于輔進曰:'平日醉客謂酒清者爲聖人,濁者爲賢人。"宋詩鈔梁棟隆吉詩鈔贈嘉興徐同年:"萬事不醒中酒聖,一貧無奈訟錢神。"參見"中聖人"。㊁謂豪飲之人。唐李白李太白詩二三月下獨酌:"所以知酒聖,酒酣心自開。"宋黄庭堅山谷外集補二和舍弟中秋月:"少年氣與節物競,詩豪酒聖難爭鋒。"

【酒禁】釀酒飲酒之禁。後漢書七十孔融傳:"(曹)操表制酒禁,融頻書爭之。"抱朴子酒誡:"曩者既年荒穀貴,人有醉者相殺,牧伯因此輒有酒禁,嚴令重申,官司搜索。"

【酒暈】飲酒後面上紅暈。宋蘇軾分類東坡詩十四紅梅之一:"寒心未肯隨春態,酒暈無端上玉肌。"又陸游劍南詩稿五宴西樓:"燭光低映珠幬麗,酒暈徐添玉頰紅。"

【酒腸】指酒興。唐韓愈昌黎集八同宿聯句:"爲君開酒腸,顛倒舞相飲。"宋李覯直講李先生文集三七秋懷詩:"自笑酒腸空半在,前村無處典鷫裘。"

【酒債】所欠之酒錢。唐杜甫杜工部草堂詩箋十二曲江:"酒債尋常行處有,人生七十古來稀。"

【酒魁】猶酒首。穆天子傳五"許男不敢辭,升坐於出尊"晉郭璞注:"既獻,反爵坫上,……坐之於尊邊,使爲酒魁,欲以盡歡酣也。"

【酒經】㊀書名。新唐書一九六王績傳:"追述(焦)革酒法爲經,又采杜康、儀狄以來善酒者爲譜。"宋史藝文志四有無求子酒經一卷、大隱翁酒經一卷。宋蘇軾有東坡酒經。㊁盛酒之器。宋趙令時侯籍録三:"陶人之爲器，有酒經焉。晉安人盛酒以瓦壺，其製，小頸環口，修腹，受一斗，可以盛酒。凡饋人牲，兼以酒置。書云: 酒一經或二經至五經焉。他境人有游于是邦，不達其義，聞五經至，束帶迎於門，乃知是酒五缾爲五經焉。"

【酒誥】尚書周書篇名。康叔封於殷之故都，以殷民化紂嗜酒，周公以成王之命戒之，是爲酒誥。見書酒誥孔傳。

【酒旗】㊀即酒帘。唐張籍張司業集一江南曲:"長干午日沽春酒，高高酒旗懸江口。"㊁星名。晉書天文志上:"軒轅右角南三星曰酒旗，酒官之旗也，主宴饗飲食。"

【酒酺】宴飲歡慶。史記趙世家:"(惠文王)三年，滅中山……還歸，行賞，大赦，置酒酺五日。"

【酒榷】酒稅。漢書六四下賈捐之傳:"至孝武皇帝元狩六年……民賦數百，造鹽鐵酒榷之利以佐用度，猶不能足。"又八九循吏傳序:"至於始元、元鳳之間，匈奴鄉化，百姓益富，舉賢良文學，問民所疾苦，於是罷酒榷而議鹽鐵矣。"

【酒課】酒稅。宋蘇轍欒城集三六論蜀茶五害狀:"而商旅通行，東西諸貨，日夜流轉，所得茶稅、雜稅錢及酒課增羨，又可得數十萬貫。"

【酒箴】猶酒訓。漢書九二陳遵傳:"先是黄門郎揚雄作酒箴以諷諫成帝。"

【酒德】㊀以酗酒爲德。書無逸:"無若殷王受之迷亂，酗于酒德哉。"傳:"言紂心迷政亂，以酗酒爲德。"晉書劉隗傳論:"(周)顗招時論，尤其酒德，禮經曰: 瑕不掩瑜，未足韜其美也。"㊁晉劉伶有酒德頌。見文選。指以飲酒爲德，後亦指飲酒的旨趣品德。文選南朝宋顏延年(延之)陶徵士誄序:"心好異書，性樂酒德。"梁書何點傳武帝(蕭衍)與點弟胤敕:"賢兄徵君，……性情勝致，遇興彌高; 文會酒德，撫際逾遠。"

【酒緡】酒錢。宋胡珵蒼梧雜誌酒債:"孫權叔濟，嗜酒不治生産，嘗欠人酒緡; 謂人曰: 尋常行處，欠人酒債，欲質此縕袍償之。"

【酒龍】謂豪飲之人。唐陸龜蒙甫里集十一自遣詩之八:"思量北海徐劉輩，枉向人間號酒龍。"北海，謂孔融; 徐，徐邈; 劉，劉伶; 皆以豪飲著名。

【酒樹】椰樹。梁書扶南國傳:"(頓遜國)又有酒樹，似安石榴，采其花汁停甕中，數日成酒。"北魏楊衒之洛陽伽藍記一城内昭儀尼寺:"堂前有酒樹麵木。"

【酒戰】角飲，較酒量大小。宋黄休復茅亭客話十杜大舉:"夫婦皆八十餘，每遇芳時好景，出郊選勝偕行; 人皆羡其高年逸樂如是。進士張及贈之詩曰:'家本樊川老蜀都，世家冠劒豈寒儒。筆耕尚可儲三載，酒戰猶能敵百夫。'"

【酒闌】行酒結束時。梁書劉遵傳晉安王與劉孝儀令:"酒闌耳熱，言志賦詩，校覆忠賢，搉揚文史。"

【酒醪】汁滓混合之酒。漢書文帝紀後元年詔:"爲酒醪以靡穀者多。"注:"醪，汁滓酒也。"世本作篇:"帝女儀狄作酒醪，變五味，杜康作酒，少康作秫酒。"

【酒饌】酒食之類。新唐書七六楊貴妃傳:"高力士欲驗帝意，乃白以殿中供帳、司農酒饌百餘車送妃所，帝即以御膳分賜。"宋王鞏甲申雜記:"見任執政官生日，賜以酒饌。"

【酒鎗】煖酒之器。即酒鐺。南齊書蕭赤斧傳附蕭穎冑:"上慕儉約，欲鑄壞太官元日上壽銀酒鎗。"梁書何點傳:"(竟陵王蕭)子良欣悦無已，遺點嵇叔夜(康)酒杯，徐景山(邈)酒鐺以通意。"南史何尚之傳附何點作"酒鎗"。

【酒譜】宋竇苹撰。一卷。雜敍酒之故事，始於酒名，終於酒令，凡十五篇。大抵摘取新穎字句，以供採綴，與譜録之體，稍有不同。

【酒壚】賣酒安置酒瓮的土臺。世説新語傷逝:"王濬沖(戎)爲尚書令，著公服，乘軺車，經黄公酒壚下過。"

【酒蟻】酒面的浮沫。宋范祖禹范太史集三守歲詩:"坐對燈花結，歡吹酒蟻開。"

【酒魔】㊀嗜酒成癖的人。唐白居易長慶集六八齋戒詩:"酒魔降伏終須盡，詩債填還亦欲平。"㊁指酒蟲。唐馮贄雲仙雜記八酒魔:"常元載不飲，羣僚百種强之; 辭以鼻聞酒氣已醉。其中一人，謂可用術治之，即取針挑元載鼻尖，出一青蟲如小蛇，曰:'此酒魔也。聞酒即畏之，去此何患。'元載是日，已飲一斗，五日倍是。"

【酒黨】飲酒所結之黨。後漢書三七桓榮傳附桓彬:"時中常侍曹節女壻馮方亦爲郎，彬厲志操，與左丞劉歆、右丞杜希同好交善，未嘗與方共酒食之會，方深怨之，遂章言彬等爲酒黨。"

【酒籌】飲酒記數之具。晉嵇含南方草木狀下:"越王竹……南人愛其青色，用爲酒籌。"唐白居易長慶集十四同李十一醉憶元九詩:"花時同醉破春愁，醉折花枝作酒籌。"

【酒靨】酒窩，人笑時在頰上顯出的小窩。明袁宏道珂雪齋詩集六汨漳道中:"槳後圓渦如酒靨，舟頭沸水似茶聲。"

【酒罏】煖酒、賣酒之處。漢書食貨志下"率開一盧以賣"三國魏如淳注:"酒家開肆待客，設酒罏，故以罏名肆。"參見"酒壚"。

【酒鼈】盛酒器。也作酒鱉，舊稱扁提。高約尺五而匾，容斗餘; 上竅出入，如小錢大，長五分，用塞，設兩環，帶以革，惟漆爲之。見宋林洪山家清事酒具。

【酒中趣】飲酒的樂趣。晉陶潛陶淵明集五晉故征西大將軍長史孟府君(嘉)傳:"(桓)温嘗問君:'酒有何好而卿嗜之?'君笑而答曰:'明公但不得酒中趣耳!'"

【酒坊使】官名。唐有酒坊使，宋朝初，加内字，後去。内酒坊，掌如式造酒。見宋高承事物紀原六宋朝會要。

【酒杯藤】植物名。出西域，藤大如臂，葉似葛花，實如梧桐，實花皆堅，可以酌酒。實大如指，味如荳蔻，香美，張騫自大宛傳入之。見晉崔豹古今注下草木。

【酒香山】山名。在湖南岳陽西南洞庭湖君山上。相傳爲漢武帝遣方士欒巴將童男女數十人來此求仙酒處。參閱宋范致明岳陽風土記、嘉慶一統志三五八岳州府。

【酒泉子】詞調名。本唐教坊曲名。雙調，前後段各四至五句，共四十字至四十五字不等。見詞譜三。

【酒家胡】酒家的當壚胡女。玉臺新詠一漢辛延年羽林郎詩:"昔有霍家奴，姓馮名子都，依倚將軍勢，調笑酒家胡，胡姬年十五，春日獨當罏。"

【酒胴肛】即"酒大工"，指釀酒者。清梁同書直語補證:"酒胴肛，俗稱釀酒者。胡身之(三省)通鑑二百廿三卷注:'酒翁，釀酒者也。今人呼爲酒大工。'大作惰音，故致譌俗。"

【酒德頌】法帖名。晉劉伶文，唐張旭草書。明宋濂宋學士集鑾坡後集十題張旭真跡:"唐人之書，藏於秘閣者頗多，惟顛張真蹟甚鮮。今觀所書酒德頌，出幽入明，殆類鬼神雷電，不可測度，其真所謂草聖者邪。"旭書今僅見於淳化法帖及草書千字文殘缺二百餘字，餘多不存。

【酒邊詞】宋向子諲撰。二卷。子諲字伯恭，號薌林居士，臨江人，官至吏部侍郎，以反對和議與秦檜不合，致仕。上卷名江南新詞，皆紹興中作，時代在後。下卷名江北舊詞，則爲政和宣和中所作，時代在前。以老境漸歸平淡，故退置少作於後。

【酒池肉林】 泆窮奢極欲。史記殷紀："(帝紂)以酒爲池，縣肉爲林，使男女倮相逐其間，爲長夜之飲。"也用以形容酒肉之多。史記一二三大宛傳："(武帝)行賞賜，酒池肉林，令外國客徧觀各倉庫府藏之積，見漢之廣大。"

【酒有別腸】 五代閩主王曦嘗曲宴羣臣，皆醉去，獨周維岳在座。曦問："維岳身甚小，何飲酒之多？"左右曰："酒有別腸，不必長大。"見清吳任臣十國春秋九二閩景宗紀。宋詩鈔戴復古石屏詩鈔飲中："腹有別腸能貯酒，天生左手慣持螯。"

【酒色財氣】 嗜酒，好色，貪財，逞氣。以此爲人生四戒。後漢楊秉自言，平生有三不惑，指酒色財而言。宋金時又加氣合爲四。元缺名東南紀聞一記有韓翁謂韓大倫曰，須禁酒色財氣。又李曾伯可齋雜稾二六有和清湘蔣省幹酒色財氣詩。金王喆重陽全眞集十二西江月四害詞："堪歎酒色財氣，塵寰彼此長迷。"

【酒食地獄】 謂酒食頻繁，疲於應接，其苦如處地獄。宋朱彧萍洲可談三："東坡倅杭，不勝杯酌，諸公欽其才望，朝夕聚首，疲於應接，乃號杭倅爲酒食地獄。"

【酒酣耳熱】 形容酒興正濃。漢書六六楊敞傳附楊惲："奴婢歌者數人，酒後耳熱，仰天拊缶而呼烏烏。"文選三國魏文帝(曹丕)與吳質書："每至觴酌流行，絲竹並奏，酒酣耳熱，仰而賦詩，當此之時，忽然不自知樂也。"唐杜甫杜工部草堂詩箋三六醉歌行贈公安顏少府請顧八題壁："酒酣耳熱忘頭白，感君意氣無所惜。"

【酒囊飯袋】 諷刺無用之人。漢王充論衡別通："今則不然，飽食快飲，慮深求卧，腹爲飯坑，腸爲酒囊，閉闇暗塞，無所好欲，與三百倮蟲何以異？"亦作"酒瓮飯囊"。抱朴子彈禰："(禰)衡游許下，……呼孔融爲大兒，楊脩爲小兒，荀彧强可與語，過此以往，皆木梗泥偶，似人而無人氣，皆酒瓮飯囊耳。"宋陶岳荆湘近事："馬氏奢僭，諸院王子，僕從烜赫，文武之道，未嘗留意，時謂之酒囊飯袋。"(類說二二)

酎

zhòu 直祐切，去，宥韻，澄。
ㄓㄡˋ

醇酒。亦稱雙套酒。禮月令孟夏之月："是月也，天子飲酎，用禮樂。"注："酎之言醇也，謂重釀之酒也。"漢書景帝紀：元年詔："高廟酎。"注引張晏："正月旦作酒，八月成，名曰酎。酎之言純也。"

【酎金】 漢代宗廟祭祀時，諸侯助祭所獻金。史記平準書："至酎，少府省金，而列侯坐酎金失侯者百餘人。"集解："如淳曰：'漢儀注：王子爲侯，侯歲以户口酎黃金於漢廟，皇帝臨受獻金以助祭。'"

酏

yí 弋支切，平，支韻，喻。
ㄧˊ 移爾切，上，紙韻，喻。

也作"酡"。見集韻。㊀酒。說文謂酏爲黍酒。㊁釀酒所用之稀粥。周禮天官酒正："辨四飲之物，一曰清，二曰醫，三曰漿，四曰酏，掌其厚薄之齊。"注："酏，今之粥。"㊂釀酒所用的配料。周禮天官醢人："羞豆之實，酏食糝食。"注："酏，餈也。內則曰：'取稻米，舉糔溲之，小切狼臅膏，以與稻米爲餈。'"

【酏醴】 以黍粥釀製的甜酒。禮內則："或以酏爲醴。"注："釀粥爲醴。"隋書禮儀志四梁大同五年令："頃者敬進酏醴，已傳婦事之則，而奉盤沃盥，不行侯服之家。"

配

pèi 滂佩切，去，隊韻，滂。
ㄆㄟˋ

㊀匹對，媲美。書君牙："對揚文武之光命，追配於前人。"楚辭漢王逸九思："配稷契兮恢唐功，嗟英俊兮未爲雙。"㊁夫婦稱配偶，故謂妻曰配。詩大雅皇矣："天立厥配，受命既固。"箋："天既顧文王，又爲之生賢妃。"穀梁傳莊二二年："小君，非君也。其曰君，何也？以其爲公配，可以言小君也。"㊂婚配。左傳隱八年："陳鍼子送女，先配而後祖。"㊃祭祀時配享。易豫："殷薦之上帝，以配祖考。"㊄分發，分派。宋書毛修之傳："及父瑾爲譙縱所殺，高祖(劉裕)表爲龍驤將軍，配給兵力，遣令奔赴。"舊唐書九八裴耀卿傳："耀卿躬自條理，科配得所。"㊅流放。唐杜甫杜工部詩史補遺八敬寄族弟唐十八使君："除名配清江，厥土巫峽鄰。"五代會要九議刑輕重："晉天福三年八月，大理寺奏，左街史韓延嗣……徒二年半，刺面配華州。"

【配天】 ㊀德配於天。書君奭："故殷禮陟配天，多歷年所。"㊁祭天時以祖先配享。相傳有虞氏以黃帝配天，夏后氏因之；殷以帝嚳，周以后稷，其後歷代王朝皆有配享之制。詩周頌思文序："思文，后稷配天也。"

【配林】 山名。在泰山西南。諸侯無郊天之禮，祀配林。禮禮器："齊人將有事於泰山，必先有事於配林。"注："配林，林名。"疏："配林是泰山之從祀者也。"後漢書祭祀志上建武三十年注引盧植："配林，小山林麓配泰山者也。謂諸侯不郊天，泰山巡省所考五嶽之宗，故有事將祀之。"

【配軍】 因流刑發配戍邊的軍卒。宋缺名瑞桂堂暇錄："(蘇軾)少時入京師，有相者云：一雙學士眼，半箇配軍頭。異日文章雖當知名，然有遷徙不測之禍。"(說郛四六)

【配食】 祔祭，配享。公羊傳宣三年"王者必以其祖配"漢何休注："配，配食也。"後漢書光武帝紀下中元元年："呂太后不宜配食高廟，同祧至尊，……遷呂太后廟主于園。"晉書陸雲傳："出補浚儀令，……郡守害其能，屢譴責之，雲乃去官。百姓追思之，圖畫形象，配食縣社。"

【配流】 即流配。舊唐書則天皇后紀永昌元年："韋待價坐遲留不進，士卒多飢饉而死，配流繡州。"五代會要九定贓："晉天福五年十月勅，今後竊盜贓滿五匹者處死；三匹已上，決杖配流。"參見"流配"。

【配格】 依罪情輕重，確定刺配辦法的法律條例。宋史刑法志三："政和編配格又有情重、稍重、情輕、稍輕四等。"

【配島】 流配荒島。宋史三四四馬默傳："沙門島囚衆，官給糧者纔三百人，每益數，則投諸海，……默爲奏請，更定配島法凡二十條。"參見"沙門島"。

【配偶】 ㊀婚配。東觀漢記八鄧訓："其無妻者，爲適配偶。"也作"配耦"。漢書九七上孝昭上官皇后傳："長主內周陽氏女，令配耦帝。"㊁指夫或妻。荀子富國"人有失合之憂"唐楊倞注："失合，謂喪其配偶也。"

【配貳】 副貳。晉書禮志中尚書令賈充等議："況皇太子配貳至尊，與國爲體，固宜遠遵古禮，近同時制，屈除以寬諸下，協一代之成典。"

【配御】 進與皇帝爲嬪妃。漢書九八元后傳："(王)鳳知其小婦弟張美人已嘗適人，於禮不宜配御至尊，託以爲宜子，內之後宮，苟以私其妻弟。"

【配當】 搭配，配合。周禮地官鄉師"修其卒伍"唐賈公彥疏："百人爲卒，五人爲伍，皆須修治，預爲配當。"禮學記"言及于數"唐孔穎達正義："猶若一則稱大一，二則稱配二儀，但本義不然，浪爲配當。"

【配錢】 折合爲錢。新唐書食貨志二："量土地沃瘠、物産多少爲二等，州等下者配錢少,高者配錢多。"又,"百姓本出布帛,而税反配錢,至輸時復取布帛,更爲三估計折,州縣升降成姦。"

【配隸】㊀分屬。後漢書十七馮異傳:"及破邯鄲,及更部分諸將,各有配隸。軍士皆言願屬大樹將軍(馮異),光武以此多之。"注:"隸,屬也。"㊁流放服役。宋史刑法志三:"先是,犯死罪獲貸者,多配隸登州沙門島及通州海島。"又:"初,京師裁造院募女工,而軍士妻有罪,皆配隸南北作坊。"

【配藜】分散,散布。漢書八七上揚雄傳甘泉賦:"樵蒸焜上,配藜四施。"注:"張晏曰:'配藜,披離也。'"

【配享從祀】㊀以功臣附祭於祖廟。書盤庚上:"茲予大享于先王,爾祖其從與享之。"卽配享之意。周禮夏官司勳:"凡有功者,銘書於王之大常,祭於大烝。"注:"生則書于王旌以識其人與其功也,死則於烝先王祭之。"漢制,祭功臣於廟庭,魏晉仍之。至唐始有配享之名,宋以後循其制。明洪武時,特立功臣廟於雞鳴山,論功列祀凡二十一人,包括元祀及從祀。元祀書所贈王謚姓名,從祀書官謚姓名。參閱文獻通考一〇三宗廟十三、續文獻通考八四宗廟五。㊁以賢哲附祭於孔廟。宋史禮志八:"國子司業將靜言:"先聖與門人通被冕服,無別。配享、從祀之人,當從所封之爵。"按唐代以前,配享與從祀無別,其制至宋始分。宋時文廟典禮,顏淵、曾參、子思、孟軻稱配享,閔子騫、冉伯牛等十哲以下爲以祀。參閱清顧炎武日知録十四嘉靖更定從祀。

酌 zhuó 之若切,入,藥韻,照。
ㄓㄨㄛˊ

㊀斟酒,飲酒。詩周南卷耳:"我姑酌彼金罍,維以不永懷。"孟子告子上:"酌則誰先?曰:先酌鄉人。"引申爲酒的代稱。禮曲禮下:"酒曰清酌。"㊁指酒杯。儀禮有司徹:"主人受酌降。"注:"古文酌爲爵。"楚辭宋玉招魂:"華酌既陳,有瓊漿些。"㊂斟酌。左傳成六年:"子爲大政,將酌於民者也。"注:"酌,取民心以爲政。"參見"斟酌㊂"。㊃古代樂舞名。通"勺"。漢班固白虎通禮樂:"周公之樂曰酌,合曰大武。"詩周頌酌序:"酌,告成大舞也。"清陳奐詩毛氏傳疏:"儀禮禮記皆言舞勺,則樂有舞矣。酌與勺同。"

【酌中】參酌幾種意見,定出不偏不倚、切實可行的意見辦法。舊唐書音樂志二張濬議:"伏自兵興已來,雅樂淪缺,將爲修奉,事實重難。變通宜務於酌中,損益當盡於益儉。"舊五代史梁末帝紀龍德元年制:"處事昧於胸中,發令乖乎至當。"

【酌水】取水而飲。晉書吳隱之傳論:"鄧攸贏糧以述職,吳隱酌水以厲清,晉代良能,此焉爲最。"按吳隱之本傳:吳爲廣州刺史,石門有水曰貪泉,飲者懷無厭之欲。隱之乃至泉所,酌而飲之,賦詩曰:"試使夷齊飲,終當不易心。"及在州,清操愈厲,後常以酌水作爲廉吏之典。

【酌量】本指計算酒米而言,也泛指估量。唐陸龜蒙甫里集八襲美以公齋小宴見招詩:"自與酌量煎藥水,別教安置曬書牀。"唐李咸用披沙集六投知詩:"酌量才地心雖動,點檢囊裝意又闌。"

【酌飲】挹取而飲之。左傳成十四年:"冬十月,衛定公卒,夫人姜氏既哭而息,見大子之不哀也,不内酌飲。"酌,也作"勺"。左傳定四年:"申包胥如秦乞師……立依於庭牆而哭,日夜不絶聲,勺飲不入口七日。"

【酌斷】酌情裁斷。清會典事例八〇三刑部刑律人命:"除照例擬以斬決,奏請定奪外,將殺一家二命之犯財産查明,酌斷一半,給付死者之家。"

【酌獻】酌酒以獻。詩小雅瓠葉:"君子有酒,酌言獻之。"儀禮少牢饋食禮:"主人酌獻上佐食。"此爲酌酒獻客。宋范成大石湖集三十祭竈詞:"男兒酌獻女兒避,酹酒燒錢竈君喜。"宋史樂志七:"酌獻告神,禮以時舉。"此爲酌酒獻神。後也指設樂供神。見清翟灝通俗編十九神鬼酌獻。

【酌金饌玉】極言貴族飲食的窮奢極欲。見"炊金饌玉"。

四畫

酖 1. dān 丁含切,平,覃韻,端。
ㄉㄢ

㊀嗜酒。說文:"酖,樂酒也。"

2. zhèn 正字通 音鴆,沁韻。
ㄓㄣ

㊁毒酒。通"鴆"。見"鴆毒"。㊂以毒酒毒人。左傳僖三十年:"晉侯使醫衍酖衛侯,甯俞貨醫使薄其酖不死。"

【酖$_2$毒】左傳閔元年:"宴安酖毒,不可懷也。"酖與"鴆"通。鴆羽有毒,入酒飲之,能殺人。言宴安之爲害,猶如鴆之有毒。清段玉裁謂所樂非其正爲酖毒,非鴆之假字。見說文解字注十四下"酖"。參見"鴆毒"。

酘 lí 玉篇 音離。
ㄌㄧˊ

酘酟,乳腐名。見玉篇。酟音 qí。

酓 yǎn 於琰切,上,琰韻,影。
ㄧㄢˇ 於念切,去,㮇韻,影。

㊀酒味苦。見說文。㊁柞樹,卽檿桑。通"檿"。史記夏紀:"其篚酓絲。"書禹貢作"厥篚檿絲"。釋文:"檿,烏簟反,山桑也。"參見"檿絲"。

酗 xù 香句切,去,遇韻,曉。
ㄒㄩˋ

沉迷於酒。說文作"酗"。書微子:"我用沈酗于酒,用亂敗厥德于下。"釋文:"以酒爲凶曰酗。"參見"酗"。

【酗酒】飲酒無節,撒酒瘋。唐張鷟龍筋鳳髓判三左右衛門監:"揚州貢大人魯敬,……凶麤酗酒,不堪宿衛,請還本邑。"

【酗訟】酗酒與訟。魏書刑罰志:"太安四年,始設酒禁。是時年穀屢登,士民多因酒致酗訟。"

【酗醬】即酗酒。抱朴子疾謬:"俗間有戲婦之法,……酒客酗醬,不知限齊,至使有傷於流血踒折支體者,可歎者也。"

酕 máo 莫袍切,平,豪韻,明。
ㄇㄠˊ

見下。

【酕醄】大醉貌。唐姚合姚少監集五閑居遣懷詩之六:"遇酒酕醄飲,逢花爛熳看。"宋晁補之雞肋集五即事一首次韻祝朝奉十一丈詩:"有時醉酕醄,大笑飜盞斝。"

酘 dòu 田候切,去,候韻,定。
ㄉㄡˋ

㊀酒再釀。見集韻。抱朴子金丹:"猶一酘之酒,不可以方九醞之醇耳。"㊁以酒解除宿醒。元曲選缺名硃砂擔一:"前面有一個小酒務兒,再買幾碗酘他一酘。"又:"大碗裏釃的酒來,將些干鹽來,我吃兩碗,酘過我那昨日的酒來。"音釋:"酘,音豆。"

五畫

酡 tuó 徒河切,平,歌韻,定
ㄊㄨㄛˊ

飲酒面紅貌。楚辭宋玉招魂:"美人既醉,朱顏酡些。"

【酡顏】醉容。唐白居易長慶集二十與諸客空腹飲詩:"促膝纔飛白,酡顏已渥丹。"劉禹錫劉夢得集二百舌吟詩:"酡顏俠少停歌聽,墮珥妖姬和睡聞。"酡,同"酡"。

酣 hān 胡甘切,平,談韻,匣。
ㄏㄢ

㊀飲酒而樂。呂氏春秋分職:“今召客者酒酣,歌舞鼓瑟吹竽。”注:“飲酒合樂爲酣。”唐李白李太白詩十八宣州謝朓樓餞別校書叔雲:“長風萬里送秋鴈,對此可以酣高樓。”㊁盡情。世說新語規箴:“元帝過江猶好酒,王茂弘(導)與帝有舊,常流涕諫,帝許之,命酌酒一酣,於是遂斷。”㊂劇烈,濃盛。淮南子覽冥:“魯陽公與韓構難,戰酣,日暮。”宋王安石臨川集二六題西太一宮壁詩之一:“柳葉鳴蜩綠暗,荷花落日紅酣。”

【酣叫】喧呼,大叫。南史張裕傳:“(張)鏡少與光祿大夫顏延之鄰居,顏談義飲酒,喧呼不絕,而鏡靜默無言聲。後鏡與客談,延之從籬邊聞之,取胡牀坐聽,辭義淸玄。延之心服,謂客曰:‘彼有人焉。’由是不復酣叫。”

【酣放】㊀縱酒狂放。世說新語簡傲:“晉文王(司馬昭)功德盛大,坐席嚴敬,擬於王者。唯阮籍在坐,箕踞笑傲,酣放自若。”㊁行文縱恣放逸。唐文粹六九皇甫湜昌黎韓先生墓誌銘:“及其酣放,豪曲快字,凌紙怪發。”

【酣臥】熟睡。新唐書九九李大亮傳:“每番直,常假寐。帝勞曰:‘公在,我得酣臥。’”

【酣湑】暢飲而樂。文選晉左太沖(思)吳都賦:“酣湑半,八音并。”晉劉淵林注:“酣,酒洽也;湑,樂也。”

【酣酣】㊀酣暢舒適。唐白居易長慶集五七不如來飲酒之三:“不如來飲酒,仰面醉酣酣。”㊁豔盛貌。全唐詩六八崔融和宋之問寒食題黃梅臨江驛:“遥思故園陌,桃李正酣酣。”宋歐陽修文忠集一聖俞會飲詩:“更吟君句勝啖炙,杏花妍媚春酣酣。”

【酣飫】醉飽。新唐書一九四元德秀傳:“嗜酒陶然,彈琴以自娛。人以酒肴從之,不問賢鄙爲酣飫。”

【酣飲】暢飲。樂府詩集六一南朝宋謝靈運君子有所思行:“長夜恣酣飲,窮年弄音徽。”世說新語傷逝:“(王戎)經黃公酒壚下過,顧謂後車客:‘吾昔與嵇叔夜(康)、阮嗣宗(籍)共酣飲於此壚,竹林之遊,亦預其末。’”

【酣奭】縱飲。商君書墾令:“民不能喜酣奭,則農不慢。”

【酣睡】熟睡。元詩選朱德潤存復齋集讀隋書詩:“陳郎酣睡未知曉,采石夜渡江聲秋。”

【酣歌】㊀沈緬於歌樂。書伊訓:“敢有恒舞于宮,酣歌于室,時謂巫風。”㊁盡興高歌。梁書南平元襄王偉傳附蕭恭:“恭每從容謂曰:‘……勞神苦思,竟不成名。豈如臨淸風,對朗月,登山泛水,肆意酣歌也。’”

【酣暢】謂飲酒盡量。世說新語任誕:“陳留阮籍、譙國嵇康……七人常集于竹林之下,肆意酣暢,故世謂竹林七賢。”又:“阮宣子(脩)常步行,以百錢挂杖頭,至酒店,便獨酣暢。”亦用以狀暢快之情。

【酣醉】大醉。晉書陶潛傳:“或要之共至酒坐,雖不識主人,亦欣然無忤,酣醉便反。”

【酣賞】恣意遊賞。北齊書邢卲傳:“屬尚書令元羅出鎮青州,啓爲府司馬。遂在青土,終日酣賞,盡山泉之致。”

【酣興】暢飲盡興。周書長孫紹遠傳附長孫澄:“雅對賓客,接引忘疲。雖不飲酒,而好觀人酣興。常恐座客請歸,每勅中廚別進異饌,留之止。”

【酣謔】飲酒戲謔。晉書石勒載記下:“(勒)謂父老曰:‘李陽,壯士也,何以不來?……’乃使召陽。既至,勒與酣謔,引陽臂笑曰:‘孤往日厭卿老拳,卿亦飽孤毒手。’”

【酣戰】猛烈交戰。韓非子十過:“昔者,楚共王與晉厲公戰於鄢陵,……酣戰之時,司馬子反渴而求飲,豎穀陽操觴酒而進之。”

【酣縱】縱飲無度。晉書阮籍傳附阮孚:“終日酣縱,恒爲有司所按。”

【酣鬬】猶酣戰。新唐書一四八史孝章傳附史憲忠:“田弘正討齊、蔡,常爲先鋒,閱三十戰,中流矢,酣鬬不解,由是著名。”

【酣中客】嗜酒之人。晉陶潛陶淵明集三飲酒詩之十三:“寄言酣中客,日没燭當炳。”

酤

gū ㄍㄨ 古胡切,平,模韻,見。
侯古切,上,姥韻,匣。
古暮切,去,暮韻,見。

㊀酒。詩商頌烈祖:“既載清酤,賚我思成。”傳:“酤,酒。”㊁買酒,買。詩小雅伐木:“有酒湑我,無酒酤我。”箋:“酤,買也。”史記高祖紀:“高祖每酤留飲,酒讎數倍。”㊂賣。晏子春秋問上:“宋人有酤酒者,爲器甚潔清,置表甚長,而酒酸不售。”淮南子說林:“爲酒人之利而不酤則竭,爲車人之利而不僦則不達。”藝文類聚三七三國魏劉楨處士國文甫碑:“知我者希,韞櫝未酤;喪過乎哀,遘疾不悟。”此讀去聲gù。

【酤榷】官府專賣酒類。宋蘇轍欒城集十一官居卽事詩:“對酒不嘗憐酤榷,釣魚無術漫臨溪。”參見“榷酤”。

酟

tiān ㄊㄧㄢ 集韻 他兼切,平,沾韻。

調和,調味。文選晉張景陽(協)七命:“燀以秋橙,酟以春梅。”

䣹

cú ㄘㄨˊ 正字通 叢無切。

見下。

【䣹醭】飲料之美者。古文苑十七漢王褒僮約:“沃不酪,住䣹醭。”注:“䣹醭,亦美漿醍醐之屬。”

䣼

àng ㄤˋ 集韻 於浪切,去,宕韻。

“醠”之省體。見“醠”。

酢

1. zuò ㄗㄨㄛˋ 在各切,入,鐸韻,從。

㊀客酌主人。詩大雅行葦:“或獻或酢,洗爵奠斝。”箋:“進酒於客曰獻,客答之曰酢。”㊁謝神之禮。書顧命:“秉璋以酢。”注:“報祭曰酢。”

2. cù ㄘㄨˋ 集韻 倉故切,去,莫韻。

㊂醋本字。急就篇三:“酸鹹酢淡辨濁清。”注:“大酸謂之酢。”北魏賈思勰齊民要術八作酢法,注:“酢,今醋也。”

【酢₂敗】酒味酸壞。雲笈七籤一〇八列仙傳:“酒客,梁市上酒家人也。作酒常美,售日得萬錢。有過而逐之,主人酒常酢敗。”

【酢爵】回敬主人之爵。爵,酒器。禮少儀:“介爵、酢爵、僎爵,皆居右。”注:“三爵皆飲爵也。介,賓之輔也;酢,所以酢主人也。”

酥

sū ㄙㄨ 素姑切,平,模韻,心。

㊀酪類。以牛羊乳製成。唐韓愈昌黎集十早春呈水部張十八員外詩之一:“天街小雨潤如酥,草色遥看近却無。”參閱本草綱目五十獸一酥。㊁酒名。宋竇苹酒譜異域酒:“天竺國謂酒爲酥。”參見“酴酥”。㊂鬆脆的食品。如桃酥、酥糖等。宋蘇軾東坡集續集二戲劉監倉求米粉餅之二:“已傾潘子錯著水,更覓君家爲甚酥。”爲甚酥,一種油果名。㊃酥軟。宋陸游劍南詩稿八四病思之一:“水碓舂粳滑勝珠,地爐燔芋軟始酥。”元曲選關漢卿救風塵三:“休道冲動那廝,這一會兒連小閑也酥倒了。”

【酥油】牛羊乳所熬之油。全唐詩五六一薛能影燈夜:“十萬軍城百萬燈,酥油香暖夜如烝。”本草綱目五十獸一酥:“造法,以乳入鍋,煎二三沸,傾入盆內,冷定,待面結皮,取皮再煎,油出去渣,入在鍋內,即成酥油。」

【酥胸】酥嫩之胸。宋周邦彥片玉詞下浣溪沙:「強整羅衣擡皓腕,更將紈扇掩酥胸。」

【酥燈】酥油燈。法苑珠林四八然燈引證:「崔越日日入城,求乞酥油燈炷之。」元薩都剌薩天錫詩集前集上京即事之六:「院院翻經有咒僧,垂簾白晝點酥燈。」

【酥酡】古印度酪製食品名。法苑珠林一一二酒肉飲酒:「其中諸天有以珠器而飲酒者,受用酥酡之食,色觸香味,皆悉具足。」宋林洪山家清供上玉糝羹:「東坡一夕與子由飲,酣甚,槌蘆菔爛煮,不用他料,只研白米爲糝,食之,忽放箸撫几曰:『若非天竺酥酡,人間決無此味。』」

【酥酪】乳製之酪。全唐詩五二四杜牧和裴傑秀才新櫻桃:「忍用烹酥酪,從將玩玉盤。」宋史職官志四:「乳酪院,掌供造酥酪。」

酗 xù 香句切,去,遇韻,曉。
ㄒㄩˋ

醉酒撒酒瘋。同「酗」。漢書六九趙充國傳:「(辛)湯數醉酗羌人。」注:「即酗字也。醉怒曰酗。」

六 畫

截 zài 昨代切,去,代韻,從。
ㄗㄞˋ 徒耐切,去,代韻,定。

醋。漢書食貨志下:「除米麴本價,計其利而什分之,以其七入官,其三及醋截灰炭給工器薪樵之費。」注:「截,酢漿也。」

【截漿】酒類飲料。周禮天官酒正「辨四飲之物,一曰清,二曰醫,三曰漿,四曰酏」漢鄭玄注:「漿,今之截漿也。」漿、截同物,疊言之則曰截漿。北魏賈思勰齊民要術九有作寒食漿法,於古時漿飲之法言之甚詳。

酭 yòu 于救切,去,宥韻,于。
ㄧㄡˋ

酬酒,勸酒。通「侑」。唐韓愈昌黎集一南山詩:「斐然作歌詩,惟用贊報酭。」

酬 chóu 市流切,平,尤韻,禪。
ㄔㄡˊ

㊀勸酒,主答客曰酬。說文作「醻」。儀禮鄉飲酒禮:「主人實觶酬賓。」參見「酬酢㊀」。㊁報謝。左傳昭二七年:「爲惠已甚,吾無以酬之。」注:「酬,報獻。」儀禮士冠禮:「主人酬賓,束帛儷皮。」注:「飲賓客而從之以財貨曰酬。」㊂以詩文相贈答。三國魏嵇康嵇中散集二與山巨源絕交書:「素不便書,又不喜作書,而人間多事,堆案盈机,不相酬答。」唐李白李太白詩十九訓三補闕惠翼莊廟宋丞泚贈別:「訓贈非炯誡,永言銘佩紳。」訓,同「酬」。㊃實現願望。全唐詩五八七唐李頻春日思歸:「壯志未酬三尺劍,故鄉空隔萬重山。」

【酬直】償還所值。才調集一白居易牡丹詩:「共道牡丹時,相隨買花去,貴賤無常價,酬直看花數。」也作「讎直」。三國志魏衛臻傳「太祖每涉郡境,輒遣使祠焉」南朝宋裴松之注:「子許買物,隨價讎直。」

【酬和】以文字相酬答。晉書劉琨傳:「(盧)諶素無奇略,以常詞酬和。」

【酬唱】即酬和。唐鄭谷鄭守愚集三右省補闕張茂樞……因行酬寄詩:「積雪巷深酬唱夜,落花牆隔笑言時。」釋齊己白蓮集二寄普明大師可準詩:「相留曾幾歲,酬唱有新文。」

【酬勞】答謝受勞之人。周書武帝紀上建德二年詔:「尊年尚齒,列代弘規,序舊酬勞,哲王明範。」

【酬報】報答。晉書禮志下:「名位不同,本無酬報。」南朝陳徐陵徐孝穆集七與王吳郡僧智書:「年迫桑榆,豈期酬報。」

【酬酢】朝聘應享之禮,主客相互敬酒。主酌以敬賓曰獻,賓還答曰酢,主復答敬曰酬。淮南子主術:「觴酌俎豆,酬酢之禮,所以效善也。」也用爲朋友交往應酬。世說新語賞譽下:「温元甫(幾)劉王喬(疇)裴叔則(楷)俱至,酬酢終日。」

【酬對】應答。後漢書四一第五倫傳:「帝問以政事,倫因此酬對政道。」

【酬幣】酬賓的禮物。左傳昭元年:「自雍及絳,歸取酬幣,終事八反。」詩小雅鹿鳴序「鹿鳴,燕羣臣嘉賓也,既飲食之,又實幣帛筐篚,以將其厚意」漢鄭玄箋:「飲之而有幣,酬幣也。食之而有幣,侑幣也。」此指宴飲時的禮物。國語周中:「於是乎有折俎加豆,酬幣宴貨,以示容合好。」注:「酬,報也。聘有酬賓束帛之禮。」此指聘問時的禮物。

【酬諮】應接諮詢。魏書高允傳徵士頌:「於是偃兵息甲,修立文學,登延儁造,酬諮政事。」又李彪傳上表:「舉賢才以酬諮,則多士盈朝矣;開至誠以執物,則朝無佞人矣。」

【酬應】酬對應答。宋書劉穆之傳:「穆之內總朝政,外供軍旅,決斷如流,事無擁滯,……目覽辭訟,手答牋書,耳行聽受,口並酬應,不相參涉,皆悉贍舉。」

酩 mǐng 莫迥切,上,迥韻,明。
ㄇㄧㄥˇ

㊀見「酩酊」。㊁見「酩子裏」。

【酩酊】大醉。水經注二八沔水:「山季倫(簡)之鎮襄陽,每臨此池,未嘗不大醉而還,恒言此是我高陽池。故時人爲之歌曰:『山公出何去,往至高陽池。日暮倒載歸,酩酊無所知。』」世說新語任誕,晉書山簡傳作「茗艼」。參閱清黃生義府下酩酊。

【酩子裏】暗地裏。元王實甫西廂記二本三折:「淚眼偷淹,酩子裏搵溼香羅。」古今雜劇元關漢卿望江亭四:「酩子裏愁腸酩子裏焦,又不敢着旁人知道。」

酪 lào 盧各切,入,鐸韻,來。
ㄌㄠˋ

㊀酢漿。禮禮運:「以爲醴酪。」注:「酪,酢截。」㊁果實煮成之漿。漢書食貨志上:「又分遣大夫謁者教民煮木爲酪。」注:「如淳曰:『作杏酪之屬也。』」㊂乳漿。用牛羊馬等乳製成。漢書九六下西域傳烏孫公主歌:「穹廬爲室兮旃爲牆,以肉爲食兮酪爲漿。」酪有乾濕二種,本草綱目五十上獸一酪載煉製之法甚詳。

【酪奴】茶之別名。北魏孝文帝(元宏)問王肅「羊肉何如魚羹,茗飲何如酪漿?」肅南人,自齊奔魏,答云「羊比齊魯大邦,魚比邾莒小國,唯茗不中,與酪作奴。」彭城王勰謂曰:「卿明日顧我,爲卿設邾莒之食,亦有酪奴。」後因號茗飲爲酪奴。見北魏楊衒之洛陽伽藍記三城南報德寺。

【酪酥】乳的精製品。太平御覽八五八三國魏邯鄲淳笑林:「吴人至京師,爲設食者,有酪酥。」藝文類聚七二酥作「蘇」。參見「醍醐」。

【酪漿】牲畜的乳汁。文選漢李少卿(陵)答蘇武書:「羶肉酪漿,以充飢渴。」唐白居易長慶集六九二年三月五日齋畢開素當食偶吟贈妻弘農郡君詩:「稻飯紅似花,調沃新酪漿。」

七 畫

酵 jiào 古孝切,去,效韻,見。
ㄐㄧㄠˋ

酵母,真菌的一種。酵母所引起的變化曰發酵。北魏賈思勰齊民要術九餅法有作餅酵法。宋朱肱北山酒經上:「用酵四時不同,寒即多用,温即減之。」

酺 pú 薄胡切,平,模韻,並。
ㄆㄨˊ

㊀合聚飲食爲酺。漢律:三人以上無故羣飲酒,罰金四兩,惟國家有吉慶事,許民

聚飲。史記秦始皇紀："五月，天下大酺。"正義："天下歡樂大飲酒也。"漢書文帝紀詔："朕初即位，其赦天下，賜民爵一級，女子百户牛酒，酺五日。"注："酺之爲言布也，王德布於天下而合聚飲食爲酺。"㊁神名。或作"步"。周禮地官族師："春秋祭酺，亦如之。"注："酺者，爲人物烖害之神也。故書酺或爲步。"

【酺宴】古代皇帝賜臣民聚飲。舊唐書九九嚴挺之傳："先天元年大酺，睿宗御安福門樓觀百司酺宴，以夜繼晝。"也作"酺燕"。新唐書一三三張守珪傳："二十三年，入見天子，會藉田畢，即酺燕爲守珪飲至。"

酲 chéng 直貞切，平，清韻，澄。ㄔㄥˊ

病酒。詩小雅節南山："憂心如酲，誰秉國成？"急就篇三："侍酒行觴宿昔酲。"注："病酒曰酲，謂經宿飲酒故曰酲也。"

酹 lèi 郎外切，去，泰韻，來。ㄌㄟˋ 盧對切，去，隊韻，來。

以酒灑地表示祭奠。後漢書五一橋玄傳漢曹操祭玄文："又承從容約誓之言：殂没之後，路有經由，不以斗酒隻雞，過相沃酹，車過三步，腹痛勿怨。"

【酹酒】以酒灑地而祭。酹酒之制，古稱祼。古祭祖先，享大賓，皆先以酒灌地而後送爵。參閱清翟灝通俗編九儀節酹酒。參見"祼"。

【酹詩】金門歲節："賈島嘗以歲除，取一年所得詩，以酒酹之曰：'勞我精神，以是補之。'"見佩文韻府平聲支韻"詩"注。今本唐馮贄雲仙雜記四祭詩以酒脯引此作"祭詩"。

【酹江月】詞調名。即念奴嬌。宋蘇軾赤壁懷古詞有"一尊還酹江月"句，故名。參見"念奴嬌㊀"。

酴 tú 同都切，平，模韻，定。ㄊㄨˊ

㊀酒母。見説文。清段玉裁注："米部䊤，酒母也。此酴亦訓酒母，則今之酵也。玉篇曰：麥酒不去滓飲也。"見説文解字注十四下。㊁見"酴清"。

【酴酒】酒名。俗稱酒釀、酒娘。北魏賈思勰齊民要術七笨麴餅酒："蜀人作酴酒法，十二月朝，取流水五斗，漬小麥麴二斤，密泥封，至正月二月凍釋，發漉去滓，但取汁三斗，殺米三斗，炊作飯，調强軟合和，復密封數十日，便熟。合滓餐之，甘辛滑，如甜酒味，不能醉人，人多啖，温。温小媛而面熱也。"

【酴清】酒名。即酴酒。古文苑四漢揚雄蜀都賦："木艾椒蘺，藹〔蒟〕醬酴清。"注："酴清，酴醾酒。"

【酴酥】酒名。本作"屠蘇"。見"屠蘇㊂"。

【酴醾】醾，也作"醿"。㊀酒名。唐缺名輦下歲時記："新進士則于月燈閣置打毬之宴，或賜宰臣以下酴醾酒，即重釀酒也。"（重校説郛九一）。㊁花名。以色似酴醾酒，故名。宋蘇軾分類東坡詩二十杜沂遊武昌以酴醾花菩薩泉見餉之一："酴醾不爭春，寂寞開最晚。"張邦基墨莊漫録九："酴醾花或作荼蘼，一名木香，有二品。一種花大而棘長條而紫心者爲酴醾。一品花小而繁，小枝而檀心者爲木香。"

酸 suān 素官切，平，桓韻，心。ㄙㄨㄢ

㊀醋味。書洪範："曲直作酸。"周禮天官食醫："凡和，春多酸，夏多苦，秋多辛，冬多鹹。"㊁痛楚。樂府詩集二五隴頭流水歌辭："山高谷深，不覺脚酸。"㊂悲痛。晉陸機陸士衡集一感時賦："矧余情之含瘁，恒覩物而增酸。"㊃寒酸，迂腐。宋蘇軾分類東坡詩十約公擇飲是日大風："要當啖公八百里，豪氣一洗儒生酸。"員興宗九華集一挽二叔通直詩："有文不帶酸，餘味甚熊掌。"

【酸丁】對貧士的諷嘲稱呼。金董解元西廂一："秀才家那個不風魔，大抵這個酸丁忒劣角。"元王實甫西廂記二本三折："來回顧影，文魔秀士，風欠酸丁。"

【酸切】痛切。文選南朝梁任彦昇（昉）王文憲集序："表啓酸切，義感人神。"

【酸辛】猶辛酸，謂悲苦。文選晉阮嗣宗（籍）詠懷之三四："對酒不能言，感慨懷酸辛。"唐杜甫杜工部草堂詩箋二四八哀詩贈太子太師汝陽郡王璡："舊遊易磨滅，衰謝增酸辛。"

【酸恨】傷心悲痛。陳書陸琰傳附陸瑜太子與江總書："豈謂玉折蘭摧，遽從短運，爲悲爲恨，當復何言。遺迹餘文，觸目增泫，絶絃投筆，恒有酸恨。"殿本作"酸梗"。

【酸迷】酸漿草。亦稱酸迷。詩魏風汾沮洳"言采其莫"唐孔穎達疏："莫莖大如箸，……其味酢而滑，始生可以爲羹，又可生食，五方通謂之酸迷。"參閲清翟灝通俗編三十草木酸迷迷。

【酸削】酸痛。周禮天官疾醫"春時有痟首疾"漢鄭玄注："痟，酸削也；首疾，頭痛也。"唐賈公彦疏："言痟者，謂頭痛之外，別有酸削之痛。"宋梅堯臣宛陵集二三和劉原甫復雨寄永叔詩："渾身酸削懶能出，莫怪與公還往稀。"

【酸哽】悲痛而聲氣結塞。北齊朱敬範朱岱林墓志銘："日磾觀狀，益增酸哽。"（金石續編二）

【酸寒】猶寒酸。喻貧士窘拘之態。唐韓愈昌黎集二二祭郴州李使君文："雖掾俸之酸寒，要拔貧而致富。"宋蘇軾分類東坡詩十八次韻答邦直子由之二："老弟東來殊寂寞，故人留飲慰酸寒。"

【酸棗】㊀即山棗樹。爾雅稱樲棘。仁入藥，俗稱酸棗仁。唐李白李太白詩二十尋魯城北范居士失道落蒼耳中見范置酒摘蒼耳："酸棗垂北郭，寒瓜蔓東籬。"㊁春秋廩延邑。戰國屬魏。秦置縣，漢屬陳留郡，以地多棗而名。宋政和七年改名延津，故城在今河南延津縣北。參閲太平寰宇記二開封府。參見"延津㊁"。

【酸筍】筍的一種。廣羣芳譜八六引明顧岕海槎餘録："酸筍大如臂，摘至，用沸湯泡出苦水，投冷井水中，浸二三日取出，縷如絲，醋煮可食。好事者擕入中州，成罕物。京師勳戚家會酸筍湯，即此物也。"參閲明徐獻忠吴興掌故十三物産。

【酸愴】悲傷。後漢書八四皇甫規妻傳："妻乃輕服詣（董）卓門，跪自陳情，辭甚酸愴。"世説新語賢媛"許允爲晉景王所誅"注："婦人集載阮氏與允書，陳允禍患所起，辭甚酸愴。"

【酸楚】悲痛，凄苦。唐李白李太白詩二一望木瓜山："客心自酸楚，況對木瓜山。"宋釋惠洪冷齋夜話三少游魯直被謫作詩："少游（秦觀）鍾情，故其詩酸楚。"

【酸與】傳説中之鳥名。山海經北山經："（景山）有鳥焉，其狀如蛇，而四翼六目三足，名曰酸與。"注："或曰食之不醉。"

【酸鼻】因悲痛而鼻辛酸。文選戰國楚宋玉高唐賦："孤子寡婦，寒心酸鼻。"注："酸鼻，鼻辛酸，淚欲出也。"漢書七二鮑宣傳上書："今貧民菜食不厭，衣又穿空；父子夫婦不能相保，誠可爲酸鼻。"

【酸噎】悲痛哽咽，氣結不能出聲。晉書温嶠傳陶侃表："故大將軍嶠……臨卒之際，與臣書別，臣藏之篋笥，時時省視。每一思述，未嘗不中夜撫膺，臨飯酸噎。"

【酸嘶】因勞累而嗓音發啞。宋蘇軾分類東坡詩二四秧馬歌："嗟我婦子行水泥，朝分一壠暮千畦，腰如箜篌首啄雞，筋煩骨殆聲酸嘶。"

【酸漿】草名。爾雅釋草作"葴"。宋寇宗奭本草衍義九："苗如天茄子，開小白花，結青殼，熟則深紅，殼中子大如櫻，亦紅色，櫻中復有細子如落蘇之子，食之有青草氣。”

【酸雞】昆蟲名。詩豳風七月“六月莎雞振羽”唐孔穎達疏：“李巡曰：一名酸雞。”參見“莎雞”。

【酸鎌】同酸餡。宋歐陽修歸田録下：“京師食店賣酸鎌者，皆大出牌牓於通衢，而俚俗昧於字法，轉酸從食，鎌從臽。有滑稽子謂人曰：彼家所賣餕餡(音俊刀)，不知爲何物也。”參見“酸餡氣”。

【酸懷】傷心。晉書王濬傳桓温表：“案故撫軍王濬，歷職内外，任兼文武，……襄陽之封，廢而莫續，恩寵之號，墜於近嗣；遐邇酸懷，臣竊悼之。”

【酸棗臺】地名。水經注名韓王望氣臺。故址在今河南延津縣北。藝文類聚六二晉孫楚韓王臺賦：“酸棗寺門外，夾道左右有兩故臺。訪諸故老云：韓王聽訟觀也。”北周庾信庾子山集一小園賦：“有棠梨而無觀，足酸棗而非臺。”

【酸餡氣】酸餡，僧家素食，因以酸餡氣諷刺僧人言詞詩文的特有腔調和習氣。宋蘇軾分類東坡詩五贈詩僧道通“氣含蔬筍到公無”自注：“謂無酸餡氣也。”

酷

kù 苦沃切，入，沃韻，溪。
ㄎㄨˋ

㊀酒味醇厚，香氣郁烈。説文：“酷，酒味厚也。”參見“酷烈㊁”。㊁極，程度深。世説新語賢媛：“陶公(侃)少有大志，家酷貧，與母湛氏同居。”㊂殘暴。韓非子顯學：“今上急耕田墾草，以厚民産也，而以上爲酷。”參見“酷吏”。㊃慘痛，痛恨。三國志魏鄧艾傳：“吴人傷子胥之冤酷，皆爲立祠。”北齊顔之推顔氏家訓文章：“銜酷茹恨，徹于心髓。”

【酷吏】以嚴刑峻法殘虐百姓的官吏。史記一二二酷吏傳：“高后時，酷吏獨有侯封，刻轢宗室，侵辱功臣。”又太史公自序：“民倍本多巧，姦軌弄法，善人不能化，唯一切嚴削爲能齊之。作酷吏列傳第六十二。”二十四史自史記已下，漢書、後漢書、魏書、北齊書、隋書、北史、新舊唐書、金史皆有酷吏傳。

【酷似】極其相像。晉書何無忌傳：“何無忌，劉牢之之甥，酷似其舅。”

【酷烈】㊀殘暴。荀子議兵：“秦人，其生民也陿阸，其使民也酷烈。”注：“酷烈，嚴刑罰也。”㊁香味濃厚。史記一一七司馬相如傳上林賦：“芬香漚鬱，酷烈淑郁。”也作“酷裂”。後漢書五九張衡傳思玄賦：“美襞積以酷裂兮，允塵邈而難虧。”

【酷濫】指刑罰殘酷和濫用。後漢書十六鄧騭傳朱寵追訟騭疏：“騭當享積善履謙之祐，而横爲宫人單辭所陷，利口傾險，反亂國家，罪無申證，獄不訊鞫，遂令騭等罹此酷濫，一門十人，並不以命。”

酶

méi 集韻 謨杯切，平，灰韻。
ㄇㄟˊ

酒母。同“𨡪”。又通作“媒”。見集韻。參見“媒糵”。

酳

yìn 羊晉切，去，震韻，喻。
ㄧㄣˋ

㊀食畢用酒漱口。禮樂記：“執爵而酳。”㊁獻酒。儀禮特牲饋食禮：“主人洗角升，酌酳尸。”注：“酳，猶衍也；是獻尸也。”

八畫

醇

chún 常倫切，平，諄韻，禪。
ㄔㄨㄣˊ

㊀厚酒。漢書三九曹參傳：“至者，參輒飲以醇酒。”注：“醇酒不澆，謂厚酒也。”㊁淳樸，厚重。淮南子氾論：“古者民醇工厖商樸女重。”注：“醇厚不虚華也。”㊂精純不雜。通“純”。書説命中：“政事惟醇。”漢書禮樂志：“河龍供鯉醇犧牲。”注：“醇謂色不雜也。”

【醇化】純樸的風化。同“淳化”。鶡冠子泰鴻：“醇化四時，陶埏無形。”晉書樂志上：“醇化既穆，王道協隆。”參見“淳化㊀”。

【醇酎】酒名，重釀之醇酒。舊題漢劉歆西京雜記一：“漢制，宗廟八月飲酎，……以正月旦作酒，八月成，名曰酎，一曰九醖，一名醇酎。”參見“九醖酒”。

【醇鈞】古劍名。廣雅釋器：“醇鈞，……劍也。”淮南子修務作“純鈞”，覽冥作“淳鈞”，齊俗作“淳均”。見各該條。

【醇備】醇厚完美。漢書九九下王莽傳：“(唐林紀逡)孝弟忠恕，敬上愛下，博通舊聞，德行醇備，至於黄髮，靡有愆失。”

【醇粹】精純不雜。楚辭屈原遠遊：“玉色頩以脕顔兮，精醇粹而始壯。”文選晉左太沖(思)魏都賦：“非醇粹之方壯，謀踳駮於王義。”

【醇駟】謂四馬一色。漢書食貨志上：“天下既定，民亡蓋臧，自天子不能具醇駟，而將相或乘牛車。”注：“醇，不雜也。無醇色之駟，謂四馬雜色也。”史記平準書作“鈞駟”。

【醇碧】酒名，味厚色碧之酒。宋黄庭堅豫章集十五醇碧頌序：“荆州士大夫家，綦豆麴酒，多碧色可愛，而病於不醇，田子醖成而味厚，故予名之曰醇碧而頌之。”陸游劍南詩稿四八自適：“家釀傾醇碧，園蔬摘矮黄。”

【醇儒】學識精純的儒者。同“純儒”。漢書五一賈山傳：“所言涉獵書記，不能爲醇儒。”參見“純儒”。

【醇醨】醇，厚酒；醨，薄酒。宋王禹偁小畜集五北樓感事詩：“樽中有官醖，傾酌任醇醨。”也用以比喻民俗之厚薄。唐孔穎達禮記正義序：“夫人上資六氣，下乘四序，賦清濁以醇醨，感陰陽而遷變。”

【醇醪】味厚的美酒。史記一〇一袁盎傳：“乃悉以其裝齎，置二石醇醪。”三國志吴周瑜傳“瑜惟與程普不睦”注引江表傳：“普頗以年長，數陵侮瑜。瑜折節容下，終不與校。普後自敬服而親重之，乃告人曰：‘與周公瑾交，若飲醇醪，不覺自醉。’”公瑾，瑜字。

【醇醲】厚酒。引申指民風或文義的醇樸。文選晉左太沖(思)魏都賦：“不鬻邪而豫賈，著馴致之醇醲。”注：“以酒之醲以喻政厚也。”宋文同丹淵集九讀淵明集：“文章簡要惟華袞，滋味醇醲是太羹。”

【醇酒婦人】酒色。史記七七魏公子(信陵君)傳：“公子自知再以毁廢，乃謝病不朝，與賓客爲長夜飲，飲醇酒，多近婦女。日夜爲樂飲者四歲，竟病酒而卒。”

醅

pēi 芳杯切，平，灰韻，滂。
ㄆㄟ 匹尤切，平，尤韻，滂。

㊀醉飽。見説文。㊁未濾之酒。唐杜甫杜工部詩史補遺一客至：“盤飧市遠無兼味，樽酒家貧只舊醅。”

【醅面】指酒面的碧色浮沫。宋范成大石湖集三立春日郊行：“麴塵欲暗垂垂柳，醅面初明淺淺波。”比喻春水泛緑色。

醉

zuì 將遂切，去，至韻，精。
ㄗㄨㄟˋ

㊀使醉，酒酣。詩大雅既醉：“既醉以酒，既飽以德。”史記一二六滑稽傳淳于髡：“臣飲一斗亦醉，一石亦醉。”㊁沈迷。莊子應帝王：“列子見之而心醉。”參見“心醉”。㊂以酒浸物。見“醉蟹”。

【醉月】對月酣酒。唐李白李太白文六春夜宴從弟桃花園序：“開瓊筵以坐花，飛羽觴而醉月。”又李太白詩九贈孟浩然：“醉月頻中聖，迷花不事君。”

【醉石】廬山名勝名。宋陳舜俞廬山記二敍山南：“又三里過栗里源，有陶令醉石。陶令名潛，字元亮，或曰字淵明，……所居栗里，兩山間有大石，仰視懸瀑，平廣可坐十餘人，元亮自放以酒，故名醉石。”

【醉白】㊀堂名。在河南安陽縣。宋蘇軾經進東坡文集事略五十韓魏公醉白堂記："故魏國忠獻韓公(琦)作堂於私第之池上，名之曰醉白；取樂天池上之詩以爲醉白堂之歌。"㊁池名。在江蘇松江縣，名醉白池，清顧大申別墅，爲江南名勝之一。大申，松江華亭人，順治九年進士，官至工部郎中，以詩文書畫著名，爲當時名士。見清孫星衍松江府志七七名蹟志。

【醉李】古地名。卽檇李。在今浙江嘉興縣西南。公羊傳定十四年"五月，於越敗吳于醉李"，卽此。參見"檇李㊁"。

【醉虎】見"醉龍"。

【醉朋】酒徒。法苑珠林一一二酒肉述意："夫酒爲放逸之門，大聖知其苦本，所以遠酣肆，離酒緣，棄醉朋，近法友，出昏門，入醒境。"

【醉客】㊀醉酒之人。後漢書六四吳祐傳："又安丘男子毋丘長與母俱行市，道遇醉客辱其母。"㊁指木蓮。宋姚寬西溪叢語上："木芙蓉爲醉客。"參見"十客㊁"。

【醉侯】稱好酒而量大之人。全唐詩六一四皮日休夏景沖澹偶然作之二："他年謁帝言何事，請贈劉伶作醉侯。"宋史四五七种放傳："性嗜酒，嘗種秫自釀，每曰空山清寂，聊以養和，因號雲溪醉侯。"參閱清梁章鉅稱謂錄二七酒。

【醉翁】㊀嗜酒老人。唐鄭谷鄭守愚集二倦客詩："聞烹蘆筍炊菰米，會向源流作醉翁。"㊁宋歐陽修爲滁州太守，自號醉翁。瑯玡山有僧智僊所築亭，修嘗飲宴於此，因題名爲醉翁亭。文忠集三九有醉翁亭記。

【醉尉】史記一〇九李將軍傳："還至霸陵亭，霸陵尉醉，呵止廣。廣騎曰：'故李將軍。'尉曰：'今將軍尚不得夜行，何乃故也！'止廣宿亭下。"後常用醉尉事作受下吏侵侮的典故。梁書何敬容傳謝郁與敬容書："草萊之人，聞諸道路，君侯已得瞻望朝夕，出入禁門，醉尉將不敢呵，死灰不無其漸，甚休甚休。"

【醉眼】酒後含有醉意。唐詩紀事六九羅虬比紅兒詩之四六："可得紅兒拋醉眼，漢皇恩澤一時迴。"宋蘇軾分類東坡詩二十杜介送魚："醉眼朦朧覓歸路，松江煙雨晚疎疎。"

【醉魚】中毒假死而能復蘇的魚。宋朱弁曲洧舊聞三："土人不善施網罟，冬積柴水中爲罧以取之，以擣澤蓼雜煮大麥撒深潭中，魚食之輒死，浮水上，可俯掇，久之復活，謂之醉魚云。"

【醉粧】五代前蜀主王衍，命宮人戴金蓮花冠，衣道士服，施朱粉夾臉，號醉粧，一時風行，國中之人皆効之。見宋孫光憲北夢瑣言一、新五代史前蜀世家王衍傳。

【醉象】佛家比喻嗔毒凶惡之心。廣弘明集二八上南朝梁簡文帝(蕭綱)八關齋制序："宜制此心虵，袪斯醉象，立制如左，咸勉聽思。"唐崔致遠桂苑筆耕集四奏請僧弘鼎充管內僧正狀："所冀身掛金襴，呈養鷹之雋氣；手持玉柄，制醉象之狂徒。"

【醉鄉】指醉中境界。唐杜牧樊川集二華清宮三十韻詩："雨露偏金穴，乾坤入醉鄉。"新唐書一九六王績傳："著醉鄉記以次劉伶酒德頌。"又藝文志三著錄皇甫松醉鄉日月三卷。

【醉聖】唐李白嗜酒，不拘小節，醉中所撰文章，未嘗錯誤，時人號爲醉聖。見五代後周王仁裕開元天寶遺事下醉聖。

【醉漢】酒醉之人。五代後周王仁裕開元天寶遺事下醉語："張曲江(九齡)常謂賓客曰：李林甫議事，如醉漢腦語也，不足可言。"宋劉克莊後村集十三三月二十五日飲方校書園十絕之八："乍可生前稱醉漢，也勝死後謚愚公。"

【醉墨】謂醉中作書畫。相傳唐張旭酒後草書，揮筆大叫，以頭投水墨中而書之。見唐李肇國史補上。後因稱醉中所作的書畫爲醉墨。宋陸游劍南詩稿十歸雲門："壞壁塵埃尋醉墨，孤燈餅餌對鄰翁。"

【醉龍】漢蔡邕飲酒至一石，常醉在路上卧，人名曰醉龍。又晉謝玄能飲一石，人名之醉虎。見宋缺名五色線下引語林、明朱國楨湧幢小品十七醉龍虎。

【醉貓】薄荷的別名。宋陶穀清異錄蔬菜："居士李巍求道雪竇山中，畦蔬自供。有問巍曰：'日進何味？'答曰：'以鍊鶴一羹，醉貓三餅。'"注："巍以蒔蘿薄荷搗飯爲餅。"按舊稱貓食薄荷而醉，故云。

【醉輿】醉人所乘的兜子。五代後周王仁裕開元天寶遺事上醉輿："申王每醉，卽使宮妓將錦綵結一兜子，令宮妓輩擡舁歸寢室，本宮呼曰醉輿。"

【醉瀋】猶言醉墨。瀋，墨汁。明王世貞弇州山人四部稿二十定州書壁水二堵妙絕天下……余歌以暢厥美仍爲志解嘲詩："鶩毫欲捲阿縛枯，醉瀋橫拖驚頭碧。"

【醉蟹】酒浸之蟹。製法，以椒與鹽炒熟，納活蟹臍內，投諸甕，以酒醋浸之，封固，七日可食。舊有"十八團臍不用尖，半斤米醋半斤鹽，四兩糖錫斤半酒，吃到來年二月天"之歌訣，然製法各處不同。參閱清李漁笠翁一家言笠翁偶集五飲饌部蟹。

【醉太平】㊀花名。宋宋祁謂花有數種，其小者號寶仙，淺紅者爲醉太平，白者名玉眞，成都人競移蒔圃中，以爲尤玩云。"見宋宋祁益部方物略記瑞聖花。參見"瑞聖花"。㊁詞調名。一名凌波曲，一名醉思凡，又名四字令。雙調，有三十八字、四十五字、四十六字諸體。見詞譜三。

【醉司命】宋孟元老東京夢華錄十十二月："二十四日交年，都人至夜……以酒糟塗抹竈門，謂之'醉司命'。"又吳泳鶴林集三別歲詩："竈塗醉司命，門貼畫鍾馗。"舊時亦稱臘月祀竈日爲醉司命日。

【醉如泥】㊀爛醉貌。後漢書七九下周澤傳："時人謂之語曰：生世不諧，作太常妻，一歲三百六十日，三百五十九日齋。"唐李賢注："漢官儀此下云'一日不齋醉如泥'。"唐杜甫杜工部草堂詩箋二一將赴成都草堂途中有作先寄嚴鄭公之三："肯藉荒亭春草色，先判一飲醉如泥。"㊁酒杯名。宋缺名五國故事下："(閩王)王延羲在位，爲長夜之飲，鍛銀葉爲酒杯，以賜飲羣下。銀葉既柔弱，因目之爲冬瓜片，又名之曰醉如泥。"

【醉翁亭】古蹟名勝。在今安徽省滁縣西南，宋僧智僊建。宋歐陽修爲滁州太守，嘗飲宴於此，修自號醉翁，因名亭爲醉翁亭。見文忠集三九醉翁亭記。

【醉翁操】詞調名。原爲琴曲。宋蘇軾東坡集後集八琴操序："歐陽公謫守滁州，琅邪幽谷，山水奇麗，泉鳴空澗，若中音會；醉翁喜之，把酒臨聽，輒欣然忘歸。既去十餘年，而好奇之士沈遵聞之往遊，以琴寫其聲，曰醉翁操，……然有其聲而無其詞，翁雖爲作歌，而與琴聲不合，又依楚詞作醉翁引。好事者亦倚其詞以製曲，雖粗合均度，而琴聲爲詞所絕約，非天成也。後三十餘年，翁既捐館舍，而遵亦没久矣。有廬山玉澗道人崔閑，特妙於琴，恨此曲之無詞，乃譜其聲而請於東坡居士以補之云。"雙調，九十一字。見詞譜二二。

【醉菩提】傳奇名。三卷，二十回。清張心其作，記南宋光宗時靈隱寺僧濟顛(道濟)和尚事。濟顛雖出家爲僧而嗜酒，故曰醉菩提。見曲海總目提要二一。

【醉落魄】詞調名。卽一斛珠。見"一斛珠㊀"。

【醉楊妃】花名。1.蘭花品種名。廣羣

芳譜四四引宋王貴學蘭譜："何蘭，壯者十四五萼，繁而低壓，冶而倒披，花色淺紫，似陳蘭……或名潘蘭，有紅酣香醉之狀，經雨露則嬌困，號醉楊妃。"2.牡丹品種名。格致鏡原七一引牡丹："醉楊妃二種：一，千葉樓，宜陽；一，平頭極大，不耐日。"

【醉薰薰】 半醉貌。三國魏嵇康嵇中散集十家誡："見醉薰薰便止，愼不當至困醉，不能自裁也。"也作"醉醺醺"。唐岑參岑嘉州詩三送羽林長孫將軍赴歙州："青門酒樓上，欲別醉醺醺。"白居易長慶集五七不如來飲酒之五："不如來飲酒，閒坐醉醺醺。"

【醉生夢死】 謂生活頹廢，如醉如夢。濂洛關閩書十二君子："伊川(程頤)曰：'……邪誕妖異之説起，塗生民之耳目，溺天下於汙濁，雖高才明智，膠於見聞，醉生夢死，不自覺也。"宋陽枋字溪集三與趙明遠書："人生世間，光景無多，而汩没利名，蔽囿纏縛，自少至老，只在大黑暗中啾啾雜雜，未嘗見一點光明，所謂醉生夢死，意何謂耶？"

【醉吟先生】 唐白居易嘗效陶潛五柳先生傳，作醉吟先生傳以自況，文見長慶集六一。又皮日休隱居鹿門山，性嗜酒癖詩，號醉吟先生，又自稱醉士。見元辛文房唐才子傳八。

【醉酒飽德】 詩大雅既醉："既醉以酒，既飽以德。"詩序："既醉，太平也。醉酒飽德，人有士君子之行焉。"後用爲酬謝主人宴飲之辭。唐缺名靈應傳："妾以寓止郊園，綿歷多祀，醉酒飽德，蒙惠誠深。"(太平廣記四九二)

【醉翁之意不在酒】 宋歐陽修文忠集三九醉翁亭記："太守與客來飲于此，飲少輒醉，而年又高，故自號曰醉翁也。醉翁之意不在酒，在乎山水之間也。"後來常以醉翁之意不在酒指藉此圖彼，眞意別有所在。元劉因靜修集五飲仲誠椰瓢詩："醉翁之意不在酒，宛如琴意非絲桐。"

醋 1. cù ㄘㄨˋ 倉故切，去，暮韻，清。

㊀用酒或酒糟發酵製成的一種酸味之調料。古字作"酢"。北魏賈思勰齊民要術八作酢法："酢，今醋也。"引申爲酸味。唐白居易長慶集二十東院詩："老去齒衰嫌橘醋，病來肺渴覺茶香。"㊁俗稱嫉妒者爲有醋意，也省稱醋。紅樓夢三一："晴雯聽他説'我們'兩字，自然是他和寶玉了，不覺又添了醋意。"參見"喫醋"。

2. zuò ㄗㄨㄛˋ

㊂酬酢之"酢"，古作"醋"。謂回敬，報答。儀禮士虞禮："祝酌授尸，尸以醋主人。"注："醋，報。"清段玉裁説文解字注十四下"醋"："按諸經多以酢爲醋，惟禮經尚仍其舊。後人醋酢互易。"

【醋大】 唐人稱貧寒失意的讀書人。也作"措大"。唐高彥休闕史上吐突承璀地毛："醋大知之久矣。"注："中官謂南班，無貴賤皆呼醋大。"唐蘇鶚蘇氏演義上："醋大者，或有擡肩拱臂，攢眉蹙目，以爲姿態，如人食酸醋之貌。故謂之醋大。大者，廣也，長也。篆文大字，象人之形。"參見"措大"。

【醋心】 樹病名。唐段成式酉陽雜俎續集十支植下醋心樹："嘗見栽植經三卷，言木有病醋心者。"

【醋浸曹公】 醋梅的諱稱。宋沈括夢溪筆談二三譏謔："吳人多謂梅子爲曹公，以其嘗望梅止渴也。又謂鵝爲右軍。有一士人遺人醋梅與燖鵝，作書云：'醋浸曹公一甏，湯燖右軍兩隻，聊備一饌。'"曹公，曹操；右軍，王羲之。參見"望梅止渴"。

醂 lǎn ㄌㄢˇ 盧感切，上，感韻，來。

用水浸藏柿、桃等果類爲醂。見廣韻。

【醂柹】 以溫水浸藏之柿。本草綱目三十果二柹："生柹置器中自紅者，謂之烘柹，……水浸藏者，謂之醂柹。"柹，柿本字。

醃 yān ㄧㄢ 央炎切，平，鹽韻，影。

用鹽浸漬食物。廣雅釋器："醃，葅也。"清王念孫疏證："醃之言淹漬也。"宋朱敦儒樵歌中朝中措詞："自種畦中白菜，醃成甕裏黃齏。"

醆 zhǎn ㄓㄢˇ 旨善切，上，獮韻，照。

㊀白酒。即周禮五齊中的盎齊。禮禮運："玄酒在室，醴醆在户。"疏："醴謂醴齊，醆謂盎齊。"參見"盎齊"。

阻限切，上，產韻，莊。

㊁酒器。同"琖"、"盞"。詩大雅行葦"洗爵奠斝"漢毛亨傳："夏曰醆，殷曰斝，周曰爵。"

醊 zhuì ㄓㄨㄟˋ 陟衛切，去，祭韻，知。

ㄓㄨㄛˋ 陟劣切，入，薛韻，知。

㊀祭祀時以酒酹地。後漢書七六王渙傳："男女老壯皆相與賦斂，致奠醊以千數。"㊁連續祭祀。史記封禪書："其下四方地，爲醊食羣神從者及北斗云。"謂繞壇設諸神祭座連續而祭。

醄 táo ㄊㄠˊ 集韻 徒刀切，平，豪韻。

見"酕醄"。

醁 lù ㄌㄨˋ 力玉切，入，燭韻，來。

見下。

【醁醽】 美酒名。唐李賀歌詩編一示弟："醁醽今夕酒，緗帙去時書。"參見"醽醁"、"酃渌"。

九畫

醅 yīn ㄧㄣ 於金切，平，侵韻，影。

凡物漬藏掩覆不泄氣者謂之醅。宋呂頤浩忠穆集七新酒金橘寄李德升詩："稻醅初熟鵝兒色，金橘方包彈子新。"

醓 tǎn ㄊㄢˇ 集韻 他感切，上，感韻。

肉醬。見下。

【醓醢】 肉醬。詩大雅行葦："醓醢以薦，或燔或炙。"疏："蓋用肉爲醢，特有多汁，故以醓爲名。"周禮天官醢人："朝事之豆，其實韭菹、醓醢。"説文引作"䏙醢"。

醐 hú ㄏㄨˊ 户吳切，平，模韻，匣。

見"醍$_2$醐"。

醎 xián ㄒㄧㄢˊ 胡讒切，平，咸韻，匣。

鹽味。"鹹"俗字。楚辭宋玉招魂："大苦醎酸，辛甘行些。"注："醎，一作鹹。"

醠 miǎn ㄇㄧㄢˇ 集韻 彌兖切，上，獮韻。

沉迷於酒。同"湎"。淮南子修務："沉醠耽荒，不可教以道，不可喻以德。"

醟 mú ㄇㄨˊ máo ㄇㄠˊ 莫胡切，平，模韻，明。莫浮切，平，尤韻，明。

見下。

【醟醯】 榆醬。見説文。北魏賈思勰齊民要術五種榆白楊："二月榆莢成，及青收乾以爲旨蓄，色變白，將落，可作醟醯。"

醑 xǔ ㄒㄩˇ 私呂切，上，語韻，心。

㊀同湑。濾酒去滓。詩小雅伐木："有酒湑我。"釋文："湑，本又作醑。……謂以茅泲之而去其糟也。"㊁美酒。北周庾信庾子山集一燈賦："況復上蘭深夜，中山醑清。"唐李白李太白詩十八送別："惜別傾壺醑，臨分贈馬鞭。"

醍 1. tǐ ㄊㄧˇ 他禮切，上，齊韻，透。

㊀淺紅色之清酒。即周禮酒正五齊之醍齊。禮禮運:"粢醍在堂,澄酒在下。"

2. tí ㄊㄧˊ 杜奚切,平,齊韻,定。

㊀見"醍$_2$醐"。

【醍$_2$醐】㊀作乳酪時,上一重凝者爲酥,酥上加油者爲醍醐。味甘美。可入藥。涅槃經十四聖行品:"譬如從牛出乳,從乳出酪,從酪出生酥,從生酥出熟酥,熟酥出醍醐,醍醐最上,……佛以如是。"酥,本亦作"穌"。參閱宋寇宗奭本草衍義十六醍醐。㊁指美酒。唐白居易長慶集六四將歸一絶:"更憐家醞迎春熟,一甕醍醐迎我歸。"㊂喻人品之粹美。新唐書一六三穆寧傳:"(寧子)兄弟皆和粹,世以珍味目之:贊少俗,然有格,爲'酪';質美而多入,爲'酥';員爲'醍醐';賞爲'乳腐'云。"

【醍$_2$醐荔】荔枝品種名。清陳鼎荔枝譜:"明萬曆初,產(福建)螺女江南甘果山中,上下俱紅,中一道白如雪,若帶狀,又名美人腰帶紅,啖十顆,輒酩酊如中酒,又名醍醐荔。"

【醍$_2$醐灌頂】佛家以醍醐灌人之頂,喻輸入人以智慧,使人頭腦清醒。全唐詩二六五顧況行路難之二:"君不見少年頭上如雲髮,少壯如雲老如雪。豈知灌頂有醍醐,能使清涼頭不熱。"西遊記三一:"那沙僧一聞孫悟空三個字,便好似醍醐灌頂,甘露滋心。"

醒 xǐng ㄒㄧㄥˇ 桑經切,平,青韻,心。
蘇挺切,上,迥韻,心。
蘇佞切,去,徑韻,心。

㊀醉解,清醒。左傳僖二三年:"(齊)姜與子犯謀,醉而遣之,醒以戈逐子犯。"楚辭屈原漁父:"舉世皆濁我獨清,衆人皆醉我獨醒。"㊁夢覺。唐韓愈昌黎集四東都遇春詩:"朝曦入牖來,鳥喚昏不醒。"㊂醒悟,覺悟。漢賈誼新書先醒:"故昭然先寤乎所以存亡矣,故曰先醒。"

【醒目】㊀謂不寐。宋梅堯臣宛陵集十一永叔贈酒詩:"一日復一夕,醒目常不眠。"㊁說書人的道具,用以拍案引起聽衆注意。宋范祖述杭俗遺風:"大書,一人獨說,不用傢伙,惟有醒目一塊,紙扇一把。"也作"醒木"。清孔尚任桃花扇聽稗:"(柳敬亭)拍醒木說介:敢告列位,今日所說不是別的,是魯論'太師摯適齊'全章。"

【醒狂】謂不醉而狂。漢書七七蓋寬饒傳:"寬饒曰:'無多酌我,我乃酒狂。'丞相魏侯笑曰:'次公醒而狂,何必酒也。'"次公,寬饒字。宋朱熹朱文公集二借韻呈府判張丈既以奉箴且求教藥詩:"我亦醒狂多忤物,頗能還贈一言不?"

【醒悟】覺悟。漢王充論衡佚文:"陸賈說以漢德,懼以帝威,心覺醒悟,蹶然起坐。"抱朴子勗學:"經術深,則高才者洞達,鹵鈍者醒悟。"

【醒心杖】中藥遠志的別名。見宋陶穀清異録上藥品引藥譜。

【醒心亭】古蹟名。在安徽滁縣瑯琊山豐樂亭東山上,宋慶曆六年歐陽修爲滁州太守,次年於州西南造豐樂亭,又於亭之東造醒心亭,命曾鞏爲記。文見元豐類稿十七。

【醒酒石】傳說唐李德裕平泉別墅,採奇花異竹,珍木怪石,爲園池之玩。有醒酒石,醉則踞之。見舊五代史李敬義傳、新五代史張全義傳。

【醒酒池】宋時洛陽董氏東園西有大池,中央建堂,榜之曰含碧。水自四面噴瀉池中而陰出之,朝夕如飛瀑而池不溢。傳說洛人盛醉者,走登其堂輒醒,故目曰醒酒池。見宋李格非洛陽名園記董氏東園。

【醒酒花】唐玄宗宿酒初醒,與楊貴妃同看木芍藥,新折一枝與妃子遞嗅曰:"不惟萱草忘憂,此花香豔,尤能醒酒。"後人因以醒酒花爲牡丹的別名。見五代後周王仁裕開元天寶遺事下醒酒花。參見"木芍藥㊀"。

【醒酒鯖】可以醒酒的糟魚。南齊虞悰家富,善爲滋味。武帝(蕭賾)就悰求諸飲食方,悰祕不出。帝醉後體不快,悰獻醒酒鯖鮓一方。鯖,魚名。見南齊書虞悰傳。

【醒醉草】唐興慶宮興慶池南岸,有草數叢,葉紫而心殷,傳說醉酒者摘草嗅之,立時醒悟,故目爲醒醉草。見五代後周王仁裕開元天寶遺事上醒酒草。

【醒世恒言】話本集。明馮夢龍編。少數出宋元人之手,餘爲明人擬作,或夢龍自撰。故事多源於民間傳說,間亦取材於史傳及晉唐宋小說。話本廣泛描繪了城市市民階層的生活面貌和思想感情,也滲雜着不少封建性的糟粕。參見"三言二拍"。

𨡊 tú ㄊㄨˊ 同都切,平,模韻,定。
度侯切,平,侯韻,定。

見"𨢿𨡊"。

醓 xī ㄒㄧ 呼雞切,平,齊韻,曉。

酢。醯的俗字。廣雅釋器:"醓,……酢也。"戰國策東周:"夫鼎者,非效醓壺醬甀耳,可懷挾提挈以至齊者。"一本作"醯壺"。

醙 sōu ㄙㄡ 所鳩切,平,尤韻,山。
息有切,上,有韻,心。

白酒。亦作"㪣"。儀禮聘禮:"醙黍清皆兩壺。"

十畫

醡 zhà ㄓㄚˋ 集韻 側駕切,去,禡韻。
側賣切,去,卦韻。

榨酒具。宋黄庭堅豫章集十次韻楊君全送酒長句:"醡頭夜雨排簷滴,盃面春風繞鼻香。"楊萬里誠齋集三三新酒歌:"松槽葛囊繞上醡,老夫脱帽先嘗新。"也指榨酒。宋歐陽修文忠集三秋晚凝翠亭詩:"嘉客日可攜,寒醅美新醡。"或作"笮"、"榨"。見集韻。廣韻作"笮"。

醝 cuō ㄘㄨㄛ 昨何切,平,歌韻,從。

白酒。樂府詩集六七晉張華輕薄篇:"蒼梧竹葉清,宜城九醞醝。"周禮天官酒正"三曰盎齊"之注"盎……如今鄼白矣"唐陸德明釋文:"鄼白,即今之白醝酒也。"按酒紅曰醍,綠曰醽,白曰醝。見本草綱目二五穀四酒。

𨣍 mì ㄇㄧˋ 彌畢切,入,質韻,明。

㊀飲酒俱盡。見說文。玉篇作"醳"。㊁醬。見廣雅釋器。

醟 yòng 爲命切,去,映韻,于。
ㄩㄥˋ 休正切,去,勁韻,曉。

酗酒。漢書一〇〇下敍傳:"中山淫醟。"中山靖王劉勝,景帝子,好酒。抱朴子論仙:"覆溺者不可怨帝軒之造舟,酗醟者不可非杜儀之爲酒。"

醢 hǎi ㄏㄞˇ 呼改切,上,海韻,曉。

㊀肉醬。詩大雅行葦:"醓醢以薦,或燔或炙。"作醢及臡法:先以肉曝乾,然後斬碎,雜以粱麴及鹽,漬以美酒,塗置瓶中,百日則成。見周禮天官醢人漢鄭玄注。㊁將人剁成肉醬的暴刑。左傳莊十二年:"宋人請猛獲于衛,……衛人歸之。亦請南宮萬于陳以賂,陳人使婦人飲之酒,而以犀革裹之,比及宋,手足皆見。宋人皆醢之。"

【醢人】官名。周禮天官之屬。掌四豆之實,以供王祭享之用。見周禮天官醢人。

醠 àng 烏浪切,去,宕韻,影。
ㄤˋ 烏朗切,上,蕩韻,影。

濁酒。見說文。也作"盎"、"醠"。周禮天官酒正:"辨五齊之名,……三曰盎齊。"清段玉裁說文解字注:"醠,周禮作盎,古文叚借也。"參見"醠"、"盎齊"。

醞 yùn 於粉切,上,吻韻,影。
ㄩㄣˋ 於問切,去,問韻,影。

㊀釀酒。文選漢張平子(衡)南都賦:"酒則九醞甘醴,十旬兼清。"九醞、十旬,皆酒名,以釀法爲名。三國魏曹植曹子建集四酒賦:"或秋藏冬發,或春醞夏成。"㊁酒。隋書孫萬壽傳遠戍江南寄京邑親友詩:"宜城醞始熟,陽翟曲新調。"宋梅堯臣宛陵集十一永叔贈酒詩:"大門多奇醞,一斗市錢千。"㊂見"醞藉"。

【醞户】續文獻通考二一征榷四榷酤:"獨潭州自(宋)紹興元年,兵革未息,城市蕭條,幕府適有練達之人建議於州募醞户造酒城外,而募泊户賣之城中。"醞户,指酒工。

【醞酒】釀酒。後漢書八一范式傳:"元伯(張劭)具以白母,請設饌以候之。……母曰:'若然,當爲爾醞酒。'"

【醞都】蒙古中丞之乳車。蒙古自忽必烈而下,山陵各有醞都,取馬乳以供祀事。見明陳懋仁庶物異名疏十一舟輿部。

【醞藉】寬容含蓄。漢書七一薛廣德傳:"廣德爲人温雅有醞藉。"清黃生義府下醞藉:"漢書匡張孔馬傳贊:'服儒衣冠,傳先王語,其醞藉可也。'醞謂醇,藉謂厚,言不露鋒稜也。"也作"蘊籍"。見該條。

【醞釀】㊀釀酒。後漢書七五呂布傳:"布怒曰:'布禁酒,而卿等醞釀,爲欲因酒共謀布邪?'"㊁比喻積漸而成。淮南子本經:"斟酌萬殊,旁薄衆宜,以相嘔咐醞釀而成育羣生。"注:"醞釀,猶和調也。"宋蘇軾分類東坡詩二四又一首答二猶子與王郎見和:"詩書與我爲麴蘖,醞釀老夫成搢紳。"

醜 chǒu 昌九切,上,有韻,穿。
ㄔㄡˇ

㊀惡,凶。詩小雅十月之交:"日有食之,亦孔之醜。"㊁厭惡,嫉害。左傳昭二八年:"惡直醜正,實蕃有徒。"㊂交惡,相惡。戰國策魏二:"(秦)又必謂王曰使王輕齊,齊魏之交已醜,又且收齊以更索於王。"㊃羞恥,慚愧。易觀:"闚觀女貞,亦可醜也。"呂氏春秋恃君:"吾將死之,以醜後世人主之不知其臣者也。"㊄相貌難看。淮南子說山:"嫫母有所美,西施有所醜。"漢書五行志:"民多被刑,或形貌醜惡。"㊅同類,相類。通"儔"。國語楚下:"官有十醜,爲億醜。"注:"醜,類也。"孟子公孫丑下:"今天下地醜德齊。"參閱清汪中經義知新記。㊆指低賤之人,醜類。詩小雅出車:"執訊獲醜,薄言還歸。"傳:"醜,衆也。"訊、醜均指俘虜。㊇相比。見"醜類㊁"。㊈肛門。禮內則:"魚去乙,鼈去醜。"注:"醜,謂鼈竅也。"清朱駿聲說文通訓定聲以爲醜通"尻"。

【醜末】自謙之詞,謂鄙陋微賤。南史王藻傳江斅讓婚表:"自惟門慶,屬降公主,天恩所覃,庸及醜末。"

【醜地】貧瘠之土地。史記項羽紀:"項羽爲天下宰不平,今盡王故王於醜地,而王其羣臣諸將善地。"

【醜夷】猶言等類。禮曲禮上:"凡爲人子之禮,……在醜夷不爭。"注:"醜,衆也。夷,猶儕也。"

【醜陋】容貌難看。世說新語容止"劉伶身長六尺"注引梁祚魏國統:"劉伶形貌醜陋,身長六尺,然肆意放蕩,悠然獨暢,自得一時。"

【醜徒】惡徒。新唐書一四三元結傳時議之一:"醜徒狼扈在四方者幾百萬,當時之禍可謂劇,而人心危矣。"元次山文集八作"凶勇之徒"。

【醜詆】毀謗,誣衊。漢書三六楚元王傳附劉向上封事:"是以羣小窺見間隙,緣飾文字,巧言醜詆,流言飛文,譁於民間。"

【醜惡】不美好。史記一二八褚孝孫補龜策傳:"人或忠信而不如誕謾,或醜惡而宜大官,或美好佳麗而爲衆人患。"三國志魏武帝紀建安十九年:"漢皇后伏氏坐昔與父故屯騎校尉完書,……辭甚醜惡,發聞,后廢黜死,兄弟皆伏法。"

【醜虜】猶言羣虜。詩大雅常武:"鋪敦淮濆,仍執醜虜。"漢書九九下王莽傳地皇四年詔:"納言將軍嚴尤、秩宗將軍陳茂、車騎將軍王巡、左隊大夫王吳亟進所部州郡兵凡十萬衆,迫措前隊醜虜。"

【醜儕】同類,儕輩。晏子春秋問下:"自勤于飢寒,不及醜儕。"

【醜類】㊀惡類。左傳文十八年:"醜類惡物,頑嚚不友。"三國志魏武帝紀:"大殲醜類,俾我國家拯于危墜。"㊁謂以同類事物相比況。禮學記:"古之學者,比物醜類。"注:"以事相況而爲之。醜,猶比也。"

【醜穢】醜惡污穢。指男女私處或不堪入目的動作。世說新語任誕"有人譏周僕射(顗)"注引鄧粲晉書:"王導與周顗及朝士詣尚書紀瞻觀伎,瞻有愛妾,能爲新聲,顗於衆中欲通其妾,露其醜穢,顏無怍色。"隋書宇文化及傳附宇文智及:"蒸淫醜穢,無所不爲。"

【醜醜婦】宋膠西人趙明叔,家貧好飲,不擇酒而醉。常云:"薄薄酒,勝茶湯;醜醜婦,勝空房。"蘇軾以爲其言雖俚而近乎達,因申其意作薄薄酒詩二首。見分類東坡詩十三薄薄酒序。

十一畫

醨 lí 呂支切,平,支韻,來。
ㄌㄧˊ

薄酒。楚辭屈原漁父:"衆人皆醉,何不餔其糟而歠其醨?"引申爲淡薄。見"醨薄㊁"。

【醨薄】㊀指酒薄。舊唐書食貨志下:"建中三年,初榷酒,天下悉令官釀。……委州縣綜領。醨薄私釀,罪有差。"㊁淡薄。唐權德輿權載之集四二答左司崔員外書:"師友之義缺,醨薄之風起。"

醩 zāo 作曹切,平,豪韻,精。
ㄗㄠ

酒滓,俗稱酒糟。古文作"糟"。漢書食貨志下:"除米麴本賈,計其利而什分之,以其七入官,其三及醩截灰炭給工器薪樵之費。"

醭 mó 字彙 莫胡切,音模。
ㄇㄛˊ

見"酟醭"。

醧 yù 依倨切,去,御韻,影。
ㄩˋ

私宴。文選晉左太沖(思)魏都賦:"愔愔醧讌,酣湑無譁。"劉淵林注引韓詩:"'賓爾籩豆,飲酒之醧。'能者飲,不能者已,謂之醧。"詩小雅常棣醧作"飫"。

醥 piǎo 敷沼切,上,小韻,滂。
ㄆㄧㄠˇ

清酒。文選晉左太沖(思)蜀都賦:"金罍中坐,肴槅四陳,觴以清醥,鮮以紫鱗。"

醫 yī 於其切,平,之韻,影。
ㄧ

㊀治病之人。亦從巫作"毉"。禮曲禮下:"醫不三世,不服其藥。"國語越上:"將免者以告,公令醫守之。"注:"醫,乳醫也。"乳醫,相當於今之婦產科醫生。㊁治病。周禮天官醫師:"聚毒藥以共醫事。"㊂釀粥爲醴曰醫。周禮天官酒正:"辨四飲之物:一曰清,二曰醫,三曰漿,四曰酏。"一說,醫同醷,即梅漿。參閱疏及清朱駿聲說文通訓定聲。

【醫士】醫師。宋唐容真傳巖題名:"零

陵唐容(字)可大,以端平丙申,清明日携二子亮元,游真僊巖,同來者醫士蔣劼。”(八瓊室金石補正八六)元方回桐江續集十六次韻仇仁近有懷見寄詩:“但苦老身多疾痛,時呼醫士問方書。”

【醫方】醫術,醫道。史記一二九貨殖傳:“醫方諸食技術之人,焦神極能,爲重糈也。”漢鄭玄六藝論:“黄帝佐官有七人,……岐伯造醫方。”(清陳鱣輯本)古代印度婆羅門有五明之學,三曰醫方明,包括藥石、針艾、衛生、禁呪等術,參見“五明”。

【醫生】唐六典十四:“醫生四十人。”注:“後周醫正有醫生三百人,隋太醫有生一百二十人,皇朝置四十人。”因肄業官學習醫,故稱醫生。後爲治病者之通稱。宋范成大石湖集二九晝事詩之二:“門外雖無車轍,醫生卜叟猶來。”

【醫匠】古稱醫生爲醫匠。急就篇四:“篤癃痠廢迎醫匠。”注:“醫匠,療病之工也。古者巫彭初作醫。”

【醫官】上古以來,天子、諸侯,皆有醫官,如周禮醫師掌醫之政令,卽醫官。五代有翰林醫官使。宋制,翰林醫官院使副各二人。明清有太醫院,置使副等官。明仿儒學之制置醫官,謂之醫學,府正科一人,州典科一人,縣訓科一人,皆不給祿。清代尚沿其例。參閱續文獻通考五六職官六太醫院。

【醫和】春秋時秦之良醫。晉平公求醫於秦,秦伯使醫和視之。醫和知疾不可治,趙孟(武)稱爲良醫,厚其禮而返之。見左傳昭元年。後來以“醫和”爲良醫之通名。舊唐書懿宗紀咸通十四年遺詔:“自秋已來,忽爾嬰疹,坐朝既闕,踰旬未瘳,六疾斯侵,萬機多曠,醫和無驗,以至彌留。”

【醫案】醫生治病時有關辨證、立法、處方、用藥等的紀錄。史記扁鵲倉公傳稱臣意所診皆有診籍,爲後世醫案之嚆矢。宋許叔微有普濟本事方,其後凡醫家所能著述者,或據事直書,或列藥爲方,多有醫案之作。其彙集諸家爲一編者,始於明江民瑩名醫類案。近人秦伯未有清代名醫醫案,搜羅清代醫案甚富。

【醫院】掌醫藥的官署。隋置太醫署,宋改太醫局,元改太醫院,明清因之。見通典二五職官七、續通典二九職官七。

【醫師】官名。周禮天官之屬,爲衆醫之長。周禮天官醫師:“醫師,掌醫之政令。”唐太醫署屬有四,其一曰醫師。見新唐書百官志三太醫署。

【醫婆】明制,民間婦有精通方脈者,由各衙門選取送司禮監,御醫會選,中者著名籍以待詔,名曰醫婆。見明蔣一葵長安客話三婆。

【醫國】以治病喻治國。謂爲國除患祛弊。國語晉八:“上醫醫國,其次疾人。”宋侯寘嬾窟詞滿江紅:“驚人句,天外得;醫國手,塵中識。”

【醫經】漢書藝文志方技著録漢以前古醫書黄帝内經外經、扁鵲内經外經、白氏内經外經、旁篇七種二百十六卷,稱爲醫經。

【醫説】宋張杲撰。十卷。集古來醫案,勒爲一書。分四十七門。杲三世業醫,承其家學,故所載多可依據。

【醫緩】春秋時秦之良醫。晉景公病,求醫於秦,秦使醫緩往治之。緩至曰:“疾不可爲也。在肓之上,膏之下,攻之不可,達之不及,藥不至焉,不可爲也。”景公曰:“良醫也。”贈以厚禮而歸。見左傳成十年。

【醫療】治病。三國志蜀張嶷傳:“廣漢太守蜀郡何祗名爲通厚,嶷宿與疏闊,乃自轝詣祗,託以治疾,祗傾財醫療,數年除愈。”

【醫博士】醫學教授官。北魏始置太醫博士。隋太醫署置醫博士二人。唐貞觀初詔令各州置醫學博士一人。見魏書官氏志、隋書百官志下、唐會要八二醫術。

【醫無閭】山名。亦作醫巫閭。在遼寧省北鎮縣西,人呼爲廣寧山,主峯名望海山。爲陰山山脈的分支。周禮夏官職方氏:“東北曰幽州,其山鎮曰醫無閭。”卽此。

【醫十三科】中醫分科名目。見“十三科㊀”。

【醫宗金鑑】清乾隆十四年大學士鄂爾泰奉敕撰。九十卷。分訂正傷寒論注十七卷、訂正金匱要略注八卷、删補名醫方論八卷、四脈要訣一卷、運氣要訣一卷、諸科心法要訣五十一卷、正骨心法要旨四卷。有圖有説,有方有論,重於臨牀應用。並各有歌訣,便於記誦。舊時官醫審證處方,多依據此書。

【醫門法律】清喻昌撰,六卷。大旨爲針砭世間庸醫而作。取風寒暑濕燥火六氣及諸雜證,分門別類,以成此編。每門先冠以論,次爲法,次爲律。法爲療病之例,律以糾誤療之失。末附寓意草一卷,爲昌之醫案。

醪 láo ㄌㄠˊ 魯刀切,平,豪韻,來。

濁酒。史記一〇一袁盎傳:“乃悉以其裝齎置二石醇醪。”唐杜甫杜工部草堂詩箋三七清明之一:“鍾鼎山林各天性,濁醪粗飯任吾年。”

醬 jiàng ㄐㄧㄤˋ 子亮切,去,漾韻,精。

㊀用發酵麥麵米豆等製成的調味品。論語鄉黨:“不得其醬不食。”魚肉菜菓等食物搗爛調製而成者亦曰醬。文選漢枚叔(乘)七發:“熊蹯之臑,芍藥之醬。”北魏賈思勰齊民要術八有作蝦醬、魚醬、肉醬等法。㊁醢、醢的總稱。周禮天官膳夫:“凡王之饋,食用六穀。……醬用百有二十甕。”注:“醬,謂醯、醢也。”

【醬翁】宋袁滋入洛,問易于程頤,頤曰:“易學在蜀耳,盍往求之?”滋入蜀訪問之,於眉卭之間得遇賣醬薛翁,與語,大有所得。見宋史四五九隱逸傳下。

【醬瓿】漢侯芭常從揚雄學太玄法言。劉歆亦嘗觀之,謂雄曰:“空自苦!今學者有祿利,然尚不能明易,又如玄何?吾恐後人用覆醬瓿也。”意謂太玄法言不足以謀祿利,將不爲世人所重。見漢書八七下揚雄傳贊。參見“覆瓿”。

十二畫

醯 xī ㄒㄧ 呼雞切,平,齊韻,曉。

醋。論語公冶長:“子曰:孰謂微生高直?或乞醯焉;乞諸其鄰而與之。”疏:“醯,醋也。”宋史繩祖學齋佔畢四九經所無之字“九經中無醋字,止有醯及和用酸而已,至漢方有此字。”

【醯人】官名。周禮天官之屬。與醢人共掌五齊七菹。見周禮天官醯人。

【醯醢】醋和肉醬。左傳昭二十年:“水火醯醢鹽梅,以烹魚肉。”疏:“醯,酢也;醢,肉醬也。”儀禮聘禮:“醯醢百甕。”疏:“醯是釀穀爲之,酒之類。……醢是釀肉爲之。”

【醯雞】小蟲名。莊子田子方:“丘之於道也,其猶醯雞與。”注:“醯雞者,甕中之蠛蠓。”宋陸佃埤雅十一:“蠓,小蟲,似蚋亂飛者也。一名醯雞。”參見“蠛蠓”。

醰 tán ㄊㄢˊ 徒感切,上,感韻,定。
dàn ㄉㄢˋ 徒紺切,去,勘韻,定。
集韻 徒南切,平,覃韻。

酒味長。引申爲醇厚。見下。

【醰粹】純美。文選晉左太沖(思)魏都賦:“沐浴福應,宅心醰粹。”

【醰醰】指韻味醇厚。文選漢王子淵(褒)洞簫賦:“哀悁悁之懷兮,良醰醰而有味。"

醱 pò 普活切,入,末韻,滂。
ㄆㄛˋ

見下。

【醱醅】重釀未濾之酒。北周庾信庾子山集一春賦:"石榴聊泛,蒲桃醱醅。"唐李白李太白詩七襄陽歌:"遥看漢水鴨頭緑,恰似蒲萄初醱醅。"清王琦注:"廣韻:醱醅,酘酒也。醅,酒未漉也。韻會:酘謂之醱;又云:酘,重釀酒也。然則醱醅者,其重釀之酒而未漉者歟?"

醭 bú 普木切,入,屋韻,滂。
ㄅㄨˊ 集韻 博木切,入,屋韻。

米酒、醋及他物因腐敗或受潮所生之白黴。北魏賈思勰齊民要術八作酢神酢法:"必須以冷水澆之,不爾酢壞。其上有白醭浮。"唐白居易長慶集六八卧疾來早晚詩:"酒甕全生醭,歌筵半委塵。"參見"白醭"。

醮 jiào 子肖切,去,笑韻,精。
ㄐㄧㄠˋ

㊀古冠禮,婚禮時行的一種儀節。儀禮士冠禮:"若不醴,則醮用酒。"注:"酌而無酬酢曰醮。"禮昏義:"父親醮子而命之迎。"舊謂女子改嫁曰再醮。北齊書羊烈傳:"一門女不再醮。"參見"再醮㊀"。㊁祭祀。竹書紀年上:"(黄帝)遊于洛水之上,見大魚,殺五牲以醮之。"文選戰國楚宋玉高唐賦:"醮諸神,禮太一。"亦指道士設壇祈禱。北齊顔之推顔氏家訓治家:"符書章醮,亦無祈焉。"㊂竭,盡。爾雅釋水:"水醮曰厬。"注:"謂水醮盡。"荀子禮論:"利爵之不醮也,成事之俎不嘗也。"注:"醮,盡也。"史記禮書醮作"啐",啐訓卒,亦盡之義。參閲清王引之經義述聞六盡瘁以事。㊃憔悴。通"醮"、"顦"。莊子盜跖:"滿心戚醮,求益而不止。"釋文:"醮,李云,顦顇也。"

十三畫

醷 yì 於力切,入,職韻,影。
ㄧ 於擬切,上,止韻,影。

㊀梅漿。禮内則:"漿水醷濫。"注:"醷,梅漿。"㊁見"唈醷"。

醵 jù 其據切,去,御韻,羣。
ㄐㄩ 强魚切,平,魚韻,羣。
其虐切,入,藥韻,羣。

㊀合錢飲酒。禮禮器:"周禮其猶醵與。"注:"合錢飲酒爲醵。"史記一二九貨殖傳:"若至家貧親老,妻子軟弱,歲時無以祭祀進醵,飲食被服不足以自通。"集解引徐廣:"醵,會聚食。"㊁集衆人之錢亦曰醵。見"醵金"、"醵錢"。

【醵金】凑錢。宋陶穀清異録三器具黑金社:"廬山白鹿洞遊士輻凑,每冬寒醵金市烏薪爲禦冬備,號黑金社。"

【醵錢】同醵金。宋王楙燕翼貽謀録一因閼官增進士額:"故事,唱第之後,醵錢於曲江,爲聞喜之飲。"

醴 lǐ 盧啓切,上,薺韻,來。
ㄌㄧˇ

㊀甜酒。詩小雅吉日:"以御賓客,且以酌醴。"又周頌豐年:"爲酒爲醴,烝畀祖妣。"㊁甘甜的泉水。莊子秋水:"夫鵷鶵發於南海,而飛於北海,……非醴泉不飲。"文選漢張平子(衡)思玄賦:"飲青岑之玉醴兮,餐沆瀣以爲粻。"㊂水名。通"澧"。楚辭屈原九歌湘夫人:"捐余袂兮江中,遺余褋兮醴浦。"注:"醴一作澧。"晉虞喜志林新書:"醴是江沅之别流,而醴字作澧也。"

【醴泉】㊀甘美的泉水。禮禮運:"故天降膏露,地出醴泉。"漢書宣帝紀甘露二年詔:"醴泉滂流,枯槁榮茂。"㊁及時之雨。爾雅釋天:"甘雨時降,萬物以嘉,謂之醴泉。"漢王充論衡是應:"醴泉,乃謂甘露也,今儒者説之,謂泉從地中出,其味甘若醴,故曰醴泉。"㊂縣名。屬陝西省。本漢谷口縣,屬左馮翊。後漢及晉爲池陽縣。北魏置寧夷縣,隋開皇十八年改曰醴泉縣,因縣界後周醴泉宫而名。明清皆屬西安府。公元1964年改禮泉縣。今爲陝西禮泉縣。參閲太平寰宇記二六雍州。

【醴陵】縣名。屬湖南省。漢臨湘縣地。東漢置醴陵縣,屬長沙郡。隋省入長沙。唐武德四年復置。元元貞初升爲醴陵州,明初復降爲縣。明清皆屬長沙府。參閲嘉慶一統志三五四長沙府一。

【醴齊】卽醴酒。周禮天官有酒正,掌辨五齊之名。二曰醴齊。漢鄭玄注:"醴猶體也,成而汁滓相將,如今恬酒矣。"恬酒卽甜酒。參見"五齊㊀"。

【醴泉銘】卽唐魏徵九成宫醴泉碑銘。唐貞觀六年太宗避暑九成宫,得泉而甘,因更名醴泉,敕魏徵撰銘。銘文見全唐文一四一。歐陽詢書之刻石,書字純熟嚴正,後世推爲唐楷第一。宫在今陝西麟遊縣,傾圮已久,而石尚在,今原刻已模糊,清初又爲人鑿損三十餘字,故所傳搨本,有已鑿未鑿之别。以北宋所搨最爲珍貴。

【醴酒不設】漢楚元王劉交敬禮中大夫穆生申公等,穆生不嗜酒,元王每置酒,特爲穆生設醴。及王戊卽位,始亦常設,後漸淡忘。穆生退曰:"可以逝矣!醴酒不設,王之意怠,不去,楚人將鉗我於市。"

醲 nóng 女容切,平,鍾韻,娘。
ㄋㄨㄥˊ

㊀味厚之酒。淮南子主術:"肥醲甘脆,非不美也。"㊁濃厚。韓非子難勢:"夫有盛雲醲霧之勢而不能乘遊者,螾螘之材薄也。"後漢書二四馬援傳朱勃上書:"夫明主醲於用賞,約於用刑。"

【醲化】隆盛的教化。舊唐書憲宗紀上元和六年中書門下奏:"漢初置郡不過六十,文景醲化,百王莫先,則官少不必政紊,郡多不必事理。"

【醲郁】味濃厚。唐韓愈昌黎集十二進學解:"沈浸醲郁,含英咀華。"元詩選張雨句曲外史集梅雪齋雅集分題得酒香詩:"醲郁芳香味更嚴,襃間飄滿讀書簾。"

醳 1. yì 羊益切,入,昔韻,喻。
ㄧˋ

㊀苦酒。一曰醇酒。文選晉左太沖(思)魏都賦:"肴醳順時,腠理則治。"㊁頒賜酒食。史記九二淮陰侯傳:"百里之内,牛酒日至,以饗士大夫醳兵。"

2. shì
ㄕˋ

㊂釋放。通"釋"。史記七十張儀傳:"共執張儀,掠笞數百,不服,醳之。"

【醳醳】酒清貌。舊題漢劉歆西京雜記四漢鄒陽酒賦:"流光醳醳,甘滋泥泥,醪醴既成,緑瓷既啓。"

十四畫

醹 rú 人朱切,平,虞韻,日。
ㄖㄨˊ 而主切,上,麌韻,日。

酒味醇厚。詩大雅行葦:"曾孫維主,酒醴維醹。"

醻 chóu 市流切,平,尤韻,禪。
ㄔㄡˊ

主人復酌賓勸酒。同"酬"。詩小雅瓠葉:"君子有酒,酌言醻之。"又彤弓:"鐘鼓既設,一朝醻之。"

【醻酢】同"酬酢"。宋史浩兩鈔摘腴:"醻酢,醻,導飲也,欲以醻賓,而先自飲以導之,此飲觴之初自飲訖進酒於賓乃謂之醻。酢,報也,賓既卒爵洗而酌主人也。"參見"酬酢"。

醺 xūn 許云切,平,文韻,曉。
ㄒㄩㄣ

㊀醉。見説文。唐杜甫杜工部草堂詩箋

二三撥悶："聞道雲安麴米春，纔傾一盞卽醺人。"參見"醺醺"。㊁浸染。宋蘇軾分類東坡詩二二以檀香觀音爲子由生日壽："國恩當報敢不勤，但願不爲世所醺。"

【醺醺】㊀酣醉貌。唐岑參岑嘉州詩三送羽林長孫將軍赴歙州："青門酒樓上，欲別醉醺醺。"㊁和悦貌。說文醺引詩："公尸來燕醺醺。"今詩鳧鷖作"熏熏"。

十六畫

醼 yàn 於甸切，去，霰韻，影。ㄧㄢˋ

聚飲。同"宴㊂"、"燕㊂"。後漢書二九郅惲傳："淮南舊俗，十日饗會，百里內縣皆齎牛酒，到府醼飲。"

十七畫

釀 niàng 女亮切，去，漾韻，娘。ㄋㄧㄤˋ

㊀造酒。史記七五孟嘗君傳："得息十萬，乃多釀酒，買肥牛。"㊁指酒。世說新語賞譽："劉尹(惔)云：'見何次道(充)飲酒，使人欲傾家釀。'"注："充飲酒能溫克。"㊂比喻事之積漸而成。見"醞釀"。㊃雜和。禮內則："鶉羹、雞羹、鴽釀之蓼。"疏："釀謂切雜和之。"

【釀王】唐汝陽王李璡取雲夢石，甃泛春渠以蓄酒，作金銀龜魚，浮沉其中，爲酌酒具，自稱釀王，兼麴部尚書。見舊題唐馮贄雲仙雜記二泛春渠。

【釀泉】泉名。在安徽滁縣西南。宋歐陽修文忠集三九醉翁亭記敍及釀泉。

【釀造】利用發酵作用製造酒、醋等。本草綱目十七草六烏頭："(土附子)處處有之……但此係野生，又無釀造之法。"

醾 mí 集韻 忙皮切，平，支韻。ㄇㄧˊ

酴醾，酒名。或作釄、醿。見"酴醾"。

醽 líng 郎丁切，平，青韻，來。ㄌㄧㄥˊ

見下。

【醽醁】酒名。抱朴子嘉遯："藜藿嘉於八珍，寒泉旨於醽醁。"全唐詩一唐太宗(李世民)賜魏徵："醽醁勝蘭生，翠濤過玉薤。"參見"酃淥"。

十八畫

釁 xìn 許覲切，去，震韻，曉。ㄒㄧㄣˋ

㊀血祭曰釁。殺牲後，以牲血塗於器物的縫隙也稱釁。孟子梁惠王上："將以釁鐘。"㊁塗抹。國語齊："比至，三釁三浴之。"注："以香塗身曰釁。釁，或爲熏。"㊂縫隙，裂痕。左傳桓八年："讎有釁，不可失也。"又宣十二年："會聞用師觀釁而動。"注："釁，罪也。"會，士會。㊃迹兆。國語魯上："惡有釁，雖貴罰也。"

【釁兆】事物發生以前的迹象。宋書謝晦傳上表："陛下躬覽篇籍，研覈是非，釁兆之萌，宜應深察。"

【釁隙】積嫌引成的仇恨。後漢書七五袁術傳："(袁)紹議欲立劉虞爲帝，術好放縱，憚立長君，託以公義不肯同，積此釁隙遂成，乃各外求黨援，以相圖謀。"

十九畫

釃 1. shī shāi 所宜切，平，支韻，山。ㄕ ㄕㄞ 所葅切，平，魚韻，山。所綺切，上，紙韻，山。

㊀濾酒。詩小雅伐木："伐木許許，釃酒有藇。"傳："以筐曰釃。"㊁猶斟酒。見"釃酒㊁"。㊂分流，疏導。漢書溝洫志："迺釃二渠以引其河。"

2. lí ㄌㄧˊ

㊃薄酒，酒滓。楚辭屈原漁父："衆人皆醉，何不餔其糟而歠其釃？"史記八四屈原傳、文選漁父釃皆作"醨"。

【釃酒】㊀濾酒，下酒。後漢書二四馬援傳："援乃擊牛釃酒，勞饗軍士。"㊁猶斟酒。宋蘇軾經進東坡文集事略一前赤壁賦："釃酒臨江，橫槊賦詩。"

二十畫

釅 yàn 魚欠切，去，釅韻，疑。ㄧㄢˋ

濃。1.指酒醋等流體味濃。宋王衮博濟方四神寶丹："用炭火煅通赤，傾在釅醋內淬。"蘇轍欒城集二次韻子瞻招隱亭詩："送雪村酤釅，迎陽鳥哢新。"2.指色彩。全唐詩二七三戴叔倫贈慧上人："雲霞色釅禪房衲，星月光涵古殿燈。"

【釅白】濃白，純白。宋蘇軾分類東坡詩十三玉糝羹："香似龍涎仍釅白，味如牛乳更全清。"宋向子諲酒邊詞下更漏子："竹孤青，梅釅白。更着使君清絕。"

釆部

釆 biàn 蒲莧切，去，襇韻，並。ㄅㄧㄢˋ

"辨"本字。辨別，象獸指爪分別之形。

采 1. cǎi 倉宰切，上，海韻，清。ㄘㄞˇ

㊀摘取，選取。"採"本字。詩邶風谷風："采葑采菲，無以下體。"㊁搜集。漢書藝文志："故古有采詩之官，王者所以觀風俗，知得失，自考正也。"㊂采色。通"彩"。書益稷："以五采彰施于五色，作服，汝明。"㊃有彩色之帛、幣之屬。通"綵"。史記周紀："召公奭贊采。"注："采，幣也。"㊄文飾。漢書六四下嚴安傳："夫佳麗珍怪固順於耳目，故養失而泰，樂失而淫，禮失而采，教失而僞。"㊅事。書堯典："疇咨，若予采。"傳："采，事也。"或釋作官。史記一一七司馬相如傳封禪書："使獲燿日月之末光絕炎，以展采錯事。"集解引漢書音義："采，官也。"㊆睬，理會。全唐詩杜荀鶴登靈山水閣貽釣者："未勝漁父閑垂釣，獨背斜陽不采人。"㊇幸運，彩頭。元曲選康進之李逵負荊四："但得箇完全屍首，便是十分采。"

2. cài 集韻 倉代切，去，代韻。ㄘㄞˋ

㊈采地，采邑。通"埰"。禮禮運："大夫有采，以處其子孫。"㊉菜。通"菜"。周禮春官大胥："春入學，舍采合舞。"

【采女】㊀後漢初，六宮稱號，惟皇后、貴人，又置美人、宮人、采女三等，並無爵秩。文選南朝梁范蔚宗(曄)後漢書皇后紀論"所以明慎聘納、詳求淑哲"注引應劭風俗通："采女。案采者，擇也，以歲八月筭雒陽民，遣中大夫與掖庭丞相工閱視童女年十三以上、二十以下，長壯姣絜有法相者，載入後宮。"㊁仙女名。見晉葛洪神仙傳一彭祖傳。

【采衣】㊀彩色之衣。後漢書四五袁閎傳附袁忠"遂稱病自絕"注引謝承(後漢)書曰："見朗左右僮從皆著青降采衣，非其奢麗，卽辭疾發而退也。"㊁未冠者之服。儀禮士冠禮："將冠者采衣。"

【采₂地】卿大夫的封地，封地的租入，作爲卿大夫的俸祿。也作“采邑”、“食邑”。漢書刑法志：“一同百里，提封萬井，除山川沈斥，城池邑居、園囿術路，三千六百井，定出賦六千四百井、戎馬四百匹、兵車百乘，此卿大夫采地之大者也，是謂百乘之家。”注：“采，官也。因官食地，故曰采地。”

【采艾】摘取艾草。采，亦作“採”。詩王風采葛：“彼采艾兮，一日不見，如三歲兮。”此詩喻臣以急事外出，懼爲讒人所毁。古時五月五日採艾以爲人，懸門户上以禳毒氣。見南朝梁宗懍荆楚歲時記。三月三日修禊，亦有秉蘭、採艾之俗。藝文類聚四南朝梁簡文帝三日率爾成詩：“握蘭唯是旦，採艾亦今朝。”明清迄近代，民間於端午日於門上懸艾葉以驅邪祟，猶其遺俗。

【采色】㊀絢麗成章之顏色。孟子梁惠王上：“曰：爲肥甘不足於口與，輕煖不足於體與，抑爲采色不足視於目與？”㊁神氣，容色。莊子人間世：“采色不定，常人之所不違。”

【采任】男食邑於畿內曰采，女食邑於畿內曰任。漢書九九中王莽傳下書：“其以洛陽爲新室東都，常安爲新室西都，邦畿連體，各有采任。”

【采芹】詩魯頌泮水：“思樂泮水，薄采其芹。”傳：“泮水，泮宮之水也。”箋：“芹，水菜也。”謂採泮宮之芹。泮宮，古諸侯之學舍。科舉時代謂入學曰入泮，或曰遊泮。後又變其辭爲采芹。

【采采】㊀盛貌。詩秦風蒹葭：“蒹葭采采，白露未已。”傳：“采采，猶萋萋也。”又曹風蜉蝣：“蜉蝣之翼，采采衣服。”文選鸚鵡賦“采采麗容”注引韓詩：“采采衣服，薛君曰：采采，盛貌也。”㊁猶言事事。書皋陶謨：“亦言其人有德，乃言曰載采采。”傳：“載，行；采，事也。稱其人有德，必言其所行某事某事以爲驗。”史記夏紀作“始事事”。

【采物】區别尊卑貴賤身分的采章物色，如旌旗衣服之類。左傳文六年：“分之采物，著之話言。”

【采服】㊀古九服之一。周禮夏官職方氏：“乃辨九服之邦國，方千里曰王畿，其外方五百里曰侯服，……又其外方五百里曰采服。”參見“九服㊀”。㊁彩色之服。國語楚下：“犧牲之物，玉帛之類，采服之儀，彝器之量。”

【采侯】以五彩繪飾的箭靶。周禮考工記梓人：“張五采之侯，則遠國屬。”宋歐陽修文忠集一二八詩話：“自科場用賦取人，進士不復留意於詩，故絕無可稱者，惟天聖二年，省試采侯詩，宋尚書祁最擅場，其句有‘色映堋雲爛，聲迎羽月遲’；尤爲京師傳誦，當時舉子目公爲宋采侯。”

【采茨】古樂章名。大戴禮三保傅：“行中鸞和，步中采茨，趨中肆夏。”也作“采齊”。禮玉藻：“趨以采齊，行以肆夏。”又作“采薺”。周禮春官樂師：“教樂儀，行以肆夏，趨以采薺。”宋史樂志一和峴言：“按開元禮，郊祀，車駕還宮入嘉德門，奏采茨之樂；入太極門，奏太和之樂。”

【采真】純任天真，順應自然。莊子天運：“古之至人，假道於仁，託宿於義，以遊逍遥之虚，食於苟簡之田，立於不貸之圃。逍遥，無爲也；苟簡，易養也；不貸，無出也。古者謂是采真之遊。”注：“遊而任之，斯真采也；真采則色不僞矣。”唐成玄英疏：“古者聖人行苟簡等法，謂是神采真實而無假僞，逍遥任適而隨化遨遊也。”

【采桑】地名。在山西鄉寧縣境。左傳僖八年：“晉里克帥師，梁由靡御，虢射爲右，以敗狄于采桑。”注：“平陽北屈縣西南有采桑津。”史記晉世家作齧桑。參閱嘉慶一統志一三八平陽府一。

【采章】有彩色文章之旌旗車輿服飾。左傳宣十四年：“臣聞小國之免於大國也，聘而獻物，於是有庭實旅百；朝而獻功，於是有容貌采章，嘉淑而有加貨，謀其不免也。”

【采庸】笙之别名。致虚雜俎：“瑟曰文鵲，笙曰采庸，鼓曰送君，鐘曰華由，磬曰洗束，皆仙樂也。”

【采菽】㊀詩小雅篇名。周天子接見來朝諸侯的樂歌。後漢書四二東平憲王蒼傳：“永平十一年蒼與諸王朝京師，月餘還國，帝臨送歸宮，悽然懷思，乃遣使手詔國中傅曰：‘辭别之後，獨坐不樂，……瞻望永懷，實勞我心，誦及采菽，以增歎息！’”㊁詩小雅小宛：“中原有菽，庶民采之。”傳：“中原，原中也。菽，藿也。力采者則得之。”箋：“藿生原中，非有主也，以喻王位無常家也，勤於德者則得之。”後因用采菽指世亂爭奪王位。新唐書二〇二蘇源明傳上疏諫：“……方今河洛騷擾，江湖叛换，詩曰：‘中原有菽，庶民采之。’彼思明楚元皆采菽之人也。陛下何遽輕萬乘而速成之邪！”

【采集】謂搜羅材料。漢揚雄方言十三劉歆與揚雄書：“屬聞子雲獨采集先代絕言，異國殊語，以爲十五卷。”子雲，雄字。

【采椽】采，柞木。通“棌”。以柞木作椽，不加削斲，言其儉樸。韓非子五蠹：“堯之王天下也，茅茨不翦，采椽不斲。”史記八七李斯傳：“堯之有天下也，堂高三尺，采椽不斲。”索隱：“采，木名，即今之櫟木也。”

【采摭】採集，拾取。漢書六二司馬遷傳贊：“其言秦漢，詳矣。至於采經摭傳，分散數家之事，甚多疏略，或有抵梧。”三國志吳韋曜傳獄中上辭：“囚尋按傳記，考合異同，采摭耳目所及，以作洞紀。”

【采漁】猶搜刮。漢王充論衡遭虎：“變復之家謂虎食人者，功曹爲姦所致也。……功曹爲姦，采漁於吏，故虎食人以象其意。”

【采齊】古樂章名，見“采茨”。

【采綠】詩小雅采綠：“終朝采綠，不盈一匊。”綠，借作菉，草名，可以染黃。言婦人以夫被征服役，憂心忡忡，不專於事，終朝采綠，不能滿手。

【采緝】㊀績麻爲縷。唐李白李太白詩五黃葛篇：“閨人費素手，采緝作絺綌。”㊁收集文字。宋史二九六楊徽之傳：“會詔李昉等采緝前代文字，類爲文苑英華。”

【采畿】古九畿之一。見“九畿”、“九服㊀”。

【采衞】采服與衞服，即周禮之采畿衞畿。書康誥：“侯甸男邦采衞。”注：“采服二千五百里，衞服三千里。”參見“九服㊀”。

【采辦】明制金銀礦藏，皆由朝廷委派內外官員經營管理，或監督開采，規定每年徵收金銀之數額，稱爲采辦。見明會典三七金銀諸課。又上貢之物，由地方貢奉稱歲辦，如不足則由官出錢收購，稱采辦。采，亦作“採”。

【采戲】擲骰賭采爲戲。宋陸游南唐書十六后妃諸王傳：“後主昭惠國后周氏，小名娥皇，司徒宗之女，十九歲來歸。通書史，善歌舞，尤工琵琶，……至於采戲奕棋，靡不妙絕。”

【采薇】㊀周武王滅殷，伯夷、叔齊恥之，不食周粟，隱於首陽山，采薇而食，終於餓死。見史記六一伯夷傳。後因以喻隱居不仕。全唐詩三七王績野望：“相顧無相識，長歌懷采薇。”㊁詩小雅篇名。言出戍之時，采薇以食，而念歸期之遠。

【采醴】樹木泌出之汁液。南史陳後主紀：“覆舟山及蔣山栢林，冬月常多采醴，後主以爲甘露之瑞。”

【采蘋】唐玄宗妃江氏的别名。見“梅

妃"。

【采石磯】在安徽當塗縣西北，牛渚山北突入江中之磯，爲長江最狹之處。歷代爲南北戰爭必爭之地。後漢興平二年孫策渡江攻劉繇，晉咸寧五年王渾取吳，梁太清二年侯景渡江入建康，隋開皇九年濟江破陳，宋開寶七年曹彬渡江取南唐，紹興三十一年虞允文邀擊金主亮南犯之師，皆卽此地。參閱太平寰宇記一〇五太平州、嘉慶一統志一二〇太平府一。

【采桑子】詞調名。又名醜奴兒令、羅敷媚歌、醜奴兒、羅敷媚。唐教坊曲，有楊下采桑，故名。雙調，四十四字，前後段各四句，三平韻；四十八字，前後段各四句，兩平韻一疊韻；五十四字，前段五句，四平韻，後段五句，三平韻。見詞譜五。

【采蓮子】詞調名。本唐教坊曲名。單調，二十八字，四句，三平韻。一、三兩句有舉棹韻，二、四兩句有年少韻，乃歌時相和之聲。此亦七言絕句，與竹枝體同。但竹枝以竹枝二字和於句中，女兒二字和於句尾，此則一句一和聲。見詞譜一。

【采薪之憂】自稱有病之婉辭。孟子公孫丑下："孟仲子對曰：昔者有王命，有采薪之憂，不能造朝。"宋朱熹集注："采薪之憂，言病不能采薪，謙辭也。"

【采蘭贈藥】喻男女相愛，互贈禮品。詩鄭風溱洧："士與女，方秉蕑兮，……維士與女，伊其相謔，贈之以勺藥。"傳："蕑，蘭也；勺藥，香草。"

五畫

釉 yòu 集韻 余救切，去，宥韻。ㄧㄡˋ

塗於陶瓷坯上，堵塞氣孔，使之發生光澤的物質。見集韻。正字通作"泑"。公元1929年在安陽殷墟曾掘得塗有薄層黃色釉的陶片，1953年在鄭州二里崗殷代遺址發掘，有數釉陶器實物。

十三畫

釋 1. shì 施隻切，入，昔韻，審。ㄕˋ

㊀解說。左傳襄二九年："春，王正月，公在楚，釋不朝正于廟也。"注："釋，解也。告廟在楚，解公所以不朝正。"㊁釋放，捨去。書多方："開釋無辜，亦克用勸。"㊂置，放。楚辭天問："釋舟陵行，何以遷之？"注："釋，置也。"㊃溶解，消散。老子："渙兮若冰之將釋。"㊄浸漬。禮內則："欲濡肉，則釋而煎之以醯。"㊅淘米。詩大雅生民："或舂或揄，或簸或蹂，釋之叟叟，烝之浮浮。"傳："釋，淅米也。"清段玉裁謂釋爲"釋"之假借字。見說文解字注"釋"。㊆僧曰釋，佛教亦稱釋教。梁釋慧皎高僧傳五釋道安："初魏晉沙門，依師爲姓，故姓名不同。安以爲大師之本，莫尊釋迦，乃以釋命氏。後獲增一、阿含，果稱四河入海，無復河名；四姓爲沙門，皆稱釋種；既縣與經符，遂爲永式。"

2. yì ㄧˋ

㊇喜悅。通"懌"。文選三國魏嵇叔夜(康)琴賦："其康樂者聞之，則欨愉懽釋，抃舞踊溢。"

【釋子】僧徒。僧徒出家，從釋迦之教，皆捨本姓而從佛姓，故名釋子。唐韋應物韋江州集一移疾會詩客元生與釋子法朗因貽諸祠曹詩："釋子來問訊，詩人亦扣關。"

【釋文】㊀猶釋卷。文選晉潘安仁(岳)楊荊州誄："足不輟行，手不釋文。"㊁解釋文字。唐陸德明有經典釋文。

【釋氏】謂佛。佛姓釋迦氏，略稱釋氏。晉書何充傳："于時郗愔及弟曇奉天師道，而充與弟準，崇信釋氏。"

【釋老】釋迦與老子。卽佛家與道家。周書武帝紀上天和四年："帝御大德殿，集百僚、道士、沙門等討論釋老義。"

【釋名】書名。漢劉熙撰。八卷。以同聲相諧，推論稱名辨物之意，或傷於穿鑿，然足資考見古音。所釋器物，亦可因以推求古代制度。別本或題逸雅。參見"五雅"。清畢沅(江聲審訂)有釋名疏證八卷，補遺一卷，據羣經史傳唐宋類書所引，校補缺失。後王先謙爲之續補，亦八卷。

【釋言】以言詞自行解釋。晉驪姬譖羣公子，公子夷吾出奔梁，居二年，驪姬使奄楚，以環釋言。見國語晉二。唐韓愈爲人讒於李吉甫，作釋言以自解。

【釋典】卽佛經。晉書何充傳："然所昵庸雜，信任不得其人，而性好釋典，崇修佛寺，供給沙門以百數，糜費巨億而不吝也。"梁書庾承先傳："玄經釋典，靡不該悉；九流七略，咸所精練。"

【釋服】㊀脫去朝服。儀禮鄉射禮："主人釋服，乃息司正。"㊁解除喪服。謂除喪。史記文帝紀遺詔："其令天下吏民，令到出臨三日，皆釋服。"

【釋迦】㊀印度種姓名。釋迦牟尼卽出於此族。釋氏要覽上姓氏："長阿含經云：釋迦，秦言能，又譯爲直。"㊁釋迦牟尼的略稱。見該條。

【釋例】解釋其所著書之條例。晉杜預春秋左氏傳序："又別集諸例，及地名譜第厤數，相與爲部，凡四十部，十五卷，皆顯其異同，從而釋之，名曰釋例。"晉書杜預傳："既立功之後，從客無事，乃耽思經籍，爲春秋左氏經傳集解。又參考衆家譜第，謂之釋例。"

【釋教】佛教亦稱釋教。梁書庾詵傳詔："潁川庾承先學通黃老，該涉釋教。"又："晚年以後，尤遵釋教，宅內立道場，環繞禮懺，六時不輟。"

【釋紱】致仕，休官。三國志魏陳思王植傳"帝輒優文答報"注引魏略："若陛下聽臣，悉還部曲，罷官屬，省監官，使解璽釋紱。"晉陸雲陸士龍集五晉故散騎常侍陸府君誄："投弁釋紱，皓恩東嶽。"

【釋尊】佛姓釋迦，號曰世尊，故稱釋尊。

【釋奠】置爵於神前而祭。禮文王世子："凡學，春，官釋奠于其先師；秋冬亦如之。凡始立學者，必釋奠于先聖先師。"注："釋奠，設薦饌酌奠而已，無迎尸以下之事。"參見"釋菜"。

【釋軷】古代使者遠行，祭道神之禮節。儀禮聘禮："出祖釋軷，祭酒脯，乃飲酒于其側。"注："釋酒脯之奠於軷，爲行始也。詩傳曰：'軷，道祭也。'謂祭道路之神。"

【釋菜】謂以芹藻之屬禮先師。古始入學，行釋菜禮。春秋二祭，皆用釋奠禮。釋菜，不用牲牢幣帛，禮之輕者。至釋奠則有牲牢幣帛，獨無迎尸以下之禮。禮文王世子："始立學者，既興〔釁〕器用幣，然後釋菜。"注："釋菜，禮輕也。"疏："釋菜有三：春入學釋菜合舞，一也；此釁器釋菜二也；學記皮弁祭菜三也。"

【釋然】疑慮消除貌。世說新語言語："樂令(廣)既允朝望，加有婚親，羣小讒於長沙。長沙嘗問樂令，樂令神色自若，徐答曰：'豈以五男易一女！'由是釋然，無復疑慮。"長沙，長沙王司馬乂。

【釋₂然】怡悅貌。莊子齊物論："故昔者堯問於舜曰：我欲伐宗、膾、胥敖，南面而不釋然，其故何也？"唐成玄英疏："而三國貢賦既愆，所以應須問罪，謀事未定，故聽朝不怡。"

【釋褐】謂脫去布衣，換着官服。卽作官之意。文選漢揚子雲(雄)解嘲："夫上世之士，或解縛而相，或釋褐而傅。"三國志魏鄧艾傳"艾州里時輩南陽州泰"注引世語："宣王(司馬懿)爲泰會，使尚書鍾繇調泰:'君釋褐登宰府,三十六日擁麾蓋,守兵馬郡,乞兒乘小車,一何駛乎?'"自宋以下,士人殿試後,新進士詣太學釋褐,行釋菜禮,簪花飲酒而出。參閱宋高承事物紀原三釋褐。

【釋憾】解恨。指報復。左傳隱五年:"宋人取邾田,邾人告於鄭曰:'請君釋憾于宋,敝邑爲道。'"

【釋藏】佛教經典之總匯。亦稱大藏經。分經、律、論三藏。宋遼金元明皆有雕本。搜羅詳備,包括漢譯佛經及我國人有關佛教的著述。其中資料,可以考釋教之源流;且多隋唐以前古文。參見"一切經"。

【釋難】解脫困難。戰國策趙三:"所貴于天下之士者,爲人排患釋難,解紛亂而無所取也。"

【釋釋】解散貌。詩周頌載芟"其耕澤澤"疏:"釋訓云:釋釋,耕也。舍人曰:釋釋,猶藿藿;解散之意。"

【釋回增美】謂去邪辟而增益美性。禮禮器:"禮,釋回,增美質;措則正,施則行。"注:"釋,猶去也;回,邪辟也。質,猶性也。"省作釋回。唐柳宗元柳先生集八故銀青光祿大夫……開國伯柳公(渾)行狀:"故處心積慮,博蹇之道,表于朝端;弼違釋回,朴忠之誠,沃于帝念。"

【釋迦牟尼】約公元前563—483年,佛教始祖。亦稱釋迦文佛、世尊。族姓釋迦。義譯爲能仁,卽釋迦族的隱修者。姓喬答摩,名悉達多。爲中印度迦毘羅國王淨飯王長子,母名摩耶。年十九(一說二十九)歲入雪山苦行六年,出山後,在迦耶山菩提樹下,得悟世間無常和緣起諸理,卽在鹿野苑初轉法輪,說苦集滅道四諦及正見八正道,以後四出,凡四十餘年,年八十示寂於拘尸那伽城跋陀河邊娑羅雙樹間。弟子甚多,大迦葉等十人,稱佛門十哲。參見"四諦"、"八正㊀"。

【釋提桓因】梵語。佛教經典所稱諸天的天主,全稱釋迦提桓因陀羅,略云帝釋。義譯爲能天主或能天帝,住須彌山頂,爲忉利天(卽三十三天)之主。唐釋慧琳一切經音義二七妙法蓮花經序品釋提恒因:"釋迦提婆因達羅,釋迦,刹帝利姓也,此云能也,提婆天也,因達羅帝也。卽釋中天帝也。"

【釋氏稽古略】書名。元釋覺岸撰,四卷。用編年之體,以歷代統系爲綱,而以佛出世以來釋家世次行業爲緯,於歷代著名僧人及佛教諸宗掌故,搜採頗備。明釋幻輪有續集三卷,記起元至元元年至明天啟七年的佛教歷史。

里 部

里

ㄌㄧˇ 良士切,上,止韻,來。

㊀宅院,民戶居處。詩鄭風將仲子:"將仲子兮,無踰我里。"傳:"里,居也,二十五家爲里。"周禮地官遂人:"五家爲鄰,五鄰爲里。"後里所居家數不一,時有變更。參閱文獻通考十二職役一。㊁商賈聚居處。國語齊:"十軌爲里,里有司。"又魯下:"賦里以入,而量其有無。"注:"里,壥也;謂商賈所居之區域也。"㊂長度名。歷代不等,公元1929年制定一市里爲150丈,合公制爲500米。㊃憂傷。通"痗"、"悝"。詩小雅十月之交:"悠悠我里,亦孔之痗。"釋文:"里如字,本亦作痗,後人改也。"玉篇疒部痗引詩作"痗"。㊄姓。里氏,本作理氏,春秋改。晉有里克,魯有里革,鄭有里析。見通志二八氏族四以官爲氏。

【里人】㊀里中主事者。猶"里尹"、"里宰"。國語魯上:"若罪也,則請納祿與車服而違署,唯里人所命次。"注:"里人,里宰也。有罪去位,則當受舍於里宰。"㊁同鄉里之人。莊子庚桑楚:"里人有病,里人問之,病者能言其病。"

【里尹】古地方下級小吏,掌一里之事。禮雜記下:"無有,則里尹主之。"注:"里尹,閭胥里宰之屬。"亦稱里吏、里正、里君、里長等。見各該條。

【里仁】論語里仁:"里仁爲美,擇不處仁,焉得知?"疏:"此章言居必擇仁也。……里,居也。仁者之所居處,謂之里仁。凡人之擇居,居於仁者之里,是爲美也。"後亦作對別人所居的美稱。廣弘明集三十上晉支遁八關齋詩之一:"建意營法齋,里仁契朋儔。"

【里正】古時鄉里小吏。春秋時一里八十戶,以有治事才者爲里正。北魏、北齊、隋、唐皆置之。宋因前制,以里正、戶長、鄉書手課督賦稅。淳化五年始令諸縣以第一等戶爲里正,第二等戶爲戶長。金、元亦襲其名,明始專稱里長。參閱公羊傳宣十五年"什一行而頌聲作矣"注、宋史食貨志上五、文獻通考十二職役一。參見"里甲"。

【里布】古之貨幣,以布帛爲之。周禮地官載師:"凡宅不毛者有里布。"注:"鄭司農(衆)云:'宅不毛者,謂不樹桑麻也。里布者,布參印書,廣二寸,長二尺,以爲幣貿易物。詩云:'抱布貿絲',抱此布也。"或謂宅不種桑麻,使出一里二十五家之布,相當於後世的地稅。參閱文獻通考一田賦一。

【里司】古地方下級官吏。梁書安成康王秀傳:"六年,出爲使持節、都督江州諸軍事、平南將軍、江州刺史。……及至州,聞前刺史取徵士陶潛曾孫爲里司,歎曰:'陶潛之德,豈可不及後世!'卽日辟爲西曹。"

【里甲】明初因賦定役,丁夫出於田畝。洪武十四年詔編賦役黃册,以一百十戶爲一里,推丁糧多者十戶爲長,餘百戶爲十甲,甲凡十人。歲役里長一人,甲首一人,董一里一甲之事,先後以丁糧多寡爲序。見明史食貨志一。

【里吏】猶里尹、里正。晉書職官志:"縣率百戶置里吏一人,其土廣人稀,聽隨宜置里吏,限不得減五十戶。"

【里耳】謂里巷俗人之耳。莊子天地:"大聲不入於里耳。"唐成玄英疏:"大聲,謂咸池大韶之樂也,非下里委巷之所聞。"

【里社】古時里中祀土地神之處。史記封禪書:"民里社,各自財以祠。"禮祭法"大夫以下成羣立社曰置社"漢鄭玄注:"大夫不得特立社,與民族居百家以上則共立一社,今時里社是也。"參見"社㊀㊁㊂"。

【里君】猶里尹、里宰。管子小匡:"擇其賢民,使爲里君。"注:"每里皆使賢者爲君。"

【里長】古之鄉職,謂一里之長。猶里尹、里正。墨子尚同上:"是故里長者,里之仁人也,里長發政里之百姓。"大明律附例四:"凡各處人民,每一百戶內議設里長一名,甲首一十名,輪年應役,催辦錢糧,勾攝公事。"參見"里"、"里甲"。

【里門】鄉里之門。古聚族列里而居,里

有里門。史記一〇八萬石君傳："慶及諸子弟入里門,趨至家。"

【里居】㊀謂辭官居於鄉里。書酒誥："越百姓里居。"傳："於百姓族姓及卿大夫致仕居田里者。"㊁謂比户相連列里以居。文中子關朗："人不里居,地不井受,終苟道也。"

【里舍】謂私第。後漢書四五張酺傳："酺歸里舍,謝遣諸生,閉門不通賓客。"又五一橋玄傳："數月,復以疾罷,拜太中大夫,就醫里舍。"

【里胥】古之鄉吏。如周禮地官之閭胥、里宰。漢書食貨志上："春將出民,里胥平旦坐於右塾,鄰長坐於左塾。"注："孟康曰:里胥,如今里吏也。"亦泛指衙役。宋虞儔尊白堂集四和僉判建平書懷詩："箕斂陳逋不問年,里胥促迫政騷然。"

【里宰】官名。周禮地官之屬。位次鄰長。周制,每鄰四里,里凡二十五家,里宰掌其里之政令。

【里區】不宿客之舍爲里區,宿客之舍爲謁舍。漢書食貨志下："工匠醫巫卜祝及它方技商販賈人坐肆列里區謁舍,皆各自占所爲於其在所之縣官。"

【里閈】里門,鄉里。後漢書十四成武孝侯順傳："順與光武同里閈,少相厚。"文選南朝宋謝靈運擬魏太子鄴中集詩劉楨："貧居晏里閈,少小長東平。"

【里落】村落。後漢書三九淳于恭傳："又見偷刈禾者,恭念其愧,因伏草中,盜起乃去,里落化之。"

【里魁】漢制縣以下五家爲伍,伍長主之;二伍爲什,什長主之;十什爲里,里魁主之。見後漢書百官志五亭里、宋書百官志下。

【里語】俚語,俗語。史記一〇六吳王濞傳："里語有之:'舐糠及米。'"文選魏文帝(曹丕)典論論文："里語曰:家有弊帚,享之千金。"

【里閭】里巷,鄉里。文選古詩十九首之十四："思還故里閭,欲歸道無因。"唐高適高常侍集七同朱五題盧使君義井詩："上善滋來往,中和浹里閭。"

【里諺】里巷流行之諺語。漢書四八賈誼傳上疏："里諺曰:'欲投鼠而忌器。'此善諭也。"

二畫

重 1. zhòng 直隴切,上,腫韻,澄。
ㄓㄨㄥˋ 柱用切,去,用韻,澄。

㊀指重量,與"輕"相對。孟子梁惠王上："權然後知輕重。"㊁嚴。書大禹謨："罪疑惟輕,功疑惟重。"㊂厚。呂氏春秋盡數："凡食,無彊厚味,無以烈味重酒。"注："重酒,厚也。"淮南子俶真："九鼎重味,珠玉潤澤。"㊃莊重,端重。論語學而："君子不重則不威,學則不固。"淮南子氾論："古者人醇工龐,商樸女重。"㊄尊重,貴尚。禮祭統："所以明周公之德,而又以重其國也。"又緇衣："臣儀行,不重辭。"疏："爲臣之法,不尚虛華之詞。"㊅增益,加重。呂氏春秋制樂："今故興事動衆,以增國城,是重我罪也。"文選戰國楚屈平(原)離騷："紛吾既有此內美兮,又重之以脩能。"㊆指輜重,軍中載器物、糧食之車。左傳宣十二年："楚重至於邲。"注："重,輜重也。"疏："輜重,載物之車也。說文云:輜一名軿,前後蔽也。蔽前後以載物,謂之輜車;載物必重,謂之重車。"㊇副詞。1.深,甚。禮檀弓下："子之哭也,壹似重有憂者。"2.猶難。史記一一七司馬相如傳喻巴蜀檄："方今田時,重煩百姓。"索隱："重猶難也。"㊈乳汁。通"湩"。見"重酪"。㊉姓。漢有重異。見後漢書十九耿弇傳。相傳重氏,顓頊帝重黎之後。見元和姓纂一引漢應劭風俗通。

2. chóng 直容切,平,鍾韻,澄。
ㄔㄨㄥˊ

⑪重疊,重複。禮禮器："天子之席五重,諸侯之席三重,大夫再重。"⑫再。史記建元以來侯者年表符離侯路博德："重會期。"索隱："重者,再也。會期,言再赴期。"文選古詩十九首之一："行行重行行,與君生別離。"⑬懷孕。見"重$_2$身"、"重$_2$馬"。⑭拖累,牽連。漢書三五荊燕吳傳贊："事發相重,豈不危哉!"⑮古喪禮暫代主牌以依神者。禮檀弓下："重,主道也。"注："始死未作主,以重主其神也。"參閱晉書禮志中。⑯量詞。史記項羽紀："項王軍壁垓下,兵少食盡,漢軍及諸侯兵圍之數重。"

3. tóng 正字通 徒紅切,音同。
ㄊㄨㄥˊ

⑰後熟的穀物。通"穜"。詩豳風七月："黍稷重穋,禾麻菽麥。"傳："後熟曰重,先熟曰穋。"

【重人】㊀權臣。韓非子孤憤："重人也者,無令而擅爲,虧法以利私,耗國以便家,力能得其君,此所爲重人也。"㊁謹慎持重的人。抱朴子行品："據體度以動靜,每清詳而無悔者,重人也。"

【重$_2$九】農曆九月九日。亦稱"重$_2$陽"。晉陶潛陶淵明集二九日閑居詩序："余閑居愛重九之名,秋菊盈園,而持醪靡由。"宋蘇軾分類東坡詩六丙子重九之一："登山作重九,蠻菊秋未花。"

【重$_2$三】農曆三月初三日。文苑英華十七唐閻朝隱三日曲水侍宴詩："三月重三日,千春續萬春。"宋陸游劍南詩稿五七上巳詩："殘年登八十,佳日過重三。"

【重$_2$文】凡文字音義俱同,而形體不同者,古謂之重文。如一之古文作"弌",說文列弌於一字之下,弌卽一之重文。

【重$_2$午】農曆五月初五日,卽端午節。宋吳自牧夢粱錄三五月："五日重午節,又曰浴蘭令節。"宋史二六二劉溫叟傳："明年重午,又送角黍、執〔紈〕扇。"

【重$_2$世】再世,累世。戰國策秦四："王無重世之德於韓魏,而有累世之怨焉。"

【重民】古重農,稱農民爲重民。管子七法："百姓不安其居,則輕民處而重民散。"

【重$_2$出】重複出現。晉書禮志上摯虞典校五禮表："臣猶謂卷多文煩,類皆重出。"抱朴子省煩："今五禮混撓,雜飾紛錯,枝分葉散,重出互見,更相貫涉。"

【重$_2$生】再生。南史謝方明傳附謝惠連："靈運見其新文,每曰:'張華重生,不能易也。'"

【重丘】地名。1.春秋曹邑。在今山東巨野縣西南。左傳襄十七年衛孫蒯田于曹隧,飲馬于重丘。又衛石買、孫蒯伐曹,取重丘。卽此。2.春秋齊地名。在今山東茌平縣西南。左傳襄二五年："諸侯同盟于重丘。"3.戰國楚地名。在今河南泌陽縣東北。戰國策楚二："昭雎勝秦於重丘。"

【重$_2$池】指衣被多重緣飾,中心如池。玉臺新詠二晉左思嬌女詩："衣被皆重施〔池〕,難與沉水碧。"清紀容舒玉臺新詠考異："古詩類苑注:'重池,被之心如池。'玉臺作衣被皆重施,誤。"

【重臣】居重要職位的大臣。管子明法解："故治亂不以法斷而決於重臣,生殺之柄不制於主,而在羣下,此寄生之主也。"史記一二〇汲黯傳："右內史界部中多貴人宗室,難治,非素重臣不能任。"

【重$_2$耳】㊀春秋晉文公名。見左傳莊二十八年、僖六年。㊁卽重較。車箱有二重橫木,古卿士所乘之車。參見"重$_2$較"。

【重$_2$光】㊀謂日光重明。喻後王繼前王之功德。書顧命："昔君文王武王,宣重光。"晉崔豹古今注中音樂："(漢)明帝爲太子,樂人作歌詩四章,以贊太子之德,其一曰日重光,……舊說云:天子之德,光明如日，……太子皆比德焉，故云重爾。”㊂重日之光。古稱日冕或日珥現象爲重日，以爲瑞應。漢書五八兒寬傳：“癸亥宗祀，日宣重光。”注：“李奇曰：太平之世，日抱重光，謂日有重日也。”㊃以十干紀年，辛別稱重光。爾雅釋天：“大(太)歲……在辛曰重光。”

【重₂舌】指通曉外族語言能口譯之人。文選漢張平子(衡)東京賦：“重舌之人九譯，僉稽首而來王。”唐李周翰注：“重舌，謂重爲敍其詞，舌以譯其意。”

【重言】㊀爲人所推重之言。莊子寓言：“寓言十九，重言十七。”注：“世之所重，則十言而七見信。”釋文：“謂爲人所重者之言也。”一說反複言之。清郭慶藩集釋引郭嵩燾云：“重當爲直容切，廣韻：重，複也。莊生之文，注焉而不窮，行焉而不竭者是也。”㊁重視言語。漢揚雄法言修身：“何謂四重？曰重言、重行、重貌、重好。”文選晉干令升(寶)晉紀總論：“正位居體，重言愼法。”呂氏春秋有重言篇。謂人之言，不可不慎。

【重₂言】㊀再三言之。後漢書三十下郎顗傳：“故出死忘命，懇懇重言。”注：“重，再也。”㊁口吃。靈樞經憂恚無言：“其厭大而厚，則開闔難，其氣出遲，故重言也。”㊂叠字。如文選古詩十九首“青青河畔草，鬱鬱園中柳”中的“青青”、“鬱鬱”是。

【重車】載物之車。也單稱“重”。漢書六四朱買臣傳：“將重車至長安。”注：“載衣食具曰重車。”參見“重㊆”。

【重₂足】叠足而立，言懼甚不敢稍移動。史記秦始皇紀論引賈誼：“秦俗多忌諱之禁，……故使天下之士，傾耳而聽，重足而立，拑口而不言。”又一二〇汲黯傳：“令天下重足而立，側目而視矣！”

【重₂坐】層叠列置的坐位。史記一一七司馬相如傳上林賦：“高廊四注，重坐曲閣。”文選注：“司馬彪曰：廊廡上級下級皆可坐，故曰重坐。”一說重坐，卽重軒。見史記集解引晉郭璞注。

【重₂身】懷孕。詩大雅大明“大任有身”傳：“身，重也。”箋：“重，謂懷孕也。”素問奇病論：“人有重身，九月而瘖。”注：“重身，謂身中有身，則懷任(妊)者也。”

【重₂卵】猶言累卵，謂處境危險。戰國策燕二：“臣之所處者重卯〔卵〕也。”馬王堆漢墓出土帛書戰國策卵作“卵”。

【重₂表】高曾祖以來的中表親。唐杜甫杜工部草堂詩箋三八有送重表姪王砅評事使南海詩。參閱淸梁章鉅稱謂錄八重表伯叔。

【重典】㊀重法。周禮秋官大司寇：“大司寇之職，掌建邦之三典，以佐王刑邦國，詰四方。一曰刑新國用輕典，二曰刑平國用中典，三曰刑亂國用重典。”注：“用重典者，以其化惡，伐滅之。”㊁謂重要之典籍。全唐詩四三李百藥賦禮記：“重典開環堵，至道軼金籯。”

【重₂味】多種菜肴。文子上仁：“國有饑者，食不重味；民有寒者，冬不被裘。”史記平準書：“公孫弘以漢相，布被，食不重味，爲天下先。”

【重₂明】㊀明明，明而又明。易離：“重明以麗乎正。”離爲日，爲明，離的卦象爲重明。荀子致士：“衡聽顯幽重明退姦進良之術。”注：“重明，謂既明又使明也。”㊁日月的光明。唐楊炯楊盈川集一渾天賦：“重明合璧，五緯連珠。”㊂謂重瞳子。淮南子修務：“舜二瞳子，是謂重明。”㊃傳說中的靈鳥。舊題晉王嘉拾遺記一唐堯：“有秖支之國，獻重明之鳥，一名雙睛，言雙睛在目，狀如雞，鳴似鳳。”㊄枕名。唐蘇鶚杜陽雜編中：“(元和)八年，大軫國貢重明枕，……潔白逾於水晶，中有樓臺之狀，四方有十道士，持香執簡，循環無已。”

【重₂沓】重叠堆積。古文苑三漢賈誼旱雲賦：“運清濁之澒洞兮，正重沓而並起。”三國志魏武帝紀建安十六年注引魏書：“賊將見公，悉于馬上拜，秦胡觀者，前後重沓。”

【重₂金】㊀後漢書七八呂強傳上書：“又并及家人，重金兼紫，相繼爲蕃輔。”注：“金印紫綬，重、兼，言累積也。”言家人相繼爲顯官，金印累積。㊁宋制，學士以上賜金帶者，例不佩魚。若奉使契丹及館伴北使則佩，事已復去之。惟兩府之臣則賜佩，謂之重金。見宋歐陽修歸田錄二。

【重₂和】宋徽宗(趙佶)年號，凡一年(公元 1118 年)。

【重使】謂使臣銜有重要之命者。後漢書四十下班彪傳附班固匈奴和親議：“故自建武之世，復修舊典，數出重使，前後相繼。”

【重客】尊客，貴客。史記高祖紀：“沛中豪桀吏聞令有重客，皆往賀。”

【重₂扃】重鎖，謂門户森嚴。古文苑八漢武帝落葉哀蟬曲：“虛房冷而寂寞，落葉依于重扃。”續古文苑三隋李播週天大象賦：“或藏兵而蓄銳，或重扃而禦侮。”

【重₂屋】㊀重檐之屋。周禮考工記匠人：“殷人重屋。”注：“重屋者，王宮正堂若大寢也。”孫詒讓正義：“孔廣森曰：殷人始爲重檐，故以重屋名。”又孫詒讓曰：“左傳孔疏謂廟上拔起爲重屋，深得其制……又古凡室屋之高而上出者，通謂之臺，謂之觀。故黃圖及禮圖亦以重屋爲臺爲觀，實則臺觀可以登眺，而明堂之重屋不可登眺。”㊁樓。說文：“樓，重屋也。”新唐書二二一西域上東女國：“所居皆重屋，王九層，國人六層。”

【重₂思】稻名。唐段成式酉陽雜俎前集二玉格：“鄠都稻名重思。其米如石榴子，粒稍大，味如菱。杜瓊作重思賦曰：‘霏霏春暮，翠矣重思。雲氣交被，嘉穀應時。’”

【重₂重₂】㊀猶層層。言多。漢焦延壽易林五隨之咸：“受福重重，子孫蕃功。”㊁言聲響複叠。唐張籍張司業集六秋山詩：“草堂不閉石床靜，葉間墜露聲重重。”

【重負】沈重的負擔。穀梁傳昭二九年：“昭公出奔，民如釋重負。”藝文類聚十四南朝梁沈約齊明帝諡議：“東向而讓天下，功高代入；流涕而膺寶位，如就重負。”

【重₂泉】㊀謂水極深處。淮南子齊俗：“積水重泉，黿鼉之所便也。”㊁謂地下，死者之所居。猶黃泉、九泉。文選南朝梁江文通(淹)雜體詩潘黃門岳：“美人歸重泉，悽愴無終畢。”唐白居易長慶集十二寒食野望吟詩：“冥冥重泉哭不聞，蕭蕭暮雨人歸去。”㊂古地名。漢置縣，屬左馮翊，晉仍屬馮翊郡。故城在今陝西蒲城縣東南。見漢書地理志上、讀史方輿紀要五四西安府蒲城縣。

【重₂侯】㊀陪臣。指子、男。楚辭大招：“三圭重侯，聽類神只。”注：“重侯，謂子男也，子男共一爵，故言重侯也。”㊁謂一家數侯。後漢書五二崔駰傳獻書：“重侯累將，建天樞，執斗柄。”唐柳宗元柳先生集十一故大理評事柳君墓誌：“充于史氏，世相重侯。”

【重₂席】古時坐席，以多寡分尊卑。席之層次，依位之高低，公三重，大夫再重。禮禮器：“天子之席五重，諸侯之席三重，大夫再重。”左傳襄二三年：“季氏飲大夫酒，臧紇爲客，既獻，臧孫命北面重席。”藝文類聚四六殷氏世傳：“殷亮，建武中徵拜博士，遷講學大夫。諸儒講論，勝者賜席，亮重席至八九。”參見“戴憑”。

【重畜】財寶，貴物。國語吳：“勸之以高位重畜，備刑戮以辱其不勵者，令各輕其死。"文選晉干令升(寶)晉紀總論:"夫天下,大器也;羣生,重畜也;愛惡相攻,利害相奪,其勢常也。"

【重₂差】古算術九數之一。晉劉徽創爲測量遠方物體之法。重兩句股,取其影差,用比例推算遠方目的物之高、深、廣、遠,稱爲重差。其九章算術中,有重差篇,講述此法。以用此法可測量海島,後遂改稱此篇爲海島算經。見九章算術。參閱孫詒讓周禮正義地官保氏"六曰九數"疏引孔廣森說。一說重差卽九章算術中的差分。見禮少儀"游於藝"唐孔穎達疏。

【重₂馬】懷孕之馬。漢書六六劉屈氂傳詔:"重馬傷秏,武備衰減。"

【重₂軒】文選漢班孟堅(固)西都賦:"於是左墄右平,重軒三階。"唐呂延濟注:"重軒,謂重欄干。"亦以泛指高屋。唐錢起錢考功集七奉和聖制登朝元閣詩:"六和紆玄覽,重軒敞上清。"

【重秤】㊀斤兩大的秤。魏書張普惠傳上疏:"仰惟高祖(拓跋宏)廢大斗,去長尺,改重秤,所以愛百姓,從薄賦。"㊁清光緒三十四年所定之衡器。專以權重物。仿英國磅秤之式,兼列華斤與英磅之數。見清續文獻通考一九一樂四度量衡。

【重寄】重大之寄託。史記一二八龜策傳褚少孫補:"臣聞盛德不報,重寄不歸,天與不受,天奪之寶。"魏書高崇傳附高道穆:"古人有言,罰一人當取千萬人懼,……明公荷國重寄,宜使天下知法。"

【重責】㊀嚴於徵收。漢書七二鮑宣傳上書:"縣官重責更賦租稅。"㊁重大之責任。漢書八十淮陽憲王欽傳:"王其留意慎戒,惟思所以悔過易行,塞重責,稱厚恩者,如此則長有富貴,社稷安矣。"㊂嚴加責備。抱朴子酒誡:"以少凌長,則鄉黨加重責矣。"

【重₂陰】㊀地下幽暗處。後漢書五九張衡傳思玄賦:"經重陰乎寂寞兮,愍墳羊之潛深。"注:"重陰,地中也。"㊁謂密雲濃雨。三國魏曹植曹子建集五贈王粲:"重陰潤萬物,何懼澤不周。"㊂重重陰影。文選三國魏曹子建(植)應詔詩:"爰有樛木,重陰匪息。"又王仲宣(粲)七哀詩之二:"山岡有餘暎,巖阿增重陰。"

【重₂堂】㊀樓。後漢書三二樊宏傳:"其所起廬舍,皆有重堂高閣。"㊁道家稱喉嚨爲重堂。雲笈七籤十一黃庭內景經:"重堂煥煥明八威。"注:"重堂,喉嚨名也。一曰重樓,亦曰重環。"㊂俗稱家有祖父母曰重堂。明唐玉翰府紫泥全書二人祖生日:"綵戲蘭衣,四世重堂之福;春生蘭玉,一家三代之風。"

【重₂趼】足因久行磨擦而生之硬皮。同"重繭"。今稱繭子或老繭。莊子天道:"吾固不辭遠道而來願見,百舍重趼而不敢息。"釋文:"重趼,古顯反,司馬(彪)云:趼,胝也……許慎云:足指約中斷傷爲趼。"淮南子修務引莊子作"重跰",跰爲趼字之誤。

【重₂淵】極深的泉源。莊子列禦寇:"千金之珠必在九重之淵。"文選漢班孟堅(固)答賓戲:"欲從堥敦而度高乎泰山,懷氿濫而測深乎重淵。"

【重₂痻】地下。文選漢張平子(衡)思玄賦:"經重痻乎寂漠兮,愍墳羊之深潛。"注"痻,古陰字。"後漢書九五張衡傳作"重陰"。參見"重陰㊀"。

【重祿】優厚的爵祿。禮中庸:"忠信重祿,所以勸士也。"史記八七李斯傳:"上幸擢爲丞相,封爲通侯,子孫皆至尊位重祿者,故將以存亡安危屬臣也,豈可負哉!"也借指有重祿之大臣。國語越下:"吳王帥其賢良,與其重祿,以上姑蘇。"注:"唐尚書云:'重祿,寶璧也。'……賈侍中云:'重祿,大臣也。'"

【重棗】赭紅色。宋缺名百寶總珍集四江豬牙:"江豬猶如重棗色,象牙粗細有兩般。"蓋宋元有此語,三國演義稱關羽面如"重棗",卽此。

【重₂華】㊀虞舜名。書舜典:"曰若稽古帝舜,曰重華,協于帝。"疏:"舜能繼堯,重其文德之光華。"文選戰國楚屈平離騷:"濟沅湘以南征兮,就重華而陳詞。"㊁歲星之稱。史記天官書:"歲星一曰攝提,曰重華,曰應星,曰紀星。"

【重₂陽】㊀指天。楚辭屈原遠遊:"集重陽入帝宮兮,造旬始而觀淸都。"注:"上爲陽,淸又爲陽,故曰重陽。"文選漢張平子(衡)西京賦:"消雰埃於中宸,集重陽之淸澂。"㊁農曆九月九日。古以九爲陽數,九月而又九日,故稱重陽。見藝文類聚四三國魏文帝九日與鍾繇書。唐杜甫杜工部草堂詩箋二七九日之一:"重陽獨酌盃中酒,抱病起登江上臺。"

【重₂圍】層層包圍。文選晉潘安仁(岳)關中詩:"重圍克解,危城載色。"注:"班固耿恭守疏勒城賦曰:'日兮月兮阸重圍。'唐劉長卿劉隨州集四從軍詩之一:"手中無尺鐵,徒欲穿重圍。"

【重創】重傷。魏書宇文福傳附宇文延:"延率奴客戰,死者數人,身被重創。"

【重₂創】再度傷之。穀梁傳文十一年:"古者不重創,不禽二毛。"注:"既射其目,又斷其首,爲重創。"

【重₂溟】海。文選晉孫興公(綽)遊天台山賦:"或倒景於重溟,或匿峯於千嶺。"

【重話】有分量、措詞嚴厲使人難堪的話。唐缺名大唐傳載:"禮部尚書劉禹錫與友人三年同處,其友人云:'未嘗見劉公說重話。'"

【重裘】裘之厚者。漢賈誼新書諭誠:"重裘而立猶憯然有寒氣,將柰我元元之百姓何?"三國志魏王昶傳:"諺曰:'救寒莫如重裘,止謗莫如自修。'"

【重₂較】古卿士所乘之車。亦稱重耳,車箱上有橫木二重。詩衞風淇奧:"寬兮綽兮,倚重較兮。"傳:"重較,卿士之車。"釋文:"車兩旁上出軾也。"參閱晉崔豹古今注上輿服、清馬瑞辰毛詩傳箋通釋六淇奧。

【重酬】厚相酬報。左傳哀十六年:"衞侯飲孔悝酒於平陽,重酬之。"

【重酪】乳汁。重,通"湩"。漢書九四上匈奴傳:"得漢食物皆去之,以視不如重酪之便美也。"史記一一〇匈奴傳作"湩酪"。

【重₂殿】謂前後殿。漢書九三董賢傳:"詔將作大匠爲董賢起大第北闕下,重殿洞門。木土之功,窮極技巧。"

【重₂睛】傳說中之靈鳥。雙睛在目,狀如雞,鳴似鳳,一名重明。見太平廣記四六〇鸞。參見"重明㊃"。

【重₂跡】猶重足。魏書道武七王元叉傳:"自後專綜機要,巨細決之,威振於內外,百僚重跡。"

【重腿】足腫病。左傳成六年:"民愁則墊隘,於是乎有沈溺重腿之疾。"注:"沈溺,濕疾;重腿,足腫。"

【重₂複】㊀重見複出。北史李孝伯傳附李謐學官上書:"遂絕跡下帷,杜門却掃,棄産營書,手自刪削,卷無重複者四千有餘矣。"㊁猶重疊。南齊謝朓謝宣城集一酬德賦:"龍樓儼而洞開,梁邸煥其重複。"宋秦觀淮海集七次韻莘老初到湯泉詩之一:"夾路山重複,參天樹老蒼。"

【重₂臺】㊀花之複瓣者。唐韓偓玉山樵人香奩集妬媒詩:"好鳥豈須兼比翼,異花何必更重臺。"㊁婢之婢爲重臺。元邵桂子雪舟脞語:"婢之婢,世謂之重臺。評書者謂羊欣書似婢學夫人,米芾學羊欣書,故高宗謂米字爲重臺。"(說郛五七)㊂玄參之別名。見政和證類本草八玄參。

【重₂熙】遼耶律宗真(興宗)年號。公元1032—1055年。

【重$_2$翟】皇后所乘之車，以雉羽爲飾。周禮春官巾車："王后之五路，重翟、鍚面朱總。"注："重翟，重翟雉之羽也。……后從王祭祀所乘。"疏："凡言翟者，皆謂翟鳥之羽以爲兩旁之蔽，言重翟者，皆二重爲之。"

【重$_2$慶】㊀父母俱存爲具慶，祖父母、父母俱存爲重慶。宋楊萬里誠齋集三九題曾景山通判壽衍堂詩："人家具慶已燕喜，人家重慶更可偉。"㊁府名。古爲巴子國。秦漢爲巴郡，隋初改渝州。宋淳熙中升爲重慶府，元爲重慶路，明清仍爲重慶府。府轄江津、永川、榮昌、綦江等十餘縣。公元1913年廢府。公元1947年設重慶市，屬四川省。參閱明曹學佺蜀中廣記五三蜀郡縣古今通釋三重慶府、讀史方輿紀要六九重慶府。

【重$_2$霄】猶九霄，指高空。藝文類聚八晉孫綽望海賦："翼遮半天，背負重霄。"唐王勃王子安集五滕王閣詩序："層巒聳翠，上出重霄。"

【重$_2$輪】日月外圍所現之光圈。隋書音樂志中："煙雲同五色，日月並重輪。"唐張説張説之集十一月重輪頌："皇帝臨潞州，景龍元年七月十有四日夜，月重輪。頌曰：維帝潛德，受天眷命。月之重輪，示我金鏡。"

【重$_2$裀】兩層厚軟的坐席、牀褥。韓詩外傳六："又與子從君東而至阿，遭齊君重裀而坐，吾君單裀而坐。"也作"重茵"。後漢書二十祭遵傳："時遵有疾，詔賜重茵，覆以御蓋。"

【重$_2$樓】㊀層樓。荀子賦："志愛公利，重樓疏堂。"後漢書七三陶謙傳："大起浮圖寺，上累金盤，下爲重樓。"㊁道家稱喉嚨爲重樓。見雲笈七籤十一黄庭内景經黄庭章"重堂煥煥明八威"注。參見"重堂。"㊂中草藥黄精之别名。見政和證類本草六黄精。

【重遲】㊀緩慢，遲鈍。荀子修身："卑溼重遲貪利，則抗之以高志。"注："重遲，寬緩也。"淮南子修務："越人有重遲者，而人謂之訬。"㊁持重。漢書六十杜周傳："周少言重遲，而内深以骨。"注："遲謂性非敏速也。"唐韓愈昌黎集二九唐故檢校尚書左僕射右龍武軍統軍劉公墓誌銘："始爲兒時，重遲不戲。"

【重賞】優厚奬賞。後漢書二一耿純傳："竊見明公單車臨河北，非有府臧之蓄，重賞甘餌可以聚人者也。"注："黄石公記曰：芳餌之下，必有懸魚。重賞之下，必有死夫。"

【重黎】古司天地之官，爲羲和二氏之祖先。書呂刑："乃命重黎，絶地天通。"疏："羲是重之子孫，和是黎之子孫，能不忘祖之舊業，故以重黎言之。"國語楚下："顓頊受之，乃命南正重司天以屬神，命火正黎司地以屬民。……堯復育重、黎之後，不忘舊者，使復典之，以至於夏、商。"

【重德】大德，厚德。漢書六六車千秋傳："千秋居丞相位，謹厚有重德。"宋史二八二向敏中傳："居大任三十年，時以重德目之，爲人主所優禮。"

【重濁】沉重不清。關尹子四符："風散故輕清，輕清者上天；金堅故重濁，重濁者入地。"淮南子天文："清陽者薄靡而爲天，重濁者滯凝而爲地。"

【重$_2$親】㊀姻婭重疊，今通謂親上結親。史記外戚世家："呂后長女爲宣平侯張敖妻，敖女爲孝惠皇后。呂太后以重親故，欲其生子萬方。"㊁謂祖父母和父母兩代親人。漢郃陽令曹全碑："收養季祖母，供事繼母，先意承志，存亡之敬，禮無遺闕。是以鄉人爲之諺曰：重親致歡。"(金石萃編十八)

【重$_2$頭】宋晏殊珠玉詞玉樓春："重頭歌韻響錚深，入破舞腰紅亂旋。"劉攽貢父詩話："重頭、入破，皆絃管家語也。"詞中前後闋節拍完全相同者，又曲中前後數首重同一調者皆稱重頭。

【重$_2$橑】猶複屋。資治通鑑二三九唐元和十年："於是京城大索，公卿家有複壁重橑者，皆索之。"注："重橑，大屋覆小屋，上下施椽，其間皆可容物。"也作"重轑"。參見"重$_2$轑"。

【重$_2$壁】㊀夾壁，複壁。晉書沈充傳："及敗歸吳興，亡失道，誤入其故將吳儒家，儒誘充納重壁中。"㊁指屋宇牆壁重重。文苑英華一七四唐許敬宗奉和初奉登樓即日觀作述懷應制詩："旭日臨重壁，天暮極中京。"

【重器】㊀指寶器。左傳成十四年："孫文子自是不敢舍其重器於衛，盡寘諸戚。"孟子梁惠王下："毁其宗廟，遷其重器。"㊁古以象徵國家、社稷。史記六一伯夷傳："(舜禹)功用既興，然後授政，示天下重器，王者大統，傳天下若斯之難也！"後漢書七四上袁紹傳檄豫州："(曹操)父嵩乞匄遺養，因臧買位，……竊盜鼎司，傾覆重器。"㊂喻可貴的人材，猶大器。漢書六七梅福傳："士者，國之重器。"三國志蜀諸葛亮傳附諸葛瞻："建興十二年，亮出武功，與兄瑾書曰：'瞻今已八歲，聰慧可愛，嫌其早成，恐不爲重器耳。'"

【重$_2$環】㊀詩齊風盧令："盧重環，其人美且鬈。"傳："重環，子母環也。"謂一大環貫一小環，環相重，故稱。大環套於犬頸，牽犬的繩子結於小環上。㊁喉嚨名。一曰"重樓"，亦稱"重堂"。參見雲笈七籤十一黄庭内景經黄庭章注。

【重$_2$戴】㊀折上巾又加以帽。宋史輿服志五："重戴，唐士人多尚之，蓋古大裁帽之遺制，本野夫巖叟之服，以皂羅爲之，方而垂簷，紫裏，兩紫絲組爲纓，垂而結之頷下。所謂重戴者，蓋折上巾又加以帽焉。宋初，御史臺皆重戴，餘官或戴或否。"㊁既有傘又戴帽。宋葉夢得石林燕語三："唐至五代國初，京師皆不禁打繖。五代始命御史服裁帽。本朝淳化初又命公卿皆服之。既有繖，又服帽，故謂之重戴。"

【重$_2$闈】㊀深院重門之内。闈，閨門。1.指深閨。文選古詩十九首之十六："既來不須臾，又不處重闈。"2.指深宫。三國志吳賀邵傳："古之聖王，所以潛處重闈之内，而知萬里之情，……任賢之功也。"文選南齊謝玄暉(朓)休沐重還道中詩："志狹輕軒冕，恩甚戀重闈。"㊁庭闈爲父母住處，並指父母。元詩選吳澄草廬集送國子伴讀倪行簡赴京："出門惻惻重闈遠，前路漫漫萬里賒。"後也稱祖父母爲重闈。

【重$_2$瞳】謂目有二瞳子。史記項羽紀贊："吾聞之周生曰：'舜目蓋重瞳子。'又聞項羽亦重瞳子。"亦以指皇帝。宋王禹偁小畜集十六待漏院記："九門既開，重瞳屢迴。相君言焉，時君惑焉，政柄于是乎隳哉，帝位以之而危矣。"

【重$_2$璧】疊置之璧。穆天子傳六："天子仍爲之臺，是曰重璧之臺。"注："言臺狀如壘璧。"文選南朝宋謝惠連雪賦："臺如重璧，逵似連璐。"

【重鎮】㊀有兵駐守的要地。晉書義陽成王望傳："吳將施績寇江夏，邊境騷動，以望統中軍步騎二萬，出屯龍陂，爲二方重鎮。"梁書蕭洽傳："出爲南徐州治中，既近畿重鎮，吏數千人，前後居之者皆致巨富。"㊁擔負國家重任的人，猶言柱石。三國志吳陸凱傳上疏："中常侍王蕃黄中通理，處朝忠謇，斯社稷之重鎮，大吳之龍逢也。"

【重$_2$轑】猶複屋。卽重橑。漢書七六張敞傳："圍守王宫，搜索(劉)調等，果得之殿屋重轑中。"注："蘇林曰：轑，椽也。重轑，重棼中。"

【重$_2$繭】㊀手足經久磨而生成的硬皮。繭,也作"趼"。戰國策宋:"墨子聞之,百舍重繭,往見公輸般。"注:"重繭,累胝也。"漢書一〇〇敍傳上幽通賦:"木偃息以蕃魏,申重繭以存荆。"木,段干木;申,申包胥。參見"重趼"。㊁厚綿衣。左傳襄二一年:"方暑,闕地,下冰而牀焉。重繭衣裘,鮮食而寢。"注:"繭,緜衣。"

【重$_2$櫟】重欄。史記一二六東方朔傳:"建章宫後閣重櫟中,有物出焉,其狀似麋。"索隱:"重櫟,欄楯之下有重欄處也。"

【重$_2$譯】輾轉翻譯。史記一三〇太史公自序:"海外殊俗,重譯款塞。"漢書平帝紀元始元年:"越裳氏重譯獻白雉一,黑雉二。"注:"譯謂傳言也。道路絶遠,風俗殊隔,故累譯而後迺通。"

【重$_2$壤】地下,泉下。文選三國魏嵇叔夜(康)琴賦:"披重壤以誕載兮,參辰極而高驤。"注:"重壤,謂地也;泉壤稱九,故曰重也。"又晉潘安仁(岳)悼亡詩之一:"之子歸窮泉,重壤永幽隔。"

【重聽】耳聾。文選漢枚叔(乘)七發:"虛中重聽,惡聞人聲。"漢書八九黄霸傳:"許丞老,病聾,督郵白欲逐之。霸曰:'許丞廉吏,雖老,尚能拜起送迎,正頗重聽,何傷?'"

【重$_2$疊】層層累積;聚集,重複。文選戰國楚宋玉高唐賦:"交加累積,重疊增益。"漢書八四翟方進傳附翟義詔:"當其斬時,觀者重疊。"注:"言人多而聚積。"複語作"重重疊疊"。朱子語類七九尚書二:"伊尹説得極懇切,許多説話,重重疊疊,説了又説。"

【重$_2$安江】水名。在貴州黄平縣南三十里。源出平越縣,東流匯馬尾河,又東流爲清水江,入湖南爲沅水。古黔楚要津。見讀史方輿紀要一二一清平衛。

【重$_2$侍下】指祖父母俱存之日。宋呂本中東萊呂紫微師友雜志:"往年在重侍下,每夜侍滎陽公與祖母張夫人,極論學問及出世法。"滎陽公名希哲,爲公著之子,本中之祖父。

【重$_2$華宫】在北京舊紫禁城月華門西百子門之北,爲清弘曆(高宗)爲王子時居第。弘曆登位後,年號乾隆,每歲新正,賜内廷詞臣茶宴於此。見清會典事例八六二工部宮殿。

【重$_2$陽糕】舊俗重陽節蒸粉作糕,上插小彩旗,名重陽糕。參閱宋孟元老東京夢華録八重陽、吳自牧夢粱録五九月。

【重$_2$臺履】古之高底鞋。五代後唐馬縞中華古今注中鞋子:"(南朝)宋有重臺履。"才調集五唐元稹夢遊春詩:"叢梳百葉髻,金蹙重臺履。"

【重$_2$羅麪】以二層羅篩出之細麪。初學記二六晉束晳餅賦:"爾乃重羅之麪,塵飛白雪,膠黏筋籾,溔液濡澤。"

【重$_2$交單拆】以錢卜課之法。亦曰"單拆重交"。儀禮士冠禮:"筮與席,所卦者,具饌于西塾。"疏:"筮法依七八九六之爻而記之。但古用木畫地,今則用錢。以三少爲重錢,重錢則爲九也。三多爲交錢,交錢則六也。兩多一少爲單錢,單錢則七也。兩少一多爲拆錢,拆錢則八也。"後世卜者占文王課仍用此名,以純陽爲重,純陰爲交,一陽兩陰爲單,一陰兩陽爲拆。

【重$_2$金兼紫】印綬重疊。謂多高官。後漢書七八呂强傳上疏:"而陛下不悟,妄授芳土,開國承家,小人是用,又并及家人,重金兼紫,相繼爲藩輔。"注:"金印紫綬。重、兼,言累積也。"

【重$_2$赴鹿鳴】清時,鄉試中式后,經六十年,再遇是科鄉試,經奏准得重赴鹿鳴筵宴。見清會典事例三六二禮部貢舉。

【重$_2$赴瓊林】清時,會試中式后,經六十年,再逢是科會試,經奏准得重赴瓊林筵宴。見清會典事例三六二禮部貢舉。

【重$_2$規襲矩】合乎規矩法度。漢王符潛夫論思賢:"是故雖相去百世,縣年一紀,限隔九州,殊俗千里,然其亡徵敗迹,若重規襲矩,稽節合符。"亦作"重規疊矩"、"重規累矩"。宋書禮志一魏明帝詔:"諸若此者,皆以正歲斗建爲節,此曆數之序,乃上與先聖合符同契、重規疊矩者也。"藝文類聚九五晉王廙白兔賦序:"昔周旦翼成,越裳重譯而獻白雉,……今我王匡濟皇維,而有白兔之應,可謂重規累矩,不忝先聖也。"

【重$_2$游泮水】清代童生應考取録者,分別在府縣學肄業,稱爲附生。赴學宫禮拜孔子,謁見教諭訓導,謂之入泮。滿期六十年,更舉行入學禮,稱重游泮水。

【重$_2$熙累洽】累世昇平昌盛。文選漢班孟堅(固)東都賦:"至于永平之際,重熙而累洽。"唐張銑注:"熙,光明也。洽,合也。言光武既明而明帝繼之,故曰重熙累洽也。"宋李心傳建炎以來繫年要録九元年九月宗澤表:"粤自運啟炎宋,卜都大梁,宅中而包三萬里之幅員,創業以貽二百年之基緒,重熙累洽,端拱垂衣。"

【重$_2$樓金線】花名。明陶宗儀元氏掖庭記:"重樓金線,花名也。出長白山,花心抽絲如金,長至四五尺,每尺寸縛結如樓形。山中人取以織之成幅。"

四畫

野 yě 羊者切,上,馬韻,喻。ㄧㄝˇ

又作"埜"(壄)、"埜"。㊀郊原,田野。詩邶風燕燕:"之子于歸,遠送于野。"傳:"郊外曰野。"戰國策秦一:"沃野千里,蓄積饒多,地勢形便。"㊁鄙邑,都邑。公羊傳桓十一年:"古者鄭國處於留,先鄭伯有善于鄶公者,通乎夫人以取其國而遷鄭焉,而野留。"注:"野,鄙也。"清孔廣森通義:"言以留爲下都也,都所居曰鄙。"㊂舊指民間。與朝相對。孟子萬章下:"在國曰市井之臣,在野曰草莽之臣。"晉書杜預傳:"朝野清晏。"參見"在野"。㊃星宿所當的區域。續古文苑三隋李播天文大象賦:"七宿畫野以分區。"參見"分野"。㊄樸野,粗魯。論語雍也:"質勝文則野,文勝質則史。"又子路:"野哉由也!"㊅動植物之不由人畜養培植者曰野。禮内則:"野豕爲軒。"㊆不受約束。宋文同丹淵集四書緑帷亭壁詩:"閒居數月性便野,渾忘簿書相聒時。"

【野人】㊀鄉野之人,農夫。左傳僖二三年:"乞食於野人,野人與之塊。"㊁庶民,没有爵禄的平民。論語先進:"先進於禮樂,野人也;後進於禮樂,君子也。"唐白居易長慶集六四拜表迴閑院詩:"晨興拜表稱朝士,晚出遊山作野人。"㊂未開化的人。呂氏春秋恃君:"氐羌呼唐離水之西,僰人、野人,……多無君。"

【野干】獸名。同"射干"。唐釋道世諸經要集九思慎部慎禍引僧祇律:"時日向暮,有羣野干來趣井,飲地殘水。"

【野丈】藥草。白頭翁的别名。見宋陶穀清異録藥。本草名"野丈人"。參見"白頭翁㊂"。

【野叉】古代傳説中的野人,皆赤髮裸形,羣居林中,見人擒而食之。見唐劉恂嶺表録異上。

【野女】㊀鄉野女子。宋陸游劍南詩稿七八驛壁偶題之二:"舞簡村巫醉,塗朱野女粧。"㊁獸名。猩猩之屬。見本草綱目五一獸四猩猩。參見"野婆"。

【野心】㊀心性放縱,不可馴服。左傳宣四年:"諺曰:'狼子野心。'是乃狼也,其可畜乎?"後多指對名利、權位非分之慾望。淮南子主術:"故有野心者,不可借便勢;有愚質者,不可與利器。"㊁謂隱逸閒散之心。宋書王僧達傳上解職表:"爾時勑亡從兄僧綽宣見留之旨，閭疾寡任，野心素積，仍附啟苦乞，且旋任還務。"元詩選仇遠小村遺藁詩與士瞻上人之三："野心直與閒雲似，却笑孤雲出岫輕。"

【野火】㊀焚燒原野宿草之火。戰國策楚一："於是楚王游於雲夢，結駟千乘，旌旗蔽日，野火之起也若雲蜺。"唐白居易長慶集十三賦得古原草送別詩："離離原上草，一歲一枯榮，野火燒不盡，春風吹又生。"㊁燐火。列子天瑞："馬血之爲轉鄰也，人血之爲野火也。"

【野王】春秋晉地，戰國屬韓。漢置縣，屬河內郡，晉爲河內郡治，隋改河內縣。左傳宣十七年："晉人執晏弱於野王。"即此。地在今河南沁陽縣。參閱讀史方輿紀要四九懷慶府河內縣。

【野夫】㊀農夫。禮郊特牲："野夫黃冠。"疏："田夫則野夫也。"㊁指隱者。唐黃滔黃御史集四嚴陵釣台詩："終向烟霞作野夫，一竿竹不換簪裾。"

【野井】地名。在今山東齊河縣東。春秋昭二五年："齊侯唁公于野井。"注："濟南祝阿縣東有野井亭。"

【野史】指私家編撰的史書。也稱稗史。新唐書藝文志二雜史類有公沙仲穆大和野史十卷。唐陸龜蒙甫里集十三奉詶苦雨見寄詩："自愛垂名野史中，寧論抱困荒城側。"金元好問遺山集八追用座主閑閑公韻上致政馮內翰詩之二："野史他年傳耆舊，風流一一似公無。"

【野生】㊀粗野不懂世務之人。又用作男子自稱的謙詞。三國志魏管寧傳附胡昭："自陳一介野生，無軍國之用，歸誠求去。"北史顏惡頭傳："惡頭野生，不知避忌。"㊁野外自然生長之物。北魏賈思勰齊民要術三蘘荷芹藘："芹藘並收根畦種之，常令足水。……性並易繁茂而甜脆，勝野生者。"

【野羊】野山羊。一說爲羚羊。史記一一七司馬相如傳上林賦："手熊羆，足野羊。"集解："郭璞曰：野羊如羊，千斤。"漢書司馬相如傳作"壄羊"。注："張揖曰：'壄羊，麢羊也，似羊而青。'師古曰：'壄羊，今之所謂山羊也，非麢羊矣。'"唐杜甫杜工部詩史補遺八王兵馬使二角鷹詩："杉雞竹兔不自惜，孩虎野羊俱辟易。"

【野次】㊀野外。三國志魏陳羣傳上疏："若必當移避，繕治金墉城西宮及孟津別宮，皆可權時分止。可無舉宮暴露野次，廢損盛節蠶農之要。"㊁在野外止息。晉書王鑒傳上疏："欲使鑾旂無野次之役，聖躬遠風塵之勞，而大功坐就，鑒未見其易也。"

【野老】㊀田野老人。文選南朝梁丘希範(遲)旦發漁浦潭詩："村童忽相聚，野老時一望。"唐杜甫杜工部草堂詩箋九哀江頭："少陵野老呑聲哭，春日潛行曲江曲。"參閱清趙翼陔餘叢考三六野老。㊁書名。漢書藝文志農家有野老十七篇。

【野合】㊀奏樂於野外。左傳定十年："嘉樂不野合。"注："嘉樂，鐘磬也。"疏："不野合者，謂享燕正禮當設於宮內。"㊁不合禮儀的婚配。史記孔子世家："(叔梁)紇與顏氏女野合而生孔子。"索隱："蓋謂梁紇老而徵在少，非當壯室初笄之禮，故云野合，謂不合禮儀。"清桂馥札樸二："史記梁公野合而生孔子，案野合，言未得成禮於女氏之廟也。"或謂女子七七四十九陰絕，男子八八六十四陽絕，過此爲婚爲野合。見元王惲玉堂嘉話六。後亦稱男女私通爲野合。

【野仲】惡鬼名。文選漢張平子(衡)東京賦："殘夔魖與罔像，殪野仲而殲游光。"薛綜注："野仲、游光，惡鬼也。"

【野君】鳥名。元伊世珍瑯嬛記上："南方有比翼鳳，飛止飲啄不相分離，雄曰野君，雌曰觀諱。"

【野性】㊀難於馴服之生性。舊題漢劉歆西京雜記四："故知野禽野性，未脫籠樊，賴吾王之廣愛，雖禽鳥兮抱恩。"唐韋應物韋江州集八述園鹿詩："野性本難畜，翫習亦逾年。"㊁樂居田野之性情。唐元稹長慶集十四送林復夢赴韋令辟詩："野性便荒飲，時風忌酒徒。"姚合姚少監詩集五閑居遣懷之八："野性多疎惰，幽棲更稱情。"

【野服】田野人的衣着。禮郊特牲："草笠而至，尊野服也。"疏："草笠是野人之服。"全唐詩一三二李頎謁張果老："餐霞斷火粒，野服兼荷製。"

【野客】㊀山野之人。唐杜甫杜工部草堂詩箋十四佐還山後寄之一："野客茅茨小，田家樹木低。"㊁指薔薇花。宋龔明之中吳紀聞四花客詩："張敏叔(景修)嘗以牡丹爲貴客，……薔薇爲野客。"參見"十客㊀"。

【野容】飾其容而露其面。同"冶容"。易繫辭上："冶容誨淫。"冶，本又作"野"，見釋文。漢鄭玄注："謂飾其容而見於外曰野。"(宋王應麟輯鄭氏周易注)古列女傳齊孝孟姬頌："避嫌遠別，終不冶容。"清梁端校注："冶當作野。按古者婦人出必輜軿，野處，則帷裳擁蔽。至於唐初，婦人之出尚施羃䍦以蔽身，高宗時始用帷冒，施裙及頸，皆所以戒野容也。"

【野馬】㊀產於北方的一種良馬。戰國策宋："遺衛君野馬四百，白璧一。"注："野馬，騊駼也。"史記一一七司馬相如傳上林賦："被豳文，跨野馬。"按爾雅釋畜"騊駼馬"宋邢昺疏引字林云："北狄良馬也，一曰野馬。"㊁田野間蒸騰浮游的水氣。莊子逍遙遊："野馬也，塵埃也，生物之以息相吹也。"注："野馬者，游氣也。"宋沈括夢溪筆談三辨證一："野馬乃田野間浮氣耳。"也指遊塵。唐韓偓玉山樵人集安貧詩："窗裏日光飛野馬，案頭筠管長蒲盧。"㊂貉的俗名。明陳禹謨四書名物考九："楚蜀界中多貉，俗名野馬，其皮紋上下員方，旁如魚鳥狀。寢處其皮者，立能解酲。"

【野乘】猶野史。宋吳枋有宜齋野乘一卷。

【野婆】我國古代居於南方的野人。一說爲猩猩之屬。皆居於窮巖絕谷間，黃髮椎髻，赤足裸形，儼如老婦。自腰以下，有皮纍垂蓋膝若犢鼻。其羣皆女性，無匹偶，每遇男子，必負去求合。參閱元周密齊東野語七野婆。

【野祭】謂上冢祭墓。水經注二七沔水："(定軍)山東名高平，是(諸葛)亮宿營處，有亮廟。亮薨，百姓野祭。"新五代史周紀論："寒食野祭而焚紙錢，居表改元而用樂，……則禮樂刑政幾何其不壞矣。"

【野渡】郊野的渡口。唐韋應物韋江州集八滁州西澗詩："春潮帶雨晚來急，野渡無人舟自橫。"

【野葬】又稱林葬，棄尸體於荒野樹林中，使鳥獸食之。大唐西域記二："送終殯葬，其儀有三，……三曰野葬，棄林飼獸。"

【野葛】藥草名。也作"冶葛"。又名鉤吻，俗稱胡蔓草或斷腸草。漢王充論衡言毒："草木之中，有巴豆、野葛，食之湊懣，頗多殺人。"唐白居易長慶集二有木詩之五："前後曾飲者，十人無一活。……試問識藥人，始知名野葛。"參閱政和證類本草十鉤吻。參見"鉤吻"。

【野虞】官名。主管田野及山林。禮月令季春之月："命野虞無伐桑柘。"

【野語】俗語，村野之言。莊子刻意："野語有之曰：衆人重利，廉士重名。"唐陸龜蒙甫里集十三平上聲詩："漁童驚狂歌，艇子喜野語。"參見"齊東野語"。

【野蔌】野菜。宋歐陽修文忠集三九醉翁

亭記:"山肴野蔌,雜然而前陳者,太守宴也。"明陶宗儀輟耕録二十真率會:"節序鬖鬖,莫負芒鞋竹杖;盃盤草草,何慚野蔌山肴。"

【野燒】猶"野火"。全唐詩二六三嚴維荆溪館呈丘義興:"野燒明山郭,寒更出縣樓。"

【野鴨】鳧的俗稱。北史李崇傳:"野鴨羣飛入城,與鵲爭巢。"

【野戰】㊀交戰於曠野。墨子兼愛中:"今諸侯獨知愛其國,不愛人之國,……是故諸侯不相愛,則必野戰。"㊁不依常法作戰。宋史三六五岳飛傳:"(宗澤)曰:'爾勇智才藝,古良將不能過,然好野戰,非萬全計。'因授以陣圖。"

【野録】私撰的軼聞、雜録。猶"野史"。宋魏了翁鶴山先生文集六一跋李文簡公手記:"不知聞見於時人而筆削於家乘野録者,父兄、子弟、姻戚、友朋間轉相傳習者,……蓋有不與秦火俱燼者也。"宋賈同著有山東野録七篇。見宋史四三二本傳。

【野雞】㊀雉的異名。史記封禪書:"野雞夜雊。"集解引如淳:"野雞,雉也。呂后名雉,故曰野雞。"按清王念孫廣雅疏證引急就篇謂雉屬飛鳥,野雞屬六畜,爲郊野所畜之雞;並舉史記漢書中"雉"字屢見之例,證明非爲呂后諱。見廣雅疏證釋鳥。㊁星名。晉書天文志上:"野雞一星,主變怪,在軍市中。"續古文苑三隋李播週天大象賦:"野雞俟兵而據市,天狗吠盜而映漣。"

【野鶴】鶴性孤高,喜居林野,故常以喻隱士。唐劉長卿劉隨州集一送方外上人:"孤雲將野鶴,豈向人間住。"

【野司寇】官名。掌郊野之訴訟,即周禮秋官司寇之屬官縣士。左傳昭十八年:"使野司寇各保其徵。"注:"野司寇,縣士也。"

【野史亭】亭名。金元好問有意修金一代之史,乃構亭於家,著述其中,因名曰野史。見金史本傳。

【野狐涎】傳説以小口罌盛肉埋於野外,狐欲食而喙不得入,饞涎流滴罌内,漬入肉中。取其肉曬爲脯末,食之令人迷惑而生幻影。見宋曾敏行獨醒雜誌七。後因以野狐涎指迷惑人的話。五代後蜀何光遠鑒戒録六旌論衡引楊德輝嘲僧門詩:"説法謾稱師子吼,魅人多使野狐涎。"古今雜劇元賈仲名對玉梳一:"倚仗着高談闊論,全用些野狐涎,撲子弟,打郎君。"

【野狐落】唐宫中巷名,爲宫人聚居之所。新唐書九一温造傳:"大和二年,内昭德寺火,延禁中野狐落。野狐落者,宫人所居也,死者數百人。"

【野狐禪】佛家稱外道異端爲野狐禪。言僅能欺世惑人,不足證道。按五燈會元三洪州懷海禪師記:昔日有談禪者,因錯解一字,五百生墮爲野狐身,經懷海禪師指正始解脱。宋蘇軾分類東坡詩九常州太平寺法華院薝蔔亭醉題:"何似東坡鐵柱杖,一時驚散野狐禪。"陳與義簡齋集十題小室詩:"隨意時爲獅子吼,安心懶作野狐禪。"

【野狐嶺】山嶺名。在今河北萬全縣東北。山勢高峻,風力猛烈,雁飛過此,遇風輒墮,爲軍事要隘。遼史興宗紀一重熙六年:"夏四月,獵野狐嶺。"元史一一九木華黎傳:"金兵號四十萬,陣野狐嶺北。"皆卽此地。參閲讀史方輿紀要十八萬全都指揮使司萬全右衛。

【野葡萄】卽蘡薁。見該條。

【野蜀葵】野菜之一種。農政全書五十救荒本草野蜀葵:"生荒野中,就地叢生,苗高五寸許,葉似葛勒子秧葉而厚大,又似地牡丹葉,味辣。"

【野鴛鴦】唐杜甫杜工部詩史補遺五數陪章梓州泛江有女樂在諸舫戲爲豔曲之二:"使君自有婦,莫學野鴛鴦。"俗因稱未經正式手續而結成同居關係的人爲野鴛鴦。

【野獲編】卽萬曆野獲編。明沈德符撰,原有正編、續編,皆成書於萬曆間,共數十卷。清康熙時錢枋重編爲三十卷,分四十八類,有補遺四卷,卽今通行之本。所記明代之朝章、典故以及里巷軼聞,所包甚廣。如洪武時劉基爲胡惟庸所毒;嘉靖間薊遼總督王忬因嚴嵩逼索清明上河圖,應以贋品,爲嵩陷害而死;俱見此書,足補史傳之闕。

【野廬氏】官名。周禮秋官之屬,掌通達道路,以便往來。文選晉潘安仁(岳)藉田賦:"於是乃使甸帥清畿,野廬掃路。"

【野人獻日】喻微薄的貢獻。列子楊朱:"昔者宋國有田夫,常衣緼黂,僅以過冬,暨春東作,自曝於日,不知天下之有廣廈、隩室、綿纊、狐狢。顧謂其妻曰:負日之暄,人莫知者,以獻吾君,將有重賞。"唐歐陽玭有野人獻日賦,見文苑英華四。參見"獻曝"。

【野客叢書】宋王楙撰。三十卷。末附野老紀聞一卷,爲楙父所作。此書考辨文獻,精審詳明,品評詩文,頗有見地。惟卷帙既多,不免舛誤。自序稱井蛙拘墟,君子謂其野客不以爲罪,因以名書。明陳繼儒重訂爲十二卷之本,其精核之處多遭刪削,遠不及原書之善。

【野叟曝言】章回小説。清夏敬渠撰。二十卷,一百五十四回。書於清光緒初始出。序言清康熙時江陰夏氏所作,印行時已小有缺失。別有足本,疑非原稿。清金武祥江陰藝文志凡例云爲夏二銘作。二銘爲夏敬渠懋修別號。書中主人公文白(素臣)卽以自喻,蓋自負有經國治世之才,至老潦倒鄉里,因而命筆,自比以文字爲野老獻曝之資,故稱野叟曝言。書中充斥迂腐不經之談、荒誕離奇之事,雜以男女猥褻之描述,不免爲論者所譏。

【野草閒花】野生的花草。宋張侃拙軒集三家園詩:"當年迂叟圃初成,野草閒花不記名。"亦以喻妓女或受人侮辱的女子。草堂詩餘三宋胡浩然元宵:"休迷戀,野草閒花,鳳簫人在金谷。"

【野菜博録】明鮑山撰,三卷。山寓居黄山多年,親嘗各種野蔬,將可食用者按其品類著爲此書,共分草部木部四百三十五種,每種皆有插圖,可備荒年之用。與朱橚之救荒本草互有出入。橚多得於採訪,山則得於親嘗,兩書可相輔而行。四庫全書總目著録作四卷,而所録僅二百六十二種。商務印書館四部叢刊本據明鳴野山房本影印,末附四庫本有而明本無者三種。

【野鶴孤雲】喻清高自在之人。宋王千秋審齋詞臨江仙:"野鶴孤雲元自在,剛論隱豹冥鴻,此身今在幻人宫。"元劉因靜修集八自適詩:"清霜烈日從渠畏,野鶴孤雲覺自閒。"

【野田黄雀行】樂府瑟調曲名。樂府解題:"晉樂,奏東阿王置酒高殿上,始言豐膳樂飲,盛賓主之獻酬;中言歡極而悲,嗟盛時不再;終言歸於知命而無憂也。"亦名"置酒高殿上",以曹植所賦首句爲題。參閲樂府詩集三九相和歌辭。

五畫

量 1. liàng 力讓切,去,漾韻,來。ㄌㄧㄤ

㊀斗、斛一類的量器。論語堯曰:"謹權量。"漢書律曆志上:"量者,龠、合、升、斗、斛也,所以量多少也。"㊁容量,限度。國語楚下:"彝、器之量。"注:"量大小也。"論語鄉黨:"唯酒無量,不及亂。"㊂

器量，度量。三國志吳周瑜魯肅吕蒙傳評：“吕蒙勇而有謀斷，……有國士之量，豈徒武將而已乎？”世説新語雅量：“謝(安)本輕戴(逵)，見但與論琴書，戴既無吝色，而談琴書愈妙，謝悠然知其量。”㊃衡量。左傳隱十一年：“度德而處之，量力而行之。”唐韓愈昌黎集五調張籍詩：“蚍蜉撼大樹，可笑不自量。”

2. liáng ㄌㄧㄤˊ 吕張切，平，陽韻，來。

㊄用量器計算容積、稱輕重、度長短皆稱量。莊子胠篋：“爲之斗斛以量之，則並與斗斛而竊之。”漢書五一枚乘傳：“石稱丈量，徑而寡失。”㊅商酌。禮少儀：“事君者，量而后入，不入而后量。”宋朱熹朱文公集五有懷南軒老兄呈伯崇擇之二友之一：“惟應微密處，猶欲細商量。”

3. liǎng ㄌㄧㄤˇ

㊆雙。通“緉”。太平御覽六九八魏武(曹操)與楊彪書：“今足下織成靴一量。”世説新語雅量：“或有詣阮(孚)，見自吹火蠟屐，因歎曰：‘未知一生當箸幾量屐？’”

【量人】官名。掌建國之法，以分國爲九州。見周禮夏官量人。

【量中】滿數。中，猶滿。漢書九四上匈奴傳：“中行説輒曰：‘漢使毋多言，顧漢所輸匈奴繒絮米糵，令其量中，必善美而已，何以言爲乎？’”

【量决】酌情裁决。魏書世祖紀下太平真君六年：“詔諸有疑獄皆付中書，以經義量決。”

【量度】㊀容量和長度的標準。周禮地官司市：“量度禁令。”注：“量，豆區斗斛之屬。度，丈尺也。”㊁審察，測定。墨子天志中：“將以量度天下之王公大人卿大夫之仁與不仁。”

【量$_2$珠】晉石崇爲交趾採訪使，以珍珠三斛買妾緑珠。後人因稱納妾爲量珠之聘。唐劉禹錫劉夢得集九泰娘歌：“斗量明珠鳥傳意，紺幰迎入專城居。”亦此意。參閱唐劉恂嶺表録異上、宋晁載之續談助五引宋樂史緑珠傳。

【量$_2$移】唐宋時，被貶謫遠方的人臣，遇赦酌情移近安置，稱爲量移。唐顏真卿文忠集九浪跡先生玄真子張志和碑銘：“尋復貶南浦尉，經量移不願之任，得還本貫。”白居易長慶集十七自題：“一旦失恩先左降，三年隨例未量移。”後多稱遷職爲量移，殊誤。參閱清顧炎武日知録三二量移、袁枚隨園隨筆下量移之訛。

【量$_2$試】㊀試驗。後漢書獻帝紀興平元年：“帝疑賦卹有虚，乃親於御坐前量試作糜，乃知非實。”㊁州縣學之小試。宋趙升朝野類要二舉業量試：“州縣學略而小試其才也。”

【量鼓】古量器名。禮曲禮上：“獻米者操量鼓。”注：“量鼓，量器名。”釋文：“隱義云，樂浪人呼容十二石者爲鼓。”

【量幣】祭祀用的幣帛。禮曲禮下：“凡祭宗廟之禮……玉曰嘉玉，幣曰量幣。”注：“幣，帛也。”清孫希旦禮記集解：“量幣者，言幣之長短廣狹，合制度也。”

【量入爲出】根據收入計劃支出。禮王制：“以三十年之通，制國用，量入以爲出。”疏：“量其今年入之多少，以爲來年出用之數。”三國志魏衛覬傳上疏：“當今之務，宜君臣上下，並用籌策，計較府庫，量入爲出。”

【量才稱職】根據人的才能授予相當職務。魏書郭祚傳：“尋正吏部，……當時每招怨讟，然所拔用者，皆量才稱職，時又以此歸之。”

【量能授官】猶量才使用。荀子君道：“論德而定次，量能而授官，皆使人載其事而各得其所宜。”後漢書八十上黄香傳上疏：“臣聞量能授官者，則職無廢事；因勞施爵，則賢愚得宜。”

【量腹而食】謂自加節制。淮南子俶真：“夫聖人量腹而食，度形而衣，節於己而已，貪污之心，奚由生哉？”

十一畫

釐

1. lí ㄌㄧˊ 里之切，平，之韻，來。

㊀治理。書堯典：“允釐百工，庶績咸熙。”國語周下：“釐改制量。”㊁更改。後漢書三四梁統傳：“議者以爲隆刑峻法非明王急務，施行日久，豈一朝所釐。”㊂賜予。詩大雅江漢：“釐爾圭瓚，秬鬯一卣。”釋文：“釐，沈又音賚。”㊃小數名，單位之百分之一。長度尺之千分之一，地積畝之百分之一。俗省作“厘”。常用以極言微小。禮經解引易：“君子慎始，差若豪氂，繆以千里。”釋文：“氂，本又作釐。”文選漢張平子(衡)西京賦：“剖析毫釐，擘肌分理。”注：“漢書音義曰：‘十毫爲釐。’”㊄寡婦。通“嫠”。左傳襄二五年：“崔子曰：嫠也何害，先夫當之矣。”釋文：“嫠，本又作釐。”後漢書八七西羌傳：“父没則妻後母，兄亡則納釐嫂。”

2. xī ㄒㄧ 集韻 虚其切，平，之韻。

㊅祭餘之肉。史記八四賈生傳：“孝文帝方受釐，坐宣室。”㊆福。通“禧”。漢書八七上揚雄傳上甘泉賦：“惟夫所以澄心清魂，儲精垂思，感動天地，逆釐三神者。”注：“釐讀若禧，禧，福也。”㊇通“僖”。史記齊太公世家：“魯人更立釐公。”集解：“徐廣曰：史記‘僖’字皆作‘釐’。”春秋作魯僖公。

3. lái ㄌㄞˊ 集韻 郎才切，平，灰韻。

㊈草名。通“萊”。爾雅釋草：“釐，蔓華。”清郝懿行義疏：“釐，説文作萊……萊與釐古同聲。”㊉古諸侯國名。戰國策魏四：“齊伐釐莒。”元吳師道校注：“齊策：‘昔者萊莒好謀。’”

【釐正】改正。隋書音樂志上梁天監元年詔：“朕昧旦坐朝，思求厥旨，而舊事匪存，未獲釐正。”

【釐卡】抽收釐捐的關卡。見“釐捐”。

【釐定】訂定，整理制定。新唐書禮樂志十一：“張文收以爲十二和之制未備，乃詔有司釐定。”

【釐$_2$事】祭祀鬼神之事。唐柳宗元柳先生集四三聞藉田有感詩：“宣室無由問釐事，周南何處託成書。”宋蘇轍欒城集四九南京百官賀南郊表：“舉三年之盛典，罄萬國之歡心，釐事既終，鴻恩均被。”

【釐金】清末於水陸關卡徵收的貨物通過税。大抵就貨物原價抽收幾釐，故名釐金或釐捐。參閱清續文獻通考四九征榷二一釐金。參見“釐捐”。

【釐革】改正。宋書孔琳之傳建言：“存之未有所明，去之未有所失，固當式遵先典，釐革後謬。”

【釐降】下嫁。書堯典：“釐降二女于嬀汭，嬪于虞。”傳：“降，下；嬪，婦也。”疏：“舜爲匹夫，帝女下嫁。”史記外戚世家：“書美釐降，春秋譏不親迎。”

【釐捐】清末於水陸要隘分設卡局，以抽取行商貨物税，大致照物值抽若干釐，故曰釐捐，亦稱釐金。辦理徵税之機構謂之釐卡。咸豐三年，太平天国起義軍建都南京，清廷餉源枯竭，太常寺卿雷以諴始於江北創設釐捐，對來往商品按值徵税，後來晏端書推行於廣東，本爲籌措軍餉的臨時措施，以利源所在，各省亦相繼仿行，遍布全國，遂成爲舊政府的正項收入，不特增加人民負擔，也阻礙商品經濟的正常發展。參閱清會典事例二四一戶部釐税。

【釐婦】寡婦。詩小雅巷伯“哆兮侈兮，成是南箕”漢毛亨傳：“鄭之釐婦又獨處于室。"釋文:"鼇,……寡婦也。依字作嫠。"孔子家語好生:"魯人有獨處室者,鄰之嫠婦,亦獨處一室。"參見"嫠婦"。

【鼇孳】雙生子。方言三:"陳楚之間,凡人獸乳而雙產,謂之鼇孳。……自關而東,趙魏之間謂之孿生。"也作"孷孖"。清戴震疏證:"鼇亦作孷,孳亦作孖。玉篇云:孷孖,雙生也。"

【鼇3麰】麥。漢書三六楚元王傳附劉向:"(周頌)又曰:'飴我鼇麰。'鼇麰,麥也。"今詩周頌思文作"貽我來牟"。參見"來牟"。

金部

金 ㄐㄧㄣ jīn 居吟切,平,侵韻,見。

㊀黃金。古言黃金爲諸金之長,故獨得金名。書舜典:"金作贖刑。"傳:"金,黃金。"㊁金屬的通稱。如:五金。古言五色金,謂金黃,銀白,銅赤,鉛青,鐵黑,舉五色以概其餘;今言金屬,以別於黃金之稱金。史記平準書:"金有三等,黃金爲上,白金爲中,赤金爲下。"㊂古代計算貨幣單位。或以一斤爲一金,或以一鎰爲一金,因時而異,後亦謂銀一兩爲一金。公羊傳隱五年:"百金之魚。"注:"百金,猶百萬也。古者,以金重一斤,若今萬錢矣。"史記平準書:"更令民鑄錢,一黃金一斤。"索隱:"秦以一溢爲一金,漢以一斤爲一金。"㊃金屬之器,或省稱金。如言金革,金指戈矛之屬;言金鼓,金指鉦鐃之屬。又鐘鎛之屬,稱金奏,金聲。周禮春官大師:"皆播之以八音:金、石、土、革、絲、木、匏、竹。"注:"金,鐘鎛也。"㊄凡如黃金之色亦曰金。詩小雅車攻:"赤芾金舄,會同有繹。"箋:"金舄,黃朱色也。"如金魚,金橘等,亦皆言其色如金。㊅喻堅固。後漢書四十上班固傳西都賦:"建金城其萬雉。"注:"金城,言堅固也。"㊆五行之一。於位爲西,於時爲秋,故言金天,金風。漢書五行志上:"金,西方,萬物既成,殺氣之始也。"參見"五行"。㊇深。淮南子泰族:"教之以金目則快射。"注:"金目,深目。"㊈朝代名。公元1115—1234年。女真族,姓完顏氏;世居於松花江之東,服屬於遼。至阿骨打統一各部,稱帝,國號金。爲蒙古所滅。㊉姓。相傳爲少昊金天氏之後。見元和姓纂五侵。

【金人】㊀銅鑄之人像。孔子家語觀周:"孔子觀周,遂入太祖后稷之廟,廟堂右階之前,有金人焉。三緘其口而銘其背曰:古之慎言人也。"史記秦始皇紀:"收天下兵,聚之咸陽,銷以爲鐘鐻,金人十二,重各千石,置廷宮中。"正義:"三輔舊事云:聚天下兵器,鑄銅人十二,各重二十四萬斤。"㊁指金鑄的佛像。史記一一○匈奴傳:"漢使驃騎將軍去病將萬騎出隴西……破得休屠王祭天金人。"後漢書八八西域傳:"世傳明帝夢見金人,長大,頂有光明,以問羣臣。或曰:西方有神,名曰佛,其形長丈六尺而黃金色。"

【金工】㊀古官名。殷時天子六工之一,即周官攻金之工,鳧氏、築氏之類。禮曲禮下:"天子之六工,曰:土工、金工、石工、木工、獸工、草工,曲制六材。"注:"金工,築冶鳧栗鍛桃也。"㊁以金屬鑄造器物的工人。國語越下:"王命金工,以良金寫范蠡之狀而朝禮之。"

【金口】㊀喻言語之貴重。晉書夏侯湛傳抵疑:"今乃金口玉音,漠然沉默。"㊁尊稱他人之所言。廣弘明集二二隋楊廣(煬帝)寶臺經藏願文:"前佛後佛,諒同金口。"喻佛語珍貴如金。宋王闢之澠水燕談錄歌詠:"王元之(禹偁)在翰林,太宗恩遇極厚。……帝語宰相曰:王某文章,獨步當代,異日垂名不朽。元之有詩云:'瓊林侍游宴,金口獨褒揚。'"詩題初出京過瓊林苑,見小畜集八。此稱帝王之語言。文苑英華三五一梁蕭統(昭明太子)七契:"必枉話言,敬聆金口。"此敬稱師友之教言。

【金山】㊀産金之山。南史海南林邑國傳:"其國有金山,石皆赤色,其中生金。"㊁山名。其最著者:1.在江蘇鎮江市西北。舊在江中,後沙漲成陸,與南岸相連。古有氐父、獲符、伏牛、浮玉等山名。唐時裴頭陀於江邊獲金,改名金山。參閱讀史方輿紀要二五鎮江府丹徒縣。2.即阿爾泰山,蒙語意爲"金山"。北魏太武帝時,突厥阿史那氏居金山之陽,即此。又興安嶺亦稱東金山,以在阿爾泰山之東,故名。參閱北史突厥傳。3.在吉林農安縣西南,遼河北岸,有三金山相連,遼置金山縣,明馮勝征納哈出,兵臨金山,即此。參閱明史一二九馮勝傳。㊂縣名。明置金山衛,清雍正三年改縣,屬松江府。公元1958年劃屬上海市。見嘉慶一統志八二松江府。

【金丸】㊀金製之丸。舊題漢劉歆西京雜記四:"韓嫣好彈,常以金爲丸,所失者日有十餘,長安爲之語曰:'苦饑寒,逐金丸。'京師兒童,每聞嫣出彈,輒隨之;望丸之所落輒拾焉。"舊唐書一九八拂菻傳:"第二門之樓中,懸一大金秤,以金丸十二枚屬於衡端,以候日之十二時焉。爲一金人,其大如人,立於側,每至一時,其金丸輒落,鏗然發聲。"㊁謂月亮。宋蘇轍欒城集八中秋見月寄子瞻詩:"浮雲卷盡流金丸,戲馬臺西山鬱蟠。"

【金川】水名。在四川金川縣東,即大渡河之上游,名大金川。又有小金川,在大金川東,南流而入大渡河。見嘉慶一統志四二三懋功屯務廳金川河。

【金斗】㊀即金勺,用以斟羹,也用以酌酒。戰國時,趙王欲并代,令工人作金斗,長尾,反之可以擊人。趙王與代王飲,陰令廚人於酒酣樂時進熱飲,即因反斗擊之,代王腦塗地而死。見戰國策燕一、呂氏春秋長攻。㊁熨斗。唐白居易長慶集四繚綾詩:"廣裁衫袖長製裙,金斗熨波刀剪紋。"㊂同"筋斗"。清呂種玉言鯖上翻金斗:"漢有魚龍百戲,齊梁以來,謂之散樂,有舞盤伎……擲倒伎。今教坊百戲,大率有之;唯擲倒不知何法,疑即今之翻金斗,伎人以頭委地,而翻斗跳過,且四面旋轉如毬,謂之金斗。相傳,趙簡子殺中山王,命廚人翻金斗以擊之,字義所起由此。"

【金文】㊀鑄刻於古代鐘鼎彝器上的古文字,亦稱古文或鐘鼎文。參見"鐘鼎文"。㊁謂泥金所書的文字。唐唐彥謙鹿門集續補遺賀李昌時禁苑新命詩:"玉簡金文直上清,禁垣丹地閉嚴扃。"

【金天】㊀傳說中古帝少皞之稱號。左傳昭元年:"昔金天氏有裔子曰昧,爲玄冥師。"注:"金天氏,帝少皞。"皞,也作"昊"。漢書律曆志下:"考德曰:少昊曰清。清者,黃帝之子清陽也……土生金,故爲金德,天下號曰金天氏。"文選漢張平子(衡)思玄賦:"顧金天而歎息兮,吾欲往乎西嬉。"自注:"金天,少昊位也。"㊁指秋天。唐杜甫杜工部草堂詩箋三六贈虞十五司馬:"爽氣金天豁,清談玉露繁。"㊂唐玄宗先天二年,封華嶽神爲金天王。唐文粹五十唐玄宗(李隆基)西嶽太華山碑銘序:"加視王秩,進號金天。"

【金井】施有雕欄之井。古詩詞中多用以美稱宮廷或園林中之井。玉臺新詠四南朝梁費昶行路難:"唯聞啞啞城上烏,玉闌金井牽轆轤。"唐李白李太白詩三長相思:"絡緯秋啼金井闌,微霜淒淒簟色寒。"

【金夫】有金之人。易蒙:"六三,勿用取女,見金夫,不有躬,无攸利。"疏:"以其剛陽,故稱金夫。"宋朱熹本義一蒙:"六三陰柔,不中不正,女之見金夫而不能有其身之象也。"一說,以金字絶句,"夫不有躬",言夫喪其身。

【金支】猶金枝。支通"枝"。漢書禮樂志安世房中歌:"金支秀華,庶旄翠旌。"注:"臣瓚曰:樂上衆飾,有流遡羽葆,以黃金爲支,其首敷散,若草木之秀華也。"唐杜甫杜工部草堂詩箋七渼陂行:"湘妃漢女出歌舞,金支翠旗光有無。"

【金水】㊀五行生剋,金生水,喻交情深厚。初學記十四北齊魏收月下秋宴詩:"良交契金水,上客慰萱蘇。"㊁水名,在今河南鄭州市。元賈氏說林:"子産死,家無餘財,子不能葬。國人哀之,丈夫舍玦珮,婦人舍珠玉以賻之,金銀珍寶不可勝計。其子不受,自負土葬于邢山。國人悉輦以沉之河,因名金水。"邢山在今鄭州市西南。

【金牛】㊀謂祥瑞之器。瑞應圖:"金牛,瑞器也。王者土地開闢,則金牛至。"㊁地名。蜀道之南棧,舊名金牛峽,故自陝西勉縣而西,南至四川劍閣縣之劍門關口,稱金牛道。自秦以後,由漢中入蜀者,必取道於此。唐李白李太白詩八上皇西巡南京歌之八"秦開蜀道置金牛,漢水元通星漢流",即指此。參閱史記留侯世家"良送至褒中"正義、讀史方輿紀要五六漢中府。

【金丹】古代方士煉金石爲藥,謂服之可以長生,是謂金丹。唐岑參岑嘉州詩一下外江舟中懷終南舊居:"早年好金丹,方士傳口訣。"參閱抱朴子金丹、雲笈七籤六五至七一。

【金汁】㊀金屬的鎔液。周禮考工記㮚氏"準之然後量之"唐賈公彥等疏:"此量,謂既準訖,量金汁以入模中鑄作之時也。"㊁謂閃耀着金色陽光之水。宋楊萬里誠齋詩集十四四月十三日度鄱陽湖:"波光金汁瀉,日影銀柱貫。"

【金穴】稱富有之家。後漢書皇后紀上郭皇后:"(郭后弟)況遷大鴻臚。帝數幸其第,會公卿諸侯親家飲燕,賞賜金錢縑帛,豐盛莫比,京師號況家爲金穴。"北周庾信庾子山集四見遊春人詩:"長安有狹邪,金穴盛豪華。"

【金市】古洛陽街市名。水經注十六穀水:"故洛陽記曰:陵雲臺西有金市,金市北對洛陽壘者也。"西爲兑、爲金,故稱金市。後因泛指繁華的街市。唐李白李太白詩六少年行之二:"五陵少年金市東,銀鞍白馬度春風。"

【金玉】㊀珍寶的通稱。禮儒行:"儒有不寶金玉,而忠信以爲寶。"㊁喻貴重之意。詩小雅白駒:"毋金玉爾音,而有遐心。"古凡華麗或可貴之物,常以金玉爲喻。

【金石】㊀金指鐘鼎之屬,石指碑碣之屬。古人常於日用器物上鐫刻文字;又頌功紀事寓戒,多銘於金石。東漢而後,墓碑盛行。南朝梁元帝集録碑刻,爲碑英百二十卷,爲金石文字著録之始,其書不傳。宋歐陽修有集古録,趙明誠有金石録,始事搜集著録。迄清代而大盛,金石遂成爲專門之學,不僅用以考訂古文字之源流變化,且可訂正補充史之訛闕。㊁鐘磬類樂器。禮樂記:"金石絲竹,樂之器也。"㊂金銀、玉石之屬,常以喻堅固、堅貞。荀子勸學:"鍥而不舍,金石可鏤。"韓非子守道:"守道者常懷金石之心,以死子胥之節。"㊃指兵器。周禮秋官職金:"凡國有大故,而用金石,則掌其令。"注:"用金石者,作槍雷椎椁之屬。"

【金目】淮南子泰族:"欲知遠近而不能,教之以金目則快射。"注:"金目,深目;所以望遠近,射,準也。"近代發現居延漢簡中常見"金目"一詞,清姚範援鶉堂筆記四八雜識疑金目類似後世眼鏡之物。

【金田】㊀佛寺又稱金田。唐宋之問集下九月九日登慈恩寺浮圖應制詩:"散花多寶塔,張樂布金田。"㊁地名。見"金田村"。

【金甲】金製的鎧甲。後漢書八四董祀妻(蔡琰)傳悲憤詩之一:"卓衆來東下,金甲耀日光。"卓,董卓。國秀集下王昌齡從軍古意詩:"黃沙百戰穿金甲,不破樓蘭終不還!"

【金史】元脱脱等奉敕撰,一百三十五卷。計分紀十九,志三十九,表四,列傳七十三。記載金代一百一十多年史事,至正四年成書表上,修史時金人實録尚存,故敍述多有依據,體例亦嚴整,較遼史爲詳賅。

【金册】金書記録功績的策文。文選晉張景陽(協)七命:"生必耀華名於玉牒,殁則勒洪伐於金册。"

【金母】㊀道家煉丹之術,納金於鼎,以煉真丹,謂其金曰金母。古文參同契卷下之下"下有太陽氣伏蒸"五代蜀彭曉注:"金母始因太陽精炁伏蒸,遂能滋液而後凝結,是名黃輿焉。"㊁西王母。南朝梁陶弘景真誥五甄命授:"昔漢初有四五小兒,路上畫地戲,一兒歌曰:'著青帬,入天門,揖金母,拜木公',……所謂金母者,西王母也;木公者,東王公也。"宋蘇軾蘇文忠詩合注三九贈陳守道:"樓臺十二紅玻璃,木公金母相東西。"參見"西王母㊁"。

【金丘】淮南子地形:"西方曰金丘。"注:"西方,金位也,因爲金丘。"晉書呂光載記傳論:"鐵騎如雲,出玉門而長騖;琱戈耀景,捐金丘而一息。"

【金仙】佛家謂如來之身,金色微妙,因稱金仙。唐李白李太白詩十贈僧崖公:"授予金仙道,曠劫未始聞。"元薩都剌天錫詩集後集遊金山:"約客同游買渡船,閒觀古刹禮金仙。"

【金卯】俗以卯金刀爲劉姓之代稱。漢書九九中王莽傳:"夫'劉'之爲字'卯、金、刀'也。"舊題晉王嘉拾遺記六後漢:"劉向於成帝之末,校書天禄閣,專精覃思;夜有老人……云我是太一之精,天帝聞金卯之子有博學者,下而觀焉。"參見"卯金刀"。

【金奴】燭臺。宋陶穀清異録下器具烏舅金奴:"江南烈祖(李昪)素儉,寢殿燭不用脂蠟,灌以烏舅子油,但呼烏舅。案上捧燭鐵人高尺五,云是楊氏時馬廄中物。一日黃昏急須燭,喚小黃門:'掇過我金奴來!'"

【金瓜】古衛士所執之兵仗。仗端作瓜形,有立瓜、卧瓜兩式,以黃金爲飾。元詩選張昱廬陵集輦下曲之十九:"衛士金瓜雙引導,百司擁醉早朝回。"

【金汋】道家煉丹術中内丹名。傳説用以煉金,服之長生。見雲笈七籤十九老子中經下第二十九神仙、又六七金丹金液法附威喜巨勝法。

【金州】㊀州名。春秋庸國地。秦漢時屬漢中郡。北朝魏置金城郡,尋改爲金州。明萬曆十一年改爲興安州。公元1913年廢。治所在陝西安康縣。參閱嘉慶一統志二四一興安府一安康縣。㊁衛名。秦漢時遼東郡地,金貞祐四年置金州,元廢。明洪武年間置金州衛,清置金州廳。公元1913年改爲金縣,屬遼寧省。參閱讀史方輿紀要三七遼東都指揮使司。

【金夷】兵器所傷。後漢書四五張輔傳："前郡守以(王)青身有金夷，竟不能舉。輔見之，歎息曰：'豈有一門忠義而爵賞不及乎？'遂擢用極右曹。"又四七班超傳妹昭上書："妾同產兄西域都護定遠侯超，……每有攻戰，輒爲先登，身被金夷，不避死亡。"

【金朱】紆金懷朱之省。金指印章，朱指服色，官高位尊之意。宋黄庭堅豫章集四次韻子瞻和王子立風雨敗書屋有感詩："已作謗薰天，金朱更何益。"

【金竹】㊀謂鐘管類樂器。南朝梁鍾嶸詩品下："古曰：詩誦皆被之金竹，故非調五音，無以諧會。"㊁黄金與美竹。南朝宋謝靈運謝康樂集宋武帝誄："北獻穢裘，南貢金竹。"按：書禹貢揚州貢金三品及篠簜，荆州貢金三品及箘簵，故合稱金竹。㊂謂金虎符、竹使符，皆官吏之信符。宋秦觀淮海集後集三次韻莘老詩："星霜俄九換，金竹遽三遷。"

【金行】五行家説，各個王朝按金木水火土相生相剋的原則前後繼承，如秦爲水德，漢爲火德。晉爲金德，五行屬金，故以金行作爲晉王朝的代稱。文選南朝梁劉孝標(峻)辯命論："自金行不競，天地板蕩，左帶沸脣，乘閒電發。"魏書蕭衍傳慕容紹宗檄："自晉政多僻，金行淪蕩，中原作戰鬬之場，生民爲鳥獸之餌。"

【金言】謂珍貴之言。北魏楊衒之洛陽伽藍記四融覺寺："雖石室之寫金言，草堂之傳真教，不能過也。"

【金吾】儀仗棒。漢書百官公卿表上："中尉，秦官，掌徼循京師……武帝太和元年更名執金吾。"注："應劭曰：吾者，禦也，掌執金革以禦非常。"晉崔豹古今注輿服："漢朝執金吾，金吾亦棒焉，以銅爲之，黄金塗兩末，謂爲金吾。"參閲宋歐陽修歸田録二、程大昌演繁露十飾金吾。參見"執金吾"。

【金車】飾金的車，貴者所乘。易困："來徐徐，困于金車。"注："金車，謂二也。二，剛以載者也，故謂之金車。"漢焦延壽易林一小畜之剥："木馬金車，駕遊大都。"

【金芝】仙草名。漢書宣帝紀神爵元年三月詔："金芝九莖產于函德殿銅池中。"注："服虔曰：金芝，色像金也。"抱朴子任命："金芝須商風而激耀，倉庚俟煙熅而修鳴。"

【金谷】地名，也稱金谷澗。在河南洛陽市西北。有水流經此，謂之金谷水，東南入於瀍河，古時入穀水。晉太康中石崇築園於此，即世傳之金谷園。南朝梁何遜何水部集車中見新林分別甚盛詩："金谷賓遊盛，青門冠蓋多。"見水經注十六穀水。

【金身】佛教謂佛身如紫金光聚，世人因以金飾佛像，稱爲金身。唐司空曙文明詩集上題凌雲寺："百丈金身開翠壁，萬龕燈焰隔煙蘿。"

【金狄】㊀秦始皇二十一年收天下兵器，鑄金人十二，漢武帝列於甘泉宫。金狄，即金人。文選漢張平子(衡)西京賦："高門有閌，列坐金狄。"注："金狄，金人也。"見文選晉潘安仁(岳)西征賦注引關中記。㊁宋徽宗崇尚道教，聽道士林靈素之議，貶低佛教，稱佛爲金狄，當時詔令及士大夫章奏碑版多用之。參閲宋陸游老學庵筆記九、葉寘坦齋筆衡(説郛十八)。

【金河】㊀水名。又名金川，現名大黑河。流經内蒙古中部，在托克托縣境入黄河。隋大業三年，煬帝歷雲中，泝金河，會突厥啓民可汗，即此。唐王維王右丞集一從軍行："笳悲馬嘶亂，争渡金河水。"參閲通典一七九州郡九單于府、資治通鑑一八〇隋大業三年。㊁縣名。漢盛樂縣地，隋唐時改置金河縣。故城在今内蒙古和林格爾縣西南土城子。參閲隋書地理志上榆林郡、輿地廣記十九河東路化外州單于大都護府。

【金泥】㊀以水銀和金粉以爲泥，用以封印玉牒玉檢詔書等，多於封禪時用之。漢應劭風俗通正失封泰山禪梁父："金泥銀繩印之璽，下禪梁父，禮祠地主，去事之殺，示增廣也。"後漢書祭祀志："有玉檢，又用石檢十枚，列於石傍。……檢用金縷五周，以水銀和金以爲泥。"㊁以金粉飾物。唐孟浩然集二宴張記室宅詩："玉指調筝柱，金泥飾舞羅。"白居易長慶集十九妻初授邑號告身詩："弘農舊縣受新封，鈿軸金泥誥一通。"指泥金箋。

【金波】㊀謂月光。漢書禮樂志二郊祀歌天門："月穆穆以金波，日華燿以宣明。"注："言月光穆穆，若金之波流也。"因以借指月亮。文選南齊謝玄暉(朓)暫使下都夜發新林……詩："金波麗鳷鵲，玉繩低建章。"㊁光照水波之狀。南朝梁武帝集二十喻詩如炎："金波揚素沫，銀浪翻綠萍。"唐劉禹錫劉夢得集外集七和浙西李大夫霜夜對月……詩："海門雙青暮煙歇，萬頃金波湧明月。"㊂酒名。見宋朱弁曲洧舊聞七。也作酒的通稱。元明雜劇元高文秀好酒趙元遇上皇一："你教我斷了金波綠釀，却不等閑的虚度時光。"㊃地名。在河北大名縣東。五代後梁王彦章將龍驤五百騎入魏州，屯金波亭。是夕，魏州軍亂，圍金波亭，王彦章斬關而走，即此。見資治通鑑二六九五代後梁貞明元年。

【金官】㊀古官名。禮月令孟秋之月："其帝少皡，其神蓐收"漢鄭玄注："此白精之君，金官之臣，……蓐收，少皡氏之子曰該，爲金官。"㊁採金之官。漢書地理志上："桂陽郡……有金官。"

【金門】㊀金馬門之省稱。漢書八七下揚雄傳解嘲："與羣賢同行，歷金門，上玉堂有日矣。"參見"金馬門"。後也以金門指富貴之家。見"金門繡户"。㊁島名。又稱大金門島、浯洲嶼。明設金門千户所，屬同安縣，清因之，今屬金門縣治，屬福建省。明俞大猷除千户守御金門，鄭成功舉兵金門，皆此。參閲明史地理志六泉州府、又二一二俞大猷傳、清史稿二二四鄭成功傳。

【金虎】㊀謂西方。淮南子天文："西方，金也……其神爲太白，其獸白虎。"唐文粹二三呂溫凌煙閣勳臣贊劉夔公弘基："夔公峥嶸，金虎之精。"㊁指參、昴諸星。文選晉陸士衡(機)贈尚書郎顧彦先詩之一："望舒離金虎，屏翳吐重陰。"注："西方，秋虎。漢書曰：參，白虎三星。……西方七星，畢昴之屬，俱白虎也。"㊂太陽。藝文類聚一南朝梁劉孝綽望月有所思詩："玉羊東北上，金虎西南昃。"㊃謂小人。文選漢張平子(衡)東都賦："始於宫鄰，卒於金虎。"唐劉良注："言周之末年，不能行政，政多邪僻……小人在位，與君子爲鄰，堅若金，惡若虎。卒以此亡。"㊄虎形金符。見"金虎符"。㊅器物上之虎形金屬裝飾。唐李商隱李義山詩集二燒香曲："白天月澤寒未冰，金虎含秋向東吐。"此謂爐蓋。宋米芾書史："研滴須琉璃，鎮紙須金虎。"此謂鎮紙。㊆臺名。漢獻帝建安十八年九月建，後改名金鳳臺。與銅爵冰井並稱三臺。故址在今河北臨漳縣西南古鄴城西北隅。參閲三國志魏武帝紀建安十八年、晉陸翽鄴中記。

【金昆】㊀銀字拆開似金昆，故或稱銀爲金昆。北齊顔之推顔氏家訓書證："漢書以貨泉爲白水真人，新論以金昆爲銀，國志以天上有口爲吴……如此之例，蓋數術謬語，假借依附，雜以戲笑耳。"㊁兄弟或稱爲金昆。見"金友玉昆"。

【金版】㊀鏤冶金屬以爲版，國有大事則鏤於金版。周禮秋官職金："旅于上帝，則共其金版。"注："餅金謂之版。"逸周書大聚解:"乃召昆吾冶而銘之金版。"㊂古兵書名。莊子徐无鬼:"横説之,則以詩書禮樂;從説之,則以金板六弢。"釋文:"金版,本又作板……金版六弢,皆周書篇名。"㊃傳説夏桀殺關龍逢後,地庭中所出之金版書。文選南朝梁任彥昇(昉)百辟勸進今上牋:"是以玉馬駿犇,表微子之去;金版出地,告龍逢之怨。"注:"論語陰嬉讖曰:庚子之旦,金版刻書出地庭中,曰:臣族虐王禽。宋均曰:謂殺關龍之後,庚子旦,庭中地有此版異也。"

【金兔】月亮的别稱。藝文類聚三九隋江總答王均早朝守建陽門開詩:"金兔猶懸魄,銅龍欲啓扉。"參見"玉兔"。

【金奏】擊鐘及鎛而奏九夏之樂。周禮春官鍾師:"鍾師掌金奏。"注:"金奏,擊金以爲奏樂之節。金謂鍾及鎛。"左傳成十二年:"郤至將登,金奏作於下,驚而走出。"注:"擊鍾而奏樂。"

【金城】㊀言城之堅,如金鑄成。韓非子用人:"不謹蕭牆之患,而固金城於遠境。"史記秦始皇紀賈誼論:"天下已定,始皇之心,自以爲關中之固,金城千里,子孫帝王萬世之業也。"㊁城内的牙城。宋書王鎮惡傳:"蒯恩入東門,便北回擊射堂,前攻金城東門;鎮惡入東門,便直擊金城西門。"㊂地名。1.漢昭帝始元六年置郡。郡治允吾。宋廢。故城在今甘肅皋蘭縣西北黄河北岸。參閲讀史方輿紀要六十臨洮府蘭州。2.漢縣。晉時爲金城郡治,乞伏乾歸自苑川遷金城,稱金城王,即此。後魏改子城,隋改五泉,故城在今皋蘭縣西南。參閲漢書地理志八下金城郡、歷代地理沿革表郡表十縣表二一。3.即金陵。東晉桓温鎮江乘之金城;謝安勞謝玄凱旋之師於金城,皆即此。參閲讀史方輿紀要二十江甯府金城。

【金革】猶言甲兵。金,兵戈之屬;革,甲冑之屬。禮中庸:"衽金革,死而不厭,北方之强也。"

【金柑】即金橘。宋韓彥直橘録上金柑:"金柑在〔比〕他柑特小,其大者如錢,小者如龍目。色似金,肌理細瑩,圓丹可翫,噉者不削去金衣。若用以漬蜜尤佳。"參見"金橘"。

【金柅】制止車動之具。借爲自制之義。易姤:"繫于金柅,貞吉。"注:"金者,堅剛之物;柅者,制動之主。"疏:"柅者,在車之下,所以止輪令不動者也。"

【金柝】即刁斗。軍用銅器,三足一柄,白晝用於炊煮,晚間用以打更巡夜。樂府詩集二五木蘭詩:"朔氣傳金柝,寒光照鐵衣。"

【金屋】極言屋之華麗。漢武帝爲太子時,長公主欲以女配帝,問曰:"阿嬌好否?"帝曰:"好!若得阿嬌作婦,當作金屋貯之。"見漢班固漢武故事。唐李商隱李義山詩集五茂陵:"玉桃偷得憐方朔,金屋脩成貯阿嬌。"後來稱男子有外寵曰金屋藏嬌,出此。

【金星】㊀太陽系九大行星之第二星。其軌道在水星與地球之間,在諸星中最明亮,故也稱明星。古所稱啓明、長庚、太白,皆指此星。詩小雅大東"東有啓明,西有長庚"宋朱熹集傳:"啓明、長庚皆金星也。"南朝陳徐陵徐孝穆集八玉臺新詠序:"金星與婺女爭華,麝月共嫦娥競爽。"㊁星狀小點。全唐詩二八五李端度關山:"拂劍金星出,彎弧玉羽鳴。"西遊記二七:"耳中鳴玉磬,眼裏幌金星。"

【金風】秋風。文選晉張景陽(協)雜詩之三:"金風扇素節,丹霞啓陰期。"注:"西方爲秋而主金,故秋風曰金風也。"

【金狨】獸名。又名金綫狨、金絲猴。大小類猿,長尾,尾作金色。産川陝甘山中,其皮毛極貴重。宋代禁從隨駕皆跨狨座。宋黄庭堅豫章集九次韻宋楙宗三月十四日到西池都人盛觀翰林公出遨:"金狨繫馬曉鶯邊,不比春江上水船。"參見"狨"字各條。

【金宫】相傳爲神仙之所居。史記封禪書:"自威、宣、燕昭使人入海求蓬萊、方丈、瀛洲。此三神山者,其傳在勃海中,……其物禽獸盡白,而黄金銀爲宫闕。"後世用以稱帝王宫禁。唐李白李太白詩五宫中行樂詞之四:"玉樹春歸日,金宫樂事多。"

【金庭】㊀傳説仙人之居。宋沈遘西谿集一天台山送僧象微歸山詩:"玉堂敞金庭,碧林列瑶圃。"㊁山名。道書稱爲福地。1.傳在廬州巢縣,别名紫微山。2.傳在越州剡縣,周迴三百里,名曰金庭崇妙天。以上皆見雲笈七籤二七洞天福地。3.傳在會稽東海際之桐栢山中。晉陶弘景真誥十四:"金庭有不死之鄉,在桐柏之中。"梁沈約沈隱侯集二桐柏山金庭館碑銘:"啓基桐柏,厥號金庭。"

【金粉】㊀花蕊之粉。唐李白李太白詩八酬殷明佐見贈五雲裘歌:"輕如松花落金粉,濃似苔錦含碧滋。"李羣玉詩集上醒起獨酌懷友:"西風静夜吹蓮塘,芙蓉破紅金粉香。"㊁金指花鈿,粉指鉛粉,皆爲婦女梳妝用品。故詩人詠婦女事多用之。如言南朝金粉,北地胭脂。元王實甫西廂記二本一折:"香消了六朝金粉,清減了三楚精神。"

【金素】秋天。文選南朝宋謝靈運永初三年七月十六日之郡初發都詩:"述職期闌暑,理棹變金素。"注:"金素,秋也;秋爲金而色白,故曰金素也。漢書曰:'西方金也。'"

【金埒】以錢鋪成的界溝。以言豪奢。晉書食貨志:"於是王君夫(愷)、武子(王濟)、石崇等更相誇尚,輿服鼎俎之盛,連衡帝室,布金埒之泉,粉珊瑚之樹。物盛則衰,固其宜也。"參見"金溝㊀"。

【金翅】㊀水軍船名。陳書程文季傳:"出爲臨海太守。尋乘金翅助父(靈洗)鎮郢城。"又華皎傳:"文帝以湘州出杉木舟,使皎營造大艦金翅等二百餘艘,欲以入漢及峽。"㊁佛書中鳥名。見"金翅鳥"。

【金桃】桃名。黄桃名金桃,大如鵝卵。唐杜甫杜工部草堂詩箋十四山寺:"麝香眠石竹,鸚鵡啄金桃。"

【金荆】木名。太平御覽九五九唐杜寶大業拾遺録:"北景在林邑南大海中……地暑熱,多大林木,高者數百尋,有金荆,生於高山峻阜,大者十圍,盤屈瘤蹙,文如美錦,色豔於真金,中夏時有於海際得之,工人數用,甚精妙,貴於沉檀。"

【金剛】㊀指五行金氣。晉書地理志上:"梁者,言西方金剛之氣强梁,故因名焉。"㊁指金剛石。又以之狀物如金剛寶、金剛杵、金剛輪等。意謂金剛至堅,能壞物而物不能壞。一名削玉刀,削玉如鐵,大者長尺許,小者如稻米。參閲翻譯名義集三七寶、玄中記(清茅泮林輯本)。㊂梵語縛曰羅,一作跋折羅。佛教護法神名,以手執金剛杵以立名。大日經一:"一切持金剛者皆悉集會。"宋辛棄疾竊憤續録:"入其寺,有二金剛。鑄石爲之,並拱手而立。"參閲翻譯名義集二八部。

【金盌】晉干寶搜神記十記盧充與崔少府女幽婚。别後四年,忽見崔女,女與充金盌而别。後崔女姨母見曰:"昔吾妹生女亡,贈一金盌著棺中。"唐杜甫杜工部草堂詩箋二七諸將之一:"昨日玉魚蒙葬地,早時金盌出人間。"廣德元年吐蕃入關,詩中用金盌事寓陵墓皆遭發掘之意。

【金烏】謂日。相傳日中有三足烏,故名。樂府詩集二六南朝梁劉孝威公無渡河:"檣偃落金烏,舟傾没犀柂。"唐韓愈昌黎集三李花贈張十一署詩:"金烏海底初飛來,朱輝散射青霞開。"

【金針】黄金針。唐馮翊桂苑叢談史遺:

"鄭代，肅宗時爲潤州刺史，兄侃，嫂張氏，女年十六，名采娘，淑貞其儀。七夕夜陳香筵祈於織女，……曰：願丐巧耳。乃遺一金針長寸餘，綴於紙上，置裙帶中。令三日勿語，汝當奇巧。"也以刺繡喻作詩文者之別有巧妙。宋史藝文志八著録白居易白氏金針詩格三卷。金元好問遺山集十四論詩詩之三："鴛鴦繡了從教看，莫把金針度與人。"

【金娥】㊀指月亮。文苑英華一七三唐許敬宗奉和喜雪應制詩："騰華承玉宇，凝照混金娥。"李白李太白詩一明堂賦："玉女攀星於網户，金娥納月於璇題。"㊁曲名。元詩選馬臻霞外詩集西湖春壯遊卽事之八："部頭教奏金娥曲，盡向船棚一字排。"

【金徒】渾天儀計時器上金鑄之胥徒像。文選南朝梁陸佐公(倕)新刻漏銘："銅史司刻，金徒抱箭。"注："張衡漏水轉渾天儀制曰：蓋上又鑄金銅仙人居左壺，爲胥徒居右壺，皆以左手抱箭，右手指刻，以別天時早晚。"

【金部】官名。周禮秋官有職金，掌金玉錫石丹青之戒令。至魏，始置金部郎，其後歷代多有之。屬户部，掌庫藏、金寶、貨物、權衡、度量等事。明廢。見晉書職官志、通典二三職官五。

【金商】秋天。舊唐書音樂志三五郊樂章歌白郊迎神："序移玉律，節應金商。"

【金張】漢金日磾家，自武帝至平帝，七世爲内侍。張湯後世，自宣帝元帝以來爲侍中、中常侍者十餘人，後因以金張爲功臣世族的代稱。文選三國魏應休璉(璩)與從弟君苗君胄書："且官無金張之援，遊無子孟(霍光)之資，而圖富貴之榮，望殊異之寵，是隴西之遊、越人之射耳。"文選晉左太沖(思)詠史詩之二："金張藉舊業，七葉珥漢貂。"

【金陵】㊀古地名。戰國楚威王置金陵邑。秦曰秣陵。三國吳自京口徙都於此，曰建業。晉建興初改爲建康。南朝宋齊梁陳皆都於此。五代梁置金陵府。南唐都之，爲江甯府。宋建炎三年改爲建康府，元爲路。明洪武元年建都於此，曰南京。其地當今之南京市及江寧縣。文選南齊謝玄暉(朓)鼓吹曲："江南佳麗地，金陵帝王州。"唐李白李太白詩七金陵歌送別范宣："金陵昔時何壯哉！席卷英豪天下來。"皆指此。參閱元和郡縣志二五潤州、讀史方輿紀要二十江寧府、清傅春官金陵歷代建制表。㊁山名。今南京市中山門外之紫金山，亦名鍾山、金陵山。參閱元和郡縣志二五潤州、讀史方輿紀要二十江寧府。㊂古之京口，今江蘇鎭江市，唐時也稱金陵。宋王楙野客叢書二十北固甘羅："又如張氏行役記，言甘露寺在金陵山上。趙璘因話録，言李勉至金陵，屢讚招隱寺標致。蓋時人稱京口亦曰金陵。"㊃北魏拓跋珪(道武帝)陵墓。在今内蒙古自治區和林格爾縣故盛樂城西北。見魏書道武帝紀。

【金堂】㊀華麗之堂。後漢書五行志一："桓帝之初，京都童謡曰：'城上烏……河間姹女工數錢，以錢爲室金爲堂。'"北魏楊衒之洛陽伽藍記五："蓬萊山上，銀闕金堂，神僊聖人，並在其上。"㊁縣名。屬四川省。漢牛鞞縣地。西魏置金淵縣，唐人避李淵(高祖)諱改金水，咸亨中分簡州及雒、新都、金水三縣地置金堂縣，以境内有金堂山而名。歷代相因。明清皆屬成都府。參閱寰宇通志六一成都府、明曹學佺蜀中廣記五一蜀郡縣古今通釋一。

【金雀】㊀釵名。古婦女首飾。文選晉陸士衡(機)日出東南隅行："金雀垂藻翹，瓊珮結瑶璠。"唐白居易長慶集一二長恨歌："花鈿委地無人收，翠翹金雀玉搔頭。"㊁花名。叢生，莖褐色，高數尺，有柔刺。一簇數葉，花生葉旁，色黄形尖，旁開兩瓣，勢如飛雀。見羣芳譜四二金雀花。

【金莎】山名。新五代史唐莊宗紀上論："蓋沙陀者：大磧也，在金莎山之陽，蒲類海之東。"新唐書二一八沙陀傳作金娑山，地理志四西州交河郡作金沙嶺。唐開元中以西州交河郡爲金山都督府，金山卽金莎山，交河卽今新疆維吾爾自治區吐魯番縣。

【金莖】㊀銅柱，用以擎承露盤。文選漢班孟堅(固)西都賦："抗仙掌以承露，擢雙立之金莖。"㊁花名。唐蘇鶚杜陽雜編下："又有良金池可方數十里……更有金莖花，其花如蝶，每微風至，則搖蕩如飛。婦人競採之以爲首飾。且有語曰：'不戴金莖花，不得在仙家。'"

【金荷】酒杯。宋楊萬里誠齋集二仲秋前兩日別劉彦純彭仲莊於白馬山下詩："長亭更放金荷淺，後夜誰同璧月圓。"宋辛棄疾稼軒詞九鷓鴣天鵝湖歸病起作之四："明晝燭，洗金荷，主人起舞客高歌。"

【金紫】㊀金印紫綬。漢相國、丞相，皆金印紫綬。魏晉以來，左右光禄大夫、光禄大夫，皆銀章青綬，其重者，詔加金章紫綬，則謂之金紫光禄大夫。後漢書二四馬援傳："今賴士大夫之力，被蒙大恩，猥先諸君紆佩金紫，且喜且慙。"參閱通典三四職官十六文散官。㊁金魚袋及紫衣。唐宋官銜，往往有紫金魚袋之名。新唐書車服志："自是百官賞緋、紫，必兼魚袋，謂之章服。當時服朱紫，佩魚者衆矣。"新唐書一三九李泌傳："衆指曰：'著黄者聖人，著白者山人。'帝聞，因賜金紫。"

【金晨】道書仙宫名。雲笈七籤一〇一元始天王紀："於時受命，總統億津玄降玉華之女、金晨之童各三千人。"

【金累】傳説山中精怪名。抱朴子登涉："又有山精如鼓赤色，亦一足，其名曰暉。又或如人，長九尺，衣裘戴笠，名曰金累。"

【金蛇】喻閃電之光。宋陸游劍南詩稿五龍湫歌："鱗間出火作飛電，金蛇夜掣層雲中。"又十七南樓遇大風雨："千羣鐵馬雲屯野，百尺金蛇電掣空。"

【金釭】㊀古代官殿壁間橫木上的飾物。漢書九七下孝成趙皇后傳："居昭陽舍，……壁帶往往爲黄金釭，函藍田璧、明珠、翠羽飾之。"後漢書四十上班彪傳附班固西都賦："金釭銜璧，是爲列錢。"注："謂以黄金爲釭，其中銜璧，納之於壁帶，爲行列歷歷如錢也。"㊁燈盞。文選南朝宋謝希逸(莊)宋孝武宣貴妃誄："庭樹驚兮中帷響，金釭暖兮玉座寒。"注："夏侯湛有金釭燈賦。"

【金魚】㊀鯽魚之變種。體小，多呈金紅色。品種不一，供觀賞。俗概稱金魚。宋吳自牧夢粱錄十八蟲魚之品："金魚，有銀白玳瑁色者……今錢塘門外，多蓄養之，入城貨賣，名魚兒活。"一稱金鯽。宋蘇軾東坡集十八去杭十五年復游西湖用歐陽察判韻詩："我識南屏金鯽魚，重來拊檻散齋餘。"㊁唐制，三品以上服紫，佩金符，刻鯉魚形，謂之金魚。唐元稹長慶集二一自責詩："犀帶金魚束紫袍，不能將命報分毫。"金制，四品以上佩金魚。見金史輿服志中。㊂鑰。古者鑰形似魚，故稱鑰爲金魚。唐李商隱李義山詩集五和友人戲贈之一："殷勤莫使清香透，牢合金魚鎖桂叢。"

【金猊】香爐。塗金爲狻猊形狀，燃香於其腹中，香烟自口出。相傳猊性好烟火，故用之。全唐詩七九八花蕊夫人宫詞之五二："夜色樓臺月數層，金猊烟穗繞觚棱。"樂府雅詞下宋李清照鳳凰臺上憶吹簫離別："香冷金猊，被翻紅浪。起來人未梳頭，任寶奩閒掩，日上簾鈎。"

【金船】酒器。北周庾信庾子山集三北園新齋成應趙王教詩:"玉節調笙管,金船代酒卮。"才調集七張祜貴家郎詩:"醉把金船擲,閒敲玉鐙遊。"宋葉廷珪海錄碎事六飲器門:"金船,酒器中大者。"一說金船卽鴨頭杓之遺制,三國魏曹植所製。

【金湯】金城湯池之省,金以喻堅,湯喻沸熱不可近。後漢書光武紀下贊:"金湯失險,車書共道。"唐杜甫杜工部詩史補遺五有感之三:"莫取金湯固,長令宇宙新。"

【金壺】㊀卽銅壺,古計時用具。文選南朝宋鮑明遠(照)翫月城西解中詩:"肴乾酒未缺,金壺啟夕淪。"唐李白李太白詩三烏棲曲:"銀箭金壺漏水多,起看秋月墜江波。"㊁酒器。全唐詩二四四韓翃田倉曹東亭夏夜飲得春字:"玉佩迎初夜,金壺醉老春。"

【金粟】㊀錢及米。商君書去強:"金一兩生於竟內,粟十二石死於竟外。……國好生金於竟內,則金粟兩死,倉府兩虛。"㊁佛名。卽維摩詰大士。文選南朝梁王簡棲(中)頭陀寺碑文:"金粟來儀,文殊戾止。"注:"發迹經曰:淨名大士是往古金粟如來。"唐李白李太白詩十九答湖州迦葉司馬問白是何人:"湖州司馬何須問,金粟如來是後身。"㊂桂花的別名。以其花蕊如金粟點綴。唐詩紀事五六李郢中元夜:"江南水寺中元夜,金粟欄邊見月娥。"明史謹獨醉亭集下題桂花鵪鶉詩:"金粟吹香萬木秋,露華凝葉翠雲稠。"㊃燈花。唐韓愈昌黎集十詠燈花同侯十一詩:"黃裏排金粟,釵頭綴玉蟲。"參見"金鈿"。明楊載眉菴集三留別楊公輔詩:"紫簾凝烟碧香繞,銀燈結花金粟小。"

【金棺】㊀金飾之棺。水經注一河水:"佛泥洹後,天人以新白緤裹佛,以香花供養,滿七日,盛以金棺,送出王宮。"唐李白李太白詩二古風之三:"徐市載秦女,樓船幾時回。但見三泉下,金棺葬寒灰。"㊁舊制,貴妃之棺稱金棺,帝后則曰梓宮,皆尊稱。見清會典三七禮部祠祭清吏司三、三八禮部祠祭清吏司四。

【金棗】㊀金橘之一種。產於浙江溫州等處,倒卵形,味與金橘同。一名牛奶柑。榴菴父花曆百詠十月:"金橘一名金豆,稍大如棗者名金棗。"清吳其濬植物名實圖考長編十六:"閩書:金橘有二種,形圓者曰金棗,皮香肉酸。"㊁古時以金作棗形,置於死者口及耳鼻孔中,謂之金棗。北周庾信庾子山集十六周冠軍公夫人烏石蘭氏墓誌銘:"金棗長含,銀蠶永送。"

【金隄】隄,或作"堤"。㊀如金堅之隄。文選漢張平子(衡)西京賦:"周以金隄,樹以柳杞。"唐呂延濟注:"金堤,言堅如金。"南朝梁劉勰文心雕龍九時序:"柏梁展朝讌之詩,金堤製恤民之詠。"㊁堤名。堤取其堅,故多以金名堤。1. 漢書溝洫志:"孝文時河決酸棗,東潰金隄。"注:"金隄,河隄名也。在東郡白馬界。"漢白馬縣,當今河南滑縣東。2. 文選晉左太沖(思)蜀都賦:"西踰金隄,東越玉津。"唐劉淵林注:"金隄在岷山都安縣西,堤有左右口,當成都西也。"

【金華】㊀縣名,屬浙江省。漢烏傷縣,東漢曰長山縣,隋改今名。歷代因之。公元 1981 年併入金華市。參閱元和郡縣志二六婺州。㊁山名。在浙江金華市北,一名長山,也作常山。出龍鬚草,道家傳爲赤松子得道處,山下有洞,與四明天台相通。唐李白李太白詩六對酒行:"松子棲金華,安期入蓬海。"參閱元和郡縣志二六婺州。㊂金花,服飾之一。文選魏曹子建(植)七啓:"金華之舄,動趾遺光。"南史南齊廢帝東昏侯紀:"擔幢諸校具服飾,皆自製之,綴以金華玉鏡衆寶。"

【金創】矢刃所傷爲金創。宋書武帝紀上:"至是桓脩還京,高祖託以金創疾動,不堪步從,乃與(何)無忌同船共還,建興復之計。"也作"金瘡"。見該條。

【金貂】漢時冠飾。武冠,又名武弁大冠,諸武官冠之。侍中、中常侍則加金璫,附蟬爲文,貂尾爲飾。胡廣謂戰國時趙武靈王始效胡服,以金璫飾首,前插貂尾,爲貴職。見後漢書輿服志下。漢書八五谷永傳待詔公車對:"誠敕正左右齊栗之臣,戴金貂之飾、執常伯之職者,皆使學先王之道。"

【金統】黃巢所建農民政權年號。公元 880—884 年。

【金鄉】縣名,屬山東省。古緡國。春秋宋邑。漢置東緡縣,屬山陽郡,東漢析置金鄉縣,以縣有金鄉山而名。歷代相因,明清皆屬兗州府。參閱水經注八濟水、寰宇通志七三兗州府。

【金遁】古代方士所稱通過金屬遁形隱身之術。詳"五遁㊀"。

【金溝】㊀以金鋪成的界溝。世說新語汰侈:"(王)濟好馬射,買地作埒,編錢匝地竟埒。時人號曰金溝。"注:"溝一作埒。"㊁宮苑內的溪流。南史羊玄保傳附羊戎:"(南朝宋)文帝好與玄保棊,嘗中使至,玄保曰:'今日上何召我邪?'戎曰:'金溝清泚,銅池搖颺,既佳光景,當得劇棊。'"唐司空圖司空表聖詩集三楊柳枝壽盃詞之十五:"錦城分得映金溝,兩岸年年引勝遊。"

【金源】水名。唐時稱呼爾罕河,金時又名金水。金史地理志上:"上京路,卽海古之地,金之舊土也。國言'金'曰'按出虎',以按出虎水源於此,故名金源,建國之號蓋取諸此。"故史稱金曰金源。金史章宗紀四贊:"向之所謂維持鞏固於久遠者,徒爲文具,而不得爲後世子孫一日之用,金源氏從此衰矣!"

【金窠】金印空白之處。唐李賀歌詩編四沙路曲:"獨垂重印押千官,金窠篆字紅屈盤。"

【金塔】金飾之塔。唐黃滔黃御史集四和王舍人崔補闕題福州天王寺詩:"粉垣千堵束,金塔九層支。"宋晁補之雞肋集二十赴廣陵道中詩之二:"急鼓鼕鼕下泗州,却瞻金塔在中流。"

【金鼓】軍中用器。金指金鉦,用以止衆,鼓用以進衆。執金鼓卽可號令三軍,以示討罪。左傳僖二二年:"三軍以利用也,金鼓以聲氣也。"孫子兵爭:"夫金鼓旌旗者,所以一民之耳目也。"

【金葉】㊀捶金使薄如葉,猶金箔。多用以飾物。宋史四五九徐積傳:"嘗借人書策,經宿還之,借者紿言中有金葉,積謝而不辨,賣衣償之。"參見"金箔"。㊁酒名。宋朱敦儒樵歌中好事近詞:"只願主人留客,更重斟金葉。"

【金路】飾金之車,帝王所乘。也以賜王子母弟及上公。周禮夏官齊僕:"掌馭金路以賓,朝覲宗遇饗食,皆乘金路。"晉書輿服志:"金路建大旂,九旒,以會萬國之賓,亦以賜上公及王子母弟。"參見"五輅"、"五路"。

【金農】公元 1687—1764 年,清錢塘人,字壽門,號冬心,又號稽留山民。布衣,晚寓揚州,以書畫自給。工詩,嗜奇好古,藏金石文字甚富。書得古趣,在隸楷之間,畫以梅花及佛像爲最工。曾手編詩四卷,同治時,丁丙又彙集其詩曲隨筆雜著爲金冬心先生集十四卷。

【金蛾】㊀金色的蛾形圖案。全唐詩五一一張祜送走馬使:"新樣花文配蜀羅,同心雙帶蹙金蛾。"唐韓偓玉山樵人集晝寢:"碧桐陰盡隔簾櫳,扇拂金蛾玉簟烘。"㊁花名。宋張淏艮嶽記:"金蛾、玉羞、虎耳……含笑之草,不以土地之殊,風氣之異,悉生成長養于雕闌曲檻。"

【金裝】用金裝飾器物。南朝梁簡文帝集二登山馬詩:"登山馬,間樹識金裝。"唐李白李太白詩二五洗腳亭:"樵女洗素足,行人歌金裝。"此用於馬鞍。隋書禮儀志:"侍從則平巾幘、紫衫、文口袴、金裝兩襠甲。"此用於戎裝。宋史輿服志六:"寶用玉……皆飾以紅錦,金裝,裹以紅絲,加紅羅泥金夾帊,納於小盝。盝以金裝。"此用於器物。

【金鉦】㊀金屬樂器,軍中用代號令。文選漢張平子(衡)東京賦:"戎士介而揚揮,戴金鉦而建黃鉞。"薛綜注:"金鉦,鐲鐃之屬也。"㊁喻日。宋范成大石湖集五曉出古巖呈宗偉子文詩:"東方動光彩,晃晃金鉦吐。"

【金鉔】金屬所製的毬形香爐。古文苑三漢司馬相如美人賦:"於是寢具既設,服玩珍奇,金鉔薰香。"注:"鉔音匝,香毬;衽席間可旋轉者。"按西京雜記一:"長安巧工丁緩者爲常滿燈……又爲卧褥香爐,一名被中香爐。"

【金鈿】金花釵。婦女首飾,也用以裝飾器物。玉臺新詠十南朝梁劉孝儀詠織女:"金鈿已照曜,白日未蹉跎。"唐白居易長慶集十五渭村退居寄禮部崔侍郎翰林錢舍人一百韻詩:"金鈿相照耀,朱紫間熒煌。"北史真臘國傳:"其王三日一聽朝,坐五香七寶床,上施寶帳,以文木爲竿,象牙金鈿爲壁,狀如小屋。"參見"花鈿"。

【金節】隋制,儀仗之屬有金節,黑漆竿,上施圓盤,周綴紅絲拂八層,黃繡龍袋籠之。唐劉長卿劉隨州集五奉餞郎中四兄……赴汝南行營詩:"權分金節重,恩借鐵冠雄。"參閱宋史儀衛志六。

金節

【金微】山名,即我國新疆北部及蒙古人民共和國境内之阿爾泰山。秦漢時名金微山,隋唐時稱金山。後漢書十九耿弇傳附耿夔:"將精騎八百出居延塞,直奔北單于廷,於金微山斬閼氏名王以下五千餘級。"全唐詩三六七張仲素秋閨思之一:"夢里分明見關塞,不知何路向金微。"參閱新唐書地理志七下。

【金瘍】兵刃所致的瘡傷。周禮天官瘍醫:"瘍醫掌腫瘍、潰瘍、金瘍、折瘍之祝藥,劀殺之齊。"注:"金瘍,刃創也。"

【金精】㊀西方之神。文選晉陸士衡(機)漢高祖功臣頌:"金精仍頹,朱光以渥。"注:"秦襄公自以居西,主少昊之神。"此借指秦。㊁金星,太白星。北周庾信庾子山集一哀江南賦:"地則石鼓鳴山,天則金精動宿。"史記天官書:"察日行以處位太白"唐張守節正義:"天官占云:太白者,西方金之精。"

【金墉】城名。在今河南洛陽市東北,三國魏明帝所築。魏主禪位於晉,出舍金墉城,即此。晉楊后、愍懷太子至賈后之廢,皆居於此。南北朝時以此爲屯戍要地。隋末李密亦據此,俗呼李密城。見讀史方輿紀要四八河南府洛陽縣。

【金臺】黃金臺的省稱。水經注十一易水:"濡水……其一水東出注金臺陂,陂東西六七里,南北五里。側陂西北有釣臺,高丈餘,方可四十步,陂北十餘步有金臺。"宋楊萬里誠齋集一讀罪己詔詩之二:"金臺尚未築,乃至羨强燕?"

【金榜】金製的匾額。舊多指科舉應試考中者的名單。榜,亦作"牓"。全唐詩六七七鄭谷贈楊夔之二:"看取年年金牓上,幾人才氣似揚雄。"五代王定保唐摭言三:"何扶大和九年及第,明年捷三篇,因以一絶寄舊同年曰:'金榜題名墨尚新,今年依舊去年春。'"

【金閨】㊀金馬門之別名。閨,宮門之小者。文選南朝齊謝玄暉(朓)始出尚書省詩:"既通金閨籍,復酌瓊筵醴。"又梁江文通(淹)別賦:"金閨之諸彦,蘭臺之羣英。"參見"金馬門"。㊁婦女閨閣的美稱。河嶽英靈集中王昌齡從軍行:"更吹橫笛關山月,無那金閨萬里愁。"

【金匱】㊀以金屬製成的藏書匱。漢書四九鼂錯傳對策:"臣竊觀上世之傳,若高皇帝之建功業,陛下之德厚而得賢佐,皆有司之所覽,刻於玉版,藏於金匱,歷之春秋,紀之後世,爲帝者祖宗,與天地相終。"參見"金匱石室"。㊁縣名。清雍正二年析無錫縣地置,屬常州府。公元1913年併入無錫縣。今爲無錫市,屬江蘇省。參閱嘉慶一統志八六常州府一。

【金蒲】地名。也作金滿。在今新疆維吾爾自治區吉木薩爾縣(舊薩木齊)。後漢書十九耿恭傳:"始置西域都護、戊巳校尉,乃以恭爲戊巳校尉,屯後王部金蒲城。"注:"金蒲城,車師後王庭也,今庭州蒲昌縣城是也。"參閱通典一七四州郡四庭州、一九一邊防七車師。

【金蓮】㊀南史齊東昏侯紀:"又鑿金爲蓮花以帖地,令潘妃行其上,曰:'此步步生蓮花也。'"唐李商隱李義山詩集五隋宮守歲:"昭陽第一傾城客,不踏金蓮不肯來。"後人因東昏侯故事,專以金蓮指女子纖足。宋盧炳烘堂詞踏莎行:"明眸翦出玉爲肌,鳳鞋弓小金蓮襯。"㊁金色之蓮花。遼史營衛志中:"道宗每歲先幸黑山,拜聖宗、興宗陵,賞金蓮,乃幸子河避暑。"參見"金蓮花"。

【金鳳】㊀車轄之飾。漢宣帝以皁蓋車一乘賜大將軍霍光,悉以金飾之,至夜,車轄上金鳳凰輒亡去,至曉乃還。見南朝梁吳均續齊諧記。㊁臺名。北齊高洋(文宣帝)大起宮室及三臺,改銅爵臺爲金鳳臺。見北齊書文宣紀天保九年。㊂花名。見"金鳳花"。

【金箔】金之薄片。本作金薄。用以飾物,俗謂貼金。南朝梁宗懍荆楚歲時記:"正月七日爲人日,以七種菜爲羹,翦綵爲人,或鏤金薄爲人,以貼屏風。"宋史仁宗紀康定元年:"八月戊戌,禁以金箔飾佛像。"

【金管】樂器,簫笛類。金,言其華美。唐李白李太白詩七江上吟:"木蘭之枻沙棠舟,玉簫金管坐兩頭。"才調集三韋莊江臯贈別詩:"金管多情恨解攜,一聲歌罷客如泥。"

【金瘡】金刃之傷。晉書劉曜載記:"幽曜于河南丞廨,使金瘡醫李永療之,歸于襄國。"唐白居易長慶集三縛戎人詩:"身被金瘡面多瘠,扶病徒行日一驛。"

【金輪】㊀佛家語。1.佛書說,此世界最下層爲風輪,其上爲水輪,最上爲金輪,金輪卽地輪,謂大地。見俱舍論十一。2.佛經言,轉輪王中,以金輪王爲最勝;王出時,諸國咸服。見俱舍論十二。唐武后尊號屢用金輪字,如長壽二年加金輪聖神皇帝號,聖證元年又爲天册金輪聖神皇帝。見舊唐書則天皇后紀。㊁指太陽。宋蘇軾分類東坡詩七韓太祝送遊太山:"恨君不上東峯頂,夜看金輪出九幽。"

【金樞】㊀猶北極,用以喻君位。宋書順帝紀昇明元年詔:"朕襲運金樞,纂靈瑶極,……今可宣下州郡,搜揚幽仄,摽采鄉邑,隨名薦上。"㊁西方月没處。文選晉木玄虛(華)海賦:"若乃大明攎轡於金樞之穴,翔陽逸駭於扶桑之津。"唐呂延濟注:"金樞,西方月之没處。"

【金麩】金屑。新唐書二二二南詔傳上:"麗水多金麩。"元袁桷清容居士集十五龍門詩:"車礉怪木森戈矛,碎沙晴日鋪金麩。"

【金鴉】太陽,同金烏。宋楊萬里誠齋集四二題朱伯勤千峯紫翠樓詩:"客來欲識樓中景,秖等金鴉浴海時。"

【金選】古制犯人用以贖罪之罰金。漢書

七八蕭望之傳:"甫刑之罰,小過赦,薄罪贖,有金選之品。"注:"應劭曰:'選音刷,金銖兩名也。'師古曰:'音刷是也。字本作鋝,鋝卽鍰也。'"甫刑卽呂刑。書呂刑:"墨辟疑赦,其罰百鍰,……大辟疑赦,其罰千鍰。"

【金鴈】箏柱。唐温庭筠集五贈彈箏人詩:"鈿蟬金鴈皆零落,一曲伊州淚萬行。"

【金漿】㊀酒名。舊題漢劉歆西京雜記四枚乘柳賦:"於是罇盈縹玉之酒,爵獻金漿之醪。"注:"梁人作藷蔗酒,名金漿。"㊁見"金漿玉醴"。

【金儀】渾天儀。一名"銅儀",又名"銅渾"。全唐文七六六薛逢上宰相啟:"伏以玉燭開年,金儀應歷,軒律風暖,羲輪馭遲,草木以之萌芽,禽魚以之翔泳。"

【金魄】㊀謂黃金與琥魄。宋書周朗傳上書:"金魄翠玉,錦繡縠羅,奇色異章,小民既不得服,在上亦不得賜。"北齊劉晝劉子十正賞:"堂珠翿幌,綴以金魄,碧流光霞,耀爛眩目。"㊁滿月之影,燦爛如金,故稱金魄。文苑英華一六五唐沈佺期和元舍人萬頃臨池翫月戲爲新體:"玉流含吹動,金魄度雲來。"李白李太白詩二古風十九首之二:"圓光虧中天,金魄遂淪沒。"

【金鋪】門上獸面形銅製環鈕,用以銜環。文選漢司馬長卿(相如)長門賦:"擠玉户以撼金鋪兮,聲噌吰而似鍾音。"三輔黃圖:"金鋪玉户,華榱璧璫。"參見"鋪首"。

金鋪

【金諾】守信不渝的諾言,珍貴如金。史記一〇〇季布傳:"楚人諺曰:'得黃金百(斤),不如得季布一諾。'"全唐文八一五顧雲代人上路相公啓:"果踐玉書,不移金諾。"

【金燧】取火於日之器。禮內則:"左佩紛帨、刀、礪、小觿、金燧,右佩玦、捍、管、遰、大觿、木燧。"注:"金燧,可取火於日。……木燧,鑽火也。"釋文:"燧音遂,火鏡。"疏:"皇氏云:晴則以金燧取火於日;陰則以木燧鑽火也。"

金燧

【金燈】草名,山慈姑的别稱,因其根狀如水慈姑,花狀如燈籠而朱色得名。唐段成式酉陽雜俎十九草:"金燈,一曰九形,花葉不相見,俗惡人家種之,一名無義草。"明桑悅太倉州志風土作"金䔲花"。參閱本草綱目十三草二山慈姑。

【金壇】㊀主將所居之處。全唐詩七九駱賓王和孫長史秋日卧病:"金壇分上將,玉帳引瓌材。"㊁縣名。屬江蘇省。本漢曲阿之金山鄉。隋於此置金山府。唐垂拱二年置縣,以東陽郡别有金山縣,故改名金壇,取縣界句曲山金壇之陵爲名。明清皆屬鎮江府。參閱元和郡縣志二五潤州金壇縣。㊂句曲山山洞,道書所稱洞天福地之一,在江蘇句容縣。雲笈七籤二七洞天福地:"第八句曲山洞,周迴一百五十里,名曰金壇,華陽之洞天。"

【金橘】橘之一種。一名金柑。宋歐陽修文忠集一二七歸田録下:"金橘,産於江西,以遠難致,都人初不識。明道景祐初始與竹子俱至京師。……香清味美,置之罇俎間,光彩灼爍,如金彈丸,誠珍果也。"元耶律楚材湛然居士集五贈蒲察元帥詩之七:"品嘗春色批金橘,受用秋香割木瓜。"另有一種呈長圓形者,名金棗。參見"金棗㊀"。

【金閶】江蘇吴縣閶門内,古有金閶亭,以位在西而與閶門近,故名。世説新語任誕記賀循入洛經吴閶門,張翰在金閶亭,聽循在船上彈琴,卽此。一作"金昌"。南朝宋徐羡之弒少帝於金昌亭,卽此。後因以金閶爲蘇州的别名。清詩别裁六劉獻廷贈張鐵橋先生:"金閶忽相遇,會合非徒然。"

【金甌】㊀黃金之甌。唐李德裕明皇十七事:"上命相,先以八分書姓名,以金甌覆之。"(類説二一)又見新唐書一〇九崔義玄傳。後人因謂命相曰甌卜。㊁喻疆土之完固。梁書侯景傳:"(蕭衍,武帝)曾夜出視事,至武德閣,獨言:'我國家猶若金甌,無一傷缺,今便受地,詎是事宜;脱致紛紜,非可悔也。'"宋劉克莊後村集三詠史詩之二:"保惜金甌未必非,臺城至竟亦灰飛。"

【金蕉】酒杯。宋辛棄疾稼軒詞謁金門山吐月:"一曲瑶琴纔聽徹,金蕉兩三葉。"楊无咎逃禪詞望海潮上梁帥生辰:"聽緩敲牙板,引滿金蕉,看卽泥封峻石,無計駐華鑣。"

【金鴨】金屬之鴨形香爐。全唐詩二七四戴叔倫春怨:"金鴨香消欲斷魂,梨花春雨掩重門。"

【金縣】縣名。金正大間置金州,明降爲縣,清屬甘肅蘭州府,公元 1912 年改名金城,1919 年改榆中縣,屬甘肅省。參閱寰宇通志九八臨洮府。

【金縢】㊀尚書篇名。武王疾,周公禱於三王,願以身代。史納其祝策於金縢匱中;其後周公因管蔡流言,避居東都,成王開匱得其祝文,乃知周公之忠勤,執書而泣,遂迎周公歸成周。因其匱緘之以金,故稱金縢。見書金縢。㊁猶金匱。文選晉左太沖(思)魏都賦:"闚玉策於金縢,案圖録於石室。"唐呂向注:"金縢,金匱也。"

【金龜】㊀漢制,丞相、三公、列侯、將軍之印制,皆金印、龜紐。簡稱金龜。見漢舊儀補遺上。文選三國魏曹子建(植)王仲宣誄:"金龜紫綬,以彰勳則。"㊁唐代三品以上官員之佩飾。唐初佩魚,武后天授元年,改佩魚爲佩龜,三品以上,龜袋飾以金,四品以銀,五品以銅。中宗罷龜袋,復爲魚。見舊唐書輿服志。㊂古人所佩雜玩之類。唐李白李太白詩二三對酒憶賀監詩序:"太子賓客賀公,於長安紫極宫一見余,呼余爲'謫仙人',因解金龜,换酒爲樂。"㊃昆蟲的一種,卽金龜子。也稱金蟲。南史王僧辯傳:"時有安成望族劉敬躬者,田間得白蛆化爲金龜。"

【金篦】治眼病用、似箭鏃的手術刀。唐杜甫杜工部草堂詩箋三十秋日夔府詠懷奉寄鄭監李賓客一百韻:"金篦空刮眼,鏡象未離銓。"

【金聲】㊀金屬樂器之聲。漢書五四李廣傳附李陵:"聞鼓聲而縱,聞金聲而止。"注:"金,謂鉦也。"參見"金鼓"、"金聲玉振"。㊁公元 1598—1645 年。明休寧人,字正希,一字子駿。崇禎元年進士。清兵破南京,率衆拒守,唐王授右都御史兼兵部右侍郎,總督諸道軍,收復寧國旌德諸縣,後爲清軍所敗,被執死。有尚志堂集。

【金璫】㊀古代近臣的冠飾。後漢書七八宦者傳序:"自明帝以後……中常侍至有十人,小黄門二十人,改以金璫右貂,兼領卿署之職。"後或以喻指達官貴人。藝文類聚六七隋江總華貂賦:"隨玉珩之近遠,共金璫之去留。"㊁金飾的瓦當。資治通鑑九五晉成康二年:"(趙石虎太武殿)以漆灌瓦,金璫,銀楹。"注:"司馬相如羽獵賦:'華榱璧璫。'注云:'璧璫,以玉爲椽頭,當卽所謂琁題者也。'三輔黃圖注云:以璧飾瓦之當也。'又琅璫,鐸也。杜甫(大雲寺贊公房)詩'風動金琅璫',此金璫,蓋以金飾瓦之當也。"

【金薤】金謂金錯書,薤謂倒薤書,皆古

書體名。唐韓愈昌黎集五調張籍詩："平生千萬篇，金薤垂琳琅。"注："金薤，書也……琳琅，石也。"明都穆撰金薤琳琅二十卷，搜集金石文字，編次而加辯證，上始周秦，下迄隋唐，其名即取義於韓詩。

【金嶺】即金莎山。在新疆維吾爾自治區吐魯番、鄯善二縣北。唐高宗時西突厥賀魯占金嶺城蒲類縣，即此。見舊唐書高宗紀永徽二年。宋史四九〇高昌國傳引王延德高昌行紀："歷交河州，凡六日，至金嶺口，寶貨所出。又兩日，至漢家砦。又五日，上金嶺。過嶺即多雨雪，嶺上有龍堂，刻石記云小雪山也。"參見"金莎"。

【金爵】㊀謂佩以金印紫綬之爵位。文選三國吳韋弘嗣(曜)博弈論："設程試之科，垂金爵之賞。"㊁飲酒器。全唐詩六五四羅鄴冬日寄獻庾員外："争歡酒蟻浮金爵，從聽歌塵撲翠蟬。"見圖。㊂飾於屋上之銅鳳。文選漢班孟堅(固)西都賦："設璧門之鳳闕，上觚稜而棲金爵。"注："金爵則銅鳳也。"㊃婦女首飾名。爵，同"雀"。文選三國魏曹子建(植)美女篇："頭上金爵釵，腰佩翠琅玕。"唐劉良注："釵頭施金爵，故以名之。"又晉陸士衡(機)日出東南隅行："金雀垂藻翹，瓊珮結瑤璠。"注："釋名曰：爵釵，釵頭及上施爵也。"

金爵

【金谿】縣名，屬江西省。本唐臨川縣之上幕鎮，以山岡出銀礦曾置監於此。五代南唐於鎮立金谿場，宋開寶五年升爲縣，以地當盱江支流金谿水之源而名。歷代相因，明清皆屬撫州府。參閱讀史方輿紀要八六撫州府金谿縣。

【金鋄】馬頭飾物。後漢書輿服志上："金鋄方釳。"按"鋄"本作"錽"。漢蔡邕獨斷下："金錽者，馬冠也。高廣各五寸，上如玉華形，在馬髦前。方釳者，鐵也；廣數寸，在錽後。"也作"金嫢"。後漢書六十上馬融傳廣成頌："羽毛紛其彭鼬，揚金嫢而杝玉瓖。"

【金縷】㊀金絲。漢桓寬鹽鐵論散不足："今富者鼲貂狐白鳧翥，中者罽衣金縷，燕貉代黃。"㊁曲調名。宋梅堯臣宛陵集六一日曲："東風若見郎，重爲歌金縷。"參見"金縷衣"。

【金徽】金飾的琴徽。玉臺新詠七南朝梁元帝(蕭繹)詠秋夜詩："金徽調玉軫，茲夜撫離鴻。"唐元稹長慶集二六小胡笳引："雷氏金徽琴，王君寶重輕千金。"題注："桂府王推官出蜀匠雷氏金徽琴，請姜宣彈。"

【金顏】㊀古武冠冠額的玉飾。初學記二六徐爰釋問："通天冠，金博山蟬爲之，謂之金顏。"參閱近人王國維觀堂集林二二胡服考。㊁佛教指佛的容顏。金光明經一讚歎品："其齒鮮白，猶如珂雪，顯發金顏，分齊分明。"㊂香名。爲安息香的一種，用香木樹脂製成。瀛奎勝覽作金銀香。宋葉廷珪名香譜："金顏香，出大食真臘國。"

【金闕】㊀道家謂天上有黃金闕、白玉京，爲仙人或天帝居處。舊題漢東方朔神異經："西北荒中有二金闕，高百丈。"晉葛洪枕中書："吾復千年之間，當招子登太上金闕，朝宴玉京也。"㊁稱皇帝之宮闕。南朝陳徐陵徐孝穆集一奉和簡文帝山齋詩："架嶺承金闕，飛橋對石梁。"唐岑參岑嘉州詩五奉和中書賈至舍人早朝大明宮："金闕曉鐘開萬户，玉階仙仗擁千官。"

【金題】金飾的書籤。宋米芾書史："嗟爾方來眼須洗，玉躞金題半歸米。"參見"金題玉躞"。

【金蟬】㊀漢侍中、中常侍，唐散騎常侍冠飾，金蟬珥貂。金取堅剛，蟬取居高飲潔。見後漢書輿服志下、新唐書百官志。㊁婦女首飾。唐李賀歌詩編二屏風曲："團迴六曲抱膏藍，將鬟鏡上擲金蟬。"

【金蟲】即金龜子。玉臺新詠六梁吳均和蕭洗馬子顯古意之二："蓮花銜金雀，寶粟鈿金蟲。"宋宋祁益部方物略記金蟲："出利州山中，蜂體，綠色，光若金，里人取以佐婦釵鐶之飾云。"參見"金龜子"。

【金雞】㊀傳說中神雞。舊題漢東方朔神異經東方經："扶桑山有玉雞，玉雞鳴則金雞鳴，金雞鳴則石雞鳴，石雞鳴則天下之雞悉鳴。"㊁古頒赦詔日，設金雞於竿，以示吉辰。雞以黃金飾首，故名金雞。見新唐書百官志三中尚署。唐封演封氏聞見記四金雞："按金雞，魏晉已前無聞焉。或云始自後魏，亦云起自呂光。……(北齊)武成帝(高湛)即位，大赦天下，其日設金雞。宋孝王不識其義，問于光祿大夫司馬膺之曰：'赦建金雞，其義何也？'答曰：按海中星占，天雞星動，必當有赦，由是王以雞爲候。"唐李白李太白詩十一流夜郎贈辛判官詩："我愁遠謫夜郎去，何日金雞放赦回。"㊂即錦雞。宋朱輔溪蠻叢笑："金雞，羽族，似雉者；金項，火背，斑尾，揚翹，志意揭驕，籠之不能馴。"

【金鎞】金屬製似箭鏃的手術刀。原爲印度醫生抉盲人眼膜所用之具。修行人受戒時，阿闍黎以加於其眼，爲抉除其無智膜。同"金籌"、"金箄"。大日經疏九："除無智膜，猶如世醫王善用於金籌。西方治眼法，以金爲箸，兩頭圓滑中細，猶如杵形，可長四五寸許。用時以兩頭塗藥，各用一頭內一眼中塗之；涅槃金箄亦此類也。"參見"金鎞抉目"。

【金瀾】水名，又酒名。瀾音è。宋周煇北轅録："三十日就館宴，天使李顯全賜宴並酒果。燕山酒固佳，是日所餉極爲醇厚，名金瀾，蓋用金瀾水以釀之也。"

【金蟾】㊀金屬香器的鼻紐，作蟾蜍之形，故稱金蟾。唐李商隱李義山詩集五無題之二："金蟾齧鎖燒香入，玉虎牽絲汲井迴。"㊁月亮。全唐詩三三四令狐楚八月十七夜書懷："金蟾著未出，玉樹悲稍破。"

【金獸】門上的金色鋪首，飾爲虎形。唐人避李淵(高祖)祖李虎諱，稱虎爲獸，故曰金獸。全唐詩五四八薛逢宮詞："鎖銜金獸連環冷，水滴銅龍晝漏長。"又金虎符，晉書文帝紀作"金獸符"。

【金繩】㊀古封禪儀，以金爲繩而編玉簡，謂之策；藏策於玉匱中，纏金繩五周，納玉匱於石函中，石函外再纏金繩五周，均封以金泥。後漢書八二上方術傳序："然神經怪牒，玉策金繩，關扃於明靈之府，封縢於瑤壇之上者，靡得而闚也。"參閱舊唐書禮儀志三。㊁佛教傳說，離垢國以黃金爲繩，界其道側。法華經二譬喻品："世界名離垢，清淨無瑕穢。以琉璃爲地，金繩界其道。"唐李白李太白詩十四春日歸山寄孟浩然："金繩開覺路，寶筏度迷川。"

【金鏡】㊀銅鏡。南朝梁江淹江文通集四悼室人詩之一："寶燭夜無華，金鏡晝恒微。"㊁喻明察。文選南朝梁劉孝標(峻)廣絶交論："蓋聖人握金鏡，闡風烈，龍驤蠖屈，從道汙隆。"注："雒書曰：秦失金鏡。鄭玄曰：金鏡，喻明道也。"唐孔穎達周易正義序："及秦亡金鏡，未墜斯文；漢理珠囊，重興儒雅。"㊂月亮。唐李賀歌詩編一七夕："天上分金鏡，人間望玉鉤。"杜牧樊川集外集寄沈褒秀才："仙桂茂時金鏡曉，洛波飛處玉容高。"

【金竈】煉丹之竈。南朝梁何遜何水部集七召："若夫洗精服食，慕道遊仙，尋玉塵於萬里，守金竈於千年。"

【金櫻】石榴的別名。宋吳處厚青箱雜記二:“錢武肅王諱鏐。至今吳越間,謂石榴爲金櫻。”本草綱目三六木三金櫻子:“金櫻當作金罌,謂其子形如黄罌也。石榴、雞頭皆象形。”

【金蘭】㊀言交友相投合。易繫辭上:“二人同心,其利斷金;同心之言,其臭如蘭。”太平御覽四〇七引吳録:“張温英才瓌瑋,拜中郎將,聘蜀與諸葛亮結金蘭之好焉。”㊁酒名。宋范成大桂海虞衡志志酒:“使虜至燕山,得其宮中酒,號金蘭者,乃大佳。燕西有金蘭山,汲其泉以釀。”

【金罍】酒器名。尊形,飾以金,刻爲雲雷之象。詩周南卷耳:“我姑酌彼金罍,維以不永懷。”疏:“韓詩説:金罍,大夫器也。天子以玉,諸侯大夫皆以金,士以梓。毛詩説:金罍,酒器也。諸臣之所酢,人君以黄金飾尊。大一碩,金飾龜目,蓋刻爲雲雷之象。”後來泛指酒盞。唐劉禹錫劉夢得集外集六和兵部鄭侍郎省中四松詩:“凝音助瑤瑟,飄蘂泛金罍。”

金罍

【金躍】莊子大宗師:“今之大冶鑄金,金踊躍曰:我必且爲鏌鋣。大冶必以爲不祥之金。”以金躍喻不從自然造化,而以爲不祥。唐白居易長慶集十五渭村退居寄禮部崔侍郎……詩:“珠沉猶是寶,金躍未爲祥。”

【金鑑】㊀唐玄宗時,以八月初五生日爲千秋節,王公大臣並獻寶鑑,張九齡上事鑑十章,號千秋金鑑録,以伸諷諭。見新唐書一二六本傳。宋陸游劍南詩稿七題明皇幸蜀圖:“老臣九齡不可作,魚蠹蛛絲金鑑編。”㊁同“金鏡”。宋范仲淹范文正公集一四民詩士:“黜陟金鑑下,昭昭媸與妍。”喻如明鏡之昭察。宋梅堯臣宛陵集十六十三日雷後晚過天漢橋堤上行詩:“海月開金鑑,河冰卧玉虬。”此指月。參見“金鏡㊂”。

【金鱗】金魚,金鯽魚。明王恭草澤狂歌三三山送客歸錢塘詩:“浙水金鱗活,西湖白藕香。”參見“金魚㊀”。

【金籙】㊀道家謂天帝詔書曰金籙。初學記二三北周宇文逌道教實花序:“可道非道,因金籙以詮言;上德不德,寄玉京而闡説。”㊁道家修齋的一種名目。唐王維王右丞集二奉和聖製慶玄元皇帝玉像之作應制詩:“玉京移大像,金籙會羣仙。”舊唐書武宗紀上:“帝在藩時,頗好道術修攝之事,是秋(文宗開成五年)召道士趙貴真等八十一人入禁中,於三殿修金籙道場,帝幸三殿,於九天壇親受法籙。”

【金鼇】也作“金鰲”。㊀傳説海中有金色大鼇。全唐詩六四一曹唐小遊仙之六八:“金鼇頭上蓬萊殿,唯有人間鍊骨人。”又三〇二王建宮詞之一:“蓬萊正殿壓金鰲,紅日初生碧海濤。”㊁山名。在浙江臨海縣東南海中。宋建炎四年金人大舉南下,高宗汎海避兵,嘗泊此山。留四十日,始還紹興。參閲元陶宗儀輟耕録七金鰲山、讀史方輿紀要九二台州府臨海縣。㊂見“金鼇玉蝀”。

【金蠶】㊀金屬鑄的蠶,古用爲殉葬之具。晉陸翽鄴中記:“永嘉末,發齊桓公墓,得水銀池金蠶數十箔。”南朝梁何遜何水部集塘邊見古塚詩:“金蠶不可織,玉樹何時蕊。”㊁金色蠶。唐蘇鶚杜陽雜編上:“碧玉蠶絲,即永泰元年東海彌羅國所貢,云其國有桑,……其上有蠶可長四寸,其色金,其絲碧,亦謂之金蠶絲。”

【金鹽】即五加皮。本草名文章草,可以釀酒,道家用以煉金、石。入藥。金樓子志怪:“五加一名金鹽,地榆一名玉豉,唯此二物,可以煮石。”參閲政和證類本草十二五加皮。參見“五加皮”。

【金鑾】金鑾殿之省。才調集八李德裕長安秋夜詩:“内宮傳詔問戎機,載筆金鑾夜始歸。”韓偓玉山樵人集感事三十四韻詩:“紫殿承恩久,金鑾入直年。”參見“金鑾殿㊀”。

【金小相】硯滴的别稱。宋陶穀清異録文用畦宗郎君:“(唐)歐陽通善書,修飾文具,其家藏遺物尚多,皆就刻名號……硯滴曰金小相,鎮紙曰套子龜。”參見“硯滴”。

【金口角】樂器名,即嗩吶。形似喇叭,其兩端以銅爲口,故又稱金口角。北堂書鈔一二一晉陶侃表:“伏維武庫傾蕩,宿衛有闕,簡選其差,可奉獻金口角一雙。”參閲清會典事例五二九樂部樂器一。參見“嗩吶”。

金口角

【金五京】金襲遼制,建五京:一上京,留守司在會寧府,今黑龍江省阿城縣白城;二東京,留守司在遼陽府,今遼寧省遼陽市;三北京,留守司在大定府,今遼寧省赤峰縣;四西京,留守司在大同府,今山西省大同市;五南京,留守司在開封府,今河南省開封市。合稱金五京。見金史地理志。

【金不换】㊀比喻貴重難得之事物。1.指墨言。舊題唐馮贄雲仙雜記六引成老相墨經:“丸墨日用之,一歲磨減半寸者,萬金不换,然至難得。”2.草藥名,即三七。見本草綱目十二草一三七。㊁傳奇名,又名錦蒲團。清吳龐作。寫姚英敗家業而後重興事。以俗有“敗子回頭金不换”之語,故名。參閲曲海總目提要三九錦蒲團。

【金太宗】公元1075—1135年。完顔晟,本名吳乞買,阿骨打弟。繼兄爲帝,改元天會。三年滅遼,五年南下俘宋徽、欽二帝。金王朝一代典章制度,至此粗具規模。見金史太宗紀。

【金太祖】公元1068—1123年。完顔旻,本名阿骨打。金朝之建立者。原爲女真族完顔部首領,世居松花江之東,天慶三年繼任遼生女真節度使,先後統一鄰近部落,並向南擴張,於天慶五年稱帝,國號金,都會寧,改元收國,以次佔有遼之疆土,並造女真文字。在位九年。見金史太祖紀。

【金日磾】公元前134—前86年。漢人,字翁叔。本爲匈奴休屠王太子,武帝時歸漢,賜姓金。初没入官,後爲馬監,遷侍中。篤實忠誠,爲武帝所信愛。帝崩,與霍光同受遺詔輔政,爲光副,封秺侯,卒諡敬侯。日磾,讀mītī。漢書有傳。

【金水河】水名。1.又名天源,故迹在今河南開封地區西部。本京水,導自滎陽縣黄堆山祝龍泉。宋建隆二年引水過中牟縣,抵都城(今開封市)西,架其水横絶汴渠通城濠,名曰金水河,東匯於五丈河。後又引其水貫皇城,歷後苑,至乾元門,官寺、民舍皆可汲用。元豐五年以源流深遠,與永安青龍河相合,賜名天源。今涸。見宋史河渠志四金水河。2.又名玉河,在北京市。金始引玉泉水東注於三海。元重修,以其入京城,歷禁苑,故名金水河。水出城東南入通惠河。明改玉泉水爲通惠河源,城西金水河故道廢。水一支南注三海貫入宮内者,仍名金水河。清以在皇城内者爲内金水河,城前者爲外金水河。參閲明陶宗儀輟耕録一萬歲山、又二一宮闕制度、元史河渠志。

【金毛鼠】宋呂誨,劾富弼壻馮京使關中日,所至嗜利,西人目爲金毛鼠,以其外文采而中實貪穢。見宋吳曾能改齋漫録十一馮當世人目爲金毛鼠。後以爲有文才的污吏的通稱。宋度正性善堂稿三奉别運判劉公侍御十四丈詩:“盛時好去金毛鼠,明主應思鐵面郎。”

【金玉羹】食品名。宋林洪山家清供下金玉羹:“山藥與栗各片截,以羊汁加料煮,名金玉羹。”

【金石人】喻堅貞之人。宋金安節封還龍大淵曾覿除知閤門事録黄,又奏罷李珂編修官,張浚聞之,語人曰:“金給事,眞金石人也。”見宋史三八六金安節傳。

【金石交】言交情堅如金石。漢書三四韓信傳:“今足下雖自以爲與漢王爲金石交,然終爲漢王所禽矣。”文選晉阮嗣宗(籍)詠懷詩之二:“如何金石交,一旦更離傷。”

【金石例】書名。元潘昂霄撰,十卷。該書考述銘誌之始,以韓愈所撰碑誌爲括例,於家世宗族職名妻子死葬日月之類,咸條列其文,標爲程式。又清黃宗羲有金石要例一卷,摘潘書之要,補其所闕,考據較潘書爲精密。

【金石索】清馮雲鵬馮雲鵷撰,十二卷。金索六卷,收入鐘鼎、戈戟、量度、雜器、泉刀、璽印、鏡鑑之屬;石索六卷,收入碑碣瓦甎之屬。上起三代,下迄於元。旁及日本古鏡,外國錢幣,摹寫器物,並附考訂。

【金石斛】石斛的一種。古稱金釵石斛。見“石斛”。

【金石聲】喻鏗鏘有力之聲。世説新語言語:“禰衡被魏武(曹操)謫爲鼓吏,正月半試鼓。衡揚枹爲漁陽摻撾,淵淵有金石聲,四坐爲之改容。”晉書孫綽傳:“嘗作天台山賦,辭致甚工。初成,以示友人范榮期,云:‘卿試擲地,當作金石聲也。’”後因以此喻文章詩賦音節之美。

【金石録】書名。宋趙明誠撰,三十卷。以所見自上古至五代鐘鼎彝器銘文款識與碑銘墓誌石刻文字,並加考訂,仿歐陽修集古録例,编排成帙,援碑刻以正史傳,考據精慎,對新、舊唐書多所訂正。紹興中,其妻李清照表上於朝,書末有清照後序。自明以來,僅有鈔本流傳,清初嘉興馮文昌藏有不全宋本十卷,解放後發現淳熙前後郡齋刻本三十卷,現藏北京圖書館。

【金田村】在廣西桂平縣北,近武宣縣界。清道光三十年六月,洪秀全領導的農民軍起義於此。參閲讀史方輿紀要一〇六潯州府、王闓運湘軍志一。

【金字袍】上繡金字之袍。新唐書一一五狄仁傑傳:“俄轉幽州都督,賜紫袍龜帶,后自製金字十二於袍,以旌其忠。”宋吴曾能改齋漫録十四武后製賜狄仁傑袍金字:“予案家傳云,以金字環繞五色雙鸞,其文曰:‘敷政術,守清勤,昇顯位,勵相臣。’”

【金字牌】宋制,有三等,曰步遞、馬遞、急脚遞。又有金字牌急脚遞,以木牌朱漆黄金字,光明眩目,過如飛電,望之者無不避路,日行五百里,凡赦書及軍機要事用之。宋紹興十年岳飛破金兀朮軍於朱仙鎮,秦檜與高宗合謀班師,飛一日奉十二金字牌,憤惋泣下,東向再拜曰:“十年之力,廢於一旦!”見宋史三六五岳飛傳。參閲宋沈括夢溪筆談十一官政、宋史輿服志六。

【金光草】草名。唐李白李太白詩二古風之七:“願飡金光草,壽與天齊傾。”舊題漢郭憲洞冥記三有仙人寧封常服明莖草而得長生事,疑卽同一草。

【金沙江】江水名。長江上游自青海玉樹縣至四川宜賓市之一段。或稱小金沙江、北金沙江,以産金沙故名。自宜賓以東,合岷江東流爲大江,卽長江。參閲嘉慶一統志一四七寧遠府一。

【金波亭】其址在今河北大名縣東。唐末華陰李鐶之善畫,鄴帥羅中令(紹威)建此亭爲鐶之援筆之所,名金波亭。時稱鐶之爲金波李處士。又五代梁乾化五年遣王彦章率精騎五百屯鄴城,駐於金波亭,以防魏人,卽此。見宋郭若虚圖畫見聞志二、舊五代史王彦章傳。

【金匼匝】㊀匼匝,周繞貌。指馬絡頭。唐杜甫杜工部草堂詩箋四送蔡希魯都尉還隴右因寄高三十五書記:“馬頭金匼匝,駝背錦模糊。”㊁以金絲爲網,冪於器物之外者。清王譽昌崇禎宫詞之七六:“黄金成縷織條條,籠燭霏微照綺寮。約略三分裁製好,上陽春剪破紅綃。”注:“宫中燈,縷金匼匝以護之,田貴妃去其縷三分之一爲方空,而冪以輕綃,覺倍明爾。”

【金花牋】繪有金花的書牋。宋樂史楊太真外傳上:“(上)遽命(李)龜年持金花牋,宣賜翰林學士李白,立進清平樂詞三篇。”

【金花燭】雕縷金花的蠟燭。梁書羊侃傳:“大同中,魏使陽斐與侃在北嘗同學,有詔令侃延斐同宴。賓客三百餘人,器皆金玉雜寶,奏三部女樂。至夕,侍婢百餘人俱執金花燭。”

【金虎符】古代發兵所用的符信,卽虎符。文選漢潘元茂(勗)册魏公九錫文:“授君印綬、册書、金虎符第一至第五、竹使符第一至第十。”元史兵志一:“萬户佩金虎符。符趺爲伏虎形,首爲明珠,而有三珠、二珠、一珠之别。”

【金呿嗟】金飾的皮帶。呿嗟,或作“呿嵯”、“佉苴”,卽皮帶。唐白居易長慶集三蠻子朝:“清平官持赤藤杖,大將軍繫金呿嗟。”元稹長慶集二四蠻子朝:“清平官繫金呿嗟,求天叩地持雙珙。”新唐書二二二上南蠻傳:“王親兵曰朱弩佉苴。佉苴,韋帶也。”

【金明池】古池名。在宋京開封西鄭門西北。周迴九里。五代周世宗欲伐南唐,始鑿池以習水戰。宋徽宗於池周圍建殿宇,有寶津樓、宴殿、射殿等。金兵入汴,燬於兵火。宋孟元老東京夢華録七三月一日開金明池瓊林苑:“三月一日,州西順天門外開金明池、瓊林苑,……池在順天門街北,周圍約九里三十步,池西直徑七里許。”宋秦觀淮海集補遺有金明池詞,賦金明池事,因以爲詞調名。參閲河南通志開封府金明池、古今圖書集成考工一二四池沼。

【金星石】硯石之一種。也名砂金石,中含雲母細片,耀如金星,故名。産於安徽歙縣龍尾溪者,名婺源石;産於于闐者,名于闐石。見宋杜綰雲林石譜中于闐石、趙希鵠洞天清禄集古硯辨、明曹昭格古要論七古硯論。

【金星草】草名。又名鳳尾草、七星草。宋宋祁益部方物略記金星草:“金星草,生峨眉青城山,葉似萱草,其背有點,雙行相偶,黄澤類金星,人號金星草,亦云金釧草,皆以肖似取之,今醫家以傅疽創甚良。”參閲本草綱目二十草九金星草、清吴其濬植物名實圖考十六金星草。

【金馬門】漢武帝得大宛馬,乃命東門京以銅鑄像,立馬於魯班門外,因稱金馬門。東方朔、主父偃、嚴安、徐樂皆待詔金馬門,卽此。史記一二六東方朔傳:“(朔)時坐席中,酒酣,據地歌曰:‘陸沉於俗,避世金馬門。宫殿中可以避世全身,何必深山之中,蒿廬之下。’金馬門者,宦者署門也,門傍有金馬,故謂之曰‘金馬門’。”後漢書二四馬援傳:“孝武皇帝時,善相馬者東門京,鑄作銅馬法獻之,有詔立馬於魯班門外,則更名魯班門曰金馬門。”後遂沿用爲官署的代稱。唐李白李太白詩二古風之三十:“但識金馬門,誰知蓬萊山。”

【金翅鳥】古印度傳説中的大鳥,梵語爲迦婁羅。法苑珠林十畜生部受報:“金翅鳥有四種,一卵生,二胎生,三顯生,四化生……若卵生金翅鳥飛下海中,以翅搏水,水卽兩披,深二百由旬,取卵生龍,隨意而食之。”

【金根車】禮禮運:“山出器車,河出馬圖。”孝經援神契:“德至山陵則景雲見,澤出神馬,山出根車。”古緯書謂器車、根車,皆祥瑞之車。秦、漢飾車以金,以爲乘輿,謂之爲金根車。晉崔豹古今注上輿服:“金根車,秦制也。秦并天下,閱三代之輿服,謂殷得瑞山車,一曰金根車,故因作金根之車,秦乃增飾而乘御焉。漢因而不改。”宋書禮志五謂之桑根車,言桑色黄如金。唐韓愈子昶,嘗爲集賢校理,見史傳有金根車處,皆以爲誤,悉改根字爲銀字,爲時人所譏。見唐李綽尚書故實。

【金剛杵】㊀古印度所用武器。密宗用爲護法摧魔的法器,用金屬或硬木製成。兩端大,爲刃頭,中間細,便於握執。法苑珠林四三界地量:“風輪堅固不可沮壞,有大洛那力,人以金剛杵擊之,杵碎,風輪無損。”㊁五代王定保唐摭言十二自負:“薛保遜好行巨編,自號金剛杵。大和中貢士不下千餘人,公卿之門,卷軸填委,率爲閽媪脂燭之費。”寓無堅不摧之意。

【金剛炭】唐宋宫廷用炭名。宋陶穀清異録器具:“金剛炭,有司以進御鑪,圍徑欲及盃口,自唐宋五代皆然。方燒造時,制式以受柴,稍劣者必退之;小熾一鑪,可以終日。”

【金剛座】指釋迦牟尼成佛之座。阿毘達磨俱舍論十一分别世品:“唯此洲中有金剛座,上窮地際,下據金輪,一切菩薩,將登正覺,皆坐此座上。”法苑珠林十三七佛出時:“此賢劫千佛,所化住境,𨽻封周統,奄及三千大千世界,所居土地,最爲中也。以佛是能化之人,心實處中,所化之人及以方處,亦皆是中;故此有金剛之座,餘方餘域無此座,故佛則不居。”

【金剛堅】佛珠。一名摩尼珠,又名如意珠。雜寶藏經七:“有一婆羅門,善别如意珠,……佛言,此珠摩竭大魚腦中出,魚身長二十八萬里,此珠名曰金剛堅也。”

【金剛鈴】佛教法器,即五鈷鈴。其體堅固,稱爲金剛;其柄爲鈷形,故稱爲五鈷鈴。妙吉祥平等祕密最上觀門大教王經二:“次以左手執鈴,右手執杵,作蓮花印齊於頂上禮,然可以杵仰手,立杵安臍,鈴安腰側,念金剛鈴真言五遍。”

【金剛經】㊀佛經名。金剛般若經或金剛般若波羅蜜經之略稱。一卷。屬般若部。般若,義譯爲智慧;波羅蜜,爲渡彼岸。般若之體,其常清淨,不變不移,譬如金剛之堅實。此經有東晉列國後秦鳩摩羅什、北魏菩提流支、南朝陳真諦、隋達摩笈多、唐玄奘、義淨等譯本,以鳩摩羅什譯本最爲通行。㊁碑帖名。因碑刻金剛經文,故名。明曹昭格古要論三陝西碑帖:“金剛經,唐僧懷仁集右軍行書,在西安府鴈塔下。又有柳公權書,在興唐寺中。”

【金剛舞】金剛舞印之略稱。唐般若譯諸佛境界攝真實經下:“我作金剛舞,供養十方無量世界三世諸佛一切菩薩,作是想已。結金剛拳,兩臂作舞,即是金剛舞印。作此舞印,諸佛菩薩即大歡喜。”世人仿金剛佛印作舞,也稱金剛舞。唐馮贄雲仙雜記九:“隋諸葛昂高瓚,争爲豪侈。昂屈瓚,串長八尺,餅闊丈餘,餤麄如柱。酒行,自作金剛舞以送之。瓚復屈昂,以車行酒,馬行肉,碓斬鱠,磑蒜虀,自唱夜叉歌以送之。”

【金剛鑽】即金剛石。能鑿玉鑽石。也作珍貴的首飾和裝飾品。新五代史四夷附録三回鶻:“其地出玉、犛……金剛鑽、紅鹽、罽氎、騊駼之革。”本草綱目十石四金剛石:“金剛鑽”注:“其砂可以鑽玉補瓷,故謂之鑽。”參見“金剛㊁”。

【金瓶梅】小説名。署名蘭陵笑笑生,一百回。初刊本名金瓶梅詞話,有萬曆丁巳東吳弄珠客序,其成書當在此以前。書中假水滸傳中惡霸西門慶私通潘金蓮事爲骨幹,敍其後又納妾李瓶兒及金蓮婢春梅等情節。以故事關鍵繫此三人,遂名金瓶梅。描寫當時市民生活及社會的腐朽黑暗,淋漓盡致,刻畫人物亦有成就,但色情描寫過多,故自來皆列爲禁書。

【金雀山】㊀山東益都境有金山,即金雀山,當今山東益都縣西北。山出金雀石,可製硯。五代梁朱珍與淄人大戰於金雀山,即此。參閱山東通志二六山川青州府、舊五代史朱珍傳。㊁在山東蘭山縣舊城南,有兩山東西對峙,東曰金雀山,西曰銀雀山,有漢代墓葬羣。參閱山東通志二五山川沂州府。

【金雀石】硯石名。出山東淄州金雀山,在今山東益都西八十里。石色紺青,質堅,宜作硯。明曹昭格古要論七硯名:“金雀石硯出淄州。”清沈心怪石録:“金雀山石紺青潤密,叩如金玉,用墨不違欽。”

【金帶圍】芍藥中之珍品。其花紅瓣黄腰,産揚州。廣羣芳譜四五芍藥引宋劉攽芍藥譜:“花有紅葉黄腰者,號金帶圍。……韓魏公(琦)守維揚日,郡圃芍藥勝開,得金帶圍四,公選客具樂以賞之。”

【金淵集】元仇遠撰,六卷。遠以書畫著名,其詩氣格頗蒼老,無宋末詩人江湖派之病。原書久佚,今本從永樂大典録出。

【金粟山】在陝西蒲城縣東北,以山有碎石如金粟得名。唐玄宗泰陵在此。見讀史方輿紀要五四西安府下蒲城縣。

【金粟尺】尺名,金粟爲飾,以記分寸。唐杜甫杜工部草堂詩箋七白絲行:“繰絲須長不須白,越羅蜀錦金粟尺。”

【金粟箋】即金粟山藏經紙。見“藏經紙”。

【金粟影】佛像,即維摩詰像。晉顧愷之字長康,小字虎頭,嘗於瓦官寺北殿畫維摩詰像。佛家謂維摩詰之前身爲金粟如來。唐杜甫杜工部草堂詩箋十二送許八拾遺歸江寧:“虎頭金粟影,神妙獨難忘。”元詩百一鈔六仇遠宿集慶寺:“顧愷漫留金粟影,杜陵忍賦玉華詩。”參閲宣和畫譜一。

【金華子】五代南唐劉崇遠撰。二卷。崇遠自號金華子,因以名書。原本久佚,今本從永樂大典録出,共六十餘條,所述皆唐大中以後朝野之佚事。

【金華洞】勝蹟名。在浙江金華市北金華山下,道書稱三十六洞之一。有朝真、冰壺、雙龍三洞。朝真居山嶺,冰壺居中,雙龍最下。雲笈七籤二七洞天福地:“金華山洞,周迴五十里,名曰金華洞元天,在婺州金華縣,屬戴真人治之。”見讀史方輿紀要八九金華府。

【金華殿】漢殿名。在西漢未央宫。漢書一〇〇上敍傳:“時上(成帝)方鄉學,鄭寬中、張禹朝夕入説尚書、論語於金華殿中,詔(班)伯受焉。”後作爲宫殿的通名。唐李白李太白詩十七送楊燕之東魯:“一辭金華殿,蹭蹬長江邊。”

【金絲酒】宋姜特立梅山續稿五客至詩:“凍雲垂地寒峥嶸,故人訪我邀晨烹,旋燒姜子金絲酒,却試蘇公玉糝羹。”注:“以雞子和酒燒之謂之金絲酒。”

【金絲桃】植物名。叢生灌木,六七月開花,狀如金絲。又名金絲海棠,花似桃而大,心吐黄鬚,鬚多而長,鋪散花外,儼若金絲。見清屈大均廣東新語二七草秋海棠。

【金聖歎】公元 1608—1661 年。明末長洲人。名人瑞,字若采,號聖歎。自負其才,肆言無忌。嘗言天下才子之書有六：一莊，二騷，三馬史，四杜律，五水滸，六西廂記，爲各書作評。初，諸生訐吳縣令不法，巡撫朱國治逮諸生五人，衆因哭於文廟，續又以大不敬罪，逮人瑞等十五人。時鄭成功兵入江南，諸生有附鄭軍者，於是興大獄，十八人以附逆坐斬，家產籍没入官，妻子充軍邊塞。

【金盞草】中草藥名，一名杏葉草。葉似初生萵苣，抱莖而生。花開莖頭，金黄色，狀如盞子，四時不絕，又名長春花。其果小而有刺，嫩葉可食，味酸。花可供觀賞。見本草綱目十六草五金盞草。

【金葉書】即金葉表，以薄金板爲之。隋書赤土國傳：“以鑄金爲多羅葉，隱起成文以爲表，金函封之。”元史世祖紀九：“馬八兒國遣使以金葉書及土物來貢。”

【金蓮花】㊀花名。一名金芙蓉，又稱旱地蓮，俗呼旱蓮。莖卧地，出多枝，葉圓，似荷葉而小；夏季開花，色深黄。見廣羣芳譜二九花譜八荷花一。㊁以金作蓮花。南朝宋鮑照鮑氏集三代陳思王京洛篇：“繡桷金蓮花，桂柱玉盤龍。”

【金蓮燭】古時宮廷用的蠟燭，燭臺似蓮花瓣，故稱金蓮燭。宋史三三八蘇軾傳：“召入對便殿，……已而命坐賜茶，徹御前金蓮燭送歸院。”按宋代以金蓮燭送院故事凡六人，皆本於唐令狐綯例。參閱清趙翼陔餘叢考 二十 宋金蓮燭送歸院者六人。參見“金蓮華炬”。

【金鳳花】即鳳仙花。才調集三何扶送閬州妓人歸老詩：“玉蟾露冷梁塵暗，金鳳花開雲鬢秋。”全唐詩八九八南唐馮延已南鄉子之二：“細雨溼秋風，金鳳花殘滿地紅。”

【金僕姑】矢名。左傳莊十一年：“乘丘之役，公以金僕姑射南宮長萬。”全唐詩二七八盧綸和張僕射塞下曲之一：“鷲翎金僕姑，燕尾繡蝥弧。”

【金銀花】忍冬的别名。見該條。

【金翦書】篆書書體的一種。唐司馬承禎，字子微，善篆隸，自爲一體，號金翦書。見五代沈汾續仙傳（類説三）。雲笈七籤一一三引續仙傳作“金剪刀書”。

【金樓子】梁元帝（蕭繹）撰，六卷。繹在藩時，以金樓子自號，因以爲書名。原十五篇，久已散佚。四庫館臣自永樂大典録出，尚存十四篇。其書綜括古今事迹，兼資勸戒之意，所徵引者多爲周秦古書。

【金履祥】公元 1232—1303 年。元蘭溪人，字吉父，自號次農。嘗師事王柏、何基，其學以朱熹爲宗。值南宋將亡，履祥遂絕意進取。入元亦不仕，窮究義理，致力著述。晚年講學麗澤書院，所居在仁山下，學者稱仁山先生，其弟子著名者有許謙柳貫。著有尚書表注、大學章句疏義、論語孟子集註考證、仁山集等。元史入儒學傳。

【金盤露】酒名。宋羅大經鶴林玉露四：“楊誠齋（萬里）退休，名酒之和者曰金盤露，勁者曰椒花雨。嘗曰：余愛椒花雨甚於金盤露，意蓋有爲也。”

【金龜子】蟲名。俗稱金蟲。體長，金綠色者稱金蟬，種類頗多。唐段公路北户録一金龜子：“金龜子，甲蟲也。五六月生於草蔓上，大於榆莢，細視之，真金帖龜子。行則成雙，類璧龜耳。其蟲死則金色隨滅，如螢光也。南人收以養粉。”

【金錯刀】㊀錢名。漢書食貨志下：“王莽居攝，變漢制，以周錢有子母相權，於是更造大錢，徑寸二分，重十二銖。文曰‘大錢五十’。又造契刀、錯刀。……錯刀，以黄金錯其文，曰‘一刀直五千’。”文選漢張平子（衡）四愁詩之一：“美人贈我金錯刀，何以報之英瓊瑤。”㊁書畫體之一。南唐後主李煜能文善書，書作顫筆樛曲之狀，遒勁如寒松霜竹，謂之金錯刀。見宣和書譜十二。㊂詞調名。本漢張衡四愁詩“美人贈我金錯刀”得名。此調見花草粹編，一名醉瑤瑟，葉李押仄韻，詞名君來路。雙調，五十四字，見詞譜十。

【金錯書】㊀書體名，亦名剪子篆。金錯，古錢名，古之鉊，周之泉府，漢之銖兩，新之刀布，皆其體。參閱晉王愔文字志（初學記二一）、唐韋續墨藪。㊁南唐李後主（煜）書法。見“金錯刀㊁”。

【金錢卜】古以錢記爻，至唐人始擲金錢卜問吉凶。又玄集中于鵠江南曲：“衆中不敢分明語，暗擲金錢卜遠人。”清王士禛漁洋山人精華録 六 灞橋寄内之二：“閨中若問金錢卜，秋雨秋風過灞橋。”參閱清丁壽昌讀易會通一焦京易學。

【金錢花】花草名。又名子午花，夜落金錢花。唐段成式酉陽雜俎十九廣動植四：“金錢花，一云本出外國，梁大同二年，進來中土。梁時荆州掾屬雙陸賭金錢，錢盡，以金錢花相足。魚宏謂得花勝得錢。”唐羅隱甲乙集二有金錢花詩。

【金錢會】擲金錢爲戲。唐開元元年九月，宴王公百寮於承天門，令左右於樓下撒金錢，許中書以上五品官及諸司三品以上官爭拾之。唐杜甫杜工部草堂詩箋十二曲江對雨：“何時詔此金錢會，暫醉佳人錦瑟傍。”參閱清仇兆鰲杜少陵集詳註六曲江對雨。

【金錢蟹】蟹之一種。體小，因胸甲僅大如錢而得名。明屠本畯閩中海錯疏下蟹徐𤊹補疏：“金錢蟹，形如大錢，中最飽，酒之味佳。”

【金縷衣】㊀飾以金縷的舞衣。玉臺新詠九南朝梁劉孝威擬古應教：“青鋪綠瑣流璃扉，瓊筵玉笥金縷衣。”㊁曲調名。才調集二缺名雜詞詩：“勸君莫惜金縷衣，勸君須惜少年時。”亦作“金縷曲”。宋蘇軾分類東坡詩二一臺頭寺送宋希元：“日夜更歌金縷曲，他時莫忘角弓篇。”

【金縷曲】詞調名。亦名賀新郎，又名金縷歌。以宋葉夢得有唱“金縷歌”句，故名。見詞譜三十六。

【金雞障】以金雞羽爲飾的屏風。五代周王仁裕開元天寶遺事下：“明皇每宴，使（安）祿山坐於御側，以金雞障隔之。”

【金鎖甲】以金線密銜綴成的鐵甲。東晉列國前秦車頻秦書：“苻堅使熊邈造金銀細鏤鎧，金爲綖以縲之。”（見清湯球輯三十國春秋）唐杜甫杜工部草堂詩箋三重過何氏之四：“雨抛金鎖甲，苔卧綠沈槍。”

【金鎖曲】曲調名。唐僖宗朝，内製袍千領，賜塞外吏士。神策將軍馬直於袍絮中得金鎖一枚，詩一首，爲人所告。奏聞，帝令直赴闕，以宮人予爲妻。好事者爲作金鎖曲，流於世。見明胡震亨唐音癸籤十三樂通。

【金鎗班】宋時儀衛軍名。宋史儀衛志二：“内殿直一十人，散員、……金鎗、銀鎗班各一十人。”宋孟元老東京夢華録四軍頭司：“軍頭司，每旬休……招箭班、金鎗班、銀鎗班、殿侍諸軍，東西五班，常入祗候，每日教閱野戰。”參閱宋史儀衛志二、三。

【金鵰車】皇帝乘輿有金鵰爲飾，故名金鵰車。晉書輿服志：“玉、金、象、革、木等路，是爲五路，並天子之法車，皆朱班漆輪，畫爲樣文。……兩箱之後，皆玳瑁爲鵰翅，加以金銀雕飾，故世人亦謂之金鵰車。”

【金鏃箭】飾以金箭頭之箭。常用爲信物。周書突厥傳：“其徵發兵馬，科稅雜畜，輒刻木爲數，並一金鏃箭，蠟封印之，以爲信契。”花間集二唐温庭筠蕃女怨之二：“玉連環，金鏃箭，年年征戰。”

【金蘭會】廣州舊俗女子拜盟結姊妹名金蘭會。清梁紹壬兩般秋雨盦隨筆四金蘭會:"廣州順德村落，女子多以拜盟結姊妹,名金蘭會。女出嫁後，歸寧，恒不返夫家,至有未成夫婦禮,必俟同盟姊妹嫁畢,然後各返夫家。"

【金蘭簿】唐馮贄雲仙雜記五金蘭簿:"戴弘正每得密友一人，則書于編簡，焚香告祖考,號爲金蘭簿。"或作"金蘭譜"。舊時結異姓兄弟,互換金蘭譜,始此。參見"金蘭㊀"。

【金罍子】明陳絳撰，四十四卷。仿論衡例，博引古事而加以論斷考證，失於迂僻。本名山堂隨鈔,陶望齡爲之删汰,以絳居於上虞金罍山,改題今名。

【金鐘兒】蟲名。促織的一種。色黑而體長，鋭前而豐後，鬚尾皆歧。以躍飛,以翼鳴,其聲韻致悠揚，暗則鳴，曉則止,狀其聲曰金鐘兒。見明袁宏道袁中郎集隨筆畜促織。

【金鋌箭】同金鏃箭。遼史地理志一:"上京臨潢府，本漢遼東郡西安平之地。新莽曰北安平。太祖(耶律阿保機)取天梯、蒙國、別魯等三山之勢于葦甸，射金鋌箭以識之，謂之龍眉宫。"參見"金鏃箭"。

【金鑾殿】㊀唐宫殿名。唐大明宫紫宸殿北爲蓬萊殿,其西曰還周殿,還周西北曰金鑾殿，殿旁坡曰金鑾坡。殿與翰林院相接，故召見學士常在此殿。唐李白李太白詩十一贈從弟南平太守之遥之一:"承恩初入銀臺門，著書獨在金鑾殿。"白居易長慶集十六山中與元九書因題雪後詩:"憶昔封書與君夜，金鑾殿後欲明天。"㊁舊戲曲小説中多以金鑾殿指皇帝的正殿。古今雜劇元白仁甫花月東牆記:"脱却舊布衣,直走上金鑾殿。"

【金口木舌】論語八佾:"天將以夫子爲木鐸。"木鐸以金爲鈴,以木爲舌，摇振則出聲。故稱木鐸爲金口木舌。古代施政教時振木鐸以引衆注意。漢揚雄法言學行:"天之道不在仲尼乎？仲尼駕説者也。不在茲儒乎？如將復駕其所説，則莫若使諸儒金口而木舌。"南朝梁何遜何水部集七召儒學:"方領圓冠,金口木舌，談章句之遺旨,構紛綸之雅説。"參見"木鐸"。

【金戈鐵馬】指戰爭。舊五代史李襲吉傳爲李克用與朱温書:"豈謂運由奇特，謗起奸邪,毒手尊拳,交相於暮夜;金戈鐵馬，蹂踐於明時。"宋辛棄疾稼軒詞五永遇樂京口北固亭懷古:"想當年，金戈鐵馬,氣吞萬里如虎。"

【金友玉昆】謂學業德行齊名之兄弟。三國魏崔鴻十六國春秋前涼録:"辛攀,字懷遠,隴西狄道人也。父全廙,晉尚書郎。兄鑒曠,弟寶迅,皆以才識著名。秦雍爲之諺曰:三龍一門,金友玉昆。"亦作"玉昆金友"。南史王或傳附銓:"銓雖學業不及弟錫,而孝行齊焉。時人以爲銓、錫二王,可謂玉昆金友。"

【金牛御史】唐武后時嚴昇期攝侍御史,巡察江南。昇期嗜牛肉，所至州縣，烹宰極多,又性貪,事無大小,入金則弭,到處金銀價爲之踊貴。江南人稱爲金牛御史。見唐張鷟朝野僉載三。

【金玉滿堂】富有金玉,極言財富之多。老子:"金玉滿堂，莫之能守;富貴而驕，自遺其咎。"後引申稱譽才學富實。世説新語賞譽下:"王長史(濛)謂林公(支遁,道林):'真長(劉惔)可謂金玉滿堂。'林公曰:'金玉滿堂，復何爲簡選？'王曰:'非爲簡選,直致言處自寡耳。'"

【金石萃編】清王昶撰,一百六十卷。參其事者有牛文藻、錢侗若、嚴元照、錢玷等。著録三代至宋末遼金歷代石刻一千五百餘種,並有銅器銘文數則,按時代編次。摹録原文，間加訓釋。凡題額碑陰兩旁題識，皆詳載無遺。碑制之長短寬博,則取漢建初慮俿尺,度其分寸，並志其行、字之數,附以諸家題跋、考證及案語,搜羅宏富,考證詳賅,但所採既多,疏漏錯誤,亦時有之。昶有金石萃編未刻稿三卷，身後刊行。續書有清方履籛金石萃編補正四卷、王言金石萃編補略二卷、陸耀遹金石續編二十一卷、陸增祥八瓊室金石補正一百三十卷、近人趙萬里漢魏南北朝墓誌集釋十二卷等。

【金石爲開】謂至誠足以動物。漢劉向新序雜事四:"昔者,楚熊渠子夜行,見寢石,以爲伏虎;關弓射之，滅矢飲羽。下視,知石也,却復射之,矢摧無迹。熊渠子見其誠心,而金石爲之開,況人心乎？"舊題漢劉歆西京雜記五:"至誠則金石爲開。"

【金印紫綬】金印，以金爲印;紫綬，繫於印柄的紫色絲帶。秦漢魏晉時,丞相、將軍等位在二品以上者用之。三品則用銀印青綬，再次者則用銅印墨綬。參見"金紫㊀"。

【金印繫肘】世説新語尤悔:"王大將軍(敦)起事，丞相(王導)兄弟詣闕謝。周侯(顗)深憂諸王,始入,甚有憂色。丞相呼周侯曰:'百口委卿!'周直過不應。即入,苦相存救。……及出，諸王故在門,周曰:'今年殺諸賊奴，當取金印如斗大繫肘。'"猶言樹立非常之功業,位高而爵尊。

【金衣公子】黄鶯的别名。五代後周王仁裕開元天寶遺事上:"明皇每於禁苑中見黄鶯,常呼之爲金衣公子。"

【金吾不禁】金吾，漢置官名。掌管京城戒備,巡徼傳呼,禁人夜行。惟正月十五夜及其前後各一日敕許金吾開放夜禁。遂謂元宵節徹夜遊樂曰金吾不禁。三國演義六九:"至正月十五夜，天色晴霽,星月交輝，六街三市，競放花燈。真个金吾不禁，玉漏無催。"參閲後漢書百官志四、唐韋述西都雜記(宛委山堂本説郛六十)。

【金谷酒數】晉石崇金谷詩序謂有别廬在洛陽金谷澗中，與友人往澗中晝夜遊宴,遂各賦詩,以敍中懷，或不能者罰酒三斗。見世説新語品藻"謝公云金谷中蘇紹最勝"注引。後遂稱宴樂中罰酒三杯曰金谷酒數。唐李白李太白詩二七春夜宴從弟桃花園序:"如詩不成，罰依金谷酒數。"

【金泥玉檢】古封禪所用書函，封以金泥而署以玉檢。漢書武帝紀元鼎六年"上還，登封泰山"注引孟康:"王者功成治定，告成功於天。封，崇也，助天之高也。刻石紀號，有金策石函金泥玉檢之封焉。"

【金枝玉葉】㊀符瑞的一種。晉崔豹古今注上輿服:"華蓋，黄帝所作也。與蚩尤戰於涿鹿之野,常有五色雲氣,金枝玉葉,止於帝上,有花葩之象。"㊁皇族子孫的貴稱。樂府詩集十一唐享太廟樂章肅做懿宗舞:"金枝繁茂，玉葉延長。"宋樓鑰攻媿集六代求子紹上魏邸壽詩:"皇家基業天與隆,金枝玉葉磐石宗。"

【金門羽客】道士的别稱。南唐保大中有道士譚峭(紫霄)來自閩中，自稱得張道陵天心正法,賜號金門羽客,於廬山立棲隱觀。宋徽宗崇信道教,踵峭故事,賜道士林靈素號金門羽客。見宋陳舜俞廬山記二敍山南、陸游老學庵筆記五。

【金陀粹編】宋岳珂撰。二十八卷，續編三十卷。爲其祖岳飛辨冤而作。珂别業在嘉興金陀坊，故以名書。宋史藝文志二著録作鄂國金佗粹編。

【金花帖子】唐宋時科舉考試之登第牓帖,猶後世報條之類。主文用黄花箋,長五寸許,闊半之,先書主司者姓名,次爲登第者姓名,花押其下,護以大帖，又書姓名於帖面,以素綾爲軸,貼以金花，當時稱爲金花帖子。參閲宋洪邁容齋隨筆續筆十三金花帖子、趙彥衛雲麓漫鈔二。

【金迷紙醉】喻奢侈。宋陶穀清異録居室金迷紙醉:"癰醫孟斧,昭宗時,常以方藥入侍。唐末,竄居蜀中。以其熟於宮禁,故治居宅法度奇雅。有一小室,窗牖煥明,器皆金飾,紙光瑩白,金彩奪目。所親見之,歸語人曰:此室暫憩,令人金迷紙醉。"

【金城湯池】喻防守堅固不可摧破之城邑。漢書四五蒯通傳:"(范陽令)先下君,而君不利之,則邊地之城……必將嬰城固守,皆爲金城湯池,不可攻也。"注:"金以喻堅,湯喻沸熱不可近。"參見"金湯"。

【金相玉質】形容事物質美,有如精雕細琢金玉。詩大雅棫樸:"追琢其章,金玉其相。"傳:"相,質也。"楚辭漢王逸離騷敘:"所謂金相玉質,百歲無匹,名器罔極,永不刊滅者也。"也作"玉質金相"。文選南朝梁劉孝標(峻)辨命論:"昔之玉質金相,英髦秀達,皆擯斥於當年,韞奇才而莫用。"又作"金相玉式"。

【金科玉律】完美重要的法令。文苑英華八四三唐陳子良平城縣正陳子幹誄:"爰參選部,乃任平城,金科是執,玉律逾明。"後來泛指完美不可移易的章程、規則。尺牘新鈔十二周圻與濟叔論印章書:"惟以秦漢爲師,非以秦漢爲金科玉律也。"

【金科玉條】完美重要的法令。文選漢揚子雲(雄)劇秦美新:"懿律嘉量,金科玉條。"注:"金科玉條,謂法令也。言金玉,貴之也。"唐律疏議二七雜律下不應得爲:"雜犯輕罪,觸類弘多,金科玉條,包羅難盡。"

【金馬玉堂】謂漢代金馬門和玉堂殿。文選漢揚子雲(雄)解嘲:"歷金門上玉堂有日矣,曾不能畫一奇,出一策。"唐呂延濟注:"金門,天子門也;玉堂,天子殿也。"後亦以金馬玉堂稱翰林院。宋歐陽修文忠集一三一會老堂致語:"金馬玉堂三學士,清風明月兩閒人。"

【金馬碧雞】神名,又山名。雲南昆明市東有金馬山,西南有碧雞山,二山皆有神祠,相傳漢時於此祭金馬碧雞之神。漢書郊祀志下:"或言:益州有金馬碧雞之神,可醮祭而致,於是遣諫大夫王褒使持節而求之。"注:"金形似馬,碧形似雞。"參閱讀史方輿紀要一一四雲南府昆明縣。

【金翅擘海】法苑珠林十:"若卵生金翅鳥,飛下海中,以翅搏水,水即兩披。"後以金翅擘海喻文辭氣魄的雄偉。翅,亦作"翄"。宋嚴羽滄浪詩話詩評:"李杜數公如金翅擘海,香象渡河,下視郊島輩,直蟲吟草間耳。"金元好問遺山集十四論詩詩之二:"不信驪珠不難得,試看金翅擘滄溟。"滄溟即海。

【金書鐵券】封建王朝頒給功臣世代享受某項特權的契券。全唐文八九四羅隱代武肅王錢鏐謝賜鐵券表:"恩旨賜臣金書鐵券一道,恕臣九死,子孫三死者,……鐫金作字,指日成文。"明曹昭格古要論二王佐金書鐵券考:"漢高帝平定天下,即剖符封功臣;上者王,次者侯。……十二年,又大封功臣,百四十有三人爲侯,大侯不過萬家,小侯五六百户,於是申以丹書之信,重以白馬之盟,始作鐵券,其内鏤字,以金塗之,故名曰金書鐵契。"參見"丹書鐵契"。

【金剛力士】佛教護法神。南朝梁宗懍荆楚歲時記:"十二月八日爲臘日……村人並擊細腰鼓,戴胡頭,及作金剛力士以逐疫。"注:"金剛力士,世謂佛家之神。按河圖玉版云:天立四極,有金剛力士兵,長三十丈。此則其義。"參見"金剛㊂"。

【金剛努目】太平廣記一七四薛道衡引談藪:"隋吏部侍郎薛道衡,嘗遊鍾山開善寺,謂小僧曰:'金剛何爲努目?菩薩何爲低眉?'小僧答曰:'金剛努目,所以降伏四魔。菩薩低眉,所以慈悲六道。'"努,也作"怒"。常以形容威猛可畏之面目。

【金針度人】金元好問元遺山集十四論詩詩之三:"鴛鴦繡了從教看,莫把金針度與人。"後稱授人某種技術的訣竅爲金針度人。

【金釵十二】㊀一人戴十二釵。玉臺新詠九南朝梁武帝(蕭衍)河中之水歌:"頭上金釵十二行,足下絲履五文章。"㊁唐白居易長慶集六七酬思黯戲贈同用狂字詩:"鍾乳三千兩,金釵十二行。"自注:"思黯自誇前後服鍾乳三千兩甚得力,而歌舞之妓頗多。"思黯,牛僧孺字。後人謂姬妾衆多,每用金釵十二之語,蓋本白詩。宋蘇轍欒城集十過毛國鎮夜飲詩:"浸傳鉛鼎八百歲,未比金釵十二行。"參閱宋王楙野客叢書二三金釵十二。

【金釵石斛】藥草名。見"石斛"。

【金魚公子】唐制,三品以上紫衣金魚袋。金魚公子,謂公子而佩金魚袋,指貴族子弟。唐李賀歌詩編三酬答之一:"金魚公子夾衫長,密裝腰鞓割玉方。"

【金童玉女】道家謂供仙人役使的童男童女。全唐詩七六徐彥伯幸白鹿觀應制:"金童擎紫藥,玉女獻青蓮。"宋郭若虛圖畫見聞誌一論婦人形相:"歷觀古名士畫金童玉女及神僊星官,中有婦人形相者,貌雖端嚴,神必清古。"

【金琖銀臺】水仙之一種。或作"金盞銀臺"。宋趙彥衛雲麓漫鈔四:"楊誠齋(萬里)云:世以水仙爲金琖銀臺。蓋單葉者,其中真有一酒琖,深黃而金色。"廣羣芳譜五二水仙引洛陽花木記:"水仙叢生下濕地,……春初於葉中抽一莖,莖頭開花數朶,大如簪頭,色白,圓如酒杯,上有五尖,中承黃心,宛如盞樣,故有金盞銀臺之名。"亦作"金杯銀臺"。宋辛棄疾稼軒詞賀新郎賦水仙:"紘斷招魂無人賦,但金杯的皪銀臺潤。"

【金壺墨汁】舊題晉王嘉拾遺記三周靈王:"浮提之國,獻神通善書二人,乍老乍少,隱形則出影,聞聲則藏形,出肘間金壺四寸,上有五龍之檢,封以青泥,壺中有黑汁如淳漆,灑地及石,皆成篆隸科斗之字。"清嘉慶時常熟張海鵬集刻叢書名墨海金壺,即取義於此。

【金粟如來】維摩詰的別稱。見"金粟㊀"。

【金華殿語】世説新語言語:"劉尹(惔)與桓宣武(温)共聽講禮記。桓云:'時有入心處,便覺咫尺玄門。'劉曰:'此未關至極,自是金華殿之語。'"此引漢班伯於金華殿受尚書論語事。見漢書一〇〇上敍傳。言此爲儒家,非道家所説之至德妙道。

【金貂换酒】晉阮孚爲散騎常侍,終日酣飲,常以所服金貂换酒,爲有司所彈。見晉書阮孚傳。唐賀知章以所佩金龜换酒,類此。舊嘗以此爲表示名士耽酒,曠達傲世的典故。

【金源邊堡】一稱兀朮長城。金北京路之北邊,處處設堡塞成爲一線,名邊堡。金史地理志上:"邊堡,大定二十一年三月,世宗以東北路招討司十九堡在泰州之境,及臨潢路舊設二十四堡障,參差不齊,遣大理司直蒲察張家奴等往視其處置。於是東北自達里帶石堡子至鶴五河地分,臨潢路自鶴五河堡子至撒里乃,皆取直列置堡戍。"今察罕河及齊齊哈爾之西,大興安嶺以東,猶存極長之土壁遺址,相傳爲蒙古成吉思汗所築,實爲金邊堡之遺蹟。

【金碧輝煌】元詩選丁集黄溍日損齋藁上都公院:"舉頭見觚稜,金碧何煒煌。"後用金碧輝煌形容彩色照人眼目。紅樓夢二六:"(賈芸)連忙進入房内,擡頭一看，只見金碧輝煌，文章閃爍。」

【金匱石室】古保存書契之所。漢書高祖紀下：「又與功臣剖符作誓，丹書鐵契，金匱石室，藏之宗廟。」注：「以金爲匱，以石爲室，重緘封之，保慎之義。」亦作「石室金匱」。史記太史公自序：「卒三歲而遷爲太史令，紬史記石室金匱之書。」索隱：「案，石室、金匱皆國家藏書之處。」

【金匱要略】書名。漢張機撰，晉王叔和集三卷。本名金匱玉函要略方論，文獻通考作金匱玉函經。共分二十五篇，二百六十二方，爲醫雜症者所祖。其書本與傷寒論合，至宋時始分爲二。

【金蓮花炬】金飾蓮花形火炬。唐裴廷裕東觀奏記上：「上將命令狐綯爲相，夜半，幸含春亭召對，盡蠟燭一炬，方許歸學士院，乃賜金蓮花燭送之。院吏忽見，驚報園中曰：『駕來。』」又見新唐書一六六令狐綯傳。

【金漿玉醴】道家仙藥名。金漿，也作金液；玉醴，也作玉津、玉液。抱朴子金丹：「朱草，……刻之汁流如血，以玉及八石金銀投其中，立便可丸如泥，久則成水。以金投之，名爲金漿，以玉投之，名爲玉醴，服之皆長生。」北堂書鈔一四八酒引晉傅玄七謨：「金漿玉醴，雲沸淵亭。」

【金漳蘭譜】宋趙時庚撰，三卷。共分敍蘭容質、品蘭高下、天下愛養、堅性封殖、灌溉得宜五篇，敍述蘭之容質灌溉等事甚詳。廣百川學海著録，誤作者爲明高濂。

【金龜換酒】見「金龜㊂」。

【金聲玉振】孟子萬章下：「孔子之謂集大成。集大成也者，金聲而玉振之也。金聲也者，始條理也；玉振之也者，終條理也。始條理者，智之事也；終條理者，聖之事也。」謂孔子之德，猶作樂先撞鐘，以發衆聲，樂將止，擊以收衆音。後以喻聲名洋溢廣布。文選南齊王仲寶（儉）褚淵碑文：「是以仁經義緯，敦穆於閨庭；金聲玉振，寥亮於區寓。」

【金縷玉柙】卽玉衣。漢時帝、王的殮服。按等級分金縷、銀縷、銅縷。後漢書禮儀志下：「守宮令兼東園匠將女執事，黃緜、緹繒、金縷玉柙如故事。」注：「漢舊儀曰：『帝崩，唅以珠，纏以緹繒十二重。以玉爲襦，如鎧狀，連縫之，以黃金爲縷。腰以下以玉爲札，長一尺，〔廣〕二寸半，爲柙，下至足，亦縫以黃金縷。」公元1968年於河北滿城發掘出漢中山靖王劉勝（武帝異母兄）夫婦墓，皆裹玉衣，各由兩千餘玉片，四角鑽有小孔，穿以金絲，連綴而成。

【金題玉躞】隋唐人珍藏書帖皆金題玉躞。金題，書面的籤題；玉躞，以象牙或玉石製成的軸心。宋米芾書史：「嗟爾方來眼須洗，玉躞金題半歸米。」二家宮詞宋徽宗宮詞：「金題玉躞燦星光，御札紛紛雜質黃。」參閱明方以智通雅二一器用。

【金蟬脱殼】以僞裝惑敵，借以脱身。元惠施幽閨記七文武同盟：「曾記得兵書上有箇金蟬脱殼之計。」古今名劇元馬致遠三度任風子四：「天也我幾時能勾金蟬脱殼，可不道家有老敬老，有小敬小。」亦作「脱殼金蟬」。元曲選關漢卿謝天香二：「便使盡些伎倆，乾愁斷我肚腸，覓不的箇脱殼金蟬這一箇謊。」

【金雞獨立】一足兀立的姿勢。常指武術的一種解數或某種技藝的一種身段。明田汝成西湖遊覽志餘二十：「觀中有雀竿之戲，……有鷂子翻身、金雞獨立、鍾馗抹額、玉兔搗藥之類。」清吳殳手臂録附峨嵋槍法有金雞獨立一勢。

【金鎞抉目】謂醫者以金鎞刮眼膜以療目疾。涅槃經八：「盲人爲治目故造詣良醫，是時良醫卽以金錍抉其眼膜。」北史張元傳：「其祖喪明三年。元恒憂泣，晝夜讀佛經禮拜，以祈福祐。後讀藥師經，見『盲者得視』之言。遂請七僧，然七燈，七日七夜轉藥師經行道。……經七日，其夜夢見一老翁，以金鎞療其祖目……三日，祖目果明。」參見「金鎞」。

【金鰲玉蝀】橋名。在今北京市文津街中段，橫貫北海與中南海之間。東西兩端舊有二坊，西曰金鰲，東曰玉蝀。橋以此得名。清淨香居主人（楊米人）都門竹枝詞：「金鰲玉蝀畫圖開，獵獵風聲捲地回。」參閱清會典事例八六三宮殿二西苑。

【金齏玉鱠】食品名。吳中以魚作膾，菰菜爲羹，魚白若玉，菜黃如金，因稱金齏玉膾。隋杜寶大業拾遺記：「（大業）六年，吳郡獻松江鱸魚乾膾，鱸魚肉白如雪，不腥，所謂金齏玉膾，東南之佳味也。」（太平御覽九三七）。宋蘇軾蘇文忠詩合注十三和蔣夔寄茶：「金齏玉鱠飯炊雪，海螯江柱初脱泉。」

【金人捧露盤】三輔黃圖五臺榭引漢書故事云：漢武帝時祭太乙，升通天臺以俟神靈。上有承露盤，仙人掌擎玉杯，以承雲表之露。唐李賀歌詩編二金銅仙人辭漢歌序：「魏明帝青龍九年八月，詔宮官牽車西取漢孝武帝捧露盤仙人，欲立置前殿。」宋晁端禮等有金人捧露盤詞，詠此。並爲詞調名。參閱詞譜十八。

【金石文字記】清顧炎武撰，六卷。所録金石文字三百餘種，皆實地探求所得。各綴以跋，無跋者具列立石年月及撰書人姓名。

【金剛不壞王】指菊花。宋陶穀清異録上花金剛不壞王：「懿宗賞花短歌云：『生長白，久視黃，共拜金剛不壞王。』謂菊花也。」

【金剛不壞身】指佛身言。大般涅槃經三：「云何得長壽，金剛不壞身。」大寶積經五二：「如來身者，卽是法身，金剛之身，不可壞身，堅固之身，超於三界最勝之身。」

【金龍四大王】神名。相傳宋人謝緒，爲謝太后族人，隱居於金龍山頂，元兵入臨安，不屈，投江自殺。民間尊以爲神，江淮至潞河皆有廟。四，或以爲行第，或以爲兄弟四人。參閱明朱國禎湧幢小品十九河神、清施閏章矩齋雜記、顧張思土風録十八大王廟。

【金石林時地考】明趙均撰。二卷。取諸家碑目，及當時新出古刻，仿宋陳思寶刻叢編之例，敍次朝代，以考其時，臚列郡縣，以考其地，故稱時地考。

二畫

針 zhēn ㄓㄣ 職深切，平，侵韻，照。

縫織引線用的工具。北周庾信庾子山集一對燭賦：「燈前桁衣疑不亮，月下穿針覺最難。」本字作「鍼」，見「鍼」字各條。

釘 1. dīng ㄉㄧㄥ 當經切，平，青韻，端。

㊀釘子，釘頭。三國志魏王淩傳注引魏略：「淩自知罪重，試索棺釘，以觀太傅（司馬懿）意。」

2. dìng ㄉㄧㄥˋ 丁定切，去，徑韻，端。

㊀以釘釘物。三國志魏武帝紀建安十三年注引晉衛恒四體書勢：「（梁鵠）以勤書自效，公嘗縣著帳中及以釘壁玩之。」

【釘疸】卽疔瘡。南齊東陽徐嗣伯，精醫術。一姥稱舉體痛，而處處有鼢黑無數。嗣煮湯令服之。須臾，所鼢處皆拔出釘長寸許，及以膏塗諸瘡口，云此名釘疽。見南齊書褚澄傳。

【釘倒】孑孓，俗名釘倒蟲。見宋羅願爾雅翼釋蟲二青蛉「孑孓爲蟁」元洪焱祖音釋。

【釕鈴】象聲詞。唐李賀歌詩編四沙路曲："柳臉半眠丞相樹，珮馬釕鈴踏沙路。"

【釕鉸】一種金屬零件。唐詩紀事二八胡令能："令能圃田隱者，少爲負局鍍釘之業，……遂能吟詠，禪學尤邃，世謂胡釘鉸者也。"明史輿服志一："(轎)四周紅髹板，左右門二，用鍍金銅釘鉸。"

【釘₂銓】同訂銓，謂平議衡量。漢王充論衡自紀："夫聖賢歿而大義分，蹉跎殊趨，各自開門；通人觀覽，不能釘銓；遙聞傳授，筆寫耳取。"

【釘頭】釘之鈍端。唐杜牧樊川集一阿房宮賦："釘頭磷磷，多於在庾之粟粒；瓦縫參差，多於周身之帛縷。"

【釘鞵】即釘鞋。鞵底著釘，雨行可以防滑。按舊唐書德宗紀，德宗入駱谷，值霖雨，道滑，衛士多亡歸朱泚，惟李昇、郭曙、令狐彰等六人，著釘鞋行縢，更控上馬以至梁州。釘鞵之名，始見於此。明實錄十三太祖實錄七九："(洪武六年)先是百官入朝遇雨，皆用釘靴，進趨之間，聲達殿陛。"參閱清趙翼陔餘叢考三三釘鞵。

【釘靈】古民族名。山海經海內經："有釘靈之國，其民從膝已下有毛，馬蹄，善走。"參見"丁靈"。

【釘₂官石】傳說中石名。元周密癸辛雜識續集下："釘官石在長安城中，色青黑，其堅如鐵。凡新進士求仕者，以大釘釘之，如釘徑入，則速得美官；否則齟齬不能入，入亦不能快利也。"

釕 diǎo liǎo 都了切，上，篠韻，端。
ㄉㄧㄠˇ ㄌㄧㄠˇ 集韻 朗鳥切，上，筱韻。
釘鉠，帶頭飾。

【釕辔】裝飾華麗之轡頭。新唐書二二五下黃巢傳："會江西招討使曹全晸與山南東道節度使劉巨容壁荊門，使沙陀以五百騎釕辔藻韉望賊陣縱而遁。"

釗 zhāo 止遙切，平，宵韻，照。
ㄓㄠ 古堯切，平，蕭韻，見。
㊀周康王名。書顧命："用敬保元子釗，弘濟於艱難。"㊁勉勵。見爾雅釋詁上。㊂遠。方言七："釗，遠也，燕人北郊曰釗。"㊃姓。明釗劍佩，三河人。見正字通。

釜 fǔ 扶雨切，上，麌韻，並。
ㄈㄨˇ
㊀烹飪器，即無脚之鍋。詩召南采蘋："于以湘之，維錡及釜。"傳："有足曰錡，無足曰釜。"孟子滕文公上："許子以釜甑爨，以鐵耕乎？"㊁容量名。約合今四升八合。論語雍也："子華使於齊，冉子爲其母請粟。子曰：'與之釜。'"注："六斗四升曰釜。"參見"鬴"。

【釜山】山名。在河北涿鹿縣。史記五帝紀："(黃帝)合符釜山，而邑于涿鹿之阿。"正義："括地志云：釜山在媯州懷戎縣北三里，山上有舜廟。"

【釜水】水名。淮南子地形："釜出景。"注："景山在邯鄲西南，釜水所出。南澤入漳，其原浪沸湧，正勢如釜中湯，故曰釜，今謂之釜口。"參見"滏水"。

【釜魚】㊀釜中生魚。謂斷炊已久。後漢書八一范冉傳："所止單陋，有時粮粒盡，窮居自若，言貌無改，閭里歌之曰：'甑中生塵范史雲，釜中生魚范萊蕪。'"按范冉字史雲，時爲萊蕪長。㊁釜中之魚。喻不能久存。資治通鑑一〇二晉海西公太和五年："(王)猛曰：'……且臣奉陛下(苻堅)威靈，擊垂亡之虜，譬若釜中之魚，何足慮也。'"

【釜鬵】泛指釜甑等炊具。詩檜風匪風："誰能亨魚？溉之釜鬵。"疏："鬵是甑，非釜類。亨魚用釜不用甑，雙舉者，以其俱是食器，故連言耳。"亨，"烹"的本字。

【釜中魚】見"釜魚"。

【釜臍墨】即鍋底炱灰，俗稱鍋底墨，入藥。見本草綱目七土一釜臍墨。

【釜底抽薪】文苑英華六五〇北魏魏收爲侯景叛移梁朝文有"若抽薪止沸，剪草除根"語，謂事當從根本上解決。後言釜底抽薪，本此。明俞汝楫禮部志稿四九奏疏戚元佐議處宗藩疏："諺云：揚湯止沸，不如釜底抽薪。"儒林外史五："如今有個道理，是釜底抽薪之法：只消央個人去把告狀的安撫住了，衆人遞個攔詞，便歇了。"

三畫

釪 yú 羽俱切，平，虞韻，于。
ㄩˊ
㊀錞釪。樂器，形如鐘，用以和鼓。見廣韻。㊁金屬所製之盂。百喻經十九乘船失釪喻："昔有人乘船渡海，失一銀釪，墮於水中。"參見"缽釪"。

釬 hàn 侯旰切，去，翰韻，匣。
ㄏㄢˋ
㊀臂鎧。管子戒："桓公明日弋在廩。管仲隰朋朝，公望二子，弛弓脫釬而迎之。"注："釬所以扞弦。"㊁急。莊子列禦寇："人者厚貌深情，故有貌愿而益，……有堅而縵，有緩而釬。"唐成玄英疏："自有形如堅固而實散緩，亦有外形寬緩心內躁急也。"㊂戈柄下端圓錐形的金屬帽。即鐏。方言九："鐏謂之釬。"㊃銲接。見廣韻、集韻。

釫 1. wū 哀都切，平，模韻，影。
ㄨ
㊀塗工所用之具，即泥鏝。同"杇"、"圬"。見廣韻。

2. huá 戶花切，平，麻韻，匣。
ㄏㄨㄚˊ
㊀農具名。同"鋘"、"鏵"。見玉篇。

釭 gāng gōng 古雙切，平，江韻，見。
ㄍㄤ ㄍㄨㄥ 古紅切，平，東韻，見。
古冬切，平，冬韻，見。
㊀車轂中之孔，以金屬爲裏，謂之釭。用以穿軸。漢劉向新序雜事二："淳于髡曰：'方內而員釭，如何？'"㊁宮室壁帶上的環狀飾物。以形狀如釭，故稱。漢書九七下趙皇后傳："壁帶往往爲黃金釭，函藍田璧，明珠、翠羽飾之。"注："壁帶，壁之橫木露出如帶者也。於壁帶之中，往往以金爲釭，若車釭之形也。"㊂燈。南齊謝朓謝宣城集五同詠坐上所見一物王融幔詩："但願置樽酒，蘭釭當夜明。"㊃箭鏃。釋名釋兵："鏃，……關西曰釭。釭，鉸也，言有交刃也。"

釱 dài dì 徒蓋切，去，泰韻，定。
ㄉㄞˋ ㄉㄧˋ 特計切，去，霽韻，定。
㊀古代刑具。在頸曰鉗，在足曰釱。亦用爲動詞。史記平準書："敢私鑄鐵器煮鹽者，釱左趾，沒入其器物。"集解引韋昭："釱，以鐵爲之，著左趾以代刖也。"㊁車轄。通"軑"。漢書八七上揚雄傳甘泉賦："陳衆車於東阬兮，肆玉釱而下馳。"

釶 shī shé
ㄕ ㄕㄜˊ
矛。同"鍦"。荀子議兵："宛鉅鐵釶，慘如蠭蠆。"參見"鍦"。

釨 jié 居列切，入，薛韻，見。
ㄐㄧㄝˊ
無刃之戟，或指矛。方言九："戟，楚謂之釨；凡戟而無刃，秦晉之間謂之釨。"又："矛，或謂之釨。"嘉慶一統志四八七雲南永昌府金雞泉："在保山縣東五里金雞村……泉畔有石，高五尺，圍丈餘，石上數孔，聚水澡浴，俗謂之立釨石，相傳呂凱所立。"

釥 qiǎo 親小切，上，小韻，清。
ㄑㄧㄠˇ
美好。方言二："釥、嫽，好也。青徐海岱之間曰釥，或謂之嫽。"

釦 kòu 苦后切，上，厚韻，溪。
ㄎㄡˋ 集韻 丘堠切，去，候韻。

㊀以金飾器口。見說文。㊁俗謂衣紐曰釦。新唐書二二〇高麗傳："王服五采，以白羅制冠，革帶皆金釦。"㊂通"叩"。國語吳："三軍皆譁釦以振旅，其聲動天地。"一說釦通"呴"。見說文通訓定聲。

【釦砌】猶鏤砌。文選漢班孟堅（固）西都賦："於是玄墀釦砌，玉階彤庭。"注："釦砌，以玉飾物也。"

【釦器】以金銀飾緣之器。後漢書和熹鄧皇后紀："其蜀、漢釦器九帶佩刀，並不復調。"注："釦，音口，以金銀緣器也。"古文苑四漢揚雄蜀都賦："雕鏤釦器，百伎千工。"

釣 diào 多嘯切，去，嘯韻，端。ㄉㄧㄠ

㊀以鉤餌取魚。詩小雅采綠："其釣維何？維魴及鱮。"㊁謂誘而取之。韓非子存韓："辯說屬辭，飾非詐謀，以釣利於秦，而以韓利闚陛下。"㊂指釣鉤。孔叢子公儀："且臣不佞，又不任爲君操竿下釣，以蕩守節之士也。"㊃姓。宋釣宏，紹興進士。見正字通。

【釣名】作僞以取名。管子法法："釣名之人，無賢士焉。"漢書五八公孫弘傳："夫以三公爲布被，誠飾詐欲以釣名。"亦作"弔名"。參見該條。

【釣舟】猶漁舟。文苑英華二一〇南朝梁劉孝綽釣竿篇："釣舟畫彩鷁，漁子服冰紈。"唐杜甫杜工部草堂詩箋二七秋日寄題鄭監湖上亭之一："磨滅餘篇翰，平生一釣舟。"

【釣車】釣具，有輪以纏絡釣絲者。唐陸龜蒙甫里集五漁具詩有釣車篇。又卷九有桐江得一釣車……復抒酬答詩。

【釣卷】提取或調閱文卷。宋洪邁夷堅志乙志二黃五官人："同院建昌教授包履常得其論卷，愛之，欲置諸待補小榜，令釣前後兩場草卷參讀。"後世謂取視案卷爲弔卷，即釣卷。

【釣奇】釣取大利。史記八五呂不韋傳："呂不韋取邯鄲諸姬絕好善舞者與居，知有身，……欲以釣奇，乃遂獻其姬。姬自匿有身，至大期時，生子政。子楚遂立姬爲夫人。"索隱："釣者，以取魚喻也。奇，卽上云'此奇貨可居'也。"唐柳宗元柳先生集三三與楊誨之第二書："是之不爲，而甘羅、終軍以爲慕，棄大而錄小，賤本而貴末，夸世而釣奇，苟求知於後世，以聖人之道爲不若二子，僕以爲過矣。"

【釣星】妖名。昔傳有妖物，夜飛晝隱，衣毛爲飛鳥，脫毛爲婦人，名曰夜行遊女，一名天帝女，又名釣星。見唐段成式酉陽雜俎十六羽篇。

【釣竿】㊀釣魚竿。樂府詩集十八三國魏文帝（曹丕）釣竿："釣竿何珊珊，魚尾何簁簁。"㊁樂曲名。晉崔豹古今注中音樂："釣竿者，伯常子妻所作也。伯常子避仇河濱，爲漁父，其妻思之，每至河濱，爲釣竿之歌。後司馬相如作釣竿之詩。今傳爲古曲。"其後晉武帝（司馬炎）受禪，令傅玄製爲二十二篇，陳述功德，仍取釣竿舊名。見晉書樂志下。

【釣國】求用於國。唐駱賓王集十應詰："夫垂竿而爲事者，太公之遺術也。形生磻溪之石，兆應滋水之璜。夫如是者，將以釣川耶？將以釣國耶？"全唐詩一三六儲光羲遊茅山之四："垂綸非釣國，好學異希顏。"

【釣船】㊀漁船。北周庾信庾子山集四和靈法師遊昆明池詩之二："密菱障浴鳥，高荷沒釣船。"㊁閩浙有一種貨船，名曰釣船，常駛行江海間，船身似魚形。或作"刁船"。

【釣遊】唐韓愈昌黎集二一送楊少尹序："某樹，吾先人之所種也；某水、某丘，吾童子時所釣遊也。"後因稱故鄉爲釣遊舊地。

【釣絲】㊀釣竿上之綫。唐杜甫杜工部草堂詩箋三重過何氏五首之三："翡翠鳴衣桁，蜻蜓立釣絲。"㊁竹名。疏節，枝梢細長，葉繁。元劉美之續竹譜："蜀土有竹狀如垂釣，俗名釣絲竹也。"

【釣臺】古蹟名。亦稱釣魚臺。1.周太公望釣魚處。相傳在今陝西寶雞縣磻溪。參閱讀史方輿紀要五五鳳翔府。一說在今陝西咸陽市西渭水濱，又說在今河北南皮縣西。參閱嘉慶一統志二二八西安府、二五天津府。2.今山東鄄城縣有莊子釣臺遺址。參閱讀史方輿紀要三四東昌府濮州濮水。3.漢淮陰侯韓信垂釣處，故址在今江蘇淮安縣北，其鄰爲漂母祠。見嘉慶一統志九四淮安府。4.今福建閩侯縣南有漢東越王餘善釣龍臺。相傳餘善曾於此釣得白龍，以爲己瑞，因築壇。後人呼爲越王臺。參閱讀史方輿紀要九六福州府侯官縣。參見"南臺"。5.漢嚴子陵垂釣處，故址在今浙江桐廬縣富春山，下瞰富春渚，有東西二臺，各高數百丈。參閱讀史方輿紀要九十嚴州府。6.在今湖北武昌縣西北。相傳三國吳孫權曾駐兵於此；晉陶侃遣兵逼王羕，曾整陣於釣臺爲後繼；北周庾信哀江南賦所謂釣臺移柳，亦指此。參閱晉書陶侃傳、北周庾信庾子山集一、讀史方輿紀要七六武昌府。7.南朝梁昭明太子釣臺，故址在今安徽貴池縣西之玉鏡潭。參閱嘉慶一統志一一九池州府。8.南朝梁任昉釣臺，故址在今江蘇宜興縣鏡。參閱嘉慶一統志八七常州府。9.唐張志和釣臺，故址在今湖北大冶縣東。參閱嘉慶一統志三三六武昌府。10.金王鬱隱居處，故址在今北京市阜城門外。參閱嘉慶一統志八順天府。

【釣碣】水中便於垂釣之石。世說新語雅量："王僧彌（珉）謝車騎（玄）共王小奴（薈）許集，僧彌舉酒勸謝云：'奉使君一觴。'謝曰：'可爾。'僧彌勃然起，作色曰：'汝故是吳興溪中釣碣耳，何敢譸張！'"

【釣餌】引魚上鉤的食物。喻利誘。孔叢子上公儀："今徒以高官厚祿，釣餌君子，無信用之意。"

【釣橋】城門外壕之橋，卽弔橋。宋陳規守城錄二守城機要："城門外壕上，舊制多設釣橋，本以防備奔衝，遇有寇至，拽起釣橋，攻者不可越壕而來。"

【釣磯】釣魚時所坐的巖石。唐駱賓王集十應詰："余以三伏辰行，至七里瀨，此地卽新安江口也，有嚴子陵釣磯焉。"唐高適高常侍集五漁父歌："笋皮笠子荷葉衣，心無所營守釣磯。"

【釣鼇】㊀列子湯問記渤海之東有五山，天帝使巨鼇十五，舉首負戴。龍伯國有大人，舉足數步而至五山，一釣連六鼇，於是岱輿、員嶠二山流於北極，沈於大海。後因以釣鼇喻抱負遠大或舉止豪邁。唐李白李太白詩九贈薛校書："未誇觀濤作，空鬱釣鼇心。"參見"釣鼇客"。㊁酒令之一種。宋章淵稿簡贅筆酒令："唐人酒戲極多，釣鼇竿，堂上五尺，庭前七尺，紅絲線繫之。石盤盛諸魚四十品，逐一作牌子刻魚名，各有詩於牌上，或一釣連二事物，錄事釋其一以行勸罰焉。……巨鼇詩云：海底仙鼇難比儔，黃金頂上有瀛洲，當時龍伯如何釣，虹作長竿月作鉤。"（說郛四四）

【釣魚山】山名。在四川合川縣東。涪江在其南，嘉陵江徑其北，東西南三面臨江，崖壁峭險。山南有大石平如砥，山上有天池。相傳有異人坐石上，投釣江中，山以是名。宋淳熙三年，余玠帥蜀兼知重慶府，時蜀已爲元兵所破。玠力謀完復，曾築城徙合州於此。城卽今之合川縣城。參閱宋史四一六余玠傳、元史世祖紀三、讀史方輿紀要六九重慶府合州。

【釣魚臺】詳"釣臺"。

【釣詩鉤】指酒。以酒能鉤起詩興，故稱。宋蘇軾分類東坡詩二十洞庭春色:"應呼釣詩鉤，亦號掃愁帚。"元曲選喬吉金錢記三:"枉了也這掃愁箒，釣詩鉤。"

【釣鼇客】古人有以釣鼇客自稱，以寓其豪放之氣者。宋趙德麟侯鯖録六:"李白開元中謁宰相，封一板，上題曰'海上釣鼇客李白'。相問曰:'先生臨滄海釣巨鼇，以何物爲釣線?'白曰:'以風浪逸其情，乾坤縱其志；以虹霓爲絲，明月爲鉤。'又曰:'何物爲餌?'曰:'以天下無義氣丈夫爲餌。'時相悚然。"唐王嚴光、張祜皆曾以釣鼇客自號。參閱唐封演封氏聞見記十狂譎、宋孔平仲孔氏談苑五釣鼇客。參見"釣鼇"。

【釣磯立談】宋史藝文志小説類著録五代南唐史虚白撰四庫本著録或稱爲虚白之子入宋後所撰。一卷。雜記南唐廢興事蹟，附以論斷，俱自稱曰叟。原本百二十條，巳亡佚過半，僅存三十條。

釳 xì 許訖切，入，迄韻，曉。ㄒㄧˋ

鐵製馬飾。乘輿馬頭上供插翟尾者。詳"方釳"。

釩 fǎn 峯犯切，上，范韻，滂。ㄈㄢˇ

㊀拂。見玉篇。㊁器。見集韻。㊂杯。見正字通。

釧 chuàn 尺絹切，去，線韻，穿。ㄔㄨㄢˋ

㊀腕環。一名條脱。俗謂之鐲，古男女通用，後唯女飾用之。北周庾信庾子山集一竹杖賦:"玉關寄書，章臺留釧。"見圖。參見"條脱"。㊁姓。明釧國賢，撫州照磨；釧佩，貴州丞。見續通志八七氏族七。

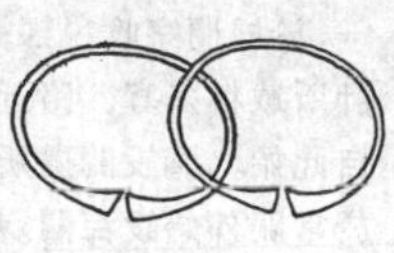
釧

釵 chāi 楚佳切，平，佳韻，初。ㄔㄞ

兩股笄。首飾的一種。釋名釋首飾:"爵叉，叉頭反上施爵也。"三國魏曹植曹子建集六美女篇:"頭上金爵釵，腰佩翠琅玕。"參閱五代馬縞中華古今注中釵子。

【釵股】㊀卽釵脚。唐白居易長慶集十二長恨歌:"釵留一股合一扇，釵擘黃金合分鈿。"韓偓玉山樵人集惆悵詩:"被頭不煖空霑淚，釵股欲分猶半疑。"㊁謂寫字筆法曲折，圓而有力，如折釵股。宋陳櫄負暄野録上邵餗書:"邵居士餗，才行俱美，高尚不仕，隱居丹陽，尤工爲釵股篆，世所欽重。"

【釵梁】一種首飾。北周庾信庾子山集一鏡賦:"懸媚子於搔頭，拭釵梁於粉絮。"

【釵釧記】傳奇名。題明月榭主人撰，或云明王玉峯撰。記皇甫吟史碧桃幼由父母議姻，後吟貧，碧桃父欲女改嫁；碧桃遣婢約吟至後園贈物，使卽行聘；吟以此事漏言於學友韓時忠，韓卽於昏夜冒名抵史園誆取釵釧，至生無限波瀾事。參閱曲海總目提要十四。

【釵頭符】端陽節頭飾。元陳元靚歲時廣記二一釵頭符:"歲時雜記:端五剪繒綵作小符兒，争逞精巧，摻於鬢髻之上。都城亦多撲賣，名釵頭符。"省作"釵符"。宋劉克莊後村別調賀新郎端午詞:"兒女紛紛新結束，時樣釵符艾虎。"

【釵頭鳳】詞調名。本名擷芳詞，因北宋徽宗政和間宫中有擷芳園，故名。南宋陸游因無名氏擷芳詞有"可憐孤似釵頭鳳"句，改題釵頭鳳。詞爲雙調，五十四字，前後段各七句。後之作者，有在前後段末句各加兩疊字者，則全詞五十八字；有在前後段末句各加三疊字者，則全詞六十字，陸游之作卽此格。見詞譜十。

釤 1. shàn 所鑑切，去，鑑韻，山。ㄕㄢˋ

㊀大鐮。一説大鐮。唐韓愈昌黎集三十鳳翔隴州節度使李公墓誌銘:"鑄鎛釤鉏斸，以給農之不能自具者。"㊁以鐮剷。抱朴子博喻:"禁令不明而嚴刑以靜亂，廟筭不精而窮兵以侵鄰，猶釤木以討蝗蟲，伐木以殺蠹蝎。"

2. shān 集韻 師咸切，平，咸韻。ㄕㄢ

㊂姓。晉有沙樓國帥釤加。見集韻。明有欽天監靈臺郎釤資。見續通志八六氏族六平聲。

【釤利】㊀爽利。唐杜牧樊川集一自宣州赴官入京路逢裴坦判官歸宣州因題贈詩:"我初到此未三十，頭腦釤利筋骨輕。"㊁鮮明。全唐詩六〇九皮日休新竹:"圓緊珊瑚節，釤利翡翠翎。"

四畫

鈁 fāng 府良切，平，陽韻，幫。ㄈㄤ

古代容器。圜者謂鍾，方者謂鈁。清端方陶齋吉金録六漢元始鈁著録漢鈁七器，其銘或容六升，或容四升。

鈁

鈇 fū 甫無切，平，虞韻，幫。ㄈㄨ

㊀鍘刀，切草之農具，也作爲腰斬之刑具。急就篇三:"鐵鈇鑽錐釜鍑鍪。"參見"鈇鑕"。㊁斧。列子説符:"人有亡鈇者，意其鄰之子。"

【鈇鉞】㊀鈇與鉞。刑戮之具。禮王制:"諸侯賜弓矢，然後征；賜鈇鉞，然後殺。"韓詩外傳八:"諸侯有德，天子錫之，……八錫鈇鉞，九錫秬鬯。"㊁星名。參十星，一曰鈇鉞，主斬刈。見晉書天文志上。

【鈇質】卽鈇鑕。斬刑之刑具。史記項羽紀陳餘遺章邯書:"將軍何不還兵與諸侯爲從，約共攻秦，分王其地，南面稱孤，此孰與身伏鈇質，妻子爲僇乎?"漢書三一項籍傳作"斧質"。參見"鈇鑕"。

【鈇鑕】鈇，斧；鑕，鐵椹。鈇鑕，古行斬刑之具。公羊傳昭二五年:"子家駒曰:'臣不佞，陷君於大難，君不忍加之以鈇鑕，賜之以死。'"注:"鈇鑕，要斬之罪。"後漢書三三鄭弘傳:"弘獨髡頭負鈇鑕，詣闕上章，爲(焦)貺訟罪。"

鈍 dùn 徒困切，去，慁韻，定。ㄉㄨㄣˋ

㊀不鋭利。荀子性惡:"鈍金必將待礱厲然後利。"漢王充論衡案書:"兩刃相割，利鈍乃知。"㊁遲鈍，遲滯。漢書七二鮑宣傳諫上疏:"臣宣呐鈍於辭，不勝惓惓，盡死節而已。"南朝梁劉勰文心雕龍九養氣:"且夫思有利鈍，時有通塞。"㊂指魯鈍之資。多用作謙詞。文選三國蜀諸葛孔明(亮)出師表:"庶竭駑鈍，攘除姦凶。"

【鈍兵】謂兵刃鈍弊。孫子作戰:"其用戰也，勝久則鈍兵挫鋭。"宋梅堯臣注:"雖勝且久，則必兵仗鈍弊而軍氣挫鋭。"戰國策楚二:"弊甲鈍兵，願承下塵。"

【鈍根】佛家語，謂遲鈍之感官。法華經三藥草喻品:"正見邪見，利根鈍根。"宋蘇軾分類東坡詩四以玉帶施元長老元以衲裙相報次韻:"病骨難堪玉帶圍，鈍根仍落箭鋒機。"

【鈍惽】昏昧、不明事理。淮南子俶真:"狡猾鈍惽，是非無端，孰知其所萌。"

【鈍悶】昏蒙貌。淮南子覽冥:"純温以淪，鈍悶以終，若未始出其宗，是謂大通。"注:"鈍悶，無情也。"

【鈍漢】愚人，笨漢。景德傳燈録十一袁州仰山慧寂禪師:"覿面相呈，猶是鈍漢，豈況形於紙筆!"舊五代史司空頲傳:"張彥之亂，命判官王正言草奏。正言素不能文，不能下筆。彥怒詬曰:'鈍漢乃辱我!'推之下榻。"

【鈍吟雜録】清馮班撰。班字定遠，號

鈍吟居士，常熟人。歿後著作多散佚，其從子馮武求得九種，編成十卷，稱鈍吟雜録，乃未成之書，所論詩文、字學與讀書之法以及涉歷世故之言，多前人之所未發。

鈀 1. pā 普巴切，平，麻韻，滂。ㄆㄚ

㊀箭鏃。方言九：“凡箭鏃，……其廣長而薄鐮，謂之錍，或謂之鈀。”㊁見“鈀車”。㊂古兵器。晉虞喜志林新書：“賀齊性奢侈，尤好軍事。兵甲器械，極爲精好。干櫓、戈矛、鈀爪、叉棍、弓弩、矢箭，咸取上材。”

2. bā 伯加切，平，麻韻，幫。ㄅㄚ

㊃兵車。見“鈀₂車”。

3. pá ㄆㄚˊ

㊄農具。鋤屬，五齒，平土除穢用之。俗作“耙”。見“耙㊀”。

【鈀₂車】兵車名。説文：“鈀，兵車也。……司馬法曰：晨夜内鈀車。”

釿 yǐn 余忍切，上，軫韻，喻。ㄧㄣˇ

錫的古名。爾雅釋器：“錫謂之釿。”疏：“錫，今白鑞也，一名釿。”

鈕 niǔ 女久切，上，有韻，娘。ㄋㄧㄡˇ

㊀印鼻。印章上端提繫處。漢應劭漢官儀下：“璽皆白玉螭虎紐。”太平御覽六八二北魏崔鴻十六國春秋前涼録：“於青澗水中得一玉璽，鉗鈕，光照水外。”㊁扣結，同“紐”。㊂姓。東晉有鈕滔。見正字通。

【鈕琇】公元？—1704。清吴江人，字玉樵，康熙貢生，知高明縣。博雅多聞，所著觚賸，記明末清初雜事。有臨野堂集。見國朝先正事略三八。參見“觚賸”。

【鈕祜禄】姓。金代有鈕祜禄思楚，仕槙州刺史。滿洲之鈕祜禄氏散居於長白山、英額、瓜爾佳、琿春等地。見續通志八二氏族二以姓爲氏、清通志二氏族二滿洲八旗姓。

【鈕樹玉】公元1760—1827。清江蘇吴縣人，字藍田，號匪石山人。篤志好古，不爲科舉之業。精研文字聲音訓詁，著有説文新附考六卷、續考一卷、説文解字校録三十卷。又著段氏説文注訂八卷，多有訂正。

鈒 1. sè 色立切，入，緝韻，山。ㄙㄜˋ

㊀鐵把短矛。急就篇三：“鈒戟鈹鎔劍鐔鍭。”注：“鈒，短矛也。”晉陸雲陸士龍集十答車茂安書：“舉鈒成雲，下鈒成雨。”

2. sà 蘇合切，入，合韻，心。ㄙㄚˋ

㊁鏤刻。宋吴曾能改齋漫録十三賜服帶：“近年賜帶者多，匠者務爲新巧，遂以御仙花枝葉稍繁，改鈒荔枝，而葉極省。”

【鈒戟】兩種兵器名。唐制，天子出駕，衛隊持之以護鑾輿。新唐書儀衛志上：“天子將出，……(大駕鹵簿)諸衛各督其隊與鈒、戟以次入陳殿庭。”參見“鬮戟”。

【鈒₂鏤】㊀細刻金銀成文曰鈒鏤，猶言金雕銀飾。唐張鷟朝野僉載三：“洛州昭成佛寺有安樂公主造百寶香爐，高三尺，開四門，絳橋勾欄，花草、飛禽、走獸、諸天妓樂，麒麟、鸞鳳、白鶴飛仙，絲來線去，鬼出神入，隱起鈒鏤，窈窕便娟。”㊁喻豪門富第。唐李肇國史補上：“四姓唯鄭氏不離滎陽，有岡頭盧、澤底李、士門崔家爲鼎甲。太原王氏，四姓得之爲美，故呼爲鈒鏤王家，喻銀質而金飾也。”

鈔 1. chāo 楚交切，平，肴韻，初。ㄔㄠ 初教切，去，效韻，初。

㊀强取，掠奪。漢王符潛夫論勸將：“東寇趙魏，西鈔蜀漢。”後漢書何皇后紀：“及李傕破長安，遣兵鈔關東，略得姬。”㊁謄寫。抱朴子金丹：“余今略鈔金丹之部，較以示後之同志。”唐杜甫杜工部草堂詩箋三三贈李八秘書别三十韻：“乞米煩佳客，鈔詩聽小胥。”㊀至㊁也作“抄”。㊂紙幣。金史食貨志三：“初，貞元間既行鈔引法，遂設印造鈔引庫及交鈔庫，……印一貫、二貫、三貫、五貫、十貫五等謂之大鈔，一百、二百、三百、五百、七百五等謂之小鈔，與錢並行，以七年爲限，納舊易新。”元曲選缺名陳州糶米：“我做衙内真個俏，不依公道則愛鈔。”㊃姓。金有鈔兀。見金史徒單克寧傳。

2. miǎo ㄇㄧㄠˇ

㊄深遠。通“眇”。管子幼官：“器成於僇，教行於鈔。”注：“鈔，末也，冬爲四時之末，歲之將終也。”又：“聽於鈔，故能聞未極；視於新，故能見未形。”

【鈔引】宋時，商人納錢於官，官授以文據，商人可執此於他處取得茶、鹽、礬等貨物。此文據統名鈔引。又名交子、會子、關子等。金代始爲交鈔之制，外爲闌，作花紋，其上衡書貫例，左右書料、號、禁條，闌下書行換之法，並有官員押字。印一貫至十貫，分五等，謂之大鈔；一百至七百，亦分五等，謂之小鈔。後世相沿稱紙幣爲鈔票。參閱宋史食貨志下三、金史食貨志三。

【鈔突】抄襲騷擾。後漢書七四下袁紹傳附袁譚：“(審)配獻書於譚曰：‘……何意凶臣郭圖，妄畫蛇足，曲辭諂媚，交亂懿親，至令將軍忘孝友之仁，襲閼、沈之迹，放兵鈔突，屠城殺吏。’”

【鈔胥】司謄録之吏。亦稱書手或書記。清姚鼐惜抱軒詩集十孫淵如觀察萬卷歸裝圖：“自興雕板易鈔胥，市册雖多亂魯魚。”

【鈔票】紙幣。鈔始於唐之飛錢，宋之交會，金之交鈔。元代始大量用鈔。明代設寶鈔提舉司，造“大明通行寶鈔”，時行時廢。清咸豐有“户部官票”，與銀一律；有“大清寶鈔”，代制錢行用；僞造鈔票者斬監候。鈔票之名始此。參閱明史食貨志五。

【鈔掠】即抄掠。漢書九九下王莽傳：“赤眉力子都樊崇等以饑饉相聚，起於琅邪，轉鈔掠，衆皆萬數。”也作“鈔略”。三國志魏鮮卑傳附軻比能：“每鈔略得財物，均平分付，一決目前，終無所私。”

【鈔暴】劫掠滋擾。後漢書八九南匈奴傳：“(建武)九年，遣大司馬吴漢等擊之，經歲無功，而匈奴轉盛，鈔暴日增。”也作“抄暴”。宋書張進之傳：“時劫掠充斥，每入村抄暴。”

【鈔關】明清收取關税之所。明宣德四年，委御史、户部、錦衣衛、兵馬司官各一，於城門察收税課；舟船受僱裝載者，計所載料多寡、路近遠納鈔。鈔關之設自此始。清設關處所，多仍明制，康熙時於常關外始設海關。參閱明史食貨志五。

【鈔邏】巡察掠獲。三國志吴陸遜傳：“遜遣親人韓扁賫表奉報，還，遇敵於沔中，鈔邏得扁。”

鈚 pī 匹迷切，平，齊韻，滂。ㄆㄧ 房脂切，平，脂韻，並。

鐵鏃箭。鏃廣長而薄鐮。唐杜甫杜工部草堂詩箋二九七月三日……戲呈元二十一曹長：“長鈚逐狡兔，突羽當滿月。”清會典五二兵部：“笴用柳木或樺木，首飾鶻羽，鏃以鐵爲之，曰鈚箭。”

鈐 qián 巨淹切，平，鹽韻，羣。ㄑㄧㄢˊ

㊀車轄。見玉篇。引申爲管束。見“鈐轄㊀”。㊁鎖。猶言關鍵。見“鈐鍵”。㊂星名。漢書天文志：“鉤鈐，天子之御也。”晉晉灼注：“上言房爲天駟，其陰右驂，旁有二星曰鈐，故曰天子御也。”㊃兵書玉鈐篇之略稱。詳“鈐決”。㊄蓋印曰

鈐印。清會典事例七五一刑部:"各部院稿案,有應行添改之處,俱用印鈐蓋。"也指條章。見"鈐記"。㈥炙茶具。見"茶鈐"。

【鈐山】山名。在江西分宜縣袁江南岸,亦名鈐岡。右爲新溪水,左爲長壽水,夾於山末,故名鈐。明權奸嚴嵩,卽分宜人,曾在鈐山讀書十年,有鈐山堂集四十卷。以嵩聲名狼藉,故爲世人所廢。見同治分宜縣志一地理山。

【鈐決】後漢書八二方術傳序:"至乃河洛之文……鈐決之符,皆所以探抽冥賾,參驗人區。"注:"兵法有玉鈐篇及玄女六韜要決。"後因以鈐決泛指兵書或謀略。參見"韜鈐"。

【鈐記】明制,凡按洪武定制所設官吏皆用方印,未入流各官則用條記。其後因事添設則由朝廷頒發關防治事,卽督撫大臣及總鎭大帥亦然。清代稱鈐記,凡佐治各官及不兼管兵馬錢糧之武職,又由地方長官委辦事務之人員,皆用鈐記。清會典事例七五一刑部吏律公式:"凡一切差票,俱令鈐蓋印信;如無印信衙門,卽用鈐記。"參閱清俞樾茶香室續鈔八印關防條記。

【鈐謀】計謀。淮南子詮言:"有大地者,以有常術而無鈐謀,故稱平焉,不稱智也。"特指軍事謀略。新唐書一四〇崔圓傳:"少孤貧,志向卓邁,喜學兵家。開元中,詔舉遺逸,以鈐謀對策甲科。"

【鈐轄】㈠管束。舊五代史梁太祖紀四開平三年勅:"皇牆大內,本尙深嚴,宮禁諸門,豈宜輕易。……須加鈐轄,用戒門閭。"㈡宋代武官名。徽宗時,以太中大夫以上知州,爲都總管,置副總管、鈐轄各一員,掌總治軍旅屯戍、營防守衛之政令。高宗建炎初,要郡守臣帶兵馬鈐轄。孝宗淳熙末,詔諸路訓練鈐轄,並須年六十以下曾經從軍有才武之人充任。寧宗慶元初,守臣罷帶兵職,惟江西贛州仍帶兵馬鈐轄。其後,武臣爲路鈐者,亦無尺籍伍符,但存虛位而已。見宋史職官志七。

【鈐鍵】鎖鑰,猶言關鍵。晉郭璞爾雅注序:"夫爾雅者,……誠九流之津涉,六藝之鈐鍵,學覽者之潭奧,摛翰者之華苑也。"宋邢昺疏:"小爾雅云:鍵謂之鑰。言此書爲六藝之鎖鑰,必開通之,然後得其微旨也。"

鉛

yán 與專切,平,仙韻,喻。ㄧㄢˊ

㈠同"鉛"。漢書五三江都易王非傳:"或髡鉗,以鉛杵舂,不中程,輒掠。"注:"鉛者,錫之類也。"按鉛,今音 qiān。參見"鉛"字各條。㈡古部族名。爾雅釋地:"東至於泰遠,西至於邠國,南至於濮鉛,北至於祝栗,謂之四極。"注:"皆四方極遠之國。"㈢撫循,勸導。通"沿"。荀子榮辱:"告之示之,靡之儇之,鉛之重之。"注:"鉛與沿同,循也。"

鈞

jūn 居勻切,平,諄韻,見。ㄐㄩㄣ

㈠古代重量單位名。書五子之歌:"關石和鈞,王府則有。"疏:"(漢書)律曆志云:三十斤爲鈞,四鈞爲石。"㈡陶人製圓器所用之轉輪。淮南子原道:"鈞旋轂轉,周而復帀。"注:"鈞,陶人作瓦器法,下轉旋者。"㈢調節樂音。國語周下:"是故先王之制鍾也,大不出鈞,重不過石。"注:"鈞,所以鈞音之法也。"㈣樂調。國語周下:"細鈞有鍾無鎛,昭其大也;大鈞有鎛無鍾,甚大無鎛,鳴其細也。"注:"細,細聲,謂角徵羽也。鈞,調也。鍾,大鍾;鎛,小鍾也。……(大鈞)大謂宮商也。"㈤銓,衡量輕重。呂氏春秋仲春:"日夜分則同度量,鈞衡石。"注:"鈞,銓衡石稱也。"㈥喻國政。抱朴子漢過:"閹官之徒,操弄神器,秉國之鈞,廢正興邪,殘仁害義。"㈦喻天工。漢書四八賈誼傳自悼賦:"大鈞播物,坱圠無垠。"注引如淳:"陶者作器於鈞上,此以造化爲大鈞也。"㈧敬詞。後之書札及口語中,對尊者多用鈞安、鈞啓、鈞座、鈞旨等語。古今雜劇元關漢卿緋衣夢三:"不曾領大人鈞旨,未敢擅便。"㈨平均,同等。通"均"。詩大雅行葦:"敦弓旣堅,四鍭旣鈞。"孟子告子上:"鈞是人也,或爲大人,或爲小人。"㈩姓。楚大夫元鈞之後。漢有侍中鈞喜。見元和姓纂三引漢應劭風俗通姓氏篇。

【鈞天】㈠天之中央。呂氏春秋有始:"中央曰鈞天。"注:"鈞,平也,爲四方主,故曰鈞天。"㈡指天上的音樂。金元好問遺山集十一步虛詞之三:"人間聽得霓裳慣,猶恐鈞天是夢中。"參見"鈞天廣樂"。

【鈞州】地名。故治在今河南禹縣。春秋時鄭櫟邑,後改爲陽翟,秦置陽翟縣。金大定二十二年改升爲潁順州,二十四年因其境有鈞臺,改稱鈞州。明萬曆三年改爲禹州,清因之。參閱金史地理志中南京路、讀史方輿紀要四七開封府禹州。

【鈞弦】調弦。列子湯問:"瓠巴鼓琴,而鳥舞魚躍。鄭師文聞之,棄家從師襄游。柱指鈞弦,三年不成章。"注:"安指調弦,三年不能成曲。"一本作"鈎弦"。參閱清俞樾諸子平議十六。

【鈞容】宋軍樂名。宋太平興國三年,詔籍軍中之善樂者,命曰引龍直。每巡省遊幸,則騎導車駕而奏樂。淳化四年,改名鈞容,取鈞天之義。見宋史樂志十七。

【鈞席】樞要之職,謂宰相。宋丁謂丁晉公談録:"盧相多遜在朝行時,將歷代帝王年曆、功臣事迹、天下州郡圖誌、理體事物、沿革典故,括成一百二十絶詩,以備應對。由是太祖太宗每所顧問,無不知者,以至踐清途,登鈞席,皆此力耳。"

【鈞陶】猶造就。元詩選雅琥正卿集送王繼學參政赴上都奏選:"參相朝天引列曹,三千碩士在鈞陶。"

【鈞軸】鈞以製陶,軸以轉車。喻執掌國政,指宰相之職。唐韓愈昌黎集十酒中留上襄陽李相公詩:"知公不久歸鈞軸,應許閒官寄病身。"封演封氏聞見記三風憲:"唐興,宰輔多自憲司登鈞軸,故謂御史爲宰相。"

【鈞駟】毛色齊同之駟馬。史記平準書:"作業劇而財匱,自天子不能具鈞駟。"索隱:"天子駕駟馬,其色宜齊同。今言國家貧,天子不能具鈞色之駟馬。漢書作'醇駟',醇與'純'同,純一色也。"

【鈞臺】古蹟名。在河南禹縣南。左傳昭四年:"夏啟有鈞臺之享。"水經注二二潁水:"時人謂之嵎水……東南歷大陵西連山,亦曰啓筮亭,啓享神于大陵之上,卽鈞臺也。"參閱太平寰宇記七許州。

【鈞樞】猶鈞軸。唐韓愈昌黎集七示兒詩:"凡此座中人,十九持鈞樞。"

【鈞衡】鈞、衡皆所以量物,因借爲評量人才之義。宋書謝莊傳上表:"提鈞懸衡,委之選部,一人之鑒易限,而天下之才難原。"唐高適高常侍集七留上李右相詩:"鈞衡持國柄,柱石總賢經。"

【鈞天樂】傳奇名。清尤侗撰。演沈伯淪落不遇之事。其自序云:"丁酉之秋,薄遊太末,阻兵未得歸,逆旅無聊,漫填詞爲傳奇,率日一齣,閱月而竣,題曰鈞天樂。"或謂此本影射葉小鸞,書中楊墨卿,蓋指其總角交湯傳楹。

【鈞天廣樂】指天上之音樂。鈞天,上帝所居;廣樂,廣大之樂。史記一〇五扁鵲傳:"(趙)簡子寤,語諸大夫曰:'我之帝所甚樂,與百神游於鈞天,廣樂九奏萬舞,不類三代之樂,其聲動心。'"文選漢張平子(衡)西京賦:"昔者大帝説秦繆公而覲之,饗以鈞天廣樂,帝有醉焉。"

釿 1. jīn ㄐㄧㄣ 舉欣切,平,欣韻,見。

㊀斫木具。同"斤"。莊子在宥:"於是乎釿鋸制焉,繩墨殺焉,椎鑿決焉。"釋文:"釿,音斤,本亦作斤。"或謂平木具。釋名釋用器:"釿,謹也。板廣不可得制,削又有節,則用此釿之,所以詳謹令平,滅斧跡也。"

2. yín ㄧㄣˊ 宜引切,上,軫韻,疑。集韻 魚巾切,平,諄韻。

㊀見"釿₂鍔"。

【釿₂鍔】器物上雕出凹凸線紋,凹下處曰釿,凸起處曰鍔。參見"圻₂鄂"。

鈑 bǎn ㄅㄢˇ 布綰切,上,潸韻,幫。

金屬板片。爾雅釋器:"鉼金謂之鈑。"注:"周禮曰'祭五帝即供金鈑'是也。"今本周禮秋官職金作"版"。

五畫

鉒 zhù ㄓㄨˋ 中句切,去,遇韻,知。

㊀礦藏。管子地數:"上有鉛者,其下有鉒銀。上有丹沙者,其下有鉒金。"㊁投。通"注"。淮南子說林:"以瓦鉒者全,以金鉒者跋,以玉鉒者發。"猶言投作賭注。莊子達生作"以瓦注者巧"。

鉉 xuàn ㄒㄩㄢˋ 胡畎切,上,銑韻,匣。

㊀舉鼎之具。穿入鼎耳,兩人共舉。易鼎:"鼎黃耳金鉉。"疏:"鉉,所以貫鼎而舉之也。"㊁鼎爲三公之象。鼎以鉉舉,因以鉉指三公。文選南朝梁任彥昇(昉)王文憲集序:"皇朝軫慟,儲鉉傷情。"唐呂延濟注:"鉉,鼎耳也,謂三公也。"㊂弦。戰國策齊五:"軍之所出,矛戟折,鐶鉉絕,傷弩,破車,罷馬,亡矢之大半。"高誘注本作"弦"。

【鉉台】本以台鼎喻三公之位,又易鼎爲"鉉"字,指宰相職位。文選晉潘安仁(岳)西征賦:"納旌弓於鉉台,讚庶績於帝室。"參見"台鉉"、"台鼎"。

【鉉席】同鉉台。藝文類聚四七南朝梁王筠爲王儀同瑩初讓表:"況臣才質空疎,器量膚淺,而可以忝參鉉席,靦貌槐庭?"

鉍 bì ㄅㄧˋ 兵媚切,去,至韻,幫。ㄅㄧˋ 鄙密切,入,質韻,幫。

矛戟等類兵器的柄。同"柲"。見玉篇。

鈺 yù ㄩˋ 玉篇 五錄切

堅金。見玉篇。

鉅 jù ㄐㄩˋ 其呂切,上,語韻,羣。

㊀鋼鐵。史記禮書:"宛之鉅鐵施,鑽如蠭蠆。"正義:"鉅,剛鐵也。"㊁鉤。文選晉潘安仁(岳)西征賦:"於是弛青鯤於網鉅,解頳鯉於黏徽。"㊂大。通"巨"。禮三年問:"創鉅者其日久,痛甚者其愈遲。"㊃急,倉猝。通"遽"。荀子正論:"是豈鉅知見侮之爲不辱哉!"㊄何,怎麼。通"詎"。戰國策楚:"臣以爲王鉅速忘矣。"

【鉅子】先秦墨家稱墨學之大師。呂氏春秋尚德有墨者鉅子孟勝田襄子,又去私有腹䵍。莊子天下作"巨子",見該條。

【鉅公】同"巨公"。㊀指天子。漢書郊祀志上:"羣臣有言,見一老父牽狗,言'吾欲見鉅公',已忽不見。"注:"張晏曰:'天子爲天下父,故曰鉅公也。'"按史記封禪書作"吾欲見巨公"。㊁猶偉人。唐李賀歌詩編四高軒過:"云是東京才子,文章巨公。"宋史選舉志:"名卿鉅公,皆繇此選。"

【鉅平】縣名。漢置,屬泰山郡。隋開皇十六年廢。故城在今山東寧陽縣東北。晉封羊祜爲鉅平侯。見歷代地理沿革表二五。

【鉅定】㊀縣名。漢置,屬齊郡,以鉅定澤得名。東漢廢。故城在今山東廣饒縣境。參閱讀史方輿紀要三五青州府壽光縣。㊁湖名。漢鉅定澤,三國以後名巨淀或巨淀湖,清代名清水泊。址在今山東壽光縣西北,西接廣饒縣界。參閱水經注二六淄水、讀史方輿紀要三五青州府壽光縣。

【鉅鹿】㊀縣名。1.屬河北省。漢南䜌鉅鹿二縣地,北魏改置鉅鹿縣,北齊廢,隋復置,歷代因之。2.秦鉅鹿縣。項羽引軍渡河,大破秦兵於此。北魏改平鄉縣,代有興廢。其地即今河北平鄉縣。㊁郡名。秦置,漢因之。隋改置邢州,元爲順德府。其地屢有變遷,約當今河北省南自平鄉任縣至晉縣藁城一帶地區。㊂澤名。即唐虞時大麓地,東西廣二十里,南北三十里。亦名大陸,亦名廣阿澤。故址在今河北巨鹿縣北。㊀至㊂見讀史方輿紀要十五順德府。

【鉅野】㊀澤名。在今山東巨野縣北。亦名大野澤。書禹貢"大野既豬",即此。元末爲黃河所決,河徙後,遂涸爲平地。見寰宇通志七三兖州府山川鉅野澤。㊁縣名。今作"巨野",屬山東省。古大野地,漢置縣,屬山陽郡。明清屬濟寧州。參閱太平寰宇記十四濟州、讀史方輿紀要三三兖州府。

【鉅黍】良弓名。亦作"巨黍"、"距來"。荀子性惡:"繁弱、鉅黍,古之良弓也。"注:"鉅與拒同,黍當爲來。……司馬貞云:言弓弩埶勁,足以拒於來敵也。"參見"巨黍"。

【鉅勝】胡麻的別名。也作鉅胜、巨勝、苣勝。參見"巨勝"、"胡麻"。

【鉅億】指極大的數目。三國志蜀麋竺傳:"僮客萬人,貲産鉅億。"

【鉅橋】商代糧倉所在地。在今河北曲周縣東北。商紂王厚賦稅以盈鉅橋之粟,周武王滅紂,發鉅橋之粟,皆此。參閱書武成、史記殷紀、讀史方輿紀要十五廣平府曲周縣。一說在今河南浚縣西。參閱嘉慶一統志十六大名府濬縣天成橋。

【鉅闕】良劍名。荀子性惡:"闔閭之干將、莫邪、鉅闕、辟閭,此皆古之良劍也。"注:"皆吳王闔閭劍名。"也作"巨闕"。漢劉向新序五雜事:"辟閭、巨闕,天下之利器也。擊石不缺,刺石不銼。"

鉦 zhēng ㄓㄥ 諸盈切,平,清韻,照。

鉦

㊀古樂器名。1.亦名丁寧。形似鐘而狹長,有長柄,用時口朝上,以槌敲擊。行軍時用以節止步伐。詩小雅采芑:"方叔率止,鉦人伐鼓。"傳:"鉦以靜之,鼓以動之。"參閱說文及清段玉裁注。2.鐃。鎔銅形如盤,邊穿孔,綴於木框,框左右施銅環,繫繩懸項以擊之。舊唐書音樂志二:"大定樂加金鉦。"參閱清稗類鈔三六鉦。㊁鐘體正面偏上處。周禮考工記鳧氏:"于上謂之鼓,鼓上謂之鉦,鉦上謂之舞。"參見"鐘"。

【鉦鼓】古軍中所用樂器名。鳴鉦以爲鼓節。漢書平帝紀元始二年:"使謁者大司馬掾四十四人,持節行邊兵,遣執金吾陳茂假以鉦鼓。"注:"應劭曰:將帥乃有鉦鼓,……鉦者,鐃也,似鈴,柄中上下通。"

鉔 zā ㄗㄚ 正字通 作答切,音匝。

熏香爐,即香毬。以機環相扣合成球形,能四周旋轉而爐體常平不傾,可用於被衾中。古文苑三漢司馬相如美人賦:"金鉔熏香,黼帳低垂。"注:"鉔,音匝,香毬,衽席間可旋轉者。"舊題漢劉歆西京雜記一記長安巧工丁緩能作寢被中香爐,爲機環轉四周,爐體常平,即此。

鉗 qián ㄑㄧㄢ 巨淹切,平,鹽韻,羣。

㊀金屬夾具。說文:"鉗,以鐵有所劫束也。"參見"鉆㊀"。㊁鉗持,緘禁。莊子胠篋:"削曾史之行,鉗楊墨之口,攘弃仁義,而天下之德始混同矣。"漢書四五江充傳:"輒收捕驗治,燒鐵鉗灼,强服之。"注:"以燒鐵或鉗之,或灼之。鉗,鑷也。"㊂古刑名。以鐵束頸。史記一〇〇季布傳:"迺髡鉗季布,衣褐衣,置廣柳車中。"

【鉗子】㊀指受鉗刑者。漢書五行志上:"是歲,廣漢鉗子謀攻牢。"注:"鉗子,謂鉗徒也。"㊁用以拑物的金屬器具。

【鉗口】猶閉口。淮南子本經:"今至人生亂世之中,含德懷道,抱無窮之智,鉗口寢說,遂不言而死者衆矣。"

【鉗且】古之善御者。淮南子覽冥:"若夫鉗且大丙之御,除轡銜,去鞭棄策,車莫動而自舉,馬莫使而自走也。"注:"此二人,太乙之御也。一說古得道之人,以神氣御陰陽也。"參見"堪負"。

【鉗奴】髡鉗爲奴者。史記八九張耳陳餘傳:"於是上賢張王(敖)諸客,以鉗奴從張王入關,無不爲諸侯相、郡守者。"

【鉗忌】忌刻。後漢書三四梁冀傳:"(冀妻孫)壽性鉗忌,能制御冀。"注:"鉗,鉆也。言性忌害,如鉗之鉆物也。"

【鉗徒】被鉗刑而爲徒隸者。史記一一一衛將軍(青)傳:"有一鉗徒相青曰:'貴人也,官至封侯。'"

【鉗勒】鉗制約束。新唐書七六則天武皇后傳:"帝亦儒昏,舉能鉗勒,使不得專,久稍不平。"宋龔頤正芥隱筆記鉗勒:"鉗勒字,蓋本漢梁冀妻性鉗忌。"參見"鉗忌"。

【鉗鉗】妄語貌。孔子家語一五儀:"事任於官,無取捷捷,無取鉗鉗,無取哼哼。捷捷,貪也;鉗鉗,亂也;哼哼,誕也。"注:"鉗鉗,妄對不謹誠。"

【鉗赭】古刑法名。以鐵束頸,著以赤衣。漢王充論衡狀留:"長吏妬賢,不能容善,不被鉗赭之刑,幸矣。"南史袁湛傳附袁昂謝梁武帝啟:"幸因約法之弘,承解網之宥,猶當降等薪粲,遂乃頓釋鉗赭。"

【鉗盧】漢蓄水工程名。在今河南鄧縣南。漢南陽太守召信臣所築。累石爲堤,旁開六石門以調節水勢。溉田多至三萬頃。東漢南陽太守杜詩復加疏濬。文選漢張平子(衡)南都賦:"其陂澤則有鉗盧玉池赭陽東陂。"宋梅堯臣宛陵集十五送王察推縝之鄧州詩:"車過白水沙痕闊,鴈落鉗盧稻穟長。"參閱文獻通考六田賦六。

【鉗噤】緘口不言。新唐書一五九吳湊傳:"上明睿,憂勞四海,……顧左右鉗噤自安耳,若反復啓寤,幸一聽之,則民受賜爲不少。"

【鉗口結舌】謂閉口不言。漢王符潛夫論賢難:"此智士所以鉗口結舌,括囊共默而已者也。"文選晉陸士衡(機)謝平原內史表:"畏逼天威,即罪惟謹,鉗口結舌,不敢上訴所天。"也作"鉗口吞舌"。文選南朝梁江文通(淹)詣建平王上書:"若使下官事非其虛,罪得其實,亦當鉗口吞舌,伏匕首以殞身。"

鈷 gǔ ㄍㄨˇ 公户切,上,姥韻,見。

見下。

【鈷䥈】㊀大口之釜。太平御覽七五七南朝宋何承天纂文:"秦人以鈷䥈爲銼鑹。"參見"銼鑹"。㊁温器。䥈又音母。故也作鈷鉧。宋范成大驂鸞錄:"鈷鉧,熨斗也。"參見"鈷鉧潭"。

【鈷鉧潭】水潭名。在湖南零陵縣西山西麓。中有小泉,經愚溪,入瀟水。形如熨斗,故名鈷鉧潭。唐柳宗元柳先生集二九有鈷鉧潭記。參閱讀史方輿紀要八一永州府零陵縣。

鉥 1. shù ㄕㄨˋ 集韻 食律切,入,術韻。

㊀長針。管子輕重乙:"一女必有一刀、一錐、一箴、一鉥,然後成爲女。"

2. xù ㄒㄩˋ 集韻 雪律切,入,術韻。

㊁引導。國語晉二:"得國在亂,治民在擾,子盍入乎?吾請爲子鉥。"

【鉥肝劌腎】極言用心之苦。明宋濂宋學士集四九故詩人徐方舟墓銘:"宋有高師魯、滕元秀,世號爲睦州詩派。方舟悉取而諷咏之,鉥肝劌腎,期超邁之乃已。"

鉢 bō ㄅㄛ 北末切,入,末韻,幫。

僧人之食器。梵語鉢多羅的省稱。晉書佛圖澄傳:"澄即取鉢盛水。"

【鉢吒】梵語。僧人用以裹身之獨幅氈。唐釋義淨譯有部毘奈耶二三:"婦曰:'我有細縷,令某織師織作鉢吒。'"注:"言鉢吒者,謂是大氎,與袈裟量同,總爲一幅。此方既無,但言衣氎。前云衣者,梵本皆曰鉢吒也,此云縵條。"

【鉢盂】僧人之食器。元德輝勅修百丈清規五:"鉢,梵云鉢多羅,此云應量器,今略云鉢,又呼云鉢盂,即華梵兼名。"參見"盋盂"。

【鉢拏】梵語。謂銅錢。八十枚貝珠爲一鉢拏,十六鉢拏爲一迦利沙鉢拏。見唐釋玄應一切經音義二一羯利沙鉢那。

【鉢吉蹄】佛書人名。摩鄧伽種之女。見阿難而生淫心,請之於母,母誦神咒蠱惑阿難,爲佛所救,婬女出家。見東晉列國後秦竺佛念譯鼻奈耶三。參見"摩登伽㊀"。

【鉢多羅】梵語。僧人食器,省稱鉢。唐釋玄應一切經音義十四鉢盂:"鉢多羅又云波多羅。此云薄,謂治厚物令薄而作此器也。"

【鉢塞莫】梵語。念珠。缺名譯牟梨曼陀羅咒經:"其身一手持如意珠,一手把鉢塞莫。"注:"云數珠。"珠以木槵子爲之,一百零八顆爲一串,每念一佛,即過一子。見翻譯名義集七。

鉟 pī ㄆㄧ 敷悲切,平,脂韻,滂。符悲切,平,脂韻,並。

㊀兵器名。同"鈹"。漢書高惠高后文功臣表:"(周竈)以長鉟都尉擊項籍。"注:"長鉟,長刃兵也,爲刀而劍形。史記作'長鈹',鈹,亦刀耳。"㊁同銔。旗名。見"靈姑銔"。

鉞 yuè ㄩㄝˋ 玉伐切,入,月韻,于。

㊀古兵器,用於斫殺,狀如大斧,有穿,安裝長柄。詩商頌長發:"武王載旆,有虔秉鉞。"商人稱成湯爲武王。書牧誓:"王左杖黃鉞,右秉白旄以麾。"見圖。㊁星名。史記天官書:"東井爲水事。其西曲星曰鉞。"

鉞

鈸 bó ㄅㄛˊ 蒲撥切,入,末韻,並。

㊀樂器。二圓銅片,中部隆起爲半球形,穿孔以革貫之,兩片合擊發聲。其大者謂之鐃,亦統稱爲鐃鈸。見通典一四四樂四。㊁鈴。見玉篇。

【鈸帽】清代官帽。形如鈸,故名。其後專用爲夏日禮帽,上綴紅纓,有職者中安座,戴頂。明葉紹袁啓禎記聞錄:"十二日奉新旨,官民俱衣滿洲服飾,不許用漢制衣服冠巾,由是撫按鎮道,即換鈸帽箭衣。"

鉆 qián ㄑㄧㄢ 巨淹切,平,鹽韻,羣。

㊀鉗。急就篇三:"釭鐧鍵鉆冶錮鐈。"注:"鉆以鐵有所鑷取也。"㊁膏車之器。說文:"一曰膏車鐵鉆。"清段玉裁注:"謂

脂其車轂者，以器納輻，濡膏而染轂中也。其器曰鉆，鐵爲之。”

【鉆鑽】一種酷刑。鉆，以鐵束頸；鑽，鑿去髕骨。後漢書章帝紀元和元年：“自往者大獄已來，掠考多酷，鉆鑽之屬，慘苦無極。”注：“説文曰：‘鉆，(鐵)銸也。’國語曰：‘中刑用鑽鑿。’皆謂慘酷其肌膚也。”

鉏 1. chú 士魚切，平，魚韻，牀。ㄔㄨˊ

㊀農具名。同“鋤”。史記秦始皇紀論引賈誼：“鉏櫌棘矜，非銛於句戟長鎩也。”文選賈誼過秦論鉏作“鋤”。漢書三八齊悼惠王傳附劉章：“非其種者，鉏而去之。”此指以鋤治田。引申爲誅除。文選晉陸士衡(機)辯亡論上：“將北伐諸華，誅鉏干紀。”參見“鋤”。㊁古國名。故地在今河南滑縣境。左傳襄四年：“昔有夏之方衰也，后羿自鉏遷于窮石。”注：“鉏，羿本國名。”參閱讀史方輿紀要十六大名府。㊂姓。春秋時有鉏麑，見左傳宣二年。

2. jǔ 牀吕切，上，語韻，牀。ㄐㄩˇ

㊃見“鉏₂鋙”。

3. chá 集韻 鋤加切，平，麻韻。ㄔㄚˊ

㊄物旁出。見“鉏₃牙”。

【鉏₃牙】器物旁出的牙狀物。周禮考工記玉人“牙璋中璋七寸”漢鄭玄注：“二璋皆有鉏牙之飾於琰側。”

【鉏耘】以鋤治田。引申爲誅除。漢書七六王尊傳公乘興等上書訟尊：“拊循貧弱，鉏耘豪彊。”

【鉏₂鋙】㊀不相吻合。同“齟齬”。文選戰國楚宋玉九辯：“圜鑿而方枘兮，吾固知其鉏鋙而難入。”唐吕延濟注：“鉏鋙，相距貌。”㊁櫛齒狀物。吕氏春秋仲夏紀“飭鍾磬柷敔”漢高誘注：“敔，木虎，脊上有鉏鋙，以杖櫟之以止樂。”參見“敔”圖。

【鉏麑】公元前？—前607年。春秋晉靈公時力士。靈公無道，趙盾數諫。公患之，使鉏麑往殺盾。晨往，盾盛服將朝，尚早，坐而假寐。麑以盾爲賢，不忍殺，無以報命，乃觸庭槐自殺。見左傳宣二年。吕氏春秋過理作“沮麛”，漢書古今人表作“鉏麛”，漢劉向説苑立節作“鉏之彌”，唐歐陽詹歐陽行周集七暗室箴作“鉏霓”。

鈿 1. tián 徒年切，平，先韻，定。ㄊㄧㄢˊ

㊀金花。多指婦人首飾，如花鈿，金鈿。樂府詩集五十南朝梁劉孝威採蓮曲：“金槳木蘭船，戲採江南蓮。……露花時濕釧，風莖乍拂鈿。”唐白居易長慶集十二長恨歌：“花鈿委地無人收，翠翹金雀玉搔頭。”

2. diàn 堂練切，去，霰韻，定。ㄉㄧㄢˋ

㊁以金銀貝殼等鑲嵌器物。北史赤土國傳：“王榻後作一木龕，以金銀五香木雜鈿之。”

【鈿₂尺】即金粟尺。嵌金粟於尺，故稱。唐杜牧樊川集外集詠襪詩：“鈿尺裁量減四分，纖纖玉笋裹輕雲。”

【鈿朵】即花鈿。唐元稹長慶集十八送王十一郎遊剡中詩：“百里油盆鏡湖水，千峯鈿朵會稽山。”杜牧樊川集二長安雜題長句詩之五：“草妬佳人鈿朵色，風迴公子玉銜聲。”

【鈿₂合】金飾之盒。盒，古作“合”。唐白居易長慶集十二唐陳鴻長恨歌傳：“定情之夕，授金釵鈿合以固之。”李賀歌詩編集外詩春懷引：“寶枕垂雲選春夢，鈿合碧寒龍腦凍。”

【鈿₂車】飾以金花之車。唐白居易長慶集十七潯陽春春來詩：“金谷蹋花香騎入，曲江碾草鈿車行。”

【鈿₂帶】飾金之帶。唐白居易長慶集五四對酒吟：“金銜嘶五馬，鈿帶無雙姝。”新唐書二二一下大食傳：“開元初，(大食王)復遣使獻馬、鈿帶，謁見不拜。”

【鈿₂粟】嵌於器物的小金點。唐李賀李長吉歌詩三追賦畫江潭苑之三：“鞦垂妝鈿粟，箭箙釘文牙。”

【鈿₂窠】嵌成的花紋。金史輿服志上：“大輦……其上四面施行龍、雲朵、火珠，方鑑、銀絲囊網，珠翠結雲龍，鈿窠霞子。”元史輿服志一：“紅蔽膝，升龍二，並織成，間以雲彩，飾以金鈒花鈿窠，裝以珍珠、琥珀、雜寶玉。”

【鈿₂箏】嵌金爲飾之箏。唐溫庭筠詩集四和友人悼亡：“寶鏡塵昏鸞影在，鈿箏絃斷雁行稀。”

【鈿₂螺】嵌蚌，即螺鈿。元詩選三尹廷高玉井樵唱車中作古樂府：“蟠螭金凾五色毯，鈿螺椅子象牙牀。”

鉀 1. jiǎ 古狎切，入，狎韻，見。ㄐㄧㄚˇ

㊀鎧甲。同“甲”。晉書姚弋仲載記：“於是貫鉀跨馬于庭中，策馬南馳，不辭而出。”

2. gé 古盍切，入，盍韻，見。ㄍㄜˊ

㊁見“鉀₂鑪”。

【鉀₂鑪】箭名。方言九：“箭，其小而長，中穿二孔者，謂之鉀鑪。”注：“今箭鉀鑿空兩邊者也。”

鉠 yāng 於良切，平，陽韻，影。

ㄧㄤ 於驚切，平，庚韻，影。

見下。

【鉠鉠】鈴聲。文選漢張平子(衡)東京賦：“鑾聲噦噦，和鈴鉠鉠。”參見“央央㊀”、“噦₂噦₂㊀”。

鉧 mǔ ㄇㄨˇ

同“鉼”。見“鈷鉧”。

鈴 líng 郎丁切，平，青韻，來。ㄌㄧㄥˊ

㊀鈴鐺。多懸於馬頸或旂首。詩周頌載見：“龍旂揚揚，和鈴央央。”左傳桓二年：“鍚、鸞、和、鈴，昭其聲也。”㊁鈴鐸。多懸於簷角。晉書佛圖澄傳：“澄曰：‘昨日寺鈴鳴云，明旦食時，當擒段末波。’”宋史禮志四：“門不設戟，殿角皆垂鈴。”㊂車闌。通“軨”。文選漢張平子(衡)東京賦：“重輪貳轄，疏轂飛軨。”

【鈴下】㊀指侍從、門卒。以在鈴閣之下，有警則掣鈴以呼，故名。三國志魏張邈傳：“(吕布)遣鈴下請(紀)靈等。”又吳吳範傳：“乃髡頭自縛詣門下，使鈴下以聞。”㊁對將帥、太守之敬稱。不敢直指其人，言將以由鈴下以達，猶言左右。明王志堅表異録十二：“唐稱太守曰節下，又云鈴下，又曰第下。”

【鈴架】一種軍用障碍物。資治通鑑二六三唐天復二年：“朱全忠穿蚰蜒壕圍鳳翔，設犬鋪、鈴架以絶内外。”注：“鈴架者，繞營設架，掛鈴其上，敵來觸之則鳴。”

【鈴釘】矛名。正字通引晉郭璞云：“鶴膝矛，江東呼鈴釘。”按方言郭璞注作“鈴釘”。

【鈴鈴】震撼聲。漢書天文志：“地大動，鈴鈴然。”文選晉孫興公(綽)遊天台山賦：“被毛褐之森森，振金策之鈴鈴。”參見“令令”。

【鈴語】謂簷鈴之聲。晉釋佛圖澄善解鈴音以占吉凶，事見晉書佛圖澄傳。後因稱簷鈴聲爲鈴語。宋蘇軾分類東坡詩七大風留金山兩日：“塔上一鈴獨自語，明日顛風當斷渡。”元薩都刺薩天錫詩集後集和友人遊鶴林韻：“竹院東風僧未歸，落日樓臺自鈴語。”

【鈴閣】指將帥居地。晉書羊祜傳：“祜在軍常輕裘緩帶，身不披甲，鈴閣之下，侍衛者不過十數。"

【鈴兒草】即沙参。以花形似鈴,故名。見本草綱目十二草一沙參。

【鈴鈴香】本名蕙。又名蘭蕙。宋沈括夢溪筆談補筆談三藥議:"零陵香……唐人謂之鈴鈴香,亦謂之鈴子香。謂花倒縣枝間如小鈴也。"

鈶 sì 詳里切,上,止韻,邪。ㄙ

㊀鋌。矛屬。見廣韻。㊁耒端;鐮柄。管子輕重己:"耜耒耨,懷鉊鈶。"

鉄 1. zhì 玉篇 持栓切。ㄓ

㊀古文"紩"字,見玉篇。詳"紩"。

2. tiě ㄊㄧㄝ

㊀俗用爲"鐵"字,見正字通。今爲"鐵"的簡化字。

鉛 1. qiān 與專切,平,仙韻,喻。ㄑㄧㄢ

㊀金屬名。呈青白色,名稱青金,亦稱黑錫。書禹貢:"(青州)厥貢鹽絺,……鉛、松、怪石。"疏:"鉛,錫也。"

2. yán ㄧㄢ

㊀循,沿。通"沿"。荀子榮辱:"反鉛察之而愈可好也。"㊁見"鉛₂山"。

【鉛刀】以鉛爲刀,言其鈍。喻才力微薄。文選漢賈誼弔屈原文:"莫邪爲鈍兮,鉛刀爲銛。"又三國魏王仲宣(粲)從軍詩之四:"雖無鉛刀用,庶幾奮薄身。"

【鉛₂山】㊀山名。在江西鉛山縣西南。舊名桂陽山,又名楊梅山,唐五代時出鉛。今已傾廢。㊁縣名。屬江西省。本唐上饒弋陽二縣地,五代南唐置鉛山場,旋升爲鉛山縣。元元貞初升爲州,明洪武二年復爲縣。㊀㊁並參閱讀史方輿紀要八五廣信府鉛山縣。

【鉛丹】㊀道家謂以鉛煉成之丹。譚子化書有火煉鉛丹,以代穀食。又名鉛華、黃丹,可入藥。見本草綱目八金一鉛丹。㊁校勘文字所用的鉛粉和硃砂。宋蒲壽宬心泉學詩稿二純陽洞讀書……詩:"斗軒適容膝,點勘酬鉛丹。"參見"丹鉛"。

【鉛汞】道家言以鉛及汞入鼎煉丹,服之可以長生。因謂煉丹之事曰鉛汞。唐白居易長慶集五一同微之贈別郭虛舟鍊師五十韻:"專心在鉛汞,餘力工琴碁。"也以喻人之精血。古文参同契集解上:"指玄篇曰:'求仙不識真鉛汞,閒讀丹書千萬篇。'蓋丹書所謂鉛汞,皆比喻也。在學者觸類而長之爾,不當舍吾身而外求也。"宋史藝文志四著録鉛汞指真訣一卷。

【鉛粉】用於塗面之化妝品。唐李白李太白詩二五代美人愁鏡詩之一:"鉛粉坐相誤,照來空凄然。"五代後唐馬縞中華古今注中粉:"自三代以鉛爲粉。秦穆公女弄玉,有容德,感僊人簫史,爲燒水銀作粉與塗,亦名飛雪丹。傳以簫,曲終而同上昇。"

【鉛淚】瀉淚如鉛水傾流。唐李賀歌詩編二金銅仙人辭漢歌:"空將漢月出宫門,憶君清淚如鉛水。"元張翥蛻巖詞上眉嫵七夕感事:"竊春伴侶,問甚時、重畫眉嫵。謾鉛淚彈風,都付與洗車雨。"

【鉛華】搽臉之粉。文選三國魏曹子建(植)洛神賦:"芳澤無加,鉛華弗御。"注:"鉛華,粉也。博物志曰:燒鉛成胡粉。張平子(衡)定情賦曰:思在面爲鉛華兮,患離塵而無光。"

【鉛₂陵】複姓。鉛通"延"。漢書古今人表有鉛陵卓子。

【鉛黄】鉛粉與雌黃,可用以點校書籍,故稱校勘之事曰"鉛黄"。唐元稹長慶集十酬翰林白學士代書一百韻:"魚魯非難識,鉛黄自懶持。"

【鉛鈍】鉛刀,鈍刀。唐韋應物韋江州集五答徐秀才詩:"鉛鈍謝貞器,時秀猥見稱。"元稹長慶集十一答姨兄胡靈之見寄五十韻詩:"鉛鈍丁寧淬,蕪荒展轉耕。"鉛鈍,蓋以喻愚魯之資質。

【鉛筆】古人以鉛書字,謂之鉛筆。東觀漢記十八曹褒:"寢則懷鉛筆,行則誦文書。"文選南朝梁任彥昇(昉)爲范始興作求立太宰碑表:"人蓄油素,家懷鉛筆。"唐李周翰注:"鉛,粉筆也,所以理書也。"

【鉛摘】猶筆録,摘要。古文苑十漢揚雄答劉歆書:"故天下上計孝廉,及内郡衛卒會者,雄常把三寸弱翰,齎油素四尺,以問其異語,歸即以鉛摘次之於槧,二十七歲於今矣。"藝文類聚五八南朝梁劉之遴與劉孝標書:"間聞足下作類苑,括綜百家,馳騁千載,彌綸天地,纏絡萬品,撮道略之英華,搜羣言之隱賾,鉛摘既畢,殺青已就。"參見"鉛擿"。

【鉛槧】鉛,鉛粉筆;槧,木板。皆古人紀録文字之具。舊題漢劉歆西京雜記三:"揚子雲(雄)好事,常懷鉛提槧,從諸計吏,訪殊方絶域四方之語,以爲裨補輶軒所載。"也指著作和校勘。唐韓愈昌黎集五送無本師歸范陽詩:"老懶無鬬心,久不事鉛槧。"

【鉛駑】鉛刀駑馬,喻才力卑下。南齊書王融傳上疏:"思策鉛駑,樂陳涓壒。"

【鉛擿】以鉛粉校正書籍謬誤。指校勘之事。文苑英華一二六南朝梁元帝(蕭繹)玄覽賦:"先鉛擿於魚魯,乃紛定於陶陰。"

【鉛黛】鉛粉與黛墨。婦女塗面畫眉的化妝用品。南朝梁劉勰文心雕龍七情采:"夫鉛黛所以飾容,而盼倩生於淑姿。"唐白居易長慶集二青塚:"凝脂化爲泥,鉛黛復何有。"

【鉛刀一割】後漢書四七班超傳上疏:"昔魏絳列國大夫,尚能和輯諸戎,況臣奉大漢之盛,而無鉛刀一割之用乎?"自謙才能雖薄弱如鈍刀,但盡其所能,未嘗不可一用。

鉊 zhāo 止遥切,平,宵韻,照。ㄓㄠ

鐮刀的別名。管子輕重己:"鉊鈶又櫌,……所以御春夏之事也。"方言五:"刈鉤,江淮陳楚之間謂之鉊,或謂之鐹。自關而西或謂之鉤,或謂之鎌,或謂之鍥。"廣雅釋器:"划鉊刨鍥鐹,鎌也。"

鉤 1. gōu 古侯切,平,侯韻,見。ㄍㄡ

俗作"鈎"。㊀鉤子。用於鉤取、連結或懸掛的工具。莊子外物:"任公子爲大鉤巨緇,五十犗以爲餌。"此謂釣鉤。孟子告子下:"金重於羽者,豈謂一鉤金與一輿羽之謂哉!"此謂帶鉤。㊁鐮刀。方言五:"(刈鉤)自關而西或謂之鉤,或謂之鎌。"漢書八九龔遂傳:"諸持鉏鉤田器者,皆爲良民。"㊂兵器名。漢書七六韓延壽傳:"延壽又取官銅物,候月蝕鑄作刀劍鉤鐔。"注:"鉤亦兵器也,似劍而曲,所以鉤殺人也。"參見"鉤鑲"。㊃圓規。莊子胠篋:"毁絶鉤繩,而棄規矩。"漢書八七上揚雄傳反離騷:"帶鉤矩而佩衡兮,履欃槍以爲綦。"注引應劭:"鉤,規也。矩,方也。"㊄摽車軸之木。周禮考工記車人:"凡爲轅三其輪崇,參分其長,二在前,一在後,以鑿其鉤。"謂輿下縛木,使與軸相連。㊅攻城具之一。墨子備城門:"今之世常所以攻者,臨、鉤、衝、梯……軒車。"㊆博具之一。荀子君道:"探籌投鉤者,所以爲公也。"㊇漢字筆形之一。有横鉤、竪鉤、彎鉤等。見宋晁説之法書攷二。㊈彎屈。戰國策西周:"弓撥矢鉤,一發不中,前功盡矣。"㊉鉤取,探取。左傳襄二三年:"或以戟鉤之。"參見"鉤深致遠"。㊀㊀誘致。鬼谷子飛箝:"引鉤箝之辭,飛而箝之。"注:"鉤,謂誘致其情……內惑而得其情曰鉤。”參見“鉤距”。㊂牽連。見“鉤黨”。㊃截留。漢書七二鮑宣傳：“使吏鉤止丞相掾史，沒入其車馬。”後漢書二七吳良傳：“車府令徐匡鉤(陰)就車，收御者送獄。”㊄繞。儀禮聘禮：“大夫升自西階，鉤楹。”謂繞楹而東。㊅改動。後漢書四六陳寵傳：“寵又鉤校律令條法，溢於甫刑者除之。”注：“鉤猶動也。”參見“鉤邊”、“鉤勒”。㊆草名。一名芺，薊屬。又蔛姑也名鉤，卽王瓜。見爾雅釋草。㊇星名。見“鉤星”、“鉤鈐”。㊈姓。宋高宗名構，蜀中姓句(gòu)者，因遊宦在外，倉卒各易其姓以避諱，或仍其字而更其音，如句(gōu)濤；或加金旁，如鉤光祖；或加糸旁，如絇紡；或加草頭，如苟諶。見宋王明清揮麈録前録三。

2. qú ㄑㄩˊ 集韻 權俱切，平，虞韻。

㊀見“鉤$_{2}$町”。

【鉤己】晉書天文志中五星聚舍：“至恭帝元熙元年三月五日……熒惑繞塡星成鉤己。”謂星體排列，其形如鉤，成己字狀。舊題漢甘公石申星經下箕宿作“鉤巳”。

【鉤月】㊀兵器的刃部。漢王充論衡率性：“今妄以刀劍之鉤月，摩拭朗白，仰以嚮日，亦得火焉。夫鉤月，非陽遂也，所以耐取火者，摩拭之所致也。”㊁彎月。唐元稹長慶集十開元觀酬吳侍御詩：“露盤朝滴滴，鉤月夜纖纖。”

【鉤爪】爪如鉤，牙如鋸，狀猛獸悍厲之貌。文選晉左太沖(思)吳都賦：“鉤爪鋸牙，自成鋒穎。”唐白居易長慶集四杜陵叟詩：“虐人害物卽豺狼，何必鉤爪鋸牙食人肉。”參見“句爪”。

【鉤玄】探索精微。唐韓愈昌黎集十二進學解：“記事者必提其要，纂言者必鉤其玄。”

【鉤沈】探索幽渺。晉書賀循傳附楊方：“(方)上補高梁太守。在郡積年，著五經鉤沈。”

【鉤車】㊀兵車。禮明堂位：“鉤車，夏后氏之路也。”注：“鉤，有曲輿者也。”疏：“曲輿，謂曲前闌也。”宋書禮志五：“戎車立乘，夏曰鉤車，殷曰寅車，周曰元戎，建牙麾邪注之，載金鼓羽幢，置甲弩於軾上。”㊁有鉤梯之車。南史臧燾傳附臧質：“魏以鉤車鉤垣樓，城內繫絙，數百人叫呼引之，車不能退。質夜以木桶盛人，縣出城外，截其鉤獲之。明日又以衝車攻城。”按詩大雅皇矣“以爾鉤援，與爾臨衝”漢毛亨傳：“鉤，鉤梯也，所以鉤引上城者。臨，臨車也。衝，衝車也。”

【鉤芒】㊀神名。木神。漢書八七上揚雄傳河東賦：“麗鉤芒與驂蓐收兮，服玄冥及祝融。”注：“鉤芒，東方神。”參見“句芒㊀”。㊁鉤之鋒芒。六韜虎韜軍用：“飛鉤長八寸，鉤芒長四寸，柄長六尺。”此指鉤戟。淮南子道應：“大司馬捶鉤者，年八十矣，而不失鉤芒。”

【鉤$_{2}$町】漢縣名。屬牂柯郡。地在今雲南通海縣。漢有鉤町侯毋波，因功立爲鉤町王。參閱漢書昭帝紀、嘉慶一統志四七九臨安府。參見“句$_{4}$町”。

【鉤吻】毒草名。又名野葛、毒根、胡曼草、斷腸草、黃藤、火把花。晉張華博物志七：“太陰之草，名曰鉤吻，不可食，入口立死。人信鉤吻之殺人，不信黃精之益壽，不亦惑乎！”參閱政和證類本草十鉤吻。

【鉤弦】射者所以挽弦之具。管子問：“鉤弦之造，戈戟之緊，其厲何若？”注：“鉤弦，所以挽弦。”詩小雅車攻“決拾既佽，弓矢既調”漢毛亨傳：“決，鉤弦也。”參見“扳指”。

【鉤股】㊀句股。九章算術之一。後漢書三五鄭玄傳“始通……九章筭術”唐李賢注：“九章筭術，周公作也，凡有九篇，方田一，粟米二，差分三，少廣四，均輸五，方程六，傍要七，盈不足八，鉤股九。”參見“句股”。㊁見“鉤盤河㊀”。

【鉤染】㊀繪畫筆法之一。先將花葉枝榦用墨細鉤，然後渲染，濃淡均勻，精密工整；如凌恆、馬扶羲諸人所用者是。見清朱象賢聞見偶録沒骨畫。㊁猶誘惑。新唐書一四八田弘正傳：“幽、恆、鄆、蔡大懼，遣客鐫說鉤染，弘正皆拒遣之。”

【鉤星】星名。漢王充論衡變虛：“昔吾見鉤星在房心之間，地其動乎？”晉書天文志上：“其西河中九星如鉤狀，曰鉤星，直則地動。”參見“句星1”。

【鉤盾】官署名。漢少府屬官有鉤盾令丞，主近池苑囿遊觀之處，由宦者薪芻。唐六典有鉤盾署，掌供邦國薪芻。漢書昭帝紀始元元年：“上耕於鉤盾弄田。”參閱漢書百官公卿表上、後漢書百官志三。

【鉤袒】猶披衣。儀禮士虞禮：“佐食許諾，鉤袒。”疏：“經云鉤袒，若漢時人擐衣以露臂。”

【鉤栗】中藥名。又名鉤櫟、巢鉤子、甜櫧子。生江南山谷，樹大數圍，冬月不凋，其子似栗而圓小。見本草綱目三十果二鉤栗。

【鉤校】猶言查對。漢書六六陳萬年傳附陳咸：“少府多寶物，屬官咸皆鉤校，發其姦臧，沒入辜榷財物。”

【鉤格】懸物之鉤。方言五：“鉤，宋楚陳魏之間謂之鹿觡，或謂之鉤格。”

【鉤勒】雙鉤，繪畫筆法之一。元夏文彥圖繪寶鑑五：“(張遜)善畫竹，作鉤勒法，妙絕當世。”又畫山水疊石分山，在周邊一筆，謂之鉤勒。見清方薰山靜居畫論上。

【鉤梯】登城戰具。管子兵法：“凌山阬不待鉤梯，歷水谷不須舟檝。”韓非子外儲左上：“秦昭王令工施鉤梯而上華山。”按墨子備城門“臨、鉤、衝、梯”清畢沅注謂鉤爲鉤梯，梯爲雲梯，以鉤與梯爲二物。參見“鉤援”。

【鉤陳】星名。在紫微垣內，最近北極，天文家多藉以測極，謂之極星。晉書天文志：“北極五星，鉤陳六星，皆在紫宮中……鉤陳，後宮也，大帝之正妃也，大帝之常居也。”也以指稱後宮。文選漢班孟堅(固)西都賦：“周以鉤陳之位，衛以嚴更之署。”注：“樂叶圖曰：‘鉤陳，後宮也。’”

【鉤蛇】傳說中的一種蛇。山海經中山經“崌山，江水出焉，東流注于大江，其中多怪蛇”晉郭璞注：“今永昌郡有鉤蛇，長數丈，尾岐，在水中鉤取岸上人牛馬啖之。”五代後晉李石續博物志二：“先提山有鉤蛇，長七八丈，尾末有岐，蛇在山澗水中，以尾鉤岸上人牛食之。”

【鉤釨】矛之有小枝刃者。方言九：“凡矛骹細如鴈脛者謂之鶴厀，有小枝刃者謂之鉤釨。”

【鉤戟】㊀兵器名。文選漢賈誼過秦論：“鉏耰棘矜，非銛於鉤戟長鎩也。”注引如淳：“鉤戟似矛，刃下有鐵橫，上鉤曲也。”史記秦始皇紀論作“句戟”。㊁獸名。太平御覽三五三晉束晳發蒙記：“師子五色而食虎，……唯畏鉤戟。”蓋此獸如貍，跳於獅子頭上，獅子卽伏不敢起。參閱晉張華博物志三。㊂大拇指。唐皇甫松醉鄉日月：“招手令曰：……以鉤戟差玉柱之旁。鉤戟，頭指；玉柱，中指也。”(類說四三)參見“手勢令”。

【鉤援】登城之具。詩大雅皇矣：“以爾鉤援，與爾臨衝，以伐崇墉。”宋朱熹集傳：“鉤援，鉤梯也，所以鉤引上城。所謂雲梯者也。”

【鉤距】㊀猶反復調查。漢書七六趙廣漢傳：“尤善爲鉤距，以得事情。鉤距者，設欲知馬賈，則先問狗，已，問羊，又問牛，然後及馬，参伍其賈，以類相準，則知馬之貴賤不失實矣。"注引晉灼："鉤，致；距，閉也。使對者無疑，若不問而自知，衆莫覺所由以閉，其術爲距也。"㊁古代連弩車弩機的部件。墨子備高臨："筐大三圍半，左右有鉤距，方三寸，輪厚尺二寸，鉤距臂博尺四寸，厚七寸，長六尺。"

【鉤鈐】星名。漢書天文志："其後熒惑守房之鉤鈐。鉤鈐，天子之御也。"晉書天文志上："又北二小星曰鉤鈐，房之鈐鍵，天之管籥，主閉鍵天心也。明而近房，天下同心。房鉤鈐間有星及疏坼，則地動河清。"

【鉤輈】鷓鴣鳴聲。唐韓愈昌黎集三杏花詩："鷓鴣鉤輈猿叫歇，杳杳深谷攢青楓。"參見"鉤輈格磔"。

【鉤腸】謂四棱之箭鏃。方言九："凡箭鏃胡合嬴者，四鐮，或曰拘腸。"廣雅釋器："平題、鈀、錍、鉤腸……鏑也。"

【鉤端】一種藤。山海經西山經："(嶓冢之山)囂水出焉，北流注于陽水，其上多桃枝、鉤端。"注："鉤端，桃枝屬。"

【鉤摭】猶鉤稽、求取。漢書刑法志成帝詔："有司無仲山父將明之材，不能因時廣宣主恩，建立明制，爲一代之法，而徒鉤摭微細，毛舉數事，以塞詔而已。"

【鉤箝】套問情況而挾持之。鬼谷子中飛箝："引鉤箝之辭，飛而箝之。鉤箝之語，其說辭也，乍同乍異……或量能立勢以鉤之，或伺候見澗而箝之。"注："内惑而得其情曰鉤，外譽而得其情曰飛，得情即箝持之，令不得脫移，故曰鉤箝。"

【鉤膠】鳥鳴聲。宋詩鈔鄭俠西塘詩鈔幽居："幽禽隔樹鉤膠語，異草搖風合和香。"

【鉤鰈】帶鉤。隋書禮儀志七："遠遊冠，公服，絳紗單衣，革帶，金鉤鰈，假帶，方心。"

【鉤膺】馬腹帶飾，套於馬胸前頸上的裝具，用寬帶製成，帶上有鉤，下飾垂纓，又名繁纓。詩小雅采芑："簟茀魚服，鉤膺鞗革。"傳："鉤膺，樊纓也。"文選漢張平子(衡)東京賦："方釳左纛，鉤膺玉瓖。"三國吳薛綜注："鉤膺，當胷也。瓖，馬帶玦，以玉飾也。"

【鉤邊】曲裾。禮深衣："古者深衣，……續衽鉤邊，要縫半下。"參見"深衣"。

【鉤鞶】腰帶。漢揚雄太玄經一周："帶其鉤鞶，自約束也。"參見"鉤落帶"。

【鉤繩】正曲直的工具。莊子駢拇："且夫待鉤繩規矩而正者，是削其性者也。"唐成玄英疏："鉤曲繩直規圓矩方也。"

【鉤黨】相牽引爲黨。後漢書靈帝紀建寧二年："制詔州郡大舉鉤黨。於是天下豪桀及儒學行義者，一切結爲黨人。"

【鉤欄】隨屋勢高下曲折的欄杆。唐李賀歌詩編二宮娃歌："啼蛄弔月枸欄下，屈膝銅鋪鎖阿甄。"王建詩八宮詞百首之五八："風簾水閣壓芙蓉，四面鉤欄在水中。"

【鉤鑲】兵器名。劍之屬。釋名釋兵："鉤鑲，兩頭曰鉤，中央曰鑲，或推鑲，或鉤引，用之之〔皆〕宜也。"

【鉤弋宮】漢宮名。鉤弋夫人所居。故址在今陝西長安縣西北。漢書九七上孝武鉤弋趙倢伃傳："拳夫人進爲倢伃，居鉤弋宮。"注："黃圖：鉤弋宮在城外。漢武故事曰：在直門南也。"

【鉤陳壘】古蹟名。在河南孟縣西南。水經注五河水："河南有鉤陳壘，世傳武王伐紂，八百諸侯所會處。"參閱嘉慶一統志二〇二懷慶府。

【鉤絡帶】束腰帶。三國志吳諸葛恪傳："童謠曰：'諸葛恪，蘆葦單衣篾鉤落，於何相求成子閤。'……鉤落者，校飾革帶，世謂之鉤絡帶。"參閱王國維觀堂集林二二胡服考。

【鉤緣子】果名。又名枸櫞、香櫞。形如瓜，皮似橙而金色，極芬香，肉甚厚，白如蘆菔。參閱晉嵇含南方草木狀下、清吳其濬植物名實圖考三一蜜羅。

【鉤盤河】㊀古九河之一，已堙塞。故道在今河北東光縣之南、山東德州市之北。見書禹貢"九河既道"唐孔穎達疏。也作"鉤般"、"鉤股"。見爾雅釋水之釋文。㊁河名。在今山東省北部，自臨邑縣東北流，一經樂陵無棣等縣入海，名鉤盤河；一經商河陽信霑化等縣入海，名南鉤盤河。參閱嘉慶一統志一七六武定府。

【鉤鎖骨】即鎖骨。廣弘明集二七下南齊蕭子良淨住子出三界外樂門："若善莊嚴，不解衆生肢節，得佛鉤鎖骨相。"參見"鎖子骨"。

【鉤弋夫人】漢河間人，姓趙，武帝妃。傳說生而兩手皆拳，武帝過河間，自披之，手即時伸，號曰拳夫人，封婕妤。居鉤弋宮，稱鉤弋夫人。生昭帝。後受責，憂死於雲陽宮。昭帝即位，追尊爲皇太后。見史記外戚世家、漢書九七上外戚傳、太平廣記三一耀州雲陽縣。

【鉤心鬭角】唐杜牧樊川集一阿房宮賦："廊腰縵迴，簷牙高啄。各抱地勢，鉤心鬭角。"此指宮室結構之參差錯落，後以喻人之各用心機，互相傾軋。

【鉤河擿雒】謂探究河圖洛書之秘。漢魯相史晨祀孔廟奏銘："鉤河擿雒，却揆未然。"(隸釋一)參見"河洛㊁"。

【鉤深致遠】物在深處，能鉤取之；物在遠方，能招致之。易繫辭上："探賾索隱，鉤深致遠，以定天下之吉凶，成天下之亹亹者，莫大乎蓍龜。"後以鉤深致遠指人才力的開展或治學的廣博精深。漢書七十陳湯傳耿育上書訟湯："(甘)延壽湯爲聖漢揚鉤深致遠之威，雪國家累年之恥，……豈有比哉！"三國志魏邴原傳注引原別傳："鄭君(玄)學覽古今，博聞彊識，鉤深致遠，誠學者之師模也。"

【鉤章棘句】㊀謂作文之艱苦。唐韓愈昌黎集二九貞曜先生墓誌："及其爲詩，劌目鉥心，刃迎縷解，鉤章棘句，掐擢胃腎，神施鬼設，間見層出。"㊁謂文辭之艱澀。宋史選舉志一："嘉祐二年，親試舉人…… 時進士益相習爲奇僻，鉤章棘句，寖失渾淳。歐陽修知貢舉，痛裁抑之。"

【鉤輈格磔】鷓鴣鳴聲。唐李羣玉詩集中九子坡聞鷓鴣："正穿屈曲崎嶇路，更聽鉤輈格磔聲。"

鉋 bào 防教切，去，效韻，並。
ㄅㄠ 薄交切，平，肴韻，並。

同"鑤""[illegible]"。㊀木工工具，即刨子。又以刨子刨。唐元稹長慶集十三江邊四十韻："方礎荆山採，脩椽郢匠鉋。"㊁杵頭謂之鉋。見集韻"覺"。

鈹 pī 敷羈切，平，支韻，滂。
ㄆㄧ

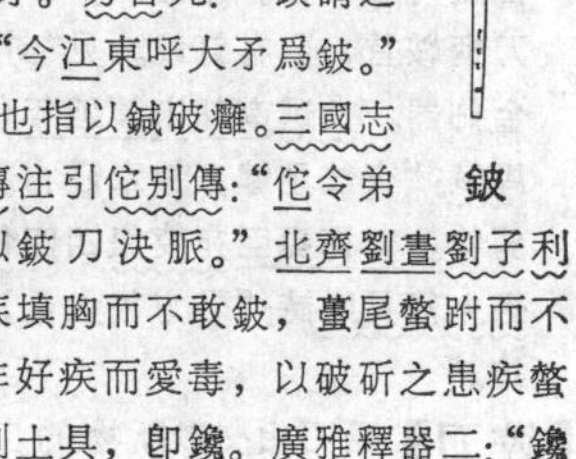
鈹

㊀兵器，劍屬，形如刀而兩邊有刃。左傳襄十七年："賊六人以鈹殺諸盧門合左師之後。"見圖。㊁大矛。方言九："鍦謂之鈹。"注："今江東呼大矛爲鈹。"㊂大鍼。也指以鍼破癰。三國志魏華佗傳注引佗別傳："佗令弟子數人以鈹刀決脈。"北齊劉晝劉子利害："瘕疾填胸而不敢鈹，蠆尾螫跗而不敢斫。非好疾而愛毒，以破斫之患疾螫也。"㊃刨土具，即鏟。廣雅釋器二："鏟謂之鈹。"㊄見"鈹滑"。

【鈹滑】滑亂。荀子成相："吏謹將之無鈹滑。"注："鈹與披同，滑與汩同，言不使紛披汩亂也。"

鉜 fú 縛謀切，平，尤韻，並。
ㄈㄨ

見下。

【鉜鏂】㊀簇飾。見玉篇。㊁大釘。見廣韻。

鉑 bó ㄅㄛˊ 集韻 白各切,入,鐸韻。

金鉑,薄金。以藥紙隔金屑錘之,金已薄而紙不損。紙初呈褐色,久則色似烏金。本作"薄",俗加金作鉑。見正字通。今稱烏金紙。

鉚 1. liǔ ㄌㄧㄡˇ 集韻 力九切,上,有韻。

㊀精美之金。見集韻。一說爲"鏐"的譌字。見正字通。

2. mǎo ㄇㄠˇ

㊀用於"鉚釘"、"鉚接"等。

六 畫

銎 1. qióng ㄑㄩㄥˊ 曲恭切,平,鍾韻,溪。

㊀斤斧安柄之孔。詩豳風七月"取彼斧斨"漢毛亨傳:"斨,方銎也。"又破斧"既破我斧"傳:"隋銎曰斧。"隋與"橢"同。

2. xiōng ㄒㄩㄥ 許容切,平,鍾韻,曉。

㊀矛刃下口。方言九:"骹謂之銎。"注:"即矛刃下口。音凶。"

銟 chá ㄔㄚˊ

見下。

【銟尾】腰帶垂頭於下,曰銟尾。又名撻尾、魚尾。新唐書車服志:"腰帶者,搢垂頭於下,名曰銟尾,取順下之義。"參見"撻尾"。

鉸 jiǎo ㄐㄧㄠˇ 古巧切,上,巧韻,見。
古肴切,平,肴韻,見。
古孝切,去,效韻,見。

㊀剪刀。釋名釋兵:"封刀、鉸刀、削刀,皆隨時名之也。"㊁釘鉸。即泡頭釘。凡刀柄鞍首,皆有釘鉸。見"釘鉸"。㊂以金飾器。文選南朝宋顏延年(延之)赭白馬賦:"寶鉸星纏,鏤章霞布。"㊃以剪刀剪物。宋梅堯臣宛陵集四四依韻和宣城張主簿見贈詩:"君方佐大邑,美錦同翦鉸。"

【鉸刀】兩刃相交以斷物的工具。今通稱剪刀。唐李賀歌詩編四五粒小松歌:"綠波浸葉滿濃光,細束龍髯鉸刀翦。"

【鉸鏈】以金屬兩片相鉤貫,可以開闔者。窗户上常用之,古稱屈戌。參見"屈戌"。

銃 chòng ㄔㄨㄥˋ 充仲切,去,送韻,穿。

㊀斧斤受柄之處。見廣韻。㊁火器之名。明邱濬大學衍義補一二二:"近世以火藥實銅、鐵器中,亦謂之礮,又謂之銃。"又李昭祥龍江船廠志二:"按蜈蚣船自嘉靖四年始,蓋島夷之制,用以駕佛朗機銃者也。"

鉶 xíng ㄒㄧㄥˊ 户經切,平,青韻,匣。

盛羹器,亦曰鉶鼎。儀禮公食大夫禮:"宰夫設鉶,四于豆西東上。"注:"鉶,菜和羹之器。"疏:"據羹在鉶言之,謂之鉶羹;據器言之,謂之鉶鼎。"韓非子喻老:"(箕子)以爲象箸必不加於土鉶,必將犀玉之杯。"

【鉶鼎】盛羹之器。唐柳宗元柳先生集二六嶺南節度饗軍堂記:"鉶鼎體節,燔炮胾炙。"

【鉶羹】羹之和五味而盛於鉶者謂之鉶羹。周禮天官亨人:"祭祀,共大羹鉶羹,賓客亦如之。"注引鄭衆:"大羹,不致五味也;鉶羹,加鹽菜矣。"疏:"調以五味,盛之於鉶器,即謂之鉶羹。"

銒 1. xíng ㄒㄧㄥˊ 户經切,平,青韻,匣。

㊀古酒器。似鍾而長頸。莊子徐无鬼:"其求銒鍾也,以束縛。"釋文:"銒似小鍾而長頸。"又:"似壺而大。"㊁古代盛菜羹的器皿。禮禮運:"實其簠簋,籩豆鉶羹。"釋文本作"銒"。

2. jiān ㄐㄧㄢ 集韻 經天切,平,先韻。

㊀人名。戰國時有宋銒。荀子非十二子:"其言之成理,足以欺惑愚衆,是墨翟宋銒也。"注:"孟子作宋牼,牼與銒同音。"

銬 kào ㄎㄠˋ

刑具名。梏手用之。後起字。參閱清會典事例八三二刑部刑律捕亡。

銠 lǎo ㄌㄠˇ

見下。

【銠励】唐開元鐵錢的俗稱。宋洪遵泉志五僞品下:"陶岳貨泉録曰:王審知鑄大鐵錢,闊寸餘,甚麤重,亦以'開元通寶'爲文,仍以五百文爲貫,俗謂之銠励,與銅錢並行。"励即"版"。參閱清俞樾茶香室續鈔二二版兒。

鉺 èr ㄦˋ 玉篇 如志切。

鉤。文選晉左太沖(思)吳都賦:"鉤鉺縱橫,網罟接緒。"

銾 hóng ㄏㄨㄥˊ 户公切,平,東韻,匣。

弩牙。弩上發矢機。見玉篇。參見"弩牙㊀"。

銔 pī ㄆㄧ 集韻 攀悲切,平,脂韻。
貧悲切,平,脂韻。

旗名。左傳昭十年:"公卜使王黑以靈姑銔率,吉,請斷三尺焉而用之。"注:"靈姑銔,公旗名。"一說,矛戟類兵器。見元戴侗六書故。

銙 kuǎ ㄎㄨㄚˇ 苦瓦切,上,馬韻,溪。

腰帶飾物,即帶釦版。或作"胯"。新唐書車服志:"腰帶者,搢垂頭於下,名曰銟尾,取順下之義。一品、二品銙以金,六品以上以犀,九品以上以銀,庶人以鐵。"又:"其後以紫爲三品之服,金玉帶銙十三;緋爲四品之服,金帶銙十一;淺緋爲五品之服,金帶銙十;深綠爲六品之服,淺綠爲七品之服,皆銀帶銙九;深青爲八品之服,淺青爲九品之服,皆鍮石帶銙八;黃爲流外官及庶人之服,銅鐵帶銙七。"參閱五代馬縞中華古今注中文武品階腰帶。

銍 zhì ㄓˋ 陟栗切,入,質韻,知。
之日切,入,質韻,照。

㊀割莊稼用的大鐮刀。詩周頌臣工:"奄觀銍艾。"㊁割下的禾穗。書禹貢:"二百里納銍。"疏:"禾穗用銍以刈,故以銍表禾穗也。"

銀 yín ㄧㄣˊ 語巾切,平,真韻,疑。

㊀貴重金屬之一,色白,性軟,有光澤。說文:"銀,白金也。"漢書食貨志下:"朱提銀重八兩爲一流,直一千五百八十。"㊁古多以爲白色之喻,如銀河、銀杏等。㊂界限。通"垠"。荀子成相:"刑稱陳,守其銀。"㊃姓。姓氏尋源:"今廣西多銀氏。係金銀朮可之後。"

【銀刀】㊀軍隊名。舊唐書懿宗紀:"王智興得徐州,召募凶豪之卒二千人,號曰銀刀、鵰旗、門槍、挾馬等軍,番宿衙城。"參閱新唐書一七七盧弘正傳。㊁謂魚。宋蘇軾分類東坡詩十五贈莘老七絶:"今日駱駝橋下泊,恣看修網出銀刀。"

【銀山】㊀山名。1.在北京市昌平縣東北。峰巒高峻,冰雪層積,色白如銀,故名。見讀史方輿紀要一一順天府昌平縣。2.在江蘇丹徒縣西,舊名土山。參閱讀史方輿紀要二五鎮江府丹徒縣。3.在四川資中縣東南,山形如銀錠。隋於此置銀山縣。唐田游巖聚弟子居銀山,歌雅詩以爲樂,山有雅歌臺遺址。參閱讀史方輿紀要六七成都府、嘉慶一統志四一三資州直隸州。㊁相傳神仙所居之處。

神異經南荒經："南方有銀山，長五十里，高百餘丈，悉是白銀。"㊂喻波浪白而高大如山。全唐詩二四二張繼九日巴丘楊公臺上宴集："萬叠銀山寒浪起，一行斜字早鴻來。"

【銀牙】銀礦苗。本草綱目八金一銀："閩、浙、荊、湖、饒、信、廣、滇、貴州、交趾諸處，山中皆產銀，有礦中鍊出者，有沙土中鍊出者。其生銀，俗稱銀笋、銀牙者也，亦曰出山銀。"

【銀甲】㊀用銀爲飾的鎧甲。唐太宗造破陣樂，命呂才協音律，李百藥、虞世南等製歌辭。百二十人披銀甲，執戟以歌舞。見舊唐書音樂志二。㊁銀製的假指甲，用以彈箏琶等絃樂，亦稱撥。唐杜甫杜工部草堂詩箋三陪鄭廣文遊何將軍山林之五："銀甲彈箏用，金魚換酒來。"

【銀生】府名。唐時南詔蒙氏所置。今雲南鎮沅景東瀾滄三縣地。元置大理、金齒等處宣慰使司都元帥府於銀生。其地在蒙樂山下，即今景東縣地。見讀史方輿紀要一一六鎮沅府、嘉慶一統志四七八大理府。

【銀字】樂器名，管笛之屬。管上用銀作字，標明音色高低。唐白居易長慶集六四秋夜聽高調涼州詩："樓上金風聲漸緊，月中銀字韻初調。"杜牧樊川集四寄珉笛與宇文舍人詩："調高銀字聲還側，物比柯亭韻校奇。"

【銀州】地名。1.北周保定三年置，因谷爲名。故城在今陝西米脂縣西北。本苻秦驄馬城，蕃語驄馬爲乞銀，故名。唐天寶初爲銀川郡，乾元時復爲銀州，五代時屬西夏所有。參閱太平寰宇記三八銀州、讀史方輿紀要五七延安府米脂縣。2.今遼寧鐵嶺縣治。秦漢時遼東地，渤海置富州，契丹改名銀州，金廢。見讀史方輿紀要三七遼東都指揮使司鐵嶺衛。

【銀艾】銀印綠綬，綬以艾草染爲綠色，故稱艾。漢制，吏秩比二千石以上皆銀印青綬，銀艾即銀青。後漢書六五張奐傳遺命："吾前後仕進，十要銀艾，不能和光同塵，爲讒邪所忌。"

【銀朱】礦物名。粉末狀，正赤色。亦作銀硃。用作顏料，入藥。參閱本草綱目九石三銀朱。

【銀竹】㊀喻雨。唐李白李太白詩二二宿鰕湖詩："白雨映寒山，森森似銀竹。"㊁謂冰條。宋黃庭堅豫章集四再答景叔詩："賜錢千萬民猶饑，雪後排簷凍銀竹。"

【銀河】晴夜所見環繞天空呈灰白色的光帶，由大量恒星構成。古謂之雲漢，又名天河、天漢、天杭、銀漢。唐杜甫杜工部草堂詩箋三一江月："玉露團清影，銀河没半輪。"李商隱李義山詩集五辛未七夕："由來碧落銀河畔，可要金風玉露時。"參見"天河㊀"。

【銀泥】謂銀飾的衣裙。唐李賀歌詩編四月漉漉篇："挽菱隔歌袖，綠刺罥銀泥。"也用作裙飾。唐白居易長慶集五四武丘寺路宴留別諸妓："銀泥裙映錦障泥，畫舸停橈馬簇蹄。"

【銀青】銀印青綬，對金紫而言。秦漢凡吏秩比二千石以上，皆銀印青綬。晉時光祿大夫假銀章青綬者，品秩第三，位在金紫將軍下，諸卿上。南齊始有金紫光祿大夫、銀青光祿大夫之名。歷代因之，明始廢。參閱漢書百官公卿表上、通典三四職官十六。

【銀花】㊀鏤銀作花以爲飾。舊唐書一九九上倭國傳："婦人衣純色裙，長腰襦，束髮於後，佩銀花，長八寸，左右各數枝，以明貴賤等級。"唐白居易長慶集十五題周皓大夫新亭子二十二韻詩："錦額簾高卷，銀花盞慢巡。"㊁指燈言。文苑英華一五七唐蘇味道正月十五夜詩："火樹銀花合，星橋鐵鎖開。"㊂謂魚。唐杜甫杜工部詩史補遺六白小："入肆銀花亂，傾箱雪片虛。"

【銀牀】㊀銀飾之井欄。也指轆轤架。晉書樂志下淮南王篇："後園鑿井銀作牀，金瓶素綆汲寒漿。"初學記四南朝梁庾肩吾侍宴九日詩："玉醴吹巖菊，銀牀落井桐。"參閱宋吳曾能改齋漫錄六銀牀。㊁銀飾之牀。樂府詩集六八南朝陳江總東飛伯勞歌："銀牀金屋掛流蘇，寶鏡玉釵橫珊瑚。"

【銀兔】㊀月。古樂苑四十雜曲歌辭隋煬帝望江南："清露冷侵銀兔影，西風吹落桂枝花。"全唐詩六一五皮日休醉中先起李穀戲贈走筆奉酬："麝煙苒苒生銀兔，蠟淚漣漣滴繡闈。"㊁見"銀兔符"。

【銀宮】傳說中天上神仙所居之處。樂府詩集六四南朝陳張正見神仙篇："鸞歌鳳舞集天臺，金闕銀宮相向開。"

【銀海】㊀古代帝王陵中，灌水銀以象海。史記秦始皇紀："以水銀爲百川江河大海，機相灌輸。"南朝梁何遜何水部集行經孫氏陵詩："銀海終無浪，金鳧會不飛。"宋蘇舜欽蘇學士文集六望秦陵詩："石麟空舉首，銀海罷流香。"㊁飲器之大者。唐溫庭筠乾𦠆子裴宏泰："（裴鈞）有銀海，受一斗以上，以手捧而飲。"㊂言大地光明眩曜，有如以銀爲海。宋陸游劍南詩稿五月夕："天如玻璃鍾，倒覆溼銀海。"㊃道家謂目爲銀海。唐孫思邈所撰眼科書有銀海精微二卷。宋蘇軾分類東坡詩七雪後書北臺壁之二："凍合玉樓寒起粟，光搖銀海眩生花。"

【銀庫】明清户部三庫之一，在部中，爲全國財賦的總滙。各省歲輸田賦、漕賦、鹽課、關稅、雜賦，除存留本省支用外，皆起運至京入銀庫。參閱明史職官志一、清文獻通考六四國用二庫藏。

【銀瓶】㊀銀製之瓶。唐杜甫杜工部草堂詩箋二五少年行："不通姓字麤豪甚，指點銀瓶索酒嘗。"此指酒器。唐白居易長慶集四井底引銀瓶詩："井底引銀瓶，銀瓶欲上絲繩絕。"此指汲水器。清代皇妃儀仗有銀瓶。㊁井名。在浙江杭州市宋岳飛故宅旁。相傳飛有幼女聞飛被害，遂挾銀瓶投井而死。後人祀之，名此井爲銀瓶井。按飛孫岳珂上忠武行實（金陀粹編）僅言飛女有安娘，嫁高祚，無幼女。但南宋末已有廟祀岳飛並銀瓶娘子之事。參閱元王逢梧溪集一銀瓶娘子辭、清俞樾曲園雜纂四五銀瓶徵。

【銀索】銀色鍊索。喻閃電或雨。宋文同丹淵集四季夏已亥大雨詩："玉竿銀索傾缾盆，豪威怒力凌乾坤。"楊萬里誠齋集十望雨詩："霆裂大瑤甕，電縈濕銀索。"

【銀桂】卽木犀。俗亦稱桂花。其花有白者名銀桂，黃者名金桂。參見"木犀"。

【銀書】碑銘的文字。文選南朝梁陸佐公（倕）新漏刻銘："況入神之制，與造化合符，……寧可使多謝曾水，有陋昆吾，金字不傳，銀書未勒者哉。"

【銀笋】雪後房檐所垂的冰柱。宋楊萬里誠齋集十二雪後十日日暖雪猶未融詩："日穿銀笋透，風琢玉山欹。"范成大石湖集四雪霽獨登南樓："雀啄空檐銀笋墮，鴉翻高樹玉塵傾。"

【銀渚】卽銀河。宋范成大石湖集六七月五日夜雨快晴詩："天上秋期正多事，趣駕星橋跨銀渚。"

【銀章】銀質的印章。漢書百官公卿表上"凡吏秩比二千石以上，皆銀印青綬"唐顏師古注："漢舊儀云：銀印背龜鈕，其文曰章，謂刻曰某官之章也。"晉書職官志："光祿大夫假銀章青綬者，品秩第三，位在金紫將軍下，諸卿上。"文苑英華七一唐李百藥笙賦："佩銀章於東洛，分竹使於南荆。"

【銀鹿】唐顏峴家僮名，事顏真卿終生，禍患不避。見唐李肇唐國史補上。後用以泛稱人僕。明唐玉翰府紫泥全書二請客清明:"銀鹿鼎來,命與緩遊芳草地;青驚寵召,不須更問杏花村。"明陸嘉穎有銀鹿春秋一卷,編録古來義僕事。

【銀缸】銀燈。南朝梁蕭繹梁元帝集草名詩:"金錢買含笑,銀缸影梳頭。"唐白居易長慶集五六臥聽法曲霓裳詩:"起嘗殘酌聽餘曲,斜背銀缸半下帷。"

【銀魚】㊀魚名。似膾殘而小,古謂之白小,後人稱麪條魚。唐杜甫杜工部詩史補遺六白小:"白小羣分命,天然二寸魚。"即指此魚。參閱續通志一七九昆蟲草木略六魚。㊁銀製之魚形佩飾。爲唐時五品以上官章服,爲出内之符信。唐劉禹錫劉夢得集外集六嚴給事賀加五品兼簡同制水部李郎中詩:"初佩銀魚隨仗入,宜乘白馬退朝歸。"

【銀船】酒器。唐白居易長慶集五三早春西湖閒遊……詩:"晝舫牽徐轉,銀船酌慢巡。"

【銀粟】㊀茗花。宋黄庭堅豫章集三以小團龍及半挺贈无咎并詩用前韻爲戲詩:"赤銅茗椀雨斑斑,銀粟翻光解破顔。"㊁喻雪。宋楊萬里誠齋集十二雪凍未解散策郡圃詩:"獨往獨來銀粟地,一行一步玉沙聲。"㊂謂螢火。元詩選戊集謝宗可詠物詩螢燈:"銀粟無煙棲碧蘚,玉蟲留影綴青莎。"

【銀黄】㊀謂銀與金。韓非子解老:"和氏之璧,不飾以五采,隋侯之珠,不飾以銀黄。"文選三國魏何平叔(晏)景福殿賦:"點以銀黄,爍以琅玕。"㊁謂銀印與金印。漢書九十楊僕傳:"懷銀黄,垂三組。"又銀印黄綬。文選南朝梁劉孝標(峻)廣絶交論:"早綰銀黄,夙昭民譽。"㊂貴重金屬之一,也作"銀黄金"。山海經西山經:"(皋塗之山)其陰多銀黄金。"明楊愼補注:"銀黄,漢代用以爲佩,唐太宗賜房玄齡銀黄帶,宋人小説云:其物貴於黄金。"

【銀牌】唐制乘驛者給銀牌。宋初由樞密院給牒。太平興國三年六月詔復舊制,應乘驛者並給銀牌。宋史輿服志六:"符券。唐有銀牌,發驛遣使,則門下省給之。其制,闊一寸半,長五寸,面刻隸字曰'敕走馬銀牌'。首爲竅,貫以革帶。參閱宋岳珂愧郯録十二金銀牌、遼史儀衛志。

【銀絲】㊀謂捻銀成絲以爲器具或飾品。唐杜甫杜工部詩史補遺八往在:"赤墀櫻桃枝,隱映銀絲籠。"㊁凡物色白而細長者,多以銀絲爲喻。唐杜甫杜工部草堂詩箋三陪鄭廣文遊何將軍山林之一:"鮮鯽銀絲鱠,香芹碧澗羹。"此指魚。唐元稹長慶集十一酬友封話舊敍懷十二韻詩:"蓴菜銀絲嫩,鱸魚雪片肥。"此指蓴菜。元楊維楨鐵厓逸編五背立驪詩:"首昂渴烏腭山峙,拂階一把銀絲委。"此指馬尾。

【銀圓】圓形銀幣。俗稱洋錢。明萬曆年間歐美銀圓始流入中國,至清末大量輸入。最初習用墨西哥銀圓,俗稱洋錢,面刻鷹形,故稱鷹洋,又訛作英洋。林則徐圖謀自鑄相抵制,以不適用而罷。光緒十四年,廣東始造銀圓,重庫平七錢二分,含純銀十之九。"圓"字,俗省作"元"。各省繼起仿之,中國自鑄銀圓自此始。

【銀鉤】㊀銀製之鉤。初學記二五唐太宗賦簾詩:"彩散銀鉤上,文斜桂户中。"此指簾鉤。唐駱賓王集九帝京篇:"俠客珠彈垂楊道,倡婦銀鉤採桑路。"此指帶鉤。㊁狀書法筆姿之遒勁。晉書索靖傳:"蓋草書之爲狀也,婉若銀鉤,漂若驚鸞。"唐白居易長慶集五四寫新詩寄微之偶題卷後詩:"寫了吟看滿卷愁,淺紅牋紙小銀鉤。"㊂斜月。宋李彌遜筠溪集十八遊梅坡席下雜酬詩:"竹籬茅屋傾樽酒,坐看銀鉤上晚川。"

【銀鼠】獸名。古稱鼮鼠,狀頗類鼬,耳小毛短,其色潔白,吉林諸山中有之,其皮可禦輕寒,極貴重。元詩選張翥蛻菴集送鄭宣伯……教授:"白馬紫駝酒,青貂銀鼠衣。"即此。俗又稱石鼠。遼史聖宗紀二統和四年:"壬戌,以銀鼠青鼠及諸物賜京官、僧道、耆老。"

【銀漢】天河。銀河。南朝宋鮑照鮑氏集七夜聽妓詩之一:"夜來坐幾時,銀漢傾露落。"唐温庭筠集四七夕詩:"金風入樹千門夜,銀漢橫空萬象秋。"

【銀褐】顔色名。元陶宗儀輟耕録十一元王思善(繹)采繪法:"銀褐,用粉入藤黄合。"

【銀臺】㊀指仙人居處。文選漢張平子(衡)思玄賦:"聘王母於銀臺兮,羞玉芝以療飢。"自注:"銀臺,王母所居。"唐王勃王子安集一七夕賦:"碧虬玉室之饌,白兔銀臺之藥。"㊁宫門名。唐時翰林院、學士院均在右銀臺門内。唐李白李太白詩六相逢行:"朝騎五花馬,謁帝出銀臺。"參閱舊唐書職官志二。㊂宋門下省置銀臺司,掌國家奏狀案牘。以司署設在銀臺門内,故名。明清置通政使司,職位與宋之銀臺司相當,故或稱通政使爲銀臺。參閱宋史職官志一、明史職官志二。

【銀蒜】簾押,以銀爲之,鑄爲蒜形,故名。北周庾信庾子山集三夢入堂内詩:"幔繩金麥穗,簾鉤銀蒜條。"宋蘇軾東坡詞哨遍:"睡起畫堂,銀蒜押簾,珠幕雲垂地。"宋元親王納妃,公主下降,皆有銀蒜簾押。

【銀槍】古禁衛軍名。舊五代史唐莊宗紀二:"張彦謁見,以銀槍効節五百人從,皆被甲持兵以自衛。"也作"銀鎗"。宋史儀衛志二太上皇儀衛:"内殿直一十人……金鎗、銀鎗班各一十人。"

【銀管】㊀銀管之筆。元袁桷清容居士集十三薛濤牋詩之一:"蜀王宫樹雪初消,銀管填青點點描。"参見"金管"。㊁樂器名。即銀字。元詩選張翥蛻菴集春日汎湖陪李昊德融上作:"緑尊興極頻呼酒,銀管聲高正輥絃。"参見"銀字"。

【銀潢】即銀河。宋蘇軾分類東坡詩十和文與可洋州園池天漢臺:"漢水東流舊見經,銀潢左界上通靈。"

【銀箭】刻漏之箭,古記時器。唐宋之問集下壽陽王花燭圖詩:"莫令銀箭曉,爲盡合歡杯。"李白李太白詩三烏棲曲:"銀箭金壺漏水多,起看秋月墜江波。"

【銀樸】銀礦石。文選晉左太沖(思)吳都賦:"赬丹明璣,金華銀樸。"

【銀鴨】即香爐。唐李白李太白詩七襄陽歌:"誰能憂彼身後事,金鳧銀鴨葬死灰。"才調集五秦韜玉詠手:"金盃有喜輕輕點,銀鴨無香旋旋添。"

【銀錠】我國古代民間自由鑄造的銀塊,其品位輕重大小等無定制,交易時秤其重量,檢其成色。其種類不一,大别之爲元寶錠(或稱爲馬蹄錠)、中錠(小元寶錠)、小錁(形似饅頭)三種,此外尚有碎銀、銀條、滴珠各種。參閲元陶宗儀輟耕録三十銀錠字號。

【銀龜】龜紐銀印。漢桓寬鹽鐵論除狹:"今吏道壅而不選,富者以財賈官,勇者以死射功,……垂青繩,擐銀龜,擅殺生之柄,專萬民之命。"唐李賀歌詩編四呂將軍歌:"榼榼銀龜搖白馬,傅粉女郎火旗下。"

【銀甖】銀製之酒器。初學記二七南朝梁孫柔之瑞應圖:"王者宴不及醉,刑罰中,人不爲非,則銀甕出。"元張昱可閒老人集三湖山堂觀牡丹詩:"穠香偏惹宦遊人,銀甕連車載酒頻。"

【銀燭】㊀銀泥。舊題晉王嘉拾遺記五前漢上:"元封元年,浮忻國貢蘭金之泥,此金出湯泉,……百鑄,其色變白,有光如銀，卽銀燭是也。常以此泥封諸函匣及諸宮門。”㊁喻明亮之燈光。唐王維王右丞集六早朝詩：“銀燭已成行，金門儼騶馭。”李白李太白詩十五夜別張五：“聽歌舞銀燭，把酒輕羅霜。”

【銀蟾】古神話稱月中有蟾，後因稱月爲銀蟾。唐白居易長慶集十六中秋月詩：“照他幾許人腸斷，玉兔銀蟾遠不知。”李中碧雲集下思朐陽春遊感舊寄柴司徒詩之四：“紅袖歌長金翠亂，銀蟾飛出海東頭。”

【銀繩】閃電，電光。文苑英華三四九唐顧雲天威行：“金蛇飛狀霍閃過，白日倒掛銀繩長。”

【銀囊】帳中鑪。唐白居易長慶集六四青氈帳詩：“鐵檠移燈背，銀囊帶火懸。”參閱明周祁名義考十二銀囊滾毬。

【銀字兒】宋時說書人，按其所說內容分四家。其一爲銀字兒，專說烟粉精靈諸事。宋耐得翁都城紀勝：“說話有四家。一者小說，謂之銀字兒。如烟粉、靈怪、傳奇。”

【銀字棨】銀色金屬棨戟。宋書王曇首傳：“元嘉四年，車駕出北門，嘗使三更竟，開廣莫門。南臺云：‘應須白虎幡、銀字棨。’不肯開門。”藝文類聚三九北周王褒入朝守門開詩：“鐵符行警曙，銀棨未開闈。”

【銀兔符】銀製兔形的兵符。唐張鷟朝野僉載謂漢發兵用銅虎符。唐初爲銀兔符，以兔爲符瑞也（演繁露十）。兔或作“菟”。舊唐書高祖紀：“停竹使符，頒銀菟符於諸郡。”

【銀杯羽化】喻銀杯失竊，不翼而飛。新唐書一六三柳公權傳：“凡公卿以書貺遺，蓋鉅萬，而主藏奴或盜用。嘗貯盃盂一笥，縢識如故而器皆亡，奴妄言叵測者，公權笑曰：‘銀盃羽化矣！’不復詰。”

【銀樣鑞槍頭】外表如銀的錫鑞槍頭。中看不中用之意。元王實甫西廂記四本二折：“我棄了部署不收，你元來苗而不秀。呸！你是個銀樣鑞槍頭。”

銅 tóng ㄊㄨㄥˊ 徒紅切，平，東韻，定。

㊀古謂之赤金。漢書食貨志下：“金有三等，黃金爲上，白金爲中，赤金爲下。”注：“孟康曰：‘白金，銀也；赤金，丹陽銅也。’”㊁銅製品之省稱。漢揚雄法言孝至：“由其德，舜禹受天下不爲泰；不由其德，五兩之綸，半通之銅亦泰矣。”此指銅印。

【銅人】銅鑄之人。古多鑄以置於宮廟間，或銘文其上。舊題漢劉歆西京雜記三謂咸陽宮有銅人十二，坐皆高三尺。三國志魏明帝紀“分襄陽郡之鄀葉縣屬義陽郡”注引魏略謂：魏明帝時，徙長安銅人，重不可致，留於霸城，乃大發銅鑄作銅人。亦作“金人”。據孔子家語三觀周稱：后稷廟右階前有金人，背有銘文。史記秦始皇紀謂秦始皇銷天下兵，鑄金人十二，重各千石。

【銅山】㊀産銅之山。漢書九三鄧通傳：“（文帝）於是賜（鄧）通蜀嚴道銅山，得自鑄錢。”世說新語文學：“銅山西崩，靈鍾東應。”㊁縣名。屬江蘇省。古之彭城，清置銅山縣，屬徐州府。縣東北有銅山産銅，故名。見嘉慶一統志一〇〇徐州府一。

【銅丸】銅質小球。漢書八二史丹傳：“（元帝）留好音樂，或置鼙鼓殿下，天子自臨軒檻上，隤銅丸以擿鼓，聲中嚴鼓之節。”

【銅牙】指弩上鉤弦之處。唐溫庭筠集一雉場歌：“綠場紅跡未相接，箭發銅牙傷彩毛。”參閱釋名釋兵“弩”。

【銅瓦】銅製之瓦。太平御覽一八八漢班固漢武故事：“上起神屋，以銅爲瓦。”明陳耀文天中記十四：“西域泥婆羅宮中有七重樓，覆銅瓦。”古建築之精者，多用銅爲瓦。

【銅仁】縣名，屬貴州省。漢爲武陵郡辰陽縣地，元爲銅仁大小江長官司，明置銅仁府、銅仁縣。清因之，縣治移江口汛。公元1913年改爲江口縣，又改銅仁府爲銅仁縣。見嘉慶一統志五〇七銅仁府一。

【銅史】㊀古漏刻上之銅製仙人像。文選南朝梁陸佐公（倕）新漏刻銘：“銅史司刻，金徒抱箭。”注：“張衡漏水轉渾天儀制曰：蓋上又鑄金銅仙人居左壺，爲胥徒居右壺，皆以左手抱箭，右手指刻，以別天時早晚。”㊁主漏刻之官。初學記二五晉起居注：“孝武太元十二年，有司奏儲宮初建，未有漏刻，參詳永安宮銅漏刻，置漏刻史。”唐王維王右丞集六春日直門下省早朝詩：“玉漏隨銅史，天書拜夕郎。”

【銅印】銅製之印章。漢書百官公卿表上：“凡吏秩比二千石以上，皆銀印青綬……秩比六百石以上，皆銅印黑綬。”宋史輿服志：“兩漢以後，人臣有金印、銀印、銅印。唐制，諸司皆用銅印，宋因之。”清制：府、州、縣皆銅印。

【銅池】㊀檐下承接雨水之器，宮中以銅爲之，因云銅池。漢書宣帝紀：“金芝九莖產于函德殿銅池中。”㊁銅製棺飾。藝文類聚十六南齊王融皇太子哀策：“繐幕啓塗，銅池從殯。”

【銅兵】銅製之器械或武器。越絕書十一記寶劍：“禹穴之時，以銅爲兵，以鑿伊闕，通龍門。”南朝梁江淹江文通集校補銅劍讚：“鑄銅旣難，求鐵甚易，是故銅兵轉少，鐵兵轉多。”

【銅角】樂器名。以銅爲之。也稱吹金，俗謂號筒。舊唐書音樂志二：“西戎有吹金者，銅角是也。長二尺，形如牛角。”

【銅狄】卽“銅人”。後漢書八二下薊子訓傳“與一老公共摩挲銅人”唐李賢注引水經注：“魏文帝黃初元年，徙長安金狄，重不可致，因留霸城南。”宋陸游劍南詩稿四三齋中雜興十首……之七：“何當五歲，相與摩銅狄。”

【銅官】㊀官名。掌採銅。漢丹楊郡設有銅官。見漢書地理志上。㊁山名。1. 在安徽銅陵縣南，元和郡縣志作利國山。見嘉慶一統志一一八池州府山川。2. 在浙江建德縣西，秦時嘗於此置官採銅，故名。見嘉慶一統志三〇二嚴州府山川。

【銅青】銅上所生之綠色物。又稱銅綠。入藥。見政和證類本草五銅青。

【銅拔】樂器名。今謂之鐃鈸。舊唐書音樂志二：“銅拔，亦謂之銅盤，出西戎及南蠻。其圓數寸，隱起若浮漚，貫之以韋皮，相擊以和樂也。南蠻國大者圓數尺，或謂南齊穆士素所造，非也。”也作“銅鈸”。參閱通典一四四樂四。

【銅板】印刷用之銅版。以銅板印書始於五代。宋岳珂九經三傳沿革例書本有“晉天福銅版本”。文獻通考九錢幣二歷代錢幣之制：“淳熙三年……令都茶場會子庫將第四界銅板，接續印造會子二百萬。”

【銅柱】銅製之柱。史記孝武紀元狩四年：“其後則又作栢梁、銅柱、承露僊人掌之屬矣。”後漢書二四馬援傳“嶠南悉平”唐李賢注引廣州記：“援到交阯，立銅柱，爲漢之極界也。”

【銅馬】㊀前漢末農民起義軍之一支。後爲光武帝所破，分其衆與諸將。故關西號光武爲銅馬帝。見後漢書光武帝紀。㊁銅製之馬。漢武帝時，有善相馬者東門京以鑄作銅馬法獻之。有詔立馬於魯班門外，更名魯班門爲金馬門。又後漢馬援將南征所得銅鼓鑄爲馬式，馬高三尺五寸，圍四尺五寸。見後漢書二四馬援傳。

【銅烏】測風器。三輔黃圖五：“長安宮南有靈臺，高十五仞。上有渾儀，張衡所製。又有相風銅烏，遇風乃動。」

【銅臭】譏諷以錢買官或豪富者。漢崔烈入錢五百萬，得爲司徒。一日，問其子鈞曰：「吾居三公，於議者如何？」鈞曰：「論者嫌其銅臭。」見後漢書五二崔寔傳。宋缺名釋常談上銅臭：「將錢買官，謂之銅臭。」又：「今以富者亦曰銅臭也。」

【銅梁】㊀山名。1.在四川合川縣南，連亘二十餘里。山頂平整，環合諸峯，此爲獨秀。有石梁橫亘，色如銅。見嘉慶一統志三八七重慶府山川。古文苑四漢揚雄蜀都賦：「銅梁金堂，火井龍湫。」即指此。2.在四川銅梁縣西北。縣以山名。又稱小銅梁山，以別於合川縣之銅梁山。見嘉慶一統志三八七重慶府山川。㊁縣名。屬四川省。唐置，故城在今縣治北，元徙今治。清屬四川重慶府。見嘉慶一統志三八七重慶府一。

【銅荷】㊀承燭之盤，以形似荷葉故稱。北周庾信庾子山集一對燭賦：「銅荷承淚蠟，鐵鋏染浮烟。」㊁古計時器，刻漏之一種。詳「蓮花漏」。

【銅陵】㊀指産銅之山。古文苑四漢揚雄蜀都賦：「西有鹽泉鐵冶，橘林銅陵。」㊁縣名，屬安徽省。漢爲陵陽春穀兩縣地，三國吳爲臨城縣地，東晉後爲定陵縣。唐置義安縣，尋廢爲銅官冶。南唐因置銅陵縣，屬昇州。宋改屬池州，明清因之。參閱寰宇通志十二池州府。

【銅渾】同「銅儀」，指渾天儀。文苑英華一九〇隋李元操(孝貞)奉和從叔光祿愔元日早朝詩：「銅渾變春節，玉律動年灰。」唐駱賓王集五秋雲詩：「南陸銅渾改，西郊玉葩輕。」

【銅壺】指古計時之刻漏。器以銅爲之，實以清水，下開孔，漏水入兩壺，右爲夜，左爲晝。見初學記二五漏刻。唐戴叔倫詩集上早春曲：「博山吹雲龍腦香，銅壺滴愁更漏長。」參見「漏壺」。

【銅牌】銅製之牌。南朝梁任昉述異記上：「餘干縣有白鹿……得銅牌在角，後書云：漢元鼎二年，臨江所獻白鹿。」唐詩紀事六二鄭嵎津陽門：「雪衣女失玉籠在，長生鹿瘦銅牌垂。」

【銅街】古洛陽有銅駝街，也稱銅街。水經注十六穀水：「渠水又枝分夾路南出，逕太尉、司徒兩坊間，謂之銅駝街。」通指鬧市。北周庾信庾子山集十三周太子太保步陸逞神道碑：「銅街柳市，塵起風飛。」唐王勃王子安集一春思賦：「入金市而乘羊，出銅街而試馬。」參見「銅駝」。

【銅落】銅屑。入藥。本草拾遺作「赤銅屑」。見本草綱目八金一赤銅。

【銅鼓】古樂器名。後漢書二四馬援傳：「於交趾得駱越銅鼓，乃鑄爲馬式。」宋范成大桂海虞衡志志器：「銅鼓，其製如坐墩而空其下。滿鼓皆細花紋，極工緻。四角有小蟾蜍，兩人舁行，以手拊之，聲全似鞞鼓。」

【銅鉦】古樂器之一種。後指銅鑼。詩文中或以喻日。宋蘇軾分類東坡詩一新城道中之一：「嶺上晴雲披絮帽，樹頭初日掛銅鉦。」宋趙次公注：「銅鉦今所謂鑼也。先生日喻云：『生而眇者不識日。問之，或告之曰：日之狀如銅鉦。』」

【銅漏】古計時器。也名漏壺。有播水壺三，分水壺一，受水壺一。受水壺上有銅人抱時刻漏箭，故名。見清會典八一欽天監漏刻。參見「漏壺」。

【銅駝】銅鑄的駱駝。晉書索靖傳：「靖有先識遠量，知天下將亂，指洛陽宮門銅駝，歎曰：『會見汝在荊棘中耳！』」太平寰宇記三洛陽縣引晉陸機洛陽記：「漢鑄銅駞二枚，在宮之南四會道，夾路相對。俗語曰：『金馬門外聚羣賢，銅駞陌上集少年。』言人物之盛也。」

【銅輦】太子之車。文選晉陸士衡(機)赴洛詩：「撫劒遵銅輦，振纓盡祇肅。」注：「銅輦，太子車飾。」機時爲太子洗馬。後用以指太子。唐李賀歌詩編一還自會稽歌：「臺城應教人，秋衾夢銅輦。」

【銅墨】銅印黑綬。漢書九六下烏孫國傳：「(段會宗)奪金印紫綬，更與銅墨云。」按漢制，凡吏秩比二千石以上，皆銀印青綬。六百石以上，皆銅印黑綬。二百石以上，皆銅印黃綬。縣令，秩千石至六百石，當爲銅印黑綬。黑綬卽墨綬。見漢書百官公卿表上。後人因用銅墨爲邑宰故事。文選南齊王元長(融)永明十一年策秀才文：「頃深汰珪符，妙簡銅墨，而春雉未馴，秋螟不散。」注：「珪符謂刺史，銅墨謂縣令。」唐大詔令集一〇〇天寶十三載吏部引見縣令敕：「朕稽古前哲，瘝瘵全才，委之銓衡，慎擇銅墨。」

【銅儀】銅製的渾天儀。後漢書順帝紀：「(陽嘉元年)秋七月，史官始作候風地動銅儀。」注：「時張衡爲太史令，作之。」後漢書天文志「以顯天戒，明王事焉」注引漢蔡邕表志：「言天體者有三家：一曰周髀，二曰宣夜，三曰渾天……唯渾天者近得其情，今史官所用候臺銅儀，則其法也。」

【銅龍】㊀銅製龍形的噴水器。晉陸翽鄴中記：「華林園中千金堤上，作兩銅龍，相向吐水，以注天泉池。」㊁漏器鑄銅爲龍首，使自龍口吐水，故稱銅龍。初學記二五漏刻法：「爲器三重，圓皆徑尺，差立於水輿踟蹰之上，爲金龍口吐水，轉注入踟蹰經緯之中。」唐李商隱李義山詩集五深宮：「金殿銷香閉綺籠，玉壺傳點咽銅龍。」

【銅鎚】傳統劇淨角的大花面。有粉頭、黑頭、銅鎚之分。如二進宮中徐延昭，御果園中尉遲恭，皆手執銅鎚，故以爲名。

【銅鞮】㊀春秋地名。漢置縣，屬上黨郡。今山西沁縣有銅鞮故城。春秋晉平公築宮於此。左傳成九年晉人執鄭伯於銅鞮，襄三十一年「銅鞮之宮數里」，卽指此。縣西南有銅鞮山，北魏彭城王勰從孝文帝至此。又有銅鞮水，南流至襄垣，入於濁漳河。參閱太平寰宇記四五潞州襄垣。㊁曲名。唐李白李太白詩七襄陽歌：「襄陽小兒齊拍手，攔街爭唱白銅鞮。」㊂複姓。晉銅鞮伯華之後。銅鞮，晉之別邑。見通志二七氏族三以邑爲氏引漢應劭風俗通。宋鄧名世古今姓氏書辨證二一東下：「晉羊舌赤食采銅鞮，謂之銅鞮伯華。」

【銅獸】狀如獸頭之銅製門飾。元王逢梧溪集二塞上曲之一：「月黑輝銅獸，風高嘯紫駝。」

【銅蠡】銜門環的銅製螺形底座。相傳春秋時公輸班見水中蠡引閉其户，終不可開，遂象之立於門户。卽鋪首。南朝陳徐陵徐孝穆集四玉臺新詠序：「絳鶴晨嚴，銅蠡晝靜。」參閱宋程大昌演繁露六金鋪。

【銅虎符】虎形銅符。史記文帝紀：「(三年)九月，初與郡國守相爲銅虎符、竹使符。」集解：「應劭曰：『銅虎符第一至第五，國家當發兵，遣使者至郡合符，符合乃聽受之。』」省稱「銅虎」、「銅符」。南齊書張欣泰傳史臣曰：「陵埤負户，士衰氣竭，屢發銅虎之兵，未有釋位之援。」唐白居易長慶集十七初除官蒙裴常侍贈鶻銜瑞草緋袍……詩：「新授銅符未著緋，因君裝束始光輝。」

【銅雀臺】㊀漢末建安十五年曹操建銅雀、金虎、冰井三臺。故址在今河北臨漳縣西南。銅雀臺高十丈，周圍殿屋一百二十間。於樓頂置大銅雀，舒翼若飛，故名銅雀臺。石虎都鄴，更增二丈，於臺上起五層樓閣，高十五丈，去地二十七丈。兵亂毀圮。見藝文類聚六二晉陸翽鄴中記、水經注十濁漳水、清俞樾茶香室叢鈔十九銅雀。銅雀臺瓦可琢硯，相傳貯水數日不滲，世稱銅雀硯。參見宋蘇易簡文房四譜三硯譜、洪邁容齋續筆十二銅雀灌硯。㊁曲名。也作"銅雀妓"。漢末曹操遺命諸子，死後葬於鄴之西崗，諸妾與伎人皆著銅雀臺，臺上置牀帳，每月朔望向帳前作伎。見樂府詩集三一南朝陳張正見銅雀臺序。

【銅魚符】銅製魚形之符。隋書高祖紀："(開皇十五年五月)丁亥，制京官五品已上，佩銅魚符。"新唐書百官志一："(刑部)司門郎中、員外郎各一人，掌門關出入之籍及闌遺之物。……凡有召者，降墨敕，勘銅魚、木契然後入。"參閱新唐書車服志。

【銅渴烏】銅製吸水用的虹吸管。初學記二五李蘭漏刻法："以器貯水，以銅爲渴烏，狀如鈎曲，以引器中水，於銀龍口中吐入權器。漏水一升，秤重一斤，時經一刻。"參見"渴烏"。

【銅龍門】太子宮門，以宮門上有銅龍而名。文選南齊陸韓卿(厥)奉答內兄希叔詩："屬叨金馬署，又點銅龍門。"詳"龍樓門"。

【銅獸符】卽銅虎符。唐人避李虎諱，作"獸"字。隋書高祖紀："冬十月丁未，頒銅獸符於驃騎、車騎府。"參見"銅虎符"。

【銅鑼峽】在四川巴縣東二十里。懸崖臨江，有圓石如銅鑼之狀，故名。上有銅鑼關。見嘉慶一統志三八七重慶府山川。

【銅山鐵壁】喻立身氣節堅毅不阿。宋史四二四李伯玉傳："趙汝騰嘗薦八士，各有品目，於伯玉曰'銅山鐵壁'。立朝風節，大較似之。"

【銅琶鐵板】相傳宋蘇軾嘗問歌者曰："吾詞比柳(永)詞何如?"對曰："柳郎中詞，只好十七八女孩兒執紅牙拍板，唱'楊柳外曉風殘月'，學士詞須關西大漢抱銅琵琶，執鐵綽板，唱'大江東去'。"見宋俞文豹吹劍續錄(說郛二四)、清徐釚詞苑叢談三品藻一。後因謂文詞豪爽激越爲銅琶鐵板。

【銅駝荆棘】西晉索靖有遠識，至洛陽見朝政不綱，知天下將亂，因指宮門銅駝曰："會見汝在荆棘中耳!"後因以銅駝荆棘指變亂後殘破景象。金元好問遺山集八寄欽止李兄詩："銅駝荆棘千年後，金馬衣冠一夢中。"元詩選宋无子虛翠寒集公子家："不信銅駝荆棘裏，百年前是五侯家。"參見"銅駝"。

【銅頭鐵額】南朝梁任昉述異記上："軒轅之初立也，有蚩尤氏兄弟七十二人，銅頭鐵額，食鐵石，軒轅誅之於涿鹿之野。"唐司空圖司空表聖文集十雲臺三官堂："使人面狗心，不殘賢而害善；銅頭鐵額，自剖角而摧牙。"參閱雲笈七籤一〇〇軒轅本紀。

【銅牆鐵壁】喻防守堅固。水滸四八："宋江自引了前部人馬轉過獨龍岡後面來看祝家莊時，後面都是銅牆鐵壁，把得嚴整。"

【銅斗兒家私】喻殷實的家財。元曲選張國賓羅李郎大鬧相國寺二："我合道處再不道，任憑他把銅斗兒家私使盡了。"也作"銅斗兒家活"。元曲選鄭廷玉忍字記四："誰想這脫空禪客僧瞞過，乾丟了銅斗兒家活。"又作"銅斗兒家緣"。元曲選關漢卿竇娥冤一："鬧閣的銅斗兒家緣百事有，想着俺公公置就，怎忍教張驢兒情受。"

【銅人鍼灸圖經】全名新鑄銅人腧穴鍼灸圖經，宋天聖時醫官尚藥奉御王惟一編，並範鑄銅人模型，刻示經穴名稱。案圖考經，可以正確無誤。圖經刻石與銅人於元至元間自汴京移大都，至明正統八年以銅象歲久昏暗難辨，刻石漫滅不全，乃命工匠礱石範銅，倣前重作。圖經重摹上石時，定名銅人腧穴鍼灸圖經。解放後拆除明代北京城牆時，曾發現天聖圖經刻石殘石五方。

銓

quán 此緣切，平，仙韻，清。ㄑㄩㄢ

㊀衡量。國語吳："不智，則不知民之極，無以銓度天下之衆寡。"注："銓，稱也。"又衡器。漢書九九中王莽傳："考量以銓。"注："應劭曰：'量，斗斛也。銓，權衡也。'"㊁選授官職。三國志吳吳主五子(孫登)傳："立登爲太子，選置師傅，銓簡秀士，以爲賓友。"

【銓序】㊀按官吏資績，確定等級升降。宋書武帝紀中晉義熙十一年三月下書："府州久勤將吏，依勞銓序。"㊁評論序次。南朝梁劉勰文心雕龍十序志："夫銓序一文爲易，彌綸羣言爲難，雖復輕采毛髮，深極骨髓，或有曲意密源，似近而遠，辭所不載，亦不勝數矣。"

【銓廷】指吏部。吏部專司銓選官吏，故稱。資治通鑑二一六唐天寶十二年："借使周公孔子今處銓廷，考其辭華，則不及徐(陵)庾(信)。"注："銓廷，謂吏部銓量選人之所。"

【銓部】舊以吏部專司銓選，故稱吏部爲銓部。宋史選舉志四："在朝廷則當量人才，在銓部則宜守成法。"

【銓敍】㊀根據官吏資績，確定及升降等級。晉書江逌傳附江灌："簡文帝引爲撫軍從事中郎，後遷吏部郎。時謝奕爲尚書，銓敍不允，灌每執正不從。"㊁序次。南朝宋裴松之上三國志注表："臣前奉詔使采三國異同，以注陳壽國志，壽書銓敍可觀，事多審正，誠游覽之苑囿，近世之嘉史。"

【銓選】量才授官。古代舉士與選官，合而爲一，士獲選，卽爲官。至唐，試士屬禮部，試吏屬吏部，以科目舉士，以銓選舉官。舉官又分兩途，吏部主文選，兵部主武選。唐以後，銓政代有更易，然大抵不外集吏考試量人授官之義。清中葉後，選人既多，而得官無日，乃漸變通成例，許應選者自行呈請，分發外省試用。試用有年，得由外省大吏量其資績，報請授官，於是外補者與部選者分爲兩途，而選政遂成具文，但循例掣籤而已。參閱唐會要七四及七五選部、清會典事例三三至四二吏部滿洲銓選、四三至四七吏部漢員銓選。

【銓錄】選擇錄用官吏。新唐書一〇六劉祥道傳："悉集吏部調，至萬員，林甫隨才銓錄，咸以爲宜。"

【銓衡】衡量輕重的器具。抱朴子審舉："夫銓衡不平則輕重錯謬，斗斛不正則多少混亂。"後漢書四一第五倫傳："倫平銓衡，正斗斛，市無阿枉，百姓悅服。"亦指銓選之事及執掌銓選之職位。三國志魏夏侯玄傳："玄議以爲官才用人，國之柄也，故銓衡專於臺閣，上之分也；孝行存乎閭巷，下之敍也。"初學記十一晉傅玄吏部尚書箴："處喉舌者，患銓衡之無常，不患於不明。"

銖

zhū 市朱切，平，虞韻，禪。ㄓㄨ

㊀古衡制單位。兩之二十四分之一爲一銖。其說法不一：1.百黍當一銖。禮儒行："雖分國，如錙銖。"疏："十黍爲參，十參爲銖，二十四銖爲兩。"漢書律曆志一上："一龠容千二百黍，重十二銖，兩之爲兩。"2.九十六黍當一銖。漢劉向說苑辨物："十六黍爲一豆，六豆爲一銖，二十四銖重一兩。"3.十黍當一銖。荀子富國："割國之錙銖以賂之，則割定而欲無猒。"注："十黍之重爲銖。"4.一百四十四粟當一銖。淮南子天文："十二粟而當一分，十二分而當一銖，十二銖而當半兩。"㊁鈍，不鋒利。淮南子齊俗："其兵戈銖而無刃。"注："楚人謂刃頓爲銖。"頓卽鈍

字。㊂姓。明弘治時有舉人銖炫，德興人。見正字通。

【銖寸】喻至微小。宋歐陽修文忠集一二四崇文總目敍釋刑法類："法家之說，務原人情，極其真僞，必使有司不得銖寸輕重出入。"

【銖衣】極言衣之輕。全唐詩二三五賈至贈薛瑤英："舞怯銖衣重，笑疑桃臉開。"參見"五銖衣"。

【銖兩】極輕微之量。史記六七仲尼弟子傳端沐賜："千鈞之重加銖兩而移。"淮南子說林："逐鹿者不顧兔，決千金之貨者不爭銖兩之價。"

【銖鈍】不鋒利。三國志吳薛綜傳諫吳主疏："器械銖鈍，犬羊無政，往必禽克，誠如明詔。"

【銖兩悉稱】指雙方份量，對稱不相上下。清王應奎柳南隨筆二："律詩對偶，固須銖兩悉稱，然必看了上句，使人想不出下句，方見變化不測。杜律所以獨有千古，職是故也。"

【銖積寸累】一點一滴地積累。宋蘇軾東坡集續集十袒靴銘："寒女之絲，銖積寸累。"濂洛關閩書十四朱熹："爲學不可以不讀書，而讀書之法，又當熟讀沉思，反覆涵泳，銖積寸累，久自見功，不惟理明，心亦自定。"

銑

xiǎn 蘇典切，上，銑韻，心。
ㄒㄧㄢ

㊀金之最有光澤者。爾雅釋器："絕澤謂之銑。"南朝梁江淹江文通集十檀超墓誌："惟金有銑，惟玉有瑤。"㊁小鑿。見說文。㊂鐘口兩角。周禮考工記鳧氏："鳧氏爲鍾，兩欒爲之銑。"㊃弓之兩頭以金飾之者。爾雅釋器："弓……以金者謂之銑。"㊄寒貌。通"洒㊃"。國語晉一："以尨衣純，而玦之以金銑傳，寒之甚矣，胡可恃也？"注："銑，猶灑。灑，寒也。言於太子無溫潤也。"

【銑鋧】小鑿。陳書蕭摩訶傳："欲訖，馳馬衝齊軍，(尉破)胡挺身出陣前十餘步，彀弓未發，摩訶遙擲銑鋧，正中其額，應手而仆。"一說卽鐧。

【銑樹】金色之樹。唐王勃王子安集十一乾元殿頌序："黑離踵曜，太陽分銑樹之輝；蒼震荐音，少海控銀河之色。"

銛

1. xiān 息廉切，平，鹽韻，心。
ㄒㄧㄢ

㊀田器，臿屬。見說文。又捕魚具。廣韻引纂文："鐵有距，施竹頭以擲魚爲銛也。"㊁銳利。文選漢賈誼過秦論："鋤耰棘矜，非銛於鉤戟長鎩也。"史記秦始皇紀論銛作"鈢"。㊂姓。宋有銛朴翁，工詩。見正字通。

2. tiǎn 他玷切，上，忝韻，透。
ㄊㄧㄢ

㊃挑取。方言三："銛，取也。"注："謂挑取物。"

銘

míng 莫經切，平，青韻，明。
ㄇㄧㄥ

㊀爲文刻於器物之上，稱述生平功德，使傳揚於後世，或用以自警。古多刻於鐘鼎，秦漢以後，或刻於碑石。商代銘文皆簡短，西周以後漸有長篇，如毛公鼎有四百九十七字，曶鼎四百一十字，大盂鼎二百九十字。禮祭統："夫鼎有銘。銘者自名也，自名以稱揚其先祖之美，而明著之後世者也。"㊁永誌不忘。見"銘心"、"銘戴"。㊂明旌。禮檀弓下："銘，明旌也。"參見"銘旌"。㊃文體名。晉陸機陸士衡集一文賦："銘博約而溫潤，箴頓挫而清壯。"南朝梁劉勰文心雕龍有銘箴篇。

【銘心】銘記在心，念念不忘。三國志吳周魴傳與曹休牋："魴仕東典郡，始願已獲，銘心立報，永矣無貳。"

【銘骨】銘刻於骨，永不遺忘。吳越春秋勾踐伐吳外傳："且君王早朝晏罷，切齒銘骨。"唐李白李太白詩九贈嵩山焦鍊師："紫書儻可傳，銘骨誓相學。"

【銘勒】鐫刻。後漢書二八上馮衍傳說鮑永："忠臣不顧爭引之患，以達萬機之變，是故君臣兩興，功名兼立，銘勒金石，令問不忘。"史記孔子世家索隱述贊："弗父能讓，正考銘勒。"

【銘旌】靈柩前的旗幡稱明旌，又謂之銘。用絳帛粉書。品官則借銜題寫曰某官某公之柩；士稱顯考顯妣；另紙書題者姓名，粘於旌下。平民之喪，不用銘旌。大斂後，以竹杠懸之依靈右。葬時去杠及題者姓名，以旌加於柩上。周禮春官司常："大喪，共銘旌。"唐李白李太白詩三上留田行："昔之弟死兄不葬，他人於此舉銘旌。"參閱清吳榮光吾學錄初編十六品官喪一。參見"明旌"、"旌銘"。

銘旌

【銘誌】刻於墓碑的文字。文選南朝宋謝惠連祭古冢文："銘誌堙滅，姓字不傳。"南史劉瓛傳附劉顯："友人劉之遴啓皇太子爲之銘誌，葬於秣陵縣劉真長舊塋。"

【銘篆】㊀鐫刻在器物上之文字。呂氏春秋慎勢："功名著乎槃盂，銘篆著乎壺鑑。"㊁喻感激，深記不忘。文苑英華六六六唐顧雲謝徐學士啟："才微往彥，遇倍昔時，仰戴恩榮，已增銘篆。"

【銘戴】謂感恩不忘。周書晉蕩公(宇文)護傳報母書："(齊朝)霈然之恩，既以霑洽，愛敬之至，施及傍人。草木有心，禽魚感澤，況在人倫，而不銘戴？"

【銘肌鏤骨】謂感念特深，有如刻諸肌骨。北齊顏之推顏氏家訓序致："追思平昔之指，銘肌鏤骨，非徒古書之誡經目過耳也，故留此。"也作"銘心鏤骨"。唐柳宗元柳先生集三八謝除柳州刺史表："違離十年，一見宮闕，親受朝命，牧人遠方，漸輕不宥之辜，特奉分憂之寄，銘心鏤骨，無報上天。"

鉻

1. luò 盧各切，入，鐸韻，來。
ㄌㄨㄛ

㊀剔髮。見說文。

2. gè 古伯切，入，陌韻，見。
ㄍㄜ

㊁鉤。抱朴子君道："文則琳琅墮於筆端，武則鉤鉻摧於指掌。"

鉓

guǐ 過委切，上，紙韻，見。
ㄍㄨㄟ

㊀農具，臿屬。見說文。㊁買鉓，杜鵑鳥的別名。見漢書八七上揚雄傳反離騷"徒恐鶗鴂之將鳴兮"注。

鉦

rěn
ㄖㄣ

鋒刃。淮南子修務："今劍或絕側羸文，齧缺卷鉦，而稱以頃襄之劍，則貴人爭帶之。"注謂齧缺卷鉦，鈍弊無刃。鉦讀豐年之稔。

銚

1. yáo 餘昭切，平，宵韻，喻。
ㄧㄠ 吐彫切，平，蕭韻，透。

㊀田器，卽大鋤。管子海王："耕者必有一耒一耜一銚。"㊁姓。東漢光武帝時有銚期。見後漢書二十銚期傳。

2. tiáo 集韻 田聊切，平，蕭韻。
ㄊㄧㄠ

㊂矛。呂氏春秋簡選："鋤櫌白梃，可以勝人之長銚利兵。"

3. diào 徒弔切，去，嘯韻，定。
ㄉㄧㄠ

㊃有柄有流的小型燒器。急就篇三："銅鍾鼎鋞銷鉇銚"。唐白居易長慶集十四村居寄張殷衡詩："藥銚夜傾殘酒暖，竹床寒取舊氈鋪。"

【銚芅】木名。卽羊桃。又名萇楚。爾雅釋草："長楚銚芅。"注："今羊桃也。或曰鬼桃，葉似桃，華白子如小麥，亦似桃。"參見"羊桃㊁"。

【銚2憢】節制貌。文選漢馬季長(融)長

笛賦："蒡欂銚懂，晳龍之惠也。"唐劉良注："蒡欂，分別；銚懂，節制也。"晳，鄧析；龍，公孫龍子。皆先秦名家。

鉅 hóu 户鉤切，平，侯韻，匣。
1. ㄏㄡˊ
㊀見"鏂鉅"。
2. xiàng ㄒㄧㄤˋ
㊁投書的容器。同"缿"。史記一二二楊僕傳："少年投鉅購告言姦。"索隱："鉅，受投書之器，入不可出。"參見"缿㊁"。

【鉅鏤】 古熟食之器。釜之屬。圖爲漢陽信家銅鉅鏤。高五寸一分，口徑七寸五分。重四斤八兩。蓋高一寸五，徑六寸三分。重一斤八兩。見清端方陶齋吉金録七。參見"鏤㊀"。

鉅鏤

鉳 pī 集韻 匹歷切，入，錫韻。
ㄆㄧ 匹麥切，入，麥韻。
亦作"釽"。㊀裁木爲器。方言二："梁益之間，裁木爲器曰鉳。"引申爲析破。漢書藝文志名家："及警者爲之，則苟鉤鉳析亂而已。"㊁古良劍以冶煉之精而現出的文彩。越絶書十一外傳記寶劍："欲知泰阿，觀其釽，巍巍翼翼，如流水之波；欲知工布，釽從文起，至脊而止，如珠不可衽，文若流水不絶。"

銜 xián 户監切，平，銜韻，匣。
ㄒㄧㄢˊ
㊀馬嚼子。在馬口中，用以制馭馬之行止。戰國策秦一："伏軾撙銜，橫歷天下。"㊁口含物。見"銜枚"、"銜環"。也作"啣"。㊂領受。見"銜命"。㊃蘊積於中。見"銜恤"、"銜感"。㊄怨恨。漢書九八元后傳："上幸(王)商第，見穿城引水，意恨，内銜之，未言。"㊅官吏階位。唐封演封氏聞見記五官銜："官銜之名，蓋興近代，當是選曹補受，須存資歷，聞奏之時，先具舊官名品于前，次書擬官于後，使新舊相銜不斷，故曰官銜。亦曰頭銜。所以名爲銜者，如人口銜物，取其連續之意。"

【銜尾】 銜，馬嚼子；尾，馬尾。譬喻前後單行相連接。漢桓寬鹽鐵論力耕："是以贏驢駞駝，銜尾入塞。驒騱騵馬，盡爲我畜。"漢書九四下匈奴傳嚴尤諫分匈奴地："如遇險阻，銜尾相隨，虜要遮前後，危殆不測。"

【銜泣】 哭而不出聲。南朝陳徐陵徐孝穆集四與楊僕射書："兼年累載，無申元直之祈；銜泣吞聲，長對公閭之怒。"

【銜杯】 謂飲酒。文選晉劉伯倫(伶)酒德頌："先生於是方捧甖承槽，銜杯漱醪，奮髯踑踞，枕麴藉槽，無思無慮，其樂陶陶。"唐李白李太白詩十五廣陵贈別："繫馬垂楊下，銜杯大道間。"

【銜枚】 枚之狀如箸，橫銜口中，以禁喧囂。古軍旅、田役及喪禮執紼時皆用之。周禮夏官大司馬："羣司馬振鐸，車徒皆作，遂鼓行，徒銜枚而進。"注："枚如箸，銜之，有繣結項中。軍法止語，爲相疑惑也。"又秋官銜枚氏："軍旅田役，令銜枚。"注："爲其言語以相誤。"疏："軍旅田役二者，銜枚氏出令，使六軍之士皆銜枚，止言語也。"禮雜記下："四紼，皆銜枚。"疏："謂執紼之人，口皆銜枚，止諠囂也。"

【銜命】 受命，奉命。禮檀弓上："銜君命而使。"漢書七七孫寶傳上書："臣幸得銜命奉使，職在刺舉，不敢避貴幸之勢，以塞視聽之明。"

【銜恤】 含憂。詩小雅蓼莪："無父何怙，無母何恃。出則銜恤，入則靡至。"後謂遭父母之喪曰銜恤。梁書昭明太子(蕭統)傳王筠哀册文："纏哀在疚，殷憂銜恤。"此謂統遭母丁貴嬪之喪。

【銜恨】 懷恨。後漢書四二東海恭王彊傳謝疏："臣内自省視，氣力羸劣，日夜浸困，終不復望見闕庭，奉承帷幄，孤負重恩，銜恨黄泉。"此爲心懷悔恨。三國志吴孫策傳："策昔曾詣(陸)康，康不見，使主簿接之。策常銜恨。"此爲心懷怨恨。

【銜冤】 含冤負屈。唐杜甫杜工部草堂詩箋四十哭台州鄭司户蘇少監："流慟嗟何及，銜冤有是夫。"舊五代史晉張允傳駁赦論："假有二人訟，一有罪，一無罪，若有罪者見赦，則無罪者銜冤，銜冤者彼何罪，見捨者此何親乎？"

【銜勒】 馬勒和轡頭。大戴禮盛德："德法者御民之銜勒也。"又："善御馬者，正銜勒，齊轡筴，均馬力，和馬心。"

【銜塊】 舊俗人死，口中必含以物。天子含珠，諸侯含玉，大夫含璣，士含貝，庶人含穀實。見漢劉向説苑修文。故請罪之人口銜土塊，以示己有死罪。新唐書七六上楊貴妃傳："帝欲以皇太子撫軍，因禪位，諸楊大懼，哭于廷。國忠入白妃，妃銜塊請死，帝意沮，乃止。"

【銜碑】 含悲的隱語。樂府詩集四六南朝宋缺名讀曲歌之二九："石闕生口中，銜碑不得語。"

【銜橛】 銜，馬嚼子；橛，車之鉤心。韓非子姦劫弒臣："無捶策之威，銜橛之備，雖造父不能以服馬。"史記一一七司馬相如傳諫獵書："且夫清道而後行，中路而後馳，猶時有銜橛之變。"言車馬馳騁，常恐有傾覆之禍。借喻爲馳驅遊獵之事。漢書七二王吉傳上疏："夫廣夏之下，細旃之上，明師居前，勸誦在後，上論唐夏之際，下及殷周之盛，其樂豈待銜橛之間哉。"

【銜環】 見"黄雀銜環"。

【銜璧】 古者國君死，口含玉。故戰敗出降者銜璧以示國亡當死。左傳僖六年："許男面縛銜璧，大夫衰絰，士輿櫬。"

【銜蟬】 指貓。宋黄庭堅山谷外集七乞貓詩："聞道貍奴將數子，買魚穿柳聘銜蟬。"明王志堅表異録九："後唐瓊花公主有二貓，一白而口銜花朵；一烏而白尾。主呼爲銜蟬奴，崑崙妲己。"

【銜觴】 飲酒。猶銜杯。唐李白李太白詩十敍舊贈江陽宰陸調："但苦隔遠道，無由共銜觴。"又十五留別曹南羣官之江南："愁爲萬里別，復此一銜觴。"

【銜蘆】 雁銜蘆草以自衛。尸子下："雁銜蘆而捍網，牛結陳以却虎。"淮南子修務："夫鴈順風以愛氣力，銜蘆而翔，以備矰弋。"注："銜蘆，所以令繳不得截其翼也。"參閲晉崔豹古今注中鳥獸。

【銜鬚】 後漢温序爲隗囂別將苟宇所拘劫，不屈。賜以劍。序受劍，銜鬚於口，顧左右曰："既爲賊所迫殺，無令鬚汙土。"遂伏劍而死。見後漢書八一温序傳。

【銜轡】 馭馬的銜鐵和轡頭。荀子性惡："驊騮、騹驥、纖離、緑耳，此皆古之良馬也。然而前必有銜轡之制，後有鞭策之威，加之以造父之馭，然後一日而致千里也。"後用以比喻以法令爲治。後漢書二九鮑永傳："時南土尚多寇暴，永以吏人痍傷之後，乃緩其銜轡，示誅彊橫而鎮撫其餘。"注："銜轡，喻法律以控御人也。"

【銜枚氏】 官名。周禮秋官之屬，掌禁止喧嘩。見周禮秋官銜枚氏。

【銜華佩實】 ㊀猶言開花結果。藝文類聚八一南朝梁沈約愍衰草賦："昔日兮春風，銜華兮佩實。"㊁喻文質兼備。南朝梁劉勰文心雕龍一徵聖："然則聖文之雅麗，固銜華而佩實者也。"

【銜膽棲冰】 喻刻苦自勵。晉書劉元海載記卽漢王令："但以大恥未雪，社稷無主，銜膽棲冰，勉從衆議。"又姚興載記："(胡)威流涕見興曰：'臣州奉國五年，王威不接，銜膽棲冰，孤城獨守者，仰恃陛下威靈，俯杖良牧惠化。'"

七畫

鋈 wù 烏酷切,入,沃韻,影。ㄨ

白銅,以銅鍍器物。詩秦風小戎:"游環脅驅,陰靷鋈續。"又:"龍盾之合,鋈以觼軜。"

【鋈銑】鍍以光澤的金屬。藝文類聚七八北周王褒館銘:"練石三轉,燒丹七飛。昆吾陶鑄,丹陽鋈銑。"

【鋈器】鍍以金銀的器具。宋郭若虛圖畫見聞誌六鍾馗樣:"(黄)筌曰:'吳道子所畫鍾馗,一身之力、氣、色、眼貌俱在第二指。……臣今所畫,雖不迨古人,然一身之力,併在拇指,是敢別畫耳。'蜀主嗟賞之。仍以錦帛鋈器,旌其別識。"

鋬 pàn 集韻 普患切,去,諫韻。ㄆㄢ

器物上的提梁。

鈔 shā 素何切,平,歌韻,心。ㄕㄚ

見下。

【鈔鑼】銅器。形如盆,或作沙羅、篩鑼、廝鑼。宋史禮志二二賓禮金國聘使見辭儀:"大率北使至闕,……上馬入餘杭門,至都亭驛,賜褥被、鈔鑼等。"金史儀衛志下皇太子鹵簿:"凡從物,鏾鑼、唾盂、水罐等事,並用銀金飾。"鈔與沙、篩、廝音近,本無定字,隨所宜而用之。其用途,或云是盥盆,或云是酒器;或云似銅鑼而小,馬上急遞所擊者。見正字通。

鋃 láng 魯當切,平,唐韻,來。ㄌㄤ

見下。

【鋃鐺】㊀刑具,鐵鎖鏈。後漢書五二崔駰傳附崔烈:"董卓以是收烈付郿獄,錮之,鋃鐺鐵鎖。"注:"前書曰:'人犯鑄錢,以鐵鎖鋃鐺其頸。'"參見"琅璫㊀"。㊁鋃鐺之爲物,連牽而重,故俗語以困重不舉爲鋃鐺。見元戴侗六書故四。㊂鐘聲。見廣韻。

銻 tí 杜奚切,平,齊韻,定。ㄊㄧ

見"鍗銻"。

鋭 1. ruì 以芮切,去,祭韻,喻。ㄖㄨㄟ

㊀鋒利。荀子賦:"長其尾而鋭其剽者邪?"淮南子時則:"柔而不剛,鋭而不挫。"㊁精鋭。左傳桓十一年:"我以鋭師宵加於鄖。"㊂物上小下大曰鋭。爾雅釋丘:"再成鋭上爲融丘。"㊃細小。左傳昭十六年:"且吾以玉賈罪,不亦鋭乎?"㊄迅猛,急速。孟子盡心上:"其進鋭者其退速。"

2. duì 杜外切,去,泰韻,定。ㄉㄨㄟ

㊅矛屬。書顧命:"一人冕,執鋭立于側階。"

【鋭士】精鋭的士卒。荀子議兵:"魏氏之武卒,不可以遇秦之鋭士。秦之鋭士,不可以當桓文之節制。"亦作"鋭卒"。墨子雜守:"選厲鋭卒,慎無使顧。"

【鋭志】言志向堅決,如鋒刃之鋭利向前。漢書禮樂志:"是時,上方征討四夷,鋭志武功,不暇留意禮文之事。"

【鋭眥】目病名。眥,眼角。靈樞經二二癲狂:"目眥外決於面者爲鋭眥,在內近鼻者爲內眥。"

【鋭意】專心一意。世説新語規箴"孫休好射雉"注引環濟吳紀:"鋭意典籍,欲畢覽百家之事。"文選南朝梁沈休文(約)遊沈道士館詩:"鋭意三山上,託慕九霄中。"

【鋭鼓】傜族樂器。宋范成大桂海虞衡志志器:"鋭鼓,傜人樂,狀如腰鼓,腔長倍之,上鋭下侈,亦以皮鞔植於地,坐拊之。"

【鋭鋃】猶鑽研。古文苑六黄香九宮賦:"眄旭歷而鋭鋃,廓岈岼以閒闊。"

【鋭頭兒】尖頭小面之人。唐杜甫杜工部草堂詩箋七遣興五之二:"長陵鋭頭兒,出獵待明發。"按孔衍春秋後語:"平原君對趙王曰:澠池之會,臣察武安君之爲人也,小頭而鋭,斷敢行也。瞳子白黑分明者,視事明也。"(宛委山堂本説郛五)

銶 qiú 巨鳩切,平,尤韻,羣。ㄑㄧㄡ

鑿屬。詩豳風破斧:"既破我斧,又缺我銶。"釋文:"韓詩云:鑿屬也。一解云:今之獨頭斧。"

鋕 zhì 集韻 職吏切,去,志韻。ㄓ

銘記。見集韻。

鋪 1. pū 普胡切,平,模韻,滂。ㄆㄨ

㊀鋪首。以銅爲獸面,銜環著於門上。漢書八七上揚雄傳甘泉賦:"排玉户而颺金鋪兮,發蘭蕙與穹窮。"文選三國魏何平叔(晏)景福殿賦:"青瑣銀鋪,是爲閨闥。"注:"銀鋪,以銀爲鋪首也。"參見"鋪首"。㊁古銅器名,豆屬。宣和博古圖録十八周劉公鋪銘:"劉公作杜嬬尊鋪永寶用。"注:"銘曰鋪者,意其銘鋪薦之義。鋪雖無所經見,要之不過豆類。"見圖。㊂佈設,敷陳。禮樂記:"鋪筵席,陳尊俎。"文選漢班孟堅(固)東都賦:"鋪鴻藻,信景鑠,揚世廟,正雅樂。"後漢書作"敷"。㊃病。通"痡"。詩小雅雨無正:"若此無罪,淪胥以鋪。"㊄徧。後漢書四十下班彪傳典引:"鋪觀二代洪纖之度,其賾可探也。"

鋪

2. pù 普故切,去,暮韻,滂。ㄆㄨ

㊅商店。俗作"舖"。唐張籍張司業集四送楊少尹赴鳳翔詩:"得錢祇了還書鋪,借宅常時事藥欄。"㊆宋代稱郵遞驛站爲鋪。元代其制更加嚴密,州縣凡十里一鋪,大事遣使馳驛,小事文書由鋪吏傳送,明清因之。今地名中十里鋪、二十里鋪即其遺迹。參閲元史兵志四急遞鋪兵、明葉子奇草木子三下、清會典五一兵部。㊇床。水滸四五:"房裏好床好鋪睡着,没得尋思,只是想着此一件事。"

【鋪于】分布。後漢書六十上馬融傳廣成頌:"其植物則……翕習春風,含津吐榮,鋪于布濩,確扈蘣熒,惡可殫形。"

【鋪作】指簷上層叠的斗栱。營造法式一總釋鋪作:"李華含元殿賦:'雲薄萬栱。'又,'懸櫨駢湊'。"注:"今以枓栱層數相疊出跳多寡次序,謂之鋪作。"又四大木作制度總鋪作次序:"總鋪作次序之制,凡鋪作自柱頭上櫨枓口內出一栱或一昂,皆謂之一跳,傳至五跳止。"參見"斗栱"。

【鋪₂兵】㊀城市坊巷間的巡警兵卒。宋孟元老東京夢華録三防火:"每坊巷三百步許,有軍巡鋪屋一所,鋪兵五人,夜間巡警及領公事。"㊁在鋪驛遞轉文件的兵士。也稱鋪卒、鋪丁、鋪夫。參閲元史兵志四急遞鋪兵、清會典五一兵部。

【鋪房】古婚期前一日,女家使人至壻家鋪設房卧,張陳其室,謂之鋪房。宋時已有此俗。參閲宋司馬光司馬氏書儀三親迎、孟元老東京夢華録五娶婦。

【鋪首】門上用以銜環的底盤,作獸形,或飾以金銀。漢書哀帝紀元壽元年:"孝元廟殿門銅龜蛇鋪首鳴。"注:"如淳曰:'門鋪首作龜蛇之形而鳴呼也。'師古曰:'門之鋪首,所以銜環者也。'"文選漢傅武仲(毅)舞賦:"黼帳袪而結組兮,鋪首炳以焜煌。"

【鋪衍】廣布。文選漢揚子雲(雄)劇秦

美新:"登假皇穹,鋪衍下土,非新家其疇離之。"唐劉良注:"鋪,布;衍,廣。……言美聲上至皇天,廣布天下。"

【鋪₂馬】 鋪驛所備的驛馬。宋樓鑰攻媿集一一一北行日録上:"金法,金牌走八騎,銀牌三,木牌三,皆鋪馬也。木牌走急,日行七百里,軍期則用之。"水滸一:"洪信領了聖敕,辭別天子,背了詔書,盛了御香,帶了數十人,上了鋪馬,一行部從,離了東京,取路徑投信州貴溪縣來。"參閱元史兵志四站赤。

【鋪設】 敷設,擺設。宋李覯直講李先生文集三五江亭醉後詩:"主人能接納,佳境爲鋪設。"水滸四五:"引到一處樓上,却是海闍黎的卧房,鋪設得十分整齊。"

【鋪排】 鋪設,按排。清方以智通雅四九諺原鋪頌鋪排:"方言東齊曰鋪頌,猶秦晉言抖藪也。郭(璞)曰:謂斗藪,舉索物也。鋪,音敷。今謂治辦鋪設,亦有鋪扮、鋪排之語,是其轉聲。"紅樓夢四十:"賈母道:'就鋪排在藕香榭的水亭子上,借着水音更好聽。'"

【鋪陳】 ㊀鋪敍,敷陳。周禮春官大師"曰風、曰賦"漢鄭玄注:"賦之言鋪,其鋪陳今之政教善惡。"唐白居易長慶集一讀張籍古樂府詩:"爲詩意如何,六義互鋪陳。"㊁指陳設之物。周禮春官宗伯"司几筵"漢鄭玄注:"鋪陳曰筵。"舊五代史唐明宗紀長興四年:"賜宰相李愚絹百四、錢十萬、鋪陳物一十三件。"今也指被褥等卧具。

【鋪棻】 茂盛貌。文選漢班孟堅(固)西都賦:"五穀垂穎,桑麻鋪棻。"注:"爾雅曰:鋪,布也。普胡切。王逸楚辭注曰:紛,盛貌也。棻與紛古字通。"五臣本作"敷紛"。

【鋪₂遞】 驛站。也稱鋪驛、遞鋪。金史世宗紀下大定二十六年:"上謂宰臣曰:'……朕嘗欲得新荔支,兵部遂於道路特設鋪遞。'"清黄六鴻福惠全書三十庶政部申飭鋪遞:"夫鋪遞之設,蓋以供送各衙門之公文者也。有本州縣申報上司之文,其在衝途,有彼省傳送隣省,及京部院之文,每晝夜須行三百里。凡所到地方,鋪司于公文套上填明某日某時到,即爲前送,如有稽遲擦損,定行查究,自定例也。"

【鋪蓋】 謂被褥等卧具。古今雜劇元戴善夫風光好一:"既然太守去了,收拾鋪蓋,我回後堂中歇息去。"元曲選缺名生金閣三:"張千孩兒,與你十日假限,到我私宅中取的鋪蓋來。"

【鋪地錦】 古算法之一。用方格圖代乘法,故稱鋪地錦,也稱寫算。如算3547×25,先畫方格,各作對角綫。寫法數(乘數)於格外上方,寫實數(被乘數)於格外右方。乃以法乘實,寫其積於交格。個位數寫於斜綫之下,十位數寫於斜綫之上。各數乘畢,以同一斜綫內各數相加,寫於格外之下方及左方。逢進位時,橫欄進入前格,直行進入上格。由左方至下方讀得之數88675,即所求得之乘積。明程大位詳註全圖算法大全八寫算:"歌曰:'寫算鋪地錦爲奇,不用算盤數可知。法實相呼小九數,格行寫數莫差池。記零十進於前位,逐位數數亦如之。照式畫圖代乘法,厘毫絲忽不須疑。'"

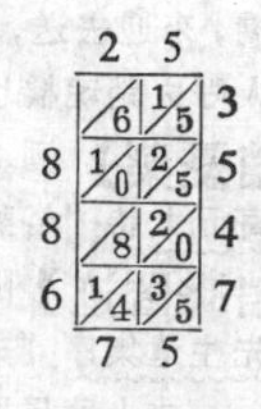

【鋪殿花】 於縑素上繪花草蟲石以爲宮殿壁飾。宋郭若虛圖畫見聞誌六鋪殿花:"江南徐熙輩有於雙縑幅素上畫叢豔疊石,傍出藥苗,雜以禽鳥蜂蟬之妙,乃是供李主宮中挂設之具,謂之鋪殿花。"

【鋪公鋪母】 舊俗結婚前,女家特延夫婦福壽多子孫者,爲之鋪設新房,以取吉利,謂之鋪公鋪母。唐段成式酉陽雜俎前集十五諾皋記下:"(有婦人謂劉積中)曰:'我有女子及笄,煩主人求一佳壻,……兼煩主人作鋪公鋪母。'"

【鋪眉苫眼】 假正經,裝模作樣。見"苫眼鋪眉"。

【鋪張揚厲】 敷陳其事而宣揚之。唐韓愈昌黎集三九潮州刺史謝上表:"鋪張對天之閎休,揚厲無前之偉蹟。"宋王明清揮麈録前録四自跋:"先人於是輯國朝史述焉,直欲追倣遷固,鋪張揚厲爲無窮之觀。"遷固,漢司馬遷、班固。

【鋪絨線石】 寶石名。顏色純綠,明瑩與鋪絨線相似,多用以鑲嵌縧環。見明曹昭格古要論六。

【鋪錦列繡】 喻華麗。南史顏延之傳:"延之嘗問鮑照己與靈運優劣,照曰:'謝五言如初發芙蓉,自然可愛。君詩若鋪錦列繡,亦雕繢滿眼。'"

鎁 yé 集韻 余遮切,平,麻韻。ㄧㄝ

同釾、鋣。鏌鎁,古良劍名。見"鏌釾"。

鋩 máng 武方切,平,陽韻,明。ㄇㄤ

刃端。文選左太沖(思)吳都賦:"羽毛揚蕤,雄戟耀鋩。"

鋏 jiá 古協切,入,怗韻,見。ㄐㄧㄚˊ

㊀鉗子。見説文。㊁劍把。戰國策齊四:"居有頃,(馮驩)倚柱彈其劍,歌曰:'長鋏歸來乎! 食無魚。'"莊子説劍:"晉魏爲脊,周宋爲鐔,韓魏爲夾。"釋文:"司馬(彪)云:'夾,把也。'一本作鋏,同。"㊂劍。楚辭屈原九章涉江:"帶長鋏之陸離兮,冠切雲之崔嵬。"注:"長鋏,劍名也。其所握長劍,楚人名曰長鋏也。"

鋙 1. yǔ 魚巨切,上,語韻,疑。ㄩˇ

㊀不相吻合。見"鉏鋙㊀"。

2. wú 集韻 訛胡切,平,模韻。ㄨˊ

㊀見"錕鋙"。參見"鋘㊀"。

鋟 jiān qǐn 子廉切,平,鹽韻,精。ㄐㄧㄢ ㄑㄧㄣˇ 七稔切,上,寢韻,清。

刻板。見"鋟板"。

【鋟板】 ㊀公羊傳定八年:"孟氏與叔孫氏迭而食之,睋而鋟其板。"注:"以爪刻其饋斂板。"此謂以爪刻食器之蓋板。㊁宋代刻板書盛行,其名甚繁。刻書板亦稱鋟板、鋟木或鋟梓。板或作版。宋范浚香溪集十八答姚令聲書:"得足下去月尾書,……首及妄人假僕姓名和元祐賦,鋟板散鬻。"李心傳建炎以來繫年要録一二九紹興二年九月:"(吳)師古嘗得胡銓封事,鋟木而傳之。"明張居正張文忠集書牘九答河道巡撫:"奏對拙稿,隨時私刻,留傳後人耳,偶以一册寄之陽山,不意渠遂鋟梓。"

【鋟棗】 木刻書,書板多用棗木,故稱刻印之事爲鋟棗。宋王邁臞軒集十五餞方言巖仲之泰尉尤溪詩:"及瓜上日相催迫,鋟棗通宵細校讐。"

鋦 jū 居玉切,入,燭韻,見。ㄐㄩ

以鐵束物。見玉篇。俗亦謂屈鐵釘兩端以釘物爲鋦。

銷 xiāo 相邀切,平,宵韻,心。ㄒㄧㄠ

㊀熔化金屬。史記秦始皇紀二十六年:"收天下兵,聚之咸陽,銷以爲鍾鐻。"㊁銷耗,銷滅。通"消"。漢書七二龔勝傳:"薰以香自燒,膏以明自銷。"㊂小,減損。莊子則陽:"其聲銷,其志無窮。"釋文:"司馬(彪)云:小也。"㊃掘土削木用具。淮南子齊俗:"故剞劂銷鋸陳,非良工不能以制木。"㊄生鐵。淮南子説林:"屠者棄銷而鍛者指之,所緩急異也。"

【銷兵】 ㊀銷毀兵器。唐杜甫杜工部草

堂詩箋三四奉酬薛十二丈判官見贈:"銷兵鑄農器,今古歲方寧。"㊁指兵員有逃者、死者,不再補充。新唐書一〇一蕭瑀傳附蕭俛:"乃密詔天下鎮兵,十之,歲限一爲逃、死,不補,謂之銷兵。"

【銷金】㊀銷熔金屬。淮南子覽冥:"若夫以火能焦木也,因使銷金,則道行矣。"北齊劉晝劉子利害:"銷金在罏,盜者弗掬。"㊁以金飾物。或卽今之灑金。宋陸游老學庵筆記五:"紹興中,有貴人好爲俳諧體詩及箋啟。詩云:'綠樹帶雲山罨畫,斜陽入竹地銷金。'"

【銷夏】消除暑氣。唐陸龜蒙甫里集二消夏灣詩:"遺名復避世,銷夏還銷憂。"

【銷骨】史記七十張儀傳:"衆口鑠金,積毀銷骨。"極言讒言爲害之烈。

【銷暑】燕昭王時,有國獻黑蚌,其蚌能飛,千歲一生珠,昭王常懷此珠,當隆暑之月,體自輕涼,號爲銷暑招涼之珠。見舊題晉王嘉拾遺記四燕昭王。唐白居易長慶集二〇江樓夕望招客詩:"能就江樓銷暑否?比君茅舍校清涼。"

【銷落】衰落,散落。文選三國魏曹子建(植)贈丁儀:"初秋涼氣發,庭樹微銷落。"又南朝梁江文通(淹)恨賦:"亦復含酸茹歎,銷落煙沉。"

【銷魂】謂爲情所感,若魂魄離散。文選南朝梁江文通(淹)別賦:"黯然銷魂者,唯別而已矣。"注:"夫人魂以守形,魂散則形斃,今別而散,明恨深也。"

【銷鑠】銷鎔。文選戰國楚宋玉九辯:"萷櫹槮之可哀兮,形銷鑠而瘀傷。"又漢枚叔(乘)七發:"今夫貴人之子,……飲食則溫淳甘膬,腥醲肥厚;衣裳則雜遝曼煖,燂爍熱暑;雖有金石之堅,猶將銷鑠而挺解也,況在其筋骨之堅乎哉!"

【銷金紙】卽灑金紙。宋王珪華陽集六宮詞之三九:"擘開五色銷金紙,碧瑣窗前學草書。"

【銷金帳】用金或金綫裝飾的帳子。古今雜劇元戴善夫風光好二:"你這般當歌對酒銷金帳,煞强如掃雪烹茶破草堂。"

【銷金鍋】指西湖。元周密武林舊事三西湖遊幸都人遊賞:"西湖天下景,朝昏晴雨,四序總宜,杭人亦無時而不遊,而春遊特盛焉。……日糜金錢,靡有紀極,故杭諺有銷金鍋兒之號。"元詩選宋无子虛啽囈集西湖:"戀着銷金鍋子暖,龍沙忘了兩宮寒。"

【銷夏灣】地名,在江蘇吳縣西南。相傳爲春秋時吳王避暑之處。全唐詩六一〇皮日休銷夏灣:"太湖有曲處,其門爲兩崖。當中數十頃,別如一天池。號爲銷夏灣,此名無所私。"參閱宋范成大吳郡志十八川。

【銷麥蟲】唐人故事傳說,陸顒自幼嗜麵,食愈多而體愈瘦。後有胡人謂顒曰:"食麵者乃君腹中一蟲耳。"出藥令顒食之,有頃,吐出一蟲,長二寸許,色青,狀如蛙。胡曰:"此名銷麥蟲。"見唐張讀宣室志一。

【銷魂橋】指灞陵橋。五代後周王仁裕開元天寶遺事下銷魂橋:"長安東灞陵有橋,來迎去送,皆至此橋爲離別之地,故人呼之銷魂橋也。"

【銷憂藥】酒。唐白居易長慶集九勸酒寄元九詩:"俗號銷憂藥,神速無以加。"

【銷聲匿迹】隱匿形跡。明張鉞何大復先生遺集序:"夫豐城之劍,鮫宮之珠,……或上薄星辰,或折流洪濤,銷聲匿跡中自有不可磨滅者存。"

銲 hàn ㄏㄢˋ 侯旰切,去,翰韻,匣。

黏合或修補金屬。同"釬"、"焊"。宋沈括夢溪筆談二一異事:"予于譙亳得一古鏡,……此鏡甚薄,略無銲跡。"

鋧 xiàn ㄒㄧㄢˋ 集韻 胡典切,上,銑韻。

小矟。陳書蕭摩訶傳:"(尉破)胡挺身出陣前十餘步,彀弓未發,摩訶遥擲銑鋧,正中其額,應手而仆。"明楊慎謂鋧卽"錭"。見升菴全集六八銑鋧。

鋤 chú ㄔㄨˊ 士魚切,平,魚韻,牀。

本作"鉏",也作"耡"。㊀農具名。用以除草、鬆土。文選漢賈誼過秦論:"鋤櫌棘矜,非銛於鉤戟長鎩也。"史記秦始皇紀論鋤作"鉏"。㊁以鋤治田。楚辭屈原卜居:"寧誅鋤草茅以力耕乎?將游大人以成名乎?"㊂滅除。文選三國魏曹元首(冏)六代論:"(始皇)委天下之重於凡夫之手,託廢立之命於姦臣之口,至令趙高之徒,誅鋤宗室。"

【鋤社】農家自願結合之耕作互助組織。元王禎農書三鋤治篇:"其北方村落之間,多結爲鋤社,以十家爲率,先鋤一家之田,本家供其飲食,其餘次之,旬日之間,各家田皆鋤治。自相率領,樂事趨功,無有偷惰。間有病患之家,共力助之,故苗無荒穢,歲皆豐熟。秋成之後,豚蹄盂酒,遞相犒勞,名爲鋤社。"

鋗 1. xuān ㄒㄩㄢ 火玄切,平,先韻,曉。

㊀小盆。卽銅銚。急就篇三:"銅鍾鼎鋞鋗鉇銚。"注:"鋗,亦温器也。"圖爲梁山鋗。見宣和博古圖録二一漢梁山鋗銘。

鋗

2. juān ㄐㄩㄢ

㊁通"涓"。詳"鋗₂人"。㊂鳴玉聲。見"鋗₂玉"。

【鋗₂人】宫中主灑掃的人。同"涓人"。史記楚世家:"王行遇其故鋗人。"集解:"韋昭曰:'今之中涓也。'"參見"涓人"。

【鋗₂玉】鋗,玉聲,故稱鋗玉。漢書禮樂志二郊祀歌天地:"展詩應律鋗玉鳴,函宫吐角激徵清。"注:"晉灼曰:'鋗,鳴玉聲也。'"

鋘 1. huá ㄏㄨㄚˊ 户花切,平,麻韻,匣。

㊀兩刃臿。同"鏵"。後漢書七一戴就傳:"幽囚考掠,五毒參至,就慷慨直辭,色不變容。又燒鋘斧,使就挾於肘腋。"注:"何承天纂文曰:臿,今之鋘也。"

2. wú ㄨˊ 五乎切,平,模韻,疑。

㊁刀名。吳越春秋夫差内傳:"兩鋘殖吾宫牆,流水湯湯越吾宫堂。"注:"音吳,刀名。錕鋘山出金,作刀,可切玉。"

3. hú ㄏㄨˊ 集韻 洪孤切,平,模韻。

㊂泥鏝。塗工之具。也作"鋙"。見集韻。

鋜 zhuó ㄓㄨㄛˊ 士角切,入,覺韻,牀。

鎖足。見玉篇。唐韓愈昌黎集八納涼聯句:"青雲路難近,黃鶴足仍鋜。"

鋝 lüè ㄌㄩㄝˋ 力輟切,入,薛韻,來。

古重量單位。一鋝重六兩又大半兩,二十兩爲三鋝。周禮考工記冶氏:"(戈)重三鋝。"注:"今東萊稱或以大半兩爲鈞,十鈞爲環,環重六兩大半兩。"按,環與罰鍰之鍰同,鍰同"鋝"。參閱説文解字十四上鋝清段玉裁注。

鋖 sī ㄙ 息夷切,平,脂韻,心。

平木小鉋。亦作"鐁"。見玉篇。

銼 cuò ㄘㄨㄛˋ 麤卧切,去,過韻,清。
昨禾切,平,戈韻,從。
昨木切,入,屋韻,從。

㊀小釜,瓦鍋。唐杜甫杜工部詩史補遺一聞斛斯六官未歸:"荆扉深蔓草,土銼冷疎煙。"㊁挫折。通"挫"。史記楚世家:"亡地漢中,兵銼藍田。"

【銼鑹】小釜。湯罐。見説文。

鋊 yù 余蜀切,入,燭韻,喻。
ㄩˋ
㊀鉤取鑪炭及鼎耳之具。見說文。㊁銅屑。史記平準書:"有司言三銖錢輕,易姦詐,乃更請諸郡國鑄五銖錢,周郭其下,令不可磨取鋊焉。"㊂磨礱漸銷。明楊慎丹鉛總録七珍寶磨鋊:"五音譜磨礲漸銷曰鋊,今俗謂磨光曰磨鋊是也。"

鋌 1. dìng 徒鼎切,上,迥韻,定。
ㄉㄧㄥˋ
㊀鐵名。銅鐵礦石。漢桓寬鹽鐵論殊路:"干越之鋌不厲,匹夫賤之。"文選晉張景陽(協)七命:"耶谿之鋌,赤山之精。"注:"鋌,銅鐵璞也。"㊁箭鋌。周禮考工記冶氏:"冶氏爲殺矢,刃長寸,圍寸,鋌十之。"注:"鋌,箭足入稾中者也。"㊂金錠。北齊書陳元康傳:"世宗於是親征,既至而剋,賞元康金百鋌。"
2. tǐng 集韻 他頂切,上,迥韻。
ㄊㄧㄥˇ
㊃疾走貌。說文作"挺"。左傳文十七年:"鋌而走險,急何能擇。"後漢書六五皇甫規傳注、太平御覽九〇六引左傳皆作"挺而走險"。

【鋌子茶】 搏茶爲錠,卽茶甎。宋陶穀清異録下茗荈玉蟬膏:"大理徐恪見貽鄉信鋌子茶,茶面印文曰玉蟬膏。"

鋂 méi 莫杯切,平,灰韻,明。
ㄇㄟˊ
謂一大環貫二小環的子母環。詩齊風盧令:"盧重鋂,其人美且偲。"

銹 xiù 集韻 息救切,去,宥韻。
ㄒㄧㄡˋ
金屬表面起的氧化物。同"鏽"。見集韻。

鋒 fēng 敷容切,平,鍾韻,滂。
ㄈㄥ
㊀兵器的尖端。書費誓:"鍛乃戈矛,礪乃鋒刃。"借指兵器。史記九三淮陰侯傳:"且天下鋭精持鋒欲爲陛下所爲者甚衆,顧力不能耳。"㊁凡尖鋭外見者曰鋒。南朝宋鮑照鮑氏集四擬古詩之二:"兩説窮舌端,五車摧筆鋒。"引申爲鋭勢、勢頭。宋蘇軾分類東坡詩十七刀景純席上和謝生之二:"綺羅勝事齊三閣,賓主談鋒敵兩都。"㊂兵隊的前列。史記九一黥布傳:"布常爲軍鋒。"㊃古農器。其金比犁鑱小而加鋭,柄如耒,首如刃鋒,故名。參閱元王禎農書十三農器圖譜三鋒。

【鋒出】 謂鋒刃齊出。喻鋭不可拒。漢劉向説苑談叢:"百方之事,萬變鋒出。"也作"鏠出"。漢書六五東方朔傳:"舍人所問,朔應聲輒對,變詐鋒出,莫能窮者。"

【鋒芒】 ㊀喻事物之細小。漢王充論衡超奇:"作洞歷十篇,上自黃帝,下至漢朝,鋒芒毛髮之事莫不紀載,與太史公表紀相似類也。"㊁喻人之鋭氣。後漢書七四上袁紹傳檄州郡:"會行人發露,(公孫)瓚亦梟夷,故使鋒芒挫縮,厥圖不果。"

【鋒利】 猶鋭利。唐劉禹錫劉夢得集四洛中酬福建陳判官見贈詩:"怪君近日文鋒利,新向延平看劍來。"宋史兵志十一器甲之制:"京師所製軍器,多不鋒利。"

【鋒俠】 形容鋭氣,似兵刃之鋒利。後漢書七四上袁紹傳檄州郡:"僄狡鋒俠,好亂樂禍。"注:"鋒俠言如其鋒之利也。"

【鋒起】 齊起,勢猛而難拒。荀子王制:"和解調通,好假道人而無所凝止之,則姦言並至,嘗試之説鋒起。"

【鋒鋩】 刀劍兵器的尖端。泛指事物的鋭利部分。漢蔡邕勸學:"木以繩直,金以淬剛;必須砥礪,就其鋒鋩。"(太平御覽七六七)唐劉長卿劉隨州集七送元八游汝南詩:"刀筆素推高,鋒鋩久無敵。"

【鋒鏑】 鋒,兵刃;鏑,箭鏃。泛指兵器。史記秦楚之際月表:"墮壞名城,銷鋒鏑,鉏豪桀,維萬世之安。"索隱:"秦銷鋒鏑,作金人十二,以弱天下之兵也。"也作"鋒鍉"。漢書三一項籍傳引漢賈誼過秦論:"收天下之兵,聚之咸陽,銷鋒鍉,鑄以爲金人十二,以弱天下之民。"

【鋒發韻流】 落筆成文。形容鋒鋩發露而文辭諧暢。南朝梁劉勰文心雕龍六體性:"安仁(潘岳)輕敏,故鋒發而韻流。"

鋋 chán yán 市連切,平,仙韻,禪。
ㄔㄢˊ ㄧㄢˊ 以然切,平,仙韻,喻。
㊀鐵把短矛。史記一一〇匈奴傳:"其長兵則弓矢,短兵則刀鋋。"㊁刺殺。漢書五七上司馬相如傳上林賦:"格蝦蛤,鋋猛氏。"注引孟康:"蝦蛤、猛氏,皆獸名也。"

鋚 tiáo 徒聊切,平,蕭韻,定。
ㄊㄧㄠˊ
轡首銅飾。說文:"鋚,鐵也。一曰轡首銅也。"清段玉裁注:"鋚卽肇字。……古金石文字作'攸勒'或作'鋚勒'。轡首銅者,以銅飾轡首也。"

八 畫

錠 dìng 丁定切,去,徑韻,端。
ㄉㄧㄥˋ 徒徑切,去,徑韻,定。
㊀進熟食有足的蒸器。見廣韻。見圖。㊁油燈。急就篇二:"鍛鑄鉛錫鐙錠鐎。"注:"鐙所以盛膏夜然燎者也,其形若杅而中如缸。有柎者曰鐙,無柎者曰錠。柎謂下施足也。"㊂舊時用之金銀幣,鑄爲一定之形,名曰錠。其輕重略有定率,如十兩、五兩之類。元以前作"鋌"或"定"。北齊書陳元康傳:"賞元康金百鋌。"金史鄯陽傳:"殺一人者賞銀一定。"參閱清葉名灃橋西雜記。㊃計物數之單位。宋陳師道後山談叢一:"秦少游(觀)有李廷珪墨半錠。"

錠

錧 guǎn 古滿切,上,緩韻,見。
ㄍㄨㄢˇ 古玩切,去,換韻,見。
㊀車轂端鐵。同"輨"。儀禮既夕:"木錧,約綏約轡。"疏:"其車錧常用金,喪用木。"㊁田器名。卽鍬。爾雅釋樂"大磬謂之毊"宋邢昺疏:"字林云:錧,田器也,自江而南呼犁刃爲錧。此毊形似犁錧,但大爾。"

【錧鎋】 車之轉運在軸轂,錧鎋,卽輨轄,爲控制軸轂運行的部件。引申爲關鍵。漢趙岐孟子題辭:"論語者,五經之錧鎋,六藝之喉衿也。"

鉼 bǐng 必郢切,上,静韻,幫。
ㄅㄧㄥˇ
㊀餅形金屬版。周禮秋官職金"則共其金版"漢鄭玄注:"鉼金謂之版。"㊁漢侯國名。春秋駢(郱)邑。在今山東臨朐縣。見史記惠景間侯者年表。標點本作"鉼"。

【鉼金】 卽金版。爾雅釋器:"鉼金謂之鈑。"注:"周禮曰祭五帝卽供金鈑是也。"

錇 fú pǒu 集韻 房尤切,平,尤韻。
ㄈㄨˊ ㄆㄡˇ 蒲侯切,平,侯韻。
見下。

【錇鏂】 釘名。也作"鉜鏂㊁"。見玉篇。

錞 1. chún 常倫切,平,諄韻,禪。
ㄔㄨㄣˊ
㊀古代軍樂器。亦稱錞于。周禮地官鼓人:"以金錞和鼓。"見圖。㊁依附。山海經西山經:"又西二百五十里曰騩山,是錞于西海。"注:"錞,猶提埻也。"

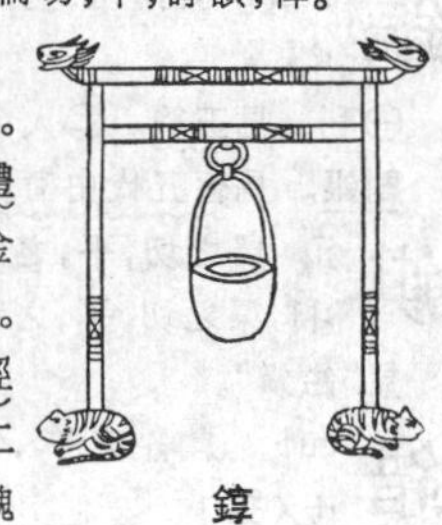
錞

2. duì 徒猥切,上,賄韻,定。
ㄉㄨㄟˋ 徒對切,去,隊韻,定。
㊂矛戟下端以金屬冒之,平底者曰錞。卽鐓,或作"鐓"。詩秦風小戎:"厹矛鋈錞。"疏:"平底曰鐓,取其鐓地。"

【錞于】 軍樂器。卽周禮之金錞。也作淳于。國語晉五:"戰以錞于丁寧,儆其民也。"注:"錞于,形如碓頭,與鼓角相和。"周書斛斯徵傳："又樂有錞于者，近代絶無此器，或有自蜀得之，皆莫之識。徵見之曰：'此錞于也。'衆弗之信，徵遂依干寶周禮注，以芒筒捋之，其聲極振，衆乃歎服。"

錥 yù ㄩˋ 余六切，入，屋韻，喻。

見"鎢錥"。

錟 1. tán ㄊㄢˊ 徒甘切，平，談韻，定。

㊀長矛。見說文。

2. xiān ㄒㄧㄢ 集韻 思廉切，平，鹽韻。

㊁銳利。同"銛㊀"。史記秦始皇紀賈誼過秦論："鉏櫌棘矜，非錟於句戟長鎩也。"文選櫌作"耰"；錟作"銛"。史記六九蘇秦傳附蘇代遺燕昭王書："彊弩在前，錟戈在後。"正義引劉伯莊："利也。"

錈 juǎn ㄐㄩㄢˇ 集韻 窘遠切，上，阮韻。驅圓切，平，僊韻。

刀口屈捲。吕氏春秋別類："又柔則錈，堅則折，劒折且錈，焉得爲利劒。"

錽 wǎn ㄨㄢˇ 亡范切，上，范韻，明。

馬首的飾物。文選漢張平子(衡)東京賦："龍輈華轙，金錽鏤鍚。"注："蔡邕曰：金錽者，馬冠也。高廣各五寸，上如玉華形。在馬髦前也。"說文作"鋄"。訓腦蓋。金錽正當馬的腦蓋，故以爲名。後漢書輿服志上及馬融傳訛爲"鋑"、"㚇"。參閱清段玉裁說文解字注五下"㚇"。

【錽銀事件】指馬鞍。明楊愼丹鉛總録八物用類錽瓖："今名馬鞍曰錽銀事件，當用此'錽'字，或作'鋑'，非。"

鋹 chǎng ㄔㄤˇ 丑兩切，上，養韻，徹。

㊀利。見玉篇。㊁人名。五代有南漢主劉鋹。見舊五代史僭僞傳。

錤 jī ㄐㄧ 居之切，平，之韻，見。渠之切，平，之韻，羣。

見"鎡錤"。

錯 cuò ㄘㄨㄛˋ 倉各切，入，鐸韻，清。

㊀塗飾。史記趙世家："夫剪髮文身，錯臂左衽，甌越之民也。"索隱："錯臂亦文身，謂以丹青錯畫其臂。"漢桓寬鹽鐵論散不足："中者舒玉紵器，金錯蜀杯。"㊁磨刀石，用以治玉石者。說文作"厝"。詩小雅鶴鳴："它山之石，可以爲錯。"㊂鑢，治銅鐵之具。亦稱錯刀。漢劉向列女傳三魯臧孫母："錯者所以治鋸，鋸者所以治木也。"㊃雜亂。詩周南漢廣："翹翹錯薪，言刈其楚。"世說新語文學："(習鑿齒)從此忤旨，出爲衡陽郡，性理遂錯。"㊄相互交錯。詩小雅楚茨："獻酬交錯。"傳："東西爲交，邪行爲錯。"戰國策秦三："秦韓之地，形相錯如繡。"㊅更迭。禮中庸："辟如四時之錯行，如日月之代明。"㊆不合，乖舛。漢書五行志上："劉向治穀梁春秋，……與仲舒錯。"注："錯，互不同也。"文選晉杜預春秋左傳序："其有疑錯，則備論而闕之，以俟後賢。"㊇誤。唐封演封氏聞見記九遷善："(田神功)遂令屈諸判官謝之曰：'神功武將，起自行伍，不知朝廷禮數，比來錯受判官等拜。'"王建詩五謝田贊善見寄詩："錯判符書羣吏笑，亂書巖石一山僧。"

倉故切，去，暮韻，清。

通"措"。㊈安置。易繫辭上："苟錯諸地而可矣。"文選屈平(原)離騷："固時俗之工巧兮，偭規矩而改錯。"㊉停止。史記七十張儀傳附犀首："王何不少委焉以爲(公孫)衍功，則秦魏之交可錯矣。"

【錯刀】㊀錢名。新王莽所鑄，以黃金錯其文，故名。一刀值五千錢，與五銖錢、大錢、契刀並行。見漢書食貨志下。引申爲錢的通稱。唐韓愈昌黎集遺文潭州泊船呈諸公詩："閒道松醪賤，何須恡錯刀。"㊁書畫筆法名。宣和畫譜十七李煜："故唐希雅初學李氏之錯刀筆，後畫竹乃如書法，有顫掣之狀。"㊂刀名。見"金錯刀㊀"。

【錯石】猶彩石。疊積衆石而成彩。文選漢司馬長卿(相如)長門賦："緻錯石之瓴甓兮，象瑇瑁之文章。"注："鄭玄禮記注曰：緻，密也；錯石，雜衆石也。言累衆石，令之密緻，以爲瓴甓，采色間雜，象瑇瑁之文章也。"

【錯迕】猶交雜。文選戰國楚宋玉風賦："眩眩雷聲，迴穴錯迕，蹷石伐木，梢殺林莽。"注："錯迕，雜錯交迕也。"

【錯莫】猶雜亂。唐韋應物韋江州集六出還詩："咨嗟日復老，錯莫身如寄。"

【錯崔】參差高峻貌。後漢書六十上馬融傳廣成頌："峨峨磑磑，鏘鏘崔崔，隆穹槃回，嵎峗錯崔。"

【錯愕】倉卒驚懼。後漢書四一寒朗傳："與三府掾屬共考案楚獄顏忠王平等，辭連及隧鄉侯耿建。……朗心傷其冤，試以建等物色，獨問二人，而二人錯愕不能對。"愕即"愕"字。唐韓愈昌黎集二八曹成王碑："錯愕迎拜，盡降其軍。"

【錯落】㊀交錯繽紛。後漢書四十上班彪傳附班固西都賦："隨侯明月，錯落其間。"唐李白李太白詩十二贈宣城趙太守悅："錯落千丈松，虬龍盤古根。"㊁鳥名。即鴰。漢書五七上司馬相如傳"雙鴰下"唐顏師古注："鴰，鶬也。今關西呼爲鶬鹿，山東通謂之鴰，鄙俗名爲錯落。錯者，亦言鴰聲之急耳。"㊂酒器。亦作"鑿落"。參見"鑿落"。

【錯綜】交錯綜合。易繫辭上："參伍以變，錯綜其數。"文選晉杜元凱(預)春秋左氏傳序："春秋雖以一字爲褒貶，然皆須數句以成言，非如八卦之爻，可錯綜爲六十四也。"

【錯磨】猶磋磨。文選晉束廣微(晳)補亡詩白華："白華之蕚，被於幽薄。粲粲門子，如磨如錯。"唐杜甫杜工部草堂詩箋七渼陂西南臺："錯磨終南翠，顛倒白閣影。"

【錯臂】猶飾臂。以丹青錯畫兩臂。戰國策趙二："被髮文身，錯臂左衽，甌越之民也。"

【錯繆】㊀錯雜。淮南子原道："淖溺流遁，錯繆相紛而不可靡散。"注："錯繆相紛，彼此相糺也。"文選漢張平子(衡)南都賦："坂坻巀嶭而成巘，谿壑錯繆而盤紆。"㊁錯亂。漢書九八元后傳："是以陰陽錯繆，日月無光。"也作"錯謬"。又成帝紀鴻嘉元年詔："是以陰陽錯謬，寒暑失序，日月不光，百姓蒙辜。"

【錯簡】古人以竹簡刻書，按序編列；凡次第錯亂，謂之錯簡。亦指古書中文字顛倒錯亂。清王引之經義述聞十七錯簡二十八字："(左傳僖二十五年)晉侯以下二十八字，當在'衛人平莒于我'之前。其曰：'故使處原'，正說'趙衰爲原大夫'之由也。錯簡在下耳。"

【錯安頭】喻無貌而有才幹。宋史三三三李兑傳附李先："所至治官如家，人目以俚語：在信爲'錯安頭'，謂其無貌而有材也；在楚爲'照天燭'，稱其明也。"

【錯到底】宋陸游老學庵筆記三："宣和末，婦人鞵底尖以二色合成，名'錯到底'。"錯，錯雜。錯後起義爲錯誤，因謂事之始終錯誤曰錯到底。

【錯彩鏤金】謂雕飾工麗。南朝梁鍾嶸詩品中："湯惠休曰：'謝(靈運)詩如芙蓉出水，顏(延之)如錯彩鏤金。'"

【錯認顏標】唐時鄭薰主文，誤謂顏標乃魯公(顏真卿)之後。時徐方未寧，志在激勸忠烈，即以標爲狀元。後始悟其非。有無名子作詩嘲之，曰："主司頭腦太冬烘，錯認顏標作魯公。"見五代王定保唐摭言八誤放。

錏 yā 於加切,平,麻韻,影。
ㄧㄚ
見下。

【錏鍜】頸甲,一種防身用具。唐柳宗元柳先生集四二同劉二十八院長述舊言懷感時書事……詩:"禮容垂璭琫,戎備響錏鍜。"全唐詩二四五韓翃送劉將軍:"明光細甲照錏鍜,昨日承恩拜虎牙。"

錡 1. qí 渠羈切,平,支韻,羣。
ㄑㄧˊ 渠綺切,上,紙韻,羣。

㊀釜之有足者曰錡。詩召南采蘋:"于以湘之,維錡及釜。"方言五:"鍑,……江淮陳楚之間謂之錡。"注:"或曰三脚釜也。"㊁兵器名。兩面有刃,長柄。詩豳風破斧:"既破我斧,又缺我錡。"傳:"鑿屬曰錡。"㊂山石嵌空如錡狀。文選漢司馬長卿(相如)上林賦:"巖陁甗錡,摧崣崛崎。"注:"司馬彪曰:'……錡,欹也。上大下小,有似欹甗也。'"五臣音倚。

2. yǐ 魚倚切,上,紙韻,疑。
ㄧˇ

㊃兵器架。文選漢張平子(衡)西京賦:"武庫禁兵,設在蘭錡。"注:"劉逵魏都賦注曰:'受他兵曰蘭,受弩曰錡。'"㊄姓。殷民七族,有錡氏。見左傳定四年。漢有錡華,洛陽人。見漢書藝文志雜賦。

錢 1. qián 昨仙切,平,仙韻,從。
ㄑㄧㄢˊ

㊀貨幣。鑄金屬爲之。古以農器錢爲交易媒介。其後制幣,因仿其形爲之,名曰泉。取泉水流行周遍之義。見圖。今見古泉有貨布字者,其形卽古農器錢,戰國晚期始有圓周方孔形之錢。國語周下:"景王二十一年,將鑄大錢。"參閱宋洪遵泉志、無名氏錢幣考。㊁重量單位名。十錢爲兩。其制始自宋初。清顧炎武以爲古算法二十四銖爲兩,後來算家不便,乃十分其兩,而有錢之名,此字本是借用錢幣之錢,非數家之正名。唐書武德四年,鑄開通元寶,徑八分,重二銖四絫,積十錢重一兩,得輕重大小之中。所謂二銖四絫者,卽一錢之重。後人以其繁而難曉,故代以錢字。見日知錄十一以錢代銖。㊂姓。傳說顓頊曾孫陸終生彭祖,裔孫孚,爲周錢府上士,以官爲姓。戰國時有隱士錢丹,秦有御史大府錢產。參閱元和姓纂五仙。

2. jiǎn 卽淺切,上,獮韻,精。
ㄐㄧㄢˇ

㊃農具名。卽鐵鏟,用以剗地除草。詩周頌臣工:"命我衆人,庤乃錢鎛。"傳:"錢,銚。"參閱明徐光啟農政全書二二。

【錢刀】卽錢幣。史記平準書贊:"虞夏之幣,金爲三品,或黃,或白,或赤;或錢,或布,或刀,或龜貝。"索隱:"刀者,錢也。食貨志有契刀、錯刀……以其形如刀,故曰刀,以其利於人也。"宋書樂志三古詞白頭吟:"男兒欲相知,何用錢刀爲!"玉臺新詠一題作古樂府皚如山上雪,欲相知作"重意氣"。

【錢文】指錢面的文字。漢書食貨志下賈誼諫疏:"法錢不立,……則市肆異用,錢文大亂。"後漢書光武帝紀論:"及王莽篡位,忌惡劉氏,以錢文有金刀,故改爲貨泉。"後因以文計錢之數,一枚錢曰一文。南齊書鬱林王紀:"每見錢,輒曰:'我昔時思汝一文不得,今得用汝未?'"

【錢引】宋紙幣之一種。真宗時,張詠鎮蜀,以鐵錢太重,不便貿易,行用交子。初由富商發行,至仁宗時,將發行權收歸官府,設交子務,以榷出入。徽宗大觀元年改四川交子爲錢引,至崇寧四年通行諸路,並改交子務爲錢引務。參閱文獻通考九錢幣二歷代錢幣之制、宋史食貨志下三。

【錢坫】公元 1741—1806 年。清嘉定人,塘弟。字獻之,號十蘭。乾隆三十九年副榜貢生。遊京師,朱筠引爲上客。以直隸州州判官於陝,與方子雲、洪亮吉、孫星衍討論訓詁輿地之學,論者謂坫沉博不及錢大昕,而精當過之。書法工小篆,沈着蒼勁。著史記補注一百三十卷,詳於音訓及郡縣沿革、山川所在。又著詩音表、車制考、說文斠詮等。參閱清李元度國朝先正事略三四。

【錢易】宋臨安人,字希白。倧子,惟演從弟。年十七舉進士。宋真宗景德中,舉賢良方正;累官至左司郎中,爲翰林學士。易才學贍敏,嘗校道藏經,著殺生戒,有金閨瀛州西垣制集一百五十卷、洞微志一百三十卷、南部新書等。宋史附三一七錢惟演傳。

【錢神】喻錢財之力,如同神物。晉書魯褒傳:"元康之後,綱紀大壞,褒傷時之貪鄙,乃隱姓名,而著錢神論以刺之。"

【錢陌】卽百錢。計量錢的單位數。宋沈括夢溪筆談四辯證二:"今之數錢,百錢謂之陌者,借陌字用之,其實只是百字,如什與伍耳。"新五代史姚顗傳:"顗爲人仁恕,不知錢陌銖兩之數,御家無法。"參閱清顧炎武日知錄十一短陌。

【錢唐】地名。卽錢塘。史記秦始皇紀:"過丹陽,至錢唐。"詳"錢塘㊀"。

【錢荒】謂錢少不敷流通。宋史食貨志下二錢幣張方平諫:"比年公私上下並苦乏錢,百貨不通,人情窘迫,謂之錢荒。"

【錢起】唐吳興人,字仲文。工詩,天寶十年舉進士,與郎士元齊名。時語曰:"前有沈宋,後有錢郎。"與盧綸、吉中孚等號大曆十才子。官至考功郎中。有錢考功集十卷。見新唐書二〇三盧綸傳附。

【錢通】㊀通財。猶言錢財之交。漢書五九張湯傳:"湯客田甲雖賈人,有賢操,始湯爲小吏,與錢通。"注:"爲小吏之時與田甲爲錢財之交。"㊁書名。明胡我琨撰。分十三門,三十二卷。論明代錢法,並及於古制。對於錢幣沿革,言之尤詳,多有明史食貨志及明會典、明典彙諸書未備者。其敍述古制,可補唐宋各史所未詳。

【錢貫】穿錢幣之索,亦指錢幣。南朝梁宗懍荊楚歲時記:"又以錢貫繫杖脚,迴以投糞掃上,云令如願。"唐元稹長慶集十七贈呂三校書詩:"共占花園爭趙辟,競添錢貫定秋娘。"

【錢塘】㊀古縣名。本秦錢唐縣,屬會稽郡。史記秦始皇紀始皇三十七年至錢唐,臨浙江,卽此。後漢屬吳郡,爲吳郡都尉治所。水經注、元和郡縣志、通典、太平寰宇記皆稱以三國吳郡曹華歔於此築塘以禦海潮而名。明清爲浙江省治,杭州府亦治此。公元 1912 年廢府,改錢塘、仁和爲杭縣。參閱浙江通志五建置二、清翟均廉海塘錄三建築一。㊁江名。浙江的下游。見"浙江㊀"。㊂人名。公元 1735—1790 年。清嘉定人。字學淵,一字禹美,號溉亭。大昕族子,坫兄。乾隆四十五年進士,任江寧府學教授。深研經史,於聲韻文字、律呂曆算尤有深解。著有律呂古義、史記三書釋疑、泮宮雅樂釋例、說文聲繫、淮南天文訓補注、述古編等。參閱清李元度國朝先正事略三四。

【錢愚】謂貪財成癖。南史臨川王宏傳:"豫章王(蕭)綜以宏貪吝,遂爲錢愚論,其文甚切。"

【錢穀】錢幣米糧。史記陳丞相世家:"(孝文皇帝)問:'天下一歲錢穀出入幾何?'(周)勃又謝不知。"此指賦稅。漢書元帝紀初元元年:"關東郡國十一,大水,飢,或人相食,轉旁郡錢穀以相救。"舊時地方官所聘專司會計錢糧之幕友,俗亦稱錢穀或錢糧師爺。

【錢幣】謂金錢貨幣。漢書食貨志下:

"縣官大空，而富商賈或滯財役貧，……黎民重困，於是天子與公卿，議更錢幣以澹用。"文獻通考有錢幣考二卷。

【錢龍】㊀南朝梁元帝蕭繹與宮人遊玄洲苑，見大蛇盤屈於前，羣小蛇遶之，並黑色。繹惡之，宮人曰："此非怪也，恐是錢龍。"繹命取錢數千萬鎮於蛇處以厭之。見南史梁元帝紀。㊁宴名。唐時洛陽人於三月三日作錢龍宴，結錢爲龍爲簾，四圍則撒真珠，厚盈數寸，以班螺命妓女行酒爲樂。見唐張泌妝樓記錢龍宴。

【錢録】清乾隆十五年敕撰，十六卷。卷一至十三，詳列歷代之泉布，自遠古至明崇禎止，以編年爲次。卷十四，列域外諸品。卷十五、十六，列吉語、異錢、厭勝諸品。所録字迹花紋，以至圍徑分寸毫釐，皆按原式摹繪，並加考證辨訂。

【錢癖】謂貪錢成癖。晉和嶠家產豐富，擬於王者，性吝嗇，好聚斂，杜預常稱嶠有錢癖。見晉書和嶠傳。

【錢糧】古代田賦，惟徵粟帛。自唐德宗相楊炎創行兩稅法，始改而錢米並徵；後因稱田賦曰錢糧。宋元明清各代或改錢爲銀，然錢糧之名沿用不改。宋史食貨志上二賦稅："又改命(趙)不棄總領四川宣撫司錢糧。"參閱舊唐書食貨志上、清顧炎武日知録十一以錢爲賦。

【錢譜】爲論述考證歷代錢幣式樣種類及流布之書。南朝梁顧烜撰錢譜一卷，見隋書經籍志二。其後，唐封演、宋董逌等皆爲增廣之，然其書多已失傳。今存宋董逌及明董遹之錢譜各一卷，輯録明以前歷代錢鈔二百餘種。清張延世有廣錢譜一卷，則文人遊戲之作，非考證古錢之書。

【錢鏐】公元 852—932 年。唐末臨安人，字具美，小名婆留。少任俠，率鄉兵鎮壓黃巢起義軍，歸董昌爲裨將。昌反，鏐執之，昭宗拜鏐鎮海鎮東軍節度使，賜鐵券，擁兵兩浙，旋封越王，又封吳王。唐亡，受後梁朱溫(太祖)之封，稱吳越國王，改元天寶，是爲十國之一。卒諡武肅，傳至其孫俶，於宋太平興國三年，舉族歸於京師，國除。

【錢澧】公元 1740—1795 年。清雲南昆明人。字東注，又字約甫，號南園。乾隆三十六年進士，選庶吉士，由編修改御史，累官通政司副使。和珅用事，權勢熏灼，澧疏摘其奸，直聲著朝野。詩文蒼鬱勁厚，工書畫，有南園集七卷。參閱清李元度國朝先正事略二一。

【錢大昕】公元 1728—1804 年。清嘉定人，字曉徵，號辛楣，又號竹汀。乾隆十九年進士，選庶吉士，擢侍講學士，遷少詹事。歷充山東、湖南、浙江、河南鄉試考官，提督廣東學政。以丁憂歸，後稱病不復出。歸田三十年，歷主鍾山、婁東、紫陽書院。始以辭章名，後精研經史。於文字、音韻、訓詁、天算、地理、氏族、金石以及古人爵里、事蹟、年齒等等，無不洽曉，當時推爲通儒。曾參預編修音韻述微、續文獻通考、續通志、一統志、天球圖諸書。著有廿二史考異、十駕齋養新録、潛研堂詩文集、竹汀日記鈔等。

【錢大昭】公元 1744—1813 年。清嘉定人。字晦之，一字竹廬。大昕弟。學問得兄指授。至京師，嘗校録四庫全書，見識益廣博。嘉慶初，舉孝廉方正。著後漢書補表、爾雅釋文補、廣雅疏義、說文統釋、邇言等。參閱清李元度國朝先正事略三四。

【錢法堂】官署名。清制，戶部工部皆設錢法堂，掌鼓鑄錢幣之政令，由本部右侍郎兼管。清末廢。參閱清會典二四戶部錢法堂、六二工部錢法堂。

【錢清江】河名。在浙江省，一名豐江。上游爲浦陽江，流至紹興西南紀家匯，繞行，經錢清鎮以入海，謂之錢清江。東漢延熹間，會稽太守劉寵，清廉得民，及去，父老人齎百錢送之，寵各選受一錢，出境，投之江，是以得名。明代天順以後湮沒。參閱讀史方輿紀要九二紹興府會稽縣、嘉慶一統志二九四紹興府一山川。

【錢陳羣】公元 1686—1774 年。清嘉興人，字主敬，號香樹，又號柘南居士。康熙六十年進士，改庶吉士，授編修。雍正間，遷右通政，督順天學政。官至刑部左侍郎。高宗嘗與談論古今，稱爲故人；並常寄詩相唱和。與沈德潛並稱"江浙大老"。乾隆三十九年卒，諡文端。有詩文集。參閱清李元度國朝先正事略十五。

【錢塘江】浙江之下游稱錢塘江。詳"浙江㊀"。

【錢塘集】宋韋驤撰，十六卷，今佚前二卷。驤少以詞賦知名；其詩不規撫唐人格調，而頗近自然；雜文多安雅有法，而四六表啟，清麗流暢，已開南宋風氣。

【錢儀吉】公元 1783—1850 年。清嘉興人，字衎石，初名逵吉。陳羣曾孫，與從弟泰吉並稱嘉興二石。嘉慶十三年進士，選庶吉士，改戶部主事，累遷至工科給事中。罷官後，主講廣東學海堂、河南大梁書院。治經先求古訓，博考衆說，不持漢唐門戶，力求切合本文大義。著有經典證文、說文雅厭、三國晉南北朝會要、衎石齋晚年詩稿，並輯有碑傳集。

【錢樹子】猶言搖錢樹。唐開元時樂伎許和子，本吉州永新縣樂家女，選入宮中，即以永新名之，籍於宜春院。美而善歌，能變新聲，深受唐玄宗賞識。臨卒，謂其母曰："阿母，錢樹子倒矣！"見唐段安節樂府雜録歌。

【錢謙益】公元 1582—1664 年。清常熟人。字受之，號牧齋，晚年自號蒙叟，又號東澗遺老。明萬曆三十八進士，授編修，累官至禮部侍郎。福王立，諂事馬士英，爲禮部尚書。順治三年，清兵定江南，謙益迎降，命以禮部侍郎兼管祕書院事。旋歸鄉里，以著述自娛。爲文博贍，諳悉朝典，詩尤擅長，與吳偉業龔鼎孳稱江左三大家。家富藏書，其樓曰絳雲樓。晚年歸心釋教。嘗輯明人詩爲列朝詩集，著初學、有學二集。乾隆三十四年，以其詩文語涉誹謗，詔令毀板。

【錢氏私志】宋錢愐撰，錢世昭序而集之。一卷。舊題宋錢彥遠撰。雜述家世見聞，可與正史相參證。錢氏爲五代吳越後人，以歐陽修所著新五代史吳越世家及歸田録貶斥錢氏，故書中多有詆斥歐陽之辭。

【錢可使鬼】極言金錢作用之大，可以支配一切。晉書魯褒傳錢神論："諺曰：'錢無耳，可使鬼。'凡今之人，惟錢而已。"

【錢可通神】猶錢可使鬼。唐張固幽閑鼓吹："相國張延賞將判度支，知有一大獄，頗有冤濫，每甚扼腕。及判使，即召獄吏嚴誡之，且曰：'此獄已久，旬日須了。'明旦視事，案上有一小帖子曰：'錢三萬貫。'乞不問此獄。公大怒，更促之。明日帖子復來曰：'錢五萬貫。'公益怒，命兩日須畢。明日復見帖子曰：'錢十萬貫。'公曰：'錢至十萬，可通神矣，無不可回之事，吾懼及禍，不得不止。'"水滸九："林冲嘆口氣道：'有錢可以通神，此語不差。端的有這般的苦處！'"

【錢眼內坐】南宋張俊以好利稱，高宗宴會時，優伶言能於錢眼中窺人，知其何星。使窺高宗，曰帝星；窺秦檜，曰相星；窺張俊，曰不見有星。衆皆駭，復令窺之，曰：但見張郡王於錢眼內坐。見明田汝成西湖遊覽志餘二一委巷叢談。蓋俗有此諺，故優人以此戲之。

【錢塘遺事】元劉一清撰，十卷。記述南宋一代事，於高宗、孝宗、光宗、寧宗四朝所載頗略，理宗、度宗以後，敍録最詳。大抵雜採宋人説部而成，多有正史所不及處，可與鶴林玉露、齊東野語、古杭雜記諸書相印證。

鋸 jù ㄐㄩˋ 居御切，去，御韻，見。

㊀析解木石等的工具。墨子備城門："門者皆無得挾斧斤鑿鋸椎。"㊁古刑具。國語魯上："大刑用甲兵，其次用斧鉞，中刑用刀鋸。"注："割劓用刀，斷截用鋸。"㊂以鋸斷物。漢桓寬鹽鐵論除狹："郡國黎民相乘而不能理，或至鋸頸殺不辜而不能正。"㊃往復相拉的動作。宋羅大經鶴林玉露十："繩鋸木斷，水滴石穿。"

【鋸牙】如鋸之獸齒。逸周書王會："茲白者，若白馬，鋸牙食虎豹。"注："茲白一名駮者也。"抱朴子博喻："鋸牙之獸，雖低伏而見憚；揮斧之蟲，雖跧形而不戚。"也作居牙。淮南子本經："天旱地坼，鳳皇不下，句爪居牙戴角出距之獸，於是鷙矣。"

【鋸屑】鋸木屑。晉書胡毋輔之傳："(王)澄嘗與人書曰：'彥國吐佳言如鋸木屑，霏霏不絶，誠爲後進領袖也。'"彥國，輔之字。宋蘇軾分類東坡詩十八生日王郎以詩見慶……："高論無窮如鋸屑，小詩有味似連珠。"

錣 zhuì ㄓㄨㄟˋ 陟衛切，去，祭韻，知。丁刮切，入，鎋韻，端。

㊀馬鞭端的針刺。淮南子道應："白公勝慮亂，罷朝而立，倒杖策，錣上貫頤，血流至地而弗知也。"㊁計數的籌碼。管子國蓄："且君引錣量用，耕田發草，上得其數矣。"

鋼 gāng ㄍㄤ 古郎切，平，唐韻，見。

鐵和碳的合金。比生鐵堅韌，比熟鐵質硬。出火而急冷之則堅脆，緩冷之則軟而有彈性。列子湯問："西戎獻錕鋙之劍，……其劍長尺有咫，練鋼赤刃，用之切玉如切泥焉。"宋沈括夢溪筆談三辯證："余出使至磁州鍛坊，觀煉鐵，方識真鋼。凡鐵之有鋼者，如麪中有筋，濯盡柔麪，則麪筋乃見。煉鋼亦然，但取精鐵鍛之百餘火，每鍛稱之，一鍛一輕，至累鍛而斤兩不減，則純鋼也，雖百鍊不耗矣。此乃鐵之精純者。其色清明，磨瑩之，則黯黯然青且黑，與常鐵迥異。"

錁 1. guǒ ㄍㄨㄛˇ 集韻 古火切，上，果韻。

㊀車膏器。同"輠"。見集韻。

2. kè ㄎㄜˋ

㊁金銀鑄成之錠。紅樓夢十八："原來賈母的是金玉如意各一柄，……紫金'筆錠如意'錁十錠，'吉慶有餘'銀錁十錠。"

3. kuǎ ㄎㄨㄚˇ 集韻 苦瓦切，上，馬韻。

㊂帶具。同"銙"。或作"銙"。見集韻。

錕 kūn ㄎㄨㄣ 古渾切，平，魂韻，見。

見下。

【錕鋙】亦作"昆吾"、"琨珸"。劍名，因産地錕鋙山得名。列子湯問："西戎獻錕鋙之劍。……其劍長尺有咫，練鋼赤刃，用之切玉如切泥焉。"亦指礦石。史記一一七司馬相如傳子虛賦："其石則赤玉玫瑰，琳瑉琨珸。"索隱引河圖："流州多積石，名昆吾石，鍊之成鐵，以作劍，光明昭如水精。"參見"昆吾㊀"。

錫 1. xī ㄒㄧ 先擊切，入，錫韻，心。

㊀金屬的一種。銀白色，有光澤，質軟。周禮地官丱人："掌金玉錫石之地。"㊁與，賜給。書堯典："師錫帝曰：有鰥在下。"傳："錫，與也。"公羊傳莊元年："王使榮叔來錫桓公命。錫者何？賜也。"㊂細布。同"緆"。儀禮燕禮："冪用絡若錫。"注："今文錫作'緆'。緆，易也，治其布使滑易也。"㊃僧用錫杖的省稱。文選南朝齊王簡栖(屮)頭陁寺碑文："宗法師行絜珪璧，擁錫來遊。"注："菩薩常用錫杖經傳佛像。"㊄姓。春秋宋鄭之間，有隙地六邑，其一曰錫，宋人城之，以處宋元公之孫。其後以邑爲氏。東漢末有交趾太守錫光。參閱元和姓纂十錫、宋鄧名世古今姓氏書辯証四十。

2. tì ㄊㄧˋ 集韻 他歷切，入，錫韻。

㊅通"鬄"。儀禮少牢饋食禮："主婦被錫衣侈袂。"注："被錫讀爲髮鬄，古者或剔賤者、刑者之髮，以被婦人之紒爲飾。"

【錫人】錫製人形。古殉葬用品。北齊顔之推顔氏家訓終制："至如蠟弩、牙玉豚、錫人之屬，並須停省。"

【錫山】山名。在江蘇無錫市西。周秦間，産鉛錫，故名。漢初錫絶，因以無錫名縣。見嘉慶一統志八六常州府。

【錫奴】錫製暖脚器。俗名湯婆子。宋曾幾茶山集八竹奴詩序："因讀山谷(黃庭堅)竹奴脚婆詩戲作，山谷既以竹夫人爲竹婆，余亦名脚婆爲錫奴焉。"

【錫杖】僧所持之杖，亦稱禪杖。其制：杖頭有一鐵捲，中段用木，下安鐵纂，振時作聲。梵名隙棄羅。取錫錫作聲爲義。晉人譯得道梯橙錫杖經："是錫杖者，名爲智杖，亦名德杖。"高僧傳四竺僧度答楊苕華書："且披袈裟，振錫杖，飲清流，詠波若，雖王公之服，八珍之膳，鏗鏘之聲，曄曄之色，不與易也。"參閱唐義淨南海寄歸内法傳四亡財僧現、宋道誠釋氏要覽中道具。

【錫里】契丹姓。亦譯爲世里、習爾，後統作耶律。

【錫命】天子賜予諸侯爵服等賞命。易師："在師中吉，承天寵也，王三錫命，懷萬邦也。"疏："以其有功，能招懷萬邦，故被王三錫命也。"

【錫衰】以細麻所製的喪服。周禮春官司服："王爲三公六卿錫衰。"注："君爲臣服弔服也。鄭司農(衆)云，錫，麻之滑易者。"也作"錫縗"。釋名釋喪制："錫縗，錫，易也，治其麻使滑易也。"

【錫賚】賞賜。南朝梁劉勰文心雕龍九指瑕："夫賞訓錫賚，豈關心解？撫訓執握，何預情理？"

【錫類】謂以善施及衆人。詩大雅既醉："孝子不匱，永錫爾類。"傳："類，善也。"疏："能以孝道轉相教化，則天長賜汝王以善道矣。"文選南朝梁任彥昇(昉)啟蕭大傅固辭奪禮："錫類所及，非徒教義。"

【錫蘭】國名。今名斯里蘭卡。宋書、梁書、新舊唐書、法顯佛國記皆作師子國。唐玄奘大唐西域記作僧迦羅國、執師子國。宋周去非嶺外代答、趙汝适諸蕃志作細蘭，宋史注輦傳作悉蘭池，明馬歡瀛涯勝覽始稱錫蘭國。明史稱錫蘭山。東晉時始通中國。明永樂六年鄭和南航曾至其地。參閱文獻通考三三八四裔十五獅子國、明史一九二鄭和傳。

【錫夫人】錫製暖脚器，俗稱湯婆子。元缺名東南紀聞三："錫夫人者，俚謂之湯婆。鞲錫爲器，貯湯其間，霜天雪夜，置之衾席，用以媛足，因目爲湯婆。竹谷羅學溫文之曰：錫夫人。"參見"錫奴"。

【錫林郭勒】盟名。屬内蒙古自治區。清代盟地在阿巴噶左翼及阿巴哈納爾左翼兩旗界内，錫林郭勒河流貫其間。因其時烏珠穆沁、浩齊特、蘇尼特、阿巴噶、阿巴哈納爾五部十旗，會盟於此，故名錫林郭勒盟。見嘉慶一統志五四〇烏珠穆沁、浩濟特、蘇尼特及五四一阿巴噶、阿巴哈納爾。

錮 gù 古暮切,去,暮韻,見。
ㄍㄨˋ
㊀鑄塞,謂鎔銅鐵以塞隙。漢書三六劉向傳張釋之言:"使其中有可欲,雖錮南山猶有隙。"㊁禁錮。左傳成二年:"(巫臣)遂奔晉,……子反請以重幣錮之。"注:"禁錮勿令仕。"㊂包攬。漢書九一貨殖傳:"上爭王者之利,下錮齊民之業,皆陷不軌奢僭之惡。"注:"錮,亦謂專取之也。"㊃通"痼"。見"錮疾"。

【錮身】猶枷身。宋高承事物紀原十錮身:"春秋左傳曰,會於商任,錮欒氏也。則禁錮之事,已見於春秋之時,故漢末有黨錮,今以盤枷錮其身,謂之錮身,蓋出于此。"

【錮送】猶枷送。資治通鑑一九一唐武德九年:"遇州縣錮送前太子千牛李志安、齊王護軍李思行詣京師。"注:"械鎖而送之,謂之錮送。"

【錮疾】謂經久難愈之疾。同"痼疾"。漢書四八賈誼傳陳政事疏:"失今不治,必爲錮疾。"注:"錮疾,堅久之疾。"參見"痼疾㊀"。

【錮寢】猶專房。漢書九七下孝成趙皇后傳:"前皇太后與昭儀俱侍帷幄,姊弟專寵錮寢。"

鎝 tà 他合切,入,合韻,透。
ㄊㄚˋ
以金屬包套曰鎝。史記魯周公世家"郈氏金距"集解引漢服虔:"以金鎝距。"參見"筆鎝"。

錚 zhēng 楚耕切,平,耕韻,初。
ㄓㄥ
㊀形如銅鑼之樂器。通"鉦"。文獻通考一三四樂七鼓吹鉦:"東觀漢記段熲有功而還,介士鼓吹,錚鐸金鼓,雷震動地。……然鉦、錚一也,特其名異耳。"按東觀漢記二一段熲作"鉦鐸金鼓"。㊁見"錚錚"。

【錚錚】㊀後漢書十一劉盆子傳:"徐宣等叩頭曰:'……今日得降,猶去虎口歸慈母,誠歡誠喜,無所恨也。'帝(劉秀)曰:'卿所謂鐵中錚錚,傭中佼佼者也。'"注:"鐵之錚錚,言微有剛利也。"此言宣等較勝。後因謂有聲名曰錚錚。世説新語賞譽上:"洛中錚錚馮惠卿,名蓀,是播子。蓀與邢喬俱司徒李胤外孫,及胤子順,並知名。"㊁形容金屬、玉器等相撞擊聲。南朝梁劉勰文心雕龍一宗經:"譬萬鈞之洪鐘,無錚錚之細響矣。"唐白居易長慶集一夢仙詩:"羽衣忽飄飄,玉鸞俄錚錚。"

【錚鎗】玉相擊聲。文選晉潘安仁(岳)籍田賦:"衝牙錚鎗,綃紈綷繚。"

【錚鏦】也作"錚摐"。象聲詞。唐白居易長慶集十六江樓宴別詩:"縹緲楚風羅綺薄,錚摐越調管弦高。"韓偓玉山樵人集和王舍人撫州飲席贈韋司空詩:"樓臺掩映入春寒,絲竹錚鏦向夜闌。"此指管絃聲。宋王禹偁小畜集三酬种放徵君詩:"繁華遠客騎,錚鏦美人錯。"此指金屬撞擊聲。

【錚鏆】樂聲。文選漢馬季長(融)長笛賦:"故其應清風也,纖末奮蘛,錚鏆誊嗃。"

錜 niè 奴協切,入,帖韻,泥。
ㄋㄧㄝˋ
小釵。北堂書鈔一三六漢王粲七釋:"戴明中之羽雀,雜華錜之葳蕤。"藝文類聚五七引作"鑷"。

錋
同"鏰"。見"鏰"。

錘 chuí 直垂切,平,支韻,澄。
ㄔㄨㄟˊ 馳僞切,去,寘韻,澄。
㊀古重量單位,八銖爲錘。淮南子説山:"冠錙錘之冠。"注:"八銖曰錘。"一説六兩爲錙,倍錙曰錘。見淮南子詮言"雖割國之錙錘以事人"注。㊁稱錘。急就篇三:"鐵錘檛杖棁柲殳。"注:"鐵錘,以鐵爲錘,若今之稱。錘亦可以擊人,故從兵器之例。張良所用擊秦副車,即此物也。"㊂錘子。漢王充論衡辨祟:"不動鑁錘。"㊃通"捶"。見"捶㊀"。㊄古縣名。史記惠景間侯者年表:"錘侯呂通。"索隱:"縣名,屬東萊。"故治在今山東福山縣。讀史方輿紀要作"腄縣"。

錄 lù 力玉切,入,燭韻,來。
ㄌㄨˋ
㊀記載,鈔寫。公羊傳隱十年:"春秋錄內而略外。"宋史選舉志二:"謄錄人選擇書手充,不許代名。"㊁簿籍。周禮天官職幣:"皆辨其物而奠其錄。"孫詒讓正義:"凡財物之名數,具於簿籍,故通謂之錄。"㊂采納,采取。漢王充論衡別通:"或觀讀采取,或棄捐不錄。"三國志魏陳矯傳:"(陳)登曰:'夫閨門雍穆,有德有行,吾敬陳元方兄弟,……餘子瑣瑣,亦焉足錄哉?'"㊃收集。世説新語政事:"(陶侃)作荆州時,敕船官悉錄鋸木屑,不限多少。"又:"官用竹,悉錄厚頭,積之如山。"㊄逮捕。世説新語政事:"王安期(承)作東海郡,吏錄一犯夜人來。"南史齊鬱林王何妃傳:"(馬)澄者本剡縣寒人。嘗於南岸逼略人家女,爲秣陵縣所錄。"㊅次第。國語吳:"今大國越錄,而造於弊邑之軍壘,敢請亂故。"㊆總領。漢書七一于定國傳:"萬方之事,大錄於君。"南朝梁劉勰文心雕龍五書記:"錄者,領也。古史世本編以簡策,領其名數,故曰錄也。"㊇檢束。荀子修身:"程役而不錄。"注:"於功程及勞役之事,怠惰而不檢束,言不能拘守而詳也。"㊈通"碌"。見"錄錄"。

【錄子】唐人公文書中的一種,亦稱榜子,宋代稱劄子。參見"榜子"。

【錄公】錄尚書事的敬稱。南史袁湛傳附袁憲:"陳武帝(霸先)作相,除司徒户曹,初謁,遂抗禮長揖。中書令王勱謂憲曰:'卿何矯衆,不拜錄公。'憲曰:'於禮不應致拜。'"時霸先位丞相,錄尚書事。資治通鑑四五漢永平十八年"並錄尚書事"元胡三省注:"光武不任三公,事歸臺閣,惟錄尚書事者權任稍重,自是迄于齊梁,謂之錄公。"參見"錄尚書事"。

【錄民】傳説古無啟民居穴食土,其人死,其心不朽,埋之百年化爲人。錄民膝不朽,埋之百二十年化爲人。細民肝不朽,埋之八年化爲人。見唐段成式酉陽雜俎四境異。

【錄囚】訊視記錄囚徒的罪狀。漢書七一雋不疑傳:"每行縣錄囚徒還,其母輒問不疑:'有所平反,活幾何人?'"注:"省錄之,知其情狀有冤滯與不也。今云慮囚。"參見"慮₃囚"。

【錄用】任用,采取。後漢書七四上袁紹傳討曹操檄:"幕府董統鷹揚,掃夷凶逆,續遇董卓侵官暴國,於是提劍揮鼓,發命東夏,廣羅英雄,弃瑕錄用。"

【錄治】逮捕治罪。南齊書虞玩之傳:"路太后外親朱仁彌犯罪,依法錄治。"

【錄事】㊀官名。晉置錄事參軍,本爲公府官,非州郡職。掌總錄衆官署文簿,舉彈善惡。後代刺史領軍而開府者並置之。省稱錄事。隋初以錄事參軍爲郡官,相當於漢時州郡主簿之職。唐宋因之,在京府則稱司錄參軍。元廢,清初各部又設錄事。參閱通志五六職官六錄事參軍、通典三三職官十五總論郡佐、文獻通考六三職官十七錄事參軍。㊁唐進士於曲江宴會時,請一人爲錄事,行糾察座客飲酒之職,多以狀元任之。其後又以妓女充任,故也稱妓女爲錄事。宋陸游老學庵筆記六:"蘇叔黨(過)政和中至東都,見妓稱錄事,太息語廉宣仲(布)曰:'……此猶存唐舊,爲可喜。'前輩謂妓曰酒糾，蓋謂録事也。相藍之東有録事巷，傳以爲朱梁時名妓崔小紅所居。'」參閱五代王定保唐摭言三散序。

【錄黃】見"畫黃"。

【錄圖】傳說上古黃帝祓齋七日，至於翠媯之川，大鱸魚折溜而至，汎白圖，蘭葉朱文，以授黃帝，名曰録圖。見藝文類聚十一河圖挺佐輔。資治通鑑七秦始皇三二年："盧生使入海還，因奏録圖書曰：'亡秦者胡也。'"注："録圖書，如後世之讖緯之書。"

【錄遺】清代對秀才舉行科考，考在一等二等及三等前十名者，得參加鄉試。三等十名以下，及因故未試之秀才與在籍監生、貢生等，得再參加録科考試。録科未取及因故未參加者，可以參加録遺考試，其名列前茅者，亦可參加鄉試。儒林外史三："正值宗師來省録遺，周進録了個頁監卷首。"參閱清會典事例三三七禮部貢舉。

【錄錄】凡庸，無所作爲。同"碌碌"。史記七六平原君傳："公等録録，所謂因人成事者也。"索隱："按：王劭云'録，借字耳。'"又一○七魏其武安侯傳："太后怒，不食，曰：'今我在也，而人皆藉吾弟……此特帝在，卽録録，設百歲後，是屬寧有可信者乎！'"

【錄續】卽陸續。唐元稹長慶集二四連昌宮詞："逡巡大遍涼州徹，色色龜茲轟録續。"

【錄鬼簿】元鍾嗣成撰，二卷。記元曲作者之簡略生平及作品目録，共收一百五十餘人，作品四百餘種。書前有自序，作於至順元年。嗣成字繼先，號醜齋，汴(開封)人。以明經累試於有司不第，遂閉門著書，編小令，套數。録鬼簿有明寫本及楝亭叢書本。又續編一卷，撰人不詳。記元代後期至明初戲曲作者及作品目録。

【錄尚書事】官名。漢武帝時，左右曹諸吏分平尚書奏事。知樞要者，始領尚書事。張安世以車騎將軍，霍光以大將軍，王鳳以大司馬，師丹以左將軍並領尚書事。東漢章帝以太傅趙憙、太尉牟融並録尚書事，由是始有録尚書事之名。和帝以後遂爲常制，位在三公上。每少帝立，則置太傅録尚書事，猶古冢宰總己之義，薨輒罷之。魏晉以後，以公卿權重之人任之，職無不總。南北朝省置不常，隋以後廢。參閱晉書職官志、通典二二職官四尚書上。

錐 zhūi ㄓㄨㄟ 職追切，平，脂韻，照。

鑽孔的工具，似鑽而小。戰國策楚三："賁諸懷錐刃而天下爲勇，西施衣褐而天下稱美。"漢書食貨志上："富者田連仟伯，貧者亡立錐之地。"

【錐刀】㊀小刀。荀子議兵："故以詐遇詐，猶有巧拙焉；以詐遇齊，辟之猶以錐刀墮太山也。"㊁譬喻細微。三國志魏陳思王植傳求自試疏："若使陛下出不世之詔，效臣錐刀之用，…… 必乘危蹈險，騁舟奮驪，突刃觸鋒，爲士卒先。"

【錐股】戰國蘇秦十次上書秦惠王，不用；致資用乏絶，歸至家，妻不下紝，嫂不爲炊，父母不與言。乃發憤讀書，欲睡時則引錐自刺其股，血流至足。後終爲六國相。見戰國策秦一。南朝梁劉勰文心雕龍九養氣："夫學業在勤，故有錐股自厲。"

【錐指】喻所見者小。莊子秋水："是直用管闚天，用錐指地也，不亦小乎？"清胡渭著禹貢錐指，其書名卽取義於此。

【錐處囊中】喻才智不會長久被埋没。史記七六平原君傳："夫賢士之處世也，譬若錐之處囊中，其末立見。"省作"錐囊"。三國志魏陳思王植傳求自試疏："昔毛遂之陪隸，猶假錐囊之喻，以寤主立功。"

【錐頭王家】舊瑯邪王氏家族的別稱。五代南唐劉崇遠金華子下："瑯邪王氏，與太原同出於周。瑯邪之族，世嘗有錐頭之名。今太原王氏子弟，多事争炫，稱是己族，其實非也。太原貴盛之中，自有釵鏤之號。"

錦 jǐn ㄐㄧㄣˇ 居飲切，上，寑韻，見。

㊀用彩色經緯絲織出各種圖案花紋的絲織品。素地者曰素錦，朱地者曰朱錦，其不用地者，別名織成。急就篇二："錦繡縵紽離雲爵。"參見"宋錦"、"蜀錦"。㊁錦爲美物，因以喻鮮豔華美。如言錦鱗、錦藻。㊂姓。出於錦官之後。見姓氏尋源。

【錦文】㊀錦緞。也指織錦之文。禮王制："錦文珠玉成器，不粥於市。"㊁華麗的花紋。唐劉恂嶺表録異下："兩頭蛇，嶺外多此類，時有如小指大者，長尺餘，腹下鱗紅皆錦文。"

【錦石】有紋理的美石。晉羅含湘中記："(衡)山有錦石，斐然成文。"(五朝小説本)唐杜甫杜工部草堂詩箋三二季秋江村："登俎黃甘重，支床錦石圓。"

【錦江】水名。1.在四川成都南。又名流江、汶江，俗名府河，自郫縣分流至成都城南合郫江，折西南入彭山縣界。傳説蜀人織錦濯其中則錦色鮮豔，濯於他水，則錦色暗淡。故名錦江。見嘉慶一統志三八四成都府一。2.贛江支流。卽水經注之濁水。在江西宜春地區。源出宜春縣之慈化。流經上高、高安縣入贛江。相傳晉許遜以蜀中江水授邑人投水上流，愈疫癘，因又名蜀江。參閱讀史方輿紀要八四瑞州府蜀江。3.江西信江下游。水自貴溪縣漏石村流經餘江縣界，下游經餘干縣爲龍窟河。見讀史方輿紀要八五饒州府安仁縣。參見"信江"。

【錦字】前秦秦州刺史竇滔被徙流沙，其妻蘇氏思之，織錦爲迴文旋圖詩以贈滔，可宛轉循環以讀之，詞甚悽惋，共三百四十字。見晉書竇滔妻蘇氏傳。後稱妻寄夫之書信爲錦字。唐駱賓王集二代郭氏答盧照鄰詩："錦字迴文欲贈君，劍壁層峯自糺紛。"杜甫杜工部草堂詩箋三一江月："誰家挑錦字，燭滅翠眉嚬。"

【錦衣】㊀彩衣，古顯貴之服。詩秦風終南："君子至止，錦衣狐裘，顏如渥丹。"唐李白李太白詩二二越中覽古："越王勾踐破吳歸，義士還家盡錦衣。"㊁錦衣衛的略稱。明沈德符萬曆野獲編："景陵陸武惠(炳)，領錦衣最久。"參見"錦衣衛"。

【錦州】地名。在今遼寧省。秦漢時爲遼西遼東二郡地，隋唐皆爲營州東境，契丹置錦州臨海軍，屬中京道。金因之，屬北京路，元省軍縣名，止曰錦州，屬大寧路。明置寧遠衛。清康熙四年改錦州府。公元 1913 年廢。參閱讀史方輿紀要三七遼東都指揮使司寧遠衛、嘉慶一統志四三錦州府。

【錦帆】錦製的船帆。初學記七南朝陳陰鏗渡青草湖："洞庭春溜滿，平湖錦帆張。"唐李商隱李義山詩集五隋宮："玉璽不緣歸日角，錦帆應是到天涯。"亦用爲一般船帆的美稱。

【錦車】貴族所乘以錦爲飾之車。漢書九六下烏孫國傳："馮夫人錦車持節。"樂府詩集二三南朝陳江總洛陽道之二："玉節迎司隸，錦車歸濯龍。"

【錦里】地名。在四川成都市南。晉常璩華陽國志蜀志："州奪郡文學爲州學，郡更於夷里橋南岸道東邊起文學，有女牆，其道西城，故錦官也。錦江織錦濯其中則鮮明，他江則不好，故命曰錦里也。"後卽以錦里爲成都之泛稱。唐李商隱李義山詩集五籌筆驛："他年錦里經祠廟，梁父吟成恨有餘。"參見"錦官城"。

【錦郎】書軸名。宋陶穀清異録藥："檳

榔含章甚美，絶象枸錦，性體堅剛，耐於斷削，余治爲書軸，因名錦郎。"

【錦城】成都的別稱。北周庾信庾子山集三奉和趙王途中五韻詩："錦城遥可望，迴鞍念此時。"宋陸游劍南詩稿十懷成都十韻："放翁五十猶豪縱，錦城一覺繁華夢。"參見"錦官城"。

【錦屏】㊀山名。1.在四川閬中縣南，又名閬中山、寶案山。兩峯相亘，壁立如屏，四時花木，錯雜如錦，故名錦屏山。見嘉慶一統志三九〇保寧府閬中山。2.在貴州錦屏縣，旁列二鳳山。見嘉慶一統志五〇八黎平府。㊁縣名。屬貴州省。漢武陵郡地，宋爲銅鼓團，清雍正五年改置錦屏縣，因其地有錦屏山而名。見嘉慶一統志五〇八黎平府。

【錦被】錦製之被。三國志吳蔣欽傳："權嘗入其堂內，母疎帳縹被，妻妾布裙。權歎其在貴守約，卽敕御府爲母作錦被，改易帷帳，妻妾衣服悉皆錦繡。"晉書羊耽妻辛氏傳："(羊)祜嘗送錦被，憲英嫌其華，反而覆之，其明鑒儉約如此。"

【錦茵】錦製之墊褥。文選晉潘安仁(岳)寡婦賦："易錦茵以苫席兮，代羅幬以素帷。"唐劉禹錫劉夢得集九泰娘歌："長鬟如雲衣似霧，錦茵羅薦承輕步。"

【錦衾】錦製之衾。詩唐風葛生："角枕粲兮，錦衾爛兮。"唐孟浩然集四寒夜詩："錦衾重自暖，遮莫曉霜飛。"

【錦帶】㊀錦製之帶。禮玉藻："居士錦帶。"疏："錦帶者，用錦爲帶。"文選南朝宋鮑明遠(照)結客少年場行詩："驄馬金絡頭，錦帶佩吳鉤。"㊁書名。一卷。舊題南朝梁昭明太子蕭統撰。宋陳振孫直齋書録解題又云梁元帝撰。每篇自敍之詞，皆山林之語，不合帝室中人，且詞氣不類六朝，亦復不似唐格，疑宋人案月令集爲駢句，以備箋啓之用。後來附會題爲統作。今刻本昭明集中題曰十二月啓。

【錦帳】錦製之帳。舊題漢伶玄飛燕外傳："帝謝之，詔益州留三年輸，爲婕妤作七成錦帳，以沉水香飾。"玉臺新詠七南朝梁蕭綱(簡文帝)倡婦怨情十二韻："斜燈入錦帳，微煙出玉房。"

【錦瑟】繪文如錦之瑟。唐杜甫杜工部草堂詩箋十二曲江對酒："何時詔此金錢會，暫醉佳人錦瑟傍。"李商隱李義山詩集五錦瑟："錦瑟無端五十絃，一絃一柱思華年。"後人以"錦瑟華年"喻青春時代。宋賀鑄東山寓聲樂府青玉案橫塘路詞："淩波不過橫塘路，但目送，芳塵去。錦瑟華年誰與度。"

【錦葵】草名。一名荆葵。詩陳風東門之枌傳作"芘芣"。爾雅翼作"錦葵"。春末開花，紫紅色，供觀賞，參見"芘芣"。

【錦靿】錦製之襪。唐天寶十五年安祿山起兵入關，玄宗倉皇奔蜀，途次馬嵬驛，兵變，命高力士縊楊貴妃於佛堂前梨樹下。馬嵬店媼收得錦靿一隻，過客每一借翫，必須百錢，媼因至富。見唐李肇國史補上。

【錦標】錦製之旗，用以獎勵競賽取勝之人。唐白居易長慶集五六和春深詩之十五："齊橈争渡處，一匹錦標斜。"五代王定保唐摭言三慈恩寺題名遊賞賦詠雜紀："盧肇，袁州宜春人，與同郡黄頗齊名。頗富於産，肇幼貧乏，與頗赴舉，同日遵路，郡牧於離亭餞頗而已。……明年，肇狀元及第而歸，刺史以下接之，大慚恚。會延肇看競渡，於席上賦詩曰：'向道是龍剛不信，果然銜得錦標歸。'"

【錦縣】縣名。屬遼寧省。漢時遼西郡徒河縣地，晉時慕容皝置西樂縣，遼置永樂縣，金因之，元省，清康熙三年改設錦縣，四年置錦州府，以縣爲府治。公元1913年改錦縣。見嘉慶一統志四三錦州府。

【錦還】謂衣錦還鄉。唐李白李太白詩十七送張遥之壽陽幕府："勖爾效才略，功成衣錦還。"參見"衣錦還鄉"。

【錦雞】鳥名。又名金雞。形如小雉，胸前五色如孔雀羽，其尾羽可爲冠服之飾。唐杜牧樊川集三朱坡詩："迴野翹霜鶴，澄潭舞錦雞。"參閲宋范成大桂海虞衡志禽志、本草綱目四八禽二鷩雉。

【錦繡】錦，織綵爲文；繡，刺綵爲文。墨子辭過："暴奪民衣食之財，以爲錦繡文采靡曼之衣。"漢書景帝紀後二年詔："錦繡纂組，害女紅者也。……女紅害則寒之原也。"也喻美好的事物。唐劉禹錫劉夢得集外集二酬樂天見貽賀金紫之什詩："珍重和詩呈錦繡，願言歸計並園廬。"

【錦囊】錦製之囊。唐李白李太白詩十五潁陽別元丹丘之淮陽："我有錦囊訣，可以持吾身。"錦囊訣，猶言妙訣，妙計。唐文粹九九李商隱李賀小傳："恒從小奚奴，騎距驢，背一古破錦囊，遇有所得，卽書投囊中。"

【錦衣衛】明官署名。洪武十五年罷親軍都尉府及儀鑾司，置錦衣親軍指揮使司。所屬有南北鎮撫司十四所，所隸有將軍、力士、校尉。初爲皇宫禁衛軍，掌直駕侍衛。至成祖奪取皇位，欲以威懾諸臣，特命紀綱爲錦衣衛指揮使，令典親軍，兼管巡察緝捕，爲皇帝心腹，權力漸重。所屬南北兩鎮撫司，南司理本衛刑名及軍匠，北司專治詔獄。凡問刑，奏請皆自達，不關白衛帥。用刑慘酷，爲禍甚烈。又錦衣緝民間情僞，以印官奉敕領官校。東廠太監緝事，別領官校，亦從本衛撥給，因是恒與宦官相表裏。參閲明史兵志一、續文獻通考一二六兵六禁衛兵。

【錦步障】遮蔽風塵或視綫的錦製行幕。晉書石苞傳附石崇："與貴戚王愷羊琇之徒以奢靡相尚。……愷作紫絲布步障四十里，崇作錦步障五十里以敵之。"唐李商隱李義山詩集三朱槿花之一："不卷錦步障，未登油壁車。"

【錦官城】錦官謂主治錦之官，因以爲城名，在今四川成都市南。成都舊有大城、少城，少城在大城西，卽錦官城。見晉常璩華陽國志蜀志。簡稱錦城，又稱錦里。水經注三三江水："文翁爲蜀守，立講堂，作石室於南城。永初後，學堂遇火，後守更增二石室，後州奪郡學，移夷星橋南岸道東；道西城，故錦官也。言錦工織錦則濯之江流，而錦至鮮明，濯以他江，則錦色弱矣，遂命之爲錦里也。"後人泛稱成都城爲錦官城。唐杜甫杜工部草堂詩箋十八春夜喜雨："曉看紅濕處，花重錦官城。"

【錦洞天】五代南唐李後主(煜)每春盛時，梁棟窗壁，柱栱階砌，並作隔筒，密插雜花，榜曰："錦洞天"。見宋陶穀清異録花。

【錦被堆】指薔薇。宋宋祁益部方物略記錦被堆："花附芬侈，叢刺於梗，不可把玩，豔以妍整。"注："花出彭州，其色一似薔薇……俗謂薔薇爲錦被堆花。"宋蘇軾分類東坡詩二三遊張山人園："壁間一軸煙蘿子，盆裏千枝錦被堆。"

【錦帶花】灌木名。又名海仙花。高七八尺，葉形橢圓而尖，夏初開管狀花，色白漸變紅，開時繁麗，如曳錦帶，故名。葉始生，柔脆可作羹。唐杜甫杜工部草堂詩箋三七江閣卧病走筆寄呈崔盧兩侍御："滑憶彫胡飯，香聞錦帶羹。"參閲宋宋祁益部方物略記、林洪山家清供。參見"海仙花"。

【錦繡谷】谷名。1.在今江西星子縣北廬山中。谷中奇花異草，紅紫匝地，如被錦繡，故名。唐貫休禪月集五將入匡山別芳晝二公詩之二："世情世界愁殺人，錦繡谷中歸舍去。"參閲宋陳舜俞廬山記敍山北。2.在今江西宜春縣東。據輿地紀勝，宋元祐初，李觀除知虔州不赴，自號玉谿叟，於宜陽門外玉谿洞中，種列名花，名錦繡谷。見嘉慶一統志三二六袁州府。

【錦繡堆】㊀喻作詩精妙，佳句甚多。唐白居易長慶集十五訓盧祕書二十韻詩：「筆盡鉛黃點，詩成錦繡堆。」㊁唐謝廷浩以辭賦著名，號錦繡堆。見五代王定保唐摭言十海敍不遇。

【錦上添花】喻美上加美。宋王安石臨川集二二即事詩：「嘉招欲覆盃中淥，麗唱仍添錦上花。」水滸十九：「今日山寨，天幸得衆多豪傑到此，相扶相助，似錦上添花，旱苗得雨。」

【錦心繡口】狀搆思之巧與措詞之麗。唐柳宗元柳先生集十八乞巧文：「駢四儷六，錦心繡口。」古今雜劇明周王誠齋呂洞賓花月神仙會二：「深謝四位伶官，逢場作戲，果然是錦心綉口，弄月嘲風。」

【錦片前程】形容前途光明。元王實甫西廂記一本三折：「恁時節風流賀慶，錦片也似前程，美滿恩情，咱兩個畫堂春自生。」

【錦衣玉食】華美的衣食。魏書常景傳述贊：「夫如是故綺閣金門，可安其宅；錦衣玉食，可頤其形。」也喻尊貴。宋史四四四李廌傳：「鄉舉試吏部，(蘇)軾典貢舉，遺之，賦詩以自責。……軾與范祖禹謀曰：『廌雖在山林，其文有錦衣玉食氣，棄奇寶於路隅，昔人所歎，我曹得無意哉！』」

【錦體謫仙】宋李質少不檢，文其身，賜號錦體謫仙。後隨徽宗(趙佶)、欽宗(趙桓)被金人俘虜北去。見宋王明清揮麈錄後錄二。

【錦里耆舊傳】宋句延慶撰。四卷。一名成都理亂記。記王氏孟氏據蜀時事。陳振孫直齋書錄解題七載作八卷。所記自唐懿宗咸通九年下迄祥符己酉，與今四卷本異。又著錄續傳十卷，蜀人張緒撰，今佚。

【錦繡萬花谷】不著撰者姓氏，據自序，知爲宋孝宗時人。分前、後、續三集，各四十卷，分類隸事，所引古籍甚多。於宋代軼事逸詩，蒐輯尤富。明秦汴刻本，又多別集三十卷，乃由汴以己意增刪而成。按新唐書七六楊貴妃傳：「每十月，帝幸華清宮，五宅車騎皆從，家別爲隊，隊一色，俄五家隊合，爛若萬花，川谷成錦繡。」書名本此。

錍 pī bēi 匹迷切，平，齊韻，滂。
ㄆㄧ ㄅㄟ 府移切，平，支韻，幫。

箭鏃名。方言九：「凡箭鏃胡合嬴者，……其廣長而薄鐮謂之錍。」按爾雅釋器「金鏃翦羽謂之鍭」晉郭璞注：「今之錍箭是也。」釋文引方言云：「箭廣長而薄廉者謂之錍。」

錙 zī 側持切，平，之韻，莊。
ㄗ

本作「錙」。古重量單位，六銖爲錙，重六百黍。淮南子說山：「有千金之璧，而無錙錘之礛諸。」注：「六銖曰錙。」又詮言「雖割國之錙錘以事人」注謂六兩曰錙。或又謂八兩曰錙。荀子議兵：「得一首者則賜贖錙金。」注：「八兩曰錙。」

【錙介】喻微小。三國志吳華覈傳上諫疏：「至如他餘錙介之妖，近是門庭小神所爲，驗之天地，無有他變。」

【錙銖】喻輕微，細小。韓非子功名：「千鈞得船則浮，錙銖失船則沈，非千鈞輕、錙銖重也，有勢之與無勢也。」唐杜牧樊川集一阿房宮賦：「秦愛紛奢，人亦念其家，奈何取之盡錙銖，用之如泥沙！」

【錙錘】喻微小。淮南子詮言：「雖割國之錙錘以事人，而無自恃之道，不足以爲全。」

九畫

鍪 móu 莫浮切，平，尤韻，明。
ㄇㄡ

㊀鍋邊下翻之鍋。急就篇：「鐵鈇鑽錐釜鍑鍪。」注：「鍪，似釜而反脣。一曰鍪者，小釜類，即今所謂鍋。」㊁武士的頭盔，戰時以禦兵刃者，以形似鍪得名。也稱兜鍪。戰國策韓一：「甲、盾、鞮、鍪、鐵幕、革抉、㕛芮，無不畢具。」參見「兜鍪」。㊂形似兜鍪的帽子。荀子禮論：「薦器則冠有鍪而毋縰。」注：「鍪，冠捲如兜鍪也。……鍪之言蒙也，冒也，所以冒首。」

鎪 sōu 所鳩切，平，尤韻，山。
ㄙㄡ

鏤刻。爾雅釋器：「鏤，鎪也。」注：「刻鏤物爲鎪。」通作「鎪」。見玉篇。

鍍 dù 徒故切，去，暮韻，定。
ㄉㄨ 同都切，平，模韻，定。

以金飾物。唐白居易長慶集四西涼伎詩：「刻木爲頭絲作尾，金鍍眼睛銀帖齒。」詩話總龜二八李紳答章孝標：「假金方用真金鍍，若是真金不鍍金。」

鍦 shī shé 式支切，平，支韻，審。
ㄕ ㄕㄜˊ 視遮切，平，麻韻，禪。

矛。也作「鉈」、「鍦」、「鉇」。方言九：「矛，吳揚江淮、南楚、五湖之間謂之鍦。」文選晉左太沖(思)吳都賦：「藏鍦於人，去鍛自閭。」參見「鉇」。

鍥 qiè 苦結切，入，屑韻，溪。
ㄑㄧㄝ

㊀鐮刀。方言五：「刈鉤，……自關而西或謂之鉤，或謂之鐮，或謂之鍥。」㊁用刀刻。荀子勸學：「鍥而不舍，金石可鏤；鍥而舍之，朽木不折。」㊂截斷。左傳定九年：「盡借邑人之車，鍥其軸，麻約而歸之。」

【鍥薄】㊀謂銼薄銅錢以取其屑。後漢書五七劉陶傳上議：「願陛下寬鍥薄之禁，後冶鑄之議。」㊁刻薄。新唐書九七魏徵傳上疏：「且暇豫而言，皆敦尚孔老；至於威怒，則專法申韓。故道德之旨未弘，而鍥薄之風先搖。」

鍊 liàn 郎佃切，去，霰韻，來。
ㄌㄧㄢ

㊀冶鍊。漢王充論衡率性：「世稱利劍有千金之價，……其本鋌山中之恒鐵也，冶工鍛鍊，成爲銛利。」文選晉劉越石(琨)重贈盧諶詩：「何意百鍊剛，化爲繞指柔。」㊁修鍊。抱朴子金丹：「服此二物，鍊人身體，故能令人不老不死。」㊂物之精熟者曰鍊。文選漢王子淵(褒)四子講德論：「精鍊藏於鑛朴，庸人視之忽焉；巧冶鑄之，然後知其幹也。」㊃鍊條。通「鏈」。清朱駿聲說文通訓定聲乾：「鍊，……又今鎖拏犯人之具曰鍊條。」

【鍊丹】㊀道家鍊製丹砂。晉書葛洪傳：「從祖玄，吳時學道得仙，號曰葛仙公，以其鍊丹祕術授弟子鄭隱。」唐李白李太白詩十五留別曹南羣官之江南：「閑劍琉璃匣，鍊丹紫翠房。」㊁丹藥名。抱朴子金丹：「第六之丹名鍊丹。服之，十日仙也。又以汞合火之，亦成黃金。」

【鍊句】推敲詞句使之精鍊。全唐詩五〇三周賀投江州張郎中：「鍊句貽箱篋，懸圖見蜀岷。」宋龔昱樂庵語錄四：「作文須要鍊意，鍊意而後鍊句。」

【鍊形】道家指修鍊身形。舊題晉葛洪神仙傳一老子：「次存元素守一、思神歷藏、行氣鍊形、消災辟惡……之法，凡九百三十卷，符書七十卷。」宋史四六二甄棲真傳：「(甄)年七十有五，遇人，或以爲許元陽……因授鍊形養元之訣。」

【鍊乳】中醫選石鍾乳之明凈光澤者煮鍊入藥，謂之鍊乳。參閱政和證類本草三石鍾乳。

【鍊度】道士爲喪家禮神祈福，俗稱鍊度。宋陸游放翁家訓：「黃冠輩見僧獲利，從而效之，送魂登天，代天肆赦，鼎釜油煎，謂之鍊度，……可笑者甚多。」

【鍊風】颶風將發，有微風細雨，先緩後急，謂之鍊風。見唐鄭熊番禺雜記（類説四）。

【鍊氣】鍛鍊心氣。道家導引呼吸以求長生之術。南朝宋鮑照鮑參軍集二代淮南王："淮南王，好長生，服食鍊氣讀仙經。"鮑氏集作"練氣"。唐李白李太白詩五鳳笙篇："始聞鍊氣飡金液，復道朝天赴玉京。"

【鍊師】道士的敬稱。唐李白李太白詩九贈嵩山焦鍊師序："嵩山有神人焦鍊師者，不知何許婦人也。"皇甫枚三水小牘緑翹："（魚玄）機爲女伴所留，迨暮方歸院，緑翹迎門，曰：適某客來，知鍊師不在，不舍轡而去矣。"（太平廣記一三三）

【鍊魄】道家修鍊魂魄之術。至游子陰符："陽者汞也，其性飛者也；陰者鉛也，其性伏者也。聖人伏陽汞以鍊其魄，飛陰鉛以拘其魂。"唐李白李太白詩九贈嵩山焦鍊師："潛光隱嵩岳，鍊魄棲雲幄。"

【鍊藥】猶鍊丹。文選南朝梁江文通（淹）雜體詩王徵君微："鍊藥矚虛幌，汎瑟卧遥帷。"唐李白李太白詩二古風之五："粲然啓玉齒，授以鍊藥説。"

【鍊珍堂】唐段文昌丞相精於饌事，第中庖所，榜曰"鍊珍堂"，在塗號"行珍館"。見宋陶穀清異録饌羞。

【鍊石補天】古代傳説。淮南子覽冥："往古之時，四極廢，九州裂。天不兼覆，地不周載……於是女媧鍊五色石以補蒼天，斷鼇足以立四極。"注："女媧陰帝佐虙戲治者也。三皇時，天不足西北，故補之。"唐李賀歌詩編一李憑箜篌引："女媧煉石補天處，石破天驚逗秋雨。"煉，同"鍊"。參閲清趙翼陔餘叢考十九煉石補天。

錨 máo ㄇㄠˊ 正字通 眉韶切。

停船的用具。首尾四角叉，用鐵索貫之，投水中，使船固定。元周密癸辛雜識續集上海蛆作"猫"，明焦竑俗書刊誤十一作"錨"，或作"鍿"。

鍖 1. chěn ㄔㄣˇ 丑甚切，上，寑，徹。

㊀不自滿。晏子春秋問下："鍖然不滿，退託于族。"注："鍖當爲歁。説文欠部：'歁，食不滿。从欠，甚聲。'是歁之本義爲食不滿。引申之，凡不滿者皆得言歁。故曰歁然不滿。"

2. zhēn ㄓㄣ 集韻 知林切，平，侵韻。

㊁通"砧"。古刑具，即刀下之砧板。漢書三一項籍傳"孰與身伏斧質"唐顔師古注："質，謂鍖也。古者斬人，加於鍖上而斫之也。"

【鍖鉎】舒緩貌。文選漢王子淵（褒）洞簫賦："啾咇啣而將吟兮，行鍖鉎以和囉。"注："鍖鉎，不進貌。"

鍱 yè ㄧㄝˋ 與涉切，入，葉韻，喻。

㊀軋成的金屬薄片。説文："鍱，鏶也。齊謂之鍱。"唐釋慧琳一切經音義六十毘奈耶律二二鐵鍱："下音葉，打銅鐵薄闊如油素片名爲鍱。"㊁鉚接。墨子備城門："以錮金若鐵鍱之。"法苑珠林三二引冥祥記："宋王球……繫在刑獄，著一重鎖，釘鍱堅固。"

鍼 1. zhēn ㄓㄣ 職深切，平，侵韻，照。

"針"的本字。㊀縫紉的工具。亦作"箴"。左傳成二年："楚侵及陽橋，孟孫請往賂之，以執斲、執鍼、織紝，皆百人，公衡爲質，以請盟。"注："執鍼，女工。"㊁用針刺。漢書五三廣川王傳："笞問昭平，不服，以鐵鍼鍼之，彊服。"㊂醫療用具。靈樞經九鍼十二原："無用砭石，欲以微鍼通其經脈，調其血氣。"㊃泛指針狀物。如松鍼、棘鍼。

2. qián ㄑㄧㄢˊ 巨淹切，平，鹽韻，羣。

㊄鍼虎，人名。見廣韻。

【鍼石】用以治病之石針。韓非子喻老："（疾）在肌膚，鍼石之所及也。"淮南子説山："病者寢席，醫之用針石，巫之用糈藉，所救鈞也。"參見"箴石"。

【鍼史】身上刺字，録人文字或自記經歷，因稱鍼史。宋陶穀清異録下："自唐末無賴男子以劄刺相高，或鋪輞川圖一本，或竊白樂天、羅隱詩百首，至有以平生所歷郡縣飲酒蒱博之事，所交婦人姓名齒行第坊巷形貌之詳，一一標表者，時人號爲針史。"（説郛六一）

【鍼芒】針尖。喻極細微。後漢書四六陳寵傳附陳忠上疏："臣聞輕者重之端，小者大之源，故隄潰蟻孔，氣洩鍼芒。"

【鍼$_2$巫】複姓。左傳莊三二年："成季使以君命命僖叔，待於鍼巫氏，使鍼季酖之。"注："鍼巫氏，魯大夫。"

【鍼灸】中醫治病之術，謂以針刺或以艾灼穴位。素問病能論："有病頸癰者，或石治之，或鍼灸治之，而皆已。"後漢書八二下華陀傳："精於方藥，處齊不過數種，心識分銖，不假稱量。針灸不過數處。"

【鍼芥】㊀磁石能引鍼，琥珀能拾芥，因謂性情契合者曰鍼芥相投。續傳燈録十三紹燈禪師："受具之後，瓶錫遊方，造玉泉芳禪師法席，一見針芥相投，筌蹄頓忘。"㊁仰鍼於地，自天投芥子，適中鍼鋒。喻事之極其難得。大般涅槃經二純陀品："芥子投針鋒，佛出難於是。"

【鍼姑】以針占卜之女子。鍼，同"針"。宋范成大石湖集二三上元紀吳中節物俳諧體三十二韻"微如針屬尾"自注："以針姑卜，伺其尾相屬爲兆，名針姑。"宋史二七〇顔衎傳："臨濟多淫祠，有針姑廟者，里人奉之尤篤。衎至，卽焚其廟。"

【鍼神】三國魏文帝（曹丕）所寵美人薛靈芸，妙於鍼工，雖處於深帷之内，不用燈燭之光，裁製立成，宫中稱爲鍼神。見舊題晉王嘉拾遺記七。後作精於鍼工者的敬稱。清龔自珍定盦文集續集己亥雜詩杭州有所追悼而作之六四："九泉肯受狂生譽，藝是鍼神貌洛神。"

【鍼砂】卽鐵砂。造鍼家以之磨鑢細末。入藥。參閲本草綱目八石二鍼砂。

【鍼砭】㊀以石鍼刺穴治病。舊題唐馮贄雲仙雜記二："戴顒春攜雙柑斗酒，人問何之。曰：'往聽黄鸝聲，此俗耳鍼砭，詩腸鼓吹，汝知之乎？'"宋祖士衡西齋話記："隴州道士曾若虛者，善醫，尤得鍼砭之妙術。"（説郛四）㊁規勸告誡。宋梅堯臣宛陵集四四依韻和李察推留別詩："膏肓廉自療，誰復望針砭。"又范成大石湖集八晞真閣留別方道士賓實詩："時時苦語見鍼砭，邂逅天涯得三益。"

【鍼科】醫學的一科。宋代醫學，初隸太常寺，神宗時始置提舉判局官及教授一人，學生三百人，設方脈科、鍼科、瘍科以教之。參閲宋史選舉志三。

【鍼黹】謂縫紉刺繡之事。元王實甫西廂記一本楔子："（鶯鶯）年一十九歲，鍼黹女工，詩詞書算，無不能者。"也作"鍼指"。元詩選二集楊奐還山遺稾孫烈婦歌："十二巧鍼指，十四婉步趨。"

【鍼絶】三國吳孫權趙夫人，善刺繡，在方帛之上作列國，寫五岳河海城邑行陣之形，時人謂之針絶。見舊題晉王嘉拾遺記八。

【鍼樓】南朝齊武帝（蕭賾）起層城觀，七月七日夜令宫人登以穿鍼，因名穿鍼樓。見宋王象之輿地紀勝十七建康府。後以針樓指婦女所居之樓。全唐詩九六沈佺期牛女："粉席秋期緩，針樓别怨多。"

【鍼鋒】喻細小。淮南子主術："夫權輕重不差蟁首，扶撥枉橈，不失鍼鋒，……是任術而釋人心者也。"唐李商隱李義山集五題僧壁詩："大去便應欺粟顆，小來兼可隱針鋒。"

【鍼蝨】喻細小之物。北齊劉晝劉子八觀量："故仰而貫針，望不見天，俯而拾蝨，視不見地。天地至大而不見者，眸掩於針蝨故也。"

【鍼線】指縫紉刺繡之事。文苑英華一九九唐喬知之從軍行："曲房理針線，平砧擣文練。"全唐詩一三〇崔顥七夕："長安城中月如練，家家此夜持針線。"

【鍼氈】晉書愍懷太子傳："舍人杜錫……每盡忠規勸太子修德進善，遠於讒謗。太子怒，使人以針著錫常所坐氈中而刺之。"氈同"氈"。後謂處境片刻難安曰如坐針氈，本此。宋蘇軾分類東坡詩九遷居臨皋亭："劍米有危炊，鍼氈無穩坐。"

【鍼藥】鍼刺和藥物。北齊書李元忠傳附族弟李密："因母患積年，得名醫治療，不愈，乃精習經方，洞曉針藥，母疾得除。"

【鍼鋒相投】景德傳燈録二五德韶國師："夫一切問答，如針鋒相投，無纖毫參差相，事無不通，理無不備。"意謂雙方對話，貫穿融洽。

鍒 róu 耳由切，平，尤韻，日。
ㄖㄡ

㊀柔鐵。見說文。㊁弱。抱朴子疾謬："利口者扶強而黨勢，辯給者借鍒以刺瞂。"

鍵 jiàn 其偃切，上，阮韻，羣。
ㄐㄧㄢ 其輦切，上，獮韻，羣。

㊀鉉，擡舉鼎的工具。一曰車轄。見說文。㊁門閂。周禮地官司門："司門掌授管鍵，以啟閉國門。"疏："謂用管籥以啟門，用鍵牡以閉門。"急就篇："釭鐧鍵鉆冶錮鐈。"注："鍵以鐵，有所豎關，若門牡之屬也。"㊂鑰匙。漢郭璞爾雅序："誠九流之津涉，六藝之鈐鍵。"疏："言此書爲六藝之鎖鑰，必開通之然後得其微旨也。"

【鍵閉】鎖鑰，門閂。禮月令孟冬之月："脩鍵閉，慎管籥。"注："鍵，牡；閉，牝也。"疏："凡鏁器入者謂之牡，受者謂之牝。"又疏引何胤："鍵是門扇之後樹兩木，穿上端爲孔；閉者，謂將扃關門以內孔中。"呂氏春秋孟冬作"楗閉"。

【鍵鎡】梵語謂鉢中之小鉢，也稱淺鐵鉢。東晉列國後秦釋佛陀耶舍等譯四分律四三："彼欲分，佛言聽分。復不知何器分。佛言：若以鍵鎡若小鉢若次鉢若勺作分。"

鍘 zhá 字彙 士戛切。
ㄓㄚˊ

切草之刀，俗稱鍘刀。字彙："鍘，鍘草也。"

鍔 è 五各切，入，鐸韻，疑。
ㄜˋ

㊀刀劍之刃。莊子說劍："天子之劍，以燕谿石城爲鋒，齊岱爲鍔。"文選漢王子淵（褒）聖主得賢臣頌："及至巧冶鑄干將之樸，清水淬其鋒，越砥斂其鍔。"㊁器物上的凸紋。見"釿₂鍔"。㊂崖岸，邊際。同"堮"。文選漢張平子（衡）西京賦："在彼靈囿之中，前後無有垠鍔。"

【鍔鍔】高貌。文選漢張平子（衡）西京賦："增桴重棼，鍔鍔列列。"

鍝 yú 遇俱切，平，虞韻，疑。
ㄩˊ

㊀鋸。見玉篇、廣韻。㊁見"鏤鍝"。

鍉 1. dī 都奚切，平，齊韻，端。
ㄉㄧ

㊀歃血器。後漢書十三隗囂傳："有司穿坎于庭，牽馬操刀，奉盤錯鍉，遂割牲而盟。"注："奉盤錯匙而歃也。"

2. dí 集韻 丁歷切，入，錫韻。
ㄉㄧˊ

㊀箭鏃。通"鏑"。漢書三一項籍傳賈誼過秦論："收天下之兵聚之咸陽，銷鋒鍉，鑄以爲金人十二。"

3. chí shí 集韻 常支切，平，支韻。
ㄔ ㄕ

㊀鑰匙，所以啟鑰者。俗作"匙"。見正字通。

錫 yáng 與章切，平，陽韻，喻。
ㄧㄤˊ

㊀馬額上的金屬裝飾物，馬行時振動有聲響，亦名當盧。說文作"鐊"。詩大雅韓奕："玄衮赤舄，鉤膺鏤錫。"箋："眉上曰錫，刻金飾之，今當盧也。"左傳桓二年："錫鸞和鈴，昭其聲也。"注："錫在馬額，鸞在鑣……動皆有鳴聲。"㊁盾背的裝飾物。禮郊特牲："朱干設錫。"注："干，盾也；錫，傅其背如龜也。"

鍋 guō 古禾切，平，戈韻，見。
ㄍㄨㄛ

㊀車釭，即車軸外之鐵圈。方言九："車釭，齊燕海岱之間謂之鍋。"㊁盛油器。繫於車旁，備爲以脂轂之用。方言九："自關而西……盛膏者乃謂之鍋。"㊂炊具。急就篇三"鐵鈇鑽錐釜鍑鍪"唐顏師古注："鍪似釜而反脣。一曰鍪者，小釜類，即今所謂鍋。"

【鍋户】指煎鹽之民。宋史食貨志下四："故環海之湄，有亭户，有鍋户，有正鹽，有浮鹽。正鹽出於亭户，歸之公上者也；浮鹽出於鍋户，鬻之商販者也；正鹽居其四，浮鹽居其一。"

【鍋夥】清代天津地方市井無賴遊民，同居夥食，稱爲鍋夥，自謂混混兒，又名混星子。把持行市，擾害商民。見清張燾津門雜記中混星子。

鍇 kǎi 苦駭切，上，駭韻，溪。
ㄎㄞ

㊀精鐵，白鐵。文選晉左太沖（思）吳都賦："其琛賂則琨瑤之阜，銅鍇之垠。"晉劉淵林注："鍇，金屬也。"唐劉良注："鍇，白鐵也。"㊁堅。方言二："鍇，鍺，堅也。自關而西秦晉之間曰鍇，吳揚江淮之間曰鍺。"

鍰 huán 户關切，平，刪韻，匣。
ㄏㄨㄢ

㊀重量單位。書呂刑："墨辟疑赦，其罰百鍰。"鍰重其說不一：1.以百鍰爲三斤，每鍰當十一銖又五十二黍（百黍曰銖，即十一銖半强，半兩不足）。古尚書說如是，許慎說文從之。2.謂鍰爲六兩又大半兩（即六兩十六銖）。賈逵鄭玄主之，許慎亦兼取是說，云北方以二十兩爲三鋝。3.謂鍰爲六兩。尚書孔傳及馬融王肅主之。參閱清惠棟九經古義四尚書古義下。㊁通"環"。漢書五行志中之上："'木門倉琅根'謂宮門銅鍰。"注："鍰讀與環同。"

鍮 tōu 託侯切，平，侯韻，透。
ㄊㄡ

銅礦石之一種，屬自然銅。玉篇："鍮，石似金也。"

【鍮石】黄銅。西京雜記二："（漢武帝）後得貳師天馬，帝以玟瑰石爲鞍，鏤以金銀鍮石。"唐元稹長慶集二三估客樂："鍮石打臂釧，糯米吹項瓔，歸來村中賣，敲作金玉聲。"參閱宋程大昌演繁露七黄銀、本草綱目九石三爐甘石。

鍐 zōng 正字通 音宗。
ㄗㄨㄥ

馬冠。後漢書六十上馬融傳廣成頌："羽毛紛其影馳，揚金㚇而拕玉瓖。"注引蔡邕獨斷："金㚇者，馬冠也，高廣各四寸，在馬鬉前。"又輿服志上："金鍐方釳，插翟尾。"按"㚇""鍐"皆"鍐"字之訛。見正字通。

鍾 zhōng 職容切，平，鍾韻，照。
ㄓㄨㄥ

鍾

㊀酒器。孔叢子儒服："堯舜千鍾。"後亦稱酒杯、茶杯爲鍾，與"盅"通。㊁古容量單位。受六斛四斗，

十釜爲一鍾。孟子滕文公下:"(陳仲子)兄戴,蓋祿萬鍾。"左傳昭三年:"釜十則鍾。"見圖。㊂聚,集。左傳昭二八年:"子貉早死無後,而天鍾美於是。"國語周下:"澤,水之鍾也。"㊃當,適逢。文選晉劉越石(琨)勸進表:"方今鍾百王之季,當陽九之會。"㊄樂器。通"鐘"。周禮春官磬師:"磬師掌教擊磬,擊編鐘。"㊅姓。晉伯宗之後。楚有鍾建、鍾子期。見元和姓纂一鍾。

【鍾山】㊀山名。卽紫金山,在今江蘇南京市東。三國吳孫權避祖諱,更名蔣山,又名金陵山、北山。至宋復名鍾山。參閱讀史方輿紀要十九江南一。㊁昆侖山的別名。淮南子俶真:"譬若鍾山之玉,炊以鑪炭,三日三夜而色澤不變,則至德天地之精也。"㊂縣名。漢鄳縣地,屬江夏郡。北齊置齊安縣。隋改曰鍾山。宋省入信陽。其地在今河南信陽東。參閱讀史方輿紀要五十信陽州。

【鍾王】三國魏鍾繇與晉王羲之皆善書,世合稱鍾王。周書趙文深傳:"文深雅有鍾王之則,筆勢可觀。"晉書王羲之傳論:"伯英臨池之妙,無復餘蹤;師宜懸帳之奇,罕有其跡。逮乎鍾王以降,略可言焉。"

【鍾氏】掌染鳥羽的設色工。周禮考工記鍾氏:"鍾氏染羽,以朱湛丹秫,三月而熾之,淳而漬之。"疏:"染布帛者,在天官染人。此鍾氏惟染鳥羽而已。"

【鍾古】複姓,與終古同。續通志氏族略八鍾古:"風俗通:鍾古,桀內史也,因氏焉。"參見"終古㊄"。

【鍾吾】㊀春秋國名。左傳昭二七年:"公子燭庸奔鍾吾。"注:"鍾吾,小國。"今江蘇宿遷縣西北之司吾城,卽古鍾吾國。見讀史方輿紀要二二淮安府。㊁複姓。春秋時鍾吾子之後,漢有尉氏令鍾吾蒼。見通志二八氏族四。

【鍾官】漢官名,屬水衡都尉,主鑄錢。史記平準書:"公卿請令京師鑄鍾官赤側,一當五。"索隱:"鍾官,掌鑄赤側之錢。"

【鍾武】縣名。漢縣,屬江夏郡,後漢廢。南朝宋復置,屬義陽郡,南齊因之,後魏廢。故地在河南信陽境。參閱讀史方輿紀要五十汝寧府信陽州。

【鍾乳】㊀古鐘面隆起的飾物。在鐘帶間,其狀如乳,故名。一名枚。周禮考工記鳧氏"鐘帶謂之篆,篆間謂之枚"漢鄭玄注引鄭司農(衆):"枚,鍾乳也。"㊁石灰巖洞頂部下垂的簷冰狀物。狀如鍾乳,故名。亦稱石鍾乳。水經注三一淯水:"穴中多鍾乳,凝膏下垂,望齊冰雪,微津細液,滴瀝不斷。"也供藥用。唐吳兢貞觀政要二納諫:"太子右庶子高季輔上疏陳時政得失,特賜鍾乳一劑。"

【鍾阜】卽鍾山。文選南朝梁任彥昇(昉)爲范尚書讓吏部封侯第一表:"闕外一區,帳望鍾阜。"唐李中碧雲集上贈謙明上人詩:"聞登鍾阜林泉晚,夢去沃州風雨寒。"

【鍾相】公元?—1130年。宋鼎州武陵人。宋高宗建炎三年起事,主張等貴賤,均貧富,佔有武陵、桃源等十九縣。稱楚王,改元天載。四年被官軍孔彥舟襲敗,相及其妻子被俘遇害。所部由楊么領導,五年么爲宋將岳飛所殺。見宋李心傳建炎以來繫年要錄三一及三二、徐夢莘三朝北盟會編一三七。

【鍾城】地名。漢時屬泰山郡。張步列營於泰山鍾城,以待耿弇,卽此。在今山東禹城縣東南。見讀史方輿紀要三一濟南府。

【鍾祥】地名,屬湖北省。漢竟陵縣地,屬江夏郡,晉置石城,隋爲郢州治。明嘉靖十年置鍾祥縣,清因之,爲安陸府治。見讀史方輿紀要七七安陸府。

【鍾郝】晉司徒王渾妻鍾氏,爲魏太傅繇曾孫女,與弟湛妻郝氏皆有德行。鍾雖門高,與郝相親重。郝不以賤下鍾,鍾不以貴陵郝。時稱鍾夫人之禮,郝夫人之法。見世說新語賢媛。

【鍾院】契丹阿保機(遼太祖)神册六年置鍾院,凡民有冤者許擊鍾以聞於上。耶律景(穆宗)時廢,至耶律賢(景宗)保寧三年重置。見遼史刑法志、國語解。

【鍾師】古官名,掌擊鍾奏樂。見周禮春官鍾師。

【鍾情】集注情愛。世說新語傷逝:"王戎喪兒萬子,山簡往省之。王悲不自勝。簡曰:'孩抱中物,何至於此。'王曰:'聖人忘情,最下不及情,情之所鍾,正在我輩。'"宋陸游劍南詩稿十七暮春:"啼鶯妒夢頻催曉,飛絮鍾情獨殿春。"

【鍾張】三國魏鍾繇、後漢張芝均善書法,世稱鍾張。唐張彥遠法書要錄一晉王右軍(羲之)自論書:"尋諸舊書,惟鍾張故爲絕倫,其餘爲是小佳,不足在意。"又二梁虞龢論書表:"洎乎漢魏,鍾張擅美,晉末二王稱英。"

【鍾馗】傳說唐玄宗病瘧,晝夢一大鬼,破帽、藍袍、角帶、朝靴,捉小鬼啖之。自稱終南進士鍾馗,嘗應舉不第,觸階死。玄宗覺而瘳,詔吳道子畫其像。其說自唐已盛行,時翰林例於歲暮進鍾馗像,并以賜大臣。民間亦貼鍾馗像於門首。宋元明之際猶然。惟改懸於端午,不知自何時始。按周禮考工記、禮玉藻皆有終葵,用以逐鬼,後世以其辟邪,有取爲人名者,後又附會爲食鬼之神。參閱清顧炎武日知錄二二終葵。

【鍾惺】公元1574—1624年。明竟陵人,字伯敬,號退谷,萬曆三十八年進士。官至福建提學僉事,以通關節爲言官劾罷。能詩善書,其詩幽深古峭,與同里譚元春齊名,提倡抒寫性靈,反對當時前後七子之擬古,號竟陵體。與元春評選唐人詩爲唐詩歸,又評選隋以前詩爲古詩歸,有隱秀軒集。見明史二八八袁宏道傳附。

【鍾鼎】古代銅器的通稱。墨子魯問:"則書之於竹帛,鏤之於金石,以爲銘於鍾鼎,傳遺後世子孫。"文選梁劉孝標(峻)廣絕交論:"聖賢以此鏤金版而鐫盤盂,書玉牒而刻鍾鼎。"

【鍾愛】極其喜愛。晏子春秋諫下:"爲子之道,導父以鍾愛其兄弟。"宋書武三王義恭傳:"幼而明穎,姿顏美麗,高祖(劉裕)特所鍾愛。"

【鍾會】公元225—264年。三國魏潁川長社人。鍾繇子。有才數技藝。魏景元四年,與鄧艾征蜀有功,官至司徒,進封縣侯。後謀與蜀將姜維據蜀,爲部將亂兵所殺。見三國志魏本傳。

【鍾嶸】南朝梁潁川長社人,字仲偉。仕齊爲南康王國侍郎,入梁,官晉安王記室。著詩品三卷,列自漢魏以來一百餘詩人,論其優劣,分上中下三品。每品之首冠以序。與文心雕龍並稱於世。梁書南史皆有傳。參見"詩品"。

【鍾隱】五代南唐李煜(後主)筆名。宋沈括夢溪補筆談十八:"諸書畫中時有李後主題跋,然未嘗題書畫人姓名,惟鍾隱畫,皆後主親筆題'鍾隱筆'三字。後主善畫,尤工翎毛。或云凡言'鍾隱筆'者,皆後主自畫。後主嘗自號鍾山隱士,故晦其名謂之鍾隱。"

【鍾繇】公元151—230年。三國魏潁川人,字元常,漢末舉孝廉,官至侍中、尚書僕射,入魏,進太傅。善書,工正、隸、行、草、八分,尤長於正、隸。與胡昭並師劉德升草書,世傳胡肥鍾瘦。後譽之者稱秦漢以來一人而已。三國志魏有傳。參閱唐張彥遠法書要錄八張懷瓘書斷中。

【鍾題】地名。也作鍾提。在今甘肅成縣西北。三國蜀姜維與魏雍州刺史王經戰於洮西，魏軍既敗，經退保狄道城，維卻住鍾題，卽此。見三國志蜀後主傳延熙十八年。參閱讀史方輿紀要五九鞏昌府成縣栗亭城。

【鍾離】㊀地名。春秋鍾離子國。秦漢爲鍾離縣，屬九江郡。晉屬淮南郡，安帝時分立鍾離郡，北齊兼置鍾離縣。至金郡廢。明初以朱元璋(太祖)生於此地，增設鳳陽縣，改鍾離爲臨淮縣。治所在今安徽鳳陽縣。見讀史方輿紀要二一鳳陽府。㊁複姓。春秋晉有伯宗，以譖被殺，其子伯州犂奔楚邑鍾離，子孫遂以鍾離爲氏，亦省爲鍾氏。見通志二七氏族略三。

【鍾夔】鍾，春秋時鍾子期；夔，舜樂正。合以稱精辨樂音的人。世說新語言語："柏梁雲構，工匠先居其下；管弦繁奏，鍾夔先聽其音。"

【鍾子期】春秋楚人，精於音律。伯牙鼓琴，志在高山流水，子期聽而知之。子期死，伯牙謂世無知音者，乃絕絃破琴，終身不復鼓琴。見淮南子修務、風俗通義聲音。省作鍾期。晉陶潛陶淵明集二怨詩楚調示龐主簿鄧治中詩："慷慨獨悲歌，鍾期信爲賢。"

【鍾官城】地名。在今陝西戶縣(舊鄠縣)境。一名灌鍾城。相傳秦始皇既平六國，收天下兵器，銷爲鍾鐻，卽其處。見元和郡縣志二鄠縣。

【鍾離春】戰國齊無鹽女。見"無鹽㊁"。

【鍾離權】見"漢鍾離"。

鍑
fù　方副切，去，宥韻，幫。
ㄈㄨˋ　方六切，入，屋韻，幫。

釜屬，似釜。漢書九四下匈奴傳："胡地秋冬甚寒，春夏甚風，多齎鬴鍑薪炭，重不可勝。"注："鍑，釜之大口者也。"

鍑

鍤
chā　楚洽切，入，洽韻，初。
ㄔㄚ　丑輒切，入，葉韻，徹。

㊀長針。類今之行針。說文："鍤，郭衣鍼也。"㊁鍬。亦作"臿"、"插"。漢書溝洫志民歌："舉臿爲雲，決渠爲雨。"注："臿，鍫也，所以開渠者也。"又九九上王莽傳："父子兄弟負籠荷鍤，馳之南陽。"

鍬
qiāo　集韻　千遙切，平，宵韻。
ㄑㄧㄠ

掘土器。景德傳燈錄十五仲興禪師："師一日將鍬子於法堂上，石霜曰：'作麼？'師曰：'覓先師靈骨來。'"

鍧
hōng　呼宏切，平，耕韻，曉。
ㄏㄨㄥ

象聲。見"鏗鍧"。

鍯
cōng　倉紅切，平，東韻，清。
ㄘㄨㄥ

同"鏓"。㊀鎗鏓，鐘聲。見說文。㊁鑿眼，打孔。文選漢馬季長(融)長笛賦："鍯硐頹墜，程表朱裏。"注："說文曰：鍯，大鑿中木也。然則以木通其中皆曰鍯也。"唐李周翰注："鍯硐，謂以刀通節中也。"

鍠
huáng　戶盲切，平，庚韻，匣。
ㄏㄨㄤˊ

㊀鐘聲。見說文。亦指鐘。南朝梁劉勰文心雕龍一原道："至於林籟結響，調如竽瑟，泉石激韻，和若球鍠。"㊁兵器名。晉崔豹古今注上輿服："鍠，秦改鐵鉞作鍠，秦制也。今乘輿諸侯王公妃主通建焉。"漢唐用爲儀仗。參見"儀鍠"。

【鍠鍠】鐘鼓之音。見爾雅釋訓。後漢書六十上馬融傳廣成頌："鍠鍠鎗鎗，奏于農郊大路之衢，與百姓樂之。"詩周頌執競"鐘鼓喤喤"，韓詩作"鍠鍠"。參閱清陳喬樅韓詩遺說考十五(清續經解本一五九)。

鍛
duàn　丁貫切，去，換韻，端。
ㄉㄨㄢˋ

㊀打鐵。以金入火，焠而椎之。書費誓："鍛乃戈矛，礪乃鋒刃。"世說新語簡傲："(嵇)康方大樹下鍛，……康揚槌不輟，傍若無人。"㊁錘擊。莊子列禦寇："其子沒於淵得千金之珠。其父謂其子曰：'取石來鍛之。'"㊂鍛鐵的砧石。同"碫"。詩大雅公劉："涉渭爲亂，取厲取鍛。"㊃脯，乾肉，通"腶"。穀梁傳莊二四年："婦人之贄，棗栗鍛脩。"注："鍛，丁亂反，脯也，鍛而加薑桂曰脩。"

【鍛石】㊀鍛厲斧斤之石。詩大雅公劉"取厲取鍛"漢鄭玄箋："鍛石，所以爲鍛質也。"唐孔穎達疏："言鍛金之時須山石爲椹質，故取之也。"㊁石灰的別名。見本草綱目九石三石灰。

【鍛矢】利箭。漢書四四衡山王傳："王乃使孝客江都人枚赫、陳喜作輣車鍛矢。"又："(爽上書)言衡山王與子謀逆，言孝作兵車鍛矢。"

【鍛脩】加薑桂等料製作的乾肉。穀梁傳莊二四年："婦人之贄，棗栗鍛脩。"亦作"鍛脯"。周禮天官內饔"凡掌共羞、脩、刑、膴、胖、骨、鱐，以待共膳"漢鄭玄注："脩，鍛脯也。"唐賈公彥疏："謂加薑桂鍛治之。若不加薑桂，不鍛治者，直謂之脯。"

【鍛練】羅織罪名。漢書五一路溫舒傳上書："上奏畏卻，則鍛練而周內之。"參見"鍛鍊㊁"。

【鍛鍊】㊀冶金。漢王充論衡率性："試取東下直一金之劍，更熟鍛鍊，足其火，齊其銛，猶千金之劍也。"㊁羅織罪名。後漢書二六韋彪傳："忠孝之人，持心近厚；鍛鍊之吏，持心近薄。"注："蒼頡篇曰：'鍛，椎也。'鍛鍊猶成熟也。言深文之吏，入人之罪，猶工冶陶鑄鍛鍊，使之成熟也。"㊂磨練，實踐。唐杜甫杜工部草堂詩箋五奉贈太常張卿垍二十韻："顧深慙鍛鍊，才小辱提攜。"宋陸游劍南詩稿六一遣興："日衰書卷研求嬾，心弱詩章鍛鍊衰。"

【鍛竈】冶鐵爐。也指冶鍛之所。晉書阮籍嵇康傳論："臨鍛竈而不迴，登廣武而長歎。"北周庾信庾子山集一小園賦："嵇康鍛竈，既煗而堪眠。"

【鍛磨齋】僧寺於歲除鍛磨，是日作齋享衆僧，稱煅磨齋。煅亦作"碫"。見舊題唐馮贄雲仙雜記四碫磨齋、元陳元靚歲時廣記四十作鍛磨。

鎪
sōu　集韻　先侯切，平，侯韻。
ㄙㄡ

雕刻。同"鏤"。文選漢王子淵(褒)洞簫賦："鎪鏤離灑，絳脣錯雜。"唐李賀歌詩編三昌谷詩五月二十七日作："攢蟲鎪古柳，蟬子鳴高邃。"言蟲蝕柳木如雕。

鎚
chuí　直追切，平，脂韻，澄。
ㄔㄨㄟˊ

㊀鐵錘。通"椎"。抱朴子仙藥："以鐵鎚鍛其頭數千下乃死。"㊁以鎚擊物。宋書朱超石傳："別齎大鎚並千餘張矟，乃斷矟長三四尺，以鎚鎚之，一矟輒洞貫三四賈。"末"鎚"字爲動詞。㊂古兵器之一種。唐駱賓王集五詠懷詩："寶劍思存楚，金鎚許報韓。"㊃權，卽秤砣，同"錘"。見廣韻。

鍭
hóu　戶鉤切，平，侯韻，匣。
ㄏㄡˊ　胡遘切，去，侯韻，匣。

㊀箭名。詩大雅行葦："敦弓既堅，四鍭既鈞。"爾雅釋器："金鏃翦羽謂之鍭。"疏："以金爲鏃，齊羽者名鍭。孫炎云：金鏑斷羽，使前重也。"也泛指箭。方言九："箭，自關而東謂之矢，江淮之間謂之鍭。"㊁指箭頭。文選漢班孟堅(固)西都賦："爾乃期門佽飛，列刃攢鍭。"一說劍口。急就篇三："鈒戟鈹鎔劍鐔鍭。"注："鍭，劍口也。"

【鍭矢】箭名。周禮夏官司弓矢："殺矢鍭矢，用諸近射田獵。"注："鍭之言候也。二者皆可以司候，射敵之近者及禽獸。前尤重，中深而不可遠也。"又考工記矢人："矢人爲矢，鍭矢參分，茀矢參分，一在前，二在後。"注："參訂之而平者，前有鐵重也。"

鍫 qiāo ㄑㄧㄠ 七遥切，平，宵韻，清。

即"鍬"。本名"臿"。北齊書趙郡王琛傳附子叡："鍫鍤裁下，泉源湧出。"

十畫

鎏 liú ㄌㄧㄡˊ 集韻 力求切，平，尤韻。

㊀冕飾，垂玉。説文作"鎏"。今作"旒"。見五音集韻。㊁美金。見集韻。

鎋 xiá ㄒㄧㄚˊ 胡瞎切，入，鎋韻，匣。

車軸兩端的小鐵鍵，用以控制車輪。同"轄"。戰國策齊一："鎋擊摩車而相過。"詩小雅節南山"尹氏大師，維周之氐"漢鄭玄箋："言尹氏作大師之官，爲周之桎鎋。"疏："以轄能制車，喻大臣能制國。"

鎔 róng ㄖㄨㄥˊ 餘封切，平，鍾韻，喻。

㊀銷鎔，煉製。引申指融化改作。南朝梁劉勰文心雕龍辯騷："雖取鎔經意，亦自鑄偉辭。"唐元稹長慶集四八齊煚饒州刺史王堪澧州刺史制："澧亦旁荆之劇郡，而鄱陽有鎔銀擷茗之利。"㊁鑄器的模型。漢書五六董仲舒傳："夫上之化下，下之從上，猶泥之在鈞，唯甄者之所爲；猶金之在鎔，唯冶者之所鑄。"注："鎔謂鑄器之模範也。"㊂兵器，矛屬。急就篇三："鈒、戟、鈹、鎔、劒、鐔、鍭。"注："鎔，謂刀之鋑刃爲道者也。"廣雅釋器："鎔，鈹也。"

【鎔裁】融化改作。續高僧傳八釋曇衍："故經文繁富者，則指摘一句，用攝廣文，時人貴其通贍鎔裁而簡衷矣。"

鎊 páng ㄆㄤˊ 普郎切，平，唐韻，滂。

削。見玉篇。

鎬 hào ㄏㄠˋ 胡老切，上，皓韻，匣。

㊀温器。見説文。㊁古地名。1.西周國都。見"鎬京"。2.北方地名。詩小雅六月："侵鎬及方，至於涇陽。"箋："鎬也，方也，皆北方地名。"

【鎬池】古池名。也作滈池。在長安故城西，昆明池北，即西周故都。唐貞觀中以鎬池併入昆明池，唐以後湮没。故址在今陝西西安市西豐鎬村西北。參閲三輔黄圖四池沼、讀史方輿紀要五三西安府鎬水。

【鎬京】地名。故地在今陝西西安西南、灃水東岸。周武王既滅商，自酆徙都於此，謂之宗周，又稱西都。詩大雅文王有聲："考卜維王，宅是鎬京。"參閲嘉慶一統志二二七西安府一。

【鎬鎬】光明貌。文選三國魏何平叔(晏)景福殿賦："故其華表則鎬鎬鑠鑠，赫奕章灼，若日月之麗天也。"

鎕 táng ㄊㄤˊ 徒郎切，平，唐韻，定。

見下。

【鎕銻】寶石名。即火齊。見説文。參見"火齊㊁"。

鎌 lián ㄌㄧㄢˊ 力鹽切，平，鹽韻，來。

㊀鎌刀，古謂之刈鉤。同"鐮"。韓詩外傳二："巫馬期喟然仰天而歎，闟然投鎌於地。"㊁稜角。方言九："凡箭鏃胡合嬴者，四鎌，或曰鉤腸。"

【鎌利】如鎌刀的鋒利。漢嚴遵道德指歸論二至柔篇："夫有形鎌利，不入無理。"宋黄庭堅山谷題跋八題歐率更書："比來士大夫學此書，好作芒角鎌利。"

鎰 yì ㄧˋ 夷質切，入，質韻，喻。

古重量單位。通作"溢"。二十兩爲一鎰，一説二十四兩爲一鎰。孟子梁惠王下："雖萬鎰，必使玉人彫琢之。"注："二十兩爲鎰。"孟子公孫丑下："於宋，餽七十鎰而受。"注："古者以一鎰爲一金，一鎰是爲二十四兩也。"參見"溢㊂"。

鎡 zī ㄗ 子之切，平，之韻，精。

見下。

【鎡基】農具，即鋤頭。孟子公孫丑上："雖有知慧，不如乘勢；雖有鎡基，不如待時。"漢書四一樊噲諸人傳贊引作"茲基"。

【鎡錤】鋤頭。即鎡基。禮月令季冬之月"脩耒耜，具田器"漢鄭玄注："田器，鎡錤之屬。"也作"茲其"。

鎣 yìng ㄧㄥˋ 烏定切，去，徑韻，影。

磨拭金屬使發光。唐周村冊餘家鐫像記："方施藻鎣之工，載耿丹青之色。"(金石續編七)

鍥 qiè ㄑㄧㄝˋ 集韻 詰結切，入，屑韻。

刻。同"鍥"。淮南子本經："逮至衰世，鐫山石，鍥金玉，擿蚌蜃，消銅鐵，而萬物不滋。"注："鍥，刻金玉以爲器也。"

鎛 bó ㄅㄛˊ 補各切，入，鐸韻，幫。

也作"鑮"。㊀鋤草的農具。詩周頌良耜："其鎛斯趙，以薅荼蓼。"見圖。㊁頂作編環鈕或伏獸形的平口鐘。國語周下："細鈞有鐘無鎛，昭其大也。"參見"鎛鐘"。㊂鏞飾。淮南子俶真："華藻鎛鮮，龍蛇虎豹，曲成文章。"

鎛

【鎛師】官名。掌鼓鐘鎛之官。周禮春官之屬有鎛師，掌金奏之鼓。

【鎛鐘】樂器名。國語周下韋昭注以鎛爲小鐘，周禮春官鎛師鄭玄注謂鎛似鐘而大，鎛鐘即鎛，説文謂鑮爲大鐘，與鄭合。鎛鐘者，對編鐘言，後者編懸而此爲特懸。編懸者十六鐘共簨，特懸者每鐘一簨。

鎛鐘

【鎛鱗】懸鐘之横木，上刻鱗屬，以金塗飾。考工記所言"鱗屬以爲筍"，明堂位注所言"飾簨以鱗屬"，皆指鎛鱗而言。參閲周禮考工記梓人、禮明堂位"夏后氏之龍簨虡"注。

鏈 1. lián ㄌㄧㄢˊ 力延切，平，仙韻，來。丑延切，平，仙韻，徹。

㊀鉛礦石。通"連"。史記一二九貨殖傳："江南出……金、錫、連、丹沙。"集解引徐廣："音蓮，鉛之未鍊者。"廣雅釋器："鉛鑛謂之鏈。"

2. liàn ㄌㄧㄢˋ

㊁金屬環相連爲鏈。元戴侗六書故："今人以銀錯之類相連屬者爲鏈。"

鎝 1. dā ㄉㄚ

㊀農具名。鐵製，頭廣一尺，爲翻土之用。見正字通。

2. sà ㄙㄚˋ 集韻 悉合切，入，合韻。

㊁雕鏤。通"鈒"。見集韻。

鎮 1. zhèn ㄓㄣˋ 陟鄰切，平，真韻，知。陟刃切，去，震韻，知。

㊀重，壓。國語周上："爲贄幣瑞節以鎮之。"文選魏曹元首(冏)六代論："是以輕重足以相鎮，親疏足以相衛。"㊁止，安定。楚辭屈原九章抽思："願搖起而横奔兮，覽民尤以自鎮。"國語晉七："君鎮撫

羣臣而大庇廕之,……敢不承業。”㊂常,久。唐詩紀事四褚亮燭花:“莫言春稍晚,自有鎮開花。”唐李商隱李義山詩集四獨居有懷:“蠟花長遞淚,筝柱鎮移心。”㊃壓物之器。楚辭屈原九歌湘夫人:“白玉兮爲鎮,疏石蘭兮爲芳。”㊄古時九服之一。周禮夏官職方氏:“又其外方五百里曰鎮服。”疏:“言鎮者,以其入夷狄深,故須鎮守之。”後引申爲方鎮,鎮守。㊅一方的主山稱鎮。書舜典“封十有二山”漢孔安國傳:“每川之名山殊大者,以爲其州之鎮。”㊆市鎮,集鎮。宋高承事物紀原七庫務職局:“民聚不成縣而有税課者,則爲鎮,或以官監之。”㊇清末新軍編制單位,一鎮一萬二千餘人。鎮由總兵統轄,故亦稱總兵爲鎮。見清續文獻通考二〇四兵三常備軍制略。

2. tián ㄊㄧㄢˊ

㊈塞。通“填”。國語晉二:“譬之如室,既鎮其甍矣,又何加焉。”

【鎮心】安心,静心。南史鄭灼傳:“常蔬食,講授多苦心熱,若瓜時,輒偃卧以瓜鎮心。”本草綱目八金一銀:“(銀屑)服之,明目鎮心,安神定志。”

【鎮日】猶整日。宋尹洙河南先生文集一和河東施待制詩:“威嚴少霽猶知幸,誰信芳罇鎮日開。”朱熹朱文公集一邵武道中詩:“不惜容鬢凋,鎮日長空飢。”

【鎮平】縣名。1.屬河南省。漢爲安衆縣,屬南陽郡。南北朝時廢爲穰縣北鄉地。金初置陽管鎮,後改爲鎮平縣。元明清皆屬南陽府。參閱寰宇通志八八南陽府。2.明崇禎六年,分平遠縣及程鄉縣置鎮平縣,治蕉嶺,屬潮州府。清雍正十一年改屬嘉應州。公元1914年改蕉嶺縣,屬廣東省。參閱嘉慶一統志四五六嘉應州。

【鎮江】市名。屬江蘇省。宋開寶間置鎮江軍,政和間改爲府,元改爲路,明初曰江淮府,尋復改爲鎮江府,治所丹徒縣。公元1912年廢府留縣,1928年改名鎮江縣。1949年設鎮江市。參閱嘉慶一統志九十鎮江府。

【鎮宅】迷信的人指用某種法術,化凶壓邪,使家宅安吉。南朝梁宗懍荆楚歲時記:“十二月暮日,掘宅四角,各埋一大石爲鎮宅。”元辛文房唐才子傳八汪遵:“諺曰:金玉有餘,買鎮宅書。”

【鎮安】㊀安定。漢書九九下王莽傳:“京師門户不容者,開高大之,以視百蠻,鎮安天下。”㊁縣名。屬陝西省。漢洵陽縣地。五代爲乾祐縣,元廢。明景泰三年廢縣,北置鎮安縣,初屬西安府,後改屬商州。參閱嘉慶一統志二四六商州。㊂地名。宋於鎮安洞置鎮安軍民宣撫司,元改爲路。明洪武二年改爲府,治天保縣。清因之。公元1913年裁府留縣。1951年與敬德縣合併爲德保縣,屬廣西。參閱嘉慶一統志四七三鎮安府。

【鎮圭】古代朝聘所用的信物,王執鎮圭,爲六瑞之一。也作“瑱圭”。周禮春官大宗伯:“王執鎮圭。”注:“鎮,安也,所以安四方。鎮圭者,蓋以四鎮之山爲瑑飾,圭長尺有二寸。”圖從清黄以周禮書通故四九名物圖。

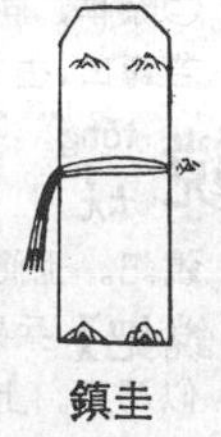
鎮圭

【鎮戍】戍守。三國志吴陸凱傳華覈薦陸禕表:“夫夏口,賊之衝要,宜選名將以鎮戍之。”

【鎮戎】地名。宋建鎮戎軍,金升爲州,元廢,改置固原州。明清相沿。公元1913年改縣,今屬寧夏回族自治區。參閱嘉慶一統志二五八平涼府固原州。

【鎮沅】地名。卽今雲南鎮源縣,宋爲案板寨。明洪武末置鎮沅州,永樂中升爲府。清爲直隸廳。參閱嘉慶一統志四九四鎮沅直隸州。

【鎮軍】將軍之名號。三國魏以陳羣爲鎮軍大將軍,領中護軍,録尚書事。見三國志魏陳羣傳。歷代均有鎮軍將軍,宋以後無。清代俗稱總兵爲鎮軍。

【鎮南】地名。古欠舍川地,爲濮落族所居。唐置石鼓縣。元立欠舍千户所,至元二十二年置鎮南州,屬雲南威楚路。明清屬楚雄府。公元1913年改縣,1954年改南華縣,屬雲南。參閱寰宇通志一一二楚雄府。

【鎮星】土星的别名。史記天官書:“太歲在甲寅,鎮星在東壁。”也作“填星”。又:“曆斗之會以定填星之位。”索隱引晉灼:“常以甲辰之元始建斗,歲鎮一宿,二十八歲而周天。”

【鎮海】縣名。屬浙江省。漢鄮縣地,五代梁開平三年吴越置望海縣。宋太平興國初改稱定海縣,屬明州。明屬寧波府。清康熙二十六年,别置定海縣於舟山,改故定海縣爲鎮海縣。參閱嘉慶一統志二九一寧波府。

【鎮原】縣名。屬甘肅省。漢爲高平縣,屬安定郡。後魏改原州,取高平曰原之義。宋置鎮戎軍。元爲鎮原州,屬鞏昌路。明洪武初改爲縣,屬平涼府。清乾隆四十二年改屬涇州。參閱嘉慶一統志二七二涇州。

【鎮紙】壓紙、壓書的文具名。也稱書鎮。以銅鐵玉石竹等製成,或肖禽獸鱗介諸形。宋陶穀清異録畦宗郎君:“歐陽通善書,修飾文具,其家藏遺物尚多,皆就刻名號……鎮紙曰套子龜、小連城、千鈞史。”張鎡南湖集二陸編修送月石硯屏詩:“三山放翁實贈我,鎮紙恰稱金犀牛。”自注:“新得古銅犀牛。”

【鎮雄】縣名。屬雲南省。明嘉靖年間置鎮雄軍民府,屬四川布政使司。清雍正五年改隸雲南,六年降爲州,屬昭通府。公元1913年改爲鎮雄縣。參閱嘉慶一統志四九〇昭通府。

【鎮遏】元時押運糧船之士兵稱鎮遏軍。元史兵志二鎮遏軍:“(延祐元年)樞密院官奏:‘中書省言,江浙春運糧八十三萬六千二百六十石,取日開洋,前來直沽,請預差軍人鎮遏。’……七年四月,調海運鎮遏軍一千人,如舊制。”

【鎮番】地名。明洪武間置鎮番衛,屬陝西行都司。清雍正初改置鎮番縣,屬涼州府。公元1928年改名民勤縣,屬甘肅省。參閱嘉慶一統志二六七涼州府。

【鎮遠】縣名。屬貴州省。漢無陽縣地,唐爲峨山縣。明洪武間改爲鎮遠縣,屬鎮遠州,正統間改屬鎮遠府,并爲府治所在地。清仍之。公元1912年改縣。參閱嘉慶一統志五〇三鎮遠府。

【鎮寧】縣名。屬貴州。元置鎮寧州,萬曆三十年屬安順府,清因之。公元1913年改縣,1963年改建爲鎮寧布依族苗族自治縣。參閱嘉慶一統志五〇一安順府。

【鎮厭】重壓。厭,同“壓”。後漢書四十上班固傳西都賦:“禽相鎮厭,獸相枕藉。”後漢書四九仲長統傳昌言理亂:“當君子困賤之時,跼高天,蹐厚地,猶恐有鎮厭之禍也。”

【鎮標】清代總兵所轄之兵謂之鎮標。清會典四三兵部:“各省總兵所屬爲鎮標。”

【鎮靜】沉着,安定。國語晉七:“厭也果敢,無忌鎮靜。”明道本靜作“靖”。晉書高崧傳爲會稽王與桓温書:“皆由吾闇弱,德信不著,不能鎮靜羣庶,保固維城,所以内愧於心,外慙良友。”

【鎮壓】壓制,壓服。晉書唐彬傳:“今諸軍已至,足以鎮壓外内,願無以爲慮。”又郗超傳:“若不能行廢立大事,爲伊霍之舉者,不足鎮壓四海,震服宇内。”

【鎮神頭】唐宣宗時有日本王子入唐,善圍棋,號神頭王。帝命棋待詔顧師言與對弈,至三十三下，王子已伏不勝,後傳其弈勢，謂之鎮神頭。好事者畫有顧師言三十三鎮神頭圖。見唐蘇鶚杜陽雜編下。

【鎮南關】 關名。在廣西憑祥市西南。歷代名稱多有變動。亦名雞陵關、大南關、界首關,清初改稱鎮南關。公元1953年改稱睦南關。1965年改名友誼關。參閱嘉慶一統志四七二太平府關隘。

【鎮海樓】 近海之地建樓者往往以鎮海爲名，著名者如: 1.故址在浙江杭州吴山東麓。舊名東樓,唐武德七年建,高十八丈。卽吴越舊城之南。元改爲拱北樓。宋蘇軾有望海樓晚景五絶詩，見分類東坡詩九。參閱嘉慶一統志二八四杭州府二古蹟。2.在廣東廣州市北。明洪武十三年永嘉侯朱亮祖建,五層,高八丈。參閱清屈大均廣東新語十七宫。

【鎮庫書】 宋王仲至(欽臣)家藏書甚富。其先人每得一書,先以廢紙草寫,參校無誤,乃繕寫之，每册不過三四十葉。共寫兩本,一本供子弟及外人觀看,又别寫一本，尤精好，以絹素背之，供自讀。號鎮庫書。見宋徐度却掃編下。

【鎮國公】 清代宗室封爵名。其位次於貝子。有入八分、不入八分兩級。入八分者曰奉恩鎮國公,居七等;不入八分者曰鎮國公，居九等。見清會典事例二宗人府封爵。

【鎮撫司】 官署名。元時萬户府及諸衛都指揮使司皆有鎮撫司，明因之。凡諸衛皆設鎮撫司。錦衣衛鎮撫司掌刑名及軍匠，永樂間又添設北鎮撫司，專理詔獄。而後以舊鎮撫司爲南鎮撫司,專理軍匠。參閱元史百官志五及七、明史職官志五。

【鎮撫使】 官名。南宋初,李成在舒蘄,桑仲在襄鄧，郭仲威在維陽，許慶在高郵,結衆起事,武裝割據地方。參知政事范宗尹建議置鎮撫使作爲權宜招安之計,授此職者,除茶鹽之利仍由朝廷置提舉官外，皆得便宜行事。於是成、仲、仲威皆授鎮撫使。至趙鼎相乃罷。參閱文獻通考六二職官十六。

【鎮國將軍】 宋元及明初有鎮國大將軍或鎮國上將軍，爲武散官。清代有鎮國將軍,爲宗室封爵名,位在不入八分輔國公之次,輔國將軍之上,分三等。參閱清會典事例二宗人府封爵。

【鎮殿將軍】 宋孟元老東京夢華録六元旦朝會:"正旦大朝會,車駕坐大慶殿,有介胄長大人四人,立于殿角,謂之鎮殿將軍。"又見吴自牧夢粱録一元旦大朝會。

鎒 1. nòu ㄋㄡˋ 奴豆切,去,候韻,泥。

㊀鋤草農具,同"耨"、"槈"。莊子外物:"春雨日時，草木怒生，銚鎒於是乎始脩。"

2. hāo ㄏㄠ 集韻 呼高切,平,豪韻。

㊁除草，同"薅"。淮南子説山:"治國者若鎒田,去害苗者而已。"

鎲 tǎng ㄊㄤˇ

鎲鈀。也簡稱鎲。見下。

【鎲鈀】 兵器名。簡稱鎲。形似馬叉。上有利刃，横有彎股刃，兩鋒中有脊，平減至鋒，彎股有四棱，甚鋭，正鋒與横股合爲一柄。此器行於明代，閩粤川貴雲湖皆有之,而製不同,可擊可禦。參閱明茅元儀武備志一〇四軍資乘器械。

鎲鈀

鎖 suǒ ㄙㄨㄛˇ 蘇果切,上,果韻,心。

㊀鎖鏈，以鐵環相鉤連。用作刑具。本作"瑣",説文新附作"鎖",俗作"鏁"。漢書九九下王莽傳:"以鐵鎖琅當其頸。"新唐書刑法志:"杻校鉗鎖皆有長短廣狹之制，量囚輕重用之。"參閱清俞樾俞樓雜纂四四鎖字考。㊁門鍵。唐盧仝玉川子集二憶金鵝山沈山人詩之二:"夜叉喜歡動關鎖，鎖聲撼地生風雷。"㊂拘繫，囚禁。漢東方朔東方大中集與友人書:"不可使塵網名韁拘鎖。"梁書鮑泉傳:"(王)僧辯既入，背泉而坐，曰:'鮑郎有罪，令旨使我鎖卿，卿勿以故意見期。'因出令示泉，鎖之牀下。"㊃上鎖。唐杜甫杜工部草堂詩箋四秋雨歎之三:"長安布衣誰比數，反鎖衡門守環堵。"

【鎖穴】 地名。在今湖北漢陽縣北。在大别山北。相傳爲三國吴孫皓以鐵鎖斷江之處。參閱宋王象之輿地紀勝七九漢陽軍景物。

【鎖吶】 吹奏樂器名。卽嗩吶,見該條。

【鎖院】 爲保守機密而鎖閉院門，斷絶來往交通。宋史職官志:"凡拜宰相及事重者，晚漏上，天子御内東門小殿，宣召面諭,給筆札書所得旨。稟奏歸院,内侍鎖院門，禁止出入。"又試士亦行鎖院。宋吴自牧夢粱録三士人赴殿試唱名:"諸路過都舉人,排日赴都堂簾引訖,伺候擇日殿試。前三日宣押知制誥詳評定考試等官,赴學士院鎖院。"

【鎖陽】 植物名。生塞北，發起如筍，上豐下儉，鱗甲櫛比，筋脈連絡，其形頗類男陰,名曰鎖陽，卽肉蓯蓉之類，入藥。參閱元周密癸辛雜識續集上鎖陽、本草綱目十二草一鎖陽。

【鎖須】 禮月令孟冬之月:"修鍵閉,慎管籥。"注:"鍵，牡;閉，牝也。管籥，搏鍵器也。"唐孔穎達疏:"漢書五行志每云:牝飛及牝亡,謂失其鎖須,須則牡也。"牝飛及牝亡，今本漢書作"牡"。按此知古所謂鍵，唐時謂之鎖須，蓋鍵門時納入閉中,使門不開者,以今器較之,當爲鎖簧;管籥爲搏鍵器,卽今稱鎖匙。

【鎖諫】 西晉末前趙主劉聰欲爲皇后劉氏起鷂儀殿。聰在逍遥園李中堂，廷尉陳元達進諫，聰怒，欲殺之，元達先鎖腰而入,以鎖繞樹,左右曳之不能動。劉氏在後堂聞之,密遣中常侍私敕停刑,於是手疏切諫。聰怒解,引元達而謝之,易逍遥園爲納賢園，李中堂爲愧賢堂。見晉書劉聰載記。

【鎖廳】 宋制，現任官往應進士試曰鎖廳,言鎖其廳而往應試。試中,得遷官而不給科第;不中則停現任。宋李曾伯可齋雜藁十一謝潼漕請舉:"衡石程文，將使應飛龍之詔；鎖廳較藝，不期捧薦鶚之書。"參閱文獻通考三十選舉三、清袁枚隨園隨筆上鎖廳。

【鎖鑰】 謂鎖及鑰匙。唐韓愈昌黎集九奉和虢州劉給事使君三堂新題二十一詠竹洞:"洞門無鎖鑰，俗客不曾來。"引申指軍事防守的重鎮。全唐文七四〇劉寬夫邠州節度使院新建食堂記:"鎖鑰邠圻,將帥得人,則虜馬不敢東嚮而牧。"參見"北門鎖鑰"。

【鎖子甲】 一種鎧甲。其甲五環相互，一環受鏃,諸環拱護,故箭不能入。唐六典十六兩京武庫:"甲之制十有三,……十有二曰鎖子甲。"宋周必大二老堂詩話金鎖甲:"至今謂甲之精細者爲鎖子甲，言其相御之密也。"

【鎖子骨】 ㊀相傳唐李泌行辟穀術，每導引，骨節珊然有聲，時人謂之鎖子骨。見唐李繁李鄴侯家傳、尉遲樞南楚新聞(説郛七、七三)。㊁續玄怪録延州婦人記延州有婦人既没,有西域來胡僧謂此卽鎖骨菩薩。衆人卽開墓,見遍身之骨,鉤結皆如鎖狀。宋黄庭堅豫章集五戲答陳季長寄黄州山中連理枝詩之二:"金沙灘頭鎖子骨,不妨隨俗暫嬋娟。"

【鎖子帳】 帳名。唐鄭處誨明皇雜録下:"太平公主玉葉冠，虢國夫人夜光枕，楊國忠鎖子帳，皆稀代之寶，不能計其直。”

【鎖子藕】 謂連理藕。元楊維楨鐵厓樂府九采蓮曲之二:“下作鎖子藕，上作雙頭花。”

【鎖鼻術】 道家睡眠時閉鼻息之術。宋陸游老學庵筆記六:“予遊邛州天慶觀，有希夷(陳摶)詩石刻，……天慶本唐天師觀，詩後有文與可(同)跋，大略云:‘高公者，此觀都威儀何昌一也，希夷從之學鎖鼻術。’”

鎧 kǎi ㄎㄞˇ 苦亥切，上，海韻，溪。苦蓋切，去，代韻，溪。

古代戰士用以護身的鐵甲。漢書九九中王莽傳:“禁民不得挾弩鎧，徙西海。”參閲清武億授堂文鈔二釋甲。

【鎧甲】 戰士護身之具。淮南子説林:“人性便絲衣帛，或射之，則被鎧甲，爲其不便以得所便。”世説新語方正“高貴鄉公薨”注引漢晉春秋:“自曹芳事後，魏人省徹宿衛，無復鎧甲，諸門戎兵，老弱而已。”

【鎧仗】 鎧甲與兵器。三國志魏夫餘傳:“以弓矢刀矛爲兵，家家自有鎧仗。”

【鎧馬】 ㊀謂甲與馬。後漢書六十下蔡邕傳疏:“伏見幽、冀舊壤，鎧馬所出，比年兵飢，漸至空耗。”㊁帶甲之馬。晉書劉曜載記:“召公卿已下子弟有勇幹者爲親御郎，被甲乘鎧馬。”

鎗 1. qiāng ㄑㄧㄤ 集韻 千羊切，平，陽韻。

㊀金石聲。同“鏘”。禮樂記:“君子之聽音，非德其鏗鎗而已也。”㊁兵器。同“槍”。元張憲玉笥集三君馬篇詩:“君撚箭，臣臂鎗，馬上各垂雙白狼。”

2. chēng ㄔㄥ 楚庚切，平，庚韻，初。

㊂温酒之器。南齊書蕭赤斧傳附穎胄:“上慕儉約，欲鑄壞太官元日上壽銀酒鎗。”㊃鼎類。俗作“鐺”。唐李賀歌詩編一始爲奉禮憶昌谷山居:“長鎗江米熟，小樹棗花春。”

3. qiàng ㄑㄧㄤˋ

㊄在器物上填嵌金銀等飾物。見“鎗₃金”。

【鎗₃金】 在器物上嵌金。明陶宗儀輟耕録三十鎗金銀法:“凡器用什物，先用黑漆爲地，以針刻畫，……然後用新羅漆，若鎗金，則調雌黄；若鎗銀，則調韶粉。日曬後，角挑挑嵌所刻縫罅，以金薄或銀薄，依銀匠所用紙糊籠罩，置金銀薄在內，遂旋細切取，鋪已施漆上，新綿揩拭牢實，但著漆者自然黏住，其余金銀都在綿上，於熨斗中燒灰，甘鍋內鎔鍛，渾不走失。”

【鎗鍠】 金聲。舊題漢劉歆西京雜記四枚乘柳賦:“弱絲清管，與風霜而共雕，鎗鍠啾唧，蕭條寂寥。”

【鎗鎗】 ㊀象聲。後漢書六十上馬融傳廣成頌:“鍠鍠鎗鎗，奏于農郊大路之衢，與百姓樂之。”指鐘鼓聲。㊁行列整齊貌。同“蹌蹌”。荀子大略:“朝廷之美，濟濟鎗鎗。”注:“鎗與蹌同。……蹌蹌，有行列貌。”

【鎗底飯】 猶鍋底飯。南史陳遺傳:“宋初吴郡人陳遺，少爲郡吏，母好食鎗底飯。遺在役，恒帶一囊，每煮食輒録其焦以貽母。”

鎩 shā ㄕㄚ 所拜切，去，怪韻，山。所八切，入，黠韻，山。所例切，去，祭韻，山。

㊀兵器名。長矛，即鈹。史記秦始皇紀論引賈誼:“鉏櫌棘矜，非錟於句戟長鎩也。”淮南子兵略:“修鎩短鏦，齊爲前行。”㊁傷殘。見下各條。

【鎩羽】 羽毛摧落。也喻失意。南朝宋鮑照鮑氏集九侍郎上疏:“鎩羽暴鱗，復見翻躍。”藝文類聚三七南朝梁劉孝標(峻)與宋玉山元思書:“是以賈生(誼)懷琬琰而挫翮，馮子(衍)握瑰璠而鎩羽。”

【鎩翼】 同鎩羽。淮南子俶真:“嶢山崩，三川涸，鳥鎩翼，獸擠脚。”又覽冥:“飛鳥鎩翼，走獸廢脚。”

【鎩翮】 同鎩羽。文選晉左太沖(思)蜀都賦:“鳥鎩翮，獸廢足。”又南朝齊謝宣遠(瞻)於安城答靈運詩:“跬行安步武，鎩翮周數仞。”

鏠 fēng ㄈㄥ 集韻 敷容切，平，鍾韻。

金器之尖端或鋭利部分。同“鋒”。事物鋭利者亦稱鋒。漢書六五東方朔傳:“舍人所問，朔應聲輒對，變詐鏠出，莫能窮者。”參閲清段玉裁説文解字注十四上鋒。

鎢 wū ㄨ 哀都切，平，模韻，影。

見下。

【鎢錥】 温器。今俗稱湯罐。太平御覽七五七晉杜預奏事:“藥杵臼、澡槃、熨斗、釜、甑、銚槃、鎢錥亦皆民間之急用也。”也作“烏錥”。北史蠕蠕傳:“詔賜……銅烏錥四枚、柔鐵烏錥二枚。”

鎞 1. bī ㄅㄧ 邊兮切，平，齊韻，幫。

㊀婦女插在髻上的一種首飾。即釵。全唐詩寒山詩之三十五:“羅袖盛梅子，金鎞挑筍芽。”

2. pī ㄆㄧ 集韻 篇迷切，平，齊韻。

㊁箭鏃。通“錍”。見集韻。㊂古印度治眼疾的手術用具。涅槃經:“有盲人爲治目，故造詣良醫，是時良醫，即以金鎞刮其眼膜。”

十一畫

鏖 áo ㄠ 於刀切，平，豪韻，影。

㊀温器。説文作“鑣”。㊁激烈戰鬥。漢書五五霍去病傳:“合短兵，鏖皋蘭下。”注:“鏖謂苦擊而多殺也。……今俗猶謂打擊之甚者曰鏖。”㊂喧擾。宋黄庭堅豫章集三仁亭詩:“市聲鏖午枕，常以此心觀。”

【鏖戰】 酣戰，苦戰。新唐書一四三王翃傳:“翃乃移書義藤二州刺史，約皆進討，引兵三千與賊鏖戰，日數遇。”宋辛棄疾稼軒詞二摸魚兒觀潮上葉丞相:“截江阻練驅山去，鏖戰未收貔虎。”

【鏖糟】 ㊀血戰拚殺。漢書五五霍去病傳“鏖皋蘭下”注引晉灼:“世俗謂盡死殺人爲鏖糟。”㊁不潔，腌臢。宋莊綽雞肋編中:“許昌至京師道中，又有大澤，彌望草莽，名好艸陂，而夏秋積水，沮洳泥淖，遂易爲鏖糟陂。”朱子語類二七論語九:“緣是他氣稟中自元有許多鏖糟惡濁底物，所以纔見那物，事便出來應他。”㊂固執。吴下方言考五二蕭:“蘇東坡與程伊川議事不合，譏之曰:頤可謂鏖糟鄙俚叔孫通矣。按鏖糟，執拗而使人心不適也。吴中謂執拗生氣曰鏖糟。”

鏊 ào ㄠˋ 五到切，去，号韻，疑。

燒器。如今之烙餅平鍋。也作“鏒”。唐張鷟朝野僉載四:“(魏光乘)目舍人楊伸嗣爲‘熱鏒上猢猻’。”段成式酉陽雜俎續集四作“熱鏒”。

【鏊硯】 鏊形之硯。宋陸游劍南詩稿四十初寒老身頗健戲書:“山爐幌絶香生岫，鏊硯坡陀墨滿池。”

鏨 cán zàn ㄘㄢˊ ㄗㄢˋ 昨甘切，平，談韻，從。士咸切，平，咸韻，牀。才敢切，上，敢韻，從。慈染切，上，琰韻，從。

㊀小鑿。太平御覽七六三通俗文:“石鑿曰鏨。”㊁雕刻。廣雅釋器:“鐫謂之鏨。”

【鏨菜】 草名。茺蔚的一種，又名益母

草。爾雅釋草作"蓷"。開白花。入藥。參見"蓷"、"茺蔚"。

鏡 jìng 居慶切,去,映韻,見。ㄐㄧㄥˋ

㊀鏡子。古鏡以銅磨製而成。莊子應帝王:"至人之用心若鏡。"韓非子觀行:"古之人目短於自見,故以鏡觀面。"㊁照,借鑑。墨子非攻中:"君子不鏡於水而鏡於人。鏡於水,見面之容;鏡於人,則知吉與凶。"史記高祖功臣侯年表:"居今之世,表古之道,所以自鏡也。"㊂照耀。後漢書四十下班彪傳附班固典引篇:"榮鏡宇宙,尊無與抗。"

【鏡考】借鑑他事以自省。漢書八五谷永傳對問:"願陛下追觀夏商周秦所以失之,以鏡考己行。有不合者,臣當伏妄言之誅!"注:"鏡謂監照之。考,校也。"

【鏡社】宋王希默居長洲,簡淡無他好,惟以對鏡爲娛,以唐杜甫(江上詩)有"勳業頻看鏡"之句,遂作策勳亭,自號勳叟。結藏異鏡者數人,常相聚出鏡傳玩,鄉人目曰"鏡社"。見宋陶穀清異録居室。

【鏡戒】借鑑前事以自警戒。後漢書十六寇恂傳:"同門生茂陵董崇說恂曰:'……昔蕭何守關中,悟鮑生之言而高祖悅。今君所將,皆宗族昆弟也,無乃當以前人爲鏡戒。'恂然其言,稱疾不視事。"也作"鏡誡"。後漢書馮勤傳:"忠臣孝子,覽照前世,以爲鏡誡,能盡忠於國,事君無二,則爵賞光乎當世,功名列於不朽,可不勉哉!"

【鏡湖】湖名。後漢永和五年太守馬臻於會稽山陰兩縣界,築塘畜水,隄塘周迴三百一十里,溉田九千頃,以水平如鏡名鏡湖。唐開元中,詔賜祕書監賀知章鏡湖剡溪一曲,即此。宋人諱"敬"字,改爲鑑湖。熙寧後漸淤廢爲田。參閱元和郡縣志二六越州會稽縣、宋吳曾能改齋漫録八鏡湖、讀史方輿紀要九二紹興府會稽縣。

【鏡殿】以鏡鑲壁的宮殿。北史齊幼主紀:"其嬪嬙諸院中起鏡殿、寶殿、瑇瑁殿,丹青彫刻,妙極當時。"全唐詩一〇四蕭至忠薦福寺應制:"珠幡映白日,鏡殿寫青春。"

【鏡臺】鏡奩之大者,兼儲粧飾品,上可架鏡,故名鏡臺。初學記二五魏武雜物疏:"鏡臺出魏宮中,有純銀參帶鏡臺一,純銀七子貴人公主鏡臺四。"法書要録二南朝梁袁昂古今書評:"衛恒書如插花美女,舞笑鏡臺。"

鏡臺

【鏡監】借他事以自戒,如引鏡以自照。漢書九七下班倢伃傳自悼賦:"陳女圖以鏡監兮,顧女史而問詩。"

【鏡奩】鏡匣。後漢書陰皇后紀:"帝於席前伏御牀,視太后鏡奩中物,感動悲涕,令易脂澤裝具。"唐杜甫杜工部詩史補遺八往在:"鏡奩換粉黛,翠羽猶葱朧。"

【鏡聽】占卜法之一。懷鏡胸前,出門聽人言,以占吉凶休咎。亦稱耳卜。唐王建詩二有鏡聽詞,才調集一有李廓鏡聽詞。參閱元伊世珍瑯嬛記上。參見"耳卜"。

【鏡籢】卽鏡匣。籢,卽匳、奩。急就篇三:"鏡籢疏比各異工。"注:"鏡籢,盛鏡之器,若今鏡匣也。"

【鏡鸞】北堂書鈔一三六引南朝宋范泰鸞鳥詩序:"昔罽賓王得鸞鳥甚愛之,欲其鳴而不能致。夫人曰:'聞鳥得類而後鳴,何不懸鏡以映之。'王從其言。鸞鳥覩影而鳴,一奮而絕。"後多以此事喻失偶。唐李商隱李義山詩集三鸞鳳:"舊鏡鸞何處,衰桐鳳不棲。"

【鏡花緣】章回小說,清大興李汝珍撰,一百回。汝珍字松石,長於韻學,著有《李氏音鑑》,旁通雜藝,如星相、占卜、書法、弈棋之類。晚年撰此自遣,敍唐武后開科取才女事,有意爲婦女吐氣。其述唐敖、林之洋等遊海外見聞,多出虛擬,亦炫怪異如山海經;至記黑齒國才女論反切叶韻之說,則特以顯示其韻學。大抵情節離奇,而不能引人入勝;羅陳才藝,亦不成其爲小說;聊備一格而已。

【鏡花水月】鏡中花,水中月,喻虛幻不可捉摸。亦作"水月鏡花"。明謝榛四溟詩話一:"詩有可解不可解,若水月鏡花,勿泥其迹可也。"

鏑 dí 都歷切,入,錫韻,端。ㄉㄧˊ

箭鏃。也指箭。史記秦楚之際月表:"銷鋒鏑。"集解:"徐廣曰:一作鍉。"文選晉潘安仁(岳)射雉賦:"彳亍中輟,馥焉中鏑。"

【鏑銜】馬口中所含之鐵。淮南子氾論:"欲以樸重之法,治既弊之民,是猶無鏑銜橛策錣而御馯馬也。"注:"鏑銜,口中央鐵,大如雞子中黃,所制馬口也。"

鏟 chǎn 初限切,上,產韻,初。ㄔㄢˇ 初鴈切,去,諫韻,初。

㊀用以鏟削的鐵器。見廣韻。㊁削平,鏟除。文選晉木玄虛(華)海賦:"於是乎禹也,乃鏟臨崖之阜陸,決陂潢而相浚。"梁慧皎高僧傳十三釋僧護:"初僧護所創龕過淺,乃鏟入五丈,更施頂髻。"

【鏟幣】古幣名,以形似鏟而稱。其下方爲單層,上方爲夾層,故又稱空心幣。有口向上,可以正柄。正面有古文,背面中心有一直道。此幣出土甚晚,元明以前未有言及者。參閱清馮雲鵬等金石索四古鏟幣。

【鏟跡銷聲】謂隱居。晉書儒林傳史臣曰:"文博之漱流枕石,鏟跡銷聲,……斯並通儒之高尚者也。"文博,董景道字。後謂隱匿無聞爲"銷聲匿迹"。

鏞 yōng 餘封切,平,鍾韻,喻。ㄩㄥ

大鐘。書益稷:"笙鏞以間,鳥獸蹌蹌。"疏:"(爾雅)釋樂云:'大鐘謂之鏞。'李巡曰:'大鐘,音聲大。鏞,大也。'"

鏇 xuàn 似宣切,平,仙韻,邪。ㄒㄩㄢˋ 辝戀切,去,線韻,邪。

㊀轉軸。唐杜甫杜工部草堂詩箋一畫鷹:"絛鏇光堪擿,軒楹勢可呼。"㊁温器。旋之湯中以温酒。古今雜劇元李文蔚燕青博魚二:"自家是這同樂院前賣酒的,我燒的這鏇鍋兒熱,看有甚麼人來?"

鏃 zú 作木切,入,屋韻,精。ㄗㄨˊ

㊀箭頭。史記秦始皇紀論引賈誼過秦上:"秦無亡矢遺鏃之費,而天下諸侯已困矣。"㊁指箭輕銳。呂氏春秋貴卒:"所爲貴鏃矢者,爲其應聲而至。"

【鏃鏃】挺拔貌。世說新語賞譽下:"謝鎮西(尚)道:'敬仁(王脩)文學鏃鏃,無能不新。'"

【鏃鑛】烹飪器,卽鍋。急就篇三"鐵鈇鑽錐釜鍑鍪"唐顏師古注:"鍪似釜而反脣。一曰鍪者小釜類,卽今所謂鍋,亦曰鏃鑛。"

鏏 suì 祥歲切,去,祭韻,邪。ㄙㄨㄟˋ

鼎類。古烹飪之器。淮南子說林:"水火相憎,鏏在其間。"注:"鏏,小鼎。又曰鼎無耳爲鏏。"

鏩 jiàn 集韻鋤咸切,平,咸韻。ㄐㄧㄢˋ 疾染切,上,琰韻。

見下。

【鏩鏩】㊀火燄貌。漢揚雄太玄經上:"初一,上其純心,挫厥鏩鏩。"注:"火性炎上,故曰鏩鏩也。"㊁銳進貌。漢揚雄太玄經錯:"銳鏩鏩。"

鏗 kēng 口莖切,平,耕韻,溪。ㄎㄥ

㊀象聲詞。1.鐘聲。禮樂記:"鍾聲鏗。"2.琴瑟聲。論語先進:"鼓瑟希,鏗爾。"3.咳聲。素問五常政大論:"其動鏗。"㊁撞擊。楚辭宋玉招魂:"鏗鍾搖簴,揳梓瑟些。"文選漢班孟堅(固)東都賦:"於是發鯨魚,鏗華鐘。"

【鏗瞑】視而不明。文選漢王文考(延壽)魯靈光殿賦:"屹鏗瞑以勿罔,屑黶翳以懿濞。"

【鏗鍧】鐘鼓相雜之聲。文選漢班孟堅(固)東都賦:"鐘鼓鏗鍧,管絃曄煜。"也作"鏗耾"。文選晉左太沖(思)吳都賦:"與夫唱和之隆響,動鍾鼓之鏗耾。"

【鏗鏗】象聲。禮樂記"鍾聲鏗"唐孔穎達疏:"鍾聲鏗者,言金鍾之聲鏗鏗然矣。"也喻言詞明朗。後漢書七九上楊政傳:"京師爲之語曰:'説經鏗鏗楊子行。'"子行,政字。

【鏗鎗】象聲。全唐詩三九五劉叉冰柱:"鏗鎗冰有韻,的皪玉無瑕。"

【鏗鏘】樂聲。漢書八一張禹傳:"優人筦弦鏗鏘極樂,昏夜乃罷。"文選漢王子淵(褒)四子講德論:"夫雷霆必發,而潛底震動;枹鼓鏗鏘,而介士奮竦。"

鏢 biāo 撫招切,平,宵韻,滂。
ㄅㄧㄠ

㊀古稱刀鞘末端所飾之銅。一説刀鋒爲鏢。或作"鏉"。見清段玉裁説文解字注十四上鏢。㊁武器名。形如槍頭,用以投擲。同"鑣"。見"鑣㊂"。

鏂 ōu 烏侯切,平,侯韻,影。
ㄡ

㊀古容量單位。管子輕重丁:"今齊西之粟釜百泉,則鏂二十也。"注:"斗二升八合曰鏂。"清戴望校:"王(念孫)云:齊西之粟三斗三十錢,則二斗二十錢,而鏂亦二十錢,則是二斗爲一鏂也。尹注云斗二升八合曰鏂,失之矣。"㊁見下。

【鏂銗】頸甲。廣雅釋器:"鏂銗謂之鏂銗。"

鏋 mǔ 莫補切,上,姥韻,明。
ㄇㄨˇ 模朗切,上,蕩韻,明。

見"鈷鏋"。

鏌 mò 慕各切,入,鐸韻,明。
ㄇㄛˋ

見下。

【鏌干】古代傳説春秋時吳王闔閭命干將鑄寶劍既成,雄劍名干將,雌劍名莫邪。合稱莫干。莊子達生:"復讎者不折鏌干,雖有忮心者不怨飄瓦。"參見"干將"、"莫邪"。

【鏌邪】寶劍名。淮南子説山:"所以貴鏌邪者,以其應物而斷割也。"也作"鏌鋣"。莊子庚桑楚:"兵莫憯於志,莫鋣爲下。"參見"莫邪"。

鏚 qī 倉歷切,入,錫韻,清。
ㄑㄧ

斧。左傳昭十二年:"君王命剝圭以爲鏚柲,敢請命。"

鏐 liú 力求切,平,尤韻,來。
ㄌㄧㄡ 力幽切,平,幽韻,來。

純金。爾雅釋器:"黃金謂之璗,其美者謂之鏐。"注:"鏐,卽紫磨金。"

鏜 tāng 吐郎切,平,唐韻,透。
ㄊㄤ

㊀鼓聲。詩邶風擊鼓:"擊鼓其鏜,踊躍用兵。"㊁樂器名。卽鐋鑼。俗稱鏜兒。參見"鐋鑼"。

【鏜鏜】鼓聲。隋書虞世基傳講武賦:"曳虹旗之正正,振䵢鼓之鏜鏜。"

【鏜鞳】象聲。唐白居易長慶集二一敢諫鼓賦:"音鏘鏘以鏜鞳,響容與以徘徊。"

鏤 1. lòu 盧候切,去,候韻,來。
ㄌㄡˋ

㊀剛鐵。書禹貢:"(梁州)厥貢璆、鐵、銀、鏤、砮、磬。"疏:"鏤者,可以刻鏤,故爲剛鐵也。"㊁雕刻。左傳哀元年:"昔闔閭食不二味,居不重席,……室不崇壇,器不彤鏤。"注:"鏤,刻也。"㊂古稱大口鍋爲鏤。方言五:"鍑,……江淮陳楚之間謂之錡,或謂之鏤。"㊃開鑿。漢書五七下司馬相如傳難蜀父老:"鏤靈山。"注:"謂疏通之以開道也。"㊄孔穴。通"漏"。宋書符瑞志上:"(禹)虎鼻大口,兩耳參鏤。"

2. lú 力朱切,平,虞韻,來。
ㄌㄩˊ

㊅屬鏤,劍名。見廣韻。

【鏤冰】在冰上雕刻。喻勞而無功。漢桓寬鹽鐵論殊路:"故內無其質而外學其文,雖有賢師良友,若畫脂鏤冰,費日損功。"宋黃庭堅豫章集三送王郎詩:"炊沙作糜終不飽,鏤冰文字費工巧。"

【鏤身】在身體上雕刺花紋圖案。文選晉左太沖(思)吳都賦:"雕題之士,鏤身之卒。"唐段成式酉陽雜俎前集八黥:"越人習水,必鏤身以避蛟龍之患。"

【鏤板】卽雕板印刷。唐以前凡書籍皆寫本,敦煌出土之金剛經,題有"咸通九年四月十五日王玠爲二親敬造普施",爲世界最早著明確實年月的鏤板成品。

【鏤金】鏤刻金以爲裝飾。舊題晉王嘉拾遺記七魏:"(文)帝以車十乘迎之,車皆鏤金爲輪輞。"唐李商隱李義山詩集五人日卽事:"鏤金作勝傳荆俗,翦綵爲人起晉風。"

【鏤象】雕象牙以爲飾的大車。漢書五七上司馬相如傳上林賦:"乘鏤象,六玉虯。"注引張揖:"鏤象,象路也,以象牙疏鏤其車輅。"

【鏤膺】雕金爲飾的馬帶。膺,圍於馬胸前的帶。詩秦風小戎:"蒙伐有苑,虎韔鏤膺。"

【鏤衢】刻金爲飾的馬鞍。漢趙岐三輔決録從貸:"平陵公孫奮富聞京師,梁冀知奮儉悋,以一鏤衢鞍遺奮,從貸五千萬。"南朝陳徐陵徐孝穆集一驄馬驅詩:"白馬號龍駒,雕鞍名鏤衢。"

【鏤月裁雲】喻工巧。全唐詩三五李義府堂堂詞之一:"鏤月成歌扇,裁雲作舞衣。"宋李覯直講李先生文集三六和慎使君出城見梅花詩:"化工呈巧畢尋常,鏤月裁雲費刃芒。"

【鏤冰雕朽】形容事不可成,徒勞無功。抱朴子神仙:"夫苦心約己,以行無益之事;鏤冰雕朽,終無必成之功。"北齊書儒林傳序:"日就月將,無聞焉爾,鏤冰雕朽,迄用無成。"

【鏤骨銘肌】受人之惠,極言感激之深。宋陳亮龍川文集十八謝留丞相啟:"自頂至踵,橫嘉惠於不貲,鏤骨銘肌,悵餘年之無幾!"

【鏤塵吹影】見"吹影鏤塵"。

鏝 màn 莫半切,去,換韻,明。
ㄇㄢˊ 母官切,平,桓韻,明。

㊀泥鏝。泥牆的工具。爾雅釋宮:"鏝,謂之杇。"疏:"鏝者,泥鏝也,一名杇,塗工之作具也。"唐韓愈昌黎集十二圬者王承福傳:"吾操鏝以入貴富之家有年矣。"㊁錢背面的字幕爲鏝。猶"幕"。古今雜劇元李文蔚同樂院燕青博魚二:"這錢昏,字鏝不好。"因也稱錢爲鏝。又:"憑着我六文家銅鏝,博的是這三尺金鱗魚也。"參見"幕㊇"。

【鏝胡】無刃的大戟。方言九:"凡戟而無刃,……東齊秦晉之間謂其大者曰鏝胡。"

鏙 cuǐ 七罪切,上,賄韻,清。
ㄘㄨㄟ

見下。

【鏙錯】交錯貌。文選晉郭景純(璞)江賦:"鱗甲鏙錯,煥爛錦斑。"注:"鏙錯,間雜之貌。"參見"崔錯"。

鏘 qiāng 七羊切,平,陽韻,清。
ㄑㄧㄤ

金玉聲。禮玉藻："古之君子必佩玉，……進則揖之，退則揚之，然後玉鏘鳴也。"

【鏘鏘】㊀象聲。詩大雅烝民："四牡彭彭，八鸞鏘鏘。"鈴聲。左傳莊二二年："是謂鳳皇于飛，和鳴鏘鏘。"鳳鳴聲。呂氏春秋古樂："其音若熙熙淒淒鏘鏘。"樂聲。也作"將將"、"瑲瑲"。㊁高貌。後漢書五九張衡傳思玄賦："命王良掌策駟兮，踰高閣之鏘鏘。"後漢書六十上馬融傳廣成頌："金山石林殷起乎其中，峨峨磑磑，鏘鏘崔崔。"㊂行貌。通"蹡蹡"。文選晉左太沖(思)吳都賦："出車檻檻，被練鏘鏘。"

鏦 cōng 七恭切，平，鍾韻，清。
ㄘㄨㄥ 楚江切，平，江韻，初。
㊀矛。淮南子兵略："修鎩短鏦，齊爲前行。"㊁撞刺。史記一〇六吳王濞傳："東越卽紿吳王，吳王出勞軍，卽使人鏦殺吳王。"

【鏦鏦】金屬撞擊聲。宋歐陽修文忠集十五秋聲賦："鏦鏦錚錚，金鐵皆鳴。"

鏁 suǒ
ㄙㄨㄛˇ
同"鎖"。文選晉潘安仁(岳)馬汧督誄："於是乎發梁棟而用之，罚以鐵鏁機關，既縱礧而又升焉。"見"鎖"。

十二畫

鐋 tāng
ㄊㄤ
樂器。見下。

【鐋鑼】小鑼，銅鑄。面徑二寸七分，口徑三寸一分，深六分，穿二孔，繫絨紃，以木片撞擊作響。俗稱鐺兒。見清續文獻通考一九五樂八。

鐘 zhōng 職容切，平，鍾韻，照。
ㄓㄨㄥ
㊀樂器。經傳多作"鍾"。古代祭祀或宴享時用，銅製而中空，用木槌擊之發聲。單獨懸掛的稱特鐘，大小相次成組懸掛的稱編鐘。詩周南關雎："窈窕淑女，鍾鼓樂之。"參閱周禮考工記鳧氏。㊁梵語"犍椎"。佛寺懸掛的鐘。中興間氣集下張繼夜泊松江詩："姑蘇城外寒山寺，夜半鐘聲到客船。"

鐘

【鐘乳】礦物名。又名石鐘乳。發現於石灰岩洞頂，形如冬日簷冰。以洞頂滴水，因蒸發作用，漸漸凝結而成。由洞頂滴至地面，自上而結成筍狀者名石筍。入藥。參閱政和證類本草三石鍾乳。亦作"鍾乳"。參見"鍾乳㊀"。

【鐘鼎】古銅器的總稱。上面多有記事表功的銘刻文字。舊唐書長孫無忌傳："自古帝王褒崇勳德，既勒銘於鐘鼎，又圖形於丹青。"參見"鍾鼎"。

【鐘鼎文】卽金文。指銅器上的古文字，以別於後世小篆。古以鐘鼎爲重器，故言鐘鼎則概括其餘銅器在內，因曰鐘鼎文。宋張耒張右史文集五八答李推官書："足下之文，……瓌奇險怪，務欲使人讀之，如見數千歲前科蚪鳥迹，所記弦匏之歌，鐘鼎之文也。"

【鐘律通考】明倪復撰，六卷。分二十七篇，歷考古今鐘律制度，各附以圖說。

【鐘鼎款識】見"薛氏鐘鼎彝器款識"。

【鐘鳴鼎食】古代富貴之家，列鼎而食，食時擊鐘奏樂。文選漢張平子(衡)西京賦："若夫翁伯濁質張里之家，擊鍾鼎食，連騎相過，東京公侯，壯何能加。"唐王勃王子安集五滕王閣詩序："閭閻撲地，鐘鳴鼎食之家。"

【鐘鳴漏盡】指深夜。文選南朝宋鮑明遠(照)放歌行注引漢崔元始(寔)政論："永寧詔：鍾鳴漏盡，洛陽城中有不得行者。"引申喻殘年。三國魏田豫傳："豫書答曰：'年過七十而以居位，譬猶鍾鳴漏盡而夜行不休，是罪人也。'"

鐓 1. duì 徒猥切，上，賄韻，定。
ㄉㄨㄟˋ 徒對切，去，隊韻，定。
也作"錞"，或作"錞"。㊀矛戟柄末端的銅套，底銳者曰鐏，平底者曰鐓。禮曲禮上："進矛戟者，前其鐓。"
2. dūn
ㄉㄨㄣ
㊀土、石、金屬等成座的堆。同"墩"。水經注十九渭水下："秦始皇造鐵橋，鐵鐓重不勝。"㊁去畜勢曰鐓。正字通鐓注："今俗雄雞去勢謂之鐓，……鵩仙肘後經作鐓雞。"

鐏 zūn 徂悶切，去，慁韻，從。
ㄗㄨㄣˋ
㊀戈柄下的銅套，形銳可以插入地內。禮曲禮上："進戈者，前其鐏。"注："銳底曰鐏，取其鐏也。"㊁盛酒器。通"尊"、"樽"。唐白居易長慶集二續古詩之八："豈無盈鐏酒，非君誰與娛。"

鎮 tián 集韻 亭年切，平，先韻。
ㄊㄧㄢ 堂練切，去，霰韻。
金花，多指婦女首飾。同"鈿"。晉書輿服志："貴人、貴嬪、夫人助蠶，……九嬪及公主、夫人五鎮，世婦三鎮。"參見"鈿"。

鐩 suì 徐醉切，去，至韻，邪。
ㄙㄨㄟˋ
古代銅製向日取火的凹鏡。說文作"鐆"，經傳作"遂"、"燧"。參見"燧"、"陽燧"。

鏉 kuǎn 苦管切，上，緩韻，溪。
ㄎㄨㄢ 口喚切，去，换韻，溪。
灼鐵以誌簡次，猶言烙印。公文書於紙縫上署記，謂之鏉縫。唐顏師古匡謬正俗六鏉："古未有紙之時，所有簿領，皆用簡牘，其編連之處，恐有改動，故於縫上刻記之，承前已來，呼爲鏉縫。今於紙縫上署名，猶取舊語呼爲鏉縫耳。此義與款不同，不當單作款字耳。"

鐃 náo 女交切，平，肴韻，娘。
ㄋㄠˊ
㊀樂器名。行軍用之。如鈴而大，有中空短柄，用時執把，口朝上，以槌敲擊作響。周禮地官鼓人："以金鐃止鼓。"注："鐃，如鈴，無舌，有秉；執而鳴之，以止擊鼓。"又夏官司馬："鳴鐃且卻，及表乃止。"注："鐃所以止鼓，軍退，卒長鳴鐃以和衆鼓人，爲止之也。"又宣和博古圖有漢舞鐃，其形上圜下方，下作疏櫺，中含銅丸謂之舌，鼓動有聲，爲舞樂時所用。見圖。㊁鈸之大者。爲打擊樂器，亦謂鐃鈸。見"鐃鈸"。㊂擾亂。通"撓"。莊子天道："萬物无足以鐃心者，故静也。"

鐃

【鐃吹】軍樂，卽鐃歌，爲鼓吹樂的一部。所用樂器有笛、觱篥、簫、笳、鐃歌等。廣弘明集三十上梁簡文帝旦出興業寺講詩："羽旗承去影，鐃吹雜還風。"

【鐃鼓】樂器，鼓之一種。唐時，大駕出行，鹵簿鼓吹，有前後兩部，皆有鐃鼓十二。又凱歌入京都，行獻俘儀，奏凱樂所用鐃吹二部樂中，亦有鐃鼓。見新唐書儀衛志下。唐柳宗元柳先生集一有唐鐃歌鼓吹曲。

【鐃鈸】樂器。古稱銅鈸、銅盤、銅鉢。其圍數寸，隱起如浮漚，貫之以韋，相擊以和樂。隋唐燕樂、法曲中，有"鐃鈸"相和之樂。隋煬帝所定九部樂中西涼、龜茲、天竺、康國、安國諸樂，皆用有銅拔樂器。見隋書音樂志下。

【鐃歌】軍樂，又謂之騎吹。行軍時，馬上奏之，通謂之鼓吹。漢制，大駕出行，所列鼓吹爲短簫鐃歌之樂，亦卽此歌。其曲有朱鷺、思悲翁、艾如張、上之回、雍離(或謂翁離)、戰城南、巫山高、上陵、將進酒、君馬黄、芳樹、有所思、雉子班(或謂雉子)、聖人出、上邪、臨高臺、遠如期、石留、務成、玄雲、黄爵行(或謂黄雀)、釣竿等二十二曲,多序戰陣之事。務成、玄雲、黄爵行、釣竿四曲已亡佚,今存十八曲。參閱隋書音樂志上、晉書樂志下漢鼓吹鐃歌十八曲。

鏸 huì 胡桂切,去,霽韻,匣。 ㄏㄨㄟ

三棱矛。見廣韻。書顧命作"惠"。參見"惠㊄"。

鐔 xín tán 徐林切,平,侵韻,邪。 ㄒㄧㄣ ㄊㄢ 徒含切,平,覃韻,定。 餘針切,平,侵韻,喻。

㊀劍鼻。謂劍柄下端人握處下兩旁突出部分。亦稱劍首、劍口、劍鐶、劍珥。莊子説劍分劍爲鋒、鍔、脊、鐔、夾五部。鐔即其鼻。古劍之鐔,有作覆盂形者,旁有孔,吹之有聲,莊子則陽"吹劍首者,吷而已矣"即謂此。漢書九四下匈奴傳"玉具劍"唐顔師古注:"鐔,劍口旁横出者也。"㊁喻地勢險要。文選漢張平子(衡)東京賦:"底柱輟流,鐔以大岯。"注:"言大岯之險同乎劍口也。"㊂兵器。劍屬。漢書七六韓延壽傳:"又取官銅物,候月蝕鑄作刀劍鉤鐔。"注:"鐔,似劍而小陿。"㊃姓。漢廷尉有鐔政,後漢有鐔顯。三國蜀有太常鐔丞,望出廣漢。見通志二九氏族五。

【鐔江】 水名。在廣西藤縣北,爲潯江自平南至蒼梧間的一段。宋蘇軾分類東坡詩二三徐元用使君……同遊金山浮金堂戲作此:"繫舟藤城下,弄月鐔江濱。"注:"藤州之縣名曰鐔津。"鐔津,明洪武二年併爲藤縣。

【鐔津集】 宋釋契嵩撰。四庫著録本二十二卷,契嵩字仲靈,慶曆間,居靈隱寺,博通内典,能詩文。嵩本藤州鐔津人,故名其詩文集曰鐔津。宋之藤州,即今廣西藤縣。

鐁 sī 息移切,平,支韻,心。 ㄙ

平木小鉋。又鉋木使平。釋名釋用器:"鐁,鐁彌也。斫有高下之跡,以此鐁彌其上而平之也。"

【鐁鑼】 銅盥具。也叫沙鑼、鈔鑼。金史儀衛志下:"凡從物鐁鑼、唾盂、水灌等事並用金銀飾。"

鐓 xiàn ㄒㄧㄢ

雄雞去勢謂鐓。與宦牛、閹豬、騸馬義同。明尹直謇齋瑣綴録:"郭師孔少嘗與芳洲同硯席,及芳洲自翰林歸,以鐓雞爲賀禮。"

鐞 gū 古胡切,平,模韻,見。 ㄍㄨ

見"鏷鐞"。

鐐 liáo 落蕭切,平,蕭韻,來。 ㄌㄧㄠ 力弔切,去,嘯韻,來。

㊀銀之美者。文選三國魏何平叔(晏)景福殿賦:"爰有遐狄,鐐質輪菌。"新唐書八三諸帝公主傳萬壽公主:"舊制,車輿以鐐金釦飾,帝曰:'我以儉率天下,宜自近始。'易以銅。"㊁刑具。脚鐐。金史納蘭傳:"自漢文除肉刑,罪至徒者帶鐐居役,歲滿釋之,家無兼丁者,加杖准徒。"

鐍 jué 古穴切,入,屑韻,見。 ㄐㄩㄝ

㊀有舌的環。同"觼"。古用以佩璲,猶今皮帶上之套環,帶收緊後,以舌納帶孔而固束之。後漢書輿服志下:"紫綬以上,縌綬之間得施玉環鐍云。"㊁鎖鑰。莊子胠篋:"將爲胠篋探囊發匱之盜而爲守備,則必攝緘縢,固扃鐍,此世俗之所謂知也。"唐成玄英疏:"鐍,鎖鑰也。"

鐗 jiàn 古晏切,去,諫韻,見。 ㄐㄧㄢ

㊀車軸鐵。鐵在轂者曰釭,在軸者曰鐗。吳子治兵:"膏鐗有餘,則車輕人。"㊁古兵器。鞭屬。無刃而有三楞或四楞,本作"簡"。孤本元明雜劇元闕漢卿關大王獨赴單刀會三:"三股叉,四楞鐗,耀日争光。"參見"簡㊂"。

鏹 qiǎng 居兩切,上,養韻,見。 ㄑㄧㄤ

錢貫,引申爲錢。通"繈"。文選晉左太沖(思)蜀都賦:"貨殖私庭,藏鏹巨萬。"唐白居易長慶集七贈雞詩:"購爾鏹三百,小惠何足論!"

鐊 yáng 集韻 余章切,平,陽韻。 ㄧㄤ

馬額頭的鏤金飾物,走動時發聲。同"鍚"。急就篇三:"鞇靯韉鞍鑣鐊。"注:"鐊,馬面上飾也,以金銅爲之,俗謂之當顱。"參見"當盧㊀"。

鐙 1. dēng 集韻 都騰切,平,登韻。 ㄉㄥ

㊀古食器,豆屬。本作"登"。儀禮公食大夫禮:"大羹湆不和,實於鐙。"注:"瓦豆謂之鐙。"又豆足曰鐙。禮祭統:"夫人薦豆執校,執醴授之執鐙。"注:"鐙,豆下跗也。"㊁同"燈"。以形似豆而名。文選戰國楚宋玉招魂:"蘭膏明燭,華鐙錯些。"又三國魏劉公幹(楨)贈五官中郎將詩:"衆賓會廣座,明鐙熺炎光。"

鐙

2. dèng 都鄧切,去,嶝韻,端。 ㄉㄥ

㊂馬鞍兩邊用以踏足者。南齊書張敬兒傳:"敬兒與(沈)攸之司馬劉攘兵情款,及蒼梧(王)廢,敬兒疑攸之當因此起兵,密以問攘兵,攘兵無所言,寄敬兒馬鐙一隻,敬兒乃爲之備。"

【鐙王】 佛經菩薩名。見維摩詰經佛國品第一。宋書謝靈運傳山居賦:"庶鐙王之贈席,想香積之惠餐。"自注:"鐙王、香積,事出維摩經。"

鏺 pō 普活切,入,末韻,滂。 ㄆㄛ

㊀刈草農具。兩刃,有木柄,可以刈草。見説文。㊁斬伐。唐韓愈昌黎集二八曹成王碑:"鏺廣濟,掀蘄春。"

鏷 pū 蒲沃切,入,沃韻,並。 ㄆㄨ

未經冶錬的銅鐵。文選晉張景陽(協)七命:"銷踰羊頭,鏷越鍛成。"

【鏷鐞】 矢名。見玉篇。左傳作"僕姑"。參見"金僕姑"。

鏵 huá 户花切,平,麻韻,匣。 ㄏㄨㄚ

農具名。體濶而薄,兩刃鍤地,可以翻覆使用,用於翻轉熟地。參閱農政全書二一鏵。

【鏵弓】 弓名。以箭鏃似鏵而稱。宋范鎮東齋紀事一:"范恪在陝西,亦爲有功,挽一石七斗弓,其箭鏃如鏵,謂之鏵弓。"

鐄 huáng 户盲切,平,庚韻,匣。 ㄏㄨㄤ

大鐘。見廣韻。

鐀 guì 集韻 求位切,去,至韻。 ㄍㄨㄟ

藏物器。同"匱"、"櫃"。漢書六二司馬遷傳自序:"(太史公)卒三歲而遷爲太史令,紬史記石室金鐀之書。"史記太史公自序鐀作"匱"。參見"匱㊀"。

鐎 jiāo 即消切,平,宵韻,精。 ㄐㄧㄠ

釜屬,古温器。即鐎斗。見下。

【鐎斗】 釜屬,煮食物用。急就篇三:"鍛鑄鉛錫鐙錠鐎。"注:"鐎,謂鐎斗,温器也。"宋王應麟補注謂即刁斗。刁斗如世所用有柄銚子,可炊一人食;鐎斗亦如今有柄銚子,而加三足。刁、鐎皆有柄,故謂之斗,刁無足而鐎有足。參閱宋趙希鵠洞天清録集古鐘鼎彝

鐎斗

器辨。參見"刁斗"。

鐖 1. jī ㄐㄧ 居依切,平,微韻,見。

㊀鉤的倒刺。刺入魚嘴而不能脱去。見玉篇。㊁機器之機,古亦作"鐖"。淮南子齊俗:"若夫工匠之爲連鐖運開,陰閉眩錯,入於冥冥之妙。"注:"連鐖,鐖發也;運開,相通也。"

2. ái ㄞ 集韻 魚開切,平,咍韻。

㊂大鐮。史記一一八淮南王傳:"今吾國雖小,然而勝兵者可得十餘萬,非直適戍之衆,鐖鑿棘矜也。"

十三畫

鐮 lián ㄌㄧㄢ 力鹽切,平,鹽韻,來。

收割或刈草用的農具。同"鎌"。見"鎌"。

【鐮刀】收割稻、麥、豆、柴草等的小農具。宋何薳春渚紀聞十草制汞鐵皆成庚:"本朝太宗征澤潞時,軍士於澤中鐮取馬草,晚歸,鐮刀透成金色。"參閱農政全書二二農器。

鏖 āo ㄠ 於刀切,平,豪韻,影。

釜屬,温器。見説文。廣雅釋器"鏖,釜也"清王念孫疏證:"熅謂之爊,故熅器亦謂之鏖矣。"引申爲以慢火煨煮食物。俗作"熬"。見宋戴侗六書故地理一。

鐳 léi ㄌㄟ 魯回切,平,灰韻,來。

瓶,壺。文選晉潘安仁(岳)馬汧督誄:"子命穴浚壍,真壺鐳瓶甒以偵之。"

鐵 tiě ㄊㄧㄝ 他結切,入,屑韻,透。

㊀黑色金屬。也作"銕"、"鐡"。史記一二九貨殖傳:"倚頓用鹽鹽起,而邯鄲郭縱以鐵冶成業,與王者埒富。"㊁鐵製的器物。1.農具。孟子滕文公上:"許子以釜甑爨,以鐵耕乎?"2.兵器。文選漢李少卿(陵)答蘇武書:"兵盡矢窮,人無尺鐵。"㊂鐵色。卽黑色。禮月令季冬之月:"天子……駕鐵驪。"注:"鐵驪,色如鐵。"㊃喻堅定不移。南朝梁劉勰文心雕龍二祝盟:"劉琨鐵誓,精貫霏霜。"㊄地名。春秋衞地。春秋哀二年:"晉趙鞅帥師及鄭罕達,戰于鐵。"公羊傳作"栗"。地在今河南濮陽縣境。㊅姓。隋有將軍鐵士雄,宋有進士鐵南仲。見通志二九氏族五。

【鐵力】木名。一名石鹽。出廣西貴縣平南縣桂平縣等地。見明一統志八五潯州府土産、清李調元南越筆記十三。參見"石鹽木"。

【鐵山】㊀産鐵之山。史記一二九貨殖傳:"(卓氏)致之臨邛,大喜,卽鐵山鼓鑄。"㊁山名。在今内蒙陰山北。唐太宗貞觀四年李靖破突厥頡利可汗,頡利奔鐵山,遣使者謝罪,請内附。見新唐書九三李靖傳、資治通鑑一九三唐貞觀四年注。㊂喻軍隊堅强牢不可破。宋史三六九張俊傳:"俊遣步兵從間道直趨山椒,殺伏奪險,乘勝追至江州。(李)成勢迫,絶江而遁,號俊爲'張鐵山'。"

【鐵心】喻堅强的意志。全唐詩四九二殷堯藩友人山中梅花:"鐵心自倔山中賦,玉笛誰將月下横。"宋文天祥文山集十三指南録求客詩:"男子鐵心無地着,故人血淚向天流。"

【鐵牛】古人治河或建橋往往鑄鐵爲牛,置於堤下或橋堍,用以鎮水加固。舊五代史唐李存進傳:"存進率意欲造浮橋,軍吏曰:'河橋須竹笮大艑,兩岸石倉鐵牛以爲固,今無竹石,竊慮難成。'"宋張邦基墨莊漫録四:"陜州大河南岸有物如鐵石狀,謂之鐵牛,舊有祠宇。唐末封號順正廟。宋大中祥符四年,真宗祀汾陰,幸其廟,作鐵牛詩。"

【鐵市】販鐵的市場。漢大司農,屬官有斡官、鐵市兩長丞。見漢書百官公卿表上。北周庾信庾子山集十六周冠軍公夫人烏石蘭氏墓誌銘:"扶風舊城,猶存鐵市;河南故墅,尚餘金谷。"

【鐵石】㊀鐵礦石。漢王充論衡率性:"夫鐵石天然,尚爲鍛鍊者變易故質。"㊁喻堅定不移。三國志魏武帝紀"建安二十三年"注引魏武故事令:"領長史王必,是吾披荆棘時吏也。忠能勤事,心如鐵石,國之良吏也。"南史羊鴉仁傳論:"(羊)侃則臨危不撓,鴉仁則守義以殞,古人所謂心同鐵石,此之謂乎。"

【鐵弗】複姓。鐵弗劉武,南單于苗裔,居於新興慮虒之北。北人謂父匈奴,母鮮卑所生者爲鐵弗,因以爲姓。鐵弗劉武曾孫勃勃稱大夏天王。自以謂上天之子,改姓赫連。見魏書鐵弗劉虎傳、晉書赫連勃勃載記。

【鐵甲】鐵製鎧甲。吕氏春秋貴卒:"趙氏攻中山,中山人之多力者曰吾丘鴆,衣鐵甲,操鐵杖以戰。"宋程大昌演繁露五鐵甲皮甲水犀鮫魚:"三代秦漢以前,軍旅多用皮甲,其曰犀兕者是也。然史傳所載已有鍛金爲甲者,顧其用者少耳。……許氏説文:鎧甲也。釺,臂鎧也;鋋鍜,頸鎧也。三者字皆從金,則可以知其必以金鑄矣。"按:戰國策有鐵幕,韓非子有鐵室,解者以爲卽是鐵甲,是戰國時軍旅之甲已通用鐵製。

【鐵衣】㊀古代戰士所服有鐵片的戰衣。文苑英華三三三木蘭詩:"朔氣傳金柝,寒光照鐵衣。"㊁鐵鏽。唐劉長卿劉隨州集四雜詠古劍詩:"鐵衣今正澀,寶刃猶可試。"

【鐵伐】複姓。赫連勃勃稱夏王,自謂帝王係天之尊,非其正統者,不可與之同姓,因號其支庶爲鐵伐氏,取"剛鋭如鐵,皆堪伐人"之義。見晉書赫連勃勃載記。參見"鐵弗"。

【鐵杖】㊀兵器名。吕氏春秋貴卒:"衣鐵甲操鐵杖以戰,而所擊無不碎,所衝無不陷。"㊁鐵手杖。元耶律楚材湛然居士集十謝西方器之贈阮杖詩:"睢陽三絶從來傳,坡仙鐵杖爲之先。"

【鐵君】鐵手杖。宋蘇軾分類東坡詩十三鐵柱杖:"歸來見公未華髮,問我鐵君無恙否。"元耶律楚材湛然居士集十謝西方器之贈阮杖詩:"鐵君伴我遊林泉,足疾頓減衝雲烟。"

【鐵兵】鐵製的兵器。越絶書十一外傳記寶劍:"當此之時作鐵兵,威服三軍,天下聞之莫敢不服。"

【鐵官】秦漢管鐵之官。西漢於三輔及郡國産鐵處共置鐵官三十八。郡不出鐵者,置小鐵官。掌鑄故鐵。參閲漢書食貨志下、宋洪邁容齋隨筆續筆一漢郡國諸官。

【鐵券】帝王頒賜功臣授以世代享受某種特權的鐵契。漢班固東觀漢記三孝桓皇帝:"蓋登有璧二十,珪五,鐵券十一。"周禮秋官司約"書於丹圖"漢鄭玄注:"今俗語有鐵券丹書,豈此舊典之遺言。"分左右二者,左頒功臣,右藏内府。如功臣或其後代犯罪,則取券合之,推念其功,予以赦減。以鐵爲之,便於久存。參閲清淩揚藻蠡勺編四十鐵券。參見"丹書鐵契"。

【鐵林】契丹軍名。宋史太宗紀一:"契丹鐵林厢主李札盧存以所部來降。……已亥,幸新城,觀鐵林軍人射强弩。"又二七三何繼筠傳:"至道元年,契丹精騎數千夜襲城下,伐鼓縱火,以逼樓堞。(何)承矩整兵出拒,遲明,列陣酣戰久之,斬馘甚衆,擒其首所謂鐵林相公者,契丹遁去。"

【鐵門】㊀以鐵爲門。三國志魏公孫瓚傳"中塹爲京"注引英雄記:"瓚作鐵門,居樓上,屏去左右,婢妾侍側。"㊁地名。

在河南新安縣西。本曰缺門，也稱闕門，有缺門山，一名扼山，因兩山對峙如闕，故名。山側有鐵門鎮。見讀史方輿紀要四八河南府新安縣。

【鐵刷】非刑刑具。新五代史劉守光傳："守光素庸愚，由此益驕，爲鐵籠、鐵刷，人有過者，坐之籠中，外燎以火，或刷剔其皮膚以死。"宋文鑑一五〇嶺南道行營擒劉鋹露布："置火床鐵刷之獄，人不聊生。"

【鐵室】韓非子内儲上七術："夫矢來有鄉，則積鐵以備一鄉；矢來無鄉，則爲鐵室以盡備之，備之則體不傷。"注："謂甲之全者，自首至足，無不有鐵，故曰鐵室。"鄉，卽"嚮"。以鐵爲室，則不論矢自何來，皆不能傷人。

【鐵冠】㊀卽法冠，一名獬豸冠，又名柱後。以鐵爲柱，置於冠上，執法者服之。後漢書八二高獲傳："歙下獄當斷，獲冠鐵冠，帶鈇鑕，詣闕請歙。"唐岑参岑嘉州詩二送魏升卿擢第歸東都："將軍金印嚲紫綬，御史鐵冠重繡衣。"參見"柱後"、"獬豸冠"。㊁隱者之冠。宋史二七八雷德驤傳附雷簡夫："簡夫始起隱者，出入乘牛，冠鐵冠，自號'山長'。……(既仕)，頓忘其舊，里閭指笑之曰：'牛及鐵冠安在?'"

【鐵英】鐵之精英。越絶書十一外傳記寶劍："歐冶子、干將鑿茨山，洩其溪，取鐵英，作爲鐵劍三枚：一曰龍淵，二曰泰阿，三曰工布。"

【鐵柱】㊀法冠。又名柱後冠、獬豸冠。參見"柱後"。㊁鐵鑄之柱。漢焦延壽易林十四旅之咸："金梁鐵柱，千年牢固。"宋蘇軾分類東坡詩九西新橋："千年誰在者，鐵柱羅浮西。"

【鐵面】㊀鐵製的面具，作戰時用以自衛。晉書朱伺傳："夏口之戰，伺用鐵面自衛。"南史侯景傳："建康令庾信率兵千餘人屯航北，及景至徹航，始除一舶，見賊軍皆著鐵面，遂棄軍走。"㊁喻剛直無私。宋趙抃爲殿中侍御史，彈劾不避權貴，京師號爲鐵面御史。參閱宋蘇軾東坡集三八趙清獻公神道碑銘、趙善璙自警篇君子小人。

【鐵保】公元 1752—1824 年。清滿洲正黄旗人。先世姓覺羅，後改姓棟鄂。字冶亭，號梅庵。乾隆三十七年進士，官漕運總督、兩江總督。曾任八旗通志館總裁。少以詩名與百齡、法式善稱三才子。輯白山詩介，收集滿蒙人詩文集多種，後加增輯，仁宗(顒琰)賜名熙朝雅頌集。善書法，小楷尤有名。刻有惟清齋帖。有惟清齋全集。

【鐵案】證據確鑿，不能推翻的定案。古今名劇明孟稱舜鄭節度殘唐再創："一任你口灁舌翻，轆轆的似風車樣轉，道不的鐵案如山。"

【鐵馬】㊀披甲的戰馬。也泛指精鋭的騎兵。宋書袁湛傳袁豹伐蜀檄："樓船萬艘，掩江蓋汜；鐵馬千群，充原塞隰。"文選南朝梁陸佐公(倕)石闕銘："鐵馬千羣，朱旗萬里。"南齊書孔稚珪傳："一則鐵馬風馳，奮威沙漠。"㊁簷馬。亦謂之風鈴、風馬兒。懸於簷下，風起則琤瑽有聲。相傳隋煬帝后臨池觀竹，既枯，后每思其響，夜不能寢。帝爲作薄玉龍數十枚，以縷線懸於簷外，夜中因風相擊，聽之與竹無異。民間效之，不敢用龍，以竹馬代之。今之鐵馬，是其遺制。見唐馮贄烟花記響玉。元王實甫西廂記二本四折："莫不是鐵馬兒簷前驟風。"參閱清顧張思土風録五鐵馬。

【鐵勒】我國古代北方民族名。其先匈奴之苗裔爲丁零，部族甚多。南北朝時爲突厥所併，北魏時也稱敕勒、高車部。唐稱回紇，宋稱回鶻，元稱畏兀兒，今稱維吾爾，皆爲突厥文的音譯。參閱舊唐書一九九下鐵勒傳、文獻通考三四四鐵勒。

【鐵笛】鐵製的笛管。宋胡寅斐然集四遊武夷贈劉生詩："更煩横鐵笛，吹與衆仙聆。"元楊維楨鐵崖古樂府六冶師行序："贈緱氏子，名長弓，太湖中人，與余鑄鐵笛者也。"

【鐵蒺】鐵鑄之三角蒺，狀如蒺藜，用以攔阻人馬突闖。北周庾信庾子山集三從駕觀講武詩："門嫌磁石礙，馬畏鐵蒺傷。"隋書禮儀志七："(煬帝)又造六合殿、千人帳，……次内布鐵蒺。"

【鐵硯】生鐵製成之硯。舊題晉王嘉拾遺記九晉時事："(晉武帝)卽於御前賜青鐵硯，此鐵是于闐國所出，獻而鑄爲硯也。"新五代史桑維翰傳："初舉進士，主司惡其姓，以'桑'、'喪'同音。人有勸其不必舉進士，可以從佗求仕者，維翰慨然，乃著日出扶桑賦以見志。又鑄鐵硯以示人曰：'硯弊則改而佗仕。'卒以進士及第。"

【鐵畫】明末蕪湖有鍛工湯鵬，與畫家蕭雲從爲鄰，嘗觀蕭作畫，遂以意創爲鐵畫，撓鐵作花竹蟲鳥，曲盡生致。又能作山水屏障，以木範之，懸於壁間，錘鑄之巧，前所未有。參閱清俞樾茶香室叢鈔二二鐵畫、陸以湉冷齋雜識七鐵畫。

【鐵筆】刻印以刀代筆，謂之鐵筆。元艾性剩語上與圖書工羅翁詩："翁持鐵筆不得用，小試印材蒸栗色。"明美紹書韻石齋筆談上國朝印章："殆我明風雅之士，博綜篆籀，鳥跡蝸涎，游泳上古，鐵筆之妙，莫過於文三橋(彭)、何雪漁(震)。"

【鐵猫】鐵製的停船器，卽鐵錨。元周密癸辛雜識續集上海蛆："其鐵猫大者重數百斤，嘗有舟遇風下釘，而風怒甚，鐵猫四爪皆折。"

【鐵搭】用以耕墾之農具。狀如釘杷而齒較闊，四齒或六齒。舉此劚地，可代牛犂。圖從農政全書二一農器。

鐵搭

【鐵葉】卽薄鐵片。唐李綽尚書故實："人來見書，並請題頭者如市，所居户限爲之穿穴，乃用鐵葉裹之，人謂爲鐵門限。"新唐書食貨志四："隋末行五銖白錢，……私鑄錢行。千錢初重二斤，其後愈輕，不及一斤，鐵葉、皮紙皆以爲錢。"

【鐵鉉】公元 1366—1402 年。明河南鄧州人，字鼎石。建文時任山東參政。燕王(朱棣)反，自北平領兵南下，鉉與盛庸守濟南，屢破燕軍，以功升兵部尚書。建文四年，燕師入南京，燕王卽皇帝位，鉉被擒，不屈死。明史有傳。

【鐵漢】剛直不撓之人。宋劉安世貶梅州，章惇遣使欲殺之，安世從容處分如平時，卒得免。投荒七年，甲令所載遠惡地無不歷之，蘇軾稱爲鐵漢。見元城語録解。

【鐵幕】鐵製臂脛之衣。史記六九蘇秦傳："韓卒之劍戟，……皆陸斷牛馬，水截鵠鴈，當敵則斬堅甲鐵幕。"索隱："劉云：'謂以鐵爲臂脛之衣，言其劍利，能斬之。'"

【鐵蕉】植物名。卽鳳尾蕉。見該條。

【鐵榜】明實録太祖洪武實録七四："(洪武五年)作鐵榜，申誡公侯。……其目有九。"續文獻通考一二六兵六禁衛兵："帝作鐵榜申戒公侯，其一，凡指揮以下，不得私受公侯金帛衣服錢物。其二，凡公侯等官，非奉特旨，不得私役官軍。"

【鐵像】鐵鑄的人或佛像。舊唐書武宗紀上："天下廢寺，銅像、鐘磬委鹽鐵使鑄錢，其鐵像委本州鑄爲農器。"宋張端義貴耳集下："曲江有二奇，張相國(九齡)以鐵鑄，六祖禪師(慧能)以銅鑄。俗語云：鐵胎相公，銅身六祖。"

【鐵撥】彈琵琶等管絃樂器之具。唐段安節樂府雜録琵琶："開元中，有賀懷智，其樂器以石爲槽，鵾雞筋作絃，用鐵撥彈之。”宋蘇軾分類東坡詩三杜介熙熙堂：“遥想閉門投轄飲，鶤絃鐵撥響如雷。”

【鐵磬】鐵鑄的樂器。以代更鼓。也稱雲板。南齊書百官志：“宫城諸却敵樓上本施鼓，持夜者以應更唱，太祖以鼓多驚眠，改以鐵磬云。”參閲宋程大昌演繁露四更點。

【鐵樹】植物名。1.又名朱蕉。宋楊萬里誠齋集十八壬寅歲朝發石塔詩：“佛桑解吐四時豔，鐵樹還如九節蒲。”注：“寺法堂前……又有小木名鐵樹，葉似蒻而紫，幹似密節菖蒲。”粵中所稱鐵樹皆指此。2.鳳尾蕉的别名。見該條。

【鐵橋】㊀地名。在雲南中甸縣境。唐置鐵橋，跨金沙江，以通吐蕃。吐蕃於此置鐵橋城，爲吐蕃十六城之一。貞元十年爲南詔異牟尋所有。見舊唐書德宗紀貞元十年、讀史方輿紀要一一七麗江軍民府。㊁羅浮山中兩山間有石梁，望之如橋，故老相傳謂之鐵橋。見明陳璉羅浮志二洞天福地。

【鐵壁】比喻堅固而不可摧毁的事物。宋詩鈔徐積節孝集鈔和倪敦復：“金城不可破，鐵壁不可奪。”也喻高潔堅定。宋趙令畤侯鯖録四：“圓通禪師秀老，本關西人，立身峻潔如鐵壁。”

【鐵嶺】㊀山名。在河南盧氏縣北。層巖陡立，地極險要，昔人已鑿山通道往來，長廣如車箱，故又名車箱谷。唐杜甫杜工部草堂詩箋十三望嶽“車箱入谷無歸路，箭栝通天有一門”，卽此。見讀史方輿紀要四八河南府盧氏縣。㊁縣名。屬遼寧省。明洪武中置鐵嶺衞，康熙三年改縣。見嘉慶一统志五九奉天府一。

【鐵騎】披甲之馬。也指騎兵。後漢書七三公孫瓚傳：“且厲五千鐵騎於北隰之中，起火爲應，吾當自内出，奮揚威武，決命於斯。”唐駱賓王集十代李敬業檄：“鐵騎成羣，玉軸相接。”

【鐵鞭】兵器名。宋史二七四王繼勳傳：“繼勳有武勇，在軍陣，常用鐵鞭、鐵槊、鐵檛，軍中目爲‘王三鐵’。”

【鐵鏡】金屬鏡之一種。舊題漢劉歆西京雜記六：“無餘異物，但有鐵鏡數百枚。”唐段成式酉陽雜俎前集十物異：“有鐵鏡，徑五寸餘，鼻大如拳。”

【鐵簾】鐵製的射棚。宋王應麟玉海一四五乾道射鐵簾：“(乾道)九年二月十八日，命左右軍弩手入内，一百步射鐵簾，各六箭。”

【鐵驄】馬色在青黑之間者。爾雅釋畜“青驪，駽”晉郭璞注：“今之鐵驄。”唐高適高常侍集六送李侍御赴安西詩：“行子對飛蓬，金鞭指鐵驄。”

【鐵鷂】精鋭的騎兵。資治通鑑二八四後晉齊王開運二年：“命鐵鷂四面下馬。”注：“契丹謂精騎爲鐵鷂，謂其身被鐵甲，而馳突輕疾，如鷂之搏鳥雀也。”

【鐵驪】鐵色之馬。禮月令孟冬之月：“乘玄路，駕鐵驪。”注：“鐵驪，色如鐵。”

【鐵了事】耳挖子。宋陶穀清異録下器具鐵了事：“杜岐公悰以剜耳匙子爲鐵了事。”(説郛六一)

【鐵小兒】魏書長孫道生傳附長孫稚：“蕭衍(梁武帝)將裴邃、虞鴻襲據壽春，稚諸子驍果，邃頗難之，號曰‘鐵小兒’。”言年小而驍勇。

【鐵木真】姓奇渥温氏，蒙古汗國大汗，尊號成吉思汗。元王朝建立後，追尊爲太祖。參見“元太祖”。

【鐵不得】卽吐蕃。音轉爲土伯特。遼史作鐵不得。參閲遼史興宗紀三、又百官志二。參見“吐蕃”。

【鐵公雞】嘲喻極其吝嗇的人。清袁枚子不語二三鐵公雞：“濟南富翁某，性慳吝，綽號鐵公雞，一毛不拔也。”

【鐵石人】不動情感的人。元王實甫西廂記一本一折：“休道是小生，便是鐵石人也意惹情牽。”

【鐵布衫】拳術之一。聊齋志異鐵布衫法：“沙回子得鐵布衫大力法，駢其指，力斫之可斷牛項，横搠之可洞牛腹。”注：“易筋經大力方有鐵布衫、金鐘扣諸名。”

【鐵册軍】明洪武二十三年，太祖以韓國公李善長、魏國公徐達等有大功，人賜卒百二十人爲從者，曰奴軍。待年老還鄉，命設百户一人，以統其衆，使屯戍以食，賜以鐵册，給以印，時謂鐵册軍。見續文獻通考一二六兵六禁衞兵。

【鐵如意】手擿，鐵製的骨朶子。晉書石崇傳：“(武)帝每助(王)愷，嘗以珊瑚樹賜之。……愷以示崇，崇便以鐵如意擊之，應手而碎。”參見“如意㊁”。

【鐵拐李】傳説中八仙之一。鐵拐李，史傳並無其人。惟宋史陳從信傳有李八百者，自言八百歲，從信事之甚謹，冀傳其術，竟無所得。然不言其跛而鐵拐也。明胡應麟以神仙通鑑所謂劉跛子者當之，然劉李各姓，又未可強附。參閲清趙翼陔餘叢考三四八仙。

【鐵門限】㊀唐智永禪師爲晉王羲之後人，住吴興永福寺，積年學書，一時推重，人來求書者如市，所居户限爲之穿穴，乃用鐵葉裹之，人謂爲鐵門限。見唐李綽尚書故實。宋蘇軾分類東坡詩十一贈寫御客妙善師：“都人踏破鐵門限，黄金白璧空堆牀。”㊁喻人壽長久。宋范成大石湖集二八重九日行營壽藏之地詩：“縱有千年鐵門限，終須一箇土饅頭。”

【鐵門關】地名。1.在湖北漢陽縣東北。三國吴魏相持，用兵沔口，於此設關爲險。見讀史方輿紀要七六漢陽府。2.西域地名。唐岑參岑嘉州詩二銀山磧西館：“銀山峡口風似箭，鐵門關西月如練。”也作鐵關。唐李白李太白詩六從軍行：“願斬單于首，長驅静鐵關。”唐玄奘至印度求法，自高昌至鐵門，卽此。地在今新疆焉耆和庫爾勒之間。參閲大唐西域記一羯霜那國。

【鐵版數】占法之一。相士用人父母本身八字，配合五音八卦，每一時分八刻，每刻分十五分，故須屢次推試，得前事數年符合，始爲的準時刻，吉凶禍福，預撰成語，以次檢查原書，事皆前定，故名鐵版。附會爲宋邵雍所作。

【鐵冠圖】明張中，字景華，舉進士不第。遇異人，授以太極數學。太祖下豫章時，因鄧愈薦遣使召至，言事多驗。中常戴鐵冠，人號鐵冠子。見明實録太祖洪武實録十三、宋濂宋學士集十張中傳。

【鐵胎弓】弓名。以鐵附於弓背之内，使弓堅勁。金石萃編一五〇宋趙雄韓蘄王碑：“鐵胎弓所向，雖金石皆洞。”

【鐵胎銀】鐵質包銀的銀塊。新五代史慕容彦超傳：“在鎮嘗置庫質錢，有奸民爲僞銀以質者，主吏久之乃覺。……已而得質僞銀者，寘之深室，使教十餘人日夜爲之，皆鐵爲質而包以銀，號‘鐵胎銀’。”

【鐵浮圖】㊀披重甲的騎兵。宋史三六六劉錡傳：“方大戰時，兀朮被白袍，乘甲馬，以牙兵三千督戰，兵皆重鎧甲，號‘鐵浮圖’。”參見“拐子馬”。㊁鐵塔。圖，亦作“屠”。元詩選陳孚剛中交州槀全州詩：“城郭依稀小畫圖，佛光猶照鐵浮屠。”

【鐵紗帽】清代西南地區土司官雖有降罰處分，例不革職，其廢弛不法者，奏革後，擇其子襲之，故俗謂土司曰鐵紗帽。見清梁紹壬兩般秋雨盦隨筆七土司妻。

【鐵鹿子】船上收放篷帆的鐵轆轤。樂府詩集四六懊儂歌之八：“長檣鐵鹿子，布帆阿那起。”

【鐵掃帚】草名。隰草類，生荒野中，就地叢生，一本二、三十莖，高三、四尺，勁挺可爲馬刷，俗名鐵掃帚。見本草綱目十五草四蠡實。清吴其濬植物名實圖考二一蔓草别有草名鐵掃帚，産建昌山中，入藥。

【鐵脚梨】木瓜的別名。宋陶穀清異錄果:"木瓜性益下部,若脚膝筋骨有疾者必用焉,故方家號爲鐵脚梨。"

【鐵蛤蜊】宋呂大防,性凝重寡言。既爲宰相,客多干祈,大防但危坐相對,終不發一談,時人謂之鐵蛤蜊。見宋王得臣麈史下諧謔。

【鐵圍山】㊀梵語柘迦羅。佛經稱四洲中心爲須彌山,山外別有八山。須彌山下有大海,其邊八山,其外有鹹海,圍繞此海者,卽是鐵圍山。見法苑珠林四三界會名。㊁山名。在廣西玉林縣(舊興業縣)。宋蔡絛以坐父京罪,貶白州,嘗遊息於此,故名其所著爲鐵圍山叢談。參閱清文廷式純常子枝談三三。

【鐵蒺藜】俗稱鐵菱角,也稱冷尖、渠荅。鐵製之三角物,尖刺如蒺藜。六韜虎韜軍用:"狹路微徑,張鐵蒺藜,芒高四寸,廣八寸,長六尺以上。"參閱明茅元儀武備志一〇六軍資乘器械。

鐵蒺藜

【鐵算盤】江湖術士,不藉探囊胠篋,能以術取人財物,謂之鐵算盤。見清俞樾右台仙館筆記七。

【鐵線蓮】植物名,一名番蓮,以其本細似鐵線故名。蔓生,緣物攀纏而上,葉類木香,每枝三葉,夏月開紫花或白花。花有包葉六瓣似蓮,先開內花,以漸而舒,開不到心卽謝。見清吳其濬植物名實圖考二七羣芳。

【鐵甕城】江蘇鎭江縣子城。相傳爲吳大帝(孫權)所建,內外皆甃以甓。以其堅固如金城,故號鐵甕城。一說鎭江子城深狹,其狀若甕,因名鐵甕城。唐劉禹錫劉夢得集外集七浙西李大夫述夢四十韻詩:"土山京口峻,鐵瓮郡城牢。"瓮同"甕"。參閱宋程大昌演繁露十三鐵瓮城、嘉慶一統志九二鎭江府古蹟。

【鐵纏矟】以鐵線纏把的長矛。南史王茂傳:"茂下馬單刀直前,外甥韋欣慶勇力絕人,執鐵纏矟翼茂而進,故大破之。"

【鐵中錚錚】謂在同類之中比較優異者。後漢書十一劉盆子傳:"帝曰:'卿所謂鐵中錚錚,傭中佼佼者也。'"注:"說文曰:'錚錚,金也。'鐵之錚錚,言微有剛利也。"光武對徐宣語,言宣爲人明白,在諸人中差強人意。

【鐵石心腸】喻心硬,不爲感情所動。宋張邦基墨莊漫錄三:"(晁)無咎嘆曰:人疑宋開府鐵石心腸,及爲梅花賦,清豔殆不類其爲人。"宋張鎡南湖集九尋梅詩之二:"要知愁結吹香晚,鐵石心腸欠我詩。"也作"鐵心石腸"。宋蘇軾東坡集續集五與李公擇書之二:"雖兄之愛吾厚,然僕本以鐵心石腸待公。"

【鐵肝御史】宋錢顗爲侍御史,蘇軾贈以詩,有"烏府先生鐵作肝"之句,世因目爲鐵肝御史。言其剛正不阿。見宋史三二一錢顗傳。

【鐵杵磨針】傳說唐李白少讀書眉州象耳山,未成棄去。過小溪,逢一老嫗,方磨鐵杵,問之,曰欲作針。白感其意,因還卒業。明鄭之珍目連救母傳奇四劉氏齋尼:"只在自家警省,好似鐵杵磨針,心堅杵有磨針日,莫惜區區歲月深。"今語有"只要功夫深,鐵杵磨作針"。參閱清顧張思土風錄十三鐵孔磨如鍼、俞樾茶香室叢鈔十磨杵作鍼。

【鐵面御史】見"鐵面㊁"。

【鐵畫銀鉤】狀書法筆姿的勁挺。元詩選貢師泰玩齋集送國子張教授:"黃鍾大呂徒協和,鐵畫銀鉤謾摹錄。"

【鐵帽子王】清制,凡宗室有佐命之功者,封爵世襲罔替,俗稱鐵帽子王,凡八家:禮親王(代善)、睿親王(多爾袞)、豫親王(多鐸)、肅親王(豪格)、鄭親王(濟爾哈朗)、莊親王(舒爾哈齊)、順承郡王(勒克德渾)、克勤郡王(岳託)。

【鐵腸石心】唐皮日休皮子文藪一桃花賦序:"余嘗慕宋廣平(璟)之爲相,貞姿勁質,剛態毅狀,疑其鐵腸石心,不解吐婉媚辭。"此謂心性剛毅,不動感情。舊唐書玄宗紀史臣曰:"自天寶已還,小人道長。如山有朽壤,雖大必虧;木有蠹虫,其榮易落。以百口百心之讒諂,蔽兩目兩耳之聰明,苟非鐵腸石心,安得不惑!'"此謂見識堅定,不受迷惑。

【鐵網珊瑚】㊀以鐵網取珊瑚,也喻搜求人才或奇珍異寶。新唐書二二一下拂菻國傳:"海中有珊瑚洲,海人乘大舶,墮鐵網水底。珊瑚初生磐石上,……鐵發其根,繫網舶上,絞而出之。"宋梅堯臣宛陵集十七送韓子文寺丞通判瀛州詩:"選才才且殊,鐵網收珊瑚。"㊁書名。有二,皆品題書畫之作。1.舊題明朱存理撰。十六卷,分書品十卷,畫品六卷。實則趙琦美得無名氏殘稿而編次增補之。或因存理別有珊瑚木難之作而傅會爲存理所作。2.明都穆撰。二十卷,五卷六卷寓意編,係穆所作。餘爲僞託,所載往往有穆卒後事。

【鐵齒鍋楱】農具。耙之別名。北魏賈思勰齊民要術一種穀:"苗既出壠,每一經雨,白背時輒以鐵齒鍋楱縱橫杷而勞之。"參閱清俞樾曲園雜纂三七。

【鐵樹開花】鐵樹無開花之理,以譬事不能成。碧巖四十則四:"垂示休去歇去,鐵樹開花。"續傳燈錄三一或庵師體禪師:"淳熙己亥八月朔出微疾,……逮夜半,書偈辭衆曰:'鐵樹開華,雄雞生卵,七十二年,搖籃繩斷。'"華,同"花"。

【鐵鏈夾棒】兵器名。本出西戎,用於馬上,以敵步兵。形狀如農家打麥之連枷,以鐵飾之,利於自上擊下。參閱武備志一〇四軍資乘器械三。

【鐵崖古樂府】元楊維楨撰。十卷,又樂府補六卷,爲其門人吳復編。維楨字廉夫,別號鐵笛道人,泰定四年進士。元末詩格纖靡,歌行多類小調,維楨力挽其弊,以樂府擅名,所作時稱鐵崖體。但亦有矯枉過直處,流於詭怪晦澀,爲後人詬病。

【鐵脚威靈仙】草藥名。威靈仙的一種。見該條。

【鐵琴銅劍樓】常熟瞿氏藏書樓名。清嘉慶道光間,瞿紹基廣購善本,築恬裕堂(其印記亦作田裕堂)以藏之。後紹基子鏞,重爲搜輯,著鐵琴銅劍樓書目,與聊城楊氏同爲大藏書家,有南瞿北楊之稱。參閱清瞿鏞鐵琴銅劍樓書目序。

【鐵圍山叢談】宋蔡絛撰,六卷。絛爲蔡京之子,京敗後貶居白州,州境有鐵圍山,絛嘗遊息於此,因以爲書名。書中於其父之過多所文飾,而於朝廷令典,知之甚詳,故記徽宗時一切制作始末,足資參考。

鑣 biāo ㄅㄧㄠ 集韻 卑遙切,平,蕭韻。

刀鋒。後漢書輿服志下:"佩刀……皆以白珠鮫爲鑣口之飾。"注:"通俗文:刀鋒曰鑣。"或作鏢,見集韻。

鏽 xiù ㄒㄧㄡˋ 正字通 息救切,音秀。

金屬表面所生之氧化物。集韻作"鏥"。也作"銹"。詩話總龜二:"鸊鵜,水鳥也。其膏可以塗刀劍令不鏽。"元詩選迺賢金臺集南城詠古鐵牛廟:"角斷苔花碧,蹄穿土鏽新。"

鐺 1. dāng ㄉㄤ 都郎切,平,唐韻,端。

㊀見"鋃鐺"。

2. chēng ㄔㄥ 楚庚切,平,庚韻,初。

㊀釜屬,溫器。漢服虔通俗文:"鬴有足

曰鐺。"(太平御覽七五七)世說新語德行:"吳郡陳遺家至孝,母好食鐺底焦飯。"

【鐺₂户】煎鹽之户,宋以後稱竈户。舊五代史晉高祖紀二天福之年制:"其北京管內鹽鐺户,……自今後宜令人户以元納食鹽石斗數目,每斗依時價計定錢數,取人户便穩,折納斛斗。"

【鐺鞳】鼓聲。史記一一七司馬相如傳子虛賦:"金鼓迭起,鏗鎗鐺鞳,洞心駭耳。"漢書、文選皆作"闛鞈"。鞳音沓。

【鐺鐺】象聲。南朝陳徐陵徐孝穆集四與楊僕射書:"至於鐺鐺曉漏,的的宵烽。隔溆浦而相聞,臨高臺而可望。"指更漏聲。

【鐺₂脚刺史】唐高祖時,薛大鼎遷滄州刺史,時鄭德本爲瀛州刺史,賈敬頤爲冀州刺史,皆有治名,河北稱鐺脚刺史。鐺三足,故云。見新唐書一九七薛大鼎傳。唐白居易長慶集五四自到郡齋僅經旬日方專公務……詩:"愧無鐺脚政,徒忝犬牙鄰。"

鐻 1. jù ㄐㄩˋ 其呂切,上,語韻,羣。居御切,去,御韻,見。

㊀說文作"虡"。懸掛鐘鼓的架子。周禮春官典庸器"帥其屬而設筍虡"漢鄭玄注引杜子春曰:"橫者爲筍,從者爲鐻。"㊁樂器名。莊子達生:"梓慶削木爲鐻,鐻成,見者驚猶鬼神。"唐成玄英疏:"鐻者,樂器,似夾鍾。亦言鐻似虎形,刻木爲之。"史記太史公自序:"銷鋒鑄鐻,維偃干革。"

2. qú ㄑㄩˊ 强魚切,平,魚韻,羣。

㊂金銀飾器之一種。山海經中山經:"(青要之山)魁武羅司之,其狀人面而豹文,小腰而白齒,而穿耳以鐻,其鳴如鳴玉。"後漢書六五張奐傳:"先零酋長又遺金鐻八枚。"注:"鐻音渠,金銀器名。未詳形制也。"

【鐻₂鍝】穿耳物。後漢書八十上杜篤傳論都賦:"若夫文身鼻飲緩耳之主,椎結左衽鐻鍝之君,……靡不重譯納貢,請爲藩臣。"

鐸 duó ㄉㄨㄛˊ 徒落切,入,鐸韻,定。

㊀古樂器,形如大鈴。宣教政令時,用以警衆者。文事用木鐸,金鈴木舌;武事用金鐸,金鈴鐵舌。周禮地官鼓人:"以金鐸通鼓。"注:"鐸,大鈴也,振之以通鼓。司馬職曰:司馬振鐸。"見圖。㊁風鈴。五代後周王仁裕開元天寶遺事下:"岐王宮中,於竹林內懸碎玉片子,每夜聞碎玉片子相觸之聲,即知有風,號爲占風鐸。"

鐸

【鐸針】釘居帽中,明內侍用之,以金銀珠寶鑲成,有大吉、胡蘆、萬年、吉慶等名色。見明蔣之翹天啓宮詞注。

【鐸舞】雜舞名。三國志魏烏丸鮮卑東夷傳:"其舞,數十人俱起相隨,踏地低昂,手足相應,節奏有似鐸舞。"

【鐸鞘】兵器名。新唐書二二二南詔傳上:"鐸鞘者,狀如殘刃,有孔傍達,出麗水,飾以金,所擊無不洞,夷人尤寶,月以血祭之。"

鐶 huán ㄏㄨㄢ 户關切,平,刪韻,匣。

圓形中間有孔可穿擊者皆稱鐶,如刀鐶、指鐶。戰國策齊五:"矛戟折,鐶弦絶。"漢揚雄太玄經一周:"帶其鉤鞶,錘以玉鐶。"

鐲 zhuó ㄓㄨㄛˊ 直角切,入,覺韻,澄。市玉切,入,燭韻,禪。

㊀古軍樂器。周禮地官鼓人:"以金鐲節鼓。"注:"鐲,鉦也。形如小鐘,軍行鳴之,以爲鼓節。"㊁臂環。明陸容菽園雜記八:"今人名臂環爲鐲,音濁,蓋方言也。"

鐫 juān ㄐㄩㄢ 子泉切,平,仙韻,精。

㊀破木之器,破木。說文:"鐫,破木鐫也。"清段玉裁注:"謂破木之器曰鐫也;因而破木謂之鐫矣。"釋名釋用器:"鐫,鐏也,有所鐏入也。"㊁琢鑿。淮南子本經:"鐫山石,鍥金玉,擿蚌蜃,消銅鐵。"漢書異姓諸侯王表序:"鐫金石者難爲功,摧枯朽者易爲力。"引申爲督責,曉說。漢書八三薛宣傳:"證驗以明白,欲遣吏考案,恐負舉者,恥辱儒士,故使掾平鐫令。"㊂削職。見"鐫汰"。

【鐫印】雕板印刷。唐徐夤釣磯文集六自詠十韻詩:"拙賦偏聞鐫印賣,惡詩親見畫圖呈。"

【鐫汰】裁減冗官。宋王明清揮麈録後録十一:"(范覺民)論崇(寧)、(大)觀以來,汎濫受賞遷擢與夫入仕之人,官曹殽亂,宜從鐫汰。"

【鐫說】曉喻,規勸。漢書八三薛宣傳"故使掾平鐫令"注引晉灼:"王常爲光武鐫說其將帥,此爲徐以微言鐫鑿遣之也。"新唐書一四八田弘正傳:"幽恒鄆蔡大懼,遣客鐫說鉤染,弘正皆拒遣之。"

【鐫罰】削職以示罰。宋史食貨志上四:"監司,州郡……若立之規繩,加以黜陟,所糴至萬石者旌擢,其不收糴與擾民及不實者鐫罰。"

【鐫諭】曉說,規勸。新唐書一六六令狐楚傳:"楚至,解去酷烈,以仁惠鐫諭,人人喜悦,遂爲善俗。"亦作"鐫喻"。宋朱熹朱文公集四十答何叔京:"遺說所疑,重蒙鐫喻,開發爲多。"

【鐫黜】削官。宋史選舉志二侍御史李鳴復等建言:"臺諫充知舉、參詳,既留心考校,不能檢柅姦弊,……欲乞懸賞募人告捉,精選强敏巡按官及八廂等人,謹切巡邏。有犯,則鐫黜官員。"

【鐫譙】詰責。唐柳宗元柳先生集九唐故朝散大夫永州刺史崔公墓誌:"遷揚州録事參軍,實吳楚之大都會也,政令煩拏,貢舉叢沓,一日不葺,鐫譙四至。"

十四畫

鑋 1. qīng ㄑㄧㄥ 去盈切,平,清韻,溪。苦定切,去,徑韻,溪。

㊀金聲。見說文。

2. qìng ㄑㄧㄥˋ

㊁一足行。通"⿱殸足"。左傳昭二六年:"苑子剚林雍,斷其足,鑋而乘於他車以歸。"

鑒 jiàn ㄐㄧㄢˋ

同"鑑"。鑑字下㊂㊃義,今多作鑒。見"鑑"及下各條。

【鑒戒】引他事以爲警戒。國語楚下:"人之求多聞善敗,以鑒戒也。"漢書諸侯王表二:"是以究其終始彊弱之變,明監戒焉。"

【鑒定】鑒別評定。明袁宏道袁中郎集尺牘:"朱魚六尾,專人賫上,侯明公鑒定。"

【鑒裁】謂審察、識別。晉書王羲之傳:"征西將軍庾亮請爲參軍,累遷長史,亮臨薨,上疏稱羲之清貴有鑒裁。"唐韓愈昌黎集七雪後寄崔二十六丞公詩:"稱多量少鑒裁密,豈念幽桂遺榛菅。"

【鑒貌辨色】從人的表面現象察知其內心所向。景德傳燈録二守清禪師:"僧曰:'争知某甲不肯?'師曰:'鑒貌辨色。'"

鑌 bīn ㄅㄧㄣ 必鄰切,平,真韻,幫。

精鐵。宋穆脩河南穆公集一秋浦會遇詩:"机弛千鈞弩,剛摧百鍊鑌。"

【鑌鐵】精煉的鐵。唐慧琳一切經音義三五蘇悉地經下鑌鐵:"出罽賓等外國,以諸鐵和合，或極精利，鐵中之上是也。”水滸三一：“孫二娘道：‘二年前，有個頭陀打從這裏過，……插着兩把雪花鑌鐵打成的戒刀。’”

鑐 1. xū ㄒㄩ 相俞切，平，虞韻，心。

㊀鎖牡，卽鎖簧。見廣韻。

2. rú ㄖㄨ 集韻 汝朱切，平，虞韻。

㊁短衣。通“襦”。管子禁藏：“被鞶以當鎧鑐。”注：“若武備之有鎧鑐，著甲周身若褐炙故曰鑐。”

鑄 zhù ㄓㄨ 之戍切，去，遇韻，照。

㊀熔煉金屬以成器。左傳昭二十一年：“天王將鑄無射。”國語周上：“景王二十一年將鑄大錢。”引申爲陶冶，培育。見“鑄人”。㊁國名。周武王滅商，封黃帝之後於鑄。左傳襄二三年：“初，臧宣叔娶於鑄。”注：“鑄國，濟北蛇丘縣所治。”按在今山東寧陽縣西北。

【鑄人】陶鑄人才。漢揚雄法言學行：“或問：‘也言鑄金，金可鑄與？’曰：‘吾聞覲君子者，問鑄人不問鑄金。’或曰：‘人可鑄與？’曰：‘孔子鑄顏淵矣。’”

【鑄金】鎔金屬成物。周禮考工記㮚氏：“凡鑄金之狀：金與錫，黑濁之氣竭，黃白次之；黃白之氣竭，青白次之；青白之氣竭，青氣次之，然後可鑄也。”莊子大宗師：“今之大冶鑄金，金踴躍曰：我且必爲鏌鋣。”

【鑄錯】唐魏博節度使羅紹威以本府牙軍驕横不可制，因引入朱全忠兵盡殺牙軍，然自是魏博衰弱不振。紹威悔之，謂親信曰：‘聚六州四十三縣鐵，打一箇錯，不能成也。’”見宋孫光憲北夢瑣言十四神告羅宏信。後因稱失誤爲鑄錯。宋詩鈔方岳秋崖集鈔舊傳有客謁一士夫題其刺……詩：“鑄錯空糜六州鐵，補鞋不似兩錢錐。”清詩別裁十八陳蓖挽姜西溟(宸英)：“晚入承明數未奇，那知鑄錯不堪追。”

【鑄顏】漢揚雄法言學行：“或曰：‘人可鑄與？’曰：‘孔子鑄顏淵矣。’”唐李商隱李義山詩集三喜舍弟義叟及第上禮部魏公：“寧同魯司寇，唯鑄一顏回。”按此謂孔子陶冶顏回而成大器。也泛指培養人才。全唐詩五五二劉耕和主司王起：“孔門頻建鑄顏功，紫綬青衿感激同。”

【鑄山煮海】史記一〇六吳王濞傳：“吳有豫章郡銅山，濞則招致天下亡命者益鑄錢，煮海水以爲鹽，以故無賦，國用富饒。”後因以鑄山煮海指開發水路資源。抱朴子廣譬：“四海苟備，雖室有懸磬之窶，可以無羨乎鑄山而煮海矣。”

【鑄鼎象物】夏禹收九州之金，鑄九鼎以象百物。左傳宣三年：“昔夏之方有德也，遠方圖物，貢金九牧，鑄鼎象物，百物而爲之備，使民知神姦。”

鑑 jiàn ㄐㄧㄢ 古銜切，平，銜韻，見。格懺切，去，鑑韻，見。

同“鑒”。㊀古陶器名。用來盛水或冰。周禮天官凌人：“春始治鑑。”注：“鑑，如甀，大口，以盛冰，置食於中，以禦溫氣。”㊁鏡。左傳莊二一年：“王以后之鞶鑑予之。”莊子則陽：“生而美者，人與之鑑。不告，則不知其美於人也。”㊂照。左傳昭二八年：“昔有仍氏生女，黰黑而甚美，光可以鑑。”㊃借鑑。國語吳：“王其盍亦鑑於人，無鑑於水。”以古今成敗爲法戒，亦曰鑑。唐張九齡千秋金鑑録、宋司馬光資治通鑑、明張居正帝鑑圖説，皆取此義。

【鑑真】公元 688—763 年。唐高僧。俗姓淳于，揚州江陽縣人。十四歲於故鄉大雲寺出家，後至長安洛陽學習佛學，歸後主持揚州大明寺。天寶元年應日僧榮叡普照等邀請東渡日本，於天寶十二載第六次航行始到達。翌年於奈良東大寺建戒壇，傳授戒法，爲日本律宗始祖。卒於日本。傳有鑑真上人秘方。參閲宋高僧傳十四。

【鑑湖】湖名。卽鏡湖。東漢永和五年太守馬臻所創開，周回三百餘里，溉田九千餘頃。自宋熙寧以來，濬治不時，日久湮廢。故址在浙江紹興縣西南，故紹興有鑑湖别稱。參閲宋史河渠志七。參見“鏡湖”。

【鑑寐】假寐。不脱衣冠而睡。參見“監寐”。

【鑑臺】鏡臺。宣和書譜十三十月一帖：“(衛恒書)論者以謂如插花美人、舞笑鑑臺，是其便娟有餘，而剛健非所長也。”

【鑑諸】古代承露器。說文：“鑑諸，可以取明水於月。”清段玉裁注：“鑑諸當作鑑方諸也，轉寫奪字耳。”周禮秋官司烜氏：“以鑒取明水於月。”漢鄭玄注：“鑒，鏡屬，取水者，世謂之方諸。”舊唐書禮儀志三引漢舊儀作“以鑑諸取水於月，以陽燧取火於日。”參見“方諸㊀”。

【鑑識】猶明識。漢桓寬鹽鐵論殊路：“和氏之璞，天下之美寶也，待鑑識之工而後明。”鑑，亦作“鑒”。三國志魏和洽傳：“洽同郡許混者，許劭子也，清醇有鑒識。”

【鑑戒録】五代後蜀何光遠撰，十卷，多記唐及五代間事，而蜀事爲多。皆近俳諧之言。仿唐蘇鶚杜陽雜編例，每條各以三字標目，共六十六則。

【鑑止水齋】清許宗彥藏書室名。宗彥字積卿，又字固卿。浙江德清人，嘉慶四年進士，官兵部主事。學問甚博，有鑑止水齋集，按莊子德充符“人莫鑑於流水，而鑑於止水”，書名取義於此。參閲國朝先正事略四四許周生先生事略。

鐵 tiě ㄊㄧㄝ 集韻 他結切，入，屑韻。

“鐵”的異體字，見“鐵”。

鐕 zān ㄗㄢ 作含切，平，覃韻，精。

釘。綴著物的釘。禮喪大記：“大夫裏棺用玄緑，用牛骨鐕。”

鑊 huò ㄏㄨㄛ 胡郭切，入，鐸韻，匣。

㊀釜屬，用以煮食物。周禮天官亨人：“亨人掌共鼎鑊。”注：“鑊，所以煮肉及魚腊之器。”淮南子説山：“嘗一臠肉知一鑊之味。”注：“有足曰鼎，無足曰鑊。”㊁煮。爾雅釋訓：“是刈是鑊。鑊，煑之也。”詩周南葛覃鑊作“濩”。㊂見“鑊鐸”。

【鑊亨】古代酷刑名，謂納人於鑊而烹之。亨，通“烹”。漢書刑法志：“陵夷至於戰國，……增加肉刑、大辟，有鑿顛、抽脅、鑊亨之刑。”

【鑊鐸】喧鬧，慌亂。古今雜劇缺名講陰陽八卦桃花女二：“來到俺門前亂交加，不知是那箇，則聽的熱鬧鑊鐸。”

十五畫

鑛 kuàng ㄎㄨㄤ 古猛切，上，梗韻，見。

金璞，未經鎔鍊的金屬。同“礦”。説文作“磺”。文選漢王子淵(褒)四子講德論：“精練藏於鑛朴，庸人視之忽焉，巧冶鑄之，然後知其幹也。”凡材物生於地中，須採掘而得之者，皆曰鑛。

鑣 biāo ㄅㄧㄠ 甫嬌切，平，宵韻，幫。

鑣

㊀馬嚼子，馬口中所銜鐵具露出在外的兩頭部分。詩秦風駟驖：“輶車鸞鑣，載獫歇驕。”也指代乘騎。南朝宋鮑照鮑氏集四擬青青陵上柏：“飛鑣出荆路，鷩服入秦川。”全唐詩五八李嶠侍宴長寧公主東莊應制：“承恩咸已醉，戀賞

未還鑣。”見圖。㊁兵器。形如矛頭，遥擲以擊人。也作“標”、“鏢”。參見“鑣客”。

【鑣宮】古宮名。墨子非攻下：“天乃命湯于鑣宮。”

【鑣客】即鏢客，或稱鏢師。舊時商人或行客雇以保護其路途人財安全的武士。清高士奇天禄識餘下馬頭鑣客：“臨清爲天下水馬頭，南宮爲旱馬頭，鑣客所集。”

【鑣鑣】盛貌。指馬飾。詩衛風碩人：“四牡有驕，朱幩鑣鑣。”按，玉篇引詩作“儦儦”。

鑢 lǜ ㄌㄩˋ 良倨切，去，御韻，來。

㊀銼骨、角、銅鐵所用之具。即銼刀。禮大學“如切如磋”宋朱熹集注：“磋以鑢鍚，磨以沙石，皆治物使其滑澤也。”㊁磨治。詩大雅抑“白圭之玷”漢鄭玄箋：“玉之缺，尚可磨鑢而平。”㊂修省。漢揚雄太玄經四大：“躬自鑢。”注：“自治其身。”

鑼 bà ㄅㄚˋ 集韻 步化切，去，禡韻。

㊀農器，耜屬。也作“耙”。六書故植物一：“鑼，卧兩耒著齒其下，人立其上而牛輓之，以摩田也。”㊁耕。見廣雅釋地。

鑕 zhì ㄓˋ 之日切，入，質韻，照。

古行刑之具，爲腰斬時所用砧板。公羊傳昭二五年：“君不忍加之以鈇鑕，賜之以死。”注：“鈇鑕，要斬之罪。”按腰斬之具以兩斤相合，如後之鍘刀。言其上下之斤，則爲斧屬。言其下層之座，則爲砧屬，故兩訓之。本作“質”。史記九六張丞相傳：“蒼坐法當斬，解衣伏質。”

鑠 shuò ㄕㄨㄛˋ 書藥切，入，藥韻，審。

㊀熔銷。墨子經説：“火鑠金。”淮南子兵略：“人無筋骨之强，爪牙之利，故割革而爲甲，鑠鐵而爲刃。”㊁消損，毀損。孟子告子上：“仁義禮智，非由外鑠我也，我固有之也，弗思耳矣。”戰國策秦五：“秦先得齊宋，則韓氏鑠；韓氏鑠，則楚孤而受兵也。”㊂輝煌。通“爍”。詩周頌酌：“於鑠王師，遵養時晦。”

【鑠金】猶言銷金。國語周下：“故諺曰：衆心成城，衆口鑠金。”謂衆口所毁，能令金銷鎔，喻人言可畏。

【鑠鑠】鮮明，光明。三國志蜀郤正傳釋譏：“赫赫龍章，鑠鑠車服。”文選魏何平叔(晏)景福殿賦：“故其華表則鎬鎬鑠鑠，赫奕章灼若日月之麗天也。”

【鑠石流金】謂天氣炎熱，似可熔化金石。淮南子詮言：“大熱鑠石流金，火弗爲益其烈。”也作“流金鑠石”。見該條。

鑞 là ㄌㄚˋ 盧盍切，入，盍韻，來。

錫和鉛的合金。同“鑞”。又作白鑞。用以焊接金屬，俗稱焊錫。爾雅釋器：“錫謂之鈏”晉郭璞注：“白鑞。”元王實甫西廂記四本二折：“呸！你是個銀樣鑞鎗頭。”

十六畫

鑩 lì ㄌㄧˋ 郎擊切，入，錫韻，來。

鼎屬。同“鬲”、“鎘”。吴越春秋夫差内傳：“夢入章明宫，見兩鑩蒸而不炊。”玉臺新詠二左思嬌女詩：“心爲茶荈劇，吹噓對鼎鑩。”

鑪 lú ㄌㄨˊ 落胡切，平，模韻，來。

㊀盛火之器。冶煉、取暖、烹飪等用之。左傳定三年：“(邾莊公)自投于牀，廢於鑪炭，爛，遂卒。”莊子大宗師：“今一以天地爲大鑪，以造化爲大冶，惡乎往而不可哉。”㊁古時酒店前安放酒甕酒壜的土臺，也借指酒店。同“罏”、“壚”。史記一一七司馬相如傳：“買一酒舍酤酒，而令文君當鑪。”集解：“韋昭曰：‘鑪，酒肆也。以土爲墮，邊高似鑪。’”

【鑪峯】廬山香鑪峯的省稱。唐李賀歌詩編二勉愛行二首送小季之廬山之一：“小雁過鑪峯，影落楚水下。”

【鑪捶】爐與錘。喻冶鍊鍛造。莊子大宗師：“夫无莊之失其美，據梁之失其力，黄帝之亡其知，皆在鑪捶之間耳。”釋文：“捶，本又作‘錘’。”文選南朝梁劉孝標(峻)廣絶交論：“雕刻百工，鑪捶萬物。”梁書任昉傳劉峻廣絶交論捶作“錘”。

【鑪銀花】即牽牛花。宫詞小纂明秦徵蘭天啓宫詞“鸚鵡杯深琥珀濃，暮涼頻灌露行叢”注：“露行花即牽牛花，其色紫翠，似初出鑪之銀，故京師稱鑪銀花，宫中音譌爲露行。”

鑫 xīn ㄒㄧㄣ 玉篇 呼龍切，又，許金切。

正字通“鑫”：“篇海：鑫音歆，金長，又音訓，盂器，音義皆無據。又宋子虚名友，五子以鑫、森、淼、焱、垚立名。”後多用作人名及市招，取多金之義。

十七畫

鑾 mí ㄇㄧˊ 武移切，平，支韻，明。

農器。鐮。玉篇：“鑾，青州人呼鐮也。”也作“鑾”。弘明集四宋顔延之重釋何衡陽書：“令鑾斧鑄刃，利害寢端，驅百代之民，出信厚之塗。”

鑲 1. xiāng ㄒㄧㄤ 息良切，平，陽韻，心。

㊀以物相配合。如鑲嵌、鑲邊。清會典事例一一一一八旗都統佐領：“增設三旗爲鑲黄、鑲白、鑲藍。黄、白、藍，均鑲以紅，紅鑲以白。”

2. ráng ㄖㄤˊ 汝陽切，平，陽韻，日。女良切，平，陽韻，娘。

㊀鑄器的内模。説文：“鑲，作型中腸也。”正字通：“凡作型先以繩爲坯胎，型固則從竅搯繩緒耑，繩窮而型存，有類於腸也。”㊁古兵器名。急就篇三：“矛、鋋、鑲、盾、刃、刀、鉤。”唐顔師古注：“鑲者亦刀劍之類，其刃却偃而外利，所以推攘而害人也。”

【鑲牙】齒牙脱損，以人工補之，謂之鑲牙。宋樓鑰攻媿集有贈種牙陳安上文：“陳生術妙天下，凡齒之有疾者，易之以新，纔一舉手，使人终身保編貝之美。”按所記，是宋時已有鑲牙之術。參見“種牙”。

鑮 bó ㄅㄛˊ 傍各切，入，鐸韻，並。

㊀樂器。儀禮大射儀：“笙磬西面。其南笙鍾，其南鑮，皆南陳。”注：“鑮，如鍾而大，奏樂以鼓鑮爲節。”㊁以金塗於物品之上。同“鑮”。樂府詩集六七晉張華輕薄篇：“足下金鑮履，手中雙莫耶。”

鑰 yuè ㄩㄝˋ 以灼切，入，藥韻，喻。

㊀門鎖。方言五：“户鑰，自關而東，陳楚之間，謂之鍵；自關而西謂之鑰。”㊁開鎖的工具，鑰匙。全唐詩二五五鄭虔閨情：“銀鑰開香閣，金臺照夜燈。”㊂閉鎖。新唐書一一六陸元方傳：“有一柙，生平所緘鑰者，殁後家人發之，乃前後詔敕。”

【鑰牡】即鑰匙。宋書戴法興傳：“法興臨死，封閉庫藏，使家人僅録鑰牡。”

【鑰匙】開鎖之具。史記八三魯仲連傳“魯人投其籥”唐張守節正義：“籥，即鑰匙也。”按開鎖之具，古本作“籥”；亦以金屬製之，故稱鑰。因鎖亦名鑰，故稱鑰牡或鑰匙以别之。

【鑰鉤】鑰匙。資治通鑑一三八齊永明十一年：“(鬱林王)又别作鑰鉤，夜開西州後閤。”南史齊紀鬱林王作“籥鉤”。

鑽 zhá ㄓㄚˊ 查鎋切，入，鎋韻，牀。

切草器。見元王禎農書十四農器圖譜五

鑭。集韻毚作"鑯"。俗作"剷"。

鑱 chán 鋤銜切,平,銜韻,牀。
ㄔㄢˊ 士懺切,去,鑑韻,牀。

㊀鋭利。見説文。㊁利錐。宋書臧質傳:"(拓跋)燾大怒,乃作鐵床,於其上施鐵鑱,云破城得質,當坐之此上。"㊂掘土工具。唐杜甫杜工部草堂詩箋十七同谷歌之一:"長鑱長鑱白木柄,我生託子以爲命。"㊃刺。通"劖"。唐韓愈昌黎集四送區弘南歸詩:"洶洶洞庭莽翠微,九嶷鑱天荒是非。"

【鑱石】古時治病用之石針。史記一〇五扁鵲傳:"臣聞上古之時,醫有俞跗,治病不以湯液醴灑,鑱石橋引,案杌毒熨。"素問湯液醪醴論:"鑱石鍼艾治其外。"

【鑱錢】鑿紙爲錢形。宋蘇軾東坡題跋四戲書赫蹏紙:"此紙可以鑱錢祭鬼。東坡試筆,偶書其上,後五百年當成百金之直。"

十八畫

鑷 niè 尼輒切,入,葉韻,娘。
ㄋㄧㄝˋ

㊀鑷子。古文苑七晉左太沖(思)白髮賦:"願戢子之手,攝子之鑷。"南史齊鬱林王紀:"高帝笑謂左右曰:'豈有爲人作曾祖而拔白髮者乎?'即擲鏡、鑷。"㊁拔除,夾取。古文苑七晉左思白髮賦:"星星白髮,生於鬢垂,……將拔將鑷,好爵是縻。"五代前蜀韋莊浣花集四鑷白詩:"白髮太無情,朝朝鑷又生。"㊂古代綴附於簪釵的首飾。藝文類聚五七三國魏王粲七釋:"戴明中之羽雀,雜華鑷之葳蕤。"後漢書輿服志下:"簪……下有白珠,垂黃金鑷。"㊃鈴屬。舊題漢劉歆西京雜記一:"趙飛燕女弟居昭陽殿,……設九金龍,皆銜九子金鈴,五色流蘇,帶以綠文紫綬金銀花鑷,每好風日,幡旄光影,照耀一殿,鈴鑷之聲,驚動左右。"㊄治絲具。舊題漢劉歆西京雜記一:"霍光妻遺淳于衍……散花綾二十五匹。綾出鉅鹿陳寶光家,寶光妻傳其法。霍顯召入其第,使作之。機用一百二十鑷,六十日成一匹,匹直萬錢。"南朝陳徐陵徐孝穆集一詠織婦詩:"振鑷開交縷,停梭續斷絲。"

【鑷白】謂拔去白髮。唐李白李太白詩十秋日鍊藥院鑷白髮贈元六兄林宗:"長吁望青雲,鑷白坐相看。"

鑵 guàn 古玩切,去,换韻,見。
ㄍㄨㄢˋ

汲水器。北魏賈思勰齊民要術三種葵:"井別作桔橰、轆轤、柳鑵,令受一石。"柳鑵,即笆斗。

鑴 xí huī 户圭切,平,齊韻,匣。
ㄒㄧˊ ㄏㄨㄟ 許規切,平,支韻,曉。

㊀大盆。説文:"鑴,瓽也。"㊁日旁雲氣。周禮春官眡祲:"眡祲掌十煇之法,以觀妖祥、辨吉凶。一曰祲,二曰象,三曰鑴……十曰想。"注引鄭司農(衆):"鑴,謂日旁氣,四面反鄉如煇〔暈〕狀也。"

十九畫

鑼 luó 魯何切,平,歌韻,來。
ㄌㄨㄛˊ

樂器名。如平圓形的銅盤,用槌子敲擊發響。宋趙彥衛雲麓漫鈔九:"軍中以鑼爲洗,正如秦漢用刁斗可以警夜又可以炊飯,取其便耳。"元史刑法志四禁令:"諸軍官鳩財聚衆,張設儀衛,鳴鑼擊鼓,……並記過。"

鑽 1. zuān 借官切,平,桓韻,精。
ㄗㄨㄢ

㊀刺,穿孔。孟子滕文公下:"鑽穴隙相窺,踰牆相從。"㊁推究事理。論語子罕:"仰之彌高,鑽之彌堅。"㊂打動,鑽營。文選漢班孟堅(固)答賓戲:"商鞅挾三術以鑽孝公,李斯奮時務而要始皇。"宋張鎡南湖集五自詠詩:"錢物用多常是解,權門路便不曾鑽。"

2. cuán
ㄘㄨㄢˊ

㊃簇聚。通"攢"。史記一一七司馬相如傳大人賦:"鑽羅列聚,叢以蘢茸兮。"漢書作"攢"。

3. zuàn 子算切,去,换韻,精。
ㄗㄨㄢˋ

㊄穿刺的工具。又作刑具。國語魯上:"大刑用甲兵,……中刑用刀鋸,其次用鑽笮,薄刑用鞭朴。"

【鑽火】古人鑽木取火,四時各異其木。春用榆柳,夏用棗杏,季夏用桑柘,秋用柞楢,冬用槐檀。其後僅於寒食後一日爲之,成爲沿襲故俗的遺迹。唐杜甫杜工部草堂詩箋三七清明之二:"旅雁上雲歸紫塞,家人鑽火用青楓。"

【鑽仰】論語子罕:"顏淵喟然歎曰:仰之彌高,鑽之彌堅。"疏:"言夫子之道,高堅不可窮盡。……故仰而求之則益高;鑽研求之則益堅。"後以指深入研究。文選漢陳孔璋(琳)答東阿王牋:"拂鐘無聲,應機立斷,此乃天然異稟,非鑽仰者所庶幾也。"南朝梁劉勰文心雕龍一徵聖:"天道難聞,猶或鑽仰;文章可見,胡寧勿思。"

【鑽灼】㊀古卜法。鑽龜裏甲使薄,然後燃荆焞以灼所鑽處,使兆坼見於表面,憑之以定吉凶。儀禮士喪禮"楚焞置於燋,在龜東"漢鄭玄注:"楚,荆也。荆焞所以鑽灼龜者。"史記一二八褚少孫補龜策傳:"卜先以造灼鑽,鑽中已,又灼龜首,各三。"後人多混鑽灼爲一事。㊁猶言鑽研。南朝梁劉勰文心雕龍九指瑕:"夫車馬小義,而歷代莫悟;辭賦近事,而千里致差;況鑽灼經典,能不謬哉!"

【鑽李】世説新語儉嗇:"王戎有好李,賣之恐人得其種,恒鑽其核。"晉書王戎傳亦載此事。後因以"鑽李"爲吝嗇之典。

【鑽具】鑽營的工具。宋王楙野客叢書七鞅挾三術:"鑽者,取必入之義。……今人懷所制求上官知者,目曰鑽具,正此意也。"

【鑽味】研究欣賞。世説新語文學:"莊子逍遥篇舊是難處,諸名賢所可鑽味,而不能拔理於郭(象)向(秀)之外。"

【鑽研】深入研究。梁釋慧皎高僧傳八釋僧印:"初遊彭城,從曇度受三論,度既擅步一時,四遠依集,印稟味鑽研,窮其幽奥。"

【鑽燧】最古的取火法。燧爲取火之具,古有陽燧、木燧兩種。木燧,鑽木取火,故曰鑽燧。論語陽貨:"鑽燧改火。"

【鑽營】找門路託人情,謀求進升。明胡震亨唐詩談叢二:"晚唐人集,多是未第前詩,其中非自敍無援之苦,即訾他人成事之由,名場中鑽營惡態,忮懫俗情,一一無不寫盡。"

【鑽故紙】景德傳燈録九古靈神讚禪師:"其師又一日在窗下看經,蜂子投窗紙求出。師覩之曰:'世界如許廣闊,不肯出,鑽他故紙,驢年去得?'"宋朱熹朱文公集三九答范伯崇:"蓋幾微之間,衆理昭晰,雖欲自欺而不可得矣。至此方可説言外見意,得意忘言,不然止是鑽故紙耳。"

【鑽籬菜】僧家對雞的別稱。素食者諱言雞,以其常鑽籬,故名。宋蘇軾東坡志林二道釋:"僧謂酒爲般若湯,謂魚爲水梭花,雞爲鑽籬菜,竟無所益,但自欺而已。"

【鑽火得冰】喻理所必無。法苑珠林六九妖惑亂衆:"竊聞聲調響順,形直影端,未見鑽火得冰,種豆得麥。"

【鑽天入地】宋龐元英文昌雜録四:"北京留守王宣徽(拱辰),洛中園宅尤勝,中堂七間,上起高樓,更爲華侈。司馬公(光)在陋巷,所居才能庇風雨,又作地室，常讀書於其中。洛人戲云：王家鑽天，司馬家入地。"喻奢儉之懸殊。

【鑽皮出羽】喻極意夸飾。與"洗垢索瘢"之意對，以喻好惡偏激。後漢書八十下趙壹傳刺世疾邪賦："所好則鑽皮出其毛羽，所惡則洗垢求其瘢痕。"新唐書九七魏徵傳上疏："今之刑賞，或由喜怒，或出好惡，喜則矜刑於法中，怒則求罪於律外；好則鑽皮出羽，惡則洗垢索瘢。"

【鑽₂冰求酥】喻必不可得。菩薩本緣經下兔品："譬如鑽冰求酥，是實難得。"

【鑽堅研微】研究事理，深入底細。晉書虞喜傳內史何充薦喜疏："伏見前賢良虞喜，博聞强識，鑽堅研微，有弗及之勤；處静味道，無風塵之志。"

鑾 luán ㄌㄨㄢˊ 落官切，平，桓韻，來。

㊀裝於軛首或車衡上的飾物。上部爲扁圓形的鈴，下部爲座。鈴內有彈丸，車行則搖動作響，聲似鸞鳥。字亦作"鸞"。詩秦風駟驖："輶車鑾鑣，載獫歇驕。"文選漢張平子(衡)東京賦："鑾聲噦噦，和鈴鉠鉠。"詩魯頌泮水作"鸞聲噦噦"。㊁皇帝之車有鑾鈴，因作車駕的代稱。唐李賀歌詩編二馬詩之二二："汗血到王家，隨鸞撼玉珂。"

【鑾坡】唐德宗時，嘗移學士院於金鑾坡上，後遂以鑾坡爲翰林院的別稱。宋王安石臨川集十六送鄆州知府宋諫議詩："綸掖清光注，鑾坡茂渥沾。"參閱宋葉夢得石林燕語五。

【鑾殿】金鑾殿之省。唐李中碧雲集中獻中書湯舍人詩："鑾殿對時親舜日，鯉庭過處策萊衣。"見"金鑾殿㊀"。

【鑾鈴】天子車鈴。晉崔豹古今注上輿服："禮記云，行前朱鳥，鸞也。前有鸞鳥，故謂之鸞，鸞口銜鈴，故謂之鑾鈴。今或爲鑾，或爲鸞，事一而義異也。"

【鑾駕】天子之車駕。亦用以指代天子。後漢書七十荀彧傳："今鑾駕旋軫，東京榛蕪，義士有存本之思，兆人懷感舊之哀。"三國志魏陳思王植傳陳審擧之義："若朝司惟良，萬機內理，武將行師，方難克弭，陛下可得雍容都城，何事勞動鑾駕，暴露於邊境哉！"

【鑾輿】同鑾駕。文選漢班孟堅(固)西都賦："於是乘鑾輿，備法駕，帥羣臣，披飛廉，入苑門。"

【鑾儀衛】官署名。清改明之錦衣衛爲鑾儀衛。掌乘輿供奉鹵簿儀仗之事。長官曰掌衛事大臣，下置鑾儀使，所屬有左、右、中、前、後五所及馴象所、旗手衛等。各置冠軍使、雲麾使以領之。清末改爲鑾輿衛。參閱清文獻通攷八六職官十武職。

二十畫

鑿 zuò ㄗㄨㄛˋ 在各切，入，鐸韻，從。昨木切，入，屋韻，從。

㊀穿木之具。莊子天道："桓公讀書於堂上，輪扁斲輪於堂下，釋椎鑿而上。"古亦爲刑具。漢書刑法志："中刑用刀鋸，其次用鑽鑿。"㊁打孔，穿通。詩豳風七月："二之日，鑿冰沖沖。"㊂開拓。見"鑿空"。

則落切，入，鐸韻，精。

㊃孔，穴道。周禮考工記輪人："量其鑿深，以爲輻廣。"漢書三六楚元王傳："其後牧兒亡羊，羊入其鑿。"㊄穿鑿附會。孟子離婁下："所惡於智者，爲其鑿也。"明方以智通雅疑始："許氏(慎)之說鑿矣。"㊅精米。左傳桓二年："粢食不鑿。"釋文："字林作糳，子決反。云米糲一斛，舂爲八斗。"㊆鮮明，確實。見"鑿₂鑿₂"。

【鑿行】改道而行。公羊傳成十三年："公如京師……其言自京師何？公鑿行也。公鑿行奈何？不敢過天子也。"注："鑿，猶更造之意。"

【鑿空】㊀開通道路。史記一二三張騫傳："於是西北國始通於漢矣，然張騫鑿空。"集解："蘇林曰：鑿，開；空，通也。騫開通西域道。"㊁捏造，憑空立論。新唐書刑法志周矩疏："比姦憸告訐，習以爲常。推劾之吏，以深刻爲功，鑿空争能，相矜以虐。"王直方詩話："山谷(黃庭堅)論詩文不可鑿空强作，待境而生，便自工耳。"(類說五七)

【鑿枘】㊀"圓鑿方枘"之略語。楚辭宋玉九辨："圜鑿而方枘兮，吾固知其鉏鋙而難入。"枘鑿本相入之物，後人沿用而去方圓二字，因以不相容爲鑿枘。唐劉知幾史通自敍："凡所著述，嘗欲行其舊議，而當時同作諸士及監修貴臣，每與其鑿枘相違，齟齬難入。"㊁鑿，榫卯；枘，榫頭；比喻投契，迎合。莊子在宥："吾未知聖知之不爲桁楊接槢也，仁義之不爲桎梏鑿枘也。"淮南子俶真："於是萬民乃始慲觟離跂，各欲行其知僞，以求鑿枘於世，而錯擇名利。"

【鑿契】卯眼，榫頭。文選晉干令升(寶)晉紀總論："如室斯構，而去其鑿契；如水斯積，而決其隄防；如火斯蓄，而離其薪燎也。"注："鑿契，簨也。"

【鑿培】鑿穿牆壁。淮南子齊俗："顏闔，魯君欲相之，而不肯，使人以幣先焉，鑿培而遁之。"注："培，屋後牆也。"也作"鑿坏"。漢書八七下揚雄傳解嘲："故士或自盛以橐，或鑿坏以遁。"

【鑿楮】紙錢。唐元和初，上都東市惡少李和子具鑿楮酹焚之，以賂冥吏。見唐段成式酉陽雜俎續集支諾皋上。

【鑿落】以鐫鏤金銀爲飾的酒盞。唐韓愈昌黎集八晚秋郾城夜會聯句："澤髮解兜牟，酡顏傾鑿落。"白居易長慶集五五送春詩："銀花鑿落從君勸，金屑琵琶爲我彈。"

【鑿齒】古傳說中之野人。山海經海外南經："羿與鑿齒戰於壽華之野。"注："鑿齒亦人也，齒如鑿，長五六尺。"或謂鑿齒係獸名。淮南子本經："猰貐、鑿齒，……皆爲民害。堯乃使羿誅鑿齒於疇華之野。"注："鑿齒，獸名。齒長三尺，其狀如鑿，下徹頷下，而持戈盾。"亦借指暴亂之徒。唐李白李太白詩五北上行："奔鯨夾黃河，鑿齒屯洛陽。"宋楊齊賢注："鑿齒，指安祿山；奔鯨，指史思明。"

【鑿竅】開竅。文苑英華五九八唐許敬宗謝勑書表："伏開瑶簡，等鑿竅而覩虹霓；載荷絲言，似假翼而騰雲漢。"語本莊子在宥。參見"鑿破渾沌"。

【鑿鑿】㊀鮮明。詩唐風揚之水："揚之水，白石鑿鑿。"㊁確實。宋蘇軾經進東坡文集五六鳧繹先生(顏太初)文集敍："先生之詩文皆有爲而作，精悍確苦，言必中當世之過，鑿鑿乎如五穀，必可以療飢；斷斷乎如藥石，必可以伐病。"聊齋志異段氏："言之鑿鑿，確可信據。"

【鑿𦟝斧】古兵器名。晉書輿服志："金根車建青旂十二，左將軍騎在左，右將軍騎在右，殿中將軍持鑿𦟝斧夾車。"按𦟝同"腦"，謂頂心。

【鑿空大使】宋桂州衙內都知兵馬使蔣剛，善迎合上官，剥兵刻民，誑妄詐欺，運以智數。時號鑿空大使，驚險三郎。見宋陶穀清異録幺麽。(說郛六一)

【鑿破渾沌】莊子應帝王："南海之帝爲儵，北海之帝爲忽，中央之帝爲渾沌。儵與忽時相與遇於渾沌之地，渾沌待之甚善。儵與忽謀報渾沌之德，曰：'人皆有七竅以視聽食息，此獨無有，嘗試鑿之。'日鑿一竅，七日而渾沌死。"本指違反自然，致成禍害。後用爲開通耳目、增人知識之義。

【鑿飲耕食】晉皇甫謐帝王世紀："(帝堯時)天下大和，百姓無事，有八十老人，擊壤于道。觀者歎曰：'大哉，帝之德也！'老人曰：'吾日出而作，日入而息，鑿井而飲，耕田而食，帝何力於我哉？'"南齊書王融傳上疏："臣亦遭逢，生此嘉運，鑿飲耕食，自幸唐年。"參見"擊壤㊀"。

【鑿楹納書】晏子春秋雜下："晏子病將死，鑿楹納書焉。謂其妻曰：楹語也，子壯而視之。"爲藏守以傳久遠之義。漢劉向說苑反質作"斷楹内書"。省爲"鑿楹"。藝文類聚五九南朝梁吳均邊城將詩之二："留書應鑿楹，傳功須勒社。"

【鑿壁偷光】舊題漢劉歆西京雜記二："匡衡字稚圭，勤學而無燭，隣舍有燭而不逮，衡乃穿壁引其光，以書映光而讀之。"後遂以鑿壁偷光爲家貧苦讀之典。唐駱賓王集一螢火賦："匪偷光於隣壁，寧假煇於陽燧。"文苑英華六三有唐獨孤鉉鑿壁偷光賦。

钀 niè 魚列切，入，薛韻，疑。
ㄋㄧㄝ 語訐切，入，月韻，疑。

馬勒旁鐵。即钀。見爾雅釋器。參閱急就篇三"靷靬靯鞲鞍钀鍚"唐顏師古注。

钁 jué 居縛切，入，藥韻，見。
ㄐㄩㄝ

大鋤。見說文。淮南子精神："今夫繇者揭钁臿，負籠土，鹽汗交流，喘息薄喉。"

二十一畫

钃 zhú 陟玉切，入，燭韻，知。
ㄓㄨˊ

斫。荀子榮辱："以君子與小人相賊害也，……是人也，所謂以狐父之戈钃牛矢也。"

長部

長 1. cháng 直良切，平，陽韻，澄。
ㄔㄤˊ

㊀短之反。兩線相較，贏者爲長。孟子滕文公上："布帛長短同，則賈相若。"㊁物體直徑之度曰長。周禮考工記桃氏："以其鉦之長，爲之甬長。"鉦長即鉦的直徑長度。㊂長久。詩大雅卷阿："爾受命長矣，茀祿爾康矣。"㊃遠。詩秦風蒹葭："遡洄從之，道阻且長。"㊄經常。詩商頌長發："濬哲維商，長發其祥。"㊅善，優。孟子公孫丑上："'敢問夫子惡乎長？'曰：'我知言，我善養吾浩然之氣。'"

2. zhǎng 知丈切，上，養韻，知。
ㄓㄤˇ

㊆幼之反，成人曰長。禮曲禮下："問國君之年，長，曰能從宗廟社稷之事矣；幼，曰未能從宗廟社稷之事也。"㊇年歲大。孟子告子上："鄉人長於伯兄一歲，則誰敬？"㊈行輩尊高者。書伊訓："立愛惟親，立敬惟長。"謂尊敬長輩。㊉列首位者。如長子、長孫。易乾："元者，善之長也；亨者，嘉之會也。"⑪位高者。書益稷："外薄四海，咸建五長。"⑫崇尚。漢書六十杜周傳附杜欽："今漢家承周秦之敝，宜抑文尚質，廢奢長儉，表實去僞。"注："長，謂崇貴之也。"⑬生長，增長。易泰："内君子而外小人，君子道長，小人道消也。"孟子公孫丑上："宋人有閔其苗之不長而揠之者，芒芒然歸，謂其人曰：'今日病矣，予助苗長矣。'"⑭撫養。詩小雅蓼莪："父兮生我，母兮鞠我，拊我畜我，長我育我。"

3. zhàng 直亮切，去，漾韻，澄。
ㄓㄤˋ

⑮多，餘。見"長$_3$物"。

【長入】唐代稱常在皇帝左右的伶人。唐崔令欽教坊記："諸家散樂，呼天子爲崖公，以歡喜爲蜆斗，以每日長在至尊左右爲長入。"宋王讜唐語林一政事上："(唐)崇因長入人許小客求教坊判官，久之未敢奏。一日過崇曰：'今日崖公甚蜆斗，欲爲弟奏請，沈吟未敢。'"

【長干】㊀地名。在今江蘇江寧縣境。文選晉左太沖(思)吳都賦："長干延屬，飛甍舛互。"劉淵林注："建鄴之南有山，其間平地，吏民居之，故號爲干，中有大長干、小長干，皆相屬，疑是居稱干也。"㊁曲名。唐人多以"長干"名篇，如崔顥有長干曲、李白有長干行等。參閱樂府詩集七二。

【長工】受地主富農長年雇用的貧苦農民。水滸四二："李逵道：'我只有一個老娘在家裏。我的哥哥，又在別人家裏做長工，如何養得我娘快樂。'"

【長才】高才，英才。晉書劉琨傳附劉輿："時稱越府有三才：潘滔大才，劉輿長才，裴邈清才。"唐杜甫杜工部草堂詩箋二十述古之三："經綸中興業，何代無長才。"

【長$_2$子】㊀子之長者，別於次子而言，古兼指男女。詩大雅大明："纘女維莘，長子維行。"傳："長子，長女也。"墨子節葬下："昔者越之東，有輆沭之國者，其長子生，則解而食之，謂之宜弟。"㊁縣名，屬山西省。春秋晉邑。晉人執衛石買於長子，即此。漢置縣，爲上黨郡治。北齊廢。隋開皇十八年重置。明清屬山西潞安府。見讀史方輿紀要四二潞安府。

【長上】武官名。唐制，兵部尚書選取驍勇材藝可任統領者，拔其尤者，目爲諸色長上。新唐書宰相世系表有尚輦直長上李善、左羽林軍長上周先少。資治通鑑一一〇晉隆安二年："(後燕主慕容)寶至乙連，長上段速骨、宋赤眉等因衆心之憚征役，遂作亂。"注："凡衛兵皆更番迭上；長上者，不番代也。唐官制，懷化執戟長上、歸德執戟長上，皆武散階，九品。長上之官尚矣。"

【長$_2$上】上司，謂有齒爵尊位之人。孟子梁惠王上："入以事其父兄，出以事其長上。"禮儒行："不慁君王，不累長上，不閔有司，故曰儒。"疏："長上，謂卿大夫。"

【長山】縣名。漢於陵縣，屬濟南郡。南朝宋僑置武强縣，隋改長山，以縣西南有長白山而名。明清皆屬山東濟南府。公元1956年併入鄒平縣，屬山東省。參閱太平寰宇記十九淄州、讀史方輿紀要三一濟南府。

【長勺】㊀地名，春秋屬魯。春秋莊十年："公敗齊師于長勺。"即此。故地在今山東曲阜縣境。㊁複姓。周初成王分魯侯伯禽以商民六族，其一曰長勺氏。見左傳定四年。

【長日】㊀指冬至節。冬至以後，日長一日，故曰長日。禮郊特牲："郊之祭也，迎長日之至也。"㊁謂夏日晝永。宋王讜唐語林二政事下："令狐綯進李遠爲杭州，上曰：'我聞李遠詩云：長日惟消一局棋，何以臨郡？'對曰：'詩人言不足有實也。'"

【長水】㊀水名。源出陝西藍田縣西北，流經長安東南。水經注十九渭水："(長水)出杜縣白鹿原，其水西北流，謂之荆溪。又西北左合狗枷川水……俗謂之滻水，非也。"漢有長水校尉，掌長水胡騎，即此水也。以避十六國後秦主姚萇諱，改曰荆溪。㊁地名。後魏爲南陝縣，西魏改爲長淵。唐諱淵改爲長水。元廢。故城在今河南洛寧縣。見讀史方輿紀要四八河南府盧氏縣。

【長$_2$公】 古人多以"長公"爲字，如漢夏侯勝韓延壽等，皆字長公，爲行次居長之意，猶排行爲二以下，字次公少公。故稱長兄亦曰長公。如稱蘇軾爲蘇長公。宋晁補之鷄肋集十五同魯直和普安院壁上蘇公詩:"龍蛇動屋壁，知有長公詩。"

【長汀】 縣名。屬福建省。晉新羅縣地，唐開元中析置。明清皆爲福建汀州府治。見寰宇通志四七汀州府。

【長$_2$主】 長公主的省稱。宋史二四八公主傳:"長主壽考如此，乃仁宗皇帝四十二年深仁厚澤，是以鍾慶於長主。"參見"長公主"。

【長平】 地名。1.戰國趙邑。北魏置平高縣，北齊改爲高平。秦白起大敗趙軍於此，坑降卒四十萬。其地有省冤谷，即白起坑趙卒處。舊名殺谷，唐玄宗過此，更名。故城在今山西高平縣西北。參閱嘉慶一統志一四五澤州府山川、古蹟。2.戰國魏地。漢置長平縣。漢武帝封衛青爲長平侯。故城在今河南西華縣東北。參閱讀史方輿紀要四七陳州、嘉慶一統志一九一陳州府古蹟。

【長功】 唐六典七工部尚書:"凡計功程者，夏三月與秋七月爲長功，冬三月與春正月爲短功，春之二月三月，秋之八月九月爲中功。"按此指以時日的長短定功。夏至日長，有至六十刻者，冬至日短，有止於四十刻者，故定功程以中功爲準，中功分爲十分，長功則加一分，短功則減一分。參閱宋李誡營造法式看詳。

【長世】 綿續久存。左傳僖十一年:"不敬，則禮不行；禮不行，則上下昏，何以長世？"國語周中:"上作事而徹，下能堪其任，所以爲令聞長世也。"

【長右】 山名，又爲獸名。山海經南山經:"長右之山無草木，多水，有獸焉。其狀如禺而四耳，其名長右，其音如吟，見則郡縣大水。"晉郭璞山海經圖贊長右彘:"長右四耳，厥狀如猴，實爲水祥，見則橫流。"廣韻舌作"長舌"。

【長$_2$史】 官名。秦置。漢相國、丞相，後漢太尉、司徒、司空、將軍府，各有長史。見漢書百官公卿表上、後漢書百官志一。其後，爲郡府官，掌兵馬。唐制，上州刺史別駕下，有長史一人，從五品。至清，親王府、郡王府置長史，理府事。見通志五六職官六、清朝通典三二職官十。

【長生】 謂長存不衰。老子:"天地所以能長且久者，以其不自生，故能長生。"莊子在宥:"无勞女形，无搖女精，乃可以長生。"

【長白】 山名。1.古不咸山，又名徒太山，亦名太白山，金時始稱長白山，省稱白山。爲在遼寧、吉林省東部和中朝邊境山地的總稱。爲松花江鴨綠江的分水嶺。參閱嘉慶一統志六七吉林山川。2.在山東鄒平縣。跨淄博市章丘縣界，周迴六十里，道書稱爲泰山之副嶽。山中雲氣長白，因名。隋大業七年，王薄擁衆據長白山，宋范仲淹幼年讀書長白山，皆指此。見讀史方輿紀要三一濟南府章邱縣。

【長句】 唐人以七言古詩爲長句。唐杜甫杜工部草堂詩箋九蘇端薛復筵簡薛華醉歌:"近來海內爲長句，汝與山東李白好。"皇甫湜皇甫持正集二顧況詩集序:"偏於逸歌長句，駿發踔厲，往往若穿天心，出月脇，意外驚人，語非尋常所能及。"

【長江】 我國第一大川。源出青海南境唐古拉山之沱沱河，曲折東南流。上游爲通天河。由通天河之直達門至四川宜賓市間，稱金沙江。宜賓至揚州間，始稱長江。揚州以下，舊稱揚子江。流經西藏四川雲南湖北湖南江西安徽江蘇等地，至上海吳淞口入海。入江之大川甚多，其著者爲四川之雅礱江、岷江、嘉陵江及湖北之漢水等。按江，古本爲此水專名，後它水亦稱江，乃成公名。其後因稱此水爲長江、大江以別之。參閱水經注江水。

【長安】 ㊀古都城。本秦離宮，漢高帝七年始都於此。惠帝三年更築長安城，城南爲南斗形，城北爲北斗形，故人呼爲斗城。前秦、前趙、後秦、西魏、北周、隋、唐均定都於此。故城在今陝西西安市西北。參閱元和郡縣志一京兆府上、讀史方輿紀要五三西安府。㊁戰國趙地。戰國策趙四:"趙氏求救於齊，齊曰:'必以長安君爲質，兵乃出。'"今地已無可考。㊂縣名，屬陝西省。本秦杜縣之長安鄉，秦始皇時成蟜封長安君，即此。漢高祖五年置縣。五代梁改曰大安。五代唐復爲長安，明清皆爲陝西西安府治。見太平寰宇記十二雍州、嘉慶一統志二二七西安府。㊃鎮名。在浙江海寧縣西北，舊爲運道所經，宋時築長安堰於此。宋德佑初，元伯顏軍至長安鎮，進屯皋亭山而宋亡，即此。見讀史方輿紀要九十杭州府海寧縣。㊄自秦至唐多建都於長安，因以長安爲帝都的通名。唐李白李太白詩二二金陵之一:"晉家南渡日，此地舊長安。"㊅唐武后年號。公元701—704年。

【長衣】 古稱喪服之中衣曰長衣。儀禮聘禮:"遭喪將命于大夫，主人長衣練冠以受。"疏:"長衣則與深衣同布，但袖長素純爲異。故云長衣。"參見"中衣㊀"。

【長$_2$老】 ㊀年高者之通稱。史記五帝紀太史公曰:"余嘗西至空桐，北過涿鹿，東漸於海，南浮江淮矣，至長老皆各往往稱黃帝堯舜之處，風教固殊焉，總之不離古文者近是。"㊁謂僧之年德俱高者。唐白居易長慶集十七閑意詩:"北省朋僚音信斷，東林長老往來頻。"景德傳燈録六禪門規式:"於是創意別立禪居，凡具道眼有可尊之德者，號曰長老。如西域道高臘長，呼須菩提等之謂也。"

【長$_2$吏】 ㊀吏秩之尊者。漢書景帝紀中元六年詔:"吏六百石以上，皆長吏也。"注引張晏:"長，大也。六百石，位大夫。"亦指縣吏之尊者。漢書百官公卿表上:"縣令、長，……皆有丞、尉，秩四百石至二百石，是爲長吏。"㊁泛指上級官長。三國志魏武帝紀建安十四年辛未令:"其令死者無基業不能自存者，縣官勿絕廩，長吏存卹撫循，以稱吾意。"

【長至】 ㊀夏至之別稱。禮月令仲夏之月:"是月也，日長至。"疏:"長至者，謂此月之時，日長之至極。太史漏刻，夏至晝漏六十五刻，夜漏三十五刻，是日長至也。"㊁自夏至後日漸短，自冬至後日又漸長，故冬至亦稱長至。太平御覽二八後魏崔浩女儀:"近古婦人，常以冬至日上履襪於舅姑，踐長至之義也。"唐白居易長慶集十三冬至宿楊梅館詩:"十一月中長至夜，三千里外遠行人。"

【長年】 長壽。管子中匡:"道血氣以求長年長心長德，此爲身也。"晉陸機陸士衡集三嘆逝賦:"嗟人生之短期，孰長年之能執。"

【長$_2$年】 ㊀老年人。淮南子說山:"文公棄荏席後黴黑，咎犯辭歸，故桑葉落而長年悲也。"漢劉向說苑貴德:"景公遊於壽宮，覩長年負薪而有飢色。"㊁船工。詳"長年三老"。

【長舌】 喻多言，亦指搬弄是非。詩大雅瞻卬:"婦有長舌，維厲之階。"箋:"長舌，喻多言語。"唐李覯李元賓集六晁錯論:"長舌交構。七國借誅錯之名，景帝無非常之見，而聽亂臣一說，乃斬錯不問。"

【長行】 古博戲名。唐李肇國史補下:"今之博戲，有長行最盛，其具有局有子，子有黃黑，有十五，擲采之骰有二。其法生于握槊，變于雙陸。」唐溫庭筠集集外詩南歌子之二：「井底點燈深燭伊，共郎長行莫圍棊。」

【長沙】㊀郡府名。秦置郡，因有「萬里沙祠」，故曰長沙。漢爲長沙國，其地域皆包今湖南全省。後漢復爲長沙郡，晉因之。明洪武五年改置長沙府，地僅湘江下游而已，清因之。公元 1913 年廢府。1933 年設市。參閱讀史方輿紀要八十長沙府。㊁縣名。屬湖南省。秦置臨湘縣，以地臨湘水爲名。爲長沙郡治。隋改長沙縣。清爲長沙府治。參閱讀史方輿紀要八十長沙府長沙縣。

【長社】地名。春秋鄭長葛地。漢置縣，屬潁川郡。始因其社中樹暴長而名。東魏移治潁陰，改潁陰爲長社。明省。故治在今河南長葛縣境。參閱漢書地理志上、太平寰宇記七許州長社縣。

【長₂弟】㊀猶言兄友弟恭。引申爲仁愛之義。管子小匡：「於子之屬，有居處爲義好學，聰明質仁，慈孝於父母，長弟聞於鄉里者，有則以告。」逸周書謚法：「愛民長弟曰恭。」㊁猶言先後。國語吳：「夫諸侯無二君，而周無二王。君若無卑天子以干其不祥，而曰吳公。孤敢不順從君命，長弟許諾。」注：「長，先也；弟，後也。」㊀㊁參閱清王念孫讀書雜志逸周書三。

【長坂】地名。在湖北當陽縣東北。坂，又作「阪」。漢獻帝建安十三年曹操將精騎一日夜行三百里，追及劉備於當陽長坂，即此。見三國志蜀先主傳、張飛傳。參見「當陽㊁」。

【長技】擅長之技藝。管子明法解：「明主操術任臣下，使羣臣效其智能，進其長技。」漢書四九鼂錯傳上言兵事疏：「匈奴之長技三，中國之長技五。」

【長₂君】㊀古稱年長之君主曰長君。左傳文六年：「靈公少，晉人以難故，欲立長君。」又哀六年：「少君不可以訪，是以求長君。」㊁稱人之長兄。漢書五四蘇建傳附蘇武：「(李陵)因謂武曰：『……前長君爲奉車，從至雍棫陽宮，扶輦下除。』」長君，即武兄嘉。

【長告】長假。見「長休告」。

【長狄】春秋時狄族之一支。或傳爲防風氏之後。形體高大。春秋時侵魯衛諸國，以致滅種。左傳文十一年：「十月，甲午，敗狄于鹹，獲長狄僑如。富父終甥摏其喉，以戈殺之。」注：「蓋長三丈。」狄亦作「翟」。國語魯下：「客曰：『防風氏何守也？』仲尼曰：『汪芒氏之君也，守封、嵎之山者也，爲漆姓。在虞、夏、商爲汪芒氏，於周爲長翟，今爲大人。』」山海經大荒北經、史記孔子世家、說苑辨物作釐姓。

【長河】㊀大河。南朝宋鮑照鮑氏集八冬至詩：「長河結蘭紆，層冰如玉岸。」唐王維王右丞集九使至塞上詩：「大漠孤烟直，長河落日圓。」㊁銀河，俗稱天河。文選南朝宋謝希逸(莊)月賦：「列宿掩縟，長河韜映。」

【長治】縣名。屬山西省。漢壺關縣，隋開皇中置爲上黨縣，明嘉靖七年改名長治。明清皆屬潞安府。公元 1945 年析置長治市。1958 年縣撤銷，1962 年又自長治市分置縣。參閱讀史方輿紀要四二潞安府。

【長₂官】㊀上官。管子禁藏：「吏不敢以長官威嚴危其命，民不以珠玉重寶犯其禁。」史記一一二主父偃傳上書：「周市舉魏，韓廣舉燕，窮山通谷豪士並起，不可勝載也。然皆非公侯之後，非長官之吏也。」也爲官吏的泛稱。唐元稹長慶集二四連昌宮詞：「長官清平太守好，揀選皆言由相公。」㊁官名。元時，以民匠提舉司所領地里闊遠，人户散處，於政不便，因酌遠近衆寡，於內蒙、燕、豫、齊、陝、甘等處，立長官司提領所，以分理之。其置於西南諸溪洞者，謂之蠻夷長官司，參用土人爲之。明清惟有蠻夷長官司，是爲土司，有長官副長官之別。參閱歷代職官表七二。

【長庚】金星的別名。亦名太白、啟明。以金星運行軌道所處方位不同而有長庚、啟明之別。昏見者爲長庚，旦見者爲啟明。詩小雅大東：「東有啟明，西有長庚。」

【長夜】㊀漫長之夜。荀子正名引詩：「長夜漫兮，永思騫兮。」史記八三鄒陽傳獄中上書「甯戚飯牛車下」集解引應劭：「齊桓公夜出迎客，而甯戚疾擊其牛角商歌曰：『……從昏飯牛薄夜半，長夜曼曼何時旦。』」亦指通宵、徹夜。列子楊朱：「(紂)肆情於傾宮，縱欲於長夜。」參見「長夜飲」。㊁謂人死長埋地下，處於永夜之中。三國魏曹植曹子建集五三良詩：「攬涕登君墓，臨穴仰天嘆。長夜何冥冥，一往不復還。」左傳襄十二年「若以大夫之靈，獲保首領，以殁於地，惟是春秋窀穸之事」晉杜預注：「窀，厚也；穸，夜也。厚夜，猶長夜。……長夜，謂葬埋。」

【長府】藏財貨的府庫。論語先進：「魯人爲長府。閔子騫曰：『仍舊貫，如之何，何必改作？』」注：「長府，藏名也。」

【長武】縣名，屬陝西省。北魏熙平二年置東陰盤縣，廢帝初改宜祿縣，明萬曆十一年改長武縣。見讀史方輿紀要五四西安府邠州。

【長₂者】㊀年長父兄之稱。孟子告子下：「徐行後長者，謂之弟；疾行先長者，謂之不弟。」禮曲禮上：「謀於長者，必操几杖以從之。」㊁貴顯者之稱。史記陳丞相世家：「負隨平至其家，家乃負郭窮巷，以弊席爲門，然門外多有長者車轍。」㊂謹厚者之稱。韓非子詭使：「重厚自尊，謂之長者。」史記高祖紀：「今項羽僄悍，今不可遣。獨沛公素寬大長者，可遣。」㊃佛經稱具備十德者爲長者。十德：謂姓貴、位高、大富、威猛、智深、年耆、行淨、禮備、上歎、下歸。見法華經三譬喻品。參閱清俞正燮癸巳類稿十一長者義。

【長門】漢宮名。竇太主獻長門園，武帝更名長門宮。時陳皇后失寵於武帝，別在長門宮，使人奉黃金百斤，令司馬相如爲長門賦，以悟主上，陳皇后復得親幸。見文選漢司馬長卿(相如)長門賦序。

【長岸】春秋時地名。左傳昭十七年：「吳伐楚，……戰於長岸。」即今安徽當塗縣東梁山，舊稱博望山。參見「博望㊀」。

【長₃物】剩餘之物。世說新語德行：「王恭從會稽還，王大(忱)看之。見其坐六尺簟，因語恭：『卿東來故應有此物，可以一領及我。』恭無言。大去後，即舉所坐者送之。既無餘席，便坐薦上。後大聞之，甚驚，曰：『吾本謂卿多，故求耳。』對曰：『丈人不悉恭，恭作人無長物。』」又見晉書王恭傳。

【長肱】長臂人。山海經海外南經「貫匈國在其東」晉郭璞注：「尸子曰：『四夷之民有貫匈者，有深目者，有長肱者，黃帝之德嘗致之。』」穆天子傳二：「天子乃封長肱于黑水之西河。」

【長₂使】漢女官名。漢書九七上外戚傳：「漢興，因秦之稱號，……又有美人、良人、八子、七子、長使、少使之號焉。」注：「長使、少使，主供使者。」又九七下孝元馮昭儀傳：「昭儀始爲長使，數月至美人，後五年就館生男，拜爲倢伃。」

【長征】遠行。常用於軍旅征戍。全唐詩六六郭震塞上：「久戍人將老，長征馬不肥。」又一四三王昌齡從軍行二首之一：「秦時明月漢時關，萬里長征人未還。」

【長洲】㊀縣名。唐武后萬歲通天元年置，以縣西南有長洲苑而名。明清爲江蘇蘇州府治，公元1912年併入吳縣。故城在今江蘇吳縣。參閱讀史方輿紀要二四蘇州府。㊁苑名。在江蘇吳縣西南。見"長洲苑"。

【長亭】秦漢十里置亭，亦謂之長亭，爲行人休憩及餞別之處。北周庾信庾子山集一哀江南賦："水毒秦涇，山高趙陘。十里五里，長亭短亭。"唐宋白孔六帖九館驛："十里一長亭，五里一短亭。"參見"十里長亭"。

【長冠】冠名。後漢書輿服志下："長冠，一曰齋冠，高七寸，廣三寸，促漆纚爲之，制如板，以竹爲裏。初，高祖微時，以竹皮爲之，謂之劉氏冠，楚冠制也。"參見"劉氏冠"。

【長₂祖】北史周宣帝紀："(帝)不聽人有高者大者之稱，諸姓高者改爲姜，九族稱高祖者爲長祖，曾祖爲次長祖。"

【長恨】猶言千古遺恨。文選漢揚子雲(雄)劇秦美新："所懷不章，長恨黃泉。"後漢書明德馬皇后紀："今雖已老，而復戒之在得，故日夜惕厲，思自降損，……欲瞑目之日，無所復恨，何意老志復不從哉？萬年之日長恨矣！"

【長春】㊀州名。遼置，金廢。故城在今吉林乾安縣北。見讀史方輿紀要十八直隸附考兀良哈廢泰州。㊁府名。清嘉慶五年置廳，光緒十五年升府。元公1913年改縣，1932年設市，屬吉林省。參閱清續文獻通考三〇七輿地三吉林省。㊂門名。文選晉左太沖(思)魏都賦："西闢延秋，東啟長春。"晉劉淵林注："端門之外，東有長春門。"㊃宮殿名。1.在今陝西大荔縣西北。新唐書高祖紀："(九月)甲子，次長春宮。"2.卽今北京白雲觀。元太祖深契丘處機，賜改所居曰長春宮。見元史二〇二丘處機傳。㊄花名。卽月季花，以逐月開花，四時不絕，故名。見廣羣芳譜四三花。

【長垣】㊀縣名，屬河南省。春秋時，衛之匡邑，戰國時屬魏，漢置縣，屬陳留郡。隋開皇十五年改匡城，以縣南有古匡城而名。宋建隆元年改爲鶴丘，後復稱長垣。清屬直隸大名府。參閱嘉慶一統志三五大名府一。㊁星名。紫微星的別名。北堂書鈔一五〇引天官星占："紫微者……一名長垣。"參見"紫微㊀"。

【長城】㊀見"萬里長城"。㊁春秋戰國時，各國亦多有長城。1.齊長城。管子輕重丁："長城之陽，魯也，長城之陰，齊也。"此齊之長城，沿河因泰山爲之。參閱竹書紀年下、史記六九蘇秦傳、後漢書郡國志三濟北國。2.魏長城。史記六九蘇秦傳："西有長城之界，北有河外、卷、衍、酸棗。"參閱竹書紀年下、後漢書郡國志一河南尹。3.楚長城。水經注三一潕水："盛弘之云：葉東界有故城，始犨縣，東至瀙水達比陽界，南北聯聯數百里，號爲方城，一謂之長城。"參閱清顧炎武京東考古錄考長城。㊂喻重要、堅固。南史檀道濟傳："道濟見收，憤怒氣盛……乃脫幘投地曰：'乃壞汝萬里長城！'"言可爲重倚。新唐書一九六秦系傳："權德輿曰：'(劉)長卿自以爲五言長城，系用偏師攻之，雖老益壯。'"言人不能勝。

【長星】彗星之屬。漢書文帝紀："有長星出于東方。"注："文穎曰：'孛、彗、長三星，其占略同，然其形象小異。……長星光芒有一直指，或竟天，或十丈，或三丈，或二丈，無常也。"世說新語雅量："太元末，長星見，孝武(司馬昌明)心甚惡之。夜華林園中飲酒，舉桮屬星云：'長星，勸爾一桮酒，自古何時有萬歲天子！'"

【長虹】㊀虹霓，其形長亘於天，故名。梁書張緬傳附張纘南征賦："界飛流於翠薄，耿長虹於青霄。"㊁形容拱形的長橋。唐張鷟朝野僉載五："趙州石橋甚工，……望之如初日出雲，長虹飲澗。"宋蘇軾分類東坡詩十一次韻周邠寄雁蕩山圖之二："東海獨來看出日，石橋先去踏長虹"。

【長秋】㊀宮名。後漢書明德馬皇后紀："永平三年春，有司奏立長秋宮。"注："皇后所居宮也。長者久也，秋者萬物成孰之初也，故以名焉。請立皇后，不敢指言，故以宮稱之。"後因以長秋指皇后。文館詞林六六六晉武帝立皇后大赦詔："是以選建長秋，正位中饋。"㊁官名。詳"大長秋"。

【長信】漢宮名。又官名。史記景帝紀中六年："更命……長信詹事爲長信少府。"三輔黃圖三："長信宮，漢太后常居之。……后宮在西，秋之象也，秋主信，故宮殿皆以長信長秋爲名。"參閱資治通鑑二四漢元平元年"遷(夏侯)勝長信少府"注。

【長紅】古時送官罷任以花枝掛綵謂之長紅。宋蘇軾分類東坡詩十六罷徐州往南京馬上走筆寄子由之二："父老何自來，花枝裊長紅。"見宋趙堯卿注。

【長泰】縣名。1.屬福建省。本泉州南安縣武勝場，五代南唐置長泰縣，屬泉州。宋太平興國五年改屬漳州。歷代相因。見寰宇通志四七漳州府。明清皆屬福建漳州府。2.遼置，金因之。其境內有長泰館。元廢。故城在今遼寧林西縣。見讀史方輿紀要十八直隸附考兀良哈臨潢城。

【長班】明清時官員隨身侍候的僕人。明沈德符萬曆野獲編二四畿輔京師名實相違："拜客則皆出長班授意，除赴朝會，謁貴要之外，遠近遲速，以及當求面，當到廳，當到門，導引指揮惟其所適。"史可法史忠正公集三家書十二："又與傅鶴汀一字，併銀六兩。可令的當長班送去，不可草率。"

【長夏】農曆六月稱長夏。素問六節藏象論："春勝長夏，長夏勝冬。"注："長夏者，六月也。"也泛指夏季。唐杜甫杜工部草堂詩箋十八江村："清江一曲抱村流，長夏江村事事幽。"

【長書】㊀戰國策之別名。漢劉向戰國策序："中書本號，或曰國策，或曰國事，或曰短長，或曰事語，或曰長書，或曰修書。臣向以爲戰國時游士輔所用之國，爲之策謀，宜爲戰國策。"㊁上王公尊官之書。宋趙昇朝野類要四文書萬言書："上進天子之書也。若上公侯，則名之曰長書。"

【長₂孫】複姓。漢書藝文志孝經有長孫氏說二篇，又八八儒林傳趙子傳有博士長孫順，治韓詩，受業於王吉。又北魏拓拔宏(孝文帝)以拓跋爲皇枝之長，改爲長孫氏。見魏書官氏志。

【長眠】喻人死。太平廣記三五四鄭郊："(鄭)過一塚……因駐馬吟曰：'塚上兩竿竹，風吹常裊裊。'久不能續，聞塚中言曰：'何不云：下有百年人，長眠不知曉。'"

【長恩】司書神名。缺名致虛閣雜俎："司書鬼曰長恩，除夕呼其名而祭之，鼠不敢嚙，蠹魚不生。"清莊肇麟藏書處名長恩書室，有長恩書室叢書甲乙二集。傅以禮有長恩閣叢書，所收皆爲有關晚明事跡之明清人著作。

【長乘】神名。山海經西山經："(嬴母之山)神長乘司之，是天之九德也。其神狀如人而犳尾。"晉郭璞山海經圖贊神長乘："九德之氣，是生長乘，人狀犳尾，其神則凝，妙物自潛，世無得稱。"

【長卿】蟹之別稱。晉崔豹古今注中魚蟲："蟚蜞，小蟹也，生海邊，食土，一名長卿。"干寶搜神記十三："蟛蜞，蟹也。嘗通夢於人，自稱長卿，今臨海人多以長卿呼之。"參閱唐劉燾樹萱録。

【長清】縣名，屬山東省。漢盧縣地。後魏嘗爲東太原郡治。隋開皇十四年置長清縣，因界内清水爲名。明清皆屬濟南府。參閱太平寰宇記十九齊州。

【長陵】㊀漢縣名。漢高帝十二年置陵，成帝時置縣，屬左馮翊。晉省。故城在今陝西咸陽市東北。參閱漢書成帝紀、地理志上。㊁陵名。1.漢高祖葬地。在渭水北，故址在今陝西咸陽市東北。見三輔黄圖六陵基。2.西魏文帝(元寶炬)葬地。在今陝西富平縣東南。見清顧炎武日知録二二歷代帝王陵寢。3. 明成祖(朱棣)葬地。在今北京市昌平縣北、天壽山南。見讀史方輿紀要十一昌平州天壽山。

【長蛇】㊀蛇名。山海經北山經："(大咸之山)有蛇名曰長蛇，其毛如彘豪，其音如鼓柝。"注："長百尋。今蝮蛇色似艾，綬文，文間有毛如豬鬐，此其類也。"㊁比喻凶惡的事物。見"封豕長蛇"。

【長笛】樂器。古篴漢初已亡，武帝時，丘仲因羌人之制，截竹爲之，名羌笛，本爲四孔，其後京房於後加一孔，以備五音，謂之長笛。文選有後漢馬融長笛賦。參閱文獻通考一三八樂十一竹之屬長笛。

【長脚】蜘蛛之一種。詩豳風東山"伊威在室，蠨蛸在户"唐孔穎達疏："蠨蛸、長踦，一名長脚。"又名長蚑。見晉崔豹古今注中魚蟲。

【長脛】傳説之國名。山海經大荒西經："西北海之外，赤水之東，有長脛之國。"淮南子地形有修股民，修股卽長脛。

【長₂進】謂學業進步。三國志吳張昭傳附張承："勤於長進，篤於物類，凡在庶幾之流，無不造門。"世説新語文學："支(遁)徐徐謂(王庶)曰：'身與君别多年，君義言了不長進！'"

【長揖】相見時，拱手自上而至極下以爲禮。史記九七酈生(食其)傳："沛公方倨牀，使兩女子洗足，而見酈生。酈生入，則長揖不拜。"後漢書八十趙壹傳："司徒袁逢受計，計吏數百人皆拜伏庭中，莫敢仰視，壹獨長揖而已。"

【長陽】縣名，屬湖北省。漢佷山縣，隋改長楊，以境内長楊溪而名。宋改楊字爲陽，歷代因之。見寰宇通志五三荆州府夷陵州。

【長圍】㊀行軍時合圍以攻敵。宋書臧質傳："初(拓跋)燾自廣陵北返，便悉力攻盱眙，……築長圍，一夜便合。"㊁長圩。宋書張邵傳："及至襄陽，築長圍，修立隄堰，開田數千頃，郡人賴之富贍。"

【長短】指是非、得失。史記一〇七魏其武安侯傳："上怒内史曰：'公平生數言魏其(竇嬰)、武安(田蚡)長短，今日廷論，局促效轅下駒，吾并斬若屬矣！'"三國志魏孫禮傳："禮與盧毓同郡時輩，而情好不睦。爲人雖互有長短，然名位略齊云。"

【長葛】縣名，屬河南省。春秋鄭長葛邑。春秋隱五年宋人伐鄭取長葛，卽此。漢置長社縣，屬潁州郡。隋改長葛縣，清屬河南許州。參閱讀史方輿紀要四七開封府許州。

【長楚】草名，别名羊桃、鬼桃、獼猴桃。爾雅釋草："長楚，銚芅。"注："今羊桃也，或曰鬼桃，葉似桃，華白，子如小麥，亦似桃。"詩作"萇楚"。參見"萇楚"、"羊桃"。

【長榆】塞名。故址在今内蒙托克托縣至陝西榆林縣北一帶。漢時廣樹榆林爲塞，故名。史記一一八淮南王傳："廣長榆，開朔方。"集解："如淳曰：廣謂拓大之也。長榆，塞名，王恢所謂'樹榆爲塞'。"水經注三河水："(諸次)水東逕榆林塞，世又謂之榆林山，卽漢書所謂榆溪舊塞者也，自溪西去悉榆柳之藪矣，緣歷沙陵屆龜兹縣西北，故謂廣長榆也。"

【長跪】直身而跪。古人席地而坐，坐時兩膝據地以臀部著足跟。跪則伸直腰股，以示莊重。戰國策魏四："秦王色撓，長跪而謝之。"史記留侯世家："良業爲取履，因長跪履之。"

【長鉟】兵器名，刀之一種。漢書高惠高后文功臣表："(隆慮克侯周竈)以長鉟都尉擊項籍，侯。"注："長鉟，長刃兵也，爲刀而劍形。史記作長鈹，鈹亦刀耳。"

【長腰】米名。形狹長，亦名箭子。宋蘇軾分類東坡詩十濂泉亭："勸君多揀長腰米，消破亭中萬斛泉。"宋趙次公注："長腰米，漢上米之絶好者。"宋陸游劍南詩稿七八書意之一："但有長腰吳下米，豈須細肋大官羊。"

【長漢】卽天河。文苑英華一五一唐虞世南詠日午奉和詩："高天淨秋色，長漢轉曦車。"唐楊炯楊盈川集一盂蘭盆賦："奮奮粲粲，焕焕爛爛，三光壯觀，若合璧連珠，耿耀於長漢。"

【長寧】㊀縣名。屬四川省。漢漢陽江陽縣地。唐置長寧州。宋政和間改置長寧軍。明改長寧縣。見讀史方輿紀要七十敍州府。㊁舊縣名。1.明置，屬贛州府。卽今江西尋烏縣。見讀史方輿紀要八八贛州府。2.明置，屬惠州府，卽今廣東新豐縣。見讀史方輿紀要一〇三惠州府。3.本漢臨羌縣地，晉析置長寧縣，因其境有長寧水，故名。北魏廢縣，稱長寧亭。故址在今青海西寧市長寧城。參閱水經注二河水、讀史方輿紀要六四西寧鎮。4.東晉置，爲長寧郡治。南朝宋時因與文帝陵同名，改爲永寧郡，而縣如故。隋郡廢，又改縣爲長林縣。故址在今湖北荆門縣。參閱讀史方輿紀要七七承天府荆門州。

【長壽】㊀長命。管子内業："平正擅匈，論治在心，此以長壽。"㊁縣名。屬四川省。秦枳縣地。唐置樂温縣，元明玉珍時改置長壽縣。明清皆屬重慶府。見讀史方輿紀要六九重慶府。㊂唐武后年號。公元692—694年。

【長翟】古北狄之一支，亦作"長狄"。見該條。

【長鳴】號筒。新唐書儀衛志下："大駕鹵簿鼓吹，分前後二部。……前部：掆鼓十二，夾金鉦十二，大鼓、長鳴皆百二十。"明方以智通雅三十樂舞："長鳴，今時之號通也。口圓而長如竹筩。一尺五寸，又有小柄，空管從筩中抽出吹之。……其始似葭管，後以銅作。"

【長箋】訓詁之書，採集衆説，而爲之會通辨正，以定一是，謂之長箋。明趙宧光有説文長箋、六書長箋。

【長調】唐人稱七字一句之歌詩爲長調，五字一句者爲短調。唐李賀歌詩編二申胡子觱篥歌序："申胡子……自稱學長調短調，久未知名。"又詞家有小令、中調、長調之説。九十一字以上爲長調。見詞律。

【長廣】縣名。漢置，屬琅邪郡，東漢屬東萊郡。晉武帝咸寧元年置長廣郡，縣屬之。隋廢郡及縣，更名膠水縣。故城在今山東萊陽縣東。參閱漢書地理志上琅邪郡、資治通鑑八六晉惠帝光熙元年注。

【長慶】唐李恒(穆宗)年號。公元821—824年。

【長殤】男女未成人而死者曰殤。年十九至十六歲爲長殤；年十五至十二歲爲中殤；年十一至八歲爲下殤。不滿八歲以下，皆爲無服之殤。見儀禮喪服。

【長隨】明代宦官受役於有權勢的太監，謂之長隨。明史三〇四何鼎傳："弘治初，爲長隨，上疏請革傳奉官。"後通稱雇用的僕役曰長隨。儒林外史二三："牛玉圃看了這話，便叫長隨叫了一隻草上飛往儀徵去。"

【長踦】蟲名。蜘蛛，喜蛛。爾雅釋蟲："蠨蛸，長踦。"注："小鼅鼄長脚者，俗呼爲喜子。"三國吳陸璣毛詩草木鳥獸蟲魚疏蠨蛸在户："蠨蛸長踦，亦名長脚，荆州河内人謂之喜母。"

【長鋏】長劍。戰國策齊四："(馮諼)倚柱彈其劍，歌曰：'長鋏歸來乎，食無魚！'"楚辭屈原九章涉江："帶長鋏之陸離兮，冠切雲之崔嵬。"注："長鋏，劍名也。其所握長劍，楚人名曰長鋏也。"

【長興】㊀縣名，屬浙江省。秦爲鄣縣地，漢爲烏程故鄣二縣地。晉太康三年分置長城縣，屬吳郡。五代吳越改長興縣。明初改長安縣，後復爲長興。見讀史方輿紀要九一湖州府長興縣。㊁五代後唐李嗣源(明宗)年號。公元930—933年。

【長編】編史者先輯各書所載與本書關係之事，按次排列，以爲作史材料，謂之長編。司馬光撰資治通鑑，先命其屬爲叢目，既成，乃修長編，然後删而成書。如唐長編有六百卷，今通鑑僅八十卷。其後李燾本司馬光意，撰成續資治通鑑長編五百二十卷。謙言不敢當續通鑑之名，故以長編爲題。

【長樂】㊀漢宫名。故址在陝西長安縣西北。本秦興樂宫，漢加增飾，七年宫成，因更名。周圍二十里，内有長信長秋諸殿，漢初爲朝會之所，其後爲太后所居，謂之東宫，又稱東朝。至唐尚存，天寶後廢。參閲三輔黄圖二漢宫、太平寰宇記二五雍州萬年縣。㊁縣名。1. 屬福建省。唐武德中析閩縣地置新寧縣，尋改長樂縣。明清皆屬福州府。見讀史方輿紀要九六福州府。2. 宋熙寧四年分興寧縣長樂鎮置。明屬惠州府，清屬嘉應州。公元1914年改五華縣，屬廣東省。3. 清雍正十三年置，屬宜昌府。公元1914年改五峰縣，屬湖北省。參閲嘉慶一統志三五〇宜昌府。㊂東晉列國後燕慕容盛(中宗)年號。公元399—401年。

【長嬴】夏天的别稱。爾雅釋天："春爲發生，夏爲長嬴。"也作"長贏"。北齊劉晝劉子履言："夏之得炎，炎不信，則草木不長；草木不長，則長嬴之德廢。"嬴，通盈。謂使草木長盈者爲夏，故稱夏爲長嬴。

【長轂】兵車。左傳昭五年："因其十家九縣，長轂九百，其餘四十縣，遺守四千，奮起武怒，以報其大耻。"晉書涼武昭王李玄盛傳述志賦："將建朱旗以啟路，驅長轂而迅征。"

【長頭】後漢賈逵，南朝梁范岫，皆博學多聞，人稱長頭。後漢書三六賈逵傳："自爲兒童，常在太學，不通人間事。身長八尺二寸，諸儒爲之語曰：'問事不休賈長頭。'"梁書范岫傳："南鄉范雲謂人曰：'諸君進止威儀，當問范長頭。'以岫多識前代舊事也。"後乃以長頭作博學者之通稱。宋陸游劍南詩稿四八秋晚寓歎詩："一端聊自慰，問事有長頭。"

【長橋】古跡名。在江蘇宜興城南。相傳晉周處斬蛟於此。宋時名荆溪橋。參閲讀史方輿紀要二五常州府宜興縣。參見"三害"。

【長曆】依曆法推算而求得千百年間之年月朔閏等之日曆，俗所謂萬年曆。晉杜預有春秋長曆。見晉書杜預傳。其後有如宋劉仲之劉氏輯術、清顧棟高之春秋朔閏表、汪日楨之長術輯要等，皆此類之書。

【長嘯】㊀禽獸悠長的鳴聲。史記一一七司馬相如傳上林賦："長嘯哀鳴，翩幡互經。"文選漢馬季長(融)長笛賦："山雞晨羣，壄雉晁雊，求偶鳴子，悲號長嘯。"㊁蹙口作聲。文選晉成公子安(綏)嘯賦："邈姱俗而遺身，乃慷慨而長嘯。"三國志蜀諸葛亮傳注引魏略："每晨夜從容，抱膝長嘯。"㊂鐘之别名。見明王志堅表異録六音樂。

【長錢】足陌之錢。抱朴子微旨："取人長錢，還人短陌，決放水火，以術害人，……凡有一事，輒是一罪。"足陌之數，歷代不同。隋書食貨志："及(梁)大同已後，……自破嶺以東，八十爲百，名曰東錢。江郢已上，七十爲百，名曰西錢。京師以九十爲百，名曰長錢。"此以九十爲陌。金史食貨志三："時民間以八十爲陌，謂之短錢；官用足陌，謂之長錢。"

【長₃錢】餘錢。史記一二九貨殖傳："欲長錢，取下穀，長石斗，取上種。"全唐詩五八四段成式柔卿解籍戲呈飛卿之二："未有長錢求鄴錦，且令裁取一團嬌。"

【長齋】终年素食。抱朴子雜應："又乘蹻須長齋，絶葷菜，斷血食。"世説新語棲逸"郗尚書與謝居士善"注引檀道鸞續晉陽秋："(謝敷)崇信釋氏，初入太平山中十餘年，以長齋供飲爲業，招引同事，化納不倦。"

【長檄】長牒。後漢書安帝紀永初元年詔："若欲歸本郡，在所爲封長檄；不欲，勿强。"注："長檄，猶今之長牒也。"元張憲玉笥集二匡復府詩："駱生長檄魏生謀，大義精忠照千古。"

【長爵】卽高爵。漢書四八賈誼傳陳政事："今西邊北邊之郡，雖有長爵不輕得復，五尺以上不輕得息。"注："張晏曰：長爵，高爵也。雖受高爵之賞，猶將禦寇，不得復除逸豫也。"

【長離】㊀靈鳥名。漢書五七下司馬相如傳大人賦："左玄冥而右黔雷兮，前長離而後矞皇。"注："長離，靈鳥也。"宋沈括夢溪筆談七象數一："四方取象蒼龍，白虎，朱雀，龜蛇。唯朱雀莫知何物，但謂鳥而朱者，羽族赤而翔上，集必附木，此火之象也。或謂之長離，蓋云離方之長耳，或云鳥卽鳳也，故謂之鳳鳥。"㊁水名。在甘肅秦安縣。水經注十七渭水："瓦亭水又南逕成紀縣東，歷長離川，謂之長離水。"漢建安十九年夏侯淵進軍長離，破韓遂之兵，卽此。

【長麗】靈鳥名。卽"長離"。漢書禮樂志郊祀歌天地："長麗前掞，光耀明。"參見"長離㊀"。

【長蹻】卽今之高蹺。宋書武三王(劉)義恭傳："公主王妃……正冬會不得鐸舞、杯柈舞。長蹻、透狹……升五案，自非正冬會奏舞曲，不得舞。"舊唐書音樂志二："梁有長蹻伎、擲倒伎、跳劍伎、吞劍伎，今並存。"蹻，亦作"趫"。魏書樂志："(天興)六年冬，詔太樂、總章、鼓吹增修雜伎，造五兵、角觝、……長趫，緣橦，跳丸，五案以備百戲。"

【長鯨】卽鯨魚。因其身巨長，故稱。文選晉左太沖(思)吳都賦："於是乎長鯨吞航，修鯢吐浪。"喻人之豪飲亦稱長鯨。唐杜甫杜工部草堂詩箋二飲中八僊歌："飲如長鯨吸百川，銜盃樂聖稱世賢。"

【長蘆】地名，在今河北滄縣。漢爲參户縣地，北周置長蘆縣，蓋以水旁多蘆葦得名。唐爲景州治所，宋熙寧四年省爲鎮，屬清池縣。明初置長蘆轉運司。清置長蘆鹽運使，其後鹽運使移駐天津，而猶仍長蘆之名。參閲讀史方輿紀要十三滄州長蘆廢縣。

【長鬚】漢王褒僮約有髯奴便了。見古文苑十七。後亦以長鬚指男僕。宋曾鞏元豐類稿五移守江西先寄潘延之節推詩："長鬚幸未阻誨存，下榻應容拜臨辱。"又李石方舟集一王晦叔許惠歙硯作詩迫之："試遣長鬚來，拜賜君已許。"

【長鑱】農具名，用於翻土。唐杜甫杜工部草堂詩箋十七乾元中寓居同谷縣作歌之二："長鑱長鑱白木柄，我生託子以爲命。"元王禎農書十三長鑱："長鑱，踏田器也。……柄長三尺餘，後偃而曲，上有橫木如拐，以兩手按之，用足踏其鑱柄後跟，其鋒入土。」

【長鬣】美鬚髯。左傳昭七年：「楚子享公于新臺，使長鬣者相。」北齊書許惇傳：「惇美鬚髯，下垂至帶，省中號爲長鬣公。」

【長十八】牽牛花的別名。元詩選迺賢金臺集塞上曲之三：「忽見一枝長十八，折來簪在帽簷邊。」又貢師泰玩齋集灤河曲詩之二：「忽見草間長十八，衆人分插帽檐前。」參閱清韓泰華無事爲福齋隨筆下。

【長山島】在山東蓬萊縣北三十里，形狀若馬鬣，古時凡海道至登州，不得入水城者，必於此駐泊。明時軍士在島上屯田。見嘉慶一統志一七三登州府。

【長$_2$公主】帝之姊妹稱長公主。漢書昭帝紀：「帝姊鄂邑公主，益湯沐邑，爲長公主，共養省中。」注：「帝之姊妹則稱長公主，儀比諸王。」宋高承事物紀原一天地生植長主：「蔡邕曰：『漢帝女爲公主，姊妹爲長公主。』職林曰：『漢制皇女皆封縣公主，儀服同列侯，其尊崇者，加號長公主，儀服同藩王……建武十五年，光武封武陽公主爲長公主，即尊崇之制云。宋朝但帝姊妹乃封長公主。』」

【長生花】花名，入藥。初學記二十南朝梁吳均採藥大布山詩：「九莖日澗照，三葉長生花。」唐段成式酉陽雜俎一禮異：「北朝婦人常以冬至日進履韈及鞾，正月，進箕帚長生花。」又名長命花。北周庾信庾子山集六題結綫袋子詩：「一寸同心縷，千年長命花。」

【長生果】落花生之別名。清趙學敏本草綱目拾遺七落花生：「落花生一名長生果，蔓生園中，花謝時，其中心有絲垂入地結實，故名。」參見「落花生」。

【長生庫】典當之所。以可以源源生利而稱。續高僧傳五釋僧旻傳：「旻因捨什物嚫施，擬立大堂，慮未周用，付庫生長，傳付後僧。」宋陸游老學庵筆記六：「今僧寺輒作庫質錢取利，謂之長生庫。至爲鄙惡。予按梁甄彬嘗以束苧就長沙寺庫質錢，後贖苧還，於苧束中得金五兩，送還之，則此事亦已久矣。」

【長生草】草名。宋宋祁益都方物略記長生草：「色與柏類，苒苒其莖，冬不甚黃，故謂長生。」注：「山陰蕨地，多有之，修莖茸葉，色似檜柏而澤，經冬不凋損，故號長生。」

【長生院】唐時帝王之寢殿。又名長生殿。舊唐書一七三陳夷行傳：「陳夷行字周道，……(大和)八年，兼充皇太子侍讀，詔五日一度入長生院侍太子講經。」資治通鑑二〇七長安四年：「太后寢疾，居長生院。」元胡三省注：「長生院，即長生殿。明年五王誅二張(易之、昌宗)，進至太后所寢長生殿，同此處也。」參閱「長生殿」。

【長生殿】㊀唐代殿名。唐白居易長慶集十二長恨歌：「七月七日長生殿，夜半無人私語時。」資治通鑑二〇七長安四年「太后寢疾，居長生院」元胡三省注：「蓋唐寢殿皆謂之長生殿。此武后寢疾之長生殿，洛陽宮寢殿也。肅宗大漸，越王係授甲長生殿，長安大明宮之寢殿也。」玄宗長生殿於天寶元年造，在華清宮，名爲集靈臺，以祀神。見唐會要三十華清宮。㊁傳奇名。清洪昇撰。演唐明皇與楊貴妃故事。本名沈香亭。後去李白，入李泌輔肅宗事，更名舞霓裳，後乃合用唐人小說王妃歸蓬萊，明皇遊月宮諸事，專寫釵盒情緣，名之曰長生殿。參閱曲海總目題要十五。

【長生樹】樹名。舊題漢劉歆西京雜記一：「初修上林苑……千年長生樹十株，萬年長生樹十株。」晉陸翽鄴中記：「石虎種雙長生樹，根生于屋下，枝葉交于棟上，是先種樹後立屋，安玉盤容十斛于二樹之間。」

【長江集】唐賈島撰，十卷，錄詩三百七十餘首。島曾爲僧，名無本，後返初服，舉進士不第。文宗時坐誹謗，責授長江主簿，因名其集曰長江集。集中五言最多，以清奇古僻見著，爲宋代四靈及江湖派詩人所宗奉。

【長安志】宋宋敏求撰，二十卷。考訂長安古蹟，以唐韋述西京記疏略不備，因博採羣籍，參校成書。凡城郭、官府、山川、道里、津梁、郵驛以至風俗、物產、宮室、寺院，無不備載，其坊市曲折及唐盛時士大夫第宅所在，皆列舉其處。

【長耳公】唐武宗爲潁王時，邸園蓄禽獸之可人者以備十玩，並繪十玩圖。鶴爲九皐處士，白鷴爲玄素先生，雞爲長鳴都尉，驢爲長耳公。見宋陶穀清異錄上靈壽子。五代王定保唐摭言十五條流進士：「咸通中，上以進士車服僭差，不許乘馬。時場中不減千人，雖勢可熱手，亦皆跨長耳。」

【長名牓】歷敍其名於榜，循資銓補，謂之長名牓。唐封演封氏聞見記三銓曹：「高宗龍翔之後，以不堪任職者衆，遂出長牓，放之冬集，俗謂之長名。」新唐書選舉志下：「高宗總章二年，司列少常伯裴行儉始設長命牓，引銓注法，復定州縣升降爲八等，其三京、五府、都護、都督府，悉有差次，量官資授之。」通典十五選舉三作「長名姓歷榜」。參閱新唐書一〇八裴行儉傳、二〇六楊國忠傳。

【長休告】官吏長期去職休假。漢書七四丙吉傳：「及居相位，上寬大，好禮讓。掾史有罪臧，不稱職，輒予長休告，終無所案驗。」注：「長給休假，令其去職也。」省作「長告」。唐白居易長慶集六十祭弟文：「今已請長告，或求分司，即擬移家，盡居洛下。」

【長夜飲】竟夜飲酒。韓非子說林上：「紂爲長夜之飲。」史記七七魏公子傳：「公子自知再以毀廢，乃謝病不朝，與賓客爲長夜飲。」參閱宋陸游老學庵筆記四。

【長門怨】樂府楚調名。樂府詩集四二長門怨：「樂府解題曰：『長門怨者，爲陳皇后作也。后退居長門宮，愁悶悲思，聞司馬相如工文章，奉黃金百斤，令爲解愁之辭，相如爲作長門賦，帝見而傷之，復得親幸，後人因其賦而爲長門怨也。』」樂府詩集著錄梁柳惲、唐徐賢妃以下共二十四篇，二十八首。

【長明燈】燃燈供佛前，晝夜不滅，故謂長明。唐劉禹錫劉夢得集四謝寺雙檜詩：「長明燈是前朝焰，曾照青青年少時。」

【長命針】古代民俗，繡彩絲祈求健康長命。舊題漢劉歆西京雜記三：「八月四日出雕房北户，竹下圍碁，勝者終年有福，負者終年疾病，取絲縷就北辰星，求長命，乃免。」北周庾信庾子山集三夜聽擣衣詩：「並結連枝縷，雙穿長命針。」

【長命縷】舊俗端午節結成各種形狀用以避邪的五彩帶。又名百索。南朝梁宗懍荊楚歲時記：「以五綵絲繫臂，名曰辟兵，令人不病瘟……按：仲夏繭始出，婦人染練，咸有作務日月星辰鳥獸之狀，文繡金縷，貢獻所尊，一名長命縷，一名續命縷，一名辟兵繒，一名五色絲，一名朱索。」唐代故事，宮中常於端午日以所結長命縷賜諸臣。唐張說張說之集二端午三殿侍宴詩：「願齎長命縷，來續大恩餘。」

【長$_3$物志】明文震亨撰。二十卷，分室廬、花木、水石、禽魚、書畫、几榻、器具、位置、衣飾、舟車、蔬果、香茗十二類。其曰長物，蓋取世說中王恭之語。震亨爲徵明之曾孫，世以書畫擅名，見聞既廣，故所言收藏賞鑒諸法，亦有條理。

【長洲苑】古苑名，在今江蘇吳縣太湖北。漢書五一枚乘傳說吳王："修治上林，雜以離宮，積聚玩好，圈守禽獸，不如長洲之苑；游曲臺，臨上路，不如朝夕之池。"文選晉左太沖(思)吳都賦："造姑蘇之高臺，臨四遠而特建。帶朝夕之濬池，佩長洲之茂苑。"參閱元和郡縣志二五蘇州。

【長恨歌】詩篇名，唐白居易作。採取民間故事傳聞，諷詠唐玄宗寵幸楊貴妃事。末有"天長地久有時盡，此恨綿綿無盡期"之句。居易友人陳鴻爲之作傳。詩見長慶集十二，又附陳鴻長恨歌傳。

【長春節】宋趙匡胤(太祖)二月十六日生。既建宋王朝，建隆元年以是日爲長春節。見宋史禮志十五聖節。

【長相思】樂府篇名。古詩多用長相思三字，如文選古詩十九首"上言長相思"、"著以長相思"、"行人難久留，各言長相思"之類是。梁張率始以此三字爲句發端。陳後主及徐陵江總輩，襲其調，唐李白等亦有仿作。見樂府詩集六九、明胡震亨唐音癸籤。

【長桑君】古良醫扁鵲之師。扁鵲少時，爲人舍長，舍客長桑君過，扁鵲常謹遇之，長桑君乃以懷中藥與扁鵲，並以禁方盡與之。扁鵲飲藥三十日，洞見垣一方人，以此視病，盡見五臟癥結。見史記一〇五扁鵲傳。

【長借馬】唐代學士初入翰林院，賜馬一匹，謂之長借馬。見唐李肇翰林志。

【長短句】詞曲之異名。魏晉唐郊廟歌，多四字爲句，唐人詞曲多五七言爲句，如楊柳枝曲之類。宋人則煩促相宜，長短互用，因有長短句之名。宋陸游老學庵筆記八："賀方回(鑄)……喜校書，朱黃未嘗去手，詩文皆高，不獨工長短句也。"參閱宋程大昌演繁露六長短句。

【長短詩】長短句之詩。詩經三百篇中間有用長短句者，如"山有榛，隰有苓"，至漢而益多。漢郊祀歌安世房中歌我定曆數一章中四言七言三言並用。其後多沿用成爲詩體之一。見清趙翼陔餘叢考二三長短詩。

【長短經】唐趙蕤撰，九卷。蕤博學經世，書中皆談王霸經權的要略，辨析時勢。注文頗詳，多引古書，蓋蕤自爲之。漢劉向序戰國策稱"或曰短長"，故以長短名其書。新唐書藝文志雜家著錄作長短術。

【長楊宮】漢行宮名，因宮有長楊樹而名。故址在今陝西周至縣(本作盩厔)東南。三輔黃圖一宮："長楊宮，在今盩厔縣東南三十里，本秦舊宮，至漢修飾之，以備行幸，宮中有垂楊數畝，因爲宮名。"漢揚雄有長楊賦。

【長歌行】樂府篇名。文選古辭長歌行題注："(崔豹)古今注曰：'長歌言壽命長短，定分不妄求也。……'古詩曰：'長歌正激烈'，傅玄豔歌行曰：'咄！來，長歌續短歌'。然則歌聲有長短，非言壽命也。"參閱唐吳兢樂府古題要解上長歌行。

【長鳴雞】鳴聲悠長之雞。漢書六三武五子傳昌邑哀王髆："(子)賀到濟陽，求長鳴雞。"舊題漢劉歆西京雜記四："成帝時，交趾越巂獻長鳴雞伺晨雞，即下漏驗之，晷刻無差。雞長鳴則一食頃不絕，長距善鬭。"

【長慶集】書名。唐元稹、白居易俱以詩文聞名於當世。因其集成於長慶改元之初，故名長慶集，後之所作，則編爲續集，並沿用其名。今通行者有元氏長慶集六十卷，補遺六卷，白氏長慶集七十一卷。元氏集今存商務印書館四部叢刊本爲六十卷，包括詩五百二十一首。白氏集爲居易生前自編，首尾最爲完整，共收詩三千六百餘篇。元白之詩，體格相類，亦稱長慶體。參閱四庫提要集部別集類。

【長樂老】五代馮道一生仕唐晉漢周四朝，相六帝，因自號長樂老，著長樂老自敍，文中陳己更事四姓及自契丹所得階勳官爵。見新、舊五代史馮道傳、宋馬永易實賓錄六長樂老。

【長樂花】草花名。又名紫花。蜀地稱爲月月紅。藝文類聚八一晉傅玄紫花賦序："紫華一名長樂華。舊生於蜀。"唐文粹六蘇頲長樂花賦序："蜀太守庭際有紫華草，秋中始繁英露洗，冬旱尚直本霜封，……吏或告余曰：'此長虞所賦蜀長樂花也。'"長虞，傅玄字。參閱明曹學佺蜀中廣記六一方物記三草。

【長興集】宋沈括撰，原本殘缺，僅存十九卷，而無詩。括博物冠一時，不以文著。然文亦宏贍淹雅，具有典則。

【長龍船】清咸同間水師之船，仿廣西船式。其制小於快蟹，載礮六，旁設短槳各八，二十二人駕駛，哨官領之。參閱清會典事例七一二兵部軍器。

【長史變歌】樂府吳歌曲名。爲晉司徒左長史王廞兵敗所制。見宋書樂志一。

【長生久視】謂生命長久。老子："有國之母，可以長久，是謂深根固柢，長生久視之道。"荀子榮辱："孝弟原愨，軥錄疾力，以敦比其事業，而不敢怠傲，是庶人之所以取煖衣飽食，長生久視，以免於刑戮也。"

【長江天塹】歷史上南北分裂時期，長江往往成爲天然阻隔，故謂之天塹。南史孔範傳："隋師將濟江，羣官請爲備防，(施)文慶沮壞之，後主未決。範奏曰：'長江天塹，古來限隔，虜軍豈能飛度？'"

【長₂年三老】船上使篙和掌舵的船工。唐杜甫杜工部草堂詩箋二三撥悶："長年三老遙憐汝，捩柁開頭捷有神。"又二八夔州歌十絕之六："長年三老長歌裏，白晝攤錢高浪中。"注："峽人以船頭把篙相道者曰長年，正梢者曰三老。"

【長言短言】指語氣的緩或促。公羊傳莊二八年："春秋伐者爲客，伐者爲主"漢何休注："伐人者爲客，讀伐長言之，齊人語也；見伐者爲主，讀伐短言之，齊人語也。"

【長尾先生】鱟魚之別稱。鱟形如覆釜，長尾，雌常負雄而行。宋毛勝水族加恩簿典醬大夫："令長尾先先，惟吳越人以謂用先生治醬，華夏無敵。"注："鱟名長尾先生。"

【長治久安】漢書四八賈誼傳上疏陳政事："建久安之勢，成長治之業，以承祖廟。"後言長治久安，本此。

【長₂者家兒】權勢家子弟。後漢書二四馬援傳："謂友人謁者杜愔曰：'吾受厚恩，年迫餘日索，常恐不得死國事。今獲所願，甘心瞑目，但畏長者家兒或在左右，或與從事，殊難得調，介介獨惡是耳。'"

【長枕大被】北堂書鈔一三四漢蔡邕協初賦："長枕橫施，大被竟牀。"唐玄宗爲太子時篤於兄弟之情，嘗製長枕大被，與兄弟共處，見舊唐書九五讓皇帝憲傳、宋王讜唐語林一德行。後用長枕大被爲兄弟友愛歡聚之典。清佟世思鮓魚序："家弟偉夫，筮仕恩平，去家七千里，音書間阻，至終歲不得一達，長枕大被，寧復容易乎！"

【長林豐草】深林草野之所。多指隱者所居之處。三國魏嵇康嵇中散集二與山巨源絕交書："又讀莊老，重增其放，故使榮進之心日頹，任實之情轉篤，此由禽鹿，少見馴育，則服從教制，長而見羈，則狂顧頓纓，赴蹈湯火，雖飾以金鑣，饗以嘉肴，逾思長林而志在豐草也。"金史趙質傳："召之行殿，固辭曰：'臣僻性野逸，志在長林豐草，金鑣玉絡，非所願也。'"

【長命富貴】長壽而貴顯。舊唐書九六姚崇傳戒子孫："(佛)經云：'求長命得長命，求富貴得富貴。'……比來緣精進得富貴長命者爲誰？"明闕名輯錢譜古文錢："董逌曰：'又有所謂異錢，雖不見于傳記，然制作之近古者，今錄之，如李唐鑄撒帳錢，其文有曰'長命富貴'、'金玉滿堂'。"（說郛八四）

【長風破浪】比喻志趣遠大。宋書宗慤傳："慤年少時，（叔）炳問其志，慤曰：'願乘長風破萬里浪。'"唐李白李太白詩三行路難之一："長風破浪會有時，直掛雲帆濟滄海。"

【長流參軍】官名。帝王世紀記少昊崩，其神降長流之山，於祀主秋，秋官司寇，主刑罰，故以秋帝所居爲名。晉宋以後，始爲參軍，職務亦不限於刑獄捕賊，成爲軍府及三公的屬官。如晉桓脩（晉書檀憑之傳）、南朝宋羅文昌、顏師伯（宋書蕭思話傳、顏師伯傳），北魏郭季方、裴夷吾（魏書郭祚傳、裴延儁傳）俱爲長流參軍；梁鄭紹叔、劉坦（梁書本傳）皆以中兵參軍領長流。通典二〇職官二總敍三師三公以下屬官："（南齊）凡公督府置佐長史司馬各一人，諮議參軍二人。諸曹有錄事、功曹、記室、戶曹、倉曹、中直兵、外兵、騎兵、長流、賊曹、城、局、法曹、田曹、水曹、鎧曹、集曹、右戶十八曹。局曹以上署正參軍，法曹以下署行參軍各一人。……小府無長流，置禁防參軍。"參閱北齊顏之推顏氏家訓書證。

【長袖善舞】喻事有憑藉則易爲功。韓非子五蠹："鄙諺曰：'長袖善舞，多錢善賈。'此言多資之易爲工也。"

【長₂孫無忌】唐洛陽人，字輔機。博涉文史，有謀略。李淵（高祖）起兵，授渭北道行軍典籤。從李世民（太宗）定天下，以功第一遷吏部尚書，封齊國公，又徙趙國公、太子太師，圖畫凌煙閣。太宗疾篤，無忌與褚遂良受遺令輔政。高宗（李治）卽位，進授太尉，兼修國史。高宗欲立武氏爲后。無忌屢言不可，武后銜恨之。許敬宗承武氏旨誣無忌謀反，削爵流黔州，自殺。嘗與修隋書志，奉敕撰唐律疏議。新、舊唐書皆有傳。

【長髯主簿】羊的別稱。見晉崔豹古今注中鳥獸（初學記二九）。本亦作"髯鬚主簿"。

【長慮顧後】瞻前顧後作長遠的考慮。荀子榮辱："彼固天下之大慮也，將爲天下生民之屬，長慮顧後而保萬世也。"也作"長慮卻顧"。宋史四〇七張虙傳上疏："凡祖宗長慮卻顧，所以銷惡運、遏亂原，兢兢相與守之者，皆變於目前利便快意之謀矣。"

【長頸鳥喙】春秋時，越王勾踐以范蠡文種爲謀主而滅吳。功成之後，范蠡引退，離越至齊，並遺書文種曰："越王爲人長頸鳥喙，可與共患難，不可與共樂。子何不去？"見史記越王勾踐世家。

【長安有狹斜行】樂府篇名。卽相逢行。古辭有以"長安有狹斜"爲首句者，故以名篇。晉陸機、南朝宋謝惠連等人有擬作。見樂府詩集三五長安有狹斜行。參見"相逢行"。

【長安居大不易】唐白居易未冠，以文謁顧況，況睹姓名，熟視曰："長安米貴，居大不易。"乃披卷讀其芳草詩，至"野火燒不盡，春風吹又生"，嘆曰："吾謂斯文遂絕，今復得子矣！前言戲之耳。"見宋尤袤全唐詩話二白居易。

【長江後浪推前浪】言世界生息不已，如江水之前後相接。宋劉斧青瑣高議前集七孫氏記："我聞古人之詩曰：長江後浪推前浪，浮世新人換舊人。"永樂大典戲文張協狀元："長江後浪推前浪，一替新人趲舊人。"

二畫

镹 kūn ㄎㄨㄣ

同"髡"。見下。

【镹屯】醜貌。淮南子說山："镹屯犂牛，既犐以⿰牛隋，決鼻而羈。生子而犧，尸祝齋戒，以沈諸河。"注："镹屯，醜牛貌。犂牛，不純色。犐，無角。⿰牛隋，無尾。"一本作"髡屯"。

四畫

镺 ǎo 烏晧切，上，晧韻，影。
ㄠ 烏到切，去，号韻，影。

長貌。廣雅釋詁："镺，長也。"

【镺䠬】長貌。文子上仁："先王之法，不掩羣而取镺䠬。"

【镺蔓】盛長貌。文選晉左太沖（思）吳都賦："爾乃地勢坱圠，卉木镺蔓，遭藪爲圃，值林爲苑。"唐呂向注："卉木镺蔓，言草木盛長而蔓延。"

五畫

镻 dié 徒結切，入，屑韻，定。
ㄉㄧㄝˊ

毒蛇名。爾雅釋魚："镻，蝁。"注："蝮屬，大眼，最有毒，今淮南人呼蝁子。"

八畫

镼 qū 正字通 渠勿切，音屈。
ㄑㄩ

婦人半臂服。後漢書光武帝紀上更始元年："時三輔吏士東迎更始，見諸將過，皆冠幘，而服婦人衣，諸于繡镼，莫不笑之。"注："字書無'镼'字，續漢書作'⿰衤屈'，音其物反。揚雄方言曰：'襜褕，其短者，自關之西謂之⿰衤充⿰衤屈。'郭璞注云：'俗名⿰衤屈掖。'據此，卽是諸于上加繡⿰衤屈，如今之半臂也。"唐段成式酉陽雜俎前集九盜俠作"䯴"。

十畫

⿰镸差 jiē 子邪切，平，麻韻，精。
ㄐㄧㄝ

長歎。爾雅釋詁："嗟、咨，⿰镸差也。"疏："皆歎也。"同"嗟"。見集韻。

【⿰镸差丘】丘陵名。山海經海外東經⿰镸差丘："⿰镸差丘，爰有遺玉、青馬、視肉、楊桃、甘柤、甘華、甘果所生，在東海。兩山夾丘，上有樹木。一曰嗟丘。"淮南子地形作"華丘"。

門部

門 mén 莫奔切，平，魂韻，明。
ㄇㄣˊ

㈠建築物的出入口。易繫辭下："重門擊柝，以待暴客。"按古門與戶有別，一扇曰戶，兩扇曰門；又在堂室曰戶，在宅區域曰門。見唐釋玄應一切經音義戶扇。引申爲凡關塞要口皆曰門，如玉門、雁門、虎門、江門等。㈡攻門或守門。左傳襄十年："庚午，圍宋，門於桐門。"此言攻門。公羊傳宣六年："勇士入其大門，則無人門焉。"此言守門。㈢喻入門的途徑、關鍵。易繫辭上："成性存存，道義之門。"疏："謂易與道義爲門戶也。"淮南子原道："百事有所出，而獨知守其門。"㈣家族門第。商君書壹言："私勞不顯於國，私門不請於君。”史記七五孟嘗君傳:“(田)文聞將門必有將,相門必有相。”㊄家門。論語先進:“由之瑟,奚爲於丘之門?”亦指自成門户之宗派、集團。如佛教徒稱佛門,權勢之家稱權門。㊅類別。後漢書儒林傳贊:“斯文未陵,亦各有承。塗分流别,專門並興。”舊唐書一六五柳仲郢傳:“九經三史一鈔,魏晉以來南北史再鈔,手鈔分門三十卷,號柳氏自備。”㊆姓。北魏有叱門氏,後改爲門氏。見魏書官氏志。

【門人】㊀弟子。論語里仁:“子出,門人問曰,‘何謂也?’曾子曰:‘夫子之道,忠恕而已矣。’”古代弟子門人無别,至後漢時公卿自多教授聚徒,親受業者爲弟子,轉相傳授者爲門人。參閲清閻若璩四書釋地三續弟子門人(清經解本)。㊁即門客。戰國策齊三:“見孟嘗君門人公孫戍曰:‘臣,郢之登徒也。’”㊂守門者。公羊傳襄二九年:“閽弑吴子餘祭。閽者何?門人也。”

【門下】㊀門庭之下。戰國策齊四:“齊人有馮煖者,貧乏不能自存,使人屬孟嘗君,願寄食門下。”也指弟子或食客。淮南子道應:“公孫龍顧謂弟子曰:‘門下故有能呼者乎?’”此指弟子。史記七十張儀傳:“已而楚相亡璧,門下意張儀。”此指食客。㊁官名。南齊呼侍中爲門下,呼黄門侍郎爲小門下。見南齊書百官志侍中。又爲門下省之略稱。宋張淏雲谷雜記門下:“門下省掌管詔令。令詔之首必冠以‘門下’二字,此蓋自唐已然。”㊂對長官的敬稱。宋朱熹朱文公集二六與江東陳帥書:“不審高明,何以處此?熹則竊爲門下憂之,而未敢以爲賀也。”

【門士】守門的士卒。後漢書六八郭太傳附庾乘:“庾乘字世遊,潁川鄢陵人也。少給事縣廷爲門士。”

【門子】㊀卿大夫的嫡子。左傳襄九年:“將盟,鄭六卿……及其大夫門子,皆從鄭伯。”周禮春官小宗伯:“其正室皆謂之門子,掌其政令。”注:“正室,適子也,將代父當門者也。”㊁指門生、門客等。韓非子亡徵:“羣臣爲學,門子好辯,可亡也。”㊂守門之人。舊唐書一七四李德裕傳:“吐蕃潛將婦人嫁與此州(維州)門子,二十年後,兩男長成,竊開壘門,引兵夜入,因兹陷没。”明湯顯祖牡丹亭腐歎:“天下秀才窮到底,學中門子老成精。”參閲清顧炎武日知録二四門子。

【門斗】㊀官學中的僕役。門子和斗級的合稱。教官有學田,供役者,以司門兼司倉,故稱門斗。儒林外史三三:“自你去的第二日,巡撫一個差官同天長縣的一個門斗,拿了一角文書來尋,我回他不在家。”參閲清顧張思土風録十七門子門斗。㊁指門楣上貼横額處。紅樓夢八:“便伸手拉着晴雯的手,同看門斗上新寫的三個字。”

【門户】㊀房屋牆院出入之處。墨子備城門:“諸門户皆令鑿而幕孔。”引申爲關鍵、途徑。淮南子人間:“是故智慮者禍福之門户也。”㊁猶言家。三國志蜀張裔傳:“少與犍爲楊恭友善,恭早死,……恭之子息長大,爲之娶婦,買田宅產業,使立門户。”玉臺新詠一隴西行:“健婦持門户,勝一大丈夫。”㊂猶言門第。世説新語賢媛:“絡秀語伯仁(周顗)等:‘我所以屈節爲汝家作妾,門户計耳!’”南史何點傳:“點明目秀眉,容貌方雅,真素通美,不以門户自矜。”㊃謂樹朋黨者曰立門户,又私其一家言者,謂之門户之見。新唐書一〇三韋雲起傳:“大業初,改謁者,建言今朝廷多山東人,自作門户,附下罔上,爲朋黨。”㊄指妓院。見“門户人家”。

【門夫】唐時州縣無守衛軍人之處,登十八以上中男及殘疾者,守城門及倉庫門,謂之門夫。見新唐書食貨志五。參閲通典三五職官十七禄秩。

【門牙】宋朱熹朱文公集二六與江西張帥劄子:“咫尺門牙,無緣進謁。”將帥於帳前植立的牙旗,指將帥之門。

【門尹】司門之官。國語周中:“敵國賓至,……卿出郊勞,門尹除門。”注:“門尹,司門也。”莊子則陽:“湯得其司御門尹登恒,爲之傅之。”

【門中】㊀謂家族内。南齊書王僧虔傳誡子書:“于時王家門中,優者則龍鳳,劣者猶虎豹,失蔭之後,豈龍虎之議?”㊁稱族中死者。北齊顔之推顔氏家訓風操:“言及先人,理當感慕。……感辱祖父,若没,言須及者,則斂容肅坐,稱大門中;世父、叔父則稱從兄弟門中;兄弟則稱亡者子某門中;各以其尊卑輕重,爲容色之節,皆變於常。”

【門市】國門與司市。周禮地官司關:“掌國貨之節,以聯門市。”注:“貨節謂商本所發司市之璽節也。自外來者,則案其節而書其貨之多少,通之國門,國門通之司市;自内出者,司市爲之璽節,通之國門,國門通之關門,參相聯以檢猾商。”

【門正】掌門關啟閉之節及出入門者。資治通鑑一七四南朝陳太建十二年:“陳王純時鎮齊州,(楊)堅使門正上士崔彭徵之。”

【門功】謂祖先之功勳。唐韓愈昌黎集三三殿中少監馬君墓誌:“生四歲,以門功拜太子舍人。”元史一八〇趙世延傳:“父黑梓,以門功襲父元帥職,兼文州吐蕃萬户達魯花赤。”

【門包】指賄賂守門者之財物。清顧炎武日知録十三閽人:“後漢書梁冀傳:冀、壽共乘輦車遊觀,第内鳴鐘吹管,或連繼日夜,客到門不得通,皆請謝門者,門者累千金。今日所謂門包,殆昉於此。”

【門冬】草名。即麥門冬。宋蘇軾分類東坡詩二五睡起聞米元章冒熱到冬園送麥門冬飲子:“開心暖胃門冬飲,知是東坡手自煎。”參見“麥門冬”。

【門生】㊀漢時特指再傳弟子。後漢書三六賈逵傳:“皆拜逵所選弟子及門生爲千乘王國郎,朝夕受業黄門署,學者皆欣欣羨慕焉。”按漢代公卿多自教授,聚徒常數百人,其親授業者爲弟子,轉相傳授者爲門生。見宋歐陽修文忠集一三五集古録跋尾二後漢孔宙碑陰題名。後世門生與弟子無别。㊁門下使役之人。後漢書二九郅壽傳:“(竇)憲嘗使門生齎書詔詣壽,有所請託,壽即送詔獄。”六朝時仕宦者許各募部曲,謂之義從,其在門下親侍者,謂之門生。宋書徐湛之傳:“門生千餘人,皆三吴富人之子,姿質端妍,衣服鮮麗。”㊂科舉制度,自唐以來,貢舉之士以有司爲座主,而自稱門生。五代晉裴皞屢知貢舉,稱得士,宰相馬裔孫桑維翰皆其所取進士。後裔孫知貢舉,率新進士謁皞,皞喜賦詩,有“三主禮闈年八十,門生門下見門生”之句。見舊五代史本傳。歷代雖時有禁稱門生之令,但門生之名不廢。至清初嚴門户之禁,鄉試會試於座主皆不得稱門生,謁座師房師帖,衹書姓名,書啟則稱受業。參閲清顧炎武日知録十七座主門生、陸以湉冷廬雜識一受業。

【門吏】守門之吏。戰國策楚四:“汗明見春申君,……(春申君)召門吏,爲汗先生著客籍,五日一見。”史記九七酈食其傳:“好讀書,家貧落魄,爲里監門吏。”按私家所用守門人亦曰門吏。晉書郭璞傳:“會(趙)固所乘良馬死,固惜之,不接賓客。璞至,門吏不爲通。”

【門地】猶門第。世説新語假譎:“卻後少日,公(温嶠)報姑云:‘已見得壻處,門地粗可,壻身名宦,盡不減嶠。’”晉書王述傳:“人或謂之癡,司徒王導以門地辟爲中兵屬。」述曾祖昶，魏司空；祖湛，父承，爲晉世豪門。

【門匠】黄河三門峽導航之役夫曰門匠。門謂黄河中之三門山。新唐書食貨志三：「河中有山號『米堆』，運舟入三門，雇平陸人爲門匠，執標指麾，一舟百日乃能上，諺曰：『古無門匠墓。』謂皆溺死也。」

【門庇】猶言門蔭。唐韓愈昌黎集二七清河郡公房公墓碣銘：「公初爲吏，亦以門庇佐使于南。」參見「門蔭」。

【門牡】鎖門之鍵。漢書五行志中之上：「成帝元延元年正月，長安章城門門牡自亡，函谷關次門牡亦自亡。」

【門法】猶家法。唐張彦遠法書要録二南朝梁庾肩吾書品論：「子真俊才，門法不墜。」晉書吳隱之傳：「延之弟及子爲郡縣者，常以廉慎爲門法。」

【門官】守門之官。左傳僖二二年：「宋師敗績，公傷股，門官殲焉。」注：「門官，守門者，師行則在君左右。」魏書崔浩傳：「是時，有兔在後宫，驗問門官，無從得入。」

【門卒】守門之隸卒。漢書六七梅福傳：「其後，人有見福於會稽者，變名姓，爲吳市門卒云。」

【門者】㊀守門人。穀梁傳襄二九年：「閽賜吳子餘祭，閽，門者也，寺人也。」後漢書七十孔融傳：「融欲觀其人，故造（李）膺門。語門者曰：『我是李君通家子弟。』」㊁指監門吏。史記八九張耳陳餘傳：「秦詔書購求兩人，兩人亦反用門者以令里中。」

【門刺】卽名刺。宋歐陽修文忠集六六與郭秀才書：「僕昨以吏事至漢東，秀才見僕於叔父家，以啟事二篇偕門刺先進。」參見「名刺」。

【門帖】㊀卽門對。清錢陸燦列朝詩集小傳甲陶學士安：「國初，置翰林院，首召爲學士，御製門帖賜之，曰：『國朝謀略無雙士，翰苑文章第一家。』洪武元年，擢江西行中書省參知政事。」參見「門對」。㊁貼於門上的告白。南史庾杲之傳：「百姓那得家家題門帖賣宅？」

【門狀】㊀猶舊時之拜帖。古未有紙，削竹木以書姓名，故謂之刺；後以紙書，故謂之名紙。唐武宗朝李德裕爲相貴盛，人務加禮，改具銜候起居之狀，稱爲門狀。參閱唐李匡乂資暇集下門狀、宋孫光憲北夢瑣言九。㊁喪家將死者生卒年月及殯葬日期等，用素紙書寫，貼於門首，俗稱門狀。

【門客】㊀謂門下之食客。戰國策齊四：「孟嘗君曰：『食之，比門下之客。』」宋書戴法興傳：「法興與太宰（劉義恭）、顏（師伯）、柳（元景）一體，吸習往來，門客恒有數百，内外士庶，莫不畏服之。」㊁宋人稱塾師爲門客。宋陸游老學庵筆記三：「秦會之（檜）有十客：曹冠以教其孫，爲門客。」宋史選舉志二：「館于見任門下，曰『門客』。」

【門神】護門之神。禮喪大記「君釋菜」漢鄭玄注：「禮門神也。」此泛言門神。後世以人附會其事。漢書五三廣川王傳記漢廣川王去疾殿門有古勇士成慶畫像，短衣大絝長劍，爲門神之始。荊楚歲時記稱元旦日，繪二神貼户左右，披甲持鉞，左爲神荼，右爲鬱壘（類説六）。三教源流搜神大全七門神二將軍謂爲唐太宗時秦叔寶胡敬德像。參閱元陳元靚歲時廣記五繪門神、清俞樾茶香室續鈔十九門神之始。

【門祚】猶家世。文選晉李令伯（密）陳情表：「門衰祚薄，晚有兒息。」祚，福運。新唐書一六三柳玭傳家訓：「喪亂以來，門祚衰落，基構之重，屬於後生。」

【門限】卽門檻。古稱閾。禮曲禮上「大夫士出入君門，由闑右，不踐閾」漢鄭玄注：「閾，門限也。」唐韓愈昌黎集五贈張籍詩：「有兒雖甚憐，教示不免簡。君來好呼出，踉蹡越門限。」

【門冑】猶世系。宋書范曄傳：「曄素有閨庭論議，朝野所知，故門冑雖華，而國家不與姻娶。」

【門品】猶言門第。魏書韓麒麟傳附韓顯宗傳：「若欲爲治，陛下今日何爲專崇門品，不有拔才之詔？」新唐書一二二韋陟傳：「又自以門品可坐階三公，居常簡貴，視僚黨謷然。」

【門風】㊀家風。世説新語賞譽下「林下諸賢」注引晉中興書：「（阮）孚風韻疎誕，少有門風。」孚父咸，曾與竹林之遊，爲竹林七賢之一。㊁流派的風氣亦稱門風。景德傳燈録九洪州黄蘗希運禪師：「裴相國休鎮宛陵建大禪院，請師説法，……自爾黄蘗門風盛于江表矣。」北齊顏之推顏氏家訓風操：「又有臧逢世，臧嚴之子，篤學修行，不墜門風。」

【門庭】㊀門前之空地。周禮天官閽人：「掌埽門庭。」注：「門庭，門相當之地。」晉書劉兆傳：「安貧樂道，潛心著述，不出門庭數十年。」庭，也作「廷」。史記八七李斯傳：「李斯置酒於家，百官長皆前爲壽，門廷車騎以千數。」㊁喻至近。荀子非相：「妄人者，門庭之間猶可誣欺也，而況於千世之上乎。」

【門素】猶言門第。南齊書王融傳獄中辭狀：「囚憙頑蔽，觸行多愆，但夙忝門素，得奉教君子。」文選南朝梁沈休文（約）奏彈王源：「若乃交二族之和，辨伉合之義，……固宜本其門素，不相奪倫，使秦晉有匹，涇渭無舛。」

【門逕】門前之小路。唐杜甫杜工部詩史補遺十三畏人：「門逕從榛草，無心待馬蹄。」也指進入某種境界的路子。清鄭燮鄭板橋集三賀新郎徐青藤草書一卷詞：「只有文章書畫筆，無今無古獨逞，並無復自家門徑。」徑，同「逕」。

【門孫】門生的門生。明張元禎居翰林久，其門生之子又有出門下者，其人不敢稱門生，而通狀曰「門孫」。見明都穆都公談纂下。參閱清顧炎武亭林文集一生員論中。

【門候】門官。漢書六六蔡義傳：「以明經給事大將軍莫府，……數歲，遷補覆盎城門候。」注：「門候，主候時而開閉也。」後漢書二九鮑永傳「永以事劾（趙王）良大不敬」注引東觀記：「按良諸侯藩臣，蒙恩入侍，知（岑）尊帝城門候吏六百石，而肆意加怒，令叩頭都道，奔走馬頭前，無藩臣之禮，大不敬也。」

【門徒】㊀門弟子。漢王充論衡書解：「世儒……位最尊者爲博士，門徒聚衆，招會千里，身雖死亡，學傳於後。」㊁守門之吏。周禮地官司門「祭祀之牛牲繫焉，監門養之」漢鄭玄注：「監門，門徒。」㊂謂宗門之信徒。唐玄宗開元元年七月戊申制：「百官家多以僧尼道士等爲門徒往還，妻子等無所避忌。」（册府元龜一五九帝王部革弊一）

【門望】門族的資望。魏書韓顯宗傳上言：「今之州郡貢舉，徒有秀孝之名，而無秀孝之實，而朝廷但檢其門望，不復彈坐。……夫門望者，是其父祖之遺烈，亦何益於皇家。」

【門情】㊀猶言通家，世交。世説新語規箴：「元皇帝時廷尉張闓在小市居，私作都門，蚤閉晚開，羣小患之。……連名詣賀（循）訴。……張聞，卽毁門，自至方山迎賀。賀出見，辭之曰：『此不必見關，但與君門情，相爲惜之。』」㊁猶言門寵。宋書王僧達傳上解職表：「世蒙聖朝門情之顧，及在臣身，復荷殊識，義雖君臣，恩猶父子。」

【門尉】守門之官。漢書百官公卿表上：「宗正，秦官，掌親屬，有丞。平帝元始四年更名宗伯。屬官有都司空令丞，内官長丞。又諸公主家令、門尉皆屬焉。"漢劉向説苑尊賢:"宗衛相齊遇逐,罷歸舍,召門尉田饒等二十有七人而問焉。"

【門堂】門側之堂。亦以指家。周禮冬官匠人:"門堂三之二,室三之一。"藝文類聚五漢王粲大暑賦:"征夫瘁於原野,處者困於門堂。"

【門款】古代南方少數民族風俗,彼此歃血誓約,緩急相援,名曰門款。見宋朱輔溪蠻叢笑、洪邁容齋隨筆四筆十六渠陽蠻俗。

【門戟】官廟、官府以及顯貴之家門前所列之戟,以爲儀仗。唐白居易長慶集十八寄微之詩:"外物竟關身底事,謾排門戟繫腰章。"宋史輿服志二:"門戟,木爲之而無刃,門設架而列之,謂之棨戟。天子宫殿門左右各十二,應天數也。宗廟門亦如之。國學、文宣王廟、武成王廟亦賜焉,惟武成王廟左右各八。臣下則諸州公門設焉,私門則府第恩賜者許之。"

【門牌】㊀猶門榜。宋釋文瑩湘山野録中:"退傅張鄧公士遜,晚春乘安轝出南薰,繚繞都城,遊金明。抵暮,指宜秋而入,閽兵捧門牌請官位,退傅止書一闋於牌,云:'閒遊靈沼送春回,關吏何須苦見猜?八十衰翁無品秩,昔曾三到鳳池來。'"㊁户籍牌。清會典事例一五八户部户口:"順天府五城所屬村莊暨直省各州縣城市鄉村,每户由該地方官歲給門牌,書家長姓名生業,附注丁男名數,出註所往,入稽所來。"

【門誅】滿門誅戮。魏書釋老志詔:"自今以後,敢有事胡神及造形像泥人、銅人者,門誅。"

【門義】門生及義從。宋書殷琰傳:"琰素無部曲,門義不過數人,無以自立,受制於(杜)叔寶等。"南史王鎮之傳:"既居朝端,事多專決,内外要職,並用周旋門義,每與上爭用人。"

【門資】猶門第。晉書王沈傳釋時論:"故有朝賤而夕貴,先卷而後舒,當斯時也,豈計門資之高卑,論勢位之輕重乎!"

【門幹】守門之僕役。三國志魏司馬芝傳:"門下循行嘗疑門幹盜簪,幹辭不符,曹執爲獄。"循行,司巡察的小吏。晉書王忱傳:"(桓)玄嘗詣忱,通人未出,乘轝直進。忱對玄鞭門幹,玄怒,去之,忱亦不留。"

【門禁】宫門的禁令,以稽察出入。也指守衛,警戒。周禮天官閽人:"掌守王宫之中門之禁。"宋史輿服志六:"時神宗以京城門禁不嚴,素無符契,命樞密院約舊制,更造銅契,中刻魚形,以門名識之,分左右給納,以戒不虞,而啓閉之法密於舊矣。"

【門楣】門上橫梁;梁,門框上的橫木。唐白居易長慶集二和答詩十首和陽城驛詩:"改爲避賢驛,大署於門楣。"借指門第。白居易長慶集十二附陳鴻長恨歌傳:"(楊妃)叔父昆弟皆列位清貴,爵爲通侯,姊妹封國夫人。……故當時歌謡有云:'生女勿悲酸,生男勿喜歡。'又曰:'男不封侯女作妃,看女却爲門上楣。'"太平廣記四八六引末句作"君看女却爲門楣"。

【門閥】指祖先建立功勳者之家世。謂名門貴室。後漢書七八宦者傳論:"刑餘之醜,理謝全生,聲榮無暉於門閥,肌膚莫傳於來體。"新唐書一八二鄭肅傳附鄭仁表:"仁表累擢起居郎,嘗以門閥文章自高曰:'天瑞有五色雲,人瑞有鄭仁表。'"

【門業】世傳的職業。北齊顔之推顔氏家訓雜藝:"真草書迹,微須留意。……吾幼承門業,加性愛重,所見法書亦多,而翫習功夫頗至,遂不能佳者,良由無分故也。"南史文學傳論:"至若丘靈鞠等,或克荷門業,或夙懷慕尚,雖位有窮通,而名不可滅。"

【門鈴】舊時人家以繩繫鈴於門内,繩端達於門外。人在門外拉鈴,室内人即聞聲開門。其源甚古。唐翰林院有懸鈴,以代傳呼。張籍張司業集二和左司元郎中秋居詩之九:"初當授衣假,無吏挽門鈴。"又宋人江南餘載:"陳雍家置大鈴,署其旁曰:'無錢雇僕,客至請挽之。'"參閲清葉名灃橋西雜記門内繫鈴。

【門塾】指閭門兩側之堂,爲鄉里教化之所。詩周頌絲衣"自堂徂基"漢毛萇傳:"基,門塾之基。"釋文:"塾,音孰,門側堂也。"宋陳祥道禮書四九塾:"蓋古者合二十五家而爲之門塾,坐父師、少師於此,所以教之學也;坐里胥、鄰長於此,所以教之耕也。"

【門對】新春製吉祥語爲對聯,貼於門上,謂之門對。宋黄復休茅亭客話一蜀先兆:"先是,(五代)蜀主每歲除日,諸宫門各給桃符一對,俾題'元亨利貞'四字。時偶太子善書札,選本宫策勳府桃符,親自題曰'天垂餘慶,地接長春'八字,以爲詞翰之美也。"宋謂之春帖子,多用絶句,且必以對語朱箋書之。參閲清梁章鉅楹聯叢話一故事。

【門牓】㊀貼於門上的告白。全唐詩七九二段成式紅樓聯句:"壁詩傳謝客,門牓占休公。"㊁門上方之匾額。玉海三四紹興書宣聖殿牓引玉册:"十三年七月,御書宣聖殿及門牓,並曰'大成'。"

【門緒】家門的世系。文選南朝梁任彦昇(昉)爲卞彬謝脩卞忠貞墓啓:"臣門緒不昌,天道所昧,忠遘身危,孝積家禍。"陳書程靈洗傳附程文季詔:"纂承門緒,克荷家聲。……言念舊勞,傷兹廢絶,宜存廟食,無使餒而。"

【門蔭】藉祖先的功勳而得官,謂之門蔭。晉書范弘之傳上議:"(謝)石階藉門蔭,屢登崇顯,揔司百揆,翼贊三代。"蔭,也作"廕"。新唐書一七二杜兼傳附杜羔:"子中立,字無爲,以門廕歷太子通事舍人。"

【門衛】守門的警衛。漢書九九上王莽傳:"在中府外第,虎賁爲門衛,當出入者傳籍。"文選漢張平子(衡)西京賦:"後宫不移,樂不徙懸;門衛供帳,官以物辨。"

【門曆】即門牌。宋劉斧青瑣詩話:"張丞相士遜,慶曆年懇上封章,乞還政柄。方許還,第一日暫出遊近邑,惟一僕馭馬,一僕持傘。復歸,門吏訝其青蓋,詢之,乃取門曆書一絶云:'因思山去看山回,軟帽輕紗入御臺。門吏何須問張蓋,兩曾身到鳳池來。'"(委宛山堂本説郛八一)參見"門牌㊀"。

【門館】㊀指宫掖或内寢。後漢書八十下邊讓傳章華賦:"且垂精於萬機兮,夕回輦於門館。"㊁指門客所居之館舍。文選南朝梁沈休文(約)冬節後至丞相第詣世子車中詩:"廉公失權勢,門館有虚盈。"也指官署。唐杜牧樊川集十六上周相公啓:"伏以相公自數載以來,朝廷篤老,四海俊賢,皆因挈維,盡在門館,毗輔聖主,巍爲元勳。"㊂家塾,也借指塾師。元曲選喬夢符(吉)金錢記三:"你家這門館先生,自從我在學堂中一個月,不曾教我一句書。"又:"因咱年少失教訓,請個門館就家學。"

【門隸】猶門僕。莊子秋水:"故大人之行,……動不爲利,不賤門隸。"

【門闑】門框。史記楚世家:"使張儀南見楚王,謂楚王曰:'敝邑之王所甚説者無先大王,雖儀之所甚願爲門闑之廝者亦無先大王。'"漢王充論衡亂龍:"故今縣官斬桃爲人,立之户側,畫虎之形,著之門闑,……刻畫效象,冀以禦凶。"

【門牆】論語子張:"夫子之牆數仞,不得其門而入,不見宗廟之美,百官之富,得其門者或寡矣。"後來遂以門牆爲師門之稱。南朝梁陶弘景陶隱居集登真隱訣序:"屢見有人,得兩三卷書、五六條事,謂理盡紙,便入山修用,動積歲月,愈久昏迷,是未造門牆,何由眄其帷席。"清尹會一健餘先生尺牘一上朱高安先生書:"屬在門牆,職守繁維,不獲趨承函丈,中心耿耿,莫可名言。"

【門舊】謂高門舊德。魏書高祐崔挺傳史臣曰:"高祐學業優通,知名前世,儒俊之風,門舊不隕。"

【門籍】出入宮門的牒籍。史記一〇七竇嬰傳:"太后除竇嬰門籍,不得入朝請。"漢書元帝紀"得爲大父母父母兄弟通籍"注引漢應劭:"籍者,爲二尺竹牒,記其年紀名字物色,縣之宮門,案省相應,乃得入也。"

【門下士】㊀指門客。唐韓愈昌黎集五送陸暢歸江南詩:"我實門下士,力薄蚋與蚊。"㊁門生。宋蘇軾東坡集二四范文正公文集敍:"若獲掛名其文字中,以自托於門下士之末,豈非疇昔之願也哉!"

【門下坊】官署名。太子屬官,以比於門下省。始於北齊。置左庶子二人,內舍人四人,録事二人,主事令史四人,統司經、宮門、內直、典膳、藥藏、齋帥等六局。見隋書百官志下。唐龍朔中,改曰左春坊,屬官有左庶子、中允司議郎、左諭德、左贊善大夫、崇文館學士、校書郎、洗馬、文學、校書正字等。參閱明彭大翼山堂肆考商集六太子春坊。

【門下省】官署名。東漢曰侍中寺。晉時因其掌管門下衆事,始稱門下省。南北朝因之,與中書省、尚書省並立,侍中爲長官。隋承其制。唐龍朔二年改名東臺,咸亨初復舊稱,武則天臨朝,改爲鸞臺。神龍初復舊,開元元年改名黄門省,五年仍復舊稱。宋因之,元廢。門下省掌受天下之成事,審查詔令,駁正違失,受發通進奏狀,進請寶印等。其長官初名侍中,後又更名左相、黄門監等。參閱通典二一職官三、舊唐書職官志二門下省。

【門下掾】漢代州郡屬吏,由長官辟舉,總録門下衆事。後漢書十三公孫述傳:"後父仁爲河南都尉,而述補清水長。仁以述年少,遣門下掾隨之官。"注:"州郡有掾,皆自辟除之,常居門下,故以爲號。"

【門下督】將帥帳下都督。三國志蜀馬忠傳:"建興元年,丞相(諸葛)亮開府,以忠爲門下督。"晉書職官志:"驃騎已下及諸大將軍不開府非持節都督者,品秩第二,其禄與特進同。置長史、司馬各一,秩千石;主簿、功曹史、門下督、録事、……各一人。"

【門大夫】官名。太子東宮司門之官。史記一〇一鼂錯傳:"詔以爲太子舍人、門大夫、家令。"按,秦有太子門大夫。漢因之,員二人,職比郎將。魏因之。晉太子門大夫,准公車令,掌通牋表及宮門禁防。南朝宋因之。梁視同謁者、僕射。陳因之。北齊謂之門大夫坊,並統伶官。隋煬帝改爲宮門監。唐初爲宮門大夫,宮門局有監郎二人,丞二人,郎掌東宮殿門管鑰及啟閉之事,丞貳之。參閱通典三十職官十二太子庶子。

【門户事】晉孫盛作晉陽秋,記太和四年大司馬桓温北伐,前秦大敗温軍於枋頭。桓温見之,怒脅盛子曰:"枋頭誠爲失利,何至乃如尊君所説!若此史遂行,自是關君門户事。"其子乃請父删改其文。參閱晉書孫盛傳。

【門外人】資治通鑑二八三五代後晉天福七年"由是其國中宦者大盛"元胡三省注:"自劉龑之後,專任宦者,謂百官爲門外人。"門,指宮門。

【門外漢】外行的人。清徐枋居易堂集外詩文與楊明遠書之五:"如兄所委便不同,況又重之以先事大事耶?事固有輕重難易,非可一概作門外漢語也。"

【門闈學】周天子居明堂之禮。東南稱門,西北稱闈,周官有門闈之學。師氏居東門、南門,教國子以三德,守王門;保氏居西門、北門,教國子以六藝,守王闈。參閱後漢書祭祀志中"明堂、辟雍、靈臺未用事"注引漢蔡邕明堂論。

【門檻税】明萬曆年間,凡家中有大廳者,即加門檻税。後世稱大户爲有門檻人家,蓋本此。見清顧夔消夏閒記摘鈔下門檻税。

【門户人家】妓院。明薛近兗繡襦記傳奇生拆鴛鴦:"娘,雖則我門户人家,也要顧些仁義,惜些廉恥,何故這般狠毒,天不容地不載呵!"

【門不停賓】賓至即納,熱情待客之意。北齊顏之推顏氏家訓風操:"昔者周公一沐三握髮,一飯三吐餐,以接白屋之士,一日所見,七十餘人。晉文公以沐辭豎頭須,致有圖反之誚。門不停賓,古所貴也。"晉書王渾傳:"渾撫循羈旅,虛懷綏納,座無空席,門不停賓。"

【門可羅雀】門庭冷落,來客絶少,至能張羅捕雀。史記一二〇汲鄭傳太史公曰:"始翟公爲廷尉,賓客闐門;及廢,門外可設雀羅。"梁書到溉傳:"性又不好交游,……及卧疾家園,門可羅雀。"

【門生天子】唐僖宗崩,宦官楊復恭迎立壽王李曄爲帝(昭宗)。復恭恃功擅權,曄迫令致仕。復恭憤,與楊守亮書曰:"吾於荆榛中援立壽王,有如此負心門生天子,既得尊位,乃廢定策國老!"見舊唐書一八四楊復恭傳。

【門到户説】深入民間,使家家周知。晉書庾亮傳讓中書監疏:"雖陛下一相,明其愚款,朝士百僚,頗識其情,天下之人安可門到户説使皆坦然耶!"文選南朝梁任彥昇(昉)齊竟陵文宣王行狀:"舊惟淮海,今則神牧,編户殷阜,萌俗繁滋,不言之化,若門到户説矣。"

【門庭若市】喻出入門庭者衆多。戰國策齊一:"令初下,羣臣進諫,門庭若市。"

【門無雜賓】謂交友不苟。三國志吳劉繇傳"繇長子基"注引吳書:"諸弟敬憚,事之猶父,不妄交游,門無雜賓。"南史謝弘徽傳:"(謝)譓不妄交接,門無雜賓,有時獨醉,嘗曰:入吾室者,但有清風;對吾飲者,惟當明月。"

【門當户對】指門第相當。清平山堂話本快嘴李翠蓮記:"此地有一王媽媽,與二邊説合,門當户對,結爲姻眷。"元曲選缺名隔江鬬智一:"你把俺成婚作配何人氏,也則要,門當户對該如此。"

一畫

閂 shuān ㄕㄨㄢ

門閂。宋范成大桂海虞衡志雜志:"閂,門橫關也。"

二畫

閃 shǎn 失冉切,上,琰韻,審。ㄕㄢˇ 舒贍切,去,豔韻,審。

㊀自門內偷看。説文:"閃,闚頭門中也。"參見"闚閃"。㊁忽現忽隱或驟然一現。禮禮運"魚鮪不淰"漢鄭玄注:"淰之言閃也。"疏:"閃是忽有忽無。"俗稱閃電爲閃。參見"睒閃"。㊂拋撇。清平山堂話本錯認屍:"今日不想我閃得有家難奔,有國難投,如何是好?"古今雜劇元白樸唐明皇秋夜梧桐雨三:"妃子,閃殺寡人也呵。"㊃側身躲避。西遊記二:"他閃過,拿起那板大的鋼刀,望悟空劈頭就砍。"㊄姓。滇永昌(今雲南保山)回族多有之。見明楊慎希姓録三。

【閃失】意外的損失、事故。紅樓夢十五:"鳳姐因記罣着寶玉,……惟恐有閃失,因此命小廝來喚他。"

【閃多】梵語。漢語曰鬼。立世阿毘曇論云何品:"云何鬼道名曰閃多?閻摩羅王名閃多,故其生與王同類,故名閃多。復說此道與餘道往還,善惡相通,故名閃多。"

【閃屍】暫現貌。文選晉木玄虛(華)海賦:"天吳乍見而髣髴,蝄像暫曉而閃屍。"

【閃閃】光搖動貌。世說新語容止:"(裴楷)一旦有疾至困,惠帝使王夷甫(衍)往看,……王出,語人曰:'雙目閃閃若巖下電,精神挺動,體中故小惡。"此指目光。唐杜甫杜工部詩史補遺四望兜率寺:"霏霏雲氣重,閃閃浪花翻。"此指水光。元袁桷清容居士集十次韻李伯宗苦熱詩:"庭院無眠夜氣深,繁星閃閃漏沉沉。"此指星光。

【閃揄】逢迎諂媚。後漢書八十下趙壹傳刺世疾邪賦:"榮納由於閃揄,孰知辨其蚩妍!"注:"閃揄,傾佞之貌也。行傾佞者則享榮寵而見納用。揄音輸。"清王先謙集解引錢大昕:"閃揄猶言陝輸。曹大家女誡云:'動靜輕脫,視聽陝輸。'注:'陝輸,不定貌也。'集韻作'陝揄',揄從手旁。"

【閃電】喻疾速。隋書長孫晟傳:"聞其弓聲,謂爲霹靂;見其走馬,稱爲閃電。"

【閃鴉】閃光的鴉青色。宋葉適水心集八橘枝詞記永嘉風土之三:"鶴袖貂鞋巾閃鴉,吹簫打鼓趁年華。"

【閃鑠】光不定貌。藝文類聚七七南朝梁王僧孺中寺碑:"日流閃鑠,風度清鏘。"鑠,亦作"爍"。宋陸游劍南詩稿十五出塞曲:"鈴聲南來金閃爍,赦書已報絕沙漠。"今言語微露其意而又掩之,謂之閃鑠。

【閃刀紙】紙工裁紙時,一角折疊入紙中,因而漏裁者,謂之閃刀紙。也作藥用。見宋蘇易簡文房四譜四紙三、本草綱目三八器二紙。

【閃電牕】隋煬帝觀書處,牕戶玲瓏相望,金鋪玉觀,輝映溢目,號爲閃電牕。見舊題唐馮贄雲仙雜記十閃電牕引南部煙花記。

三 畫

閈 hàn 侯旰切,去,翰韻,匣。ㄏㄢˋ

㊀門。左傳襄三一年:"高其閈閎,厚其牆垣,以無憂客使。"文選晉左太沖(思)蜀都賦:"外則軌躅八達,里閈對出。"注:"閈,里門也。"㊁牆垣。文選漢張平子(衡)西京賦:"閈庭詭異,門千戶萬。"

閉 bì 博計切,去,霽韻,幫。ㄅㄧˋ 方結切,入,屑韻,幫。

㊀關門。左傳哀十五年:"門已閉矣。"引申爲閉塞,壅塞。國語晉四:"筮史占之,皆曰不吉,閉而不通,爻無爲也。"㊁阻絕。書大誥:"予不敢閉于天降威用。"㊂指門閂孔。禮月令孟冬之月:"修鍵閉,慎管籥。"注:"鍵,牡;閉,牝也。"㊃謂立秋立冬。左傳僖五年:"凡分、至、啟、閉,必書雲物。"注:"閉,立秋、立冬。"㊄襦之一種。呂氏春秋君守:"魯鄙人遺宋元王閉。"釋名釋衣服:"反閉,襦之小者也,卻向著之,領反於背,後閉其襟也。"㊅弓檠。正弓之器。通"柲"。以竹木片爲之,縛於弓弩上,防其折損變形。詩秦風小戎:"交韔二弓,竹閉緄縢。"傳:"閉,紲。"周禮考弓記弓人注引詩作"鞑",禮士喪禮、既夕禮注引詩作"柲"。

【閉心】息心絕欲。楚辭屈原九章橘頌:"閉心自慎,終不失過兮。"漢劉向說苑政理:"公儀休相魯,魯君死,左右請閉門。公儀休曰:'止!池淵吾不稅,蒙山吾不賦,苛令吾不布。吾已閉心矣,何閉於門哉?"

【閉戹】處境艱窘。後漢書六十何顒傳:"是時黨事起,天下多離其難,顒常私入洛陽,從(袁)紹計議。其窮困閉戹者,爲求援救,以濟其患;有被掩捕者,則廣設權計,使得逃隱,全免者甚衆。"

【閉房】停止房事。漢班固白虎通五行:"年六十閉房何法?法六月陽氣衰也。"又嫁娶:"男子六十閉房何?所以輔衰也。"

【閉淫】杜絕邪淫。史記樂書:"禮者,所以閉淫也。"正義:"言禮之所施於人,止邪淫過失也。"按禮樂記作"綴淫"。舊題漢班固漢武帝內傳:"上元夫人曰:……於是閉諸淫,養爾神。"

【閉蟄】指昆蟲冬眠。左傳桓五年:"凡祀,啓蟄而郊,……閉蟄而烝。"

【閉藏】收藏,閉塞。管子四時:"春嬴育,夏養長,秋聚收,冬閉藏。"禮月令仲冬之月:"塗闕廷門閭,築囹圄,此以助天地之閉藏也。"

【閉關】㊀閉塞關門。易復:"先王以至日閉關,商旅不行。"疏:"以二至之日,閉塞其關也,商旅不行於道路也。"戰國策秦二:"大王苟能閉關絕齊,臣請使秦王獻商於之地方六百里。"㊁閉門謝客。也指不爲塵事所擾。文選南朝宋顏延年(延之)五君詠劉參軍:"劉伶善閉關,懷情滅聞見。"唐李周翰注:"言伶懷情不發,以滅聞見,猶閉關却掃而無事也。"唐李白李太白詩二古風之四六:"獨有揚執戟,閉關草太玄。"㊂蟄伏。宋黃庭堅豫章集五謫居黔南詩之二:"冉冉歲華晚,昆蟲皆閉關。"

【閉糴】左傳僖十五年:"晉饑,秦輸之粟;秦饑,晉閉之糴。"言晉禁止輸出,使秦不能入粟。

【閉門羹】舊題唐馮贄雲仙雜記一迷香洞引常新錄:"史鳳,宣城妓也。待客以等差。……下列不相見,以閉門羹待之。"謂僅作羹待客而不與相見。後遂用爲拒客之喻。

【閉月羞花】形容女子容貌之美。古今雜劇元秦簡夫東堂老勸破家子弟一:"你抽身兒趓了,倣攀蟾折桂手,你敬閉月羞花貌。"雍熙樂府十八普天樂初見曲:"俏寃家,天生下,沈魚落雁,閉月羞花。"

【閉門却掃】謂不與外通。文選晉潘安仁(岳)寡婦賦"靜闔門以窮居兮"注引三國魏丁儀妻寡婦賦:"靜閉門以却掃,塊孤獨以窮居。"宋黃庭堅豫章集七戲簡朱公武劉邦直田子平詩之三:"爲親未葬走人門,閉門却掃不足論。"也作"閉關却掃"。文選南朝梁江文通(淹)恨賦:"閉關却掃,塞門不仕。"參見"杜門却掃"。

【閉門思過】有過失自作反省。亦作"閤門思過"、"閉門思愆"。漢書韓延壽傳:"民有昆弟相與訟田自言,延壽大傷之,……是日移病不聽事,因入臥傳舍,閉閤思過,一縣莫知所爲。"三國志蜀來敏傳注引諸葛亮集:"自謂能少敦厲薄俗,帥之以義,今既不能,表退職使閉門思愆。"宋徐鉉徐公文集三亞元舍人不替深知猥貽佳作三篇清絕不敢輕酬因爲長歌……詩:"閉門思過謝來客,知恩省分寬離憂。"

【閉門造車】古語有"閉門造車,出門合轍",原意謂凡按規格在家造車即可合轍。宋朱熹中庸或問三:"古語所謂'閉門造車,出門合轍',蓋言其法之同。"續傳燈錄二七端裕禪師:"一法不墮緣塵,萬法本無罣礙,……直饒恁麼,猶是閉門造車,未是出門合轍。"後來僅用"閉門造車"一句,轉爲指脫離實際,憑主觀想像處事。

【閉門塞竇】極言其防衛之嚴。宋史四三四蔡元定傳:"若有禍患,亦非閉門塞竇所能避也。"

四畫

閔 mǐn ㄇㄧㄣˇ 眉殞切,上,軫韻,明。

㊀憂患。詩邶風柏舟:"覯閔既多,受侮不少。"文選晉潘安仁(岳)楊仲武誄:"子之遘閔,曾未齔髫。"參見"閔凶"。㊁憐恤,哀傷。詩周頌閔予小子:"閔予小子,遭家不造,嬛嬛在疚。"孟子公孫丑上:"宋人有閔其苗之不長者,芒芒然歸。"㊂勉。書君奭:"予惟用閔于天越民。"參見"閔勉"。㊃昏昧。史記七九范雎傳:"(秦昭王)謝曰:'……竊閔然不敏,敬執賓主之禮。'"索隱引鄒誕曰:"閔猶昏闇也。"㊄姓。見廣韻。左傳有魯大夫閔子馬。孔子弟子有閔損。

【閔凶】指憂喪之事。同"愍凶"。左傳宣十二年:"寡君少遭閔凶,不能文。"文選晉李令伯(密)陳情事表:"臣密言:臣以險釁,夙遭閔凶。生孩六月,慈父見背;行年四歲,舅奪母志。"

【閔勉】勸勉。同"黽勉"、"密勿"。漢書五行志中之上谷永諫:"閔勉遯樂,晝夜在路。"注:"閔勉猶黽勉,言不息也。"漢書八五谷永傳作"閔免"。參見"密勿㊀"、"黽勉"。

【閔茶】安徽之名茶。舊説閔茶有二,一出青陽縣九華山。傳説有閔長者家居山中,其畦後人號閔園,茶出於此,故以名。一出休甯,明萬曆末閔汶水所製。其子閔子長、閔際行繼之。參閱清俞樾茶香室叢鈔二一。

【閔閔】㊀憂愁貌。左傳昭三二年:"閔閔焉如農夫之望歲,懼以待時。"㊁深遠。素問靈蘭祕典論:"閔閔之當,孰者爲良。"唐王冰注:"閔閔,深遠也。"

【閔緜】微小貌。漢揚雄太玄經斂:"閔緜之戒,不識微也。"

【閔子騫】春秋魯國人,孔子弟子,名損,字子騫。少時,後母虐之,冬,衣所生二子以棉,衣子騫及弟以蘆花。父知之,欲出後母。子騫曰:"母在一子單,母去四子寒。"遂止。後母悔,待諸子如一。見史記六七仲尼弟子列傳、藝文類聚二十人部孝。

閌 kàng ㄎㄤˋ 苦浪切,去,宕韻,溪。

門高貌。漢書五七上揚雄傳甘泉賦:"閌閬閬其寥廓兮,似紫宮之崢嶸。"文選漢張平子(衡)西京賦:"高門有閌,列坐金狄。"注:"毛詩曰:'臯門有伉。'與閌同。"參見"伉㊄"。

閏 rùn ㄖㄨㄣˋ 如順切,去,稕韻,日。

㊀農曆一年與地球公轉一周相比,約差十日有奇,每數年積所餘之時日爲閏,而置閏月。書堯典:"以閏月定四時成歲。"傳:"一歲有餘十二日,未盈三歲足得一月,則置閏焉。"㊁凡非正者謂之閏。宋史二八四宋庠傳:"又輯紀年通譜,區別正閏,爲十二卷。"

【閏位】古人稱非正統的帝位爲閏位。漢書九九下王莽傳贊:"紫色䵷聲,餘分閏位,聖王之驅除云爾。"注引服虔:"言莽不得正王之命,如歲月之餘分爲閏也。"

【閏餘】農曆每年與四季相比所差之時日稱閏餘。史記曆書:"蓋黃帝考定星曆,建立五行,起消息,正閏餘。"集解引漢書音義:"以歲之餘爲閏,故曰閏餘。"

【閏餘匏】象徵閏餘的樂器,笙屬。宋史樂志四:"曰閏餘匏,……而并造十三簧者,以象閏餘。"

【閏宮閏徵】卽變宮變徵。五音惟宮徵有變。宋史樂志四:"仲冬之月,……樂以黃鐘爲宮、太簇爲商、姑洗爲角、蕤賓爲閏徵、林鐘爲徵、南呂爲羽、應鐘爲閏宮。"參閱明楊慎丹鉛總錄二四瑣語。

開 kāi ㄎㄞ 苦哀切,平,咍韻,溪。

㊀啟門。老子:"善閉,無關楗而不可開。"㊁開通。禮月令仲春之月:"天子乃鮮〔獻〕羔開冰,先薦寢廟。"國語晉八:"夫樂以開山川之風也。"㊂創始,開始。易師:"大君有命,開國承家。"後漢書二八馮衍傳顯志賦:"開歲發春兮,百卉含英。"注:"開、發,皆始也。"㊃開闢,擴展。荀子富國:"節其流,開其源。"唐杜甫杜工部草堂詩箋五前出塞之一:"君已富土境,開邊一何多。"㊄展示。漢書五一鄒陽傳獄中上書:"欲開忠於當世之君。"注:"開謂陳説也。"㊅開放,舒展。文苑英華一七九南朝梁簡文帝(蕭綱)侍遊新亭應令詩:"柳葉帶風轉,桃花含雨開。"㊆啟發。禮檀弓下:"曩者爾心或開予。"㊇張設。唐李白李太白文二八春夜宴從弟桃花園序:"開瓊筵以坐花,飛羽觴而醉月。"㊈赦免,開脱。見"開釋"。㊉分離,分開。晉阮籍阮步兵集大人先生傳:"天地解兮六合開。"唐杜甫杜工部詩史補遺七雨:"牛馬無行色,蛟龍鬬不開。"⑪姓。春秋衛公子開方之後,漢有開章。見通志二八氏族四名字未辨。

【開八】唐白居易長慶集七一喜老自嘲詩:"行開第八秩,可謂盡天年。"十年一秩,七十一歲爲八十紀數之始,謂之開八。

【開士】菩薩的異名。以能自開覺,又可開他人生信心,故稱開士。後來作爲對僧人的敬稱。唐李白李太白詩二一登巴陵開元寺西閣:"衡岳有開士,五峯秀真骨。"一本作"闓士"。宋王安石臨川集十五寄福公道人詩:"開士但軟語,遊人多苦吟。"

【開口】猶張口。史記七七信陵君傳:"公子誠一開口請如姬,如姬必許諾。"

【開山】佛家多擇名山創建寺院,謂之開山。因亦稱寺院之第一代住持爲開山祖。續傳燈錄二九龍翔士珪禪師:"屢遷名剎,紹興間奉詔開山雁蕩能仁(寺)。"宋劉克莊後村集二二送日老住九座山詩:"守土親爲大檀越,開山留下廢砧基。"亦泛指一宗一派之創始人爲開山祖師。宋劉克莊後村集一七四詩話:"歐公(歐陽修)詩如昌黎(韓愈),不當以詩論,本朝詩惟宛陵(梅堯臣)爲開山祖師。"

【開六】五十一歲曰開六,六十一歲曰開七。宋程大昌文簡公詞韻令碩人生日:"壽開八秩,兩鬢全青,顏紅步武輕。"自注:"白樂天開六秩詩自注:年五十一歲,卽曰開第六秩矣。言自五十一,卽爲六十紀數之始也。"

【開方】㊀人名。春秋時衛公子,爲齊桓公寵臣,後與易牙豎刁亂齊。韓非子難一:"管仲曰:……闓開方事君十五年,齊衛之間,不容數日行,棄其母,久宦不歸。其母不愛,安能愛君。"㊁數學術語。求方根曰開方。周髀算經上漢趙君卿注:"勾股各自乘,併之,爲弦實,開方除之,卽弦也。"

【開户】另立户口。離開原籍,年代久遠,難以稽考,則准另立户口,謂之開户。參閱清會典事例一五五户部户口。

【開心】㊀開啓心竅。漢王充論衡藝增:"經增非一,略舉較著,令恍惑之人,觀覽采擇,得以開心通意,曉解覺悟。"㊁猶言推心置腹。後漢書二四馬援傳:"前到朝廷,上引見數十,……且開心見誠,無所隱伏,闊達多大節,略與高帝同。"㊂謂使內心舒暢。宋蘇軾分類東坡詩二五睡起聞米元章冒熱到東園送麥門冬飲子:"開心暖胃門冬飲,知是東坡手自煎。"

【開元】㊀猶言創始。文選漢班孟堅(固)東都賦:"夫大漢之開元也,奮布衣以登皇位。"㊁新年。梁書武帝紀中天監十七年詔:"今開元發歲,品物惟新,思俾黔黎，告安舊所。"㊂路名。元至元二十三年，改遼東路總管府爲開元路，爲元代最北部地方行政區，北界遠達鄂霍茨克海。明初廢。參閱元史地理志二。㊃唐李隆基(玄宗)年號。公元 713—741 年。

【開中】明洪武四年，仿宋折中，定中鹽例。商人輸糧入倉，憑引赴各轉運提舉司照數支鹽，謂之中鹽，亦謂之開中。見明史食貨志四鹽法。參見"中鹽"。

【開化】㊀開創教化。宋書顧覬之傳定命論："夫建極開化，樹聲貽則，典防之興，由來尚矣。"㊁縣名。屬浙江省。本常山縣西境，宋初置開化場。太平興國中升爲縣。明清屬衢州府。參閱寰宇通志二七衢州府。

【開平】㊀縣名。屬廣東省。明萬曆初置開平屯，其後割恩平新興新會三縣地置開平縣，屬肇慶府，清因之。見嘉慶一統志四四七肇慶府一。㊁府、衛、廳名。本金桓州地，蒙古中統初建都於此，置府，治開平(今内蒙古正藍旗東)，五年加號上都。元至元五年曰上都路。明改衛，宣德五年移衛於獨石(今河北獨石口)，故城遂廢。清以其地立多爾諾爾廳。後改爲多倫縣。參閱元史地理志一、讀史方輿紀要十八開平衛及開平故衛。參見"上都㊀"。㊂五代後梁朱溫(太祖)年號。公元 907—911 年。

【開正】指元旦。正月初一。國秀集中丁仙芝京中守歲詩："開正獻歲酒，千里間庭闈。"宋陸游劍南詩稿七四初春之一："開正父老頻占候，已決今年百稼登。"

【開可】許可。後漢書三四梁統傳："議者以爲隆刑峻法，非明王急務，施行日久，豈一朝所釐。統今所定，不宜開可。"宋歐陽修文忠集九三亳州乞致仕第三表："竊稽典禮，退止一辭；上瀆睿慈，臣今三請。雖未忍弃捐之意，曲煩再諭以丁寧；而不勝迫切之誠，尚冀终蒙於開可。"

【開冬】初冬。文選南朝宋顏延年(延之)應詔觀北湖田收詩："開冬眷徂物，殘悴盈化先。"鮑照鮑氏集五還都口號詩："鉦歌首寒物，歸吹踐開冬。"

【開白】解釋表白。新唐書一五二李絳傳："李吉甫謂鄭絪漏其謀，帝召絳議欲逐絪，絳爲開白，乃免。"

【開印】㊀官吏辦公。唐賈島賈長江集六宿姚少府北齋詩："鏁城凉雨細，開印曙鍾遲。"㊁清制，官署每年歲末封印，停辦公事，次年正月中旬恢復辦公，謂之開印。見清會典事例一一〇四欽天監。參見"封印㊁"。

【開江】縣名。1. 屬四川省。漢宕渠縣地。西魏置新寧縣。公元 1914 年改爲開江縣。見嘉慶一統志四〇八綏定府一。2. 唐廣德元年置，元省縣入開州。明洪武六年，改開州爲開縣。屬四川省。參閱讀史方輿紀要六九夔州府。

【開州】州名。㊀春秋衛澶淵地。漢爲頓丘縣地。唐置澶州。金皇統四年改爲開州，屬大名府路。明洪武初，以州治濮陽縣省入，仍屬大明府。清因之。公元1913年改縣，1914 年改濮陽縣，屬河北省。今屬河南省。參閱寰宇通志六大名府開州。㊁漢巴郡朐䏰縣地。唐武德初置開州。明洪武六年改爲開縣。明清皆屬夔州府。參閱寰宇通志六五夔州府開縣。

【開成】唐李昂(文宗)年號。公元 836—840 年。

【開光】佛家於佛像落成後，擇日致禮而供奉之，謂之開光，亦稱開眼，或曰開眼供養。宋黃庭堅豫章集十八南康軍開先禪院修造記："然其主僧率常以行義耆老。至善暹時，乃有衆數百人，所謂'海上横行暹道者'也。於是開光，始爲禪林矣。"

【開先】僧舍之名。五代南唐中主李璟所建。中主少好文，於五老峰下建舍，有農人獻地，以爲書堂。及即位，改書堂爲僧舍。以農人獻地爲已建立王朝之祥，故名僧舍爲開先。宋太平興國二年，又賜名開先華藏。見宋黃庭堅豫章集十八南康軍開先禪院修造記。

【開年】歲始。北周庾信庾子山集十二行雨山銘："開年寒盡，正月遊春。"梁書沈約傳與徐勉書："今歲開元，禮年云至，懸車之請，事由恩奪。……而開年以來，病增慮切。"

【開坊】舊制，翰林院修撰、編修、檢討得升轉，謂之開坊。因修撰等升階，必經詹事府，詹事府爲春坊官，故名。參閱清會典事例一〇四四翰林院官制。

【開府】開建府署，辟置僚屬。漢制，惟三公可開府。及漢末，李傕、張楊、董承等以將軍開府，開府之名始此。魏晉以後，開府者益多，因而别置開府儀同三司之名。晉羊祜督荆州，亦以將軍開府。唐宋以開府儀同三司爲文散官第一階，即不帶職官，亦與朝參禄俸。金文散官上曰開府儀同三司，中曰儀同三司。元同。明廢。後世稱督撫爲開府。參閱通典三四職官十六文散官、續通志一三七職官八文散官。

【開拓】開闢，擴展。後漢書五八虞詡傳說李脩："先帝開拓土域，劬勞後定，而今憚小費舉而弃之。涼州既弃，即以三輔爲塞；三輔爲塞，則園陵單外，此不可之甚者也。"宋陳亮龍川集二十又甲辰秋(與朱熹)書："推倒一世之智勇，開拓萬古之心胸，……自謂差有一日之長。"

【開呵】猶開場。明徐渭南詞敍録開場："宋人凡句欄未出，一老者先出，夸說大意以求賞，謂之開呵。今戲文首一出謂之開場，亦遺意也。"

【開明】㊀通達事理。史記五帝紀："堯曰：'誰可順此事？'放齊曰：'嗣子丹朱開明。'"尚書作"胤子朱啟明"。㊁門名。指日所出處。山海經海内西經："門有開明。"淮南子地形："東方曰東極之山，曰開明之門。"注："明者陽也。日之所出也，故曰開明之門。"㊂傳說中的古帝名。荆人鼈令死，其尸流亡，隨江水上至成都，見蜀王杜宇(望帝)；杜宇立以爲相，自以爲德不如鼈令，授以國位，號開明帝。見後漢書五九張衡傳思玄賦"取蜀禪而引世"注引漢揚雄蜀王本紀。又見晉常璩華陽國志蜀志，所載略有出入。㊃傳說中之獸名。山海經海内西經："開明，獸身，大類虎，而九首皆人面，東嚮立昆侖上。"

【開放】開釋。書多方"開釋無辜"傳："開放無罪之人，必無枉縱。"

【開春】初春。楚辭屈原九章思美人："開春發歲兮，白日出之悠悠。"吕氏春秋開春："開春始雷，則蟄蟲動矣。"

【開封】㊀開闢疆土。晉陶潛陶淵明集一命子詩："書誓山河，啟土開封。"㊁府名。唐汴州。五代後梁建國，升爲東京開封府。後唐復曰汴州宣武軍；後晉後漢後周都此，曰東京開封府，北宋因之。金初曰汴京，貞元元年改曰南京，貞祐二年復爲都。元初曰南京路；至元二十五年改曰汴梁路。明洪武元年建北京，十一年罷，仍曰開封府，爲河南布政司治。清爲河南省治。公元 1948 年設市，屬河南省。參閱宋歐陽忞輿地廣記四四京、讀史方輿紀要四七開封府、嘉慶一統志一八六開封府一。參見"汴州"。㊂縣名。屬河南省。戰國魏邑。漢置縣。唐貞觀元年，省入浚儀縣，延和元年復置。明初省入祥符縣。公元1913 年改祥符爲開封縣。參閱嘉慶一統志一八七開封府二。

【開建】㊀開創，開設。後漢書六一黄瓊傳上疏："興復洪祚，開建中興。"宋史禮志五元祐七年詔："在京宫觀寺院，開建道場七晝夜，内外獄囚並設食三日。"㊁

縣名。漢蒼梧郡封陽縣地。南朝宋元嘉中分置開建縣。宋開寶五年省入封州，六年復置，仍屬封州。明洪武初改屬德慶州，隸肇慶府。清因之。公元 1952 年與封川縣合併爲封開縣，屬廣東省。參閱嘉慶一統志四四七肇慶府一。

【開眉】謂笑。唐賈島長江集七落第東歸逢僧伯陽詩："老病難爲樂，開眉賴故人。"白居易長慶集七一偶作寄朗之詩："岐分兩回首，書到一開眉。"

【開秋】初秋。文選晉阮嗣宗(籍)詠懷詩之七："開秋兆涼氣，蟋蟀鳴牀帷。"

【開皇】㊀道書以爲劫名。隋書經籍志四道經："以爲天尊之體，常存不滅，每至天地初開，或在玉京之上，或在窮桑之野，授以祕道，謂之開劫度人。然其開劫，非一度矣，故有延康、赤明、龍漢、開皇，是其年號，其間相去，經四十一億萬載。"宋陸游劍南詩稿八玉京行："玉京淸都奉紫皇，赤明開皇劫茫茫。"㊁隋楊堅(文帝)年號。公元 581—600 年。

【開悟】猶覺悟。史記六八商君傳："吾説公以帝道，其志不開悟矣。"景德傳燈錄十六簡禪師："德山以手中扇子再招之，師忽開悟。"

【開朗】㊀開闊，明亮。晉陶潛陶淵明集五桃花源記："復行數十步，豁然開朗，土地平曠，屋舍儼然。"㊁謂性情爽朗。晉書胡奮傳："奮性開朗，有籌略，少好武事。"又長沙王乂傳："乂身長七尺五寸，開朗果斷，才力絶人，虛心下士，甚有名譽。"

【開泰】㊀亨通安泰。晉書顧榮傳上牋："願冲虛納下，廣延儁彥，……弘九合之勤，雪天下之恥，則羣生有賴，開泰有期矣。"又桓溫傳上疏："寇讎不滅，國恥未雪，幸因開泰之期，遇可乘之會，匹夫有志，猶懷憤慨，臣亦何心，坐觀其弊。"㊁遼耶律隆緒(聖宗)年號。公元 1012—1021 年。

【開素】即開葷。俗亦稱開齋。唐白居易長慶集六七戲贈夢得兼呈思黯詩："月終齋滿誰開素，須詑奇章置一筵。"

【開原】縣名，屬遼寧省。元置開元路，明洪武間改元爲"原"。淸康熙三年設開原縣。參閱嘉慶一統志五九奉天府一。

【開缺】凡實缺官員，犯過失而罪不至降級革職者，即飭令開去本職；官位低者另候補委，高者另候簡用。見六部成語註解補遺吏部開缺、淸會典事例四四吏部開缺截限。

【開張】㊀開擴，展開。三國志蜀諸葛亮傳出師表："誠宜開張聖聽，以光先帝遺德，不宜妄自菲薄，引喻失義，以塞忠諫之路也。"唐杜甫杜工部草堂詩箋七天育驃騎歌："矯矯龍性合變化，卓立天骨森開張。"㊁開市貿易。宋孟元老東京夢華錄三馬行街鋪席："夜市直至三更盡，纔五更，又復開張。"

【開堂】佛教儀式。本爲譯經院之儀式，後稱宗門長老住持演法亦曰開堂。宋宋敏求春明退朝錄上："太平興國中，始置譯經院于太平興國寺，延梵學僧，翻譯新經。……每歲誕節，必進新經。前兩月，二府皆集以觀翻譯，謂之開堂，亦唐之淸流盡在也。前一月譯經使潤文官又集以進新經，謂之閉堂。"景德傳燈錄七如會禪師："復有人問師曰：'某甲擬請和尚開堂得否？'"宋蘇軾分類東坡詩四有送金山鄉僧歸蜀開堂詩。

【開眼】睜眼。唐杜甫杜工部詩十湖城東遇孟雲卿……因爲醉歌："湖城城南一開眼，駐馬偶識雲卿面。"俗謂初見新奇事物曰開眼，亦曰開眼界。

【開國】建立邦國。易師："大君有命，開國承家，小人勿用。"疏："若其功大，使之開國爲諸侯；若其功小，使之承家爲卿大夫。"自晉以來，五等封爵皆有開國之稱，唐宋因之。文選南朝梁丘希範(遲)與陳伯之書："昔因機變化，遭遇明主，立功立事，開國稱孤，朱輪華轂，擁旄萬里，何其壯也。"

【開敏】明達。漢書八九文翁傳："乃選郡縣小吏開敏有材者張叔等十餘人親自飭厲，遣詣京師，受業博士，或學律令。"

【開運】㊀佳運開通之義。南史齊高帝紀論："泰始開運，大拯時艱。"㊁年號。1. 五代後晉石重貴(出帝)。公元 944—946 年。2. 西夏李元昊(景宗)。公元 1034 年。

【開陽】㊀北斗第六星。後漢書五九張衡傳思玄賦："據開陽而頫眄兮，臨舊鄉之暗藹。"見史記天官書"北斗七星"索隱引春秋運斗樞。㊁縣名。春秋鄅國地，戰國時爲楚邑。西漢置啓陽縣，後避景帝名諱改爲開陽，屬東海郡。東漢屬琅邪國。南朝宋廢。在今山東臨沂縣北。參閱讀史方輿紀要三三沂州開陽城。㊂東漢時洛陽城門名。初，城門成，未有名。夜有一柱飛來城樓上。琅邪開陽縣上言，縣南城門一柱飛去，光武帝使來識視之，果是，遂堅縛之。因以名門。見漢應劭漢官儀上。也作閶陽。

【開發】㊀開拆。漢書九九中王莽傳："吏民上封事書，宦官左右開發，尚書不得知。"㊁啟發，教導。北史崔逞傳附崔贍："敕曰：'東宮弱年，未陶訓義，卿儀形風德，人之師表，故勞卿朝夕遊處，開發幼蒙，一物三善，皆以相寄。'"

【開復】㊀恢復。晉書庾亮傳："時石勒新死，亮有開復中原之謀。"㊁官員因事降革，後仍復其原官或原銜。淸尹會一健餘先生尺牘二答徐別駕："頃接華翰，得悉參案開復爲慰。"

【開葷】開戒吃肉食曰開葷。宋王楙野客叢書二二解菜："今人久茹素，而其親若鄰，設酒殽之具，以相煖熱，名曰開葷，於理合曰開素。此風已見六朝，觀東昏侯(蕭寶卷)喪潘妃之女，閹豎共營殽羞，云爲天解菜，正其義也。"明王志堅表異錄十飲食類："天解菜者，猶今云開葷葷。"參見"開素"。

【開歲】歲首曰開歲。後漢書二八下馮衍傳顯志賦："開歲發春兮，百卉含英。"晉陶潛陶淵明集二遊斜川詩："開歲倏五日，吾生行歸休。"

【開罪】得罪。戰國策齊四："(孟嘗君)謝曰：'文倦於事，憒於憂，而性懧愚，沉於國家之事，開罪於先生。'"

【開業】創業。史記秦紀："天才致伯，諸侯畢賀，爲後世開業，甚光美。"

【開端】起首，開頭。唐韓愈昌黎集五嘲魯連子詩："開端要驚人，雄跨吾厭矣。"宋史三一四范純仁傳："今舉動宜與將來爲法，此事甚不可開端也。"

【開幕】開建幕府。北周庾信庾子山集三侍從徐國公殿下軍行詩："置府仍開幕，麾軍即秉旄。"唐李商隱李義山文集二爲安平公兗州奏杜勝等四人充判官狀："伏以長人者必以吏分勞逸，開幕者亦用士爲重輕，若不樹人，何以報國。"今稱演戲、會議、營業開始爲開幕。

【開慶】宋趙昀(理宗)年號。公元 1259 年。

【開導】啟發誘導。荀子儒效："教誨開導成王，使諭於道，而能揜迹於文武。"佛家方便説法，使人領悟，亦稱開導。北魏楊衒之洛陽伽藍記一城內胡統寺："其寺諸尼，帝城名德，善於開導，工談義理。"

【開興】金完顏守緒(哀宗)年號。公元 1232 年。

【開徵】淸制徵糧，一年分兩次，仲春開徵夏税，夏税不逾六月；仲秋接徵秋税，秋糧不逾十月。見淸會典十八户部、黃六鴻福惠全書七錢穀比限説。

【開禧】宋趙擴(寧宗)年號。公元 1205

—1207 年。

【開曉】開導啟發。南齊書王僧虔傳上表:"宜令有司務懃功課,緝理遺逸,迭相開曉,所經漏忘,悉加補綴。"新唐書一六三孔巢父傳:"巢父辯而才,及見田悦,與言君臣大義,利害逆順,開曉其衆。"

【開縣】縣名。屬四川省。見"開州㊀"。

【開墾】開闢荒地,進行耕種。晉書食貨志應詹上表:"魏武皇帝(曹操)……又於征伐之中,分帶甲之士,隨宜開墾,故下不甚勞,而大功克舉也。"北魏賈思勰齊民要術一耕田:"凡開荒山澤田,皆七月芟艾之,草乾卽放火,至春而開墾。"

【開濟】創業濟時。三國志魏徐邈傳評:"徐邈清尚弘通,胡質素業貞粹,王昶開濟識度,王基學行堅白,皆掌統方任,垂稱著績。"唐杜甫杜工部草堂詩箋十八蜀相:"三顧頻繁天下計,兩朝開濟老臣心。"

【開豁】㊀謂胸襟開闊。文選晉夏侯孝若(湛)東方朔畫贊:"夫其明濟開豁,包含弘大……可謂拔乎其萃,遊方之外者已。"㊁明白通曉。宋詩鈔韓維南陽集鈔次韻和平甫同介甫當世過飲見招:"疑懷滯義一開豁,有如暗室來明釭。"㊂寬免。水滸三六:"知縣自心裏也有八分開豁他,當時依准了供狀,免上長枷手杻,只散禁在牢裏。"

【開顏】喜悦,歡笑。文選南朝宋謝靈運酬從弟惠連詩:"末路值令弟,開顏披心胸。"唐李白李太白詩十九酬岑勛以詩見招:"開顏酌美酒,樂極忽成醉。"

【開邊】擴充疆土。唐杜甫杜工部草堂詩箋二兵車行:"邊亭流血成海水,武皇開邊意未已。"

【開寶】宋趙匡胤(太祖)年號。公元 968—976 年。

【開譬】開導勸説。三國志吴魯肅傳注引吴書:"肅欲與(關)羽會語,諸將疑恐有變,議不可往。肅曰:'今日之事,宜相開譬。劉備負國,是非未決,羽亦何敢重欲干命!'"宋蘇軾東坡集續集七與黄師是之二:"海康地雖遠,無瘴癘。舍弟居之一年,甚安穩。望以此開譬太夫人也。"

【開耀】唐李治(高宗)年號。公元 681—682 年。

【開釋】㊀釋放,赦宥。書多方:"開釋無辜,亦克用勸。"㊁開導解釋。唐韓愈昌黎集十八答殷侍御書:"如遂蒙開釋,章分句斷,其心曉然,直使序所注,挂名經端,自託不腐,其又奚辭。"

【開闢】指天地之初開。文選漢揚子雲(雄)劇秦美新:"配五帝,冠三王,開闢以來,未之聞也。"也泛指開創、開拓。文選漢張平子(衡)西京賦:"大廈耽耽,九户開闢。"宋王安石臨川集二一送道光法師住持靈巖詩:"靈巖開闢自何年,草木神奇鳥獸仙。"

【開霽】陰天放晴。南史梁武帝紀:"自冬積霰,至是開霽,士卒咸悦。"唐高適高常侍集七古樂府飛龍曲留上陳左相詩:"豁達雲開霽,清明月映秋。"

【開口笑】歡樂貌。唐杜甫杜工部詩史補遺八醉爲馬墜諸公攜酒相看:"語盡還成開口笑,攜提别掃清溪曲。"才調集四杜牧九日登高詩:"塵世難逢開口笑,菊花須插滿頭歸。"

【開口跳】傳統戲劇中武丑的别稱。以武功唸白爲重,如時遷偷雞之時遷、連環套之朱光祖等。

【開山祖】卽開山祖師。宋辛棄疾稼軒詞五水龍吟題雨巖……:"細吟風雨,竟茫茫未曉,只應白髮,是開山祖。"參見"開山"。

【開心符】傳説北齊吴遵世少學易,入恒山,忽見一老翁,授之開心符,遵世跪,水吞之,遂明占卜。後出遊京洛,以卜筮知名。見北齊書吴遵世傳。

【開元禮】全名大唐開元禮。唐初太宗命房玄齡依隋禮修禮文一百三十篇爲貞觀禮,高宗顯慶中又命長孫無忌重加纂修,爲顯慶禮一百三十卷。玄宗開元中又命徐堅李鋭蕭嵩等重行撰定爲一百五十卷,爲開元禮,二十九年施行。内分序例以及吉禮、賓禮、軍禮、嘉禮、凶禮等類。後來設科取士,皆以此爲準。杜佑撰通典,據此書稍加簡省,爲開元禮類纂三十五卷,新、舊唐書禮志皆取材此書。參閲唐會要三七五禮篇目。

【開路神】舊時喪禮中所用的偶人。神身長丈餘,頭廣三尺,鬚長三尺五寸,鬚赤面藍,頭戴金冠,身穿紅戰袍,執方天畫戟,出葬時先行在前,故名。參閲三教源流搜神大全七開路神君。參見"方相"。

【開襟樓】漢掖庭樓閣名。舊題漢劉歆西京雜記一:"漢掖庭有月影臺、雲光殿、九華殿、鳴鸞殿、開襟閣、臨池觀,不在簿籍,皆繁華窈窕之所棲宿焉。"又:"漢綵女常以七月七日穿七孔針於開襟樓。"

【開山祖師】見"開山"。

【開心見誠】後漢書馬援傳:"前到朝廷,上引見數十,……且開心見誠,無所隱伏,闊達多大節,略與高帝同。"參見"開心㊁"。

【開元占經】唐瞿曇悉達撰,一百二十卷,自一卷天占至一百十卷星圖均占天象,自一百十一卷八穀占至一百二十卷龍魚蟲蛇占均占物異。前一百十卷爲悉達原書,後十卷雜占爲後人所附益。書中援引緯書七十餘,爲古微書所未見;又援引古書,今多亡逸,藉此而得略見一斑。

【開元通寶】錢幣名。唐高祖武德四年始鑄,徑八分,其文以八分、篆、隸三體。洛、并、幽、益、桂等州皆置監鑄造。高宗、玄宗時並鑄之;肅宗時鑄"乾元重寶"錢,與"開元通寶"参用。錢文或循環讀爲"開通元寶。"參閲新唐書食貨志四、舊唐書食貨志上、宋王楙野客叢書八開元乾元二錢、清顧炎武日知録十一開元錢。

【開成石經】唐大和七年二月,命唐元度覆定石經字體,十二月命於國子監兩廊創立石九經,併孝經論語爾雅,共一百五十九卷,開成二年十月告成。宋元祐中遷於今西安府學,明嘉靖間地震倒損,王堯惠集闕字别立小字於旁爲碑。參閲清成瓘篛園日札五讀史隨筆文字之書及石經刻字。

【開劫度人】道經有元始天尊,生於太元之先,每至天地初開,或在玉京之上,或在窮桑之野,授諸仙以秘道,謂之開劫度人。諸仙依次相授,最後授於世人。見隋書經籍志四道書。

【開宗明義】孝經篇名,列爲第一章。謂張其宗旨,明其義理。後來用以指寫作或發言一開頭卽説明主旨。

【開卷有益】宋太宗於太平興國年間命李昉等編纂類書太平御覽一千卷,收集野史編纂太平廣記五百卷,類選前代文章爲文苑英華一千卷。太宗喜讀書,每日閲御覽三卷,因事有闕,暇日追補之。嘗曰:"開卷有益,朕不以爲勞也。"見宋王闢之澠水燕談録六文儒。

【開門見山】喻説理敍事開端卽入本題。宋嚴羽滄浪詩話詩評:"太白發句,謂之開門見山。"清李漁閒情偶寄:"予謂詞曲中開場一折,卽古文之冒頭,時文之破題,務使開門見山,不當借帽覆頂,卽將本傳中立言大意,包括成文。"

【開門受徒】謂自立門户,收徒講學。後漢書七九下儒林傳論:"其耆名高義開門受徒者,編牒不下萬人,皆專相傳祖,莫或訛雜。"

【開門揖盜】喻接納壞人,自取其禍。三國志吴主傳:"(孫)策長史張昭謂權曰：'……況今姦宄競逐，豺狼滿道，乃欲哀親戚，顧禮制，是猶開門而揖盜，未可以爲仁也。"梁書敬帝紀魏徵曰："見利而動，愎諫違卜，開門揖盜，棄好即讎。"指梁武帝違衆議而納北朝叛將侯景。

【開物成務】揭露事物眞象，使人事各得其宜。易繫辭上："夫易，開物成務，冒天下之道，如斯而已者也。"注："言易通萬物之志，成天下之務，其道可以覆冒天下也。"宋李燾續資治通鑑長編二建隆二年范質奏："宰相者以舉賢爲本質，以掩善爲不忠，所以上佐一人，開物成務。"

【開國方略】清乾隆三十八年伯麟、彭紹觀等奉敕撰，三十二卷。紀清入關前開國事蹟，自努爾哈赤(清太祖)征尼堪外蘭起，至福臨(世祖)入關止。

【開雲見日】喻廓清蒙蔽。後漢書七四上袁紹傳："初天子遣太僕趙岐和解關東，使各罷兵。(公孫)瓚因以書辭紹曰：'趙太僕以周、邵之德，銜命來征，宣揚朝恩，以示和睦，曠若開雲見日，何喜如之！'"

【開源節流】荀子富國："故田野縣鄙者，財之本也；垣窌倉廩者，財之末也；百姓時和、事業得敍者，貨之源也；等賦府庫者，貨之流也。故明主必謹養其和，節其流，開其源，而時斟酌焉。"節流，謂賦斂要有節制；開源，謂發展生產。今謂開闢財源、節約開支爲開源節流。

【開誠布公】待人處事，坦白無私。三國志蜀諸葛亮傳評："諸葛亮之爲相國也，……開誠心，布公道。"宋許月卿先天集一次韻陳肇芳竽贈李相士詩："集思廣益眞宰相，開誠布公肝膽傾。"陽枋字溪集一上宣諭余樵隱書："恭聞明公將旨諭蜀，開誠布公，人心感悦，懽聲如雷。"

【開霧覩天】使人豁然開朗。三國魏徐幹中論審大臣："文王之識也，灼然若披雲而見日，霍然若開霧而覩天。"北周宇文逌庾子山集序："夜不離閣，無愧於黃香；開霧覩天，有同於樂廣。"

【開元釋教録】唐釋智昇撰。二十卷。是編以三藏經論編爲目録，不分門目，以譯者時代爲先後，起漢明帝永平十年丁卯，迄開元十八年庚午，共六百六十四年，總一百七十六人，著録經論二千二百七十八部。

【開天傳信記】唐鄭綮撰，一卷。記開元天寶間事，自序稱簿領之暇，搜求遺逸，期於必信，故以傳信爲名。其中亦時有怪誕失實之處。

【開元天寶遺事】五代王仁裕撰，四卷。仁裕字德輦，天水人，唐末爲秦州節度判官，後漢高祖(劉暠)時爲户部尚書。是書記唐玄宗佚聞舊事，多採摭於遺民之口，爲當時正史所不載。宋洪邁以其文淺陋，與史多違異，謂爲託名假作。見容齋隨筆一淺妄書。

閑

xián 户閒切，平，山韻，匣。
ㄒㄧㄢ

㊀栅欄。周禮夏官虎賁氏："舍則守王閑。"注："閑，梐枑。"疏："杜子春以爲行馬。"按卽今鹿角叉之類，用以遮阻人馬通行。參見"梐枑"、"行馬"。㊁馬廐。周禮夏官校人："天子十有二閑，馬六種。"注："每廐爲一閑。"㊂範圍。論語子張："大德不踰閑，小德出入可也。"㊃阻隔。漢揚雄太玄經二親："親非其膚，……中心閑也。"宋司馬光注："閑者，隔礙不通之謂。"㊄防禦，捍衛。易家人："閑有家，悔亡。"孟子滕文公下："吾爲此懼，閑先聖之道，距楊墨，放淫辭，邪説者不得作。"㊅大貌。詩商頌殷武："松桷有梴，旅楹有閑。"疏："閑爲楹之大貌。"㊆熟練。通"嫻"。詩秦風駟驖："遊于北園，四馬既閑。"傳："閑，習也。"又文雅。文選三國魏曹子建(植)美女篇："美女妖且閑，採桑歧路間。"㊇安閒，閒散。通"閒"。文選三國魏嵇叔夜(康)贈秀才入軍詩之五："閑夜肅清，朗月照軒。"

【閑人】㊀清閒少事之人。唐白居易長慶集五五閑行詩："五十年來思慮熟，忙人應未勝閑人。"宋蘇軾分類東坡詩九單同年求德興俞氏聚遠樓之一："賴有高樓能聚遠，一時收拾與閑人。"㊁幫閒食客。宋灌圃耐得翁都城紀勝閑人："本食客也。古之孟嘗門下中下等人，但不著業次，以閑事而食於人者。"

【閑月】農事清閒的月份。後漢書三九劉般傳："且以冬春閑月，不妨農事。"唐白居易長慶集一觀刈麥詩："田家少閑月，五月人倍忙。"

【閑地】閒散之處。世説新語捷悟："(郗鑒)便回還(爲父愔)更作牋，自陳老病，不堪人間，欲乞閑地自養。"

【閑官】職務清簡之官。唐白居易長慶集五贈吴丹詩："終當乞閑官，退與夫子遊。"

【閑居】卽閒居。荀子解蔽："是以辟耳目之欲，而遠蚊虻之聲，閑居静思則通。"後漢書三四梁統傳附梁竦："閑居可以養志，州郡之職，徒勞人耳。"

【閑書】消閒之書。唐張籍張司業集六送許處士詩："會到白雲長取醉，不能窗下讀閑書。"王建詩八江樓對面寄杜書記："竹烟花雨細相和，看着閑書睡更多。"

【閑散】清閒少事。宋書孔覬傳："初晉世散騎常侍，選望甚重，與侍中不異。其後職任閑散，用人漸輕。"唐元結元次山集三漫酬賈沔州詩："天子許安親，官又得閑散。"閑，也作"閒"。

【閑雅】閒静文雅。多指人物的才智風度。吕氏春秋士容："趨翔閑雅，辭令遜敏。"漢書七一疏廣傳："奉觴上壽，辭禮閑雅。"

【閑閑】㊀動摇貌。詩大雅皇矣："臨衝閑閑。"傳："閑閑，動摇也。"清王引之謂車强盛貌。見經義述聞六臨衝閑閑。㊁從容自得貌。詩魏風十畝之間："十畝之間兮，桑者閑閑兮。"傳："閑閑然，男女無別往來之貌。"㊂廣博貌。莊子齊物論："大知閑閑，小知閒閒。"釋文："簡文云：廣博之貌。"

【閑奥】幽深。文選晉左太沖(思)吴都賦："幽邃獨邃，寥廓閑奥。"唐李周翰注："寥廓閑奥，寬深貌。"

【閑媚】閒雅嫵媚。唐張彦遠法書要録五竇臮述書賦上："肌骨閑媚，精神慢舉。"宋蘇轍欒城集十三次韻秦觀梅花詩："鄰家小婦學閑媚，靚粧惟有長眉掃。"

【閑適】清閒安逸。新唐書一一九白居易傳贊："居易在元和長慶時，與元稹俱有名，最長於詩。……其自敍言：'關美刺者，謂之諷諭；詠性情者，謂之閑適。'"

【閑静】安静寡欲。淮南子本經："太清之始也，和順以寂漠，質眞而素樸，閑静而不躁，推而無故。"

【閑駒】漢代養馬之所。漢書百官公卿表："太僕，秦官，掌輿馬，有兩丞。屬官有……又龍馬、閑駒、橐泉、騊駼、承華五監長丞。"注："閑，闌，養馬之所也，故曰閑駒。"

【閑廐使】官名。唐聖曆中置，以殿中監爲長，分領殿中、太僕之事，而專掌輿輦牛馬。見新唐書百官志二。

【閑邪存誠】存誠心以杜止邪惡。易乾文言："閑邪存其誠。"疏："言防閑邪惡，當自存其誠實也。"

閎

hóng 户萌切，平，耕韻，匣。
ㄏㄨㄥˊ

㊀門。左傳成十七年："(齊慶克)與婦人蒙衣乘輦而入于閎。"注："閎，巷門。"㊁大，高。韓非子難言："閎大廣博，妙遠不測，則見以爲夸而無用。"漢書八七下揚雄傳解難："若夫閎言崇議，幽微之塗，蓋

難與覽者同也。"㊂中寬之意。禮月令季夏之月："其器圜以閎。"注："閎讀如紘，謂中寬象土含物。"㊃姓。周文王臣有閎夭，以國爲氏。史記一二五佞幸傳有閎孺。

【閎門】皇門，路寢左門。逸周書皇門："惟正月庚午，周公格左閎門，會君門。"參見"皇門㊀"。

【閎衍】指文辭繁富。漢書藝文志詩賦："漢興，枚乘、司馬相如，下及揚子雲(雄)，競爲侈麗閎衍之詞，没其風諭之義。"

【閎達】淵博通達。漢書六五東方朔傳："上復問朔：方今公孫丞相(弘)、兒大夫(寬)、董仲舒、夏侯始昌、司馬相如……之倫，皆辯知閎達，溢于文辭。"也作"宏達"。文選漢班孟堅(固)西都賦："又有承明金馬著作之庭，大雅宏達，於茲爲羣。"

【閎閎】大貌。漢揚雄太玄經一交："大圈閎閎，小圈交之，我有靈肴，與爾肴之。"宋司馬光集注："閎閎，大貌。"亦狀聲音宏亮。宋詩鈔石介徂徠集蝦蟆詩："不知鐘鼓欽欽，雷霆閎閎。應龍戢腦入海底，鳳皇舉翼摩青冥。"

【閎中肆外】謂作文者蘊蓄宏富而用筆豪放。唐韓愈昌黎集十二進學解："先生之於文，可謂閎其中而肆其外矣。"宋衛宗武秋聲集五柳月澗吟秋後藁序："李(白)杜(甫)以天授之才，閎中肆外，窮幽極渺。"

間 jiān jiàn ㄐㄧㄢ ㄐㄧㄢˋ

閒的俗字。見"閒"。

閒 1. xián ㄒㄧㄢˊ 集韻何閒切，平，山韻。

通"閑"。㊀安静。國語晉八："今若大其柯，去其枝葉，絶其本根，可以少閒。"注："閒，息也，謂滅欒氏而去其黨。"㊁閒暇。莊子在宥："閒居三月。"楚辭屈原九歌湘君："期不信兮告余以不閒。"參見"閑"字各條。

2. jiān ㄐㄧㄢ 古閑切，平，山韻，見。

俗作"間"。㊂中間。表示處所或時間。論語先進："千乘之國，攝乎大國之閒。"國語晉九："人有言曰：'唯食可以忘憂。'吾子一食之閒而三歎，何也？"㊃近，頃刻。左傳成十六年："以君之靈，閒蒙甲冑，不敢拜命。"注："閒猶近也。"孟子滕文公上："夷子憮然爲閒曰：'命之矣。'"注："爲閒者，有頃之閒也。"㊄量詞。一室曰一閒。晉陶潛陶淵明集二歸園田居詩之一："方宅十餘畝，草屋八九閒。"

3. jiàn ㄐㄧㄢˋ 古莧切，去，襉韻，見。

㊅干犯。左傳定四年："管蔡啟商，惎閒王室。"㊆空隙，空子。莊子養生主："彼節者有閒，而刀刃者無厚。"國語吳："夫越王之不忘敗吳，於其心也戚然，服士以伺吾閒。"㊇嫌隙。左傳哀二十七年："公患三桓之侈也，欲以諸侯去之；三桓亦患公之妄也，故君臣多閒。"注："閒，隙也。"㊈更迭。書益稷："笙鏞以閒，鳥獸蹌蹌。"釋文："吹笙擊鐘，更迭而作。"㊉隔。漢書七三韋賢傳附韋玄成："上陳太祖，閒歲而祫。"注："閒歲，隔一歲也。"⑪差别。孟子盡心上："欲知舜與蹠之分，無他，利與善之閒也。"淮南子俶真："百圍之木，斬而爲犧尊，……然其斷在溝中，一比犧尊，溝中之斷，則醜美有閒矣。"⑫參與。左傳莊十年："肉食者謀之，又何閒焉！"注："閒猶與也。"⑬離析，離間。國語晉一："且夫閒父之愛而嘉其貺，有不忠焉。"史記高祖紀："漢王患之，乃用陳平之計，予陳平金四萬斤，以閒疏楚君臣，於是項羽乃疑亞父。"⑭伺候，刺探。國語魯下："昔欒氏之亂，齊人閒晉之禍，伐取朝歌。"⑮間諜。孫子有用閒篇。東漢曹操注："戰者必用閒諜，以知敵之情實也。"⑯乘閒，私自。史記八一廉頗藺相如傳："故令人持璧歸，閒至趙矣。"後漢書八一譙玄傳："玄於是縱使者車變易姓名，閒竄歸家。"⑰病痊愈或好轉。論語子罕："(子)病閒。"注："少差曰閒。"禮文王世子："文王有疾，……旬有二日，乃閒。"注："閒猶瘳也。"

【閒人】見"閑人"。

【閒$_{3}$人】探子，閒諜。漢書三四韓信傳："信使閒人窺知其不用，還報，則大喜。"後漢書光武帝紀下："(環)安遣閒人刺殺中郎將來歙。"

【閒日】閒暇之日。史記八七李斯傳："二世怒曰：'吾常多閒日，丞相不來。吾方燕私，丞相輒來請事。'"資治通鑑二三一唐興元元年："每閒日，輒宴勳臣。"注："唐世天子以隻日視朝，雙日謂之閒日。"

【閒冗】謂官職之事務簡少者，指並非顯要之職。漢蔡邕蔡中郎集八巴郡太守謝版："今月丁丑，一章自聞，乞閒冗，抱關執籥。"

【閒$_{2}$平】漢河閒獻王劉德、東平憲王劉蒼，皆有賢名，後世並稱，指帝王宗室中的賢者。北史齊文襄諸子傳論："文襄諸子，咸有風骨。雖文雅之道，有謝閒平，然武藝英姿，多堪禦侮。"藝文類聚四八陳徐陵安成王讓錄尚書表後啓："臣聞閒平就國，乃盛漢之常儀；郕霍無官，實宗周之明典。"間，同"閒"。參閱宋王楙野客叢書一閒平等語。

【閒田】古時封建以土地封國，封餘之田謂之閒田。禮王制："其餘以爲附庸閒田。"疏："若未封人，謂之閒田。"亦指無人耕種之田。孔子家語好生："虞芮二國爭田而訟，連年不決，乃相謂曰：'西伯仁也，盍往質之？'入其境則耕者讓畔……遂自相與而退，咸以所爭之田爲閒田也。"

【閒$_{3}$出】㊀乘隙私出。史記八九張耳陳餘傳："趙王閒出，爲燕軍所得。"漢書高帝紀上："將軍紀信曰：'事急矣！臣請誑楚，可以閒出。'"注："閒出，投閒隙私出，若言閒行、微行耳。"㊁隔世而出，卽才不世出之意。梁書蕭子顯傳："(太宗)在東宮時，每引與促宴。子顯嘗起更衣，太宗謂座客曰：'嘗聞異人閒出，今日始知是蕭尚書。'其見重如此。"太宗，簡文帝蕭綱。㊂交替迭出。北史楊敷傳附楊素："論文則詞藻從横，語武則權奇閒出。"

【閒地】見"閑地"。

【閒$_{3}$色】雜色。禮玉藻："衣正色，裳閒色。"注："謂冕服玄上纁下。"疏："玄是天色，故爲正；纁是地色，赤黄之雜，故爲閒色。皇氏(侃)云：正謂青、赤、黄、白、黑五方正色也；不正謂五方閒色也，緑、紅、碧、紫、駵黄是也。"

【閒$_{3}$行】㊀舊時迷信指姦神肆虐，災害百姓之事。國語周下："神無閒行，民無淫心。"注："閒行，姦神淫厲之類也。"㊁猶微行，行動隱祕之意。史記越王句踐世家："種止句踐曰：'夫吳太宰嚭貪，可誘以利，請閒行言之。'"索隱："閒行，猶微行。"

【閒$_{2}$祀】謂四時正祭之閒的祭祀。周禮春官司尊彝："凡四時之閒祀，追享朝享。"注："在四時之閒，故曰閒祀。"後漢書孝章帝紀："其四時禘祫，於光武之堂，閒祀悉還更衣。"注："四時正祭外，有五月嘗麥，三伏立秋嘗粢盛酎，十月嘗稻等，謂之閒祀。"

【閒$_{3}$步】伺閒步行以往。史記七七魏公子傳："公子聞趙有處士毛公藏於博徒，薛公藏於賣漿家，公子欲見兩人，兩人自匿不肯見公子。公子聞所在，乃閒步往從此兩人遊。"

【閒居】避人獨居曰閒居。國語楚下：

"(葉公)子高以疾閒居於蔡。"禮孔子閒居:"孔子閒居,子夏侍。"

【閒₃使】負有伺隙行事使命的使者。漢書四五蒯通傳:"通説(韓)信曰:'將軍受詔擊齊,而漢獨發閒使下齊,寧有詔止將軍乎?'"注:"閒使,謂使人伺閒隙而單行。"又六一張騫傳:"天子欣欣以騫言爲然,乃令因蜀犍爲發閒使,四道並出。"

【閒往】漢書四三叔孫通傳:"惠帝爲東朝長樂宮,及閒往,數蹕煩民,作復道,方築武庫南。"注:"非大朝時,中閒小謁見。"指正朝之閒的謁見。

【閒₂架】㈠指房屋之結構形式。全唐文八九五羅隱鎮海軍使院記:"肥楹巨棟,閒架相稱。"朱子語類一二〇朱子十七:"譬如看屋,須看那房屋閒架,莫要只去看那外面牆壁粉飾。"㈡指詩文的結構氣勢。清顧嗣立寒廳詩話:"四靈以清苦爲詩,一洗黄(庭堅)陳(師道)之惡氣象、獰面目,然閒架太狹,學問太淺,更不如黄陳有力也。"

【閒書】消閒之書。宋呂南公灌園集五池塘詩:"眼隨高鳥尋鄉思,手把閒書養睡魔。"元魏初青崖集二愚軒詩:"牀頭白酒屋頭山,數册閒書竹兩竿。"參見"閑書"。

【閒氣】爲無關緊要之事而生氣。宋俞文豹吹劍録三録:"唐悦齋(仲友)字與正,知台州。朱文公(熹)爲浙東提舉,素不相得,至于互申,壽皇(孝宗)問宰相二人曲直,對曰:'秀才争閒氣耳。'"馮時行縉雲文集四蕎山溪詞:"如今曉得,更莫争閒氣,高下與人和,且覓箇置錐之地。"

【閒₂氣】春秋演孔圖:"正氣爲帝,閒氣爲臣,宫商爲姓,秀氣爲人。"(太平御覽三〇六)古讖緯之説以五行附會人事,謂帝王臣民各受五行之氣以生。正氣爲若木,得之以生爲帝;閒氣乃"不苞(包)一行"之氣,得之以生爲臣。唐柳宗元柳先生集四十祭楊憑詹事文:"公稟閒氣,心靈洞開,翱翔自得,誰屑羣猜。"

【閒₃廁】參與,參雜。文選三國魏曹元首(冏)六代論:"且今之州牧郡守,古之方伯諸侯,……而宗室子弟,曾無一人閒廁其閒,與相維持,非所以强幹弱枝,備萬一之慮也。"此"閒廁"猶參與之義。藝文類聚七六梁陸倕天光寺碑銘:"縱橫雜樹,閒廁衆芳。"

【閒₃道】微路,小道。史記楚世家:"楚懷王亡逃歸,秦覺之,遮他道。懷王恐,乃從閒道走趙以求歸。"

【閒散】㈠同"閑散",見該條。㈡清制,旗人未授職者,謂之閒散。清會典八四八旗都統:"自十有六歲以上皆登於册,而書其氏族官爵,無職者曰閒散某。"

【閒雅】安舒高雅貌。史記一一七司馬相如傳:"相如之臨邛,從車騎,雍容閒雅甚都。"

【閒₃閒】有所分別之意。莊子齊物論:"大知閑閑,小知閒閒。"釋文:"有所閒別也。"一説好伺察人過之意。參閲清郭慶藩集釋。

【閒話】閒談。全唐詩七九五衛準無題:"莫言閒話是閒話,往往事從閒話來。"唐裴廷裕東觀奏記上:"奏事下三四刻,龍顔忽怡然謂宰臣曰:'可以閒話矣。'"

【閒₃隙】㈠空隙。呂氏春秋長利:"今使燕爵爲鴻鵠鳳皇慮,則必不得矣。其所求者,瓦之閒隙、屋之翳蔚也。"亦指可乘之機。漢書三六劉向傳上封事:"是以羣小窺見閒隙,緣飾文字,巧語醜詆,流言飛文,譁於民閒。"㈡嫌隙。謂感情破裂,互相怨恨。國語晉八:"及文子(士燮)成晉荆之盟,豐兄弟之國,使無有閒隙。"注:"閒隙,瑕釁也。"

【閒暇】安静無事。孟子公孫丑上:"國家閒暇,及是時,明其政刑,雖大國必畏之矣。"世説新語尤悔"桓車騎(沖)在上明畋獵"注引續晉陽秋:"(沖)遣其隨身精兵三千人赴京師,時(謝)安已遣諸軍,且欲外出閒暇,令沖軍還。"

【閒₃路】微路,小道。史記九二淮陰侯傳廣武君説成安君:"願足下假臣奇兵三萬人,從閒路絶其輜重。"

【閒₃罪】猶今所謂嫌疑罪犯。國語晉七:"赦囚繫,宥閒罪。"注:"閒罪,刑罰之疑者。"

【閒₃語】私語。史記七七信陵君傳:"公子再拜,因問,侯生乃屏人閒語。"索隱:"謂静語也。"後漢書十六鄧禹傳:"光武笑,因留宿閒語。"注:"閒,私也。"案静語避人聽,亦爲私語之義。

【閒₃適】妾代嫡妻之意。漢書六十杜周傳附杜欽説王鳳:"以改前之容侍於未衰之年,而不以禮爲制,則其原不可救而後徠異態;後徠異態,則正后自疑而支庶有閒適之心。"注:"閒,代也;適讀曰嫡。"

【閒₃構】離閒中傷之意。北齊書孫騰傳:"時魏京兆王愉女平原公主寡居,騰欲尚之,公主不許。侍中封隆之無婦,公主欲之,騰妬隆之,遂相閒構。"

【閒₂維】古人指用以維繫天穹的繩子。楚辭屈原遠遊:"歷玄冥以邪徑兮,乘閒維以反顧。"注:"攀持天絃以休息也。"宋洪興祖補注引孝經緯:"天有七衡而六閒。"絃即維。

【閒₃編】簡策因編繩腐朽重新編次而錯亂。漢書三六楚元王傳附劉歆移書太常博士:"經或脱簡,傳或閒編。"注:"閒編,謂舊編爛絶,就更次之,前後錯亂也。"文選作"或脱簡,或脱編"。

【閒₃諜】秘密偵探敵情。史記八一廉頗藺相如傳附李牧:"李牧者,趙之北邊良將也。常居代鴈門,備匈奴……習騎射,謹烽火,多閒諜,厚遇戰士。"唐律疏議十六擅興征討告消息:"閒謂往來,諜謂覘候。"

【閒燕】清淨。國語齊:"昔聖王之處士也,使就閒燕。"注:"閒燕猶清淨也。"

【閒₃闊】猶久别。漢書七七諸葛豐傳:"元帝擢爲司隸校尉,刺舉無所避,京師爲之語曰:'閒何闊,逢諸葛。'"注:"言閒者何久闊不相見,以逢諸葛故也。"宋陸游劍南詩稿五七久雨:"鄰舍相逢驚閒闊,通宵不寐聽淋浪。"

【閒₃斷】或作或輟,不相連續。唐韓愈昌黎集四遊青龍寺贈崔大補闕詩:"魂翻眼倒忘處所,赤氣沖融無閒斷。"宋朱熹中庸章句序:"從事於斯,無少閒斷。"

【閒₃關】㈠象聲詞。1.車輪轉動車轄摩擦聲。詩小雅車舝:"閒關車之舝兮,思孌季女逝兮。"傳:"閒關,設舝也。"舝即轄。2.鳥鳴聲。魏書李順傳附李騫釋情賦:"鳥閒關以呼庭,花芬披而落牖。"唐白居易長慶集十二琵琶引:"閒關鶯語花底滑,幽咽泉流冰下灘。"㈡謂道路崎嶇難行。漢書九九下王莽傳:"(王邑)閒關至漸臺。"注:"閒關,猶言崎嶇展轉也。"後漢書二四馬援傳朱勃上書:"(援)投自西州,欽慕聖義,閒關險難,觸冒萬死。"

【閒₂壤】中等肥腴之地。管子乘馬數:"郡縣上臾之壤,守之若干,閒壤守之若干,下壤守之若干,故相壤定籍而民不移。"

【閒居録】元吾丘衍撰,一卷,爲衍劄記手稿,由陸友仁録而傳世。書中所記,雜亂無序,字句亦少修飾,然考辨諸條,多有可採。參見"吾丘衍"。

【閒₂架税】唐德宗時,軍用不給,建中四年依户部侍郎趙贊議行閒架税。其法屋二架爲閒,上閒錢二千,中閒一千,下閒五百。匿一閒,杖六十。見新唐書食貨志二、又二二三下盧杞傳。

【閒₃不容息】喻時閒短促。淮南子原道:"時之反側,閒不容息。先之則太過,後之則不逮。"注:"言時反側之閒不容氣息,促之甚也。"

【閒₃不容髮】相距極微,中無一髮之閒隙。大戴禮曾子天圓:"律居陰而治陽,厤居陽而治陰,律厤迭相治,其閒不容髮。"亦比喻形勢危迫。文選漢枚叔(乘)上書諫吳王:"係絶於天,不可復結;墜入深淵,難以復出,其出不出,閒不容髮。"

【閒雲孤鶴】比喻來去自由,無所覊絆。五代釋貫休嘗以詩投吳越王錢鏐,中有"一劍霜寒十四州"之句。鏐諭改爲"四十州",乃得相見。休曰:"州亦難添,詩亦難改。然閒雲孤鶴,何天而不可飛!"遂入蜀。見宋阮閱詩話總龜三十引古今詩話。後亦作"閒雲野鶴"。明張居正張文忠公集書牘十與棘卿劉小魯言止刱山勝事:"卽便得歸,亦不過芒鞋竹杖,與閒雲野鶴,徜徉於煙霞水石間,何至買山結廬,爲深公所笑耶?"

五 畫

閙 nào ㄋㄠ

俗"鬧"字。見"鬧"各條。

閟 bì 兵媚切,去,至韻,幫。ㄅㄧ

㊀閉門。左傳莊三二年:"初,公築臺臨黨氏,見孟任,從之,閟,而以夫人言,許之。"㊁關閉,止息。詩鄘風載馳:"視爾不臧,我思不閟。"㊂謹愼。書大誥:"天閟毖我成功所。"傳:"言天愼勞我周家成功所在,予不敢不極卒寧王圖事。"蔡傳訓閟爲否閉而不通,毖者艱難而不易。㊃神秘,幽深。詳"閟宫"。

【閟宫】周人祖先帝嚳正妃姜(后稷)之母姜嫄之廟。詩魯頌閟宫:"閟宫有侐,實實枚枚。"傳:"閟,閉也。先妣姜嫄之廟,在周常閉而無事。"後世亦以泛指祠堂。唐杜甫杜工部詩史補遺六古柏行:"憶昨路繞錦亭東,先主武侯同閟宫。"

閛 pēng 普耕切,平,耕韻,滂。ㄆㄥ

關門聲。漢揚雄法言四問道:"開之廓然見四海,閉之閛然不覩牆之裏。"

閜 1. xiā 許下切,上,馬韻,曉。ㄒㄧㄚ

㊀開闔。史記一一七司馬相如傳上林賦:"蹇産溝瀆,谽呀豁閜。"索隱引司馬彪:"豁閜,空虛也。"文選作"閉"。㊁大杯。方言五:"閜,桮也。……其大者謂之閜。"急就篇三:"槫杅槃案桮閜盌。"

2. kě 集韻 口我切,上,哿韻。ㄎㄜ

㊂傾欹。見"閜₂砢"。

【閜口】大杯。見清厲荃事物異名録十九。

【閜₂砢】互相扶持。史記一一七司馬相如傳上林賦:"崔錯癹骫,阬衡閜砢。"索隱:"阬衡閜砢,郭璞云:'揭孽,傾欹貌。'"

閘 yà 烏甲切,入,狎韻,影。ㄧㄚ

㊀開閉門。見説文。後以指可以隨時啓閉之水門。同"牐"。今讀 zhá。宋范仲淹范文正公集九上吕相公並呈中丞咨目:"新導之河,必設諸閘,常時扃之,禦其來潮,沙不能塞也。"㊁查核。明會典二一倉庾一:"景泰三年令各倉斗級庫子,開寫年甲鄉貫住址,編造文册,候巡視官員點閘。"㊂見"閘喋"。

【閘喋】唼喋,魚鳥昆蟲食物聲。漢王充論衡商蟲:"藏宿麥之種,烈日乾暴,投於燥器,則蟲不生。如不乾暴,則閘喋之蟲,生如雲烟。"

閞 biàn 皮變切,去,線韻,並。ㄅㄧㄢ 符萬切,去,願韻,並。

柱上方木,謂門欂櫨。卽斗栱。爾雅釋宫:"閞謂之槉。"注:"柱上欂也。"參見"斗栱"。

六 畫

閡 hé 五溉切,去,代韻,疑。ㄏㄜ

㊀阻隔。文選晉陸士衡(機)文賦:"恢萬里而無閡,通億載而爲津。"世説新語規箴:"夷甫(王衍)晨起,見錢閡行,呼婢曰:'舉卻阿堵物!'"㊁臺階的層次。通"陔"。漢書禮樂志郊祀歌天門:"專精厲意逝九閡。"

関 guān 古還切,平,删韻,見。ㄍㄨㄢ

同"關"。見玉篇。

閨 guī 古攜切,平,齊韻,見。ㄍㄨㄟ

㊀小門。戰國策齊三:"公孫成趨而去,未出,至中閨,(孟嘗)君召而反之。"楚辭屈原離騷:"閨中既邃遠兮,哲王又不寤。"㊁內室。文選漢枚叔(乘)七發:"今夫貴人之子,必宫居而閨處。"後特指女子的卧室。文苑英華一九八唐陳陶隴西行四之二:"可憐無定河邊骨,猶是春閨夢裏人。"

【閨秀】舊稱富貴人家之女子。世説新語賢媛:"顧家婦清心玉映,自是閨房之秀。"宋建安徐氏著閨秀集二卷,見宋陳振孫直齋書録解題十八。後又稱婦女之有才者。清李斗揚州畫舫録二:"揚州閨秀吳政肅,字静嫻,工山水,筆力老健,風神簡古。"

【閨房】小室,內室。文選漢班孟堅(固)西都賦:"閨房周通,門闥洞開。"漢書七六張敞傳:"臣聞閨房之內,夫婦之私,有過於畫眉者。"後世特指女子的居室爲閨房。

【閨門】㊀城門之小者。墨子備城門:"大城丈五爲閨門。"㊁內室之門。荀子仲尼:"(齊桓公)閨門之內,般樂奢汏,以齊之分,奉之而不足。"古時女子居於內室,故謂帷薄不修者曰閨門不謹。北齊書羊烈傳:"烈家傳素業,閨門修飾,爲世所稱,一門女不再醮。"

【閨客】指瑞香花。見宋姚寬西溪叢語上。參見"十客㊀"。

【閨怨】婦女所作抒寫失意哀怨之情的作品,多以閨怨爲題,後來文人模擬其作,遂有閨怨一體。梁何遜何水部集有閨怨詩二首。全唐文九七武則天織錦迴文記:"而錦字迴文,盛見傳寫,是近代閨怨之宗旨,屬文之士咸龜鏡焉。"宋黄庭堅山谷外集補四何主簿蕭齋郎贈詩思家戲和答之詩:"善吟閨怨斷人腸,二妙風流不可當。"

【閨帥】女官,職掌監督宫庭。宋書后妃傳序:"中臺侍御監閨帥,置二人。"

【閨愛】稱他人之女。明陶宗儀輟耕録二八爵禄前定:"(宇文公諒)嘗館授巨室,其閨愛中夜來奔,堅拒不納。"

【閨閤】㊀宫中小門。借指皇帝內廷深密之處。漢書六二司馬遷傳報任安書:"身直爲閨閤之臣,寧得自引深臧於巖穴邪!"㊁內室。史記一二〇汲黯傳:"黯多病,卧閨閤內不出。"或借指妻室。樂府詩集七一唐王昌齡變行路難:"封侯取一戰,豈復念閨閤。"

【閨闥】婦女的居室。漢班固白虎通嫁娶:"閨闥之內,衽席之上,朋友之道也。"也借指女子。新唐書一一三唐紹傳:"男子有四方功,所以加寵。雖郊祀天地,不參設,容得接閨闥哉?"

【閨範】閨中之模範,指婦女品德而言。晉書列女傳序:"既昭婦則,且擅母儀,子政(劉向)緝之於前,元凱(杜預)編之於後,具宜閨範,有裨陰訓。"

【閨蓽】篳門閨竇,指貧賤之家。蓽,同"篳"。宋書文帝紀元嘉三年詔:"可遣大使巡行四方。其宰守稱職之良,閨蓽一介之善,詳悉列奏,勿或有遺。"參見"篳門圭竇"。

【閩閾】閩房。晉書左貴嬪傳元楊皇后誄:"正位閩閾,惟德是將。"

【閩竇】篳門閩竇,指貧賤之家。左傳襄十年:"篳門閩竇之人,而皆陵其上,其難爲上矣。"注:"篳門,柴門;閩竇,小户。穿壁爲户,上銳下方如圭也。言伯輿微賤之家。"禮儒行作"圭窬"。

【閩闥】內室。史記一一七司馬相如傳上林賦:"奔星更於閩闥,宛虹拖於楯軒。"文選古辭傷歌行:"微風吹閩闥,羅帷自飄颺。"玉臺新詠二作三國魏明帝詩。

【閩豔】美麗的少女。全唐詩四六八劉言史七夕歌:"人間不見因誰知,萬家閩豔求此時。"

【閩門旦】京劇所指閩門旦即正旦,多扮少女。如法門寺之宋巧姣,鳳還巢之程雪娥皆是。清李斗謂閩門旦爲小旦,見揚州畫舫錄五。

【閩繡畫】婦女用絨絲繡成的畫。明屠隆考槃餘事二宋繡畫:"宋之閩繡畫,山水人物樓臺花鳥,針線細密,不露邊縫,其用絨止一二絲,用針如髮細者爲之,故眉目畢具,絨彩奪目,而丰神宛然,設色開染,較畫更佳,女紅之巧,十指春風,迥不可及。"

閩 mín 武巾切,平,真韻,明。
ㄇㄧㄣˊ 無分切,平,文韻,明。

㊀古民族名。聚居於今福建省境。周禮夏官職方氏有七閩。後因簡稱福建爲閩。㊁五代十國之一。唐末王審知爲威武軍節度使,五代梁時封爲閩王。其子王延鈞稱帝,據有今福建地,五主五十四年,爲南唐所滅(公元 933—945)。參閱舊五代史王審知傳。

【閩中】古郡名。秦置。治侯官,今閩侯縣。後以閩中泛指福建省地。南史到彥之傳附到溉:"余衣本百結,閩中徒八蠶。假令金如粟,詎使廉夫貪。"

【閩江】江名。一名建江。上源有三源,北源爲建溪,西源曰西溪,西南曰沙溪。三源既合後東南流爲閩江,經閩侯至長樂縣北入海。全長約一千三百里,爲福建省最大河流。參閱讀史方輿紀要九五福建二。

【閩清】縣名。屬福建省。唐貞元元年割侯官縣十鄉爲梅溪場。五代閩升爲閩清縣,屬福州府,歷代因之。見寰宇通志四五福州府。

【閩粵】古國,七閩地。漢高祖封無諸爲閩粵王,後爲漢武帝所滅。也作"閩越"。參閱史記一一四東越傳。

【閩縣】縣名。漢冶縣,一名東冶縣,漢末爲東侯官。三國吳屬建安郡。晉曰侯官縣,爲晉安郡治地。隋開皇九年改名原豐,十二年又改爲閩縣。唐武德三年分置侯官縣。歷代相因。自宋以來皆屬福州府。公元 1912 年與侯官縣合併改閩侯縣,屬福建省。參閱寰宇通志四五福州府。

【閩隸】官名。掌役畜養鳥。見周禮秋官閩隸。

【閩中十子】明福清林鴻有膳部集;長樂陳亮有儲王齋集;長樂高廷禮有木天清氣集、嘯臺集;閩縣王恭有白雲樵唱、鳳臺清嘯、草澤狂歌諸集;閩縣唐泰詩帙不傳,散見善鳴集中;閩縣鄭定有澹齋集;永福王偁有虛舟集;閩縣王褒有養靜集;閩縣周元有宜秋集;侯官黃元其集名不傳。十子皆明初人。閩中詩派多以十子爲宗,大抵皆主摹倣唐調。明萬曆時,袁表、馬熒輯有閩中十子詩三十卷。

閣 gé 古沓切,入,合韻,見。
ㄍㄜˊ

㊀門旁小户。爾雅釋宮:"小閨謂之閣。"漢書五八公孫弘傳:"開東閣以延賢人。"注:"閣者,小門也。"㊁閣爲夾室,閣爲門旁小户,義本有別,但後世兩字互用,如閨閣亦作"閨閣",閣下亦作"閣下"。參閱清俞樾茶香室叢鈔四鈔二四閣閣之辨。

【閣下】對人的敬稱。唐韓愈昌黎集十六上宰相書:"正月二十七日前鄉貢進士韓愈謹伏光範門下,再拜獻書相公閣下。"亦作"閣下"。見該條。

【閣正】對他人妻的敬稱。宋朱熹朱文公集三九答柯國材書:"閣正孺人、令郎各安佳。"

【閣皁】山名。在江西省清江縣東,周迴綿亘二百餘里。山形如閣,色如皂,峯嶺起伏,有泉石池塘之盛,道書以爲七十二福地之一。宋朱熹朱文公集八三跋蒼玉詩卷:"余頃歲數往來江西,飽聞閣皁之勝。"宋范成大石湖集十三清江臺……張安國題榜詩:"蕭灘曳長煙,閣皁炯殘雪。"參閱宋周必大二老堂雜志五記閣皁登覽、雲笈七籤二七洞天福地。

【閣閭】方言九:"(舟)首謂之閣閭。"注:"今江東呼船頭屋謂之飛閭是也。"參見"飛閭"。

【閣閣】象聲詞。蛙鳴。唐韓愈昌黎集七雜詩之四:"蛙黽鳴無謂,閣閣祇亂人。"參見"閣閣㊁"。

【閣門使】官名。唐末、五代有閣門使,掌供奉乘輿,朝會遊幸,大宴引贊,引接親王宰相百僚藩國朝見,糾彈失儀。五代以來,多以處武臣。宋置東、西上閣門使各三人,副使各二人。多以處外戚勛貴。紹興五年,詔右武大夫以上並稱知閣門事,官未至者稱同知閣門事,在知閣門之下。參閱宋史職官志六東西上閣門,文獻通考五八職官十二知閣門使。

【閣羅鳳】公元? 770年。唐南詔國王,父蒙歸義。天寶中,邊臣以事激怒南詔,羅鳳發兵攻雲南,陷之,遂與唐絕,北臣吐蕃,吐蕃號之爲東帝。大曆十四年卒。孫異牟尋立,仍內屬唐。見新唐書二二二上南詔傳。

閦 chù 初六切,入,屋韻,初。
ㄔㄨˋ

㊀衆。見玉篇中引北魏楊承慶字統。㊁佛名。法華經三、阿閦佛國經上皆有阿閦,住東方妙喜世界。菩薩摩訶薩,因無瞋恚故,名之爲阿閦。阿,無;閦,動。

閣 gé 古落切,入,鐸韻,見。
ㄍㄜˊ

㊀古代着於門上防止自闔的長橛。爾雅釋宮:"所以止扉謂之閣。"清郝懿行疏:"此閣以長木爲之,各施於門扇兩旁,以止其走扇。"㊁貯藏食物的櫥櫃。禮內則:"大夫七十而有閣。"注:"閣以板爲之,庋食物也。"㊂樓閣。淮南子主術:"高臺層榭,接屋連閣。"特指藏書之樓,如漢藏秘書處,有天祿閣、石渠閣。㊃內室,舊時常指女子的臥房。樂府詩集二五木蘭詩:"開我東閣門,坐我西閒床。"㊄中央官署名。內閣之略稱。參見"內閣㊂"。㊅閣道的簡稱。戰國策齊六:"故(田單)爲棧道木閣而迎王與后於城陽山中,王乃得反,子臨百姓。"參見"閣道"。㊆放置,停止。同"擱"。唐白居易長慶集六四罷府歸舊居詩:"石片擡琴匣,松枝閣酒盃。"宋張師政倦游雜錄十年騎馬聽朝雞:"熙寧六年,兩河荒歉,令所在青苗本錢,權行倚閣。"(類說十六)

【閣下】對人的敬稱。多用於書信中。唐趙璘因話錄五:"古者三公開閣,郡守比古之侯伯,亦有閣。所以世之書題有閣下之稱。……今又布衣相呼,盡曰閣下。"白居易長慶集五九與劉蘇州書:"閣下爲僕稅駕十五日,朝觴夕詠,頗極平生之歡。"

【閣手】拱手而無所作爲。資治通鑑一三四宋昇明元年:"既而蕭道成兼總軍國,布置心膂,與奪自專,褚淵素相憑附,

(劉)秉與袁粲閣手仰成矣。」注:「閣手者,高拱充位而無所爲,兩手若有所閣也。」

【閣老】㊀唐以中書舍人年久者爲閣老。又中書省、門下省屬官亦互稱閣老。唐杜甫杜工部草堂詩箋十奉贈嚴八閣老:「扈聖登黃閣,明公獨妙年。」嚴武時爲給事中,屬門下省。開元曰黃門省,故云黃閣,呼給事中爲閣老。參閱唐李肇國史補下、新唐書百官志二。㊁明洪武十三年設內閣大學士,故稱宰輔爲閣老,又翰林在文淵閣掌誥敕者亦稱閣老。參閱明方以智通雅十九稱謂、清趙翼陔餘叢考二六閣老。

【閣臣】明制,大學士入閣辦事,故稱閣臣。明王世貞觚不觚錄:「閣臣兼掌部院,非舊規也。」

【閣帖】淳化閣帖的省稱。宋陸游劍南詩稿四一新治暖室:「日閱藏經忘歲月,時臨閣帖雜真行。」詳「淳化閣帖」。

【閣道】㊀星名,屬奎宿。史記天官書:「紫宮……後六星絕漢抵營室,曰閣道。」注:「閣道,北斗輔……閣道六星在王良北。」㊁複道,樓閣之間以木架空的通道。史記秦始皇紀:「(阿房)周馳爲閣道,自殿下直抵南山。」㊂棧道。三國志蜀魏延傳:「率所領徑先南歸,所過燒絕閣道。」水經注二七沔水:「諸葛亮與兄瑾書云:前趙子龍(雲)退軍,燒壞赤崖以北閣道。」參見「棧道㊀」。

【閣鈔】清制,諭旨章奏之經內閣鈔發者,爲閣鈔,以別於由六科發鈔的科鈔。參閱清會典三辦理軍機處。

【閣筆】停筆。常謂才短不敢下筆。三國志魏王粲傳「然正復精意覃思,亦不能加也」注引典略:「粲才既高,辯論應機。鍾繇王朗等雖各爲魏卿相,至於朝廷奏議,皆閣筆不能措手。」

【閣閣】㊀堅牢貌。詩小雅斯干:「約之閣閣,椓之橐橐。」傳:「約,束也。閣閣,猶歷歷也。」清馬瑞辰毛詩傳箋通釋十九:「閣當爲輅字之假借,輅以束物,因以輅輅狀束物歷錄之貌耳。」㊁蛙聲。宋詩鈔韓維南陽集鈔奉和象之夜飲之什:「嗷嗷鶴羣游,閣閣蛙亂鳴。」

【閣學】舊稱內閣學士爲閣學,始於宋時。宋葉夢得避暑錄話上:「龍圖閣學士舊謂之老龍,但稱龍閣。宣和以前,直學士直閣同爲稱,未之有別也。末年陳亨伯爲發運使,以捕方賊功進直學士,佞之者惡其下同直閣,遂稱龍學,于是例以爲稱。而顯謨閣直學士、徽猷閣直學士欲效之,而難於稱謨學猷學,乃易爲閣學。」參閱清王世禎池北偶談三閣學。

【閣鮮】新醃的海魚。清錢大昕潛研堂詩集二竹枝詞和王鳳喈韻之四五:「載得黃魚白鯗至,閣鮮一路賣沿鄉。」自注:「俗呼海魚新鮓者曰閣鮮。」

【閣欄頭】建於山坡的木屋。唐元稹長慶集二一酬樂天……因成詩之二:「平地才應一頃餘,閣欄都大似巢居。」自注:「巴人多在山坡架木爲居,自號閣欄頭也。」

閥 fá 房越切,入,月韻,並。ㄈㄚˊ

見下。

【閥閱】本作伐閱。㊀功績和經歷。也以指世家門第。後漢書二六韋彪傳上議:「士宜以才行爲先,不可純以閥閱。」㊁世宦門前旌表功績的柱子。册府元龜一四〇帝王二旌表四:「正門閥閱一丈二尺,二柱相去一丈,柱端安瓦桶墨染,號烏頭。」玉篇中:「在(門)左曰閥,在右曰閱。」唐皮日休皮子文藪十奉獻致政裴秘監詩:「既無閥閱門,常嫌冠冕累。」參見「伐閱」。

七畫

閬 1. láng làng 來宕切,去,宕韻,來。ㄌㄤˊ ㄌㄤˋ 魯當切,平,唐韻,來。

㊀高大貌。見「閬閬」。㊁空曠。莊子外物:「胞有重閬,心有天遊。」㊂城壕。管子度地:「城外爲之郭,郭外爲之土閬。」注:「閬,謂隍。」

2. liǎng ㄌㄧㄤˇ

㊃通「魎」。史記孔子世家:「木石之怪,夔、罔閬。」索隱:「閬,音兩。家語作『魍魎』。」

【閬中】㊀山名。一名錦屏山,又名寶鞍山。在四川閬中縣南嘉陵江南岸,與縣治對峙。參閱宋王象之輿地紀勝一八五利東路。㊁縣名,屬四川省。秦置。漢屬巴郡。漢末以來爲巴西郡治,爲三巴之一。閬水迂曲,經其三面。故城在今四川閬中縣西。隋改閬內。唐徙治張儀城,復爲閬中。元徙治,即今縣。參閱寰宇通志六三保寧府、讀史方輿紀要六八保寧府。

【閬水】水名。古西漢水。嘉陵江流經閬中縣,稱閬水。參閱宋王象之輿地紀勝一八五利東路、讀史方輿紀要六八保寧府閬中縣。

【閬苑】㊀閬風之苑,仙人所居之境。唐李商隱李義山詩集五碧城之一:「閬苑有書多附鶴,女牆無處不棲鸞。」㊁苑名。本稱隆苑。唐初魯王靈夔、滕王元嬰相繼鎮閬州,以衙宇卑陋,遂修飾擴建,擬於宮苑,謂之隆苑。其後爲避玄宗(隆基)諱,改爲閬苑。見宋王象之輿地紀勝一八五利東路。

【閬風】山名。相傳爲仙人所居,在崑崙之巔。楚辭屈原離騷:「朝吾將濟於白水兮,登閬風而緤馬。」舊題漢東方朔十洲記:「(崑崙山)三角,其一角正北,干辰星之輝,名曰閬風巔。」參見「玄圃㊀」。

【閬閬】高大之貌。文選漢揚子雲(雄)甘泉賦:「閌閬閬其寥廓兮,似紫宮之崢嶸。」一曰空虛。見漢書八七上揚雄傳甘泉賦注。文選漢張平子(衡)思玄賦:「出紫宮之肅肅兮,集太微之閬閬。」

閱 1. yuè 弋雪切,入,薛韻,喻。ㄩㄝˋ

㊀數,計算。左傳哀九年:「商人閱其禍敗之釁,必始於火。」注:「閱,猶數也。」㊁考核,視察。管子度地:「常以秋歲末之時閱其民。」注:「謂省視。」韓非子主道:「知其言以往,勿變勿更以參合閱焉。」㊂檢閱。左傳桓六年:「秋,大閱,簡車馬也。」㊃看,觀覽。舊唐書一六七段文昌傳附段成式:「(成式)研經苦學,秘閣書籍,披閱皆遍。」㊄經歷。漢書文帝紀元年:「(楚王)閱天下之義理多矣。」又六六車千秋傳:「千秋無他材能術學,又無伐閱功勞,特以一言寤意,旬月取宰相封侯。」注:「伐,積功也;閱,經歷也。」㊅總,合。淮南子俶真:「此皆生一父母而閱一和也。」注:「閱,總也。」文選晉陸士衡(機)歎逝賦:「悲夫!川閱水以成川,水滔滔而日度。」㊆容納。詩邶風谷風:「我躬不閱,遑恤我後。」箋:「我身尚不能自容。」㊇賣。見「折閱」。㊈長椽。爾雅釋宮:「桷直而遂謂之閱。」清郝懿行義疏:「椽之長而直達於檐者名閱。」

2. xuè ㄒㄩㄝˋ

㊉洞。通「穴」。詩曹風蜉蝣:「蜉蝣掘閱,麻衣如雪。」

【閱世】經歷時世。唐劉禹錫劉夢得集六送張盥赴舉詩:「況今三十載,閱世難重陳。」宋蘇軾分類東坡詩五自淨土寺步至功臣寺:「榮華坐銷歇,閱世如郵傳。」

【閱兵】漢於立秋日郊禮畢,皇帝執弩射牲,武官肄習戰陣,號曰貙劉。魏晉於立秋擇日大閱車騎,號曰閱兵。自惠帝後廢不行。見晉書禮志中。參見「貙劉」。

【閱武】檢視軍隊。晉書虞溥傳:"溥從父之官,專心墳籍。時疆埸閱武,人争視之,溥未嘗寓目。"

【閱實】查對,核實。書呂刑:"墨辟疑赦,其罰百鍰,閱實其罪。"新唐書九一崔善爲傳:"總監楊素索簿閱實,善爲執板暗唱,無一差謬。"

【閱歷】經歷。舊唐書一九六下吐蕃傳:"黨項首領亦發兵驅牛馬以助。閱歷三旬,……城欲陷者數四。"元方回桐江續集十五次韻劉元暉喜予還家攜酒見訪詩之一:"苦辛厭奔馳,憂患飽閱歷。"

【閱人成世】總衆人而成世。文選晉陸士衡(機)歎逝賦:"川閱水以成川,水滔滔而日度;世閱人以爲世,人冉冉而行暮。"

【閱微草堂筆記】清紀昀撰,二十四卷。分灤陽消夏録、如是我聞、槐西雜志、姑妄聽之、灤陽續録五種。雜記傳説之事,追踪晉宋志怪,常藉鬼狐神仙以寓勸戒之意。軼聞,考證,亦時時錯出其中,其文筆之雍容大雅,久見稱於識者。前三種先已分次刊行,嘉慶五年其門人盛時彦合五書爲一編,總題爲閱微草堂筆記。閱微草堂,昀書齋名。

閭 lú ㄌㄩˊ 力居切,平,魚韻,來。

㊀古代以二十五家爲閭。周禮地官大司徒:"令五家爲比,使之相保,五比爲閭,使之相受。"泛指鄉里。莊子讓王:"顔闔守陋閭,苴布之衣而自飯牛。"㊁里門。書武成:"式商容閭。"公羊傳成二年:"二大夫出,相與踦閭而語。"㊂聚集。參見"尾閭"。㊃陣名。逸周書武順:"左右一卒曰閭,四卒成衛曰伯。"㊄傳説獸名。山海經北山經:"(縣雍之山)其獸多閭。"如驢一角,或曰如驢岐蹄。㊅姓。見"閭丘"。

【閭井】村落。宋書何承天傳安邊論:"猋騎蟻聚,輕兵鳥集,並踐禾稼,焚爇閭井。"唐王維王右丞集四淇上卽事田園詩:"日隱桑柘外,河明閭井間。"

【閭中】古行射禮時用以盛算之具。刻木爲閭形,鑿其背爲口,射中則納算其中以記數。外又有鹿中、虎中、兕中、皮樹中等。見儀禮鄉射禮。

閭中

【閭左】秦代居里門左側的平民。史記陳涉世家:"發閭左適戍漁陽九百人,屯大澤鄉。"索隱:"閭左謂居閭里之左也。……凡居以富强爲右,貧弱爲左。"後世又借指戍兵。宋陸游劍南詩稿一送湯岐公鎮會稽:"閭左發薊北,戈船滿山東。"

【閭丘】複姓。世本三氏姓:"閭丘氏,齊大夫閭丘嬰之後。齊宣王時有閭丘卬、閭丘光。"通志二七氏族三以邑爲氏:"閭氏,齊大夫閭丘嬰之後,或單言閭氏,從省文也。後改爲盧氏。"

【閭伍】閭與伍皆爲户籍基層組織。猶鄉里,民間。史記六四司馬穰苴傳:"臣素卑賤,君擢之閭伍之中,加之大夫之上。"三國志魏鍾會傳上書:"臣輒奉宣詔命,導揚恩化,復其社稷,安其閭伍。"

【閭里】鄉里,泛指民間。戰國策齊四:"今夫士之高者,乃稱匹夫,徒步而處農畝,下則鄙野監門閭里,士之賤亦甚矣。"宋鮑彪注:"閭在鄉,里在野,並五百家,皆有門。"史記一〇一袁盎傳:"袁盎病免居家,與閭里浮沈,相隨行,鬭雞走狗。"

【閭巷】猶里巷。泛指民間。史記八七李斯傳:"夫斯乃上蔡布衣,閭巷之黔首,上不知其駑下,遂擢至此。"又九三韓王信傳報高祖書:"陛下擢僕起閭巷,南面稱孤,此僕之幸也。"

【閭胥】周官名。地官之屬,位次族師。周制,每族四閭,閭凡二十五家。閭胥各掌其閭之徵令,如徵賦、徵役等。見周禮地官閭胥。

【閭師】官名。周禮地官之屬,掌國中四郊官之長,猶鄉遂之有鄉師、遂師,公邑之有縣師。見周禮地官閭師。

【閭娵】古美女。荀子賦:"閭娵子奢,莫之媒也。"注:"閭娵,古之美女……漢書音義:韋昭曰:閭娵,梁王魏嬰之美女。"戰國策楚四引作"閭姝"。

【閭閻】泛指民間。史記六九蘇秦傳太史公曰:"夫蘇秦起閭閻,連六國從親,此其智有過人者。"漢書異姓諸侯王表:"適戍彊於五伯,閭閻偪於戎狄。"注:"閭,里門也。閻,里中門也。陳勝吳廣本起閭左之戍,故總言閭閻。"

【閭丘卬】戰國齊人。年十八自薦於齊宣王,宣王數難之,卬皆應對如流,終爲宣王所用。事見漢劉向新序雜事。

【閭閻醫工】民間醫生。資治通鑑二四九唐宣宗大中九年:"有閭閻醫工劉集,因緣交通禁中。"注:"醫工無職於尚藥局,不待詔於翰林院,但以醫術自售於閭閻之間,故謂之閭閻醫工。"

閫 kǔn ㄎㄨㄣˇ 苦本切,上,混韻,溪。

門檻。也作"梱"。1.指郭門,國門。史記一〇二馮唐傳:"閫以内者,寡人制之;閫以外者,將軍制之。"引申指統兵在外的將帥。見"閫職"。2.指閨門,婦女所居處。孔子家語本命:"教令不出於閨門,事在供酒食而已,無閫外之非儀也。"引申指婦女。京本通俗小説馮玉梅團圓:"足下既然别娶,可攜新閫同來,做個親戚。"指妻室。參見"梱㊀"。

【閫外】指統兵在外。晉書桓沖傳上疏:"臣司存閫外,輒隨宜處分。"宋書索虜傳豫川刺史劉鑠移書:"白衙閫外,思闡皇猷,每申敕守宰,務敦義讓。"

【閫寄】委武將以軍權曰閫寄,謂寄以閫外之事。唐白居易長慶集四十與仕明詔:"卿久鎮邊防,初膺閫寄,式旌勤効,俾洽恩榮。"李商隱李義山文集二爲中丞榮陽公赴桂州長樂驛謝勑設狀:"將承閫寄,尚忝朝恩。"

【閫域】範圍,境界。唐劉禹錫劉夢得集二三澈上人文集:"至如芙蓉園新寺詩云:經來白馬寺,僧到赤烏年。……可謂入作者閫域,豈獨雄於詩僧間邪!"

【閫術】宫中道。明王志堅表異録四宫室:"宫中路曰閫術。"本作"壼術"。文選晉左太沖(思)魏都賦:"椒鶴文石,永巷壼術。"劉淵林注:"壼,宫中巷也。術,道也。"

【閫奥】内室深隱之處。引申指隱微深奥的境界。三國志魏管寧傳正始二年陶丘一等薦寧書:"伏見太中大夫管寧……娱心黄老,游志六藝,升堂入室,究其閫奥。"唐韓愈昌黎集二薦士詩:"後來相繼生,亦各臻閫奥。"參見"壼奥"。

【閫範】謂婦女的品德規範。宋史藝文志著録呂祖謙閫範三卷。

【閫德】婦德。文選南朝梁任彦昇(昉)劉先生夫人墓誌:"肇允才淑,閫德斯諒。"

【閫職】將帥的職任。唐白居易長慶集四十祭張敬則文:"自應閫職,益茂勳猷。惠葺疲氓,威吞黠虜。"

閳 zuān ㄗㄨㄢ

清劉獻廷廣陽雜記二:"閳,則安切,音鑽,平聲。衡人俗字也。"參見"閳林茶。"

【閳林茶】茶名。清劉獻廷廣陽雜記二:"衡山水月林主僧静音,餽余閳林茶一包,蕈菜一瓶。……此茶出石罅中,乃鳥銜茶子墮罅中而生者,極不易得。衡岳之上品也,最能消脹。"

八畫

閼 1. è ㄜˋ 烏葛切,入,曷韻,影。
於歇切,入,月韻,影。

㊀遮壅，阻塞。呂氏春秋古樂：“水道壅塞不行其原，民氣鬱閼而滯著，筋骨瑟縮不達，故作爲舞以宣導之。”㊁閘板。漢書八九召信臣傳：“行視郡中水泉，開通溝瀆，起水門提閼凡數十處，以廣溉灌。”注：“閼，所以壅水。”

2. yān ㄧㄢ 烏前切，平，先韻，影。於乾切，平，仙韻，影。

㊂見“閼₂氏”。

3. yù ㄩ 集韻 依據切，去，御韻。

㊃見“閼₃與”。

【閼₂氏】漢時匈奴王妻妾的稱號，稱母爲母閼氏。史記一一〇匈奴傳：“單于有太子名冒頓。後有所愛閼氏，生少子，而單于欲廢冒頓而立少子。”漢書六八金日磾傳：“日磾以父(休屠王)不降見殺，與母閼氏、弟倫俱没入官，輸黄門養馬，時年十七矣。”

【閼伯】人名。又星名。左傳昭元年：“昔高辛氏有二子，伯曰有閼伯，季曰實沈，居于曠林，不相能也。日尋干戈，以相征討。后帝不臧，遷閼伯于商丘，主辰。商人是因，故辰爲商星。”漢書律曆志：“大火，閼伯之星也，實紀商人。”參見“大火”。

【閼伽】梵語。又作“阿伽”。㊀水或香水。翻譯名義集三諸水：“阿伽，此云水。”如意輪儀軌：“由獻閼伽香水故，行者獲得三業清淨，洗滌煩惱垢。”㊁盛香水之器。唐釋慧琳一切經音義十仁王護國結壇經：“閼伽，梵語也，即是香水器也。或用金銀器也，或用螺盃盛香水也。”

【閼₂逢】天干中甲的別稱，用以紀年。爾雅釋天：“太歲在甲曰閼逢。”淮南子天文作“閼蓬”，史記曆書作“焉逢”。

【閼塞】壅塞。吳越春秋越王無余外傳：“帝堯之時，遭洪水滔滔，天下沉漬，九州閼塞，四瀆壅閉。”

【閼₃與】㊀舒緩貌。漢書八七上揚雄傳校獵賦：“三軍芒然，窮尤閼與。”注：“閼與，容暇之貌也。”㊁地名。戰國韓邑，後屬趙。史記趙世家：“秦韓相攻，而圍閼與。”地在今山西和順縣境。

闍

1. dū shé ㄉㄨ ㄕㄜ 當孤切，平，模韻，端。視遮切，平，麻韻，禪。

㊀城臺。禮禮器“家不寶龜，不藏圭，不臺門”漢鄭玄注：“闍者謂之臺。”參見“闉闍”、“臺門㊀”。

2. shé ㄕㄜ

㊁見“闍₂婆”、“闍₂梨”、“闍₂提”、“闍₂維”。

【闍₂婆】㊀古南海國名。又名訶陵、社婆。南朝宋法顯佛國記作耶婆提。宋書文帝紀元嘉十年：“闍婆州訶羅單國遣使貢方物。”地在今印度尼西亞境。參閱新唐書二二二訶陵傳、宋史四八九闍婆國傳。㊁花名。元周密乾淳歲時記：“禁中納涼避暑……又置茉莉、素馨、朱槿、玉桂、紅蕉、闍婆、薝蔔等南花數百盆。”

【闍₂梨】梵語，僧徒之師。亦譯爲闍黎、阿闍梨、阿祇利、阿遮梨耶。義譯爲軌範師，謂能糾正弟子品行，爲弟子規範。梁書侯景傳：“有僧通道人者，意性若狂，飲酒噉肉，不異凡等。……初言隱伏，久乃方驗，人並呼爲闍梨，景甚信敬之。”參閱釋氏要覽上稱謂。

【闍₂提】梵語，花名。即金錢花。宋陳善捫蝨新話上集二詩評乃花譜：“予因謂……李長吉(賀)‘桃花亂落如紅雨’，似薝蔔花。而王荆公(安石)以爲總不似‘院落深沈杏花雨’，乃似闍提花。”見翻譯名義集三百華。

【闍₂維】梵語。也譯作茶毗、荼毗，又作闍鼻多。義譯爲焚燒、火化。法苑珠林二四病苦引僧祇律：“若逢出家五衆病人，即應覓車乘馱載，令如法供養，乃至死時，亦應闍維殯埋，不得捨棄。”南朝梁慧皎高僧傳十訶羅竭：“至元康八年端坐從化，弟子依西國法闍維之。”

閾

yù ㄩ 況逼切，入，職韻，曉。

門檻。門下橫木爲内外之限。論語鄉黨：“立不中門，行不履閾。”引申爲阻隔之義。文苑英華七八八唐賈至虎牢關銘序：“宜其咽喉九州，閾閫中夏。”

閹

yān ㄧㄢ 央炎切，平，鹽韻，影。衣儉切，上，琰韻，影。

㊀男子去勢曰閹。亦作“奄”。亦指主宫中閉門的役者。說文：“閹，門豎也，宫中奄、昏閉門者。”後特指宫中的太監。㊁掩蔽。屈意迎人之意。孟子盡心下：“閹然媚於世也者，是鄉原也。”

【閹九】節日名。即燕九節。舊曆正月十九日，北京白雲觀香客雲集。白雲觀即元長春宫，爲道教全真教主長春真人丘處機所居。處機以金皇統戊辰正月十九日生。民間傳説蒙古汗鐵木真(元太祖)欲以女妻處機，處機因於是日自腐，因稱閹九。參閱明劉侗于奕正帝京景物略三白雲觀。參見“燕九節”。

【閹尹】主宫室出入的宦官。呂氏春秋仲冬紀：“是月也，命閹尹申宫令，審門閭，謹房室，必重閉。”注：“閹，宫官；尹，正也。於周禮爲宫人，掌王之六寢。”後漢書四十上班彪傳班固西都賦：“虎賁贅衣，閹尹閽寺，陛戟百重，各有攸司。”

【閹茂】地支中戌的別稱，用以紀年。爾雅釋天：“(太歲)在戌曰閹茂。”淮南子天文及漢書天文志作“掩茂”，史記曆書作“淹茂”。

【閹豎】太監的賤稱。豎，供奔走役使的人。後漢書六二荀淑等傳論：“漢自中世以下，閹豎擅恣，故俗以遁身矯絜放言爲高。”新唐書一七三裴度傳：“時閹豎擅威，天子擁虛器，搢紳道喪，度不復有經濟意。”

【閹黨】趨附勾結宦官而結成的幫派。明代閹宦之禍最甚。中葉以前，雖有王振、汪直之横，而黨羽未盛。至正德時劉瑾竊權，閹臣焦芳首與之比，於是列卿爭先獻媚，使司禮監之權居於内閣之上。至嘉靖末年，朝廷門户之爭固結而不可解。明史録自焦芳、張綵以下，迄天啓朝田爾耕等，爲閹黨列傳。見明史三〇六閹黨。

閶

1. chāng ㄔㄤ 尺良切，平，陽韻，穿。

㊀見“閶門”。

2. tāng ㄊㄤ 集韻 他郎切，平，唐韻。

㊁鼓聲。通“闛”、“鼞”、“鏜”、“鼘”、“鞺”。見集韻。周禮夏官大司馬“中軍以鼙令鼓”漢鄭玄注：“司馬法曰：鼓聲不過閶，鼙聲不過閶，鐸聲不過琅。”

【閶門】城門名。1.蘇州城西門。象天門之有閶闔，故名。吳越春秋闔閭内傳：“築小城，周十里，陵門三。不開東面者，欲以絶越明也。立閶門者以象天門，通閶闔風也。立蛇門者，以象地户也。闔閭欲西破楚，楚在西北，故立閶門以通天氣，因復名之破楚門。”參閱宋朱長文吳郡圖經續記上門名。2.揚州城西門。舊唐書敬宗紀寶曆二年：“鹽鐵使王播奏：‘揚州城内，舊漕河水淺，舟船澀滯，輸不及期程。今從閶門外古七里港開河，向東屈曲，取禪智寺橋，東通舊官河，計長一十九里。’”

【閶風】秋風，即閶闔風。文選漢張平子(衡)東京賦：“俟閶風而西遐。”

【閶闔】㊀天門。楚辭屈原離騷：“吾令帝閽開關兮，倚閶闔而望予。”注：“閶闔，天門也。”一説楚人名門曰閶闔，不專指天門。見說文。㊁宫之正門。見三輔黄圖二。又晉時洛陽城西門名閶闔。文選晉左太沖(思)詠史詩之六：“被褐出閶闉，高步追許由。"注："晉宮闕名曰：洛陽閶闔門，西向。"泛指宮門。唐王維王右丞集二和賈舍人早朝大明宮之作詩："九天閶闔開宮殿，萬國衣冠朝至尊。"㊁風名。見"閶闔風"。

【閶闔風】西風。淮南子天文："涼風至四十五日，閶闔風至。"史記律書："閶闔風居西方。閶者，倡也；闔者，藏也。言陽氣道萬物，闔黃泉也。"

閺 wén ㄨㄣˊ 無分切，平，文韻，明。武巾切，平，真韻，明。彌鄰切，平，真韻，明。

地名。說文作"閺"。見"閺鄉"。

【閺鄉】地名。漢湖縣，屬京兆尹，因津以名邑。北周明帝二年置閺鄉郡，隋開皇十六年改爲閺鄉縣。宋以後屬陝州，公元 1954 年併入河南靈寶縣。參閱太平寰宇記六陝州閺鄉。

閳 zhèng ㄓㄥˋ

見下。

【閳閳】争取，掙扎。古今雜劇元闕漢卿竇娥冤一："俺公公撞府沖州，閳閳的銅斗兒家緣百事有。"清平山堂話本簡帖和尚："外面皇甫殿直和行者……蹌將入去看時，見剋着他渾家，閳閳性命。"也作"掙閳"。見該條。

閻 1. yán ㄧㄢˊ 余廉切，平，鹽韻，喻。

㊀里中門。也指里巷。荀子儒效："雖隱於窮閻漏屋，人莫不貴之。"注："窮閻，窮僻之處；閻，里門也。"參閱清王念孫廣雅釋宮"閻謂之衖"疏證。㊁姓。出自姬姓。周武王封太伯曾孫仲奕於閻鄉，因以爲氏。見新唐書宰相世系表三下。

2. yàn ㄧㄢˋ

㊂通"豔"。見"閻₂妻"。

【閻王】見"閻羅王"。

【閻扶】梵語，樹名。唐段成式酉陽雜俎前集一天咫："釋氏書言，須彌山南面有閻扶樹，月過樹，影入月中。"法苑珠林四三界山量作"閻浮"。參見"閻浮提"。

【閻₂妻】美豔之妻。漢書八五谷永傳對問："昔褒姒用國，宗周以喪；閻妻驕扇，日以不臧。"注引魯詩小雅十月之交："閻妻扇方處。"毛詩小雅十月之交作"豔妻煽方處"。詩指周幽王寵妃褒姒。

【閻易】衣長大貌。史記一一七司馬相如傳上林賦："扡獨繭之褕袘，眇閻易以卹削。"

【閻羅】地獄王。梵語"閻摩羅"、"閻魔羅閻"之簡稱。也作餤摩、琰魔。義譯爲平等王，或譯爲縛，卽縛罪人之義；或曰遮，謂遮令不造惡故；或言雙世，謂此王於日夜苦樂相半。或謂雙王，因兄妹皆爲地獄王，兄治男事，妹理女事。其說不一。參閱唐釋玄應一切經音義二一大菩薩藏經餤摩、翻譯名義集二鬼神。參見"閻羅王"。

【閻立本】公元？— 673 年。唐萬年人。與兄立德以善畫齊名，立本尤工於形似。嘗奉詔寫太宗真容，又作秦府十八學士凌煙閣功臣等圖，時人咸稱其妙。總章元年拜右相。既輔政，無宰相器，時姜恪以戰功擢左相，故時人有"左相宣威沙漠，右相馳譽丹青"之嘲。新、舊唐書皆有傳，又見宣和畫譜一。

【閻若璩】公元 1636—1704 年。清太原人。字百詩，號潛丘。博通經史，長於考證，讀尚書古文二十五篇，卽疑其訛。沈潛三十餘年，作古文尚書疏證八卷，明古文尚書二十五篇及孔傳皆爲東晉人僞作。尤精地理，與修一統志，撰四書釋地五卷。有孟子生卒年月考，潛丘劄記，眷西堂集等。清江藩漢學師承記以閻爲冠。

【閻浮提】梵語，卽南贍部洲。或譯贍部洲、剡浮洲、譫浮洲、澹部洲。閻浮，樹名。提卽"提鞞波"之略，義譯爲洲。洲上閻浮樹最多，故稱閻浮提，或閻浮洲。俗謂閻浮提洲指中華及東方諸國，實則佛經專指印度言。參閱唐釋玄應一切經音義十八雜阿毗曇必論閻浮提、翻譯名義集三世界閻浮提。參見"南贍部洲"。

【閻浮檀】佛經中金名。翻譯名義集三世界閻浮提："閻浮，樹名。其林茂盛……林中有河，底有金砂，名閻浮檀金。"金元好問遺山集四甲辰秋洛陽得黃葵子……詩："看來明淨復柔軟，花中乃有閻浮檀。"序云："甲辰秋，洛陽得黃葵子，種之南庵，明年夏六月作花。佛教所謂閻浮檀金明静柔軟令人愛樂者，此花可以當之。"

【閻爾梅】公元1603—1679。明江蘇沛縣人，字用卿，號古古，又號白耷山人。崇禎舉人。明亡後，謀起事，事發被執。脱走，歷遊楚蜀秦晉等九省。見大勢已去，乃還沛。博學善詩，有白耷山人集。

【閻應元】明順天通州人。字麗亨。崇禎中，爲江陰典史。後以功遷英德主簿，道阻不赴，寓居江陰。清兵下江南，典史陳明遇請入城，屬以兵事，率衆固守，被圍八十日，城破死之。明史有傳。

【閻羅王】佛家語。也稱閻魔王或餤王。簡稱閻王。佛書中稱管地獄之主。法苑珠林十二六道典主："閻羅王者，昔爲毗沙國王，經與維陀如生王共戰，兵力不敵，因立誓願爲地獄主。臣佐十八人，……卽主領十八地獄。"

【閻羅包老】宋包拯爲開封尹，居官清正，立朝剛毅，貴戚宦官爲之斂手，京師爲之語曰："關節不到，有閻羅包老。"見宋司馬光涑水紀聞十、又宋史三一六本傳。

閵 lìn ㄌㄧㄣˋ 良刃切，去，震韻，來。

踐踏。漢書五七上司馬相如傳上林賦："徒車之所閵轢。"史記作"轔轢"。文選作"轥轢"。

閽 hūn ㄏㄨㄣ 呼昆切，平，魂韻，曉。

㊀守門者。楚辭屈原離騷："吾令帝閽開關兮，倚閶闔而望予。"穀梁傳襄二九年："閽殺吳子餘祭。閽，門者也，寺人也。"參見"閽人"。㊁門。文選漢揚子雲（雄）甘泉賦："選巫咸兮叫帝閽，開天庭兮延羣神。"以天門喻君門，故宮門亦稱閽。新唐書一一三徐有功傳上疏："叫閽弗聽，叩鼓弗聞。"參見"叩閽"、"叫閽"。

【閽人】官名。周禮天官有閽人掌昏晨啓閉宮門。後世通稱守門人爲閽人。禮檀弓下："季孫之母死，哀公弔焉。曾子與子貢弔焉，閽人爲君在，弗内也。"

【閽寺】卽閽人與寺人。易說卦："（艮）爲閽寺。"禮内則："深宮固門，閽寺守之。"注："閽掌守中門之禁也，寺掌内人之禁令也。"

【閽侍】守門人。唐李商隱李義山文集三爲舉人上翰林蕭侍郎啟："頃者曾干閽侍，獲拜堂皇。"

緦 shā shài ㄕㄚ ㄕㄞˋ 字彙 山戛、所賣二切。

生殺，減殺。同"殺"。生殺、隆殺之殺，周禮考工記多作"緦"。清龔自珍定盦文集補己亥雜詩之四九："牘尾但書臣向撰，頭銜不稱緦其詞。"

九 畫

闊 kuò ㄎㄨㄛˋ 苦栝切，入，末韻，溪。

㊀疏遠，遠離。詩邶風擊鼓："于嗟闊兮，不我活兮。"漢書七七諸葛豐傳："京師爲之語曰：'間何闊，逢諸葛。'"注："言間者何？久闊不相見，以逢諸葛故也。"㊁稀闊。漢書溝洫志："郡承河下流，……頃所以闊無大害者，以屯氏河通，兩川分流

也。"漢書九七下孝成趙皇后傳："朝諸希闊。"注："闊猶闕也。"㊂寬緩。漢書九九下王莽傳："闊其租稅。"㊃廣闊。史記一一七司馬相如傳封禪文："邇陜游原，迥闊泳沫。"樂府詩集五九漢蔡琰胡笳十八拍之十四："山高地闊兮見汝無期，更深夜闌兮夢汝來斯。"㊄侈大。晉書成公綏傳天地賦："何陰陽之難測，偉二儀之奓闊。"今俗稱富貴豪奢曰闊。

【闊步】大步走。三國志魏文帝紀黃初七年注引魏書曹丕(漢)文帝論："欲使曩時累息之民，得闊步高談，無危懼之心。"

【闊別】久別，遠別。晉王羲之王右軍集二問慰諸帖下之十二："闊別稍久，眷與時長。"

【闊狹】底細，詳況。宋書蕭思話傳與世祖牋："下官近在歷下，始奉國諱，所承使人，不知闊狹，既還在路，漸有所聞。"

【闊略】㊀寬恕。漢書八六王嘉傳上封事："人情不能不有過差，宜可闊略，令盡力者有所勸。"注："當寬恕其小罪也。"㊁粗疏。漢王充論衡實知："陰見默識，用思神秘，衆人闊略，寡所意識，見聖賢之名物，則謂之神。"㊂減少，擺脫。漢書九九上王莽傳："願陛下愛精休神，闊略思慮。"注："闊，寬也。略，簡也。"

【闊達】豁達不拘小節。史記一二九貨殖傳："臨菑亦海岱之間一都會也，其俗寬緩闊達，而足智好議論。"後漢書二四馬援傳："援說(隗)囂曰：前到朝廷，上引見數十，……且開心見誠，無所隱伏，闊達多大節，略與高帝同。"

【闊落】疏闊，不細密。宋蘇軾分類東坡詩十一和子由論書："書成輒棄去，繆被旁人裹；皆云本闊落，結束入細麽。"

闇 1. àn ㄢˋ 烏紺切，去，勘韻，影。

㊀閉門，見說文。㊁指黃昏或黑夜。禮祭義："周人祭日，以朝及闇。"注："闇，昏時也。"㊂日月蝕。周禮春官眡祲："五曰闇。"疏："闇，日月食也者。以其日月如光消，故闇蒙也。"㊃冥暗。禮曲禮："孝子不服闇。"注："闇，冥也。"宋司馬光溫國文正司馬公集六秋夜望月詩："星連河渚闇，風繞桂枝生。"㊄昏昧。荀子君道："主闇於上，臣詐於下，滅亡無日矣。"戰國策趙二："愚者闇於成事，智者見於未萌。"

2. yǎn ㄧㄢˇ

㊅遽然。文選漢傅武仲(毅)舞賦："翼爾悠往，闇復輟已。"注："闇猶奄也，古人呼闇，殆與奄同。方言曰 奄，遽也。"

3. ān ㄢ 集韻 烏含切，平，覃韻。

㊆治喪之廬。見"諒闇"。㊇熟悉。通"諳"。見"闇₃練"。

【闇劣】昏憒。三國志魏杜恕傳上疏："親對詔問，所陳心達，……忠能者進，闇劣者退，誰敢依違而不自進？"

【闇室】卽暗室。晉書王廣女傳："俄於闇室擊(梅)芳，不中，芳驚起曰，何故反邪？"引申爲獨處之意。舊五代史唐趙光逢傳："百行五常，不欺闇室。"參見"暗室㊀"。

【闇海】海水幽暗，故稱闇海。舊題漢郭憲洞冥記三："帝舒闇海玄落之席，散明天發日之香。"

【闇弱】昏庸而儒弱。三國志蜀諸葛亮傳："劉璋闇弱，張魯在北，民殷國富，而不知存卹。"

【闇莫】昏暗不明。莫，同"暮"。文選漢枚叔(乘)七發："榛林深澤，煙雲闇莫。"注："莫，闇貌也。說文曰：莫，日且冥也。"

【闇虛】月蝕時遮月的地影。漢張衡張河間集二靈憲："當日之衝，光常不合者，蔽於地也，是謂闇虛。"也作"暗虛"。見該條。

【闇跳】疾行貌。文選漢傅武仲(毅)舞賦："或有踰埃赴轍，霆駭電滅，蹠地遠羣，闇跳獨絕。"

【闇解】自然理解。世說新語術解："荀勖善解音聲，時論謂之闇解。……阮咸妙熟，時謂神解。"

【闇₃練】熟習。卽諳練。晉書職官志："及蜀破後，令(陳)勰受諸葛亮圍陣用兵倚伏之法，又甲乙校標幟之制，勰悉闇練之。"

【闇藹】㊀不分明貌。文選戰國楚宋玉高唐賦："徙靡澹淡，隨波闇藹。"注："闇藹者，言木蔭水波闇藹然也。"㊁盛貌。漢書八七上揚雄傳校獵賦："車騎雲會，登降闇藹。"參見"暗藹"。

闌 lán ㄌㄢˊ 落干切，平，寒韻，來。

㊀門遮。史記楚世家："雖(張)儀之所甚願爲門闌之廝者，亦無先大王。"㊁戰車上的兵器攔木。左傳宣十二年"楚人惎之脫扃"晉杜預注："扃，車上兵闌。"疏："杜云兵闌，蓋橫木車前，以約車上之兵器，慮其落也。"㊂阻隔。戰國策魏三："晉國之去梁也，千里有餘，有河山以闌之。"高誘注本作"蘭"。㊃晚，殘盡。史記高祖紀："酒闌，呂公因目固留高祖。"樂府詩集五九漢蔡琰胡笳十八拍之十四："山高地闊兮見汝無期，更深夜闌兮夢汝來斯。"㊄書中墨畫之界綫。如烏絲闌。㊅擅自出入。見"闌入"、"闌出"。㊆臂上之裝飾品。手鐲之類。明陶宗儀元氏掖庭記："一人獻柳金簡翠腕闌，似今之手鐲類，但彼扁而用臂者耳。"

【闌入】擅入。漢制，諸入宮殿門皆著籍，無籍而妄入，謂之闌入。漢書成帝紀建始三年："虒上小女陳持弓聞大水至，走入橫城門，闌入尚方掖門。"注引應劭曰："無符籍妄入宮曰闌。"唐律疏議七衛禁："諸闌入大廟門及山陵北域城門者，徒三年。"

【闌干】㊀縱橫。吳越春秋句踐入臣外傳："言竟，掩面涕泣闌干。"樂府詩集五九漢蔡琰胡笳十八拍之十七："豈知重得兮入長安，歎息欲絕兮淚闌干。"㊁同"欄杆"。唐李白李太白詩五清平調詞："解釋春風無限恨，沉香亭北倚闌干。"

【闌夕】盡夜。文選南朝宋謝靈運擬魏太子鄴中集應瑒詩："始采延露曲，繼以闌夕語。"唐劉良注："闌，閑也。謂繼夜而語。"

【闌出】妄出，卽不得許可而出。史記一二〇汲黯傳："愚民安知市買長安中物而文吏繩以爲闌出財物于邊關乎？"漢書九六下西域傳："今邊塞未正，闌出不禁，……後降者來，若捕生口虜，乃知之。"

【闌珊】衰落，將盡。唐白居易長慶集五四詠懷："白髮滿頭歸得也，詩情酒興漸闌珊。"李羣玉詩後集三九日："絲筦闌珊歸客盡，黃昏獨自詠詩迴。"

【闌風】唐杜甫杜少陵集三秋雨嘆之二："闌風伏雨秋紛紛，四海八荒同一雲。"宋趙子櫟注："闌珊之風，沉伏之雨，言其風雨之不已也。"一本作"蘭"。元李治敬齋古今黈七："闌風……謂薰風闌盡，將變而爲涼風也。一本闌作蘭，古字通用。"

【闌殘】殘盡。猶言闌珊。宋楊萬里誠齋集八正月十九日五更詣天慶觀……詩："元宵風物又闌殘，閉閤何曾出一看。"元張憲玉笥集六唐五王擊毬圖詩："花萼相輝雨氣寒，樓中歌管漸闌殘。"

【闌單】㊀精疲力盡貌。唐劉知幾史通二體："碎瑣多蕪，闌單失力。"參見"蘭單"。㊁不整飭貌。宋陶穀清異錄三衣服："諺曰：闌單帶，疊垛衫，肥人也覺瘦嚴岩。闌單，破裂狀，疊垛，補衲蓋掩之多。"

【闌遺】行人所遺。唐律疏議二七雜律下得闌遺物："諸得闌遺物，滿五日不送官者，各以亡失罪論。"新唐書百官志一刑部："闌遺之物，揭於門外，牓以物色，期年没官。"

【闌殫】萎軟貌。唐鄭棨開天傳信記："兔子死闌殫，持來掛竹竿，試將明鏡照，何異月中看。"

闉 yīn ㄧㄣ 於真切，平，真韻，影。

㊀城曲重門。文選南朝宋顏延年(延之)始安郡還都與張湘州登巴陵城樓作詩："經塗延舊軌，登闉訪川陸。"㊁塞。周禮地官掌蜃："掌斂互物蜃物，以共闉壙之蜃。"淮南子兵略："無刑罰之威而相爲斥闉要遮者，同所利也。"㊂蜷曲。莊子德充符："闉跂支離無脤。"釋文："司馬(彪)云：闉，曲；跂，企也。闉跂支離，言脚常曲行，體不正，卷縮也。"

【闉闍】曲城。城門加築的樓臺。泛指城門。詩鄭風出其東門："出其闉闍，有女如荼。"箋："謂國外曲城之中市里也。"唐白居易長慶集五六和微之春日投簡陽明洞天五十韻詩："環奇塡市井，佳麗溢闉闍。"

闋 zhì ㄓˋ 集韻 直利切，去，至韻。

緻密。漢揚雄太玄經六闋："次二，闋無間。"注："二火合會，闋密如一，故無間也。"

闈 wéi ㄨㄟˊ 雨非切，平，微韻，于。

㊀古代宮室，前曰廟，後曰寢，寢側兩邊的小門曰闈。周禮地官保氏："使其屬守王闈。"左傳哀十四年："子我出，屬徒，攻闈與大門皆不勝，乃出。"㊁宮內后妃居處。後漢書皇后紀上序："后正位宮闈，同體天王。"㊂內室。文選晉束廣微(晳)補亡詩南陔："眷戀庭闈，心不遑安。"㊃科舉考試會場闈防嚴密，稱鎖闈，省稱闈。會試曰春闈，鄉試曰秋闈。參見"春闈"、"秋闈"。

【闈墨】科舉制度，自明以來，鄉、會試考官選定中式文字，編刻成書，明稱小録，清稱闈墨。闈中應試者概用墨筆，送試官前經闈中用硃筆謄爲硃卷。故試卷有硃墨二本。聊齋志異陸判："未幾科試冠軍，秋闈果中經元，同社友素揶揄之，及見闈墨，相視而驚。"參見"小録㊀"、"硃卷"。

闋 què ㄑㄩㄝˋ 苦穴切，入，屑韻，溪。

㊀事已閉門。見說文。㊁止息。詩小雅節南山："君子如屆，俾民心闋。"傳："闋，息。"㊂樂終。禮文王世子："有司告以樂闋。"注："闋，終也。"亦稱樂曲一首爲一闋。呂氏春秋古樂："三人操牛尾投足以歌八闋。"㊃事畢。文選晉張景陽(協)七命："繁肴既闋，亦有寒羞。"故喪服滿期曰服闋。㊄空虛。莊子人間世："瞻彼闋者，虛室生白。"室以喩心，言心虛空則純白。

【闋廣】馬名。爾雅釋畜："回毛在膺宜乘，在背闋廣。"疏："旋毛在背者名闋廣。"

闆 1. pàn ㄆㄢˋ 玉篇 匹限切。

㊀門中視。見玉篇。

2. bǎn ㄅㄢˇ

㊁舊稱店主曰老闆，也作老板。

闍 yú ㄩˊ 羊朱切，平，虞韻，喻。

窺視。見"闚闍"。

闃 qù ㄑㄩˋ 苦鶪切，入，錫韻，溪。

寂靜。易豐："闚其户，闃其無人。"南朝梁何遜何水部集行經孫氏陵詩："闃寂今如此，望望沾人衣。"

十畫

闕 1. què ㄑㄩㄝˋ 去月切，入，月韻，溪。

㊀古代宮廟及墓門立雙柱者謂之闕，其上連有飛簷罘罳者謂之連闕。左傳莊二一年："鄭伯享王于闕西辟。"也稱象魏。參閱晉崔豹古今注上都邑。㊁城樓。見"城闕"。㊂指皇帝所居。漢書六四上朱買臣傳："詣闕上書，書久不報。"

2. quē ㄑㄩㄝ

㊃過失。詩大雅烝民："袞職有闕，維仲山甫補之。"左傳襄四年："昔周辛甲之爲大史也，命百官，官箴王闕。"㊄空。左傳昭二十年："使華寅肉袒執蓋，以當其闕。"宋史選舉志四銓法上："紹定元年，臣僚上言：'銓曹之患，員多闕少，注擬甚難。'"㊅同"缺"。論語子路："君子於其所不知，蓋闕如也。"國語魯下："若盟而棄魯侯，信抑闕矣。"㊆姓。後漢書獻帝紀有闕宣。

3. jué ㄐㄩㄝˊ

㊇毁傷。呂氏春秋孝行："父母置之，子弗敢廢。父母全之，子弗敢闕。"㊈同掘。左傳隱元年："若闕地及泉，隧而相見，其誰曰不然。"

【闕下】宮闕之下。史記八三鄒陽傳獄中上書梁孝王："則士伏死堀穴巖藪之中耳，安肯盡忠信而趨闕下者哉！"後來上書於皇帝而不敢直指，但言闕下。

【闕文】缺疑不書或遺漏之文。論語衛靈公："子曰：吾猶及史之闕文也。"集解："包(咸)曰：古之良史，於書字有疑則闕之，以待知者。"文選晉陸士衡(機)文賦："收百世之闕文，採千載之遺韻。"

【闕里】地名。相傳爲春秋時孔子授徒之所，在洙泗之間。孔子時無闕里之名，其名始見於漢書六七梅福傳，至後漢始盛稱孔子故里爲闕里。參閱清閻若璩四書釋地闕里(清經解六)、桂馥晚學集一闕里考。

【闕車】古代兵車的一種。周禮春官車僕："掌戎路之萃，廣車之萃，闕車之萃，苹車之萃，輕車之萃。"注："此五者皆兵車，所謂五戎也。…… 闕車，所用補闕之車也。"

【闕狄】即闕翟。古王后六服之一。周禮天官內司服："掌王后之六服：褘衣、揄狄、闕狄、鞠衣、展衣、緣衣。素沙。"注："狄當爲翟。翟，雉名。……王后之服，刻繒爲之形而采畫之，綴於衣以爲文章。褘衣畫翬者，揄翟畫搖者，闕翟刻而不畫。此三者皆祭服。"參閱釋名釋衣服。

【闕門】㊀兩觀之間。穀梁傳桓三年："禮送女，父不下堂，母不出祭門，諸母兄弟不出闕門。"注："闕，兩觀也，在祭門外。"越絶書一外傳本事："講習學問魯之闕門。"㊁複姓。漢有鄒人膠東內史闕門慶忌。見漢書八八儒林傳。

【闕洩】獸名。爾雅釋獸："闕洩多狃。"疏："舊說以爲闕泄，獸名。其脚多狃。狃，指也，然其形所未詳聞。"

【闕塞】山名。即伊闕。即今河南洛陽市南之龍門山。左傳昭二六年："使汝寬守闕塞。"注："闕塞，洛陽西南伊闕口也。"水經注十五伊水："伊水又北入伊闕，……春秋之闕塞也。"參見"伊闕"。

【闕翟】見"闕狄"。

【闕疑】對疑難未解者不妄加評論。論語爲政："多聞闕疑，慎言其餘，則寡尤。"漢書藝文志六藝："後世經傳既已乖離，博學者又不思多聞闕疑之義，而務碎義逃難，便辭巧說，破壞形體。"

【闕3翦】削弱，損害。左傳成十三年："(秦)康公，我之自出，又欲闕翦我公室，傾覆我社稷，帥我蝥賊，以來搖蕩我邊疆。"

【闕鞏】古國名。左傳昭十五年:"闕鞏之甲,武所以克商也。"又作甲名。左傳定四年:"分唐叔以大路、密須之鼓、闕鞏、姑洗。"注:"(闕鞏)甲名。"說文"砮"引春秋傳作"闕砮之甲"。藝文類聚五九三國魏陳琳武軍賦:"鎧則東胡闕鞏,百鍊精剛。"

【闕特勤碑】唐碑。在今蒙古人民共和國之鄂爾渾河畔。闕特勤爲突厥毗伽可汗之弟,唐開元二十年卒。唐玄宗遣官弔祭並爲立碑。事見舊唐書一九四上突厥傳。清光緒十六年重新發現此碑。文字可讀者四百餘字,碑之左右側及碑陰刻突厥文。參閱清李文田和林金石錄闕特勤碑。

闖 1. chèn ㄔㄣˋ 丑禁切,去,沁韻,徹。

㊀出頭貌。公羊傳哀六年:"開之則闖然公子陽生也。"說文作"䚋",訓爲暫見。唐韓愈昌黎集一南山詩:"喁喁魚闖萍,落落月經宿。"

2. chuǎng ㄔㄨㄤˇ

㊁突然而前,兼有泛然遇之及無所顧忌之義。如突入人席曰闖席,在外浪游曰闖江湖。宋李曾伯可齋雜稾十七謝御筆戒諭兵將等事奏:"近聞探騎天闖淮垠,決在旬月之間,即有風塵之警。"

【闖₂子】稱粗魯勇猛之人。明史二六八黃得功傳:"得功每戰,飲酒數斗,酒酣氣益厲。喜持鐵鞭戰,鞭漬血沾手腕,以水濡之,久乃得脫,軍中呼爲黃闖子。"

【闖₂王】明崇禎初,陝西農民起義領袖高迎祥聚衆起事,號闖王。後迎祥被俘就義,衆推李自成繼爲闖王。參閱資治通鑑綱目三編十九、明史李自成傳。

【闖₂將】㊀指勇猛善戰所向無前的將領。明末農民大起義中,李自成與張獻忠皆有闖將之稱。明史三〇九李自成傳:"自成乃與兄子過往從(高)迎祥,與(張)獻忠等合,號闖將。"㊁指結黨橫行的無賴。清翟灝通俗編十一品目引白頭閑話:"都人或十、五結黨,橫行街市間,號爲闖將。"

闔 hé ㄏㄜˊ 胡臘切,入,盍韻,匣。

㊀門扇。禮月令仲春之月:"耕者少舍,乃修闔扇。"注:"用木曰闔,用竹葦曰扇。"爾雅釋宮:"闔謂之扉。"㊁關閉,閉合。易繫辭上:"一闔一闢謂之變。"楚辭漢東方朔七諫謬諫:"欲闔口而無言兮,嘗被君之厚德。"㊂符合。戰國策秦三:"意者,臣愚而不闔於王心耶?"㊃總,全。漢書武帝紀元朔元年詔:"深詔執事,興廉舉孝,……今或至闔郡而不薦一人。"㊄草苫。周禮夏官圉師:"茨牆則翦闔。"注:"闔,苫也。"㊅何不,何爲。通"盍"。莊子天地:"夫子闔行耶?無落吾事!"釋文:"闔,本亦作盍。"

【闔閭】見"闔廬"。

【闔廬】廬,也作"閭"。㊀住室。左傳襄十七年:"吾儕小人,皆有闔廬以避燥濕寒暑。"晏子春秋廬字作"閭"。㊁公元前?—前496年。吳公子光。光使專諸刺殺吳王僚而自立,是爲吳王闔廬。用楚亡臣伍子胥,屢敗楚兵,九年吳兵入楚都郢。十五年與越王句踐戰,兵敗傷指而死。文選晉左太沖(思)吳都賦:"闔閭廬之所營,采夫差之遺法。"見史記吳太伯世家。

闐 tián ㄊㄧㄢˊ 徒年切,平,先韻,定。
ㄊㄧㄢˋ 堂練切,去,霰韻,定。

㊀盛,滿。史記一二〇汲鄭傳贊:"始翟公爲廷尉,賓客闐門;及廢,門外可設雀羅。"㊁象聲詞。見"闐闐"。

【闐溢】充滿。韓詩外傳一:"賢者不然,精氣闐溢,而後傷時不可過也。"漢劉向說苑辨物作"填盈"。

【闐噎】充滿。同闐溢。文選晉左太沖(思)吳都賦:"冠蓋雲蔭,閭閻闐噎。"

【闐顏】山名。漢書武帝紀元狩二年:"(衛)青至幕北圍單于,斬首萬九千級,至闐顏山乃還。"又五五霍去病傳作"寘顏山"。在今蒙古人民共和國境。

【闐闐】㊀盛貌。詩小雅采芑:"伐鼓淵淵,振旅闐闐。"參閱元李治敬齋古今黈五。㊁象聲詞。楚辭漢王褒九懷通路:"遠望兮仟眠,聞雷兮闐闐。"雷聲。文選晉左太沖(思)蜀都賦:"車馬雷駭,轟轟闐闐。"車馬聲。

闒 tà ㄊㄚˋ 徒盍切,入,盍韻,定。

㊀樓上户。通"闟"。見說文。㊁見"闒茸"。㊂鼙聲。通"鞈"。周禮夏官大司馬"中軍以鼙令鼓"漢鄭玄注:"司馬法曰:鼓聲不過閶,鼙聲不過闒。"

【闒非】神話傳說中的怪物。山海經海內北經:"闒非,人面而獸身,青色。"

【闒茸】㊀卑賤。史記八四賈誼傳弔屈原賦:"闒茸尊顯兮,讒諛得志。"漢書六二司馬遷傳報孫會宗書:"今已虧形爲埽除之隸,在闒茸之中。"㊁駑弱。楚辭漢劉向九歎憂苦:"同駑贏與乘駔兮,雜斑駮與闒茸。"注:"闒茸,駑頓也。"

【闒靸】拖沓,萎靡不振。朱子語類輯略八論文:"文字奇而穩方好;不奇而穩,只是闒靸。"

【闒鞠】古代一種習武遊戲,即蹴鞠。資治通鑑二周顯王三十六年:"臨淄甚富而實,其民無不鬬雞走狗,六博闒鞠。"注:"闒鞠,史記作'蹋鞠'。以皮爲之,實之以毛,蹴蹋而戲。"參見"蹋鞠"。

【闒戟車】皇帝獵車名。晉書輿服志:"獵車,駕四馬,天子校獵所乘也。……一名闒戟車,一名蹋猪車。魏文帝改名蹋獸車。"參見"闒₂戟"。

闓 kǎi ㄎㄞˇ 苦亥切,上,海韻,溪。
ㄎㄞˋ 苦蓋切,去,代韻,溪。

㊀開。漢書九四上匈奴傳遺漢書:"今欲與漢闓大關,取漢女爲妻。"注:"闓,讀與開同。"㊁安樂。通"愷"。見"闓懌"。

【闓陽】太陽。舊唐書音樂志三則天大聖皇后大享昊天樂章之三:"闓陽晨披紫闕,太一曉降黃庭。"

【闓懌】和樂。漢書五七下司馬相如傳封禪文:"昆蟲闓懌,回首面內。"注:"文穎曰:闓、懌,皆樂也。"史記作"凱澤",文選作"闓澤"。

闑 niè ㄋㄧㄝˋ 魚列切,入,薛韻,疑。
五結切,入,屑韻,疑。

門橛,門中央所豎的短木。經常與棖對文。其制經無明文。禮玉藻:"君入門,介拂闑,大夫中棖與闑之間,士介拂棖。"疏:"闑謂門之中央所豎短木也;棖謂門之兩旁長木,所謂門楔也。"或云門有二闑。參閱說文十二上清段玉裁注。

十一畫

闚 kuī ㄎㄨㄟ 去隨切,平,支韻,溪。

同"窺"。㊀小視,竊視。易豐:"闚其户。"方言十:"闚,視也。凡相竊視,南楚謂之闚。"引申爲窺度、探測。莊子在宥:"無問其名,無闚其情。"㊁炫示。史記八六荆軻傳:"愚以爲誠得天下之勇士使於秦,闚以重利,秦王貪,其勢必得所願矣。"

【闚伺】暗中窺測。晉書劉琨傳上表:"是以(石)勒朝夕謀慮,以圖臣爲計,闚伺間隙,寇抄相尋。"

【闚閃】暗中察看。三國志魏梁習傳"然苛碎無大體"注引魏略苛吏傳:"(弘農太守劉類)性又少信,每遣大吏出,輒使小吏隨覆察之。白日常自於牆壁間闚閃,夜使幹廉察諸曹。"

【闚覦】見"闚闐"。

【闚闟】私視，伺隙而動。同"窺窬"。漢桓寬鹽鐵論力耕："商則長詐，二則飾罵，内懷闚闟而心不怍。"三國志吳陸遜傳上疏："彊寇在境，荒服未庭，陛下乘桴遠征，必致闚闟，慼至而憂，悔之無及。"也作"闚覦"。後漢書五五河間孝王開傳附子翼："安帝乳母王聖與中常侍江京等，譖鄧騭兄弟及翼，云與趙王謀圖不軌，闚覦神器，懷大逆心。"參見"窺窬"。

闛 táng 徒郎切，平，唐韻，定。
ㄊㄤˊ 吐郎切，平，唐韻，透。

見下。

【闛鞈】鼓音。文選漢司馬長卿(相如)上林賦："金鼓迭起，鏗鎗闛鞈。"注："闛鞈，鼓音也。毛詩曰：擊鼓其鏜。字書曰：鞈，鼓聲。闛與鏜，鞈與鞈，古字通。"亦作"闛閤"。晉書潘尼傳釋奠頌："金石簫管之音，八佾六代之舞，鏗鏘闛閤，般辟俛仰。"

【闛闔】門名。漢書八七上揚雄傳校獵賦："乃詔虞人典澤，東延昆鄰，西馳闛闔。"注："闛闔，門名也。闛讀與閶同也。又音吐郎反。"

關 1. guān 古還切，平，刪韻，見。
ㄍㄨㄢ

㊀閉門之橫木，卽門栓。左傳襄二三年："臧孫斬鹿門之關以出奔邾。"㊁關閉。淮南子覽冥："城郭不關。"晉陶潛陶淵明集五歸去來兮辭："園日涉以成趣，門雖設而常關。"㊂關口，關門。古設關於界上，以稽查行旅。孟子梁惠王上："臣門郊關之内有囿方四十里。"又下："關譏而不征。"㊃人體的各部位，常以關名。卽關節。素問骨空論："膕上爲關。"漢荀悅申鑒俗嫌："隣臍二寸謂之關。"又淮南子主術以耳目口爲三關。㊄機捩。後漢書五九張衡傳："施關發機。"㊅交，通。漢揚雄太玄經一玄測："升降相關，大貞乃通。"注："關，交也。"後漢書八七西羌傳："通道玉關，隔絶羌胡，使南北不得交關。"㊆經由。漢書五六董仲舒傳："太學者，賢士之所關也。"注："關，由也。"㊇關白。漢書九八元后傳："上曰：'此小事，何須關大將軍？'"文選漢王子淵(褒)聖主得賢臣頌："進退得關其忠，任職得行其術。"㊈涉及，參與。世說新語文學："既共清言，遂達三更，丞相(王導)與殷(浩)，共相往反，其餘賢，略無所關。"㊉衡。見"關石"。㊀㊀公文書名。見"關文"。㊀㊁發放。水滸五五："三軍盡關了糧賞。"㊀㊂姓。關令尹喜之後。一云夏大夫關龍逢之後。漢有長水校尉關陽，三國蜀有前將軍關羽。參閱元和姓纂四引漢應劭風俗通、廣韻刪。

2. guàn
ㄍㄨㄢˋ

㊀通"貫"。禮雜記下："叔孫武叔朝，見輪人以其杖關轂而輠輪者。"

3. wān 集韻烏關切，平，刪韻。
ㄨㄢ

㊀通"彎"。孟子告子下："越人關弓而射之。"清焦循正義："文選三都賦劉逵注，引孟子此文，作彎。……彎、關、貫並通。"

【關人】守關門之吏。儀禮聘禮："及竟，張旜誓，乃謁關人。關人問從者幾人，以介對。"

【關子】㊀謂緊要處。指通關節、進詞説之人。新唐書一七四李逢吉傳："其黨有張又新、李續、張權輿、劉栖楚、李虞、程昔範、姜洽及(李)訓八人，而傅會者又八人，皆任要劇，故號'八關十六子'。有所求請，先賂關子，後達於逢吉，無不得所欲。"㊁古鈔幣名。宋史食貨志下三："高宗紹興元年，有司因婺州屯兵，請椿辦合用錢，而路不通舟，錢重難致，乃造關子付婺州，招商人入中，執關於榷貨務請錢，願得茶鹽香貨鈔引者聽。"其制，上一黑印如西字，中三紅印相連如目字，下兩旁各一小長黑印，宛然爲一賈字。見文獻通考九錢幣二歷代錢幣之制、續文獻通考七錢幣關子。㊂猶後世之空白執照。宋陸游老學庵筆記一："宣和間，親王公主及他近屬戚里入宮，輒得金帶關子，得者旋塡姓名賣之，價五百千。雖卒伍屠酤自一命以上皆可得。"金帶，謂飾以金泥。

【關文】公文書名。初爲上稟的文書，其後爲官府之間互相通報的平行文書。南朝梁劉勰文心雕龍五書記："百官詢事，則有關、刺、解、牒。"儒林外史十三："那差人進來磕了頭，……隨呈上一張票子和一角關文。"參閱宋書禮志二、清沈濤銅熨斗齋隨筆五關。

【關心】猶言留意。南朝宋鮑照鮑氏集三代堂上歌行："萬曲不關心，一曲動情多。"唐王維王右丞集二酬張少府詩："晚年惟好静，萬事不關心。"

【關元】人體經穴名。素問氣穴論："下紀者關元也。"注："關元者，少陽募也，在齊下同身寸之三寸，足三陰任脈之會。"雲笈七籤十一黃庭内景經上有："上有靈魂下關元。"注："關元，臍也。"

【關支】猶言支領。元典章二一户部七職役人關錢物："其差到人員，多係無職役不知義理之人，或令關錢人自來關支，誠恐其中間詐冒。"

【關尹】官名。卽周之司關。國語周中："敵國賓至，關尹以告。"注："關尹，司關。掌四方之賓客。"也作關令尹。參見"關令"。

【關中】地名。相當於今陝西省。史記項羽紀："人或説項王曰：'關中阻山河四塞，地肥饒，可都以霸。'"集解引徐廣曰："東函谷，南武關，西散關，北蕭關。"一説東自函關，西至隴關，二關之間謂之關中。見晉潘岳關中記。

【關内】㊀指函谷關以内。史記高祖紀："悉發關内兵。"㊁唐行政區劃名，爲十道之一。轄府二，都護府二，州二十七，縣一百三十五。其境東距河，西抵隴坂，南據終南。當今陝西終南山以北、甘肅隴山(六盤山南段)以東及寧夏以北之地。參閱新唐書地理志一關内道。

【關市】人員物資聚集之地。逸周書大聚："關市平，商賈歸之。"周禮天官大宰："七曰關市之賦。"疏："王畿四面皆有關門，及王之市廛二處。"

【關石】國語周下："夏書有之曰：'關石龢鈞，王府則有。'"注："夏書，逸書也。關，門關之征也。石，今之斛也。言征賦調鈞，則王之府藏常有也。一曰關，衡也。"按二語見今書夏書五子之歌，此篇至晉始出，韋昭未見，故曰逸書。孔傳："金鐵曰石，供民器用，通之使和平，則官民足。"

【關令】卽關尹。史記六三老子傳："至關，關令尹喜曰：'子將隱矣，強爲我著書。'"索隱："李尤函谷關銘云'尹喜要老子留作二篇'，而崔浩以尹喜又爲散關令是也。"周書王褒傳與周弘讓書："同夫關令，物色異人；譬彼客卿，服膺高士。"

【關仝】五代後梁長安人，善畫山水，尤喜作秋山寒林圖。早年師荆浩，晚年筆力出於浩上。仝，一作同、穜、童。見宣和畫譜十、宋郭若虛圖畫見聞誌二。

【關白】㊀稟報。漢書六八霍光傳："光自後元秉持萬機，及上卽位，迺歸政。上謙讓不受，諸事皆先關白光，然後奏御天子。"三國志吳呂範傳："初(孫)策使範典主財計，(孫)權時年少，私從有求，範必關白，不敢專許。"㊁通知，通告。新唐書一五七陸贄傳："邊書告急，方使關白用兵。"舊唐書一三九陸贄傳作"方令計會用兵"。計會，籌畫商酌之意。宋楊萬里誠齋集十三宿潭石步詩："天公嚇客惡作劇，不相關白出不測。"

【關西】指函谷關以西之地。漢書三九蕭何傳："當是時相國守關中，關中搖足，則關西非陛下有也。"後漢楊震，時人稱爲"關西孔子楊伯起"。伯起，震字，震爲弘農華陰人，地居函谷關西，故云。見後漢書八四本傳。

【關羽】漢末三國河東解人，字雲長。初亡命涿郡，與劉備張飛結識，恩若兄弟。備起兵，命爲別部司馬。建安五年爲曹操所執，操重其材，拜爲偏將軍，以斬顏良功，封漢壽亭侯。旋復離操歸備。備既得江南諸郡，命羽爲襄陽太守，督荆州事。建安二十四年，拜爲前將軍，圍曹仁於樊，威震一時。孫權用呂蒙計襲破荆州，殺羽及子平。後蜀漢後主景耀三年追謚壯繆侯。三國志蜀有傳。

【關防】㊀關隘有兵防守之處。唐杜甫杜工部草堂詩箋十塞蘆子："延州秦北户，關防猶可倚。"又羅隱甲乙集九定遠樓詩："近日關防雖弛柝，舊時欄檻尚侵雲。"㊁防範，禁制。宋朱熹朱文公別集與黄商伯書："若事事如此索關防，則無復開泰之時矣。"李心傳建炎以來繫年要録九七紹興六年正月："比年軍興，以納粟得官者，不謂之納粟，……原朝廷之意，欲激勸其樂輸，便得官户，而銓曹別無關防之法。"㊂官印的一種。關防之制，起於明初。添設之官不給印，祇給關防。印，方形；關防，長方形。清制，各省總督、巡撫、欽差、參贊、鹽政、學政、總兵、副將、參將、遊擊、守備、都司皆用關防；總理衙門及各部院掌理文書銀糧料物之官廳，亦皆用關防。參閲清顧炎武日知録九關防、俞樾茶香室叢鈔八印關防條記、清會典事例三二一——三二三禮部鑄印。

【關牡】門栓。北齊顏之推顏氏家訓書證："按蔡邕月令章句曰：'鍵，關牡也，所以止扉或謂之剡移。"參見"扊扅"、"剡移"。

【關河】史記六九蘇秦傳："秦四塞之國，被山帶渭，東有關河，西有漢中。"正義："東有黄河，有函谷、蒲津、龍門、合河等關。"也泛指一般山河。晉陶潛陶淵明集二贈羊長史詩："豈忘游心目，關河不可踰。"

【關東】㊀指函谷關以東之地。史記八七李斯傳："自秦孝公以來，周室卑微，諸侯相兼，關東爲六國。"㊁指山海關以東，卽今東北三省。清楊賓柳邊記略三："關東人呼參曰貨，又曰根子。"

【關斧】斧名。後漢書六十上馬融傳廣成頌："翬終葵，揚關斧。"按周禮考工記車人"車人爲車"漢鄭玄注："謂金剛關頭斧。"疏："漢時斧近刃，皆以剛鐵爲之，又以柄關孔。"關斧卽關頭斧。

【關津】指水陸要道關卡。漢書九九中王莽傳："吏民出入，持布錢以副符傳。不持者，廚傳勿舍，關津苛留。"三國志魏文帝紀延康元年注引魏書庚戌令："關津所以通商旅，池苑所以禦災荒也。設禁重稅，非所以便民，其除池籞之禁，輕關津之稅，皆復什一。"

【關$_2$穿】猶貫穿。漢王充論衡程材："春秋五經，義相關穿。"

【關帝】蜀漢關羽既死，至後主景耀三年追謚爲壯繆侯。至宋徽宗始封爲忠惠公，大觀二年加封武安王，元文宗加顯靈威勇英濟王，至洪武中復侯原封，在諸神祠中位不甚尊。至萬曆二十二年始從道士張通元請進爵爲帝，廟曰英烈。四十二年又勑封"三界伏魔大帝神威遠鎮天尊關聖帝君"，自是相沿有關帝之稱。清順治九年，勑封"忠義神武關聖大帝"，每年五月十三日遣太常致祭，除京師，各地皆有關帝廟。參閲清顧張思土風録十八關帝生日、李調元童山文集七重修安縣武廟碑記。

【關涉】聯繫。三國志魏公孫淵傳注引魏名臣贊："（殿弘）冠族子孫，少好學問，博通書記，多所關涉。"唐劉知幾史通書志："且事當炎運，尤相關涉。"

【關宴】唐代進士關試後的曲江宴會。五代王定保唐摭言一述進士下："曲江大會在關試後，亦謂之關宴。宴後同年各有所之，亦謂之爲離會。"

【關託】關說請託。新唐書一八〇李德裕傳："帝怠荒于政，故戚里多所請丐，挾官人詗禁中語，關託大臣。"

【關格】中醫指陰陽失和之病。素問脈要精微論："陰陽不相應，病名曰關格。"靈樞經脈度："陰氣太盛，則陽氣不能榮也，故曰關。陽氣太盛，則陰氣弗能榮也，故曰格。陰陽俱盛，不得相營，故曰關格。關格者，不得盡期而死矣。"

【關書】舊時聘請家庭私塾教師的文書，載明教學時間及報酬若干，謂之關書。清缺名都門竹枝詞教館："關書聘禮何曾見，自僱驢車搬進來。"

【關脈】掌後高骨上之動脈，爲手脈之一部分。其前爲寸，其後爲尺。陰陽氣血，由此分界，故名。參見"寸關尺"。

【關候】候關之吏。三國志蜀陳震傳："震入吳界，移關候曰：'……震以不才，得充下使，奉聘敍好，踐界踊躍。'"宋書何承天傳安邊論："又界上嚴立關候，杜廢閒蹊。"

【關梁】關，關門；梁，津梁；指水陸要會之處。文選戰國宋玉九辯："猛犬狺狺而迎吠兮，關梁閉而不通。"漢書九四下匈奴傳侯應議："自中國尚建關梁，以制諸侯，所以絶臣下之覬欲也。"

【關捩】機軸，機關。晉書天文志上："至順帝時，張衡又制渾象……因其關捩，又轉瑞輪蓂莢於階下，隨月虛盈，依歷開落。"百衲本捩作"戾"。唐蘇鶚杜陽雜編中："（韓志和）善彫木作鸞鶴鴉鵲之狀，……以關捩置於腹内，發之則淩雲奮飛。"

【關張】指三國蜀名將關羽張飛，皆以雄烈著名。後常以關張稱有威名的大將。唐李商隱李義山詩集五籌筆驛："管樂有才真不忝，關張無命欲何如。"管樂，管仲樂毅。

【關廂】城門外大街和附近居民地區。元明雜劇元關漢卿山神廟裴度還帶三："這城中關廂裏外，人事上也絮繁了。"又楔子："城裏關廂市户鄉民，共憐他父清女孝，衆人齎助有一千貫。"

【關提】行文拘提逃匿他地的犯法官吏。明百子山樵（阮大鋮）燕子箋上僞緝："還要在霍都梁原籍關提勾當，關提勾當。"

【關試】唐宋時登科者應吏部之試，謂之關試。五代王定保唐摭言三關試："吏部員外，其日於南省試判兩節，諸生謝恩，其日稱門生，謂之一日門生，自此方屬吏部矣。"宋史選舉志一："登科之人，例納朱膠綾紙之直，赴吏部南曹試判三道，謂之關試。"

【關楗】㊀鎖門的工具。老子："善閉無關楗而不可開。"宋范應元注："楗，拒門木也，或從金旁，非也。横曰關，豎曰楗。"㊁指事物最緊要的節目。宋書曆志下祖沖之議："尋（戴）法興所議六條，竝不造理難之關楗。"南齊書崔祖思傳陳政事："有恥且格，敬讓之樞紐；令行禁止，爲國之關楗。"

【關雎】詩周南首篇之名。論語八佾："關雎樂而不淫，哀而不傷。"詩周南關雎疏："關雎者，詩篇之名。既以關雎爲首，遂以關雎爲一卷之目。"

【關暇】謂停止假期。元周密癸辛雜識後集學規："學規五等，輕者關暇，幾月不許出入，此前廊所判也。重則前廊關暇，監中所行也。"

【關節】㊀謂骨端相銜處。素問刺禁論：

"刺關節中液出，不得屈伸。"㊁謂通賄請託。唐李肇唐國史補下:"造請權要，謂之關節。"舊唐書穆宗紀長慶元年詔:"訪聞近日浮薄之徒，扇爲朋黨，謂之關節，干擾主司，每歲策名，無不先定。永言敗俗，深用興懷。"參閱宋吳曾能改齋漫録一關節。

【關說】通關節以進說。史記梁孝王世家:"上廢栗太子，竇太后心欲以孝王爲後嗣，大臣及袁盎等有所關說於景帝。"又一二五佞幸傳:"至漢興，高祖至暴抗也，然籍孺以佞幸；孝惠時有閎孺。此兩人非有才能，徒以婉佞貴幸，與上卧起，公卿皆因關說。"索隱:"關，通也。謂公卿因之而通其說。"

【關撲】賭戲名。猶後世的攤錢、賭擲財物之類。宋蘇軾東坡集續集奏議三乞不給散青苗錢斛狀:"又官吏無狀，於給散之際，必令酒務鼓樂倡優或關撲賣酒牌子，農民至有徒手而歸者。"孟元老東京夢華録六正月:"正月一日年節，開封府於關撲三日，……至寒食冬至三日亦然。"

【關樓】關門上所建之樓。資治通鑑四二漢建武九年:"横江水起浮橋、關樓，立欑柱以絶水道。"注:"'關樓'，范書(後漢書岑彭傳)作'鬭樓'，猶今城上敵樓也。"全唐詩二九三司空曙關山月:"野幕冷胡霜，關樓宿邊客。"

【關親】沾親。猶言痛癢相關。古今雜劇元關漢卿竇娥冤二:"我其實不關親，無半點恓惶泪。"

【關鍵】同"關楗"。㊀鎖門的工具。引申指最緊要之處。晉書殷仲堪傳上奏:"夫制險分國，各有攸宜，劍閣之隘，寔蜀之關鍵。"參見"關楗"。㊁謂機關。舊唐書一八五上王方翼傳:"屬牛疫，無以營農，方翼造人耕之法，施關鍵，使人推之，百姓賴焉。"㊂比喻事物的機要。三國魏嵇康嵇中散集四答難養生論:"上以周孔爲關鍵，畢志一誠，下以嗜欲爲鞭策，欲罷不能。"南朝梁劉勰文心雕龍六神思:"神居胸臆，而志氣統其關鍵。"

【關竅】㊀人體的關節孔竅。雲笈七籤五七諸家氣法導引論:"故榮氣者，所以通津血，强筋骨，利關竅也。"㊁猶訣竅。聊齋志異夢狼:"弟日居衡茅，故不知仕途之關竅耳。"

【關懷】猶關心。宋書孔覬傳:"不治産業，居常貧罄，無有豐約，未嘗關懷。"

【關礙】猶阻礙。舊唐書一二八顏真卿傳上疏:"臣聞太宗勤於聽覽，庶政以理，故著司門式云:'其有無門籍人，有急奏者，皆令監門司與仗家引奏，不許關礙。'所以防壅蔽也。"

【關隴】指函谷關以西、隴山以東一帶地區。南朝宋鮑照鮑氏集四擬古詩之六:"河渭冰未開，關隴雪正深。"

【關關】鳥鳴聲。詩周南關雎:"關關雎鳩，在河之洲。"唐白居易長慶集十六酬元員外三月三十日慈恩寺相憶見寄詩:"悵望慈恩三月盡，紫桐花落鳥關關。"

【關覽】瀏覽，隨意閱讀。後漢書八十張升傳:"升少好學，多關覽而任情不羈。"

【關籥】㊀横持門户之木。籥，通"闔"。國語楚下:"舊怨滅宗，國之疾眚也，爲之關籥蕃籬而遠備閑之，猶恐其至也，是之爲日惕，若召而近之，死無日矣。"㊁引申指檢點、約束。世說新語識鑒:"傅(嘏)曰:'何晏鄧颺有爲而躁，博而寡要，外好利而内無關籥，貴同惡異，多言而妬前。'"

【關山月】漢樂府横吹曲名，多寫邊塞士兵久戍不歸和家人互傷離别之情。現存歌詞爲南北朝以來文人所作。參閱樂府詩集二一横吹曲辭序、二三關山月序。

【關中侯】漢有關内侯。魏置關中侯，以賞有功，爵第十七級，金印紫綬，無邑，不食租。在列侯下。晉因之。參閱三國志魏武帝紀注引魏書、歷代職官表六世爵世禄。

【關尹子】舊題周尹喜撰。一卷，分爲九篇。漢書藝文志著録，而隋書經籍志等皆不載，知原本久佚。今本多法釋氏及神仙方技家，而雜以儒家之言，出於宋人依託。

【關内侯】戰國策魏一:"王不若與竇屢關内侯。"宋鮑彪注:"侯於關内耳，此時未爲爵。"秦制，爵第十九級曰關内侯。秦都咸陽，以關内爲王畿，故稱。漢因之。漢書百官公卿表上:"爵:一級曰公士，二上造，……十九關内侯。"注:"言有侯號而居京畿，無國邑。"參閱清俞正燮癸巳類稿十一關内侯説。

【關外侯】漢獻帝建安二十年曹操置，以賞有功。爵第十六級，銅印，龜紐，墨綬，不食租，有爵無邑。晉因之。參閱通典三一職官一三。

【關盼盼】唐時徐州妓。善歌舞，工詩文。貞元中有張尚書納爲妾，爲築燕子樓。尚書卒，樓居十五年不嫁。後得白居易燕子樓詩，有感，不食而卒。白氏長慶集十五有燕子樓詩序，不言尚書姓名。全唐詩話六張建封妓謂張尚書卽張建封。清汪立名白香山年譜，考定納盼盼爲妾者非建封，乃其子愔。元侯正卿有燕子樓雜劇，所記卽盼盼本事。參見"燕子樓"。

【關索嶺】在今貴州關嶺縣東，鎮寧布依族苗族自治縣西。勢極高峻，周迴百餘里，古爲滇黔通道。嶺上有關索廟。舊時傳説索爲三國關羽子，然羽子無名索者，清一統志疑爲關帥廟之音訛。參閱嘉慶一統志五〇一安順府山川。

【關龍逢】古史傳説夏之賢臣。夏桀無道，爲酒池糟丘。關龍逢極諫，桀因而殺之。其事迹見莊子人間世、荀子解蔽又宥坐、吕氏春秋必己、韓詩外傳四。

【關中八川】指關中涇、渭、灞、滻、酆、鎬、潦、潏八水。酆也作灃，鎬也作滈，潦今作澇。漢書五七上司馬相如傳上林賦:"蕩蕩乎八川分流。"按八川唯涇在渭北，餘皆在渭南。

【關中四傑】指佛教三論宗之道融、僧叡、僧肇、道生四人，皆爲鳩摩羅什之高足弟子。參見"三論宗"。

【關中奏議】明楊一清撰，十卷。一清三任陝西三邊總制，通曉邊事。書中以生平章疏分爲五類，因所陳多陝甘事，故總以關中爲名。凡部臣覆疏及楊前後所奉諭旨悉編入之，於時事本末頗詳盡。

【關中曾子】唐賈循，京兆華原人，父會，有高節。親亡，負土成墓，廬其左，手植松柏，時號"關中曾子"。曾子，孔子弟子，以孝著名，故與相比。見新唐書一九二賈循傳。

【關西孔子】後漢楊震，華陰人，字伯起。少好學，受歐陽尚書於太常桓郁，明經博覽，無不窮究。諸儒爲之語曰:"關西孔子楊伯起。"華陰在函谷關之西，故稱關西。見後漢書五四本傳。

【關西出將】後漢書五八虞詡傳:"喭曰:'關西出將，關東出相。'"秦郿白起，頻陽王翦；漢義渠公孫賀、傅介子，成紀李廣、李蔡，上邽趙充國，狄道辛武賢，稱名將，皆關西人。漢丞相蕭何、曹參，魏相、丙吉，韋賢、平當、孔光、翟方進，皆起關東。

【關東出相】見"關西出將"。

【關馬鄭白】關漢卿、馬致遠(東籬)、鄭光祖(德輝)、白樸(仁甫)爲元代著名曲家。自元以來，稱關、馬、鄭、白。見元周德清中原音韻自序。

【關中金石記】清畢沅撰，八卷。記沅撫陝時録陝甘等地自秦至元古碑彝器等金石文字凡七百九十七件。依時代編次，加以考訂，以精博見稱。後來王昶編金石萃編幾於全録其文。

【關中勝蹟圖誌】清畢沅撰，三十二卷。書以郡縣爲經，以地理、名山、大川、古蹟四子目爲緯，而以諸圖附於後，並有所考證。

十二畫

闥 tà 他達切，入，曷韻，透。ㄊㄚˋ

㊀夾室，寢室左右的小屋。詩齊風東方之日："彼姝者子，在我闥兮。"㊁宮中小門。史記九五樊噲傳："噲乃排闥直入，大臣隨之。"漢書六八霍光傳："出入禁闥二十餘年，小心謹慎，未嘗有過，甚見親信。"㊂疾貌。文選三國魏嵇叔夜(康)琴賦："闥爾奮逸，風駭雲亂。"

闞 1. kàn 苦濫切，去，闞韻，溪。ㄎㄢˋ

㊀闚視。文選三國魏嵇叔夜(康)琴賦："邪睨崐崘，俯闞海湄。"㊁春秋魯邑名。在今山東汶上縣西南。春秋桓十一年："冬，十二月，公會宋公于闞。"注："闞，魯地，在東平須昌縣東南。"參閱嘉慶一統志一六六兖州府古蹟闞城。㊂姓。春秋齊卿闞止之後。三國吳有闞澤。見元和姓纂九闞。

2. hǎn 火斬切，上，豏韻，曉。ㄏㄢˇ 許鑑切，去，鑑韻，曉。

㊃虎怒貌。詩大雅常武："進厥虎臣，闞如虓虎。"

【闞澤】三國吳會稽人，字德潤。仕吳爲中書令，拜太子太傅，封都鄉侯。究覽羣籍，兼通曆數。虞翻嘗比之揚雄董仲舒。三國志吳有傳。

【闞駰】北魏敦煌人，字玄陰。博通經傳。注王朗易傳，撰十三州志，行於世。爲北涼主沮渠蒙遜所重，常訪以政事損益。官祕書考課郎中，給文吏三十人，典校經籍，刊定諸子三千餘卷。家甚清貧，不免飢寒。卒無後。魏書、北史有傳。

【闞₂闞₂】勇武貌。周禮地官保氏"五曰軍旅之容"漢鄭玄注："鄭司農(衆)云：'……軍旅之容，闞闞仰仰。'"釋文："闞，呼檻反。"唐文粹三三上獨孤及招北客文："餓虎爭肉，吼怒闞闞。"

闠 huì 胡對切，去，隊韻，匣。ㄏㄨㄟˋ

市外門。見說文。一云中隔門。文選漢張平子(衡)西京賦："爾乃廓開九市，通闤帶闠。"

闡 chǎn 昌善切，上，獮韻，穿。ㄔㄢˇ

㊀顯，說明。易繫辭下："夫易彰往而察來，而微顯闡幽。"㊁春秋魯邑名。春秋哀八年："齊人取讙及闡。"地在今山東寧陽境。

【闡士】高僧之稱，也作開士。參見"開士"。

【闡化】開創教化。文選晉潘安仁(岳)爲賈謐作贈陸機詩："粤有生民，伏羲始君，結繩闡化，八象成文。"

【闡提】佛家語。全稱一闡提。稱永無成佛之機的人。闡提有二類。一爲發大悲心，爲救衆生，永不成佛，謂之大悲闡提。一爲極惡絕善根，永不成佛，謂之斷善闡提。晉缺名蓮社高賢傳道生法師傳："道生法師曾倡言，闡提之人，皆得成佛。衆僧初疑，及後見聖行品經云：闡提之人，雖復斷善，猶有佛性。乃皆媿服。"

【闡緩】謂樂聲舒徐和緩。文選漢馬季長(融)長笛賦："安翔駘蕩，從容闡緩。"

【闡繹】闡明陳述。後漢書四十下班彪傳附班固典引："厥有氏號，紹天闡繹者，莫不開元於大昊皇初之首。"

闈 1. wěi 韋委切，上，紙韻，于。ㄨㄟˇ

㊀闢，開。國語魯下："公父文伯之母，季康子之從祖叔母也。康子往焉，闈門與之言，皆不踰閾。"注："闈，闢也。"

2. kuāi 苦緺切，平，佳韻，溪。ㄎㄨㄞ

㊁門斜開。宋司馬光溫國文正公集五九月十一日夜雨宿南園……詩："體羸畏風冷，室處門常闈。"

闟 1. xī 許及切，入，緝韻，曉。ㄒㄧ

㊀戟名。見"闟戟"。㊁安定貌。管子小問："桓公北伐孤竹，未至卑耳之谿十里，闟然止，瞠然視。"注："闟，住立貌。"史記一一〇匈奴傳："世世昌樂，闟然更始。"

2. dá 集韻 敵盍切，入，盍韻。ㄉㄚˊ

㊂山闟谷，漢水所出，在犍爲郡，漢陽都尉治所。見漢書地理志上。

3. tà ㄊㄚˋ

㊃物墮地聲。韓詩外傳二："巫馬期喟然仰天而歎，闟然投鎌於地。"

【闟₃茸】猥賤。同"闒茸"。見該條。

【闟戟】長戟。史記六八商君傳："持矛而操闟戟者旁車而趨。"集解引徐廣："屈盧之勁矛，干將之雄戟。"文選漢張平子(衡)東京賦："雲罕九斿，闟戟轇輵。"宋史儀衞志三："考工記車戟崇於殳，酋矛崇於戟，各四赤，戟矛皆插車騎，謂之兵車。戰國尚武，故增插四戟，謂之闟戟。……漢鹵簿前驅有鳳凰闟戟，猶未施於五輅。江左以來，五輅乃加棨戟於車之右，韜以黼繡之衣。"

【闟₃豬車】獵車名。後漢書輿服志上："獵車……一曰闟豬車，親校獵乘之。"注："魏文帝改曰闟虎車。"

闦 jiāo 集韻 玆消切，平，宵韻。ㄐㄧㄠ

木名。逸周書王會："卜人以丹沙，夷用闦木。"晉孔晁注："木生水中，色黑而光，其堅若鐵。"正字通："即今烏木。崔豹古今注：'豎木出交州，色黑有文，亦謂之烏文木也。'俗譌作翳木，非。"

闀 xiàng 許亮切，去，漾韻，曉。ㄒㄧㄤˋ

兩階之間。文選晉左太沖(思)魏都賦："肅肅階闀，重門再扃。"參閱說文十二上"闀"清段玉裁注。

十三畫

闢 pì 房益切，入，昔韻，並。ㄆㄧˋ

㊀開。易繫辭上："闢戶謂之乾。"㊁避。說文作"趩"。周禮天官閽人："凡外內命夫命婦出入，則爲之闢。"謂驅阻行人以相避。㊂疏通。爾雅釋水："溴闢流川。"㊃排除。荀子解蔽："是以闢耳目之欲，遠蚊虻之聲，閑居靜思則通。"

【闢邪】謂駁斥邪說。南朝陳徐陵徐孝穆集九齊國宋司徒寺碑："攝亂以定，闢邪以律。"

【闢展】地名。位於哈密和吐魯番之間，爲古代天山南路之驛道經地。清雍正五年始建闢展城。今爲新疆維吾爾自治區鄯善縣鎮名。參閱嘉慶一統志五二二吐魯番闢展。

闤 huán 戶關切，平，删韻，匣。ㄏㄨㄢˊ

市垣。文選漢張平子(衡)西京賦："爾乃廓開九市，通闤帶闠。"

【闤闠】闤，市垣；闠，市之外門。古代市道卽在垣與門之間，故稱市肆爲闤闠。舊題漢甘公石申星經下市樓："市樓六星，在市門中，主闤闠之司。今市曹官之職。"文選晉左太沖(思)魏都賦："班列肆以兼羅，設闤闠以襟帶。"

阜 部

阜 fù ㄈㄨˋ 房久切,上,有韻,奉。

㊀土山,丘陵。詩小雅天保:"如山如阜,如岡如陵。"㊁大。書周官:"六卿分職,各率其屬,以倡九牧,阜成兆民。"㊂肥大。詩秦風駟驖:"駟驖孔阜,六轡在手。"㊃旺盛。詩鄭風大叔于田:"叔在藪,火烈具阜。"周禮天官大宰:"六曰商賈,阜通貨賄。"㊄多。詩小雅頍弁:"爾酒既旨,爾殽既阜。"㊅生長。國語魯上:"獸虞於是乎禁罝羅,矠魚鼈以爲夏犒,助生阜也。"

【阜平】縣名。屬河北省。漢靈壽及南行唐二縣地。金置阜平縣。元明因之,清順治十六年省,康熙二十二年復置。見嘉慶一統志二七正定府。

【阜昌】㊀熾盛。楚辭大招:"田邑千畛,人阜昌只。"文選南朝宋顏延年(延之)赭白馬賦:"聞王會之阜昌,知函夏之充牣。"㊁宋時僞齊劉豫年號。公元1131—1137年。

【阜城】縣名。屬河北省。漢置縣,屬勃海郡;後漢屬安平國。明清屬直隸河間府。參閱寰宇通志二河間府。

【阜財】財富殷盛。漢揚雄法言孝至:"君人者,務在殷民阜財。"唐柳宗元柳先生集三七爲耆老等請復尊號表之一:"足食之慶,充溢於京坻,阜財之謡,歡呼於道路。"

【阜康】㊀富足康樂。晉常璩華陽國志蜀志:"是時世平道治,民物阜康。"宋史樂志十三化成天下:"極塞成淸謐,齊民益阜康。"㊁縣名。屬新疆維吾爾自治區。漢爲郁立師、車師後國,唐置金滿縣,元爲別失八里地,明設敦剌城,改名特訥格爾,淸乾隆二十七年置阜康縣,舊屬甘肅。參閱嘉慶一統志二八〇迪化州。

【阜陵】㊀山岡,丘陵。漢書五七司馬相如傳:"谽呀豁閜,阜陵別隝。"㊁地名。漢置縣,屬九江郡。漢文帝封淮南王子劉安爲阜陵侯於此。明帝時,淪爲麻湖。北周廢入全椒縣。故城在今安徽全椒縣東南。參閱讀史方輿紀要二九滁州。㊂宋孝宗(趙眘)墓爲永阜陵,在浙江紹興寶山,宋人常稱孝宗爲阜陵,宋樓鑰攻媿集七二跋陸宣公奏議總要:"阜陵喜觀陸贄奏議。"

【阜滋】蕃盛。同"滋阜"。文選漢張平子(衡)東京賦:"草木蕃庶,鳥獸阜滋"。

【阜陽】縣名。屬安徽省。秦爲汝陰縣。漢屬汝南郡。三國至隋爲汝陰郡,唐屬潁州,元省入州。清置阜陽縣,爲潁州府治。公元1975年析置阜陽市。參閱嘉慶一統志一二八潁州府。

【阜寧】縣名。屬江蘇省。本山陽鹽城二縣地,清雍正九年析置阜寧縣。見嘉慶一統志九三淮安府。

【阜螽】蝗的幼蟲。詩召南草蟲:"喓喓草蟲,趯趯阜螽。"釋文:"李巡云:'蝗子也。'草木疏云:'今人謂蝗子爲螽。'"文選南朝梁劉孝標(峻)廣絶交論:"夫草蟲鳴則阜螽躍,雕虎嘯而淸風起。"

【阜鄉舄】傳説中仙人之鞋。安期先生,琅琊阜鄉人,時人皆言千歲翁。秦始皇東遊,與語三日三夜,賜金璧數千萬。出阜鄉亭,皆置去,留赤玉舄一雙爲報。見舊題漢劉向列仙傳上。唐劉禹錫劉夢得集一遊桃源一百韻詩:"枕中淮南方,床下阜鄉舄。"

二 畫

阞 lè ㄌㄜˋ 盧則切,入,德韻,來。

㊀地脈。周禮考工記匠人:"凡溝,逆地阞,謂之不行。"注:"溝,謂造溝;阞,謂脈理;不行,謂決溢也。"㊁零數。通"仂"。周禮考工記輪人:"以其圍之阞,捎其藪。"注:"阞,三分之一也。"

三 畫

阤 1. zhì shǐ ㄓˋ ㄕˇ 池爾切,上,紙韻,澄。施是切,上,紙韻,審。

㊀山坡岸際。周禮考工記:"輪已庳,則於馬終古登阤也。"注:"阤,阪也。"漢書五七司馬相如傳:"巖阤甗錡,摧崣崛崎。"注引郭璞:"阤,岸際也,音豸。"㊁小崩,潰塌。國語周下:"是故聚不阤崩,而物有所歸。"注:"大曰崩,小曰阤。"漢劉向説苑談叢:"江河大潰從蟻穴,山以小弛而大崩。"

2. yǐ ㄧˇ 集韻 演爾切,上,紙韻。

㊂斜貌。見"阤₂靡"。

3. tuó ㄊㄨㄛˊ

㊃同"陀"。陂陀,也作"陂阤"。

【阤₂靡】地勢斜長,綿延不斷貌。漢書五七司馬相如傳子虛賦:"其南則有平原廣澤,登降阤靡。"注:"阤靡,旁袤也。"史記及文選子虛賦並作"陁靡"。參見"施₂靡"。

阡 qiān ㄑㄧㄢ 蒼先切,平,先韻,清。

㊀田界,田間小路。見"阡陌"。㊁墓道,墳墓。通"仟"。唐杜甫杜工部草堂詩箋八故武衛將軍挽詞之三:"哀挽青門去,新阡絳水遥。"㊂通"芊"。見"阡阡"、"阡眠"。

【阡阡】茂密貌。同"芊芊"。文選南齊謝玄暉(朓)遊東田詩:"遠樹曖阡阡,生煙紛漠漠。"

【阡表】墓碑。宋歐陽修葬父母於永豐,作瀧岡阡表。見歐陽文忠集二五。參見"瀧岡"。

【阡陌】㊀田界。也作"千百"、"仟伯"。管子四時:"端險阻,修封疆,正千伯。"注:"千伯卽阡陌也。"史記六八商君傳:"爲田開阡陌封疆。"正義:"南北曰阡,東西曰陌。按謂驛塍也。"參見"仟伯㊀"。㊁田間小路。漢書八九召信臣傳:"躬勸耕農,出入阡陌。"晉陶潛陶淵明集五桃花源記:"阡陌交通,雞犬相聞。"參見"仟佰㊀"。㊂猶言途徑。北齊顏之推顏氏家訓風操:"故世號士大夫風操,而家門頗有不同,所見互稱長短,然其阡陌,亦自可知。"

【阡眠】茂密貌。同"芊眠"。文選晉陸士衡(機)赴洛道中作詩:"山澤紛紆餘,林薄杳阡眠。"唐呂延濟注:"阡眠,原野之色。"

【阡綿】茂密貌。同"芊眠"、"阡眠"。廣弘明集二九上梁宣帝(蕭詧)遊七山寺詩:"既崣峩而蔭映,亦嶢岏而阡綿。"

四 畫

阬 1. kēng ㄎㄥ 客庚切,平,庚韻,溪。

㊀虛陷之處。莊子天運:"在谷滿谷,在阬滿阬。"又掘土爲坎,大者爲阬。史記一二九貨殖傳:"弋射漁獵,犯晨夜,冒霜

雪，馳阬谷。"㈢坑陷，殺害。史記秦始皇紀："秦王之邯鄲，諸嘗與王生趙時母家有仇怨，皆阬之。"又九一黥布傳："上召諸將問曰：'布反，爲之柰何？'皆曰：'發兵擊之，阬豎子耳，何能爲乎！'"

2. gāng ㄍㄤ 集韻 居郎切，平，唐韻。

㈢丘陵，土岡。漢書八七揚雄傳甘泉賦："陳衆車於東阬兮，肆玉釱而下馳。"注："阬，大阜也，讀與'岡'同。"

【阬儒】謂坑殺諸儒。漢書八八儒林傳"燔詩書，殺術士"唐顏師古注："今新豐縣溫湯之處號愍儒鄉，溫湯西南三里有馬谷，谷之西岸有阬，古老相傳以爲秦阬儒處也。"參見"坑儒"、"焚書坑儒"。

防 fáng ㄈㄤ 符方切，平，陽韻，並。符況切，去，漾韻，並。

㈠隄。周禮地官稻人："以防止水。"呂氏春秋慎山："巨防容螻而漂邑殺人。"㈡防備。易既濟："君子以思患而豫防之。"㈢防止。禮檀弓下："非刀匕是共，又敢與知防？"國語周上："防民之口，甚於防川。"㈣相比，抵當。詩秦風黃鳥："唯此仲行，百夫之防。"箋："防，猶當也，言此一人當百夫。"㈤曲屏。爾雅釋宮："容謂之防。"注："形如今牀頭小曲屏風。"㈥邑名。1. 春秋陳地。詩陳風防有鵲巢："防有鵲巢，邛有旨苕。"地在今河南淮陽縣北。2. 春秋魯地。春秋隱九年："冬，公會齊侯于防。"注："防，魯地，在琅玡華縣東南。"今山東費縣東北。3. 春秋宋地。春秋隱十年："六月，壬戌，公敗宋師于菅；辛未，取郜；辛巳，取防。"注："高平昌邑縣西南有西防城。"在今山東金鄉縣西南。㈦姓。後漢書四一鍾離意傳有防廣。

【防己】藥草名。亦名"解離"、"石解"。其莖如葛蔓延，其根外白内黃，如桔梗，内有黑纹。見本草綱目十八下草七防己。

【防山】山名。在山東曲阜縣東。峯如筆牀，一名筆架山。山北有啟聖王墓，傳爲孔子父母合葬處。參閱史記孔子世家、嘉慶一統志一六五兗州府。

【防門】地名。在今山東平陰縣境。左傳襄十八年："(晉侯伐齊)齊侯禦諸平陰，塹防門而守之廣里。"注："平陰在濟北盧縣東北，其城南有防，防有門，於門外作塹橫行，廣一里。"水經注八濟水："平陰城南有長城，東至海，西至濟，河道所由，名防門，去平陰三里，齊侯塹防門卽此也。"

【防城】地名。明初築城置營，名曰防城營，屬廉州，爲州西門户。清光緒十四年置縣，屬廣東欽州。公元1959年撤銷，併入東興各族自治縣。公元1965年劃歸廣西壯族自治區。參閱嘉慶一統志四五〇廉州府關隘。

【防秋】古代北方每至入秋，邊塞經常發生戰事，屆時邊軍特加意警衛，稱爲防秋。唐高適高常侍集八九曲詞之三："青海只今將飲馬，黃河不用更防秋。"舊唐書一三九陸贄傳："又以河隴陷蕃已來，西北邊常以重兵守備，謂之防秋。"

【防風】㈠古部落酋長名。國語魯下："昔禹致羣神於會稽之山，防風氏後至，禹殺而戮之，其骨節專車。"文選漢張平子(衡)思玄賦："嘉羣神之執玉兮，疾防風之食言。"㈡藥草名。又名銅芸、回芸、屏風等。其花如茴香，其氣如芸蒿蕳蘭。其功以療風最要，故名。見本草綱目十三草二防風。

【防閑】防，隄，用以制水；閑，闌，用以制獸。引申爲防備和禁阻。詩齊風敝笱序："齊人惡魯桓公微弱，不能防閑文姜，使至淫亂，爲二國患焉。"三國志魏邢顒傳："遂以爲平原侯(曹)植家丞，顒防閑以禮，無所屈撓，由是不合。"

【防輔】三國魏制，諸王在國，朝廷不聽朝聘，特設防輔監國之官，伺察諸王行動。三國志魏中山恭王袞傳："每兄弟游娛，袞獨譚思經典，文學防輔相與言曰：'受詔察公舉錯，有過當奏，及有善，亦宜以聞，不可匿其美也。'遂共表稱陳袞美。"

【防閤】官名。南北朝時朝廷有直閤將軍，諸王置防閤將軍，以勇略之士充任，以防衛齋閤。唐制，京師文武執事官皆有防閤，州縣稱白直。參閱舊唐書職官志二戶部、資治通鑑一三三宋泰豫三年注、又一三九齊建武元年注。

【防範】猶防閑。漢揚雄法言五百："川有防，器有範，見禮教之至也。"晉李軌注："川防禁溢，器範檢形，以諭禮教人之防範也。"明薛瑄薛子道論中："法者，因天理，順人情，而爲之防範禁制也。"

【防禦】防守，抵禦。呂氏春秋論人："人同類而智殊，賢不肖異，皆巧言辯辭，以自防禦。"文選漢班孟堅(固)西都賦："漢之西都，在於雍州，寔曰長安，……防禦之阻，則天下之隩區焉。"

【防露】㈠防蔽霧露。楚辭漢東方朔七諫初放："上葳蕤而防露兮，下泠泠而來風。"㈡宋書謝靈運傳山居賦："衛女行而思歸詠，楚客放而防露作。"自注："楚人放逐，東方朔感江潭而作七諫。"七諫中有"防露"之言，遂以"防露"指七諫。一說古曲名。文選南朝宋謝希逸(莊)月賦："徘徊房露，惆悵陽阿。"注："房露，蓋古曲也。……房與防古字通。"

【防身刀】卽千牛刀。宋書後廢帝(劉昱)紀元徽五年："王敬則先結昱左右楊玉夫……等二十五人謀共取昱。其夕，敬則出外，玉夫見帝醉熟無所知，乃與(楊)萬年同入氈幄内，以昱防身刀斬之。"參見"千牛刀"。

【防風神】古代神名。南朝梁任昉述異記上："越俗祭防風神，奏防風古樂，截竹長三尺，吹之如嗥，三人披髮而舞。"

【防禦使】官名。唐置防禦使，位在團練使之下，凡大郡要害之地，則置之，以治軍事，刺史兼之。代宗卽位，諸州防禦使并停，而令刺史兼團練。宋時以防禦使爲虛銜。金之州制，有節鎮州、防禦州之別。防禦州以防禦使爲州官。明省。清代凡陵寢及駐防之處，不設佐領者，皆設防禦。參閱新唐書四九下節度使、宋史職官志六、續文獻通考六十職官十節度使。

【防意如城】謂防私慾之萌，有如守城防敵。唐道世諸經要集九擇交懲過引維摩經："防意如城，守口如瓶。"參見"守口如瓶"。

【防微杜漸】於事物出現不良跡象之初，卽加以制限，不使擴大發展。宋書吳喜傳明帝(劉彧)與劉勔等詔："且欲防微杜漸，憂在未萌，不欲方幅露其罪惡，明當嚴詔切之，令自爲其所。"左傳隱公"繼室以聲子生隱公"唐孔穎達疏："禮所以別嫌明疑，防微杜漸。"

阱 jǐng ㄐㄧㄥˇ 疾郢切，上，靜韻，從。

陷阱，用以陷獸。同"穽"。周禮秋官雍氏："凡害於國稼者，春令爲阱擭；溝瀆之利於民者，秋令塞阱杜擭。"注："阱，穿地爲塹，所以禦禽獸，其或超踰，則陷焉，世謂之陷阱。"也指地牢。漢書八五谷永傳對問："又以掖庭獄大爲亂阱。"注："穿地爲坑阱以拘繫人也。亂者，言其非正而又多也。"參見"陷阱"。

阮 1. ruǎn ㄖㄨㄢˇ 虞遠切，上，阮韻，疑。

㈠商代諸侯國名，偃姓。地在今甘肅涇川縣境。詩大雅皇矣："侵阮徂共。"箋："阮也，徂也，共也，三國犯周而文王伐之。"㈡姓。商之諸侯國，在岐渭之間，子孫以國爲氏。漢有阮敦。見通志二六氏族二。㊂晉阮籍阮咸爲叔姪，同爲竹林七賢，世稱大小阮。參見"小阮"。㊃樂器名。文苑英華一九五唐袁郊甘澤謠紅綫："紅綫，潞州節度使薛嵩青衣，善彈阮，又通經史。"參見"阮咸㊁"。

2. yuán ㄩㄢ 愚袁切，平，元韻，疑。

㊄通"原"。漢書地理志代郡有五原關，成帝紀作"五阮關"。注："五阮在代郡。"

【阮元】公元 1764—1849 年。清江蘇儀徵人，字伯元，號雲臺。乾隆五十四年進士。嘉慶、道光年間，歷任戶、兵、工部侍郎，浙、閩、贛諸省巡撫，兩廣、雲貴總督。體仁閣大學士，卒謚文達。倡修清史儒林、文苑傳。歷官所至，以提倡學術自任。在浙設詁經精舍、在粵立學海堂。撰十三經校勘記、主編經籍籑詁、匯刻皇清經解一百八十餘種。在雲貴總督時，其子福編元著詩文，按經史子集分類。有揅經室集正續編，又外集五卷爲四庫未收書提要。

【阮咸】㊀晉尉氏人，字仲容。阮瑀之孫，阮籍之姪，竹林七賢之一。任散騎侍郎。放達不拘，妙解音律，善彈琵琶。晉書有傳。㊁樂器名。相傳爲阮咸所造，長頸十三柱，形似今之月琴。唐李匡乂資暇集下："樂器有似琵琶而圓者，曰'阮咸'。……往中宗朝，元賓客行沖爲太常少卿，時有人於古冢獲其銅鑄成者獻之。元曰：此阮仲容所造。乃命工人木爲之，音韻清朗，頗難爲名，權以仲容姓名呼焉。"白居易長慶集七六有和令狐僕射小飲聽阮咸詩。

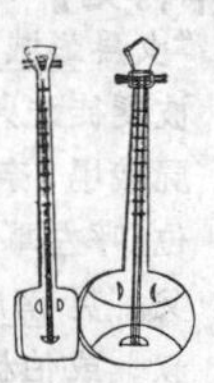

阮咸

【阮瑀】公元 165?—212 年。三國魏尉氏人，字元瑜。少受學於蔡邕，爲建安七子之一。後爲曹操司空軍謀祭酒，管記室，軍國書檄多出其手。曾從操外出，使作書與韓遂，瑀卽於馬上具草，成之。操欲有所定，竟不能增損。所作明人輯爲阮元瑜集，五卷。三國志魏附王粲傳。

【阮籍】公元 210—263 年。三國魏尉氏人，字嗣宗，阮瑀之子。曾爲步兵校尉，世稱阮步兵。能長嘯，善彈琴。博覽羣書，尤好老莊。或閉戶視書，累月不出；或登臨山水，經日忘歸。以生活於魏晉易代之際，不滿現實，因此縱酒談玄，不評論時事，不臧否人物，以求自全。每至窮途，輒慟哭。嘗與嵇康等七人作竹林之遊，時人稱竹林七賢。著咏懷詩、達莊論、大人先生傳等。明張溥輯有阮步兵集。三國志附王粲傳，晉書有阮籍傳。

【阮囊】㊀見"阮囊羞澀"。㊁指勃泥國王乘坐的輭床。王坐繩床，若出，卽大布單坐其上，衆舁之，名曰阮囊。見宋史四八九勃泥國傳。

【阮大鋮】公元 1587—1646 年。明懷寧人，字集之，號圓海、石巢、百子山樵。萬曆四十四年進士。天啟時任吏科都給事中，後以附魏忠賢，名列逆案，終崇禎一朝，廢斥十七年。明福王立，附馬士英同領朝政，官至尚書。清兵破金華，大鋮乞降。旋又與士英等密疏請唐王出關，已爲內應，事洩知不免，投崖死。著有燕子箋、春燈謎等傳奇。詩文有詠懷堂全集，以其人卑汙，詩文雖工，不爲人齒。明史入奸臣傳。

【阮郎歸】㊀詞調名。以劉晨、阮肇仙而復歸事得名。又名碧桃春、醉桃源、宴桃源、濯纓曲。雙調，九句，四十七字，平韻。五代南唐李煜，宋晏殊、丁持正等皆有此作。見詞譜六。㊁曲牌名。屬南曲南呂宮。或用作引子，或用作過曲。用作引子時，其格律相當於詞調的上片或下片。

【阮師刀】兵器名。晉楊泉物理論："古有阮師之刀，天下之所寶貴也。初，阮之作刀，受法于金精之靈，……行其術三年，作刀千七百七十口，而喪其明。其刀平背狹刃，方口洪首，截輕微不絕絲髮之系，斫堅剛無變動之異，世不恡百金精求不可得也。"

【阮囊羞澀】晉阮孚持一皂囊，遊會稽。客問囊中何物，曰：但有一錢守囊，恐其羞澀。後人自謂身無錢財曰"阮囊羞澀"，本此。見宋陰時夫韻府羣玉十陽韻。參見"羞澀"。

阫 péi ㄆㄟˊ pēi ㄆㄟ 集韻 蒲枚切，平，灰韻。鋪枚切，平，灰韻。

牆。莊子庚桑楚："正晝爲盜，日中穴阫。"參見"培㊅"、"坏㊃"。

阯 zhǐ ㄓˇ 諸市切，上，止韻，照。

㊀基址。同"址"。史記孝武紀太初元年："石閭者，在泰山下阯南方，方士多言此僊人之閭也。"漢書七一疏廣傳："子孫幾及君時頗立產業基阯，今日飲食費且盡，宜從丈人所勸說君買田宅。"㊁通"趾"。漢武帝元鼎六年置交阯郡。亦作交趾。見"交阯"、"交趾"。㊂水中的小洲。通"沚"。文選漢張平子（衡）西京賦："乃有昆明靈沼，黑水玄阯。"

阰 pí ㄆㄧˊ 房脂切，平，脂韻，並。

㊀土岡。楚辭屈原離騷："朝搴阰之木蘭兮，夕攬洲之宿莽。"參閱清俞樾俞樓雜纂二四讀楚辭。㊁山名。南朝宋謝朓謝宣城集三春思詩："茹溪發春水，阰山起朝日。"

阨 1. è ㄜˋ 集韻 乙革切，入，麥韻。

說文作"阸"。㊀險要之地。史記秦始皇紀："閉關據阨，荷戟而守之。"㊁困厄。孟子萬章上："遺佚而不怨，阨窮而不憫。"

2. ài ㄞˋ 集韻 烏懈切，去，卦韻。

㊂狹窄。通"隘"。左傳昭元年："彼徒我車，所遇又阨。"釋文："本又作隘。"文選晉左太沖（思）吳都賦："國有鬱鞅而顯敞，邦有湫阨而踡跼。"

【阨$_2$巷】小巷。莊子列禦寇："夫處窮閭阨巷，困窘織屨，槁項黃馘者，（曹）商之所短也。"

【阨塞】險要之地。史記五三蕭相國世家："漢王所以具知天下阨塞、戶口多少、彊弱之處，民所疾苦者，以何具得秦圖書也。"

【阨$_2$僻】仄陋，狹小。文選漢揚子雲（雄）羽獵賦："狹三王之阨僻，嶠高舉而大興。"

阪 bǎn ㄅㄢˇ 扶板切，上，潸韻，並。府遠切，上，阮韻，幫。

山坡，斜坡。詩小雅正月："瞻彼阪田，有菀其特。"箋："阪田，崎嶇墝埆之處。"史記一〇一袁盎傳："文帝從霸陵上，欲西馳下峻阪。"

【阪上】複姓。晉惠帝時有殿中將軍阪上置。見通志二七氏族三以地爲氏。

【阪尹】阪地之尹長。書立政："三亳阪尹。"疏引鄭玄："湯舊都之民服文王者，分爲三邑，其長居險，故言阪尹。"參見"三亳"。

【阪泉】地名。史記五帝紀："（黃帝）與炎帝戰於阪泉之野。"今地所在，其說有三：1.在河北涿鹿縣東南。水經注十三㶟水："魏土地記曰：下洛城東南六十里有涿鹿城，城東一里有阪泉，泉上有黃帝祠。晉太康地理記曰：阪泉亦地名也。"2.在山西運城縣南。宋沈括夢溪筆談三辯證："解州鹽澤，方百二十里。久雨，四山之水悉注其中，未嘗溢；大旱未嘗涸。滷色正赤，在阪泉之下，俚俗謂之蚩尤血。"3.在山西陽曲縣東北。相傳舊名漢山，晉文公卜納王，遇黃帝戰於阪泉之兆，因名阪泉山。見左傳僖二五年、嘉慶一統志一三六太原府。

【阪上走丸】謂形勢便易。漢書四五蒯通傳："爲君計者，莫若以黃屋朱輪迎范陽令，使馳騖於燕趙之郊，則邊城皆將相告曰：'范陽令先下而身富貴'，必相率而降，猶如阪上走丸也。"注："言乘勢便易。"

五　畫

陀 1. tuó ㄊㄨㄛˊ 徒河切，平，歌韻，定。

㊀見"陂陀"。

2. duò ㄉㄨㄛˋ 集韻 待可切，上，哿韻。

㊁崩塌。淮南子繆稱："城峭者必崩，岸崝者必陀。"

【陀螺】一種玩具。明劉侗、于奕正帝京景物略二春場："陀螺者，木製，如小空鐘，中實而無柄。繞以鞭之繩，卓于地，急掣其鞭。一掣，陀螺則轉，無聲也。視其緩而鞭之，轉轉無復住。轉之疾，正如卓立地上，頂光旋旋，影不動也。"

【陀羅尼】梵語，呪。意爲總持，或譯遮持、持盟。謂諸菩薩不可思議的密語。大智度論五："陀羅尼，秦言能持，或言能遮。能持者，集種種善法，能持令不散不失，譬如完器盛水，水不露散。能遮者，惡不善根心生，能遮令不生，若欲作惡罪，持令不作，是名陀羅尼。"參閱翻譯名義集五法寶衆名。

【陀羅鼓】見"行鼓"。

【陀羅經被】以白緞爲之，上印藏文佛經，字作金色。又稱"陀羅尼衾"。清制：皇帝、皇后、皇貴妃、皇太子等喪儀均用梵字陀羅尼衾，王大臣死於京師，得欽賜陀羅經被。參閱清昭槤嘯亭雜録續録一賜陀羅經被、清會典事例一一八九內務府喪禮。

陒 1. è ㄜˋ 於革切，入，麥韻，影。

同"阸"。㊀險要之地。漢書九六上西域傳："東則接漢，陒以玉門陽關，西則限以葱嶺。"注："陒，塞也。"㊁困厄。荀子議兵："劫之以埶，隱之以陒。"史記一二四游俠傳序："今游俠，其行雖不軌於正義，然其言必信，其行必果，已諾必誠，不愛其軀，赴士之陒困。"

2. ài ㄞˋ 烏懈切，去，卦韻，影。

㊂阻塞。史記律書："後且擁兵阻陒，選蠕觀望。"集解："陒，音庀賣反。"㊃狹窄。通"隘"。漢書諸侯王表："至虖陒隔河洛之間，分爲二周。"

【陒塞】險要之地。史記漢興以來諸侯王年表："而漢郡八九十，形錯諸侯間，犬牙相臨，秉其陒塞地利，彊本幹、弱枝葉之勢也。"後漢書八十上杜篤傳論都賦："既有蓄積，陒塞四臨。"

阹 qū ㄑㄩ 去魚切，平，魚韻，溪。

圍獵禽獸之圈。史記一一七司馬相如傳上林賦："江河爲阹，泰山爲櫓。"集解："郭璞曰：'櫓，望樓也。因山谷遮禽獸爲阹。'"文選漢揚子雲(雄)長楊賦序："以網爲周阹，縱禽獸其中。"注："阹，遮禽獸圍陣也。"也指圍獵禽獸。文選晉左太沖(思)吳都賦："阹以九疑，禦以沅湘。"

阿 1. ē ㄜ 烏何切，平，歌韻，影。

㊀大的丘陵。詩小雅菁菁者莪："菁菁者莪，在彼中阿。"㊁山邊，水邊。穆天子傳一："天子獵于鈃山之西阿。"注："阿，山陂也。"又："天子飲于河水之阿。"注："阿，水崖也。"㊂曲處，曲隅。詩小雅緜蠻："緜蠻黃鳥，止于丘阿。"傳："丘阿，曲阿也。"淮南子本經："喬枝菱阿。"注："阿，曲屋。"㊃曲從，迎合。國語吳："勾踐願諸大夫言之，皆以情告，無阿孤。"呂氏春秋達鬱："侍者爲吾聽行於齊王也，夫何阿哉！"㊄循私，偏袒。孟子公孫丑上："宰我子貢有若，智足以知聖人，汙不至阿其所好。"㊅近，親近。左傳昭二十年："寡君命下臣於朝曰：阿下執事。"注："阿，比也。"㊆屋棟。周禮考工記匠人："王公門阿之制，五雉。"清焦循羣經宮室圖一屋圖二："棟處極高，其象若阿，故曰阿。"㊇細繒。列子周穆王："設笄珥，衣阿錫。"參見"阿緆"。㊈柔美貌。通"婀"。詩小雅隰桑："隰桑有阿，其葉有難。"傳："阿然美貌。"㊉姓。阿氏。阿衡，伊尹號，其後氏焉。見宋邵思姓解二引風俗通。又北魏鮮卑族有阿伏于氏，後改爲阿。見魏書官氏志。

2. hē ㄏㄜ

㊉㊀斥責。通"訶"、"呵"。老子："唯之與阿，相去幾何。"按馬王堆漢墓帛書老子甲本作"訶"，乙本作"呵"。

3. ā ㄚ

㊉㊁詞助，用於稱呼、姓名等之前。如阿母、阿蒙。盛行於魏晉以後。參閱唐趙璘因話録四諧戲、清顧炎武日知録十阿。㊉㊂譯音字。如"阿丹"、"阿布"等。

【阿$_3$干】鮮卑語，對兄及尊貴者的稱呼。魏書吐谷渾傳："若洛廆追思吐谷渾，作阿干歌，徒何以兄爲阿干也。子孫僭號，以此歌爲輦後鼓吹大曲。"又常山王遵傳："長子可悉陵，年十七，從世祖獵，遇一猛虎，陵遂空手搏之以獻。……卽拜內行阿干。"

【阿$_3$丈】對長輩的尊稱。南齊東昏侯蕭寶卷，稱潘妃之父寶慶及倖臣茹法珍爲"阿丈"。見南史茹法珍傳。

【阿$_3$子】㊀對兒子的稱呼。晉書五行志中："無幾而(穆)帝崩，太后哭之曰：'阿子汝聞不？'"㊁樂曲名。樂府詩集四五有阿子歌。晉穆帝升平初，童兒輩歌於道，歌畢輒呼"阿子，汝聞不？"後人衍其聲，以爲阿子及懽聞歌二曲。見晉書樂志下、宋書樂志一。

【阿井】井名。在今山東陽穀縣大運河東岸之阿城鎮。水經注五河水："東逕東阿縣故城北……大城北門內西側皋上有大井，其巨若輪，深六七丈，歲嘗煮膠以貢天府，本草所謂阿膠也，故世俗有阿井之名。"參閱清孫星衍岱南閣集二重修阿井碑記。

【阿比】親附。晉書嵇紹傳："侍中賈謐以外戚之重，年少居位。……及謐誅，紹時在省，以不阿比凶族，封弋陽子。"

【阿$_3$父】稱謂。1. 指父。南史謝晦傳："女爲彭城王義康妃，……(晦誅，)晦女被髮徒跣與晦訣曰：'阿父！大丈夫當橫屍戰場，奈何狼藉都市？'"又唐僖宗卽位，呼左軍護軍田令孜爲阿父，言視之如父。見南唐尉遲偓中朝故事。2. 指伯、叔。或伯叔自稱。宋書王球傳："及(劉)湛誅之夕，(兄子)履徒跣告球，……球徐曰：'阿父在，汝亦何憂！'命左右扶郎還齋，上以球故，履得免。"

【阿$_3$公】㊀婦稱夫之父。唐趙璘因話録四諧戲："有婦人姓翁，陳牒論田産，稱阿公阿翁在日。"㊁對父親的俗稱。南史顏延之傳："嘗與何偃同從上南郊，偃於路中遙呼延之曰：'顏公！'延之以其輕脫，怪之，答曰：'身非三公之公，又非田舍之公，又非君家阿公，何以見呼爲公？'偃羞而退。"㊂對老年男子的尊稱。水滸二一："阿公休怪。不是我說謊，只道金子在招文袋裏，不想出來得忙，忘了在家，我去取來與你。"今四川等地稱祖父爲阿公。

【阿$_3$丹】地名。卽亞丁。今爲也門人民共和國首都。在阿拉伯半島西南部，明永樂、宣德年間，鄭和出使西洋，曾抵其地。自後與我國發生通使及貿易關係。參閱明馬歡瀛涯勝覽阿丹國、明史三二六外國傳七阿丹。

【阿丘】山丘。詩鄘風載馳："陟彼阿丘，言采其蝱。"

【阿₃兄】即兄。玉臺新詠一古詩爲焦仲卿妻作："阿兄得聞之，悵然心中煩。"

【阿₃母】㊀稱母。玉臺新詠一古詩爲焦仲卿妻作："阿母謂阿女，汝可去應之。"㊁稱乳母。史記一〇五倉公傳："故濟北王阿母自言足熱而懣。"後漢書五四楊震傳："安帝乳母王聖，因保養之勤，緣恩放恣；聖子女伯榮出入宮掖，傳通姦賂。震上疏曰：'……宜速出阿母，令居外舍。'"

【阿₃奴】尊長稱卑幼之詞。1.兄稱弟。世說新語雅量："周仲智(嵩)飲酒醉，瞋目還，面謂伯仁(顗)曰：'君才不如弟而橫得重名。'須臾，舉蠟燭火擲伯仁，伯仁笑曰：'阿奴火攻，固出下策耳！'"2.祖稱孫。齊武帝蕭賾，因太子已死，以皇孫昭業爲儲君，"臨崩，執帝手曰：'阿奴，若憶翁，當好作！'"見南史齊本紀下。3.帝稱后。南史鬱林王何妃傳："帝謂皇后爲阿奴，曰：'阿奴暫去。'"

【阿₃老】老妻對夫的暱稱。警世通言二二宋小官團圓破氈笠："劉嫗道：'阿老見得是，只怕女兒不肯，須是緩緩的偎他。'"

【阿₃戎】稱從弟。南齊書王思遠傳："(王晏)謂思遠兄思微曰：'隆昌之末，阿戎勸吾自裁，若從其語，豈有今日？'"按思遠爲晏從弟。唐杜甫杜工部草堂詩箋二杜位宅守歲："守歲阿戎家，椒盤已頌花。"位，甫從弟。資治通鑑一四一南齊建武四年"如阿戎所見，今猶未晚也"元胡三省注："晉宋間人，多謂從弟爲阿戎，至唐猶然。"

【阿₃弟】謂弟。元楊維禎鐵崖逸編二銅將軍詩："阿弟住國秉國鈞，僭逼大兄稱孤君。"

【阿那】㊀同"婀娜"。柔美貌。文選漢張平子(衡)南都賦："其竹則……阿那蓊茸，風靡雲披。"又晉陸士衡(機)擬青青河畔草詩："皎皎彼姝女，阿那當軒織。"㊁曲名。見"阿那曲"。

【阿邑】阿諛逢迎。漢書九十酷吏傳贊："張湯以知阿邑人主，與俱上下。"注："此言阿諛，觀人主顏色而上下也。"

【阿₃吽】梵文以此二字爲一切文字音聲的根本。阿者開聲，吽者合聲。日本淨嚴悉曇三密鈔下之上："阿吽二字，出入息風，即是一切衆生性德，本具自證(阿字)化他(吽字)也。恒沙萬德，莫不包括斯二音兩字也。阿是吐聲權輿，一心舒遍，彌綸法界也；吽是吸聲條末，卷縮塵刹，攝藏一念也。"

【阿₃伯】㊀稱父。清梁章鉅稱謂録一方言稱父："吳俗稱父爲阿伯。"㊁婦人稱夫之兄。宋陶岳五代史補世宗問相於張昭遠："(李濤弟)澣娶禮部尚書竇寧固之女，年甲稍高，成婚之夕，竇氏出參，濤輒望塵下拜。澣驚曰：'大哥風狂耶？新婦參阿伯，豈有答禮儀？'參閱宋洪邁容齋三筆十四夫兄爲公。

【阿房】秦宮殿名。故址在今陝西省長安縣西。史記秦始皇紀："乃營作朝宮渭南上林苑中。先作前殿阿房，東西五百步，南北五十丈，上可以坐萬人，下可以建五丈旗。"索隱："此以其形名宮也，言其宮四阿旁廣也，故云下可建五丈之旗也。阿房，後爲宮名。"三輔黃圖一宮："阿房宮，亦曰阿城。惠文王造宮未成而亡。始皇廣其宮規，恢三百餘里。離宮別館，彌山跨谷，輦道相屬，閣道通驪山八百餘里。"

【阿匼】阿諛迎合。新唐書一〇一蕭瑀傳附蕭復："(盧)杞對上或諂諛阿匼。"又一〇九楊再思傳："居宰相十餘年，阿匼取容，無所薦達。"

【阿阿】㊀長而美。詩小雅隰桑"隰桑有阿"漢鄭玄箋："隰中之桑，枝條阿阿然長美。"㊁嘆息聲。宋張邦基墨莊漫録六："世俗以'阿阿'、'則則'爲歎息之聲。李端叔(之儀)云：楚令尹子西將死，家老則立子玉爲之後。子玉直'則則'，於是遂定。昭奚恤過宋，人有饋彘肩者，昭奚恤'阿阿'以謝。爾後'阿阿'、'則則'更爲歎息聲，常疑其自得於此。"

【阿₃叔】謂叔父。北史齊河間王孝琬傳："(文宣)帝怒，使武衛赫連輔玄倒鞭撾之。孝琬呼阿叔。帝怒曰：'誰是爾叔？敢喚我作叔！'"按齊文宣帝高洋之兄高澄，即高孝琬之父。

【阿₃呼】㊀佛教地獄名。法苑珠林十一六道受報："此諸衆生受嚴、切苦、逼迫之時，叫喚而言阿呼。阿呼，甚大苦也，是名爲阿呼地獄。"㊁蒙語，有。見嘉慶一統志六七吉林緡繹語解。

【阿₃侑】呼痛聲。清洪亮吉曉讀書齋雜録："顏氏家訓云：蒼頡篇有倄字。訓詁云：痛而呼也。按倄疑侑之誤。今北俗痛苦甚，尚呼阿侑。讀若洧，或尚與古同，即左傳所謂噢休之轉聲也。"

【阿₃妹】謂妹。玉臺新詠一古詩爲焦仲卿妻作："舉言謂阿妹：'作計何不量？'"

【阿₃姑】婦稱夫之母。見爾雅釋親。北齊顏之推顏氏家訓治家："然則女之行留，皆得罪於其家者，母實爲之，至有諺云：'落索阿姑餐'，此其相報也。"參見"阿₃家㊀"。

【阿₃姊】稱姐姐。樂府詩集二五木蘭詩："阿姊聞妹來，當户理紅妝。"唐李商隱李義山詩集一驕兒："階前逢阿姊，六甲頗輸失。"也作"阿姐"。宋徐鉉稽神録三王剸妻："妻林氏忽病，有鬼憑之，……乃呼林爲阿姐。"

【阿₃迷】地名。元爲阿寧萬户府，明置阿迷州，屬雲南臨安府。清因之。公元1913年改縣，1931年改爲開遠縣，屬雲南省。見嘉慶一統志四七九臨安府、清續文獻通考三二五輿地二一臨安府。

【阿城】宮名。三輔黃圖一秦宮："阿房宮，亦曰阿城。"

【阿₃城】縣名。屬黑龍江省。金設上京會寧府，遺址在今縣南。元廢。清雍正初，築阿勒楚喀城；乾隆間，設副都統鎮守。宣統元年裁置阿城縣，屬吉林賓州府。參閱嘉慶一統志六八吉林二。

【阿₃耶】父。樂府詩集二五木蘭詩："阿爺無大兒，木蘭無長兄。"清錢大昕恒言録三稱父曰爺："古人只用耶字。……木蘭詩'阿爺無長男'，'卷卷有爺名'，本當作'耶'字。杜子美兵車行：'耶孃妻子走相送。'自注云：'古樂府不聞耶娘哭子聲，但聞黃河之水流濺濺。'即是引木蘭詩，初不作爺可證。木蘭詩'爺'字，乃後人所改。又杜北征詩：'見耶背面啼'，亦不作爺。"

【阿₃咸】稱弟。宋蘇軾東坡集十七和子由……省宿致齋詩："朝回兩袖天香滿，頭上銀幡笑阿咸。"參見"阿戎"。

【阿₃香】傳說中的雷車女神。初學記一雷引續搜神記："義興人姓周，永和中出都。日暮，道邊有一新草小屋，一女子出門望見周。周曰：'日暮求寄宿。'向一更中，聞外有小兒喚阿香，官喚汝推雷車。女乃辭去。"宋蘇軾分類東坡詩十三無錫道中賦水車："天公不見老翁泣，喚取阿香推雷車。"

【阿₃負】老年婦人。負，通"婦"。漢劉向列女傳三魏曲沃負："曲沃負者，魏大夫如耳母也。"漢書高帝紀上"常從王媼、武負貰酒"注引三國魏如淳："武，姓也，俗謂老大母爲阿負。"

【阿$_3$侯】古詩中人名。或傳爲莫愁子。樂府詩集八五南朝梁武帝河中之水歌："河中之水向東流，洛陽女兒名莫愁。莫愁十三能織綺，十四採桑南陌頭，十五嫁爲盧郎婦，十六生兒似〔字〕阿侯。"唐人詩中泛指少年。唐李賀歌詩編四綠水詞："今宵好風月，阿侯在何處？"李商隱李義山詩集四擬意："悵望逢張女，遲迴送阿侯。"

【阿保】㊀保護養育。漢書七四丙吉傳："掖庭宮婢則令民夫上書，自陳嘗有阿保之功。"㊁謂近臣。史記七九范睢傳："居深宮之中，不離阿保之手，終身迷惑，無與昭姦。"㊂猶保母。後漢書五二崔駰傳附崔寔："靈帝時開鴻都館，榜賣官爵。……或因常侍、阿保別自通達。"注："阿保謂傅母也。"

【阿$_3$段】一種對男子的稱謂。古代南方少數民族中的別部，散居山谷，無氏族之別，又無名字，所生男女，以長幼次第呼之。其丈夫稱阿謩、阿段，婦人阿夷、阿等之類，皆次第之義。唐杜甫杜工部草堂詩箋二八有示獠奴阿段詩。元詩選李孝先五峯集湖山八景竹引流泉："汝家阿段太憐君，斬竹來從虎豹羣。"參閱北史蠻獠傳。

【阿$_3$姨】㊀稱母的姐妹。金元好問遺山集十二姨母隴西君諱日作詩："竹馬青衫小小郎，阿姨懷袖阿孃香。"㊁稱妻的姐妹。唐樂史楊太真外傳上："上(唐玄宗)戲曰：'阿瞞樂籍，今日幸得供養夫人，請一纏頭。'秦國(夫人)曰：豈有大唐天子阿姨無錢用耶！遂出三百萬爲一局焉。"㊂謂庶母。南史齊晉安王子懋傳："(庶)母阮淑媛嘗病危篤，請僧行道。有獻蓮華供佛者，衆僧以銅罌盛水漬其莖，欲華不萎。子懋流涕禮佛曰：'若使阿姨因此和勝，願諸佛令華竟齋不萎。'"

【阿$_3$家】㊀婦稱夫之母。家，音姑。宋書范曄傳："(臨刑)所生母泣曰：'主上念汝無極，汝曾不能感恩，又不念我老，今日奈何！'……妻云：'罪人，阿家莫念。'"北齊書崔暹傳："天保時，顯祖嘗問樂安公主：'達拏於汝何似？'答曰：'甚相敬重，唯阿家憎兒。'顯祖召達拏母入內，殺之，投屍漳水。"達拏，暹子。㊁謂公主、郡主、縣主。唐李匡乂資暇集下阿茶："公、郡、縣主，宮禁呼爲宅家子。蓋以至尊以天下爲宅，四海爲家，不敢斥呼，故曰宅家，亦猶陛下之義。至公主已下，則加'子'字，亦猶帝子也。又爲阿宅家子。阿，助詞也，急語乃以宅家子爲茶子，既而亦云阿茶〔家〕子，或削其子，遂曰阿家。"

【阿$_3$連】南朝宋謝靈運族弟惠連有才悟，靈運甚愛之，稱爲阿連。見宋書謝靈運傳。後因稱弟爲"阿連"。唐白居易長慶集六五將歸渭村先寄舍弟詩："爲報阿連寒食下，與吾釀酒掃柴扉。"宋王安石臨川集二八寄四姪旊詩之一："春草已生無限好，阿連空復夢中來。"

【阿$_3$哥】㊀對兄或平輩男子的昵稱。清平山堂話本戒指兒記："張遠看着阮三……道：阿哥，數日不見，如隔三秋。"清詩別裁集十九陳景鐘縲絲曲："嫂云小姑爾未知，阿哥正苦賣絲遲。"㊁清代皇子的通稱。清不立太子，皇子生後，只按排行稱阿哥，如大阿哥、二阿哥，……至成丁，始封爵號。見清梁章鉅稱謂錄十諸皇子。㊂滿俗，父母或稱兒子爲阿哥。清文康兒女英雄傳十二："老爺聽了這話，把臉一沉，問道：'阿哥！你在那裏弄得許多銀子？'"

【阿$_3$桂】公元1717——1797年。姓章佳氏，字廣庭，號雲巖。清滿洲正藍旗人，以軍功改隸正白旗。乾隆三年舉人。初以父蔭授官，累遷吏部員外郎，充軍機處章京，後擢內閣學士。定伊犁，用兵緬甸，平大小金川，鎮壓回民起義，皆預其役。卒謚文成。

【阿$_3$翁】㊀稱祖父。世說新語排調："張蒼梧(鎮)是張憑之祖，嘗語憑父曰：'我不如汝。'憑父未解所以。蒼梧曰：'汝有佳兒。'憑時年數歲，斂手曰：'阿翁詎宜以子戲父。'"唐趙璘因話錄四："有婦人姓翁，陳牒論田産，稱阿公阿翁在日。"注："下阿翁兩字，言其大父也。"㊁稱父，或以自稱。明方以智通雅十九稱謂："方言秦晉隴謂父爲翁；今人作書與子，自稱阿翁；稱人之父亦曰乃翁。"㊂婦稱夫之父。唐趙璘因話錄一："諺云：不癡不聾，不作阿家、阿翁。"阿家，謂夫之母。

【阿$_3$爹】㊀謂父。亦以自稱。續古文苑二十漢戴良失父零丁："今月七日失阿爹，念此酷毒可痛傷。"唐韓愈昌黎集二三祭女挐女文："阿爹阿八，使汝妳以清酒時果庶羞之奠，祭于第四小娘子挐子之靈。"㊁對長者的尊稱。舊唐書一九五迴紇傳："(可汗謂其大將頡干迦斯)兒愚幼無知，今幸得立，惟仰食於阿爹。"宋王明清摭青雜記："女常呼項(四郎)爲阿爹，因謂項曰：兒受阿爹厚恩，死無以報。"清翟灝通俗編十八稱謂："今農賈之家，稱尊老者曰阿爹。"參閱清趙翼陔餘叢考三七爹。

【阿$_3$婆】㊀稱祖母。樂府詩集二五折楊柳枝歌："阿婆不嫁女，那得孫兒抱。"元詩選揭傒斯夢兩雛："雨聲斷道風驚屋，阿婆獨抱諸孫哭。"㊁稱老年婦女。南史齊廢帝鬱林王紀："帝謂豫章王妃庾氏曰：'阿婆，佛法言有福生帝王家。'"按庾氏爲帝叔祖母。

【阿堵】猶這箇、此處。世說新語文學："殷中軍見佛經云，理亦應阿堵上。"又巧藝："顧長康(愷之)畫人，或數年不點目睛，人問其故，顧曰：'四體妍蚩，本無關於妙處，傳神寫照，正在阿堵中。'"參閱宋莊季裕雞肋編下、洪邁容齋隨筆四寧馨阿堵。參見"阿堵物"。

【阿$_3$措】仙女名。唐段成式酉陽雜俎續集三支諾皋下："又指一緋衣小女曰：姓石名阿措……卽安石榴也。"宋洪适盤洲文集五許倩報白榴已得玉茗未諧以詩趣之："東家阿措休相妬，不學穠粧照眼明。"

【阿$_3$殘】朝鮮古代稱樂浪人爲阿殘。見三國志魏辰韓傳。

【阿$_3$紫】狐怪名。漢建安中，沛國郡陳羨爲西海都尉，其部曲王靈孝無故逃去。後尋得於空冢中，扶歸，自言狐初來時，作好婦形，自稱阿紫，招我。卽隨去，以爲妻，暮輒與共還其家。見晉干寶搜神記十八。

【阿$_2$跌】複姓。本爲部落名，唐回紇十五部之一。後以阿跌爲氏。亦作訶咥、跌跌、阿蹊。開元中，跌跌思泰來歸，其後人阿跌光進、光顏，俱家太原。光進以軍功封振武節度使，賜姓李。參閱元和姓纂五歌、新唐書二一七下回鶻傳、一七一李光進傳。

【阿$_3$奢】乳母之夫。唐中宗以韋后乳媪王氏嫁與竇懷貞。懷貞每謁見奏請，輒自署"皇后阿奢"，時人或謂爲"國奢"，軒然不慙。見新唐書一〇九竇懷貞傳。奢，亦作"奓"。清梁章鉅稱謂錄二乳母之夫："乳母之壻曰阿奓，奓、奢當同一字耳。按俗皆稱之爲奶公。"

【阿$_2$街】猶言喝道。水經注三一淯水："(孔)嵩字仲山，宛人，……貧無養親，賃爲阿街卒。"

【阿$_3$畸】唐南寧州人，納垢夷之後。隱巖谷，撰爨字如蝌蚪，二年始成；字母一千八百四十，號"韙書"。爨人習之，以爲書法。見嘉慶一統志四八四曲靖府。

【阿$_3$爺】謂父。詳"阿$_3$耶㊀"。

【阿₃舅】 母之兄弟。隋書五行志上:"周初有童謡曰:'白楊樹頭金雞鳴,祇有阿舅無外甥。'静帝隋氏之甥,既遜位而崩,諸舅强盛。"

【阿₃媽】 ㊀謂母。宋李昴英文溪集二十家書共四通,第二書稱其母爲媽媽,餘三書皆稱亞媽。明方以智通雅十九稱謂:"齊人呼母爲嬭,李賀稱母阿彌,江南曰阿媽,或作姥,……皆母字之轉也。"㊁女真語呼父爲阿媽。元曲選缺名貨郎旦三:"阿媽有甚話,對你孩兒説呵,怕做甚麽!"

【阿閣】 四面有檐的樓閣。晉皇甫謐帝王世紀:"(黃帝時有大鳥)或上帝之東園,或巢阿閣。"文選古詩十九首之五:"交疏結綺牕,阿閣三重階。"注:"周書曰:明堂咸有四阿。然則閣有四阿,謂之阿閣。"參閲清金鶚求古録禮説三四阿反坫考。

【阿₃對】 漢楊震家僮名。亦泉名。全唐詩六八六吴融閿鄉寓居之一"五陵年少如相問,阿對泉頭一布衣"自注:"阿對是楊伯起家僮,嘗引泉灌蔬,其泉至今尚在。"阿對泉,在今河南靈寶縣。見嘉慶一統志二二〇陝州。

【阿₃傍】 梵語,鬼卒名。房,亦作"旁"。五苦章句經:"獄卒名[阿]傍,牛頭人手,兩脚牛蹄,力壯排山,持鋼鐵釵,亦曰牛頭阿旁。"法苑珠林八四怨苦地獄:"牛頭阿傍,以三股鐵叉,叉人内著鑊湯中,煮之令爛,還復吹活而復煮之。"也作"阿房"。唐鄭愚大潙虚祐師銘:"牛阿房,鬼五通,專覰捕,見西東。"(唐詩紀事六六)參見"牛頭阿旁"。

【阿₃鼻】 阿鼻地獄的省語。梁書范縝傳神滅論:"又惑茫昧之言,懼以阿鼻之苦,誘以虚誕之辭,興以兜率之樂,故捨逢掖,襲橫衣,廢俎豆,列缾鉢,家家棄其親愛,人人絶其嗣續。"參見"阿鼻地獄"。

【阿緆】 織物名。文選漢司馬長卿(相如)子虚賦:"被阿緆。"注:"阿,細繒也;緆,細布也。……緆與錫古字通。"史記一一七司馬相如傳作"被阿緆"。漢書禮樂志郊祀歌練時日:"被文華,扇霧縠,曳阿錫,佩玉珠。"

【阿諛】 奉承諂媚。漢書八一匡衡傳:"於是司隸校尉王尊劾奏,衡……不以時白奏行罰,而阿諛曲從,附下罔上。"後漢書八三嚴光傳與侯霸書:"懷仁輔義天下悦,阿諛順旨要領絶。"

【阿誰】 猶言何人。三國志蜀龐統傳:"向者之論,阿誰爲失?"玉臺新詠十晉賈充與妻李夫人聯句:"室中有阿誰?歎息聲正悲。"

【阿₃熱】 複姓。西域堅昆國,又名黠戛斯,其君曰"阿熱",遂姓阿熱氏。見新唐書二一七下回鶻傳。

【阿鋪】 秦人建宫殿謂之阿房,城上嘗衛室謂之阿鋪。見清沈自南藝林彙考棟宇。

【阿₃儂】 ㊀自稱之詞,猶言我。北魏楊衒之洛陽伽藍記二景寧寺:"吴人之鬼,住居建康,小作冠帽,短製衣裳,自呼阿儂,語則阿旁。"㊁稱對方。南史茹法珍傳:"何世天子無要人,但阿儂貨主惡耳。"

【阿膠】 藥名,產於山東東阿縣,故名。亦名傅致膠。其膠以烏驢皮得阿井水煎成,佳者黃透如琥珀,或光黑如瑿漆。參閲本草綱目五十下獸一、清王應奎柳南隨筆續筆二阿膠。

【阿縒】 樹名。樹莖部滲出的乳液,乾之成塊,可爲香料,也入藥,稱没藥。唐段成式酉陽雜俎前集十八木篇:"没樹,出波斯國。拂林(一本作'菻')呼爲阿縒。長一丈許,皮青白色,葉似槐葉而長,花似橘花而大,子黑色,大如山茱萸,其味酸甜可食。"參見"没藥"。

【阿₃嬌】 漢武帝劉徹的姑母長公主之女,姓陳。徹四歲時封爲膠東王,長公主抱置膝上,問曰:"兒欲得婦否?"答:"欲得婦。""欲得阿嬌否?"答:"若得阿嬌作婦,當作金屋貯之。"及卽帝位,立爲皇后。失寵後廢居長門宫。見舊題漢班固漢武故事、漢書九七上外戚傳。

【阿₃瞞】 ㊀曹操小字阿瞞。見三國志魏武帝紀"太祖武皇帝"南朝宋裴松之注:"太祖一名吉利,小字阿瞞。"㊁唐玄宗李隆基自稱。見唐段成式酉陽雜俎一忠志、南卓羯鼓録。

【阿錫】 見"阿緆"。

【阿衡】 ㊀商代官名。書太甲上:"惟嗣王不惠于阿衡。"疏:"伊尹,湯倚而取平,故以爲官名。"詩商頌長發:"實維阿衡,實左右商王。"疏:"伊尹名摯,湯以爲阿衡,至太甲改曰保衡。阿衡,保衡皆公官。"㊁引申爲輔導帝王,主持國政。世説新語政事"丞相末年略不復省事"注引徐整歷記:"(王)導阿衡三世,經綸夷險,政務寬恕,事從簡易,故垂遺愛之譽也。"又黜免:"殷仲文既素有名望,自謂必當阿衡朝政,忽作東陽太守,意甚不平。"

【阿縞】 古齊地所出細繒。史記八七李斯傳上書:"阿縞之衣,錦繡之飾。"水經注五河水五:"(東阿)縣出佳繒縑,故史記云秦昭王服太阿之劍、阿縞之衣也。"廣雅釋器作"絅縞"。

【阿₃環】 仙女名。舊題漢班固漢武帝内傳:"上元夫人又遣一侍女答(王母)問云:阿環再拜,上問起居。"唐李商隱李義山詩集六曼倩辭:"如何漢殿穿針夜,又向窗中覷阿環。"

【阿₃魏】 藥名。本出天竺、波斯諸地。天竺稱形虞、波斯稱阿虞、涅槃經稱央匱、蒙語稱哈昔尼。其樹皮色青黃,三月生葉,似鼠耳,無花實。斷其枝,汁出如飴,納其汁於竹筒中,日久堅凝,卽成阿魏。或云樹脂有毒。入藥。參閲唐段成式酉陽雜俎前集十八木篇、宋趙汝适諸蕃志下阿魏、本草綱目三四木一阿魏。

【阿₃難】 釋迦如來十大弟子之一。或譯作阿難陀。意爲歡喜、喜慶。爲斛飯王之子,釋迦之從弟,生於佛成道之夜,故以阿難爲名。二十五歲從佛出家。侍佛二十五年,親承音旨,稱爲多聞第一。佛滅後,編録佛説,繼爲長老。參閲維摩經義疏一佛國品、翻譯名義集一十大弟子。

【阿₃鵲】 嚏噴聲。宋洪咨夔平齋詞南鄉子德清舟中和老人韻:"阿鵲數歸程,人倚低窗小畫屏。"也作"阿叱"。雍熙樂府十二新水令套仗義疏財川撥棹:"好教人耳熱燒輪,怒氣氤氳,阿叱阿叱打了幾個嚏噴。"

【阿₃嬭】 謂母。嬭亦作"祢"、"妳"、"嫛"、"孏"。唐李商隱李義山文集四李賀小傳:"阿祢老且病,賀不願去。"注:"呼母聲也。"唐文粹九九作"阿嬭"。元柳貫柳待制文集二十祭孫秬文:"阿翁與汝阿爹、阿妳,以家饌祭于中殤童子阿秬之魂。"清陳鱣恒言廣証三親屬稱謂:"稱母曰嫛。……嫛、嬭、妳、彌,皆姆之俗字。"

【阿黨】 徇私撓法。管子重令:"謹於法令以治,不阿黨。"禮月令孟冬之月:"是察阿黨,則罪無有掩蔽。"注:"阿黨謂治獄吏以私恩曲撓相爲也。"

【阿₃子歌】 見"阿₃子㊁"。

【阿₃巴噶】 地名,一作阿覇垓,今稱阿巴嘎,屬内蒙古錫林郭勒盟。漢屬上谷郡北境,晉爲拓拔氏地,隋唐爲突厥地,遼爲上京道西境,金屬北京路,元屬上都路。明爲蒙古族駐牧地,稱其部爲阿巴噶。明崇禎八年歸後金,編爲左、右兩翼,左翼駐巴顔額龍,右翼駐科布爾泉。參閲嘉慶一統志五四一阿巴噶。

【阿₃什河】 卽阿勒楚喀河,發源於黑龍江南部之帽兒山,西流經阿城縣,流入松花江。金史地理志上上京路會寧府作按出虎河，又書作阿朮滸。參閱清阿桂滿洲源流考十二金上京、十五阿勒楚喀河。

【阿史那】複姓。傳爲夏后氏之後，居涓兜牟山，北人呼爲突厥窟，歷魏晉，十代爲君長。唐太宗時，有大將阿史那社尒，高昌國有大冠軍阿史那矩，突厥亦有可汗阿史那俀子。另有一部分內附者，姓簡爲史。參閱元和姓纂五歌、通志二九氏族五代北三字姓、宋鄧名世古今姓氏書辯證十二代北人姓。

【阿史德】複姓。突厥如善可汗之裔，別號阿史德，因以爲氏。唐有行軍總管阿史德樞賓。又安祿山母姓阿史德。參閱元和姓纂五歌、通志二九氏族五代北三字姓、宋鄧名世古今姓氏書辯證十二代北人姓。

【阿$_3$母河】即阿姆河。源出興都庫什山，西北注入鹹海。爲葱嶺西第一幹河。史記漢書作嬀水，魏書作烏滸水，大唐西域記作縛芻河，元丘處機長春真人西遊記作阿母河，元史作阿梅河。參閱清魏源海國圖志三一及三二。

【阿$_3$合馬】公元？—1282年。蒙古忽必烈（元世祖）時權相。宋景定三年，始爲諸路都轉運使，總領全國財賦。累官至中書省平章政事。在位二十年，恣意刻剥，結黨營私，內通貨賄，外示威刑。至元十九年，爲千户王著刺殺。元史二〇五有傳。

【阿那曲】唐人以仄韻絶句入樂府，謂之阿那曲。清徐釚詞苑叢談十二記姚氏月華作阿那曲云："銀燭清尊久延佇，出門入門天欲曙；日落星稀竟不來，烟柳曈曨鵲飛去。"自注："詞統云：阿那曲，一名雞叫子。"

【阿那瓌】㊀柔然國主名。北魏正光初，國人立爲主，不久爲族兄所敗，南投魏，封朔方郡公。元魏孝明帝時討平沃野鎮，自號勅連頭兵豆伐可汗。見魏書蠕蠕傳。㊁樂府歌曲名。屬雜曲歌辭，無作者名氏。由蠕蠕國主阿那瓌而名。見樂府詩集七八。

【阿$_3$尾奢】梵語音譯。指佛家修驗之法。其法以"真言"使"聖者"附託於童男女之身，以答諸問題，卜未來休咎。見速疾立驗魔醯首羅天説阿尾奢法。或譯作"阿尾捨"。金剛峯樓閣一切瑜伽瑜祇經大金剛焰口降伏一切魔怨品："若加持男女，能令何〔阿〕尾捨，三世三界事，盡能知休咎。"

【阿$_3$伽陀】丸藥名。華嚴經二五："如阿伽陀藥，能除一切煩惱衆毒。"或作"阿揭陀"。唐慧琳一切經音義二一："阿，此云普也；揭陀，云去也。言服此藥者，身中諸病，普皆除去也。"也省作"伽陀"。全唐文三二〇李華潤州鶴林寺故徑山大師碑銘："勝大敵者那羅延身，銷大毒者伽陀妙藥。"

【阿$_3$育王】㊀公元前273？—前232？年。古印度摩揭陀國孔雀王朝國王。或譯作阿輸迦、阿輸柯。義譯爲無憂王。其初信奉婆羅門教，即王位後，改奉佛教，爲大護法，曾於華氏城舉行第三次結集，整理經律論三藏經典，佛教傳播於國外，多賴其力。見晉釋安法欽譯阿育王傳。㊁山名。見"阿育王山"。

【阿$_3$芙蓉】即鴉片，用罌粟液製成，入藥。有毒，久吸成癮。清龔自珍定盦文集補己亥雜詩之八五："不枉人呼蓮幕客，碧紗幮護阿芙蓉。"自注："阿讀如人痾之痾。出續本草。"魏源古微堂詩集四江南吟："中朝但斷大官䏔（癮），阿芙蓉烟可立盡。"

【阿$_3$孩兒】即小孩。五代王定保唐摭言三慈恩寺題名遊賞賦詠雜記："苗台符六歲能屬文，……年十六及第。張讀亦幼擅詞賦，年十八及第。同年進士，同佐鄭薰少師宣州幕。二人嘗列題於西明寺之東廡。或竊注之曰：'一雙前進士，兩箇阿孩兒。'"

【阿保機】見"遼太祖"。

【阿$_3$家翁】謂阿姑阿翁。家，音gū。古成語有"不癡不聾，不作阿家翁"。參閱清趙翼陔餘叢考四三成語。參見"不癡不聾"。

【阿$_3$修羅】梵語音譯。亦作阿素洛。意譯爲非天。古印度神話中惡神名。曾與帝釋爭權，佛書中列爲天龍八部之五。法苑珠林九六道會名："依立世阿毗曇論釋云：阿修羅者，以不能忍善，不能下意諦聽，種種教化，其心不動，以憍慢，故非善健兒；又非天，故名阿修羅。"參見"天龍八部"。

【阿堵物】世説新語規箴："王夷甫（衍）雅尚玄遠，常嫉其婦貪濁，口未嘗言錢事。婦欲試之，令婢以錢遶牀不得行。夷甫晨起，見錢閡行，呼婢曰：'與卻阿堵物！'"阿堵，猶言這個。後人遂亦稱錢爲阿堵物。宋張耒張右史文集二六和无咎詩之二："愛酒苦無阿堵物，尋春奈有主人家。"蘇過斜川集一顏樂堂詩："恨無阿堵君，一區今尚欠。"參見"阿堵"。

【阿$_3$爾泰】山名。也作阿勒壇，阿爾坦，阿勒坦。蒙語譯音，意爲金山。在新疆北部，東接蒙古人民共和國，西北伸入蘇聯境。參閱嘉慶一統志五四四喀爾喀、五四六厄魯特。

【阿$_3$僧祇】梵語，數名。或譯阿僧企耶。猶言無量的長時間。南朝宋法顯佛國記："菩薩從三阿僧祇，苦行不惜身命。"法集經二："能知一生二生，百生千生，百千萬生，乃至無量阿僧祇生，無量百千億那由他生。"

【阿$_3$輸迦】㊀古印度王名。見"阿育王"。㊁佛教傳説中的樹名，佛母摩耶夫人攀此樹而生釋迦牟尼。也譯作阿輸柯，無憂花樹。見史記一二三大宛傳"身毒國"正義、翻譯名義集三林木篇。

【阿$_3$闍世】古印度摩揭陀國王名。十六歲弒父即位，合併鄰近諸小國，統一印度，威震四鄰。後歸依釋迦牟尼。佛滅後，五百羅漢結集佛説，阿闍世王爲之護法；佛教興盛，甚得其力。參閱大涅槃經十九至二十、翻譯名義集三帝王篇。

【阿濫堆】鳥名。亦曲名。驪山多飛禽，名"阿濫堆"。唐玄宗采其聲，翻爲曲子，因以阿濫堆爲名，命左右傳唱，播於遠近。唐張祜有華清宮詩："紅樹蕭蕭閣半開，玉皇曾幸此宮來。至今風俗驪山下，村笛猶吹阿濫堆。"見南唐尉遲偓中朝故事。

【阿$_3$癐癐】㊀呼痛聲。唐張鷟朝野僉載："（武）周滄州南皮縣丞郭務靜每巡鄉，喚百姓婦，託以縫補而姦之。其夫至，縛務靜，鞭數十。主簿李懋往救解之。務靜羞諱其事，低身答云：忍痛不得，口唱'阿癐癐'，務靜不被打，'阿癐癐'。"（説郛二）㊁喊聲。明陶宗儀輟耕録十一阿癐癐："淮人寇江南日，於臨陣之際，齊聲大喊'阿癐癐'，以助軍威。"

【阿$_3$鞞迴】歌曲名。即阿濫堆。唐李白李太白詩四司馬將軍歌："羌笛橫吹阿鞞迴，向月樓中吹落梅。"參閱明楊慎升庵詩話七阿鞞迴。

【阿$_3$羅本】古波斯人。唐貞觀九年至長安，太宗遣房玄齡迎之，召入謁，並勅有司建大秦寺居之，盡譯齎來諸經。自稱其教曰景教，盛行於時。高宗時尊爲鎮國大法主，於諸州各置景教寺。景教爲基督教中的聶斯託良派。參閱唐大秦寺僧景淨大秦景教流行中國碑。參見"景教"。

【阿$_3$羅漢】梵語音譯，爲小乘佛教修證的最高果位。也作"羅漢"。大智度論三："阿羅名賊，漢名破，一切煩惱賊破，是名阿羅漢。復次：阿羅漢一切漏盡，故應得一切世間諸天人供養。復次：阿名不，羅漢名生，後世中更不生，是名阿羅漢。"參見"羅漢"。

【阿$_3$蘭若】梵語。義譯爲寂靜處，或云無諍地。指寺院。省作蘭若。宋王安石臨川集二九與道原過西莊遂遊寶乘詩："周顒宅作阿蘭若，婁約身歸窣堵波。"參見"蘭若"。

【阿$_3$蘭聊】古西域城國名。其地在今裏海北岸一帶。後漢書八八西域傳："奄蔡國改名阿蘭聊國，居地城，屬康居。土氣溫和，多楨松、白草。民俗衣服與康居同。"參見"奄蔡"。

【阿$_3$鐸河】雲南鳳慶縣西南有鐸山。山勢百盤，林谷深邃，下臨絶澗。一名阿鐸互山。山水迅疾，流爲阿鐸河。見嘉慶一統志四八三順寧府山川。

【阿$_3$力麻里】古城名。在今新疆霍城縣境。元世祖(忽必烈)追擊海都於此，命皇子北平王統諸軍以鎮之。也作阿里麻里或阿里馬城，意爲"蘋果之城"。見元史地理志六西北地附録、嘉慶一統志五一七伊犁。

【阿$_3$育王山】山名。在浙江鄞縣。舊名鄮山。晉太康中并州人劉薩訶，得阿育王舍利(佛骨)，建塔於此，建廣利寺，至梁武帝改名阿育王寺，山即因此而名。見寰宇通志三十寧波府山川、又寺觀。

【阿$_3$育王塔】佛教傳説：阿育王大興佛事，到處建立寺塔，奉安佛舍利及供養僧衆，贖免罪過。王所統領之國，共數八萬四千，因敕令諸國建八萬四千大寺，八萬四千寶塔，共號曰阿育王塔。參閱經律異相六。

【阿$_3$郎嬢子】稱父母。宋司馬光司馬氏書儀一上內外尊屬："古人謂父爲阿郎，謂母爲嬢子，故劉岳書儀上父母書稱阿郎嬢子。其後，奴婢尊其主如父母，故亦謂之阿郎嬢子。以其主之宗族多，故更以行第加之。"

【阿$_3$爾坦河】亦作阿勒坦河。蒙語，意爲金色的河。元篤什及清拉錫等探測河源，均僅至星宿海爲止。清康熙、乾隆年間，先後派人探得河源在巴顏喀喇山北麓阿勒坦噶達素齊老峰下之阿爾坦河，由此東流爲鄂敦諾爾(即星宿海)，又東潴爲札楞海(即扎陵湖)、鄂楞海(即鄂陵湖)，又東南流即爲黄河。今按黄河上源應爲卡日曲，於星宿海始與阿爾坦河匯合。參閱嘉慶一統志五四六青海厄魯特。

【阿$_3$鼻地獄】佛教八熱地獄之一。阿鼻，梵語譯音，意爲"無有間斷"。無間有二：一、身無間，二、苦無間。大般涅槃經十一切大衆所問品："若如是者，卽是邪見；若有邪間，命終應生阿鼻地獄。"續高僧傳八釋慧遠："遠抗聲曰：'陛下今恃王力自在，破滅三寶，見邪見人，阿鼻地獄，不揀貴賤，陛下安得不怖！'"參見"無間地獄。"

【阿$_3$耨多羅】梵語。義譯爲無上。大智度論七四："世尊：'何等是阿耨多羅三藐三菩提？'佛言：'一切法如相名阿耨多羅三藐三菩提。'"三，義譯爲正；藐，等；菩提，覺；卽無上正等正覺。參閱妙法蓮華經玄贊二、翻譯名義集五法寶衆名。

【阿$_3$耨達山】晉釋道安西域志："摩訶賴國有阿耨達山，王舍城在山東南，竹園精舍在城西，有佛六年苦行處。"(説郛七七) 按阿耨達山卽崑崙山。見水經注一河水、史記一一七司馬相如傳大人賦正義引括地志。

【阿$_3$耨達池】湖名。梵語，爲清涼無熱惱之意。又名阿那波答多池。在今西藏西南部普蘭縣境，爲我國最高淡水湖之一。大唐西域記玄奘序："其贍部洲之中地者，阿那婆答多池也。在香山之南，大雪山之北，周八百里矣。金、銀、瑠璃、頗胝，飾其岸焉。金沙彌漫，清波皎鏡。"並云池爲殑伽、信度、縛芻、徙多四河所自出。

【阿$_3$賴耶識】佛教法相宗八識中的第八識。意爲藏，也譯作"藏識"。唐釋慧琳一切經音義十八十輪經十："能含藏執持諸善惡種子，故名藏識。"參閱成唯識論二。參見"八識"。

【阿彌陀佛】阿彌陀，梵語譯音，意爲"無量"。阿彌陀佛，也譯作無量清淨佛、無量壽佛或無量光佛。佛家淨土宗以阿彌陀佛爲西方"極樂世界"的教主。凡願往生彼土者，一心不亂，長念其名號，臨終時佛卽出現，前來接引，往生阿彌陀佛極樂國土。見佛説阿彌陀經。

【阿$_3$盧朵里】契丹語，一種貴顯的稱號。也作"阿魯敦"。耶律阿保機(遼太祖)曾封曷魯爲阿盧朵里。參閱遼史太祖紀上及國語解。

【阿$_3$達哈哈番】清爵位名。清世爵有公、侯、伯、子、男、輕車都尉、騎都尉、雲騎尉、恩騎尉九等；自公至輕車都尉，又各有三等。阿達哈哈番，指一二三等輕車都尉。見清通典三二職官十世爵世職。

【阿$_3$思罕尼哈番】清爵位名。指一二三等男。見清通典三二職官十世爵世職。

【阿$_3$達哈哈番】清爵位名。參見"阿達哈哈番"。

陂

1. bēi ㄅㄟ 彼爲切，平，支韻，幫。

㊀澤畔障水之岸。詩陳風澤陂："彼澤之陂，有蒲與荷。"㊁池塘。淮南子説林："十頃之陂，可以灌四十頃。"㊂壅塞。國語吳："乃築臺於章華之上，闕爲石郭，陂漢，以象帝舜。"㊃山坡。淮南子俶真："是故百姓曼衍，於淫荒之陂。"㊄旁邊。漢書禮樂志二郊祀歌："騰雨師，洒路陂。"㊅靠近。後漢書二八下馮衍傳顯志賦："陂山谷而閒處兮，守寂寞而存神。"

2. bì ㄅㄧˋ 彼義切，去，寘韻，幫。

㊆傾，斜。易泰："無平不陂，無往不復。"引申爲偏私。文選離騷："舉賢而授能兮，脩繩墨而不陂。"楚辭作"頗"。㊇邪佞，通"詖"。荀子成相："讒人罔極，險陂傾側此之疑。"

3. pō ㄆㄛ 集韻 蒲波切，平，戈韻。

㊈見"陂$_3$陀"。

4. pí ㄆㄧˊ 集韻 班糜切，平，支韻。

㊉地名用字。舊唐書地理志三淮南道黄州有黄陂縣，今屬湖北省。

【陂$_3$阤】見"陂$_3$陀"。

【陂$_3$陀】也作"陂阤"、"陂陁"。㊀階陛。文選戰國楚宋玉招魂："文異豹飾，侍陂陀些。"注："陂陀，長陛也。言侍從之人，皆衣虎豹之文，異彩之飾，侍君堂隅，衞階陛也。或曰，侍陂池，侍從於君，遊陂池之中也。"㊁傾斜貌。史記一一七司馬相如傳哀二世賦："登陂阤之長阪兮，坌入曾宫之嵯峨。"漢書作"陂陁"。唐文粹一李華含元殿賦："靡迤秦山，陂陁漢陵。"參閱唐顏師古匡謬正俗五陂池。

【陂$_3$陁】見"陂$_3$陀"。

【陂塘】蓄水的池塘。國語周下："陂塘汙庳，以鍾其美。"

阽

diàn ㄉㄧㄢˋ 集韻 都念切，去，标韻。
yán ㄧㄢˊ 余廉切，平，鹽韻，喻。

㊀危，臨危。楚辭屈原離騷："阽余身而危死兮，覽余初其猶未悔。"漢書文帝紀元年詔："方春和時，草木羣生之物皆有以自樂，而吾百姓鰥寡孤獨窮困之人或阽於死亡，而莫之省憂。"㊁近，臨近。後漢書五九張衡傳思玄賦："執雕虎而試象兮，阽焦原而跟止。"

【阽危】面臨危險。漢書食貨志上賈誼説文帝："安有爲天下阽危者若是而上不驚者！"注："阽危，欲墜之意也。"南朝宋謝眺謝宣城集四和王著作八公山詩:"阽危賴宗衮,微管寄明牧。"按宗衮指謝安,明牧指謝玄。

阻 zǔ ㄗㄨˇ 側吕切,上,語韻,莊。

㊀險要之地。詩商頌殷武:"罙入其阻,裒荆之旅。"㊁險阻。詩秦風蒹葭:"遡洄從之,道阻且長。"㊂阻止,停止。左傳僖二二年:"阻而鼓之。"史記魯周公世家:"勤勞阻疚。"集解引徐廣:"阻,一作'滝'。"㊃艱難。書舜典:"黎民阻飢。"傳:"阻,難。"㊄恃,依仗。左傳隱四年:"夫州吁阻兵而安忍。"疏:"阻,恃諸國之兵以求勝而征伐不已。"㊅疑惑。左傳閔二年:"狂夫阻之。"注:"阻,疑也,言雖狂夫,猶知有疑。"國語晉一韋昭解謂阻古"詛"字,言將服是衣,必先詛之。

【阻甲】猶擁兵。法苑珠林三六至誠濟難:"昇明元年,荆州刺史沈攸之舉兵東下,湘府長史庾佩玉阻甲自守。"

【阻修】既阻隔,又遥遠。語本詩秦風蒹葭"道阻且長"。文選晉張孟陽(載)擬四愁詩:"我所思兮在營州,欲往從之路阻修。"唐杜甫杜工部詩史補遺九毒熱寄簡崔評事十六弟:"束帶負芒刺,接居成阻修。"

【阻深】阻隔至甚。尚書大傳金縢:"道路悠遠,山川阻深。"史記一一七司馬相如傳喻巴蜀檄:"道里遼遠,山川阻深。"

阼 zuò ㄗㄨㄛˋ 昨誤切,去,暮韻,從。

㊀東階。天子、諸侯、大夫、士皆以阼爲主人之位,臨朝覲,揖賓客,承祭祀,升降皆由此。天子登位稱踐阼。禮文王世子:"成王幼,不能涖阼。"儀禮士冠禮:"適子冠於阼,以著代也。"參閱清顧炎武金石文字記二龍藏寺碑。㊁祭祀時所供之肉。通"胙"。儀禮特牲饋食禮:"祝命徹阼俎、豆籩。"

【阼階】東階。古殿前兩階,無中間道。賓主相見,主人立東階,賓自西階升降。論語鄉黨:"鄉人儺,朝服而立於阼階。"儀禮鄉射禮:"席主人於阼階上西面。"

陁 1. tuó ㄊㄨㄛˊ 集韻 唐何切,平,戈韻。

同"陀"。㊀見"陀㊀"。

2. yǐ ㄧˇ 集韻 演爾切,上,紙韻。

㊁傾斜貌。見"陁₂靡"。

3. chí ㄔˊ

㊂崖邊。史記一一七司馬相如傳上林賦:"巖陁甗錡,摧崣崛崎。"集解"(陁)音遲。"

4. duò ㄉㄨㄛˋ

㊃崩塌。漢揚雄太玄經二鋭:"陵峥岸峭,陁。"參見"陀㊂"。

【陁₂靡】山勢傾斜綿延貌。史記一一七司馬相如傳子虛賦:"平原廣澤,登降陁靡。"漢書作"陁"。文選晉郭璞注引司馬彪:"陁靡,邪靡也。"唐李善注:"陁,弋爾切。"

附 1. fù ㄈㄨˋ 符遇切,去,遇韻,並。

㊀附着。詩小雅角弓:"毋教猱升木,如塗塗附。"㊁歸附,順從。詩大雅緜:"予曰有疏附。"淮南子主術:"羣臣親,百姓附。"㊂增益。荀子禮論:"刻死而附生謂之墨,刻生而附死謂之惑。"㊃捎,寄。唐杜甫杜工部草堂詩箋五前出塞九之四:"路逢相識人,附書與六親。"㊄古祭儀之一。通"祔"。禮雜記上:"大夫附於士。"

2. pǒu ㄆㄡˇ 集韻 薄口切,上,厚韻。

㊅見"附₂婁"。

3. fǔ ㄈㄨˇ

㊆通"腑"。漢書三六楚元王傳附劉向:"臣幸得託肺附。"㊇通"撫"。見"附₃愛"。

【附子】植物名。株高三四尺,莖作四稜,葉如艾,花紫碧色,實細小如桑椹狀,墨色。根形似烏頭,附烏頭而生者爲附子。入藥,有毒。後漢書四八霍諝傳奏記:"譬猶療飢於附子,止渴於酖毒,未入腸胃,已絶咽喉,豈可爲哉!"參閱本草綱目十七草六附子。

【附化】猶歸化。三國志魏曹仁傳:"使將軍高遷等徙漢南附化民於漢北。"

【附片】清代臣下於上奏正摺中兼奏他事的附件。一正摺之中,往往所附不止一片。

【附生】明代附學生員的簡稱。洪武初,生員雖定額,但不久即增廣,不拘額數。至宣德時,以初設食廩者爲廩膳生員,增廣者稱增廣生員,各有一定額數。正統元年額外增取,附於諸生之末,稱附學生員。省稱附生。清代凡童生入學者皆稱附生,即秀才。參閱續文獻通考五十學校四、清會典三二。

【附耳】㊀近耳密語。淮南子説林:"附耳之言,聞於千里也。"㊁畢宿星旁小星名。史記天官書:"附耳摇動,有讒亂臣在側。"

【附和】隨聲應和。唐孫樵集十罵僮志:"口口附和,不敢指破。"清黄宗羲南雷文案三與陳乾初論學書:"其心之所不安者,亦不敢苟爲附和也。"

【附城】爵位名。漢書九九上王莽傳:"當賜爵關内侯者更名曰附城。"又九二樓護傳:"至王莽篡位,以舊恩召見護,封爲樓舊里附城。"注:"莽爲此爵名,效古之附庸也。"

【附益】增益。論語先進:"季氏富於周公,而求也爲之聚斂而附益之。"漢書諸侯王表:"作左官之律,設附益之法。諸侯惟得衣食税租,不與政事。"注引張晏:"律鄭氏説,封諸侯過限曰附益。或曰阿媚王侯,有重法也。"

【附庸】㊀附屬於諸侯的小國。詩魯頌閟宫:"乃命魯公,俾侯于東,錫之山川,土田附庸。"孟子萬章下:"不能五十里,不達於天子,附於諸侯,曰附庸。"參閱宋項安世項氏家説七附庸。㊁具有依附性的事物。南朝梁劉勰文心雕龍二詮賦:"六義附庸,蔚成大國。"

【附₂婁】小土丘。説文:"附婁,小土山也。春秋傳曰:'附婁無松柏。'"按左傳襄二四年作"部婁無松柏"。後多作"培塿"。參見"培₂塿"。

【附款】謂通情歸附。晉書苻丕載記論:"(苻洪)乃附款江東而志圖關右,禍生蠆毒,未逞狼心。"

【附葬】猶合葬。漢書哀帝紀建平二年:"昔季武子成寢,杜氏之殯在西階下,請合葬而許之。附葬之禮,自周興焉。"

【附₃愛】即撫愛。史記齊世家:"昭公之弟商人以桓公死争立而不得,陰交賢士,附愛百姓,百姓説。"

【附會】也作"傅會"。㊀使事之不相聯屬者,相會爲一。史記一〇一袁盎傳論:"袁盎雖不好學,亦善傅會,仁心爲質,引義忼慨。"漢書四三陸賈傳贊:"從容平、勃之間,附會將相以强社稷。"指親和協調。南朝梁劉勰文心雕龍九附會:"何謂附會?謂總文理,統首尾,定與奪,合涯際,彌綸一篇,使雜而不越者也。"指融會貫通。㊁依附。晉書下壼傳:"楊駿執政,人多附會,而(卞)粹正直不阿。"北齊書和士開傳:"河清天統以後,威權轉盛,富商大賈朝夕填門,朝士不知廉恥者,多相附會,甚者爲其假子,與市道小人同在昆季行列。"㊂牽强湊和。宋洪邁容齋續筆二義理之説無窮:"用是知好奇者欲穿鑿附會,固各有説云。"

【附離】依附。即"附麗"。莊子駢拇:"附離不以膠漆，約束不以纆索。"漢書五七下揚雄傳:"哀帝時丁、傅、董賢用事，諸附離之者或起家至二千石。"注:"離，著也，音麗。"

【附麗】附着，依附。文選晉左太沖(思)魏都賦:"而子大夫之賢者，尚弗曾庶翼等威，附麗皇極，……而徒附於詭隨匪人，宴安於絶域。"晉書張載傳榷論:"設使秦莽修三王之法，時致隆平，則漢祖泗上之健吏，光武舂陵之俠客耳，況乎附麗者哉!"

【附驥尾】喻附於先輩或名人之後。史記六一伯夷傳:"伯夷、叔齊雖賢，得夫子而名益彰；顏淵雖篤學，附驥尾而行益顯。"索隱:"蒼蠅附驥尾而致千里，以譬顏回因孔子而名彰也。"

【附贅縣疣】喻多餘無用之物。縣，卽"懸"。莊子駢拇:"附贅縣疣，出乎形哉而侈於性。"南朝梁劉勰文心雕龍七鎔裁:"駢拇枝指，由侈於性；附贅縣肬，實侈於形。一意兩出，義之駢枝也；同辭重句，文之肬贅也。"肬，同"疣"。

【附驥攀鴻】文選漢王子淵(褒)四子講德論:"夫蚊虻終日經營，不能越階序，附驥尾則涉千里，攀鴻翮則翔四海。"後多用爲謙辭，喻依附他人以成名。

阺 dǐ ㄉㄧˇ 集韻 典禮切，上，薺韻。

㊀陵阪，山坡。文選戰國楚宋玉高唐賦:"登巉巖而下望兮，臨大阺之稸水。"後漢書十六寇恂傳:"(高)峻亡歸故營，復助嚻拒隴阺。"阺，亦作"坻"。後漢書十三隗嚻傳:"乃使王元拒隴坻。"㊁旁突的山崖。漢書八七下揚雄傳解嘲:"功若泰山，嚮若阺隤。"注:"阺音氐。巴蜀人名山旁堆欲墮落曰阺。"

六畫

陔 gāi ㄍㄞ 古哀切，平，咍韻，見。

㊀臺階，級層。漢書郊祀志:"令祠官寬舒等具泰一祠壇，祠壇放亳忌泰一壇，三陔。"㊁猶田埂。文選晉束廣微(皙)補亡詩南陔:"循彼南陔，言采其蘭。"㊂古樂章名。卽陔夏。儀禮鄉飲酒禮:"賓出，奏陔。"詳"陔夏"。

【陔步】調節步武。宋史樂志一:"雅者，所謂陔步也。"

【陔夏】古樂章名。九夏之一。儀禮鄉飲酒禮"賓出奏陔"漢鄭玄注:"陔，陔夏也。陔之言戒也。終日燕飲，酒罷，以陔爲節，明無失禮也。"又燕禮"奏陔"唐賈公彥疏:"釋曰:九夏之中有陔夏，九夏皆是詩，詩爲樂章，故知樂章也。……凡夏皆以鍾鼓奏之。"周禮春官磬師作"祴夏"。

【陔餘叢考】清趙翼撰。四十三卷。考訂經、史、掌故、諸子、詩、文，兼及社會習俗成語。其中論史學，談掌故、典制、藝文等，精義較多。有乾隆五十五年作者小引，謂書爲自黔西罷官後循陔養親時所輯，故稱陔餘叢考。

陋 lòu ㄌㄡˋ 盧侯切，去，候韻，來。

㊀狹小。左傳成九年:"莒恃其陋，而不修城郭。"㊁僻陋，鄙野。論語子罕:"子欲居九夷。或曰:'陋，如之何?'"漢賈誼新書道術:"辭令就得謂之雅，反雅爲陋。"㊂地位卑賤。書堯典:"明明，揚側陋。"參見"側陋㊀"。㊃見識不廣。荀子修身:"少見曰陋。"㊄粗劣，醜陋。宋書孔覬傳:"衣裘器服，皆擇其陋者。"舊唐書一三五盧杞傳:"杞貌陋而色如藍，人皆鬼視之。"㊅鄙薄。文選漢張平子(衡)東京賦:"苟有胸而無心，不能節之以禮，宜其陋今而榮古矣。"

【陋巷】狹窄之街巷。亦指貧家所居之處。論語雍也:"賢哉回也!一簞食，一瓢飲，在陋巷，人不堪其憂，回也不改其樂。"回，顏淵。山東曲阜顏廟附近，有陋巷故址。見山東通志三五古蹟二。

【陋忠】猶鄙誠。多爲臣下卑謙之詞。戰國策秦三:"願以陳臣之陋忠，而未知王心也。"

【陋室】狹小簡陋的屋子。韓詩外傳五:"(儒者)雖居窮巷陋室之下，而內不足以充虛，外不足以蓋形，無置錐之地，明察足持天下。"唐崔沔儉約自持，嘗作陋室銘以見志。見新唐書一二九本傳。清康熙時吳楚材等編選古文觀止有唐劉禹錫陋室銘。今本劉夢得集無此文。

【陋規】歷來相沿的不良成例，特指賄賂需索。宋鄭興裔鄭忠肅奏議遺集上請禁傳饋疏:"夫牧守者州縣之表，州縣者親民之吏，上以此責其下，下以此應其上，國計不知，民瘼不卹，斂敝爲徒事饋獻之陋規，以取悅於同寮，求容於大吏。"明何士晉纂工部廠庫須知三營繕司擬議:"工程請給預支，例也，邇來法網嚴明，誰肯多請多給，而預支之名不除，終是陋規。"

【陋儒】淺陋的書生。荀子勸學:"上不能好其人，下不能隆禮，……則末世窮年，不免爲陋儒而已。"

陌 mò ㄇㄛˋ 莫白切，入，陌韻，明。

㊀田間小道。參見"阡陌"。㊁街道。後漢書七四袁紹傳:"輜軿柴轂，塡接街陌。"㊂錢一百文。舊五代史王章傳:"官庫出納緡錢，皆以八十爲陌。"參閱宋沈括夢溪筆談四辨證二。㊃通"帕"。見"陌頭㊀"。

【陌刀】長刀。唐六典十六衞尉寺武庫令:"刀之制有四:一曰儀刀，二曰鄣刀，三曰橫刀，四曰陌刀。……陌刀，長刀也，步兵所持；蓋古之斬馬劍。"新唐書一三五哥舒翰傳:"(崔)乾祐爲陣，十十五五，或却或進，而陌刀五千列陣後。"

【陌路】田間道路。多與人連用，指乍見而素不相識者。唐白居易長慶集十五重到城寄元九七絶句詩:"每逢陌路猶嗟歎，何況今朝是見君。"古今雜劇元蕭德祥殺狗勸夫一:"可怎生把親兄弟如同陌路人!"

【陌頭】㊀斂髮的頭巾。漢揚雄方言四:"絡頭，帞頭也。"太平御覽七〇八搜神記:"太康中，天下以氈爲陌頭及帶身袴口。"參見"帕頭㊀"。㊁路旁。全唐詩一四三王昌齡閨怨:"忽見陌頭楊柳色，悔教夫壻覓封侯。"

【陌額】頭巾。史記絳侯周勃世家"太后以冒絮提文帝"集解引漢應劭:"陌額絮也。"

【陌上花】㊀民歌名。宋蘇軾分類東坡詩十四陌上花引:"游九仙山，聞里中兒歌陌上花。父老云:吳越王妃每歲春必歸臨安，王以書遺妃曰:'陌上花開，可緩緩歸矣。'吳人用其語爲歌，含思宛轉，聽之淒然。"㊁詞調名。雙調，九十八字，前後段各八句，四仄韻。見詞譜二六。

【陌上桑】樂府相和曲名。一曰豔歌羅敷行。晉崔豹古今注中音樂:"陌上桑，出秦氏女子。秦氏，邯鄲人，有女名羅敷，爲邑人千乘王仁妻，王仁後爲趙王家令。羅敷出，採桑於陌上。趙王登臺，見而悅之，因置酒欲奪焉。羅敷巧彈箏，乃作陌上桑歌以自明焉。"後人仿作者甚多，又名采桑或日出東南隅行。參閱唐吳兢樂府古題要解上陌上桑。

陑 ér ㄦˊ 如之切，平，之韻，日。

古山名。在今山西永濟縣境。書湯誓:"伊尹相湯伐桀，升自陑。"傳:"陑，在河曲之南。"疏:"言'陑'，當是山阜之地，……蓋今潼關左右。"太平寰宇記四六蒲州謂卽河東縣之雷首山。

陏 duǒ ㄉㄨㄛˇ 字彙 徒火切，惰上聲。

瓜類植物的果實。史記貨殖列傳:"(楚越之地)果隋嬴蛤,不待賈而足。"一本作"隋"。漢書地理志下:"果蓏嬴蛤,食物常足。""隋"、"蓏"義同。

限 xiàn 胡簡切,上,産韻,匣。ㄒㄧㄢ

㊀險阻。戰國策秦一:"(秦)南有巫山黔中之限,東有肴函之固。"三國志吳陸遜傳:"夷陵要害,國之關限。"㊁限止。荀子彊國:"夫義者所以限禁人之爲惡與姦者也。"㊂界限,指定的範圍。文選魏文帝(曹丕)與朝歌令吳質書:"塗路雖局,官守有限。"此爲權限。晉書傅玄傳:"六年之限,日月淺近,不周黜陟。"此爲期限。㊃門檻。後漢書十八臧宮傳:"會屬縣送委輸車數百乘至,宮夜使鋸斷城門限,令車聲回轉,出入至旦。"

【限田】限制田畝占有數。漢書食貨志上:"限民名田,以澹不足,塞并兼之路。"宋史食貨志上一:"上書者言賦役未均,田制不立,因詔限田:公卿以下毋過三十頃,牙前將吏應復役者毋過十五頃。"

【限制】猶界限。漢書食貨志上"故不爲民田及奴婢爲限"唐顏師古注:"不爲作限制。"宋史三六三李光傳:"長江千里,不爲限制。"

【限度】範圍極限。史記平準書:"室廬輿服僭於上,無限度。"

陎 hóng 户公切,平,東韻,匣。ㄏㄨㄥ 古送切,去,送韻,見。

從陎,山名。在雲南昆明市北。見漢書地理志上益州郡。也作"陎"。清阮元揅經室集七陎嶺怡雲詩自注:"陎音虹,見漢書地理志,卽滇中銅山也。今省城北山皆稱陎山。"

降 1. jiàng 古巷切,去,絳韻,見。ㄐㄧㄤ

㊀下,落。詩小雅節南山:"昊天不惠,降此大戾。"莊子讓王:"天寒既至,霜雪既降,吾是以知松柏之茂也。"㊁謂階梯自上而下。論語鄉黨:"出,降一等。"後亦指品位等級下移。北史(魏)陽平王傳:"(拓跋)子孝以國運漸移,深自貶晦,日夜縱酒。後例降爲公。"㊂貶抑。論語微子:"不降其志,不辱其身,伯夷叔齊與?"㊃降生。清龔自珍定盦文集補已亥雜詩一二五:"我勸天公重抖擻,不拘一格降人材。"

2. xiáng 下江切,平,江韻,匣。ㄒㄧㄤ

㊄降伏。左傳莊八年:"郕降于齊師。"㊅和同。左傳哀二六年:"六卿三族降聽政。"㊆歡悦。通"夅"。詩召南草蟲:"亦既見止,亦既覯止,我心則降。"

3. hóng 集韻乎攻切,平,冬韻。ㄏㄨㄥ

㊇誕生。楚辭屈原離騷:"攝提貞于孟陬兮,惟庚寅吾以降。"宋洪興祖補注:"降,乎攻切,下也。見集韻。"㊈大。通"洪"。書大禹謨:"帝曰:來禹!降水儆予。"疏:"降水,洪水也。"

【降心】抑制心志。三國志蜀後主傳晉帝策命:"降心回慮,應機豹變,履信思順,以享左右無彊之休。"唐陸龜蒙甫里集八寒夜同襲美訪寂上人詩:"自是海邊鷗伴侶,不勞金偈更降心。"參見"降心相從"。

【降₂王】投降的國君。文選晉潘安仁(岳)西征賦:"健子嬰之果決,敢討賊以紓禍,勢土崩而莫振,作降王於路左。"唐李商隱李義山詩集五籌筆驛:"徒令上將揮神筆,終見降王走傳車。"

【降水】古水名。書禹貢:"北過降水,至於大陸。"其説有三。1.卽淇水。在今河南安陽地區,源林縣,入卫河。書禹貢疏:"鄭以降讀爲降,下江反,聲轉爲共,河內共縣淇水出焉,東至魏郡黎陽縣入河。"共縣,今輝縣。2.在今河北邯鄲地區。古清漳水入冀縣稱降水。漢書地理志上注:"降水,在信都。"3.在今山西屯留縣,東入濁漳。漢書地理志上:"上黨郡……屯留,桑欽言:'絳水出西南,東入海。'"清蔣廷錫尚書地理今釋降水:"降水出今山西潞安府屯留縣西南八十里盤秀嶺,至潞安府潞城縣入濁漳水,而濁漳水由是亦名降水矣。"

【降₂北】兵敗投降。韓非子內儲説上:"(越王)乃下令曰:'……不救火者,比降北之罪。"漢書四九鼂錯傳:"凡民守戰至死而不降北者,以計爲之也。"

【降₂表】表示降服的章奏。新五代史後蜀世家:"初,昊事王衍爲翰林學士,衍之亡也,昊爲草降表,至是又草焉。蜀人夜表其門曰'世修降表李家'。當時傳以爲笑。"

【降服】㊀解衣謝罪。左傳僖二三年:"公子懼,降服而囚。"注:"去上服,自拘囚以謝之。"㊁素服。左傳文四年:"楚人滅江,秦伯爲之降服,出次,不舉,過數。"國語晉五:"故川涸山崩,君爲之降服出之。"㊂舊制:喪服降低一等爲降服。如子爲父母應服三年之喪,其已出嗣者,則爲本生父母降三年之服爲一年之服。

【降₂服】投降順服。漢書宣帝紀神爵二年:"夏五月,羌虜降服。"

【降神】神靈降臨。詩大雅崧高:"維嶽降神,生甫及申。"箋:"四嶽,卿士之官,掌四時者也……在堯時姜姓爲之,德當嶽神之意,而福興其子孫。"亦謂請神降臨。漢書禮樂志:"大祝迎神于廟門,奏嘉至,猶古降神之樂也。"

【降香】㊀香名。見"降真㊀"。㊁燒香朝拜。西游記三六:"你豈不知我是僧官,但只有城上來的士夫降香,我方出來迎接。"

【降真】㊀香名。也稱降香,又名雞骨香。本出黔南。其香似蘇枋木,燒之烟直上,傳説能降神,故名。入藥。唐白居易長慶集五六贈朱道士詩:"盡日窗間更無事,唯燒一炷降真香。"參閱本草綱目三四木一降真香。㊁猶言降神。宋文鑑七周邦彥汴都賦:"飛仙降真之縹緲,翔鵷鶵鶡之鵬浣。"

【降格】㊀降臨。書多士:"上帝引逸,有夏不適逸,則惟帝降格,嚮於時夏。"㊁降低格調。唐釋皎然詩式二律詩:"宋(之問)詩曰:'象溟看落景,燒劫辨沈灰。'沈(佺期)詩曰:'詠歌麟趾合,簫管鳳雛來。'凡此之流,盡是詩家射鵰之手,假使曹劉降格,來作律詩,二子並驅,未知孰勝。"

【降婁】星次名,與奎婁二宿相當。爾雅釋天:"降婁,奎婁也。"奎宿十六星,婁宿三星,各爲二十八宿之一,與此兩宿相當之次,名曰降婁。

【降₂旗】表示投降之旗。唐李商隱李義山詩集六詠史:"北湖南埭水漫漫,一片降旗百尺竿。"三家宮詞五代後蜀花蕊夫人詩:"君王城上豎降旗,妾在深宮那得知。"

【降₂幡】卽"降₂旗"。唐劉禹錫劉夢得集四西塞山懷古詩:"千尋鐵鏁沈江底,一片降幡出石頭。"

【降龍】古代服飾繡繪的下降之龍。儀禮覲禮:"天子乘龍,載大旆,象日月、升龍降龍。"詩豳風九罭"衮衣繡裳"宋朱熹集傳:"天子之龍一升一降,上公但有降龍。以龍首卷然,故謂之衮也。"

【降₂龍鉢】使龍降伏之鉢。南朝梁釋慧皎高僧傳十涉公傳:"涉公者,西域人也。……以苻堅建元十二年至長安,能以祕呪呪下神龍。每旱,堅常請之呪龍,俄而,龍下鉢中,天輒大雨。"隋佛本行集經四十迦葉三兄弟品載:如來化迦葉三兄弟,至優婁頻螺村,求一止息處。彼有一草堂,迦葉一弟子病下痢,穢草堂,故以恨擯出之,死爲毒龍,在此草堂害人畜。迦葉欲伏之，祭祝火神，火神之力不及。如來住堂內，寂然入禪室。爾時，毒龍吐火焰逼如來，如來亦入火光三昧，身出大火，草堂熾燃，如大火聚。時毒龍見如來坐處獨寂靜無火，自至佛所，踊身入佛鉢中。宋陸游劍南詩稿十四寓天慶觀……：“故攜開士降龍鉢，來寄高人夢蝶牀。”

【降壇詩】舊時扶乩稱神鬼初臨所題之詩爲降壇詩。清紀昀閱微草堂筆記二：“庚午秋，買得埤雅一部，中摺疊綠箋一片，上有詩曰……末題靚雲仙子降壇詩。”

【降2魔坐】佛家結跏趺坐的一種。先以右趾押左股，後以左趾押右股，手亦左居上，稱降魔坐；反之稱吉祥坐。參閱唐釋慧琳一切經音義八跏趺。參見“結跏趺坐”。

【降2魔杵】佛教法器。卽佛寺中金剛塑像手執之杵。新五代史四夷附錄三于闐：“匡鄴等至于闐，聖天頗責誚之，以邀誓約，匡鄴等還，聖天又遣都督劉再昇獻玉千斤及玉印、降魔杵等。”參閱遼覺苑大日經義釋十演密鈔。

【降心相從】抑己以從人。左傳隱十一年：“唯我鄭國之有請謁焉，如舊昏媾，其能降以相從也。”注：“降，降心也。”又僖二八年：“天禍衛國，君臣不協，以及此憂也。今天誘其衷，使皆降心以相從也。”

【降志辱身】謂貶抑志氣，辱没身分。論語微子：“謂柳下惠少連，降志辱身矣！言中倫，行中慮，其斯而已矣。”戰國策韓二：“聶政曰：‘臣所以降志辱身居市井屠者，幸以養老母，老母在前，政身未敢以許人也。’”

【降2龍伏虎】㊀使龍虎降伏。佛教道教俱有降龍伏虎故事，如：如來僧涉能使龍入鉢中，僧稠曇詢能以錫杖解虎鬬，漢道士趙炳能使虎伏地。參閱續高僧傳十六齊鄴西龍山雲門寺釋僧稠傳、隋懷州栢尖山寺釋曇詢傳，後漢書八二下徐登傳附趙炳注。㊁十八羅漢中有降龍伏虎二尊者。參閱宋蘇軾東坡集後集二十十八大阿羅漢頌。㊂道家指修煉丹藥，馴伏情欲。以龍虎喻坎、離，離上坎下，爲水火未濟；坎上離下，爲水火既濟，水火交和則丹成。又以龍虎喻心火腎水，謂力制嗔怒色欲，使心火下降，腎水上潤，則心腎交而遂生之道得，故言降龍伏虎。

陒 guǐ 過委切，上，紙韻，見。
ㄍㄨㄟˇ 集韻 虛宜切，平，支韻。

毀敗。同“垝”。漢書六十杜周傳贊：“業因勢而抵陒，稱朱博，毀師丹，愛憎之議可不畏哉！”注：“陒，毀也。言因事形勢而擊毀之也。陒音詭。一説陒讀與戲同，音許宜反。”業，杜周曾孫。

陊 duò chǐ 徒可切，上，哿韻，定。
ㄉㄨㄛˋ ㄔˇ 池爾切，上，紙韻，澄。

㊀塌，落。文選漢張平子（衡）西京賦：“北闕甲第，當道直啟。程巧致功，期不陁陊。”唐于狄聞奇錄孫晤：“時楊集統師收復睦州，至一巖下，砦軍次，忽一大石盤陊下。”引申爲破敗。唐杜牧樊川集十李賀集序：“荒國陊殿，梗莽丘壠，不足爲其恨怨悲愁也。”㊁落入。宋書朱齡石傳：“如此必以重兵守涪城，以備內道，若向黃虎，正陊其計。”

【陊剥】破損剥落。唐韓愈昌黎集二七衢州徐偃王廟碑：“又梁桷赤白，陊剥不治。”

七畫

院 yuàn 王眷切，去，線韻，于。
ㄩㄢˋ 胡官切，平，桓韻，匣。

㊀有牆垣圍繞的宮室。隋杜寶大業雜記：“元年夏五月，築西苑，周二百里，其內造十六院。”㊁唐宋以來官署名。唐御史臺屬有三院：臺院、殿院、察院。宋有樞密院、學士院、舍人院等，明清有都察院等。㊂居處等某些場所亦稱院。全唐詩三明皇帝（李隆基）爲趙法師別造精院過院賦詩序：“入清虛院，則法師所居之地也。”指寺院。唐杜甫杜工部詩史補遺一落日：“啅雀争枝墜，飛蟲滿院遊。”指宅院。白居易長慶集十七尋郭道士不遇詩：“看院秖留雙白鶴，入門唯見一青松。”指道院。

【院子】㊀宋時爲天子進膳之人。詳“院子家”。㊁豪門勢家管出入收發的僕人。宋王銍默記下：“急足至，升廳，見一人席地坐，露頭瘦損，愕以爲老兵也。呼院子令送書入宅。公遽取書，就鋪上拆以讀。急足怒曰：‘舍人書而院子自拆，可乎？’”

【院公】舊小説戲曲中對僕人的敬稱。元曲選缺名神奴兒二：“老院公領着我街上耍，我要一個傀儡兒耍，老院公替我買去了。”水滸二：“把門官吏轉報與院公，没多時，院公出來問：‘你是那個府裏來的人？’”

【院本】㊀金元時，行院演劇的脚本。元陶宗儀輟耕錄二五院本名目：“唐有傳奇，宋有戲曲、唱諢、詞説，金有院本、雜劇、諸宮調。院本、雜劇，其實一也。”㊁宋有畫院。畫院畫家所作曰院本，亦稱畫本。清沈初西清筆記二記名蹟：“北宋院本畫用筆工緻，傅色明麗，規模神氣，逼似唐人。今所傳周昉人物、趙昌花鳥，其佳者大率皆院本。”

【院君】㊀舊小説稱有封號的婦人。宋周密武林舊事官本雜劇段數有醉院君瀛府，知不足齋本注云：“陳刻，院作‘縣’。”据此，清俞樾以爲乃縣君之誤，“蓋古婦人有郡君、縣君之封，稱縣君猶今稱孺人也。”見茶香室叢鈔五院君。㊁書帖名。宣和書譜八行書有唐歐陽詢草書院君帖。

【院長】㊀唐時稱翰林院學士承旨爲院長。新唐書一三二沈既濟傳附沈傳師：“翰林缺承旨，次當傳師，穆宗欲面命，辭曰：‘學士、院長，參天子密議，次爲宰相，臣自知必不能。’”又，外郎御史遺補亦相呼爲院長。參閱唐李肇國史補下。㊁宋時對軍吏節級之稱。水滸三八：“説話的那人是誰？便是吳學究所薦的江州兩院押牢節級戴院長戴宗。那時故宋時，金陵一路節級，都稱呼‘家長’；湖南一路節級，都稱呼做‘院長’。”

【院紬】濮院紬的簡稱。紬，同“綢”。濮院（今作卜院）在浙江嘉興縣西南，以産素紬、花紬等著稱。參閱嘉慶一統志二八八嘉興府。

【院畫】宋畫院，畫家所作的作品，大多爲供宫廷玩賞和裝飾宫殿的花鳥畫、山水畫，或描繪帝王貴族活動和重大事件的人物畫，一般講究工緻富麗。雖非宫廷畫家，但效法其畫風的作品，亦稱院體畫。元柳貫柳待制集六題壽皇御題淳熙宫畫牡丹扇面詩之一：“劍南樵客寫花容，院畫流傳號國工。”參閱明曹昭格古要論五院畫、清厲鶚南宋院畫錄一。

【院試】清代由各省學政主持的考試。因學政又稱提督學院，故名。參閱清通典二二選舉。

【院落】庭院。後漢書七六仇覽傳“吾近日過舍，廬落整頓，耕耘以時”唐李賢注：“廣雅曰：‘落，居也。’案，今人謂院爲落也。”唐白居易長慶集五五宴散詩：“笙歌歸院落，燈火下樓臺。”

【院絹】宋代的一種絹。唐絹絲粗而厚，宋之院絹，則匀淨厚密。元絹類宋絹。明內府絹與宋絹同。參閱明曹昭格古要論五古畫絹素。

【院體】㊀書法的一種流派。唐貞元中翰林學士吳通微工行草，體近隸，院中胥徒倣效其書，大行於世，稱爲院體。見宋張洎賈氏譚錄。㊁繪畫的一種流派。見“院畫”。

【院子家】爲天子進膳之人。宋孟元老東京夢華録一大內:"次有紫衣、裹脚子向後曲折幞頭者,謂之院子家,托一合,用黄繡龍合衣籠罩,左手攜一紅羅繡手巾進入于此,約十餘合,繼托金瓜合二十餘面進入。"

陣 zhèn 直刃切,去,震韻,澄。ㄓㄣˋ

本作"陳"。㊀謂軍伍行列。吕氏春秋簡選:"離散係系〔纍〕,可以勝人之行陣整齊。"㊁陣法。作戰時部隊的戰鬪隊形。國語晉六:"楚半陣,公使擊之。"㊂戰場,陣地。唐杜甫杜工部草堂詩箋七高都護驄馬行:"此馬臨陣久無敵,與人一心成大功。"㊃量詞。一段,一時。唐韓偓玉山樵人香奩集懶起詩:"昨夜三更雨,臨明一陣寒。"

【陣亡】戰死。唐杜甫杜工部草堂詩箋十三垂老别:"子孫陣亡盡,焉用身獨完!"

【陣車】㊀戰車。漢賈誼新書四匈奴:"既有編馬,庫有陣車。"㊁星名。漢甘公星經上:"陣車三星,在氐南,主革車兵車。"

【陣首】陣前。樂府詩集三二南朝宋顏延年從軍行:"接鏑赴陣首,卷甲起行前。"

【陣紀】明何良臣撰。四卷。論練兵之法,凡二十三類、六十六篇。何於嘉靖間官薊鎮遊擊,又值倭寇猖獗之時,所作非出憑虛,在明代論兵事之作中較爲切實近理。

【陣陣】連續而略有間斷。唐劉禹錫劉夢得集八淮陰行之三:"船頭大銅鐶,摩挲光陣陣。"宋林逋林和靖集二梅花詩:"小園烟景正凄迷,陣陣寒香壓麝臍。"

【陣雲】㊀謂雲疊起如兵陣。藝文類聚七晉羅含湘中記:"遥望衡山如陣雲,沿湘千里,九向九背,乃不復見。"㊁戰地烟雲。唐高適高常侍集二塞下曲:"青海陣雲匝,黑山兵氣衝。"

【陣脚】戰陣陣形的前列。宋李新跨鼇集七觀梁輔之曉閱詩:"風吹細柳旗形轉,日過寒谿陣脚斜。"引申譬喻整個隊伍。宋魏泰東軒筆録七:"唐子方(介)始彈張堯佐,與諫官皆上疏,及彈文公(彥博),則吴奎畏縮不前,當時爲拽動陣脚"。

陡 dǒu 當口切,上,厚韻,端。ㄉㄡˇ

㊀山勢峻峭。元曲選賈仲名金安壽三:"陡澗高山,崚峻崎嶇,教我手脚慌亂無是處。"㊁頓時,突然。唐段成式酉陽雜俎前集八雷:"有頃雷電入室中,黑氣陡暗。"宋汪莘方壺存稿憶秦娥詞:"村南北,夜來陡覺霜風急。"

【陡頓】猝然變化。同斗頓。宋柳永樂章集雨中花慢:"把芳容陡頓,恁地輕孤,争忍心安。"朱子語類七六易十二:"陰符經說天地之樂浸,故陰陽勝。浸字最下得妙,天地間不恁地陡頓陰陽勝。"

陝 shǎn 失冉切,上,琰韻,審。ㄕㄢˇ

地名。卽今河南陝縣。周初爲周召二公分治處。公羊傳隱五年:"自陝而東者,周公主之;自陝而西者,召公主之。"釋文:"弘農陝縣也。一云,當作郟,古洽反,王城郟鄏。"唐張說之集三奉和御製途次陝州詩:"周邵嘗分陝,詩書空復傳。"俗誤作"陜"。

【陝州】地名。見"陝縣。"

【陝西】㊀地區名。1.泛指陝陌(今河南陝縣西南)以西地區。晉書宣帝紀:"今君受陝西之任,有白鹿獻。"此指長安,時司馬懿屯長安以備蜀。宋書柳元景傳:"(龐)季明率方平、趙難軍向陝西七里谷。"七里谷又名七里澗,在陝城西七里,故名。見水經注四河水。2.晉南渡以後,江左以揚荆二州爲最重,比周之二伯分陝,故以揚州爲東陝,荆州爲西陝。晉書桓彝傳附桓胤:"故太尉沖昔藩陝西,忠誠王室。"按桓沖曾任荆州刺史。參閱清顧炎武日知録三一陝西。㊁路名。宋置陝西路,以在陝原以西而名,陝西之名始此。元置陝西行中書省,明改陝西布政使司,自清以來稱陝西省。

【陝東】地區名,泛指陝陌(今河南陝縣西南)以東地區。東晉十六國時漢劉聰署石勒大都督陝東諸軍事,後又加號爲陝東伯。見晉書石勒載記上。

【陝津】卽今茅津渡,在河南陝縣西北。三國志魏杜畿傳:"(曹操)追拜畿爲河東太守。(衛)固等使兵數千人絶陝津,畿至不得渡。"

【陝陌】見"陝原"。

【陝原】地名。在河南陝縣西南。又名陝陌。周初周召二公分陝而治,以原爲界。一說陝當作郟,陝原卽洛陽王城之郟鄏陌。參閱後漢書郡國志一弘農郡、括地志四、讀史方輿紀要四八河南府。

【陝輸】不定貌。後漢書八四曹世叔妻傳女誡專心:"若夫動靜輕脱,視聽陝輸,……此謂不能專心正色矣。"參見"閃揄"。

【陝縣】縣名,屬河南省。周初爲周召二公分治處。春秋時爲虢國,後滅於晉。戰國時屬魏,史記秦紀謂秦惠文王使張儀取陝,出其人與魏,卽此。後屬韓。秦併六國,置陝縣,屬三川郡。漢屬弘農郡。北魏太和中置陝州。自唐乾元至五代常置節度、觀察、防御諸使,以州爲治所。清爲直隸州,屬河南,公元1913年廢州改縣。參閱漢書地理志上弘農郡、太平寰宇記六陝州。

陜 xiá 侯夾切,入,洽韻,匣。ㄒㄧㄚˊ

狹隘。"狹"、"陿"的本字。墨子親士:"是固溪陜者速涸。"爾雅釋宫:"四方而高曰臺,陜而脩曲曰樓。"釋文:"陜,俗作狹,或作狎。"與"陝"異。

陘 1. xíng 户經切,平,青韻,匣。ㄒㄧㄥˊ

㊀山脈中斷處。史記趙世家"趙與之陘,合軍曲陽"南朝宋裴駰集解引徐廣:"陘者山絶之名。常山有井陘,中山有苦陘。"文選漢馬季長(融)長笛賦:"膺陗陁,腹陘阻。"注引郭璞:"連山中斷也。"㊁地名。春秋僖四年:"遂伐楚,次于陘。"注:"陘,楚地。潁川召陵縣南有陘亭。"史記楚世家作"陘山"。在今河南郾城縣東。㊂竈邊突出部份。禮月令孟夏之月"其祀竈,祭先肺"漢鄭玄注:"東面設主于竈陘。"疏:"竈陘謂竈邊承器之物,以土爲之。"

2. jìng 集韻 古定切,去,徑韻。ㄐㄧㄥˋ

㊃通"徑"。左傳襄十六年:"齊侯曰:是好勇,去之以爲之名。速遂塞海陘而還。"注:"海陘,魯隘道。"

【陘山】山名。1.在今河南郾城縣東。見"陘㊁"。2.在今河南新鄭縣西南。山海經中山經中次七經謂之少陘之山。也作"邢山"。晉杜預遺令:"嘗以公事使過密縣之邢山。山上有冢,問耕父,云是鄭大夫祭仲,或云子産之冢也。"參閱晉書杜預傳、太平寰宇記九新鄭縣。3.卽井陘山。在今河北井陘縣東北,與獲鹿縣接界。山形四面高,中央下,如井,故曰井陘。參閱元和郡縣志十七恒州。參見"井陘㊀"。

【陘北】地名。相當今山西雁北地區。山西代縣北有句注山,一名雁門山、西陘山、陘嶺。山南謂之陘南,山北謂之陘北。西晉時拓跋猗盧曾從并州刺史劉琨求句注陘北之地,得請,帥萬餘家徙居於此。參閱魏書穆帝紀三年。

【陘庭】古地名。春秋晉地，戰國屬韓。在今山西曲沃縣東北。左傳桓二年："(晉)哀侯侵陘庭之田。"又桓三年："曲沃武公伐翼，次於陘庭。"秦昭王四十三年白起攻韓陘城，卽此。見史記七三白起傳。又七九范睢傳作汾陘。

陗 qiào 七肖切，去，笑韻，清。ㄑㄧㄠ

㊀陡直，高峻。史記八七李斯傳："夫樓季也而難五丈之限，豈跛牂也而易百仞之高哉？陗塹之勢異也。"一本作"峭"。㊁嚴酷。淮南子原道："夫陗法刻誅者，非霸王之業也。"

【陗阤】山勢陡峻，山石崩落之處。文選漢馬季長(融)長笛賦："膺陗阤，腹陘阻。"五臣本作"峭阤"。

【陗直】嚴峻剛直。史記一〇一鼂錯傳："錯爲人陗直刻深。"

陟 1. zhì 竹力切，入，職韻，知。ㄓ

㊀登。書舜典："三載，汝陟帝位。"傳："陟，升也。"按，史記五帝紀作"女登帝位"。詩商頌殷武："陟彼景山，松柏丸丸。"㊁升進。書舜典："三考，黜陟幽明。"三國志蜀諸葛亮傳出師表："宮中府中俱爲一體，陟罰臧否，不宜異同。"㊂帝王之死。竹書紀年上黃帝軒轅氏："一百年，地裂，帝陟。"㊃猶重巒疊嶂。爾雅釋山："山三襲，陟。"疏："山之形若三山重累者名陟。"列子湯問："四方悉平，周以喬陟。"㊄牡馬。通"騭"。大戴禮夏小正四月："執陟攻駒。""陟"，卽禮月令仲夏之月"游牝別羣，則縶騰駒"之"騰駒"。騰駒卽騰馬，指牡馬。參閱清王引之經義述聞十四。

2. dé 集韻 的則切，入，德韻。ㄉㄜˊ

㊅通"得"。周禮春官大卜："掌三夢之法，一曰致夢，二曰觭夢，三曰咸陟。"注："陟之言得也，讀如'王德翟人'之德，言夢之皆得。"

【陟方】謂帝王巡守。書舜典："五十載，陟方乃死。"傳："方，道也。舜卽位五十年，升道南方巡守，死於蒼梧之野而葬焉。"疏："升道，謂乘道而行也。天子之行，必是巡其所守之國，故通以巡守爲名。"文選晉左太沖(思)吳都賦："古先帝代，曾覽八紘之洪緒，一六合而光宅，……烏聞梁岷有陟方之館，行宮之基歟！"一說"陟方"二字不連。唐韓愈昌黎集三一黃陵廟碑："竹書紀年，帝王之沒皆曰陟。陟，昇也，謂昇天也。……其下言'方乃死'者，所以釋陟爲死也。"宋蔡沈書集傳從其說。

【陟屺】登山。有草木之山爲岵，無草木之山爲屺。詩魏風陟岵："陟彼岵兮，瞻望父兮。"箋："孝子行役，思其父之戒，乃登彼岵山，以遙瞻望其父所在之處。"又："陟彼屺兮，瞻望母兮。"箋："此又思母之戒，而登屺山而望之也。"後因以陟岵、陟屺喻思親。藝文類聚七六南朝梁簡文帝慈覺寺碑："風枝弗靜，陟屺何期。"

【陟里】紙名。見"陟釐"、"側理紙"。

【陟岵】喻思父。後漢書六七李膺傳荀爽與膺書："久廢過庭，不聞善誘；陟岵瞻望，惟日爲歲。"注："爽致敬於膺，故以父爲喻。"宋書鄭鮮之傳上議："滕羨但當盡陟岵之哀，擬不仕者之心，何爲證喻前人以自通乎？"參見"陟屺"。

【陟降】㊀升降，上下。古稱天及祖宗之默佑曰陟降，言往來於天人之間。詩周頌閔予小子："念茲皇祖，陟降庭止。"又訪落："紹庭上下，陟降厥家。"此言祖宗之陟降。又敬之："無曰高高在上，陟降厥士，日監在茲。"此言天之陟降。參閱清馬瑞辰毛詩傳箋通釋二四。㊁日晷影之長短變化。新唐書曆志三上："中晷長短，謂之陟降。景長則夜短，景短則夜長。積其陟降，謂之消息。"

【陟釐】藻類植物，生於水中石上，綠色，又名石髮。可造紙，名苔紙。又入藥。太平御覽六〇五拾遺記："張華獻博物志，賜側理紙萬番，南越所獻也。漢人言陟釐，與側理相亂。"今本拾遺記九晉時事作"陟里"。參閱本草綱目二一草十陟釐。參見"苔紙"、"側理紙"。

【陟釐方】以陟釐爲主的一種藥劑。文苑英華二四七南朝梁陸倕以詩代書別後寄贈："劉侯有餘冷，宜餌陟釐方。"參見"陟釐"。

陛 bì 傍禮切，上，薺韻，並。ㄅㄧˋ

殿、壇的臺階。墨子備城門："城上五十步一道陛。"呂氏春秋貴信："管仲鮑叔進，曹翽按劍當兩陛之間曰：'且二君將改圖，毋或進者！'"參見"陛下㊀"。

【陛下】㊀猶階下。見"陛"。㊁對帝王的尊稱。韓非子存韓："陛下雖以金石相弊，則兼天下之日未也。"秦以後專稱天子爲陛下。史記秦始皇紀："自上古不及陛下威德。"漢蔡邕獨斷上："陛下者：陛，階也，所由升堂也。天子必有近臣執兵陳于陛側，以戒不虞。謂之陛下者，羣臣與天子言，不敢指斥天子，故呼在陛下者而告之，因卑達尊之意也。上書亦如之。"參閱宋高承事物紀原一朝廷注措。

【陛見】謁見天子。後漢書八三周黨傳："及陛見帝廷，黨不以禮屈，伏而不謁。"清制，外省大臣例應三年一次來京朝見，稱陛見。見六部成語註解吏部。

【陛長】官名。後漢書百官志二："左右僕射、左右陛長各一人，比六百石。本注曰：僕射，主虎賁郎習射。陛長，主直虎賁，朝會在殿中。"注："陛長，墨綬銅印。"

【陛陛】猶比比，言層次衆多。唐韓愈昌黎集二八曹成王碑："王亦有子，處王之所，惟舊之視，蹶蹶陛陛，實取實似。"一說，言子孫日益盛大，如歷階陛以升堂。參閱清史夢蘭疊雅。

【陛戟】近臣持戟衛於陛側。漢書六八霍光傳："太后被珠襦，盛服坐武帳中，侍御數百人皆持兵，期門武士陛戟，陳列殿下。"

【陛廉】漢書四八賈誼傳陳政事疏："人主之尊譬如堂，羣臣如陛，衆庶如地。故陛九級上，廉遠地，則堂高；陛亡級，廉近地，則堂卑。"注："廉，側隅也。"後因以指朝廷。宋王安石臨川集十六送鄆州知府宋諫議詩："德望完圭角，儀形壯陛廉。"

【陛辭】謂辭別天子。宋蘇軾東坡集後集十七張文定公墓誌銘："時方置條例司，行新法，……公因陛辭，極論其害。"宋史選舉志五："內諸司使、副授邊任官者，陛辭時許奏子(入仕)。"

【陛楯郎】執楯侍衛於陛側之臣。史記一二六優旃傳："秦始皇時，置酒而天雨，陛楯者皆沾寒。優旃見而哀之，……臨檻大呼曰：'陛楯郎！'郎曰：'諾！'"宋蘇軾分類東坡詩二次韻子由述懷四絕之二："陛楯諸郎空雨立，故應慙悔不儒冠。"

除 1. chú 直魚切，平，魚韻，澄。ㄔㄨˊ

㊀臺階。文選漢張平子(衡)東京賦："乃羨公侯卿士，登自東除。"㊁指門與屏風之間。漢書五四蘇武傳："前長君爲奉車，從至雍棫陽宮，扶輦下除，觸柱折轅。"長君，武兄嘉。㊂壇。左傳昭十三年："令諸侯日中造於除。"注："除地爲壇，盟會處。"㊃去掉。書泰誓下："除惡務本。"㊄修治。易萃："君子以除戎器，戒不虞。"左傳昭十三年："將爲子除館於西河，其若之何？"㊅拜官授職。史記一〇七武安侯(田蚡)傳："上乃曰：君除吏已盡未？吾亦欲除吏。"注："凡言除者，除去故官就新官。"㊆算法的一種。均分某數爲若干份，謂之除。漢書律曆志

下："盈統，除之，餘則地統甲辰以來年數也。"

2. zhù 遲倨切，去，御韻，澄。
ㄓㄨˋ

㈧給予。詩小雅天保："俾爾單厚，何福不除。"釋文："除，治慮反。"㈨光陰過去。詩唐風蟋蟀："蟋蟀在堂，歲聿其莫；今我不樂，日月其除。"釋文："除，直慮反。"唐孟浩然集三除夜樂城張少府宅詩："如何歲除夜，得見故鄉親。" 按除夜、除夕，今音 chú。

【除夕】農曆十二月最後一晚。晉周處風土記："至除夕達旦不眠，謂之守歲。"也泛指一年的最後一天。

【除月】十二月。初學記三南朝梁元帝(蕭繹)纂要："十二月季冬，亦曰暮冬、杪冬、除月、暮節、暮歲、窮稔、窮紀。"除月古作涂月、荼月。爾雅釋天："十二月爲涂。"周禮秋官硩蔟氏"十有二月之號"漢鄭玄注："月，謂從娵至荼。"參見"涂₂月"。

【除目】猶任免名單。唐姚合姚少監集五武功縣中作詩之八："一日看除目，終年損道心。"新五代史劉延朗傳："後月餘，(薛)文遇獨直，帝夜召之，語罷(石)敬瑭事。……乃令文遇手書除目，夜半下學士院草制。明日宣制，文武兩班皆失色。"

【除召】因授官而被召見。宋書王敬弘傳："敬弘每被除召，即便祇奉，……不苟違也。"

【除名】除去名籍。取消其原有身份。三國志魏華佗傳："軍吏梅平，得病除名還家。"南朝宋何法盛晉中興書七晉録補遺："胡毋崇爲永康令，多受貨賂，政治苛暴，詔都街頓鞭一百，除名爲民。"唐律，除名者須六年後聽再録用。見唐律疏議三名例除名者。

【除身】授官之文憑，猶任命狀。宋書顏延之傳："晉恭思皇后葬，應須百官，(徐)湛之取義熙元年除身，以延之兼侍中。"參見"告身"。

【除官】授官。宋沈括夢溪筆談二故事："内外制，凡草制除官，自給諫、待制以上，皆有潤筆物。"參見"除拜"。

【除夜】㊀同"除夕"。文苑英華一七〇唐杜審言守歲侍宴應制："季冬除夜接新年，帝子王孫捧御筵。"唐高適高常侍集八有除夜作詩。㊁冬至前夕。太平廣記三四〇盧頊引(唐)通幽録："是夕冬至除夜，盧家方備粢盛之具，……冬至方旦，有女巫來坐。"

【除拜】授官。後漢書五四楊秉傳："(桓帝)七年南巡園陵，特詔秉從，……及行至南陽，左右並通姦利，詔書多所除拜。"唐李匡乂資暇録上："案漢書，凡言除其官，以除故官就新官。而晉宋已降，……或以拜授爲除，及載本語，則義旨宛在。今聊舉其一，如晉王導讓中書監請爲三師表云'臣乞得除中書監，竭誠保傅'是也。"

【除泉】泉名。在湖南郴縣。水經注三九耒水："(除泉)水出縣南湘陂村，村有圓水，廣圓可二百步，一邊暖，一邊冷。冷處極清綠，淺則見石，深則見底；暖處水白且濁，玄素既殊，涼暖亦異，厥名除泉，其猶江乘之半湯泉也。"

【除宮】清除宮殿。喻宮廷易主。漢書四十周勃傳："東牟侯興居，朱虛侯章弟也，曰：'誅諸呂，臣無功，請得除宮。'乃與太僕汝陰滕公入宮。……滕公召乘輿車載少帝出。少帝曰：'欲持我安之乎？'滕公曰：'就舍少府。'乃奉天子法駕，迎皇帝代邸，報曰：宮謹除。"後漢書天文志上："彗星入營室，犯離宮，是除宮室也。是時郭皇后已疏，至十七年十月，遂廢爲中山太后，立陰貴人爲皇后，除宮之象也。"

【除書】授官之詔令。唐韋應物韋江州集四始除尚書郎別善福精舍詩："除書忽到門，冠帶始拘束。"白居易長慶集十七劉十九同宿詩："紅旗破賊非吾事，黄紙除書無我名。"

【除授】除舊職，授新官。唐白居易長慶集四論孫璹張奉國狀："況今聖政日明，朝綱日舉，每命一官一職，人皆側目聽之，則除授之間，深宜慎重。"參見"除拜"。

【除貧】送窮之意。元陳元靚歲時廣記十三除貧鬼："唐四時寶鑑：高陽氏子好衣弊食糜，正月晦日巷死，世作糜棄破衣，是日祝於巷，曰除貧也。"

【除道】修治道路。國語周中："九月除道，十月成梁。"注："除道所以便行旅。"史記武帝紀："於是郡國各除道，繕治宮觀名山神祠所，以望幸矣。"

【除喪】除去喪禮之服。左傳襄十四年："吳子諸樊既除喪，將立季札。"禮喪服小記："故期而祭，禮也；期而除喪，道也。"

【除殘】㊀除去殘暴。史記八九陳餘傳："將軍瞋目張膽，出萬死不顧一生之計，爲天下除殘也。"後漢書三四梁統傳上疏："愛人以除殘爲務，政理以去亂爲心。"㊁吳地風俗，農曆十二月二十七日掃屋塵，謂除殘。見明袁宏道袁中郎集十四記述歲時紀異。

【除罪】免罪。史記平準書："入物者補官，出貨者除罪。"晉書王羲之傳與謝安書："今除罪而充雜役，盡移其家，小人愚迷，或以爲重於殺戮，可以絶姦。刑名雖輕，懲肅實重，豈非適時之宜邪！"

【除籍】從簿籍上除去其名。漢書景帝紀："楚元王子蓺等與濞等爲逆，朕不忍加法，除其籍，毋令汙宗室。"新唐書二〇七高力士傳："爲李國輔所誣，除籍，長流巫州。"

【除陌錢】唐德宗時雜税名。建中四年户部侍郎趙贊奏設除陌錢。凡公私給與及買賣，每千錢舊官留二十，至是增爲五十，即百分之五。至興元二年正月停罷。參閱舊唐書食貨志下、文獻通考十九征榷六。

【除紅譜】骰戲之書。明楊維禎除紅譜序："豬窩者，朱河所撰也。後世訛其音，不務察其本，始謂之豬窩者，非也。朱河字天明，宋大儒朱光庭之裔，南渡時始遷建業，遂世家焉。河少有才望，落魄不羈，仕至天官冢宰。此書世傳河所作，本名除紅譜。除紅者，以除四紅言之也。"

【除饉女】出家的女尼。法苑珠林一一六送終遣送引佛母泥洹經："與除饉女五百人，以手摩佛足。"注："即是比丘尼也。康僧會法鏡經云：凡夫貪染六塵，猶餓夫食飯，不知厭足。今聖人斷貪，除六情饑饉，故號出家尼爲除饉女也。"

【除狼得虎】喻去一害而一害又來。金史陳規傳上言："況縣令之弊，無甚于今，……近雖遣官廉察，治其姦濫，易其疲軟，然代者亦非選擇，所謂除狼得虎也。"

【除舊布新】清除舊者，安設新者。左傳昭十七年："彗所以除舊布新也。"彗爲掃帚，本指掃除塵土。引申爲革除更新。晉書杜軫傳："時鄧艾至成都，軫白太守曰：'今大軍來征，必除舊布新，明府宜避之，此全福之道也。'"

陖 jùn 私閏切，去，稕韻，心。
ㄐㄩㄣˋ

高陡。史記一一七司馬相如傳上林賦："徑陖赴險，越壑厲水。"漢書五七上作"峻"。

陞 shēng 識蒸切，平，蒸韻，審。
ㄕㄥ

同"升"。㊀登，上升。爾雅釋天："素錦綢杠，纁帛縿，素陞龍于縿。"注："畫白龍於縿，令上向。"㊁晉級。元史武宗紀一："陞儀鳳司爲玉宸樂院，秩從二品。"又武宗紀二："鞫其獄者，並陞秩二等。"

【陞陑】書湯誓序："伊尹相湯伐桀，升自陑。"傳："桀都安邑，湯升道從陑。"引申爲發迹、創業之始。陞，同"升"。文苑英華五六五唐許敬宗賀隰州等龍見表："伏惟皇帝陛下，道登邃古，功濟懷生，發軫升陑，殄災除害。"唐李商隱李義山詩集四送從翁東川弘農尚書幕："刊木方隆禹，陞陑始創殷。"

【陞官圖】博戲具。其法列大小官位於紙上，另擲骰子，計點數彩色以定陞降。唐人稱彩選，宋人有選官圖、選仙圖，明人有百官鐸，皆此類。參閱清王士禛香祖筆記六、趙翼陔餘叢考三三陞官圖。參見"彩選格"。

八 畫

陪 péi ㄆㄟˊ 薄回切，平，灰韻，並。

㊀重叠，附加。見"陪臣"、"陪乘"、"陪鼎"等條。㊁增，益。左傳僖三十年："越國以鄙遠，君知其難也，焉用亡鄭以陪鄰？"㊂輔佐。詩大雅蕩："爾德不明，以無陪無卿。"傳："無陪貳也。"史記文帝紀元年詔："若舉有德以陪朕之不能終，是社稷之靈，天下之福也。"㊃伴隨，陪同。文選晉陸士衡（機）贈馮文羆遷斥丘令詩："居陪華幄，出從朱輪。"㊄賠償。通"賠"。唐白居易長慶集五十判題："甲牛觝乙馬死，請償馬價。甲云：'在放牧處相觝，請陪半價。'"

【陪臣】諸侯之大夫，對天子自稱陪臣。左傳僖十二年："有天子之二守國高在，……陪臣敢辭。"注："諸侯之臣曰陪臣。"亦指大夫之家臣。論語季氏："陪臣執國命，三世希不失矣。"注："陽虎爲季氏家臣。"

【陪尾】山名。書禹貢："熊耳、外方、桐柏，至于陪尾。"注："四山相連，東南在豫州界，洛經熊耳，伊經外方，淮出桐柏，經陪尾。"史記夏紀作"負尾"，漢書地理志上作"倍尾"。唐顏師古注："熊耳在陝東。外方在潁川故縣，即崇高也。桐柏在平氏東南。倍尾在安陸東北。言四山相連也。"其地在今湖北安陸縣東北。參閱讀史方輿紀要七七德安府。一說在山東泗水縣東南，泗水發源於此。參閱清胡渭禹貢錐指十二。

【陪位】陪席。後漢書明帝紀永平二年詔："烏桓、濊貊咸來助祭，單于侍子、骨都侯亦皆陪位。"三國志魏高貴鄉公傳："其日即皇帝位於太極前殿，百僚陪位者欣欣然。"

【陪京】文選漢張平子（衡）南都賦："陪京之南，居漢之陽。"南陽郡治宛，在洛陽之南，漢都洛陽，故以宛爲南都。陪京，即背負洛陽之意。後世用爲附配之義，即陪都。宋張方平樂全集三五祭王龍圖文："陪京二年，治用誠恕，民悅無苛，先吝其去。"清詩別裁十一毛奇齡秦淮老人："話到陪京行樂處，尚疑身是太平人。"

【陪門】猶陪嫁。新唐書九五高儉傳："凡七姓十家，不得自爲昏；三品以上，納幣不得過三百匹，四品五品二百，六品七品百，悉爲歸裝，夫氏禁受陪門財。"

【陪拜】陪同行拜禮。金史禮志二："十八年，上拜日於仁政殿，始行東向之禮。……臣僚並陪拜，依班次起居，如常儀。"

【陪哭】猶助哭。儀禮士喪禮："乃代哭，不以官。"注："代，更也。孝子始有親喪，悲哀憔悴，禮防其以死傷生，使之更哭，不絕聲而已。"是爲陪哭之始。魏書馮誕傳："（北魏高祖）遂親臨誕墓，停車而哭。使彭城王勰詔羣官脫朱衣，服單衣介幘，陪哭司徒。"

【陪乘】㊀即驂乘。猶車上侍衞。周禮夏官齊右："王乘則持馬，行則陪乘。"注："陪乘，參乘，謂車右也。"戰國策楚一："臣入則編席，出則陪乘。"參見"驂乘"。㊁隨從之車。國語魯下："士有陪乘，告奔走也。"

【陪都】在國都以外另設的都城。周以洛邑爲東都，即陪都所自始。後如明之南京，清之奉天，皆爲陪都。參見"陪京㊀"。

【陪陵】公卿大臣死後，葬於帝王陵墓附近，名陪陵。三國志魏武帝紀建安二十三年令："周禮冢人掌公墓之地，凡諸侯居左右以前，卿大夫居後，漢制亦謂之陪陵。其公卿大臣列將有功者，宜陪壽陵。"晉書杜預傳："預先爲遺令曰：'……吾去春入朝，因郭氏喪亡，緣陪陵舊義，自表營洛陽城東首陽之南爲將來兆域。'"

【陪貳】猶副手、助手。詩大雅蕩"以無陪無卿"漢毛亨傳："無陪貳也，無卿士也。"唐韓愈昌黎集二七劉統軍碑："累拜郎中，進兼中丞，雖在陪貳，天子所憑。"

【陪話】賠禮道歉。古今雜劇元白仁甫裴少俊牆頭馬上四："我如今和母親兩個孩兒牽羊擔酒，一徑的來替你陪話，可是我不是。"又高文秀保成公逕赴澠池會楔子："今日我同副帥呂成看（藺）相如去，若相如言辭和會，某去陪話；若他有害吾之心，某別有計較。"

【陪鼎】宴賓時附加之鼎。左傳昭五年："宴有好貨，飧有陪鼎。"注："陪，加也。加鼎所以厚殷勤。"儀禮聘禮"羞鼎三"漢鄭玄注："羞鼎，則陪鼎也。以其實言之則曰羞，以其陳言之則曰陪。"

【陪臺】臣之臣爲陪，最末等奴隸爲臺。陪臺，猶僕隸之僕隸。左傳昭七年："若從有司，是無所執逃臣也。逃而舍之，是無陪臺也。王事無乃闕乎？"參見"陪隸"。

【陪隸】猶陪臺。後漢書七四上袁紹傳上書："臣以負薪之資，拔於陪隸之中，奉職憲臺，擢授戎校。"

【陪鰓】鳥羽奮張貌。文選晉潘安仁（岳）射雉賦："摛朱冠之赩赫，敷藻翰之陪鰓。"徐爰注："陪鰓，奮怒之貌也。"參見"毰毸"。

陳 1. chén ㄔㄣˊ 直珍切，平，真韻，澄。

㊀陳列，敷布。詩小雅伐木："於粲洒埽，陳饋八簋。"也指陳列之處。見"下陳"。㊁上言，述說。書咸有一德："伊尹既復政厥辟，將告歸，乃陳戒于德。"文選古詩十九首之四："今日良宴會，歡樂難具陳。"注："陳，猶說也。"㊂張揚。禮表記："子曰：事君欲諫不欲陳。"注："陳，謂言其過於外也。"㊃久，陳舊。書盤庚中："失於政，陳於茲。"傳："今既失政，而陳久於此而不徙。"詩小雅甫田："我取其陳，食我農人。"㊄堂下至門的過道。詩小雅何人斯："彼何人斯，胡逝我陳。"傳："陳，堂塗也。"爾雅釋宮："堂途謂之陳。"注："堂下至門徑也。"㊅春秋諸侯國名。周初封舜之後嬀滿於陳，春秋末爲楚所滅。國在今河南淮陽及安徽亳縣一帶。見史記陳杞世家。㊆朝代名。公元557—589年。陳霸先代梁，國號陳，都建康。㊇姓。見元和姓纂三真。

2. zhèn ㄓㄣˋ 直刃切，去，震韻，澄。

㊈戰陣。同"陣"。論語衞靈公："衞靈公問陳於孔子。"

【陳力】施展才力。論語季氏："孔子曰：'求，周任有言曰：陳力就列，不能者止。'"文選漢班叔皮（彪）王命論："英雄陳力，羣策畢舉。"

【陳人】陳舊之人。猶言老朽。莊子寓言："人而無以先人，無人道也；人而無人道，是之謂陳人。"宋蘇軾分類東坡詩十述古以詩見責屢不赴會復次前韻："肯對紅裙辭白酒，但愁新進笑陳人。"

【陳玄】唐韓愈昌黎集三六毛穎傳:"穎與绛人陳玄、弘農陶泓及會稽褚先生友善。"陳玄,指墨;毛穎,指筆;陶泓,指硯;褚先生,指紙;皆假託的人名。

【陳平】公元前?—前178年。漢陽武人。少時家貧,好讀書。秦末農民起義,初從項羽,後歸劉邦。有謀略,積功任護軍中尉,封曲逆侯。惠帝時爲左丞相,呂后徙爲右丞相。後與太尉周勃合力,盡誅諸呂,迎立文帝,卒安漢朝。史記、漢書皆有傳。

【陳州】地名。周初爲陳國。武王封舜後胡公媯滿於此,以奉舜祀。春秋時爲楚靈王所滅。秦爲潁川郡,漢初爲淮陽國,章帝時改爲陳國。北周時始置陳州。隋大業中爲淮陽郡。唐初復爲陳州。宋宣和中爲淮寧府。金復爲陳州,元以後因之。雍正中升爲陳州府,府治淮寧縣。公元1913年廢府,改淮寧爲淮陽縣。其地約相當於今河南周口地區。參閱讀史方輿紀要四七陳州府。

【陳言】㊀陳述意見。禮儒行:"儒有澡身而浴德,陳言而伏,靜而正之。"㊁陳舊的言詞。唐韓愈昌黎集十六答李翊書:"當其取於心而注於手也,惟陳言之務去,戛戛乎其難哉!"宋王安石臨川集三四韓子詩:"力去陳言夸末俗,可憐無補費精神。"

【陳良】戰國時楚人。悦周公仲尼之道,北學於中國,從學者有陳相陳辛之徒。陳相既遇許行,乃盡棄其所學從行爲神農之學。見孟子滕文公上。

【陳那】古印度人。約生於釋迦滅度後千年頃。世親菩薩弟子,著因明正理門論等,易三支法爲五分法,爲佛教新因明學之祖,陳那者,義譯爲童授。見唐窺基成唯識論述記一、三,大唐西域記十案達羅國。

【陳東】公元1086—1127年。宋丹陽人。字少陽。欽宗時以貢入太學,曾伏闕上書,請去蔡京童貫等人。其後,又上書請去主和派李邦彦等,復用主張抗擊侵略之李綱,卒如所請。高宗時,又劾黄潛善汪伯彦,爲二人所構陷,論死。有少陽集。宋史有傳。

【陳亮】公元1143—1194年。宋婺州永康人。字同父。孝宗隆興中,上中興五論;淳熙立,又四次上疏,均力主恢復中原。光宗淳熙四年策進士,擢第一,未官而卒。亮主"義利雙行、王霸並用",故雖與朱熹友善,而持論常相左。亮才氣超邁,好言兵,議論風生,喜用世而不得一試。著有龍川文集。宋史有傳。

【陳迹】已往的事迹。莊子天運:"夫六經,先王之陳迹也。"晉書王羲之傳蘭亭序:"向之所欣,俛仰之間,已爲陳迹。"也作"陳跡"。唐高適高常侍集一宋中詩之一:"悠悠一千年,陳跡唯高臺。"

【陳奐】公元1786—1863年。清長洲人。字碩甫,號師竹,晚年號南園老人。少師段玉裁,治毛詩、説文。後入都,又從王念孫引之父子學。著有毛詩傳疏、鄭氏箋考徵等。

【陳紅】陳腐變紅的穀類。史記平準書:"太倉之粟陳陳相因,充溢露積於外,至腐敗不可食。"漢書六四下賈捐之傳奏罷珠崖對:"太倉之粟紅腐而不可食。"宋蘇軾東坡集十八再和並答楊次公詩:"聊復艤舟尋紫翠,不妨持節散陳紅。"

【陳根】逾年的宿草。禮檀弓上"曾子曰:朋友之墓,有宿草而不哭焉"漢鄭玄注:"宿草謂陳根也。"文選晉陸士衡(機)弔魏武帝文序:"是以臨喪殯而後悲,覩陳根而絶哭。"

【陳書】唐姚思廉著,三十六卷。記陳王朝一代史事。思廉父察在隋始撰梁陳二史,於梁僅成帝紀七卷,於陳僅成兩卷。唐太宗因其父子世業,命思廉踵成爲梁書、陳書,爲紀傳體二十四史之一。

【陳倉】地名。秦置縣,漢魏晉因之。劉邦用韓信計,明修棧道,暗渡陳倉,即此。漢魏以來爲攻守要地。北周時縣廢。隋復置,縣治移渭水北。唐至德二年改爲寶雞縣。即今陝西寶雞市。參閱元和郡縣志二鳳翔府、讀史方輿紀要五五鳳翔府。

【陳留】地名。古有莘城。寰宇通志八三開封府上陳留縣:"古有莘城,春秋爲留地,屬鄭,後爲陳所併,故曰陳留。秦始皇二十六年置縣,漢爲陳留郡治。隋初廢郡存縣。"歷代相因。公元1957年併入開封縣。參閱太平寰宇記一陳留縣。

【陳設】陳列設置。漢應劭風俗通琴:"然君子所常御者,琴最親密,不離於身,非必陳設於宗廟鄉黨,非若鐘鼓羅列於虡懸也。"也指陳列設置的物品。明史禮志九:"皇后第,陳設如前,惟更設玉帛案。"

【陳情】陳訴衷情。楚辭屈原九章惜往日:"願陳情以白行兮,得罪過之不意。"文選有晉李令伯(密)陳情表。

【陳陶】㊀人名。唐末劍浦人,一説鄱陽人。嘗舉進士不第,遂恣遊山水,自稱三教布衣。大中中避時入洪州西山學道,不知所終。有文録十卷。見宋陸游南唐書七本傳、元辛文房唐才子傳八。㊁地名。見"陳濤斜"。

【陳第】公元1541—1617年。明連江人,字季立,號一齋。以諸生從軍,守備邊防,曾任薊鎮游擊。在鎮十年。善詩,所居世善堂,藏書極富。精研古音,所著有毛詩古音考、屈宋古音義等,主張古音今音以時有古今,地有南北,字有更改,音有轉移,破除古人叶韻之説,開清人研究古音的風氣。

【陳湯】漢山陽瑕丘人,字子公。元帝時,以副校尉使西域,建昭三年與都護甘延壽矯制擊殺匈奴郅支單于於康居。成帝時大將軍王鳳奏爲從軍中郎,以賄徙邊,還長安卒。漢書七十有傳。

【陳寔】公元104—187年。東漢許人。字仲弓。桓帝時爲太丘長,靈帝時大將軍竇武辟爲掾屬。曾遭黨錮之禍,寔就獄請囚,遇赦得免。以平正聞名鄉里,里人有云:"寧爲刑罰所加,不爲陳君所短。"子紀字元方,諶字季方,並有高名。漢蔡邕蔡中郎集有陳太丘碑,後漢書六二有傳。

【陳琳】東漢廣陵射陽人,字孔璋。初爲何進主簿,後歸袁紹,嘗爲紹作檄文,數曹操罪狀。紹敗歸操,操愛其才而不咎,以爲記室。所著有明人輯陳孔璋集。三國志附王粲傳。

【陳登】東漢下邳人。字元龍。深沈有大略,歷任廣陵、東城太守,以平呂布功封伏波將軍。三國志魏有傳。

【陳紫】荔枝名品之一。相傳出宋興化軍祕書省著作佐郎陳琦家,色澤鮮紫。見宋曾鞏元豐類稿三五荔枝録、蔡襄荔枝譜二。

【陳勝】公元前?—前208年。秦陽城人。字涉。秦二世元年七月,與吴廣率領戍卒九百人,在蘄縣大澤鄉揭竿而起,詐稱公子扶蘇楚將項燕,時諸郡縣苦秦苛法,雲集響應。既占領陳縣,勝乃自立爲王,國號張楚。與秦將章邯戰,兵敗還至下城父,爲其御莊賈所害。見史記陳涉世家、漢書本傳。

【陳詩】陳獻民間詩歌。禮王制:"命大師陳詩,以觀民風。"注:"陳詩,謂采其詩而視之。"

【陳慥】宋永嘉人。字季常。其妻柳氏悍妬,蘇軾曾寄詩以"河東獅吼"戲之。見宋洪邁容齋三筆三。參見"河東獅吼"。

【陳雷】陳重與雷義。後漢書雷義傳:"義歸,舉茂才,讓於陳重,刺史不聽,義遂陽狂被髮走，不應命。鄉里爲之語曰：'膠漆自謂堅，不如雷與陳。'"後因以"陳雷"喻友誼深厚。唐黃滔黃御史公集三二月二日宴中貽同年封先輩詩："同戴大恩何處報，永言交道契陳雷。"

【陳摶】公元？—989年。宋真源人，字圖南。五代後唐長興中曾舉進士不第。先後隱居武當山、華山，自號扶搖子，宋太宗賜號希夷先生。摶有先天圖，數傳而爲周敦頤之太極圖，宋人象數之學始於摶。著有指玄篇，言導養與還丹之事。宋史四五七有傳。

【陳椽】猶經營。史記一二九貨殖傳："故楊、平陽陳椽其間，得所欲。"椽，標點本作"掾"。

【陳腐】陳舊全無新意。宋朱熹朱文公集十三癸未垂拱奏劄一："臣之所聞於師者如此，自常人觀之，疑若迂闊陳腐而不切於用。"衛宗武秋聲集五陳南齋詩序："僕老矣，筆墨陳腐，姓名不章，又安能闡揚佳什。"

【陳壽】公元233—297年。晉巴西安漢人。字承祚。師事同郡譙周。仕蜀爲令史，入晉任著作郎、御史治書。撰有三國志、益都耆舊傳等。晉書本傳謂"時人稱其善敘事，有良史之才"。

【陳澔】公元1261—1341年。宋都昌人，字可大，號雲莊，又號北山。宋亡，教授鄉里，不仕。著有禮記集說，明清兩代並行於世。見清黃宗羲宋元學案八三雙峯學案。

【陳遵】漢杜陵人，字孟公。哀帝末，以功封嘉威侯。好客，每會飲，取客車轄投井中，使客不得去。王莽時起爲河南太守，復爲九江及河內都尉。後俱免官。更始中使匈奴，在朔方爲人所殺。漢書九二有傳。參見"投轄"、"陳驚座"。

【陳餘】公元前？—前204年。秦末大梁人。初與張耳同投陳勝起義軍，取趙地後，說武臣自立爲趙王。武臣死，又別立趙後歇爲趙王；趙歇亦立餘爲代王。後張耳降漢，餘被張耳、韓信軍擊殺。史記漢書皆有傳。

【陳編】指前人的著作。唐韓愈昌黎集十二進學解："踵常途之促促，窺陳編以盜竊。"

【陳澧】公元1810—1882年。清番禺人，字蘭甫。學詩於張維屏，學經於侯康。道光舉人，後應會試不第，授河源學訓導，兩月告歸。曾先後主講學海堂及菊坡精舍，以經史文學教士。澧教人不自立說，惟取顧炎武"行己有恥"、"博學於文"二語，令學者謹守。著有東塾讀書記、聲律通考、切韻考、漢儒通義等。

【陳駢】戰國齊人。呂氏春秋不二："陳駢貴齊。"注："陳駢，齊人也，作道書二十五篇。貴齊，齊死生，等古今也。"莊子天下、荀子非十二子作田駢。

【陳蕃】公元？—168年。東漢汝南平輿人。字仲舉。官樂安豫章太守，遷至太尉、太傅，封高陽侯。爲人剛正不阿，崇尚氣節，因與竇武謀誅當權宦官曹節、王甫等，事洩遇害，年七十餘。後漢書六六有傳。

【陳器】古代宗廟懸掛陳列的樂器。穀梁傳定四年："壞宗廟，徙陳器。"集解引鄭嗣："陳器，樂縣也。"參閱周禮春官小胥注。

【陳寶】㊀陳列寶物。書顧命："越玉五重，陳寶。"傳："又陳先王所寶之器物。"一說刀名。參閱清王念孫廣雅疏證八上。㊁神名。史記封禪書："(秦)文公獲若石云，于陳倉北阪城祠之。其神或歲不至，或歲數來，來也常以夜，光輝若流星，從東南來集于祠城，則若雄雞，其聲殷云，野雞夜雊。以一牢祠，命曰陳寶。"索隱引列異傳："陳倉人得異物以獻之，道遇二童子，云：'此名爲媦，在地下食死人腦。'媦乃言云：'彼二童子名陳寶，得雄者王，得雌者伯。'乃逐童子，化爲雉。秦穆公大獵，果獲其雌，爲立祠。"

【陳子昂】公元661—702年。唐梓州射洪人。字伯玉。開耀二年（一說文明元年）進士。武后光宅元年詣闕上書，授官麟臺正字，右拾遺。父喪歸里，縣令段簡謀取其家資，誣陷入罪，死於獄中。唐初詩文承六朝靡麗之風，至子昂首倡沖澹，開一代風氣，故極爲唐人所推崇。其感遇詩三十八篇最著名。今傳有陳伯玉集。新、舊唐書皆有傳。

【陳友諒】公元1320—1363年。元末沔陽人，爲漁家子。初從徐壽輝起義軍，至正二十年殺壽輝，後併其軍自立爲帝，國號漢，年號大義，盡有江西、湖廣之地。屢與朱元璋戰，後中流矢死。立凡四年。明史有傳。

【陳死人】死去已久的人。文選古詩十九首之十三："下有陳死人，杳杳即長暮。"

【陳仲子】戰國齊人。以兄食祿萬鍾爲不義，適楚，居於於陵，號於陵仲子。楚王欲以爲相，不就，與妻逃去，爲人灌園。戰國策、漢書分別作"於陵子仲"、"於陵中子"。其事迹散見於孟子滕文公下、荀子非十二子、戰國策齊四、晉皇甫謐高士傳。

【陳宏謀】公元1696—1771年。清臨桂人，字汝咨，號榕門。雍正元年進士，歷任布政使、巡撫、總督達三十餘年，所在注重農田水利、冶銅等事業。官至東閣大學士致仕。謚文恭。輯五種遺規，著有培遠堂文集等。

【陳邦瞻】公元？—1623年。明高安人，字德遠。萬曆二十六年進士。歷浙江參政、福建按察使、河南布政使，開水田千頃，建滏陽書院。後任巡撫、侍郎。好學，重風節，爲官三十年，所至有吏蹟。著有宋史紀事本末、元史紀事本末、蓮華山房集等。明史二四二有傳。

【陳宜中】宋永嘉人，字與權。入太學，有文譽。理宗寶祐四年與黃鏞等六人上書攻時相丁大全，大全怒削宜中籍，拘管他州，人稱六君子。景定三年廷試第二，少帝（恭宗趙㬎）德祐元年以知樞密院，拜右丞相，元兵入臨安，俘少帝北去。少帝兄益王（端宗趙昰）卽位於福州，復以宜中爲左丞相。謀奉王至占城，先往其地，元兵至，走暹羅以歿。宋史四一八有傳。

【陳武帝】見"陳霸先"。

【陳洪綬】公元1599—1652年。明諸暨人，字章侯，號老蓮。國子監生，師劉宗周。明亡後，曾在紹興雲門山爲僧。晚年自號悔遲。能詩，工書，善畫山水人物，人物衣紋圓勁，設色古雅，尤具特點。與萊陽崔子忠並稱"南陳北崔"。

【陳貞慧】公元1604—1656年。明末宜興人，字定生。與如皐冒襄、商丘侯方域、桐城方以智並以名卿子能文章稱"四公子"。崇禎末，阮大鋮作蝗蝻錄，以復社名士填之，稱爲東林後勁，而以貞慧爲首。在南都日，與吳應箕等作留都防亂檄斥大鋮，曾被捕下獄，旋得釋。明亡後十餘年，居鄉不入城市。著有皇明語林、山陽錄、雪岑集等。

【陳思王】見"曹植"。

【陳橋驛】地名，在今河南開封市東北。五代末，北漢與契丹合兵南侵，周殿前都點檢趙匡胤率師禦之，軍次陳橋驛，兵變，因還師廢周帝，建宋王朝，卽此。參閱宋史太祖紀一、讀史方輿紀要四七開封府。

【陳姥姥】清厲荃事物異名錄十六："讀古存說：詩'無感我帨兮'，內則註：婦人拭物之巾，嘗以自潔之用也。古者女子嫁，則母結帨而戒之，蓋以用於穢褻處，而呼其名曰陳姥姥，卽嚴世蕃家所用淫籌也。"也作"陳媽媽"。見明馮夢龍雙雄記傳奇胡船透信、又李梅實精忠旗傳奇銀瓶繡袍。

【陳後主】公元553—604年。名叔寶，字元秀，小字黄奴，宣帝子。卽位後，不理政事，起臨春、結綺、望仙三閣，日與妃嬪佞臣宴飲賦詩行樂。隋開皇八年賀若弼、韓擒虎等伐陳，次年兵入建業，後主與張孔二寵妃匿入景陽宮井中，引出，執至長安。在位八年，年號至德、禎明。陳書南史均有紀。

【陳家谷】地名，在山西朔縣境。北宋名將楊業曾與契丹在此力戰，身負重傷，被俘，不屈，死。見宋史二七二楊業傳。

【陳師道】公元1053—1101年。宋彭城人，字履常，一字無已，自號後山居士。曾任徐州教授、祕書省正字。爲人安貧不苟取，以詩著稱當時，與黄庭堅皆爲江西人。北宋末吕本中作江西詩社宗派圖推庭堅爲宗派之祖，次爲師道等二十五人。著有後山集、後山詩話、後山談叢等。宋史入文苑傳。

【陳與義】公元1090—1138年。宋洛陽人，字去非，號簡齋。高宗時任參知政事。詩詞與黄庭堅、陳師道齊名。有簡齋集、無住詞。

【陳圓圓】公元1623—1695年。明末吳人，名沅，字畹芬，本邢姓，從養姥姓陳，爲吳中名妓，善歌舞。初歸貴戚田畹，後爲遼東總督吳三桂妾。傳說崇禎十七年農民起義軍攻入北京，圓圓在京被俘。後三桂降清，引清軍入關，攻陷北京，圓圓復歸三桂。吳偉業曾爲此作圓圓曲，有"衝冠一怒爲紅顏"之句，見梅村家藏稿三。參閱明史三〇九李自成傳、清徐鼒小腆紀年四。

【陳壽祺】清閩縣人，字恭甫，號左海。嘉慶四年進士，歷充廣東、河南鄉試副考官及會試同考官。年四十，去官歸里，專治經學。先後主講清源書院十年、鼇峯書院十一年。著有五經異義疏證左海文集絳趺堂詩集等。

【陳維崧】公元1625—1682年。清宜興人，字其年，號迦陵。貞慧子。康熙十七年舉博學鴻詞，授檢討，與修明史。以詩、詞、駢文著稱。與朱彝尊同舉鴻詞，爲詞工力悉敵，當時號爲朱陳。著有湖海樓詩集、迦陵文集等。弟宗石編其詞爲迦陵詞三十卷，共錄一千六百二十九首，古今作詞之多，莫過於此。

【陳濤斜】地名。也作"陳陶斜"。在陝西咸陽縣東。唐肅宗至德元載，房琯出擊安祿山，敗績於此。見新、舊唐書房琯傳。杜甫杜工部草堂詩箋九有悲陳陶詩，卽爲此役而作。

【陳獻章】公元1428—1500年。明新會人，字公甫。居白沙里，門人稱白沙先生。正統十二年舉鄉試，次年會試中乙榜。至崇仁，受學於吳與弼。成化十八年以薦授翰林檢討，乞歸。就學者甚衆。其教學，以靜爲主，但令端坐澄心，於靜中悟道。著有白沙集、白沙詩教解。明史載儒林傳。參閱明儒學案五白沙學案。

【陳霸先】公元503—559年。六朝時吳興人，字興國。初仕梁爲始興太守，與王僧辯討平侯景之亂。以戰功累遷至相國，封陳王，遂廢梁卽帝位，國號陳，年號永定。仍都建業。卒謚武，廟號高祖。陳書南史均有紀。

【陳繼儒】公元1558—1639年。明華亭人，字仲醇，號眉公，又號麋公。絕意仕途，隱居崑山，專心著述。工詩善文，短翰小詞，皆極有風致。又工書，法蘇、米，間作山水梅竹。著有眉公全集、晚香堂小品等。明史有傳。

【陳驚坐】漢陳遵字孟公。好客，有盛名。所到，人争迎之，唯恐在後。時列侯有與遵同姓字者，每至人門，曰陳孟公，坐中莫不震動。既至而非，因號其人爲陳驚坐。宋蘇軾分類東坡詩十五陳季常自岐亭見訪……戲作陳孟公詩一首："汝家安得客孟公，從來祇識陳驚座。"參見"陳遵"。

【陳陳相因】謂陳穀逐年增積。史記平準書："太倉之粟，陳陳相因，充溢露積於外，至腐敗不可食。"後用以比喻因陳襲舊，而無創新。宋楊萬里誠齋集八二眉山任公小醜集序："詩文孤峭而有風稜，雄健而有英骨，忠慨而有毅氣……非近世陳陳相因、累累隨行之作也。"

陸 1. lù ㄌㄨˋ 力竹切，入，屋韻，來。

㊀高平之地，陸地。易漸："鴻漸于陸。"指與水域相對的旱處。周禮考工記："作車以行陸，作舟以行水。"文選漢司馬長卿(相如)上林賦："沇溶淫鬻，散渙夷陸。"㊁道路。文選漢張平子(衡)西京賦："複陸重閣，轉石成雷。"㊂跳躍。莊子馬蹄："齕草飲水，翹足而陸，此馬之真性也。"集解引司馬彪："陸，跳也。"按文選晉郭景純(璞)江賦"夔蛞翹踛於夕陽"注引作"踛"。詳"陸陸㊀"。㊃草名，卽商陸。易夬："莧陸夬夬，中行無咎。"注："莧陸，草之柔脆者也。"疏引黄遇："莧，人莧也；陸，商陸也。"㊄姓。漢有陸賈。又北魏步陸孤氏改姓爲陸。見史記九七、通志二七氏族三以鄉爲氏。

2. liù ㄌㄧㄡˋ

㊅"六"的大寫字。

【陸口】地名。又名蒲圻口。卽今湖北嘉魚縣西南陸水入長江處之陸溪口。三國時爲吳軍事重鎮。孫權使魯肅吕蒙陸遜相繼屯陸口；黄武元年吳與蜀漢交戰時，孫權自屯陸口，皆此。見讀史方輿紀要七六武昌府。

【陸川】縣名，屬廣西。漢時爲合浦縣地。南朝梁、陳置縣。隋析置陸川縣，已而廢入北流縣。唐復置。唐末至宋屬容州，明清屬鬱林州。參閱寰宇通志一〇九梧州府鬱林州。

【陸州】㊀州名。唐上元二年置。天寶初改名玉山郡，乾元初復爲陸州。宋開寶時廢。地在今廣西欽州一帶。見讀史方輿紀要一〇四廉州府。㊁曲調名。有大遍、小遍。見明胡震亨唐音癸籤十三。

【陸羽】公元733—804年。唐復州竟陵人，字鴻漸，或名疾，一字季疵。上元初隱於苕溪，自稱桑苧翁。閉門著書。詔拜太子文學，不就。以嗜茶出名，著茶經三篇，爲我國關於茶的最早著作，後世民間祀爲茶神。新唐書有傳。

【陸沈】通作"陸沉"。㊀無水而沉。喻隱居。莊子則陽："方且與世違，而心不屑與之俱，是陸沈者也。"注："人中隱者，譬無水而沈也。"史記一二六褚孝孫補東方朔傳："陸沈於俗，避世金馬門。"引申爲埋没。宋黄庭堅山谷外集六次韻答張沙河詩："丈夫身在要勉力，豈有吾子終陸沉。"㊁愚昧，迂執。漢王充論衡謝短："夫知古不知今，謂之陸沈，然則儒生所謂陸沈者也。"抱朴子審舉："而凡夫淺識，不辯邪正，謂守道者爲陸沈，以履徑者爲知變。"㊂喻國土沉淪。世說新語輕詆："(桓温)與諸僚屬登平乘樓，眺矚中原，慨然曰：'遂使神州陸沈，百年丘墟，王夷甫(衍)諸人不得不任其責！'"

【陸抗】公元226—274年。三國吳吳郡吳人，字幼節。陸遜子。年二十拜建武校尉。孫皓卽位，加鎮軍大將軍，領益州牧，都督信陵、西陵、夷道、樂鄉、公安諸軍事。鳳凰元年西陵督步闡叛吳降晉，抗破之，加拜都護，駐樂鄉以拒晉將羊祜。抗曾贈祜酒，祜飲之不疑；抗有疾，祛送以藥，抗亦推心服之。官至大司馬、荆州牧。見三國志吳陸遜傳。

【陸吾】傳説中的山神。山海經西山經：“（昆侖之丘）是實惟帝之下都，神陸吾司之。其神狀，虎身而九尾，人面而虎爪。”注：“即肩吾也。”

【陸佃】公元1042—1102年。宋山陰人，字農師，號陶山。居貧苦學，受經於王安石。熙寧三年進士，補國子監直講。以不附新法，安石不復咨以政。徽宗時官至尚書左丞，後罷知亳州卒。佃長於禮家名數之學，著有埤雅、禮象、春秋後傳、陶山集等。宋史有傳。

【陸軍】陸地作戰的軍隊。晉書宣帝紀：“若爲陸軍以向皖城，引權東下，爲水戰軍向夏口，乘其虛而擊之，此神兵從天而墮，破之必矣。”

【陸海】大高原。舊指關中一帶。漢書六五東方朔傳建元三年朔進諫：“漢興……都涇渭之南，此所謂天下陸海之地。”注：“高平曰陸，關中地高故稱耳。海者，萬物所出，言關中山川物産饒富，是以謂之陸海也。”

【陸通】春秋楚人，字接輿。佯狂不仕，時人謂之楚狂。孔子適楚，通佯狂行歌曰：“鳳兮鳳兮，何德之衰！往者不可諫，來者猶可追。”楚王聞其賢，遣使往聘，通不應，隱去。見論語微子、晉皇甫謐高士傳上。唐元稹長慶集十八放言五首之四：“甯戚飯牛圖底事，陸通歌鳳也無端。”

【陸徑】陸路。淮南子地形：“水道八千里，通谷，其名川六百；陸徑三千里。”注：“陸徑，家徑也。”

【陸凉】地名。元至元十三年置州，明初增置陸涼衛，清康熙六年裁衛入州。故治在今雲南陸良縣東北。參閲讀史方輿紀要一一四曲靖軍民府、嘉慶一統志四八四曲靖府。

【陸深】公元1477—1544年。明上海人，初名榮，字子淵，號儼山。少爲文章有名，善書。弘治十八年進士，嘉靖時官至詹事，卒謚文裕。著作有儼山纂録、河汾燕閒録、玉堂漫筆等。明史有傳。

【陸梁】㊀跳躍貌。文選漢揚子雲（雄）甘泉賦：“飛蒙茸而走陸梁。”注引晉灼：“走者陸梁而跳。”又漢張平子（衡）西京賦：“怪獸陸梁，大雀踆踆。”㊁囂張，猖獗。三國志魏高貴鄉公紀正元二年詔：“朕以寡德，不能式遏寇虐，乃令蜀賊陸梁邊陲。”後漢書八七西羌傳論：“轂馬揚埃，陸梁於三輔。”㊂地區名。秦時稱五嶺山脈以南爲陸梁地。史記秦始皇紀三十三年：“發諸嘗逋亡人、贅壻、賈人略取陸梁地，爲桂林、象郡、南海，以適遣戍。”正義：“嶺南之人多處山陸，其性強梁，故曰陸梁。”

【陸掠】猶擄掠。後漢書七四上袁紹傳上獻帝書：“會公孫瓚師旅南馳，陸掠北境，臣即星駕席卷，與瓚交鋒。”宋書天文志三：“（太元）十五年翟遼陸掠司兖，衆軍累討，弗克。”

【陸陸】㊀即碌碌。後漢書二四馬援傳與楊廣書：“季孟嘗折愧子陽而不受其爵，今更共陸陸，欲往附之，將難爲顔乎？”季孟，隗囂字；子陽，公孫述字。㊁象聲詞。太玄經三法：“繘陸陸，缾實腹，井潢洋，終不得食。”宋司馬光注：“陸陸，索下貌。”指轆轤下索聲。

【陸船】即旱船。資治通鑑二一八唐至德元年：“又以山車、陸船載樂往來。”注：“陸船者，縛竹木爲船形，飾以繒綵，列人於中，舁之以行。”

【陸終】㊀上古人名。漢應劭風俗通皇霸六國：“楚之先出自帝顓頊，其裔孫曰陸終。”㊁複姓。通志二八氏族四以名爲氏：“陸終氏，祝融子陸終之後也。”

【陸游】公元1125—1210年。宋越州山陰人，字務觀，號放翁。陸佃孫。紹興中試禮部，因遭秦檜忌，被黜免。孝宗時賜進士出身，除樞密院編修，後任建康、夔州等地通判。轉入王炎及范成大幕府。光宗時以寶章閣待制致仕。游力主抗金，屢受排擠。一生寫詩近萬首，題材廣闊，多清新之作；其政治詩抒發愛國義憤，關心人民疾苦，風格雄渾豪邁，爲南宋一大家。詞與散文成就亦高。著有劍南詩稿、渭南文集、南唐書、老學庵筆記、放翁詞、入蜀記等。宋史有傳。

【陸渾】古地名。亦稱瓜州，原指今甘肅敦煌一帶。春秋時秦晉二國使居於其地之“允姓之戎”遷居伊川，以陸渾名之。漢置陸渾縣。縣北有陸渾關。五代時縣廢。故城在今河南嵩縣東北。參閲左傳僖二二年、昭十七年、元和郡縣志五河南府。

【陸雲】公元262—303年。西晉吳郡吳人，字士龍。陸機弟。十六舉賢良，曾任清河内史，世稱陸清河。兄機爲成都王司馬穎所誅，雲亦同時遇害。文才與機齊名，時稱“二陸”。史謂其文章不及機，而持論過之。有明人輯陸士龍集。晉書有傳。

【陸軸】即碌碡，俗名石磙。北魏賈思勰齊民要術二水稻：“先放水，十日後曳陸軸十遍。”一本作“轆軸”。

【陸費】複姓。清張澍姓氏尋源三八：“本姓陸，鬻養于外家費氏，後承費氏，遂合爲陸費氏。”清有陸費墀，爲四庫全書館總校。

【陸鈔】從陸路包抄。三國志魏齊王紀正始七年“冬十二月”注引晉習鑿齒漢晉春秋：“宣王（司馬懿）曰：‘……設令賊二萬人斷沔水，三萬人與沔南諸軍相持，萬人陸鈔柤中，君將何以救之？’”又：“袁准言于（曹）爽曰：‘吳楚……自上世以來常爲中國患者，蓋以江漢爲池，舟楫爲用，利則陸鈔，不利則入水，攻之道遠，中國之長技無所用之也。’”

【陸賈】漢初楚人。以客從劉邦建漢王朝，有辯才。曾兩度出使南越，招諭尉佗。授太中大夫。勸丞相陳平深結太尉周勃，合謀誅諸呂、立文帝。著新語十二篇，大旨爲崇王道，黜霸術。傳見史記九七、漢書四三。參見“新語”。

【陸遜】公元183—245年。三國吳郡吳人，字伯言。孫策婿。呂蒙薦其才堪負重，孫權使其代蒙屯陸口，佐蒙敗關羽，占荆州。黄武元年蜀主劉備率兵攻吳，遜爲大都督領兵抵拒，用火攻破劉備四十餘營；加拜輔國將軍，領荆州牧。黄武七年與魏將曹休戰於皖，大敗魏師。赤烏中，官至丞相。後吳主孫權欲廢太子，遜上疏力爭，不納，權遣使責讓，憤恚而死。三國志吳有傳。

【陸澄】公元425—494年。南齊吳人，字彦淵。好學博聞，世稱碩學。然讀易三年不解文義，欲撰宋書竟不成。王儉戲之曰：“陸公，書廚也。”官至度支尚書，領國子博士。輯地理志一百四十九卷，已佚。南齊書有傳。

【陸璣】見“陸機 2”。

【陸機】人名。1.公元261—303年。西晉吳郡吳人，字士衡。祖遜、父抗，爲吳將相。吳滅，閉門讀書十年。太康末年與弟雲入洛陽，以文才名重一時。後事成都王司馬穎，曾官平原内史，世稱陸平原。及穎討長沙王司馬乂，任機爲後將軍、河北大都督；戰敗受譖，爲穎所殺。機詩文辭藻宏麗，講求排偶，開六朝文風之先。機詩現存一〇四首，有明人輯陸士衡集。晉書有傳。2.三國吳吳郡人，字元恪，吳太子中庶子，烏程令。有毛詩草木魚蟲疏二卷。見隋書經籍志。經籍志陸德明經典釋文序録皆作陸機，至宋李濟翁始有當從玉旁作‘璣’之説，宋人著録此書遂多作陸璣。説見清錢大昕潛研堂集二七跋爾雅疏單行本及阮元毛詩校勘記。

【陸績】公元187—219年。三國吳吳郡人，字公紀。博學多識，星曆算數無不賅覽。孫權辟爲奏曹掾，官至鬱林太守。嘗作渾天圖，著有陸氏易解。三國志吳有傳。參見"懷橘"。

【陸豐】縣名。屬廣東省。漢龍川縣地，晉至明皆海豐縣地。清雍正九年析置陸豐縣，屬惠州府。參閱嘉慶一統志四四五惠州府。

【陸贄】公元754—805年。唐蘇州嘉興人，字敬輿。大曆六年進士，德宗召爲翰林學士。朱泚之亂時從帝至奉天，詔書多出贄撰，時號"内相"。官至中書侍郎、門下同平章事。後爲裴延齡所譖，貶忠州別駕。避謗不著書，惟考校醫方，撰集驗方五十卷。卒謚宣。所作奏議數十篇，指陳時病，論辯明徹，爲後世所重。有翰苑集。新、舊唐書皆有傳。

【陸離】㊀參差錯綜貌。楚辭屈原離騷："紛總總其離合兮，斑陸離其上下。"又形容光彩斑爛絢麗。淮南子本經："喬枝菱阿，芙蓉芰荷，五采爭勝，流漫陸離。"㊁分散貌。文選晉左太沖(思)蜀都賦："毛羣陸離，羽族紛泊。"㊂神名。史記一一七司馬相如傳大人賦："左玄冥而右含靁兮，前陸離而後潏湟。"㊃美玉。楚辭漢劉向九歎逢紛："薜荔飾而陸離薦兮，魚鱗衣而白蜺裳。"

【陸續】㊀接連不斷。宋陸游劍南詩稿十九馬上作："正苦文移來陸續，何由笠釣入空濛。"宋曹彥約昌谷集八應詔舉將相狀："繼此或有所聞，又當陸續條列，以副陛下詳延之意。"㊁東漢會稽吳人，字智初。爲郡門下掾。坐楚王英事下洛陽獄。其母至京師，不得見，作饋食託門卒以進，續見食悲泣，知母至。獄吏問何以知？續答："母嘗截肉未嘗不方，斷葱以寸爲度，是以知之。"事上聞，赦還鄉里。見後漢書八一獨行傳。

【陸鹽】傳說昆吾陸鹽，周十餘里無水，自生末鹽。月滿則如積雪，味甘；月虧則如薄霜，味苦；月盡則全盡。見唐段成式酉陽雜俎十物異。

【陸九淵】公元1139—1193年。宋撫州金谿人，字子靜。乾道八年進士，任敕令所刪定官。官至知荆門軍。後還鄉居貴溪之象山講學，學者稱象山先生。曾與朱熹會講鵝湖，論多不合。故朱重道問學，陸重尊德性；朱好注經，陸謂學苟知道，六經皆我注脚。朱主張"理在氣先"，陸認爲"心卽是理"，祇須切己自反，理卽自然而明。自是理學分朱陸二家。有象山先生全集。清李紱有陸子學譜二十卷，備載陸學源委。宋史四三四有傳。參見"象山學案"。

【陸九齡】公元1132—1180年。宋撫州金谿人，字子壽。乾道五年進士，爲興國軍教授。與弟九淵相爲師友，和而不同，時號"二陸"。學者稱復齋先生。有復齋集。宋史四三四有傳。

【陸世儀】公元1611—1672年。明清之際太倉州人，字道威，號桴亭。明亡後，不應科舉，以授徒自給。師事劉宗周，其學尊程(程頤、程顥)朱(朱熹)，以居敬爲本，主敦守禮法。與清初陸隴其並稱"二陸"。在東林、太倉等書院講學，弟子甚衆。著有思辨録、明季復社紀略等。光緒時唐受祺刻桴亭先生遺書二十種。

【陸羽泉】在江蘇蘇州虎丘山，又名觀音泉。昔以爲吳中水品第三。參閱嘉慶一統志七七蘇州府山川。

【陸秀夫】公元1236—1279年。宋鹽城人，字君實。寶祐四年進士，官禮部侍郎。元軍攻破臨安後，與張世傑等在福州擁立端宗，繼續抗元。端宗死，又擁立趙昺爲帝，任左丞相。祥興二年(至元十六年)元軍破厓山，秀夫背負趙昺投海而死。宋史四五一有傳。

【陸郎橘】三國吳陸績年六歲，於九江見袁術。術出橘，績懷三枚，去，拜辭墮地。術謂曰："陸郎作賓客而懷橘乎？"績跪答曰："欲歸遺母。"術大奇之。事見三國志本傳。後因謂懷以遺母之物爲"陸郎橘"或"陸氏橘"，作爲孝親之典。唐岑參岑嘉州詩三送許員外江外置常平倉："仍懷陸氏橘，歸獻老親嘗。"參見"懷橘"。

【陸修靜】公元406—477年。南朝宋吳興東遷人，字元德。曾在廬山修道，與釋惠遠陶潛等結蓮社。泰始三年至建康，在崇虛館收集整理道經，分爲"三洞"，所撰三洞經書目録，爲最早的道藏書目。著齋戒儀范。謚簡寂。宋徽宗時追封丹元真人。參閱蓮社高賢傳、雲笈七籤五宋廬山簡寂陸先生。

【陸探微】南朝宋吳人。明帝時常在侍從，以善畫得名。擅長人物，兼能山水草木。畫有六法，說者謂至探微得法爲備。參閱唐張彥遠歷代名畫記二論顧陸張吳用筆、宣和畫譜一道釋。參見"一筆畫"。

【陸逸沖】南朝梁人，陶弘景弟子。陶爲許長史舊館壇碑，碑陰記有上清弟子華陽前館主吳郡海鹽陸逸沖之名。又有授陸敬游十賚文，敬游卽逸沖。見陶隱居集。全唐詩六一四皮日休懷華陽潤卿博士之三："他年欲事先生去，十賚須加陸逸沖。"注："逸仲嘗事隱居，隱居錫名棲靜處士。十賚，猶人間九錫也。"

【陸雲癖】相傳晉陸雲愛笑，後因稱易笑爲陸雲癖。見宋缺名釋常談下。

【陸德明】公元550？—630年。唐蘇州吳人，名元朗，以字行。由隋入唐，任國子博士。博采漢魏六朝音切二百三十餘家，兼取諸家訓詁，考證各本異同，撰成經典釋文三十卷，爲漢魏六朝以來研究儒家經典音義的總匯。新、舊唐書均有傳。

【陸龜蒙】公元？—881年。唐長洲人，字魯望。隱居松江甫里，多所論著。舉進士不第。好放游江湖之間，自號江湖散人，或號天隨子，時謂甫里先生。與皮日休相友善，多唱和。朝廷以高士召，不至。著有耒耜經、小名録、笠澤叢書、甫里集。新唐書一九六有傳。

【陸鴻漸】唐陸羽字。羽始爲茶著書。民間塑羽像爲器，稱陸鴻漸。唐李肇國史補中："鞏縣陶者多爲甆偶人，號陸鴻漸，買數十茶器，得一鴻漸。市人沽茗不利，輒灌注之。"參見"陸羽"。

【陸隴其】公元1630—1692年。清平湖人，字稼書。康熙九年進士，官嘉定靈壽二縣知縣，行取御史。其學以居敬窮理爲主，推崇程朱，力闢王守仁，不以理氣爲二元，而以理統攝氣。所著詩文曰三魚堂集。

【陸氏易解】三國吳陸績撰。一卷。原書已佚。此爲明姚士粦採陸德明經典釋文、李鼎祚周易集解等書輯成，共一百五十條。

【陸海潘江】南朝梁鍾嶸詩品上："陸(機)才如海，潘(岳)才如江。"後以"陸海潘江"稱文才淵博之人。宋梅堯臣宛陵集五二謝永叔答述舊之作和禹玉詩："天下才名罕有雙，今逢陸海與潘江。"

【陸讋水慄】形容四方畏懼。後漢書四十下班彪傳附班固東都賦："殊方別區，界絶而不鄰，自孝武所不能征，孝宣所不能臣，莫不陸讋水慄，奔走而來賓。"

陵 líng 力膺切，平，蒸韻，來。ㄌㄧㄥˊ

㊀土山。書堯典："蕩蕩懷山襄陵。"㊁帝王的墳墓。水經注渭水："秦名天子冢曰山，漢曰陵。"參閱清顧炎武日知録十五

陵。㊂升，登上。文選漢張平子(衡)西京賦：“陵重巘，獵昆駼。”㊃躐，超越。詳“陵節”。㊄侵侮。通“凌”。禮中庸：“在上位，不凌下。”㊅磨礪。荀子君道：“兵刃不待陵而勁。”㊆嚴密。荀子致士：“凡節奏欲陵，而生民欲寬。”

【陵川】縣名。屬山西省。漢爲泫氏縣地，屬上黨郡。隋初爲高平縣地，開皇十六年析置陵川縣，屬澤州。歷代相因。見人平寰宇記四四澤州。

【陵户】守護帝王陵墓之人。魏書景穆十二王元順傳：“聞害衣冠，遂便出走，爲陵户鮮于康奴所害。”新唐書禮樂志四：“建初、啓運陵如興寧、永康陵，置署官、陵户。”

【陵尹】複姓。春秋楚大夫陵尹喜、陵尹招之後。見通志二八氏族四以官爲氏。

【陵水】縣名。屬廣東省。隋置。故城在今縣東北。後屢經遷徙，明時始徙今治。清屬崖州。參閱讀史方輿紀要一〇五萬州。

【陵丘】如陵之大丘。爾雅釋丘：“如陵，陵丘。”樂府詩集三十三國魏曹植鰕䱇篇：“駕言登五岳，然後小陵丘。”

【陵夷】衰落。史記高祖功臣侯者年表序：“始未嘗不欲固其根本，而枝葉稍陵夷衰微也。”漢書成帝紀鴻嘉二年詔：“帝王之道日以陵夷。”

【陵谷】指地面高低形勢的變動。詩小雅十月之交：“高岸爲谷，深谷爲陵。”漢書三六楚元王傳附劉向上封事：“海水沸出，陵谷易處。”後亦用以喻世事的變化。後漢書五四楊賜傳對問：“冠履倒易，陵谷代處，從小人之邪意，順無知之私欲，……殆哉之危，莫過於今！”

【陵雨】暴雨。漢揚雄法言吾子：“震風陵雨，然後知夏屋之爲帡幪也；虐政虐世，然後知聖人之爲郛郭也。”

【陵居】以高陵爲住處。素問異法方宜論：“其民陵居而多風。”新校正：“大抵西方地高，民居高陵，故多風也。”

【陵苕】花名，即凌霄，又名紫葳。詩小雅苕之華傳：“苕，陵苕也。”參閱廣羣芳譜四三凌霄。參見“凌霄㊀”。

【陵衍】由丘陵漫衍而下之地。穆天子傳三：“爰有陵衍平陸。”宋書袁淑傳上防禦議：“捨陵衍之習，競湍沙之利。”

【陵終】複姓。漢有陵終氏，見通志二九氏族五複姓。

【陵雲】超越雲霄。漢書八七下揚雄傳：“往時武帝好神仙，(司馬)相如上大人賦，欲以風，帝反縹縹有陵雲之志。”又用以喻人之志趣超越世俗。後漢書二八下馮衍傳：“不求苟得，常有陵雲之志，三公之貴，千金之富，不得其願，不槩於懷。”

【陵替】㊀紀綱廢弛，上下失序。左傳昭十八年：“於是乎下陵上替，能無亂乎？”晉書刑法志熊遠奏：“自軍興以來，法度陵替，至於處事，不用律令。”㊁猶言零落。唐杜甫杜工部草堂詩箋二四八哀詩贈祕書監江夏李公邕：“長嘯宇宙間，高才日陵替。”

【陵陽】㊀古代傳説中的仙人。史記一一七司馬相如傳大人賦：“使五帝先導兮，反太一而從陵陽。”正義引列仙傳：“子明……止陵陽山上百餘年，遂得仙也。”㊁山名。在安徽石埭縣北，相傳爲陵陽子明得仙之地。一説陵陽山在宣城城內。見元和郡縣志二八宣州、讀史方輿紀要二八甯國府。㊂地名。漢置縣。以晉成帝杜皇后名陵，咸康四年改爲廣陽。故城在安徽青陽縣南。見宋書州郡志下。

【陵舄】草名，即車前草。莊子至樂：“種有幾，得水則爲㡭；得水土之際，則爲鼃蠙之衣；生於陵屯，則爲陵舄。”釋文：“司馬(彪)云，言物因水成而陸產，生於陵屯，化作車前，改名陵舄也。一名澤舄，隨燥溼變也。”

【陵園】帝王墓地。南朝梁簡文帝昭明太子集序：“池紼既啓，探擗摽之慟；陵園斯踐，震中路之號。”晉書琅玡悼王煥傳：“營起陵園，功役其衆。”

【陵節】超越程序。禮檀弓上：“故喪事雖遽不陵節。”又學記：“不陵節而施之謂孫。”疏：“陵，猶越也。節，謂年才所堪。”

【陵寢】帝王墓地的宮殿建築。後漢書祭祀志下：“秦始出寢，起於墓側，漢因而弗改，故陵上稱寢殿，起居衣服象生人之具，古寢之意也。”

【陵廟】指帝王的陵墓和宗廟。後漢書七三公孫瓚傳上疏：“又長沙太守孫堅，前領豫州刺史，遂能驅走董卓，埽除陵廟，忠勤王室，其功莫大。”

【陵遲】㊀緩延的斜坡。荀子宥坐：“三尺之岸，而虛車不能登也。百仞之山，任負車登焉。何則？陵遲故也。”淮南子泰族：“河以逶蛇故能遠，山以凌遲故能高。”㊁衰落。詩王風大車序：“禮義陵遲，男女淫奔。”文選漢司馬長卿(相如)封禪文：“君莫盛於唐堯，臣莫盛於后稷，……爰周郅隆，大行越成，而後陵遲衰微，千載亡聲，豈不善始善終哉。”㊀㊁同“陵夷”。參閱唐顏師古匡謬正俗八陵遲。㊂剮刑。古時一種極殘酷的死刑。遼史耶律牒蠟傳：“牒蠟不降，陵遲而死。”參見“凌遲㊂”。

【陵暴】欺凌壓迫。尹文子大道下：“刑者所以威不服，亦所以生陵暴。”史記仲尼弟子傳：“子路性鄙，好勇力，志伉直，……陵暴孔子。”

【陵駕】超越，高出居上。同“凌駕”。文選南朝梁沈休文(約)恩倖傳論：“州都郡正，以才品人，而舉世人才，升降蓋寡，徒以憑籍世資，用相陵駕。”

【陵縣】縣名。屬山東省。漢安德縣地，屬平原郡。隋置德州，唐宋因之。明永樂七年改陵縣。明清皆屬山東濟南府。見讀史方輿紀要三一濟南府。

【陵螺】蝸牛的別稱。見晉崔豹古今注中魚蟲。

【陵藉】欺壓。南齊書王奐傳：“奐門生鄭羽叩頭啟奐，乞出城迎臺使。〔奐〕曰：‘我不作賊，欲先遣啟自申。政恐曹(虎)、呂(文顯)等小人相陵藉，故且閉門自守耳。’”宋劉克莊後村集一九一卜算子惜海棠詞：“風雨于花有底讐？着意相陵藉。”

【陵鯉】即穿山甲，也作鯪鯉。文選晉左太沖(思)吳都賦：“陵鯉若獸，浮石若桴。”參見“鯪鯉”。

【陵競】戒懼貌。同“凌兢”。宋書夷蠻傳慧琳均善論：“苦節以要厲精之譽，護法以展陵競之情。”

【陵轢】欺壓。史記孔子世家：“楚靈王兵彊，陵轢中國。”後漢書三三朱浮傳：“帝以浮陵轢同列，每銜之。”注：“陵轢，猶欺蔑也。”參見“凌轢”。

【陵川集】元郝經撰，三十九卷，附錄一卷。經字伯常，陵川人，嘗受學於元好問。文章學問，自有根柢，詩文雖粗豪而頗饒氣勢。

陼 zhǔ ㄓㄨˇ 章与切，上，語韻，照。

㊀水中小塊陸地。同“渚”。爾雅釋水：“水中可居者曰洲，小洲曰陼。”㊁濱。漢書五七上司馬相如傳子虛賦：“且齊東陼鉅海，南有琅邪，觀乎成山，射乎之罘。”注：“東陼鉅海，東有大海之陼。字與‘渚’同也。”

【陼丘】猶土丘。爾雅釋丘：“如陼者，陼丘。”疏：“陼，水中可居之小者，丘形似之，名爲陼丘也。”

陬 zōu ㄗㄡ 側鳩切，平，尤韻，莊。

㊀隅，角落。戰國策宋：“宋康王之時，有雀生鸇於城之陬。”㊁山脚。文選晉東廣

微(晳)補亡詩白華:“白華降趺,在陵之陬。”㊂正月。楚辭屈原離騷:“攝提貞于孟陬兮,惟庚寅吾以降。”爾雅釋天:“正月爲陬。”㊃春秋魯地。在今山東曲阜東南。史記孔子世家:“孔子生魯昌平鄉陬邑。”索隱:“孔子居魯之鄹邑昌平鄉之闕里也。”論語八佾作“鄹”。

【陬落】猶村落。文選晉左太沖(思)魏都賦:“蠻陬夷落,譯導而通,鳥獸之氓也。”晉書陶侃傳論:“士行望非世族,俗異諸華,拔萃陬落之間,比肩髦儁之列。”士行,侃字。

【陬操】琴曲名。相傳孔子所作。史記孔子世家:“孔子既不得用於衛,將西見趙簡子。至於河而聞竇鳴犢、舜華之死也,臨河而歎曰:‘美哉水,洋洋乎！丘之不濟此,命也夫！……’乃還息乎陬鄉,作爲陬操以哀之。”陬,亦作“郰”。又作將歸操。參閱樂府詩集五八將歸操。

陭 1. yī ㄧ 於離切,平,支韻,影。

㊀漢縣名。見“陭氏”。

2. qí ㄑㄧˊ

㊀通“崎”。見“陭₂嶇”。

【陭氏】漢縣名。屬上黨郡。見漢書地理志上。水經注九沁水:“出上黨涅縣謁戾山,南過穀遠縣東,又南過陭氏縣東。”注:“沁水又南逕陭氏縣故城東。沁水又南歷陭氏關,又南與驫驫水合。”故城在今山西安澤縣南。

【陭₂嶇】道路險阻不平。卽“崎嶇”。史記一一七司馬相如傳難蜀父老:“昔者鴻水浡出,氾濫衍溢,民人登降移徙,陭嶇而不安。”漢書作“崎嶇”。

陫 fěi ㄈㄟˇ 浮鬼切,上,尾韻,並。

見下。

【陫側】憂傷貌。楚辭屈原九歌湘君:“橫流涕兮潺湲,隱思君兮陫側。”注:“陫,陋也。言己雖見放棄,隱伏山野,猶從側陋之中思念君也。”宋朱熹集注:“陫,隱也。側,不安也。”

陰 1. yīn ㄧㄣ 於金切,平,侵韻,影。

㊀山之北、水之南皆曰陰。史記一二九貨殖傳:“故泰山之陽則魯,其陰則齊。”列子湯問:“自此,冀之南,漢之陰,無隴斷焉。”㊁暗,隱。戰國策秦二:“張儀反秦,使人使齊,齊秦之交陰合。”史記八五呂不韋傳:“太后乃陰厚賜主腐者吏,詐論之,拔其鬚眉爲宦者,遂得侍太后。”㊂不晴不雨曰陰。詩邶風谷風:“習習谷風,以陰以雨。”㊃日影曰陰。引申爲時間。淮南子原道:“故聖人不貴尺之璧而重寸之陰,時難得而易失也。”㊄背陽曰陰。引申爲物之背面。見清趙翼陔餘叢考三十以錢代蓍。㊅凹下。見“陰文”。㊆迷信者以死後之事爲陰。如陰宅爲墓穴。㊇男女生殖器曰陰。史記八五呂不韋傳:“乃私求大陰人嫪毐爲舍人。”素問骨空論:“其絡循陰器合篡間繞篡後。”注:“所謂間者,謂在前陰後陰之兩間也。”㊈古代哲學概念。與“陽”相對。易繫辭上:“一陰一陽之謂道。”㊉車軾前橫用以掩軌的橫板。詩秦風小戎:“游環脅驅,陰靷鋈續。”傳:“陰,揜軌也。”箋:“揜軌在軾前垂輈上。”⑪指鶴。逸周書王會:“成周之會,墠上張赤帟陰羽。”注:“陰,鶴也。”謂以鶴羽飾帳。一說陰羽爲鶴。參見“陰羽”。⑫通“窨”。地窨。詩豳風七月:“三之日納于凌陰。”傳:“凌陰,冰室也。”⑬姓。相傳管仲七世孫修,自齊去楚,爲陰大夫,因以爲姓。參閱後漢書陰識傳、元和姓纂五侵。

2. ān ㄢ 集韻 烏寒切,平,覃韻。

⑭默。書說命上:“王宅憂,亮陰三祀。”注:“陰,默也,居憂信默,三年不言。”一說通“闇”,爲居喪之廬。參閱禮喪服四制、論語憲問“高宗諒陰”正義。

3. yìn ㄧㄣˋ 集韻 於禁切,去,沁韻。

⑮庇護,掩埋。通“蔭”。詩大雅桑柔:“既之陰女,反予來赫。”禮祭義:“骨肉斃于下,陰爲野土。”注:“言人之骨肉,蔭於地中爲土壤。”

【陰人】晉葛洪神仙傳天門子:“陰人所以著脂粉者,法金之白也。”後世俗稱婦女爲陰人。

【陰干】屬於雙數的天干爲陰干。卽乙、丁、己、辛、癸等。見協記辨方書義例三天道天德。

【陰山】山名。今河套以北、大漠以南諸山的統稱。史記秦始皇紀三三年:“自榆中並河以東,屬之陰山。”全唐詩五王昌齡出塞之一:“但使龍城飛將在,不教胡馬度陰山。”

【陰文】印章上所刻或其他器物上所鑄凹下的文字或花紋。明文彭印章集說辨陰陽文:“上古璽書封以紫泥,餘皆折簡封蠟,用白文印印于蠟上,其文突起曰陽;後代製有印色印之,其文虛白曰陰。”

【陰火】㊀海中生物所發之光。文選晉木玄虛(華)海賦:“陽冰不冶,陰火潛然。”明楊慎藝林伐山三陰火:“凡海中水,遇陰晦,波如然火滿海,以物擊之,迸散如星,有月卽不復見,木玄虛所云‘陰火潛然’,豈謂是乎？”㊁燐火之類,俗稱鬼火。元詩選韓性五雲漫稿題龔翠巖中山出遊圖:“空山無人日昏黃,迴風陰火隨幽篁。”

【陰井】背陽之井。南朝梁任昉述異記下:“甜溪水,其味如蜜,東方朔得以獻武帝,帝乃投於陰井中。”唐杜甫杜工部草堂詩箋六橋陵三十韻呈縣內諸官:“空梁簇畫戟,陰井敲銅瓶。”

【陰木】生於山北之樹木稱陰木。一說秋冬生者爲陰木。參見“陽木”。

【陰中】農曆秋季七月八月爲陰中。漢書律曆志上:“秋爲陰中,萬物以成。”北堂書鈔一五四歲時馬融西第頌:“仲秋陰中節,胡桃已零落。”

【陰月】農曆四月之別稱。舊題漢劉歆西京雜記五:“四月陽雖用事,而陽不獨存,此月純陽疑於無陰,故亦謂之陰月。”

【陰平】縣名。漢置陰平道,屬廣漢郡北部都尉治。三國魏時置陰平郡及陰平縣。後晉於益州立南北二陰平郡,唐屬劍州,宋因之。故城在今甘肅文縣西北。魏鄧艾曾由此入蜀,世稱陰平道,卽由文縣逕四川平武縣東而向綿竹、成都之險道。參閱讀史方輿紀要五九鞏州府階州、又七三龍安府。

【陰功】猶言陰德。唐司空圖司空表聖詩集四攜仙籙之五:“若道陰功能濟活,且將方寸自焚修。”

【陰令】帝王對后宮之令。周禮天官內小臣:“掌王之陰事、陰令。”注:“陰令,王所求爲於北宮。”疏:“謂若縫人女御,爲王裁縫衣裳及絲枲織紝之等,皆是王之所求索,王之所造爲者也。言北宮者,對王六寢在南,以后六宮在北,故云北宮也。”

【陰卯】不外露之屐齒。晉書五行志上:“舊爲屐者,齒皆達楄上,名曰露卯。太元中忽不徹,名曰陰卯。”

【陰宅】禮雜記上:“大夫卜宅與葬日。”疏:“宅謂葬地。”後因稱墓地爲陰宅。水滸一二〇:“我若死於此處,堪爲陰宅。”

【陰刑】宮刑。漢書四九鼂錯傳舉賢良對策:“除去陰刑,害民者誅。”參見“宮刑”。

【陰地】㊀謂日光所不及處。魏書裴駿傳附裴安祖:“(雉)觸樹而死。安祖愍之,乃取置陰地,徐徐護視,良久得蘇。”

㊁地名。春秋屬晉。今陝西商縣、河南陝縣至嵩縣一帶。左傳哀四年:"蠻子赤奔晉陰地。"注:"陰地,河南山北,自上雒以東至陸渾。"又河南盧氏縣東北有陰地城。見讀史方輿紀要四八河南三盧氏縣。㊂關名。在今山西靈石縣西南。唐昭宗大順元年張濬議討李克用,會諸道兵於晉州,出陰地關,即此。見新唐書昭宗紀。參閱讀史方輿紀要四一平陽府靈石縣。

【陰臣】公羊傳定十四年"城莒父及霄"漢何休注:"或說無冬者坐受女樂,令聖人去冬,陰臣之象也。"後漢書三十上楊厚傳:"又言'陰臣、近戚、妃黨當受禍'。明年,宋阿母與宦者褒信侯李元等遘姦廢退。"參閱清惠棟後漢書補注。

【陰戎】居於陰地之戎。左傳昭九年:"晉梁丙張趯率陰戎伐潁。"注:"陰戎,陸渾之戎。"後漢書八七西羌傳:"在河南山北者號曰陰戎。"

【陰羽】淺黑色的羽。逸周書王會:"墠上張赤弈陰羽。"孔晁注以陰爲鶴,取易"鳴鶴在陰"之義。參閱清王念孫讀書雜志逸周書三。

【陰竹】生長在山北之竹。周禮春官大司樂:"陰竹之管,龍門之琴瑟,……於宗廟之中奏之。"元陳樵鹿皮子集一月庭賦:"佳木偃旌,陰竹揚徽。"

【陰伏】猶言陰私。漢書六六楊惲傳:"然惲伐其行治,又性刻害,好發人陰伏,同位有忤己者必欲害之。"

【陰血】在內爲陰,血在脈管內,故名陰血。左傳僖十五年:"亂氣狡憤,陰血周作,張脈僨興,外彊中乾。"文苑英華八一唐薛勝拔河賦:"陰血作而顏若渥丹,脹脈僨而體如瘦木。"

【陰辰】擇日者以十二支之丑、卯、巳、未、酉、亥爲六陰辰。

【陰位】陰陽家稱三月庚辰日,月宿在辰;九月甲戌日,月宿在戌,皆爲陰位,百事不宜。見協紀辨方書四義例二陰位。

【陰何】指南朝梁陰鏗與何遜。二人同以詩著稱,世號陰何。唐杜甫杜工部草堂詩箋三二解悶之七:"孰知二謝將能事,頗學陰何苦用心。"二謝:謝靈運、謝朓。

【陰宗】月亮。月一名太陰,故稱陰宗。淮南子天文:"月者,陰之宗也。"禮月令孟冬之月"天子乃祈來年于天宗"唐孔穎達疏:"蔡邕云:'日爲陽宗,月爲陰宗,北辰爲星宗也。'"

【陰官】㊀司雨之神。唐韓愈昌黎集九郴州祈雨詩:"旱氣期銷蕩,陰官想駿奔。"㊁迷信者所說的陰間之官。宋孫光憲北夢瑣言二十王氏子知前生:"(王)又言我爲陰官云云,即記前生不誣也。"

【陰事】㊀祕事。史記七七魏公子(信陵君)傳:"臣之客有能深得趙王陰事者,趙王所爲,客輒以報臣,臣以此知之。"㊁宮中之事。周禮天官內小臣:"掌王之陰事陰令。"注:"陰事,羣妃御見之事。"㊂謂陰氣用事。後漢書五二崔駰傳達旨:"陰事終而水宿臧。"注:"立冬之後,盛德在水,陰氣用事,故曰陰事。"

【陰兔】古代相傳月爲陰精,月中有兔,故稱月爲陰兔。廣弘明集二十南朝梁簡文帝大法頌序:"陰兔兩重,陽烏三足。"唐李白李太白集一大獵賦:"陽烏沮色於朝日,陰兔喪精於明月。"

【陰室】㊀太廟祀殤子之室。晉書禮志上:"而惠帝世愍懷太子、太子二子哀太孫臧、沖太孫尚並祔廟,元帝世,懷帝殤太子又祔廟,號爲陰室四殤。"隋書百官志下:"太廟署又置陰室丞,守視陰室。"㊁私室。南朝於皇帝既死,以其所居殿爲陰室,藏生前衣著等日用物品。宋書武帝紀下:"孝武大明中,壞上所居陰室,於其處起玉燭殿,與羣臣觀之,牀頭有土鄣,壁上葛燈籠、麻繩拂。"南齊書茹法亮傳:"延昌殿爲世祖陰室,藏諸御服。"㊂向北背陽之室,作避暑、藏冰之用。唐柳宗元柳先生集二九柳州東亭記:"又北闢之以爲陰室,作屋於北牖下爲陽室;……陰室以違溫風焉,陽室以違淒風焉。"文苑英華三三唐蕭昕仲冬時令賦:"斬木陽崖,采周官於是月;藏冰陰室,詠豳詩於此時。"

【陰拱】暗自斂手。喻袖手旁觀。漢書三四英布傳:"夫漢王戰於彭城,項王未出齊也,大王宜埽淮南之衆,日夜會戰彭城下,今撫萬人之衆,無一人渡淮者,陰拱而觀其孰勝,夫託國於人者固若是乎?"注:"斂手曰拱。孰,誰也。言不動搖,坐觀成敗也。"史記作"垂拱"。宋王安石臨川集五和沖卿雪詩并示持國詩:"勝負觀兩豪,吾衰但陰拱。"

【陰政】㊀指講武、練兵之事。春夏爲陽,秋冬爲陰,古講武練兵必於秋冬肅殺時行之,故稱陰政。禮月令孟春之月"是月也,不可以稱兵"漢鄭玄注:"以陰政犯陽。"新唐書一一六王綝傳:"今孟春講武,以陰政犯陽氣,害發生之德,……願陛下不違時令,前及孟冬,以順天道。"㊁帝王後宮的政事。南史后妃傳論:"夫后妃專夕,配以德升,……乃可以輔興君德,燮理陰政。"

【陰虹】㊀牛的一種形相。世說新語汰侈"王君夫有牛名八百里駮"注引相牛經:"陰虹屬頸七里。注曰:陰虹者,雙筋白尾骨屬頸,甯戚所飯者也。"又見唐段成式酉陽雜俎前集十六廣動植毛。㊁喻邪佞。唐李白李太白詩十九五月東魯行答汶上翁詩:"西歸去直道,落日昏陰虹。"指李林甫、楊國忠蒙蔽其君。

【陰重】慎密持重。史記一〇三萬石君傳附周仁:"仁爲人陰重不泄。"集解:"服虔曰:'質重不泄人之陰謀也。'"

【陰姫】古琴名。見"陽娃"。

【陰晉】地名。春秋時晉地。戰國屬魏。魏納於秦,秦惠王五年更名甯秦。漢高帝八年更名華陰,屬京兆尹。故城在今陝西華陰縣東南。見漢書地理志上京兆尹、讀史方輿紀要五四華州。

【陰夏】指向北背陽的宮殿。文選漢王文考(延壽)魯靈光殿賦:"隱陰夏以中處,霐寥窲以峥嵘。"

【陰液】㊀謂露水。北堂書鈔一五二漢蔡邕月令章句:"露者,陰液也。"元詩百一鈔一傳若金題宜春館鍾清卿清露軒:"時聞陰液墜,暗識商飆度。"㊁謂雨。唐龐履溫碑:"陽光暫亢,陰液乖旬。"(金石萃編八一)

【陰乾】放在陰涼處晾乾。抱朴子仙藥:"菌芝或生深山之中,或生大木之下,……皆當禹步往採取之,刻以骨刀,陰乾末服。"

【陰訟】事涉男女姦私的訟案。周禮地官媒氏:"凡男女之陰訟,聽之于勝國之社。"注:"陰訟,爭中冓之事以觸法者。"

【陰教】女子的教化。文選南朝梁范蔚宗(曄)後漢書皇后紀論:"后正位宮闈,同體天王,……所以能述宣陰化,脩成內則。"注:"魏文帝典論曰:欲納二女,充備六宮,佐宣陰教,聿修古義。"

【陰陵】漢縣名。故楚邑,即項羽兵敗迷道處。漢置縣,屬九江郡,東漢爲郡治。故城在今安徽定遠縣西北。參閱讀史方輿紀要二一鳳陽府。

【陰陰】陰暗。唐王維王右丞集十積雨輞川莊作詩:"漠漠水田飛白鷺,陰陰夏木囀黃鸝。"也形容心情晦暗。宋陸九淵象山集三五語錄:"此理在宇宙間,何嘗有所礙,是你自沉埋,自蒙蔽,陰陰地在箇陷穽中。"

【陰$_3$陰$_3$】蔭蔽貌。漢書禮樂志二郊祀歌:"靈之至,慶陰陰,相放患,震澹心。"

注："言垂陰覆徧於下。"

【陰堂】背陽幽暗之堂。後漢書三九周磐傳："吾日者夢見先師東里先生，與我講於陰堂之奧。"文選三國魏何平叔(晏)景福殿賦："陰堂承北，方軒九户。"

【陰鳥】鳴陰之鳥。因將雨則鳴，故名。三國志魏管輅傳"於是倪盛脩主人禮，共爲歡樂"注引輅別傳："樹上已有少女微風，樹間又有陰鳥和鳴。"南齊書張融傳海賦："陰鳥陽禽，春毛秋羽。……翔歸棲去，連陰日路。"

【陰道】㊀古代儒家以陰陽之道解釋君臣、父子、夫婦之義，皆取君、父、夫所守的禮法爲陽道，臣、子、妻所守的禮法爲陰道。見漢董仲舒春秋繁露十二基義。漢書八一孔光傳對問："日者，衆陽之宗，人君之表，至尊之象。君德衰微，陰道盛强，侵蔽陽明，則日蝕應之。"㊁背陽的道路。史記封禪書："從陰道下，禪於梁父。"㊂月行之軌道。漢桓寬鹽鐵論論菑："月者陰，陰道冥。"唐瞿曇悉達開元占經一天體渾宗："月行二十七日有奇而周天，其行半出黃道外，半入黃道内，在内謂之陰道，在外謂之陽道。"㊃謂房中術。漢書藝文志房中八家内有容成陰道、務成子陰道諸書。參見"房中術"。

【陰惡】㊀隱秘的惡事惡行。漢王充論衡禍虛："韓非、公子卬有陰惡伏罪，人不聞見，天獨知之，故受戮殃。"㊁陰險惡毒。新唐書一八四路巖傳："俄與韋保衡同當國，二人勢動天下，時目其黨爲'牛頭阿旁'，言如鬼陰惡可畏也。"

【陰森】陰暗慘淡貌。唐孟浩然集一庭橘詩："明發覽羣物，萬木何陰森。"元稹長慶集二四縛戎人樂府："陰森神廟未敢依，脆薄河冰安可越。"

【陰陽】㊀古以陰陽解釋萬物化生，凡天地、日月、晝夜、男女以至腑臟、氣血皆分屬陰陽。易繫辭上："陰陽不測之謂神。"疏："天下萬物，皆由陰陽，或生或成，本其所由之理，不可測量之謂神也。"書周官："兹惟三公，論道經邦，燮理陰陽。"㊁表裏，隱顯。大戴禮十文王官人："考其陰陽以觀其誠，覈其微言以觀其信。"㊂指日月運轉之學。後漢書五九張衡傳："衡善機巧，尤致思於天文、陰陽、歷筭。"又："遂乃研覈陰陽，妙盡璇機之正，作渾天儀，著靈憲、筭罔論，言甚詳明。"㊃見"陰陽家"。

【陰遁】遁甲九宮布局的名稱。見"陽遁"。

【陰溝】㊀地下水道。文選漢王文考(延壽)魯靈光殿賦："玄醴騰涌於陰溝，甘露被宇而下臻。"宋丘光庭兼明書五楊溝："凡溝有露見其明者，有以土塡其上者，土塡其上者謂之陰溝，露見其明者謂之陽溝。"㊁水名。水經注二三陰溝水："陰溝水出河南陽武縣蒗蕩渠，東南至沛爲濄水。"

【陰雷】悶雷。全唐詩二七六盧綸途中遇雨……："陰雷慢轉野雲長，駿馬雙嘶愛雨涼。"雷州人謂雷之無聲者爲陰雷；又言出於山者爲陽雷，出於澤者爲陰雷。見清屈大均廣東新語一天語陰雷、雷風。

【陰賊】陰毒殘忍。史記一二四郭解傳："少時陰賊，慨不快意，身所殺甚衆。"宋文鑑九七蘇洵辨姦論："今有人口誦孔老之書，……而陰賊險很，與人異趣，是王衍盧杞合爲一人也。"

【陰3喝】謂語塞。後漢書二三竇憲傳："憲恃宫掖聲埶，遂以賤直請奪沁水公主園田，主逼畏，不敢計。後肅宗駕出過園，指以問憲，憲陰喝不得對。"注："陰喝猶噎塞也。"或解爲密喝左右不得對帝問。見資治通鑑四六漢章帝建初八年注。

【陰厭】古代成人死後祭奠的一種儀式。禮曾子問："殤不祔祭，何謂陰厭陽厭？"注："祭成人，始設奠於奧，迎尸之前，謂之陰厭；尸謖之後，改饌於西北隅，謂之陽厭。"

【陰慶】逢已故父母生辰，追行壽禮，謂之陰慶。按元鄭泳鄭氏家儀祭禮謂"生日之祭，家禮俱無，今以事亡如事存之禮推之，似不可少"，因補入朱子家禮，爲後世陰慶之始。

【陰德】㊀帝王後宫的事務。禮昏義："天子理陽道，后治陰德。"注："陰德，謂主陰事陰令也。"㊁暗中施德於人。淮南子人間："有陰德者必有陽報，有隱行者必有昭名。"漢書七一于定國傳："我治獄多陰德，未嘗有所冤，子孫必有興者。"㊂叢辰名。月内陰德之神，正月起酉逆行六陰辰。所值之日，宜施陰騭，行惠，愛雪冤枉，舉正直。見協紀辨方書六陰德。

【陰龍】堪輿家以方位卦氣得陰數者爲陰龍。協紀辨方書三三論補龍："十二淨陰龍，宜用陰課；十二淨陽龍，宜用陽課。"

【陰謀】㊀兵謀。國語越下："陰謀逆德，好用凶器，始於人者，人之所卒也。"㊁祕密計謀。史記齊太公世家："周西伯昌之脫羑里歸，與呂尚陰謀修德以傾商政。"又陳丞相世家："始陳平曰：'我多陰謀，是道家之所禁。'"

【陰諧】雌性鴆鳥，陰雨則鳴。淮南子繆稱："暉日知晏，陰諧知雨。"廣雅釋鳥："鴆鳥，其雄謂之運日，其雌謂之陰諧。"

【陰燧】古時月夜承接露水的器皿。周禮考工記輈人："金錫半，謂之鑒燧之齊。"注："鑒燧，取水火於日月之器也。"晉干寶搜神記十三："夫金之性，一也，以五月丙午日中鑄爲陽燧，以十一月壬子夜半鑄爲陰燧。"注："言丙午日鑄爲陽燧，可取火；壬子夜鑄爲陰燧，可取水也。"也作"陰鑒"。文苑英華一二六南朝梁元帝玄覽賦："置陰鑒之明水，設珪瓚而盈觴。"

【陰館】地名。漢縣，景帝三年置，屬鴈門郡。東漢爲鴈門郡治。晉廢。一名下館城，北朝魏高歡娶於柔然，親迎於下館，即此。故城在今山西代縣西北。見漢書地理志下鴈門郡、讀史方輿紀要四十山西二代州。

【陰錯】古曆數術語。在六十甲子中，甲子、甲午爲陽辰。陽辰之前三辰，卽甲子之前辛酉、壬戌、癸亥，甲午之前辛卯、壬辰、癸巳皆爲陰錯。見明王逵蠡海集歷數類。參見"陰錯陽差"。

【陰錢】紙錢。迷信的人以爲人死後在陰間所用，故稱。太平廣記一二三王表引唐皇甫枚三水小牘："今還爾兒，與爾重作功德，厚賂爾陰錢，免我乎？"

【陰禮】㊀指宫内婦女的教化。周禮天官内宰："内宰……以陰禮教六宫。"注："鄭司農(衆)云：'陰禮，婦人之禮。'"㊁指婚嫁之禮。周禮地官大司徒："以陰禮教親，則民不怨。"注："陰禮，謂男女之禮。昏姻以時，則男不曠，女不怨。"

【陰聲】聲分陰陽二類，陰聲指大呂、應鍾、南呂、函鐘、小呂、夾鐘六聲。見周禮春官大師。大呂等六聲，也稱六呂，以聲音的清濁高下而定。參見"律呂"。

【陰蟲】㊀謂蝦蟆。文選南朝梁陸佐公(倕)新刻漏銘："靈虬承注，陰蟲吐噏。"注："孫綽漏刻銘曰：靈虬吐注，陰蟲承瀉。"㊁謂蟋蟀。文選南朝宋顏延年(延之)夏夜呈從兄散騎車長沙詩："夜蟬當夏急，陰蟲先秋聞。"

【陰識】㊀古器上文字，凹入者稱陰識。宋趙希鵠洞天清祿集古鐘鼎彝器辨："三代用陰識，謂之偃囊，其字凹入也。漢以來或用陽識，其字凸，間有凹者，或用刀刻如鐫碑。"一說陰字凹入者謂之款，陽字挺出者謂之識。見宋張世南游宦紀聞五。㊁人名。(？—公元 59 年)東漢南陽新野人，字次伯。光武帝陰皇后兄。

封原鹿侯。入朝極言正議，退與賓客語，未嘗及國事；帝常指以勑戒貴戚。卒諡貞侯。後漢書有傳。

【陰韻】宋以前韻書，皆沿用切韻，分爲二百零六部。宋淳祐間平水人劉淵增修禮部韻略，歸併同用各韻爲一百七部；元初陰時夫撰韻府羣玉，又併爲一百六部。元以來詩韻多沿用之，通稱平水韻，也稱陰韻。參見"平水韻"。

【陰鏗】南朝陳武威姑臧人，曾祖襲南遷，遂爲南平人，字子堅。陳天嘉中，爲始興王中録事參軍。累遷晉陵太守，員外散騎常侍。鏗博覽史傳，尤善五言詩，風格清新流麗，與何遜相似而齊名。杜甫贈李白詩曾言"李侯有佳句，往往似陰鏗"。有集三卷，隋志已亡其二，今傳有陰常侍集。南史有傳。

【陰譴】冥冥中的責罰。宋史二六五呂蒙正傳上奏："今臣男始離襁褓，膺此寵命，恐罹陰譴，乞以臣釋褐時官補之。"

【陰騭】書洪範："惟天陰騭下民。"傳："騭，定也，天不言而默定下民。"本爲默定之意。後衍爲陰德之義。文苑英華八九二唐韋貫之南平郡王高崇文神道碑："靈命陰騭，有開必先。"宋蘇軾分類東坡詩二二子由生日詩："方其未定時，人力破陰騭。小忍待其定，報應真可必。"

【陰山關】關名。在今湖北麻城縣東北。北魏任城王澄遣長風戍主奇道顯破梁陰山戍，卽此。見魏書任城王澄傳、元和郡縣志二八黃州。

【陰涼河】在今吉林札魯特右翼西北。遼主耶律延禧天慶七年嘗至陰涼河募兵，置怨軍八營，卽此。見遼史天祚皇帝紀二、又地理志一上京道。

【陰符經】舊題黃帝撰，有太公、范蠡、鬼谷子、張良、諸葛亮、李筌六家注，經文三百八十四字，一卷。言虛無之道，修鍊之術。唐李筌自謂受之驪山老母，疑卽筌所僞作。宋朱熹曾作考異一卷。宋夏元鼎撰有陰符經講義，以丹法釋其旨。又歷代史志皆以周書陰符著録兵家，而黃帝陰符入道家，判然兩書。新唐書藝文志著録李筌所傳陰符玄義一卷，列於道家。

【陰陽家】春秋戰國時九流之一。戰國時以陰陽家名者，有鄒衍鄒奭。漢書藝文志著録陰陽家二十一家，三百六十九篇。其學包括陰陽四時、八位、十二度、廿四時等數度之學和五德終始的五行之說。後世的遁甲六壬，擇日，占星之屬，也稱爲陰陽家。

【陰陽學】元世祖至元二十八年，依儒學、醫學之例，於諸路置陰陽學。明洪武十七年置陰陽學官，府、州、縣各設一人。凡天文、占候、星卜、相宅、選日之流，悉歸管理。清因之，俗稱陰陽生。參閱元史選舉志一學校、明史職官志四。

【陰麗華】東漢光武帝后，南陽新野人，陰識之妹。初，光武聞其美，心悦之，曾歎曰："仕宦當作執金吾，娶妻當得陰麗華。"後果納之，生明帝。後郭后廢，立爲后。後漢書有光烈陰皇后紀。

【陰騭紋】相術家以眼下眶之紋爲臥蠶，主現陰騭之事。元明雜劇元闕漢卿山神廟裴度還帶楔子："你看他那福禄文眉梢侵鬢，陰騭文耳根入口，富貴氣色，四面齊起。"

【陰陽不將】陰陽家所稱的嫁娶吉日。協紀辨方書四義例二陰陽不將："天寶歷曰：陰陽不將者，以月建爲陽，謂之陽建，正月起寅，順行十二辰；月厭爲陰，謂之陰建，正月起戌，逆行十二辰。分於卯酉，會於子午。厭前枝幹自相配者爲陽將，厭後枝幹自相配者爲陰將，厭後幹配厭前枝者爲陰陽俱將，厭前幹配厭後枝者爲陰陽不將也。陽將傷夫，陰將傷婦，陰陽俱將，夫婦俱傷，陰陽不將，夫婦榮昌。"

【陰錯陽差】明王逵蠡海集歷數類："陰錯陽差，有十二日，蓋六十甲子分爲四段，自甲子、己卯、甲午、己酉，各得十五辰。甲子之前三辰，值辛酉、壬戌、癸亥爲陰錯；己卯之前三辰，值丙子、丁丑、戊寅爲陽差。甲午之前三辰，值辛卯、壬辰、癸巳爲陰錯；己酉之前三辰，值丙午、丁未、戊申爲陽差。蓋四段中，每段除十二辰，各餘三辰，三四亦得十二辰，是爲陰錯陽差也。甲子、甲午爲陽辰，故有陰錯；己卯、己酉爲陰辰，故有陽差也。"

陲 chuí ㄔㄨㄟˊ 是爲切，平，支韻，禪。

邊境。左傳成十三年："芟夷我農功，虔劉我邊陲。"

陶 1. táo ㄊㄠˊ 徒刀切，平，豪韻，定。

㊀陶器。用黏土爲原料燒製成的器皿。禮郊特牲："器用陶匏，以象天地之性也。"亦謂燒製陶器。墨子尚賢下："陶於河濱。"㊁養，培育。漢揚雄太玄經七攡："資陶虛無，而生乎規。"文選晉張茂先(華)答何劭詩之二："洪鈞陶萬類，大塊稟羣生。"㊂樂，喜悦。禮檀弓下："人喜則斯陶，陶斯咏。"文選南朝宋謝靈運酬從弟惠連詩："儻若果歸言，共陶暮春時。"㊃憂，哀思。孟子萬章上："象曰：鬱陶，思君爾。"鬱陶，亦訓爲喜，或謂爲初悦而未暢。參閱清焦循孟子正義。㊄地名。在今山東定陶縣境。史記一二九貨殖傳："(范蠡)適齊爲鴟夷子皮，之陶爲朱公。"索隱引服虔："今定陶也。"㊅姓。通志二八氏族四以技爲氏："陶氏，陶唐氏之後，因氏焉。虞思爲周陶正，亦爲陶氏。"

2. yáo ㄧㄠˊ 餘昭切，平，宵韻，喻。

㊆見"陶₂陶₂"。㊇皋陶。舜之臣名。尚書有皋陶謨。㊈通"窰"。詩大雅緜："古公亶父，陶復陶穴，未有家室。"

3. dǎo ㄉㄠˇ 集韻 大到切，去，号韻。

㊉見"陶₃陶₃"。

【陶人】製陶器的工匠。見周禮考工記。

【陶兀】酒醉狂傲貌。晉書劉伶傳："伶雖陶兀昏放，而機應不差。"疊言作"陶陶兀兀"。宋黃庭堅山谷詞醉落魄："陶陶兀兀，尊前是我華胥國。"

【陶子】皋陶之子。史記秦本紀"女脩吞之，生子大業"唐張守節正義："列女傳云：'陶子生五歲而佐禹。'曹大家注云：'陶子者，皋陶之子伯益也。'"今本劉向列女傳作"皋子"。

【陶山】山名。在浙江瑞安縣西。南朝齊、梁時陶弘景曾居此，因名。道書以此山爲七十二福地之一。參閱雲笈七籤二七洞天福地、讀史方輿紀要九四溫州府瑞安縣。

【陶化】陶冶化育。淮南子本經："天地之合和，陰陽之陶化萬物，皆乘人氣者也。"晉書摯虞傳太康頌："邈矣聖皇，參乾兩離。陶化以正，取亂以奇。"

【陶正】周代官名。掌製造陶器之事。左傳襄二五年："昔虞閼父爲周陶正，以服事我先王。"

【陶令】晉陶潛，曾任彭澤令，故稱。唐李白李太白詩九口號贈徵君鴻："陶令辭彭澤，梁鴻入會稽。"宋王禹偁小畜集七贈贊寧大師詩："還許幽齋暫相訪，却慚陶令滿衣塵。"

【陶丘】㊀重疊的山丘。爾雅釋丘："丘，一成爲敦丘，再成爲陶丘。"清郝懿行義疏："成猶重也。……陶從匋，匋是瓦器，丘形重累似之。"㊁古地名。在今山東定陶縣西北。書禹貢："(濟水)入于河，溢爲滎，東出于陶丘北。"㊂複姓。帝堯子丹朱居陶丘，因以爲氏。春秋齊有大夫陶丘德，漢有侍御陶丘仁。見通志二七氏族三以地爲氏。

【陶冶】㊀燒製陶器與冶煉金屬。荀子王制："農夫不斲削、不陶冶而足械用。"也指製陶器與冶煉金屬的工匠。孟子滕文公上："以粟易械器者，不爲厲陶冶。"㊁喻造成、化育。淮南子俶真："包裹天地，陶冶萬物。"漢蔡邕蔡中郎集二文範陳仲弓銘："剛毅强固，足以威暴矯邪；正身體化，足以陶冶世心。"也謂娛情養性。北齊顏之推顏氏家訓文章："至於陶冶性靈，從容諷諫，入其滋味，亦樂事也。"

【陶河】在今河南孟縣南。水經注四河水："河水又南逕陶城西，……孟津有陶河之稱，蓋從此始之。"三國魏杜畿曾於陶河試御樓船，遇風沉没。見三國志魏杜畿傳。

【陶泓】唐韓愈昌黎集三六毛穎傳："穎與絳人陳玄、弘農陶泓及會稽褚先生友善。"毛穎指筆，陳玄指墨，陶泓指硯，褚先生指紙，皆爲擬託人名。後習以陶泓爲硯之别名。宋蘇軾分類東坡詩十二次韻范純父涵星硯月石風林屏："陶泓不稱管城沐，醉石可助平泉醒。"

【陶育】造就培育。三國志吴諸葛恪傳臧均上表："爰及於恪，生長王國，陶育聖化，致名英偉。"

【陶林】地名。1.西漢置縣，爲東部都尉治地，屬雲中郡。東漢時廢。故地在山西左雲縣西北。見漢書地理志下。2.清光緒間置陶林撫民通判廳，公元 1912 年改縣，1950 年撤銷，劃屬内蒙古自治區察哈爾右翼後旗、中旗。

【陶叔】複姓。周司徒陶叔之後。春秋時晉有陶叔真，爲原大夫。漢有陶叔卷，爲青州刺史。見通志二八氏族四名字未辨。

【陶侃】公元 259—334 年。晉潯陽人，字士行。早孤貧。爲縣吏，積功漸遷至荆州刺史。遭王敦忌，轉任廣州刺史。蘇峻叛晉，建康失守；温嶠推侃爲盟主，擊殺蘇峻，封長沙郡公，都督八州軍事。侃在軍四十餘年，果毅善斷。在廣州時朝運百甓於齋外，暮運於齋内，以勵志勤力。竹頭木屑，皆儲以備用。常謂：大禹聖者，乃惜寸陰，至於衆人，當惜分陰，卒諡桓。晉書有傳。

【陶染】猶陶冶。南朝梁劉勰文心雕龍六體性："然才有庸儁，氣有剛柔，學有淺深，習有雅鄭，並情性所爍，陶染所凝。"北齊顏之推顏氏家訓慕賢："人在少年，神情未定，所與款狎，熏漬陶染，言笑舉動，無心於學，潛移暗化，自然似之。"

【陶唐】帝堯。堯初居於陶，後封於唐，爲唐侯，故稱陶唐。書五子之歌："惟彼陶唐，有此冀方。"史記五帝紀："帝堯爲陶唐，帝舜爲有虞。"

【陶真】説唱，曲藝的一種。明田汝成西湖游覽志餘二十熙朝樂事："杭州男女瞽者多學琵琶，唱古今小説平話，以覓衣食，謂之'陶真'。大抵説宋時事，蓋汴京遺俗也。"陶，本作"淘"。宋缺名西湖老人繁勝録："唱涯詞，只引子弟；聽淘真，盡是村人。"

【陶$_2$陶$_2$】㊀和樂貌。詩王風君子陽陽："君子陶陶，左執翿，右招我由敖，其樂只且。"晉書劉伶傳酒德頌："奮髯箕踞，枕麴藉糟；無思無慮，其樂陶陶。"㊁隨行貌。禮祭義："及祭之後，陶陶遂遂，如將復入然。"㊂漫長貌。楚辭漢王逸九思哀歲："冬夜兮陶陶，雨雪兮冥冥。"

【陶$_3$陶$_3$】驅馳貌。詩鄭風清人："清人在軸，駟介陶陶；左旋右抽，中軍作好。"

【陶猗】指春秋末年的巨富陶朱公和猗頓。泛指富人。抱朴子擢才："夫結緑玄黎，非陶猗不能市也。"結緑、玄黎皆寶石名。參見"陶朱公"、"猗頓"。

【陶遂】生長茂盛貌。後漢書八十上杜篤傳論都賦："畎瀆潤淤，水泉灌溉，漸澤成川，粳稻陶遂。"注："薛君注韓詩曰：'陶，暢也。'爾雅曰：'遂，生也。'"

【陶硯】陶質的硯臺。用極細之陶土燒製，紋理細滑，着墨不費筆，但微滲。見宋米芾硯史。

【陶鈞】㊀製陶器的轉輪。比喻對事物的控制、調節。漢桓寬鹽鐵論遵道："辭若循環，轉若陶鈞。"漢書五一鄒陽傳上書："是以聖王制世御俗，獨化於陶鈞之上。"注："陶家名轉者爲鈞，蓋取周回調鈞耳。言聖王制馭天下，亦猶陶人轉鈞。"㊁喻造物者。唐杜甫杜工部草堂詩箋四十瞿唐懷古："疏鑿功雖美，陶鈞力大哉！"白居易長慶集十七江南謫居十韻詩："行藏與通塞，一切任陶鈞。"

【陶甄】造就，治理。猶言陶鈞。文選晉張茂先(華)女史箴："茫茫造化，二儀既分。散氣流形，既陶既甄。"晉書樂志上張華正德舞歌："祚命于晉，世有哲王。弘濟區夏，陶甄萬方。"

【陶説】清朱琰撰。六卷。琰客居江西饒州時，論述景德鎮陶瓷之製造，並採訪舊聞，撰成此書，内容分説古、説今、説明、説器四類。

【陶$_2$誕】誹謗詐誕。荀子榮辱："陶誕突盜，惕悍憍暴。"清王先謙集解："郝懿行曰：陶，古讀如謡。謡者毁也。……陶誕卽謡誕，謂好毁謗詐誕也。"

【陶蒸】猶陶冶、陶鑄。文選晉張茂先(華)鷦鷯賦："陰陽陶蒸，萬品一區。"注："文子、老子曰：陰陽陶冶萬物。蒸，氣出貌。"蒸，也作"烝"。晉書郭璞傳上疏："臣愚以爲陰陽陶烝，變化萬端。"

【陶澍】公元 1778—1839 年。清湖南安化人，字雲汀。嘉慶七年進士，道光間歷安徽、江蘇巡撫，至兩江總督。在皖救荒治淮，在蘇疏濬河湖，於漕運首開海運，於淮鹽施行票引兼行之法。諡文毅。著有奏議蜀輶日記、印心石屋文集等。

【陶潛】公元 365—427 年。晉尋陽人，一名淵明，字元亮。大司馬陶侃曾孫。曾爲州祭酒，復爲鎮軍、建威參軍，後爲彭澤令。因不能"爲五斗米折腰"，棄官歸隱，以詩酒自娛。徵著作郎，不就。南朝宋元嘉初年卒。世稱靖節先生。其詩描寫山川田園之秀美，自然樸素，而嫉世激昂之情，亦時有之。散文與辭賦亦質樸流暢。有陶淵明集。晉書宋書皆有傳。

【陶寫】陶冶性情，排遣憂悶。寫，通"瀉"，宣泄。世説新語言語："年在桑榆，自然至此。正賴絲竹陶寫，恒恐兒輩覺，損其樂歡之緒。"元王逢梧溪集六寄崇明秦文仲詩："相望暮景須陶寫，可信歌游老伴無。"

【陶樂】多金之國。元伊世珍瑯嬛記上："金多陶樂，民人範磚以築垣；鐵鮮猶魏，帝后製笄以飾首。"注："陶樂、猶魏皆國名。"

【陶謙】公元 132—194 年。東漢末丹陽人，字恭祖。少爲諸生，漸遷至徐州刺史，曾鎮壓黄巾起義軍。後任徐州牧。曹操父嵩避難琅邪，爲謙部下所殺。初平四年操發兵擊謙，謙退保郯，不久病死。後漢書、三國志皆有傳。

【陶謝】晉陶潛、南朝宋謝靈運，皆以山水詩著名。唐杜甫杜工部草堂詩箋七夜聽許十一誦詩愛而有作："誦詩渾遊衍，四座皆辟易。……陶謝不枝梧，風騷共推激。"

【陶竈】燒製陶器的窰竈。漢王充論衡無形："五行之物，可變改者，唯土也。埏以爲馬，變以爲人，是謂未入陶竈更火者也。"宋書徐羡之傳："羡之回還西州，乘内人問訊車出郭，步走至新林，入陶竈中自剄死。"

【陶鑄】燒製陶器、鑄造金屬器物。墨子

耕柱："昔者夏后開使蜚廉折金於山川，而陶鑄之於昆吾。"喻造就、培育。莊子逍遙遊："是其塵垢粃糠，將猶陶鑄堯舜者也，孰肯以物爲本！"

【陶弘景】公元 456—536 年。南朝時丹陽秣陵人，字通明。初爲齊諸王侍讀，後隱居於句容句曲山，自號華陽隱居。因佐蕭衍奪齊帝位，建梁王朝，參與機密，時謂山中宰相。著真靈位業圖、真誥等道教經籍，晚年受佛教五大戒，主張儒、釋、道三教合流。曾遍歷名山，尋訪藥草。著本草經集注（敦煌殘本七卷，散見於政和證類本草中）、肘後百一方等。諡貞白先生。梁書南史皆有傳。

【陶朱公】春秋時范蠡。蠡既佐越王句踐滅吳，以越王爲人不可共安樂，棄官遠去，至陶，稱朱公。以經商致富，十九年中三致千金。子孫經營繁息，遂至巨萬。後因以"陶朱公"稱富者。見史記一二九貨殖傳。

【陶里樺】契丹語，射兔節。遼史禮志六："三月三日爲上巳，國俗，刻木爲兔，分朋走馬射之。先中者勝，負朋下馬列跪進酒，勝朋馬上飲之。國語謂是日爲'陶里樺'。'陶里'，兔也；'樺'，射也。"

【陶宗儀】公元 ?—1396？年。元末明初浙江黃巖人，字九成，號南村。洪武初詔徵儒士，引疾不赴。博覽古學，勤於著述，耕時常自帶筆硯，有所得卽書之，結集名南村輟耕錄。又有國風尊經、南村詩集、滄浪櫂歌等，輯前人筆記小說爲說郛。明史有傳。

【陶然亭】在北京外城西南隅。原爲遼金古寺慈悲院，淸康熙三十四年，工部郎中江藻在其中建廳三間，取唐白居易與夢得沽酒閒飲且約後期詩句"更待菊黃家醞熟，共君一醉一陶然"之意，名陶然亭。亦稱江亭。舊時爲士大夫游宴之處。解放後闢爲公園。

【陶犬瓦雞】喻無用之物。南朝梁元帝（蕭繹）金樓子立言下："陶犬無守夜之警，瓦雞無司晨之益。"

【陶朱新錄】宋馬純撰。一卷。純居越之陶朱鄉，因以爲名。所記皆宋時雜事，涉於怪異者十之七、八。

【陶荅子妻】陶荅子治陶三年，以貪盗致富。其妻數諫不聽，遂攜子離去。後荅子罪發被誅，其妻乃與少子歸以養姑。見漢劉向列女傳二。

陷 xiàn ㄒㄧㄢˋ 户韽切，去，陷韻，匣。

㊀捕捉野獸的陷穽。漢書四九鼂錯傳對策："其立法也，非以苦民傷衆而爲之機陷也。"㊁没入，沉落。禮檀弓下："毋使其首陷焉。"注："陷，謂没於土。"㊂陷害。史記一二二杜周傳："上所欲擠者，因而陷之。"㊃攻破。韓非子難一："吾楯之堅，物莫能陷也。"㊄失陷。三國志魏臧洪傳："比還，城已陷，皆赴敵死。"㊅過失。國語魯下："子服景伯戒宰人曰：'陷而入於恭。'"注："陷，猶過失也。如有過失，寧近於恭也。"㊆短缺。淮南子繆稱："滿如陷，實如虛。"

【陷阱】捕獸或擒敵的坑坎。喻陷害人的羅網。禮中庸："人皆曰予知，驅而納諸罟擭陷阱之中，而莫之知辟也。"漢書食貨志下賈誼諫："夫縣法以誘民，使入陷阱，孰積於此！"

【陷河】河名。卽今新疆南部的車爾臣河，古亦名沮沫河。新五代史四夷附錄三："自仲雲界西，始涉鹻磧，……又西，渡陷河，伐檉置水中乃渡，不然則陷。"參閱宋程大昌演繁露一陷河。

【陷穽】卽"陷阱"。後漢書二六寇恂傳附寇榮上書："臣思入國門，……而閶闔九重，陷穽步設，舉趾觸罘罝，動行絓羅網，無緣至萬乘之前，永無見信之期矣！"

【陷假】猶陷於被人指摘。假，通"瑕"。漢書九九上王莽傳陳崇上奏："霍光卽席常任之重，乘大勝之威，未嘗遭時不行，陷假離朝。"注："假，升也。陷假者，被陷害而去所升之位也。"注引服虔："言光未嘗陷假不遇，而離去朝也；莽嘗退就國，是陷假也。"淸王念孫讀書雜志漢書十五："假讀爲瑕。陷瑕離朝，謂陷於瑕讁而去其位，服說是也。"

【陷溺】喻處於困境，墮落不能自拔。荀子大略："禮者，人之所履也，失所履，必顛蹷陷溺。"

【陷冰丸】能使冰融解的彈丸。漢書郊祀志下"堅冰淖溺"注引晉晉灼："方士詐以藥石若陷冰丸投之冰上，冰卽消液，因詐爲神仙道使然也。"後漢書五八臧洪傳："（焦和）又恐賊乘凍而過，命多作陷冰丸，以投于河。"隋書經籍志三著錄扁鵲陷冰丸方一卷。

【陷馬坑】一種防禦工事。掘土爲坑，長五尺，闊三尺，深四尺。坑中植鹿角槍、竹籤，上覆芻草，或種草苗，令敵不覺。常於要隘處設之。參閱神機制敵太白陰經四守城具、明茅元儀武備志一一二軍資乘守三。

陴 pí ㄆㄧˊ 符支切，平，支韻，並。

㊀城上女牆，上有孔穴，可以窺外。左傳宣十二年："（鄭）國人大臨，守陴者皆哭。"㊁大腿。通"髀"。呂氏春秋明理："有鬼投其陴。"

九畫

隊 1. duì ㄉㄨㄟˋ 徒對切，去，隊韻，定。

㊀隊列。左傳襄二三年："齊侯遂伐晉，取朝歌。爲二隊，入孟門，登大行。"注："二隊，分兵爲二部。"史記六五孫子傳："出宫中美女，得百八十人。孫子分爲二隊，以王之寵姬二人各爲隊長。"㊁軍隊的編制單位。淮南子道應："知伯圍襄子於晉陽，襄子疏隊而擊之。"注："隊，軍二百人爲一隊。"淸陸軍編制，步礮工每隊皆三排，馬隊輜重隊二排。猶今之連。參見淸朝續文獻通攷二〇四兵三常備軍制略。

2. zhuì ㄓㄨㄟˋ 集韻 直類切，去，至韻。

㊂墜落，喪失。同"墜"。左傳莊八年："豕人立而啼，公懼，隊于車，傷足，喪屨。"石經作"墜"。荀子王制："職而不通，則職之所不及者必隊。"

3. suì ㄙㄨㄟˋ 集韻 徐醉切，去，至韻。

㊃隧道。通"隧"。墨子備城門："城上二十步一藉車，當隊者不用此數。"注："隊隧通。"穆天子傳一："癸未雨雪，天子獵于鈃山之西阿，于是得絶鈃山之隊。"注："隊，謂谷中險阻道也，音遂。"

【隊主】猶隊長。世說新語簡傲："謝公（安）欲深箸恩信，自隊主將帥以下，無不身造，厚相遜謝。"

【隊伍】㊀指軍隊，部隊。宋書何承天傳上表："兵彊而敵不戒，國富而民不勞，比於優復隊伍，坐食廩糧者，不可同年而校矣。"㊁謂統率部隊。宋史禮志二四閱武："涇原經略蔡挺肄習諸將軍馬，點閱周悉，隊伍有法，入爲樞密副使。"

【隊隊】蟲名。狀如蝨，出必雌雄相隨。舊時迷信者以置枕中，謂可使夫妻和好。參閱淸趙學敏本草綱目拾遺十。

陻 yīn ㄧㄣ 於真切，平，真韻，影。

堵塞。同"垔"、"堙"。書洪範："我聞在昔，鯀陻洪水，汨陳其五行。"

隋 1. tuǒ ㄊㄨㄛˇ 他果切，上，果韻，透。

㊀祭祀名。周禮春官小祝："大祭祀……贊隋，贊徹，贊奠。"注："隋，尸之祭也。"

㊁橢圓形。通“橢”。詩豳風破斧“既破我斧，又缺我斨”漢毛亨傳：“隋銎曰斧。”釋文：“孔形狹而長。”

2. duò ㄉㄨㄛˋ 集韻 杜果切，上，果韻。

㊂裂肉，剩餘的祭品。周禮春官守祧：“既祭，則藏其隋。”參閱清段玉裁說文解字注。㊃垂落。通“墮”。史記天官書：“廷藩西有隋星五。”索隱：“隋爲垂下。”

3. suí ㄙㄨㄟˊ 旬爲切，平，支韻，邪。

㊄周代國名。本作“隨”，古籀亦作“隋”。詳“隨㊆”。㊅朝代名。公元 581—618 年。北周大丞相楊堅(隋文帝)始襲封隨國公。旋廢周自立爲帝，國號隋，凡三帝三十八年。㊆姓。見通志二六氏族二以國爲氏。按㊄㊅本作“隨”。自楊堅襲封隨國公，旋稱帝，以隨字從辵，鑒於周齊奔走不寧，因去辵爲隋。

【隋₃卞】寶器。同隋和。晉陸雲陸士龍集三贈顧彥先詩一：“光螢之偉，隋卞同珍。”

【隋₃和】隋侯之珠與和氏之璧。皆爲寶器。隋，亦作“隨”。史記八七李斯傳諫逐客書：“今陛下致昆山之玉，有隨和之寶，垂明月之珠，服太阿之劍，……此數寶者，秦不生一焉。”文選漢班孟堅(固)典引：“蓋詠雲門者難爲音，觀隋和者難爲珍。”

【隋₃苑】園名。隋煬帝時建。卽上林苑，又名西苑。故址在今江蘇揚州市西北。唐杜牧樊川集四寄題甘露寺北軒詩：“天接海門秋水色，煙籠隋苑暮鐘聲。”參閱嘉慶一統志九七揚州府古蹟。

【隋₃珠】傳說中的寶珠。同“隨珠”。戰國策楚四：“寶珍隋珠不知佩兮，禕布與絲不知異兮。”淮南子覽冥：“譬如隋侯之珠，和氏之璧，得之者富，失之者貧。”注：“隋侯，漢東之國，姬姓諸侯也。隋侯見大蛇傷斷，以藥傅之，後蛇於江中銜大珠以報之，因曰隋侯之珠。”參見“隨珠”。

【隋₃書】唐令狐德棻、長孫無忌監修。共八十五卷。紀傳五十五卷，由魏徵、顏師古、孔穎達等撰；志三十卷，由于志寧、李淳風、李延壽等撰。所志以隋爲主，兼及梁、陳、北齊、北周，初稱五代史志，也稱隋書十志，後始併入隋書。

【隋₃堤】隋煬帝大業元年，開通濟渠，自西苑引穀水、洛水入黄河；自板渚引黄河入汴水，經泗水達淮河；又開邗溝，自山陽至揚子入長江。渠廣四十步，旁築御道，並植楊柳，後人謂之隋堤。唐白居易長慶集四隋堤柳詩：“隋堤柳，歲久年深盡衰朽，風飄飄兮雨蕭蕭，三株兩株汴河口。……大業年中煬天子，種柳成行夾流水，西自黄河東至淮，綠影一千三百里。”參閱揚州府志十八古蹟(康熙刊本)。

【隋釁】薦血以祭。周禮春官大祝：“隋釁，逆牲逆尸，令鐘鼓，右亦如之。”注：“隋釁，謂薦血也，凡血祭曰釁。”

【隋₃文帝】公元 541—604 年。卽楊堅，華陰人，初仕北周，位至相國，襲封隋國公。大定元年廢北周，自稱帝，建立隋王朝，改元開皇。七年滅後梁，九年滅陳，結束東晉以來二百餘年的分裂戰亂局面，統一全國。在位二十四年。隋書北史皆有紀。

【隋₃煬帝】公元 589—618 年。卽楊廣，一名英。文帝次子，仁壽四年卽位。在位十四年，對外用兵，廣興土木，築西苑，造離宫四十餘所，開運河，築長城，賦重役繁，民不堪命，各地農民起義，前後相接。大業十二年南巡至江都，沉湎酒色，無意北歸，十四年爲禁軍將領宇文化及等縊殺於宫中。隋書北史皆有紀。

陾 réng ㄖㄥˊ 集韻 如蒸切，平，蒸韻。

見下。

【陾陾】衆多。詩大雅緜：“捄之陾陾，度之薨薨。築之登登，削屢馮馮。”傳：“陾陾，衆也。”一說築牆聲。見說文。

隅 yú ㄩˊ 遇俱切，平，虞韻，疑。

㊀角落。詩邶風靜女：“靜女其姝，俟我於城隅。”㊁邊側之地。書益稷：“俞哉，帝光天之下，至于海隅蒼生。”㊂方角。物之方者，皆有四隅。論語述而：“舉一隅，不以三隅反，則不復也。”

【隅中】將午之時。淮南子天文：“日出于暘谷，……至於桑野，是謂晏食；至于衡陽，是謂隅中；至于昆吾，是謂正中。”

【隅反】猶類推。物有四隅，故舉一隅則可知三隅。元劉將孫養吾齋集十一彭丙公詩序：“丙公之勝我，蓋又審密能思，既神變於親承，復隅反於紙上，故其趣味不但形似止。”

【隅目】怒視貌。文選漢張平子(衡)西京賦：“及其猛毅髬髵，隅目高眶，威懾兕虎，莫之敢伉。”三國吳薛綜注：“隅目，角眼視也。高匡，深瞳子也。皆謂猛獸作怒可畏者。”

【隅坐】坐於席角旁。古無椅，布席共坐於地，尊者正席，卑者坐於席角。禮檀弓上：“曾子寢疾，病，樂正子春坐於牀下，曾元，曾申坐於足，童子隅坐而執燭。”注：“隅坐，不與成人並。”

【隅谷】傳說日入之處。列子湯問：“夸父不量力，欲追日影，逐之於隅谷之際。”注：“隅谷，虞淵也，日所入。”

【隅差】斜角。淮南子本經：“衣無隅差之削，冠無觚蠃之理。”注：“隅，角也；差，邪也。古者質，皆全幅爲衣裳，無有邪角；邪角，削殺也。”

【隅眥】猶隅差。淮南子齊俗：“不務於奇麗之容，隅眥之削。”爾雅釋器“衣眥謂之襟”清郝懿行疏：“隅眥之削，蓋削殺衣領以爲斜形，下屬於襟，若目眥然也。”

【隅強】神名。淮南子地形：“隅強，不周風之所生也。”

隁 yàn ㄧㄢˋ 集韻 於建切，去，願韻。

築土障水。同“堰”。

陿 xiá ㄒㄧㄚˊ 侯夾切，入，洽韻，匣。

㊀狹隘。同“狹”。漢書景帝紀元年詔：“郡國或磽陿，無所農桑毄畜。”㊁峽谷。通“峽”。文選漢司馬長卿(相如)上林賦：“汩乎混流，順阿而下，赴隘陿之口。”晉郭璞注：“夾岸間爲陿。”漢書六九趙充國傳：“遣騎候四望陿中，亡虜。”注：“山陗而夾水曰陿。”

【陿阸】狹隘，引申爲窘蹙。荀子議兵：“秦人其生民也陿阸，其使民也酷烈。”

隄 dī ㄉㄧ 都奚切，平，齊韻，端。

㊀攔水的土壩。同“堤”。築土以防水之泛溢。禮月令季春之月：“修利隄防，道達溝瀆。”㊁限。漢書六五東方朔傳進諫：“夫一日之樂不足以危無隄之輿。”注：“蘇林曰：‘隄，限也。’……張晏曰：‘無隄之輿，謂天子富貴無隄限也。’”

【隄防】攔水之土壩。商君書算地：“藪澤隄防足以畜。”引申爲管束。唐白居易長慶集二一自詠詩：“勾檢簿書多鹵莽，隄防官吏少機關。”

【隄塘】有堤壩之塘。新唐書地理志五：“(高郵)有隄塘，溉田數千頃。”

陽 yáng ㄧㄤˊ 與章切，平，陽韻，喻。

㊀太陽。陽光。詩小雅湛露：“湛湛露斯，匪陽不晞。”孟子滕文公上：“秋陽以暴之。”㊁山之南或水之北。書禹貢：“岷山之陽，至于衡山。”詩秦風渭陽：“我送舅氏，曰至渭陽。”㊂溫暖。詩豳風七月：“春日載陽，有鳴倉庚。”箋：“陽，溫也。”

㊃鮮明。詩豳風七月:“載玄載黃,我朱孔陽,爲公子裳。”㊄古代哲學概念,與“陰”相對。易繫辭上:“一陰一陽之謂道。”㊅謂人世間事,與死者之事稱“陰”相對。見“陽宅”。㊆表面。韓非子說難:“所說陰爲厚利而顯爲名高者也,而說之以名高,則陽收其身,而實疏之。”漢書高帝紀:“陽尊懷王爲義帝,實不用其命。”㊇外露的,凸起的。見“陽文”。㊈男性生殖器。唐文粹十一顧況囝詩:“囝生閩方,閩吏得之,乃絶其陽,爲臧爲獲。”㊉春秋燕地。在今河北唐縣境。春秋昭十二年:“齊高偃帥師納北燕伯于陽。”㊀姓。晉有陽處父。見通志二六氏族二以國爲氏。

【陽卜】以火燒龜甲取兆,預測吉凶。國語吳:“周室既卑,諸侯大夫失禮於天子。請貞於陽卜,收文武之諸侯。”注:“龜曰卜;以火發兆,故曰陽。”周禮春官天府“以貞來歲之媺惡”唐賈公彥疏:“問卜,内曰陰,外曰陽。”

【陽九】㊀術數家以四千六百一十七歲爲一元,初入元一百零六歲,内有旱災九年,謂之“陽九”。其余尚有陰九、陰七、陽七、陰五、陽五、陰三、陽三等。陽爲旱災,陰爲水災。從入元至陽三,常歲四千五百六十年,災歲五十七,共爲四千六百一十七年,爲一元之氣终。舉其平均數則每八十年有一災年。参閱漢書律曆志、禮王制唐孔穎達疏、容齋續筆六。一說太乙數以四百五十六年爲一“陽九”,二百八十八年爲一“百六”。陽九,奇數也,爲陽數之窮;百六,偶數也,爲陰數之窮。見宋張世南游宦紀聞七。㊁道家謂三千三百年爲小陽九,小百六;九千九百年爲大陽九,大百六。天厄謂之陽九,地虧謂之百六。見靈寶天地運度經。㊂指災荒年景和厄運。三國魏曹植曹子建集十漢二祖優劣論:“值陽九無妄之世,遭災光厄會之運。”宋文天祥文山集十四正氣歌:“嗟予遘陽九,隸也實不力。”

【陽干】列於單數位的天干,卽甲、丙、戊、庚、壬爲陽干。參見“陰干”。

【陽子】傳說中人名。史記一一七司馬相如傳子虛賦:“陽子驂乘,孅阿爲御。”集解引漢書音義:“陽子,仙人陵陽子。”又引韋昭:“陽子,古賢也。”索隱引張揖:“陽子,伯樂也。孫陽字伯樂,秦繆公臣,善御者也。”

【陽山】縣名。屬廣東省。西漢置,屬桂陽郡。東漢省入陰山縣。三國吳復置。歷代因之。見讀史方輿紀要一〇一連州、嘉慶一統志四五五連州直隸州。

【陽文】㊀古代鈐印章於紫泥或封蠟,印章凸起處,其印文反凹,稱陰文;凹陷處,反凸,稱陽文。明文彭印章集説辨陰陽文:“古所謂陰陽文者,言其用不言其體。”清桂馥續三十五舉引(明)顧大韶炳燭齋隨筆:“所謂陽文,正謂印之泥,而其文凸也。”後世就其體而言,稱印章或器物上凸起的文字、花紋爲陽文。㊁古美女名。淮南子修務:“曼頰皓齒,形夸骨佳,不待脂粉芳澤而性可悦者,西施陽文也。”

【陽天】指東南之天。吕氏春秋有始:“何謂九野?中央曰鈞天,……東南曰陽天。”注:“東南,木之季也,將卽太陽,純乾用事,故曰陽天。”

【陽木】山南之樹。周禮地官山虞:“仲冬斬陽木,仲夏斬陰木。”注:“鄭司農(衆)云:‘陽木,春夏生者;陰木,秋冬生者,如松柏之屬。’玄謂:陽木,生山南者;陰木,生山北者。冬斬陽,夏斬陰。”

【陽中】温煦的中和之氣。漢書律曆志上:“故列十二公二百四十二年之事,以陰陽之中制其禮。故春爲陽中,萬物以生;秋爲陰中,萬物以成。”

【陽月】農曆十月的别名。陽氣始於亥,生於子,十月建亥,亥爲陽之始,故十月純陰而稱陽月。詩小雅采薇“歲亦陽止”漢鄭玄箋:“十月爲陽,時坤用事,嫌於無陽,故以名此月爲陽。”後漢書六十上馬融傳廣成頌:“至于陽月,陰慝害作。”

【陽石】㊀卽陽起石,中醫用作强壯和收斂劑。史記一〇五太倉公傳:“扁鵲曰:‘陰石以治陰病,陽石以治陽病。’”參閱本草綱目十石四陽起石。㊁城名。在今安徽霍丘縣東南,又名羊石。北魏以陳伯之爲江州刺史,屯陽石,卽此。見讀史方輿紀要二一壽州。

【陽生】卽楊子。吕氏春秋不二:“陽生貴己。”注:“輕天下而貴己。孟子曰:陽子拔體一毛以利天下,弗爲也。”孟子盡心作楊子。參見“楊朱”。

【陽江】縣名。屬廣東省。漢高涼縣地。隋初爲海安縣,隋末梁王蕭銑始置陽江縣。明清屬肇慶府。見讀史方輿紀要一〇一肇慶府。

【陽宅】堪輿家以墓地爲陰宅,住宅爲陽宅。水龍經一總論:“若秖取大蕩,陽宅尚有歸收,陰墓必難乘按。”

【陽冰】向陽之冰。晏子春秋内篇雜上:“陰冰凝,陽冰厚五寸。”文選晉木玄虛(華)海賦:“陽冰不冶,陰火潛然。”參閱清王念孫讀書雜誌九陰水厥。

【陽成】複姓。漢有陽成昭信、陽成初。見漢書五三廣川惠王傳。成,或作城。參閱漢應劭風俗通姓氏篇上。

【陽曲】縣名。屬山西省。秦狼孟縣地,漢置陽曲縣,屬太原郡。故城在定襄縣境。黄河千里一曲,縣當其陽,故名陽曲。東漢末移治太原縣北。隋文帝以楊姓惡陽曲之名,改曰陽直,後又改汾陽,唐復改爲陽曲。參閱太平寰宇記四十并州陽曲、讀史方輿紀要四十太原府。

【陽言】僞言。同“佯言”。戰國策韓二:“今也,其將陽言救韓,而陰善楚。”高誘本作“揚”。

【陽辰】十二支的單數位,卽子、寅、辰、午、申、戌,占卜者稱爲“陽辰”。明王逵蠡海集歷數類:“甲子甲午爲陽辰,故有陰錯;己卯己酉爲陰辰,故有陽差也。”

【陽狂】裝瘋。同“佯狂”。大戴禮保傅:“紂殺王子比干,而箕子被髮陽狂。”漢書五一鄒陽傳獄中上書:“是以箕子陽狂,接輿避世。”史記作“詳狂”。

【陽宗】謂太陽。漢書八一孔光傳:“臣聞日者,衆陽之宗,人君之表,至尊之象。”禮月令孟冬之月“臘先祖五祀”疏引漢蔡邕:“日爲陽宗,月爲陰宗。”

【陽官】周代官名。國語周上:“史帥陽官,以命我司事。”注:“陽官,春官。”

【陽武】地名。春秋陳棣城。漢置縣。屬河南郡。北齊廢。隋開皇六年復置,唐武德四年移於今治。歷代因之。地東南有博浪城,一名博浪沙亭,相傳卽秦末張良命力士刺秦始皇處。公元1951年與原武縣合併,改名原武縣,屬河南省。參閱太平寰宇記二開封府。

【陽門】㊀春秋宋之城門名。禮檀弓下:“陽門之介夫死,司城子罕入而哭之哀。”㊁星名。隋書天文志上:“南河、北河各三星,夾東井……南河曰南戍,一曰南宫,一曰陽門,一曰越門,一曰權星,主火。”宋史天文志三:“頓頑,陽門各二星,俱屬角宿。”㊂命門,指右腎。雲笈七籤十一黄庭内景經:“幽室内明照陽門。”注:“幽室,腎也;陽門,命門也。”㊃姓。春秋宋陽門介夫之後以陽門爲氏,遂成複姓。見通志二七氏族三以地爲氏。

【陽阿】㊀樂曲名。文選戰國楚宋玉對楚王問:“客有歌於郢中者,其始曰下里巴人,國中屬而和者數千人;其爲陽阿薤露,國中屬而和者數百人。”淮南子說山:“欲美和者,必先陽阿采菱。”注:“陽阿采菱,樂曲之和聲。又,陽阿,古之名俳,善和也。」亦舞名。淮南子俶真：「足蹀陽阿之舞，而手會綠水之趨。」注：「陽阿，古之名倡也。」㈡傳說中山名。楚辭屈原九歌少司命：「與女沐兮咸池，晞女髮兮陽之阿。」注：「阿，曲隅，日所行也。言己願託司命，俱沐咸池，乾髮陽阿。」南朝梁江淹江文通集四秋夕納涼奉和刑獄舅詩：「騎星謝箕尾，濯髮慙陽阿。」㈢地名。在山西晉城縣西北。漢置陽阿縣，屬上黨郡，晉罷。西燕復置，北齊廢。參閱漢書地理志上、讀史方輿紀要四三澤州高平縣。

【陽虎】見「陽貨」。

【陽明】㈠陽光。漢書八一孔光傳對問：「臣聞日者，衆陽之宗，人君之表，至尊之象。君德衰微，陰道盛强，侵蔽陽明，則日蝕應之。」引申爲光明。文選晉束廣微(晳)補亡詩華黍：「玉燭陽明，顯猷翼翼。」㈡經脈名。中醫分人體經脈爲十二支，以手陽明爲大腸脈，足陽明爲胃脈。周禮天官疾醫「參之以九藏之動」唐賈公彥疏：「若脈之大候，取其要者，在於陽明、寸口二處而已。陽明者，在大拇指本骨之高處與第二指間。」㈢洞名。1.在浙江紹興東南會稽山，道家稱爲十一洞天。唐白居易長慶集五六有和微之春日投簡陽明洞天五十韻詩，陽明洞天，卽此。明王守仁結廬洞側，號陽明先生。參閱讀史方輿紀要八九浙江會稽山。2.在貴州修文縣北，原名東洞，王守仁闢之，改爲陽明洞天。見嘉慶一統志五〇〇貴陽府。

【陽和】春天的暖氣。史記秦始皇紀二十九年之罘刻石：「時在中春，陽和方起。」唐柳宗元柳先生集四二詔追赴都二月至灞亭上詩：「詔書許逐陽和至，驛路開花處處新。」

【陽周】縣名。秦置，屬上郡。東漢廢。元至清爲安定縣。故城在今陝西子長縣北。秦胡亥矯詔賜蒙恬死，恬不肯，使者以屬吏，囚於陽周，卽此。又後魏嘗僑置陽周縣，在今甘肅正寧。參閱嘉慶一統志二三三、二三四延安府古蹟。

【陽春】㈠溫暖的春天。管子地數：「陽春農事方作，令民毋得築垣牆，毋得繕冢墓。」楚辭宋玉九辯：「無衣裘以御冬兮，恐溘死而不得見乎陽春。」㈡喻清明盛世。唐李白李太白詩三梁甫吟：「長嘯梁甫吟，何時見陽春。」㈢古樂曲名。文選戰國楚宋玉對楚王問：「客有歌於郢中者，其始曰下里巴人，國中屬和者數千人；……其爲陽春白雪，國中屬而和者不過數十人。」文選晉張景陽(協)雜詩之五：「陽春無和者，巴人皆下節。」㈣縣名。屬廣東省。漢合浦郡高涼縣地，南朝梁始置陽春縣及陽春郡，隋廢郡留縣。見讀史方輿紀要一〇一肇慶府。

【陽城】㈠山名。在河南登封縣北，又名車嶺山、馬嶺山，爲洧水所出。左傳昭四年：「四嶽、三塗，陽城、大室，荆山、中南，九州之險也。」參閱讀史方輿紀要四八河南府登封縣。㈡縣名。1.周爲潁邑，戰國初屬鄭，名陽城。秦始置縣，漢因之。唐萬歲登封元年改告成縣，五代後周廢爲鎮。秦末農民起義領袖陳涉卽陽城人。故城在今登封縣東南，相傳爲周公測景之所。參閱讀史方輿紀要四八河南府。2.春秋時楚地。文選戰國楚宋玉登徒子好色賦：「嫣然一笑，惑陽城，迷下蔡。」注：「陽城下蔡，二縣名。蓋楚之貴介公子所封，故取以喻焉。」3.屬山西省。漢濩澤縣地，屬河東郡。因地有濩澤而名。唐天寶元年改爲陽城縣，歷代因之。見太平寰宇記四四澤州。㈢古城樓名。文選晉左太沖(思)蜀都賦：「結陽城之延閣，飛觀榭乎雲中。」晉劉淵林注：「陽城，蜀門名也。」唐呂向注：「陽城，閣名。」㈣水名。古博水發源河北望都縣，流至縣東南，爲陽城淀。東流入清苑爲界河，相傳爲宋遼分界之河。參閱嘉慶一統志十三保定府。㈤湖名。卽陽澄湖。在江蘇吳縣東北，上接吳淞江，東流入昆山縣界。見讀史方輿紀要二四蘇州府吳縣。㈥人名。公元736—805年。唐北平人。字亢宗。進士及第後隱於中條山。德宗召拜爲諫議大夫。嘗疏留陸贄，力阻裴延齡爲相，著直聲。改國子司業，出爲道州刺史。治民如治家，稅賦不能如額，觀察使數皆責讓，自署其考曰：「撫字心勞，催科政拙，考下下。」因載妻子棄官去。新、舊唐書皆有傳。

【陽秋】晉避簡文宣鄭太后阿春諱，改春爲「陽」。晉書王獻之傳上疏：「陛下踐祚，陽秋尚富，(謝安)盡心竭智，以輔聖明。」宋書臧燾傳上議：「陽秋之義，母以子貴。」晉孫盛撰晉陽秋，皆陽字代「春」字。

【陽信】縣名。屬山東省。古爲無棣，周初賜太公履，北至於無棣，卽此。漢置陽信縣。晉移厭次縣於此，爲樂陵國治。北齊廢厭次，置陽信縣。宋大中祥符移於今治。歷代因之。參閱寰宇通志七一濟南府武定州。

【陽侯】傳說中的波神。楚辭屈原九章哀郢：「淩陽侯之氾濫兮，忽翺翔之焉薄。」淮南子覽冥：「武王伐紂，渡于孟津，陽侯之波，逆流而擊。」注：「陽侯，陵陽國侯也。其國近水，休(溺)水而死，其神能爲大波，有所傷害，因謂之陽侯之波。」

【陽紆】古九藪之一爲秦之陽紆，蓋在馮翊池陽，一名具圃。見淮南子地形及注。在今陝西涇陽一帶。周禮夏官職方氏作「楊紆」。參見該條。

【陽海】山名。卽今海洋山，又名陽朔山。主峰在今廣西興安縣境。水經注三八湘水：「出零陵始安縣陽海山。」又灕水：「亦出陽海山。」南出者爲灕，北出者爲湘。參閱讀史方輿紀要一〇七桂林府。

【陽高】縣名，屬山西省。漢高柳縣地，屬代郡。遼置長青縣，屬大同府。金更名白登。明建陽和衛。清改陽高衛，雍正間改衛爲縣。見嘉慶一統志一四六大同府。

【陽朔】㈠農曆十月初一。後漢書六十上馬融傳廣成頌：「乘輿乃以吉月之陽朔，登于疏鏤之金路。」㈡縣名。屬廣西。漢始安縣地。隋析置陽朔縣，以縣北陽朔山而得名。風景秀麗，有「陽朔山水甲桂林」之稱。參閱讀史方輿紀要一〇七桂林府。㈢漢劉驁(成帝)年號。公元前24—前21年。

【陽馬】㈠引出以承短椽的屋周四角。文選三國魏何平叔(晏)景福殿賦：「承以陽馬，接以員方。」注：「陽馬，四阿長桁也。……馬融梁將軍西第賦曰：『騰極受檐，陽馬承阿。』」㈡四棱錐體。宋沈括夢溪筆談十八技藝：「算術〔數〕求積尺之法，如……鼈臑、圓錐、陽馬之類，物形備矣，獨未有隙積一術。」

【陽原】縣名。屬河北省。漢置，屬代郡，東漢廢。遼置永寧縣，明爲順聖西城，清改西寧縣。公元1914年復改陽原縣。參閱嘉慶一統志四十宣化府。

【陽夏】㈠夏季。夏日陽氣最盛，故名。淮南子覽冥：「和春、陽夏，殺秋、約冬。」㈡地名。夏，音jiǎ。秦爲陽夏鄉，漢置縣。隋開皇七年改太康縣。陽夏城相傳爲夏后太康所築。秦末農民起義軍領袖吳廣卽陽夏人。故地在今河南太康縣。參閱讀史方輿紀要四七開封府。

【陽桃】㈠五斂子的異名。出嶺南及閩中。其大如拳，其色青黃潤綠。詳「五斂子」。㈡獮猴桃的別稱。其形如梨，其色如桃。獮猴喜食，故名。詳「獮猴桃」。

【陽晁】清朗的早晨。文選漢揚子雲(雄)羽獵賦：「於是天子乃以陽晁始出乎玄官。”注：“陽朝，陽明之朝。晁，古字同也。”

【陽烏】㊀神話指日中大烏。文選晉左太沖(思)蜀都賦：“羲和假道於峻岐，陽烏迴翼乎高標。”注：“春秋元命苞曰：陽城於三，故日中有三足烏。”後亦用爲日的代稱。藝文類聚七六南朝梁元帝郢州晉安寺碑銘：“落霞將暮，鮮雲夕布，峯下陽烏，林生陰兔。”㊁鳥名。一名陽鴉。似鸛而殊小，身黑，頸長而白。嘴可入藥，治蟲咬瘡。見本草綱目四七禽一陽烏。

【陽陵】漢左馮翊有弋陽縣，景帝前四年豫於此建陵，稱陽陵，並更縣名。在今陝西高陵縣西南。文選漢張平子(衡)西京賦：“茂陵之原(涉)，陽陵之朱(安世)，趫悍虓豁，如虎如貙。”參閱漢書地理志上、三輔黃圖六陵墓。

【陽彩】猶陽光。文選南朝宋謝宣遠(瞻)九日從宋公戲馬臺集送孔令詩：“繁林收陽彩，密苑解華叢。”唐陳子昂陳伯玉集一感遇詩之三二：“陽彩皆陰翳，親友盡暌違。”

【陽鳥】㊀鴻雁一類的候鳥。書禹貢：“彭蠡既豬，陽鳥攸居。”疏：“鴻雁之屬，九月而南，正月而北。……此鳥南北與日進退，隨陽之鳥，故稱陽鳥。”㊁指鶴。南朝宋浮丘公相鶴經：“鶴者，陽鳥也，而遊於陰。”(説郛十五)

【陽魚】魚。文選漢枚叔(乘)七發：“陽魚騰躍，奮翼振鱗。”注：“曾子曰：鳥、魚皆生於陰而屬於陽，故魚鳥皆卵生。”

【陽貨】春秋魯人。爲季氏家臣。史記作陽虎。事季平子，平子卒而專魯國之政。欲去三桓，因劫定公與叔孫州仇以伐孟氏。虎敗，取公宮寶玉大弓，出奔至齊，後又至晉。參閱清劉寶楠論語正義陽貨。

【陽湖】地名。漢毘陵縣地，晉爲晉陵縣，唐垂拱中改爲武進縣，清雍正二年析置陽湖縣。公元 1912 年併入武進縣。屬江蘇省。見嘉慶一統志八六常州府一。

【陽童】謂庶子夭亡。禮雜記上：“稱陽童某甫，不名神也。”注：“陽童，謂庶殤也；宗子則曰陰童。”一説指男孩夭亡。清孫希旦集解：“男子爲殤曰陽童，女子爲殤曰陰童。”

【陽羨】地名。漢置縣，屬會稽郡。晉爲義興郡，隋改郡爲縣，宋太平興國初改宜興。其地自古以產茶名。故城在今江蘇宜興南。參閱嘉慶一統志八六、八七常州府。參見“宜興 1”。

【陽道】㊀政事。禮昏義：“天子理陽道，后治陰德；天子聽外治，后聽內職。”疏：“此明天子與后各立其官，掌內外之事，法陰陽所爲。”㊁月行於在黃道以東以南的軌道。漢書天文志：“月有九行者：黑道二，出黃道北；赤道二，出黃道南；白道二，出黃道西；青道二，出黃道東。……青赤出陽道，白黑出陰道。若月失節度而妄行，出陽道則旱風，出陰道則陰雨。”㊂男性生殖器。宋書五行志五：“豫章吳平人有二陽道，重累生。”

【陽遂】㊀清晰而悠揚。文選漢王子淵(褒)洞簫賦：“被淋灑其靡靡兮，時橫潰以陽遂。”注：“陽遂，清通貌。”㊁卽陽燧。周禮秋官“司烜氏掌以夫遂取明火於日”漢鄭玄注：“夫遂，陽遂也。”漢王充論衡説日：“驗日陽遂，火從天來。”詳“陽燧”。

【陽報】顯著的報應。漢劉向説苑貴德：“夫有陰德者必有陽報，有隱行者必有昭名。”

【陽華】㊀澤名。在今陝西省渭河一帶。呂氏春秋有始有九藪，一爲秦之陽華。陽華在鳳翔，或曰在華陰西。淮南子地形作“陽紆”。參見該條。㊁山名。1.在江浙一帶。呂氏春秋本味：“陽華之芸，雲夢之芹。”注：“陽華，乃華陽，山名也。……在吳越之間。”2.在陝西華陰縣東南。山海經中山經：“(陽華之山)其陽多金玉，其陰多青雄黃。”參閱嘉慶一統志二四六商州。

【陽陽】㊀鮮明貌。詩周頌載見：“龍旂陽陽，和鈴央央。”疏：“龍旂者，旂上畫爲交龍，故知陽陽言有文章。”㊁自得貌。詩王風君子陽陽：“君子陽陽，左執簧，右招我由房。”唐韓愈昌黎集十三張中丞傳後敍：“(張)巡就戮時，顏色不亂，陽陽如平常。”㊂清明和暖。楚辭漢王褒九懷尊嘉：“季春兮陽陽，列草兮成行。”

【陽遁】遁甲術九宮佈局法。順行者爲陽局，逆行者爲陰局。清紀大奎仕學備餘三三元歌：“六甲元號六儀名，三奇卽是乙丙丁，陽遁順儀奇逆布，陰遁逆儀奇順行。”

【陽溝】露天水溝。五代丘光庭兼明書五楊溝：“凡溝有露見其明者，有以土填其上者，土填其上者謂之陰溝，露見其明者謂之陽溝。”參見“楊溝”。

【陽新】縣名。屬湖北省。三國吳置。隋改富川縣，又改永興縣。明清爲興國州。公元 1914 年復名陽新縣。故城一名子胥城，相傳爲春秋時伍子胥所築。參閱讀史方輿紀要七五武昌府。

【陽嘉】漢劉保(順帝)年號。公元 132—135 年。

【陽會】古代習俗指婦女的一種聚會。元伊世珍瑯嬛記中引採蘭雜志：“九爲陽數，古人以二十九日爲上九，初九日爲中九，十九日爲下九。每月下九，置酒爲婦女之歡，名曰陽會。蓋女子陰也，待陽以成。故女子于是夜爲藏鈎諸戲以待月明，至有忘寐而達曙者。”

【陽榮】房屋的南簷，因向陽，故名。文選三國魏何平叔(晏)景福殿賦：“南距陽榮，北極幽崖。”

【陽臺】㊀傳説中臺名。文選戰國楚宋玉高唐賦：“妾在巫山之陽，高丘之岨，旦爲朝雲，暮爲行雨，朝朝暮暮，陽臺之下。”唐劉良注：“陽臺，神自言之，實無有也。”後亦稱男女合歡之所爲陽臺。㊁山名。1.在四川巫山縣北，高百丈，上有雲陽臺遺址。見讀史方輿紀要六九夔州府。2.在湖北漢川縣南，下有陽臺渡。因在漢水之陽，山形如臺，故名。見讀史方輿紀要七六漢陽府。

【陽翟】地名。卽今河南禹縣。相傳爲禹之都。春秋時鄭櫟邑地，戰國屬韓，改稱陽翟。秦置縣。漢初封韓王信於此。北魏置陽翟郡，隋廢郡留縣。清省入禹州。參閱太平寰宇記七許州、讀史方輿紀要四七開封府。

【陽穀】縣名。屬山東省。春秋時齊邑。魯僖公三年，齊侯、宋公、江人、黃人會於陽穀，謀伐楚，卽此。漢爲須昌縣地。隋開皇十六年析置陽穀縣，取縣界故陽穀亭爲名。宋太平興國四年以河水衝破縣城移於今治。明清皆屬兗州府。參閱太平寰宇記十三鄆州。

【陽德】㊀謂陽氣。周禮春官大宗伯：“以天產作陰德，以中禮防之；以地產作陽德，以和樂防之。”注：“陽德，陽氣在人者。陽氣盈純之則躁，故食植物作之使靜；過則傷性，制和樂以節之。”㊁叢辰名。謂月中德神。協紀辨方書六義例陽德：“總要歷曰：陽德者，月中德神也。所值之日，宜交易開市，結親姻。”

【陽燧】古以日光取火的凹面銅鏡。燧，亦作“遂”、“鐩”。淮南子覽冥：“夫陽燧取火於日，方諸取露於月，天地之間，巧歷不能取其數。”漢王充論衡亂龍：“今伎道之家，鑄陽燧取飛火於日，作方諸取水於月，非自然也，而天然之也。”

【陽橋】㊀春秋魯地，在今山東泰安縣西。左傳成二年：“及共王卽位，將爲陽橋之役(以伐魯)。”卽此。㊁魚名。漢劉向説苑政理：“夫極綸錯餌，迎而吸之者，陽橋也，其爲魚薄而不美。」

【陽曆】㊀漢太初曆術語。漢書律曆志一上：「法，一月之日二十九日八十一分日之四十三。先藉半日，名曰陽曆；不藉，名曰陰曆。所謂陽曆者，先朔月生；陰曆者，朔而後月乃生。」㊁唐大衍曆術語。新唐書曆志三上：「日道表曰陽曆，其裏曰陰曆。」

【陽館】殷代明堂名稱。因明堂在國之陽而名。尸子君治：「夫黄帝曰合宫，有虞氏曰總章，殷人曰陽館，周人曰明堂，皆所以名休其善也。」

【陽錯】陰陽家迷信的説法，謂農曆正月甲寅日，二月乙卯日，三月甲辰日，四月丁巳、己巳日，六月丁未、己未日，七月庚申日，八月辛酉日，九月庚戌日，十月癸亥日，十二月癸丑日爲陽錯，百事不宜。見協紀辨方書四義例。

【陽談】在日光中浮動的塵埃。談，也作「焰」。唐權德輿權載之文集二酬靈徹上人以詩代書見寄詩：「已取貝多翻半字，還將陽談諭三聲。」元稹長慶集七遣春詩之四：「陽焰波春空，平湖漫凝溢。」

【陽禮】按年齒定席次之禮。周禮地官大司徒：「因此五物者民之常，而施十有二教焉：一曰以祀禮教敬，則民不苟；二曰以陽禮教讓，則民不爭。」注：「陽禮，謂鄉射飲酒之禮也。」

【陽聲】㊀古樂聲分陰陽，周禮春官大師謂黄鍾、大簇、姑洗、蕤賓、夷則、無射六聲爲陽聲，亦稱六律。㊁謂聲之清者。周禮考工記弓人：「凡相幹，欲赤黑而陽聲。赤黑則鄉心，陽聲則遠根。」

【陽識】古器上凸起的文字。見「陰識㊀」。

【陽關】㊀春秋魯邑。在今山東寧陽縣東北。史記魯周公世家：「三桓共攻陽虎，陽虎居陽關。」卽此。㊁關名。1. 在今甘肅敦煌縣西南。以居玉門關之南而名。漢置，爲古代通西域的要隘。唐王維王右丞集五送元二使安西詩「勸君更盡一盃酒，西出陽關無故人。」卽指此。2. 在今四川巴縣東。晉常璩華陽國志巴志：「巴楚數相攻伐，故置扞關陽關及沔關。」㊂村落名。在今河南禹縣境。後漢書光武帝紀：「光武將數千兵，徼之於陽關。」注：「聚名也。……在今洛州陽翟縣西北。」㊃曲調名。見「陽關三叠」。

【陽靈】㊀天神。文選漢揚子雲（雄）甘泉賦：「相與齊（齋）乎陽靈之宫。」㊁太陽。三國志蜀郤正傳釋譏：「且陽靈幽於唐葉，陰精應於商時，陽盱請而洪災息，桑林禱而甘澤滋。」文選晉左太沖（思）魏都賦：「陽靈停曜於其表，陰祇濛霧於其裏。」

【陽人聚】地名。秦滅東周，徙其君於此。故地在今河南臨汝縣西。史記秦紀：「莊襄王元年，……東周君與諸侯謀秦，秦使相國呂不韋誅之，盡入其國。秦不絶其祀，以陽人地賜周君，奉其祭祀。」見漢書地理志上河南郡梁縣。

【陽平關】關口名。1. 古陽平關，在今陝西勉縣西。漢建安二十年曹操征張魯，魯使弟衛拒關堅守；又二十二年劉備取漢中，屯陽平與夏侯淵相拒，皆此。南北朝時謂之白馬戍。見讀史方輿紀要五六寧羌州。2. 卽陽安關。見該條。

【陽安關】古關口。又名關頭、關城。在陝西寧强縣西北，今名陽平關。三國蜀後主炎興元年（魏景元四年）魏鍾會率軍入蜀，西出陽安口，使護軍胡烈等行前，攻破關城，得庫藏積穀，卽此。參閲三國志魏鍾會傳、嘉慶一統志二三八漢中府。

【陽明毛】謂鬚。明郎瑛七修類稿十五鬚髮：「人之鬚髮，血之餘也，各有所屬。髮乃太陽之毛也，太陽屬心火，火炎上，故上生。……鬚乃陽明之毛，陽明屬腎水，水流下，故下生。」

【陽春曲】㊀樂曲名。見「陽春㊂」。㊁詞調名，也作陽春。雙調，一百四字，前段九句五仄韻，後段八句五仄韻。見詞譜三三。

【陽城笑】美女之笑。文選戰國楚宋玉登徒子好色賦：「嫣然一笑，惑陽城，迷下蔡。」注：「陽城下蔡，二縣名，蓋楚之貴介公子所封，故取以喻焉。」唐李商隱李義山詩集四鏡檻：「隱忍陽城笑，喧傳郢市歌。」

【陽起石】石名。也作羊起石，又名白石。味鹹，微温，無毒。可入藥，治丹毒等。參閲政和證類本草四陽起石。

【陽翁伯】傳説中人名。一作楊伯雍。事親以孝。父母亡，葬無終山，遂家焉。山高無水，翁伯晝夜號慟，感動神明，泉出墓側，乃引泉水於官道以濟行人。有飲馬者以白石一斗與翁伯種之，謂當生美玉。種後，果生白璧長二尺者數雙。翁伯求婚徐氏，徐氏戲云欲得白璧一雙，翁伯以五雙予之，遂娶徐氏。後夫妻仙去。見晉干寶搜神記十一、五代前蜀杜光庭仙傳拾遺陽翁伯（太平廣記四）。參見「種玉㊀」。

【陽都坂】地名。在今陝西洋縣境。水經注二七沔水：「（漢水）又南逕陽都坂。東坂自上及下，盤折十九曲，西連寒泉嶺。」參閲嘉慶一統志二三七漢中府山川。

【陽湖派】清陽湖人錢伯坰從桐城劉大櫆受業，以其師説授陽湖惲敬、武進張惠言，二人遂棄聲韻考據之學，專治古文。於是陽湖古文盛行，世稱陽湖派，與桐城派並稱，爲清代散文的兩大重要流派。

【陽遂足】棘皮動物名。背青黑，腹下正白，有五足，長短大小皆等，頭尾不明，生時體軟，死卽乾脆。見三國吳沈瑩臨海水土物志（太平御覽九四三）。

【陽臺路】詞調名。雙調九十六字，前段九句六仄韻，後段八句四仄韻。見詞譜二四。

【陽臺夢】詞調名。雙調四十九字，前段四句三仄韻，後段四句兩仄韻。因有「又入陽臺夢」句，故名。另一體爲：雙調五十七字，前段五句三仄韻兩平韻，後段五句兩仄韻兩平韻。見詞譜七。

【陽燧樽】注酒器。又名滑稽。晉孫綽陽燧樽銘：「詳觀玆器，妙巧奇絶。酌焉則注，受滿則閉。吐寫適會，未見其竭。」（太平御覽七六一）。參見「滑稽㊂」。

【陽關引】詞調名。始自宋寇準詞，本隱括王維陽關曲而作。晁補之詞名古陽關。雙調七十八字，前段八句五仄韻，後段八句四仄韻。見詞譜十八。

【陽關曲】詞調名。本名渭城曲。宋秦觀云：渭城曲絶句，近世又歌入小秦王，更名陽關曲。屬雙調，又屬大石調。按唐教坊記有小秦王曲，卽秦王小破陣樂，屬坐部伎。單調二十八字，四句三平韻。見詞譜一。

【陽邏堡】地名，亦稱陽邏鎮，在今湖北黄岡縣西。相傳三國時，劉備約孫權拒曹操，使人於此巡邏，防吳兵之至，因名。宋人置堡於岸，陳船江中以遏渡口。其地東接蘄黄，西抵漢沔，南渡江至鄂城，北拒五關，古爲軍事要衝。見讀史方輿紀要七六黄州府黄岡縣。

【陽奉陰違】表面順從而暗中違反。明臣奏議三九范景文革大户行召募疏：「如有日與胥徒比而陽奉陰違、名去實存者，斷以白簡隨其後。」清王筠菉友肊説上春圃先生書：「夫子此舉，本是刻書，而從事諸人，遽欲定書，又不敢顯背夫子之言，乃成陽奉陰違之舉。」

【陽明學派】明王守仁的學派。守仁曾築室於陽明洞，故名；又以生於浙江餘姚，其地有水名姚江，故又稱“姚江學派”。其說以“致良知”及“知行合一”爲主，謂心卽是理；致良知當自求諸心，不當求諸事物；本心之明卽是知，不欺本心之明卽是行；致吾心良知之天理於事事物物，則事事物物皆得其理。參閱明史一九五王守仁傳、清黄宗羲明儒學案十姚江學案。參見“王守仁”。

【陽春白雪】㊀古樂曲名。見“陽春㊂”。㊁書名。1.宋趙聞禮編。八卷，外集一卷。所選詞作凡二百餘家。宋代不傳之作，多萃於此，去取頗謹嚴。2.元楊朝英編。全稱樂府新編陽春白雪，前後集各五卷。詞曲兼收，尤多元人散曲。

【陽春有脚】喻給人帶來温暖。五代後周王仁裕開元天寶遺事下有脚陽春：“宋璟愛民恤物，朝野歸美。時人咸謂璟爲‘有脚陽春’，言所至之處如陽春煦物也。”宋楊萬里誠齋集三七送吉守趙山父移廣東提刑詩：“陽春有脚來江城，銀漢乘槎移使星。”

【陽破陰衝】陰陽家謂農曆六月癸丑日、十二月丁未日爲陽破陰衝，百事不宜。見協紀辨方書四義例。

【陽關三疊】曲調名。又名渭城曲。唐王維王右丞集五送元二使安西詩：“渭城朝雨裛輕塵，客舍青青柳色新。勸君更盡一盃酒，西出陽關無故人。”後入樂府，以爲送別曲，反復誦唱，謂之陽關三疊。宋蘇軾東坡志林七：“舊傳陽關三疊，然今世歌者，每句再疊而已。若通一首言之，又是四疊。皆非是。或每句三唱，以應三疊之說，則叢然無復節奏。……及在黄州，偶得樂天(白居易)對酒云：‘相逢且莫推辭醉，聽唱陽關第四聲’，注云：‘第四聲勸君更盡一盃酒。’以此驗之，若一句再疊，則此句爲第五聲；今爲第四聲，則一句不疊審矣。”

隈

wēi ㄨㄟ 烏恢切，平，灰韻，影。
烏繢切，去，隊韻，影。

㊀山水彎曲處。管子形勢：“大山之隈，奚有於深。”注：“隈，山曲也。”淮南子覽冥：“田者不侵畔，漁者不爭隈。”注：“隈，曲深處。”㊁弓之彎曲處。儀禮大射：“大射正執弓，以袂順左右隈。”說文作“䚂”。㊂股間。莊子徐无鬼：“奎蹏曲隈，乳間股脚。”㊃隅，角落。文選晉左太沖(思)魏都賦：“考之四隈，則八埏之中；測之寒暑，則霜露所均。”

【隈枝】多年生植物。樹高丈餘，枝條細長，開白花，果實似荔枝，甘甜可食。參閱宋宋祁益部方物略記。

階

jiē ㄐㄧㄝ 古諧切，平，皆韻，見。

㊀臺階，階梯。書大禹謨：“帝乃誕敷文德，舞干羽于兩階。”禮喪大記：“無林麓，則狄人設階。”注：“階，梯也。”㊁緣由，途徑。詩小雅巧言：“無拳無勇，職爲亂階。”箋：“言亂由之來也。”左傳襄二四年：“貴而知懼，懼而思降，乃得其階。”㊂憑藉。漢書異姓諸侯王表：“漢亡尺土之階，繇一劍之任，五載而成帝業。”㊃官階。漢書八一匡衡傳：“匡衡材智有餘，經學絕倫，但以無階朝廷，故隨牒在遠方。”新唐書百官志一：“其辨貴賤、敍勞能，則有品、有爵、有勳、有階，以時考覈而升降之。”

【階州】地名。戰國時白馬氐所居，漢爲武都郡。唐景福初改爲階州。歷代因之。公元1913年廢州改縣，更名武都，屬甘肅省。參閱讀史方輿紀要五九鞏昌府。

【階步】樂歌名。南齊書樂志載有前舞階步歌辭、後舞階步歌辭。隋書音樂志下：“近代舞出入皆作樂，謂之階步，咸用肆夏。”

【階官】表示官員品級的稱號，以別於職事官而言。如正一品爲光祿大夫，從一品爲榮祿大夫之類；只用於封贈，並非實官。參見“散官”。

【階除】階沿。文選晉陸士衡(機)贈尚書郎顧彥先詩之二：“豐注溢脩霤，黄潦浸階除。”

【階級】㊀臺階。唐陸龜蒙甫里集十八野廟碑：“今之雄毅而碩者有之，温愿而少者有之，升階級，坐堂筵，耳絃匏，口粱肉，載車馬，擁徒隸者，皆是也。”㊁謂尊卑上下之別，如階有等級。漢王符潛夫論班祿：“上下大小，貴賤親疏，皆有等威，階級衰殺，各足祿〔保〕其爵位。”三國志吳顧雍傳附顧譚上疏：“臣聞有國有家者，必明嫡庶之端，異尊卑之禮，使高下有差，階級踰邈。”

【階梯】臺階，梯級。南朝梁何遜何水部集七召宫室：“百丈杳冥以飛跨，九層鬱律以階梯。”又比喻登進之路。唐韓愈昌黎集七南内朝賀歸呈同官詩：“將舉汝愆尤，以爲己階梯。”

【階禍】禍害的原由。左傳隱三年：“將立州吁，乃定之矣，若猶未也，階之爲禍。”三國志蜀先主傳建安二十四年李嚴等上言：“董卓首難，蕩覆京畿；曹操階禍，竊執天衡。”

【階緣】攀附，憑藉。晉書庾亮傳上疏：“臣凡鄙小人，才不經世，階緣戚屬，累忝非服。”宋書檀道濟傳詔：“檀道濟階緣時幸，荷恩在昔，寵靈優渥，莫與爲比。”

【階下囚】堂下的囚犯。泛指囚犯或俘虜。三國演義十九：“(呂)布告玄德(劉備)曰：‘公爲坐上客，布爲階下囚，何不發一言而相寬乎？’”

【階下漢】喻未窺堂奧者。景德傳燈錄八普願禪師：“陸(亘)異日又謂師曰：‘弟子亦薄會佛法。’師便問大夫十二時中作麽生。陸云：‘寸絲不挂。’師云：‘猶是階下漢。’”

【階前萬里】謂萬里如在階前，雖遠猶近。資治通鑑二四九唐大中十二年：“建州刺史于延陵入辭，上曰：‘建州去京師幾何？’對曰：‘八千里。’上曰：‘卿到彼爲政善惡，朕皆知之，勿謂其遠！此階前則萬里也，卿知之乎？’”

隃

1. yú ㄩ 羊朱切，平，虞韻，喻。

㊀越。文選漢司馬長卿(相如)上林賦：“隃絕梁，騰殊榛。”注：“隃字與踰同。”㊁見“隃麋”。

2. yáo ㄧㄠ 集韻 餘招切，平，宵韻。

㊂遥，遠。漢書三四英布傳：“上惡之，與布相望見，隃謂布‘何若而反’？”史記黥布傳作“遥”。又六九趙充國傳：“兵難隃度。”

【隃冠】獸名。逸周書王會：“北唐以閭，閭似隃冠。”按閭如驢，一角而歧蹄。見儀禮鄉射禮“於郊，則閭中”注。

【隃麋】地名。漢置隃麋縣，因隃麋澤而名，屬右扶風。東漢建武四年封耿況爲隃麋侯國。其地產墨。漢制，尚書丞、郎月賜赤管大筆一雙，隃麋墨一丸。見宋書百官志上。故地卽今陝西千陽縣。因以隃麋、麋丸爲墨之代稱。參閱嘉慶一統志二三六鳳翔府。

隆

lóng ㄌㄨㄥˊ 力中切，平，東韻，來。

㊀高。易大過：“棟隆，吉。”疏：“棟隆起而獲吉也。”㊁增高。戰國策齊一：“夫〔失〕齊，雖隆薛之城到於天，猶之無益也。”㊂盛，多。禮檀弓上：“道隆則從而隆，道污則從而污。”國語晉六：“無德而福隆，猶無基而厚墉也。”㊃豐厚。荀子禮論：“禮者……以隆殺爲要。”後漢書郭皇后紀論：“去就以禮，使後世不見隆薄進退之隙。”㊄尊崇。荀子勸學：“學之經，莫速乎好其人，隆禮次之。”㊅使成長。漢書九九上王莽傳上奏：“臣莽夙夜養育隆就孺子。”注：“隆，長也，成

就之使其長大也。”

【隆中】山名。在湖北襄陽縣西。漢末諸葛亮築廬居於此。山半有抱膝石，隆起如墩，可坐十數人。相傳劉備三顧茅廬，卽此。參閱三國志蜀諸葛亮傳“亮躬耕隴畝”注引漢晉春秋、嘉慶一統志三四六襄陽府。

【隆化】㊀昌盛的教化。晉書樂志上荀勖食舉樂東西廂歌：“隆化洋洋，帝命溥將。”㊁北齊高緯(後主)年號。公元576年。

【隆平】㊀盛平，升平。文選漢班孟堅(固)東都賦：“遷都改邑，有殷宗中興之則焉；卽土之中，有周成隆平之制焉。”㊁地名。漢廣阿縣地，屬鉅鹿郡。北齊置趙州，隋改象城縣，唐爲昭慶縣，宋開寶二年以其地隆而且平，改名隆平縣。解放後與堯山縣合併爲隆堯縣，屬河北省。參閱讀史方輿紀要十四趙州。

【隆冬】嚴冬。漢書武帝紀元鼎二年詔：“今水潦移於江南，迫隆冬至，朕懼其饑寒不治。”文選晉歐陽堅石(建)臨終詩：“松柏隆冬悴，然後知歲寒。”

【隆安】㊀縣名。屬廣西。明嘉靖七年置。明清皆屬南寧府。見讀史方輿紀要一一〇南寧府。㊁東晉司馬德宗(安帝)年號。公元397—401年。

【隆穹】㊀高峻貌。後漢書六十上馬融傳廣成頌：“峨峨磑磑，鏘鏘嶉嶉，隆穹槃回，嵎峗錯崔。”㊁車上篷。見漢書三七季布傳“置廣柳車中”唐顏師古注：“隆穹，所謂車傘者耳。”

【隆武】南明朱聿鍵(唐王)年號。公元1645—1646年。

【隆昌】㊀縣名。屬四川省。本榮昌縣之隆橋驛，介瀘州、富順之間，明隆慶元年以三處犬牙地置隆昌縣。見讀史方輿紀要七十敍州府。㊁南齊蕭昭業(鬱林王)年號。公元494年。

【隆屈】車篷。方言九：“車枸簍，……南楚之外謂之篷，或謂之隆屈。”參閱廣雅釋器。

【隆和】東晉司馬丕(哀帝)年號。公元362—363年。

【隆重】指地位貴盛。宋書孔琳之傳奏劾徐羨之：“羨之內居朝右，外司輦轂，位任隆重，百辟所瞻。”梁書范雲傳：“及居選官，位守隆重，書牘盈案，賓客滿門。”

【隆寒】嚴寒。三國志魏王昶傳戒子書：“朝華之草，夕而零落；松柏之茂，隆寒不衰。”

【隆極】至高的尊位。後漢書皇后紀贊：“身當隆極，族漸河潤。”晉書劉琨傳上疏：“庶以克復聖主，掃蕩讎恥，豈可猥當隆極，此孤之至誠著於遐邇者也。”

【隆隆】㊀喻勢盛。文選漢揚子雲(雄)解嘲：“炎炎者滅，隆隆者絕，觀雷觀火，爲盈爲實。”㊁象聲詞，多形容雷聲。詩大雅雲漢“旱既大甚，蘊隆蟲蟲”漢毛亨傳：“隆隆而雷。”漢書五行志上：“沛郡鐵官鑄鐵，鐵不下，隆隆如雷聲。”

【隆暑】盛暑。文選晉陸士衡(機)從軍行詩：“隆暑固已慘，涼風嚴且苛。”注：“賈誼旱雲賦曰：隆暑盛其無聊。”

【隆貴】猶顯貴。史記平準書：“而御史大夫張湯方隆貴用事。”

【隆準】高鼻。史記高祖紀：“高祖爲人，隆準而龍顏。”漢王充論衡骨相：“秦王爲人，隆準長目，鷙膺豺聲。”

【隆窮】隆起貌。史記一一七司馬相如傳大人賦：“低卬夭蟜據以驕驁兮，詘折隆窮蠼以連卷。”

【隆慶】明朱載垕(穆宗)年號。公元1567—1572年。

【隆彊】車篷名。釋名釋車：“隆彊，言體隆而彊也，或曰車弓，似弓曲也。”清畢沅疏證：“此考工記所謂蓋弓也，記曰：參分弓而揉其一。揉則曲，曲則體穹隆，故曰隆彊。”

【隆慮】㊀地名。戰國時韓之臨慮邑，漢置隆慮縣，東漢改林慮。明改爲林縣。卽今河南林縣地。參見“林縣”。㊁山名。在今河南林縣西北，南負太行，北接恆岳，又名黃華山，今稱林慮山。山有僊人樓、玉女臺、魯般門三峯。見讀史方輿紀要四九彰德府。

【隆興】㊀古地名。宋隆興年間改洪州爲隆興府，元爲隆興路，尋改爲龍興路，明爲南昌府。府治卽今江西南昌市。見嘉慶一統志三〇八南昌府。㊁南宋趙眘(孝宗)年號。公元1163—1164年。

【隆德】縣名，屬寧夏。漢安定郡地。宋爲羊牧隆城寨，後改隆德寨，金置縣，明清皆屬平涼府。見寰宇通志九五平涼府靜寧州。

【隆穨】高低不平貌。文選晉木玄虛(華)海賦：“㵐濆淪而滀潔，鬱沏迭而隆穨。”

【隆顏】謂皇帝之顏。元王惲秋澗集二三西池幸遇詩：“射殿風清巳午間，曳裾挾策拜隆顏。”

【隆平集】舊題宋曾鞏撰。二十卷。記宋太祖至英宗五朝事。然所述簡略不倫，雖爲宋人舊籍，疑非鞏所作。

【隆萬窰】明隆慶與萬曆時窰製瓷器的通稱。清朱琰陶說三：“隆慶六年復起燒造，仍於各府佐輪選管理。萬曆初，以饒州督捕通判改駐景德鎮兼理窰廠。”

【隆慶池】相傳唐武則天時，長安城東隅隆慶坊南，民王純家井溢，浸成大池數十頃，號隆慶池。一說本爲平地，自垂拱初，雨水流潦成小池，後又引龍首渠水分溉之，日以滋廣，深至數丈，常有雲龍之祥，因又名龍池。見讀史方輿紀要五三西安府。

隍 huáng 胡光切，平，唐韻，匣。ㄏㄨㄤ

無水的城壕。易泰：“城復于隍，其命亂也。”

【隍鹿】列子周穆王：“鄭人有薪於野者，遇駭鹿，御而擊之，斃之，恐人見之也，遽而藏諸隍中，覆之以蕉，不勝其喜。俄而遺其所藏之處，遂以爲夢焉。”後用以比喻夢幻無憑。宋文天祥文山集二挽龔用和詩：“名利無心付隍鹿，詩書有種出烟樓。”

隉 niè 五結切，入，屑韻，疑。ㄋㄧㄝ

㊀危，不安。見“杌隉”。㊁法度。見說文。

十畫

隒 yǎn 魚檢切，上，琰韻，疑。ㄧㄢ

崖，岸。詩王風葛藟“在河之滸”漢毛亨傳：“滸，水隒也。”疏：“隒是山岸，滸是水岸，故云水隒。”文選晉郭景純(璞)江賦：“厓隒爲之泐嵃，碕嶺爲之岳崿。”

隘 1. ài 烏懈切，去，卦韻，影。ㄞ

㊀狹窄。詩大雅生民：“誕寘之隘巷，牛羊腓字之。”㊁險要之地。左傳僖二二年：“勍敵之人，隘而不列，天贊我也。”淮南子兵略：“一人守隘，而千人弗敢過也。”㊂困窘。荀子王霸：“生民則致貧隘，使民則綦勞苦。”

2. è 正字通音厄。ㄜ

㊃阻止，隔絕。通“阨”。戰國策楚二：“懷王薨，太子辭於齊王而歸，齊王隘之。”又東周：“三國隘秦，周令其相之秦，以秦之輕也，留其行。”

【隘阻】險要阻塞。荀子議兵：“然而秦師至而鄢郢舉，若振槁然。是豈無固塞隘阻也哉？其所以統之者，非其道故也。”

【隘害】險要。文選漢張平子(衡)東京

賦:"且天子以道,守在四海,守位以仁,不恃隘害。"

【隘懾】憂塞悲戚。荀子禮論:"其立哭泣哀戚也,不至於隘懾傷生。"注:"隘,窮也;懾,猶戚也。"

隔 1. gé ㄍㄜˊ 古核切,入,麥韻,見。

㊀阻隔,間隔。史記秦始皇紀:"防隔內外,禁止淫泆,男女絜誠。"唐李白李太白詩二二江行寄遠詩:"疾風吹片帆,日暮千里隔。"㊁不合。南史張充傳與王儉書:"實由氣岸疏凝,情塗狷隔。"㊂窗格。唐李賀歌詩編四榮華樂:"瑤姬迎醉臥芳席,海素籠窗空下隔。"宋周邦彥片玉詞上六醜:"多情是誰追惜,但蜂媒蝶使,時叩窗隔。"㊃通"膈"。管子水地:"脾生隔,肺生骨。"清戴望校正:"宋本隔作膈。"

2. jī ㄐㄧ 集韻 吉歷切,入,錫韻。

㊄通"擊"。書益稷:"戛擊鳴球。"文選漢揚子雲(雄)長楊賦:"拮隔鳴球,掉八列之舞。"注引韋昭:"古文隔爲擊。"

3. róng ㄖㄨㄥˊ

㊅通"融"。史記秦始皇紀泰山刻石:"昭隔內外,靡不清淨,施于後嗣。"集解引徐廣:"隔,一作'融'。"

【隔火】香爐中用以蓋火之具。明屠隆香箋:"以火浣布如錢大者,銀鑲周圍,作隔火,尤難得。凡蓋隔火,則炭易滅,須於爐四圍用筋直搠數十眼,以通火氣。"

【隔生】猶言隔世。唐元稹長慶集八悼僧如展詩:"重吟前日他生句,豈料踰旬便隔生。"宋范成大石湖集一續長恨歌:"莫道故情無覓處,領巾猶有隔生香。"

【隔并】旱澇不調。後漢書四六陳忠傳上疏:"故天心未得,隔并屢臻。"注:"隔并謂水旱不節也。"又三十下郎顗傳奏事:"若令雨可請降,水可攘止,則歲無隔并,太平可待。"元李治敬齋古今黈拾遺一:"天地之氣,陰陽相半,曰暘曰雨,各以其時,則謂之和平;一有所偏,則謂之隔并。隔并者,謂陰陽有所閉隔,則或枯或潦,有所兼并。"

【隔是】已是。唐元稹長慶集十五日高睡詩:"隔是身如夢,頻來不爲名。"參見"格是"。

【隔越】㊀阻隔。樂府詩集五九漢蔡琰胡笳十八拍之十五:"同天隔越兮如商參。"㊁超越。魏書任城王雲傳附拓跋澄:"九日三長禁姦,不得隔越相領,户不滿者,隨近并合。"

【隔閡】隔絶,不相通。三國志魏陳思王植傳上疏求存問親戚:"恩紀之違,甚於路人,隔閡之異,殊於胡越。"世説新語言語:"劉琨雖隔閡寇戎,志存本朝。"

【隔膜】猶隔閡。朱子語類一一七朱子十四:"若易傳,則卒乍裏面無提起處,蓋其間義理闊多,伊川所自發,與經文又似隔一重皮膜,所以看者無箇貫穿處。"清章學誠丙辰劄記:"余每歎文人見解不可與言著述,今觀抱樸所言,則有道之士猶於此事且隔膜也。"

【隔壁】謂相鄰。宋書范曄傳:"曄在獄,與(謝)綜及(孔)熙先異處,乃稱疾求移考堂,欲近綜等。見聽,與綜等果得隔壁。"北齊顏子推顏氏家訓兄弟:"沛國劉璡常與兄瓛連棟隔壁。"

【隔句對】詩體格式之一,謂隔句對偶。如詩小雅采薇"昔我往矣,楊柳依依;今我來思,雨雪霏霏";又如三國魏曹植曹子建集六鰕䱇篇"鰕䱇游潢潦,不知江海流;燕雀戲藩柴,安識鴻鵠游";皆隔句爲對。參閱清宋長白柳亭詩話十。

【隔年曆】比喻已失時效的廢物。清王夫之薑齋詩話二:"經義本儒家分內事,而一行作吏,則置之如隔年曆。閒有作者,祇爲子弟作嫁衣裳,陳啓新誚爲敲門磚子,非誣也。"

【隔筆簡】作書畫時用以間隔行距或畫綫的文具。宋王君玉國老談苑一:"太宗……又以柏爲界尺,長數寸,謂之隔筆簡。每御製或飛宸翰,則用以鎮所臨之紙。"

【隔壁戲】口技的俗稱。清范祖述杭俗遺風:"隔壁戲,以八仙桌兩張横擺,圍以布幔,一人藏內,惟有扇子一把,錢板一塊。能作數人聲口,鳥獸叫喚,以及各種響物,無不確肖,初不料其一人所作也。"

【隔轍雨】夏季陣雨,有時一轍之隔,晴雨各異,謂之隔轍雨,也稱分龍雨。宋侯延慶退齋雅聞録時令諺語:"河朔人謂清明雨爲潑天雨,立夏雨爲隔轍雨。"(説郛四六)明袁宏道袁中郎詩集上題靈宮夜歸:"果然隔轍分陰晴,雨師似亦相回護。"參見"分龍"。

【隔八相生】古樂律管相生的順序。以一律一呂依次排列,周而復始,則黃鐘隔八位爲林鐘,林鐘隔八位爲太簇,皆爲其三分損益所生之律。損則下生,由律生呂;益則上生,由呂生律。參見"三分損益"。

【隔品致敬】唐玄宗尊崇張説,命僕射視事,御史中丞、左右丞、吏部侍郎四品官列拜階下,以後成爲故事,稱隔品致敬。至武宗時陳夷行爲左僕射,乃奏罷,羣官先拜,僕射答拜。參閱新唐書一八一陳夷行傳、宋王楙野客叢書二七唐宰相視事。

【隔靴搔癢】喻言行寫作不切實際,不得要領。景德傳燈録二二契穩法寶大師:"師曰:'辨得未?'僧曰:'恁麼卽識性無根去也。'師曰:'隔靴搔癢。'"宋嚴羽滄浪詩話詩法:"下字貴響,造語貴圓,意貴透徹,不可隔靴搔癢。"亦作"隔靴抓癢"、"隔靴爬癢"。續傳燈録十二:"若也揚眉瞬目,又是鬼弄精魂,更或拈拂敲床,大似隔靴抓癢。"宋朱熹朱子語類五性理二聖人:"聖人只是識得性。百家紛紛,只是不識性;揚子(雄)鶻鶻突突,荀子又所謂隔靴爬癢。"

【隔牆有耳】言機事須加意保密,以防洩漏。古今雜劇元鄭庭玉包龍圖智勘後庭花一:"外旦:'便有誰知道?'末:'豈不聞隔牆還有耳,窗外豈無人。'"水滸十六:"常言道:'隔牆須有耳,窗外豈無人',只可你知我知。"

隙 xì ㄒㄧˋ 綺戟切,入,陌韻,溪。

或作"隟"。㊀裂,裂縫。商君書脩權:"諺曰:蠹衆而木折,隙大而牆壞。"孟子滕文公下:"鑽穴隙相窺。"引申爲空子、漏洞。文苑英華八七一唐德宗西平王李晟東渭橋紀功碑:"覬隙乘便。"㊁空,閒。左傳隱五年:"故春蒐、夏苗、秋獮、冬狩,皆於農隙以講事也。"又哀十二年:"宋鄭之間有隙地焉。"注:"隙地,閒田。"㊂怨恨,紛爭。國語周中:"若承命不違,守業不懈,寬於死而遠於憂,則可以上下無隙矣。"史記七九范睢傳:"已而與武安君白起有隙,言而殺之。"㊃際,鄰接。漢書地理志下:"北隙烏丸、夫餘。"

【隙末】交誼不終。後漢書二七王丹傳:"交道之難,未易言也。……張(耳)陳(餘)凶其終,蕭(育)朱(博)隙其末,故知全之者鮮矣。"文選南朝梁劉孝標(峻)廣絶交論:"由是觀之,張陳所以凶終,蕭朱所以隙末,斷焉可知矣。"

【隙駒】莊子知北遊:"人生天地之間,若白駒之過郤。"釋文:"郤,本亦作隙。"後以隙駒喻易逝的光陰。唐孟浩然集一家園臥疾畢太祝見尋詩:"隙駒不暫駐,日聽涼蟬悲。"宋李覯直講李先生文集三十處士陳君祭文:"薤露易乾,隙駒難駐,彭殤一揆,瞬息千古。"

【隙駟】禮三年問:"則三年之喪,二十五

月而畢，若驅之過隙。"因以喻易逝的光陰。文選南朝梁劉孝標（峻）重答劉秣陵沼書："雖隙駟不留，尺波電謝，而秋菊春蘭，英華靡絶。"唐劉禹錫劉夢得集十一傷往賦："隙駟晨轉，虺蟾夜通。"

【隙積】帶有間隙的堆體的體積。宋沈括夢溪筆談十八技藝："隙積者，謂積之有隙者，如累棊、層壇及酒家積罌之類。"

【隙棄羅】梵語，錫杖。僧人所用。杖頭有大小錫環，振時錫環作響，故名。見翻譯名義集七。

隕 1. yǔn ㄩㄣˇ 于敏切，上，軫韻，于。

㊀墜落。書湯誥："慄慄危懼，若將隕于深淵。"㊁毀壞。淮南子覽冥："庶女叫天，雷電下擊，景公臺隕，支體傷折，海水大出。"㊂死。通"殞"。左傳襄三一年："巢隕諸樊，閽戕戴吳。"

2. yuán ㄩㄢˊ 集韻 于權切，平，仙韻。

㊃周圍。通"員"。詩商頌長發："禹敷下土方，外大國是疆，幅隕既長。"箋："隕當作員，員謂周也。"參見"幅員"。

【隕石】墜落於地面之星體。春秋僖十六年："春，王正月，戊申，朔，隕石于宋五。"隕，説文引作"碩"。此爲我國歷史上最早著録的隕石現象。

【隕泗】落淚。梁書張纘傳南征賦："稅遺構之舊浦，瞻汨羅以隕泗。"

【隕命】㊀謂死亡。左傳成十三年："天誘其衷，成王殞命。"㊁交戰中俘獲戰敗國的國君。國語晉五："靡笄之役也，郤獻子（克）伐齊。齊侯來，獻之以得隕命之禮。"注："伐國獲君，若秦獲晉惠，是爲隕命。今齊雖敗，頃公不見得，非隕命也。……司馬法曰：其有殞命，行禮如會所，爭義不爭利。"

【隕涕】落淚。詩小雅小弁："心之憂矣，涕既隕之。"漢書七十陳湯傳谷永疏："（白起）以纖介之過，賜死杜郵，秦民憐之，莫不隕涕。"

【隕越】顛墜，跌倒。左傳僖九年："王使宰孔賜齊侯（桓公）胙，……孔曰：'……以伯舅耋老，加勞，賜一級，無下拜。'對曰：'天威不違顏咫尺，小白余敢貪天子之命無下拜！恐隕越于下，以遺天子羞。敢不下拜？'下，拜；登，受。"小白，桓公名。

【隕隊】隕落。死亡的婉稱。隊，同"墜"。左傳哀十五年："陳侯使公孫貞子弔焉，及良而卒，將以尸入。吳子使大宰嚭勞，且辭。……上介芋尹蓋對曰：'……無祿，使人逢天之慼，大命隕隊，絶世于良。'"

【隕節】猶言死節。文選南朝宋顏延年（延之）陽給事誄："貫父隕節，魯人是志。"按禮檀弓上：魯莊公及宋人戰於乘丘，縣賁父御。馬驚敗績，公墜，賁父死之。晉書忠義傳序："是知隕節苟合其宜，義夫豈吝其沒；捐軀若得其所，烈士不愛其存。"

【隕穫】猶喪失志氣。禮儒行："儒有不隕穫於貧賤，不充詘於富貴，不慁君王，不累長上，不閔有司，故曰儒。"注："隕穫，困迫失志之貌也。"藝文類聚三八南朝梁任昉求爲劉瓛立館啓："貧不隕穫其心，窮不二三其操。"

隑 qí ㄑㄧˊ 集韻 渠希切，平，微韻。

曲岸。同"碕"。史記一一七司馬相如傳哀二世賦："臨曲江之隑州兮，望南山之參差。"

隖 wù ㄨˋ 安古切，上，姥韻，影。

塢的本字。見"塢"。

隗 wěi ㄨㄟˇ kuí ㄎㄨㄟˊ 五罪切，上，賄韻，疑。

㊀高峻貌。漢書八七上揚雄傳甘泉賦："駢交錯而曼衍兮，峗㠑隗虖其相嬰。"注："㠑隗，猶崔巍也。"㊁周代國名。公羊傳僖二六年："秋，楚人滅隗。"左傳、穀梁傳作"夔"。湖北秭歸縣東有夔子城故址。㊂姓。見通志二七氏族三以姓爲氏。

【隗臺】戰國燕昭王爲郭隗所築之臺，即黄金臺。唐羅隱甲乙集一送章碣赴舉詩："龍門盛事無因見，費盡黄金老隗臺。"參見"郭隗"、"黄金臺"。

【隗囂】？—公元33年東漢成紀人，字季孟。王莽末，據隴西起兵，初附劉玄，任御史大夫；旋屬光武，封西州大將軍；後又稱臣於公孫述，爲朔寧王。光武西征，囂奔西城，恚憤而死。後漢書有傳。

十一畫

障 zhàng ㄓㄤˋ 之亮切，去，漾韻，照。諸良切，平，陽韻，照。

㊀阻隔。墨子親士："諂諛在側，善議障塞，則國危矣。"禮月令季春之月："開通道路，毋有障塞。"㊁隄防。國語周中："澤不陂障，川無舟梁。"㊂邊境險要處戍守的堡寨。史記秦始皇紀三三年："築亭障以逐戎人。"㊃屏障。左傳定十二年："且成，孟氏之保障也，無成，是無孟氏也。"㊄屏風，帷障。世説新語汰侈："君夫（王愷）作紫絲布步障碧綾裏四十里，石崇作錦步障五十里以敵之。"㊅瘴氣。通"瘴"。後漢書四八楊終傳上疏："且南方暑濕，障毒互生。"㊆通"嶂"。唐杜甫杜工部草堂詩箋八題李尊師松樹障子歌："障子松林静杳冥，憑軒忽若無丹青。"

【障泥】垂於馬腹兩側，用以遮擋塵土者。世説新語術解："王武子（濟）善解馬性。嘗乘一馬，著連錢障泥，前有水，終日不肯渡。王云：'此必是惜障泥。'使人解去，便徑渡。"全唐詩十一劉復春雨："曉聽鐘鼓動，早送錦障泥。"

【障扇】一種長柄的扇，多用作帝王儀仗。又稱長扇、掌扇。參閲晉崔豹古今注輿服、宋程大昌演繁露十五。

【障距】壅蔽。韓非子難三："魯哀公有大臣三人，外障距諸侯四鄰之士，内比周而以愚其君。"

【障翳】遮蔽。後漢書三二陰識傳附陰興："興每從出入，常操持小蓋，障翳風雨。"

【障日山】見"郵日山"。

【障車文】唐人婚嫁，俟新婦至，衆人擁門塞巷，至車不得行，稱爲障車。因有障車文，多作祝頌之語。司空圖司空表聖文集十有障車文。參閲唐封演封氏聞見記五、事文類聚翰墨全書乙五。

隁 yàn ㄧㄢˋ 集韻 於建切，去，願韻。

㊀堤岸。同"堰"。後漢書七二董卓傳："乃於所度水中僞立隁，以爲捕魚，而潛從隁下過軍。"三國志魏董卓傳作"堰"。㊁周代國名。妘姓，後爲鄭武公所滅。地在今河南鄢陵縣境。國語周中："昔隁之亡也，由仲任。"參閲讀史方輿紀要四七開封府。㊂戰國時楚地。在今湖北宜城縣西南。史記六國年表："楚頃襄王二十年，秦拔隁、西陵。"參閲讀史方輿紀要七九襄陽府。

隔 qū ㄑㄩ 豈俱切，平，虞韻，溪。

傾側不平。同"嶇"。漢書諸侯王表："自幽、平之後，日以陵夷，至虖阸隔河洛之間，分爲二周。"

際 jì ㄐㄧˋ 子例切，去，祭韻，精。

㊀會合。易泰："无往不復，天地際也。"㊁交接，交際。孟子萬章下："萬章問曰：'敢問交際，何心也？'孟子曰：'恭也。'"

㊂邊際。易豐："豐其屋，天際翔也。"唐李白李太白詩十五黃鶴樓送孟浩然之廣陵："孤帆遠影碧空盡，唯見長江天際流。"㊃時期，時機。論語泰伯："才難，不其然乎？唐虞之際，於斯爲盛。"三國魏文帝典論："（劉松）常與（袁）紹子弟日共宴飲，常以三伏之際，晝夜酣飲。"（初學記四）㊄至，接近。呂氏春秋知度："治青北化九陽奇怪之所際。"漢書六四上嚴助傳："稱三代至盛，際天接地，人迹所及，咸盡賓服。"㊅機遇。晉書楊佺期傳："自云門户承籍，江左莫比，……而時人以其晚過江，婚宦失類，每排抑之，恒慷慨切齒，欲因事際以逞其志。"㊆適當其時。元柳貫柳待制集四次韻答鄉友吳立夫……詩："喜際三雍啓，還依六籍親。"

【際可】以禮接待。孟子萬章下："孔子有見行可之仕，有際可之仕，有公養之仕。……於衛靈公，際可之仕也。"宋朱熹集注："際可，接遇以禮也。"

【際遇】機遇，適逢其遇。宋陳亮龍川集十七廷對應制詩："際遇風雲凡事別，積功日月壯心惩。"

【際會】㊀交接，會合。禮大傳："同姓從宗、合族屬，異姓主名、治際會。"注："際會，昏禮交接之會也。"一說："際會，謂於吉凶之事，相交際而會合也。"參閱清孫希旦禮記集解。㊁遇合，時機。漢書九九上王莽傳太后詔："安漢公莽輔政三世，比遭際會，安光漢室，遂同殊風。"漢王充論衡偶會："聖主龍興於倉卒，良輔超拔於際會。"

【際曉】猶黎明。唐王維王右丞集六曉行巴峽詩："際曉投巴峽，餘春憶帝京。"

【際際火】三國時苗族人。相傳曾隨武侯諸葛亮征伐孟獲，所在有功，封羅甸國王。舊時苗族人祀諸葛亮，必塑際際火像侍立於旁。亦作濟火。參閱清劉獻廷廣陽雜記一，嘉慶一統志四九九貴州統部。

隝 dǎo ㄉㄠˇ 集韻 覩老切，上，晧韻。

同"島"。漢書五七上司馬相如傳上林賦："阜陵別隝。"注引郭璞："隝，水中山也。"按史記作"島"。

十二畫

隧 1. suì ㄙㄨㄟˋ 徐醉切，去，至韻，邪。

㊀隧道，地道。左傳隱元年："若闕地及泉，隧而相見，其誰曰不然。"莊子天地："鑿隧而入井，抱甕而出灌。"㊁道路。詩大雅桑柔："大風有隧，有空大谷。"傳："隧，道也。"左傳襄二五年："初，陳侯會楚子伐鄭，當陳隧者，井堙木刊。"注："隧，徑也。"文選漢班孟堅（固）西都賦："內則街衢洞達，閭閻且千，九市開場，貨別隧分。"薛綜注："隧，列肆道也。"㊂鍾上受擊而摩光處。周禮考工記鳧氏："鍾帶謂之篆，篆間謂之枚，枚謂之景，于上之攠謂之隧。"疏："隧者據生光而言。"㊃旋轉。莊子天下："若飄風之還，若羽之旋，若磨石之隧。"㊄深。通"邃"。周禮考工記輿人："參分車廣，去一以爲隧。"注："鄭司農（衆）云：隧謂車輿深也。"㊅郊外之地。通"遂"。史記魯周公世家："魯人三郊三隧。"集解引王肅："邑外曰郊，郊外曰隧。"書費誓作"三郊三遂"。㊆烽火亭。通"燧"。文選漢班叔皮（彪）北征賦："登鄣隧而遥望兮，聊須臾以婆娑。"參見"亭燧"。

2. zhuì ㄓㄨㄟˋ 集韻 直類切，去，至韻。

㊇通"墜"。荀子儒效："至共頭而山隧。"注："隧，謂山石崩摧也，隧讀爲墜；共音恭。"

【隧正】周代官名。左傳襄七年："叔仲昭伯爲隧正。"疏："隧正，官名。五縣爲隧，則隧正當周禮之遂人也，掌諸遂之政令。"參見"遂人㊀"。

【隧道】地下通道。古多指墓道。南史豫章文獻王嶷傳："上數幸嶷第，宋長寧陵隧道出第前路，上曰：'我便是入他家墓內尋人。'"

隫 fén ㄈㄣˊ 集韻 符分切，平，文韻。

高地。同"墳"。管子地員："若在陵在山，在隫在衍。"

隨 suí ㄙㄨㄟˊ 旬爲切，平，支韻，邪。

㊀跟從。老子："前後相隨。"儀禮聘禮："使者入，及衆介隨入。"㊁沿着。書禹貢："禹敷土，隨山刊木。"㊂順，隨宜。易隨："隨時之義大矣哉。"又繫辭："服牛乘馬，引重致遠，以利天下，蓋取諸隨。"㊃聽任，放任。史記魏世家："聽使者之惡之，隨安陵氏而亡之。"唐韓愈昌黎集十二進學解："業精于勤荒于嬉，行成于思毁于隨。"㊄足趾。易艮："艮其腓，不拯其隨。"注："隨，謂趾也。"㊅卦名。䷐，震下兑上。見易隨。㊆周代國名。姬姓。春秋後期爲楚之附庸。地在今湖北隨縣。參閱嘉慶一統志三四三德安府。㊇春秋晉地，士會食邑。左傳隱五年："翼侯奔隨。"在今山西介休縣東。㊈姓。漢有隨何。參閱通志二六氏族二以國爲氏。

【隨分】㊀照例，照樣。唐姚合姚少監詩集五武功縣中作之八："只應隨分過，已是錯彌深。"白居易長慶集五六自題新昌居止因招楊郎中小飲詩："能到南園同醉否？笙歌隨分有些些。"㊁猶隨便。歷代詩餘宋李清照鷓鴣天詞："不如隨分尊前醉，莫負東籬菊蕊黃。"水滸四："老兒分付道：'我兒陪侍恩人坐坐，我去安排飯來。'魯達道：'不須多事，隨分便好。'"㊂隨衆人送份禮。紅樓夢二二："次日，先送過衣服玩物去，王夫人、鳳姐、黛玉等諸人皆有隨分的，不須細說。"

【隨手】㊀隨即，立刻。史記九二淮陰侯傳："若欲捕我以自媚於漢，吾今日死，公亦隨手亡矣。"㊁信手，順手。唐杜甫杜工部草堂詩箋十一北征："學母無不爲，曉粧隨手抹。"

【隨兕】傳説中惡獸名。呂氏春秋至忠："荆莊哀王獵於雲夢，射隨兕中之，申公子培劫王而奪之……不出三月，子培疾而死。荆興師，戰於兩棠，大勝晉，歸而賞有功者，申公子培之弟，進請賞於吏曰：'人之有功也於軍旅，臣兄之有功也於車下'，王曰：'何謂也？'對曰：'臣之兄嘗讀故記曰：'殺隨兕者不出三月，是以臣之兄驚懼而爭之，故伏其罪而死。'王令人發平府而視之故記，果有，乃厚賞之。"唐段成式酉陽雜俎十三諸皐記上："楚莊爭隨兕而禍移，齊桓覩委蛇而病愈。"

【隨坐】猶連坐。史記八一廉頗藺相如傳附趙括："其母上書言於（趙）王曰：'括不可使將。'……王曰：'母置之，吾已決矣。'括母因曰：'王終遣之，即有如不稱，妾得無隨坐乎？'"

【隨身】㊀帶在身邊。漢書九一貨殖傳："（羅）裒賈京師，隨身數十百萬。"㊁侍從。宋書黃回傳："（戴興寶）啓免回，以領隨身隊。"新唐書食貨志五："左右衛上將軍以下又有六雜給：一曰糧米，二曰鹽，三曰私馬，四曰手力，五曰隨身，六曰春冬服。私馬則有芻豆，手力則有資錢，隨身則有糧米、鹽。"

【隨何】漢初人。爲漢王（劉邦）謁者，官至護軍中尉。善於言辭，曾爲劉邦説淮南王黥布叛楚歸漢。見漢書三四英布傳。

【隨宦】赴外地作官。禮喪服小記"生不及祖父母諸父昆弟"唐孔穎達疏："謂父先本國有此諸親，後或隨宦出遊，居於他國，更取而生此子。"後亦謂父兄在外作官,子弟隨之任所爲隨官。

【隨和】㊀指隨侯珠及和氏璧。史記八七李斯傳:"今陛下致昆山之玉,有隨、和之寶。"因以喻人的才德。漢書六二司馬遷傳報任少卿書:"若僕大質已虧缺,雖材懷隨和,行若由夷,終不可以爲榮。"㊁隨順附和者。漢書六七梅福傳上書:"及山陽亡徒蘇令之羣,蹈藉名都大郡,求黨與,索隨和。"注引李奇:"求索與己和及隨己者。"㊂順從,隨便。紅樓夢三:"今黛玉見了這裏許多規矩,不似家中,也只得隨和些,接了茶。"

【隨侍】㊀謂跟隨侍候。文選晉庾元規(亮)讓中書令表:"隨侍先臣,遠庇有道。"㊁指隨從侍者。清平山堂話本刎頸鴛鴦會:"遂問隨侍阿滿。"

【隨封】東漢時,地方向朝廷進貢,另備物品先送中署,名爲導行費。後以財物餽人,並先餽其從僕,謂之隨封。清孔尚任桃花扇阻奸:"你老說的有理,事成之後,隨封都要雙分的。"參閱後漢書七八呂强傳。參見"導行費"。

【隨便】㊀隨其所宜。北周徐綸陽城龍泉院記:"隨便制宜,攝心化物。"(八瓊室金石補正八一)㊁任意不拘。左傳隱元年"是以隱公立而奉之"唐孔穎達正義:"或立張本,或言起本,或言起,檢其上下,事同文異,疑杜(預)隨便而言也。"爾雅釋詁"弘,廓,宏,……大也"宋邢昺疏:"自此而下,隨便卽言,無義例也。"

【隨珠】傳說中的寶珠。淮南子說山:"故和氏之璧,隨侯之珠,出於山淵之精。"漢書五一鄒陽傳獄中上書:"故無因而至前,雖出隨珠和璧,秖結怨而不見德。"參見"隋珠"。

【隨時】㊀謂順應時勢。易隨:"大亨貞无咎,而天下隨時,隨時之義大矣哉。"國語越下:"夫聖人隨時以行,是謂守時。"注:"隨時,時行則行,時止則止。"㊁隨着季節。宋書謝靈運傳山居賦:"夏涼寒燠,隨時取適。"

【隨逮】被征服役。淮南子兵略:"百姓之隨逮肆刑,挽輅首路死者,一旦不知千萬之數。"注:"隨逮,應召也。"

【隨陸】指漢初文臣隨何、陸賈。舊題北魏崔鴻十六國春秋前趙劉淵:"吾每觀書傳,常鄙隨陸之無武,絳灌之無文,一物之不知,固君子之恥也。"絳指絳侯周勃,灌指潁陰侯灌嬰。又見晉書劉元海載記。

【隨從】㊀追逐。商君書農戰:"是故豪傑皆可變業,務學詩書,隨從外權,上可以得顯,下可以求官爵。"㊁跟隨。後漢書七十孔融傳上議:"又袁術僭逆,非一朝一夕,(馬)日磾隨從,周旋歷歲。漢律,與罪人交關三日以上,皆應知情。"

【隨喜】佛家以行善布施可生歡喜心,隨人爲善稱爲隨喜。後來謂遊覽佛寺亦曰隨喜。大智度論六一:"一切和合隨喜功德。"唐杜甫杜工部詩史補遺四望兜率寺:"時應清盥罷,隨喜給孤園。"金董解元西廂一:"先生本待觀景致,把似這裏閒行隨喜。"

【隨筆】文體的一種。宋洪邁容齋隨筆一序:"予老去習懶,讀書不多,意之所之,隨卽記錄,因其後先,無復詮次,故目之曰隨筆。"其後以隨筆名書者甚多,如明李介立之天香閣隨筆、清王應奎之柳南隨筆等是。

【隨意】猶任意。三國志魏程曉傳上疏:"(校事之官),隨意任情,唯心所適。法造於筆端,不依科詔;獄成於門下,不顧覆訊。"北周庾信庾子山集一蕩子賦:"游塵滿牀不用拂,細草橫階隨意生。"

【隨園】清袁枚別墅名。康熙時江寧織造隋氏在金陵城外小倉山築堂,號"隋園"。後傾頹,爲袁枚所購,隨其高爲置江樓,隨其下爲置溪亭,隨其夾澗爲之橋,隨其湍流爲之舟,因改作"隨園"。故址在今江蘇南京市北。參閱清袁枚小倉山房文集十二隨園記。

【隨牒】隨選官之文牒。漢書八一匡衡傳:"平原文學匡衡材智有餘,經學絕倫,但以無階朝廷,故隨牒在遠方。"注:"隨牒,謂隨選補之恆牒,不被超擢者。"唐孟浩然集四送袁太祝尉豫章詩:"隨牒牽黃綬,離羣會墨卿。"

【隨輩】隨同衆人。漢應劭風俗通過譽:"(陳茂)隨輩露首入坊中,容止嚴恪,鬚眉甚偉,太守大驚。"後漢書四四胡廣傳:"廣少孤貧,親執家苦。長大,隨輩入郡爲散吏。"

【隨緣】㊀佛家語。外界事物皆自體感觸,謂之緣;應其緣而動作,稱隨緣。金光明最勝王經五:"隨緣所在覺羣迷。"全唐詩二四八郎士元送大德講時河東徐明府招:"辛君迎說法,童子伴隨緣。"㊁隨其機緣,不加勉强。北齊書陸法和傳:"法和所得奴婢,盡免之,曰:'各隨緣去。'"

【隨縣】縣名,屬湖北省。春秋時隨國,漢置隨縣,屬南陽郡。晉武帝分南陽立義陽國,後又分義陽立隨郡。南朝宋改隨陽郡,齊梁曰隨郡,西魏改隨州。明初改爲縣,後省入州。清因之。公元1912年復改隨縣。參閱嘉慶一統志三四三德安府。

【隨踵】接連,前後相繼。韓非子難勢:"且夫堯舜桀紂,千世而一出,是比肩接踵而生也,世之治者不絕於中。"戰國策齊三:"淳于髡一日而見七人於宣王。王曰:'子來,寡人聞之:千里而一士,是比肩而立;百世而一聖,若隨踵而至也。今子一朝而見七士,則士不亦衆乎?'"

【隨藍】㊀荀子勸學:"青,取之於藍,而青於藍。"後謂從師爲隨藍。唐張鷟龍筋鳳髓判二:"隨藍改質,實藉招攜;題竹書名,良資教授。"㊁暴風。梵語。亦作毗嵐、鞞嵐婆。如來三昧經上:"譬如隨藍風一起時,諸樹名大樹而不能自制。"參見"毗嵐風"。

【隨鸞】謂臣下隨帝王出行。唐李賀歌詩編二馬之二二:"汗血到王家,隨鸞撼玉珂。"鸞,同"鑾",謂王者所乘之車。

【隨年杖】刑名。以犯者年齡定杖數,故稱。新五代史劉銖傳:"民有過者,問其年幾何,對曰若干,卽隨其數杖之,謂之'隨年杖'。"

【隨車雨】後漢書三三鄭弘傳"遷淮〔陽〕太守"注引三國吳謝承後漢書:"弘消息繇賦,政不煩苛。行春天旱,隨車致雨。"後因以隨車雨喻施行仁政的恩澤。藝文類聚二南朝梁庾肩吾從駕喜雨詩:"復此隨車雨,民知天可安。"

【隨身魚】官吏進宮時隨身攜帶的魚形符契。舊唐書高宗紀上:"五月壬辰,開府儀同三司及京官文武職事四品、五品,并給隨身魚。"新唐書車服志:"隨身魚符者,以明貴賤,應召命,左二右一,左者進內,右者隨身。"又:"高宗給五品以上隨身魚銀袋,以防召命之詐,出內必合之。三品以上金飾袋。"

【隨身燈】點在死人脚頭的燈。水滸二五:"(王婆)歸來與那婦人做羹飯,點起一盞隨身燈,鄰舍坊廂都來弔問。"

【隨陽鳥】謂候鳥。書禹貢"陽鳥攸居"漢孔安國傳:"隨陽之鳥,鴻雁之屬。"唐杜甫杜工部草堂詩箋六同諸公登慈恩寺塔:"君看隨陽鴈,各有稻粱謀。"

【隨龍人】太子卽位之後稱舊時東宮僚佐官吏。宋司馬光溫國文正公集三七郭昭選劄子:"自後嗣君,守承平之業,繼聖考之位,亮陰未言之間,有司因循,踵爲故事,凡東宮僚吏,一槩超遷,謂之隨龍。"又陳次升讜論集四奏彈內侍張琳第五狀:"今又聞琳先因干請,遂得內東門勾當,既非陛下潛邸官屬,近又希冒陞下隨龍人，特轉一官，被恩騈蕃，非所當得。”

【隨波逐浪】隨波浪起伏上下。喻生活顛沛流離，不由自主。唐白居易長慶集六四浪淘沙詞之六：“隨波逐浪到天涯，遷客生還有幾家。”

【隨波逐流】隨波浪順流而下。喻言行没有定見。抱朴子審舉：“而凡夫淺識，不辯邪正，謂守道者爲陸沈，以履經者爲知變，俗之隨風而動，逐波而流者，安能復身於德行，苦思於學問哉。”宋孫奕履齋示兒編五鄉原：“所謂鄉原，即推原人之情意，隨波逐流，佞僞馳騁，苟合求媚於世。”

【隨風逐浪】喻漂泊生活，不由自主。唐司空圖司空表聖詩集四戊午三月晦之一：“隨風逐浪劇蓬萍，圓首何曾解最靈。”全唐詩六八四吳融商人：“隨風逐浪年年別，却笑如期八月槎。”參見“隨波逐浪”。

【隨風倒柂】㊀喻相機行事。也作“隨風轉舵”。宋陸游劍南詩稿七四醉歌：“相風使帆第一籌，隨風倒柂更何憂。”水滸九八：“眼見得城池不濟事了，各人自思隨風轉舵。”㊁喻没有一定方向。古今雜劇元缺名隨何賺風魔蒯徹三：“則落你好似披麻救火，蒯徹也不似那般人隨風倒舵。”警世通言二一趙太祖千里送京娘：“趙公是個隨風倒舵没主意的老兒。”

【隨珠彈雀】喻處事輕重失當。莊子讓王：“今且有人於此，以隨侯之珠，彈千仞之雀，世必笑之。是何也？則其所用者重，而所要者輕也，夫生者豈特隨侯之重哉。”

【隨遇而安】謂處於各種環境，皆能自安。宋呂頤浩忠穆集六與姚廷輝書：“衣食之分，各有厚薄，隨所遇而安可也。”清尹會一健餘尺牘四示嘉銓書：“保重弱軀，開擴心地，隨遇而安，足慰懸懸矣。”也作“隨寓而安”。朱子語録一〇一程子門人：“胡文定公(寅)云：世間事如浮雲流水，不足留情，隨所寓而安也。”

【隨鄉入鄉】猶入鄉隨俗。宋范成大石湖集十二秋雨快晴靜勝堂席上詩：“天涯節物遮愁眼，且復隨鄉便入鄉。”按莊子山木“入其俗，從其俗”，即此意。

【隨駕隱士】唐盧藏用舉進士不得調，隱終南少室二山。身雖居山，有意當世，人目爲“隨駕隱士”。見新唐書一二三本傳。參見“假隱”。

【隨機應變】見機行事。舊唐書八三郭孝恪傳進策：“請固武牢，屯軍氾水，隨機應變，則易爲克殄。”宋胡太初晝簾緒論聽訟：“此姑論其大略，若夫隨機應變，……則在明有司。”

【隨隱漫録】宋陳世崇撰。五卷。世崇字伯仁，號隨隱，充東宮講堂説書，兼兩宮撰述。書中多記同時人詩詞，尤詳於南宋宫禁故事。四庫提要入子部小説家類。

隤 tuí ㄊㄨㄟˊ 杜回切，平，灰韻，定。

㊀倒塌。史記一一七司馬相如傳上林賦：“隤牆填塹，使山澤之民得至焉。”㊁敗壞。漢書六二司馬遷傳報任安書：“李陵既生降，隤其家聲，而僕又茸以蠶室，重爲天下觀笑，悲夫！悲夫！”㊂降下。漢書八七上揚雄傳河東賦：“發祥隤祉。”注：“隤，降也。”㊃柔貌。易繫辭下：“夫坤隤然，示人簡矣。”㊄蹪，絆倒。淮南子原道：“先者隤陷，則後者以謀。”注：“隤者，車承，或言跋蹪之蹪也。”㊅通“頽”。見“虺隤”。

隥 dèng ㄉㄥˋ 都鄧切，去，嶝韻，端。

石階。同“磴”。穆天子傳四：“天子南還，升于長松之隥。”

十三畫

險 1. xiǎn ㄒㄧㄢˇ 虛檢切，上，琰韻，曉。

㊀險要，阻難。易坎：“天險不可升也，地險山川丘陵也。”㊁要隘之地。國語鄭：“虢叔恃勢，鄶仲恃險。”㊂邪惡。左傳哀十六年：“以險徼幸者，其求無饜。”商君書慎法：“使民非戰無以効其能，則雖險不得爲詐。”㊃損傷。周禮考工記弓人：“疢疾險中。”注：“牛有久病，則角裏傷。”㊄半掩。周禮春官典同：“險聲斂。”注：“險謂偏弇也。險則聲斂不越也。”㊅薄。爾雅釋魚：“蜠，大而險。”注：“險者，謂汙薄。”

2. jiǎn ㄐㄧㄢˇ 集韻 巨險切，上，琰韻。

㊆通“儉”。左傳襄二九年：“爲之歌魏，(吳公子札)曰：‘美哉！渢渢乎，大而婉，險而易。’”

3. yán ㄧㄢˊ 集韻 魚銜切，平，銜韻。

㊇通“巖”。史記殷紀：“是時(傅)説爲胥靡，築於傅險。”

【險汙】險詐惡濁。荀子仲尼：“其事行也，若是其險汙淫汰也，彼固曷足稱乎大君子之門哉！”

【險衣】奇裝異服。南史周朗傳附周弘正：“(劉)顥縣帛十四，約曰：‘險衣來者以賞之。’……既而弘正綠絲布袴，繡假種，軒昂而至，折標取帛。”

【險妝】猶異妝。新唐書車服志：“婦人……禁高髻、險妝、去眉、開額及吳越高頭草履。”

【險阻】㊀艱險阻塞之地。左傳成十三年：“文公躬擐甲冑，跋履山川，踰越險阻，征東之諸侯。”孫子軍爭：“不知山林險阻沮澤者不能行軍。”漢曹操注：“坑塹者爲險，一高一下者爲阻。”㊁辛苦困厄之境。左傳僖二八年：“晉侯在外十九年矣，而果得晉國，險阻艱難，備嘗之矣。”

【險固】險阻鞏固之地。史記六國年表：“秦始小國，僻遠諸夏，……然卒并天下，非必險固便形埶利也。”

【險要】險峻衝要。三國志魏徐晃傳：“此閣道，漢中之險要咽喉也。”也指險峻衝要之地。又劉馥傳：“遂開拓邊守，屯據險要。”

【險竿】雜技名。指緣竿走索的技藝。全唐詩二六五顧況有險竿歌。又七七六柳曾險竿行：“百尺高竿百尺緣，一足參差一家哭。險竿兒，聽我語，更有險徒險於汝。”

【險詖】邪諂不正。詩周南卷耳序：“內有進賢之志，而無險詖私謁之心。”詖，也作“陂”。荀子成相：“讒人罔極，險陂傾側此之疑。”注：“陂與詖同。”

【險棘】猶險阻。藝文類聚六漢蔡邕京兆尹樊陵碑：“道路孔夷，民淸險棘，同體諸舊，兆氓蒙福。”文選晉左太沖(思)魏都賦：“宴安於絕域，榮其文身，驕其險棘。”

【險語】驚人之語。唐韓愈昌黎集二醉贈張秘書詩：“險語破鬼膽，高詞媲皇墳。”

【險謁】不正當的請託。後漢書皇后紀上序：“所以能述宣陰化，修成內則，閨房肅雍，險謁不行也。”按詩周南卷耳唐孔穎達疏：“險詖者，情實不正，譽惡爲善之辭也。私謁者，婦人有寵，多私薦親戚。”參見“險詖”。

【險澀】險阻不通。晉書周浚傳附周馥上書：“方今王都罄乏，不可久居，河朔蕭條，崤函險澀，宛都屢敗，江漢多虞。”

【險戲】險阻崎嶇。喻艱難。楚辭漢東方朔七諫怨世：“何周道之平易兮，然蕪穢而險戲。”也作“險巇”。文選漢馬季長(融)長笛賦：“經涉其左右，哤聒其前後者，無晝夜而息焉，夫固危殆險巇之所迫也。"梁書任昉傳劉峻廣絶交論："嗚呼！世路險巇，一至於此！"

【險瀆】地名。漢置縣，屬遼東郡，縣依水險，故名。後漢爲遼東屬國。晉廢。故地在今遼寧台安縣東南。參閱漢書地理志下遼東郡、嘉慶一統志六五錦州府二古蹟。

【險韻】韻字艱僻難押的詩韻。宋王禹偁小畜集八謫居感事詩："分題宜險韻，翻勢得仙碁。"草堂詩餘前上李易安(清照)念奴嬌春情詞："險韻詩成，扶頭酒醒，別是閒滋味。"參見"尖叉"。

【險道神】古今雜劇缺名漢姚期大戰邳仝一："險道神賣豆腐，人硬貨不硬。"險道神，相傳卽開路神君。一名阡陌將軍。身長丈餘，頭廣三尺，鬚長三尺五寸，頭赤面藍。左手執印，右手執戟，出柩時在前先行，卽周禮夏官方相氏之遺制。參閱葉德輝三教搜神大全七。

隩 1. yù 於六切，入，屋韻，影。ㄩˋ

㊀水岸内曲處。文選南朝宋謝靈運從斤竹澗越嶺溪行詩："逶迤傍隈隩，苕遞陟陘峴。"注："爾雅曰：隩，限也。郭璞曰：今江東呼爲浦。隩，於到切，又於六切。"㊁入室取暖。通"燠"。書堯典："厥民隩，鳥獸氄毛。"史記五帝紀作"燠"。

2. ào 烏到切，去，号韻，影。ㄠˋ

㊂室的西南隅。孔子家語八問玉："目巧之室，則有隩阼。"注："室西南隅謂之隩"。參見"奥㊀"。㊃深。通"奥"。國語鄭："申呂方彊，其隩愛太子，亦必可知也。"注："隩，隱也。"莊子天下："弱於德，强於物，其塗隩矣。"㊄可以定居的地方。通"墺"。書禹貢："九州攸同，四隩既宅。"參見"墺㊀"。

十四畫

隮 jī 祖稽切，平，齊韻，精。ㄐㄧ 子計切，去，霽韻，精。

㊀登，升。同"躋"。書顧命："王麻冕黼裳，由賓階隮。"㊁虹。周禮春官眂祲："掌十輝之法，……九曰隮。"注："隮，虹也。"㊂墜落。書微子："王子弗出，我乃顛隮。"

隰 xí 似入切，入，緝韻，邪。ㄒㄧˊ

㊀低濕之地。詩邶風簡兮："山有榛，隰有苓。"㊁新墾之田。詩周頌載芟："千耦其耘，徂隰徂畛。"箋："隰謂新發田也。"㊂春秋齊邑犂丘，又名隰。在今山東臨邑縣境。左傳哀二七年："隰之役，而父死焉。"又十年"取犂及轅"晉杜預注："犂，一名隰。"唐孔穎達疏："犂，卽犂丘也。"參閱嘉慶一統志一六三濟南府二古蹟。㊃姓。春秋時有齊大夫隰朋。

【隰州】地名。春秋時晉蒲邑。漢置蒲子縣，屬河東郡。三國魏改屬平陽郡，晉因之。永嘉時劉淵曾都此。隋開皇十八年改爲隰川，以縣南有龍泉下濕，因以爲名。唐武德元年改爲隰州。唐、宋、元、明因之。清雍正時升爲直隸州。公元1912年廢州，改隰縣，屬山西省。參閱太平寰宇記四八隰州。

【隰城】地名。漢置縣，屬西河郡。在今山西汾陽縣西。三國魏省入茲氏縣，晉改茲氏爲隰城縣。唐上元元年，改名西河縣。明萬曆二十三年改汾陽縣，清因之。參閱讀史方輿紀要四二汾州府。

【隰草】下濕之地所生之草。本草綱目十五、十六隰草類，所屬有菊、野菊、地黄、牛膝等。

【隰皋】岸邊濕地。左傳襄二五年："牧隰皋。"注："隰皋，水岸下濕，爲芻牧之地。"

隱 1. yǐn 於謹切，上，隱韻，影。ㄧㄣˇ

㊀隱晦。顯之反。易繫辭上："探賾索隱，鉤深致遠。"㊁潛藏，藏匿。易坤文言："天地變化草木蕃，天地閉，賢人隱。"㊂隱瞞。論語述而："二三子以我爲隱乎？吾亦無隱乎爾。"㊃憐憫。孟子梁惠王上："王若隱其無罪而就死地，則牛羊何擇焉？"㊄痛苦。國語周上："是先王非務武也，勤恤民隱而除其害也。"㊅窮困。詳"隱民㊀"。㊆審度。書盤庚下："嗚呼，邦伯師長，百執事之人，尚皆隱哉。"傳："言當庶幾相隱括共爲善政。"疏："隱謂隱審也。"㊇隱語。史記一二六淳于髡傳："齊威王之時喜隱。"索隱："喜隱謂好隱語。"參見"隱語"。㊈矮牆。左傳襄二三年："踰隱而待之。"㊉琴飾。文選漢枚叔(乘)七發："孤子之鈎以爲隱，九寡之珥以爲約。"⑪威重貌。詳"隱若敵國"。⑫殷盛。見"隱賑"。

2. yìn 於靳切，去，焮韻，影。ㄧㄣˋ

⑬倚，靠著。孟子公孫丑下："隱几而卧。"

【隱₂几】㊀倚着几案。莊子徐无鬼："南伯子綦隱几而坐，仰天而噓。"㊁几案。南齊謝朓謝宣城詩集五有烏皮隱几詩。南齊書孔稚圭傳："太祖(蕭道成)……餉靈産白羽扇素隱几。"靈産，稚圭父。

【隱士】㊀隱居不仕的人。莊子繕性："古之所謂隱士者，非伏其身而弗見也，……時命大謬也。"㊁善説隱語的人。漢劉向説苑正諫："咎犯對曰：'臣不能爲樂，臣善隱。'平公召隱士十二人。"

【隱化】去世。死的婉稱。唐陳子昂陳伯玉集六府君有周文林郎陳公墓誌文："公諱元敬，……七月七日己未隱化於私館。"

【隱民】㊀窮人。左傳昭二五年："政自之出久矣，隱民多取食焉，爲之徒者衆矣。"注："隱，約，窮困。"㊁隱士。新唐書九六杜如晦傳附杜淹："上好用隱民，蘇威以隱者召，得美官。"

【隱地】㊀隱瞞未報之地。宋史三五〇王恩傳："括隱地二萬三千頃，分弓箭士耕屯。"㊁隱居之地。元倪瓚倪雲林集四贈葛子熙詩："聞道陰厓留積雪，將尋隱地看長松。"

【隱曲】㊀幽深偏僻。列女傳六阿谷處女："阿谷之隧，隱曲之地。"㊁中醫名詞。1. 指陰部。素問二二至真要大論："隱曲之疾，主勝則寒氣逆滿，食飲不下，甚則爲疝。"注："隱曲之疾，謂隱爲委曲之處病也。"2. 謂房事。素問二陰陽別論："二陽之病發心脾，有不得隱曲，女子不月。"注："隱曲，謂隱蔽委曲之事也。"

【隱忍】克制忍耐。史記六六伍子胥傳論："方子胥窘於江上，道乞食，志豈嘗須臾忘郢邪？故隱忍就功名，非烈丈夫孰能致此哉？"

【隱秀】㊀幽雅，秀麗。南朝宋顏延之顏光禄集家傳銘："青州隱秀，爰始奠居。"㊁含蓄，挺秀。南朝梁劉勰文心雕龍八隱秀："是以文之英蕤，有秀有隱。隱也者，文外之重旨者也；秀也者，篇中之獨拔者也。"

【隱居】㊀深居不仕。論語季氏："'隱居以求其志，行義以達其道'，吾聞其語矣，未見其人也。"㊁隱居之所。唐孟浩然集三尋白鶴巖張子容隱居詩："白鶴青巖畔，幽人有隱居。"

【隱相】宋宦官梁師成得君貴幸，官至太尉，侍寵專權，時人目爲"隱相"。見宋史四六八梁師成傳。

【隱約】㊀潛藏。莊子山木："夫豐狐文豹，……雖飢渴隱約，猶且胥疏於江湖之上而求食焉。"㊁義深言簡。史記太史公自序："夫詩書隱約者，欲遂其志之思也。"㊂窮困。漢桓寬鹽鐵論鹽鐵取下："故餘粱肉者，難爲言隱約；處佚樂者，難爲言勤苦。"㊃依稀不明貌。南朝梁何遜何水部集初發新林詩："帝城猶隱約，家園無處所。"

【隱宮】指宮刑。史記秦始皇紀："隱宮徒刑者七十餘萬人。"正義："宮刑，一百日隱於蔭室養之乃可，故曰隱宮。"

【隱疾】隱處的瑕疵或疾病。禮曲禮上："名子者，不以國，不以日月，不以隱疾，不以山川。"注："隱疾，衣中之疾也。謂若黑臀、黑肱矣。疾在外者，雖不得言，尚可指擿。此則無時可辟。俗語云：隱疾難爲醫。"

【隱栝】矯正竹木彎曲的器具。韓非子顯學："自直之箭，自圜之木，百世無有一，然而世皆乘車射禽者何也？隱栝之道用也。"也作"隱括"。漢桓寬鹽鐵論大論："而欲廢法以治，是猶不用隱括斧斤，欲撓曲直枉也。"引申爲修改、訂正之義。漢何休公羊傳序："往者略依胡母生條例，多得其正，故遂隱括，使就繩墨焉。"參見"檃栝"。

【隱書】㊀書名。1.漢書藝文志有隱書十八篇，屬雜賦家。注引劉向別錄："隱書者，疑其言以相問，對者以慮思之，可以無不諭。"南朝梁劉勰文心雕龍三諧讔："讔者，隱也；遯辭以隱意，譎譬以指事也。……漢世隱書十有八篇，歆固編文，録之歌末。"2.清俞樾撰，所收皆謎語。見春在堂全書曲園雜纂四九。㊁含義隱祕之書。南朝梁陶弘景真誥五甄命授："道有八素真經，太上之隱書也；道有九真中經，老君之祕言也。"後以指道家之書。唐陸龜蒙甫里集九和懷華陽潤卿博士之一："幾降真官授隱書，洛公曾到夢中無。"

【隱淪】指隱居、隱居之人。晉書郭璞傳客傲："嚴平澄煥於塵肆，梅真隱淪乎市卒。"文選南朝宋謝靈運入華子崗是麻源第三谷詩："既枉隱淪客，亦棲肥遯賢。"

【隱情】㊀隱祕實情。史記七十張儀傳："是故不敢匿意隱情，先以聞於左右。"晉陸機陸士衡集八演連珠之二五："臣聞託闇藏形，不爲巧密；倚智隱情，不足自匿。"後亦指難言之事。㊁思忖情勢。禮少儀："軍旅思險，隱情以虞。"注："當思念己情之所能，以度彼之將然否。"

【隱匿】隱瞞，藏匿。墨子尚同："隱匿良道，不以相教。"後漢書六五皇甫規傳上疏求乞自効："微勝則虛張首級，軍敗則隱匿不言。"

【隱荵】草名。亦作"隱忍"。爾雅釋草："蒡，隱荵。"注："似蘇有毛，今江東呼爲隱荵。藏以爲菹，亦可瀹食。"

【隱逸】㊀隱居，遠遁。漢書八六何武傳："吏治行有茂異，民有隱逸，乃當召見，不可有所私問。"㊁隱士，逸民。後漢書十七岑彭傳："(岑熙)遷魏郡太守，招聘隱逸，與參政事，無爲而化。"三國魏嵇康嵇中散集一述志詩之二："巖穴多隱逸，輕舉求吾師。"

【隱閔】㊀猶隱忍。楚辭屈原九章思美人："寧隱閔而壽考兮，何變易之可爲。"也作"隱憫"。文選南朝宋顏延年(延之)北使洛詩："隱憫徒御悲，威遲良馬傾。"㊁不著形迹。淮南子原道："穆忞隱閔，純德獨存。"注："穆忞、隱閔，皆無形之類也。"

【隱辟】㊀迴避。禮玉藻："退則坐，取屨，隱辟而后屨。"注："隱辟，俛逡巡而退著屨也。"㊁偏僻。荀子王霸："所聞所見，誠以齊矣，則雖幽閒隱辟，百姓莫敢不敬分安制以化其上。"

【隱鼠】鼹鼠的別名。以其常偃伏，名鼹；以其陰穿地中而行，名隱鼠；以其起地若耕，名犂鼠。參閱本草綱目五一獸三。

【隱語】㊀猶密談。韓非子外儲右上："(樗里疾)恐犀首之代之將也，鑿穴於王之所常隱語者。"㊁指不直述本意而借它辭暗示的話。亦稱"廋詞"。漢書六五東方朔傳："(郭)舍人不服，因曰：'臣願復問朔隱語，不知，亦當榜。'"南朝梁劉勰文心雕龍三諧讔："昔楚莊齊威性好隱語，至東方曼倩尤巧辭述。"參閱清趙翼陔餘叢考二二謎。

【隱賑】繁盛富裕。同"殷賑"。文選晉左太沖(思)蜀都賦："爾乃邑居隱賑，夾江傍山，棟宇相望。"參見"殷賑"。

【隱慝】別人不知的惡迹。左傳僖十五年："震夷伯之廟，罪之也，於是展氏有隱慝焉。"疏："慝訓惡也，隱辟之惡不見於外，非法令所得繩也。"

【隱憂】猶深憂。詩邶風柏舟："耿耿不寐，如有隱憂。"韓詩作"殷憂"。參閱清馬瑞辰毛詩傳箋通釋四柏舟。

【隱嶙】謂突起。文選晉潘安仁(岳)西征賦："覓陛殿之餘基，裁岥岮以隱嶙。"宋蘇舜欽蘇學士集一舟中感懷寄館中諸君詩："峻閣欝前起，隱嶙天中央。"

【隱親】㊀親自審度。後漢書安帝紀延光元年詔："刺史舉所部，郡國太守相舉墨綬，隱親悉心，勿取浮華。"注："隱親，猶親自隱也。悉，盡也。言令三公以下各舉所知，皆隱審盡心，勿取浮華不實者。"㊁憐憫，關懷。後漢書四一鍾離意傳："建武十四年，會稽大疫，死者數萬，意獨身自隱親，經給醫藥，所部多蒙全濟。"注："隱親，謂親自隱恤之。"

【隱學】㊀隱居的學者。晉書任旭傳："旭與會稽虞喜俱以隱學被召。"㊁人所罕知的學問。新唐書選舉志下："大率十人競一官，餘多委積不可遣，有司患之，謀爲黜落之計，以僻書隱學爲判目，無復求人之意。"

【隱隱】㊀隱約，不分明。南朝宋鮑照鮑氏集五還都道中詩之二："隱隱日没岫，瑟瑟風發谷。"水經注十三㶟水："其山重巒疊巘，霞舉雲高，連山隱隱，東出遼塞。"㊁憂戚貌。荀子儒效："隱隱兮其恐人之不當也。"楚辭漢劉向九歎遠逝："志隱隱而鬱怫兮，愁獨哀而冤結。"㊂象聲詞。史記一一七司馬相如傳上林賦："沈沈隱隱，砰磅訇磕。"玉臺新詠一古詩爲焦仲卿妻作："府吏馬在前，新婦車在後，隱隱何訇訇，俱會大道口。"

【隱膝】車轎中擱膝之具。隋書禮儀志五："天子至于下賤，通乘步輿，方四尺，上施隱膝以及襻，舉之。"

【隱鵠】晉陸雲的稱號。說郛四缺名玉箱雜記："三國魏鄧艾號伏鸞，晉陸雲號隱鵠。"鵠，同"鶴"。

【隱耀】㊀隱藏光彩。三國志魏管寧傳太僕陶丘一等薦寧表："臣聞龍鳳隱耀，應德而臻；明哲潛遁，俟時而動。"宋范仲淹范文正公集七岳陽樓記："日星隱耀，山岳潛形。"㊁喻不露才華。後漢書三五鄭玄傳："又南山四皓有園公、夏黃公，潛光隱耀，世嘉其高，皆悉稱公。"

【隱₂囊】猶靠枕。北齊顏之推顏氏家訓勉學："梁朝全盛之時，貴游子弟，……坐棊子方褥，憑斑絲隱囊，列器玩於左右。"資治通鑑一七六陳至德二年："上倚隱囊。"注："隱囊者，爲囊實以細輭，置諸坐側，坐倦則側身曲肱以隱之。"

【隱聽】猶竊聽。魏書崔浩傳："李順等復曰：'耳聞不如目見，何可共辨。'浩曰：'汝曹受人金錢，欲爲之辭，謂我目不見便可欺也！'世祖聽，聞之乃出，親見(奚)斤等，辭旨嚴厲，形於神色。"

【隱士衫】唐成芳隱麥林山，剝苧織布，爲短襴寬袖之衣，着以酤酒，自稱隱士衫。見唐馮贄雲仙雜記二梁福廬州記。

【隱君子】指隱居的人。史記六三老子傳："老子，隱君子也。"河嶽英靈集中儲光羲寄孫山人詩："借問故園隱君子，時時來去在人間。"

【隱身術】古代方士所稱隱蔽自己使人目不能見之術。舊題元伊世珍瑯嬛記上:"主父既胡服,夜恒獨觀天象。一夕,見有神人自天而降。……授主父以玄女隱身之術,九鍊變骨之丹。"

【隱劍泉】在今四川梓潼縣北。相傳蜀五丁力士迎秦女,拔蛇山裂,俱斃於此;餘劍隱於路旁,忽生一泉,因名。見太平寰宇記八四劍州梓潼縣。

【隱居通議】宋末劉壎撰。三十一卷。分理學、古賦、詩歌、文章、駢儷、經史、禮樂、造化、地理、鬼神、雜録十一門。其論理學,尊陸九淵爲正傳;評詩論文中所引者,今多不存,足以補諸家總集之遺。

【隱若敵國】多用於歎賞人才繫國家之重者。漢書九二劇孟傳:"劇孟以俠顯。吳楚反時,……天下騷動,大將軍得之若一敵國云。"後漢書十八吳漢傳:"帝時遣人觀大司馬何爲,還言方脩戰攻之具。乃歎曰:'吳公差彊人意,隱若一敵國矣!'"注:"隱,威重之貌。言其威重若敵國。"北齊顏之推顏氏家訓慕賢:"張延雋之爲晉州行臺左丞,匡維主將,鎮撫疆埸,儲積器用,愛活黎民,隱若敵國矣。"

【隱惡揚善】隱匿其惡,褒揚其善。禮中庸:"舜好問而好察邇言,隱惡而揚善。"易大有作"君子以遏惡揚善"。

十五畫

隳 huī 許規切,平,支韻,曉。
ㄏㄨㄟ

毁壞。老子:"或載或隳。"文選漢賈誼過秦論:"一夫作難而七廟隳,身死人手爲天下笑者,何也?"參見"墮㊃"。

【隳突】衝撞毁壞。文選三國魏陳孔璋(琳)爲袁紹檄豫州:"(曹)操又特置發丘中郎將、摸金校尉,所過隳突,無骸不露。"唐柳宗元柳先生集十六捕蛇者説:"悍吏之來吾鄉,叫囂乎東西,隳突乎南北,譁然而駭者,雖雞狗不得寧焉。"

十六畫

隴 lǒng 力踵切,上,腫韻,來。
ㄌㄨㄥˇ

㊀山名。漢書武帝紀:"遂踰隴,登空同,西臨祖厲河而還。"注:"即今之隴山。"隴山在甘肅,因相沿稱甘肅爲隴。㊁旺盛。靈樞經營衞生會:"日中而陽隴,日西而陽衰。"㊂丘壟,田埂。通"壟"。史記項羽紀贊:"然羽非有尺寸,乘埶起隴畝之中。"

【隴山】六盤山南段的别稱。又名隴坻,隴坂。在今陝西隴縣至甘肅平凉一帶。山勢險峻,爲陝甘要隘。參閲太平寰宇記三二隴州汧源縣、讀史方輿紀要五五鳳翔府。

【隴右】㊀謂隴山以西至黄河以東之地。晉書宣帝紀:"魏武曰:'人苦無足,既得隴右,復欲得蜀!'"㊁唐設隴右道,轄今隴山以西至新疆東部一帶。爲十道之一。見新唐書地理志四。參見"十道㊀"。

【隴西】㊀郡名。秦置,漢晉因之,隋廢。地在今甘肅東南部一帶,歷代屢有增縮。參閲漢書地理志下、隋書地理志上。㊁縣名。屬甘肅省。漢襄武縣地。隋爲隴西郡治,唐寶應後爲吐番地。宋復置隴西縣,爲鞏州治。元爲鞏昌路治,明清爲鞏昌府治。見嘉慶一統志二五五鞏昌府。

【隴坻】即"隴山"。漢書地理志下"隴西郡"唐顔師古注:"隴坻謂隴阪,即今之隴山也。"水經注二河水:"水出鳥鼠山西北高城嶺,西逕隴坻,其山岸崩落者,聲聞數百里,故揚雄稱響若坻穨是也。"參見"隴山"。

【隴廉】醜婦名。楚辭漢嚴忌哀時命:"璋珪雜於甑窐兮,隴廉與孟娵同宫。"注:"隴廉,醜婦也。"

【隴禽】指鸚鵡。多産於隴西,故名。才調集二吳融浙東筵上有寄詩:"隴禽有意猶能説,江月無心也解圓。"又名隴鳥、隴客。唐李商隱李義山詩集四五言述德抒情……:"隴鳥悲丹觜,湘蘭怨紫莖。"宋梅堯臣宛陵集二二和劉原甫白鸚鵡詩:"雪衣應不妒,隴客幸相饒。"

【隴從】聚結貌。文選漢劉安招隱士之一:"山氣隴嵷兮石嵯峨,谿谷嶄巖兮水曾波。"楚辭作"巃嵷"。參見"巃嵷㊀"。

【隴種】潰敗貌。荀子議兵:"觸之者角摧,案角鹿埵隴種東籠而退耳。"注:"皆摧敗披靡之貌,或曰,……隴種,遺失貌;如隴之種物然。或曰即龍鍾也。"漢劉向新序雜事三:"故仁人之兵,……圓居而方止,若盤石然,觸之者隴種而退耳。"

【隴縣】㊀地名。漢置縣,屬天水郡。東漢屬漢陽郡。故城在今甘肅清水縣北。晉將陳安保隴城,劉曜攻拔之,即此。北魏置隴城縣,隋開皇二年改曰河陽,六年復曰隴城,唐宋因之,元併隴城縣入秦安。自北魏迄宋,歷朝之縣治,皆非漢縣故治。見嘉慶一統志二七五秦州二古蹟。㊁縣名。屬陝西省。秦汧邑地,漢置汧縣,屬右扶風。後魏改置隴東郡,正光三年兼置東秦州,西魏大統十七年改曰隴州,因山爲名。隋改汧源縣,唐以後爲隴州,明清皆屬陝西鳳翔府。公元1915年改隴縣。參閲太平寰宇記三二隴州、嘉慶一統志二三五鳳翔府。

【隴上歌】樂府曲名。東晉列國前趙劉曜圍陳安於隴城,後斬安於澗曲。隴上爲之歌,曜聞而嘉傷,命樂府歌之。參閲晉書劉曜載記、樂府詩集八五。

【隴西行】樂府曲名。樂府詩集三七相和歌辭隴西行解題:"一曰步出夏門行。樂府解題曰:古辭云'天上何所有,歷歷種白榆',始言婦有容色,能應門承賓;次言善於主饋;終言送迎有禮。此篇出諸集,不入樂志。"

【隴頭水】樂府漢横吹曲名。樂府詩集二一漢横吹曲隴頭解題:"一曰隴頭水。通典曰:天水郡有大阪,名曰隴坻,亦曰隴山,即漢隴關也。三秦記曰:其坂九回,上者七日乃越,上有清水四注下,所謂隴頭水也。"曲名本此。

隶部

隶 dài 羊至切,去,至韻,喻。
ㄉㄞˋ 集韻 待戴切,去,代韻。

及。從後及之。"逮"的本字。又音代。見廣韻。

九畫

隸 1. lì 郎計切,去,霽韻,來。
ㄌㄧˋ

㊀奴隸,供賤役的人。左傳昭七年:"士臣皁,皁臣輿,輿臣隸,隸臣僚,僚臣僕,僕臣臺。"國語周下:"子孫爲隸,不夷於民。"後世特指衙役。參見"皁隸"。㊁附

屬。後漢書十七馮異傳:“及破邯鄲,乃更部分諸將,各有配隸。”㊂漢字書體之一。見“隸書”。㊃姓。相傳黃帝臣隸首之後。漢有隸延之。見正字通。

2. yì 丨

㊄檢查。通“肄”。史記一二二義縱傳:“關東吏隸郡國出入關者。”集解:“隸,閱也。”漢書九十義縱傳隸作“肄”。參見“肄㊂”。

【隸人】罪人。儀禮既夕禮:“隸人涅廁。”注:“隸人,罪人也,今之徒役作者也。”古以罪人或罪人家屬執賤役,後則非罪人亦爲之。左傳昭四年:“輿人納之,隸人藏之。”注:“輿、隸皆賤官。”

【隸户】没入爲奴隸之户。北史咸陽王禧傳:“時王國舍人應取八族及清脩之門,禧取任城王隸户爲之,深爲帝責。”

【隸古】用隸書寫定古文。文選漢孔安國尚書序:“至魯共王,好治宫室;壞孔子舊宅以廣其居,於壁中得先人所藏古文虞、夏、商、周之書,及傳、論語、孝經,皆科斗文字。……科斗書廢已久,時人無能知者,以所聞伏生之書,考論文義,定其可知者爲隸古定,更以竹簡寫之。”唐陸德明經典釋文條例:“尚書之字,本爲隸古,既是隸寫古文,則不全爲古字。”參閱唐顏師古匡謬正俗二、宋陸游老學庵筆記三。

【隸事】謂以故事相隸屬。南史王諶傳附王摛:“尚書令王儉嘗集才學之士,總校虛實,類物隸之,謂之隸事。”

【隸首】人名。傳爲黃帝之臣。史記曆書“蓋黃帝考定星曆”唐司馬貞索隱:“按:系本及律曆志黃帝使羲和占日,常儀占月,臾區占星氣,伶倫造律呂,大橈作甲子,隸首作算數,容成綜此六術而著調曆也。”

【隸書】書體名。亦稱“隸字”、“佐書”。爲就小篆簡化之一種字體。相傳爲秦始皇時程邈在雲陽獄中所作。按秦用篆書,其後政務繁多,胥吏書寫文字,結構與篆相似,而工整遜之,稱爲隸書,在昭襄王時已與小篆並行。後人稱爲秦隸或古隸。至漢,隸書成爲通行文字,變篆書之圓轉,筆畫以波磔爲特點,字形較爲扁平,稱爲漢隸,如相傳之漢蔡邕書熹平石經殘字是。見漢書藝文志、漢許慎説文解字序。

【隸絶】隸書的最高手。唐張彦遠法書要録二梁陶弘景論書啓:“伯英既稱草聖,元常實自隸絶。”伯英,漢張芝。元常,三國魏鍾繇。

【隸農】稱農業奴隸。國語晉一:“吾觀君夫人也,若爲亂,其猶隸農也,雖獲沃田,而勤易之,將不克饗,爲人而已。”

【隸僕】官名。周禮夏官之屬,掌宫室埽除糞洒之事。

【隸辨】清顧藹吉撰,八卷,鉤摹漢隸,以宋禮部韻編次,每字下分注碑名,並引碑語。其書以宋婁機漢隸字源爲藍本,而補充婁機以後續出之漢碑,皆出自手摹。自序稱積三十年而始成書。

【隸釋】書名。宋洪适撰,二十七卷。前十九卷薈萃漢隸一百八十九種,上起建武,迄於黃初青龍,而以西晉所刊張平子碑殿之,皆以楷書録其全文,對假借通用之字,一一疏通證明。其碑文與史事有關者,詳加辨訂異同。後八卷爲彙聚諸家碑目。又有隸續二十一卷,亦洪适所撰,體例與前書同,今傳本殘缺不全,已非原書之舊。

【隸屬】㊀指奴隸徒屬。韓非子難勢:“堯教於隸屬,而民不聽;至於南面而王天下,令則行,禁則止。”㊁附屬,從屬。文選晉潘安仁(岳)關中詩注引上關中詩表:“齊萬年編户隸屬,爲日久矣。”

【隸變】謂隸書變改篆法。如楷書(卽今隸)“前”、“舟”等字及“綴”字之“叕”旁,與篆文筆勢迴殊,皆屬隸變。參閱宋郭忠恕佩觿上。

隸

dài ㄉㄞˋ 徒亥切,上,海韻,定。

及,趁着。今字作“迨”。説文“隸”引詩:“隸天之未陰雨。”今詩豳風鴟鴞作“迨天之未陰雨”。

隹 部

隹

zhuī ㄓㄨㄟ 職追切,平,脂韻,照。

短尾鳥的總名。見説文。

【隹其】鳥名。爾雅釋鳥:“隹其鳺鴀。”注:“今鵓鳩。”疏:“陸機云今小鳩也,一名鵓鳩。……梁宋之間謂之隹,揚州人亦然。”

二 畫

隺

hè ㄏㄜˋ 胡沃切,入,沃韻,匣。

高貌。説文“隺”引易:“夫乾隺然。”今易繫辭下作“夫乾確然”。俗借用爲“鶴”字。參閱清段玉裁説文解字注五下。

隼

sǔn ㄙㄨㄣˇ 思尹切,上,準韻,心。

鳥名。凶猛善飛。卽鶻。詩小雅沔水:“鴥彼飛隼,載飛載止。”三國吴陸璣毛詩草木鳥獸蟲魚疏下鴥彼飛隼:“隼,鷂屬也。齊人謂之擊征,或謂之題肩,或謂之雀鷹。”

【隼質】凶殘的本性。晉書慕容雲載記史臣曰:“慕容垂天資英傑,威震本朝,以雄略見猜而庇身寬政,永固受之而以禮,道明事之而畢力,然而隼質難羈,狼心自野。”

【隼旟】繪隼的旐旗。周禮春官司常:“熊虎爲旗,鳥隼爲旟。”注:“所畫異物,則異名也。”後人多用爲地方長官的故事。唐高適高常侍集三奉酬北海李太守丈人夏日平陰亭詩:“誰謂整隼旟,翻然憶柴扃。”劉禹錫劉夢得集九泰娘歌:“風流太守韋尚書,路旁忽見停隼旟。”也作“隼旗”。唐岑參岑嘉州詩三送羽林長孫將軍赴歙州:“隼旗新刺史,虎劍舊將軍。”

【隼尾波】隸書的一種筆形。唐張彦遠法書要録一王右軍題衛夫人筆陣圖後:“又八分更有一波,謂之隼尾波。卽鍾公泰山銘及魏文帝受禪碑中已有此體。”

隻

zhī ㄓ 之石切,入,昔韻,照。

㊀本專指鳥一隻。見説文。引申爲凡物之單者曰隻。參見“隻日”。㊁量詞。穆天子傳二:“于是載玉萬隻。”三國志魏張邈傳:“(呂)布令門候于營門中舉一隻戟。”

【隻日】單日,對雙日而言。唐白居易長慶集十六宿西林寺早赴東林滿上人之會因寄崔二十二員外:“雙林我起聞鐘後,隻日君趨入閣時。”舊唐書文宗紀論:“故事,天子隻日視事,帝謂宰輔曰:‘朕欲與卿等每日相見,其輟朝、放朝,用雙日可也。’”

【隻立】孤立。列子力命:“多偶、自專、乘權、隻立四人,相與游於世,胥如志也,窮年不相顧眄。"隻立，取孤獨自立之義，而假託爲人名。三國志蜀郤正傳："少以父死母嫁，單煢隻立，而安貧好學，博覽墳籍。"

【隻字】一字。宋蘇軾分類東坡詩三石蒼舒醉墨堂："胡爲議論獨見假，隻字片紙皆藏收。"參見"片言隻字"。

【隻身】孤獨一人。宋詩鈔真山民山民集鈔渡江之越宿蕭山縣："隻身千里客，孤枕一燈秋。"

【隻眼】㊀喻見識。宋黃庭堅豫章集二七題文湖州竹上鸜鵒："文湖州(同)竹上鸜鵒，曲折有思，觀者能言之，許渠具一隻眼。"㊁圍棋以眼爲要着。隻眼卽一眼。宋葛立方韻語陽秋十七："古今人賦棊詩多矣。……王無功亦有圍棊長篇云：'雙關防易斷，隻眼畏難全。'"

【隻履西歸】佛教傳說，達摩既葬熊耳山，後三歲，魏宋雲使西域回，遇師於葱嶺，見手攜隻履翩翩獨逝。雲問："師何往？"師曰："西天去。"雲返，奏其事。帝令啓壙，内僅存革履一隻。見景德傳燈錄三。

【隻輪不反】謂大敗。猶言全軍覆没。反，同"返"。公羊傳僖三三年："然而晉人與姜戎要之殽而擊之，(秦師)匹馬隻輪無反者。"

【隻雞絮酒】後漢書五三徐穉傳："穉嘗爲太尉黃瓊所辟，不就。及瓊卒歸葬，穉乃負糧徒步到江夏赴之，設雞酒薄祭，哭畢而去，不告姓名。"注："謝承(後漢)書曰：'穉諸公所辟雖不就，有死喪負笈赴弔。常於家豫炙雞一隻，以一兩綿絮漬酒中暴乾以裹雞，徑到所起冢墜外，以水漬綿使有酒氣，斗米飯，白茅爲藉，以雞置前，醊酒畢，留謁則去，不見喪主。"喻祭品雖薄而情意甚深。後人弔祭之文多引用此語。參見"絮酒"。

三　畫

雀 què ㄑㄩㄝ 卽畧切，入，藥韻，精。

㊀指麻雀。詩召南行露："誰謂雀無角，何以穿我屋。"㊁泛指小鳥。文選戰國楚宋玉高唐賦："衆雀嗷嗷，雌雄相失，哀鳴相號。"㊂色如雀者。見"雀弁"。

【雀立】戰國策楚一："(棼冒勃蘇)七日而薄秦王之朝，雀立不轉，晝吟宵哭。"宋鮑彪注："雀立，踴也。"清王念孫謂雀當爲"雀"字之誤。隺與鶴同。鶴立，謂竦身而立。參閱讀書雜志戰國策二。

【雀弁】㊀古冠冕名。同"爵弁"。書顧命："二人雀弁執惠，立于畢門之内。"疏："鄭玄云：赤黑曰雀，言如雀頭色也。雀弁制如冕，但無藻耳。"參見"爵弁"。㊁草名，卽䔰。爾雅釋草："莣，雀弁。"北魏賈思勰齊民要術十："䔰，幽兗謂之燕䔰，一名爵弁，一名蔓根。"

【雀舌】㊀嫩茶芽。全唐詩三五七劉禹錫病中一二禪客見問因以謝之："添鑪烹雀舌，灑水淨龍鬚。"一本作"雞舌"。宋沈括夢溪筆談二四雜誌一："茶芽，古人謂之雀舌、麥顆，言其至嫩也。……予山居有茶論。嘗茶詩云：'誰把嫩香名雀舌，定來〔知〕北客未曾嘗。'"㊁草名。地耳草，一名斑鳩窩。高三四寸，叢生，單葉，初生甚紅，葉皆抱莖上聳，老則變綠。梢端春開小黃花。參閱清吳其濬植物名實圖考十二地耳草。

【雀芋】芋的一種。唐段成式酉陽雜俎前集十九草篇："雀芋，狀如雀頭，置乾地反濕，置濕處復乾，飛鳥觸之墮，走獸遇之僵。"

【雀李】果木名。卽郁李。詩豳風七月"六月食鬱及薁"唐孔穎達疏："本草云：鬱，一名雀李，一名車下李。"參見"郁李"。

【雀屏】隋末竇毅爲其女擇壻，於屏上畫二孔雀，請昏者使射二矢，陰約中目則許之。射者閲數十，皆不合。李淵(唐高祖)最後射，中各一目，遂歸於帝。見新唐書七六太穆竇皇后傳。後因以爲擇婿之喻。明唐玉翰府紫泥全書四婚禮聘定："幸雀屏之中選，宜龜筮之叶謀。"

【雀豹】雀之鷙者，以其勇健，故稱。唐韓愈昌黎集八城南聯句："得雋蠅虎健，相殘雀豹趟。"

【雀息】雀之吐息。喻氣力微弱。三國志吳韋曜傳獄中上書："追懼淺蔽，不合天聽，抱怖雀息，乞垂哀省。"南朝梁陶弘景陶隱居集請雨詞："亢旱積旬，苗稼焦涸，遠近嗷嗷，瞻天雀息。"

【雀頂】清制，舉人公服冠頂，用鏤花銀座，上銜金雀；生員鏤花銀座，上銜銀雀；俗稱雀頂。參閱清會典事例三二七禮部冠服士庶冠服。

【雀梠】卽屋檐。爲雀所棲，故名。方言十三"屋梠謂之欞"晉郭璞注："雀梠，卽屋檐也，亦呼爲連緜。"參閱孫詒讓札迻二釋名釋宮室。

【雀麥】植物名。爾雅釋草作"蘥"。俗稱野麥。一年生，草本。苗似小麥而弱，結實成穗，細長而疏，與燕麥之密實者不同，可作牧草。見農政全書五二救荒本草雀麥。

【雀釵】有雀形飾物的釵。晉書元帝紀永昌元年："將拜貴人，有司請市雀釵，帝以煩費不許。"南朝梁何遜何水部集嘲劉諮議詩："雀釵橫曉鬢，蛾眉豔宿妝。"也作"爵釵"。見該條。

【雀飾】以赤黑色爲飾。周禮春官巾車："漆車、藩蔽、豻禊、雀飾。"注："雀，黑多赤少之色韋也。"

【雀鼠】㊀碩鼠的別名。見三國吳陸璣毛詩草木鳥獸蟲魚疏下。㊁雀與鼠。喻輕賤。後漢書八十禰衡傳："(曹)操怒，謂(孔)融曰：'禰衡豎子，孤殺之如雀鼠耳！'"㊂喻爭訟。聊齋志異冤獄："卽或鄰里愚民，山村豪氣，偶因鵝鴨之爭，致起雀鼠之忿。"參見"鼠牙雀角"。

【雀臺】古臺名，卽銅雀臺。文選南朝宋鮑明遠(照)代君子有所思詩："西出登雀臺，東下望雲闕。"注："鄴中記：鄴城西北立臺名銅雀臺。"參見"銅雀臺㊀"。

【雀瞀】夜盲症。宋陸佃埤雅釋鳥："舊說雀目夕昏。人有至夕昏不見物者，謂之雀瞀，卽此類也。"

【雀餳】草木分泌的凝滴。宋王陶談淵："杜鎬博學有識，都城外有墳莊，一日，若有甘露，降布林木。子姪輩驚白于鎬，味之，慘然不懌。子姪啓請，鎬曰：'此非甘露，乃雀餳，大非佳兆，吾門其衰矣。'"(說郛三四)

【雀鷇】雛雀。晏子春秋内篇雜上："景公探雀鷇，鷇弱，反之。晏子聞之，不時而入見，……北面再拜而賀曰：吾君有聖王之道矣。"

【雀躍】言欣喜如雀之跳躍。莊子在宥："鴻蒙方將拊髀雀躍而遊。"宋史二四四燕王德昭傳："惟吉……五歲，日讀書誦詩。帝嘗射飛鳶，一發而中。惟吉從旁雀躍，喜甚，帝亦喜，鑄黃金爲奇獸瑞禽賜之。"

【雀鼠谷】地名。在今山西介休縣西南。俗謂雀鼠谷。見水經注六汾水"又南過冠爵津"注。周書齊煬王憲傳："(建德)五年，大舉東討，憲率精騎二萬，復爲前鋒，守雀鼠谷。"卽此。

【雀鼠耗】梁書張率傳："在新安，遣家僮載米三千石還吳宅，既至，遂耗大半。率問其故，答曰：'雀鼠耗也。'率笑而言曰：'壯哉雀鼠。'竟不研問。"雀鼠耗一詞本此。至五代後唐明宗時立制，漕米每石加二斗耗，謂之雀鼠耗。參閱舊五代史漢王章傳、宋葉夢得石林燕語三。

【雀頭香】香名。三國志吳孫權傳"立登爲王太子"注引江表傳："是歲，魏文帝遣使求雀頭香、大貝、明珠……長鳴雞。”本草綱目十四草三香附子：“其根相附，連續而生，可以合香，故謂之香附子，上古謂之雀頭香。”

【雀頭履】履名。元伊世珍瑯嬛記中引姚鶩尺牘：“馬嵬老媼拾得太真襪以致富。其女名玉飛，得雀頭履一隻，真珠飾平口，以薄檀爲苴，長僅三寸。玉飛奉爲異寶，不輕示人。”

【雀兒腸肚】喻氣量褊小。宋陳師道後山談叢四：“王師既平蜀，詔昶赴闕。曹武肅王（彬）密奏曰：‘孟昶王蜀三十年，而蜀道千餘里，請擒孟氏而赦其臣以防變。’太祖批其後曰：‘你好雀兒腸肚。’”

【雀離浮圖】佛塔名。雀離，梵語，義爲頂上三叉戟。塔在西域乾陀羅城東南七里，爲國王迦尼色迦所造，高三丈，凡十三級。塔內佛事，悉是金玉，千變萬化，難得而稱。於西域浮圖中爲第一。見北魏楊衒之洛陽伽藍記五城北。梁高僧傳二鳩摩羅什傳雀梨大寺，水經注二引道安西域記作雀離大清淨，大唐西域記一作東西昭怙釐。

四畫

雇 1. hù ㄏㄨˋ 侯古切，上，姥韻，匣。

㊀九雇，鳥名。即九扈。說文：“九雇，農桑候鳥。”爾雅釋鳥作“鳸”。見“九扈”。

2. gù ㄍㄨˋ 古暮切，去，暮韻，見。

㊁傭賃。出錢招人服勞務。同“僱”。見下各條。

【雇$_2$山】漢律，女犯徒刑，得雇人在山伐木以自贖。後漢書光武紀上建武三年詔：“女徒雇山歸家。”注：“前書音義曰：‘令甲：女子犯徒遣歸家，每月出錢雇人於山伐木，名曰雇山。’”也作“顧山”。見該條。

【雇$_2$夫】受雇之人。宋蘇軾東坡集奏議十二乞罷宿城狀：“展築外城一十一里有餘，役兵及雇夫共五十七萬有餘工，每夫用七十省錢，召募雇夫及物料合用錢一萬九千餘貫，約五年畢工。”

【雇$_2$直】雇傭的酬值。後漢書桓帝紀永壽元年二月：“若王侯吏民有積穀者，一切貣十分之三，以助稟貸；其百姓吏民者，以見錢雇直。”注：“雇猶酬也。”宋史食貨志上五熙寧元年：“凡斂錢，先視州若縣應用雇直多少，隨戶等均取。”

【雇$_2$借】雇用。後漢書五八虞詡傳：“開漕船道，以人僦直雇借傭者，於是水運通利，歲省四千餘萬。”文選南朝梁任彥昇（昉）奏彈劉整：“當伯天監二年六月從廣州還至，整復奪取，云應充衆，准雇借上廣州四年夫直。”

【雇$_2$籍】登記雇傭者的册籍。宋史食貨志上六元祐六年三省言：“其四曰：官雇弓手，先雇嘗充弓手之人，如不足，以武勇有雇籍者充。”

雉 zhī ㄓ 章移切，平，支韻，照。

㊀鳥名。見說文。㊁漢宮觀名。文選漢司馬長卿（相如）上林賦：“蹷石闕，歷封巒，過雉鵲，望露寒。”注：“張揖曰：‘此四觀，武帝建元中作，在雲陽甘泉宮外。’”漢書五七上司馬相如傳作“鳷鵲”。參見該條。

雅 1. yǎ ㄧㄚˇ 五下切，上，馬韻，疑。

㊀正確，規範。荀子王制：“使夷俗邪音，不敢亂雅。”參見“雅言”。㊁高尚，文明。漢賈誼新書道術：“辭令就得謂之雅，反雅爲陋。”唐王維王右丞集五送張舍人佐江州同薛據詩：“清範何風流，高文有風雅。”故尊人之辭多稱雅，如雅鑒、雅囑之類。㊂美好。史記一一七司馬相如傳：“從車騎，雍容閒雅甚都。”㊃平素。史記八八蒙恬傳：“（趙）高雅得幸於胡亥，欲立之。”漢書六六楊敞傳附楊惲報孫會宗書：“婦，趙女也，雅善鼓瑟。”引申爲交往。又八五谷永傳：“永奏書謝鳳曰：‘永斗筲之材，質薄學朽，無一日之雅。’”㊄極，甚。後漢書竇后紀：“及見，雅以爲美。”㊅樂器。周禮春官笙師：“掌教龡竽、笙、塤、籥、簫、篪、篴、管，舂牘、應、雅，以教祴樂。”注：“雅，狀如漆筩而弇口，大二圍，長五尺六寸，以羊韋鞔之，有兩組疏畫。”見圖。㊆詩六義之一。見“雅頌”。㊇書名。爾雅也省稱雅。訓詁之書仿爾雅體裁者多稱雅，如廣雅、埤雅。㊈酒器。通“盃”。見“盃”。詳“雅量㊁”。

雅

2. yā ㄧㄚ 集韻於加切，平，麻韻。

㊉烏別名。“鴉”之本字。說文：“雅，楚烏也，一名鸒，一名卑居，秦謂之雅。”參見“雅烏”。

【雅士】猶言正人。三國志魏邢顒傳劉楨與曹植書：“家丞邢顒，北土之彥，少秉高節，玄靜澹泊，言少理多，真雅士也。”

【雅安】縣名，屬四川省。漢青衣縣地。北魏置始陽縣。隋仁壽四年置雅州，以州境雅安山而名。州治嚴道，明洪武四年廢入雅州。雍正七年置雅安縣，爲雅州府治，公元1913年裁州留縣。參閱嘉慶一統志四〇二雅安府一。

【雅州】見“雅安”。

【雅言】㊀標準語。論語述而：“子所雅言，詩、書、執禮，皆雅言也。”集解引孔安國、鄭玄訓爲正言，宋朱熹集注訓爲常言。參見“雅音”。㊁正確之言。三國志蜀諸葛亮傳出師表：“陛下亦宜自謀，以諮諏善道，察納雅言。”

【雅步】行步閑雅。文選晉陸士龍（雲）爲顧彥先贈婦詩：“雅步擢纖腰，巧笑發皓齒。”南史袁湛傳附袁粲：“愍孫峻於儀範，廢帝倮之迫使走，愍孫雅步如常。”愍孫，粲初名。

【雅吹】吹奏雅樂。後漢書三七桓榮傳：“車駕幸太學，會諸博士論難於前，……又詔諸生雅吹擊磬，盡日乃罷。”注：“吹管奏雅頌也。”文苑英華一八四唐令狐峘釋奠日國學觀禮聞雅頌詩：“頌歌侵曉聽，雅吹度風聞。”

【雅玩】文人賞玩之事。宋米芾畫史唐畫：“徐熙大小折枝，吾家亦有，士人家往往見之。翎毛之倫非雅玩，故不録。”明王象晉羣芳譜花譜四水仙：“水仙花以精盆植之，可供書齋雅玩。”

【雅尚】平素的好尚。三國志魏管寧傳附胡昭：“頻加禮辟，昭往應命。既至，自陳一介野生，無軍國之用，歸誠求去。太祖曰：‘人各有志，出處異趣，勉卒雅尚，義不相屈。’”廣弘明集十九南齊蕭子良與荊州隱士劉虯書：“勤味道腴，幸遵雅尚，豈不樂哉。”

【雅服】㊀衣著儒雅。北史高允傳附盧曹：“性弘毅方重，常從容雅服，北州敬仰之。”㊁平素悦服。舊題漢劉歆西京雜記三：“子雲（揚雄）學（司馬）相如爲賦而弗逮，故雅服焉。”

【雅音】㊀高雅的音樂。三國魏曹植曹子建集九九詠詩：“蘭肴御兮玉俎陳，雅音奏兮文虞羅。”宋書樂志下：“魏文侯雖好古，然猶昏睡於古樂，於是淫聲熾而雅樂廢矣。”㊁規範的正音。明方以智通雅音義雜論：“雅音宜習，正韻爲經。”

【雅故】㊀平昔。史記燕王世家：“今呂氏雅故本推轂高祖就天下，功至大。”引申爲故舊。新唐書盧承慶傳：“父赤松，爲河東令，與高祖雅故，聞兵興，迎見霍邑，拜行臺兵部郎中。”㊁軌範的訓釋。

漢書一〇〇下敍傳:"函雅故,通古今。"注:"張晏曰:包括雅訓之故及古今之語。"

【雅拜】一拜。漢書八六何武傳:"二歲,坐舉方正所舉者召見槃辟雅拜,有司以爲詭衆虛僞。"注:"服虔曰:行禮容拜也。"周禮春官大祝"奇拜"漢鄭玄注:"杜子春云:奇讀爲奇偶之奇,謂先屈一膝,今雅拜是也。"

【雅俗】風雅之士與流俗之人。後漢書六八郭太(泰)傳論:"莊周有言,人情險於山川,……而林宗雅俗無所失,將其明性特有主乎?"林宗,泰字。文選南朝梁任彦昇(昉)爲范尚書讓吏部封侯第一表:"雅俗所歸,唯稱許(劭)郭(泰);拔十得五,尚曰比肩。"

【雅流】風雅之輩。世說新語賞譽:"周侯(顗)於荆州敗績還,未得用。王丞相(導)與人書曰:'雅流弘器,何可得遺。'"

【雅素】㊀平素。漢書九九上王莽傳陳崇等頌莽功德:"增修雅素,以命下國,後儉隆約,以矯世俗。"指平素的操行。文選三國魏阮元瑜(瑀)爲曹公作書與孫權:"常思除棄小事,更申前好,……以明雅素中誠之效。"指平素的交情。㊁風雅質樸。世說新語賢媛"山公與嵇阮"注引晉陽秋:"(山)濤雅素恢達,度量弘遠,心存事外而與時俛仰。"唐柳宗元柳先生集三四答貢士元公瑾論仕進書:"若將致僕於奔走先後之地而役使之,則勉充雅素,不敢告憊。"

【雅致】風雅的意趣。世說新語言語:"裴僕射(頠)善談名理,混混有雅致。"文選晉袁彥伯(宏)三國名臣序贊:"名節殊途,雅致同趣。"

【雅₂烏】烏鴉。小爾雅廣鳥:"純黑而反哺者,謂之烏。小而腹下白不反哺者,謂之鴉烏。"又作"雅烏"。藝文類聚三南朝梁簡文帝晚春時詩:"水凍文鰩聚,山暝雅烏飛。"

【雅望】㊀美好的聲望。三國志魏桓階等傳評:"陳羣動仗名義,清流雅望。"世說新語任誕"周伯仁(顗)風德雅重"注引晉陽秋:"初顗以雅望獲海內盛名,後屢以酒失,庾亮曰:'周公末年,可謂風德之衰也。'"㊁嚴正的儀容。世說新語容止:"魏王雅望非常,然牀頭捉刀人,此乃英雄也。"唐杜甫杜工部草堂詩箋二四八哀詩故司徒李公光弼:"雅望與英姿,惻愴槐里接。"

【雅笛】樂器名。文苑英華七一唐李百藥笙賦:"縱調文於雅笛,留神思於和笙。"宋沈括夢溪筆談五樂律一:"笛有雅笛,有羌笛,其形制所始,舊說皆不同。"

【雅游】久習於交遊。史記八九張耳傳:"張耳雅游,人多爲之言。"新唐書一七四元稹傳:"稹所善于方言、王昭、于友朋皆豪士,雅游燕趙間,能得賊要領,可使反間而出(牛)元翼。"

【雅詞】宋人爲長短句,喜以雅相尚,故有名其樂府或所選總集爲雅詞者,如張安國有紫微雅詞,趙彥端有寶文雅詞,曾端伯有樂府雅詞。也作"雅辭"。金元好問遺山集九高平道中望陵川詩之二:"座中佳客無虛日,簾下歌童盡雅辭。"

【雅道】正道。三國志蜀龐統傳:"當今天下大亂,雅道陵遲,善人少而惡人多。"南史王曇首傳論:"仲寶(王儉)雅道自居,早懷伊呂之志。"亦指風雅之事。藝文類聚三六隋江總莊周畫頌:"丹青可久,雅道斯存。"

【雅琴】樂器名。漢書六四王褒傳:"丞相魏相奏言知音善鼓雅琴者渤海趙定、梁國龔德,皆召見待詔。"文選漢司馬長卿(相如)長門賦:"援雅琴以變調兮,奏愁思之不可長。"

【雅瑟】樂器名。爾雅謂之大瑟。晉郭璞注云:"長八尺一寸,廣一尺八寸,二十七弦。"疏引禮圖謂之雅瑟,長廣同郭注,但二十三絃,常用者十九絃,其餘四絃,謂之番。唐孟郊孟東野集五汝州陸中丞席喜張從事至同賦十韻詩:"清風蕩華館,雅瑟泛瑶席。"

【雅雅】溫文嫻雅。晉劉宏字終嘏,兄劉粹字純嘏,弟劉潢字沖嘏,並有名中朝。時人語曰:"洛中雅雅有三嘏。"見晉書劉惔傳。

【雅量】㊀氣度不凡。三國志吳周瑜傳"性度恢廓"注引江表傳:"(蔣)幹還,稱瑜雅量高致,非言辭所間。"晉書謝安傳:"嘗與孫綽等汎海,風起浪湧,諸人並懼,安吟嘯自若。……衆咸服其雅量。"世說新語雅量作"審其量足以鎮安朝野"。㊁謂善飲。清陸烜梅谷偶筆二二:"東觀漢記:今日歲首,請上雅壽。雅,酒閭也。魏文帝典論:荆州牧劉表弟子以酒器名三爵,上者曰伯雅,中者曰仲雅,小者曰季雅。……廣韻'盄'字注云:酒器。盄卽雅字。吳均詩:'聊傾三雅巵。'今人語曰雅量,妓人送酒曰雅酒,葢本此云。"

【雅貺】美好的贈與。多指人的來信。三國志魏臧洪傳答陳琳書:"前日不遺,比辱雅貺述敍禍福,公私切至。"宋詩鈔余靖武溪詩鈔和伯恭自造新茶:"多謝彤箋貽雅貺,想資詩筆思無涯。"

【雅意】素舊之意。漢書九七上外戚傳孝武李夫人:"武帝崩,大將軍霍光緣上雅意,以李夫人配食。"文選三國魏吳季重(質)答東阿王書:"伐竹雲夢,斬梓泗濱,然後極雅意,盡歡情,信公子之壯觀,非鄙人之所庶幾也。"

【雅馴】溫文不俗。史記五帝紀贊:"學者多稱五帝,尚矣。然尚書獨載堯以來;而百家言黃帝,其文不雅馴,薦紳先生難言之。"正義:"馴,訓也。謂百家之言皆非典雅之訓。"

【雅鼓】雅樂器名。宋時樂器革部十有二,中有雅鼓。樂奏時,舞者迅疾,以雅節之,故曰雅鼓。見宋史樂志四。

【雅塤】樂器名。燒土爲之,大如雁卵,謂之雅塤;小者如雞子,謂之頌塤。見三禮圖五塤。

【雅號】高雅的名號。全唐詩六九〇皮日休孤園寺:"可憐陶侍讀,身列丹臺位;雅號曰勝力,亦聞師佛氏。"陶侍讀卽陶弘景,弘景嘗夢神號爲勝力大士。今尊稱他人名字曰雅號。

【雅頌】詩雅、頌的合稱。詩大序謂詩有六義:一曰風、二曰賦、三曰比、四曰興、五曰雅、六曰頌。後以稱盛世之樂。禮樂記:"故聽其雅頌之聲,志意得廣焉。"漢書五六董仲舒傳對策:"教化之情不得,雅頌之樂不成。"參見"六義"。

【雅壽】奉酒進於尊者。東觀漢記十七吳良傳:"門下掾王望言曰:'……明府視事五年,土地開闢,盜賊滅息,五穀豐熟,家給人足,今日歲首,請上雅壽。'"參見"雅量㊁"。

【雅蒜】水仙的別名。明文震亨長物志二水仙:"馮夷服花八石,得爲水仙,其名最雅。六朝人乃呼爲雅蒜,大可軒渠。"

【雅歌】謂歌雅詩。後漢書二十祭遵傳:"遵爲將軍,取士皆用儒術,對酒設樂,必雅歌投壺。"亦指高雅之歌。文苑英華二〇一南朝梁簡文帝蜀國吟詩:"雅歌因良守,妙舞自巴渝。"

【雅舞】謂郊廟朝饗所奏文武二舞。相傳黃帝之雲門、堯之大咸、舜之大韶、禹之大夏,爲文舞;殷之大濩、周之大武,爲武舞。周存六代之樂,至秦唯餘韶武。漢魏以後,又有廟舞,各用於其廟,皆稱雅舞。三國魏曹丕魏文帝集二於譙作詩:"獻酬紛交錯,雅舞何鏘鏘。"參閱樂府詩集五一雅舞。

【雅談】㊀清談。晉書慕容皝載記與庾冰書:"方今四海有倒懸之急,中夏逋僭逆之寇，家有滴血之怨，人有復讎之憾，寧得安枕逍遥，雅談卒歲邪？"㊁正言。魏書賈思伯傳："客有謂思伯曰：'公今貴重，寧能不驕？'思伯曰：'衰至便驕，何常之有？'當世以爲雅談。"

【雅鄭】雅樂與鄭聲。三國魏曹植曹子建集六當事君行詩："人生有所貴尚，出門各異情；朱紫更相奪色，雅鄭異音聲。"南朝梁劉勰文心雕龍六體性："然才有庸儁，氣有剛柔，學有淺深，習有雅鄭，並情性所爍，陶染所凝。"

【雅樂】用於郊廟朝會的正樂。論語陽貨："惡鄭聲之亂雅樂也。"漢書五三河間獻王傳："武帝時，獻王來朝，獻雅樂。"

【雅儒】正道的儒者。俗儒之對。荀子儒效："故有俗人者，有俗儒者，有雅儒者，有士儒者。"又："知之曰知之，不知曰不知，內不自以誣，外不自以欺，以是尊賢畏法而不敢怠傲，是雅儒者也。"

【雅戲】高雅的博戲。北齊顏之推顏氏家訓雜藝："圍碁有手談坐隱之目，頗爲雅戲，但令人躭憒，廢喪實多，不可常也。"

【雅懷】風雅的情懷。世說新語容止："周侯(顗)説王長史父(王訥)形貌既偉，雅懷有槩，保而用之，可作諸許物也。"唐李白李太白集二七春夜宴從弟桃花園序："不有佳詠，何伸雅懷。"

【雅克薩】城名。位於黑龍江左岸，本索倫部築。順治初年爲沙俄强占，康熙二十五年收復拆毀，根據尼布楚條約屬於我國。咸豐八年被迫訂立愛琿條約，爲沙俄割占。

【雅人深致】言風雅之人，意致深遠。世説新語文學："謝公(安)因子弟集聚，問：'毛詩何句最佳？'遏(謝玄)稱曰：'昔我往矣，楊柳依依。今我來思，雨雪霏霏。'公曰：'訏謨定命，遠猷辰告'，謂此句偏有雅人深致。"按晉書王凝之妻謝氏(道韞)傳記，謝安稱有雅人深致者，爲道韞所舉"吉甫作誦，穆如清風"(大雅烝民)。

【雅雨堂叢書】叢書名。清盧見曾輯刊。十二種，附一種，共一百三十八卷，皆爲當時罕見之本。每種前有見曾自序，後附當時名家如錢謙益、朱彝尊、王士禛等題記。見曾字抱經，號雅雨。康熙六十年進士，曾官兩淮鹽運使。雄於貲，愛才好客，四方名士集於幕下。所刻書以校刊精良著稱。

雄 xióng 羽弓切，平，東韻，于。ㄒㄩㄥˊ

㊀生物之陽性者。與雌相對。詩邶風雄雉："雄雉于飛，泄泄其羽。"又齊風南山："南山崔崔，雄狐綏綏。"㊁勇武，有力。左傳襄二一年："齊莊公朝，指殖綽郭最曰：'是寡人之雄也。'州綽曰：'君以爲雄，誰敢不雄？'"㊂雄壯。唐劉禹錫劉夢得集六送裴司徒令公自東都留守再命太原詩："行色旌旗動，軍聲鼓角雄。"㊃事物之特出者。傑出之人，勢盛之家，强大之國，皆謂之雄。漢書六五東方朔傳贊："然朔名過實者，以其詼達多端，不名一行，……其滑稽之雄乎？"後漢書十五李通傳："且居家富逸，爲閭里雄，以此不樂爲吏，乃自免歸。"文選漢班孟堅(固)答賓戲："於是七雄虓闞，分裂諸夏。"㊄姓。傳説舜七友雄陶之後，以名爲氏。見通志二八氏族四以名爲氏。

【雄才】雄武的才能。三國志魏武帝紀："程昱説公曰：'觀劉備有雄才而甚得衆心，終不爲人下，不如早圖之。'"

【雄心】求勝之心，猶壯志。文選三國魏阮元瑜(瑀)爲曹公作書與孫權："示之以禍難，激之以恥辱，大丈夫雄心能無憤發？"

【雄文】有才氣、魄力的文章。唐韓愈昌黎集遺文酬藍田崔丞立之詠雪見寄詩："舉目無非子，雄文乃獨玄。"宋蘇軾經進東坡文集事略五九王元之畫象贊："故翰林王公元之(禹偁)以雄文直道，獨立當世。"

【雄父】指公雞。漢焦延壽易林二師之旅："張弓祝雞，雄父飛去。"晉書五行志中："京口謡曰：'黄雌雞，莫作雄父啼。'"

【雄伯】㊀食鬼之神。後漢書禮儀志中："雄伯食魅，騰簡食不祥。"㊁即雄長。伯，通"霸"。三國志吳張紘傳"紘著詩賦銘誄十餘篇"注引陳琳報紘書："此間率少於文章，易爲雄伯，故使僕受此過差之譚，非其實也。"

【雄長】稱霸。三國志吳士燮傳："燮兄弟並爲列郡，雄長一州，偏在萬里，威尊無上。"

【雄兒】猶健兒。三國志魏鄧艾傳："(艾)又曰：'姜維自一時雄兒也，與某相值，故窮耳。'"

【雄狐】詩齊風南山："南山崔崔，雄狐綏綏。"詩序謂刺齊襄公以國君而淫其妹文姜，如雄狐相隨，失陰陽之匹。後因以喻人閨門亂行。宋書王准之傳："准之嘗作五言，范泰嘲之，曰：'卿唯解彈事耳。'准之正色答：'猶差卿世載雄狐。'"即譏范泰世有齊襄之行。

【雄姿】傑出非凡的意態。三國志魏陳矯傳："(陳)登曰：'……雄姿桀出，有王霸之略，吾敬劉玄德(備)。'"世説新語豪爽"陳林道在西岸"注引吳録："長沙桓王諱策，字伯符，吳郡富春人，少有雄姿風氣，年十九而襲業，衆號孫郎。"

【雄飛】奮發猛進。後漢書二七趙典傳："(兄子)温字子柔，初爲京兆丞，歎曰：'大丈夫當雄飛，安能雌伏。'遂棄官去。"

【雄風】强勁之風。文選戰國楚宋玉風賦："清清泠泠，愈病析酲，發明耳目，寧體便人，此所謂大王之雄風也。"唐柳宗元柳先生集四二同劉二十八院長述舊言懷感時書事……詩："雄風吞七澤，異産控三巴。"

【雄張】豪横自大。後漢書四七班超傳："是時于寘王廣德新攻破莎車，遂雄張南道。"三國志魏倉慈傳："(敦煌)郡在西陲，以喪亂隔絶，曠無太守二十歲，大姓雄張，遂以爲俗。"

【雄猜】心雄而多疑忌。文選晉謝靈運擬魏太子鄴中集詩序："漢武帝時徐樂諸才，備應對之能；而雄猜多忌，豈獲晤言之適。"

【雄戟】古兵器名，有斜刺之戟。史記一一七司馬相如傳子虛賦："曳明月之珠旗，建干將之雄戟。"索隱引方言稱戟中小孑刺者，謂雄戟。

【雄黄】礦物名。亦名石黄，雞冠石。舊分雄黄、雌黄二種。可作顔料，亦供藥用。抱朴子仙藥："又雄黄當得武都山所出者，純而無雜，其赤如雞冠，光明曄曄者，乃可用耳。"参閱本草綱目九石三雄黄。

【雄雄】勢威盛貌。楚辭大招："雄雄赫赫，天德明只。"唐張九齡曲江集二奉和聖製途經華山詩："攢峰勢岌岌，翊輦氣雄雄。"

【雄勝】雄奇壯勝。宋蘇舜欽蘇學士集三天平山詩："盤桓擇雄勝，至此快心膂。"

【雄雷】發巨聲之雷。太平御覽十三天部雷："師曠占曰：春雷初起，其音恪恪霹靂者，所謂雄雷，旱氣也；其鳴依依，音不大霹靂者，謂之雌雷，水氣也。"

【雄圖】宏偉的謀略。文選南齊謝玄暉(朓)和伏武昌登孫權故城詩："雄圖悵若茲，茂宰深遐睠。"梁書張纘傳南征賦："臨赤崖而慷慨，推雄圖於魏武。"

【雄劍】春秋時吳王闔閭使干將造劍兩

枚,雄曰干將,雌曰莫邪。唐杜甫杜工部草堂詩箋五前出塞之八:"雄劍四五動,彼軍爲我奔。"參見"干將"。

【雄縣】縣名。屬河北省。燕易邑地,漢置易縣。唐爲歸義縣,五代周置雄州,尋改歸義縣。宋升爲雄州易陽郡,金仍爲雄州。明降爲縣,清因之,屬保定府。參閱嘉慶一統志十保定府。

【雄鎮】地形險要,足以控制四方的重鎮。唐高適高常侍集七真定即事奉贈韋使君二十八韻詩:"城邑推雄鎮,山川列簡圖。"獨孤及毘陵集十七江州刺史廳壁記:"自晉元康,訖於梁、陳,出入五代,四百餘載,世稱雄鎮,且曰大府。"

【雄斷】英明善於決斷。後漢書光武紀贊:"明明廟謨,赳赳雄斷。"

【雄藩】強大的方鎮。唐王維王右丞集六早入滎陽界詩:"汎舟入滎澤,茲邑乃雄藩。"柳宗元柳先生集三八代柳公綽謝上任表:"忘其薄陋,委以雄藩,顧無綏馭之能,謬忝澄清之寄。"

【雄辯】辯才雄健。文選南朝梁劉孝標(峻)廣絶交論:"騁黃馬之劇談,縱碧雞之雄辯。"唐杜甫杜工部草堂詩箋二飲中八仙歌:"焦遂五斗方卓然,高談雄辯驚四筵。"

【雄赳赳】武勇貌。古今雜劇元關漢卿單刀會一:"他上陣處赤力力三綹美髯飄,雄赳赳一文虎軀搖。"

【雄材大略】非凡的才能和謀略。漢書武帝紀贊:"如武帝之雄材大略,不改文景之恭儉以濟斯民,雖詩書所稱,何有加焉。"

【雄雞斷尾】左傳昭二二年:"賓孟適郊,見雄雞自斷其尾;問之侍者,曰:'自憚其犧也。'"注:"畏其爲犧牲,奉宗廟,故自殘毀。"後以喻憂讒畏譏,自甘無用。宋蘇軾分類東坡詩十三僧爽白雞:"斷尾雄雞本畏烹,年來聽法伴修行。"

雁 yàn 五晏切,去,諫韻,疑。ㄧㄢˋ

鳥名。候鳥之一。每年秋分後飛往南方,次年春分後北返。禮月令孟春之月:"東風解凍,……鴻雁來。"注:"記時候也。……雁自南方來,將北反其居。"古雁與鴈本爲二鳥,後來鴻雁字多通用。

【雁户】居於異鄉之民户。雁因時遷徙,故以爲喻。全唐詩三五七劉禹錫洛中送崔司業使君扶侍赴唐州:"洛苑魚書至,江村雁户歸。"

【雁奴】相傳雁宿時千百成羣,周圍有警戒之雁,謂之雁奴。金元好問遺山集十一惠崇蘆雁詩之二:"雁奴辛苦候寒更,夢破黄蘆雪打聲。"參閱五代范資玉堂閑話(宛委山堂本説郛四八)。

【雁字】雁飛時排成"人"字或"一"字形,稱爲雁字。全唐詩七四六陳陶賀容府韋中丞大府賢兄新除黔南經略:"列國山河分雁字,一門金玉壵龍驤。"宋蘇軾東坡集續集三虛飄飄詩之二:"屋棲百尺横蒼海,雁字一行書絳霄。"

【雁臣】北魏楊衒之洛陽伽藍記三城南:"北夷酋長遣子入侍者,常秋來春去,避中國之熱,時人謂之雁臣。"北史斛律金傳:"魏除爲第二領人酋長,秋朝京師,春還部落,號曰雁臣。"雁往返有定候,故以爲稱。

【雁行】㊀謂相次而行,如羣雁飛行之有行列。詩鄭風大叔于田:"兩服上襄,兩驂雁行。"文選梁丘希範(遲)與陳伯之書:"今功臣名將,雁行有序,讚帷幄之謀;乘軺建節,奉疆埸之任。"㊁禮王制:"父之齒隨行,兄之齒鴈行,朋友不相踰。"言兄弟出行,弟在兄後,後因爲兄弟之稱。唐錢起錢考功集七李四勸爲尉氏尉李士勉爲開封尉詩:"採蘭花萼聚,就日雁行聯。"

【雁序】㊀飛雁的行列。唐杜甫杜工部草堂詩箋三二天池:"九秋驚雁序,萬里狎魚翁。"㊁謂官員的排班。全唐詩二〇八包何和苗員外寓直中書:"每憐雙闕下,鴈序入鴛鸞。"㊂喻兄弟。唐蘇鶚杜陽雜編中:"王沐者,涯之再從弟也,家於江南,老而且窮。以涯執相權,遂跨蹇驢至京師索米,僦舍經三十餘日,始得一見涯於門屏,所望不過一簿尉耳,涯潦倒無鴈序之情。"宋樓鑰攻媿集八四祭叔父郴州文:"雁序彫零,門户亦替。"參見"雁行㊁"。

【雁足】㊀漢武帝時蘇武出使匈奴被拘不屈,徙居北海上牧羝。後匈奴與漢和親,漢求武等,匈奴詭言武已死。武屬吏常惠夜見漢使,教其詭言帝射上林中,得北來雁,雁足有繫帛書,言武等在某澤中。使者如惠語以責單于,單于因謝漢使,武得歸。見漢書五四蘇建傳附蘇武。後因以雁足喻書信。玉臺新詠梁王僧孺六擣衣:"尺素在魚腸,寸心憑雁足。"㊁古琴底部腰旁有小方孔二,安二木柱,謂之雁足。

【雁泊】言去來無定。宋趙蕃章泉稿二詩題:"艤舟楊口,叩居人以何時縛屋於此,何時復去?云我乃雁泊人户,冬來春乃去。"

【雁門】㊀郡名。戰國趙地,秦置郡。今山西北部皆其地。見漢書地理志下。㊁山名。即句注山。在山西代縣西北。爾雅謂之北陵,亦曰西隃。山海經海内西經:"雁門山,雁出其間。"亦曰陘嶺,自雁門以南謂之陘南,以北謂之陘北,東西山巖峭拔,中有路,盤旋崎嶇,絶頂置關,謂之西陘關,亦曰雁門關,自古爲戍守重地,與寧武、偏頭爲山西三關,所謂外三關。參閱讀史方輿紀要三九太原府。參見"三關㊀5"、"句注"。

【雁帛】借指書信。元柳貫柳待制文集五舟中睡起詩:"江驛比來無雁帛,水鄉隨處有魚罾。"參見"雁足"。

【雁柱】箏柱斜列,如雁行,故名。唐詩紀事六三路德延小兒:"簾拂魚鉤動,箏推雁柱偏。"草堂詩餘一宋張子野(先)生查子詠箏:"雁柱十三弦,一一春鶯語。"

【雁書】雁來去有定候,以帛繫雁足得以傳書,後因稱書札爲雁書。唐王勃王子安集二採蓮曲:"不惜西津交佩解,還羞北海雁書遲。"

【雁陣】雁飛行時排成的隊形。漢焦延壽易林二復之豐:"九雁列陣,雌獨不羣。"唐王勃王子安集五滕王閣詩序:"漁舟唱晚,響窮彭蠡之濱;雁陣驚寒,聲斷衡陽之浦。"

【雁堂】佛堂。全唐詩一三七儲光羲題慎言法師故房:"過客如何道,裴回雁子堂。"釋氏要覽上居處雁堂:"善見律云,毗舍離於大林爲佛作堂,形如雁子,一切具足。"

【雁塞】山名。南齊劉澄之梁州記:"梁州縣界有雁塞山,傳云此山有大池水,雁棲集之,故因名曰雁塞。"(初學記三十)按其地當在蜀漢間。後來泛指北方邊塞。北周庾信庾子山集一對燭賦:"龍沙雁塞甲應寒,天山月没客衣單。"參閱明王世貞弇州山人四部稿一五九宛委餘編四。

【雁塔】在今陝西西安市南。舊有雁塔二。1. 大雁塔,在慈恩寺,唐高宗永徽四年建,僧玄奘以藏梵本佛經。初僅五層,武后長安中倒塌,尋重建增爲十層。今塔爲七層。初名慈恩寺塔。又以佛教故事有菩薩化身爲雁舍身布施故事,稱爲大雁塔。聖教序碑在此塔下,即唐進士題名處。2. 小雁塔。在薦福寺。建於中宗景龍年間,高十五層,塔頂於明嘉靖三十四年地震被毁,但塔身完好。以規模較慈恩寺塔略小,故稱小雁塔。解放後,大、小雁塔俱列爲全國重點文物保護單位。參閱大唐西域記九摩揭陀國下、宋張禮游城南記。

【雁齒】㊀如雁行有序。北周庾信庾子山集十三溫湯碑:"秦皇餘石,仍爲雁齒之階;漢武舊陶,即用魚鱗之瓦。"唐白居易長慶集五三新春江次詩:"鴨頭新綠水,雁齒小紅橋。"㊁草名。爾雅釋草"緜馬,羊齒"晉郭璞注:"草,細葉,葉羅生而毛,有似羊齒,今江東呼爲雁齒。"梁書沈約傳郊居賦:"其陸卉,則……雁齒麋舌、牛唇彘首。"

【雁幣】雁與幣帛。古時用爲聘問之禮。婚嫁時亦用爲聘禮。古婚禮分納徵、納采、問名、納吉、請期、親迎等六禮。納徵用幣,其餘用雁。詩召南野有死麕序"野有死麕,惡無禮也"漢毛萇傳:"無禮者,爲不由媒妁,雁幣不至,劫脅以成昏。"全唐詩四六五楊衡夷陵郡內敍別:"雁幣任野薄,恩愛緣義深。"

【雁蕩】山名。分南、北雁蕩。南雁蕩在浙江平陽縣西南。北雁蕩在樂清縣東,其峯百有二,谷十,洞八,巖三十。絕頂有湖,水常不涸,春歸之雁常留宿其間,故名雁蕩。下有二潭名爲龍湫,飛瀑下瀉,懸岩數百仞,爲東南奇勝。參閱宋沈括夢溪筆談二四雜誌、讀史方輿紀要九四溫州府樂清縣。

【雁頭】㊀芡實的別名。晉崔豹古今注下:"芡,雞頭也,一名雁頭,一名芰。"㊁箋紙名。唐馮贄雲仙雜記三筆文章貨引龍鬚志:"羅隱喜筆工萇鳳,語之曰:筆,文章貨也,吾以一物助子取高價,即贈雁頭牋百幅。士夫聞之,懷金同價,或以綵羅大組換之。"

【雁磧】鴻雁棲息的沙磧地。指北邊極遠之地。宋梅堯臣宛陵集五十送馬仲途司諫使北詩:"貂裘不見風霜勁,雁磧遥知道路艱。"

【雁膳】菰米的別名,雁以之爲食,故名。管子地員:"其種鴈膳黑實,朱跗黃實。"

【雁櫝】食具名。宋陶穀清異錄饌羞雁櫝:"富家出游,運致饌具,皆用髹櫝,蒙以紫碧重檐罩衣,兩人舁之,其行列之盛,有若雁行。旁觀號爲雁櫝。"(說郛六一)

【雁子都】唐五代部隊編制單位常稱都。士兵面上刺雁象,故稱雁子都。舊五代史唐朱漢賓傳:"朱瑾募驍勇數百人,黥雙雁於其額,號爲'雁子都'。"新五代史額作"頰"。

【雁足燈】座刻爲雁足形之燈。宋歐陽修六一題跋一有前漢雁足燈銘。陸游劍南詩稿七七秋思詩:"眼明尚見蠅頭字,暑退初親雁足燈。"

【雁來紅】草名。又名後庭花。莖葉類雞冠,有黃紅紫綠等色,葉腋生小黃花。至秋而顏色愈妍,故一名老少年,人種於庭院供觀賞。見農政全書五九救荒本草後庭花、廣羣芳譜八八卉二老少年。

【雁門集】元薩都剌撰,八卷。明毛晉得別本刊之,併爲三卷,又別爲集外詩一卷。薩都剌蒙族,因世居雁門,故以名其集。其詩以清婉見稱,高邁之作亦多有之,五七言律尤見功力。

【雁翎刀】刀名。以形似雁翎得名。宋王應麟玉海一五一兵制乾道雁翎刀:"乾道元年十一月二日,命軍器所造雁翎刀,以三千柄爲一料。"元張憲玉笥集我有詩之二:"我有雁翎刀,寒光耀冰雪。"

【雁逝魚沉】猶言音訊斷絕。雁魚皆爲書札的代稱。舊五代史唐李襲吉傳代李克用與朱溫書:"山高水闊,難追二國之歡;雁逝魚沉,久絕八行之賜。"參見"雁足㊀"、"魚書"。

【雁塔題名】唐神龍以後,新進士有題名雁塔之舉。唐韋絢嘉話錄謂進士張莒偶題名於此,後遂爲故事。宋錢易南部新書又以爲始自韋肇。題名塔中石上者,新進士外亦有士庶僧道。參閱五代南漢王定保唐摭言三慈恩寺題名遊賞賦詠雜記、宋戴埴鼠璞雁塔題名、高似孫緯略五雁塔。

雂 án ㄢ 集韻 五甘切,平,談韻。

古人名。左傳昭二一年:"齊師、宋師敗吳師於鴻口,獲其二帥,公子苦雂、偃州員。"

集 jí ㄐㄧˊ 秦入切,入,緝韻,從。

㊀本作"雧"。羣鳥棲止樹上。詩周南葛覃:"黃鳥于飛,集于灌木。"引申爲停留。楚辭屈原離騷:"欲遠集而無所止兮,聊浮遊以逍遥。"㊁聚集,積累。禮月令仲秋之月:"四方來集,遠鄉皆至,則財不匱。"孟子公孫丑上:"是集義所生者,非義襲而取之也。"㊂集市。亦謂之墟。見"集虛㊁"。㊃成就,成功。書泰誓上:"肅將天威,大勳未集。"㊄齊一。漢書四九量錯傳:"起居不精,動靜不集。"注:"集,齊也。"㊅邊境壘壁之處。左傳昭二三年:"夫正其疆埸,修其田土,險其走集,……以待不虞,又何畏矣?"㊆成書的著作。我國古代圖書分類,以經史子集爲四部。參見"集部"、"四部書"。㊇和順。通"輯"。史記衞康叔世家:"爲武庚未集,恐其有賊心,武王乃令其弟管叔、蔡叔傅相武庚祿父,以和其民。"索隱:"集猶和也。"㊈佛教語。見"集諦"。

【集矢】左傳襄二年:"鄭成公疾,子駟請息肩於晉。公曰:'楚君以鄭故,親集矢於其目,非異人任,寡人也。'"本指晉楚鄢陵之戰,晉呂錡射中楚共王目。後謂被衆人指摘曰集矢。

【集句】集古人句以爲詩。晉傅咸毛詩一篇爲集句之始,後來文人有從經史成語摘爲對句者,成爲文字遊戲之一種。王安石晚年喜爲集句,有多至百韻者,文天祥集杜詩,亦至二百首。清黃之雋有香屑集,皆集唐人之句爲香奩詩,凡古今體九百三十餘首。參閱宋沈括夢溪筆談十四藝文一、清凌揚藻蠡酌編二四集句。

【集字】㊀集他人碑帖中字以成文。南朝梁周興嗣次韻王羲之千字、唐釋懷仁集王羲之書聖教序皆是。唐張彥遠法書要錄四唐韋述敍書錄:"開元十六年五月,內出二王真跡及張芝、張昶等真跡總一百五十卷付集賢院,令集字搨進。"㊁集他人文賦中字以成詩。宋蘇軾東坡集續集三有集歸去來詩,凡十首,皆以晉陶淵明歸去來辭中字爲之。㊂集經文中字,以成摹本。清彭玉雯輯有十三經集字。凡五百四十五頁,每頁經文十二字。字徑寸,清梁紹鴻書。字下載說文,並列韻目。是爲初學之摹本。

【集合】聚集,會合。漢書三六劉向傳:"向乃集合上古以來歷春秋六國至秦漢符瑞災異之記……比類相從,各有條目,凡十一篇,號曰洪範五行傳論。"

【集部】詩文詞等書之總稱。亦稱"丁部"。與經、史、子並列爲四部。隋書經籍志分楚辭、別集、總集三類,四庫全書分楚辭、別集、總集、詩文評、詞曲五類。

【集會】聚合。史記樂書:"通一經之士不能獨知其辭,皆集會五經家,相與共講習讀之。"漢金鄉長侯成碑:"於是遐邇士仁,祁祁來庭,集會如雲,號哭發哀。"(隸釋八)

【集解】集合各家的注解爲一書。亦稱"集注"、"集釋"。如三國魏何晏論語集解、晉范甯春秋穀梁傳集解、南朝宋裴駰史記集解等。也指聚集經傳,隨而作注,如晉杜預春秋左傳集解。

【集寧】地名。金置集寧縣,屬撫州。元置集寧路,在今河北省張北縣西境。明廢。清爲正黃等四旗牧地。其地有集寧海子,蒙古名昂古里淖爾,哈柳台河喀喇鳥蘇諸水注其中，即古之鴛鴦濼。舊稱平地泉。公元1924年改集寧縣，1956年設市，屬内蒙古自治區。參閱讀史方輿紀要十八直隸九附見開平故衛、嘉慶一統志五四八牧厰山川、古蹟。

【集慶】㊀聚福。魏書崔光傳表："誠願遠師殷宗，近法魏祖，修德延賢，消災集慶。"㊁路名。元置。明改應天府。見"應天㊀2"。

【集諦】佛教四諦之一。廣弘明集二十南朝梁簡文帝莊嚴旻法師成實論義疏序："四相乃無常之刀，三聚爲苦家之質，習續不斷，稱爲集諦。"參見"四諦"。

【集螢】聚集螢火。猶囊螢。文選南朝梁任彦昇(昉)爲蕭揚州薦士表："至乃集螢映雪，編蒲緝柳。"注"檀道鸞晉陽秋曰：'車胤字武子，學而不倦，貧不常得油，夏月則練囊盛數十螢火，以夜繼日焉。'"後多用作家貧勤讀之典。參見"囊螢"。

【集録】蒐集編録。後漢書律曆志下："是以集録爲上下篇，放續前志，以備一家。"隋書百官志上："集録比詔比壐，爲諸優文策文。"

【集聯】集碑帖中字或古人詩文成句以成聯，謂之集聯。清梁章鉅楹聯叢話十一集句："漢碑句皆質重，蔚然古香。余齋所藏頗多，因偶集爲楹聯。"又："王右軍蘭亭敍字，執筆者無不奉爲矩矱。近人有集字爲楹聯者。"參見"集字"、"集句"。

【集韻】舊題宋丁度等撰。凡十卷。平聲四卷，上、去、入各二卷。書成於治平四年，至司馬光始奏上。共五萬三千五百二十五字，比廣韻增二萬七千三百三十一字，韻部仍爲二百零六，同用韻有所改併，韻目名稱與次序亦稍有更動。其書務從賅廣，注重文字形體與訓詁，收字最備，而注釋頗略，與廣韻，互有得失，故二書並行。

【集釋】同"集解"。隋書經籍志有南朝宋給事中姜道盛集釋尚書十一卷，清郭慶藩有莊子集釋等。參見"集解"。

【集大成】孟子萬章下："孔子之謂集大成。集大成也者，金聲而玉振之也。"按：古代奏樂一篇爲一終，亦稱一成。此以樂爲喻，言孔子能集納先聖之道，以成已之聖德。後謂總結前人或各家成果而系統化爲集大成。

【集古録】宋歐陽修撰，十卷。亦作集古録跋尾。所集録金石之文，自謂"上自周穆，下更秦漢隋唐五代，外至四海九州，名山大澤，窮崖絶谷，荒林破冢，莫不皆有"。每文各爲跋尾，共四百餘篇，頗多考證。爲我國現存著録金石最早的專著。

【集異記】書名。1. 南朝宋郭季産撰。志怪小說。原書已佚，有魯迅古小說鈎沉輯録本。2. 唐薛用弱撰。一卷。所記凡十六條。敍述頗有文采。世所傳狄仁傑集翠裘、王維鬱輪袍、王積薪婦姑圍棋、王之涣旗亭畫壁諸事，皆出此書，常被後代詞人援引，成爲習見的典故。

【集絃膠】見"續絃膠"。

【集翠裘】裘名。唐武則天時南海郡所獻。則天以之賜嬖臣張昌宗，命披裘供奉雙陸。宰相狄仁傑入奏事，則天因命狄與昌宗雙陸。狄對曰："爭先三籌，賭昌宗所衣毛裘。"則天曰："卿以何物爲對？"狄指所衣紫絁袍曰："臣以此敵。"則天笑曰："卿未知此裘價逾千金，卿之所指爲不等矣。"狄起曰："臣此袍乃大臣朝見奏對之衣，昌宗所衣，乃嬖倖寵遇之服，對臣之袍，臣猶怏怏。"昌宗心赧神沮，累局連北。狄褫裘拜恩而出，付家奴衣之。見唐薛用弱集異記集翠裘。

【集賢院】唐文學三館之一。掌理秘書圖籍等事。開元初，寫四部書於乾元殿，置乾元院使，旋改爲麗正修書院，修書官曰麗正殿直學士。開元十三年，改麗正殿爲集仙殿，又改爲集賢殿書院。置學士、正字等官，而以宰相一人爲學士知院事。至德二年，置集賢院大學士，以學士一人年高者判院事。宋設史館、昭文館、集賢院爲三館，寓崇文院，皆沿唐制立名。元初，集賢與翰林國史院同一官署。至元二十一年，分置兩院，掌提調學校、徵求隱逸、召集賢良及道教、陰陽、祭祀、占卜等事。參閱舊唐書職官志二、宋史職官志二、元史職官志三。

【集賢殿】唐宮殿名。開元中置。於殿内設書院，置學士、直學士，以宰相爲知院事，有修撰、校理等官，掌刊輯經籍、搜求佚書。舊唐書玄宗紀上開元十三年："夏四月丁巳，改集仙殿爲集賢殿，麗正殿書院改集賢殿書院；内五品已上爲學士，六品已下爲直學士。"參見"集賢院"。

【集靈宮】宮名。漢武帝所建，欲以懷集仙者王喬、赤松子。漢桓譚曾爲仙賦頌之。故址在今陝西華陰縣。見三輔黄圖三、宋黄伯思東觀餘論下跋西嶽華山碑。

【集靈臺】唐玄宗時臺名。舊唐書玄宗紀下："新成長生殿，名曰集靈臺，以祀天神。"唐李商隱李義山詩集五漢宮詞："青雀西飛竟未迴，君王長在集靈臺。"

【集苑集枯】晉獻公寵驪姬，人多向驪姬子奚齊，惟大夫里克仍向太子申生。驪姬欲立奚齊而難里克，乃使優施具特羊之饗往說。飲酒中，優施作歌以諷："暇豫之吾吾，不如鳥烏，人皆集於苑，已獨集於枯！"里克笑曰："何謂苑？何謂枯？"優施曰："其母爲夫人，其子爲君，可不謂苑乎？其母既死，其子又有謗，可不謂枯乎？枯且又傷。"見國語晉二。苑，通菀，茂木貌。後因以喻境遇不同，志趣各異。

【集思廣益】集合衆人的心思，和采納各種有利國家的意見。三國志蜀董和傳："(諸葛)亮後爲丞相，教與羣下曰：'夫參署者，集衆思，廣忠益也。'"宋許月卿先天集一次韻陳肇芳竿贈李相士詩："集思廣益真宰相，開誠布公肝膽傾。"

【集腋成裘】慎子内篇："廊廟之材，非一木之枝；狐白之裘，非一狐之腋；治亂安危、存亡榮辱之施，非一人之力也。"狐一本作"粹"，腋一本作"皮"。"集腋成裘"本此。喻積少而成多，合衆力以成一事。清趙翼甌北詩鈔七言律六李雨村觀察自蜀中續寄詩話比舊增多戲題於後："人各造車期合轍，君能集腋便成裘。"

五　畫

雍 yōng 於容切，平，鍾韻，影。
ㄩㄥ 於用切，去，用韻，影。

㊀和諧。同"雝"。書堯典："百姓昭明，協和萬邦，黎民於變時雍。"㊁樂名。爲古時撤膳時所奏。論語八佾："三家者以雍徹。"淮南子主術："鼛鼓而食，奏雍而徹。"㊂古九州之一。見"雍州"。㊃通"廱"。見"辟雍"。㊄通"饔"。見"雍人"。㊅通"壅"。荀子致士："隱忌雍蔽之人，君子不近。"㊆擁有。通"擁"。戰國策秦五："雍天下之國。"㊇姓。文王子雍伯之後。見漢應劭風俗通姓氏上。

【雍人】周代宮中掌烹調之官。儀禮少牢饋食禮："雍人概鼎匕俎于雍爨。"文選晉潘安仁(岳)西征賦："雍人縷切，鸞刀若飛。"參見"饔人"。

【雍水】水名。源出陝西鳳翔縣治西北，雍山東南。經岐山爲漳水，又東經扶風、武功，入於渭。按雍漳本二水合流，其後漳水上源湮塞，故雍水下游兼得漳水之稱。參見"漳水"。

【雍父】人名。傳爲黄帝臣，始作臼。見世本作篇。

【雍氏】周官名，主管水利。周禮秋官雍氏："掌溝瀆澮池之禁。"注："溝瀆澮，田間通水者也，池謂陂障之水道也。”

【雍正】㊀周代宮中主筵食的長官。儀禮少牢饋食禮：“司宫筵于奥，祝設几于筵上，右之。……鼎序入，雍正執一匕以從，雍府執四匕以從，司士合執二俎以從。”㊁清胤禛(世宗)年號。公元1723—1735年。

【雍丘】地名。周武王時，封禹後東樓公於此。春秋杞都。漢爲雍丘縣，屬陳留郡。秦二世二年，劉邦、項羽自定陶西略地，破秦軍於雍丘，斬三川守李由，卽此。史記高祖紀項羽紀作雝丘。故城在今河南杞縣。參閱太平寰宇記一開封府。

【雍奴】㊀古地名。漢置縣，屬漁陽郡，晉改燕國。北魏太平真君七年，省泉州入之，爲漁陽郡治。唐屬幽州，天寶初，改武清。東漢寇恂封雍奴侯，卽此。今屬天津市。參閱讀史方輿紀要十一通州府武清縣。參見“武清”。㊁古澤名。水經注十四鮑丘水：“自是水之南，南極滹沱，西至泉州雍奴，東極于海，謂之雍奴藪。其澤野，有九十九淀，枝流條分，往往逕通，非惟梁河鮑丘歸海者也。”按卽今河北省天津武清静海文安等地，已堙爲平陸。

【雍州】州名。古九州之一。書禹貢：“黑水西河惟雍州。”周禮夏官職方氏：“乃辨九州之國，……正西曰雍州。”今陝西甘肅及青海額濟納之地卽古雍州，惟陜西之舊漢中興安商州，甘肅之舊階州爲古梁州城。周合梁州於雍州。

【雍門】㊀春秋齊城門名。左傳襄十八年：“及秦周伐雍門之萩，范鞅門於雍門，其御追喜以戈殺犬於門中。”注：“雍門，齊城門。”列子湯問：“昔韓娥東之齊，匱糧，過雍門，鬻歌假食。既去，而餘音繞梁欐，三日不絶，左右以其人弗去。過逆旅，逆旅人辱之，韓娥因曼聲哀哭。一里老幼，悲愁垂涕相對，三日不食……故雍門之人至今善歌哭，放娥之遺聲。”㊁地名。漢書九七外戚傳孝武鉤弋趙倢伃：“其父坐法宫刑，爲中黄門，死長安，葬雍門。”注：“雍門在長安西北，孝里西南，去長安三十里。”㊂指雍門周。文選晉陸士衡(機)豪士賦序：“孟嘗遭雍門而泣，而琴之感以末。”也指雍門狄。文選三國魏曹子建(植)求自試表：“故車右伏劍於鳴轂；雍門刎首於齊境。”參見“雍門周”、“雍門狄”。

【雍和】㊀融洽，和睦。後漢書馬皇后紀：“常與帝旦夕言道政事，及教授諸小王，論議經書，述敍平生，雍和終日。”北史蕭寶夤傳：“尋尚南陽長公主。公主有婦德，事寶夤盡雍和之禮，雖好合而敬事不替。”㊁傳説中的獸名。山海經中山經：“(豐山)有獸焉，其狀如蝯，赤目赤喙黄身，名曰雍和。見則其國有大恐。”

【雍狐】山名。又爲戟名。管子地數：“雍狐之山發而出水，金從之。蚩尤受而制之，以爲雍狐之戟芮戈。”

【雍容】謂容儀温文。史記一一七司馬相如傳：“相如之臨邛，從車騎，雍容閒雅甚都。”漢書八三薛宣傳：“宣爲人好威儀，進止雍容，甚可觀也。”

【雍泰】明陝西咸寧人。字世隆。成化五年進士，除吴縣知縣。太湖漲，没田千頃。泰築堤爲民利，人稱雍公堤。屢官右副都御史，巡撫宣府。所至好搏擊豪强，時軍吏驕蹇，泰持法屢抑武臣，被褫爲民。正德初起用爲南京户部尚書。劉瑾爲泰鄉人，怒泰不與通，罷官，瑾誅，復官。卒謚端惠。參閱明史一八六雍泰傳。

【雍梁】春秋鄭邑名。左傳襄十八年：“蔿子馮、公子格率鋭師侵費滑、胥靡、獻于、雍梁。”注：“胥靡、獻于、雍梁皆鄭邑。河南陽翟縣東北有雍氏城。”按：雍氏卽雍梁，陽翟卽今河南省禹縣。參閱讀史方輿紀要四七開封府扶溝縣。

【雍畤】古時祭天地五帝的祭壇，位於雍地者，名雍畤。漢書郊祀志上：“或曰：‘自古以雍州積高，神明之隩，故立畤郊上帝，諸神祠皆聚云。’”後漢書二八下馮衍傳顯志賦：“陟雍畤而消摇兮，超略陽而不反。”

【雍雍】和諧貌。禮少儀：“鸞和之美，肅肅雍雍。”後漢書三二樊宏傳附樊準上疏：“朝者進而思政，罷者退而備問。小大隨化，雍雍可嘉。”

【雍睦】和睦。宋書顧顗之傳：“顗之家門雍睦，爲州鄉所重。”

【雍寧】西夏趙乾順(崇宗)年號。公元1114—1118年。

【雍熙】㊀和樂貌。文選漢張平子(衡)東京賦：“百姓同於饒衍，上下共其雍熙。”㊁宋趙光義(太宗)年號。公元984—987年。

【雍齒】秦末沛人。與劉邦有故怨。後從劉邦起義，叛而復歸。雖有戰功，終爲邦所不快。邦既稱帝，大封功臣，諸將日夜争功不決，人懷怨望。邦乃從張良之言，先封雍齒爲侯，以明不計宿怨。於是羣臣皆喜曰：“雍齒尚爲侯，我屬無患矣！”見史記留侯世家。

【雍樹】抱持。史記九五夏侯嬰傳：“項羽大破漢軍。漢王敗，不利，馳去。見孝惠、魯元，載之。漢王急，馬罷，虜在後，常蹶兩兒欲棄之，嬰常收，竟載之，徐行面雍樹乃馳。”集解引蘇林曰：“南方人謂抱小兒爲雍樹。面者，大人以面首向臨之，小兒抱大人頸似懸樹也。”

【雍閼】蔽塞，阻塞。漢書五三中山靖王傳：“今臣雍閼不得聞，讒言之徒蠭生。”注：“雍讀曰壅。雍，塞也。閼猶止也。”

【雍録】宋程大昌撰。十卷。考訂關中古蹟，敍周秦漢隋唐五代都邑、城垣、宫殿、山水、廟陵、苑囿及寺觀等，有圖有説，搜羅甚富。周秦漢隋唐皆都雍，因以名書。

【雍穆】和睦。漢書八七上揚雄傳校獵賦：“乃祗莊雍穆之徒，立君臣之節，崇賢聖之業。”三國志魏陳矯傳：“(陳)登曰：‘夫閨門雍穆，有德有行，吾敬陳元方兄弟。’”陳紀字元方，陳諶字季方，陳寔子，兄弟齊名。

【雍州曲】樂府西曲歌名。南朝梁簡文帝有雍州曲三首：南湖、北渚、大堤。雍州，指襄陽。見樂府詩集四八清商曲辭五。

【雍門狄】戰國時齊烈士。一作雍門僞、雍門子狄。越軍寇齊境，自刎死，越人爲之引甲而退七十里。見漢劉向説苑立節。

【雍門周】戰國齊人。名周，居雍門，曾以琴見孟嘗君。孟嘗君曰：“先生鼓琴亦能令文悲乎？”周引琴而鼓，於是孟嘗君涕泣增哀，下而就之曰：“先生之鼓琴，令文立若破國亡邑之人也。”見漢劉向説苑善説。

【雍和宫】在北京安定門内，舊國子監東。清胤禛(世宗)登位前府邸。雍正三年名雍和宫，乾隆九年改爲喇嘛寺。解放後列爲全國重點文物保護單位。

【雍容雅步】體態温文，步履從容。魏書世祖紀上詔：“古之君子，養志衡門，德成業就，才爲世使。或雍容雅步，三命而後至；或棲棲遑遑，負鼎而自達。”

【雍熙樂府】二十卷。不著撰人姓名，實爲明郭勛編。集輯金元明諸名人之佳詞妙曲，套數小令，宫分調别，頗爲豐富。有四部叢刊續編本，四庫存目所列十三卷，非足本。

雎 jū ㄐㄩ 七余切，平，魚韻，清。

㊀見“雎鳩”。㊁姓。明有御史雎稼。見正字通。

【雎鳩】水鳥名。又名王雎。俗稱魚鷹。詩周南關雎:"關關雎鳩,在河之洲。"也作鴡鳩。爾雅釋鳥:"鴡鳩,王鴡。"晉郭璞注:"鵰類,今江東呼之爲鶚。好在江渚山邊食魚。"相傳雌雄有定偶,故詩關雎以喻君子之配偶。

【雎鳩氏】古官名。古史記少皞氏以鳥名官。司馬主法制者稱雎鳩氏。亦作"鴡鳩"。左傳昭十七年:"鴡鳩氏,司馬也。"注:"鴡鳩,王鴡也,鷙而有別,故爲司馬,主法制。"

雋 1. juàn ㄐㄩㄢˋ 徂兗切,上,獮韻,從。

㊀鳥肉肥美。亦謂肥美之肉。參見"雋永"。㊁姓。漢有雋不疑。漢書有傳。

2. jùn ㄐㄩㄣˋ 字彙 卽慎切。

㊂才智出衆。通"俊"、"儁"。漢書禮樂志:"至武帝卽位,進用英雋,議立明堂,制禮服以興太平。"

【雋永】漢書四五蒯通傳:"通論戰國時説士權變,亦自序其説,凡八十一首,號曰雋永。"注:"雋,肥肉也。永,長也。言其所論甘美,而義深長也。"後謂事物富有意味引人入勝爲雋永。宋趙蕃淳熙稿三次韻斯遠三十日見寄詩:"窗明内晴景,書味真雋永。"元麻革貽溪集阻雪峯下詩:"愛山久成癖,得山真雋永。"(元詩選三集)

【雋₂拔】謂俊逸不凡。宋曾鞏元豐類稿四戲呈休文屯田詩:"陳侯雋拔人所羨,歲晚江湖初識面。"宋葉紹翁四朝聞見録乙陸石室:"(陸凝之)丰神雋拔,論議倜儻。"

【雋₂客】指橘花。元程棨三柳軒雜識:"花名十客,世以爲雅戲。……杜鵑爲仙客,萱草爲歡客,橘花爲雋客。"

【雋₂楚】傑出。猶言翹楚。文苑英華六四五缺名爲行軍元帥鄖國公韋孝寬檄陳文:"僞公卿以下,或中華之冠帶,流寓江淮;或東南之雋楚,世載名位。"一本作"儁楚"。

【雋₂語】卽俊語。淸洪亮吉北江詩話一:"'似此星辰非昨夜,爲誰風露立中宵';'買得我拌珠十斛,賺來誰費豆三升',雋語也。"

【雋鱭】燕之肥美者。呂氏春秋孝行本味:"肉之美者:猩猩之脣,貛貛之炙,雋鱭之翠。"注:"鳥名也。"文苑英華三五一南朝梁簡文帝七勵:"陳晨鳧之美味,薦雋鷰之肥甜。"燕、鷰同。

【雋不疑】漢渤海人。字曼倩。治春秋,爲郡文學。武帝末徵拜青州刺史。昭帝初擢京兆尹。爲政嚴而不殘。時有男子詣闕,冒稱武帝已故衞太子,吏民觀者數萬人,丞相御史莫能決其眞僞。不疑叱從吏收縛,曰:"昔蒯聵違命出奔,輒距而不納,春秋是之。"遂送詔獄。昭帝與大將軍霍光聞而嘉之,曰:"公卿大臣當用經術明於大誼。"由是名重朝廷。後以病免。見漢書七一雋不疑傳。

雉 zhì ㄓˋ 直几切,上,旨韻,澄。

㊀鳥名。鶉雞類,雄者羽色美麗,尾長,可作裝飾品;雌者羽黃褐色,尾較短。漢人避呂后諱,稱雉爲"野雞"。見漢書高后紀注。㊁計算城牆面積的單位。左傳隱元年:"都城過百雉,國之害也。"注:"方丈曰堵,三堵曰雉,一雉之牆長三丈,高一丈。"引申爲城牆。文選南朝齊謝玄暉(朓)和王著作八公山詩:"出没眺樓雉,遠近送春目。"㊂樗蒱戲中的采名。古博戲有梟、盧、雉、犢、塞爲勝負之采。晉書劉毅傳:"後於東府聚樗蒱大擲,……毅次擲得雉,大喜。"㊃理,平治。左傳昭十七年:"五雉爲五工正,利器用,正度量,夷平者也。"疏:"雉聲近夷,雉訓夷,夷爲平,故以雉名工正之官。"㊄牛鼻繩。通"紖","紖"。見"紖"。

【雉門】㊀古天子宮五門(皋、庫、路、應、雉)之一。周禮天官閽人"閽人掌守王宮之中門之禁"漢鄭玄注:"鄭司農(衆)云:王有五門,外曰皋門,二曰雉門……玄謂雉門,三門也。"㊁諸侯宮三門之一。左傳定二年:"夏五月壬辰,雉門及兩觀災。"疏:"雉門,天子應門。是魯之雉門,公宮南門之中門也。"

【雉堞】城牆長三丈廣一丈爲雉;堞,女牆,卽城上端凸凹疊起之牆。泛指城牆。文選南朝宋鮑明遠(照)蕪城賦:"是以板築雉堞之殷,井幹烽櫓之勤。"唐白居易長慶集五五贈楚州郭使君詩:"淮山東南第一州,山圍雉堞月當樓。"

【雉媒】獵者馴養雛雉,及長馴熟使之招引野雉,因而獵取之,故曰雉媒。唐陸龜蒙甫里集九和吳中書事寄漢南裴尚書詩:"三泖涼波漁蕝動,五茸春草雉媒嬌。"元稹長慶集一有雉媒詩。

【雉雉】雜陳貌。南朝梁劉勰文心雕龍五封禪:"緑圖曰:潬潬噣噣,棼棼雉雉,萬物盡化,言至德所被也。"

【雉經】自縊。國語晉二:"申生乃雉經於新城之廟。"注:"頭搶而縣死也。"雉爲"紖"之假字,卽以繩自縊。一説屈頸閉氣而死。雉性耿介,爲人所獲,則屈折其頸而死,故名雉經。釋名釋喪制:"屈頸閉氣曰雉經,如雉之爲也。"參閱禮檀弓上"申生受賜而死"漢鄭玄注、淸阮元揅經室集一釋矢。

【雉澗】傳説古有朱文繡與羅子鍾爲友。一日,文繡死,其夕子鍾亦亡,文繡葬於梁南七里雞山,子鍾葬於北九里雉澗。文繡神靈變爲雞,子鍾魂魄化爲雉,淸鳴哀響,往來不絶。故有詩曰:"雞山別飛響,雉澗和淸音。"見南朝宋劉敬叔異苑七。

【雉盧】博戲。雉與盧皆爲古博戲中的采名。宋方夔富山遺稿八送春詩:"此生歲月隨泡影,末路功名等雉盧。"參見"呼盧喝雉"。

【雉子班】漢鐃歌名。屬鼓吹曲辭。其辭有"雉子高飛止,黃鵠飛之以千里"之語。見唐吳兢樂府古題要解上,樂府詩集十八雉子班注。後衍爲漢短簫鐃歌二十二曲之一。晉司馬炎稱帝,令傅玄製詞,雉子班曲又改名爲於穆我皇。見晉書樂志下。

【雉尾炬】雉尾狀的火炬。梁書羊侃傳:"(侯景)爲尖頂木驢攻城,矢石所不能制。侃作雉尾炬,施鐵鏃,以油貫之,擲驢上焚之,俄盡。"

【雉尾扇】古儀仗之一。晉崔豹古今注輿服:"雉尾扇起於殷世,高宗時有雊雉之祥,服章多用翟羽。周制以爲王后夫人之車服,輿車有翣,卽緝雉羽爲扇翣,以障翳風塵也。漢朝乘輿服之,後以賜梁孝王。魏晉以來用爲常,准諸王皆得用之。"唐元稹長慶集十八酬孝甫見贈詩之四:"雉尾扇開朝日出,柘黃衫對碧霄垂。"省稱作"雉扇"。宋王禹偁小畜集九南郊大禮詩之六:"乾元門上赭袍光,雉扇初開散御香。"

【雉尾蓴】初生的蓴菜。北魏賈思勰齊民要術八羹臛法:"四月蓴生莖而未葉,名作雉尾蓴。"

【雉朝飛】樂府琴曲。卽雉朝飛操。晉崔豹古今注音樂:"雉朝飛者,犢木子所作也。齊處士,湣宣時人,年五十無妻,出薪於野,見雉雌雄相隨而飛,意動心悲,乃作雉朝飛之操,以自傷焉。"按一本作犢沐子。一説衞女傅母所作。藝文類聚九十揚雄琴淸英:"雉朝飛操者衞女傅母之所作也。衞侯女嫁於齊太子,中道聞太子死。問傅母曰:'何如?'傅母曰:'且往當喪。'喪畢不肯歸,終之以死。傅母悔之,取女所自操琴,於冢上鼓之。忽二雉俱出墓中,傅母撫雉曰:'女果爲雉耶？'言未畢，俱飛而起，忽然不見，傳母悲痛，援琴作操，故曰雉朝飛。"

【雉頭裘】 雉雞頭羽製成之裘。晉書武帝紀咸寧四年："太醫司馬程據，獻雉頭裘，帝以奇技異服，典禮所禁，焚之於殿前。"

【雉尾小生】 傳統戲劇中小生分扇子、雉尾兩類。雉尾小生多扮武將，如黃鶴樓中周瑜，白門樓中呂布。以冠上插雉尾而稱。

雊 gòu ㄍㄡˋ 古候切，去，候韻，見。

雉鳴。詩小雅小弁："雉之朝雊，尚求其雌。"禮月令季冬之月："鴈北鄉，鵲始巢，雉雊雞乳。"

六畫

雌 cī ㄘ 此移切，平，支韻，清。

㊀母鳥。見說文。引申凡陰性之鳥獸皆稱爲雌。詩小雅正月："具曰予聖，誰知烏之雌雄。"左傳昭二九年："龍一雌死，潛醢以食夏后。"又樹木花卉亦有雄雌之稱。參見"雌竹"。㊁謂女性。唐李白李太白詩四雙燕離："憔悴一身在，孀雌憶故雄。"㊂謂柔弱，也喻退藏。老子："天門開闔，能無雌乎？"又："知其雄，守其雌，天下爲谿。"淮南子原道："是故聖人守清道而抱雌節。"㊃謂聲音柔弱似女性。晉書桓溫傳："公甚似劉司空(琨)……聲甚似，恨雌。"宋陸游老學庵筆記七："韓魏公(琦)聲雌，文潞公(彥博)步碎。"

【雌甲】 宋劉克莊後村集二三挽蔡遵府閣學詩之二："雌甲何其厄，同庚只麼休。"元方回桐江續集二一寄壽牟提刑獻之𪚥詩序："前浙東憲使大卿陵陽牟公獻之先生，寶慶三年丁亥正月十一日生，……紫陽方回亦以丁亥年五月十一日生，爲雌甲子。"詩："我亦七旬雌甲子，林慙磵愧負山靈。"

【雌字】 陰文。唐張彥遠歷代名畫記三敍古今公私印記："諸好事家印，有東晉僕射周顗印古小雌字。"

【雌劣】 懦弱卑劣。舊五代史唐李建及傳："善於撫御，所得賞賜，皆分給部下，絕甘分少，頗洽軍情。又累立戰功，雄勇冠絕，雌劣者忌讒之。"

【雌竹】 竹從根倒數上單節生枝者謂之雄竹，雙節生枝者謂之雌竹。一說，從下第一節生枝者爲雄竹，生雙枝者爲雌竹。宋蘇軾仇池筆記下竹雌雄謂：竹有雌雄，雌者多筍，故種竹當種雌。宋惠洪石門文字禪十三夏日偶書詩："過牆雌竹已數子，出屋耄蕉終百齡。"參閱元李衎竹譜詳錄二。

【雌伏】 ㊀謂屈居人下。後漢書二七趙典傳附兄子溫："初爲京兆郡丞，歎曰：'大丈夫當雄飛，安能雌伏！'遂棄官去。"㊁喻退藏、無爲。唐羅隱甲乙集十旅舍書懷寄所知之一："道從汨沒甘雌伏，跡恐因循更陸沉。"

【雌風】 謂卑惡之風。文選戰國楚宋玉風賦："故其風中人，狀直憞溷鬱邑，毆溫致濕，中心慘怛，生病造熱……此所謂庶人之雌風也。"

【雌黃】 ㊀礦物名。晶體，橙黃色。可製顏料。史記一一七司馬相如傳子虛賦："其土則丹青赭堊，雌黃白坿。"參閱政和證類本草四雌黃。㊁古人以黃紙書字，有誤，則以雌黃塗之。因稱改易文字爲雌黃。北齊顏之推顏氏家訓勉學："校定書籍，亦何容易，自揚雄、劉向方稱此職爾。觀天下書未徧，不得妄下雌黃。"㊂評論。梁書任昉傳劉孝標(峻)廣絕交論："近世有樂安任昉……雌黃出其脣吻，朱紫由其月旦。"元周密齊東野語十九著書之難："近世諸公，多作考異、證誤、糾繆等書，以雌黃前輩。"今譏人信口雌黃，本此。參見"口中雌黃"。

【雌雄】 ㊀謂雌性與雄性。詩小雅正月："誰知烏之雌雄。"又無羊："爾牧來思，以薪以蒸，以雌以雄。"亦謂男女之偶。管子霸形："令其人有喪雌雄。"又器物亦分雌雄。春秋時，吳王闔閭使干將鑄劍二，雄號干將，雌號莫邪。見唐陸廣微吳地記。又以之稱虹。爾雅釋天"虹也"宋邢昺疏："虹雙出，色鮮盛者爲雄，雄曰虹；闇者爲雌，雌曰蜺。"㊁喻勝負、高下。史記項羽紀："項王謂漢王曰：'天下匈匈數歲者，徒以吾兩人耳！願與漢王挑戰決雌雄，毋徒苦天下之民父子爲也。'"㊂通體於天地，同精於陰陽，明照於日月。淮南子本經："與造化者相雌雄。"注："雌雄猶和適也。"

【雌節】 謂退藏自守。淮南子原道："是故聖人守清道而抱雌節。"即老子"知其雄，守其雌"之意。

【雌蜺】 副虹。楚辭屈原九章悲回風："上高巖之峭岸兮，處雌蜺之標顛。"也作"雌霓"。見該條。

【雌霓】 副虹。藝文類聚五七漢張衡七辯："建采虹之長旃，系雌霓而爲旗。"宋蘇軾蘇文忠詩合注十三儋耳："垂天雌霓雲端下，快意雄風海上來。"

【雌懦】 柔弱無男子氣概。北齊書永安簡平王浚傳："文宣(高洋)性雌懦，每參文襄(高澄)，有時涕出。"

【雌聲】 謂發音似女性。晉桓溫自以雄姿風氣是宣帝(司馬懿)、劉琨之儔。後得一老婢，爲琨伎女，見溫曰："公聲甚似劉司空，恨雌。"見晉書桓溫傳。唐韓愈昌黎集五病中贈張十八詩："雌聲吐款要，酒壺綴羊腔。"

【雌雄劍】 相傳干將鑄成二劍，雄號干將，雌號莫邪。進雄劍於吳王而藏雌劍。雌劍時時悲鳴，憶其雄。見唐陸廣微吳地記。參見"干將"。

【雌雄樹】 唐九仙殿銀井有梨二株，枝葉交結，宮中呼爲雌雄樹。見唐馮贄雲仙雜記三雌雄樹。

雅 yuè ㄩㄝˋ

圍棋術語，謂中心一子。古文苑五馬融圍碁賦："橫行陣亂兮，敵心駭惶；迫兼碁雅兮，頗棄其裝。"宋章樵注："雅音義與岳同，碁心并四面，各據中一子，謂之王，岳言不可動搖也。"

雒 luò ㄌㄨㄛˋ 盧各切，入，鐸韻，來。

㊀白鬣黑馬。詩魯頌駉："有駵有雒。"傳："黑身白鬣曰雒。"㊁水名。即洛河。源出陝西洛南縣，流經河南省西部。周禮夏官職方氏："(豫州)其川熒雒。"淮南子地形："雒出熊耳。"曹魏以後，始改雒水爲洛水。參見"洛河2"。㊂地名。洛陽古名。周禮天官序官"辨方正位"漢鄭玄注："太保朝至于雒。"漢光武建都洛陽，自以漢爲火德忌水，改洛陽爲雒陽。三國魏自以爲土德，水得土而活，土得水而柔，去隹加水，仍作"洛"字。㊃馬籠頭。通"絡"。莊子馬蹄："及至伯樂，曰：'我善治馬，燒之、剔之、刻之、雒之。'"㊄通額。漢書九三韓嫣傳："(韓説)子增封龍雒侯。"史記建元以來侯者表作"龍額侯"。㊅姓。見廣韻。明史二三四有雒于仁。

【雒江】 水名。一名石亭江，也稱雒水、洛水。源出四川什邡縣西北之章山，東南流經廣漢縣，至金堂縣合綿湔諸水，南入沱江。華陽國志蜀志記有戰國秦李冰導洛水灌田事。參閱嘉慶一統志三八四成都府一山川。

【雒南】 縣名。屬陝西省。漢上洛縣地，東晉置拒陽縣，隋改洛南，移于今治。明改洛爲雒，屬商州，清因之。公元 1964 年復改爲洛南縣。故城在縣治東南。參閱嘉慶一統志二四六商州。

【雒城】地名。漢置雒縣，東漢爲廣漢郡治，唐於縣置漢州，元省縣入州，明、清因之。故城在今四川廣漢縣北。自古爲爭蜀之戰略要地。三國時，劉備破雒城，遂得成都；後鄧艾滅蜀，亦循此進兵。參閱讀史方輿紀要六七成都府。

【雒容】地名。漢潭中縣地，唐分置洛容縣，明稱雒容，屬柳州府，清因之。公元1951年與榴江、中渡兩縣合併爲鹿寨縣，屬廣西。參閱嘉慶一統志四六三柳州府。

【雒陽】地名。卽洛陽。漢書地理志上："河南郡，縣二十二：雒陽。"注："魚豢云：漢火德忌水，故去洛水而加隹。如魚氏說，則光武以後改爲雒字也。"參見"雒㊀㊂"、"洛陽"。

【雒棠】山名。傳說日入之處。淮南子地形："雒棠、武人在西北陬。"注："皆日所入之山名也。"也作落棠。淮南子覽冥："朝發榑桑，日入落棠。"

【雒誦】反覆誦讀。本作"洛誦"，也作"絡誦"。參見"洛誦"。

【雒嬪】洛水女神。楚辭屈原天問："胡䠶夫河伯而妻彼雒嬪。"注："雒嬪，水神，謂宓妃也。"參見"洛神"。

八畫

䧿 què 集韻 七約切，入，藥韻。ㄑㄩㄝ

㊀鳥名。同"鵲"。墨子魯問："公輸子削竹木以爲䧿，成而飛之，三日不下。"㊁山名。山海經南山經："南山經之首曰䧿山。"

雕 diāo 都聊切，平，蕭韻，端。ㄉㄧㄠ

㊀猛禽名。亦作"鵰"。似鷹而大，黑褐色。山海經南山經："（鹿吳之山）水有獸焉，名曰蠱雕，其狀如雕而有角。"注："雕似鷹而犬尾，長翅。"史記一〇九李將軍傳："是必射雕者也。"漢書五四李廣傳作"鵰"。㊁狡詐，凶猛。見"雕俗"、"雕捍"。㊂刻鏤。通"彫"。論語公冶長："朽木，不可雕也。"引申爲彩畫、裝飾。書五子之歌："峻宇雕牆。"傳："雕，飾畫。"㊃損傷，衰敗。通"凋"。左傳昭八年："今宮室崇侈，民力雕盡。"（羣書治要本，今注疏本作"彫"）

【雕人】雕玉工。周禮考工記有雕人。今本闕。又指摩骨之工。尸子下："雕人裁骨，則知牛長少。"

【雕弓】刻畫有文彩之弓。文選漢枚叔（乘）七發："右夏服之勁箭，左烏號之雕弓。"參見"彫弓"。

【雕戈】刻有花紋之戈。又作"彫戈"。國語晉三："晉惠公令韓簡挑戰，穆公衡雕戈出見使者曰：寡人將身見。"

【雕卵】在卵上雕刻花紋。管子侈靡："而雕卵然後瀹之，雕橑然後爨之。"注："皆富者所爲也。"

【雕青】刺花紋於皮膚，塗以靛，卽顯青色花紋。唐人稱"劄青"。宋洪邁夷堅志丁三謝花六："吉州太和民謝六，以盜成家，舉體雕青，故人目爲花六，自稱曰青師子。"

【雕板】在木板上雕刻圖文，以爲印刷之底版。我國現存著有明確年代的雕板印刷品，爲敦煌出土唐咸通九年王玠所刊金剛經，印刷已極精美，現藏倫敦博物館。五代馮道刊印九經，至宋元益爲流行，爲雕板鼎盛時期。參閱舊唐書一六五柳公綽傳附柳玭家訓序、宋朱翌猗覺寮雜記下。

【雕虎】獸名，因其身有花紋，如同雕畫，故名。尸子下："中黃伯曰，余左執太行之獶，而右搏雕虎。"文選漢張平子（衡）思玄賦："執雕虎而試象兮，阽焦原而跟止。"

【雕胡】菰米，可食。史記一一七司馬相如傳子虛賦："東薔雕胡。"文選作"彫胡"。宋陸游劍南詩稿三四村飲示鄰曲："雕胡幸可炊，亦有社酒渾。"

【雕捍】謂迅捷、凶猛如雕鳥。史記一二九貨殖傳："（燕）大與趙代俗相類，而民雕捍少慮。"索隱："言如雕性之捷捍也。"參閱清黃生義府下"雕悍少慮"。參見"鵰悍"。

【雕陰】㊀郡名。西魏置，在今陝西綏德縣。唐及宋初爲綏州，元明清均稱綏德州。參見"綏州"。㊁縣名。戰國時屬魏地，漢置縣，屬上郡。三國魏時縣廢。故城在陝西甘泉縣南，富縣北。史記魏世家"五年，秦敗我龍賈軍四萬五千于雕陰"，卽此。參閱讀史方輿紀要五七延安府甘泉縣。

【雕雲】五色祥雲。南齊書祥瑞志："夫流火赤雀，實紀周祚，雕雲素靈，發祥漢氏。"北齊書文苑傳序："譬雕雲之自成五色，猶儀鳳之冥會八音。"

【雕琢】同"彫琢"。㊀治玉成器。治玉爲樸曰雕，治玉成器曰琢。韓非子十過："食器雕琢，觴酌刻鏤。"㊁泛指修飾、矯正。淮南子精神："直雕琢其性，矯拂其情，以與世交。"南朝梁劉勰文心雕龍一原道："及至夫子，繼聖獨秀，……雕琢情性，組織辭令。"㊂謂鐫刻羅織。後漢書六十下蔡邕傳對問："夫宰相大臣，君之四體，委任責成，優劣已分，不宜聽納小吏，雕琢大臣也。"注："雕琢，猶鐫削以成其罪也。"

【雕軸】雕腹內所生珍物，如牛黃狗寶之類，狀似蜜蠟，以手搓之，作牛羶氣。如以爲玦，相傳其光色隨陰晴而變。見清方濬頤夢園叢說內篇五。

【雕幾】器物上鏤成凹凸線狀的花紋。禮少儀："國家靡敝，則車不雕幾，甲不組縢。"注："雕，畫也。幾附纏爲沂鄂也。"也作"彫幾"。宋歐陽修文忠集五八啄木辭："丹楶之不已兮，又以彫幾。"參見"沂鄂"。

【雕當】不整飭。今語有弔兒郎當。宋朱彧萍洲可談一："衛士頎天幞頭，有一脚下垂者，其儕呼爲雕當，不知名義所起。"明方以智通雅四九諺原雕當："宋景文（祁）曰：'人謂作事無據，曰沒雕當。'智按：今語曰不的當，卽此聲也。"

【雕漆】在銅胎或木胎上疊塗朱漆，或雜以他色，於漆半乾時浮雕出山水花卉等形狀，烘乾磨光，謂之雕漆。明徐樹丕識小錄一："雕漆起于宋，謂之宋剔，有金銀胎者，至今傳寶。"也作"雕紅"。明屠隆考槃餘事四："研匣……以紫檀、烏木、豆瓣楠及雕紅退光漆者爲佳。"

【雕篆】"雕蟲篆刻"之略語，謂辭賦之技藝。南朝梁劉勰文心雕龍九時序："馳騁石渠，暇豫文會，集雕篆之軼材，發綺縠之高喻。"宋蘇軾經進東坡文集事略四六答謝民師書："終身雕篆而獨變其音節便謂之經可乎？"或謂詩文。參見"雕蟲篆刻"。

【雕龍】㊀戰國齊人騶衍"言天事"，善閎辯。騶奭"采騶衍之術以紀文"。齊人因稱騶衍爲"談天衍"、騶奭爲"雕龍奭"。見史記七四孟子荀卿傳。集解引劉向別錄曰："騶奭脩衍之文，飾若雕鏤龍文，故曰雕龍。"後因用以喻善於文辭。後漢書五二崔駰傳："崔爲文宗，世禪雕龍。"南朝梁劉勰取其義名其文論爲文心雕龍。㊁雕畫龍文。唐李白李太白詩五怨歌行："鷫鸘換美酒，舞衣罷雕龍。"

【雕雕】猶言"昭昭"，彰明貌。荀子議兵："雕雕焉，縣貴爵重賞於其前，縣明刑大辱於其後，雖欲無化能乎哉？"注："雕雕，章明之貌。"又法行："故雖有珉之雕雕，不若玉之章章。"

【雕篹】謂盛食具。禮明堂位："薦用玉豆雕篹。"注："篹，籩屬。"疏："以竹爲之，形似筥，亦薦時用也。雕鏤其柄，故曰雕篹也。"

【雕題】以丹青於額上雕刻花紋，爲古代民族的一種習俗。逸周書七王會："正西崑崙……闟耳貫胸雕題 離丘 漆齒。"注："九者西戎之別名也。闟耳貫胸雕題漆齒等亦因其事以名之也。"禮王制："南方曰蠻，雕題、交趾，有不火食者矣。"疏："雕，謂刻也。題，謂額也。謂以丹青彫刻其額。"

【雕蟲】輕蔑文人雕辭琢句，謂之"雕蟲"。南朝梁劉勰文心雕龍二銓賦："然逐末之儔，蔑棄其本，……遂使繁華損枝，膏腴害骨；無貴風軌，莫益勸戒，此揚子所以追悔雕蟲，貽誚於霧縠者也。"參見"雕蟲篆刻"、"雕蟲小技"。

【雕蟲篆】書體名。相傳爲春秋魯秋胡妻所作。秋胡隨牒遠仕，荏苒三年，春居多思，桑時閒翫，集爲此書。亦云戰筆書，其體遒律，垂畫纖長，旋繞屈曲，有若蟲形。見唐韋續纂五十六種書、宋僧夢英十八體書(佩文齋書畫譜二)。

【雕文刻鏤】雕刻彩飾。六韜文韜上賢："爲雕文刻鏤，技巧華飾，而傷農事，王者必禁之。"漢書景帝紀後二年詔："雕文刻鏤，傷農事者也。"

【雕玉雙聯】言屬對精巧。唐白居易長慶集十七江樓夜吟元九律詩成三十韻："寸截金爲句，雙雕玉作聯。"後稱撰詩鐘屬對工巧爲雕玉雙聯，本此。

【雕冰畫脂】在冰上雕刻，在凝脂上繪畫。喻徒勞無功。明胡應麟甲乙剩言卵燈："余嘗於燈市見一燈，皆以卵殼爲之，爲燈，爲蓋，爲帶，爲墜，凡計數千百枚，每殼必開四門，每門必有棂栱窗槅，金碧輝耀，可謂巧絕，然脆薄無用，不異雕冰畫脂耳。"

【雕肝琢腎】喻窮思苦索推敲文詞。唐韓愈昌黎集四贈崔立之評事詩："勸君韜養待徵招，不用雕琢愁肝腎。"宋歐陽修文忠集六答聖俞莫飲酒詩："朝吟摇頭暮蹙眉，雕肝琢腎聞退之。"

【雕青天子】五代後周郭威(太祖)少賤，黥其頸上爲飛雀，人稱郭雀兒。初仕北漢，爲鄴都留守，殺隱帝，迎立太原尹劉崇子贇爲帝，威見崇使者，具道所以立贇之意，因自指其頸以示使者，曰："自古豈有雕青天子？幸公無以我爲疑。"次年威殺贇，自稱帝，爲後周太祖。見新五代史東漢世家。

【雕花刻葉】謂爲看花而構思吟詠。唐司空圖司空表聖詩集五力疾山下吳村看杏花之五："才情百巧鬬風光，却笑雕花刻葉忙。"

【雕章繢句】精心修飾文字。宋王洋東牟集二又謝丁執中寄黃龍菜詩："金餅玉筋固華麗，雕章繢句真瑰奇。"

【雕龍繡虎】喻寫作文字豪放雄健。明王世貞弇州山人四部稿一三二桑民懌："桑民懌(悅)才名噪一時，幾有雕龍繡虎之稱，此卷爲盛秋官書者，尤多生平得意語。"

【雕蟲小技】對僅工辭賦者的貶稱。亦作文士自謙之辭。隋書李德林傳："至如經國大體，是賈生、晁錯之儔；雕蟲小技，殆相如、子雲之輩。"唐李白李太白文二六與韓荆州書："至於制作，積成卷軸，則欲塵穢視聽，恐雕蟲小技，不合大人。"參見"雕蟲篆刻"。

【雕蟲篆刻】漢揚雄法言吾子："或問：'吾子少而好賦？'曰：'然，童子雕蟲篆刻。'俄而曰：'壯夫不爲也。'"按西漢學童習秦書八體，蟲書、刻符爲其中兩體，纖巧難工。故以指作辭賦之雕章琢句，亦喻小技、末道。宋蘇軾經進東坡文集事略四六答謝民師書："此正所謂雕蟲篆刻者，其太玄、法言皆是類也，而獨悔於賦，何哉？"

雔 chóu ㄔㄡˊ 市流切，平，尤韻，禪。

㊀謂雙鳥。見説文。㊁匹配。古書多作"讎"。參閱清郝懿行爾雅義疏一釋詁、段玉裁説文解字注。

【雔由】食樗葉之蠶。爾雅釋蟲："雔由樗繭。"疏："此皆蠶類作繭者，因所食葉異而異其名也。……食樗葉、棘葉、欒葉者名雔由。"

九畫

雖 suī ㄙㄨㄟ 息遺切，平，脂韻，心。

㊀蟲名。説文："雖，似蜥易而大。"又獸名。古文苑四漢揚雄蜀都賦："獸則……獑胡、雖玃。"注："上林賦作蛙玃。注：蛙，羊水反。似獼猴，卬鼻而長尾。玃，似獼猴而大。"㊁雖然，表假設讓步。連詞。詩小雅常棣："雖有兄弟，不如友生。"禮少儀："雖請退，可也。"疏："雖，假令也。"㊂僅。副詞。管子君臣："雖有明君，能決之，又能塞之。"

十畫

雜 zá ㄗㄚˊ 徂合切，入，合韻，從。

㊀五彩相合，顏色不純。周禮考工記："畫繢之事，雜五色，東方謂之青，南方謂之赤，西方謂之白，北方謂之黑，天謂之玄，地謂之黃。"㊁混合，攙糅。國語鄭："先王以土與金、木、水、火雜，以成百物。"淮南子本經："冥性命之情，而智故不得雜焉。"注："雜，糅也。"㊂聚集。呂氏春秋仲秋："四方來雜，遠鄉皆至。"注："雜，會也。"㊃錯雜。易繫辭下："其稱名也，雜而不越。"又："六爻相雜，唯其時物也。"疏："一卦之中，六爻交相雜錯。"㊄猶俱、共。國語越下："天地未形，而先爲之征，其事是以不成，雜受其刑。"注："雜，猶俱也。"漢書七一雋不疑傳："始元五年，有一男子……自謂衛太子，公車以聞，詔使公卿將軍中二千石雜識視。"注："雜，共也。"㊅通"匝"，謂循環始終。淮南子詮言："以數雜之壽，憂天下之亂，猶憂河水之少，泣而益之也。"注："雜，匝也。人生子從子至亥爲一匝。"㊆傳統戲曲脚色名。元雜劇、明清傳奇、京劇中皆有雜，扮演雜差一類人物。

【雜文】㊀各種文章的總稱。南朝梁劉勰文心雕龍雜文："詳夫漢來雜文，名號多品：或典誥誓問，或覽略篇章，或曲操弄引，或吟諷謠詠，總括其名，並歸雜文之區。"按本篇所論及的雜文另有對問、七發、連珠、客難、解嘲、賓戲等。㊁經史之外的應時試文。新唐書選舉志："進士試雜文二篇，通文律者然後試策。"今以雜感隨筆之文爲雜文。

【雜户】唐制，凡反逆相坐者，没其家爲官奴婢。男十五歲以上，配置嶺南爲城奴。一免爲番户，再免爲雜户，三免爲良人。唐律疏議十二户婚上養雜户爲子孫："雜户者，前代犯罪没官，散配諸司驅使，亦附州縣户貫，賦役不同白丁。"

【雜占】占卜術。古代方士附會人事以占卜，諸如眼跳、耳鳴、噴嚏、鳥鳴等生活瑣事，皆以爲推斷吉凶的依據，稱雜占。漢書藝文志有海中日月彗虹雜占十八卷，隋書經籍志有太一式雜占十卷、鳥情雜占禽獸語一卷、周易雜占十三卷、十一卷、九卷及雜占夢書一卷等。

【雜史】非正統史家的著述。隋書經籍志列戰國策、楚漢春秋、越絕、吳越春秋諸書入雜史，以別於春秋、史、漢。以後目録家分類，皆有雜史一類，凡僅具一事始末，非一代的全編；或僅述一時見聞，成一家私紀者，皆屬之。

【雜扮】宋時雜劇之散段。宋灌圃耐得翁都城紀勝瓦舍衆伎："雜扮，或名雜旺，又名紐元子，又名技和，乃雜劇之散段。在京師時，村人罕得入城，遂撰此端，多是借裝爲山東河北村人，以資笑。今之打和鼓、撚捎子、散耍皆是也。」

【雜伎】各種遊戲技藝的總稱。晉書成帝紀咸康七年冬：「除樂府雜伎。」新唐書穆宗紀：「觀神策諸軍雜伎。」

【雜言】㊀不主於一家一科之言。漢劉向說苑有雜言篇。㊁雜談，瑣話。晉陶潛陶淵明集二歸園田居之二：「相見無雜言，但道桑麻長。」

【雜谷】地名。舊治在今四川理縣境。漢武帝時開，屬汶山郡，三國時，姜維、馬忠攻汶山羌人，即此地。唐置維州，宋改爲威州。明永樂五年置雜谷安撫司，清改爲雜谷廳，後改理番廳。公元 1914 年改縣，1945 年改理縣。參閱嘉慶一統志四二一雜谷廳。

【雜玩】謂諸種玩物。陳書世祖紀天嘉元年詔：「維雕鏤淫飾，非兵器及國容所須，金銀珠玉，衣服雜玩，悉皆禁斷。」

【雜卦】周易篇名，十翼之一。以不依六十四卦的順序，錯雜解說六十四卦卦義而稱。易雜卦三國魏王弼注：「雜卦者，雜糅衆卦，錯綜其義，或以同相類，或以異相明也。」

【雜佩】古代玉佩，用各種飾玉構成。詩鄭風女曰雞鳴：「知子之來之，雜佩以贈之。」傳：「雜佩者，珩、璜、琚、瑀、衝牙之類。」文選晉陸士衡（機）贈馮文羆詩：「愧無雜珮贈，良訊代兼金。」佩，同「珮」。

【雜沓】同雜遝。見「雜遝」。

【雜服】謂各色服制。禮學記：「不學雜服，不能安禮。」注：「雜服，冕服皮弁之屬。」

【雜帛】素帛。周禮春官司常：「通帛爲旜，雜帛爲物。」注：「雜帛者，以素帛飾其側。」亦爲各種細絹的統稱。史記一一二公孫弘傳太皇太后詔大司徒大司空：「賜告治病，牛酒雜帛。」

【雜砌】金元時雜劇、院本類別之一，以不宜歸入其他名目之下而稱。劇目有梅妃、浴佛、三教、救駕、武則天等。見明陶宗儀輟耕錄二五諸雜砌。

【雜俎】爲雜記及類事之書，言如肴蔌之雜陳於俎。新唐書藝文志小說家類著錄有段成式撰酉陽雜俎三十卷，宋史藝文志類事類著錄有羣玉雜俎三卷、增廣羣玉雜俎四卷。

【雜流】㊀雜職之官。見「未入流」。㊁謂補官之非由正常途徑者。宋史選舉志四：「建炎兵興，雜流補授者衆，有曰上書獻策，曰勤王，曰守禦，曰捕盜，曰奉使，其名不一。皆閫帥假便宜承制之權以擅除擢。」㊂指士流以外出身的人。新唐書一八一曹確傳：「工商雜流，假使技出等夷，正當厚給以財，不可假以官。」

【雜家】古九流之一。集衆家之說，融會貫通而爲一家言。漢書藝文志：「雜家者流，蓋出於議官，兼儒、墨，合名、法。」所列有孔甲盤盂、尉繚、尸子、呂氏春秋、淮南子等二十家。明黃虞稷千頃堂書目始併名、墨、縱橫於雜家，四庫全書從之，分雜家爲六類：立說者謂之雜學；辯證者，謂之雜考；議論而兼敍述者，謂之雜說；旁究物理臚陳纖瑣者，謂之雜品，類輯舊文塗兼衆軌者，謂之雜纂；合刻諸書不名一體者，謂之雜編。

【雜記】㊀唐劉知幾史通雜述分史氏流別爲十，八曰雜記，祖台之志怪、干寶搜神、劉義慶幽明、劉敬叔異苑等皆是。亦有以雜記爲書名者，隋書經籍志四著錄有晉張華雜記十一卷，晚出者有劉歆西京雜記等。㊁禮記篇名。所記有與喪服小記相似者，有與喪大記相似者，又有非喪事而亦記之者，所記既雜，故曰雜記。

【雜班】戲班。宋趙彥衛雲麓漫鈔十：「近日優人作雜班，似雜劇而簡略。金虜官制有文班、武班，若醫卜倡優，謂之雜班。每宴集，伶人進，曰雜班上，故流傳作此。」

【雜廁】羼雜。漢王充論衡齊世：「古有無義之人，今有建節之士，善惡雜廁，何世無有。」

【雜著】文體名。明徐師曾文體明辨：「雜著者，詞人所著之雜文也。以其隨事命名，不落體格，故謂之雜著。然稱名雖雜，而其本乎義理，發于性情則自有致一之道焉。」明孫肩有甲乙雜著。

【雜稅】指正稅以外之稅。宋書孝武紀大明八年詔：「東境去歲不稔，宜廣商貨，遠近販鬻米粟者，可停道中雜稅。」六部成語戶部正稅注解：「地丁及海陸各關所徵皆曰正稅，其餘俱爲雜稅。」

【雜詩】謂興致不一，不拘流例，遇物卽言之詩。文選有雜詩一目，凡內容不屬獻詩、公讌、遊覽、行旅、贈答、哀傷、樂府諸目之內者，概列雜詩項中，卽有題如張衡四愁、曹植朔風等，內容相近，亦歸此類。如王粲、劉楨、曹植兄弟等作皆卽以雜詩二字爲題，後世循之。

【雜碎】㊀謂繁雜瑣碎。後漢書四九仲長統傳述志詩：「叛散五經，滅弃風雅。百家雜碎，請用從火。」㊁以牛羊豬腸胃肝肺等雜肉煮成的雜膾。清李斗揚州畫舫錄九小秦淮錄：「先以羊雜碎飼客，謂之小吃。」

【雜遝】衆多紛雜貌。史記九二淮陰侯傳：「天下之士，雲合霧集，魚鱗雜遝，熛至風起。」唐杜甫杜工部草堂詩箋四麗人行：「簫鼓哀吟感鬼神，賓從雜遝實要津。」也作「雜沓」。文選漢揚子雲（雄）甘泉賦：「駢羅列布，鱗以雜沓兮，傑傂參差，魚頡而鳥䀹。」

【雜傳】㊀史籍紀傳之一種，以別於正史。隋書經籍志、唐書藝文志史部均有雜傳類。文獻通考一九五經籍考謂雜史、雜傳皆野史之流。又謂雜傳爲列傳之屬，所紀者一人之事，然亦有名爲一人之事，而實關係一代一時之事者。㊁紀傳體正史中列傳的分類，如新五代史於梁諸臣傳之後，別立雜傳。蓋五代倏更，諸臣朝秦暮楚，迭事諸朝，難於限斷，故創此例。

【雜說】百家之說。史記一一二平津侯（公孫弘）傳：「年四十餘，乃學春秋雜說。」南朝梁劉勰文心雕龍四諸子：「若夫陸賈典語、賈誼新書、揚雄法言、劉向說苑、王符潛夫、崔寔政論……彼皆蔓延雜說，故入諸子之流。」

【雜端】唐侍御史的別稱。唐制，御史臺有御史六人，以任職久者一人主臺內一切事務，號稱臺端，衆人稱端公。其知雜事者，謂之雜端。參閱通典二四官職、趙璘因話錄五徵部。

【雜裳】雜色下衣。儀禮士冠禮：「玄端、玄裳、黃裳、雜裳，可也。」注：「雜裳者，前玄後黃。易曰：夫玄黃者天地之雜色，天玄而地黃。」

【雜種】㊀雜亂之種族。後漢書三八度尚傳：「廣募雜種諸蠻夷，明設購賞。」㊁猶言異類。有輕蔑之意。晉書慕容暐載記：「蠢茲雜種，奕世彌昌。」文選南朝梁丘希範（遲）與陳伯之書：「姬漢舊邦，無取雜種。」後又轉爲詈人之詞。參閱清趙翼陔餘叢考三八雜種畜生王八。

【雜糅】混雜。國語楚下：「及少皞之衰也，九黎亂德，民神雜糅，不可方物。」楚辭屈原離騷：「芳與澤其雜糅兮，唯昭質其猶未虧。」

【雜劇】古代戲劇名，唐已有之，宋時之滑稽戲、歌舞戲、傀儡戲亦稱雜劇。宋朱敦儒樵歌上念奴嬌詞：「從敎他笑，如此只如此，雜劇打了，戲衫脫與獃底。」明陶宗儀輟耕錄二五院本名目：「唐有傳奇，宋有戲曲、唱諢、詞說，金有院本、雜劇、諸宮調。院本、雜劇,其實一也。國朝院本、雜劇,始釐而二之。」宋雜劇,每場四人或五人,先做尋常熟事一段,稱豔段;次做正雜劇兩段;又有雜扮或稱雜班,即雜劇之後散段。參閱宋吳自牧夢粱録二十伎樂。元雜劇,一般每本四折,演一完整故事。其有不能包羅者,則加一楔子。

【雜樂】非雅正之樂。北周庾信庾子山集十五周車騎大將軍贈小司空宇文顯和墓誌銘:"豈直不聽雜樂,以變齊國之風;不食鮮禽,以斷荆王之獵。"陳書章昭達傳:"每飲會,必盛設女伎雜樂,備盡羌胡之聲。"

【雜縣】海鳥名,亦名爰居。爾雅釋鳥:"爰居,雜縣。"疏:"爰居,海鳥也,大如馬駒,一名雜縣。"文選晉郭景純(璞)游仙詩之六:"雜縣寓魯門,風煖將爲災。"參見"爰居㊀"。

【雜學】謂百家之説。尉繚子治本:"野物不爲犧牲,雜學不爲通儒。"清洪頤煊讀書叢録三漢初雜學:"武安君田蚡爲丞相,黜黄老刑名百家之言,……而雜學始廢。"

【雜聯】任意卽興所作的聯句。宋尤袤全唐詩話四段成式:"酉陽雜俎云:……予在城時,常與客聯句,初無虚日,小酌求押,或窮韻相角,或押惡韻,或煎茗一甌爲八韻詩,謂之雜聯。若志於不朽,則汰揀穩韻,無所得輒已,謂之苦聯。"

【雜擬】文選有雜擬一類,皆擬古人之詩,比古志以明今情。宋蘇軾分類東坡詩十八孔毅父以詩戒飲酒問買田且乞墨竹次其韻:"枕書熟睡呼不起,好學憐君工雜擬。"

【雜霸】謂用王道攙雜霸道進行統治。漢書元帝紀:"嘗侍燕從容言:'陛下持刑太深,宜用儒生。'宣帝作色曰:'漢家自有制度,本以霸王道雜之,奈何純任德教,用周政乎!'"宋陳亮龍川文集二十又甲辰秋答(與朱元晦)書:"謂之雜霸者,其道固本於王也。"

【雜買務】官署名。唐時謂之宫市,宋初爲市買司。太平興國四年,置雜買務於京師,以主禁中貿易。凡内用物有缺,則買之於民。至道中廢,咸平復置。參閲文獻通考六十職官十四雜買雜賣務、吳自牧夢粱録九六院四轄。

【雜事祕辛】書名。三卷。敍漢梁皇后被選册立之事。無作者名。明楊愼作序謂:"得於安寧州土知州董氏。前有義烏王子充印,蓋子充使雲南時篋中書也。"明沈德符敝帚軒剩語中婦人弓足謂爲愼所僞撰。

韓 hàn 侯旰切,去,翰韻,匣。ㄏㄢ
鳥名。山鵲。亦稱"鷽"。參見該條。

雚 guàn 古玩切,去,换韻,見。ㄍㄨㄢ
㊀水鳥名。説文雚引詩:"雚鳴于垤。"今詩豳風東山作"鸛"。㊁草名。1.卽芄蘭。見爾雅釋草。參見"芄蘭㊀"。2.荻。漢書九一貨殖傳:"萑蒲材幹器械之資。"注:"萑,薍也,卽今之荻也。"

【雚水】古水名。吕氏春秋本味:"雚水之魚名曰鰩,其狀若鯉而有翼,常從西海夜飛遊於東海。"注:"雚水在西極。"山海經西山經作觀水。藝文類聚五七漢崔駰七依作"灌水"。

【雚菌】菌類。可入藥。急就篇四:"雷矢雚菌蓋兔盧。"注:"雚菌,一名雚蘆,生東海池澤及渤海章武,此雚蘆之地所生菌也。舊云是鸛矢所化,故其爲藥毒烈而去腹中痼病焉。"宋王應麟補注:"本草出蘆葦澤中,鹹鹵之地自然有此菌,非鸛矢所化生也。菌色白,輕虛。"

巂 1. xī ㄒㄧ guī ㄍㄨㄟ 户圭切,平,齊韻,匣。
亦作"嶲"。㊀鳥名。亦謂子巂,卽子規。見"巂周"。㊁車輪轉一周爲巂。通"規"。禮曲禮上:"立視五巂。"
2. suǐ ㄙㄨㄟ xī ㄒㄧ 息委切,上,紙韻,心。
㊂地名。見"巂₂州"。

【巂₂州】地名。南朝梁大同三年置。唐至德二載曾入於吐蕃。宋屬大理。故治在今四川西昌縣。見嘉慶一統志四〇〇寧遠府一。

【巂周】鳥名。卽杜鵑,亦曰子規、子巂。爾雅釋鳥:"巂周。"注:"子巂鳥,出蜀中。"疏:"今謂之子規是也。"禽經作"巂周"。參見"杜鵑㊀"。

雞 jī 古奚切,平,齊韻,見。ㄐㄧ
亦作"鷄"。家禽。雌雄皆有赤色肉冠及肉垂,惟雄者較發達。足强健,具四趾,後趾高而短,雄者有距,適於搔撥泥土。羽華美,然翼短,不能高飛。雄雞鳴管發達,以時而鳴。品種甚多。

【雞卜】古代占卜之法。史記武帝紀元封元年:"乃令越巫立越祝祠,安臺無壇,亦祠天神上帝百鬼,而以雞卜。上信之,越祠雞卜始用焉。"正義:"雞卜法用雞一,狗一,生,祝願訖,卽殺雞狗煮熟,又祭,獨取雞兩眼,骨上自有孔裂,似人物形則吉,不足則凶。"

【雞人】古報曉之官。周禮春官雞人:"雞人掌共雞牲,辨其物。大祭祀,夜嘑旦以𠬝百官。"陳書世祖紀天康元年:"每雞人伺漏,傳更籤於殿中。"唐王維王右丞集二和賈舍人早朝大明宫之作詩:"絳幘雞人送曉籌,尚衣方進翠雲裘。"

【雞子】㊀謂雛雞。見説文。㊁雞卵。漢書五行志中之下:"宣帝地節四年五月,山陽濟陰雨雹如雞子。"

【雞心】棗之别名。初學記八南朝梁簡文帝賦棗詩:"風摇羊角樹,日映雞心枝。"

【雞日】正月初一。三國魏董勛問禮俗:"正月一日爲雞,二日爲狗,三日爲羊,四日爲猪,五日爲牛,六日爲馬,七日爲人。"宋吕本中東萊詩集十宣章元日:"避地逢雞日,傷時感雁臣。"

【雞父】古地名。亦稱雞備亭,在今河南固始縣東南。春秋昭二三年:"秋七月……戊辰,吳敗頓、胡、沈、蔡、陳、許之師于雞父。"注:"雞父,楚地,安豐縣南有雞備亭。"

【雞皮】㊀謂老年人皮膚起粟如雞皮。見"雞皮鶴髮"。㊁獸皮所製之手套等,柔軟而外起縐紋,俗亦呼爲雞皮,本字應作"麂"。參見"麂"。

【雞次】楚法典名。戰國策楚一:"吳與楚戰於柏舉,三戰入郢。……(蒙穀)負雞次之典,以浮於江,逃於雲夢之中。昭王反郢,五官失法,百姓昏亂,蒙穀獻典,五官得法,而百姓大治。"注:"楚國法也,雞亦作'離'。"後漢書十五李通傳論注引國策作"離次"。

【雞肋】㊀喻乏味又不忍舍棄之物。曹操攻漢中,不能勝,意欲還軍。時來請令,卽出令曰"雞肋"。楊修便自嚴裝,人問之,修曰:"夫雞肋,棄之如可惜,食之無所得,以比漢中,知王欲還也。"見三國志魏武帝紀建安二十四年注引九州春秋。宋蘇轍欒城集七送轉運判官李公恕還朝詩:"官如雞肋浪奔馳,政似牛毛常黽勉。"㊁喻體弱。晉書劉伶傳:"嘗醉與俗人相忤,其人攘袂奮拳而往。伶徐曰:'雞肋不足以安尊拳。'其人笑而止。"㊂書名。1.宋趙崇絢撰,凡一卷。取古事之相似而不同者,各以類聚。2.宋晁補之詩文集,名雞肋集,七十卷。3.宋莊季裕著,名雞肋編,三卷,多識軼聞舊事。

【雞坊】養雞場。唐陳鴻東城老父傳:"玄宗在藩邸時,樂民間清明節鬬雞戲;及卽位,治雞坊於兩宫間,索長安雄雞金毫、

鐵距、高冠、昂尾千數養於雞坊，選六軍小兒五百人，使馴擾教飼之。」(太平廣記四八五)

【雞男】卽雄雞。宋陶穀淸異錄藥品火靈庫：「昌黎公愈晚年，頗親脂粉。故事：服食用硫黃末攪粥飯啖雞男，不使交，千日烹庖，名火靈庫。公間日進一隻焉。」

【雞足】山茱萸之別名。見「山茱萸」。

【雞林】古國名，卽新羅。唐龍朔三年置新羅爲雞林州，以新羅王法敏爲大都督。見舊唐書一九九上新羅國傳。唐劉禹錫劉夢得集六送源中丞充新羅王册立使詩：「官帶霜威辭鳳闕，口傳天語到雞林。」

【雞冠】㊀謂雞頭上之突起物。因其色赤，古人以喻赤色之物。三國志魏鍾繇傳注引曹丕與繇書：「竊見玉書，稱美玉白若截肪，黑譬純漆，赤擬雞冠，黃侔蒸栗。」㊁冠名。史記六七仲尼弟子傳：「子路性鄙，好勇力，志伉直，冠雄雞，佩豭豚。」㊂植物名，以花狀如雄雞冠而名。供觀賞，亦入藥。宋劉敞公是集四有雞冠花詩。

【雞毒】中藥名，卽烏頭。淮南子主術：「天下之物，莫凶於雞毒，然而良醫橐而藏之，有所用也。」注：「雞毒，烏頭也。」參見「烏頭㊀」。

【雞竿】製金雞附於竿端，下赦令時用之。唐許渾丁卯集上元正詩：「高揭雞竿闢帝閽，祥風微暖瑞雲屯。」新唐書百官志三：「赦日，樹金雞於仗南，竿長七丈，有雞高四尺，黃金飾首，銜絳幡長七尺，承以綵盤。」參閱宋孟元老東京夢華錄十下赦、宋史儀衛志六。

【雞缸】成窰酒杯，種類甚多，以雞缸爲最。上畫牡丹，下有子母雞，躍躍欲動；或以雞缸爲宣窰。淸朱彝尊曝書亭集三六感舊集序：「瓷盌，多宣德成化款識，近亦嘉靖年物，酒杯則畫芳草鬬雞其上，謂之雞缸。」參閱淸程哲窰器說。

【雞姦】謂兩男行姦。或作要姦。淸律刑律犯姦：「凡有惡徒將良人子弟强行雞姦者，爲首擬斬，立決，爲從擬絞，監候。」參閱淸文獻通考一九七刑三。

【雞珠】芡實，卽雞頭。明王世貞弇州山人四部稿十六袁履善惠芡實作雞珠兒歌遺我走筆謝之詩：「吳中女兒嬌可愛，採得雞珠和菱實。」

【雞骨】㊀喻瘠瘦。世說新語德行：「王戎、和嶠同時遭大喪，俱以孝稱，王雞骨支床，和哭泣備禮。」㊁謂灼雞骨以占卜。唐柳宗元柳先生集四二柳州峒氓詩：「鵝毛禦臘縫山罽，雞骨占年拜水神。」宋蘇軾東坡集續集一雷州詩之五：「呻吟殊未央，更把雞骨灼。」參見「雞卜」。

【雞陵】關名，今名友誼關。在廣西憑祥西南。一名大南關，又名界首關。左右石山高插雲表，中設關，兩旁建城，爲廣西至越南之要道。舊名鎭南關。參閱嘉慶一統志四七二太平府關隘。

【雞眼】錢之小者。魏書食貨志：「雞眼、鐶鑿，依律而禁。」

【雞毬】食物名。新唐書禮樂志四：「天寶二年，始以九月朔薦衣於諸陵。又常以寒食薦餳粥、雞毬、雷車，五月薦衣、扇。」唐白居易長慶集六八贈擧之僕射詩：「雞毬餳粥屢開筵，談笑謳吟間管弦。」

【雞窗】藝文類聚九一幽明錄：「晉兗州刺史沛國宋處宗嘗買得一長鳴雞，愛養甚至，恒籠著窗間，雞遂作人語，與處宗談論極有言智，終日不輟。」後遂以雞窗謂書窗、書齋。唐羅隱甲乙集八題袁溪張逸人所居：「雞窗夜靜開書卷，魚檻春深展釣絲。」

【雞禍】漢書五行志中之上：「貌之不恭，是謂不肅，厥咎狂，厥罰恆雨，厥極惡。時則有服妖，時則有龜孽，時則有雞禍。」謂金沴木，木受害，雞屬木，故有雞禍。一曰，水歲雞多死及爲怪。

【雞斯】㊀馬名。淮南子道應：「屈商乃拘文王於羑里，於是散宜生乃以千金求天下之珍怪，得騶虞雞斯之乘。」山海經海內北經「名曰吉量」晉郭璞注引六韜：「文身朱鬣，眼若黃金，項若雞尾，名曰雞斯之乘。」今本六韜無此文。㊁束髮物。禮問喪：「親始死，雞斯徒跣。」注：「雞斯當爲笄纚，聲之誤也。親始死，去冠，二日，乃去笄纚括髮也。」也謂髮髻。見廣雅釋詁四。

【雞棲】㊀雞所棲止之處。後漢書六六陳蕃傳附朱震：「車如雞棲馬如狗。」㊁木名，卽皂莢樹。見急就篇四「半夏皁莢艾橐吾」唐顏師古注。唐杜甫杜工部詩史補遺一惡樹：「枸杞因吾有，雞棲奈汝何。」㊂地名。在四川松潘疊溪營西南。唐韋皋入吐蕃，遣將邢玼出黃崖，略雞棲老翁城，卽此。見嘉慶一統志四一九松潘廳古蹟。

【雞跖】雞足踵。呂氏春秋用衆：「善學者若齊王之食雞也，必食其跖數千而後足。」喻爲學務博而始有成。跖，亦作「蹠」。南朝梁劉勰文心雕龍八事類：「狐腋非一皮能溫，雞蹠必數千而飽矣。」

【雞黍】謂殺雞爲黍，後用爲招待朋友情意眞率之語。論語微子：「止子路宿，殺雞爲黍而食之。」文選南朝梁范彥龍(雲)贈張徐州稷詩：「恨不具雞黍，得與故人揮。」

【雞絮】指致祭的禮品。宋丘葵釣磯詩集四挽心泉蒲處士詩：「欲持雞絮列墳前，俗了靑霞頂上仙。」參見「隻雞絮酒」。

【雞廉】喻小廉。漢桓寬鹽鐵論褒賢：「文學言行，……不過高瞻下視，潔言汙行，觴酒豆肉，遷延相讓，辭小取大，雞廉狼吞。」又：「當世囂囂，非患儒之雞廉，患在位者之虎飽。」宋陸佃埤雅釋鳥：「雞跑而食之，每有所擇，故曰小廉如雞。」

【雞肆】稱以除糞爲業者。唐張鷟朝野僉載三：「長安富民羅會，以剔糞爲業，里中謂之雞肆。」

【雞碑】宋丁用晦芝田錄序：「予學慚鼠獄，智乏雞碑。」(說郛七四)雞碑用晉戴逵事。逵總角時，以雞卵汁，溲白瓦屑，作鄭玄碑而自鐫之。

【雞鳴】兵器名。周禮考工記冶氏「戈廣二寸」漢鄭玄注：「戈，今句孑戟也，或謂之雞鳴，或謂之擁頸。」

【雞㙡】菌類植物名。又名「雞菌」。出雲南，生沙地間。高脚傘頭。點茶烹肉均宜，氣味皆似香蕈，入藥。見本草綱目二八菜五雞㙡、淸姚之駰元明事類鈔三二雞㙡。

【雞幘】雞冠。宋梅堯臣宛陵集二五和通判太博雞冠花十韻詩：「乃有秋花實，全如雞幘丹。」

【雞穀】草名。山海經中山經：「(兔牀之山)其草多雞穀，其本如雞卵。」

【雞趣】鸞之別名。舊題周師曠禽經：「鸞，瑞鳥。一曰雞趣。」

【雞膚】同「雞皮」。唐白居易長慶集六八老病相仍以詩自解詩：「蟲臂鼠肝猶不怪，雞膚鶴髮復何傷。」

【雞澤】縣名。屬河北省。春秋時晉悼公及諸侯盟於雞澤，卽此。見左傳襄三年。漢爲廣平縣，隋於此置雞澤縣，以界有雞澤爲名。歷代相因。見寰宇通志五廣平府。

【雞壅】芡之別名。莊子徐无鬼：「藥也其實，堇也，桔梗也，雞癕也，豕零也，是時爲帝者，何可勝言。」釋文：「雞癕，本或作壅，言同。司馬(彪)云：卽雞頭也，一名芡。與藕子合爲散，服之延年。」

【雞駭】卽駭雞犀。戰國策楚一：「(楚王)乃遣使車百乘，獻雞駭之犀、夜光之璧於秦王。」楚辭漢劉向九歎離世：「淹芳芷於腐井兮,棄雞駭於筐簏。"參見"駭雞犀"。

【雞壇】謂朋友相會之處。越人每相交,禮封土壇,祭以雞犬,故名。見晉周處風土記(說郛六十)。明史謹獨醉亭集中答殷尚質次韻詩:"鳩杖待看他日賜,雞壇不負舊時盟。"

【雞㙦】菌類植物,即雞㙡。明楊慎升菴全集七九雞菌:"雲南名佳菌曰雞㙦。鳥飛而斂足,菌形如之,故以雞名。"也稱雞宗。見明郎瑛七修類稾三羊溝雞宗。參見"雞㙡"。

【雞頭】㊀山名。又作笄頭,一名崆峒山。在甘肅省平涼縣西。史記五帝記:"西至于空桐,登雞頭。"㊁芡之別名。方言三:"葰芡,雞頭也。北燕謂之葰,青徐淮泗之間謂之芡,南楚江湘之間謂之雞頭,或謂之鴈頭,或謂之烏頭。"淮南子說山:"雞頭已瘻。"參見"芡"。

【雞樹】三國魏時,中書監劉放與中書令孫資相善,二人久任機要;夏侯獻及曹肇心內不平,見殿中有雞棲樹,相謂曰:"此亦久矣,其能復幾?"見三國志魏劉放傳注。後人因謂中書省官署曰雞樹。北史崔廓傳附崔賾答豫章王書:"雞樹騰聲,鵷池播美。"唐劉禹錫劉夢得集外集六詶鄭州權舍人見寄十二韻詩:"鯉庭傳事業,雞樹遂翱翔。"

【雞翹】㊀謂雞尾。裝飾品。後漢書輿服志上:"鸞旗者,編羽旄,列繫幢旁。民或謂之雞翹,非也。"宋王安石臨川集十七送項判官詩:"握手祝君能强飯,華簪常得從雞翹。"㊁謂染彩之色似雞尾者。急就篇二:"春草雞翹鳧翁濯。"注:"皆謂染彩而色似之,若今染家言鴨頭緑、翠毛碧云。"

【雞彝】古祭祀所用之酒尊。周禮春官司尊彝:"春祠夏禴,祼用雞彝、鳥彝,皆有舟。"禮明堂位:"灌尊,夏后氏以雞夷,殷以斝,周以黄目。"疏:"彝,法也,與餘尊爲法,故稱彝。雞彝者,或刻木爲雞形而畫雞於彝。"

雞彝

【雞蘇】草名。即水蘇,一名龍腦香蘇。北魏賈思勰齊民要術十蓼:"譙沛人謂雞蘇爲萊。三倉云:萊,茱萸。"宋蘇軾分類東坡詩六石芝:"鏘然敲折青珊瑚,味如蜜藕和雞蘇。"

【雞鶩】雞鴨。喻凡庸之徒。楚辭屈原卜居:"寧與黄鵠比翼乎?將與雞鶩爭食乎?"陳書蔡景歷傳答陳霸先書:"欲以雞鶩厠鶯鴻於池沼,將移瓦礫參金碧之聲價。"

【雞籌】報曉的更籌。唐王維王右丞集二和賈舍人早朝大明宮之作詩:"降幘雞人送曉籌,尚衣方進翠雲裘。"元詩選壬馬臻霞外集歲莫偶成:"夜短雞籌促,天寒象緯高。"參見"雞人"。

【雞臛】食物名。腤雞,一名魚雞,一名雞臛。以鹽豉葱白與雞下水中煑熟,漉出,擘肉廣寸餘奠之,以煖汁沃之。見北魏賈思勰齊民要術八胚腤煎消法。

【雞籠】山名。1.摩笄山,在河北省張家口市東南。相傳戰國趙襄子姊爲代王夫人,襄子殺代王,襄王迎夫人至此山,摩笄於山而自殺。代人爲立祠,夜有野雞羣鳴於祠屋,故亦謂之雞鳴山。見水經注十三㶟水。參見"摩笄山"。2.又名雞鳴山,在南京市西北。南朝宋文帝開館於此,使雷次宗聚徒教授之。其山狀如雞籠,故名。明洪武十三年改名雞鳴山。於山巔築臺置儀表,名觀象臺,亦名欽天山。見嘉慶一統志七三江寧府一山川。3.在安徽和縣西北,明太祖破元兵於此。見明史太祖紀一。道書稱爲福地。見雲笈七籤二七洞天福地。4.大雞籠山在彰化縣北海中,明末鄭成功於其地置安撫司,清康熙廢。清末於此置基隆廳。按雞籠本臺灣北端之地,以山得名,明史三二三有雞籠傳,以雞籠爲臺灣全地之稱。參閱嘉慶一統志三七臺灣府。

【雞纖】食品名。猶今雞鬆,詳"兔纖"。

【雞毛官】謂皂隸。皂隸之冠,以羽爲飾,故名。清陸鳳藻小知録四倫品雞毛官:"俗有入城見長官者,還語其類,謂不畏中間坐者,但畏左右雞毛官。"

【雞毛菜】菜名。蕪菁的幼苗。宋寇宗奭本草衍義十九蕪菁蘆菔:"蕪菁,今世俗謂之蔓菁,夏則枯。當此之時,蔬圃中復種之,謂之雞毛菜。"又春末新生之青菜,以其細,故名。宋韓琦安陽集十八中元病起詩:"風摧豹脚蚊休拍,露逼雞毛菜已長。"

【雞毛筆】筆名。晉王羲之筆經:"嶺外少兔,以雞毛作筆,亦妙。"宋黄庭堅豫章集二五題自書卷後:"爲資深書此卷,實用三錢買雞毛筆書。"

【雞爪子】即枳椇。俗謂枳椇果實之柄,可食。見"枳椇"。

【雞末子】蚋屬。宋朱輔溪蠻叢笑雞末子:"蠻地有蟲極細,拭目難睹,黑點著身,抓搔不可耐,名雞末子。"

【雞叫子】曲名。宋史樂志十七:"太平興國中,伶官蔚茂多侍大宴,聞雞唱,殿前都虞候崔翰問之曰:'此可被管弦乎?'茂多即法其聲製曲,曰雞叫子。"

【雞舌香】香名。以其似丁子,故一名丁子香,即今丁香。漢三省故事,郎官日含雞舌香,欲其奏事對答,氣味芬芳。漢應劭漢官儀上:"尚書郎含雞舌香,伏其下,奏事。"三國魏曹植曹子建集六妾薄命詩之二:"御巾裛粉君傍,中有霍納都梁,雞舌五味雜香。"參閱宋沈括夢溪筆談二六藥議。參見"丁香㊀"。

【雞血藤】植物名。蔓生山巖間,粗者如孩臂,細若蘆葦,莖長可數十里,以刀斫斷,汁出如血,故名。產雲南順寧者佳。斫藤取汁,熬成膏,入藥。藤老者可作杖。參閱清吳其濬植物名實圖考二三蔓草。

【雞足山】山名。1.在雲南賓川西北,山頂有迦葉石門洞天,俗附會爲佛弟子迦葉守佛衣以俟彌勒處。見嘉慶一統志四七八大理府山川。2.在印度。又名尊足山。梵言名吒播陀山,亦名窶盧播陀山。相傳爲尊者大迦葉波寂滅處。續高僧傳四京大慈恩寺釋玄奘:"於此寺東望屈屈吒播陀山,即經所謂雞足山也,直上三峯,狀如雞足,因取號焉。"參閱大唐西域記九摩揭陀國下雞足山。

【雞林賈】古朝鮮之商人。唐白居易工詩,當時士人爭傳,雞林行賈,以白詩售與國相,率篇易一金。見新唐書一一九白居易傳。後以指詩名之盛。元詩選宋无翠寒集憶舊寄金陵馮壽之:"句滿雞林賈,名齊雁塔人。"

【雞兒腸】植物名,屬菊科,野生,高二尺,嫩葉可食。參閱明鮑山野菜博録上雞兒腸。

【雞冠花】見"雞冠㊂"。

【雞翅木】產廣東瓊州島,幹多結癭,白質黑章,紋如雞翅,故名。又相思木木理有雲紋,亦曰雞翅木。見清屈大均廣東新語二五海南文木。

【雞骨香】香名。晉嵇含南方草木狀中:"交趾有蜜香樹,幹似柜柳,其花白而繁,其葉如橘,欲取香,伐之經年,其根幹枝節,各有別色也。木心與節堅黑,沉水者爲沉香,與水面平者爲雞骨香。"清屈大均廣東新語二六沉香:"雞骨香乃雜樹之堅節,形色似香,純是木氣。"

【雞鹿塞】要塞名。在今內蒙古境內磴口西北哈薩格峽谷口。漢書九四下匈奴傳:"又發邊郡士馬以千數,送單于出朔方雞鹿塞。"注:"在朔方窳渾縣西北。"水經注三河水:"自(𥨔渾)縣西北出雞鹿塞。"

【雞婁鼓】樂器名。舊唐書音樂志二:"雞婁鼓,正圓,兩手所擊之處,平可數寸。"通典一四四樂四革作"雞樓鼓"。

【雞距筆】短鋒,形如雞距之筆。唐白居易長慶集二一雞距筆賦:"故不得兔毫,無以成起草之用;不名雞距,無以表入木之功。"參閱清梁同書筆史雞距。

【雞羣鶴】喻人才超羣。晉書嵇紹傳:"紹始入洛,或謂王戎曰:'昨於稠人中始見嵇紹,昂昂然如野鶴之在雞羣。'"宋樓鑰攻媿集三題趙尊道渥洼圖詩:"中間名種雞羣鶴,無復瘦瘠烏暮啄。"

【雞鳴山】見"雞籠1、2"。

【雞鳴布】布名。隋書地理志下:"豫章之俗,頗同吳中,……一年蠶四五熟,勤於紡績,亦有夜浣紗而旦成布者,俗呼爲雞鳴布。"

【雞鳴曲】樂府曲名。古辭云:"雞鳴高樹巔,狗吠深宮中。"疑爲漢成哀時人作,以刺五侯之奢僭不法,兄弟自相傾陷。南朝梁簡文帝及劉孝威並有擬作,即以古辭首句名篇。南朝陳張正見有晨雞高樹鳴詩,亦出於此。見樂府詩集二八雞鳴。

【雞鳴埭】地名。在江蘇江寧縣南。南史齊武穆裴皇后傳:"車駕數幸琅邪城,宮人常從,早發,至湖北埭,雞始鳴,故呼爲雞鳴埭。"唐李商隱李義山詩集五南朝:"玄武湖中玉漏催,雞鳴埭口繡襦迴。"

【雞鳴歌】古楚歌名。史記項羽紀"夜聞漢軍四面皆楚歌"集解引應劭:"楚歌者,謂雞鳴歌也。"樂府詩集八三雜歌謠辭雞鳴歌:"樂府廣題曰:漢有雞鳴衛士,主雞唱。宮外舊儀:宮中與臺,並不得畜雞,晝漏盡,夜漏起,中黃門持五夜,甲夜畢傳乙,乙夜畢傳丙,丙夜畢傳丁,丁夜畢傳戊,戊夜是爲五更,未明三刻雞鳴,衛士起唱……晉太康地記曰:後漢固始鮦陽公安細陽四縣衛士,習此曲於闕下歌之,今雞鳴歌是也。"

【雞腸草】㊀爾雅釋草"蘩薞蔞"晉郭璞注:"今繁蔞也,或曰雞腸草。"明李時珍謂雞腸生下溼地,三月生苗,葉似鵝腸而色微深,莖帶紫,中不空,無縷。見本草綱目二七菜二。㊁石胡荽之別名。見本草綱目二七菜二。

【雞頭肉】相傳唐楊貴妃出浴,露一乳。明皇曰:"軟溫新剝雞頭肉。"雞頭,芡之別名,本以芡喻人乳。後遂以雞頭肉指婦女之乳。元詩選宋无鯨背吟乳島:"端相不似雞頭肉,莫遣三郎解抹胸。"

【雞蘇佛】㊀茶葉。宋陶穀清異錄下茗荈:"猶子彝之年十二歲,予讀胡嶠詩,因令效法之,近晚成篇。有云:'生涼好喚雞蘇佛,回味宜稱橄欖仙。'"(說郛六一)明袁宏道袁中郎詩集上過龍井:"渴仰雞蘇佛,飢參玉版師。"㊁薄荷。明李日華紫桃軒雜綴一:"雞蘇佛即薄荷,上口芳辣,橄欖久咀,回甘不盡,合此二者,庶得茶蘊。"

【雞口牛後】喻寧小而尊,勝於大而卑。戰國策韓一:"臣聞鄙語曰:'寧爲雞口,無爲牛後。'"又見史記六九蘇秦傳。正義:"雞口雖小,猶進食,牛後雖大,乃出糞也。"北齊顏之推顏氏家訓書證引後漢延篤戰國策音義,謂當作"雞尸"、"牛從","尸"訓雞中之主;"從"訓"牛子"。參閱史記蘇秦傳唐司馬貞索隱、清王念孫讀書雜志戰國策三。

【雞犬皆仙】漢王充論衡道虛:"淮南王學道,招會天下有道之人,……並會淮南,奇方異術莫不争出。王遂得道,舉家升天,畜產皆仙,犬吠於天上,雞鳴於雲中。"後以喻一人得官,親友亦隨之得勢。

【雞皮三少】謂老而復少,凡三次。見"三少㊁"。

【雞皮鶴髮】謂老人膚槊如雞皮,髮白如鶴羽。唐詩紀事二九梁鍠詠木老人:"刻木牽絲作老翁,雞皮鶴髮與真同。"亦作"鶴髮雞皮"、"雞膚鶴髮"。北周庾信庾子山集一竹杖賦:"噫!子老矣,鶴髮雞皮,蓬頭歷齒。"唐白居易長慶集六八老病相仍以詩自解詩:"蟲臂鼠肝猶不怪,雞膚鶴髮復何傷。"

【雞肘博士】宋太常博士張鼎書雞肋爲"雞肘",時輩譏爲"雞肘博士"。見宋張知甫可書。

【雞鳴狗盜】戰國時,齊孟嘗君好客,之秦,秦王留之不使歸。客有能爲狗盜者,盜千金之狐白裘,以獻秦王幸姬,王從幸姬之請,遣孟嘗君歸。旋悔而追之。時孟嘗君已至關,關法:雞鳴而出客。客有能爲雞鳴者,一鳴而羣雞盡鳴,遂得出關。見史記七五孟嘗君傳。後以稱有卑微技能者。宋王安石臨川集七一讀孟嘗君傳:"孟嘗君特雞鳴狗盜之雄耳!"

【雞蟲得失】唐杜甫杜工部詩史補遺六縛雞行:"小奴縛雞向市賣,雞被縛急相喧争。家中厭雞食蟲蟻,不知雞賣還遭烹。蟲雞於人何厚薄,吾叱奴人解其縛。雞蟲得失無了時,注目寒江倚山閣。"本謂事物有得即有失,難以盡如人願。後以喻細微之得失。宋周紫芝竹坡詞二漁家傲:"遇坎乘流隨分了,雞蟲得失能多少。"

【雞鶩争食】喻與羣小争祿。楚辭屈原卜居:"寧與黃鵠比翼乎,將與雞鶩争食乎。"

䨼 huò ㄏㄨㄛˋ 烏郭切,入,鐸韻,影。

赤石脂之類。可作顏料,以飾宮室。書梓材:"惟其塗丹䨼。"山海經南山經:"雞山,其上多金,其下多丹䨼。"注:"䨼,赤色者,或曰䨼,美丹也。"

雛 chú ㄔㄨˊ 仕于切,平,虞韻,牀。

㊀幼雞。禮月令仲夏之月:"天子乃以雛嘗黍。"孟子告子下:"力不能勝一匹雛,則謂無力人矣。"㊁泛稱幼鳥。楚辭漢劉向九歎離世:"閔空宇之孤子兮,哀枯楊之宛雛。"唐白居易長慶集七晚燕詩:"百鳥乳雛畢,秋燕獨蹉跎。"㊂謂幼兒。唐杜甫杜工部草堂詩箋十彭衙行:"衆雛爛漫睡,喚起霑盤飧。"㊃凡生物之初生者皆曰雛。見下各條。

【雛虎】幼虎。唐李商隱李義山詩集四送從翁東川弘農尚書幕:"雛虎如憑怒,漦龍性漫馴。"

【雛筍】初生之筍。宋張耒張右史集十五秋蔬詩:"藏鞭雛筍纖玉露,映葉乳茄濃黛抹。"

【雛鼠】小鼠。抱朴子逸民:"夫銳志於雛鼠者,不識騶虞之用心;盛務於庭粒者,安知鴛鸞之遠指。"

【雛鳳】幼鳳,喻有才華的子弟。唐李商隱李義山詩集六韓冬郎即席爲詩相送……因成二絕寄酬兼呈畏之員外:"桐花萬里丹山路,雛鳳清於老鳳聲。"按:韓偓字冬郎,十歲能詩。父瞻,字畏之。詩中老鳳、雛鳳即指韓氏父子。見唐詩紀事六五韓偓。

雙 shuāng ㄕㄨㄤ 所江切,平,江韻,山。

㊀鳥二枚爲雙。見說文。引申爲對偶。詩齊風南山:"葛屨五兩,冠緌雙止。"儀禮聘禮:"凡獻,執一雙。"戰國策趙二:"白璧百雙,錦繡千純。"㊁匹敵。史記九二淮陰侯傳:"至如信者,國士無雙。"㊂南詔謂地五畝爲雙。新唐書二二二上南詔傳:"凡田五畝曰雙,上官授田四十雙,上戶三十雙,以是而差。"㊃姓。相傳顓頊之後封於雙蒙城,其後因姓雙氏。參閱元和姓纂一。

【雙丁】三國魏丁儀丁廙,以文學才名,

爲曹操所重,故稱雙丁。梁書到溉傳:"時以溉、洽兄弟比之二陸,故世祖(元帝)贈詩曰:'魏世重雙丁,晉朝稱二陸,何如今兩到,復似凌寒竹。'"

【雙七】農曆七月七日。宋書謝靈運傳撰征賦:"荷慶雲之優渥,周雙七於此年。"

【雙山】堪輿家所用羅經,分天地盤。地盤分二十四山,天盤分十二宮。以地盤合於天盤,則每二山同宮,謂之雙山。

【雙丸】指日月。宋方夔富山遺稿九春歸雜興詩之二:"雙丸不肯駐頹光,宇宙悠悠萬物長。"金趙秉文閑閑老人滏水集七栗詩:"未折稜棝封萬殼,乍分混沌出雙丸。"

【雙六】博戲名。同"雙陸"。資治通鑑一六二梁太清三年:"中記室參軍蕭賁……嘗與(湘東王)繹雙六,食子未下。賁曰:'殿下都無下意。'"注:"雙六亦博之一名。續事始云:陳思王製雙六局,置骰子二;唐末有葉子之戲,遂加至六。戰國策曰:博之所以貴梟者,便則食,不便則止。可以食子而未下者,擬議其便否也。"

【雙文】㊀謂花紋成雙。東宮舊事:"太子納妃,有赤花雙文簟。"又玄集中王縉送孫秀才詩:"玉枕雙文簟,金盤五色瓜。"㊁謂兩文人。南朝謝覽侍梁武帝坐,受敕與侍中王暕爲詩答贈,其文甚工,帝乃使重作,復合旨。帝賜詩:"雙文既後進,二少實名家。"見南史謝弘微傳附謝覽。㊂唐元稹有古決絶詞、夢遊春詩,詩中多言雙文,世謂雙文卽會真記中之崔鶯鶯,其名爲重文。參閱宋趙令時侯鯖錄(說郛三九)。

【雙井】井名。在洪州分寧縣。所產茶亦名雙井。宋初茶以兩浙所產日注爲第一,自景祐以後,雙井漸盛,出於日注之上。宋蘇軾分類東坡詩十三和錢安道寄惠建茶:"粃糠團鳳友小龍,奴隸日注臣雙井。"黃庭堅豫章集三有雙井茶送子瞻和以雙井茶送孔常父詩。分寧,今爲江西修水縣。參閱宋呂祖謙詩律武庫後集八貢茶十品。

【雙引】宋制,學士以上有朱衣吏一人引馬。所服帶用黃金而無魚。至入兩府,則朱衣二人引馬,謂之雙引;金帶懸魚,謂之重金。見宋魏泰東軒筆錄二。

【雙成】女仙名。唐白居易長慶集十二長恨歌:"金闕西廂叩玉扃,轉教小玉報雙成。"參見"董雙成"。

【雙林】佛逝世於拘尸那國阿利羅拔提河邊娑羅雙樹間。亦稱雙林。北魏楊衒之洛陽伽藍記四城西法雲寺:"摹寫真容,似丈六之見鹿苑;神光壯麗,若金剛之在雙林。"後用爲稱僧人去世之典。唐李白李太白詩三十爲竇氏小師祭璿和尚文:"寶舟輟棹,禪月掩魄,痛一往而無蹤,愴雙林之變白。"參見"雙樹"。

【雙枚】屋內重檐。文選三國魏何平叔(晏)景福殿賦:"雙枚既脩,重桴乃飾。"

【雙南】謂南金之美者,猶言兼金。文選晉張孟陽(載)擬四愁詩:"佳人遺我綠綺琴,何以贈之雙南金。"省稱雙南。宋范仲淹范文正公集二十金在鎔賦:"英華既發,雙南之價彌高。鼓鑄未停,百鍊之功可待。"

【雙飛】謂鳥雄雌並飛。魏文帝集二清河詩:"願爲晨風鳥,雙飛翔北林。"亦以喻夫婦情好不離。晉書武悼楊皇后傳附左貴嬪楊皇后誄:"惟帝與后,契闊在昔。比翼白屋,雙飛紫閣。"

【雙星】㊀卽牽牛織女二星。唐杜甫杜工部草堂詩箋三四奉酬薛十二丈判官見贈:"相如才調逸,銀漢會雙星。"注:"雙星,謂牛郎織女也。"舊曆七月七日稱雙星節。㊁錢名。見宋洪遵泉志十三奇品雙星錢。

【雙流】縣名。屬四川省。漢爲廣都縣地。隋仁壽元年改雙流縣。唐龍朔二年,復分置廣都縣,而雙流如故,屬成都府。歷代相因。參閱四川通志二成都府雙流縣。

【雙珠】喻兄弟並美。三國志魏荀彧傳注引(趙岐)三輔決錄孔融與韋端書:"前日元將來,淵才亮茂,雅度弘毅,偉世之器也。昨日仲將又來,懿性貞實,文愍篤誠,保家之主也。不意雙珠,近出老蚌,甚珍貴之。"端子康字元將,誕字仲將。

【雙書】宋代士大夫以四六箋啟與手簡合緘,謂之雙書。宋陸游老學庵筆記三:"宣和間……有以駢儷牋啓與手書俱行者。主於牋啓,故謂手書爲小簡,然猶各爲一緘。已而,或厄于書吏不能俱達,於是駢緘之,謂之雙書。"參閱清王士禛香祖筆記十。

【雙島】在遼寧金縣西南。明袁崇煥殺毛文龍於此。下臨渤海,有雙島灣,爲避風佳地。參閱明史紀事本末補遺四。

【雙陸】古博戲。新唐書一一五狄仁傑傳:"(武后)召謂曰:'朕數夢雙陸不勝,何也?'"宋高承事物紀原九博弈嬉戲:"續事始曰:'陳思王曹子建製雙陸,置投子二。'唐末有葉子戲,不知誰遂加至六。"其法今中國已失傳。日本所行之雙陸,又名飛雙陸,略如葉子戲之法。參閱宋張淏雲谷雜記、俞弁山樵暇語八、明謝肇淛五雜俎六。

【雙魚】㊀謂書信。唐杜甫杜工部草堂詩箋二一送梓州李使君之任:"五馬何時到,雙魚會早傳。"宋王安石臨川集二五次韻酬吳秀珍見寄詩之一:"君作新詩故起予,一吟聊復報雙魚。"參見"雙鯉"。㊁漢有雙魚洗。洗,盥器。作雙魚形於上,恒有大吉祥字,後人因以雙魚寓吉祥之意。見宋董逌廣川書跋五素洗雙魚洗列錢洗。㊂錢名。宋洪遵泉志十三奇品雙魚錢:"此錢徑九分四銖五參。面文爲龍鳳盤繞之形,背文雙魚相向。"

【雙棲】謂雌雄共棲止。多喻夫婦或朋友情篤。三國魏曹植曹子建集六種葛篇:"下有交頸獸,仰見雙棲禽。"文苑英華二四七南朝梁陸倕以詩代書別後寄贈詩:"雙棲成獨宿,俱飛忽異翔。"

【雙陽】縣名。屬吉林省。清宣統二年置。地瀕雙陽河(卽蘇斡延河),縣以此名。參閱清朝續文獻通考三〇七輿地三吉林省。

【雙鉤】以法書摹刻石上,沿其筆墨痕跡,兩邊用細線鉤出,使不失其真。南朝梁陶弘景稱爲填廓書,宋人稱爲雙鉤書。又畫家寫生,先鉤出莖幹枝葉而後設色者,謂之雙鉤畫。參閱宋黃伯思東觀餘論下跋章草急就補亡後。

【雙睛】鳥名。舊題晉王嘉拾遺記一唐堯:"堯在位七十年……有秖支之國,獻重明之鳥,一名雙睛,言雙睛在目。狀如雞,鳴似鳳,時解落毛羽,肉翮而飛,能搏逐猛獸虎狼,使妖災羣惡不能爲害。"

【雙蛾】女子雙眉。南朝梁徐陵徐孝穆集八玉臺新詠序:"南都石黛,最發雙蛾;北地臙脂,偏開兩靨。"亦借指美女。唐李白李太白詩三春日行:"三千雙蛾獻歌笑,撾鐘考鼓宮殿傾。"

【雙節】唐制,節度使初授,具帑抹兵仗詣兵部辭見。辭日,賜雙旌雙節。行則建節,樹六纛。見新唐書百官志四外官。

【雙鳧】㊀成對之水鳥。文選漢揚子雲(雄)解嘲:"乘鴈集不爲之多,雙鳧飛不爲之少。"梁何遜何水部集日夕出富陽浦口和朗公詩:"獨鶴凌空逝,雙鳧出浪飛。"㊁後漢書八二上王喬傳:"喬有神術,每月朔望常自縣詣臺朝。帝怪其來數,而不見車騎,密令太史伺望之。言其臨至,輒有雙鳧從東南飛來。於是候鳧至,舉羅張之,但得一隻舄。乃詔尚方診視，則四年中所賜尚書官屬履也。"後因用爲縣令之典。宋蘇軾分類東坡詩八寒食未明至湖上太守未來兩縣令先在："鼓吹未容迎五馬，水雲先已颺雙鳧。"

【雙鳳】㊀謂兄弟才行並美。賈思伯與弟思同師事北海陰鳳，業竟，無資以酬，鳳遂質其衣物。時人語曰："陰生讀書不免癡，不識雙鳳脫人衣。"雙鳳指思伯兄弟。又魏蘭根之子景義景禮，并有才行，人稱雙鳳，見北史本傳。㊁曲名。舊題漢劉歆西京雜記二："慶安世年十五爲成帝侍郎，善鼓琴，能爲雙鳳離鸞之曲。"㊂錢名。見宋洪遵泉志十三奇品雙鳳錢。

【雙請】清制，凡具摺奏事，提出兩種辦法，請皇帝定奪者，曰雙請。

【雙調】㊀商調樂律名。新唐書禮樂志十二："越調、大食調、高大食調、雙調、小食調、歇指調、林鍾商爲七商。"唐杜牧樊川集三早春贈軍事薛判官詩："弦管開雙調，花鈿坐兩行。"㊁填詞之格式。詞之由前後兩闋相疊而成者，謂之雙調，有前後同段、換頭與前後不同之分；僅一段者謂之單調。

【雙廟】立廟合祀功烈匹敵之二人。1.唐張巡與許遠廟。唐韓愈昌黎集十三張中丞傳後敍："愈嘗從事於汴徐二府，屢道於兩府間，親祭於其所謂雙廟者，其老人往往說巡遠時事。"參閱新唐書一九二張巡傳。2.狄仁傑與李愬廟。王質知蔡州，毀吳元濟廟，立狄仁傑李愬像，號雙廟。見宋范仲淹范文正公集十三尚書度支郎中充天章閣待制知陝州軍事王公墓誌銘。3.南宋黃復知徐州，金粘罕南犯，城陷，與其子倚皆不屈死，徐人爲立廟，稱雙廟。見宋劉昌詩蘆浦筆記八資政莊節王公家傳。

【雙璅】琴藝名。南齊書柳世隆傳："善彈琴，世稱柳公雙璅，爲士品第一。常自云馬矟第一，清談第二，彈琴第三。"南史作"雙鎖"。唐陸龜蒙甫里集十二送琴客之建康詩："君到南朝訪遺事，柳家雙鎖舊知名。"

【雙樹】娑羅雙樹，亦稱雙林，爲釋迦牟尼入滅之處。大般涅槃經一："一時佛在拘施那城，力士生地，阿利羅跋提河邊，娑羅雙樹間。……二月十五日大覺世尊將欲涅槃。"南朝梁釋慧皎高僧傳八："夫至理無言，玄致幽寂，……所以淨名杜名於方丈，釋迦緘默於雙樹，將致理致淵寂，故聖爲無言。"

【雙聲】見"雙聲疊韻"。

【雙璧】譬兄弟才行並美。北魏陸暐，與弟恭之並有時譽。洛陽令賈楨見其兄弟，歎曰："僕以老年，更覩雙璧。"見魏書陸俟傳附陸凱。又元回回與弟巙巙，皆爲時名臣，人稱雙璧。見元史一四三回回傳。

【雙鯉】文選古樂府之一："客從遠方來，遺我雙鯉魚，呼兒烹鯉魚，中有尺素書。"後人因以雙鯉指書信。唐劉禹錫劉夢得集六途中送崔司業使君扶持赴唐州詩："相思望淮水，雙鯉不應稀。"按：明楊慎謂漢世書札相遺，或以絹素疊成雙魚之形。古詩云："尺素如霜雪，疊成雙鯉魚，要知心裏事，看取腹中書。"是其明證。故古詩有"客從遠方來遺鯉魚"之句，指此。味者不知，卽以爲水中鯉魚能寄書。下云烹魚得書，亦譬況之言。五臣及劉履，謂古人多於魚腹寄書，殊爲乖謬。參閱明楊慎丹鉛總錄八物用類簡牘。

【雙雙】㊀獸名。山海經大荒南經："流沙之東……有三青獸相并，名曰雙雙。"注："言體合爲一也。"㊁鳥名。公羊傳宣五年："其諸爲其雙雙而俱至者與？"疏："舊說云：雙雙之鳥，一身二首，尾有雌雄，隨便而偶，常不離散。"按郭璞注山海經，引公羊亦以公羊之雙雙爲獸。㊂猶言對對。初學記三梁簡文帝詠蝶詩："復此從風蝶，雙雙花上飛。"唐杜牧樊川集四九日詩："還有玉樓輕薄女，笑他寒燕一雙雙。"

【雙鴉】幼女的丫髻。宋蘇軾東坡集續集二雜詩之一："昔日雙鴉照淺眉，如今婀娜綠雲垂。"

【雙關】謂雙關語。用詞或造句兼含兩義，六朝民歌常用之。如樂府詩集四九西曲歌下作蠶絲之二，以"懷絲"諧"懷思"，以絲之"纏綿"寓情之"纏綿"。宋范仲淹范文正公集別集四賦林衡鑑序："別析二十門，以分其體勢，……兼明二物者謂之雙關，詞有不羈者謂之變態。"

【雙弓米】粥的別名。宋陶穀清異錄饌羞："單公潔，陽翟人，恥言貧，嘗有所親訪之，留食糜，慚于正名，但云啜少許雙弓米。"

【雙女山】山名。一名鳳山。在廣東南海縣西。宋開寶四年潘美進兵至此，南漢主劉鋹奉表降。參閱宋史四八一南漢劉氏傳、讀史方輿紀要一〇一廣州府南海縣。

【雙行纏】樂府西曲歌名。樂府詩集四九古今樂錄："雙行纏，倚歌也。"古辭二首無作者姓氏。有"新羅繡行纏，足趺如春妍"之句，題名以此。按雙行纏卽古之行縢，纏於兩脛之下者，故足趺顯露。

【雙洎河】河名。一作雙泊河，在河南省。上游爲溱洧二水，至密縣二水合流爲雙洎河，經新鄭、鄢陵、扶溝等縣，入賈魯河。參閱讀史方輿紀要四七開封府。

【雙官誥】傳奇名。清陳二白撰。記馮仁妾碧蓮守貞撫子受榮事。因仁旣顯宦，子又登甲科，父子官誥，皆歸碧蓮，故曰雙官誥，亦曰雙冠誥。卽京劇三娘教子故事。參閱曲海總目提要二九。

【雙飛燕】渡船名。清劉獻廷廣陽雜記四："漢陽渡船最小，俗名雙飛燕，一人而盪兩槳，左右相交，力均勢等，最捷而穩，且其值甚寡，一人不過小錢二文，值銀不及一釐。……故諺云：'行徧天下路，惟有武昌好過渡'，信哉！"

【雙紅記】傳奇名。明人撰，作者無考。合明梁伯龍紅線、紅綃二雜劇而成，全文久佚，今僅存歌場流行之數折。

【雙珠記】傳奇名。明沈鯨撰，四十六齣。據輟耕錄十二貞烈墓所記故事，以雙珠爲關目，演唐王楫夫妻悲歡離合事。參閱曲海總目提要十七。

【雙荷葉】宋賈收妾小名。宋蘇軾東坡集續集六書簡答賈耘老之一："貧固詩人之常，齒落目昏，當是爲雙荷葉所困，未可專咎詩也。"明俞弁山樵暇語四："賈耘老之妾，東坡名曰雙荷葉。"東坡書簡中亦或稱爲兩荷葉。

【雙暈羹】羊眼羹。又名學士羹。見該條。

【雙鳳管】竹製樂器名。合兩管以定十二律之音，管端施兩簧，刻鳳以爲首，左右各四竅。見文獻通考一三八樂考十一雙鳳管。

【雙聲詩】謂每句均用雙聲字之詩。南朝齊王融王寧朔集有雙聲詩。唐陸龜蒙有雙聲溪上思。見甫里集十三。按雙聲疊韻起於六朝。唐皮日休雜體詩序云："六朝詩如王融之'園衡炫紅藹，湖行暈黃華'、唐詩如溫庭筠之'棲息銷心象，簷楹溢豔陽'皆仿雙聲而爲之。"參閱清趙翼陔餘叢考二三雙聲疊韻。

【雙豆塞聰】謂耳被蒙蔽，一無所聞。全唐詩六三六聶夷中雜興："兩葉能蔽目，雙豆能塞聰。"參見"一葉蔽目"。

【雙柑斗酒】唐馮贄雲仙雜記二俗耳鍼砭詩腸鼓吹："戴顒春攜雙柑斗酒，人問何之，曰：'往聽黃鸝聲，此俗耳鍼砭，詩腸鼓吹，汝知之乎？'"柑，爲榼之屬。本指春遊所備酒食，後借指遊春。明鄧志謨古事苑一時令："清明改榆火之煙，恰周天運，雙柑斗酒，雅稱遊春。"

【雙宿雙飛】喻夫婦或情侶同居同行。才調集二缺名雜詩："不如池上鴛鴦鳥，雙宿雙飛過一生。"金元好問遺山集十一鴛鴦扇頭詩："雙宿雙飛百自由，人間無物比風流。"亦作"雙飛雙宿"。元詩選癸之己下鄭昕白頭公詩："枝上雙雙老白頭，雙飛雙宿意綢繆。"

【雙管齊下】宋郭若虛圖畫見聞誌五張璪："唐張璪員外畫山水松石，名重於世，尤於畫松，特出意象，能手握雙管，一時齊下，一爲生枝，一爲枯幹，勢凌風雨，氣傲烟霞。"後喻二事同時進行爲雙管齊下。

【雙鴈太守】漢日南太守虞國之別號。明鄧志謨古事苑二文職："後漢虞國遷日南太守，每行縣有雙鴈隨車，時人嘉之，號雙鴈太守。"

【雙瞳剪水】形容眼珠的清澈。唐李賀歌詩編一唐兒歌："骨重神寒天廟器，一雙瞳人剪秋水。"後謂美女之眼爲秋波、秋水，亦此意。

【雙聲疊韻】二字同聲母爲雙聲，二字同韻母爲疊韻。雙聲疊韻起於六朝。南史謝莊傳："又王玄謨問莊何者爲雙聲，何者爲疊韻。答曰：'玄護爲雙聲，碻磝爲疊韻。'其捷速若此。"按王玄護爲人名，碻磝爲地名。南朝時玄、護發聲相同，故爲雙聲；碻、磝收韻相同，故爲疊韻。南朝梁劉勰文心雕龍七聲律："凡聲有飛沉，響有動靜，雙聲隔字而每舛，疊韻雜句而必睽。"參閱清趙翼陔餘叢考二三雙聲疊韻。

雝 yōng 於容切，平，鍾韻，影。ㄩㄥ

㊀和諧。同"雍"。詩召南何彼襛矣："曷不肅雝，王姬之車。"㊁擁蔽。通"壅"。詩小雅無將大車："無將大車，維塵雝兮。"箋："字又作壅。"

【雝渠】水鳥名，俗呼章雞。亦作"廱渠"。文選漢司馬長卿(相如)上林賦："交精旋目，煩鶩庸渠。"注："郭璞曰：似鳧，灰色而雞脚。一名章渠。"正字通："爾雅以䳭鴒爲雝渠，非也。"

【雝雝】㊀鳥和鳴聲。詩邶風匏有苦葉："雝雝鳴雁，旭日始旦。"㊁和樂。詩周頌雝："有來雝雝，至止肅肅。"羣書治要本作"雍雍"。

十一畫

離 1. lí 呂支切，平，支韻，來。ㄌㄧˊ

㊀鳥名。說文："離黃，倉庚也。"今用"鸝"爲鸝黃，借"離"爲離別，見廣韻。㊁分散。論語季氏："邦分崩離析而不能守也。"廣韻："近曰離，遠曰別。"㊂斷絕。禮學記："一年視離經辨志。"注："離經，斷句，絕也。"㊃遭逢。詩王風兔爰："有兔爰爰，雉離于羅。"㊄陳列。左傳昭元年："楚公子圍設服離衛。"注："離，陳也。"方言七："羅謂之離，離謂之羅。"注："皆行列物也。"㊅相並曰離。禮曲禮上："離坐離立，毋往參焉。"又兩國相會亦曰離。參見"離會㊀"。㊆大琴謂之離。見爾雅釋樂。㊇卦名。☲，象火。又䷝，六十四卦之一。易說卦："離也者明也。萬物皆相見，南方之卦也。"㊈草名。稻穀落地次年再生的稻。淮南子泰族："離先稻熟，而農夫耨之，不以小利傷大穫也。"㊉香草。通"蘺"。楚辭屈原離騷："扈江離與辟芷兮，紉秋蘭以爲佩。"參見"江離"。⑪山梨。通"樆"。文選漢司馬長卿(相如)子虛賦："桂椒木蘭，檗離朱楊。"⑫通"縭"。漢書九七下班倢伃傳賦："每寤寐而絫息兮，申佩離以自思。"注："離，袿衣之帶也。"

2. lì 力智切，去，寘韻，來。ㄌㄧˋ 郎計切，去，霽韻，來。

⑬去，失。書胤征："沈亂于酒，畔官離次。"禮中庸："道也者不可須臾離也。"⑭附麗，附著。易說卦："離，麗也。"漢書八七下揚雄傳："哀帝時，丁傅董賢用事，諸附離之者，或起家而二千石。"

3. chī 集韻 抽知切，平，支韻。ㄔ

⑮古代傳說中沒有角的龍。通"螭"。史記周紀牧誓："如虎如羆，如豺如離。"今本書牧誓作"如虎如貔，如熊如羆"。

【離支】卽荔枝。文選漢司馬長卿(相如)上林賦："隱夫薁棣，荅遝離支。"

【離立】猶言並立。禮曲禮上："離坐離立，毋往參焉。"注："爲干人私也，離兩也。"後漢書桓帝鄧皇后紀："入掖庭爲貴人……其衣有與陰后同色者，卽時解易。若並時進見，則不敢正坐離立。"

【離世】遠於世事。莊子刻意："刻意尚行，離世異俗。"韓非子外儲左上："明主之聽言也，美其辯；其觀行也，賢其遠。故羣臣士民之道言者迂弘，其行身也離世。"

【離石】縣名，屬山西省。戰國趙離石邑，漢置離石縣，屬西河郡，以縣境離石水而名。靈帝末郡縣俱廢。明洪武初，仍省離石縣入州，屬太原府。萬曆二十三年名永寧州，屬汾州府。參閱太平寰宇記四二石州離石縣、嘉慶一統志四四汾州。

【離朱】㊀人名。古之明目者。莊子駢拇："青黃黼黻之煌煌，非乎，而離朱是已。"孟子離婁上作離婁。漢趙岐注："離婁者，古之明目者，蓋以爲黃帝之時人也。黃帝亡其玄珠，使離朱索之。離朱卽離婁也，能視於百步之外，見秋毫之末。"㊁鳥名。山海經海外南經："(狄山)爰有熊羆、文虎、蜼、豹、離朱。"參閱清郝懿行山海經箋疏。

【離局】猶言離去職守。左傳成十六年："失官，慢也；離局，姦也。"注："遠其部曲爲離局。"文選東漢陳孔璋(琳)爲袁紹檄豫州："時冀州方有北鄙之警，匪遑離局，故使從事中郎徐勛，就發遣操，使繕脩郊廟，翊衛幼主。"注："鄭玄曰：局，部分也。"

【離別】分別。楚辭屈原離騷："余既不難夫離別兮，傷靈脩之數化。"注："近曰離，遠曰別。"唐高適高常侍集六宋中別司功叔各賦一物詩："卽此傷離別，淒淒賦酒筵。"

【離披】散亂貌。楚辭宋玉九辯："白露既下降百草兮，奄離披此梧楸。"

【離奇】奇幻。漢書五一鄒陽傳獄中上書："蟠木根柢，輪囷離奇。"注："輪囷離奇，委曲盤戾也。"史記作"離詭"。後謂事之異常曰離奇。

【離狐】地名。前漢屬東郡，後漢晉屬濟陰郡。相傳縣初置在濮水南，嘗爲神狐所穿穴，遂移於濮水北，因曰離狐。唐改爲南華縣，屬鄆州。金時爲黃河淹廢。在今山東省東明縣境。參閱讀史方輿紀要三二兗州府單縣。

【離亭】路旁驛亭。地遠者稱離亭，近者稱都亭。漢曹全碑："合七首藥神明膏，親至離亭。"(金石萃編十)全唐詩七八駱賓王送劉少府遊越州："離亭分鶴蓋，別岸指龍川。"

【離垢】㊀佛家語。指脫離煩惱的垢染。維摩詰經上佛國品："遠塵離垢諸法法眼生。"又佛書有離垢地、離垢世界等名。㊁指僧道之流。廣弘明集十五南朝梁王僧孺初夜文："大招離垢之賓，廣集應真之侶。"

【離南】草名。卽通草。爾雅釋草："離南活莌。"注："草生江南，高丈許，大葉，莖中有瓤，正白，零陵人祖日貫之爲樹。"又名活脫、寇脫。參見"通脫木"。

【離宮】㊀古代帝王於正式宮殿之外別

築宮室,以便隨時遊處,謂之離宮,言與正式宮殿分離。文選漢班孟堅(固)西都賦:"西郊則有上囿禁苑,……離宮別館,三十六所。"㊁星名。晉書天文志上:"離宮六星,天子之別宮,主隱藏休息之所。"

【離索】"離羣索居"之省。宋范仲淹范文正公集四送黃灝員外詩:"追陪未久還離索,早晚軒車重見尋。"見"離羣索居"。

【離草】別離時所贈草。唐陸德明經典釋文五毛詩音義上引韓詩:"芍藥,離草也,言將離別贈此草也。"元王逢梧溪集二宮中行樂詞:"芍藥爲離草,鴛鴦是四禽。"參見"可離"。

【離孫】男子謂姊妹之孫曰離孫。見爾雅釋親。

【離逖】遠離。書多方:"我則致天之罰,離逖爾土。"亦作"離遏"。左傳襄十四年:"自是以來,晉之百役,與我諸戎,相繼于時,以從執政,猶殽志也,豈敢離遏。"

【離堆】山名。相傳秦蜀守李冰鑿此以分江水。在四川灌縣西一里,或曰灌山口。唐顏真卿顏魯公文集十三鮮于氏離堆記:"新政之南數千步有山曰離堆,斗入嘉陵江,直上數百尺……不與衆山相連屬,是之謂離堆。"史記河渠書作離碓、漢書溝洫志作離堆。參閱讀史方輿紀要六七成都府。

【離堅】北周庾信庾子山集滕王逌原序:"魯連十二之年,杜離堅之辨。"按此用魯仲連說服齊辯士田巴事。田巴離堅白,合同異,後爲魯仲連所說服,終身不談。見史記八三魯仲連傳正義引魯連子。參見"堅白同異"。

【離婁】㊀人名。孟子離婁上"離婁之明,公輸子之巧,不以規矩不能成方圓"漢趙岐注:"離婁者,古之明目者。"參見"離朱"。㊁刻鏤分明。文選魏何平叔(晏)景福殿賦:"紅葩鞾韡,丹綺離婁。"玉臺新詠一古詩八之一:"雕文各異類,離婁自相連。"

【離跂】違俗自高。莊子在宥:"今世殊死者相枕也,桁楊者相推也,刑戮者相望也,而儒墨乃始離跂攘臂乎桎梏之間。"荀子非十二子:"忍情性,綦谿利跂苟以分異人爲高,不足以合大衆,明大分。"注:"利與離同。離跂,違俗自絜之貌,謂離於物而跂足也。"

【離詞】謂異詞。晉郭璞爾雅序:"摠絕代之離詞,辯同實而殊號者也。"言取古今不同之詞而通之。

【離貳】㊀謂有異心。宋書顏延之傳庭誥:"又非徒若此,或見人休事,則勲嶄結納,及聞否論,則處彰離貳,附會以從,隱竊以成釁。"周書文帝紀上魏永熙三年:"太祖知(侯莫陳)悅怯而多猜,乃倍道兼行,出其不意,悅果疑其左右有異志者,左右亦不安,衆遂離貳。"㊁謂離婚再嫁。後漢書八四許升妻傳:"命之所遭,義無離貳。"

【離間】從中挑撥,使彼此對立,不團結。後漢書六三李固傳:"初順帝時諸所除官,多不以次,及固在事,奏免百餘人。此等……遂共作飛章,虛誣固罪,曰'……太尉李固,因公假私,依正行邪,離間近戚,自隆支黨'。"三國志魏曹爽傳司馬懿奏:"又以黃門張當爲都監,專供交關,離間二宮,傷害骨肉。"

【離瑜】星名。文獻通考二七九象緯二:"秦代東三星南北列曰離瑜。離,圭衣也;瑜,玉飾,皆婦人之服星也。微則後宮儉約,明大則婦人奢。"

【離落】離散流落。國語吳:"使吾甲兵鈍弊,民人離落,而日以憔悴,然後安受吾燼。"

【離魂】精神凝注於人或事而出現的神不守舍狀態。唐韓偓玉山樵人集曲江夜思詩:"大抵世間幽獨景,最關詩思與離魂。"唐陳玄祐撰小說離魂記,敍張鎰女倩娘與鎰甥王宙相戀,倩娘魂化爲兩體事。元鄭光祖以此爲題材,撰雜劇迷青瑣倩女離魂。

【離會】㊀二國相會。穀梁傳定十年:"公至自頰谷,離會不致。"注:"二國會曰離。各是其所是,非其所非……是非不同故曰離。"㊁離與合。南朝宋鮑照鮑氏集八懷遠人詩:"哀樂生有端,離會起無因。"

【離腸】猶離情。唐杜牧樊川集四丹水詩:"何事苦縈迴,離腸不自裁。"

【離筵】送別的筵宴。藝文類聚二九庾肩吾侍宴餞湘東王應令:"念此離筵促,方愁別路賒。"

【離經】分章斷句。禮學記:"一年視離經辨志。"

【離摟】衆木交加貌。文選漢王文考(延壽)魯靈光殿賦:"㑩佹雲起,嶔崟離摟。"注:"長門賦曰:羅丰茸之遊樹,離摟梧而相撐。"引申爲糾纏。三國魏嵇康嵇中散集十家誡:"不須離摟,强勸人酒。"

【離緒】離別之思緒。唐王勃王子安集一春思賦:"春望年年絕,幽閨離緒切。"歐陽詹歐陽行周集二江夏留別辛三十時自襄陽同舟而下予歸閩辛從此赴舉詩:"弭棹已傷別,不堪離緒催。"

【離磬】樂器名。禮明堂位:"叔之離磬。"疏:"叔之所作編離之磬。"參見"編磬"。

【離樓】攢聚衆木貌。文選漢司馬長卿(相如)長門賦:"羅丰茸之遊樹兮,離樓梧而相撐。"

【離膢】古立秋祭名。說文:"膢……一曰祈穀食新曰離膢。"按即風俗通祀典之貙膢,續漢書禮儀志之貙劉。參見"貙劉"、"貙膢"。

【離褷】毛羽始生貌。文選晉木玄虛(華)海賦:"鳧雛離褷,鶴子淋滲。"褷亦作"蓰"。唐韓愈昌黎集八秋雨聯句:"毛羽皆遭凍,離蓰不能翩。"

【離離】㊀分披繁茂貌。詩王風黍離:"彼黍離離,彼稷之苗。"文選漢張平子(衡)西京賦:"神木靈草,朱實離離。"㊁懶散疏通貌。荀子非十二子:"勞苦事業之中,則儢儢然,離離然。"㊂歷歷分明。尚書大傳五略說"書之論事也,昭昭如日月之代明,離離若參星之錯行。"㊃剝裂貌。楚辭漢劉向九歎思古:"曾哀悽欷,心離離兮。"㊄羅列貌。唐李賀歌詩編二長歌續短歌:"夜峯何離離,明月落石底。"

【離靡】謂相連不絕。文選漢司馬長卿(相如)上林賦:"離靡廣衍,應風披靡。"

【離羅】草木攢列貌。猶離樓。元詩選陳旅安雅堂集爲張壺洲賦壺洲:"珠林錯落三華露,寶稼離羅五色秋。"

【離騷】楚辭篇名。戰國時,屈原(平)仕楚懷王爲左徒,得王信任。後靳尚譖之,王乃疏屈原。因作離騷以見志。史記八四屈原傳:"離騷者猶離憂也。……屈平之作離騷,蓋自怨生也。國風好色而不淫,小雅怨誹而不亂。若離騷者,可謂兼之矣。"漢劉向編集楚辭,尊稱之爲離騷經。南朝梁劉勰品論楚辭以辯騷標目,蓋舉最著一篇言之。參閱楚辭屈原離騷序、南朝梁劉勰文心雕龍一辯騷。

【離灑】刻鏤貌。文選漢王子淵(褒)洞簫賦:"鎪鏤離灑,絳脣錯雜。"唐呂向注:"離灑,文貌。"

【離纚】羽毛始生貌。文選三國魏嵇叔夜(康)琴賦:"紛文斐尾,慊縿離纚。"參見"離褷"。

【離鸞】曲名。舊題漢劉歆西京雜記二:"慶安世年十五,爲成帝侍郎,善鼓琴,能爲雙鳳離鸞之曲。"後常以離鸞喻分離的配偶。唐李賀歌詩編一湘妃:"離鸞別鳳烟梧中,巫雲蜀雨遙相通。"

【離耳國】 國名。山海經海內南經:"離耳國。"注:"鋟離其耳,分令下垂以爲飾,卽儋耳也。在朱崖海渚中,不食五穀,但噉蚌及藷藇也。"呂氏春秋任數、山海經大荒北經有儋耳,古代民俗多有離飾,不限南北。參見"儋耳㊀"。

【離合風】 舊題梁任昉述異記下:"列禦寇,鄭人,御風而行,常以立春日歸乎八荒,立秋日遊於風穴。是風至卽草木皆生,去則草木皆落,謂之離合風。"宋陳元靚歲時廣記三離合風引文出晉陸機要覽。

【離合草】 草名。舊題漢劉歆西京雜記一:"終南山多離合草,葉似江蘺,而紅綠相雜,莖皆紫色,氣如蘿勒。"

【離合詩】 雜詩的一種。離合字的偏旁以成文。漢孔融有離合作郡姓名字詩:"漁父屈節,水潛匿方,與旹進止,出行施張。(上聯離'魚'字,下聯離'日'字,合爲'魯'。)呂公磯釣,合口渭旁,九域有聖,無土不王。(上聯離'口'字,下聯離'或'字,合爲'國'。)好是正直,女回於匡,海外有截,隼逝鷹揚。(上聯離'子'字,下聯離'乙'字,截字漢隸亦作'𢧵',隼逝鷹揚則隹去乙存,故與子合爲'孔'字。)六翮將奮,羽儀未彰,蛇龍之蟄,俾也可忘。(上聯離'鬲'字,下聯離'虫'字,合爲'融'。)玟琁隱曜,美玉韜光。(離'文'字。)無名無譽,放言深藏,按轡安行,誰謂路長。(上聯離'與'字,下聯離'手'字,合爲'舉'。)"全詩離合共成"魯國孔融文舉"六字。見古詩紀。

【離塵服】 袈裟。翻譯名義集七沙門服相袈裟:"大淨法門經云:袈裟者晉名去穢;大集名離染服;賢愚名出世服。真諦雜記云:袈裟是外國三衣之名,名含多義,或曰離塵服。"

【離騷圖】 書名。清蕭雲從畫。一卷。圖後各載原文,並爲之注,然不甚詳,第明所以作圖之意而已。

【離心離德】 用心行德不一。指不一條心。書泰誓中:"受有億兆夷人,離心離德。予有亂臣十人,同心同德。"受,商紂名。參見"同心同德"。

【離鄉背井】 離開家鄉到外地。古今雜劇元戴善夫陶學士醉寫風光好四:"我爲你離鄉背井,拋家失業,來覓男兒,到把我不揪不采,不相不識,相問相思!"

【離羣索居】 謂離朋友而散居。禮檀弓上:"子夏投其杖而拜曰:'吾過矣,吾過矣!吾離羣而索居亦已久矣。'"隋書經籍志一:"自孔子没而微言絕,七十子喪而大義乖,學者離羣索居,各爲異說。"

【離經畔道】 違反儒家尊奉的經典和教旨。古今雜劇元費唐臣蘇子瞻風雪貶黄州二:"且本官志大言浮,離經畔道,見新法之行,往往形諸吟詠。"明俞汝楫禮部志稿四九范謙責成正文體疏:"乃今取士猶故也,而式則澌滅無餘矣,離經畔道,左袒於清虛,竊諸子家爲笑柄矣。"

【離繫外道】 印度外道流派,亦曰離繫子,卽尼虔子,離一切繫縛而修苦行之義。以裸體苦行,佛徒稱之爲無慚外道。見成唯識論述記一。參見"尼犍外道"。

【離騷草木疏】 宋吳仁傑撰。四卷。取離騷所記草木,一一詮釋,徵引宏富。

難 1. nán 那干切,平,寒韻,泥。ㄋㄢ

㊀鳥名。本作"鷬"。見說文。㊁不容易。書皋陶謨:"惟帝其難之。"

2. nàn 奴案切,去,翰韻,泥。ㄋㄢˋ

㊂禍難,災難。禮曲禮上:"臨難毋苟免。"㊃拒斥。書舜典:"惇德允元,而難任人。"㊄詰責。孟子離婁下:"君子曰:此亦妄人也已矣,如此,則與禽獸奚擇哉!於禽獸又何難焉。"㊅敵,仇怨。戰國策秦一:"天下陰燕陽魏,連荆固齊,收餘韓,成從,將西南以與秦爲難。"

3. nuó 字彙奴何切。ㄋㄨㄛˊ

㊆盛貌。詩小雅隰桑:"隰桑有阿,其葉有難。"㊇驅除疫鬼之祭。"儺"本字。禮月令仲秋之月:"天子乃難,以達秋氣。"參閱清陳喬樅禮記鄭讀考三鄉人裼。

【難字】 費解的字。唐杜甫杜工部詩史補遺一漫成之二:"讀書難字過,對酒滿壺頻。"宋詩鈔米芾襄陽集鈔與薛老:"何必識難字,辛苦笑揚雄。"

【難老】 不易老,卽長壽之意。詩魯頌泮水:"既飲旨酒,永錫難老。"後漢書八二下華佗傳:"古之仙者爲導引之事,熊經鴟顧,引挽腰體,動諸關節,以求難老。"

【難色】 ㊀勉强不願之意。漢王符潛夫論賢難:"及太子問疾,帝令吮癰,有難之色。"三國志魏杜夔傳:"夔善鍾律,聰思過人,絲竹八音,靡所不能,惟歌舞非所長。……(文帝)又嘗令夔與左驥等於賓客之中吹笙鼓琴,夔有難色。"㊁難演的脚色。新唐書百官志三:"教長上弟子四考,難色二人,次難色二人業成者,進考,得難曲五十以上任供奉者爲業成。習難色大部伎三年而成,次部二年而成,易色小部伎一年而成,皆入等第三爲業成。"

【難陀】 龍王名。難陀義譯爲歡喜,難陀跋譯善,爲兄弟,常護摩竭提國,雨澤以時,因無饑年。宋范成大石湖集十四復作耳鳴詩之二:"如今却笑難陁種,無耳何勞强聽聲。"參閱翻譯名義集二八部。

【難₂素】 難經、素問,古二醫書名。金史張從正傳:"張從正字子和,睢州考城人。精於醫,貫穿難、素之學。其法宗劉守真(完素),用藥多寒涼,起疾救死多取效。"

【難兜】 漢西域城國,在今阿富汗東北境之拔達克山地。漢書九六上難兜傳:"難兜國,王治去長安萬一百五十里。"

【難₂極】 猶詰難。漢書溝洫志:"杜欽說大將軍王鳳,……宜遣(楊)焉及將作大匠許商、諫大夫乘馬延年雜作,(王)延世與焉必相破壞,深論便宜,以相難極,足以分別是非,擇其善者而從之,必有成功。"注:"極,窮也。"

【難₂經】 舊題周秦越人撰。越人卽扁鵲。二卷,共八十一篇,發明內經之旨;經文有疑,各設問答,解釋疑難,故稱難經。元滑壽有難經本義,辨論考證,訂正脫文誤字,精核在各注本之上。明王九思等有難經集注九卷。

【難₂廕】 官員死於王事,例皆録用其子,謂之難廕。清會典事例一四四吏部廕敍:"凡各官員歿於王事者,均照本官應升品級加增,并廕一子入監讀書,六月期滿候銓。"又:"乾隆四十三年議准,原任刑部福建司主事王日杏前於乾隆三十八年川省軍營陣亡,給予其子難廕。"

【難題】 不易解答的問題。宋史二九四掌禹錫傳:"數考試開封國學進士,命題皆奇奧,士子憚之,目爲'難題掌公'。"

【難兄難弟】 謂兄弟皆佳,難分高下。世說新語德行:"陳元方(紀)子長文(羣)有英才,與季方(諶)子孝先(忠),各論其父功德,爭之不能決。咨於太丘(寔),太丘曰:'元方難爲兄,季方難爲弟。'"宋許月卿先天集贈黄藻詩:"難兄難弟詩京邑,莫負當年夢惠連。"

十六畫

雥 zá 徂合切,入,合韻,從。ㄗㄚˊ

㊀羣鳥。見說文。㊁見下。

【雥集】 謂聚積。隋書許善心傳神雀頌:"莫不景福氤氳,嘉貺雥集。馳聲南、董,越響雲、韶。"

雨 部

雨 1. yǔ ㄩˇ 玉矩切,上,麌韻,于。

㊀空氣中水蒸氣遇冷凝爲細小水點,積重則下降爲雨。詩小雅大田:"有渰萋萋,興雨祈祈。"用作比喻。詩齊風敝笱:"齊子歸止,其從如雨。"此喻衆多。文選漢王仲宣(粲)贈蔡子篤詩:"風流雲散,一別如雨。"此喻離散。

2. yù ㄩˋ 玉遇切,去,遇韻,于。

㊁降雨。詩小雅大田:"雨我公田,遂及我私。"凡由空而散落曰雨,如雨雪、雨粟、雨沙、雨石等。也喻潤澤。漢劉向說苑貴德:"管仲上車曰:'嗟茲乎,我窮必矣!吾不能以春風風人,吾不能以夏雨雨人。吾窮必矣!'"

【雨工】 雨師。唐李賀歌詩編四神絃曲:"古壁彩虯金帖尾,雨工騎入秋潭水。"

【雨水】 二十四節氣之一。公曆爲二月十八、十九或二十日,其時我國嚴寒已過,降雨漸多。禮月令:"仲春之月,始雨水,桃始華。"注:"漢始以雨水爲二月節。"參見"二十四氣"。

【雨毛】 細雨。即毛毛雨。宋蘇軾東坡集十二東坡之四:"毛空暗春澤"自注:"蜀人以細雨爲雨毛。"

【雨₂毛】 天上降毛。隋書高祖紀上:"開皇六年,秋七月辛亥,河南諸州水。乙丑,京師雨毛,如馬鬉毛,長者二尺餘,短者六七寸。"

【雨立】 謂立於雨中。史記一二六滑稽傳:"秦始皇時,置酒而天雨,陛楯者皆沾寒,(侏儒)優旃見而哀之。……居有頃,殿上上壽呼萬歲。優旃臨檻大呼曰:'陛楯郎!'郎曰:'諾。'優旃曰:'汝雖長,何益,幸雨立。我雖短也,幸休居。'於是始皇使陛楯者得半相代。"宋蘇軾分類東坡詩二軾以去歲春夏侍立邇英……各述所懷:"陛楯諸郎空雨立,故應慚悔不儒冠。"

【雨仙】 五代吳廬州觀察使張崇,酷於聚斂,從者數千人,出遇雨雪,皆頂蓮花帽,琥珀衫,所費油絹,不知紀極,皆取於民,市人稱曰雨仙。見宋陶穀清異錄下雨仙(說郛六一)。

【雨衣】 降雨時所著衣,初以蓑草製成。後亦有以絹及油布等製成者。唐許渾丁卯集上村舍詩之一:"自剪青莎織雨衣,南峯烟火是柴扉。"

【雨泣】 淚下如雨。詩邶風燕燕:"瞻望弗及,泣涕如雨。"文選三國魏曹子建(植)王仲宣(粲)誄:"延首歎息,雨泣交頸,嗟乎夫子,永安幽冥!"

【雨具】 防雨之具。如蓑笠繖蓋之類。史記六七仲尼弟子傳:"昔夫子當行,使弟子持雨具,已而果雨。弟子問曰:'夫子何以知之?'夫子曰:'詩不云乎?月離于畢,俾滂沱矣。'"

【雨前】 茶名,穀雨前所采者。宋蘇軾分類東坡詩五留題顯聖寺:"浮石已乾霜後水,焦坑閒試雨前茶。"宋王觀國學林八茶詩:"茶之佳品,摘造在社前,其次則火前,謂寒食前也;其下則雨前,謂穀雨前也。"

【雨草】 藕的別稱。見清厲荃事物異名錄三四果蓏。

【雨師】 ㊀司雨之神。周禮春官大宗伯:"掌建邦之天神、人鬼、地示之禮……以槱燎祀司中、司命、飌師、雨師。"注:"雨師,畢也。"即二十八宿之畢宿。一說,屏翳爲雨師,見山海經海外東經"雨師妾在其北"晉郭璞注。一說,共工之子玄冥爲雨師,見漢應劭風俗通雨師。㊁檉柳之別稱。相傳天將雨,檉先起氣迎之,故稱。爾雅釋木"檉,河柳"宋邢昺疏:"陸機疏云:'生水旁,皮正赤如絳,一名雨師,枝葉似松。'"

【雨₂淚】 流淚。北魏楊衒之洛陽伽藍記一永寧寺:"發言雨淚,哀不自勝。"五代南唐譚峭化書二珠玉:"悲則雨淚,辛則雨涕。"

【雨₂雪】 ㊀降雪。詩小雅采薇:"昔我往矣,楊柳依依。今我來思,雨雪霏霏。"㊁漢橫吹曲名。相傳周穆王遊於黃室之曲,筮獵苹澤,日中大寒,北風雨雪,有凍人,穆王作詩三章以哀之,曰"我徂黃竹"云云。後人因取此及詩采薇爲曲。南朝陳後主(叔寶)、江總及唐李端等皆有擬作。見樂府詩集二四雨雪題注。

【雨脚】 雨。北魏賈思勰齊民要術二胡麻:"種欲截雨脚,一畝用子二升。"唐杜甫杜工部詩史補遺二茅屋爲秋風所破歌:"床床屋漏無乾處,雨脚如麻未斷絕。"亦謂雨足。唐孟浩然集三大禹寺義公禪詩:"夕陽連雨足,空翠落庭陰。"

【雨栖】 細雨,毛毛雨。宋方夔富山遺稿九今歲吾鄉頗稔而收成值雨……詩:"要教歲計收霜稻,不分時長弄雨栖。"

【雨雲】 致雨之雲。呂氏春秋應同:"旱雲煙火,雨雲水波。"唐李商隱李義山詩集五杜工部蜀中離席:"座中醉客延醒客,江上晴雲雜雨雲。"

【雨₂粟】 謂天降粟。淮南子本經:"昔者,蒼頡作書,而天雨粟,鬼夜哭。"注:"蒼頡始視鳥迹之文造書契,則詐僞萌生。詐僞萌生,則去本趨末,棄耕作之業而務錐刀之利,天知其將餓,故爲雨粟,鬼恐爲書文所劾,故夜哭也。"

【雨₂華】 佛教故事。佛祖說法,天雨諸花。妙法蓮華經五分別功德品:"佛說是諸菩薩摩訶薩得大法利時,於虛空中雨曼陀羅華,摩訶曼陀羅華,以散無量百千萬億衆寶樹下師子座上諸佛。"華,同"花"。參見"天花亂墜"。

【雨集】 謂雨水多。孟子離婁下:"七八月之間雨集,溝澮皆盈。"亦以喻人物之聚集。文選漢王子淵(褒)四子講德論:"屢下明詔,舉賢良,求術士,招異倫,拔駿茂,是海內歡慕,莫不風馳雨集,襲雜並至。"後漢書八一彭修傳:"賊望見車馬,競交射之,飛矢雨集。"

【雨墮】 東漢桓帝時宦官單超徐璜具瑗左悺唐衡因誅大將軍梁冀有功,均封侯,擅權橫暴。天下苦之,語曰:"左回天,具獨坐,徐臥虎,唐雨墮。"雨墮,謂雨之所墮,無不沾濕,言其流毒徧於天下。或謂其性急暴如雨之墮,無有常處。見資治通鑑五四漢延熹三年"唐雨墮"注。按後漢書七八單超傳作"兩墮",謂任性胡爲,不受檢束。參見"兩墮"。

【雨盤】 宋時陵州鹽井深五百餘尺,舊自井底用柏木爲榦,上出井口,自木榦垂綆而下,方能至水。歲久井榦摧敗,屢欲更新,而井中陰氣襲人,入者輒死。惟俟有雨入井時,陰氣隨雨而下,稍可施工,雨晴復止。後有人以一木盤,滿中貯水,盤底爲小竅,麗水一如雨點,設於井上,謂之雨盤,令水下終日不絕。如此數月,井榦爲之一新,而陵井之利復舊。見宋沈括夢溪筆談十三權智。按宋史三三三楊佐傳云雨盤爲陵州推官楊佐教工人所作。

【雨燕】雨中的飛燕。唐杜甫杜工部詩史補遺一朝雨："風鴛藏近渚，雨燕集深條。"

【雨露】㊀雨與露。禮祭義："春雨露既濡，君子履之，必有怵惕之心。"㊁喻恩澤。唐高適高常侍集八送李少府貶峽中王少府貶長沙詩："聖代卽今多雨露，暫時分手莫躊躕。"

【雨纓】以牦牛尾毛染色，爲帽纓，謂之雨纓。清時爲暑月所戴便禮帽，雨時或臨戎、消防、逐捕、弔喪等用之，著馬褂。以別於正禮服之用緯帽。

【雨夾雪】鑼鼓調名。清李斗揚州畫舫録十一虹橋録下："鑼鼓盛於上元、中秋二節，以鑼鼓鐃鈸，考擊成文。有七五三、鬧元宵、跑馬、雨夾雪諸名。"

【雨花臺】在江蘇南京市南。古稱石子崗聚寶山。據崗阜最高處可俯瞰城闉。相傳梁武帝時，有雲光法師講經於此，天花墜落如雨，故名。見永樂大典二六〇三引建康志。

【雨淋頭】景德傳燈録二三襄州洞山守初宗慧大師："師曰：天晴不肯去，直待雨淋頭。"喻禍至而始悟。

【雨隨車】後漢書三三鄭弘傳"遷淮陽太守"注引謝承後漢書："弘消息繇賦，政不煩苛。行春天旱，隨車致雨。"謂政治清明能感天致雨，後用爲頌揚地方官吏政績之典。唐柳宗元柳先生集四三韋使君黄溪祈雨見召從行至祠下口號："惠風仍偃草，靈雨會隨車。"

【雨霖鈴】㊀唐教坊曲名。亦作雨淋鈴。相傳唐玄宗避安禄山之亂至蜀，初入斜谷，霖雨涉旬，於棧道中聞鈴聲與山相應，因悼念楊貴妃，遂採其聲製雨霖鈴曲以寄恨。時梨園弟子中惟張野狐善觱篥，因吹之，遂傳於世。按玄宗自陳倉入散關，出河池，初不經斜谷路。參閲唐鄭處誨明皇雜録、宋樂史楊太真外傳、王灼碧鷄漫志五雨霖鈴。㊁詞調名。亦名雨霖鈴慢。由唐教坊曲演化而成。調見宋柳永樂章集。屬雙調，一百零三字，仄韻。見詞譜三一。

【雨中花慢】詞調名。有平韻仄韻兩體，皆雙調，前後段各四韻。字數不等，有九十六字、九十七字者，亦有九十八字、九十九字、一百字者。句數亦不等，有前後段各十句者，亦有上段十一句，下段十句，或上段十句，下段十一句者。見詞譜二六。

【雨甲烟苗】指蔬菜。明王志堅表異録八蔬穀類："山谷(黄庭堅)詠菜曰雨甲烟苗。"

【雨過天青】喻青色，如雨後晴空的蔚藍澄徹。五代後周世宗(柴榮)時所燒瓷器青如天，明如鏡，薄如紙，聲如磬。相傳當時請瓷器式，世宗批其狀曰：'雨過天青雲破處，者般顏色做將來。'"參閲清梁同書古窯器考柴窯。

【雨散雲飛】比喻離散。唐温庭筠集四送崔郎中赴幕詩："心遊目送三千里，雨散雲飛二十年。"

【雨絲風片】狀春日之風雨。明湯顯祖牡丹亭驚夢："朝飛暮卷，雲霞翠軒，雨絲風片，煙波畫船。"清王士禛漁洋山人精華録五秦淮雜詩之一："十日雨絲風片裏，濃春煙景似殘秋。"

三畫

雩

1. yú 羽俱切，平，虞韻，于。
ㄩˊ 況于切，平，虞韻，曉。

㊀古求雨之祭。左傳桓五年："龍見而雩。"謂每年孟夏，蒼龍昏見東方，以是月祀五方上帝，謂之常雩。又大旱亦雩。公羊傳桓五年："大雩者何，旱祭也。"注："祭言大雩，大旱可知也。君親之南郊，……使童男女各八人舞而呼雩，故謂之雩。"

2. yù 集韻 王遇切，去，遇韻。
ㄩˋ

㊁虹。爾雅釋天："螮蝀謂之雩。螮蝀，虹也。"注："俗名爲美人虹，江東呼雩。"

【雩山】山名。1.在雩都縣(今江西于都縣)北。雩水出其下。相傳昔人祈雨於此，故名。見嘉慶一統志三三〇贛州府一。2.在今江蘇丹徒縣東。上有昭應廟，傳説於此禱雨輒應。見嘉慶一統志九十鎮江府一。

【雩宗】祭水旱之壇。禮祭法："幽宗，祭星也；雩宗，祭水旱也。"注："宗皆當爲禜字之誤也。"

【雩泉】泉名。在山東諸城縣西南常山上。宋熙寧八年，蘇軾守密州，禱雨於此而應，故名。軾有雩泉記(經進東坡文集事略五一)，記其事甚詳。參閲讀史方輿紀要三五青州府諸城縣常山。

【雩都】縣名。漢置，屬豫章郡。因雩水爲名。縣治徙置不一，唐貞觀中遷於南康故郡，卽今治所。明清屬贛州府。公元 1957 年改爲于都縣，屬江西省。參閲嘉慶一統志三三〇贛州府一。

【雩婁】本春秋時吳地。左傳襄二六年："楚子秦人侵吳，及雩婁。"卽此。漢置雩婁縣，東晉時廢，南朝宋復置。魏書地形志中載，南郢州定城郡有宇婁縣，霍州西邊城郡有宇樓縣，皆爲"雩婁"之訛。後廢。故城在今河南商城縣東北。參閲嘉慶一統志二二二光州一。

【雩祭】古祈雨之祭祀。漢董仲舒春秋繁露精華："大旱雩祭而請雨，大水鳴鼓而攻社。"雩之爲祭，三代以前不見經傳。自周禮地官有舞師舞旱暵、稻人供雩斂之事，而雩祭之名始見。其後春秋之季多有非時而舉者。秦漢以來遇旱則舉。至明嘉靖中始建雩壇於圜丘之旁，以祀天禱雨。參閲文獻通考七七郊祀十雩、明史禮志二大雩。

雪

xuě 相絶切，入，薛韻，心。
ㄒㄩㄝˇ

㊀雨遇寒氣凝結而成的六角形白色晶體。春秋隱九年："庚辰，大雨雪。"㊁下雪。世説新語文學："于時始雪，五處俱賀。"㊂洗滌。莊子知北遊："汝齊(齋)戒疏瀹而心，澡雪而精神。"㊃拭擦。史記九七酈生傳："沛公遽雪足杖矛曰：'延客入。'"㊄昭雪。周書崔彥穆傳："軍次荆州，彥穆疑荆州總管獨孤永業有異志，遂攻而戮之。……頃之，永業家自理得雪，彥穆坐除名。"㊅白。唐白居易長慶集十別行簡詩："漠漠病眼花，星星愁鬢雪。"

【雪山】山高氣寒，常年積雪，人卽稱爲雪山。以雪山名者不一，其著者有：1.佛經稱喜馬拉雅山爲雪山，亦曰大雪山。見大唐西域記一。2.卽祁連山。見"祁連山"。3.卽雲嶺。見"雲嶺"。4.在四川松潘廳東，又稱蓬婆山。卽今岷山。參閲嘉慶一統志四一九松潘廳。

【雪白】㊀潔白如雪。全唐詩六九閻朝隱明月歌："梅花雪白柳葉黄，雲霧四起月蒼蒼。"㊁喻性行純潔或清白無瑕。後漢書二六宋漢傳："太中大夫宋漢清修雪白，正直無邪，……因病退讓，守約彌堅。"明朱國禎湧幢小品十二雪白："諺曰：'雪白百姓。'謂人身上無一點瑕纇也。"

【雪汙】猶言洗冤。淮南子説山："流言雪汙，譬猶以涅拭素也。"

【雪泥】雪溶泥濘。唐李商隱李義山詩集四和孫朴韋蟾孔雀詠："舊思牽雲葉，新愁待雪泥。"宋陸游劍南詩稿十四雪夜之二："村路雪泥人斷行，佛燈一點絳紗明。"

【雪刺】謂短白髮。五代後周王仁裕開元天寶遺事下雪刺滿頭："宋璟求致仕表云：霜毫生領，雪刺滿頭。"

【雪花】空中水氣，受强寒結成六角形晶體而下墜，人稱雪花。太平御覽十二韓詩外傳：“凡草木花多五出，雪花獨六出。”

【雪兒】隋末李密之愛姬，能歌舞，密每見賓僚文章有奇麗入意者，卽付雪兒叶音律以歌之，稱雪兒歌。見唐詩紀事七一韓令辭酬馬彧詩。後來泛指家伎的樂曲。金元好問遺山樂府下鷓鴣天隆德故宮同希顏欽叔知機諸人飲詞：“雲子酒，雪兒歌，留連風月共婆娑。”

【雪姑】鶺鴒的別名。元王逢梧溪集三華韡堂詩：“曾冰寒磧際草莽，行搖飛揚嗟雪姑。”

【雪活】昭雪其冤而使得生。宋史三四七喬執中傳：“執中寬厚有仁心，屢典刑獄，雪活以百數。”

【雪客】宋李昉爲詩慕白居易，園林畜五禽，皆以客名，白鷳曰佳客，鷺鷥曰雪客。見宋曾慥類說五三談苑五禽以客名。參見“五客”。

【雪宮】戰國時齊國離宮名，故址在山東臨淄縣東北。孟子梁惠王下：“齊宣王見孟子於雪宮。”參閱嘉慶一統志一七一青州府。

【雪涕】拭淚。列子力命：“晏子獨笑於旁，公雪涕而顧晏子。”晉書劉隗傳：“及(王)敦剋石頭，隗攻之不拔，入宮告辭，帝雪涕與之別。”

【雪案】雪光映照的几案。宋劉克莊後村集七贈陳起詩：“雨檐兀坐忘春去，雪案清談至夜分。”明高則誠琵琶記三六：“我相公雖居鳳閣鸞臺，常在螢窗雪案。退朝之暇，手不停批；閒居之際，口不絕吟。”相傳晉孫康家貧無燭，常映雪讀書，詩文中常以雪案爲勤學之喻。

【雪恥】洗除恥辱。戰國策燕二樂毅報燕王書：“臣聞賢明之君，功成而不廢，故著於春秋，……若先王之報怨雪恥，夷萬乘之强國，收八百歲之蓄積。”史記越世家范蠡言：“臣聞主憂臣勞，主辱臣死，昔者君王辱於會稽，所以不死，爲此事也。今既已雪恥，臣請從會稽之誅。”

【雪桃】㊀拭桃。魯哀公賜孔子桃與黍。孔子先食黍而後食桃。左右皆掩口而笑。公曰：“黍者所以雪桃，非爲食之也。”孔子對曰：“丘知之矣。然夫黍者，五穀之長，郊禮宗廟以爲上盛。菓屬有六而桃爲下，祭祀不用，不登郊廟。丘聞之，君子以賤雪貴，不聞以貴雪賤。今以五穀之長，雪菓之下者，是從上雪下，臣以爲妨於教，害於義，故不敢。”見孔子家語五子路初見。㊁果名。又名十月桃、古冬桃。花紅，形圓，色青，肉黏核，味酸，十月中成熟。見廣羣芳譜五四桃。

【雪堂】宋蘇軾在黃州，寓居臨皋亭，就東坡築雪堂。故址在今湖北黃岡縣東。軾自於堂前植梅一株，明嘉靖後始枯。參閱嘉慶一統志三四〇黃州府一。

【雪眼】㊀天欲雪而日光穿漏曰雪眼。見宋周必大周文忠公集一六四龍飛録。㊁唐李咸用披沙集五贈友弟詩：“螢焱燒心雪眼勞，未逢佳夢見三刀。”此用晉孫康映雪讀書事，謂勤讀而眼勞。

【雪蛆】一名冰蛆、雪蠶。大如指，出四川峨眉山，以珍味稱，治内熱。陸游以爲實出茂州雪山，山四時常積雪，蛆生其中，能蠕動，久之雪消，蛆亦消盡。見宋陸游老學庵筆記六、清楊士聰玉堂薈記下。

【雪毬】㊀白花簇聚如雪球。宋陸游劍南詩稿六四夢中作：“春風又作無情計，滿路楊花輥雪毬。”廣羣芳譜二七花譜引金張建梨花詩：“矗樹枝高茁朶稠，嫩苞開破雪搓毬。”㊁花名。分雪毬、玉團二種，俱在三月開。雪毬色白喜陰，常澆以腴，鮮秀異常，花大如斗，近覺微香。玉團卽小雪毬，喜腴宜陰，極香。見廣羣芳譜三八雪毬藥圃同春。

【雪魚】産福建省。狀似鱸魚而稍扁，色白如雪，冬月方出，味尤腴美。見清施鴻保閩雜記十六。

【雪精】指白驢或白騾。宋司馬光司馬温公詩話：“韓退處士，絳州人，放誕不拘……常跨一白驢，自有詩云：山人跨雪精，上便不論程。”元詩選張雨句曲外史集題彭大年禱雨詩卷……：“白石資方青飢飯，洪崖借乘雪精騾。”

【雪竇】㊀山名。在浙江奉化縣，爲四明山之別峯。宋理宗嘗夢遊此，賜名應夢山。元詩選成廷珪居竹軒集送澄上人遊浙東：“曉飯天童簡，春泉雪竇茶。”參閱嘉慶一統志二九一寧波府。㊁唐宋時高僧之號。唐明州雪竇山常通禪師，光啓中，領徒至四明。大順二年，郡守請居雪竇。見景德傳燈録十一明州雪竇山常通禪師。又宋重顯禪師，亦居雪竇，皇祐四年示寂，賜號明覺大師。見續傳燈録二明州雪竇山重顯禪師。

【雪蠶】卽雪蛆。生陰山以北及峨嵋山北。二山積雪，歷世不消，其中生此，大如瓠，爲珍味。見本草綱目三九蟲一雪蠶。

【雪衣娘】白鸚鵡。唐天寶中，嶺南獻白鸚鵡，養之宮中，歲久頗聰慧，洞曉言詞，玄宗及貴妃皆呼爲雪衣女，左右呼雪衣娘。見唐鄭處誨明皇雜錄。元詩選楊維楨鐵崖集無題效商隱體詩之二：“金埒近收青海駿，錦籠初放雪衣娘。”

【雪見羞】謂潔白勝雪。全唐詩六四〇曹唐勵劍：“古物神光雪見羞，未能擊出恐泉流。”宋蘇軾東坡集續集二贈包安靜先生詩之一：“皓色生甌面，堪稱雪見羞。”

【雪香扇】五代後蜀徐慧妃常與後主(孟昶)登樓，以龍腦末塗白扇。扇墜地，爲人所得。蜀人争效其制，名曰雪香扇。見清吳任臣十國春秋後蜀三慧妃徐氏傳。

【雪待伴】西清詩話言王君玉謂人曰：詩家不妨間用俗語，尤見功夫。如咏雪詩：“待伴不禁鴛瓦冷，羞明常怯玉鈎斜。”待伴，雪止未消者，與羞明皆爲俗語，而採拾入句，了無痕纇。見宋胡仔苕溪漁隱叢話二六王君玉引緗素雜記。

【雪浪齋】宋蘇軾室名。軾於中山後圃得黑石，白脈，如五代蜀孫位、孫知微所畫石間奔流，盡水之變。後又得白石於曲陽，爲大盆以盛之，激水其上，因名其室曰雪浪齋。見東坡集後集八雪浪齋銘引。

【雪溪集】宋王銍撰，原本八卷，今佚存五卷。其詩大致近温李，在南宋初年爲別調。

【雪裏蕻】蔬類植物。葉有銳鋸齒及缺刻，類芥菜，而葉稍纖，花黃。雪天諸菜凍損，此菜獨青，故名。味稍辛辣，多醃以爲虀。北人謂之春不老。見廣羣芳譜十七雪裏蕻、清姚之駰元明事類鈔二二雪裏蕻。

【雪上加霜】景德傳燈録八大陽和尚：“伊(禪師)退步而立，師云：‘汝只解瞻前，不解顧後。’伊云：‘雪上更加霜。’師云：‘彼此無便宜。’”元曲選缺名誶范叔二：“淚雹子，腮邊落；血冬凌，滿脊梁；凍剝剝，雪上加霜。”後以爲禍患疊至之喻。

【雪山大士】釋迦牟尼在過去世修菩薩道時，於雪山苦行，謂之雪山大士，或曰雪山童子。涅槃經十四聖行品：“善男子，過去之世佛日未出，我於爾時作婆羅門修菩薩行，……住於雪山。其山清淨，流泉浴池，樹林藥木，充滿其地。”

【雪中送炭】宋范成大石湖集三三大雪送炭與芥隱詩：“不是雪中須送炭，聊裝風景要詩來。”常用以喻濟人之急。明王世貞鳴鳳記驛裏相逢：“咗！你小人勢利，但知錦上添花，我砥柱中流，偏喜雪中送炭。"

【雪泥鴻爪】喻往事遺留的痕迹。宋蘇軾分類東坡詩十六和子由澠池懷舊:"人生到處知何似,應似飛鴻踏雪泥。泥上偶然留指爪,鴻飛那復計東西?"亦作"雪鴻指爪"。明王世貞弇州山人四部稿一二九題包參軍東游稿後:"幽憂抱疾,塊守蝸廬,雪泥指爪,託之夢寐。"

【雪夜訪戴】晉王徽之(子猷)居山陰,夜雪初霽,月色清朗,忽憶戴逵(安道)。戴時在剡,即便夜乘小船詣之,經宿方至,造門不前而返。人問其故,王曰:"吾本乘興而行,興盡而返,何必見戴?"見世說新語任誕、晉書王徽之傳。

【雪窖冰天】謂嚴寒之天地。宋史三七三朱弁傳:"其後,(王)倫復歸,又以弁奉送徽宗大行之文爲獻,其辭有曰:'歎馬角之未生,魂消雪窖;攀龍髯而莫逮,淚洒冰天。'"是時弁以兩宮通問使被金拘禁於雲中。

【雪堂義尊】宋蘇軾在黄州,合鄰近諸州所送之酒,置於一器,名爲雪堂義尊。見軾仇州筆記下雪堂義尊。

【雪嶺投身】佛教故事。釋迦牟尼住雪山,號雪山大士。帝釋(釋提桓因)爲試探大士,自變其身爲羅刹,宣過去佛所説半偈:"諸行無常,是生滅法。"大士聞之,心生歡喜,四顧惟見羅刹,乃言:"若能爲我説其餘半偈,我當終身爲汝弟子。"羅刹云:"今我爲飢苦所逼,實不能説。"大士告曰:"汝但具足説是半偈,我聞偈已當以此身奉施供養。"羅刹於是説後半偈:"生滅滅已,寂滅爲樂。"大士聞此偈,深思此義,到處書寫此偈。遂昇高樹上,尋即放身自投樹下,此時羅刹現帝釋形,接取大士之身。依次因緣,超越十二劫。見涅槃經十四聖行品。

【雪履齋筆記】元郭翼撰。一卷。乃江行舟中所記,隨手雜録,漫無詮次。然於經史疑義頗有考證,持論亦多理致。

四 畫

雯
wén 無分切,平,文韻,明。
ㄨㄣˊ

雲形成的文采曰雯。古三墳形墳:"日雲赤曇,月雲素雯。"

【雯華】雲彩。亦以形容石紋似雲。金元好問中州集九王予可題嵩山石淙詩:"石裂雯華潰月秋。"(見予可小傳)又遺山集四雲峡詩:"薰蒸似欲出泉脉,瑩滑定應凝石髓。剥裂雯華潰月秋,辛苦詩仙費摹擬。"參閱明楊慎苏林伐山一雯華。

雱
páng 普郎切,平,唐韻,滂。
ㄆㄤˊ

雨雪盛貌。詩邶風北風:"北風其涼,雨雪其雱。"與霶同。

雲
yún 王分切,平,文韻,于。
ㄩㄣˊ

㈠地面濕潤,空氣升至高處,遇冷而凝成無數細微水點,成團浮遊空中,是爲雲。易乾彖:"雲行雨施,品物流形。"㈡喻盛多。詩齊風敝笱:"齊子歸止,其從如雲。"㈢喻高。參見"雲罕"、"雲髻"等。㈣姓。相傳爲縉雲氏之後。北齊有雲定興。參閱元和姓纂三文。

【雲子】㈠神仙服食之物。舊題漢班固漢武帝内傳:"北陵緑阜太上之藥,風實雲子,玉津金漿。"唐杜甫杜工部草堂詩箋八與鄠縣源大少府宴渼陂得寒字:"飯抄雲子白,瓜嚼水精寒。"宋袁文甕牖閒評六:"杜陵詩云:飯抄雲子白。蓋謂飯可以比雲子之白也。至後世則便以飯爲雲子。故唐子西詩云:雲子滿田行可擣。又汪彥章詩云:秋來雲子滑流匙。"㈡古時輿服的繡飾。宋史輿服志二:"(龍肩輿)其制:方質,椶頂,施走脊龍四,走脊雲子六。"

【雲上】喻品性高曠。後漢書八三逸民傳贊:"江海冥滅,山林長往,遠性風疎,逸情雲上。"

【雲天】高天。雲,極言其高。莊子大宗師:"黄帝得之,以登雲天。"宋書謝靈運傳史臣曰:"英辭潤金石,高義薄雲天。"

【雲屯】如雲之聚集。形容多而盛。後漢書七四下袁紹劉表傳贊:"魚儷漢舳,雲屯冀馬。"北周庾信庾子山集一三月三日華林園馬射賦:"千乘雷動,萬騎雲屯。"

【雲中】㈠郡名。1. 戰國趙地。相傳趙武侯自五原河曲築長城,東至陰山;又於河西造一大城,其一廂崩不就,改卜陰山河曲而禱,晝見羣鵠遊於雲中,乃即其處築城,因名。秦置郡。漢分雲中郡之東北部置定襄郡,西南部仍爲雲中郡,治雲中縣,即今内蒙古托克托縣。東漢廢。參閱水經注河水三、讀史方輿紀要四四大同府。2. 唐天寶初改雲州置,治雲中縣,乾元初復曰雲州。即今山西大同市。見嘉慶一統志一四六大同府。㈡縣名。1. 秦置。爲雲中郡治,在今内蒙古托克托縣北。東漢建安後移置太原郡陽曲縣。三國魏及晉屬新興郡。北魏縣廢。見晉書地理志上并州、歷代地理沿革表三六漢并州部雲中郡屬縣。按唐人注漢書誤認漢雲中爲唐雲中。2. 唐開元十八年置。在今山西大同市。遼重熙十七年析雲中置大同縣。蒙古至元二年省雲中入大同。見嘉慶一統志一四六大同府大同縣。㈢古雲夢澤。左傳定四年:"楚子涉雎濟江,入於雲中。"注:"入雲夢澤中。"

【雲内】㈠州名。本中受降城地。遼初置代北雲朔招討司,改雲内州。明初廢。故城在今内蒙古土默特左旗西北。參閱嘉慶一統志五四二烏喇特。㈡縣名。北周改太平縣曰雲中,隋改爲雲内縣,唐廢。故城在今山西大同市。參閱嘉慶一統志一四六大同府。

【雲水】㈠雲與水。唐韓愈昌黎集十酬韶州張使君惠書詩:"韶州南去接宣溪,雲水蒼茫日向西。"㈡指行脚僧或遊方道士。言其如行雲流水無定居。唐寒山子詩集附豐干禪師録:"一身如雲水,悠悠任去來。"景德傳燈録十五大同禪師:"自爾師道聞于天下,雲水之侶,競奔湊焉。"

【雲仍】遠孫。爾雅釋親:"昆孫之子爲仍孫,仍孫之子爲雲孫。"注:"仍,亦重也。雲,言輕遠如浮雲。"宋陸游劍南詩稿五四秋夜讀書有感之一:"安意斯文力弗勝,苦心猶欲付雲仍。"

【雲母】礦石名。古人以爲此石爲雲之根,故名。可析爲片,薄者透光,可爲鏡屏。亦入藥。以質地色澤分爲雲英、雲珠、雲母、雲沙、雲液、雲膽等。本草經列爲上品。參閱抱朴子仙藥、政和證類本草三雲母。

【雲宅】道家指顏面。雲笈七籤十一黄庭内景經天中"雲宅既清玉帝遊"注:"面爲雲宅,一名尺宅,以眉目鼻口之所居,故爲宅也。"

【雲安】縣名。漢朐忍縣地,屬巴郡。北周改爲雲安。唐屬夔州。宋開寶六年,置雲安軍,屬夔州路,後廢。元至元十五年復置軍,二十年升爲雲陽州。明降爲縣。故城在今四川雲陽縣東北。參閱嘉慶一統志三九七夔州府—雲陽縣。參見"雲陽"。

【雲州】州名。1. 北魏置,領盛樂雲中建安真興四郡九縣。北齊廢。故治在今山西祁縣西。參閱魏書地形志上、歷代地理沿革表三。2. 唐貞觀十四年置,永淳元年廢,開元十八年復置。天寶初改曰雲中郡,乾元初復曰雲州。遼重熙十三年建爲西京,升大同府。故治在今山西大同市。參閱太平寰宇記四九雲州、嘉慶一統志一四六大同府。

【雲合】如雲之聚集。漢書六七梅福傳上書:"故天下之士,雲合歸漢。"注:"言四面而至。"文選南朝梁劉孝標(峻)廣絶交論:"於是冠蓋輻湊,衣裳雲合。"

【雲舟】漢成帝常於三秋閒日,與趙飛燕遊太液池中,以沙棠木爲舟,貴其不沉没,以雲母飾於船頭,名雲舟。見舊題晉王嘉拾遺記六。

【雲沙】雲母別名。抱朴子仙藥:"又雲母有五種,……但有青黄二色者名雲沙。"參見"雲母"。

【雲車】㊀古代戰車,樓車,上設望樓作瞭望用。因其高,故言雲。後漢書光武帝紀上:"雲車十餘丈,瞰臨城中。"㊁繪飾雲彩的車。史記封禪書:"文成言曰:'上卽欲與神通,宮室被服非象神,神物不至。'乃作畫雲氣車,及各以勝日,駕車辟惡鬼。"唐温庭筠集一郭處士擊甌歌:"太平天子駐雲車,龍鑪勃鬱雙蟠拏。"㊂傳説神仙以雲爲車。如言雲車風馬。文選三國魏曹子建(植)洛神賦:"六龍儼其齊首,載雲車之容裔。"注:"博物志曰:漢武帝好道,西王母七月七日漏七刻王母乘紫雲車來。"

【雲吹】樂曲名。樂府詩集三八南朝梁簡文帝(蕭綱)泛舟横大江:"廣水浮雲吹,江風引夜衣。"按建初録云,樂府有鼓吹騎吹雲吹等名目。列於殿廷者名鼓吹,列於行駕者名騎吹,水行則謂之雲吹。水調河傳皆屬雲吹曲。見明楊愼詞品一。

【雲谷】山名。見"蘆峯"。

【雲泥】雲在天,泥在地,喻人地位懸隔,道路有異。後漢書八三矯愼傳吳蒼遺愼書:"雖乘雲行泥,棲宿不同,每有西風,何嘗不嘆。"文苑英華二四七後魏荀濟贈陰涼州詩:"雲泥已殊路,暄涼詎同節。"

【雲官】古官名。相傳黄帝受命有雲瑞,故以雲紀事,官名皆以雲命。春官爲青雲,夏官爲縉雲,秋官爲白雲,冬官爲黑雲,中官爲黄雲。見左傳昭十七年並注、史記黄帝紀爲"雲師"集解。

【雲房】僧道或隱者所居之室。全唐詩五五五馬戴寄西岳白石僧:"雲房出定後,岳月在池西。"文苑英華二二九唐劉得仁山中尋道人不遇詩:"石路特來尋道者,雲房空見有仙經。"全唐詩五五三姚鵠題終南山隱者居:"夜吟明雪牖,春夢閉雲房。"

【雲肩】卽披肩。婦女以爲飾。元史輿服志一:"雲肩,制如四垂雲,青緣,黄羅五色,嵌金爲之。"

【雲雨】㊀雲和雨。詩召南殷其靁"在南山之陽"漢毛萇傳:"山出雲雨,以潤天下。"後因以喻恩澤。後漢書十六鄧騭傳上疏:"託日月之末光,被雲雨之渥澤。"㊁戰國楚襄王與宋玉遊於雲夢之臺,望高唐之觀,其上有朝雲,王問何謂朝雲,玉曰,昔懷王遊高唐,怠而晝寢,夢見一婦人,曰:"妾巫山之女也,爲高唐之客。聞君遊高唐,願薦枕席。"王因幸之。婦人去而辭曰:"妾在巫山之陽,高丘之阻,旦爲朝雲,暮爲行雨,朝朝暮暮,陽臺之下。"見文選宋玉高唐賦序。舊因以喻男女幽合。

【雲板】報時報事之器。卽"雲版"。元曲選關漢卿望江亭四:"左右擊雲板,後堂請夫人出來。"儒林外史三八:"(老和尚)擊雲板,傳齊了二百多僧衆,一人喫一碗水。"參見"雲版㊁"。

【雲門】㊀周六樂舞之一,卽雲門大卷。大司樂用以教公卿大夫之子弟。相傳爲黄帝時製。見周禮春官大司樂並注。唐元結元次山集一有補樂歌十首,其中雲門二章卽用古樂名。㊁猶言閶門。文選晉左太沖(思)蜀都賦:"指渠口以爲雲門,灑滮池而爲陸澤。"晉劉淵林注:"李冰於湔山下造大堋以壅江水,分散其流,溉灌平地。"唐張銑注:"言水自渠而灌田,故指渠口爲雲門,猶雲來則雨至也。"㊂山名。在今廣東乳源縣北,上有雲門寺,爲五代文偃禪師建。因亦稱文偃爲雲門禪師。參閱嘉慶一統志四四四韶州府。

【雲罕】指捕鳥之巨網。亦指天子出行時爲前導之旌旗。罕,也作"罕"。文選漢司馬長卿(相如)上林賦:"載雲罕,揜羣雅。"注:"張揖曰:'罕,畢也。前有九流雲畢之車。掩,捕也。詩小雅之材七十四人,大雅之材三十一人,故曰羣雅也。'先用雲罕以獵獸,今載之於車,而捕羣雅之士也。"意謂天子應放棄遊樂,改而羅致天下賢士。又張平子(衡)東京賦:"雲罕九斿,闟戟轇輵。"三國吳薛綜注:"雲罕,旌旗之別名也。"一説星名。見史記一一七司馬相如傳上林賦索隱。

【雲和】㊀周禮春官大司樂:"孤竹之管,雲和之琴瑟。"雲和,山名,以産琴瑟著稱,因以爲琴瑟琵琶等樂器的通稱。唐李白李太白詩二五寄遠之一:"遙知玉窗裏,纖手弄雲和。"又有雲和琵琶,如箏,用十二絃施柱,彈之足黄鍾一均而倍六聲。其首爲雲象,因以名之,非周禮雲和琴瑟之製。見文獻通考一三七樂考十絲之屬。㊁縣名。屬浙江省。明景泰三年,析麗水縣浮雲元和二鄉別置雲和縣。明清皆屬處州府。見寰宇通志三三處州府。

【雲物】㊀天象雲氣之色。周禮春官保章氏:"以五雲之物,辨吉凶水旱。"注:"物,色也。視日旁雲氣之色。"左傳僖五年:"公旣視朔,遂登觀臺以望而書,禮也。凡分至啟閉,必書雲物。"太平御覽八引左傳舊注,以雲物爲二事,雲指五色之雲,物指風氣日月星辰。㊁猶言景物。南朝梁劉勰文心雕龍八比興:"圖狀山川,影寫雲物。"唐杜甫杜工部草堂詩箋五敬贈鄭諫議十韻:"思飄雲物外,律中鬼神驚。"

【雲肪】謂紙。宋詩鈔米芾襄陽集鈔寄薛郎中紹彭:"象管鈿軸映瑞錦,玉麟楽几鋪雲肪。"

【雲版】㊀畫雲於版以爲韠飾。宋史輿服志一:"(登封韠)制尤簡素,止施畫雲版而已。"㊁報時報事之器,俗謂之點。版形鑄作雲狀,故名。舊時官署或權貴之家皆擊雲版以爲信號。元詩選癸之庚上陳乾富玉環:"禽慧不須雲版約,好窺人意喚琵琶。"

【雲客】指隱士。水經注三二沮水:"是以林徒棲托,雲客宅心,泉側多結道士精廬焉。"

【雲南】㊀省名。省會爲昆明市。在雲嶺之南,故名。境内有滇池,因亦簡稱滇。古百濮之地。秦時爲滇國。漢元封二年,開置益州郡,屬益州部刺史,兼爲牂牁郡西境、越巂郡西南境。東漢分益州郡西境置永昌郡。唐時爲南詔蒙氏所有,大中中自號大禮國。五代時段氏改國號曰大理,爲蒙古蒙哥(元憲祖)所滅。至元十三年立雲南諸路行中書省。明洪武十五年置雲南布政使司。清改爲雲南省。參閱嘉慶一統志四七五雲南統部。㊁府名。明洪武十五年改中慶府置,故城在今昆明市。參閱嘉慶一統志四七六雲南府一。㊂縣名。漢置,屬益州郡。唐爲匡州匡川縣地,後爲張仁杲所據。號白子國。蒙氏改爲雲南州,段氏因之,又曰品甸。蒙古憲宗七年置千户所,元至元十一年復爲雲南州,尋降爲縣,明清因之。公元 1929 年改名祥雲。參閱嘉慶一統志四七八大理府。

【雲英】㊀雲母別名。抱朴子仙藥:"又雲母有五種,……五色並具而多青者名雲英。"參見"雲母"。㊁人名。1.唐鍾陵妓。羅隱甲乙集八偶題詩:"鍾陵醉別十餘春，重見雲英掌上身。我未成名君未嫁，可能俱是不如人。"參閱唐詩紀事六九羅隱。2.見"裴航"。

【雲屏】㊀畫雲之屏。亦指雲母屏風。文選晉張景陽(協)七命："雲屏爛汗，瓊壁青葱。"唐李商隱李義山詩集六爲有："爲有雲屏無限嬌，鳳城寒盡怕春宵。"㊁喻層疊之山峯。唐李白李太白詩十四廬山謠寄盧侍御虛舟："廬山秀出南斗傍，屏風九疊雲錦張。"宋朱熹朱文公集四祝孝友枕屏小景……詩："幾疊雲屏好，一生秋夢多。"

【雲浮】山名。在廣東陽春縣北。一名泉山。傳説南朝陳霸先嘗居此。此山伸延至雲浮縣(舊東安縣)。甚高峻，常有雲霧屯聚，故亦名雲霧山。參閱嘉慶一統志四四七肇慶府一、四五七羅定州。

【雲海】㊀山峯高者，多出雲上，在頂峯下視，雲鋪如海，故謂之雲海。衡山華山皆有此勝，而尤以黃山爲著。唐李白李太白詩四關山月："明月出天山，蒼茫雲海間。"㊁指蒼茫空闊、海天遥接處。全唐詩九八沈佺期答魑魅代書寄家人："何堪萬里外，雲海已溟茫。"

【雲珠】雲母名。抱朴子仙藥："又雲母有五種，……五色並具而多赤者名雲珠。"參見"雲母"。

【雲根】深山高遠雲起之處。文選晉張景陽(協)雜詩之十："雲根臨八極，雨足灑四溟。"唐杜甫杜工部草堂詩箋三三瞿塘兩崖："入天猶石色，穿水忽雲根。"李賀歌詩編二南山田中行詩："雲根苔蘚山上石，冷紅泣露嬌啼色。"參閱明楊愼藝林伐山四雲根。

【雲書】形狀如雲之字。北周庾信庾子山集十三陝州弘農郡五張寺經藏碑："琅笈雲書，金繩玉檢。"宋羅泌路史後記五："(黃帝)乃命沮誦作雲書。"

【雲孫】八代後之孫。爾雅釋親："仍孫之子爲雲孫。"釋名釋親屬："仍孫之子曰雲孫，言去已遠如浮雲也。"泛指遠孫。宋蘇軾分類東坡詩二一送表忠觀道士歸杭："凄涼破屋塵凝坐，憔悴雲孫雪滿簪。"

【雲峯】雲形似峯。晉陶潛陶淵明集三四時詩："春水滿四澤，夏雲多奇峯。"唐齊己白蓮集二新秋詩："露彩朝還冷，雲峯晚更奇。"

【雲師】㊀古官名。左傳昭十七年："昔者黃帝氏以雲紀，故爲雲師而雲名。"注："黃帝受命有雲瑞，故以雲紀事，百官師長皆以雲爲名號。"㊁雲神。楚辭屈原離騷"吾令豐隆乘雲兮"漢王逸注："豐隆，雲師，一曰雷師。"文選漢張平子(衡)思玄賦："雲師䨴以交集兮，涷雨沛其灑塗。"㊂卽畢星。文選漢張平子(衡)西京賦："瞰宛虹之長鬐，察雲師之所憑。"

【雲液】㊀謂酒。唐白居易長慶集六九對酒閒吟贈同老者詩："雲液灑六腑，陽和生四肢。"㊁雲母之別名。抱朴子仙藥："又雲母有五種，……五色並具而多白者名雲液。"參見"雲母"。

【雲章】詩大雅棫樸："倬彼雲漢，爲章于天。"箋："雲漢之在天，其爲文章，譬猶天子爲法度于天下。"後因稱筆蹟爲雲章。宋歐陽修文忠集四十仁宗御書飛白記："予將赴亳，假道於汝陰，因得閱書於子履之室，而雲章爛然，輝映日月。"蘇軾東坡集十七謝賜燕並御書進詩："人間一日傳萬口，喜見雲章第一篇。"

【雲旍】狀如旌旗的雲氣。旍，同"旌"。呂氏春秋明理："其雲狀有若犬若馬，……有其狀若懸旍而赤，其名曰雲旍。"

【雲梯】㊀古攻城之具。墨子公輸："公輸盤爲楚造雲梯之械，成，將以攻宋。"雲梯，以大木爲床，下施六輪，上立二梯，各長二丈餘，中施轉軸，車四面以生牛皮爲屏蔽，內以人推進，及城，則起飛梯於雲梯之上，以窺城中，故曰雲梯。見武經總要前集十攻城法、武備志一〇八軍資乘。見圖。㊁喻昇天成仙之路。文選晉郭景純(璞)遊仙詩之一："靈谿可潛盤，安事登雲梯。"注："言仙人昇天，因雲而上，故曰雲梯。"㊂喻高山石路。文選南朝宋謝靈運登石門最高頂詩："惜無同懷客，共登青雲梯。"全唐詩二七一竇鞏送劉禹錫："今日太行平似砥，九宵初倚入雲梯。"因亦以爲仕進之喻。

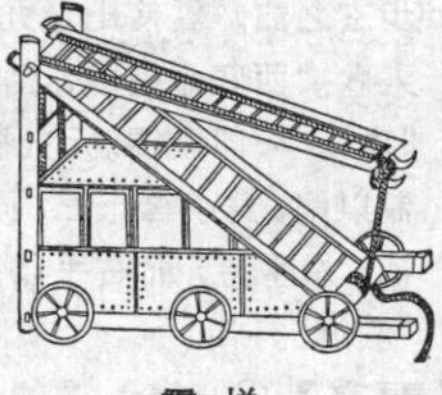

雲梯

【雲梢】繪有雲彩之旗。漢書八七上揚雄傳河東賦："揚左纛，被雲梢。"注："梢與旓同，旓者，旌旗之流，以雲爲旓也。"文選漢張平子(衡)西京賦："棲鳴鳶，曳雲梢。"三國吳薛綜注："雲梢，謂旌旗之旒飛如雲也。"

【雲陵】陵名。漢武帝趙婕好之墓。婕好生昭帝，死後葬甘泉宮南。昭帝立，追尊爲太后，並置雲陵縣，東漢廢。故址在今陝西淳化縣北。參閱三輔黃圖六陵墓、嘉慶一統志二四八邠州。

【雲堂】禪宗之寺院，爲僧坐禪之所。亦曰僧堂、禪堂。宋陸游劍南詩稿八寺居睡覺："披衣起坐清羸甚，起坐雲堂魚粥香。"水滸四："受記罷，趙員外請衆僧到雲堂裏坐下，焚香設齋供獻。"

【雲雀】文選晉左太沖(思)魏都賦："雲雀踶甍而矯首，壯翼摛鏤於青霄。"唐呂向注："雲雀，鳳也。"今雲雀指鷚，亦稱告天鳥、叫天子。

【雲將】雲之主將。莊子在宥："雲將東遊，過扶搖之枝，而適遭鴻蒙。"釋文："李(頤)云：雲主帥也。"雲將與鴻蒙，皆爲擬人化之名：雲將卽雲，鴻蒙指元氣。

【雲從】喻隨從之盛。詩齊風敝笱："齊子歸止，其從如雲。"隋書音樂志上俊雅之二："兖衣前邁，列辟雲從。"唐張説張説之集三應制奉和詩："傳呼大駕來，文物如雲從。"

【雲遊】喻行踪無定。後漢書八十上杜篤傳論都賦："遂天旋雲遊，造舟于渭，北斻涇流。"後多指僧道漫遊。唐李益李尚書詩集入華山訪隱者經仙人石壇："鳳駕昇天行，雲遊恣霞宿。"

【雲棧】高峻的棧道。唐白居易長慶集十二長恨歌："黃埃散漫風蕭索，雲棧縈紆登劍閣。"

【雲間】江蘇松江縣(古華亭)之古稱。晉陸雲字士龍，華亭人，與荀隱素未相識，嘗會張華坐。華曰："今日相遇，可勿爲常談。"雲因抗手曰："雲間陸士龍。"隱曰："日下荀鳴鶴。"鳴鶴，隱字。見世説新語排調。

【雲陽】㊀縣名。1.秦始皇三十五年，使蒙恬開直道，自九原至雲陽，既而徙五萬家於雲陽；漢武帝時又徙郡國吏民豪傑於此。三國魏改置護軍。故城在今陝西淳化縣西北。參閱嘉慶一統志二四八邠州。2.北魏置，屬北地郡。北周置雲陽郡。隋開皇初廢郡，以縣屬京兆。唐因之。元初廢入涇陽。故城在今陝西涇陽縣北。參閱嘉慶一統志二二八西安府二。3.今縣名，屬四川省。本漢朐䏰縣，屬巴郡。北周改曰雲安。宋置雲安軍，元至元二十年升爲雲陽州，明洪武六年改州爲縣。明清皆屬夔州府。參閱嘉慶一統志三九七夔州府一。㊁史記秦始皇紀十三年："韓非使秦，秦用李斯謀，留非。非死雲陽。"正義引括地志："雲陽城在雍州雲陽縣西八十里，秦始皇甘泉宮在焉。"漢桓寬鹽鐵論毀學："李斯相秦，席天下之勢，志小萬乘，及其囚於囹圄，車制於雲陽之市，亦願負薪入鴻門，行上蔡曲徑街，不可得也。"後來詩詞曲文中，常以雲陽爲行刑地之代稱。全唐詩五九三曹鄴讀李斯傳:"不見三尺墳，雲陽草空綠。"元曲選楊顯之酷寒亭四:"非我不憐他,他罪原非小，姑免赴雲陽，且配沙門島。"㊂樹精。抱朴子登涉:"山中有大樹,有能語者,非樹能語也。其精名曰雲陽,呼之則吉。"

【雲程】猶言雲路。宋陸游渭南文集八答發解進士啟:"萬里摶風，莫測雲程之遠;一第溷子,行聞桂籍之傳。"參見"雲路"。

【雲腴】㊀謂雲之脂膏，道家以爲仙藥。雲笈七籤七四方藥:"又雲腴之味，香甘異美,强骨補精,鎮生五臟,守炁凝液,長魂養魄,真上藥也。"㊁指茶。茶以產於山巔多雲霧處爲佳。宋宋庠元憲集十五謝答吳侍郎惠茶二絕句詩之一:"衰翁劇飲雖無分,且喜雲腴伴獨醒。"

【雲集】喻集合之盛多如雲。文選漢賈誼過秦論:"斬木爲兵,揭竿爲旗,天下雲集而響應,贏糧而景從。"一本作"雲會"。後漢書十七馮異傳遺李軼書:"方今英俊雲集，百姓風靡，雖邠岐慕周，不足以喻。"

【雲煙】㊀雲氣煙霧。文選南朝宋顏延年(延之)北使洛詩:"宮陛多巢穴，城闕生雲煙。"㊁喻高遠。文選南朝宋謝靈運入華子崗是麻源第三谷詩:"遂登羣峯首,邈若昇雲煙。"㊂唐杜甫杜工部草堂詩箋二飲中八仙歌:"張旭三盃草聖傳,脫帽露頂王公前,揮毫落紙如雲煙。"喻運筆揮灑自如。㊃喻衆多。唐李白李太白詩二古風之四六:"王侯象星月，賓客如雲煙。"

【雲瑞】祥雲。左傳昭十七年"昔者黄帝氏以雲紀，故爲雲師而雲名"晉杜預注:"黄帝受命有雲瑞，故以雲紀事，百官師長,皆以雲爲名號。"唐李賀歌詩編二公莫舞歌:"芒碭雲瑞抱天迴，咸陽王氣清如水。"

【雲葉】木名。枝葉皆類桑,但其葉如雲頭花叉，又似木欒樹葉微闊。開細青黄花，其葉味微苦。採嫩葉煠熟，換水浸淘去苦味，油鹽調食;或蒸曬作茶。參閱農政全書五四救荒本草、清吳其濬植物名實圖考三四雲葉。

【雲路】猶言青雲之路。喻宦途。南朝宋鮑照鮑氏集九侍郎滿辭閣:"金閨雲路,從玆自遠。"

【雲漢】天河。詩大雅棫樸:"倬彼雲漢,爲章于天。"又雲漢:"倬彼雲漢，昭回于天。"箋:"時旱渴雨,故宣王夜仰視天河,望其候焉。"後人因以雲漢爲旱暑之喻。晉張華博物志逸文:"後漢劉褒,桓帝時人,曾畫雲漢圖,人見之覺熱;又畫北風圖,人見之覺涼。"

【雲旗】㊀以雲爲旗。楚辭屈原離騷:"駕八龍之婉婉兮，載雲旗之委蛇。"注:"又載雲旗，委蛇而長也。……言己德如雲雨,能潤施萬物也。"㊁言旗旒似雲。漢書五七司馬相如傳上林賦:"拖霓旌,靡雲旗。"注:"張揖曰:畫熊虎於旒爲旗,似雲氣。"亦指其高入雲之旗。文選漢張平子(衡)東京賦:"龍輅充庭，雲旗拂霓。"三國吳薛綜注:"旗謂熊虎爲旗，爲高至雲,故曰雲旗也。"

【雲精】卽雲母。文選晉郭景純(璞)江賦:"其下則金礦丹礫，雲精爥銀。"注引異物志:"雲母，一曰雲精，入地萬歲不朽。"參見"雲母"。

【雲璈】樂器名。1.絃樂器。舊題漢班固漢武帝內傳:"上元夫人自彈雲林之璈,鳴絃駭調,清音靈朗,玄風四發,迺歌步玄之曲。"雲笈七籤九七太微玄清左夫人歌:"西庭命長歌，雲璈乘虛彈。"參見"璈"。2.卽雲鑼。元史禮樂志五:"雲璈,制以銅，爲小鑼十三,同一木架，下有長柄，左手持，而右手以小槌擊之。"參見"雲鑼"。

【雲臺】㊀高聳入雲的臺閣。淮南子俶真:"雲臺之高,墮者折脊碎腦。"㊁漢宮中高臺名。後漢書三二陰興傳:"後以興領侍中,受顧命於雲臺廣室。"注:"洛陽南宮有雲臺廣德殿。"明帝圖畫中興功臣三十二人於雲臺,卽此。

【雲夢】㊀澤名。書禹貢:"雲土夢作乂。"周禮夏官職方:"正南曰荆州，……其澤藪曰雲瞢。"瞢,同"夢"。爾雅釋地作雲夢。按古雲夢澤歷來說法不一，一說本二澤,雲在江北,夢在江南;一說雲夢實爲一澤,可單言雲或夢。综合古籍記載,先秦兩漢所稱雲夢澤，大致包括今湖南益陽縣湘陰縣以北、湖北江陵縣安陸縣以南、武漢市以西地區。參閱以上引文注疏及嘉慶一統志三四二安陸府、三四三德安府、三四四荆州府一,清朝通志二六地理略。㊁縣名。屬湖北省。漢安陸縣地。西魏大統十六年置雲夢縣。宋熙寧二年省爲鎮,入安陸縣;元祐初復置,屬德安府。明清因之。參閱嘉慶一統志三四三德安府。

【雲構】構,也作"搆"。㊀指巖洞。藝文類聚七晉謝道韞登山詩:"巖中間虛宇,寂寞幽以玄。非工復非匠，雲搆發自然。"㊁形容屋宇之高大壯麗。文選南齊王元長(融)三月三日曲水詩序:"飛觀神行,虛檐雲構。"注引劉楨詩:"大夏(廈)雲構。"唐陳子昂陳伯玉集一感遇詩之十九:"雲構山林盡,瑶圖珠翠煩。"

【雲閣】㊀閣名。秦二世胡亥所建。欲與南山齊，故名。文選漢揚子雲(雄)甘泉賦:"乘雲閣而上下兮，紛蒙龍以混成。"又張衡東京賦:"(秦)乃構阿房,起甘泉,結雲閣，冠南山。"參閱三輔黄圖。㊁卽雲臺。藝文類聚三十南朝梁元帝(蕭繹)與蕭挹書:"握蘭雲閣，解紱龍樓。"北周庾信庾子山集十四周柱國大將軍大都督同州刺史爾綿永神道碑:"樹爲椏社,陵成谷神。詎知雲閣,名在功臣。"參見"雲臺㊁"。

【雲麾】㊀將軍之名號。雲麾本以稱儀仗旌麾之屬，南朝梁始置雲麾將軍。陳亦有之。唐制從三品上曰雲麾將軍。宋與唐同。後不設。參閱隋書百官志上、新唐書百官志一、續通典三八職官十六鎮軍將軍以下。㊁官名。清制，鑾儀衛屬官有雲麾使。參閱清文獻通考八六職官十鑾儀衛。參見"鑾儀衛"。

【雲霄】㊀猶言天際。晉書陶侃傳佐吏上書王敦:"往年董督,逕造湘城,志陵雲霄,神機獨斷。"㊁喻高位。全唐詩五一五朱慶餘酬李處士見贈:"雲霄未得路,江海作閒人。"

【雲輜】謂車輛衆多如雲。後漢書二三竇憲傳班固勒燕然山銘:"元戎輕武，長轂四分,雲輜蔽路,萬有三千餘乘。"

【雲篆】㊀道家符籙之字，形體如雲，故稱雲篆。南朝梁陶弘景陶隱居集吳太極左仙公葛公之碑:"雲篆龍章之牒，炳發於林岫;瓊辭麗氣之旨，藻蔚於庭廷。"全唐詩六一四皮日休傷開元觀顧道士:"煙凄玉笥封雲篆,月慘琪花葬羽衣。"㊁言雲形如篆書。宋史樂志十四嘉泰三年皇后册寶十三首之六:"虹輝燦爛，雲篆綢繆。"

【雲龍】㊀卽龍。易乾:"雲從龍，風從虎,聖人作而萬物覩。"三國魏曹植曹子建集九七啟:"僕將爲吾子駕雲龍之飛駟,飾玉輅之繁纓。"唐李白李太白詩三胡無人:"雲龍風虎盡交回,太白入月敵可摧。"㊁漢宮門名。文選漢班孟堅(固)東都賦:"爾乃盛禮興樂，供帳置乎雲龍之庭。"注:"洛陽宮舍記有雲龍門。"以雲龍爲飾，故名。㊂縣名。屬雲南省。元至元末置雲龍甸軍民府,明爲雲龍州,清因之。公元 1913 年改縣。參閱嘉慶一統志四七八大理府。

【雲霓】指雲和虹。孟子梁惠王下:"民望之,若大旱之望雲霓也。"楚辭屈原離騷:"飄風屯其相離兮,帥雲霓而來御。"注:"雲霓,惡氣也,以喻佞人。"南朝宋劉勰文心雕龍一辨騷:"虬龍以喻君子,雲霓以譬讒邪,比興之義也。"也作"雲蜺"。漢書八七揚雄傳反離騷:"乘雲蜺之旖柅兮,望昆侖以樛流。"

【雲髻】高髻。三國魏曹植曹子建集三洛神賦:"雲髻峩峩,脩眉聯娟。"

【雲橋】㊀指神話中之銀河橋。唐元稹長慶集十五生春詩之八:"織女雲橋斷,波神玉貌融。"㊁攻城之具。唐建中四年,朱泚圍奉天城,造雲橋,闊數十丈,以巨輪爲脚,推之使前,拖濕氈生牛革,多懸水囊以爲障,直接城東北隅,兩旁構木爲廬,冒以牛革,迴環相屬,負土運薪於其下,以填壕壍,矢石不能傷。守城將士鑿地道下柴薪以焚之。見舊唐書一三四渾瑊傳。唐李商隱李義山詩集一送千牛李將軍赴闕五十韻:"火箭侵乘石,雲橋逼禁營。"

【雲濤】雲涌如濤。唐孟浩然集一宿天台桐柏觀:"日夕望三山,雲濤空浩浩。"白居易長慶集三海漫漫詩:"雲濤烟浪最深處,人傳中有三神山。"

【雲嶺】卽雪山,又名雪嶺、玉龍山。在今雲南麗江縣西北。山峯上插雲霄,下臨麗江,積雪經夏不消,壁立萬仞,千里望之,若在咫尺,與松州(今四川松潘縣)諸山連接。唐貞元中,韋皋約雲南共驅吐蕃於雲嶺之外,卽此。參閱讀史方輿紀要一一三玉龍山。今通稱南嶺幹脈在雲南瀾滄江、金沙江之間者爲雲嶺。

【雲霞】彩霞。南朝梁劉勰文心雕龍一原道:"雲霞雕色,有踰畫工之妙;草木賁華,無待錦匠之奇。"隋書文學傳序:"縟綵鬱於雲霞,逸響振於金石。"以上喻文采。唐白居易長慶集六九送毛仙翁詩:"肌膚冰雪瑩,衣服雲霞鮮。"此喻色彩。

【雲翹】樂舞名。後漢書祭祀志中:"立春之日,迎春於東郊,祭青帝句芒。歌青陽,八佾舞雲翹之舞。"漢書禮樂志作"雲招"。

【雲擾】言紛亂如雲。漢書八七下揚雄傳長楊賦:"豪俊糜沸雲擾,羣黎爲之不康。"又一〇〇上敍傳:"時隗囂據壟擁衆,招輯英俊,而公孫述稱帝於蜀漢,天下雲擾,大者連郡,小者據縣邑。"

【雲蹕】指皇帝的車駕。南朝梁江淹江文通集七蕭驃騎上頓表:"翦此凶渠,庶匪曠旬,但遂玉輅躬臨,雲蹕親駕。"南朝陳徐陵徐孝穆集五東陽雙林寺傳大士碑:"及玉輦升殿,雲蹕在階,晏然箕坐,曾不山立。"

【雲鵬】莊子逍遙遊:"鵬之背不知其幾千里也,怒而飛,其翼若垂天之雲。"後因稱鵬爲雲鵬。抱朴子喻激:"沈鯤橫於天池,雲鵬戾乎玄象。"唐王勃王子安集十五益州綿竹縣武都山淨慧寺碑:"燭龍韜景,避𣋉日於幽都;雲鵬斂翼,候虞風於晏海。"亦用以喻行高就遠。宋張載與呂希純同年進士,載自登科不復仕,居毗陵。紹聖中,希純自中書舍人出知睦州,載小舟相送數程。別後寄詩:"籬鷃雲鵬各有程,匆匆相別未忘情。恨君不在蓬籠底,共聽蕭蕭夜雨聲。"見宋呂本中紫薇詩話。

【雲轡】指馬。晉書涼武昭王李玄盛傳述志賦:"將戢繁榮於常衢,控雲轡而高驤。"南朝宋謝靈運謝康樂集一江妃賦:"散雲轡之絡繹,案靈輜而徘徊。"

【雲鬢】言婦人髮鬢如雲。本於詩鄘風君子偕老"鬒髮如雲,不屑髢也"。初學記十五南朝梁沈約樂將殫思未已應詔詩:"雲鬢垂寶花,輕妝染微汗。"唐杜甫杜工部草堂詩箋九月夜:"香霧雲鬢濕,清輝玉臂寒。"

【雲鬟】盛美的鬢髮。樂府詩集二五木蘭詩:"當窗理雲鬟,挂鏡帖花黃。"

【雲衢】猶言雲路。指仕路。晉書郤詵阮种華譚傳論:"郤詵等並韞價州里,褒然應召,對揚天問,高步雲衢。求之前哲,亦足稱矣。"唐高適高常侍集七真定卽事奉贈華使君二十八韻詩:"擢才登粉署,飛步躡雲衢。"參見"雲路"。

【雲鑼】樂器名。亦名雲璈。以小銅鑼十面,共一木架,中四,左右各三,大小皆同,厚薄殊制,四正律六半律,與編鐘相應。四周各爲孔,以黃絨穿繫於架,用小木錘擊之。參閱清會典事例五二九樂部樂器一。按亦有用十三面、十五面、二十四面銅鑼者。

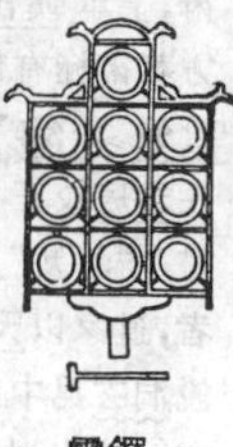
雲鑼

【雲中君】卽雲神豐隆,一曰屏翳。楚辭屈原九歌有雲中君篇。漢書郊祀志上:"晉巫祠五帝、東君、雲中君、巫社、巫祠、族人炊之屬。"

【雲水齋】設齋以供雲遊之僧道。宋史四六二莎衣道人傳:"帝歲命內侍卽其居設千道齋,合雲水之士,施予優普。"明田汝成西湖遊覽志餘二六幽怪傳疑:"賈似道母兩國夫人嘗就道堂設雲水齋。有一道人,滿身疥癩,謁齋。"

【雲母車】車名。太平御覽七七五晉傅玄傅子:"以雲母飾車,謂之雲母車。臣下不得乘,時賜王公貴臣。"晉書孝武帝紀:"諸將及苻堅戰於肥水,大破之,俘斬數萬計,獲堅輿輦及雲母車。"

【雲母屏】漢趙飛燕爲皇后,其女弟在昭陽殿,上遺二十五條,中有雲母屏風。見舊題漢劉歆西京雜記一。唐杜甫杜工部草堂詩箋三四奉酬薛十二丈判官見贈:"志在麒麟閣,無心雲母屏。"參見"雲屏"。

【雲母幌】以雲母裝飾的窗幔。晉陸翽鄴中記:"西臺高六十七丈,上作銅鳳,窗皆銅籠疏、雲母幌。日之初出,乃流光照曜。"

【雲林集】書名。1.元貢奎撰。原本七集,百二十卷,今存六卷。奎字仲章,宣城人,其詩在元中葉不失爲一大家。2.明危素撰。素字太樸,一字雲林,金谿人,在元與修宋遼金三史,入明與修元史。此編爲其詩集,皆作於元末,凡二卷。

【雲門山】㊀在浙江紹興縣南,亦名東山。南齊何胤隱居授徒於此,梁武帝嘗選學生往受業。山有雲門寺,唐時僧智永居此三十年。參閱嘉慶一統志二九四紹興府。㊁在廣東乳源縣北。前接金仙障,連樂昌縣界。山有雲門寺,五代南漢時文偃禪師居此。參閱嘉慶一統志四四四韶州府。

【雲門宗】佛教禪宗南宗五家之一。源出六祖慧能弟子行思。行思傳天王道悟,道悟傳龍潭崇信,崇信傳德山宣鑒,宣鑒傳雪峯義存,義存傳文偃。文偃住廣東雲門山光泰禪院,往來門徒不下千人,因號雲門宗。每有人來問,以一字答之,時人謂之一字關。雲門宗勃興於五代,極盛於北宋,至南宋末法統絶。參見"禪$_2$宗"。

【雲巢編】書名。宋沈遼撰。原二十卷,今存十卷。遼文章豪放奇麗,詩風格生峭,與江西派相近。

【雲開節】古岳州自元正獻歲,鄰里以飲宴相慶,至十二日罷,謂其日爲雲開節。見宋范致明岳陽風土記(古今逸史本)。

【雲陽谷】在山西左雲縣。北魏山胡劉蠡升自稱天子,居雲陽谷,後爲高歡擊殺,卽此。明於此置雲陽堡。參閱北齊書神武紀下、讀史方輿紀要四四大同府。

【雲韶部】㊀宋燕樂名。宋史樂志十七:"雲韶部者,黃門樂也。開寶中,平嶺表,擇廣州内臣之聰警者得八十人,令於教坊習樂藝,賜名簫韶部。雍熙初改曰雲韶。"㊁鳥名。九華山志十物産:"雲韶部,俗名音聲鳥。凡有二種:一種形如練鵲,毛具五色,喙紅足碧;一種形差小,羽雜玄黃,足或青赤。多居高峰絶頂……每風輕煙暖則音響互發,宛如一部簫韶。"

【雲臺編】唐鄭谷撰。三卷,詩三百餘首。谷,宜春人,光啟三年進士。於乾寧初從昭宗登華山,寓雲臺道舍,編成是書,故名。谷之鷓鴣詩有盛名,人稱鄭鷓鴣。

【雲霞交】絶離世俗之交。南史謝晦傳附謝瀹:"瀹任達仗氣,不督當世,與順陽范泰爲雲霞之交。"

【雲霧山】在貴州貴定縣南、都勻縣西,爲苗嶺山脈主峯,烏、沅、盤三江之分水嶺。山多危峯峭壁,雲霧彌漫,故名。參閲嘉慶一統志五〇〇貴陽府。

【雲霧茶】茶名。産黃山高處,高峯壁立千仞,茶産其間,人自下仰望,常在雲霧之間,故名。參閲廣群芳譜十八茶譜。

【雲騎尉】勳官名。隋爲散官。唐宋明均爲勳官。清爲世職之末級,其襲次已完者,授恩騎尉。參閲文獻通考六四職官勳官、續文獻通考六二職官勳官、清朝續文獻通考一三一職官世職。

【雲翹舞】古祀神之舞。後漢書祭祀志中:"先立秋十八日,迎黃靈于中兆,祭黃帝后土。車旗服飾皆黃。歌朱明,八佾舞雲翹育命之舞。"注:"漢有雲翹育命之舞,不知所出。舊以祀天,今可兼以雲翹祀圓丘,兼以育命祀方澤。"

【雲藍紙】紙名。唐段成式造。全唐詩五八四段成式寄温飛卿牋紙序:"予在九江造雲藍紙,既乏左伯之法,全無張永之功,輒送五十板。"宋姜夔白石道人詩集下次韻千巖雜謡詩:"道士有神傳火棗,故人無字入雲藍。"

【雲中白鶴】喻人格高潔。三國志魏邴原傳"太祖征吳,原從行,卒"注引原別傳:"邴君所謂雲中白鶴,非鶉鷃之網所能羅矣。"南史劉懷珍傳附劉訏:"族祖孝標與書稱之曰:'訏超超越俗,如半天朱霞。歊矯矯出塵,如雲中白鶴。'"

【雲仙雜記】舊題唐馮贄撰。亦作雲仙散記。或以爲宋王銍僞作。十卷。雜記古人逸事,各注其所出之書。其書皆古來史志多不載,年號先後往往訛錯。惟以工於造語,詞賦家多引用爲典。

【雲合霧集】喻羣聚。史記九二淮陰侯傳:"天下初發難也,俊雄豪傑,建號壹呼,天下之士,雲合霧集,魚鱗雜遝,熛至風起。"三國志蜀郤正傳釋譏:"雲合霧集,風激電飛。"

【雲行雨施】雲氣流行,雨澤施布,滋潤萬物。易乾:"雲行雨施,品物流形。"疏:"此二句釋亨之德也。言乾能用天之德,使雲氣流行,雨澤施布。故品類之物流布成形,各得亨通,無所壅蔽。"莊子天道:"天德出而寧,日月照而四時行,若晝夜之有經,雲行而雨施矣。"

【雲谷雜記】宋張淏撰。書重考據之學,於諸家著述疑誤之處,多所訂正。原本已佚,四庫館臣從永樂大典中采擷原文,輯録成書,共四卷。

【雲岡石窟】在山西大同市西武州山(又作武周山)上。山勢逶迤,如一抹青雲,因名雲岡。水經注十三㶟水:"武州川水又東南流,水側有石祇洹舍并諸窟室,比丘尼所居也。其水又東轉,逕靈巖南。鑿石開山,因巖結構,真容巨壯,世法所稀。山堂水殿,煙寺相望。"鑿窟造佛,自北魏神瑞迄正光,歷時百年。而大型造像則始於文成帝時沙門曇曜。後經累年增構,遂成長達里許之石窟寺,佛像數萬軀。唐宋時稱靈巖寺。嗣後名漸不彰。清順治間,總督佟養量重修雲岡,於山最高處建飛閣三重,閣前有康熙御書"西來第一山"五字。清季失修,又爲外人盜竊,佛像損毀達千四百尊。解放後重加修葺,定爲全國重點文物保護單位。現有佛窟五十三所,佛像五萬一千餘軀,高者數丈,低者數寸。造型藝術,上承漢代刻石,兼受外來影響,爲東方藝術極有價值之古蹟。

【雲笈七籤】一百二十二卷。宋真宗時張君房校正祕閣道書,撮其精要,以成此書。"雲笈"爲道家藏書之器。其稱七籤者,道家以天寶君説洞真爲上乘,靈寶君説洞玄爲中乘,神寶君説洞神爲下乘;太玄、太平、太清三部爲輔經;又正一、法文、遍陳三乘別爲一部,合爲七部。

【雲溪友議】唐范攄撰。三卷。攄生於晚唐,自號五雲溪人。五雲溪爲攄所居若耶溪之別名。全書詩話居十之七八,多孟棨本事詩所未載。所記雜事,如有關安禄山、嚴武、于頔、李紳之類,皆出傳聞,多不足信。

【雲溪醉侯】宋种放性嗜酒,嘗種秫自釀。每曰:"空山清寂,聊以養和。"因號雲溪醉侯。見宋史四五七本傳。

【雲煙過眼】喻景物易逝。宋詩鈔戴復古石屏詩鈔再賦惜別呈李實夫運使:"雲煙過眼時時變,草樹驚秋夜夜疏。"亦作"煙雲過眼"。蘇軾經進東坡文集五三寶繪堂記:"譬之煙雲之過眼,百鳥之感耳,豈不欣然接之,去而不復念也。"

【雲腳粥面】謂茶色之濃淡。宋蔡襄茶録上點茶:"茶少湯多,則雲腳散,湯少茶多,則粥面聚。"自注:"建人謂之雲腳粥面。"

【雲興霞蔚】世説新語言語:"顧長康(愷之)從會稽還,人問山川之美,顧云:'千巖呈秀,萬壑争流,草木蒙籠其上,若雲興霞蔚。'"喻景物絢爛綺麗。後亦作"雲蒸霞蔚"。清顏光敏顏氏家藏尺牘一馮溥書:"且海内人文,雲蒸霞蔚,鱗集京師,直千古盛事。"此以喻人才之盛。

【雲麓漫鈔】宋趙彦衛撰,十五卷。初刻十卷,名擁爐閒記,開禧二年重刻增五卷,更今名。書中記宋時雜事者十之三,考證名物者十之七,多載唐宋官制,爲宋人筆記中的上乘。

【雲譎波詭】㊀漢書八七上揚雄傳甘泉賦:"於是大夏雲譎波詭,摧嗺而成觀。"注引孟康:"言夏屋變巧,乃爲雲氣水波相譎詭也。"喻房屋構造之千態萬狀。㊁喻文筆如雲波之變幻多致。南朝梁劉勰文心雕龍六體性:"然才有庸儁,氣有剛柔,學有淺深,習有雅鄭,並情性所爍,陶染所凝。是以筆區雲譎,文苑波詭者矣。"

【雲煙過眼録】元周密撰。四卷。記所見書畫古器,略品甲乙,間加賞鑒之語,皆密入元後作。取蘇軾寶繪堂記"煙雲過眼"語,以爲書名。又續録一卷,爲元湯允謨撰,體例與原書相近,僅三十九條。舊附於密書之後。

【雲麾將軍碑】亦稱雲麾碑。1.雲麾將軍李思訓碑。唐開元間,北海刺史李邕撰文並書。碑存陝西蒲城。2.雲麾將軍李秀碑,石已殘。天寶初李邕撰文並書。存河北宛平。見寰宇訪碑録三唐、金石萃編七二、八五。

【雲從龍風從虎】易乾:"雲從龍,風從虎。"謂龍起生雲,虎嘯生風,同類事物相感應。舊時用以喻聖主賢臣之遇合。省作"雲龍"。舊五代史梁氏叔琮等傳史臣曰:"叔琮而下,咸以鷹犬之才,適從雲龍之會,勤勞王室,踐履將壇,然俱不得其死,惜哉。"

雰 fēn ㄈㄣ 府文切，平，文韻，滂。

㊀霧氣。同"氛"。素問六元正紀大論："水鬱之發，陽氣迺辟，陰氣暴舉，大寒迺至，川澤嚴凝，寒雰結爲霜雪。"㊁見"雰雰"。

【雰埃】塵霧。文選漢張平子(衡)西京賦："消雰埃於中宸，集重陽之清瀓。"

【雰雰】霜雪紛降貌。詩小雅信南山："上天同雲，雨雪雰雰。"楚辭屈原九章悲回風："吸湛露之浮源兮，漱凝霜之雰雰。"

【雰濁】喻穢俗。文選南朝梁劉孝標(峻)廣絶交論："是以耿介之士，……獨立高山之頂，歡與麋鹿同羣，皦皦然絶其雰濁。"

五畫

雷 léi ㄌㄟˊ 魯回切，平，灰韻，來。

㊀同"靁"。空中激電所發之響聲。禮月令仲春之月："是月也，日夜分，雷乃發聲。"引申爲宏大的聲響。漢書五三中山靖王勝傳："夫衆煦漂山，聚蟁成靁。"注："靁，古雷字。"㊁古器名。通"罍"。隸釋一漢魯相韓勑造孔廟禮器碑："鍾、磬、瑟、鼓、雷、洗、觴、觚。"㊂古時作戰用以擊敵之石塊。通"礌"、"礧"。周禮秋官職金"凡國有大故而用金石"注："用金石作槍、雷、椎、椁之屬。"㊃敲擊。通"擂"。樂府詩集二五鉅鹿公主歌辭："官家出遊雷大鼓，細乘犢車開後户。"㊄姓。傳說出自古諸侯方雷氏之後，以國爲氏。後單姓雷。見宋鄧名世古今姓氏書辨證五。

【雷巾】道士之冠。其制頗類儒巾，惟腦後綴片帛，更有軟帶二。圖見明王圻三才圖會衣服。

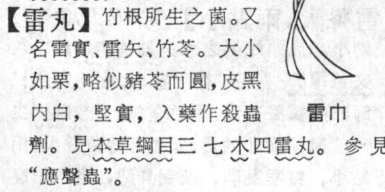

雷巾

【雷丸】竹根所生之菌。又名雷實、雷矢、竹苓。大小如栗，略似豬苓而圓，皮黑內白，堅實，入藥作殺蟲劑。見本草綱目三七木四雷丸。參見"應聲蟲"。

【雷公】㊀人名。傳爲黄帝之臣，善醫。素問著至教論："黄帝坐明堂，召雷公而問之。"㊁司雷之神。楚辭屈原遠游："左雨師使徑侍兮，右雷公以爲衞。"漢王充論衡雷虚："圖畫之工，圖雷之狀，纍纍如連鼓之形，又圖一人，若力士之容，謂之雷公。使之左手引連鼓，右手椎之，若擊之狀，其意以爲雷聲隆隆者，連鼓相扣擊之音也。"

【雷矢】竹根所生的菌類。急就篇四："雷矢、藿菌、蓋、兔盧。"注："即雷丸也，又名雷實。"參見"雷丸"。

【雷池】水名。即大雷水，今名楊溪河，在安徽望江縣南。晉書庾亮傳報温嶠書："吾憂西陲，過於歷陽，足下無過雷池一步也。"即此。參閱太平寰宇記一二五舒州望江縣。後用以比喻不可越出的一定範圍。

【雷州】地名。唐貞觀八年改東合州爲雷州。州治海康，即今廣東海康縣。轄境相當今廣東雷州半島。元升爲路。明初改爲府。清因之。公元1912年裁府留縣。參閱讀史方輿紀要一〇四雷州府。

【雷抃】掌聲如雷。文選漢馬季長(融)長笛賦："失容墜席，搏拊雷抃。"注："說文曰：抃，撫手也。雷抃，聲如雷也。"

【雷同】㊀不當相同而相同。禮曲禮上："毋勦說，毋雷同。"注："雷之發聲，物無不同時應者。人之言當各由己，不當然也。"㊁隨聲附和。楚辭宋玉九辯："世雷同而炫曜兮，何毁譽之昧昧？"漢書三六劉歆傳移太常博士書："或懷妬嫉，不考情實，雷同相從，隨聲是非。"

【雷車】㊀車聲如雷。莊子達生："委蛇……惡聞雷車之聲。"㊁雷神之車。舊題晉陶潛搜神後記五有女鬼阿香推雷車故事。唐白居易長慶集五六酬鄭侍御多雨春空過詩："鬼轉雷車響，蛇騰電策光。"宋蘇軾分類東坡詩十三無錫道中賦水車詩："天公不見老翁泣，喚取阿香推雷車。"

【雷刺】車馳傷人。禮曲禮上"入國不馳"注："愛人也，馳善藺人也。"唐孔穎達疏："藺，雷刺也。若車馳，則好行刺人也。何胤云：藺，蹴也。"

【雷門】會稽城門名。漢書七六王尊傳："尊曰：'毋持布鼓過雷門。'"注："雷門，會稽城門也，有大鼓。越擊此鼓，聲聞洛陽。故尊引之也。布鼓，謂以布爲鼓，故無聲。"王尊此語，意謂不自量，妄炫其能。元詩選許有壬圭塘小藁和傅汝礪寄來韻之二："不向雷門操布鼓，要從人海見珠宫。"

【雷音】㊀雷聲。三國魏曹植曹子建集六鰕䱇篇："撫劍而雷音，猛氣縱横浮。"初學記二南朝梁簡文帝開霽詩："雷音稍入嶺，電影尚連城。"㊁如來五種聲之一。維摩詰所說經上："演法無畏，猶師子吼，其所講說，乃如雷震。"北周庾信庾子山集十三陝州弘農郡五張寺經藏碑："若夫法雲深藏，師子雷音，……本無極際，何可勝言。"

【雷神】神話中司雷之神。山海經海內東經："雷澤中有雷神，龍身而人頭，鼓其腹在吴西。"唐馮贄雲仙雜記九天鼓："雷曰天鼓，雷神曰雷公。"參見"雷公㊁"。

【雷首】山名。在山西永濟縣南。書禹貢："壺口、雷首，至於太岳。"此山，西起雷首山，東至吴坂，綿亙數百里。隨地而異名，有中條山、歷山、首陽山、蒲山、襄山、甘棗山、豬山、獨頭山、薄山、吴山等稱。見通典一七八州郡八冀州。

【雷柚】大柚。裴淵廣州記："廣州別有柚，號爲雷柚，實大如升。"本草綱目三十果二謂亦名壺柑、臭橙。大者謂之朱欒，最大者謂之香欒。

【雷夏】古澤名。亦稱雷澤。書禹貢："雷夏既澤，灉沮會同。"漢書地理志謂在濟陰城陽縣西北。漢濟陰郡郡治，在今山東定陶縣地。城陽在今菏澤與濮縣交界處。已淤。史記五帝紀："舜耕歷山，漁雷澤。"即此。

【雷桐】雷公與桐君。皆古之製藥者。宋書謝靈運傳山居賦："本草所載，山澤不一，雷桐是別，和緩是悉。"舊唐書經籍志下有雷公藥對二卷、桐君藥録三卷。

【雷峯】山名。在杭州西湖旁，一名中峯，又名迴峯。傳說昔有道人雷就居此，故稱雷峯。五代吴越王妃於此建寺築塔，塔五級，俗稱王妃塔，亦稱雷峯塔，爲西湖古蹟。已圮。見元周密武林舊事五湖山勝覽雷峯顯嚴院、明田汝成西湖遊覽志三南山勝蹟。

【雷師】神話中司雷之神。楚辭屈原離騷："鸞皇爲余先戒兮，雷師告余以未具。"宋洪興祖補注："軒轅主雷雨之神。一曰：雷師豐隆也。"

【雷陳】東漢雷義與陳重同郡爲友，俱學魯詩、顏氏春秋。太守舉重孝廉，重以讓義，太守不允。刺史舉義茂才，義讓於重，刺史不聽。義遂佯狂，被髮而去。鄉里爲之語曰："膠漆自謂堅，不如雷與陳。"見後漢書八一陳重傳、雷義傳。後因以雷陳比喻友好情篤。北齊書劉逖傳："初逖與(祖)珽文義相得，結雷陳之契。"唐杜甫杜工部草堂詩箋二二贈王二十四侍御契四十韻："莫令膠漆地，萬古重雷陳。"

【雷動】雷震動。易說卦："雷以動之，風以散之，雨以潤之。"古文苑三漢賈誼旱雲賦："正帷布而雷動兮，相擊衝而碎破。"亦喻聲勢雄壯，聲音宏大。漢書五七上司馬相如傳子虛賦:"楚王乃駕馴駮之駟,乘彫玉之輿,……雷動猋至,星流電擊。"史記一一七雷作"靁"。

【雷淵】神話傳說之水名。楚辭宋玉招魂:"旋入雷淵,爢散而不可止些。"宋洪興祖補注:"山海經云:'雷澤中有雷神,龍身而人頭。'"

【雷琴】唐蜀中雷威工於製琴,世稱其所製琴爲雷琴。自品第,上者以玉徽,次者以瑟瑟徽,又次者金徽螺蚌徽。爲宋人所貴重。宋姚寬西溪叢語上:"洛中董氏蓄雷琴一張,中題云:山虛水深,萬籟蕭蕭。古無人蹤,惟石巉嶢。狀其聲也。"見唐李肇國史補下。

【雷開】商紂時佞人。楚辭屈原天問:"比干何逆,而抑沈之?雷開何順,而賜封之?"

【雷煥】晉豫章人。傳說煥通曉緯象,武帝時,斗牛間有紫氣,煥望氣而知豐城有寶劍。張華乃補煥爲豐城令,掘獄得龍泉、太阿二劍。見晉書張華傳。全唐詩五六九李羣玉寶劍:"雷煥豐城掘劍池,年深事遠跡依稀。"

【雷塘】地名。1.在江蘇江都縣北。又名雷陂。唐武德五年,改葬隋煬帝於雷陂南平岡上。唐杜牧樊川集三揚州詩之一:"煬帝雷塘土,迷藏有舊樓。"卽此。參閱讀史方輿紀要二三揚州府江都縣。2.在江西宜春縣東北,亦稱雷潭。參閱讀史方輿紀要八七袁州府宜春縣。3.在廣西馬平縣南雷山下,又名大龍潭。唐柳宗元柳先生集四一有雷塘禱雨文,卽指此。參閱讀史方輿紀要一〇九柳州府馬平縣。

【雷鼓】古樂器名。祀天神時用之。漢鄭衆謂雷鼓六面,有革可擊。鄭玄謂雷鼓八面。唐以來雷鼓爲八面,以祀天;靈鼓六面,以祀地;路鼓四面以祀鬼神。參閱周禮春官大司樂注、舊唐書音樂志二、宋史音樂志一。

雷鼓

【雷蜞】蟲名。狀如蚯蚓,色微紅,長者五六寸,短者寸許。產福建濱海稻田中。棲稻根內,亦稱稻根蟲,稻穫後漸出。見清施鴻保閩雜記十五。

【雷霆】㊀疾雷。易繫辭上:"鼓之以雷霆,潤之以風雨。"㊁喻聲威或盛怒。韓非子主道:"(是故明君)其行罰也,威(畏)乎如雷霆,神聖不能解也。"後漢書八一彭脩傳:"主簿鍾離意爭諫甚切,(宰)量怒,使收縛意。……脩排閤直入,拜於庭,曰:'明府發雷霆於主簿,請聞其過。'"

【雷歎】如雷之歎聲。文選漢馬季長(融)長笛賦:"雷歎頹息,掐膺擗摽。"南朝梁蕭統昭明太子集有所思:"雷嘆一聲響,雨淚忽成行。"

【雷厲】喻猛疾。漢書八七上揚雄傳校獵賦:"猋泣雷厲,驞駍駖磕。"

【雷澤】㊀古澤名。卽雷夏。在今山東菏澤東北,已淤。參見"雷夏"。參閱嘉慶一統志一八一曹州府。㊁地名。古郕伯姬姓之國。漢置成陽縣,屬濟陰郡。治所在今山東鄄城縣境內。隋開皇十六年置雷澤縣,以縣北雷夏澤而名。金貞元二年廢入鄄城縣。參閱嘉慶一統志一八一表曹州府雷澤縣。

【雷蕈】菌名。產廣西横州。雷雨一過卽生,須疾採之,稍遲則腐或老。亦作"雷菌"。元詩選馬祖常石田集北行:"雨餘雷菌長,秋入地椒芬。"參閱明潘之恆廣菌譜、本草綱目二八菜五雞㙡。

【雷獸】傳說中之動物名。山海經大荒東經:"東海中有流波山,入海七千里,其上有獸……其聲如雷,其名曰夔,黃帝得之,以其皮爲鼓,橛以雷獸之骨,聲聞五百里,以威天下。"參見"夔㊀"。

【雷公墨】雷州每大雷雨後,多於野中得黳石,光瑩如漆,叩之鎗然。俗稱雷公墨,亦曰雷墨。舊說訟者投牒,必以雷墨雜常墨書之爲利。可入藥。見唐李肇國史補下、劉恂嶺表錄異。(太平廣記三九四)

【雷次宗】公元386—448年。南朝宋南昌人,字仲倫。少入廬山,事僧慧遠。篤志好學,尤明三禮、毛詩。元嘉十五年,徵至都,開館於雞籠山,聚徒教授。尋又築室鍾山西巖下,謂之招隱館。著有文集三十卷。宋書、南史皆載隱逸傳。

【雷萬春】唐張巡之偏將。安祿山將令狐潮圍雍丘,萬春立城上,六矢著面猶不動。後佐巡守睢陽,城陷不屈死。參閱新唐書一九二許遠傳附雷萬春。

【雷學淇】清順天通州人,字瞻叔。嘉慶十九年進士。官永從知縣。以竹書紀年自五代以來頗多殘缺,因博考唐以前諸書,積九年之功蒐輯舊文,頗復舊觀。著有夏小正經傳考、夏小正本義、校輯世本、古今天象考等及文集。

【雷驚蕈】菌名。一名戴沙,一名松花蕈。二月間應驚蟄節候而產,故曰雷驚。外深褐色如赭,襇白如玉。黑者名烏雷驚,黃者名黃雷驚。見清吳林吳蕈譜。

【雷動風行】喻推行政令嚴格迅速。猶言"雷厲風行"。唐白居易長慶集四六策林二人之窮由君之奢欲:"雷動風行,日引月長,上益其侈,下成其私。"宋陳亮龍川文集一戊申再上孝宗皇帝書:"陛下卽位之初,喜怒哀樂,是非好惡,皦然如日月之在天,雷動風行,天下方如草之偃。"

【雷厲風行】見"雷厲風飛"。

【雷厲風飛】喻推行政令嚴格迅速。唐韓愈昌黎集三九潮州刺史謝上表:"陛下卽位以來,……闢機闔開,雷厲風飛。"亦作"雷厲風行"。宋曾鞏元豐類藁二七亳州謝上表:"運獨斷之明,則天清水止;昭不殺之戒,則雷厲風行。"衛涇後樂集十一論朝議大夫易祓……乞賜鐫斥狀:"臣恭惟陛下奮發英斷,雷厲風行,元惡巨姦,一朝屛殛,兵民欣快,中外聳聞,宗社幸甚。"

【雷霆萬鈞】比喻威力極大。漢書五一賈山傳至言:"雷霆之所擊,無不摧折者;萬鈞之所壓,無不糜滅者。今人主之威非特雷霆也;勢重非特萬鈞也。"

【雷轟電掣】雷鳴電閃,形容氣勢壯盛迅疾。宋陸游劍南詩稿四七七月十八日夜枕上作:"電掣光如晝,雷轟意未平。"元詩選李祁雲陽集藤溪釣叟歌:"有時欲寫蒼龍姿,雷轟電掣風雨馳。"

【雷轟薦福碑】喻命途多舛。元張可久小山樂府賣花聲客況:"十年落魄江濱客,幾度雷轟薦福碑,男兒未遇氣傷懷。"初刻拍案驚奇三五:"偏生這等時運,正是:時來風送滕王閣,運退雷轟薦福碑。"參見"薦福碑"。

【雷聲大,雨點小】喻聲勢大,實際行動小,虎頭蛇尾之意。景德傳燈錄二八文益禪師:"問:'從上宗來,如何履踐?'師曰:'雷聲甚大,雨點全無。'"金瓶梅二十:"賊没廉恥的貨,頭裏那等雷聲大、雨點小,打哩亂哩,及到其間,也不怎麼的。"

電 diàn 堂練切,去,霰韻,定。ㄉㄧㄢ

㊀閃電。易噬嗑:"剛柔分動而明,雷電合而章。"禮月令仲春之月:"雷而發聲,始電。"㊁喻急速。見"電赴"。

【電父】司電之神。三國志魏管輅傳"輅隨軍西行"注引管輅別傳云:"又天昨檄召五星,宣布星符,刺下東井,告命南箕,使召雷公電父風伯雨師。"

【電母】㊀司電之神。宋史儀衛志一："殿庭立仗，本充庭之制。……雷公電母旗各一，分左右。"元史輿服志二："電母旗，青質，赤火焰脚，畫神人爲女子形，纁衣朱裳白袴，兩手運光。"㊁古琴名。明虞汝明古琴疏："帝俊有琴曰電母，每夏月電光一照，則弦自鳴。"(宛委山堂本說郛一〇〇)

【電白】縣名。屬廣東省。漢高梁縣地，南朝梁於此置電白郡。隋降爲縣。故城在今廣東茂名縣東北。明清皆屬高州。參閱讀史方輿紀要一〇四高州府。

【電泡】電光泡影。形容迅速消逝。唐白居易長慶集二四唐江州興果寺律大德湊公塔碣銘："本結菩提香火社，共嫌煩惱電泡身。"

【電赴】喻迅速奔赴。晉書譙王遜傳附閔王承答甘卓書："足下若能卷甲電赴，猶或有濟。若其狐疑，求我枯魚之肆矣。"又孫綽傳上疏："南北諸軍，風馳電赴，若身手之救痛痒，率然之應首尾。"

【電照】照耀似電。後漢書十八臧宫傳："(吳漢)謂宫曰：'將軍向者經虜城下，震揚威靈，風行電照，然窮寇難量，還營願從它道矣。'"書翰中每用爲明察明照之意。清顏光敏顏氏家藏尺牘三顧二燊："客歲曾布手奏一緘，……諒蒙電照，不敢再贅。"

【電影】㊀電光。唐宋之問集下內題賦得巫山雨詩："電影江前落，雷聲峽外長。"亦喻虛幻不實，迅速無常。三國魏康僧鎧譯無量壽經下："知法如電影，究竟菩薩道。"㊁箭名。六韜虎韜軍用："材士强弩矛戟爲翼，飛鳧電影自副。飛鳧，赤莖白羽，以銅爲首；電影，青莖赤羽，以鐵爲首。"

【電邁】疾去似電。抱朴子吳失："背公之俗彌劇，正直之樂遂壞，於是斥鷃因驚風以凌霄，朽舟託迅波以電邁。"

【電光石火】佛家語。喻生之短暫。宋惟白集建中靖國續燈錄九覺海禪師："神機迅發，覿面相呈，電光歘起，石火莫停。"元姬翼雲山集三恣逍遥詞之三："昨日嬰孩，今朝老大，百年間電光石火。"參見"石火"。

零 1. líng ㄌㄧㄥˊ 郎丁切，平，青韻，來。

㊀徐雨。見"零雨"。㊁落。詩鄘風定之方中："靈雨既零。"㊂凋落。文選晉束廣微(晳)補亡詩由庚："木以秋零，草以春抽。"參見"零落"。㊃數的零頭或空位。宋包拯孝肅包公奏議擇官再舉范祥："勘會范祥新法，……二年計增錢五十一萬六千貫有零。"明兵科鈔出題本户部題爲褒餉告罄目前難支等事："通共三百零三萬餘兩矣。"又物之細碎不整者亦稱零。參見"零碎"、"零星"。

2. lián ㄌㄧㄢˊ 落賢切，平，先韻，來。

㊄見"先零㊁"。

【零丁】㊀孤單貌。文選晉李令伯(密)陳情表："臣少多疾病，九歲不行，零丁孤苦，至於成立。"㊁招帖。太平御覽五九八齊諧記："前後有失兒女者，零丁有數十。"明方以智通雅五釋詁："蓋古以紙書之，懸於一竿，其狀零丁然。"

【零雨】徐雨。斷續不止之雨。詩豳風東山："我來自東，零雨其濛。"疏："道上乃遇零落之雨，其濛濛然。"說文引詩作"霝"。太平御覽十梁元帝纂要："疾雨曰驟雨，徐雨曰零雨。"

【零星】㊀星名，即靈星，亦名天田。舊謂主稼穡之星。淮南子主術："君人之道，其猶零星之尸也。"後漢書八五高句驪傳："好祠鬼神、社稷、零星。"注："前書音義：龍星左角曰天田，則農祥也。辰日祠以牛。號曰零星。"參見"靈星"。㊁零碎。紅樓夢八八："奴才在這裏經管地租莊子銀錢出入，每年也有三五十萬來往，……何況這些零星東西！"

【零桂】指零陵桂陽兩郡。皆漢置，屬荆州。在今湖南南部及廣東一部。兩郡鄰接，古時常並稱。三國志吳步騭傳："(劉)備既敗績，而零桂諸郡猶相驚擾。"晉書杜預傳："預乃開楊口，起夏水達巴陵千餘里，內瀉長江之險，外通零桂之漕。"

【零凋】零落凋殘。宋歐陽修文忠集五一綠竹堂獨飲詩："姚黄魏紫開次第，不覺成恨俱零凋。"

【零陵】㊀地名。古史傳說舜葬處。史記五帝紀："(舜)葬於江南九疑，是爲零陵。"按九疑在今湖南寧遠縣境。㊁郡名。漢元鼎六年分桂陽郡置。郡地甚廣，有湖南寶慶、永州，廣西桂林舊府屬之地。東漢移治泉陵，領地漸狹，隋開皇九年廢入永州。參閱嘉慶一統志三七〇永州府。㊂縣名。屬湖南省。漢泉陵縣地，東漢爲零陵郡郡治，隋改爲零陵，歷代相因，明清皆屬永州府。參閱寰宇通志五八永州府。

【零落】㊀凋謝。楚辭屈原離騷："惟草木之零落兮，恐美人之遲暮。"注："零、落，皆墮也。草曰零，木曰落。"㊁喪敗，衰亡。文選漢孔文舉(融)論盛孝章書："歲月不居，時節如流，……海內知識，零落殆盡。"又三國魏曹子建(植)箜篌引："生在華屋處，零落歸山丘。"

【零碎】瑣細，零星。唐白居易長慶集二十題川北路旁老柳樹詩："雪花零碎逐年減，煙葉稀疎隨分新。"重言爲零零碎碎。朱子語類七九尚書二："今人只管著說治道，這是治道最緊切處。這箇若理會不通，又去理會甚麼零零碎碎。"

【零亂】散亂。唐李白李太白詩二三月下獨酌詩之一："我歌月徘徊，我舞影零亂。"

【零露】即露。舊解零爲陨落。詩鄭風野有蔓草："野有蔓草，零露漙兮。"疏："草之所以能延蔓者，由天有陨落之露。"文選晉陸士衡(機)歎逝賦："感秋華于衰木，瘁零露于豐草。"

【零丁洋】在廣東珠江口。亦作伶仃洋。宋文天祥敗於元軍，被執過此，作過零丁洋詩："皇恐灘頭說皇恐，零丁洋裏歎零丁。人生自古誰無死，留取丹心照汗青。"詩見文山集十四。

【零羊峽】地名。在廣東高要縣東。一作羚羊峽。岸瀕高峽山。亦名高要峽。相傳山有羊化石，因名。三國吳步騭與蒼梧人衡毅、錢博戰於高要峽口，即此。見水經注泿水。古有峽山寺，唐沈佺期有峽山寺賦。參閱嘉慶一統志四四七肇慶府山川高峽山。

【零陵香】香草名。嘉祐本草始著録，即別録之薰草。唐人但名鈴鈴香，亦名鈴子香，取其花倒懸枝間如小鈴。入藥，主芳香行氣。參閱宋沈括夢溪筆談三、范成大桂海虞衡志志香、清吳其濬植物名實圖考二五芳草。

【零餘子】山藥藤上所結之塊莖。大者如雞子，小者如彈丸，長圓不一，皮黄肉白，煮熟能食。可入藥。參閱本草綱目二七菜二零餘子。

【零關道】漢代經零關縣通往西南地區之要道。在今四川蘆山縣境。史記一一七司馬相如傳："(相如)通零關道，橋孫水以通邛都。"集解引徐廣曰："越巂有零關縣。"也作"靈關道"。見漢書地理志上越巂郡。

雺 wù ㄨˋ 亡遇切，去，遇韻，明。
莫候切，去，候韻，明。
莫浮切，平，尤韻，明。

即今霧字。籀文作雺，小篆作霚。見"霧"。

雹 báo ㄅㄠˊ 蒲角切，入，覺韻，並。

冰雹。左傳昭四年:"大雨雹。季武子問於申豐曰:'雹可禦乎?'"

【雹凸】鼓起。唐劉禹錫劉夢得集外集四牛相公見示新什謹依韻次用以抒下情詩:"玉柱琤瑽韻,金觥雹凸稜。"

【雹河】水名。卽古南易水,又名鮑水。源出河北易縣,流經徐水、容城至安新入依城河。參閱讀史方輿紀要十二保定府安肅縣鮑水、易州雹水。

【雹葖】亦作"雹突"、"蘆菔"。卽蘿蔔。爾雅釋草:"葖,蘆葩。"注:"葩,宜爲菔。蘆菔,蕪菁屬,紫華大根。俗呼雹葖。"疏:"一名蘆菔,今謂之蘿蔔是也。"北魏賈思勰齊民要術三蔓菁:"廣志曰:'蘆菔,一名雹突。'"

【雹箭】以骨爲鏃的箭。南史齊本紀:"(蒼梧王)乃取雹箭,一發卽中帝臍。"資治通鑑一三四宋順帝昇明元年作"骲箭"。參見"骲箭"。

【雹霰】冰雹或雪珠與雨夾雜而下謂之雹霰。呂氏春秋仲夏紀:"仲夏行冬令,則雹霰傷穀。"楚辭漢王逸九思怨上:"雷霆兮硠磕,雹霰兮霏霏。"

六畫

需 1. xū 相俞切,平,虞韻,心。ㄒㄩ

㊀易六十四卦之一。☰☵乾下坎上。見易需。㊁等待。易需:"需,須也。"疏:"需者待也。"㊂遲疑。左傳哀六年:"需,事之下也。"注:"需,疑也。"疏:"懦弱持疑,不能決斷,是爲事之下者。"㊃需要,給用。北齊劉晝劉子薦賢:"國之需賢,譬車之恃輪,猶舟之倚檝也。"宋史四〇九高定子傳:"公家百需皆仰湆井鹽利。"

2. ruǎn 集韻 乳兖切,上,獮韻。ㄖㄨㄢˇ

㊄柔軟。同"軟""輭"。見集韻。周禮考工記鮑人:"革,……欲其柔滑,而腥脂之,則需。"釋文:"需,人兖反。"㊅懦弱。周禮考工記輈人:"進則與馬謀,……行數千里,馬不契需。"注:"鄭司農(衆)云:需,讀爲畏需之需。"需,古"懦"字(今音讀 nuò)。

【需次】舊時候補吏,等待依次補缺,稱需次。宋樓鑰攻媿集四送袁恭安赴江州節推詩:"九江需次今幾年,去去淥水依紅蓮。"亦作"須次"。參閱清袁枚隨園隨筆上需次。

【需索】猶勒索。聊齋志異冤獄:"皂隸之所毆罵,胥徒之所需索,皆向良者而施之暴。"

【需₂弱】卽懦弱。戰國策秦二:"甘茂對曰:……其健者來使者,則王勿聽其事;其需弱者來使,則王必聽之;然則需弱者用而健者不用矣。"

【需雲】易需:"雲上於天,需。君子以飲食宴樂。"疏:"言雲上於天,是天之欲雨,待時而落。所以明需,大惠將施,而盛德又亨,故君子於此之時以飲食宴樂。"以雲上於天,喻德澤在朝廷之上。文苑英華一七五唐玄宗同二相已下羣臣樂遊園宴詩:"選日嚴廊暇,需雲宴樂初。"宋有需雲殿。見宋史地理志一。

【需頭】奏章前端留爲皇帝批答用之空白。漢蔡邕獨斷上:"章者,需頭。……表者,不需頭。"明楊愼譚苑醍醐六需頭:"所謂需頭者,蓋空其首一幅,以俟詔旨批答。陳請之奏用之。不需頭者,申謝之奏用之。"清吳景旭歷代詩話五五引宋蔡君謨(襄)詩:"禁林京兆荷恩光,三上需頭乞郡章。"

霐 zhào 字彙 徒弔切,音掉。ㄓㄠˋ

幽深晦暗。楚辭漢王逸九思疾世:"日陰曀兮未光,闃睄窕兮靡睹。"一本作"睄窕"。宋洪興祖補注:"窕,深也。"

七畫

霂 mù 莫卜切,入,屋韻,明。ㄇㄨˋ

雨。魏書樓毅傳:"夏霂冬霰,四時恒節。"參見"霢霂"。

霈 pèi 普蓋切,去,泰韻,滂。ㄆㄟˋ

㊀雨盛貌。初學記二:"孟子曰:'油然作雲,霈然下雨。'"今本孟子梁惠王上作"沛"。㊁雨。文苑英華十四唐沈瑱賀雨賦:"嘉稟儲之望歲,喜甘霈之流滋。"㊂喻恩澤。唐柳宗元柳先生集三八代李愬襄州謝上任表:"仁育爲心,霈澤無涯。"㊃自滿貌。孔叢子答問:"霈然自得而不設備,臣竊惑焉。"

【霈霈】㊀象聲詞。文選戰國楚宋玉高唐賦:"奔揚踊而相擊兮,雲興聲之霈霈。"注:"言水之奔揚踊起而相擊,其狀若雲,又興聲霈霈然。"㊁密雨貌。初學記二南朝宋傅亮喜雨賦:"春霆殷殷以遠響,興雨霈霈於載塗。"

【霈澤】雨水。唐杜甫杜工部草堂詩箋九雨過蘇端:"況蒙霈澤垂,糧粒或自保。"

霅 1. xiá 胡甲切,入,狎韻,匣。ㄒㄧㄚˊ

㊀衆言。見說文。衆言聲。見廣韻。

2. zhá 之涉切,入,葉韻,照。ㄓㄚˊ 丈甲切,入,狎韻,澄。

㊁見"霅₂霅₂"。㊂水名。見"霅₂溪"。

3. sà 蘇合切,入,合韻,心。ㄙㄚˋ

㊃倏忽,忽然。一說散貌。漢書八七上揚雄傳甘泉賦:"帥爾陰閉,霅然陽開。"注引晉灼:"霅,散也。"後漢書六十上馬融傳廣成頌:"翬然雲起,霅爾雹落。"注:"廣雅曰:'霅,雨也'言鳥中繳如雹之落。"參閱清鄭珍說文新附攷五。㊄見"霅₃霅₃"。

【霅₂氏】傳說古孟舒國民,人首鳥身,其先主爲霅氏,訓百禽。夏后之世,始食卵。孟舒去之,鳳皇亦隨去。見晉張華博物志二。

【霅₂溪】水名,亦稱霅川。在浙江吳興縣境。合四水爲一溪,自浮玉山曰苕溪,自銅峴山曰前溪,自天目山曰餘不溪,自德清縣前北流至州南興國寺前曰霅溪,入太湖。也爲吳興縣之別稱。參閱太平寰宇記九四湖州烏程縣。

【霅₂煜】光明貌。猶赫奕。文選漢班孟堅(固)答賓戲:"其餘猋飛景附,霅煜其間者,蓋不可勝載。"注:"霅煜,光明之貌也。"

【霅₂霅₂】震電貌。見說文。

【霅₃霅₃】廣雅釋訓:"霅霅,雨也。"清王念孫疏證:"故雨下亦謂霅,重言之則曰霅霅。"按霅霅當爲象聲詞,狀下雨聲。亦指割稻聲,猶沙沙。元方回桐江續集十一富陽田家詩:"霅霅割稻聲,自與割草異。"

【霅₃曄】迅疾貌。文選晉潘安仁(岳)笙賦:"汎淫氾豔,霅曄岌岌。"

震 zhèn 章刃切,去,震韻,照。ㄓㄣˋ

㊀雷,雷擊。詩小雅十月之交:"爗爗震電,不寧不令。"春秋僖十五年:"己卯晦,震夷伯之廟。"注:"震者,雷電擊之。"㊁震動。公羊傳文九年:"地震者何?動地也。"㊂威嚴。左傳文六年:"辰嬴賤,班在九人,其子何震之有?"國語周上:"夫兵戢而時動,動則威;觀則玩,玩則無震。"㊃氣盛。公羊傳僖九年:"桓公震而矜之,叛者九國。震之者何?猶曰振振然。"注:"亢陽之貌。"㊄八卦之一,卽☳。雷之象。易說卦:"萬物出乎震。震,東方也。"又六十四卦之一,卽☳☳。震下震上。易震:"震,亨。震來虩虩,笑言啞啞。"㊅孕。通"娠"。詩大雅生民:"載震載夙,載生

載育。"

【震方】東方。見易說卦。梁書武帝紀下普通二年詔："平秩東作，義不在南。……可於震方，簡求沃野，具兹千畝，庶允舊章。"文苑英華一四四唐張九齡荔枝賦："果之美者，厥有荔枝。雖受氣於震方，實稟精於火離。"

【震旦】古印度語的音譯，卽中國。東晉天竺帛屍梨蜜多羅譯佛說貫頂經六："佛語阿難……閻浮界内有震旦國。"唐釋慧琳一切經音義七二玄應音雜阿毘曇心論二振旦："或作震旦，……舊譯云漢國。經中亦作脂那，今作支那，此無正翻，直云神州之總名。"或謂震旦支那皆言秦地，震猶秦，旦猶斯坦，斯坦爲地。參見"支那"。

【震汗】謂懼極顫抖出汗。新唐書二〇二宋之問傳："之問得詔震汗，東西步，不引決。"

【震夙】詩大雅生民："載震載夙，載生載育。"震，妊娠。夙，肅。後因以震夙指誕生。宋陸游渭南文集二三瑞慶節功德疏之二："誕彌厥月，丕昭震夙之期。長發其祥，共致厖鴻之祝。"

【震位】東方之位。易說卦："震，東方也。"晉書劉曜載記："東爲震位，王者之始次也。"震位，東方，因指太子之宮。宋白珽西湖賦："致坤宮之孝養，據震位以生蕃。"（清李衛輯西湖志三一）

【震悼】驚悸悲痛。楚辭屈原抽思："願承閒而自察兮，心震悼而不敢。"文選漢潘元茂（勗）册魏公九錫文："宗廟乏祀，社稷無位，……卽我高祖之命，將墜於地，朕用夙興假寐，震悼于厥心。"

【震風】疾風。漢揚雄法言吾子："震風陵雨，然後知夏屋之爲帲幪也。"亦作"振風"。南朝梁江淹江文通集五詣建平王上書："庶女告天，振風襲於齊臺。"

【震怒】盛怒。書洪範："鯀陻洪水，汩陳其五行，帝乃震怒。"漢書八五谷永傳："上天震怒，災異婁降。"

【震矜】傲然自大。公羊傳僖九年："葵邱之會，桓公震而矜之，……震之者何？猶曰振振然。矜之者何？猶曰莫若我也。"亦作"振矜"。宋范成大石湖集十七密室憊坐詩："如許頭顱莫振矜，但尋曲几與枯藤。"

【震宮】指太子之宮。易震爲長男，故云。北周庾信庾子山集七青帝雲門舞："歌木德，舞震宮。"國秀集上盧僎上幸皇太子新院應制詩："佳氣曉葱葱，乾行入震宮。"

【震悸】震動驚懼。列子黃帝："怛然内熱，惕然震悸矣。"文苑英華五七七唐李嶠爲李景諶讓天官尚書表："寵命載臨，震悸交集。"

【震掉】㊀震顫。宋史樂志一："乃試考擊，鐘聲弇鬱震掉，不和滋甚。"㊁驚恐。元李朝瑞天馬賦："瞬息千里，百獸爲之震掉。"（見古今圖書集成博物彙編禽蟲典九四馬部藝文三）

【震慄】恐懼顫抖。後漢書章帝紀建初五年詔："震慄忉忉，痛心疾首。"北齊劉晝劉子八閱武："故士未戰而震慄，馬未馳而沫汗。"

【震維】指東方。北周庾信庾子山集十六周譙國公夫人步陸孤氏墓誌銘："華亭冠冕，穀水絃歌，震維徙族，燕垂從宦。"文苑英華一九〇唐韋元旦早朝詩："震維方月季，宸極衆星尊。"春令在東，故曰震維。參見"震方"。

【震震】㊀雷聲。漢書禮樂志安世房中歌之九："靁震震，電燿燿。"亦形容巨聲。文選晉潘安仁（岳）籍田賦："震震填填，塵鶩連天，以幸乎籍田。"唐劉良注："震震，車馬聲也。"㊁威嚴貌，威武貌。漢揚雄太玄經二釋："震震不侮，濯漱其詢。"文選晉左太沖（思）魏都賦："相兼二八，將猛四七，赫赫震震，開務有謐。"

【震霆】霹靂。漢書八七下揚雄傳長楊賦："疾如奔星，擊如震霆。"

【震澤】㊀湖名。書禹貢："震澤底定。"震澤卽今江蘇太湖。又稱具區、五湖、蠡湖、笠澤等。參閱嘉慶一統志七七蘇州府太湖。㊁縣名。本吳江縣地。清雍正二年析置震澤縣，屬江蘇蘇州府。公元1912年併入吳江縣。參閱嘉慶一統志七七蘇州府一。㊂今鎮名，在江蘇吳江縣南，地濱太湖，故名。鎮有底定橋，取"震澤底定"之義。

【震疊】驚懼。詩周頌時邁："薄言震之，莫不震疊。"

【震讋】震動畏懼。漢書五九張湯傳："乃遣（狄）山乘鄣，至月餘，匈奴斬山頭而去，是後羣臣震讋。"唐白居易長慶集四七禦戎狄策："師壯而時動則威，威必震讋。"

【震鱗】指龍。漢書一〇〇上敘傳幽通賦："震鱗漦于夏庭兮，帀三正而滅姬。"注引應劭："易震爲龍，鱗蟲之長也。"

【震川集】明歸有光撰。三十卷，又有別集十卷。正集首經解，終祭文，共二十四體；別集首論策，終古今體詩，共十一體。有光字熙甫，嘗居嘉定安亭江上讀書講學，後人稱震川先生。其文根柢深厚，法度謹嚴，爲明中葉後古文一代作家。

【震天雷】火炮名。金史赤盞合喜傳："其攻城之具有火炮名震天雷者，鐵罐盛藥，以火點之，炮起火發，其聲如雷，聞百里外，所爇圍半畝之上，火點著甲鐵皆穿。"又見完顏訛可傳。

【震靈丸】傳說西海神鳥山多大樹，似楓。伐其根煮汁製成丸。亦名驚精香、反生香、却死香。香聞數百里。人死，觸氣卽活。漢征和三年武帝遊安定，月氏國王遣使獻香丸四兩。見舊題漢東方朔海内十洲記。

【震主之威】謂威勢甚盛，使君主畏忌。史記九二淮陰侯傳蒯通說韓信："夫勢在人臣之位而有震主之威，名高天下，竊爲足下危之。"晉書傅咸傳與汝南王（司馬）亮書："楊駿有震主之威，委任親戚，此天下所以諠譁，今之處重，宜反此失。"

霄

xiāo ㄒㄧㄠ 相邀切，平，宵韻，心。

㊀說文："雨覓爲霄。齊語也。"參見"霄雪"。㊁雲。漢書八七上揚雄傳甘泉賦："騰清霄而軼浮景兮，夫何旟旐郅偈之旖柅也。"注："霄，日旁氣也。"㊂天空。文選晉陸士衡（機）挽歌詩之二："廣霄何寥廓，大墓安可晨？"㊃夜。通"宵"。呂氏春秋明理："有晝盲，有霄見。"注："霄，夜。"㊄消滅。通"消"。墨子經說上："霄，盡，蕩也。"清畢沅注："霄與消同。"

【霄雪】濕雪，著物卽消。爾雅釋天："雨覓爲霄雪。"注："水雪雜下者謂之消雪。"

【霄漢】天空極高處。霄，雲；漢，天河。後漢書四九仲長統傳："消遥一世之上，睥睨天地之間，不受當時之責，永保性命之期。如是，則可以陵霄漢，出宇宙之外矣。"因以喻朝廷。唐杜甫杜工部詩史補遺五送陵州路使君赴任："霄漢瞻佳士，泥塗任此身。"

【霄雿】虛無幽深貌。淮南子原道："電以爲鞭策，雷以爲車輪。上游於霄雿之野，下出於無垠之門。"注："霄雿，高峻貌也。"清王念孫讀書雜志淮南内篇一："霄雿者，虛無寂寞之意。……以霄雿爲高峻貌，非其本指也。"

【霄壤】天與地。喻相去極遠。宋黃伯思東觀餘論下跋宗室爵竹畫軸後："謝康樂（靈運）如芙蓉出水，自然可愛，顏光祿（延之）則如鋪錦列繡，琱繢滿眼。自然之與琱繢，蓋不翅霄壤。"

霆 tíng 特丁切，平，青韻，定。
ㄊㄧㄥ 徒鼎切，上，迥韻，定。

㊀雷餘聲。說文：“霆，雷餘聲鈴鈴(從段校)，所以挺出萬物。”㊁疾雷。詩小雅采芑：“戎車嘽嘽，嘽嘽焞焞，如霆如雷。”㊂閃電。淮南子兵略：“疾雷不及塞耳，疾霆不暇揜目。”參閱清黃生字詁霆。

【霆船】清嘉慶間浙閩海防用的大船。清焦循雕菰集十九神風蕩寇後記：“浙撫造船既成，名曰霆船，船堅壯，載以巨礮。”

【霆激】喻勢如雷霆之激發。初學記十三漢崔駰東巡頌：“三軍霆激，羽騎火列。”亦喻迅速。文選漢班孟堅(固)東都賦：“輕車霆激，驍騎電騖。”唐呂向注：“霆激電騖，言疾也。”

【霆擊】喻打擊之迅速猛烈。史記一一七司馬相如傳子虛賦：“靁動熛至，星流霆擊。”漢書九四下匈奴傳：“令臣尤等深入霆擊，且以創艾胡虜。”尤，嚴尤。

霉 méi 正字通 莫裴切，音枚。
ㄇㄟˊ

物因潮濕生菌而變質變色。本作“黴”，說文謂“中久雨青黑”。也作“䨪”、“黣”。梅雨之“梅”，當作“霉”。元周密蘋洲漁笛譜一大聖樂次施中山蒲節韻：“虹雨霉風，翠縈蘋渚，錦翻葵逕。”參閱正字通、說文通訓定聲。

八 畫

霔 zhù 之戍切，去，遇韻，照。
ㄓㄨˋ

大雨。本作“注”。金樓子志怪：“喪還之日，復大雨霔，車軸折壞，不復得前。”亦指及時雨。義同“澍”。宋趙時僑建康府嘉惠廟牒記：“敬往禱焉，果獲甘霔，農望少蘇。”(金石萃編一四八)

霑 zhān 張廉切，平，鹽韻，知。
ㄓㄢ

潤澤，沾濡。亦作“沾”。詩小雅信南山：“既霑既足，生我百穀。”韓非子詭使：“今戰勝攻取之士勞而賞不霑，而卜筮視手理狐蟲爲順辭於前者日賜。”

【霑化】㊀受教化。大唐西域記八摩揭陀國上：“佛法玄妙，英賢繼軌，無爲守道，含識霑化。”㊁縣名。屬山東省。宋置招安縣。金改曰霑化縣。元明清因之。參閱嘉慶一統志一七六武定府。

【霑益】地名。本漢牂牁郡宛温縣地。元置霑益州。明清皆屬曲靖府。公元1913年廢州，改霑益縣，屬雲南省。參閱嘉慶一統志四八四曲靖府。

【霑惹】沾染，招惹。宋王禹偁小畜集十歲暮感懷詩：“文章氣概成何事？霑惹虛名誤此身。”

【霑潤】猶滋潤。亦以喻受惠。文選晉陸士衡(機)文賦：“配霑潤於雲雨，象變化乎鬼神。”宋梅堯臣宛陵集三十得曾鞏秀才所附滁州歐陽永叔書答意詩：“貧難久待乏，薄祿藉霑潤。”

【霑醉】謂大醉。漢書九二侯遵傳：“刺史大窮，候遵霑醉時，突入見遵母。”

【霑體塗足】謂體沾濕而足染泥。狀農田勞動的辛苦。國語齊：“霑體塗足，暴其髮膚，盡其四支之敏，以從事於田野。”注：“霑，濡也。”晉書潘岳傳安身論：“沾體塗足，耕而後食。”

霎 shà 山洽切，入，洽韻，山。
ㄕㄚˋ 山輒切，入，葉韻，山。

㊀小雨。見說文新附。㊁一陣，暫時。唐孟郊孟東野詩集九春後雨：“昨夜一霎雨，天意蘇萬物。”宋楊萬里誠齋集十五晨炊黃亩鋪飯後山行詩：“山行行得軟如綿，急上籃輿睡霎間。”㊂見“霎霎㊀”。

【霎雨】陣雨。宋歐陽修文忠集一三二漁家傲詞之二四：“六月天時霎雨，行雲涌出奇峰露。”

【霎時】片刻。宋辛棄疾稼軒詞三行香子三山作：“天心肯後，費甚心情。放霎時陰，霎時雨，霎時晴。”張鎡南湖集八南湖午坐雨作歸山堂共成四絕句之一：“簾外青山隱樹林，霎時來看便沈吟。”

【霎霎】㊀雨聲。唐韓偓玉山樵人集夏夜詩：“猛風飄電黑雲生，霎霎高林簇雨聲。”㊁形容寒氣。宋黃機竹齋詩餘謁金門之三：“翠袖倚風寒霎霎，傍闌看乳鴨。”

霠 yīn 於金切，平，侵韻，影。
ㄧㄣ

雲覆日。霠爲“侌”的小篆。見說文。字書作“雺”者誤。大戴禮文王官人：“生民有霠陽。”北周盧辯注：“言人含陰陽之氣。”陰陽之陰，說文作“陰”。

【霠翳】陰晦貌。明楊慎秇林伐山五沐繼軒(璘)荔枝詩：“莽雲覆溟濛，梅雨滋霠翳。”

霖 lín 力尋切，平，侵韻，來。
ㄌㄧㄣˊ

久雨。左傳隱九年：“凡雨，自三日以往爲霖。”楚辭宋玉九辯：“皇天淫溢而秋霖兮，后土何時而得漧。”

【霖雨】㊀連綿大雨。晏子春秋諫上：“景公之時，霖雨十有七日。”三國魏曹植曹子建集五贈丁儀詩：“朝雲不歸山，霖雨成川澤。”㊁猶甘霖。書說命上：“若歲大旱，用汝作霖雨。”傳：“霖以救旱。”因以喻恩澤。唐杜甫杜工部草堂詩箋五上韋相二十韻：“霖雨生賢佐，丹青憶老臣。”

【霖霖】雨不止貌，亦狀雨聲。初學記二三國魏繆襲喜霽賦：“雷隱隱而震其響兮，雨霖霖而又隤。”

霏 fēi 芳非切，平，微韻，滂。
ㄈㄟ

㊀飛散。也作“霺”。詩邶風北風：“北風其喈，雨雪其霏。”文選南朝梁劉孝標(峻)廣絕交論：“駱驛縱橫，煙霏雨散。”㊁雲氣。文選南朝宋謝靈運石壁精舍還湖中詩：“林壑斂暝色，雲霞收夕霏。”

【霏微】猶朦朧。南朝梁王僧孺王左丞集侍宴詩之二：“散漫輕煙轉，霏微商雲散。”唐韓愈昌黎集九喜雪獻裴尚書詩：“浩蕩乾坤合，霏微風象移。”亦指濛濛細雨。唐柳宗元柳先生集三七爲王京兆賀雨表之一：“霢霂周布，霏微四施。”

【霏霏】紛飛貌。詩小雅采薇：“今我來思，雨雪霏霏。”楚辭屈原九章涉江：“霰雪紛其無垠兮，雲霏霏而承宇。”亦作“霺霺”。漢書八七上揚雄傳河東賦：“雲霺霺而來迎兮，澤滲灕而下降。”注：“霺，古霏字。霺霺，雲起貌。”

【霏蕤】繽紛的香花。宋書謝靈運傳山居賦：“法鼓朗響，頌偈清發。散華霏蕤，流香飛越。”

【霏雪錄】明鎦績撰。二卷。績父涣，通毛詩，書中辨訂詩義，頗見根柢，記述舊聞雜事，亦有可取。

霍 huò 虛郭切，入，鐸韻，曉。
ㄏㄨㄛˋ

㊀象聲。說文作靃。解云：“飛聲也。雨而雙飛者，其聲靃然。”引申爲渙散、迅疾。荀子議兵：“大寇則止，使之持危城必畔，……霍焉離耳，下反制其上。”後謂輕散財物曰揮霍，亦取此義。參閱清段玉裁說文解字注。參見“霍然”。㊁大山圍繞小山曰霍。爾雅釋山：“大山宮小山，霍。”㊂豆葉。通“藿”。漢書七二鮑宣傳：“使奴從賓客漿酒霍肉。”注：“霍，豆葉也。貧人茹之也。”謂視酒如漿，視肉如藿。㊃古諸侯國名。周武王封弟叔處於霍，始建霍國。春秋時爲晉所滅。故地在今山西霍縣境。參閱嘉慶一統志一五三霍州霍城。㊄山名。見“霍山”。㊅姓。周武王弟叔處封於霍，子孫以國爲氏。見元和姓纂十霍。

【霍山】㊀山名。1. 在今山西霍縣東南。

卽書禹貢之太岳山，亦曰霍太山。主峯高百丈，蜿蜒二百里。爾雅釋地："西方之美者，有霍山之多珠玉焉。"卽此。後謂之中鎮。參閱嘉慶一統志五三霍州。2.在安徽霍山縣西北。卽天柱山。按爾雅云：霍山爲南嶽。郭注卽天柱山。邢昺以爲經所謂霍，乃指衡山，一山而二名。漢武帝移嶽神於天柱，始名天柱爲霍。漢以後衡霍始別。參閱嘉慶一統志一三三六安州。㊁縣名。屬安徽省。漢置灊縣。梁天監六年於縣置霍州，又分置岳安郡岳安縣。隋開皇初廢郡，改岳安縣曰霍山縣。宋開寶四年省爲鎮。明弘治二年復置。清因之。參閱嘉慶一統志一三三六安州。

【霍丘】 縣名。屬安徽。春秋蓼國地。漢安風縣，屬六安國。隋開皇十九年置霍丘縣。唐神功元年改曰武昌，景雲元年復故。歷代因之。清屬潁州府。參閱嘉慶一統志一二八潁州府一。

【霍州】 州名。本周初霍邑，武王封其弟叔處於此，是爲霍國。隋開皇十六年置汾州，十八年改曰呂州。金貞祐三年置霍州。清乾隆三十七年升爲直隸州，屬山西。公元1912年廢州，改爲霍縣。參閱寰宇通志七九平陽府霍州。

【霍地】 忽然。宋劉克莊後村集四六抄戊辰十月近藁詩之二："識之無字憶髫年，霍地紅顏變雪顛。"

【霍光】 公元前？一前68年。漢河東平陽人。字子孟。霍去病異母弟。武帝時爲奉車都尉。出入宮庭二十餘年，小心謹慎，未嘗有過。昭帝八歲卽位，光以大司馬大將軍受遺詔輔政。封博陸侯。政事一決於光。昭帝崩，迎立昌邑王劉賀，以其淫亂廢之，立宣帝。光秉政二十年，族黨滿朝，權傾內外。卒謚宣成。宣帝親政後，收霍氏兵權，遂以謀反致夷族。後帝念光功，圖形於麒麟閣，稱大司馬大將軍博陸侯姓霍氏，而不名。見漢書六八本傳、五四蘇武傳。

【霍邑】 地名。周初霍國。漢爲彘縣，屬河東郡，因彘水爲名。後漢改曰永安。隋開皇十八年改霍邑縣，因霍山爲名。明初省入霍州。公元1912年改爲霍縣。屬山西省。參閱太平寰宇記四三晉州霍邑縣。

【霍叔】 周武王之弟，名處，封於霍，稱霍叔。相傳與管叔、蔡叔同監紂子武庚。以管蔡之亂，降爲庶人。後復爲霍侯。參閱書蔡仲之命、史記管蔡世家。

【霍奕】 奔馳貌。後漢書六十上馬融傳廣成頌："徽𢴤霍奕，別騖分奔。"

【霍食】 粗劣的飯食。霍，通"藿"。宋陸游劍南詩稿三九兩翁歌："人言翁窮可閔笑，霍食鶉衣天所料。"

【霍閃】 疾速如閃電。文苑英華三四九唐顧雲天威行："金蛇飛狀霍閃過，白日倒掛銀繩長。"

【霍納】 香名。又作艾納。三國魏曹植曹子建集六妾薄命詩之二："御巾裛粉君傍，中有霍納都梁，雞舌五味雜香。"

【霍然】 消散貌。史記一一七司馬相如傳大人賦："煥然霧除，霍然雲消。"文選漢枚叔(乘)七發："涊然汗出，霍然病已。"

【霍亂】 中醫泛指有劇烈吐瀉、腹痛等症狀的急性腸胃疾患。素問六元正紀大論："嘔吐霍亂。"漢書六四嚴助傳淮南王上書諫："夏月暑時，歐泄霍亂之病相隨屬也。"

【霍霍】 ㊀磨刀聲。樂府詩集二五木蘭詩："小弟聞姊來，磨刀霍霍向豬羊。"㊁閃動貌。宋詩鈔劉子翬屏山集鈔諭俗之八："乞靈走羣祀，晚電明霍霍。"

【霍濩】 盛多貌。文選三國魏嵇叔夜(康)琴賦："陵縱播逸，霍濩紛葩。"也作"濩濩"。見該條。

【霍繹】 飛走貌。文選漢張平子(衡)西京賦："起彼集此，霍繹紛泊。"

【霍小玉】 唐傳奇中妓女。傳爲霍王婢所生，霍王死後，易姓鄭。通詩書，善音樂。曾與隴西進士李益有盟約，後李負約不往，霍積思致疾。一日有黃衫客強挾李至。霍既見李，慟極而死。見唐蔣防霍小玉傳(太平廣記四八七)。

【霍太山】 卽山西之霍山。亦稱太岳。見"太岳"、"霍山㊀"。

【霍去病】 公元前140一前117。漢河東平陽人，衛青姊子。爲人少言不泄，果敢任氣。年十八爲侍中，善騎射。曾六次出擊匈奴，涉沙漠，遠至狼居胥山。封冠軍侯，爲驃騎將軍。漢武帝爲之建造府第，去病辭謝曰："匈奴未滅，無以家爲。"史記、漢書皆有傳。

【霍將軍】 琴曲名。古今樂録載，漢霍將軍去病，益封萬五千户，秩禄與大將軍等，於是志得意歡而作歌。卽琴操所録之霍將軍渡河操。見樂府詩集六十琴歌題解。

霓 ní 五稽切，平，齊韻，疑。
ㄋㄧ

主虹爲虹，副虹爲霓。也作"蜺"。霓位於主虹外側。虹霓每出現於雨後。孟子梁惠王下："民望之，若大旱之望雲霓也。"參見"虹㊀"。

【霓裳】 ㊀以霓爲裳。楚辭屈原九歌東君："青雲衣兮白霓裳，舉長矢兮射天狼。"㊁霓裳羽衣曲的省稱。唐白居易長慶集十二琵琶行："輕攏慢撚抹復挑，初爲霓裳後緑腰。"

【霓裳羽衣曲】 唐樂曲名。屬商調曲，時號越調。本傳自西涼，名婆羅門，開元中河西節度使楊敬述獻，經玄宗潤色，於天寶十三載改爲霓裳羽衣曲。唐時樂曲，曲終必促速，唯霓裳羽衣曲將畢，引聲益緩。楊貴妃善爲霓裳羽衣舞。時唐宮中多奏此樂，安史亂後，譜調已不全。小說家附會謂玄宗與方士遊月宮，聞仙樂，歸而記之，是爲霓裳羽衣曲。參閱樂府詩集八十婆羅門題注、唐會要三三諸樂、宋王灼碧雞漫志三霓裳羽衣曲。

【霓裳中序第一】 詞調名。一百零一字，仄韻。唐白居易霓裳羽衣歌云："散序六奏未動衣，陽臺宿雲慵不飛。中序擘騞初入拍，秋竹竿裂春冰拆。"(見長慶集五一)自注："散序六徧無拍，故不舞；中序始有拍，亦名拍序。"宋沈括夢溪筆談云：霓裳曲凡十二疊，前六疊無拍，至第七疊方謂之疊徧，自此始有拍而舞。可見至第七疊中序始舞，故名中序第一，蓋舞曲之第一徧。南宋姜夔曾於長沙樂工故書中得商調霓裳曲十八闋，皆有譜無詞，乃依中序譜填詞一闋。調卽始此詞。見宋姜夔白石道人歌曲三霓裳中序第一序、詞譜二九。

九 畫

霙 yīng 於驚切，平，庚韻，影。
ㄧㄥ

㊀雪花。太平御覽十二韓詩外傳："凡草木花多五出，雪花獨六出。雪花曰霙。"周書劉璠傳雪賦："無復垂霙與雲合，唯有變白作泥沉。"㊁雨雪雜下。見玉篇、廣韻。

霜 shuāng 色莊切，平，陽韻，山。
ㄕㄨㄤ

㊀水氣凝露，溫度至冰點下，凝成白色微粒，是爲霜。詩秦風蒹葭："蒹葭蒼蒼，白露爲霜。"㊁喻白色。唐李白李太白詩二古風之四："徒霜鏡中髮，羞彼鶴上人。"㊂指色白如霜的粉末。宋陶穀清異録藥品："卻老霜，九鍊松脂爲之。"黃庭堅豫章集十五又答寄糖霜頌："遠寄蔗霜知有味，勝於崔浩水精鹽。"㊃喻高潔。文選晉陸士衡(機)文賦："心懍懍以懷霜，志

眇眇而臨雲。”㊄歷年稱霜。玉臺新詠四南朝宋吳邁遠長相思：“檐隱千霜樹，庭枯十載蘭。”

【霜刀】刀鋒利而光白，謂之霜刀。唐杜甫杜工部詩史補遺三觀打魚歌：“饔子左右揮霜刀，鱠飛金盤白雪高。”

【霜刃】謂刀刃鋒利而白。文選晉左太沖(思)吳都賦：“剛鏃潤，霜刃染。”唐賈島長江集一劍客詩：“十年磨一劍，霜刃未曾試。”

【霜天】指深秋或秋季之天。北周庾信庾子山集四和裴儀同秋日詩：“霜天林木燥，秋氣風雲高。”唐杜甫杜工部草堂詩箋三二季秋江村：“清琴將暇日，白首望霜天。”

【霜毛】㊀狀潔白之毛羽。文選南朝宋鮑明遠(照)舞鶴賦：“疊霜毛而弄影，振玉羽而臨霞。”㊁指白髮。唐韓愈昌黎集九答張十一功曹詩：“吟君詩罷看霜鬢，斗覺霜毛一半加。”

【霜月】㊀素月，寒月。南齊謝朓謝宣城集四同羈夜禁詩：“霜月始流砌，寒蛸早吟隙。”㊁指陰曆七月。七月稱相月，漢魯相韓勑造孔廟禮器碑作“霜月”。(隸釋一)

【霜皮】謂松柏樹皮。唐杜甫杜工部詩史補遺六古柏行：“霜皮溜雨四十圍，黛色參天二千尺。”白居易長慶集十三題流溝寺古松詩：“烟葉葱籠蒼麈尾，霜皮駁落紫龍鱗。”

【霜序】謂深秋時節。舊唐書音樂志三魏徵等作祀五方上帝於五郊樂章：“式資宴貺，用調霜序。”文苑英華二九〇唐宋之問下桂江龍目灘詩之二：“秋橘迎霜序，春藤礙日輝。”

【霜威】謂寒霜肅殺之威。南齊謝朓謝宣城集一高松賦：“豈凋貞於歲暮，不受令於霜威。”泛指肅殺之威。晉書索綝傳劉曜曰：“孤恐霜威一震，玉石俱摧。”魏書高閭傳至德頌序：“霜威南被，則淮徐來同；齊斧北斷，則獵狁覆斃。”

【霜降】二十四節氣之一。在陽曆十月二十三日或二十四日。禮月令季秋之月：“是月也，霜始降，則百工休。”孝經援神契：“(寒露)後十五日，斗指戌，爲霜降。”(古微書二七)參見“二十四氣”。

【霜信】降霜前的信息。明毛晉毛詩草木鳥獸蟲魚疏廣要下之上弋鳧與雁：“今北方有白雁，似鴻而小，色白。秋深乃來，來則霜降。河北謂之霜信。蓋曰霜降五日而鴻雁來，寒露五日而候雁來。候雁之來，在霜降前十日，所以謂之霜信也。”金元好問元遺山集十三藥山道中詩：“白鴈已銜霜信過，青林閒送雨聲來。”

【霜草】㊀草名。舊題南朝梁任昉述異記上：“今秦趙間有相思草，狀如石竹而節節相續。一名斷腸草，又名愁婦草，亦名霜草。”㊁經霜之草。唐李白李太白詩二四覽鏡書懷：“自笑鏡中人，白髮如霜草。”

【霜桃】漢初修上林苑，羣臣遠方各獻名果異樹，其中有霜桃。霜下可食，故名。見舊題漢劉歆西京雜記二。

【霜砧】寒秋時的砧聲。砧，搗衣石。唐李商隱李義山詩集三江村題壁：“傾壺真得地，愛日靜霜砧。”元馬臻霞外詩集謾成之三四：“燕山楚水曾爲客，慣聽霜砧擣月明。”

【霜毫】白色毫毛。宋書禮志三：“霜毫玄文，素翮頳羽。”初學記二九唐虞世南白鹿賦：“素毳呈彩，霜毫應圖。”亦指毛筆。元王實甫西廂記三本一折：“我則道拂花牋打稿兒，元來他染霜毫不勾思。”

【霜署】御史臺的別稱。初學記十二唐蘇味道始背洛城秋郊矚目奉懷臺中諸侍御詩：“薄遊忝霜署，直指戒冰心。”

【霜臺】御史職司彈劾，爲風霜之任，故稱御史臺爲霜臺。唐李白李太白詩十一在水軍宴贈幕府諸侍御：“霜臺降羣彥，水國奉戎旃。”李商隱李義山詩集四喜雪：“粉署闈全隔，霜臺路漸賒。”

【霜操】堅貞高潔之節操。南齊書沈驎士傳沈淵等薦表：“元嘉以來，聘召仍疊，玉質踰潔，霜操日嚴。”唐孟郊孟東野集七山中送從叔簡詩：“松柏有霜操，風泉無俗聲。”

【霜簡】御史彈劾奏章。亦稱白簡。北齊書孫騰等傳史臣曰：“孫騰等俱不能清貧守道，……賴世宗入輔，責以驕縱，厚遇崔暹，奮其霜簡，不然則君子屬厭，豈易聞焉。”隋書文學傳序：“高祖初統萬機，每念斲彫爲樸，發號施令，咸去浮華。然時俗詞藻猶多淫麗，故憲臺執法，屢飛霜簡。”

【霜鬢】耳邊白髮。唐高適高常侍集八除夜作詩：“故鄉今夜思千里，霜鬢明朝又一年。”宋蘇軾分類東坡詩十六寄呂穆仲寺丞：“回首西湖真一夢，灰心霜鬢更休論。”

【霜林園】傳說漢園林名。漢明帝時，陰后夢食瓜，味甚美，帝使求諸方國。恆山獻巨桃核瓜。巨桃，霜下結花，隆暑方熟。帝使植於霜林園。見舊題晉王嘉拾遺記六。

【霜條篪】漢建元二年，武帝起騰光臺，以望四遠，於臺上撞碧玉之鐘，掛懸黎之磬，吹霜條之篪。見舊題漢郭憲洞冥記一。霜條篪，管樂器，八孔。參閱文獻通考一三八樂十一。

【霜天曉角】詞調名。宋林逋、辛棄疾有霜天曉角詞。元高拭詞注越調。張輯詞有“一片月當窗白”句，亦名月當窗。程垓詞有“須共踏夜深月”句，亦名踏月。吳禮之詞有“長橋月”句，亦名長橋月。雙調，有四十三字，四十四字諸體。見詞譜四。

𩂣 wù 莫候切，去，候韻，明。
ㄨˋ 莫浮切，平，尤韻，明。

即今霧字。籀文作雺，小篆作𩂣。徐鉉曰：“今俗从務。”說文：“𩂣，地氣發，天不應。”又：“霿，天氣下，地不應曰霿。霿，晦也。”清段玉裁注：“許以霿系天氣，以𩂣系地氣，亦分別井然。大氐𩂣下霿上，𩂣溼霿乾；𩂣讀如務，霿讀如蒙；𩂣之或體作霧，霿之或體作蒙。”參見“雺”“霧”。

霛 líng 玉篇 魯丁切。
ㄌㄧㄥˊ

“靈”的異體。見玉篇。參見“靈”。

霞 xiá 胡加切，平，麻韻，匣。
ㄒㄧㄚˊ

㊀彩雲。雲氣因日光斜射而呈現赤色。楚辭屈原遠遊：“飡六氣而飲沆瀣兮，漱正陽而含朝霞。”文選南朝齊謝玄暉(朓)晚登三山還望京邑詩：“餘霞散成綺，澄江靜如練。”㊁謂服色豔麗似彩霞。又以喻紅色。宋呂渭老點絳脣聖節鼓子詞：“羣臣宴，醉霞凝面。”

【霞帔】㊀婦女之服飾，類似披肩，因文有霞彩，故名。唐白居易長慶集五一霓裳羽衣歌和微之：“虹裳霞帔步搖冠，鈿瓔纍纍珮珊珊。”宋史樂志十七：“(教坊)女弟子隊凡一百五十三人……五日拂霓裳隊，衣紅僊砌衣，碧霞帔，戴仙冠。”㊁命婦之禮服。宋陳元靚事林廣記後集十服用原始霞帔：“開元中令王妃以下通服之，今代霞帔非恩賜不得服。”宋史四六三劉文裕傳：“封其母清河郡太夫人，賜翠冠霞帔。”明洪武五年，更定品官命婦冠服，一品至九品霞帔之制各異。參閱金史輿服志中、明史輿服志三。㊂道士之服。唐劉禹錫劉夢得集外集三和令狐相公送趙常盈鍊師與中貴人同拜嶽及天台投龍畢却赴

霞帔

京詩:“銀璫謁者引霓旌,霞帔仙官到赤城。”參閱清顧張思土風録三霞帔。

【霞浦】縣名。屬福建省。清雍正十二年置,爲福建福寧府治。境内有霞浦山,下臨霞浦江,中有青黑玄黄四嶼,日出照映,江水如霞,故名。見嘉慶一統志四三六福寧府。

【霞漿】謂仙露。舊題漢郭憲洞冥記一:“王公飴之以丹霞漿。食之太飽,悶幾死。”舊題晉王嘉拾遺記一神農:“時有流雲洒液,是謂霞漿,服之得道,後天而老。”

【霞頭】舊時,染布帛,綴布條於角,記物主姓氏,以草纏結之,使不浸滅,謂之霞頭。宋胡仔苕溪漁隱叢話前集三三:“世傳霞頭隱話是丰山老人作。云:‘生在色界中,不染色界塵。一朝解纏縛,見性自分明。’”也作“瑕頭”。見該條。

【霞舉】謂雲霞洏起。1.喻山峯高聳。水經注六涑水:“方嶺雲迴,奇峰霞舉。”2.喻儀態軒昂不凡。廣弘明集十五晉釋支遁釋迦文佛像讚:“人欽其哲,孰識其冥,望之霞舉,卽以雲津。”3.喻高遠。唐釋道宣續高僧傳四梵僧那提傳:“詞出珠聯,理暢霞舉。”

【霞氈】藏族地區産之紅色毛織品。新唐書二一六下吐蕃傳:“所貢有……霞氈、馬、羊、橐它。”明楊愼藝林伐山十四霞氈:“吐蕃貢霞氈。”自注:“今之紅氆氇。”

【霞外詩集】元馬臻撰,十卷。臻字志道,别號虚中,爲宋室遺老,遁迹黄冠,其詩風格秀拔,頗如其人,無方士丹汞之氣。

靄 ǎi ㄞˇ 集韻 於蓋切,去,泰韻。

雲霧。同“藹”。文選南朝宋謝惠連雪賦:“連氛累靄,淹日韜霞。”注:“文字集略曰:藹,雲狀。又曰:靄亦藹也。”參見“藹”。

十 畫

霣 yǔn ㄩㄣˇ 于敏切,上,軫韻,于。

㊀雨。説文:“雨也。齊人謂雷爲霣。一曰:雲轉起也。”㊁墜落。同“隕”。公羊傳莊七年:“夜中,星霣如雨。”㊂廢墜。左傳宣十五年:“受命以出,有死無霣,又可賂乎?”世説新語傷逝:“支道林(遁)喪法虔之後,精神霣喪,風味轉墜。”㊃死亡。通“殞”。史記自序:“惠之早霣,諸吕不台。”

霡 mài ㄇㄞˋ 莫獲切,入,麥韻,明。

俗作“霢”。見下。

【霡霂】小雨。詩小雅信南山:“益之以霡霂。”文選晉左太沖(思)吴都賦:“流汗霡霂而中逵泥濘。”

霤 liù ㄌㄧㄡˋ 力救切,去,宥韻,來。

本作“霤”。通“溜”。㊀屋檐水。説文:“霤,屋水流也。”淮南子氾論:“今夫霤水足以溢壺榼,而江河不能實漏卮。”文選晉潘安仁(岳)寡婦賦:“霤泠泠以夜下兮,冰溓溓以微凝。”亦泛指下注之水。周禮考工記輪人:“上尊而宇卑,則吐水疾而霤遠。”文選漢枚叔(乘)上書諫吴王:“泰山之霤穿石,殫極之紞斷榦。”㊁屋檐滴水之處。儀禮燕禮:“設洗篚于阼階東南,當東霤。”亦借指承檐霤之器。韓非子外儲右上:“於是太子入朝,馬蹶踐霤,廷理斬其輈,戮其御。”

十 一 畫

霪 yín ㄧㄣˊ 餘針切,平,侵韻,喻。

久雨。淮南子脩務:“禹沐浴霪雨,櫛扶風。”注:“禹勞力天下,不避風雨,以久雨爲沐浴也。”

霩 kuò ㄎㄨㄛˋ 虚郭切,入,鐸韻,曉。

㊀雨止雲收貌。見説文。㊁空曠。通“廓”。淮南子天文:“道始于虚霩,虚霩生宇宙。”

霧 wù ㄨˋ 亡遇切,去,遇韻,明。

籀文作“雺”,小篆作“霚”。近地之水蒸氣遇冷凝結成微細水點,如雲烟狀,彌漫於空中,爲霧。禮月令仲冬之月:“仲冬行夏令,則其國乃旱,氛霧冥冥,雷乃發聲。”

【霧市】漢張楷隱居弘農山中。好道術,能作五里霧。故謂其居爲霧市。見後漢書三六張霸傳附張楷。文苑英華五〇九唐蘇頲勤學犯夜判對:“朝遊霧市,披學序之圖書;暝出香街,聽嚴城之鐘鼓。”

【霧合】雲霧籠罩。藝文類聚六漢張衡羽獵賦:“輕車飈厲,羽騎電騖,霧合雲集,波流雨注。”水經注九淇水:“激水散氛,曖若霧合。”

【霧豹】喻隱居不仕。唐白居易長慶集十五渭村退居寄禮部崔侍郎翰林錢舍人詩一百韻:“籠禽放高翥,霧豹得深藏。”亦喻文采。宋黄庭堅豫章集十次韻奉答少微紀贈詩之一:“文如霧豹容窺管,氣似靈犀可辟塵。”參見“玄豹”、“豹隱”。

【霧淞】冬季霧氣着於樹木上、因凍凝成的微粒。宋曾鞏元豐類藁七冬夜卽事詩:“香消一榻氍毹暖,月澹千門霧淞寒。”自注:“齊寒甚,夜氣如霧,凝於木上,旦起視之如雪。日出飄滿堦庭,尤爲可愛。齊人謂之霧淞。諺曰:‘霧淞重霧淞,窮漢置飯甕’,以爲豐年之兆。”又霧淞詩:“園林初日靜無風,霧淞花開處處同。”

【霧綃】如薄霧的輕紗。猶霧縠。文選三國魏曹子建(植)洛神賦:“踐遠遊之文履,曳霧綃之輕裾。”

【霧瘴】山林湖海間蒸發出的溼熱氣。中興間氣集下郎士元送王棼流雷州詩:“海霧多爲瘴,山雷乍作鄰。”清屈大均廣東新語天語:“嶺南多霧瘴,滇黔多風瘴,是皆氣候之最惡者也。”

【霧縠】如薄霧的輕紗。文選戰國楚宋玉神女賦:“動霧縠以徐步兮,拂墀聲之珊珊。”注:“縠,今之輕紗,薄如霧也。”史記一一七司馬相如傳子虚賦:“於是鄭女曼姬,被阿錫,揄紵縞,雜纖羅,垂霧縠。”

【霧裏看花】謂老眼模糊。唐杜甫杜工部詩三小寒食舟中作:“春水船如天上坐,老年花似霧中看。”宋趙蕃淳熙稿十三早到超果寺詩:“霧裏看花喜未昏,竹園啼鳥愛頻言。”

【霧鬢風鬟】形容婦女髮髻鬆散。宋蘇軾分類東坡詩十二題毛女真:“霧鬢風鬟木葉衣,山川良是昔人非。”侯寘孏窟詞蝶戀花:“獨立無言,霧鬢風鬟亂。”亦泛指婦女髮之盛美。宋范成大石湖集十七新作景亭程詠之提刑賦詩次其韻詩之二:“花邊霧鬢風鬟滿,酒畔雲衣月扇香。”參見“風鬟雨鬢”。

霫 xí ㄒㄧˊ 似入切,入,緝韻,邪。先立切,入,緝韻,心。

㊀霫霫,雨貌。廣雅釋訓:“霫霫,雨也。”宋趙長卿惜香樂府八臨江仙:“天外濃雲雲外雨,雨聲初上檐牙。紅蕖應裼洗妝花。晚涼如有意,霫霫到山家。”㊁我國古代部族名。匈奴别支,居潢水北。人多善騎射,風俗略與契丹同。唐貞觀二年内附。屬唐關内道,在内蒙古自治區西拉木倫河以北一帶。

十 二 畫

霮 dàn ㄉㄢˋ 集韻 徒感切,上,感韻。

同"霿"、"霴"。見集韻。

【霿霌】㊀幽深貌。文選漢王文考(延壽)魯靈光殿賦:"歇欻幽藹,雲覆霿霌,洞杳冥兮。"唐李善注:"皆幽邃之貌。"又呂延濟注:"霿霌,繁雲貌。"㊁露重貌。文選晉左太沖(思)吳都賦:"宵露霿霌,旭日晻時。"

霴 chōng ㄔㄨㄥ

通"衝"。見正字通。素問陰陽離合論:"陰陽霴霴,積傳爲一。"唐王砯注:"霴霴,言氣之往來也。"宋林億注:"按別本,霴霴作衝衝。"

霰 xiàn ㄒㄧㄢˋ 蘇佃切,去,霰韻,心。

雪珠,雨點下降遇冷凝結而成的微小冰粒。一作"霓"。俗謂米雪。詩小雅頍弁:"如彼雨雪,先集維霰。"箋:"將大雨雪,始中微溫,雪自上下遇溫氣而摶,謂之霰。"

霱 yù ㄩˋ 餘律切,入,術韻,喻。

霱雲,瑞雲。見廣韻。本亦作"矞"。參見"矞㊁"。

十三畫

霶 pāng ㄆㄤ 普郎切,平,唐韻,滂。

同"滂"。見下。

【霶霈】大雨。同"滂霈"。漢焦延壽易林四巽之離:"隱隱大雷,霶霈爲雨。"初學記二晉潘尼苦雨賦:"始濛籠而徐墜,終霶霈以難禁。"

【霶霮】大雨。同"滂沱"。元方回桐江續集二三元夕前雨不已詩:"節屆燒燈奈若何,客樓三夜聽霶霮。"

霯 dàn ㄉㄢˋ 集韻 徒感切,上,感韻。

陰暗貌。同"霮"。文選漢張平子(衡)思玄賦:"雲師霯以交集兮,涷雨沛其灑塗。"

霸 1. bà ㄅㄚˋ 必駕切,去,禡韻,幫。

㊀古代諸侯之長。左傳成二年:"五伯之霸也,勤而撫之,以役王命。"疏:"鄭玄云:天子衰,諸侯興,故曰霸。霸,把也,言把持王者之政教,故其字或作伯或作霸也。"㊁超勝於人。南朝梁劉勰文心雕龍八事類:"才爲盟主,學爲輔佐,主佐合德,文采必霸。"

2. pò ㄆㄛˋ 集韻 匹陌切,入,陌韻。

㊀陰曆每月初始見之月。月魄之"魄"的本字。說文:"霸,月始生霸然也。"書康誥:"惟三月哉生魄。"說文引作"哉生霸"。參閱清段玉裁說文解字注七上。

【霸下】獸名。卽"贔屭"。明陳懋仁庶物異名疏二六獸部:"爾雅,龍生九子,各有所好。蚣蝮,好負重,今碑下獸。……霸下,好負重,碑下坐之獸。仁謂:蚣蝮,霸下,俱好負重,曰碑下,曰碑坐,字異音同,必是一物。"參見"贔屭㊁"。

【霸上】地名。在陝西長安縣東。水經注十九渭水:"霸水又左合滻水,歷白鹿原東,卽霸川之西,故芷陽矣。史記秦襄王葬芷陽者是也。謂之霸上。"漢高祖滅秦,還軍霸上,卽此。見史記項羽紀高祖紀。相傳周平王時有白鹿出於此,故名白鹿原。東晉桓溫伐秦,將軍桓沖曾在此破秦苻雄兵。參閱後漢書郡國志一京兆尹"新豐有驪山"注引三秦記、宋程大昌雍錄四。

【霸才】謂稱雄之才。唐溫庭筠集四過陳琳墓詩:"詞客有靈應識我,霸才無主始憐君。"

【霸王】㊀霸與王。古稱有天下者爲王,諸侯之長爲霸。左傳閔元年:"親有禮,因重固,閒攜貳,覆昏亂,霸王之器也。"禮經解:"義與信,和與仁,霸王之器也。"㊁成霸王之業。孟子公孫丑上:"夫子加齊之卿相,得行道焉,雖由此霸王不異矣。"㊂霸者的尊稱。史記越世家:"當是時,越兵横行於江淮東,諸侯畢賀,號稱霸王。"史記項羽紀:"項王自立爲西楚霸王。"

【霸水】水名。卽灞水。在陝西長安縣。三輔黃圖六雜錄:"關中八水皆出入上林苑。霸水出藍田谷,西北入渭。"參見"灞水"。

【霸州】地名。秦上谷郡地。唐爲永清縣。五代後晉入遼。後周顯德六年收復益津關,置霸州,以雄霸爲義。明清屬順天府。公元1913年廢州改縣。屬直隸省,今屬河北省。參閱嘉慶一統志六順天府一。

【霸府】藩王府邸。南齊書謝朓傳:"高宗輔政,以朓爲驃騎諮議,領記室,掌霸府文筆。"高宗,明帝(蕭鸞),南齊始安貞王(蕭道生)子。北齊書崔季舒傳:"雖跡在魏朝,而歸心霸府,密謀大計,皆得預聞。"指北齊高歡未稱帝時。

【霸陵】漢文帝陵。在陝西長安縣東。三輔黃圖六陵墓:"文帝霸陵,在長安城東七十里,因山爲藏,不復起陵,就其水名,因以爲陵號。"文選三國魏王粲七哀詩:"南登霸陵岸,迴首望長安。"注:"漢書曰:文帝葬霸陵。"

【霸略】霸者的謀略。全唐詩七九駱賓王四月八日題七級詩:"霸略今何在?王宮尚巋然。"舊唐書九四崔融傳請不稅關市疏:"至如關市之稅,史籍有文……漢武以霸略英才,去之而勿取也。"

【霸國】謂諸侯之強大者。管子度地:"故百家爲里,里十爲術,術十爲州,州十爲都,都十爲霸國,不如霸國者國也。"唐尹知章注:"不成於霸國者,諸侯之國也。"戰國策燕二:"夫齊,霸國之餘教而驟勝之遺事也。"

【霸道】㊀與王道相對。指國君憑藉武力、刑罰、權勢等進行統治。史記六八商君傳:"吾說公以王道而未入也;吾說公以霸道,其意欲用之矣。"亦作"伯道"。漢書五行志七:"齊桓公行伯道,會諸侯。"注:"伯讀作霸。"㊁喻行事蠻横。紅樓夢十九:"但只是咱們家從没幹過這倚勢仗貴,霸道的事。"

【霸朝】霸者之朝堂。文選晉袁彥伯(宏)三國名臣序贊:"文若(荀彧)懷獨見之明而有救世之心。……故委面霸朝,豫議世事。"晉書顧榮等傳論:"顧(榮)、紀(瞻)、賀(循)薛(兼)等並南金東箭,世冑高門,委質霸朝,豫聞邦政。"謂榮等參豫琅邪王司馬睿(晉元帝)稱帝前的王邸幕府。

【霸圖】霸者之雄圖。晉書涼武昭王李玄盛傳:"玄盛以緯世之量,當呂氏之末,爲羣雄所奉,遂啓霸圖。"唐陳子昂陳伯玉集二薊丘覽古贈盧居士藏用詩之二:"霸圖悵已矣,驅馬復歸來。"

【霸橋】在陝西長安縣東。三輔黃圖六橋:"霸橋在長安東,跨水作橋。漢人送客至此橋,折柳贈別。王莽時霸橋災,數千人以水沃救不滅,更霸橋爲長安橋。"隋時更以石爲之,唐人以送別者多於此,因亦謂之銷魂橋。"亦作灞橋。見該條。

【霸王拳】搳拳不賭酒,而以進退跪拜爲輸贏者,俗稱爲霸王拳。

【霸王鞭】連串爆仗,燃之聲不絕者名霸王鞭。清淨香居主人(楊米人)都門竹枝詞:"雪亮玻璃窗洞圓,香花爆竹霸王鞭。"參閱顧祿清嘉錄十二過年。

【霸陵醉尉】史記一〇九李廣傳:"嘗夜從一騎出,從人田間飲。還至霸陵亭,霸陵尉醉,呵止廣。廣騎曰:'故李將軍。'尉曰:'今將軍尚不得夜行,何乃故也?'止廣宿亭下。居無何,匈奴入殺遼西太守……於是天子乃召拜廣爲右北平太守。廣卽請霸陵尉與俱，至軍而斬之。"後遂以霸陵醉尉事爲失官以後受人侵辱之典。北周庾信庾子山集十五周大將軍懷德公吳明徹墓誌："霸陵醉尉，侵辱可知；東陵故侯，生平已矣！"

靧 wàn 無販切，去，願韻，明。ㄨㄢˋ
姓。梁公子靧杰之後。見廣韻。

霿 méng 莫紅切，平，東韻，明。ㄇㄥˊ 莫弄切，去，送韻，明。
天氣昏蒙。說文："天氣下，地不應曰霿。霿，晦也。"引申喻人心愚蒙。漢書五行志下之上："思心之不容，是謂不聖，厥咎霿。"

霹 pī 普擊切，入，錫韻，滂。ㄆㄧ
疾雷。雲笈七籤一一二神仙感遇傳葉遷韶："遷韶於階下大呼雷王一聲，時中旱，日光猛熾，便震霹一聲，人皆顛沛。"

【霹靂】雷之急擊者爲霹靂。文選漢枚叔(乘)七發："其根半死半生，冬則烈風漂霰飛雪之所激也，夏則雷霆霹靂之所感也。"因以喻威震如雷霆。初學記二四漢崔寔正論："故里語曰：州郡記，如霹靂；得詔書，但掛壁。"

【霹靂木】雷劈之木。資治通鑑二一二唐開元十二年："剖霹靂木，書天地字。"注："霹靂木者，霹靂所震之木。今爲張道陵之術者用霹靂木爲印，云有雷氣，可以鎮服鬼物。"

【霹靂手】謂斷案敏捷如霹靂。唐裴琰之任同州司戶參軍，刺史李崇義因其年少而輕之，以積年舊案數百道促其剖斷。琰之揮毫斷案，須臾而畢，文翰俱美。由是知名，號爲"霹靂手"。見舊唐書一〇〇裴漼傳。後亦稱能吏爲霹靂手。宋樓鑰攻媿集三送制帥林和叔歸詩："姦胥及強吏，時用霹靂手。"

【霹靂車】㊀古時以機發石之戰車。以其發石聲震烈，故名。三國志魏袁紹傳："紹爲高櫓，起土山，射營中。營中皆蒙楯，衆大懼。太祖乃爲發石車，擊紹樓，皆破。紹衆號曰霹靂車。"注引魏氏春秋："以古有矢石，又傳言'旝動而鼓'，說文曰旝，發石也，於是造發石車。"㊁指雷。見宋書五行志二、唐段成式酉陽雜俎前集八雷。

【霹靂斧】殞石之一種。唐封演封氏聞見記八霹靂："人間往往見細石，赤色，形如小斧，謂之霹靂斧，云被霹靂處皆得此物。"亦稱"霹靂碪"、"霹靂楔"。

【霹靂酒】暑月大雷霆時，取雨水淘米炊飯釀酒，名霹靂酒。見元陳元靚歲時雜記二霹靂酒。宋曾慥類說四三引唐皇甫松醉鄉日月作"霹靂酵"。

【霹靂琴】以雷震木所製的琴。唐柳宗元柳先生集十九霹靂琴贊引："霹靂琴，零陵湘水西震餘枯桐之爲也。始枯桐生石上，說者言有蛟龍伏其竅。一夕暴震，爲火之焚，至旦乃已。其餘硿然，倒臥道上。震旁之民稍柴薪之。超道人聞，取以爲三琴。"

【霹靂碏】殞石名。舊題南朝梁任昉述異記："玉門西南有一國，國中有山石碏千枚，名爲霹靂碏。從春雷而碏減，至秋碏盡，雷收復生，年年如此。"太平廣記三九四雷公廟引唐劉恂嶺表錄異作"霹靂楔"。

露 lù 洛故切，去，暮韻，來。ㄌㄨˋ
㊀近地面之水氣夜間遇冷，凝結在物體上的水珠。詩秦風蒹葭："蒹葭蒼蒼，白露爲霜。"㊁滋潤，庇護。國語晉六："智子之道善矣，是先主覆露子也。"㊂顯露。逸周書皇門："譬若匹夫之有婚，妻曰：'予獨服在寢，以自露厥家。'"後漢書六八郭太傳："後事露，衆成謝服也。"㊃羸弱，破敗。左傳昭元年："勿使有所壅閉湫底，以露其體。"荀子富國："入其境，其田疇穢，都邑露，是貪主已。"㊄喻微渺。文選三國魏曹子建(植)求自試表："冀以塵露之微，補益山海；螢燭目光，增輝日月。"㊅芳香飲料曰露。宋陸游老學庵筆記七："壽皇時，禁中供御酒，名薔薇露。"㊆車。通"輅"。史記楚世家："昔我先王熊繹辟在荊山，蓽露藍蔞以處草莽。"集解引服虔："蓽露，柴車素木輅也。"左傳昭十二年作"篳路"。㊇姓。漢有上黨都尉露平。見漢應劭風俗通姓氏下露氏。

【露井】無覆蓋之井。宋書樂志三古辭雞鳴高樹巔："桃生露井上，李樹生桃傍。"唐李商隱李義山詩集五臨發崇讓宅紫薇："桃綏含情依露井，柳綿相憶隔章臺。"

【露天】泛指室外。唐趙嘏渭南詩集二和杜侍郎題禪智寺南樓："樓畔花枝拂檻紅，露天香動滿簾風。"

【露牙】㊀茶名。也作"露芽"。唐李肇國史補下："福州有方山之露牙。"宋蘇軾分類東坡詩十七九日尋臻闍梨遂泛小舟至懃師院之一："試碾露芽烹白雪，休粘霜蘂嚼黃金。"㊁草木的嫩芽。宋王禹偁小畜集七寄金鄉張贊善詩："種竹野塘春筍脆，採蘭幽澗露牙肥。"

【露犬】傳說獸名。逸周書王會："渠叟以鼩犬。鼩犬者，露犬也，能飛，食虎豹。"文選南齊王元長(融)三月三日曲水詩序："紈牛露犬之玩，乘黃茲白之駟。"

【露立】立於露天之下。三國志吳陳武傳附子表："年三十四卒，家財盡於養士，死之日，妻子露立。太子登爲起屋宅。"舊唐書禮儀志三："玄宗因不食，次前露立，至夜半。"

【露布】不緘封之文書。漢蔡邕獨斷："唯赦令、贖令，召三公詣朝堂受制書，司徒印封，露布下州郡。"後漢書五七李雲傳："雲素剛，憂國將危，心不能忍，乃露布上書，移副三府。"注："露布謂不封之也。"後多指捷報、檄文等。三國志魏王肅傳"歷注經傳，頗傳於世"注引魏略："後馬超反，超劫(賈)洪，將詣華陰，使作露布。"元魏時專爲捷報之稱，且書帛建於漆竿之上。見隋書禮儀志三。參閱唐封演封氏聞見記四露布、明張存紳雅俗稽言十二露布。

【露田】北魏田制，有露田、桑田、麻田之分。種穀物之田謂之露田。人年及課則授田，老免身沒則還田。桑田爲世業，身終不還。魏書食貨志："(太和)九年，下詔均給天下民田：諸男夫十五以上，受露田四十畝，婦人二十畝。"參閱文獻通考二田賦歷代田賦之制。

【露申】楚辭屈原九章涉江："露申辛夷，死林薄兮。"注："露，暴也。申，重也。……言重積辛夷，露而暴之。"宋吳仁傑離騷草木疏三椒："按申當作柛。爾雅木自斃曰柛。此與申椒義不同。"一說花名。申或誤爲甲。明楊慎升菴詩話十二瑞香花詩："瑞香花，卽楚辭所謂露甲也，一名錦薰籠，又名錦被堆。"一說卽申椒，狀若繁露。見清戴震屈原賦注通釋下。

【露生】猶萌生。禮孔子閒居："風霆流形，庶物露生。"疏："言衆物感此神氣風霆之形，露見而生。"

【露卯】屐齒淺釘則易鬆動。露卯之釘法，釘齒穿過屐底，露出釘尾，敲使彎曲，平貼屐裏。如此則齒不鬆動。參見"陰卯"。

【露次】止宿野外。後漢書獻帝紀興平二年："壬申，幸曹陽，露次田中。"晉書王濬傳孫晧降表："至于今者，猥煩六軍，衡蓋露次，還臨江渚。"

【露地】露天之地。法華經二譬喻品："是時長者見諸子等安穩得出，皆於四衢道中露地而坐，無復障礙。"

【露車】無帷蓋之車。後漢書靈帝紀中平六年:"(少)帝與陳留王協夜步逐熒光行數里,得民家露車,共乘之。"資治通鑑五九漢中平六年注:"露車者,上無巾蓋,四旁無帷裳,蓋民家以載物者耳。"

【露見】㊀顯露於外。漢書八六王嘉傳上封事:"臣謹封上詔書,不敢露見。"㊁兵器,盾。釋名釋兵:"盾……今謂之曰露見是也。"

【露劾】露章劾奏。新唐書一〇〇陳叔達傳:"後閩薄汙慢,爲有司露劾。帝以名臣,爲護掩,授散秩歸第。"

【露板】不緘封的文書。也作"露版"。三國志魏崔琰傳:"太祖(曹操)狐疑,以函令密訪於外,惟琰露板答曰:'蓋聞春秋之義,立子以長,加以五官將(曹丕)仁孝聰明,宜承正統。'"晉書八王傳齊武閔王冏:"南陽處士鄭方露版極諫,主簿王豹屢有箴規,冏並不能用。"

【露門】㊀卽路門。周書武帝紀上建德三年:"朝羣臣於露門。"資治通鑑一六七陳永定元年:"周公卽天王位,柴燎告天,朝百官于露門。"注:"露門卽古之路門。路,大也。"參見"路門"。㊁北周學校"露門學"之省稱。周書樂遜傳:"又爲露門博士。"

【露陌】刀名。太平御覽三四六典論:"(魏太子丕)又造百辟露陌刀一,長三尺二寸,重二斤二兩,狀似龍文,名曰龍鱗。"又:"晉張協露陌刀銘曰:'露陌在服,威靈遠振。'"

【露版】見"露板"。

【露袒】裸露身體。荀子議兵"路亶者也"唐楊倞注:"路,暴露也。亶,讀爲袒。露袒,謂上下不相覆蓋。新序作落單。"資治通鑑六昭襄王五二年:"荀卿曰:'……彼可詐者,怠慢者也,露袒者也。'"注:"露袒,如人之支體上下無衣裳以覆蔽,裸露肉袒者也。"

【露珠】謂露滴如珠。舊題漢郭憲洞冥記二:"滿室雲起,五色照人,著於草樹,皆成五色露珠。"唐溫庭筠詩集四贈知音:"星漢漸移庭竹影,露珠猶綴野花迷。"

【露索】㊀袒露搜身。漢書七八蕭望之傳:"吏民當見者,露索去刀兵,兩吏挾持。"注:"索,搜也。露形體而搜也。"資治通鑑二八三後晉天福八年:"每宴集,令宦者守門,羣臣宗室皆露索然後入。"㊁帶露之井繩。唐李商隱李義山詩集三令狐舍人說昨夜西掖翫月因戲贈:"露索秦宮井,風弦漢殿箏。"

【露根】樹木之根露出地面。喻百姓流離失所。三國志吳陸凱傳:"廩食日張,畜積日耗。民有離散之怨,國有露根之漸。"明彭大翼山堂肆考四十人事露根:"史云:國無一年之積,則有露根之漸。露,暴露也;根,民根也。國以民爲本,故國無積蓄,則民漸至於流離暴露也。"

【露紒】紒同髻。謂不著冠巾露出髮髻。後漢書八五三韓傳:"大率皆魁頭露紒,布袍草履。"注:"謂以髮縈繞成科結也。紒音計。"

【露宿】室外或露天住宿。韓非子外儲說右上:"於是太子乃還走,避舍露宿三日,北面再拜,請死罪。"淮南子道應:"去舍露宿,以示平易。"

【露章】謂上章糾舉,必先顯露,使被劾者知而服罪。漢書八六何武傳:"所舉奏二千石長吏,必先露章。服罪者爲虧除,免之而已;不服,極法奏之抵罪,或至死。"文苑英華八八六唐權德輿太子太傅貞憲趙爆神道碑:"絜矩以杜奇衺,露章而無吐茹。"後泛指上章參劾。清代稱督撫糾奏之本爲露章。見清劉獻廷廣陽雜記一。

【露電】朝露易晞,閃電疾逝,因以喻生命的短暫。金剛經偈:"一切有爲法,如夢幻泡影,如露亦如電,應作如是觀。"宋陸游劍南詩稿四四感事:"若悟死生均露電,未應富貴勝漁樵。"

【露葵】㊀卽冬葵。古文苑二楚宋玉諷賦:"炊雕胡之飯,烹露葵之羹。"本草綱目十六草五葵:"古人採葵必待露解,故曰露葵。今人呼爲滑菜……古者葵爲五菜之主,今不復食之。"㊁指蓴菜。北齊顏之推顏氏家訓勉學:"梁世有蔡朗諱純,既不涉學,遂呼蓴爲露葵。"

【露禽】鶴的別名。禽經"露翥則露"晉張華注:"露禽,鶴也。……露下則鶴鳴也,鶴之馴養於家庭者,飲露則飛去。"南朝梁簡文帝集一南郊頌序:"露禽乍聚,望比翼之翱翔。"

【露會】謂男女露野相會。詩召南行露"厭浥行露"箋:"周禮仲春之月,令會男女之無夫家者。"唐孔穎達疏:"此引周禮者,辨女令男以始有露之時來之意,由此始有露會無夫家者故也。"

【露寢】㊀露宿。晉皇甫謐高士傳下焦先:"野火燒其廬,先因露寢。"㊁大堂。同"路寢"。周書武帝紀下建德六年:"大會羣臣及諸蕃客於露寢。"北史周本紀作路寢。

【露褐】顏色名。宋陶宗儀輟耕錄十一采繪法:"露褐,用粉入少土黃檀子合。"

【露臺】高臺。一作靈臺。史記文帝紀:"嘗欲作露臺,召匠計之,直百金。"後也指露天舞臺。宋陳元靚歲時廣記十上元上縛山棚:"樓下用枋木壘成露臺一所,采結欄檻。兩邊皆禁衛排立,樂棚教坊鈞容直露臺子弟更互雜戲。萬姓皆在露臺下觀看,樂人時引萬姓山呼。"

【露著】暴著草於星宿下,次日用以占卜。漢書八一張禹傳:"禹見時有變異,若上體不安,擇日絜齋露蓍,正衣冠立筮。"注引服虔:"露易著於星宿下,明日乃用,言得天氣也。"著,草名,筮者所用。宋陸游劍南詩稿五十自述:"露著朝筮易,掃地晝焚香。"

【露橈】戰船名。後漢書十七岑彭傳:"於是裝直進樓船、冒突露橈數千艘。"注:"橈,小檝也,……露橈,謂露檝在外,人在船中。"

【露營】軍隊野外宿營。晉書顧榮傳與元帝牋:"公宜露營野次,星言夙駕,伏軾怒蛙以募勇士,懸膽於庭以表辛苦。"

【露臉】喻顏面如露之瑩潤。唐李賀歌詩編一河南府試十二月樂詞正月:"錦牀曉臥玉肌冷,露臉未開對朝暝。"宋葉夢得石林詞浣溪沙重陽一日極目亭之二:"睡粉輕消露臉新,醉紅初破玉肌勻。"

【露雞】謂露天棲宿之雞。楚辭宋玉招魂:"露雞臛蠵,厲而不爽些。"注:"露雞,露棲之雞也。"明彭大翼山堂肆考四三:"露棲雞最肥,乃烹之。"

【露地牛】佛家語。喻佛教徒之淨心修煉。景德傳燈錄九福州大安禪師:"安在溈山三十來年,……只看一頭水牯牛,若落路入草便牽出,若犯人苗稼卽鞭撻。調伏既久,可憐生受人言語,如今變作個露地白牛,常在面前,終日迥迥地,趕亦不去也。"宋朱熹朱文公集二借韻呈府判張文既以奉箴且求教藥詩:"飛騰莫羨摩天鵠,純熟須參露地牛。"

【露門學】古學校名。周書武帝紀上天和二年:"立露門學,置生七十二人。"北史周紀作"路門學"。北史豆盧寧傳附豆盧勣:"勣自以經業未通,請解職遊露門學。"

【露骨山】山名。在甘肅臨夏市西南。山石如骨露,故名。又四時積雪,亦名雪山。宋熙寧六年王韶復河州,進破諸門桑城,穿露骨山入洮州境,卽此。參閱讀史方輿紀要六十河州雪山。

【露馬脚】謂露出真相。元曲選缺名陳州糶米三:"這老兒不好惹,動不動先斬後聞,這一來則怕我們露出馬脚來了。"

【露筋廟】在江蘇高郵縣南,俗稱仙女廟。宋米芾露筋廟碑言有女子露處於野,義不寄宿田家,爲蚊所嗜,露筋而死。後人於其地立祠以祀。歐陽修文忠集三憎蚊詩:"嘗聞高郵間,猛虎死凌辱。哀哉露筋女,萬古仇不復。"一說廟本祀五代時將路金。以路先有德於玆土,故爲立廟。後訛爲露筋。見清徐昂發畏壘筆記四十。

【露才揚己】表露才能,顯示自己。楚辭漢王逸離騷敍:"今若屈原,膺忠貞之質,體清潔之性,直若砥矢,言若丹青,……而班固謂之露才揚己,競於羣小之中。"參見宋洪興祖楚辭補注一引班孟堅離騷序。唐張鷟朝野僉載四:"時有沈全交者,傲誕自縱,露才揚己。"

【露水夫妻】非正式或不能公開的男女關係。金瓶梅九九:"(愛姐)說道:'奴與他雖是露水夫妻,他與奴說山盟,合海誓,情深意厚,實指望和他同諧到老。'"

【露尾藏頭】謂遮掩不住。明許自昌水滸記傳奇野合:"這掩耳偷鈴堪笑,早露尾藏頭空巧。"參見"藏頭露尾"。

【露往霜來】喻歲月遷移,時光流逝。文選晉左太沖(思)吳都賦:"露往霜來,日月其除。"唐呂延濟注:"露,秋也。霜,冬也。除,去也。言秋往冬來,日月將去。"

【露鈔雪纂】勤於收集鈔錄,晝夜寒暑不停。元黃溍金華黃先生集四題李氏白石山房詩:"露鈔雪纂久愈富,何啻鄴侯三萬軸?"

霵 jí 仕戢切,入,緝韻,牀。ㄐㄧˊ 阻立切,入,緝韻,莊。

㊀衆聲疾貌。文選漢王子淵(褒)洞簫賦:"啾霵嘩踕,跳然復出。"㊁雨聲。宋歐陽修文忠集四別後奉寄聖俞二十五兄詩:"空窗語青燈,雨夜聽霵霵。"

十四畫

靀 mán 集韻 謨官切,平,桓韻。ㄇㄢˊ

雨露濃。宋蘇軾分類東坡詩七次韻毛滂法曹感雨詩:"興雨自有時,膚寸便濛靀。"又雲貌。見類篇。

霽 jì 子計切,去,霽韻,精。ㄐㄧˋ

雨止。書洪範:"乃命卜筮,曰雨曰霽。"傳:"龜兆形,有似雨者,有似雨止者。"後世凡雨雪止,雲霧散,皆謂之霽。文選宋玉高唐賦:"風止雨霽,雲無處所。"淮南子本經:"氛霧霜雪不霽,而萬物燋夭。"又引申爲消釋、收斂。參見"霽威"。

【霽威】收斂威嚴。漢書七四魏相傳:"(丙吉)與相書曰:'……願少慎事自重,臧器于身。'相心善其言,爲霽威嚴。"新唐書九七魏徵傳:"徵狀貌不逾中人,有志膽,每犯顏進諫,雖逢帝甚怒,神色不徙,而天子亦爲霽威。"

【霽紅】陶器釉色名。亦作祭紅、際紅。明宣德間所製最佳。用紅銅條、紫英石雜寶石瑪瑙製成,光澤甚美。有鮮紅、寶石紅二種。參閱景德鎭陶錄三霽紅釉。

【霽月光風】喻人胸懷和易坦率。宋劉克莊後村集六三劉應龍監察御史制:"爾仁而有勇,和而不流,接物見霽月光風,持身則嚴霜烈日。"參見"光風霽月"。

霼 xì 許既切,去,未韻,曉。ㄒㄧˋ

見"靉霼"。

䨲 nōu 奴鉤切,平,侯韻,泥。ㄋㄡ

兔子。唐韓愈昌黎集三六毛穎傳:"明眎八世孫䨲,世傳當殷時居中山,得神仙之術。"文中擬託䨲爲人名。

䨴 duì 徒對切,去,隊韻,定。ㄉㄨㄟˋ

雲急飛貌。文選晉郭景純(璞)江賦:"䨴如晨霞孤征,眇若雲翼絶嶺。"

霾 mái 莫皆切,平,皆韻,明。ㄇㄞˊ

大風雜塵土而下。詩邶風終風:"終風且霾,惠然肯來。"

【霾霃】陰沈。明田藝衡香宇續集二五雨賦:"小曰霡霂,晦曰霾霃。"

十五畫

靆 dài 徒耐切,去,代韻,定。ㄉㄞˋ

見"靉靆"。

靁 léi 集韻 盧回切,平,灰韻。ㄌㄟˊ

同"雷"。詩邶風終風:"曀曀其陰,虺虺其靁。"

十六畫

靄 ǎi 於蓋切,去,泰韻,影。ㄞˇ 烏葛切,入,曷韻,影。

雲氣。晉陶潛陶淵明集一時運詩:"山滌餘靄,宇曖微霄。"南朝宋鮑照鮑氏集九登大雷岸與妹書:"左右青靄,表裏紫霄。"

【靄靄】雲盛貌。晉陶潛陶淵明集一停雲詩:"靄靄停雲,濛濛時雨。"

靂 lì 郎擊切,入,錫韻,來。ㄌㄧˋ

雷擊聲。又疾雷。見"霹靂"。

靈 líng 郎丁切,平,青韻,來。ㄌㄧㄥˊ

一作"𩆜"。見說文。亦作"霛"。見廣韻。俗作"灵"。㊀女巫。楚辭屈原九歌東皇太一:"靈偃蹇兮姣服,芳菲菲兮滿堂。"㊁神靈。楚辭屈原九歌湘夫人:"九疑繽兮並迎,靈之來兮如雲。"㊂舊謂陰之精氣所聚,靈魂。大戴禮曾子天圓:"陽之精氣曰神,陰之精氣曰靈。"亦稱死者爲靈。見"靈櫬"、"靈座"。㊃威靈。左傳隱三年:"若以大夫之靈,得保首領以沒,先君若問與夷其將何辭以對?"㊄人的精神狀態。見"性靈"、"靈性"。㊅應驗,靈驗。史記一二八褚少孫補龜策傳:"龜藏則不靈,蓍久則不神。"㊆福。後漢書十六鄧禹傳附鄧騭:"旣至,大會羣臣,賜束帛乘馬,寵靈顯赫,光震都鄙。"㊇善,美好。見"靈雨"。㊈機敏。見"靈利"。㊉車。通"軨"。左傳定九年:"載葱靈,寢於其中而逃。"疏:"賈逵云:葱靈,衣車也。有葱有靈,……葱中豎木謂之靈。"

【靈一】唐廣陵人。俗姓吳,出家居餘杭宜豐寺。禪誦之暇,輒賦詩歌。與朱放、張繼、皇甫曾爲塵外友,有詩集一卷,名靈一集。又著法性論。參閱全唐詩八〇九靈一集序。

【靈人】仙人。舊題漢班固漢武帝內傳:"天姿掩藹,容顏絶世,真靈人也。"雲笈七籤九八太真夫人贈馬明生詩之二:"仰登冥仙臺,虛想詠靈人。"

【靈子】楚地稱巫。楚辭屈原九歌雲中君"靈連蜷兮旣留"漢王逸注:"靈,巫也。楚人名巫爲靈子。"

【靈川】縣名。屬廣西。唐置,故城在今縣東南。宋徙今治。明清均屬桂林府。參閱太平寰宇記一六二嶺南道六桂州。

【靈山】㊀山名。1.佛家稱靈鷲山爲靈山。五燈會元一釋迦牟尼佛:"世尊在靈山會上,拈花示衆。"2.道家稱蓬萊山爲靈山。文選晉左太沖(思)吳都賦:"巨鰲贔屭,首冠靈山。"唐呂向注:"靈山,海中蓬萊山。"3.道書的福地。雲笈七籤二七洞天福地:"靈山在信州上饒縣北,墨真人治之。"㊁泛指仙山。唐徐夤釣磯文集十霞詩:"流爲洞府千年酒,化作靈山幾襲衣。"㊂縣名。屬廣東。隋南賓縣,唐改今名。明清皆屬廉州府。見嘉慶一統志四五〇廉州府。

【靈匹】神仙匹耦,指牽牛、織女二星。

文選南朝宋謝惠連七月七日夜詠牛女詩:"雲漢有靈匹,彌年闕相從。"唐王勃王子安集一七夕賦:"佇靈匹於星期,眷神姿於月夕。"

【靈主】㊀猶聖主。文選漢張平子(衡)東都賦:"神歆馨而顧德,祚靈主以元吉。"㊁神靈之主。亦謂神靈的牌位。三國魏曹植曹子建集七社頌:"於惟太社,官名后土,……德配帝王,實爲靈主。"晉書李含傳傳咸理含表:"秦王始封,無所連祔,靈主所居,即便爲廟。"

【靈石】縣名,屬山西省。漢介休縣地,屬太原郡。隋開皇十年分置靈石縣,以傍汾水開道得瑞石,故名。明清皆屬霍州。參閱太平寰宇記四一汾州。

【靈丘】縣名。屬山西省。漢置,屬代郡。以東南山有趙武靈王墓而名。後漢廢。後魏復置縣。北周兼置蔚州治。隋廢。唐復置蔚州。元復爲靈丘縣。明清皆屬大同府。故治在今治東。參閱太平寰宇記五一蔚州、讀史方輿紀要四四大同府靈丘縣。

【靈江】水名。在浙江臨海縣南。一名澄江。上游爲始豐永安二溪,至臨海縣合流。東經縣西,至黄巖合永寧江,由海門入海。口外即台州灣。見讀史方輿紀要九二台州府臨海縣。

【靈州】州名。秦爲北地郡。後魏拓跋燾(太武帝)平赫連昌,置薄骨律鎮,元詡(明帝)孝昌二年置靈武郡。唐武德元年改爲靈州總管府。元屬寧夏路,清屬寧夏府。公元1913年改縣,並改名靈武,屬寧夏省(今寧夏回族自治區)。參閱太平寰宇記三六靈州、嘉慶一統志二六四寧夏府一。

【靈羊】即羚羊。角入藥。後漢書八六西南夷傳冉駹夷:"有靈羊,可療毒。"

【靈光】神異之光。㊀指朝廷恩澤。漢書四九鼂錯傳對策:"德澤滿天下,靈光施四海。"㊁佛家指人的靈性光明。五燈會元三洪州百丈山懷海禪師:"靈光獨耀,迥脱根塵。"

【靈妃】指仙女宓妃。文選晉郭景純(璞)遊仙詩之二:"靈妃顧我笑,粲然啓玉齒。"南朝梁沈約沈隱侯集二遊金華山詩:"高馳入閶闔,方覩靈妃笑。"

【靈均】屈原字。楚辭屈原離騷:"皇覽揆余初度兮,肇錫余以嘉名。名余曰正則兮,字余曰靈均。"

【靈芝】菌類植物。古以芝爲瑞草,故名靈芝。文選漢張平子(衡)西京賦:"浸石菌於重涯,濯靈芝以朱柯。"晉書樂志下歌宣帝:"神石吐瑞,靈芝自敷。"

【靈辰】猶良辰。漢書八七上揚雄傳甘泉賦:"於是乃命羣僚,歷吉日,協靈辰,星陳而天行。"文苑英華一七三唐李嶠奉和人日清暉閣宴羣臣遇雪應制詩:"三陽偏勝節,七日最靈辰。"

【靈谷】山名。在江西臨川縣東南。山中有石靈象,因以爲名。見太平寰宇記一一〇撫州臨川縣。

【靈利】聰慧。也作"伶俐"、"伶俐"。景德傳燈錄八普願禪師:"我往前住菴時,有個靈利道者,直至如今不見。"聯燈會要十五守端禪師:"先與人開却路,然後兩手掇向人前,靈利底不用絲毫氣力,便提得去。"

【靈官】㊀即仙官。舊題漢班固漢武帝内傳:"昔以(元都阿母)出配北燭仙人,近又召還,使領命祿,真靈官也。"唐陸龜蒙甫里集八上元日道室焚修寄襲美詩:"三清今日聚靈官,玉刺齊抽謁廣寒。"㊁道官名。明於元符宫、崇真宫、閣皁山、三茅山等,設靈官,秩八品。見明史職官志三道錄司。

【靈府】㊀精神之宅。指心。莊子德充符:"日夜相代乎前,而知不能規乎其始者也,故不足以滑和,不可入於靈府。"唐元稹長慶集二六去杭州詩:"與君言語見君性,靈府坦蕩消塵煩。"㊁古祀五方帝之廟,蒼帝廟曰靈府。隋書宇文愷傳明堂議表引尚書帝命驗:"帝者承天立五府,以尊天重象。赤曰文祖,黄曰神斗,白曰顯紀,黑曰玄矩,蒼曰靈府。"

【靈性】謂天賦的聰明才智。唐韓愈昌黎集外集一芍藥歌:"嬌癡婢子無靈性,競挽春衫來比並。"亦指生物之有知。徐賁釣磯文集十燕詩:"從侍啣泥濺客衣,百禽靈性比他稀。"

【靈武】㊀縣名。1.漢縣。故城在寧夏新城縣西北。東漢段熲破羌兵於靈武谷即此。見讀史方輿紀要六二寧夏鎮靈武城。2.隋縣。即漢渾懷障,爲都尉治所。北魏置建安縣,隋改靈武縣。故城在今寧夏平羅縣東北。參閱元和郡縣志四靈州。3.唐縣。故城在今寧夏靈武縣西北。本漢富平縣地,北魏破赫連昌,收胡户徙此,號胡地城。隋初,移靈武縣治於此。唐時安史之亂,肅宗即位於此。參見"靈州"。㊁古郡名。北周普樂郡,隋改靈武,治迴樂,即今寧夏回族自治區靈武縣。見嘉慶一統志二六四寧夏府。

【靈長】廣遠綿長。文選晉郭景純(璞)江賦:"咨五才之並用,實水德之靈長。"此謂水流。世說新語黜免:"桓宣武(温)既廢太宰父子,仍上表曰:'應割近情,以存遠計。'……宣武又重表,辭轉苦切。簡文更答曰:'若晉室靈長,明公便宜奉行此詔,如大運去矣,請避賢路。'"此謂國祚。晉陶潛陶淵明集四讀山海經詩之八:"自古皆有没,何人得靈長?"此謂人壽。

【靈雨】好雨。詩鄘風定之方中:"靈雨既零,命彼信人。"箋:"靈,善也。"

【靈芬】神異的芳香。喻人的美德。後漢書二八下馮衍傳顯志賦:"披綺季之麗服兮,揚屈原之靈芬。"

【靈阿】㊀神樂名。南朝梁陶弘景真誥十四稽神樞四:"此諸君並已龍奏靈阿,鳳鼓雲池矣。"㊁神宇。藝文類聚十三南朝宋謝莊宋孝武帝哀策文:"萬寓肅其北輶,靈阿閟其深隘。"

【靈氛】古明占吉凶之人。楚辭屈原離騷:"索藑茅以筳篿兮,命靈氛爲余占之。"又:"欲從靈氛之吉占兮,心猶豫而狐疑。"

【靈物】珍奇神異之物。後漢書光武帝紀下中元元年羣臣奏:"今天下清寧,靈物仍降,陛下情好損挹,推而不居,豈可使祥符顯慶,没而不聞?"唐白居易長慶集六十劉白唱和集解:"如夢得'……沉舟側畔千帆過,病樹前頭萬木春'之句之類,真謂神妙,在在處處應當有靈物護之,豈唯兩家子姪祕藏而已。"此指鬼神、神靈。

【靈牀】㊀停屍之牀。後漢書六五張奐傳:"幸有前窀,朝殞夕下。措屍靈牀,幅巾而已。"世說新語傷逝:"武子(王濟)喪時,名士無不至者。子荆(孫楚)後來,……哭畢,向靈牀曰:'卿常好我作驢鳴,今我爲卿作。'"㊁人死後虛設的坐卧之具。世說新語傷逝:"王子猷(徽之)、子敬(獻之)俱病篤,而子敬先亡。……(徽之)便索輿來奔喪,都不哭。子敬素好琴。便徑入坐靈牀上,取子敬琴彈。"清吳榮光吾學錄初編十六喪禮門二:"徹斂牀,遷柩其處。柩東設靈牀,施幃帳枕衾衣冠帶屨之屬。設頮盆帨巾於靈牀側,皆如生時。"

【靈柩】盛死者的棺木。三國魏曹植曹子建集五贈白馬王彪詩:"孤魂翔故域,靈柩寄京師。"三國志吳宗室傳孫賁:"(孫)堅同産兄也,……堅薨,賁攝帥餘衆,扶送靈柩。"

【靈砂】舊傳爲不死藥。唐李商隱李義山詩集二安平公:"嗚呼大賢若不壽,時世方士無靈砂。"雲笈七籤六九返靈砂篇:"且靈砂者,是前妙砂中黄金轉感汞而生砂,則紅光焕赫,璨爛金星,而絳色清靈,乃號爲靈砂者也。"

【靈胥】濤神。文選晉左太沖(思)吴都賦:"習御長風,狎翫靈胥。"劉淵林注:"靈胥,伍子胥神也。昔吴王殺子胥於江,沈其尸於江,後爲神。江海之間莫不尊畏子胥,將濟者皆敬祠其靈,以爲性命。"

【靈飛】㊀道經名。舊題漢班固漢武帝內傳:"伏見扶廣山青真小童,往受太微中元君五帝、六甲、靈飛、遁虚、天光、左右、策精等方,凡十二事。"參見"靈飛經"。㊁綬名。舊題漢班固漢武帝內傳:"王母上殿東向坐,……帶靈飛大綬。"

【靈星】星名,又稱天田星。主稼穡,古以辰日祀於東南,取祈年報功之義。詩周頌絲衣序:"高子曰:'靈星之尸也。'"疏:"靈星之尸,言祭靈星之時以人爲尸。"史記封禪書:"於是,高祖制詔御史:'其令郡國縣立靈星祠,常以歲時祀以牛。'"正義:"漢舊儀云:'……靈者,神也。辰之神爲靈星,故以壬辰日祠靈星於東南。金勝爲土相也。'廟記云:'靈星祠在長安城東十里。'"後因祭星以后稷配食,故又以靈星爲后稷之代名。參閱漢王充論衡明雩又祭意、後漢書祭祀志下靈星、文獻通考八十郊社祭星辰。

【靈保】神巫。楚辭屈原九歌東君:"鳴鯱兮吹竽,思靈保兮賢姱。"

【靈座】亦稱靈位。指新喪既葬、供奉神主的几筵。服除而撤,神主祔於先祖。太平御覽七〇〇晉潘岳寡婦賦:"入空室兮望靈座,帷飄飄兮燈熒熒。"晉書顧榮傳:"榮素好琴。及卒,家人常置琴於靈座。"南史張裕傳附張永:"服制雖除,猶立靈座。"

【靈珠】靈蛇珠的省語。文選南朝梁陸佐公(倕)新刻漏銘:"陸機之賦,虛握靈珠;孫綽之銘,空擅崑玉。"參見"靈蛇珠"。

【靈草】仙草。文選漢班孟堅(固)西都賦:"於是靈草冬榮,神木叢生。"注:"神木、靈草,謂不死藥也。"

【靈根】本根。1.指道德。漢揚雄太玄經養:"藏心於淵,美厥靈根。"2.指身。文選晉陸士衡(機)君子有所思行:"宴安消靈根,鴆毒不可恪。"唐呂延濟注:"老子黄庭經曰:'玉池清水灌靈根,靈根堅固老不衰。然靈根謂身也。'"3.喻祖考。文選晉陸士衡(機)歎逝賦:"痛靈根之夙殞,怨具爾之多喪。"唐劉良注:"靈根,靈木之根,喻祖考也。"4.指舌根。雲笈七籤十一黄庭內景經上有章:"灌溉五華植靈根。"注:"靈根,舌本也。"5.指脾。雲笈七籤十二黄庭內景經隱藏章:"耽養靈根不復枯。"注:"脾爲黄庭,人命之根本。"

【靈圉】仙人名。史記一一七司馬相如傳上林賦:"靈圉燕於閒觀,偓佺之倫暴於南榮。"集解引郭璞:"靈圉,淳圉,仙人名也。"文選上林賦作"靈圄"。楚辭漢劉向九嘆遠逝:"登崑崙而北首兮,悉靈圉而來謁。"

【靈脩】喻君王。楚辭屈原離騷:"指九天以爲正兮,夫唯靈脩之故也。"注:"靈,謂神也。脩,遠也。能神明遠見者,君德也,故以喻君。"指楚懷王。

【靈液】㊀玉膏。文選晉郭景純(璞)遊仙詩之七:"圓丘有奇草,鍾山出靈液。"㊁雨露。文選三國魏嵇叔夜(康)琴賦:"蒸靈液以播雲,據神淵而吐溜。"唐詩紀事四十李正封咏露詩:"霏霏靈液重,雲表無聲落。"

【靈麻】脂麻。亦作芝麻。相傳爲漢張騫由西域引回,故亦名胡麻。舊題晉王嘉拾遺記五前漢上:"董偃常卧延清之室,……列靈麻之燭,以紫玉爲盤,如屈龍,皆用雜寶飾之。"唐韓愈昌黎集八城南聯句:"靈麻撮狗虱,村稚啼禽猩。"注:"孫(汝聽)云:胡麻也,狀如狗虱。"

【靈爽】指神明,精氣。猶言精爽。文選晉郭景純(璞)江賦:"奇相得道而宅神,乃協靈爽於湘娥。"唐劉良注:"奇相者,人也,得道於江,故居江爲神,乃合其精爽與湘娥俱爲神也。"

【靈媧】即女媧。漢書五七下司馬相如傳大人賦:"奄息葱極氾濫水嬉兮,使靈媧鼓琴而舞馮夷。"參見"女媧氏"。

【靈淵】水。漢揚雄太玄經五去:"初一,去此靈淵,舍彼枯園。"注:"一爲水,最在下,故稱靈淵。"亦謂深淵。文選晉張景陽(協)七命:"靈淵之龜,萊黄之鮐。"

【靈犀】舊說以犀爲神獸,犀角有白紋,感應靈敏。因以喻心意相通。唐李商隱李義山詩集五無題:"身無彩鳳雙飛翼,心有靈犀一點通。"

【靈魂】舊指人體的主宰。楚辭屈原九章哀郢:"羌靈魂之欲歸兮,何須臾而忘反。"又漢東方朔七諫哀命:"何山石之嶄巖兮,靈魂屈而偃蹇。"

【靈輀】喪車。也作"靈轜"。三國魏曹植曹子建集九王仲宣誄:"靈輀回軌,白驥悲鳴。"晉書文明王皇后傳哀策文:"靈轜夙駕,設祖中閨。"

【靈鼓】古樂器,祭地祇用之。周禮地官鼓人:"以靈鼓鼓社祭。"注:"靈鼓,六面鼓也。"一說四面鼓。清俞樾謂雷鼓靈鼓皆以畫繢爲別,雷鼓畫雲雷文,取象於天,故以祭天神;靈鼓之"靈",爲"龗"之假字,畫爲龍文,龍爲水物,故以祀地祇。參閱俞樾茶香室經說五雷鼓龍鼓。

靈鼓

【靈椿】五代周竇禹鈞五子相繼登科,馮道贈禹鈞詩曰:"靈椿一株老,仙桂五枝芳。"此以靈椿喻指父。見宋范仲淹范文正公集別集四竇諫議録。參見"丹桂㊁"。

【靈楓】見"楓人"、"楓子鬼"。

【靈照】人名。景德傳燈録八襄州居士龐蘊:"一女名靈照,常隨製竹漉籬,令鬻之以供朝夕,……居士將入滅,令女靈照出視日早晚,及午以報,女遽報曰:'日已中矣,而有蝕也。'居士出戶觀次,靈照即登父座,合掌坐亡。居士笑曰:'我女鋒捷矣。'"後以代稱女年幼少。宋蘇軾分類東坡詩二五虔州呂倚承事……貧甚至食不足詩:"不識孔方兄,但有靈照女。"

【靈節】木名。可以作杖。古文苑十漢揚雄答劉歆書:"如是後一歲,作繡補、靈節、龍骨之銘詩三章。"宋章樵注:"靈節,靈壽杖也。"參見"靈壽㊀"。

【靈瑣】神人所居的宮門闥。瑣,門上雕鏤的圖案花紋。一說靈神所在。楚辭屈原離騷:"欲少留此靈瑣兮,日忽忽其將暮。"注:"靈以喻君。瑣,門鏤也,文如連瑣。楚王之省閤也。"宋劉克莊後村集五謁南嶽詩:"駕言款靈瑣,樓堞晃丹赤。"

【靈壽】㊀樹木名,一名椐,可作杖。山海經海內經:"靈壽實華,草木所聚。"注:"靈壽,木名也。似竹,有枝節。"漢書八一孔光傳:"賜太師靈壽杖。"注:"木似竹,有枝節,長不過八九尺,圍三四寸,自然有合杖制,不須削治也。"㊁花名。唐段成式酉陽雜俎續集九支植上:"湖南有靈壽花,數蒂簇開,視日如槿,紅色,春秋皆發。非作杖者。"㊂縣名,屬河北省。本戰國中山國地,漢置縣,屬恒山郡。歷代因之。明清皆屬直隸正定府。參閱寰宇通志四真定府。

【靈臺】㊀西周臺名。詩大雅靈臺:"經

始靈臺，經之營之。"箋："觀臺而曰靈者，文王化行似神之精明，故以名焉。"漢有靈臺，在長安西北，爲觀測天象之所。見三輔黃圖五臺榭。㊁謂心。莊子庚桑楚："不可內於靈臺。"釋文："郭(象)云：心也。案謂心有靈智能任持也。"㊂星名。晉書天文志上："明堂西三星曰靈臺，觀臺也。主觀雲物，察符瑞，候災變也。"㊃縣名。屬甘肅省。古密須國。漢爲鶉觚縣，屬北地郡。隋立靈臺縣，取文王伐密作靈臺之義。唐天寶元年復置。明清皆屬涇州。參閱太平寰宇記三二涇州。

【靈輒】春秋晉人。曾飢困於翳桑，受食於趙盾，盾並以簞食與肉遺其母。後輒爲晉靈公甲士，靈公伏甲欲殺盾，輒倒戈相救。盾問其故，曰："翳桑之餓人也。"遂自逃去。見左傳宣二年。

【靈蔡】用以卜事之龜。春秋蔡地出龜，因以蔡爲龜的代稱。抱朴子廣譬："靈蔡默而吉凶昭晳於無形，春鼃長譁而醜音見患於聒耳。"文苑英華八四八唐薛道衡老氏碑："千年靈蔡，著天性以效徵；三足神烏，感陽精而表質。"

【靈篇】謂河圖、洛書之類。後漢書四十班彪傳附班固白雉詩："啓靈篇兮披瑞圖，獲白雉兮效素烏。"參見"河圖㊀"、"洛書"。

【靈錢】舊時祭祀鬼神的紙錢。元張憲玉笥集三端午詞："五色靈錢傍午燒，綵勝金花貼鼓腰。"

【靈龜】㊀有靈應的龜兆。易頤："舍爾靈龜，觀我朵頤。"疏："靈龜，謂神靈明鑒之龜兆。"㊁用以占卜的龜。唐貫休禪月集二二再逢虛中道士詩之二："囊裏靈龜大似錢，道伊年與我同年。"㊂龜的一種。爾雅釋魚："一曰神龜，二曰靈龜。"注："涪陵郡出大龜，甲可以卜，緣中文似蝳蝐，俗呼爲靈龜，卽今觜蠵龜。"

【靈隱】山名。在浙江杭州市西，亦稱武林、靈苑、仙居。靈隱最高處爲北高峯，奇勝與南高峯相埒。相傳晉咸和中有僧慧理來此，稱此爲靈鷲峯別嶺飛至此地，於是因山起寺，名爲靈隱，取靈山隱於此之義。宋景德四年改名景德靈隱禪寺。明初重建，清康熙間改名雲林寺。參閱明田汝成西湖遊覽志十北山勝蹟、嘉慶一統志二八三杭州府。

【靈壁】縣名。屬安徽省。本符離縣地。秦末項羽破漢軍靈壁東，卽此。唐爲零壁鎮，宋元祐七年改爲縣，政和七年改零壁爲靈壁。明清皆屬鳳陽府。參閱宋史地理志四宿州。

【靈曜】㊀謂天。文選漢蔡伯喈(邕)陳太丘碑文："稟嶽瀆之精，苞靈曜之純。"㊁謂日光。初學記二三晉郭璞遊仙詩："暘谷吐靈曜，扶桑森千丈。"

【靈鵲】卽喜鵲。五代後周王仁裕開元天寶遺事下靈鵲報喜："時人之家，聞鵲聲，皆爲喜兆，故謂靈鵲報喜。"

【靈鼗】手搖的小鼓。周禮春官大司樂："靈鼓、靈鼗。"注："靈鼓、靈鼗，六面。"鼗，亦作"鞉"、"鞀"。宋書樂志一："六面者曰靈鼓、靈鞉。……小鼓有柄曰鞀。大鞀謂之鞞。月令'仲夏修鞀、鞞'是也。然則鞀、鞞卽鞉類也。"參閱文獻通考一三六樂九。

【靈寶】㊀道家謂長生之法。抱朴子辨問："此乃靈寶之方，長生之法。"舊題漢班固漢武帝內傳："益者益精，易者易形……行益易者，謂常思靈寶也。靈者，神也，寶者，精也。"㊁寶刀名。太平御覽三四六典論："魏太子丕造百辟寶刀三，其一……文似靈龜，名曰靈寶。"㊂縣名。屬河南省。漢爲弘農縣。隋開皇十六年析置桃林縣，取古桃林塞爲名。唐開元二十九年於其地得天寶靈符，因改元天寶，並改縣名爲靈寶。五代因之。明清皆屬河南陝州。參閱太平寰宇記六陝州。

【靈蘭】古藏書之秘府。素問有靈蘭秘典論，言黃帝聞十二藏相使貴賤之說於岐伯，乃擇吉日良兆，而藏靈蘭之室，用以傳世。

【靈櫬】柩。文選晉潘安仁(岳)哀永逝文："撫靈櫬兮訣幽房，棺冥冥兮埏窈窕。"

【靈響】猶靈應。列子黃帝："物無疵厲，鬼無靈響焉。"晉常璩華陽國志四南中志："夜郎縣……有竹王三郎祠，甚有靈響也。"亦謂因靈異而發聲。文選晉左太沖(思)魏都賦："神鉦迢遞於高巒，靈響時驚於四表。"唐李周翰注："鄴西北有鼓山，上有石鼓之形，俗云，時時自鳴，故稱靈響。"

【靈鑒】天鑒，明察。文選南朝宋顏延年(延之)宋郊祀歌之一"靈監叡文民屬叡武"注："曹植離友詩曰：'靈鑒無私。'"又晉袁彥伯(宏)三國名臣序贊："英英文若，靈鑒洞照。"文若，荀彧字。

【靈巖】山名。山以靈巖爲名者多，著者有二：1.在江蘇吳縣西，又名硯石山。吳王置館娃宮於此。今靈巖寺卽其地。山下有石室，相傳爲吳王囚范蠡之所。見嘉慶一統志七七蘇州府。2.在江蘇六合縣東。峰巒迴抱，有馬瑙澗，出五色文石，世稱靈巖石。見嘉慶一統志七三江寧府。

【靈之祥】晉鼓吹曲名。傅玄製。當古朱鷺行。晉司馬炎(武帝)既代魏，因命玄撰此曲，鼓吹曲二十二篇，第一篇爲靈之祥。述司馬懿(宣帝)佐魏功德，猶虞舜之事唐堯。曲詞見晉書樂志下。

【靈光殿】漢景帝子魯恭王所建。故址在山東曲阜縣東。文選漢王文考(延壽)魯靈光殿賦序："初，恭王始都下國，好治宮室，遂因魯僖基兆而營焉。遭漢中微，盜賊奔突，自西京未央建章之殿，皆見隳壞，而靈光巋然獨存。"水經注二五泗水："孔廟東南五百步，有雙石闕，卽靈光之南闕，北百餘步，卽靈光殿基。"

【靈昌津】卽延津。水經注五河水："河水又東北通，謂之延津。石勒之襲劉曜，途出於此。以河冰泮爲神靈之助，號是處爲靈昌津。"已湮。參見"延津㊀"。

【靈和柳】劉悛之爲益州，獻蜀柳數株，枝條甚長，狀如絲縷。時舊宮芳林苑始成，蕭賾(武帝)以植於太昌靈和殿前，常賞玩咨嗟，曰："此楊柳風流可愛，似張緒當年時。"見南史張緒傳。宋陸游劍南詩稿七十小市："樓臺到處靈和柳，簾幕誰家子晉笙？"

【靈姑銔】旌旗名。左傳昭十年："公卜使王黑以靈姑銔率，吉。"疏："靈姑銔者，齊侯旌旗之名……禮，諸侯當建交龍之旂，此靈姑銔蓋是交龍之旂，當時爲之名，其義不可知也。"

【靈威仰】五方帝之一。廣雅釋天："五帝號：蒼曰靈威仰。"周禮天官大宰"祀五帝，則掌百官之誓戒。"疏："東方青帝靈威仰。"

【靈飛經】道經名。今道藏中有上清瓊宮靈飛六甲左右上符及上清瓊宮靈飛六甲籙二書，合稱靈飛經。唐人節取其文，書爲靈飛經帖。今所傳者，題爲大唐開元二十六年玉真長公主奉敕檢校寫。據明董其昌跋云，袁桷定爲唐鍾紹京書。字體精妙，世多用爲小楷之範本。參閱雲笈七籤九釋靈飛六甲。

【靈蛇珠】卽靈蛇報於隨侯之珠。以其珍奇，喻俊才、智慧。三國魏曹子建集九與楊德祖書："人人自謂握靈蛇之珠，家家自謂抱荊山之玉。"晉書文苑傳序："西都賈馬，耀靈蛇於掌握；東漢班張，發雕龍於綈槧。"參見"隨珠"。

【靈蛇髻】漢末，甄后既入魏宮，宮庭有一綠蛇，口中恒有赤珠若梧子，不傷人。后每梳妝，蛇則盤結爲髻形於前。后因效而爲瞖，每日不同，號爲靈蛇瞖。見失名採蘭雜志。

【靈粟珠】珠名。唐同昌公主有神絲繡被，繡三千鴛鴦，間以奇花異葉，綴以靈粟之珠，珠如粟粒，五色輝煥。見唐蘇鶚杜陽雜編下。

【靈棋經】舊題漢東方朔撰或題淮南王劉安撰，二卷。皆依託，實六朝人爲之。其法以棋十二枚，刻上中下字，四擲而成卦，以其所擲面背相乘，得一百二十四卦。卦各有爻詞。有明劉基注。

【靈瑞華】梵語優曇華，又稱優曇波羅華，一譯靈瑞華。無量壽經上："無量億劫，難值難見，猶靈瑞華，時時乃出。"參見"優曇鉢"。

【靈樞經】古論針灸之醫書。十二卷。與素問通稱爲黃帝内經。詳"内經"。

【靈壁石】安徽靈璧縣所産之石。有細白紋如玉。叩之有聲，亦名磬石。卽書禹貢所謂"泗濱浮磬"。以其形狀奇特，常用以裝點假山。參閱宋杜綰雲林石譜靈璧石、明文震亨長物志二靈璧。

【靈鷲山】在古印度摩揭陀國王舍城之東北，梵名耆闍崛。山中多鷲，故名。或言以其形似鷲頭而稱。釋迦講法華經無量壽經於此。省稱靈山、鷲峯。我國往往沿用其名，如福建福清縣北有鷲峯；浙江杭縣之飛來峯又名靈鷲。

【靈臺祕苑】北周庾季才撰。原本一百十五卷。宋王安禮等奉敕重修，删爲十五卷。其説多主占驗，又篤信分野次舍，多附會之説，惟所據皆隋以前古書，可以略見後來迷信占驗之術的淵源所自。

霍 1. huò ㄏㄨㄛˋ 虛郭切，入，鐸韻，曉。

㊀飛聲。説文："霍，飛聲也。雨而雙飛者，其聲霍然。"

2. suǐ ㄙㄨㄟˇ 息委切，上，紙韻，心。

㊀見下。

【霍₂靡】草木弱貌。楚辭漢淮南小山招隱士："青莎雜樹兮，薠草霍靡。"注："隨風披敷。"霍，亦作"靃"。

【霍₂霍₂】㊀細弱貌。南齊謝朓謝宣城集一思歸賦："睇微莖之霍霍，望水葉之田田。"㊁文選晉潘安仁(岳)西征賦："雍人縷切，鸞刀若飛，應刃落俎，霍霍霏霏。"唐劉良注："霍霍霏霏，細淨貌。"

十七畫

靉 ài 於豈切，上，尾韻，影。ㄞ 烏代切，去，代韻，影。

雲氣不明貌。見"晻靉"。

【靉䨴】雲貌，又不明貌。文選晉木玄虛(華)海賦："且希世之所聞，惡審其名，故可仿像其色，靉䨴其形。"

【靉靆】㊀盛貌。意林一晏子："星之昭昭，不如日月之靉靆。"㊁雲覆日謂之靉靆。見漢服虔通俗文。㊂猶今之眼鏡。明田藝蘅留青日札摘抄二靉靆："提學副使潮陽林公有二物，如大錢形，質薄而透明，如硝子石，如琉璃，色如雲母，每看文章，目力昏倦，不辨細書，以此掩目，精神不散，筆畫倍明。中用綾絹聯之，縛於腦後。人皆不識，舉以問余。余曰：此靉靆也。"

【靉𩅦】昏暗貌。文選晉木玄虛(華)海賦："氣似天霄，靉𩅦雲布。"

【靉靉】濃鬱貌。唐歐陽詹歐陽行周集一迴鸞賦："祥風飇飇以淫淫，瑞色靉靉而溶溶。"元袁士元書林外集六遊東湖醉中歌："興盡歸來月猶在，盤礴解裝春靉靉。"

十九畫

䨹 shū ㄕㄨ 集韻 式竹切，入，屋韻。

見下。

【䨹昱】疾貌。文選晉木玄虛(華)海賦："䨹昱絶電，百色妖露。"

青部

青 qīng ㄑㄧㄥ 倉經切，平，青韻，清。

㊀五色之一。荀子勸學："青，取之於藍而青於藍。"㊁泛指青色之物。詩齊風著："俟我于庭乎而，充耳以青乎而。"傳："青，青玉。"㊂黑色。書禹貢："厥土青黎。"疏引王肅："青，黑色。"參見"青絲㊀"。㊃草木初生青色，引申爲出生，少年。見"青春㊀"。㊄地名。見"青州"、"青縣"。

【青士】指竹。宋陸游劍南詩稿十二晚到東園："岸幘尋青士，憑軒待素娥。"

【青土】指東方之地。漢班固白虎通社稷："東方色青，……故將封東方諸侯，青土苴以白茅，謹敬潔清也。"也指青州境。文選三國魏曹子建(植)與楊德祖書："偉長(徐幹)擅名於青土，公幹(劉楨)振藻於海隅。"注："徐偉長居北海郡，禹貢之青州也，故云青土。"

【青子】橄欖。宋蘇軾分類東坡詩十橄欖："紛紛青子落紅鹽，正味森森苦且嚴。"史繩祖學齋佔畢一詩人詠物："蓋凡果之生也必青，及熟也必變色，……惟有橄欖，雖熟亦青，故謂之青子。"

【青山】山名。在安徽當塗縣東南。一名青林山。晉袁宏爲桓温記室，遊青山歸，命車同載，卽此。又南齊謝朓嘗築室及池於山南，因又稱謝公山。山西北有李白墓。參閱宋陸游入蜀記三、嘉慶一統志一二〇太平府山川。

【青女】神話中霜雪之神。淮南子天文："至秋三月，……青女乃出，以降霜雪。"注："青女，天神，青霄玉女，主霜雪也。"唐杜甫杜工部草堂詩箋三十秋野之四："飛霜任青女，賜被隔南宮。"亦作霜之代稱。宋楊萬里誠齋集十二霜寒輒鱍體詩之二："只緣青女降，便與管城疎。"

【青天】㊀天空。莊子逍遥遊："有鳥焉，其名爲鵬，……絶雲氣，負青天，然後圖南。"㊁喻稱清官。明況鍾官蘇州知府，廉明正直，人稱之爲況青天。參閱明劉昌懸笥瑣探摘抄、明都穆都公譚纂上。

【青皮】青橘皮。橘青未黃時去瓤曝乾以入藥，其氣香烈。參閱宋韓彥直橘録入藥(説郛七五)、本草綱目三十果二橘。

【青目】㊀瞳子。佛家傳説釋迦佛瞳子如紺青色。廣弘明集二十大法頌序："踰乎青目黑齒，高彼廣膝赤髭。"南朝陳徐陵徐孝穆集五東陽雙林寺傅大士碑："支郎之彦，既恥黄精；瞿曇之師，有慙青目。"㊁看重。同"青眼"。唐楊炯盈川集十祭汾陰公文："參兩宮而承顧盼兮，歷二紀而洽恩榮。郭有道之青目兮，蔡中郎之下迎。"

【青田】㊀山名。在浙江青田縣西北，有泉石之勝，爲道書稱三十六洞天之一，名青田大鶴天。見雲笈七籤二七洞天福地。㊁縣名。屬浙江省。隋括蒼縣地。唐景雲初析置，因青田山而名。歷代因之。明清皆屬處州府。見寰宇通志三三處州府。

【青史】古以竹簡記事，故稱史籍爲青史。唐岑參岑嘉州詩二輪臺歌奉送封大夫出師西征:“古來青史誰不見，今見功名勝古人。”

【青令】蝶的一種。一名青亭，又名蜻蛉。色青而大，好集水上。見晉崔豹古今注中魚蟲。

【青丘】㊀傳説中海外國名。呂氏春秋求人:“禹東至榑木之地……鳥谷青丘之鄉，黑齒之國。”史記一一七司馬相如傳子虛賦:“秋田乎青丘，彷徨乎海外。”正義引服虔:“青丘國在海東三百里。”㊁舊題漢東方朔十洲記記海上有十洲，皆爲神仙所居。在南海中者名長洲，別名青丘。仙草靈藥，甘液玉英，靡所不有。

【青奴】㊀竹夫人的別名。夏天牀席間取涼的用具，用竹青篾編成。宋黄庭堅豫章集九詩題:“趙子充示竹夫人詩，蓋涼寢竹器，憩臂休膝，似非夫人之職，予爲名曰青奴，並以小詩取之。”詩之二:“我無紅袖堪娱夜，政要青奴一味涼。”參見“竹夫人”。㊁錢。青蚨的別名。宋吴炯五總志贈劉羲仲詩:“少日縈心但黄孏，暮年便思欠青蚨。”

【青衣】㊀古帝王、后妃的一種禮服。禮月令孟春之月:“(天子)衣青衣，服蒼玉。”晉書禮志上:“蠶將生，擇吉日，皇后著十二笄步摇，依漢魏故事，衣青衣。”㊁自漢以後以青衣爲卑賤者之服，故稱婢爲青衣。東漢蔡邕有青衣賦(藝文類聚三五)。晉劉聰使懷帝著青衣行酒以示辱。唐王勃王子安集九爲人與蜀城父老書“綠幘青裳，家僮數百”，亦以僮僕服青綠而稱。㊂地名。漢置青衣縣，屬蜀郡。東漢陽嘉二年更名漢嘉。清雍正七年置雅安縣。古城在今縣北。參閲嘉慶一統志四〇二雅州府一。㊃水名。在四川省中部。古稱沫水、大渡水，又名平羌水、洪雅江。源出寶興縣北，流經雅安洪雅夾口諸縣，至龍遊(今樂山縣)會大渡河入江。參閲漢書地理志上蜀郡青衣、嘉慶一統志四〇四嘉定府山川。㊄神名。宋羅泌路史前紀一蜀山氏“其妻曰妃，俱葬之”宋羅苹注:“(南朝齊武帝)永明二年，蕭鑑刺益，治園江南，鑿石冢有槨無棺……有篆云蠶叢氏之墓。鑑責功曹何佇墳之，一無所犯，於上立神，衣青衣，即今成都青衣神也。”

【青羊】神話中之木精、煞神。舊題南朝梁任昉述異記上:“梓樹之精化爲青羊。”宋孟元老東京夢華録五娶婦:“新婦下車子，有陰陽人執斗，内盛穀豆錢果草節等，呪祝，望門而撒……俗云厭青羊等殺神也。”

【青州】㊀古九州之一。書禹貢:“海、岱惟青州。”傳:“東北據海，西南距岱。”海，指勃海。岱，指泰山。㊁州、府名。漢置青州。魏及晉初因之。南北朝仍置州，治所屢遷，轄領不一。隋廢。唐初復置州，後改平盧軍節度使。五代及宋因之。元改益都路。明改爲青州府。清因之。舊治在今山東益都縣。見嘉慶一統志一七〇青州府。

【青年】少壯之年。少壯之年如草木方青，故云。唐段成式酉陽雜俎續集三支諾皋下:“有紅裳人與白衣送酒，歌曰:‘皎潔玉顔勝白雪，況乃青年對芳月。’”宋陳亮龍川集十八謝留丞相啟:“亮青年立志，白首奮身，敢不益勵初心，期在重温舊業。”

【青社】祀東方土神處。借指東方。史記三王世家封齊王策:“於戲！小子閎，受兹青社。”集解引張晏:“王者以五色土爲太社，封四方諸侯；各以其方色土與之，苴以白茅，歸以立社。”索隱:“齊在東方，故云青社。”

【青泥】㊀古時封記器物的青色泥。舊題晉王嘉拾遺記二夏禹:“禹盡力溝洫，導川夷岳，黄龍曳尾於前，玄龜負青泥於後……禹所穿鑿之處，皆以青泥封記其所。”又三周靈王:“浮提之國獻神通善書二人……出肘間金壺四寸，上有五龍之檢，封以青泥。”後亦用以封記書札。南朝梁蕭綱簡文帝集一與蕭臨川書:“必遲青泥之封，且覿朱明之詩。”或謂青泥與漢武蘭金紫泥同類，且直以青泥爲璽。見明錢希言戲瑕一青泥。㊁地名。唐李白李太白詩三蜀道難:“青泥何盤盤，百步九折縈巖巒。”參見“青泥嶺”。

【青帘】酒帘。古時酒店掛的幌子。唐劉禹錫劉夢得集外集八魚復江中詩:“風檣好住貪程去，斜日青帘背酒家。”宋楊萬里誠齋集三五晨炊横塘橋酒家小憩詩:“飢望炊煙眼欲穿，可人最是一青帘。”

【青盲】眼病名。俗稱青光眼。後漢書八一李業傳:“是時犍爲任永君及業同郡馮信，並好學博古。公孫述連徵命，待以高位，皆託青盲以避世難。”詩大雅靈臺“矇瞍奏公”疏:“有眸子而無見曰矇，即今之青盲者也。”

【青衫】唐制，文官八品九品服以青。唐白居易長慶集十二琵琶行:“座中泣下誰最多？江州司馬青衫溼。”亦指官職卑微。宋歐陽修文忠集一聖俞會飲詩:“嗟余身賤不敢薦，四十白髮猶青衫。”

【青羌】古少數民族名，羌之一種，居西方，約在今陝西汧隴二縣一帶。三國志蜀劉焉傳“焉擊殺(任)岐(賈)龍”注引(王粲)英雄記:“董卓使司徒趙謙引兵向州，説校尉賈龍使引兵還擊焉，焉出青羌與戰，故能破殺。”亦指青羌族所居之地。唐杜甫杜工部草堂詩箋三三戲作俳諧體遣悶之二:“西歷青羌坂，南留白帝城。”

【青青】㊀茂盛貌。詩衛風淇奧:“瞻彼淇奧，綠竹青青。”㊁黑色。多指鬢髮。宋書謝靈運傳何長瑜寄書與宗人何勗:“陸展染鬢髮，欲以媚側室。青青不解久，星星行復出。”

【青花】㊀端溪硯石的花紋。青花如波面微塵，視之無形，沈水觀之，若有蘋藻浮動其中。有微塵、鵝氄、蟻脚、玫瑰紫等名目。見清吴蘭修端溪硯史二石品青花。㊁一種白底藍花瓷器。始於宋代，盛行一時。先於預製的白色瓷胎上用青料描繪各種花卉圖案，然後上釉用高温一次燒成。具有樸素清雅的特點。

【青門】㊀漢長安城東南門。本名霸城門，俗因門色青，呼爲青門。漢召平種瓜於此，人稱青門瓜。泛指京城城門。梁書昭明太子傳王筠哀册文:“背絳闕以遠徂，轥青門而徐轉。”參閲三輔黄圖一都城十二門。㊁曲名。唐李賀歌詩編二黄頭郎:“玉瑟調青門，石雲溼黄葛。”

【青果】㊀謂鮮果。太平寰宇記一七七松外諸蠻土俗物産:“菜則葱、韭、蒜，青果則桃、梅、李、柰。”宋時市有青果行。見宋吴自牧夢粱録十九社會。㊁橄欖。亦稱青子。此果雖熟，其色亦青，故俗呼青果。見本草綱目三一果三橄欖。參見“青子”。

【青金】即鉛。説文:“鉛，青金也。”淮南子地形:“青曾八百歲生青澒，青澒八百歲生青金。”

【青帝】天帝名，東方之神。史記封禪書:“秦宣公作密畤於渭南，祭青帝。”又東方爲春，青帝又爲春神。見尚書緯刑德放(古微書四)。

【青亭】蜻蛉之別名。見“青令”。

【青神】縣名。屬四川省。漢南安縣地，屬犍爲郡。西魏置青衣縣。北周改青神縣及郡。隋廢郡留縣。本治思蒙水口，唐移今治。宋元因之。明洪武九年省入眉縣，十三年復置。清初併入眉州，後復置縣，屬眉州。參閲嘉慶一統志四一〇眉州府。

【青衿】詩鄭風子衿"青青子衿，悠悠我心"漢毛亨傳:"青衿，青領也，學子之所服。"後稱士子爲青衿，本此。魏書李崇傳上表:"養黃髮以詢格言，育青衿而敷典式。"亦借指少年。北周庾信庾子山集十四周柱國大將軍紇于弘神道碑銘:"公始青衿，風神世載。"

【青春】㊀春季。楚辭大招:"青春受謝，白日昭只。"注:"青，東方春位，其色青也。"三國魏曹植曹子建集三迷迭香賦:"播西都之麗草兮，應青春而凝暉。"㊁喻少年。文選三國吳潘正叔(尼)贈陸機出爲吳王郎中令:"予涉素秋，子登青春。"注:"素秋，喻老；青春，喻少也。"亦引申指青年人的年齡。唐劉長卿劉隨州集八戲題贈二小男詩:"欲并老容羞白髮，每看兒戲憶青春。"明湯顯祖牡丹亭傳奇冥誓:"且請問芳名，青春多少?"

【青城】㊀宋祭天齋宮名。在河南開封府治(今河南開封市)。有二:一在南薰門外，爲祭天齋宮，謂之南青城；一在封邱門外，爲祭地齋宮，謂之北青城。宋欽宗靖康二年，金人圍汴，粘没喝屯兵青城，受徽欽二帝降；又金末蒙古速不臺攻汴至青城，金叛將崔立盡送后妃諸王以降，皆南青城。參閱金劉祁歸潛志七、讀史方輿紀要四七開封府。㊁地名。唐名青城鎭。宋因之。金名青平鎭。元置縣。明洪武二年省，十四年又復置。公元1948年與高苑縣合併爲高青縣，屬山東省。參閱讀史方輿紀要三一濟南府。㊂山名。在四川灌縣西南。一名赤城山。道家以此山爲第五洞天，上有清泉，謂之潮泉。岷山連岫千里，青城山爲第一峯。參閱明曹學佺蜀中廣記六成都府六灌縣。

【青要】神話山名。山海經中山經:"……青要之山，實維帝之密都……有草焉，其狀如葌，而方莖黃華赤實，其本如藁本，名目荀草，服之美人色。"

【青浦】㊀浦，水濱。其水色青，故名。南朝梁江淹江文通集四謝光祿郊遊詩:"翠山方藹藹，青浦正沈沈。"㊁縣名。屬上海市。明嘉靖二十一年析上海華亭二縣地置。清屬松江府。公元1958年屬上海市。參閱嘉慶一統志八二松江府。

【青海】㊀省名。禹貢西戎地。殷、周皆屬西羌。王莽時置西海郡。東晉以後爲吐谷渾所有。唐龍朔三年吐蕃滅吐谷渾。元爲貴德州。明時入蒙古。清順治十年分其地爲左右二境，雍正時置西寧辦事大臣。公元1928年置青海省，以境內青海湖而名。省會西寧。參閱嘉慶一統志五四六青海厄魯特建置沿革。㊁湖名。爲我國最大的鹹水湖。古名鮮水、西海，又名卑禾羌海。蒙語稱庫庫諾爾，意爲青色的海。北魏時始名青海。參閱嘉慶一統志五四六青海厄魯特山川。

【青宮】太子居東宮，東方色爲青，故稱太子宮爲青宮。文苑英華一七九隋于仲文侍宴東宮應令詩:"青宮列紺幰，紫陌結朱輪。"唐白居易長慶集十五初授贊善大夫早朝寄李十二助教詩:"病身初謁青宮日，衰貌新垂白髮年。"參見"東宮㊁"、"春宮㊀"。

【青唐】地名。漢臨羌縣地，屬金城郡。東漢改西平郡。晉因之。北魏廢。隋爲湟水縣地。唐置鄯城。宋初，吐蕃據其地，稱青唐城。後收復，置西寧州。元屬甘肅省。明置西寧衛。清改西寧縣，爲西寧府治。公元1944年置西寧市，屬青海省。參閱宋史地理志三陝西西寧州、嘉慶一統志二七〇西寧府古蹟。

【青袍】青色之袍。㊀南史侯景傳:"先是，大同中童謠曰:'青絲白馬壽陽來。'景渦陽之敗，求錦，朝廷所給青布，及是皆用爲袍，采色尚青。景乘白馬，青絲爲轡，欲以應謠。"北周庾信庾子山集二哀江南賦"青袍如草，白馬如練"，卽用此事爲典。㊁唐制官八九品服青。指官職卑微。唐杜甫杜工部草堂詩箋十二徒步歸行:"青袍朝士最困者，白頭拾遺徒步歸。"

【青冥】㊀指青天。楚辭屈原九章悲回風:"據青冥而攄虹兮，遂儵忽而捫天。"亦作"青溟"。唐杜甫杜工部草堂詩箋六六奉先劉少府新畫山川障歌:"滄浪水深青溟闊，欹岸側島秋毫末。"㊁劍名。三國吳孫權有寶劍六，其五曰青冥。見晉崔豹古今注上輿服。

【青冢】㊀漢王昭君墓。在內蒙呼和浩特市南，蒙語名特木兒烏爾虎。相傳冢上草色常青，故名。唐杜甫杜工部草堂詩箋三一咏懷古迹之三:"一去紫臺連朔漠，獨留青冢向黃昏。"參閱太平寰宇記三八振武軍金河縣、嘉慶一統志一六〇歸化城六廳陵墓。㊁泛指墳墓。才調集八于武陵有感詩:"四海故人盡，九原青冢多。"

【青珠】青琅玕的別名。文選晉左太沖(思)蜀都賦:"其中則有青珠、黃環。"注:"青珠出蜀郡平澤。"入藥，亦可用作裝飾。參閱隋書禮儀志七、本草綱目八石二青琅玕。

【青桐】桐的一種。卽梧桐。三國吳陸璣毛詩草木鳥獸蟲魚疏梓椅梧桐:"桐有青桐、白桐、赤桐。"宋陸佃埤雅釋木梧:"梧，一名櫬，卽梧桐也。今人以其皮青，號曰青桐。"

【青蚨】昆蟲名。晉干寶搜神記十三:"南方有蟲，名嫩蝺，一名蝍蠋，又名青蚨。形似蟬而稍大，味辛美可食。生子必依草葉，大如蠶子。取其子，母卽飛來，不以遠近。雖潛取其子，母必知處。以母血塗錢八十一文，以子血塗錢八十一文。每市物，或先用母錢，或先用子錢，皆復飛歸，輪轉無已。"後因稱錢曰青蚨。唐釋寒山子詩之一三〇:"囊裏無青蚨，篋中有黃絹。"宋華岳翠微南征録四秋宵有感詩:"木耳有才持紫橐，楮皮無計換青蚨。"

【青烏】六朝前方士名。相傳其善葬術，著相冢書，後世治堪輿之術士奉以爲祖。世說新語術解注、藝文類聚七、太平御覽五六皆引相冢書，其書久亡，後來託名撰述者甚多。亦指相地之術。北周庾信庾子山集十四周柱國大將軍紇于弘神道碑:"青烏甲乙之占，白馬星辰之變。"

【青娥】㊀指少女。南朝梁江淹江文通集一水上神女賦:"青娥羞豔，素女慙光。"亦指美好的容顏。唐白居易長慶集十二長恨歌:"梨園子弟白髮新，椒房阿監青娥老。"㊁指女子的眉。同"青蛾"。唐韋應物韋江州集一擬古詩之二:"娟娟雙青娥，微微啟玉齒。"

【青章】星名。歲星三月晨見東方，稱青章。史記天官書:"執徐歲:歲陰在辰，星居亥。以三月與營室、東壁晨出，曰青章。青青甚章。"

【青黃】㊀漢郊祀樂名。漢書禮樂志郊祀歌練時日:"靈安留，吟青黃。"注:"青黃，謂四時之樂也。"㊁謂未熟與已熟的莊稼。宋范成大石湖集一晚步東郊詩:"水墨依林寺，青黃負郭田。"參見"青黃不接"。

【青陸】月亮運行的軌道。卽青道。文選南朝宋顏延年(延之)三月三日曲水詩序:"日躔胃維，月軌青陸。"注:"河圖帝覽嬉曰:立春春分，月從東青道。"唐盧照鄰幽憂子集一雙槿樹賦:"青陸至而鶯啼，朱陽升而花笑。"參見"青道"。

【青堂】花名。卽合歡。晉崔豹古今注下問答釋義:"欲蠲人之忿，則贈之青堂。青堂，一名合歡。"亦作"青棠"。宋范成大石湖集一行路難:"贈君以丹棘忘憂之草，青棠合歡之花。”參見“合歡㊁”。

【青雀】㊀鳥名。1.卽鶬。禮曲禮上“前有水，則載青旌”漢鄭玄注：“青，青雀。”方言“或謂之艗艏”晉郭璞注：“鶬，鳥名也。今江東貴人船前作青雀，是其像也。”參見“青雀舫”。2.卽桑扈。爾雅釋鳥“桑扈竊脂”晉郭璞注：“俗謂之青雀，觜曲，食肉，好盜脂膏，因名云。”㊁臺名。舊題漢郭憲洞冥記四：“唯有一女人愛悅於(漢武)帝，名曰巨靈。帝傍有青珉唾壺，巨靈乍出入其中，或戲笑帝前。東方朔望見巨靈，乃目之，巨靈因而飛去，望見化成青雀。因其飛去，帝乃起青雀臺。”

【青眼】㊀重視。唐白居易長慶集五三春雪過皇甫家詩：“唯要主人青眼待，琴詩談笑自將來。”參見“青白眼”。㊁上有青暈的硯石。宋缺名端溪硯譜：“蓋自唐以來，便以青眼爲上。”㊂高僧名。卑摩羅叉，此云無垢眼，罽賓人。先在龜茲，後秦弘始八年冒險東來，抵關中，鳩摩羅什以師禮敬待。南遊關左，大弘律藏，卒於壽春石澗寺，年七十七歲。爲人眼青，時人號爲青眼禪師。見南朝梁慧皎高僧傳二卑摩羅叉。

【青眸】㊀瞳子，猶“青瞳”。唐貫休禪月集七天台老僧：“白髮垂不剃，青眸笑更深。”宋梅堯臣宛陵集十八次韻景彝赴省宿馬上詩：“烏紗帽底青眸轉，朱雀街頭玉轡搖。”㊁同青眼。指重視。宋黃裳演山集七與南京留守詩：“澤國旌麾十幾秋，一封曾去辱青眸。”參見“青眼㊀”。

【青蛉】㊀昆蟲名，卽蜻蛉。漢焦延壽易林五臨之夬：“青蛉如雲，城邑閉門。”㊁地名。漢縣，屬越巂郡。以境有青蛉水出西而東入江，故名。治所在今雲南大姚縣。參閱漢書地理志上。

【青鳥】㊀山海經大荒西經：“沃之野有三青鳥，赤首黑目，一名曰大鵹，一名少鵹，一名曰青鳥。”注：“皆西王母所使也。”漢班固漢武故事：“七月七日，上於承華殿齋。日正中，忽見有青鳥從西來。上問東方朔。朔對曰：‘西王母暮必降尊像。’……有頃，王母至，乘紫車，玉女夾馭，載七勝，青氣如雲，有二青鳥如鸞，夾侍王母旁。”(續談助三)後多借指使者。唐李商隱李義山詩集五無題：“蓬山此去無多路，青鳥殷勤爲探看。”㊁羊的別名。舊題南朝梁任昉述異記上：“古人說：羊一名胡髯郎，又名青鳥。”

【青童】㊀指仙童。也指寺觀的道童。唐李白李太白詩十訪道安陵……臨別留贈詩：“清水見白石，仙人識青童。”㊁肝神名。雲笈七籤十一上清黃庭內景經：“肝部之中翠重裏，下有青童神公子。”注：“肝，東方木位，主青，故曰青童。”

【青詞】道士齋醮，上奏天神的表章。用硃筆寫在青藤紙上，稱青詞，也稱“綠章”。唐李肇翰林志：“凡太清宮道觀薦告詞文，用青藤紙朱字，謂之青詞。”後遂爲文體之一。明世宗(朱厚熜)迷信齋醮，詞臣顧鼎臣、袁煒、嚴嵩等皆以善青詞結主知，至有青詞宰相之誚。參見“綠章”。

【青道】月所行的軌道。漢書天文志：“月有九行者：……青道二，出黃道東。立春、春分，月東從青道。”參見“九道”。

【青琴】古神女。史記一一七司馬相如傳上林賦：“若夫青琴、宓妃之徒，絕殊離俗。”索隱引伏儼：“青琴，古神女也。”轉指宮女。唐李賀歌詩編一唐王飲酒：“仙人燭樹蠟烟輕，青琴醉眼淚泓泓。”

【青雲】㊀謂高空。楚辭遠遊：“涉青雲以汎濫兮，忽臨睨夫舊鄉。”㊁喻官高爵顯。史記七九范睢傳：“須賈頓首言死罪，曰：‘賈不意君能自致於青雲之上。’”後世稱登科爲“平步青雲”。㊂喻隱逸。南史衡陽元王道度傳附蕭鈞：“身處朱門，而情遊江海；形入紫闥，而意在青雲。”㊃春官之稱。史記五帝紀“官名皆以雲命，爲雲師”集解引應劭：“黃帝受命，有雲瑞，故以雲紀事也。春官爲青雲，夏官爲縉雲，秋官爲白雲，冬官爲黑雲，中官爲黃雲。”

【青喜】唐李正己(懷玉)被囚執，夢云：青雀噪，卽報喜。是旦果有羣雀啁啾，色皆青蒼。李族居淄青者，因呼雀爲青喜。見宋陶穀清異錄禽。(說郛六一)

【青萍】㊀卽浮萍。宋辛棄疾稼軒長短句三水調歌頭盟鷗：“破青萍，排翠藻，立蒼苔。”㊁劍名。抱朴子博喻：“青萍、豪曹，剡鋒之精絕也，操者非羽越，則有自傷之患焉。”

【青葱】葱，本作“蔥”。蔥綠色。淮南子俶真：“根莖枝葉，青蔥苓蘢。”漢書八七上揚雄傳甘泉賦：“翠玉樹之青蔥兮，壁馬犀之瞵瑞。”

【青陽】㊀指春天。爾雅釋天：“春爲青陽。”注：“氣清而溫陽。”漢書禮樂志郊祀歌青陽：“青陽開動，根荄以遂。”㊁天子之東堂。禮月令孟春之月：“天子居青陽左个。”注：“青陽左个，大寢東堂北偏。”㊂青春。比喻青年容貌。唐李賀歌詩編三贈陳商：“黃昏訪我來，苦節青陽皺。”㊃縣名。屬安徽省。漢涇縣地。唐置青陽縣，以其地在青山之陽而名。明清皆屬安徽池州府。見嘉慶一統志一一八池州府一。㊄複姓。傳說青陽爲黃帝子，後以爲氏。漢有青陽愔、青陽精。見宋鄧名世古今姓氏書辨證十七引風俗通。

【青紫】漢制，丞相、太尉皆金印紫綬，御史大夫銀印青綬，三府官最崇貴。漢書七五夏侯勝傳：“士病不明經術，經術苟明，其取青紫如俛拾地芥耳。”後亦稱貴官之服爲青紫。文苑英華八四二南朝梁王僧孺從子永寧令謙誄：“容與學丘，徘徊詞府，青紫已拾，大夫斯取。”唐杜甫杜工部草堂詩箋十二夏夜歎：“青紫雖被體，不如早還鄉。”

【青絲】㊀喻黑髮。唐李白李太白詩三將進酒：“君不見高堂明鏡悲白髮，朝如青絲暮成雪。”㊁指柳絲。北周庾信庾子山集三奉和趙王途中五韻詩：“村桃拂紅粉，岸柳被青絲。”唐李白李太白詩十三新林浦阻風寄友人詩：“今朝白門柳，夾道垂青絲。”

【青溪】古水名。發源於江蘇南京鍾山西南，入秦淮，逶迤九曲。三國吳孫權鑿東渠通北塹，以洩玄武湖水。南接於秦淮，逶迤十五里，名曰青溪。晉大寧二年王敦將沈充犯建康，劉遐敗於青溪；咸和元年，蘇峻敗卞壼等於西陵，進攻青溪柵，因風縱火，臺省及諸營寺署一時蕩盡；皆指此。今已湮沒。見景定建康志十八溪澗。

【青葙】草名。亦稱青葙子、野雞冠、雞冠莧。初春生田野間，嫩苗似莧可食。花水紅色或黃白色。莖、葉、子均可入藥。草子有明目之效，與決明子同功，故亦稱草決明。參閱政和證類本草十青葙子。

【青楊】楊有白楊、青楊二種。白楊葉圓，青楊葉長，均爲落葉喬木。青楊有二種：一種聳直，高數丈，大者徑一二尺，葉似杏葉而稍大，色青綠，亦稱梧桐青楊；一種身矮多歧枝。參閱晉崔豹古今注下草木、廣羣芳譜七八木譜白楊。

【青歲】青春，謂少壯之年。唐李白李太白詩十三寄淮南友人：“紅顏悲舊國，青歲歇芳洲。”

【青蛾】婦女用青黛畫的眉。唐杜甫杜工部草堂詩箋九一百五日夜對月：“仳離放紅蘂，想像顰青蛾。”

【青腰】主霜雪的神女。卽青要。宋王安石臨川集十八讀眉山集次韻雪詩之二：“神女青腰寶髻鵶，獨藏雲氣委飛車。”

【青鳧】指銅錢。同“青蚨”。北周庾信

庾子山集九謝趙王賚絲布等啟:"曳練且觀,無勞白馬之望;流泉欲委,佇見青鳧之飛。"唐王勃王子安集十四梓州通泉縣普惠寺碑:"莫不青鳧委貫,俱欣不捨之壇;紫貝兼明,共化無緣之力。"參見"青蚨"。

【青鼠】松鼠的一種,即灰鼠。遼史聖宗紀統和四年:"壬戌,以銀鼠、青鼠及諸物賜京官、僧道、耆老。"元張翥蛻庵詩集四有予京居十稔始置屋靈椿坊衰老畏寒始製青鼠袍……皆賦詩自志詩。

【青寧】草蟲名。莊子至樂:"羊奚比乎不箰,久竹生青寧。"

【青廓】青而寥廓之處,猶言青天。唐李賀歌詩編一洛姝真珠:"真珠小娘下青廓,洛苑香風飛綽綽。"

【青熒】泛指青光或白光。文選漢揚子雲(雄)羽獵賦:"玉石嶜崟,眩燿青熒。"注:"青熒,光明貌。"此指玉光。唐杜甫杜工部草堂詩箋七驄馬行:"隅目青熒夾鏡懸,肉騣碨礧連錢動。"此指目光。又二四八哀詩故祕書少監武功蘇公源明:"青熒芙蓉劍,犀兕豈獨剸?"此指劍光。元稹長慶集五含風夕詩:"青熒微月鈎,幽晦洞陰魄。"此指月光。宋歐陽修文忠集二讀張李二生文贈石先生詩:"夜歸獨坐南窗下,寒燭青熒如熠燿。"此指燈光。

【青瑣】㊀宮門上鏤刻的青色圖紋。漢書八九元后傳:"曲陽侯根驕奢僭上,赤墀青瑣。"注:"青瑣者,刻爲連環文,而青塗之也。"後亦借指宮門。唐杜甫杜工部草堂詩箋三二秋興之五:"一卧蒼江驚歲晚,幾迴青瑣照朝班。"㊁刻鏤成格的窗户。世說新語惑溺:"韓壽美姿容,賈充辟以爲掾。充每聚會,賈女於青瑣中看見壽,説之,恒懷存想,發於吟詠。"

【青蒲】青色的蒲團,漢書八二史丹傳:"丹以親密臣得侍視疾。候上間獨寢時,丹直入卧内,頓首伏青蒲上。"注引應劭曰:"以青規地曰青蒲,自非皇后不得至此。"

【青蒿】草名。又稱菣、草蒿、犼蒿、香蒿。爾雅釋草:"蒿,菣。"注:"今人呼青蒿香中炙啖者爲莟(菣)。"此草莖葉之色皆深青如松檜。初春生苗,莖粗如指,可充蔬食。至夏高四五尺。秋後開細淡黄花,結實大如麻子,其根莖子葉並入藥。參閲廣雅釋草、本草綱目十五草四青蒿。

【青蓮】㊀青色蓮花。瓣長而廣,青白分明,故佛書多以爲眼目之喻。藝文類聚七七南朝梁簡文帝釋迦文佛像銘:"滿月爲面,青蓮在眸。"也借指僧、寺等。文苑英華二二三唐宋之問宿雲門寺詩:"龕緣綠篠岸,遂得青蓮宫。"又二三七唐楊巨源夏日苦熱同長孫主簿過仁壽寺納涼詩:"因投竹林寺,一問青蓮客。"㊁優鉢羅花的義譯。見"優鉢羅"、"青蓮花"。

【青蓋】㊀青的車篷。漢制,王車用青蓋。後漢書輿服志上:"皇太子、皇子皆安車,朱班輪,青蓋,……皇子爲王,錫以乘之,故曰王青蓋車。"㊁枝葉青翠如蓋。唐杜甫杜工部集四柟樹爲風雨所拔歎詩:"滄波老樹性所愛,浦上童童一青蓋。"

【青裳】花名。即合歡。本草圖經引晉崔豹古今注:"青裳,合歡也。"今本古今注下問答釋義作"青堂"。元袁桷清容居士集十一玉堂合歡花初鄭潛昭率同院賦詩次韻:"舊渴未須餐玉屑,嘉名端合紀青裳。"參閲政和證類本草十三合歡。參見"合歡㊁"、"青堂"。

【青䭀】道家以南燭汁浸米,蒸作飯,謂之青䭀飯。服之可以延年。䭀,亦作"粈"。宋黄庭堅豫章集十一陳榮緒惠示之字韻詩推奬過實非所敢當輒次高韻詩之三:"飢蒙青粈飯,寒贈紫陀尼。"

【青領】㊀古兵卒一種標記。史記項羽紀"異軍蒼頭特起"集解引應劭:"蒼頭謂士卒皁巾,若赤眉、青領,以相別也。"㊁古時學士所服,猶青衿。詩鄭風子衿:"青青子衿。"傳:"青衿,青領也,學士之所服。"北魏楊衒之洛陽伽藍記三景明寺:"(邢邵)遷國子祭酒,謨訓上庠,子才罰惰賞勤,專心勸誘,青領之生,競懷雅術。"子才,邵字。

【青銅】銅錫合金,呈青色。唐杜甫杜工部詩史補遺六古柏行:"孔明廟前有老柏,柯如青銅根如石。"古代用以鑄鏡,故亦稱鏡爲青銅。唐羅隱甲乙集五傷華髮詩:"青銅不自見,只擬老他人。"

【青綬】青色印帶。漢代相國、丞相、太尉金印紫綬。御史大夫位上卿,銀印青綬。見漢書百官公卿表。唐劉禹錫劉賓客集五南海馬大夫遠示……見於篇末詩:"身在絳紗傳六藝,腰懸青綬亞三台。"亦指青綬之官。三國志吴孫堅傳"(董)卓兵見堅士衆甚整,不敢攻城,乃引還"注引英雄記:"(胡)軫字文才,性急,預宣言曰:'今此行也,要當斬一青綬,乃整齊耳。'諸將聞而惡之。"

【青澗】地名。宋延州東北二百里,有故寬州城,种世衡就故地築城,掘地過石數重,成井,其水既清且甘,詔名其城爲青澗。故地在今陝西清澗縣。見宋司馬光涑水紀聞九。

【青窰】汝窯所出磁器名。明陶宗儀輟耕録二九窰器:"本朝以定州白磁器有芒,不堪用,遂命汝州造青窰器,故河北唐鄧耀州悉有之,汝窰爲魁。"參見"汝窯。"

【青樓】㊀指顯貴家之閨閣。三國魏曹植曹子建集六美女篇詩:"青樓臨大路,高門結重關。"樂府詩集九一唐王昌齡青樓曲之二:"馳道楊花滿御溝,紅妝縵綰上青樓。"也指帝王所居。南齊書東昏侯紀:"世祖興光樓上施青漆,世謂之'青樓'。"㊁指妓院。玉臺新詠八南朝梁劉邈萬山見採桑人詩:"倡妾不勝愁,結束下青樓。"

【青箱】謂世傳家學。宋書王准之傳:"曾祖彪之,尚書令。……彪之博聞多識,練悉朝儀。自是家世相傳,並諳江左舊事,緘之青箱。世人謂之王氏青箱學。"唐張讀宣室志四:"(沈)約指(其子)謂(陸)喬:'此吾愛子也,少聰敏,好讀書,吾甚憐之,因以青箱爲名焉,欲使繼吾學也。'"

【青編】南齊書文惠太子傳:"時襄陽有盜發古冢者,相傳云是楚王冢,大獲寶物玉屐、玉屏風、竹簡書、青絲編。"後因以青編泛指古代記事之書。藝文類聚四五南朝梁簡文帝長沙宣武王北涼州廟碑:"功書綠字,事燭青編。"

【青龍】㊀傳説中的祥瑞物。宋書符瑞志上:"夏道將興,草木暢茂,青龍止於郊,祝融之神降于崇山。"㊁星名。即太歲。後漢書律曆下:"青龍移辰,謂之歲。"尚書考靈燿:"青龍甲子攝提格孳。"(太平御覽十七)。㊂青龍爲東方宿名。古行軍以畫青龍的旗幟示東方之位。禮曲禮上:"行,前朱鳥而後玄武,左青龍而右白虎。"疏:"前南,後北,左東,右西。朱鳥、玄武、青龍、白虎四方宿名也。"㊃年號。1. 三國魏曹叡(明帝)。公元233—237年。2. 後趙石鑒(義陽王)。公元350年。3. 後燕蘭汗。公元398年。㊄江名。在今江蘇青浦縣北。吴孫權於此造青龍戰艦,因名。近江有青龍鎮,宋韓世忠嘗駐軍於此,以禦金兵。見讀史方輿紀要二四松江府。

【青燈】謂油燈。其光青熒。唐韋應物韋江州集二寺居獨夜寄崔主簿詩:"坐使青燈曉,還傷夏衣薄。"宋陸游劍南詩稿十二雨夜:"幽人聽盡芭蕉雨,獨與青燈話此心。"

【青霓】楚辭屈原九歌東君:"青雲衣兮

白霓裳。"注:"言日神來下,青雲爲上衣,白蜺爲下裳也。日出東方入西方,故用其方色以爲飾也。"因道士所服之衣與其色相似,也以青霓指道服。唐李賀歌詩編一綠章封事:"青霓扣額呼宮神,鴻龍玉狗開天門。"

【青翰】船名。刻有鳥形而塗以青色,故名。漢劉向説苑善説:"君獨不聞夫鄂君子晳之汎舟於新波之中也,乘青翰之舟。"文選南朝宋顏延年(延之)三月三日曲水詩序:"龍文飾轡,青翰侍御。"

【青縣】縣名。屬河北省。宋分滄州永安縣地置乾寧軍,大觀中以河清七晝夜,改名清州。金元因之。明洪武十六年改爲青縣。清屬直隸天津府。參閱寰宇通志二河間府。

【青骹】鷹之青脛者。文選漢張平子(衡)西京賦:"青骹摯於韝下,韓盧噬於緤末。"

【青錢】㊀青銅所鑄之錢,即銅錢。唐杜甫杜工部草堂詩箋十九北鄰:"青錢買野竹,白幘岸江皋。"宋陸游劍南詩稿六春感:"青錢三百幸可辦,且判爛醉酤郫筒。"㊁榆錢、荷葉等。唐李賀歌詩編一殘絲曲:"榆莢相催不知數,沈郎青錢夾城路。"宋范成大石湖集三白蓮堂詩:"古木參天護碧池,青錢弱葉戰漣漪。"㊂舊制,錢以紅銅六成,白鉛四成配鑄者,謂之黃錢;以紅銅五成,白鉛四成一分半,黑鉛六分半,錫二分四配鑄者,謂之青錢。

【青氈】晉書王羲之傳附王獻之:"夜卧齋中,而有人入其室,盜物都盡。獻之徐曰:'偷兒,青氈我家舊物,可特置之。'羣偷驚走。"後以青氈爲士人故家舊物之代詞。明袁宏道袁中郎集尺牘與焦弱侯座主之二:"宏株守青氈,又東城去人遠,得一意讀書,差易度日。"

【青霜】㊀袍名。舊題漢班固漢武帝內傳:"(上元夫人)服青霜之袍,雲彩亂色,非錦非繡,不可名字。"一本作"赤霜"。㊁謂劍。劍光青凜若霜雪,故稱。初唐四傑文集五王勃秋日登洪府滕王閣餞別序:"紫電青霜,王將軍之武庫。"王子安集五作"清霜"。

【青嶺】在今河北省易縣西南,即廣昌嶺,又名五迴嶺。東晉時慕容垂襲魏,由中山踰青嶺,經天門,鑿山通道,出魏不意,直指雲中,即此。參閱資治通鑑一〇八東晉太元二十一年。

【青黏】藥草,黃精之別名。三國志魏華佗傳:"(樊)阿從佗求可服食益於人者,佗授以漆葉青黏散:漆葉屑一升,青黏屑十四兩,以是爲率。言久服,去三蟲,利五臟,輕體,使人頭不白。"後漢書八二華佗傳作"青𪏊"。

【青襟】同"青衿"。唐劉長卿劉隨州集三寄萬州崔使君詩:"立門多白首,蜀郡滿青襟。"參見"青衿"。

【青蟲】㊀螟蛉的別稱。詩小雅小宛"螟蛉有子,蜾蠃負之"宋朱熹集傳:"螟蛉,桑上小青蟲也。"㊁蝶類的幼蟲。初生青色,俗亦稱青蟲。唐杜甫杜工部草堂詩箋三一課小豎鉏斫舍北果林蔓荒穢淨訖移牀之二:"青蟲懸就日,朱果落封泥。"才調集七徐寅初夏戲題詩:"青蟲也學莊周夢,化作南園蛺蝶飛。"

【青簡】謂竹簡。後漢書六四吳祐傳:"(父)恢欲殺青簡以寫經書。"文選南朝梁劉孝標(峻)重答劉秣陵沼書:"青簡尚新,而宿草將列,泫然不知涕之無從也。"唐呂延濟注:"青簡,竹簡。古無紙,用以爲書。"後爲書之代稱。唐白居易長慶集十三祕書省中憶舊山:"厭從薄宦校青簡,悔別故山思白雲。"

【青廬】古代婚俗,以青布幔爲屋,於此交拜迎婦,稱青廬。世説新語假譎:"魏武(曹操)少時,嘗與袁紹好爲游俠,觀人新婚,因潛入主人園中,夜叫呼云:'有偷兒賊!'青廬中人皆出觀。魏武乃入,抽刃劫新婦。"玉臺新詠一古詩爲焦仲卿妻作:"其日牛馬嘶,新婦入青廬。"參閱唐段成式酉陽雜俎前集一禮異。

【青藜】指拐杖。宋王安石臨川集十四晝寢詩:"井逕從蕪漫,青藜亦倦扶。"參見"青藜學士"。

【青蠅】㊀蒼蠅的一種,也稱金蠅。詩小雅青蠅:"營營青蠅,止于樊。豈弟君子,無信讒言。"常用以比喻進讒言之佞人。漢王充論衡商蟲:"讒言傷善,青蠅汙白,同一禍敗,詩以爲興。"㊁見"青蠅弔客"。

【青犢】㊀西漢末農民起義軍稱號。後漢書光武紀上:"青犢、赤眉賊入函谷關,攻更始(劉玄)。"北周庾信庾子山集十四周柱國大將軍紇于弘神道碑:"虜青犢之兵,甚有祕計;燒烏巢之米,本無遺策。"㊁寶刀名。晉崔豹古今注上輿服:"吳大皇帝有寶刀三,……一曰百鍊,二曰青犢,三曰漏景。"元張憲玉笥集三白苧舞詞:"吳宮美人青犢刀,自裁白苧製舞袍。"

【青蘋】水萍。文選戰國楚宋玉風賦:"夫風生於地,起於青蘋之末。"注:"爾雅曰:萍,其大者曰蘋。郭璞曰:水萍也。"

【青驄】馬之青白色雜毛者。玉臺新詠一古詩爲焦仲卿妻作:"躑躅青驄馬,流蘇金鏤鞍。"唐杜甫杜工部草堂詩箋七高都護驄馬行:"安西都護胡青驄,聲價欻然來向東。"

【青蘠】見"青檣"。

【青檣】花名。也叫青蘠。葉似地黃,紫花如柰,花實似甘草,而叢生則異。其根苦似黃藥而無藤蔓。結角,角拆子出,如豆而青,稱青蘠子。肉白而甘美。唐陸龜蒙甫里集六青檣子詩:"山實號青檣,環岡次第生。外形堅綠殼,中味敵瓊英。"參閱清吳儀一徐園秋花譜。

【青雘】雘,本作"臒"。青色土,可以染。山海經南山經:"又東三百里曰青丘之山,其陽多玉,其陰多青雘。"今石青、白青之屬。參見"雘"。

【青囊】㊀卜筮人盛書之囊。也借指卜筮之術。晉書郭璞傳:"好古文奇字,妙於陰陽曆算。有郭公者,客居河東,精於卜筮。璞從之受業。公以青囊中書九卷與之,由是遂洞五行、天文、卜筮之術。"唐陳子昂陳伯玉集二酬田逸人見尋不遇題居隱里壁詩:"傳道尋仙友,青囊賣卜來。"㊁後世堪輿術士有青囊經,原題九天玄女青囊海角經,前有託名郭璞序,相地者之稱青囊術,本此。㊂借指醫術。明葉盛水東日記十三引明沈繹宣德中寄太醫院判以潛姪詩:"白髮至親惟叔嬸,青囊傳業有兒孫。"㊃印囊。晉崔豹古今注上輿服一:"青囊,所以盛印也。"

【青鬢】烏黑的鬢髮。喻少年。才調集八韓琮春愁詩:"金烏長飛玉兔走,青鬢長青古無有。"宋范成大石湖集一登西樓詩:"少年豪氣合摧鋒,青鬢朱顏萬事慵。"

【青鹽】食鹽之一種。池鹽。水經注河水三:"又按魏地記曰:(朔方)縣大鹽池,其鹽大而青白,名曰青鹽,又曰戎鹽,入藥分。"

【青鸐】傳説中一種瑞鳥。舊題晉王嘉拾遺記一唐堯:"幽州之墟,羽山之北,有善鳴之禽,人面鳥喙,八翼一足,毛色如雉,行不踐地,名曰青鸐,其聲似鐘磬笙竽也。世語曰:'青鸐鳴,時太平。'"

【青鸞】㊀傳説中的神鳥。舊題晉王嘉拾遺記十蓬萊山:"有浮筠之簳,葉青莖紫,子大如珠,有青鸞集其上。"㊁鑾鈴。南齊書武帝紀永明三年詔:"鳴青鸞於東郊,冕朱紘而莅事。"君車之前,有鸞鳥口銜鈴,故謂之鑾鈴。也指車。南朝梁江淹江文通集一倡婦自悲賦:"侍青鑾以雲聳,夾丹輦以霞飛。"宋陸游劍南詩稿十二書懷絶句之五:"未駕青鸞返帝鄉,三江七澤路茫茫。"㊁指鏡。南朝宋劉敬叔異苑三:"罽賓國王買得一鸞,欲其鳴,不可致。飾金繁,饗珍羞,對之愈戚,三年不鳴。夫人曰:'嘗聞鸞見類則鳴,何不懸鏡照之?'王從其言,鸞覩影悲鳴,冲霄一奮而絶。"後稱青鸞鏡,本此。唐徐夤鈞磯文集八上陽宮詞:"粧臺塵暗青鸞掩,宫樹月明黄鳥啼。"

【青弋江】水名。在安徽境。源出石埭縣之舒溪,東北流經涇縣匯涇水爲賞溪。又東北受幙溪琴溪諸水,始爲青弋江。經宣城南陵方山諸縣,西北流至蕪湖縣入長江。參閲嘉慶一統志一一五寧國府一山川。

【青女月】陰曆九月。全唐詩六二杜審言重九日宴江陰:"降霜青女月,送酒白衣人。"

【青玉虯】手杖。元楊維禎鐵厓古樂府三五湖游:"道人謫世三千秋,手把一枝青玉虯。"虯,古"虬"字。

【青玉案】㊀古時貴重的食器。案,承杯箸之盤。文選漢張平子(衡)四愁詩之四:"美人贈我錦繡段,何以報之青玉案。"唐李白李太白詩十三憶舊遊寄譙郡元參軍:"瓊杯綺食青玉案,使我醉飽無歸心。"㊁詞調名。名本張衡詩"何以報之青玉案"。因韓淲詞有"蘇公堤上西湖路"句,又名西湖路。雙調,六十七字,前後段各六句,五仄韻。見詞譜十五賀鑄青玉案。又見詞律十。

【青田酒】酒名。晉崔豹古今注下草木六:"烏孫國有青田核,莫測其樹實之形。至中國者,但得其核耳。得清水,則有酒味出,如醇美好酒。核大如六升瓠,空之以盛水,俄而成酒。劉章得兩核,集賓客設之,常供二十人之飲。一核盡,一核所盛已復中飲。飲盡,隨更注水。隨盡隨盛,不可久置,久置則苦不可飲。名曰青田酒。"

【青田鶴】鶴名。太平御覽九一六永嘉郡記:"沐溪野青田中有雙白鶴,年年生伏,長大便去,只餘父母一雙在耳,精白可愛。"藝文類聚九二南朝梁元帝鴛鴦賦:"青田之鶴,晝夜俱飛。日南之雁,從來共歸。"

【青史子】書名。漢書藝文志小説家著録青史子五十七篇。注謂爲古史官記事。不傳。漢應劭風俗通義祀典雄雞:"青史子書説,雞者東方之牲也。"

【青白眼】眼睛青色,其旁白色。正視則見青處,邪視則見白處。晉阮籍不拘禮教,能爲青白眼。見凡俗之士,以白眼對之。嵇康齎酒挾琴來訪,籍大悦,乃對以青眼。見世説新語簡傲注引晉百官名、晉書阮籍傳。後因謂對人重視曰青眼,對人輕視曰白眼。

【青字牌】宋軍報檄牌名。宋史輿服志六:"又有檄牌,其制有金字牌、青字牌……乾道末,樞密院置雌黄青字牌,日行三百五十里,軍期急速則用之。"

【青羊宮】道觀名。也作"青羊觀"。在四川成都市。宋陸游劍南詩稿十梅花絶句之九:"青羊宮裏應如舊,腸斷春風萬里橋。"明曹學佺蜀中廣記二成都府二:"蜀本紀云:老子爲關令尹喜著道德經,臨别曰:'子行道千日後,于成都郡青羊肆尋吾,今爲青羊觀也。"

【青油幕】以青綢爲幕,供迎賓或歇息之用。南史長沙宣武王懿傳附蕭韶:"(庾信)途經江夏,韶接信甚薄,坐青油幕下,引信入宴,坐信别榻,有自矜色。"唐段成式酉陽雜俎前集一禮異:"魏使李同軌陸操聘梁,入樂遊苑西門内青油幕下。"亦省作"青油"。唐劉禹錫劉夢得集外集六酬浙東李侍郎越州春晚即事詩:"青油晝捲臨高閣,紅旆晴翻繞古隄。"或作"青幕。"唐劉禹錫劉夢得集八更衣曲詩:"滿堂醉客争笑語,嘈囋琵琶青幕中。"參見"油幕"。

【青泥城】地名。即嶢柳城。在陝西藍田縣。東晉桓温使將軍薛珍擊前秦,破青泥城;劉裕遣將入武關,進屯於青泥,大敗後秦之兵,即此地。參閲元和郡縣志一京兆府藍田縣、太平寰宇記二六雍州藍田縣。參見"嶢柳"。

【青泥嶺】山名。在甘肅徽縣南,陝西略陽縣西北,古爲入蜀之要道。懸崖萬仞,上多雲雨,行者屢逢泥淖,故名。唐杜甫杜工部草堂詩箋十七泥功山"朝行青泥上,暮在青泥中",即此山。參閲元和郡縣志二二興州長舉縣。

【青門瓜】也稱東陵瓜。秦召(邵)平爲東陵侯,秦亡,爲民,種瓜長安城青門外,故稱。南朝梁何遜何水部集南還道中送贈劉諮議别詩:"目想平陵柏,心憶青門瓜。"參見"東陵瓜"。

【青金石】石似玉者,色青不透明。清制:皇子、世子、郡王、貝勒之夫人及四品官朝冠,上銜青金石。參閲清會典二九禮部。

【青苗錢】㊀唐税法之一。大曆元年,詔天下苗一畝税錢十五,以給百官俸。因國用急,方苗青即徵收,稱爲青苗錢。又有地頭錢每畝徵二十。通名爲青苗錢。參閲新唐書食貨志一。㊁北宋新法之一。宋熙寧二年,王安石創青苗法。當青黄不接之際,官貸錢於民。正月放而夏斂,五月放而秋斂,納息二分。本名常平錢,民間稱青苗錢。參閲宋史食貨志四。

【青草湖】湖名。湖之南有青草山,因名。古五湖之一。史記河渠書"於吴則通渠三江五湖"唐司馬貞索隱:"五湖者,郭璞江賦云具區、洮滆、彭蠡、青草、洞庭是也。"亦名巴丘湖。南接湘水,北通洞庭。水漲則與洞庭相接,所謂重湖。即古雲夢澤。才調集一王建江南三臺詞之二:"青草湖邊草色,飛猿嶺上猿聲。"唐白居易長慶集十六送客之湖南詩:"帆開青草湖中去,衣溼黄梅雨里行。"參閲嘉慶一統志三五四長沙府山川、又三五八岳州山川。

【青草瘴】嶺南春日之瘴氣。唐王維王右丞集五送楊少府貶郴州詩:"青草瘴時過夏口,白頭浪裏出湓城。"明鄺露赤雅下四瘴:"春曰青草,夏曰黄梅,秋曰新禾,冬曰黄茅。"

【青烏子】㊀漢相地術士。見宋邵思姓解三引漢應劭風俗通。唐柳宗元柳先生集十三伯祖妣趙郡李夫人墓誌銘:"艮之山,兑之水,靈之車,當反此。子孫萬代承靈祉,誰之言者青烏子。"㊁葬書名,相傳爲青烏子作。舊唐書經籍志:"青烏子三卷。"宋史藝文志:"青烏子歌訣二卷。"元李治敬齋古今黈拾遺二:"案地理新書云,孫李邕撰葬範,引呂才葬書僞濫者一百二十家,奏請停廢……青烏子葬經亦在其間。"

【青烏術】堪輿術。相地風水之術。相傳漢青烏子善相地,有葬經一書,故世稱堪輿術爲青烏術。唐劉禹錫劉夢得集十湖南觀察使故相國袁公挽歌之三:"地得青烏相,賓驚白鶴飛。"

【青紙詔】晉制,皇帝詔書用青紙紫泥。晉書楚王瑋傳:"瑋臨死,出其懷中青紙詔,流涕以示監刑尚書劉頌,曰:'受詔而行,謂爲社稷,今更爲罪!託體先帝,受枉如此,幸見申列。'"後因以青紙爲詔命的通稱。唐劉禹錫劉夢得集六送陽能判官孺登府罷歸鍾陵……詩之二:"貴臣持牙璋,優詔發青紙。"

【青琅玕】㊀似珠玉之石。本草綱目八石二青琅玕:"(陶)弘景曰:此蜀都賦所稱青珠黄環者也。……許慎説文云,琅玕,石之似玉者。孔安國云,石之似珠者。"㊁指竹。唐白居易長慶集一溢浦竹詩:"剖劈青琅玕,家家蓋牆屋。"元稹長慶集二種竹詩:"可憐亭亭幹,一一青琅玕。"

【青陵臺】戰國時宋康王臺。故址在河南封丘縣。康王舍人韓憑妻何氏貌美,王欲之,捕舍人,築青陵之臺。何氏作烏鵲歌以見志,遂自縊。歌曰:"南山有烏,北山張羅。烏自高飛,羅將奈何?"按晉干寶搜神記十一亦載韓憑夫婦事,謂何氏自投臺下死,而未言臺名。參閱古詩源一烏鵲歌解題引彤管集、明一統志二六開封府宫室。

【青雀子】北魏主奔長安,高歡入洛陽,奉立清河王世子元善見爲帝(孝静帝),魏分爲東魏西魏,定議遷都於鄴,歡爲相國,權皆歸於相府。時有童謡曰:"可憐青雀子,飛來鄴城裏,羽翮垂欲成,化作鸚鵡子。"雀子指善見,鸚鵡指高歡,卽歡將取代魏帝之意。見北齊書神武紀下天平元年。

【青鳥氏】古官名,爲曆正的屬官。左傳昭十七年:"我高祖少皞摯之立也,鳳鳥適至,故紀於鳥,爲鳥師而鳥名。鳳鳥氏,曆正也。……青鳥氏,司啟者也。"注:"青鳥,鶬鴳也。以立春鳴,立夏止。"疏:"立春立夏謂之啟。此鳥以立春鳴,立夏止,故以名官,使之主立春立夏。"

【青鳥使】神話中西王母的使者。後泛指信使。唐孟浩然集四清明日宴梅道士房詩:"忽逢青鳥使,邀我赤松家。"參見"青鳥㊀"。

【青雲士】指立德立言高尚之人。史記六一伯夷傳:"閭巷之人欲砥行立名者,非附青雲之士,惡能施于後世哉?"亦指隱士。唐李白李太白詩二古風之十五:"奈何青雲士,棄我如塵埃?"

【青雲器】喻高尚之材。文選南朝宋顔延年(延之)五君詠阮始平:"仲容青雲器,實稟生民秀。"晉阮咸字仲容,官至始平太守。唐劉長卿劉隨州集六湖上遇鄭田詩:"故人青雲器,何意常窘迫?"

【青精飯】采南燭枝葉,以其汁浸米,蒸飯曝乾,色青碧。道家謂久服可延壽益顔。唐杜甫杜工部詩十七贈李白:"豈無青精飯,使我顔色好。"宋陸游劍南詩稿八小憩長生觀飯已遂行:"道士青精飯,先生烏角巾。"參閱宋王觀國學林八青精。參見"南燭"。

【青瑣門】漢宫門名。後漢書六六王允傳:"(吕)布駐軍青瑣門外,招允曰:'公可以去乎?'"又百官志三黄門侍郎注:"宫閣簿:青瑣門在南宫。"衛瓘注:"吴都賦曰:青瑣,户邊青鏤也。一曰:天子門内有眉格再重,裹青畫曰瑣。"參見"青瑣"。

【青瑣闥】宫門刻爲連瑣文而以青色飾之,故稱宫門爲青瑣闥。瑣亦作"鎖"。唐王維王右丞集五留別錢起詩:"霄漢時回首,知音青瑣闥。"韋應物韋江州集十送褚校書歸舊山歌詩:"朝朝待詔青鎖闥,中有萬年之樹蓬萊池。"

【青頭雞】謂鴨。因鴨頭多青色,故稱。三國志魏齊王紀嘉平六年"大將軍司馬景王(師)將謀廢帝,以聞皇太后"注引世語及魏氏春秋:"姜維寇隴右。時安東將軍司馬文王(昭)鎮許昌,徵還擊維。至京師,帝於平樂觀以臨軍過。中領軍許允與左右小臣謀,因文王辭,殺之,勒其衆以退大將軍。已書詔于前。文王入,帝方食栗,優人雲午等唱曰:'青頭雞,青頭雞。'青頭雞者,鴨也。帝懼不敢發。文王引兵入城。景王(司馬師)因是謀廢帝。"鴨,音同"押",優人暗示勸帝速押字於詔以行事。

【青鏤管】鏤刻青色花紋的筆管。南史紀少瑜傳:"少瑜嘗夢陸倕以一束青鏤管筆授之,云:'我以此筆猶可用,卿自擇其善者。'其文因此遒進。"

【青靈臺】黄帝時臺名。史記封禪書:"黄帝就青靈臺,十二日燒,黄帝乃治明廷。明廷,甘泉也。"

【青天白日】㊀晴朗的天。唐李白李太白詩三上留田行詩:"田氏倉卒骨肉分,青天白日摧紫荆。"韓愈昌黎集十七與崔羣書:"青天白日,奴隸亦知其清明。"㊁喻清明,明白。宋朱熹朱文公集答魏元履書:"武侯(諸葛亮)卽名義俱正,無所隱匿,其爲漢復讐之志,如青天白日,人人得而知之。"

【青天霹靂】平地起雷。續傳燈録二八宗振首座:"我有一機,直下示伊,青天霹靂,電捲星馳。"宋陸游劍南詩稿八四四日夜雞未鳴起作:"正如久蟄龍,青天飛霹靂。"比喻突然發生之事。元謝應芳龜巢詞補遺沁園春寄崑山友人並自述之二:"遭幾番驚怕,青天霹靂;滿懷愁悶,蒼海汪洋。"

【青牛道士】漢方士封君達之别號。舊題漢班固漢武帝内傳附録:"封君達,隴西人也。少好道。初服黄連五十餘年,乃入鳥鼠山。又于山中服鍊水銀百餘年,還鄉里,年如三十者。常乘青牛,故號爲青牛道士。"又見博物志五。後漢書八二方術傳下作"青牛師"。後來作道士的通名。宋陳舜俞廬山記四古人留題唐楊衡宿青牛谷梁鍊師仙居詩:"隨雲出入青牛谷,青牛道士留我宿。"

【青出於藍】藍,藍草,染青色之草。荀子勸學:"青,取之於藍,而青於藍。冰,水爲之,而寒於水。"北齊劉晝劉子崇學:"青出於藍而勝於藍,染使然也。"多用以喻弟子勝過老師。唐張彦遠歷代名畫記二敍師資傳授南北時代:"各有師資,遞相倣效。或自開户牖,或未及門牆,或青出於藍,或冰寒於水。"亦用以喻後人勝過前人。唐白居易長慶集二一賦賦:"賦者,古詩之流也。始草創於荀宋,漸恢張於賈馬。冰生乎水,初變本於典墳,青出於藍,復增華於風雅。"

【青衣烏公】傳説中仙人。抱朴子極言:"又彭祖之弟子,青衣烏公、黑穴公、秀眉公……七八人皆歷數百歲,在殷而各仙去。"亦作青烏公。漢劉向列仙傳:"青烏公,彭祖弟子也。服金汋而升太極,入華陰山學道,積四百七十一歲。後服金液而昇天。"(潛確居類書六三)。

【青州從事】美酒。世説新語術解:"桓公(温)有主簿,善别酒,有酒輒令先嘗。好者謂青州從事,惡者謂平原督郵。青州有齊郡,平原有鬲縣。從事言到臍(齊),督郵言在鬲上住。"因好酒下臍,惡酒凝膈。從事,美官;督郵,賤職,故以爲比。宋蘇軾分類東坡詩十三真一酒詩:"人間真一東坡老,與作青州從事名。"又二五章質夫送酒六壺書至而酒不達戲作小詩問之詩:"豈意青州六從事,化爲烏有一先生。"

【青紅皂白】喻是非、情由。古今雜劇缺名梁山七虎鬧銅臺三:"也不管他青紅皂白,左右!且拏一面大枷來,把他枷着送在牢中再做計較。"紅樓夢三四:"寶釵忙勸道:'媽媽和哥哥且别叫喊,消消停停的,就有個青紅皂白了。'"

【青黄不接】謂舊穀已盡,新穀未熟之時。喻暫時之匱乏。也作"青黄不交"、"青黄未接"。宋歐陽修文忠集一一四言青苗第二劄子:"若夏料錢於春中俵散,猶是青黄不相接之時。"蘇軾東坡集奏議集十四乞將損弱米貸與人户令賑濟佃客狀:"今來已是春深,正當春夏青黄不交之際,可以發脱得上件陳米斛㪷,公私俱便。"元典章十九:"若值青黄未接之時,或遇水旱災傷之際,多於田主之家借債貸糧,接缺食用,候至收成,驗數歸還。"又二一:"正是青黄不接之際,各處物斛湧貴,百姓艱糴。"

【青梅竹馬】唐李白李太白詩四長干行:"郎騎竹馬來,遶牀弄青梅,同居長干里,兩小無嫌猜。"指小兒女嬉戲天真爛熳的情狀。

【青梅煑酒】古代一種煮酒法。宋晏殊珠玉詞訴衷情:"青梅煑酒鬬時新,天氣欲殘春。"宋蘇軾分類東坡詩十四贈嶺上梅:"不趁青梅嘗煑酒,要看細雨熟黃梅。"

【青雲干呂】指慶雲翔集。舊謂吉祥之兆。舊題漢東方朔十洲記:"臣國去此三十萬里。國有常占。東風入律,百旬不休,青雲干呂,連月不散者,當知中國時有好道之君。"廣弘明集二十南朝梁簡文帝大法頌序:"川嶽呈祥,風煙効祉。青雲干呂,黃氣出翼。"

【青雲直上】喻仕途得意,連登高位。文選南朝齊孔德璋(稚珪)北山移文:"度白雪以方絜,干青雲而直上。"唐劉禹錫劉夢得集外集八寄毗陵楊給事之二:"青雲直上無多地,卻要斜飛取勢迴。"

【青蓮居士】唐李白自稱青蓮居士。李太白詩十九答湖州迦葉司馬問白是何人詩:"青蓮居士謫仙人,酒肆藏名三十春。"又答族姪僧中孚贈玉泉仙人掌茶詩序:"後之高僧大隱,知仙人掌茶發乎中孚禪子及青蓮居士李白也。"

【青綾步障】青綾製的屏障。晉書王凝之妻謝氏傳:"凝之弟獻之嘗與賓客談議,詞理將屈;(謝)道韞遣婢白獻之曰:'欲爲小郎解圍。'乃施青綾步障自蔽,申獻之前議。客不能屈。"

【青鞋布襪】山野之人所服。唐杜甫杜工部草堂詩箋六奉先劉少府新畫山川障歌:"若耶溪,雲門寺,吾獨胡爲在泥滓?青鞋布襪從此始。"

【青箱雜記】宋吳處厚撰,十卷。記當代雜事,亦多詩話。晁公武讀書志謂其所記多失實,但論詩往往可取。

【青燈黃卷】喻攻讀辛勤。元詩選葉顒樵雲獨唱集冬景十絶書舍寒燈:"青燈黃卷伴更長,花落銀釭午夜香。"

【青錢萬選】喻文才超衆,如青銅錢,萬選萬中。新唐書一六一張薦傳:"員外郎員半千數爲公卿稱'(張)鷟文辭猶青銅錢,萬選萬中',時號鷟青錢學士。"宋文鑑二四晏殊假中示判官張寺丞王校勘詩:"遊梁賦客多風味,莫惜青錢萬選才。"

【青藜學士】喻博學之士。舊題晉王嘉拾遺記六後漢:"劉向於成帝之末校書天祿閣,專精覃思。夜有老人着黃衣,植青藜杖,登閣而進。見向暗中獨坐誦書,老父乃吹杖端煙燃,因以見向,說開闢已前。向因受五行洪範之文。"宋劉克莊後村集六八徐復除秘書少監制:"爾昔爲青藜學士,今爲白頭老監,豈非館閣之嘉話,朝廷之盛舉乎!"參見"燃藜"、"青藜"。

【青蠅弔客】三國志吳虞翻傳"又爲老子論語國語訓注,皆傳於世"注引翻別傳:"翻放棄南方,云:'自恨疏節,骨體不媚,犯上獲罪。當長没海隅,生無可與語,死以青蠅爲弔客。使天下一人知己者,足以不恨。'"唐劉禹錫劉夢得集十遥傷丘中丞詩:"何人爲弔客?唯是有青蠅。"

【青驄白馬】樂府西曲歌名。樂府詩集四九青驄白馬解題引古今樂録:"青驄白馬,舊舞,十六人。"古辭八首,無作者姓氏。其首章起句爲"青驄白馬紫絲韁",故名。

【青囊奥語】舊本題唐楊筠松撰,一卷。又青囊序一卷,題筠松門人曾文辿作。宋陳振孫直齋書録解題有楊公遺訣曜金歌並三十六圖象一卷,注稱楊即筠松。宋鄭樵通志藝文略別載楊曾二家青囊經一卷,或即此書。其中多引而不發之語,本之說卦陽順陰逆之例,爲相地術士理氣一派之所本。

【青溪小姑曲】樂府神弦歌名。神弦歌共十一曲,六曰青溪小姑。見樂府詩集四七神弦歌解題引古今樂録。又青溪小姑曲解題:"(晉)干寶搜神記曰:'廣陵蔣子文嘗爲秣陵尉,因擊賊,傷而死。吳孫權時封中都侯,立廟鍾山'。異苑曰:'青溪小姑,蔣侯第三妹也'。"

五畫

靖

1. jìng ㄐㄧㄥˋ 疾郢切,上,静韻,從。

㊀安定。書盤庚上:"則惟汝衆,自作弗靖,非予有咎。"國語周下:"自后稷之始基靖民。"㊁止息。左傳昭十三年:"諸侯靖兵,好以爲事。"文選南朝梁任彦昇(昉)齊竟陵文宣王行狀:"玉關靖柝,北門寢扃。"㊂謀議。詩小雅菀柳:"俾予靖之,後予極焉。"傳:"靖,治。"箋:"靖,謀。"㊃謙恭。管子大匡:"士處靖,敬老與貴。"唐尹知章注:"靖,卑敬貌。"㊄細小貌。見"靖人"。

2. jīng ㄐㄧㄥ

㊅表彰。通"旌"。左傳昭元年:"魯叔孫豹可謂能矣,請免之以靖能者。"清王引之經義述聞十九:"靖,當讀爲旌,旌,表也。"

【靖人】短小人。山海經大荒東經:"有小人國,名靖人。"注:"詩含神霧曰:'東北極有人長九寸,殆謂此小人也。'或作竫,音同。"列子湯問作"諍人",義同。

【靖江】縣名,屬江蘇省。元江陰縣,明成化七年置靖江縣,清屬常州府。見嘉慶一統志八六常州府。

【靖安】縣名,屬江西省。漢建昌縣地,唐置靖安鎮。宋升爲縣。歷代因之。明清皆屬南昌府。見嘉慶一統志三〇八南昌府。

【靖共】恭謹。詩小雅小明:"靖共爾位,正直是與。"韓詩外傳作"靖恭"。

【靖冥】幽深閒静。漢書八七上揚雄傳校獵賦:"於是禽殫中衰,相與集於靖冥之館。"注引晉灼:"靖冥,深閒之館。"

【靖密】安静隱祕。新唐書一四二韋處厚傳:"帝(憲宗)曰:'韋處厚、路隋數上疏,其言忠切,顧卿未知爾。'由是中外推其靖密。"

【靖康】宋趙桓(欽宗)年號。公元1126—1127年。

【靖遠】縣名。屬甘肅省。漢祖厲縣,屬安定郡。明正統二年置靖虜衛。清初置靖遠衛,雍正八年改置靖遠縣。見嘉慶一統志二五二蘭州府。

【靖默】即"静默"。宋書羊欣傳:"欣少靖默,無競於人,美言笑,善容止,汎覽經籍,尤長隸書。"

【靖邊】縣名。屬陝西省。明置靖邊營,屬延綏鎮。清初爲靖邊所。雍正九年以安邊、安塞、鎮羅、鎮靖、龍州五堡置縣,屬延安府。參閱嘉慶一統志二三三延安府。

【靖難】㊀平定變亂。後漢書七十孔融傳:"融負其高氣,志在靖難,而才疏意廣,迄無成功。"文選晉陸士衡(機)漢高祖功臣頌:"靖難河濟,即宫舊梁。"㊁明建文帝用齊泰黃子澄之謀,削奪諸藩。燕王棣反,指齊黃爲奸臣,起兵入清君側,號曰靖難。建文四年六月,靖難兵入京師,帝不知所終。燕王稱帝,大殺建文諸臣,發其婦女於教坊。參閱明史成祖紀一、一四一方孝孺傳。

【靖郭君】即田嬰。見"田嬰"。

【靖康要録】十六卷,未著撰人姓名。記宋欽宗爲太子時及靖康一年之事。按日編次,凡政事制度及詔誥之類頗詳。蓋爲欽宗實録既成後,撮其概要,故名要録。敍事雖略，而一時朝政具有本末，可補宋史之遺。近人余嘉錫據宋會要考證爲宋人王藻撰。

【靖節徵士】晉陶潛私謚。文選南朝宋顔延年（延之）陶徵士誄序："故詢諸友好，宜謚曰靖節徵士。"

【靖康傳信録】宋李綱撰。三卷。載自宣和七年至靖康二年徽欽被擄北去以前事實。中敍君臣商略和戰行止之事頗詳。所記皆綱親歷，故以傳信爲名。宋史三五九李綱傳載有靖康傳信録書目。

【靖康緗素雜記】宋黄朝英撰。十卷。所記凡二百事，今本只九十事。頗引新經義及字説，尊王安石爲舒王，乃爲王氏之學者，然亦淹貫古義，引據頗詳明。

六畫

靘 qìng 千定切，去，徑韻，清。ㄑㄧㄥ

㊀靘⿰黑色，青黑色。見玉篇。廣韻作"⿰黑色靘"。㊁華美。唐韓愈昌黎集四東都遇春詩："川原曉服鮮，桃李晨妝靘。"靘，一本作"靚"。㊂裝飾。宋稗類鈔二奢汰："笙簧必用高麗銅爲之，靘以緑蠟，煖則字正而清越。"

七畫

靚 jìng 疾政切，去，勁韻，從。ㄐㄧㄥ

㊀召，呼。通"請"。説文："靚，召也。"清段玉裁注："廣韻曰：'古奉朝請亦作此字。'按史記漢書皆作朝請。"㊁妝飾豔麗。後漢書八九南匈奴傳："昭君豐容靚飾，光明漢宫。"㊂安静。通"静"。漢書四八賈誼傳服鳥賦："澹虖若深淵之靚，氾虖若不繫之舟。"史記八四賈生傳作"静"。

【靚衣】美麗的衣飾。太平廣記六八封陟："後七日夜，姝又至，態柔容冶，靚衣明眸。"

【靚莊】美麗的妝飾。莊，也作"妝"、"粧"。史記一一七司馬相如傳上林賦："靚莊刻飭，便嬛綽約。"集解："靚莊，粉白黛黑也。"文選晉左太沖（思）蜀都賦："都人士女，袨服靚粧。"

【靚粧】同"靚莊"。晉王廙洛都賦："若乃暮春嘉禊，三巳之辰，麗服靚粧，祓乎洛濱。"（北堂書鈔一五五）

八畫

靛 diàn 集韻 堂練切，去，霰韻。ㄉㄧㄢ

青藍色染料。用藍草葉之汁和水與石灰沈澱而成，謂之水靛。別一種名土靛，乾硬成塊，用藍草葉晒乾搗爛爲之。

【靛花】藥名。又名蛤子粉。藍質浮水面者曰靛花，入藥曰青黛。見本草綱目十六草五青黛。

靜 1. jìng 疾郢切，上，静韻，從。ㄐㄧㄥ

㊀静止，動之對，不動卽静。易坤文言："坤至柔而動也剛，至静而德方。"韓詩外傳九："樹欲静而風不止。"㊁無聲，寂静。楚辭宋玉招魂："像設君室，静閒安些。"㊂安静。墨子非攻："神民不違，天下乃静。"淮南子本經："怒斯動，動則手足不静。"本字作"竫"。見清段玉裁説文解字注"静"。㊃閑雅。見"静女"。㊄潔淨。通"瀞（淨）"。詩大雅既醉："其告維何，籩豆静嘉。"㊅思謀。管子侈靡："曲静之言，不可以爲道。"唐尹知章注："静，謀也。"參見"静言"。㊆精神貫注專一，道家一種修養之術。雲笈七籤九九靈響詞序："修鍊之士當須入静，……大静三百日，中静二百日，小静一百日。"

2. zhèng ㄓㄥ

㊇諍諫。通"諍"。禮儒行："陳言而伏，静而正之。"

【静女】詩邶風静女："静女其姝，俟我於城隅。"宋朱熹集傳："静者閒雅之意。"唐孟郊孟東野集一静女吟："豔女皆妬色，静女獨檢蹤。"

【静功】道家稱静坐修養爲静功。明王文禄海沂子二作聖："二氏學得吾道静功一緒耳。"古今圖書集成神異典分目有静功部，記道家修養之事。

【静江】府名。宋置。本唐静江軍，治桂州。元改静江路。明洪武初，改曰桂林府。清因之。地卽今廣西桂林市。見嘉慶一統志四六一桂林府。

【静好】安樂美好。詩鄭風女曰雞鳴："琴瑟在御，莫不静好。"

【静言】巧飾之言。書堯典："静言庸違，象恭滔天。"傳："静，謀。言共工自爲謀言，起用行事而違背之。"漢書七六王尊傳引作"靖言"。注："靖，治也。……謂其言假託於治，實用違僻貌象恭敬，過惡漫天也。"史記五帝紀引作"善言"，參閲清王引之經義述聞三自作弗靖。

【静室】㊀清除宫室，以保潔淨安全。後漢書五四楊秉傳上疏："王者至尊，出入有常，警蹕而行，静室而止。"注："静室，謂先使清宫也。"㊁清静之室。北周庾信庾子山集四山齋詩："寂寥尋静室，蒙密就山齋。"

【静海】縣名。漢章武、東平舒二縣地。金置靖海縣。明清改靖爲"静"，屬天津市。見嘉慶一統志二四直隸天津府。

【静淵】寧静淵深。史記五帝紀顓頊："静淵以有謀，疏通而知事。"宋陳師道後山集十七代興龍節功德疏："如河海之静淵，與天地而久長。"

【静敦】周器。周宣王名靖，也作静。此敦疑卽周宣王爲太子時所作。銘曰："王命静嗣射學宫。"卽禮所謂習射於澤宫，太子之事。蓋因行習射禮，而王錫以鞞遂，用作此鼎。此敦字體匀秀，已開史籀之先聲。金石家定爲宣王時文字。參閲竹書紀年周宣王、清吳大澂愙齋集古録五。

【静瑟】樂器名。舊題晉王嘉拾遺記三周穆王："員山，其形員也，有大林。雖疾風震地，而林木不動。以其木爲琴瑟，故曰静瑟。"南齊謝朓謝宣城集五奉和隨王殿下詩之六："端坐聞鶴引，静瑟愴復傷。"

【静寧】縣名，屬甘肅省。漢置阿陽縣。晉省。後魏復置。隋省。宋置隴干城，慶曆三年建德順軍。元置德順州，尋改静寧州。明清皆屬平涼府。公元1913年改静寧縣。見嘉慶一統志二五八甘肅平涼府。

【静獄】清理獄囚。新五代史蘇逢吉傳："高祖嘗以生日遣逢吉疏理獄囚以祈福，謂之静獄。逢吉入獄中閲囚，無輕重曲直悉殺之。以報曰：'獄静矣。'"

【静樂】縣名。屬山西省。漢汾陽縣地，屬太原郡。北齊置岢嵐縣。隋開皇十八年改名汾源，大業二年改静樂。元廢。明復置。清屬山西忻州。參閲太平寰宇記四一嵐州、嘉慶一統志一五〇忻州直隸州。

【静辦】安静。續傳燈録十九思慧妙湛禪師："又安得箇慨然有志、扶豎宗乘的衲子出來，喝散大耳，非唯耳邊静辦，當使正法久住。"古今雜劇元關漢卿竇娥冤一："老身蔡婆婆，我一向搬在山陽縣居住，儘也静辦。"

【静默】沈静緘默。管子宙合："賢人之處亂世也，知道之不可行，則沈抑以辟罰，静默以侔免。"三國魏曹植曹子建集九九詠："靈既降兮泊静默，登文階兮坐紫房。"

【静鞭】鑾駕儀衛之警人用具。朝會時鳴之以示肅静。亦稱鳴鞭。舊五代史晉高祖紀:"宣遣静鞭官劉守威……等並赴契丹。"元詩選宋无子虚翠寒集唐宮詞補遺四之二:"罷朝輕輦駐花邊,催喚黃門住静鞭。"清制静鞭,黃絲長一丈三尺,闊三寸,梢長三丈,漬以蠟,柄木質朱漆,長一尺,刻金龍首。參閱清會典八三鑾儀衛。

【静修集】元劉因撰。三十卷。其中詩丁亥集五卷,因所自定。餘皆門人故友所輯録。因文道勁,在許衡吳澄之上,詩亦風格高邁,無講學家氣習。

【静惕堂】清曹溶藏書室名。溶,浙江秀水人,字秋嶽,號倦圃。明崇禎進士,入清官至廣東布政使。平生儲書甚富,尤多宋元人集。有静惕堂書目。其静惕堂詩集四十四卷,收古今體詩四千首,爲其外孫朱丕戭蒐輯。

【靜春堂集】元袁易撰。四卷。易,平江人,字通甫,不樂仕進,爲石洞山長,主朱熹之學。亦以詩名,此集爲其子泰所編。其詩風骨道上,於陳與義爲近。

十四畫

䨼 hù 胡誤切,去,暮韻,匣。ㄏㄨ

青黑色。山海經南山經:"又東三百里曰青丘之山,其陽多玉,其陰多青䨼。"注:"䨼,黝屬。"清段玉裁說文解字注"䨼":"案南山經曰:雞山其下多丹䨼,侖者之山其下多青䨼。然則凡采色之善者皆稱䨼。蓋本善丹之名移而他施耳。亦猶白丹青丹黑丹皆曰丹也。"

非 部

非 1. fēi 甫微切,平,微韻,幫。ㄈㄟ

㊀不對,過失。書說命:"無啓寵納侮,無恥過作非。"孟子告子上:"是非之心,人皆有之。"㊁不,不是。書盤庚下:"各非敢違卜。"傳:"不敢違卜。"莊子秋水:"子非魚,安知魚之樂?"㊂責難。穀梁傳宣十五年:"私田稼不善則非吏,公田稼不善則非民。"呂氏春秋愼行:"動作者莫不非令尹。"注:"非,咎也。"㊃詆毁,譏諷。孝經:"非聖人者無法,非孝者無親。"史記八七李斯傳:"非世之惡利,自託於無爲。"注:"索隱:非者,譏也。所謂處士橫議也。"㊄豈非,未嘗。書大禹謨:"可愛非君,可畏非民。"孟子公孫丑下:"城非不高也,池非不深也。"㊅疑問詞,猶否。漢書六四下終軍傳:"此言與實反者非?"㊆意通"無"。書大禹謨:"衆非元后,何戴?后非衆,罔與守邦。"史記孔子世家:"夫子則非罪。"

2. fěi 集韻 妃尾切,上,尾韻。ㄈㄟˇ

㊇誹謗。通"誹"。荀子解蔽:"故羣臣去忠而事私,百姓怨非而不用。"注:"非或爲誹。"

【非人】㊀猶死人。莊子田子方:"孔子見老聃,老聃新沐,方將被髮而乾,慹然似非人。"唐成玄英疏:"凝神寂伯,慹然不動,摇若槁木,故似非人。"㊁殘廢之人。左傳昭七年:"孟(縶)非人也,將不列於宗,不可謂長。"注:"足跛,非全人,不可列爲宗主。"㊂謂行爲不端之人。莊子應帝王:"而未始出於非人。"注:"夫以所好爲是人,所惡爲非人。"㊃佛家指神怪之類。法華經四提婆達多品:"爾時娑婆世界菩薩聲聞,天龍八部,人與非人,皆遥見彼龍女成佛。"

【非子】周時人,也作飛子,善御馬。周孝王召使主馬于汧渭之間,馬大蕃息,封爲附庸,邑之秦,使復續嬴氏祀,號曰秦嬴,是爲秦始封之祖。見史記秦本紀五。文選晉盧子諒(諶)贈崔温詩:"恨以駑蹇姿,徒煩非子御。"一本作"飛"。

【非凡】不平凡,不尋常。後漢書十五李通傳:"(黃顯)謂(李)守曰:'今關門禁嚴,君狀貌非凡,將以此安之?不如詣闕自歸。'"三國志蜀先主傳:"舍東南角籬上有桑樹生高五丈餘,遥望見童童如小車蓋,往來者皆怪此樹非凡。"

【非夫】謂非大丈夫,懦夫。左傳宣十二年:"成師以出,聞敵彊而退,非夫也。"注:"非丈夫。"唐温庭筠集六開成五年秋以抱疾郊野……一百韻詩:"鹿鳴皆綴士,雌伏竟非夫。"

【非次】謂不依正常的順序。後漢書殤帝紀延平元年勑:"署用非次,選舉乖宜,貪苛慘毒,延及平民。"晉書羊祜傳上表:"今臣身託外戚,事連運會,誡在過寵,不患見遺,而猥降發中之詔,加非次之榮,臣有何功可以堪之,何心可以安之。"

【非刑】清代刑具皆有一定尺寸式樣,並須經官烙印,任意私設者,均屬非刑。也泛指殘酷的刑罰。參閱清文獻通考一九六刑考二刑制、清會典事例八三九刑部刑律斷獄。

【非非】㊀非所當非,不是就是不是。荀子修身:"是是非非謂之智。"注:"能辨是爲是,非爲非,謂之智也。"宋蘇軾分類東坡詩三劉壯輿長官是是堂:"非非近乎訕,是是近乎諛。"㊁猶言玄之又玄。語本佛經所說之非想非非想。本爲辨析精微之意。後喻離奇怪誕不切實際之空想爲想入非非。聊齋誌異狐諧"驟生駒駒,乃'臣所聞'"清但明倫評:"伶牙利齒,想入非非。"參見"非想非非想處。"

【非命】㊀橫死。謂不以正道而死。孟子盡心上:"盡其道而死者,正命也;桎梏死者,非正命也。"後指因意外災禍而死曰非命。北史序傳李彥子充:"痛父非命,終身不食酒肉。"水滸十五:"我三個若舍不得性命相幫他時,殘酒爲誓:教我們都遭橫事,惡病臨身,死于非命!"㊁先秦墨家主張富貴貧賤非命所定,以反對天命之說,故有非命篇。漢書藝文志:"墨家者流……順四時而行,是以非命。"

【非計】謂失策。漢書三五吳王濞傳:"諸侯地不能爲漢十二,爲叛逆以憂太后,非計也。"南史王誕傳:"將軍今留吳公,公私非計。"

【非時】㊀謂背四時之常。後漢書五行志:"又先儒言,瑞興非時,則爲妖孼。"見"非時花"。㊁謂非適當之時機。史記一一八淮南王安傳:"(太子)乃謂王曰:'羣臣可用者皆前繫,今無足與舉事者。王以非時發,恐無功,臣願會逮。'"參見"非時食"。㊂隨時。唐王建詩五贈郭將軍:"密封計策非時奏,別賜衣裳到處熏。"

【非望】㊀非分之望。漢書四五息夫躬傳:"東平王雲以故與其后日夜祠祭祝詛上,欲求非望。"注:"言求帝位也。"㊁意外之望。藝文類聚三十三國魏王粲出婦賦:"既僥倖兮非望,逢君子兮弘仁。"又五一南齊謝朓封甄城王表:"不悟聖恩,爵以非望,枯木生葉,白骨更肉。"

【非常】㊀不同尋常。文選漢司馬長卿(相如)難蜀父老:"蓋世必有非常之人,然後有非常之事;有非常之事,然後有非常之功。"㊁謂突如其來之變故。史記項羽紀："所以遣將守關者，備他盜之出入與非常也。"㊂不合常規。左傳莊二五年："鼓用牲於社，非常也。"㊃佛家語。謂無常。無量壽經："見老病死，悟世非常。"

【非雲】祥瑞的彩雲。樂府詩集三南齊謝朓歌世祖武皇帝："昭星夜景，非雲曉慶。"南齊書蕭穎胄傳告京邑百官諸郡牧守檄："非雲如醴之祥，白質黑章之瑞。"參見"非煙㊀"。

【非幾】不善之事。書顧命："爾無以釗冒貢于非幾。"注："汝無以釗冒進于非危之事。"釗，周康王名。

【非意】意料之外。宋蘇軾東坡集後集十三謝除兩職守禮部尚書表："異數併加，實爲非意。"

【非煙】㊀祥瑞的彩雲。史記天官書："若煙非煙，若雲非雲，郁郁紛紛，蕭索輪囷，是謂卿雲。卿雲，喜氣也。"唐李德裕會昌一品集別集三迷夢詩四十韻："非煙含瑞氣，馴雉潔霜毛。"㊁人名。唐武公業之妾。見"步非煙"。

【非聖】詆毀聖人。孝經："非聖人者無法，非孝者無親，此大亂之道也。"漢書六八金日磾傳附金安上甄邯劾奏金欽："非聖誣法，大亂之殃。"

【非₂訾】誹謗，詆毀。說文敍："而世人大共非訾，以爲好奇者也，故詭更正文。"唐白居易長慶集一傷唐衢詩："貴人皆怪怒，閑人亦非訾。"

【非業】不急之事。漢書元帝紀初元三年詔："惟烝庶之飢寒，遠離父母妻子，勞於非業之作，衛於不居之宮，恐非所以佐陰陽之道也。"

【非熊】指呂尚。也喻隱士出山見用。宋書符瑞志上："（文王）將畋，史徧卜之，曰：'將大獲，非熊非羆，天遣汝師以佐昌。'"果得呂尚於渭水之陽。後以非熊爲太公事本此。按史記齊太公世家作"所獲非龍非彲，非虎非羆，所獲霸王之輔"，不作非熊。參閱宋孫奕履齋示兒編十三非熊。

【非冀】非分的願望。後漢書三十上蘇竟傳與劉龔書："或謂天下迭興，未知誰是，稱兵據土，可圖非冀。"又五八臧洪傳："今王室衰弱，無扶翼之意，而欲因際會，觖望非冀。"三國志魏臧洪傳作"希冀非望。"

【非薄】詆毀鄙薄。世說新語棲逸"山公（濤）將去選曹"注引嵇康別傳："乃答濤書，自說不堪流俗而非薄湯武，大將軍（司馬昭）聞而惡之。"文選嵇康與山濤書作"又每非湯武而薄周孔"。

【非類】㊀不同族類。左傳僖十年："神不歆非類，民不祀非族。"文選魏曹元首（冏）六代論："使夫廉高之士，畢志於衡軛之內；才能之人，恥與非類爲伍，非所以勸進賢能，褒異宗族之禮也。"㊁行爲不正之人。世說新語賞譽下"王藍田（述）爲人晚成"注引晉陽秋："述體道清粹，簡貴靜正，怡然自足，不交非類。"

【非議】責難，譏議。晏子春秋問上："無以靡曼辯辭定其行，無以毀譽非議定其身。"漢書八九黃霸傳："長信少府夏侯勝非議詔書大不敬，霸阿從不舉劾。"

【非時花】違背時令而開花。相傳唐末有殷七七，字文祥，周賓舊識之。周移鎮浙西，一日謂七七曰："鶴林杜鵑，天下奇絕，聞子能作非時花，今重九將近，能開花副此日乎？"七七應諾。及九日，果爛熳如春。宋蘇軾分類東坡詩二三後十餘日復至（吉祥寺）："安得道人殷七七，不論時節遣花開。"參見"殷七七"。

【非時食】佛教戒律，正午以前爲時，正午以後爲非時。時則食，非時則不得食，但飲蘇油、蜜、石蜜果汁等，名非時漿或非時食。法苑珠林一〇六受戒戒相："如諸聖人，常過中不食，遠離非時，行非時食。我今一日一夜，過中不食，遠離非時，行非時食。"法顯佛國記："客僧往到，舊僧迎送，代擔衣鉢，給洗足水，塗足油與非時漿。"

【非梵行】佛教指淫亂之事。亦曰不淨行。菩薩戒義疏七："婬戒，名非梵行，鄙陋之事，故言非淨行也。"法苑珠林一〇六受戒受法："不非梵行，離非梵行想。"

【非常月】謂閏月。公羊傳文六年："曷爲不告朔？天無是月也。閏月矣，何以謂之天無是月，非常月也。"注："所在無常故無政也。"

【非日非月】荀子賦："爰有大物，非絲非帛，文理成章。非日非月，爲天下明。"大物，指禮；禮非日月，而與日月同功。後引申爲頌揚顯貴之詞。南朝陳徐陵徐孝穆集五梁貞陽侯與王太尉僧辯書："非日非月，蒼生仰其照臨；如雲如雨，天下蒙其恩蔭。"

【非夷非惠】南史漁父傳："乃歌曰：竹竿籊籊，河水浟浟。相忘爲樂，貪餌吞鉤。非夷非惠，聊以忘憂。"夷惠謂伯夷與柳下惠。伯夷非其君不仕，柳下惠三黜其官而不去，漁父謂己非夷非惠，處乎兩者之間，表其隱逸不仕之志。

【非同小可】猶言事關重大，不可輕視。古今名劇元白仁甫牆頭馬上一："慚愧！這一場喜事，非同小可，只等的天晚，却來赴約也。"水滸四三："這兩個小虎且不打緊，那兩個大虎非同小可。"

【非常異義】猶言違背經文的常義。公羊傳序："傳春秋者非一，本據亂而作，其中多非常異義可怪之論，說者疑惑，至有倍經任意，反傳違戾者。"疏："非常異義者，卽莊四年齊襄復九世之讎而滅紀僖〔元〕年，實與齊桓專封是也。此卽是非常之異義。言異於文武時，何者？若其常義，則諸侯不得擅滅，諸侯不得專封，故曰：非常異義也。"

【非異人任】謂責任不在別人，而在自己。左傳襄二年："鄭成公疾，子駟請息肩于晉。公曰：'楚君以鄭故，親集矢於其目，非異人任，寡人也。'"注："言楚子任此患，不爲他人，蓋在己。"後謂己身不能卸責，曰非異人任。

【非意相干】無故尋釁。文選梁任彥昇（昉）齊竟陵文宣王行狀："人有不及，內恕諸己；非意相干，每爲理屈。"注："晉中興書曰：衛玠常以人有不及，可以情恕；非意相干，可以理遣。"唐段成式酉陽雜俎前集二壺史："將午，當有匠餅者負囊而至，囊中有錢二千餘，而必非意相干也。可閉關，戒妻孥勿輕應對，及午必極罵，須盡家臨水避之。"

【非愚則誣】莊子秋水："然且語而不舍，非愚則誣也。"韓非子顯學："故明據先王，必定堯舜者，非愚則誣也。"謂若非愚昧，卽爲誣罔，猶言其說決無可以成立之理。

【非錢不行】譏刺貪官之語。唐張鷟朝野僉載一："鄭愔爲吏部侍郎掌選，贓污狼藉，引銓，有選人繫百錢於靴帶上；愔問其故，答曰：'當今之選，非錢不行。'愔默而不言。"

【非驢非馬】漢書九六下龜茲傳："（龜茲王）後數來朝賀，樂漢衣服制度，歸其國，治宮室，作徼道周衛，出入傳呼，撞鐘鼓，如漢家儀。外國胡人皆曰：'驢非驢，馬非馬，若龜茲王，所謂羸也。'"羸，俗作騾。後稱事之不倫不類者爲非驢非馬。宋詩鈔孫覿鴻慶集鈔讀類說詩之一："龜茲堪一笑，非馬亦非驢。"

【非想非非想處】佛教語。楞嚴經九："識性不動，以滅窮研，於無盡中，發實盡性，如存不存，若盡非盡，如是一類，名非想非非想處。"按非想非非想處，爲無色界第四天，諸天之最勝者。非想，言非有想；非非想，言亦非有此非想也，卽經所云如存不存若盡非盡者是。

七 畫

靠 kào ㄎㄠˋ 苦到切,去,号韻,溪。

㊀相違。見説文。清段玉裁説文解字注:"今俗謂相依曰靠,古人謂相背曰靠,其義一也。"今指相挨、靠近。宋林逋林和靖詩集三和陳湜贈希社師:"瘦靠闌干搭梵襟,緑荷階面雨花深。"㊁依靠,依據。宋朱熹朱文公集四五答吴伯起書:"不可只靠一言半句,海上單方,便以爲足。"劉克莊後村集三二次韻徐守宴新進士詩:"先賢肯靠三場飽?男子須留百世芳。"㊂靠近。宣和遺事前集:"是那靠午時分,押近市曹。"

【靠天】 宋史彌寧友林乙稿丁丑歲中秋日劭農於城南得五絶句之三:"人事當先莫靠天,蚕修陂堰貯清泉。"俗有"靠天吃飯"之語。

【靠枕】 靠背的枕頭。宋史輿服志六:"天綱稱:上頂帶,國言謂之'兔鶻',皆其故主完顔守緒常服之物也。碾玉巾環一,樺皮龍飾角弓一,金龍環刀一,紅紵絲靠枕一。"

【靠壁清】 酒名。明黄一正事物紺珠十四古今酒名:"靠壁清,吴中白酒,斗米得三十甌瓿,置壁前,月餘出之,鮮美。"

十 一 畫

靡 1. mǐ ㄇㄧˇ 文彼切,上,紙韻,明。

㊀披靡,倒下。左傳莊十年:"吾視其轍亂,望其旗靡,故逐之。"㊁無。詩大雅蕩:"靡不有初,鮮克有終。"㊂細小。見"靡草"。㊃奢侈,浪費。周禮地官司市:"以政令禁物靡而均市。"禮檀弓上:"若是其靡也,死不如速朽之愈也。"㊄細膩。見"靡顔膩理"。㊅美好。文選晉陸士衡(機)文賦:"或寄辭於瘁音,徒靡言而弗華。"㊆邊,崖。文選漢司馬長卿(相如)上林賦:"明月珠子,的皪江靡,蜀石黄碝,水玉磊砢。"

2. mí ㄇㄧˊ 集韻忙皮切,平,支韻。

㊇分散。易中孚:"我有好爵,吾與爾靡之。"釋文:"本又作縻,同。亡池反,散也。"㊈損害。國語越下:"王若行之,將妨於國家,靡王躬身。"㊉靡爛。莊子胠篋:"昔者龍逢斬,比干剖,萇弘胣,子胥靡,故四子之賢,而身不免乎戮。"疏:"言子胥遭戮,浮屍於江,令靡爛也。"

3. mó ㄇㄛˊ 集韻眉波切,平,戈韻。

⑪接觸。通"摩"。莊子馬蹄:"夫馬陸居則食草飲水,喜則交頸相靡,怒則分背相踶。"

【靡拉】 毁壞。文選漢張平子(衡)西京賦:"梗林爲之靡拉,樸叢爲之摧殘。"薛綜注:"靡拉摧殘,言搶突之,皆擗碎毁折也。"

【靡披】 草木隨風倒伏。同"披靡"。後漢書八十上杜篤傳論都賦:"師之攸向,無不靡披。"

【靡迤】 ㊀綿延不斷貌。文選漢張平子(衡)西京賦:"澶漫靡迤,作鎮於近。"唐文粹一李華含元殿賦:"靡迤秦山,陂陁漢陵。"㊁小步而行。文選南朝宋謝靈運田南樹園激流植援詩:"靡迤趨下田,迢遞瞰高峰。"唐張銑注:"靡迤,細走貌。"迤,一本作"迆"。

【靡草】 草名。禮月令孟夏之月:"靡草死,麥秋至。"疏:"葶藶之屬,以其枝葉靡細,故云靡草。"樂府詩集三南朝梁沈約梁明堂登歌之二:"靡草既凋,温風以至。"

【靡笄】 山名。即歷山,又名千佛山,在今山東濟南市南郊。春秋成公二年齊晉鞌之戰,晉師曾至於靡笄之下。一説是劚笄山,在今山東濟南市西南長清縣。參閱讀史方輿紀要三一濟南府歷城縣、清江永春秋地理考實。

【靡密】 微細,細密。漢書八九黄霸傳:"及務耕桑,節用殖財,種樹畜養,去食穀馬。米鹽靡密,初若煩碎,然霸精力能推行之。"南朝梁劉勰文心雕龍二銓賦:"及仲宣靡密,發端必遒。"仲宣,三國魏王粲字。

【靡曼】 ㊀柔美。列子周穆王:"簡鄭衛之處子娥媌靡曼者,施芳澤,正蛾眉,設笄珥,……以滿之。"南朝梁劉勰文心雕龍七章句:"歌聲靡曼,而有抗墜之節也。"㊁華麗,美色。墨子辭過:"必厚作斂於百姓,暴奪民衣食之財,以爲錦繡文采靡曼之衣,……單財勞力必,必歸之無用。"吕氏春秋順民:"目不視靡曼,耳不聽鐘鼓。"

【靡徙】 抑退貌。史記一一七司馬相如傳難蜀父老:"敞罔靡徙,遷延而辭退。"索隱:"按:敞罔,失容也;靡徙,失正也。"

【靡2散】 散碎,消滅。晏子春秋諫下:"太上靡散,我若之何?"楚辭漢劉向九歎怨思:"芳懿懿而終敗兮,名靡散而不彰。"

【靡敝】 敗壞。荀子富國:"有掎挈伺詐,權謀傾覆,以相顛倒,以靡敝之,百姓皆知其汚漫暴亂而將大危亡也。"禮少儀:"國家靡敝,則車不雕幾,甲不組縢,食器不刻鏤,君子不履絲屨,馬不常秣。"注:"靡敝,賦税亟也。"

【靡2碎】 謂散碎。漢書九九下王莽傳詔:"大司空隆新公宗室戚屬,前以虎牙將軍東指則反虜破壞,西擊則逆賊靡碎,此乃新室威寶之臣也。"

【靡嫚】 美麗。同"靡曼㊁"。北齊劉晝劉子辯樂:"延年造傾城之歌,漢武思靡嫚之色。"

【靡盬】 謂無止息。盬,止息。詩小雅北山:"王事靡盬,憂我父母。"後以喻王事。宋書謝靈運傳撰征賦序:"余攝官承乏,謬充殊域,皇華愧於先雅,靡盬顇於征人。"唐白居易長慶集四九得景夜越關爲吏所執辭云有追捕:"責已具於有司,理難辭於靡盬。"

【靡靡】 ㊀遲緩貌。詩王風黍離:"行邁靡靡,中心摇摇。"文選晉陸士龍(雲)答張士然詩:"靡靡日夜遠,眷眷懷苦辛。"㊁相隨順。書畢命:"商俗靡靡,利口惟賢。"史記一〇二張釋之傳:"臣恐天下隨風靡靡,争爲口辯而無其實。"㊂富麗,華美。文選漢司馬長卿(相如)長門賦:"間徙倚於東廂兮,觀夫靡靡而無窮。"唐吕向注:"靡靡,室宇美好也。"㊃形容柔弱的樂聲。史記殷紀:"(紂)使師涓作新淫聲,北里之舞,靡靡之樂。"後來因稱頹廢淫蕩的樂曲爲靡靡之音。㊄草伏相依貌。文選戰國楚宋玉高唐賦:"薄草靡靡,聯延夭夭。"又晉陸士衡(機)擬青青河畔草詩:"靡靡江蘺草,熠熠生河側。"㊅零落貌。文選晉陸士衡(機)歎逝賦:"覩落落而日稀,友靡靡而愈索。"

【靡麗】 謂奢華。文選漢司馬長卿(相如)上林賦:"恐後葉靡麗,遂往而不返,非所以爲繼嗣創業垂統也。"又枚叔(乘)七發:"此亦天下之靡麗皓侈廣博之樂也,太子能彊起游乎?"

【靡衣媮食】 謂着華麗之衣,苟且而食。漢書三四韓信傳:"今足下……名聞海内,威震諸侯,衆庶莫不輟作怠惰,靡衣媮食,傾耳以待命者,然而衆勞卒罷,其實難用也。"注:"靡,輕麗也。媮,與偷字同。偷,苟且也。言爲靡麗之衣苟且而食,恐懼之甚,不爲久計也。"史記九二淮陰侯傳作"褕衣甘食"。

【靡顔膩理】 謂容貌妍麗,肌理細膩。楚辭戰國楚宋玉招魂:"靡顔膩理,遺視矊些。"文選南朝梁劉孝標(峻)辨命論:"夫靡顔膩理,哆嗚顣頞,形之異也。"

面 部

面 miàn 彌箭切,去,線韻,明。ㄇㄧㄢ
俗作"靣"。㊀顏面,臉。易夬革:"上六,君子豹變,小人革面。"疏:"小人處之,但能變其顏面容色順上而已。"禮內則:"女子出門,必擁蔽其面。"㊁前面。書顧命:"大輅,在賓階面,綴輅,在阼階面。"禮少儀:"僕者右帶劍,負良綏申之面。"㊂向,面向。書召誥:"面稽天若。"疏:"則向爲義。"儀禮聘禮:"君朝服,南鄉;卿,大夫西面北上。"㊃相背亦曰面。史記項羽紀:"顧見漢騎司馬呂馬童曰:'若非吾故人乎?'馬童面之,指王翳曰:'此項王也。'"集解:"如淳曰:'面,不正視也。'"㊄當面。戰國策齊一:"能面刺寡人之過者受上賞。"㊅物體之外表,表面。唐韓愈昌黎集一南山詩:"微瀾動水面,踴躍躁猱狖。"㊆方面。呂氏春秋異用:"湯收其三面,置其一面。"史記留侯世家:"而漢王之將韓信可屬大事,當一面。"㊇量詞。宋書何承天傳:"承天又能彈箏,上又賜銀箏一面。"

【面子】猶言體面。舊唐書一七九張濬傳:"(楊)復恭奉卮酒屬濬,濬辭,……復恭戲曰:'相公握禁兵,擁大旆,獨當一面,不領復恭意作面子耶!'濬笑曰:'賊平之後,方見面子。'復恭銜之。"

【面友】非真誠相交的友朋。漢揚雄法言學行:"朋而不心,面朋也;友而不心,面友也。"

【面孔】面容。唐鄭棨開天傳信記:"(劉)文樹髭生頷下,貌類猿猴,上令黃幡綽嘲之。……曰:'可憐好文樹,髭鬚共頦頤。文樹面孔不似猢猻,猢猻强似文樹。'"宋詩鈔方岳秋崖小藁鈔感懷:"看人面孔有何好,如此頭顱只麽休。"

【面皮】㊀臉之皮。(晉裴啓)裴子語林輯本下:"賈充問孫皓曰:'何以好剝人面皮?'皓曰:'憎其顏之厚。'"史記八六聶政傳"因自皮面決眼"唐司馬貞索隱:"皮面謂以刀割其面皮,欲令人不識。"㊁猶言面子,情面。北周庾信庾子山集三奉和趙王春日詩:"向人長曼臉,由來薄面皮。"元曲選缺名陳州糶米二:"我看衙內的面皮,張千準備馬,便往陳州走一遭去來。"

【面目】㊀面貌。詩小雅何人斯:"有靦面目,視人罔極。"戰國策秦一:"形容枯槁,面目犂黑。"也泛指事物的外貌。宋蘇軾分類東坡詩七題西林壁:"不識廬山真面目,只緣身在此山中。"㊁面子,顏面。國語吳:"夫差將死,使人說於子胥曰:'使死者無知,則已矣;若其有知,吾何面目以見(伍)員也!'遂自殺。"史記項羽紀:"縱江東父兄憐而王我,我何面目見之?"

【面衣】遠行禦寒之衣。舊題漢劉歆西京雜記一:"趙飛燕爲皇后,其女弟在昭陽殿遺飛燕書曰:'……謹上襚三十五條,以陳踊躍之心。金華紫輪帽、金華紫羅面衣。'"宋高承事物紀原三冠冕首飾帷帽:"又有面衣,前後全用紫羅爲幅下垂,雜他色爲四帶,垂於背,爲女子遠行乘馬之用,亦曰面帽。"男子亦有著面衣者。晉書惠帝紀永興元年:"行次新安,寒甚,帝墮馬傷足,尚書高光進面衣。"

【面交】同"面友"。宋王邁臞軒集十二別永福張景山詩:"我友滿天下,面交如斗量,最晚得張子,羣中孤鳳凰。"

【面豆】天花。唐黃滔黃御史公集八潁川陳先生集序:"先生諱黯,……無昆仲姊妹,十歲能詩,十三袖詩一通,謁清源牧,其首篇詠河陽花。時面豆新愈,牧戲之曰:'藻才而花貌,胡不詠歌?'"

【面折】當面斥責他人過失。史記一二〇汲黯傳:"黯爲人性倨,少禮,面折,不能容人之過。"三國志魏司馬芝傳:"芝性亮直,不矜廉隅。與賓客談論,有不可意,便面折其短,退無異言。"

【面油】敷面之油,可使皮膚白潤。猶今之香脂。宋龐元英文昌雜錄一:"今謂面油爲玉龍膏,太宗皇帝始合此藥,以白玉碾龍合子貯之,因以名焉。"

【面花】喻歡笑之容。宋黃裳演山集七贈葛侍郎詩:"琴寫幽懷心火息,酒陶和氣面花開。"

【面具】謂假面。據周禮載:夏官方相氏戴假面以驅逐疫鬼。唐段安節樂府雜錄驅儺:"五百小兒爲之,衣朱褶素襦,戴面具,以晦日於紫宸殿前儺。"也指將士護面之具。宋史二九〇狄青傳:"臨敵被髮,帶銅面具,出入賊中,皆披靡莫敢當。"參見"假面"。

【面命】當面教導。詩大雅抑:"匪面命之,言提其耳。"後因稱教誨懇切爲耳提面命。

【面朋】非真誠相交的朋友。後漢書四三朱樂何傳贊:"絶交面朋,崇厚浮偽。"參見"面友"。

【面帛】死者覆面之方帛,以絹爲之,方尺二寸。儀禮稱"幎目"。宋高承事物紀原九吉凶典制面帛:"今人死,以方帛覆面者,呂氏春秋曰:……夫差將死,曰:死者如其有知也,吾何面目以見子胥於地下,乃爲冪以冒面而死,此其始也。"參閱儀禮士喪禮。

【面首】面,貌之美;首,髮之美。面首,謂美男子。引申爲男妾、男寵。宋書前廢帝紀:"山陰公主淫恣過度,謂帝曰:'妾與陛下,雖男女有殊,俱託體先帝。陛下六宮萬數,而妾唯駙馬一人。事不均平,一何至此!'帝乃爲主置面首左右三十人。"

【面般】即臉龐。俗呼臉盤兒、面盤子。清洪亮吉曉讀書齋雜錄初錄:"吳中人呼人面四周爲面般。如淳漢書注:般讀如面般之般,則方言俗語亦皆有本。"參閱清俞樾茶香室續鈔七面般。

【面陳】當面陳述。晉書何攀傳:"(王)濬兼遣攀過羊祜,面陳伐吳之策。"梁書武帝紀中天監十年詔:"昔公卿面陳,載在前史;令僕陛奏,列代明文;所以釐彼庶績,成兹羣務。"

【面從】表面順從。漢桓寬鹽鐵論刺議:"子非孔氏執經守道之儒,乃公卿面從之儒,非吾徒也。"參見"面從後言"。

【面湯】洗臉水。宋吳自牧夢粱錄十三天曉諸人出市:"又有浴堂門賣面湯者。"初刻拍案驚奇三一:"董天然兩個早起來,打點面湯早飯,整齊等着。"

【面埶】方面形勢。埶,同"勢"。周禮考工記百工:"或審曲面埶,以飭五材,以辨民器。"唐杜甫杜工部草堂詩箋二十寄題江外草堂梓州作寄成都故居:"敢謀土木麗,自覺面勢堅。"

【面試】當面考試。三國志魏陳思王植傳:"太祖嘗視其文,謂植曰:'汝倩人邪?'植跪曰:'言出爲論,下筆成章,顧當面試,奈何倩人?'"

【面會】相見。後漢書二一耿純傳與劉揚

書："奉使見王侯牧守，不得先詣，如欲面會，宜出傳舍。"南朝梁蕭統昭明太子集三錦帶書十二月啓林鐘六月："諸不具伸，應俟面會。"

【面飾】顏面之妝飾。唐段成式酉陽雜俎前集八黥："今婦人面飾用花子。"

【面貌】面容，相貌。尸子君治："禹長頸鳥喙，面貌亦惡矣。"史記九四田儋傳附田橫："'且陛下所以欲見我者，不過欲一見吾面貌耳。今陛下在洛陽，今斬吾頭，馳三十里間，形容尚未能敗，猶可觀也！'遂自剄。"

【面諛】當人之面，阿諛奉承。孟子告子下："士止於千里之外，則讒諂面諛之人至矣。"史記一〇〇季布傳："于今創痍未復，(樊)噲又面諛，欲搖動天下。"

【面數】謂當面數說其過。禮儒行："其過失可微辨而不可面數也。"戰國策趙一："於是趙襄子面數豫讓曰：'……智伯已死，子獨何爲報讎之深也？'"

【面諭】當面訓示。舊唐書一七九張濬傳："濬並召將佐集於鞠場面諭之。"宋史神宗紀詔："諸傳宣、內批、面諭，事無法守，並從中書、樞密覆奏。"

【面壁】㊀面向牆壁。世說新語忿狷："謝無奕(奕)性麤彊，以事不相得，自往數王藍田(述)，肆言極罵。王正色面壁不敢動。"也用以比喻無所事事。宋鄭文寶南唐近事："常夢錫爲翰林學士……或謂曰：'公罷直私門，何以爲樂？'常曰：'垂幃痛飲，面壁而已。'"㊁佛教稱坐禪，謂面向牆壁，端坐靜修。景德傳燈錄三菩提達磨："寓止於嵩山少林寺，面壁而坐，終日默然，人莫之測，謂之壁觀婆羅門。"宋劉克莊後村集十三題小室詩："近來弟子俱行脚，誰畔山僧面壁參。"

【面縛】兩手反綁於身背而面向前。示投降。左傳僖六年："許男面縛銜璧，大夫衰絰，士輿櫬。"注："縛手於後，唯見其面，以璧爲贄，手縛，故銜之。"史記宋微子世家："周武王伐紂克殷，微子乃持其祭器造於軍門，肉袒面縛。"索隱："面縛者，縛手于背而面向前也。劉氏云'面卽背也'，義亦稍迂。"

【面牆】喻不學，如面向牆而一無所見。後漢書和熹鄧皇后紀詔："今末世貴戚食祿之家，溫衣美飯，乘堅驅良，而面牆術學，不識臧否，斯故禍敗所從來也。"文選晉潘安仁(岳)西征賦："誦六藝以飾姦，焚詩書而面牆。"參見"牆面"。

【面藥】敷於面上以防凍裂之藥。唐制，臘日帝王賜諸臣口脂面藥。唐杜甫杜工部草堂詩箋十一臘日："口脂面藥隨恩澤，翠管銀罌下九霄。"

【面團團】臉胖且圓。唐太宗宴近臣，相互戲謔。長孫無忌體肥，歐陽詢嘲之曰："索頭連背暖，侒儅畏肚寒，只由心溷溷，所以面團團。"見唐劉餗隋唐嘉話中。宋陸游劍南詩稿三八庵中晨起書觸目之三："賦形不使面團團，聳膊心知到骨寒。"也作"面團"。宋陸游劍南詩稿三八春日園中作："塵埃幸已辭腰折，富貴深知欠面團。"

【面方如田】臉形方正如田，舊時迷信，謂爲富貴之相。南齊書李安民傳："帝大驚，目安民曰：'卿面方如田，封侯狀也。'"

【面目可憎】謂其貌令人厭惡。唐韓愈昌黎集三六送窮文："凡所以使吾面目可憎，語言無味者，皆子之志也。"

【面似靴皮】謂面多縐紋。宋歐陽修歸田錄二："京師諸司庫務，皆由三司舉官監當，而權貴之家子弟親戚，因緣請託，不可勝數，……(田元均)每溫顏強笑以遣之。嘗謂人曰：'作三司使數年，強笑多矣，直笑得面似靴皮。'"

【面似蓮花】唐武后時張昌宗以姿貌見寵倖，昌宗行六。侍郎楊再思諛之曰："人言六郎面似蓮花；再思以爲蓮花似六郎，非六郎似蓮花也。"參見"六郎㊀"。

【面如冠玉】面如飾冠之美玉，形容貌美，多指男子。南史六二鮑泉傳梁元帝與泉書："面如冠玉，還疑木偶；鬚似蝟毛，徒勞繞喙。"參見"冠玉"。

【面折廷爭】謂犯顏直諫。史記呂太后紀："陳平、絳侯曰：'於今面折廷爭，臣不如君；夫全社稷，定劉氏之後，君亦不如臣。'王陵無以應之。"又一一二平津侯主父傳："(公孫弘)每朝會議，開陳其端，令人主自擇，不肯面折庭爭。"

【面面相覷】相視無言。形容緊張驚懼、束手無策之狀。續傳燈錄六海鵬禪師："僧問：如何是大疑底人？師曰：畢鉢巖中面面相覷。"也作"面面廝覷"。水滸三一："兩個入進樓中，見三個屍首橫在血泊裏，驚得面面廝覷，做聲不得。"

【面從後言】當面阿諛順從，背後則有誹謗之言。書益稷："予違汝弼，汝無面從，退有後言。"史記夏紀作："女無面諛，退而謗予。"

五畫

皰 pào ㄆㄠˋ 防教切，去，效韻，並。

面瘡。說文作"皰"。俗作"疱"。參閱唐慧琳一切經音義二六玄應音正法華經十生皰。

七畫

䩉 fǔ ㄈㄨˇ 扶雨切，上，麌韻，並。

面頰。淮南子脩務："奇牙出，䩉䩉搖。"注："䩉䩉，頰邊文，婦女之媚也。"也作"輔"。楚辭大招："靨輔奇牙，宜笑嗎只。"注："輔，一作䩉。"

靦 1. tiǎn ㄊㄧㄢˇ 他典切，上，銑韻，透。

㊀謂露面見人。詩小雅何人斯："有靦面目，視人罔極。"參見"靦然人面"。㊁慚愧貌。見"靦汗"、"靦顏"。

2. miǎn ㄇㄧㄢˇ

㊂見"靦₂覥"。

【靦汗】羞慚而流汗。宋書自序上宋書表："臣遠愧南董，近謝遷固，以閭閻小才，述一代盛典，屬辭比事，望古慚良，鞠躬跼蹐，靦汗亡厝。"

【靦冒】慚愧冒昧。北齊顏之推顏氏家訓終制："計吾兄弟，不當仕進，……但以播越他鄉，無復資廕，使汝等沉淪廝役，以爲先世之恥，故靦冒人間，不敢墜失。"周書文帝紀上傳檄方鎮："賊臣高歡，……直以一介鷹犬，效力戎行，靦冒恩私，遂陪榮寵。"

【靦面】面帶愧色。宋朱熹朱文公集五宿梅溪胡氏客館觀壁間題詩自警詩二之一："貪生莝豆不知羞，靦面重來躡後遊。"

【靦₂覥】害羞貌。元王實甫西廂記一本一折："未語人前先靦覥，櫻桃紅綻、玉粳白露，半晌恰方言。"也作"靦腆"。明湯顯祖紫釵記十三："絳臺銀燭吐青烟，熒熒的照人靦腆。"

【靦瞀】羞慚貌。文選晉左太沖(思)魏都賦："先生之言未卒，吳蜀二客矆然相顧，𥈭焉失所，有靦瞀容。"

【靦顏】謂面有愧色。文選南朝梁丘希範(遲)與陳伯之書："將軍獨靦顏借命，驅馳氈裘之長，寧不哀哉！"晉書郗鑒傳："丈夫既絜身北面，義同在三，豈可偷生屈節，靦顏天壤邪！"

【靦然人面】謂具有人之外貌。國語越下："(范蠡曰)余雖靦然而人面哉，吾猶禽獸也，又安知是諓諓者乎？"注："靦，面目之貌。"

十一畫

靺 mǒ ㄇㄛˇ 集韻 母果切，上，果韻。

見下。

【靺䩚】皺皴貌。全唐詩七三五和凝宮詞之二八："貢橘香勻靺䩚容，星光初滿小金籠。"

十二畫

靨 yè ㄧㄝˋ

同"靨"。淮南子說林："靨酺在頰則好，在顙則醜。"注："靨酺，箸頰上窐也。"參見"靨輔"。

靧 huì ㄏㄨㄟˋ 荒內切，去，隊韻，曉。

洗臉。同"頮"。禮內則："其間面垢，燂潘請靧。"

【靧面】洗臉。太平御覽二十唐虞世南史略："北齊盧士深妻崔林義之女，有才學，春日以桃花靧兒面，呪曰：取紅花，取白雪，與兒洗面作光悅；取白雪，取紅花，與兒洗面作光澤；取雪白，取花紅，與兒洗面作華容。"宋毛滂東堂集四春詞："靧面桃花有意開，光風轉蕙日徘徊。"

【靧粱】古用粱米之湯汁洗臉，取其滑澤，謂之靧粱。禮玉藻："日五盥，沐稷而靧粱。"疏："沐稷而靧粱者，沐，沐髮也；靧，洗面也。取稷粱之潘汁用將洗面沐髮，並須滑故也。"

十四畫

靨 yè ㄧㄝˋ 於葉切，入，葉韻，影。

頰輔上之微渦。見"靨輔"。也指婦女頰上所塗的粧飾物。唐李賀歌詩編一同沈駙馬賦得御溝水："入苑白泱泱，宮人正靨黃。"宋高承事物紀原三妝靨："遠世婦人妝喜作粉靨，如月形，如錢樣，又或以朱若燕脂點者，唐人亦尚之。"

【靨鈿】頰邊微渦上塗點的粧飾物。唐段成式酉陽雜俎前集八黥："近代粧尚靨，如射月，曰黃星靨，靨鈿之名，蓋自吳孫和鄧夫人也。"

【靨飾】婦女頰輔上塗點的粧飾物。明楊慎詞品二："自吳宮有獺髓補痕之事。唐韋固妻，少時爲盜刃所刺，以翠掩之，女妝遂有靨飾。"

【靨輔】頰邊微渦。俗稱酒渦，如笑靨。楚辭大招："靨輔奇牙，宜笑嗎只。"文選三國魏曹子建(植)洛神賦："明眸善睞，靨輔承權。"

【靨靨】晨星漸隱貌。唐溫庭筠集一曉仙謠："銀河欲轉星靨靨，碧浪疊山埋早紅。"宋范成大石湖集十五三月十五日華容湖尾看月出詩："晶晶浪皆舞，靨靨星欲避。"

革部

革 1. gé ㄍㄜˊ 古核切，入，麥韻，見。

㊀去毛並經加工的獸皮。詩召南羔羊："羔羊之革，素絲五緎。"周禮天官掌皮："掌秋斂皮，冬斂革。"㊁指人體的皮膚。禮禮運："四體既正，膚革充盈。"㊂以革製爲甲冑，故稱甲爲革。禮中庸："衽金革，死而不厭，北方之强也。"戰國策秦一："兵革大强，諸侯畏懼。"軍卒服甲冑，因也稱革。三國志蜀彭羕傳："老革荒悖，可復道邪！"注："老革，猶言老兵也。"㊃改變，除去。國語周下："厲始革典，十四王矣。"參見"革故鼎新"。㊄八音之一，指鼓類樂器。周禮春官大師："皆播之以八音，金、石、土、革、絲、木、匏、竹。"㊅卦名。☲☱離下兌上。易革疏："革者，改變之名也。此卦明改制、革命，故名革也。"㊆鳥翼。詩小雅斯干："如鳥斯革，如翬斯飛。"韓詩作"翮"。㊇轡首。詩小雅蓼蕭："既見君子，鞗革忡忡。"

2. jí ㄐㄧˊ 集韻 竭億切，入，職韻。

㊈急。通"亟"。禮檀弓上："夫子之病革矣，不可以變。"

【革心】謂洗心改過。漢書六四上嚴助傳："願革心易行，身從使者入謝。"

【革吏】武人謙稱。甲以革爲之，武人帶甲，故稱革吏。文苑英華六六五唐薛逢上虢州崔相公啓："伏以革吏single微，不敢輕肆塵瀆。"

【革車】兵車。禮明堂位："是以封周公於曲阜，地方七百里，革車千乘。"孫子作戰："凡用兵之法，馳車千駟，革車千乘，帶甲十萬。"梅堯臣注："馳車，輕車也。革車，重車也。凡輕車一乘，甲士步卒二十五人。重車一乘，甲士步卒七十五人。舉二車各千乘，是帶甲者十萬人。"

【革角】樂器名。唐段成式觱篥格："革角，長五尺，形如竹筒，鹵簿、軍中皆用之。"

【革命】實施變革以應天命。古代認爲帝王受命於天，因稱朝代更替爲革命。易革："天地革而四時成。湯武革命，順乎天而應乎人，革之時大矣哉！"晉書王敦傳上疏："昔漢祖以神武革命，開建帝業，繼以文帝之賢，纂承洪緒。"今謂社會政治、經濟之大變革爲革命。

【革政】㊀指改朝換代。史記天官書："(太白)經天，天下革政。"㊁改革政令。漢王充論衡紀妖："及主君之後嗣，且有革政而胡服，並二國翟。"

【革面】易革："君子豹變，小人革面。"注："小人樂成，則變面以順上也。"言不能化其心，但變其容貌顏色而已。後以革面指改過。三國志魏武帝紀授魏公策："君翼宣風化，爰發四方，遠人革面，華夏充實，是用錫君朱户以居。"

【革除】明成祖既奪建文帝位，詔去建文年號，復稱洪武，臣下乃稱建文年間爲革除之年。明史藝文志著録黄佐撰革除遺事六卷。

【革笥】皮革製成的甲冑。漢書四九鼂錯傳："材官騶發，矢道同的，則匈奴之革笥木薦弗能支也。"注："孟康曰：革笥，以皮作如鎧者被之。"

【革船】以皮革爲船。後漢書八九南匈奴傳："北虜果遣二千騎候望朔方，作馬革船，欲度迎南部畔者，以漢有備，乃引去。"元吳萊淵穎集二大食缾："縣度縛繩組，娑夷航革船。"

【革$_2$鳥】謂飛翔急疾之鳥。指鷹隼之屬。爾雅釋天："錯革鳥曰旟。"宋邢昺疏："孫炎云：錯，置也；革，急也。畫急疾之鳥於縿也。"

【革囊】㊀革製之囊。史記殷紀："爲革囊，盛血，卬而射之，命曰'射天'。"㊁喻指人的軀體，猶言皮囊。後漢書三十下襄楷傳："浮屠不三宿桑下，不欲久生恩愛，精之至也。天神遺以好女，浮屠曰：'此但革囊盛血。'遂不眄之。"注："四十二章經：天神獻玉女於佛，佛曰：'此是革囊盛衆穢耳。'"

【革故鼎新】易序卦:"困乎上者必反下,故受之以井。井道不可不革,故受之以革。革物者莫若鼎,故受之以鼎。"又雜卦:"革,去故也;鼎,取新也。"後遂稱除舊立新爲革故鼎新。文苑英華八八四唐張說梁國公姚崇神道碑:"夫以革故鼎新,大來小往,得喪而不形於色,進退而不失其正者,鮮矣。"

【革除遺事】明黄佐撰。六卷。分述君紀、述閫宫傳、述列傳、述死難列傳、述死事列傳、述外傳,記建文帝一朝之事。

【革職留任】免去官職但仍留任所辦事。清袁枚隨園隨筆九:"今大臣革去頂戴,仍令在官辦事。按晉書陶侃傳,侃刺荆州,討杜曾,戰敗免官,王敦表以侃白衣領職,再討杜弢,成功復還原官,是即今之革職留任矣。"簡稱"革留"。

革舊從新】謂去舊章從新制。魏書食貨志太和十年詔:"今革舊從新,爲里黨之法,在所牧守,宜以喻民,使知去煩即簡之要。"

二畫

靪 dīng 當經切,平,青韻,端。ㄉㄧㄥ

補鞋底。見說文。清段玉裁注:"今俗謂補綴曰打補靪。"

三畫

靬 jiān 居言切,平,元韻,見。ㄐㄧㄢ 古閑切,平,山韻,見。苦寒切,平,寒韻,溪。

㊀乾革。見說文。㊁地名用字。漢西域城國名有犂靬。見漢書六一張騫傳。又張掖郡有驪靬縣。見地理志上。

靫 chá 初牙切,平,麻韻,初。ㄔㄚˊ 楚佳切,平,佳韻,初。

盛箭器。唐元稹長慶集十一痁卧聞幕中諸公徵樂會飲因有戲呈三十韻詩:"蛇蠱迷弓影,鵰翎落箭靫。"

靮 dí 都歷切,入,錫韻,端。ㄉㄧˊ

馬韁。禮檀弓下:"衛獻公出奔,反於衛。及郊,將班邑於從者而後入。柳莊曰:'如皆守社稷,則孰執羈靮而從?如皆從,則孰守社稷?君反其國而有私也,毋乃不可乎?'弗果班。"

靭 rèn 集韻而振切,去,震韻。ㄖㄣˋ

柔而堅。同"韌"。見集韻。詳"韌"。

四畫

靷 yǐn 余忍切,上,軫韻,喻。ㄧㄣˇ 羊晉切,去,震韻,喻。

引車前行的革帶,一端繫於馬頸的皮套上,一端繫於車軸之上。詩秦風小戎:"游環脅驅,陰靷鋈續。"左傳僖二八年:"晉車七百乘,韅靷鞅靽。"注:"在胸曰靷。"

靶 1. bà 必駕切,去,禡韻,並。ㄅㄚˋ

㊀轡革,繮繩。漢書六四下王褒傳聖主得賢臣頌:"王良執靶,韓哀附輿。"注:"晉灼曰:'靶音霸,謂轡也。'"㊁柄。通"把"。北齊書徐之才傳:"又有以骨爲刀子靶者,五色斑斕。"

2. bǎ ㄅㄚˇ

㊂射之的。如箭靶。

靲 qín 巨金切,平,侵韻,羣。ㄑㄧㄣˊ

㊀革履。說文"靲,鞮也"清段玉裁注:"鞮,革履也。"㊁束物的革帶。儀禮士喪禮:"幂用疏布,久之,繫用靲,縣于重,幂用葦席,北面左衽;帶用靲,賀之。

靸 1. sǎ 蘇合切,入,合韻,心。ㄙㄚˇ 私盍切,入,盍韻,心。

㊀小兒履。急就篇二:"靸鞮印角褐韤巾。"注:"靸謂韋履,頭深而兌,平底者也,今俗呼謂之跣子。"譚子化書序:"杖靸而去。"也寫作"靸"。㊁颯忽貌。漢書五七下司馬相如傳哀二世賦:"汩淢靸以永逝兮,注平皋之廣衍。"注:"靸然,輕舉意也。"㊂舉。才調集一薛能舞者詩:"慢靸輕裾行欲近,待調諸曲起來遲。"

2. tā ㄊㄚ

㊃只把脚尖伸鞋内,拖着走。元方回桐江續集十一秋夜聽雨詩:"貿明靸破鞋,滿砌落葉温。"紅樓夢六三:"寶玉靸了鞋,便迎出來。"

【靸鞋】無跟之鞋。即拖鞋。景德傳燈錄七懷惲禪師:"百丈和尚令一僧來伺候,師上堂次,展坐具,禮拜了,起來拈師一隻靸鞋,以衫袖拂却塵,了,倒覆向下。"明陶宗儀輟耕錄十八:"西浙之人,以草爲履而無跟,名曰靸鞻。婦女非纏足者,通曳之。"鞻,"鞋"本字。參閱五代馬縞中華古今注中靸鞋。

【靸霅】疾走貌。文選晉左太沖(思)吳都賦:"靸霅驚捷,先驅前途。"

靴 xuē 許肥切,平,戈韻,曉。ㄒㄩㄝ

長筒鞋。本作"鞾"。見釋名釋衣服。隋書禮儀志七:"惟褶服以靴。靴,胡履也,取便於事,施於戎服。"

【靴衫】乘馬時所服之衣。五代後唐馬縞中華古今注中冥羅:"至天寶年中,士人之妻著丈夫靴衫鞭帽,内外一體也。"

【靴山笏山】風水迷信之說稱可以出貴官子孫的葬地。宋俞成螢雪叢說一溺於陰陽:"陳季陸嘗挽劉韶仲諸公,同往武夷,訪晦翁朱先生,偶張體仁與焉。會宴之次,朱張忘形,交談風水,曰如是而爲笏山,如是而爲靴山。"

靰 áng 五剛切,平,唐韻,疑。ㄤˊ

履頭。見廣韻。

【靰角】古履的一種。方言四:"絲作之者謂之履,麻作之者謂之不借,粗者謂之屨,東北朝鮮洌水之間謂之靰角。"又:"徐土邳圻之間,大麤謂之靰角。"注:"今漆履有齒者。"也作卬角。急就篇:"靸鞮卬角褐韤巾。"唐顏師古注:"卬角,屐上施也。形若今之木履而下有齒焉,欲其下不蹶,當卬其角,舉足乃行,因爲名也。"

靳 jìn 居焮切,去,焮韻,見。ㄐㄧㄣˋ

㊀駕轅兩馬當胸的套革。左傳定九年:"吾從子如驂之靳。"疏:"說文云:'靳,當膺也。'則靳是當胸之皮也。"參見"游環"。㊁吝惜。後漢書五二崔寔傳附崔烈:"烈因傅母入錢五百萬,得爲司徒,……(靈)帝顧謂親倖者曰:'悔不小靳,可至千萬。'"㊂嘲弄。左傳莊十一年:"乘丘之役,公以金僕姑射南宫長萬,公右顓孫生搏之。宋人請之,宋公靳之。"注:"戲而相愧曰靳。"㊃姓。本爲楚地小國,後爲楚大夫采邑,因以爲氏。戰國趙有靳黈,楚有靳尚。參閱明陳士元姓觿七問。

【靳色】吝惜之色。宋洪邁夷堅志乙三陽大明:"(道人)指架上道服曰:'以是與我,當有以奉報。'大明與之,無靳色。"

【靳固】㊀固著。釋名釋形體:"筋,力也,肉中之力,氣之元也,靳固於身形也。"㊁吝惜而固守。世說新語雅量:"嵇中散(康)臨刑東市,神氣不變,索琴彈之,奏廣陵散。曲終曰:'袁孝尼(準)嘗請學此散,吾靳固不與,廣陵散於今絶矣!'"

【靳準】東晉列國前趙匈奴族。劉聰没,

太子粲立，耽於酒色。準爲大將軍，決國事；後殺粲，滅其族，自立稱漢天王，稱藩於晉，不久被石勒劉曜所滅。見晉書劉曜載記。

【靳輔】公元1633—1692年。清遼陽人，字紫垣。順治九年以官學生考授國史院編修。康熙初，遷内閣學士，後授河道總督，時黃河潰決，不復歸海；輔因勢利導，築隄束水，使河盡歸故道。卒謚文襄。著有治河書、靳文襄奏疏。參閱國朝先正事略五靳文襄公。

【靳百會】宋靳東發，字茂遠。工繪畫，藝人稱之爲靳百會，言其無所不能。嘗集古今諫諍百事以爲圖，號百諫圖。見宋鄧椿畫繼四靳東發。

五　畫

靽 bàn 博漫切，去，換韻，幫。ㄅㄢˋ

絡於馬後之皮革。同"絆"。一說爲套馬足的繩。左傳僖二八年："晉車七百乘，韅、靷、鞅、靽。"注："在後曰靽。"疏："駿馬挽車，有皮在背者，有約胸者，有在腹爲帶者，有絷絆其足者。"參見"絆㊀"。

靺 mò 莫撥切，入，末韻，明。ㄇㄛˋ

㊀見"靺鞨"。㊁襪子。通"韈"。南齊書徐孝嗣傳："孝嗣登殿不著靺，爲治書御史蔡準所奏，罰金二兩。"

【靺鞨】㊀古代民族名。周曰肅慎，漢魏曰挹婁，北魏曰勿吉，隋唐曰靺鞨。唐時分爲黑水（黑龍江）靺鞨、粟末（松花江）靺鞨二部，前者於宋時建金國，後者於唐時建渤海國。參閱新唐書二一九黑水靺鞨傳、渤海傳及金史世紀、宋洪皓松漠紀聞上。㊁寶石名。大如巨栗，因爲靺鞨所產，故以靺鞨名之。舊唐書肅宗紀："楚州刺史崔侁獻定國寶玉十三枚：一曰玄黃天符……七曰紅靺鞨，大如巨栗，赤如櫻桃。"參閱明楊慎丹鉛總錄二一詩話靺鞨。

鞃 hóng 胡肱切，平，登韻，匣。ㄏㄨㄥˊ

車軾中間人所把手處。詩大雅韓奕："鞹鞃淺幭，鞗革金厄。"傳："鞃，軾中也。"

鞁 bèi 平義切，去，寘韻，並。ㄅㄟˋ

駕車之具。國語晉九："鐵之戰……郵無正御，曰：'吾兩鞁將絕，吾能止之。'"注："鞁，靷也，能止馬徐行，故不絕。"參閱清段玉裁說文解字注。

靼 dá 當割切，入，曷韻，端。ㄉㄚˊ 旨熱切，入，薛韻，照。

㊀柔軟的皮革。見說文。㊁見"韃靼"。

軸 zhòu 直祐切，去，宥韻，澄。ㄓㄡˋ

頭盔。同"冑"。荀子議兵："冠軸帶劍。"注："軸與冑同。"漢書刑法志引作"冠冑帶劍"。

鞅 yāng 於兩切，上，養韻，影。ㄧㄤ

㊀套在馬頸用以負軛的皮帶。一說在馬腹。左傳襄十八年："大子抽劍斷鞅，乃止。"鞅斷則車不能行。㊁見"鞅掌"。㊂通"怏"。見"鞅鞅"。

【鞅罔】無賴。見廣雅釋訓。方言十作"央亡"，云："獪也，江湘之間，或謂之無賴，或謂之㺑。凡小兒多詐而獪，謂之央亡。"

【鞅掌】煩勞。詩小雅北山："或王事鞅掌。"傳："鞅掌，失容也。"疏："言事煩鞅掌然，不暇爲容儀也。"後謂職事忙碌爲鞅掌。文選三國魏嵇康與山巨源絕交書："必不耐煩，而官事鞅掌，機務纏其心，世故繁其慮。"唐白居易長慶集十寄楊六詩："公門苦鞅掌，晝日無閒隙。"參閱清俞樾茶香室經說三鞅掌。

【鞅鞅】意不滿貌。史記秦始皇紀二世元年："（趙高曰）今高素小賤，陛下幸稱譽，令在上位，管中事。大臣鞅鞅，特以貌從臣，其心實不服。"又九二淮陰侯（韓信）傳："信由此日怨望，居常鞅鞅，羞與絳、灌等列。"

靲 jiē 古黠切，入，黠韻，見。ㄐㄧㄝ

禾稾去皮，編以爲席，古祭天所用物。禮郊特牲："莞簟之安而蒲越稾靲之尚，明之也。"注："蒲越稾靲，藉神席也。"通作"秸"，或作"稭"、"藍"。

鞄 bào 防教切，去，效韻，並。ㄅㄠˋ 匹角切，入，覺韻，滂。

製革工人。周禮考工記："攻皮之工：函、鮑、韗、韋、裘。"鄭玄注："鮑讀爲鮑魚之鮑，書或爲鞄。"

鞀 táo 徒刀切，平，豪韻，定。ㄊㄠˊ

有柄的小鼓。同"鼗"。禮月令仲夏之月："是月也，令樂師修鞀鞞鼓。"呂氏春秋自知："湯有司過之士，武有戒慎之鞀。"

鞄 yào 於教切，去，效韻，影。ㄧㄠˋ

靴靿。即靴筒。隋書禮儀志七："玉梁帶，長靿靴。侍從田狩則服之。"

六　畫

鞌 ān 烏寒切，平，寒韻，影。ㄢ

㊀古地名。1.春秋齊地。左傳成二年："癸酉，師陳於鞌。"2.春秋宋地。左傳哀十四年："魋先謀公，請以鞌易薄。公曰：'不可。薄，宗邑也。'乃益鞌七邑。"㊁馬鞍。見說文。

鞏 gǒng 居悚切，上，腫韻，見。ㄍㄨㄥˇ

㊀以革束物。易革："鞏用黃牛之革。"㊁牢固。詩大雅瞻卬："藐藐昊天，無不克鞏。"㊂恐懼，戰慄。荀子君道："故君子恭而不難，敬而不鞏。"注："鞏讀若恐。"㊃地名。國語周下："（景王）田於鞏。"注："鞏，北山，今河南縣也。"參見"鞏縣"。㊄姓。周卿士鞏簡公食采於鞏，其後以鞏爲姓。周有鞏成，晉有鞏朔，漢有鞏攸。參閱元和姓纂六腫。

【鞏昌】府名。元初置鞏昌府，尋改路。明初復爲府，清因之。府治隴西。公元1913年裁府留縣，屬甘肅省。參閱讀史方輿紀要五九鞏昌府。

【鞏固】堅固，不易動搖。宋吳文英夢窗甲稿宴清都詞："南山壽石，東周寶鼎，千秋鞏固。"

【鞏華】地名。在今北京市昌平縣。本名沙河店。明永樂中建行宮於此。嘉靖十六年世宗駐沙河，十七年於沙河店東重建行宮，十九年成，置軍戍守。見讀史方輿紀要十一順天府昌平州。

【鞏鞏】憂懼貌。楚辭漢劉向九歎離世："顧屈節以從流兮，心鞏鞏而不夷。"

【鞏縣】縣名，屬河南省。周鞏伯邑。西周惠公封少子班於鞏爲東周。漢置鞏縣，屬河南郡。以在洛水之間，四面皆山，可以鞏固，故名。歷代因之。見太平寰宇記五四西京三。

鞍 ān 集韻 於寒切，平，寒。ㄢ

馬鞍。史記留侯世家："至下邑，漢王下馬踞鞍而問曰：'吾欲捐關以東等棄之，誰可與共功者？'"也作"鞌"。參見該條。

【鞍橋】馬鞍。鞍形似橋，故稱。北史傳永傳："能手執鞍橋，倒立馳騁。"宋史兵志十一："冬十月，軍器監欲下河東等路采市曲木爲鞍橋，帝以勞民費財，不許。"

鞋 xié 户佳切，平，佳韻，匣。ㄒㄧㄝˊ 户皆切，平，皆韻，匣。

鞋子。本作"鞵"。急就篇二"屐屩絜麤

羸寠貧"唐顏師古注:"屩,卽今之鞋也。"唐白居易長慶集三上陽白髮人:"小頭鞋履窄衣裳,青黛點眉眉細長。"

【鞋山】卽江西九江之大孤山。見"大孤山"。

【鞋底】宋楊億有盛名,嘗因草制,爲執事者多所點竄,億甚不平,遂取其稿上塗抹處,以濃墨傅之,就加爲鞋底樣,題其旁曰:"世業楊家鞋底。"人問其故,曰:"是他人脚迹。"自後行文遇人塗抹者,往往相謔曰:"又遭鞋底。"見宋溫革隱窟雜志(說郛二)。

【鞋杯】謂置杯於女鞋以行酒。名雙鳧杯。見宋鄭獬觥記注(重校說郛九四)。

【鞋底魚】卽比目魚,南人謂之鞋底魚,江淮謂之拖沙魚。見唐劉恂嶺表録異下。

鞎 hén 户恩切,平,痕韻,匣。ㄏㄣ

以皮革裝飾車前。爾雅釋器:"輿革前謂之鞎,後謂之笰。"疏:"李巡曰:輿革前,謂輿前以革爲車飾,曰鞎。"

鞇 yīn 於真切,平,真韻,影。ㄧㄣ

坐褥。同"茵"。韓詩外傳六:"遭齊君重鞇而坐,吾君單鞇而坐。"

鞈 1. gé jiá 古沓切,入,合韻,見。ㄍㄜˊ ㄐㄧㄚˊ 古洽切,入,洽韻,見。

㊀古代用以護胸的革甲。管子小匡:"輕罪入蘭盾鞈革二戟。"注:"鞈革,重革,當心著之,可以禦矢。"㊁堅貌。荀子議兵:"楚人鮫革犀兕以爲甲,鞈如金石。"史記禮書作"堅"。

2. tà 集韻 託合切,入,合韻。ㄊㄚˋ

㊂鼓聲。淮南子兵略:"善用兵若聲之與響,若鏜之與鞈。"注:"鞈,鼓鞞聲。"漢書五七上司馬相如傳上林賦:"金鼓迭起,鏗鎗闛鞈,洞心駭耳。"注:"鞈音榻。"

【鞈匝】重繞貌。漢羊勝屏風賦:"屏風鞈匝,蔽我君王。"(西京雜記四)

鞉 luò 盧各切,入,鐸韻,來。ㄌㄨㄛˋ

革帶。呂氏春秋古樂:"乃以麋鞉置缶而鼓之。"

鞋 fú 房六切,入,屋韻,並。ㄈㄨˊ

古車上鋪墊物,人所憑伏。急就篇三:"鞇鞋靯韉鞍鑣鍚。"注:"鞋,韋囊,在車中,人所憑伏也。今謂之隱囊。"參見"隱囊"。

鞉 táo 徒刀切,平,豪韻,定。ㄊㄠˊ

有柄小鼓,以手搖之作聲。本作"鞀",也作"鼗"。詩周頌有瞽:"應田懸鼓,鞉磬柷圉。"參見"鞀"、"鼗"。

【鞉牢】我國古代少數民族樂器名。文獻通考一三六樂九:"鞉牢,龜茲部樂也。形如路鞉而一柄疊三枚焉,古人嘗謂左手播鞉牢,右手擊雞婁鼓是也。"

七畫

鞘 1. qiào 私妙切,去,笑韻,心。ㄑㄧㄠˋ

㊀刀劍套。亦作"韒"。詩小雅瞻彼洛矣"君子至止,鞸琫有珌"唐孔穎達疏:"古之言鞸,猶今之言鞘。"宋歐陽修文忠集五四日本刀歌:"魚皮裝貼香木鞘,黄白閒雜鍮與銅。"㊁刳木使空、内貯銀寶以便轉運的木筒。明周元暐涇林續記:"洪鏡潭……借解銀差南歸,飲萬餘兩,分作五鞘,暫寄太倉銀庫堂中,俟明晨發行。及啓門登堂,則内有一鞘,剖破其腹,長尺五寸,失去元寶十錠。"

2. shāo 所交切,平,肴韻,山。ㄕㄠ

㊂鞭梢。晉書苻堅載記下:"又爲謡曰:'長鞘馬鞭擊左股,太歲南行當復虜。'"

鞓 tīng 他丁切,平,青韻,透。ㄊㄧㄥ

皮帶。玉篇作"鞕"。唐李賀歌詩編三酬答之一:"金魚公子夾衫長,密裝腰鞓割玉方。"宋史輿服志五:"大觀二年,詔中書舍人、諫議大夫、待制、殿中少監許繫紅鞓犀帶,不佩魚。"

【鞓紅】牡丹的一種。以花色似紅鞓犀帶,故名。宋歐陽修文忠集七二洛陽牡丹記花釋名:"鞓紅者,單葉深紅花,出青州,亦曰青州紅。……其色類腰鞓,故謂之鞓紅。"蘇軾分類東坡詩十四游太平寺淨土院觀牡丹……:"一朶官黄微拂掠,鞓紅魏紫不須看。"

鞙 xuàn 胡畎切,上,銑韻,匣。ㄒㄩㄢˋ

㊀大車上縛軛的皮繩。見說文。㊁通"琄"。見"鞙鞙"。

【鞙鞙】佩玉貌。詩小雅大東:"鞙鞙佩璲,不以其長。"釋文:"鞙,胡犬反,字或作琄。"

鞔 1. mán 母官切,平,桓韻,明。ㄇㄢˊ

㊀鞋幫。見說文。引申爲鞋。呂氏春秋召類:"南家,工人也,爲鞔者也。"注:"鞔,鞋也。"㊁以革飾車。綴革於車上,古大夫以上乘之。周禮考工記輿人"飾車欲侈"漢鄭玄注:"飾車,謂革鞔輿也,大夫以上革鞔輿。"㊂把皮革繃緊固定在鼓框的周圍做成鼓面。唐段成式酉陽雜俎十二語資:"(玄)宗常伺察諸王,寧王常夏中揮汗鞔鼓,所讀書乃龜茲樂譜也。"又九盜俠:"獨有老人植杖不避,(黎)幹怒,杖背二十,如擊鞔鼓。"

2. mèn ㄇㄣˋ

㊃悶脹。通"懣"。呂氏春秋重己:"味衆珍則胃充,胃充則中大鞔,中大鞔而氣不達。"注:"鞔讀若懣,不勝食氣爲懣病也。"

鞚 dàn 徒旱切,上,旱韻,定。ㄉㄢˋ

㊀馬帶。見廣韻。㊁馬不施鞍轡曰鞚。見遼史國語解鞚馬。

鞗 tiáo 徒聊切,平,蕭韻,定。ㄊㄧㄠˊ

轡頭。說文作"鋚"。詩小雅蓼蕭:"既見君子,鞗革忡忡。"

八畫

鞚 kòng 苦貢切,去,送韻,溪。ㄎㄨㄥˋ

㊀馬勒。隋書陳茂傳:"高祖將挑戰,茂固止不得,因捉馬鞚。"㊁馳馬。文選南朝宋鮑明遠(照)擬古詩之一:"獸肥春草短,飛鞚越平陸。"

鞛 běng 玉篇 必孔切。ㄅㄥˇ

佩刀刀鞘飾物。同"琫"。左傳桓二年:"藻率鞞鞛。"注:"鞞,佩刀削上飾,鞛,下飾。"參見"琫"。

鞟 kuò ㄎㄨㄛˋ

去毛的皮,皮革。詩齊風載驅"簟茀朱鞹"正義引說文:"鞟,革也。"今本說文作"鞹"。見"鞹"。見校勘記。

鞝 jī 集韻 居宜切,平,支韻。ㄐㄧ

㊀馬絡頭。同"羈"。後漢書二四馬援傳:"臣謹依儀氏鞝,中帛氏口齒,謝氏脣鬐,丁氏身中,備此數家骨相以爲法。㊁纏繞。列女傳七夏桀末喜:"爲酒池,可以運舟,一鼓而牛飲者三千人,鞝其頭而飲之于酒池。"

鞝 zhǎng 玉篇 音掌。ㄓㄤˇ

補鞋之皮。今通謂以皮補鞋爲打鞝子。玉篇:"鞝,扇安皮。"

鞳 tà ㄊㄚˋ 他合切，入，合韻，透。

革履。漢書八七下揚雄傳長楊賦："綈衣不敝，革鞳不穿。"

鞠 jū jú ㄐㄩ ㄐㄩˊ 居六切，入，屋韻，見。渠竹切，入，屋韻，見。

㊀古代的一種用革製成的皮球。史記一一一衛將軍驃騎傳："其在塞外，卒乏糧，或不能自振，而驃騎（霍去病）尚穿域蹋鞠。"參見"蹴鞠"。㊁養育，撫養。詩小雅蓼莪："父兮生我，母兮鞠我。"㊂稚，幼。見"鞠子"。㊃窮困，窮極。書盤庚中："爾惟自鞠自苦。"詩小雅節南山："昊天不傭，降此鞠訩。"㊄彎曲。見"鞠躬"。㊅告誡，誓告。詩小雅采芑："鉦人伐鼓，陳師鞠旅。"箋："此言將戰之日，陳列其師旅，誓告之也。"㊆高貌。文選漢張平子（衡）南都賦："鞠巍巍其隱天，俯而觀乎雲霓。"㊇審訊犯人。通"鞫"。見"鞠獄"。㊈通"菊"。禮月令季秋之月："鞠有黃華。"注："鞠本又作菊。"㊉姓。春秋魯隱公後有鞠氏。漢有尚書令平原鞠譚。參閱元和姓纂十屋。

【鞠子】稚子。書康誥："兄亦不念鞠子哀，大不友于弟。"又康王之誥："無遺鞠子羞。"

【鞠衣】古王后六服之一，九嬪及卿妻亦服之。其色如桑葉始生，又謂黃桑服，春時服之。周禮天官內司服"掌王后之六服"漢鄭玄注："鞠衣，黃桑服也，色如鞠塵，象桑葉始生。"禮月令季春之月："天子乃薦鞠衣于先帝。"參閱清俞樾茶香室經說九薦鞠衣。

鞠衣

【鞠治】審問定罪。鞠，通"鞫"。史記八七李斯傳："於是羣臣諸公子有罪，輒下（趙）高，令鞠治之。"

【鞠育】撫養，養育。詩小雅蓼莪："父兮生我，母兮鞠我，拊我畜我，長我育我。"漢蔡邕蔡中郎集二議郎胡公夫人哀讚："殿考殞没，我在齠年，母氏鞠育，載矜載憐。"

【鞠室】蹴鞠之所。後漢書明帝紀青龍元年："六月，洛陽宮鞠室災。"資治通鑑七二魏明帝青龍元年注："鞠室者，畫地爲域以蹴鞠，因以名室。"

【鞠侯】猿猴名。唐陸龜蒙甫里集六四明山誌序："有猿，山家謂之鞠侯。"又鞠侯詩："何事鞠侯名，先封在四明。"

【鞠躬】㊀論語鄉黨："入公門，鞠躬如也，如不容。"儀禮聘禮："執圭，入門，鞠躬焉，如恐失之。"注："孔（安國）曰：斂身。"意爲曲身以示謹敬。今稱曲身行禮爲鞠躬。㊁謹慎恭敬貌。史記一〇八韓長孺傳論："壺遂之內廉行脩，斯鞠躬君子也。"漢書七九馮奉世傳贊："宜鄉侯參鞠躬履方，擇地而行。"注："鞠躬，謹敬貌。"

【鞠域】窟室。漢書九七上外戚傳："太后遂斷戚夫人手足，去眼熏耳，飲瘖藥，使居鞠域中，名曰'人彘'。"注："鞠域，如蹋鞠之域，謂窟室也。"史記呂后紀作"使居廁中"。荀悅前漢紀五惠帝元年作"使居鞠室中"。

【鞠場】毬場。資治通鑑二四〇唐元和十二年："自（吳）元濟就擒，（李）愬不戮一人，凡元濟官吏、帳下、廚廐之卒，皆復其職，使之不疑，然後屯於鞠場以待裴度。"

【鞠䠐】曲腰小跪，表示恭敬。史記一二六淳于髡傳："若親有嚴客，髡帣韝鞠䠐，侍酒於前。"集解："鞠，曲也；䠐音其紀反，又與'跽'同，謂小跪也。"

【鞠養】撫養，養育。後漢書三九劉般傳："早失母，同產弟原鄉侯平尚幼，（父）紆親自鞠養，常與共卧起飲食。"

【鞠獄】審訊囚犯。鞠，通"鞫"。漢書刑法志宣帝詔："今遣廷史與郡鞠獄，任輕祿薄，其爲置廷平，秩六百石，員四人。"

【鞠窮】藥名。即芎藭。左傳宣十二年："叔展曰：'有麥麴乎？'曰：'無。''有山鞠窮乎？'曰：'無。'"注："麥麴、鞠窮所以御濕。"參見"芎藭"。

【鞠部頭】伶工之首。指演唱之最精者。元詩選宋无子虛翠寒集宮詞之一："高皇尚愛梨園舞，定索當年鞠部頭。"自注："（宋）思陵時有菊夫人，善歌舞，爲仙韶院第一，既而稱疾告歸。一日宮中曲舞不稱旨，提舉官奏曰：'此非菊部頭不可。'于是宣喚再入。"舊稱戲班爲鞠部，本此。

【鞠歌行】樂府平調曲名。古辭已亡，今存晉陸機、南朝宋謝靈運、謝惠連、唐李白等擬作。均爲雜言，或三言七言，或七言五言相間而成。主題多爲抒發知己難逢之感。見樂府詩集三三。

【鞠躬盡瘁】爲國事而竭盡心力。三國志蜀諸葛亮傳注引張儼默記引亮出師表："凡事如是，難可逆見，臣鞠躬盡力，死而後已，至於成敗利鈍，非臣之明所能逆覩也。"鞠躬盡力，後之版本多作"鞠躬盡瘁"。

鞞 1. bǐng ㄅㄧㄥˇ 補鼎切，上，迥韻，幫。

㊀刀劍套。左傳桓二年："藻、率、鞞、鞛。"

2. pí ㄆㄧˊ 部迷切，平，齊韻，並。

㊁鼓之一種。同"鼙"。見"鞞₂鼓"。

3. bēi ㄅㄟ 府移切，平，支韻，幫。

㊂古地名用字。漢犍爲郡有牛鞞縣。見漢書地理志上。

【鞞₂婆】卽琵琶。見"鼙婆"。

【鞞琫】佩刀鞘的玉飾物。詩大雅公劉："維玉及瑤，鞞琫容刀。"傳："下曰鞞，上曰琫。"鞞爲佩刀的下飾，琫爲佩刀的上飾。參閱清馬瑞辰毛詩傳箋通釋二二瞻彼洛矣。

【鞞₂鼓】㊀古代用於祀神之鼓，屬六鼓中雷鼓一類。禮月令仲夏之月："是月也，命樂師脩鞀鞞鼓。"疏："鞞鼓者，則周禮鼓人職掌六鼓雷鼓鼓神祀之屬是也。"㊁軍中所用樂器。樂府詩集五九漢蔡琰胡笳十八拍之三："鞞鼓喧兮，從夜達明。風浩浩兮，暗塞昏營。"

【鞞₂舞】古代舞蹈之一。執鞞鼓而舞，舞時有歌。未詳起於何時。也作"鼙舞"。漢代用於燕享。漢有鞞舞曲辭五篇，爲關東有賢女、章和二年中、樂長久、四方皇、殿前生桂樹。三國時歌辭已散失。三國魏曹植、唐李白李賀等皆有鞞舞歌辭。見宋書樂志一、樂府詩集五三。

【鞞₂鐸】指軍中樂器鞞鼓金鐸。舊題三國魏崔鴻十六國春秋後趙石勒："（石勒）幼而力耕，每聞鞞鐸之聲，或在前後，歸以告其母，母曰：'作勞耳鳴，非不祥也。'"

【鞞沙門】梵語，亦曰毘沙門，四天王之一。義譯爲遍聞、多聞。古婆羅門教以爲財神。居於須彌第四層，主夜叉羅剎。見翻譯名義集二八部鞞沙門。

九畫

鞧 qiū ㄑㄧㄡ 七由切，平，尤韻，清。

同"鞦"。見"鞦"。

鞬 jiān ㄐㄧㄢ 居言切，平，元韻，見。

㊀盛弓的袋。左傳僖二三年："晉楚治兵，遇於中原，其辟君三舍。若不獲命，其左執鞭弭，右屬櫜鞬，以與君周旋。"注："櫜以受箭，鞬以受弓。"㊁約束。後漢書五二崔駰傳附崔寔政論："自數世以來，政多恩貸，……方將柑勒鞬輈以救

之，豈容鳴和鑾請節奏哉！”㊂見“鞬子”。

【鞬子】玩具。以鉛錫爲錢，裝以雞羽，呼爲鞬子。鞬，或作“毽”。元周密武林舊事六小經紀列有鞬子一項。

【鞬櫜】鞬爲盛弓之器，櫜爲盛箭之器。引申爲收藏。唐元稹長慶集二八對才識兼茂明于體用策：“昔我高祖武皇帝撥去亂政，我太宗文皇帝鞬櫜干戈。被之以仁風，潤之以膏露。戢天下之役，而天下之人安。……揔天下之賢，而天下之衆理。”

鞮 dī 都奚切，平，齊韻，端。ㄉㄧ

㊀薄革小履。急就篇二：“靸鞮卬角褐韈巾。”一說爲革履。㊁傳譯。禮王制：“五方之民，言語不通，嗜欲不同，達其志，通其欲，東方曰寄，南方曰象，西方曰狄鞮，北方曰譯。”疏：“鞮，知也，謂通傳夷狄之語與中國相知。”

【鞮鍪】頭盔。也作“鞮鞪”。戰國策韓一：“甲、盾、鞮鍪、鐵幕、草抉、吠芮，無不畢具。”漢書七六韓延壽傳：“令騎士兵車四面營陣，被甲鞮鞪居馬上，抱弩負籣。”參閱清武億授堂文鈔二釋甲。

【鞮譯】主通譯之官。文選南齊王元長（融）曲水詩序：“匭牘相尋，鞮譯無曠。”參見“鞮㊁”。

【鞮鞻氏】周樂官名。周禮春官鞮鞻氏：“鞮鞻氏掌四夷之樂，與其聲歌。”文選晉左太冲（思）魏都賦：“鞮鞻所掌之音，韎昧任禁之曲，以娛四夷之君，以睦八荒之俗。”

鞨 hé 胡葛切，入，曷韻，匣。ㄏㄜ

㊀見“鞨巾”。㊁見“靺鞨”。

【鞨巾】頭帕。列子湯問：“北國之人，鞨巾而裘。”

鞣 róu 耳由切，平，尤韻，日。ㄖㄡ 人又切，去，宥韻，日。

熟皮，柔皮。見廣韻。今謂將生皮製成柔韌之熟皮爲鞣製。

鞦 qiū 七由切，平，尤韻，清。ㄑㄧㄡ

㊀絡於牛馬類股後的革帶。也作“緧”。世說新語政事：“（山濤）貴勝年少，若和裴王之徒，並共言詠。有署閣柱曰：‘閣東有大牛，和嶠鞅，裴楷鞦，王濟剔嬲不得休。’”晉書潘岳傳作“緧”。唐李賀歌詩編三追賦畫江潭苑：“鞦垂粧細粟，箭箙釘文牙。”㊁見“鞦韆”。

【鞦韆】我國傳統遊戲。在架上懸掛兩繩，下繫横板，在板上或立或坐，兩手握繩，身軀隨而向空擺動。相傳春秋齊桓公從北方山戎引入。一說漢武帝時宫中祝壽之辭，本爲千秋，取千秋萬壽之義，後倒讀爲秋千，又轉爲鞦韆。唐宫中每歲寒食節，競樹鞦韆，宫嬪輩戲笑以爲樂，唐玄宗呼爲“半仙戲”。宋有水鞦韆。一人上蹴鞦韆，將平架，翻身入水。參閱唐韓鄂歲華紀麗一寒食、宋孟元老東京夢華録七駕幸臨水殿觀争標錫宴、高承事物紀原八歲時風俗。

鞫 jū 居六切，入，屋韻，見。ㄐㄩ

㊀審訊，查問。史記一二二張湯傳：“訊鞫論報。”漢書六六車千秋傳：“未聞九卿廷尉有所鞫也。”記録犯人罪狀之文書也稱鞫。周禮秋官小司寇“讀書則用法”漢鄭玄注：“鄭司農（衆）云：‘讀書則用法，如今時讀鞫已乃論之。’”㊁窮困。詩大雅雲漢：“鞫哉庶正，疚哉冢宰。”箋：“鞫，窮也。”㊂阻塞不通。詩小雅小弁：“踧踧周道，鞫爲茂草。”㊃水流的外邊。詩大雅公劉：“止旅乃密，芮鞫之即。”箋：“芮之言内也，水之内曰隩，水之外曰鞫。”㊄姓。西漢末有尚書令鞫譚。見漢書八六王嘉傳。

【鞫訊】審問犯人。宋書謝莊傳改定刑獄表：“逮漢文傷不辜之罰，除相坐之令；孝宣倍深文之吏，立鞫訊之法。當是時也，號稱刑清。”

【鞫實】通過審訊澄清真相。資治通鑑二四八唐大中元年：“乙酉，前永寧尉吳汝納訟其弟湘罪不至死，……乞召江州司户崔元藻等對辨。丁亥，敕御史臺鞫實以聞。”注：“鞫實，窮治其實也。”

鞭 biān 卑連切，平，仙韻，幫。ㄅㄧㄢ

㊀古代一種竹製刑具。書舜典：“鞭作官刑。”又爲鞭打。國語晉四：“野人舉塊以與之，公子怒，將鞭之。”㊁馬箠。論語述而：“富而可求也，雖執鞭之士，吾亦爲之。”㊂兵器。古有竹鞭、鋼鞭、九節鞭等，用以防身禦敵。㊃竹根。宋蘇軾分類東坡詩十和子由記園中草木之七：“逸砌忽填裂，走鞭瘦竛竮。”

【鞭尸】仇人已死，鞭其尸以雪恨。史記六六伍子胥傳：“及吳兵入郢，……乃掘楚平王墓，出其尸，鞭之三百，然後已。”尸，也作“屍”。魏書王慧龍傳：“吾羈旅南人，恩非舊結，蒙聖朝殊特之慈，得在疆埸効命。誓願鞭屍吳市，戮墳江陰，不謂嬰此重疾，有心莫遂。”慧龍幼時，其祖父愉全家被劉裕殺害，慧龍爲沙門僧彬所匿，得免於難。後歸北魏爲臣，効力南進，欲報滅門之仇，故曰“鞭屍吳市”。

【鞭牛】猶鞭春。唐元稹長慶集十五生春詩：“鞭牛縣門外，争土蓋蠶叢。”參見“鞭春”。

【鞭扑】鞭與扑皆爲刑具名，屬刑之輕者。引申爲體罰。扑，也作“朴”。書舜典：“鞭作官刑，扑作教刑。”鄧析子轉辭：“寂然無鞭朴之罰，漠然無叱咤之聲，而家給人足，天下太平。”

【鞭石】㊀傳説秦始皇作石橋，欲渡海看日出處。時有神人，驅石下海，石去不速，神輒鞭之，皆流血，至今悉赤。見太平寰宇記二十登州文登縣引三齊略記。㊁傳説宜都郡有二大石，一爲陽，一爲陰，鞭陰石則雨，鞭陽石則晴。見水經注三七夷水、宋永初山川記（初學記二）。

【鞭春】謂打春牛以示迎春之意。宋孟元老東京夢華録六立春：“立春前一日，開封府進春牛入禁中鞭春。開封祥府兩縣，置春牛於府前，至日絶早，府僚打春。”宋程公許滄州塵缶編八立春詩：“月墮霜空發上亭，土牛今日却鞭春。”

【鞭背】古體刑之一。新唐書刑法志：“太宗覽明堂針灸圖，見人之五臟皆近背，針灸失所，則其害致死。嘆曰：‘夫箠者，五刑之輕，死者人之所重，安得犯至輕之刑而或致死？’遂詔罪人無得鞭背。”金元好問遺山集五題劉紫微堯民野醉圖詩：“不見至今汾水上，田翁鞭背出租錢。”

【鞭草】以鞭鞭百草。晉干寶搜神記一：“神農以赭鞭鞭百草，盡知其平毒寒温之性。”唐王勃王子安集十六廣州寶莊嚴寺舍利塔碑：“昔者，萬人疾疫，神農鞭草而救之。”

【鞭笞】鞭撻。韓非子外儲右下：“故王良造父天下之善御者也。然而使王良操左革而叱咤之，使造父操右革而鞭笞之，馬不能行十里，共故也。”文選漢賈誼過秦論：“及至始皇，奮六世之餘烈，……履至尊而制六合，執敲扑以鞭笞天下。”

【鞭策】㊀趕馬的鞭子。禮曲禮上：“乘路馬，必朝服，載鞭策，不敢授綏。”莊子馬蹄：“前有橛飾之患，而後有鞭筴之威，而馬之死者已過半矣。”筴，同“策”。㊁策厲，督促。三國魏嵇康嵇中散集四答難養生論：“以上周孔爲關鍵，畢志一誠，下以嗜欲爲鞭策，欲罷不能。”宋陸游劍南詩稿四九自勉之二：“且着勤鞭策，塵埃痛洗湔。”

【鞭筍】竹根，有節而中實，與筍之中空者異。夏日根自土中旁伸，謂之行鞭。根繁則竹不茂，故剮嫩者食之。人以其形如筍，因呼爲鞭筍。宋黄庭堅宜州乙酉家乘：“得鞭筍二十餘，甚美。”范成大石湖集二七 四時田園雜興春日雜興 之二：“舍後荒畦猶綠秀，鄰家鞭筍過牆來。”

【鞭鼓】鼓名。即鞞鼓（鞞，亦作鞞），俗稱鞭鼓。古人謂之應鞞，又謂之應鼓。元詩選迺賢金臺集塞上曲：“蹋歌盡醉營盤晚，鞭鼓聲中按海青。”按應鼓本用以應和，故俗謂從旁應和爲打鞭鼓，今誤作打邊鼓。參閱周禮春官小師“下管擊應鼓”疏。

【鞭墓】猶鞭尸。史記一〇〇季布傳：“夫忌壯志以資敵國，此伍子胥所以鞭荆平王之墓也。”轉指爲報仇雪恨。魏書劉昶等傳史臣曰：“劉昶猜疑懼禍，蕭夤亡破之餘，並潛骸竄影，委命上國。俱稱曉了，咸當任遇，雖有枕戈之志，終無鞭墓之誠。”參見“鞭尸”。

【鞭撻】即鞭打。景德傳燈録 九 福州大安禪師：“只看一頭水牯牛，若落路入草便牽出，若犯人苗稼即鞭撻。”引申爲駕馭、欺壓。三國志魏武帝紀評：“太祖運籌演謀，鞭撻宇內，擥申商之法術，該韓白之奇策。”魏書蕭衍傳慕容紹宗檄：“鞭撻疲民，盡其筋骨；延壤運石，悲歌掩途；死而可祈，甘同仙化。”

【鞭影】馬鞭之影。景德傳燈録 宋楊億序：“機緣交激，若拄於箭鋒；智藏發光，旁資於鞭影。”宋陸游 劍南詩稿 一村居詩：“生憎快馬隨鞭影，寧作癡人記劍痕。”馬行時，見鞭影則疾馳。參見“快馬加鞭”。

【鞭箭】㊀武士的稱號。宋史兵志一：“雍熙三年，選兩浙兵爲鞭箭，次等爲忠節鞭箭。端拱二年併爲一。”㊁射箭之具。竿上綴銅環，謂之溜子，納箭於溜子而發之，謂之鞭箭。見武備志一〇二軍資乘器械。

【鞭鐙】馬鞭和足鐙。五代後周王仁裕開元天寶遺事上截鐙留鞭：“姚元崇初牧荆州，三年，受代日，闔境民吏泣擁馬首，遮道不使去，所乘之馬、鞭、鐙，民皆截留之，以表瞻戀。”宋蘇軾分類東坡詩十六罷徐州往南京馬上走筆寄子由五首之一：“紛紛等兒戲，鞭鐙遭割截。”

【鞭聰明】唐時民俗正月初一兒童遊戲時口號。唐元稹長慶集三二酬復言長慶四年元日郡齋感懷見寄詩：“富貴祝來何所遂，聰明鞭得轉無機。”自注“祝富貴，鞭聰明，皆正旦童稚俗法。”

【鞭長莫及】左傳宣十五年：“宋人使樂嬰齊告急於晉，晉侯欲救之。伯宗曰：‘不可。古人有言曰：雖鞭之長，不及馬腹。天方授楚，未可與爭。’”注：“言非所擊。”謂馬腹非鞭擊之處。後用以比喻力所不及。宋書徐爰傳：“羽林鞭長，太倉遥阻，救援之日，勢不相及。”

【鞭辟近裏】鞭辟猶言警策，近裏猶言貼身。宋儒治學，指正心而不外務，深入精微。宋朱熹輯二程語録八：“學只要鞭辟近裏，著己而已，故切問而近思，則仁在其中矣。”也作“鞭辟向裏”。朱子語類四五論語二七：“至之問學，要鞭辟近裏。鞭辟如何？曰：此是洛中語，一處説作鞭約。大抵是要鞭督向裏去，今人皆不是鞭督向裏，心都向外。”明王守仁陽明全書六寄鄒謙之書：“隨處體認天理之説，大約未嘗不是，只要根究下落，即未免捕風捉影，縱鞭辟向裏，亦與聖門致良知之功，尚隔一塵。”後形容文章透徹深刻常用此語。

【鞭鸞笞鳳】謂仙人鞭策鸞鳳乘之以行。唐韓愈昌黎集七奉酬盧給事雲夫四兄曲江荷花……詩：“上界真人足官府，豈如散仙鞭笞鸞鳳終日相追陪。”也作“鞭麟笞鳳”。元詩選李孝光五峯集送陳君禮之婺女兼寄徐仲禮：“陳公子，我之故人柏臺史，三年不得書一紙，鞭麟笞鳳作官府。”

鞏 1. mù 莫卜切，入，屋韻，明。ㄇㄨˋ

㊀車轅上加固的革帶。見説文。也作“楘”。

2. móu 莫浮切，平，尤韻，明。ㄇㄡˊ

㊁戰士頭盔。通“鍪”。漢書七六韓延壽傳：“命騎士兵車四面營陳，被甲鞮鞏居馬上，抱弩負蘭。”注：“鞮鞏，即兜鍪也。”

十 畫

韝 gōu 玉篇 恪侯、古侯二切。ㄍㄡ

也作“鞲”。㊀射韝，古代一種革製袖套，射箭或操作時用之。參見“鞲”。㊁革製臂衣，打獵時用以停立獵鷹。唐元稹長慶集十酬翰林白學士代書一百韻詩：“逸驥初翻步，韝鷹暫脱羈。”

䩸 suǒ 蘇各切，入，鐸韻，心。ㄙㄨㄛˇ

見下。

【䩸釋】古代西域少數民族無前壅之靴。釋名釋衣服：“䩸釋，靴之缺前壅者，胡中所名也。”新唐書二二一上西域傳東女：“王服青毛綾裙，……足曳䩸釋。䩸釋，履也。”

鞴 1. bù 薄故切，去，暮韻，並。ㄅㄨˋ 房六切，入，屋韻，並。

㊀見“鞴靫”。

2. bì bèi 平祕切，去，至韻，並。ㄅㄧˋ ㄅㄟˋ

㊁車具。同“鞁”。見“鞴$_2$馬”。㊂吹火使熾的革囊。同“韛”。新五代史王彦章傳：“令甲士五百人皆持具斧，載冶者，具鞴炭，乘流而下。”

【鞴$_2$馬】駕馬。唐杜甫杜工部草堂詩箋四十短歌行贈四兄：“長安秋雨十日泥，我曹鞴馬聽晨雞。”按説文犕引易“犕牛乘馬”，今本易繫辭下作“服牛乘馬”。鞴犕古當通用。參見“犕”。

【鞴靫】箭袋。三國魏張揖埤蒼：“鞴靫，箭室也。”清王念孫廣雅疏證：“集韻引埤倉云：‘鞴靫，箭室也。’亦作步叉。釋名云：‘步叉，人所帶，以箭叉其中也。’”參見“步叉”。

鞳 tà 吐盍切，入，盍韻，透。ㄊㄚˋ

㊀鏜鞳，鐘聲。見廣韻。㊁通“鞈”。見“鞈”。

鞵 xié ㄒㄧㄝˊ

“鞋”本字。見“鞋”。

鞶 pán 薄官切，平，桓韻，並。ㄆㄢˊ

㊀束衣的大帶。見説文。㊁小囊，即俗謂荷包。禮內則：“男鞶革，女鞶絲。”注：“鞶，小囊，盛帨巾者，男用韋，女用繒。”

【鞶帨】大帶與佩巾。揚子法言寡見：“今之學者，非獨爲之華藻也，又從而繡其鞶帨。”晉李軌注：“鞶，大帶也；帨，佩巾也。”

【鞶帶】大帶。易訟：“或錫之鞶帶，終朝三褫之。”疏：“鞶帶謂大帶也。”晉陸雲陸士龍集五吴故丞相陸公誄：“鞶帶翩紛，珍裘阿那。”

【鞶厲】束腰革帶與革帶下垂的部分。左傳桓二年：“鞶厲游纓，照其數也。”注：“鞶，紳帶也，一名大帶；厲，大帶之垂者。”疏：“大帶之垂者名之爲紳，而復名爲厲者，紳是帶之名，厲是垂之貌。”文選晉陸士衡（機）吴王郎中時從梁陳作詩：“輕劍拂鞶厲，長纓麗且鮮。”

【鞶鑑】以鏡爲飾之皮帶。左傳莊二一年：“鄭伯之享王也，王以后之鞶鑑予之。”注：“鞶帶而以鑑爲飾也，今西方羌胡猶然，古之遺服。”亦指鞶帶上之鏡。南朝梁劉勰文心雕龍三銘箴："及崔(駰)、胡(廣)補綴，總稱百官，指事配位，鞶鑑可徵。"鞶鑑可徵，猶言明而可徵，信所謂追清風於前攀辛甲於後代者也。"

【鞶囊】佩於腰帶上的革囊，單名鞶。宋書禮志五："鞶，古制也。漢代著鞶囊者，側在腰間。或謂之傍囊，或謂之綬囊。然則以此囊盛綬也。"太平御覽七〇四曹瞞傳："操性佻易，自佩小鞶囊，盛手巾細物。"

十一畫

鞹 1. kuò ㄎㄨㄛˋ 苦郭切，入，鐸韻，溪。

㊀去毛之皮，皮革。詩齊風載驅："載驅薄薄，簟茀朱鞹。"也作"鞟"。論語顏淵："虎豹之鞟，猶犬羊之鞟。"㊁用皮革包裹。呂氏春秋贊能："魯君許諾，乃使吏鞹其拳，膠其目，盛之以鴟夷。"注："鞹，革也，以革囊其手也。"

2. jué ㄐㄩㄝˊ

㊂弦急張。通"彏"。太平御覽三四七尸子："鴻鵠在上，扜弓鞟弩待之。"注："鞟，同彏。"

鞺 tāng ㄊㄤ 集韻 他郎切，平，唐韻。

鼓聲。見集韻。

鞻 lóu lǚ ㄌㄡˊ ㄌㄩˇ 落侯切，平，侯韻，來。

見"鞮鞻氏"。

十二畫

鞾 xuē ㄒㄩㄝ 許肥切，平，戈韻，曉。

"靴"之本字。南齊書豫章文獻王傳："不樂聞人過失，左右有投書相告，置鞾中，竟不視，取火焚之。"參見"靴"。

【鞾袍】指著靴時所服之袍。宋史輿服志："繫履，則曰履袍；服鞾，則曰鞾袍。履、鞾皆用黑革。"又禮志十七："皇帝服鞾袍出宮，殿下鳴鞭。"

韃 dá ㄉㄚˊ

韃靼，亦單稱韃。蒙古族別稱。宋彭大雅黑韃事略："黑韃之國，號大蒙古。……韃語謂銀曰蒙古，女真名其國曰大金，故韃名其國曰大銀。"

【韃靼】部落名。本靺鞨別部，唐末始見其名。後乃爲蒙古的別稱。元亡，其宗族走漠北，去元之國號，稱韃靼。其可汗本雅失里，爲明及瓦剌所攻，勢大衰。迨達延汗以後，勢復振，及清之興，諸部相繼歸附。參閱明史三二七韃靼傳。近世學者分爲支那韃靼（即東土耳其斯坦）、獨立韃靼(即土耳其斯坦)二部。或更用廣義，自滿洲、蒙古至歐洲之頓河、尼瓦河間，概與以此稱。

鞼 guì ㄍㄨㄟˋ 求位切，去，至韻，羣。
ㄍㄨㄟ 公回切，平，灰韻，見。

㊀繡革。見"鞼盾"。㊁折。淮南子原道："筋力勁强，耳目聰明，疏達而不悖，堅强而不鞼。"

【鞼盾】飾以繡革的盾牌。國語齊："輕罪贖以鞼盾一戟。"注："鞼盾，綴革有文如繢。"

【鞼匏】製革之工。墨子節用中："凡天下羣百工，輪車鞼匏，陶冶梓匠，使各從事其所能。"

鞻 bǔ ㄅㄨˇ 博木切，入，屋韻，幫。
ㄅㄨˇ 封曲切，入，燭韻，幫。

絡牛頭，又爲絡頭繩。見廣韻。

鞿 jī ㄐㄧ 居依切，平，微韻，見。

馬韁繩。喻人受牽制。楚辭屈原離騷："余雖好脩姱以鞿羈兮，謇朝誶而夕替。"注："韁在口曰鞿，革絡頭曰羈，言爲人所係累之也。"漢書刑法志："俗已薄於三代，而行堯舜之刑，是猶以鞿而御駻突，違救時之宜矣。"

十三畫

韁 jiāng ㄐㄧㄤ 居良切，平，陽韻，見。

繫馬繩。同繮。釋名釋車："韁，疆也，繫之使不得出疆限也。"樂府詩集四九青驄白馬："青驄白馬紫絲韁，可憐石橋根柏梁。"

【韁鎖】本繫馬之具，亦喻人事相牽。漢書一〇〇上敍傳班嗣報(桓譚)書："今吾子已貫仁誼之羈絆，繫名聲之韁鎖，……既繫攣於世教矣，何用大道爲自眩曜？"唐白居易長慶集五養拙詩："身去韁鎖累，耳辭朝市諠。"

韣 duó dú ㄉㄨㄛˊ ㄉㄨˊ

弓衣。同"韣"。

十四畫

韆 qiān ㄑㄧㄢ 七燃切，平，仙韻，清。

見"鞦韆"。

韄 hù huò ㄏㄨˋ ㄏㄨㄛˋ 胡誤切，去，暮韻，匣。

㊀佩刀飾。見廣韻。㊁束縛。莊子庚桑楚："夫外韄者不可繁而捉，將內揵。內韄者不可繆而捉，將外揵。"唐成玄英疏："韄者，繫縛之名。"

韅 xiǎn ㄒㄧㄢˇ 呼典切，上，銑韻，曉。

馬腹革帶，在兩腋旁，橫經其下，而上繫於鞍。左傳僖二八年："晉車七百乘，韅靷鞅靽。"史記禮書："寢兕持虎，鮫韅彌龍。"集解引徐廣："韅者，當馬腋之革。"

十五畫

韇 dú ㄉㄨˊ 徒谷切，入，屋韻，定。

㊀古代卜筮用的蓍草筒。儀禮士冠禮："筮人執筴抽上韇。"注："韇，藏筴之器。"㊁見"韇丸"。

【韇丸】藏弓矢之具。儀禮士冠禮"筮人執筴抽上韇"漢鄭玄注："今時藏弓矢者謂之韇丸也。"也作"櫝丸"。後漢書八九南匈奴傳："今齎雜繒五百匹，弓鞬韇丸一，矢四發，遣遺單于。"

韈 wà ㄨㄚˋ 望發切，入，月韻，明。

足衣。也作"韤"、"襪"。韓非子外儲左下："文王伐崇，至鳳黃虛，韈繫解，因自結。"

【韈劫子】部族名。新五代史四夷傳二："東北，至韈劫子，其人髦首，披布爲衣，不鞍而騎，大弓長箭，尤善射，遇人則殺而生食其肉。契丹等國皆畏之。"遼史道宗紀作梅黑急，天祚紀作密里紀。元史作蔑兒乞。居於貝喀爾湖之東南，移殖於色楞格、鄂爾坤兩河之間。後爲蒙古所滅。

十七畫

韉 jiān ㄐㄧㄢ 則前切，去，先韻，精。

襯托馬鞍的坐墊。樂府詩集二五木蘭詩："東市買駿馬，西市買鞍韉。"

二十一畫

韊 lán ㄌㄢˊ 落干切，平，寒韻，來。

革製的箭筒。廣韻作"韊"。史記七七魏公子傳："趙王及平原君自迎公子於界，平原君負韊矢爲公子先引。"索隱："韊音蘭，謂以盛矢，如今之胡簏而短也。"

韋　部

韋 wéi 雨非切，平，微韻，于。ㄨㄟˊ

㊀柔皮；去毛熟治的皮革。左傳僖三三年："(秦師)及滑，鄭商人弦高將市於周，遇之，以乘韋先牛十二犒師。"㊁違背。通"違"。漢書禮樂志郊祀歌天門："五音六律，依韋饗昭。"㊂計算圓周的量詞。通"圍"。漢書成帝紀建始元年："是日大風，拔甘泉時中大木十韋以上。"㊃姓。出顓頊之後大彭，爲夏之諸侯，彭子封於豕韋，子孫以國爲氏。見元和姓纂二微。

【韋氏】官名。古皮革工。周禮考工記"攻皮之工，函、鮑、韗、韋、裘"唐賈公彥疏："官有世功，則以官爲氏，韋氏、裘氏、冶氏之類是也。"

【韋平】西漢時韋賢、韋玄成與平當、平晏父子，都相繼爲相，世所推重。唐劉禹錫劉夢得集外集七和平泉新墅詩："業繼韋平後，家依崑閬間。"

【韋布】韋帶布衣。貧賤者所服。宋李覯直講李先生文集二七上李舍人書："援毫者悉本三代，游談者羞聞五霸，始自薦紳，逮于韋布，盡雍雍如也。"

【韋弁】古冠名。熟皮製成，赤色，制如皮弁。儀禮聘禮："君使卿韋弁，歸饔餼五牢。"注："韎韋之弁，兵服也。"疏："韎即赤色，以赤韋爲弁也。"荀子大略："天子山冕，諸侯玄冠，大夫裨冕，士韋弁，禮也。"

【韋衣】出獵時所服皮服。漢劉向說苑善說："林既衣韋衣而朝齊景公。"晉書魏舒傳："性好騎射，著韋衣，入山澤，以漁獵爲事。"

【韋曲】地名。在陝西長安縣。東北倚龍首，南面神禾，潏水繞其前。爲樊川第一名勝。唐時以諸韋世居於此而名。唐杜甫杜工部草堂詩箋十二奉陪鄭駙馬韋曲之一："韋曲花無賴，家家惱殺人。"參閱嘉慶一統志二二八西安府二古蹟。

【韋后】公元？—710年。唐李顯(中宗)皇后。京兆萬年人。武后廢顯爲廬陵王，居房陵，凡二十一年，韋后同歷艱苦。顯復位，后與安樂公主、武三思等勾結，專朝事。景龍四年六月，弒帝而立溫王重茂，臨朝聽政。臨淄王隆基(玄宗)與唐舊臣合謀殺后，奉相王李旦(睿宗)復位，改元景雲元年。新、舊唐書皆有傳。

【韋杜】唐時，韋氏、杜氏世爲望族，韋氏所居名韋曲，杜氏所居名杜曲，皆在長安城南，時稱韋杜。後人因借以喻高貴門第。辛氏三秦記："城南韋杜，去天尺五。"

【韋弦】韓非子觀行："西門豹之性急，故佩韋以自緩，董安于之心緩，故佩弦以自急。"弦，亦作"絃"。韋，柔而韌；弦，緊而直。佩帶韋弦，以隨時自警己所不足。後因用指有益的規勸。三國志魏劉廙傳上疏："且韋絃非能言之物，而聖賢引以自匡，臣才智闇淺，願自比於韋絃。"文選南朝梁任彥昇(昉)王文憲集序："孝友之性，既伊桶梓；夷雅之體，無待韋弦。"

【韋孟】漢彭城人，爲楚元王傅，後又爲元王子夷王及孫王戊傅。戊荒淫無道，孟作詩諷諫。後遂去位，徙家於鄒。自韋孟至韋賢五世，號稱鄒魯大儒。文選錄孟諷諫四言詩一首。事見漢書七三韋賢傳附。

【韋柔】猶言軟弱。新唐書一五一關播傳："盧杞雅知播韋柔可制，因從容言播材任宰相，其儒厚可鎮浮動。"

【韋昭】公元204—273年。三國吳雲陽人，字弘嗣。吳主孫晧時，爲侍中，領修國史。持正敢諫，爲晧所殺。隋書經籍志著錄昭所著書有吳書二十五卷，洞記四卷，及國語注、辯釋名、孝經解讚等。三國志作韋曜，為晉人避司馬昭諱改。

【韋皋】公元745—805年。唐京兆萬年人，字城武。德宗時，官至檢校司徒兼中書令。貞元初，代張延賞爲劍南西川節度使，在蜀二十一年，經略滇南，曾遣使與南詔通好，封南康郡王。順宗永貞元年，王伾、王叔文當政，皋請兼領劍南三川，未成，上表請皇太子李純(憲宗)監國。以暴疾卒。新、舊唐書皆有傳。

【韋帶】古代貧賤之人所繫的無飾皮帶。漢書五一賈山傳至言："夫布衣韋帶之士，修身於內，成名於外，而使後世不絕息。"

【韋莊】公元836？—910年。唐末京兆杜陵人，字端己。少孤，家貧力學，工詩，尤善長短句。少時曾著秦婦吟，爲人傳誦，稱秦婦吟秀才。乾寧元年中進士。依王建於蜀，爲掌書記。及建稱帝，莊官至吏部侍郎平章事，詔令多出其手。嘗訪得杜甫浣花溪草堂舊址，誅茅以居。其弟藹編其詩歌名浣花集。又選王維杜甫等詩五十二家爲又玄集，以繼姚合極玄集。

【韋當】古射者所用，以紅色熟皮製成，形如今之背心，設於楅上以承矢。儀禮鄉射禮："楅長如笴，博三寸，厚寸有半，龍首，其中蛇交，韋當。"注："直心背之衣曰當，以丹韋之。"

【韋馱】佛教護法神名。梵語室健陀。屬增長天王，爲八大將軍之一；又屬四天王，爲三十二將之首。保護佛法，驅除邪魔，著甲冑，捧金剛杵，貌作童子相。俗傳魔王奪佛舍利逃去，被馱追回。亦作違馱。參閱金光明經鬼神品。

【韋誕】三國魏京兆人，字仲將。善辭章，尤工書法。太和中，誕爲武都太守，以能書留補侍中。魏代寶器銘題，皆誕所書。又善製筆，撰筆經。三國志魏附王粲傳。

【韋裳】牧人的服裝。用皮製成，故名。急就篇二："裳韋不借爲牧人。"注"韋，柔皮也。裳韋，以韋爲裳也。不借者，小屨也，以麻爲之，其賤易得，人各自有，不須假借，因爲名也。言著韋裳及不借者，卑賤之服，便易於事，宜以牧牛羊也。"

【韋輪】車輪外緣加用柔皮，以使車行安穩。爲皇宮御輦，亦用以徵賢。漢書六八霍光傳："太夫人顯，……廣治第室，作乘輿輦，加畫繡絪馮，黃金塗，韋絮薦輪，侍婢以五采絲輓顯，游戲第中。"

【韋賢】公元前148—前60年。西漢鄒人。字長孺。韋孟五世孫。篤志好學，世習魯詩，號稱鄒魯大儒。昭帝時，由博士遷光祿大夫，宣帝立，以與謀議，賜爵關內侯。本始間官至丞相，後致仕，封扶陽侯。漢書有傳。

【韋編】古時無紙，以竹簡寫書，用皮繩編綴，故曰韋編。史記孔子世家："讀易，韋編三絕，曰：'假我數年，若是我於易則彬彬矣。'"後因作爲古代典籍的泛稱。廣弘明集二十梁元帝梁簡文帝法寶聯璧序："降意韋編，留神緗帙。"

【韋轂】安車，即韋輪。古時用以徵聘賢才。藝文類聚五三南朝梁沈約薦劉梁表："輶軒韋轂，交軫於退路；捨築投竿，相望於魏闕。"

【韋玄成】漢鄒人，字少翁。韋賢子。明經好學，繼修父業。元帝時，官至丞相。父子皆以明經至丞相，故鄒魯間諺云：“遺子黃金滿籝，不如一經。”漢書有傳。

【韋安石】唐京兆萬年人。武后時，官至中書令。性方重，不畏權倖。時張昌宗、張易之、武三思等寵橫，安石輒敢忤，廷臣目爲真宰相。封郇國公，卒謚文貞。新、舊唐書皆有傳。

【韋應物】公元737—？年。唐京兆人。少年時以三衛郎事玄宗，亂後失官，更折節讀書。後歷官滁州、江州、蘇州刺史，有惠政，人稱韋江州或韋蘇州。性行高潔，詩如其人，閒澹簡遠似陶潛，世稱陶韋。與顧況、劉長卿等多所唱和。有詩集傳世。唐書有傳。

【韋編三絶】見“韋編”。

三畫

韌 rèn ㄖㄣˋ 而振切，去，震韻，日。

亦作“靭”。柔軟而堅固。管子制分：“故凡用兵者，攻堅則韌，乘瑕則神。”注：“韌，牢固之名也。”新唐書一六七皇甫鎛傳：“鎛指所著鞾曰：‘此內府所出，牢韌可服，彼言不可用，非也。’”按古無堅韌專字，漢以後加韋作“韌”，或從革作“靭”，參閱清鄭珍說文新附考二韌。

五畫

韍 bì ㄅㄧˋ 兵媚切，去，至韻，幫。

護弓器。即弓檠。用竹木製，形狀如弓，弓不用時縛於弓裏，以防受損。周禮考工記弓人“譬如終紲”漢鄭玄注：“紲，弓韍。”唐賈公彥疏：“以竹爲韍，發弦時縛於弓之背上，又繩橫繫之使相着，韍與弓爲力，備頓傷也。”詩秦風小戎作“閉”，儀禮士喪禮及既夕禮注引詩作“柲”。參閱清陳啓源毛詩稽古編小戎（清經解本十五）。

韎 mèi mò ㄇㄟˋ ㄇㄛˋ 莫撥切，入，末韻，明。莫拜切，去，怪韻，明。集韻 莫佩切，去，隊韻。

㊀茜草。可作染料。也指赤黃色。國語晉六：“鄢之戰，郤至以韎韋之跗注。”注：“三君云：‘一染曰韎。’鄭後司農說以爲：‘韎，茅蒐染也；韎，聲也’。（韋）昭謂：‘茅蒐，今絳草也，急疾呼茅蒐成韎也。’”㊁古東方民族樂名，見“韎師”。

【韎韋】赤色柔皮，古用以製軍服。左傳成十六年：“有韎韋之跗注。”注：“韎，赤色。跗注，戎服，若袴而屬于跗，與袴連。”

【韎師】古樂官名。掌東方夷族舞樂。周禮春官韎師：“韎師，掌教韎樂，祭祀，則帥其屬而舞之。”

【韎韐】古祭服上蔽膝。用茅蒐草染成赤黃色，故稱韎韐。大夫以上服韍，士則服韐。詩小雅瞻彼洛矣：“韎韐有奭，以作六師。”箋：“韎韐，祭服之韠，合韋爲之。”參閱清陳啓源毛詩稽古編瞻彼洛矣（清經解本十五）。

韍 fú ㄈㄨˊ 分勿切，入，物韻，幫。

通作“芾”、“紱”、“黻”。㊀古代祭服的蔽膝。以熟皮爲之。禮玉藻：“一命緼韍幽衡。”疏：“他服稱韠，祭服稱韍。”參閱清俞樾俞樓雜纂七禮記異文箋。見圖。㊁拴璽印的繩。漢書九九中王莽傳：“始建國元年正月朔，莽帥公侯卿士奉皇太后璽韍，上太皇太后。”注：“韍，謂之璽之組，音弗。”

韍

韐 tiè ㄊㄧㄝˋ 集韻 託協切，入，帖韻。

見下。

【韐韘】唐代武官佩用的帶具。舊唐書輿服志：“景雲中又制……武官五品以上佩韐韘七事，七謂佩刀，刀子，礪石、契苾真、噦厥、針筒、火石袋等也。至開元初復罷之。”遼史國語解作“鞊韘帶”。

六畫

韏 quàn ㄑㄩㄢˋ 去願切，去，願韻，溪。

皮革面上的皺疊卷縮。爾雅釋器：“革中絕，謂之辨，革中辨，謂之韏。”說文解字五下韏清段玉裁注：“當云革辨謂之韏，中乃衍文。……然則皮之皺文蹙蹙者曰韏何疑。”參閱唐慧琳一切經音義二五大般涅槃經五舌則卷縮。

韐 gé jiā ㄍㄜˊ ㄐㄧㄚˊ 古沓切，入，合韻，見。古洽切，入，洽韻，見。

見“韎韐”。

七畫

韒 qiào ㄑㄧㄠˋ 私妙切，去，笑韻，心。

刀鞘。同“鞘”。見該條。

八畫

韓 hán ㄏㄢˊ 胡安切，平，寒韻，匣。

㊀井垣。說文作“韓”。㊁古國名。1.周分封的諸侯國，侯爵，後爲晉所滅。在今陝西韓城縣地。參閱文獻通考二六一封建考二韓。2.戰國時晉大夫韓氏與趙魏分晉，列爲諸侯。在今河南中部及山西東南地，介於魏、秦、楚之間。後滅於秦。參閱讀史方輿紀要一州域形勢一春秋戰國。㊂姓。唐叔虞之後，晉穆侯孫萬食采於韓，後爲韓氏。

【韓文】指韓愈的文章。舊唐書一六〇韓愈傳：“故愈所爲文，務反近體，抒意立言，自成一家新語。後學之士，取爲師法。當時作者甚衆，無以過之，故世稱‘韓文’焉。”

【韓白】漢韓信、秦白起，皆以善用兵著名。後因以韓白指多謀善算的將領。梁書武帝紀上：“我若總荆雍之兵，掃定東夏，韓白重出，不能爲計，況以無算之昏主，役御刀應敕之徒哉！”

【韓江】水名。在廣東省境，上游爲福建汀江，南流入廣東，分爲三，其二俱南流，經潮安至澄海縣，西入海。其一西流注三利溪，入揭陽縣界而入海，即古員水，又稱惡溪。唐韓愈昌黎集三九潮州刺使謝上表：“過海口，下惡水，濤瀧壯猛，難計程期。”即此。參閱嘉慶一統志四四六潮州府山川。

【韓州】地名。遼置，元廢。今爲遼寧昌圖縣。金人遷宋徽宗、欽宗於此。參閱嘉慶一統志五九奉天府一。

【韓休】公元673—740年。唐京兆長安人。工文辭。玄宗開元中累官至同中書門下平章事。性耿直，玄宗每有過差，輒上書切諫，宋璟歎爲仁者之勇。左右勸玄宗逐休，玄宗言：“吾雖瘠，天下肥矣。……吾用休，社稷計耳。”後以工部尚書罷。謚文忠。新、舊唐書皆有傳。

【韓非】公元前280？—前233年。戰國韓諸公子。與李斯同師事荀卿，斯自以爲不如。建議韓王變法，不用。後使秦，李斯忌其才，入獄自殺。嘗作孤憤、五蠹、內外儲、說難等篇，十餘萬言，即今傳韓非子二十卷。史記有傳。

【韓城】縣名。屬陝西省。周初爲韓國，平王時爲晉所滅。戰國時屬魏少梁邑。秦漢爲夏陽縣。隋文帝分郃陽於此置韓城縣。以古韓城爲名。明清皆屬同州府。參閱太平寰宇記三同州。

【韓范】宋韓琦與范仲淹的合稱。宋史三一二韓琦傳：“琦與范仲淹在兵間久，名重一時，人心歸之，朝廷倚以爲重，故天下稱爲‘韓范’。”

【韓柳】唐時韓愈與柳宗元，皆一代文章大家，後世合稱"韓柳"。唐杜枚樊川集一冬至日寄小姪阿宜詩："李杜泛浩浩，韓柳摩蒼蒼。"

【韓風】古代善相馬人。淮南子齊俗："伯樂、韓風、秦牙、管青，所相各異，其知馬一也。"注："四子皆古善相馬者。"

【韓信】㊀公元前？—前196年。秦末淮陰人。初從項羽，後歸劉邦，拜爲大將。伐魏，舉趙，降燕，破楚將龍且於濰水，定齊地。漢五年與漢師會圍項籍(羽)於垓下，籍走自殺，信封楚王。與蕭何、張良稱漢興三傑。六年，有人告信謀反，高祖僞遊雲夢，執之，降爲淮陰侯，十一年爲呂后所殺。史記、漢書皆有傳。㊁秦末人。戰國韓襄王孽孫。漢二年略定韓地，立爲韓王。後降匈奴，數犯邊，高祖使柴武擊斬之。史記、漢書皆有傳。

【韓原】地名。左傳僖十五年："(秦晉)戰於韓原。"故城在山西芮城，黃河以東。一說在陝西韓城西南。參閱清江永春秋地理考實韓(清經解本二五三)。

【韓翃】唐南陽人，字君平。天寶十三年進士，官至中書舍人，爲大曆十才子之一。原有集，已散佚。明人輯有韓君平集。新唐書附盧綸傳。

【韓娥】古善歌人。列子湯問："昔韓娥東之齊匱糧，過雍門，鬻歌假食。既去而餘音繞梁欐，三日不絕。"

【韓康】東漢京兆霸陵人。字伯休，一名恬休。常采藥名山，賣於長安市，口不二價，三十餘年。長安市婦孺皆知。後遁入霸陵山中隱居。桓帝備厚禮徵聘，中途遁走，以壽終。後漢書有傳。

【韓國】古代善相狗者。文選三國魏曹子建(植)求自試表："臣聞騏驥長鳴，伯樂昭其能；盧狗悲號，韓國知其才。"唐劉良注："盧，黑也，謂黑狗也。齊人韓國相狗於市，遂有狗號鳴，而國知其善。"

【韓偓】公元844—923？年。唐京兆萬年人，字致堯，小字冬郎，自號玉山樵人。龍紀元年進士。從昭宗至鳳翔，進兵部侍郎、翰林承旨，爲帝倚重，朱全忠惡之，貶爲濮州司馬。天祐六年攜家入閩，依王審知以卒。其詩以律絕爲主，多寫豔情，辭藻綺麗，有香奩體之稱。唐藝文志著録香奩集一卷，又金鑾密記五卷。後人輯有韓内翰別集（又稱玉山樵人集)傳世。新唐書有傳。

【韓終】仙人名。見"韓衆"。

【韓馮】見"韓憑"。

【韓琦】公元1008—1075年。宋相州安陽人，字稚圭。天聖五年進士。仁宗時，西北邊事起，琦任陝西經略招討使，與范仲淹率兵拒戰。韓范久在兵間，名重當時，爲宋廷所倚重，時人稱爲"韓范"。西夏和成，入爲樞密副使，嘉祐中官同中書門下平章事。英宗立，封魏國公。琦爲相十年，臨大事，決大議，雖處危疑之際，知無不爲。卒謚忠獻。宋史有傳。

【韓菼】公元1637—1704年。清長洲人。字元少，別字慕廬。讀書通五經，應順天鄉試，尚書徐乾學拔之於遺卷中。康熙十二年，會試殿試皆名列第一。累官禮部尚書。在官持論侃侃，不爲兩可之說。點勘諸經注疏，旁及諸史，總修一統志，以文章名世。卒謚文懿。

【韓衆】仙人名。楚辭屈原遠遊："奇傅説之託辰星兮，羨韓衆之得一。"注："衆，一作終。"宋洪興祖補注："列仙傳：齊人韓終爲王采藥，王不肯服，終自服之，遂得仙也。"舊題漢郭憲洞冥記二："琳國，去長安九千里，生玉葉李，色如碧玉，數十年一熟，味酸。昔韓終嘗餌此李，因名韓終李。"

【韓滉】公元723—787年。唐長安人，字太沖。德宗至德中，任吏部員外郎。官至檢校左僕射、同中書門下平章事、江淮轉運使，封鄭國公。二年，更封晉國公。卒謚忠肅。滉自奉儉約，善治易、春秋，兼有著述。書畫皆工，書得張旭筆法，畫田家風景，作牛馬與韓幹齊名。新、舊唐書皆有傳。

【韓幹】唐長安人(或作藍田人)。玄宗天寶初詔入爲供奉。善寫人物，尤工鞍馬。初師曹霸，後獨擅其能，骨肉停勻，得其神氣，自成一家。見宣和畫譜十三畜獸一。

【韓愈】公元768—824年。唐鄧州南陽人。字退之。早孤，從兄嫂撫養。貞元八年進士及第。十九年任監察御史。因上疏極言宮市之弊，貶爲陽山令。憲宗元和十二年，隨裴度平淮西，升刑部侍郎，因上書諫遣使往鳳翔迎佛骨事，貶潮州刺史。穆宗時，詔爲國子監祭酒，轉兵部、吏部侍郎。愈學通貫六經百家，反對六朝以來的文風，提倡散體，文筆雄健，氣勢磅薄，爲後世古文家所宗，稱韓文。長慶四年卒，謚文。愈郡望昌黎，故世稱韓昌黎。門人李漢編其撰作爲昌黎先生集。新、舊唐書皆有傳。

【韓壽】晉南陽堵陽人，字德真。美姿容。賈充辟爲司空掾。充少女賈午見而悅之，使侍婢潛通音問，厚相贈結，呼壽夕入，盜西域奇香贈壽。充僚屬聞其芬馥，告於充。充乃考問女之左右，具以狀對。充秘之，遂以女妻壽。見晉書賈充傳。

【韓憑】相傳戰國宋康王舍人。憑亦作馮。妻何氏，甚美，康王奪之，並罰憑築長城。不久，憑夫婦相繼自殺。鄉人埋之，兩塚相望。一夜之間，有梓木生於兩塚之端，旬日而盈抱，根交於下，枝錯於上。又有鴛鴦雌雄各一，棲於樹上，晨夕不離，交頸悲鳴，聲音感人。見晉干寶搜神記十一。後因以韓憑代指鴛鴦。北周庾信庾子山集一鴛鴦賦："共飛詹瓦，全開魏宮；佳棲梓樹，堪是韓馮。"

【韓盧】古韓國良犬名。戰國策秦三："以秦卒之勇，車騎之多，以當諸侯，譬若馳韓盧而逐蹇兔也。"注："俊犬名。"博物志："韓國有黑犬名盧。"又稱韓子盧。戰國策齊三："韓子盧者，天下之疾犬也；東郭逡者，海内之狡兔也。"

【韓嬰】漢燕人。文帝時爲博士。景帝時爲常山王劉舜太傅。推詩之意，著韓詩内傳、韓詩外傳數萬言。今惟外傳行世。史記、漢書皆載儒林傳。參見"韓詩外傳"。

【韓雞】古韓國烹調雞的方法。釋名釋飲食："韓羊、韓兔、韓雞，本法出韓國所爲也。猶酒言宜成醪、蒼梧清之屬。"

【韓魏】春秋時，韓氏、魏氏皆晉六卿之巨富。後因以韓魏指富貴之家。孟子盡心上："附之以韓魏之家，如其自視欿然，則過人遠矣。"

【韓山童】公元？—1351年。元末欒城人，其先世奉白蓮教，謫徙永年。山童繼續在河南、江、淮間宣傳教義。穎州人劉福通等又宣揚山童爲宋徽宗八世孫，當主中國。至正十一年擁衆三千多人，殺白馬黑牛，用紅巾爲號宣誓起義，山童被推爲明王。後被捕死。見明史韓林兒傳。

【韓公帕】清代潮州婦女出行，以帛布丈餘蒙頭，自首以下，雙垂至膝。時或兩手翕張其布以視人，名"韓公帕"，相傳爲韓愈遺製。見清張心泰粵遊小志十一。

【韓世忠】公元1089—1151年。宋延安人，字良臣。宣和中以應募入伍，以偏將從王淵鎮壓方臘農民起義軍。從高宗南渡，升浙江制置使。建炎四年率八千人破金將兀朮於黃天蕩。紹興四年，又大破金和僞齊聯軍。後升京東、淮東路宣撫處置使，鎮楚州。宰相秦檜主和，收諸將兵柄，拜樞密使，以上疏詆檜誤國，罷爲醴泉觀使。既解職，隱居西湖，自號清涼居士。孝宗時追封蘄王，謚忠武。宋史有傳。

【韓安國】公元前？—前127年。漢成安人，後徙睢陽。字長孺，初事梁孝王爲中大夫。景帝三年，吳楚七國起兵，安國爲將，禦吳兵於東界，由此顯名。武帝建元六年爲御史大夫，後爲衛尉。元光二年匈奴大入境，任材官將軍，屯軍漁陽，兵敗，詔書譴責，徙屯右北平，鬱鬱而死。史記、漢書皆有傳。

【韓延壽】公元前？—前57年。漢燕人，徙杜陵。字長公。昭帝時爲諫大夫，後任淮陽、東郡太守，甚有治績。宣帝神爵三年，代蕭望之爲左馮翊。望之忌其名出己上，劾延壽在東郡僭越不道，誅死。漢書有傳。

【韓伯俞】漢梁人。俞亦作"瑜"。相傳性至孝，有過，其母杖之，大泣。母問之，伯俞曰："往日得罪杖常痛，今不痛，知母之力衰，是以悲泣。"見漢劉向說苑建本。

【韓侂胄】公元1151—1207年。南宋相州安陽人，字節夫。琦曾孫。寧宗即位，以外戚執政，專權十四年，封平原郡王，官至平章軍國事。立僞學之名，排斥異己，史稱慶元黨禁。開禧二年發動北伐，兵敗求和。次年因金人欲罪首謀，用史彌遠議因斬侂胄首，函送於金。宋史入姦臣傳。

【韓林兒】公元？—1366年。父山童。元至正十二年山童起義失敗犧牲，林兒隨母逃至武安山中。至正十五年隨其父起義之劉福通迎之至亳州，立爲小明王，國號宋，建元龍鳳。駐安豐。龍鳳九年春張士誠部將呂珍攻入安豐，殺劉福通，被朱元璋率軍救至滁州。十二年卒。一說元璋以迎赴應天爲名，使廖永忠沉林兒於瓜步江中。明史有傳。

【韓非子】書名。韓非死後，後人搜集其遺著並加入他人論述韓非學說的文章編成。共五十五篇二十卷。其文博辨明晰，總先秦法術勢三派而自成一家，多採管仲子產商鞅申不害慎到等法家之說，爲集戰國時法家學說大成的代表作。

【韓彥直】宋延安人。字子溫。韓世忠長子。紹興十八年進士，累官工部尚書，兼知臨安府。曾奉命使金，守節不屈。後以龍圖閣學士、提舉萬壽觀，轉光祿大夫致任。卒封蘄春郡公。嘗採集宋事，分爲類目，撰水心鏡百六十七卷，橘錄三卷。宋史有傳。

【韓荊州】韓朝宗，唐京兆長安人。玄宗時官至荊州長史，時稱韓荊州。喜識拔後進，嘗薦崔宗之、嚴武於朝，爲當時士人所推重。唐李白李太白文二六有與韓荊州書。新、舊唐書皆有傳。

【韓湘子】傳說中的八仙之一。託爲韓愈族姪，性疏狂，不好讀書，嘗於初冬季節令牡丹開花數色，每朵有一聯詩。愈大奇之。又嘗聚盆覆土，頃刻開花。花片上有"雲橫秦嶺家何在，雪擁藍關馬不前"之句，以示愈，愈不解。後愈以諫迎佛骨謫官潮陽，途中遇雪，湘冒雪而來，並語以花上之詩，兩人乃宿於藍關驛舍。見唐段成式酉陽雜俎十九廣動植之四、宋劉斧青瑣高議九韓湘子記。按韓愈有姪孫韓湘。十二郎（老成）之子，會昌三年進士。愈貶潮陽，至藍關時，湘曾贈以詩，有"雲橫秦嶺"一聯。傳說中湘得道成仙之事，當由後來好事者附會而成。

【韓熙載】公元902—970年。五代濰州北海人。字叔言。後唐同光中進士，以其父光嗣爲明宗所殺，乃渡江奔投南唐。世宗時，官至兵部尚書。性疎曠，無所卑屈。雖被遣逐，終不改節，江左號爲"韓夫子"。善爲文，江東士人、道釋，載金帛以求銘誌碑記者甚多，與徐鉉齊名。時宋齊丘、馮延巳專國柄，以熙載北人不得與政。著格言五卷、擬議集十五卷、定居集二卷。宋陸游南唐書有傳。

【韓擒虎】公元？—592年。隋河南東垣人。原名豹，字子通。以膽略見稱。北周時襲父爵爲新義郡公，屢立戰功。開皇初，爲廬州總管，文帝委以平陳之任。開皇九年，大舉伐陳，擒虎爲先鋒，以輕騎五百，直取金陵，生俘陳後主。陳平，進位上柱國。隋書有傳。

【韓君輕格】輕紗帽。五代南唐韓熙載製，故有此稱。見宋陶穀清異錄衣服（說郛六一）。

【韓陵片石】指北魏溫子昇所撰韓陵山寺碑。唐張鷟朝野僉載六："梁庾信從南朝初至北方，文士多輕之。信將枯樹賦以示之，自後無敢言者。時溫子昇作韓陵山寺碑，信讀而寫其本。南人問信曰：'北方文士何如？'信曰：'唯有韓陵山一片石堪共語，薛道衡盧思道少解把筆，自餘驢鳴犬吠，聒耳而已。'"韓陵山在河南安陽東，北魏高歡敗爾朱氏於此，立定國寺旌功，溫子昇撰碑文。

【韓詩外傳】漢韓嬰撰。漢初傳詩者有魯、齊、韓、毛四家。漢書藝文志著錄，韓嬰撰內傳四卷、外傳六卷。南宋後僅存外傳。此書援引歷史故事以解釋詩義，與經義不相比附，所述多與周秦諸子相出入。今通行本末附清趙懷玉輯內傳佚文。

【韓潮蘇海】比喻文章波瀾壯闊，韓，韓愈；蘇，蘇軾。清俞樾茶香室叢鈔八："國朝蕭墨經史管窺引李耆卿文章精義云：'韓如海，柳如泉，歐如瀾，蘇如潮'，然則今人稱韓潮蘇海，誤矣。"

韔 chàng 丑亮切，去，漾韻，徹。ㄔㄤˋ

㊀弓袋。詩秦風小戎："虎韔鏤膺。"弓袋以虎皮所製曰虎韔。㊁以弓納入弓袋。詩小雅采綠："之子于狩，言韔其弓。"

九 畫

韗 yùn 玉問切，去，問韻，于。ㄩㄣˋ

見下。

【韗人】古代製造皮鼓的工人。周禮考工記韗人："韗人爲皋陶。"孫詒讓正義七九："此工主治革以冒鼓，又兼爲鼓木。"

韘 shè 書涉切，入，葉韻，審。ㄕㄜˋ

㊀古代射者戴在右手大拇指上用以鉤弦的工具，以象骨製成。俗稱扳指。詩衛風芄蘭："芄蘭之葉，童子佩韘。"傳："韘，玦也。能射御則佩韘。"㊁見"鞊韘"。

韢 xiá 胡加切，平，麻韻，匣。ㄒㄧㄚˊ

鞋跟。見廣韻。也指鞋。唐李賀歌詩編二秦宮："禿襟小袖調鸚鵡，紫繡麻韢踏哮虎。"

韫 yùn 於粉切，上，吻韻，影。ㄩㄣˋ

藏，蘊藏。文選晉陸士衡（機）文賦："石韫玉而山輝，水懷珠而川媚。"參見"韫匵"。

【韫匵】藏在櫃子裏。匵，同"櫝"。論語子罕："有美玉於斯，韫匵而藏諸？求善賈而沽諸？"本指藏於櫃中。引申爲保持不失。後漢書五二崔駰傳達旨："今子韫櫝六經，服膺道術，歷世而游，高談有日。"又指抱才待時。後漢書張衡傳應閒："且韫櫝以待價，踵顏氏之行止。"

【韫藉】含蓄寬容。元李治敬齋古今黈二："蓋韫者櫝也，所以覆藏；藉者薦也，所以承托。韫藉乃涵養重厚，不露圭角之意。故前史謂有局量，不令人窺見淺深，而風流閑雅者，爲韫藉。唐明皇陳樂於勤政樓下，垂簾觀之，兵部侍郎盧絢，謂上已起，垂鞭按轡，橫過樓下，絢風標清粹，上目送之，深歎其韞藉。又德宗好文雅韞藉，而柳渾質直輕脫無威儀，上不悅，以是罷相。」

【韞韣】同「韞櫝」。文選漢揚子雲(雄)劇秦美新：「俾前聖之緒，布濩流衍而不韞韣。」注：「櫝與韣古字通，音讀。」參見「韞匵」。

【韞玉硯】淄地製成的硯，發墨而損筆。宋陸游劍南詩稿七一秋情：「韞玉硯凹宜墨色，冷金箋滑助詩情。」參閱宋蘇軾東坡題跋五評淄端硯。

韙 wěi 于鬼切，上，尾韻，于。 ㄨㄟˇ

㊀是。左傳隱十一年：「(息侯)犯五不韙，而以伐人，其喪師也，不亦宜乎！」注：「韙，是也。」㊁善。文選漢張平子(衡)東京賦：「京室密清，罔有不韙。」注：「韙，善也。」

十 畫

韝 gōu 古侯切，平，侯韻，見。 ㄍㄡ

革製的袖套，用以束衣袖，射箭或操作時用之。同「鞲」。史記八九張耳傳：「趙王朝夕袒韝蔽，自上食。」集解：「徐廣曰：韝，臂捍也。」參見「鞲」。

韛 bài 蒲拜切，去，怪韻，並。 ㄅㄞˋ

吹火使熾的革囊。同「鞴」。參見該條。

韜 1. tāo 土刀切，平，豪韻，透。 ㄊㄠ

㊀弓套。詩小雅彤弓「受言櫜之」漢毛萇傳：「櫜，韜也。」韜，本又作弢，弓衣也。」㊁掩藏。後漢書五三姜肱傳：「肱臥於幽闇，以被韜面。」㊂謀略。唐李德裕李文饒集二十寒食三殿侍宴奉進詩：「不勞孫子法，自得太公韜。」

2. tǎo ㄊㄠˇ

㊃古代軍隊或儀仗隊的大旗。通「翿」。儀禮鄉射禮：「韜上二尋。」注：「今文……韜爲翿。」

【韜弓】納弓於弓套。詩周頌時邁「載櫜弓矢」唐孔穎達疏：「櫜者弓衣，一名韜。故內弓於衣，謂之韜弓。」

【韜光】㊀藏匿光彩。漢孔融孔少府集離合作郡姓名字詩：「玟琁隱曜，美玉韜光。」亦以指人藏才不露。晉書慕容垂載記：「垂世子寶言於垂曰：『家國傾喪，皇綱廢弛，至尊明命，著之圖籙，當隆中興之業，建少康之功，但時來之運未至，故韜光俟奮耳。」㊁寺名。即靈隱寺。在浙江杭州靈隱山下。唐僧韜光居此，故又名韜光庵。參閱嘉慶一統志二八四杭州府二寺觀。

【韜舌】謂閉口不言。唐杜牧樊川文集一感懷詩：「韜舌辱壯心，叫閽無助聲。」

【韜略】古兵書有六韜、三略，後因以韜略指用兵的謀略。周書王悅傳貽楊賢書：「大將軍高陽公(達奚武)韞韜略之祕，總熊羆之旅，受脤廟堂，威懷巴漢。」

【韜晦】㊀暗昧。梁書張充傳王儉書：「頃日路長，愁霖韜晦，涼暑未平，想無虧攝。」㊁隱慝聲跡，不自炫露。景德傳燈錄十一文喜禪師：「屬會昌廢教，返服韜晦。」資治通鑑二九四後周顯德六年：「上在藩，多務韜晦，及即位，破高平之寇，人始服其英武。」

【韜鈐】兵法之書六韜及玉鈐篇的合稱。亦指用兵謀略。唐張說張說之集四將赴朔方軍：「禮樂逢明主，韜鈐用老臣。」文苑英華八九九蘇頲司農卿劉公神道碑：「制連五之教，以乂其邦。攬韜鈐之英，以和其衆。」

【韜筆】猶言擱筆。晉書王接傳報潘滔書：「今世道交喪，將遂剝亂，而識智之士鉗口韜筆，禍敗日深，如火之燎原，其可救乎？」南朝梁劉勰文心雕龍六風骨：「昔潘勗錫魏，思摹經典，羣才韜筆，乃其骨髓峻也。」

【韜隱】隱晦不炫露。三國志吳陸遜傳：「(呂)蒙對曰：『陸遜……終可大任，而未有遠名，非(關)羽所忌，無復是過。若用之，當令外自韜隱，內察形便，然後可克。』」

【韜聲匿迹】退隱自匿，不爲人所見聞。文選孔德璋(稚圭)北山移文「昔聞投簪逸海岸」注引晉摯虞徵士胡昭贊：「投簪卷帶，韜聲匿跡。」

十一畫

韠 bì 卑吉切，入，質韻，幫。 ㄅㄧˋ

蔽膝。革製，古代官服上的裝飾。亦作「鞸」。詩檜風素冠：「庶見素韠兮，我心蘊結兮。」禮玉藻：「韠，下廣二尺，上廣一尺，長三尺，其頸五寸，肩革帶，博二寸。」疏：「他服稱韠，祭服稱韍，是異其名，韍韠皆言爲蔽，取蔽鄣之義也。」參見「韍」。

十二畫

韡 wěi 于鬼切，上，尾韻，于。 ㄨㄟˇ

盛貌。見說文。

【韡韡】光明貌；盛貌。詩小雅常棣：「常棣之華，鄂不韡韡。」羣書治要三毛詩作「萼不煒煒」。

十三畫

韣 dú 徒谷切，入，屋韻，定。 ㄉㄨˊ
之欲切，入，燭韻，照。
市欲切，入，燭韻，禪。

弓套。儀禮覲禮：「載龍旂、弧韣乃朝。」注：「弓衣曰韣。」

十五畫

韤 wà 望發切，入，月韻，明。 ㄨㄚˋ

足衣。「襪」、「韈」的本字。左傳哀二十五年：「褚師聲子韤而登席。」

【韤材】自謙才短。宋蘇軾東坡集三二文與可畫篔簹谷偃竹記：「與可畫竹，初不自貴重，四方之人持縑素而請者，足相躡於其門。與可厭之，投諸地而罵曰：『吾將以爲韤。』士大夫傳之，以爲口實。及與可自洋州還，而余爲徐州，與可以書遺余曰：『近語士大夫，吾墨竹一派，近在彭城，可往求之，韤材當萃於子矣。』」

【韤雀】鳥名。宋陸佃埤雅：「(鵻鷄)其喙尖利如錐，取茅莠爲巢，巢至精密，以麻紩之，如刺韤然，故又名韤雀。」三國吳陸璣詩疏作「襪雀」。

【韤船】襪子的下緣。清梁同書直語補證：「今人稱韤下緣曰船。……一云，船，領緣也。施之于韤，形更近似。」

十六畫

韢 yù 集韻 紆勿切，入，迄韻。 ㄩˋ

香草。「鬱」的俗字。管子地員：「葉下于韢。」注：「葉亦草名，唯生葉無莖，在韢之下。韢，即鬱也。」

十八畫

韝 jiū 集韻 將由切，平，尤韻。 ㄐㄧㄡ

收斂。漢書律曆志上：「於時爲秋，秋，韝也。物韝斂，乃成孰。」

韭 部

韭 jiǔ 舉有切,上,有韻,見。ㄐㄧㄡˇ

植物名。多年生草本,葉細長而扁,夏秋間開小花。葉和花嫩時供蔬食。詩豳風七月:"四之日其蚤,獻羔祭韭。"唐杜甫杜工部草堂詩箋十四贈衞八處士:"夜雨剪春韭,新炊間黃粱。"

【韭白】見"韭黃"。

【韭黃】韭之莖名韭白,根名韭黃,花名韭菁。韭之美在黃,黃乃未出土者。宋陸游劍南詩稿六十與村鄰聚飲:"雞跖宜菰白,豚肩雜韭黃。"

【韭菹】醃韭。儀禮少牢饋食禮:"韭菹醓醢。"南史庾杲之傳:"解褐奉朝請,稍遷尚書駕部郎,清貧自業,食唯有韭菹瀹韭生韭雜菜。任昉嘗戲之曰:'誰謂庾郎貧,食鮭嘗有二十七種。'"

【韭菁】韭菜花。見"韭黃"。

【韭花帖】法帖名。五代周楊凝式作。宣和書譜十九楊凝式:"凝式筆迹獨爲雄强,與顏真卿行書相上下,自是當時翰墨中豪傑……今御府所藏三:草書古意帖,正書韭花帖,行書乞花帖。"

【韭萍虀】韭根麥苗雜搗而成的菜。世說新語汰侈:"石崇爲客作豆粥,咄嗟便辦,恒冬天得韭萍虀(齏)。……乃密貨崇帳下都督乃御車人問所以,都督曰:'……韭萍虀是擣韭根,雜以麥苗爾。'"也省作"韭泙"。宋蘇軾分類東坡詩十次韻曾仲錫承議食密漬生荔支:"代北寒虀擣韭萍,奇苞零落似晨星。"萍,蓱同。

七 畫

韰 xiè 胡介切,去,怪韻,匣。ㄒㄧㄝˋ

見下。

【韰果】果敢。也作"韰倮"。文選晉左太沖(思)魏都賦:"風俗以韰果爲嫿,人物以戕害爲藝。"注:"應劭曰:韰,狹也。下介切。方言曰倮,勇也。果與倮古字通。"

八 畫

韱 xiān 息廉切,平,鹽韻,心。ㄒㄧㄢ

㊀山韭。見說文。㊁少,細。漢揚雄太玄經一少:"次三,動韱其得主人之式。"晉范望解:"韱,少也。"釋文:"韱,古纖字。"

韯 sà 私盍切,入,盍韻,心。ㄙㄚˋ

几案四足有不平處,墊以小木,曰韯子。金元好問中州集七周馳韯子詩:"誰憐一片小,能使四方平。几桉由吾正,桀盂免爾傾。"

十 畫

韲 jī 相稽切,平,齊韻,精。ㄐㄧ

說文或從齊作"齏"。俗亦作"虀"、"韲"。㊀切成細末的醃菜或醬菜。楚辭屈原九章惜誦:"懲於羹者而吹虀兮,何不變此志也。"㊁搗碎。莊子大宗師:"韲萬物而不爲義,澤及萬世而不爲仁。"㊂混合,混雜。莊子知北遊:"君子之人,若儒墨者師,故以是非相韲也,而況今之人乎。"

【韲粉】碎粉。同"齏粉"。莊子列禦寇:"宋王之猛,非直驪龍也,子能得車者,必遭其睡也。使宋王而寤,子爲韲粉夫。"

韲,同"韲"。

【韲落】粉碎墜落。南朝宋鮑照鮑氏集九登大雷岸與妹書:"回沫冠山,奔濤空谷,碪石爲之摧碎,碕岸爲之韲落。"韲,同"韲"。

十 二 畫

䪤 fán 附袁切,平,元韻,並。ㄈㄢˊ

廣韻作"蕃"。㊀小蒜。文選漢張平子(衡)南都賦:"若其園圃則有……藷蔗薑䪤。"㊁百合。玉篇:"䪤,百合蒜也。"宋羅願爾雅翼釋草蕃:"百合蒜近道處有,根小者如大蒜,大者如椀,數十片相累,狀如白蓮花,故名百合,言百片合成也。人亦蒸煮食之,味極甘,非葷辛類也。但以根似大蒜,故名蒜爾。"

十 四 畫

韰 xiè 胡介切,去,怪韻,匣。ㄒㄧㄝˋ

㊀植物名。也作"薤"。即藠子。山海經北山經:"丹熏之山……其草多韭韰。"參閱本草綱目二六菜薤。參見"薤"。㊁狹。漢書八七揚雄傳上反離騷:"素初貯厥麗服兮,何文肆而質韰。"

【韰露】挽歌。同"薤露"。後漢書六一周舉傳:"(梁)商與親暱酣飲極歡,及酒闌倡罷,繼以韰露之歌,坐中聞者,皆爲掩涕。"注:"纂文曰:韰露,今之挽歌也。崔豹古今注韰露歌曰:韰上露,何易晞。露晞明朝還復落,人死一去何時歸。"參見"薤露"。

音 部

音 yīn 於金切,平,侵韻,影。ㄧㄣ

㊀聲音。詩邶風凱風:"睍睆黃鳥,載好其音。"淮南子地形:"清水音小,濁水音大。"注:"音,聲也。"㊁樂音,和諧組合的衆聲。書舜典:"八音克諧。"左傳隱五年:"夫舞,所以節八音而行八風。"注:"八音,金、石、絲、竹、匏、土、革、木也。"禮樂記"感於物而動,故形於聲"漢鄭玄注:"宮、商、角、徵、羽,雜比曰音,單出曰聲。"㊂音樂,曲調。書五子之歌:"甘酒嗜音,峻宇彫牆。"㊃言語,文辭。文選晉陸士衡(機)文賦:"塊孤立而特峙,非常音之所緯。"唐呂向注:"言非平常之言所能經緯。"㊄音訊,信息。詩鄭風子衿:"縱我不往,子寧不嗣音。"樂府詩集五九琴曲歌辭三漢蔡琰胡笳十八拍之五:"雁南征兮欲寄邊心,雁北歸兮爲得漢音。"㊅聲譽。見"德音㊃"。㊆樹蔭。左傳文十七年:"鹿死不擇音。"注:"音,所庇蔭之處。古字聲同,皆相假借。"

【音切】古代漢字拼音的一種方法。音切，猶拼音。宋徐鉉徐公文集二三重修說文序："孫愐唐韻行之已久，今並以孫愐音切爲定。"

【音吐】言談。南齊書鬱林王紀："昭業少美容止，……進對音吐，甚有令譽。"新唐書一八二盧鈞傳："鈞年八十，升降如儀，音吐鴻暢。"

【音旨】謂言談意旨。世說新語賞譽晉東海王司馬越敕世子毗："閑習禮度，不如式瞻儀形；諷味遺言，不如親承音旨。"

【音官】國語周上："是日也，瞽師、音官以風土。"注："音官，樂官。風土，以音律省土風，風氣和則土氣養也。"

【音信】書信，消息。北周庾信庾子山集三擬詠懷詩之七："榆關斷音信，漢使絕經過。"唐李白李太白詩五大堤曲："不見眼中人，天長音信斷。"

【音律】㊀五音六律。也指音樂。莊子徐无鬼："鼓宮宮動，鼓角角動，音律同矣。"後漢書二八桓譚傳："因好音律，善鼓琴。"注："宮、商、角、徵、羽，謂之五聲。聲成文謂之音。律謂六律，黃鐘、太族、姑洗、蕤賓、無射、夷則。"㊁謂詩文聲韻的規律。同"聲律"。宋書謝靈運傳論："正以音律調韻，取高前式。"唐封演封氏聞見記二聲韻："永明中沈約文詞精拔，盛解音律，遂撰四聲譜。"㊂聲音。元王實甫西廂記一本三折："那語句清，音律輕，小名兒不枉了喚做鶯鶯。"

【音容】聲音容貌。文選南朝宋謝靈運酬從弟惠連詩："巖壑寓耳目，歡愛隔音容。"唐白居易長慶集十二長恨歌："含情凝睇謝君王，一別音容兩渺茫。"

【音訊】書信，消息。唐元稹長慶集十三酬樂天早春閑游西湖……詩："故交音訊少，歸夢往來頻。"

【音訓】㊀對古籍中的字詞注音釋義。晉書徐邈傳："撰正五經音訓，學者宗之。"北史劉芳傳："博聞强記，兼覽蒼雅，尤長音訓，辯析無疑。"㊁以音同或音近的字釋義。也稱"聲訓"。漢劉熙釋名卽音訓專著。

【音耗】音信，消息。周書晉蕩公護傳齊主令人爲護母作書："今大齊聖德遠被，特降鴻慈，既許歸吾於汝，又聽先致音耗，積稔長悲，豁然獲展。"宋晁補之琴趣外編六闕百草詞："便苒苒如雲，霏霏似雨，去無音耗。"

【音書】書信。文苑英華一六二唐宋之問漢江詩："嶺外音書斷，經冬復歷春。"唐柳宗元柳先生集四二登柳州城樓寄漳汀封連四州詩："共來百越文身地，猶自音書滯一鄉。"

【音息】信息。文選晉陸士衡(機)爲顧彥先贈婦詩之二："形影參商乖，音息曠不達。"梁書何胤傳武帝(蕭衍)與胤書："今遣侯承音息，矯首還翰，慰其引領。"

【音問】音訊，書信。漢書九四下匈奴傳："(郅支單于)遣使上書求侍子。漢遣谷吉送之，郅支殺吉。漢不知吉音問。"晉陶潛陶淵明集一贈長沙公族祖："敬哉離人，行路悽然。款襟或遼，音問其先。"

【音郵】書信。南朝陳徐陵徐孝穆集二又爲貞陽侯答王太尉書："臨江總轡，企望音郵。"

【音節】㊀聲音高低、緩急的節奏。後漢書八十下禰衡傳："(曹操)聞衡善擊鼓，乃召爲鼓史，因大會賓客，閱試音節。"世說新語豪爽："(王敦)自言知打鼓吹，於坐振袖而起，揚槌奮擊，音節諧捷，神氣豪上，傍若無人。"㊁詩歌的音韻格律。宋嚴羽滄浪詩話詩辯："詩之法有五，曰體制，曰格力，曰氣象，曰興趣，曰音節。"

【音塵】本謂聲音與塵埃，後借指信息。樂府詩集五九漢蔡琰胡笳十八拍之十："故鄉隔兮音塵絕，哭無聲兮氣將咽。"文選南朝宋謝靈運鄰里相送方山詩："各勉日新志，音塵慰寂蔑。"注："陸機思歸賦曰：絕音塵於江介。"

【音調】語調。世說新語豪爽："桓(溫)既素有雄情爽氣，加爾日音調英發，敍古今成敗由人，存亡繫才，其狀磊落，一坐嘆賞。"

【音樂】禮樂記："音之起，由人心生也。人心之動，物使之然也。感於物而動，故形於聲。聲相應，故生變。變成方，謂之音。比音而樂之，及干戚羽旄，謂之樂。"後渾稱音樂。指由和諧組合的樂音來表示的藝術。楚辭屈原遠遊："音樂博衍無終極兮，焉乃逝以徘徊。"漢應劭風俗通義六聲音羽："夫音樂至重，所感者大。"也指樂人樂器。後漢書八九南匈奴傳："二十八年，北匈奴復遣使詣闕，貢馬及裘，更乞和親，并請音樂。"

【音翰】詩文，書信。文選晉陸士衡(機)答賈長淵詩："公之云感，貽此音翰。蔚彼高藻，如玉如蘭。"宋書徐湛之傳上表："又昔蒙眷顧，不容自絕，音翰信命，時相往來。"

【音徽】繫琴絃之繩曰"徽"，後又謂琴面音位標誌爲"徽"，亦稱"音徽"。樂府詩集六一南朝宋謝靈運君子有所思行："長夜恣酣飲，窮年弄音徽。"借指琴，引伸爲樂器，音聲。文選南朝梁劉孝標(峻)重答劉秣陵沼書："余悲其音徽未沫，而其人已亡，青簡尚新而宿草將列，泫然不知涕之無從也。"又引伸指人的容範遺教。文選晉陸士衡(機)擬行行重行行詩："音徽日夜離，緬邈若飛沉。"又南朝齊王仲寶(儉)褚淵碑文："風儀與秋月齊明，音徽與春雲等潤。"

【音韻】㊀指抑揚頓挫和諧的聲音。晉書摯虞傳不用古尺駁："施之金石，則音韻和諧；措之規矩，則器用合宜。"周書寇儁傳："容止端詳，音韻清朗。"㊁詩文的音節韻律。宋書謝靈運傳論："一簡之內，音韻盡殊；兩句之中，輕重悉異。妙達此旨，始可言文。"㊂指漢字字音中的聲、韻、調。六經秦漢之書多有韻者，而韻書不傳，故古韻部分，言人人殊，迄無定論。四聲之律，創自齊梁，但沈約之書亦早失傳。廣韻創自隋陸法言劉臻諸人之切韻，共分二百有六韻。宋劉淵壬子新刻韻略分一百七韻。金韓道昭五音集韻分一百六十韻。今通行韻書分一百六韻。凡上平聲十五，下平聲十五，上聲二十九，去聲三十，入聲十七。參見"音韻學"。

【音響】㊀聲音。文選古詩十九首之五："上有絃歌聲，音響一何悲。"南史梁元帝紀："帝聰悟俊朗，天才英發，出言爲論，音響若鍾。"㊁指詩文的聲韻音節。南史文學傳論："發五聲之音響，而出言異句；寫萬物之情狀，而下筆殊形。"

【音驛】書信傳遞。後漢書二四馬援傳與楊廣書："春卿無恙？前別冀南，寂無音驛。"宋周邦彥片玉詞六解蹀躞："此恨音驛難通，待憑征雁歸時，帶將愁去。"

【音聲人】唐代樂人的總稱。新唐書禮樂志："唐之盛時，凡樂人、音聲人、太常雜户子弟隸太常及鼓吹署，皆番上，總號音聲人，至數萬人。"

【音聲樹】唐人傳説都堂南門東道，有古槐，垂陰至廣。如夜聞絲竹之音，省中卽有人入相，俗謂之音聲樹。見唐趙璘因話録五。

【音韻學】亦稱"聲韻學"或"韻學"。辨析漢字聲、韻、調的發音和類別，並研究其古今流變的專門之學。漢時所謂小學指文字學，後析爲文字、訓詁、音韻三門。音韻學分今韻、古韻、等韻三科。如切韻、廣韻、集韻等書，依聲調分列韻部，分韻收列單字，以反切注音，是爲今韻之學。唐守溫參照梵藏文創製字母三十，後有人增爲三十六。宋時有韻鏡、七音略、四聲等子、切韻指掌圖等書，縱橫列表，分別聲母、聲調以確定字音，後更臻細密，又分別等、呼，是爲等韻之學。又韻補、毛詩古音考、古韻標準等書，由古代文獻的韻讀以推知古音，是爲古韻之學。然三者互相關聯，統稱之爲音韻學。

【音學五書】清顧炎武撰。其五書爲：1.音論三卷。研究古音，爲五書的總綱。2.詩本音十卷。就詩經所用之韻互相參證，考定古音。3.易音三卷。就周易以考定古音。4.唐韻正二十卷。據古音訂正唐韻的錯誤。5.古音表二卷。重定韻目次第，分爲十部，以平聲爲部首。

【音韻述微】清乾隆三十八年奉敕編撰。三十卷。其反切注音都根據音韻闡微。闡微以三十六母次第爲字序，述微以領韻的字母爲首，其下諸母所領字，以次相從，使歸於畫一。闡微注重字音，訓詁不求詳備。述微則注重字義，考據務期核實；收字增多，且增收後起義，除說文、玉篇、廣韻、集韻所有的以外，其釋義必著明根據。

【音韻闡微】清康熙時李光地等奉詔編纂。十八卷。其書沿用韻府羣玉的一百零六韻爲目，附載廣韻韻目備考。各韻所列的字依三十六母次第及開、齊、撮、合四呼排列。以反切注音，上一字定聲母，用支、微、魚、虞、歌、麻等韻的字，下一字定韻，清音用影母的字，濁音用喻母的字，故反切注音較爲準確且易掌握。

【音韻日月燈】又名正韻通。七十卷。明呂維祺撰。其書包括韻母五卷，同文鐸三十卷，韻鑰三十五卷。謂沈約知有四聲，而不知有七音，司馬光知有七音，而不知有四等，故作此書，總名爲音韻日月燈。維祺於等韻頗有心得，而於今韻古韻的源流未能深究，所言不免有誤。

四畫

韵 yùn ㄩㄣˋ 集韻 王問切，去，焮韻。

同“韻”。見“韻”。

五畫

韶 sháo ㄕㄠˊ 市招切，平，宵韻，禪。

㊀傳說舜所作樂曲名。書益稷：“簫韶九成，鳳皇來儀。”論語述而：“子在齊聞韶，三月不知肉味。”㊁美好。南朝齊謝朓謝宣城詩集四贈王主簿之二：“徘徊韶景暮，惟有洛城隅。”

【韶刀】猶嘮叨。金瓶梅五一：“依着我說，別要招惹他那些兒不是。俺這媽越發老的韶刀了，……對我說，姐姐你不出去待他鍾茶兒，却不難爲嚚了人了。”

【韶山】山名。在湖南湘潭縣西北。讀史方輿紀要八十長沙府湘鄉縣：“韶山，縣南四十里，西有三峯，其山綿亘百餘里，湘潭、湘鄉、寧鄉諸山皆其麓也。”

【韶石】山石名，也指其山。在廣東韶關市北。相傳舜南巡登此石，奏韶樂，故名。水經注三八溱水：“(利)水出(曲江)縣之韶石北山，南流經韶石下，其石高百仞，廣圓五里。兩石對峙，相去一里，小大略均，似雙闕，名曰韶石。”唐韓愈昌黎集十量移袁州張韶州端公以詩相賀因酬之：“暫欲繫船韶石下，上賓虞舜整冠裾。”

【韶令】美善。宋書謝莊傳：“年七歲，能屬文，通論語。及長，韶令美容儀。”

【韶州】地名。秦屬南海郡。漢屬桂陽郡。隋仍改屬南海郡。唐改置韶州。元爲路，明改府。清因之。府治曲江縣。公元 1912 年裁府留縣。公元 1949 年析城區設韶關市，屬廣東省。參閱讀史方輿紀要一〇二韶州府。

【韶艾】年輕貌美。宋洪邁夷堅甲志十七孟蜀宮人：“有女子十餘，皆韶艾好容色，而衣服結束頗與世俗異，或坐或立，或步庭中。”

【韶光】猶韶景。謂美好時光。也指春光。廣弘明集十八南朝梁簡文帝與慧琰法師書：“五翳消空，韶光表節。”初學記十四唐太宗春日玄武門宴羣臣詩：“韶光開令節，淑氣動芳年。”

【韶秀】美好秀麗。新唐書八二夏悼王一傳：“生韶秀，以母寵，故鍾愛之，命之曰一。”

【韶音】猶韶樂。史記孔子世家：“(孔子)與齊太師語樂，聞韶音，學之，三月不知肉味。”

【韶曼】美色。宋劉敞公是集四八諭客：“目無韶曼，耳絶金石，抱甕而汲，不知用力。”

【韶華】㊀美好時光，春光。全唐詩二七三戴叔倫暮春感懷：“東皇去後韶華盡，老圃寒香別有秋。”㊁美好的年華，指人的青春。唐李賀歌詩編外集嘲少年：“莫道韶華鎮長在，髮白面皺專相待。”宋秦觀淮海詞江城子之一：“韶華不爲少年留，恨悠悠，幾時休。”

【韶景】美景，多指春景。南朝齊謝朓謝宣城詩集四贈王主簿之二：“徘徊韶景暮，惟有洛城隅。”初學記三南朝梁元帝纂要：“春曰青陽，……景曰媚景、和景、韶景。”

【韶箾】相傳舜樂曲名。猶“簫韶”。左傳襄二九年：“見舞韶箾者。曰：‘德至矣哉！’”疏：“箾，即簫也。尚書曰：‘簫韶九成，鳳皇來儀。’此云韶箾，即彼簫韶是也。”文選漢馬季長(融)長笛賦：“上擬法於韶箾南籥，中取度於白雪淥水，下采制於延露巴人。”

【韶舉】優美的舉止。世說新語容止：“林公(支遁)道：‘王長史(濛)斂衿作一來，何其軒軒韶舉！’”注引語林：“王仲祖有好儀形，每覽鏡自照曰：‘王文開那生如馨兒。’時人謂之達也。”仲祖，濛字。

【韶濩】也作“韶護”、“韶頀”，亦曰“大濩”。湯樂名。左傳襄二九年：“見舞韶濩者。”疏：“以其防濩下民，故稱濩也……韶亦紹也，言其能紹繼大禹也。”一說，舜樂和湯樂。文選南朝梁王簡栖(屮)頭陀寺碑文：“步中雅頌，驟合韶護。”注引鄭玄：“韶，舜樂；護，湯樂也。”也以指廟堂之樂，或泛指古樂。漢桓寬鹽鐵論論菑：“蓋越人美嬴蚌而簡太牢，鄙夫樂咋嗜而怪韶濩。”唐元結元次山集四：“停橈靜聽曲中意，好是雲山韶濩音。”

【韶顏】美麗的容貌。南朝宋鮑照鮑氏集五發後渚詩：“華志忝馳年，韶顏慘驚節。”宋周邦彥片玉詞上醜奴兒：“江南風味依然在，玉貌韶顏。”

【韶韺】韶，舜樂；五韺，帝嚳之樂。韶韺，亦泛指古樂。唐韓愈昌黎集八與孟郊城南聯句：“歲律及郊至，古音命韶韺。”也作“韶英”。宋范成大石湖集十四復作耳鳴詩之二：“東極空歌下始青，西方寶網奏韶韺。”

七畫

韸 péng ㄆㄥˊ 薄紅切，平，東韻，並。

見下。

【韸韸】鼓聲。同“逄逄”。廣雅釋訓“韸韸”疏證：“大雅靈臺篇：‘鼉鼓逄逄。’釋文：逄逄，埤倉作韸韸。”呂氏春秋季夏紀“令漁師伐蛟”注引詩作“韸韸”。

九畫

韺 yīng ㄧㄥ 於驚切，平，庚韻，影。

傳說帝嚳樂名。韺，亦作“英”。漢書禮樂志：“帝嚳作五英。”唐韓愈昌黎集八與孟郊城南聯句：“歲律及郊至，古音命韶韺。”

十　畫

韻 yùn 王問切，去，問韻，于。
ㄩㄣˋ

亦作"韵"。㊀和諧的聲音。漢蔡邕蔡中郎集外集三彈琴賦："繁絃既抑，雅韻乃揚。"㊁指韻母或音節的收音。南朝梁劉勰文心雕龍七聲律："雙聲隔字而每舛，疊韻雜句而必睽。"亦指押韻。又章句："賈誼枚乘，兩韻輒易；劉歆桓譚，百句不遷。"㊂指詩賦辭曲。晉陸機陸士衡集一文賦："或記言於短韻，對窮迹而孤興。"㊃風雅，高雅。世說新語言語："支道林常養數匹馬。或言道人畜馬不韻。"㊄風度。抱朴子刺驕："若夫偉人巨器，量逸韻遠，高蹈獨往，蕭然自得。"南史謝弘微傳："康樂（謝靈運）誕通度，實有名家韻。"㊅氣韻，神韻。北齊顏之推顏氏家訓名實："辭人滿席……命筆爲詩，彼造次即成，了非向韻。"宋黄伯思東觀餘論上晉宋齊人書："逸少之書，凝之得其韻。"㊆美，標致。宋辛棄疾稼軒詞二小重山茉莉："莫將他去比荼蘼。分明是，他更韻些兒。"宋周煇清波雜志六冷茶："頃得一小説，書王黼奉敕撰明節和文貴妃墓志云：'……六宫稱之曰韻。'蓋時以婦人有標致者爲韻。"

【韻友】指荼蘼。宋曾端伯（慥）以十花爲十友。各爲之詞，荼蘼爲韻友。參見"十友㊁"。

【韻主】明中葉以後，盛行等韻之學。北京衍法、山西五臺、四川峨眉、河南伏牛、浙江普陀等山寺皆有韻主和尚，以唱韻開悟學僧，時稱小悟門，與參禪之大悟門並列。安徽黄山僧普門、語拙、虚谷師承等韻之學，相繼爲韻主教授師。參閲清劉獻廷廣陽雜記三。

【韻目】韻書以同韻的字歸爲一部，每韻以一字標目並確定其次第，稱爲韻目。如廣韻上平聲爲東第一、冬第二、鍾第三、江第四等等；通用的詩韻上平聲爲一東、二冬、三江、四支等等。舊時電報以韻目代日期，如十五日代以"删"，二十一日代以"馬"，二十九日代以"豔"。

【韻宇】猶器量，氣度。文選南朝齊王仲寶（儉）褚淵碑文："韻宇弘深，喜愠莫見其際；心明通亮，用言必由於己。"

【韻客】指素馨。宋姚寬西溪叢語上："素馨爲韻客，丁香爲情客。"

【韻度】風韻氣度。世説新語任誕："阮渾長成，風氣韻度似父。"渾，籍子。

【韻書】依韻分類的字書。最早的韻書有三國魏李登聲類、晉吕静韻集，皆已亡佚。隋陸法言始以四聲分一百九十三韻。每韻之字，又以反切分其聲之清濁，而以類相從，作切韻一書，是爲韻書之祖。唐孫愐唐韻，宋陳彭年等之重修廣韻，丁度等之集韻，皆增訂切韻之作。唐末，僧家依梵文之法創爲三十六字母，而反切皆以字母爲綱紐，四聲七音，可縱横列表以定其等，宋時因有等韻。司馬光之切韻指掌圖、鄭樵之七音略，皆屬此類，於韻書内别爲一格。惟字音既有南北之差異，又有古今之變遷。宋吴棫爲韻補，始言古音，其後明之楊慎陳第，清之顧炎武江永等，言古音者凡數十家，而韻書尤繁。金人併廣韻集韻二百零六韻爲一百零六韻，即"平水韻"。元明清以來，考試詩賦，皆以"平水韻"爲準。明洪武正韻、清佩文詩韻稱官韻，亦曰詩韻。元周德清中原音韻分十九韻，每韻分四聲，以入聲分别歸入陽平、上、去三聲，原爲北曲創作而作，是爲曲韻。

【韻部】韻書以同韻的字歸爲一部，稱韻部。如廣韻有二百零六部，通行的詩韻爲一百零六部，中原音韻爲十九部。

【韻脚】詩賦等韻文於句末押韻之字。五代王定保唐摭言八已落重收："不止題目，向有人賦，次韻脚亦同。"宋吴曾能改齋漫録二："至開元二年，王邱員外知貢舉，試旗賦，始有八字韻脚，所謂風日雲野軍國清肅。"

【韻補】宋吴棫撰。五卷。古今語音不同，故韻部也不同。此書參考五十種著作，由同韻以推定古音，由互押以推定韻部的通轉。自宋以來，言古音者以此書爲最早。但引書不及宋人，叶韻之説，常爲後人所譏，清顧炎武曾撰韻補正以糾其失。參閲四庫提要經部小學類三。

【韻會】書名。見"古今韻會舉要"。

【韻牒】指寫有聯句的竹簡。宋曾慥類説六引唐段成式廬陵官下記："予以坐客聯句，互送爲煩，乃取斑竹以白金絡首如茶英，以遞送聯句……好韻不僻者，書於竹簡，謂之韻牒。"

【韻語】指押韻的詩文。宋書謝弘微傳："（謝混）嘗因酣宴之餘，爲韻語以獎勸靈運、瞻等曰：'康樂誕通度，實有名家韻……宣明體遠識，穎達且沈儁。"又謝靈運傳："（何長瑜）嘗於江陵寄書與宗人何勗，以韻語序（臨川王劉）義慶州府僚佐云：'陸展染白髮，欲以媚側室。青青不解久，星星行復出。'"

【韻磬】琴名。見"響泉"。

【韻學】音韻之學。宋沈括夢溪筆談十五藝文："自沈約增崇韻學，其論文則曰：欲使宫羽相變，低昂殊節。"參見"音韻學"。

【韻府拾遺】康熙御定。一百一十二卷。爲補佩文韻府之遺而作。凡佩文韻府已收之字，補諸韻書所載音切；未收之字，增收並注音義；又增收文句典故，謂之補藻；前注不詳備者爲之補注。

【韻府羣玉】宋末陰時夫撰。二十卷。收字八千八百二十，分韻一百零六部，爲分韻集録典故詞藻的類書。類書之以韻隸事者，始於顏真卿之韻海鏡源，其書失傳，宋人詩自蘇軾黄庭堅而後，始以用韻奇險爲工，時夫是書，即作於此時。金元押韻之書，現存者以此爲最古，後來科舉考試詩賦押韻即遵用爲標準，清佩文韻府及通行的詩韻，皆以此書爲藍本。

【韻海鏡源】唐顏真卿撰。已佚。五百卷，或云三百六十卷。宋史藝文志作十六卷。宋人避諱作韻海鑑原。于切韻外增出一萬四千七百六十一字，先起説文爲篆字，次爲今文隸字，並列别體爲證，然後引諸家字書，窮其訓解，次以四部中兩字以上成句者，依句末字編入本韻。宋末陰時夫韻府羣玉的編輯體例，明永樂大典列篆書各體於字下，皆源於此書。參閲唐顏真卿顏魯公集七湖州烏程縣杼山妙喜寺碑銘、唐封演封氏聞見記二聲韻。

【韻語陽秋】宋葛立方撰。二十卷。其評詩以旨意是非爲主，不甚論工拙，故謂之"陽秋"，表示意存褒貶。持論頗多精確，而引詩不免訛誤。

【韻石齋筆談】清姜紹書撰。二卷。此書仿元周密雲煙過眼録而作，記所見古器書畫奇玩，並載其形模色澤及諸家授受得失的經過。

十一畫

韽 ān 烏含切，平，覃韻，影。
ㄢ 於陷切，去，陷韻，影。

聲音微弱。周禮春官典同："微聲韽。"注："韽，聲小不成也。"元劉因静修集五南溪行詩："先生静默如土鐘，扣之愈大聲愈韽。"

【韽韽】形容聲音幽微。宋蘇軾分類東坡詩二鳳翔八觀之五東湖："暮歸還倒載，鐘鼓已韽韽。"

十三畫

響 xiǎng 許兩切，上，養韻，曉。
ㄒㄧㄤˇ

㊀回聲。書大禹謨："惠迪吉，從逆凶，惟影響。"傳："吉凶之報，若影之隨形，響之應聲。"也指答問。三國志魏管輅傳"始輅過魏郡太守鍾毓"注引輅別傳："魏郡太守鍾毓，清逸有才，難輅易二十餘事，自以爲難之至精也。輅尋聲投響，言無留滯。"㊁聲音，聲調。文選漢揚子雲(雄)劇秦美新："震聲日景，炎光飛響。"也指發出聲音。唐王維王右丞集四謁璿上人詩："高柳早鶯啼，長廊春雨響。"㊂形容聲音洪亮。唐劉長卿劉隨州集四湘中紀行詩浮石瀨："衆嶺猿嘯重，空江人語響。"㊃猶音訊。三國志蜀後主傳"艾得書"注引王隱蜀記載鄧艾報書："銜命來征，思聞嘉響，果煩來使，告以德音。"

【響卜】暗聽別人言語以占吉凶。多於除夕夜爲之。唐闕名玉泉子："苗耽以進士及第，困居洛中有年矣，不堪其窮。或意謂將來通塞，可以響卜，卽命兒姪洒掃廳事，設几焚香，束帶秉笏，端坐以俟一言。"宋朱弁曲洧舊聞九："王建集有鏡聽詞，謂懷鏡於通衢間，聽往來之言，以占休咎。近世人懷物以聽，亦猶是也。又有無所懷而直以耳聽之者，謂之響卜。"參閱五代王定保唐摭言八聽響卜、宋陳元靚歲時廣記七求響卜。

【響八】五代蜀王建初起，軍中隱語代器械之名，稱鑼曰響八。見宋陶穀清異錄武器(說郛六一)。

【響石】擊以發聲的石器。宋沈括夢溪筆談十九器用："長安故宮闕前有唐肺石尚在，其制如佛寺所擊響石而甚大。"

【響版】樂器。以石製成，寺觀或家中設於殿前堂上作傳呼之用。宋杜綰雲林石譜下菜葉石："漢州郡菜葉玉石出深水，……甚堅潤，扣之有聲。土人澆沙水以鐵刃解之成片，爲響版或界方、壓尺，亦磨礱可爲器。"元詩選何中知非堂稾洪都靈應觀榜雲徑："上堂敲響板，山童質辭令。"板、版同。

【響泉】琴名。唐李綽尚書故實："又李汧公(勉)取桐孫之精者，雜綴爲之，謂之百衲琴，用蝸殼爲徽，其間三面尤絕異。通謂之響泉、韻磬，絃一上可十年不斷。"參見"韻磬"。

【響馬】舊稱結伙攔路搶劫的强盜。因馬帶鈴自遠聞聲卽知其來，故稱。明會典成化二十一年："凡京城內外關廂街巷，但有響馬强盜白晝打劫者，巡捕把總等官兩箇月以上不獲，降一級。"(古今圖書集成祥刑九六盜賊)

【響犀】犀牛角所製的棒槌，擊物能應聲回響。唐蘇鶚杜陽雜編中："時有宮人沈阿翹，爲上舞河滿子，調聲風態，率皆宛暢。曲罷，上賜金臂環，卽問其從來。阿翹曰：妾本吳元濟之妓女。……俄遂進白玉方響，云本吳元濟所與也。光明皎潔，可照十數步，言其犀槌卽響犀也。凡物有聲，乃響應其中焉。"

【響鈔】元代發行紙幣，稱爲鈔，故俗稱現銀和銅錢爲響鈔。古今雜劇蕭德祥殺狗勸夫一："莫不是姓孫的無分，却將這精銀響鈔與了别人。"

【響搨】用紙與古人墨迹相叠，懸於透光處以描摹碑帖。參見"嚮搨"。

【響箭】射時發出響聲的箭。卽古之嚆矢、鳴鏑。水滸十一："朱貴把水亭上窗子開了，取出一張鵲畫弓，搭上那一枝響箭，覷着對港敗蘆折葦裏面射將去。"明宋應星天工開物佳兵："響箭則以寸木空中，錐眼爲竅，矢過招風而飛鳴，卽莊子所謂嚆矢也。"

【響應】回聲相應。比喻迅速表示贊同。管子任法："下之事上也，如響之應聲也；臣之事主也，如影之從形也。"文選漢賈誼過秦論："天下雲集而響應，贏糧而景從。"

【響葫蘆】玩具名。也叫"倒掖氣"。續文獻通考樂考九引清魏坤倚晴閣雜鈔："響葫蘆，小兒口啣，噓吸成聲，俗名'倒掖氣'。一曰鐵馬懸之簷以受風戛者也。"參見"倒掖氣"。

【響屧廊】春秋時吳王宮中廊名。遺址在今江蘇省蘇州市西靈巖山。也作"屧廊"。全唐詩六一五皮日休館娃宮懷古五絕之五："響屧廊中金玉步，采蘭山上綺羅身。"宋范成大吳郡志八："響屧廊在靈巖山寺。相傳吳王令西施輩步屧，廊虛而響，故名。今寺中以圓照塔前小斜廊爲之，白樂天(居易)亦名'鳴屧廊'。"

【響鐺鐺】形容聲音響亮。鐺鐺，象聲。也作"響璫璫"。元王實甫西廂記一本四折："響鐺鐺雲板敲。"雍熙樂府十鬬漢卿一枝花不伏老曲："我是箇蒸不爛、煮不熟、搥不匾、炒不爆、響璫璫一粒銅豌豆。"

【響遏行雲】謂歌曲美妙而嘹亮，其聲能遏止行雲。列子湯問："(秦青)撫節悲歌，聲振林木，響遏行雲。"

十四畫

頀 hù ㄏㄨˋ 胡誤切，去，暮韻，匣。

大頀，相傳商湯所作樂曲名。也作"大濩"。參見"大濩"。

頁 部

頁 1. xié ㄒㄧㄝˊ 胡結切，入，屑韻，匣。

㊀人頭。古"首"字。說文："頁，頭也。从百从儿。古文䭫首如此。"

2. yè ㄧㄝˋ

㊁同"葉"、"枼"。書册中的一紙謂一頁。也指一紙的一面。本作"葉"。參閱清朱駿聲說文通訓定聲"枼"。

二畫

頂 dǐng ㄉㄧㄥˇ 都挺切，上，迥韻，端。

㊀人頭的最上端。易大過："過涉滅頂，凶。"莊子人間世："支離疏……肩高於頂。"㊁物體的最上部。淮南子修務："今不稱九天之頂，則言黃泉之底，是兩末之端議，何可以公論乎？"㊂以頭承戴。宋文鑑七周邦彥汴都賦："其敗也抉目而折骨，其成也頂冕而垂裳。"㊃支撐，承擔。西遊記四四："我家里燒火的，也是他；掃地的，也是他；頂門的，也是他。"紅樓夢七五："我昨日把王善保的老婆打了，我還頂着徒罪呢。"㊄最，極。明李詡戒菴漫筆五頭通稱："今人以物之極大者爲頂，意亦同，如稱大瓜爲頂瓜也。"㊅代替。文獻通考一六〇兵十二："又統制官占馬至四十五匹。……每二匹必有一卒以頂其名而盜取其錢。"參見"頂冒"。㊆相逆，出言抵觸。見"頂嘴"。

【頂上】頂禮謹上。極表尊敬。明陳洪謨繼世紀聞一："公差出外及回京者，朝見畢，皆赴(劉)瑾宅見辭，用宛紅箋紙寫官銜，稱'頂上'字樣，以爲常。"又："(朱恩)事瑾極恭，凡拜帖寫'頂上'，不敢云

'拜上'。'頂上'之稱自此起。"

【頂老】歌舞女子的别稱。水滸二九:"裏面坐着一個年紀小的婦人,正是蔣門神初來孟州新娶的妾,原是西瓦子裏唱説諸般宮調的頂老。"

【頂兇】頂替犯死罪的正兇,代爲償命。清紀昀閲微草堂筆記五灤陽消夏録五:"甚哉,治獄之難也,而命案尤難。有頂兇者,甘爲人代死;有賄和者,甘鬻其所親;斯已猝不易詰矣。"兇,也作"凶"。清趙翼簷曝雜記四閩俗好勇:"兩姓或以事相爭,往往糾衆械鬭。……未鬭之前,各族先議定數人抵命,抵者之妻子給公産以贍之,故往往非凶手而甘自認,雖刑訊無異詞。凡械鬭案,頂凶率十居八九也。"

【頂首】謂出錢承購他人的職業或財産。水滸九一:"或一名吃兩三名的兵餉,或勢要人家閑着的伴當,出了十數兩頂首,也買一名充當,落得關支些糧餉使用。"明何士晉纂工部廠庫須知三督繕司條議:"各衙門吏書,例有頂首,挾重資以供役,正欲藉此以酬子母,卽舞文弄法,所不暇計。"也作"頂頭"。明嘉隆新例一:"嘉靖七年正月吏部題奉聖旨,吏役頂頭銀兩積弊有勾,屢經禁奏,未見革除,這所言的是。"

【頂冒】用不正當的手段使用别人的名字或竊取别人的權益。宋劉克莊後村集八六進故事辛酉三月十八日:"臣愚見,謂一軍之中某爲真立功人,某爲頂冒人,惟主帥尤知其詳。"

【頂缸】代替,代人受過。元曲選缺名陳州糶米四:"州官云:'好,打這廝!你不識字,可怎麽做外郎那?'外郎云:'你不知道,我是僱將來的頂缸外郎。'"紅樓夢六一:"這樣説,你竟是個平白無辜的人了,拿你來頂缸的。"傳説:金陵岸易崩壞,或言猪婆龍作祟,因猪和明朝皇帝朱姓同音,遂託言爲黿。令捕之,適釣得黿,不能出,因取沙缸穿底罩出。謡曰:"猪婆龍爲殃,癩頭黿頂缸。"見明張存紳雅俗稽言三六河伯使者。吳中因謂代人受過曰頂缸。

【頂拜】頂禮膜拜。廣弘明集二十南朝梁簡文帝大法頌序:"頂拜金山,歸依月面。"

【頂馬】官員出行時,走在前面的騎馬差役。清袁枚隨園隨筆九頂馬:"今貴人街行,前有騎馬者一二人,號稱頂馬。按國語,越王句踐親爲吳王前馬。前馬者,卽今頂馬矣。"鏡花緣七八:"我是你的主人,並非你的頂馬,爲何你在我後?"

【頂珠】裝飾在巾頂之中的大珠。金史輿服志下:"巾之制,以皁羅若紗爲之,上結方頂,折垂于後。……貴顯者於方頂,循十字縫飾以珠,其中心貫以大者,謂之頂珠。"

【頂嘴】没有禮貌地當面駁斥尊長的話。西遊記二:"你這潑猴,十分無狀!師父傳你道德,如何不學,却與師父頂嘴?"

【頂踵】孟子盡心上:"墨子兼愛,摩頂放踵,利天下爲之。"此謂自頭至脚。後用以比喻全身。唐李商隱李義山文集三爲東川崔從事福謝辟並聘錢啟:"卵翼不自他門,頂踵實非己物。"宋張方平樂全集三二賀宋侍郎入參知政事:"特達成造之力,始終顧遇之私,每頂踵以竊循,壓丘山而未重。"

【頂禮】跪地以頭承尊者的脚,爲佛教徒的最敬禮。方廣大莊嚴經十贊歎品:"化樂天王説是偈已,與諸天衆頂禮佛足,却住一面。"廣弘明集二八上南朝梁沈約南齊皇太子禮佛願疏:"伏膺下拜伽藍精舍,繞足頂禮。"後來一般用作敬禮、致敬的意思。元曲選缺名陳州糶米三:"如今百姓每聽的包待制大人到陳州糶米去,那個不頂禮。"參見"頭面禮足"。

【頂戴】㊀敬禮。南朝宋法顯佛國記:"王聞已,則詣精舍,以華香供養。供養已,次第頂戴而去。"廣弘明集二八下梁武帝金剛般若懺文:"頂戴奉持,終不捨離。"㊁用以區别官員等級的服飾。宋陳亮龍川詞卜算子:"頂戴御袍黄,疊秀金稜吐。"清制,官品以帽上頂珠色質爲别,謂之頂戴,也稱頂子。有紅寶石、珊瑚、藍寶石、青金石、水晶、硨磲、金之别,其制始於雍正四年。參閲清史稿輿服志二。

【頂生王】佛教傳説有善住王(俱舍論記作布殺陀王),頂上生一肉皰,滿十月,皰開生一童子,因名頂生。既長爲金輪王,征服四天下,謀爲切利天帝,不成,惡病而死。後身爲釋迦佛。見大般涅槃經十二。佛教有頂生王故事經等,皆述頂生王事跡。參閲俱舍論記八。

【頂門針】針灸時自腦門所下之針。多用以比喻説話、辦事能抓住要害。明盧象昇盧忠肅公書牘與少司成吳葵庵書:"頂門一針,拜此君之益多矣!"清李顒二曲集十六答顧寧人書:"鞭辟近裏一言,實吾人頂門針,對症藥。"針,也作鍼。清章學誠丙辰劄記:"惠士奇謂不讀非聖之書者,非善讀書,此可爲專退自封之學究作頂門鍼。"

【頂門眼】佛教傳説摩醯首羅天有三眼,其豎之一眼稱頂門眼,最超於常眼。後來比喻明智的洞察力。續傳燈録三無相法真禪師:"欲明白向上事,續具頂門眼;若具頂門眼,始契出家心。"

【頂天立地】頭頂天,脚立地。形容氣概豪邁,光明磊落。元曲選缺名凍蘇秦三:"男子漢頂天立地,幾曾受這般恥辱來。"水滸三十:"武松是個頂天立地的好漢,不做這般的事。"

【頂真續麻】宋元時一種帶遊戲性的文體。真,也作"針"。後句首字用前句末字。也稱連珠格。如:"斷腸人寄斷腸詞,詞寫心間事,事到頭來不由自,自尋思,思量往日真誠志,志誠是有,有情誰似,似俺那人兒。"元曲選關漢卿救風塵一:"止有這個女孩兒,叫做宋引章,俺孩兒拆白道字,頂真續麻,無般不曉,無般不會。"古雜劇元馬致遠江州司馬青衫泪四:"愛他走筆題詩,出口成章,頂針續麻。"

頃 1. qǐng ㄑㄧㄥˇ 去潁切,上,静韻,溪。

㊀地積單位。史記平準書:"田,大縣數百頃,小縣百餘頃。"㊁少時,片刻。莊子秋水:"夫不爲頃久推移,不以多少進退者,此亦東海之大樂也。"唐成玄英疏:"頃,少時也;久,多時也。"㊂副詞。近來,剛纔。後漢書孝和紀永元十一年詔:"頃者貴戚近親,百僚師尹,莫肯率從,有司不舉,怠放日甚。"

2. qīng ㄑㄧㄥ 去營切,平,清韻,溪。

㊃歪斜,偏側。"傾"的本字。詩周南卷耳:"采采卷耳,不盈頃筐。"釋文:"頃,音傾……頃筐,敧筐也。"

3. kuǐ ㄎㄨㄟˇ 集韻 犬桑切,上,紙韻。

㊄半步。同"跬"。禮祭義:"故君子頃步而弗敢忘孝也。"釋文:"頃,讀爲跬……一舉足爲跬,再舉足爲步。"頃步,荀子勸學、解蔽皆作"蹞"。

【頃之】一會兒,不多久。之,助詞,無義。戰國策秦二:"頃之,一人又告之曰:'曾參殺人。'"史記八六荆軻傳:"居頃之,會燕太子丹質秦亡歸燕。"

【頃年】近年。後漢書孝明紀永平十三年詔:"自汴渠決敗,六十餘歲,加頃年以來,雨水不時,汴流東侵,日月益甚。"

【頃刻】片刻。三國志吳諸葛恪傳:"還坐,頃刻乃復起,犬又銜其衣,恪令從者逐犬，遂升車。”

【頃宫】佔地一頃的大宫殿。吕氏春秋過理：“作爲琁室，築爲頃宫。”注：“頃宫，築作宫牆，滿一頃田中，言其博大也。”頃，也作“傾”。晏子春秋諫下：“昔者楚靈王作傾宫，三年未息也。”一説傾宫，言其宫高巍，勢如欲傾。參見“傾宫”。

【頃畝】百畝或概指百畝之地。也泛指田地。史記一一八淮南王安傳：“暴兵露師常數十萬，死者不可勝數，僵尸千里，流血頃畝。”抱朴子極言：“登稼被壟，不穫不刈，頃畝雖多，猶無穫也。”

【頃₂筐】斜口之筐，前低後高，即今犄箕之類。詩周南卷耳：“采采卷耳，不盈頃筐。”

【頃熊】人名。春秋魯宣公母。公羊傳宣八年：“葬我小君頃熊。”春秋作“敬嬴”。頃、敬是其謚；熊、嬴，是其姓。

【頃刻花】唐代道人殷七七自歌謂“解醞須臾酒，能開頃刻花，琴彈碧玉調，鑪鍊白朱砂。”人試之，悉有驗。見雲笈七籤一一三下南唐沈汾續仙傳殷文祥。全唐詩八六一殷七七醉歌作“解醞頃刻酒，能開非時花”。又唐韓愈侄韓湘詩：“解造逡巡酒，能開頃刻花。”愈欲驗之，適開宴，湘預末坐，取土聚於盆，用籠覆之，巡酌間，湘舉籠見巖花二朶，類世之牡丹，合座驚異。見宋劉斧青瑣高議九韓湘之。後來也用以喻飛雪。宋蘇軾分類東坡詩七謝人見和雪後書北堂壁之二：“也知不作堅牢玉，無奈能開頃刻花。”黄庭堅豫章集九詠雪奉呈廣平公詩：“風回共作婆娑舞，天巧能開頃刻花。”

【頃刻酒】澎湖人採樹葉裹糯米少許，嚼後吐於盆，頃刻成酒，初飲淡泊無味，頃之酩酊而醉，謂之頃刻酒。見清鈕琇觚賸續編四頃刻酒。

【頃襄劍】戰國楚頃襄王所佩之劍。淮南子修務：“今劍或絶側羸文，齧缺卷銋，而稱以頃襄之劍。則貴人争帶之。”注：“絶無側，羸無文，齧缺卷銋，鈍弊無刃，託之爲楚頃襄王所服劍，故貴人慕而争帶之。”

頄 kuí 渠追切，平，脂韻，羣。
ㄎㄨㄟˊ 巨鳩切，平，尤韻，羣。

顴骨。易夬：“壯于頄，有凶。”注：“頄，面權也。”

三　畫

頇 hān 許干切，平，寒韻，曉。
ㄏㄢ

見“顢頇”。

項 xiàng 胡講切，上，講韻，匣。
ㄒㄧㄤˋ

㊀頸的後部。左傳成十六年：“王召養由基，與之兩矢，使射吕錡，中項，伏弢。”㊁冠的後部。儀禮士冠禮：“賓右手執項。”疏：“謂冠後爲項。”㊂肥大，隆起。詩小雅節南山：“駕彼四牡，四牡項領。”傳：“項，大也。”參閱清朱駿聲説文通訓定聲九。㊃種類，款目。宋王明清揮麈録三録三：“此項虜寇，人數不多，又是歸師，在今日無甚利害。”㊄古國名。在今河南項城縣東北。春秋僖十七年：“夏，滅項。”注：“項國，今汝陰項縣。”㊅姓。古項國，爲齊桓公所滅，子孫以國爲氏。周有項橐。見元和姓纂六講。

【項伯】？—公元前192年。秦末下相人。名纏，字伯，項羽叔父，與劉邦謀士張良友善。項羽既入關，從范增言欲擊殺劉邦。伯聞之馳告良，邦幸而得免。後邦至鴻門謝羽，羽爲設宴。范增命項莊舞劍，欲於席上殺邦。伯拔劍對舞，以身翼蔽。高祖即位，封射陽侯，賜姓劉氏。參閲史記項羽紀。

【項城】縣名。屬河南省。春秋時爲項國，爲齊所滅。楚襄王徙陳，以此爲別都。漢置項縣，屬河南郡。東魏改置秣陵縣。隋開皇初改稱項城。清屬陳州府。參閲太平寰宇記十陳州。

【項浦】地名。又名掩浦。在浙江吴興縣。史記項羽紀：“秦始皇帝游會稽，渡浙江，(項)梁與(項)籍俱觀。籍曰：‘彼可取而代也。’梁掩其口，曰：‘毋妄言，族矣！’”後人因名其地爲項浦。參閲嘉慶一統志二八九山川掩浦。

【項梁】？—公元前208年。秦末下相人。楚將項燕之子，項羽叔父。秦二世元年，陳勝等在大澤鄉起義，梁與羽起兵吴中響應，立楚懷王孫心爲義帝。進兵定陶，爲秦將章邯所破，敗死。見史記項羽紀。

【項領】㊀肥大之頸。詩小雅節南山：“駕彼四牡，四牡項領。”漢鄭玄箋：“四牡者，人君所乘駕，今但養大其領，不肯爲用。喻大臣自恣，王不能使也。”因用以比喻放縱不羈、不聽使用。後漢書七八吕强傳陳事疏：“(蔡)邕不聽懷道迷國，而切言極對，……陛下不密其言，至令宣露，羣邪項領，膏脣拭舌，競欲咀嚼，造作飛條。”㊁頸。抱朴子清鑒：“物亦故有遠而易知，近而難料，譬猶眼能察天衢，而不能周項領之間。”㊂巨大，首要。南史樂頤之傳附樂預：“(沈)昇之與君俱有項領之功，今一言而二功俱解，豈願聞之乎。”㊃喻要害之地。三國志魏魏則傳“西平麴演叛”注引魏名臣奏：“西平麴演等倡造邪謀，則尋出軍，臨其項領，演卽歸命送質，破絶賊糧。”㊄梁書蕭昱傳上表：“每涉驚疑，惶怖失魂，既乖致命之節，空有項領之憂。”言懼被刑戮，身首分離。

【項縮】頸下縮。形容畏懼的樣子。元詩選張養浩雲莊類藁贈劉仲書：“我聞其語汗雨如，始也解頤終項縮。”

【項橐】春秋人。傳説其七歲而爲孔子師。橐，也作“槖”、“託”。見戰國策秦五，淮南子説林、修務，史記七一甘茂傳附甘羅，漢書董仲舒傳注引孟康，論衡實知、新序雜事五。參閲清俞正燮癸巳類稿十一項橐考。

【項籍】公元前232—前202年。秦末下相人。字羽。力能扛鼎，才氣過人。從叔父梁在吴中起義。梁敗死，籍領其軍。與秦兵九戰皆捷。秦亡後，自立爲西楚霸王，繼與劉邦争天下，戰無不利。四年楚漢約中分天下，楚兵東歸。漢王用張良陳平計，會韓信彭越軍，追擊楚軍，圍籍於垓下。籍夜聞漢軍四面皆楚歌，以爲劉邦已盡得楚地，乃突圍，至烏江，自刎死。史記有項羽紀、漢書有傳。

【項元汴】公元1525—1590年。明嘉興人。字子京，別號墨林居士。工繪事，精鑒賞。畫山水學黄公望、倪瓚，尤醉心於倪。筆致疎秀，神合處輒臻勝境，題句書法並佳。所藏法書名畫，極一時之盛，皆鈐天籟閣項墨林印記。刊有天籟閣帖。參閲清徐沁明畫録四。

【項背相望】後漢書六一左雄傳上疏：“監司項背相望，與同疾疢，見非不舉，聞惡不察。”注：“項背相望，謂前後相顧也。背，音輩。”後也用作連續不斷的意思。宋史四四六傅察傳：“主上仁聖，與大國講好，信使往來，項背相望，未有失德。”

【項莊舞劍】史記項羽紀：“今者項莊拔劍舞，其意常在沛公也。”後來用“項莊舞劍，意在沛公”表示暗中另有所圖。

頊 dú 徒落切，入，鐸韻，定。
ㄉㄨˊ 陟格切，入，陌韻，知。
丑格切，入，陌韻，徹。

見下。

【頊顱】頭蓋骨。廣雅釋親：“頊顱謂之髑髏。”清王念孫疏證：“此疊韻之轉也，急言之則曰頭，徐言之則曰髑髏，轉之則曰頊顱。説文：頊顱，首骨也。”

順 shùn 食閏切,去,稕韻,神。
ㄕㄨㄣˋ

㊀順從,順應。與"逆"相對。易革:"小人革面,順以從君也。"詩魯頌泮水:"順彼長道,屈此羣醜。"疏:"順者隨從之義,長者遥遠之言,故順爲從,長爲遠也。"㊁順着。墨子魯問:"楚人順流而進,迎流而退。"荀子勸學:"順風而呼,聲非加疾也,而聞者彰。"㊂和順。詩鄭風女曰雞鳴:"知子之順之,雜佩以問之。"㊃順理,順序。論語子路:"名不正,則言不順,言不順,則事不成。"㊄降服。禮月令孟秋之月:"詰誅暴慢,以明好惡,順彼遠方。"

【順天】㊀遵循天道。左傳文十五年:"禮以順天,天之道也。"㊁府名。治所在今北京市。周時爲燕地。漢唐爲幽州治所。遼置南京,亦曰燕京。金改中都。元改大都。明洪武元年改曰北平府。永樂元年建北京,改北平府爲順天府。清因之。參閱嘉慶一統志六順天府。㊂年號。1.唐史思明。公元 759—761 年。2.唐董昌。公元 895—896 年。3.金郝定。公元 1216 年。4.清林爽文。公元 1786—1788 年。

【順元】路名。漢牂牁郡地。隋、唐置牂州,尋廢。元至元中置順元路軍民安撫司,受順元路宣慰司節制。明改爲貴陽府,清因之,爲貴州省治,卽今貴陽市。參閱嘉慶一統志五〇〇貴陽府。

【順世】佛教稱僧徒之死。五代前蜀貫休禪月集九聞無相道人順世之四:"石霜旣順世,吾師亦不住。"景德傳燈録十一俱胝和尚:"師將順世,謂衆曰:'吾得天龍一指頭禪,一生用不盡。'言訖示滅。"

【順民】㊀順從民心。孝經:"非至德,其孰能順民如此其大者乎?"後漢書十三隗囂傳:"足下欲承天順民,輔漢而起。"㊁教化百姓。順,通"訓"。管子牧民:"守國之度,在飾四維;順民之經,在明鬼神,祗山川、敬宗廟,恭祖舊。"清俞樾諸子平議一:"順當讀爲訓。訓民之經,言教訓其民之道也。古順、訓通用。"㊂舊指聽天由命安守本份的人。列子楊朱:"不逆命,何羨壽;不矜貴,何羨名;不要勢,何羨位;不貪富,何羨貨。此之謂順民也。"後多指逆來順受、不敢反抗的人。

【順成】㊀謂年穀豐熟。禮玉藻:"年不順成,則天子素服,乘素車,食無樂。"㊁謂辦事順利。左傳宣十二年:"執事順成爲臧,逆爲否。"㊂女官名。三國魏置。三國志魏后妃傳:"文帝增貴嬪、淑媛、脩容、順成、良人。明帝增淑妃、昭華、脩儀;除順成官。"

【順序】適宜,合於次第;和諧。魏書高宗紀興安二年詔:"然卽位以來,百姓晏安,風雨順序,邊方無事,衆瑞兼呈,不可稱數。"易恆"剛上而柔下"唐孔穎達疏:"震則剛尊在上,巽則柔卑在下,得其順序,所以爲恆也。"也作"順敘"。三國魏嵇康嵇中散集二琴賦:"穆温柔以怡懌,婉順敘而委蛇。"

【順治】清福臨(世祖)年號。公元 1644—1661 年。

【順昌】㊀府名。宋政和六年改潁州爲順昌府。屬京西北路。金復爲潁州。治所在今安徽阜陽縣。南宋紹興十年宋將劉錡大敗金兵於順昌,卽此。參閱嘉慶一統志一二八潁州府一。㊁縣名。屬福建省。三國吳建安郡地。五代南唐置,屬劍州。明清皆屬延平府。參閱嘉慶一統志四三〇延平府。

【順風】㊀順着風向。荀子勸學:"順風而呼,聲非加疾也,而聞者彰。"也用以喻順應時勢。後漢書十三隗囂傳方望書:"以望異域之人,疵瑕未露,欲先崇郭隗,想望樂毅,故欽承大旨,順風不讓。"㊁宋時一種包頭軟巾。宋沈括夢溪筆談一故事一:"本朝幞頭有直脚、局脚、交脚、朝天、順風,凡五等。"參見"幞頭"。

【順流】㊀順着水流。爾雅釋水:"逆流而上曰泝洄,順流而下曰泝游。"㊁順乎時勢。史記蕭相國世家太史公曰:"何謹守管籥,因民之疾秦法,順流與之更始。"㊂黿。起世經八:"南方有黿,名曰順流。"

【順孫】孝順之孫。漢代爲鄉里舉士的一種科目。漢書八九黄霸傳詔:"百姓鄉化,孝子弟弟貞婦順孫日以衆多。"後漢書五八虞詡傳:"早孤,孝養祖母。縣舉順孫,國相奇之,欲以爲吏。"

【順時】順從時令或時運。國語周下:"出令不信,刑政放紛,動不順時,民無據依。"後漢書七一皇甫嵩傳:"故聖人順時以動,智者因幾以發。"

【順常】㊀遵循常典。書梓材"汝若恆,越曰:我有師師"漢孔安國傳:"汝惟君道使順常,於是曰:我有典常之師可師法。"㊁漢女官名。祿視二百石。見漢書九七上外戚傳序。

【順義】㊀縣名。屬北京市。秦上谷郡地,兩漢及魏晉皆爲范陽之境。北齊始置歸德郡,隋改爲順州,唐改爲燕州,乾元初復爲順州。遼初爲歸寧軍,後改歸化軍。宋名順興軍,金元復爲順州。明洪武元年廢州改爲順義縣,清屬順天府。公元 1958 年自河北省劃歸北京市。參閱寰宇通志一順天府、嘉慶一統志六順天府一。㊁五代吳楊溥年號。公元 921—927 年。

【順聖】㊀樂曲名。新唐書禮樂志十二:"山南節度使于頔又獻順聖樂,曲將半,而行綴皆伏,一人舞於中,又令女伎爲佾舞,雄健壯妙,號孫武順聖樂。"㊁牡丹的一種。色深類陳州紫。每葉上有白縷數道,自唇至萼,紫白相間,深淺同。宋熙寧中培育成新品種。見廣羣芳譜三二牡丹一順聖。

【順當】順適如意。元曲選缺名桃花女楔子:"今日清早起,開舖就算着這一卦,好不順當。"水滸十:"安排的好菜蔬,調和的好汁水,來吃的人都喝采,以此買賣順當。"

【順寧】縣名。元置慶甸縣,屬順寧府。後省縣入府。明初爲順寧土府。清乾隆三十五年置順寧縣,附順寧府治。公元 1954 年改名鳳慶縣,屬雲南省。參閱嘉慶一統志四八三順寧府。

【順適】順從,迎合。戰國策燕三:"(燕)太子日日造問,供太牢異物,閒進車騎美女,恣荆軻所欲,以順適其意。"史記五帝紀:"舜父瞽叟頑,母嚚,弟象傲,皆欲殺舜。舜順適不失子道,兄弟孝慈。"

【順慶】府名。春秋巴國地。秦爲巴郡。漢爲巴郡安漢宕渠等縣地。東漢改屬巴西郡。唐武德四年分置果州。宋寶慶三年升順慶府。元爲路,明清仍爲府,府治南充縣。公元 1913 年裁府留縣。1950 年析城區設南充市,屬四川省。參閱嘉慶一統志三九三順慶府一。

【順儀】隋女官名。九嬪中有順儀、順容、順華等名目。皆爲正二品。見隋書后妃傳。

【順德】㊀府名。周初爲邢國地,秦屬鉅鹿郡,北周改置襄國郡,隋置邢州,宋宣和中升信德府,元爲順德府。明清因之,治所在邢臺縣。公元 1912 年裁府留縣。屬河北省。參閱嘉慶一統志三十順德府一。㊁縣名。屬廣東省。秦漢爲番禺縣地,隋以後爲南海縣地,明景泰三年析置順德縣,屬廣州府。清因之。參閱嘉慶一統志四四一廣州府一。㊂明朱宸濠(寧王)年號。公元 1519 年。

【順職】盡力從事本職工作。尉繚子踵軍令:"奉王之命,授持符節,名爲順職之吏。"漢桓寬鹽鐵論憂邊:"大夫曰:吾聞爲人臣者,盡忠以順職。"

【順變】順應變化。禮檀弓下:"喪禮,哀戚之至也。節哀,順變也。"新唐書一四〇苗晉卿傳:"大行遺詔,皇帝三日聽政……奉遺詔則宜聽朝。惟陛下順變以幸萬國。"後人慰問遭父母之喪者常用"節哀順變"語,出此。

【順天道】晉鼓吹曲名。傅玄製,當古石留行。樂府詩集十九晉鼓吹曲順天道引古今樂録:"順天道,言仲冬大閱,用武修文,大晉之德配天也。"

【順風耳】銅製的話筒。古傳聲器。清查慎行人海記下:"順風耳,西洋巧工所製。以銅爲管,節節相續,約長丈餘,如千里鏡之式,虛其中,口大而末小。向空中傳語,自上而下,或自下而上,相去五六里,聲息相聞。"

【順天得一】唐史思明所鑄錢幣名。宋沈括夢溪筆談十九器用:"熙寧中,嘗發地得大錢三十餘千文,皆'順天得一'。當時在庭皆疑古無'得一'年號,莫知何代物。予按唐書史思明僭號,鑄'順天得一'錢,順天乃其僞年號,得一特以名鑄錢耳,非年號也。"

【順水推船】比喻看形勢行事,既合時機,又不費力。元曲選關漢卿竇娥冤三:"爲善的受貧窮更命短,造惡的享富貴又壽延,天地也做得箇怕硬欺軟,却元來也這般順水推船。"也作"順水行舟"。紅樓夢四:"此薛蟠卽賈府之親,老爺何不順水行舟,做個人情,將此案了結。"後多作"順水推舟"。

【順手牽羊】喻因遇便利條件附帶取來。用於貶義。1.順便,比喻動作不費力氣。古今雜劇關漢卿單鞭奪槊二:"我也不聽他說,被我把右手帶住他馬,左手揪着他眼札毛,順手牽羊一般拈了他來了。"2.比喻伺便行竊。清顧張思土風録十二順手牽羊:"伺便竊取曰順手牽羊。按曲禮'效羊者右牽之'。俗呼右手爲順手,取順便之意。"

須 xū ㄒㄩ 相俞切,平,虞韻,心。

㊀鬍鬚。"鬚"的本字。易賁:"賁其須。"疏:"須,是上須[附]於面。"漢書高帝紀上:"高祖爲人,隆準而龍顏,美須髯。"注:"在頤曰須,在頰曰髯。"㊁等待。詩邶風匏有苦葉:"人涉卬否,卬須我友。"傳:"人皆涉,我友未至,我獨待之而不涉。"㊂需要。通"需"。漢書七九馮奉世傳:"奉世上言:'願得其衆,不須煩大將。'"南史蔡廓傳答妻書:"知須夏服,計給事自應相供,無容別寄。"㊃必須,應當。文選三國魏應休璉(璩)與滿公琰書:"適有事務,須自經營,不獲侍坐,良增邑邑。"唐杜甫杜工部詩史補遺四聞官軍收河南河北:"白日放歌須縱酒,青春作伴好還鄉。"㊄求。晉陸雲陸士龍集七九愍感逝:"生遺年而有盡,居靜言其何須。"㊅須臾,片刻。荀子王制:"賢能不待次而舉,罷不能不待須而廢。"注:"須,須臾也。"參見"須臾"。㊆植物名。卽蕪菁。爾雅釋草:"須,葑蓯。"又:"須,薞蕪。"注:"薞蕪似羊蹄,葉細,味酢可食。"㊇姓。傳說古帝太昊之後裔須句國之後。戰國魏有須賈,漢有平陸侯須無。見元和姓纂二虞引風俗通。

【須丸】赭石。又名土朱、鐵朱。可入藥。政和證類本草五代赭引別録:"出姑幕者名須丸,出代郡者名代赭。"

【須女】星座名。卽女宿。也稱務女、婺女。四星。位於織女星之南。見史記天官書"婺女"索隱、正義。參見"婺女"。

【須句】春秋國名。魯僖公二十一年爲邾所滅,次年僖公伐邾,取須句,併入魯。左傳僖二一年:"任、宿、須句、顓臾,風姓也,實司大皞與有濟之祀。"注:"須句在東平,須昌縣西北。"公羊傳作"須朐"。地在今山東東平縣。

【須次】官吏候補,等待依次補缺。亦作"需次"。宋周煇清波雜志一:"選人改秩,今當員多闕少,須次動六七年,成云考無玷闕,方幸寸進,戛戛乎難哉!"參見"需次"。

【須至】㊀一定。宋文同丹淵集十一吳公惠酒因謝詩:"須至開筵召佳客,爲公連夜賞郫筒。"㊁舊時公文習用"須至"字結尾,如"須至曉示者"、"須至曉諭約束者";看定文案申狀,亦云"須至供申者"。宋朱熹朱文公集九九曉諭兄弟爭財產事:"今檢坐條法,指揮下項,須至曉諭者。"又減木炭錢曉諭:"竊恐鄉村人户,未能通知,須至散榜曉示者。"亦有用"無至"字作結尾者,如歐陽修文忠集一一五相度銅利牒:"無至張皇悞事者。"又一一七五保牒:"無至張皇鹵莽者。"大抵告戒用無至,規勸用須至,措詞反正不同。見清翟灝通俗編六政治須至。

【須陀】梵語指天之甘露。法苑珠林六三界篇二之三諸天部之餘飲食:"四天王天並食須陀味,朝食一摶,暮食一摶。"唐玄應一切經音義四大方便報恩經:"須陀食,或云修陀,此天食也。修陀,此譯云白也。"

【須昌】縣名。本春秋須句國地。漢置須昌縣。屬東郡。唐初屬鄆州。五代後唐改爲須城,明初省縣入州。故城在今山東東平縣。參閱嘉慶一統志一七九泰安府一古蹟。

【須臾】㊀片刻。禮中庸:"道也者,不可須臾離也。"荀子勸學:"吾嘗終日而思矣,不如須臾之所學也。"佛教謂一日一夜有三十須臾。見俱舍論十二。㊁從容,苟延。史記九二淮陰侯傳:"足下所以得須臾至今者,以項王尚存也。"㊂古代陰陽家的一種占卜術。後漢書八二上方術傳序:"其流又有風角、遁甲……須臾、孤虛之術。"注:"須臾,陰陽吉凶立成之法也。今書七志有武王須臾一卷。"

【須朐】地名。公羊傳僖二二年:"春,公伐邾婁,取須朐。"左傳作"須句"。參見該條。

【須索】㊀猶索取、勒索。新唐書一六五鄭餘慶傳附鄭從讜:"而李克用謂太原可乘,以沙陀兵奄入其地,壁汾東,釋言討賊,須索繁仍。"宋路振九國志二吳翟虔:"因言宮內諸王須索,虔多阻限,不時進納。"㊁必須,只好。元王實甫西廂記一本四折:"今日二月十五日,和尚請拈香,須索走一遭。"古雜劇元鄭德輝迷青瑣倩女離魂三:"誰想倩女孩兒……不知是何症候,這兩日不曾看他,老身須索親看去。"

【須留】猶言留待。須,待。後漢書五五清河孝王慶傳:"十五年,有司以日食陰盛,奏遣諸侯王就國。詔曰:'甲子之異,責由一人。諸王幼稚,……且復須留。'"注:"東觀(漢)記'須留'作'宿留'。"

【須捷】破爛。方言三:"褸裂、須捷、挾斯,敗也。南楚凡人貧衣被醜敝謂之須捷,或謂之褸裂,或謂之襤褸。"

【須搖】猶言須臾。漢書禮樂志郊祀歌惟泰元:"盛牲實俎進聞膏,神奄留,臨須搖。"注引晉灼:"須搖,須臾也。"

【須慮】古越地稱船爲須慮。見越絕書三越絕吳內傳。

【須彌】佛教傳說山名。也譯蘇迷盧、須彌樓,意譯妙高、妙光。北齊書樊遜傳遜對問釋道兩教:"法王自在,變化無窮,置世界於微塵,納須彌於黍米。"唐慧琳一切經音義一大般若波羅蜜多經一蘇迷羅山:"梵語寶山名。或云須彌山,或云彌樓山,皆是梵言聲轉不正也。……大論云:四寶所成曰妙,出過衆山曰高。或名妙光山,以四色寶光明各異照世,故名妙光也。"

【須麋】卽鬚眉。荀子非相:"伊尹之狀,

面無須麋。"注:"麋與眉同。"

【須曼那】花名。天竺俗用此花結環，裝飾頭身。翻譯名義集三百華:"須曼那，或云須末那，又云蘇摩那。此云善攝意，又云稱意華。其色黃白而極香，樹不至大，高三四尺，下垂如蓋。"

【須菩提】㊀佛十大弟子之一。說法性皆空。也譯作須浮帝、須扶提、蘇補底、蘇部底。意譯爲善吉、善現、善業。晉康法邃雜譬喻經:"舍衛國有長者名鳩留，產生一子，字須菩提，有自然福報，食器皆空，因以名焉。所欲卽滿，後遂出家，得阿羅漢道是。"㊁對年高德劭之僧的尊稱。景德傳燈錄六禪門規式:"於是創意別立禪居，凡具道眼有可尊之德者號曰長老，如西域道高臘長呼須菩提等之謂也。"

【須溪集】宋劉辰翁撰。辰翁，廬陵人，字會孟，號須溪。理宗時進士。宋亡後，隱居不仕。以欲矯宋末文體冗濫，故其論詩評文，往往意取標新，失於纖詭，自撰詩文亦多艱澀。所為詞，多有感懷時事，悼念故國之作，成就在詩文之上。是集明時已多散失，世所傳者，惟須溪集鈔及須溪四景詩二種。現行須溪集係清四庫館臣從永樂大典等書中輯出。

【須摩提】梵語。西方極樂之別名。意譯爲妙意、好智、好意，爲阿彌陀佛所居。般舟三昧經上行品:"心念西方阿彌陀佛，今現在隨所聞當念，去是間千億萬佛刹，其國名須摩提。"見翻譯名義集三世界須摩題。

【須彌座】佛教稱須彌燈王的佛座。維摩詰經中不思議品:"東方度三十六恒河沙國，有世界名須彌相，其佛號須彌燈王，今現在，彼佛身長八萬四千由旬，其師子座高八萬四千由旬，嚴飾第一。"後也泛指僧寺或佛座。唐王勃王子安集十四梓州飛烏縣白鶴寺碑:"上憑天旨，爭開舍利之壇；俯會衆心，競起須彌之座。"

【須彌芥子】佛教謂納至大的須彌山於至小的芥子之內，比喻不可思議。維摩詰經中不思議品:"諸佛菩薩，有解脫名不可思議，若菩薩住是解脫者，以須彌之高廣，內芥子中，無所增減，須彌山王本相如故。而四天王忉利諸天，不覺不知己之所入；唯應度者，乃見須彌入芥子中，是名住不思議解脫法門。"

四 畫

頏 1. háng 胡郎切，平，唐韻，匣。ㄏㄤˊ

㊀見"頡頏"。

2. kàng 苦浪切，去，宕韻，溪。ㄎㄤˋ

㊁頸項；咽喉。同"亢"。說文:"亢，人頸也……或从頁。"

頕 zhěn 章荏切，上，寑韻，照。ㄓㄣˇ

㊀玉枕骨。說文:"頕，項枕也。"清段玉裁注引沈彤釋骨:"䪼之後，橫起者曰頭橫骨，曰枕骨。其兩旁尤起者曰玉枕骨，卽偃卧箸枕之處。單呼曰頕。"㊁垂頭貌。見玉篇。

項 xū 許玉切，入，燭韻，曉。ㄒㄩ 魚欲切，入，燭韻，疑。

見下。

【項項】自失貌。莊子天地:"子貢卑陬失色，項項然不自得，行三十里而後愈。"釋文:"本又作旭旭。"

䫇 rán 集韻 如占切，平，鹽韻。ㄖㄢˊ

頰上長鬚。同"顊"、"髯"。史記趙世家:"龍面而鳥噣，鬢麋髭䫇。"

頑 wán 五還切，平，刪韻，疑。ㄨㄢˊ

㊀愚妄。書堯典:"父頑，母嚚。"傳:"心不則德義之經爲頑。"㊁頑鈍，頑强。宋蘇軾分類東坡詩五遊金山寺:"江山如此不歸山，江神見怪驚我頑。"又三神女廟:"深淵鼉鼈橫，巨壑蛇龍頑。"參見"頑固"。㊂貪婪。孟子萬章下:"故聞伯夷之風者，頑夫廉，懦夫有立志。"㊃嬉戲。通"玩"。宋詩鈔陳造江湖長翁集田家謠:"小婦初嫁當少寬，令伴阿姑頑過日。"自注:"房(陵)謂嬉爲頑。"

【頑民】不服從統治的人。書畢命:"毖殷頑民，遷於洛邑。"又多士序:"成周既成，遷殷頑民。"易代之際，由周王朝而言，故稱亡國而又不奉新朝之命的殷遺民爲頑民。參閱清惠棟九經古義四尚書下。

【頑皮】太平廣記二五七皮日休:"唐皮日休嘗謁歸仁紹，數往而不得見。皮既心有所慊，而動形於言，因作詠龜詩:'硬骨殘形知幾秋，屍骸終不是風流。頑皮死後鑽須遍，都爲平生不出頭。'"此謂龜甲頑鈍。後因用以形容人的性情刁頑。元曲選缺名謝金吾一:"喒和你又無甚別讐隙，怎這般狠佈擺，領着火(伙)頑皮賊骨渾無賴，也不問個朱樓畫壁誰家界。"清平山堂話本快嘴李翠蓮:"當初只說要選良善人家女子，誰想娶這個没規矩、没家法、長舌頑皮村婦!"後稱小兒嬉戲不受約束曰頑皮。

【頑仙】愚笨的神仙。唐張彥遠法書要錄二陶隱居(弘景)與梁武帝論書又啟:"每以爲得作才鬼，亦當勝於頑仙。"

【頑固】㊀愚昧鄙拙，不知變通。三國志魏文帝紀"(漢獻帝)使兼御使大夫張音持節奉璽綬禪位"注引獻帝傳魏王(曹丕)上書:"況臣頑固，質非二聖，乃應天統，受終明詔。"㊁昏昧不化。宋書前廢帝紀:"世祖西巡，子業啟參承起居，書迹不謹，上詰讓之。子業啟事陳謝，上又答曰:'書不長進，此是一條耳。聞汝素都懈怠，狷戾日甚，何以頑固乃爾邪?'"子業，前廢帝名。

【頑耍】卽玩耍。水滸二:"這人吹彈歌舞，刺槍使棒，相撲頑耍，亦胡亂學詩書詞賦。"儒林外史五五:"這庵裏曲曲折折，也有許多亭榭，那些遊人都進來頑耍。"

【頑健】自稱年老體健之謙詞。宋孫光憲北夢瑣言八:"(李德裕)嘗遺段少常成式書曰:'自到崖州，幸自頑健。'"宋呂頤浩忠穆集六與黃嗣深書:"某向者連年疾病，閒退以來，稍覺頑健。"

【頑童】指愚昧無知的人。書伊訓:"敢有侮聖言，逆忠直，遠耆德，比頑童，時謂亂風。"國語鄭:"今王棄高明昭顯而好讒慝暗昧，惡角犀豐盈而近頑童窮固。"後謂頑皮之兒童為頑童。

【頑鈍】㊀不鋒利。也指魯鈍的器物。漢劉向說苑雜言:"子貢曰:夫隱括之旁多枉木，良醫之門多疾人，砥礪之旁多頑鈍。"㊁愚呆。漢班固白虎通辟雍:"頑鈍之民亦足以別於禽獸而知人倫。"後漢書二三竇融傳上疏:"臣融年五十三。有子年十五，質性頑鈍。"㊂圓滑没有骨氣。史記陳丞相世家:"今大王慢而少禮，士廉節者不來；然大王能饒人以爵邑，士之頑鈍嗜利無耻者亦多歸漢。"集解:"如淳曰:猶無廉隅。"

【頑頓】圓滑没有骨氣。同"頑鈍"。漢書四八賈誼傳上疏陳政事:"頑頓亡恥，奊詬亡節。"注:"頓讀爲鈍。"又四十陳平傳:"今大王嫚而少禮，士之廉節者不來；然大王能饒人以爵邑，士之頑頓者利無恥者亦多歸漢。"注引如淳:"頑頓，謂無廉隅也。"史記陳丞相世家作"頑鈍"。

【頑鄙】愚頑鄙陋。老子:"衆人皆有以，而我獨頑似鄙。"晉王弼注:"無所欲爲，悶悶昏昏，若無所識，故曰頑且鄙也。"漢王充論衡別通:"故多聞博識，無頑鄙之訾；深知道術，無淺闇之毀也。"

【頑魯】 愚昧魯鈍。漢王符潛夫論考績:"羣僚舉士者,或以頑魯應茂才,以桀逆應至孝……名實不相副,求貢不相稱。"晉書阮种傳對問:"臣猥以頑魯之質,應清明之舉,前者對策,不足以疇塞聖詔。"

【頑軀】 自稱己身之謙詞。宋蘇軾分類東坡詩二三寶山晝睡:"七尺頑軀走世塵,十圍便腹貯天真。"

【頑豔】 見"哀感頑豔"。

【頑石點頭】 晉缺名蓮社高賢傳道生法師:"入虎丘山,聚石爲徒,講涅槃經,至闡提處,則說有佛性,且曰:'如我所說,契佛心否?'羣石皆爲點頭。"後因用以形容道理講得透徹,能使不易感化的人信服。續傳燈錄十六圓璣禪師:"雙眉本來自橫,鼻孔本來自直,直饒說得天花亂墜,頑石點頭,算來多虛不如少實。"

【頑廉懦立】 孟子萬章下:"故聞伯夷之風者,頑夫廉,懦夫有立志。"注:"後世聞其風者,頑貪之夫更思廉潔,懦弱之人更思有立義之志也。"後來常以"頑廉懦立"指志節之士對改造社會風氣的模範作用。

頍 kuǐ ㄎㄨㄟˇ 丘弭切,上,紙韻,溪。

古代髮飾。用以固冠。詩小雅頍弁:"有頍者弁,實維在首。"後漢書輿服志下:"古者有冠無幘,其戴也,加首有頍,所以安物。故詩曰'有頍者弁',此之謂也。"

頓 1. dùn ㄉㄨㄣˋ 都困切,去,慁韻,端。

㊀以頭或脚叩地。見"頓首"、"頓足"。㊁上下抖動使整齊。荀子勸學:"若挈裘領,詘五指而頓之,順者不可勝數也。"文選晉陸士衡(機)演連珠之七:"臣聞頓網探淵,不能招龍;振綱羅雲,不必招鳳。"參見"整頓"。㊂停留,止息。史記九二淮陰侯傳:"今將軍欲舉倦弊之兵,頓之燕堅城之下,欲戰恐久力不能拔。"又七三王翦傳:"荆人因隨之,三日三夜不頓舍。"也指止宿之所。隋書煬帝紀下:"每之一所,輒數道置頓。"又指爲止宿而貯備的膳食。新唐書八一惠宣太子業傳:"昭宗出莎城,獨知柔從,乘輿器用庖頓皆主之,大細畢給。"㊃挫傷,困厄。荀子仲尼:"頓窮則從之疾力以申重之。"注:"頓,謂困躓也。"㊄即時,頓時。列子天瑞:"凡一氣不頓進,一形不頓虧,亦不覺其成,不覺其虧。"梁書孔休源傳:"侍中范雲一與相遇,深加褒賞,曰:'不期忽覿清顏,頓祛鄙吝。'"㊅不鋒利。通"鈍"。墨子辭過:"兵革不頓,士兵不勞,足以征不服。"史記八四賈生傳弔屈原賦:"莫邪爲頓兮鉛刀爲銛。"漢書四八賈誼傳作"鈍"。㊆量詞。一次曰一頓。世說新語任誕:"主人迎神出見,問以非時何以得在此,(羅友)答曰:'聞卿祠,欲乞一頓食耳。'"舊唐書八六章懷太子賢傳附李守禮:"臣幽閉宮中十餘年,每歲被敕杖數頓。"㊇春秋國名。春秋僖二五年:秋楚人圍陳,納頓子于頓"即此。後南遷稱南頓。故城在今河南項城縣。參閱嘉慶一統志一九一陳州府一古蹟南頓故城。㊈姓。頓子國爲楚所滅,子孫以國爲氏。漢有頓肅。見元和姓纂九頓引風俗通。

2. dú ㄉㄨˊ 字彙 當没切。

㊉見"冒頓"。

3. zhūn ㄓㄨㄣ

㊀親厚貌。見"頓₃頓₃"。

【頓丘】 古地名。春秋衛邑。在今河南浚縣。詩衛風氓"送子涉淇,至于頓丘",即此。戰國時屬魏。漢置縣,屬東郡。晉泰始二年兼置郡,後郡縣俱廢。隋復置縣,宋熙寧六年省入澶州清豐縣。參閱嘉慶一統志二〇〇衛輝府二古蹟頓邱故城。

【頓牟】 琥珀。一說爲玳瑁。漢王充論衡亂龍:"頓牟掇芥,磁石引針,皆以其真是,不假他類。"

【頓足】 以脚踩地。多用以形容着急的樣子。後漢書六七夏馥傳:"及(張)儉等亡命,經歷之處,皆被收考,辭所連引,布徧天下。馥乃頓足而歎,曰:'孽自己作,空汙良善,一人逃死,禍及萬家,何以生爲!'"

【頓委】 困頓疲乏。猶委頓。新唐書一六六杜佑傳附杜牧罪言:"生人日頓委,四夷日日熾,天子因之幸陝。"

【頓首】 周禮九拜之一。頭叩地而拜。周禮春官大祝:"辨九拜,一曰稽首,二曰頓首……"注:"稽首拜,頭至地也;頓首拜,頭叩地也。"疏:"二種拜俱頭至地,但稽首至地多時,頓首至地則舉,故以叩地言之,謂若以首叩物然。"後常用於書文的結尾。唐柳宗元柳先生集一獻平淮夷雅表:"臣宗元誠恐誠懼,頓首頓首,謹言。"參見"九拜"。

【頓悟】 佛教謂直聞大乘,行大法不離此生,即得解脫,即證佛果爲頓悟。宋書天竺迦毗黎國傳:"宋世名僧有道生,……及長有異解,立頓悟義,時人推服之。"南朝宋慧皎高僧傳七釋曇斌:"初止新安寺講小品十地,并申頓悟漸悟之旨,時心競之徒,苦相讎校,斌既辭愜理詣,終莫能屈。"

【頓挫】 謂聲調有停頓轉折。文選晉陸士衡(機)文賦:"銘博約而温潤,箴頓挫而清壯。"後漢書七十鄭孔荀傳贊:"北海天逸,音情頓挫。"注:"頓挫猶抑揚也。"也指舞蹈或書法的回旋轉折。太平御覽五七四明皇雜録:"開元中,有公孫大娘善舞劍氣器,僧懷素見之,草書遂長,蓋壯其頓挫勢也。"後來也指人事上的挫折。宋劉克莊後村集十二道中讀孚若題壁有感用其韻詩:"自苦英才多頓挫,只今世運尚艱難。"

【頓教】 佛教禪宗主張頓悟佛果的一派,也指此派的修行之法。圓覺經下:"是經名爲頓教大乘,頓機衆生從此開悟。"景德傳燈録二闍夜多:"後至羅閱城,敷揚頓教。"參見"頓漸"。

【頓萃】 困厄憔悴。荀子富國:"勞苦頓萃而愈無功,愀然憂戚非樂而日不知。"注:"萃,與顇同。"也作"頓卒"、"頓顇"。管子版法:"頓卒怠倦以辱之,罰罪宥過以懲之。"文選漢王子淵(褒)洞簫賦:"嚚頑朱均,惕復惠兮,桀跖鬻博,儡以頓顇。"

【頓筆】 謂停筆不寫。晉書劉頌傳上疏:"夫大姦犯政而亂兆庶之罪者,類出富彊,而豪富者其力足憚,其貨足欲,是以官長顧勢而頓筆。"今寫字或行文於着力處故作停頓,也稱頓筆。

【頓頑】 ㊀流星名。隋書天文志中流星:"飛星大如缶若甕,後皓然白,前卑後高,此謂頓頑。"㊁猶頑鈍。唐韓愈昌黎集二三祭鄭夫人文:"念兹頓頑,非訓曷因。"

【頓頓】 每餐。唐杜甫杜工部草堂詩箋三三戲作俳諧體遣悶之一:"家家養烏鬼,頓頓食黃魚。"

【頓₃頓₃】 誠懇親厚貌。荀子王制:"我今將頓頓焉,日日相親愛也,以是待其敝。"

【頓愍】 困悶,昏迷。方言十:"惃、愂、頓愍,惛也。楚揚謂之惃,或謂之愂,江湘之間謂之頓愍,或謂之氐惆。南楚飲毒藥懣謂之氐惆,亦謂之頓愍,猶中齊言眠眩也。"注:"頓愍,猶頓悶也。"

【頓遜】 古代南海國名。梁書扶南國傳:"其南界三千餘里有頓遜國,在海崎上,地方千里,城去海十里。有五王,並羈屬扶南。頓遜之東界通交州,其西界接天竺、安息徼外諸國,往還交市,……又有酒樹,似安石榴,采其花汁停甕中,數日成酒。"全唐詩七六四譚用之寄許下前管記王侍御:"昔年南去得娛賓,頓遜杯前共好春。"

【頓遞】沿道置備酒食、郵驛以供軍用稱頓遞。資治通鑑二五四唐中和元年:"李克用牒河東,稱奉詔將兵五萬討黃巢,令具頓遞。"注:"緣道設酒食以供軍爲頓,置郵驛爲遞。"後唐宋初凡大禮置橋道頓遞使,由京尹充任,所釀酒稱頓遞酒,爲京師所稱道。宋蘇軾分類東坡詩二二有次韻和錢穆父送別并求頓遞酒詩。參閱宋徐度却掃編下、續資治通鑑長編四乾德元年。

【頓漸】佛教頓悟和漸悟兩種修行方法的省稱。佛教的禪宗有南宗北宗兩派:南宗主張頓悟,認爲人心本有佛性,可頓然破除妄念,悟得佛果;北派主張漸悟,認爲佛性雖本有,但障礙甚多,必須漸次修行,方能領悟。唐宗密圓覺經略疏下二:"既頓漸俱收,則遲速皆益。"劉禹錫劉夢得集三十袁州廣禪師碑:"分二宗者,衆生存頓漸之見;說三乘者,如來開方便之門。"天台宗亦有頓漸之說。

【頓顙】猶稽顙。屈膝下拜,以額觸地。多於請罪、投降時行之。國語吳:"句踐用帥二三之老,親委重罪頓顙於邊。"後漢書十一劉玄傳論:"漢起,驅輕黠烏合之衆……而旌旃之所撝及,書文之所通被,莫不折戈頓顙,爭受職命。"

【頓躓】謂行路顛蹶。後漢書六十上馬融傳廣成頌:"獸不得猭,禽不得瞥。或夷由未殊,顛狽頓躓。"也指處境困厄。晉書杜夷傳刺史劉陶告廬江郡:"徵士杜君德懋行潔,高尚其志,頃流離道路,闔其頓躓,刺史忝任,不能崇飾有道,而使高操之士,有此艱屯。"

預

yù ㄩˋ 羊洳切,去,御韻,喻。

㊀事先。本字作"豫"。戰國策燕三:"於是太子預求天下之利匕首。"史記八六荆軻傳作"豫"。參見"豫㊃"。㊁參與,干涉。通"與"。文選漢賈誼鵩鳥賦:"天不可預慮兮,道不可預謀。"史記八四賈生傳、漢書四八賈誼傳皆作"與"。世說新語傷逝:"(王戎)經黃公酒壚下過,顧謂後車客:'吾昔與嵇叔夜(康)、阮嗣宗(籍)共酣飲於此壚,竹林之遊,亦預其末。'"

【預兆】事先顯示出來的迹象。宋史四八三高保勗傳:"初,保勗在保抱,從誨獨鍾愛,故或盛怒,見之必釋然而笑,荆人目爲'萬事休'。及保勗之立,藩政離弱,卒裁數月遂失國,亦預兆也。"

【預約】事先約定。唐李商隱李義山詩集四憶雪:"預約延枚酒,虛乘訪戴船。"宋楊无咎逃禪詞瑣窗寒:"憶前回、庭樹來春,个人預約同攜手。"

【預知子】藥草名。又名聖知子、聖先子、盍合子、仙沼子。蔓生,依大樹上,葉綠有三角,七八月間結實,生青,熟後呈深紅色。每房有子五七枚,如皁莢子,斑褐色。根亦入藥。相傳取子二枚綴衣領上,遇有蠱毒,則聞其有聲,當預知之,故名。參閱本草綱目十八草七。

【預搔待痒】比喻不着邊際的預備。景德傳燈録二二洪忍禪師:"僧曰:'忽遇恁麼人時如何?'師曰:'不可預搔而待痒。'"

頌

1. róng ㄖㄨㄥˊ 餘封切,平,鍾韻,喻。

㊀儀容。"容"的本字。籀文作"𩔁"。漢書八八儒林傳:"漢興,魯高堂生傳士禮十七篇,而魯徐生善爲頌。"史記一二一儒林傳作"容"。㊁容受,收容。漢書三五吳王濞傳:"它郡國吏欲來捕亡人者,頌共禁不與。"注:"頌讀曰容。"㊂寬容。見"頌繫"。

2. sòng ㄙㄨㄥˋ 似用切,去,用韻,邪。

㊃頌揚,讚美。禮少儀:"頌而無諂,諫而無驕。"荀子天論:"從天而頌之,孰與制天命而用之?"㊄卜兆的占辭。周禮春官太卜:"其經兆之體皆百有二十,其頌皆千有二百。"注:"頌謂繇也。"㊅詩六義之一。詩序:"頌者,美盛德之形容,以其成功,告於神明者也。"清阮元謂樂章而兼有舞容者爲頌,與風、雅之僅爲徒歌有別。見揅經室一集一釋頌。㊆文體的一種。文選四七録漢王子淵(褒)聖主得賢臣頌文五首。㊇通"誦"。孟子萬章下:"頌其詩,讀其書,不知其人可乎?是以論其世也。"

【頌₂琴】琴名。左傳襄二年:"穆姜使擇美檟,以自爲櫬與頌琴。"注:"頌琴,琴名,猶言雅琴。"

【頌₂瑟】樂器名。新唐書禮樂志十一:"頌瑟,箏也。"爾雅釋樂"大瑟謂之灑"宋邢昺疏:"頌瑟,長七尺二寸,廣尺八寸,二十五弦盡用之。"

【頌₂塤】古代陶製吹奏樂器。文獻通考一三五樂八土之屬:"古有雅塤如雁子,頌塤如雞子,其聲高濁,合乎雅頌,故也。"

【頌₂歌】㊀讚美,歌頌。宋書謝靈運傳撰征賦:"士頌歌於政教,民謠詠於渥恩。"新唐書一〇三張玄素傳上書:"天下翕然,一口頌歌。"㊁讚美之歌辭。文苑英華五九五唐宋璟三月三日爲百官謝賜宴表:"欣歡之聲浹於億兆,銜感之至形於頌歌。"

【頌₂磬】置於西方之磬。周禮春官眡瞭:"眡瞭掌凡樂事,播鼗,擊頌磬笙磬。"注:"磬在東方曰笙,笙,生也;在西方曰頌,頌,或作庸,庸,功也。"

【頌禮】儀容禮節。漢書八八儒林傳:"唐生、褚生應博士弟子選,詣博士,摳衣登堂,頌禮甚嚴。"注:"頌讀曰容。"

【頌₂聲】歌頌之聲。公羊傳宣十五年:"什一者,天下之中正也。什一行而頌聲作矣。"注:"頌聲者,太平歌頌之聲。"史記周紀:"(成王)興正禮樂,度制於是改,而民和睦,頌聲興。"

【頌繫】有罪入獄而不加刑具。唐律稱爲散禁。寬容而不加桎梏。漢書惠帝紀:"爵五大夫、吏六百石以上及宦皇帝而知名者,有罪當盜械者,皆頌繫。"又刑法志三:"年八十以上,八歲以下,及孕者未乳,師、朱儒當鞠繫者,頌繫之。"注:"頌讀曰容。容,寬容之,不桎梏。"

【頌₂簫】樂器名。文獻通考一三八樂十一竹之屬:"頌簫尺有四寸,十六彄。"

【頌₂德碑】歌頌功德的碑刻。後漢書二三竇融傳附竇章:"貴人早卒,帝追思之無已,詔史官樹碑頌德。"唐封演封氏聞見記五頌德:"在官有異政,考秩已終,吏人立碑頌德者,皆須審詳事實,州司以狀聞奏,恩勑聽許,然後得建之,故謂之頌德碑,亦曰遺愛碑。"

頒

1. fén ㄈㄣˊ 符分切,平,文韻,並。

㊀頭大貌。詩小雅魚藻:"魚在在藻,有頒其首。"

2. bān ㄅㄢ 布還切,平,刪韻,幫。

㊁發布,發下。周禮春官大史:"正歲年以序事,頒之于官府及都鄙。"禮明堂位:"周公踐天子之位……朝諸侯於明堂,制禮作樂,頒度量,而天下大服。"㊂分取,分賞。書洛誥:"乃惟孺子,頒朕不暇。"傳:"汝爲小子當分取我之不暇而行之。"晉書武帝紀泰始二年:"出御府珠玉玩好之物,頒賜王公以下各有差。"㊃通"斑"。見"頒₂白"。

【頒₂白】謂鬢髮花白。通作"斑白"。孟子梁惠王上:"謹庠序之教,申之以孝悌之義,頒白者不負載於道路矣!"注:

"頒者，班也。頭半白班班者也。"禮王制作"班白"。

【頒首】詩小雅魚藻:"魚在在藻，有頒其首。"箋:"魚之依水草，猶人之依明王也。"後因以"頒首"爲對長官清明不擾民者的美稱。唐李白李太白集二九虞城縣令李公去思頌碑:"波而動之則憂，頳尾之刺作焉；徐而淸之則安，頒首之頌興焉。"

【頒₂朔】周制，天子每年季冬把次年的曆書頒布給諸侯，稱頒告朔。也簡稱頒朔、告朔。周禮春官大史:"頒告朔于邦國。"注:"天子頒朔于諸侯，諸侯藏之祖廟。至朔，朝于廟，告而受行之。"參見"告朔"。

【頒₂馬】謂雌雄分居之馬。大戴禮夏小正:"頒馬，分夫婦之駒也。"清孔廣森補注:"分夫妻之駒者，游牝之馬，至是別之，止其妊育也。"

【頒₂斌】相雜貌。文選晉潘安仁(岳)藉田賦:"長幼雜遝以交集，士女頒斌而咸戾。"注:"雜遝，衆多貌也；頒斌，相雜之貌也。"

【頒₂禽】周制天子將田獵中所獲分賜羣臣稱頒禽。周禮春官小宗伯:"若大甸，則帥有司而饁獸于郊，遂頒禽。"注:"頒禽謂以予羣臣。"禮祭義:"古之道，五十不爲甸徒，頒禽隆諸長者。"注:"頒之言分也，隆猶多也。"

【頒₂曆】猶頒朔。借指年歲。宋陸游劍南詩稿四三齋中雜興之七:"去國已酉冬，忽見十頒歷。"歷，通"曆"。

頎

1. qí ㄑㄧˊ 渠希切，平，微韻，羣。

㊀修長貌。詩齊風猗嗟:"猗嗟昌兮，頎而長兮。"

2. kěn ㄎㄣˇ 集韻 口很切，上，很韻。

㊁切至。通"懇"。禮檀弓上:"稽顙而後拜，頎乎其至也。"注:"頎，至也。先觸地無容，哀之至。"釋文:"頎，音懇，惻隱之貌。又音畿。"㊂見"頎₂典"。

【頎₂典】堅韌貌。周禮考工記輈人:"是故輈欲頎典。"注:"頎典，堅刃貌。鄭司農(衆)云:頎，讀爲懇；典，讀爲殄。"淸惠棟謂殄爲古文"腆"字，訓善。見九經古義八周禮下。

【頎偉】長大魁偉。宋史二八九高瓊傳附高繼勳:"儀狀頎偉，太宗見而異之。"

【頎頎】長貌。詩衛風碩人"碩人其頎"漢鄭玄箋:"言莊姜儀表長麗俊好頎頎然。"宋王安石臨川集十三憶昨詩示諸外弟詩:"當時髻兒戲我側，于今冠佩何頎頎。"

五畫

頖

pàn ㄆㄢˋ 普半切，去，換韻，滂。

同"泮"。見下。

【頖宮】古代學校名。禮王制:"天子曰辟廱，諸侯曰頖宮。"注:"頖之言班也，所以班政教也。"參見"泮宮"。

頗

1. pō ㄆㄛ 滂禾切，平，戈韻，滂。

㊀偏，不平正。書洪範:"人用側頗僻，民用僭忒。"左傳昭二年:"君刑已頗，何以爲盟主。"

普火切，上，果韻，滂。

普過切，去，過韻，滂。

㊁副詞。1.稍微，略微。史記三代世表太史公曰:"至於序尚書則略，無年月；或頗有，然多闕，不可錄。"2.很，甚。漢王充論衡明雩:"雨頗留，湛之兆也。暘頗久，旱之漸也。"三國志魏曹仁傳:"太祖之破袁術，仁所斬獲頗多。"3.悉，皆。漢書五二灌夫傳:"於是上使御史簿責(竇)嬰所言灌夫頗不讎，劾繫都司空。"

2. pǒ ㄆㄛˇ

㊂姓。明有頗廷相。㊃不可。通"叵"。見"頗₂奈"。

【頗₂奈】無奈，可恨。同"叵奈"。唐盧仝玉川子集一哭玉碑子詩:"頗奈窮相驢，行動如跛鼈。"元曲選尚仲賢柳毅傳書一:"頗奈涇河小龍，躁暴不仁。"

【頗牧】戰國趙將廉頗、李牧，皆著戰功，稱名將。後因以頗牧作爲大將的通稱。唐白居易長慶集三七除閻巨源充邠寧節度使制:"永維頗牧之能，宜授邠郊之寄。"

【頗偏】偏袒，不公正。即"偏頗"。文選三國魏劉公幹(楨)贈徐幹詩:"仰視白日光，皦皦高且懸，兼燭公紘內，物類無頗偏。"

【頗黎】同"玻璃"。見該條。

【頗僻】偏邪不正。文選漢張平子(衡)思玄賦:"行頗僻而獲志兮，循法度而離殃。"注:"頗，傾也。"後漢書五九張衡傳作"陂僻"。

【頗覆】㊀只覆蓋一部分。史記一一〇匈奴傳漢文帝遺匈奴書:"朕聞天不頗覆，地不偏載。"㊁傾倒。抱朴子道意:"車馬無頗覆之變，涉水無風波之異。"

【頗胝伽】寶石名。梵語一云颯破置迦，俱舍論二作"頗胝迦"。其狀如水晶，光明瑩澈，淨無瑕穢，有紫白紅碧四色，紅碧最珍。參閱唐釋慧琳一切經音義四大般若波羅密多經三九二頗胝迦。

頱

rán ㄖㄢˊ 字彙 如占切，音近然。

兩頰長鬚。同"髯"。莊子田子方:"昔者寡人夢見良人，黑色而頱。"

頔

dí ㄉㄧˊ 徒歷切，入，錫韻，定。

好。見廣雅釋詁。

頕

zhuō ㄓㄨㄛ 職悅切，入，薛韻，照。

顴骨。素問至眞要大論:"齒痛頕腫，惡寒發熱。"急就篇三:"頭、頟、頞、頕、眉、目、耳。"注:"頕，兩頰之權也。"

領

1. lǐng ㄌㄧㄥˇ 良郢切，上，靜韻，來。

㊀頸項。孟子梁惠王上:"今夫天下之人牧……如有不嗜殺人者，則天下之民皆引領而望之矣。"㊁衣領。荀子勸學:"若挈裘領，詘五指而頓之，順者不可勝數也。"㊂治理。禮樂記:"領父子君臣之節。"漢書四八賈誼傳上疏陳政事:"陛下雖賢，誰與領此？"㊃統率。漢書七四魏相傳:"宣帝始親萬機……而相總領衆職，甚稱上意。"後漢書十九耿弇傳:"光武見弇等……乃皆以爲偏將軍，使還領其兵。"㊄了解，領略。晉陶潛陶淵明集三飲酒之十三:"醒醉還相笑，發言各不領。"宋陸游劍南詩稿五六初春書懷之四:"淸泉冷浸疏梅蕊，共領人間第一香。"㊅兼任較低級的職務曰領。宋史職官志九:"宣和以後，官高而仍舊職者謂之領，官卑而職高者謂之視。"㊆受取。晉書桓伊傳遺表:"謹奉輸馬具裝百具，鎧五百領，並在尋陽，請勒所屬領受。"㊇量詞。荀子正論:"太古薄葬，棺厚三寸，衣衾三領。"㊈山嶺。通"嶺"。漢書六四上嚴助傳淮南王安諫:"輿轎而隃領，拕舟而入水。"

2. lìng ㄌㄧㄥˋ

㊉美好。通"令"。見"領₂聞"。

【領巾】古指婦人的披巾。北周庾信庾子山集一春賦:"鏤薄窄衫袖，穿珠帖領巾。"雲笈七籤一一三上神仙感遇傳崔生:"崔生妻擲一領巾，化爲五色絳橋，令崔生踏過，橋隨步卽滅。"

【領軍】官名。東漢建安四年，曹操爲丞相，相府自置領軍，旋改爲中領軍，與護軍皆領禁兵。曹丕受禪，始置領軍將軍，主中壘諸營。晉以中軍將軍統繞騎諸營，旋改爲北軍中候，職同領軍。東晉復爲領軍。魏晉領軍金章紫綬，中領軍則銀章青綬。南朝宋置領軍將軍一人，掌內軍。梁領軍將軍管天下兵要，謂之禁司，與左右僕射爲一流；中領軍與禮部尚書爲一流。陳因之。北魏有領軍、護軍，又有領軍將軍、護軍將軍，與領護不並置。侍臣帶領軍、護軍者加中字。北齊置領軍府，凡禁衛官皆主之。隋置左右領軍府，各掌禁軍籍帳差科辭訟之事。唐置左右領軍衛，爲禁衛之一，有大將軍、將軍等官。宋爲環衛官，多由宗室充任。元領軍將軍專直扈從。明不設。參閱宋書百官志下、文獻通考五八職官十二左右領軍衛。

【領要】即要領。資治通鑑一八七唐武德二年："御史大夫蘇良諫曰：'陛下語太多而無領要。'"注："領要，猶漢人言要領也。"

【領袖】㊀衣服的領和袖。後漢書馬皇后紀太后詔："倉頭衣綠褠，領袖正白。"㊁喻能提挈他人或爲人表率的人。晉書魏舒傳："文帝深器重之，每朝會坐罷，目送之曰：'魏舒堂堂，人之領袖也。'"文選南朝梁任彥昇(昉)爲蕭揚州薦士表："故以暉映先達，領袖後進"注引晉孫盛晉陽秋："裴秀，有風操，十餘歲時，人爲之語曰：'後進領袖有裴秀。'"

【領悟】領會，悟解。景德傳燈錄四慧方禪師："後入牛頭山，謁(智)巖禪師，諮詢祕要。巖觀其根器，堪任正法，遂示以心印，師豁然領悟。"

【領納】接受。梁書狼牙脩國傳："今奉薄獻，願大家曲垂領納。"

【領略】㊀理會。南朝梁蕭統昭明太子集三與何徹書："研尋物理，領略清言，既以自慰，且以自儆。"文選南朝梁江文通(淹)雜體詩孫廷尉綽："領略歸一致，南山有綺皓。"㊁欣賞。宋陸游劍南詩稿十一弋陽縣驛："喚船野渡逢迎雪，攜酒溪頭領略梅。"

【領運】清漕運制，每船簽軍籍殷實者，每幫派千總或守備一人，謂之領運。

【領會】㊀遭遇。文選晉向子期(秀)思舊賦："託運遇於領會兮，寄餘命於寸陰。"注："司馬彪曰：領會，言人運命如衣領之相交會，或合或開。"㊁體會。廣弘明集二十南朝梁簡文帝莊嚴旻法師成實論義疏序："於是標撮領會，商榷異端，刪夷浮詭，搜聚貞實，造百有二品，以爲斯論。"宋陸游劍南詩稿七八示子遹："數仞李杜牆，常恨欠領會。"

【領解】㊀領悟理解。元史一四五達禮麻識理傳："達理麻識理幼穎敏，從師授經史，過目輒領解。"㊁鄉試取中者稱領解。唐制，進士由鄉而貢曰解額，即解送於朝以備拔擢之意。領解，即獲解之意。

【領催】清代旗營制，每佐領下設領催數人，掌登記檔冊及支領俸餉。又內務府等處亦置領催。

【領₂聞】猶令聞，即好的名聲。漢書八七下揚雄傳法言序："君子純終領聞。"注："純，善也。領，令也。聞，名也。言君子之道能善於終而不失令名。"參見"令聞"。

【領鑒】猶見識。藝文類聚四五晉孫綽丞相王導碑："非夫領鑒玄達，百鍊不渝，孰能莫忤於世，而動與理會者哉？"

六畫

頞 è ㄜ 烏葛切，入，曷韻，影。

鼻梁。孟子梁惠王下："(百姓)舉疾首蹙頞而相告。"莊子至樂："髑髏深矉蹙頞曰：'吾安能棄南面王樂，而復爲人間之勞乎？'"

【頞部曇】梵語。也作遏蒲曇、頞浮陀。義譯爲疱。見翻譯名義集六陰界入法。

頦 kē ㄎㄜ 戶來切，平，咍韻，匣。古亥切，上，海韻，見。

下巴。唐韓愈昌黎集七記夢詩："石壇坡陀可坐臥，我手承頦肘拄座。"

頡 1. xié ㄒㄧㄝˊ 胡結切，入，屑韻，匣。

㊀見"頡頏"。㊁見"頡啎"。

2. jiá ㄐㄧㄚˊ 古黠切，入，黠韻，見。

㊂刮，戛。見"羹頡侯"。㊃減尅。新唐書一三五高仙芝傳："仙芝遽下，曰：'我退，罪也，死不敢辭。然以我爲盜頡資糧，誣也。'"㊄獸名。山海經中山經："(葴山)視水出焉，……東南流注于汝水，其中多人魚，多蛟多頡。"注："如青狗。"

3. jié ㄐㄧㄝˊ

㊅見"頡₃皐"。

【頡₃皐】即桔槔。井上汲水的工具。墨子備穴："穴且遇，以頡皐衝之。"又："命有力者三人，用頡皐衝之。"

【頡啎】大逆。呂氏春秋明理："夫亂世之民，長短頡啎百疾。"注："頡，猶大；啎，逆也。"

【頡滑】錯亂，混淆。莊子徐无鬼："頡滑有實，古今不代。"釋文："向(秀)云：頡滑，謂錯亂也。"又胠篋："知詐漸毒，頡滑堅白，解垢同異之變多，則俗惑於辯矣！"釋文："頡滑，謂難料理也。……一云頡滑，不正之語也。"

【頡頏】㊀鳥飛上下貌。詩邶風燕燕："燕燕于飛，頡之頏之。"傳："飛而上曰頡，飛而下曰頏。"文選漢張平子(衡)歸田賦："王雎鼓翼，鶬鶊哀鳴，交頸頡頏，關關嚶嚶。"㊁上下不定，變幻莫測。文選漢揚子雲(雄)解嘲："是故鄒衍以頡頏而取世資。"注引蘇林："頡頏，奇怪之辭也。"漢書八七下揚雄傳作"頡亢"。注："頡亢，上下不定也。"㊂不相上下，相抗衡。後漢書六四史弼傳論："史弼頡頏嚴吏，終全平原之黨。"注："頡頏猶上下也。"晉書文苑傳序："藩夏連輝，頡頏名輩。"㊃倔強，倨傲。文選晉夏侯孝若(湛)東方朔畫贊："苟出不可以直道也，故頡頏以傲世。"宋史三三五种世衡傳附种師道："金使王汭在廷頡頏，望見師道，拜跪稍如禮。"

【頡₂羹侯】本作"羹頡侯"。漢高祖劉邦給其兄子信的封號。元詩選陳孚剛中觀光稾漂母塚："莫笑千金酬漂母，漢家更有頡羹侯。"參見"羹頡侯"。

頤 yí ㄧˊ 與之切，平，之韻，喻。

㊀腮，下頷。易噬嗑："頤中有物曰噬嗑。"莊子漁父："左手據膝，右手持頤以聽。"㊁保養，休養。易序卦："頤者，養也。"禮曲禮上："百年曰期頤。"㊂助詞，無義。史記陳涉世家："客曰：夥頤！涉之爲王沈沈者！"索隱："服虔云：'楚人謂多爲夥。'按：又言'頤'者，助聲之辭也。"㊃易六十四卦之一。☶☳震下離上。

【頤山】山名。在江蘇宜興縣東南。唐陸希聲隱於此，曾著頤山十七詠以誌其勝。參閱嘉慶一統志八六常州府山川。

【頤令】猶頤指。新唐書二〇二王翰傳："家畜聲伎，目使頤令，自視王侯，人莫不惡之。"參見"頤指"。

【頤神】養神。後漢書三四梁冀傳："今大將軍位極功成，可爲至戒，宜遵懸車之禮，高枕頤神。"晉書嵇康傳幽憤詩："永嘯長吟，頤神養壽。"

【頤指】以面頰表情示意指使人。漢書四八賈誼傳復上疏："今陛下力制天下，頤指如意。"注："如淳曰：但動頤指麾，則所欲皆如意。"舊唐書一二〇郭子儀傳史臣裴垍："麾下老將若李懷光輩數十人，皆王侯重貴，子儀頤指進退，如僕隸焉。」

【頤脫】下巴脫臼。元周密齊東野語六解頤：「岐山縣樊紀登第，其父亦以喜而頤脫，有聲如破甕。按醫經云，喜則氣緩，能令致脫頤。信非戲語也。」

【頤輅】蟲名。莊子至樂：「頤輅生乎食醯，黃軦生乎九猷。」釋文：「司馬(彪)云：頤輅、黃軦皆蟲名。」

【頤養】保養，休養。易頤：「頤，貞吉，養正則吉也。觀頤，觀其所養也。自求口實，觀其自養也。」漢書食貨志下魯匡言：「酒者，天之美祿，帝王所以頤養天下，享祀祈福，扶衰養疾。」

【頤霤】謂下巴如屋簷下垂。禮玉藻：「凡侍於君，紳垂，足如履齊，頤霤，垂拱，視下而聽上。」疏：「霤，屋簷；身俯，故頭臨前，垂頤如屋霤。」

【頤和園】在北京市西北。清光緒十四年慈禧太后就清漪園舊址改建，爲避暑之所。西北爲萬壽山，南臨昆明湖。有長廊、排雲殿、佛香閣和石舫、長堤、十七孔橋等著名建築。解放後爲首都著名游覽勝地。

【頤指氣使】用面頰表情和口鼻出氣示意，使人奔走於前。指有權勢者氣燄之盛。本作「目指氣使」。漢書七二貢禹傳又上言：「家富勢足，目指氣使。」注：「動目以指物，出氣以使人。」舊五代史李振傳：「唐自昭宗遷都之後，王室微弱，朝廷班行，備員而已。振皆頤指氣使，旁若無人。」

【頤養精神】保育元氣。後漢書六十上馬融傳廣成頌：「夫樂而不荒，憂而不困，先王所以平和府臧，頤養精神，致之無疆。」又作「頤精養神」、「頤神養性」。晉書鄭沖傳詔：「公宜頤精養神，保御太和，以究遐福。」舊唐書五行志中書侍郎岑文本言時政得失：「頤神養性，省畋游之娛；去奢從儉，減工役之費。」

頟 é ㄜˊ 五陌切，入，陌韻，疑。

㊀前額。「額」的本字。漢書八七下趙皇后傳：「頟上有壯髮，類孝元皇帝。」說文：「頟，顙也。」宋徐鉉校錄：「今俗作額。」㊁見「頟頟」。

【頟頟】㊀不休息貌。書益稷：「傲虐是作，罔晝夜頟頟。」傳：「肆惡無休息。」㊁大，高固貌。唐韓愈昌黎集三十平淮西碑：「頟頟蔡城，其壃千里。」

頠 wěi ㄨㄟˇ 魚毀切，上，紙韻，疑。五罪切，上，賄韻，疑。

㊀閑習容止。說文：「頠，頭閑習也。」五代南唐徐鍇繫傳：「閑習，謂低仰便也。」㊁安靜。見爾雅釋詁。

頫 1. fǔ ㄈㄨˇ 方矩切，上，麌韻，幫。

㊀低頭。同「俯」、「俛」。漢書三一項籍傳贊引賈誼過秦論：「百粵之君頫首係頸，委命下吏。」

2. tiào ㄊㄧㄠˋ 他弔切，去，嘯韻，透。

㊀視，望。同「覜」、「眺」。爾雅釋詁下：「監、瞻、臨、涖、頫、相，視也。」

【頫視】俯視，卑視。清洪亮吉北江詩話三：「以韓文公(愈)之頫視一切，而必諄諄曰：凡爲文辭，宜略識字。」

七畫

頳 chēng ㄔㄥ

赤色。本作「赬」，說文作「䞓」。文選南朝宋鮑明遠(照)蕪城賦：「製磁石以禦衝，糊頳壤以飛文。」參見「赬」。

頭 tóu ㄊㄡˊ 度侯切，平，侯韻，定。

㊀首。人體的最上部分或動物身體的最前部分。禮玉藻：「頭容直。」㊁物體的頂端或前端。晉書阮籍傳附阮脩：「常步行，以百錢挂杖頭，至酒店，便獨酣暢。」兩端或兩邊也稱兩頭。世說新語賞譽：「蔡司徒(謨)在洛，見陸機兄弟住參佐廨中，三間瓦屋，士龍(雲)住東頭，士衡(機)住西頭。」㊂髮。後漢書十七岑彭傳帝勑彭書：「每一發兵，頭鬚爲白。」㊃首領。唐韓愈昌黎集四十論淮西事宜狀：「或被分割隊伍，隸屬諸頭。」㊄初，始。新唐書一三〇楊瑒傳：「有司帖試明經，不質大義，乃取年頭、月尾、孤經、絕句，……請帖平文以存學家。」㊅第一，最先。見「頭食」、「頭番」。㊆量詞。多用以計算牲畜。漢書九六下烏孫國傳：「獲……馬牛羊驢橐駝七十餘萬頭。」古也以計人數。春秋元命苞有九頭紀，記人皇兄弟九人之事。㊇助詞。如稱眉爲眉頭、舌爲舌頭、指爲指頭等。唐駱賓王集四詠美人在天津橋詩：「水下看粧影，眉頭畫月新。」白居易長慶集十自覺詩之二：「結爲腸間痛，聚作鼻頭辛。」

【頭子】㊀唐末至宋，樞密使不經由中書直行下達的札子，事大者稱宣，事屬瑣細者稱頭子，亦稱宣頭。參閱宋沈括夢溪筆談一故事一。參見「宣頭」。㊁宋初樞密院所發差使驛傳馬匹的憑券。見「銀牌」。㊂收稅正額以外的一種名目。見「頭子錢」。

【頭口】牲口。元典章刑例偷頭口：「凡達達、漢兒人偷頭口一個陪九個。」古今名劇元馬致遠三度任風子二：「我只推殺那先生，其實趕頭口去。你家去磨下刀，燒下湯，我便趕將頭口來也。」

【頭巾】裹頭用的巾幘。古時士以上有冠無巾，巾惟庶人所戴，漢以來始上下通服。相傳漢元帝額有壯髮，不欲使人見，始服幘，羣臣倣效。然尚無巾。王莽無髮，乃施巾。見漢蔡邕獨斷下。後漢書八四董祀妻傳：「(曹)操感其言，乃追原祀罪。時且寒，賜以頭巾履襪。」

【頭目】㊀頭與目。荀子議兵：「臣之於君也，下之於上也……若手臂之扞頭目而覆胸腹也。」㊁將領長官。宋史兵志四河北等路弓箭社蘇軾言：「又自相推擇家資武藝衆所服者爲社頭、社副、録事，謂之頭目。」明戚繼光練兵實紀雜集二儲練通論：「將士頭目，皆習其業。」現多用於貶義。

【頭衣】帽。說文：「冃：小兒蠻夷頭衣也。」

【頭尾】㊀頭與尾，前與後。太平御覽八九七漢孔融聖人優劣論：「馬之駿者名曰騏驥，犬之駿者名曰韓盧。……使騏驥與韓盧並走，寧能頭尾相當、八腳如一，無有先後之覺矣。」三國志吳吳主傳魏文帝報孫權書注引魏略責孫權詔：「又前後辭旨，頭尾擊地，此鼠子自知，不能保爾許地也！」㊁從頭至尾。唐釋齊己白蓮集九庚午歲九日作詩：「亂離偷過九月九，頭尾算來三十三。」

【頭角】㊀端緒。禮學記「故君子之教喻也……開而弗達」漢鄭玄注：「開爲發頭角。」唐孔穎達疏：「開謂開發事端，但爲學者開發大義頭角而已，亦不事事使之通達也。」㊁頭頂左右之突出處。常以喻青少年的氣概或才華。唐韓愈昌黎集三二柳子厚墓誌銘：「時雖少年，已自成人，能取進士第，嶄然見頭角。」

【頭陀】梵語稱僧人爲頭陀。亦作「頭陁」、「杜多」。義爲抖擻。謂少欲知足，去離煩惱，如衣抖擻，能去塵垢，故從喻爲名。文選南朝齊王簡栖(屮)頭陀寺碑文題注：「天竺言頭陀，此言斗藪，斗藪煩惱，故曰頭陀。」行脚乞食之僧人亦稱頭陀。景德傳燈録三僧那禪師：「自爾手不執筆，永捐世典，一衣一鉢，一坐一食，奉頭陀行。」參閱法苑珠林一〇一六度禪定、釋氏要覽上稱謂。

【頭面】㊀頭與面。猶臉面。漢王充論

衡初稟:"天無頭面,眷顧如何?"引伸指姿色。才調集二顧況梁廣畫花歌:"上元夫人最小女,頭面端正能言語。"㊂首飾。宋孟元老東京夢華録三相國寺内萬姓交易:"近佛殿……皆諸寺師姑賣繡作、領抹、花朵、珠翠頭面、生色銷金花樣幞頭帽子、特髻冠子、絛線之類。"古今雜劇元鄭庭玉包龍圖智勘後庭花一:"你便説,兀那廝要了他首飾頭面,放的他走了也。"

【頭食】頭一道食品,指麪粉。宋范正敏遯齋閒覽細末將來:"太祖皇帝内宴,〔先〕令進粉,故名頭食。後人宴集將終,方薦此味,葢失其次耳。"(類説四七)參閱宋王闢之澠水燕談録九雜録、彭乘續墨客揮犀七頭食。

【頭風】頭痛病。三國志魏王粲傳附陳琳"軍國書檄,多琳、(阮)瑀所作也"注引典略:"太祖先苦頭風,是日疾發,卧讀琳所作,翕然而起曰:'此愈我病!'"唐元稹長慶集十四酬李六醉後見寄口號詩:"頓愈頭風疾,因吟口號詩。"

【頭家】清翟灝通俗編二三貨財頭家:(明董斯張)吹景集:'博戲者,立一人司勝負,曰頭家。'"後指抽頭聚賭之人。

【頭達】元時官吏出行時的前列儀仗。即頭踏。清朱象賢聞見偶録:"今見風憲大僚出署,先放砲開門。迨行前列儀仗,元人謂之頭達也。"參見"頭踏"。

【頭勢】形勢。宋朱熹朱文公集續集一答黄直卿書:"辭免人度今已到,不知所請如何?頭勢如此,又非前日之比,只得力辭。"水滸二六:"那婦人見頭勢不好,却待要叫,被武松腦揪倒來,兩隻脚踏住他兩隻肐膊,扯開胸脯衣裳。"

【頭腦】㊀頭顱,腦袋。後漢書酷吏傳序:"若其揣挫彊埶,摧勒公卿,碎裂頭腦而不顧,亦爲壯也。"㊁腦筋,思想。唐杜牧樊川集一自宣州赴官入京……因題贈詩:"我初到此未三十,頭腦釤利筋骨輕。"五代王定保唐摭言八誤放:"鄭侍郎薰主文,誤謂顏標乃魯公之後,時徐方未寧,志在激勸忠烈,即以標爲狀元。……尋爲無名子所嘲曰:'主司頭腦太冬烘,錯認顏標作魯公。'"㊂頭緒,道理。朱子語類輯略二:"凡看道理,要見得大頭腦處分明,下面節節,只是此理散爲萬殊。如孔子教人,只是逐件逐事説箇道理,未嘗説出大頭腦處,然四面八方,合聚湊來,也自見得箇大頭腦。"㊃首領。紅樓夢九:"李貴勸道:'……太爺不在家裏,你老人家就是這學裏的頭腦了,衆人看你行事。"㊄人物,對象。水滸八:"萬望娘子休等小人,有好頭腦,自行招嫁,莫爲林冲誤了賢妻。"

【頭領】㊀猶端由、緣由。宋書孝武文穆王皇后傳江斆讓婚表:"其間又有應答問訊,卜筮師母,乃至殘餘飲食,詰辯與誰,衣被故敝,必責頭領。"㊁首領。古今名劇元康進之李逵負荆一:"打這梁山泊過,遇見晁葢哥哥,救某上山,哥哥三打祝家莊身亡,衆兄弟推某爲頭領。"

【頭管】樂器名。卽觱篥。大樂以此先諸樂,故稱。文獻通考一三八樂十一觱篥:"陳氏樂書曰:觱篥一名悲篥,一名笳管,羌胡龜兹之樂也……後世樂家者流,以其旋宫轉器以應律管,因譜其音爲衆器之首,至今鼓吹教坊用之,以爲頭管。"

【頭緒】㊀事情的條理。緒,絲頭;以喻事理。漢蔡邕蔡中郎集一上漢書十志疏:"郎中劉洪密於用算,故臣表上洪與共參思圖牒,尋繹度數。適有頭緒,會臣被罪,逐放邊野。"㊁端緒。以喻人之心思意緒。唐李白李太白詩四荆州歌:"荆州麥熟繭成蛾,繰絲憶君頭緒多。"宋黄庭堅豫章集三次韻張仲謀過酺池寺齋詩:"平生悲歡事,頭緒如亂麻。"

【頭綱】卽首批運往京都的春茶。宋蘇軾分類東坡詩一七年九月自廣陵召還……汶公乞詩乃復用前韻詩:"上人問我遲留意,待賜頭綱八餅茶。"自注:"尚書學士得賜頭綱龍茶一斤八餅,今年綱到最遲。"熊蕃北苑茶録:"右歲分十餘綱,惟白茶與勝雪,自驚蟄前興役,浹日乃成;飛騎疾馳,不出仲春,已至京師號爲頭綱。"

【頭銜】唐時選曹補受,須存資歷,聞奏之時,先具舊官名品於前,次書擬官於後,新舊相銜不斷,故稱官銜,亦曰頭銜。見唐封演封氏聞見記五官銜。唐杜牧樊川集外集陝州醉贈裴四同年詩:"自笑與君三歲別,頭銜依舊鬢絲多。"

【頭踏】舊時官吏出行時的前列儀仗。古雜劇元石子章秦脩然竹塢聽琴二:"姑姑,老夫此一來不張傘葢,不擺頭踏,你知老夫的意麼?"也作"頭答"、"頭搭"。元王實甫西廂記五本三折:"第二日頭答正來到衛尚書家門首,尚書的小姐十八歲也,結着綵樓,在那御街上,則一毬正打着他。"古今雜劇元高文秀好酒趙元遇上皇四:"今日主公宣喚,須索行動些,左右人擺開頭搭,排列齊整者,便見聖人走一遭去。"

【頭錢】㊀漢代人頭税的一種。從七歲到十四歲的兒童每人每年交二十三錢。漢王充論衡謝短:"年二十三傅,十五賦,七歲頭錢二十三,何緣?"㊁一錢。宋陸游老學庵筆記十:"唐小説載李紓侍郎駡負販者云:'頭錢價奴兵。'頭錢,猶言一錢也。故都俗語云:'千錢精神頭錢賣。'亦此意云。"㊂賭博下注的銅錢。古今雜劇元李文蔚同樂院燕青博魚二:"我去那新紅盒子内,拏着這常占勝不占輸、只愁富不愁窮明丢丢的幾個頭錢。"後也指聚賭抽頭所得。

【頭鵝】每歲最先捕得並以進御膳的天鵝。元劉因静修集九白海青詩:"平蕪未灑頭鵝血,春水誰開獵騎門。"遼史營衛志中春捺鉢:"皇帝得頭鵝,薦廟,羣臣各獻酒果,舉樂,更相酬酢,致賀語,皆插鵝毛于首以爲樂,賜從人酒,遍散其毛。"參閲明陶宗儀輟耕録一昔寶赤。

【頭籌】第一。唐王建詩八宫詞之七三:"殿前鋪設兩邊樓,寒食宫人步打毬。一半走來争跪拜,上朋先謝得頭籌。"宋孫光憲北夢瑣言四妖人爲稱陳帝師:"(陳)敬瑄與楊師立、牛勗、羅元杲以打毬争三川,敬瑄獲頭籌,制授右蜀節旄以代崔公(安潛),中外驚駭。"

【頭鬚】頭髮與鬍鬚。後漢書十七岑彭傳:"(帝)勑彭書曰:'兩城若下,便可將兵南擊蜀虜。人苦不知足,既平隴,復望蜀。每一發兵,頭鬚爲白。"

【頭顱】頭骨,人的頭。戰國策秦四:"本國殘,社稷壞,宗廟隳,刳腹折頤,首身分離,暴骨草澤,頭顱僵仆,相望於境,父子老弱係虜,相隨於路。"三國志魏公孫瓚傳注引漢晉春秋袁紹與瓚書:"孤之師旅,不勝其忿,遂至積尸爲京,頭顱滿野。"

【頭子錢】舊指租賦外的附加額。五代後唐天成二年,户部奏苗子一布袋,令納錢八文,三文倉司吃食補襯。長興元年,見錢每貫七文,稈草每束一文盤纏。宋開寶六年,令川陝人户兩税以上輸納錢帛,每貫收七文,每匹收十文,絲帛一兩,茶一斤,稈草一束,各一文。並詔諸倉場受納所收頭子錢,一半納官,一半公用,令監司與知州通判同支使。頭子錢納官始於此。見文獻通考四田賦四歷代田賦之制。

【頭魚宴】遼史天祚紀一天慶二年:"二月丁酉,如春州,幸混同江鉤魚。界外生女直酋長在千里内者,以故事皆來朝。適遇'頭魚宴',酒半酣,上臨軒,命諸酋次第起舞。"又國語解:"頭魚宴:上歲時釣魚，得頭魚，輒置酒張宴，與頭鵝宴同。"頭魚，謂首先釣得之鱘鰉魚。

【頭上安頭】 景德傳燈録十六元安禪師："十二月一日告衆曰：吾非明即後也，今有一事問汝等，若道遮箇是，卽頭上安頭；若道遮箇不是，卽斬頭求活。"後來用以比喻事之繁瑣重複。宋黄庭堅豫章集十五拙軒頌："弄巧成拙，爲蛇畫足，何況頭上安頭，屋下蓋屋。"

【頭足異處】指被殺。史記一一八淮南王安傳："吳王至富貴也，舉事不當，身死丹徒，頭足異處，子孫無遺類。"

【頭面禮足】以頭親尊者之足，爲佛教的最敬禮。南朝宋法顯佛國記："瞿摩帝僧是大乘學，王所敬重，最先行像。……像去門百步，王脱天冠，易著新衣，徒跣持華香，翼從出城迎像，頭面禮足，散華燒香。"大智度論十："問曰：'應言禮，何以言頭面禮足？'答曰：'人身中第一貴者頭，五情所著而最在上故；足第一賤，履不淨處最在下故。是故以所貴禮所賤，貴重供養故。"

【頭痛炙頭】朱子語類一一四訓門人："今學者亦多來求病根，某向他説頭痛炙頭，脚痛炙脚，病在這上，只治這上便了，更別求甚病根也。"亦作"頭痛治頭"。明張居正張文忠集書牘九與張心齋計不許東虜款貢："語曰：'頭痛治頭，足痛治足。'今虜禍方中於遼，遼以一鎮當全虜之勢，病在足之時矣。不急治之，且將爲一身憂。"後作"頭痛醫頭"。喻遇事只顧支節，無徹底解決之法。

【頭童齒豁】頭禿齒落，謂人之衰老。唐韓愈昌黎集十二進學解："頭童齒豁，竟死何裨？"也作"齒豁頭童"。宋陸游劍南詩稿二三寓歎之一："荷戈常記壯游時，齒豁頭童不自知。"又三五望永阜陵："寧知齒豁頭童後，更遇天崩地陷時。"

【頭會箕斂】按人頭收穀，用箕收取之，謂賦税之苛重。史記二九張耳陳餘傳："秦爲亂政虐刑以殘賊天下，……頭會箕斂，以供軍費，財匱力盡，民不聊生。"亦作"頭會箕賦"。淮南子氾論："頭會箕賦，輸於少府。"注："頭會，隨民口數，人責其税；箕賦，似箕然，斂民財多取意也。"

【頭頭是道】形容人説話做事有條有理。宋胡仔苕溪漁隱叢話前集二三杜牧之引詩眼："老杜櫻桃詩云……此詩如禪家所謂信手拈來，頭頭是道者，直書目前所見，平易委曲，得人心所同然，但他人艱難不能發耳。"嚴羽滄浪詩話詩法："學詩有三節：其初不識好惡，連篇累牘，肆筆而成。既識羞愧，始生畏縮，成之極難。及其透徹，則七縱八横，信手拈來，頭頭是道矣。"

頰 jiá ㄐㄧㄚˊ 古協切，入，帖韻，見。

臉的兩旁。易咸："上六，咸其輔、頰、舌。"

【頰肌】臉兩旁的肌肉。漢王充論衡自紀："人面色部七十有餘，頰肌明潔，五色分別，隱微憂喜，皆可得察。"

【頰車】㊀下牙床骨。以其總載諸齒，故名。釋名釋形體："輔車其骨强所以輔持口也……或曰頰車，亦所以載物也。"㊁人體經穴名。在耳下曲頰端近前八分，陷中。靈樞經經脈："循頰車上耳前。"㊂猶言牙慧。南齊書顧歡傳答通公駁："經云，戎氣强獷，乃復略人頰車邪？"略人頰車，猶言拾人牙慧。

【頰谷】地名。穀梁傳定十年："頰谷之會，孔子相焉。"左傳作"夾谷"。參見"夾谷"。

【頰適】和顔悦色。莊子漁父："不擇善否，兩容頰適，偷拔其所欲，謂之險。"釋文："善惡皆容，顔貌調適也。頰，或作顔。"

【頰輔】口兩旁的肌肉。左傳僖五年"諺所謂輔車相依，脣亡齒寒者，其虞虢之謂也"晉杜預注："輔，頰輔。"宋黄庭堅山谷外集一次韻時進叔二十六韻詩："大兒勝衣冠，小兒豐頰輔。"

【頰上添毫】世説新語巧藝："顧長康（愷之）畫裴叔則（楷），頰上益三毛。人問其故，顧曰：'裴楷儁朗有識具，正此是其識具。看畫者尋之，定覺益三毛如有神明，殊勝未安時。"後因以頰上添毫喻文章之潤飾得神。

頸 jǐng 居郢切，上，靜韻，見。
ㄐㄧㄥˇ 巨成切，平，清韻，羣。

㊀頭頸。前爲頸，後爲項。禮玉藻："頭頸必中。"㊁凡物的領皆曰頸。禮玉藻："韠，下廣二尺，上廣一尺，長三尺，其頸五寸。"周禮考工記輈人："參分其兔圍，去一以爲頸圍。"

【頸聯】律詩第五、六兩句稱頸聯。在頷聯之後，或寫意、寫景、書事、用事引證，須字字對，與頷聯之意相應，而義不宜重疊，以變化能出新意爲勝。參閲宋曾慥類説五一缺名續金針格四聯、明胡震亨唐音癸籤三。參見"頷聯"。

頵 yūn jūn 於倫切，平，真韻，影。
ㄩㄣ ㄐㄩㄣ 居筠切，平，真韻，見。

頭大貌。見説文。

【頵砡】石齊頭貌。文選漢馬季長（融）長笛賦："夫其面旁，則重巘增石，簡積頵砡。"

頻 1. pín ㄆㄧㄣˊ 符真切，平，真韻，並。

㊀屢次。列子黄帝："汝何去來之頻。"㊁危急。詩大雅桑柔："於乎有哀，國步斯頻。"㊂皺眉。同"顰"。易復："六三頻復，厲，无咎。"注："頻，頻蹙之貌也。"㊃並列。國語楚下："百嘉備舍，羣神頻行。"

2. bīn ㄅㄧㄣ

㊄水邊地。通"瀕"、"濱"。詩大雅召旻："池之竭矣，不云自頻。"傳："頻，厓也。"

【頻仍】㊀重厚。爾雅釋詁下"惇、亶、祜、篤、掔、仍、肶、埤、竺、腹，厚也"晉郭璞注："頻仍，埤益，肶輔，皆重厚。"㊁連續多次。唐李商隱李義山文集一代僕射濮陽公遺表："光陰荏苒，遷授頻仍。"

【頻伽】梵語迦陵頻伽的省稱，義爲妙音鳥。佛經謂常在極樂淨土。大智度論二八："又如迦羅頻伽鳥，在㲉中未出，發聲微妙，勝於餘鳥。"舊唐書憲宗紀下元和十年八月："訶陵國遣使獻僧祇僮及五色鸚鵡、頻伽鳥并異香名寶。"

【頻伸】疾苦呻吟。同"嚬呻"。唐白居易長慶集五八睡覺詩："轉枕頻伸書帳下，披裘箕踞火爐前。"新唐書一四九劉晏傳："所任者，雖數千里外，奉教令如目前，頻伸諧戲不敢隱。"

【頻陽】縣名。戰國秦厲共公置。漢屬左馮翊。北周廢。以縣在頻水之南而得名。秦將王翦謝病歸頻陽，卽此。故城在今陝西富平縣東北。參閲讀史方輿紀要五三西安府富平縣。

【頻煩】屢次。三國志蜀費禕傳："以奉使稱旨，頻煩至吳。"也作"頻繁"。文選晉庾元規（亮）讓中書令表："頻繁省闥，出總六軍。"晉書王濬傳上表："瓶罄小器，蒙國厚恩，頻繁擢敍，遂過其任。"

【頻數】連續多次。後漢書四八翟酺傳上疏："自去年已來，災譴頻數，地拆天崩，高岸爲谷。"宋梅堯臣宛陵集五一和永叔内翰戲答詩："便歸膏面染髭鬚，從今宴會應頻數。"

【頻頻】㊀羣類，猶言比比。漢揚雄法言學行："頻頻之黨，甚於鷃斯，亦賊夫糧食而已矣。"注："鷃斯羣行啄穀，喻人黨比游宴，賊害糧食有損無益也。"㊁屢次，連續不斷。唐杜甫杜工部草堂詩箋二七秋日寄題鄭監湖上亭之三："賦詩分氣象，佳句莫頻頻。"

【頻顣】皺眉，不悅貌。通"顰蹙"。孟子滕文公下："他日歸，則有饋其兄生鵝者，已頻顣曰：'惡用是鶂鶂者爲哉？'"

頮 huì 荒內切，去，隊韻，曉。ㄏㄨㄟˋ

洗臉。同"靧"。書顧命："甲子，王乃洮頮水。"釋文："頮，音悔，說文作沬，云古文作頮。馬(融)云：頮，頮面也。"

【頮面器】洗臉盆。宋史二六七張洎傳："李煜既歸朝，貧甚，洎猶丐索之。煜以白金頮面器與洎，洎尚未滿意。"

頯 kuí 渠追切，平，脂韻，羣。ㄎㄨㄟˊ 居洧切，上，旨韻，見。

㊀顴骨。也作"頄"。說文："頯，權也。"權，通"顴"。㊁朴質貌。莊子大宗師："其容寂，其顙頯。"注："頯，大朴之貌。"㊂中央廣而兩頭銳。爾雅釋魚："蚆，博而頯。"

頱 mào 莫教切，去，效韻，明。ㄇㄠˋ

相貌，形象。同"貌"、"皃"。荀子禮論："故三月之葬殯，其頱以生設飾死者也。"注："頱，象也。"漢書刑法志："夫人宵天地之頱，懷五常之性，聰明精粹，有生之最靈者也。"注："頱，古貌字。"

頷 hàn 胡感切，上，感韻，匣。ㄏㄢˋ 胡男切，平，覃韻，匣。

㊀下巴。後漢書四七班超傳："相者指曰：'生燕頷虎頸，飛而食肉，此萬里侯相也。'"㊁點頭。左傳襄二六年："逆於門者，頷之而已。"晉書王彪之傳："簡文頷曰：'君言是也。'"

【頷車】牙下骨。釋名釋形體："輔車……或曰頷〔車〕；頷，含也，口含物之車也。"左傳僖五年"輔車相依"唐孔穎達疏："頷車，牙下骨之名也。"

【頷首】點頭以示同意。唐韓愈昌黎集六華山女詩："玉皇頷首許歸去，乘龍駕鶴來青冥。"

【頷聯】五、七言律詩有起、承、轉、合。起爲破題，承爲頷聯，轉爲頸聯，合爲結句。頷聯爲律詩的第三、四句，即第二聯，或寫意，或寫景，或書事，或用事引證，要緊接破題。參閱宋曾慥類說五一缺名續金針格四聯、明胡震亨唐音癸籤三。

頲 tǐng 他鼎切，上，迥韻，透。ㄊㄧㄥˇ

頭正直貌。爾雅釋詁下："梏、梗、較、頲、庭、道，直也。"注："皆正直也。"

頹 tuí 杜回切，平，灰韻，定。ㄊㄨㄟˊ

說文作"穨"。㊀禿貌，首禿。見說文。㊁崩塌，墜落。禮檀弓上："泰山其頹乎？梁木其壞乎！哲人其萎乎！"文選晉潘安仁(岳)寡婦賦："四節流兮忽代序，歲雲暮兮日西頹。"㊂衰敗，敗壞。唐李白李太白詩二古風之五四："晉風日已頹，窮途方慟哭。"㊃暴風。詩小雅谷風："習習谷風，維風及頹。"㊄恭順。禮檀弓上："拜而后稽顙，頹乎其順也。"㊅水下流。見"頹波"。㊆懷念。見"頹思"。

【頹圮】墮落。宋朱熹朱文公集七山北紀行詩："百世踵謬訛，彝倫日頹圮。"

【頹波】㊀向下奔流的水波。水經注十二聖水："又東，頹波瀉澗，一丈有餘，屈而南流也。"㊁比喻衰敗的風氣。文苑英華七〇〇唐盧藏用陳氏集序："卓立千古，橫制頹波，天下翕然，質文一變。"唐李白李太白詩二古風之一："揚馬激頹波，開流蕩無垠。"

【頹放】疏慢不拘禮法。世說新語容止："庾子嵩(敳)長不滿七尺，腰帶十圍，穨然自放。"穨，同"頹"。宋史三九五陸游傳："范成大帥蜀，游爲參議官，以文字交，不拘禮法，人譏其頹放，因自號放翁。"

【頹思】懷念。一說頹敗的心意，猶言愁思。文選漢司馬長卿(相如)長門賦："無面目之可顯兮，遂頹思而就床。"注："廣雅曰：'頹，言懷其思慮而就牀。'"唐李白李太白詩十三禪房懷友人岑倫："朅來已永久，頹思如循環。"

【頹風】暴風。爾雅釋天"焚輪謂之穨"注："暴風從上下。"穨，同"頹"。風俗之弊壞者亦曰頹風。文選晉桓元子(温)薦譙元彥(秀)表："若秀蒙蒲帛之徵，足以鎮静頹風，軌訓囂俗，幽暇仰流，九服知化矣。"

【頹唐】隕墜貌。文選漢王子淵(褒)洞簫賦："頹唐遂往，長辭遠逝，漂不還兮。"世說新語容止："時人目夏侯太初(玄)朗朗如日月入懷，李安國(豐)穨唐如玉山之將崩。"引申爲精神萎靡不振。清龔自珍定盦集補已亥雜詩之一四一："少年哀豔雜雄奇，暮氣頹唐不自知。"

【頹陽】夕陽。文選南朝宋謝宣遠(瞻)王撫軍庾西陽集別……詩："頹陽照通津，夕陰曖平陸。"唐李白李太白詩十二經亂後將避地剡中留贈崔宣城："太白晝經天，頹陽掩餘照。"

【頹廢】坍塌，圮毀。後漢書四八翟酺傳上言："明帝時辟雍始成，欲毀太學，太尉趙憙以爲太學、辟雍皆宜兼存，故並傳至今。而頃者穨廢，至爲園採芻牧之處。宜更修繕，誘進後學。"穨，同"頹"。今引申爲精神萎靡，意志消沉。

【頹顏】衰老的容顏。唐王維王右丞集六冬夜書懷詩："麗服映頹顏，朱燈照華髮。"

【頹靡】頹廢萎靡。唐陳子昂陳伯玉集一修竹篇序："思古人常恐逶迤頹靡，風雅不作，以耿耿也。"李白李太白詩十九金門答蘇秀才："得心自非妙，外物空頹靡。"

【頹齡】衰老之年。晉陶潛陶淵明集二九日閒居詩："酒能祛百慮，菊爲制頹齡。"宋書謝靈運傳山居賦："弱質難恒，頹齡易喪，撫鬢生悲，視顏自傷。"也作"頹年"。晉陸機陸士衡集二感思賦："樂來日之有繼，傷頹年之莫纂。"

八畫

顁 dìng 丁定切，去，徑韻，端。ㄉㄧㄥˋ

額。爾雅釋言："顁，題也。"注："題，額也。"詩周南麟之趾作"定"。按本字爲"頂"，俗作"顁"，定爲"頂"的假字。

頩 pīng pǐng 普丁切，平，青韻，滂。ㄆㄧㄥ ㄆㄧㄥˇ 匹迥切，上，迥韻，滂。

美貌。一曰斂容貌。楚辭屈原遠遊："玉色頩以脕顏兮，精醇粹而始壯。"注："面目光澤以鮮好也。"文選戰國楚宋玉神女賦："頩薄怒以自持兮，曾不可乎犯干。"

顇 cuì 秦醉切，去，至韻，從。ㄘㄨㄟˋ

勞累。或作"瘁"。通"悴"。荀子王霸："大有天下，小有一國，必自爲之然後可，則勞苦秏顇莫甚焉。"漢書九九上王莽傳引詩："人之云亡，邦國殄顇。"今詩大雅瞻卬作"瘁"。

䫏 qī 去其切，平，之韻，溪。ㄑㄧ

醜陋。見說文。

【䫏魄】作鬼怪狀的土偶。比喻極醜的人。淮南子精神："視毛嬙西施，猶䫏醜也。"清王引之謂"醜"當作"魄"。見讀書雜志十三䫏醜。參見"欺魄"。

【䫏頭】古代驅疫時扮神的人所戴的面具。說文："䫏，醜也。……今逐疫有䫏頭。"也作"魌頭"。周禮夏官方相氏"掌蒙熊皮"漢鄭玄注："冒熊皮者，以驚敺疫癘之鬼，如今魌頭也。"

【䫏醜】見"䫏魄"。

頣 hàn 胡男切，平，覃韻，匣。ㄏㄢˋ 胡感切，上，感韻，匣。

下巴。同"頷"。說文作"顄"。漢書九九

中王莽傳："莽爲人侈口蹷頤。"

【頤淡】水搖蕩貌。文選漢馬季長(融)長笛賦："頤淡滂流，碓投瀺穴。"

顆 1. kē ㄎㄜ 苦果切，上，果韻，溪。

㊀顆粒狀物。唐白居易長慶集十八種荔枝詩："紅顆眞珠誠可愛，白鬚太守亦何癡。"㊁量詞。北齊顏之推顏氏家訓書證："北土通呼物一凷(塊)，改爲一顆。"太平御覽八六〇晉陽秋："王歡耽學貧窶，或人患粢餅一顆，以充一日。"後多作圓形或粒狀物的量詞。唐杜甫杜工部詩史補遺一野人送朱櫻詩："數回細寫愁正破，萬顆勻圓訝許同。"唐文粹十六李紳憫農詩之一："春種一粒粟，秋收萬顆子。"

2. kè ㄎㄜˋ

㊂土塊。通"堁"。參見"蓬頭"。

【顆涷】草名。卽款冬、款東。爾雅釋草："菟奚，顆涷。"參見"款東"。

【顆鹽】鹽池水化，不經煮煉而成的結晶鹽。與末鹽、散鹽相對。周禮天官鹽人"共其苦鹽散鹽"唐賈公彥疏："苦當爲盬，盬謂出於鹽池，今之顆鹽是也。"宋史食貨志下三："鹽之類有二：引池而成者曰顆鹽，周官所謂盬鹽也。鬻海、鬻井、鬻鹼而成者，曰末鹽，周官所謂散鹽也。"

熲 jiǒng ㄐㄩㄥˇ 口迥切，上，迥韻，溪。胡典切，上，銑韻，匣。

㊀草名。似苧，可績爲布。禮雜記下："如三年之喪，則既熲，其練祥皆行。"㊁麻布做的單衣。通"褧"。儀禮士昏禮："女從者畢袗玄，纚笄被熲黼，在其後。"

頷 1. hàn ㄏㄢˋ 五感切，上，感韻，疑。

㊀低頭。說文："頷，低頭也。从頁，金聲。春秋傳曰：迎于門，頷之而已。"今本左傳襄二十六年作"頷"。

2. qīn ㄑㄧㄣ 去金切，平，侵韻，溪。欽錦切，上，寢韻，溪。

㊁擻動。列子湯問："巧夫頷其頤，則歌合律。"指擻動木偶的下巴則發樂聲。㊂下巴上曲貌。通"顩"。漢書八七下揚雄傳解嘲："蔡澤，山東之匹夫也，頷頤折頞。"注："頷，曲頤也。"文選作"顩"。

頧 chuí ㄔㄨㄟˊ 直追切，平，脂韻，澄。

㊀突出的額角。見說文。㊁脊椎骨。靈樞經經別："足少陰之正，至膕中，別走太陽而合上至腎，當十四頧，出屬帶脈。"

顮 rán ㄖㄢˊ 汝鹽切，平，鹽韻，日。

頰鬚。說文作"顮"。俗作"髯"。史記封禪書："鼎既成，有龍垂胡顮下迎黃帝。"

九畫

額 é ㄜˊ 五陌切，入，陌韻，疑。

說文作"頟"。㊀眉上髮下之部分。後漢書十四馬援傳附馬廖上疏："長安語曰：'城中好高髻，四方高一尺；城中好廣眉，四方且半額。"㊁懸於門屏之上的牌匾。南朝宋羊欣筆陣圖："前漢蕭何善篆籀，爲前殿成，覃思三月，以題其額。"㊂規定的數目。舊唐書一八八崔衍傳："衍又上陳人困曰：'……舊額賦租，特望蠲減。'"

【額子】無頂頭巾。宋米芾畫史："又其後方見用紫羅爲無頂頭巾，謂之額子。"

【額山】卽額黃。古代婦女施於額上的黃色塗飾。唐溫庭筠集一照影曲："黃印額山輕爲塵，翠鱗紅穉俱含噸。"參見"額黃"。

【額支】指一定時間內定額支出的錢糧。清會典二十戶部："凡錢糧，入有額徵，動有額支。"

【額手】以手加額，表示慶幸。宋史三三六司馬光傳："帝崩，赴闕臨，衞士望見，皆以手加額曰：'此司馬相公也。'"元詩選癸之戊上胡元罕大有年："童叟相觀皆額手，從玆深願屢豐年。"

【額外】在定額以外。舊五代史周廣順元年詔："此外如敢額外影占人戶，其本官當行朝典。"宋史食貨志上六："熙寧二年，京師雪寒，詔：'老幼貧疾無依丐者，聽於四福田院額外給錢收養，至春稍暖則止。'"

【額角】額頭。北周庾信庾子山集二舞媚娘詩："眉心濃黛直點，額角輕黃細安。"水滸二九："武松一踅，踅將過來，那隻右脚早踢起，直飛在蔣門神額角上，踢着正中，望後便倒。"

【額眞】蒙語，意爲主人。清初官名多用之，如固山額眞、梅勒額眞等。額眞之官漢字稱都統。後改爲章京，禁用額眞名稱字樣。見清文獻通考七七職官一。

【額黃】六朝時婦女施於額上的黃色塗飾，相沿至唐。也稱額山。玉臺新詠七南朝梁簡文帝戲贈麗人詩："同安鬟裏撥，異作額間黃。"唐李商隱李義山詩集三蝶之三："壽陽公主嫁時粧，八字宮眉捧額黃。"

【額駙】滿語。猶駙馬。尚固倫公主者爲固倫額駙，尚和倫公主者爲和碩額駙，尚格格者爲格格額駙。額駙之品級，各視其公主格格之等以爲差。見清會典一宗人府。

【額徵】指一定時間內定額徵收的錢糧。清會典二十戶部："凡錢糧，入有額徵，動有額支。"

【額魯特】西部蒙古族各部的稱呼。元譯"斡亦剌"，明譯"瓦剌"，清稱"額魯特"或"厄魯特"、"衛拉特"。分布於靑海、蒙古一帶。舊分四部：一曰和碩特，一曰準噶爾，一曰杜爾伯特，一曰土爾扈特。後土爾扈特西遷，輝特(原隸杜爾伯特)遂爲額魯特四部之一。參閱淸朝續文獻通考三二八輿地考。

【額爾濟斯河】水名。源出阿爾泰山南坡，上游在我國新疆維吾爾自治區準噶爾盆地北部，西流入蘇聯境注齋桑泊。下游入鄂畢河。元史作也兒的石河、也里的失河、葉兒的石河；元祕史作額爾的失河，水道提綱作額勒濟思河，淸一統志作厄爾齊斯河。

顏 yán ㄧㄢˊ 五姦切，平，刪韻，疑。

㊀額。詩鄘風君子偕老："子之清揚，揚且之顏也。"方言十："顙、頟、顏，顙也。湘江之間謂之顙，中夏謂之頟，東齊謂之顙，汝潁淮泗之間謂之顏。"㊁面容，臉色。漢書三三韓王信傳："爲人寬和自守，以溫顏遜辭承上接下，無所失意。"唐杜甫杜工部詩史補遺三茅屋爲秋風所破歌："安得廣廈千萬間，大庇天下寒士俱歡顏。"㊂容貌。見"顏色㊀"。㊃色彩，顏色。詩秦風終南："顏如渥丹，其君也哉。"㊄門楣，匾額。新唐書一五五馬燧傳："勒石起義堂，帝榜其顏以寵之。"㊅姓。魯侯伯禽支庶食顏邑，因以爲族。一說邾婁顏公之後，以顏爲氏。見宋鄧名世古今姓氏書辨証二七刪。參閱元和姓纂四刪。

【顏元】公元1635—1704年。淸博野人，字易直，號習齋。明末，父戍遼東，歿於關外。時元貧甚，百計覓骨歸葬，世稱孝子。二十歲前後好陸王之學，未幾又習程朱之學。三十後以爲學不能離事物，求學問於事物非實習不可，生平最重習字，故名所居爲習齋。順治中主講肥鄉漳南書院。門人中最著名者爲蠡縣李塨，兩人提創實學，時稱顏李。著有存學、存性、存治、存人四編及四書正誤、習齋記餘等。

【顏甲】唐進士楊光遠，多矯飾，不識忌諱，時人多鄙之，皆云楊光遠慙顏厚如十重鐵甲。見五代後周王仁裕開元天寶遺事上慙顔厚如甲。後遂以顔甲指慚顔。宋詩鈔王阮義豐集鈔留別昌國之二:“孤奉明恩顔似甲，郄嗔兒女笑嘻嘻。”明唐玉翰府紫泥全書四人子娶答:“忽拜手緘,重增顔甲。”

【顔回】公元前 521—前 490 年。春秋魯人,字子淵,孔子弟子。好學,樂道安貧,一簞食，一瓢飲,不改其樂。不遷怒,不貳過，在孔門中以德行著稱。後世儒家尊爲“復聖”。見史記六七仲尼弟子傳。

【顔色】㊀面容,臉色。論語泰伯:“正顔色，斯近信矣。”楚辭屈原漁父:“屈原既放,游於江潭，行吟澤畔。顔色憔悴,形容枯槁。”㊁容貌。多指婦女的容貌。文選晉陸士衡(機)擬青青河畔草:“粲粲妖容姿,灼灼美顔色。”㊂色彩。唐杜甫杜工部草堂詩箋四十花底:“深知好顔色,莫作委泥沙。”

【顔行】前列,前行。管子輕重甲:“若此則士争前戰,爲顔行。”漢書六四上嚴助傳淮南王安上書:“如使越人蒙(死)徼幸以逆執事之顔行，厮輿之卒有一不備而歸者，雖得越王之首，臣猶竊爲大漢羞之。”注:“文穎曰:顔行猶雁行,在前行,故曰顔也。”

【顔巷】論語雍也:“子曰:賢哉回也!一簞食,一瓢飲,在陋巷,人不堪其憂,回也不改其樂。”本指顔回所居的陋巷,後因以顔巷指簡陋的居處。唐白居易長慶集六六自題小草亭詩:“陶廬閑自愛，顔巷陋誰知?”

【顔厚】臉皮厚，不知恥。詩小雅巧言:“巧言如簧,顔之厚矣。”箋:“顔之厚者,出言虚僞而不知慙於人。”也指慚色。書五子之歌:“鬱陶乎予心,顔厚有忸怩。”

【顔面】㊀臉色。漢劉向説苑臣術:“國家昏亂,所爲不諫,然而敢犯主之顔面,言主之過失。”㊁猶言情面。舊唐書一〇二劉子玄(知幾)傳奏記:“而近代史局,皆通籍禁門,幽居九重,欲人不見。尋其義者,由杜彼顔面,防諸請異故也。”

【顔彪】南朝宋顔延之的綽號。南史顔延之傳:“延之性既褊激,兼有酒過,肆意直言,曾無回隱，故論者多不與之,謂之顔彪。”參見“顔延之”。

【顔閔】孔子弟子顔淵閔損(子騫),貧而不仕，在孔門皆以德行著。漢王符潛夫論交際:“使處子雖苞顔閔之賢,苟被褐而造門,人猶以爲辱。”文選三國魏阮嗣宗(籍)詠懷詩之十一:“被褐懷珠玉，顔閔相與期。”

【顔路】顔回之父。名無繇,字路。一作顔由,孔子弟子,少孔子六歲。見史記六七仲尼弟子傳。

【顔駟】漢文帝時爲郎，歷文景武三世,不遇於時,老於郎署。文選漢張平子(衡)思玄賦“尉尨眉而郎潛兮，逮三葉而遘武”注引漢武故事:“顔駟，不知何許人,漢文帝時爲郎,至武帝嘗輦過郎署,見駟尨眉皓髮,上問曰:‘叟何時爲郎,何其老也!’答曰:‘臣文帝時爲郎，文帝好文而臣好武；至景帝好美而臣貌醜；陛下即位,好少而臣已老。是以三世不遇,故老於郎署。’上感其言，擢拜會稽都尉。”樂府詩集四一南朝陳張正見白頭吟:“含香老顔駟,執戟異揚雄。”

【顔謝】謂南朝宋顔延之與謝靈運。宋書顔延之傳:“延之與陳郡謝靈運俱以詞彩齊名,自潘岳、陸機之後,文士莫及也,江左稱顔謝焉。”唐李白李太白詩十五留別金陵諸公詩:“地扇鄒魯學，詩騰顔謝名。”

【顔斶】戰國齊人。隱居不仕，嘗説齊宣王禮賢下士,宣王悦服，請受爲弟子，許以富貴,斶謝,願“晚食以當肉,安步以當車,無罪以當貴,清静貞正以自虞”,遂辭歸。見戰國策齊四。

【顔闔】戰國魯人，辭幣不仕。莊子讓王:“魯君聞顔闔得道之人也，使人以幣先焉。……使者致幣。顔闔對曰:‘恐聽者謬,而遺使者罪,不若審之。’使者還反審之,復來,求之,則不得已。”唐杜甫杜工部草堂詩箋五敬贈鄭諫議十韻:“使者求顔闔,諸公厭禰衡。”

【顔之推】公元 531—? 年。北朝臨沂人,字介。祖見遠,父協,世善周官、左氏學。之推早傳家業,博覽羣書。好飲酒,不修邊幅。初仕梁爲湘東王參軍，後投北齊，領中書舍人。善於文字。齊亡入周,爲御史上士。隋開皇中,太子召爲文學,深見禮重。有文集三十卷,家訓二十篇,並行於世。北齊書、北史皆有傳。

【顔延之】公元 384—456 年。南朝宋臨沂人。字延年,歷官至金紫光禄大夫。文章冠絶當時,與謝靈運齊名。嗜酒,不謹細行。文帝嘗問諸子才能，對曰:“竣得臣筆,測得臣文,㚟得臣義,躍得臣酒。”何尚之嘲曰:“誰得卿狂?”答曰:“其狂不可及。”性激直,言無忌諱,觸忤要人,時人稱之爲顔彪。宋書、南史皆有傳。

【顔叔子】春秋魯人。嘗獨處一室，夜大雨,鄰舍屋崩,有女子趨投之。叔子使執燭於手,燭盡，焚燎以繼至明，不二其志。見詩小雅巷伯“哆兮侈兮，成其南箕”漢毛亨傳。

【顔杲卿】公元 692—756 年。唐臨沂人,字昕,與真卿同五世祖。玄宗時爲常山太守。天寶十四年起兵討安禄山，次年爲禄山將史思明所執,詈賊不屈,被支解斷舌而死,宗子近屬皆被害。新、舊唐書皆列忠義傳。

【顔料庫】清户部有銀庫、緞疋庫、顔料庫三庫。顔料庫掌顔料紙硃之出納。見清會典二四户部。參見“三庫㊀”。

【顔真卿】公元 709—785 年。唐臨沂人，字清臣。開元進士，累官至監察御史，以忤楊國忠出爲平原太守，料安禄山必反,豫爲之備。天寶十四年禄山反,真卿與從兄杲卿共起兵，附近十七郡響應。亂平,入官京師,連遭讒貶黜。後爲刑部尚書,封魯郡公,世稱顔魯公。肅宗代宗朝數正言，爲大臣所不喜。德宗建中三年，李希烈自稱天下都元帥，陷汝州,受命前往勸諭,持節不屈,被害。真卿善正、草書,筆力沉着雄渾,爲世所寶,稱顔體。故宫博物院藏有真卿六十六歲作竹山連句墨蹟。遺著有顔魯公文集。新、舊唐書均有傳。

【顔師古】公元 581—645 年。唐萬年人。名籀,以字行。祖之推,父思魯。少傳家學,博覽羣書,精於訓詁,善屬文。家貧，以教授爲業。太宗時，官中書侍郎。帝以五經傳習日訛，詔師古校定。後又爲太子注漢書，集隋代以前二十三家注釋，糾謬補闕。又撰急就章注、匡謬正俗等，考定文字，多所釐正。官至祕書監、弘文館學士。新、舊唐書皆有傳。

【顔氏家訓】北齊顔之推撰。始作於北齊，成書於隋。宋刊本七卷，明刊本二卷。二十篇。述立身治家之法，辨正時俗之謬,以訓子孫。兼論字畫音訓,考正典故，品第文藝。内容多可取，文筆亦樸實。有清趙曦明注、盧文弨補注本。

【顔苦孔卓】漢揚雄法言學行:“顔不孔，雖得天下，不足以爲樂。然亦有苦乎?曰:顔苦孔之卓之至也。”意爲顔回苦於孔子的卓然不可及。

【顔家廟碑】碑名。在今陝西西安市舊西安府學内。唐建中元年，顔真卿爲其父惟貞所立,自撰文並隸書,上有李陽冰篆額。立於家廟，故稱顔家廟碑。其文環刻於碑之四面，故也稱四面碑。立石時,真卿已七十二歲，由篆額以至碑陰,凡二千八百二十八字,字體外形潤美,内寓剛勁,爲顔體之代表作。五代兵亂,其碑倒於郊野。宋太平興國七年，都院孔目李延襲載入,移置孔廟(卽今西安市碑林),今尙完好。

【顏筋柳骨】顏真卿、柳公權皆爲唐代大書法家,其字遒勁有力,故稱顏筋柳骨。宋陸游劍南詩稿五八唐希雅雪鵲:"我評此畫如奇書,顏筋柳骨追歐虞。"也作"顏精柳骨"。宋范仲淹范文正公集十祭石學士文:"曼卿之筆,顏精柳骨,散落人間,實爲神物。"

顐 wèn hùn ㄨㄣˋ ㄏㄨㄣˋ 户昆切,平,魂韻,匣。五困切,去,慁韻,疑。牛昆切,平,魂韻,疑。

㊀禿頭。見玉篇。㊁打諢,也指串演戲謔說笑的人。通"諢"。新唐書一四九李栖筠傳:"故事,賜百官宴曲江,教坊倡顐雜侍。"

【顐官】善爲說笑戲謔的官僚。新唐書一四三元結傳時議之一:"諂臣顐官,怡愉天顏。"

顑 kǎn hàn ㄎㄢˇ ㄏㄢˋ 苦感切,上,感韻,溪。玉陷切,去,陷韻,疑。

㊀面黃。說文:"顑,飯不飽,面黃起行也。"㊁面頰。靈樞經癲狂:"骨癲疾者,顑齒諸腧分肉皆滿。"

【顑頷】因飢餓而面色枯槁貌。楚辭屈原離騷:"苟余情其信姱以練要兮,長顑頷亦何傷。"唐韓愈昌黎集五送無本師歸范陽詩:"欲以金帛酬,舉室常顑頷。"

題 1. tí ㄊㄧˊ 杜奚切,平,齊韻,定。

㊀額。文選戰國楚宋玉招魂:"雕題黑齒,得人肉而死,以其骨爲醢些。"㊁物之端。孟子盡心下:"高堂數仞,榱題數尺,我得志,弗爲也。"參見"榱題"。㊂標識。左傳襄十年:"舞師題以旌夏。"注:"題,識也。以大旌表識其行列。"㊃題目。宋史三一一晏殊傳:"後二日,復試詩、賦、論,殊奏:'臣嘗私習此賦,請試他題。'"㊄簽署,書寫。釋名釋書契:"書牘稱題。"世說新語巧藝:"韋仲將(誕)能書"注引衛恒四體書勢:"誕善楷書,魏宮觀多誕所題。"㊅評量。見"題拂"、"品題"。㊆題本,奏章的一種。見"題奏"。㊇說起。通"提"。西遊記二七:"行者取了鉢盂……須臾間,奔南山摘桃不題。"

2. dì ㄉㄧˋ 特計切,去,霽韻,定。

㊈視。通"睇"。詩小雅小宛:"題彼脊令,載飛載鳴。"釋文:"題,大計反。"

【題目】㊀評量,品題。三國志吳步騭傳:"薦述後進,題目品藻,曲有條貫。"世說新語政事:"山司徒(濤)前後選殆周遍百官,舉無失才,凡所題目,皆如其言。"㊁題識。北史念賢傳:"時行殿初成,未有題目,帝詔近侍各名之,對者非一,莫允帝心。賢乃爲'圓極',帝笑曰:'正與朕意同。'卽名之。"㊂書籍的標目。南齊書王僧虔傳誡子書:"汝曾未窺其題目,未辨其指歸,……而終日欺人,人亦不受汝欺也。"㊃考試的試題。宋洪邁容齋隨筆三進士試題:"至景祐元年,始詔御藥院,御試日進士題目,具經史所出,募印給之。"㊄詩文之命題。宋楊萬里誠齋集三一紅錦帶花詩:"後園初夏無題目,小樹微芳也得詩。"㊅由頭,名義。唐白居易長慶集六二送呂漳州詩:"獨醉似無名,借君作題目。"

【題主】舊時喪家在葬之日,請宗親善書者一人題署死者之銜於木主之上。見清吳榮光吾學録十七喪禮三引清通禮。

【題本】明清時奏章的一種。見"題奏"。

【題衣】書寫文字於衣上。舊題晉王嘉拾遺記六後漢:"任末年十四時,學無常師,負笈不遠嶮阻,……觀書有合意者,題其衣裳以記其事。門徒悦其勤學,更以静衣易之。"後來用作勤學的典故。

【題名】題記姓名。唐張籍張司業集六送元八詩:"明日城西送君去,舊遊重到獨題名。"新唐書選舉志上:"舉人既及第,綴行通名,詣主司第謝。……又有曲江會、題名席。"

【題肩】鳥名。一名正,又名征鳥,鷙征。禮月令季冬之月"征鳥厲疾"漢鄭玄注:"征鳥,題肩也。齊人謂之擊征,或名曰鷹。"詩齊風猗嗟"終日射侯,不出正兮"唐孔穎達疏:"齊魯之間,名題肩爲正。正,鳥之捷黠者,射之難正,以中爲俊,故射取名焉。"亦作"鶗鷉"。參見"鶗鷉"。

【題拂】品評,褒揚。後漢書六七黨錮傳序"故匹夫抗憤,處士橫議,遂乃激揚名聲,互相題拂,品覈公卿,裁量執政,婞直之風,於斯行矣。"

【題奏】題本與奏本的統稱。明制:臣下章疏,有題本、奏本之別。凡兵刑錢糧,地方民務所關,大小公事,皆用題本,由官員用印具題,送通政司轉交内閣入奏;有私事啓請,如到任升轉、加級紀録、或代所屬專員謝恩等,用奏本,不准用印。清初,令科道及在京滿漢各官奏摺,皆直接到宫門陳奏;設立軍機處後,内外官員,凡緊要事務概具奏摺,卽送軍機處。而送通政司内閣的題本,不過例行公事而已。光緒二十八年,遂廢題本,專用奏摺,通政司亦一併裁撤。參閱明會典二一二通政使司。

【題柱】古代文人題詞於柱的故事。1.漢司馬相如初西去長安,過昇仙橋,題柱曰:"不乘高車駟馬,不過此橋。"唐岑參岑嘉州集一昇仙橋詩:"長橋題柱去,猶是未達時。及乘駟馬車,却從橋上歸。"參見"昇仙橋"。2.漢田鳳爲尚書郎,容儀端正,每入奏事,靈帝目送之,題柱曰:"堂堂乎張,京兆田郎。"北周庾信庾子山集十五周大將軍聞嘉公柳遐墓誌:"魏侯之見劉廙,不覺斂容;漢主之觀田鳳,遂令題柱。"

【題紅】見"紅葉題詩"。

【題湊】古代貴族死後,椁室用厚木累積而成,木頭皆内向,稱題湊。呂氏春秋節喪:"題湊之室,棺椁數襲。"注:"題湊,複絫。"

【題評】猶品評。元郝經陵川集八懷素青帘闞將二帖歌:"見我酒酣使題評,快飲數鍾澆枯喉。"

【題款】書畫上的署名題字。明何良俊四友齋叢說十五史十一:"同時有假先生(文徵明)之畫求先生題款者,先生卽隨手書寫之,略無難色。"

【題跋】書籍、字畫、碑帖等題識之詞。書於前者稱題,書於後者稱跋,統稱題跋。盛行於宋以後。宋沈括夢溪筆談五樂律一:"唐昭宗幸華州,登齊雲樓,西北顧望京師,作菩薩蠻辭三章……今此辭墨本猶在陝州一佛寺中,紙札甚草草。余頃年過陝曾一見之,後人題跋多盈巨軸矣。"

【題署】㊀書寫,簽署。北堂書鈔八九晉干寶司徒儀:"記室之職,凡掌文墨章表啟奏弔賀之禮,則題署也。"唐韓愈昌黎集四和虞部盧四酬翰林錢七赤藤杖歌:"幾重包裹自題署,不以珍怪誇荒夷。"㊁題於對聯匾額等上的文字。三國志魏武帝紀建安十三年注引晉衛恒四體書勢:"(梁)鵠字孟黄,安定人。魏宮殿題署,皆鵠書也。"

【題鳳】世說新語簡傲:"嵇康與呂安善,每一相思,千里命駕。安後來,直康不在,喜出户延之,不入,題門上作鳳字而去;喜不覺,猶以爲欣。故作鳳字,凡鳥也。"呂安以凡鳥諷嵇喜爲庸才。喜,康之兄。後遂以題鳳比喻高貴者的造訪。唐錢起錢考功集八酬趙給事相尋不遇留贈詩:"忽看童子掃花處,始愧夕郎題鳳來。"

【題諱】在墓碑神主等上填寫死者之名。舊時稱死去的帝王或尊長的名字爲諱,故稱題諱。金石萃編一〇四唐徐浩碑引寶刻類編:"彭王傳徐浩碑,張式撰。(徐)次子峴正書並篆額,表侄張平叔題諱。"

【題橋】晉常璩華陽國志蜀志:"(成都)城北十里有昇仙橋,有送客觀。司馬相如初入長安,題市門曰:'不乘赤車駟馬,不過汝下也。'"太平御覽七三引作"題橋柱"。文苑英華六六三五代吳越羅隱投同州楊尚書啓:"旋慕題橋,因吟入洛。"五代前蜀韋莊浣花集七東陽贈別詩:"去時此地題橋去,歸日何年佩印歸。"參見"題柱"。

【題壁】書字於壁。唐孟浩然集三秋登張明府海亭詩:"染翰聊題壁,傾壺一解顏。"

【題額】書寫匾額。南朝宋羊欣筆陣圖:"前漢蕭何善篆籀,爲前殿成,覃思三月,以題其額,觀者如流。"

【題餻】唐劉禹錫嘗作九日詩,欲用餻字,以五經中無之,輟不復爲。宋宋祁以爲不然,因九日食餻遂作詩云:"颸館輕霜拂曙袍,糗餈花飲鬭分曹。劉郎不敢題餻字,虛負詩中一世豪。"見宋邵博聞見後錄十九。

【題辭】評介書籍的文字。與序跋近似。漢趙岐孟子題辭:"孟子題辭者,所以題號孟子之書,本末指義,文辭之表也。"

【題名會】唐代進士試中,稱同年,列書姓名於慈恩寺塔,謂之題名會。見唐李肇國史補下。

【題名錄】科舉時代,刻同榜者姓名年齡籍貫,彙集成册,稱題名錄。此風始於唐代的慈恩寺題名,後登科者乃書之於板。元明以來,進士例刻碑於國子監,盡列一榜姓名。參閱宋龐文英文昌雜錄六、清趙翼陔餘叢考二九題名錄。

【題扇橋】橋名。在今浙江紹興縣城內蕺山之南。相傳晉王羲之爲老姥題六角竹扇於此,因名。參閱晉書王羲之傳、浙江通志三六關梁四。

顋 sāi 蘇來切,平,咍韻,心。ㄙㄞ

面頰,兩頰的下半部。同"腮"。南朝梁蕭統昭明太子集三錦帶書十二月啓蕤賓五月:"蓮花泛水,豔如越女之顋;蘋葉漂風,影亂秦臺之鏡。"

顒 yóng 魚容切,平,鍾韻,疑。ㄩㄥˊ

㊀大頭。引申爲大貌。詩小雅六月:"四牡修廣,其大有顒。"傳:"顒,大貌。"㊁嚴正貌。易觀:"盥而不薦,有孚顒若。"疏:"顒是嚴正之貌;若爲語辭。"㊂見"顒顒"。

【顒望】仰望,企望。唐白居易長慶集二三祈皋亭神文:"若寂寥自居,肸蠁無應,長吏虔誠而不答,下民顒望而不知。"宋柳永樂章集八聲甘州詞:"想佳人、妝樓顒望,誤幾回、天際識歸舟。"

【顒顒】㊀嚴肅貌。詩大雅卷阿:"顒顒卬卬,如圭如璋,令聞令望。"㊁仰慕貌。淮南子俶真:"是故聖人呼吸陰陽之氣,而羣生莫不顒顒然仰其德以和順。"㊂波高貌。文選漢枚叔(乘)七發:"顒顒卬卬,椐椐彊彊。"

顎 è 五各切,入,鐸韻,疑。ㄜˋ

㊀面高貌。同"頟"。見玉篇。㊁嚴敬。見廣韻。

顓 zhuān 職緣切,平,仙韻,照。ㄓㄨㄢ

㊀謹貌。見說文。又蒙昧。宋歐陽修文忠集一三四集古錄目序:"予性顓而嗜古。"㊁善良。見"顓民"。㊂獨一,專擅。通"專"。史記陳涉世家:"或說陳王曰:'客愚無知,顓妄言,輕威。'"

【顓己】專執己見。漢書地理志下:"沛楚之失,急疾顓己。"注:"顓與專同。急疾顓己,言性褊狹而自用。"

【顓民】善良百姓。淮南子覽冥:"往古之時,……猛獸食顓民,鷙鳥攫老弱。"

【顓兵】專擅兵權。漢書高后紀:"上將軍(呂)祿、相國(呂)產顓兵秉政,自知背高皇帝約,恐爲大臣諸侯王所誅,因謀作亂。"

【顓房】卽專房。指妻妾獨得寵愛。漢書九七上孝宣霍皇后傳:"皇后輿駕侍從甚盛,賞賜官屬以千萬計,與許后時縣絶矣。上亦寵之,顓房燕。"

【顓門】卽專門。自成一家。漢書七五夏侯勝傳:"(夏侯)建卒自顓門名經,爲議郎博士,至太子少傅。"注:"專門者,自別爲一家之學。"又八八嚴彭祖傳:"與顏安樂俱事眭孟……孟死,彭祖、安樂各顓門教授。由是公羊春秋有顏、嚴之學。"

【顓制】卽專制,獨斷行事。漢書四九爰盎傳:"諸呂用事,大臣顓制,然陛下從代乘六乘傳,馳不測淵,雖賁育之勇不及陛下。"史記袁盎傳作"專制"。

【顓臾】春秋國名。伏羲之後,風姓,魯之附庸。故地在今山東費縣西北。論語季氏:"冉有季路見於孔子曰:'季氏將有事於顓臾。'"左傳僖二十一年:"任宿須句顓臾,風姓也,實司大皞與有濟之祀。"

【顓孫】複姓。春秋時陳公子顓孫仕魯,子孫因氏焉。孔子弟子有顓孫師,字子張。參閱宋鄧名世古今姓氏書辨證二仙。

【顓童】愚昧。猶言顓蒙。漢揚雄太玄經一童:"初一,顓童不寤,會我蒙昏。"

【顓頊】㊀古帝名,五帝之一。相傳爲黃帝之孫,昌意之子。生十年而佐少皞,十二年而冠,二十年而登帝位,在位七十八年而崩。號高陽氏。參閱史記五帝紀、禮月令孟冬之月疏。㊁傳說中國名。山海經大荒南經:"有國曰顓頊,生伯服,食黍。"㊂古天文學稱北方七宿所在爲"顓頊之虛"。也以指星次玄枵或虛宿。左傳昭十年:"今茲歲在顓頊之虛。"疏:"釋天云:玄枵,虛也;顓頊之虛,虛也。郭璞曰:虛在正北,顓頊水德,位在北方。當以北方三次以玄枵爲中,玄枵次有三宿,又虛在其中,以水位在北,顓頊居之,故謂玄枵、虛星爲顓頊之虛也。"

【顓蒙】愚昧。漢書八七下揚雄傳法言目:"天降生民,倥侗顓蒙。"唐李商隱李義山文集三獻侍郎鉅鹿公啓:"某比興非云,顓蒙有素。"

【顓顓】蠢蒙無知識貌。漢書六四下賈捐之傳罷珠厓對:"顓顓獨居一海之中,霧露氣溼,多毒草蟲蛇水土之害,人未見虜,戰士自死。"參閱清王先謙補注。

【顓辭】專爲一身稱頌之辭。後漢書四十下班彪傳附班固典引:"亦以寵靈文武,貽燕後昆,覆以懿鑠,豈其爲身而有顓辭也?"

【顓頊曆】曆法名。我國古代六曆之一。製於周末,秦統一後頒行全國,以十月爲歲首。自秦始皇二十六年至漢武帝太初元年共行一百十七年。漢書藝文志載顓頊曆二十一卷,顓頊五星曆十四卷。隋以前已亡失,今惟有片斷記載,散見於各史及諸子、緯書中。參見"六曆"。

顤 āo 於交切,平,肴韻,影。ㄠ

㊀頭凹。見玉篇。㊁深目貌。文選漢王文考(延壽)魯靈光殿賦:"胡人遙集於上楹,儼雅跽而相對,仡欺猥以鵰眎,顤顟顡而睽睢。"注:"顤顟顡,大首深目之貌。"一本作"鵃"。初學記十九劉思真醜婦賦:"折頞靨樓鼻,兩眼顤如臼。"

顗 zī 卽移切,平,支韻,精。ㄗ

嘴上邊的鬍子。通作"髭"。見"顗王"。

【顗王】傳說周靈王生而有髭,故稱。左傳昭二六年:"在定王六年,秦人降妖,曰：'周其有頿王，亦克能修其職。諸侯服享，二世共職。……'至於靈王，生而有頿。王甚神聖，無惡於諸侯。"

十　畫

類 lèi ㄌㄟˋ 力遂切，去，至韻，來。

㊀種類。易乾："本乎天者親上，本乎地者親下，則各從其類也。"又繫辭上："方以類聚，物以羣分。"㊁相似。左傳莊八年："殺孟陽于牀，曰：'非君也，不類。'"後漢書二四馬援傳誡兄子嚴、敦書："效季良不得，陷爲天下輕薄子，所謂畫虎不成反類狗者也。"㊂善。詩大雅皇矣："克明克類，克長克君。"㊃法式，榜樣。禮緇衣："子曰：下之事上也，身不正，言不信，則義不壹，行無類也。"注："類謂比式。"楚辭屈原九章懷沙："明告君子，吾將以爲類兮。"㊄大抵，大都。史記六一伯夷傳："巖穴之士，趣舍有時若此，類名堙滅而不稱，悲夫！"㊅古傳說中的獸名。山海經南山經："(亶爰之山)有獸焉，其狀如貍，而有髦，其名曰類。"㊆古祭名，祭天。通"禷"。書舜典："肆類于上帝。"詩大雅皇矣："是類是禡，是致是附。"疏："類祭，祭天也。"㊇偏，不平。通"戾"。左傳昭十六年："子產怒曰：'發命之不衷，出令之不信，刑之頗類，……僑之恥也。'"疏："服虔讀類爲'纇'。解云：頗，偏也；類，不平也。"僑，子產名。

【類次】分類排列。宋歐陽修文忠集四二梅聖俞詩集序："予嘗嗜聖俞詩而患不能盡得之，遽喜謝氏之能類次也，輒序而藏之。"

【類見】古禮名。諸侯死後世子見天子代父受國之禮。禮曲禮下："既葬見天子，曰類見。"注："代父受國。類，猶象也，執皮帛，象諸侯之禮見也。其禮亡。"疏："此諸侯世子父死葬畢而見於天子禮也。類，象也，言葬後未執玉而執皮帛以象諸侯見，故曰類見。"

【類函】唐類函、淵鑑類函，皆省稱類函。見各該條。

【類音】清潘耒撰。八卷。其法增三十六母爲五十母；每母之字，横列爲開口、齊齒、合口、撮口四呼；四呼之字，各縱轉爲平上去入四聲；四聲之中，各以四呼分之。因等韻之法而推以己意，以成一家之說。

【類苑】南朝梁劉峻(孝標)撰。一百二十卷。藝文類聚五八梁劉之遴與劉孝標書："聞足下作類苑，括綜百家，馳騁千載。"隋書經籍志三著録，已佚。

【類書】採輯羣書，或以類分，或以字分，便尋檢之用者，稱爲類書。以類分之類書有二：甲、兼收各類，如藝文類聚、太平御覽、玉海、淵鑑類函等。乙、專收一類，如小名録、職官分記等。以字分之類書有二：甲，齊句尾之字，如韻海鏡源、佩文韻府等是。乙，齊句首之字，如駢字類編是。

【類族】因同類而相族聚。易同人："天與君子以類族辨物。"疏："族，聚也。言君子法此同人，以類而聚也。"

【類推】由某一事物而推度其他相類事物。漢書六四下終軍傳上對："夫明闇之徵，上亂飛鳥，下動淵魚，各以類推。"

【類經】明張介賓編。三十二卷。係將素問靈樞內容析爲攝生、陰陽、藏象、脈色、經絡、標本、氣味、論治、疾病、鍼刺、運氣、會通十二類，共三百九十條，訂成十七卷，另加圖翼十一卷，附翼四卷。門目分明，易於尋檢。所加注釋，亦頗有發明。

【類說】宋曾慥編。六十卷。取自漢以來百家小說，採掇事實，編纂成書。雖經節録，但大體保存原文面貌。所選録之書，多已散佚，遺文僻典，賴以保存。

【類聚】同類的事物聚合在一起。易繫辭上："方以類聚，物以羣分。"後漢書八十下邊讓傳章華賦："金石類聚，絲竹羣分。"

【類篇】舊題宋司馬光撰，實爲王洙、胡宿等所修撰，而由司馬光所奏進。先是丁度奉詔修集韻，奏言今添字多與玉篇不合，請委官另爲類篇，以與集韻相副。草創於仁宗寶元二年，至英宗治平四年上於朝，前後二十七年，神宗熙寧中頒行。全書共十五卷，每卷各分上中下，故亦稱四十五卷。共分五百四十四部，收五萬三千一百六十五字，以集韻所收字爲本，而補其遺漏，去其重文，與集韻並行。

顤 jiǎng jiào ㄐㄧㄤˇ ㄐㄧㄠˋ 集韻 古項切，上，講韻。訖岳切，入，覺韻。

明，直。史記曹相國世家："百姓歌之曰：蕭何爲法，顤若畫一，曹參代之，守而勿失。'"集解："徐廣曰：'顤音古項反，一音較。'"

顛 1. diān ㄉㄧㄢ 都年切，平，先韻，端。

㊀頭頂。詩秦風車鄰："有車鄰鄰，有馬白顛。"㊁山頂。見玉篇。㊂本根。文選晉陸士衡(機)文賦："如失機而後會，恆操末以續顛。"㊃自高隕墜。左傳隱十一年："潁考叔取鄭伯之旗蝥弧以先登，子都自下射之，顛。"參見"顛越"。㊄倒，仆。易鼎："初六，鼎顛趾。"注："鼎覆則趾倒矣。"論語季氏："危而不持，顛而不扶，則將焉用彼相矣？"引申爲"顛倒"。楚辭漢劉向九歎愍命："今反表以爲裏兮，顛裳以爲衣。"㊅顛狂。後作"癲"。新唐書二〇二李白傳附張旭："嗜酒，每大醉，狂叫狂走，乃下筆，或以頭濡墨而書，……世呼張顛。"

2. tián ㄊㄧㄢˊ

㊆填塞。禮玉藻："戎容暨暨，……盛氣顛實揚休。"注："顛，讀爲闐。"疏："顛，塞也。……言軍士宜怒其氣，塞滿身中。"㊇見"顛$_2$顛$_2$"。

【顛毛】頭頂之髮。國語齊："管子對曰：'……班序顛毛，以爲民紀統。'"注："言次列頂髮之白黑，使長幼有等，以爲治民之經紀。"唐柳宗元柳先生集四二寄韋珩詩："爾來氣少筋骨露，蒼白瀄汨盈顛毛。"

【顛末】本末，前後經過情況。宋劉克莊後村集八八重修太平陂："郡人更名曾公陂，既庵以祠公，復屬筆於予，俾記顛末。"

【顛沛】傾覆，仆倒。詩大雅蕩："顛沛之揭，枝葉未有害，本實先撥。"傳："顛，仆；沛，拔也。"言樹連根拔起而倒仆。因用以形容人事困頓、社會動亂。論語里仁："君子無終食之間違仁，造次必於是，顛沛必於是。"

【顛冥】迷惑。莊子則陽："以之神其交固，顛冥乎富貴之地。"釋文："司馬(彪)云：顛冥，猶迷惑也，言其交結人主，情馳富貴。"

【顛連】困頓，苦難。宋張載張横渠集一西銘："凡天下疲癃殘疾，惸獨鰥寡，皆吾兄弟之顛連而無告者也。"

【顛倒】㊀上下倒置。詩齊風東方未明："東方未明，顛倒衣裳。"疏："以裳爲衣，令上者在下，是爲顛倒也。"也指對一般事物的錯置。後漢書四九仲長統傳昌言法戒："顛倒賢愚，貿易選舉。"㊁傾覆。詩陳風墓門："訊予不顧，顛倒思予。"箋："言至於破滅顛倒之急，乃思我之言。"荀子仲尼："鄉方略，審勞佚，畜積修鬬，而能顛倒其敵者也。"㊂反覆。三國志蜀李嚴傳諸葛亮上表："正以大事未定，漢室傾危，伐平之短，莫若褒之。然謂平情在於榮利而已，不意平心顛倒乃爾。"

【顛狽】猶顛沛。後漢書六十上馬融傳

廣成頌:"或夷由未殊,顛狽頓躓。"晉書王羲之傳庾翼與羲之書:"吾昔有伯英草章十紙,過江顛狽,遂乃亡失。"參見"顛沛"。

【顛眴】顛倒眩惑。一說風病。文選漢揚子雲(雄)劇秦美新:"臣常有顛眴病。"注:"賈逵國語注曰:眩,惑也。眴與眩古字通。"唐張銑注:"顛眴,謂風疾也。"

【顛越】隕墜,衰落。書盤庚中:"乃有不吉不迪,顛越不恭。"疏:"隕墜禮法,不恭上命。"史記楚世家:"且魏斷二臂,顛越矣。"

【顛飲】狂飲。五代後周王仁裕開元天寶遺事上顛飲:"長安進士鄭愚、劉參、郭保衡、王沖、張道隱等十數輩,不拘禮節,旁若無人。每春時,選妖妓三五人,乘小犢車,詣各園曲沼,藉草躶形,去其巾帽,叫笑喧呼,自謂之顛飲。"

【顛頓】顛沛困頓。淮南子要略:"今學者無聖人之才,而不爲詳說,則終身顛頓乎混溟之中。"唐韓愈昌黎集十六答崔立之書:"顛頓狼狽,失其所操持。"

【顛當】蟲名。土蜘蛛的別稱。亦稱蛈蝪、螲蟷。爾雅釋蟲:"王,蛈蝪。"注:"卽螲蟷。似鼅鼄,在穴中,有蓋。"唐段成式酉陽雜俎前集十七蟲篇:"顛當,……窠深如蚓穴,網絲其中,土蓋與地平,大如榆莢,常仰捍其蓋。伺蠅蠖過,輒翻蓋捕之,纔入復閉,與地一色,並無絲隙可尋也。其形似蜘蛛,爾雅謂之王、蛈蝪,鬼谷子謂之蛈母。秦中兒童戲曰:'顛當顛當牢守門,蠮螉寇汝無處奔。'"宋范成大石湖集二四題息齋六言之六:"恐防蝴蝶同夢,笑倩顛當守門。"參閱明楊愼升菴詩話補遺上。

【顛歌】卽滇歌。文選漢司馬長卿(相如)上林賦:"巴渝宋蔡,淮南干遮,文成顛歌,族舉遞奏。"注:"文穎曰:'……顛,益州顛縣,其人能作西南夷歌也。顛與滇同也。'"

【顛蕀】草名,卽天門冬,也作"顛棘"、"天棘",一名商蕀。入藥。爾雅釋草作"顛蕀"。參閱本草綱目十八草七天蘴冬。

【顛覆】㊀翻跌,敗壞。書胤征:"惟時羲和,顛覆厥德,沈亂于酒。"詩邶風谷風:"昔育恐育鞫,及爾顛覆。"㊁顛倒。墨子非儒下:"取妻身迎,祗褍爲僕。秉轡授綏,如仰嚴親。昏禮威儀,如承祭祀。顛覆上下,悖逆父母,下則妻子,妻子上侵事親,若此可謂孝乎?"

【顛顛】㊀專一貌。一說高直貌。莊子馬蹄:"故至德之世,其行塡塡,其視顛顛。"釋文:"顛顛,丁田反。崔(譔)云:專一也。"㊁顛狂貌。北史齊文宣帝紀:"游行市鄽,問婦人曰:'天子何如?'答曰:'顛顛癡癡,何成天子。'"

【顛₂顛₂】憂思貌。禮玉藻:"喪容纍纍,色容顛顛。"注:"憂思貌也。"釋文:"音田。"

【顛躓】傾跌。抱朴子百里:"冒昧苟得,闇於自量者,慮中道之顛躓,不以駑蹇服鸞衡。"引申指生活中的挫折。唐杜甫杜工部草堂詩箋三九送顧八分文學適洪吉州:"故舊獨依然,時危話顛躓。"

【顛不剌】風流放蕩之意。不剌,助詞。金董解元西廂一:"怕曲兒捻到風流處,教普天下顛不剌的浪兒每許。"元王實甫西廂記一本一折:"顛不剌的見了萬千,似這般可喜娘的龐兒罕曾見。"參見"不剌"。

【顛軨坂】地名。在今山西平陸縣東北。左傳僖二年:"乃使荀息假道於虞曰:'冀爲不道,入自顛軨伐鄍三門。'"注:"河東大陽縣東北有顛軨坂。"參閱水經注四河水、嘉慶一統志一五四解州。

【顛倒衣裳】詩齊風東方未明:"東方未明,顛倒衣裳。"箋:"絜壺氏失漏刻之節,東方未明而以爲明,故羣臣促遽,顛倒衣裳。"後以喻姬妾專寵、貴賤顛倒。後漢書皇后紀序:"爰逮戰國,風憲逾薄,適情任欲,顛倒衣裳。"

【顛撲不破】傾跌敲打都不能破損。喻道理完全正確,無法駁倒、推翻。朱子語類五二性理:"伊川(程頤)'性卽理也',橫渠(張載)'心統性情',二句顛撲不破。"

【顛鸞倒鳳】㊀喻世事顛倒。金元好問遺山樂府促拍醜奴兒詞:"朝鏡惜蹉跎,一年年來日無多,無情六合乾坤裏,顛鸞倒鳳,撐霆裂月,直被消磨。"㊁喻男女交歡。也作"倒鳳顛鸞"。元王實甫西廂記二本三折:"小生得到臥房內,和小姐解帶脫衣,顛鸞倒鳳。"又四本二折:"你繡幃裏效綢繆,倒鳳顛鸞百事有。"

願 yuàn 魚怨切,去,願韻,疑。ㄩㄢ

㊀心願。詩鄭風野有蔓草:"邂逅相遇,適我願兮。"㊁願意,希望。論語先進:"非曰能之,願學焉。"孟子公孫丑下:"不敢請耳,固所願也。"㊂思念。詩衛風伯兮:"願言思伯,甘心疾首。"箋:"願,念也。"㊃傾慕。荀子榮辱:"小人莫不延頸舉踵而願曰:知慮材性,固有以賢人矣。"㊄舊時祈禱神佛所許下的酬謝。見"願齋"。

【願力】佛教指誓願的力量。也叫本願力。大智度論七:"莊嚴佛界事大,獨行功德不能成,故要須願力。"初學記二三梁沈約千佛讚:"先後參差,各隨願力。"

【願海】佛教稱所願宏大,似海之無涯。廣弘明集三十上陳江總至德二年十一月十二日升德施山齋三宿決定罪福懺悔詩:"未泛慈舟遠,徒令願海深。"

【願齋】因償願而設食施齋。宋邵伯溫聞見前錄七:"張文定公齊賢,河南人,少爲舉子,貧甚,客河南尹張全義門下,飲啖兼數人,自言平時未嘗飽,遇村人作願齋,方飽。"

【願學集】明鄒元標撰。八卷。其中詩一卷,文七卷。大都是講學之語。元標之學,以王守仁爲宗,而嚴於實踐操履。集名願學,取自孟子"所願則學孔子"語。

顧 hàn 胡男切,平,覃韻,匣。ㄏㄢ

同頷。見"頷"。

顙 sǎng 蘇朗切,上,蕩韻,心。ㄙㄤ

㊀額。孟子滕文公上:"其顙有泚,睨而不視。"㊁稽顙的省稱,卽叩首。公羊傳昭二五年:"再拜顙。"注:"顙者,猶今叩頭矣。"

【顙子】卽喉。宋沈括夢溪筆談十三權智:"世人以竹木牙骨之類爲叫子,置人喉中吹之,能作人言,謂之顙叫子。嘗有病瘖者,爲人所苦,煩冤無以自言,聽訟者試取叫子,令顙子作聲如傀儡子,粗能辨其一二,其冤獲申。"今通作"嗓子"。

【顙推履】呂氏春秋達鬱:"列精子高聽行乎齊湣王,善衣,東布衣,白縞冠,顙推之履。"漢高誘注以顙推之履爲弊履。清畢沅校注:"鄭注禮記深衣曰:'善衣,朝祭之服也。'然則顙推之履,必非弊履可知。"

顗 yǐ 魚豈切,上,尾韻,疑。ㄧ

㊀安靜。見爾雅釋詁。㊁謹莊貌。見說文。

顖 xìn 息晉切,去,震韻,心。ㄒㄧㄣ

嬰兒頭頂骨未合縫的地方。同"囟"。見該條。

十一畫

顠 piǎo 敷沼切,上,小韻,滂。ㄆㄧㄠ
符少切,上,小韻,並。

髮斑白貌。楚辭漢王逸九思憫上:"含憂强老兮愁無樂,鬚髮薴頓兮顠鬢白。"注:"顠,雜白也。"一說爲髮亂貌。見宋洪興祖補注。

顢 mān 母官切,平,桓韻,明。ㄇㄢ

見下。

【顢頇】大面貌。見廣韻。後指不明事理或漫不經心。續傳燈録十一歸宗慧通禪師:"從無入有易,從有入無難,且莫自顢頇舉來看,寒山拾得禮豐干。"宋朱熹朱文公集四二答石子重書:"若但泛然指天指地,説箇大化便是安宅,安宅便是大化,却恐顢頇儱侗,悲聖門求仁之學也。"

顣 cù 子六切,入,屋韻,精。ㄘㄨˋ

頻顣,同"顰蹙",緊皺眉頭,不悦貌。孟子滕文公下:"(陳仲子)他日歸,則有饋其兄生鵝者,已頻顣曰:'惡用是鶃鶃者爲哉!'"

十二畫

顧 gù 古暮切,去,暮韻,見。ㄍㄨˋ

㊀回首,回視。詩檜風匪風:"顧瞻周道,心中怛兮。"論語鄉黨:"升車必正立執綏,車中不内顧。"亦泛指觀看。吕氏春秋慎勢:"積兔滿市,行者不顧。"㊁眷念。詩小雅正月:"屢顧爾僕,不輸爾載。"左傳宣十二年:"若惠顧前好,徼福於厲宣桓武,不泯其社稷。"㊂問,拜訪。國語晉八:"訾祏死,范宣子謂獻子曰:'鞅乎,昔者吾有訾祏也,吾朝夕顧焉。"三國志蜀諸葛亮傳上疏:"先帝不以臣卑鄙,猥自枉屈,三顧臣於草廬之中。"㊃照顧,關心。詩魏風碩鼠:"三歲貫女,莫我肯顧。"商君書修權:"故大臣争于私而不顧其民,則下離上。"㊄副詞。1.反而。戰國策燕一:"子之南面行王事而噲老不聽政,顧爲臣。"2.不過。後漢書二四馬援傳:"帝復笑曰:'卿非刺客,顧説客耳。'"3.豈,難道。漢書三七季布傳:"曹丘至,則揖布曰:'……且僕與足下俱楚人,使僕游揚足下名於天下,顧不美乎?"㊅連詞。所以,只是。禮祭統:"上有大澤,則惠必及下,顧上先下後耳。"史記八六荆軻傳:"(樊)於期仰天太息流涕曰:'於期每念之,常痛於骨髓,顧計不知所出耳!'"㊆雇賃。通"雇"。漢書四九鼂錯傳對策:"斂民財以顧其功。"㊇古國名,爲湯所滅。春秋時爲齊地。在今山東范縣境内。詩商頌長發:"韋顧既伐,昆吾夏桀。"㊈姓。顧爲殷時侯國。子孫以國爲氏。見元和姓纂八暮。

【顧山】㊀漢代婦女論罪後贖刑的一種。也作"雇山"。漢書平帝紀元始元年:"天下女徒已論,歸家,顧山錢月三百。"注:"如淳曰:'已論者,罪已定也。令甲,女子犯罪,作如徒六月,顧山遣歸。説以爲當於山伐木,聽使入錢顧功直,故謂之顧山。'應劭曰:'舊刑鬼薪,取薪於山以給宗廟,今使女徒出錢顧薪,故曰顧山。'"參見"雇山"。㊁山名。屬江蘇省。當無錫、江陰、常熟三縣之交,俗名三界山,一名靈龜山,也稱香山。上有龍潭。參閲讀史方輿紀要二四蘇州府常熟縣、嘉慶一統志八六常州府。

【顧曲】三國志吴周瑜傳:"瑜少精意於音樂,雖三爵之後,其有闕誤,瑜必知之,知之必顧,故時人謡曰:'曲有誤,周郎顧。'"後因謂欣賞音樂戲曲爲顧曲。清孔尚任桃花扇傳奇偵戲:"一片紅毹鋪地,此乃顧曲之所。"

【顧忌】指人的説話行事有所顧慮畏忌。後漢書五四楊震傳:"(樊)豐、(謝)惲等見震連切諫不從,無所顧忌,遂詐作詔書,調發司農錢穀、大匠見徒材木,各起家舍、園池、廬觀,役費無數。"

【顧命】書篇名,取臨終遺命之意。書顧命序:"成王將崩,命召公畢公率諸侯相康王,作顧命。"傳:"臨終之命,曰顧命。"疏:"言臨將死去,迴顧而爲語也。"後因稱天子之遺詔爲顧命。後漢書三二陰興傳:"帝風眩疾甚,後以興領侍中,受顧命於雲臺廣室。"三國志魏曹爽傳司馬懿奏:"今大將軍爽背棄顧命,天下洶洶,人懷危懼,陛下但爲寄坐,豈得久安。"

【顧兔】兔,也作"菟"。楚辭屈原天問:"厥利維何?而顧菟在腹。"注:"言月中有菟,何所貪利,居月之腹而顧望乎?"後借以指月。南朝梁何遜何水部集七召:"踆烏始照,官槐遽而欲舒;顧兔繞滿,庭英紛而就落。"

【顧姑】蒙古貴族妻所戴冠名。用鐵絲結成,形如竹夫人,長三尺許,用紅青錦繡或珠金飾之,其上有杖一枝,用紅青絨飾。見宋孟珙蒙韃備録(説郛五四)。參見"姑姑㊁"、"固姑"。

【顧哀】顧念哀憐。漢書平帝紀元始五年詔:"皇帝仁惠,無不顧哀,每疾一發,氣輒上逆,害於語言,故不及有遺詔。"

【顧指】㊀以目示意而指揮之。莊子天地:"手撓顧指,四方之民,莫不俱至,此之謂聖治。"㊁喻輕而易舉。文選晉左太沖(思)吴都賦:"擁之者龍騰,據之者虎視,麾城若振槁,搴旗若顧指。"

【顧眄】視,轉眼。還視曰顧,邪視曰眄。漢書一〇〇上敍傳班固答賓戲:"是故魯連飛一矢而蹶千金,虞卿以顧眄而捐相印也。"

【顧渚】山名。又名西顧山,在浙江長興縣西北,爲顧渚名茶産地。唐制,湖州造貢茶,每歲至一萬八千四百斤,稱顧渚貢焙。參閲宋錢易南部新書戊、太平寰宇記九四。

【顧望】還視,觀望。含有謙讓或畏忌、躊躇之意。禮曲禮下:"侍於君子,不顧望而對,非禮也。"後漢書二九申屠剛傳:與隗囂書:"今東方政教日睦,百姓平安,而西州發兵,人人懷憂,騷動惶懼,莫敢正言,羣衆疑惑,人懷顧望。"

【顧問】㊀顧視問訊。淮南子氾論:"誅賞制斷,無所顧問。"注:"決之于心。"後漢書章帝紀建初元年詔:"朕思遲直士,側席異聞,……皆欲置於左右,顧問省納。"㊁猶言顧慮。史記八九張耳陳餘傳論:"然張耳陳餘始居約時,相然信以死,豈顧問哉。"

【顧陸】㊀指三國吴之名臣顧雍、陸遜。晉書慕容廆載記與陶侃箋:"及(孫)權據揚越,外仗周張,内馮顧陸。"周,張,周瑜張昭。㊁指東晉畫家顧凱之與南朝宋畫家陸探微。北史辛雄傳附辛術:"唯大收典籍,多是宋、齊、梁時佳本,鳩集萬餘卷,并顧、陸之徒名畫。"宋陸游劍南詩稿五十梅花絶句之五:"安得丹青如顧陸,憑渠畫我夜歸圖。"

【顧復】詩小雅蓼莪:"父兮生我,母兮鞠我,拊我畜我,長我育我,顧我復我,出入腹我。"箋:"顧,旋視也;復,反覆也。"言父母育子,反覆顧視之意。後因以"顧復"喻父母養育之恩。後漢書四六陳忠傳上言:"大臣既不得告寧,而羣司營禄念私,鮮循三年之喪,以報顧復之恩者,禮義之方,實爲彫損。"

【顧雍】公元168—243年。三國吴郡人,字元歎,嘗從蔡邕學琴書。官會稽郡丞,行太守事,後爲吴丞相十九年,封醴陵侯,卒謚肅。見三國志本傳。

【顧影】自顧其影。有自矜、自負之意。文選晉趙景真(至)與嵇茂齊書:"若迺顧影中原,憤氣雲踊,哀物悼世,激情風烈。"也作"顧景"。後漢書八九南匈奴傳:"昭君豐容靚飾,光明漢宫,顧景裴回,竦動左右。"

【顧慮】思前顧後,有所疑慮。晉書劉琨

傳上表:"遂使南北顧慮,用愆成舉,臣所以泣血宵吟,扼腕長歎者也。"唐柳宗元柳先生集二懲咎賦:"不顧慮以周圖兮,專兹道以爲服。"

【顧繡】刺繡名。創始於明嘉靖時進士顧名世家,故稱。顧名世在上海築有露香園,其子顧會海之妾所刺繡人物字畫,極爲工巧,露香園顧氏繡自是馳名。後其技藝廣傳蘇松一帶,亦稱蘇繡、松繡,與湖南之湘繡並稱於世。參閱清顧張思土風録六顧繡、姜紹書無聲詩史。

【顧成廟】漢文帝所立之廟。漢書文帝紀四年:"作顧成廟。"注:"服虔曰:'廟在長安城南,文帝作,還顧見城,故名之。'應劭曰:'文帝自爲廟,制度卑狹,若顧望而成,猶文王靈臺不日成之,故曰顧成。'"

【顧炎武】公元1613—1682年。明末江蘇昆山縣人,初名絳,字寧人,號亭林。南明魯王起兵時,曾官兵部職方郎中。明亡,嗣母王絶食死,遺命勿事二姓,因改名炎武。嘗十謁明陵,遍游華北,所至以書自隨。晚年定居陝西華陰縣。康熙時詔舉博學鴻儒科,薦修明史,皆不就。學問淵博,於經史、典制、郡邑掌故、天文、儀象、河漕、兵農,莫不窮究原委,開清代樸學之風。著述甚多,有日知録、天下郡國利病書、肇域志、音學五書、亭林詩文集等。

【顧建康】酒的别稱。梁書顧憲之傳:"元徽中,爲建康令。……性又清儉,强力爲政,甚得民和,故京師飲酒者得醇旨,輒號爲'顧建康',言醑清且美焉。"

【顧祖禹】公元1631—1692年。字景范,江蘇無錫縣人。後徙居無錫、常熟交界之宛溪。精史地,好游歷。其撰讀史方輿紀要歷時二十餘年,累一百三十卷,據史考訂地理,詳於山川險易及古今戰守成敗之績,而景物名勝皆在所略。徐乾學奉勅修一統志,聘祖禹主其事。

【顧野王】公元519—581年。南朝梁陳間吴郡人。字希馮,初仕梁,爲太學博士,嘗與王褒同爲宣城王賓客,王於東府起齋,命野王畫古賢像,褒作贊,時人稱爲二絶。梁亡入陳,官至黄門侍郎,光禄卿,卒贈秘書監、右衛將軍。著有玉篇三十卷及輿地志、顧氏譜傳、續洞冥記等。陳書及南史皆有傳。

【顧棟高】公元1679—1759年。清無錫人。字復初,又字震滄。康熙六十年進士,授内閣中書,以奏對越次罷職。後舉經明行修,賜司業銜。治經長於春秋,著春秋大事表百三十一篇,自言積數十年之力而成。又有大儒粹語、毛詩類釋、尚書質疑等。

【顧愷之】約公元346—407年。晉晉陵無錫人。字長康,小字虎頭。博學有才氣,嘗爲桓温及殷仲堪參軍。尤善繪畫,謝安等深器重之。每畫人成,或數年不點睛,曰:"傳神寫照,正在阿堵中。"時稱愷之有三絶:才絶、畫絶、癡絶。所著有文集和啟矇記行世,皆不傳。晉書有傳。

【顧廣圻】公元1766—1835年。清江蘇元和人,字千里,號澗蘋。諸生,受業於吴縣江聲。通小學,工校讎、經史訓詁、天算輿地,靡不貫通;目録之學,尤爲專門。孫星衍、張敦仁、黄丕烈、胡克家、秦恩復、吴鼒等先後延主刻書,每刻一書畢,輒撰考異或校勘記於書後。嘗取北齊邢邵"日思誤書更是一適"語,自號思適居士。著有遯翁苦口、思適齋文集。

【顧横波】明末江蘇上元人。名媚,字眉生,又名眉,號横波。本金陵妓女,龔鼎孳納爲妾,後改徐氏,故世又稱徐夫人。通文史,工畫蘭,獨出己意,不襲前人法,又精詩詞音律,時人推爲南曲第一。清康熙間以病卒。著有柳花閣集。

【顧憲成】公元1550—1612年。明無錫人。字叔時。萬曆進士,累官至吏部文選郎中,以耿直著稱。後因事被斥,與高攀龍等講學東林書院,學者稱爲涇陽先生。講習之餘,諷議朝政,評量人物,朝士慕其風者,多遥相應和,世稱東林黨。卒謚端文。著有小心齋劄記、涇皋藏稿、顧端文遺書。

【顧小失大】言昧於小利而有損於長遠利益。韓非子十過:"顧小利則大利之殘也。"漢焦延壽易林二眞之蒙:"顧小失大,福逃牆外。"

【顧曲雜言】明沈德符撰。一卷。專論雜劇南曲、北曲之别,條分縷析,辨訂頗精。

【顧此失彼】言兩者不得兼顧。清黄六鴻福惠全書七錢穀比限說:"錢糧輸納,必有定限,……限有定而百姓開時辦銀,逢限上納,無顧此失彼之虞。"

【顧名思義】見到名稱而思及其含義。三國魏王昶名其兄子曰默,字處静;曰沈,字處道;名其子曰渾,字玄沖;曰深,字道沖。並作書戒之曰:"欲使汝曹立身行己,遵儒者之教,履道家之言,故以玄默沖虚爲名,欲使汝曹顧名思義,不敢違越也。"見三國志魏王昶傳。世說新語排調:"桓南郡(玄)與道曜講老子,王侍中(楨之)爲主簿,在坐。桓曰:'王主簿可顧名思義。'"注:"老子明道,楨之字思道,故曰顧名思義。"

【顧影自憐】形容孤獨失意,自我欣賞。初學記二七南朝梁張率繡賦:"若乃邯鄲之女,宛洛少年,顧影自媚,窺鏡自憐。"元文類三安熙擬古詩之六:"舉頭見明月,顧影徒自憐。"尺牘新鈔三陳宏緒與周櫟園書:"古文一道,作之難而知之又難。丁敬禮(廙)致嘆於後世之知其美惡,較不如其自知之深,曹子建(植)詫爲名談。敬禮文不傳於世,誠未辨其美惡何如,然其唏嘘嗚咽,顧影自憐,要必有酣適於衷而形之舞蹈者,豈遂無片語隻字之可重,而後世竟寂寂無聞!"

顨 xùn ㄒㄩㄣˋ 蘇困切,去,慁韻,心。

"巽"之古字。見說文。廣韻作"顨"。

顥 hào ㄏㄠˋ 胡老切,上,晧韻,匣。

㊀白貌。見說文。㊁博大。通"昊"。見廣韻。

【顥天】㊀西方之天。也作"昊天"。吕氏春秋有始:"西方曰顥天,其星胃昴畢。"注:"西方八月建酉金之中也,金色白,故曰顥天。"淮南子天文作"昊天"。㊁漢臺名。文選漢司馬長卿(相如)上林賦:"於是乎遊戲懈怠,置酒乎顥天之臺。"

【顥穹】天。漢書五七下司馬相如傳封禪文:"伊上古之初肇,自顥穹生民。"注:"顥,穹,皆謂天也。顥言氣顥汗也,穹言形穹隆也。"史記作"昊穹"。

【顥氣】潔白清鮮之氣。文選漢班孟堅(固)西都賦:"軼埃壒之混濁,鮮顥氣之清英。"

【顥蒼】指天。漢書一〇〇上敍傳班固答賓戲:"應龍潛於潢汙,魚黿媟之,不覩其能奮靈德,合風雲,超忽荒,而躆顥蒼也。"

【顥顥】㊀白貌。楚辭屈原大招:"天白顥顥,寒凝凝只。"㊁博大貌。唐陳子昂陳伯玉集五臨邛縣令封君遺愛碑:"聖人顥顥。"

顦 qiáo ㄑㄧㄠˊ 昨焦切,平,宵韻,從。

見下。

【顦顇】枯槁瘦弱。同"憔悴"。淮南子主術:"今人主急兹無用之功,百姓黎民顦顇於天下。"唐杜甫杜工部草堂詩箋十四夢李白之二:"冠蓋滿京華,斯人獨顦顇。"參見"憔悴"。

十三畫

顫 1. zhàn ㄓㄢˋ 之膳切,去,線韻,照。

㊀發抖。呂氏春秋愼大:"桀爲無道,暴戾頑貪,天下顫恐而患之。"淮南子說山:"故寒顫,懼者亦顫,此同名而異實。"

2. shān ㄕㄢ 集韻 尸連切,平,僊韻。

㊁鼻通。莊子外物:"目徹爲明,耳徹爲聰,鼻徹爲顫,口徹爲甘。"列子楊朱:"鼻之所欲向者椒蘭,而不得嗅,謂之閼顫。"注:"鼻通曰顫。"

【顫筆】顫動之筆勢。也作"戰筆"。唐張彥遠歷代名畫記八:"(隋鄭尚子)善爲戰筆之體,甚有氣力,衣服手足木葉川流,莫不戰動。"宣和畫譜作"顫筆"。

顪 huì ㄏㄨㄟˋ 許穢切,去,廢韻,曉。

㊀頤下鬚。莊子外物:"接其鬢,壓其顪。"釋文:"顪,本亦作噦,許穢反。司馬(彪)云:頤下毛也。"㊁面頰。見廣韻。

十四畫

顬 rú ㄖㄨˊ 人朱切,平,虞韻,日。

見"顳顬"。

顯 xiǎn ㄒㄧㄢˇ 呼典切,上,銑韻,曉。

㊀明顯。書泰誓下:"天有顯道,厥類惟彰。"㊁顯揚。孟子公孫丑上:"晏子以其君顯。"史記一〇九李將軍傳:"吳楚軍時,廣爲驍騎都尉,從太尉亞夫擊吳楚軍,取旗,顯功名昌邑下。"㊂高貴,顯赫。左傳僖二四年:"(介之推)對曰:'言,身之文也,身將隱,焉用文之,是求顯也。'"參見"顯要"、"顯貴"。㊃舊時子孫尊先人之稱。見"顯考"、"顯妣"。

【顯人】有名聲的人。墨子所染:"舉天下之仁義顯人,必稱此四王(舜、禹、湯、武王)者。"呂氏春秋尊師:"由此爲天下之名士顯人,以終其壽,王公大人,從而禮之,此得之於學也。"

【顯士】猶名士。韓詩外傳八:"夫子路,卞之野人也;子貢,衛之賈人也:皆學問於孔子,遂爲天下顯士。"

【顯父】德高望重的長者。詩大雅韓奕:"顯父餞之,清酒百壺。"疏:"父者,丈夫之稱,以有顯德,故稱顯父。"

【顯志】表明志向。文選漢傳武仲(毅)舞賦:"脩儀操以顯志兮,獨馳思乎杳冥。"馮衍有顯志賦。見後漢書二八下本傳。

【顯考】古人稱高祖爲顯考。禮祭法:"是故王立七廟:一壇一墠,曰考廟,曰王考廟,曰皇考廟,曰顯考廟,曰祖考廟。"疏:"曰顯考廟者,高祖也。"亦有稱亡父爲顯考者。書康誥:"惟乃丕顯考文王,克明德愼罰。"文選三國魏曹子建(植)王仲宣誄:"伊君顯考,弈葉佐時。"謂仲宣(粲)父謙。元以後專稱亡父爲顯考。清徐乾學讀禮通考五六神主:"古人于祖、考及妣之上,皆加一皇字,逮元大德朝始詔改皇爲顯,以士庶不得稱皇也。不知皇之取義美也、大也,初非取君字之義。"

【顯妣】對亡母的美稱。藝文類聚二十三國魏王粲思親詩:"穆穆顯妣,德音徽止。"

【顯官】猶言達官、高官。後漢書十一劉玄傳:"軍帥將軍豫章李淑上書諫曰:'……今公卿大位莫非戎陳,尚書顯官皆出庸伍。'"

【顯者】富貴顯達之人。孟子離婁下:"問其與飲食者,盡富貴也,而未嘗有顯者來。"

【顯明】㊀光明,明白。荀子成相:"許由善卷,重義輕利行顯明。"韓非子說疑:"如此臣者,雖當昏亂之主尚可致功,況於顯明之主乎。"㊁日出。素問十九六微旨大論:"顯明之右,君火之位也。"注:"日出謂之顯明。"

【顯命】左傳僖二八年:"王命尹氏及王子虎內史叔興父策命晉侯爲侯伯……晉侯三辭,從命,曰:'重耳敢再拜稽首,奉揚天子之丕顯休命。'"後因以顯命爲帝王受命的美譽。孔子家語三弟子行:"若逢有德之君,世受顯命。"三國魏曹植曹子建集八慶文帝受禪表:"陛下以明聖之德,受天顯命。"

【顯祖】㊀舊時對祖先的美稱。書文侯之命:"汝克紹乃顯祖。"漢書七三韋賢傳韋孟諫詩:"嫚彼顯祖,輕茲削黜。"參見"皇祖"。㊁猶言光宗耀祖。文選三國魏陳孔璋(琳)檄吳將校部曲文:"當報漢德,顯祖揚名。"

【顯要】顯官要職。晉書諸葛恢傳:"于時王氏爲將軍,而恢兄弟及顏含並居顯要。"南齊書王思遠傳讓官表:"正以臣與晏地惟密親,必不宜俱居顯要。"晏,思遠從兄。

【顯章】昭明,表白。也作"顯彰"。史記一三〇太史公自序:"不背柯盟,桓公以昌,九合諸侯,霸功顯彰。"漢書九九上王莽傳元始五年策:"光耀顯章,天符仍臻,元氣大同。"

【顯教】佛教有顯、密二教,能以語言文字闡明佛教教義的教派稱顯教,別與顯教的教派稱密教。天台、華嚴、淨土諸宗屬顯教,真言宗屬密教。參閱空海二教論。

【顯道】西夏趙元昊(景宗)年號。公元1032—1033年。

【顯達】榮顯聞達。漢王充論衡自紀:"士貴雅材而愼興,不因高據以顯達。"後漢書七四上袁紹傳上書:"又臣所上將校,率皆清英宿德,令名顯達,登鋒履刃,死者過半。"

【顯揚】顯耀,頌揚。禮祭統:"顯揚先祖,所以崇孝也。"史記律書:"自是之後,名士迭興,……雖不及三代之誥誓,然身寵君尊,當世顯揚,可不謂榮焉。"

【顯聖】唐時史朝義年號。公元761—763年。

【顯榮】顯達榮耀。楚辭宋玉九辯:"太公九十乃顯榮兮,誠未遇其匹合。"

【顯赫】指權勢聲威盛大顯著。後漢書十六鄧禹傳附鄧騭:"冬,徵騭班師,……既至,大會羣臣,賜束帛乘馬,寵靈顯赫,光震都鄙。"又八十下邊讓傳章華賦:"達皇佐之高勳兮,馳仁聲之顯赫。"

【顯慶】唐李治(高宗)年號。公元656—660年。

【顯戮】明正典刑,處決示衆。書泰誓下:"功多有厚賞,不迪有顯戮。"後漢書六七范滂傳:"滂對曰:'……若臣言有貳,甘受顯戮。'"

【顯德】五代後周柴榮(世宗)年號。公元954—959年。

【顯親】㊀富貴顯達的親戚。晉書劉頌傳上疏:"至於三代,則並建明德,及興王之顯親,列爵五等。"㊁地名。故城在今甘肅秦安縣西北。漢建武中,封竇融弟友爲顯親侯於此。晉至北魏置爲顯親縣。北周廢。參閱讀史方輿紀要五九秦州顯親城。

【顯顯】盛明貌。詩大雅假樂:"假樂君子,顯顯令德。"箋:"顯顯,光也。"禮中庸引假作"嘉",顯顯作"憲憲"。

【顯節陵】東漢明帝陵名。在今河南洛陽市東南。後漢書章帝紀:"葬孝明皇帝于顯節陵。"注引帝王紀:"顯節陵方三百步,高八丈。其地故富壽亭也,西北去洛陽三十七里。"

【顯微鏡】光學儀器,可以放大物體虛象,用於觀測微物。其簡單者俗稱放大鏡。清沈初西清筆記二紀庶品:"嘗見象牙浮屠高數寸,圍十餘,雕鏤工細,……以顯微鏡燭之,稱爲鬼工所作。"趙翼甌北詩鈔五言古靜觀之十七:"所以顯微鏡,西洋製最巧,能拓小爲大,遂不遺忽杪。"

【顯慶輅】宋皇帝郊祀時所乘車名。自唐高宗顯慶中傳之,故曰顯慶輅。見宋史輿服志一。

【顯處視月】比喻治學泛覽而不精。世說新語文學:"支道林(遁)聞之,曰:'聖賢固所忘言,自中人以還,北人看書如顯處視月,南人學問,如牖中窺日。'"注:"然則學廣則難周,難周則識闇,故如顯處視月。學寡則易覈,易覈則智明,故如牖中窺日也。"

十五畫

顰 pín 符真切,平,真韻,並。ㄆㄧㄣ

皺眉。亦作"嚬"。晉書戴逵傳著論:"若元康之人,可謂好遯跡而不求其本,……是猶美西施而學其顰眉,慕有道而折其角巾。"參見"嚬"。

【顰蹙】皺眉。北齊顏之推顏氏家訓治家:"齊吏部侍郎房文烈……嘗寄人宅,奴婢徹屋爲薪略盡,聞之顰蹙,卒無一言。"

十六畫

顱 lú 落胡切,平,模韻,來。ㄌㄨˊ

腦蓋,頭顱骨。俗作"髗"。史記七八春申君傳上秦昭王書:"頭顱僵仆,相望於境。"

【顱顖經】不著撰人名姓。或疑爲唐末宋初人所作。二卷。爲兒科醫書。小兒初生,顱顖未合,故取作書名。宋史方技傳記錢乙始以顱顖方著名。今本自永樂大典輯出。

十八畫

顳 niè 而涉切,入,葉韻,日。ㄋㄧㄝ

鬢骨,顱骨之一。俗稱耳門骨。玉篇:"在耳前曰顳。"

【顳顬】㊀鬢骨。廣韻:"顳,顳顬,鬢骨。"㊁口腔動時面部肌筋牽動貌。集韻:"顳,顳顬,耳前動也。"

顴 quán 巨員切,平,仙韻,羣。ㄑㄩㄢ

顴骨。靈樞經經脈:"手太陽之脈,……其支者别頰上頔,抵鼻,至目内眥,斜絡於顴。"世說新語排調"頭責秦子羽"注引張敏集:"眸子擿光,雙顴隆起。"

【顴骨】眼下、兩腮上突出的顏面骨。唐詩紀事七七僧可止贈楚川長老:"瘦顏顴骨見,滿面雪毫垂。"

風　部

風 1. fēng 方戎切,平,東韻,幫。ㄈㄥ

㊀空氣流動爲風。莊子齊物論:"大塊噫氣,其名爲風。"㊁教化,感化。書說命下:"咸仰朕德,時乃風。"傳:"風,教也。"戰國策秦一:"山東之國,從風而服。"㊂風氣,風俗。禮樂記:"樂也者,聖人之所樂也。……其移風易俗,故先王著其教焉。"㊃風度,作風。孟子萬章下:"故聞伯夷之風者,頑夫廉,懦夫有立志。"㊄聲勢,氣勢。史記一一七司馬相如傳難蜀父老:"於是乃命使西征,隨流而攘,風之所被,罔不披靡。"宋史四八三周行逢傳附周保權:"保權出軍於澧州南,未及交鋒,望風而潰。"㊅奔逸,走失。書費誓:"馬牛其風。"注:"馬牛其有風佚。"疏:"因牝牡相逐而遂至放佚遠去也。"參見"風馬牛"。㊆樂曲的通名。詩分風雅頌三類,自周南而下至豳風合稱十五國風,收詩共一百六十篇。南朝梁劉勰文心雕龍二樂府:"匹夫庶婦,謳吟土風。"㊇中醫指"六淫"之一。"六淫"謂風、寒、暑、濕、燥、火。素問風論:"風之傷人也,或爲寒熱,或爲熱中,或爲寒中,或爲癘風,或爲偏枯,或爲風也。"又至真要大論:"諸暴强直,皆屬于風。"㊈通"瘋"。宋張世南游宦紀聞十:"(楊)凝式雖仕歷五代,以心疾閑居,故時人目以風子。"參見"風漢"。㊉姓。古史傳說伏羲氏、女媧氏,皆風姓。黄帝之相有風后。春秋時,任、宿、須句、顓臾四國皆風姓。見左傳僖二十一年、晉皇甫謐帝王世紀。

2. fèng 方鳳切,去,送韻,幫。ㄈㄥˋ

㊉吹拂。漢劉向說苑貴德:"吾不能以春風風人,吾不能以夏雨雨人。"㊉微言勸告。通"諷"。詩周南關雎序:"風以動之。"疏:"風訓諷也,教也。諷,謂微加曉告。"史記荊燕世家:"張卿大然之,乃風大臣語太后。"今音 fěng。

【風丁】元王恂性穎悟,生三歲,家人示以書帙,輒識風、丁二字。見元史一六四王恂傳。

【風力】㊀風骨,氣節。宋書孔顗傳:"顗少骨梗有風力,以是非爲己任。"晉書庾亮傳附庾翼,庾冰與翼書:"殷君(羡)始往,雖多驕豪,實有風力之益。"㊁風格筆力。南朝梁劉勰文心雕龍六風骨:"相如賦仙,氣號淩雲,蔚爲辭宗,迺其風力遒也。"又鍾嶸詩品中:"宋徵士陶潛詩,其源出于應璩,又協左思風力,文體省静,殆無長語。"㊂風的强度。唐溫庭筠集二春江花月夜詞:"百幅錦帆風力滿,連天展盡金芙蓉。"

【風人】㊀古有採詩官,採四方風俗以觀民風,故謂所採詩爲風,採詩者爲風人。後亦稱詩人爲風人。三國魏曹植曹子建集八求通親親表:"是以雍雍穆穆,風人詠之。"南朝梁劉勰文心雕龍二明詩:"自王澤殄竭,風人輟采。"㊁雜體詩的一種體裁。六朝樂府子夜讀曲等歌,語多雙關借意,以本風俗之言,唐人謂之風人體。如"理絲入殘機,何患不成匹"、"攤門不安橫,無復相關意"、"黄檗向春生,苦心隨日長"等,皆上句借引他語,下句申釋本意。參閱清翟灝通俗編三八識餘風人。

【風土】風俗習慣和地理環境。國語周上:"是日也,瞽師、音官以(省)風土。"注:"風土,以音律省土風,風氣和則土氣養也。"後漢書八八西域傳:"班超遣掾甘英窮臨西海而還,皆前世所不至,山經所未詳,莫不備其風土,傳其珍怪焉。"

【風木】喻父母亡故,不及侍養。宋陸游劍南詩稿三四焚黄:"早歲已興風木嘆,餘生永廢蓼莪詩。"參見"風樹"。

【風水】指宅地或墳地的地勢、方向等。舊時迷信,據以附會人事吉凶禍福。晉郭璞葬經:"葬者,乘生氣也。氣乘風則散,界水則止。古人聚之使不散,行之使有止,故謂之風水。"宋張載張橫渠集九喪紀："葬法有風水山岡，此全無義理，不足取。"參閱明張存紳雅俗稽言七風水。

【風月】㊀清風明月，指美好的景色。宋書始平孝敬王傳擬漢武李夫人賦："徙倚雲日，裴回風月。"梁書徐勉傳："常與門人夜集，客有虞暠求詹事五官，勉正色答云：今夕止可談風月，不宜及公事。"㊁喻男女情愛。紅樓夢五："癡男怨女，可憐風月債難酬。"

【風欠】風顛，癡呆。古今雜劇元關漢卿拜月亭："我又不風欠，不癡呆，要則甚迭！"元王實甫西廂記二本二折："來回顧影，文魔秀士，風欠酸丁。"

【風化】㊀風俗，教化。漢書八三薛宣傳谷永上疏："御史大夫內承本朝之風化，外佐丞相統理天下，任重職大，非庸材所能堪。"三國志魏高貴鄉公紀甘露三年詔："夫養老興教，三代所以樹風化垂不朽也。"㊁死亡。唐尚真甎墳銘："春秋七十有七，奄從風化。"(八瓊室金石補正四九)

【風穴】來風之穴。楚辭屈原九章悲回風："依風穴以自息兮，忽傾寤以嬋媛。"淮南子覽冥："羽翼弱水，暮宿風穴。"注："北方寒風從地出也。"晉張華博物志八："風山之首，方高三百里，風穴如電突，深三十里，春風自此而出也。"

【風示】告戒，訓示。漢書禮樂志："於以風示海內，揚名後世，誠非小功小美也。"新五代史唐明宗紀："以詔書褒廉吏孫岳等，以風示天下。"

【風$_2$示】微言示意。聊齋志異青娥："青娥知之，中情皇急，陰使腹心者風示媼。"

【風母】獸名。狀如猴，無毛，赤目。全唐詩六一四皮日休送羊振文先輩往桂陽歸覲："竹人臨水迎符節，風母穿雲避信旗。"參閱太平御覽九〇八風母。

【風生】㊀喻迅疾不可阻擋。漢書七六趙廣漢傳："好用世吏子孫新進年少者，專厲彊壯蠭氣，見事風生，無所回避。"㊁喻善於言談。宋曾鞏元豐類稿八元沙院詩："經臺日永銷香篆，談席風生落麈毛。"

【風池】㊀人體經穴名，係足少陽經穴位。在耳後髮際，陷中，大筋外廉，按之引於耳中。見鍼灸甲乙經三。㊁指聚風之處。北周庾信庾子山集四奉報趙王惠酒詩："風池還更煖，寒谷遂長暄。"

【風宇】風度，氣宇。晉書謝安傳："及總角，神識沈敏，風宇條暢，善行書。"新唐書一四五楊炎傳："炎美須眉，峻風宇，文藻雄蔚，然豪爽尚氣。"

【風羽】㊀箭翎。唐段成式酉陽雜俎十一廣知："又言雕翎能食諸鳥羽，復善作風羽。風羽法，去括三寸鑽小孔，令透笴及鏤風渠深一粒，自括達于孔則不必羽也。"㊁箭之一種。元缺名東南紀聞三載有趙執中製木幹箭，能射及三百步外，名風羽。

【風光】㊀雨後日出時，風中草木的閃光。本作"光風"。文選南齊謝玄暉(朓)和徐都曹詩："日華川上動，風光草際浮。"唐李周翰注："風本無光，草上有光色，風吹動之，如風之有光也。"參見"光風㊀"。㊁風景，景象。唐盧照鄰幽憂子集二元日述懷詩："草色迷三徑，風光動四鄰。"㊂風格，品格。才調集五元稹寄舊詩與薛濤因成長句："詩篇調態人皆有，細膩風光我獨知。"唐詩紀事六九羅虬比紅兒之八二："三吳時俗重風光，未見紅兒一面粧。"㊃榮耀，體面。紅樓夢一一〇："將來你成了人，也叫你母親風光風光。"

【風色】㊀風勢，天氣。唐盧照鄰幽憂子集二至陳倉曉晴望京邑詩："今朝好風色，延矚極天莊。"李白李太白詩二三嘲王歷陽不肯飲酒："地白風色寒，雪花大如手。"㊁臉色，顏色。文選晉袁彥伯(宏)三國名臣序贊："(崔琰)忠存軌迹，義形風色，思樹芳蘭，翦除荊棘。"㊂情勢，形勢。宋朱熹朱文公集二九與留丞相書："今幸旬月以來，各以事歸，計亦聞知外間風色，自不敢復來矣。"㊃佛家語。以風無色，譬物之無。成實論二："世間事中，兔角、龜毛、鹽香、風色等，是名無。"

【風后】相傳爲黃帝相。史記五帝紀："舉風后、力牧、常先、大鴻以治民。"集解引鄭玄："風后，黃帝三公也。"楚辭漢王逸九思逢尤："美皋繇兮建典謨，懿風后兮受瑞圖。"

【風沙】大風飛沙。唐高適高常侍集七信安王幕府詩："大漠風沙裏，長城雨雪邊。"資治通鑑一三八南齊永明十一年："魏主以平城地寒，六月雨雪，風沙常起，將遷都洛陽。"

【風車】㊀一種供人乘坐的車。南朝梁元帝(蕭繹)金樓子雜記下："高蒼梧叔能爲風車，可載三十人，日行數百里。"唐元稹長慶集五章氏館與周隱客杜歸和泛舟詩："風車籠野馬，八荒安足遊。"㊁一種簸選穀、米等的木製農具。利用扇板迴轉時產生的風力，使倒進上面木斗的穀及夾雜物，輕者向一側吹出，重者從另一側溜下。也叫"颺扇"。㊂一種藉風力發動的機械裝置，可用於汲水灌溉等。

【風邪】中醫謂風邪爲百病之長，在"六淫"中列風於首位。臨床以風邪引起之病最爲廣泛，如風與寒相結合爲風寒，與濕相結合爲風濕，與熱相結合爲風熱等。後漢書馬后紀："帝嘗幸苑囿離宮，后輒以風邪露霧爲戒。"

【風谷】㊀風所生之谷。文選晉張景陽(協)七命之二："左當風谷，右臨雷谿。"㊁山名。卽風峪。在山西太原市西。石壁有唐聖曆二年華嚴經石刻，現移存晉祠文物保管所。

【風角】古占候之術。後漢書三十下郎顗傳："父宗，字仲綏，學京氏易，善風角、星筭、六日七分。"注："風角謂候四方四隅之風，以占吉凶也。"又八二上謝夷吾傳："少爲郡吏，學風角占候。"新唐書藝文志三著錄劉孝恭風角十卷，已佚。

【風伯】㊀風神。1.字飛廉，能興疾風。楚辭屈原離騷"前望舒使先驅兮，後飛廉使奔屬"漢王逸注："飛廉，風伯也。"史記一一七司馬相如傳大人賦："召屏翳誅風伯而刑雨師。"2.指箕星。南箕四星，類人間簸揚之器，故名風伯。淮南子原道："令雨師灑道，使風伯掃塵。"注："風伯，箕星。"漢蔡邕獨斷上："風伯神，箕星也。其象在天，能興風。"㊁俗指鳶類。舊題春秋晉師曠禽經"風翔則風"晉張華注："風禽，鳶類，越人謂之風伯，飛翔則天大風。"

【風波】㊀風浪。楚辭屈原九章哀郢："順風波以從流兮，焉洋洋而爲客。"㊁喻動蕩不定。莊子天地："我之謂風波之民。"唐成玄英疏："夫水性雖澄，逢風波起；我心不定，類彼波瀾，故謂之風波之民也。"文選漢李少卿(陵)與蘇武詩之一："風波一失所，各在天一隅。"㊂喻糾紛或患難。唐元稹長慶集十五酬周從事望海亭見寄詩："不辭狂復醉，人世有風波。"宋范仲淹范文正集尺牘上與朱氏："京師少往還，凡見利處便須思患。老夫屢經風波，惟能忍窮，故得免禍。"

【風府】人體經穴名，係督脈經穴，又名"舌本"。素問瘧論："邪氣客於風府，循膂而下。"唐王冰注："風府，穴名，在項上入髮際同身寸之二寸，大筋內宛宛中也。"按骨空論注作"一寸"。

【風$_2$刺】含蓄地進行譏刺。詩周南關雎序："上以風化下，下以風刺上。"箋："風化、風刺，皆謂譬喻，不斥言也。"宋歐陽修文忠集一二七歸田錄二："間以滑稽嘲譏，形於風刺。”

【風花】㊀風吹落的花。北周庾信庾子山集五詠畫屏風詩之一：“水紋恆獨轉，風花直亂迴。”㊁起風前出現的雲霧。宋陸游劍南詩稿十七自開歲略無三日晴戲作長句：“雨脚稍收初見日，風花忽起又遮山。”自注：“風欲作則大霧充塞，謂之風花。”

【風門】㊀人體經穴名，爲足太陽經穴位，又名熱府。在脊柱第二椎下，兩旁去脊各一寸五分，陷中。見鍼灸甲乙經三。㊁指巽卦。易緯乾坤鑿度上：“乾爲天門，……巽爲風門。”㊂猶風穴。唐杜甫杜工部草堂詩箋二八熱之二：“想見陰宮雪，風門颯踏開。”

【風味】㊀風度，風采。世説新語傷逝：“支道林(遁)喪法虔之後，精神實喪，風味轉墜。”宋書自序：“(沈伯玉)温雅有風味，和而能辨，與人共事，皆爲深交。”㊁美味，一地特有之味。宋韓彥直橘録上真柑引南朝梁劉峻送橘啓：“南中橙甘，青鳥所食。始霜之旦采之，風味照座，劈之，香霧噀人。”㊂情趣，特色。宋黄庭堅豫章集十戲答王觀復酴醿菊詩之一：“小草真成有風味，東園添我老生涯。”

【風岸】猶高風亮節。新唐書二〇七仇士良傳：“李石輔政，稜稜有風岸。”

【風采】㊀風度，文采。漢書六八霍光傳：“初輔幼主，政自己出，天下想聞其風采。”宋書劉秀之傳：“秀之野率無風采，而心力堅正。”㊁表情和顏色。漢書九九上王莽傳：“莽色厲而言方，欲有所爲，微見風采，黨與承其指意而顯奏之。”㊂風俗。文選晉左太沖(思)魏都賦：“壹八方而混同，極風采之異觀。”注引高誘淮南子注：“風，俗；采，事也。”

【風物】風光，景物。文選晉殷仲文南州桓公九井作詩：“景氣多明遠，風物自淒緊。”晉陶潛陶淵明集二遊斜川詩序：“天氣澄和，風物閑美。”

【風洞】洞名。在北京市懷柔縣東黍谷山上。其洞口風氣凜烈，雖盛暑人不敢入。相傳爲鄒衍吹律處，後人遂名爲鄒子祭風臺。昔有廟，今毀。參閲明蔣一葵長安客話六、清顧炎武昌平山水記下。

【風姿】猶風采。世説新語容止：“驃騎王武子(濟)是衛玠之舅，儁爽有風姿。見玠輒歎曰：‘珠玉在側，覺我形穢！’”宋書龔祈傳：“風姿端雅，容止可觀。”

【風度】㊀儀容，氣度。晉書賀循傳陸機薦循疏：“前蒸陽令郭訥風度簡曠，器識朗拔，通濟敏悟，才足幹事。”㊁風格，氣派。圖繪寶鑑三：“許道寧，長安人，學李成畫山水，……行筆簡易，風度益著。”

【風神】㊀風度，神采。世説新語賞譽：“(張天錫)猶在諸位，……王彌有儁才美譽，當時聞而造焉。既至，(張)天錫見其風神清令，言話如流，陳説古今，無不貫悉。”晉書裴秀傳附裴楷：“楷風神高邁，容儀俊爽，博涉羣書，特精理義，時人謂之玉人。”㊁風格，氣韻。唐韓愈昌黎集四酬裴十六功曹巡府西驛塗中見寄詩：“遺我行旅詩，軒軒有風神。”宋姜夔續書譜：“風神者，一須人品高，二須師法古，三須紙筆佳，四須險勁，五須高明，六須潤澤，七須向背得宜，八須時出新意。”

【風軌】㊀高風懿行。晉書袁宏傳三國名臣贊：“若夫出處有道，名體不滯，風軌德音，爲世作範，不可廢也。”南朝梁慧皎高僧傳七釋僧含：“元嘉七年，新興太守陶仲祖之靈味寺，欽含風軌，請以居之。”㊁風紀軌範。晉書范弘之傳上議：“自頃風軌陵遲，奢僭亡度，廉恥不興，利競交馳。”

【風胡】春秋楚人。卽風胡子，也作風湖。善識劍。文選晉張景陽(協)七命之四：“形震薛燭，光駭風胡。”唐呂延濟注：“薛燭風湖二人，知劍者也。”抱朴子論仙：“此所謂以分寸之瑕，棄盈尺之夜光；以蟻鼻之缺，捐無價之淳鈞[鈎]，非荆和之遠識，風胡之賞真也。”參見“風胡子”。

【風致】㊀風度，容止。新唐書一八二崔珙傳附崔遠：“(遠)有文而風致整峻，世慕其爲，目曰釘座梨，言座所珍也。”㊁風格，情趣。宋陳師道後山詩話：“魯直(黄庭堅)與方蒙書：頃洪甥送令嗣二詩，風致灑落，材思高秀。”元夏文彥圖繪寶鑑三：“越國夫人王氏，……作篆隸有古法，爲小詩有林下風致。”

【風虹】日光或月光通過含有水滴或冰的雲層時折射而成的光圈，為起風之預兆。明楊慎升庵集七四外集：“風虹，月暈也，主風。”

【風信】應時而至之風。唐司空圖司空表聖詩集江行之二：“初程風信好，迴望失津樓。”宋陸游劍南詩稿十五游前山：“屐聲驚雉起，風信報梅開。”參見“二十四番花信風”。

【風便】猶順風。唐韓愈昌黎集六除官赴闕至江州寄鄂岳李大夫詩：“盆城去鄂渚，風便一日耳。”羅隱甲乙集一秋日有寄姑蘇曹使君詩：“水寒不見雙魚信，風便唯聞五袴謳。”

【風俗】㊀一地方長期形成的風尚、習慣。荀子彊國：“入境，觀其風俗。”漢書平帝紀元始四年：“遣太僕王惲等八人，置副假節分行天下，覽觀風俗。”㊁民間歌謡。史記樂書：“以爲州異國殊，情習不同，故博采風俗，協比聲律，以補短移化，助流政教。”

【風姨】風神。泛指風。宋劉克莊後村集三三送雷宜叔右司追録詩：“東皇太乙方行令，寄語風姨且霽威。”參見“封姨”。

【風紀】法度，綱紀。唐韓愈昌黎集二二祭虞部張員外文：“分司憲臺，風紀由振。”今多指作風和紀律。

【風流】㊀教化流行。漢書五六董仲舒傳：“伊欲風流而令行，刑輕而姦改，百姓和樂，政事宣昭。”㊁風俗教化。漢書刑法志：“風流篤厚，禁罔疏闊。”晉書李重傳：“司徒總御人倫，實掌邦教，當務峻準評，以一風流。”㊂遺風。漢書六九趙充國辛慶忌傳贊：“(山西)其風聲氣俗，自古而然，今之歌謡慷慨，風流猶存耳。”㊃儀表，風度。三國志蜀劉琰傳：“(劉備)以其宗姓，有風流，善談論，厚親待之。”㊄英俊，傑出。世説新語賞譽：“范豫章(甯)謂王荆州(忱)：‘卿風流儁望，真後來之秀。’”㊅有才而不拘禮法的氣派。世説新語品藻：“(韓康伯)居然有名士風流。”晉書王羲之傳附王獻之：“少有盛名，而高邁不羈，……風流爲一時之冠。”㊆榮寵。唐張説張燕公集二奉和初入秦川路寒食應制詩：“路上天心重豫遊，御前恩賜特風流。”㊇風韻，風情。全唐詩七九八五代後蜀花蕊夫人宫詞之七五：“年初十五最風流，新賜雲鬟便上頭。”也泛指放蕩的男女關係。五代後周王仁裕開元天寶遺事上風流藪澤：“長安有平康坊，妓女所居之地。京都俠少，萃集于此。……時人謂此坊爲風流藪澤。”

【風扇】夏日取凉的用具。用布幅製成，懸於室中，以繩牽挽生風。廣弘明集二七上南齊蕭子良淨住子八：“季夏鬱蒸，熇赫炎烈，復須輕絺廣室，風扇牙簟。”也指用蒲葵葉或紙絹等做成的扇子。唐白居易長慶集六二立秋夕有懷夢得詩：“露簟荻竹青，風扇蒲葵輕。”

【風馬】神馬，神車。漢書禮樂志郊祀歌：“靈之下，若風馬。”唐元稹長慶集二七郊天日五色祥雲賦：“羽蓋凝而軒皇暫駐，風馬駕而王母欲前。”

【風格】㊀風度，品格。抱朴子行品：“士有行己高簡，風格峻峭，嘯傲偃蹇，淩儕慢俗。”世説新語德行：“李元禮(膺)風格秀整，高自標持，欲以天下名教是非爲己任。”㊁藝術特色。南朝梁劉勰文心雕龍五議對：“及陸機斷議，亦有鋒穎，而諛辭弗剪，頗累文骨，亦各有美，風格存焉。”北齊顏之推顏氏家訓文章：“古人之文，宏材逸氣，體度風格，去今實遠。”㊂儀容，風度。唐李羣玉詩集後集三同鄭相並歌姬小飲戲贈：“風格只應天上有，歌聲豈合世間聞。”

【風烈】㊀疾風。論語鄉黨：“迅雷風烈，必變。”㊁遺風，餘烈。史記一一七司馬相如傳子虛賦：“問楚地之有無者，願聞大國之風烈，先生之餘論也。”漢書元帝紀贊：“然寬弘盡下，出於恭儉，號令温雅，有古之風烈。”

【風骨】㊀品格，骨氣。宋書武帝紀上：“(桓)玄見高祖，謂司徒王謐曰：‘昨見劉裕，風骨不恒，蓋人傑也。’”㊁藝術風格。魏書祖瑩傳：“常語人曰：文章須自出機杼，成一家風骨，何能共人同生活也！”也指作品的風神骨髓。南朝梁劉勰文心雕龍六風骨：“若豐藻克贍，風骨不飛，則振采失鮮，負聲無力。”

【風峪】山谷名。在山西太原市南蒙山與龍山之間。五代後唐莊宗劉后與申王李存渥自晉陽走風谷，即此。今峪内尚存李存渥墓塚。也作“風谷”。參閲資治通鑑二七五後唐天成元年、清凌揚藻蠡勺編三二。

【風氣】㊀風。淮南子氾論：“夫户牖者，風氣之所從往來。”三輔黄圖五：“飛廉觀在上林，……飛廉，神禽，能致風氣者。”㊁謂氣候。漢孔安國尚書序：“言九州所有，土地所生，風氣所宜，皆聚此書也。”後漢書四一宋均傳附宋意上疏：“風氣平調，道路夷近。”㊂謂風俗。魏書李琰之傳：“琰之雖以儒素自業，而每語人言，吾家世將種，自云猶有關西風氣。”㊃猶風度。世説新語任誕：“阮渾長成，風氣韻度似父。”渾，籍子。宋書蕭惠開傳：“少有風氣，涉獵文史。”㊄病名。史記一〇五倉公傳：“所以知齊王太后病者，臣意診其脈，切其太陰之口，溼然風氣也。”素問太陰陽明論：“故陽受風氣，陰受溼氣。”

【風師】風伯，風神，箕星之神。見周禮春官大宗伯漢鄭玄注、漢應劭風俗通祀典。新唐書禮樂志五：“立春後丑日祀風師。”

【風烏】古代測風向的器具。北周庾信庾子山集四奉和趙王西京路春旦詩：“風烏疑近日，露掌定高雲。”全唐詩七六五王周誌峽船具：“風烏愧斟酌，畫鷁空輝映。”參見“相風烏”。

【風狸】獸名。唐段成式酉陽雜俎十五：“南中有獸名風狸，如狙，眉長，好羞，見人輒低頭，其溺能理風疾。”亦稱“風母”、“風生獸”。參見“風母”。

【風情】㊀風采，神態。世説新語言語“謝胡兒語庾道季”注引徐廣晉紀：“(庾)龢風情率悟，以文談致稱於時。”晉書庾亮傳：“元帝爲鎮東時，聞其名，辟西曹掾。及引見，風情都雅，過於所望，甚器重之。”㊁抱負，志趣。晉書袁宏傳：“宏有逸才，文章絶美，曾爲詠史詩，是其風情所寄。”㊂風月之情，男女相愛之情。全五代詩二四南唐李後主(煜)賜宫人慶奴：“風情漸老見春羞，到處消魂感舊遊。”

【風規】猶風教、成規。續高僧傳六釋僧喬：“少秉高操，慕安汰之風規，而弊衣蔬食，終身不改。”南朝陳徐陵徐孝穆集一别毛永嘉詩：“願子厲風規，歸來振羽儀。”

【風教】風俗，教化。史記五帝紀贊：“余嘗西至空桐，北過涿鹿，東漸於海，南浮江淮，至長老皆各往往稱黄帝、堯、舜之處，風教固殊焉。”三國志魏后妃傳序：“故風教陵遲而大綱毁泯，豈不惜哉！”

【風問】風雅高名。後漢書八十下高彪傳與馬融書：“承服風問，從來有年。”注：“風問，風猷令問。”

【風動】如風鼓動，喻四方響應。書大禹謨：“四方風動。”傳：“民動順上命，若草應風。”宋史三六〇宗澤傳論：“方金人逼二帝北行，宗社失主，宗澤一呼，而河北義旅數十萬衆若響之赴聲，實由澤之忠忱義氣有以風動之。”

【風從】順風而從。文選南朝梁任彦昇(昉)天監三年策秀才文之二：“上之化下，草偃風從。”魏書世宗紀景明二年詔：“今始覽政務，義協惟新，思使四方風從率善。”

【風雲】㊀易乾：“雲從龍，風從虎，聖人作而萬物覩。”此謂同類相感。後因以風雲喻人的際遇。後漢書二一耿純傳説李軼：“大王以龍虎之姿，遭風雲之時，奮迅拔起，期月之間，兄弟稱王。”㊁喻高處。文選晉左太沖(思)吴都賦：“徑路絶，風雲通。”轉喻地位高。文選晉潘安仁(岳)楊荆州誄：“奮躍淵塗，跨騰風雲。”㊂喻高才卓識。唐李白李太白詩六猛虎行：“楚人每道張旭奇，心藏風雲世莫知。”㊃喻局勢。後漢書七一皇甫嵩傳：“將軍權重於淮陰，指撝足以振風雲。”北周庾信庾子山集三入彭城館詩：“年代殊氓俗，風雲更盛衰。”

【風琴】懸於簷前的鐵片。亦稱鐵馬、風鈴、風箏，風吹則響，故名。唐僧齊己白蓮集十有風琴引歌行。宋王安石臨川集三一和崔公度家風琴八首詩：“疏鐵簷間挂作琴，清風纔到遽成音。”今爲鍵盤樂器名。

【風裁】㊀風鑒，裁奪。後漢書六七李膺傳：“是時朝庭日亂，綱紀穨阤，膺獨持風裁，以聲名自高。”宋書孔琳之傳奏劾徐羡之：“陵犯監司，凶聲彰赫，容縱(倪)宗等，曾無糾問，虧損國威，無大臣之體，不有準繩，風裁何寄。”㊁風度，氣派。北齊書李義深傳附李神威：“神威幼有風裁，傳其家業，禮學粗通義訓。”

【風華】風采、才華。南史謝晦傳：“時謝混風華爲江左第一。嘗與晦俱在武帝前，帝目之，曰：‘一時頓有兩玉人耳。’”又到彦之傳附到溉：“舉動風華，善於應答。”

【風期】品格，風度。晉書習鑿齒傳：“(桓温)出鑿齒爲滎陽太守。温弟祕亦有才氣，素與鑿齒相親善。鑿齒既罷郡歸，與祕書曰：‘……彼一時也，此一時也，焉知今日之才不如疇辰，百年之後吾與足下不並爲景升乎？’其風期俊邁如此。”唐李白李太白詩三梁甫吟：“廣張三千六百鉤，風期暗與文王親。”

【風雅】㊀指詩經中的國風和大雅、小雅。詩周南關雎序：“是以一國之事，繫一人之本，謂之風；言天下之事，形四方之風，謂之雅。”文選三國魏曹子建(植)求通親親表：“願陛下沛然垂詔，使諸國慶問，四節得展，以敍骨肉之歡恩，全怡怡之篤義，……如此則古人之所歎，風雅之所詠，復存於聖世矣。”㊁指文章教化。唐李白李太白詩十五别韋少府：“交乃意氣合，道因風雅存。”新唐書二〇一張昌齡傳：“昌齡等華而少實，其文浮靡，非令器也。取之則後生勸慕，亂陛下風雅。”㊂謂風流儒雅。唐李白李太白詩十一贈常侍御：“大賢有卷舒，季葉輕風雅。”宋劉克莊後村集一七四詩話前集：“又云近時蘇梅二窮士爾，主張風雅人士歸之。”

【風發】㊀形容迅猛。漢書八七上揚雄傳河東賦：“風發飆拂，神騰鬼趡。”晉書陶侃傳王導答侃書：“一月潛嚴，足下軍到，是以得風發相赴。”㊁猶奮發。後漢書七一皇甫嵩傳閻忠説嵩：“南面稱制，移寶器於將興，推亡漢於已墜，實神機之至會，風發之良時也。”㊂謂豪邁。三國魏曹植曹子建集十魏德論：“以道陵殘，義氣風發。”唐韓愈昌黎集三二柳子厚墓志銘：“出入經史百子，踔厲風發。”

【風景】㊀風光，景物。世說新語言語：“過江諸人，每至美日，輒相邀新亭，藉卉飲宴。周侯(顗)中坐而歎曰：‘風景不殊，正自有山河之異！’皆相視流淚。”㊁猶言風采。晉書劉毅傳石鑒等舉毅奏：“正身率道，崇公忘私，行高義明，出處同揆，故能令義士宗其風景，州閭歸其清流。”

【風帽】一種擋風禦寒的帽子，中實棉，或襲以皮。亦稱風兜。宋范成大石湖集九正月十四日雨中與正夫朋元小集夜歸詩：“燈市淒清燈火稀，雨巾風帽笑歸遲。”

【風痹】手足麻木不仁之症。靈樞經二壽夭剛柔：“病在陽者命曰風，病在陰者命曰痹，陰陽俱病，命曰風痹。”

【風義】風概高義。唐李賀歌詩編三昌谷：“珍壤割繡段，里俗祖風義。”李商隱李義山詩集五哭劉蕡：“平生風義兼師友，不敢同君哭寢門。”也作“風誼”。宋曾鞏元豐類稿八刁景純挽歌詞之二：“能臨緩急敦風誼，不向炎涼逐世情。”

【風猷】㊀猶風教。宋書臨川王(劉)義慶傳上表：“伏惟陛下惠哲光宣，經緯明遠，皇階藻曜，風猷日升。”㊁品格，道義。南齊謝朓謝宣城集五奉和隨王殿下詩之七：“風猷冠淄鄴，衽舄愧唐枚。”南史隱逸傳敍：“解桎梏於仁義，示形神於天壤，則名教之外，別有風猷。”

【風煙】㊀猶風塵。南齊謝朓謝宣城集四和王著作八公山詩：“風煙四時犯，霜露朝夜沐。”藝文類聚七梁吳均與朱元思書：“風煙俱淨，天山共色，從流飄蕩，任意東西。”㊁報警的煙火，即烽煙。唐高適高常侍集七信安王幕府詩：“四郊增氣象，萬里絶風煙。”

【風雷】㊀風與雷。易益：“象曰：風雷，益。”㊁喻巨大的力量。宋蘇軾分類東坡詩十九和王斿之一：“異時常怪謫仙人，舌有風雷筆有神。”清龔自珍定盦集補已亥雜詩之一二五：“九州生氣恃風雷，萬馬齊瘖究可哀。”

【風概】㊀風采氣概。世說新語賞譽：“王大將軍(敦)與元皇表云：‘舒風概簡正，允作雅人，自多於邃。’”舒邃皆敦從弟。晉書桓温傳：“温豪爽有風概。”㊁節操。文選晉袁彥伯(宏)三國名臣序贊：“(荀彧)謀解時紛，功濟宇內。始救生人，終明風概。”宋書蔡廓傳附蔡興宗：“興宗幼立風概，家行尤謹。”

【風節】風骨，氣節。三國志魏王淩傳評：“王淩風節格尚。”晉書劉頌傳上疏：“私利不可以公得，則恒背公而横務，是以風節日頽，公理漸替。”

【風漢】即瘋漢。唐缺名玉泉子真録：“劉蕡，相國楊公嗣復之門生也，對策以直言忤時，中官尤所嫉忌。中尉仇士良謂楊公曰：‘奈何以國家科第放此風漢及第耶？’”宋陸游劍南詩稿三九自述之二：“未恨名風漢，惟求拜醉侯。”

【風塵】㊀風起塵揚，天地昏濁，因以喻世俗的擾攘。文選晉郭景純(璞)遊仙詩之一：“高蹈風塵外，長揖謝夷齊。”世說新語賞譽：“王戎云：太尉(王衍)神姿高徹，如瑶林瓊樹，自然是風塵外物。”也以喻仕宦。晉書虞嘉傳何充舉嘉疏：“伏見前賢良虞嘉……處静味道，無風塵之志，高枕柴門，怡然自足，宜使蒲輪紆衡，以旌殊操。”㊁謂行旅艱辛。藝文類聚三二漢秦嘉與妻書：“當涉遠路，趨走風塵。”玉臺新詠九范靖妻沈氏晨風行詩：“念君劬勞冒風塵，臨路揮袂淚沾巾。”㊂喻戰亂。漢書六四下終軍傳：“邊境時有風塵之警，臣宜被堅執鋭，當矢石，啓前行。”後漢書四十下班彪傳附班固：“設後北虜稍彊，能爲風塵，方復求爲交通，將何所及？”㊃指流言蜚語。南齊書謝朓傳罪朓詔：“遂復矯構風塵，妄惑朱紫，詆貶朝政，疑間親賢，……便可收付廷尉，肅明國典。”魏書王慧龍傳：“義隆畏將軍如虎，欲相中害，朕自知之。風塵之言，想不足介意也。”㊄喻娼妓。宋劉克莊後村集一七四詩話：“汴妓蔡奴，元豐中，命待詔崔白圖其貌入禁中。紹興中，潘子賤題其傳神云：‘嘉祐風塵中人亦如此盛哉。’”聊齋志異彭海秋：“君勿以風塵可棄，遂捨念此苦海人！”

【風聞】傳聞。漢書九五南粤王傳：“又風聞老夫父母墳墓已壞削，兄弟宗族已誅論，……故更號爲帝，自帝其國。”世說新語規箴：“王(導)問顧(和)曰：‘卿何所聞？’答曰：‘明公作輔，寧使網漏吞舟，何緣採聽風聞，以爲察察之政。’”梁書武帝紀中天監元年詔：“今端右可以風聞奏事，依元熙舊制。”唐書百官志：“故事：御史臺不受訟，有訴可聞者，略其姓名，託以風聞。”按採取風聞，始自東晉；迄於清代，御史、給事中皆得以風聞言事。

【風貌】風采，容貌。三國志魏鍾會傳：“會嘗論易無互體”注引博物記：“初，王粲與族兄凱俱避地荆州，劉表欲以女妻粲，而嫌其形陋而用率，以凱有風貌，乃以妻凱。”

【風管】樂器名。北周庾信庾子山集四入道士館詩：“雲袍白鶴度，風管鳳凰吹。”文獻通考一三八樂考十一竹之屬：“陳氏樂書曰：觱篥，一名悲篥，一名笳管，羌胡龜茲之樂也。以竹爲管，以蘆爲首，……然其大者九竅，以觱篥名之；小者六竅，以風管名之。”

【風箏】㊀懸於簷間的金屬片，也稱“鐵馬”、“風鐵”、“風琴”，俗呼“風馬兒”。唐李白李太白詩二一登瓦官閣：“兩廊振法鼓，四角吟風箏。”唐元稹長慶集二四連昌宮詞：“塵埋粉壁舊花鈿，烏啄風箏碎珠玉。”㊁紙鳶。明王三聘古今事物考一風箏：“漢高祖之征陳稀也，韓信謀從中起，故作紙鳶放之，以量未央宮遠近，欲穿地隧入宮中，今謂之風箏。”明陳沂詢蒭録風箏：“即紙鳶，又名風鳶。初，五代漢李業於宮中作紙鳶，引線乘風爲戲，後于鳶首以竹爲笛，使風入作聲，如箏鳴，俗呼風箏。”

【風潮】㊀風與潮。文選晉謝靈運入彭蠡湖口詩：“客遊倦水宿，風潮難具論。”㊁颶風。明婁元禮田家五行：“夏秋之交，大風及有海沙雲起，俗呼謂之‘風潮’，古人名之曰‘颶風’。”㊂借指社會的大動亂。清馮班鈍吟雜録一家戒：“吳人諺云：‘風潮過了世界在。’吾一生用之，雖經歷事變，至今無大患。”

【風調】㊀風度，韻致。北史崔挺傳附崔昂：“昂有風調才識，奮立堅正剛直之名。”唐白居易長慶集十九和殷協律琴思詩：“秋水蓮冠春草裙，依稀風調似文君。”㊁猶格調。唐元稹長慶集五六唐故工部員外郎杜君墓係銘序：“詞氣豪邁而風調清深，屬對律切而脱弃凡近。”

【風趣】㊀風尚，情趣。廣弘明集二八上南朝梁沈約與約法師書：“周中書風趣高奇，志託夷遠。”㊁風格，意味。南齊謝赫古畫品録戴逵：“情韻連綿，風趣巧拔。”南朝梁劉勰文心雕龍六體性：“風趣剛柔，寧或改其氣。”

【風標】㊀標志，表現。南齊書文學傳論：“文章者，蓋情性之風標，神明之律呂也。”㊁風度，儀態。世說新語賞譽：“王丞相云”注引虞預晉書：“戴儼字若思，廣陵人，才義辯濟，有風標鋒穎。”

【風暴】猶暴風。時或伴有雨雪。詩邶風終風：“終風且暴。”弘明集四南朝宋何承天達性論:“行火俟風暴，畋漁候豺獺。”詩小雅魚麗“魚麗于罶、鱨鯊”唐孔穎達疏:“古者不風不暴不行火，言風暴然後行火也。風暴者，謂氣寒其風疾，其風疾卽北風，謂之涼風。……北風，冬風之總名，自十月始，則暴風謂十月也。”

【風蝶】卽蛺蝶。晉崔豹古今注中魚蟲:“蛺蝶，一名野蛾，一名風蝶，江東呼爲撻末，色白背青者是也。”藝文類聚九七南朝梁簡文帝詠蛺蝶詩:“復此從風蝶，雙雙花上飛。”

【風幡】㊀謂風與旗幡。景德傳燈録五慧能大師:“師寓止廊廡間，暮夜風颺刹幡，聞二僧對論，一云幡動，一云風動。往復酬答，未曾契理。師曰:……直以風幡非動，動自心耳。”意謂風、幡二者皆未動，只因自己生此念頭，始見風動幡動。幡也作“旛”。宋陸游劍南詩稿四三示客:“風旛畢竟非心境，瓦礫何妨是道真。”㊁風旗。唐韓愈昌黎集五寄崔二十六立之詩:“新篇奚其思，風幡肆逶迤。”

【風範】㊀風度，規矩。南齊書庾杲之傳:“杲之風範和潤，善音吐。”南史袁湛傳論:“自初及末，無虧風範，從微至著，皆爲稱職，蓋一代之名公也。”㊁猶風格。南齊謝赫古畫品録:“風範氣候，極妙參神，但取精靈，遺其骨法。”

【風儀】風度儀表。世説新語雅量:“庾太尉(亮)風儀偉長，不輕舉止，時人皆以爲假。”文選南齊王仲寶(儉)褚淵碑文:“風儀與秋月齊明，音徽與春雲等潤。”

【風德】㊀謂宣揚其德。國語晉八:“風德以廣之。”注:“風，風宣其德，廣之於四方。”㊁爲其德所感化。史記一一七司馬相如傳難蜀父老:“四面風德，二方之君鱗集仰流，願得受號者以億計。”晉書樂志上:“蚩蚩庶類，風德永康。”㊂猶品行。世説新語任誕:“周伯仁(顗)風德雅重，深達危亂。”南齊書明僧紹傳:“僧紹聞沙門釋僧遠風德，往候定林寺。”

【風憲】㊀風紀，法度。後漢書皇后紀序:“爰逮戰國，風憲逾薄，適情任欲，顛倒衣裳。”㊁指御史臺。唐韓愈昌黎集外集七順宗實録二:“而(王)叔文又以(武)元衡在風憲，欲使附己，使其黨誘以權利，元衡不爲之動。”宋李昴英文溪集九繳奏劄子:“若置之不聞，而捃摭瑣碎，以塞諫紙，則物議交責，臣何顏立於風憲之地乎!”

【風₂諭】勸告，示意開導。漢書七六趙廣漢傳:“廣漢聰明，皆知其能之所宜，盡力與否。其或負者，輒先聞知，風諭不改，乃收捕之。”注:“風讀曰諷。”

【風燈】㊀防風燈。唐杜甫杜工部草堂詩箋二五漫成:“江月去人只數尺，風燈照夜欲三更。”㊁佛家用以譬世相無常。止觀七:“口若春蛙，心如風燈。”萬善同歸集:“無常迅速，念念遷移，石火風燈，逝波殘照，露華電影，不足爲喻。”㊂喻人生短促。宋蘇軾分類東坡詩九孫莘老求墨妙亭詩:“後來視今猶視昔，過眼百世如風燈。”

【風頭】風吹之方向。亦指事態發展的趨勢。宋朱熹朱文公集五三答劉季章書:“但見朋友當此風頭，多是立脚不住。”

【風操】風範，操守。晉書賀循傳陸機薦循疏:“伏見武康令賀循德量邃密，才鑒清遠，服膺道素，風操凝峻。”

【風樹】韓詩外傳九:“樹欲静而風不止，子欲養而親不待也。”後以“風樹”喻父母不得久奉養。南齊書虞玩之傳告退表:“特以丁運孤貧，養禮多闕，風樹之感，夙自纏心。”續傳燈録二釋寶唱梁元帝文:“臨朝端默，過隙之思彌軫;垂拱巖廊，風樹之悲逾切。”

【風謡】反映風土民情的歌謡。後漢書三一羊續傳:“拜續爲南陽太守，當入郡界，乃羸服閒行，侍童子一人，觀歷縣邑，採問風謡，然後乃進。”宋蘇軾分類東坡詩九於潛令刁同年野翁亭:“我來觀政問風謡，皆云吠犬足生氂。”

【風燭】樂府詩集四一古辭怨詩行:“百年未幾時，奄若風吹燭。”因以風燭喻死亡，生命之不長。南朝梁蕭統昭明太子集三十二月錦帶書蕤賓五月:“驗風燭之不停，如水泡之易滅。”北周庾信庾子山集一傷心賦:“一朝風燭，萬古埃塵。”

【風霜】㊀風與霜。抱朴子崇教:“膚困風霜，口乏糟糠。”梁書侯景傳報高澄書:“出身爲國，綿歷二紀，犯危履難，豈避風霜。”㊁喻歲月。古文苑三漢枚乘忘憂館柳賦:“弱絲清管，與風霜而共雕。”文苑英華二三三唐沈佺期遊少林寺詩:“雁塔風霜古，龍池歲月深。”時愈久則所經風霜愈多，故喻人閱歷世故，也稱飽經風霜。㊂喻峻厲之氣。舊題漢劉歆西京雜記三:“淮南王安著鴻烈二十一篇。……自云:‘字中皆挾風霜。’”晉書吴隱之傳詔:“孝行篤於閨門，清節厲乎風霜，實立人之所難，而君子之美致也。”㊃喻嚴明。通典二四職官六御史臺:“故御史爲風霜之任，彈糾不法，百僚震恐，官之雄峻，莫之比焉。”㊄喻節操高潔。文選南朝梁劉孝標(峻)辯命論:“故季路學於仲尼，厲風霜之節。”晉書列女傳贊:“操潔風霜，譽流邦國。”

【風聲】㊀好的風氣。猶風教。書畢命:“彰善癉惡，樹之風聲。”傳:“明其爲善，病其爲惡;立其善風，揚其善聲。”後漢書六六陳蕃傳論:“桓、靈之世，若陳蕃之徒，咸能樹立風聲，抗論惛俗。”㊁名聲。文選晉劉伯倫(伶)酒德頌:“有貴介公子，搢紳處士，聞吾風聲，議其所以。”㊂傳聞。三國志蜀許靖傳“文多故不載”注引魏略王朗與靖書:“時聞消息於風聲，託舊情於思想，眇眇異處，與異世無以異也。”㊃散佈，傳揚。宋書武帝紀中司馬休之上表:“臣兄子譙王文思，雖年少常人，粗免咎悔，性好交遊，未知防遠，羣醜交構，爲其風聲。”

【風檣】風帆，桅杆。指帆船。唐劉禹錫劉夢得集外集八魚復江中詩:“風檣好住貪程去，斜日青帘背酒家。”李商隱李義山詩集六韓冬郎卽席爲詩相送……之二:“劍棧風檣各苦辛，別時冰雪到時春。”

【風檢】猶風紀。世説新語規箴“蘇峻東征沈充”注引陸邁碑:“邁字功高，吳郡人，器識清敏，風檢澄峻。”晉書江統傳論:“江統風檢操行，良有可稱，陳留多士，斯爲其冠。”

【風徽】風範，美德。文選南朝宋謝宣遠(瞻)於安城答靈運詩:“綢繆結風徽，烟熅吐芳訊。”唐温庭筠詩集四和友人題壁:“沖尚猶來出範圍，肯將經世作風徽。”

【風績】德風，政績。晉書陸曄傳附陸玩封玩詔:“玩體道清純，雅量弘遠，歷位內外，風績顯著。”北史盧玄傳附盧潛:“潛在淮南十三年，大樹風績，爲陳人所憚。”

【風韻】㊀風度，韻致。世説新語賞譽下:“孫興公(綽)爲庾公(亮)參軍，共遊白石山，衛君長(永)在坐。孫曰:‘此子神情都不關山水而能作文。’庾公曰:‘衛風韻雖不及卿，諸人傾倒處亦不近。’”晉書王凝之妻謝氏傳:“道韞風韻高邁，敍致清雅。”㊁風格，韻味。元夏文彦圖繪寶鑑三:“徽宗萬幾之暇，惟好書畫。……丹青卷軸，具天縱之妙，有晉唐風韻。”㊂風聲，風力。唐劉禹錫劉夢得集外集五酬竇員外旬休早涼見示詩:“風韻漸高梧葉動，露光初重槿花稀。”

【風靡】㊀順風傾倒。楚辭漢東方朔七諫沈江:“世從俗而變化兮，隨風靡而成行。”㊁隨風而從。後漢書十七馮異傳遺李軼書:“方今英俊雲集，百姓風靡，雖邠岐慕周,不足以喻。」今多指風行,流行。

【風懷】猶風情。元方回瀛奎律髓小序:「晏元獻類要有左風懷、右風懷二類。」按左風懷謂男色,右風懷謂女色。清朱彝尊曝書亭集七有風懷詩二百韻。

【風議】放言高論。詩小雅北山:「或出入風議,或靡事不爲。」箋:「風猶放也。」

【風₂議】諷諫議論。淮南子主術:「頃襄好色,不使風議,而民多昏亂,其積至昭奇之難。」漢書敍傳下:「賈作行人,百越來賓,從容風議,博我以文。」注:「風讀曰諷。」

【風爐】炊具。唐岑參岑嘉州詩三晚過磐石寺禮鄭和尚:「岸花藏水碓,溪竹映風爐。」陸羽茶經中:「風爐,以銅鐵鑄之,如古鼎形。」(説郛八三)

【風騷】㈠詩經和楚辭的並稱。宋書謝靈運傳論:「自漢至魏,四百餘年,辭人才子,文體三變。……是以一世之士,各相慕習,原其飈流所始,莫不同祖風、騷。」唐元稹長慶集五六唐故工部員外郎杜君墓係銘序:「至於子美,蓋所謂上薄風騷,下該沈宋。」㈡泛指詩文。唐高適高常侍集六同崔員外綦毋拾遺……詩:「晚晴催翰墨,秋興引風騷。」清趙翼甌北詩鈔絶句二論詩:「江山代有才人出,各領風騷數百年。」㈢俊俏,秀麗。古今雜劇元鄭德輝倩女離魂一:「他都管是意不平,自發揚,心不遂,閑綴作。十分的賣風騷,顯秀麗,誇才調。」紅樓夢三:「身量苗條,體格風騷。」今多指輕佻,放蕩。

【風鐸】懸於簷下的鈴。因風而響,故名。唐南卓羯鼓録:「聞塔上風鐸聲,傾聽久之,朝迴復至寺舍。」白居易長慶集六遊悟真寺詩:「前對多寶塔,風鐸鳴四端。」也稱「風鈴」。唐元稹長慶集十三飲致用神麴酒三十韻:「遥城傳漏箭,鄉寺響風鈴。」

【風飈】㈠飈風。吴子論將:「居軍荒澤,草楚幽穢,風飈數至,可焚而滅。」㈡風標。晉書羊祜傳論:「江衢如砥,襁袂同歸,而在乎成功弗居,幅巾窮巷,落落焉其有風飈者也。」

【風鑒】鑒,亦作「鑑」。㈠高見,卓識。宋書宗室長沙景王道憐傳元嘉九年詔:「或履道廣流,秉德沖邈,或雅量高劭,風鑒明遠。」晉書陸機陸雲傳論:「觀夫陸機、陸雲,實荆衡之杞梓,挺珪璋於秀實,馳英華於早年,風鑒澄爽,神情俊邁。」㈡以風貌品人。宋吴處厚青箱雜記四:「余嘗謂風鑑一事,乃昔賢甄識人物,拔擢賢才之所急,非市井卜相之流,用以賈鬻取貲者。」後稱相人之術爲風鑑。元明雜劇元關漢卿山神廟裴度還帶二:「此人乃趙野鶴,善能風鑑,斷人生死貴賤如神。」

【風入松】㈠樂府古琴曲之一。樂府詩集六十琴曲歌辭四風入松歌題注:「琴集曰:風入松,晉嵇康所作也。」㈡詞調名。雙調,七十二至七十六字,前後段各六句,四平韻。一名風入松慢。見詞譜十七。

【風中燈】佛家語。喻世事無常,人生短促。方廣大莊嚴經五:「無有堅實,如風中燈,如水聚沫,如水上泡。」坐禪三昧經五:「誰能知死時,所趣從何道,譬如風中燈,不知滅時節。」參見「風燈㈡」。

【風月旦】傳統戲劇角色名。清李斗揚州畫舫録五新城北録下:「小旦謂之閨門旦;貼旦謂之風月旦,又名作旦;兼跳打,謂之武小旦。」

【風生獸】傳説中獸名。舊題漢東方朔海内十洲記:「炎州在南海中,……上有風生獸,似豹,青色,大如貍。張網取之,積薪數車以燒之,薪盡而獸不然,灰中而立,毛亦不燋,斫刺不入,打之如皮囊,以鐵鎚鍛其頭數十下,乃死,而張口向風,須臾復活。」參見「風貍」。

【風字硯】形如風字之硯。宋李之彦硯譜右軍風字硯:「會稽有老叟云:右軍(王羲之)之後,持一風字硯,大尺餘,色正赤,用之不減端石,云右軍所用者。石揚休以錢二萬得之。」(説郛七八)。參閲宋葉越傳端溪硯譜。

【風光好】詞調名。宋鄭文寶南唐近事:「陶穀學士奉使,恃上國勢,下視江左,辭色毅然不可犯。韓熙載命妓秦弱蘭詐爲驛卒女,每日蔽衣持帚掃地。陶悦之,與狎,因贈一詞名風光好云。……明日,後主設宴,陶辭色如前,乃命弱蘭歌此詞勸酒,陶大沮,即日北歸。」詞爲雙調三十六字,前段四句,四平韻;後段四句,兩仄韻,兩平韻。見詞譜三。

【風波亭】宋大理寺獄風波亭,相傳爲岳飛遇害處。故址在舊按察使司獄署之右,土地廟前,即今浙江杭州市小車橋附近。其西有風波橋,今河已填平,僅存橋身。

【風神洞】在貴州石阡縣境。洞口風大,一名風鬼洞。參閲嘉慶一統志五〇五石阡府山川。

【風前燭】喻殘年。唐白居易長慶集六歸田詩之三:「況吾行欲老,瞥若風前燭。」參見「風燭」。

【風胡子】春秋時人,善識劍。省稱「風胡」。越絶書外傳記寶劍:「(楚昭王)令風胡子之吴,見歐冶子、干將,使人作鐵劍,歐冶子干將鑿茨山,洩其溪,取鐵英,作爲鐵劍三枚,一曰龍淵、二曰泰阿,三曰工布。畢成,風胡子奏之楚王。楚王見此三劍之精神,大悦風胡子。」也作風湖子。見吴越春秋闔閭内傳。

【風流人】超脱凡俗而好風雅的人。晉書外戚傳王濛:「簡文帝之爲會稽王也,嘗與孫綽商略諸風流人,綽言曰:『劉惔清蔚簡令,王濛温潤恬和,桓温高爽邁出,謝尚清易令達。』」宋蘇軾東坡集續集三和飲酒詩之二:「江左風流人,醉中亦求名。」

【風流子】詞調名。本唐教坊曲名,又名内家嬌。單調三十四字;雙調有一百零八字,一百零九字,一百一十字諸體。見詞譜二。

【風流陣】唐時宫中遊戲名。五代後周王仁裕開元天寶遺事下:「明皇與貴妃每至酒酣,使妃子統宫妓百餘人,帝統小中貴百餘人,排兩陣於掖庭中,目爲風流陣。以霞被錦被,張之爲旗幟,攻擊相鬭,敗者罰之巨觥以戲笑。」宋范成大石湖集三題開元天寶遺事詩之四:「宫中亦有風流陣,不及漁洋突騎粗。」

【風流箭】唐時宫中遊戲用的箭。宋陶穀清異録下武器:「(唐敬宗)寶歷中,帝造紙箭竹皮弓,紙間密貯龍麝末香。每宫嬪羣聚,帝躬射之,中者濃香觸體,了無痛楚。宫中名風流箭。」

【風馬牛】左傳僖四年:「(齊侯)遂伐楚,楚子使與師言曰:『君處北海,寡人處南海,唯是風馬牛不相及也。』」注:「牛馬風逸,蓋未界之微事,故以取喻。」疏:「服虔云:『風,放也,牝牡相誘謂之風。』尚書稱『馬牛其風』。此言風馬牛,謂馬牛風逸,牝牡相誘,蓋是未界之微事。言此事不相及,故以取喻不相干也。」一説,齊楚兩國相去甚遠,即使牲畜走失,亦不致越入對方國界。後因以喻互不相干。宋陸游劍南詩稿八二短歌行:「耳邊閒事有何極,正可付之風馬牛。」

【風陵堆】地名,在今山西永濟縣南。一名封陵。新唐書五行志二:「天寶十一載六月,虢州閿鄉黄河中女媧墓,因大雨晦冥,失其所在。在乾元二年六月乙未夜,瀕河人聞有風雷聲,曉見其墓踊出,下有巨石,上有雙柳,各長丈餘。時號風陵堆。」參閲嘉慶一統志一四〇蒲州府山川。

【風陵渡】在山西永濟縣南,黄河北岸。

曹操西征韓遂,自潼關北渡,卽此。一名風陵津。參閱讀史方輿紀要四一蒲州風陵堆。

【風雲會】好的際遇。文選三國魏吳季重(質)答魏太子牋:"臣幸得下愚之才,値風雲之會。"晉陸機陸士衡集六塘上行:"被蒙風雲會,移居華池邊。"

【風過耳】喻不重視。南齊書廬陵王子卿傳:"(上勑之曰):汝比在都,讀學不就,年轉成長,吾日冀汝美,勿得勑如風過耳,使吾失氣。"

【風箏誤】傳奇名。清李漁撰。爲笠翁十種曲之一。記兩姐妹(一娟美,一粗拙)各就姻緣事。其情節變幻,皆以風箏題詩爲線索,幾經誤會,風波迭起,故名。參閱曲海總目提要二一。

【風篁嶺】在今浙江杭州市錢塘門外。嶺高峻,多種竹,故名。龍井卽在其下。宋蘇軾分類東坡詩二二介亭餞楊傑次公:"丹青明滅風篁嶺,環珮空響桃花源。"

【風磨銅】一名風沐。置之通風處,質豔豔若火。其價貴於黃金。俗謂風銅能破風,故塔頂多用之。明陳仁錫潛確類書九三服御部六:"鍮鉐,黃銅似金者,我明皇極殿頂名是風磨銅。更貴於金。一云:卽鍮石也。"

【風聲木】傳說中木名。唐段成式酉陽雜俎十物異:"東方朔……得風聲木枝,帝以賜大臣,人有疾則枝汗,將死則折。"參見"聲風木"。

【風月常新】指情愛長久如新。唐張泌妝樓記印臂:"開元初,宮人被進御者,曰印選。以綢繆記印于臂上,文曰:'風月常新'。印畢,漬以桂紅膏,則水洗色不退。"又見馮贄雲仙雜記五引史諱錄。

【風行草偃】喻德教化民。書君陳"爾惟風,下民惟草"漢孔安國傳:"民從上教而變,猶草應風而偃。"論語顏淵:"君子之德風,小人之德草,草上之風必偃。"三國志吳張紘傳"少府孔融等皆與親善"注引吳書:"平定三郡,風行草偃,加以忠敬款誠,乃心王室。"也作"風行草靡"。南齊書高帝紀上:"麾旆所臨,風行草靡。"

【風吹草動】喻細小的動蕩。敦煌伍子胥變文:"偷踪竊道,飮氣吞聲,風吹草動,卽便藏形。"宋朱熹編上蔡先生(謝良佐)語錄上:"若信不及,風吹草動,便生恐懼憂喜。"水滸二四:"倘有些風吹草動,武二眼裏認的是嫂嫂,拳頭却不認的是嫂嫂。"

【風雨同舟】孫子九地:"夫吳人與越人相惡也,當其同舟而濟,遇風,其相救也,如左右手。"後因以風雨同舟喻患難相共。

【風雨飄搖】喻動蕩不安。原作"風雨漂搖"。詩豳風鴟鴞:"風雨所漂搖,予維音嘵嘵。"宋范成大石湖集三三送文處厚歸蜀類試詩:"死生契闊心如鐵,風雨飄搖鬢欲絲。"

【風虎雲龍】易乾:"雲從龍,風從虎,聖人作而萬物覩。"後以"風虎雲龍"指明君賢臣的意氣相投。宋王安石臨川集三七浪淘沙令詞:"湯武偶相逢,風虎雲龍,興王秪在笑談中。"

【風花雪月】㊀指四時景色。宋邵雍伊川擊壤集序:"雖死生榮辱,轉戰于前,曾未入于胸中,則何異四時風花雪月一過乎眼也。"又二和人放懷詩:"況當水竹雲山地,忍負風花雪月期。"㊁喻男女風情。金王喆重陽全眞集十二西江月四景詞:"堪歎風花雪月,世間愛戀偏酬。"元曲選喬孟符金錢記三:"本是些風花雪月,都做了笞杖徒流。"水滸二:"每日三瓦兩舍,風花雪月。"

【風俗通義】漢應劭撰。劭自序稱:"謂之風俗通義,言通於流俗之過謬,而事該之於義理也。"後漢書本傳省作風俗通。原本三十卷,每卷爲一篇,分子目一百三十四。今本已多散佚。姓氏篇自宋已佚,後自永樂大典輯出,附錄於末。其書因事立論,辨物類,釋時俗,考論典禮,類白虎通義;糾正時俗,類論衡;雖不主一家而自有見地。

【風流宰相】不拘禮法、自成風氣的宰相。南史王儉傳:"儉常謂人曰:'江左風流宰相,惟有謝安。'蓋自況也。"

【風流雲散】謂離散、飄零或消失。文選三國魏王仲宣(粲)贈蔡子篤詩:"風流雲散,一別如雨。"宋陳亮龍川詞水龍吟春恨詞:"金釵鬭草,青絲勒馬,風流雲散。"

【風流罪過】㊀因風雅之事而獲致過錯。北齊書郎基傳:"基性淸慎,無所營求……唯頗令寫書。潘子義曾遺之書曰:'在官寫書,亦是風流罪過。'"㊁風情方面的過失。宋黃庭堅山谷詞滿庭芳:"又須得尊前席上成雙。些子風流罪過,都說與明月空牀。"

【風流藪澤】謂風流韻事薈萃之所。五代後周王仁裕開元天寶遺事上:"長安有平康坊,妓女所居之地。京都俠少,萃集于此。兼每年新進士以紅牋名紙,遊謁其中,時人謂此坊爲風流藪澤。"

【風馬不接】不相干,兩者之間無關係。宋書王弘之傳:"時琅邪殷仲文還姑孰,祖送傾朝。(桓)謙要弘之同行,答曰:'凡祖離送別,必在有情,下官與殷風馬不接,無緣扈從。'"

【風起雲蒸】喻發展迅猛。史記一三〇太史公自序:"諸侯作難,風起雲蒸。"也作"風興雲蒸"。後漢書二八下馮衍傳自論:"風興雲蒸,一龍一蛇;與道翱翔,與時變化,夫豈守一節哉?"今作"風起雲涌"。

【風淸弊絕】政風淸,弊端絕。宋周敦頤周濂溪集八拙賦:"天下拙,刑政徹,上安下順,風淸弊絕。"

【風雲際會】遭逢時會。元耶律楚材湛然居士集九次雲卿見贈詩:"風雲際會千年少,天地恩私四海均。"參見"風雲會㊀"。

【風馳電掣】形容迅速。文苑英華三三八唐王顥懷素上人草書歌:"忽作風馳如電掣,更點飛花兼散雪。"本作"風馳電逝"。三國魏嵇康嵇中散集一兄秀才公穆入軍贈詩:"風馳電逝,躡景追飛。"

【風調雨順】風雨適時。唐吳兢貞觀政要九議征伐:"貞觀已來二十有餘載,風調雨順,年登歲稔,人無水旱之弊,國無饑饉之災。"也作"雨順風調"。宋蘇軾分類東坡詩十荔支歎:"雨順風調百穀登,民不飢寒爲上瑞。"參見"國泰民安"。

【風餐露宿】形容行旅艱苦。宋蘇軾東坡集續集一游山呈通判承議寫寄參寥師詩:"遇勝卽倘佯,風餐兼露宿。"范成大石湖集二五元日:"飢飯困眠全體懶,風餐露宿半生癡。"

【風聲婦人】指妓女。五代南唐劉崇遠金華子上:"高燕公(駢)在淮南日,任江揚宰,有弟,收拾一風聲婦人爲歌姬在舍。"宋王讜唐語林七:"(牛僧孺謂杜牧)曰:風聲婦人若有顧盼者,可取置之所居,不可夜中獨遊。"

【風聲鶴唳】晉書謝玄傳:"(苻)堅衆奔潰,自相蹈藉,投水死者不可勝計,肥水爲之不流。餘衆棄甲宵遁,聞風聲鶴唳,皆以爲王師已至。草行露宿,重以飢凍,死者十七八。"又見苻堅載記下。後以"風聲鶴唳"喻自相驚擾。

【風檣陣馬】乘風之船,破陣之馬。喻氣勢雄猛。唐杜牧樊川集十李賀集序:"風檣陣馬,不足爲其勇也。"

【風簷寸晷】唐錢起錢考功集一送張少府詩:"寸晷如三歲,離心在萬里。"宋文天祥文山集十四正氣歌:"風簷展書讀,古道照顔色。"按風簷，謂不蔽風雨之場屋；寸晷，言很短的時間。常用爲舉場應試之意。明周暉金陵瑣事四嘉靖末南場剩事："張公見解元鄭維誠中庸墨卷，破題用兩句成語冠場，迺批云：'我以半月精神思之不得，此子于風簷寸晷中得之，殆神助哉！'"

【風鬟雨鬢】形容婦女髮髻散亂。唐李朝威柳毅傳："昨下第，閒驅涇水右涘，見大王愛女牧羊于野，風鬟雨鬢，所不忍視。"(太平廣記四一九)也作"風鬟霧鬢"。宋李清照漱玉詞永遇樂："如今憔悴，風鬟霧鬢，怕見夜間出去。"霧，一本作"霜"。謂髮不整而鬢已白。

四畫

颬 xiā ㄒㄧㄚ 許加切，平，麻韻，曉。

見下。

【颬颬】吐氣貌。文選漢張平子(衡)西京賦："含利颬颬，化爲仙車。"三國吳薛綜注："含利，獸名；……颬颬，容也。"

五畫

颯 sà ㄙㄚˋ 蘇合切，入，合韻，心。

也作"颭"。㊀風聲。文選戰國楚宋玉風賦："楚襄王遊於蘭臺之宮，宋玉景差侍，有風颭然而至。"㊁凋零，衰老。藝文類聚三六南朝梁陸倕思田賦："歲聿忽其云暮，庭草颯以委黃。"唐岑參岑嘉州詩一陪狄員外早秋登府西樓："知己猶未報，鬢毛颯已蒼。"

【颯戾】清涼貌。楚辭漢劉向九歎遠逝："遊清靈之颯戾兮，服雲衣之披披。"

【颯沓】㊀衆盛貌。藝文類聚六六三國魏應瑒西狩賦："按轡清途，颯沓風翔。"文選南朝宋鮑明遠(照)詠史詩："賓御紛颭沓，鞍馬光照地。"㊁羣飛貌。文選南朝宋鮑明遠(照)舞鶴賦："颯沓矜顧，遷延遲暮。"

【颯爽】勁捷，神采飛動。唐杜甫杜工部草堂詩箋十三畫鶻行："高堂見生鶻，颯爽動秋骨。"又二十丹青引贈曹將軍霸："褒公鄂公毛髮動，英姿颯爽猶酣戰。"

【颯遝】聲湧起貌。文選晉潘安仁(岳)笙賦："終嵬峨以蹇愕，又颭遝而繁沸。"

【颯颯】㊀風聲。楚辭屈原九歌山鬼："風颯颯兮木蕭蕭，思公子兮徒離憂。"㊁雨聲。唐杜甫杜工部草堂詩箋十七乾元中寓居同谷縣作歌之五："四山多風溪水急，寒雨颯颯枯樹濕。"㊂形容疾速。唐杜甫杜工部草堂詩箋十七石龕："奈何漁洋騎，颯颯驚烝黎。"明高啓高太史集五太湖詩："茫茫雁飛遲，颯颯帆度快。"

【颯掲】屈折貌。文選漢傅武仲(毅)舞賦："羅衣從風，長袖交横，駱驛飛散，颯掲合并。"六臣注本作"颯沓"。

【颯灑】飄動。後漢書四十下班彪傳附班固東都賦："鳳蓋颯灑，和鸞玲瓏。"文選作"鳳蓋棽麗"。廣弘明集三十下隋煬帝捨舟登陸示慧日道場……詩："颯灑林華落，逶迤風柳散。"

【颯纚】長袖舞動貌。後漢書四十上班彪傳附班固西都賦："紅羅颯纚，綺組繽紛。"文選漢張平子(衡)西京賦："振朱屣於盤樽，奮長袖之颭纚。"三國吳薛綜注："舞人特作長袖，颭纚，長貌也。"

颭 zhǎn ㄓㄢˇ 占琰切，上，琰韻，照。

風吹物動。唐柳宗元柳先生集四二登柳州城樓……詩："驚風亂颭芙蓉水，密雨斜侵薜荔牆。"

【颭颭】搖曳貌。古文苑五漢劉歆遂初賦："迴風育其飄忽兮，迴颭颭之泠泠。"宋陸游劍南詩稿八一小舟乘竹輿至柳姑廟而歸："颭颭畫船來北港，翻翻青傘度南塘。"

【颭灩】水波蕩漾貌。唐杜牧樊川集一題池州弄水亭詩："弄水亭前溪，颭灩翠綃舞。"

颱 tái ㄊㄞˊ

颱風，發生在熱帶海洋上的一種猛烈風暴。清林謙光臺灣紀略天時："每在秋令，颱颶時起，土人謂正、二、三、四月起者爲颶，五、六、七、八月起者爲颱，颱甚于颶，而颶急於颱。"或以驟發卽止者爲"颶"，連數日夜始息者爲"颱"。颱，字書所未載，或謂係外來詞，或謂係粵語"大"字之音譯。

颮 páo ㄆㄠˊ 薄交切，平，肴韻，並 四角切，入，覺韻，滂。

㊀暴風。文選漢班孟堅(固)答賓戲："七雄虓闞，分裂諸夏，龍戰虎爭；遊說之徒，風颮電激，並起而救之。"漢書作"颶"。㊁風聲。見廣韻。

【颮颮】衆多貌。文選漢班孟堅(固)西都賦："矢不單殺，中必疊雙，颮颮紛紛，矰繳相纏，風毛雨血，灑野蔽天。"

颲 yǒu ㄧㄡˇ 於糾切，上，黝韻，影。

見下。

【颲瀏】風聲。文選晉左太沖(思)吳都賦："颲瀏颼飅，鳴條律暢。"

六畫

颲 liè ㄌㄧㄝˋ 良薛切，入，薛韻，來。

烈風。見說文。

【颲颲】風烈貌。廣弘明集二九南朝梁武帝(蕭衍)孝思賦："旅雁鳴而哀哀，朔風鼓而颲颲。"

颵 lì ㄌㄧˋ 集韻 郎計切，去，霽韻。

急風。山海經北山經："雞號之山，其風如颵。"文選晉郭景純(璞)江賦："長風颹以增扇，廣莫颵而氣整。"

八畫

颶 jù ㄐㄩˋ 集韻 衢遇切，去，遇韻。

發於海上的大風。唐韓愈昌黎集一赴江陵途中寄翰林三學士詩："颶起最可畏，訇哮簸陵丘。"

【颶母】颶風起前出現的彩雲。唐李肇國史補下："南海人言，海風四面而至，名曰颶風。颶風將至，則多虹蜺，名曰颶母。然三五十年始一見。"唐劉恂嶺表録異上："南海秋夏間，或雲物慘然，則其暈如虹，長六七尺，比候，則颶風必發，故呼爲颶母。"

【颶風】發生在海洋上的强烈暴風。太平御覽九南越志："熙安間多颶風。颶者，具四方之風也。一曰懼風，言怖懼也。常以六七月興。未至時，三日雞犬爲之不鳴。"唐韓愈昌黎集六瀧吏詩："颶風有時作，掀簸真差事。"

颸 ruí ㄖㄨㄟˊ 人垂切，平，支韻，日。

風緩貌。文選晉郭景純(璞)江賦："徐而不颸，疾而不猛。"注："埤蒼曰：颸，風遲也。"

颹 wěi ㄨㄟˇ 于鬼切，上，尾韻，于。

風大貌。也作"䬐"。文選晉郭景純(璞)江賦："長風䬐以增扇，廣莫颵而氣整。"

颺 àn ㄢˋ 字彙 烏紺切，音暗。

見下。

【颺颴】颶風。全唐詩九五沈佺期夜泊越州逢北使："颺颴縈海若，霹靂耿天吴。"參閱明方以智通雅十一天文。

颸 sī ㄙ 楚持切，平，之韻，初。

㊀涼。宋書樂志四漢鼓吹鐃歌十八曲有

所思："秋風肅肅晨風颸，東方須臾高知之。"㈡疾風。三國魏曹植曹子建集六盤石篇："一舉必千里，乘颸舉帆幢。"

【颸風】疾風。後漢書六十上馬融傳廣成頌："靡颸風，陵迅流。"文選南朝梁江文通(淹)雜體詩張黃門苦雨："燮燮涼葉奪，戾戾颸風舉。"

【颸段】北齊顏之推顏氏家訓音辭："梁世有一侯，嘗對元帝飲謔，自陳'癡鈍'，乃成'颸段'。元帝答之云：'颸異涼風，段非干木。'"後以"颸段"爲口齒不清之典。

颺 yáng 與章切，平，陽韻，喻。ㄧㄤˊ 餘亮切，去，漾韻，喻。

㈠飛揚。楚辭宋玉九辯："何曾華之無實兮，從風雨而飛颺。"漢書一〇〇敍傳上："游說之徒，風颺電激，並起而救之。"又音yàng。文選南朝梁丘希範(遲)旦發魚浦潭詩："漁潭霧未開，赤亭風已颺。櫂歌發中流，鳴鞞響沓障。"㈡高飛。晉書慕容垂載記："且垂猶鷹也，飢則附人，飽便高颺。"㈢揚舉，顯揚。書益稷："工以納言，時而颺之。"左傳昭二八年："今子少不颺，子若無言，吾幾失子矣。"㈣簸揚。晉書孫綽傳："簸之颺之，糠秕在前。"㈤舟徐行。文選晉陶淵明(潛)歸去來辭："舟遙遙以輕颺，風飄飄而吹衣。"㈥拋下。宋周邦彥片玉詞南柯子："嬌羞不肯傍人行，颺下扇兒拍手，引流螢。"

【颺言】大聲疾言。書益稷："臯陶拜手稽首，颺言曰：念哉！"傳："大言而疾曰颺。"

【颺扇】農具的一種。用以簸去夾雜在穀中的雜物。即風車。宋梅堯臣宛陵集五一和孫端叟寺丞農具十三首有颺扇詩。參見"風車㈢"。

【颺颺】㈠鳥飛貌。唐韋應物韋江州集五長安遇馮著詩："冥冥花正開，颺颺燕新乳。"㈡搖曳貌。唐元稹長慶集六月臨花詩："凌風颺颺花，透影朧朧月。"

【颸潮風】颸風起前的一種雲象。明楊慎藝林伐山二："南越志：颸風即孟婆，……凡此風作，先一二日，片雲漫空疾飛，海人呼爲颸潮風；東廣泛海者，曰犁頭雲。"

颵 yú 字彙 雲俱切，音俞。ㄩˊ

見"颵颵"。

颼 sōu 玉篇 所流切。ㄙㄡ

廣韻作"颼"。㈠小風。初學記一漢應劭風俗通義："微風曰颼，小風曰颼。"㈡象聲詞。1.風雨聲。見"颼颼㈠"。2.箭離弦聲。水滸四一："望着爲頭領的一個馬軍，颼地一箭，只見翻筋斗射下馬去。"

【颼颼】㈠象聲詞。1.風聲。藝文類聚一漢趙壹迅風賦："啾啾颼颼，吟嘯相求。"2.雨聲。唐杜甫杜工部草堂詩箋四秋雨歎之三："雨聲颼颼催早寒，胡鴈翅濕高飛難。"㈡清寒貌。唐杜牧樊川集一洛中送冀處士東游詩："論今星燦燦，考古寒颼颼。"

【颼飀】風聲。文選晉左太沖(思)吳都賦："與風颻颺，颲瀏颼飀。"唐李白李太白詩一明堂賦："颯蕭寥以颼飀，窅陰鬱以櫛密。"也指風雨聲。唐張彥遠歷代名畫記十："烟霞翳薄，風雨颼飀。"

十 畫

颿 fán 符咸切，平，凡韻，並。ㄈㄢˊ 扶泛切，去，梵韻，並。

㈠馬疾步。見說文。㈡船帆。文選晉左太沖(思)吳都賦："輕舼按轡以經隧，樓船舉颿而過肆。"世說新語排調："顧長康(愷之)作殷荆州(浩)佐，請假還東，爾時例不給布颿，顧苦求之，乃得發。"

【颿颿】馬飛馳貌。吳越春秋勾踐入臣外傳："颿颿獨兮西往，孰知返兮何年！"

颽 kǎi 苦亥切，上，海韻，溪。ㄎㄞˇ

南風。也作"颽"、"凱"。見玉篇。文選漢班孟堅(固)幽通賦："颻颽風而蟬蛻兮，雄朔野以颺聲。"

颻 yáo 餘昭切，平，宵韻，喻。ㄧㄠˊ

飄搖。也作"颻"。後漢書五九張衡傳思玄賦："超踰騰躍絕世俗，飄颻神舉逞所欲。"

【颻颺】㈠風搖物貌。文選晉左太沖(思)吳都賦："與風颻颺，颲瀏颼飀。"㈡飄搖。南朝梁簡文帝集大同九年秋七月詩："晚風颻颺來，落照參差好。"㈢飛翔貌。唐韋應物韋江州集五答李博士詩："簷鷁已颻颺，荷露方蕭颯。"

颾 sāo 蘇遭切，平，豪韻，心。ㄙㄠ

見下。

【颾颾】風聲。唐柳宗元柳先生集四三遊南亭夜還敍志七十韻詩："淹泊遂所止，野風自颾颾。"參見"騷騷"。

飀 liú 力求切，平，尤韻，來。ㄌㄧㄡˊ

也作"飀"、"飂"、"飉"。見下。

【飀飀】㈠微風吹拂貌。藝文類聚一晉湛方生風賦："亦有飄泠之氣，不疾不徐，飀飀微扇，曖曖清舒。"樂府詩集六十唐釋皎然風入松歌："西嶺松聲落日秋，千枝萬葉風飀飀。"㈡口吸氣聲。聊齋志異畫皮："道士出一葫蘆，拔其塞，置烟中，飀飀然如口吸氣，瞬息烟盡。"

十一畫

飄 piāo 撫招切，平，宵韻，滂。ㄆㄧㄠ 符霄切，平，宵韻，並。

也作"飃"。㈠旋風。見"飄風"。㈡吹。三國魏曹植曹子建集五侍太子坐詩："寒冰辟炎景，涼風飄我身。"㈢落。莊子達生："雖有忮心者不怨飄瓦，是以天下平均。"注："飄落之瓦，雖復中人，人莫之怨者，由其無情。"㈣飛揚。唐白居易長慶集十二長恨歌："驪宮高處入青雲，仙樂風飄處處聞。"

【飄迅】猶迅疾。抱朴子任命："年期奄冉而不久，託世飄迅而不再。"

【飄泊】謂行止無定所。魏書山偉傳："不營產業，身亡之後，賣宅營葬，妻子不免飄泊，士友歎愍之。"參見"漂泊"。

【飄忽】輕疾貌。文選戰國楚宋玉風賦："夫風生於地，起於青蘋之末，……飄忽淜滂，激颺熛怒。"又三國魏曹子建(植)洛神賦："體迅飛鳧，飄忽若神。"

【飄曶】同"飄忽"。文選漢傅武仲(毅)舞賦："蜲蛇姌嫋，雲轉飄曶。"注："飄忽，如風之疾也。"

【飄眇】形容聲音清幽。文選晉成公子安(綏)嘯賦："橫鬱鳴而滔涸，冽飄眇而清昶。"注："飄眇，聲清長貌。"

【飄風】旋風。詩大雅卷阿："有卷者阿，飄風自南。"傳："飄風，迴風也。"楚辭屈原離騷："飄風屯其相離兮，帥雲霓而來御。"

【飄姚】即飄搖。漢書九七上孝武李夫人傳："的容與以猗靡兮，縹飄姚虖愈莊。"注引孟康："言夫人之顏色的然盛美，雖在風中縹姚，愈益端嚴也。"

【飄淪】飄零，衰頹。藝文類聚二六晉阮籍詠懷詩"一日復一日，一夕復一晨。容色改平常，精魂自飄淪。"

【飄逸】㈠輕疾貌。初學記六漢王粲浮淮賦："旍麾翳日，飛雲天迴。蒼鷹飄逸，遞相競軼。"㈡超脫，瀟灑。宋嚴羽滄浪詩話詩評："子美(杜甫)不能爲太白(李白)之飄逸，太白不能爲子美之沉鬱。"宋史四四四晁補之傳："補之才氣飄逸，嗜學不知倦。"

【飄然】㈠迅疾貌。吳越春秋十勾踐伐

吳外傳："往若飄然，去則難從。"唐李白李太白詩二古風之七："舉首遠望之，飄然若流星。"㊁散失貌。抱朴子明本："而中世以來，爲道之士，莫不飄然絶跡幽隱，何也？"唐白居易長慶集六酬吳七見寄詩："常恐歲月滿，飄然歸紫烟。"㊂飄蕩貌。宋陸游劍南詩稿五八七月四日夜賦："莫因乞巧嘲兒女，我亦飄然水上浮。"

【飄零】㊀飄失，零落。北齊劉晝劉子十言苑："故春葉雖茂，假朝露而抽翠；秋葉誠危，因微風而飄零。"北周庾信庾子山集二哀江南賦："將軍一去，大樹飄零；壯士不還，寒風蕭瑟。"㊁飄泊，流落。唐杜甫杜工部草堂詩箋三五寄栢學士林居："亂代飄零余到此，古人成敗子如何！"

【飄遥】卽飄搖。文選漢張平子(衡)思玄賦："超踰騰躍絶世俗，飄遥神舉逞所欲。"

【飄摇】飄動貌。戰國策楚四："(黃鵠)飄摇乎高翔，自以爲無患，與人無爭也。"

【飄蓬】㊀猶言飛蓬，喻行蹤無定。文苑英華二六六隋尹式別宋常侍詩："遊人杜陵北，送客漢川東。無論去與住，俱是一飄蓬。"㊁飄泊。唐杜甫杜工部草堂詩箋十七鐵堂峽："飄蓬踰三年，迴首肝肺熱。"㊂飄動貌。樂府詩集四一南朝陳張正見白頭吟："顔如花落槿，鬢似雪飄蓬。"

【飄蕩】㊀飄浮，動蕩。三國志魏鮑勛傳："往年龍舟飄蕩，隔在南岸，聖躬蹈危，臣下破膽。"樂府詩集七三缺名楊白花："春風一夜入閨闥，楊花飄蕩落南家。"㊁猶飄泊。唐杜甫杜工部草堂詩箋十一羌村之一："世亂遭飄蕩，生還偶然遂。"

【飄薄】同"飄泊"。文選南朝宋謝靈運擬魏太子鄴中集詩序："應瑒，汝潁之士，流離世故，頗有飄薄之歎。"藝文類聚九十南朝梁沈約天淵水鳥應詔賦："飄薄出孤嶼，未曾宿蘭渚。"

【飄蕭】飄動貌。唐杜甫杜工部草堂詩箋十三義鶻行："飄蕭覺素髮，凜欲衝儒冠。"元稹長慶集二書異詩："飄蕭北風起，皓雪紛滿庭。"

【飄瞥】雪飛貌。世說新語言語："(道壹道人)經吳中，已而會雪下，未甚寒。諸道人問在道所經，壹公曰：'風霜固所不論，乃先集其慘澹，郊邑正自飄瞥，林岫便已皓然。'"

【飄邈】形容聲音清悠。三國魏嵇康嵇中散集二琴賦："疾而不速，留而不滯，翩緜飄邈，微音迅逝。"

【飄颺】卽飄揚。玉臺新詠一漢宋子侯董嬌嬈："纖手折其枝，花落何飄颺！"樂府詩集四四南朝子夜歌之二四："羅裳易飄颺，小開罵春風。"

【飄颻】卽飄搖。後漢書八十下邊讓傳章華賦："羅衣飄颻，組綺繽紛。"三國魏曹植曹子建集三洛神賦："髣髴兮若輕雲之蔽月，飄颻兮若流風之回雪。"

【飄飄】㊀飄飛貌。文選漢張平子(衡)西京賦："雨雪飄飄，冰霜慘烈。"又晉潘安仁(岳)秋興賦："蟬嘒嘒而寒吟兮，鴈飄飄而南飛。"注："飄飄，飛貌。"㊁風吹貌。文選三國魏曹子建(植)美女篇："羅衣何飄飄，輕裾隨風還。"晉陶潛陶淵明集五歸去來兮辭："舟遥遥以輕颺，風飄飄而吹衣。"㊂輕舉貌。史記一一七司馬相如傳："相如既奏大人之頌，天子大說，飄飄然有凌雲之氣。"唐李白李太白詩九贈瑕丘王少府："皎皎鸞鳳姿，飄飄神仙氣。"

【飄齏】一種調味品。北魏賈思勰齊民要術九飧飯胡飯法："以酢瓜葅長切，將炙肥肉生雜菜內(納)餅中急捲，捲用兩卷三截之，令相就，並六斷，長不過二寸。別奠飄齏隨之，用胡芹切下酢中，爲飄齏。"

【飄茵落溷】梁書范縝傳："(竟陵王)子良問曰：'君不信因果，世間何得有富貴？何得有貧賤？'縝答曰：'人之生譬如一樹花，同發一枝，俱開一蔕，隨風而墮，自有拂簾幌墜於茵席之上，自有關籬牆落於糞溷之側。墜茵席者，殿下是也；落糞溷者，下官是也。貴賤雖復殊途，因果竟在何處！'子良不能屈。"後以喻窮達出於偶然，並非命中注定。

飂 1. liú 力求切，平，尤韻，來。
ㄌㄧㄡ 力救切，去，宥韻，來。

也作"飀"。見玉篇。㊀高風。見說文。㊁古國名。左傳昭二九年："昔有飂叔安，有裔子曰董父，實甚好龍。"注："飂，古國也，叔安，其君名。"

2. liáo 集韻 憐蕭切，平，蕭韻。
ㄌㄧㄠ

㊂風聲。見"飂₂戾"。

【飂₂戾】㊀迅疾。也作"飉淚"。後漢書張衡傳思玄賦："颯汨飉淚，沛以罔象兮，爛漫麗靡，藐以迭遏。"文選思玄賦作"飉淚"。㊁風聲。文選晉潘安仁(岳)西征賦："吐清風之飂戾，納歸雲之鬱蓊。"

【飂風】西風。吕氏春秋有始："東北曰炎風，……西方曰飂風。"注："兑氣所生，一曰閶闔風。"參見"八風㊀"。

【飂₂飂₂】㊀風聲。莊子齊物論："而獨不聞之翏翏乎？"釋文："翏翏，長風聲也。李本作飂，音同。"三國魏阮籍阮步兵集清思賦："聲飂飂以洋洋，若登崑崙而臨西海。"㊁寒氣貌。淮南子覽冥："故至陰飂飂，至陽赫赫，兩者交接成和，而萬物生焉。"

十二畫

飆 biāo 甫遥切，平，宵韻，幫。
ㄅㄧㄠ

本作"猋"。也作"飇"、"飈"、"颷"。㊀暴風。爾雅釋天："扶搖謂之猋。"注："暴風從下上。"史記一一七司馬相如傳上林賦："陵驚風，歷駭飇。"漢書八七上揚雄傳甘泉賦："回猋肆其碭駭兮，翍桂椒鬱移楊。"又河東賦："風發飆拂，神騰鬼趡。"㊁泛指風。南齊謝朓謝宣城集五紀功曹中園詩："傾葉順清飆，修莖儜高鶴。"

【飆回】喻動亂。後漢書光武帝紀下贊："九縣飆回，三精霧塞。"

【飆車】御風以行之車。唐李白李太白詩二古風之四："羽駕滅去影，飆車絶迴輪。"宋范成大石湖集九晝錦行送陳福公判信州詩："人言公與赤松期，飆車羽輪來何時？"

【飆塵】狂風捲起的塵埃。喻行止無常。文選古詩十九首之四："人生寄一世，奄忽若飆塵。"

【飆輪】御風以行之車。唐陸龜蒙甫里集八和江南道中懷茅山廣文南陽博士詩："莫言洞府能招隱，會輾飆輪見玉皇。"宋范成大石湖集六知郡檢計齋醮禱雨登時感通……詩："清壇深夜賓衆真，前驅霓旌後飆輪。"

【飆駭】震動興起。抱朴子君道："陳吳之徒奮劍而大呼，劉項之倫揮戈而飆駭。"南朝梁劉勰文心雕龍九時序："春秋以後，角戰英雄，六經泥蟠，百家飆駭。"

【飆舉電至】形容來勢疾速。漢桓寬鹽鐵論世務："匈奴貪狼，因時而動，乘可而發，飆舉電至。"

飀 liú
ㄌㄧㄡ

見"飂"。

䬝 hóng 户盲切，平，庚韻，匣。
ㄏㄨㄥ

㊀暴風。也作"䫻"。見玉篇。㊁車駕相碰聲。唐韓愈昌黎集八城南聯句："靈燔望高冋，龍駕聞敲䬝。"

飉 liáo 落蕭切,平,蕭韻,來。ㄌㄧㄠ

小風。也作"飃"。廣雅釋詁"飉,風也。"清王念孫疏證:"飉亦飂也,語之轉耳。初學記引通俗文云:微風曰飉。"

【飉厲】形容歌聲。文選晉左太冲(思)蜀都賦:"巴姬彈弦,漢女擊節。起西音於促柱,歌江上之飃厲。"

【飉飉】微風吹拂貌。晉陸機陸士衡集四羽扇賦:"翩姍姍以微振,風飃飃以垂婉。"

䬝 yù 餘律切,入,術韻,喻。ㄩˋ

疾風。文選晉木玄虛(華)海賦:"影沙礐石,蕩䬝島濱。"注:"䬝,風疾貌。"

十三畫

飋 sè 所櫛切,入,櫛韻,山。ㄙㄜˋ

風涼貌。文選漢王文考(延壽)魯靈光殿賦:"鴻爌炾以爣閬,飋蕭條而清泠。"注:"飋蕭條,清涼之貌。"

【飋颸】風吹貌。唐張文成遊仙窟:"婀娜蓊茸,清泠飋颸。"

十五畫

飀 liú 力求切,平,尤韻,來。ㄌㄧㄡˊ

同"飀"。見下。

【飀飀】風聲。文選晉左太冲(思)吳都賦:"汩乘流以砰宕,翼颸風之飀飀。"

十八畫

飌 fēng 方戎切,平,東韻,幫。ㄈㄥ

古文"風"字。周禮春官大宗伯:"以槱燎祀司中、司命、飌師、雨師。"

飍 xiū 香幽切,平,幽韻,曉。ㄒㄧㄡ

馳走貌。文選晉左太冲(思)吳都賦:"驫駥飍矞,靸霅警捷,先驅前途。"

飛 部

飛 fēi 甫微切,平,微韻,幫。ㄈㄟ

㊀飛翔。詩邶風燕燕:"燕燕于飛,差池其羽。"引申凡物在天空飄蕩,皆稱飛。如言飛蓬,飛雪。㊁形容快速,急促。漢書天文志:"彗孛飛流,日月薄食。"㊂形容高。見"飛閣㊁"。㊃没有根據的,出於意外的。見"飛語"、"飛禍"等。㊄聲音上揚。南朝梁劉勰文心雕龍七聲律:"凡聲有飛沈,響有動靜,……沈則響發而斷,飛則聲颺不還。"㊅中藥的一種炮製法。卽研藥物爲細末,置水中漂去浮於水面的粗屑。政和證類本草五伏龍肝引雷公炮炙論:"取得後,細研,以滑石水飛過兩遍,令乾。"

【飛刀】運刀如飛。北史奚康生傳:"孝文募破中渚賊者,以爲直閣將軍。康生應募……飛刀亂斫,投河溺死者甚衆。"

【飛子】秦始封之祖,善畜馬,卽非子。文選晉盧子諒(諶)贈崔温詩:"恨以駑蹇姿,徒煩飛子御。"注:"非與飛古字通。"參見"非子"。

【飛文】誣謗他人的匿名文書。漢書三六楚元王傳附劉向上封事:"是以羣小窺見間隙,緣飾文字,巧言醜詆,流言飛文,譁於民間。"

【飛天】佛教壁畫或石刻中飛舞空中之神,梵語提婆,意譯爲天。神於空中飛翔,故稱飛天。大同雲崗石窟現存洞窟中,有佛象、菩薩、飛天等造象五萬一千多箇。參見"提婆㊀"。

【飛丹】㊀道家煉製的丹藥。南史陶弘景傳:"弘景既得神符祕訣,以爲神丹可成,而苦無藥物。帝給黃金、朱砂、曾青、雄黃等。後合飛丹,色如霜雪,服之體輕。"㊁喻紅光閃灼。唐李白李太白詩八酬殷明佐見贈五雲裘歌:"遠山積翠橫海島,殘霞飛丹映江草。"

【飛札】奮筆疾書的簡札。唐元稹長慶集八悼僧如展詩:"紫毫飛札看猶濕,黃字新詩和未成。"

【飛石】古戰具。建大木,置石其上,發機以擊敵。左傳桓五年"旝動而鼓"唐孔穎達疏:"賈逵以旝爲發石。一曰飛石,引范蠡兵法作飛石之事以證之。說文亦云:建大木,置石其上,發其機以追敵,與賈同也。"

【飛矛】古兵器。箭之一種。周禮夏官司弓矢:"凡矢,枉矢絜矢利火射,用諸守城車戰。"漢鄭玄注:"枉矢者,取名變星,飛行有光,今之飛矛是也,或謂之兵矢。"

【飛生】鼯鼠的異名。爾雅釋鳥"鼯鼠"晉郭璞注:"狀如小狐,似蝙蝠肉翅,……脚短爪長,尾三尺許,飛且乳,亦謂之飛生。"文選晉左太冲(思)吳都賦:"羂六駮,追飛生。"宋代産科醫生門前,多畫婦人脚踏此獸之皮。見宋缺名百寶總珍集七飛生皮。

【飛白】漢字書體的一種,筆畫露白,似枯筆所寫。相傳後漢蔡邕所創。靈帝熹平時,詔邕作聖皇篇成,詣鴻都門,時方修飾,見役人以堊帚成字,甚悅,歸而作飛白書。漢末魏初宮闕題署,多用其體。見唐張彥遠法書要録七張懷瓘書斷上飛白。

【飛奴】傳書鴿。五代後周王仁裕開元天寶遺事上傳書鴿:"張九齡少年時,家養羣鴿,每與親知書信往來,只以書繫鴿足上,依所教之處,飛往投之。九齡目之爲飛奴,時人無不愛訝。"宋李彌遠筠溪集十六山居寄友人詩:"不遣飛奴頻過我,欲將懷抱向誰開?"

【飛宇】猶言飛檐。文選三國魏何平叔(晏)景福殿賦:"若乃高甍崔嵬,飛宇承霓。"又晉左太冲(思)詠史詩之五:"列宅紫宮裏,飛宇若雲浮。"參見"飛檐"。

【飛耳】能聽遠方的聲音,猶順風耳。管子九守:"一曰長目,二曰飛耳,三曰樹明,明知千里之外,隱微之中。"梁書武帝紀天監五年詔:"朕以菲德,君此兆民,而兼明廣,屈於堂户,飛耳長目,不及四方。"

【飛灰】律管中葭灰飛動。古人以此候節氣。後漢書律曆志上:"候氣之法,爲室三重,户閉,塗釁必周,密布緹縵。室中以木爲案,每律各一,内庳外高,從其方位,加律其上,以葭莩灰抑其内端,案曆而候之。氣至者灰動。其爲氣所動者其灰散,人及風所動者其灰聚。殿中候,用玉律十二。惟二至乃候靈臺,用竹律六十。候日如其曆。"晉書律曆志上:"又叶時日於晷度,效地氣於灰管,故陰陽和則景至,律氣應則灰飛。灰飛律通,吹而命之,則天地之中聲也。"唐杜甫杜工部草堂詩箋三三小至:"刺繡五文添弱線,吹葭六琯動飛灰。"參閱宋沈括夢溪筆談七象數。

【飛羽】㊀本指飛鳥的羽毛,後泛指鳥類。文選漢班孟堅(固)西都賦:"毛羣内聞，飛羽上覆。”唐呂向注：“飛羽，鳥類。”㊁鳥的羽毛，比喻輕微。淮南子俶真：“若然者視天下之間，猶飛羽浮芥也。”又覽冥：“夫瞽師庶女，位賤尚葈，權輕飛羽。”注：“瞽師庶女之位復賤於主葈之官，故曰權輕飛羽也。”㊂漢宫殿名。漢書九八元后傳：“冬饗飲飛羽，校獵上蘭，登長平館，臨涇水而覽焉。”注：“飛羽殿在未央宫中。”

【飛光】指日光、月光。文選南朝梁沈休文(約)宿東園詩：“飛光忽我遒，寧止歲云暮。”唐李賀歌詩編三苦晝短：“飛光飛光，勸爾一杯酒。”

【飛肉】指禽鳥。漢揚雄太玄經四唐：“明珠彈于飛肉，其得不復。”漢書五三中山靖王勝傳對問：“叢輕折軸，羽翮飛肉。”

【飛車】古代傳説乘風飛行之車。晉張華博物志八：“奇肱國，其民善機巧，以殺百禽，能爲飛車，從風遠行。湯時西風至，吹其車至豫州，湯破其車，不以視民。十年，東風至，乃復作車遣返。”宋蘇軾分類東坡詩二金山妙高臺：“我欲乘飛車，東訪赤松子。”

【飛走】飛禽走獸。後漢書三八法雄傳移屬縣書：“古者至化之世，猛獸不擾，皆由恩信寬澤，仁及飛走。”宋書樂志四三國魏曹植鞞舞歌孟冬篇：“張羅萬里，盡其飛走。”

【飛谷】古代傳説太陽行經的地方。楚辭漢劉向九歎遠遊：“結余軫於西山兮，横飛谷以南征。”注：“飛谷，日所行道也。言乃旋我車軫，横度飛泉之谷以南行也。”

【飛券】唐代兩地之間匯兑的票券。甲地之錢，可執券在乙地兑取，故謂之飛券。參見“飛錢”。

【飛枊】屋四柱上端引出的飛簷。文選三國魏何平叔(晏)景福殿賦：“飛枊鳥踊，雙轅是荷。”注：“飛枊之形，類鳥之飛，又有雙轅任承榱以荷衆材，今人名屋四阿栱曰欂枊也……枊，吾郎切。”也作“飛昂”。宋李誡營造法式四：“飛昂，其名有五：一曰欂，二曰飛昂，三曰英昂，四曰斜角，五曰下昂。”

【飛兔】駿馬名。吕氏春秋離俗：“飛兔、要褭，古之駿馬也。”注：“日行萬里，馳若兔之飛，因以爲名也。”也作“飛菟”。抱朴子名實：“烏號須逢門而著陷堅之功，飛菟待子豫而飆騰。”

【飛帛】漢字書法的一體。卽飛白。宋歐陽修文忠集三九御書閣記：“太宗皇帝時詔求天下前世名山異迹，而尤好書法。聞登真(宫)有開元時所賜字甚奇，乃取至京師閱焉。已而還之，又賜御書飛帛字使藏焉。其後，登真大火，獨飛帛書存。”參見“飛白”。

【飛狐】縣名。漢爲廣昌縣地，屬代郡，後漢屬中山國，後周大象二年於五龍城復置廣昌縣。隋仁壽元年改名飛狐，因縣北有飛狐口而名。明初又復舊名廣昌。公元 1914 年改名淶源，屬河北省。參閱太平寰宇記五一蔚州。

【飛星】流星。漢書天文志：“(陽朔)四年閏月庚午，飛星大如缶，出西南，入斗下。”

【飛風】喻極速。唐六典十一尚乘局：“凡外牧進良馬印以三花飛風之字而爲誌焉。細馬次馬送尚乘局者，於尾側依左右閑印以三花，其餘雜馬送尚乘者，以‘風’字印印右髆，以‘飛’字印印左髆。”清錢大昭邇言二飛風：“今俗呼疾速爲飛風，蓋取義於馬耳。”

【飛泉】㊀噴泉。文選晉郭景純(璞)遊仙詩之三：“放情陵霄外，嚼蘂挹飛泉。”注：“魏文帝典論曰：飢飡瓊蘂，渴飲飛泉。”㊁山谷名。楚辭屈原遠遊：“吸飛泉之微液兮，懷琬琰之華英。”注：“張揖云：飛泉，飛谷也，在崑崙西南。”漢書五七下司馬相如傳大人賦：“互折窈窕以右轉兮，横厲飛泉以正東。”

【飛馬】㊀指疾馳如飛的駿馬。全唐詩一〇六鄭愔同韋舍人早朝：“飛馬看來影，喧車識駐音。”文苑英華一九〇早朝詩作“飛鳥”。㊁星名。由“室”、“壁”二星宿所合成，在寶瓶宿之北。

【飛索】抛擲繩索。資治通鑑二〇五唐萬歲通天元年：“契丹設伏横擊之，飛索以緆(張)玄遇、(麻)仁節，生獲之。”

【飛草】書法的一體。宋沈括夢溪筆談十八技藝：“古人以散筆作隸書，謂之散隸。近歲蔡君謨又以散筆作草書，謂之散草，或曰飛草。其法皆生於飛白，亦自成一家。”

【飛書】㊀匿名信。後漢書三四梁統傳附梁松：“四年冬，乃縣飛書誹謗，下獄死，國除。”注：“飛書者，無根而至，若飛來也，卽今匿名書也。”㊁飛遞書信。三國志魏趙儼傳：“諸將皆喜，便作地道，箭飛書與(曹)仁，消息數通，北軍亦至，并勢大戰。”晉書樂志下鞞舞歌詩大晉篇：“吴人放命，馮海阻江。飛書告喻，嚮應來同。”

【飛陛】高峻的臺階。文選漢王文考(延壽)魯靈光殿賦：“飛陛揭孽，緣雲上征。”唐呂向注：“飛者，高如飛鳥。揭孽，極高貌。”又晉張景陽(協)七命：“長翼臨雲，飛陛淩山。”

【飛豹】㊀獸名。文選漢揚子雲(雄)羽獵賦：“蹈飛豹，羂嘄陽。”注：“飛豹，嘄陽，獸也。”㊁喻勇力過人，有如飛豹。晉書王彌傳：“弓馬迅捷，膂力過人，青土號爲‘飛豹’。”

【飛條】匿名文書。後漢書七八吕强傳陳事疏：“羣邪項領，膏脣拭舌，競欲咀嚼，造作飛條。”

【飛梁】淩空架設的橋。文選漢揚子雲(雄)甘泉賦：“歷倒景而絶飛梁兮，浮蠛蠓而撇天。”後漢書三四梁統傳附梁冀：“臺閣周通，更相臨望；飛梁石磴，陵跨水道。”

【飛章】㊀匿名誣告文書，同“飛書”。後漢書十六寇恂傳附寇榮上書：“以臣婚姻王室，謂臣將撫其背，奪其位，退其身，受其埶。於是遂作飛章以被於臣，欲使墜萬仞之阬，踐必死之地。”㊁急報的奏章。唐李白李太白詩五東海有勇婦：“北海李史君，飛章奏天庭。”

【飛梯】攻城之具，卽雲梯，有木製、竹製諸種，長二、三丈，一端貫雙輪，攻城時，推附城牆。周書王思政傳：“又隨地勢高處，築土山以臨城中。飛梯火車，晝夜攻之。”宋高承事物紀原九雲梯：“續事始曰：(戰國)魯人公輸般造以攻宋城，可以淩空立之，太白陰經謂之飛梯。”

飛梯

【飛蛇】蛇的一種。大不過錢圍，長七、八尺不等，去頭尺許有兩翅如伏翼狀，棲於林木，往來飛搏小鳥爲食。見清陳鼎蛇譜飛蛇。

【飛蛂】蟲名。卽馬陸，又名百足、馬蛂。辛温有毒，可入藥。見政和證類本草二二馬陸。

【飛將】㊀指漢名將李廣。史記一〇九李將軍傳：“廣居右北平，匈奴聞之，號曰‘漢之飛將軍’，避之數歲，不敢入右北平。”後人稱之爲飛將。樂府詩集二一唐王昌齡出塞：“但使龍城飛將在，不教胡馬度陰山。”㊁對神速勇猛的戰將的美稱。如漢末吕布(三國志魏本傳)、北周韓果(北史本傳)、隋末單雄信(新唐書八四)、宋向寶(宋史三二三)，皆以驍勇有飛將之稱。

【飛魚】魚名。卽文鰩魚。唐段成式酉陽雜俎十七鱗介飛魚：“朗山浪水有之。魚長一尺，能飛，飛卽淩雲空，息卽歸潭底。”參見“文鰩”。

【飛紞】古代南方少數民族，土俗於歲節數日，人赴野外，男女分兩隊，各以五色彩囊豆粟往來拋接，名飛紞。見宋朱輔溪蠻叢笑。

【飛湍】湍急的流水。唐李白李太白詩三蜀道難："飛湍瀑流爭喧豗，砯厓轉石萬壑雷。"宋龍袞江南野録："精兵雖止十餘萬，然長江一條，飛湍千里，可敵十萬之師。"

【飛揚】㊀飛舞，飄揚。史記高祖紀十二年歌詩："大風起兮雲飛揚，威加海內兮歸故鄉，安得猛士兮守四方！"㊁比喻精神振奮，意志昂揚。楚辭屈原九歌河伯："登崑崙兮四望，心飛揚兮浩蕩。"㊂放縱，任性。莊子天地："且夫失性有五……五曰趣舍滑心，使性飛揚。"

【飛旒】飄揚之旒旗。旒，出喪時爲棺柩引路的旗。文選晉潘安仁(岳)寡婦賦："龍輀儼其星駕兮，飛旒翩以啓路。"唐杜甫杜工部草堂詩箋二四八哀詩贈左僕射鄭國公嚴公武："飛旒出江漢，孤舟轉荆衡。"

【飛軨】車軸的飾物。尚書大傳二帝告："未命爲士，車不得有飛軨。"注："如今窗車也。"文選漢枚叔(乘)七發："將爲太子馴騏驥之馬，駕飛軨之輿，乘牡駿之乘。"又漢張平子(衡)東都賦："重輪貳轄，疏轂飛軨。"三國吳薛綜注："飛軨，以緹紬廣八尺，長拄地，畫左青龍，右白虎，繫軸頭，取兩邊飾。"

【飛堉】堉，磚塊。宋時民間習俗，寒食節拋投磚塊的一種遊戲。宋梅堯臣宛陵集四六依韻和禁煙近事之什："窈窕踏歌相把袂，輕浮賭勝各飛堉。"清李斗揚州畫舫録一一葉公墳："里人於清明時，墳上放紙鳶，擲瓦礫於翁仲帽上，以卜幸獲，謂之飛堉。"參見"拋堉"。

【飛黄】㊀傳說中的神馬。淮南子覽冥："青龍進駕，飛黄伏皁。"注："飛黄，乘黄也，出西方，狀如狐，背上有角，壽千歲。"㊁古代力士飛廉與中黄伯的合稱。文選晉張景陽(協)七命："於是飛黄奮鋭，賁石逞技。"注："史記曰：'蜚廉以材力事殷紂。'尸子：'中黄伯曰：余左執太行之獶，而右搏雕虎。'"

【飛景】寶劍名。初學記二二引三國魏文帝(曹丕)典論："選茲良金，命彼國工，精而鍊之，至于百辟；淬以清漳，光似流星，名曰飛景。"

【飛遁】離世隱退。同"肥遯"。後漢書五九張衡傳思玄賦："文君爲我端蓍兮，利飛遁以保名。"注："周易遁卦上九曰：'肥遁無不利。'淮南九師道訓曰：'遁而能飛，吉孰大焉？'"也作"飛遯"。文選三國魏曹子建(植)七啓："飛遯離俗，澄神定靈。"宋姚寬西溪叢語上："周易遯卦'肥遯無不利'，'肥'字古作'𩇯'，與古'蜚'字相似，卽今之'飛'字，後世遂改爲'肥'字。"參見"肥遯"。

【飛絮】柳絮。北周庾信庾子山集二楊柳歌："獨憶飛絮鵝毛下，非復青絲馬尾垂。"唐羅隱甲乙集三柳詩："自家飛絮猶無定，爭解垂絲絆路人。"

【飛溜】㊀流注急速之水。舊唐書一九八西戎傳拂菻："至於盛暑之節，人厭囂熱，乃引水潛流，上徧於屋宇，機製巧密，人莫之知。觀者惟聞屋上泉鳴，俄見四簷飛溜，懸波如瀑，激氣成涼風，其巧妙如此。"㊁指瀑布。宋蘇軾分類東坡詩十七徑山道中次韻荅周長官兼贈蘇寺丞詩："空巖側破甕，飛溜灑浮磬。"

【飛廉】㊀人名。1.殷紂之臣。孟子滕文公下："周公相武王，誅紂伐奄……驅飛廉於海隅而戮之。"注："飛廉，紂諛臣。"2.夏后開之臣。後漢書五二崔駰傳達旨"銘昆吾之冶"唐李賢注："墨子曰：昔夏后開使飛廉折金於山，以鑄鼎於昆吾。"㊁風神。楚辭屈原離騷："前望舒使先驅兮，後飛廉使奔屬。"注："飛廉，風伯也。"㊂傳說中的神禽名。漢書武帝紀元封二年："還作甘泉通天觀，長安飛廉館。"注："應劭曰：'飛廉，神禽，能致風氣者也'，……晉灼曰：'身似鹿，頭如爵，有角而蛇尾，文如豹文。'"館上鑄飛廉銅像，故名飛廉館。㊀㊁㊂也作"蜚廉"。參見"蜚廉"。㊃草名。又名漏盧。附莖有皮如箭羽。花紫色。入藥，療風邪。見本草綱目十五草四。

【飛禍】意外的災禍。後漢書四五周榮傳："故常敕妻子，若卒遇飛禍，無得殯殮，冀以區區腐身覺悟朝廷。"注："飛禍，言倉卒而死也。"集解："飛禍者，言刺客竊發，不可得而備，若鳥之飛集也。"

【飛煉】道家的一種鍊丹術。新唐書一一八裴潾傳諫疏："(方士)自言飛鍊爲神，以誘權賄，偶窮情得，不恥遁亡，豈可信厥術，御其藥哉？"資治通鑑二一〇唐先天元年："太子悅曰：'君有何藝，可以與寡人遊？'(王)倨曰：'能飛煉，詼嘲。'"注："飛煉，謂飛丹砂以鍊丹也。"

【飛碁】指下棋佈子，不拘常勢，招數出奇。南史虞願傳："(宋明)帝好圍碁，甚拙，去格七八道，物議共欺爲第三品。與第一品王抗圍碁，依品賭戲。抗饒借帝，曰：'皇帝飛碁，臣抗不能斷。'帝終不覺，以爲信然，好之愈篤。"

【飛鉗】研究人之好惡，俟其竭情無隱，因而鉗持之。周禮春官典同"微聲韽"唐賈公彥疏："鬼谷子有飛鉗揣摩之篇，皆言從(縱)橫辨說之術。飛鉗者，言察是非語，飛而鉗持之。"鬼谷子今本作"飛箝"。南朝梁劉勰文心雕龍四論說："暨戰國爭雄，辨士雲踊，從橫參謀，長短角勢，轉丸騁其巧辭，飛鉗伏其精術。"

【飛鉤】古兵器名。一名鐵鴟脚。有四利鉤，上有環，以貫鐵索，又以麻繩續之，如遇敵聚集，卽擲鉤於稠人中，急牽挽，每鉤可取二人。見明茅元儀武備志一〇四器械飛鉤。

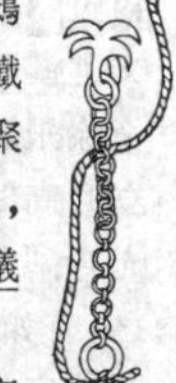
飛鉤

【飛鼠】㊀蝙蝠的別名。方言八："蝙蝠自關而東謂之服翼，或謂之飛鼠。"參閱晉崔豹古今注中魚蟲。㊁卽鼯鼠。體形似鼠，前後肢間有飛膜，能在樹間滑翔。山海經北山經："(天池之山)其上無草木，多文石。有獸焉，其狀如兔而鼠首，以其背飛，其名曰飛鼠。"

【飛鳧】㊀飛翔的鳧鳥。文選三國魏曹子建(植)洛神賦："體迅飛鳧，飄忽若神。"㊁箭名。六韜虎韜軍用："飛鳧，赤莖白羽，以銅爲首。"㊂舟名。南朝梁宗懍荆楚歲時記："按五月五日競渡，俗爲屈原投汨羅日，傷其死，故並命舟檝以拯之。舸舟取其輕利，謂之飛鳧。"唐張說張說之集九岳州觀競渡："畫作飛鳧艇，雙雙競拂流。"

【飛語】㊀流傳之語。鶡冠子武靈王："寡人聞飛語流傳曰：'百戰而勝，非善之善者也；不戰而勝，善之善者也。'願聞其解。"㊁指無根據之說或惡意的誹謗。漢書五二灌夫傳："迺有飛語爲惡言聞上，故以十二月晦論棄市渭城。"注引張晏："(田)蚡爲作飛揚誹謗之語也。"史記作"蜚語"。

【飛精】㊀寶鏡名。唐柳宗元龍城録任中宣夢水神持鏡："長安任中宣家，素畜寶鏡，謂之飛精。識者謂是三代物，後有八字，僅可曉，然近籀篆，云水銀陰精，百鍊成鏡。詢所得，云商山樵者石下得之。"㊁道家的一種丹藥。抱朴子明本："而合金丹之大藥，鍊八石之飛精者，尤忌利口之愚人。"

【飛蓬】飄蕩無定的蓬草。常用以比喻散亂、飄搖無定的事物。詩衛風伯兮：

"自伯之東,首如飛蓬。"北齊書顏之推傳觀我生賦:"嗟飛蓬之日永,恨流梗之無還。"

【飛輓】急速運送。也指運送粮草的徭役。唐元稹長慶集四七范季睦授尚書倉部員外郎:"而況於戎車未息,飛輓猶勤,新熟之時,豈宜無備。"宋蘇軾東坡集後集十擬進士對御試策:"近者邊臣不計其後而遽發之,一發不中,則內帑之費以數百萬計,而關輔之民困於飛輓者二年而未已。雖天下之勇者敢復爲之歟?"

【飛閣】㈠架空建築的閣道,俗稱天橋。文選漢班孟堅(固)西都賦:"輦路經營,脩除飛閣,自未央而連桂宮。"㈡凌空聳立的高閣。北魏楊衒之洛陽伽藍記一瑶光寺:"又作重樓飛閣,遍城上下,從地望之,有如雲也。"唐王勃王子安集五滕王閣詩序:"層巒聳翠,上出重霄;飛閣流丹,下臨無地。"

【飛潛】指飛鳥和魚類。宋曾鞏元豐類稾四七月十四日韓持國直廬同觀山海經詩:"山海所錯出,飛潛類紛如。"

【飛蝱】箭名。方言九:"箭其小而長中穿二孔者,謂之鉀鑪;其三鎌長尺六者,謂之飛蝱。"東觀漢記二三赤眉:"光武作飛蝱箭,以攻赤眉。"

【飛鄰】相隔較遠的鄰居。宋洪邁容齋隨筆三筆十四飛鄰望鄰:"元豐以後,州縣榷賣坊場,而收淨息以募役,行之浸久,弊從而生。往往鬻其抵產,抑配四鄰。四鄰貧乏,則散及飛鄰、望鄰之家。不復問遠近,必得償乃止。"

【飛閭】船頭屋。方言九"舟自關而西謂之船……首謂之閤閭"晉郭璞注:"今江東呼船頭屋爲之飛閭是也。"

【飛撾】兵器名。狀如鷹爪,以長繩繫之,用以擊人,着身收回,使不能脱走。見明茅元儀武備志一〇四器械三。

【飛甍】高屋脊,比喻高大的屋宇。文選晉左太沖(思)吳都賦:"長干延屬,飛甍舛互。"南朝宋鮑照鮑氏集六詠史詩:"京城十二衢,飛甍各鱗次。"

【飛樓】㈠古攻城的戰具。孫子謀攻"具器械"漢曹操注:"器械者,機關攻守之總名。飛樓、雲梯之屬。"宋書武帝紀上:"張綱治攻具成,設諸奇巧,飛樓木幔之屬,莫不畢備。"㈡凌空的高樓。唐杜甫杜工部史詩補遺六白帝城最高樓:"城尖徑仄旌旆愁,獨立縹緲之飛樓。"

【飛麪】極細的麪粉。因篩麪時其粉如塵飛揚,故稱。明陶宗儀輟耕錄二九黏接紙縫法:"古法用楮樹汁、飛麪、白笈末三物調和如糊,以之黏接紙縫,永不脱解。"

【飛遽】獸名。文選漢司馬長卿(相如)上林賦:"射遊梟,櫟飛遽。"注:"飛遽,天上神獸也,鹿頭而龍身。"史記司馬相如傳上林賦作"蜚虡"。

【飛蝗】蝗蟲。以其善飛故稱飛蝗。三國志吳趙達傳:"治九宮一算之術,究其微旨,是以能應機立成,對問若神,至計飛蝗,射隱伏,無不中效。"

【飛龍】㈠借指帝王。喻其居高位而臨下,如龍飛在天。易乾:"九五,飛龍在天,利見大人。"唐張愿著作郎張漪墓誌:"翼戴飛龍,肅清天下。"(八瓊室金石補正五四)㈡鳥名。文選漢張平子(衡)西京賦:"登豫章,簡矰紅;蒲且發,弋高鴻;挂白鵠,聯飛龍。"三國吳薛綜注:"飛龍,鳥名也。"㈢唐代宮內馬廄名。唐李白李太白詩十九答杜秀才五松見贈:"敕賜飛龍二天馬,黃金絡頭白玉鞍。"舊唐書職官志三殿中省:"開元時仗內六閑,曰飛龍、祥麟、鳳苑、鵷鸞、吉良、六羣等,號六廄馬。"

【飛駮】鵲的別名。駮,一作"駁"。雜色。政和證類本草十九雄鵲:"陶隱居(弘景)云:五月五日,鵲腦入術家用,一名飛駮鳥。鳥之雌雄難別。"

【飛翮】㈠鳥羽。漢書四五江充傳:"充衣紗縠禪衣,……冠禪纚步搖冠,飛翮之纓。"注:"服虔曰:冠禪纚,故行步則搖,以鳥羽作纓也。"㈡喻鳥。文選三國魏曹子建(植)七啓:"飛翮凌高,鱗甲隱深。"

【飛翰】㈠馳送書簡。後漢書七十孔融傳:"融到郡,收合士民,起兵講武,馳檄飛翰,引謀州郡。"㈡揮筆作文。藝文類聚三一南朝梁陸倕感知己賦:"似臨淄之借書,類東武之飛翰。"㈢指高飛之鳥。晉陸機陸士衡集六擬古詩之十擬西北有高樓:"思駕歸鴻羽,比翼雙飛翰。"

【飛燕】㈠飛翔的燕子。玉臺新詠一漢枚乘雜詩之二:"思爲雙飛燕,啣泥巢君屋。"㈡馬名。文選晉張景陽(協)七命:"駕紅陽之飛燕,驂唐公之驌驦。"唐張銑注:"紅陽、唐公,人也。並有良馬名飛燕驌驦也。"㈢漢成帝后名,卽趙飛燕。唐李白李太白詩五清平調之二:"借問漢宮誰得似,可憐飛燕倚新粧。"參見"趙飛燕"。㈣東漢末年農民起義軍領袖張燕綽號。見後漢書七一朱雋傳。

【飛橋】凌空架設的高橋。水經注二河水引秦州記:"枹罕有河夾岸,岸廣四十丈,義熙中乞佛于此河上作飛橋,橋高五十丈,三年乃就。"南朝陳徐陵徐孝穆集一奉和簡文帝山齋詩:"架嶺承金闕,飛橋對石梁。"

【飛螘】白蟻的別稱。螘,"蟻"本字。爾雅釋蟲:"蠶,飛螘。"注:"有翅。"疏:"有翅而飛者名蠶,卽飛螘也。"

【飛錢】唐憲宗時商賈至京師,委錢諸路奏進院及諸軍諸使富家,以輕裝趨四方,合券乃取之,號爲飛錢。此爲我國鈔法之始。但僅限於商賈與富豪私人爲之。至宋初,許民入錢京師,於諸州使換,朝廷始置務給券,商人持券入諸州,卽時給付,不得留滯。其初公私稱便,後以給錢不時,甚或無錢可付,鈔法遂廢。參閱新唐書食貨志四、文獻通考九歷代錢幣之制。

【飛錫】佛家語。僧侶外行好持錫杖,故謂僧徒遊方爲飛錫。文選晉孫興公(綽)遊天台山賦:"王喬控鶴以冲天,應真飛錫以躡虛。"唐李周翰注:"王喬,仙人。應真,得真道之人。執錫杖而行於虛空,故云飛也。"後逕指遊方的僧徒。唐杜甫杜工部草堂詩箋三三大覺高僧蘭若:"飛錫去年啼邑子,獻花何日許門徒。"

【飛衛】古之善射者。列子湯問:"甘蠅,古之善射者,彀弓而獸伏鳥下,弟子名飛衛,學射於甘蠅,而巧過其師。"

【飛鴻】㈠指鴻雁。禮曲禮上:"前有車騎,則載飛鴻。"唐李白李太白詩十七送裴十八圖南歸嵩山之一:"舉手指飛鴻,此情難具論。"㈡害蟲名。逸周書度邑:"夷羊在牧,飛鴻過野。"參見"蜚鴻㈠"。

【飛謗】不意傳出的謗言。新唐書九七魏徵傳:"徵爲人臣,不能著形迹,遠嫌疑,而被飛謗,是宜責也。"又一七六韓愈傳附賈島:"文宗時,坐飛謗,貶長江主簿。"

【飛鞚】駕馭快馬。鞚,馬絡頭。南朝宋鮑照鮑氏集四擬古詩之三:"獸肥春草短,飛鞚越平陸。"唐杜甫杜工部草堂詩箋四麗人行:"黃門飛鞚不動塵,御廚絡繹(一作"絡驛")送八珍。"

【飛檐】屋檐上翹若飛舉之勢。文選漢張平子(衡)西京賦:"反宇業業,飛檐轍轍。"三國吳薛綜注:"凡屋宇皆垂下向,而好大屋飛邊,頭瓦皆更微使反上,其形業業然。檐,板承落也。"也作"飛簷"。宋蘇軾分類東坡詩五過木櫪觀:"飛簷如劍寺,古柏似仙都。"

【飛檄】飛送檄文,喻急迫。唐杜甫杜工部草堂詩箋三一夔府書懷四十韻:"處處喧飛檄,家家急競錐。"宋范成大石湖集二二公退書懷詩:"昨者騰章奏發倉,今兹飛檄議驅蝗。"

【飛騎】㊀唐皇帝侍衛軍士。貞觀十二年,始置左右屯營於玄武門,領以諸衛將軍,選材力驍捷善馳射者充之,號"飛騎"。皇帝出行,則衣五色袍,乘六閑馬以從。見唐劉餗隋唐嘉話中、新唐書兵志。㊁快馬。唐韋莊浣花集五和鄭拾遺秋日感事詩:"飛騎黄金勒,香車翠鈿裝。"

【飛蟲】飛鳥。詩大雅桑柔:"如彼飛蟲,時亦弋獲。"疏:"經言飛蟲,箋言飛鳥者,爲弋所獲,明是飛鳥。蟲是鳥之大名,故羽蟲三百六十,鳳皇爲之長,是鳥之稱蟲者也。"

【飛廬】船上小樓。釋名釋船:"其上屋曰廬,象廬舍也。其上重室曰飛廬,在上,故曰飛也。"

【飛闥】指門樓上的小屋。後漢書四十上班彪傳附班固兩都賦:"排飛闥而上出,若游目於天表,似無依而洋洋。"文選漢張平子(衡)西京賦:"上飛闥而仰眺,正覩瑶光與玉繩。"唐張銑注:"闥,門也。眺,視也。上飛門而視,正見瑶光、玉繩之星。"

【飛騰】㊀飛起,升騰。楚辭屈原離騷:"吾令鳳鳥飛騰兮,繼之以日夜。"唐杜甫杜工部草堂詩箋二六寄劉峽州伯華使君四十韻:"哀猿更起坐,落雁失飛騰。"㊁喻宦途之升遷。唐杜甫杜工部草堂詩箋二五奉寄李十五秘書文嶷之二:"飛騰知有策,意度不無神。"宋蘇軾東坡集前集五汪覃秀才久留山中以詩見寄次其韻:"飛騰桂籍他年事,莫忘山中採藥時。"㊂喻波濤起伏狀。文選晉木玄虚(華)海賦:"岑嶺飛騰而反覆,五岳鼓舞而相磓。"注:"言波濤之形遞相觸激。"

【飛蝠】鼯鼠。又名飛生。文選漢司馬長卿(相如)上林賦:"蜼玃飛蝠。"注:"張揖曰:'……飛蝠,鼠也,其狀如兔而鼠首,以其髯飛。'郭璞曰:'蝠,鼯鼠也,毛紫赤色,飛且生,一名飛生。'"史記司馬相如傳上林賦作"飛鸓"。文選漢張平子(衡)南都賦作"飛猵"。

【飛變】告發急變的文書。漢書五九張湯傳:"河東人李文,故嘗與湯有隙……湯有所愛史魯謁居,知湯弗平,使人上飛變告文姦事。"新唐書一二二韋安石傳:"主竊聞,乃構飛變,欲訊之,賴郭元振保護,免。"

【飛觀】高聳的宫闕。文選漢王文考(延壽)魯靈光殿賦:"陽榭外望,高樓飛觀。"三國魏曹植曹子建集一東征賦:"登城隅之飛觀兮,望六師之所營。"

【飛九宫】明楊慎丹鉛總録十三訂訛九宫七色:"九宫七色之説,出於乾鑿度,云伏羲時龍馬出河戴九履:一左、三右,七二四爲肩,六八爲足,五居其中,謂之九宫。其色則一六八爲白,二黑,三緑,四碧,五黄,七赤,九紫。今大統曆中,每月列於下方,謂之飛九宫。"舊時時憲書仍沿用之。

【飛仙蓋】相傳唐永貞元年,宫中有南海所貢奇女盧眉娘,善作飛仙蓋,以一縷絲分爲三縷,染成五彩,於掌中結爲傘蓋五重,其中有十洲、三島、天人、玉女、臺殿、麟鳳之象。見唐蘇鶚杜陽雜編中。

【飛行殿】輦車名。舊題晉王嘉拾遺記六前漢下:"(漢成帝)好夕出遊,造飛行殿,方一丈,如今之輦。選羽林之士,負之以趨。帝於輦上覺其行快疾,聞其中若風雷之聲,言其行疾也,名曰雲雷宫。"

【飛來峯】山峯名。在浙江省杭州市西湖西北靈隱寺前。相傳東晉咸和中有天竺僧慧理登此山,嘆曰:"此是中天竺國靈鷲山之小嶺,不知何年飛來?"因住錫,造靈隱寺,因號其峯曰"飛來"。亦名靈鷲峯。參閲咸淳臨安志。

【飛英會】北宋時,范鎮居許下,於所居造大堂,前有荼蘼架,高廣可容數十客。每逢春花繁盛時,飲客於其下,約定凡有飛花墮酒中者,須飲酒一杯。笑語聲中,微風吹過,滿座客中之杯,皆有飛花墮入,當時號爲飛英會。見宋朱弁曲洧舊聞三。

【飛將軍】漢時匈奴稱李廣爲飛將軍。參見"飛將㊀"。

【飛鳥使】傳送公文書信的驛使以其遞傳迅速,故曰飛鳥使。舊唐書一九六下吐蕃傳:"適有飛鳥使至,飛鳥,猶中國驛騎也。"

【飛鳥圖】按直徑四至繪成的地圖。宋沈括夢溪筆談補二八:"地理之書,古人有飛鳥圖,不知何人所爲。所謂飛鳥者,謂雖有四至里數,皆是循路步之,道路迂直而不常,既列爲圖,則里步無緣相應。故按圖别量逕直四至,如空中鳥飛直達,更無山川回屈之差。"

【飛雲丹】指粉。五代後唐馬縞中華古今注中粉:"自三代以鉛爲粉,秦穆公女弄玉,有容德,感仙人蕭史,爲燒水銀作粉與塗,亦名飛雲丹。"

【飛雲江】卽安陽江。在浙江省東南部。吴時名羅陽江,唐時名安固江,亦名瑞安江,又名飛雲渡。源出泰順縣境,東流到瑞安縣南入東海。參閲嘉慶一統志三〇四温州府山川。

【飛雲履】相傳唐白居易居廬山草堂作飛雲履,玄綾爲質,四面以素綃作雲朵,染以四選香,行步振履,足下如生雲氣。見唐馮贄雲仙雜記一引樵人直説飛雲履。

【飛節芝】道家藥名。抱朴子仙藥:"又松樹枝三千歲者,其皮中有聚脂,狀如龍形,名曰'飛節芝'。大者重十斤,末服之盡十(太平御覽九八六作'一')斤,得五百歲也。"

【飛龍使】官名。資治通鑑二八七後漢天福十二年:"帝遣左飛龍使李彦從將兵赴之。"注:"唐有飛龍使及小馬坊使,梁改小馬坊爲天驥,後唐復舊。長興元年,改飛龍院爲左飛龍院,小馬坊爲右飛龍院。宋太平興國三年,改曰左、右天廏坊。雍熙二年,又改稱左、右騏驥院使。"

【飛骸獸】傳説中的神獸名。漢郭憲洞冥記一:"翕韓國獻飛骸獸,狀如鹿,青色,以寒青之絲爲繩繫之,及死,帝惜之而不瘞,掛於苑門,皮毛皆爛朽,惟骨色猶青。時人咸知其神異,更以繩繫其足。往視之,惟見所繫處存,而頭尾及骨皆飛去。"

【飛霜殿】唐寢殿名。在華清宫内。唐詩紀事鄭嵎津陽門詩:"飛霜殿前月悄悄,迎風亭下風颸颸。"

【飛霞粧】婦女面粧,薄薄施朱,以粉罩之,爲飛霞粧。見唐宇文士及粧臺紀。

【飛土逐宍】吴越春秋五勾踐陰謀外傳:"(陳)音曰:臣聞,弩生於弓,弓生於彈,彈起古之孝子。越王曰:孝子彈者奈何?音曰:……孝子不忍見其父母爲禽獸所食,故作彈以守之,絶鳥獸之害。故歌曰:斷竹續竹,飛土逐宍之謂也。"宍,同"肉"。言射彈逐禽獸使不得近。參見"宍"。

【飛文染翰】撰寫文章。舊五代史唐盧程傳:"(張)承業叱之曰:'公稱文士,卽合飛文染翰,以濟霸國,嘗命草辭,自稱短拙,及留職務,又以爲辭,公所能者何也?'"

【飛行夜叉】飛行空中的夜叉。夜叉,惡鬼,佛書中爲天龍八部神衆之一。楞嚴經六:"如不斷殺,必落神道,上品之人爲大力鬼;中品卽爲飛行夜叉諸鬼帥等;下品尚爲地行羅刹。"

【飛砂轉石】形容風力迅猛。三國志吴陸凱傳附陸胤:"蒼梧、南海,歲有暴風瘴氣之害，風則折木，飛砂轉石，氣則霧鬱，飛鳥不經。"也作"飛沙走石"。郭氏玄中記樹精："秦始皇時，終南山有梓樹，大數百圍，蔭宮中，始皇惡之，興兵伐之，天輒大風雨，飛沙走石，人皆疾走。"太平御覽六八〇引玄中記作"飛沙石"。

【飛芻輓粟】謂用車船疾運糧草。漢書六四上主父偃傳："又使天下飛芻輓粟，起於黃、腄、琅邪負海之郡，轉輸北河，率三十鍾而致一石。"注："運載芻槀，令其疾至，故曰飛芻也。輓謂引車船也。"宋蘇軾東坡集二六鳳翔到任謝執政啓："編木栰竹，東下河渭；飛芻輓粟，西赴邊陲。"

【飛黃騰達】見"飛黃騰踏"。

【飛黃騰踏】神馬飛馳。飛黃，神馬名。唐韓愈昌黎集六符讀書城南："飛黃騰踏去，不能顧蟾蜍。"後作"飛黃騰達"，以喻人驟然得志，官位升遷之快。警世通言十七鈍秀才一朝交泰："里中那些富家兒郎，一來爲他是黌門的貴公子，二來道他經解之才，早晚飛黃騰達，無不争先奉承。"

【飛鳥依人】比喻親近。舊唐書六五長孫無忌傳太宗評褚遂良："褚遂良學問稍長，性亦堅正，既寫忠誠，甚親附於朕，譬如飛鳥依人，自加憐愛。"

【飛揚跋扈】謂不循軌度。北史齊高祖紀武定四年："神武（高歡）謂世子曰：'……(侯)景專制河南十四年矣，常有飛揚跋扈志，顧我能養，豈爲汝駕御也。'"指驕横恣肆。唐杜甫杜工部草堂詩箋五贈李白："痛飲狂歌空度日，飛揚跋扈爲誰雄？"指豪放不羈。

【飛短流長】說長道短，造謠中傷。聊齋志異封三娘："妾來當須祕密，造言生事者，飛短流長，所不堪受。"

【飛蛾赴火】喻不辭舍命而有所作爲，或自取滅亡。梁書到漑傳："(高祖)因賜漑連珠曰：'……如飛蛾之赴火，豈焚身之可吝。"也作"飛蛾撲火"。元曲選楊顯之瀟湘雨二："他今日自來投到，豈不是飛蛾撲火，自討死吃的。"

【飛蒼走黄】指遊獵。蒼，蒼鷹；黄，黄犬，出獵隨擒的動物。晉葛洪抱朴子金丹："但共逍遥遨遊以盡年月，其所營也，非榮則利，或飛蒼走黄於中原，或留連盃觴以羹沸。"

【飛熊入夢】傳說周文王夢飛熊而遇吕尚（太公望）。舊喻帝王得賢臣的徵兆。史記齊太公世家："西伯（周文王）將出獵，卜之，曰：'所獲非龍非彲（一本作"螭"），非虎非羆，所獲霸王之輔。'於是周西伯獵，果遇太公於渭之陽。"宋書符瑞志上、後漢書五二崔駰傳達旨"或以漁父見兆於元龜"注引史記作"非熊非羆"。後人訛非爲"飛"，以卜獵爲"占夢"。遂有飛熊入夢的傳說。唐胡曾詠史詩一渭濱："岸草青青渭水流，子牙曾此獨垂鉤。當時未入非熊兆，幾向斜陽歎白頭。"注："姜子牙卽吕望也，隱迹於渭濱垂鈎。周文王因夜夢見獵得一熊，王出，果於渭濱遇逢。文王子牙以車載而同歸，拜爲太公，後用謀伐殷也。"參閱明張存紳雅俗稽言二六太公世家。

【飛燕外傳】書名。一卷。記漢成帝后趙飛燕争寵宮中之逸事。舊本題漢伶元撰，然文句不類漢人語，蓋爲後人依託。漢魏叢書收録。

【飛聲騰實】謂名實俱優。北史周宗室傳論："其茂親則有魯衛、梁楚，其疏屬則有凡蔣、荆燕，咸能飛聲騰實，不滅於百代之後。"

【飛蠅垂珠】群蠅與懸珠在眼内幌動。喻眼前黑花。唐白居易長慶集二八與元九書："既壯而膚革不豐盈，未老而齒髮早衰白，瞥瞥然如飛蠅垂珠在眸子中也，動以萬數，蓋以苦學力文所致。"

【飛簷走壁】在房檐、牆壁上行走如飛，形容行動迅疾，武藝高强。簷同"檐"。水滸八四："卻說時遷，他是個飛簷走壁的人，跳牆越城，如登平地。"

【飛灑詭寄】以自已土地之稅糧，分爲微數，加入他人土地稅糧中，謂之飛灑；以自己土地之稅糧，詭加於他人土地稅糧中，謂之詭寄。參閱清黄六鴻福惠全書九編審部總論。

【飛鷹走狗】指遊獵。後漢書七五袁術傳："少以俠氣聞，數與諸公子飛鷹走狗，後頗折節。"也作"飛鷹走犬"。元曲選李直夫虎頭牌一："我如今欲待去消愁悶，則除是飛鷹走犬，逐逝追奔。"

【飛鸞輕鳳】唐寶曆二年，浙東國貢舞女飛鸞、輕鳳。冬不穿棉衣，夏不出汗，所食多荔枝、榧實、金屑、龍腦之類，善歌，歌聲一發，如聞鸞鳳之音，宫中語曰：'寶帳香重重，一雙玉芙蓉。'"見唐蘇鶚杜陽雜編中。

八畫

飝 fēi ㄈㄟ 芳非切，平，微韻，滂。

同"霏"。見下。

【飝飝】雨雪或雲氣盛密貌。漢書八七上揚雄傳河東賦："雲飝飝而來迎兮，澤滲灕而下降。"

十二畫

飜 fān ㄈㄢ 孚袁切，平，元韻，滂。

同"翻"。㈠飛。三國魏曹植曹子建集一臨觀賦："俯無鱗以遊觀，仰無翼以飜飛。"㈡翻覆，翻騰。梁書武帝紀上中興二年齊宣德皇后詔："整兵訓卒，蒐狩有序，俾我危城，飜爲强鎮。"

【飜覆】同"翻覆"。南朝宋鮑照鮑氏集四擬古詩之三："漢虜方未和，邊城屢飜覆。"後漢書七五吕布傳贊："術既叨貪，布亦飜覆。"術，袁術。

【飜流水】荆江出巴蜀，自高注下，濁流洶湧。夏秋暴漲，則逆泛洞庭，瀟湘清流，頓皆混濁，岳陽人謂之飜流水。見宋范致明岳陽風土記。

食部

食 1. shí ㄕˊ 乘力切，入，職韻，神。

㈠食物。書益稷："暨稷播，奏庶艱食鮮食。"疏："與稷播種五穀，進於衆人，難得食處，乃決水所得魚鼈鮮肉爲食也。"㈡吃。論語學而："君子食無求飽，居無求安，……就有道而正焉，可謂好學也已。"㈢祿。禮坊記："故君子與其使食浮於人也，寧使人浮於食。"注："食，謂祿也。"㈣受納。漢書八五谷永傳與王鳳書："不聽浸潤之譖，不食膚受之愬。"㈤日月虧蝕。通"蝕"。易豐："日中則昃，月盈則食。"詩小雅十月之交："日有食之。"㈥惑。管子君臣下："明君在上，便僻不能食其意。"注："便僻不能諂君以得意。"

2. sì ㄙˋ 集韻 祥吏切，去，志韻。

㈦以食與人。亦作"飤"、"飼"。詩小雅

綵蠻:"飲之食之,教之誨之。"史記九二淮陰侯傳:"漢王遇我甚厚,載我以其車,衣我以其衣,食我以其食。"

3. yì 羊吏切,去,志韻,喻。

㊃用於人名。漢有酈食其、審食其、趙食其。見史記酈生傳及項羽紀、漢書衛青傳。

【食力】㊀靠勞力而生活。國語晉四:"公食貢,大夫食邑,士食田,庶人食力。"注:"各由其力。"也指自食其力的人,即庶人。禮禮器:"天子一食,諸侯再,大夫士三,食力無數。"注:"食力謂工商農也。"疏:"庶人之屬也。……但陳力就業乃得食,故呼食力也。"㊁謂食民之賦稅。禮曲禮下:"問大夫之富:曰有宰食力。"疏:"食力,謂食民下賦稅之力也。"

【食犬】供食用之犬。周禮秋官犬人"凡相犬牽犬者屬焉"唐賈公彥疏:"犬有三種:一者田犬,二者吠犬,三者食犬……若食犬,觀其肥瘦。"

【食₂母】乳母。禮內則:"大夫之子有食母。"注:"選於傅御之中,喪服所謂乳母也。"

【食地】可墾種的土地。管子八觀:"彼野悉辟而民無積者,國地小而食地淺也。田半墾而民有餘食而粟米多者,國地大而食地博也。"

【食色】㊀食欲與性欲。孟子告子上:"食、色,性也。"注:"人之甘食悅色者人之性也。"㊁不見飢餓的氣色。左傳昭十五年:"(晉師)圍鼓三月,鼓人或請降,使其民見。曰:'猶有食色,姑修而城。'"

【食言】背棄諾言。食,消;謂言而不行,如食之消盡。一說僞言。書湯誓:"爾無不信,朕不食言。"傳:"食盡其言,僞不實。"疏:"釋詁云:'食,僞也。'孫炎曰:'食,言之僞也。'哀二十五年左傳云:孟武伯惡郭重,曰:'何肥也?'公曰:'是食言多矣,能無肥乎?'然則言而不行,如食之消盡。後終不行,前言爲僞。故通謂僞言爲食言。故爾雅訓食爲僞也。"

【食忌】忌口。忌吃某些食物。全唐詩五一〇張祜秋日病中:"無端憂食忌,開鏡倍萎黄。"

【食邑】卿大夫的封地。即采邑。收其賦稅而食,故名食邑。史記九五樊噲傳:"賜食邑杜之樊鄉。"漢書高帝紀下:"其有功者上致之王,次爲列侯,下乃食邑。"

【食官】掌飲食的官。周禮天官"膳夫上士二人"漢鄭玄注:"膳夫,食官之長也。"

【食性】對食物的好惡。唐王建詩七新嫁娘詞:"三日入廚下,洗手作羹湯,未諳姑食性,先遣小姑嘗。"

【食采】食邑,采地。漢書地理志下:"本周宣王弟友爲周司徒,食采於宗周畿内,是爲鄭。"

【食客】㊀寄食於富貴之家並爲之所用的門客。史記七五孟嘗君傳:"食客數千人,無貴賤一與文等。"唐高適高常侍集二贈別王七十管記詩:"堂中皆食客,門外多酒債。"㊁飲食店的顧客。宋吳自牧夢粱錄十六茶肆:"汴京熟食店,張掛名畫,所以勾引觀者,留連食客。"

【食指】㊀第二個手指。左傳宣四年:"楚人獻黿於鄭靈公,公子宋與子家將見,子公之食指動,以示子家,曰:'他日我如此,必嘗異味。'"㊁家中人口。明錢子正綠苔軒集五溪上所見詩:"家貧食指衆,謀生拙於人。"

【食酒】飲酒,多飲。漢書七一于定國傳:"定國食酒至數石不亂。"注:"食酒者,謂能多飲,費盡其酒。"唐柳宗元柳先生集二四序飲:"余病痞不能食酒,至是醉焉。"

【食蚘】螳螂的別稱。禮月令仲夏之月"小暑至,螳蜋生"唐孔穎達疏:"(螳蜋),方言云:'譚魯以南謂之蟷蠰,三河之域謂之螳蜋,燕趙之際謂之食蚘。'"校勘記謂方言乃鄭志之訛。

【食茶】自飲用之茶。宋史食貨志下五茶上:"民之欲茶者售於官。其給日用者謂之食茶,出境則給券。"

【食氣】㊀即五穀之氣。論語鄉黨:"肉雖多,不使勝食氣。"宋朱熹集注:"食以穀爲主,故不使肉勝食氣。"㊁謂仙人服氣。淮南子地形:"食氣者神明而壽,食穀者知慧而夭。"

【食堂】會食之所。唐柳宗元柳先生集二六盩厔縣新食堂記:"新作食堂于縣内之右,始會食也。"

【食啖】飲食清淡。啖,通"淡"。史記九九叔孫通傳:"呂后與陛下攻苦食啖,其可背哉?"集解引徐廣:"啖,一作淡。"又引如淳:"食無菜茹爲啖。"參見"攻苦食淡"。

【食頃】一飯之頃,形容時間短。史記七五孟嘗君傳:"出如食頃,秦追果至關,已後孟嘗君出,乃還。"

【食貧】猶居貧。生活貧困。詩衛風氓:"自我徂爾,三歲食貧。"

【食貨】書洪範:"八政:一曰食,二曰貨,三曰祀,四曰司空,五曰司徒,六曰司寇,七曰賓,八曰師。"後因以食貨爲國家經濟財政的統稱。漢書一〇〇下敍傳:"厥初生民,食貨惟先。……述食貨志第四。"

【食道】㊀運糧食的道路。戰國策趙二:"韓絶食道,趙涉河漳,燕守常山之北。"史記七三白起傳:"秦王聞趙食道絶,……發年十五以上悉詣長平,遮絶趙救及糧食。"㊁飲食之道。禮檀弓下:"飯用米貝,弗忍虛也,不以食道,用美焉爾。"此言斂死者之飯含。㊂食管,上接咽下通胃,亦稱爲食道。

【食單】開列食品的單子。宋虞儔尊白堂集四戲書詩:"過午食單勿溷我,飯來開口亦欣然。"明王志堅表異録十人事飲食:"何曾有安平公食單,韋巨源有燒尾宴食單。"

【食復】中醫謂病愈因飲食不節而復發。見漢張仲景傷寒論七燒裩散宋成無已注。

【食葛】可供食用的葛根。文選晉左太沖(思)吳都賦:"食葛香茅。"注:"食葛,蔓生,與山葛同。根特大,美於芋也。豫章間種之。"

【食監】漢諸陵設食監一人,亦稱食官令,秩六百石,掌望晦時節祭祀。見後漢書百官志二。

【食墨】龜卜的術語。灼龜見兆與墨畫合。書洛誥"我卜河朔黎水。我乃卜澗水東,瀍水西,惟洛食"漢孔安國傳:"卜必先墨畫龜,然後灼之,兆順食墨。"疏:"求其兆順食此墨畫之處。"

【食德】享受先人餘蔭。易訟:"食舊德,貞,厲終吉。"疏:"故食其舊日之德祿位。"唐杜甫杜工部詩史補遺八奉送蘇州李二十五長史之任:"食德見從事,克家何妙年。"

【食閻】慫慂。方言十:"食閻,慫慂,勸也。南楚凡己不欲喜而旁人説之,不欲怒而旁人怒之,謂之食閻,或謂之慫慂。"

【食舉】樂曲名。帝王進食時演奏。禮王制:"然後天子食,日舉以樂。"樂府詩集十三燕射歌辭注:"漢鮑業曰:'古者天子食飲必順四時五味,故有食舉之樂。'……漢有殿中御飯食舉七曲,太樂食舉十三曲,魏有雅樂四曲,皆取周詩鹿鳴。"

【食輿】轎子。漢書三二張耳傳"上使泄公持節問之箯輿前"注:"箯輿者,編竹木以爲輿,形如今之食輿矣。"史記八九張耳傳集解引韋昭曰:"輿如今輿牀,人輿以行。"

【食藏】貯藏食物的器具。唐段成式酉陽雜俎前集一忠志:"安祿山恩寵莫比。

其所賜品目有桑洛酒……油畫食藏。”

【食醫】官名。掌調宮廷飲食。周禮天官食醫:“食醫掌和王之六食、六飲、六膳、百羞、百醬、八珍之齊。”

【食餼】明清時,生員試優等者,官給廩餼。聊齋誌異餓鬼:“録之得優等,食餼焉。”又任秀:“于是閉戸年餘,遂以優等食餼。”參見“廩生”。

【食醯】昆蟲名。蠛蠓。莊子至樂:“斯彌爲食醯。”釋文:“司馬(彪)本作蝕。司馬云:‘蝕醯,若酒上蠛蠓也。’”唐成玄英疏:“酢甕中蠛蠓,亦爲醯雞也。”參見“醯雞”。

【食牛氣】尸子下:“虎豹之駒未成文,而有食牛之氣;鴻鵠之鷇,羽翼未合而有四海之心。”後因以食牛氣指年幼而有豪邁之概。唐杜甫杜工部草堂詩箋二五徐卿二子歌:“小兒五歲氣食牛,滿堂賓客皆迴頭。”

【食禄糕】宋元農曆九月初九重陽節糕點名。元陳元靚歲時廣記三四重九上引歲時雜記:“民間九日作糕,每糕上置小鹿子數枚,號曰食禄糕。”

【食實封】受封爵並領有封地,食其封戸租賦者,稱爲食實封。以別於無封地之關內侯。資治通鑑二〇九唐景龍三年:“於時食實封者凡一百四十餘家。”注:“唐制;食實封者,得真戸,戸皆三丁以上,一分入國。開元定制,以三丁爲限,租賦全入封家。”參閱清趙翼陔餘叢考十六漢唐食封之制。

【食膠蟲】食松脂的蟲。唐段成式酉陽雜俎前集十七蟲:“食膠蟲,夏月食松膠,前脚傅之,後脚聶之,內之尻中。”

【食憲章】猶言食譜。以其名貴可爲規範故稱。宋陶穀清異録饌羞:“(唐)段文昌尤精饌事,自編食經五十卷,時稱鄒平公食憲章。”

【食總管】指醋。見宋陶穀清異録饌羞。

【食鐵獸】傳說中的獸名。文選晉左太沖(思)蜀都賦:“戟食鐵之獸。”晉劉淵林(逵)注:“貊獸,毛黑,白臆,似熊而小,以舌舐鐵,須臾便數十斤,出建寧郡也。”爾雅釋獸“貘,白豹”晉郭璞注:“似熊,小頭,庳脚,黑白駁,能舐食銅鐵。”

【食少事煩】食少而事煩重。謂身體不能長期支持。晉書宣帝紀青龍二年:“先是,(諸葛)亮使至,帝問曰:‘諸葛公起居如何,食可幾米?’對曰:‘三四升。’次問政事。曰:‘二十罰已上皆自省覽。’帝既而告人曰:‘諸葛孔明其能久乎?’竟如其言。”三國演義一〇三:“(司馬)懿顧謂諸將曰:‘孔明食少事煩,其能久乎?’”煩,通“繁”。孔明,諸葛亮字。

【食毛踐土】左傳昭七年:“封略之內何非君土?食土之毛,誰非君臣?”毛,謂土地生長的植物。後因以“食毛踐土”爲對君上感恩戴德之辭。

【食玉炊桂】喻物價昂貴。戰國策楚三:“楚國之食貴於玉,薪貴於桂,謁者難得見如鬼,王難得見如天帝。今令臣食玉炊桂,因鬼見帝。”

【食古不化】學古人,讀古書,而不善運用,如食物之不消化。清陳撰玉几山房畫外録下惲向題自作畫册:“定欲爲古人而食古不化,畫虎不成、刻舟求劍之類也。”

【食肉寢皮】春秋晉伐齊,晉州綽射中齊將殖綽,俘殖綽及郭最。後州綽避禍奔齊,齊莊公向其稱殖綽、郭最雄勇。州綽曰:“然二子(殖綽、郭最)者,譬於禽獸,臣食其肉而寢處其皮矣。”見左傳襄二一年。後以“食肉寢皮”喻將士殺敵致勝,除惡務盡。唐杜牧樊川集一雪中書懷詩:“臣實有長策,彼可徐鞭笞,如蒙一召議,食肉寢其皮。”宋李彌遜筠溪集四楊政換給大夫恭州團練副使制:“食肉寢皮,志每存於去惡;履腸涉血,勇屢見於先登。”

【食前方丈】食時肴饌列前者至方一丈。極言其奢。孟子盡心下:“食前方丈,侍妾數百人。”韓詩外傳九:“食方丈於前,所甘不過一肉之味。”也作“食味方丈”。晏子春秋問下:“昔吾先君桓公善飲酒窮樂,食味方丈。”

【食租衣税】靠人民所納租税生活。史記平準書:“縣官當食租衣税而已。”

二畫

飣 dìng 丁定切,去,徑韻,端。ㄉㄧㄥˋ

堆疊蔬果於盤,一般供陳設。唐韓愈昌黎集五贈劉師服詩:“妻兒恐我生悵望,盤中不飣粟與梨。”參見“飣餖”。

【飣餖】也作“餖飣”。㊀堆疊於盤中供陳設的蔬果。唐韓愈昌黎集一南山詩:“或如臨食案,肴核紛飣餖。”宋黄庭堅山谷外集六次韻無咎閻子常攜琴入村詩:“歲豐寒士亦把酒,滿眼飣餖梨棗多。”㊁堆砌。宋楊萬里誠齋集七四泉石膏肓記:“忽鄉友王信臣及其猶子子林艘永新怪石以遺予。予喜甚,……亟召匠飣餖爲假山。”也用以形容文辭重疊。清魏源默觚集治篇一:“彼錢穀簿書,不可言學問矣。浮藻餖飣,可爲聖學乎?”

【飣座梨】席間供陳設之梨。喻珍貴。新唐書一八二崔珙傳附崔遠:“有文而風致整峻。世慕其爲,目曰飣座梨,言座所珍也。”舊唐書作“釘座梨”。宋王禹偁小畜集十送僕射相公赴西京詩:“康濟荒年穀,風標飣坐梨。”

飢 jī 居夷切,平,脂韻,見。ㄐㄧ

㊀餓。書舜典:“黎民阻飢。”㊁災荒。通“饑”。淮南子天文:“四時不出,天下大飢。”注:“穀不熟爲飢也。”

【飢火】飢餓難忍,腹如火燒。唐白居易長慶集六三旱熱詩之二:“壯者不耐飢,飢火燒其腸。”

【飢色】飢餓的臉色。孟子梁惠王上:“民有飢色,野有餓莩。”史記九二淮陰侯傳:“千里餽糧,士有飢色。”

【飢殍】餓莩,飢餓而死的人。三國志蜀許靖傳:“飢殍薦臻,死者大半。”

【飢溺】孟子離婁下:“禹思天下有溺者,由己溺之也;稷思天下有飢者,由己飢之也。”後以飢溺喻民疾苦。元楊載楊仲弘詩集五次韻虞彦高遊陽明洞:“不妨山水樂吾樂,豈有飢溺憂民憂?”

【飢腸】飢餓之腹。唐韓愈昌黎集五月蝕詩效玉川子作:“婪酣大肚遭一飽,飢腸徹死無由鳴。”宋蘇軾分類東坡詩七次韻孔毅父久旱已而甚雨:“夜來飢腸如轉雷,旅愁非酒不可開。”

【飢饉】同“饑饉”。災荒。史記一二九貨殖傳:“地埶饒食,無飢饉之患。”後漢書桓帝紀永興一年詔:“太陽虧光,飢饉荐臻。”參見“饑饉”。

【飢不擇食】餓時不選擇食物。喻急不暇擇。五燈會元五丹霞天然禪師:“訪龐居士,至門首相見,師乃曰:‘居士在否?’曰:‘飢不擇食。’”飢,也作“饑”。水滸三:“饑不擇食,寒不擇衣。”

【飢鷹侍中】北魏盧昶的綽號。謂其貪婪。魏書常山王遵傳附拓跋暉:“領右衛將軍。雖無補益,深被親寵。凡在禁中要密之事,暉別奉旨藏之於櫃,唯暉入乃開,其餘侍中、黄門莫有知者。侍中盧昶亦蒙恩眄。故時人號曰餓虎將軍,飢鷹侍中。”

飤 sì 祥吏切,去,志韻,邪。ㄙˋ

以食食人。同“飼”。見廣韻。楚辭漢東方朔七諫怨思:“子推自割而飤君兮,德日忘而怨深。”唐釋玄應一切經音義十四四分律引蒼頡篇訓詁:“飤,飽也。謂以食與人曰飤。"參見"飼"。

三 畫

飦 zhān 集韻 諸延切,平,僊韻。ㄓㄢ

粥。同"饘"。說文作"䭈"。孟子滕文公上:"三年之喪,齊疏之服,飦粥之食,自天子達於庶人,三代共之。"注:"飦,糜粥也。"

飥 tuō 他各切,入,鐸韻,透。ㄊㄨㄛ

見"餺飥"。

飧 sūn 思渾切,平,魂韻,心。ㄙㄨㄣ

㊀夕食。孟子滕文公上:"饔飧而治。"注:"饔飧,熟食也。朝曰饔,夕曰飧。"亦泛指熟食。詩魏風伐檀:"彼君子兮,不素飧兮。"㊁水澆飯。禮玉藻:"君未覆手,不敢飧。"疏:"飧謂用飲澆飯於器中也。禮食竟,更作三飧以勸助。"

四 畫

飩 tún 徒渾切,平,魂韻,定。ㄊㄨㄣ

見"餛飩"。

餑 bó ㄅㄛ

見下。

【餑飥】即湯麪。亦作"不托"、"餺飥"。宋陳亮龍川集二十壬寅夏答朱元晦秘書:"若今更不雨,恐巧新婦做不得無麪餑飥。"參見"不托"、"餺飥"。

飪 rèn 如甚切,上,寑韻,日。ㄖㄣ

煮熟。又作"餁"、"腍"。論語鄉黨:"失飪不食。"儀禮士昏禮:"魚十有四,腊一,肫髀不升,皆飪。"

飭 chì 恥力切,入,職韻,徹。ㄔ

㊀整頓,整治。詩小雅六月:"戎車既飭。"禮月令仲夏之月:"調竽笙箎簧,飭鍾磬柷敔。"注:"飭者,治其器物,習其事之言。"㊁謹慎。漢書高惠高后文功臣表:"愛敬飭盡,命賜備厚。"注:"飭,謹也。"㊂教導。國語齊:"且暮從事施於四方,以飭其子弟,相語以事,相示以巧,相陳以功。"㊃告誡。通"敕"。史記五帝紀堯:"信飭百官,衆功皆興。"飭,集解引徐廣:"古敕字。"漢書五行志上:"又飭衆官各慎其職。"注:"飭讀與敕同。"㊄巧僞。戰國策秦一:"文士並飭,諸侯亂惑,萬端俱起,不可勝理。"漢高誘注:"飭,巧也。"

【飭身】正己。猶飭躬。後漢書七三劉虞傳論:"自帝室王公之胄,皆生長脂腴,不知稼穡,其能厲行飭身,卓然不羣者,或未聞焉。"

【飭躬】正己,正身。漢書成帝紀建始二年詔:"迺者徙泰畤后土於南郊北郊,朕親飭躬,郊祀上帝。"

【飭厲】戒勉。漢書八九文翁傳:"乃選郡縣小吏開敏有材者張叔等十餘人,親自飭厲,遣詣京師,受業博士,或學律令。"注:"飭與敕同。"

飫 yù 依倨切,去,御韻,影。ㄩ

說文作"䬼"。㊀宴食。漢書九二陳遵傳陳崇劾奏:"遵知飲酒飫宴有節,禮不入寡婦之門,而湛酒溷肴,亂男女之別。"注:"宴食曰飫。"㊁飫禮,立着行禮。國語周下:"夫禮之立成者爲飫,昭明大節而已。"注:"立成,立行禮,不坐也。言飫禮所以教民敬式,昭明大體而已。"㊂私宴飲。詩小雅常棣:"儐爾籩豆,飲酒之飫。"飫,韓詩作"醧"。傳:"飫,私也。不脫屨升堂謂之飫。"段玉裁以爲當作燕私,不字衍。㊃飽。後漢書十一劉盆子傳:"十餘萬人皆得飽飫。"隋書音樂志下:"甘芳既飫,醑以清。"

【飫歌】飫禮所歌。國語周下:"周詩有之曰:'天之所支,不可壞也。……'昔武王克殷而作此詩也,以爲飫歌,名之曰支。"注:"周詩,飫時所歌也。"

【飫聞】飽聞,所聞已足。唐韓愈昌黎集十三燕喜亭記:"極幽遐瑰詭之觀,宜其於山水飫聞而厭見也。"資治通鑑二〇六唐久視元年:"卿所言,朕飫聞之。無多言!"

【飫賜】賞賜充足。左傳襄二六年:"是以將賞,爲之加膳,加膳則飫賜,此以知其勸賞也。"注:"飫,饜也。酒食賜下,無不饜足,所謂加膳也。"

飲 1. yǐn 於錦切,上,寑韻,影。ㄧㄣˇ

本作"㱃"。㊀喝。書酒誥:"越庶國,飲惟祀。"孟子告子上:"冬日則飲湯,夏日則飲水。"㊁古人飲食通稱,飲亦可以統食。史記高祖紀:"呂后與兩子居田中耨,有一老父過請飲,呂后因餔之。"㊂飲料。周禮天官酒正:"辨四飲之物。"呂氏春秋權勳:"司馬子反渴而求飲。"㊃没。見"飲羽"、"飲章"。㊄含忍。見"飲恨"。

2. yìn 於禁切,去,沁韻,影。ㄧㄣˋ

㊅以飲料給人或畜飲。詩小雅緜蠻:"飲之食之,教之誨之。"左傳襄十七年:"衛孫蒯田于曹隧,飲馬于重丘。"㊆統指給人飲食。漢書六四上朱買臣傳:"故妻與夫家俱上冢,見買臣饑寒,呼飯飲之。"

【飲子】湯藥。唐杜甫杜工部草堂詩箋二六寄韋有夏郎中:"飲子頻通汗,懷君想報珠。"注:"謂柴胡可煎爲飲子,服之通汗也。"太平廣記二一九田令孜引玉堂閒話:"長安完盛日,有一家於西市賣飲子,用尋常之藥,不過數味。"

【飲木】木名。文選晉左太沖(思)吳都賦:"窮陸飲木,極沈水居。"注:"朱崖海中有渚,東西五百里,南北千里。無水泉,有大木,斬之,以盆甕承其汁而飲之。"

【飲水】喝清水。論語述而:"飯疏食飲水,曲肱而枕之,樂亦在其中矣。"唐裴休集黃蘗山斷際禪師傳心法要:"明(上座)於言下忽然默契,便禮拜云:'如人飲水,冷暖自知,某甲在五祖會中,枉用三十年工夫!'"

【飲₂羊】孔子家語相魯:"魯之販羊有沈猶氏者,常朝飲其羊以詐市人。"謂羊販以水飲羊,增其重量以牟利。後泛指欺詐牟利。隋洺州南和縣澧水石橋碑:"野絕帶牛之暴,市息飲羊之欺。"(金石萃編四十)

【飲冰】喻憂心。莊子人間世:"今吾朝受命而夕飲冰,我其內熱與。"唐成玄英疏:"(沈)諸梁晨朝受詔,暮夕飲冰,足明怖懼憂愁,內心燻灼,詢道情切,達照此懷也。"引申喻惶恐憂心。唐宋之問集下送姚侍御出使江東詩:"飲冰朝受命,衣錦晝還鄉。"

【飲羽】箭深入,尾部羽毛隱没不見。呂氏春秋精通:"養由基射兕中石,矢乃飲羽,誠乎兕也。"注:"飲羽,飲矢至羽。"漢劉向新序雜事四:"昔者楚熊渠子夜行,見寢石,以爲伏虎,關弓射之,滅矢飲羽。"

【飲至】古時,盟伐既歸,合飲於宗廟,謂之飲至。左傳隱五年:"三年而治兵,入而振旅,以數軍實。"又桓二年:"凡公行,告于宗廟。反行,飲至、舍爵、策勳焉。禮也。"三國志吳諸葛恪傳薛綜移文:"感四牡之遺典,思飲至之舊章,故遣中臺近官,迎致犒賜,以旌茂功,以慰劬勞。"

【飲光】迦葉佛,梵語全稱名摩訶迦葉波。摩訶,義譯爲大;迦葉波,義譯爲飲光。參閱唐慧琳一切經音義七十玄應音阿毘達磨俱舍論二三。參見"迦葉"。

【飲血】㊀喝血。見"茹毛飲血"。㊁血

淚入口。猶言飲泣。文選漢李少卿(陵)答蘇武書:"戰士爲陵飲血。"注:"血卽淚也。"

【飲局】酒宴。宋釋文瑩續湘山野録:"蜀人嚴儲者,與蘇易簡之父善。儲之始舉進士,而蘇之子易簡生三日,爲飲局。"

【飲泣】淚流入口,形容極悲憤痛苦。漢書六二司馬遷傳報任安書:"然李陵壹呼勞軍,士無不起,躬流涕,沬血飲泣,張空拳,冒白刃,北首争死敵。"又六四下賈捐之傳:"父戰死於前,子鬬傷於後,女子乘亭鄣,孤兒號於道,老母寡婦飲泣巷哭。"

【飲₂和】莊子則陽:"故或不言,而飲人以和。"注:"人各自得,斯飲和矣,豈待言哉?"本謂使人自得其和,後用作施恩澤之意。隋書音樂志下宴羣臣登歌辭:"飲和飽德,恩風長扇。"

【飲恨】受屈抱恨,無由申訴。南朝梁江淹江文通集一恨賦:"自古皆有死,莫不飲恨而呑聲。"文苑英華二〇五唐沈佺期古意詩:"飛鷰恃寵昭陽殿,班姬飲恨長信宮。"

【飲酒】㈠喝酒。周禮地官黨正:"而飲酒于序,以正齒位。"㈡飲用之酒。周禮天官酒人:"共賓客之禮酒,飲酒而奉之。"注:"禮酒,饗燕之酒;飲酒,食之酒。"

【飲酎】飲純濃之酒。古禮,四月飲酎於朝,正尊卑。禮月令孟夏之月:"是月也,天子飲酎,用禮樂。"注:"酎之言醇也,謂重釀之酒也。春酒至此始成,與羣臣以禮樂飲之於朝,正尊卑也。"漢制,八月飲酎於宗廟。漢衛宏漢舊儀下:"王子爲侯,侯王歲以户口酎黄金獻於漢廟,皇帝臨受獻金以助祭。大祠曰飲酎,飲酎受金。飲酎受金少不如斤兩,色惡,王奪户,侯免國。"

【飲徒】酒友,嗜酒者。舊唐書一九〇下李白傳:"白既嗜酒,日與飲徒於酒肆醉。"

【飲章】匿名文書。後漢書六十下蔡邕傳上書:"臣一入牢獄,當爲楚毒所迫,趣以飲章,辭情何緣復聞?"注:"飲猶隱卻告人姓名,無可對問。章者,今之表也。"

【飲啄】鳥類之飲水啄食。借喻安居樂業,生活閒適。宋書樂志四何承天鼓吹鐃歌雉子遊原澤:"飲啄雖勤苦,不願棲園林。"又自序:"(沈警)謝病歸。(謝)安固留不止。……警曰:'使君以道御物,前所以懷德而至。既無用佐時,故遂飲啄之願爾。'"參見"一飲一啄"。

【飲福】祭畢飲供神酒,謂受神之福,故曰飲福。北周庾信庾子山集七郊廟歌辭周宗廟歌皇夏飲福酒:"受釐徹俎,飲福移樽。"書顧命"太保受同,祭嚌"宋蔡沈集傳:"以酒至齒曰嚌。太保復受同以祭,飲福至齒。"

【飲鴆】服毒。鴆,毒酒。漢書七八蕭望之傳:"於是望之卬天歎曰:'吾嘗備位將相,年六十矣,老入牢獄,苟求生活,不亦鄙乎!'……竟飲鴆自殺。"

【飲器】飲酒之具。周禮考工記梓人:"梓人爲飲器,勺一升,爵一升,觚三升。"漢書九四下匈奴傳:"以老上單于所破月氏王頭爲飲器者共飲血盟。"一説爲溺器。戰國策趙一:"及三晉分知氏,趙襄子最怨知伯,而將其頭以爲飲器。"史記一二三大宛傳:"是時天子問匈奴降者,皆言匈奴破月氏王,以其頭爲飲器。"集解:"韋昭曰:'飲器椑榼也。'……晉灼曰:'飲器,虎子之屬也。'"虎子卽盛溺之器。

【飲噱】聚飲笑樂。新唐書一六〇劉伯芻傳:"數過友家飲噱,爲韋執誼陰劾。"

【飲餞】於道旁設酒餞行。詩邶風泉水:"出宿于泲,飲餞于禰。"傳:"祖而舍軷,飲酒於其側曰餞。"文選晉潘安仁(岳)西征賦:"竦飲餞於東都,畏極位之盛滿。"後通稱設宴送行爲飲餞。

【飲₂犢】晉皇甫謐高士傳許由:"堯又召爲九州長。由不欲聞之,洗耳於潁水濱。時其友巢父牽犢欲飲之,見由洗耳,問其故。對曰:'堯欲召我爲九州長,惡聞其聲,是故洗耳。'巢父曰:'子若處高岸深谷,人道不通,誰能見子?子故浮游欲聞求其名譽,污吾犢口。'牽犢上流飲之。"後以飲犢喻潔身遠引,不求仕進。元詩選張簡雲丘道人集破山澗上聽水詩:"飲犢上流奔軼者,何年來此結茆堂?"

【飲水詞】清納蘭性德著。三卷。書名取如人飲水,冷暖自知之意。其詞多抒寫離别相思和生活中的怨思,哀感頑豔,與南唐二主詞情調相近。

【飲食方】烹調食譜。南齊書虞悰傳:"悰善爲滋味,和齊皆有方法。……上就悰求諸飲食方,悰祕不出。上醉後體不快,悰乃獻醒酒鯖鮓一方而已。"

【飲₂馬橐】行程中爲解馬渴所備之盛水具。方言五:"飲馬橐,自關而西謂之裺囊,或謂之裺篼,或謂之㡔篼。"清戴震疏證作飤馬橐,飤卽飼字,以飲爲訛字。

【飲墨水】北齊課試中一種懲罰辦法。隋書禮儀志四:"後齊每策秀孝,中書策秀才,集書策考貢士,考功郎中策廉良……其有脱誤、書濫、孟浪者,起立席後,飲墨水,脱容刀。"通典十四選舉二:"北齊選舉……其課試之法,中書策秀才,集書策貢士,考功郎中策廉良,天子常服乘輿出,坐於朝堂中楹。秀孝各以班草對。字有脱誤者,呼起立席後;書有濫劣者,飲墨水一升。文理孟浪者,奪席脱容刀。"

【飲中八仙】唐賀知章、汝陽王李璡、李適之、崔宗之、蘇晉、李白、張旭、焦遂八人,性豪飲不羈,時人稱爲飲中八仙。杜甫有飲中八仙歌。見新唐書二〇二李白傳。

【飲水知源】北周庾信庾子山集七徵調曲:"落其實者思其樹,飲其流者懷其源。"後人取其意,以"飲水知源"指不忘本。宋宗禮大鑒禪師殿記:"飲水知源,自覺自悟,師豈遠哉!"(八瓊室金石補正一二一)明張居正張文忠集書牘三十答上師相徐存齋:"凡正今日之所蒙被,孰匪師翁教育所及,飲水知源,敢忘所自。"

【飲冰食蘗】也作"飲水食蘗"。喻心境不寧,生活艱苦。唐白居易長慶集八三年爲刺史詩之二:"三年爲刺史,飲水復食蘗。"宋王邁臞軒集十四歲晚偶題詩:"飲冰食蘗坐窮閻,旋覺星星上鬢髯。"

【飲灰洗胃】喻悔恨,悔過自新。晉書石季龍載記下:"吾欲以純灰三斛洗吾腹,腹穢惡,故生凶子。兒年二十餘,便欲殺公。"南史荀伯玉傳:"若許某自新,必呑刀刮腸,飲灰洗胃。"

【飲恨呑聲】形容忍受痛苦,不敢表露。文選南朝梁江文通(淹)恨賦:"自古皆有死,莫不飲恨而呑聲。"也作"飲氣呑聲"。宋朱熹朱文公集七十讀兩陳諫議遺墨:"顧以姦賊蒙蔽,禁網嚴密,是以飲氣呑聲,莫敢指議。"

【飲₂馬投錢】漢趙岐三輔決録:"安陵清者有項仲山,飲馬渭水,每投三錢。"又應劭風俗通義三載太原郝子廉每行飲水,卽投錢一錢於井中。後因以飲馬投錢喻人廉潔不苟。

【飲鴆止渴】飲毒酒解渴。喻不顧後患而用有害辦法解決眼前困難。後漢書四八霍諝傳:"豈有觸冒死禍,以解細微?譬猶療飢於附子,止渴於酖毒,未入腸胃,已絶咽喉,豈可爲哉!"酖,同"鴆"。抱朴子嘉遯:"咀漏脯以充飢,酣鴆酒以止渴。"

【飲醇自醉】三國志吴周瑜傳"惟與程

普不睦”注引江表傳:“普頗以年長,數陵侮瑜。瑜折節容下,終不與校。普後自敬服而親重之,乃告人曰:‘與周公瑾交,若飲醇醪,不覺自醉。’”公瑾,瑜字。謂以寬厚待人,令人心服。

【飲膳正要】元忽思慧撰,三卷。忽思慧爲太醫官,其書詳於育嬰姙,飲膳衛生,食性宜忌,雖不盡合於醫學原理,其神仙服食一門,詞多荒誕,然可藉以考見元人的習俗。

【飲₂馬長城窟行】古樂府瑟調曲名。又稱飲馬行。古辭云征戍之客至於長城而飲馬,婦思念其勤勞,故作是曲。玉臺新詠以爲蔡邕作。以後三國魏曹丕、陳琳,晉傅玄、陸機等並有擬作。參閱樂府詩集三八飲馬長城窟行題解。

飯 fàn 符万切,去,願韻,並。ㄈㄢ

㈠熟的穀類食品。莊子天下:“請欲固置五升之飯足矣。”

扶晚切,上,阮韻,並。

㈡吃飯。論語述而:“飯疏食飲水,曲肱而枕之,樂亦在其中矣。”禮曲禮上:“飯黍毋以箸。”㈢以食飼人或餵牲口。史記九二淮陰侯傳:“有一母見信飢,飯信。”楚辭屈原九章惜往日:“甯戚歌而飯牛。”㈣拇指本。儀禮士喪禮:“設決,麗于掔,自飯持之。”注:“飯,大擘指本也。”㈤唅。以珠、玉、貝之類納於死者口中。禮檀弓上:“飯於牖下,小斂於户内,大斂於阼,殯於客位。”參見“飯含”。

【飯山】見“飯顆山”。

【飯玉】以碎玉雜米納於死者口中。周禮春官典瑞:“大喪,共飯玉,含玉,贈玉。”

【飯石】石名。宋杜綰雲林石譜下飯石:“婺州東陽縣雙林寺傅大士道場山中産石,凡有青白緑紫色,皆瑩徹,謂之飯石。質細碎,堪治爲素珠,或作鎮紙。”

【飯含】以珠玉貝米之類納於死者口中,稱飯含。戰國策趙三:“鄒魯之臣生則不得事養,死則不得飯含。”漢書九二原涉傳:“削牘爲疏,具記衣被棺木,下至飯含之物,分付諸客。”

【飯粘】飯的顆粒。晉書殷仲堪傳:“仲堪自在荆州,連年水旱,百姓饑饉,仲堪食常五椀,盤無餘肴,飯粘落席間,輒拾以噉之。”標點本粘作“粒”。

【飯筒】原始的糉子。太平御覽八五一南朝梁吳均續齊諧記:“屈原五月五日投汨羅水。楚人哀之,至此日以竹筒子貯米投水以祭之。”宋蘇軾分類東坡詩一端午游真如遲适遠從子由在酒局:“水餅既懷鄉,飯筒仍愍楚。”

【飯僧】猶言齋僧,施飯與僧。唐孟浩然集一疾愈過龍泉寺精舍呈易業二上人詩:“傍見精舍開,長廊飯僧畢。”

【飯頭】僧寺主炊事之長。景德傳燈録六禪門規式:“置十務,謂之寮舍,每用首領一人,管多人行事。”注:“主飯者目爲飯頭,主菜者目爲菜頭。”又十九宗靖禪師:“初參雪峯,密承宗印,乃自誓充飯頭,服勞逾十載。”

【飯磬】僧寺開飯時擊磬爲信號,稱飯磬。南朝陳沈炯沈侍中集同庾中庶肩吾周處士弘讓游明慶寺詩:“馴烏逐飯磬,狎獸繞禪林。”

【飯牛歌】飼牛之歌。淮南子道應:“桓公郊迎客,甯越飯牛車下,望見桓公而悲,擊牛角而疾商歌。桓公聞之,撫其僕之手曰:‘異哉,歌者非常人也。’命後車載之。”史記八三鄒陽傳“甯戚飯牛車下”集解引應劭:“桓公夜出迎客,而甯戚疾擊其牛角商歌曰:‘南山矸,白石爛,生不遭堯與舜禪,短布單衣適至骭,從昏飯牛薄夜半,長夜曼曼何時旦?’”按甯戚卽甯越。參見“甯越”。

【飯後鐘】寺僧鳴鐘進餐,飯後鐘卽餐畢鳴鐘,聞鐘而往則不得食。五代王定保唐摭言七起自寒苦:“王播少孤貧,嘗客揚州惠昭寺木蘭院,隨僧齋湌。諸僧厭怠,播至,已飯矣。後二紀,播自重位出鎮是邦,因訪舊遊,向之題已皆碧紗幕其上。播繼以二絶句曰:‘……上堂已了各西東,慙愧闍黎飯後鐘。二十年來塵撲面,如今始得碧紗籠。’”宋孫光憲北夢瑣言、王讜唐語林以爲段文昌事。宋陸游劍南詩稿七一贈丐士:“尚能忍恥墦間祭,安用追慚飯後鐘?”

【飯顆山】傳爲長安山名。唐李白李太白詩三十戲贈杜甫:“飯顆山頭逢杜甫,頭戴笠子日卓午。借問别來太瘦生,總爲從前作詩苦。”此戲謂作詩拘束。見唐孟棨本事詩高逸。後用“飯顆山”或“飯山”謂人作文寫詩拘謹吃力。宋蘇軾分類東坡詩十七次韻沈長官之一:“不獨飯山嘲我瘦,也應糠覈怪君肥。”

【飯坑酒囊】罵人只知吃喝而無所作爲。漢王充論衡别通:“曾又不知人生稟五常之性,好道樂學,故辨於物。今則不然,飽食快飲,慮深求卧,腹爲飯坑,腸爲酒囊,是則物也。”

【飯糗茹草】吃乾糧粗食,謂生活艱苦。孟子盡心下:“舜之飯糗茹草也,若將終身焉。”

【飯囊酒甕】諷喻庸碌無能之人。抱朴子彈禰:“荀彧猶强可與語,過此以往,皆木梗泥偶,似人而無人氣,皆酒瓮飯囊耳。”瓮,同“甕”。北齊顏之推顏氏家訓誡兵:“今世士大夫但不讀書,卽今武夫兒,乃飯囊酒甕也。”

五 畫

餅 bǎn 博管切,上,緩韻,幫。ㄅㄢ

米粉做的餅。一作“粄”、“板”。見廣韻。南史衡陽元王道度傳附蕭鈞:“年五歲,所生區貴人病,便加慘悴,左右依常以五色餅餄之,不肯食。”

飶 bì 毗必切,入,質韻,並。ㄅㄧ 蒲結切,入,屑韻,並。

香的食物。見廣韻。詩周頌載芟:“有飶其香。”傳:“飶,芳香也。”宋朱熹集傳:“未詳何物。”

餘 mò 莫撥切,入,末韻,明。ㄇㄛ

亦作“秣”。喂牲口的飼料。說文:“餘,食馬穀也。”也謂飼。唐白居易長慶集三馴犀詩:“餘以瑶芻鎖以金,故鄉迢遞君門深。”參見“秣馬”。

飼 sì 祥吏切,去,志韻,邪。ㄙ

以食飼人或畜。同“飤”。書禹貢“百里賦納總”傳:“禾稾曰總,入之供飼國馬。”舊唐書一三九陸贄傳上疏:“屈指計歸,張頤待飼。”

餂 duò ㄉㄨㄛ

見“餶餂”。

飴 1. yí 與之切,平,之韻,喻。ㄧ

㈠糖膏。說文:“飴,米蘖煎也。”詩大雅緜:“周原膴膴,堇荼如飴。”禮內則:“棗栗飴蜜以甘之。”㈡美味之食。漢揚雄太玄經一干:“蚩蚩干于丘飴。”注:“飴,美食也。”㈢贈與。通“貽”。漢書三六楚元王傳附劉向引詩:“飴我釐麰。”今詩周頌思文作“貽我來牟”。

2. sì 集韻 祥吏切,去,志韻。ㄙ

㈣以食食人。通“飼”。晉書王導傳附王薈:“薈以私米作饘粥,以飴餓者。”

【飴鹽】巖鹽的一種。帶甜味。周禮天官鹽人:“王之膳羞共飴鹽。”注:“飴鹽,鹽之恬者。今戎鹽有焉。”疏:“卽石鹽是也。”

飾 shì 賞識切，入，職韻，審。ㄕ

㊀裝飾，打扮。墨子辭過："青黃刻鏤之飾。"左傳昭元年："子晳盛飾入。"㊁假託，粉飾。見"飾辭"、"飾說"、"飾非"。㊂整治，修整。通"飭㊀"。周禮地官封人："凡祭祀，飾其牛牲。"注："飾謂刷治潔清之也。"穀梁傳襄二五年："古者大國過小邑，小邑必飾城而請罪。"注："飾城者，脩守備。"

【飾巾】㊀戴頭巾，謂不加冠冕。漢蔡邕蔡中郎集二陳太丘(寔)碑："大將軍何公(進)、司徒袁公(隗)前後招辟，……先生曰：'絕望已久，飾巾待期而已。'"後漢書三九趙咨傳："太尉楊賜特辟，使飾巾出入，請與講議。"注："以幅巾爲首飾，不加冠冕。"㊁婉指死。清趙翼甌北詩鈔五言古三輓唐再可："何期遽飾巾，霞飛倏化羽。"

【飾車】有文飾的車。大夫以上所乘。周禮考工記輿人："棧車欲弇，飾車欲侈。"注："飾車謂革輓輿也。大夫以上革輓輿。"尚書大傳堯典："然後得乘飾車駢馬，衣文錦。"

【飾非】掩飾過失。莊子盜跖："强足以拒敵，辯足以飾非。"史記殷紀："(帝紂)知足以距諫，言足以飾非。"參見"文過"。

【飾終】給死者以尊榮之禮。隋書豆盧勣傳附豆盧毓，煬帝詔："褒顯名節，有國通規；加等飾終，抑推令典。"唐劉禹錫劉夢得集六送張侍郎入蕃弔祭詩："飾終鄰好重，錫命禮容全。"

【飾僞】㊀掩飾其詐僞。漢桓寬鹽鐵論散不足："世俗飾僞行詐，爲民巫祝，以取釐謝。"漢王充論衡答佞："是故詐善設節者可知，飾僞無情者可辨。"㊁粉飾和虛僞。漢許慎說文解字敍："庶業其繁，飾僞萌生。"

【飾詐】矯飾行詐。史記一一二公孫弘傳："夫以三公爲布被，誠飾詐欲以釣名。"後漢書二七杜林傳論："飾詐以圖己，詐窮則道屈。"

【飾智】弄巧設詐。淮南子本經："及僞之生也，飾智以驚愚，設詐以巧上。"史記一二〇汲黯傳："而黯常毀儒，面觸(公孫)弘等徒懷詐飾智以阿人主取容。"

【飾器】有裝飾的兵器。周禮夏官掌固："設其飾器。"注："兵甲之屬，今城郭門之器亦然。"孫詒讓正義："謂兵甲皆有英飾，既資防禦，又壯觀瞻也。"

【飾擢】獎飾提拔。晉書陶璜傳上言："臣亡國之餘，議不足採，聖恩廣厚，猥垂飾擢，蠲其罪疊，改授方任。"新唐書一二一王毛仲傳："毛仲始見飾擢，頗持法，不避權貴爲可喜事。"

【飾辭】粉飾言辭。莊子天地："謂己道人，則勃然作色；謂己諛人，則怫然作色。而終身道人也，終身諛人也。合譬飾辭聚衆也。"漢王充論衡對作："故論衡者，所以銓輕重之言，立真僞之平，非苟調文飾辭，爲奇偉之觀也。"

【飾非遂過】知非而加掩飾，以成其過。吕氏春秋審應："公子食我之辯，適足以飾非遂過。"又作"飾非文過"。唐劉知幾史通曲筆："其有舞辭弄札，飾非文過，……斯乃作者之醜行，人倫所同疾也。"參見"文過"。

飽 bǎo 博巧切，上，巧韻，幫。ㄅㄠˇ

㊀吃足。論語學而："君子食無求飽。"㊁喻滿足。詩大雅既醉："既醉以酒，既飽以德。"晉陸機陸士衡集一豪士賦序："心玩居常之安，耳飽從諛之說。"

【飽卿】宋時民間以光祿卿掌膳食之事，諧稱爲飽卿。宋蘇軾分類東坡詩二一用舊韻送魯元翰知洺州"冷卿當復溫"宋孫倬注："世傳京師謂光祿爲飽卿，衛尉爲暖卿，鴻臚爲睡卿，司農爲走卿，宗正爲冷卿。"

【飽參】領略甚多。宋釋曉瑩羅湖野録四："明州和菴主，從南嶽辨禪師游叢林，以爲飽參。"陳師道后山詩註六荅顏生："世間公器毋多取，句裏宗風却飽參。"

【飽滿】充足。史記樂書："天子躬於明堂臨觀，而萬民咸蕩滌邪穢，斟酌飽滿，以飾厥性。"

【飽德】備受德澤。詩大雅既醉序："醉酒飽德，人有士君子之行焉。"隋書音樂下宴羣臣登歌辭："飲和飽德，恩風長扇。"

【飽學】學問廣博。也作學飽。南朝梁劉勰文心雕龍八事類："才自內發，學以外成，有學飽而才餒，有才富而學貧。"元王實甫西廂記一本四折："老僧有箇敝親，是箇飽學的秀才。"

【飽食終日】整天只知吃喝，無所事事。論語陽貨："飽食終日，無所用心，難矣哉！"

【飽食煖衣】衣食充足。孟子滕文公上："飽食煖衣，逸居而無教，則近於禽獸。"

六畫

餈 cí 疾資切，平，脂韻，從。ㄘˊ

稻餅。見說文。亦作"饝"、"粢"。今多指江米蒸熟後搗碎做成之餅，字作"糍"。周禮天官籩人："羞籩之實，糗餌，粉餈。"注："此二物皆粉稻米黍所爲也。合蒸曰餌，餅之曰餈。"疏："今人餈餻皆解之，名出於此。"

【餈筒】粽子的別稱。宋陸游劍南詩稿五七初夏："白白餈筒美，青青米果新。"自注："蜀人名粽爲餈筒。"

養 yǎng 餘兩切，上，養韻，喻。ㄧㄤˇ

㊀生育，繁殖。易頤："天地養萬物。"元王實甫西廂記四本二折："我不合養了這箇不肖之女。"㊁鞠養，長養。荀子禮論："父能生之，不能養之。"㊂教養。禮文王世子："立太傅少傅以養之，欲其知父子君臣之道也。"㊃陶冶，修養。孟子盡心下："養心莫善於寡欲。"㊄飼養。山海經中山經："(霍山)有獸焉，其狀如貍，而白尾有鬣，名曰朏朏。養之可以已憂。"㊅調治，療養。周禮天官疾醫："疾醫掌養萬民之疾病。……以五味五穀五藥養其病。"後漢書二十王霸傳："霸獨善撫士卒，死者脫衣以斂之，傷者躬親以養之。"㊆久長。大戴禮二夏小正："(五月)時有養白。養，長也。"㊇貯存。見"養羞"。㊈隱。大戴禮曾子事父母："兄之行若不中道則養之。"注："養，猶隱之。"㊉任炊事的人。公羊傳宣十二年："廝役扈養死者數百人。"注："炊亨者曰養。"後漢書十一劉玄傳："長安爲之語曰：'竈下養，中郎將。爛羊胃，騎都尉。爛羊頭，關內侯。'"⑪通"癢"。荀子正名："疾養滄熱滑鈹輕重以形體異。"注："養與癢同。"⑫地名。春秋楚邑。左傳昭三十年："使監馬尹大心逆吳公子，使居養。"⑬姓。春秋楚有養由基。

餘亮切，去，漾韻，喻。

⑭供養，事奉。論語爲政："今之孝者，是謂能養。"戰國策趙三："鄒魯之臣，生則不得事養，死則不得飯含。"

【養子】㊀養育子女。禮大學："未有學養子而後嫁者也。"㊁收養的兒子。後漢書順帝紀："初聽中官得以養子爲後，世襲封爵。"

【養女】收養的女兒。北齊書孫騰傳："博陵崔孝芬養貧家子賈氏以爲養女。"

【養父】寄父，義父。新五代史唐劉皇后傳："酒酣，(莊宗)命后拜(張)全義爲養父。"

【養正】修養正道。易蒙："蒙以養正。"疏："能以蒙昧隱默，自養正道。"抱朴子嘉遯:"雖無立朝之勳,卽戎之勞,然切磋後生,弘道養正,殊塗一致,非損之民也。"

【養母】收養爲子女的義母。見朱子家禮三父八母服制圖。

【養生】㊀攝養身心,以期保健延年。莊子養生主:"吾聞庖丁之言,得養生焉。"唐成玄英疏:"遂悟養生之道也。"荀子儒效:"以從俗爲善,以貨財爲寶,以養生爲己至道,是民德也。"㊁事養父母於其生時。孟子離婁下:"養生者不足以當大事,惟送死可以當大事。"

【養地】猶言食邑。供養之地。戰國策西周:"不如譽秦王之孝也,因以原爲太后養地。秦王、太后必喜,是公有秦也。"

【養老】古禮,對老而賢者按時享以酒食以敬禮之,謂之養老。周禮地官大司徒:"以保息六養萬民:一曰慈幼,二曰養老……六曰安富。"禮王制:"凡養老,有虞氏以燕禮,夏后氏以饗禮,殷人以食禮,周人脩而兼用之。五十養於鄉,六十養於國,七十養於學,達於諸侯。"疏:"皇氏云:'人君養老有四種:一是養三老五更;二是子孫爲國難而死,王養死者父祖;三是養致仕之老;四是引戶校年養庶人之老。'"禮文王世子:"凡祭,與養老乞言、合語之禮,皆小樂正詔之於東序。"

【養志】㊀涵養高尚的志趣、情操。莊子讓王:"故養志者忘形,養形者忘利,致道者忘心矣。"後漢書三九淳于恭傳:"後州郡連召,不應,遂幽居養志潛於山澤。"㊁承順父母的心意。與"養口體"相對而言。孟子離婁上:"此所謂養口體者也。若曾子則可謂養志也。"呂氏春秋孝行:"龢顔色,說言語,敬進退,養志之道也。"

【養利】地名。宋置州,屬太平砦。元屬太平路。明清均屬太平府。公元1912年改縣,屬廣西省。1951年與萬承雷平兩縣合併爲大新縣。參閱嘉慶一統志四七二太平府。

【養性】涵養本性。孟子盡心上:"存其心,養其性,所以事天也。"淮南子俶眞:"靜漠恬澹,所以養性也。"

【養拙】猶守拙。指隱退不仕。文選晉潘安仁(岳)閑居賦:"仰衆妙而絕思,終優遊以養拙。"唐杜甫杜工部草堂詩箋二五遣愁:"養拙蓬爲戶,茫茫何所開?"

【養和】㊀養其天和,謂保養身心。後漢書三九周磐傳:"昔方回、支父嗇神養和,不以榮利滑其生術。"晉書賀循傳晉武帝遺循書:"或有遐棲高蹈,輕舉絕俗,逍遙養和,恬神自足。"㊁靠背別名。全唐詩六一二皮日休五貺詩序:"有桐廬養和一,怪形拳跼,坐若變去,謂之烏龍養和。"新唐書一三九李泌傳:"泌嘗取松樛枝以隱背,名曰養和。"

【養高】保養高尚志節。三國志魏高柔傳上疏:"今公輔之臣,皆國之棟梁,民所具瞻,而置之三事,不使知政,遂各偃息養高,鮮有進納,誠非朝廷崇用大臣之義,大臣獻可替否之謂也。"文選三國魏李蕭遠(康)運命論:"討己養高,勢動人主。"

【養羞】貯存食物。禮月令仲秋之月:"盲風至,鴻鴈來,玄鳥歸,羣鳥養羞。"注:"羞,謂所食也……養也者,不盡食也。"南朝宋鮑照鮑氏集八蒜山被始興王命作詩:"玄武藏木陰,丹烏還養羞。"

【養素】涵養其素性。文選三國魏嵇叔夜(康)幽憤詩:"志在守樸,養素全眞。"北史韋孝寬傳附韋夐論:"韋夐隱不負人,貞不絕俗,怡神墳籍,養素丘園。"

【養眞】猶養性。晉陶潛陶淵明集三辛丑歲七月赴假還江陵夜行塗中詩:"養眞衡茅下,庶以善自名。"注:"曹子建(植)辯問曰:君子隱居以養眞也。"

【養氣】㊀涵養氣質、意志。孟子公孫丑上:"我善養吾浩然之氣。"漢王充論衡自紀:"養氣自守,適時則酒。"㊁長養之氣。禮月令季夏之月:"毋舉大事,以搖養氣。"㊂道家的一種修煉方法。新五代史王建傳附王宗壽:"爲人恬退,喜道家之術,……以鍊丹養氣自娛。"

【養娘】宋元時乳母或女傭的稱呼。宋黃庭堅山谷詞宴桃源書趙伯充家小姬領巾:"生受,生受,更被養娘催繡。"元周密武林舊事十官本雜劇段數有雙養娘一本。

【養寇】養成寇患。指縱敵不擊以自重。新唐書一三六李光弼傳附張伯儀:"既請謚,博士李吉甫議以中興三十年而兵未戢者,將帥養寇藩身也。"

【養望】矯飾以招名。晉書陶侃傳:"君子當其正衣冠,攝其威儀,何有亂頭養望,自謂弘達邪?"又陳頵傳與王導書:"加有莊老之俗,傾惑朝廷,養望者爲弘雅,政事者爲俗人。"

【養堂】奉養父母之室。晉書虞潭母孫氏傳:"拜武昌侯太夫人,加金章紫綬,潭立養堂於家。王導以下皆就拜謁。"

【養晦】詩周頌酌:"於鑠王師,遵養時晦。"宋朱熹集傳:"此亦頌武王之詩。言其初有於鑠之師而不用,退自循養,與時皆晦。"後因以養晦指隱居待時。宋史四七一邢恕傳:"王安石亦愛之,因賓客諭意,使養晦以待用。"參見"遵養時晦"。

【養痾】養病。痾,亦作"疴"。後漢書八十下高彪傳遺馬融書:"昔周公旦父文兄武,九命作伯,以尹華夏,猶揮沐吐餐,垂接白屋……。公今養痾傲士,故其宜也。"文選南朝宋謝靈運田南樹園激流植援詩:"不同非一事,養痾亦園中。"

【養廉】保持和養成廉潔的操守。宋史職官志十一職田:"諸路職官各有職田,所以養廉也。"清代於官吏正俸之外按職務等級另給銀錢,稱養廉銀。文職始於雍正五年,武職始於乾隆四十七年。清會典二四戶部飯銀處:"戶部堂官養廉銀一萬七千二百餘兩,司員養廉銀一萬四千九百八十餘兩。"

【養養】憂心不定貌。詩邶風二子乘舟:"願言思子,中心養養。"傳:"養養然,憂不知所定。"

【養器】㊀飲食之器。禮曲禮下:"凡家造,祭器爲先,犧賦爲次,養器爲後。"㊁培養成材。三國志吳孫休傳永安元年詔:"古者建國,教學爲先,所以道世治性,爲時養器也。"

【養癰】謂患癰疽畏痛不割,終成大患。後漢書二八下馮衍傳"老竟逐之,遂埳壈於時"注引衍與婦弟任武達書:"養癰長疽,自生禍殃。"後喻人姑息誤事曰養癰遺患。

【養一齋】淸李兆洛、潘德輿均號所居曰養一齋,各有養一齋集行世。兆洛字申耆,江蘇武進人。嘉慶進士。德輿字彥輔,一字四農。江蘇山陽人。道光舉人。

【養心殿】在北京故宮乾清宮西。曾爲淸弘曆(高宗)寢殿。同治、光緒朝多在此召見臣工。

【養由基】春秋楚人,善射。蹲甲而射,可以射徹七札;又去柳葉百步而射,百發百中。見左傳成十六年、戰國策西周。淮南子說山作養由其,後漢書四十下班固傳作游基。

【養生主】莊子有養生主篇,取順應自然以養其生爲義。宋唐庚(子西)謫居惠州時,自釀酒二種,皆以莊子篇目爲名,其醇和者名養生主,其稍冽者名齊物論。見宋張邦基墨莊漫錄九、羅大經鶴林玉露四。

【養花天】牡丹花開時,最宜輕雲微雨,陰晴相半,謂之養花天。全五代詩三六南唐鄭文寶送曹緯劉鼎二秀才:"小舟聞笛夜,微雨養花天。"宋邵雍伊川擊壤集六暮春寄李審言龍圖詩:"傷酒情懷因小會,養花天氣爲輕陰。"

【養相體】金自南渡之後,爲宰執者往往無恢復之謀,臨事相習低言緩語互相推讓,以爲養相體。每有四方災異,民間疾苦,將奏,必相謂曰:恐聖上心困。事至危處輒罷散,曰俟再議,已而復然。或有言當改革者,輒以生事抑之,故所用必擇愞熟無鋒鋩易制者用之。見金劉祁歸潛志七。

【養瘦馬】舊時妓家養幼女,教之歌舞技藝,長大賣與人作妾,稱養瘦馬。唐白居易長慶集五一有感詩:"莫養瘦馬駒,莫教小妓女。"事並舉而義有別,或説即爲養瘦馬一語所本。見清顧張思土風録二養瘦馬、宋犖筠廊二筆。

【養濟院】唐肅宗至德二載於長安洛陽各置普救病坊。宋南渡於臨安(杭州)改原有病坊爲養濟院,委錢塘仁和縣官,登録老疾孤寡、貧乏不能自存及丐者,官給錢米。明英宗天順元年於大興宛平二縣,每縣設養濟院一所,收養貧民。見宋吳自牧夢粱録十八恩霈軍民、明俞如楫禮部志稿二四恤孤寡。

【養虎遺患】喻縱敵留患。史記項羽紀:"楚兵罷食盡,此天亡楚之時也,不如因其機而遂取之。今釋弗擊,此所謂'養虎自遺患'也。"

【養痾漫筆】宋趙溍撰。一卷。記宋時瑣事,末附醫方數條,多摘取他書而成。

【養尊處優】地位高貴而生活條件優裕。宋蘇洵嘉祐集十上韓樞密書:"天子者養尊而處優,樹恩而收名,與天下爲喜樂者也。"清王夫之讀通鑑論四和帝:"三公爲宫闈妬争之吠犬而廉恥掃地,固其人之不肖,抑漢以論道之職,爲養尊處優之餘食贅形,休戚不相共而無以勸之也。"

【養兒防老,積穀防飢】宋元俗語。宋劉克莊後村集四四老志詩之一:"皆云養子將防老,豈若嬌嬰未識爺。"古今雜劇缺名認金梳孤兒尋母:"兒也,可不道養子防老,積穀防飢,擡舉的你成人長大,剗的説這等言語那!"宋陳元靚事林廣記九下治家警悟作"養兒防老,積穀防饑"。

餈 cí ㄘˊ 疾移切,平,支韻,從。

嫌食。管子形勢解:"餈者,多所惡也。……人餈食則不肥。"

餃 jiǎo ㄐㄧㄠˇ 集韻 居效切,去,效韻。

㊀飴。見集韻。㊁一種有餡的半圓形的麪食。見下。

【餃餌】食品名。正字通餃:"今俗餃餌,屑米麪和飴爲之,乾溼大小不一。水餃餌即段成式食品湯中牢丸,或謂之粉角。北人讀角如矯,因呼餃餌,譌爲餃兒。"

餅 bǐng ㄅㄧㄥˇ 必郢切,上,静韻,幫。

㊀麪餈的通稱。釋名釋飲食:"餅,并也,溲麪使合并也。"今專指蒸烤而成扁圓形的麪食,或其他餅狀食物。漢書宣帝紀:"每買餅,所從買家輒大讎。"注:"讎讀曰售。"明王三聘古今事物考七飲食:"雜記曰:凡以麪爲食具者皆謂之餅,故火燒而食者呼爲燒餅,水瀹而食者呼爲湯餅,籠蒸而食者呼爲蒸餅,而饅頭謂之籠餅是也。疑此出于漢魏之間。"㊁餅狀物的量詞。一枚曰一餅。宋孫光憲北夢瑣言十二張璟爲靈廟草奏:"以白針餅爲贈。"歐陽修歸田録二:"茶之品,莫貴於龍鳳,謂之團茶,凡八餅重一斤。"

【餅金】南史褚彦回傳:"有人求官,密袖中將一餅金,因求請間,出金示之,曰:'無人知者。'"清代乾嘉後亦以稱銀元。清黄丕烈士禮居藏書題跋記續下席上輔談:"越日,書估來議直,估五餅金,以家刻書易之。"

【餅師】賣餅人。宋尤袤全唐詩話一王維:"寧王憲貴盛,寵妓數十人。有賣餅之妻,纖白明媚,王一見屬意,因厚遺其夫求之,寵愛逾等。歲餘因問曰:'汝復憶餅師否?'使見之。其妻注視,雙淚垂頰,若不勝情。時王坐客十餘人,皆當時文士,無不悽異。王命賦詩,維先成云:'莫以今時寵,難忘異日恩。看花滿眼淚,不共楚王言。'坐客無敢繼者。王乃歸餅師以終其志。"宋蘇軾分類東坡詩十八次韻王鞏留別:"蛾眉亦可憐,無奈思餅師。"

【餅銀】餅狀銀塊。水經注三八溱水:"林水源裏有石室,室前磐石上,行羅十瓮,中悉是餅銀,采伐遇之不得取,取必迷悶。"清代稱銀圓爲餅銀。

【餅餌】餅與餌。泛指餅類食物。急就篇二:"餅餌麥飯甘豆羹。"注:"溲麪而蒸熟之則爲餅,……溲米而蒸熟之則爲餌。"唐白居易長慶集十五渭邨退居寄禮部崔侍郎翰林錢舍人詩一百韻詩:"朝晡頒餅餌,寒暑賜衣裳。"

【餅麨】麥麪作的乾糧。北史鉢和國傳:"人唯食餅麨,飲麥酒。"大唐西域記二:"至于乳、酪、膏、酥、沙糖、石蜜、芥子、油、諸餅麨,常所膳也。"

【餅餤】糕餅之屬。宋蘇軾東坡集續集五與巢元脩書:"東坡荒廢,春笋漸老,餅餤已入末限,聞此當俟駕耶?"亦作"餅餡"。宋陶穀清異録饌羞:"郭進家能作蓮花餅餡,有十五隔者,每隔有一折枝蓮花,作十五色。"(説郛六一)

餌 ěr ㄦˇ 仍吏切,去,志韻,日。

㊀糕餅。説文作"鬻"。禮内則:"糝,……稻米二,肉一,合以爲餌煎之。"㊁誘魚上鉤的食物。莊子外物:"任公子爲大鉤巨緇,五十犗以爲餌。"唐杜甫杜工部詩史補遺一春水:"接縷垂芳餌,連筒灌小園。"㊂以利誘。漢書四八賈誼傳贊:"施五餌三表以係單于。"參見"餌敵"。㊃吃。後漢書二四馬援傳:"援在交阯,常餌薏苡實。"㊄牲獸的筋腱。禮内則:"每物與牛若一,捶反側之,去其餌。"注:"餌,筋腱也。"

【餌敵】設謀誘敵中計。三國志魏武帝紀建安五年:"諸將以爲敵騎多,不如還保營。荀攸曰:'此所以餌敵,如何去之?'"晉書乞伏國仁載記:"國仁謂諸將曰:'……宜抑威餌敵,羸師以張之。'"

餂 tiǎn ㄊㄧㄢˇ 玉篇 達兼切。

㊀探取,誘取。孟子盡心下:"士未可以言而言,是以言餂之也;可以言而不言,是以不言餂之也。"㊁以舌接觸或取物。篇海作"舔"。西遊記八七:"麪山邊有一隻金毛哈巴狗兒在那里,長一舌短一舌,餂那麪喫。"㊂古甜字。見玉篇。

飿 xùn ㄒㄩㄣˋ 正字通 思晉切,音迅。

烏飯。見"青飿"、"青精飯"。

餉 xiǎng ㄒㄧㄤˇ 式亮切,去,漾韻,審。

㊀饋贈。孟子滕文公下:"有童子以黍肉餉,殺而奪之。"三國志魏文帝紀黄初七年"號曰皇覽"注引胡沖吳歷:"帝以素書所著典論及詩賦餉孫權。"㊁軍糧。也作"饟"、"餉"。漢書六四上嚴助傳淮南王安上書:"丁壯從軍,老弱轉餉。"注:"餉亦饟字。"後泛指軍隊的俸給爲餉。聊齋志異王者:"湖南巡撫某公,遣州佐押解餉六十萬赴京。"㊂一會兒。通"晌"。唐韓愈昌黎集二醉贈張祕書詩:"雖得一餉樂,有如聚飛蚊。"參見"一餉"。

【餉遺】饋贈。三國志吳太史慈傳:"北海相孔融聞而奇之,數遣人訊問其母,并致餉遺。”宋書楊運長傳:“運長質木廉正,治身甚清,不事園宅,不受餉遺。”

【餉億】供給。新唐書八三肅宗七女傳和政公主:“代宗以主貧,詔諸節度餉億,主一不取。”又一七三裴度傳:“餉億煩匱,宜休師。”

【餉餽】軍糧。餽,亦作“饋”。漢書高帝紀下五年:“上曰:‘……塡(鎭)國家,撫百姓,給餉餽,不絶糧道,吾不如蕭何。’”注:“餽亦饋字。”史記作“餽饟”。宋史三六六吳玠傳:“璘在和尚原,餉饋不繼。”

七畫

餐 cān ㄘㄢ 七安切,平,寒韻,淸。

一作“湌”。見説文。俗作“飡”。見廣韻。㈠吃,熟食。詩魏風伐檀:“彼君子兮,不素餐兮。”㈡飮食,食物。戰國策中山:“以一壺飡得士二人。”㈢量詞,飮食的頓數。莊子逍遥遊:“三湌而反,腹猶果然。”㈣聽,表示所聽的多。文選南齊王仲寶(儉)褚淵碑:“餐輿誦於丘里,瞻雅詠於京國。”

【餐玉】古代相傳椎玉爲屑,日日服食,可以延壽。見魏書李先傳附李預。元詩選癸之庚上尢存送李紫篔歸溉山草堂:“仙客近傳餐玉法,故人時送買山錢。”

【餐英】楚辭屈原離騷:“朝飮木蘭之墜露兮,夕餐秋菊之落英。”指以花爲食,詩文中常用以指雅人的高致。廣羣芳譜四九元王翰題菊詩:“歸來去南山,餐英坐空谷。”

【餐錢】膳費。漢書高后紀二年:“列侯幸得賜餐錢奉邑。”注:“餐錢,賜廚膳錢也。奉邑,本所食邑也。”唐官吏於月俸之外,諸司各有食料錢。

【餐霞】服食日霞。道家修煉之術。漢書五七下司馬相如傳大人賦:“呼吸沆瀣兮餐朝霞。”注引應劭:“朝霞者,日始欲出赤黃氣也。”文選南朝宋顔延年(延之)五君詠嵇中散:“中散不偶世,本是餐霞人。”

餑 bō ㄅㄛ 蒲没切,入,没韻,並。

㈠麪餅。見玉篇。參見“餑餑”。㈡茶上浮沫。唐陸羽茶經:“凡酌置諸盌,令沫餑均。沫餑,湯之華也。華之薄者曰沫,厚者曰餑。”

【餑餑】北方稱饅頭、糕點之類爲餑餑。紅樓夢七一:“奶奶請回來,這裏有餑餑,請點補些兒,回來再喫飯。”

餔 1. bū ㄅㄨ 博孤切,平,模韻,幫。

㈠食,吃。楚辭屈原漁父:“衆人皆醉,何不餔其糟而啜其醨?”㈡申時食曰餔。見説文。故稱申時曰餔。通“晡”。後漢書四九王符傳潛夫論愛日:“百姓廢農桑而趨府廷者相續道路,非朝餔不得通,非意氣不得見。”注:“今爲晡字也。”

2. bù ㄅㄨˋ 薄故切,去,暮韻,並。

㈢以食飼人。通“哺”。史記高祖紀:“呂后與兩子居田中耨,有一老父過請飮,呂后因餔之。”

【餔時】申時,卽午後三時至五時。淮南子天文:“(日)至於悲谷,是謂餔時。”太平御覽引作“晡時”。史記呂后紀:“日餔時,遂擊產。”

【餔啜】卽食與飮。孟子離婁上:“孟子謂樂正子曰:‘子之從於子敖來,徒餔啜也。吾不意子學古之道,而以餔啜也。’”

餖 dòu ㄉㄡˋ 田候切,去,候韻,定。

見下。

【餖飣】堆積貌。唐宋諸賢絶妙詞選五宋王觀慶淸朝慢踏靑:“晴則個,陰則個,餖飣得天氣有許多般。”言天氣變化多端。參見“飣餖”。

餗 sù ㄙㄨˋ 桑谷切,入,屋韻,心。

鼎中的食物。易鼎:“鼎折足,覆公餗。”疏:“餗,糝也,八珍之膳,鼎之實也。”

餒 něi ㄋㄟˇ 奴罪切,上,賄韻,泥。

㈠飢餓。左傳僖二五年:“昔趙衰以壺飧從徑,餒而弗食。”㈡空虛,中不足。孟子公孫丑上:“其爲氣也,配義與道。無是,餒也。”㈢魚腐敗。論語鄉黨:“魚餒而肉敗,不食。”

餘 yú ㄩˊ 以諸切,平,魚韻,喻。

㈠饒足。戰國策秦五:“今力田疾作,不得煖衣餘食。”㈡剩餘,多餘。孟子滕文公下:“子不通功易事,則農有餘粟,女有餘布。”㈢末。漢何休公羊傳序:“此世之餘事。”疏:“餘,末也。……世之末事,猶天下之閑事也。”㈣整數後的零數,約計之詞。莊子胠篋:“方二千餘里。”玉臺新詠一古詩之一:“織縑日一匹,織素五丈餘。”

【餘干】縣名。屬江西省。春秋時越國西境。漢置餘汗縣,屬豫章郡。南朝宋改曰餘干,齊復曰餘汗。隋開皇九年復改餘干。元升爲州。明復爲縣。屬饒州府,淸仍之。見嘉慶一統志三一一饒州府一。

【餘子】㈠古軍制:每户一人爲正卒,其餘爲羨卒,稱餘子。周禮地官小司徒:“凡國之大事,致民;大故,致餘子。”注引鄭司農(衆):“餘子謂羨也。”㈡嫡子之外的諸子。左傳宣二年:“又宦其餘子。”注:“餘子,嫡子之母弟也。”漢書食貨志上:“餘子亦在于序室。”㈢其餘的人。後漢書八十下禰衡傳:“常稱曰:‘大兒孔文舉(融),小兒楊德祖(修),餘子碌碌,莫足數也。’”

【餘夫】古代一家一人受田,其他衆男爲餘夫,受田二十五畝。孟子滕文公上:“餘夫二十五畝。”宋朱熹集注:“程子曰:‘一夫上父母下妻子,以五口八口爲率,受田百畝。如有弟,是餘夫也,年十六,别受田二十五畝;俟其壯而有室,然後更受百畝之田。’”漢書食貨志上:“已受田,其家衆男爲餘夫。”

【餘甘】㈠橄欖的别名。臨海異物志:“餘甘子,梭形,初入口舌澀酸,飮水乃甘,又如梅實。核兩頭鋭,呼爲餘甘,橄欖同一物異名耳。”(太平御覽九七二)㈡菴摩勒别名餘甘子,生嶺南。見“菴摩勒”。

【餘生】㈠泛指老年、暮年。樂府詩集六一南朝宋謝靈運君子有所思行:“餘生不歡娛,何以竟暮歸?”唐白居易長慶集二三祭廬山文:“儻秩滿以來,得以自遂,餘生終老,願託於斯。”㈡指幸存的生命。金元好問中州集一宇文虛中從人借琴詩:“已厭笙篁非雅曲,幸從炊爨脱餘生。”

【餘米】淸制,漕運兑米麥豆,每石交納倉耗若干,除運耗外,餘給運軍回空食米,稱爲餘米。

【餘地】餘出的地方。莊子養生主:“以無厚入有間,恢恢乎其於遊刃必有餘地矣。”亦謂有迴旋的地步。唐杜甫杜工部詩史補遺十奉送魏六丈佑少府之交廣:“議論有餘地,公侯來未遲。”

【餘光】㈠多餘之光。史記七一甘茂傳:“臣聞貧人女與富人女會績,貧人女曰:‘我無以買燭,而子之燭光幸有餘,子可分我餘光,無損子明而得一斯便焉。’”泛指對人的沾惠。宋歐陽修文忠集四十相州晝錦堂記:“海内之士聞下風而望餘光者,蓋亦有年矣。”㈡殘餘之光。文選晉阮嗣宗(籍)詠懷詩之十四:“灼灼西隤日,餘光照我衣。”

【餘年】暮年,晚年。後漢書四七班超傳

班昭上書:“妾竊聞古者十五受兵,六十還之,亦有休息,不任職也。……故敢觸死爲超求哀,匃超餘年一得生還,復見闕廷。”文選晉李令伯(密)陳情表:“願陛下矜愍愚誠,聽臣微志,庶劉僥倖,保卒餘年。”

【餘波】㊀江河的末流。書禹貢:“導弱水,至于合黎,餘波入于流沙。”㊁喻前人的流風遺澤。晉書孫惠傳論:“採郭嘉之風旨,挹朱育之餘波。”

【餘杭】㊀縣名,屬浙江省。秦置。始皇南遊會稽,途出此地,因立爲縣。前漢屬會稽郡,後漢分屬吳郡。歷代因之。見嘉慶一統志二八三杭州府。㊁郡名。秦會稽郡地。南朝陳置錢唐郡,治錢唐。隋改餘杭郡。唐曰杭州餘杭郡。宋爲臨安府。元曰杭州路。明清爲杭州府。公元1912年裁府,以附郭仁和錢塘兩首縣合併改置杭縣。參閱嘉慶一統志二八三杭州府。㊂山名。越絕書吳地外傳:“秦餘杭山者,越王棲吳夫差山也。去縣五十里,山有湖水近太湖。”

【餘明】猶餘光。戰國策秦二:“夫江上之處女,有家貧而無燭者。處女相與語,欲去之。家貧無燭者將去矣,謂處女曰:‘妾以無燭故,常先至,掃室布席。何愛餘明之照四壁者?幸以賜妾,何妨於處女?’”樂府詩集三七南朝宋謝惠連塘上行:“願君眷傾葉,留景惠餘明。”參見“餘光㊀”。

【餘胥】籬落。也作“胥餘”。漢劉向說苑貴德:“愛其人者,兼屋上之烏;憎其人者,惡其餘胥。”尚書大傳牧誓作“胥餘”。參見“胥餘㊁”。

【餘風】遺留之風教。書畢命:“餘風未殄,公其念哉!”

【餘皇】船名。亦作艅艎。左傳昭十七年:“楚師繼之,大敗吳師,獲其乘舟餘皇。”

【餘泉】貝甲名。爾雅釋魚:“餘泉,白黃文。”注:“以白爲質,黃爲文點。今之紫貝以紫爲質,黑爲文點。”

【餘姚】縣名,屬浙江省。舜支庶封此。秦置縣,以舜姓姚而名。漢屬會稽郡。隋省入句章縣。唐復置。歷代因之。明清屬紹興府。參閱寰宇通志二九紹興府。

【餘桃】彌子瑕有寵於衛君,食桃而甘,不盡,以其半啗君。君曰:“愛我哉!忘其口味,以啗寡人。”及色衰愛弛,得罪於君。君曰:“是……嘗啗我以餘桃。”見韓非子說難。

【餘烈】遺留的功業。史記一一四東越傳論:“由此知越世世爲公侯矣。蓋禹之餘烈也。”

【餘臭】殘餘的臭氣。南史到彥之傳附到溉:“掌吏部尚書。時何敬容以令參選,事有不允,溉輒相執。敬容謂人曰:‘到溉尚有餘臭,遂學作貴人。’”溉祖彥之,嘗擔糞自給,故云。

【餘喘】殘喘。言將死之人僅餘喘息。隋書劉炫傳自爲贊文:“徒以日迫桑榆,大命將及,……殆及餘喘,薄言胸臆,貽及行邁,傳示州里,使夫將來俊哲知余鄙志耳。”

【餘貾】貝甲名。爾雅釋魚:“餘貾,黃白文。”注:“以黃爲質,白爲文點。”詩小雅巷伯釋文作“餘蚳”。

【餘暉】夕照,日將落的光。文選三國魏王仲宣(粲)從軍詩之三:“白日半西山,桑梓有餘暉。”

【餘酲】殘餘的醉意。全唐詩六一二皮日休秋晚留題魯望郊居之二:“冷卧空齋內,餘酲夕未消。”唐韓偓玉山樵人集寄湖南從事詩:“索莫襟懷酒半醒,無人一爲解餘酲。”

【餘慶】㊀猶餘福。謂澤及後人。易坤:“積善之家必有餘慶,積不善之家必有餘殃。”宋史四七九西蜀孟氏世家:“孟昶自命筆題云:‘新年納餘慶,嘉節號長春。’”㊁縣名,屬貴州省。唐爲牂州地。元至正末置餘慶州。明萬曆二十八年改置餘慶縣,屬平越府。清屬平越州。參閱嘉慶一統志五一二平越州。

【餘竅】指後竅。列子仲尼:“樂正子輿曰:‘子以公孫龍之鳴皆條也,設令發於餘竅,子亦將承之?’”注:“既疾龍之辯,又忿(公子)牟之辭,故遂吐鄙慢之言也。”

【餘瀝】殘滴。常指喝剩的酒。韓非子內儲說下:“足下無意賜之餘瀝乎?”史記一二六淳于髡傳:“侍酒於前,時賜餘瀝。”也指水之餘滴。

【餘燼】木柴燒餘者,燒剩的灰燼。喻殘兵弱國。左傳成二年:“請收合餘燼,背城借一。”注:“燼,火餘木。”文選晉潘安仁(岳)西征賦:“秦虎狼之彊國,趙侵弱之餘燼。”

【餘孽】指殘餘的徒衆。後漢書六五段熲傳上言:“費耗若此,猶不誅盡,餘孽復起,于兹作害,今不暫疲人,則永寧無期。”

【餘不溪】在浙江吳興縣北,自杭縣流經德清縣城中,北入吳興縣,與苕水合,即東苕溪之下流。溪名餘不者,言溪水澈清,餘流則否。參閱浙江通志十二山川四。

【餘音繞梁】歌罷,聲音久久回旋。形容歌聲美妙。列子湯問:“昔韓娥東之齊,匱糧,過雍門,鬻歌假食。既去,而餘音繞梁欐,三日不絕。”晉張華博物志五作“餘響繞梁”。

【餘勇可賈】勇力有餘。左傳成二年:“欲勇者賈余餘勇。”注:“賈,買也。言己勇有餘,欲賣之。”隋書宇文慶傳:“後從武帝攻河陰,先登攀堞,與賊短兵接戰。……帝勞之曰:‘卿之餘勇可以賈人也。’”左傳例謂欲勇者買余餘勇,隋書例謂餘勇可以賣與人。

【餘霞成綺】文選南齊謝玄暉(朓)晚登三山還望京邑詩:“餘霞散成綺,澄江靜如練。”後來評論文章有不盡之意,多用此語。

餕 jùn ㄐㄩㄣˋ 子峻切,去,稕韻,精。

㊀食其餘。禮祭統:“夫祭有餕。……尸亦餕鬼神之餘也。”又內則:“子婦佐餕。……旨甘柔滑,孺子餕。”亦謂食餘之物。㊁熟食。公羊傳昭二五年:“吾寡君聞君在外,餕饔未就,敢致糗于從者。”

【餕餘】猶食餘。禮曲禮上:“餕餘不祭。”又郊特牲:“舅姑卒食,婦餕餘,私之也。”

【餕餡氣】僧徒蔬食,故譏稱僧徒的特色爲餕餡氣。明李東陽麓堂詩話:“和尚作詩不脫俗,謂之餕餡氣。”

餓 è ㄜˋ 五个切,去,箇韻,疑。

飢餓,飢之甚。左傳宣二年:“初,宣子(晉趙盾)田于首山,舍于翳桑,見靈輒餓,問其病,曰:‘不食三日矣。’”

【餓鬼】佛教指地獄、餓鬼、畜生爲三塗,也稱三惡趣。又與天道、人道、阿修羅道、畜生道、地獄道合稱六道。大乘義章八:“言餓鬼者,如雜心釋,以從他求,故名餓鬼。又常飢虛,故名爲餓;恐怯多畏,故名爲鬼。”參閱法苑珠林九六道鬼神部。

【餓狼】飢餓之狼。言其凶猛。商君書畫策:“民之見戰也,如餓狼之見肉,則民用矣。”也以喻貪婪之人。後漢書四九仲長統傳昌言理亂:“使餓狼守庖廚,飢虎牧牢豚,遂至熬天下之脂膏,斲生人之骨髓。”

【餓莩】餓死者。孟子梁惠王上:“民有飢色,野有餓莩。”漢桓寬鹽鐵論引孟子作"餓殍"。後漢書四九仲長統傳昌言損益:"坐視戰士之蔬食,立望餓殍之滿道,如之何爲君行此致也?"

【餓隸】飢餓之徒。漢書一〇〇下敍傳:"(韓)信惟餓隸,(黥)布實黥徒。"又借以形容枯瘦之狀。晉書王獻之傳:"觀其字勢疏瘦,如隆冬之枯樹;覽其筆蹤拘束,若嚴家之餓隸。"

【餓狼軍】軍名。餓狼,取其輕捷勇悍。舊唐書一三四馬燧傳:"(李)靈耀選鋭兵八千,號爲餓狼軍。燧獨引軍擊破之。"文苑英華九七四權德輿司徒……贈太傅馬公行狀作"餓狼營"。

【餓虎將軍】見"飢鷹侍中"。

【餓死事小,失節事大】封建禮教,歧視婦女,夫死不許再嫁,再嫁者稱爲失節。宋道學家倡之於前,明清限制益嚴,爲束縛婦女精神枷鎖之一。二程全書二二下伊川先生(程頤)語八下:"又問:或有孤孀貧窮無託者可再嫁否?曰:只是後世怕寒餓死,故有是說,然餓死事極小,失節事極大。"

八　畫

館 guǎn ㄍㄨㄢˇ 古玩切,去,换韻,見。

俗作"舘"。㊀客舍。詩鄭風緇衣:"適子之館兮,還,予授子之粲兮。"左傳昭元年:"楚公子圍聘于鄭,……將入館。"注:"就客舍。"㊁止宿,寓舍。左傳隱十一年:"公祭鍾巫,齊於社圃,館於寪氏。"孟子萬章下:"舜尚見帝,帝館甥于貳室。"㊂房舍的通稱。官署、學塾、書房、商坊、展覽處所等都可命名爲館。孟子告子下:"可以假館,願留而受業於門。"史記一一七司馬相如傳上林賦:"於是乎離宮別館,彌山跨谷。"

【館人】管理館舍、接應賓客的人。國語魯上:"館人告曰:晉始伯而欲固諸侯。"注:"館人,守館之隸也。"孟子盡心下:"有業屨於牖上,館人求之弗得。"

【館客】㊀接待賓客。周禮秋官司儀:"君館客,客辟。"注:"君館客者,客將去,就省之,盡殷勤也。"左傳哀十五年:"陳成子館客。"注:"使景伯子贛就館。"㊁門客,食客。魏書崔亮傳:"(李)冲甚奇之,迎爲館客。"北齊書權會傳:"僕射崔暹引爲館客,甚敬重焉,命世子達拏盡師傅之禮,會因此聞達。"宋人稱門客中之訓導蒙童子弟者爲館客。見宋吳自牧夢粱錄十九閑人。

【館陶】縣名,屬河北省。春秋冠氏邑,漢置館陶縣,屬魏郡。歷代因之。清屬東平府。參閱太平寰宇記五四魏州、嘉慶一統志一六八東平府。

【館甥】孟子萬章下:"舜尚見帝,帝館甥于貳室。"注:"禮,謂妻父曰外舅,謂我舅者吾謂之甥。堯以女妻舜,故謂舜甥。"後因稱女壻爲館甥。明商濬稗海序:"吾鄉黄門鈕石溪先生…… 藏書世學樓者,積至數千函,百萬卷。余爲先生長公館甥,故得縱觀焉。"

【館閣】宋時有昭文館、史館、集賢院,稱爲三館,分掌圖書、經籍、修史等事。又有祕閣、龍圖閣,天章閣,主要是藏經籍、圖書及歷代御製典籍。統稱館閣。明清兩代併入翰林院。故翰林院亦稱館閣。館閣文臣應詔撰寫文章,其文體書體均力求典雅工整,自成一體,世稱館閣體。宋葉夢得石林燕語二:"端拱中分三館書萬餘卷,別爲祕閣,命李至兼祕書監,宋泌兼直閣,杜鎬兼校理,三館與祕閣始合爲一,故謂之館閣。"

【館穀】㊀居其館,食其穀。左傳僖二八年:"晉師三日館穀,及癸酉而還。"注:"館,舍也,食楚軍穀三日。"三國志魏公孫瓚傳注引漢晉春秋袁紹與書:"假天之助,小戰大克,遂陵躡奔背,因壘館穀,此非天威棐諶福豐有禮之符表乎?"㊁在館共同生活。引申指塾師授徒的收入。宋胡仔苕溪漁隱叢話前集五四宋朝雜記上:"余宣和間,居泗上,於王周士處見張仲宗詩一卷,因借録之。後三十年於錢唐與仲宗同館穀,初方識之。"明祁承㸁澹生堂藏書約:"十餘年來,館穀之所得,饘粥之所餘,無不歸之書者,合之先世,頗踰萬卷。"

【館職】唐宋時凡在史館、昭文館、集賢館等處供職,自直館至校勘,都稱館職。宋宋敏求春明退朝録上:"唐制宰相四人,首爲太清宫使,次三皆帶館職。"參閱宋程俱麟臺故事一館職、洪邁容齋隨筆十八館職名存。

【館驛】供郵傳行旅食宿的旅舍驛站。唐元稹長慶集三八論傳牒事:"況喪柩私行,不合擅入館驛停止。"大曆十四年,兩京以御史一人知驛,號館驛使。見唐柳宗元柳先生集二六館驛使壁記。

【館仙洞】地名。在今浙江桐廬縣西北。本名赤州洞。自洞門梯級而下,三丈餘,有石壁。自壁八十餘步,洞屋高敞。唐貞元中侍御史李士舉遊此,改名館仙洞。見嘉慶一統志三〇二嚴州府山川。

【館娃宮】春秋吳宮名。吳王夫差作宮於硯石山以館西施,吳人謂美女爲娃,故曰館娃。遺址在今江蘇吳縣西南靈巖山。方言二:"吳有館娃之宮。"文選左太沖(思)吳都賦:"幸乎館娃之宮,張女樂而娱羣臣。"參閱嘉慶一統志七八蘇州府古蹟。

【館閣氣】謂文章典雅莊重,而近俗套。宋吳處厚青箱雜記:"本朝夏英公(竦)亦嘗以文章謁盛文肅(度),文肅曰:'子文章有館閣氣,異日必顯。'後亦如其言。"

【館閣體】流行於館閣及科舉試場文字的書體。其特點爲字形匀正,墨色烏亮。明成祖命沈度書詔令文正圓潤,成爲標準的官體。清代益加工整,程式甚嚴,乾隆時張照、王際華、汪由敦、裘日修、董誥等皆以此體著名。

餢 bù ㄅㄡˋ 集韻 薄口切,上,厚韻。

麪餅。同"䬳"。見下。

【餢飳】燒餅。使麪發酵輕高浮起,炊之爲餅。北魏賈思勰齊民要術九餅法有作餢飳法。正字通:"餢飳,起麪也。發酵使麪輕高浮起,炊之爲餅。賈公彥以酏食爲起膠餅。"

餠 bǐng ㄅㄧㄥˇ

同"餅"。見"餅"。

餤 1. tán ㄊㄢˊ 徒甘切,平,談韻,定。

㊀進。詩小雅巧言:"盜言孔甘,亂是用餤。"

2. dàn ㄉㄢˋ 集韻 徒濫切,去,勘韻。

㊁餅餌類食物。唐代洛陽臘日,人家造脂花餤,南唐食品有驢蹄餤、春分餤等。見宋陸游南唐書十七某御廚、陳元靚歲時廣記三九造花餤。參見"餅餤"。㊂吃或給人吃。同"啖"。引申爲以利餌人。史記趙世家蘇厲遺趙王書:"秦非愛趙而憎齊也,欲亡韓而吞二周,故以齊餤天下。"

餦 zhāng ㄓㄤ 陟良切,平,陽韻,知。

糕餅之類。見下。

【餦餛】餅類食物名。方言十三:"餅謂之飥,或謂之餦餛。"

【餦餭】飴糖之類。楚辭宋玉招魂:"粔籹蜜餌,有餦餭些。"宋朱熹集注:"餦餭,餳也。以蘗熬米爲之。亦謂之飴。此則其乾者也。"

餴 fēn ㄈㄣ 府文切,平,文韻,幫。

蒸飯。同"饙"。詩大雅泂酌："泂酌彼行潦，挹彼注茲，可以餴饎。"傳："餴，餾也。"釋文："餴，甫云反，餾也。又作饙。字書云：一蒸米也。……爾雅：'饙，餾，飪也。'孫炎云：'蒸之曰餴，均之曰餾。'郭(璞)云：'餴孰爲餾。'"

餞 jiàn ㄐㄧㄢ 才線切，去，線韻，從。慈演切，上，獮韻，從。

㊀送行。書堯典："寅餞納日，平秩西成。"㊁以酒食送行。詩邶風泉水："出宿于泲，飲餞于禰。"

【餞行】以酒食送行。宋書劉敬宣傳："(父)牢之南討桓玄，(司馬)元顯爲征討大都督，日夜昏酣，牢之驟詣門不得相見，帝出餞行，方遇公坐而已。"

【餞別】以酒宴送別。梁書謝朏傳："因請自還東迎母，乃許之。臨發，輿駕復臨幸，賦詩餞別。"又王珍國傳："罷任還都，路經江州，刺史柳世隆臨渚餞別。"

【餞路】出行的饋贈。新唐書二〇六楊國忠傳："帝臨幸，必徧五家，賞賚不訾計。出有賜，曰餞路；返有勞，曰輭腳。"

餟 chuò ㄔㄨㄛ 陟劣切，入，薛韻，知。陟衛切，去，祭韻，知。

祭奠。連續而祭。史記孝武紀："其下四方地，爲餟食羣神從者及北斗云。"索隱："謂聯續而祭之。漢(郊祀)志作腏，古字通。"封禪書作"醊"。

餛 hún ㄏㄨㄣ 户昆切，平，魂韻，匣。

一作"餫"。見廣韻。見下。

【餛飩】食品，薄麪裹肉，或蒸或煮而食之。唐釋玄應一切經音義十五十誦律引廣雅："餛飩，餅也。"齊民要術九餅法有水引餛飩法，北户録注引齊民要術作渾屯，字苑作餫飩。宋陳元靚歲時廣記三八食餛飩："歲時雜記：京師人家，冬至多食餛飩，故有冬餛飩、年餛飩之說。"

䭅 hú ㄏㄨ 集韻 洪孤切，平，模韻，匣。

餅類食物。玉篇："䭅，餅也。"宋孟元老東京夢華録七清明節："寒食節前一日謂之炊熟，用麪造棗䭅飛燕，柳條串之，插於門楣，謂之'子推燕'。"

䭃 1. niè ㄋㄧㄝ 如甚切，上，寑韻，日。

㊀熟食。同"飪"。孔子家語致思："吾聞諸惜其腐䭃而欲以務施者，仁人之偶也。"

2. niàn ㄋㄧㄢ 集韻 諾叶切，入，帖韻。

㊁見"䭃₂頭"。

【䭃₂頭】油煎餅類食物。又名寒具、捻頭。唐范攄雲溪友議十一："李日新題仙娥驛詩曰：'商山食店太悠悠，陳黯䭔饠古䭃頭。'"

餚 yáo ㄧㄠ 胡茅切，平，肴韻，匣。

同"肴"。魚肉類食物。玉篇："餚，饌也。"

【餚饌】酒肉等佐飯的食品。三國魏曹植曹子建集九七啓："可以和神，可以娛腸，此餚饌之妙也。"

餩 è ㄜ 愛黑切，入，德韻，影。

噎，打嗝。玉篇："噎也。"

【餩餩】打嗝聲。唐元稹長慶集六寄吳士矩端公五十韻詩："醉眼漸紛紛，酒聲頻餩餩。"

餧 1. wèi ㄨㄟ 於偽切，去，寘韻，影。

㊀飼，哺食。俗作"餵"。楚辭宋玉九辯："驥不驟進以求服兮，鳳亦不貪餧而妄食。"

2. něi ㄋㄟ 奴罪切，上，賄韻，泥。

㊁飢餓。同"餒㊀"。荀子儒效："雖窮困凍餧，必不以邪道爲貪。"㊂魚臭壞。說文："魚敗曰餧。"參見"餒㊁"。

【餧₂人】飢餓之人。荀子臣道："若養赤子，若食餧人。"

餡 xiàn ㄒㄧㄢ 字彙 乎鑑切，青陷，去。

包在米麪所製食物中的雜味心子。

䭇 yè ㄧㄝ 集韻 一結切，入，屑韻。

同"噎"。㊀食物堵住喉嚨。漢書五一賈山傳至言："祝䭇在前，祝鯁在後。"注："䭇，古饐字，謂食不下也。"參見"祝䭇祝鯁"。㊁氣結。見"䭇結"。

【䭇結】氣逆。楚辭漢王逸九思逢尤："仰長歎兮氣䭇結，悒殟絶兮咶復蘇。"

九畫

餮 tiè ㄊㄧㄝ 他結切，入，屑韻，透。

㊀貪。說文作"飻"。見"饕餮"。㊁見下。

【餮切】微動聲。文選晉潘安仁(岳)射雉賦："忌上風之餮切，畏映日之儻朗。"南朝宋徐爰注："餮切，微動之聲。"

餫 1. yùn ㄩㄣ 王問切，去，問韻，于。

㊀饋送糧食。左傳成五年："晉荀首如齊逆女，故宣伯(叔孫僑如)餫諸穀。"

2. hún ㄏㄨㄣ

㊁通"餛"。餛飩也作"餫飩"。見"餛飩"。

餬 hú ㄏㄨ 户吳切，平，模韻，匣。

㊀糜粥。爾雅釋言："餬，饘也。"注："糜也。"疏："餬、饘、鬻、糜，相類之物。"今作"糊"。㊁以薄粥供口食。左傳隱十一年："寡人有弟，不能和協，而使餬其口於四方。"又昭七年正考夫鼎銘："饘於是，鬻於是，以糊余口。"

【餬口】以技藝謀生。莊子人間世："挫鍼治繲，足以餬口。"商君書農戰："見言談游士事君之可以尊身也，商賈之可以富家也，技藝之足以餬口也，見此三者之便且利也，則必避農。"

餪 nuǎn ㄋㄨㄢ 乃管切，上，緩韻，泥。

古婚禮，嫁女之家三日後以熟食饋女曰餪。見玉篇、廣韻。

【餪女】女嫁三日，母家饋送食物，稱餪女。宋宋祁子納婦，其家饋食物，書云以食物煖女。祁曰：煖字錯，當作餪。其子退檢博雅，有餪字，注云："女嫁三日餉食爲餪女。"見宋邵博河南邵氏聞見後録二七。

餲 1. ài ㄞ 於犗切，去，夬韻，影。於罽切，去，祭韻，影。烏葛切，入，曷韻，影。

㊀食物經久而變味。論語鄉黨："食饐而餲，魚餒而肉敗，不食。"

2. hé ㄏㄜ 胡葛切，入，曷韻，匣。

㊁餅類食物。通俗文："寒具謂之餲。音曷。"(太平御覽八六〇)參見"寒具"。

餳 xíng ㄒㄧㄥ 徐盈切，平，清韻，邪。

㊀飴糖類食物名。用麥芽或穀芽之類熬成。急就篇二："棗杏瓜棣饊飴餳。"唐顏師古注："厚强者爲餳，餳之爲言洋也，取其洋洋然也。"唐白居易長慶集十七清明日送韋侍御貶虔州詩："留餳和冷粥，出火煮新茶。"按古讀如唐 táng，漢世讀如洋 yáng。其後又別改餳從唐聲爲餹，或從米爲糖。餳餹遂成二名。參閱清鄭珍說文新附考四糖。㊁眼半開半閉。紅樓夢十二："賈瑞見鳳姐如此打扮，越發酥倒，因餳了眼問道：'二哥哥怎麼還不回來？'"

【餳粥】加飴之粥。南朝梁宗懔荊楚歲

時記:"去冬節一百五日,……謂之寒食,禁火三日,造餳大麥粥。"唐白居易長慶集三六會昌元年春五絶句之二:"雞毬餳粥屢開筵,談笑謳吟間管絃。"

【餳簫】賣餳者所吹之簫。詩周頌有瞽"簫管備舉"漢鄭玄箋:"簫,編竹管爲之,如今賣餳者所吹也。"

餵 wèi ㄨㄟˋ

哺食,飼養。本作"餧"。梁書扶南國傳:"又於城溝中養鱷魚,門外圈猛獸,有罪者輒以餵猛獸及鱷魚,魚獸不食爲無罪,三日乃放之。"唐白居易長慶集十九與沈楊二舍人閣老同食敕賜櫻桃翫物感恩因成十四韻詩:"最慙恩未報,飽餵不才身。"參見"餧"。

⿰飠俞 tǒu 字彙 天口切,偷上聲。ㄊㄡˇ

見"餢⿰飠俞"。

餿 sōu 所鳩切,平,尤韻,山。ㄙㄡ

食物變壞發出酸臭味。續傳燈録十二廣慧寶琳禪師:"舉古提今,殘羹餿飯。"

餭 huáng 胡光切,平,唐韻,匣。ㄏㄨㄤˊ

見"餦餭"。

餱 hóu 戶鉤切,平,侯韻,匣。ㄏㄡˊ

乾糧。也作"糇"。詩小雅無羊:"何蓑何笠,或負其餱。"又大雅公劉:"迺積迺倉,迺裹餱糧。"釋文:"餱,音侯,食也。字或作糇。"

䭔 duī 都回切,平,灰韻,端。ㄉㄨㄟ

餅。玉篇:"蜀呼蒸餅曰䭔。"也叫䭔子。北齊書陸法和傳:"於是設供養,具大䭔薄餅。"續傳燈録二三慧空禪師:"但知隨例食䭔子,也得三文買草鞋。"參見"焦䭔"。

【䭔拍】食品名。宋范成大石湖集二三上元紀吳中節物俳諧體三十二韻詩"寶糖珍粔籹"自注:"䭔拍,吳中謂之寶糖䭔,特爲脆美。"

⿱衍食 zhān 諸延切,平,仙韻,照。ㄓㄢ

厚粥。同饘。也作"餰"。荀子禮論:"芻豢、稻粱、酒醴、餰鬻、魚肉、菽藿、酒漿,是吉凶憂愉之情發於食飲者也。"唐柳宗元柳先生集十八乞巧文:"夜有設祠者,⿱衍食餌馨香,蔬果交羅,插竹垂綏,剖瓜犬牙,且拜且祈。"

十畫

餹 táng 徒郎切,平,唐韻,定。ㄊㄤˊ

米、麥、甘蔗、甜菜等提製成的甜膏。同"糖"。方言十三:"餳謂之餹。"見"糖"、"餳"。

【餹蕈】菌名。生松樹茂密處,一名珠玉蕈,赭紫色,卷沿深襉。見清吳林吳蕈譜。

【餹纏】糖和果仁之類作成的餅塊。本草綱目三三果五石蜜:"以石蜜和諸果仁,及橙橘皮、縮砂、薄荷之類作成餅塊者,爲餹纏。"

餻 gāo 古勞切,平,豪韻,見。ㄍㄠ

今作"糕"。用米麥粉製成的餅類食品。方言十三:"餌謂之餻。"北史綦連猛傳民謡:"七月刈禾太早,九月噉餻未好。"參見"糕"。

饁 yè 筠輒切,入,葉韻,于。ㄧㄝˋ

給耕作者送食。詩豳風七月:"同我婦子,饁彼南畝。"左傳僖三三年:"初,臼季(胥臣)使,過冀,見冀缺耨,其妻饁之,敬,相待如賓。"

【饁獸】祭禮。田獵之後,以獵物祭四郊之神。周禮春官小宗伯:"若大甸,則帥有司而饁獸于郊。"新唐書禮樂志六:"乃命有司饁獸於四郊,以獸告至於廟社。"

餺 bó 補各切,入,鐸韻,幫。ㄅㄛˊ

見下。

【餺飥】麪食品。即湯餅。宋歐陽修歸田録二:"湯餅,唐人謂之不托,今俗謂之餺飥矣。"宋陸游劍南詩稿三八歲首書事:"中夕祭餘分餺飥,黎明人起換鍾馗。"自注:"鄉俗以夜分畢祭享,長幼共飯其餘。又歲日必用湯餅,謂之冬餛飩,年餺飥。"北魏賈思勰齊民要術九餅法:"餺飩,挼如大指許,二寸一斷,著水盆中浸,宜以手向盆旁挼使極薄,皆急火逐沸熟煮。"飩爲"飥"的誤字。參見"不托"。

餶 gǔ 姑忽切,音骨。ㄍㄨˇ

見下。

【餶飿】麪食品。宋孟元老東京夢華録四食店:"又有菜麪、胡蝶齏肐膣及賣隨飯、荷包白飯、旋切細料餶飿兒、瓜齏、蘿蔔之類。"吳自牧夢粱録十三諸色雜貨所載食品名目有餶飿兒,元周密武林舊事六市食有鵪鶉餶飿兒。

⿰飠豈 èn 五恨切,去,恨韻,見。ㄣˋ

飽。見"饐⿰飠豈"。

餼 xì 許既切,去,未韻,曉。ㄒㄧˋ

本作"氣",一作"⿱既米"。見說文。㊀贈送。左傳僖十五年:"是歲,晉又饑,秦伯又餼之粟。"㊁穀物或飼料。國語周中:"廩人獻餼。"注:"生曰餼,禾米也。"又魯上:"馬餼不過稂莠。"注:"餼,秣也。"㊂饋活牲畜。儀禮聘禮:"介皆有餼。"注:"凡賜人以牲,生曰餼。"

【餼羊】用以告廟之生羊。論語八佾:"子貢欲去告朔之餼羊。"

【餼牽】活牲口。左傳僖三三年:"吾子淹久於敝邑,唯是脯資餼牽竭矣。"注:"生曰餼,牽謂牛羊豕。"疏:"生曰餼。牛羊豕可牽行,故云牽爲牛羊豕也。"資治通鑑二一二唐開元十三年:"懷州刺史王丘,餼牽之外一無他獻。"

【餼賚】賜食物。宋書宗炳傳:"二兄蚤卒,孤累甚多,家貧無以相贍,頗營稼穡,高祖數致餼賚。"

【餼廩】糧食之類生活物資。管子問:"問死事之寡,其餼廩何如。"注:"言給其餼廩。餼,生食;廩,米粟之屬。"資治通鑑一四六梁天監四年:"於是以賀瑒及平原明山賓、吳興沈峻、建平嚴植之補博士,各主一館,館有數百生,給其餼廩。"

餽 kuì 求位切,去,至韻,羣。ㄎㄨㄟˋ

㊀祭享鬼神。戰國策中山:"飲食餔餽。"注:"祭鬼亦爲餽。"清段玉裁說文解字注:"祭鬼者,餽之本義不同饋也。以餽爲饋者,古文假借也。"㊁饋贈。以食供人。通"饋"。孟子公孫丑下:"前日於齊,王餽兼金一百而不受。"漢書四八賈誼傳上疏陳政事:"春秋入學坐國老,執醬而親餽之,所以明有孝也。"注:"餽字與饋同。"㊂缺乏,淨盡。通"匱"。墨子七患:"四穀不收謂之餽。"

【餽歲】古代民俗,歲終時親友間互相送禮應酬稱餽歲。晉周處風土記:"蜀風俗歲晚饋問,謂之餽歲。"宋蘇軾東坡集前集一歲暮思歸寄子由弟詩序:"歲晚,相與餽問爲餽歲;酒食相邀呼爲別歲;至除夜達旦不眠爲守歲。蜀之風俗如是。"

【餽餉】㊀贈送財物。三國志吳劉繇傳附劉基:"故吏餽餉,皆無所受。"㊁軍隊的供給。宋史四六七李憲傳:"憲以餽餉不接爲辭,釋弗誅。"

【餽贐】贈給行者的旅費。孟子公孫丑

下:"當在宋也，予將有遠行。行者必以贐，辭曰餽贐。予何爲不受。"注:"贐，送行者贈賄之禮也。"宋史三二〇呂溱傳:"(李)參劾其借官麴作酒，以私貨往河東貿易，及違式受餽贐。"

【餽饟】軍隊糧餉。史記高祖紀五年:"鎮國家，撫百姓，給餽饟，不絕糧道，吾不如蕭何。"

餾 liù ㄌㄧㄡˋ 力求切，平，尤韻，來。力救切，去，宥韻，來。

蒸飯。本作"餾"。說文:"餾，飯氣蒸也。"世說新語夙惠:"太丘(陳寔)問:'炊何不餾?'元方、季方長跪曰:'大人與客語，乃俱竊聽，炊忘箸箄，飯今成糜。'"元方，紀字；季方，諶字。皆寔子。參閱清朱駿聲說文通訓定聲孚。

十一畫

餋 jiāng ㄐㄧㄤ 卽良切，平，陽韻，精。

同"漿"。莊子列御寇:"吾嘗食於十餋，而五餋先饋。"釋文:"司馬(彪)云:餋讀曰漿。十家並賣漿也。"

饈 xiū ㄒㄧㄡ 集韻 思留切，平，尤韻。

㊀美膳，精美之食物。㊁薦，進獻。本作"羞"，又作"膳"、"脩"。見類篇。參見"羞"。

饇 yù ㄩˋ 衣遇切，去，遇韻，喻。

飽。說文作"饇"。詩小雅角弓:"如食宜饇，如酌孔取。"

饉 jǐn ㄐㄧㄣˇ 渠遴切，去，震韻，羣。

㊀菜蔬無收。爾雅釋天:"穀不熟爲饑，蔬不熟爲饉。"疏:"郭(璞)云:凡草菜可食者皆名蔬。李巡曰:可食之菜皆不熟爲饉。"參見"饑饉"。㊁餓斃。通"殣"。文選漢班叔皮(彪)王命論:"夫餓饉流隸，飢寒道路。"注:"饉或爲殣。荀悅曰:道瘞謂之殣也。"

饅 mán ㄇㄢˊ 母官切，平，桓韻，明。

見下。

【饅頭】麪製的食品。初學記二六引晉束皙餅賦作"曼頭"。宋胡仔苕溪漁隱叢話後集二八東坡二:"上庠錄云:兩學公廚，例於三八課試日設別饌，春秋炊餅，夏冷淘，冬饅頭，而饅頭尤有名。"參閱宋高承事物紀原九饅頭。

饆 bì ㄅㄧˋ 卑吉切，入，質韻，幫。

見下。

【饆饠】有餡的麪製食品。唐段成式酉陽雜俎前集七酒食:"韓約能作櫻桃饆饠，其色不變。"參見"畢羅"。

十二畫

饐 1. yì ㄧˋ 乙冀切，去，至韻，影。

㊀食物經久而腐臭。論語鄉黨:"食饐而餲，魚餒而肉敗，不食。"說文以爲"飯傷溼"。

2. yè ㄧㄝˋ 集韻 一結切，入，屑韻。

㊀哽咽。通"咽"。楚辭漢王逸九思遭厄:"思哽饐兮詰詘，涕流瀾兮如雨。"㊁食物阻梗食道。通"噎"。見集韻。

【饐瓜亭】亭名。舊址在河南洛陽縣南。宋邵伯溫聞見前錄七:"呂文穆公，諱蒙正，微時於洛陽之龍門利涉院土室中，與溫仲舒讀書。……一日，行伊水上，見賣瓜者，意欲得之，無錢可買。其人偶遺一枚於地，公悵然取食之。後作相，買園洛城東南，下臨伊水，起亭以饐瓜爲名，不忘貧賤之義也。"參閱嘉慶一統志二〇六河南府二古蹟。

饒 ráo ㄖㄠˊ 如招切，平，宵韻，日。人要切，去，笑韻，日。

㊀富厚，豐足，多。戰國策宋:"江漢魚鼈黿鼉爲天下饒。"饒，墨子公輸作"富"。史記陳丞相世家:"平既娶張氏女，齎用益饒。"㊁恕，讓。樂府詩集七十南朝宋鮑照行路難詩之十八:"日月流邁不相饒，令我愁思怨恨多。"南齊書虞愿傳:"帝好圍碁，……與第一品王抗圍碁，依品賭戲，抗每饒借之。"㊂惠，益。史記陳丞相世家:"然大王能饒人以爵邑，士之頑鈍嗜利無恥者亦多歸漢。"舊唐書食貨志上:"初雖微有加饒，法行當卽就實。"水滸十六:"五貫便依你五貫，只饒我們一瓢喫。"江浙買物請益謂之討饒頭。見清朱駿聲說文通訓定聲。㊃任憑，儘。元曲選尚仲賢單鞭奪槊四:"饒君披上鎧三重，抹着鞭捎骨節折。"紅樓夢四四:"饒這麼嚴，他們還偷空兒鬧個亂子來。"㊄姓。戰國時齊有大夫食邑於饒，子孫以邑爲氏。漢有漁陽太守饒武(廣韻作饒斌)，宋有饒節、饒竦。見明陳士元姓觿三。

【饒人】讓人，不與人爭較。唐詩紀事七四僧可朋引詩:"詩因試客分題僻，棊爲饒人下著低。"參見"得饒人處且饒人"。

【饒平】縣名。屬廣東省。明成化十四年置。明清皆屬潮州府。見讀史方輿紀要一〇三潮州府。

【饒州】舊府名，地約爲江西上饒地區。春秋時楚東境。隋平陳，置鄱陽郡。唐武德四年置饒州。元曰饒州路。明初曰鄱陽府，尋改曰饒州府。清因之，府治鄱陽縣。公元1912年裁府留縣。鄱陽今作波陽。參閱舊唐書地理志三、嘉慶一統志三一一饒州府。

【饒先】讓人居先。宋陸游劍南詩稿七十幽事:"才盡賦詩愁壓倒，氣衰對弈怯饒先。"參見"饒人"。

【饒舌】多言，多嘴。北齊書斛律光傳:"周將軍韋孝寬忌光英勇，乃作謠言，令間諜漏其文於鄴，……祖珽因續之曰:'盲眼老公背上下大斧，饒舌老母不得語。'"景德傳燈錄二七寒山子:"寒山復執閭丘手，笑而言曰:'豐干饒舌。'久而放之。"

【饒侈】豐饒而奢侈。漢王充論衡量知:"貧人好濫而富人守節者，貧人不足而富人饒侈。"

【饒衍】豐饒，富庶。漢書食貨志下:"名山大澤，饒衍之臧。"漢桓寬鹽鐵論褒賢:"主父見困厄之日久矣，在位者不好道而富且貴，莫知惜士也，於是取饒衍之餘以周窮士之急。"

【饒陽】縣名，屬河北省。漢縣，屬涿郡，東漢屬安平國。自唐以後，皆屬深州。元明屬晉州。清屬深州。西漢末更始二年，劉秀(光武帝)自薊東晨夜南馳，至饒陽無蔞亭，乏食，馮異上豆粥，卽此。參閱後漢書十七馮異傳、讀史方輿紀要十四晉州饒陽縣。

【饒窰】江西景德鎮瓷器。景德鎮舊屬饒州府浮梁縣。所產瓷器，自北宋以來卽負名全國，有饒窰之稱。也稱饒州窯。參閱明高濂遵生八牋論饒器新窰古窰。

【饒魯】宋餘干人，字伯輿。從黃榦遊，爲朱熹再傳弟子。累薦不起。四方來學者衆。作朋來館以居學者。又建石洞書院，前有兩峯，因號雙峯。及卒，門人私謚文元。著有五經講義、語孟紀聞、學庸纂述等書。見宋元學案八三雙峯學案。

【饒樂】㊀水名。卽今遼寧省西拉木倫河，舊稱潢水。後漢書九十鮮卑傳:"以季春月大會於饒樂水上。"注:"水在今營州北。"㊁地名。唐初置饒樂都督府，開元二十三年更名奉誠都督府。治所在今內蒙古自治區赤峰市南。參閱新唐書地理志七下河北道。

【饒風嶺】山名。在今陝西西鄉縣東北。

嶺有饒風關，爲通蜀之門戶。宋紹興四年，吳玠兵潰於此，金人遂入興元。參閱讀史方輿紀要五六漢中府興安州西鄉縣。

饎 xī 昌志切，去，志韻，穿。
ㄒㄧ 集韻 虛其切，平，之韻。
㊀酒食。詩小雅天保："吉蠲爲饎，是用孝享。"㊁炊熟。儀禮士虞禮："饎爨，在東壁西面。"又特牲饋食禮："主婦視饎爨于西堂下。"

【饎人】官名，主炊事。周禮地官序官"饎人"注："鄭司農(衆)云：饎人，主炊官也。"

饙 fēn 府文切，平，文韻，幫。
ㄈㄣ
蒸飯。同"餴"。見"餴"。

【饙餾】㊀蒸飯。一蒸曰饙，再蒸曰餾。唐韓愈昌黎集一南山詩："或如火熺焰，或若氣饙餾。"注："蒸飯也。"㊁飯食。宋王安石臨川集九哭梅聖俞詩："坐令隱約不見收，空能乞錢助饙餾。"

饊 sǎn 蘇旱切，上，旱韻，心。
ㄙㄢˇ
食品名。急就篇二："棗杏瓜棣饊飴餳。"注："饊之言散也，熬稻米飯使發散也，古謂之張皇，亦目其開張而大也。"張皇，卽"餦餭"。晉盧諶祭法："四時皆用饊。"(太平御覽八五三)

【饊子】油炸的麪食品。本草綱目二五穀四寒具："寒具，卽今饊子也。以糯粉和麪，入少鹽，牽索紐捻成環釧之形，油煎食之。"參見"寒具㊀"。

⿰飠畱 liù
ㄌㄧㄡˋ
"餾"本字。

饌 1. zhuàn 雛鯇切，上，潸韻，牀。
ㄓㄨㄢˋ 士戀切，去，線韻，牀。
㊀陳設食品。周禮天官酒正："以共(供)王之四飲三酒之饌。"疏："謂饌陳具設之也。"亦指食品。儀禮士冠禮："具饌于西塾。"㊁食用。論語爲政："有事，弟子服其勞；有酒食，先生饌。"㊂食物。南齊書虞悰傳："豫章王嶷盛饌享賓，謂悰曰：'今日肴羞，寧有所遺不？'"
2. xuǎn 正韻 須兗切，音選。
ㄒㄩㄢˇ
㊃古錢幣單位，一饌爲六兩。尚書大傳四甫刑："夏后氏不殺不刑，死罪罰兩千饌。"又："禹之君民也，罰弗及强而天下治。一饌六兩。"饌卽尚書呂刑之"鍰"。

【饌玉】珍美如玉的食品。唐李白李太白詩三將進酒："鐘鼓饌玉不足貴，但願長醉不願醒。"明湯顯祖牡丹亭勸農："焚香列鼎奉君王，饌玉炊金飽卽妨。"

【饌珍】陳設珍貴的食物。後漢書明帝紀永平二年詔："侯王設醬，公卿饌珍，朕親袒割、執爵而酳。"注："珍謂肴羞之屬。"

饋 kuì 求位切，去，至韻，羣。
ㄎㄨㄟˋ
㊀餉，贈送。左傳桓六年："於是諸侯之大夫戍齊，齊人饋之餼。"周禮天官玉府"受而藏之"漢鄭玄注："古者致物於人，尊之則曰獻，通行曰饋。"儀禮士虞禮："特豕饋食。"疏："饋者，上下通稱。故祭祀於神而言饋；陽貨饋孔子豚而言饋；鄉黨云朋友之饋。是上下通言饋。"㊁進獻。周禮天官膳夫："凡王之饋，食用六穀。"注："進物於尊者曰饋。"後漢書桓帝竇皇后紀："率羣臣朝于南宮，親饋上壽。"㊂運輸。孫子戰法："帶甲十萬，千里饋糧。"後漢書光武紀上："多得牛馬財物，穀數十萬斛，轉以饋宛下。"㊃食，吃。淮南子氾論："當此之時，一饋而十起，一沐而三捉髮，以勞天下之民。"

【饋人】膳夫。左傳成十年："晉侯欲麥，使甸人獻麥，饋人爲之。"

【饋尾】魚名，一名鼈魚。太平御覽九四〇沈懷遠南越記："饋尾魚，有毒，一名鼈魚。"

【饋食】㊀祭祀鬼神，以牲、黍稷爲祭品進獻，謂之饋食。儀禮特牲饋食禮："特牲饋食之禮，不諏日。"注："祭祀自熟始曰饋食。"周禮春官大宗伯："以饋食享先王。"注："饋食者，著有黍稷，互相備也。"㊁祭禮名。儀禮有特牲饋食禮、少牢饋食禮。新唐書禮樂志一："凡祭祀之節有六：一曰卜日，二曰齋戒，……六曰進熟、饋食。"

【饋奠】奠於殯，謂之饋奠。禮曾子問："大功之喪，可以與於饋奠之事乎？"晉書禮志上："親執饋奠，如家人禮。"

【饋遺】贈送財物。史記封禪書："是時李少君亦以祠竈、穀道、卻老方見上，上尊之。……人聞其能使物及不死，更饋遺之，常餘金錢衣食。"

【饋薦】祭祀進獻祭品。荀子禮論："卜筮視日，齋戒脩涂，几筵饋薦告祝，如或饗之。"注："饋，獻牲體也；薦，進黍稷也。"

【饋餼】古代賜人以牲，生曰餼。後來泛指以食物餉客。晉書楊軻傳："軻在永昌，(石)季龍每有饋餼，輒口授弟子，使爲表謝。"

【饋貧糧】濟貧之糧。南朝梁劉勰文心雕龍六神思："理鬱者苦貧，辭溺者傷亂。然則博見爲饋貧之糧，貫一爲拯亂之藥。"此喻學者需要博聞廣見，猶貧者之需要食糧。

饑 jī 居依切，平，微韻，見。
ㄐㄧ
㊀五穀不熟，荒年。孟子梁惠王下："凶年饑歲，君之民老弱轉乎溝壑，壯者散而之四方者，幾千人矣。"㊁餓。通"飢"。商君書靳令："有饑寒死亡，不爲利祿之故戰，此亡國之俗也。"

【饑荒】穀不熟爲饑，果不熟爲荒。合言指年成不好或無收。汲冢周書文傳解："天有四殃，水旱饑荒。"三國志魏曹洪傳："時大饑荒，洪將兵在前，先據東平、范，聚糧穀以繼軍。"

【饑饉】荒年。穀不熟爲饑，蔬不熟爲饉；連用，饑饉無別。詩大雅雲漢："天降喪亂，饑饉薦臻。"國語魯上："國有饑饉，卿出告糴，古之制也。"

饗 xiǎng 許兩切，上，養韻，曉。
ㄒㄧㄤˇ
㊀鄉人共聚飲酒。詩豳風七月："朋酒斯饗，曰殺羔羊。"㊁大宴賓客。詩小雅彤弓："鐘鼓既設，一朝饗之。"箋："大飲賓曰饗。"㊂賜賞，犒賞。左傳僖十二年："王以上卿之禮饗管仲。"史記項羽紀："旦日饗士卒，爲擊破沛公軍。"㊃合祭。禮禮器："大饗其王事與。"注："盛其饌與貢，謂祫祭先王。"㊄享有，享受。通"享"。國語晉八："賴三子之功，而饗其祿位。"漢書溝洫志："此渠皆可行舟，有餘則用溉，百姓饗其利。"

【饗射】古禮儀名。周禮春官司服："享先公饗射，則鷩冕。"注："饗射，饗食賓客，與諸侯射也。"後漢書七九劉昆傳："每春秋饗射，常備列典儀，以素木瓠葉爲俎豆，桑弧蒿矢以射'菟首'。每有行禮，縣宰輒率吏屬而觀之。"

【饗禘】祭禮名。卽禘祭。禮郊特牲："饗禘有樂而食嘗無樂。"也作"禘饗"。晉書禮志上大司農徐廣議："謂可遷藏西儲以爲遠祧，而禘饗永絕也。"參見"禘"。

【饗福】享福，受福。晉書郭璞傳上疏："夫寅畏者所以饗福，怠傲者所以招患，此自然之符應，不可不察也。"

十三畫

饔 yōng 於容切，平，鍾韻，影。
ㄩㄥ
㊀熟食。見說文。詩小雅祈父："胡轉予

于恤？有母之尸饔。"傳："尸，陳也。熟食曰饔。"也指熟肉。公羊傳昭二五年："吾寡君聞君在外，餕饔未就。"注："餕，熟食。饔，熟肉。"㊁早餐。見"饔飧"。

【饔人】官名。掌割烹煎和之事。周禮有內饔、外饔。周禮天官內饔："凡王之好賜肉脩，則饔人共(供)之。"

【饔飧】早餐。孟子滕文公上："賢者與民並耕而食，饔飧而治。"注："饔飧，孰食也。朝曰饔，夕曰飧。"

【饔餼】熟肉曰饔，生牲曰餼。儀禮聘禮："歸饔餼五牢。"注："牲，殺曰饔，生曰餼。"周禮秋官司儀"致飧如致積之禮"漢鄭玄注："小禮曰飧，大禮曰饔餼。"唐賈公彥疏："小禮曰飧者，聘禮使宰夫設飧，禮物又少，故曰小。大禮曰饔餼者，以其有腥有牢，芻薪米禾又多，故曰大。"

饕 tāo 土刀切，平，豪韻，透。
ㄊㄠ

貪婪，貪財。莊子駢拇："不仁之人，決性命之情而饕貴富。"後人亦謂貪食曰饕。宋蘇軾東坡集續集三有老饕賦。參見"饕餮"。

【饕戾】貪殘乖戾。漢蔡邕蔡中郎集三司空楊秉碑："饕戾是黜，英才是列。"指貪戾之人。

【饕餮】㊀惡獸名。鐘鼎彝器多琢其形以爲飾。呂氏春秋先識："周鼎著饕餮，有首無身，食人未咽，害及其身，以言報更也。"㊁縉雲氏不才子的外號。左傳文十八年："縉雲氏有不才子，貪于飲食，冒于貨賄，侵欲崇侈，……天下之民以比三凶，謂之饕餮。"書舜典"竄三苗于三危"漢孔安國傳："三苗，國名。縉雲氏之後，爲諸侯，號饕餮。"呂氏春秋恃君："鴈門之北，鷹隼所鷙，須窺之國，饕餮、窮奇之地，……多無君，此四方之無君者也。"㊂貪殘。淮南子兵略："貪昧饕餮之人殘賊天下，萬人搔動。"

饕餮

【饕餮仙】譏不事淨修，貪慕世間榮利的道士。宋陶穀清異錄仙宗："近世事仙道者，不務寡欲，多搜黃白術，貪婪無厭，宜謂之饕餮仙。"(說郛六一)

【饕餮尊】指周饕餮尊。刻有饕餮紋的酒器。宣和博古圖："周饕餮尊，純緣與足皆無文飾，三面狀以饕餮，所以示戒也。"

饘 zhān 諸延切，平，仙韻，照。
ㄓㄢ

厚粥。禮檀弓上："饘粥之食。"疏："厚曰饘，稀曰粥。"左傳昭七年正考父鼎銘："饘於是，鬻於是，以餬余口。"注："饘，鬻，餬屬。"

饎 xī 昌志切，去，志韻，穿。
ㄒㄧ

酒食。同"饎"。說文："𩜾，饎或从巸。"參見"饎"。

【饎人】官名，主炊事。即饎人。周禮地官饎人："掌凡祭祀共盛，共(供)王及后之六食。"序官作饎人。參見"饎人"。

十四畫

饜 yàn 於豔切，去，豔韻，影。
ㄧㄢ 一鹽切，平，鹽韻，影

㊀飽。說文作"猒"。孟子離婁下："其良人出，則必饜酒肉而後反。"㊁滿足。國語晉一："君臣上下各饜其私，以縱其回。"注："饜，足也。"㊂厭惡。通"厭"。漢書四三叔孫通傳："高帝悉去秦儀法，爲簡易。羣臣飲，争功，醉或妄呼，拔劍擊柱，上患之。通知上益饜之。"

【饜飫】㊀飽。左傳晉杜預序："饜而飫之，使自趨之。"疏："饜飫俱訓爲飽。"宋陸游劍南詩稿十四對食："豹胎日饜飫，萍齏却時供。"參見"厭$_2$飫"。㊁喻爲學之深入體會。梁書昭明太子傳王筠哀册文："沈吟典禮，優遊方册，饜飫膏腴，含咀肴核。"宋朱熹朱文公集三十答汪尚書："自平易處講究討論，積慮潛心，優柔饜飫，久而漸有得焉。"

饛 méng 莫紅切，平，東韻，明。
ㄇㄥ

盛器滿貌。詩小雅大東："有饛簋飧，有捄棘七。"傳："饛，滿簋貌。"唐韓愈昌黎集八城南聯句："玄祇祉兆姓，黑秬饛豐盛。"

𩟗 wèn 烏困切，去，慁韻，影。
ㄨㄣ 烏恨切，去，恨韻，影。

見下。

【𩟗䭇】說文："秦人謂相謁而食麥曰𩟗䭇。"方言一："陳楚之內相謁而食麥饘謂之饔，……秦晉之際，河陰之間曰𩟗䭇，此秦語也。"一說爲食將要飽。方言一"𩟗䭇"注："今關西人呼食欲飽爲𩟗䭇。"

十六畫

饝 mó
ㄇㄛ

也作"饃"。見下。

【饝饝】即饅頭。畿輔通志岬政三："畿輔稱饝饝，順天稱波波。"明缺名運甓記傳奇觖望招兵："晨起飽餐饝饝，夜來滿飲醍醐。"

十七畫

饟 1. xiàng 式亮切，去，漾韻，審。
ㄒㄧㄤ 式羊切，平，陽韻，審。

㊀餉饋，運送。詩周頌良耜："其饟伊黍。"此指送來的食物。商君書墾令："無得爲罪人請于吏而饟食之，則姦民無主。"史記高祖紀："丁壯苦軍旅，老弱罷轉饟。"漢書作"轉餉"。注："餉，饋也，音式向反。"

2. xiǎng 書兩切，上，養韻，審。
ㄒㄧㄤ

㊁糧餉。新唐書兵志："時邊兵衣饟多不贍，而戍卒屯防，藥茗蔬醬之給最厚。"

【饟道】運糧之道。史記一〇六吳王濞傳："遂堅壁昌邑南，輕兵絶吳饟道。"

饞 chán 士咸切，平，咸韻，牀。
ㄔㄢ

㊀貪嘴，貪食。唐韓愈昌黎集五月蝕詩效玉川子作："女於此時若食日，雖食八九無饞名。"白居易長慶集六八晚起詩："慵饞還自哂，快活亦誰知。"㊁貪圖利祿。唐韓愈昌黎集五酬司門盧四兄雲夫院長望秋作詩："馳坑跨谷終未悔，爲利而止真貪饞。"

【饞涎】饞食生涎。全唐詩六〇九皮日休魯望昨以五百言見詒……詩："將來示時人，猰貐垂饞涎。"宋蘇軾東坡集四將之湖州戲贈莘老："吳兒膾縷薄欲飛，未去先說饞涎垂。"後因譏見食而欲爲垂饞涎。

【饞獠】罵貪食之人。宣和畫譜九龍魚："袁羲，河南登封人，爲侍衛親軍，善畫魚，窮其變態，得喻喁游泳之狀，非若世俗所畫，作庖中物，特使饞獠生涎耳。"

【饞魚燈】魚膏油燈。五代王仁裕開元天寶遺事上饞燈："南中有魚，肉少而脂多。彼中人取魚脂煉爲油，或將照紡績機杼，則暗而不明；或使照筵宴，造飲食，則分外光明。時人號饞魚燈。"

十九畫

饠 luō 魯何切，平，歌韻，來。
ㄌㄨㄛ

一作𩞢。餅屬。見集韻。見"饆饠"。

饡 zàn 則旰切，去，翰韻，精。
ㄗㄢ

㊀以羹和飯。說文："饡，以羹澆飯也。"宋陸游劍南詩稿十七冬夜與溥庵主說川食戲作詩："未論索餅與饡飯，最愛紅糟並缹粥。"㊁喻混亂。楚辭漢王逸九思傷時："時混混兮澆饡，哀當世兮莫知。"

首 部

首 shǒu 書九切,上,有韻,審。
ㄕㄡˇ

㊀頭。詩邶風静女:"愛而不見,搔首踟躕。"㊁首領,一羣之長。戰國策齊六:"(管子)一匡天下,九合諸侯,爲五伯首,名高天下光照鄰國。"㊂始。公羊傳隱六年:"首時過則書。"老子:"夫禮者忠信之薄而亂之首。"㊃要領,要義。書秦誓:"予誓告汝羣言之首。"㊄標表。禮聞傳:"所以首其内而見諸外也。"㊅兵器把柄頂端之物。周禮考工記廬人:"去一以爲首圍。"注:"首,殳上鐏也。"禮曲禮:"進劍者左首。"疏:"首,劍拊環也。"㊆詩文一篇亦稱一首。唐韓愈昌黎集十七與于襄陽書:"謹獻舊所爲文一十八首。"㊇古綬組的量詞。後漢書輿服志:"乘輿黄赤綬……長〔二〕丈九尺五寸,五百首。"又:"凡先合單紡爲一系,四系爲一扶,五扶爲一首。"

舒救切,去,宥韻,審。

㊈向。禮玉藻:"君子之居恒當户,寢恒東首。"漢書六二司馬遷傳報任安書:"張空弮,冒白刃,北首争死敵。"㊉伏罪;告發罪行。漢書四七文三王傳:"不首主令。"注:"不首,謂不伏其罪也。"儒林外史十三:"若還首出來,就是殺頭充軍的罪。"㊀㊀猶"服"。後漢書八八西域傳:"雖有降首,曾莫懲革。"注:"首,猶服也。"㊀㊁位次。水滸三:"史進下首坐了。"

【首子】長子。史記宋微子世家:"微子開者,殷帝乙之首子而帝紂之庶兄也。"

【首山】山名。1.在今山西永濟縣南。即首陽山,又名雷首山。傳爲伯夷叔齊餓死處。春秋晉趙盾田於首山,遇翳桑之餓人靈輒,即此。參閲左傳宣二年、讀史方輿紀要三九山西一。2.在今河南偃師縣西北。也名首陽山。漢桓帝賜桓榮冢塋於首山之陽,即此。見後漢書三七桓榮傳。參閲讀史方輿紀要四八河南府。3.在今河南襄城縣南。史記孝武紀:"天下名山八,……五在中國。中國華山、首山、太室、泰山、東萊。"參閲讀史方輿紀要四七開封府。

【首女】長女。三國魏曹植曹子建集九金瓠哀辭:"金瓠,予之首女。……生十九旬而夭折。"

【首止】古地名。春秋衛地。在今河南睢縣東南。春秋僖五年齊桓公率諸侯會王世子於首止,即此。見左傳僖五年。參閲讀史方輿紀要五十歸德府睢州。

【首公】一心向公,猶奉公。漢書七六王尊傳湖三老公乘興等上書訟尊:"臣等竊痛傷尊修身絜己,砥節首公,……今一旦無辜制於仇人之手,傷於詆欺之文。"

【首功】以戰争中所得敵人首級多少而論功。戰國策趙三:"彼秦者,棄禮義而上首功之國也。"宋鮑彪注:"秦制爵二十,獲首級者計功授爵,時所尊上也。"

【首禾】言不忘本。淮南子繆稱:"夫子見禾之三變也,滔滔然,曰:'狐鄉邱而死,我其首禾乎?'"注:"禾穗垂而向根,君子不忘本也。"

【首丘】禮檀弓上:"禮,不忘其本。古之人有言曰:狐死正丘首,仁也。"疏:"丘是狐窟穴根本之處,雖狼狽而死,意猶嚮此丘。"因稱不忘故土或死後歸葬故鄉爲首丘。楚辭屈原九章哀郢:"鳥飛返故鄉兮,狐死必首丘。"後漢書四七班超傳上疏:"臣聞太公封齊,五世葬周,狐死首丘,代馬依風。夫周齊同在中土千里之間,況於遠處絶域,小臣能無依風首丘之思哉!"

【首尾】㊀自始至終。漢書八八孔安國傳:"(張霸)又采左氏傳、書敍爲作首尾,凡百二篇。"宋書謝晦傳上表:"到任以來,首尾三載。"㊁接應。後漢書六五皇甫規傳上疏:"願假臣兩營三郡,屯列坐食之兵五千,出其不意,與護羌校尉趙冲共相首尾。"㊂猶豫,遲疑不決。後漢書八七西羌傳:"初飢五同種大豪盧忽忍良等千餘户,别留允街,而首尾兩端。"參見"首施"、"首尾"。㊃勾結,關係。水滸五一:"你們都和他有首尾,却放他自在。"

【首告】出頭告發罪行。宋史真宗紀三大中祥符五年:"有司請違法販茶者許同居首告,帝謂以利敗俗非國體,不許。"水滸六九:"天下通例:自首者即免本罪,你快去東平府裏首告,拿了他去,省得日後負累不好。"

【首事】㊀最重要之事。戰國策魏三:"攻皮氏,此王之首事也。"㊁首先起事。史記項羽紀:"今陳涉首事,不立楚後而自立,其勢不長。"㊂開始。晉杜預春秋左氏傳序:"故史之所記,必表年以首事。"宋史河渠志一:"皆以正月首事,季春而畢。"

【首妻】元配之妻。漢應劭漢官儀下:"三老五更,皆娶有首妻,男女完具。"

【首肯】點頭表示同意。宋司馬光涑水記聞五:"戊辰以後,上神思寖清寧,然終不語,羣臣奏事,大抵首肯而已。"

【首陀】梵語,亦作"戍陀羅"、"首陀羅"。古印度四種姓之一。楞嚴經義疏注:"西天貴賤,族分四姓,首陀,農夫也。"大唐西域記二濫波國:"若夫族姓殊者,有四流焉……四曰戍陀羅。農人也,肆力疇隴,勤身稼穡。"注:"舊曰首陀,訛也。"

【首免】謂自首者從輕處罰。宋蘇軾東坡集應詔集二策别六:"夫律有罪而得以首免者,所以開盜賊小人自新之塗。"

【首服】㊀即冠。周禮天官追師:"掌王后之首服。"注:"追師,掌冠冕之官,故並主王后之首服。"㊁自首服罪。東觀漢紀六和熹鄧皇后:"宫中亡大珠一篋……太后乃親自臨見宫人,一一問閲,察其顔色,開示恩信,宫人盜者,即時首服,不加鞭箠。"

【首施】遲疑不定。猶"首鼠"。後漢書十六鄧訓傳:"先是小月氏胡分居塞内,勝兵者二三千騎,皆勇健富彊,每與羌戰,常以少制多。雖首施兩端,漢亦時收其用。"參見"首鼠"。

【首祚】歲首。晉王羲之月儀書:"日往月來,元正首祚。"(太平御覽二九)

【首春】農曆正月。猶孟春。見南朝梁元帝纂要。唐太宗有首春詩,皆見初學記三春。

【首相】古時宰相之職,或數人同任,居首位者稱首相。宋史一三二曾公亮傳:"公亮明練文法,更踐久,習知朝廷臺閣典憲,首相韓琦每咨訪焉。"

【首秋】農曆七月。猶孟秋。南朝梁王僧孺王左丞集秋日愁居答孔主簿詩:"首秋雲物善,晝暑旦猶清。"

【首席】最高的席位。唐張九齡曲江集十九徐文公神道碑:"皇帝稽古崇訓,開堂集儒,以公才學元長,命登首席。"

【首座】寺院最高職位,在寺主、維那之上。即上座。以居席之端,處僧之上,故曰首。唐宣宗勅命釋辯章爲三教首座。

見宋釋贊寧僧史略中講經論首座。也指座席之首位。聊齋志異苗生:"首座靳生曰……下座沈吟既久。"

【首原】自首者原其罪。新唐書一一五狄仁傑傳:"乃明開首原格,出繫者,稟而縱之。"

【首夏】農曆四月。猶孟夏。藝文類聚八八三國魏文帝槐賦:"伊暮春之既替,卽首夏之初期。"文選南朝宋謝靈運遊赤石進帆海詩:"首夏猶清和,芳草亦未歇。"

【首時】指一年四季之始。公羊傳隱六年:"春秋雖無事,首時過則書。"注:"首,始也;時,四時也……春以正月爲始,夏以四月爲始,秋以七月爲始,冬以十月爲始。"

【首級】秦法。斬敵一首,拜爵一級,因稱敵首爲首級。三國志魏國淵傳:"破賊文書,舊以一爲十,及淵上首級,如其實數。"

【首匿】主謀匿藏罪人。史記一一八衡山王傳:"有司公卿下沛郡求捕所與淮南謀反者未得,得陳喜於衡山王子孝家。吏劾孝首匿喜。"王充論衡譴告:"漢正首匿之罪,制亡從之法,惡其隨非而與惡人爲羣者也。"

【首唱】㊀最先發起。猶首倡。三國志魏荀彧傳:"自天子播越,將軍首唱義兵,……雖禦難于外,乃心無不在王室。"㊁詩歌唱和,先作者爲首唱。唐白居易長慶集五六令狐相公拜尚書後有喜從鎭歸朝之作劉郎中先和因以繼之:"尚書首唱郎中和,不計官資秖計才。"㊂詩文第一句爲首唱。二、三句從之爲縢句。南朝梁劉勰文心雕龍九附會:"若首唱榮華,而縢句憔悴,則遣勢鬱湮,餘風不暢。"

【首善】最好的,猶模範。漢書八八儒林傳序太常孔臧等議:"故教化之行也,建首善自京師始,繇内及外。"後因稱京師爲首善之地。宋李心傳建炎以來繫年要錄七元年七月宗澤請上回鑾表:"京師是天下首善之地也,士大夫懷忠義者藉藉,皆願陛下歸京師。"

【首揆】卽首相。揆,規畫、管理。古時宰相爲總百揆之官,後世居宰相之職者非止一人,故稱居首位者爲首揆。

【首惡】首當惡名,罪魁。公羊傳僖二年:"虞,微國也,曷爲序乎大國之上?使虞首惡也。"漢書七七孫寶傳:"春秋之義,誅首惡而已。"

【首陽】山名。1.在今山西永濟縣南,卽雷首山,又名首山。傳爲伯夷叔齊餓死處。詩唐風采苓:"采苓采苓,首陽之巓。"見淸顧棟高毛詩類釋三首陽。2.在今河南偃師縣西北。三國魏阮籍詠懷詩"步出上東門,北望首陽岑",卽此。見太平寰宇記五西京三偃師縣。3.在今甘肅隴西縣西南。漢書地理志下:"隴西郡……首陽,禹貢鳥鼠同穴山在西南,渭水所出。"

【首過】自己陳述所犯過失。三國志魏張魯傳:"魯遂據漢中,以鬼道教民,……皆教以誠信不欺詐,有病自首其過,大都與黃巾相似。"世說新語德行:"王子敬(獻之)病篤,道家上章應首過,問子敬由來有何異同得失。"

【首塗】出發上路。文選南朝梁沈休文(約)齊故安陸昭王碑文:"威令首塗,仁風載路。"也作"首途"。唐杜甫杜工部詩史補遺八敬寄族弟唐十八使君:"登陸將首途,筆札枉所申。"

【首義】㊀首倡起兵。唐韓愈昌黎集三十平淮西碑:"魏將首義,六州降從。"㊁首陳要旨。漢王充論衡正說:"夫春秋之有年也,猶尚書之有章,章以首義,年以紀事。"

【首歲】指正月。漢書七八蕭望之傳:"今首歲日月少光,咎在臣等。"注:"首歲,歲之初首,謂正月也。"

【首路】謂出發。猶首途。文選漢潘元茂(勗)册魏公九錫文:"王師首路,威風先逝,百城八郡,交臂屈膝。"

【首虜】所獲敵人的首級。荀子儒效:"(周公)遂乘殷人而誅紂,蓋殺者非周人因殷人也,故無首虜之獲,無蹈難之賞。"史記一〇二馮唐傳對問:"且雲中守魏尚坐上功首虜差六級,陛下下之吏,削其爵,罰作之。"

【首罪】自首服罪。三國志魏鄧哀王冲傳:"太祖馬鞍在庫,而爲鼠所齧,庫吏懼必死,議欲面縛首罪,猶懼不免。"

【首飾】頭上的裝飾品,本兼男女言之。漢書九九王莽傳上張竦爲劉嘉作奏:"百歲之母,孩提之子,同時斷斬,懸頭竿杪,珠珥在耳,首飾猶存。"後漢書輿服志下:"後世聖人……見鳥獸有冠角頿胡之制,遂作冠冕纓蕤,以爲首飾。"又:"秦雄諸侯,乃加其武將首飾爲絳袙,以表貴賤。"後則專指婦女頭飾、臂釧、指環之類,通稱首飾。詩鄘風君子偕老"副笄六珈"毛傳:"副者,后夫人之首飾。"文選三國魏曹子建(植)洛神賦:"戴金翠之首飾,綴明珠以耀軀。"

【首鼠】遲疑不定。猶"首施"。史記一〇七武安侯傳:"(田蚡)怒曰:與長孺共一老禿翁,何爲首鼠兩端?"集解引漢書音義:"首鼠,一前一卻也。"長孺,韓安國字。宋陸佃埤雅釋蟲:"舊說鼠性疑,出穴多不果,故持兩端謂之首鼠。"

【首領】㊀頭頸。左傳隱三年:"先君舍與夷而立寡人,寡人弗敢忘。若以大夫之靈,得保首領以沒,先君若問與夷,其將何辭以對?請子奉之,以主社稷。"㊁頭人,一羣之長。周書辛昂傳:"俄轉通州刺史,昂推誠布信,甚得夷僚歡心。秩滿還京,首領皆隨昂詣闕朝覲。"

【首種】稷。禮月令孟春之月:"首種不入。"注:"舊說首種謂稷。"疏:"百穀之内稷先種,故云首種。"一說爲麥。氾勝之書:"但田有六道,麥爲首種。"舊唐書八九王方慶傳引漢蔡邕月令章句:"首種,謂宿麥也,麥以秋種,故謂之首種。"

【首選】科舉考試名列第一名。宋史選舉志二:"二年廷試,得張九成以下二百五十九人,凌景夏第二。呂頤浩言景夏詞勝九成,請更寘第一。帝曰:'士人初進,便須别其忠佞,九成所對,無所畏避,宜擢首選'"。

【首謀】謂倡謀。漢書武帝紀元光二年:"將軍王恢坐首謀不進,下獄死。"注:"首爲此謀而反不進擊匈奴輜重。"

【首難】最先發難。國語晉九:"段規反,首難而殺智伯于師,遂滅智氏。"史記項羽紀太史公曰:"夫秦失其政,陳涉首難,豪傑蠭起,相與並爭,不可勝數。"

【首楞嚴】梵語。意譯爲一切事究竟鞏固。亦譯爲金剛藏。唐天竺沙門般剌密諦主譯大佛頂如來密因修證了義諸菩薩萬行首楞嚴經,十卷,省稱楞嚴經。參閱翻譯名義集四十二分教。參見"楞嚴"。

【首身分離】被殺戮。戰國策秦四:"社稷壞,宗廟隳,刳腹折頤,首身分離,暴骨草澤。"

【首屈一指】第一。人扳手指計數,首挽大拇指,表示第一,或居首位。淸顏光敏顏氏家藏尺牘二施侍讀閏章:"僕自金陵讀牋刻,已私目以爲健手,頃阮亭先生(王士禛)比鄰接巷,輒爲首屈一指。"

【首善書院】書院名。明萬曆初鄒元標馮從吾以建言廷杖返里,泰昌初重徵入京,公餘講學。天啓二年於宣武門内建首善書院。四年魏忠賢黨御史倪文煥疏請禁僞學,廢院。崇禎初,徐光啓及西方耶蘇會士湯若望等以爲曆局,作修曆之所。入淸,更名爲時憲局,道光後漸就荒圮。見明劉侗于奕正帝京景物略四首善書院、清葉名澧橋西雜記順天書院。

【首鼠兩端】遲疑不定。見"首施"、"首鼠"。

二 畫

馗 kuí 渠追切,平,脂韻,羣。
ㄎㄨㄟˊ 巨鳩切,平,尤韻,羣。
四通八達的大道。同"逵"。文選三國魏王仲宣(粲)從軍詩之五:"館宅充廛里,女士滿莊馗。"

【馗廚】植物名。爾雅釋草"中馗,菌"晉郭璞注:"地蕈也,似蓋,今江東名爲土菌,亦曰馗廚,可啖之。"

六 畫

䭫 qǐ 康禮切,上,薺韻,溪。
ㄑㄧˇ
叩。古"稽"字。說文作"䭫"。漢書諸侯王表:"漢諸侯王厥角䭫首,奉上璽韍,惟恐在後。"注:"䭫音口禮反,與稽同。"參見"稽首"。

八 畫

䤋 1. guó 古獲切,入,麥韻,見。
ㄍㄨㄛˊ
㊀截耳。戰爭中割取敵人左耳以計功曰䤋。詩大雅皇矣:"執訊連連,攸䤋安安。"亦指所割的左耳。詩魯頌泮水:"矯矯虎臣,在泮獻䤋。"

2. xù 集韻 泥壁切,入,錫韻。
ㄒㄩˋ
㊀臉。莊子列禦寇:"(曹商)見莊子曰:'夫處窮閭阨巷,困窘織屨,槁項黃䤋者,商之所短也。'"釋文:"司馬(彪)云:面黃熟也。"清俞樾謂䤋疑爲"瘯"之假字,頭痛。黃瘯,謂頭痛而色黃。見諸子平議十九。

香 部

香 xiāng 許良切,平,陽韻,曉。
ㄒㄧㄤ
㊀芳香。詩周頌載芟:"有飶其香,邦家之光。"㊁凡草木有芳香者皆曰香,如芸香、檀香。也指香料的製成品。文苑英華七一南朝梁簡文帝筝賦:"影入著衣鏡,裙含辟惡香。"陳書岑之敬傳:"讀孝經,每燒香正坐。"㊂稱美之詞。書君陳:"至治馨香,感于神明,黍稷非馨,明德惟馨。"㊃姓。戰國時齊有香居。嶺南有香氏。參閱宋鄧名世古今姓氏書辨證十三。

【香子】舊城名。故址在今甘肅臨夏縣。宋神宗熙寧六年熙河路經略安撫使王韶以苗授爲先鋒,破香子城,拔河府,因取鎮洮,即此。鎮洮今臨洮縣。河府即今臨夏縣,宋之河州路治所。見宋史三五〇苗授傳。

【香山】㊀舊縣名。漢時爲番禺縣地,晉以後爲東官郡地,唐爲東莞縣地。宋紹興二十二年以東莞香山鎮爲縣。明、清屬廣州府。公元1925年因紀念孫中山(文),改名中山縣,屬廣東省。參閱宋史地理志六廣州、嘉慶一統志四四一廣州府。㊁山名。1.佛經有香山,在雪山之北。雪山即須彌山,今之喜馬拉雅山。觀佛三昧海經:"雪山有樹,名殃加陀;其果甚大,其核甚小,推其本末,從香山來,以風力故,得至雪山。"2.在北京市西北郊。有名勝古迹碧雲寺、靜宜園、香山寺等。參閱畿輔通志五七山川一香山。3.在河南洛陽龍門山之東。唐白居易於東都所居履道里疏沼種樹,構石樓香山,自號香山居士。

【香火】㊀香煙燈火,用於祭祀鬼神。晉書單道開傳:"形骸如生,香火瓦器猶存。"南齊書臨賀王子岳傳:"延興建武中,凡三誅諸王,每一行事,高宗輒先燒香火,嗚咽涕泣。"㊁神前盟誓用香火,故也指結盟。北齊書神武紀上:"其(尒朱兆)長史慕容紹宗諫,……兆曰:'香火重誓,何所慮也。'紹宗曰:'親兄弟尚爾難信,何論香火!'"舊唐書一九四上突厥傳:"太宗前,令騎告突利曰:'爾往與我盟,急難相救。爾今將兵來,何無香火之情也!'"

【香井】大香爐。宋陶穀清異録釋族:"汴州封禪寺有鐵香爐,大容三石,都人目之曰香井。"封禪寺在河南開封縣城東,五代後晉末,百官迎遼主於封禪寺,即此。

【香水】㊀以香料漬水中,用於供神佛。大毘盧遮那成佛經五:"又於別器調和香水,以鬱金、龍腦、旃檀等種種妙香,亦以真言加持,授與令飲少許,此名金剛水。"㊁水名。舊題南朝梁任昉述異記上:"一說香水在并州,其水香潔,浴之去病。"㊂溪名。江蘇吳縣西南有香水溪,傳說爲西施浴處。見嘉慶一統志七七蘇州府一。

【香片】㊀茶葉加木樨、茉莉等花拌和而窨藏之,使氣味芳香,稱爲香片。㊁指散落的花瓣。明李伊玉惜分飛詞:"花雨繽紛迷小院,蓮步踏殘香片。"(明詞綜十)

【香市】買賣香料的集市。舊題南朝梁任昉述異記下:"日南有香市,商人交易諸香處。"也指佛寺進香季節所設買賣香物、雜物等的集市。明張岱陶菴夢憶七西湖香市:"西湖香市起於花朝,盡於端午。山東進香普陀者日至,嘉湖進香天竺者日至,至則與湖之人市焉,故曰香市。"

【香印】將香料末用金屬印格印成起迄一貫的文字。燒盡後,灰燼仍存字迹。也作"印香"。唐王建詩七香印:"閒坐燒印香(一作香印),滿户松柏氣。"也指印香的金屬印具。宋劉攽貢父詩話:"京師人貨香印者,皆擊鐵盤,以示衆人。以國初'香印'字逼近太祖(趙匡胤)諱,故託物默諭。"

【香妃】公元?—1788年。維吾爾族。父和札賚(一說爲帕爾薩,三等台吉),喀什葛爾(今新疆喀什布)人。於乾隆二十五年入宫,初封貴人,升爲嬪,又晉封爲妃。近人孟森著香妃考實,考定爲即清史稿后妃傳中的容妃。

【香合】㊀黍的別名。儀禮士虞禮:"敢用絜牲剛鬣,香合。"注:"黍也。"亦作"薌合"。㊁盛香的器皿。宋史禮志:"親王輿中,設銀師子香合。"

【香河】縣名,屬河北省。唐武清縣孫村。遼於新倉置榷鹽院,因居民稍聚,分武清、三河、潞三縣户,置香河縣。以縣東南濱水多植荷,夏秋香達四境故名。明清皆屬順天府。參閱遼史地理志四南京道、嘉慶一統志六順天府一。

【香亭】結綵爲亭以盛香爐,舁之游行。舊時賽會或出殯用之。宋陸游放翁家訓:"近世出葬,或作香亭、魂亭、寓人、寓馬之類,一切當屛去。"也作"香輿"。宋史禮志二五山陵:"改卜陵寢,……凶仗用大升輿、龍輴、鵝茸纛、魂車、香輿。"

【香花】香料和鮮花。北史王慧龍傳附

王劭上言:"佛經說人應生天上及上品上生無量壽國之時,天佛放大光明,以香花妓樂來迎之。"參見"香花供奉"。

【香居】戰國時齊大夫。齊宣王爲大室,羣臣莫敢諫。唯香居諫而止之,宣王因命主書者記其事。見漢劉向新序六刺奢。

【香兒】唐元載有家伎薛瑶英。相傳幼以香屑飲啖之,長而肌香,故名香兒。見唐朱揆釵小志(重較說郛七七)。

【香洲】地名。舊題南朝梁任昉述異記下:"香洲在朱崖郡,洲中出諸異香,往往不知名焉。"朱崖郡在今海南島。

【香室】本爲釋迦牟尼居室,後轉稱佛殿、佛堂。參閱毘奈耶雜事二六註四、釋氏要覽上住處。

【香祖】蘭的別稱。宋陶穀清異録:"蘭雖吐一花,室中亦馥郁襲人,彌旬不歇,故江南人以蘭爲香祖。"(說郛六一)

【香姜】北齊閣名。明楊愼升菴全集六八:"曹操銅雀臺瓦已不可得,宋人所收,乃高歡避暑宮冰井臺香姜閣瓦也。"

【香炷】點燃着的香。炷,燭心,燈心。樂府詩集四三南朝陳何楫班婕妤:"獨卧銷香炷,長啼費手巾。"唐陸龜蒙甫里集十二華陽巾詩:"須是古壇秋霽後,静焚香炷禮寒星。"

【香茅】香草名。一名菁茅、璚茅。文選晉左太沖(思)吳都賦:"綸組紫絳,食葛香茅。"水經注三八湘水:"晉書地道記:(泉陵)縣有香茅,氣甚芳香,言貢之以縮酒也。"參閱本草綱目十三草二白茅。

【香界】佛家稱佛地有衆香國,樓閣園囿皆香,香氣周流十方無量世界。後來泛指寺院。唐高適高常侍集三同諸公登慈恩寺塔詩:"香界泯羣有,浮圖豈諸相。"

【香秔】粳稻之一種。同"香粳"。文選漢張平子(衡)南都賦:"若其廚膳則有華薌重秬,滍臯香秔。"唐代蘇州吳郡土貢有大小香秔。見新唐書地理志。

【香案】置香爐的几案。唐元稹長慶集二二以州宅夸於樂天詩:"我是玉皇香案吏,謫居猶得住蓬萊。"新唐書儀衛志:"朝日,殿上設黼扆、躡席、熏爐、香案。"後世廟中神前置香爐燭檠的長几,亦稱香案。

【香粉】婦女化裝品。北魏賈思勰齊民要術五種紅藍花梔子:"作香粉法,唯多著丁香於粉合中,自然芬馥。"花間集七五代前蜀顧敻酒泉子詞之七:"畫羅襦,香粉污,不勝愁。"

【香珠】用香料製作之珠,成串,供裝飾用。或作僧道數珠。宋范成大桂海虞衡志志香:"香珠出交趾,以泥香捏成小巴豆狀,琉璃珠間之,綵絲貫之,作道人數珠。入省地賣,南中婦人好帶之。"

【香草】有香氣之草。文選漢張平子(衡)南都賦:"其香草則有薛荔蕙若,薇蕪蓀萇,晻曖蓊蔚,含芬吐芳。"亦以喻忠良之人。楚辭漢王逸離騷序:"離騷之文,依詩取興,引類譬諭,故善鳥香草,以配忠貞。"參見"美人香草"。

【香乘】明周嘉冑撰。二十八卷。凡有關香的名品、故實以及修合、賞鑒諸法,旁徵博引,各具始末。在談香事諸書中最爲詳備。

【香港】地名。在廣東省珠江口東側。包括香港島和九龍半島兩部分。舊稱紅香爐山,屬新安縣(今寶安縣)。新安縣志載有赤柱山、紅香爐營汛、黃泥涌、薄鳧林、香港村等名,皆爲島中局部地方之稱,後以香港作全島之稱,即由香港村而來,故址即今島南之香港圍。清道光二十二年鴉片戰爭後,簽訂不平等的南京條約,爲英國所侵占。

【香婆】南宋酒樓以小爐炷香爲供的老婦。見元周密武林舊事六酒樓。

【香雪】㊀指花。唐韓偓玉山樵人集和吳子華侍郎令狐昭化舍人歎白菊衰謝之絕次用本韻:"正憐香雪披(一作飛)千片,忽訝殘霞覆一叢。"㊁指脂粉。全唐詩七〇〇韋莊閨怨:"啼妝曉不乾,素面凝香雪。"

【香尉】漢雍仲子進南海香物,拜爲涪陽尉,時稱之爲香尉。見舊題南朝梁任昉述異記下。

【香陰】佛教神名。天龍八部之一。翻譯名義集二八部:"乾闥婆,此云香陰,此亦陵空之神,不噉酒肉,惟香資陰,是天主幢倒樂神,在須彌南金剛窟住。什曰:天樂神也。處地十寶山中,天欲作樂時,此神身有異相出,然後上天。"

【香國】㊀佛國名。有國名衆香,佛號香積,其界一切以香作樓閣,經行香地,苑園皆香。其食香氣,周流十方無量世界。廣弘明集三五南朝梁沈約捨身願疏:"雖果謝庵園,飲非香國,而野粒山蔬,可同屬饜。"參閱維摩詰所說經下。參見"衆香國"。㊁猶花國。宋許月卿先天集木犀詩:"分封在香國,竝仕得黃裳。"

【香毬】㊀火爐。其形制外爲金屬鏤空圓罩,內有三層關捩,中置半球狀碗以爇火,可置於被中以取暖,雖轉動而火不覆滅。舊題漢劉歆西京雜記記長安巧工丁緩,作卧褥香爐、一名被中香爐,即此。唐元稹長慶集十五香毬詩:"順俗唯團轉,居中莫動搖。愛君心不測,猶訝火長燒。"參閱明王三聘古今事物考七器用香毬。㊁香料製成的圓球。唐白居易長慶集十八醉後贈人詩:"香毬趁拍迴環匼,花琖拋巡取次飛。"宋陸游老學庵筆記一:"京師承平日,宗室戚里歲時入禁中,婦女上犢車,皆用二小鬟持香毬在旁,在袖中又自持兩小香毬,車馳過,香烟如雲,數里不絕,塵土皆香。"

【香魚】魚名。肉質鮮美,有香味,故名。清勞大興甌江逸志:"香魚,鱗細不腥,春初生,月長一寸,至冬月尺餘,則赴潮際生子,生已輒槁。惟鴈山溪間有之,一名記月魚。"

【香雲】謂女子鬢髮。元詩選周權此山集採蓮曲:"越溪女郎十五六,翠綰香雲雙鳳凰。"

【香菰】㊀茭白。秋結實,曰菰米,又稱雕胡米,可作飯。宋吳文英夢窗乙稿聲聲慢餞魏繡使泊吳江爲友人賦:"漸近香菰炊黍,想紅絲織字,未遣青樓。"㊁即香蕈。見該條。

【香菜】㊀藿菜。明馮應京月令廣義七三月令授時:"香菜,藿也,有數種,宜肥地種之。此與荆芥同氣味而異。浙地甚多,中州亦蕃。又有香草似之。此乃藿菜,非是藿香。"㊁胡荽(芫荽)的俗名。

【香象】㊀書中傳稱的巨象。青色,有香氣。雜寶藏經二:"提醯國王有大香象,以香象力,催伏迦尸王軍。"南朝陳徐陵徐孝穆集四丹陽上庸路碑:"香象之力,特所未勝。"㊁菩薩名。華嚴經三十菩薩住處品:"北方有菩薩住處,名香聚山,過去諸菩薩常於中住。彼現有菩薩,名香象。"

【香粳】稻的一種。也作"香秔"。唐杜甫杜工部草堂詩箋十六病後遇王倚飲贈歌:"遣人向市賒香粳,喚婦出房親自饌。"

【香煙】㊀焚香所生之煙。北周庾信庾子山集三奉和闡弘二教應詔:"香煙聚爲塔,花雨積成臺。"唐杜甫杜工部草堂詩箋十二奉和賈至舍人早朝大明宮:"朝罷香煙攜滿袖,詩成珠玉在揮毫。"㊁後嗣,嗣續。醒世恒言二十:"你想我辛勤半世,却又不曾生得箇兒子,傳授與他,接紹香煙。"

【香椿】木名。卽椿樹。其葉嫩時香甘可食,俗謂香椿。參見政和證類本草十四椿木葉。參見"椿㊀"。

【香窟】彌布香氣的洞室。宋陶穀清異錄居室:"同舍生劉垂……說:有錢當築五窟室,吴香窟盡種梅株,秦香窟周懸麝臍,越香窟植岩柱,蜀香窟栽川椒,楚香窟植蘭。四草木各占一時,餘日入麝窟,便足了一年,死且爲香鬼,况於生乎!"(說郛六一)

【香殿】佛塔。大唐西域求法高僧傳上:"於門南畔可二十步有窣堵波,高百尺許,是世尊昔日夏三月安居處,梵名慕攞健陀俱胝,唐云根本香殿矣。"亦謂佛殿。全唐詩二六一嚴武題巴州光佛寺楠木:"香殿蕭條轉密陰,花龕滴瀝垂清露。"

【香會】指舊時民間朝山進香之盛會。明馮應京月令廣義七三月令日次:"三月二十八日,燕京祭嶽廟,民間各隨城集衆爲香會。有爲首者掌之,盛設樂旛,戴甲馬,羣迎以往。男婦有跪拜而行者塞路,呼佛振地,曰拜香。"

【香鼠】動物名。亦稱香鼬。以分泌液有香氣而名。宋范成大桂海虞衡志志獸:"香鼠至小,僅如指擘大。穴於柱中。行地中,疾如激箭。"

【香蒲】植物名。又名甘蒲。叢生水際,花粉名蒲黄,入藥,根、莖可食。蒲葉可製席、扇等及包裹用。參閱政和證類本草七香蒲。參見"蒻㊀"。

【香塵】㊀佛教所稱。色、聲、香、味、觸、法六塵之一。三藏法數:"旃檀沉水,飲食之香,及男女身分所有香等,是名香塵。"㊁芳香之塵,多指女子之步履而起者。唐李白李太白詩二四感興之二:"香塵動羅襪,淥水不沾衣。"元王實甫西廂記一本一折:"若不是襯殘紅芳徑軟,怎顯得步香塵底樣兒淺。"

【香蓋】㊀香煙繚繞而上,成爲蓋狀如傘。金光明最勝王經六:"於自宫殿見彼香煙,一剎那頃變成香蓋。"也指供奉諸佛的寶蓋。北周庾信庾子山集十三陜川弘農郡五張寺經藏碑:"迴風香蓋,反露珠幡。"㊁菴羅果的別名。見本草綱目三十果二菴羅果。參見"菴羅"。

【香閨】舊稱女子内室。全唐詩一四六陶翰柳陌聽早鶯:"乍使香閨静,偏傷遠客情。"花間集十李珣虞美人詞:"卻迴嬌步入香閨,倚屏無語撚雲篦,翠眉低。"

【香餅】石炭,用以焚香,一餅之火,可終日不滅。見宋歐陽修歸田錄二。宋洪芻香譜下有造香餅之法。

【香餌】漁獵所用之誘餌。舊題黄石公三略上略:"香餌之下,必有懸魚;重賞之下,必有死夫。"漢桓寬鹽鐵論四褒賢:"故香餌非不美也,龜龍聞而深藏,鸞鳳見而高逝者,知其害身也。"引申爲誘人上鉤的事物。元曲選缺名看錢奴二:"他道我貪他香餌終吞鈞,我則道,留下青山怕没柴。"

【香貍】動物名。又名"靈貍"、"靈貓"。體有香囊,分泌特殊香味,故名。參閱本草綱目五一獸二靈貓。

【香匳】匳,也作"奩"。㊀雜置香料以收藏珍物的匣子。全唐詩五五九薛能送浙東王大夫:"香匳扃鳳詔,朱篆動(一作進)龍坑。"㊁婦女梳妝用的鏡匣。全唐詩八李後主(煜)輓辭:"玉笥猶殘藥,香匳已染塵。"

【香篆】㊀香炷,點燃時烟上升繚繞如篆文,故稱。宋蘇軾分類東坡詩六上元夜赴儋守召獨坐有感:"燈花結盡吾猶夢,香篆消時汝欲歸。"參閱宋洪芻香譜下香篆。㊁一種特製的香,燃之,引其烟,可任意作字作畫。見宋曾慥類說五九香譜。

【香澤】㊀潤髮的香油。漢桓寬鹽鐵論殊路:"毛嬙,天下之姣人也,待香澤脂粉而後容。"㊁香氣。同"薌澤"。初學記二九北魏盧元明劇鼠賦:"盜干湯之珍俎,傾留髡之香澤。"

【香燈】㊀古人祭祀用的燈火。南史顧覬之傳附顧憲之爲制敕其子:"不須常施靈筵,可止設香燈,使致哀者有憑耳。"宋史輿服志四:"太廟奉瓚盤、薦香燈、安奉神主。"㊁閨中的燈。花間集二唐韋莊菩薩蠻詞之一:"紅樓別夜堪惆悵,香燈半捲流蘇帳。"

【香蕈】菌類植物。又名香菇、香菰。寄生於桐、柳、樸、楓等樹木上,味香美可食。參閱本草綱目二八菜五香蕈。

【香燕】㊀賞香的宴會。宋陶穀清異錄薰燎:"(南唐)李璟保大七年,召大臣宗室,赴内香燕,凡中國外夷所出,以至合和煎飲、佩帶粉囊,共九十二種,江南素所無也。"(說郛六一)㊁宋燕瑛任廣南市舶七年,搜括南海犀珠香藥等,進奉宰相,交結近侍,時人稱爲香燕。見宋史二九八燕肅傳附燕瑛。宋李光莊簡集九有論燕瑛胡直孺劄子。

【香樣】果名。芒果的最上品。見清徐懷祖臺灣隨筆。參見"樣"。

【香樹】栴檀樹。南朝陳徐陵徐孝穆集四長干寺衆食碑:"辦類天廚,果同香樹。"泛指有香氣的樹木。唐張說張說之文集七酬韋祭酒自湯還都經龍門北溪見贈詩:"泛舟伊水漲,繫馬香樹陰。"

【香橙】㊀果名。即"橙子",見"橙㊀"。㊁几凳之類。"橙"爲"凳"之或體,讀dèng。南史蔡廓傳附蔡撙:"嘗奏用琅邪王筠爲殿中郎,武帝嫌不取參掌通署,乃推白牒於香橙地下,曰:'卿殊不了事。'"又長沙宣武王懿傳附蕭猷:"猷在州頗僭濫,客筵内遂有香橙,不置連榻。"見"橙㊁"。

【香鴨】製成鴨形的薰爐。宋陸游劍南詩稿十四不睡:"水冷硯蟾初薄凍,火殘香鴨尚微煙。"

【香錢】宋時三班院所領使臣有八千餘人,在院者常數百人。每歲乾元節,醵錢飯僧,進香合以祝聖壽,謂之香錢。見宋歐陽修歸田錄二。後亦謂布施給敬佛用之香火錢爲香錢。

【香篝】熏籠。唐陸龜蒙甫里集六茶塢詩:"遥盤雲髻慢,亂簇香篝小。"宋陸游劍南詩稿四三五月十一日睡起:"茶椀嫩湯初得乳,香篝微火未成灰。"

【香龜】焚香的器皿。宋洪邁夷堅志甲一:"徽廟有飲酒玉駱駝,大四寸,計貯酒可容數升;香龜小如拳,類紫石而瑩。每焚香以龜口承之,煙盡入其中,二器固以黄蠟。過遊幸,必懷以往,去窒蠟,即駝出酒,龜吐香。禁中舊無之。或傳林靈素所獻也。"

【香薪】以香木爲薪。玉臺新詠九南朝梁費昶(或作吴均)行路難詩之一:"丹梁翠柱飛屠(一作流)蘇,香薪桂火炊雕胡。"南朝陳徐陵徐孝穆集九東陽雙林寺傅大士碑:"寧焚軟疊,弗燎香薪。"

【香螺】軟體動物,螺的一種。其靨雜衆香燒之,有香氣。本草稱甲香。宋蘇軾分類東坡詩二二子由生日以檀香觀音像及新合印香銀篆盤爲壽:"香螺脱黶未相羣,能結縹緲風中雲。"參閱明王世懋閩中海錯疏。

【香薷】草名。薷,亦作"葇"。俗名蜜蜂草。秋天開穗狀花,凡四五十房合爲一穗。可充蔬食。莖葉香氣濃烈,入藥。生巖石縫中者曰石香葇。參閱政和證類本草八石香葇。

【香譜】宋洪芻撰。二卷。分香品、香意、香事、香法四類。又宋陳敬彙集宋人沈立、洪芻等十一家之書爲四卷,仍以香譜爲名。

【香櫞】果名。櫞,俗作"圓"。即枸櫞。見該條。

【香蟻】酒的別稱。酒味芳香,浮糟如蟻,故名。五代前蜀韋莊浣花集一冬日長安感志寄獻虢州崔郎中二十韻:"聞招好客斟香蟻，悶對瓊華詠散鹽。」

【香獸】㊀鑄成獸形的香爐。宋洪芻香譜下水浮香：“香獸，以塗金爲狻猊、麒麟、鳧鴨之狀，空中以然香，使煙自口出，以爲玩好。”宋史禮志十六宴饗：“殿上陳錦繡帷帟，垂香毬，設銀香獸前檻内。”㊁以炭屑爲末，雜以香料，使成獸形，舊時宮廷中燃之。全唐詩八八九李煜浣溪沙詞：“紅日已高三丈透，金爐次第添香獸。”

【香羅】紗羅的美稱。唐杜甫杜工部詩十端午日賜衣：“細葛含風軟，香羅疊雪輕。”李商隱李義山詩集四無題之一：“鳳尾香羅薄幾重，碧文圓頂夜深縫。”

【香爐】焚香器。金屬或陶瓷爲之，用以陳設、熏衣、供佛、祀神等。古無香爐，漢時造博山爐，始有香爐之制。後漢書四一鍾離意傳附藥崧“自此詔太官賜尚書以下朝夕餐，給帷被皁袍，及侍史二人”注：“蔡質漢官儀曰：‘……尚書郎伯使一人，女侍史二人，皆選端正者。伯使從至止車門還，女侍史絜被服，執香爐燒燻，從入臺中，給使護衣服也。’”唐韋應物韋江州集八郡齋卧疾詩：“香爐宿火滅，蘭燈宵影微。”參閱宋趙希鵠洞天清禄集古鐘鼎彝器辨。參見“博山鑪”。

【香嚴】佛家語。香潔之意。維摩詰經所説經下：“有諸天子，皆號香嚴。”楞嚴經五：“如來印我，得香嚴號；塵氣倏滅，妙音密圓，我從香嚴，得阿羅漢。”宋黄庭堅豫章集十二有聞帳中香以爲熬蝎者戲用前韻之一：“但印香嚴本寂，不必叢林徧參。”

【香纏】乳香以透明者勝，夾雜成塊而細小者，謂之香纏。見宋洪芻香譜上。

【香囊】盛香料的小囊。佩於身或懸於帳以爲飾物。玉臺新詠一古詩爲焦仲卿妻作：“紅羅複斗帳，四角垂香囊。”又三國魏繁欽定情詩：“何以致叩叩，香囊繫肘後。”

【香欒】果名。柚的一種。見“朱欒”。

【香纓】婦女之飾物，用五采絲爲之。古稱縭。爾雅釋器“婦人之褘，謂之縭。縭，緌也”晉郭璞注：“即今之香纓也。”宋邢昺疏：“緌，繫也，此女既嫁之所著，示繫屬於人。”古禮婦見舅姑，持香纓以拜。隋大業五年隋宰相牛弘請改以拜帛代香纓。見後蜀馬鑑續事始拜帛(説郛十)。

【香豔】指花草芳香鮮明。唐許渾丁卯集上酬杜補闕詩：“柳滴圓波生細浪，梅含香豔吐輕風。”後來常用以形容有關女性生活的情節。如香豔詩、香豔小説。

【香火社】佛教徒的結社。因以香煙燈燭供佛，故名。唐白居易長慶集十七與果上人歿時題此訣别兼簡二林僧社詩：“本結菩提香火社，爲嫌煩惱電泡身。”白居易致仕後曾與香山僧如滿結香火社。見舊唐書一六六白居易傳。後來也泛指志同道合者的結盟。宋林光朝艾軒集一次韻和邱國鎮致仕詩：“解後却成香火社，好將詩句細商量。”

【香皮紙】紙名。舊題唐劉恂嶺表録異中：“廣管羅州多棧香樹，身似柳，其花白而繁，其葉如橘，皮堪作紙，名爲香皮紙。灰白色，有紋如魚子牋。其紙慢而弱，沾水即爛，遠不及楮皮者。”

【香附子】植物名。又名雀頭香。即莎草的塊根，因其相附連續而生，可以合香，故謂之香附子。入藥。參閱政和證類本草九莎草。參見“莎草”。

【香祖樓】傳奇名。清蔣士銓撰。收入紅雪樓九種曲。以其友仲約禮與妾李若蘭離合之情爲本事。

【香孩兒】宋人傳説趙匡胤(太祖)誕生於洛陽夾馬營，有異香經日不散。宋王朝建，營改爲應天禪院，洛中人因呼爲香孩兒營。見宋孔平仲孔氏談苑一香孩兒營。

【香屑集】清黄之雋撰。十八卷。集唐人成句爲香奩詩九百三十餘首，組織工巧，渾然如已作。

【香雪海】江蘇吴縣鄧尉山多梅，花時一望如雪，香聞數十里。清康熙時江蘇巡撫宋犖題“香雪海”三字，鐫於山石，遂爲鄧尉别名。

【香寮山】即今紫雲洞山，在福建西南。山極高大，上有紫雲洞，可容數萬人。明正統時，鄧茂七等起義，稱鏟平王，曾駐軍於此。參閱讀史方輿紀要九九漳洲府寧洋縣。

【香匳體】匳，也作“奩”。宋沈括夢溪筆談十六藝文：“和魯公凝有豔詞一編，名香奩集。凝後貴，乃嫁其名爲韓偓。今世傳韓偓香奩集，乃凝所爲也。”後因稱專以婦女身邊瑣事爲題材的詩爲“香奩體”。見宋嚴羽滄浪詩話詩體。

【香積寺】寺名。1.在陝西長安縣南神禾原上，唐永隆二年建，王維王右丞集四有過香積寺詩。宋太平興國三年改爲開利寺。今廢。參閱宋張禮遊城南記、嘉慶一統志二三〇西安府四寺觀。2.在四川綿陽縣東七十里雲峯山。唐杜甫杜工部詩史補遺五有涪城縣香積寺官閣詩。3.在廣東博羅縣西。宋蘇軾分類東坡詩五有遊博羅香積寺詩。參閱清嘉慶一統志四四五惠州府寺觀、廣東通志二三〇博羅縣。

【香積飯】僧寺的飯食。唐王維王右丞集三胡居士卧病遺米因贈詩：“既飽香積飯，不醉聲聞酒。”

【香積廚】維摩詰經下香積品：“有國名衆香，佛號香積，……苑囿皆香，其食香氣。”後稱僧廚爲香積廚。元王實甫西廂記一本一折：“小僧取鑰匙，開了佛殿、鐘樓、塔院、羅漢堂、香積廚。”省作“香廚”。明詩别裁十一顧夢遊社集天界循公房：“杖錢曾不繫，隨意乞香廚。”

【香爐峯】山名，又稱香爐山。爐，亦作“鑪”。在江西九江縣西南，廬山之北。奇峰突起，狀如香爐，故名。山下有瀑布，著稱於世。文選南朝梁江文通(淹)從冠軍建平王登廬山香爐峯詩唐李善注：“(慧)遠法師廬山記曰：山東南有香爐山，孤峯秀起，游氣籠其上，即樊蘊若煙氣。”唐白居易長慶集二六草堂記：“匡廬奇秀，甲天下山，山北峯曰香鑪，峯北寺曰遺愛寺，介峯寺間，其境勝絶，又甲廬山。”

【香山九老】見“九老圖”。

【香山居士】唐白居易别號。舊唐書一六六白居易傳：“以刑部尚書致仕。與香山僧如滿結香火社，每肩輿往來，白衣鳩杖，自稱香山居士。”

【香火兄弟】在某種行業中，意氣相投的人在神前立誓結爲兄弟者稱香火兄弟。唐崔令欽教坊記：“坊中諸女，以氣類相似，約爲香火兄弟，每多至十四五人，少不下八九輩。”清孔尚任桃花扇訪翠：“這院中名妓，結爲手帕姊妹，就像香火兄弟一般。”

【香火因緣】古人盟誓多設香火告神。佛家因稱彼此契合爲香火因緣，言似前生已結盟好，故在今生中得以逾分相愛。北齊書陸法和傳：“欲襲襄陽而入武關，梁元帝使止之。法和曰：‘法和是求佛之人，尚不希釋梵天王坐處，豈規王位？但於空王佛所與主上有香火因緣，見主上應有報至，故救援耳。’”亦泛指同奉佛教的親切關係。唐白居易長慶集六四喜照密閑實四上人見過詩：“臭帑世界終須出，香火因緣久願同。”省作“香火緣”。全唐詩一三五綦毋潛滿公房：“世界蓮花藏，行人香火緣。”

【香車寶馬】裝飾華美的車馬。唐王維王右丞集六同比部楊員外十五夜遊有懷靜者季詩：“香車寶馬共喧闐，箇裏多情俠少年。"元華幼武黃楊集滿庭芳元宵和元翬見寄詞:"鰲山聳,香車寶馬,騰踏九重天。"

【香花供養】以香、花供佛,表示虔誠恭敬。花,也作"華"。金剛經:"在在處處若有此經,一切世間天人阿修羅所應供養,……以諸華香而散其處。"法苑珠林五三舍利感福:"是時天色澄明,氣和風靜,寶輿、旛幢、香華、音樂種種供養,彌徧街衢。"後泛指盡禮相待。聊齋志異鍾生:"某誠不足稱好逑,然家門幸不辱寞,倘得再生,香花供養有日耳。"

【香祖筆記】清王士禛撰,十二卷。士禛祖父王象晉所撰羣芳譜中有"江南以蘭爲香祖"之言,故士禛以"滋蘭"名室,以"香祖"名是書。品題文藝,體例與其所著居易錄同,惟不載時事稍異。

【香象渡河】涅槃經:"如彼駛河,能漂香象。"以喻佛菩薩證道之深。後用以喻文字的透徹精闢。宋嚴羽滄浪詩話詩評:"李杜數公如金鳷擘海,香象渡河,下視(孟)郊(賈)島輩,直蟲吟草間耳。"參見"三獸渡河"。

五 畫

馝 bì 毗必切,入,質韻,並。
ㄅㄧˋ 蒲結切,入,屑韻,並。

㊀濃香。玉篇:"馝,大香也。"見"馝馞"。㊁馝邗氏,複姓,後改爲邗氏。見魏書官氏志。

【馝馞】香氣濃烈貌。也作"苾勃"、"咇茀"。文選漢司馬長卿(相如)上林賦"郁郁菲菲,衆香發越。肸蠁布寫,晻薆咇茀"唐李善注:"郭璞曰:香氣盛,馝馞也。"

七 畫

馞 bó 普没切,入,没韻,並。
ㄅㄛˊ 蒲没切,入,没韻,並。

香氣盛貌。見玉篇。

【馞馞】香盛貌。唐鄭還古博異志崔玄微:"滿坐芳香,馞馞襲人。"

八 畫

馢 jiān 集韻 將先切,平,先韻。
ㄐㄧㄢ

香木名。俗作"棧"。見正字通。

【馢香】香木名。即伽南香。與沉香同類。宋洪芻香譜上馢香:"亦沉香同樹。以其肌理有黑脈者謂之也。"也作"棧香"。晉嵇含南方草木狀:"交趾有蜜香樹,……欲取香,伐之經年,其根榦枝節,各有別色也。木心與節堅黑,沉水者爲沉香。與水面平者爲雞骨香。其根爲黃熟香。其榦爲棧香。"又作"箋香"。見宋范成大桂海虞衡志志香。

馣 pié 普蔑切,入,屑韻,滂。
ㄆㄧㄝ

微香。見玉篇。

【馣齊】木名。唐段成式酉陽雜俎十八:"馣齊出波斯國,拂林呼爲頊勃梨咃,長一丈餘,圍一尺許,皮色青薄而極光淨,葉似阿魏,每三葉生於條端,無花實。……七月斷其枝,有黃汁,其狀如蜜,微有香氣,入藥療病。"

馡 fēi 甫微切,平,微韻,幫。
ㄈㄟ

見下。

【馡馡】香氣散逸貌。宋陸游劍南詩稿四獨坐:"茶鼎松風吹謖謖,香奩雲縷散馡馡。"

九 畫

馤 ài 於蓋切,去,泰韻,影。
ㄞ

香氣。唐韓愈昌黎集八秋雨聯句:"援(一作園)菊茂新芳,逕蘭銷晚馤。"

馥 1. fù bì 房六切,入,屋韻,並。
ㄈㄨˋ ㄅㄧˋ 符逼切,入,職韻,並。

㊀香。文選晉陸士衡(機)擬西北有高樓詩:"芳氣隨風結,哀響馥若蘭。"

2. bì
ㄅㄧˋ

㊁象聲。文選晉潘安仁(岳)射雉賦:"彳亍中輟,馥焉中鏑。"南朝宋徐爰注:"馥,中鏃聲也。……馥,被逼切。"

【馥郁】香氣濃烈蒙密貌。唐齊己白蓮集五病起見庭蓮詩:"開時聞馥郁,枕上正纏綿。"宋寇準寇忠愍集中惜花詩:"深謝暖風傳馥郁,長憂夜雨暗摧殘。"

【馥馥】香氣濃烈。三國魏嵇康嵇中散集一酒會詩之七:"馥馥蕙芳,順風而宣。"文選晉陸士衡(機)文賦:"播芳蕤之馥馥,發青條之森森。"

十 一 畫

馨 xīn 呼刑切,平,青韻,曉。
ㄒㄧㄣ

㊀香氣遠聞。書君陳:"黍稷非馨,明德惟馨。"喻流芳後世的聲譽。晉書苻堅載記上博士王寔對:"陛下神武撥亂,道隆虞夏,開庠序之美,弘儒教之風,化盛隆周,垂馨千祀。"㊁香。楚辭屈原九歌山鬼:"被石蘭兮帶杜衡,折芳馨兮遺所思。"文選晉束廣微(皙)補亡詩:"馨爾夕膳,絜爾晨飡。"㊂晉宋方言"寧馨"之省,猶言如何。世說新語忿狷:"冷如鬼手馨,强來捉人臂。"參見"寧馨"。

【馨香】香美。書酒誥:"弗惟德馨香,祀登聞於天。"文選晉潘安仁(岳)藉田賦:"黍稷馨香,旨酒嘉栗。"

【馨烈】流芳的事業。文選漢張平子(衡)西京賦:"流長則難竭,柢深則難朽,故奢泰肆情而馨烈彌茂。"唐劉良注:"馨香之業益以茂盛。"

【馨逸】芳香噴溢。水經注四河水:"民有姓劉名墮者,宿擅工釀,採挹河流,醞成芳酎,……蘭薰麝越,自成馨逸。"

十 二 畫

馩 fén 符分切,平,文韻,並。
ㄈㄣ

以鼻嗅香。元孔齊至正直記四馩香吸髓:"諺云:'馩(原注:俗音聞,齅也)香,吸髓,倚闌干,言三險也。花心有小蟲,齅之或作鼻痔。惟臘梅最不可馩。'"

馬 部

馬 mǎ 莫下切,上,馬韻,明。
ㄇㄚˇ

㊀畜名。詩周南漢廣:"之子于歸,言秣其馬。"㊁籌碼。禮投壺:"請爲勝者立馬。一馬從二馬,三馬既立,請慶多馬。"注:"馬,勝筭也。"賭博者以物衡錢稱馬子,交易者以銅爲注,衡銀輕重稱法馬,皆取計數之義。㊂大。爾雅釋蟲:"蝒,馬蜩。"注:"蜩中最大者爲馬蜩。"本草綱目四六介二馬刀:"俗稱大爲馬,其形象刀,故名。"㊃姓,嬴姓,伯益之後趙奢封馬服君,因以爲氏,或去服爲馬。見通志二七氏族三以邑爲氏。

【馬刀】動物名。蚌的一種。又名"蜯"、"蛏"、"馬蛤"。長三四寸,闊五六分,形似馬刀，肉可食，殻有毒。入藥。參閲政和證類本草二二馬刀。

【馬力】馬的氣力。荀子哀公："歷險致遠，馬力盡矣！"元曲選缺名爭報恩："可不道路遥知馬力，日久見人心。"事林廣記前集九下結交警悟日久作"事久"。

【馬人】古代南海民族名。唐韓愈昌黎集十送鄭尚書赴南海詩："衙時龍户集，上日馬人來。"或稱爲後漢馬援南征時遺留部卒的後人。

【馬下】堂下從祀之神。漢書郊祀志上："其梁巫祠天、地、天社、天水、房中、當〔堂〕上之屬，……荆巫祠堂下，巫先、司命、施糜之屬。"清翟灝通俗編十九神鬼馬下："庚巳編：吴俗雜祀城隍、土地諸神，别祀馬下，謂其神之從官也。馬下，猶古所謂堂下。"

【馬兀】坐具。宋吴自牧夢粱録二諸庫迎煮："及唤集閒僕浪子，引馬隨逐，各青絹白扇馬兀供直。"

【馬子】㊀便器，馬桶。宋趙彦衛雲麓漫鈔四："漢人目溷器爲虎子。鄭司農（衆）注周禮有是言。唐人諱虎，改爲馬，今人云廁馬子者是也。"明湯顯祖牡丹亭傳奇鬧殤："雞眼睛不用你做嘴兒挑，馬子兒不用你隨鼻兒倒。"㊁籌碼。清虞兆漋天香樓偶得馬字寓用："賭博者以物衡錢，謂之馬子。"也作"碼子"。

【馬叉】兵器名。矛頭兩旁又歧出兩刃，供騎兵用。見明茅元儀武備志一〇四。

【馬上】㊀馬背上。史記九七陸賈傳："高帝罵之曰：'迺公馬上而得之，安事詩書！'陸生曰：'居，馬上得之，寧可以馬上治之乎？'"㊁立即。元曲選缺名陳州糶米三："爺有的，就馬上説了罷！"

馬叉

【馬牙】藥名。即"馬牙硝"、"馬牙消"。唐李賀歌詩編一南園之十二："松溪黑水新龍卵，桂洞生硝舊馬牙。"本草綱目十一石五朴消："此物見水即消，又能消化諸物，故謂之消。……煎鍊入盆，凝結在下粗朴者爲朴消，在上有芒者爲芒消，有牙者爲馬牙消。"

【馬弔】紙牌名。共四十張，分四類，萬貫，十萬貫，索子，文錢。萬貫、索子皆從一開始，尊者爲九，計各九張。十萬貫則從二十萬貫開始，至百萬貫、千萬貫、萬萬貫，共十一張。文錢最尊者爲空湯，次枝花，次一、二以至於九，計十一張。空湯及萬貫、十萬貫等皆繪人形，題以水滸中宋江諸名。四人入局，人各八張，以大擊小，變化甚多。始於明萬曆中，至崇禎時而大盛。參閲清顧張思土風録五葉子馬弔、金學詩牧豬閒話。

【馬市】以金帛茶鹽等與少數民族交换馬匹的互市。唐玄宗時，每年與突厥於西受降城進行互市。宋仍唐制，多以布帛茶葉等换取馬匹。明永樂間，設馬市三：一在開原南關，以待海西；一在開原城東，一在廣寧，皆以待朶顔三衛。後廢，獨存南關。正統初，在大同開馬市，與也先互市，中官王振裁抑馬價，發生兵争，招致土木之變。嘉靖時，復於宣府、大同開馬市。參閲新唐書二一五下突厥傳、宋史食貨志下六、明史食貨志五。

【馬平】郡縣名。漢潭中縣地，屬鬱林郡。三國吴分屬桂林郡。梁置馬平郡。隋廢郡，置馬平縣。唐貞觀中，爲柳州治。宋元爲柳州屬縣。明清爲柳州府治。公元1937年改爲柳江縣。參閲嘉慶一統志四六三柳州府。

【馬甲】㊀戰馬所披甲。新五代史漢紀："晉高祖馬甲斷，梁兵幾及，知遠以所乘馬授之。"㊁貝類。又名玉珧、江珧、馬頰、江瑶柱。形如半月，供食用，入藥。唐韓愈昌黎集六初尚食貽元十八協律詩："章舉馬甲柱，鬭以怪自呈。"參見"江珧"。

【馬矢】㊀馬糞。左傳文十八年："（襄）仲以君命召惠伯，……殺而埋之馬矢之中。"㊁複姓。漢大司徒馬宫，本姓馬矢，因仕學，遂姓馬。見漢書八一馬宫傳。

【馬印】印於馬身的印記。北史魏孝文帝紀延興二年："五月丁巳，詔軍警給璽印傳符，次給馬印。"唐制：凡外牧進良馬，印以"三花"、"飛"、"風"之字作爲標誌。細馬、次馬送尚乘局者，於尾側依左右閑印以"三花"。其餘雜馬送尚乘者，以"風"字印印右髆，以"飛"字印印左髆。見唐六典十一殿中省尚乘局。

【馬衣】㊀覆馬之衣。以毛、麻編成。孟子滕文公上"許子衣褐"漢趙岐注："許子衣褐，以毳織之，若今馬衣也。"又見淮南子覽冥"短褐不完"漢高誘注。㊁袍。清翟灝通俗編二五服飾馬衣："世俗以袍爲馬衣，製雖不同，而其名古。"

【馬行】神名。史記封禪書："古者天子常以春解祠，祠黄帝用一梟破鏡；冥羊用羊祠；馬行用一青牡馬。"

【馬社】神名。周禮夏官校人："秋祭馬社。"注："馬社，始乘馬者。"

【馬良】公元187—222年。漢末襄陽宜城人。字季常。兄弟五人，並有才名。良眉中有白毛，鄉里諺稱："馬氏五常，白眉最良。"劉備爲荆州牧，辟爲從事。在蜀，官至侍中。黄初二年，備自將伐孫權，次年兵敗於夷陵，良死於軍中。三國志有傳。

【馬快】㊀舊時衙門騎馬的捕役，也叫馬快手。初刻拍案驚奇三一："元椿打扮成馬快手的模樣，與賽兒相别説：'我去便回。'"清黄六鴻福惠全書四蒞任清號件："遇有機密緊事，另差馬快，星馳回繳，不在此限。"㊁明水軍船有馬快、風快。洪武初置。成祖定都北京，專以運送郊廟香帛、軍需器仗等，屬南京兵部掌管。見明李昭祥龍江船廠志一。

【馬步】㊀神名。周禮夏官校人："冬祭馬步。"注："馬步，神，爲災害馬者。"㊁馬纔容步，形容路窄。水經注三六若水："禁水又北注瀘津水，……水之左右，馬步之徑裁通。"

【馬邑】㊀縣名。戰國時趙地，秦置馬邑縣。傳説秦人於此築城數崩不成，有馬來此周旋馳走，因依其走趾以築，遂成，故稱馬邑。漢屬雁門郡。晉永嘉末，地入於代。唐開元初，復分置馬邑縣，屬朔州。金升爲固州。元明後爲馬邑縣。清嘉慶元年廢入朔州。故地在今山西朔縣境。參閲後漢書郡國志五雁門郡注引搜神記、嘉慶一統志一四八朔平府。㊁郡名。隋置代郡，尋改爲馬邑郡。唐武德四年，改爲朔州；天寶元年，復曰馬邑郡；乾元初，仍爲朔州。故地在今山西朔縣寧武左雲一帶。見嘉慶一統志一四八朔平府。

【馬肝】㊀馬之肝。古人誤傳馬肝有毒，食之殺人。史記一二一轅固生傳："於是景帝曰：'食肉不食馬肝，不爲不知味；言學者無言湯武受命，不爲愚。'"正義引論衡："氣熱而毒甚，故食馬肝殺人。又盛夏馬行多渴死，殺氣爲毒也。"㊁馬肝石。爲製硯的名貴材料。宋蘇軾分類東坡詩十二孫莘老寄墨之二："谿石琢馬肝，剡藤開玉板。"參見"馬肝石㊀"。

【馬府】掌管有武功者名册之官。韓非子亡徵："私門之官用，馬府之世〔絀〕，鄉曲之善舉，官職之勞廢，貴私行而賤公功者，可亡也。"注："軍馬之府立功者也。"

【馬枊】繫馬柱。三國志蜀先主傳："督郵以公事到縣，先主（劉備）求謁，不通，直入縛督郵，杖二百，解綬繫其頸着馬枊棄官亡命。"

【馬帚】草名。又名蠡實、馬藺、鐵掃帚。有高至五六尺者，根可製帚。馬訓大，故稱馬帚。爾雅釋草:"荓,馬帚。"參閱清郝懿行義疏。

【馬門】㊀船艙之門。宋曾三異因話録馬門:"舟之設屋開門而入者,其門謂之馬門。必先闔首而後能入,因其字義,析而稱之也。"(説郛十九)㊁傳統劇舞臺上下場之門。

【馬乳】㊀馬的乳汁,可攪製馬酒。漢書禮樂志二"師學百四十二人,其七十二人給太官挏馬酒"唐顏師古注:"李奇曰:'以馬乳爲酒,撞挏乃成也。'挏音動,馬酪味如酒,而飲之亦可醉,故呼馬酒也。"㊁葡萄的一種。唐韓愈昌黎集九蒲萄詩:"若欲滿盤堆馬乳,莫辭添竹引龍鬚。"劉禹錫劉夢得集九蒲萄歌:"馬乳帶輕霜,龍鱗躍初旭。"

【馬周】公元601—648年。唐清河茌平人。字賓王。少孤貧,好學落拓,不爲州里所重。至長安,客中郎將何常家。貞觀五年詔百官言時政得失,何武不涉學,周爲條陳便宜二十餘事。太宗怪其能,問何,知是周爲之。召周與語,大悦,拜監察御史,官至中書令。陪葬昭陵。舊唐書七四有傳。

【馬服】戰國時趙地。在今河北邯鄲市西北。趙封趙奢爲馬服君於此,蓋因馬服山爲號。一説:馬,兵之首。馬服,言其能伏馬。見史記趙世家"賜號爲馬服君"正義引虞喜志林。

【馬佳】滿族、蒙古族姓。清通志二氏族略二:"馬佳氏,散處綏芬、馬佳、穆丹、寧古塔等地。……又考蒙古馬佳氏,世居扎嚕特及科爾沁地方。"

【馬洗】馬前引導者。即洗馬、先馬。六韜將威:"賞及牛豎馬洗廄養之徒,是賞下通也。"見清顧炎武日知録二四洗馬。

【馬祖】㊀馬神名。周禮夏官校人:"春祭馬祖。"注:"馬祖,天駟(房星)也。孝經説曰:房爲龍馬。"參閱明俞汝楫禮部志稿八四祀馬祖。㊁公元709—788年。即僧道一。唐什邡人,俗姓馬。習禪定於衡嶽懷讓禪師。曾在建陽、臨川、南康等處傳法。貞元四年示寂於建昌石門山。憲宗賜謚大寂禪師。以俗姓馬,故時號馬祖。有弟子百丈、懷海等一百三十九人。參閱景德傳燈録六江西道一禪師、宋高僧傳十洪州開元寺道一傳。㊂海神名。天妃神。舊時海行,船中例設馬祖棍,相傳遇大魚水怪欲近船,即以馬祖棍擊弦,使不得近。見清郁永河海上紀略。

【馬首】㊀馬頭。儀禮士喪禮:"君至,主人出迎于外門外,見馬首,不哭。"參見"馬首是瞻"。㊁瓜名。元耶律楚材湛然居士集六西域河中十詠之一:"飽啖雞舌肉,分飡馬首瓜。"自注:"土産瓜大如馬首。"

【馬勃】菌類植物,生濕地及腐木上。唐韓愈昌黎集十二進學解:"玉札丹砂,赤箭青芝,牛溲馬勃,敗鼓之皮,俱收並蓄,待用無遺者,醫師之良也。"參閱政和證類本草十一馬勃。

【馬政】禮月令仲夏之月:"游牝别羣,則縶騰駒,班馬政。"注:"馬政謂養馬之政教也。"又季秋之月:"天子乃教於田獵,以習五戎,班馬政。"疏:"班馬政者,謂班布乘馬之政令。"後世以採辦馬匹之事,亦歸於馬政。文獻通考一六〇兵考十二有馬政一門,載歷代設監養馬與馬市之事。

【馬面】㊀設於女牆上的戰棚。宋沈括夢溪筆談十一官政:"(赫連城)不甚厚,但馬面極長且密。予使人步之,馬面皆長四丈,相去六七丈,以爲馬面密則城不須太厚,人力亦難攻也。"宋陳規守城録二守城機要:"馬面,舊制六十步立一座,跳出城外,不減二丈,闊狹隨地利不定,兩邊直覷城脚,其上皆有樓子,所用木植甚多。"㊁迷信者指陰司鬼卒。明張岱陶庵夢憶六目蓮戲:"凡天神、地祇、牛頭、馬面、鬼母、……一似吴道子地獄變相。"參見"牛頭馬面"。

【馬食】㊀饋贈的婉詞。戰國策燕二:"足下有意爲臣伯樂乎?臣請獻白璧一雙,黄金千鎰,以爲馬食。"㊁像馬那樣進食。史記七九范雎傳:"范雎大供具,盡請諸侯使,與坐堂上,食飲甚設。而坐須賈於堂下,置莝豆其前,令兩黥徒夾而馬食之。"

【馬流】古南海民族名。水經注三六温水:"馬文淵(援)立兩銅柱於林邑岸北,有遺兵十餘家不反,居壽泠岸南而對銅柱,悉姓馬,自婚姻,今有二百户。交州以其流寓,號曰馬流。言語飲食,尚與華同。"參見"馬人"。

【馬酒】馬乳製的酒。元詩選馬祖常石田集北行:"井鹽仍畠畠,馬酒亦醺醺。"參見"馬乳㊀"。

【馬容】行軍時的前驅者。南史(陳)始興王叔陵傳:"(蕭)摩訶馬容陳智深迎刺叔陵,閹豎王飛禽斫之數十下,馬容陳仲華就斬首送臺。"資治通鑑一七五陳太建十四年"馬容陳智深迎刺叔陵僵仆"注:"軍行,擇便於鞍馬、驅幹壯偉者,乘馬居前,以壯軍容,謂之馬容。"

【馬冢】漢夏侯嬰墓。晉張華博物志:"漢滕公夏侯嬰死,公卿送葬。至東都門外,駟馬不行,梏地悲鳴。即掘馬蹄下,得石槨,其銘曰:'佳城鬱鬱,三千年見白日,于嗟滕公居此室。'乃葬斯地,謂爲馬冢。"(北堂書鈔九二)

【馬埒】習射之馳道,兩側有矮牆,使不外鶩。北周庾信庾子山集一春賦:"拂塵看馬埒,分朋入射堂。"晉書王渾傳附王濟:"時洛京地甚貴,濟買地爲馬埒,編錢滿之,時人謂爲'金溝'。"

【馬通】馬糞。後漢書八一戴就傳:"主者窮竭酷慘,無復餘方,乃卧就覆船下,以馬通薰之。"注:"本草經曰:馬通,馬矢也。"元方回桐江續集十三旅悶詩:"竈下横蛇蜕,門前積馬通。"

【馬陘】春秋齊邑。在今山東益都縣西南。春秋晉齊鞌之戰,晉郤克敗齊師,追至馬陘,齊頃公使國佐請和,即此。見左傳成二年。史記齊世家作馬陵。

【馬射】一種武藝項目。南齊書禮志上:"九月九日馬射。或説云:秋,金之節,講武習射,像漢立秋之禮。……宋武(劉裕)爲宋公在彭城,九日出項羽戲馬臺,至今相仍,以爲舊准。"通志五八選舉一歷代制:"長安二年,教人習武藝。……又穿土爲埒,其長與垛均,綴皮爲兩鹿,歷置其上,馳馬射之,名曰馬射。"注:"鹿子長五寸,高三寸;弓用七斗以上力。"

【馬留】㊀古南海民族名。見"馬人"。㊁宋時稱猴爲馬留。宋胡仔苕溪漁隱叢話前集五五引桐江詩話:"呂惠卿察訪京東。呂天資清瘦,語話之際喜以雙手指畫,社人目之曰説法馬留。又湊爲七字曰:'説法馬留爲察訪。'社中彌歲不能對。"

【馬卿】漢司馬相如字長卿。後來詩文中或簡稱馬卿。唐駱賓王集九帝京篇:"馬卿辭蜀多文藻,揚雄仕漢乏良媒。"

【馬殷】公元852—930年。唐五代許州鄢陵人。字霸圖。唐末應募從軍。初隨孫儒,後隨劉建峰,劉死,被推爲帥,官潭州刺史,轉武安軍節度使。後梁時封楚王,據有今湖南全省及廣西東部地。後唐時,建立楚國。新、舊五代史有傳。

【馬鹿】馬與鹿。後漢書八十上崔琦傳對梁冀問:"黎元塗炭,不能結納貞良,以救禍敗,反復欲鉗塞士口,杜蔽主聽,將使玄黄改色,馬鹿易形乎?"新唐書一七四元稹傳:"因獻言曰:'……彼趙高,刑餘之人,傳之以殘忍戕賊之術,日恣睢,天下之人未盡愚，而亥不能分馬鹿矣；高之威攝天下，而亥自幽深宮矣。"參見"指鹿爲馬"。

【馬曹】管馬的官署。晉書王羲之傳附徽之："又爲車騎桓沖騎兵參軍，沖問：'卿署何曹？'對曰：'似是馬曹。'又問：'管幾馬？'曰：'不知馬，何由知數！'又問：'馬比死多少？'曰：'未知生，焉知死！'"宋蘇軾分類東坡詩十七次韻張安道讀杜集："巨筆屠龍手，微官似馬曹。"

【馬桶】便桶。宋吳自牧夢粱録十三諸色雜買："杭城户口繁夥，街巷小民之家多無坑廁，只用馬桶，每日自有出糞人瀽去，謂之傾脚頭。"

【馬陸】蟲名。1.又名馬蚿、馬軸、百足、刀環蟲等。形如蚯蚓，黑紫色。體如圓筒，多環節，觸之卽蜷曲如環，棲於濕地。參閲政和證類本草二二馬陸。2.山蛩蟲之大者，亦名馬陸。有大毒，雞犬皆不敢食。見本草綱目四二蟲四山蛩蟲。

【馬陵】古地名。1.春秋衛地。在今河北大名縣東南。魯成公七年與晉侯齊侯宋公衛侯等會盟於此。戰國屬齊。魏將龐涓爲齊將田忌孫臏所敗，自刎於馬陵，卽此。見史記六五孫武傳附孫臏。2.春秋齊邑。見"馬陘"。

【馬眼】㊀下圍棋所作之眼。全唐文九四六吳大江棋賦："開馬眼以防後，張虎口而遮前。"㊁綾錦名。全唐詩六十李嶠綾："馬眼冰凌影，竹根雪霰文。"白孔六帖八："竹根、柿蒂、馬眼、蛇皮，已上四種，今時綾名。"

【馬異】唐河南人。與盧仝友善，詩體皆尚險怪。全唐詩存其詩四首。唐盧仝集二與馬異結交詩云："昨日仝不仝，異不異，是謂大仝而小異。今日仝自仝，異自異，是謂仝不往兮異不至。"

【馬蚿】方言十一："馬蚿，……其大者謂之馬蚰。"見"馬陸1"。

【馬蚰】見"馬蚿"。

【馬圉】養馬的人。淮南子人間："乃使馬圉往說之。"亦作"馬圄"。漢王充論衡自紀："孔子失馬於野，野人閉不與，子貢妙稱而怒，馬圄諧說而懿。"

【馬祭】祭祀與馬有關之神。爾雅釋天："既伯既禱，馬祭也。"疏："將用馬力，必先爲之禱。……故(周禮)夏官校人，春祭馬祖，夏祭先牧，秋祭馬社，冬祭馬步。"

【馬絆】㊀繫馬脚的繩索。北史宋隱傳附宋弁："後事駕南征，以弁爲司徒司馬、東道副將。軍人有盜馬絆者，斬而徇，於是三軍震懼，莫敢犯法。"㊁蛟的别名。宋陸佃埤雅釋魚："蛟能首尾束物焉，故謂之蛟也，俗呼馬絆。"

【馬超】公元176—222年。三國右扶風茂陵人。字孟起。隨父騰起兵，後領騰部曲。既爲曹操所敗，因投張魯，終附劉備。累遷驃騎將軍，領涼州牧，封斄鄉侯。三國志蜀有傳。

【馬援】公元前14—公元49年。東漢扶風茂陵人。字文淵。新莽末爲新成大尹，後依附隗囂，復歸劉秀(漢光武)。隗囂叛據隴西，援於帝前聚米爲山谷，指畫形勢，因以破囂。建武十一年任隴西太守，建武十七年任伏波將軍，南征，立銅柱以表功。嘗謂賓客曰："丈夫爲志，窮當益堅，老當益壯。"又言："男兒要當死於邊野，以馬革裹尸還。"卒於軍。後漢書有傳。

【馬蛭】水蛭之大者，名馬蛭、馬蟥、馬蜞、馬鼈。寄生水田湖沼中，常附於人畜以吸血。中醫以乾燥蟲體炮製入藥。參閲政和證類本草二二水蛭。

【馬蛤】動物名。見"馬刀"。

【馬鈞】三國魏扶風人。字德衡。官博士、給事中。居京師日，作翻車用以灌水，其利百倍於常。古有指南車，失其製法，鈞創意重造。曾得蜀諸葛亮所造連弩，復加改進，使效率提高五倍。所製轉輪式發石機，可連續發射磚石至數百步。晉傅玄稱之爲"天下之名巧"，惜其不典工官，不爲世所用。參閲三國志魏杜夔傳注。

【馬舄】草名。卽車前，又名芣苢。入藥。見爾雅釋草。

【馬禍】馬的異常現象，迷信的人用以附會人事以爲災害之兆。後漢書五行志五："五行傳曰：'皇之不極，是謂不建。……時則有龍蛇之孽，時則有馬禍。'"晉干寶搜神記六："秦孝公二十一年，有馬生人。昭王二十年，牡馬生子而死。劉向以爲皆馬禍也。"

【馬褂】本爲滿族人騎馬時穿的外褂。舊時用爲禮服，長袖，對襟，齊腰，套於長衫之外。參閲清趙翼陔餘叢考三三。

【馬遠】宋河中人，居於錢塘。字欽山，又字遥父。善畫山水、人物、花鳥，師法李唐，秀麗精工。光宗寧宗兩朝官畫院待詔，所作推爲院中獨步。時宋已南渡，故所繪多賸水殘山，時稱馬半邊、馬一角。故宫博物院藏有所作踏歌圖，絹本。參閲元夏文彦圖繪寶鑑四。

【馬當】山名。位於江西彭澤縣東北。山形似馬，横枕長江，爲江流險要之處。唐王勃乘舟遇風，自此一夜達南昌。唐李白李太白詩七横江詞之二："海潮南去過尋陽，牛渚由來險馬當。"

【馬嵬】地名。今爲馬嵬鎮，屬陝西興平縣。唐天寶十四年安禄山反，次年引兵入關，玄宗倉皇奔蜀，途次馬嵬驛，衛兵殺楊國忠，玄宗賜楊貴妃死，葬於馬嵬坡。參閲元和郡縣志二興平縣、嘉慶一統志二二七西安府一山川。

【馬筴】古代戲具。唐李翱五木經："馬筴二十，厥色五。"注："大率戲時不過五人。五色者，各辨其所執也。"

【馬塍】地名。在浙江餘杭縣。以產花著名。元周密齊東野語十六馬塍藝花："馬塍藝花如藝粟，槖駝之技名天下，非時之品，真足以侔造化，通仙靈。"嘉慶一統志二八四杭州府二古蹟："在錢塘縣西，有東西馬塍，在溜水橋北，以河分界。……吳越時爲蓄馬之所，故名。土細宜花。南宋時，都城花卉皆出於此。"

【馬腹】㊀馬的腹部。左傳宣十五年："古人有言曰：雖鞭之長，不及馬腹。"㊁傳說中獸名。山海經中山經："(蔓渠之山)有獸焉，其名曰馬腹，其狀如人面虎身，其音如嬰兒，是食人。"

【馬腦】寶石名。卽瑪瑙。唐杜甫杜工部詩史補遺五韋諷録事宅觀曹將軍畫馬圖："內府殷紅馬腦盤，婕妤傳詔才人索。"參見"瑪瑙"。

【馬遞】驛站用馬傳遞文書，稱馬遞。宋沈括夢溪筆談十一官政："驛傳舊有三等，曰步遞、馬遞、急脚遞。"宋史三二一鄭俠傳："俠知(王)安石不可諫，悉繪所見爲圖，奏疏詣閤門，不納。乃假稱密急，發馬遞上之銀臺司。"

【馬褐】馬的護衣。左傳定八年："公侵齊，攻廩丘之郛，主人焚衝，或濡馬褐以救之。"注："馬褐，馬衣。"

【馬閣】山名。在四川平武縣東南。高峭陡峻，極爲艱險。三國魏景元四年(蜀永安六年)鄧艾伐蜀，軍行至此，路不得通，乃懸車束馬，造作棧閣，始通江由，山因以名。見讀史方輿紀要七三龍安府平武縣。

【馬圖】傳說中龍馬背負之圖。禮禮運："故天降膏露，地出醴泉，山出器車，河出馬圖。"注："馬圖，龍馬負圖而出也。"疏："伏羲氏有天下，龍馬負圖出於河，遂法之畫八卦。"

【馬鳴】梵名阿濕縛瞿沙。北印度人，生於公元约一至二世紀時。先奉婆羅門教，逢脅尊者，遂歸依佛教。至迦濕彌羅，受迦膩色迦王保護，與法救世友等共隆大乘。其著作經中國譯出的有：佛所行讚、大莊嚴論經、尼乾子問無我義、大乘起信論等。

【馬蜞】卽馬蛭。見該條。

【馬蜩】蟲名。爾雅釋蟲："蝒，馬蜩。"注："蜩中最大者爲馬蜩。"

【馬舞】古舞名。唐段安節樂府雜録舞工："古之能者不可勝記，卽有健舞、軟舞、字舞、花舞、馬舞。"注："馬舞者，櫳馬人著綵衣，執鞭，於牀上舞，蹀躞，蹄皆應節奏也。"

【馬銜】海中神怪名。文選晉木玄虛(華)海賦："若其負穢臨深，虛誓愆祈，則有海童邀路，馬銜當蹊。"注："陸綏海賦圖云：'馬銜，其狀馬首，一角而龍形。'"

【馬遷】指漢司馬遷。唐劉知幾史通六家："馬遷撰史記，終於今上(漢武帝)。自太初已下，闕而不錄。"

【馬幣】漢代幣名。漢書食貨志下："(武帝時)又造銀錫白金。以爲天用莫如龍，地用莫如馬，人用莫如龜，故白金三品：其一重八兩，圜之，其文龍，名'白撰'，直三千；二曰以重差小，方之，其文馬，直五百；三曰復小，橢之，其文龜，直三百。"參閱清馮雲鵬金石索四。

馬幣

【馬齒】馬的牙齒。穀梁傳僖二年："荀息牽馬操璧而前曰：璧則猶是也，而馬齒加長矣！"因馬齒隨年而增，故亦以喻人的年齡。北周庾信庾子山集三謹贈司寇淮南公詩："猶憐馬齒進，應念節旄稀。"

【馬龍】㊀卽龍馬。南朝梁劉勰文心雕龍一正緯："馬龍出而大易興，神龜見而洪範耀。"參見"馬圖"。㊁縣名。屬雲南省。漢益州郡律高縣地，唐爲麻州地。元至元中，改馬龍州，明清因之。公元1913年改縣。參閱嘉慶一統志四八四曲靖府。

【馬融】公元79—166年。漢扶風茂陵人。字季長。安帝時爲校書郎中，於東觀典校祕書。桓帝時爲南郡太守。才高博洽，爲世通儒，學生常有千數。常坐高堂，施絳帳，前授生徒，後列女樂，弟子以次相傳，鮮有入其室者。盧植鄭玄皆出其門。著三傳異同說，注孝經、論語、詩、易、三禮、尚書、列女傳、老子、淮南子、離騷等書。後漢書有傳。

【馬頭】㊀卽碼頭。宋書何承天傳："(謝)晦改下，承天留府不從，及到彥之至馬頭，承天自詣歸罪。"資治通鑑二四二唐長慶二年："又於黎陽築馬頭，爲渡河之勢。"元胡三省注："附河岸築土植木夾之至水次，以便兵馬入船，謂之馬頭。"參閱清顧張思土風録四馬頭。㊁古地名。1. 在今湖北公安縣東北。水經注江水："(江津)戍南對馬頭岸。昔陸抗屯此，與羊祜相對，大宏信義。"參閱嘉慶一統志三四四荆州府一古蹟。2. 在今安徽壽縣西北。南北朝時淮濱戍守處。參閱嘉慶一統志一二六鳳陽府二古蹟。3. 在今安徽懷遠縣境。漢爲當塗侯國與平阿侯國地，東漢置當塗平阿二縣，晉僑置馬頭郡於此，北齊改爲馬頭縣。隋改縣曰塗山。參閱嘉慶一統志一二五鳳陽府一懷遠縣。4. 在今河南省永城夏邑柘城和睢縣東部地區。晉安帝時置馬頭郡，北魏因之。治建平城(今河南夏邑西南)。參閱魏書地形志中。

【馬謖】公元190—228年。漢末襄陽宜城人。馬良弟。字幼常。隨劉備入蜀，任越嶲太守。才氣過人，好論軍事，爲諸葛亮所重。備臨終，謂亮曰："謖言過其實，不可大用。"建興六年，亮北伐，出軍岐山，以謖爲先鋒。街亭之戰，違反節制，爲魏將張郃所破。下獄死。見三國志蜀馬良傳附。

【馬韓】古國名。又名辰國。在今朝鮮半島南部。漢時與辰韓、弁韓號三韓。後爲百濟所滅。見後漢書八五三韓傳、舊唐書一九九上百濟傳。

【馬戲】古百戲名。漢桓寬鹽鐵論散不足："戲弄蒲人雜婦，百獸馬戲鬬虎。"宋孟元老東京夢華録七駕登寶津樓諸軍呈百戲："先一人空手出馬，謂之引馬。次一人磨旗出馬，謂之開道旗。……又有執旗挺立鞍上，謂之立馬。或以身下馬，以手攀鞍而復上，謂之騗馬。或用手握定鐙袴，以身從後鞦來往，謂之跳馬。忽以身離鞍，屈右脚掛馬鬃，左脚在鐙，左手把鬃，謂之獻鞍，又曰棄鬃背坐。或以兩手握鐙袴，以肩著鞍橋，雙脚直上，謂之倒立。忽擲脚著地，倒拖順馬而走，復跳上馬，謂之拖馬。或留左脚著鐙，右脚出鐙離鞍，橫身在鞍一邊，右手捉鞍，左手把鬃存身，直一脚順馬而走，謂之飛仙膊馬。又存身拳曲在鞍一邊，謂之鐙裏藏身。或右臂挾鞍，足著地順馬而走，謂之趄馬。或出一鐙，墜身著鞦，以手向下綽地，謂之綽塵。或放令馬先走，以身追及，握馬尾而上，謂之豹子馬。"

【馬蟥】又作螞蟥。見"馬蛭"。

【馬額】桑根現於地上者，旁行出土者名伏蛇，入藥，有劇毒。見本草綱目三六木三桑。

【馬癖】愛馬的癖好。世說新語術解"王武子(濟)善解馬性"注引語林："武子性愛馬，亦甚別之，故杜預道王武子有馬癖，和長輿(嶠)有錢癖。"

【馬藍】草名。莖葉可刈數次，用製藍靛。又入藥。爾雅釋草："葴，馬藍。"注："今大葉冬藍也。"參見"葴㊀2"。

【馬醫】治馬病的獸醫。列子黃帝："自此之後，范氏門徒路遇乞兒馬醫，弗敢辱也，必下車而揖之。"唐柳宗元柳先生集三十寄許京兆孟容書："皁隸傭丐，皆得上父母丘墓；馬醫夏畦，無不受子孫追養者。然此已絕望，又何以云哉！"

【馬蟬】蟲名。大蟬。爾雅釋蟲"蝒，馬蜩"宋邢昺疏："蝒，一名馬蜩，一名馬蟬，蟬中最大者也。"

【馬餼】馬飼料。國語魯上："自是，子服之妾，衣不過七升之布，馬餼不過稂莠。"注："餼，秣也。稂，童稂也。莠，草，似稷而無實也。"

【馬蟻】蟻之大者。唐段成式酉陽雜俎前集十七蟲："秦中多巨黑蟻，好鬬，俗呼爲馬蟻。"亦泛指蟻。清翟灝通俗編二九禽魚馬蟻："馬蟻是蟻之別種，而今以概呼凡蟻，且益虫旁爲螞字，舉世相承，不知其非矣。"今作"螞蟻"。

【馬藺】蠡實的別名。又作荔實。資治通鑑一五四梁中大通二年："(爾朱)兆不悅，曰：還白高晉州(歡)，吾得吉夢，夢與吾先人登高丘，丘旁之地，耕之已熟，獨餘馬藺，先人命吾拔之，隨手而盡。"注："本草：蠡實，馬藺子也，出冀州。圖經曰：馬藺子，生河東川谷，葉似薤而長厚。衍義曰：馬藺葉，牛馬皆不食，爲纔出土葉已硬也。"參見"蠡實"。

【馬蘭】㊀地名。在河北遵化縣西北，有馬蘭峪，爲軍事要地，明代曾設關於此。清於此置馬蘭鎮總兵鎮，負守護陵寢之責。參閱讀史方輿紀要十一薊州遵化縣。㊁山名。在陝西銅川市東北。西晉時，有羌人居馬蘭山，稱馬蘭羌。參閱讀史方輿紀要五四耀州同官縣。㊂草名。又名馬蘭頭。其葉似蘭而大，其花似菊而紫。嫩葉可作蔬菜，亦入藥。參閱政和證類本草九馬蘭。

【馬鬣】墳上的封土。宋司馬光溫國文正公集十五臧郎中挽歌詩之二："遺札蠅頭細，長阡馬鬣新。"參見"馬鬣封"。

【馬驌】公元1620—1673年。清山東鄒平縣人。字驄御，一字宛斯。順治十六年進士。任淮安府推官，改靈璧縣知縣。著左傳事緯十二卷，附錄八卷。又著繹史一百六十卷，分太古、三代、春秋、戰國、外錄五部，纂錄自上古至秦末事，用力甚勤，故人稱爲馬三代。參見"繹史"。

【馬士英】 公元1591?—1646年。字瑤草。明末貴陽人。萬曆四十七年進士。以右僉都御史坐事廢，因阮大鋮而復起爲兵部右侍郎。明亡，擁立福王於南京，任東閣大學士，進太保，專國政。與大鋮相勾結，排除異己，招權罔利。清兵破南京，出走，被殺。明史三〇八入姦臣傳。

【馬大頭】 蟲名。蜻蜓中最大的一種。宋寇宗奭本草衍義十七蜻蛉："其中一種最大，京師名爲馬大頭者是。身綠色，雌者腰間一道碧色。"

【馬上撞】 曲藝名。清李斗揚州畫舫錄十一虹橋錄下："馬上撞，卽軍樂演唱亂彈戲文。城中市肆剪生開張及畫舫財神三聖諸會，多用之。"

【馬口柴】 明時宫中膳房所用之柴，俱取給於山西蔚州廣昌(今河北蔚縣)、直隸昌平(今北京市昌平縣)諸州縣。其柴長四尺許，整齊白淨，兩端刻兩口，以繩縛之，故謂之馬口柴。天壇焚燎亦用馬口柴。見明呂毖明宫史木集。

【馬口錢】 馬稅。漢書昭帝紀元鳳二年詔："其令郡國毋斂今年馬口錢。"注："如淳曰：所謂租及六畜也。"

【馬王菜】 產於湘貴少數民族地區的一種菜，葉似蔓菁，味苦多刺，卽諸葛菜。相傳爲五代後梁時楚王馬殷所遺，故名馬王菜。見宋朱輔溪蠻叢笑。

【馬穴山】 在湖北南漳縣北。傳説因山有石穴，出馬，故名。水經注二七沔水："漢時有數百匹馬出其中，馬形小，似巴滇馬。三國時陸遜攻襄陽，于此穴又得馬數十匹，送建業。"參閱嘉慶一統志三四六襄陽府。

【馬甲柱】 海味名。卽江瑤柱。唐韓愈昌黎集六初南食貽元十八協律詩："章舉馬甲柱，鬬以怪自呈。"也名"馬甲"、"馬頰"。參見"馬甲㈡"。

【馬生角】 ㈠一種生物變異現象。舊以爲不祥之兆。漢書五行志下之上："文帝十二年，有馬生角於吳，角在耳前，上鄉(向)。右角長三寸，左角長二寸，皆大二寸。……京房易傳曰：'臣易上，政不順，厥妖馬生角，兹謂賢士不足。'"㈡喻不可能之事。史記刺客傳論："世言荆軻，其稱太子丹之命，'天雨粟，馬生角'也，太過。"漢王充論衡感虛："傳書言燕太子丹朝於秦，不得去，從秦王求歸。秦王執留之，與之誓曰：'使日再中，天雨粟，令烏白頭，馬生角，廚門木象生肉足，乃得歸。'"

【馬肝石】 ㈠石名。以色如馬肝而名。舊題漢郭憲洞冥記二："元鼎五年，郅支國貢馬肝石百斤。……半青半白，如今之馬肝，舂碎以和九轉之丹，服之彌年不飢渴也。以之拂髮，白者皆黑。"參見"馬肝㈡"。㈡藥用植物何首烏的別名。參閱本草綱目十八草七何首烏。

【馬泊六】 指男女私情的牽線者。水滸二四："王婆笑道：'老身爲頭是做媒，又會做牙婆，也會抱腰，也會收小的，也會説風情，也會做馬泊六。'"或作"馬伯六"。金瓶梅二："老身……間常也會做牽頭，做馬伯六，也會針灸看病，也會做貝戎兒。"

【馬具裝】 戰馬身上的裝備。晉書桓宣傳附桓伊上表："謹奉輸馬具裝百具、步鎧五百領，並在尋陽，請勒所屬領受。"宋朱翌猗覺寮雜記上："馬甲全裝，謂之馬具裝。"

【馬明王】 蠶神。卽馬頭娘。清翟灝通俗編十九神鬼馬明王："俗稱馬明王。明王，乃神之通號。"參見"馬頭娘"。

【馬服君】 戰國時趙將趙奢的封號。奢縱兵擊秦軍，解閼與圍，趙惠文王賜號爲馬服君。參見"馬服"。

【馬前卒】 官員出行在前頭引導的吏役。唐韓愈昌黎集六符讀書城南詩："一爲馬前卒，鞭背生蟲蛆。一爲公與相，潭潭府中居。"宋文天祥文山集十四不睡詩："眼不識丁馬前卒，隔床鼾鼻正陶然。"

【馬前數】 占法之一種。俗傳以筆作圈，中書馬字，四周任意作畫，以奇偶定吉凶。在占中最爲簡易，立刻可成，故稱馬前數。

【馬政紀】 明楊時喬撰。十二卷。上起洪武元年，下至萬曆二十三年。於明代馬政之因革益損，備悉原委。馬政至明代而最詳，而積弊之深亦以明代爲最，喬曾任太僕寺丞，主馬政，故所言深中時弊。

【馬後砲】 譬喻失時無效的動作。元曲選缺名隔江鬬智二："(周瑜)如今在柴桑渡口安營扎寨，其意非小。今日軍師陞帳，大哥須要計較此事，不要做了馬後砲，弄得遲了。"

【馬致遠】 公元1250?—1324?年。元大都人。字千里，號東籬。與關漢卿、鄭光祖、白樸稱元曲四大家。曾任江浙行省務官。錄鬼簿著錄致遠撰雜劇十三種，今存者有漢宫秋、薦福碑、任風子、青衫淚、岳陽樓、陳摶高卧等七種，散曲有東籬樂府。

【馬皋魚】 魚名。清洪亮吉晚讀書齋雜錄初錄上："嘉興出馬皋魚，味較他魚清美，舊未解其命名之義。今考水經注沔水下云：谷水之右有馬皋城。則魚當以地得名。又圖經：海鹽治爲春秋時馬嗥城。越絶書：吳伐越，道逢大風，匹馬啼嗥，因名馬嗥城。卽馬皋城也。"

【馬師皇】 傳説黄帝時馬醫，善識馬形氣生死，治之輒愈。後有龍下，向之垂耳張口，師皇知其有病，乃針其唇下口中，飲以甘草湯而愈。一日，龍負皇而去。見舊題漢劉向列仙傳上。

【馬兜鈴】 植物名。蔓生，附木而上，葉脱時，其實尚垂，狀如馬項之鈴，故名。其莖稱"天仙藤"。其根扁而長尺許，作葛根氣，微有清香，故又名"獨行根"或"土青木香"。藤、實、根皆可入藥。參閱政和證類本草十一馬兜鈴。

【馬湘蘭】 明金陵妓。名守貞，字玄兒，小字月嬌。工詩，善畫蘭。萬曆中，名士王穉登年七十，湘蘭往置酒爲壽，燕飲累月。死年五十一。有詩二卷。

【馬復令】 減免養馬者徭賦的法令。漢書九六下西域傳詔："當今務在禁苛暴，止擅賦，力本農，脩馬復令。"注："馬復，因養馬以免徭賦也。"

【馬閘子】 可摺疊的坐具。也作馬扎。清梁紹壬兩般秋雨庵隨筆六馬閘子"今人以皮爲交床，名馬閘子。官長多以自隨，以便於取挈也。按唐明皇作逍遥座，遠行攜之，如摺疊椅，蓋卽此之權輿乎?"

【馬跡山】 在今陝西旬陽縣境。水經注二七沔水："(旬陽)縣北山有懸書崖，高五十丈，刻石作字，人不能上，不知所道。山下有石壇，上有馬跡五所，名曰馬跡山。"

【馬腫背】 没有見過駱駝的人稱駱駝爲馬腫背。喻少見多怪。弘明集一漢牟融理惑論："諺云：'少所見，多所怪。覩馲駝，言馬腫背。'"

【馬端臨】 公元1254?—1323年。宋末樂平人。字貴與。父廷鸞爲宰相，以忤賈似道歸里，端臨侍父家居。博極羣書，以蔭補承事郎。宋亡不仕，教授鄉里，曾任衢州路柯山書院山長，以授徒著作爲事。積二十餘年，撰成文獻通考，貫串古今，折衷甚當，所載宋制尤詳，多爲宋史各志所未備。

【馬髦山】在寧夏固原縣南。東晉時，苻登爲姚興所敗，奔平涼，率其餘衆入馬毛山；南朝宋元嘉五年，夏主赫連昌被擒，其弟赫連定被魏將奚斤擊敗於馬髦嶺，皆卽此。參閱晉書姚興載記上、嘉慶一統志二五八平涼府。

【馬鞍山】山名。1. 在江蘇崑山縣西北。孤峯特秀，俗稱崑山。以別於松江之崑山，又稱小崑山。參閱嘉慶一統志七七蘇州府。參見"崑山㊀1、2"。2. 在湖北宜昌縣西北。三國蜀劉備攻吳，爲陸遜所敗，備登馬鞍山，陳兵自繞，卽此。參閱嘉慶一統志三五〇宜昌府。

【馬齒莧】植物名。又名馬莧、豚耳、狶板草。平卧地上，葉青，梗赤，花黄，根白，子黑，故俗又稱五行草。入夏，沸湯淪過曝乾，冬季用爲蔬食。參閱本草綱目二七菜二馬齒莧。

【馬價珠】寶珠名。明曹昭格古要論四珍寶論："青珠兒，出西蕃諸國，色青如翠者道地，有指面大。轉身青者，多做管兒用。亦有當三折二錢大者。顏色好者值錢，其價如馬，故謂之馬價珠。但夾石、粉青、有油烟及色老者，價低。"參閱宋缺名百寶總珍集二馬價珠。

【馬頭易】孔子馬頭易卜書一卷。隋臨孝恭著。其書久亡，舊時占卜術士因假其名，稱馬頭神數。參閱隋書藝術傳、清翟灝通俗編二一藝術。

【馬頭娘】荀子賦："五泰占之曰：此夫身女好而頭馬首者歟？"此指蠶，後因謂蠶神爲馬頭娘。說郛八十諸集拾遺："稽聖集：蠶女家在緜竹縣塑女子像，披以馬皮，謂之馬頭娘廟。"參閱晉干寶搜神記十四女化蠶、明曹學佺蜀中廣記七一神仙記一。

【馬蹄帖】帖名。淳化閣帖別本。清周亮工閩小紀下："泉州淳化閣帖十卷，相傳宋季南狩，遺於泉州。已而石刻湮池中。久之，時出光怪，櫪馬驚怖。發之，卽是帖也。故泉人名其帖曰馬蹄真跡。"

【馬蹄金】㊀鑄成馬蹄形的黄金。漢書武帝紀太始二年詔"今更黄金爲麟趾褭蹏以協瑞焉"，唐顏師古注："武帝欲表祥瑞，故普改鑄爲麟足馬蹏之形以易舊法耳。今人往往於地中得馬蹏金，金甚精好，而形制巧妙。"蹏，同"蹄"。唐康駢劇談錄："李汧公(勉)鎮鳳翔日，有屬邑編甿，因耨田得馬蹄金一瓮，里民送於縣署。"㊁荔枝名。產四川宜賓一帶山中，上小下大，如馬足，皮金色，核小肉厚，味甘美。見清陳鼎荔枝譜。

【馬蹄香】㊀杜蘅。爾雅釋草"杜，土鹵"宋邢昺疏："本草唐本注云：杜衡，葉似葵，形如馬蹄，故俗云馬蹄香。"㊁沉香樹的一種根。沉香樹一名蜜香樹，其木心堅黑而沉於水者爲沉香，半沉半浮者爲雞骨香，細枝緊實者爲青桂香，其幹爲棧香，其根爲黄熟香，其根節輕而大者爲馬蹄香。參閱本草綱目三四木一沉香。

【馬蹄銀】鑄成馬蹄形的白銀。參見"紋銀"。

【馬頰河】㊀古九河之一。書禹貢"九河既道"唐孔穎達疏："馬頰河勢，上廣下狹，狀如馬頰也。……太史馬頰覆釜在東光之北，成平之南。"按古馬頰河已久湮無考，故道約在今河北東光縣之北、交河縣之南。㊁今河名。在山東省北部，源出河南濮陽縣，經山東平原樂陵等縣，流入渤海。

【馬糞巷】里巷名。故址在今江蘇南京市。原作"馬蕃巷"。梁書王志傳："志家世居建康禁中里馬蕃巷，……時人號馬蕃諸王爲長者。"後訛爲"馬糞巷"。見南史王曇首傳附王志、嘉慶一統志七四江寧府古蹟。

【馬嶺山】在今湖南郴縣東北。一名蘇仙山，又名白馬嶺。晉蘇耽曾棲遊於此。爲道家所謂七十二福地之一。參閱雲笈七籤二七洞天福地、嘉慶一統志三七七郴州。

【馬鮫魚】魚名。體背鉛青色，有暗色斑點，狀似鯧而味似鮐。以交社而生，故又名社交魚。見明馮時可雨航雜錄下。

【馬蹟山】在江蘇武進縣東太湖中。巖壁間有馬跡隱然，相傳秦始皇東巡時，其馬所踐。明初俞通海以舟師破張士誠水寨於此。見嘉慶一統志八六常州府。

【馬鬣封】墳墓上封土的一種形狀。禮檀弓上："吾見封之若堂者矣，見若坊者矣，……見若斧者矣。從若斧者焉，馬鬣封之謂也。"唐白居易長慶集六五哭崔二十四常侍詩："貂冠初別九重門，馬鬣新封四尺墳。"也作"馬鬣墳"。宋黄庭堅豫章集十二王文恭公挽詞之一："不謂堂堂去，今爲馬鬣墳。"

【馬纓花】植物名。合歡的別名。見"合歡㊁"。

【馬工枚速】指漢司馬相如枚皋，二人爲文，一工一速。漢書五一枚乘傳附枚皋："爲文疾，受詔輒成，故所賦者多。司馬相如善爲文而遲，故所作少而善於皋。"梁書張率傳："率又爲待詔賦奏之，甚見稱賞。手敕答曰：'省賦殊佳。相如工而不敏，枚皋速而不工，卿可謂兼二子於金馬矣。'"

【馬上刻漏】裝置於馬上的計時器。隋書耿詢傳："詢作馬上刻漏，世稱其妙。"

【馬耳東風】喻言不入耳，或互不相干。唐李白李太白詩十九答王十二寒夜獨酌有懷："世人聞此皆掉頭，有如東風射馬耳。"宋蘇軾分類東坡詩十八和何長官六言次韻："青山自是絕色，無人誰與爲容？說向市朝公子，何殊馬耳東風！"亦作"馬耳風"。宋陸游劍南詩稿一衰病："仕宦蟻窠夢，功名馬耳風。"

【馬到成功】戰馬所至，立卽成功。元曲選鄭廷玉楚昭公一："教場中點就四十萬雄兵，……管取馬到成功，奏凱回來也。"又張國賓薛仁貴楔子："憑着您孩兒學成武藝，智勇雙全，若在兩陣之間，怕不馬到成功？"後泛指迅速可取得勝利。

【馬往犬報】謂互相投贈，厚往薄來。管子大匡："諸侯之禮，令齊以豹皮往，小侯以鹿皮報；齊以馬往，小侯以犬報。"

【馬前潑水】相傳漢朱買臣貧賤時，其妻求離。後買臣爲會稽太守，其妻復來相認。買臣命其妻潑水於地，言能收潑水，方可重合。此故事後衍爲戲曲，元雜劇有漁樵記，清傳奇有爛柯山，京劇有馬前潑水。一說"潑水"事最早當指姜太公前妻而言。參見"覆水難收"。

【馬首是瞻】作戰時看主將馬頭所向以統一進退。左傳襄十四年："雞鳴而駕，塞井夷竈，唯余馬首是瞻。"注："言進退從己。"後泛指樂於追隨別人。清龔自珍定盦遺著與吳虹生書："趙伯厚云：吾兄欲約弟及渠作西郊之遊，……此游作何期會，作何章程，願惟命是聽，惟馬首是瞻，勝于在家窮愁也。"

【馬革裹屍】謂戰死沙場。後漢書二四馬援傳："(援曰)男兒要當死於邊野，以馬革裹屍還葬耳，何能卧牀上在兒女子手中邪？"宋蘇軾蘇文忠詩合注四三贈李兒彥威秀才："誓將馬革裹屍還，肯學班超苦兒女！"

【馬遲枚速】見"馬工枚速"。

二 畫

馮 1. píng 扶冰切，平，蒸韻，並。ㄆㄧㄥˊ

㊀馬行疾。見說文。㊁盛大，盛怒。左傳昭五年："今君奮焉震電馮怒，虐執使

臣，將以釁鼓，則吳知所備矣。”㊂憤懣。楚辭屈原九章思美人：“獨歷年而離愍兮，羌馮心猶未化。”㊃侵陵，侵犯。左傳襄十三年：“及其亂也，君子稱其功以加小人，小人伐其技以馮君子。”注：“馮，亦陵也。”㊄徒涉。見“馮河”。㊅輔助，憑藉，依靠。詩大雅卷阿：“有馮有翼，有孝有德，以引以翼。”左傳僖二八年：“請與君之士戲，君馮軾而觀之。”㊆扶持，服膺。禮喪大記：“君大夫馮父母、妻、長子，不馮庶子。”

2. féng 房戎切，平，東韻，並。
ㄈㄥˊ

㊇姓。出姬姓畢公高之後，食采於馮，因而命氏。見元和姓纂一東。

【馮尸】死者將斂時，親屬接觸尸體的一種儀式。禮喪大記：“凡馮尸者，父母先，妻子後。君於臣撫之，父母於子執之，子於父母馮之，婦於舅姑奉之。”疏：“尊者則馮、奉，卑者則撫、執。”

【馮$_2$夷】河神名。莊子大宗師：“馮夷得之，以遊大川。”釋文：“司馬(彪)云：清泠傳曰：華陰潼鄉堤首人也。服八石，得水仙，是爲河伯。”文選三國魏曹植曹子建(植)洛神賦：“馮夷鳴鼓，女媧清歌。”一說爲河伯之妻。見史記封禪書“水曰河，祠臨晉”正義引龍魚河圖。也名“冰夷”、“馮遲”。莊子秋水“於是焉河伯欣然自喜，以天下之美爲盡在己”唐陸德明釋文：“河伯，姓馮名夷，一名冰夷，一名馮遲。”

【馮$_2$耳】船神名。唐段公路北户錄二鷄骨卜：“梁簡文船神記云：‘船神名馮耳’，……又呼爲孟公、孟姥。”

【馮戎】豐盛。古文苑四漢揚雄蜀都賦：“尒乃五穀馮戎，瓜瓠饒多。”

【馮河】徒步涉水渡河。詩小雅小旻：“不敢暴虎，不敢馮河。”論語述而：“暴虎馮河，死而無悔者，吾不與也。”

【馮$_2$京】公元1021—1094年。宋江夏人。字當世。皇祐元年舉進士，自鄉舉至廷試俱第一。爲翰林學士，知開封府。數月不詣丞相府，韓琦以京爲傲。京往見琦曰：“公爲宰相，從官不妄造請，乃所以爲公重，非傲也。”曾數與王安石論辨，並薦劉攽蘇軾掌外制。哲宗時，以太子少師致仕。卒，謚文簡。宋史有傳。

【馮怒】盛怒，大怒。楚辭屈原天問：“康回馮怒，地何故以東南傾？”也作“憑怒”。列子湯問：“帝憑怒。”

【馮$_2$唐】漢安陵人。文帝時，爲中郎署長。敢直諫，言漢法賞輕罰重，致使將士莫爲盡力，並言雲中守魏尚削爵之冤。文帝悅，任其爲車騎都尉。景帝時，爲楚相，尋免。武帝初，舉賢良，時年九十餘，不能復爲官，乃以其子遂爲郎。史記漢書皆有傳。

【馮珧】挾弓。楚辭屈原天問：“馮珧利決，封豨是射。”注：“珧，弓名也。”

【馮$_2$班】公元1602—1671年。清常熟人。字定遠，號鈍吟。諸生。工詩文，説詩力斥嚴羽，尤不取江西宗派，而尊崑體，書四體皆精。舉動多不與世合，以行二，人稱爲二癡。名流趙執信不輕許人，見班所著獨折服，至以“私淑門人”名刺焚其冢前。著有鈍吟詩文稿。

【馮$_2$宿】唐東陽人。字拱之，亦作拱之。貞元八年舉進士第一，與韓愈、李觀、李絳、崔羣、王涯、歐陽詹聯第，皆一時偉傑之士，時稱“龍虎榜”。宿官至東川節度使，卒謚懿。新、舊唐書皆有傳。

【馮翊】郡名。漢爲左馮翊，後爲馮翊郡，唐以後爲同州，清爲同州府。州治臨晉，即今陝西大荔縣。參閱太平寰宇記二八同州。參見“大荔”、“左馮翊”。

【馮虛】猶凌空。宋蘇軾經進東坡文集一前赤壁賦：“浩浩乎，如馮虛御風，而不知其所止。”

【馮$_2$異】公元前？—34年。西漢末潁川父城人。字公孫。從光武進軍河北，天寒衆飢，異進豆粥麥飯。後爲偏將軍。爲人謙退，行與諸將相逢，輒引車避道。諸將論功，異獨屏樹下，軍中號爲大樹將軍。後漢書十七有傳。

【馮$_2$脩】神名。1. 河神。史記封禪書“水曰河，祠臨晉”唐張守節正義：“山海經云‘冰夷，人面，乘兩龍也’。太公金匱云‘馮脩也’。”2. 雨神。雲笈七籤十八三洞經教部：“雨師神名馮脩，號曰樹德。”

【馮$_2$婦】人名。孟子盡心下：“晉人有馮婦者，善搏虎，卒爲善士。則之野，有衆逐虎，虎負嵎，莫之敢攖。望見馮婦，趨而迎之。馮婦攘臂下車，衆皆悅之，其爲士者笑之。”後以“馮婦”指重操舊業者。鏡花緣五一：“愚姐久已心灰，何必又做馮婦？”

【馮馮】㊀象聲詞。詩大雅緜：“築之登登，削屢馮馮。”傳：“削牆鍛屢之聲馮馮然。”㊁盛滿貌。漢書禮樂志安世房中歌之十一：“馮馮翼翼，承天之則。”注：“馮馮，盛滿也。”清王先謙謂此用詩卷阿“有馮有翼”之文，馮翼當訓輔佐。見漢書補注。㊂馬行疾貌。宋蘇轍欒城集二和子瞻司竹監燒葦園因獵園下詩：“駿馬七尺行馮馮，曉出射獸霜爲冰。”

【馮$_2$道】公元882—954年。景城人。字可道。唐末爲幽州掾。後唐長興三年，以諸經舛繆，道倡議校定九經，並組織刻印，開官府大規模刻書之端。道歷事後唐後晉後漢後周四朝，事十君，三入中書，在相位二十餘年，視喪君忘國，不以爲意。自號長樂老。封瀛王，嘗著長樂老自敍，陳己履歷以爲榮，爲後世所鄙。新、舊五代史皆有傳。

【馮$_2$遲】河神名。文選漢枚叔(乘)七發“附從太白”唐李善注：“淮南子曰：‘昔馮遲太白之御，……’許慎曰：‘馮遲太白，河伯也。’”今本淮南子原道作“馮夷”。參見“馮$_2$夷”。

【馮閎】寥廓，空曠。莊子知北遊：“彷徨乎馮閎，大知入焉，而不知其所窮。”注：“馮閎者，虛廓之謂也。”釋文：“李云：馮宏，皆大也。”

【馮隆】高貌。文選晉左太沖(思)吳都賦：“島嶼緜邈，洲渚馮隆。”

【馮$_2$舒】公元1593—1645年。字己蒼，號默庵。與弟班皆爲諸生。工詩。性抗直，遇事敢爲。因事爲邑令瞿四達所憾，指所撰懷舊集爲謗訕，曲殺之。著有默庵遺稿、詩紀匡謬等，校定玉臺新詠，與弟班評點才調集。

【馮翼】空濛貌。楚辭屈原天問：“馮翼惟象，何以識之？”注：“馮，滿也；翼之言盛也。謂氣化充滿盛作。”淮南子天地：“天地未形，馮馮翼翼。”注：“馮翼，洞灟無形之貌。”

【馮$_2$驩】戰國時人，也作馮煖、馮諼。曾爲齊孟嘗君食客，爲之收債於薛，矯孟嘗君之命，盡焚其券，以市義於民。後孟嘗君被廢，歸薛，民皆迎之。終賴馮驩之力，得以復其位。參閱戰國策齊、史記孟嘗君傳。

【馮$_2$延巳】公元903—960年。又名延嗣，字正中。五代南唐廣陵人。李昪(先主)以爲秘書郎，李璟(中主)時進中書侍郎，同平章事。罷爲太子少傅，出鎮撫州。卒，謚忠肅。延巳工詩詞，至老不廢，有陽春集。參閱宋馬令南唐書一一、陸游南唐書十一。

【馮$_2$奉世】漢上黨人。字子明。武帝末，以良家子選爲郎。年三十餘，學春秋，善兵法。曾出使大宛。時莎車殺漢使，奉世與其副嚴昌發諸國兵萬五千人擊莎車。大宛聞其斬莎車王，敬之異於他使。宣帝以之爲光祿大夫，水衡都尉。元帝時，爲執金吾。漢書七九有傳。

【馮相氏】 周代官名。掌天文。周禮春官馮相氏注:"馮,乘也;相,視也。世登高臺,以視天文之次序。"

【馮₂野王】 漢上黨潞人。字君卿。元帝時,爲隴西太守,以治行高,入爲左馮翊,遷大鴻臚。御史大夫李延壽病卒,在位多舉野王,元帝以避昭儀兄嫌,不用。成帝時,出爲上郡太守。後以賜告歸家養病,被劾免。漢書七九附馮奉世傳。

【馮₂婕妤】 公元前?一前6年。漢馮奉世女,野王妹。元帝即位二年,選入宫爲婕妤。帝遊虎圈,有熊逸出,欲上殿。馮婕妤直前當熊而立,爲帝所重,立爲昭儀。元帝死,哀帝立,傅太后素怨婕妤,誣以祝詛大逆,因飲藥自殺。見漢書九七下外戚傳。

馭 yù ㄩˋ 牛倨切,去,御韻,疑。

同"御"。㊀駕御。書五子之歌:"予臨兆民,懍乎若朽索之馭六馬。"荀子王霸:"王良造父者,善服馭者也。"也指駕車的人。莊子盜跖:"顏回爲馭,子貢爲右。"㊁控制,統治。荀子君道:"欲治國馭民,調壹上下,將內以固城,外以拒難。"㊂車駕。全唐詩一唐太宗賦秋日懸清光賜房玄齡:"仙馭隨輪轉,靈烏帶影飛。"

【馭宇】帝王統治國土。同"御宇"。魏書源賀傳附源子恭上書:"竊維皇魏居震統極,總宙馭宇,革制土中,垂式無外。"又作"御寓"。寓,"宇"的籀文。晉書地理志上總序:"平王東遷,星離豆判,當塗馭寓,瓜分鼎立。"

【馭風客】 指仙人。全唐詩一二三盧鴻一倒景臺序:"可以邀御風之客,會絕塵之子。"一作"馭風仙"。唐白居易長慶集五劾陶潛體詩之七:"我無縮地術,君非馭風仙。"

三 畫

馯 1. hàn ㄏㄢˋ 集韻 侯旰切,去,翰韻。

㊀馬奔突。同"駻"。淮南子氾論:"欲以樸重之法,治既弊之民,是猶無鏑󠄁銜策錣而御馯馬也。"

2. qiān ㄑㄧㄢ 丘姦切,平,刪韻,溪。

㊁姓。見下。

【馯₂臂】 人名。史記六七商瞿傳:"孔子傳易於瞿,瞿傳楚人馯臂子弘。"索隱:"馯,徐廣音韓,鄒誕生音汗。"漢書八八儒林傳序:"自魯商瞿子木受易孔子,以授魯橋庇子庸。子庸授江東馯臂子弓。"注:"馯,姓也,音韓。"

駻 zhù ㄓㄨˋ 之戍切,去,遇韻,照。

膝以上爲白色的馬。詩秦風小戎:"文茵暢轂,駕我騏駻。"傳:"左足白曰駻。"

馱 1. tuó ㄊㄨㄛˊ 徒河切,平,歌韻,定。

㊀以畜負載。北齊書彭城景思王浟傳:"又有一人從幽州來,驢馱鹿脯。"唐李白李太白詩二五對酒:"蒲萄酒,金叵羅,吳姬十五細馬馱。"

2. duò ㄉㄨㄛˋ 唐佐切,去,箇韻,定。

㊁負載之畜或所負之物。唐貫休禪月集一長安道詩:"千車萬馱,半宿關月。"新唐書食貨志三:"初,江淮漕租米至東都輸含嘉倉,以車或馱陸運至陝。"

馳 chí ㄔˊ 直離切,平,支韻,澄。

㊀疾驅。詩鄘風載馳:"載馳載驅,歸唁衛侯。"特指驅馬進擊。左傳莊十年:"齊師敗績,公將馳之。"㊁向往。楚辭屈原離騷:"抑志而弭節兮,神高馳之邈邈。"隋書史祥傳答煬帝書:"身在邊隅,情馳魏闕。"㊂傳播,傳揚。韓詩外傳八:"然其名聲馳於後世,豈爲學問之所致乎?"唐孟郊孟東野詩集五同年春燕:"盛氣自中積,英名日四馳。"

【馳年】 迅速流逝的歲月。南朝宋鮑照鮑氏集二觀漏賦:"佩流歎於馳年,纓華思於奔月。"

【馳名】 名聲遠揚。三國志魏杜畿傳注引杜氏新書:"(李)豐竟馳名一時,京師之士,多爲游說。"孔叢子陳士義:"貲擬王公,馳名天下。"

【馳車】 古代戰車。孫子作戰:"凡用兵之法:馳車千駟,革車千乘。"注:"曹公曰:'馳車,輕車也。'……杜牧曰:'輕車乃戰車也,古者車戰。'"

【馳爽】 猶渙散。晉書輿服志:"逮禮業彫訛,人情馳爽,諸侯征伐,憲度淪亡。"

【馳割】 臣服與割地。戰國策韓一:"陳軫謂秦王曰:'國形不便,故馳;交不親,故割。今割矣而交不親,馳矣而兵不止;臣恐山東之無以馳割事王者矣。'"注:"馳,反走示服也。"

【馳道】 馳馬所行之道。禮曲禮下:"歲凶,年穀不登,……馳道不除。"疏:"馳道,正道,如今御路也。是君馳走車馬之處,故曰馳道也。"漢書五一賈山傳至言:"(秦)爲馳道於天下,東窮燕齊,南極吳楚,江湖之上,瀕海之觀畢至。道廣五十步,三丈而樹,厚築其外,隱以金椎。"

【馳義】 ㊀向往於義。漢書七十陳湯傳劉向上疏:"鄉風馳義,稽首來賓。"注:"馳義,慕義驅馳而來也。"㊁歸順,臣服。三國志魏陳留王紀咸熙元年詔:"(吕)興首向王化,舉衆稽服,萬里馳義。"

【馳暉】 飛馳的日光。文選南朝齊謝玄暉(朓)暫使下都……贈西府同僚詩:"馳暉不可接,何況隔兩鄉。"注:"馳暉,日也。"

【馳傳】 ㊀古代驛站用四匹中等馬拉的車。漢書高帝紀下五年"(田)横懼,乘傳詣雒陽"注:"如淳曰:四馬高足爲置傳,四馬中足爲馳傳,四馬下足爲乘傳。"㊁駕驛站車馬急行。史記七五孟嘗君傳:"秦昭王後悔出孟嘗君,求之已去,即使人馳傳逐之。"

【馳說】 游說。史記十二諸侯年表序:"儒者斷其義,馳說者騁其辭。"漢書藝文志:"諸子十家,……各引一端,崇其所善,以此馳說,取合諸侯。"

【馳騁】 ㊀馳馬,也指田獵。老子:"馳騁畋獵,令人心發狂。"㊁奔走,奔競。楚辭屈原離騷:"乘騏驥以馳騁兮,來吾導夫先路。"淮南子精神:"血氣滔蕩而不休,則精神馳騁於外而不守矣。"㊂涉獵。漢書六二司馬遷傳:"貫穿經傳,馳騁古今。"晉書江逌傳上疏:"偃息毕於仁義,馳騁極於六藝。"

【馳檄】 迅速傳檄。後漢書七十孔融傳:"融到郡,收合士民,起兵講武,馳檄飛翰,引謀州郡。"

【馳騖】 奔走。楚辭屈原離騷:"忽馳騖以追逐兮,非余心之所急。"史記八七李斯傳:"今秦王欲吞天下,稱帝而治,此布衣馳騖之時,而游說者之秋也。"

【馳辯】 縱横辯論。文選漢班孟堅(固)答賓戲:"雖馳辯如濤波,摛藻如春華,猶無益於殿最也。"晉書嵇康傳論:"莊生放達其旨,而馳辯無窮。"

【馳驅】 ㊀疾行,奔波。孟子滕文公下:"吾爲之範我馳驅,終日不獲一;爲之詭遇,一朝而獲十。"㊁放恣。詩大雅板:"敬天之渝,無敢馳驅。"傳:"馳驅,自恣也。"

【馳驛】 古時官員因急事奉召入京或外出,由沿途驛站供給夫馬糧食,兼程而進,稱馳驛。宋書劉勔傳:"勔與常珍奇書,勸令反虜,……勔馳驛以聞。"

【馳驟】 疾奔。莊子馬蹄:"飢之渴之,馳之驟之,整之齊之,前有橛飾之患,而後有鞭筴之威,而馬之死者已過半矣。"韓非子外儲右下："造父御四馬，馳驟周旋而恣欲於馬。"

馲 tuō luò 他各切，入，鐸韻，透。ㄊㄨㄛ ㄌㄨㄛˋ 盧各切，入，鐸韻，來。

見下。

【馲駝】獸名。即駱駝。方言七："凡以驢、馬、馲駝載物者謂之負他(馱)。"唐杜甫杜工部草堂詩箋二十冬狩行："幕前生致九青兕，馲駝㠑峨垂元熊。"

馴 1. xún ㄒㄩㄣˊ 詳遵切，平，諄韻，邪。

㊀馬順服。淮南子說林："馬先馴而後求良。"㊁善良，順服。史記管蔡世家："冄季康叔皆有馴行。"列子黃帝："雖虎狼鵰鶚之類，無不柔馴者。"㊂漸進。易坤象辭："履霜堅冰，陰始凝也；馴致其道，至堅冰也。"疏："馴猶狎順也，若鳥獸馴狎然。言順其陰柔之道，習而不已，乃至堅冰也。"宋史三五七譚世勣傳："童貫輩初亦甚微，小惡不懲，將馴至大患。"㊃使之順服。史記秦紀："佐舜調馴鳥獸。"

2. xùn ㄒㄩㄣˋ

㊄教誨。通"訓"。史記孝文紀二年："今列侯多居長安，邑遠，吏卒給輸費苦，而列侯亦無由教馴其民。"正義："馴，古'訓'字。"

【馴良】馴服善良。水經注三六温水："林邑記曰：松原以西，鳥獸馴良，不知畏弓。"樂府詩集三十魏明帝短歌行："執志精專，絜行馴良。"

【馴服】順從。史記秦紀："大費拜受，佐舜調馴鳥獸，鳥獸多馴服。"後漢書八七西羌傳論："貪其暫安之埶，信其馴服之情。"

【馴致】逐漸達到。易坤："馴致其道，至堅冰也。"南朝梁劉勰文心雕龍六神思："積學以儲寶，酌理以富才，研閱以窮照，馴致以懌辭。"

【馴象】馴養之象。漢書武帝紀元狩二年："南越獻馴象、能言鳥。"注引應劭："馴者，教能拜起周章，從人意也。"

【馴養】㊀飼養，使馴服。魏書劉靈助傳："靈助馴養大鳥，稱爲已瑞，妄說圖讖。"㊁猶安撫。宋書蔡廓傳附蔡興宗："況(薛)安都外據强地，密邇邊關，考之國計，尤宜馴養。如其遂叛，將生旰食之憂。"

【馴擾】順服。後漢書六十下蔡邕傳："有菟馴擾其室傍。"文選漢禰正平(衡)鸚鵡賦："矧禽鳥之微物，能馴擾以安處。"

四畫

駃 1. jué ㄐㄩㄝˊ 古穴切，入，屑韻，見。

㊀良馬。見"駃騠"。

2. kuài ㄎㄨㄞˋ 苦夬切，去，夬韻，溪。

㊁同"快"。晉崔豹古今注下雜注："曹真有駃馬，名爲驚帆，言其馳驟如烈風舉帆之疾也。"

【駃騠】驢騾。公馬母驢雜交所生。史記八七李斯傳諫逐客書："必秦國之所生然後可，則是……鄭衛之女不充後宮，而駿良駃騠不實外廐。"又八三鄒陽傳獄中上書："蘇秦相燕，……(燕王)食以駃騠。"索隱："字林云：馬父贏子，北狄之良馬也。"

駇 sà ㄙㄚˋ 蘇合切，入，合韻，心。

馬行迅疾，迅疾貌。楚辭漢劉向九歎遠游："潺湲輚轄，雷動電發，駇高舉兮。"漢書八七上揚雄傳甘泉賦："聲駍隱以陸離兮，輕先疾雷而駇遺風。"

【駇娑】漢宮殿名。文選漢揚子雲(雄)羽獵賦序："(武帝)營建章鳳闕，神明駇娑。"又班孟堅(固)西都賦："經駘盪而出駇娑，洞枍詣以與天梁。"注："關中記曰：建章宮有駇娑駘盪枍詣承光四殿。"

【駇遝】壯盛貌。文選晉陸士衡(機)文賦："紛葳蕤以駇遝，唯毫素之所擬。"也作"駇沓"。唐李白李太白詩一明堂賦："武義烜赫於有截，仁聲駇沓乎無疆。"

馹 rì ㄖˋ 人質切，入，質韻，日。

驛傳。以車曰傳，以騎曰馹。馹，後代通作"驛"。左傳文十六年："楚子乘馹，會師于臨品。"參閱明楊愼升庵經說十四置郵傳命。

【馹騎】驛馬。孔叢子六問軍禮："若不幸軍敗，則馹騎赴告于天子。"唐元稹長慶集十二酬樂天東南行詩一百韻："馹騎來千里，天書下九衢。"

馽 zhí ㄓˊ 陟立切，入，緝韻，知。

絆住馬足。說文作"㚖"。同"縶"。莊子馬蹄："連之以羈馽，編之以皁棧。"參見"縶㊀"。

駁 bó ㄅㄛˊ 北角切，入，覺韻，幫。

通"駮"。㊀馬毛色不純。詩豳風東山："之子于歸，皇駁其馬。"引申泛指混雜，雜而不純。莊子天下："惠施多方，其書五車，其道舛駁，其言也不中。"㊁木名。爾雅釋木："駁，赤李。"注："子赤。"㊂辯論是非，否定他人意見。東觀漢記十七宋均："永平七年，徵爲尚書令，……每駁議，未嘗不合上意。"宋史刑法志三："許刑部舉駁，重行朝典。"㊃貨物轉載。見"盤剝㊀"。

【駁吏】不純的官吏。三國志魏梁習傳"(王)思亦能吏，……封列侯"南朝宋裴松之注："魏略苛吏傳曰：思與薛悌郤嘉俱從微起，官位略等。三人中，悌差挾儒術，所在名爲閒省。嘉與思事行相似。文帝詔曰：薛悌駁吏，王思、郤嘉純吏也，各賜關內侯，以報其勤。"

【駁勘】駁回覆查。宋史刑法志三："景定元年，乃下詔曰：'比詔諸提刑司，取翻異駁勘之獄，從輕斷決。'"

【駁落】同"剝落"。㊀脫落。唐白居易長慶集十三題流溝寺古松詩："烟葉葱蘢蒼麈尾，霜皮駁落紫龍鱗。"㊁應試落第。元王實甫西廂記四本二折："你明日便上朝取應去……。得官呵，來見我；駁落呵，休來見我。"參見"剝落㊁"。

【駁犖】牛毛色雜。引申爲文采間雜。史記一一七司馬相如傳上林賦："赤瑕駁犖，雜臿其閒。"索隱引司馬彪："駁犖，采點也。"

【駁錯】雜亂。晉書李重傳陳九品上疏："郎吏蓄於軍府，豪右聚於都邑，事體駁錯，與古不同。"

【駁議】就他人所論，辨駁其非是。亦作"駮議"。見該條。

馻 jiè ㄐㄧㄝˋ 古拜切，去，怪韻，見。

馬尾結。漢揚雄太玄經九太玄文："車軨馬馻，可以周天下。"注："馻，尾結也。"宋史四四一路振傳祭戰馬文："名駒大馻，銜尾入塞。"

駂 bǎo ㄅㄠˇ 博抱切，上，皓韻，幫。

黑白雜毛的馬。爾雅釋畜："驪白雜毛，駂。"注："今之烏驄。"

五畫

駝 tuó ㄊㄨㄛˊ 徒河切，平，歌韻，定。

㊀駱駝。後漢書十九耿弇傳附耿恭："獲生口三千餘人，駝驢馬牛羊三萬七千頭。"㊁見"駝鳥"。㊂脊背隆起。唐柳宗元柳先生集十七種樹郭橐駝傳："郭橐駝，不知始何名。病僂，隆然伏行，有類橐駝者，故鄉人號之'駝'。"一本作"馳"。

元薩都剌薩天錫詩集後集題四時宫人圖:"一女淺步腰半駝,小扇輕撲花間蛾。"一本作"陀"。㊃通"馱"。漢書二七上司馬相如傳上林賦"其獸則麒麟角端,騊駼橐駝"唐顏師古注:"橐駝者,言其可負橐囊而駝物,故以名云。"宋趙長卿惜香樂府六玉樓春詞:"新來愁恨重如山,不信馬兒駝得動。"

【駝李】指李姓。唐張鷟朝野僉載一:"後魏孝文帝定四姓。隴西李氏大姓,恐不入,星夜乘明駝,倍程至洛。時四姓已定訖,故至今謂之'駝李'焉。"

【駝茸】即駝絨。宋陸游劍南詩稿十三辛丑正月三日雪:"龍團笑羔酒,狐腋襲駝茸。"

【駝峯】駱駝背上隆起的肉峯,古人以爲食物之珍品。唐杜甫杜工部草堂詩箋四麗人行:"紫駝之峯出翠釜,水精之盤行素鱗。"唐段成式酉陽雜俎七酒食:"將軍曲良翰,能爲驢鬷駝峯炙。"

【駝鹿】獸名。鹿屬。又名麋。俗稱四不像。宋陸佃埤雅四麋:"又北方戎狄中有麋鹿、駝鹿,極大而色蒼,尻黄而無斑,亦鹿之類,角大而有文,堅瑩如玉,其茸亦可用。"參見"四不像"。

【駝鳥】即鴕鳥。一名大馬雀。後漢書和帝紀永元十三年:"安息國遣使獻師子及條枝大爵。"注:"郭義恭廣志曰:大爵,頸及身膺蹄都似橐駝,舉頭高八、九尺,張翅丈餘,食大麥,其卵如甕,即今之駝鳥也。"明史三二六外國祖法兒傳作"駝雞"。參閲新唐書二二一下吐火羅傳。

【駝鼓】㊀元代儀仗隊所用之鼓。元袁桷清容居士集十五龍虎臺詩:"前行節駝鼓,執御各在手。"元史輿服志二儀仗:"駝鼓,設金裝鉸具,……凡行幸,先鳴鼓于駝,以威振遠邇,亦以試橋梁伏水而次象焉。"㊁戰鼓。即鼉鼓。西遊記六:"那陣上旌旗閃閃,這陣上駝鼓冬冬。"

駐 zhù 中句切,去,遇韻,知。 ㄓㄨˋ

㊀車馬停住。漢書七六韓延壽傳:"今旦明府早駕,久駐未出,騎吏父來至府門,不敢入。"文選漢曹大家(班昭)東征賦:"悵容與而久駐兮,忘日夕而將昏。"㊁止住,停留。世説新語尤悔:"温公(嶠)初受劉司空(琨)使勸進。母崔氏固駐之,嶠絶裾而去。"

【駐罕】帝王出行,中途暫住。罕,儀仗之一種。文選南朝齊王元長(融)三月三日曲水詩序:"爾乃迴輿駐罕,嶽鎮淵渟。"注引東觀漢記:"天子行有罼罕。"

【駐足】停步。玉臺新詠一缺名古詩爲焦仲卿妻作:"行人駐足聽,寡婦起彷徨。"宋蘇軾蘇文忠詩合注四扶風天和寺:"聊爲一駐足,且慰百回頭。"

【駐泊】㊀軍隊駐屯。宋史兵志十屯戍之制:"至於諸州禁、廂軍亦皆戍更,隸州者曰駐泊。"㊁停船。明祝允明志怪録:"有一乘船者,偶駐泊門首。"

【駐氣】斂氣,屏息。南朝梁江淹江文通集七蕭驃騎讓豫司二州表:"臣傾心駐氣,不蒙睿感。"

【駐錫】僧人出行,以錫杖自隨,因稱僧住止爲駐錫。景德傳燈録四無住禪師:"公(杜鴻漸)問曰:'頃聞師嘗駐錫於此而後何往邪?'"宋林逋林和靖集一送思齊上人之宣城詩:"蕭間水西寺,駐錫莫忘歸。"

【駐顏】使容顏不衰老。舊題晉葛洪神仙傳三劉根:"次乃草木諸藥,能治百病,補虛駐顏,斷穀益氣。"唐杜甫杜工部草堂詩箋十二奉陪鄭駙馬韋曲:"城郭終何事,風塵豈駐顏。"

【駐蹕】帝王出行,中途暫住。蹕,指帝王車駕。文選晉左太沖(思)吴都賦:"於是弭節頓轡,齊鑣駐蹕。"

【駐色酒】古民間立夏日所飲酒名。元缺名元池説林:"立夏日,俗尚啖李。時人語曰:'立夏得食李,能令顏色美。'故是日婦女作李會,取李汁和酒飲之,謂之駐色酒。一曰:'是日啖李,令不疰夏。'"(宛委山堂本説郛三一)

【駐馬塘】地名。在安徽和縣東北。舊題南朝梁任昉述異記下:"今烏江長亭亭下有駐馬塘,即當時烏江亭長艤舟待項羽處。"

【駐顏膏】一種潤膚劑。白孔六帖四:"唐昭宗以臘日賜韓偓銀合子駐顏膏、繡香袋並牙香等物。"

【駐蹕山】㊀即首山,在遼寧省遼陽縣西南。唐貞觀十九年,唐太宗李世民曾引軍至此,令中書侍郎許敬宗爲文,刻石紀功,因名。參閲唐劉肅大唐新語知微、唐會要二七行幸。㊁在北京昌平縣西。綿亘而北,凡二十里,石皆壁立,高十餘丈。北有石級可登,金章宗曾建亭於此。參閲明劉侗帝京景物略八駐蹕山、嘉慶一統志七順天府山川。

駜 bì 毗必切,入,質韻,並。 ㄅㄧˋ 房密切,入,質韻,並。

馬强壯貌。詩魯頌有駜:"有駜有駜,駜彼乘黄。"

駍 pēng 集韻披耕切,平,耕韻。 ㄆㄥ

象聲詞。漢書八七上揚雄傳羽獵賦:"猋泣雷厲,驞駍駖磕。"注:"驞駍駖磕,皆聲響衆盛也。"

【駍隱】形容聲大而盛。漢書八七上揚雄傳甘泉賦:"聲駍隱以陸離兮,輕先疾雷而馺遺風。"

駏 jù 其吕切,上,語韻,羣。 ㄐㄩˋ

獸名。晉崔豹古今注中鳥獸:"驢爲牡,馬爲牝,生騾;騾爲牝,馬爲牡,生駏。"

【駏蛩】指駏驉與蛩蛩二獸。唐韓愈昌黎集五醉留東野詩:"低頭拜東野,願得始終如駏蛩。"注引孔叢子:"北方有獸名曰蟨,愛蛩蛩、駏驉,食得甘草,必齧以遺;蛩蛩、駏驉見人將來,必負蟨以走。蟨非愛駏蛩也,爲其假足;二獸亦非心愛蟨也,爲其得甘草而遺之也。"參閲爾雅釋地"西方有比肩獸焉,與邛邛岠虛比"清郝懿行義疏。

【駏驉】獸名。似馬,可供乘騎。藝文類聚七八漢黄香九宫賦:"三台執兵而奉張,軒轅乘駏驉而先驅。"漢書九四上匈奴傳"其奇畜則橐佗、驢、贏、駃騠、騊駼、驒奚"唐顏師古注:"驒奚,駏驉類也。"按説苑復恩作"巨虛",爾雅釋地作"岠虛",尸子作"距虛"。

駓 pī 敷悲切,上,脂韻,滂。 ㄆㄧ

也作"騃"。㊀毛色黄白相雜的馬。詩魯頌駉:"有騅有駓。"爾雅釋畜:"黄白雜毛,駓。"注:"今之桃花馬。"㊁見"駓駓"。

【駓駓】疾走貌。楚辭宋玉招魂:"敦脄血拇,逐人駓駓些。"注:"駓駓,走貌也。"

【駓騃】急走貌。駓,亦作"騃"。文選漢張平子(衡)西京賦:"衆鳥翩翻,羣獸騃騃。"注:"薛君韓詩章句曰:趨曰騃,行曰騃。"唐杜甫杜工部集十九有事于南郊賦:"雷公河伯,咸騃騃以修聳。"

駊 bá 蒲撥切,入,末韻,並。 ㄅㄚˊ

見下。

【駊騇】馬名。玉篇:"駊騇,蕃中馬也。"唐白居易長慶集五四武丘寺路宴留别諸妓詩:"清管曲終鸚鵡語,紅旗影動駊騇嘶。"

駊 pǒ 普火切,上,果韻,滂。 ㄆㄛˇ 布火切,上,果韻,幫。

見下。

【駊騀】㊀馬頭搖動貌。唐杜甫杜工部草堂詩箋二二揚旗:"庭空六馬入,駊騀揚旗旌。”㊁高大貌。漢書八七上揚雄傳甘泉賦：“崇丘陵之駊騀兮，深溝嶔巖而爲谷。”

駔 1. zǎng ㄗㄤˇ 子朗切，上，蕩韻，精。

㊀牡馬。見廣韻。㊁市場經紀人。呂氏春秋尊師：“段干木，晉國之大駔也。”注：“駔，儈人也。”清畢沅校：“儈疑與儈通。”㊂粗大。爾雅釋言：“奘，駔也。”注：“今江東呼大爲駔，駔猶麤也。”

2. zù ㄗㄨˋ 徂古切，上，姥韻，從。

㊃駿馬。楚辭漢劉向九歎憂苦：“同駑贏與乘駔兮，雜班駮與闒茸。”

3. zǔ ㄗㄨˇ 正字通 音祖。

㊄通“組”。周禮春官典瑞：“駔圭璋璧琮琥璜之渠眉，疏璧琮以斂尸。”注：“駔讀爲組，與組馬同聲之誤也。”㊅止。通“阻”。墨子非命上：“上以說王公大人，下以駔百姓之從事。”注：“駔，阻字假音。”

4. chǔ ㄔㄨˇ

㊆盛飾。通“髗”。晏子春秋諫下：“聖人之服中，俛而不駔。”孫詒讓注：“駔者，髗之借字。”

【駔工】平凡的馬夫。漢王充論衡率性：“如徒能御良，其不良者不能馴服，此則駔工庸師服馴技能，何奇而世稱之？”

【駔₃疾】疾走貌。引申爲敏捷。周禮春官典瑞“駔圭璋璧琮琥璜之渠眉”漢鄭玄注：“鄭司農(衆)云：‘駔，外有捷盧也。駔，讀爲駔疾之駔。’……駔讀爲組，與組馬同聲之誤也。”疏：“先鄭讀駔爲駔牙之駔，故云外有捷盧，捷盧若鋸牙。然後鄭不從之也。云駔讀爲駔疾之駔，此蓋當時有駔疾之語，故言焉。”

【駔₄華】盛飾華麗。晏子春秋諫下：“今君之服駔華，不可以導衆民。”

【駔₃琮】用作秤錘的玉。周禮考工記玉人：“駔琮五寸，宗后以爲權。”注：“駔讀爲組，以組繫之，因名焉。鄭司農(衆)云：以爲稱錘以起量。”

駔琮

【駔會】牲畜交易的經紀人。後泛指市場經紀人。史記貨殖傳：“節駔會。”集解引漢書音義：“會亦是儈也。”索隱：“駔者，度牛馬市；云駔儈者，合市也。”漢書作“駔儈”。新唐書九二王君廓傳：“少孤貧，爲駔儈，無行，善盜。”參見“牙郎”。

【駔儈】見“駔會”。

【駔₂駿】馬健壯貌。也指駿馬。文選晉左太沖(思)魏都賦：“燕弧盈庫而委勁，冀馬填廄而駔駿。”又南朝宋顏延年(延之)赭白馬賦：“於時駔駿，充階街兮。”

【駔闤】猶言市巷。北齊劉晝劉子因顯：“故若物無所以因，良馬勞於駔闤，美材朽於幽谷，寶珠觸於按劍。”

駎 zhòu ㄓㄡˋ 直祐切，去，宥韻，澄。

賽馬。淮南子詮言：“駎者不貪最先，不恐獨後。”注：“駎，競驅也。”

駉 jiōng ㄐㄩㄥ 古螢切，平，青韻，見。

見下。

【駉駉】馬肥壯貌。詩魯頌駉：“駉駉牡馬，在坰之野。”傳：“駉駉，良馬腹幹肥張也。”唐元稹長慶集六三歎詩之三：“非無駉駉者，鶴意不在雞。”

駛 shǐ ㄕˇ 疎士切，上，止韻，山。

㊀馬行迅疾。泛指迅速。太平御覽四十慎子：“河之下龍門，其流駛如竹箭，駟馬追，弗能及。”三國志魏鄧艾傳“艾州里時輩南陽州泰”注引世語：“宣王(司馬懿)爲泰會，使尚書鍾繇調泰：‘君釋褐登宰府，三十六日擁麾蓋，守兵馬郡，乞兒乘小車，一何駛乎？’”㊁行駛，駕駛。宋梅堯臣宛陵集六送新安張尉乞侍養歸淮甸詩：“任意歸舟駛，風煙亦自如。”

【駛河】猶急流。法苑珠林三劫量壞劫：“天久不雨，所種不生，依水泉源，乃至四大駛河，皆悉枯竭。”

【駛雨】急雨。北史竇泰傳：“初，泰母夢風雷暴起，若有雨狀，出庭觀之，見電光奪目，駛雨霑灑。”

駟 sì ㄙˋ 息利切，去，至韻，心。

㊀古代一車套四馬，因以稱四馬之車或車之四馬。詩小雅采菽：“載驂載駟，君子所屆。”論語季氏：“齊景公有馬千駟。”疏：“馬四匹爲駟。千駟，四千匹也。”㊁星名。國語周中：“駟見而隕霜。”注：“駟，天駟，房星也。”參見“天駟”。㊂通“四”。禮樂記：“天子夾振之，而駟伐，盛威於中國也。”注：“駟當爲四，聲之誤也。……每奏四伐，一擊一刺爲一伐。”

【駟介】四馬披甲所駕的戰車。詩鄭風清人：“清人在彭，駟介旁旁。”左傳僖二八年：“丁未，獻楚俘於王，駟介百乘，徒兵千。”

【駟乘】四人共車。左傳文十一年：“侯叔夏御莊叔，緜房甥爲右，富父終甥駟乘。”

【駟驖】四匹黑色的馬。詩秦風駟驖：“駟驖孔阜，六轡在手。”疏：“驖者，言其色黑如驖。”

【駟馬門】能容駟馬高車的門。漢書七一于定國傳：“始定國父于公，其閭門壞，父老方共治之。于公謂曰：‘少高大閭門，令容駟馬高蓋車。……子孫必有興者。’至定國爲丞相，(定國子)永爲御史大夫，封侯傳世云。”後以“駟馬門”祝人後嗣昌盛。

【駟之過隙】喻光陰飛逝。禮三年問：“三年之喪，二十五月而畢，若駟之過隙。”

【駟不及舌】言已出口，駟馬難追。謂出言當愼重。論語顏淵：“子貢曰：‘惜乎！夫子之說君子也，駟不及舌。’”參見“一言既出，駟馬難追”。

【駟馬高車】貴官所乘的駟馬高蓋車。太平御覽七三晉常璩華陽國志：“升遷橋在成都縣北十里，即司馬相如題橋柱曰：‘不乘駟馬高車，不過此橋’。”參見“駟馬門”。

駖 líng ㄌㄧㄥˊ 郎丁切，平，青韻，來。

見下。

【駖磕】車騎衆多聲。漢書八七上揚雄傳羽獵賦：“猋泣雷厲，驞駍駖磕。”注：“驞駍駖磕，皆聲響衆盛也。”

駘 1. tái ㄊㄞˊ 徒哀切，平，哈韻，定。

㊀劣馬。比喻庸才。楚辭宋玉九辯：“却騏驥而不乘兮，策駑駘而取路。”㊁馬嚼子脫落。後漢書五二崔駰傳附崔寔政論：“馭委其轡，馬駘其銜。”㊂通“跆”。見“駘藉”。

2. dài ㄉㄞˋ 徒亥切，上，海韻，定。

㊃見“駘₂蕩”。

【駘₂蕩】㊀放縱。莊子天下：“惜乎惠施之才，駘蕩而不得，逐萬物而不反。”㊁舒緩蕩漾。文選漢馬季長(融)長笛賦：“安翔駘蕩，從容闡緩。”又南齊謝玄暉(朓)直中書省詩：“朋情以鬱陶，春物方駘蕩。”㊂漢宮殿名。在建章宮。三輔黃圖一：“駘蕩宮，春時景物駘蕩滿宮中也。”也作“駘盪”。文選漢班孟堅(固)西都賦：“經駘盪而出馺娑。”

【駘藉】踐踏。史記天官書：“三十年之間，兵相駘藉，不可勝數。”集解：“蘇林曰：駘音臺，登躡也。”後漢書二八上馮衍傳:"於是江湖之上，海岱之濱，風騰波涌,更相駘藉,四垂之人,肝腦塗地,死亡之數,不啻大半。"參見"跆籍"。

駃 yì 夷質切,入,質韻,喻。ㄧˋ

見下。

【駃越】猶言奔騰。唐柳宗元柳先生集十五晉問:"騰倒駃越,委泊涯涘。"

駞 tuó 徒河切,平,歌韻,定。ㄊㄨㄛˊ

"駝"的俗字。

駒 jū 舉朱切,平,虞韻,見。ㄐㄩ

㊀少壯之馬。詩小雅角弓:"老馬反爲駒,不顧其後。"周禮夏官校人:"春祭馬祖,執駒。"注:"二歲曰駒。"㊁楚辭屈原卜居:"寧昂昂若千里之駒乎?"注:"才絶殊也。"後以喻英俊少年。漢書三六楚元王傳:"(劉德)少時數言事,召見甘泉宫,武帝謂之'千里駒'。"注:"年齒幼少,故謂之駒。"

【駒陰】易逝的時光。金元好問遺山集八送吴子英之官東橋且爲解嘲詩:"駒陰去我如決驟,蟻垤與誰爭長雄。"

【駒跋】相傳古丹丘之地,有夜叉、駒跋之鬼,能以赤馬腦爲瓶、盂及樂器,皆精妙輕麗。參閲舊題晉王嘉拾遺記一高辛。

【駒隙】喻時光易逝。宋陸游劍南詩稿十適閟:"未恨光陰疾駒隙,但驚世界等河沙。"參見"白駒過隙"。

【駒齒】乳齒。北齊書楊愔傳:"愔從父兄黄門侍郎昱特相器重,曾謂人曰:'此兒駒齒未落,已是我家龍文,更十歲後,當求之千里外。'"

【駒影】日影。駒,形容其稍過即逝。元袁桷清容居士集五三月十二日……花下小飲詩:"殿廬龍光動,瑣窗駒影催。"

駙 fù 符遇切,去,遇韻,並。ㄈㄨˋ

㊀駕副車的馬。文選漢張平子(衡)東京賦:"駙承華之蒲梢,飛流蘇之騷殺。"三國吴薛綜注:"駙,副馬也。"㊁輿側的立木。史記六四司馬穰苴傳:"乃斬其僕,車之左駙,馬之左驂,以徇三軍。"正義:"劉伯莊云:駙者,箱外之立木,承重校者。"

【駙馬】官名。漢武帝時置駙馬都尉,掌副車之馬,秩二千石。多以宗室及外戚與諸公子孫任之。至三國魏何晏,以大將軍何進孫,以主壻授駙馬都尉,其後杜預尚司馬懿(晉宣帝)女安陸公主,王濟尚司馬昭(文帝)女常山公主,皆拜駙馬都尉。魏晉以後,帝壻例加駙馬都尉稱號,簡稱駙馬,非實官。唐白居易長慶集六五送兗州崔大夫駙馬赴鎮詩:"戚里誇爲賢駙馬,儒家認作好詩人。"參閲漢書百官公卿表上、晉書職官志。

駈 qū 玉篇 丘于切。ㄑㄩ

"驅"的俗字。漢焦延壽易林十六中孚之屯:"蝗齧我稻,駈不可去,實穗無有,但見空藁。"

駕 jià 古訝切,去,禡韻,見。ㄐㄧㄚˋ

㊀加車於馬。詩小雅采薇:"戎車既駕,四牡業業。"禮曲禮上:"君車將駕,則僕執策立於馬前。"㊁騎,乘。墨子耕柱:"我將上大行,駕驥與羊[牛],子將誰驅?"南朝梁江淹江文通集一別賦:"駕鶴上漢,驂鸞騰天。"㊂總稱帝王車乘。漢蔡邕獨斷下:"天子出車駕次弟,謂之鹵簿:有大駕,有小駕,有法駕。"後漢書八二上郭憲傳:"從駕南郊。"後作稱人的敬辭。如言尊駕、枉駕。㊃陵駕。左傳昭元年:"子木之信,稱於諸侯,猶詐晉而駕焉,況不信之尤者乎?"㊄傳布。見"駕説"。㊅增多。吕氏春秋貴因:"其亂至矣,不可以駕矣。"㊆支承。通"架"。淮南子本經:"大構駕,興宫室。"注:"駕,材木相乘駕也。"

【駕士】導引天子車駕之士。舊唐書七八于志寧傳上書:"近聞僕寺、司馭,爰及駕士、獸醫,始自春初,迄茲夏晚,常居内役,不放分番。"

【駕言】乘車。言,語助詞。詩邶風泉水:"駕言出遊,以寫我憂。"藝文類聚二六三國魏阮籍詠懷詩:"駕言發魏都,南向望吹臺。"

【駕長】船工的尊稱。清孔尚任桃花扇逢舟:"多謝駕長,是俺重生父母。"儒林外史六:"剩下幾片雲片糕,……那掌舵駕長害饞癆,左手扶着舵,右手拈來,一片片的送在嘴裏了。"

【駕部】官職名。掌輿輦、傳乘、郵驛、廐牧之事。魏晉以來,尚書有駕部郎。隋初改駕部侍郎,屬兵部。唐置駕部郎中,天寶中改駕部爲司駕。宋仍稱駕部。明又改爲車駕司,屬兵部。見通志五三職官三兵部尚書、宋史職官志三、明史職官志一。

【駕馭】見"駕御"。

【駕御】駕駛車馬。引申爲驅使、控制。淮南子脩務:"馬不可化,其可駕御,教之爲也。"三國志吴張昭傳:"夫爲人君者,謂能駕御英雄,驅使羣賢,豈謂馳逐於原野,校勇於猛獸者乎?"也作"駕馭"。北周庾信庾子山集七賀平鄴都表:"駕馭風雲,驅馳龍虎。"唐杜甫杜工部草堂詩箋三投哥舒開府翰三十韻:"君王自神武,駕馭必英雄。"

【駕説】傳布學説。漢揚雄法言學行:"天之道,不在仲尼乎?仲尼,駕説者也。"注:"駕,傳也。"

【駕頭】宋代帝王出行時,儀仗隊名目之一。宋沈括夢溪筆談一故事:"正衙法座,香木爲之,加金飾,四足,墮角,其前小偃,織藤冒之。每車駕出幸,則使老内臣馬上抱之,曰駕頭。"參閲宋陸游老學庵筆記二、宋史儀衛志六鹵簿儀服。

【駕辯】古曲名。楚辭大招:"伏戲駕辯,楚勞商只。"注:"駕辯勞商,皆曲名也。言伏戲氏作瑟,造駕辯之曲,楚人因之,作勞商之歌,皆要妙之音,可樂聽也。"

【駕輕就熟】唐韓愈昌黎集二一送石處士序:"與之語道理,辨古今事當否,論人高下,事後當成敗,若河決下流而東注,若駟馬駕輕車,就熟路,而王良造父爲之先後也。"後以"駕輕就熟"喻辦事熟練而省力。

駑 nú 乃都切,平,模韻,泥。ㄋㄨˊ

㊀能力低下的馬。楚辭漢東方朔七諫謬諫:"駑駿雜而不分兮,服罷牛而驂驥。"㊁喻才能低下。史記八一藺相如傳:"相如曰:夫以秦王之威,而相如廷叱之,辱其羣臣,相如雖駑,獨畏廉將軍哉!"

【駑下】謂才能低下。多用作謙詞。戰國策燕三:"荆軻曰:此國之大事,臣駑下,恐不足任使。"史記八七李斯傳:"夫斯乃上蔡布衣,閭巷之黔首,上不知其駑下,遂擢至此。"

【駑馬】能力低下的馬。禮雜記下:"孔子曰:凶年則乘駑馬,祀以下牲。"注:"駑馬,六種最下者。"韓非子説林下:"伯樂教其所憎者相千里之馬,教其所愛者相駑馬。"參見"六馬㊁"。

【駑散】駑馬散材,喻平庸之質。荀子修身:"庸衆駑散,則劫之以師友。"劫,約束。

【駑鈍】低能,愚鈍。三國志蜀諸葛亮傳出師表:"當獎率三軍,北定中原,庶竭駑鈍,攘除姦凶,興復漢室,還于舊都。"

【駑鉛】駑馬鉛刀,喻低劣無用。後漢書十三隗囂傳光武報囂書:"昔文王三分,猶服事殷,但駑馬鉛刀,不可强扶。"唐張九齡曲江集三登郡城南樓詩:"駑鉛雖自勉,倉廩素非實。"

【駑駘】駑、駘皆劣馬,以喻庸才。楚辭宋玉九辯:"却騏驥而不乘兮,策駑駘而取路。"晉書荀崧傳上疏:"思竭駑駘,庶增萬分。"

【駑馬十駕】喻奮勉從事。荀子修身:"夫驥一日而千里,駑馬十駕則亦及之矣。"參見"十駕"。

【駑馬戀棧豆】喻庸人目光淺短,顧惜眼前小利。棧豆,馬櫪中的豆料。三國志魏曹真傳附曹爽"爽必不能用範計"注引干寶晉書:"桓範出赴爽,宣王(司馬懿)謂蔣濟曰:'智囊往矣。'濟曰:'範則智矣,駑馬戀棧豆,爽必不能用也。'"宋黃庭堅山谷外集三次韻寄李六弟濟南郡城橋亭之詩:"駑馬戀棧豆,豈能辭縶縲。"

六畫

駭 hài 侯楷切,去,駭韻,匣。ㄏㄞˋ

㊀馬受驚。左傳哀二三年:"知伯視齊師,馬駭,遂驅之。"㊁驚擾。莊子德充符:"又以惡駭天下。"左傳昭十三年:"國每夜駭曰:王入矣。"呂氏春秋審應:"凡鳥之舉也,去駭從不駭。"注:"駭,擾也。"㊂詫異。史記一二三大宛傳:"見漢之廣大,傾駭之。"唐王勃王子安集滕王閣詩序:"山原曠其盈視,川澤紆其駭矚。"㊃起。文選戰國楚宋玉風賦:"駭溷濁,揚腐餘。"㊄播散。文選晉陸士衡(機)皇太子宴玄圃宣猷堂有令賦詩:"協風旁駭,天晷仰澄。"注:"廣雅曰:駭,起也。"

【駭汗】因驚駭而出的汗。唐韓愈昌黎集一元和聖德詩:"末乃取闢,駭汗如寫。"宋陳師道後山集八和李文叔退朝詩:"朝流駭汗蒸雙猊,風捲屯雲散萬蹄。"

【駭沐】古國名。晉張華博物志五:"越之東有駭沐之國。其長子生,則解而食之,謂之宜弟;父死,則負其母而棄之,言鬼妻不可與同居。"一本作"駭沭"。

【駭突】驚駭而奔突。宋詩鈔謝翱晞髮集鈔宋鐃歌鼓吹曲:"獸窮駭突,死卒以煬。"

【駭犀】劍名。太平御覽三四二東觀漢記:"光武有駭犀之劍,以賜陳遵。"

【駭遽】驚駭追遽。楚辭屈原九章惜誦:"衆駭遽以離心兮,又何以爲此伴也。"宋洪興祖補注:"言衆人見己所爲如此,皆驚駭追遽,離心而異志也。"

【駭機】突然觸發的弩機。比喻猝發的禍難。後漢書七一皇甫嵩傳閻忠說嵩:"今將軍遭難得之運,蹈易駭之機,而踐運不撫,臨機不發,將何以保大名乎?"文選晉張茂先(華)女史箴:"日中則昃,月盈則微,崇猶塵積,替若駭機。"

【駭雞犀】犀角名。戰國策楚一:"(楚王)乃遣使車百乘,獻雞駭之犀、夜光之璧於秦王。"抱朴子登涉:"又通天犀角有一赤[白]理如綖,有自本徹末,以角盛米置羣雞中,雞欲啄之,未至數寸,卽驚却退。故南人或名通天犀爲駭雞犀。"

駮 bó 北角切,入,覺韻,幫。ㄅㄛˊ

㊀猛獸名。山海經西山經:"中曲之山有獸焉,其狀如馬而白身黑尾,一角,虎牙爪,音如鼓音,其名曰駮,是食虎豹。"㊁通"駁"。1.毛色青白相雜之馬。亦指青白相雜的樹木。見"駮馬"。2.黑白顏色相雜。引申爲混雜、不純。荀子王霸:"粹而王,駮而霸,無一焉而亡。"注:"駮,雜也。"漢書六七梅福傳上書:"一色成體謂之醇,白黑雜合謂之駮。"3.論列是非,提出異議。唐柳宗元有駮復讐議。㊂乖舛。後漢書二四馬援傳:"(援)條奏越律與漢律駮者十餘事,與越人申明舊制以約束之。"

【駮放】猶貶黜。資治通鑑二五三唐廣明元年:"(僖宗)尤善擊毬,嘗謂優人石野猪曰:'朕若應擊毬進士舉,須爲狀元。'對曰:'若遇堯、舜作禮部侍郎,恐陛下不免駮放。'"注:"駮,糾駮也。放,黜也。駮放者,糾駮其非是而放黜之也。"

【駮馬】㊀毛色青白相雜的馬。管子小問:"管仲對曰:意者君乘駮馬而盤桓迎日而馳乎?"㊁皮色青白相雜的樹木。詩秦風晨風"山有苞櫟,隰有六駮"疏:"陸機疏云:駮馬,梓榆也。其樹皮青白駮犖,遙視似駮馬,故謂之駮馬。"㊂古國名。在今裏海一帶。氣候嚴寒,經冬積雪。其民多事漁獵,逐水草而居。馬色並駮,故以名國。與結骨(亦古國名)數相侵伐,而言語不通。唐永徽中曾遣使來華。參閱通典二〇〇邊防十六。

【駮瑕】大蝦。文選漢張平子(衡)南都賦:"巨蚌函珠,駮瑕委蛇。"注:"瑕與蝦,古字通。"

【駮落】顏色斑駁。唐白居易長慶集六四翫半開花贈皇甫郎中詩:"淺深妝駮落,高下火參差。"

【駮議】㊀漢制,臣屬對朝廷決策有異議而上書,稱駮議。漢蔡邕獨斷:"凡羣臣上書於天子者有四名:一曰章,二曰奏,三曰表,四曰駮議。"後漢書四八應奉傳附應劭:"又集駮議三十篇,以類相從,凡八十二事。"㊁持不同意見。後漢書三六鄭興傳附鄭衆上疏:"若復遣之,虜必自謂得謀,其羣臣駮議者不敢復言。"注:"駮議謂勸單于歸漢。"

駢 pián 部田切,平,先韻,並。ㄆㄧㄢˊ

㊀兩馬並駕一車。尚書大傳唐傳:"然後得乘飾車駢馬,衣文錦。"文選晉嵇叔夜(康)琴賦:"雙美並進,駢馳翼驅。"㊁並列,對偶。文選漢揚子雲(雄)甘泉賦:"駢交錯而曼衍兮,峻嶒隗乎其相嬰。"又班孟堅(固)東都賦:"駢部曲,列校隊。"㊂春秋邑名。在今山東臨朐縣東南。論語憲問:"奪伯氏駢邑三百。"

【駢文】以字句兩兩相對而成篇章的文體。古代文章,務協音以成韻,修詞以達遠,故文多用偶,六朝、初唐尤甚。當時初無駢散之名,卽以此爲文章之正格。其下者往往堆砌典實,炫耀詞藻,陳陳相因,言之無物。唐代韓愈柳宗元等起而提倡散體古文,廢八代之辭華,主以氣勢行文。自是以來,稱其用對偶者之文爲駢文,以文多四、六字句,宋人或謂之四六文。參閱明吳訥文章辨體序說、清李兆洛駢體文鈔、曾燠駢體正宗。

【駢比】並列,密接。水經注十一滱水:"(黑水)池之四周,居民駢比。"唐張九齡曲江集一荔枝賦:"皮龍鱗以駢比,膚玉英而含津。"

【駢田】布集,連屬。也作"駢填"、"駢闐"。文選漢張平子(衡)西京賦:"麀鹿麌麌,駢田偪仄。"

【駢字】兩字組成的詞語。清朝有康熙時編的駢字類編、程際盛的駢字分箋等。

【駢坒】並列。文選晉左太沖(思)吳都賦:"士女佇眙,商賈駢坒。"文苑英華一〇六唐王起獺皮書袋賦:"外也蒙茸,毛有所傳;中也駢坒,書有所聚。"

【駢肩】肩並肩,言人多擁擠。文苑英華五四唐徐彥伯南郊賦:"或駢肩而側足,候吾君之戾止。"宋歐陽修文忠集四十相州晝錦堂記:"夾道之人,相與駢肩累迹。"也形容密集比次。文苑英華一四九唐舒元輿牡丹賦:"弄彩呈妍,壓景駢肩。"

【駢枝】喻多餘而無用。莊子駢拇:"是故駢於足者,連無用之肉也;枝於手者,樹無用之指也。多方駢枝於五藏之情者,淫僻於仁義之行,而多方於聰明之用也。」參見「駢拇枝指」。枝，音 qí。

【駢衍】相連貌。漢書八七上揚雄傳校獵賦：「鮮扁陸離，駢衍佖路。」注：「駢衍，言其並廣大也。」文選羽獵賦注引服虔：「鮮扁，戰鬭軍陣貌也；駢衍，軍壘駢衍也。」

【駢脅】㊀肋骨相連如一骨。左傳僖二三年：「（晉公子重耳）及曹，曹共公聞其駢脅，欲觀其裸，浴，薄而觀之。」參見「仳脅」。㊁肌肉壯健，不顯肋骨。史記六八商君傳：「多力而駢脅者爲驂乘，持矛而操闟戟者旁車而趨。」

【駢雅】明朱謀𡐿撰。凡七卷，二十篇。搜羅古書中僻奧詞語，仿爾雅體例，分章訓釋。以詞皆「聯二爲一，駢異爲同」，故名駢雅。清魏茂林爲撰訓纂十六卷，頗便考證。

【駢填】見「駢闐」。

【駢憐】比鄰。史記高祖功臣侯者表：「柏至，（靖侯許溫）以駢憐從起昌邑。」索隱：「姚氏：憐、鄰，聲相近。駢鄰，猶比鄰也。」漢書高惠高后文功臣表作「駢鄰」。注：「二馬曰駢。駢鄰，謂並兩騎爲軍翼也。」

【駢鄰】見「駢憐」。

【駢齒】前齒並兩爲一。古籍記載稱帝嚳（漢王充論衡骨相）、周武王（漢王符潛夫論五德）、南唐後主李煜（新五代史南唐世家）皆駢齒。

【駢駢】衆多、茂盛貌。唐李賀歌詩編四相勸酒：「來長安，車駢駢。」宋蘇洵嘉祐集十四張益州畫像記：「公在西囿，草木駢駢。公宴其僚，伐鼓淵淵。」

【駢蕃】重疊豐厚。宋陳升之讜論集四奏彈内侍張琳第五狀：「又聞琳先因干請，遂得内東門勾當，既非陛下潛邸官屬，近又希冒作隨龍人，特轉一官，被恩駢蕃，非所當得。」

【駢闐】布集，連屬。南朝齊謝朓謝宣城集四新治北窗和何從事詩：「岧嶢蘭橑峻，駢闐石路整。」北魏楊衒之洛陽伽藍記四城西永明寺：「庭列脩竹，簷拂高松，奇花異草，駢闐堦砌。」也作「駢填」。晉書夏統傳：「會三月上巳，洛中王公已下並至浮橋，士女駢填，車服燭路。」參見「駢田」。

【駢麗】見「駢儷」。

【駢羅】駢比，羅列。文選漢揚子雲（雄）甘泉賦：「駢羅列布，鱗以雜沓兮。」

【駢儷】駢體文多用偶句，講求對仗，或謂之駢儷。也作「駢麗」。宋黄伯思東觀餘論下跋玉笥山清虛館碑後：「（蕭）景喬文詞，雖六朝駢儷體，故自清靡可喜，要不失爲佳文。」宋王明清揮麈三録三：「元直（呂頤浩）移元鎮（趙鼎）爲翰林學士，元鎮引司馬溫公（光）故事，以不習駢儷之文，不肯就職。」

【駢體】見「駢文」。

【駢四儷六】駢體文多用偶句，講求對仗，以四言六言相間成文，或謂之駢四儷六。唐柳宗元柳先生集十八乞巧文：「駢四儷六，錦心繡口。」宋趙鼎臣竹隱畸士集十一謝宏詞啟：「且比事屬辭，乃典章之故實；而駢四儷六，亦翰墨之彌文。」

【駢字類編】清康熙時撰。專收由兩字組成的詞語，凡二百四十卷，按名物析爲十三門，以上一字類從，分隸於一千六百零四字。所收詞採自古代典籍，專爲提供詞藻、詞章對偶之用。

【駢拇枝指】莊子駢拇：「駢拇枝指，出乎性哉，而侈於德；附贅縣疣，出乎形哉，而侈於性。」唐成玄英疏：「駢，合也，大也，謂足大拇指與第二指相連合爲一指也。枝指者，謂手大拇指傍枝生一指成六指也。」釋文：「三蒼云：『枝指，手有六指也。』崔（譔）云：『音歧，謂指有歧也。』」因以「駢拇枝指」喻多餘無用之物。

【駢體文鈔】清李兆洛編。凡三十一卷。所選自秦迄隋，分爲三編：上編爲廟堂製作之文，中編爲指事述意之作，下編則抒情寄興，以齊梁之篇爲多。此書能溯駢體文之本始，並察其流變，論其異同，可供研究者參考。

【駢體正宗】原名國朝駢體正宗。清曾燠編。十二卷。所録諸作，自清初以迄嘉慶，所取自毛奇齡至汪全德共四十二人。燠亦善駢文，工於鑒別，其去取頗稱精審，與吳鼒所輯八家四六皆曾盛行一時。

駛 shǐ 踈吏切，去，志韻，山。ㄕˇ

疾，迅速。抱朴子仙藥：「（天門冬）服之百日，皆丁壯，倍駛於朮及黄精也。」

駬 ěr 而止切，上，止韻，日。ㄦˇ

千里馬。韓非子難勢：「且夫治千而亂一，與治一而亂千也，是猶乘驥駬而分馳也，相去亦遠矣。」

駤 zhì 陟利切，去，至韻，知。ㄓˋ

㊀駗駤，馬止不前。見玉篇。㊁横蠻，固執。淮南子修務：「胡人有知利者，而人謂之駤。」注：「駤，忿戾惡理不通達。」

駱 mò 莫白切，入，陌韻，明。ㄇㄛˋ

見「馲駱」。

駰 yīn 於真切，平，真韻，影。ㄧㄣ 於巾切，平，真韻，影。

淺黑雜白的馬。詩小雅皇皇者華：「我馬維駰，六轡既均。」爾雅釋畜：「陰白雜毛，駰。」注：「陰，淺黑。今之泥驄。」

駪 shēn 所臻切，平，臻韻，山。ㄕㄣ

見下。

【駪駪】衆多貌。詩小雅皇皇者華：「駪駪征夫，每懷靡及。」國語晉四引詩作「莘莘」。

駱 luò 盧各切，入，鐸韻，來。ㄌㄨㄛˋ

㊀白身黑鬣的馬。詩小雅皇皇者華：「我馬維駱，六轡沃若。」㊁獸名。見「駱駝」。㊂通「絡」。見「駱驛」。㊃古部族名。見「駱越」。㊄姓。姜姓，齊太公之後有公子駱，子孫以名爲氏。吳有駱統，東陽人。參閱通志二八氏族四以名爲氏。

【駱丞】唐駱賓王貶臨海丞，世稱駱丞。參見「駱賓王」。

【駱谷】地名。在陝西盩厔縣（今作周至縣）西南。谷長四百餘里，爲關中與漢中間的交通要道。三國魏正始四年，曹爽伐蜀，入駱谷道；甘露三年，蜀將姜維出駱谷，皆即此。參閱太平寰宇記三十鳳翔府盩厔縣。

【駱馬】白身黑鬣的馬。詩小雅四牡：「四牡騑騑，嘽嘽駱馬。」唐白居易長慶集七十不能忘情吟：「鬻駱馬兮放楊柳枝，掩翠黛兮頓金羈。」

【駱越】古部族名。百越之一。本稱駱。史記一一三南越傳：「（趙）佗因此以兵威邊，財物賂遺閩越西甌駱，役屬焉，東西萬餘里。」集解：「（隋蕭該）漢書音義曰：駱越也。」後漢書二四馬援傳：「與越人申明舊制以約束之，自後駱越奉行馬將軍故事。」注：「駱者，越別名。」

【駱漠】奔馳貌。文選漢傅武仲（毅）舞賦：「車音若雷，騖驟相及。駱漠而歸，雲散城邑。」

【駱駝】家畜名。偶蹄類。體高大，背有一至二肉峯。能負重致遠，利於在沙中行走。漢陸賈新語道基：「夫驢、騾、駱駞（駝）、犀、象、瑇瑁、琥珀、珊瑚、翠羽、珠玉，山生水藏，擇地而居。」後漢書四七梁慬傳：「慬等出戰，……乘勝追擊，凡斬首萬餘級，獲生口數千人，駱駝、畜産數萬頭，龜兹乃定。」

【駱驛】往來不絶。漢書九九下王莽傳："莽乃博徵天下工匠諸圖畫，以望法度筭，及吏民以義入錢穀助作者，駱驛道路。"注："駱驛，言不絶。"文選漢枚叔(乘)七發："純馳浩蜺，前後駱驛。"

【駱秉章】公元1792—1867年。清廣東花縣人。字籲門。道光十二年進士，累官湖南巡撫。太平天国時，支持在籍侍郎曾國藩辦團練和編練湘軍，卒成爲清廷鎮壓太平軍的主力部隊。後官四川總督，同治二年誘殺太平天国翼王石達開於老鴉漩。卒謚文忠。

【駱賓王】公元640？—？年。唐婺州義烏人。高宗末年爲長安主簿，以言事得罪，貶臨海丞。文明中徐敬業於揚州起兵反對武則天，署府佐，爲敬業傳檄遠近。相傳則天讀檄文，嘆曰："宰相安得失此人！"敬業兵敗，賓王不知所終。賓王工詩文，與同時王勃楊炯盧照鄰齊名，稱四傑。有駱賓王集。新、舊唐書皆有傳。

【駱駝杖】一種儀杖。太平廣記一四〇駱駝杖引(唐缺名)王氏見聞録："蜀地無駱駝，人不識之。蜀將亡，王公大人及近貴權幸出入宫省者，竟執駱駝杖以爲禮。自是内外效之。其杖長三尺許，屈一頭，傅以樺皮。"

駥 fú 房六切，入，屋韻，並。
ㄈㄨˊ

馬名。文選南朝宋顏延年(延之)赭白馬賦序："豈不以國尚威容，軍駥趫迅而已。"注："庾中丞(杲之)昭君辭曰：騁雪隱天山，崩風盪河澳，朔障裂寒笳，冰原嘶代駥。"

駣 táo 徒刀切，平，豪韻，定。
ㄊㄠˊ 治小切，上，小韻，澄。
徒弔切，上，晧韻，定。

三歲或四歲的馬。周禮夏官庾人："教駣，攻駒。"注："馬三歲曰駣。"玉篇："駣，馬四歲也。"

七畫

騂 xīng 息營切，平，清韻，心。
ㄒㄧㄥ

㊀赤色馬。詩魯頌駉："有騂有騏。"傳："赤黄曰騂。"疏："騂爲純赤色。言赤黄者，謂赤而微黄，其色鮮明者也。"也指赤色牛。論語雍也："犁牛之子騂且角。"㊁泛指赤色。楚辭漢王褒九懷通路："紅采兮騂衣，翠縹兮爲裳。"

【騂牡】赤色的公牛。詩小雅信南山："祭以清酒，從以騂牡，享于祖考。"

【騂旄】赤色牛。重要盟會所用牲。左傳襄十年："瑕禽曰：昔平王東遷，吾七姓從王，牲用備具。王賴之，而賜之騂旄之盟，曰：'世世無失職。'"注："騂旄，赤牛也。舉騂旄者，言得重盟，不以犬雞。"

【騂剛】㊀赤色硬土。周禮地官草人："凡糞種，騂剛用牛。"注："謂地色赤而土剛强也。鄭司農(衆)云：用牛，以牛骨汁漬其種也，謂之糞種。"㊁祭祀用的赤色公牛。詩魯頌閟宫："白牡騂剛。"也作"騂犅"。公羊傳文十三年："周公用白牲[牡]，魯公用騂犅。"

【騂騂】弓彎曲貌。詩小雅角弓："騂騂角弓，翩其反矣。"傳："騂騂，調利也。"文選晉劉越石(琨)答盧諶詩一首并書："旍弓騂騂，輿馬翹翹。"

駾 tuì 他外切，去，泰韻，透。
ㄊㄨㄟˋ

驚走奔竄。詩大雅緜："混夷駾矣，維其喙矣。"傳："駾，突。"

䮝 bó 蒲没切，入，没韻，並。
ㄅㄛˊ 蒲角切，入，覺韻，並。

見下。

【䮝馬】獸名。山海經北山經："(敦頭之山)其中多䮝馬，牛尾而白身，一角，其音如呼。"文選晉郭景純(璞)江賦："䮝馬騰波以噓蹀，水兕雷咆乎陽侯。"清俞樾謂即後漢書班超傳之"符拔"，見俞樓雜纂二三讀山海經。

駷 sǒng 息拱切，上，腫韻，心。
ㄙㄨㄥˇ 蘇后切，上，厚韻，心。

摇動馬嚼使馬行走。公羊傳定八年："陽越下取策，臨南駷馬，而由乎孟氏。"注："駷，捶馬銜走。"唐李白李太白詩三天馬歌："天馬奔，戀君軒，駷躍驚矯浮雲翻。"

駴 1. xiè 侯楷切，上，駭韻，匣。
ㄒㄧㄝˋ

㊀擂，擊。周禮夏官大司馬："鼓皆駴，車徒皆譟。"注："疾雷擊鼓曰駴。"

2. hài
ㄏㄞˋ

㊀"駭"的古字。墨子號令："讙囂駴衆，其罪殺。"莊子外物："聖人之所以駴天下，神人未嘗過而問焉。"唐成玄英本作"駭"。

駵 liú 力求切，平，尤韻，來。
ㄌㄧㄡˊ

赤體黑鬣尾的馬。説文作"駠"。今作"騮"。詩秦風小戎："騏駵是中，騧驪是驂。"

駹 máng 莫江切，平，江韻，明。
ㄇㄤˊ

㊀面額白色的馬。爾雅釋畜："面顙皆白，惟駹。"㊁青色馬。漢書九四上匈奴傳："匈奴騎，其西方盡白，東方盡駹。"㊂雜色牲口。周禮秋官犬人："凡幾珥沈辜，用駹可也。"疏："駹，謂雜色牲。"㊃古部族名。史記一一六西南夷傳："自莋以東北，君長以什數，冄、駹最大：其俗或土箸，或移徙，在蜀之西。"

駸 qīn 七林切，平，侵韻，清。
ㄑㄧㄣ 楚簪切，平，侵韻，初。

見下。

【駸駸】㊀馬行疾。詩小雅四牡："駕彼四駱，載驟駸駸。"南齊書王僧虔傳論書："亡從祖中書令書，子敬云：'弟書如騎騾，駸駸恒欲度驊騮前。'"㊁疾速，急迫。南朝梁簡文帝集二如影詩："朝光照皎皎，夕漏轉駸駸。"

駶 jú 渠玉切，入，燭韻，羣。
ㄐㄩˊ

見下。

【駶跳】跳躍。楚辭宋玉九辯："見執轡者非其人兮，故駶跳而遠去。"宋洪興祖補注："馬立不常謂之駶。……跳，躍也。"楚辭漢東方朔七諫謬諫作"駒跳"。

駻 hàn 侯旰切，去，翰韻，匣。
ㄏㄢˋ

奔突。亦作"馯"。韓非子五蠹："如欲以寬緩之政，治急世之民，猶無轡策而御駻馬。"參見"馯㊀"。

【駻突】不馴之馬。漢書刑法志："今漢承衰周暴秦極敝之流，俗已薄於三代，而行堯舜之刑，是猶以鞿而御駻突，違救時之宜矣。"注："如淳曰：突，惡馬也。"

騁 chěng 丑郢切，上，静韻，徹。
ㄔㄥˇ

㊀縱馬奔馳。左傳定八年："林楚怒馬，及衢而騁。"㊁放任。莊子天地："故其與萬物接也，至无而供其求，時騁而要其宿。"注："皆恣而任之，會其所極而已。"㊂發揮。文選漢班孟堅(固)答賓戲："亡命漂説，羈旅騁辭。"

【騁目】縱目四望。梁書沈約傳郊居賦："臨巽維而騁目，即堆冢而流眄。"

【騁足】盡力奔走。文選漢張平子(衡)西京賦："百馬同轡，騁足並馳。"抱朴子内篇序："假令奮翅則能凌厲玄霄，騁足則能追風攝景。"

【騁能】㊀施展才能。荀子天論："因物而多之，孰與騁能而化之。"㊁猶逞能。晉書阮籍傳附阮裕："吾少無宦情，兼拙於人間，既不能躬耕自活，必有所資，故曲躬二郡，豈以騁能，私計故耳。"

【騁望】㊀縱目遠望。楚辭屈原九歌湘夫人："白薠兮騁望，與佳期兮夕張。"㊁遊覽。後漢書七六循吏傳序："損上林池籞之官，廢騁望弋獵之事。"

【騁懷】開暢胸懷。晉書王羲之傳蘭亭序："仰觀宇宙之大，俯察品類之盛，所以游目騁懷，足以極視聽之娛，信可樂也。"

【騁騖】馳騁，奔走。楚辭屈原九歌湘君："鼂騁騖兮江皋，夕弭節兮北渚。"後漢書四十上班彪傳附班固西都賦："連交合衆，騁騖乎其中。"

駽 xuān 火玄切，平，先韻，曉。ㄒㄩㄢ 許縣切，去，霰韻，曉。

青黑色的馬。詩魯頌有駜："有駜有駜，駜彼乘駽。"

駼 tú ㄊㄨˊ 同都切，平，模韻，定。

見"騊駼"。

騀 ě ㄜˇ 五可切，上，哿韻，疑。

㊀見"駊騀"。㊁見"騀鹿"。

【騀鹿】馬名。廣雅釋獸："騀鹿，馬屬。"也作"娥鹿"。全唐文三六一郄昂八馬坊碑頌序："其名則蒲梢、啓服、野麋、娥鹿。"

駿 jùn ㄐㄩㄣˋ 子峻切，去，稕韻，精。

㊀良馬。穆天子傳一："天子之駿。"晉郭璞注："駿者，馬之美稱。"㊁迅速。詩周頌清廟："對越在天，駿奔走在廟。"㊂大，高大。詩大雅崧高："崧高維嶽，駿極于天。"參見"峻極"。㊃挺拔。梁書蕭子雲傳："其書迹雅爲高祖（蕭衍）所重，嘗論子雲書曰：'筆力勁駿，心手相應，……當與元常（鍾繇）並驅爭先。'"㊄嚴厲。通"峻"。史記六八商君傳趙良說商君："刑黥太子之師傅，殘傷民以駿刑，是積怨畜禍也。"㊅才智過人。通"俊"。史記八四屈原傳懷沙賦："誹駿疑桀兮，固庸態也。"集解引王逸："千人才爲俊，一國高爲桀也。"

【駿足】㊀駿馬。抱朴子博喻："蒲梢汗血，迅趨之駿足也，御非造父，則傾僨於嶮塗焉。"㊁喻賢才。唐羅隱兩同書敬慢："昔文侯式干木之閭，昭王築郭隗之館，故得羣才必至，駿足悠歸，何則？以敬之所致也。"

【駿奔】見"駿奔走"。

【駿命】大命，天命。詩大雅文王："宜鑒于殷，駿命不易。"箋："天之大命，不可改易。"晉陸雲陸士龍集二大將軍宴會被命作詩："皇皇帝祐，誕隆駿命。"參見"峻命"。

【駿厖】猶言篤厚。詩商頌長發："受小共大共，爲下國駿厖。"箋："駿之言俊也。"傳："駿，大；厖，厚。"疏："言成湯與諸侯作英俊厚德之君也。"荀子榮辱引詩作"駿蒙"。一說爲覆庇，參閱清馬瑞辰毛詩傳箋通釋三二長發。參見"恂蒙"。

【駿骨】戰國策燕一："三月得千里馬，馬已死，買其首五百金……於是不能期年，千里之馬至者三。"文選漢孔文擧（融）論盛孝章書："燕君市駿馬之骨，非欲以騁道里，乃當以招絕足也。"因以"駿骨"喻賢才。文選南朝梁任彥昇（昉）天監三年策秀才文之二："朕傾心駿骨，非懼真龍。"唐元稹長慶集二六去杭州詩："駿骨鳳毛真可貴，崗頭澤底何足論。"

【駿逸】出衆，不同凡俗。同"俊逸"。晉書慕容僞載記："（慕容）廆有駿馬曰赭白，有奇相逸力。……四十九歲矣，而駿逸不虧。"梁書侯景傳："所乘馬，每戰將勝，輒躑躅嘶鳴，意氣駿逸；其奔衄，必低頭不前。"

【駿發】㊀迅速開發。詩周頌噫嘻："駿發爾私，終三十里。亦服爾耕，十千維耦。"發，指以犁起土，私，私田。漢桓寬鹽鐵論取下引作"浚發爾私"。㊁英俊風發。南朝梁劉勰文心雕龍六神思："若夫駿發之士，心總要術，敏在慮前，應機立斷。"唐皇甫湜皇甫持正文集二顧況詩集序："偏於逸歌長句，駿發踔厲，若穿天心，出月脅，意外驚人語，非常人所能及。"

【駿蒙】見"駿厖"。

【駿奔走】急速奔走。書武成："邦甸侯衛，駿奔走，執豆籩。"詩周頌清廟："駿奔走在廟。"後多截用"駿奔"二字。文選三國魏應休璉（璩）與從弟君苗君冑書："徒有飢寒駿奔之勞，俟河之清，人壽幾何！"晉陶潛陶淵明集五歸去來兮辭序："尋程氏妹喪于武昌，情在駿奔，自免去職。"

騃 1. sì ㄙˋ 牀史切，上，止韻，牀。

㊀急走貌。見"駓騃"。

2. ái ㄞˊ 五駭切，上，駭韻，疑。

㊁愚，呆。漢書四五息夫躬傳："左將軍公孫禄、司隸鮑宣皆外有直項之名，內實騃不曉政事。"

【騃$_2$子】愚人。多用以譏識見暗昧的人。漢王符潛夫論邊議："百姓被害，迄今不止，而癡兒騃子，尚云不當救助。"

【騃$_2$冶】嬌憨豔麗。唐顏師古隋遺録上："長安貢御車女袁寶兒，年十五，腰肢纖墮，騃冶多態。"（說郛七八）

【騃$_2$女癡男】指天真無知、迷於情愛的少女少男。宋徐鉉徐公文集一新月賦："乃有騃女癡男，朱顏稚齒，欣春物之駘蕩，登春臺之靡迆。"

八畫

騈 pián ㄆㄧㄢˊ

同"駢"。見"駢"。

騏 qí ㄑㄧˊ 渠之切，平，之韻，羣。

㊀青黑色的馬。其紋路如棋盤，故名。詩小雅皇皇者華："我馬維騏，六轡如絲。"㊁青黑色的帛。詩曹風鳲鳩："其帶伊絲，其弁伊騏。"箋："其帶伊絲謂大帶也，大帶用素絲，有雜色飾焉。騏當作璂。"㊂獸名。爾雅釋獸："䮅，如馬，一角。不角者騏。"史記一一七司馬相如傳子虛賦："乘遺風而射游騏。"㊃通"麒"。見"騏驎㊁"。

【騏驎】㊀良馬名。商君書畫策："騏驎騄駬，每一日走千里。"也作"騏麟"。戰國策齊四："君之廄馬百乘，無不被繡衣而食菽粟者，豈有騏驎騄耳哉？"㊁傳說獸名。即麒麟。戰國策趙四："刳胎焚夭，而騏驎不至。"史記孔子世家作"麒麟"。參見"麒麟"。

【騏麟】見"騏驎㊀"。

【騏驥】良馬。莊子秋水："騏驥驊騮，一日而馳千里。"

【騏驎竭】藥名。又名"血竭"。騏驎竭木的脂液，狀如乾血，色黃而赤，味微鹹甘，似卮子氣。可研作粉，入丸散中用。參閱本草綱目三四木一騏驎竭。參見"血竭"。

【騏驥一毛】喻珍品的極小部分。宋黃伯思東觀餘論上記石經與今文不同："又論語每篇各記章數，……此石刻在洛陽，本在洛宮前御史臺中，年久摧散。洛人好事者時時得之，若騏驥一毛，虬龍片甲。"

騎 1. qí ㄑㄧˊ 渠羈切，平，支韻，羣。

㊀跨馬。戰國策趙二："今吾將胡服騎射，以教百姓。"也指分腿跨坐。見"騎鯨"、"騎箕尾"。引申謂兼跨兩邊。見"騎牆"、"騎縫"。㊁靠近。史記一〇一袁盎傳："臣聞千金之子坐不垂堂，百金之子不騎衡。"集解："如淳曰：騎，倚也。衡，樓殿邊欄楯也。"

2. jì 奇寓切,去,寘韻,羣
ㄐㄧˋ

㊂備有鞍轡的馬。如坐騎。戰國策趙二:"趙地方二千里,帶甲數十萬,車千乘,騎萬匹。"㊃馬兵。韓非子説林下:"公孫弘斷髮而爲越王騎。"也指一人一馬。文選漢班孟堅(固)東都賦:"千乘雷起,萬騎紛紜。"㊄姓。戰國時燕將有騎劫。見史記樂毅傳。

【騎士】馬兵。史記九五灌嬰傳:"漢王乃擇軍中可爲車騎將者,皆推故秦騎士重泉人李必駱甲習騎兵。"

【騎邑】騎射之邑。戰國策趙二:"(趙武靈)王破原陽,以爲騎邑。"注:"居騎士於此。"謂以其地之民,習爲胡服騎射。

【騎吹】樂名,鐃歌的別稱。多鼓吹於馬上,故名。藝文類聚五十南朝陳江總廣州刺史歐陽頠墓誌:"巫山遠曲,誼騎吹于日南;芳樹清音,肅軍容于海截。"唐李白李太白詩五鼓吹入朝曲:"鐃歌列騎吹,颯沓引公卿。"

【騎兵】㊀騎馬作戰的士兵。史記九五灌嬰傳:"將郎中騎兵擊楚騎於滎陽東,大破之。"㊁武官名。三國魏置五兵尚書,內有騎兵曹,歷代因之。又自晉以來,節鎮幕僚,亦置騎兵參軍。晉王徽之嘗爲桓沖騎兵參軍。梁書任昉傳:"高祖克京邑,霸府初開,以昉爲驃騎記室參軍。始高祖與昉過竟陵王西邸,從容謂昉曰:'我登三府,當以卿爲記室。'昉亦戲高祖曰:'我若登三事,當以卿爲騎兵。'謂高祖善騎也。"

【騎官】星宿名。史記天官書:"房南衆星曰騎官。"魏書張淵傳觀象賦:"庫樓炯炯以灼明,騎官騰驤而奮足。"注:"騎官二十七星在氐南。騎官典乘,故曰騰驤也。"

【騎寇】騎馬入侵之寇。管子小匡:"禽狄王,敗胡貉,破屠何,而騎寇始服。"

【騎尉】官名。漢以李陵爲騎都尉。晉以後歷代皆有之。至隋,始置武騎尉、驍騎尉、飛騎尉、雲騎尉等,以爲文散官。唐、宋至明,皆以爲勳官。清時以騎都尉、雲騎尉、恩騎尉爲賞功之世職。參閱文獻通考六四職官十八勳官、續文獻通考六二職官十二勳官、清朝文獻通考八六職官十世職。

【騎將】騎兵將領。史記一〇六吳王濞傳:"劉仲子沛侯濞年二十,有氣力,以騎將從破(英)布軍蘄西。"唐王維王右丞集一燕支行:"衛霍纔堪一騎將,朝廷不數貳師功。"

【騎從】車騎,侍從。晉書王導傳:"帝親觀禊,乘肩轝,具威儀,敦、導及諸名勝皆騎從。"宋蘇軾東坡集續集一黃州詩:"使君厭騎從,車馬留山前。"

【騎鼓】軍用鼓。説文:"鼙,騎鼓也。"

【騎置】驛騎。漢書五四李陵傳武帝詔:"從浞野侯趙破奴故道抵受降城休士,因騎置以聞。"

【騎縫】指兩紙相連之縫。文件須分執或存根者,多於騎縫處用印,稱騎縫印,以備驗合,而防僞造。其制始於北魏明帝時。見北史盧同傳。參見"款縫"。

【騎牆】太平廣記九一阿專師引廣古今五行記:"正見阿專師騎一破牆上坐,……以杖擊牆,口唱叱叱。所騎之牆一堵,忽然昇上,可數十仞,舉手謝鄉里曰:好住。"後謂兼跨兩邊、游移於二者之間爲"騎牆"。清江藩漢學師承記八顧炎武:"故兩家之學,皆深入宋儒之室,但以漢學爲不可廢耳;多騎牆之見,依違之言,豈真知灼見者哉。"兩家,指炎武與黃宗羲。

【騎鯨】文選漢揚子雲(雄)羽獵賦:"乘巨鱗,騎京魚。"注:"京魚,大魚也。字或爲鯨。"後以指隱遁或死亡。宋陸游劍南詩稿二三七月一日夜坐舍北水涯戲作:"斥仙豈復塵中戀,便擬騎鯨返玉京。"趙蕃淳熙稿十一挽周德友詩:"此日騎鯨去,它年化鶴還。"

【騎火茶】茶名。宋缺名五色線下:"龍安有騎火茶,最上,不在火前不在火後故也。清明改火,故曰騎火茶。"

【騎月雨】跨月雨。宋陸游劍南詩稿五七村社禱晴有應:"爽氣收回騎月雨,快風散盡滿天雲。"自注:"俗謂二十四五間有雨,往往輒成霞[霖]潦,謂之騎月雨。"

【騎田嶺】五嶺之一。又名臘嶺、黃岑山。在今湖南郴縣、宜章間。其支摺嶺,爲湘粵通道。水經注三九耒水:"耒水又西,黃水注之,水出縣西黃岑山,山則騎田之嶠,五嶺之第二嶺也。"唐元稹長慶集十二和樂天送客游嶺南二十韻詩:"騎田迴北顧,桐柱指南鄰。"參閱太平寰宇記一一七郴州、讀史方輿紀要八二郴州。

【騎省集】宋徐鉉撰。三十卷。鉉精説文之學,文章淹雅,當時負重名。以曾官散騎常侍,故以名書。

【騎都尉】官名。漢武帝元鼎二年初置,以李陵爲之。歷代相仍。唐置上騎都尉、騎都尉,以爲勳官。宋因之。清以爲世職。參閱文獻通考五九職官十三三都尉。

【騎箕尾】莊子大宗師:"夫道,傅説得之,以相武丁,奄有天下,乘東維,騎箕尾,而比於列星。"箕、尾二星宿間有一傅説星,舊傳爲殷王武丁賢相傅説死後升天所化。宋曾鞏元豐類藁八韓魏公挽歌詞之一:"忽騎箕尾精靈遠,長奮山河寵數新。"後因謂大臣死爲騎箕尾或騎箕。宋史三六〇趙鼎傳自書銘旌:"身騎箕尾歸天上,氣作山河壯本朝。"

【騎鯨手】即騎鯨客。宋蘇軾蘇東坡集後集一明日復以大魚爲餽……故復戲之詩:"我是騎鯨手,聊堪充鹿角。"參見"騎鯨"。

【騎鯨客】騎鯨背以游海上。喻仙家、豪客。唐李白自署曰"海上騎鯨客"。宋陸游劍南詩稿七四八十四吟之二:"飲敵騎鯨客,行追縮地仙。"參見"騎鯨"。

【騎鶴化】道士稱安坐而死爲"騎鶴化"。明陶宗儀輟耕錄二二夫婦入道:"王氏守素,錢塘民家女。其夫丁,棄家爲全真道士於吳山之紫陽庵。一日,召守素入山,……坐抱一膝而逝。方外者流謂之騎鶴化。"

【騎牛覓牛】見"騎驢覓驢"。

【騎虎難下】太平御覽四六二南朝宋何法盛晉中興書:"蘇峻反,溫嶠推陶侃爲盟主,侃欲西歸,嶠説侃曰:……今日之事,義無旋踵,騎虎之勢,可得下乎?"後以"騎虎難下"喻迫於事勢,欲罷不能。

【騎曹參軍】官名。三國魏司馬師爲大將軍,有騎兵;晉末劉裕爲相國,有騎兵參軍;隋左右衛府有騎兵參軍;唐因之,尋改爲騎曹參軍,掌外內雜畜簿帳牧養、供給馬匹諸事。參閱通典二八職官十左右衛、資治通鑑二〇八唐神龍元年八月注。

【騎驢覓驢】喻忘其本有而到處尋求。景德傳燈錄二一白龍院道希禪師:"問:'如何是正真道?'師曰:'騎驢覓驢。'"又二八神會大師:"本無今有有何物,本有今無無何物,誦經不見有無義,真似騎驢更覓驢。"也作"騎牛覓牛"。景德傳燈錄九福州大安禪師:"師即造百丈,禮而問曰:'學人欲求識佛,何者即是?'百丈曰:'大似騎牛覓牛。'"

【騎鶴上揚州】形容一種妄想。南朝梁殷芸殷芸小説:"有客相從,各言所志:或願爲揚州刺史,或願多貲財,或願騎鶴上昇。其一人曰:'腰纏十萬貫,騎鶴上揚州。'欲兼三者。"宋劉過龍洲詞沁園春送人赴營道宰:"心期處,算世間真有,騎鶴揚州。"

騋 lái 落哀切,平,咍韻,來。ㄌㄞˊ

高大的馬。詩鄘風定之方中:"騋牝三千。"傳:"馬七尺以上曰騋,騋馬與牝馬也。"

騉 kūn 古渾切,平,魂韻,見。ㄎㄨㄣ

馬名。爾雅釋畜:"騉,蹄研。"疏:"李云:騉者,其蹄正堅而平似研也。"或連讀作"騉蹄"。見"騉蹄"。

【騉蹄】馬名。爾雅釋畜:"騉蹄趼,善陞甗。"注:"騉蹄,蹄如趼〔研〕而健上山。秦時有騉蹄苑。"

【騉駼】馬名。蹄平而有小趾歧出者。爾雅釋畜:"騉駼,枝蹄趼,善陞甗。"注:"騉駼亦似馬而牛蹄。"釋文:"李巡曰:騉駼,其跡枝平似研,亦能登高歷危險也。"

騍 kè 正字通 苦卧切,音課。ㄎㄜˋ

母馬。宋王禹偁小畜集十四記馬:"以是駒配是母,幸而騮,其駿必備;不幸而騍,又獲其種。"自注:"俚談以牡馬爲騮,牝馬爲騍。"

騑 fēi 甫微切,平,微韻,幫。ㄈㄟ

㊀四馬駕車時,中間兩馬夾轅者名服馬,兩旁之名騑馬,亦稱驂馬。墨子七患:"徹驂騑,塗不芸。"後漢書章帝紀元和三年:"車可以引避,引避之;騑馬可輟解,輟解之。"㊁泛指馬。唐柳宗元柳先生集四二朗州竇常員外……見促行騎走筆酬贈詩:"賜環留逸響,五馬助征騑。"

【騑騑】馬行不止貌。詩小雅四牡:"四牡騑騑,嘽嘽駱馬。"唐韓愈昌黎集四送區弘南歸詩:"雖有不逮驅騑騑,或採于薄漁于磯。"

騊 táo 徒刀切,平,豪韻,定。ㄊㄠˊ

見下。

【騊駼】馬名。山海經海外北經:"北海內有獸,其狀如馬,名曰騊駼。"史記一一七司馬相如傳子虛賦:"軼野馬而轊騊駼,乘遺風而射游騏。"漢太僕屬官有騊駼監,見漢書百官公卿表上。

騅 zhuī 職追切,平,脂韻,照。ㄓㄨㄟ

黑白相間的馬。詩魯頌駉:"有騅有駓。"傳:"蒼白雜毛曰騅。"史記項羽紀:"駿馬名騅,常騎之。於是項王乃悲歌忼慨,自爲詩曰:'力拔山兮氣蓋世,時不利兮騅不逝。'"

騄 lù 力玉切,入,燭韻,來。ㄌㄨˋ

見下。

【騄耳】良馬名。周穆王八駿之一。也作"綠耳"。竹書紀年下周穆王:"八年春,北唐來賓,獻一驪馬,是生騄耳。"史記樂書:"五帝三王之樂各殊名,示不相襲,……亦各一世之化,度時之樂,何必華山之騄耳而後行遠乎?"

【騄驥】良馬名。文選漢張平子(衡)東都賦:"騄驥齊鑣,黃間機張,足逸驚飇,鏃析毫芒。"後漢書靈帝紀光和四年:"初置騄驥廄丞,領受郡國調馬。"注:"騄驥,善馬也。"

九 畫

騙 piàn 匹戰切,去,線韻,滂。ㄆㄧㄢˋ

㊀躍而乘馬。本作"騗"。見集韻。唐張鷟朝野僉載四張元一嘲武懿宗:"長弓短度箭,蜀馬臨堦騙。"全唐詩八六九作"騗"。㊁蒙哄,欺詐。元王實甫西廂記五本四折:"你這廝怎麼要驅騙人的妻子。"

【騙石】上馬時的踏脚石。新唐書一七七李景讓傳:"李琢罷浙西,以同里訪之,避不見,及去,命斲其騙石焉。"

【騙局】將假作真、使人受欺的圈套。宋劉克莊後村集五二庚申召對:"臣惟國家三數年來,凶相弄權,以富彊自詭,輔聖天子而行霸政,爲天下宰而設騙局。"

【騙馬】一種馬上技藝。本作"騗馬"。馬上諸技有引馬、立馬、騙馬、跳馬、獻鞍、拖馬等。騎者以身下馬,以手攀鞍而復上,謂之"騙馬"。新唐書百官志一刑部:"樂工、獸醫、騙馬、調馬、羣頭、裁接之人皆取焉。"後也指輕佻的行爲。元王實甫西廂記三本三折:"你是箇折桂客,做了偷花漢,不想去跳龍門,來學騙馬。"參閱宋孟元老東京夢華錄七駕登寶津樓諸軍呈百戲。

騨 hún 户昆切,平,魂韻,匣。ㄏㄨㄣˊ

獸名。山海經北山經:"(太行之山)有獸焉,其狀如麢羊而四角,馬尾而有距,其名曰騨,善還。"晉郭璞山海經圖讚騨獸:"騨獸四角,馬尾有距,涉歷歸山,騰險躍岨,厥貌惟奇,如是旋舞。"

騞 huō 集韻 霍虢切,入,陌韻。ㄏㄨㄛ

破裂聲。莊子養生主:"庖丁爲文惠君解牛,……砉然嚮然,奏刀騞然,莫不中音,合於桑林之舞,乃中經首之會。"列子湯問:"(宵練之劍)其觸物也,騞然而過,隨過隨合,覺疾而不血刃焉。"參見"砉騞"。

騕 yǎo 烏皎切,上,篠韻,影。ㄧㄠˇ

見下。

【騕褭】良馬名。淮南子齊俗:"夫待騕褭、飛兔而駕之,則世莫乘車。"史記一一七司馬相如傳上林賦:"羂騕褭,射封豕。"集解引郭璞:"騕褭,神馬,日行萬里。"漢書五七上司馬相如傳作"要褭"。後作駿馬之通稱。才調集三李洞公子家詩之二:"騕褭似龍隨日换,輕盈如燕逐年新。"參見"要褭"。

騢 xiá 胡加切,平,麻韻,匣。ㄒㄧㄚˊ

赤白雜色馬。詩魯頌駉:"薄言駉者,有駰有騢。"

騤 kuí 渠追切,平,脂韻,羣。ㄎㄨㄟˊ

㊀見"騤瞿"。㊁見"騤騤"。

【騤瞿】違遽奔走貌。文選漢張平子(衡)西京賦:"百禽㥄遽,騤瞿奔觸。"薛綜注:"騤瞿,走貌。"

【騤騤】馬强壯貌。詩小雅采薇:"駕彼四牡,四牡騤騤。"傳:"騤騤,彊也。"

騠 tí 杜奚切,平,齊韻,定。ㄊㄧˊ

見"駃騠"。

騟 yú 羊朱切,平,虞韻,喻。ㄩˊ

㊀紫色馬。見玉篇。㊁見"騊騟"。

騣 zōng 子紅切,平,東韻,精。ㄗㄨㄥ

馬頸上的長毛。也作"鬉"、"鬃"。俗作"騌"。唐杜甫杜工部草堂詩箋七驄馬行:"隅目青熒夾鏡懸,肉騣碨礧連錢動。"

騪 sōu 所鳩切,平,尤韻,山。ㄙㄡ

㊀馬名。廣韻:"騚騪,畜中大馬。"㊁搜索。通"搜"。見下。

【騪粟都尉】武官名。漢書百官公卿表上:"騪粟都尉,武帝軍官,不常置。"漢書八六霍光傳作"搜粟都尉"。參見該條。

騜 huáng 胡光切,平,唐韻,匣。ㄏㄨㄤˊ

黃白色馬。爾雅釋畜:"黃白,騜。"注:"詩曰:'騜駁其馬。'"今本詩豳風東山作"皇"。

騖 wù 亡遇切,去,遇韻,明。ㄨˋ

㊀奔馳。韓非子外儲右下："代御執轡持筴，則馬咸騖矣。"史記一一七司馬相如傳上林賦："游乎六藝之囿，騖乎仁義之塗。"㊁急，速。素問大奇論："肝脈騖暴，有所驚駭。"㊂從事，追求。宋史四二七程顥傳："病學者厭卑近而騖高遠，卒無成焉。"

十畫

騫 1. qiān 去乾切，平，仙韻，溪。ㄑㄧㄢ

㊀腹部低陷。周禮考工記梓人："銳喙、決吻、數目、顧脰、小體、騫腹，若是者謂之羽屬。"㊁虧，損。詩小雅天保："如南山之壽，不騫不崩。"㊂違背。後漢書六三李杜傳論："夫專爲義則傷生，專爲生則騫義。"㊃仰首貌。楚辭大招："鰅鱅短狐，王虺騫只。"注："騫，舉頭貌也。……大蛇羣聚，舉頭而望，其狀騫然也。"㊄震驚。文選南朝宋顏延年(延之)車駕幸京口三月三日侍遊曲阿後湖作詩："人靈騫都野，鱗翰聳淵丘。"注："騫、聳，皆驚懼之意也。"㊅過，誤。通"愆"。荀子正名："長夜漫兮，永思騫兮。"㊆拔取。通"搴"。漢書九十楊僕傳勑："將軍之功，獨有先破石門尋陿，非有斬將騫旗之實也，烏足以驕人哉！"㊇揭起衣服。通"褰"。左傳襄二六年"拂衣從之"晉杜預注："拂衣，褰裳也。"㊈飛。通"鶱"。唐杜甫杜工部草堂詩箋十四寄嶽州賈司馬六丈……五十韻："如公盡雄俊，志在必騰騫。"

騫 2. jiǎn 集韻 九件切，上，獮韻。ㄐㄧㄢˇ

㊉駑馬。見集韻。

【騫汙】損辱。漢書四九鼂錯傳對策："使主內亡邪辟之行，外亡騫汙之名。"

【騫翥】展翅貌。文選漢張平子(衡)西京賦："鳳騫翥於甍標，咸遡風而欲翔。"唐柳宗元柳先生集四十爲韋京兆祭杜河中文："余弟宗卿，獲芘仁宇，命佐廉問，忘其愚魯，假以羽翼，俾之騫翥。"

【騫舉】飛動貌。唐張彥遠法書要錄八妙品："(梁蕭子雲)剏造小篆、飛白，意趣飄然，點畫之際，若有騫舉。"

【騫騫】放肆貌。唐柳宗元柳先生集十八乞巧文："沓沓騫騫，恣口所言。"

【騫騰】飛升。唐杜甫杜工部草堂詩箋二五贈崔十三評事公輔："騫騰坐可致，九萬起於斯。"

騸 shàn 正字通 式戰切，音扇。ㄕㄢˋ

㊀閹割牲畜。舊五代史郭崇韜傳："嘗從容白(魏王)繼岌曰：'……宜盡去宦官，優禮士族，不唯疏斥閹寺，騸馬不可復乘。'"新五代史作"扇馬"。㊁截去樹的主根。明馮應京月令廣義四春令授時："騸樹：于諸色果木未生時，于春初根旁深掘開，將鑽心釘地根截去，惟留四邊亂根勿動，却用土覆蓋。築實，則結果肥大，勝插接者。"

騲 cǎo 采老切，上，晧韻，清。ㄘㄠˇ

牝馬。見玉篇。北齊顏之推顏氏家訓書證："良馬，天子以駕玉輅，諸侯以充朝聘郊祀，必無騲也。"參見"草馬㊀"。

騵 yuán 愚袁切，平，元韻，疑。ㄩㄢˊ

㊀赤毛白腹的馬。詩大雅大明："駟騵彭彭。"㊁駿馬。淮南子主術："伊尹，賢相也，而不能與胡人騎騵馬而服騊駼。"

騷 1. sāo 蘇遭切，平，豪韻，心。ㄙㄠ

㊀騷動，騷擾。詩大雅常武："徐方繹騷。"國語鄭："申繒西戎方彊，王室方騷。"㊁憂愁。史記八四屈原傳："屈平疾王聽之不聰也，……故憂愁幽思而作離騷。離騷者，猶離憂也。"㊂離騷的省稱。唐韓愈昌黎集十二進學解："下逮莊騷，太史所錄，子雲相如，同工異曲。"㊃詩體的一種。詳"騷體"。㊄狐臭。同"臊"。山海經北山經(少陽之山)"食之不驕"晉郭璞注："或作騷。騷，臭也。"

騷 2. sǎo 正字通 巧韻，音埽。ㄙㄠˇ

㊅通"掃"。史記九一黥布傳："大王宜騷淮南之兵渡淮。"漢書三四英布傳"騷"作"埽"，注："埽者，謂盡舉之，如埽地之爲。"

騷 3. xiāo 集韻 先彫切，平，蕭韻。ㄒㄧㄠ

㊆見"蒲騷"。

【騷人】㊀指詩人。自離騷以降，作詩者多倣效之，故稱詩人爲騷人。南朝梁蕭統文選序："又楚人屈原，含忠履潔，……臨淵有懷沙之志，吟澤有憔悴之容，騷人之文，自茲而作。"㊁特指楚辭的作者屈原等人。唐李白李太白詩二古風之一："正聲何微茫，哀怨起騷人。"㊂泛指失意的文人。唐柳宗元柳先生集四二酬曹侍御過象縣見寄詩："破額山前碧玉流，騷人遙駐木蘭舟。"宋范仲淹范文正公集七岳陽樓記："然則北通巫峽，南極瀟湘，遷客騷人，多會于此，覽物之情，得無異乎？"

【騷屑】㊀風聲。楚辭漢劉向九歎思古："風騷屑以搖木兮，雲吸吸以湫戾。"㊁紛擾貌。唐杜甫杜工部草堂詩箋六自京赴奉先縣詠懷詩五百字："撫迹猶酸辛，平人固騷屑。"

【騷除】即掃除。史記八七李斯傳說秦王："夫以秦之彊，大王之賢，由竈上騷除，足以滅諸侯，成帝業。"索隱："騷音埽。言秦欲并天下，若炊婦埽除竈上之不淨，不足爲難。"

【騷殺】㊀下垂飄動貌。文選漢張平子(衡)東京賦："駙承華之蒲梢，飛流蘇之騷殺。"㊁猶蕭瑟。南朝宋鮑照鮑氏集八園中秋散："流枕商聲苦，騷殺年志闌。"

【騷動】動亂，不安。孫子用間："內外騷動，怠于道路。"史記太史公自序論六家要指："夫神大用則竭，形大勞則敝，形神騷動，欲與天地長久，非所聞也。"也作"搔動"。淮南子兵略："萬人搔動，莫寧其所。"

【騷瑟】風聲。南朝齊謝朓謝宣城集五侍筵西堂落日望鄉詩："芸黃先露早，騷瑟驚暮秋。"一本作"騷屑"。

【騷雅】㊀指離騷和詩經中的小雅大雅。唐杜甫杜工部詩史補遺四陳拾遺故宅："有才繼騷雅，哲匠不比肩。"㊁指詩文之才。唐李中碧雲集上離亭前思有寄："若無騷雅分，何計達相思。"

【騷壇】唐杜牧樊川集二雪晴訪趙嘏街西所居三韻："命代風騷將，誰登李杜壇。"後因稱詩界爲騷壇。宋衛宗武秋聲集三和張菊存寄詩："騷壇新領袖，上國舊衣冠。"

【騷擾】擾亂，動亂不安。史記平準書："行者齎，居者送，中外騷擾而相奉。"參見"搔擾"。

【騷離】憂愁而離心。國語楚上："德義不行，則邇者騷離而遠者距違。"注："騷，愁也；離，叛也。"新唐書一四三元結傳上言："今百姓十不一在，耄孺騷離，未有所安。"

【騷騷】㊀急迫貌。禮檀弓上："故騷騷爾則野。"釋文："急疾貌。"宋黃庭堅山谷外集十勞坑入前城詩："山農驚長吏，出拜家騷騷。"㊁愁思貌。楚辭漢劉向九歎遠游："聊假日以須臾兮，何騷騷而自故。"㊂風勁貌。文選漢張平子(衡)思玄賦："寒風淒其永至兮，拂穹岫之騷騷。"

【騷體】文體名。戰國楚屈原作離騷。後因倣其體謂之騷體，也稱"楚辭體"。其語尾多用"兮"字。或謂虞舜之南風歌，爲騷體所自昉。漢以後，歌行、琴操多用之。南朝梁劉勰文心雕龍二樂府："暨武帝崇禮，始立樂府，總趙代之音，撮齊、楚之氣，(李)延年以曼聲協律，朱(買臣)、(司)馬(相如)以騷體製歌。"

【騷人墨客】謂風雅之士。宣和畫譜十二宋迪："性嗜畫，好作山水，或因覽物得意，或因寫物創意，而運思高妙，如騷人墨客登高臨賦。"

騧 guā 古蛙切，平，佳韻，見。
ㄍㄨㄚ 古華切，平，麻韻，見。

㊀身黃嘴黑的馬。詩秦風小戎："騏騮是中，騧驪是驂。"唐杜甫杜工部詩史補遺五韋諷錄事宅觀曹將軍畫馬圖："昔日太宗拳毛騧，近時郭家師子花。"㊁通"蝸"。文選三國魏何平叔(晏)景福殿賦："騧徙增錯，轉縣成郛。"注："騧或爲蝸，言合衆板上爲井欄，而形文錯若蝸之徙遞。"

【騧騟】良馬名。周穆王八駿之一。見晉張華博物志四。今本穆天子傳一作"踰輪"。史記秦本紀"騄耳之駟"索隱引穆王傳作"騟䮡"。

【騧騮】良馬名。魏書奚斤傳："時國有良馬曰騧騮，一夜忽失，求之不得。"北史王慧龍傳附王劭上書："千里馬者，蓋至尊舊所乘騧騮馬也。"

驏 zhàn 陟扇切，去，線韻，知。
ㄓㄢˋ

馬土浴。卽馬臥於土。見廣韻。韓詩外傳二："昔者，宋之桓司馬得罪於宋君，出於魯，其馬佚而驏吾園，而食吾園之葵。"宋蘇軾分類東坡詩二五次韻子由浴罷："老雞臥糞土，振羽雙瞑目；倦馬驏風沙，奮鬣一噴玉。"

䮦 jì 几利切，去，至韻，見。
ㄐㄧˋ

㊀希望。通"冀"、"覬"。禮文王世子"反養老幼于東序，終之以仁也"漢鄭玄注："大夫勤於朝，州里䮦於邑。"廣雅釋言："企也。"㊁通"驥"。見玉篇。

騬 chéng 食陵切，平，蒸韻，神。
ㄔㄥˊ

馬去勢。周禮夏官校人"頒馬攻特"漢鄭玄注："攻特謂騬之。"也指去勢的馬。資治通鑑二七四五代後唐同光三年："郭崇韜素疾宦官，嘗密謂魏王繼岌曰：'大王他日得天下，騬馬亦不可乘。'"

騶 1. zōu 側鳩切，平，尤韻，莊。
ㄗㄡ

㊀主駕車馬之吏。左傳成十八年："使訓羣騶知禮。"疏："騶爲主駕之官，駕車以共御者。"㊁騎士，侍從。後漢書六六陳蕃傳："黃門從官騶蹋踧蕃曰：死老魅！復能損我曹員數，奪我曹稟假不？"參見"騶騎"、"騶從"、"騶僕"。㊂好箭。通"菆"。見"騶發"。㊃姓。戰國策燕一："鄒衍自齊往。"史記七四作騶衍。

2. zhòu 集韻 鉏救切，去，宥韻。
ㄓㄡˋ

㊄馬行疾。通"驟"。禮曲禮上："車驅而騶。"

3. qū 集韻 逡須切，平，虞韻。
ㄑㄩ

㊅快走。通"趨"。荀子正論："和鸞之聲，步中武象，騶中韶護以養耳。"同書禮論作"趨"。

【騶人】開道引馬的騎卒。資治通鑑八六晉永興二年："先是城中不知長沙厲王及皇甫商已死，重獲御史騶人。"注："晉制，諸公給騶八人，下至御史，各有差。齊王融曰：'車前無八騶，何得稱丈夫！'則騶蓋辟車之卒。"參見"八騶"、"前騶"。

【騶牙】獸名。史記一二六東方朔傳："建章宮後閤重櫟中有物出焉，其狀似麋。……於是朔乃肯言曰：所謂騶牙者也。遠方當來歸義，而騶牙先見，其齒前後若一，齊等無牙，故謂之騶牙。"參見"騶虞㊀"。

【騶吾】獸名。卽"騶虞"。山海經海內北經："林氏國有珍獸，大若虎，五采畢具，尾長于身，名曰騶吾。乘之日行千里。"參見"騶虞㊀"。

【騶卒】掌管車馬的僕隸。魏書世祖紀下太平真君五年詔："其百工伎巧、騶卒子息，當習其父兄所業，不聽私立學校。"

【騶哄】開道引馬、喝止行人避路的侍從。新唐書一〇九崔義玄傳附崔琳："琳長子儼，諫議大夫。其羣從數十人，自興寧里謁大明宮，冠蓋騶哄相望。"又一八五鄭畋傳："故時，宰相騶哄聯數坊，呵止行人。"

【騶唱】引馬騎卒傳呼開道。魏書郭祚傳："故事，令僕中丞，騶唱而入宮門，至於馬道。及祚爲僕射，以爲非盡敬之宜，言於世宗，帝納之。下詔：'御在太極，騶唱至止車門；御在朝堂，至司馬門。'騶唱不入宮，自此始也。"

【騶從】顯貴出行，在車前後的侍從。晉書輿服志："大使車，立乘，駕四，赤帷裳，騶騎導從。"宋楊萬里誠齋集六歸自豫章復過西山詩："我行莫笑無騶從，自有西山管送迎。"

【騶發】發射良箭。漢書四九鼂錯傳上言："材官騶發，矢道同的。"注："騶謂矢之善者也。春秋左氏傳作菆字，其音同耳。……騶發，發騶矢以射也。"

【騶虞】㊀獸名。也作"騶吾"、"騶牙"。詩召南騶虞："彼茁者葭，壹發五豝，于嗟乎騶虞。"傳："騶虞，義獸也。白虎黑文，不食生物，有至信之德則應之。"㊁樂名。武王勝殷，因先王之樂，又自作樂，命名象。周成王因先王之樂，命名騶虞。見墨子三辯。後漢書六十上馬融傳廣成頌："詩詠囿〔圃〕草，樂奏騶虞。"㊂掌鳥獸的官。周禮春官鍾師："凡射，王奏騶虞，諸侯奏貍首。"疏："騶虞，天子掌鳥獸官。"漢賈誼新書六禮："騶者，天子之囿也；虞者，囿之司獸者也。"參閱清陳喬樅韓詩遺說考一騶虞(清續經解一五九)。

【騶騎】主駕車馬的騎從。漢書六五東方朔傳"朔紿騶朱儒"唐顏師古注："騶，本廄之御騶也，後人以爲騎，謂之騶騎。"唐元稹長慶集十七陪韋尚書丈歸履信宅……詩："紫垣騶騎入華居，公子文衣護錦輿。"參見"官騎"。

【騶虞幡】標有騶虞的旗幟。晉制有白虎幡、騶虞幡，白虎威猛主殺，用於督戰；騶虞仁獸，用以解兵。晉書楚王瑋傳："帝用張華計，遣殿中將軍王宮齎騶虞幡麾衆曰：'楚王矯詔！'衆皆釋杖，瑋左右無復一人，窘迫不知所爲。"

騩 guī 居追切，平，脂韻，見。
ㄍㄨㄟ

淺黑色馬。急就篇三："騂騩騅驪駵驢。"樂府詩集十六漢鐃歌君馬黃："君馬黃，臣馬蒼，二馬同逐臣爲良。易之有騩蔡有赭，……美人歸以北，駕車馳馬，佳人安終極。"

【騩山】山名。1. 在青海省東部。山海經西山經："騩山是錞于西海，無草木，多玉，淒水出焉，西流注于海。"2. 在河南省新安縣西北。山海經中山經："騩山，其上有美棗，其陰有㻬琈之玉。正回之水出焉，而北流注于河。"參閱嘉慶一統志二〇五河南府山川。

騮 liú 力求切，平，尤韻，來。
ㄌㄧㄡˊ

黑鬣黑尾的紅馬。本作"駵"。禮月令仲夏之月："駕赤駵。"參見"驊騮"。

䮧 hán hàn 胡安切，平，寒韻，匣。
ㄏㄢˊ ㄏㄢˋ 侯旰切，去，翰韻，匣。

毛長的馬。見說文。宋蘇軾分類東坡詩十一書韓幹牧馬圖："白魚赤兔騂皇䮧，龍顱鳳頸獰且妍。"

騭 zhì 之日切，入，質韻，照。
ㄓˋ

㊀公馬。爾雅釋畜："牡曰騭。"注："今江東呼駁馬爲騭。"㊁升，登。爾雅釋詁下："騭、……躋、登，陞也。"注："方言曰：魯、衛之間曰騭。"㊂定。書洪範："惟天陰騭下民，相協厥居。"傳："騭，定也。天不言而默定下民，是助合其居，使有常生之資。"宋蘇轍欒城集後集二次韻子瞻寄賀生日詩："頎然仲與叔，耆老天所騭。"

騰 téng 徒登切，平，登韻，定。ㄊㄥ

㊀馬奔躍。唐韓愈昌黎集三十平淮西碑："士飽而歌，馬騰於槽。"㊁奔馳。漢書八六上揚雄傳河東賦："風發飆拂，神騰鬼趡。"㊂跳躍。史記一〇九李將軍傳："(李)廣暫騰而上胡兒馬。"㊃傳送。見"騰書"。㊄騎，乘。楚辭漢劉向九歎愍命："卻騏驥以轉運兮，騰驢贏以馳逐。"㊅升，上。禮月令孟春之月："天氣下降，地氣上騰。"㊆物價騾漲。後漢書光武紀下建武六年詔："往歲水旱蝗蟲爲災，穀價騰躍。"㊇挪移。藝文類聚六八三國魏應瑒馳射賦："觀者并氣息而傾竦，咸側企而騰移。"舊五代史周世宗紀二顯德二年詔："諸道州府縣鎮村坊，應有敕額寺院，一切仍舊，其無敕額者，並仰停廢，所有功德佛像及僧尼，並騰并於合留寺院內安置。"

【騰沸】喻動亂，紛擾。後漢書七十荀彧傳論："自遷帝西京，山東騰沸，天下之命倒縣(懸)矣。"南朝梁劉勰文心雕龍一正緯贊："世歷二漢，朱紫騰沸。"

【騰馬】公馬。呂氏春秋季春紀："是月也，乃合纍牛騰馬，游牝于牧。"注："纍牛，父牛也；騰馬，父馬也。皆將羣游，從牝於牧之野，風合之。"又見禮月令季春之月、淮南子時則。

【騰根】逐疫食鬼之神。後漢書禮儀志中大儺："窮奇、騰根共食蠱。"參見"窮奇"。

【騰書】驛遞文書。後漢書十三隗囂傳："(光武帝)因數騰書隴、蜀，告示禍福。"

【騰倒】移轉。宋王禹偁小畜集九量移後自嘲詩："便似人家養鸚鵡，舊籠騰倒入新籠。"

【騰捷】奔躍迅捷。唐李白李太白文一大獵賦："鷹犬之所騰捷，飛走之所蹉蹶。"舊題三國蜀諸葛亮心書假權："夫將者，人命之所懸也，成敗之所繫也，禍福之所倚也。而上不假之以賞罰，亦猶束猿猱之手，而責之以騰捷；膠離婁之目，而使之辨青黃，不可得也。"

【騰黃】神馬名。又名乘黃。文選漢張平子(衡)東京賦："圉林氏之騶虞，擾澤馬與騰黃。"符瑞圖："騰黃者，神馬也，其色黃，一名乘黃，……其狀如狐，背上有兩角。出白氏之國，乘之壽三千歲。"(太平御覽八九六)參見"乘黃㊀"。

【騰蛇】也作"螣蛇"。㊀傳說指能飛之蛇。韓非子難勢："飛龍乘雲，騰蛇遊霧，雲罷霧霽，則龍蛇與螾螘同矣，則失其所乘也。"參見"螣蛇"。㊁星宿名。藝文類聚七八漢黃香九宮賦："左青龍而右觜攜，前七星而後騰蛇。"晉書天文志上："騰蛇二十二星，在營室北，天蛇也，主水蟲。"

【騰達】發跡，升遷。元耶律楚材湛然居士集一和平陽王仲祥韻："一旦騰達時，獻策宜詵詵。"

【騰越】地名。見"騰衝"。

【騰遠】動物名。史記一一七司馬相如傳子虛賦："鵷雛孔鸞，騰遠射干。"索隱謂爲蛇屬，正義引漢書音義謂爲鳥名，漢書五七司馬相如傳注引服虔，謂爲獸名。文選子虛賦五臣注謂爲猿類。

【騰踊】㊀奔騰跳躍。淮南子原道："萬物之至騰踊肴亂，而不失其數。"後漢書六十上馬融傳廣成頌："樂我純德，騰踊相隨。"引申爲起伏。唐柳宗元柳先生集二囚山賦："楚越之郊環萬山兮，勢騰踊夫波濤。"㊁物價騾漲。史記平準書："大農之諸官盡籠天下之貨物，貴卽賣之，賤則買之。如此，富商大賈無所牟大利，則反本，而萬物不得騰踊。"

【騰趠】跳躍，奔波。文選晉左太沖(思)吳都賦："狖鼯猓然，騰趠飛超。"唐柳宗元柳先生集十八招海賈文："舟航軒昂兮，下上飄鼓，騰趠嶢嵲，萬里一覩。"

【騰踏】㊀指周旋活躍。唐司空圖司空表聖詩集五力疾山下吳村看杏花之五："熨帖新巾來與裹，猶看騰踏少年場。"㊁發跡。宋趙蕃淳熙稿十寄周畏知詩："公寧免騰踏，我乃願婆娑。"參見"飛黃騰踏"。

【騰衝】縣名。屬雲南省。晉屬寧州。唐置騰衝府。元改騰越州，復改騰衝府。明復改稱騰越州。清爲騰越廳。公元1913年改騰衝縣。參閱讀史方輿紀要一一八永昌軍民府騰越州。

【騰簡】食鬼之神。後漢書禮儀志中："甲作食殃，胇胃食虎，雄伯食魅，騰簡食不祥，……凡使十二神追惡凶。"

【騰騫】飛騰。喻發跡。唐李白李太白詩十書情贈蔡舍人雄："層飈振六翮，不日思騰騫。"又杜甫杜工部草堂詩箋十四寄嶽州賈司馬六丈……五十韻："如公盡雄俊，志在必騰騫。"

【騰騰】奮起或迅疾剛健貌。唐白居易長慶集十八答州民詩："唯擬騰騰作閒事，遮渠不道使君愚。"羅隱甲乙集三途中寄懷詩："不知何處是前程，合掌騰騰信馬行。"

【騰驤】奔躍，超越。文選漢張平子(衡)西京賦："負筍業而餘怒，乃奮翅而騰驤。"宋黃庭堅山谷詩注外集一寄傳君倚同年詩："念君方策名，要津邁騰驤。"

【騰蛟起鳳】喻才華煥發。唐王勃王子安集五滕王閣序："騰蛟起鳳，孟學士之詞宗；紫電清霜，王將軍之武庫。"

十一畫

驢 lù 盧谷切，入，屋韻，來。ㄌㄨˋ

見下。

【驢騶】野馬。宋史儀衛志一殿庭立仗："每隊旗二，角觿、赤熊、兕、太平、馴犀、鵕鸃、驢騶、騶牙、蒼烏、白狼、龍馬、金牛。"此指旗上所繪各種禽獸之形。參見"鹿蜀"。

騹 qí ㄑㄧˊ

駿馬。荀子性惡："驊騮、騹驥、纖離、綠耳，此皆古之良馬也。"注："皆周穆王八駿名。騹讀爲騏。謂青驪，文如博棊。"

驃 piào 毗召切，去，笑韻，並。ㄆㄧㄠˋ

㊀黃色有白斑的馬。見說文。唐岑參岑嘉州詩二衛節度赤驃馬歌："君家赤驃畫不得，一團旋風桃花色。"驃，今音 biāo。㊁驍勇。見玉篇。㊂古國名。又稱朱波，自號突羅或闍婆。在今緬甸境內。參閱册府元龜九九六鞮譯。

【驃騎】㊀將軍名號。漢武帝元狩二年始以霍去病爲驃騎將軍，秩祿同大將軍。東漢光武以景丹爲驃騎大將軍，位在三公下。後罷，三國魏復設之。隋煬帝改爲鷹揚郎將。唐復置，其秩益卑，後以爲武散官。宋金元明因之。參閱通典三四職官十六武散官、續通典三八職官十六。㊁元明宮中馬戲。清劉獻廷廣陽雜記一："明禁中端午有龍舟、驃騎之戲。驃騎者，一人騎而持幟前行，後騎繼之，各于馬上呈弄伎巧，蓋以習騎乘云。實元制也。"

驅 qū 豈俱切，平，虞韻，溪。ㄑㄩ 區遇切，去，遇韻，溪。

同"敺"。見說文。㊀驅馳，鞭馬前進。

詩唐風山有樞："子有車馬，弗馳弗驅。"疏："走馬謂之馳，策馬謂之驅。"㊁行進，前進。左傳襄二三年："齊侯伐衛，先驅，穀榮御王孫揮，召揚爲右。"晉書王濬傳："順流長驅，威名已著。"㊂驅逐。禮月令孟夏之月："驅獸，毋害五穀。"㊃驅使，逼迫。孟子梁惠王上："是故明君制民之産，必使仰足以事父母，俯足以畜妻子，樂歲終身飽，凶年免於死亡。然後驅而之善，故民之從之也輕。"晉陶潛陶淵明集二乞食詩："飢來驅我去，不知竟何之。"

【驅丁】金元時代稱奴隸、僕役。金史兵志兵制："以驅丁充阿里喜，無驅丁者于本猛安謀克内驗富强有驅丁者簽充。"元曲選缺名鴛鴦被三："却將我宅院良人，生扭做酒店裏驅丁。"參見"驅口"。

【驅口】金、元時以被俘的漢人爲奴，稱"驅口"或"驅丁"。明陶宗儀輟耕録十七奴婢："今蒙古色目人之臧獲，男曰奴，女曰婢，總曰驅口。"

【驅使】驅遣，役使。後漢書二八上桓譚傳進言："皇后年少，希更艱難，或驅使醫巫，外求方技，此不可不備。"玉臺新詠一古詩爲焦仲卿妻作："妾不堪驅使，徒留無所施，便可白公姥，及時相遣歸。"

【驅役】㊀驅使。漢王充論衡對坐："案六略之書萬三千篇，增善消惡，割截横拓，驅役游慢，期便道善，歸正道焉。"㊁爲内廷服役供驅遣的人。後漢書孝桓鄧皇后紀："(桓)帝多内幸，博採宫女至五六千人，及駈役從使復兼倍於此。"資治通鑑五五漢延熹五年注："驅役者，嬖倖挾勢驅掠良人，以供掖庭私役者也；從使者，趨勢附力，樂從而爲之使者也。"駈，同"驅"。

【驅除】驅逐，排除。史記秦楚之際月表序："鄉秦之禁，適足以資賢者爲驅除難耳。"索隱："謂秦前時之禁兵及不封樹諸侯，適足以資後之賢者，卽高帝也。言驅除患難耳。"三國志吳呂蒙傳魯肅答孫權書："帝王之起，皆有驅除，(關)羽不足忌。"

【驅烏】驅逐烏雀。佛教有驅烏沙彌，指男孩修行者。摩訶僧祇律二九："沙彌有三品：一者從七歲至十三，名爲驅烏沙彌；二者從十四至十九，是名應法沙彌；三者從二十上至七十，是名名字沙彌。"

【驅策】驅使。三國志魏蔣濟傳上疏："當今柱石之士雖少，至於行稱一州，智效一官，忠信竭命，各奉其職，可並驅策，不使聖明之朝有專吏之名也。"

【驅馳】驅逐奔馳。史記絳侯周勃世家："將軍約，軍中不得驅馳。"引申爲盡力效命之意。三國志蜀諸葛亮傳上疏："先帝不以臣卑鄙，猥自枉屈，三顧臣於草廬之中，諮臣以當世之事，由是感激，遂許先帝以驅馳。"

【驅瘧】驅除瘧疾。唐詩紀事十八杜甫："詩話云：有病瘧者，子美曰：吾詩可以療之。病者曰：云何？曰：夜闌更秉燭，相對如夢寐。其人誦之，瘧猶是也。杜曰：更誦吾詩云：子章髑髏血模糊，手提擲還崔大夫。其人誦之，果愈。"宋楊萬里誠齋集十七過長峯逕遇雨遣悶十絶句詩之八："不須杜句能驅瘧，只誦長峯遣悶時。"

【驅遣】驅使離去。玉臺新詠一古詩爲焦仲卿妻作："謂言無罪過，供養卒大恩，仍更被驅遣，何言復來還！"

【驅煽】煽動，唆使。宋書劉湛傳："湛初入朝，委任甚重，日夕引接，恩禮綢繆。……及至晚節，驅煽義康，凌轢朝廷，上意雖内離，而接遇不改。"

【驅雞】漢荀悅申鑒政體："睹孺子之驅雞也，而見御民之方。孺子驅雞者，急則驚，緩則滯。方其北也，遽要之則折而過南；方其南也，遽要之則折而過北。"引申爲作官。唐許渾丁卯集上送上元王明府赴任詩："莫言名重懶驅雞，六代江山碧海西。"

【驅驢宰相】唐武后時，王及善才行庸猥，遷文昌右相，無他政，但不許令史雙驢入臺，終日迫逐，無時暫舍。時人號爲驅驢宰相。見唐張鷟朝野僉載四。

騻 shuāng 色莊切，平，陽韻，山。ㄕㄨㄤ

廣韻作"騻"。同"驦"。見"驌驦"。

騾 luó 落戈切，平，戈韻，來。ㄌㄨㄛˊ

家畜名。本作"驘"。雄驢與雌馬交配所生，兼有馬之體力與驢之耐久性，但不能生殖。吕氏春秋愛士："趙簡子有兩白騾而甚愛之。"

【騾綱】結隊而行馱載商貨的騾羣。唐王維善畫，尤精山水，宋代所藏，有騾綱圖一。見宣和畫譜十。

【騾驢】㊀騾和驢。比喻庸才。藝文類聚二六三國魏丁儀厲志賦："恨騾驢之進庭，屏騏驎於溝壑。"㊁獸名。俗稱四不像。清郝懿行宋瑣語下言詮："宋書張暢傳：'又騾驢、駱駝，是北國所出，今遣送。'按騾驢，一獸之名，俗人謂之四不相。其形狀似騾非騾，似驢非驢也，故以名焉。聞蒙古人云，其地亦無騾驢二物。"

【騾子軍】以騾爲乘騎的軍隊。舊唐書一四五吳元濟傳："地既少馬，而廣畜騾，乘之教戰，謂之騾子軍，尤稱勇悍。"也作"騾軍"。舊唐書一六一劉沔傳："沔驍鋭善騎射，每與騾軍接戰，必冒刃陷堅，俘馘而還。"

驂 cān 倉含切，平，覃韻，清。ㄘㄢ

㊀同駕一車的三匹馬。詩小雅采菽："載驂載駟，君子所屆。"詩鄘風干旄"良馬五之"唐孔穎達疏："(三國魏)王肅云：古者一轅之車駕三馬則五轡。其大夫皆一轅車，夏后氏駕兩謂之麗，殷益以一騑謂之驂，周人又益一騑謂之駟。"㊁駕車時位於兩旁的馬。詩鄭風大叔于田："執轡如組，兩驂如舞。"箋："在旁曰驂。"荀子哀公："兩驂列(裂)，兩服入廄。"注："兩服，馬在中；兩驂，兩服之外馬。"

【驂服】駕車的馬。居中駕轅者稱服，兩旁者稱驂。漢桓寬鹽鐵論結和："驂服以罷，而鞭策愈加。"樂府詩集四十晉傅玄牆上難爲趨："門有車馬客，驂服若騰飛。"

【驂乘】乘車時居於車右，卽陪乘。左傳文十八年："(齊懿公)納閻職之妻，而使職驂乘。"注："驂乘，陪乘。"漢書文帝紀："乃令宋昌驂乘。"注："乘車之法，尊者居左，御者居中，又有一人處車之右，以備傾側。是以戎事則稱車右，其餘則曰驂乘。驂者，三也，蓋取三人爲名義耳。"

【驂靳】左傳定九年："吾從子如驂之靳。"注："靳，車中馬也。"疏："說文云：靳，當膺也。則靳是當胷之皮也。驂馬之首，當服馬之胷，胷上有靳，故云：我之從子，如驂馬當服馬之靳。"後遂稱先後相隨爲驂靳。

【驂騑】駕車時位於兩旁的馬。墨子七患："徹驂騑，塗不芸，馬不食粟，婢妾不衣帛，此告不足之至也。"也泛指車馬。唐王勃王子安集五滕王閣詩序："儼驂騑於上路，訪風景於崇阿。"

【驂鸞録】宋范成大撰。一卷。孝宗乾道八年十二月，范成大由中書舍人出知廣西靜江府。次年閏一月抵達桂林。此編爲沿途紀行之書。取唐韓愈送桂州嚴大夫詩"遠勝登仙去，飛鸞不暇驂"句意，名爲驂鸞録。

驄 cōng 倉紅切，平，東韻，清。ㄘㄨㄥ

青白雜毛的馬。見說文。樂府詩集四九

青驄白馬:“青驄白馬紫絲韁，可憐石橋根柏梁。”

【驄馬】㊀青白色的馬。樂府詩集二四梁車敕驄馬:“驄馬鏤金鞍，柘彈落金丸。”㊁漢桓典爲御史，常乘驄馬，無所畏避。後因用驄馬爲御史或執法嚴峻之典。唐駱賓王集五幽縶書情通簡知己詩:“驄馬刑章峻，蒼鷹獄吏猜。”參見“驄馬御史”。

【驄馬曲】漢橫吹曲名。亦稱驄馬驅。以關塞征役之事爲主題。見樂府詩集二四。

【驄馬御史】後漢桓典拜侍御史。是時宦官秉權，典執政無所回避。常乘驄馬，京師畏憚，爲之語曰:“行行且止，避驄馬御史。”見東觀漢記十六桓典、後漢書二七桓榮傳附桓典。

驇 zhì 陟利切，去，至韻，知。
ㄓ

馬脚屈貌。史記晉世家:“惠公馬驇不行。”索隱:“謂馬重而陷之於泥。”

驁 ào 五到切，去，号韻，疑。
ㄠ 五勞切，平，豪韻，疑。

㊀駿馬。呂氏春秋察今:“良馬期乎千里，不期乎驥驁。”注:“驁，千里馬名也。”㊁驕矜，傲慢。通“傲”。莊子外物:“夫不忍一世之傷而驁萬世之患，抑固窶邪？亡其略弗及邪？”注:“一世爲之，則其迹萬世爲患，故不可輕也。”韓非子十過:“夫知伯之爲人也，好利而驁愎。”戰國策趙二作“驁”。

【驁放】任性。新唐書二〇二李白傳:“白自知不爲親近所容，益驁放不自脩。”

【驁忽】輕慢。漢書八十東平思王宇傳璽書敕諭:“以年齒方剛，涉學日寡，驁忽臣下。”

【驁侻】簡慢。侻，音tuò。新唐書一三一李柬簡傳:“京兆尹楊憑性驁侻，始爲江南觀察使，冒没於財。”

驀 mò 莫白切，入，陌韻，明。
ㄇㄛˋ

㊀上馬。見説文。文選晉左太沖(思)吳都賦:“驀六駮，追飛生。”㊁超越。唐李賀歌詩編一送沈亞之歌:“雄光寶礦獻春卿，煙底驀波乘一葉。”㊂猝然，突然。宋歐陽修文忠集一三一長短句踏莎行之二:“驀然舊事上心來，無言斂皺眉山翠。”

【驀生】生疏，不熟悉。水滸二十:“吳用道:‘白勝的事可教驀生人去那裏使錢，買上囑下，鬆寬他，便好脱身。’”

【驀地】忽然。宋晁補之琴趣外編三滿庭芳憶廬山詞:“若問他年歸去，驀地也雙槳來還。”又辛棄疾稼軒詞浣溪沙三山戲作:“驀地捉將來，斷送老頭皮。”

【驀直】一徑，直捷。景德傳燈録二七諸方雜舉徵拈代别語:“昔有三僧雲遊，擬謁徑山和尚，遇一婆子。時方收稻，次一僧問:徑山路何處去？婆曰:驀直去。”朱子語類四五論語二七:“聖人真是事事理會得，如云好古敏以求之，不是驀直恁地去貫得它。”

【驀越】越次超過。明俞汝楫禮部志稿七十學規頒鐫學校卧碑:“洪武十五年命禮部頒學校禁例十二條於天，……九曰:民間冤抑等事，自下而上陳訴，不許驀越。”

【驀然】忽然，突然。宋辛棄疾稼軒詞三青玉案元夕:“衆裏尋他千百度，驀然迴首，那人却在，燈火闌珊處。”

【驀山溪】詞調名。一名上陽春。雙調，有八十二字、八十三字兩體，前後段各九句，三至六仄韻。按唐李賀馬詩之十八有句云:“只今掊白草，何日驀青山？”調名疑本此。見詞譜十九。

十二畫

驐 dūn 都昆切，平，魂韻，端。
ㄉㄨㄣ

割掉牲畜的睾丸。廣韻引字林:“去畜勢。”

驎 lín 力珍切，平，真韻，來。
ㄌㄧㄣ

見“騏驎”。

驍 xiāo 古堯切，平，蕭韻，見。
ㄒㄧㄠ

㊀良馬。見説文。㊁勇捷。史記一〇八韓長孺傳:“衛尉李廣爲驍騎將軍。”集解引張晏:“驍，勇也。”㊂一種投壺之戲。舊題漢劉歆西京雜記五:“武帝時，郭舍人善投壺，以竹爲矢，不用棘也。古之投壺，取中而不求還，故實小豆，惡其矢躍而出也。郭舍人則激矢令還，一矢百餘反，謂之爲驍。”參閱北齊顏之推顏氏家訓雜藝。

【驍果】㊀驍勇果敢。三國志魏毌丘儉傳:“揚州刺史前將軍文欽，曹爽之邑人也，驍果麤猛，數有戰功。”㊁勇猛敢死之士。隋書煬帝紀下:“(大業)九年春正月丁丑，徵天下兵，募民爲驍果，集于涿郡。”

【驍將】勇將，猛將。後漢書十三隗囂傳王遵與牛邯書:“今車駕大衆，已在道路；吳耿驍將，雲集四境。”吳，吳漢；耿，耿弇。宋書武帝紀上:“三月戊午朔，遇吳甫之於江乘，甫之，(桓)玄驍將也。”

【驍壺】南朝樂曲名。舊唐書音樂志二清樂:“驍壺，疑是投壺樂也。投壺者謂壺中躍矢爲驍壺。”參見“驍㊂”。

【驍碁】古代一種博戲。用碁十二枚，六白六黑，二人互擲采行碁，碁行到處即豎之，名爲驍碁。參閱列子説符“擊博樓上”晉張湛注引古博經。

【驍衛】武官名。漢有驍衛將軍，東漢改爲驍騎。魏置爲中軍。晉領營兵，兼統宿衛。南朝梁置左右驍騎。隋改置左右驍衛府，爲禁衛軍之一。唐宋因之，而去“府”字，設上將軍、大將軍、將軍等官。金元皆無。參閱通典二八職官十左右驍衛、續通典三二職官十左右驍衛。

【驍騎】㊀勇猛的騎兵。六韜敵武:“敵人甚衆且武，武車驍騎，繞我左右，吾三軍皆震走。”文選漢班孟堅(固)東都賦:“輶車霆激，驍騎電騖。”㊁武官名。漢武帝元光六年李廣爲驍騎將軍。東漢初改屯衛爲驍騎。南朝梁、陳有左右驍騎，北魏北周並有驍騎將軍之職。宋元明有驍騎尉。清有驍騎參領、副驍騎參領各十二名。參閱宋書百官志下、通志五五職官略五左右驍衛、續通志一三七職官略八勳官、清通志六八職官略五八旗官制。

【驍騰】㊀駿馬奔馳。文選南朝宋顏延年(延之)赭白馬賦:“臨廣望，坐百層，料武藝，品驍騰。”㊁驍勇飛騰。唐杜甫杜工部草堂詩箋一房兵曹胡馬:“驍騰有如此，萬里可横行。”

【驍驍】勇猛向前。晉陸雲陸士龍集三贈顏彥先詩之三:“悠悠山川，驍驍征遐。”

驔 diàn 徒玷切，上，忝韻，定。
ㄉㄧㄢˋ

㊀黄脊的黑馬。見説文。㊁脚脛有長毛的馬。詩魯頌駉:“有驔有魚。”傳:“豪骭〔白〕曰驔。”疏:“傳言豪骭白者，蓋謂毫毛在骭而白長，名爲驔也。”

驊 huá 户花切，平，麻韻，匣。
ㄏㄨㄚˊ

見下。

【驊騮】㊀赤色駿馬。亦名棗騮。荀子性惡:“驊騮、騹驥、纖離、緑耳，此皆古之良馬也。”注:“皆周穆王八駿名。”㊁喻異才。唐杜甫杜工部草堂詩箋四奉贈鮮于京兆二十韻:“驊騮開道路，雕鶚離風塵。”

驈 yù 餘律切，入，術韻，喻。
ㄩˋ 食聿切，入，術韻，神。

胯間有白毛的黑馬。詩魯頌駉:"有驈有皇,以車彭彭。"傳:"驪馬白跨〔胯〕曰驈。"

驏 zhǎn 正字通 鉏版切,棧上聲。ㄓㄢˇ

馬不施鞍轡。全唐詩三三四令狐楚年少行之一:"少小邊州慣放狂,驏騎蕃馬射黃羊。"

驉 xū 朽居切,平,魚韻,曉。ㄒㄩ

見"駏驉"。

驒 1. tuó ㄊㄨㄛˊ tán ㄊㄢˊ 徒河切,平,歌韻,定。徒干切,平,寒韻,定。

㊀毛色呈鱗狀斑紋的青馬。詩魯頌駉:"有驒有駱。"疏:"(爾雅)釋畜云:青驪驎,驒。孫炎云:色有淺深,似魚鱗也。郭璞曰:色有深淺,斑駮隱粼,今之連錢驄也。"

2. diān ㄉㄧㄢ 都年切,平,先韻,端。

㊁見"驒₂騱"。

3. tān ㄊㄢ 集韻 他干切,平,寒韻。

㊂見"驒₃驒₃"。

【驒₂騱】野馬名。漢書五七上司馬相如傳上林賦:"其獸則麒麟角端,騊駼橐駝,蛩蛩驒騱,駃騠驢驘。"注引郭璞:"驒騱,駏驉類也。……驒音顛。"又九四上匈奴傳作"驒奚"。

【驒₃驒₃】喘息貌。漢書敘傳下:"王師驒驒,致誅大宛。"注:"小雅四牡之詩曰:'四牡騑騑,驒驒駱馬。'驒驒,喘息之貌。馬勞則喘,此敘言漢遠征西域,人馬疲弊也。"按今本詩經作"嘽嘽駱馬"。

驕 1. jiāo ㄐㄧㄠ 舉喬切,平,宵韻,見。

㊀馬高六尺爲驕。見說文。㊁馬健壯貌。詩衛風碩人:"四牡有驕。"㊂馬驕逸,不受控制。全唐詩五八三溫庭筠清明日:"馬驕偏避幰,雞駭乍開籠。"宋史三〇八盧斌傳對言:"羌夷之族,馬驕兵悍,往來無定。"㊃高傲,傲慢。論語學而:"貧而無諂,富而無驕。"㊄不習慣,不熟練。逸周書皇門:"譬若畋犬,驕用逐禽,其猶不克有獲。"

2. xiāo ㄒㄧㄠ 集韻 虛嬌切,平,宵韻。

㊅獵犬。見"歇驕"。

【驕人】得志的小人。詩小雅巷伯:"驕人好好,勞人草草。"抱朴子行品:"捐貧賤之故舊,輕人士而踞傲者,驕人也。"

【驕子】㊀驕生慣養之子。孫子地形:"厚而不能使,愛而不能令,亂而不能治,譬若驕子,不可用也。"㊁愛子。漢書九四上匈奴傳遺漢書:"南有大漢,北有強胡。胡者,天之驕子也,不爲小禮以自煩。"參見"天驕"。

【驕兵】驕傲自負的軍隊。漢書七四魏相傳上書:"恃國家之大,矜民人之衆,欲見威於敵者,謂之驕兵;兵驕者滅。"

【驕兒】愛子。唐李商隱李義山集一驕兒詩:"衮師我驕兒,美秀乃無匹。"參見"嬌兒"。

【驕盈】驕傲自滿。荀子仲尼:"愚者反是:處重擅權,則好專事而妒賢能,抑有功而擠有罪,志驕盈而輕舊怨。"文選三國魏曹子建(植)上責躬詩:"伊余小子,恃寵驕盈。"

【驕恣】驕傲放縱。韓非子六反:"夫富家之愛子,……親愛之則不忍,不忍則驕恣;侈泰則家貧,驕恣則行暴。"漢書六一張騫傳:"大宛以西,皆自恃遠,尚驕恣,未可詘以禮,羈縻而使也。"

【驕泰】傲慢奢侈。國語晉六:"夫以德勝者,猶懼失之,而況驕泰乎?"禮大學:"是故君子有大道,必忠信以得之,驕泰以失之。"

【驕陽】㊀烈日。唐李白李太白詩十五感時留別從兄徐王延年從弟延陵:"驕陽何火赫,海水爍龍龜。"㊁陽光。唐韓愈昌黎集十和侯協律詠筍詩:"滯雨膏腴溼,驕陽氣候溫。"

【驕傲】簡慢,怠慢。楚辭屈原離騷:"保厥美以驕傲兮,日康娛以淫遊。"注:"倨簡曰驕,侮慢曰傲。"漢書五一鄒陽傳獄中上書:"今人主誠能去驕傲之心,懷可報之意,……則桀之犬可使吠堯,跖之客可使刺由。"

【驕愛】猶嬌愛。南朝宋鮑照鮑氏集四學古詩:"驕愛生盼矚,聲媚起朱脣。"唐陳子昂陳伯玉集一感遇詩之二三:"何知美人意,驕愛比黃金。"

【驕橫】驕傲專橫。後漢書三四梁冀傳:"(質)帝少而聰慧,知冀驕橫。嘗朝羣臣,目冀曰:'此跋扈將軍也。'"

【驕戰】恃強而戰。唐高適高常侍集二自淇涉黃河途中作詩:"力爭固難恃,驕戰曷能久?"

【驕蹇】傲慢不順。公羊傳襄十九年:"爲其驕蹇,使其世子處乎諸侯之上也。"史記梁孝王世家:"梁王上有太后之重,驕蹇日久。"

【驕縱】驕傲放縱。後漢書七四上袁紹傳:"麴義自恃有功,驕縱不軌,紹召殺之而併其衆。"

【驕蟲】神名。山海經中山經:"(平逢之山)有神焉,其狀如人而二首,名曰驕蟲。"

【驕驕】草高而盛貌。詩齊風甫田:"無田甫田,維莠驕驕。"也作"喬喬"。漢揚雄法言修身:"或曰:田圃田者莠喬喬,思遠人者心忉忉。"

【驕奢淫泆】驕橫奢侈,荒淫放肆。左傳隱三年:"臣聞愛子,教之以義方,弗納于邪。驕奢淫泆,所自邪也。"泆,也作"佚"。太平廣記六三集仙傳驪山姥:"一名黃帝天機之書,非奇人不可妄傳。九竅四肢不具,慳貪愚痴,驕奢淫佚者,必不可使聞之。"泆,今作"逸"。

十三畫

驘 luó ㄌㄨㄛˊ 落戈切,平,戈韻,來。

騾。"騾"的別體。楚辭漢劉向九歎憂苦:"同駕驘與乘駔兮,雜斑駮與闒茸。"注:"馬母驢父,生子曰驘。"

驖 tiě ㄊㄧㄝˇ 他結切,入,屑韻,透。

黑色馬。詩秦風駟驖:"駟驖孔阜,六轡在手。"

驌 sù ㄙㄨˋ 息逐切,入,屋韻,心。

見下。

【驌驦】駿馬。本作"肅爽"、"驌騻"。左傳定三年:"唐成公如楚,有兩肅爽馬。"文選晉張景陽(協)七命:"駕紅陽之飛燕,驂唐公之驌驦。"抱朴子博喻:"飈迅非徒驊騮驌騻,立斷未獨沈閭干將。"

驛 yì ㄧˋ 羊益切,入,昔韻,喻。

㊀傳遞官文書的馬、車。漢書昭帝紀元鳳元年詔:"左將軍安陽侯(上官)桀……與燕王(旦)通謀,置驛往來相約結。"㊁驛站。漢制三十里置驛。唐制凡三十里有驛,驛有長,四方所連,共有驛一千六百三十九。地方險阻無水草鎮戍之處,於要隙置官馬。宋陸游渭南文集四九卜算子咏梅詞:"驛外斷橋邊,寂寞開無主。"參閱後漢書輿服志上、新唐書百官志一兵部。㊂卜兆的一種。也作"圛"。書洪範:"乃命卜筮,曰雨,曰霽,曰蒙,曰驛。"疏:"曰圛兆,氣落驛不連屬也。"㊃連續不斷。通"繹"。見"絡繹"、"驛驛㊀"。

【驛吏】驛站官吏。唐李商隱李義山詩集六戲題贈稷山驛吏王全:"絳臺驛吏老風塵,躭酒成僊幾十春。」

【驛丞】官名。明制:於各府州縣設驛,置驛丞,掌郵傳迎送之事。清因之,但盛京之驛,不隸州縣,專設驛丞管理之,統於盛京兵部;各省之驛,隸於廳州縣,間有專設驛丞,以司驛務者。參閱明史職官志四、清朝續文獻通考三七四驛站。

【驛券】徵發驛馬驛夫的憑券。宋吳處厚青箱雜記八:「唐以前館驛並給傳往來,開元中務從簡便,方給驛券。驛之給券,自此始也。」宋史職官志十二給券:「其赴任川峽〔陝〕者,給驛券,赴福建廣南者,所過給倉券,入本路給驛券,皆至任則止。」

【驛使】㊀驛站傳送文書的人。後漢書四二東平王蒼傳:「自是朝廷每有疑政,輒驛使諮問。」南朝宋盛弘之荊州記:「陸凱與范曄相善,自江南寄梅花一枝詣長安與曄,並贈花詩曰:『折花逢驛使,寄與隴頭人。江南無所有,聊贈一枝春。』」(太平御覽九七〇)㊁傳譯的信使。通「譯使」。後漢書九十鮮卑傳:「(建武)二十五年,鮮卑始通驛使。」

【驛亭】古代驛傳有亭,爲行旅休息之所,稱驛亭。南齊書晉安王子懋傳世祖敕:「糧食最爲根本,更不憂人仗,常行視驛亭馬,不可有廢闕。」唐白居易長慶集十五藍橋驛見元九詩:「每別驛亭先下馬,循牆遶柱覓君詩。」

【驛站】掌投遞公文、轉運官物及供來往官員休息的機構。自隋至清,皆隸屬於兵部。清各省腹地爲驛,軍報所設爲站。清末設郵傳部,驛站之制遂廢。

【驛馬】驛站的馬。供載人或傳郵之用。史記一二〇鄭當時傳:「孝景時,爲太子舍人,每五日洗沐,常置驛馬長安諸郊。」三國志魏張郃傳:「諸葛亮復出,急攻陳倉,帝驛馬召郃到京都。」

【驛書】驛站傳遞的文書。漢書六三燕刺王旦傳:「旦置驛書,往來相報,許立(上官)桀爲王,外連郡國豪桀以千數。」晉書摯虞傳上表:「前乙巳赦書,遠稱先帝遺惠餘澤,普增位一等,以酬四海欣戴之心。驛書班下,被于遠近,莫不鳥騰魚躍,喜蒙德澤。」

【驛館】旅舍。元王惲秋澗集二十儀封道中詩:「驛館殘釭曙色分,馬馱殘夢走駸駸。」

【驛騷】轉相陳告,自相驚動。參見「繹騷」。

【驛驛】㊀苗初生貌。詩周頌載芟:「驛驛其達,有厭其傑。」㊁連續不斷。晉書成公綏傳嘯賦:「乃吟詠而發歎,聲驛驛而響連。」文選作「駱驛」。

驗
yàn 魚窆切,去,豔韻,疑。
ㄧㄢˋ

㊀憑證,證明。史記六八商君傳:「商君之法,舍人無驗者坐之。」㊁檢驗,考察。呂氏春秋知度:「有職者安其職,不聽其議;無職者責其實以驗其辭。此二者審,則無用之言不入於朝矣。」漢書平帝紀元始四年詔:「其當驗者卽驗問。」㊂實驗,試驗。史記秦二世紀三年:「趙高欲爲亂,恐羣臣不聽,乃先設驗。」㊃效驗。尹文子大道上:「居上者之難,如此之驗。」金史胡德新傳:「言禍福有奇驗。」

【驗方】屢服有效的藥方。宋陸游渭南文集二七跋續集驗方:「予家自唐丞相宣公在忠州時,著陸氏集驗方,故家世喜方書。」

【驗左】左證,證據。新唐書七七后妃傳睿真沈皇后傳:「於是自謂太后者數矣,及索驗左,皆辭窮。」參見「左₂驗」。

【驗治】考問。漢書七一于定國傳:「吏捕孝婦,孝婦辭不殺姑,吏驗治,孝婦自誣服。」

【驗看】清朝銓選官吏的一種制度。候選、候補人員赴部引見,由點派的王公大臣或九卿科道,察視其年貌、言語、形態,以定取舍,謂之驗看。參閱清會典事例八四吏部處分例。

驚
jīng 舉卿切,平,庚韻,見。
ㄐㄧㄥ

㊀馬受駭而行動失常。見說文。戰國策趙一:「(趙)襄子至橋而馬驚。」㊁震驚。易震:「震驚百里,驚遠而懼邇也。」㊂機警,警戒。詩小雅車攻:「徒御不驚,大庖不盈。」不,通「丕」,訓大、甚。墨子號令:「卒有驚事,中軍疾擊鼓者三。」㊃亂貌。呂氏春秋愼大:「衆庶泯泯,皆有遠志,莫敢直言,其生若驚。」注:「驚,亂貌,民不敢保其生也。」㊄快,迅速。見「驚帆」。㊅見「驚風」。

【驚汗】受驚而出汗。北史竇泰傳:「(泰母)寤而驚汗,遂有娠。」

【驚帆】快馬名。晉崔豹古今注下雜注:「曹眞有駃馬,名爲驚帆。言其馳驟如烈風之舉帆疾也。」唐張說張說之集七贈趙公詩:「流賞忽已散,驚帆忽難追。」

【驚坐】漢書九二陳遵傳:「陳遵字孟公。……時列侯有與遵同姓字者,每至人門,曰陳孟公,坐中莫不震動。既至而非,因號其人曰陳驚坐云。」意爲驚動在座的人。唐駱賓王集三春霽早行詩:「劇談推曼倩,驚坐揖陳遵。」曼倩,東方朔字。

【驚弦】指鳥類驚懼於弓弦。北周庾信庾子山集十五周大將軍襄城公鄭偉墓誌銘:「麋興麗箭,雁落驚弦。」唐白居易長慶集十九送客南遷詩:「客似驚弦雁,舟如委浪萍。」參見「驚弓之鳥」。

【驚風】中醫兒科病名。心病主驚,肝病主風,小兒心熱肝盛,一觸驚受風,則生此症,謂之「驚風」,簡稱「驚」。有急性慢性兩種。參閱清吳謙等醫宗金鑑幼科雜病心法要訣驚風門。

【驚流】猶激流。文選南朝宋謝靈運登臨海嶠初發彊中作……詩:「隱汀絕望舟,驚棹逐驚流。」全唐詩五六〇薛能春雨:「電闊照潺潺,驚流往復還。」

【驚悸】因驚恐而心跳加劇。晉袁宏後漢紀三十孝獻紀劉備上言:「仰惟爵高寵厚,俯思自效,憂深責重,驚悸(一作「怖」)累息,如臨于谷。」晉書劉聰載記:「趙染寇北地,夢魯徽大怒,引弓射之,染驚悸而寤。」

【驚動】受驚而擾動。後漢書十一劉盆子傳:「有笑巫者輒病,軍中驚動。」晉書劉聰載記劉粲曰:「不須驚動將士也。」後稱煩擾他人爲驚動。唐李白李太白詩五洛陽陌:「看花東陌上,驚動洛陽人。」

【驚婚】五代後蜀孟昶遷居新宮,選民間女子有殊色者充之。民間懼其搜選,皆立求媒伐以嫁女,謂之驚婚。見五代吳越缺名五國故事上。

【驚閨】貨郎所執之器,形如錢而附以小鉦,持炳搖之,則鉦鼓齊鳴,使閨閣聞知,以代唤賣,故稱「驚閨」。醒世恆言十三:「冉貴却裝了一條雜貨擔兒,手執着一個玲瓏璫瑯的東西,叫做個驚閨,一路搖着,逕奔二郎神廟中來。」後亦指貨郎。參閱清厲荃事物異名錄十八。

【驚燕】畫軸裝裱後,以紙二條附於上,狀若垂帶,不予粘貼,隨風飛動,可驚走飛燕,以免脚泥污損,故名。見清高士奇天祿識餘下驚燕。

【驚遽】驚慌。後漢書四九王符傳:「有頃,又白王符在門。(皇甫)規素聞符名,乃驚遽而起,衣不及帶,屣履出迎。」也作「驚懅」。後漢書八二下徐登傳:「(趙)炳乃故升茅屋,梧鼎而爨,主人見之驚懅。」注:「懅,忙也。」

【驚鴻】驚飛的鴻雁。形容體態輕盈。文選三國魏曹子建(植)洛神賦:「翩若驚鴻,婉若游龍。」後以指代美人。宋陸游劍南詩稿三八沈園之一:「傷心橋下春波綠，曾是驚鴻照影來。”亦以形容迅速。宋黄庭堅山谷詩注外集十寄陳適用詩：“日月如驚鴻，歸燕不及社。”

【驚蟄】農曆二十四節氣之一。在公曆三月五日或六日。此時氣温上升，土地解凍，春雷始鳴，蟄伏過冬的動物驚起活動，故名。逸周書周月：“春三月，中氣，驚蟄、春分、清明。”參見“二十四氣”。

【驚繡】貨郎所執之器，摇之發聲，以代叫賣者。清厲荃事物異名録十八：“事物紺珠：驚繡，如小鉦而厚，手提擊。按今街市賣零帛及花線者，或摇小鑼，或摇小鼓，皆此類也。”參見“驚閨”。

【驚蛺蝶】北齊魏收恃才輕薄，人號爲“驚蛺蝶”。見北齊書魏收傳。

【驚鼠鼓】嚇走老鼠的鼓。宋朱弁曲洧舊聞四：“龍福寺門外東偏，有修竹二畝餘，殆不減洛中所産。有鼠喜食其筍。寺僧於筍生時，置鼓，晝夜鳴之，謂之驚鼠鼓。”

【驚精香】神話傳説中一種可使死者復生的香丸。又名返生香、震靈圓、人鳥香、震檀香、卻死香。其香氣聞數百里，死屍在地，聞香卽活云。見舊題漢東方朔十洲記。參見“卻死香”。

【驚鴻記】傳奇名。明吴世美撰。寫唐明皇楊梅二妃相妒事。凡三十九齣。劇中梅妃曾在花萼樓爲唐明皇吹白玉笛，作驚鴻舞，故名。舊時歌場中有吟詩脱靴一劇，卽出於此。參閲曲海總目提要十。

【驚弓之鳥】戰國策楚四：“有間，鴈從東方來，更嬴以虚發而下之。魏王曰：‘然則射可至此乎？’……對曰：‘其飛徐而鳴悲。飛徐者，故瘡痛也；鳴悲者，久失羣也。故瘡未息而驚心未至也，聞弦音引而高飛，故瘡隕也。’”後因以“驚弓之鳥”比喻受過驚嚇，略有動静就害怕的人。晉書王鑒傳上疏：“黷武之衆易動，驚弓之鳥難安。”也作“驚弦之鳥”。穀梁傳成二年秋七月“去國五十里”唐楊士勛疏：“敗軍之將不可以語勇，驚弦之鳥不可以應弓。”參見“傷弓之鳥”。

【驚心動魄】感受極深，震動神魂。舊題晉王嘉拾遺記三周靈王：“越又有美女二人，一名夷光，一名修明，以貢于吴。……竊視者莫不動心驚魄，謂之神人。”南朝梁鍾嶸詩品上：“古詩，其體源出於國風，陸機所擬十四首，文温以麗，意悲而遠，驚心動魄，可謂幾乎一字千金。”後多用以形容極其驚險緊張。

【驚天動地】形容聲勢極大。唐白居易長慶集十七李白墓：“可憐荒壠窮泉骨，曾有驚天動地文。”宋林亦之網山集二黄司業定挽辭：“只應傲雪凌雲氣，合得驚天動地名。”參見“寂天寞地”。

【驚風八候】中醫學名詞。驚風的八種症候，爲搐、搦、掣、顫、反、引、竄、視。搐謂肘臂伸縮，搦謂十指開合，掣謂肩頭相撲，顫謂手足動摇，反者身仰向後，引者手若開弓，竄則目直而似怒，視則睛露而不活。急驚慢驚皆同。參閲清吴謙等醫宗金鑑幼科雜病心法要訣驚風門。

【驚蛇入草】喻矯健迅捷的筆勢。唐韋續書訣墨藪：“鍾繇弟子宋翼，每畫一波三折筆，……作一放筆，如驚蛇入草。”（説郛七三）宣和書譜十九釋亞栖論張顛云：“觀其自謂，吾書不大不小，得其中道，若飛鳥出林，驚蛇入草，則果顛也耶？”或簡稱“驚蛇”。宋陸游劍南詩稿五一午晴試筆：“明窗攬筆聊揮洒，颯颯驚蛇又數行。”

十四畫

驞 pīn 集韻紕民切，平，真韻。ㄆㄧㄣ

見下。

【驞駍】衆聲。漢書八七上揚雄傳校獵賦：“猋泣雷厲，驞駍駖磕，洶洶旭旭，天動地岋。”注：“驞駍駖磕，皆聲響衆盛也。”

驝 méng 莫紅切，平，東韻，明。ㄇㄥˊ

驢子。唐韓愈昌黎集二二祭河南張員外文：“僕來告言，虎入廄處，無敢驚逐，以我驝去。”

驟 zhòu 鋤祐切，去，宥韻，牀。ㄓㄡˋ

㊀馬跑。詩小雅四牡：“駕彼四駱，載驟駸駸。”㊁泛指奔馳。莊子齊物論：“麋鹿見之決驟。”史記禮書：“步驟馳騁廣騖不外，是以君子之性守宫庭也。”正義：“三皇步，五帝驟，三王馳，五伯騖也。”㊂迅速。莊子天道：“驟而語形名，不知其本也；驟而語賞罰，不知其始也。”參見“驟雨”。㊃屢次。左傳宣元年：“於是晉侯（靈公）侈，趙宣子（盾）爲政，驟諫而不入。”又二年：“宣子驟諫，公患之。”

【驟雨】急雨，暴雨。老子：“故飄風不終朝，驟雨不終日。”唐杜甫杜工部草堂詩箋一對雨書懷走邀許十一簿公：“震雷翻幕燕，驟雨落河魚。”

【驟雨打新荷】詞調名。卽“小聖樂”。金元好問自度曲。雙調九十五字，前段十句三平韻，後段十句四平韻。因詞中有“驟雨過，似瓊珠亂撒，打徧新荷”之句，故又名“驟雨打新荷”。見詞譜二四。

十六畫

龒 lóng 力鍾切，平，鍾韻，來。ㄌㄨㄥˊ

野馬。見玉篇。晉有趙龒，爲石冰部將，見晉書周玘傳。

驢 lǘ 力居切，平，魚韻，來。ㄌㄩˊ

家畜名。供騎乘或供役使。史記一一七司馬相如傳上林賦：“獸則麒麟角端，騊駼橐駝，蛩蛩驒騱，駃騠驢騾。”

【驢王】對凶狠惡劣者的稱呼。北史（魏）咸陽王坦傳：“從叔安豐王延明每切責之曰：‘汝凶悖性與身而長。昔宋有東海王禕，志性凡劣，時人號曰驢王。我熟觀汝所作，亦恐不免驢號。’當時聞者號爲‘驢王’。”

【驢年】以十二屬稱年，其中没有驢。故以“驢年”表示没有期限、不可能。宋守堅集雲門廣録上：“進云：爲什麽不答話？師云：驢年會麽！”景德傳燈録九古靈神贊禪師：“其師又一日在窗下看經，蜂子投窗紙求出，師覩之曰：世界如許廣闊，不肯出，鑽他故紙，驢年去[出]得！”

【驢坑】地名。在安徽歙縣。産硯石。其硯有青綠暈，較端硯更爲貴重，稱金星硯。參閲宋唐積歙州硯譜。

【驢券】北齊顔之推顔氏家訓勉學：“問一言，輒酬數百，責其指歸，或無要會。鄴下諺云：‘博士買驢，書券三紙，未有驢字。’”後比喻作文、説話不得要領爲驢券。宋陸游劍南詩稿十八讀書：“文辭博士書驢券，職事參軍判馬曹。”

【驢城】古地名。傳説爲春秋吴伍子胥築。故址在今湖北當陽縣東南。水經注三二沮水：“沮水又東南逕當陽縣故城北。……沮水又東南逕驢城西、磨城東，又南逕麥城西。昔關雲長（羽）詐降處，自此遂叛。傳云：‘子胥造驢磨二城以攻麥邑，卽諺所云‘東驢西磨，麥城自破’者也。”

【驢脣】㊀佛教書名。唐段成式酉陽雜俎十一廣知：“西域書有驢脣書、蓮葉書……等六十四種。”㊁仙名。梵語佉盧虱吒。以脣似驢，故名驢脣仙人。見法苑珠林六日月星宿。

【驢鼠】獸名。晉干寶搜神記四：“郭璞過江，宣城太守殷祐引爲參軍。時有一物，大如水牛，灰色，卑脚，脚類象，胸前尾上皆白，大力而遲鈍，來到城下。衆咸怪焉。祐使人伏而取之。令璞作卦，遇'遯'之'蠱'，名曰'驢鼠'。"又見晉書郭璞傳。

【驢鳴】魏晉時人喜倣驢鳴爲樂。諸名士如王粲孫楚皆以善驢鳴聞名於王公。又戴叔鸞母好驢鳴，叔鸞每作驢鳴以悦其母。見世説新語傷逝。

【驢輦】驢拉的車。後漢書十六鄧禹傳附鄧訓："更用驢輦，歲省費億萬計，全活徒士數千人。"

【驢駒媚】舊説驢駒初生未墮地時，口中有一肉狀物，名驢駒媚，婦人帶之增媚。唐蔣防霍小玉傳："忽見自門拋一斑犀鈿花盒子，方圓一寸餘，……生開而視之，見相思二子，叩頭蟲一，發殺觜一，驢駒媚少許。"（太平廣記四八七）。參閱宋釋贊寧物類相感志。

【驢生戟角】比喻不可能有的事。元曲選關漢卿金線池一："無錢的可要親近，則除是驢生戟角瓮生根。"又作"驢生笄角"。元曲選缺名凍蘇秦二："做哥的纔入門便嗔便駡。做嫂嫂的又道是，你發跡，甕生根驢生笄角。"

【驢脣馬嘴】胡扯，瞎說。景德傳燈録十九文偃禪師："若是一般掠虛漢，食人涎唾，記得一堆一擔骨董，到處逞驢脣馬嘴。"

【驢鳴犬吠】形容詩文拙劣。唐張鷟朝野僉載六："南人問（庾）信曰：'北方文士何如？'信曰：'唯有韓陵山一片石堪共語，薛道衡盧思道少解把筆，自餘驢鳴犬吠，聒耳而已。'"

【驢前馬後人】指官員出行在前後的衙役差卒。宋胡寅斐然集四初冬快晴陪宣卿叔夏遊石頭庵……詩："況逢日下雲間客，那用驢前馬後人。"元明雜劇元高文秀好酒趙元遇上皇二："小人是箇驢前馬後之人，怎敢認義那壁秀才也。"

【驢頭不對馬嘴】比喻答非所問或事實出入很大。儒林外史五二："陳正公聽了這些話，驢頭不對馬嘴，急了一身的臭汗。"

驥 jì 几利切，去，至韻，見。ㄐㄧˋ

千里馬。論語憲問："驥不稱其力，稱其德也。"荀子修身："夫驥一日而千里，駑馬十駕則亦及之矣。"參見"千里驥"。

【驥子】㊀良馬。文選晉左太沖（思）蜀都賦："並乘驥子，俱服魚文。"唐劉良注："驥子，良馬。"㊁喻有才的人。北史裴延儁傳："二子景鸞、景鴻，並有逸才，河東呼景鸞爲驥子，景鴻爲龍文。"

【驥尾】喻憑藉他人而成名。後漢書十三隗囂傳劉秀（光武）報囂書："數蒙伯樂一顧之價，而蒼蠅之飛不過數步，即託驥尾得以絶羣。"參見"附驥"。

【驥足】喻俊逸之才。三國志蜀龐統傳魯肅遺先主書："龐士元（統）非百里才也，使處治中、別駕之任，始當展其驥足耳。"晉書王接傳論："王接才調秀出，見賞知音，惜其夭枉，未申驥足，嗟夫！"

【驥騄】良馬。赤驥、騄耳，並周穆王八駿之一。漢王充論衡逢遇："夫能御驥騄者，必王良也。"文選三國魏文帝（曹丕）典論論文："咸以自騁驥騄於千里，仰齊足而並馳，以此相服，亦良難矣！"

【驥服鹽車】戰國策楚四："汗明曰：君亦聞驥乎？夫驥之齒至矣，服鹽車而上大行，蹄申膝折，尾湛胕潰，漉汁灑地，白汗交流，中阪遷延，負轅不能上。伯樂遭之，下車攀而哭之，解紵衣以冪之。驥於是俛而噴，仰而鳴，聲達於天，若出金石聲者，何也？彼見伯樂之知己也。"服，駕御。後以"驥服鹽車"喻埋没賢才。楚辭漢賈誼弔屈原文："騰駕罷牛驂蹇驢兮，驥垂兩耳服鹽車兮。"

十七畫

驤 xiāng 息良切，平，陽韻，心。ㄒㄧㄤ

㊀後右足白的馬。爾雅釋畜："前右足白，啟。左白，踦。後右足白，驤。左白，馵。"㊁昂首。文選漢鄒陽上書吳王："臣聞蛟龍驤首奮翼，則浮雲出流，霧雨咸集。"引申爲高舉。文選漢班孟堅（固）西都賦："列棼橑以布翼，荷棟桴而高驤。"㊂奔馳。文選漢張平子（衡）西京賦："負笴業而餘怒，乃奮翅而騰驤。"又三國魏曹子建（植）七啟："駿騄齊驤，揚鑾飛沫。"

驦 shuāng 色莊切，平，陽韻，山。ㄕㄨㄤ

見"驌驦"。

十八畫

⿰馬聶 niè 集韻 昵輒切，入，葉韻。ㄋㄧㄝˋ

馬迅跑。晉書劉曜載記隴上歌："⿰馬聶驄父馬鐵瑕鞍，七尺大刀奮如湍。"音義："⿰馬聶，字或作輒。女輒反。馬行疾也。"

驩 huān 呼官切，平，桓韻，曉。ㄏㄨㄢ

㊀馬名。見説文。㊁歡樂，歡心。通"歡"。左傳昭四年："寡人願結驩於二三君。"史記八一藺相如傳："且以一璧之故，逆彊秦之驩，不可！"

【驩州】古郡名。漢咸驩縣（驩，也作"懽"）及日南郡地。南朝梁置德州。隋開皇十八年改驩州。今屬越南。相傳舜放驩兜於崇山，即此。參閱後漢書郡國志五九真郡、日南郡及隋書地理志下日南郡。

【驩合】歡樂融洽。指夫婦之愛。史記外戚世家："既驩合矣，或不能成子姓；能成子姓矣，或不能要其終。"

【驩附】歡悦歸附。新唐書一五九吳湊傳："湊持節至汴、滑，委悉慰説，裁所欲爲奏，各盡其情，亦度朝廷可行者，故軍中驩附。"

【驩洽】歡樂融洽。漢書文帝紀："（元年六月）令郡國無來獻。施惠天下，諸侯四夷遠近驩洽。"

【驩兜】傳説中惡人。唐堯時，驩兜與共工同爲非作惡，被舜放逐到崇山。見書舜典。左傳文十八年"天下之民，謂之渾敦"晉杜預注："謂驩兜。"史記五帝紀作讙兜。

【驩虞】歡樂。孟子盡心上："霸者之民，驩虞如也。"也作"驩娛"。唐柳宗元柳先生集十五晉問："當此之時，咸能驩娛以奉其上。"

【驩頭】傳説中異人。山海經大荒南經："大荒之中有人，名曰驩頭。鯀妻士敬，士敬子曰炎融，生驩頭。驩頭人面鳥喙，有翼，食海中魚，杖翼而行。……有驩頭之國。"參閱山海經海外南經。

【驩館】古代貴族寵幸的姬妾所居之處。文選漢張平子（衡）西京賦："然後歷掖庭，適驩館。"三國吳薛綜注："擇所歡者，乃幸之。"

驨 xí 户圭切，平，齊韻，匣。ㄒㄧˊ

獸名。爾雅釋獸："驨，如馬，一角；不角者騏。"注："元康八年，九真郡獵得一獸，大如馬，一角，角如鹿茸，此即驨也。今深山中人時或見之，亦有無角者。"

十九畫

驪 lí 吕支切，平，支韻，來。ㄌㄧˊ 郎奚切，平，齊韻，來。

㊀黑色的馬。詩魯頌駉："有驪有黄，以車彭彭。"禮檀弓上："夏后氏尚黑……戎事乘驪。"㊁驪龍的省稱。文苑英華六六六唐羅隱謝江都鄭長官啟："長官鏤筆才清，探驪價重。"參見"驪龍"。㊂並列。

見"驪駕"。

【驪山】山名。在今陝西臨潼縣東南。古代驪戎居之,故名驪山。又名藍田山。相傳周幽王爲犬戎所逐,死於山下。山北有秦始皇墓。山西北麓有温泉。唐時環山建造宫殿,爲避暑勝地。唐玄宗天寶元年,改名會昌山;七載,改稱昭應山。俗仍謂之驪山。參閱太平寰宇記二七雍州昭應縣。

【驪戎】部族名。西戎的一支。姬姓。魯莊公二十八年爲晉獻公所滅。見左傳莊二八年、國語晉一。

【驪邑】地名。在今陝西臨潼縣。周初驪戎所居。秦置驪邑。漢劉邦(高祖)七年徙豐民於驪邑,改名新豐。至北宋大中祥符八年,以縣臨潼水,改稱臨潼。參見"新豐1"、"臨潼"。

【驪姬】公元前?—前650年。春秋時驪戎國君之女。晉獻公滅驪戎,納爲夫人,甚得寵信。生奚齊,其娣生卓子。譖殺太子申生,公子重耳、夷吾皆出奔。公死,奚齊立。爲晉大夫里克等所殺。見左傳僖四年、九年及國語晉一、二。

【驪宫】即驪山宫,亦名華清宫、温泉宫。詳"華清宫"。

【驪馬】㊀黑馬。墨子小取:"驪馬,馬也;乘驪馬,乘馬也。"㊁駢駕的馬。漢書九九上王莽傳羣臣奏:"宰衡位宜在諸侯王上,賜以束帛加璧,大國乘車、安車各一,驪馬二駟。"注:"驪馬,並駕也。"

【驪珠】寶珠。傳説出驪龍頷下,故名。莊子列禦寇:"夫千金之珠,必在九重之淵,而驪龍頷下。"喻指珍貴的人或物。唐元稹長慶集十九贈童子郎詩:"楊公莫訝清無業,家有驪珠不復貧。"宋蘇軾分類東坡詩十一九月十五日……臣軾詩云:"蒼顔白髮便生光,袖有驪珠三十四。"自注:"臣所賜詩並題目及臣姓名凡三十四字。"參見"探驪得珠"。

【驪連】上古帝號。晉皇甫謐帝王世紀:"女媧氏没,大庭氏王有天下。次有柏皇氏中央氏栗陸氏驪連氏……凡十五世。"莊子胠篋作"驪畜氏"。

【驪靬】地名。在今甘肅永昌縣南。漢驪靬縣,屬張掖郡。晉改屬武威郡。晉永和十年前涼張祚遣將伐驪靬戎於南山,大敗而還,即此。隋作力乾,開皇中,併入番和縣。靬,音qián。參閱漢書地理志八下、隋書地理志上。

【驪歌】告别之歌。驪駒之歌的省稱。初學記十四南朝梁劉孝綽陪徐僕射勉宴詩:"洛城雖半掩,愛客待驪歌。"唐李白李太白詩十七灞陵行送别:"正當今夕斷腸處,驪歌愁絶不忍聽。"參見"驪駒"。

【驪駒】逸詩篇名。告别之歌。漢書八八王式傳:"(江公)心嫉式,謂歌吹諸生曰:'歌驪駒。'式曰:'聞之於師:客歌驪駒,主人歌客毋庸歸。'"注:"文穎曰:其辭云:'驪駒在門,僕夫具存;驪駒在路,僕夫整駕'也。"宋文同丹淵集十五寄題密州蘇學士快哉亭……詩:"主人自醒客已醉,門外落日驪駒催。"

【驪駕】並駕。文選漢張平子(衡)西京賦:"驪駕四鹿,芝蓋九葩。"注:"驪,猶羅列駢駕之也。"後漢書十六寇恂傳:"時軍食急乏,恂以輦車驪駕轉輸,前後不絶。"

【驪山老母】神話中女仙名。傳説殷周之際有驪山女,爲天子。唐宋後遂以爲女仙,尊爲姥或老母。舊小説戲曲中多作黎山老母。參閱漢書律曆志上、太平廣記六三驪山姥、雲笈七籤一一二上神仙感遇傳李筌。

二十畫

驫 biāo 甫遥切,平,宵韻,幫。
ㄅㄧㄠ 甫烋切,平,幽韻,幫。

衆馬。見説文。文選晉左太沖(思)吳都賦:"驫駥驫矞。"注:"驫駥驫矞,衆馬走貌。"

骨部

骨 gǔ 古忽切,入,没韻,見。
ㄍㄨˇ

㊀人與動物的骨骼。莊子秋水:"此龜者,寧其死爲留骨而貴乎,寧其生而曳尾於塗中乎?"韓非子安危:"聞古扁鵲之治其病也,以刀刺骨。"㊁遺骸,骸骨。晉書劉曜載記三:"下無怨骨,上無怨人。"全唐詩七四六陳陶隴西行之二:"可憐無定河邊骨,猶是春閨夢里人。"㊂人的氣質、品格。宋書武帝紀上:"及長,身長七尺六寸,風骨奇特。"唐杜甫杜工部草堂詩箋二送孔巢父謝病歸遊江東兼呈李白:"自是君身有仙骨,世人那得知其故?"㊃喻文學作品的體幹和筆力。南朝梁劉勰文心雕龍六風骨:"故辭之待骨,如體之樹骸。"唐李白李太白詩十八宣州謝朓樓餞别校書叔雲:"蓬萊文章建安骨,中間小謝又清發。"

【骨力】㊀猶力氣。漢王充論衡物勢:"大無骨力,角翼不勁,則以大而服小。"㊁謂書法雄健有筆力。晉書王獻之傳:"時議者以爲羲之草隸,江左中朝莫有及者。獻之骨力遠不及父,而頗有媚趣。"南史張融傳:"融善草書,常自美其能。帝曰:'卿書殊有骨力,但恨無二王法。'"

【骨立】謂人極消瘦。列子仲尼:"子貢茫然自失,歸家淫思,七日不寢不食,以至骨立。"後漢書二六韋彪傳:"彪孝行純至,父母卒,哀毁三年,不出廬寢。服竟,羸瘠骨立異形。"

【骨母】山名。文選漢枚叔(乘)七發:"弭節伍子之山,通厲骨母之場。"注:"史記曰:'吳王殺子胥,投之於江,吳人立祠於江上,因名胥母山。'……越絶書曰:'闔閭旦食鉏山,晝遊於胥母。'疑骨母字之誤也。"

【骨托】傳説中的鳥名。宋彭乘墨客揮犀二:"河州有禽名骨托,狀類鵰,高三尺許,常以名自呼。能食鐵石。郡守每置酒,輒出以示坐客。……乃取三寸白石,繫以絲繩,擲其前,即啄而吞之。良久牽出視,石軟爛如泥矣。"

【骨在】糞的别稱。宋詩鈔陳造江湖長翁集鈔房陵之八:"農閒閭里有逢迎,白飲旁邊骨在糞。"自注:"俗謂糞曰骨在。"

【骨肉】㊀謂軀體。禮檀弓下:"骨肉歸復于土,命也。"漢王充論衡無形:"故人老壽遲死,骨肉不可變更,壽極則死矣。"㊁喻至親。墨子尚賢下:"堯之舉舜也,湯之舉伊尹也,武丁之舉傳説也,豈以爲骨肉之親,無故富貴,面目美好者哉?"呂氏春秋精通:"父母之於子也,子之於父母也,……此之謂骨肉之親。"

【骨朵】古兵器。棍棒之屬,大首如蒜頭狀,用鐵或堅木製成。其字本作胍肫,謂大腹。音轉爲骨朵。參閱宋宋祁宋景文公筆記上、程大昌演繁露十二、明茅元儀武備志一〇四軍資乘。參見"胍肫"。

骨朵

【骨血】㊀指親屬。後漢書四九仲長統傳昌言損益:"魚肉百姓以盈其欲,報蒸骨血以快其情。"上淫(如淫父妾)曰蒸(亦作烝),下淫曰報。此言漢藩王與親屬淫亂。㊁子女,後代。水滸九八:"瓊英年幼,家主主母只有這點骨血,我若去了,便不知死活存亡。"

【骨法】㊀舊謂人的骨相。文選戰國楚宋玉神女賦:"骨法多奇,應君之相。"史記九二淮陰侯傳:"貴賤在於骨法,憂喜在於容色。"㊁指書畫的筆力和法則。南齊謝赫古畫品録記畫之六法,其二爲骨法用筆。唐會要三五書法:"太宗嘗謂朝臣曰:'……我今臨古人之書,殊不學其形勢,惟在求其骨法。'"參見"六法㊁"。

【骨空】人體骨間的穴道。猶骨孔。素問骨空論:"骺骨空在輔骨之上端,股際骨空在毛中動下,尻骨空在髀骨之後相去四寸。"靈樞經六五癃津液別:"内滲入于骨空,補益腦髓。"

【骨直】周禮考工記弓人:"骨直以立,忿埶以奔,若是者爲之安弓。"注:"骨直謂强毅。"言人骨幹挺直,性情剛强果毅。

【骨相】㊀骨指人的骨骼、形體,相謂相貌。古人以骨相推論人的命和性。漢王充論衡有骨相篇。隋書趙綽傳:"上每謂綽曰:'朕於卿無所愛惜,但卿骨相不當貴耳。'"也作"骨像"。文選三國魏曹子建(植)洛神賦:"奇服曠世,骨像應圖。"㊁也指動物的骨骼相貌。後漢書二四馬援傳:"臣謹依儀氏鞧,中帛氏口齒,謝氏脣鬐,丁氏身中,備此數家骨相以爲法。"

【骨格】㊀謂人的品質、風格。全唐詩六八五吴融赴闕次留獻荆南成相公:"骨格凌秋聳,心源見底空。"㊁指詩文的骨架和格式。唐元稹長慶集五六唐故工部員外郎杜君墓係銘并序:"効齊梁則不逮於魏晉,工樂府則力屈於五言,律切則骨格不存,閑暇則纖穠莫備。至於子美,……盡得古今之體勢,而兼今人之所獨專矣。"㊂指器物的架子。元陳宜甫秋巖詩集上舊扇吟寄程雪樓廉使:"擕持骨格輕,發揮力量大。"

【骨氣】㊀謂有執守,不隨俗。世説新語品藻:"時人道阮思曠(裕)骨氣不及右軍(王羲之),簡秀不如真長(劉惔),韶潤不如仲祖(王濛),思致不如淵源(殷浩),而兼有諸人之美。"㊁喻書法之筆力和詩文之氣勢。南朝梁鍾嶸詩品上魏陳思王植:"其源出于國風。骨氣奇高,詞采華茂。"唐張彦遠法書要録二引南朝梁袁昂古今書評:"蔡邕書骨氣洞達,爽爽有神。"

【骨都】漢時匈奴官名。史記一一〇匈奴傳:"置左右賢王、左右谷蠡王、左右大將、左右大都尉、左右大當户、左右骨都侯。"集解:"骨都,異姓大臣。"樂府詩集六六南朝梁劉孝威結客少年場行:"千金募惡少,一麾擒骨都。"

【骨豽】膃肭獸的别名。參見"膃肭㊁"。

【骨殖】尸骨。清平山堂話本合同文字記:"孩子不須煩惱,選吉日良時,將你父母骨殖還鄉。"元曲選缺名合同文字四:"費盡心機,賺出了合同的一張文契,纔許我埋葬的這兩把兒骨殖。"

【骨牌】正字通:"牙牌,今戲具。俗傳宣和二年設,高宗時詔頒行天下,謂之骨牌,如博塞格五之類。"

【骨董】㊀謂雜碎。雜煮之飲食曰骨董羹。詳"骨董羹"。㊁謂雜器物。景德傳燈録十九文偃禪師:"若是一般掠虚漢,食人涎唾,記得一堆一擔骨董,到處逞驢脣馬嘴。"宋吴自牧夢粱録十三團行:"買賣七寶者,謂之骨董行。"俗稱"古董"。㊂物落水之聲。唐孫棨北里志張住住:"住住終不捨(龐)佛奴,指堦井曰:'若逼我不已,骨董一聲即了矣。'"

【骨節】㊀骨骼,骨的關節。莊子達生:"夫醉者之墜車,雖疾不死。骨節與人同,而犯害與人異。"㊁骨的一節。國語魯下:"昔禹致羣神於會稽之山,防風氏後至,禹殺而戮之,其骨節專車。"㊂詩文的骨力。南朝梁鍾嶸詩品中宋參軍鮑照:"骨節强于謝混,驅邁疾于顔延。"

【骨醉】唐武后令人杖被廢之王皇后及蕭淑妃一百,截去手足,投於酒甕中,曰:"令二嫗骨醉。"見唐劉肅大唐新語酷忍、舊唐書五一高宗廢后王氏傳。亦謂沈醉。宋蘇軾東坡集續集三老饕賦:"倒一缸之雪乳,列百柂之瓊艘。各眼灩於秋水,咸骨醉於春醪。"

【骨朏】樹的節瘤。同"榾柮"。太平廣記二四八山東人引啓顔録:"道邊樹有骨朏者,車撥傷。"元陳元靚歲時廣記四十燒骨朏:"歲華紀麗:除夜燒骨朏,爲照庭助陽氣。"

【骨骼】保持動物形體的骨架。唐杜甫杜工部草堂詩箋十三瘦馬行:"東郊瘦馬使我傷,骨骼硉兀如堵墻。"

【骨鯁】㊀喻正直。也作"骨骾"、"骨梗"。史記陳丞相世家:"彼項王骨鯁之臣,亞父鍾離眛龍且周殷之屬,不過數人耳。"漢書六十杜周傳附杜業上書:"王氏世權日久,朝無骨骾之臣。"宋書孔凱傳:"凱少骨梗有風力,以是非爲己任。"㊁謂文章的骨架。南朝梁劉勰文心雕龍一辯騷:"觀其骨鯁所樹,肌膚所附,雖取熔經意,亦自鑄偉辭。"㊂指書、畫筆力勁健。南齊謝赫古畫品録:"用筆骨梗,甚有師法。"

【骨髓】骨腔中脂膏狀物。素問生氣通天論:"筋脈和同,骨髓堅固。"戰國策燕三:"樊將軍(於期)仰天太息流涕,曰:'吾每念,常痛於骨髓,顧計不知出耳!'"

【骨朵子】㊀即骨朵。宋孟元老東京夢華録六元宵:"兩邊皆禁衛排立,錦袍,幞頭,簪賜花,執骨朵子。"參見"骨朵"。㊁宋代御前親近衛士執骨朵子,因以爲軍額名。宋史儀衛志二:"御龍骨朵子直二百二十人,並全班祗應。"又:"祗應親從四指揮共二百五十二人,執擊骨朵充禁衛。"

【骨利幹】唐時敕勒(鐵勒)諸部之一。其地在今西伯利亞境。幹,當作"斡"。舊唐書一九九北狄傳:"骨利幹北距大海,去京師(長安)最遠,自古未通中國。貞觀中遣使來朝貢,遣雲麾將軍康蘇密往慰撫之,仍列其地爲玄闕州。"又見新唐書二一七下回鶻傳。參見"敕勒"。

【骨咄犀】獸角名,可以製爲器物。亦作骨睹犀、骨篤犀。磨粉,供藥用。遼史道宗紀一清寧元年:"詔夷離堇及副使之族并民如賤,不得服駝尼、水獺裘,刀柄、兔鶻、鞍勒、珮子不許用犀玉、骨突犀,惟大將軍不禁。"金史世宗昭德皇后傳有骨睹犀佩刀。參閲明陶宗儀輟耕録二九骨咄犀,又曹昭格古要論六珍寶。

【骨牌草】草名。即辟瘟草,小者名七星草,以葉背生星點,如骨牌,故名。見本草綱目拾遺四辟瘟草。

【骨董羹】雜煮的湯羹。也作"谷董羹"。宋蘇軾仇池筆記下盤遊飯谷董羹:"江南人好作盤遊飯,鮓、脯鱠炙無不有,埋在飯中,里諺曰:'掘得窖子。'羅浮穎老取凡飲食雜烹之,名谷董羹。詩人陸道士出一聯云:'投醪谷董羹鍋内,掘窖盤遊飯盌中。'"宋范成大石湖集二八素羹詩:"毡芋凝酥敵少城,土薯割玉勝南京。合和二物歸藜糝,新法儂家骨董羹。"

【骨碎補】多年生蕨類植物,可作藥用。本名猴薑。生江南,根寄樹石上。以其治傷折補骨碎,故名。見本草綱目二十草九骨碎補。

【骨槽風】病名。起於耳前,連及腮頰,筋骨隱痛,日久腐潰,其膿多穿腮而出,故又謂之穿腮發。清平山堂話本花燈轎蓮女成佛記:"若女子无心、男子執迷了害的,不叫做相思病,唤做骨槽風。"

【骨騰肉飛】㊀雄健踴躍之貌。吳越春秋闔閭內傳:"慶忌之勇,世所聞也。筋骨果勁,萬人莫當,走追奔獸,手接飛鳥,骨騰肉飛,拊膝數百里。"㊁猶言神魂飄蕩。隋書地理志中:"齊郡舊曰濟南,其俗好教飾子女淫哇之音,能使骨騰肉飛,傾詭人目。"

二畫

骪 jī ㄐㄧ

肌肉。同"肌"。列子黃帝:"形若飛鳥,揚於地,骪骨無碍。"碍,毀。

三畫

骭 gàn 古案切,去,翰韻,見。ㄍㄢˋ 下晏切,去,諫韻,匣。

㊀脛骨。也指小腿。史記八三鄒陽傳"甯戚飯牛車下,而桓公任之以國"集解據應劭引甯戚飯牛歌:"短布單衣適至骭。"淮南子俶真:"雖以天下之大,易骭之一毛,無所概於志也。"注:"骭,自膝以下,脛以上也。"㊁脅骨,即肋骨。北齊劉晝劉子命相:"帝嚳戴肩,顓頊駢骭。"

骬 yú 羽俱切,平,虞韻,于。ㄩˊ

見"髑骬"。

骫 wěi 於詭切,上,紙韻,影。ㄨㄟˇ

俗作"骩"、"骪"。㊀骨不正。說文:"骫,骨耑骫奊也。"㊁枉曲。漢書四四淮南厲王長傳:"皇帝骫天下正法而許大王甚厚。"注:"骫,古委字。曲也。"㊂蟠曲。楚辭漢淮南小山(劉安)招隱士:"樹輪相糾兮,林木茷骫。"㊃聚集。漢揚雄太玄經五積:"小人積非,禍所骫也。"

【骫曲】委屈,曲意求全。文選漢傅武仲(毅)舞賦:"弛緊急之弦張兮,慢末事之骫曲。"注:"言鄭衛之末事,而委曲順君之好,無益,故廢而慢之。"

【骫法】 枉法。新唐書一九一李憕傳:"失李林甫意,出爲河南少尹,尹蕭炅內倚權,骫法殖私,憕裁抑其謬,吏下賴之。"

【骫骳】㊀謂委曲宛轉。漢書五一枚皋傳:"又自詆娸其文骫骳,曲隨其事,皆得其意。"注:"骳音被。骫骳,猶言屈曲也。"㊁萎靡。宋宗澤宗忠簡集七遺事:"太平日久,人亦惰驕骫骳不武。"

【骫靡】委隨貌。楚辭漢王逸九思憫上:"衆多兮阿媚,骫靡兮成俗。"注:"委靡,面柔也;骫,一作委。"按面柔則委曲從人。

【骫麗】委曲相隨。漢書五七下司馬相如傳大人賦:"跮踱輵螛容以骫麗兮,蜩蟉偃寋怵臭以梁倚。"史記司馬相如傳作"委麗"。

四畫

骯 1. kǎng 苦朗切,上,蕩韻,溪。ㄎㄤˇ 胡朗切,上,蕩韻,匣。

㊀見"骯髒"。

2. āng ㄤ

㊁見"骯$_2$髒"。

【骯髒】剛直倔强貌。唐李白李太白詩十七魯郡堯祠送張十四遊河北詩:"有如張公子,骯髒在風塵。"陸龜蒙甫里集三紀事詩:"感物動牢愁,憤時頗骯髒。"參見"抗髒"。

【骯$_2$髒】污穢,不潔。也作"腌臢"。見該條。

骱 1. jiá 古黠切,入,黠韻,見。ㄐㄧㄚˊ

㊀見"骱䯕"。

2. hé 胡葛切,入,曷韻,匣。ㄏㄜˊ

㊁骨堅硬。見廣韻。

【骱䯕】小骨。亦作䯕骱。見玉篇、廣韻。

骰 tóu 度侯切,平,侯韻,定。ㄊㄡˊ

賭具。唐白居易長慶集五一就花枝詩:"醉翻衫袖抛小令,笑擲骰盤呼大采。"參見"骰子"。

【骰子】賭具。骨製,成正立方體,六面分別刻一點至六點之數,擲之以決勝負。點着色,故也稱色子。相傳爲三國魏曹植所造。本止有二,謂之投子,取投擲之義。質用玉石,故又謂之明瓊。唐時加至六,改以骨製,始有骰子之名。全唐詩五八溫庭筠南歌子之二:"玲瓏骰子安紅豆,入骨相思知不知。"參閱清顧張思土風録五骰子。

【骰子令】謂以擲骰勸飲。唐皇甫松醉鄉日月骰子令:"大凡初筵皆先用骰子,蓋欲微酣然後迤邐入令。"(說郛五八)

【骰子選】猶後世陞官圖之類。唐李郃有骰子選格,見宋錢易南部新書乙。房千里有骰子選格序。見說郛(宛委山堂本)。

五畫

骷 kū 集韻 空胡切,平,模韻。ㄎㄨ

見下。

【骷髏】死人的頭骨。水滸十一:"寨內碗瓢,盡使骷髏做就。"亦謂死人的骸骨。西遊記二七:"唐僧大驚道:'悟空,這人才死了,怎麽就化作一堆骷髏?'"

骲 bào 薄巧切,上,巧韻,並。ㄅㄠˋ 蒲角切,入,覺韻,並。

骨製的箭頭。見下。

【骲箭】骨鏃箭。資治通鑑一三四南朝宋昇明元年:"時盛熱,蕭道成晝卧裸袒,……帝(蒼梧王)乃更以骲箭射,正中其齊(臍)。"注:"余謂骨鏃亦能害人,况以之射人腹乎?蓋當時所謂骲箭者必非骨鏃。"

【骲頭】箭頭。元張憲玉笥集十許將軍郊居詩:"細弓勁弩不須焙,手撚骲頭尋雁聲。"

骳 mǐ 文彼切,上,紙韻,明。ㄇㄧˇ

屈曲。見"骫骳"。

骶 dǐ 都計切,去,霽韻,端。ㄉㄧˇ

㊀尾脊骨。素問刺熱:"榮在骶也。"注:"脊窮之謂骶。"㊁臀部。玉篇:"骶,臀也。"㊂背。廣雅釋親:"背謂之骶。"清王念孫疏證:"骶之言邸也。邸者,後也。"

【骶骨】尾脊骨。素問瘧:"其出于風府,日下一節,二十五日下至骶骨,二十六日入于脊內。"

䯊 kū 集韻 苦骨切,入,没韻。ㄎㄨ

窟,洞。漢書八七下揚雄傳長楊賦:"西厭月䯊,東震日域。"注:"服虔曰:月䯊,月所生也。"

六畫

䯔 zé ㄗㄜˊ

轉側。舊題漢浮丘伯相鶴經:"雔頰䯔耳則知時;長頸竦身則能鳴。"注:"得宅切。"(說郛十五)全唐詩六〇九鶴屏:"䯔耳側以聽,赤精曠如望。"

骹 1. qiāo 口交切,平,肴韻,溪。ㄑㄧㄠ

㊀亦作"跤"。脛骨近足細處。見廣韻。㊁車輻近輪周而細者曰骹。周禮考工記輪人:"參分其股圍去一以爲骹圍。"注:"股以喻其豐,骹以喻其細。"㊂泛指物器

的脚。南史王誕傳附王亮："當作無骹尊傍犬？爲犬傍無骹尊？"按指猷、猶二字。㈣胸脇交分的扁骨。靈樞經本藏："廣胸反骹者肝高，合脇兔骹者肝下。"

2. xiāo 集韻 虛交切，平，爻韻。ㄒㄧㄠ

㈤鳴鏑，響箭。同"髇"。淵鑑類函二二六武功矢引唐六典："骨鏃曰骲，鐵鏃曰鏑，鳴箭曰骹，霍葉曰鈚，皆古之制也。"

【骹齣】骨著齒間，喻交織不解。唐柳宗元柳先生集二解祟賦："獨淒已而燠物，愈騰沸而骹齣。"

骸 hái 户皆切，平，皆韻，匣。ㄏㄞ

㈠骨的總稱。左傳宣十五年："（華元）曰：'敝邑易子而食，析骸以爨，雖然，城下之盟有以國斃，不能從也。'"㈡脛骨。素問空骨論："膝解爲骸關，俠膝之骨爲連骸，骸下爲輔。"㈢形體的總稱。莊子德充符："直寓六骸。"釋文："崔（譔）云：手足首身也。"

【骸骨】㈠屍骨。吕氏春秋禁塞："故暴骸骨無量數，爲京丘若山陵。"史記九二淮陰侯傳："使天下無罪之人肝膽塗地，父子暴骸骨於中野，不可勝數。"㈡身體。史記項羽紀："項王乃疑范增與漢有私，稍奪之權。范增大怒，曰：'天下事大定矣，君王自爲之。願賜骸骨歸卒伍！'"舊時稱一身爲上盡事，故辭官稱乞骸骨。

骿 pián 部田切，平，先韻，並。ㄆㄧㄢ

㈠通"駢"。見"駢脅"。㈡通"胼"。見"骿胝"。

【骿胝】手脚因摩擦而皮膚變硬成爲繭狀。漢書五七下司馬相如傳難蜀父老："躬傶骿胝無胈，膚不生毛。"參見"胼胝"。

【骿脅】同"駢脅"。謂肋骨連接。國語晉四："（晉公子重耳）自衛過晉，曹共公……聞其骿脅，欲觀其狀。"左傳僖二三年作"駢脅"。

【骿骭】猶駢脅。北齊劉晝新論五命相："帝嚳戴肩，顓頊骿骭。"

䯏 kuī 苦圭切，平，齊韻，溪。ㄎㄨㄟ

㈠六畜頭中骨。見玉篇。舊題漢浮丘伯相鶴經："䯏（一本作眭）頰髐耳則知時。"㈡肩骨。見廣韻。

骻 kuà 苦瓦切，上，馬韻，溪。ㄎㄨㄚ

㈠腰骻骨。梁書武帝紀上："兩骻骿骨，頂上隆起。"㈡兩股之間。新唐書車服志："開骻者名曰缺骻衫，庶人服之。"髀骨。同"髁"。見集韻。

骴 cī 疾移切，平，支韻，從。ㄘ

死人骨，肉未爛盡的殘骨。周禮秋官蜡氏："掌除骴。"注："謂死人骨也，……骨之尚有肉者及禽獸之骨皆是。"唐韓愈昌黎集五寄崔二十六立之詩："過半黑頭死，陰蟲食枯骴。"

骼 gé 古伯切，入，陌韻，見。ㄍㄜ

㈠禽獸之骨。見説文。今通稱人類全體之骨曰骨骼。㈡枯骨。禮月令孟春之月："掩骼埋胔。"三國志魏崔琰傳："宜敕郡縣掩骼埋胔，示憯怛之愛，追文王之仁。"㈢羊肢下的肉。儀禮有司徹："司士設俎於豆北，羊骼一。"注："古文'骼'爲'胳'。"

䯒 héng 户庚切，平，庚韻，匣。ㄏㄥ

㈠牛脊後骨。見廣韻。㈡脚脛。通"胻"。素問脈要精微："其耎而散色不澤者，當病足䯒腫，若水狀也。"又刺熱："腎熱病者，先腰痛䯒痠。"參見"胻"。

七 畫

髇 xiāo 集韻 虛交切，平，爻韻。ㄒㄧㄠ

響箭。同"髇"。新唐書地理志三："嬀州嬀川郡……土貢：樺皮、胡禄、甲榆、髇矢、麝香。"

骾 gěng 古杏切，上，梗韻，見。ㄍㄥ

㈠食留咽中。見説文。參見"鯁㈠"。㈡耿直。晉書王羲之傳："及長辯贍，以骨骾稱。"也喻骨幹。抱朴子臣節："先意承指者，佞諂之徒也；匡過弼違者，社稷之骾也。"參見"鯁㈣"。

【骾訐】鯁直。新唐書一七四牛僧孺傳："條指失政，其言骾訐，不避宰相。"

骽 tuǐ 吐猥切，上，賄韻，透。ㄊㄨㄟ

"腿"的本字。見"腿"。

髃 yǎo 集韻 以紹切，上，小韻。ㄧㄠ

脊骨。詩小雅車攻"大庖不盈"傳："射左髀達於右髃爲下殺。"疏："射左股髀而達過於右脊髃爲下殺。"新唐書禮樂志六："凡射獸，自左而射之，達於右腢爲上射，達右耳本爲次射，左髀達於右髃爲下射。"

八 畫

䯛 wǎn 字彙 烏貫切，音惋。ㄨㄢ

同"腕"。新唐書一九五孝友傳序："張進昭，母患狐刺，左手墮而終。及殯，進昭截左䯛廬于墓。"

骿 pián ㄆㄧㄢ

同"骿"。見"骿"。

髁 kē kuà 苦禾切，平，戈韻，溪。苦瓦切，上，馬韻，溪。ㄎㄜ ㄎㄨㄚ

㈠胯骨。説文："髁，髀骨也。"清段玉裁注："髀骨，猶言股骨也……髁者，髀與髖相接之處，人之所以能立能行能有力者，皆在於是。"㈡見"踝髁"。

髀 bì bǐ 傍禮切，去，薺韻，並。卑履切，上，旨韻，幫。并弭切，上，紙韻，幫。ㄅㄧˋ ㄅㄧˇ

㈠大腿。説文："髀，股也。"禮深衣："帶，下毋厭髀。"文選晉張景陽（協）七命："驚髀猩脣，髦殘象白。"一説爲大腿的外側。見廣韻。㈡大腿骨。禮祭統："骨有貴賤，殷人貴髀，周人貴肩。"㈢古時測量日影的表。古言天者有三家，其一爲蓋天。周髀卽蓋天之説。晉書天文志："髀，股也；股者，表也。"又："用勾股重差推晷影極游，以爲遠近之數，皆得於表股者也。"

【髀骨】胯骨。素問骨空論："尻骨空在髀骨之後。"

【髀樞】髀骨外側的凹陷部分。卽髖臼，也叫髀臼。靈樞經骨度："季脅以下至髀樞長六寸。"清段玉裁説文解字注四下髁："沈氏彤釋骨云：腰髀骨旁臨兩股者曰髖骨、曰大骨、曰髂，一身之伸屈司焉，故通曰機關，關之旁曰髀樞，亦曰樞機者，髀骨之入樞者也。"

【髀肉復生】三國志蜀先主傳"（劉）表疑其心，陰禦之"注引九州春秋："（劉備）嘗於表坐起至廁，見髀裏肉生，慨然流涕。還坐，表怪問備，備曰：'吾常身不離鞍，髀肉皆消。今不復騎，髀裏肉生。日月若馳，老將至矣，而功業不建，是以悲耳！'"後常用爲自慨久處安逸，壯志漸消，不能有所作爲之辭。

九 畫

髂 qià 枯駕切，去，禡韻，溪。ㄑㄧㄚ

腰部下面腹部兩側的骨。漢書八七下揚雄傳解嘲："范雎，魏之亡命也，折脅拉髂，免於徽索。"

髃 yú ǒu 遇俱切,平,虞韻,疑。ㄩ ㄡˇ 五口切,上,厚韻,疑。

肩前骨。同"腢"。急就篇三:"肿腴胷胁喉咽髃。"注:"髃,肩前也。"宋王應麟補注:"詩傳:上殺中髃。"

髉 hé 胡葛切,入,曷韻,匣。ㄏㄜˊ

見下。

【髉骬】胸前骨骼的總稱。亦作"䐊肝"。靈樞經本藏:"髉骬長者,心下堅;髉骬小者,心脆。"又師傳:"五藏六府,心爲之主,缺盆爲之道,䯏骨有餘,以候髉骬。"參見"䐊肝"。

十　畫

髊 cī 疾智切,去,寘韻,從。ㄘ

肉未爛盡的屍骨。同"骴"、"胔"。呂氏春秋孟春:"揜骼霾髊。"注:"髊,讀水漬物之漬。白骨曰骼,有肉曰髊。"禮月令孟春之月作"掩骼埋胔"。

髈 bǎng 匹朗切,上,蕩韻,滂。ㄅㄤˇ

股部。吳人稱髀爲髈。見廣韻。

髇 xiāo 許交切,平,肴韻,曉。ㄒㄧㄠ

響箭。即鳴鏑。字亦作"嗃"、"䯛"。宋蘇軾蘇文忠詩合注十八人日獵城南……:"忽發兩鳴髇,相趁飛蟲小。"分類東坡詩二三作"鶻"。

髆 bó 補各切,入,鐸韻,幫。ㄅㄛˊ

肩胛,肩膀。同"膊"。後漢書四二東平憲王蒼傳章帝與王書:"并遺宛馬一匹,血從前髆上小孔中出,常聞武帝歌天馬霑赤汗,今親見其然也。"

十一畫

髍 mó 莫婆切,平,戈韻,明。ㄇㄛˊ

字亦作"䯢"。㊀偏病。即半身不遂。見說文。㊁幺麽亦作"幺髍"。見該條。

䯫 áo 五勞切,平,豪韻,疑。ㄠˊ

今作"螯"。螃蟹等節肢動物的第一對脚,狀如鉗。北齊顏之推顏氏家訓文章:"異物志云:擁劍狀如蟹,但一䯫偏大爾。"

髎 liáo 落蕭切,平,蕭韻,來。ㄌㄧㄠˊ

上股與尻之間的大骨。素問骨空論:"腰痛不可以轉搖,急引陰卵,刺八髎與痛上,八髎在腰尻分間。"注:"分謂腰尻筋肉分間陷下處。"

髏 lóu 落侯切,平,侯韻,來。ㄌㄡˊ

見"髑髏"。

十二畫

髐 xiāo 集韻 虛交切,平,爻韻。ㄒㄧㄠ

㊀屍骨顯露貌。莊子至樂:"莊子之楚,見空髑髏,髐然有形。"㊁響箭。通"髇"、"䯛"、"骹"、"嚆"。見集韻。漢書九四上匈奴傳"冒頓乃作鳴鏑"注引應劭:"髐箭也。"

髓 suǐ 息委切,上,紙韻,心。ㄙㄨㄟˇ

㊀骨中脂膠狀的物質。史記一〇五扁鵲傳:"其在骨髓,雖司命無柰之何。"漢書八七下揚雄傳長楊賦:"腦沙幕,䯝余吾。"注:"腦塗沙幕地,䯝入余吾水。䯝,古髓字。"㊁類似凝脂的東西。晉書嵇康傳:"(王)烈嘗得石髓如飴,即自服半,餘半與康,皆凝而爲石。"㊂喻精華。唐李咸用披沙集二讀睦修上人歌篇詩:"意下紛紛造化機,筆頭滴滴文章髓。"

【髓海】腦,腦汁。素問五藏生成論"諸髓者皆屬於腦"唐王冰注:"腦爲髓海,故諸髓屬之。"靈樞經海論:"人有髓海,有血海,有氣海,有水穀之海。……髓海不足,則腦轉耳鳴,脛痠眩冒,目無所見,懈怠安卧。"

十三畫

髑 dú 徒谷切,入,屋韻,定。ㄉㄨˊ

見下。

【髑髏】死人的頭骨。莊子至樂:"夜半,髑髏見夢。"列子天瑞:"子列子適衛,食於道,從者見百歲髑髏,攓蓬而指。"

髒 zǎng zāng 子朗切,上,蕩韻,精。ㄗㄤˇ ㄗㄤ

見"骯髒"。

𩪸 suǐ 集韻 選委切,上,紙韻。ㄙㄨㄟˇ

骨髓。骨肉脂膠狀的物質。古"髓"字。漢書郊祀志下:"先鬻鶴𩪸、毒冒、犀玉二十餘物漬種,計粟斛成一金。"

體 tǐ 他禮切,上,薺韻,透。ㄊㄧˇ

㊀身體,全身之總稱。禮大學:"心廣體胖。"莊子秋水:"此其比萬物也,不似豪末之在於馬體乎?"也指身體某一部分。論語微子:"四體不勤,五穀不分。"㊁事物的本體,主體。漢書四八賈誼傳上疏陳政事:"曰安且治者,非愚則諛,皆非事實知治亂之體者也。"也指事物的一部分。孟子公孫丑上:"子夏、子游、子張皆有聖人之一體。"㊂器物的形體、形狀。易繫辭上:"故神无方而易无體。"注:"方、體者皆係於形器者也。"㊃占卜的卦兆。書金縢:"公曰:體,王其罔害。"傳:"公視兆曰:如此兆體,王其無害。"詩衛風氓:"爾卜爾筮,體無咎言。"傳:"體,兆卦之體。"㊄事物的法式、規矩。管子君臣上:"君明,相信,五官肅,士廉,農愚,商工愿,則上下體。"注:"上下各得其體也。"㊅文章或書法的樣式,風格。南朝梁劉勰文心雕龍一辨騷:"揚雄諷味,亦言體同詩雅。"宋沈括夢溪筆談二一異事:"其書有數體,甚有筆力,然皆非世間篆隸。"㊆包含,容納。易乾:"君子體仁足以長人。"疏:"言君子之人體包仁道,汎愛施生,足以尊長於人也。"㊇分別,分解。周禮天官序官:"體國經野,設官分職。"禮禮運:"體其犬豕牛羊。"注:"謂分別骨肉之貴賤以爲衆俎也。"㊈連結,親近。禮文王世子:"外朝以官,體異姓也。"又學記:"就賢體遠,足以動衆,未足以化民。"注:"體,猶親也。"㊉領悟,體察。莊子刻意:"能體純素,謂之真人。"唐張九齡曲江集九敕新羅王金興光書:"想卿在遠,應體至懷。"⑪實行,實踐。荀子修身:"好法而行,士也;篤志而體,君子也。"淮南子氾論:"故聖人以身體之。"注:"體,行。"參閱清王念孫讀書雜志十篇志而體。

【體己】㊀貼身的,親近的。元楊瑀山居新話:"余嘗見周草窗(密)家藏徽宗在五國城寫歸御批數十紙,中間有云可付體己人者,即今之所謂梯己人。"㊁自己的,私房錢。紅樓夢十六:"我們二爷……知道奶奶有了體己,他還不大着膽兒化麽?"參見"梯己"。

【體元】元者生物之始,天地之德莫先於此。體元謂體法天地之德。後漢書四十下班固傳東都賦:"體元立制,繼天而作。"晉杜預左傳隱元年注:"凡人君即位,欲其體元以居正。"新唐書一五四李晟傳詔:"昔我列祖,乘乾坤盪滌,掃隋季荒茀,體元御極,作人父母。"

【體行】親自實行。文選漢東方曼倩(朔)答客難:"太公體行仁義,七十有二,乃設用於文武。"後漢書四十下班固傳典引:"體行德本,正性也。"

【體究】㊀體察考究。宋朱熹朱文公集十七奏衢州守臣李嶧不留意荒政狀:"遂再下提刑司體究,欲以遂其姦詐。"金史河渠志黄河:"泰和二年九月,敕御史臺官:河防利害初不與卿等事,然臺官無所不問,應體究者亦體究之。"㊁推究,考慮。宋朱熹輯二程語録十六大全集拾遺:"伊川以易傳示門人,曰:只説得七分,後人更須自體究。"

【體法】詩文書畫的格局法式。新唐書一八二裴休傳:"能文章,書楷道媚有體法。"

【體附】貼身親信。北齊書祖珽傳:"珽又委體附參軍攝典籤陸子先,並爲書計,請糧之際,令子先宣教,出倉粟,爲僚官捉送。"

【體制】㊀謂詩文之體裁。文選三國魏嵇叔夜(康)琴賦序:"歷世才士並爲之賦頌,其體制風流莫不相襲。"也作"體製"。南朝梁劉勰文心雕龍九附會:"夫裁量學文,宜正體製。"㊁規定組織的機構和運行的綱領。宋書孝武紀孝建元年詔:"丞郎列曹,局司有在,而頃事無巨細,悉歸令僕,非所以衆材成構,羣能濟業者也。可更明體制,咸責厥成。"

【體物】鋪陳描摹事物的形態。晉陸機陸士衡集一文賦:"詩緣情而綺靡,賦體物而瀏亮。"南朝梁劉勰文心雕龍二詮賦:"賦者,鋪也;鋪采摛文,體物寫志也。"

【體例】㊀綱領和細則。晉書李重傳陳九品疏:"臣以革法創制,當先盡開塞利害之理,舉而錯之,使體例大通而無否滯亦未易故也。"㊁編寫格式。宋書傅隆傳上表:"漢興,始徵召故老,搜集殘文,其體例紕繆,首尾脱落,難可詳論。"㊂辦事的例規。宋孟元老東京夢華録四雜賃:"若凶事出殯,自上而下,凶肆各有體例。"

【體面】㊀體統,規矩。宋朱熹朱文公集二四與魏元履書:"廩窮亦是州縣間合行事,似不必聞之朝廷。朝廷每事如此降指揮,恐不是體面。"明張居正張文忠集書牘十四答松江兵憲蔡春臺:"僕上惜國家體面,下欲爲朋友消怨業,知公有道君子也,故敢以聞。"㊁禮貌,面子。古雜劇元關漢卿温太真玉鏡臺一:"孩兒,喚你來無別事,把體面拜哥哥。"

【體要】㊀切實而簡要。書畢命:"政貴有恒,辭尚體要。"南朝梁劉勰文心雕龍徵聖:"雖精義曲隱,無傷其正言,微辭婉晦,不害其體要。"㊁大體與綱要。漢紀孝平紀:"於是乃作考舊,通連〔達〕體要,以述漢紀。"唐柳宗元柳先生集十七梓人傳:"彼將捨其手藝,專其心智,而能知體要者歟?"

【體信】㊀謂依循於信。禮禮運:"先王能修禮以達義,體信以達順,故此順之實也。"㊁親近,信服。晉陸機陸士衡集十五等諸侯論:"上之子愛于是乎生,下之體信於是乎結。"文苑英華五七三唐張説讓兵部尚書平章事表:"其高明有素,歷朝之所仗委;其積行無疵,衆人之所體信。"

【體段】身裁,格局。宋胡仲弓葦航漫遊稿四翡翠詩:"毛羽生來便屬人,悔將體段鬬精神。"又洪咨夔平齋詞沁園春用周潛夫韻:"著察工夫,誠存體段,個裏語言文字非。"

【體素】㊀猶玉體。晉陶潛陶淵明集二答龐參軍詩:"君其愛體素,來會在何年?"㊁成幅的白絹。唐張彥遠法書要録一南齊王僧虔論書:"夫工欲善其事,必先利其器。伯喈(蔡邕)非流紈體素,不妄下筆。"

【體氣】氣質。文選三國魏文帝(曹丕)典論論文:"孔融體氣高妙,有過人者。"後亦指體質。

【體悉】體諒而知其衷曲。北齊書神武紀下温子昇爲魏孝武帝答高歡敕:"前持心血,遠以示王,深冀彼此共相體悉。"北史薛聰傳:"帝欲進以名位,輒苦讓不受,帝以雅相體悉。"

【體貼】㊀細心體會。宋朱熹輯二程語録十七:"明道(程顥)嘗曰:吾學雖有所受,天理二字却是自家體貼出來。"㊁猶關懷。明王世貞弇州山人四部稿一五二藝苑卮言附録一:"(高)則誠所以冠絶諸劇者,……其體貼人情,委曲必盡;描寫物態,彷佛如生;問答之際,了不見扭造;所以佳耳。"

【體裁】謂文章的結構剪裁。宋書謝靈運傳論:"爰逮宋氏,顔謝騰聲,靈運之興會標舉,延年之體裁明密,並方軌前秀,垂範後昆。"

【體量】辨察,考核。三國志吴吴主傳黄武二年"劉備薨于白帝"注引吴書:"權遣立信都尉馮熙聘于蜀,弔備喪也。……熙對曰:吴王體量聰明,善於任使。"宋范仲淹范文正公集奏議上奏乞兩府兼判:"或有德行文學之士,……許郡學士衆,舉履行善,狀詣所屬薦舉,逐處官員更體量名實相副者保明聞奏。"

【體統】㊀謂文章之體裁與綱要。文選晉左太沖(思)三都賦序:"聊舉其一隅,攝其體統,歸諸詁訓焉。"唐劉知幾史通忤時:"古者刊定一史,纂成一家,體統各殊,指歸咸別。"㊁謂體制,規矩。宋史四六三外戚傳序:"將法度之嚴,體統之正,有以防閑其過歟?"

【體會】體察領會。景德傳燈録二六永安禪師:"有僧問:昔日汝來正法,迦葉親傳,未審和尚玄風,百年後如何體會?"宋黄庭堅山谷題跋四題絳本法帖:"此事要須人自體會得,不可見立論便興諍也。"

【體解】㊀切割牲畜的肢體。國語周中:"體解節析而共飲食之。"㊁古代分解肢體的酷刑。楚辭屈原離騷:"雖體解吾猶未變兮,豈余心之可懲?"史記秦始皇紀二十年:"燕太子丹患秦兵至國,恐,使荆軻刺秦王,秦王覺之,體解軻以徇。"㊂解體。喻人心已去,有如肢體脱離。元史世祖紀六:"宋有强臣賈似道,擅國柄,……臣等久積不平,心離體解。"

【體語】反切隱語。如"不律"爲筆,"終葵"爲椎。北齊書徐之才傳:"之才聰辯强識,有兼人之敏,尤好劇談體語,公私言聚,多相嘲戲。"唐封演封氏聞見記二聲韻:"周顒好爲體語,因此切字皆有紐,紐有平上去入之異。"

【體貌】㊀體態容貌。文選戰國楚宋玉登徒子好色賦:"玉爲人體貌閑麗,口多微辭。"㊁謂相待以禮。戰國策齊三:"淳于髡爲齊使於荆,還反過薛。而孟嘗令人體貌而親郊迎之。"漢書四八賈誼傳陳政事疏:"此所以爲主上豫遠不敬也,所以體貌大臣而厲其節也。"注:"體貌,謂加禮容而敬之。"

【體製】體裁格局。見"體制㊀"。

【體諒】設身處地地諒解。梁書武帝紀中中興二年受梁王令:"徒守愿節,終隔體諒。"也作"體亮"。亮,照察。宋尹洙河南先生文集九與水洛城董士廉第三書:"近兩附書,皆計上達,殊不蒙體亮,何所守之堅也。"

【體範】體式規範。宋郭若虚圖畫見聞誌一論曹吳體法:"證近代之師承,合當時之體範。"

【體魄】身體。禮禮運:"體魄則降,知氣在上。"又祭義"魄也者,鬼之盛也"疏:"魄,體也。"

【體質】㊀身體的素質。晉書高密文獻王泰傳附司馬保:"保體質豐偉,嘗自稱重八百斤。"㊁人的氣質胸懷。三國志吴陸凱傳:"(陸)禕體質方剛,器幹彊固,董率之才,魯肅不過。"宋蘇軾東坡題跋一書濟衆方後："先朝值夷狄懷服，兵革寢息，而又體質恭儉，在位四十有二年，宮室苑囿無所益。"

【體憲】取法。南朝梁劉勰文心雕龍一辨騷："固知楚辭者，體憲於三代，而風雅〔雜〕於戰國，乃雅頌之博徒，而詞賦之英傑也。"

【體薦】半解牲體以獻。爲王者宴饗公侯之禮。左傳宣十六年："王享有體薦，宴有折俎。"注："享則半解其體而薦之，所以示其儉。"

【體驗】猶體察。宋蘇軾東坡集奏議十奏論八丈溝不可開狀："臣體驗得每年潁河漲溢，水痕直至州城門脚下，公私危懼。"朱熹朱文公集四十答何叔京："示喻温習之益體驗之功，有以見用力之深，無少逸豫。"

【體仁閣】在北京故宮太和門内東廡。清代設體仁閣大學士。見日下舊聞考十一國朝宮室。

【體大思精】規模宏大，思慮精密。宋書范曄傳後漢書序："自古體大而思精，未有此也，恐他人不能盡之，多貴古賤今，所以稱情狂言耳。"

【體國經野】營建國中的宮城門途，如身之有四體；管理郊野的丘甸溝洫，如機之有經緯。周禮天官序官："惟王建國，辨方正位，體國經野，設官分職，以爲民極。"後泛指治理國家。

【體無完膚】身上皮膚無一處完好。唐段成式酉陽雜俎前集八黥："自頸已下，遍刺白居易舍人詩……凡刻三十餘處，首體無完膚。"新五代史郭崇韜傳："卽下(羅)貫獄，獄吏榜掠，體無完膚。"

膾 guài 古外切，去，泰韻，見。ㄍㄨㄞ

亦作"髻"。見廣韻。㊀古時束聚頭髮的骨器。說文引詩："膾弁如星。"今詩衛風淇奧作"會"。㊁會聚，貫結。義通"會"。周禮夏官弁師："王之皮弁會五采玉璂。"注："故書會作膾。"疏："漢歷有大會小會，取會聚之義。"

十四畫

髕 bìn 毗忍切，上，軫韻，幫。ㄅㄧㄣ

同"臏"。㊀膝蓋骨。說文："髕，厀(膝)耑(端)也。"㊁古時削去膝蓋骨的酷刑。漢書刑法志："髕罰之屬五百。"㊂刖，斷足。史記八三鄒陽傳獄中上書："昔者司馬喜髕脚於宋，卒相中山。"

十五畫

髖 kuān 苦官切，平，桓韻，溪。ㄎㄨㄢ

髀上的大骨，連接兩股之端。通稱胯骨。漢書四八賈誼傳上政事疏："至於髖髀之所，非斤則斧。"注："髀，股骨也。髖，髀上也。"

十六畫

髗 lú 落胡切，平，模韻，來。ㄌㄨ

頭顱。同"顱"。新唐書一二六張九齡傳附張仲方："于時族夷將相，顱足旁午，仲方皆密使識其尸。"

【髗骨】頭蓋骨。宋沈括夢溪筆談二一異事："發尸毗墓，得千餘秤炭，其棺槨皆朽，有枯骸尚完，髗骨長二尺餘，髗骨大如斗。"

高部

高 gāo 古勞切，平，豪韻，見。ㄍㄠ

㊀與下、卑相對。說文："高，崇也。"詩小雅車舝："高山仰止，景行行止。"國語楚上："地有高下，天有晦明。"㊁加高，提高。左傳襄三一年："高其閈閎，厚其牆垣。"㊂高明，高尚，超過。莊子讓王："屠羊說居處卑賤而陳義甚高。"韓非子五蠹："輕辭天子，非高也，勢薄也；重爭土橐，非下也，權重也。"㊃尊敬，看重。呂氏春秋離俗："故布衣人臣之行，潔白清廉中繩，愈窮愈榮，雖死，天下愈高之。"漢書地理志下："貴財賤義，高富下貧。"㊄年老。楚辭宋玉九辯："春秋逴逴而日高兮，然惆悵而自悲。"戰國策秦五："王年高矣。"㊅價貴。唐韓愈昌黎集五寄盧仝詩："少室山人索價高，兩以諫官徵不起。"㊆聲音大。南朝宋鮑照鮑氏集三代堂上歌行："箏笛更彈吹，高唱相追和。"唐白居易長慶集一納粟詩："有吏夜扣門，高聲催納粟。"㊇巨大，高强。史記項羽紀："勞苦而功高如此。"漢書七七蓋寬饒傳："寬饒自以行清能高，有益於國。"㊈對人的敬詞。如見解曰高見，筆墨曰高手。㊉姓。齊姜太公(呂尚)之後，食采於高，因以爲氏。見元和姓纂五豪。

【高人】超世俗之人。多指隱士。文選南朝梁任彥昇(昉)齊竟陵文宣王行狀："高人何點，躡屩於鍾阿；徵士劉虬，獻書於衡岳。"

【高士】猶高人。戰國策趙三："吾聞魯連先生，齊國之高士也。"漢王充論衡自紀："高士之文雅，言無不可曉，指無不可睹。"

【高王】佛典，凡尊之則曰王，如鹿王，象王，須彌山王等等。王而再加尊稱，則曰高王。大藏經聖教法寶標目有一切法高王經，云與諸法最上王經本同。一切法卽諸法，高王卽最上王。高王觀世音經，高王亦猶此。標目又載有金光明最勝王經大方等頂王經。最上王卽最勝王，高王卽頂王。俗以爲高王觀世音經高王之名由高歡而得，非。見清俞樾春在堂隨筆十。

【高牙】卽牙旗。因其高，故名。文選晉潘安仁(岳)關中詩："桓桓梁征，高牙乃建。"參見"高牙大纛"。

【高允】公元 390—487 年。北魏渤海蓨人，字伯恭。好文學，博通經書天文數學。任陽平王杜超從事中郎。還家教授，受業者千餘人。太武帝時，徵爲中書博士，領著作郎。曾與崔浩同修國史。文成帝時，官至中書令。文明太后臨朝，參決國事。歷事五帝，出入三省五十餘年。評刑三十餘年，人稱平允。卒謚文。魏書、北史有傳。

【高手】謂技藝詩文書畫造詣高深的人。抱朴子名實："壙棘矢而望高手於渠廣，策疲駑而求繼軌於周穆，……不亦難乎？"南朝梁鍾嶸詩品上："晉黄門郎張協詩……風流調達，實曠代之高手。"

【高氏】春秋鄭國地名。左傳成十七年："衛北宮括救晉侵鄭，至于高氏。"注："高氏在陽翟縣西南。"陽翟，今河南禹縣地。

【高平】縣名。屬山西。漢泫氏縣，屬上黨郡。以位於泫水之側而名。北魏改曰元氏縣，屬建興郡。永安中析置高平縣，屬長平郡。北齊屬高都郡，改縣曰高平。五代後周世宗(柴榮)顯德元年大敗南漢劉崇、契丹楊袞軍於高平，即此。清屬澤州府。參閱太平寰宇記四四澤州、嘉慶一統志一四五澤州府。

【高末】北齊高湛（武成帝）時，遊童戲者，好以兩手持繩，拂地而却上，跳且唱曰：“高末。”人附會爲高齊將亡之兆。見北史齊紀下。

【高世】超乎世俗。淮南子泰族：“無被創流血之苦，而有高世尊顯之名。”史記一〇一袁盎傳：“淮南王至雍，病死，聞，上輟食，哭甚哀。盎入，……曰：‘上自寬，此往事，豈可悔哉！且陛下有高世之行者三，此不足以毁名。’”

【高奴】縣名。秦置，屬上郡。項羽立秦降將董翳爲翟王，王上郡，都此。晉廢。故城在今陝西延安市東北。參閱讀史方輿紀要五七延安府膚施縣金明城。

【高安】縣名。屬江西省。本漢建城縣。唐改今名。參閱嘉慶一統志三二五瑞州府。

【高州】州、路、府名。南朝梁置。隋大業初改高州爲高涼郡。唐武德六年，復置高州。初治高凉縣，後移良德縣。天寶初曰高涼郡，乾元初復故，大曆十一年移治電白縣。宋景德初並入竇州，三年復故。元至元十五年，置高州路，大德八年移治茂名縣。明初改爲高州府。清因之，府治茂名縣，公元 1912 年裁府留縣。參閱讀史方輿紀要一〇四高州府、嘉慶一統志四四九高州府。

【高匡】指眼眶突出。文選漢張平子（衡）西京賦：“及其猛毅髬髵，隅目高匡，威懾兕虎，莫之敢伉。”三國吳薛綜注：“隅目，角眼視也。高匡，深瞳子也。皆謂猛獸作怒可畏者。”匡，一本作“眶”。

【高共】戰國趙人。趙襄子被智伯及韓魏圍困於晉陽，羣下皆有外心，唯高共不失禮。後襄子使相張孟同陰聯韓魏，反滅智伯，三家分晉。於是襄子行賞，以高共爲上。見史記趙世家。按高共，韓非子難一、淮南子人間作高赫。宋范成大石湖集二三戲書詩之二：“顛沛須臾猶執禮，古來唯有一高共。”

【高年】指老人。漢書武帝紀建元元年四月詔：“古之立教，鄉里以齒，朝廷以爵，……然則於鄉里先耆艾，奉高年，古之道也。”

【高名】盛名。韓非子十過：“過而不聽於忠臣，而獨行其意，則滅高名，爲人笑之始也。”唐李白李太白詩八峨眉山月歌送蜀僧晏入中京：“一振高名滿帝都，歸時還弄峨眉月。”

【高行】㊀高尚的操行。淮南子氾論：“言而必信，期而必當，天下之高行也。”後漢書七六任延傳：“延到，皆聘請高行如董子儀、嚴子陵等，敬待以師友之禮。”㊁戰國魏有寡婦，貌美，貴人爭娶之，不允。魏王聘之。寡婦言夫不幸早死，守養幼孤，棄義而從利，無以爲人。乃自割其鼻。魏王大其義，高其行，乃復其身，尊其號曰高行。見列女傳十四梁（魏）寡高行。

【高辛】上古帝嚳之號。黃帝之曾孫，堯之父。參閱史記五帝紀。參見“帝嚳”。

【高言】善美之言辭。文選古詩十九首之四：“令德唱高言，識曲聽其真。”注：“廣雅曰：高，上也。謂辭之美者。”抱朴子行品：“憎賢者而不貴，聞高言而如聾者，罯人也。”

【高弟】品第高。弟，“第”的古字。史記禮書：“自子夏，門人之高弟也。”索隱：“言子夏是孔子門人之中高弟者，謂才優而品第高也。”史記循吏傳：“公儀休者，魯博士也。以高弟爲魯相。”後因謂門弟子之成績優良者爲高弟，又稱高第弟子或高弟子。

【高車】㊀車蓋高、可立乘之車。也稱高蓋車。史記一一九孫叔敖傳：“王必欲高車，臣請教閭里使高其梱。”漢書七一于定國傳：“少高大其門，令容駟馬高蓋車。”參見“高門容駟”。㊁北朝時民族名。敕勒（鐵勒）族的别稱。其先爲匈奴，元魏時號高車部，以其所用車車輪高大，輻數至多而名。後爲突厥所併。參閱魏書高車傳、新唐書二一七回鶻傳。

【高抗】剛强。後漢書八三梁鴻傳：“（高）恢亦高抗，終身不仕。”宋書顧覬之傳顧愿定命論：“樊生沖矯，鷁旌善之文；華子高抗，銘黴非之策。”

【高里】山名。又名亭禪山。泰山支脈。在山東泰安縣西南。漢太初元年，武帝至泰山，禪於此。高或誤作“蒿”。參閱漢書武帝紀太初元年注。讀史方輿紀要三一濟南府泰安州亭禪山。

【高邑】縣名，屬河北省。戰國趙房子邑。漢置房子縣，屬常山郡。北齊天保七年，改置高邑縣。歷代因之。參閱嘉慶一統志五一趙州一。

【高足】㊀捷足。指良馬。文選古詩十九首之四：“何不策高足，先據要路津？”唐李白李太白詩十七魯中送二從弟赴舉之西京：“平衢騁高足，逸翰凌長風。”㊁謂高才弟子。唐張彥遠法書要録一南朝宋羊欣采古來能書人名：“高陽許靜民，鎮軍參軍，善隸草，羲之高足。”參見“高足弟子”。

【高坐】也作“高座”。指僧人。猶言上座。世説新語賞譽下：“時人欲題目高坐而未能。桓廷尉（彝）以問周侯（顗）。周侯曰：可謂卓朗。”注引高士傳：“庾亮、周顗、桓彝爲一代名士，一見和尚，披衿致契。曾爲和尚作目，久之未得。有云尸利密可稱卓朗。”文苑英華二二九唐李羣生（全唐詩七四六作陳陶）謫仙吟贈趙道士：“三元麟鳳推高座，六甲風雷閟小壺。”

【高穹】蒼天。宋史四七九西蜀孟氏傳册命孟昶文：“何高穹之不祐，與幽壤之同歸。”參見“穹蒼”。

【高底】舊時纏足女子爲使足形顯得纖小而加於鞋跟的木塊。清李斗揚州畫舫録九：“女鞋以香樟爲高底。在外爲外高底，有杏葉、蓮子、荷花諸式。在裏者爲裏高底，謂之道士冠。平底叫底兒香。”

【高卧】高枕而卧，謂安閒無事。晉書陶潛傳：“嘗言夏月虛閒，高卧北窗之下。”亦以喻隱居不仕。世説新語排調：“謝公（安）在東山，朝命屢降而不動。……（高靈）戲曰：‘卿屢違朝旨，高卧東山，諸人每相與言，安石不肯出，將如蒼生何。’”安石，安字。

【高枕】謂安卧。戰國策齊四：“三窟已就，君姑高枕爲樂矣。”漢書高后紀：“足下高枕而王千里，此萬世之利也。”參見“高枕無憂”。

【高門】㊀高大之門。史記七四孟子傳：“自如淳于髡以下，皆命曰列大夫，爲開第康莊之衢，高門大屋，尊寵之。”㊁謂富貴之家。莊子達生：“（魯）有張毅者，高門縣薄，無不走也。”文選南朝梁沈休文（約）恩倖傳論：“劉毅所云下品無高門，上品無賤族者也。”注：“臧榮緒晉書曰：‘劉毅爲尚書左僕射，上書陳九品之弊曰：上品無寒門，下品無勢族。’”㊂漢宫殿名。漢書五十汲黯傳：“黯入，請間，見高門。”注引三輔皇圖：“未央宫中有高門殿也。”

【高尚】不卑屈。易蠱：“不事王侯，高尚其事。”晉陶潛陶淵明集六桃花源記：“南陽劉子驥，高尚士也。”

【高昌】㊀郡名。本漢車師前部之高昌壁，亦名高昌壘。晉咸和中前涼張駿置。故城在今新疆吐魯番縣東哈拉和卓堡。參閱嘉慶一統志五二二吐魯番高昌國。㊁古時城國名。北魏太平真君中，北涼沮渠無諱據高昌郡，次年自立爲涼王。後爲蠕蠕(柔然)所併。蠕蠕以闞伯周爲高昌王,此爲高昌國之始。後爲唐所滅,列其地爲西州。唐末,回鶻徙居北庭,後取西州居之,復稱高昌國,亦稱回鶻國。治高昌縣(今新疆吐魯番縣東哈拉和卓堡)。蒙古成吉思汗起,高昌國首先歸附。參閱嘉慶一統志五二二吐魯番高昌國、回鶻國。㊂唐鼓吹曲名。唐柳宗元作。詠李靖滅高昌國事。見柳先生集一高昌、樂府詩集二十高昌。

【高明】㊀謂性格高亢明爽。書洪範:"沈漸剛克,高明柔克。"㊁高而明亮之處。禮月令仲夏之月:"可以居高明,可以遠眺望。"㊂高尚明達。國語鄭:"今王棄高明昭顯,而好讒慝暗昧。"㊃高超明智。漢書五六董仲舒傳對策:"曾子曰:'尊其所聞,則高明矣。'"後也稱技藝或手段高超爲高明。㊄指富貴者。書洪範:"無虐煢獨而畏高明。"疏:"高明,謂貴寵之人。"㊅對人的敬詞。後漢書四十上班固傳上東平王蒼奏記:"此六子者,皆有殊行絕才,德隆當世。如蒙徵納,以輔高明,此山梁之秋,夫子所爲歎也。"㊆人名。見"高則誠"。

【高朋】猶言貴賓。唐王勃王子安集五滕王閣序:"十旬休暇,勝友如雲;千里逢迎,高朋滿座。"

【高洋】公元529—559年。北齊文宣帝。渤海蓨人。字子進。高歡次子。北魏武定中,累封齊王,進相國。殺孝靜帝而自立。少時父令諸子治亂絲,洋拔劍斬之,曰:"亂者必斬。"在位十年,肆行淫暴,無故殺人。見北齊書文宣紀。

【高祖】㊀遠祖。左傳昭十五年:"且昔而高祖孫伯黶,司晉之典籍。"注:"孫伯黶,晉正卿,籍談九世祖。"㊁祖父的祖父。也稱高祖王父。見爾雅釋親。禮喪服小記:"有五世而遷之宗,其繼高祖者也。"㊂開國的帝王,子孫以其功最高,稱爲高祖。書盤庚下:"肆上帝將復我高祖之德。"此指湯。又康王之誥:"無壞我高祖寡命。"此指文王武王。漢高帝死後,羣臣上尊號爲高皇帝,後來王朝或以高祖爲廟號。如創業之帝多稱高祖。

【高拱】㊀謂高拱兩手,安坐時的姿勢。史記六九蘇秦傳:"夫割地包利,五伯之所以覆軍禽將而求也;封侯貴戚,湯武所以放弑而爭也。今君高拱而兩有之,此臣之所以爲君願也。"北齊書王昕傳:"昕舍轡高拱,任馬所之。"㊁公元1512—1578年。明新鄭人。字肅卿。嘉靖二十年進士,官至大學士。練習政事,恃才而遲,不爲人所喜。初以徐階薦入閣,旋與階不協,乞歸。後復起爲相,以劾內臣馮保被逐。卒謚文襄。有高文襄公集、防邊紀事等。明史二一三有傳。

【高要】縣名。屬廣東省。漢置,屬蒼梧郡,以地當西江入廣要口而名。南朝梁置郡。隋以後仍爲縣。明清皆爲肇慶府治。參閱讀史方輿紀要一〇一肇州府高要縣。

【高苑】縣名。西漢置,屬千乘郡。東漢屬樂安國。隋開皇十八年改曰會城縣,大業三年又改曰高苑縣,以縣東南有高苑故城而名。宋景德三年,以縣置宣化軍,熙寧三年軍廢,仍爲縣。明清屬青州府。公元1948年與青城縣及濱縣鄒平部分地區合併爲高青縣。參閱太平寰宇記十九淄州、嘉慶一統志一七〇青州府一。

【高柳】地名。漢置,屬代郡。東漢光武帝立盧芳爲代王,居高柳。北齊廢。故城在今山西陽高縣。參閱嘉慶一統志一四六大同府。

【高品】㊀道德高、學問好的人。品,品第,品類。唐張九齡曲江集十上張燕公書:"今登封沛澤,千載一時,而清流高品不沾殊恩。"㊁猶高手。宋書羊玄保傳:"玄保既善棋,而何尚之亦雅好棋。吳郡褚胤,年七歲,入高品。"

【高胄】高門世家。胄,後裔。藝文類聚五十晉傅玄江夏任君銘:"承洪苗之高胄,稟岐嶷之上姿。"宋書蔡興宗傳:"興宗女無子嫠居,名門高胄多欲結姻。"

【高秋】秋高氣爽之時。南齊謝朓謝宣城集五奉和隨王殿下詩之二:"高秋夜方靜,神居肅且深。"

【高科】㊀高卑不平。科,空也,坎。韓非子有度:"故繩直而枉木斲,準夷而高科削。"㊁科舉高第。舊唐書一一八元載傳:"下詔求明莊、老、文、列四子之學者。載策入高科。"宋史三八五蕭燧傳:"子逵登進士第,唱名第四。孝宗曰:'逵才氣甚佳,父子高科,殊可喜。'"

【高風】㊀高處之風。楚辭漢劉向九歎遠遊:"遡高風以低佪兮,覽周流於朔方。"㊁秋風。太平御覽二五南朝梁元帝(蕭繹)纂要:"(秋)風曰商風、素風、淒風、高風、涼風、激風、悲風。"舊唐書玄宗紀上先天二年制:"太陽朗耀,澄氛靄於天衢;高風順時,厲肅殺於秋序。"㊂高卓之風範。後漢書二八下馮衍傳顯志賦:"沮先聖之成論兮,愬名賢之高風。"文選晉夏侯孝若(湛)東方朔畫贊:"覩先生之縣邑,想先生之高風。"

【高俅】公元?—1126年。北宋人。初爲蘇軾小史,能筆札。後屬樞密都承旨王詵(晉卿)。詵嘗遣俅送篦刀子與端王趙佶。佶見俅善蹴鞠,留用之。及佶卽帝位(徽宗),優寵有加,任殿前都指揮使,加至太尉,開府儀同三司。父敦復爲節度使。兄伸,自言業進士,直赴殿試,後登八座。子姪皆爲郎。靖康初,隨徽宗逃往臨淮。稱疾辭歸京師,卒。見宋王明清揮麈後録七。按宋史無傳。

【高流】上乘之作,上品。南朝梁鍾嶸詩品中:"晉中散嵇康詩,……傷淵雅之致。然託喻清遠,良有鑒裁,亦未失高流矣。"宋陸游劍南詩稿十九楊廷秀寄南海集之一:"夜讀楊卿南海句,始知天下有高流。"

【高唐】㊀地名。春秋齊邑。左傳昭十年:"穆孟姬爲之請高唐,陳氏始大。"故城在今山東禹城縣西南。㊁縣名。漢靈縣地,屬清河郡。後魏景明三年分置高唐縣。元至元七年爲高州州治,明初省縣入州。公元1913年改州爲縣。參閱嘉慶一統志一六八東昌府高唐州。㊂楚臺觀名。見"高唐觀"。

【高座】見"高坐"。

【高冥】高空,天空。後漢書六十下蔡邕傳釋誨:"安貧樂賤,與世無營。沈精重淵,抗志高冥。"文選晉陸士衡(機)齊謳行:"洪川控河濟,崇山入高冥。"

【高軒】㊀高敞之軒。後漢書五二崔駰傳達旨:"據高軒,望朱闕。"文選晉左太沖(思)蜀都賦:"開高軒以臨山,列綺窗而瞰江。"㊁尊稱人之車。見"高軒過"。

【高致】㊀極致,極度。公羊傳宣十五年"什一行而知頌聲作矣"漢何休注:"頌聲者,太平歌頌之聲,帝王之高致也。"漢書七八蕭望之傳:"至乎耳順之年,履折衝之位,號至將軍,誠士之高致也。"㊁高卓的情趣。三國志魏鍾會傳"弼好論儒道"注引晉何劭王弼傳:"弼與鍾會善……(會)每服弼之高致。"又吳周瑜傳注引江表傳:"(蔣)幹還,稱瑜雅量高致,非言辭所間。"

【高柴】公元前521—?年。春秋齊人,一說衛人。字子羔,孔子弟子。子稱"柴也愚"。子路使柴爲費郈宰,孔子以爲學未熟習,不宜從政。愚,朱熹注訓爲"知不足而厚有餘"。參閱論語先進、史記六七仲尼弟子傳、孔子家語弟子行。

【高能】猶高才。後漢書七九上儒林傳序:"其後復爲功臣子孫、四姓末屬別立校舍，搜選高能以授其業。"

【高淳】縣名。屬江蘇省。漢溧陽縣地。隋爲溧水縣地。宋置高淳鎮。明弘治四年，分置高淳縣，屬應天府。清屬江寧府。見嘉慶一統志七三江寧府一。

【高涼】㊀縣名。1.漢置，屬合浦郡。三國吴分高涼置安寧縣。南朝宋省高涼縣入安寧。梁復改安寧爲高涼。隋末蕭銑時分高涼置陽江縣。唐武德五年改高涼曰西平。故城在今廣東陽江縣西。參閲讀史方輿紀要一〇一肇慶府高涼廢城、嘉慶一統志四四七肇慶府一陽江縣。2.漢聞喜縣地。北魏太和十一年分置高涼縣。隋開皇十八年改縣曰稷山。故城在今山西稷山縣東南。參閲嘉慶一統志一五五絳州一稷山縣。㊁郡名。1.三國吴置。隋平陳，郡廢，大業二年復故，治高涼縣。唐武德四年改曰高州，貞觀二十三年州廢。故城在今廣東陽江縣西。參閲嘉慶一統志四四七肇慶府一陽江縣。2.北魏太和十一年置高涼郡，治高涼縣。西魏改爲龍門郡。參閲嘉慶一統志一五五絳州一稷山縣。

【高梁】㊀通"膏粱"。素問通評虛實論："氣滿發逆，〔甘〕肥貴人，則高梁之疾也。"注："高，膏也，梁，粱字也。……夫肥者令人熱中，甘者令人中滿。"㊁地名。1.本春秋晉地。左傳僖九年：齊桓公率諸侯之師伐晉，及高梁而還。又二十四年：晉公子重耳殺懷公於高梁。卽此。晉地道記：高梁城曾爲晉大夫叔向邑。故城在今山西臨汾縣東北。參閲嘉慶一統志一三八平陽府一。2.宋開寶二年置梁山軍，亦曰高梁郡。明初省入梁山縣，治高梁城。故城在今四川梁平縣西。參閲讀史方輿紀要六九夔州府梁山縣。㊂山名。見"高梁山"。㊃河名。見"高梁河"。

【高寄】謂寄託高超，不以世俗縈懷。世說新語品藻："然以不才，時復託懷玄勝，遠詠老莊，蕭條高寄，不與時務經懷。"唐陸龜蒙甫里集十五幽居賦："彼濩落而無容，且蕭條而高寄。"

【高密】縣名。屬山東省。春秋齊晏嬰封邑。秦爲高密縣，屬齊郡。取境内密水爲名。漢初屬齊國。文帝十六年，分齊地置膠西國。宣帝本始初更爲高密國。皆治高密縣。東漢建武中封鄧禹爲侯邑，改屬北海國。晉屬城陽郡。惠帝復置高密郡，隋屬密州，大業末廢。唐復置，屬密州。宋以後因之。清屬萊州府。漢初，齊田横烹酈食其，走高密；韓信用蒯通計，破齊，齊王田廣走高密，皆卽此。參閲太平寰宇記二四密州、嘉慶一統志一七四萊州府一。

【高商】指秋天。見初學記三南朝梁元帝(蕭繹)纂要。參見"商秋"。

【高啟】公元1336—1374年。元末明初長洲人。字季迪。元末隱居松江之青丘，自號青丘子。明洪武初，召修元史，爲編修。擢户部右侍郎。啟自陳年少不敢當重任，乞歸。授書自給。後因爲郡守魏觀改建府治作上梁文，有"龍蟠虎踞"之語，犯朱元璋忌，被腰斬，年僅三十九歲。善文工詩，與流寓吴郡的蜀人楊基、徐賁，潯陽張羽稱明初四傑。詩有大全集十八卷，文有鳧藻集五卷。明史二八五有傳。

【高春】指傍晚時分。淮南子天文："(日)至于淵虞，是謂高舂；至于連石，是謂下舂。"注："高舂，……民碓舂時也。"南史陳紀上梁太平元年封陳公(霸先)策："公求衣昧旦，昃食高舂。"

【高都】地名。1.戰國韓邑。戰國策西周記蘇代説韓相以高都與西周，卽此。故址在今河南洛陽市南。參閲嘉慶一統志二〇六河南府二。2.戰國魏地。秦莊襄王三年使蒙驁伐魏，拔高都，卽此。漢置縣，屬上黨郡。北魏永安中於縣置高都郡。隋開皇初廢郡，十八年改爲丹川縣。故城在今山西晉城縣。參閲嘉慶一統志一四五澤州府。

【高爽】高傲豪爽。晉書張華傳："陸機兄弟志氣高爽。自以吴之名家，初入洛，不推中國人士。"又阮咸傳："太原郭奕高爽有識量，知名於時。少所推先，見咸心醉，不覺歎焉。"

【高陵】㊀高的山丘。易同人："伏戎于莽，升其高陵，三歲不興。"韓非子姦劫弑臣："是猶上高陵之顛，墮峻谿之下而求生，必不幾矣。"㊁縣名。屬陝西省。秦孝公置高陵邑。漢置縣，隸左馮翊。三國魏文帝改曰高陸。隋大業二年，復曰高陵。歷代相因。參閲太平寰宇記二六雍州、嘉慶一統志二二七西安府一。㊂陵墓名。1.東漢末曹操墓。在河北臨漳縣西。參閲嘉慶一統志一九七彰德府二武帝西陵。按讀史方輿紀要四九彰德府臨漳縣講武城云，操有疑冢凡七十二處，在漳水上，自講武城外，森然彌望，高者如小山布列，直至磁州而北。2.東漢末孫堅墓。在江蘇丹陽縣西。參閲嘉慶一統志九一鎮江府二。㊃姓。戰國秦昭王弟封高陵君，後世因以爲氏。漢有諫大夫高陵顯。參閲通志二七氏族三以邑爲氏。

【高堂】㊀高大的殿堂。楚辭屈原招魂："高堂邃宇，檻層軒些。"亦指正廳。漢王充論衡別通："開户内光，坐高堂之上。"㊁謂父母。唐陳子昂陳伯玉集一宿空舲峽青樹村浦詩："委別高堂愛，窺覦明主恩。"㊂姓。春秋齊卿高傒(敬仲)食采於高堂，因以爲氏。漢有高堂生，三國魏有高堂隆。參閲通志二七氏族三以邑爲氏。

【高圉】人名。周之祖先。左傳昭七年："余敢忘高圉、亞圉？"注："二圉，周之先也。爲殷諸侯，亦受殷王追命者。"國語魯上："高圉大王，能帥稷者也。"注："高圉，后稷後十世，公非之子也。"世本謂高圉，侯侔；亞圉，雲都。

【高郵】㊀縣名。屬江蘇省。秦置郵亭，因名秦郵。漢置高郵縣。三國時廢。晉太康元年復置。南朝宋析置臨澤縣。梁又析置竹塘三歸二縣，置廣業郡，尋改神農郡。隋開皇初，郡廢，屬江都郡，省臨澤竹塘三歸三縣。唐屬揚州。宋開寶四年置高郵軍，熙寧五年改爲縣，三十三年復爲軍，屬淮南東路。元至元十四年置高郵路，二十一年改府，屬揚州路。明洪武元年改爲州，屬揚州府。清因之。公元1912年復改縣。參閲嘉慶一統志九六揚州府一、二。㊁湖名。一名新開湖，在江蘇高郵縣西北。參閲嘉慶一統志九六揚州府一。

【高第】凡選士、舉官、考績，成績優者爲高第。漢書四九鼂錯傳："對策者百餘人，唯錯爲高第。"後漢書十五鄧晨傳："由是復拜爲中山太守，吏民稱之。常爲冀州高第。"注："中山屬冀州，於冀州所部郡課常爲弟(第)一也。"亦以指高材生。漢趙岐孟子題辭："於是退而論集所與高第弟子公孫丑萬章之徒難疑答問。"

【高鳥】㊀高飛之鳥。史記九二淮陰侯傳："果若人言，狡兔死，良狗烹；高鳥盡，良弓藏。"㊁喻信使。唐張九齡曲江集三感遇詩之二："幽林歸獨卧，滯慮洗孤清。持此謝高鳥，因之傳遠情。"

【高絙】雜技名，猶後世之走索。此技東漢時已有之。其法：以兩大絲繩繫兩柱頭，相去數丈。兩倡女對舞，行於繩上，相逢切肩而不傾。三國、晉時謂之高絙。唐謂之戲繩。參閲文選漢張平子(衡)西京賦"走索上而相逢"三國吴薛綜注、晉書樂志下、舊唐書音樂志二。

【高寒】㊀謂地勢高、氣候寒冷。元劉郁

西使記:"自和林出兀孫中,西北行二百餘里,地漸高。入站,經瀚海,地極高寒,雖暑酷雪不消。"㊁謂人品格清峻。宋楊萬里誠齋集六長句寄周舍人子充詩:"省齋先生太高寒,肯將好語博好官?"

【高翔】公元1688—1753年。清江蘇甘泉人。字鳳岡,號西唐(一作西堂)、樨堂。工詩畫。山水秀峭縱恣,梅竹亦饒逸趣。精篆刻,善八分書。晚年右手病,以左手書。與石濤友善,石濤死,翔每春掃其墓,風義爲世所稱。爲世稱揚州八怪之一。參閱清李斗揚州畫舫録四、張庚畫徵續録上。

【高斯】謂秦趙高、李斯。元耶律楚材湛然居士集十二懷古一百韻寄張敏之詩:"焚書嫌孔孟,峻法用高斯。"

【高華】㊀高貴的族望。宋書劉穆之傳附劉瑀:"彈王僧達云:'蔭籍高華,人品冗末。'"㊁指翰苑清貴之官。宋蘇軾東坡集二七謝翰林學士啟:"致茲朽鈍,亦踐高華。"

【高棅】公元1350—1423年。明福建長樂人。一名廷禮,字彦恢,號漫士。永樂初以布衣召入翰林,爲待詔,陞典籍。工書畫,尤專於詩。與林鴻、鄭定、王褒、唐泰、王恭、陳亮、王偁、周玄、黄玄稱閩中十才子。編選唐詩品彙,終明之世,館閣以此書爲宗。其後李夢陽何景明等前後七子詩摹擬盛唐,實胚胎於此。著有嘯臺集、天清氣集,前者收詩八百首,稍見風骨;後者六百餘首,大率應酬冗長之作,書名不副其實。見明史二八六林鴻傳附。

【高陽】㊀指高而向陽之地。孫子地形:"通形者,先居高陽,利糧道,以戰則利。"㊁縣名,屬河北省。本戰國燕高陽邑。漢初置縣。北魏爲高陽郡治。隋開皇初,郡廢,十六年於縣置滿州,大業初州廢,屬河間郡。唐武德四年,復置滿州,貞觀元年廢,屬瀛州。宋熙寧六年省爲鎮,八年復爲縣。金天會七年升爲安州;大定二十八年州徙葛城,以高陽爲屬縣。明洪武八年並入蠡縣,十二年復置。永樂後屬保定府。清因之。參閱嘉慶一統志十二保定府一。㊂城邑名。上古顓頊高陽氏佐少昊有功,封於此。漢劉邦兵過高陽,酈食其入謁,自稱高陽酒徒。即此。又曰高陽亭。東漢初平元年,封蔡邕爲高陽鄉侯,亦即此。故址在今河南杞縣西。參閱讀史方輿紀要四七開封府杞縣。㊃姓。高陽氏之後。呂氏春秋云古有辯士高陽魋。見通志二八氏族略四以名爲氏。

【高粱】稷的今名。見"稷秫1"。

【高禖】指媒神。帝王祀以求子。禮月令仲春之月:"玄鳥至。至之日,以太牢祠於高禖,天子親往。"注:"高辛氏之出,玄鳥遺卵,娀簡吞之而生契。後王以爲媒官嘉祥而立其祠焉。變媒言禖,神之也。"清王引之以高者"郊"之借字,古音高與郊同。見經義述聞十四禮記上高禖。參見"郊禖"。

【高義】行爲高尚合於正義。也作"高誼"。戰國策齊二:"夫救趙,高義也;卻秦兵,顯名也。義救忘趙,威却强秦兵,不務爲此,而務愛粟,則爲國計者過矣。"公孫龍子疏府:"素聞先生高誼,願爲弟子久。"(説郛四七)

【高塘】郡、縣名。南朝梁置高塘郡,屬譙州。北齊北周廢郡置高塘縣。隋開皇初縣廢。故城在今安徽來安縣。參閱嘉慶一統志一三〇滁州。

【高訾】錢財多。即高貲。漢書地理志下:"後世世徙吏二千石、高訾富人及豪桀並兼之家於諸陵。"新唐書一一五郝處俊傳:"鄉人田氏彭氏以高貲顯。"

【高會】大宴會。史記項羽紀:"身送之至無鹽,飲酒高會。"集解引韋昭:"皆召尊爵,故云高。"索隱引服虔:"高會,大會也。"

【高節】高尚的節操。莊子讓王:"高節戾行,獨樂其志,不事於世。"史記九四田儋傳太史公曰:"田横之高節,賓客慕義而從横死,豈非至賢?"

【高寢】居室的正室。公羊傳莊三二年"路寢者何?正寢也"漢何休注:"天子諸侯皆有三寢:一曰高寢,二曰路寢,三曰小寢。父居高寢,子居路寢,孫從王父母、妻從夫寢,夫人居小寢。"疏:"父居高寢者,蓋以寢中最尊。"

【高適】約公元702—765年。唐渤海蓨人。字達夫。玄宗時舉有道科中第。客河西,在節度使哥舒翰府掌書記。安祿山反,入長安,適奔赴行在,累官至諫議大夫。蜀亂,出爲蜀、彭二州刺史。其邊塞詩昂揚奮發,與岑參齊名,並稱高岑。有高常侍集十卷。新、舊唐書皆有傳。

【高誘】漢末涿郡人。少時從侍中同縣盧植學。建安十年辟司空掾,除東郡濮陽令。十七年遷監河東。曾爲孟子孝經作注,已佚。又有呂氏春秋注、淮南子注、戰國策注。已有散佚。參閱呂氏春秋高誘敍、淮南子高誘敍。

【高齊】南北朝時高洋廢東魏建齊王朝,史家以别於蕭道成廢劉宋所建的齊王朝,稱高齊。參見"北齊"。

【高壽】長壽。宋史孝宗紀贊:"然自古人君起自外藩,入繼大統,而能盡宫庭之孝,未有若帝;其間父子怡愉,同享高壽,亦無有及之者。"

【高臺】縣名,屬甘肅省。漢表是縣,屬酒泉郡。唐爲建康軍地。明設高臺所。清置縣。以地勢高,故名。參閱讀史方輿紀要六三甘肅鎮高臺所。

【高僧】有高行之僧人。隋書經籍志二著録虞孝敬高僧傳六卷。唐韓愈昌黎集十廣宣上人頻見過詩:"久慙朝士無裨補,空愧高僧數往來。"

【高誼】㊀高深的義理。誼,同"義"。漢書五六董仲舒傳武帝制:"子大夫明先聖之業,習俗化之變,終始之序,講聞高誼之日久矣。"㊁行爲高尚。見"高義"。

【高論】㊀大發議論。也指高遠的議論。莊子刻意:"刻意尚行,離世異俗,高論怨誹,爲亢而已矣。"史記一〇二張釋之傳:"釋之既朝畢,因前言便宜事。文帝曰:'卑之,毋甚高論,令今可施行也。'"㊁空談。後漢書七十鄭太傳:"孔公緒(伷)清談高論,噓枯吹生,並無軍旅之才,執鋭之幹。"新唐書一八五張濬傳:"汎知書史,喜高論,士友擯薄之。"

【高調】㊀急張琴弦。調字讀平聲。文選漢馬季長(融)長笛賦:"若絙瑟促柱,號鍾高調。"號鍾,善琴名。㊁高雅之調。調字讀去聲。唐駱賓王集六和道士閨情詩啟:"俯屈高調,聊同下里。"

【高標】㊀木杪曰標,故凡高聳的物體如峯、塔等皆稱爲高標。文選晉左太沖(思)蜀都賦:"羲和假道於峻岐,陽烏迴翼乎高標。"唐李白李太白詩三蜀道難:"上有六龍回日之高標,下有衝波逆折之回川。"杜甫杜工部草堂詩箋六同諸公登慈恩寺塔:"高標跨蒼穹,烈風無時休。"㊁喻高潔的品行。唐張九齡曲江集二十故瀛州司馬參軍李府君碑銘序:"清白以遺,而果無私積;高標是聳,而庶有餘慶。"㊂喻高深的造詣。唐韓愈昌黎集二送靈師詩:"古氣參彖繫,高標摧太玄。"

【高價】謂器物之珍貴,常以喻人之身分高。後漢書八十下邊讓傳蔡邕薦讓書:"階級名位亦宜超然。若復隨輩而進,非所以章瓌偉之高價,昭知人之絶明也。"三國魏曹植曹子建集六盤石篇詩:"方舟尋高價,珍寶麗以通。"

【高興】㊀謂興建高樓。興,音xīng。文選漢張平子(衡)西京賦:"累層構而遂臍，望北辰而高興。”㊁高雅的興致。興，音 xìng。文選晉殷仲文南州桓公九井作詩：“獨有清秋日，能使高興盡。”唐杜甫杜工部草堂詩箋十一北征：“青雲動高興，幽事亦可悦。”今用作愉快興奮之意。

【高髻】高綰之髮髻。後漢書二四馬廖傳：“長安語曰：‘城中好高髻，四方高一尺。’”

【高邁】謂高超不凡。晉書裴秀傳附裴楷：“楷風神高邁，容儀俊爽。”又王獻之傳：“少有盛名，而高邁不羈，雖閒居終日，容止不怠。”

【高橇】卽高蹺，見該條。

【高縣】縣名，屬四川省。漢南廣縣地。唐置高州。宋熙寧後廢。元復置。明改爲高縣。清因之。參閱嘉慶一統志三九五敘川府一。

【高舉】高飛，遠去。楚辭宋玉九辯：“鳧雁皆唼夫粱藻兮，鳳愈飄翔而高舉。”漢書六五東方朔傳非有先生論：“今先生率然高舉，遠集吳地。”亦喻指隱居。楚辭屈原卜居：“寧超然高舉以保真乎，將哫訾栗斯，喔咿儒兒以事婦人乎？”晉陶潛陶淵明集五桃花源詩：“願言躡輕風，高舉尋吾契。”

【高蹈】㊀猶遠行。左傳哀二一年：“魯人之皋，數年不覺，使我高蹈。”注：“高蹈，猶遠行也。”㊁舉足頓地。表示喜怒之情。列子湯問：“師襄乃撫心高蹈曰：‘微矣，子之彈也。’”文選晉成公子安(綏)嘯賦：“狹世路之阨僻，仰天衢而高蹈。”㊂遠避。謂隱居。文選晉張景陽(協)七命之一：“嘉遯龍盤，翫世高蹈。”又南朝宋顏延年(延之)陶徵士誄：“賦詩歸來，高蹈獨善。”㊃謂登上更高境界。唐韓愈昌黎集二薦士詩：“國朝盛文章，子昂始高蹈。”

【高闕】塞名。故址在今内蒙古杭錦後旗北。史記匈奴傳謂戰國趙武靈王自代旁陰山下，至高闕爲塞。水經注三河水謂山下有長城，長城之際，連山刺天，其山中斷，舉望若闕，故名。闕口有城，跨山結局，謂之高闕戍。漢衛青率十萬人擊匈奴，敗右賢王於此。參閱嘉慶一統志五四二烏喇特。

【高蹤】高卓之行跡。漢書八七上揚雄傳河東賦：“軼五帝之遐迹兮，躡三皇之高蹤。”抱朴子臣節：“搏噬干紀，則若鷹鸇之鷙鳥雀；蓄扞壃埸，則慕魏絳李牧之高蹤。”

【高韻】㊀指高妙優美的音樂詩文。抱朴子逸民：“子誠喜懼於勸沮，焉識玄曠之高韻哉？”文選南朝梁沈休文(約)宋書謝靈運傳論：“綴平臺之逸響，采南皮之高韻。”注：“南皮，魏文帝所遊也。高韻，謂應徐之文也。”㊁高雅的氣質。世說新語品藻：“(裴)頠性弘方，愛(楊)喬之有高韻。”

【高趫】卽高蹺。見該條。

【高麗】㊀高，高超；麗，華美。戰國策衛：“羣臣盡以爲君輕國而好高麗。”三國志魏鍾會傳“年二十餘卒”注引晉何劭王弼傳：“著道略論，注易，往往有高麗言。”㊁古國名。見“高句驪”。

【高蹺】民間雜技名。雙脚縛於長木棍，且走且舞。此戲起源頗早。列子説符：“宋有蘭子者，以技干宋元(君)，宋元(君)召而使見。其技以雙枝長倍其身，屬其脛，並趨並馳。弄七劍，迭而躍之，五劍常在空中。”山海經海外西經“長股之國……一曰長脚”晉郭璞注：“或曰有喬國。今技家喬人，蓋象此身。”北魏謂之長趫(通典一四六樂六散樂)。南朝宋謂之長蹻(宋書武三王傳)。宋謂之踏蹺(橇)(元周密武林舊事)。清謂之高橇、踏喬(清桂馥札樸七匡謬、山海經海外西經“一曰長脚”郝懿行箋疏)。

【高鶚】約公元1738—約1815年。清漢軍鑲黄旗人。字蘭墅，一字雲士，别號紅樓外史。乾隆六十年進士，入翰林院。任内閣侍讀，刑科給事中。著紅樓夢後四十回、蘭墅詩鈔、硯香詞、蘭墅文存等。

【高躅】㊀高尚的行迹。晉書隱逸傳贊：“養粹巖阿，銷聲林曲，激貪止競，永垂高躅。”㊁指高超的成就，傑作。唐張彦遠法書要録五竇息述書賦：“高躅莫究其涯，雄風于焉已扇。”

【高歡】公元496—547年。北朝渤海蓨人。一名賀六渾。先後參加杜洛周、葛榮起義軍，叛降北魏尒朱榮，鎮朔方。起兵平尒朱兆之亂，擁立孝武帝，自任大丞相。專朝政。逼帝西投宇文泰，另立孝靜帝，由是魏分東西。歡執魏政十六年。及子高洋廢東魏建北齊王朝，追尊爲神武帝。北齊書、北史皆有紀。

【高讚】大力贊助。宋書張暢傳：“(彭城王劉)義恭欲棄彭城南歸，計議彌日不定……太尉長史何勖不同，欲席卷奔鬱州，自海道還都。二議未決，更集羣僚議之。暢曰：‘若歷城、鬱州可至，下官敢不高讚？’”資治通鑑一二五宋元嘉二七年作“高贊”。

【高驤】上舉。後漢書四十上班固傳西都賦：“列棼橑以布翼，荷棟桴而高驤。”文選晉潘安仁(岳)西征賦：“忽蛇變而龍攄，雄霸上而高驤。”

【高力士】公元684—762年。唐潘州人。本姓馮。少閹，聖曆元年入宫，武則天令給事左右。宦官高延福收爲養子，改姓高。睿宗時爲内給事。玄宗時，因誅蕭岑等有功，知内侍省事，寵任極專。肅宗在東宫時以兄事之。四方奏請，先省後進。權臣豪將如李林甫楊國忠安禄山等均厚結之。累官驃騎大將軍，封渤海郡公。安史之亂起，隨玄宗入蜀。肅宗上元元年，配流黔中道。寶應元年赦回，病死途中。唐之宦官跋扈專權，自力士始。舊唐書一八四、新唐書二〇七有傳。

【高士奇】公元1644—1703年。清錢塘人。字澹人，號江村。康熙時，由監生充書寫，直南書房，爲帝所寵信。官至禮部侍郎。謚文恪。著有天禄識餘、江村銷夏録、金鰲退食筆記、春秋地名考略、左傳紀事本末、清吟堂集等。

【高士傳】書名。1.三國魏嵇康撰。已佚，清嚴可均輯一卷。2.晉皇甫謐撰。三卷。原載古高隱之士七十二人(見續博物志)。今本九十六人，蓋由後人雜取太平御覽，又稍摭他書附益之。宋晁公武郡齋讀書志亦作九十六人，而陳振孫直齋書録解題稱自披衣至管寧僅八十七人。是宋時已有二本。

【高才生】才智高的學生。後漢書章帝紀建初八年詔：“其令羣儒選高才生，受學左氏、穀梁春秋、古文尚書、毛詩，以扶微學，廣異義焉。”又見三六賈逵傳、七九上儒林傳序。

【高山冠】冠名。漢蔡邕獨斷：“御史冠法冠，謁者冠高山冠。”後漢書輿服志下：“高山冠，一曰側注。制如通天，〔頂〕不邪卻，直豎，無山述展筩，中外官、謁者、僕射所服。”參閱晉書輿服志。參見“側注”。

【高王經】佛經名。高王觀世音經之略稱。法苑珠林二五作觀士音救生經。佛教傳説，稱北魏天平中定州募士孫敬德信佛教，曾造觀音像，自加禮敬。後爲劫賊所引，不勝拷楚。忽夢一沙門令誦救生觀世音經千遍。臨刑，刀自折爲三段，膚頸不傷。刀三易皆折。所司奏聞，丞相高歡表請免死。及歸，覩其家觀音像項有刃迹三。遂寫其經布於世。後稱爲高王觀世音經。佛家稱謂，凡尊之則曰王；王而再加尊稱則曰高王，卽最上王。高王觀世音經，言此於諸經中爲最上。

參閲太平廣記一一一冥祥記、續高僧傳二九、清俞樾春在堂隨筆十。

【高平苑】苑囿名。故址在福建將樂縣南。相傳爲漢時東越王校獵之所。大夫、將軍校獵謂之大校,兵士校獵謂之小校。故將樂有大校、小校二村。東漢時此邑爲建安縣之校鄉,卽取此義。參閲太平寰宇記一〇〇南劍州將樂縣、嘉慶一統志四三〇延平府。

【高句驪】㊀古國名。亦作"高句麗"、"高麗"、"高驪"。後爲衛氏朝鮮所併。參閲文獻通考三二五高句驪。㊁地名。漢武帝元封四年置玄菟郡,又置高句驪縣爲郡治。故城在今遼寧新賓縣東北。參閲漢書地理志下、嘉慶一統志五七興京。

【高仙芝】公元?—755年。唐高麗族。善騎射。開元末任西安副都護、四鎮都知兵馬使。天寶中平小勃律,敗石國。拜右羽林軍大將軍,封密雲郡公。安禄山叛,以仙芝爲副元帥,統兵屯陝,東京陷,退保潼關,爲監軍宦邊令誠譖斬。舊唐書一〇四、新唐書一三五有傳。

【高良澗】澗名。明萬曆二十二年淮水決口於此。總河褚欽議於澗口爲滚水石壩,尋改爲減水石閘,洩淮水東注入湖。清康熙十二年及十五年,淮水連決於此。十七年塞決口。十九年改築減水壩。見嘉慶一統志九三淮安府一。按今江蘇洪澤縣治有高良澗鎮。

【高良薑】草名。産於兩廣及雲南貴州等省。其子爲紅豆蔻;根爲薑,可入藥。本出高涼郡,故名;後訛涼爲良。參閲清屈大均廣東新語二七草、吴其濬植物名實圖考二五。

【高足碗】碗的一種。宋周羽翀三楚新録:"荆南尚使磁器,皆高其足,而公私競用之,謂之高足碗。"(説郛四十)

【高其佩】公元1672—1734年。清遼陽人,隸籍漢軍鑲白旗。字韋之,號且園。官至户部侍郎。善畫花鳥、走獸、人物、水,用墨沈着,筆力蒼勁,形象生動。尤以指頭畫名於時。

【高季興】公元858—928年。五代陜州硤石人。字貽孫,本名季昌。後梁開平元年因軍功任荆南節度使。尋建南平國,爲十國之一。後唐同光三年封南平王。因與後唐爭地失敗,稱臣於吴,封爲秦王,五傳。爲宋所滅。新、舊五代史皆有傳。

【高冠山】山名。又名高觀山、蛇山,爲黄鶴山支阜。在今湖北武漢市武昌區。元末朱元璋圍武昌,陳友諒屯戍於此。元璋將傅友德攻占此山,遂下武昌。參閲讀史方輿紀要七六武昌府江夏縣黄鵠山。

【高屋帽】帽名。隋書禮儀志七:"案宋齊之間,天子宴私,著白高帽,士庶以烏,其制不定。或有卷荷,或有下裙,或有紗高屋,或有烏紗長耳。……今復制白紗高屋帽。"唐陸龜蒙甫里集十幽居有白菊一叢因而成詠呈知己詩:"陶令褵籬堪岸著,梁王高屋好歌來。"自注:"梁朝有白紗高屋帽。"

【高則誠】元末浙江温州瑞安縣人。名明,字則誠,號菜根道人。後人稱爲東嘉先生。元至正五年進士。任處州録事,浙東閫幕都事,轉江西行臺掾,又轉福建行省都事。方國珍據浙東,欲留置幕下,不從。旋寓明州櫟社,撰傳奇琵琶記,取蔡伯喈趙五娘故事爲題材,爲南戲正宗。清人輯其詩文爲柔克齋集。參閲明徐渭南詞敍録。參見"琵琶記"。

【高唐觀】觀名。也作"高堂觀"。文選戰國楚宋玉高唐賦序:"昔者楚襄王與宋玉遊于雲夢之臺,望高唐之觀,其上獨有雲氣。"唐陳子昂陳伯玉集一感遇詩之二八:"揭來高堂觀,悵望雲陽岑。"

【高軒過】唐李賀七歲能辭章。韓愈、皇甫湜始未信,過其家,使賀賦詩。賀援筆輒就,自目曰高軒過。二人驚奇之。自是有名。見新唐書二〇三李賀傳。詩見李賀歌詩編四。

【高梁山】山名。在今四川梁平縣東北,與萬縣接界。山海經中山經:"又東三百里,曰高梁之山。"清畢沅校正:"山在今四川劍州北。"太平御覽四四江源記:"南浦郡高梁山,尾東跨江,西首劍閣,東西數千里。山嶺長峻,其峯崔嵬,於蜀市望之,若長雲垂天。一日行之,乃極其頂。俯視衆山,泯若平原。劍閣銘所謂巖巖梁山,積石峨峨,卽述此也。"

【高梁河】在北京市西直門外。爲玉河上流,卽玉泉山水所經。水經注十三㶟水:"㶟水又東南,高梁之水注焉。水出薊城西北平地,泉流東注。逕燕王陵北,又東逕薊城北,又東南流。"遼將耶律沙與宋兵戰於高梁河,卽此。金時亦謂之皁河。上有高梁橋。參閲嘉慶一統志七順天府二。

【高堂生】漢魯人。以禮十七篇授瑕丘蕭奮,奮以授孟卿,孟卿以授后蒼,蒼以授戴德、戴聖等。爲治禮者所宗。見漢書八八儒林傳。

【高從誨】公元891—948年。五代荆南國君,季興長子。字遵聖。初附後唐,受封南平王。地狹兵弱,介於吴楚之間,以劫留他國貢物自存。及南漢閩蜀等稱帝,從誨所嚮稱臣,以求賜予。諸國賤之,目爲高賴子。在位十九年。卒謚文獻。新、舊五代史皆有傳。

【高湛碑】東魏碑。乾隆十四年秋,德州衛第三屯運河決東岸,得此碑,文字尚全。高湛不見於史,得此以傳。碑書法秀勁,唐代虞世南、褚遂良諸家書類之。參閲金石萃編三十高湛墓誌銘。

【高陽氏】見"顓頊"。

【高陽池】漢侍中習郁於襄陽峴山南作魚池,池邊有高隄,種竹及長楸,池中植芙蓉菱芡。晉山簡(季倫)鎮襄陽,每臨此池,置酒輒醉,曰:"此是我高陽池也。"時有兒歌曰:"山公出何許?往至高陽池。日夕倒載歸,茗艼無所知。時時能騎馬,倒著白接䍦。"見世説新語任誕及注、晉書山簡傳。按西漢酈食其高陽人,自稱高陽酒徒,高陽池卽用此典。

【高陽里】里名。東漢荀淑舊里名西豪,潁陰令苑康以爲昔高陽氏有才子八人,淑亦有八子:儉緄靖燾汪爽肅專,並有名於時,因改其里曰高陽里。見後漢書六二荀淑傳。

【高陽臺】詞調名。又名慶春澤慢、慶春宫。雙調,一百字。此調以劉鎮詞爲正體。見詞譜二八。

【高陽關】在河北高陽縣東。五代後周顯德六年收復三關,建高陽關砦。宋初名關南,以在三關之南。太平興國七年置高陽關,慶曆八年置高陽關路安撫使,統十州軍,爲控扼要地。金廢。參閲讀史方輿紀要十二保定府高陽縣。

【高資港】港名。在江蘇丹徒縣,北通長江。明建文四年,盛庸敗燕兵於高資港,卽此。見嘉慶一統志九十鎮江府一。

【高漸離】戰國燕人,善擊筑。與荆軻爲友。軻往刺秦王(始皇),燕太子丹等送至易水,漸離擊筑,軻和而歌,士皆垂淚。軻刺秦王未遂,身死,漸離變姓名爲人庸保。秦王物色得之,矐其目,仍使擊筑。漸離乃以鉛置筑内,乘隙撲擊秦王不中,被殺。見史記八六刺客傳。

【高鳳翰】公元1683—1748年。清山東膠州人。字西園,號南邨,晚號南阜山人。雍正時署安徽績溪知縣,被劾罷。寓江淮間,病偏痹,遂以左手作書畫。山水花卉,縱逸不拘成法,以氣勝。藏硯千數,手自鐫銘。著有硯史、湖海岫雲等。

【高僧傳】南朝梁釋慧皎撰。十三卷，敍目一卷。分譯經、義解、神異、習禪、明律、遺身、誦經、興福、經師、唱導十科。所載自東漢永平十年至梁天監十八年，凡二百五十七人，附見者二百餘人。後人以别於後來諸傳，亦稱梁高僧傳。唐釋道宣撰續高僧傳(一名唐高僧傳)三十卷，體制與慧皎書大體相同，所載四百八十五人，附見二百十九人，多出於自序所記人數，當是書成後，續有纂入。宋釋贊寧等撰大宋高僧傳三十卷，正傳五百三十二人。附傳一百二十五人。明釋如惺撰明高僧傳八卷，收自南宋及元八十餘人。

【高賴子】見"高從誨"。

【高麗舞】唐楊再思居相位十餘年，阿匿取容。司禮少卿張同休於宴次戲曰:"楊内史面似高麗。"再思欣然，請剪紙自帖於巾，卻披紫袍，爲高麗舞，滿座嗤笑。見舊唐書九十、新唐書一〇九楊再思傳。

【高麗藏】全稱高麗大藏經。朝鮮高麗王朝顯宗二年(宋真宗大中祥符四年)以宋蜀藏經爲底本，開始雕印，至文宗末年(宋神宗元豐五年)刻成，前後八十二年，共五千九百二十四卷。已爲兵火所毁。至高宗二十三年(宋理宗端平三年)重行雕印，至三十八年(宋淳祐十一年)刻成，共六百三十九函、一千五百二十一部、六千五百八十九卷。

【高攀龍】公元1562—1626年。明無錫人。字存之，又字景逸、雲從。萬曆十七年進士。授行人。以忤當局，謫揭陽典史。去官家居近三十年。熹宗時累官至左都御史。發魏忠賢黨崔呈秀罪，爲忠賢所惡，削籍歸，復矯旨逮問，被迫引退。崔呈秀欲捕殺之，投池死。攀龍嘗與同里顧憲成於無錫東林書院講學，世稱高顧。憲成、攀龍主講席，同爲東林黨領袖。崇禎時諡忠憲。著有周易孔義、春秋孔義、就正録等及門人陳龍正編高子遺書十二卷。明史二四三有傳。

【高下在心】謂度時制宜。左傳宣十五年:"天方授楚，未可與爭。雖晉之彊，能違天乎？諺曰:'高下在心。'"引申爲隨心所欲。後漢書六九何進傳:"今將軍總皇威，握兵要，龍驤虎步，高下在心，此猶鼓洪爐燎毛髮耳。"

【高下其手】猶上下其手，謂營私舞弊。宋王闢之澠水燕談録五官制:"太祖慮其任私，高下其手，乃置司寇參軍。"參見"上下其手"。

【高山流水】列子湯問:"伯牙善鼓琴，鍾子期善聽。伯牙鼓琴，志在高山。鍾子期曰:'善哉，峨峨兮若泰山。'志在流水，鍾子期曰:'善哉，洋洋兮若江河。'"後多用此爲知音難遇之典，或喻樂曲高妙。金董解元西廂四:"不是秦箏合衆聽，高山流水少知音。"

【高山景行】詩小雅車舝:"高山仰止，景行行止。"傳:"景，大也。"箋:"景，明也。……古人有高德者則慕仰之，有明行者則而行之。"後因以高山景行喻指高尚的德行。文選三國魏文帝(曹丕)與鍾大理書:"高山景行，私所仰慕。"

【高文典册】指詔令制誥等。舊題漢劉歆西京雜記三:"揚子雲(雄)曰:軍旅之際，戎馬之間，飛書馳檄，用枚皋。廊廟之下，朝廷之中，高文典册，用(司馬)相如。"

【高牙大纛】大將的牙旗。亦泛指居高位者的儀仗。宋歐陽修文忠集四十相州晝錦堂記:"然則高牙大纛，不足爲公榮；桓圭衮冕，不足爲公貴。"古今雜劇元闕漢卿玉鏡臺一:"出則高牙大纛，入則峻宇高牆。"參見"牙"、"纛"。

【高平第一】城名。後漢書郡國志五涼州安定郡:"高平有第一城。"又二三竇融傳:"(光武)車駕西征隗囂，融率五郡太守及羌虜小月氏等，……與大軍會高平第一。"即此。以其城險固，故名。故址在今寧夏固原縣。參閲讀史方輿紀要五八平涼府鎮原縣。

【高材疾足】謂才高而行動迅捷。史記九二淮陰侯傳:"秦失其鹿，天下共逐之。於是高材疾足者先得焉。"

【高步雲衢】謂得意於朝廷。晉書郤詵傳論:"郤詵等並韞價州里，褎然應召，對揚天門，高步雲衢。求之前哲，亦足稱矣。"後也指登第。

【高足弟子】世説新語文學:"鄭玄在馬融門下，三年不得相見，高足弟子傳授而已。"後漢書三五鄭玄傳作"高業弟子"。

【高位厚禄】官位高、俸禄優厚。漢書五六董仲舒傳賢良對策之三:"身寵而載高位，家温而食厚禄。"也作"高官厚禄"。孔叢子公儀:"令徒以高官厚禄釣餌君子，無信用之意。"

【高枕無憂】謂安然而卧，無所顧慮。戰國策魏一:"爲大王計莫如事秦。事秦，則楚韓必不敢動。無楚韓之患，則大王高枕而卧，國必無憂矣。"舊五代史高季興傳:"且遊獵旬日不迴，中外之情其何以堪，吾高枕無憂矣。"

【高門待封】高大門閭，以待封贈。文選南朝梁劉孝標(峻)辯命論:"且于公高門以待封，嚴母掃墓以望喪，此君子所以自彊不息也。"參見"高門容駟"。

【高門容駟】漢于公閭門壞，父老方共治之。于公謂曰:"少高大門閭，令容駟馬高蓋車。我治獄多陰德，未嘗有所冤，子孫必有興者。"至其子定國爲丞相，其孫永爲御史大夫，封侯傳世。見漢書七一于定國傳。後常用爲終必顯達之典。

【高明婦人】指有見識的婦女。魏書李孝伯傳:"孝伯妻崔賾女，高明婦人，生一子元顯。"北史裴讓之傳:"(其母)辛氏高明婦人，又閑禮度。"

【高祖王父】高祖，即曾祖之父。爾雅釋親:"曾祖王父之考爲高祖王父。"唐柳宗元柳先生集二四送從弟謀歸江陵序:"吾與謀，由高祖王父而異。"

【高祖王母】高祖母，即曾祖之母。爾雅釋親:"曾祖王父之妣爲高祖王母。"

【高飛遠走】謂走往遠方。後漢書二五卓茂傳:"凡人之生，羣居雜處，故有經紀禮義以相交接。汝獨不欲修之，寧能高飛遠走，不在人間邪？"古今雜劇缺名漁樵閑話:"事臨危，高飛遠走亦難逃。"

【高屋建瓴】喻居高臨下，勢不可阻。史記高祖紀六年:"秦，形勝之國，……地埶便利，其以下兵於諸侯，譬猶居高屋之上建瓴水也。"建，傾倒，集韻訓覆。瓴，盛水瓶。或以瓴爲:1.瓦溝;2.屋檐瀉水的溝槽。參閲宋戴侗六書故、漢書高帝紀下"譬猶居高屋之上建瓴水也"清王先謙補注。

【高高在上】謂所處極高。詩周頌敬之:"天維顯思，命不易哉。無曰高高在上，陟降厥士，日監在兹。"箋:"無謂天高又高在上，遠人而不畏也。"三國志魏楊阜傳:"陛下……高高在上，實監后德。"

【高情遠致】超逸的情致。世説新語品藻:"支道林(遁)問孫興公(綽):'君何如許掾(詢)？'孫曰:'高情遠致，弟子蚤已服膺；一吟一詠，許將北面。'"亦見晉書孫綽傳。

【高視闊步】謂神氣傲慢或氣概不凡。隋書盧思道傳勞生論:"向之求官買職，晚謁晨趨……俄而抵掌揚眉，高視闊步。"宋高宗翰墨志:"(米芾)惟于行草，誠入能品。……然善效其法者，不過得外貌，高視闊步，氣韻軒昂；殊未究其中本六朝妙處，醞釀風骨，自然超逸也。"(説郛六九)

【高唱入雲】謂歌聲激越。舊題漢劉歆西京雜記一："高帝戚夫人善鼓瑟擊筑。……歌出塞、入塞、望歸之曲，侍婦數百皆習之，後宮齊首高唱，聲入雲霄。"

【高曾規矩】祖先的成法。後漢書四十上班固傳西都賦："商修族世之所鬻，工用高曾之規矩。"

【高陽公子】即高陽酒徒。元曲選康進之李逵負荆一："高陽公子休空過，不比尋常賣酒家。"參見"高陽酒徒"。

【高陽酒徒】沛公(劉邦)引兵過陳留，高陽儒生酈食其求見。使者入通，沛公曰："爲我謝之，言我方以天下爲事，未暇見儒人也。"使者出以告。酈生瞋目案劍叱使者曰："走！復入言沛公，吾高陽酒徒也，非儒人也。"遂延入。終受重用。見史記九七酈生傳補。唐李白李太白詩三梁甫吟："君不見高陽酒徒起草中，長揖山東隆準公。"常用爲好酒者之典。

【高掌遠蹠】文選漢張平子(衡)西京賦："綴以二華，巨靈贔屓，高掌遠蹠，以流河曲。"按神話傳說，太華少華本爲一山，因其擋住河水，河神巨靈用手擘開其上方，用脚踹開其下方，中分爲二，於是河水不再繞道。參閱三國吳薛綜注、晉干寶搜神記十三。後常用爲開闢之喻。

【高義薄雲】極言節義之高。文選南朝宋沈休文(約)宋書謝靈運傳論："英辭潤金石，高義薄雲天。"也作"義薄雲天"。

【高睨大談】高談闊論，神態傲兀。後漢書五九張衡傳應閒："方將師天老而友地典，與之乎高睨而大談。"注："睨，視也。高視大談，言不同流俗。"

【高談闊步】謂言行自由，不受約束。也作"闊步高談"。三國志魏文帝紀"號曰皇覽"注引魏書丕太宗論："欲使曩時累息之民得闊步高談，無危懼之心。"

【高談闊論】見地高超、方面寬廣的議論。金董解元西廂一："高談闊論曉今古，一箇是一方長老，一箇是一代名儒，俗談没半句。"元耶律楚材湛然集十對雪鼓琴詩："慷慨樽前一絶倒，高談闊論誇雄豪。"

【高黎貢山】山名。在雲南西部與緬甸接壤處。貢，舊作"共"。又名磨盤山、崑崙岡，主峯在騰衝縣東北。參閱嘉慶一統志四九八騰越廳。

【高齋學士】梁蕭綱(晉安王，簡文帝)爲太子時，開文德省，命庾肩吾與劉孝威、江伯搖、孔敬通、申子悦、徐防、徐摛、王囿、孔鑠、鮑至等並充學士，抄撰衆籍，豐其果饌，號爲高齋學士。見南史庾肩吾傳。

【高擡貴手】請人寬恕或通融曰高擡貴手。水滸二："不想誤觸犯了官人，望乞恕罪，高擡貴手。"

【高爵豐禄】謂爵位高俸禄厚。荀子議兵："是高爵豐禄之所加也，榮孰大焉？"也作"高爵重禄"。韓非子説疑："大者不難卑身尊位以下之，小者高爵重禄以利之。"

【高壘深溝】高築壁壘，深挖壕溝。亦泛指加强防禦。孫子虛實："故我欲戰，敵雖高壘深溝，不得不與我戰者，攻其所必救也。"也作"深溝高壘"、"高壁深壘"。韓非子説林下："將軍怒，將深溝高壘；將軍不怒，將懈怠。"三國志魏陳泰傳："王經當高壁深壘，挫其鋭氣。"

髟 部

髟 1. biāo 甫遥切，平，宵韻，幫。
ㄅㄧㄠ 甫烋切，平，幽韻，幫。

㊀髮長貌。説文："髟，長髮猋猋也。"文選晉潘安仁(岳)秋興賦："斑鬢髟以承弁兮，素髮颯以垂領。"㊁鬣。動物頸上的長毛。文選漢馬季長(融)長笛賦："寒熊振頷，特䴠昏髟。"

2. shān 所銜切，平，銜韻，山。
ㄕㄢ

㊂屋翼。見廣韻。

【髟髟】長貌。北周庾信庾子山集一竹杖賦："髮種種而愈短，眉髟髟而競長。"

【髟䰐】飄搖，飛揚貌。後漢書六十上馬融傳廣成頌："羽毛紛其髟䰐，揚金㸌而拖玉瓖。"注："髟䰐，羽旄飛揚貌也。"

三 畫

髠 kūn 苦昆切，平，魂韻，溪。
ㄎㄨㄣ

也作"髡"、"𩬊"。㊀古剃髮之刑，剃髮。周禮秋官掌戮："髡者使守積。"注："鄭司農云：髠當爲完，謂但居作三年，不虧體者也。"案漢書刑法志引周禮文作"完者使守積。"左傳哀十七年："公自城上見己氏之妻髮美，使髡之以爲吕姜髢。"㊁剪去樹枝。北魏賈思勰齊民要術五種槐柳楸梓梧柞："種柳千樹則足柴，十年以後髡一樹，得一載；歲髡二百樹，五年一周。"㊂舊時對僧徒的賤稱。唐孫樵集六復佛寺奏："臣以爲殘蠹於理者，羣髡最大。"

【髠屯】醜牛貌。髠，也作"𩬊"。淮南子説山："髡屯犂牛。"

【髠首】剃去頭髮，光頭。楚辭屈原九章涉江："接輿髡首兮，桑扈臝行。"唐文粹六三鄭愚潭州大溈山同慶寺大圓禪師碑銘："名言宗教，自號矛楯，故褐衣髡首，未必皆是。"此指僧徒。

【髠鉗】一種剃去頭髮而以鐵圈束頸的刑罰。史記一〇〇季布傳："乃髡鉗季布，衣褐衣，置廣柳車中。"漢書高帝紀下九年："郎中田叔孟舒等十人，自髡鉗爲(趙)王家奴。"注："鉗，以鐵束頸也。"

【髠褐】僧徒與道士。唐劉蜕集六江南論鄉飲酒禮書："髡褐尚能自大其法，王公大人反以其道信之乎？"

髢 dì 特計切，去，霽韻，定。
ㄉㄧˋ

裝襯的假髮。説文"鬄"之或體。詩鄘風君子偕老："鬒髮如雲，不屑髢也。"莊子天地："有虞氏之藥瘍也，禿而施髢，病而求醫。"

四 畫

髣 fǎng 妃兩切，上，養韻，滂。
ㄈㄤˇ

見下。

【髣髴】㊀好像，看不真切。同"仿佛"。楚辭屈原遠遊："時髣髴以遥見兮，精皎皎以往來。"文選戰國楚宋玉神女賦："目色髣髴，乍若有記。"㊁類似。三國志蜀諸葛亮傳"於是以亮爲右將軍"注引漢晉春秋："曹操智計，殊絶於人，其用兵也，髣髴孫吴。"宋蘇軾分類東坡詩七和柳子玉喜雪……詩："詩成就我見歡處，我窮正與君髣髴。"㊂約略的形迹。文選晉潘安仁(岳)悼亡詩之一："幃屏無髣髴，翰墨有餘跡。"

髧 dàn 徒感切，上，感韻，定。
ㄉㄢ

髮垂貌。詩鄘風柏舟："髧彼兩髦，實維我儀。"釋文髧一本作"优"。説文"髡"引詩作"紞"。紞爲垂瑱之貌，因謂髮垂之貌爲髧。參閱清馬瑞辰毛詩傳箋通釋五柏舟。

【髧髦】童髮。宋曾鞏元豐類稿二八代皇子延安郡王謝表:"欲善在身,忘髧髦之至弱;知書可學,慕佔畢之相從。"宋蘇軾東坡集前集十三將至筠先寄遲适遠三猶子詩:"夜來夢見小於菟,猶是髧髦垂兩耳。"

【髧鬖】髮垂雜亂貌。雍熙樂府十二行香子曲:"名利貪婪,世事魑魅,空使人白髮髧鬖。"

髤 xiū 許尤切,平,尤韻,曉。ㄒㄧㄡ

說文作"髹"。也作"髤"、"鬏"。見廣韻。㊀赤黑漆。周禮春官巾車:"駹車、雚蔽、然榠、髤飾。"注:"髤,赤多黑少之色韋也。"㊁上漆。史記一二九貨殖傳:"木器髤者千枚。"漢書九七下孝成趙皇后傳:"其中庭彤朱而殿上髤漆。"注:"以漆漆物謂之髤,音許求反,又許昭反。今關東俗,器物一再着漆者,謂之捎漆,捎即髤聲之轉耳。"

髩 bìn ㄅㄧㄣˋ

鬢角。同"鬢"。宋范成大石湖集八次韻嚴子文旅中見贈詩:"海浦寸心空共月,京華雙髩各凋年。"

䯰 jiè 古拜切,去,怪韻,見。ㄐㄧㄝˋ

簪結。指以簪定結。通"髻"。見玉篇。一說是覆髻巾。見類篇。又一說是假髻。南史倭國傳:"男女皆露䯰。"梁書作"紒"。

髦 máo 莫袍切,平,豪韻,明。ㄇㄠˊ

㊀古代幼兒下垂至眉的短頭髮。詩鄘風柏舟:"髧彼兩髦,實維我儀。"傳:"髧,兩髦之貌。髦者,髮至眉,子事父母之飾。"㊁毛。儀禮既夕禮下:"馬不齊髦。"注:"齊,翦也。今文髦爲毛。"此指馬鬣。鳥獸之毛,古多作"髦"。參閱清惠棟九經古義三尚書古義。㊂俊傑。詩大雅思齊:"古之人無斁,譽髦斯士。"爾雅釋言:"髦,俊也。"注:"士中之俊,如毛中之髦。"後漢書順帝紀贊:"孝順初立,時髦允集。"㊃旗幟的一種。通"旄"。文選晉張景陽(協)七命:"建雲髦,啓雄芒。"注:"雲髦,雲旆竿上旄旌也。上林賦曰:'連雲旆。'髦與旄,古字通。"㊄草名。即天門冬。爾雅釋草:"髦,顛蕀。"疏:"細葉有刺,蔓生。一名商蕀。"㊅蟲名。方言十一:"螳蜋謂之髦。"㊆古西方少數民族名。也作"髳"。詩小雅角弓:"如蠻如髦,我是用憂。"箋:"髦,西夷別名。武王伐紂,其等有八國從焉。"參見"髳"。

【髦士】英俊之士。詩小雅甫田:"攸介攸止,烝我髦士。"文選南朝梁江文通(淹)雜體詩陸平原羇宦:"朱黻咸髦士,長纓皆俊人。"作"俊人"。

【髦俊】才俊之士。漢書敍傳:"疇咨熙載,髦俊並作。"三國志蜀郤正傳釋譏:"方今朝士山積,髦俊成羣,猶鱗介之潛乎巨海,毛羽之集乎鄧林。"亦作髦儁、髦雋。參見"髦儁"。

【髦馬】不剪毛的馬。禮曲禮下:"大夫、士去國,……乘髦馬,不蚤鬋。"注:"髦馬,不鬋落也。"

【髦殘】煮的髦牛肉。文選晉張景陽(協)七命:"封熊之蹯,翰音之跖,薦脾猩脣,髦殘象白。"注:"高誘曰:髦,髦牛也,在西方。象,象獸也,在南方。……髦、象之肉美,貴異味也。殘、白,蓋煑肉之異名也。"

【髦節】古使臣所持之節。髦也作"旄"。後漢書七十孔融傳議加禮馬日磾:"日磾以上公之尊,秉髦節之使,銜命直指,寧輯東夏,而曲媚姦臣,爲所牽率……不宜加禮。"

【髦碩】謂才俊賢能之士。文苑英華八八五唐元載冀國公贈太尉裴冕碑:"帝念髦碩,二登輔翼。"李商隱李義山文集二爲尚書渤海公舉人自代狀:"必資髦碩,方備次選。"

【髦儁】同"髦俊"。北齊書文苑傳序:"有齊自霸圖云啓,廣延髦儁,開四門以納之,舉八紘以掩之。"亦作"髦雋"。三國志蜀許靖傳注引魏略王朗與靖書:"自天子在東宮,及即位之後,論天下髦雋之現在者,豈獨人盡易爲英,士鮮易取最。"

【髦頭】㊀帝王儀仗中有之。也作"旄頭"。有二說:一指披髮的前驅騎士。傳說春秋時秦文公伐雍南山大梓,有青牛奔出,走入豐水中。使騎士擊之,不勝。有騎士墮地復上,髮解,牛畏之,入水不復出,遂置"髦頭",漢魏晉因之。見史記秦紀"伐南山大梓,豐大特"正義引錄異傳。一指前驅者之冠服。北堂書鈔一三〇南朝宋徐爰釋疑略注:"乘輿黃麾内羽林班弓箭,左罼右罕,執罼罕者冠熊皮冠,謂之髦頭。"引申指先驅者。唐王勃王子安集八上明員外啓:"髦頭傑起,文儒繼出。"㊁星宿名。即昴宿。史記天官書:"昴曰髦頭。"正義:"昴七星爲髦頭。"

【髦兒戲】指女子所演之戲。清光緒中上海有羣仙髦兒戲園,所演各劇,大都爲截頭去尾之唱工戲。

五 畫

髬 pī 敷悲切,平,脂韻,滂。ㄆㄧ

見下。

【髬髵】㊀怒獸奮鬣貌。文選漢張平子(衡)西京賦:"及其猛毅髬髵,隅目高眶。"三國吳薛綜注:"髬髵,作毛鬣也。……皆謂猛獸作怒可畏者。"㊁指牲畜。宋蘇軾東坡集後集二十十八大阿羅漢頌第十三尊:"一念之差,墮此髬髵。"

髮 fà 方伐切,入,月韻,幫。ㄈㄚˇ

㊀頭髮。說文:"髮,根也。从髟,犮聲。"唐釋慧琳一切經音義五大般若經音義、六四迦葉禁戒經音義引說文皆作"頂上毛也"。墨子公孟:"昔者越王句踐剪髮文身,以治其國。"㊁古代長度單位名。漢賈誼新書八六術:"是故立一毫以爲度始:十毫爲髮,十髮爲氂,十氂爲分,十分爲寸,十寸爲尺。"

【髮妻】玉臺新詠一漢蘇武留別妻詩:"結髮爲夫婦,恩愛兩不疑。"後稱元配之妻爲髮妻。參見"結髮㊂"。

【髮指】頭髮豎起,形容憤怒之至。莊子盜跖:"盜跖聞之大怒,目如明星,髮上指冠。"史記項羽紀:"(樊噲)瞋目視項王,頭髮上指,目眥盡裂。"

【髮植】意同髮指。吕氏春秋必己:"孟賁過於河,先其五,船人怒,而以楫虓其頭,顧不知其孟賁也。中河,孟賁瞋目而視船人,髮植、目裂、鬢指,舟中之人盡揚播入於河。"淮南子泰族:"聞者莫不瞋目裂眦,髮植穿冠。"

【髮塔】供奉佛髮之塔。藝文類聚七六南朝梁簡文帝神山寺碑序:"故髮塔喜園,流名天上;耆山鵠苑,布跡人中。"法苑珠林十七出家剃髮:"佛告帝釋:'汝將我髮,欲造幾塔?'帝釋白佛,言我隨如來髮,一螺髮造一塔。……如來以神力,故如一食頃,髮塔皆成。"

【髮積】藏髮的器具。清王夫之薑齋集九雜物贊髮積:"糊紙作鍾馗狀,䯰而執簡,空其後,掛壁間,以納櫛餘之髮。"

【髮衝冠】形容怒極。戰國策燕三:"(荆軻)又前而爲歌曰:'風蕭蕭兮易水寒,壯士一去兮不復還!'復爲忼慨羽聲,士皆瞋目,髮盡上衝冠。"一本作"髮盡上指冠"。唐駱賓王文集四易水送人:"此地別燕丹,壯士髮衝冠。"一本作"壯髮上衝冠"。

【髮短心長】喻年老而智謀深。左傳昭三年:"齊侯田於莒,盧蒲嫳見,泣且請曰:'余髮如此種種,余奚能爲。'……(公)欲復之,子雅不可,曰:'彼其髮短而心甚長,其或寢處我矣。'"

髳 1. máo 集韻 謨袍切,平,豪韻。
ㄇㄠˊ

亦作"髦"。㊀髮至眉。說文:"髳,髮至眉也。从髟,敄聲。詩曰:紞彼兩髳。"按今本詩鄘風柏舟作"髧彼兩髦"。㊁我國古代西南地區少數民族名。書牧誓:"千夫長、百夫長及庸蜀羌髳微盧彭濮人,稱爾戈,比爾干,立爾矛,予其誓。"傳:"羌在西蜀叟,髳微在巴蜀,盧彭在西北,庸濮在江漢之南。"

2. méng 莫紅切,平,東韻,明。
ㄇㄥˊ

㊂草木繁茂貌。爾雅釋詁下:"覭、髳,茀離也。"注:"謂草木之叢茸翳薈也。茀離,卽彌離,彌離猶蒙蘢耳。"

髴 fú 芳未切,去,未韻,滂。
ㄈㄨˊ 分勿切,入,物韻,幫。
敷勿切,入,物韻,滂。

㊀見"髣髴"。㊁古代婦人首飾。易旣濟:"婦喪其髴。"集解本,今注疏本作"茀"。宋歐陽修文忠集二班班林間鳩寄內詩:"又云子亦病,蓬首不加髴。"㊂見"髴髴"。

【髴髴】獸名。卽狒狒。山海經海內南經梟陽國"其爲人,人面長脣,黑身有毛,反踵,見人笑,亦笑,左手操管"晉郭璞注引周書:"州靡髴髴者,人身,反踵,自笑,笑則上脣掩其面。"今本逸周書王會作"費費"。參見"狒狒"。

髲 bì 平義切,去,寘韻,並。
ㄅㄧˋ

假髮。三國志吳薛綜傳上疏:"珠崖之廢,起於長吏覩其好髮,髡取爲髲。"清杭世駿質疑上:"髮垂者爲髲,以纚紹其髮,不使垂而不整。"

【髲髢】取他人之髮編爲已髮。周禮天官追師"追師掌王后之首服,爲副編次,追衡笄"漢鄭玄注:"次,次第髮長短爲之,所謂髲髢。"唐柳宗元柳先生集十三朗州員外司户薛君妻崔氏墓誌:"髲髢峨峨,籩豆維嘉。"參閱明楊愼升菴經説四髲髢。

髥 rán 汝鹽切,平,鹽韻,日。
ㄖㄢˊ

也作"頿"、"髯"。㊀頰毛。漢書高帝紀:"高祖……美須髥。"注:"在頤曰須,在頰曰髥。"㊁古稱多鬚者爲髥。三國志蜀關羽傳:"羽美鬚髥,故(諸葛)亮謂之髥。"

【髥蛇】大蛇。淮南子精神:"越人得髥蛇,以爲上肴。"注:"髥蛇,大蛇也,其長數丈。"南齊書虞願傳:"出爲晉平太守。……郡舊出髥蛇,膽可爲藥。"

【髥參軍】晉郄超爲桓温記室參軍,多髥,時人稱髥參軍。詳"短主簿"。

【髥鬚參軍】羊的異名。五代後唐馬縞中華古今注下古今音樂鳥獸魚蟲龜鼈等部:"羊:一名髥鬚參軍。"

髫 tiáo 徒聊切,平,蕭韻,定。
ㄊㄧㄠˊ

童子下垂之髮。晉陶潛陶淵明集五桃花源記:"黃髮垂髫,並怡然自樂。"參見"髫齓"。

【髫丱】幼童。梁書武帝紀上移檄京邑:"獨夫(東昏侯)……挺虐於髫蒴之年,植險於髫丱之日。"唐劉餗隋唐嘉話序:"余自髫丱之年,便多聞往説,不足備之大典,故繫之小説之末。"

【髫髮】童髮。借指童年。後漢書二六伏湛傳杜詩薦湛疏:"髫髮厲志,白首不衰。"注:"埤蒼曰:髫,髦也。髫髮,謂童子垂髮。"

【髫齓】童年。後漢書八十下邊讓傳蔡邕薦讓書:"髫齓夙孤,不盡家訓;及就學廬,便受大典。"樂府詩集五三三國魏曹植魏陳思王鼙舞歌靈芝篇:"髫齓無夭齒,黃髮盡其年。"

【髫鬌】童年。後漢書五三周燮傳:"始在髫鬌,而知廉讓;十歲就學,能通詩、論,及長專精禮易。"注:"髫,髮也。禮記(內則)曰:'子生三月之末,擇日剪髮爲鬌,男角女羈,否則男左女右。'"

【髫辮】垂髫與辮髫之時,皆指童年。廣弘明集二三南朝宋謝靈運曇隆法師誄:"慧心朗識,發於髫辮。"

六 畫

髻 jì 古詣切,去,霽韻,見。
ㄐㄧˋ

㊀總髮,挽髮而結之於頂。髻字古作"結"、"紒"。漢王充論衡恢國:"周時被髮椎髻,今戴皮弁。"參閱清惠棟九經古義九儀禮古義上。參見"結㊉"、"紒"。㊁竈神。莊子達生:"竈有髻。"釋文:"司馬(彪)云:髻,竈神,著赤衣,狀如美女。"

【髻丫】髮結。盤於頭頂左右兩邊。宋蘇軾分類東波詩十六送筍芍藥與公擇詩之二:"還將一枝春,插向兩髻丫。"陸游劍南詩稿八浣溪女:"江頭女兒雙髻丫,常隨阿母供桑麻。"

【髻珠】佛家喻法華經之可貴。轉輪聖王以田宅等賞賜有功,惟髻上明珠,爲王所獨有,不以與人,猶如來爲公衆説諸經不説法華(經)。後來轉輪王以髻珠賜於最有大功之人,以喻如來最後以法華經授予大衆。見法華經安樂品。亦以喻妙諦,要旨。景德傳燈録十二裴休:"公當下知旨,如獲髻珠曰:'吾師(希運)真善知識也。'"

【髻鬟】髮髻。樂府詩集二九唐董思恭王昭君:"髻鬟風拂散,眉黛雪沾殘。"宋黃庭堅豫章集十一甯子興追和予岳陽樓詩復次韻之一:"去年新霽獨憑闌,山似樊姬擁髻鬟。"

髶 róng 而容切,平,鍾韻,日。
ㄖㄨㄥˊ

亂髮。見説文。文選漢張平子(衡)東京賦:"髶髦被繡,虎夫戴鶡。"三國吳薛綜注:"髶髦,髦頭茸騎也。"

髭 zī 集韻 將支切,平,支韻。
ㄗ

唇上邊的鬍子。説文作"頾"。釋名釋形體:"口上曰髭。"參見"髭鬚"。

【髭塔】供奉佛髭之塔。法苑珠林十七出家剃髮:"佛告阿難曰:'汝往父王所,取我髭來合六十四莖。其二莖髭者,已施梵王,餘並將來,我欲造塔。'阿難依命,取付世尊。……世尊涅槃時,六十髭塔付彼無言。"

【髭鬚】脣上曰髭,在下曰鬚。玉臺新詠一古樂府詩之一日出東南隅行:"行者見羅敷,下擔捋髭鬚。"唐元稹長慶集十九西歸詩之三:"今日還鄉獨憔悴,幾人憐見白髭鬚。"

髺 1. kuò 古活切,入,末韻,見。
ㄎㄨㄛˋ

也作"髻"。㊀挽束頭髮。同"括"。儀禮士喪禮:"主人髺髮,袒。"疏:"髺髮者,去笄纚而紒者。"

2. yuè
ㄩㄝˋ

㊁形體歪斜。周禮考工記旊人:"凡陶旊之事,髺墾薜暴不入市。"疏:"(鄭)玄謂髺讀爲刖。刖謂器不正欹邪者也。"

髹 xiū 許尤切,平,尤韻,曉。
ㄒㄧㄡ

赤黑漆,上漆。也作"髤"、"髤"。韓非子外儲左上:"客有爲周君畫莢者,三年而成。君觀之,與髹莢者同狀。"

七畫

髿 shā 所加切,平,麻韻,山。
ㄕㄚ 蘇禾切,平,戈韻,心。
也作"髿"。㊀髮散亂貌。詳"鬖髿"。宋王明清揮麈録後録二艮嶽記:"熒嘩嘩而髿鬖,遂凌岑而跨谷。"㊁髮下垂貌。宋蘇洵嘉祐集十五答二任詩:"貧窮已衰老,短髮垂髿髿。"陸游劍南詩稿四三園中觀草木有感:"午睡或至暮,亂髮垂髿髿。"

鬀 tì 他計切,去,霽韻,透。
ㄊㄧˋ
"剃"的本字。説文:"鬀,鬄髮也。从髟弟聲。大人曰髡,小人曰鬀,盡及身毛曰鬄。"

髾 shāo 所交切,平,肴韻,山。
ㄕㄠ
㊀燕尾之屬,古代婦女衣飾多用之。漢書五七上司馬相如傳子虛賦:"於是鄭女曼姬,被阿錫,揄紵縞,……衯衯裶裶,揚衪戌削,蜚襳垂髾。"注:"髾謂燕尾之屬,皆衣上假飾,非髾垂也。"㊁旌旗所垂的羽毛。史記一一七司馬相如傳大人賦:"建格澤之長竿兮,總光耀之采旄。垂旬始以爲幓兮,抴彗星而爲髾。"集解引漢書音義:"髾,燕尾也。抴彗星,綴著旄以爲燕尾。"㊂髮尾,髻後垂。宋史四八九占城國傳:"撮髮爲髻,散垂餘髾于其後。"

鬄 wǒ
ㄨㄛˇ
美好的髮髻。

【鬄髻】髮髻之美者。唐李賀歌詩編四美人梳頭歌:"粧成鬄髻欹不斜,雲裾數步踏雁沙。"

髽 zhuā 莊華切,平,麻韻,莊。
ㄓㄨㄚ
婦人的喪髻,以麻髮合結曰髽。儀禮士喪禮:"婦人髽於室。"注:"今言髽者,亦去笄纚而紒也。"疏:"紒卽髽也。故喪服注亦云:髽,露紒也。"左傳襄四年:"臧紇救鄫,侵邾,敗于狐駘。國人逆喪者皆髽。魯於是乎始髽。"

【髽首】㊀以麻束髮。淮南子齊俗:"三苗髽首,羌人括領,中國冠笄,越人劗髮,其於服一也。"㊁以麻束髮的人。文選晉左太沖(思)魏都賦:"髽首之豪,鐻耳之傑,服其荒服,斂衽魏闕。"

【髽衰】已字未嫁的女子,爲父服喪之服。儀禮喪服:"女子子在室爲父布總箭笄髽,衰三年。"注:"髽,露紒也,猶男子之括髮。"

【髽幗】婦人喪冠。隋書五行志上:"(後齊)後主好令宮人以白越布折額,狀如髽幗;又爲白蓋。此二者,喪禍之服也。"

髼 péng 薄紅切,平,東韻,並。
ㄆㄥˊ
髮亂貌。見玉篇。參見"髼鬆"。

【髼鬆】髮亂貌。宋趙叔向肯綮録:"謂人髮亂曰髼鬆,音蓬松。"(説郛二四)集韻引字林作"髼髮"。宋詩鈔方岳秋崖小藁鈔趙尉送菜詩:"虛老空山學圃翁,荷鉏頭白雪髼鬆。"也作"髼鬉"。清錢謙益牧齋初學集十三做元微之何處生春早之四:"柳眼全約略,花妥半髼鬉。"

鬏 dí
ㄉㄧˊ
見下。

【鬏髻】古代婦人頭上裝飾用的套網的假髮。古今雜劇元關漢卿竇娥冤一:"梳着箇霜雪般白鬏髻,怎戴那銷金錦蓋頭?"也作"鬍髻"。西遊記二三:"時樣鬍髻皂紗漫,相襯着二色盤龍髮。"

八畫

鬃 zōng 藏宗切,平,冬韻,從。
ㄗㄨㄥ 士江切,平,江韻,牀。
㊀高髻。見玉篇。雲笈七籤一一三下續仙傳:"(劉)睹山栖求道,無巾裹鬃角,布衣事道士。"㊁馬、猪等獸類頸上的長毛。唐韋莊浣花集四代書寄馬詩:"鬃白似披梁苑雪,頸肥如撲杏園花。"

鬈 quán 巨員切,平,仙韻,羣。
ㄑㄩㄢˊ
㊀髮好貌。見説文。引申爲美好、勇壯。詩齊風盧令:"盧重環,其人美且鬈。"箋:"鬈,讀當爲權。"㊁見"鬈首"。㊂髮曲貌。見"鬈髮"。

【鬈首】古時成年女子平居束髮爲結。禮雜記下:"女雖未許嫁,年二十而笄,禮之,婦人執其禮,燕則鬈首。"疏:"燕則鬈首者,謂既笄之後,尋常在家燕居,則去其笄而鬈首,謂分髮爲鬌紒也。"

【鬈髮】頭髮彎曲。唐李賀歌詩編外編龍夜吟:"鬈髮胡兒眼睛綠,高樓夜靜吹橫竹。"

鬆 sōng 私宗切,平,冬韻,心。
ㄙㄨㄥ 息恭切,平,鍾韻,心。
七恭切,平,鍾韻,清。
蘇弄切,去,送韻,心。
㊀髮亂貌。唐陸龜蒙甫里集十四自憐賦:"首蓬鬆以半散,支棘瘠而枯踈。"㊁虛而不實。與"緊"相反。唐王建詩八宮詞之四二:"蜂鬚蟬翅薄鬆鬆,浮動搔頭似有風。"宋陸游劍南詩稿五六春晚出遊之一:"風急名花紛綘雪,土鬆香草出瑶簪。"

【鬆脆】輕虛爽朗。元方回桐江續集三雪後小園詩:"紙色光新聳壞櫺,履香鬆脆兀閒庭。"

鬅 jué 正字通 渠勿切,音屈。
ㄐㄩㄝˊ
半臂衣。同"屈",見正字通。後漢書五行志一:"更始諸將軍過雒陽者數十輩,皆幘而衣婦人衣繡擁鬅。"又光武紀"諸于繡𧝓"注:"字書無'𧝓'字,續漢書作'裾',(並)音其物反。……如今之半臂也。"

鬄 1. tì 思積切,入,昔韻,心。
ㄊㄧˋ 集韻 他計切,去,霽韻。
㊀假髮。説文:"鬄,髮也。从髟,易聲。"參見"髢"、"髲"。㊁剃髮。同"鬀"。漢書六二司馬遷傳報任安書:"其次,鬄毛髮、嬰金鐵受辱。"此指髡刑。

2. tī
ㄊㄧ
㊂支解牲體。通"剔"。儀禮士喪禮:"其實特豚,四鬄去蹄。"注:"鬄,解也。四解之,殊肩髀而已。"

鬃 cǎi 倉宰切,上,海韻,清。
ㄘㄞˇ 倉代切,去,代韻,清。
髮結。也叫鬢。見下。

【鬃帶】髻帶,也叫覆巾。方言四:"絡頭……其偏者謂之鬢帶,或謂之鬃帶。"注:"鬢帶,今之偏疊幧頭也。"

鬇 zhēng 助庚切,平,庚韻,牀。
ㄓㄥ 七耕切,平,耕韻,牀。
見下。

【鬇鬡】毛髮亂貌。唐韓愈昌黎集八征蜀聯句:"怒鬚猶鬇鬡,斷臂仍齀䶦。"

鬅 péng 步崩切,平,登韻,並。
ㄆㄥˊ
髮亂貌。西遊記二四:"骨清神爽容顏麗,頂結丫髻短髮鬅。"

【鬅鬆】髮散亂貌。古今雜劇七二元缺名瘸李岳詩酒翫江亭一:"一脚高蹺一脚輕,鬅鬆短髮數星辰。"朝野新聲太平樂府五元王和卿一半兒題情曲:"待不梳粧怕娘左猜,不免插金釵,一半兒鬅鬆一半兒歪。"

【鬅鬙】髮亂貌。見廣韻。宋曾鞏元豐類稿六看花詩:"但知抖擻紅塵去,莫問鬅鬙白髮催。"黄庭堅山谷詩注內集十五謝答聞善二兄九絶句之一:"更闌罵坐客星散,午過未蘇髮鬅鬙。"

鬌 wǒ ㄨㄛˇ 集韻 鄔果切,上,果韻。

見下

【鬌鬌】鬌鬌美好貌。也作"鬌鬌"。全唐詩一六五顧況宜城放琴客歌:"頭髻鬌鬌手爪長,善撫琴瑟有文章。"參見"倭墮"。

九畫

鬋 jiǎn ㄐㄧㄢˇ 即淺切,上,獮韻,精。
子仙切,平,仙韻,精。
子賤切,去,線韻,精。

㊀女鬢垂貌。楚辭宋玉招魂:"盛鬋不同制,實滿宮些。"宋洪興祖補注:"鬋,音翦,女鬢垂貌。"㊁剔鬚髮。禮曲禮下:"不蚤鬋,不祭食。"注:"蚤,讀爲爪。鬋,鬋鬢也。"㊂除去。同"翦"。漢書七三韋賢傳劉歆議:"詩云:'蔽芾甘棠,勿鬋勿伐,召伯所茇。'"今本詩召南甘棠作"翦"。

【鬋茅】除去茅草。漢書七三韋賢傳韋孟諫詩:"爰戾于鄒,鬋茅作堂。"

【鬋鬢】鬢毛額髮。明張岱陶菴夢憶七阿育王寺舍利:"眉目分明,鬋鬢皆見。"

鬔 péng ㄆㄥˊ 薄庚切,平,庚韻,並。

見下。

【鬔鬤】㊀怒貌。唐韓愈昌黎集八城南聯句:"折足去踸踔,蹙鬐怒鬔鬤。"注:"鬔,音彭。鬤,乃庚切。鬔鬤,言魚中鉤怒貌。"㊁亂髮貌。見廣韻。

鬊 shùn ㄕㄨㄣˋ 舒閏切,去,稕韻,審。

亂髮。儀禮士喪禮:"巾柶鬊蚤埋于坎。"釋文:"鬊音舜,劉(道拔)又音旬,亂髮也。"

鬌 duǒ ㄉㄨㄛˇ 丁果切,上,果韻,端。
徒果切,上,果韻,定。
直垂切,平,支韻,澄。

㊀古代小兒剪髮時留下的髮。禮內則:"三月之末,擇日翦髮爲鬌。"疏:"三月翦髮,所留不翦者謂之鬌。"㊁毛髮脫落。通"毻"。宋徐鍇說文繫傳十七:"鬌:髮墮也。"

【鬌翦】小兒去髮。梁書武帝紀南齊永元三年上移檄京邑:"獨夫擾亂天常,毀棄君德,……挺虐於鬌翦之年,植險於髫丱之日。"

鬏 máo ㄇㄠˊ

同"髳"。見"髳"。

鬍 hú ㄏㄨˊ

俗稱鬚曰鬍子。本作"胡",以生於胡下而名。參見"胡㊀"。

鬉 zōng ㄗㄨㄥ 子紅切,平,東韻,精。

㊀獸頸毛。也作"鬃"。唐元稹長慶集十一答姨兄胡靈之見寄五十韻詩:"矮馬駞鬉韂,犛牛獸面纓。"㊁髮亂。見集韻。

十畫

鬑 lián ㄌㄧㄢˊ 力鹽切,平,鹽韻,來。
勒兼切,平,添韻,來。

鬋。一說長貌。見說文。

【鬑鬑】鬚髮稀疏貌。宋書樂志三古詞豔歌羅敷行:"爲人潔白皙,鬑鬑頗有須。"須,同"鬚"。

鬒 zhěn ㄓㄣˇ 章忍切,上,軫韻,照。

髮黑而稠美。亦作"顛"。見下。

【鬒髮】稠美的黑髮。詩鄘風君子偕老:"鬒髮如雲,不屑髢也。"文選漢張平子(衡)西京賦:"衛后興於鬒髮,飛燕寵於體輕。"衛后,漢武帝后衛子夫;飛燕,成帝后趙飛燕。"

鬐 qí ㄑㄧˊ 渠脂切,平,脂韻,羣。

㊀馬鬣。見說文。㊁魚脊鰭。莊子外物:"已而大魚食之,牽巨鉤錎沒而下,騖揚而奮鬐,白波若山,海水震蕩。"儀禮士虞禮記:"魚進鬐。"注:"鬐,脊也。……古文鬐爲耆。"

【鬐鬣】指魚的脊鬐。文選晉木玄虛(華)海賦:"噏波則洪漣踧蹜,吹澇則百川倒流,……巨鱗插雲,鬐鬣刺天。"也泛指大魚。唐元稹長慶集四賦得魚登龍門:"風雲潛會合,鬐鬣忽騰凌。"

鬔 péng ㄆㄥˊ 集韻 蒲蒙切,平,東韻。

同"髼"。見"鬔鬆"。

【鬔鬆】髮亂貌。宋黃機竹齋詩餘菩薩蠻:"雙鬢綠鬔鬆,一簾花信風。"元曲選秦簡夫趙禮讓肥一:"他抱着個小娃娃,可是他鬔鬆着頭髮。"

鬏 bān ㄅㄢ 薄官切,平,桓韻,並。
布還切,平,刪韻,幫。

㊀古人臥時所結之髮。說文:"鬏,臥結也。从髟,般聲,讀若槃。"㊁髮半白。通"斑"。唐柳宗元柳先生集四二酬韶州裴曹長……詩:"賈傅辭寧切,虞童髮未鬏。"

十一畫

鬕 mà ㄇㄚˋ 莫駕切,去,禡韻,明。

以帶飾髮。文選漢張平子(衡)西京賦:"朱鬕鬣髽,植髮如竿。"注:"說文:鬕,帶髻頭飾也。通俗文曰:露髻曰鬣,以麻雜爲髻,如今撮也。"

鬗 mán ㄇㄢˊ 母官切,平,桓韻,明。
無販切,去,願韻,明。

長貌。漢書禮樂志二郊祀歌朝隴首:"掩回轅,鬗長馳。"注引如淳:"鬗鬗,長貌也。"

鬘 mán ㄇㄢˊ 莫還切,平,刪韻,明。

㊀髮美貌。見集韻。㊁纓絡。也稱"華鬘"、"花鬘"。唐釋玄應一切經音義十八雜阿毗曇心論華鬘:"下梵言磨羅,此云鬘,音蠻。案西域結鬘師多用蘇摩那花行列結之以爲條貫,無問男女貴賤皆此莊嚴,或首或身,以爲飾好。諸經中天鬘、寶鬘、花鬘、市鬘師皆是也。"白居易長慶集六遊悟真寺詩:"疊霜爲袈裟,貫雹爲華鬘。"

【鬘華】茉莉花。佛書名爲鬘華,可飾鬘,故名。見翻譯名義集三百花。

鬖 sān ㄙㄢ 蘇甘切,平,談韻,心。

見下。

【鬖髿】髮亂貌。文選晉郭景純(璞)江賦:"紫菜熒曄以叢被,綠苔鬖髿乎研上。"注:"通俗文曰:'髮亂曰鬖髿。'"

【鬖鬖】下垂貌。文苑英華三四唐趙冬曦三門賦:"松歷歷而生涯,草鬖鬖而覆水。"宋辛棄疾稼軒詞四行香子雲巖道中:"岸輕烏,白髮鬖鬖。"

十二畫

鬙 sēng ㄙㄥ 蘇增切,平,登韻,心。

見"鬅鬙"。

鬜 qiān ㄑㄧㄢ 苦閑切,平,山韻,溪。
可顏切,平,刪韻,溪。
恪八切,入,黠韻,溪。

鬢禿。周禮考工記梓人"數目顧脰"漢鄭玄注:"故書顧或作牼,鄭司農(衆)云:牼,讀爲鬜頭無髮之'鬜'。"唐韓愈昌黎集一南山詩:"或赤若禿鬜,或爊若柴槱。"

鬠 kuì ㄎㄨㄟˋ 丘愧切,去,至韻,溪。

盤髮爲鬠。說文:"鬠,屈髮也。"見"槩

帶”。

鬚 xū 相俞切,平,虞韻,心。 ㄒㄩ

面毛。本作“須”。在頤爲鬚。左傳昭二六年:“有君子白皙,鬒鬚眉,甚口。”疏:“鬒鬚眉者,言鬚眉皆稠多也。”

【鬚生】京劇角色名。爲生角而掛髯者的通稱。分鬚生、外、末三種。有專重唱念做、兼重武工和狀衰頹悽慘情境者之分。鬚生如武家坡之薛平貴,捉放曹之陳宫等皆是。

【鬚眉】鬍鬚與眉毛。韓非子觀行:“目失鏡則無以正鬚眉,身失道則無以知迷惑。”也指男子。古時以爲男子之美在鬚眉,故以鬚眉稱男子。紅樓夢一:“我堂堂鬚眉,誠不若彼裙釵;我實愧則有餘,悔又無益,大無可如何之日也!”

【鬚髯如戟】指外貌雄偉。南史褚彦回傳:“公主謂曰:‘君鬚髯如戟,何無丈夫意?’”彦回,褚淵字,唐人以李淵(高祖)諱,故稱字不稱名。

十三畫

鬟 huán 户關切,平,删韻,匣。 ㄏㄨㄢˊ

㊀環形的髮髻。唐杜甫杜工部草堂詩箋九月夜詩:“香霧雲鬟濕,清輝玉臂寒。”㊁婢女。宋梅堯臣宛陵集五三聽文都知吹簫詩:“欲買小鬟試教之,教坊供奉誰知者?”㊂喻山形。元虞集道園學古録三子昂秋山圖:“世外空青秋一色,窗中遠黛曉千鬟。”

鬠 kuò 户括切,入,末韻,匣。 ㄎㄨㄛˋ 古外切,去,泰韻,見。

同“髺”。荀子禮論:“喪禮者,以生者飾死者也,……始卒,沐浴鬠體飯晗,象生執也。”

十四畫

鬡 níng 女耕切,平,耕韻,娘。 ㄋㄧㄥˊ

見“鬇鬡”。

鬢 bìn 必印切,去,震韻,幫。 ㄅㄧㄣˋ

靠近耳邊的頭髮。亦作“鬂”。國語晉九:“美鬢長大則賢。”注:“鬢,髮類也。”唐白居易長慶集四賣炭翁詩:“滿面塵灰煙火色,兩鬢蒼蒼十指黑。”

【鬢脣】鬢邊。唐杜甫杜工部草堂詩箋四麗人行:“頭上何所有?翠微㔩葉垂鬢脣。”

【鬢脚】鬢兩旁下垂處。唐韋莊秦婦吟:“鳳側鸞欹鬢脚斜,紅攢黛斂眉心折。”宋王安石臨川集四明妃曲之一:“明妃初出漢宮時,淚溼春風鬢脚垂。”

【鬢棗】古代婦女的髮具。鬢,亦作“鬂”。唐宇文氏粧臺記:“梁簡文詩:‘同安鬟裏撥,異作額間黄。’撥者,捩開也。婦女理鬢用撥,以木爲之,形如棗核,兩頭尖尖,可二寸長,以漆光澤,用以鬆鬂,名曰鬂棗。”(説郛七七)

【鬢絲】鬢邊白髮。唐白居易長慶集十九久不見韓侍郎戲題四韻以寄之:“還有愁同處,春風滿鬢絲。”

【鬢邊嬌】植物名。亦稱錦帶花。宋宋祁益部方物略記:“錦帶花:蜀中處處有之。長蔓,柔纖,花葉間側如藻帶然,因象作名。花開者形似飛鳥。里人亦號‘鬢邊嬌’。”參見“錦帶花”。

【鬢亂釵斜】婦女妝飾不整貌。宋王安石臨川集二七題畫扇詩:“青冥風露非人世,鬢亂釵斜特地寒。”

⿱髟監 lán 魯甘切,平,談韻,來。 ㄌㄢˊ

見下。

【⿱髟監鬖】毛垂貌。宋詩鈔韓維南陽集鈔孔先生以僊長老山水略録見約同游作詩答之:“仰窺陰洞看懸乳,白龍垂鬚正⿱髟監鬖。”

⿱髟截 jì 子計切,入,霽韻,精。 ㄐㄧˋ

露髻。也作“⿱髟截”。文選張平子(衡)西京賦:“迺使中黄之士,育獲之儔,朱鬕⿱髟截髽,植髮如竿。”注:“通俗文曰:‘露髻曰⿱髟截。以麻雜爲髻,如今撮也。’”

⿱髟蒙 méng 莫紅切,平,東韻,明。 ㄇㄥˊ

見下。

【⿱髟蒙鬆】㊀白霜,霜花。宋蘇軾分類東坡詩二二送曾仲錫通判如京師:“斷蓬飛葉卷黄沙,秖有千村⿱髟蒙鬆花。”參見“霿淞”。㊁模糊不清。猶朦朧。宋楊萬里誠齋集二四午睡聞子規詩:“睡眼⿱髟蒙鬆未爽時,一聲杜宇頓開眉。”

【⿱髟蒙⿱髟悤】霜花,白霜。同“⿱髟蒙鬆”。宋晏幾道小山詞蝶戀花:“晴雪半消花⿱髟蒙⿱髟悤,晚妝呵盡香酥凍。”

十五畫

鬣 liè 良涉切,入,葉韻,來。 ㄌㄧㄝˋ

㊀鬚。左傳昭七年:“楚子享公于新臺,使長鬣者相。”注:“鬣,鬚也。”㊁獸類頸領上之毛。禮明堂位:“夏后氏駱馬黑鬣。”注:“白馬黑鬣曰駱。”㊂魚頷旁小鬐。唐韓愈昌黎集二答張徹詩:“魚鬣欲脱背,虬光先照硎。”凡水族之鬚與鬐亦稱鬣,如蝦鬣。㊃鳥首毛。文選漢枚叔(乘)七發:“鵷鶵鵁鶄,翠鬣紫纓。”注:“鬣,首毛也。纓,頸毛也。”㊄掃帚。禮少儀:“氾埽曰埽,埽席前曰拚,拚席不以鬣。”㊅松針。唐段成式酉陽雜俎前集十八廣動植:“松,凡言兩粒、五粒,粒當言鬣,成式修竹里私第,大堂前有五鬣松兩株,大財如椀。”

【鬣葵】棕櫚一名鬣葵,又曰蒲葵。見明楊慎丹鉛總録續録八。

十七畫

鬤 níng 乃庚切,平,庚韻,泥。 ㄋㄧㄥˊ 汝陽切,平,陽韻,日。

毛髮亂貌。楚辭大招:“豕首縱目,被髮鬤只。”唐柳宗元柳先生集十八哀溺文:“髮披鬤以舞瀾兮,魂倀倀而焉遊。”

鬥部

鬥 dòu 都豆切,去,候韻,端。 ㄉㄡˋ

同“鬭”。説文:“兩士相對,兵杖在後。象鬥之形。”清段玉裁謂文從兩手,非兩士。見説文解字注。見“鬭”。

五畫

鬧 nào 集韻女也切,去,效韻。 ㄋㄠˋ

玉篇作“吏”。㊀喧鬧。唐張鷟朝野僉載四:“曹司繁鬧,無時暫閑。”柳宗元柳先生集三四答韋中立論師道書:“顧吠者犬耳,度今天下不吠者幾人,而誰敢衒怪於羣目,以召鬧取怒乎?”㊁旺盛,濃重。草堂詩餘前集上宋宋子京(祁)玉樓春詞:

"綠楊煙外曉雲輕,紅杏枝頭春意鬧。"

【鬧房】新婚夜,親朋在新房中向新郎新娘戲謔逗鬧,曰鬧房,亦稱鬧新房,即古代所謂戲婦或戲婿。參見"戲婦"。

【鬧事】煩擾之事。唐李肇國史補上:"杭州有黃三姑者,窮理盡性。時徑山有盛名,常倦應接,訴于三姑。姑曰:'皆自作也。試取魚子來咬著,寧有許鬧事!'徑山心伏。"後稱妄起風波爲鬧事。

【鬧侯】五代十國時侯元基嘗爲楚相,退居長沙,門常有客,宴會無虛日,人目爲鬧侯。見宋陶穀清異錄人事。

【鬧裝】合衆寶雜綴而成的帶,故稱鬧裝。唐白居易長慶集十五渭村退居寄禮部崔侍郎翰林錢舍人詩一百韻:"貴主冠浮動,親王轡鬧裝。"宋孟元老東京夢華錄六元旦朝會:"例本朝伴射弓箭中的則賜鬧裝鞍馬、衣著、金銀器物有差。"參閱清袁枚隨園隨筆下鬧裝帶始於唐。

【鬧熱】繁盛。唐白居易長慶集六三雪中晏起偶詠所懷……詩:"紅塵鬧熱白雲冷,好於冷熱中間安置身。"也作"熱鬧"。參見該條。

【鬧羊花】即羊躑躅,又名羊不食草,俗作鬧楊花。詳"羊躑躅"。

【鬧掃粧】唐時宮中髻式名。明楊慎藝林伐山十二鬧掃梳頭詩:"還梳鬧掃學宮粧,獨立閑庭納夜涼。手把玉釵敲砌竹,清歌一曲月如霜。"自注:"鬧掃粧,唐末宮中髻名,形如炎風亂髻。"按唐白行簡三夢記原詩作:"鬟梳嫽俏學宮妝。"

【鬧蛾兒】古代婦女翦綵爲花或蛺蝶草蟲等戴在頭上的飾物。亦稱鬧嚷嚷。中興以來絕妙詞選六馬莊父孤鸞早春:"玉梅對粧雪柳,鬧蛾兒象生嬌顫。歸去争先戴取,倚寶釵雙燕。"又十洪瑹阮郎歸壬辰邵武試燈夕:"鬧蛾兒簇小蜻蜓,相呼看試燈。"

【鬧頭兒】明人有走馬局戲,先按骰子色,某占某鬮,合局共十二閑,各出賞錢,貯玉門關上,名曰鬧頭兒。第一次擲真本采者得之。後按出局早晚以定勝負。見清秦蕙蘭天啟宮詞上。

【鬧嚷嚷】即鬧蛾兒。清姚之駰元明事類鈔三元日鬧嚷嚷:"北京歲華記:元旦人家兒女剪烏金紙作蝴蝶戴之,名曰鬧嚷嚷。"參閱明沈榜宛署雜記十七民風一、清王夫之薑齋文集九雜物贊活的兒。

六　畫

鬨 hòng 集韻 胡貢切,去,送韻。
ㄏㄨㄥˋ

集韻作"鬨"。㊀争鬭。孟子梁惠王下:"鄒與魯鬨。"注:"鬨,鬭聲也。猶構兵而鬭也。"㊁喧鬧。漢揚雄法言學行:"一鬨之市,不勝異意焉。"

【鬨堂】合座皆笑。唐人作"烘堂"。宋莊綽雞肋編上:"每諢一笑,須筵中鬨堂,衆庶皆噱者始以青紅小旗各插於墊上爲記。"參見"烘堂㊀"。

八　畫

鬮 hòng 類篇 胡降切。
ㄏㄨㄥˋ

相鬭,同"鬨"。吕氏春秋愼行:"後崔杼之子相與私鬮。"注:"鬮,鬭也。"本作"鬮",誤。

鬩 xì 許激切,入,錫韻,曉。
ㄒㄧˋ

争訟,争鬭。見下。

【鬩訟】兄弟相争訟。隋書李士謙傳:"有兄弟分財不均,互相鬩訟,士謙聞而出財,補其少者,令與多者相埒。"

【鬩牆】詩小雅常棣:"兄弟鬩于牆,外禦其務。"箋:"務,侮也。兄弟雖内鬩而外禦侮也。"後因稱兄弟不和爲鬩牆之争。

十 二 畫

鬫 hǎn 集韻 虎覽切,上,敢韻。
ㄏㄢˇ

鬫字本從"門",今本詩大雅常武、莊子天道等皆從"門"作"闞"。參見"闞"。

十 四 畫

鬭 dòu 都豆切,去,候韻,端。
ㄉㄡˋ

㊀鬭争,戰鬭。孟子離婁下:"鄉鄰有鬭者,被髮纓冠而往救之,則惑也;雖閉户可也。"㊁競勝,比賽。史記項羽紀:"漢王笑謝曰:'吾寧鬭智,不能鬭力。'"㊂遇,合。國語周下:"穀、洛鬭,將毁王宫。"後稱木石鑲嵌合縫之處爲鬭。唐李賀歌詩編四梁臺古意:"臺前鬭玉作蛟龍,綠粉掃土愁露温。"指以玉石鬭合爲欄。㊃湊集。金瓶梅一:"(武松)取些銀子出來,與武大交買餅饊茶果請那兩邊鄰舍,都鬭了分子來,與武松人情,武大又安排了回席。"

【鬭八】天花板上凸出爲覆井形,由衆木嵌成,飾以花紋圖案。又名綺井、藻井。宋沈括夢溪筆談十九器用:"屋上覆橑,古人謂之綺井,亦曰藻井,又謂之覆海,今令文中謂之鬭八,吴人謂之罳頂。唯宫室祠觀爲之。"參見"綺井"、"藻井"。

【鬭文】複姓。春秋楚子熊咢生熊儀,謂之若敖。其後有鬭文子(鬭伯比),子孫以鬭文爲氏。見元和姓纂。

【鬭引】逗引,勾引。元王實甫西廂記二本四折:"不争惹恨牽情鬭引,少不得廢寢忘餐病症。"

【鬭臣】猶勇士。國語晉九:"趙簡子曰:魯孟獻子有鬭臣五人,我無一,何也?"注:"鬭臣,捍難之士。"

【鬭羽】羣烏密集飛鳴。晉書苻堅載記下:"時有羣烏數萬,翔鳴於長安城上,其聲甚悲,占者以爲鬭羽。"

【鬭志】戰鬭的意志。左傳桓十一年:"鄖有虞心而恃其城,莫有鬭志。"也作"鬭心"。國語晉六:"鄭將顧楚,楚將顧夷,莫有鬭心,不可失也。"

【鬭花】賽花。五代後周王仁裕開元天寶遺事下鬭花:"長安王士安,春時鬭花,戴插以奇花多者爲勝。皆用千金市名花,植於庭苑中,以備春時之鬭也。"

【鬭品】最上等之茶。宋徽宗大觀茶論采擇:"凡芽如雀舌、穀粒者爲鬭品,一鎗一旂爲揀茶,一鎗二旗爲次之,餘此爲下茶。"(説郛五二)

【鬭香】評賽香之優劣。宋陶穀清異錄熏燎:"中宗朝,宗紀韋武間爲雅會,各攜名香,比試優劣,名曰鬭香。"

【鬭班】㊀班,朝班,左右合爲鬭班。唐制,皇帝御殿日,天將微明,宰相兩省官鬭班於香案前,俟扇開,通事贊拜。唐元稹長慶集十酬翰林白學士代書一百韻詩:"鬭班雲洶湧,開扇雉參差。"白居易長慶集十九行簡初授拾遺同早朝入閤因示十二韻詩:"鬭班花接蕚,綽立雁分行。"參閱明胡震亨唐音癸籤十七詁箋二鬭班。㊁複姓。通志二九氏族五以名氏爲氏:"鬭班氏,芈姓。世本:鬭彊生班,因氏焉。"

【鬭草】古代民俗,五月初五有蹋百草之戲。唐人稱鬭百草。見南朝梁宗懍荆楚歲時記。唐司空圖司空表聖集五鐙花詩之二:"明朝鬭草多應喜,翦得鐙花自掃眉。"參閱唐韓愕歲華紀麗二端午。

【鬭茶】比賽茶之優劣。宋江休復嘉祐雜志:"蘇才翁嘗與蔡君謨鬭茶。蔡茶水用惠山泉,蘇茶小劣,改用竹瀝水煎,遂能取勝。"亦作"鬭茗"。宋陸游劍南詩稿五晨雨:"青篛雲腴開鬭茗,翠罌玉液取寒泉。"

【鬭飣】㊀唐宋時,以餅餌果品累積置於合中,以爲陳設者稱鬭飣。亦作"鬭飣"。

宋陸游劍南詩稿七四歲未盡前數日偶題長句:"鬭飣春盤兒女喜,擕徒臘藥婢奴忙。"㊁喻文詞堆砌。宋陳亮龍川集二十壬寅答朱元晦(熹)秘書:"若只欲安坐而感動之,向來諸君子固已失之偏矣。今欲鬭飣而發施之,後來諸君子無乃又失之碎乎?"

【鬭湊】勉强雜湊。朱子語類八十詩一:"因說永嘉之學,只是要立新巧之說,少間指摘東西,鬭湊零碎,便立說去,縱說得是,也只無益,莫道又未是。"

【鬭棊】著棋。史記封禪書:"於是上使驗小方,鬭棊,棊自相觸擊。"索隱:"顧氏案:萬畢術云取雞血雜磨鍼鐵杵,和磁石棊頭,置局上,卽自相抵擊也。"

【鬭蛩】鬭蟋蟀。宋顧文薦負暄雜録禽蟲善鬭:"鬭蛩亦始於天寶間。長安富人鏤象牙爲籠而畜之,以萬金之資付之一喙。"參見"鬭促織"。

【鬭牌】宋詩鈔劉子翬屏山詩鈔懷舊歌:"鬭牌擊鼓多伎倆,我獨旁觀惟大噱。"本指酒令傳籌,後謂玩葉子戲等爲鬭牌。

【鬭毆】互相爭鬭毆打。宋沈括夢溪筆談十一官政一:"鞠真卿守潤州,民有鬭毆者,本罪之外,别令先毆者出錢以與後應者。"

【鬭鴨】使鴨相鬭爲戲。三國志吳陸遜傳:"時建昌侯(孫)慮於堂前作鬭鴨欄,頗施小巧,遜正色曰:'君侯宜勤覽經典以自新益,用此何爲?'慮卽時毀徹之。"宋范致明岳陽風土記:"臨湘鴨欄磯,孫慮鬭鴨之所。"

【鬭鬩】指家庭内兄弟之間的爭執。北齊顏之推顏氏家訓序致:"止凡人之鬭鬩;則堯舜之道,不如寡妻之誨諭。"隋書宇文化及傳:"兄弟數相鬭鬩,言無長幼,醒而復飲,以此爲恒。"

【鬭艦】古戰船。三國志吳周瑜傳:"劉表治水軍,蒙衝鬭艦,乃以千數。"通典一六〇兵十三:"鬭艦,船上設女牆,可高三尺,牆下開掣棹孔。船内五尺,又建棚,與女牆齊。棚上又建女牆,重列戰敵。上無覆背,前後左右樹牙旗、旛幟、金鼓,此戰船也。"

【鬭鑿】南朝時一種兒童遊戲名。南史齊廢帝海陵王紀:"永明世,市里小兒以鐵相擊於地,謂之鬭鑿。"

【鬭巧宴】元代七夕宫廷宴名。明陶宗儀元氏掖庭記二:"至大中,洪妃寵於後宫。七夕,諸妃嬪不得登臺,臺上結綵爲樓。妃獨與宫官數人升焉。剪綵散臺下,令宫嬪拾之,以色豔淡爲勝負。次日設宴大會,謂之鬭巧宴。"

【鬭促織】促織卽蟋蟀。鬭時設場,鬭者必大小相配。然後登場決賭。羣人各下賭注,輸值至於千百。見明謝肇淛五雜俎九。

【鬭蟋蟀】卽鬭促織。宋度宗以賈似道平章軍國重事,時蒙古兵圍襄陽,形勢危急,而似道坐葛嶺,日與諸妾在半閒堂鬭蟋蟀爲戲。見宋史四七四賈似道傳。

【鬭雞篇】樂府雜曲歌辭,三國魏曹植觀鬭雞所作。樂府詩集六四鬭雞篇宋郭茂倩題解:"鄴都故事曰:'魏明帝大和中築鬭雞臺。趙王石虎亦以芥羽漆砂鬭雞於此,故曹植詩云鬭雞。"

【鬭霹靂】與雷相鬭,狀人之勇決無畏。北齊書薛孤延傳:"高祖(高歡)嘗閱馬於北牧,道逢暴雨,大雷震地,前有浮圖一所,高祖令延視之。延乃馳馬按矟直前,未至三十步,雷火燒面,延唱殺,繞浮圖走,火遂滅。延還,眉鬢及馬鬃尾俱燋。高祖歎曰:'薛孤延乃能與霹靂鬭。'其勇決如此。"

【鬭而鑄錐】比喻事到臨頭,纔想辦法。素問四氣調神大論:"夫病已成而後藥之,亂已成而後治之,譬猶渴而穿井,鬭而鑄錐,不亦晚乎?"

【鬭穀於菟】春秋楚大夫。字子文。楚人謂乳曰穀,謂虎曰於菟。子文初生于邧,棄于野,虎乳之,故名。曾三仕爲令尹,無喜色;三已之,無愠色,交代之時,必盡以政事之情告新任者,孔子稱以忠。參閱論語公冶長、左傳莊三十年、宣四年。

【鬭雞走犬】指以嬉戲馳逐爲事。戰國策齊一:"臨淄甚富而實,其民無不吹竽鼓瑟,擊筑彈琴,鬭雞走犬,六博蹹踘者。"也作"鬭雞走狗"。史記一〇一袁盎傳:"袁盎病免居家,與閭里浮沈,相隨行,鬭雞走狗。"

【鬭雞卵戲】鬭雞卵之遊戲。隋杜臺卿玉燭寶典二:"此節(寒食節)城市尤多鬭雞鬭卵之戲……其鬭卵則莫知所出。董仲舒書云:心如宿卵,爲體内藏,以據其剛,髣髴鬭理。"

十六畫

鬮 jiū ㄐㄧㄡ 居求切,平,尤韻,見。居黝切,上,黝韻,見。

說文:"鬮,鬭取也。"古時抓取物具,以決勝負曰鬮,飲酒遊戲等皆用之。唐韓偓香奩集第四倒押韻詩:"鬮草長更僕,迷鬮誤達晨。"宋梅堯臣宛陵集四六依韻和偶書相留詩:"出奇吳國將能戰,探隱漢宫人戲鬮。"此指遊戲。全唐詩六七一唐彥謙遊南明山:"鬮令促傳觴,投壺更聯句。"此指拈鬮爲酒令,如用酒籌之類。後凡事借他物以卜可否者曰探鬮,書紙爲團拈取以卜可否者曰拈鬮。宋陳龜年止堂集十一論火備書:"其餘無牌子者,竝寫名字作鬮,十取一人決之。"參閱"拈鬮"、"探鬮"。

鬯 部

鬯 chàng ㄔㄤˋ 丑亮切,去,漾韻,徹。

㊀古時祭祀用、以鬱金香合黍釀造的香酒。禮曲禮下:"凡摯,天子鬯。"參見"秬鬯"。㊁盛弓器。同"韔"。詩鄭風大叔于田:"抑鬯弓忌。"此謂以弓納於器中。㊂通"暢"。見"鬯茂"。

【鬯人】官名。掌供酒。周禮春官鬯人:"鬯人,掌共秬鬯而飾之。"

【鬯圭】古時祭祀用的玉器。國語魯上:"(臧)文仲以鬯圭與玉磬如齊告糴。"注:"鬯圭,祼鬯之圭,長尺二寸,有瓚,以禮廟。"一作"瑒珪"。說文"瑒"段玉裁注:"祼珪謂之瑒珪。瑒讀如暢。魯語謂之鬯圭。"

【鬯茂】卽暢茂。漢書郊祀志上:"草木鬯茂。"

【鬯草】草名。卽鬱金香草。漢王充論衡儒增:"周時,天下太平,越裳獻白雉,倭人貢鬯草。"周禮春官鬱人"和鬱鬯以實彝而陳之"唐賈公彥疏:"鬱金之草,以其和鬯酒,因號爲鬯草。"

【鬯遂】暢茂順遂。鬯同暢。宋曾鞏元豐類藁三十移滄州過闕上殿劄子:"至於六府順敍,百嘉鬯遂,凡在天地之内,含氣之屬,皆裕如也。"

十九畫

鬱 yù 紆物切,入,物韻,影。

㊀茂盛貌。詩秦風晨風:"鴥彼晨風,鬱彼北林。"㊁香草名。説文作"鬱"。周禮春官鬱人注引鄭司農(衆):"鬱爲草,若蘭。"㊂果名。李的一種。詩豳風七月:"六月食鬱及薁。"傳:"鬱,棣屬。"疏引本草:"鬱,一名雀李,一名車下李,一名棣。生高山川谷或平田中。"㊃腐臭。禮內則:"鳥皫色而沙鳴、鬱。"荀子正名:"香、臭、芬、鬱、腥、臊、洒、酸、奇臭以鼻異。"㊄阻滯。左傳昭二九年:"若泯弃之物,乃坻伏,鬱湮不育。"吕氏春秋達鬱:"病之留,惡之生也,精氣鬱也。"㊅蘊結。漢書五一路温舒傳:"忠良切言,皆鬱於胸。"㊆積,甚。舊唐書一六四王播傳:"播出自單門,以文辭自立,踐昇華顯,鬱有能名。"

【鬱人】官名。主管玉器。周禮春官鬱人:"鬱人掌祼器。"注:"祼器謂彝及舟與瓚。"新唐書二〇〇施敬本傳:"敬本上言曰:'周制,大宗伯鬱人,下士二,掌祼事。漢無鬱人,用近臣。漢世侍中微甚,……今侍中位宰相,非鬱人比。'"唐制,祭祀時盥手、洗爵皆侍中主人,詔祀天神,太祝主之,故敬本以爲言。

【鬱刃】劍名。新唐書二二二上南詔傳:"鬱刃,鑄時以毒藥並冶,取迎躍如星者,凡十年乃成,淬以馬血,以金犀飾鐔首,傷人即死。浪人所鑄,故亦名浪劍。"

【鬱江】水名。在廣西南部。上源有二:北爲右江,南爲左江。舊時官書稱黔江曰右江,鬱江曰左江,兩江既合,總稱潯江。東流至蒼梧縣西南與桂江會,又東流爲西江。參閱嘉慶一統志四七〇潯州府桂平縣。

【鬱伊】憂悶不舒暢。後漢書五二崔寔傳政論:"是以王綱縱弛於上,智士鬱伊於下。"注:"鬱伊,不申之貌。"

【鬱抑】憂懣壓抑。北史文苑傳序:"道轗軻而未遇,志鬱抑而不申。"

【鬱邑】憂愁貌。楚辭屈原離騷:"忳鬱邑余侘傺兮,吾獨窮困乎此時也。"又九章惜誦:"心鬱邑余侘傺兮,又莫察余之中情。"

【鬱攸】火氣。左傳哀三年:"濟濡帷幕,鬱攸從之。"宋蘇軾分類東坡詩十六聞正輔表兄將至以詩迎之:"暮雨侵重腿,晚烟騰鬱攸。"

【鬱林】地名。秦桂林郡,漢武帝更置鬱林郡。梁改置定州,隋平陳,改爲鬱州。後復置爲鬱林郡。唐至明皆爲鬱林州。清爲直隸州。公元1912年升府,次年改縣。公元1955年改爲玉林縣,屬廣西。參閱讀史方輿紀要一〇八鬱林州。

【鬱岪】山高峻貌。文選晉左太沖(思)吴都賦:"爾其山澤,則嵬嶷嶢岩,㟼冥鬱岪。"

【鬱金】㊀香草名。卽鬱金香。梁書中天竺國傳:"鬱金獨出罽賓國,華色正黄而細,與芙蓉華裏被蓮者相似。"一説爲樹名。唐釋玄應一切經音義十三:"鬱金,此是樹名。出罽賓國。其花黄色,取花安置一處,待爛,壓取汁,以物和之爲香。花粕猶有香氣,亦用爲香也。"㊁染料名。急就篇二:"鬱金半見緗白勬。"

【鬱洲】地名。在江蘇灌雲縣東北。水經注三十淮水作郁洲。本在海中,今已連爲平陸。東晉安帝隆安五年孫恩率部自廣陵浮海而北,下邳太守劉裕追擊於郁州,卽此。參閱讀史方輿紀要二二淮安府海州。

【鬱勃】盛貌。藝文類聚八九三國魏應瑒楊柳賦:"攄豐節而廣布,紛鬱勃以敷陽。"

【鬱郁】㊀芳香。文選南朝梁劉孝標(峻)廣絕交論:"且心同琴瑟,言鬱郁於蘭茝;道叶膠漆,志婉孌於塤篪。"㊁旺盛。文苑英華七一南朝梁簡文帝金錞賦:"觀雲龍之鬱郁,望威鳳之徘徊。"

【鬱律】㊀雷聲。史記一一七司馬相如傳大人賦:"徑入靁室之砰磷鬱律兮,洞出鬼谷之崛礨嵬磈。"漢書五七下大人賦注以鬱律爲深峻貌。漢書八七上揚雄傳甘泉賦:"雷鬱律於巖窔兮,電儵忽於牆藩。"㊁煙上騰貌。文選晉郭景純(璞)江賦:"氣滃渤以霧杳,時鬱律其如煙。"律,亦作"嵂"。唐李白李太白詩一明堂賦:"含佳氣之青葱,吐祥煙之鬱嵂。"㊂高貌。南朝梁何遜何水部集七召:"百丈杳冥以飛跨,九層鬱律以階梯。"

【鬱紆】㊀憂思縈回。文選三國魏曹子建(植)贈白馬王彪:"玄黄猶能進,我思鬱以紆。鬱紆將難進,親愛在離居。"㊁盛貌。唐杜甫杜工部草堂詩箋三二天池:"鬱紆騰秀氣,蕭瑟侵寒空。"㊂曲折。唐高適高常侍集七真定卽事奉贈韋使君二十八韻:"曠野何瀰漫,長亭復鬱紆。"

【鬱悒】憂悶。同"鬱邑"。文選漢司馬子長(遷)報任少卿書:"動而見尤,欲益反損,是以獨鬱悒而誰與語。"漢書本傳作"抑鬱"。唐李白李太白詩十九酬崔五郎中:"奈何懷良圖,鬱悒獨愁坐。"

【鬱鬯】古代祭祀用酒名。煮鬱金草取汁合黍釀成。禮禮器:"諸侯相朝,灌用鬱鬯。"

【鬱陶】㊀憂思積聚貌。書五子之歌:"鬱陶乎予心,顏厚有忸怩。"傳:"鬱陶,哀思也。"疏:"鬱陶,精神憤結積聚之意。"孟子萬章上:"鬱陶思君爾。"史記五帝紀:"我思舜正鬱陶。"又指人感情上突然湧起的某種波動。㊁心初悦而未暢。禮檀弓下:"人喜則斯陶,陶斯咏。"注:"陶,鬱陶也。"疏:"言人若外竟會心,則懷抱欣悦,但始發俄爾,則鬱陶未暢。"參閱清閻若璩尚書古文疏證五六(續清經解十三)。

【鬱悠】思念。方言一:"鬱悠,……思也。晉宋衛魯之間謂之鬱悠。"

【鬱湮】㊀滯塞。左傳昭二九年:"若泯棄之,物乃坻伏,鬱湮不育。"㊁埋没。唐柳宗元柳先生集二七邕州柳中丞作馬退山茅亭記:"是亭也,僻介閩嶺,佳境罕到,不書所作,使盛跡鬱湮,是貽林澗之媿,故志之。"

【鬱華】日精。華,一作"儀"。宋葉廷珪海録碎事一天部上日門:"鬱華赤文,與日同居。"

【鬱棲】蟲名。莊子至樂:"陵舄得鬱棲則爲烏足。"釋文:"司馬(彪)云:鬱棲,蟲名;烏足,草名;生水邊也。言鬱棲在陵舄之中,則化爲烏足也。"一説爲糞壤。見釋文引李頤。

【鬱結】㊀煩積。楚辭屈原遠遊:"遭沈濁而汙穢兮,獨鬱結其誰語。"注:"鬱結,思慮煩冤無告陳也。"史記一三〇太史公自序:"詩三百篇,大抵聖賢發憤之所爲作也,此人皆意有所鬱結,不得通其道也。"㊁高貌。文選漢枚叔(乘)七發:"龍門之桐高百尺而無枝,中鬱結之輪菌,根扶疏以分離。"

【鬱葱】氣盛貌。唐楊炯楊盈川集二和輔光入昊天觀:"天門開奕奕,佳氣鬱葱葱。"宋蘇軾分類東坡詩二二賀陳述古弟章生子:"鬱葱佳氣夜充閭,始見徐卿第二雛。"重言爲"鬱鬱葱葱"。參見該條。

【鬱鞅】茂盛。文選晉左太沖(思)吴都賦:"國有鬱鞅而顯敞,邦有湫阨而踡跼。"唐李周翰注:"鬱,茂也;鞅,鞅掌也。皆盛貌。"

【鬱儀】神仙名。雲笈七籤十二黄庭內景經高奔:"高奔日月吾上道,鬱儀結璘善相保。"注:"鬱儀,奔日之仙。結璘,奔月之仙。同聲相應,同氣相求,故二仙來相保持也。”宋張方平樂全集一贈三茅朱先詩：“鬱儀結鄰太霄道，金瑲玉珮虛皇冠。”

【鬱壘】神名。文選漢張平子(衡)東京賦：“守以鬱壘，神荼副焉。”參見“神荼鬱壘”。

【鬱鬱】㊀憂悶。史記九二淮陰侯傳：“吾亦欲東耳，安能鬱鬱久居此乎！”㊁茂盛貌。文選古詩十九首之二：“青青河畔草，鬱鬱園中柳。”初學記十九漢王褒責髯奴文：“離離若緣坡之竹，鬱鬱若春田之苗。”

【鬱林石】相傳漢末吳郡陸績仕吳爲鬱林太守，罷歸無裝，舟輕不可越海，取石爲重，人稱其廉，號鬱林石。又稱廉石。見唐缺名大唐傳載、新唐書陸龜蒙傳。參見“廉石”。

【鬱孤臺】山名，亦臺名。在今江西贛縣西南。一名賀蘭山。隆阜鬱然孤起，故名。唐郡守李勉登此臺北望，改名望闕。宋郡守曾慥增築二臺：南爲鬱孤，北爲望闕。宋蘇軾分類東坡詩二虔州八景圖之七“煙雲縹渺鬱孤臺，積翠浮空雨半開”，即此。參閲嘉慶一統志三三一贛州府。

【鬱金香】㊀香草名。唐會要一〇〇雜録：“貞觀二十一年，……伽毘國獻鬱金香，葉似麥門冬，九月花開，狀如芙蓉，其色紫碧，香聞數十步，華而不實，欲種取其根。”參見“鬱金㊀”。㊁酒名。唐李白李太白詩二二客中行：“蘭陵美酒鬱金香，玉椀盛來琥珀光。”

【鬱金黄】花名。即金桂。宋朱熹朱文公集六次劉彥集木犀詩：“仙衣纔試鬱金黄，便覺秋風滿院芳。”

【鬱金裙】鬱金草染色的彩裙。唐李商隱李義山詩集五牡丹：“垂手亂翻雕玉珮，招腰爭舞鬱金裙。”杜牧樊川集二送容州中丞赴鎮詩：“燒香翠羽帳，看舞鬱金裙。”注引妝樓記：“鬱金，芳草也，染婦人衣最鮮明。”

【鬱輪袍】曲名。唐人小説記王維未冠而有文名，又諳於音律，妙能琵琶，爲岐王所重。維方將應舉，岐王引至安樂公主第，進新曲號“鬱輪袍”。主大奇之，爲之説項，維遂得登第。見唐薛用弱集異記。元方回桐江續集四次韻謝俞山長見贈詩：“試遣俚音辱聰聽，未應堪比鬱輪袍。”明王衡有鬱輪袍傳奇，即以王維故事爲題材。

【鬱肉漏脯】腐敗的肉食。抱朴子良規：“雖策命暫隆，弘賞暴集，無異乎……渴者之資口於雲日之酒，飢者之取飽於鬱肉漏脯也。”

【鬱督軍山】山名。即杭愛山。在今蒙古人民共和國境内。唐時，匈奴鐵勒之別族薛延陁可汗，建牙鬱督軍山，即此。見通典一九九邊防十五薛延陁。

【鬱鬱葱葱】氣盛貌。漢王充論衡吉驗：“王莽時，謁者蘇伯阿能望氣。……及光武到河北，與伯阿見，問曰：‘卿前過舂陵，何用知其氣佳也？’伯阿對曰：‘見其鬱鬱葱葱耳。’”又見後漢書光武紀下。

鬲　　部

鬲 1. lì ㄌㄧˋ 郎擊切，入，錫韻，來。

㊀炊具。古時盛饌用鼎，常飪用鬲。爾雅釋器：“款足者謂之鬲。”疏：“款，闊也。謂鼎足相去疏闊者名鬲。”見圖。㊁瓦瓶。喪禮用。禮喪大記：“陶人出重鬲。”疏：“重鬲者謂懸重之罌也，是瓦瓶受三升。”

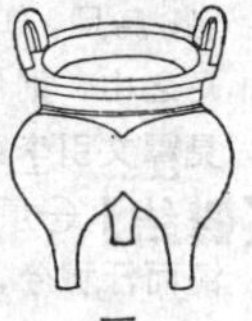
鬲

2. gé ㄍㄜˊ 古核切，入，麥韻，見。

㊂阻隔。通“隔”。漢書五行志中之下：“鬲閉門戶。”㊃人和動物胸腔與腹腔之間的肌肉結構。同“膈”。素問五藏生成論：“心煩頭痛，病在鬲中。”㊄地名。見“鬲₂縣”。

3. è ㄜˋ 集韻乙革切，入，麥韻。

㊅車軛。通“軛”。周禮考工記車人：“凡爲轅三，……鬲長六尺。”注：“鄭司農(衆)云：鬲，謂轅端厭(壓)牛領者。”㊆以雙手扼圍量物曰鬲。儀禮士喪禮：“苴絰大鬲。”注：“鬲，搤也，中人之手搤圍九寸。”搤，同“扼”。

【鬲₂蔽】阻隔。漢劉向新序雜事二：“不肖嫉賢，愚者嫉智，是賢者之所以鬲蔽也。”

【鬲₂縣】縣名。古鬲國。左傳襄四年言靡奔有鬲氏。後屬齊爲鬲邑。漢置鬲縣，屬平原郡。東漢五姓共逐守長，據鬲縣城而反。即此。北齊廢入安德縣。故城在今山東平原縣西北。參閲讀史方輿紀要三一濟南府德平縣。

【鬲₂津河】水名。古九河之一。以水多阨狹，可隔以爲津而橫渡，故名。故道在鬲縣(今山東平原縣)西。漢時即已淤塞。參閲漢書溝洫志、讀史方輿紀要三一濟南府德平縣般河。參見“九河㊀”。

七　畫

鬴 fǔ ㄈㄨˇ 扶雨切，上，麌韻，並。

古量器。同“釜”。周禮考工記㮚氏：“量之以爲鬴。深尺，内方尺而圜其外，其實一鬴。”注：“四升曰豆，四豆曰區，四區曰鬴，鬴六斗四升也。鬴十則鍾。”漢書九四下匈奴傳：“胡地秋冬甚寒，春夏甚風，多齎鬴鍑薪炭，重不可勝。”參見“釜”。

鬴

八　畫

䰛 fèi ㄈㄟˋ 方味切，去，未韻，幫。

水沸貌。同“沸”。楚辭漢嚴忌哀時命：“氣涫䰛其若波。”説文：“䰛，涫也。”清段玉裁注：“今俗字涫作滾；䰛作沸。”

鬵 xín ㄒㄧㄣˊ 徐林切，平，侵韻，邪。
昨淫切，平，侵韻，從。
昨鹽切，平，鹽韻，從。

炊具。大釜。一曰鼎上大下小若甑者。見説文。詩檜風匪風：“誰能亨魚，溉之釜鬵。”

鬵

九　畫

鬷 zōng ㄗㄨㄥ 子紅切，平，東韻，精。
作孔切，上，董韻，精。

㊀會聚。詩陳風東門之枌：“穀旦于逝，越以鬷邁。”箋訓鬷爲總，謂男女總集而合行。參閲清馬瑞辰毛詩傳箋通釋十三東門之枌。㊁奏，禱告。詩商頌烈祖：“鬷假無言，時靡有爭。”左傳昭二一年引詩作“鬷嘏”，禮中庸引作“奏假”。㊂釚

鬷，草名。一名素華。見爾雅釋草。㊃姓。古鬷夷氏之後。左傳鄭有鬷蔑，晉有鬷戾，漢末有鬷弘。參閱通志二八氏族四以名爲氏。

【鬷夷】複姓。左傳昭二十九年："昔有飂叔安，有裔子曰董父。……(舜)帝賜之姓曰董。氏曰豢龍。封諸鬷川，鬷夷氏其後也。"

【鬷明】即鬷蔑。唐駱賓王集六上齊州張司馬啓："揖郭泰於靈舟，有道斯在；賞鬷〔明〕於樕〔樽〕俎，盛德猶存。"參見"鬷蔑1"。

【鬷蔑】人名。1. 春秋鄭人。字然明。晉叔向往鄭。鬷蔑貌醜，欲觀叔向。往立堂下，一言而善。叔向聞之曰："必鬷明也。"下執其手以上。子產問蔑爲政之道，蔑曰："視民如子，見不仁者誅之，如鷹鸇之逐鳥雀也。"見左傳襄二五年、昭二八年。2. 春秋齊大夫，爲莊公外嬖。莊公被殺，崔杼殺蔑於平陰。見左傳襄二五年。

十一畫

鬺 shāng 集韻 尸羊切，平，陽韻。ㄕㄤ

烹煮。史記武帝紀元狩四年："禹收九牧之金，鑄九鼎，皆嘗鬺烹上帝鬼神。"集解引徐廣："烹，煮也；鬺音觴，皆嘗以烹牲牢而祭祀也。"史記封禪書作"亨鬺"。漢書郊祀志作"鬺亨"。

十二畫

鬵 zèng 子孕切，去，證韻，精。ㄗㄥˋ

㊀炊具。說文："鬵，鬻屬。"也作"甑"。見玉篇。㊁山名。山海經大荒東經："大荒之中……有鬵山。"

鬻 1. yù 余六切，入，屋韻，喻。ㄩˋ

㊀出賣。左傳昭三年："有鬻踊者。"清俞樾謂鬻爲說文賣之假字。見春在堂隨筆九。㊁養，育。莊子德充符："四者，天鬻也；天鬻者，天食也。"禮樂記："羽者嫗伏，毛者孕鬻。"疏："獸懷孕而生育之也。"淮南子原道作"孕育"。㊂幼稚。見"鬻子"。㊃水流溪谷間曰鬻。漢書五七司馬相如傳上林賦："沇溶淫鬻。"㊄姓。見"鬻熊"。

2. zhōu 集韻 之六切，入，屋韻。ㄓㄡ

㊅"粥"本字。左傳昭七年："饘於是，鬻於是，以餬余口。"疏："稠者曰糜，淖者曰鬻。"

【鬻子】㊀稚子。詩豳風鴟鴞："恩斯勤斯，鬻子之閔斯。"傳："稚子，成王也。"㊁書名。舊題周鬻熊撰。崇文總目作十四篇，題唐逢行珪注。按漢書藝文志著録道家鬻子二十二篇，小説家鬻子説十九篇。列子引鬻子凡三條，皆黃老清淨之説，與今本不類，疑即道家二十二篇之文。今本所載，與漢賈誼新書所引六條，文格略同。四庫提要疑今本爲唐以來好事之流所撰。

【鬻文】爲人撰文而接受其報酬。舊唐書一九〇李邕傳："邕早擅才名，尤長碑頌。雖貶職在外，中朝衣冠及天下寺觀，多齎持金帛往求其文。……時議以爲自古鬻文獲財，未有如邕者。"

【鬻拳】公元前？一前675年。春秋楚大夫。嘗强諫文王，文王弗聽，臨之以兵，懼而從之。拳曰："吾懼君以兵，罪莫大焉！"遂自刖。楚人以爲大閽，謂之大伯。魯莊公十九年，文王禦巴師，敗還，拳弗納。文王遂伐黃，敗之，還以疾卒。拳葬文王於夕室，自殺以殉。見左傳莊十九年。參見"兵諫"。

【鬻熊】亦作"粥熊"。楚之先祖，季連之苗裔。爲周文王師。其曾孫熊繹當周成王時，封於楚，姓芈氏，居丹陽。後人托鬻熊名撰鬻子。見史記楚世家，漢書古今人表、地理志下。參見"鬻子㊁"。

【鬻獄】謂因訟得賄。左傳昭十四年："晉邢侯與雍子爭鄐田，……雍子納其女於叔魚(羊舌鮒)，叔魚蔽罪邢侯。邢侯怒，殺叔魚與雍子於朝。(韓)宣子問其罪於叔向。叔向曰：'三人同罪，施生戮死可也。雍子自知其罪，而賂以買直；鮒也鬻獄，邢侯專殺，其罪一也。'"又見國語晉九。

【鬻舉】賄買科第。宋史選舉志二："淳祐九年，以臣僚言：'士子又有免解僞冒入試者，或父兄没而竊代其名；或同族物故而填其籍。'於是令自本貫保明給據，類其姓名先申禮部，各州揭以示衆，犯者許告捉，依鬻舉法治罪。"

【鬻聲】猶沽名。南朝梁劉勰文心雕龍七情采："諸子之徒，心非鬱陶，苟馳夸飾，鬻聲釣世。"

十四畫

鬻 zhǔ 章与切，上，語韻，照。ㄓㄨˇ

古煮字。周禮天官鹽人："凡齊事，鬻鹽以待戒令。"

鬼部

鬼 guǐ 居偉切，上，尾韻，見。ㄍㄨㄟˇ

㊀迷信稱人死魂靈爲鬼。禮祭義："衆生必死，死必歸土，此之謂鬼。"㊁指萬物的精靈。詩小雅何人斯："爲鬼爲蜮，則不可得。"唐杜甫杜工部草堂詩箋三六移居公安山館："山鬼吹燈滅，廚人語夜闌。"㊂隱密不測。韓非子八經："故明主之行制也天，其用人也鬼。"㊃機智，狡詐。方言："虔、儇，慧也。自關而東，趙魏之間謂之黠，或謂之鬼。"南史茹法珍傳："初，左右刀敕之徒，悉號爲鬼。"㊄星宿名。見"二十八宿"。㊅國名。見"鬼方"、"鬼國"。

【鬼工】言技藝極其精巧，非人力所能爲。唐岑參岑嘉州詩一高適薛據同登慈恩寺："突兀壓神州，峥嶸如鬼工。"李賀歌詩編二羅浮山人與葛篇："博羅老仙時出洞，千歲石牀啼鬼工。"也作"鬼功"。唐陳子昂陳伯玉集一感遇詩之十九："雲搆山林盡，瑶圖珠翠煩。鬼功尚未可，人力安能存。"

【鬼才】才氣怪譎。宋王得臣麈史中詩話："慶曆間，宋景文(祁)諸公在館，嘗評唐人之詩云：太白(李白)仙才，長吉(李賀)鬼才，其餘不盡記也。"又見錢易南部新書丙。

【鬼子】罵人的話。世説新語方正："士龍(陸雲)既出户，謂兄曰：'何至如此，彼容不相知也。'士衡(陸機)正色曰：'我父祖名播海内，寧有不知？鬼子敢爾？'"鬼子，指盧志。

【鬼方】殷周時西北部族名。竹書紀年上武丁："三十二年，伐鬼方，次於荆。""三十四年，克鬼方，氐羌來賓。"易既濟："高宗伐鬼方，三年克之。"其地何在，舊說不一，近人考謂當在岐周以西，汧隴之間。參閱宋王應麟困學紀聞一易鬼方鬼戎、近人王國維觀堂集林十三鬼方昆夷玁狁考。

【鬼火】墓地或沼澤出現的青色燐光，俗稱鬼火。楚辭漢王逸九思哀歲："神火兮熲熲，鬼火兮熒熒。"

【鬼手】詈詞。世說新語忿狷："王司州(胡之)嘗乘雪往王螭(恬)許，司州言氣少有牾逆於螭，便作色不夷。司州覺惡，便輿牀就之，持其臂曰：'汝詎復足與老兄計？'螭撥其手曰：'冷如鬼手馨，彊來捉人臂。'"胡之爲恬從兄。唐柳宗元柳先生集四二寄韋珩詩："奇瘡釘骨狀如箭，鬼手脫命爭纖毫。"

【鬼主】唐宋時分布在中國西南邊境部落首領的稱號。其俗尚鬼，稱主祭者爲鬼主，故其酋長號都鬼主，部落大者稱大鬼主。見唐樊綽蠻書雲南界內途程、宋史蠻夷傳。

【鬼市】夜間集市，至曉而散，故稱鬼市。唐鄭熊番禺雜記鬼市："海邊時有鬼市，半夜而合，雞鳴而散，人從之多得異物。"(類說四)宋孟元老東京夢華録二潘樓東街巷："又東十字大街，曰從行裏角，茶坊每五更點燈，博易買賣衣服圖畫花環領抹之類，至曉卽散，謂之鬼市子。"

【鬼目】草名。卽白英，俗稱白草子。蔓生。葉似王瓜，有茸毛；子赤，圓如龍葵。入藥。參閱政和證類本草六白英。參見"苻㊀"。

【鬼母】㊀古代傳說南海小虞山中有鬼母產天地鬼，一產十鬼，朝產暮食。見舊題南朝梁任昉述異記。㊁唐李賀歌詩編一春坊正字劍子歌："提出西方白帝驚，嗷嗷鬼母秋郊哭。"指秦末劉邦(漢高祖)斬白蛇起兵、蛇母哭子的故事。

【鬼奴】古代泛指南海居民。宋朱彧萍洲可談二："廣中富人多畜鬼奴，絕有力，可負數百斤。……亦謂之野人，色黑如墨，脣紅齒白，髮鬈而黃。"又："船忽發漏，既不可入治，令鬼奴持刀絮自外補之，鬼奴善游，入水不瞑。"參見"崑崙㊃"。

【鬼朴】作鬼的素材。資治通鑑二〇五唐長壽元年："太后自垂拱以來，任用酷吏，先誅唐室貴戚數百人，次及大臣數百家，其刺史郎將以下不可勝數。每除一官，戶婢竊相謂曰：'鬼朴又來矣。'不旬月，輒遭掩捕，族誅。"元王逢梧溪集五曹雲西山水詩："世治多福人，時危多貴人；貴人乃鬼朴，福人真天民。"

【鬼戎】鬼方的別稱。竹書紀年殷武乙："三十五年，周公季歷伐西落鬼戎。"後漢書八七西羌傳："周古公踰梁山而避於岐下。及子季歷，遂伐西落鬼戎。"

【鬼臼】草名。一名茵芝，今稱八角蓮。生深山陰地，葉六出或五出，莖端一葉如繖，旦時東向，及暮西傾，隨日出沒。一年生一葉，既枯則生一臼，每年陳新相易。入藥。參閱政和證類本草十一鬼臼。

【鬼車】㊀傳說中的九頭鳥。唐段成式酉陽雜俎十六羽："鬼車鳥，相傳此鳥昔有十首，能收人魂，一首爲犬所噬。秦中天陰，有時有聲，聲如力車鳴，或言是水雞過也。"參見"九頭鳥"。㊁大蛺蝶名。晉崔豹古今注中魚蟲："蛺蝶，……其大如蝙蝠者，或黑色，或青斑，名爲鳳子，一名鳳車，一名鬼車，生江南柑橘園中。"

【鬼谷】㊀地名。史記六九蘇秦傳"東事師於齊，而習之於鬼谷先生"唐司馬貞索隱："鬼谷，地名也。扶風池陽、潁川陽成並有鬼谷墟，蓋是其人所居，因爲號。"參閱讀史方輿紀要四八河南登封。㊁衆鬼聚居處。史記一一七司馬相如傳大人賦："洞出鬼谷之崛礨嵬磈。"集解："漢書音義曰：鬼谷在北辰下，衆鬼之所聚也。"楚辭漢劉向九歎遠遊："淩驚靁以軼駭電兮，綴鬼谷於北辰。"

【鬼兵】㊀神靈統率的兵卒。晉書王羲之傳："王氏世事張氏五斗米道，凝之彌篤。孫恩之攻會稽，寮佐請爲之備，凝之不從，方入靖室請禱，出語諸將佐曰：'吾已請大道，許鬼兵相助，賊自破矣。'既不設備，遂爲孫恩所害。"㊁宋張唐英蜀檮杌上："(徐瑤)勇猛善格鬭，……其兵皆文身黥黑，衣裝詭異，衆皆稱爲鬼兵，稱瑤爲鬼魁。"

【鬼伯】鬼王。卽閻王。樂府詩集二七古辭蒿里："鬼伯一何相催促，人命不得少踟躕。"唐白居易長慶集二五二月五日花下作詩："羲和趁日沉西海，鬼伯驅人葬北邙。"

【鬼卒】五斗米道對初學道者的稱呼。東漢末，張魯據漢中，以鬼道教民，自號師君，其來學道者，初皆名鬼卒，學道有得者號祭酒。見三國志魏張魯傳、晉常璩華陽國志漢中志。

【鬼雨】淒慘的陰雨。唐李賀歌詩編二感諷之三："南山何其悲，鬼雨灑空草。"宋范浚香溪集二送茂瞻兄機宜之官廣東詩："黃蘆鬣鬣西風肥，鬼雨灑空南山悲。"

【鬼妻】死者之妻。墨子節葬下："越之東有輆沭之國者，其長子生則解而食之，謂之宜弟。其大父死，負其大母而棄之，曰，鬼妻不可與居處。"又見列子湯問、晉張華博物志五。

【鬼門】㊀神話中的地名。漢王充論衡訂鬼："山海經又曰：滄海之中，有度朔之山，上有大桃木，其屈蟠三千里，其枝間東北曰鬼門，萬鬼所出入也。"㊁鬼門關的省稱。唐高適高常侍集四李雲南征蠻詩："鬼門無歸客，北户多南風。"參見"鬼門關"。㊂汗孔。中醫稱爲"玄府"。素問湯液醪醴論："開鬼門，潔静府。"注："開鬼門是啓玄府遣氣也。"

【鬼斧】喻技巧精巧，非人工之所能。元吳萊淵穎集二大食餅詩："晶熒龍宮獻，錯落鬼斧鐫。"參見"神工"。

【鬼物】鬼怪之類。漢書三六劉向傳："上復興神僊方術之事，而淮南有枕中鴻寶苑秘書。書言神僊使鬼物爲金之術及鄒衍重道延命方。"

【鬼客】指棠梨。宋姚寬西溪叢語："牡丹爲貴客，梅爲清客，……棠梨爲鬼客。"

【鬼幽】謂容顏枯槁無神。三國志魏管輅傳"聞(何)晏、(鄧)颺皆誅"注引輅別傳："何(晏)之視候，則魂不守宅，血不華色，精爽烟浮，容若槁木，謂之鬼幽。"

【鬼胎】迷信的人稱婦女所生的畸形兒爲鬼胎。譬喻曖昧不明難向人說之事。雍熙樂府九一枝花抱粧盒曲："我恰纔出宮門先憂的我頭白，盒子裏藏着的是儲君，我肚裏懷着的是鬼胎。"水滸五："這劉太公懷着鬼胎，莊家們都捏着兩把汗。"

【鬼侯】商紂王時諸侯。見"九侯"。

【鬼草】草名。山海經中山經："(牛首之山)有草焉，名曰鬼草，其葉如葵而赤莖，其秀如禾，服之不憂。"太平御覽四六八作"鬼目"。

【鬼祟】鬼物爲害。宋黃庭堅山谷詩注內集十七次韻文潛詩："年來鬼祟覆三豪，詞林根柢頗搖蕩。"

【鬼教】譏斥佛教之稱。魏書李瑒傳："沙門都統僧暹等忿瑒鬼教之言，以瑒爲謗毀佛法，泣訴靈太后，太后責之。瑒自理曰：'……禮曰，明則有禮樂，幽則有鬼神。是以明者爲堂堂，幽者爲鬼教。佛非天非地，本出於人，應世導俗，其道幽隱，名之爲鬼，愚謂非謗。'"

【鬼票】舊時迷信，凡客死外地，柩運還鄉時，須向城隍廟請鬼票，沿關津焚化，不然，云魂不得過。見清西清黑龍江外紀六。

【鬼區】荒遠之地。文選漢班孟堅(固)典引:"仁風翔乎海表,威靈行乎鬼區。"注:"鬼區,卽鬼方也。毛詩曰:覃及鬼方。毛萇傳曰:鬼方,遠方也。"三國魏曹植曹子建集五孟冬篇:"收功在羽校,威靈振鬼區。"

【鬼眼】稱贊相士的眼睛。唐韓偓玉山樵人集此翁詩:"唯應鬼眼兼天眼,窺見行藏信此翁。"

【鬼鳥】傳說鬼車之類的怪鳥。見"女鳥"、"姑獲"。

【鬼道】㊀鬼神邪說。逸周書史記:"昔者玄都賢鬼道,廢人事天,謀臣不用,龜策是從,神巫用國,哲士在外,玄都以亡。"後漢書七五劉焉傳:"沛人張魯,母有姿色,兼挾鬼道,往來焉家。"㊁佛教所稱六道,一爲餓鬼道,省稱鬼道。見"餓鬼道"。

【鬼雄】鬼中的强者。楚辭屈原九歌國殤:"身既死兮神以靈,魂魄毅兮爲鬼雄。"宋陸游劍南詩稿三五書憤:"壯心未與年俱老,死去猶能作鬼雄。"

【鬼話】胡說,誑話。明粲花主人(吴炳)療妬羹三十假醋:"三分鬼話他明說,一謎癡腸我獨行。"清翟灝謂鬼話當屬詭話之訛。見通俗編十七言笑詭話。

【鬼蜮】詩小雅何人斯:"爲鬼爲蜮。"蜮,古代傳說一種能含沙射人使人發病的動物。以鬼蜮並言指陰險害人的人。宋范成大石湖集十二講武城詩:"阿瞞諕武葢劉孫,千古還將鬼蜮論。"宋史三五六劉拯傳論:"鷹犬外搏,鬼蜮内狙,宜小人得志而空朝廷也。"

【鬼彈】水中毒氣。晉干寶搜神記十二:"漢永昌郡不違縣有禁水,水有毒氣。……其氣中有惡物,不見其形,其似有聲,如有所投擊。内中木則折,中人則害,土俗號爲鬼彈。"參閱水經注三六瀘江水。

【鬼蝶】蛺蝶名。宋范成大桂海虞衡志說海:"鬼蛺蝶大如扇,四翅,好飛荔枝上。"宋蘇軾分類東坡詩十一雍秀才畫草蟲八物中有鬼蝶詩。

【鬼箭】㊀植物名。卽衛矛。幹有三羽,狀若箭羽,葉似山茶。入藥。迷信的人說可以除邪去鬼毒,故名。見政和證類本草十三衛矛。㊁武器名。鐵蒺藜之屬。遼史太祖紀上七年六月:"庚子,次阿敦濼,以養子涅里思附諸弟叛,以鬼箭射殺之。"正字通箭:"兵法:鬼箭卽鐵蒺藜稍小,用毒藥炒過,人足著此卽腫不能行,夜散布要路,故名鬼箭。"

【鬼魅】人死爲鬼,物精爲魅。韓非子外儲說左上:"客有爲齊王畫者,齊王問曰:'畫孰最難者?'曰:'犬馬最難。''孰易者?'曰:'鬼魅最易。夫犬馬,人所知也,旦暮罄於前,不可類之,故難。鬼魅,無形者,不罄於前,故易之也。'"

【鬼頭】㊀古錢幣有蟻鼻錢,俗名鬼頭。亦稱鬼臉錢。形上狹下廣,狹處有小孔,面有刻鏤。近世在長沙等地常有出土。近人考證,爲春秋戰國時代楚國使用的錢幣。參閱錢无咎古錢考畧一。㊁植物名。本草綱目十七草六蒟蒻:"蒟蒻出蜀中,施州亦有之,呼爲鬼頭。"參見"蒟蒻"。

【鬼録】死者的名册。文選魏文帝(曹丕)與吴質書:"觀其姓名,已爲鬼録,追思昔遊,猶在心目。"晉陶潛陶淵明集四擬挽歌辭之一:"昨暮同爲人,今旦在鬼録。"也作"鬼籙"。三國志吴孫策傳"策陰欲襲許"注引江表傳:"今此子(張津)已在鬼籙,勿復廢紙筆也。"唐李商隱李義山詩集四有感之一:"鬼籙分朝部,軍烽照上都。"

【鬼薪】秦漢時刑名。爲宗廟採供柴薪,三歲刑。史記秦始皇紀九年:"盡得(嫪)毒等。……車裂以徇,滅其宗。及其舍人,輕者爲鬼薪。"集解引應劭:"取薪給宗廟爲鬼薪也。"漢書惠帝紀:"上造以上及内外公孫耳孫有罪當刑、及當爲城旦舂者,皆耐爲鬼薪、白粲。"注:"取薪給宗廟爲鬼薪,坐擇米使正白爲白粲,皆三歲刑也。"

【鬼黠】狡詐。晉常璩華陽國志三蜀志:"蜀之爲國,……星應輿鬼,故君子精敏,小人鬼黠。"

【鬼躁】謂筋骨輕浮軟弱。三國志魏管輅傳"聞(何)晏、(鄧)颺皆誅"注引輅别傳:"夫鄧之行步,則筋不束骨,脈不制肉,起立傾倚,若無手足,謂之鬼躁。"

【鬼籙】見"鬼録"。

【鬼子母】佛教神名。梵名訶梨帝南,義譯爲歡喜。晉末涼譯爲鬼子母,喜食人子。王舍城娑多藥叉之女,既嫁,生五百兒。發惡願欲盡食王舍城中他家之兒。經佛度化,轉爲保護小兒之神。唐玄奘大唐西域記二健馱邏國:"梵、釋窣堵波西北行五十餘里,有窣堵波,是釋迦如來於此化鬼子母,令不害人,故此國俗祭以求嗣。"大藏有鬼子母經。參閱唐釋義淨南海寄歸内法傳一受齋規則、翻譯名義集二八部。

【鬼功毬】極精巧的象牙雕刻球。明曹昭格古要論六珍寶論:"嘗有象牙圓毬兒一箇,中直通一竅,内車二重,皆可轉動,謂之鬼功毬。"按今廣東各地尚有此種手工藝品,多至十餘層,雕刻極精。

【鬼目粽】南朝宋前廢帝(劉子業)既立,狂悖無道,大殺宗室大臣。太宰江夏王劉義恭既誅死,又支割肢體,抽裂腹胃,挑取眼睛,以蜜漬之,稱鬼目粽。時人稱蜜漬物爲粽。見南史宗室義恭傳、魏書劉裕傳。宋書武三子傳作"鬼目精"。

【鬼見愁】植物名。或採令童子佩之,或懸於門首,云可以避鬼魅。見清王夫之薑齋文集九鬼見愁、吴其濬植物名實圖考八鬼見愁。

【鬼谷子】戰國時縱横家之祖,傳說爲蘇秦、張儀師。楚人,籍貫姓氏不詳,因其所居號稱鬼谷子或鬼谷先生。著鬼谷子一卷。漢書藝文志不見著録,隋書經籍志縱横家有晉皇甫謐注鬼谷子各三卷。今本三卷二十一篇,文頗奇詭,不類漢以前人所作。

【鬼皂莢】植物名。唐段成式酉陽雜俎十九草:"鬼皂莢生江南地澤,如皂莢,高一二尺,沐之長髮,葉亦去衣垢。"

【鬼門道】傳統戲劇場上角色進出的門道。元王實甫西廂記二本二折:"潔朝鬼門道叫科;請將軍打話。"太和正音譜丹丘先生曲論(明寧獻王朱權):"拘欄中戲房出入之所,謂之鬼門道。鬼者,言其所扮者,皆是已往昔人,故出入謂之鬼門道也。愚俗無知,因置鼓於門,訛喚爲鼓門道,於理無宜,亦曰古門道,皆非也。"

【鬼門關】㊀古關名。在廣西北流縣西。古代爲通往欽廉雷瓊及交趾通道。有兩石對峙,其間闊三十步,俗號鬼門關。參閱舊唐書地理志四。㊁泛指凶險之地,神話中則指通往陰間的門。元曲選范子安竹葉舟一:"我與你踢倒鬼門關,打門這槐安路。"西遊記十一:"忽見一座城,城門上掛着一面大牌,上寫着'幽冥地府鬼門關'七個大金字。"

【鬼臾區】傳說黄帝時名臣。又作鬼臾蓲、鬼容區。善占候,明醫道,曉兵法。史記封禪書:"鬼臾區號大鴻,死葬雍,故鴻冢是也。"漢書藝文志兵家陰陽著録鬼容區兵法三篇,圖一卷。

【鬼畫符】形容潦草惡劣的字迹。金元好問遺山集十一論詩三十首之十三:"真書不入今人眼,兒輩從教鬼畫符。"清趙翼甌北詩鈔七言律一壬申下第詩:"舉場我歎魚緣大，敗卷人嗤鬼畫符。”

【鬼媒人】舊時稱說合未婚而死的男女之家，使死者得有夫妻名義的人。宋康與之昨夢録：“北俗，男女年當嫁娶，未婚而死，兩家命媒互求之，謂之鬼媒人。”（説郛二一）

【鬼董狐】世説新語排調：“干寶向劉真長（惔）敍其搜神記，劉曰：‘卿可謂鬼之董狐。’”又見晉書干寶傳。董狐，春秋晉史官，孔子稱爲良史。寶善記鬼怪神靈之事，故惔以鬼之董狐相比。

【鬼督郵】植物名。一名赤箭，一名離母。味辛温，生川谷。入藥。參閲政和證類本草七鬼督郵。

【鬼出電入】變幻神速。淮南子原道：“鬼出電入，龍興鸞集。”注：“鬼出，言無蹤迹也；電入，言其疾也。”

【鬼使神差】鬼神派遣、驅使。指被不可知的力量所支配，形容不由自主。古今雜劇元鄭庭玉宋上皇御斷金鳳釵三：“這一場鬼使神差，替別人濕肉伴乾柴，没人情官棒方難捱。”

【鬼哭神號】形容哭聲淒厲，悲慘恐怖的景象。清李玉一捧雪十五代戮：“看雲寒日慘，鬼哭神號。”也作“鬼哭神愁”。明陳汝言金蓮記二九釋憤：“手指一揮，兩班裡鳥驚魚駭；眉頭半鎖，滿朝中鬼哭神愁。”

【鬼設神使】猶言天造地設，非人力所能就。宋陳亮龍川集十七念奴嬌登多景樓詞：“鬼設神施，渾認作、天限南疆北界。”

三畫

鬽 mèi ㄇㄟˋ 明祕切，去，至韻，明。

“魅”的本字。百物之神。周禮春官家宗人：“以夏至日，致地示物鬽。”

四畫

魂 hún ㄏㄨㄣˊ 户昆切，平，魂韻，匣。

或作“䰟”。㊀古人認爲人能離開身體而存在的精神。左傳昭七年：“人生始化曰魄，既生魄，陽曰魂。”疏：“附形之靈爲魄，附氣之神爲魂。”玉臺新詠一古詩爲焦仲卿妻作：“我命絶今日，魂去尸長留。”㊁指物類的精靈，如花魂，鳥魂。唐温庭筠温飛卿集九華清宫和杜舍人詩：“杜鵑魂厭蜀，胡蝶夢悲莊。”宋范成大石湖集二三風止詩：“柳魂花魄都無恙，依舊商量作好春。”㊂猶意念，心靈。文苑英華五九八唐許敬宗謝勅書表：“引領天庭，望丹霄而結戀；馳魂魏闕，懼黄落而長違。”唐白居易長慶集十夢裴相公詩：“五年生死隔，一夕魂夢通。”

【魂衣】祭祀時在靈座上按生時安坐之形陳設的亡者遺衣。周禮春服司服“奠衣服”漢鄭玄注：“今坐上魂衣也。”參閲三國魏王肅喪服要記（太平御覽八八六）、唐段成式酉陽雜俎十三尸穸。

【魂車】古喪禮於下葬前依死者生前外出之狀所備的車。儀禮既夕禮“薦車直東榮北輈”漢鄭玄注：“薦，進也。進車者，象生時將行陳駕也，今時謂之魂車。”

【魂帛】古代喪禮，用白絹摺爲長條，交互穿貫，如俗同心結式，上出其首，旁垂兩耳，下垂其餘爲兩足，肖人形，左書死者生年、月、日、時，右書卒年、月、日、時，始死時設之，葬後立主，埋於墓側。見清吴榮光吾學録十六喪禮門二品官喪一。

【魂亭】古時葬儀所用的儀仗。宋陸游放翁家訓：“近世出葬，或作香亭、魂亭、寓人、寓馬之類，一切當屏去。”

【魂魂】㊀衆多貌。猶芸芸。漢揚雄太玄經太玄告：“魂魂萬物。”㊁盛大貌。山海經西山經：“（槐江之山）南望昆侖，其光熊熊，其氣魂魂。”注：“皆光氣炎盛相焜燿之貌。”

【魂樓】墳墓封土。宋陶穀清異録喪葬：“葬處土封，謂之魂樓。”

【魂魄】人的精靈。古代謂精神能離形體而存在者爲魂，依形體而存在者爲魄。左傳昭二五年：“心之精爽，是謂魂魄，魂魄去之，何以能久？”楚辭屈原九歌國殤：“身既死兮神以靈，子魂魄兮爲鬼雄。”

【魂輿】即魂車。文選晉陸士衡（機）挽歌之二：“魂輿寂無響，但見冠與帶。”

【魂靈】即靈魂。又指精神或心意。三國志魏文帝紀黄初三年詔：“存於所以安君定親，使魂靈萬載無危，斯則聖賢之忠孝矣。”元王實甫西廂記一本一折：“似這般可喜娘的龐兒罕曾見，只教人眼花撩亂口難言，魂靈兒飛在半天。”

魁 1. kuí ㄎㄨㄟˊ 苦回切，平，灰韻，溪。

㊀湯勺。説文：“魁，羹斗也。”太平御覽七五八有漢李尤羹魁銘。晉郭璞易洞林：“太子洗馬荀子驥家中以龍銅魁作食欹鳴。”㊁最先，第一。禮檀弓上：“‘請問居從父昆弟之仇，如之何？’曰：‘不爲魁。主人能，則執兵而陪其後。’”注：“魁，猶首也。”凡爲首者皆稱魁。古代科舉制度分五經取士，每經第一名稱經魁；又殿試第一名稱大魁。㊂首領。書胤征：“殲厥渠魁，脅從罔治。”漢書九二游俠傳：“諸公之間陳遵爲雄，閭里之俠原涉爲魁。”㊃高大，魁偉。史記七五孟嘗君傳：“始以薛公爲魁然也，今視之，乃眇小丈夫耳。”㊄小土山。見“魁陵”。㊅蚶的別名。儀禮士冠禮：“素積白屨，以魁柎之。”注：“魁，蜃蛤。”參見“魁蛤”。㊆星名。見“魁星”。

2. kuài ㄎㄨㄞˋ

㊇孤獨貌。通“塊”。漢書六五東方朔傳答客難：“今世之處士，魁然無徒，廓然獨居。”文選作“塊”。

3. kē ㄎㄜ

㊈同“科”。見“魁頭”。

4. kuǐ ㄎㄨㄟˇ 集韻 苦猥切，上，賄韻。

㊉藏。漢揚雄太玄經十太玄告：“玄者神之魁也。”注：“魁，藏也，言神藏於玄之中也。”㊀盤結貌。見“魁瘣”。

【魁士】傑出之士。吕氏春秋勸學：“不疾學而能爲魁士名人者，未之嘗有也。”

【魁父】小山名。列子湯問：“以君之力，曾不能損魁父之丘，如泰山王屋何？”注：“魁父，小山也，在陳留界。”陳留，今河南開封縣。

【魁甲】科舉考試，稱進士第一名爲魁甲。宋史三四七章衡傳：“神宗曰：‘卿爲仁宗朝魁甲，寶文藏御集之處，未始除人，今以之處卿。’”按章衡於仁宗嘉祐二年中進士第一名，故云。明、清殿試進士，榜列取録姓名分三甲，其第一甲三人，第一名稱狀元，故曰魁甲。

【魁杓】指北斗星。以第一星至第四星爲魁，第五星至第七星爲杓。一説以第一星天樞爲魁，第七星摇光爲杓。禮檀弓上“不爲魁”漢鄭玄注：“魁猶首也。天文北斗魁爲首，杓爲末。”漢劉向説苑辨物：“（北辰）以其魁杓之所指二十八宿爲吉凶禍福。”參閲史記天官書、晉書天文志上中宫。

【魁岸】體貌雄偉。猶魁梧。漢書四五江充傳：“充爲人魁岸，容貌甚壯。”文選晉左太沖（思）吴都賦：“其居則高門鼎貴，魁岸豪傑，虞魏之昆，顧陸之裔。”

【魁罡】指北斗星的河魁、天罡二星。晉嵇康嵇中散集八難宅無吉凶攝生論：“百年之宫，不能令殤子壽；孤逆魁罡，不能令彭祖夭。”資治通鑑二二六唐建中元年：“九月，壬午，將作奏宣政殿廊壞，十月魁罔,未可修。"注:"陰陽家拘忌,有天罔、河魁。凡魁罔之月及所繫之地,忌修造。"史炤曰:魁罔者,北斗魁星之氣,十月在戌,爲魁罔。"宋白曰:陰陽氏書謂是歲孟冬爲魁罔,不利修作。"

【魁首】㊀首領。漢荀悅漢紀二八孝哀紀:"閭里之俠,獨(原)涉爲魁首。"魏書刑罰志:"(諸强盜)其不殺人,及贓不滿五匹,魁首斬,從者死。"㊁第一名。元王實甫西廂記四本二折:"秀才是文章魁首,姐姐是仕女班頭。"

【魁柄】比喻朝廷大權。漢書六七梅福傳上書:"今乃尊寵其位,授以魁柄,使之驕逆,至於夷滅,此失親親之大者也。"注:"以斗爲喻也,斗身爲魁。"也借指宰相之位。宋蘇舜欽蘇學士集六代人上申公祝壽詩:"懇牘辭魁柄,開藩密帝扃。"

【魁星】㊀星名。北斗七星中第一至第四爲魁。一說第一星爲魁。見史記天官書"北斗七星"唐司馬貞索隱及"魁枕參首"唐張守節正義。㊁舊時迷信指主宰文運的神。清錢大昕十駕齋養新録十九魁星:"學校祀魁星,於古未之聞也。按新定續志學校門云:'魁星樓爲一學偉觀,前知州吳槃,既勤楳斲,今侯錢可則始丹堊其上,以奉魁星,郡人方逢辰書其扁。'是南宋已有之矣。"

【魁帥】首領,頭目。後漢書光武帝紀下建武十六年:"徙其魁帥於它郡,賦田受稟,使安生業。"晉書江逌傳:"逌到官,召其魁帥,厚加撫接。"

【魁罡】星名,指河魁與天罡。唐馬總意林五引三國吳楊泉物理論:"豈有太一之君,坐於庶人之座;魁罡之神,存於匹婦之室?"明湯顯祖紫釵記十九:"同吉魁罡,走馬升帳。"參見"魁罔"。

【魁堆】高貌。楚辭漢劉向九歎遠逝:"陵魁堆以蔽視兮,雲冥冥而闇前。"

【魁梧】高大貌。史記留侯世家:"余以爲其人計魁梧奇偉,至見其圖,狀貌如婦人好女。"

【魁陸】蚶的別名。即魁蛤。爾雅釋魚:"魁陸。"注:"本草云:'魁狀如海蛤,圓而厚,外有理縱橫,卽今之蚶也。'"參見"魁蛤"。

【魁陵】小土山。國語周下:"夫周,高山、廣川、大藪也,故能生是良材;而幽王蕩以爲魁陵、糞土、溝瀆,其有悛乎?"注:"小阜曰魁。"

【魁偉】體魄壯大貌。後漢書六八郭太(泰)傳:"身長八尺,容貌魁偉,褒衣博帶,周遊郡國。"

【魁蛤】蚶的別名。又名魁陸。產海中,有貝殼,肉味鮮美。肉、殼均可供藥用。參閱政和證類本草二十魁蛤。

【魁解】指科舉制鄉試中式的舉人第一名。唐制,進士由鄉而貢曰解;明、清鄉試本稱解試,遂以鄉試中式的舉人第一名稱魁解,亦稱解元。參閱明史選舉志二。

【魁$_{4}$瘣】樹木根節盤結。爾雅釋木:"枹遒木,魁瘣。"宋邢昺疏:"魁瘣讀若磈磊,謂根節盤結處也。"

【魁$_{3}$頭】以髮縈繞成結,露頭而不戴冠。猶"科頭"。後漢書八五東夷傳:"(馬韓人)大率皆魁頭露紒,布袍草履。"參見"科頭"。

【魁$_{2}$壘】㊀坎坷不平貌。楚辭漢王逸九思憫上:"年齒盡兮命迫促,魁壘擠摧兮常困辱。"壘,一本作"纍"。㊁雄偉。漢書七二鮑宣傳上書諫:"朝臣亡有大儒骨鯁,白首耆艾,魁壘之士。"

【魁$_{2}$櫑】喪樂名。後漢書五行志一"其後天下大亂"南朝梁劉昭注:"風俗通曰:'時京師賓婚嘉會,皆作魁櫑,酒酣之後,續以挽歌。'魁櫑,喪家之樂。"

【魁$_{2}$礧子】木偶戲。見"窟礧子"。

【魁星踢斗】魁爲北斗之一星,科舉時代以魁星踢斗爲文運之兆。奎星爲魁星,於是就"魁"字取象,塑造鬼舉足踢斗之形。後人又借以爲狀騎馬的姿勢。明田汝成西湖遊覽志餘二十:"有飈騎數十轡飛往來,逞弄解數,如魁星踢斗,夜叉探海之屬。"參閱清顧炎武日知録三二魁。

魌 qí ㄑㄧˊ 集韻 渠希切,平,微韻。

㊀星名。楚辭漢劉向九歎遠逝:"合五嶽與八靈兮,訊九魌與六神。"注:"九魌,謂北斗九星也。"宋洪興祖補注:"北斗七星,輔一星在第六星旁,又招搖一星在北斗杓端。"㊁見"魌雀"、"魌堆"。

【魌堆】卽魌雀。楚辭屈原天問:"鯪魚何所?魌堆焉處?"宋洪興祖補注:"按字書'䲀'音'堆',雀屬也。則魌堆卽魌雀也。"參見"魌雀"。

【魌雀】傳說中的惡鳥。山海經東山經:"(北號之山)有鳥焉,其狀如雞而白首,鼠足而虎爪,其名曰魌雀,亦食人。"唐柳宗元柳先生集十四天對魌堆焉處:"魌雀峙北號,惟人是食。"

五畫

魄 1. pò ㄆㄛˋ 普伯切,入,陌韻,滂。

㊀陰神。古時謂人依附形體而又能獨立存在的精神。禮郊特牲:"魂氣歸于天,形魄歸于地。"參見"魂魄"。㊁月初出或將没時的微光。古文作"霸"。書武成:"惟一月壬辰,旁死魄。"又康誥:"惟三月哉生魄。"㊂木名。爾雅釋木:"魄,榽橀。"注:"魄,大木,細葉似檀。"㊃形跡。見"魄兆"。㊄爛食。通"粕"。見"糟魄"。

2. tuò ㄊㄨㄛˋ 他各切,入,鐸韻,透。

㊅落魄,窮困失意。見"落魄"。

3. bó ㄅㄛˊ 集韻 白各切,入,鐸韻。

㊆同"薄"。見"魄$_{3}$莫"、"旁薄"。㊇象聲詞。史記周紀:"有火自上復于下,至于王屋,流爲烏,其色赤,其聲魄云。"

【魄兆】國語晉三:"公子重耳其入乎,其魄兆於民矣。"注:"魄,形也;兆,見也。"本指出現迹象。後泛指徵兆、先兆。三國志蜀馬良傳與諸葛亮書:"聞雒城已拔,此天祚也。尊兄應期贊世,配業光國,魄兆見矣。"

【魄門】肛門。素問五藏別論:"魄門亦爲五藏,使水穀不得久藏。"注:"謂肛之門也;内通於肺,故曰魄門。"

【魄$_{3}$莫】皮肉上的薄膜。禮内則"去其皽爲稻粉"漢鄭玄注:"皽謂皮肉上之魄莫也。"宋楊伯嵒臆乘:"物之虛浮而不堅實者,俗謂之魄莫。"(說郛二一)

魅 mèi ㄇㄟˋ 明祕切,去,至韻,明。

㊀木石之怪。見"魑魅"。㊁鬼怪。荀子解蔽:"明月而宵行,俯見其影,以爲伏鬼也,印(仰)視其髮,以爲立魅也。"後漢書八二下費長房傳:"或在它坐,獨自恚怒,人問其故,曰:'吾責鬼魅之犯法者耳。'"㊂惑亂。孔叢子陳士義:"然内懷容媚諂魅,非大丈夫之節也。"一本作"魁"。

【魅虛】鬼物名。古文苑六漢王延壽夢賦:"乃揮手振拳,雷發電舒,……斫魅虛,捎魍魎。"宋章樵注:"虛,耗鬼也。"虛,一本作"魖"。

魃 bá ㄅㄚˊ 蒲撥切,入,末韻,並。

旱鬼。詩大雅雲漢:"旱魃爲虐,如惔如焚。"山海經大荒北經:"蚩尤請風伯雨師縱大風雨,黃帝乃下天女曰魃,雨止,遂殺蚩尤,魃不得復上,所居不雨。"

七畫

魈 xiāo ㄒㄧㄠ 相邀切,平,宵韻,心。

古謂山林之怪。抱朴子登涉:"山精形如小兒,獨足向後,夜喜犯人,名曰魈。"參見"山魈"。

八 畫

魏 1. wèi 魚貴切,去,未韻,疑。ㄨㄟˋ

㊀古國名。1.西周時的諸侯國。姬姓。在今山西芮城縣。爲晉獻公攻滅,以其地封畢萬。2.戰國時的魏國。畢萬後代魏斯與韓趙分晉,列爲諸侯,建都安邑,國號魏。後遷都大梁,又稱梁。爲秦所滅。㊁朝代名。1.三國魏。公元220—265年。漢末曹操受封爲魏公。獻帝建安二十五年操子丕廢漢稱帝,國號魏,都洛陽。魏主奐咸熙二年司馬炎廢魏稱帝,建晉王朝,魏亡。2.南北朝時魏。公元386—557年。舊史稱後魏或元魏。本稱代,拓跋珪(道武帝)改國號爲魏。天興元年建都平城。至拓跋弘(孝文帝)建武十八年遷都洛陽,二十年改姓元氏。其後又分裂爲東西魏,東魏爲北齊所廢,西魏爲北周所廢。㊂宮門的臺觀。文選漢班孟堅(固)典引:"是以來儀,集羽族於觀魏。"㊃姓。畢公高後畢萬爲晉大夫,封於魏,以國爲氏。見史記魏世家。

2. wéi 集韻 語韋切,平,微韻。ㄨㄟˊ

㊄不動貌。通"巍"。莊子天下:"舍是與非,苟可以免,不師知慮,不知前後,魏然而已矣。"注:"任性獨立。"

【魏收】公元505—572年。北齊鉅鹿下曲陽人。字伯起,小字佛助。機警能文。仕魏及北齊,與溫子昇、邢邵號北朝三才子。收性輕薄,人號爲"驚蛺蝶"。官至尚書右僕射,編修國史,著有魏書,時人以其褒貶不公,故有穢史之稱。北齊書、北史皆有傳。

【魏其】地名。漢縣,屬瑯邪郡。景帝時,吳楚七國反,竇嬰守滎陽,監齊趙兵。七國破,嬰封魏其侯。東漢廢。故城在山東臨沂縣南。

【魏相】公元前?一前59年。漢濟陰定陶人。字弱翁。少學易。初爲茂陵令,後遷河南太守。宣帝時爲丞相,總領衆職,與丙吉同心輔政,皆爲帝所重,封高平侯。漢書有傳。

【魏盈】發怒。方言七:"魏盈,怒也。燕之外郊,朝鮮洌水之間,凡言呵叱者,謂之魏盈。"

【魏紅】牡丹名。宋歐陽修洛陽牡丹記:"魏家花者,千葉肉紅,花出魏相家。"廣羣芳譜三四宋蔡襄李閣使新種洛花詩:"堂下朱欄小魏紅,一枝穠豔占春風。"也作"魏紫"。參見"魏紫姚黄"。

【魏書】北齊魏收撰。一百三十卷。本名後魏書,今但稱魏書。宋時已亡二十九篇,宋劉恕、范祖禹等以他書補之,今本凡一百十四卷。收性輕薄,所著以意爲好惡,故有穢史之稱。但其書實頗詳贍,李延壽修北史,每據收書。十志條貫井然,其中釋老、官氏兩志尤爲創舉。

【魏豹】公元前?一前204年。秦末人。戰國時魏諸公子。魏亡,逃至楚。楚懷王使復魏地,立爲魏王。從項羽入關,被封爲西魏王。後附漢,復叛;漢王使韓信擊之,被俘。又令守滎陽,後爲漢將周苛所殺。史記、漢書有傳。

【魏舒】公元209—290年。晉任城人,字陽元。仕晉武帝爲司徒。能斷大事,爲時人宗仰。祿賜散於九族,家無餘財。舒少養於外家甯氏,甯氏起宅,相者曰後此必出賢甥,舒曰:"當爲外氏成此宅相。"晉書有傳。參見"宅相"。

【魏絳】春秋時晉國大夫,犨之子。卽魏莊子。悼公時,山戎無終子請和,絳因言和戎五利,晉侯乃使絳與諸戎盟。晉無戎患,國勢日振,八年之中,九合諸侯,復興霸業。卒諡莊子(史記魏世家作昭子)。見左傳襄四年、十一年。

【魏脽】脽丘,戰國時爲魏地,故又名魏脽。參見"脽丘"。

【魏源】公元1794—1857年。湖南邵陽人。字默深。清道光二十五年進士,官至高郵知州。讀書精博,治公羊今文之學,與仁和龔自珍並稱龔魏。熟於政典掌故,尤精輿地史學。所著書遍及四部。有書古微、詩古微、聖武記、海國圖志、古微堂集等。編有明代食兵二政錄和皇朝經世文編一百二十卷,意在經世。

【魏彊】複姓。姬姓。春秋晉魏犨(武子)支孫莊子快生彊,其子孫爲魏彊氏。見通志五氏族五以名氏爲氏。

【魏徵】公元580—643年。唐曲城人。後徙家相州內黃。字玄成。少嘗出家爲道士。隋末農民大起義,嘗以十策干李密,隨密降唐,爲太子建成洗馬。秦王世民(太宗)殺建成,引徵爲詹事主簿,官至諫議大夫、祕書監。遇事敢諫,前後陳諫二百餘事,爲太宗所敬畏。貞觀三年詔修梁、陳、北齊、周、隋五史,以徵主修隋書,至十年五史俱成,合稱五代紀傳。卒諡文貞。新、舊唐書均有傳。

【魏禧】公元1624—1681年。清寧都人。字冰叔,又字叔子。與兄際瑞弟禮皆以文章稱,時人稱爲寧都三魏,而禧尤著名。禧文凌厲雄傑。明亡隱居不仕。三魏詩文各有單刻本,後人彙刻爲寧都三魏全集,共八種八十三卷。

【魏縣】縣名,屬河北省。戰國魏武侯別都。漢置縣,屬魏郡。北齊併入昌樂。隋開皇六年復置。唐、宋、明因之。清併入大名縣。辛亥革命後復置。參閱寰宇通志六大名府。

【魏闕】古代宮門外的闕門。爲古代懸布法令的地方。後來也作爲朝廷的代稱。莊子讓王:"身在江海之上,心居乎魏闕之下。"淮南子俶真"魏闕"高誘注:"魏闕,王者門外,闕所以縣教象之書於象魏也。巍巍高大,故曰魏闕。"參見"象魏"、"象闕"。

【魏觀】午門。卽魏闕。清厲荃事物異名錄十四:"闕在門兩旁中央,闕然爲道,故謂之闕,又名魏觀。"

【魏了翁】公元1178—1237年。宋邛州蒲江人。字華父。寧宗慶元五年進士,後知嘉定府,因父喪返里,築室白鶴山下,開門講學,士爭從之。學者稱鶴山先生。官至資政殿大學士、參知政事。南宋之衰,學派變爲門户,詩派變爲江湖,了翁獨窮經學古,自爲一家。著有九經要義、鶴山集等。宋史入儒林傳。

【魏文帝】見"曹丕"。

【魏武帝】見"曹操"。

【魏忠賢】公元1568—1627年。明河間肅寧人。少無賴,喜賭博,不勝,爲羣惡少所苦,恨而自閹,改名李進忠。後復姓,賜名忠賢。萬曆時入宮。朱由校(熹宗)立,勾結熹宗乳母客氏,專權亂政。副都御史楊漣舉發忠賢二十四大罪,反爲忠賢所殺。後大戮東林黨人,黨羽滿朝,生祠遍於各地,諂媚者呼九千歲。朱由檢(思宗)立,貶於鳳陽,道死,詔磔屍。明史有傳。參閱清谷應泰明史紀事本末七一魏忠賢亂政。

【魏象樞】公元1617—1687年。清山西蔚州人。字環溪,又號庸齋。順治三年進士。官至刑部尚書。爲左都御史時,以劾明珠著直聲。治程朱理學,著有儒宗錄、知言錄、寒松堂集。

【魏裔介】公元1616—1686年。清直隸柏鄉人。字石生,號貞庵。順治三年進士,累官至保和殿大學士。前後所奏二百餘疏,多關國家大體。治程朱理學,與魏象樞時稱二魏。著有兼濟堂文集等。

【魏孝文帝】公元467—499年。拓跋氏，名宏，北魏皇帝。即位後大興文治，均民田，制户籍，舉養老籍田之制。建武十八年遷都洛陽，二十年改姓元，力排衆議，改革鮮卑風俗、服制、語言，獎勵和漢族通婚。卒，廟號高祖。魏書、北史有紀。

【魏受禪碑】見"受禪碑"。

【魏紫姚黄】牡丹名。宋歐陽修文忠集十一縣舍不種花……因戲書七言四韻詩："伊川洛浦尋芳徧，魏紫姚黄照眼明。"毛滂東堂詞浣溪沙寒食初晴桃杏皆已零落猶牡丹欲開："魏紫姚黄欲占春，不教桃杏見清明。"魏紫又稱魏紅，出於魏仁溥家，姚黄，出於民姚氏家。

魎 liǎng 良奬切，上，養韻，來。ㄌㄧㄤˇ

古作"兩"。通"蜽"。見"魍魎"。

魌 qī 去其切，平，之韻，溪。ㄑㄧ

醜貌。同"䫏"。見"魌頭"。

【魌頭】狀貌醜惡的面具。周禮夏官方相氏"掌蒙熊皮"漢鄭玄注："蒙，冒也。冒熊皮者，以驚敺疫癘之鬼，如今魌頭也。"亦用假面作樂舞，以慰死者之魂。唐段成式酉陽雜俎十三尸穸："世人死者有作伎樂，名爲樂喪魌頭，所以存亡者之魂氣也。"

魍 wǎng 文兩切，上，養韻，明。ㄨㄤˇ

鬼怪。見"魍魎"。

【魍魎】㊀物怪。傳説山川中的精怪。也作"罔兩"、"蝄蜽"。孔子家語辨物："木石之怪夔魍魎。"參見"罔兩㊂"。㊁影外重陰。文選漢班孟堅(固)幽通賦："恐魍魎之責景兮，羌未得其云已。"注："郭象爲罔兩，司馬彪爲罔浪。罔浪，景外重陰。"參見"罔兩㊀"。㊂飄忽無依。淮南子覽冥："浮游不知所求，魍魎不知所往。"

【魍魎鬼】迷信傳説的水鬼。漢王充論衡訂鬼："顓頊氏有三子，生而亡去爲疫鬼，一居江水，是爲虐鬼；一居若水，是爲魍魎鬼，一居人宫室區隅漚庫，善驚人小兒。"

魋 1. tuí 杜回切，平，灰韻，定。ㄊㄨㄟˊ

㊀獸名。爾雅釋獸："魋，如小熊，竊毛而黄。"㊁惡劣。通"穨"。朝野新聲太平樂府八大都行院王氏粉蝶兒："伴着這魋人物，使似冤魂般相纏，日影般相逐。"

2. zhuī 集韻 傳追切，平，脂韻。ㄓㄨㄟ

㊂通"椎"。見"魋₂結"。

3. cuī ㄘㄨㄟ

㊃高大，突出。通"崔"。見"魋₃峩"、"魋₃顔"。

【魋₃峩】高大和易貌。晉陸雲陸士龍集三贈顧尚書詩："魔容魋峩，孔好已張。"

【魋₂結】髻形如椎。同椎髻。史記九七陸賈傳："尉他魋結箕倨見陸生。"索隱："謂爲髻一撮似椎而結之，故字從結。"也作"魋髻"。文選晉左太沖(思)魏都賦："或魋髻而左言，或鏤膚而鑽髮。"

【魋₃顔】額頭突出。史記七九蔡澤傳："唐舉孰視而笑曰：先生曷鼻，巨肩，魋顔，蹙齃，膝攣。吾聞聖人不相，殆先生乎？"索隱："魋顔，謂顔貌魋回，若魋梧然也。"

十一畫

魔 mó 莫婆切，平，戈韻，明。ㄇㄛˊ

㊀梵語魔羅之簡稱。意譯爲障礙、擾亂、破壞。唐釋玄應一切經音義二一大菩薩藏經天魔："書無此字，譯人義作。梵言魔羅。此翻名障，能爲修道作障礙故。亦言殺者，常行放逸，斷慧命故。或云惡者，多愛欲故也。"㊁佛教指妨礙修行、破壞佛法的邪惡之神。南朝梁釋慧皎高僧傳二鳩摩羅什："初得放光經，始就披讀，魔來蔽之，唯見空牒，什知魔所爲，誓心踰固，魔去字顯，仍習誦之。"㊂愛好入迷。唐白居易長慶集九白髮詩："書魔昏兩眼，酒病沉四肢。"韓偓玉山樵人集殘春旅舍詩："禪伏詩魔歸静域，酒中愁陣出奇兵。"

【魔力】佛家謂天魔之力。指月録："四祖行化至摩突羅國，得度者甚衆。由是魔宫震動，波旬愁怖，竭其魔力，以害正法。"今稱人具有一種吸引之力，使人信服，亦曰魔力。

【魔王】佛家語。羣魔之王，即欲界第六天他自在天之主波旬，常率魔衆向人間妨碍凡人修行事佛。弘明集十四南朝梁釋寶林破魔露布文："故魔王波旬，植愚根於曠始，積迷心於妄境，汎三染之洪波，入邪見之稠林。"參見"波旬"。

【魔母】凶悍的老婦。唐孟棨本事詩嘲戲："中宗朝，御史大夫裴談崇奉釋氏，妻悍妬，談畏如嚴君。常謂人妻有可畏者三。……及男女滿前，視之如九子魔母，安有人不畏九子魔母耶？"

【魔鬼】佛家語。即魔。世俗對正神而言。南史梁本紀中："及中大同元年，同泰寺災，……帝曰：'斯魔鬼也。酉應見卯，金來剋木，卯爲陰賊。鬼而帶賊，非魔何也。'"

【魔道】佛家語。指邪鬼天魔的世界。如云餓鬼道、畜生道，彼等往來之道途。楞嚴經六："縱有多智禪定現前，如不斷婬，必落魔道。"後引申指妨害正法的邪道。也泛指歧途、邪路。紅樓夢九一："都是你自己心上胡思亂想，鑽入魔道裡去了。"

【魔媪】假託鬼神的老婦。南史齊本紀下："(廢帝東昏侯)又曲信小祠，日有十數，師巫魔媪，迎送紛紜。"

【魔障】佛家語。魔王所設的障礙。梵語魔羅，義譯曰障。梵漢雙舉而云魔障。泛指波折、意外。宋董嗣杲英溪集近苦多故坐病乏藥詩："魔障在前無妄想，飢寒隨處肯言貧。"

【魔漿】酒。酗酒傷身，故稱。廣弘明集二六南朝梁武帝斷酒肉文之四："酒是魔漿，故不待言。凡食魚肉噉飲酒者，善神遠離，内無正氣。"

【魔合羅】梵語。也作"摩睺羅"、"摩㑊羅"、"磨喝樂"。一種用土、木、蠟等雕塑的小人像，於七月七夕節供人玩賞，後爲兒童玩具。元曲選孟漢卿魔合羅一："每年家趕這七月七入城來，賣一擔魔合羅。"參見"摩睺羅㊂"。

魑 chī 丑知切，平，支韻，徹。ㄔ

見下。

【魑魅】迷信傳説稱山神、鬼怪。即螭魅。左傳文十八年："投諸四裔，以禦魑魅。"注："魑魅，山林異氣所生，爲人害者。"文選晉孫興公(綽)遊天台山賦序："始經魑魅之塗，卒踐無人之境。"參見"螭魅"。

【魑魅魍魎】魑，山神；魅，怪物；魍魎，水神。亦作"螭魅罔兩"。引申指各種各樣的壞人。三國志吳諸葛恪傳薛綜移文："藜蓧稂莠，化爲善草，魑魅魍魎，更成虎士。"參見"螭魅罔兩"。

十二畫

魖 xū 朽居切，平，魚韻，曉。ㄒㄩ

迷信傳説謂使人耗財的鬼。文選漢揚子雲(雄)甘泉賦："屬堪輿以壁壘兮，捎夔魖而抶獝狂。"注："魖，耗鬼也。"也作"虚"。古文苑六漢王延壽夢賦："斫魅虚，捎魍魎。"注："虚，耗鬼也。"

十四畫

魗 chóu chǒu 市流切,平,尤韻,禪。
ㄔㄡˊ ㄔㄡˇ 昌九切,上,宥韻,穿。
嫌棄。詩鄭風遵大路:"無我魗兮,不寁好也。"傳:"魗,棄也。"漢鄭玄箋訓魗爲惡。疏:"'魗'與'醜'古今字。"

魘 yǎn 於琰切,上,琰韻,影。
ㄧㄢ 於葉切,入,葉韻,影。
㊀夢中驚駭。惡夢。唐韓愈昌黎集二陪杜侍御遊湘西兩寺……詩:"猶疑在波濤,怵惕夢成魘。"段成式酉陽雜俎十異物:"江淮有士人莊居,其子年二十餘,常病魘。"㊁妖邪。見"魘魅"。

【魘魅】舊時迷信,用祈禱鬼神、或暗中詛咒來害人的一種巫術。同"厭魅"。醒世恒言二七:"後母還千方百計,做下魘魅,要他夫妻不睦。"參見"厭₃魅"。

魚部

魚 yú 語居切,平,魚韻,疑。
ㄩˊ
㊀脊椎動物之一,生活於水中,大都身有鱗鰭,卵生,用鰓呼吸。書禹貢:"淮夷蠙珠曁魚。"㊁雙目白色的馬。詩魯頌駉:"有驔有魚,以車祛祛。"傳:"二目白曰魚。"㊂手掌外側隆起處。靈樞經經筋:"手太陰之筋,起於大指之上,循指上行,結於魚後。"㊃唐代用作符信的銅魚符。亦稱銅魚,省作魚。唐姚合姚少監詩集一送右司薛員外赴處州:"懷中天子書,腰下使君魚。"參見"魚符"。㊄星名。屬尾宿。漢書五行志中之下:"其在天文,魚星中河而處,車騎滿野。"㊅姓。出子姓。春秋宋公子魚(目夷)之後,以字爲氏。見風俗通姓氏。唐有魚朝恩。

【魚刀】古代傳說一種鋒利的刀子,古林邑國嗣王范文,少爲人牧羊,於澗中得二鱧魚,持歸化爲石。石有鐵,鍛爲二刀,能斫破石障。文後嗣爲林邑王。見水經注三六温水。明鄺露赤雅下記此故事,作"鱧魚刀"。

【魚子】紙名。唐時四川所產,面呈霜粒,如魚子,曰魚子箋。又稱魚箋。唐李肇國史補下:"紙則有越之剡藤、苔牋,蜀之麻面、屑末、滑石、金花、長麻、魚子、十色箋。"

【魚户】以捕魚爲業的人家。唐白居易長慶集十六東南行一百韻:"吏徵魚户税,人納火田租。"也作"漁户"。唐馮贄雲仙雜記八揚州事迹:"揚州太守圍丘惠會僚友於轉沙亭,集境内漁户,令曰:所得魚多者,有金帛之賞。"

【魚水】魚與水。比喻人之相得。1.夫婦相得和好。管子小問:"(齊)桓公使管仲求甯戚,甯戚應之曰:'浩浩乎!'管仲不知,至中食而慮之。……婢子曰:'詩有之:浩浩者水,育育者魚,未有室家而安召我居。甯子其欲室乎?'"後世稱夫婦和好爲"魚水合歡",本此。元劉庭信新水令春恨:"幾時能够單鳳成雙,錦鴛作對,魚水和諧。"2.君臣相得無間。三國志蜀諸葛亮傳:"於是(先主)與亮情好日密。關羽、張飛等不悦,先主解之曰:'孤之有孔明,猶魚之有水也。'"唐李白李太白詩九讀諸葛武侯傳書懷贈長安崔少府叔封昆季詩:"魚水三顧合,風雲四海生。"

【魚牛】海獸名。初學記三十楊孚臨海水土記:"魚牛象獺,其大如犢子,毛青黃色。其毛似毡,知潮水上下。"(隋書經籍志著録臨海水土記爲三國吴沈瑩撰)。文選晉郭景純(璞)江賦:"爾其水物怪錯,則有潛鵠魚牛,虎蛟鉤蛇。"

【魚石】魚頭骨。卽魚枕、魚魫、魚丁。尚書大傳禹貢:"北海魚劍、魚石。"注:"魚石,(魚)頭中石也。"參見"魚枕"。

【魚目】㊀魚的眼珠子。尚書大傳禹貢:"東海魚須、魚目。"文選南朝梁任彥昇(昉)到大司馬記室牋:"惟此魚目,唐突璵璠。"注:"雒書曰:'秦失金鏡,魚目入珠。'韓詩外傳:'白骨類象,魚目似珠。'"㊁淚眼。唐李賀歌詩編四題歸夢:"勞勞一寸心,燈花照魚目。"清王琦注:"按'燈縈昏魚目',魚目有珠,故以喻含淚珠之目。"

【魚生】粵俗,以魚之鮮活者,洗淨薄切爲片。浸於老醪,加以椒芷,或沃以薑醋等五味食之,謂之魚生。參閱本草綱目四四鱗附録魚膾、清李調元南越筆記十。

【魚米】稱沃土近水、盛産魚米之地,爲魚米之鄉。唐白居易長慶集四鹽商婦:"何況江頭魚米賤,紅鱠黃橙香稻飯。"水滸三五:"我知江州是個好地面,魚米之鄉,特地使錢買將那裏去。"

【魚肉】魚肉任人宰割。比喻被欺凌屠戮。史記項羽紀:"如今人方爲刀俎,我爲魚肉。"又一〇七灌夫傳:"太后怒不食,曰:'今我在也,而人皆藉我弟,令我百歲後,皆魚肉之矣!'"

【魚防】防止魚游出的堤埂或竹木欄栅。文選三國魏劉公幹(楨)公讌詩:"清川過石渠,流波爲魚防。"宋陳師道後山詩注八秋懷之四:"梨埒當千户,魚防擁萬頭。"

【魚步】地名。江河水邊叫步。步或作"埠",又作"浦"。舊題南朝梁任昉述異記下:"吴江中又有魚步、龜步。湘中有靈妃步。昉案吴楚間謂浦爲步,語之訛耳。"魚步,卽漁浦,在今浙江富陽縣東南。五代錢鏐拒劉漢宏水軍,由魚浦出,卽此。見嘉慶一統志二八三杭州府一山川。

【魚尾】㊀古時宮殿屋脊上的飾物。漢以宮殿多火災,據術者之説,爲魚尾星之象以禳之。見宋彭乘墨客揮犀五。也作"鴟尾"。見該條。㊁古時腰帶向下揷垂頭之飾,唐曰鉈尾,宋曰魚尾,合呼撻尾。見五代後唐馬縞中華古今注上文武品階腰帶、新唐書車服志。㊂古代書頁中縫有▼字形象魚尾的標記,用以間隔文字,俗稱魚尾。宋元版書,書名皆在魚尾以下,明版書一般皆在魚尾以上。明湯顯祖牡丹亭冥判:"則見没掂三展花分魚尾册,無賞一挂日子虎頭牌。"㊃舊時相士謂人眼角的紋爲魚尾。金瓶梅二九:"你行如擺柳,必主傷妻;魚尾多紋,定終須勞碌。"

【魚伯】㊀河神名。亦稱水君。晉崔豹古今注中:"水君狀如人,乘馬,衆魚導從。一名魚伯,大水有之,漢末有人於河際見之。"㊁蟲名。卽"青蚨"。抱朴子對俗:"魚伯識水旱之氣,蜉蝣曉潛泉之地。"唐段成式酉陽雜俎續集八支動:"青蚨似蟬,而狀稍大,……一名魚伯。"參見"青蚨"。

【魚官】古時守魚的官。三國時,孟仁爲吴監池司馬,自能結網,手以捕魚,作鮓寄母。母還之,並告以"汝爲魚官,而以鮓寄我,非避嫌也"。見三國志吴孫晧傳"司空孟仁卒"注引吴録。元杜本谷音上宋汪涯江行詩之一:"江陵白魚如斫玉,挂席獨去風日寒。封題兩甕寄白髮,兒涯不是作魚官。」

【魚花】卽魚苗。清李調元南越筆記十魚花:「魚花產於西江。粤有三江,惟西江多有魚花。南海有九江村,其人多以撈魚花爲業,曰魚花户。……子曰花者,以其在藻荇之間若生。又方言,凡物之微細者,皆曰花也。亦曰魚苗。」參見「魚苗」。

【魚枕】魚頭骨,似篆書丁字,亦稱魚丁。爾雅釋魚:「魚枕謂之丁。」注:「枕在魚頭骨中,形似篆書丁字,可作印。」亦用以飾冠,叫「魚枕冠」。宋蘇軾東坡集四十魚枕冠頌:「瑩淨魚枕冠,細觀初何物。」枕,本草作「魫」。

【魚門】春秋時邾國的城門名。左傳僖二二年:「公及邾師戰於升陘,我師敗績。邾人獲公冑,縣諸魚門。」注:「魚門,邾城門。」北周庾信庾子山集二哀江南賦:「冑落魚門,兵塡馬窟。」

【魚虎】㊀水鳥名。產江淮間。大者名翠鳥;小者謂之翠碧,一名魚虎,一名魚師,一名魚狗,能捕食魚,故名。穴土爲窠,大如燕,長喙短足,羽色青翠,可爲飾。宋陸游劍南詩稿二二園中雜詠之二:「魚虎飛照水,意若愛翠裾。」參閱宋陸佃埤雅九、本草綱目四七禽一魚狗。㊁魚名。又名土奴魚。生南海,頭如虎,背皮如猬,有刺,着人如蛇蛟。見本草綱目四四鱗四魚虎。

【魚舍】積柴木水中以使魚棲息之所。古曰槮,亦稱涔、潛。見爾雅釋器「槮謂之涔」疏。參見「槮㊁」、「涔」。

【魚服】㊀用魚獸皮製成的裝箭器。詩小雅采薇:「四牡翼翼,象弭魚服。」箋:「服,矢服也。」疏:「以魚皮爲矢服,故云魚服。魚皮,左傳曰:『歸夫人魚軒。』服虔云:『魚,獸名。則魚皮又可以飾車也。』」參閱三國吳陸璣毛詩草木鳥獸蟲魚疏下象弭魚服。㊁喻常人服飾。見「白龍魚服」。

【魚狗】鳥名。見「魚虎㊀」。

【魚毒】芫花别名。漁民以投水中,魚中毒而死,浮出水面,故稱。爾雅釋木:「杬,魚毒。」參見「杬㊀」、「芫㊀」。

【魚契】符信之屬,亦曰魚符。新唐書車服志:「魚契所降,皆有敕書。」宋代木契亦爲發兵之憑證。其制上下題『某處契』,中剖之,上三枚中爲魚形,題一、二、三。下一枚中刻空魚,令可契合。所在驗上下契合,卽發兵。又有香檀魚契,爲皇城司所用。分左右,刻魚形鑿枘相合,縷金爲文,合契爲信。參閱宋王應麟玉海八五皇佑文德殿魚契、宋史兵志十。參見「魚符」。

【魚苗】魚卵最初化出來的幼魚。亦稱魚花。其稍大者曰魚秧。參閱宋葉夢得避暑録話下、本草綱目四四鱗三附録魚子。

【魚英】鏤花魚腦骨製成的器具。宋陶穀淸異録器具:「劉鋹僞宫中有魚英托鏤椰子立壺四隻,各受三斗。」(説郛六一)

【魚海】㊀湖澤名。又名魚海子,卽古之休屠澤、白亭海。在今甘肅省民勤縣東北之阿拉善右旗境。參閱嘉慶一統志二六七涼州府一山川休屠澤。參見「休屠㊁」、「白亭」。㊁城名。卽魚海所在地。唐代爲兵爭之地。唐杜甫杜工部草堂詩箋十五秦州之十九:「鳳林戈未息,魚海路常難。」岑參岑嘉州詩七獻封大夫破播仙凱歌之四:「洗兵魚海雲迎陣,秣馬龍堆月照營。」參閱新唐書玄宗紀天寶元年。

【魚素】書信。元方回桐江續集二十贈吕肖卿詩之三:「湓浦稀魚素,陽山杳雁程。」明王世貞弇州山人四部稿四一答滁陽羅太僕詩:「忽報江秋魚素到,似言山色馬曹多。」參見「魚書」。

【魚軒】以魚獸皮爲飾的車子,古時貴婦人所乘用。左傳閔二年:「歸夫人魚軒。」唐王維王右丞集六故南陽夫人樊氏輓歌之一:「錦衣餘翟紱,繡轂罷魚軒。」後世也用以代指夫人。宋王鞏聞見近録:「李文靖(沆)端默寡言,堂下花檻頹圮,經歲不問。魚軒一日語之,文靖不答。」此指沆妻(説郛七五)。

【魚栽】魚秧。元詩選袁士元書林外集七借韻詠城南書舍呈倚雲樓公:「閒種石田供鶴料,旋開園沼買魚栽。」

【魚書】㊀玉臺新詠一漢蔡邕飲馬長城窟行:「客從遠方來,遺我雙鯉魚。呼兒烹鯉魚,中有尺素書。」唐詩紀事四八韋皋贈玉簫:「長江不見魚書至,爲遣相思夢入秦。」㊁唐代起軍旅、易官長,發銅魚符,附以敕牒,故兼名魚書。唐陸贄翰苑集二冬至大禮大赦制:「刺史停替,須待魚書。」參閱宋程大昌演繁露一左符魚書。

【魚孫】複姓。子姓,春秋宋公子目夷字子魚,其後以魚孫爲氏。漢有魚孫登。見元和姓纂二魚。

【魚秧】魚苗之稍大者。明黃省曾魚經種:「今之俗惟購魚秧。其秧也漁人泛大江乘潮而布網取之者。初也如針鋒然,乃飼之以雞鴨之卵黃,或大麥之麩屑,或炒大豆之末。稍大則鬻魚池養之家。」參見「魚苗」。

【魚師】㊀古時掌管捕魚的官屬。也作「漁師」。禮月令季夏之月:「命漁師伐蛟,取鼉,登龜,取黿。」唐六典二三河渠署:「長上魚師十人,短番魚師一百二十人,明資魚師一百二十人。」㊁鳥名。善捕食魚。見「魚虎」。㊂魚名。大者有毒,食之殺人。見本草綱目四四鱗四魚師。

【魚梁】㊀一種捕魚設置。用土石横截水流,留缺口,以笱承之,魚隨水流入笱中,不得復出。詩邶風谷風:「毋逝我梁,毋發我笱。」晉陶侃作魚梁吏,嘗以坩鮓餉母。見世説新語賢媛。宋書羊玄保傳附兄子希:「凡是……及陂湖江海魚梁鰌鮆場,常加工修作者,聽不追奪。」㊁城名。在今江西省萬安縣南十里。南朝梁末李遷仕遣其將入贛石城魚梁,卽此。參閱讀史方輿紀要八七吉安府萬安縣遂興城。

【魚眼】俗以湯之未沸者爲盲湯,初沸曰蟹眼,漸大曰魚眼。北魏賈思勰齊民要術七白醪麴:「釀白醪法,取糯米一石,冷水淨淘,漉出著甕中,作魚眼沸湯浸之。」唐白居易長慶集六三睡後茶興憶楊同州詩:「沫下麴塵香,花浮魚眼沸。」

【魚貫】指連續而進,如魚羣相接。三國志魏鄧艾傳:「山高谷深,至爲艱險,……艾以氈自裹,推轉而下,將士皆攀木緣崖,魚貫而進。」

【魚笱】捕魚器。曲竹爲之,承魚梁之口,魚隨水流,落入其中。唐杜甫杜工部草堂詩箋三十秋日夔府詠懷奉寄鄭監李賓客一百韻:「兒去看魚笱,人來坐馬韉。」參見「笱」。

【魚符】隋唐朝廷頒發的符信,雕木或鑄銅爲魚形,刻書其上,剖而分執之,以備符合爲憑信,謂之魚符,亦曰魚契。隋開皇九年,始頒木魚符於總管刺史,雌一雄一。唐用銅魚符,所以起軍旅,易官長;又有隨身魚符,以金、銀、銅爲之,分别給親王及五品以上官員,所以明貴賤,應徵召。參閱唐六典八符寶郎主節、唐律疏議十六釋文魚符、宋王楙野客叢書二八郡守左符。

【魚袋】唐制,五品以上官員,給隨身魚符,皆盛以袋,謂之魚袋。三品以上飾以金,五品以上飾以銀。刻姓名者,去官納還,不刻者傳佩相付。景雲中,詔衣紫者魚袋以金飾之;衣緋者以銀飾之。開元中,許致仕者佩魚終身,自是百官賞緋、紫必兼魚袋,謂之章服。宋因之,其制以金銀飾爲魚形，公服則繫於帶而垂於後，以明貴賤。不復如唐之符契。參閱唐會要三一魚袋、宋史輿服志五魚袋。

【魚婦】古代神話人死復生化爲魚，名魚婦。山海經大荒西經："有互人之國，炎帝之孫，名曰靈恝。靈恝生互人，是能上下于天。有魚偏枯名曰魚婦，顓頊死卽復蘇，風道北來，天乃大水泉，蛇乃化爲魚，是爲魚婦。"

【魚勞】詩周南汝墳"魴魚赬尾"漢毛亨傳："魚勞則尾赤。"箋："君子仕於亂世，其顏色瘦病如魚勞。"借以指人的奔波勞頓。唐李商隱李義山文集三爲張周封上楊相公："擊水三千，暫隨鵬運；澄流十二，免使魚勞。"

【魚雁】魚與雁。古傳魚雁都能傳遞書信，後卽用以指代書信。宋晏幾道小山詞生查子："關山魂夢長，魚雁音塵少。"參見"魚書"、"雁足"。

【魚稅】漁户所納之稅。也作魚賦、魚課，魚租。唐白居易長慶集十六東南行……詩："吏徵魚户稅，人納火田租。"宋王禹偁小畜集十送融州任巽户曹詩："吏供版籍多魚稅，民種山田見象耕。"

【魚腊】乾魚。周禮天官外饔："陳其鼎俎，實之牲體、魚腊。"禮禮器："三牲、魚腊，四海九州之美味也。"

【魚復】地名。今四川奉節縣東部。春秋時爲庸國的魚邑。秦置魚復縣。東漢公孫述據蜀，遷於白帝山上，易名白帝。三國蜀劉備與吳戰，敗歸於此，改稱永安。晉初復名魚復。西魏改爲人復。唐貞觀二十三年改今名。三峽起於此。明何宇度益部談資下："魚復，卽夔地，謂鰉魚至此復回不上也。"參閱讀史方輿紀要六九夔州府。

【魚婢】㊀見"妾魚"、"婢妾魚"。㊁泛指一般幼魚。宋陸游劍南詩稿五十村居書事之二："春深水暖多魚婢，雨足年豐少麥奴。"

【魚須】鮫魚之皮。須爲頒的訛字，頒與"斑"通，魚皮有斑，可以爲飾，故大夫用以飾笏。禮玉藻："笏，天子以球玉，諸侯以象，大夫以魚須文竹，士竹本，象可也。"釋文："崔云：用文竹及魚斑也。……須音班。"唐李賀歌詩編二酒罷張大徹索贈詩時張初效潞幕："往還誰是龍頭人，公主遣秉魚須笏。"

【魚豢】人名。三國魏京兆人。爲魏郎中，他無可考。撰魏略三十八卷，紀傳體，至魏明帝止。其書已亡。就三國志注、世說新語注及類書所引，材料至爲繁富，列傳多以傳主品格學行分類標目，有儒、清公、游說、純固、勇俠、苛吏、知足等，尤爲特色。

【魚鼓】㊀卽木魚。以木爲之，中空，魚形。舊時佛寺所用。有二種。一種小而圓，僧衆誦經時擊之以成節奏。一種大而長，空懸，擊之以報時，亦稱魚梆。宋蘇轍欒城集三集二上元夜適勸至西禪觀燈詩："更到西禪何所問，隔牆魚鼓正登登。"宋陸游劍南詩稿六眉州郡燕大醉中間道馳出城宿石佛院："徑投野寺睡正美，魚鼓忽報江天明。"㊁元代創始的樂器。截竹爲筩，長三四尺，以皮冒其首，用兩指擊之。參閱續文獻通考一〇九樂器魚鼓。

【魚飧】魚做的食物。一說卽魚羹。公羊傳宣六年："(勇士)俯而闚其(趙盾)户，方食魚飧。勇士曰：'嘻，……子爲晉國重卿，而食魚飧，是子之儉也。'"後以魚飧爲生活清苦之典。晉書吳隱之傳詔："非己絜素，儉愈魚飧。夫處可欲之地而能不改其操；饗惟錯之富而家人不易其服；革奢務嗇，南域改觀，朕有嘉焉。"

【魚睨】魚視。借以比人瞪目而視。南朝梁劉勰文心雕龍二樂府："雅詠温恭，必欠伸魚睨；奇辭切至，則拊髀雀躍。"清紀昀評："魚睨似是瞪視之貌，魚目不瞬故也。"

【魚鈐】武略。魚，魚符；鈐，韜鈐，指軍事謀略。唐詩紀事十五許景先送張說巡朔方應制："龍虎三軍氣，魚鈐五校名。"文苑英華三九六唐蘇頲授韋希仲宗正卿制："宜輟魚鈐之委，敍於麟族之盟。"參見"韜鈐"。

【魚腸】㊀古寶劍名。吳越春秋三王僚使公子光傳："使專諸置魚腸劍炙魚中進之。"意謂極小之匕首，可藏置於魚腹中。一說謂劍之文理屈襞蟠曲若魚腸。見淮南子脩務"夫純鉤魚腸之始下型，擊之不能斷，刺之不能入"漢高誘注。參閱宋沈括夢溪筆談十九器用。㊁竹名。藝文類聚八九南朝梁簡文帝脩竹賦："玉潤桃枝之麗，魚腸雲母之名。"

【魚鳧】傳說古蜀王名。文選晉左太沖(思)蜀都賦"抗峨嵋之重阻"晉劉逵注引漢揚雄蜀王本紀："蜀王之先，名蠶叢、栢濩、魚鳧、蒲澤、開明。"唐李白李太白詩三蜀道難："蠶叢及魚鳧，開國何茫然。"今四川溫江縣北有魚鳧城，相傳爲蜀王魚鳧所都。參閱嘉慶一統志三八五成都府二古蹟。

【魚臺】縣名。屬山東省。春秋時爲魯國棠邑。隱公五年觀魚於棠，因名魚臺。秦置方與縣，漢屬山陽郡。唐寶應元年改爲魚臺。因縣北有魯侯觀魚臺而名。參閱太平寰宇記十四單州。

【魚際】人體經穴名。在大指本節後内側陷中。素問氣府論："手足諸魚際脈氣所發者，凡三百六十五穴也。"

【魚箋】㊀紙名。卽魚子箋。唐王勃王子安集一七夕賦："握犀管，展魚箋。"王維王右丞集八送李員外賢郎詩："魚牋請詩賦，橦布作衣裳。"參見"魚子"。㊁魚箋作書信，泛指書信。全唐詩三三二羊士諤寄江陵韓少尹："蜀國魚箋數行字，憶君秋夢過南塘。"樂府羣玉一元任昱寨兒令書所見曲："碧波深不寄魚箋，翠衾寒猶帶龍涎。"

【魚潰】内潰。猶魚爛。後漢書五七劉陶傳鑄大錢議："八方分崩，中復魚潰。"宋書謝晦傳奉表："置軍則魚潰，嬰城則鳥散。"

【魚齒】山名。在今河南省寶豐縣東南。左傳襄十八年"楚師伐鄭，次於魚陵"晉杜預注："魚陵，魚齒山也。"又："子庚門於純門，信於城下而還，涉於魚齒之下。"北周庾信庾子山集二哀江南賦："地平魚齒，城危獸角。"參閱嘉慶一統志二二四汝州一山川。

【魚魯】謂文字因形近而傳寫、刊刻的訛誤。抱朴子遐覽："書三寫，魚成魯，虛成虎。"文苑英華一二六南朝梁元帝玄覽賦："先鉛擿於魚魯，乃紛定於陶陰。"參見"魯魚"、"魯魚帝虎"。

【魚魫】㊀魚腦骨。卽魚枕。詳"魚枕"。㊁香草名。建蘭的一種。宋趙時庚金漳蘭譜品外之奇："魚魫蘭十二萼，花片澄澈，宛如魚魫。采而沈之水中，無影可指。葉頗勁綠，此白蘭之奇品也。"(說郛六三)

【魚膠】用魚鰾做的黏膠，古多用膠弓。周禮考工記："弓人爲弓，……魚膠餌。"

【魚龍】古雜戲。文選南朝宋鮑明遠(照)蕪城賦："吳蔡齊秦之聲，魚龍爵馬之玩，皆薰歇燼滅，光沉響絕。"唐元稹長慶集十代曲江老人百韻："魚龍華外戲，歌舞洛中嬪。"參見"魚龍漫衍"、"魚龍雜戲"。

【魚燈】魚形的燈。藝文類聚八三有三國魏殷巨鯨魚燈賦。又南朝梁元帝對燭賦："本知龍燭應無偶，復訝魚燈有舊名。"

【魚燭】人魚膏做的燭。史記秦始皇紀："葬始皇酈山，……以人魚膏爲燭，度不滅者久之。"文苑英華二王捧珪日賦："至若熒火聚燃，魚燭並爇，明月高映，繁星遠列，爭散彩以炫晃，兢騰暉以照晣。"

【魚麗】軍陣名。左傳桓五年："秋，(周)王以諸侯伐鄭，鄭伯禦之……祭仲足爲左拒，原繁、高渠彌以中軍奉公，爲魚麗之陳。先偏後伍，伍承彌縫。"注："司馬法：車戰二十五乘爲偏，以車居前，以伍次之，承偏之隙，而彌縫缺漏也，五人爲伍。此蓋魚麗陳法。"釋文："麗，力之反。"文選漢張平子(衡)東京賦："火烈具舉，武士星敷，鵝鸛、魚麗，箕張翼舒。"

【魚繭】紙名。卽魚子牋與蠶繭紙。唐韓愈昌黎集八城南聯句："書饒罄魚繭，紀盛播琴箏。"

【魚藻】詩小雅篇名，共三章，每章以"魚在在藻"爲起句，故名。詩小雅魚藻小序謂爲詩人刺幽王而作。隋書薛道衡傳："道衡既至，上高祖文皇帝頌……(煬)帝覽之不悅，顧謂蘇威曰：'道衡致美先朝，此魚藻之義也。'"

【魚孽】迷信的人對有關魚類的某種不常見的現象，傅會人事、預言災異，稱爲魚孽。漢書五行志中之下："史記秦始皇八年，河魚大上，劉向以爲近魚孽也。"晉書五行志魚孽："魏齊王嘉平四年五月，有二魚集於武庫屋上，此魚孽也。"

【魚爛】魚爛自內發，比喻由內亂而覆亡。公羊傳僖十九年："其言梁亡何？自亡也。其自亡奈何？魚爛而亡也。"史記秦始皇紀："河決不可復壅，魚爛不可復全。"

【魚鱗】㊀魚身上的鱗片。楚辭屈原九歌河伯："魚鱗屋兮龍堂，紫貝闕兮朱宮。"注："言河伯所居，以魚鱗蓋屋，堂上畫蛟龍之文；紫貝作闕，朱丹其宮。"㊁密集相次貌。史記九二淮陰侯傳："天下初發難也，俊雄豪傑建號壹呼，天下之士雲合霧集，魚鱗雜遝，熛至風起。"㊂軍陣名。漢書七十陳湯傳："步兵百餘人夾門魚鱗陳。"注："言其相接次，形若魚鱗。"全唐詩三七王績圍棋斷句："魚鱗張九拒，鶴翅擁三邊。"

【魚鷹】鳥名，又名水老鴉，善捕魚，身全黑，嘴足黃色，如鵝而小，空中視波間甚的，捷於他鳥，聲清烈。見宋王質林泉結契二魚鷹。一說詩國風之雎鳩、王鳩，江表人呼爲魚鷹，見禽經(說郛十五)。

【魚蠹】書中之蠹，銀色，如魚，故稱魚蠹。又指書籍爲蠹魚所蛀蝕。宋陸游劍南詩稿七題明皇幸蜀圖："老臣九齡不可作，魚蠹蛛絲金鑒篇。"宋詩紀事五三徐似道舟行："書緘一箱半魚蠹，詩束百軸成牛腰。"

【魚鹽】盛產魚鹽，自古視爲大利。周禮夏官職方氏："東北曰幽州，……其利魚鹽。"因稱濱海斥鹵之地曰魚鹽之地。戰國策齊一："獻魚鹽之地三百里於秦也。"

【魚鑰】魚形的門鎖。玉臺新詠七南朝梁簡文帝秋閨夜思："夕門掩魚鑰，宵牀悲畫屏。"唐丁用晦芝田錄："門鑰必以魚者，取其不瞑目守夜之義。"(類說十一)

【魚玄機】唐長安人。字幼微，一字蕙蘭，咸通中爲李億妾，以不容於大婦，出家咸宜觀爲女道士，與名士李郢、溫庭筠篇什酬酢。後以笞殺女童綠翹，爲京兆尹溫章所殺。有詩一卷。見唐詩紀事七八魚玄機、元辛文房唐才子傳八魚玄機。

【魚兒濼】湖名。在今河北張北縣境內。金史地理志上載撫州柔遠縣有大漁濼，卽此湖。清時柔遠爲鑲黃旗牧廠地。其地有興和故城，魚兒濼卽在此故城西。濼，今作"泊"。參閱嘉慶一統志五四八牧廠。

【魚海子】湖名。詳"魚海㊀"。

【魚涪津】津名。在今四川夾江縣西北。後漢建武十二年春，吳漢與公孫述將魏黨、公孫永戰於魚涪津，大破之。卽此。見後漢書郡國志五犍爲郡、又十八吳漢傳。

【魚朝恩】公元722—770年。唐瀘州瀘川人。宦官。玄宗天寶末，以品官給事黃門，至德初，監李光進軍。後爲觀軍容、宣慰、處置使，觀軍容使自朝恩始。洛陽平，封馮翊郡公。寶應中，以軍迎代宗於華陰，更號天下觀軍容、宣慰、處置使，專領神策軍。復詔判國子監，兼鴻臚、禮賓等使。勢傾朝野，濫肆捕殺無辜，籍沒貲產，積財鉅萬，代宗嫉其跋扈，縊殺之。新、舊唐書有傳。

【魚媚子】宋太宗淳化三年，京師民間婦女競剪黑光紙團靨，又裝鏤魚腮中骨，用以飾面，號魚媚子。見宋史五行志三。

【魚腥草】草名。本名蕺菜。因葉有腥氣，故俗呼魚腥草。可供蔬食。元詩鈔汪復亨南樓客觀鄉友燕集："牆陰綠長魚腥草，樓外紅鮮鳳尾花。"參見"蕺"。

【魚腦凍】石名。可製硯。其石痕若有生氣，狀如澄潭月漾者，名魚腦凍。見清何傳瑤寶研堂研辨。

【魚蠻子】漁夫。宋蘇軾分類東坡詩二五魚蠻子："人間行路難，踏地出賦租。不如魚蠻子，駕浪浮空虛。"宋陸游老學庵筆記一："張芸叟(舜民)作漁父詩曰：'家在耒江邊，門前碧水連，小舟勝養馬，大罟當耕田，保甲元無籍，青苗不著錢。桃源在何處，此地有神仙。'蓋元豐中謫官湖湘時所作，東坡取其意爲魚蠻子云。"

【魚皮韃子】見"赫哲"。

【魚目似珠】魚目似珠而非珠，以假亂真之意。文選南朝梁任彥昇(昉)到大司馬記室牋："惟此魚目"注引韓詩外傳："白骨類象，魚目似珠。"也作"魚目混珍"。唐李白李太白詩七鳴皋歌送岑徵君："蝘蜓嘲龍，魚目混珍。"

【魚魚雅雅】整齊貌。雅，通"鴉"。魚行成貫，鴉飛成陣，故有此語。唐韓愈昌黎集一元和聖德詩："天兵四羅，旂常婀娜，駕龍十二，魚魚雅雅。"參閱明楊慎升庵詩話一魚魚雅雅。

【魚游釜中】比喻危亡在卽。後漢書五六張皓傳附張綱："遂復相聚偷生，若魚游釜中，喘息須臾間耳。"亦作"魚游沸鼎"。文選南朝梁丘希範(遲)與陳伯之書："而將軍魚游於沸鼎之中，鷰巢於飛幕之上，不亦惑乎！"

【魚網鴻離】詩邶風新臺："魚網之設，鴻則離之。"箋："設魚網者，宜得魚，鴻乃鳥也，反離焉。"離，通"罹"，遭受之意。後以喻人受無妄之災。聊齋誌異臙脂："越壁入人家，止期張有冠而李借；奪兵遺繡履，遂教魚脫網而鴻離。"

【魚質龍文】謂虛有其表。與"羊質虎皮"同義。抱朴子吳失："夫魚質龍文，似是而非，遭水而喜，見獺卽悲。"

【魚龍混雜】唐羅隱甲乙集四西塞山詩："波闊魚龍應混雜，壁危猨狖正奸頑。"後以喻品質不一的人混雜在一起。元詩選三集方行東軒集送賈彥臨訓導霍丘："天近君門嚴虎豹，地寬人海混魚龍。"

【魚龍漫衍】變幻的戲術。漢書西域傳贊："作巴俞都盧、海中碭極、漫衍魚龍、角抵之戲以觀視之。"注："漫衍者，卽張衡西京賦所云'巨獸百尋，是爲漫延'者也。魚龍者，爲舍利之獸，先戲於庭極，畢乃入殿前激水，化成比目魚，跳躍漱水，作霧障日，畢，化成黃龍八丈，出水敖戲於庭，炫燿日光。西京賦云'海鱗變而成龍'，卽爲此色也。"

【魚龍雜戲】唐時京城長安等地盛行魚龍漫衍及角觝之戲，叫魚龍雜戲，也叫魚龍百戲。唐陳子昂陳伯玉集一洛城觀酺應制："雲鳳休徵滿，魚龍雜戲來。"張說張燕公集一侍宴隆慶池應制詩:"魚龍百戲紛容與,鳧鷁雙舟較泝洄。"參見"魚龍漫衍"。

【魚頭參政】宋魯宗道授參知政事,立朝剛正,嫉惡敢言,樞密使曹利用恃權驕橫,宗道屢於帝前折之,爲貴戚用事者所憚,目爲魚頭參政。蓋因其姓,且言骨鯁如魚頭。見宋歐陽修歸田録一、宋史二八六魯宗道傳。

【魚爛土崩】喻因内亂而覆滅。前漢紀孝惠帝紀:"百姓一亂,則魚爛土崩莫之匡救。"唐駱賓王集九又破設蒙儉露布:"自辰踰午,魚爛土崩。"

【魚鱗圖册】宋設保甲、保伍之法,繪爲魚鱗圖册。以比户計之。凡居處嚮背,山川遠近,如指諸掌,備載每户之長幼姓名、年齡、生業。至明洪武二十年,命國學生武淳等分行州縣,隨糧定區,量度田畝,圖其方圓,悉書主名及田之四至,編彙成册,狀如魚鱗相次,故名。參閲宋樓鑰攻媿集九五寶謨閣待制贈通議大夫神道碑、又一〇四知梅州張君墓誌銘、明田藝蘅留青日札摘抄四非民風。

一畫

魟 yà 烏黠切,入,黠韻,影。 ㄧㄚˋ

見"鱴魟"。

二畫

魜 rén 玉篇 而真切。 ㄖㄣˊ

魚名。卽海中人魚。南齊書四一張融傳海賦:"鱺魜鱝鯖。"正字通"魜":"人魚加人作'魜',猶牛魚加牛作'鮇'。"參見"人魚"。

三畫

魟 hōng 呼東切,平,東韻,曉。 ㄏㄨㄥ

魚名。卽海鷂魚。一名鯆魮。形圓似扇,無鱗,口在腹下,尾長於身。尾端有刺甚毒。魟字或作"鮏"。參閲明馮時可雨航雜録下。參見"鯆魮"。

魦 xiǎo 私兆切,上,小韻,心。 ㄒㄧㄠˇ

魚名。見玉篇。一説細魚。宋詩鈔劉子翬食蠣房詩:"鱗鰭鰋鯉鰻,鰛鮪鰍魴鯽,鯆鯆而魦小,瑣尤難盡述。"

魠 tuō 他各切,入,鐸韻,透。 ㄊㄨㄛ

魚名。史記一一七司馬相如傳上林賦:"鰅鰫鰬魠。"漢書引郭璞注:"魠,鰔(鰜)也,一名黄頰。"

魡 1. dí 都歷切,入,錫韻,端。 ㄉㄧˊ

㊀魚名。見廣韻。

2. diào 玉篇 丁叫切。 ㄉㄧㄠˋ

㊁同"釣"。墨子魯問:"魡者之恭,非爲魚賜也。"莊子刻意:"魡魚閒處。"釋文本作"釣"。

四畫

魧 gāng háng 古郎切,平,唐韻,見。 ㄍㄤ ㄏㄤˊ 胡郎切,平,唐韻,匣。

㊀大貝。爾雅釋魚:"貝居陸賆,在水者蜬,大者魧。"注:"尚書大傳曰:'大貝如車渠。'車渠謂車輞,卽魧屬。"㊁白魚子。晉崔豹古今注中魚蟲:"魧子,一名魚子,好羣浮水上,曰白萍。"參見"白萍"。

魴 fáng 符方切,平,陽韻,並。 ㄈㄤˊ

魚名。一名鯿魚。詩陳風衡門:"豈其食魚,必河之魴?"三國吳陸璣毛詩草木鳥獸蟲魚疏下維魴及鱮:"魴,今伊洛濟潁魴魚也。廣而薄,肥恬而少力,細鱗,魚之美者。"參見"鯿"。

魫 shěn 式任切,上,寢韻,審。 ㄕㄣˇ

魚腦骨。可爲飾。元袁桷清容居士集十馬伯庸擬李商隱無題次韻詩之一:"春淺正宜氈作幕,夜涼深恨魫爲窗。"

【魫燈】以魚腦骨架製成的燈。元周密武林舊事二燈品:"外此有魫燈,則刻鏤金珀玳瑁以飾之。"明親王儀仗有魫燈。見明史儀衛志。

魭 1. yuán 集韻 愚袁切,平,元韻。 ㄩㄢˊ

㊀同"黿"。孟子盡心下"簞食豆羹見於色"漢趙岐注:"鄭公子染指魭羹之類。"左傳宣四年作"黿"。

2. wǎn 集韻 五管切,上,緩韻。 ㄨㄢˇ

㊁見"魭斷"。

【魭₂斷】同"輐斷"。無稜角鋒芒貌。謂雖斷而甚圓,不見決裂之迹。卽與物宛轉之意。莊子天下:"常反人,不見觀,而不免於魭斷。"參見"輐斷"。

魬 bèi 博蓋切,去,泰韻,幫。 ㄅㄟˋ

魚名。卽江豚。山海經北山經:"(少陽之山)酸水出焉,東流注於鴈門之水,其中多魬魬之魚,食之殺人。"

魨 tún ㄊㄨㄣˊ

魚名。卽"河豚"。見該條。

魱 hú 户吳切,平,模韻,匣。 ㄏㄨˊ

魚名。又名鮥。見下。

【魱鮥】魚名。似鯿,大鱗多骨,鱗有異彩,入夜光明,較鰣魚稍大。見清郝懿行記海錯,又爾雅釋魚"鮥,當魱"義疏:"今登萊人呼魱鮥魚爲何洛魚。……魱鮥鰣魚實一類,出於江海爲異耳。"

魦 shā 所加切,平,麻韻,山。 ㄕㄚ

魚名。同"鯊"。後漢書六十上馬融傳廣成頌:"魴鱮鱏鯿,鰋鯉鱨魦,樂我純德。"注:"魦音沙,或作鯊。郭義恭廣志曰:吹沙魚,大如指,沙中行。"南齊書張融傳海賦:"照天容於鮷渚,鏡河色於魦潯。"參見"鯊㊀"。

魯 lǔ 郎古切,上,姥韻,來。 ㄌㄨˇ

㊀鈍,遲鈍。論語先進:"柴(子羔)也愚,參(曾參)也魯。"注:"孔(安國)曰魯,鈍也。曾子性遲鈍。"參見"魯鈍"。㊁陳列。通"旅"。史記周紀:"晉唐叔得嘉穀,獻之成王,成王以歸周公於兵所。周公受禾東土,魯天子之命。"集解:"徐廣曰:尚書序云:旅天子之命。"㊂春秋諸侯國名。周武王封其弟周公旦於魯。戰國時爲楚所滅。參閲史記魯周公世家。㊃姓。周公旦留相武王,子伯禽乃就封於魯,至頃公而國亡,遷於下邑,子孫因以爲氏。見通志二六氏族二以國爲氏。

【魯山】縣名。屬河南省。漢置魯陽縣,後漢魏晉因之。北周改名魯山。明清皆屬河南汝州。參閲寰宇通志八八汝州。

【魯公】人名。1. 周公旦之子伯禽。詩魯頌閟宫:"乃命魯公,俾侯于東。"2. 項羽。史記項羽紀:"始,楚懷王初封項籍爲魯公,及其死,魯最後下,故以魯公禮葬項王穀城。"3. 唐顏真卿封魯郡公,時人稱爲魯公。見新唐書一五三顏真卿傳。

【魯叟】孔子魯人,晚年居魯教授弟子,後世因稱魯叟。晉陶潛陶淵明集三飲酒詩之二十:"羲農去我久,舉世少復真。汲汲魯中叟,彌縫使其淳。"唐李白李太白詩九早秋贈裴十七仲堪詩:"荆人泣美玉,魯叟悲匏瓜。"

【魯削】古時魯地出的削書刀。古未有紙筆,以刀削刻字。周禮考工記:"鄭之刀,宋之斤,魯之削,吳粵之劍,遷乎其地而弗能爲良,地氣然也。”

【魯酒】魯國酒薄,因稱薄酒曰魯酒。莊子胠篋:“魯酒薄而邯鄲圍。”釋文有二說:一說,“楚宣王朝諸侯,魯恭公後至而酒薄。宣王怒,欲辱之。恭公不受命,……遂不辭而還。宣王怒,乃發兵與齊攻魯。梁惠王常欲擊趙,而畏楚救,楚以魯爲事,故梁得圍邯鄲。”一說,“許慎注淮南云:‘楚會諸侯,魯趙俱獻酒於楚王,魯酒薄而趙酒厚。楚之主酒吏求酒於趙,趙不與,吏怒,乃以趙厚酒易魯薄酒,奏之,楚王以趙酒薄,故圍邯鄲也。’”邯鄲,戰國時趙都。北周庾信庾子山集二哀江南賦:“下亭漂泊,高橋羇旅,楚歌非取樂之方,魯酒無忘憂之用。”

【魯班】春秋時魯國的巧匠。又名魯般、公輸班。孟子離婁上:“離婁之明,公輸子之巧,不以規矩,不能成方員。”漢趙岐注:“公輸子,魯班。魯之巧人也。或以爲魯昭公之子。”一說魯班、公輸班係二人,皆有巧藝。見漢書序傳上“班輸榷巧於斧斤”注。參見“公輸班”。

【魯恭】公元32—112年。後漢扶風平陵人。字仲康。少與弟丕居太學,習魯詩。章帝時爲中牟令,以德化爲理,不任刑罰。後拜魯詩博士,和帝時爲司徒。後漢書有傳。

【魯桑】桑樹的一種。出魯地。元王禎農書五種植十三:“荆桑多葚,魯桑少葚。”魯,今山東。俗訛作“穭桑”。

【魯般】即“魯班”。見該條。

【魯港】地名。在今安徽蕪湖市南,小淮水入長江之港口。宋理宗德祐元年賈似道帥宋師次於魯港,爲元軍所敗,即此。參閱嘉慶一統志一二〇太平府一山川。

【魯魚】指文字傳抄因形近而產生的訛誤。唐王維王右丞集十苑舍人能書梵字兼達梵音皆曲盡其妙戲爲之贈詩:“楚辭共許勝揚馬,梵字何人辨魯魚?”參見“魚魯”。

【魯陽】㊀地名。古魯縣。春秋時爲楚邑,戰國時屬魏。漢置魯陽縣,魏晉因之。北周改爲魯山。今屬河南省。參閱嘉慶一統志二二五汝州二古蹟。㊁關名。即三鵶鎮。戰國時名魯關,漢稱魯陽。史記趙世家惠文王九年,趙梁將與齊合軍攻韓,至魯關下,即此地。故址在魯山縣西南、南召縣東北。文選晉張景陽(協)雜詩之六:“朝登魯陽關,峽路峭且深。”參閱嘉慶一統志二二五汝州二關隘。參見“三鵶”。㊂春秋時楚國縣公,即魯陽文子,楚平王孫司馬子期之子。楚僭號稱王,其守縣大夫皆稱公,故又稱魯陽公。見國語楚下“惠王以梁與魯陽文子”注。參見“魯陽揮戈”。

【魯鈍】笨拙,遲鈍。晉書皇甫謐傳:“昔孟母三徙以成仁,曾父烹豕以存教,豈我居不卜鄰,教有所闕,何爾魯鈍之甚也。”唐杜甫杜工部草堂詩箋二十寄題江外草堂梓州作寄成都故居:“顧惟魯鈍姿,豈識悔吝先。”

【魯詩】漢初,傳詩者有魯齊韓毛四家。魯詩爲魯人申培公所傳。申公受詩於浮丘伯,以詩經爲訓故以教,無傳,疑者則闕不傳。申公著有魯故二十五卷,魯說二十八卷,今皆佚。參閱史記一二一儒林傳、漢書藝文志。參見“三家詩”。

【魯肅】公元172—217年。三國吴臨淮東城人,字子敬。家富於財。周瑜爲居巢長,求肅資糧,肅家有兩囷米,各三千斛,肅指一囷與瑜,遂相親結。瑜薦肅於孫權。曹操屯兵赤壁,進迫江東,衆議未定,肅獨建議結歡劉備,共拒曹操,遂破曹操於赤壁。瑜死,授奮武校尉,代領其兵。既卒,吴蜀皆爲舉哀。三國志吴有傳。

【魯頌】詩三頌之一。共四篇。周成王封周公伯禽於魯,周公有大功德於王室,故雖爲諸侯國亦得有頌。四篇作於魯僖公晚年,爲春秋中期作品。

【魯經】書名。1.指孔子所修春秋。春秋以魯十二公之次序,記述列國二百四十年之大事。後人尊之爲經,故曰魯經。宋文鑑十一蘇頌歷者天地之大紀賦:“魯經比事,舉二中以歲成;羲易窮神,合五位而象布。”2.指論語。文苑英華一四五唐上官遜松栢有心賦:“是以後凋之義,久不刊於魯經;有心之言,永昭著於戴禮。”

【魯語】宋時蜀人稱京洛語音爲魯語。宋范成大石湖集十七丙申元日安福寺禮塔詩:“耳畔逢人無魯語,鬢邊隨我是吴霜。”自注:“蜀人鄉音極難解,其爲京洛音輒謂之虜語。或是僭僞時以中國自居,循習至今不改也,既又諱之,改作魯語。”

【魯論】漢時論語有齊論、魯論、古論三種。齊論魯論爲今文,古論爲古文。齊論二十二篇,齊人所傳,多問王、知道二篇;古論二十一篇,出孔壁中,有兩子張篇;魯論二十篇,魯人所傳。西漢末,張禹本受魯論,兼講齊說,善者從之,時人謂之張侯論,流傳至今,即今本論語。參閱唐陸德明經典釋文敍録。

【魯壁】孔子故宅之壁,在魯之曲阜,故曰魯壁。宋時於其故址建金絲堂,明弘治間改建新廟,移堂於廟西。漢孔安國尚書序:“魯共王好治宫室,壞孔子舊宅,以廣其居,於壁中得先人所藏古文虞夏商周之書及傳、論語、孝經,皆科斗文字。”

【魯縞】魯地所産之素絹。淮南子説山:“矢之於十步貫兕甲,於三百步不能入魯縞。”史記一〇八韓安國傳:“且彊弩之極,矢不能穿魯縞。”漢書注:“縞,素也。曲阜之地,俗善作之,尤爲輕細,故以取喻也。”

【魯雞】大雞。莊子庚桑楚:“越雞不能伏鵠卵,魯雞固能矣。”釋文:“魯雞,向(秀)云:大雞也。”唐韓愈昌黎集十二守戒:“魯雞之不期,蜀雞之不支。”

【魯九皋】公元1732—1794年。清建昌新城人。原名仕驥,字絜非。乾隆三十六年進士,官山西夏縣知縣。問學於朱仕琇、姚鼐,以古文名。著有山木居士集。姚鼐惜抱軒文集十三有夏縣知縣新城魯君墓誌銘。

【魯仲連】戰國齊人。亦稱魯連。高蹈不仕,喜爲人排難解紛。游於趙,秦圍趙急,魏使新垣衍請帝秦,仲連力言不可,會信陵君率魏兵至,秦軍却走,後燕將據聊城,齊攻之歲餘不能下,仲連遺書燕將,聊城乃下。齊王欲爵之,仲連逃隱海上。其事迹見戰國策趙三、史記本傳。漢書藝文志有魯仲連子五卷,已佚,清洪頤煊、嚴可均、馬國翰皆有輯本。

【魯男子】詩小雅巷伯“哆兮哆兮,成是南箕”漢毛亨傳:“魯人有男子獨處于室,鄰之釐婦又獨處於室。夜暴風雨至,而室壞,婦人趨而託之,男子閉户而不納。”後稱在處理男女關係時能以禮自持的男子。明缺名古城記十一:“俺自有魯男子雅操,待學取柳下惠同班;一箇坐懷不亂,一箇閉門無干。”

【魯兩生】漢初,叔孫通欲爲劉邦定朝儀,徵魯諸生三十餘人,有兩生不肯行。曰:“今天下初定,死者未葬,傷者未起,又欲起禮樂。禮樂所由起,積德百年而後可興也。吾不忍爲公所爲。公所爲不合古,吾不行。公往矣,無汙我!”見史記九九叔孫通傳。

【魯風鞋】傳説孔子所著魯國樣式之鞋。宋陶穀清異録衣服:“(唐)宣宗性儒雅,令有司做孔子履製進,名魯風鞋。宰相、諸王做之,而微殺其式,別呼遵王履。”(説郛六一)

【魯恭王】 漢景帝子，名餘，諡爲“恭”（史記作“共”）。初立爲淮陽王，後徙王魯。好治苑囿狗馬，又好音樂。嘗壞孔子宅，以廣其宮，於壁中得古文經傳。見史記魯共王世家、漢書五三魯恭王傳。參見“魯壁”。

【魯般尺】 相傳爲魯般所傳之尺。卽曲尺，又稱商尺。續文獻通考一〇八樂一度量衡：“商尺者，卽今木匠所用曲尺。蓋自魯般傳至於唐，唐人謂之大尺，由唐至今用之，名曰今尺，又名營造尺。”

【魯靈光】 宫殿名。漢景帝子魯恭王所建。故址在今山東曲阜縣。文選漢王文考（延壽）魯靈光殿賦序：“魯靈光殿者，蓋景帝程姬之子恭王餘之所立也。初恭王始都下國，好治宮室，遂因魯僖基兆而營焉。遭漢中微，盗賊奔突，自西京未央、建章之殿，皆見隳壞，而靈光巋然獨存。”後因稱碩果僅存的人或事物爲魯靈光。宋李曾伯可齋續藁後十挽尤端明詩之一：“典型周大雅，人物魯靈光。”又陸游渭南文集二八跋蘭亭樂毅論并趙岐王帖：“今周器漢札雖不可復見，而修褉序樂毅論如魯靈光巋然獨存。”

【魯魚亥豕】 指文字形近而傳寫訛誤。清章學誠校讎通義一：“因取歷朝著録，略其魯魚亥豕之細，而特以部次條別，疏通倫類，考其得失之故，而爲之校讎。”參見“魯魚”、“亥豕”。

【魯魚帝虎】 指錯字。抱朴子遐覽：“故諺曰，書三寫，魚成魯，虛成虎。”唐馬總意林四引虛作“帝”。參見“魯魚”。

【魯陽揮戈】 淮南子覽冥：“魯陽公與韓搆難，戰酣，日暮，援戈而撝之，日爲之反三舍。”後用作人力勝天之喻。參見“魯陽㊁”。

魶 nà 奴答切，入，合韻，泥。
ㄋㄚˋ 奴盍切，入，盍韻，泥。

魚名。卽鯢魚。又名鰨。史記一一七司馬相如傳上林賦：“禺禺鱋魶。”漢書作“禺禺魼鰨”。參見“鯢”。

魮 pí 房脂切，平，脂韻，並。
ㄆㄧˊ

㊀絮魮，見“絮”。㊁鮆魚的別名。明馮時可雨航雜録下：“鮆魚卽刀魚也，一名魮。”參見“鮆”。

魪 jiè 古拜切，去，怪韻，見。
ㄐㄧㄝˋ

㊀魚名。卽比目魚。文選晉左太沖（思）吴都賦：“罩兩魪，罺鰝鰕。”晉劉淵林注：“魪，左右魪，一目，所謂比目魚也。云須兩魚並合乃能游，若單行，落魄着物，爲人所得，故曰兩魪。”㊁鱗介。同“介”。廣弘明集二八下南朝梁沈約懺悔文：“以爲毛羣魪品，事允庖厨。”

魵 fén 符分切，平，文韻，並。
ㄈㄣˇ 敷粉切，上，吻韻，滂。

魚名。卽斑文魚，或曰斑魚。爾雅釋魚：“魵，鰕。”説文：“魵，魚名。”三國志、後漢書東夷傳皆曰濊國海出班魚皮。宋書謝靈運傳撰征賦：“羨輕魵之涵泳，覩翔鷗之落啄。”

魬 fù
ㄈㄨˋ

吐魬，魚名。卽黄魩。亦稱土附魚。正字通“魩”注：“京魚一曰吐魬，食物本草曰渡父，臨海志曰伏念魚。吐魬卽杜父魚，一名黄魩，俗呼船矴魚，見人則以喙插入泥土中，如船矴也。”參閲清厲荃事物異名録三八吐哺。參見“魩”。

魰 yú 語居切，平，魚韻，疑。
ㄩˊ

捕魚。同“歔”、“漁”。文選漢張平子（衡）西京賦：“逞欲畋魰，效獲麑麇。”周禮天官作“歔”，説文作“瀫”，隸作“漁”。

魬 bàn 扶板切，上，潸韻，並。
ㄅㄢˋ

魚名。卽比目魚。新唐書地理志五江南道蘇州吴郡：“土貢……鯔皮、魬、鯌、鴨胞。”正字通比目魚名版魚，俗改作“魬”。參見“比目魚”。

五畫

鮀 tuó 徒河切，平，歌韻，定。
ㄊㄨㄛˊ

㊀魚名。爾雅釋魚：“鯊，鮀。”注：“今吹沙小魚，體員而有點文。”參見“鯊㊀”。㊁動物名。卽鼉。生活水畔土窟中，形似守宮而大，長丈餘，背尾俱有鱗甲。參閲政和證類本草二一鮀。

鮌 gǔn 古本切，上，混韻，見。
ㄍㄨㄣˇ

人名，同“鯀”。夏禹之父。國語周下：“其在有虞，有崇伯鮌，播其淫心，稱遂共工之過，堯用殛之于羽山。”參見“鯀㊀”。

鮇 wèi 無沸切，去，未韻，明。
ㄨㄟˋ

魚名。卽嘉魚。山海經東山經“（諸鉤之山）是山也，廣員百里，多寐魚”注：“卽鮇魚。”正字通：“鮇，嘉魚也。長身細鱗，肉白如玉，出漢沔丙穴中。”參見“嘉魚㊀”。

魼 1. qū 去魚切，平，魚韻，溪。
ㄑㄩ

㊀卽比目魚。漢書五七上司馬相如傳上林賦：“禺禺魼鰨。”注引郭璞：“魼，比目魚也，狀似牛脾，細鱗紫色，兩相合乃得行。”史記作“鱋魶”。

2. tà 吐盍切，入，盍韻，透。
ㄊㄚˋ

㊁同“鰈”。見玉篇。

鮎 nián 奴兼切，平，添韻，泥。
ㄋㄧㄢˊ

魚名。身滑無鱗，其涎黏滑，故名。又名鰋、鯷、鮧。爾雅釋魚“鰋鯷”宋邢昺疏：“鮎，（晉）郭氏（璞）云：‘別名鯷，江東通呼鮎爲鮧。’”楚辭漢王逸九思哀歲：“黿鼉兮欣欣，鱣鮎兮延延。”參見“鯷”。

【鮎魚上竹】 鮎魚黏滑，勢難上行。俗以喻求進之難。宋歐陽修文忠集一二七歸田録二：“（梅聖俞）其初受敕修唐書，語其妻刁氏曰：‘吾之修書，可謂猢猻入布袋矣。’刁氏對曰：‘君於仕宦，亦何異鮎魚上竹竿耶！’”宋釋文珦潛山集九堪歎詩：“當作凌霄鶴，休爲上竹鮎。”明李時珍謂“鮎魚上竿”，係指鯢魚而言，別爲一解。見本草綱目四四鱗四鯢魚。

鮔 shàn 集韻 上演切，上，獮韻。
ㄕㄢˋ

魚名。黄鱔。同“鱓”。山海經北山經：“（湖灌之山）湖灌之水出焉，而東流至於海，其中多鮔。”注：“亦鱓魚字。”南齊書周顒傳：“後何胤言斷食生，猶欲食白魚、鮔脯、糖蟹，以爲非見生物。……學生鍾岏曰：‘鮔之就脯，驟於屈伸；蟹之將糖，躁擾彌甚。仁人用意，深懷如怛。’”參見“鱓㊀”。

鮃 qià 集韻 迄甲切，入，狎韻。
ㄑㄧㄚˋ

見下。

【鮃鰈】 鱗次衆多重疊的樣子。文選晉潘安仁（岳）笙賦：“駢田獦擺，鮃鰈參差。”

鮋 yóu chóu 以周切，平，尤韻，喻。
ㄧㄡˊ ㄔㄡˊ 市流切，平，尤韻，禪。

魚名。1. 似鱓。文選漢張平子（衡）西京賦：“然後釣魴鯉，纚鰋鮋。”又晉郭景純（璞）江賦：“鯖、鰊、鰷、鮋。”2. 小魚。抱朴子明本：“侶鮋鰕于跡水之中者，不識四海之浩汙。”

鮍 yāng 集韻 於良切，平，陽韻。
ㄧㄤ

見下。

【鮍魧】 魚名。又名黄鱨魚、黄頰魚。無鱗，身尾似鮎，腹黄背青，以羣游作聲軋軋而名。參閲本草綱目四四鱗三黄頰魚。

鮐 tái ㄊㄞ 土來切,平,咍韻,透。

㊀海魚名。史記一二九貨殖傳:"鮐鮆千斤。"㊁見"鮐背"。㊂見"鯸鮐"。

【鮐背】指老人。爾雅釋詁:"鮐背、耇老,壽也。"鮐背,背皮如鮐魚。參見"台背"。唐柳宗元柳先生集二愈膏肓賦:"善養命者,鮐背鶴髮成童兒。"參見"台背"。

【鮐稚】老人與兒童。宋書謝靈運傳撰征賦:"驅鮐稚於淮曲,暴鰥孤於泗瀕。"

鮓 1. zhǎ ㄓㄚˇ 側下切,上,馬韻,莊。

㊀經加工製作便於貯藏的魚食品,如醃魚、糟魚之類。釋名釋飲食:"鮓,菹也。以鹽米釀魚以爲菹,熟而食之也。"宋蘇軾仇池筆記:"江南人好作盤遊飯,鮓脯膾炙,無有不埋在飯中。"(類說十)參見"魚鮓"、"鮺"。

2. zhà ㄓㄚˋ 集韻 助駕切,去,禡韻。

㊁海蜇,水母之一種。晉張華博物志三:"東海有物,狀如凝血,從廣數尺,方圓,名曰鮓魚。無頭目處所,內無腹藏,其所處衆蝦附之,隨其東西,越人煮食之。"參見"海蜇"。

【鮓荅】古代蒙族祈雨,取淨水一盆,浸石子數枚,大者若雞卵,小者不等,默持密咒,同時以手淘漉石子,謂可得雨。石子名爲鮓荅。爲走獸腹中所產,是牛黃狗寶之屬。見明陶宗儀輟耕錄四禱雨。朱有燉元宮詞:"祈雨番僧鮓答名,降龍刺馬膽巴餅。牛酥馬乳宮中賜,小閣西頭聽唪經。"

鮑 bào ㄅㄠˋ 薄巧切,上,巧韻,並。

㊀乾魚。周禮天官籩人:"朝事之籩,其實麷、蕡、白、黑、形鹽、膴、鮑魚、鱐。"注:"鮑者,於楅室中糗乾之,出於江淮也。"㊁鹽漬魚。史記一二九貨殖傳:"鮐、鮆千斤、鯫千石,鮑千鈞。"索隱:"(魚)漬云鮑。"㊂治皮革之工。通"鞄"。周禮考工記:"攻皮之工,函、鮑。"注:"鮑讀爲鮑魚之鮑,書或爲鞄。"㊃姓。姒姓。或說夏禹之後。春秋時鮑叔仕齊,食采於鮑,因以爲氏。見通志二七氏族三以邑爲氏。

【鮑人】鞄人。主管治皮革之官或工匠。見周禮考工記。

【鮑老】宋代戲劇脚色名。宋陳師道後山集二三詩話楊大年傀儡詩:"鮑老當筵笑郭郎,笑他舞袖太郎當。若教鮑老當筵舞,轉更郎當舞袖長。"水滸三三:"那跳鮑老的身軀扭得村村勢勢的,宋江看了呵呵大笑。"也作"抱鑼"。宋孟元老東京夢華錄七駕登寶津樓諸軍呈百戲:"有假面披髮、口吐狼牙煙火如鬼神狀者上場,着青帖金花短後之衣,帖金皂袴,跣足,攜大銅鑼,隨身步舞而進退,謂之抱鑼。"

【鮑姑】相傳爲晉鮑靚女、葛洪妻。多行灸於南海。其行灸所用之艾,稱鮑姑艾。今廣東省番禺縣北越秀山之西有鮑姑井,傳說爲鮑姑所汲處。見太平廣記三四崔煒引唐裴鉶傳奇、嘉慶一統志四四一廣州府一山川。

【鮑宣】漢高城人,字子都。好學明經。哀帝時爲豫州牧,徵爲諫大夫,對哀帝寵信外戚子弟及幸臣董賢等,諫爭甚切,其言少文多實。後拜司隸,因摧辱丞相,下獄,博士弟子王咸等千餘人上書營救,得減死髡鉗。王莽秉政,因宣不附己,以事逮之入獄,自殺。漢書有傳。

【鮑魚】㊀鹽漬魚,其氣腥臭。史記秦始皇紀:"始皇崩於沙丘平臺,丞相(李)斯爲上崩於外,恐諸公子及天下有變,乃秘之,不發喪。……會暑,上轀車臭,乃詔從官令車載一石鮑魚,以亂其臭。"孔子家語六本:"與不善人居,如入鮑魚之肆,久而不聞其臭,亦與之化矣。"㊁海魚名。即鰒魚。參見"鰒"。

【鮑焦】古之廉士。耕田而食,穿井而飲,非妻所織不服。子貢譏之,抱木而死。見韓詩外傳一、莊子盜跖、漢應劭風俗通義愆禮。

【鮑肆】出售鮑魚的商店。楚辭漢東方朔七諫沈江:"聯蕙芷以爲佩兮,過鮑肆而失香。"抱朴子良規:"俗儒沈淪鮑肆,困於詭辯。"參見"鮑魚㊀"。

【鮑照】公元414—466年。南朝宋東海人。字明遠。工詩文。臨川王劉義慶愛其才,任爲國侍郎。臨海王劉子頊鎮荊州,爲前軍參軍,掌書記。世號鮑參軍。江陵亂,死於亂軍中。妹令暉,亦工文辭。鮑照詩文辭贍逸遒麗,以七言歌行爲長。南齊虞炎編爲鮑氏集,傳於後世。

【鮑龍】春秋時賢士。漢劉向說苑尊賢:"鮑龍跪石而登嶐,孔子爲之下車。"北齊劉晝劉子知人:"故范蠡吠於犬竇,文種聞而拜之;鮑龍跪石而吟,仲尼爲之下車。"

【鮑謝】㊀南朝宋鮑照、齊謝朓皆工詩,鮑詩俊逸,謝詩清麗,合稱鮑謝。唐杜甫杜工部草堂詩箋十五遣興之五:"賦詩何必多,往往凌鮑謝。"㊁指南朝宋鮑照和謝靈運。宋黃庭堅山谷外集十寄陳適用詩:"寄我五字詩,句法窺鮑謝。"㊂指唐鮑防和謝良弼。唐德宗時,鮑防爲禮部侍郎,工詩,譏切當世,與中書舍人謝良弼友善,人稱鮑謝。見唐詩紀事四七。

【鮑令暉】南朝宋鮑照之妹。工文詞,詩歌清巧,尤長於擬古。照自以爲己才不及晉左思,而妹才遠過於思妹左芬。參閱南朝梁鍾嶸詩品下。

【鮑丘水】古水名。上游即今潮河,下游略與今白河平行南流,折東南循今薊運河下游入海。漢獻帝興平二年劉和破公孫瓚於鮑丘,即此。水經注十四鮑丘水:"鮑丘水從塞外來,南過漁陽縣東,……又南過潞縣西,……又南至雍奴縣,北屈東入于海。"參閱嘉慶一統志七順天府二山川潮河、薊運河。

【鮑廷博】公元1728—1814年。清安徽歙縣人。字以文,號淥飲。家中藏書極富。乾隆時蒐訪遺書,廷博進家藏書六百餘種。又校刊知不足齋叢書三十集,每集八册,收書二百餘種,在清代叢書中,以精善見稱。著有花詠軒詠物詩存。

【鮑叔牙】春秋時齊人。即鮑叔。與管仲交,知管仲賢。鮑叔牙事公子小白,管仲事公子糾,射小白中鉤。及小白立,爲桓公,鮑叔牙遂進管仲,相桓公九合諸侯,而成霸業。管仲嘗曰:"生我者父母,知我者鮑子也。"見左傳莊九年,史記管仲傳。故後世言人之相知,必稱管鮑。參見"管鮑"。

【鮑參軍】即鮑照。唐杜甫杜工部草堂詩箋二春日憶李白:"白也詩無敵,飄然思不羣。清新庾開府,俊逸鮑參軍。"

【鮑魚音】指南人之音。宋張端義貴耳集下:"德壽孝宗在御時,閤門多取北人充贊喝,聲雄如鐘,殿陛間頗有京洛氣象。自嘉定以來,多是明台溫越人在閤門,其聲皆鮑魚音矣。"

鮒 fù ㄈㄨˋ 符遇切,去,遇韻,並。

㊀蝦蟆。易井:"九二,井谷射鮒,甕敝漏。"疏:"子夏傳云:井中蝦蟆呼爲鮒也。"㊁魚名。莊子外物:"(莊)周顧視車轍中,有鮒魚焉。"宋陸佃埤雅釋魚謂鮒似鯉,色黑而體促,腹大而脊隆,即鯽魚。程大昌演繁露八土部魚謂鮒即土附魚,吳興人名此魚曰鱸鯉,以其質圓而長,與黑蠡相似,而其鱗斑駁,又似鱸魚,故兩喻而兼之。參見"土附魚"。

【鮒鰅山】山名。在今河南省清豐縣頓

邱故城西北。一名高陽山，又名青冢山。山海經海內東經：“漢水出鮒魚之山。”清郝懿行義疏：“鮒魚或作鮒隅，一作鮒鰅。”按北堂書鈔九二“顓頊葬於附隅”注引山海經漢水作濮水。參閱讀史方輿紀要十六大名府清豐縣。

鮣 yìn 於刃切，去，震韻，影。
ㄧㄣˋ
魚名。文選晉左太沖(思)吳都賦：“鮣龜鱕鯌。”晉劉淵林注：“鮣魚，長三尺許，無鱗，身中正四方如印。”

鮋 yǒu 於柳切，上，有韻，影。
ㄧㄡˇ 於堯切，平，蕭韻，影。
魚名。又名黃鮋、塘鱧、杜父魚。或叫土附魚。生溪澗中，狀似吹沙魚而短，闊口大頭，歧尾，色黃黑有斑，脊背有鰭。參見“土附魚”、“杜父魚”。

六畫

鮝 xiǎng 類篇 寫兩切。
ㄒㄧㄤˇ
乾魚。“鮝”之俗字。見“鯗”。

鮆 zī 即移切，平，支韻，精。
ㄗ
魚名，即魛魚。又名鱭魚、鮤魚。山海經南山經：“(浮玉之山)苕水出於其陰，北流注於具區，其中多鮆魚。”注：“鮆魚狹薄而長，頭大者尺餘，太湖中今饒之，一名刀魚。”宋蘇軾蘇文忠詩合注十四和文與可洋川園池寒蘆港：“還有江南風物否？桃花流水鮆魚肥。”參見“魛”。

鮫 jiāo 古肴切，平，肴韻，見。
ㄐㄧㄠ
㊀海鯊。山海經中山經：“(荊山)漳水出焉，而東南流注於睢，其中多黃金，多鮫魚。”參見“鯊㊀”。㊁傳說中的龍。通“蛟”。禮中庸：“黿鼉鮫龍魚鱉生焉。”釋文：“鮫音交，本又作蛟。”

【鮫人】神話傳說中居於海底的怪人。文選三國魏曹子建(植)七啓：“然後采菱華，擢水蘋，弄珠蜯，戲鮫人。”晉張華博物志：“南海水有鮫人，水居如魚，不廢織績，其眼能泣珠。”又：“鮫人從水中出，寓人家積日，賣絹將去，從主人索一器，泣而成珠滿盤，以與主人。”(太平御覽七九〇、又八〇三)一作“蛟人”。見該條。

【鮫函】用鮫魚皮製成的鎧甲。文選晉左太沖(思)吳都賦：“扈帶鮫函，扶揄屬鏤。”晉劉逵注：“鮫函，鮫魚甲可爲鎧。”唐陸龜蒙甫里集三感事詩：“將軍被鮫函，秪畏金矢鏃。”

【鮫綃】㊀相傳爲鮫人所織之綃。文選晉左太沖(思)吳都賦“泉室潛織而卷綃”晉劉逵注：“俗傳鮫人從水中出，曾寄寓人家，積日賣綃。”才調集三溫飛卿(庭筠)張靜婉採蓮曲：“掌中無力舞衣輕，翦斷鮫綃破春碧。”㊁手帕。唐唐彥謙鹿門集上無題詩之十：“雲色鮫綃拭泪顏，一簾春雨杏花寒。”

鮮 1. xiān 相然切，平，仙韻，心。
ㄒㄧㄢ
㊀生魚。禮內則：“冬宜鮮、羽。”㊁新鮮，鳥獸等新殺曰鮮。儀禮士昏禮：“腊必用鮮。”㊂野獸。左傳襄三十年：“惟君用鮮，衆給而已。”㊃明，潔。易說卦：“震……爲蕃鮮。”疏：“鮮，明也。取其春時草木蕃育而鮮明。”㊄善，好。詩邶風新臺：“燕婉之求，籧篨不鮮。”㊅見“鮮卑”。

2. xiǎn 息淺切，上，獮韻，心。
ㄒㄧㄢˇ
㊆少。詩大雅蕩：“靡不有初，鮮克有終。”㊇夭亡。左傳昭五年：“葬鮮者自西門。”注：“不以壽終爲鮮。”釋文：“鮮音仙。徐(邈)息淺反。”

3. xiàn
ㄒㄧㄢˋ
㊈義通“獻”。禮月令仲春之月：“天子乃鮮羔開冰。”呂氏春秋仲春紀作“獻羔”。

【鮮于】㊀水名。山海經北山經：“(石山)鮮于之水出焉，而南流注于虖沱。”㊁複姓。相傳周武王封箕子於朝鮮，支子仲食采於于，子孫以鮮于爲氏。東漢有鮮于褒。參閱通志三氏族三以邑爲氏。

【鮮支】㊀縠絹，一種絲織品。漢書五七上司馬相如傳子虛賦“被阿錫，揄紵縞”唐顏師古注：“縞，鮮支也，今之所謂素者也。”也作“鮮巵”。說文：“縳，白鮮巵也。”㊁梔子的別名。漢書五七上司馬相如傳上林賦：“鮮支黃礫，蔣苧青薠。”注：“鮮支，即今支子樹也。”史記作“鮮枝”。

【鮮水】青海的古稱。漢書六九趙充國傳辛武賢奏言：“分兵並出張掖、酒泉合擊罕、开在鮮水上者。”參閱嘉慶一統志五四六青海厄魯特。

【鮮₂民】孤子，無父母孤窮之民。詩小雅蓼莪：“鮮民之生，不如死之久矣！”鮮、斯古通用，鮮民即“斯民”。

【鮮妍】光采美麗貌。唐白居易長慶集六遊悟真寺詩：“月與寶相射，晶光爭鮮妍。”

【鮮明】㊀華美。漢書六九辛慶忌傳：“性好輿馬，號爲鮮明，唯是爲奢。”後漢書二一任光傳：“漢兵至宛，軍人見光冠服鮮明，令解衣，將殺而奪之。”㊁精明，處事明決。漢書八一馬宮傳太后賜宮策：“有司皆以爲四輔之職，爲國維綱；三公之任，鼎足承君；不有鮮明固守，無以居位。”

【鮮卑】㊀古民族名。東胡的一支。漢初居於遼東，後漢時移於匈奴故地，勢力漸盛。晉初分數部，以慕容、拓跋二氏爲最著。拓跋氏後建國號魏，是爲北朝。隋唐以後逐漸與中原民族融合。參閱文獻通考三四二四裔十九。㊁帶鉤。一說腰中大帶。楚辭大招：“小腰秀頸，若鮮卑只。”注：“鮮卑，衮帶頭也。”參見“師比”、“犀毗㊀”。

【鮮扁】鮮明而斑爛。漢書八七上揚雄傳羽獵賦：“鮮扁陸離，駢衍佖路。”一說戰鬪軍陣貌。見注引服虔。

【鮮美】新鮮美好，多以形容色澤或滋味。晉陶潛陶淵明集五桃花源記：“芳草鮮美，落英繽紛。”全唐詩五九〇李郢友人適越路過桐廬寄題江驛：“麥隴虛凉當水店，鱸魚鮮美稱蓴羹。”

【鮮食】謂食鳥獸魚鼈之肉。書益稷：“暨益奏庶鮮食。”傳：“鳥獸新殺曰鮮。”又：“暨稷播，奏庶艱食鮮食。”傳：“決川有魚鼈，使民鮮食之。”

【鮮₂原】有小山的平原。詩大雅皇矣：“度其鮮原，居岐之陽，在渭之將。”傳：“小山別大山曰鮮。”逸周書和寤：“王乃出圖商，至于鮮原。”晉孔晁注：“近岐周之地也。小山曰鮮。”參閱清王夫之詩經稗疏三鮮原。

【鮮規】小貌。莊子天運：“其知憯於蠣蠆之尾，鮮規之獸，莫得安其性命之情者，而猶自以爲聖人，不可恥乎，其無恥也。”唐成玄英疏：“鮮規，小貌。言三皇之智，損害蒼生，其爲毒也，甚於蠣蠆，是故細小蟲獸皆遭擾動，況乎黔首，如何得安，以斯爲聖，於理未可。”

【鮮健】强健。景德傳燈錄八則川和尚：“龐居士看師，……居士云：‘龐翁鮮健，且勝阿師。’師云：‘不是勝我，祇是欠爾一箇幞頭。’”

【鮮陽】複姓。漢有揚州刺史鮮陽戩，孫滔，武騎常侍。見通志二七氏族三以地爲氏。

【鮮新】猶新鮮。唐杜甫杜工部草堂詩箋九崔氏東山草堂：“愛汝玉山草堂靜，高秋爽氣相鮮新。”

【鮮虞】春秋時國名。白狄族的一支。戰國時爲中山國。國都故址在今河北省新樂縣西南新市故城。國語鄭：“北有衛、燕、狄、鮮虞、潞、洛、徐、蒲。”注:“鮮虞,姬姓在狄者也。”一説白狄别種。見左傳昭十二年“晉荀吴僞會齊師者,假道於鮮虞”注。參閲嘉慶一統志二八正定府二古蹟。

【鮮飾】裝飾華麗。北堂書鈔一三六嚴器:“魏武内誡令云:‘孤不好鮮飾嚴具,所用雜新皮韋笥,以黄韋緣中。遇亂無韋笥,乃作竹方嚴具,以帛衣粗布作裹,此孤之平常所用也。’”嚴具,妝具。

【鮮于樞】公元1259—1301年。元漁陽人。字伯機。官太常寺典簿,嗜酒,作字奇態横生,尤善行草。善鑒定法書名畫及古器物,極爲趙孟頫所推重。有困學齋集。

【鮮于羹】謂鯽魚。宋毛勝水族加恩簿:“鮮于羹,鯽也。令:以爾鮮于羹斫膾精妙,見稱杜陵,宜授輕薄使銀絲省饜德郎。”(圖書集成禽蟲典一四二鯽魚藝文一)按唐杜甫杜工部草堂詩箋二陪鄭廣文遊何將軍山林之二有“鮮鯽銀絲膾,香芹碧澗羹”之句。

【鮮衣凶服】鮮衣,華美的衣服;凶服,便於格鬭的裝束。漢書九十尹賞傳:“雜舉長安中輕薄少年惡子,無市籍商販作務,而鮮衣凶服被鎧扞持刀兵者,悉籍記之。”參閲清周壽昌漢書注校補五十。

【鮮車怒馬】言服飾豪奢。後漢書四一第五倫傳:“蜀地肥饒,人吏富實,掾史家貲多至千萬,皆鮮車怒馬,以財貨自達。”注:“怒馬,謂馬之肥壯,其氣憤怒也。”

鮭 1. guī 古攜切,平,齊韻,見。
ㄍㄨㄟ

㊀河豚的别名。山海經北山經:“(敦薨之山)敦薨之水出焉,而西流注於昆侖之東北隅,實爲河原,其中多赤鮭。”注:“今名鯸鮐爲鮭魚,音圭。”漢王充論衡言毒:“毒螫渥者,在蟲則爲蝮蛇蜂蠆,在草則爲巴豆冶葛,在魚則爲鮭與鯵敏,故人食鮭肝而死。”

2. kuī 苦圭切,平,齊韻,溪。
ㄎㄨㄟ

㊁複姓。見“鮭$_2$陽”。

3. xié 户佳切,平,佳韻,匣。
ㄒㄧㄝ

㊂吴人謂魚菜總稱。南齊書庾杲之傳:“清貧自業,食唯有韮葅、瀹韮、生韮雜菜。或戲之曰:‘誰謂庾郎貧,食鮭常有二十七種。’言三九也。”按韭與九音同。參見“鮭$_3$菜”。

4. wā 集韻 烏蝸切,平,佳韻。
ㄨㄚ

㊃見“鮭$_4$蠪”。

【鮭$_3$菜】魚菜。唐杜甫杜工部詩史補遺二王竟攜酒高亦同過:“自愧無鮭菜,空煩卸馬鞍。”宋陸游劍南詩稿七六北窗即事之二:“粗餐豈復須鮭菜,蓬户何曾設扊扅。”

【鮭$_2$陽】複姓。漢有少府鮭陽鴻,治孟氏易。見後漢書二六牟融傳。

【鮭$_4$蠪】鬼怪名。莊子達生:“東北方之下者,倍阿鮭蠪躍之。”釋文:“鮭,本亦作蛙;蠪,音龍。司馬(彪)云:倍阿,神名也。鮭蠪狀如小兒,長一尺四寸,黑衣赤幘大冠,帶劍持戟。”

鮚 jí 巨乙切,入,質韻,羣。
ㄐㄧˊ

蚌。見説文。太平御覽九四一引漢書:“漢律會稽獻鮚醬二升。”清全祖望鮚埼亭集三有鮚醬賦。

【鮚埼亭】地名。在今浙江省奉化縣東南。漢書地理志上會稽郡:“鄞,有鎮亭,有鮚埼亭。”注:“鮚音結,蚌也,長一寸,廣二分,有一小蟹在其腹中。埼,曲岸也,其中多鮚,故以名亭。”又有鮚埼山,以近此亭得名。清全祖望有鮚埼亭集。參閲嘉慶一統志二九一寧波府一山川、二九二寧波府二古蹟。

鮧 1. yí 以脂切,平,脂韻,喻。
ㄧ

㊀見“鮷鮧”。

2. tí 杜奚切,平,齊韻,定。
ㄊㄧ

㊁即鮎魚。參閲政和證類本草二十鮧魚。參見“鮎”。

鮐 yí 與之切,平,之韻,喻。
ㄧ

見“鯸鮐”。

鮪 wěi 榮美切,上,旨韻,于。
ㄨㄟ

魚名。鱘魚。詩周頌潛:“有鱣有鮪,鰷鱨鰋鯉。”禮月令季春之月:“薦鮪于寢廟。”參見“鱘”。

鮞 ér 如之切,平,之韻,日。
ㄦ 如六切,入,屋韻,日。

㊀魚秧。國語魯上:“魚禁鯤鮞。”注:“鮞,未成魚也。”㊁魚名。吕氏春秋本味:“魚之美者,洞庭之鱄,東海之鮞。”

鮬 kū 苦胡切,平,模韻,溪。
ㄎㄨ 薄故切,去,暮韻,並。

見“鱊鮬”。

鮰 gèng 古鄧切,去,嶝韻,見。
ㄍㄥ

見下。

【鮰鰽】魚名。史記一一七司馬相如傳上林賦:“鮰鰽漸離。”集解:“郭璞曰:‘鮰鰽,鮪也。’”鮰,漢書作“鮔”。

鮦 tóng 徒紅切,平,東韻,定。
ㄊㄨㄥ

㊀魚名。即鱧。爾雅釋魚:“鰹,大鮦,小者鮵。”疏:“此即上文鱧也。”蘇俗謂之黑魚。見清朱駿聲説文通訓定聲“鮦”。參見“鱧 1”。㊁見“鮦陽”。

【鮦陽】地名。漢置縣,屬汝南郡。唐廢。故地在今河南新蔡縣東北。左傳襄四年“楚師爲陳叛故,猶在繁陽”晉杜預注:“繁陽,楚地,在汝南鮦陽縣南。”漢書地理志上“鮦陽”下孟康注“紂紅反”,舊本奪“紅反”二字,其後釋文廣韻及以後韻書皆增除柳切一音。參閲清周壽昌漢書注校補二一鮦陽。

鮨 1. qí 渠脂切,平,脂韻,羣。
ㄑㄧ

㊀魚醬。爾雅釋器:“肉,謂之羹。魚,謂之鮨。”㊁切細的肉。儀禮公食大夫禮:“牛胾醢牛鮨。”注:“内則謂鮨爲膾。”

2. yì 集韻 研計切,去,霽韻。
ㄧ

㊂魚名。山海經北山經:“(北嶽之山)諸懷之水而西流注于囂水,其中多鮨魚,魚身而犬首,其音如嬰兒,食之已狂。”

鮯 gé 古沓切,入,合韻,見。
ㄍㄜ

魚名。廣雅釋地:“東方有魚焉,如鯉,六足,鳥尾,其名曰鮯。”也作“鮯鮯”。山海經東山經:“(跂踵之山)其名曰深澤,其中多蠵龜,有魚焉,其狀如鯉,而六足鳥尾,名曰鮯鮯之魚,其名自叫。”

鮥 luò 盧各切,入,鐸韻,來。
ㄌㄨㄛ

魚名。小鱘魚。爾雅釋魚:“鮥,鮛鮪。”注:“今宜都郡,自京門以上,江中通出鱏鱣之魚,有一魚狀似鱣而小,建平人呼鮥子,即此魚也。”參見“鱘”。

鮠 wéi 五灰切,平,灰韻,疑。
ㄨㄟ

魚名。1.又名鮰魚,鱯魚。出吴中,其狀似鮎,作膾白如雪。參閲政和證類本草二十鮠魚、宋龔明之中吴紀事二鮠魚。2.河豚别名。見太平御覽九三九引廣志。

絮 rú
ㄖㄨ

絮魮,魚名。山海經西山經:“(鳥鼠同穴之山)濫水……多絮魮之魚,其狀覆銚,鳥首而魚翼魚尾。”

七 畫

鯊 shā 所加切,平,麻韻,山。 ㄕㄚ

魚名。㊀吹沙小魚。說文作"魦"。也作"魦"。詩小雅魚麗:"魚麗於罶,鱨、鯊。"傳:"鯊,鮀也。"釋文:"鯊音沙,亦作魦。"晉陸璣毛詩草木鳥獸蟲魚疏下:"魦,吹沙也。似鯽魚而小,體圓而有黑點,一名重脣籥魦。常張口吹沙。"參見"魦㊀"。㊁海鯊。也稱鮫或沙魚。正字通:"海鯊,青目赤頰,背上有鬣,腹下有翅,味肥美。六書故曰:海中所產,以其皮如沙得名。"

鯊 cān 集韻 千安切,平,寒韻。 ㄘㄢ

魚名。卽鰷魚。見"鰷"。

鯇 huǎn 户板切,上,潸韻,匣。 ㄏㄨㄢˇ

魚名。又叫鯶魚,草魚。唐劉恂嶺表錄異:"買鯇魚子散於田内,一二年後,魚兒長大,食草根並盡。旣爲孰(熟)田,又收魚利。"(太平御覽九三六)

【鯇斷】圓轉無稜角貌。也作"䯘斷"。莊子天下:"常反人不見觀,而不免於鯇斷。"參見"䯘斷"。

鮷 tí 杜奚切,平,齊韻,定。 ㄊㄧˊ

魚名。大鮎。文選晉左太沖(思)蜀都賦:"鱣鮪鱒魴,鮷鱧魦鱨。差鱗次色,錦質報章。"也作"鯷"、"鮧"。見各該條。參見"鮎"。

【鮷渚】出鮷的水渚。南齊書張融傳海賦:"照天容於鮷渚,鏡河色於魦潯。"

鯆 pū 普胡切,平,模韻,滂。 ㄆㄨ 博孤切,平,模韻,幫。

見下。

【鯆魮】海鷂魚。又名荷魚,鱝魚、蕃蹹魚、石礪,俗稱鍋蓋魚。大者圍七八尺,無足無鱗,背青腹白,口在腹下,目在額上,尾長有節。皮色肉味,俱同鮎魚。太平御覽九三九魏武四時食制有蕃蹹魚,卽此。參閱本草綱目四四鱗四海鷂魚。

【鯆鮃】江豚。又名鮃鰰。埤蒼:"鯆鮃,鮒魚也。一名江豚,多膏少肉。"晉書夏統傳:"初作統乃操柂正櫓,折旋中流,鯔鯸躍,後作鯆鮃引。"參見"江豚"。

鯁 gěng 古杏切,上,梗韻,見。 ㄍㄥˇ

㊀魚骨。食骨留咽喉中曰鯁。漢書五一賈山傳至言:"祝䭇在前,祝鯁在後。"㊁禍患,病害。通"梗"。國語晉六:"今治政而內亂,不可謂德;除鯁而避彊,不可謂刑。德刑不立,姦宄並至。"後漢書六五段熲傳張奐上言:"(先零煎當)始服終叛,至今爲鯁。"注:"鯁與梗同,梗,病也。"㊂正直。通"骾"。後漢書十五來歙傳自書表:"太中大夫段襄,骨鯁可任。"

【鯁直】剛直。後漢書六一黄琬傳:"(刁)韙在朝有鯁直節,出爲魯東海二郡相。"唐杜甫杜工部草堂詩箋三十秋日夔府詠懷奉寄鄭監李賓客一百韻:"不過輸鯁直,會是正陶甄。"

【鯁涕】哽咽流淚。後漢書何皇后紀:"扶弘農王下殿,北面稱臣。太后鯁涕,羣臣含悲莫敢言。"

【鯁慰】中懷鬱塞得到慰藉。周書顏之儀傳梁元帝報顏之儀獻神州頌書:"枚乘二葉,俱得遊梁;應貞兩世,竝稱文學。我求才子,鯁慰良深。"

【鯁噎】哽咽,悲歎而氣結喉塞,嗚咽不能成聲。晉書庾亮傳:"帝幸温嶠舟,亮得進見,稽顙鯁噎。"

【鯁戀】哽咽依戀。南齊書庾杲之傳上表:"仰違庭闕,伏枕鯁戀。"魏書王叡傳上疏:"今所病遂篤,慮必不起,延首闕庭,鯁戀終日。"

鮿 zhé 陟葉切,入,葉韻,知。 ㄓㄜˊ

㊀婢鮿魚。卽青衣魚,亦稱鰟魮。見廣韻。參見"妾魚"。㊁魚乾。漢書九一貨殖傳:"鮿鮑千鈞。"注:"鮿,膊魚也,卽今之不著鹽而乾者也。"

鮹 xiāo shāo 相邀切,平,宵韻,心。 ㄒㄧㄠ ㄕㄠ 所交切,平,肴韻,山。

魚名。出江湖,形似馬鞭,尾有兩歧如鞭鞘,故名。見本草綱目四四鱗四鮹魚。

鯉 lǐ 良士切,上,止韻,來。 ㄌㄧˇ

㊀魚名。體扁而肥,鱗大,口之前端有觸鬚二對,背蒼黑,腹淡黄。產於淡水。詩陳風衡門:"豈其食魚,必河之鯉?"㊁玉臺新詠一漢蔡邕飲馬長城窟行:"客從遠方來,遺我雙鯉魚,呼兒烹鯉魚,中有尺素書。"後因以鯉爲書信的代稱。唐李商隱李義山詩集六寄令狐郎中:"嵩雲秦樹久離居,雙鯉迢迢一紙書。"

【鯉庭】論語季氏:"(孔子)嘗獨立,鯉趨而過庭。曰:'學詩乎?'對曰:'未也。''不學詩,無以言'。鯉退而學詩。"鯉,孔子之子。後遂稱子承父訓爲鯉庭。唐劉禹錫劉夢得集外集六酬鄭州權舍人見寄十二韻詩:"鯉庭傳事業,雞樹遂翺翔。"

【鯉素】卽書信。宋劉才邵㰀溪居士集二清夜曲:"門前溪水空潺潺,鯉素不傳嬌翠顰。"

【鯉魚】書信。文苑英華九八〇唐獨孤及爲吏部李侍郎祭蘇州李中丞文:"白馬龍輀,鯉書遂絶。"

【鯉魚風】九月風。玉臺新詠七梁簡文帝豔歌篇:"鐙生陽燧火,塵散鯉魚風。"唐李賀歌詩編四江樓曲:"樓前流水江陵道,鯉魚風起芙蓉老。"

鮿 yè 於業切,入,業韻,影。 ㄧㄝ

鹽漬魚。漢書九一貨殖傳"鮿鮑千鈞"。注:"鮑,今之鮿魚也。"南齊書武陵昭王曄傳:"曄留(王)儉設食,柈中菘菜鮿魚而已。"參閱本草綱目四四鱗四鮑魚。"

鯆 fū fú 芳無切,平,虞韻,滂。 ㄈㄨ ㄈㄡˊ 縛謀切,平,尤韻,並。

見下。

【鯆鰰】江豚的古名。太平御覽九三九魏武(曹操)四時食制:"鯆鰰魚黑色,大如百斤猪,黄肥不可食,數枚相隨,一浮一沉,一名敷,常見首,出淮及五湖。"參閱本草綱目四四鱗四海豚魚。

鯅 tíng 集韻 唐丁切,平,青韻。 ㄊㄧㄥ

魚名。1.黄顙魚。卽䰾。參見"䰾䰾"。2.跳鯅,小鯔魚。太平御覽九三七引嶺表録異:"跳鯅,乃海味之小魚鯅也。以鹽藏鯔魚兒一斤,不啻千筃。生擘點醋下酒,甚有美味。余遂問跳名之義,則曰:捕魚者中春於高處卓望,魚兒來如陣雲,闊二三百步,厚亦相似者。旣見,報漁師,遂將舡争前而迎之,舡衝魚陣,不施罟網,但魚兒自驚跳入舡,逡巡而滿,以此爲鯅,故名之跳。"參閱明楊愼異魚圖贊一鯔(鯔)兒。

鮸 miǎn 亡辨切,上,獮韻,明。 ㄇㄧㄢˇ

海魚名。狀似鱸而肉粗。三腮曰鮸,四腮曰茅。太平御覽八六二隋杜寶大業拾遺録:"六年,吳郡獻海鮸乾膾四瓶。"參閱本草綱目四四鱗三石首魚。

鯀 gǔn 古本切,上,混韻,見。 ㄍㄨㄣˇ

㊀大魚。見玉篇。㊁人名。也作"鮌"。相傳爲禹之父,封崇伯。治水無功,舜殛之於羽山。古史傳説爲四凶之一。參見"四凶"。

鯈 chóu 直由切,平,尤韻,澄。 ㄔㄡˊ

魚名。卽小白魚。莊子秋水:"鯈魚出游從容,是魚之樂也。"注:"鯈魚,卽白鯈也。”參見“鰷”。

【鰷鮢】魚名。荀子榮辱:“鰷鮢者,浮陽之魚也。”注:“鰷鮢,魚名,浮陽謂此魚好浮於水上就陽也。”

八畫

鯗 xiǎng 息兩切,上,養韻,心。ㄒㄧㄤˇ

亦作“鮝”。乾腊魚。烏賊魚鹹乾者名明鯗,淡乾者名脯鯗。宋王應麟困學紀聞四:“陸廣微吳地記云:‘闔閭思海魚而難於生致,治生魚鹽漬而日乾之,故名爲鯗。’”

【鯗鶴】乾腊魚頭骨,合之如鶴喙形,謂之勒鯗。見本草綱目四四鱗三勒魚集解。亦曰鯗鶴。清吳偉業梅村家藏稿十六有鯗鶴詩。

鯯 zhì 征例切,去,祭韻,照。ㄓˋ

魚名。可作醬。世說新語紕漏:“天時尚煐,鯯魚蝦鮭未可致。”太平御覽九三八臨海異物志:“鯯魚至肥,炙食甘美。諺曰,寧去累世田宅,不去鯯魚額。”

鯬 lí 力脂切,平,脂韻,來。ㄌㄧˊ 郎奚切,平,齊韻,來。

魚名。爾雅釋魚:“鯬,鯠。”清郝懿行義疏謂即鰻鯠,亦即鰻鱺。參見“鰻鱺”。

鯨 qíng 渠京切,平,庚韻,羣。ㄑㄧㄥˊ

㊀動物名。也作“鱷”。屬哺乳類,種類甚多,生活在海洋中。文選漢賈誼弔屈原文:“橫江湖之鱣鯨兮,固將制於螻蟻。”㊁舉起。通“擎”。見“鯨牙㊀”。今讀 jīng。

【鯨牙】舉弩牙。鯨,通“擎”。文選晉潘安仁(岳)射雉賦:“鯨牙低鏃,心平望審。”南朝宋徐爰注:“鯨當作擎,舉也。”

【鯨吞】鯨魚吞食,喻兼併。左傳宣十三年“取其鯨鯢而封之”晉杜預注:“鯨鯢,大魚名,以喻不義之人,吞食小國。”晉書慕容暐載記論:“猶將席卷京洛,肆其蟻聚之徒;宰割黎元,縱其鯨吞之勢。”

【鯨吸】唐杜甫杜工部草堂詩箋二飲中八仙歌:“飲如長鯨吸百川,銜盃樂聖稱世賢。”後遂以鯨吸喻豪飲。宋陸游劍南詩稿四五送陳希周赴安福令:“吾杯僅容龠,安得看鯨吸。”

【鯨波】鯨魚興起之波,謂江海巨浪。唐杜甫杜工部詩史補遺九舟中出江陵南浦奉寄鄭少尹:“溟漲鯨波動,衡陽雁影徂。”劉禹錫劉夢得文集六送源中丞充新羅册立使詩:“煙開鼇背千尋碧,日落鯨波萬頃金。”

【鯨音】鐘聲。古時刻杵作鯨魚形以撞鐘,故曰鯨音。元詩選宋褧燕石集鄱陽蕭性淵能鼓琴琴號霜鐘……其家上世善琴云之二:“不似琵琶不似箏,鯨音歷歷似秋清。”

【鯨海】大海。宋文同丹淵集四季夏已亥大雨詩:“怪電燒蒸嗔霆喧,鯨海起立星漢翻。”宋王安石臨川集二五寄石鼓寺陳伯庸詩:“鯨海無風白日閒,天門當面險難攀。”

【鯨魚】㊀即鯨。見“鯨㊀”。㊁撞鐘之杵。因刻作鯨魚形,故名。後漢書四十下班彪傳附班固兩都賦:“於是發鯨魚,鏗華鐘。”注:“鯨魚謂刻杵作鯨魚形也……薛綜注西京賦云:海中有大魚名鯨,又有獸名蒲牢。蒲牢素畏鯨魚,鯨魚擊,蒲牢輒大鳴呼。凡鐘欲令其聲大者,故作蒲牢於其上,撞鐘者名爲鯨魚。”

【鯨猾】大豪姦詐之徒。藝文類聚五四晉郭璞書奏:“且濱接鯨猾,密邇姦藪,退未絶其丘窟之顧,進無以塞其逋逃之門。”

【鯨鯢】㊀鯨魚。雄曰鯨,雌曰鯢。見晉崔豹古今注中蟲魚。㊁喻凶惡之人。左傳宣十二年:“古者明王伐不敬,取其鯨鯢而封之,以爲大戮,於是乎有京觀以懲淫慝。”㊂謂身被誅戮者。文選漢李少卿(陵)答蘇武書:“上念老母,臨年被戮,妻子無辜,並爲鯨鯢。”

鯖 1. qīng 倉經切,平,青韻,清。ㄑㄧㄥ

㊀通稱青魚,產於淡水。背正青色故名。見本草綱目四四鱗三。

2. zhēng ㄓㄥ

㊀合魚肉烹煮成的食品。同“胚”。漢成帝時婁護嘗合帝母舅王氏五侯所饋珍膳爲鯖,世稱五侯鯖。見西京雜記二。

鯥 lù 力竹切,入,屋韻,來。ㄌㄨˋ

傳說中的一種怪魚。山海經南山經:“(柢山)有魚焉,其狀如牛,陵居,蛇尾,有翼,其羽在脅下,其音如留牛,其名曰鯥。冬死而夏生。”文選晉郭景純(璞)江賦:“鯪鯥跻跼於垠隒。”

鯪 líng 力膺切,平,蒸韻,來。ㄌㄧㄥˊ

見下。

【鯪魚】㊀傳說中人面魚身的怪魚。楚辭屈原天問:“鯪魚何所?”唐柳宗元柳先生集十四天對:“鯪魚人貌,邇列姑射。”山海經海内北經列姑射山作“陵魚”。㊁背腹有刺的大魚。太平御覽九三八引山海經:“鯪魚吞舟。”又臨海水土記:“鯪魚背腹皆有刺,如三角菱。”

【鯪鯉】獸名。又名龍鯉、陵鯉、石鯪魚。其形似鯉而有四足,穴陵而居,故曰鯪鯉。黑色,能陸能水,性好食蟻。俗稱穿山甲。見本草綱目四三鱗二鯪鯉。

鯌 cuò 倉各切,入,鐸韻,清。ㄘㄨㄛˋ 七雀切,入,藥韻,清。

魚名,即鱗鯌。藝文類聚八晉孫綽望海賦:“蚐鯌揚鬐以排流。”太平御覽九三八作“蚐鯌”。皮粗厚可製刀劍鞘。唐李白李太白詩十醉後贈從甥高鎮:“匣中盤劍裝鯌魚,閒在腰間未用渠。”參見“鱗”。

鯫 zhǒu 仕垢切,上,厚韻,牀。ㄓㄡˇ 徂鉤切,平,侯韻,從。

㊀小魚。史記一二九貨殖傳:“鯫千石,鮑千鈞。”索隱:“鯫,小魚也。”正義:“鯫,音族苟反,謂雜小魚也。”漢書貨殖傳作“鮿”。㊁小人。見“鯫生㊀”。

【鯫生】㊀淺薄無知之人。史記項羽紀:“(沛公)曰:‘鯫生教我曰:距關,無內諸侯,秦地可盡王也。’”集解:“伏虔曰:‘鯫音淺。鯫,小人貌也。’”又引臣瓚,以鯫爲人姓。㊁自謙之詞。猶小生。元王實甫西廂記四本一折:“嘆鯫生不才,謝多嬌錯愛。”

鯠 lái 落哀切,平,咍韻,來。ㄌㄞˊ

魚名。見“鯬”。

鯞 zhǒu 之九切,上,有韻,照。ㄓㄡˇ

鰋鯞,魚名。見該條。

鯧 chāng 尺良切,平,陽韻,穿。ㄔㄤ

魚名。產近海。身圓肉厚,骨亦軟而可食,肉味鮮美,故名曰昌。參閱本草綱目四四鱗三鯧魚。

鯤 kūn 古渾切,平,魂韻,見。ㄎㄨㄣ

㊀大魚名。莊子逍遙遊:“北冥有魚,其名爲鯤。”㊁魚子。國語魯上:“魚禁鯤鮞,獸長麑麇。”

【鯤化】莊子逍遙遊:“北冥有魚,其名爲鯤。鯤之大,不知其幾千里也。化而爲鳥,其名爲鵬。鵬之背,不知其幾千里也。”後稱人陞擢高第爲鯤化。唐獨孤及毘陵集二送虞秀才擢第歸長沙詩:“海運同鯤化,風帆若鳥飛。”

【鯤鵬】莊子逍遙游記北冥有大魚名鯤,化而爲大鳥名鵬。以喻至大之物。廣弘明集二九上南朝梁武帝孝思賦:"察蟭螟於蚊睫,觀鯤鵬於北溟。"唐杜甫杜工部草堂詩箋三六泊岳陽城下:"圖南未可料,變化有鯤鵬。"

鯝 gù 古暮切,去,暮韻,見。 ㄍㄨˋ

㊀魚腸。一曰杭越之間謂魚胃爲鯝。見集韻。㊁魚名。卽黃鯝。狀似白魚,長不近尺,濶不踰寸,扁身細鱗,腸腹多脂。南人訛名黃姑,北人訛名黃骨魚。見正字通。

鯩 lún 力迍切,平,諄韻,來。 ㄌㄨㄣˊ

魚名。山海經中山經:"來需之水,出於其陽,而西流注於伊水。其中多鯩魚,黑文,其狀如鮒,食者不睡。"文選晉郭景純(璞)江賦:"鯖鰊鰷鮋,鮻鯔鯩鰱。"注引山海經作"食者不腫"。

鯛 diāo 都聊切,平,蕭韻,端。 ㄉㄧㄠ

魚名。按俗呼銅盆魚。產近海。亦稱火燒鯿。頭尾似魴,而脊骨更隆上,有赤鬣連尾,黑質赤章,色如烟薰。參閱本草綱目四四鱗三魴魚。

鮥 xiàn 户韽切,去,陷韻,匣。 ㄒㄧㄢˋ 古念切,去,标韻,見。

魚名。卽鰄魚。太平御覽九三九引劉敬叔異苑:"鮥魚,凡諸魚欲產,鮥輒以頭衝其腹;鮥魚自欲生者,亦更相撞觸。故世人謂爲衆魚之母也。"參見"鰄"。

鯢 ní 五稽切,平,齊韻,疑。 ㄋㄧˊ

㊀雌鯨。文選晉左太沖(思)吳都賦:"長鯨吞航,修鯢吐浪。"參見"鯨鯢㊀"。㊁魚名。卽人魚。亦稱狗魚、山椒魚。俗稱娃娃魚。爾雅釋魚:"鯢,大者謂之鰕。"注:"今鯢魚似鮎。四脚,前似獼猴,後似狗,聲如小兒啼。"參見"人魚"。㊂小魚。莊子外物:"夫揭竿累,趣灌瀆,守鯢鮒,其於得大魚難矣。"釋文:"鯢鮒,皆小魚也。"㊃見"鯢齒"。

【鯢齒】更生之齒。謂老壽之人。文選漢張平子(衡)南都賦:"於是乎鯢齒眉壽鮐背之叟。皤皤然被黃髮者,喟然相與歌。"注:"爾雅曰黃髮鯢齒,鮐背耇老,壽也。"今本爾雅釋詁作"齯齒"。

鯔 zī 側持切,平,之韻,莊。 ㄗ

魚名。大者長二尺,小者僅數寸。文選晉左太沖(思)吳都賦:"躍龍騰蛇,鮫鯔琵琶。"晉劉淵林(逵)注:"鯔魚,形如鯢,長七尺,吳會稽臨海皆有之。"參閱本草綱目四四鱗三鯔魚。

【鯔鴝躍】水戲的形狀。晉書夏統傳:"統乃操柂正櫓,折旋中流,初作鯔鴝躍,後作鯆鮃引。"

九畫

鯷 tí 杜奚切,平,齊韻,定。 ㄊㄧˊ

鯢魚。一說卽鮎魚。山海經中山經:"(少室之山)休水出焉,而北流注於洛。其中多鯷魚,狀如盩蜼而長距,足白而對。"又北山經:"(龍侯之山)決決之水出焉,而東流至於河,其中多人魚,其狀如鯷魚。"注:"或曰,人魚卽鯢也,似鮎而四足,聲如小兒嗁。今亦呼鮎爲鯷。"參閱本草綱目四四鱗四鯷魚。

鯿 biān 卑連切,平,仙韻,幫。 ㄅㄧㄢ 布還切,平,刪韻,幫。

魚名。說文作"鯾"。古謂之魴。後漢書六十上馬融傳廣成頌:"魴鱮鱓鯿。"

【鯿魚舟】船名。梁書陸雲公傳:"是時天淵池新製鯿魚舟,形濶而短,高祖暇日,常汎此舟。"

鯶 gèng 集韻 居鄧切,去,隥韻。 ㄍㄥˋ 居曾切,平,登韻。

也作"魱"。見"魱鰽"。

鰌 qiú 自秋切,平,尤韻,從。 ㄑㄧㄡˊ

㊀魚名。爾雅釋魚:"鰼,鰌。"注:"今泥鰌。"鰌,一作"鰍"。形似鱔,長約三四寸,尾扁,色青黑,無鱗而微有黏液。常潛居河湖池沼水田泥中,故又名泥鰌或泥鰍。另有海鰌生海中,極大;江鰌生江中,長七八寸。見本草綱目四四鱗四鰌魚。㊁蹴踏,陵逼。通"蹈"。莊子秋水:"然而指我則勝我,鰌我亦勝我。"釋文:"鰌,本又作蹈。"荀子彊國:"巨楚縣吾前,大燕鰌吾後。"注:"鰌,蹴也,籍也。如蹴踏於後。"

鯶 hún 胡本切,上,混韻,匣。 ㄏㄨㄣˊ

魚名。又稱草魚。爾雅釋魚"鯇"晉郭璞注:"今鯶魚,似鱒而大。"宋司馬光溫國公集六六題絳州鼓椎祠記:"溶爲深淵,中多魚鼈蟹鯶。"參見"鯇"。

鰈 tà 吐盍切,入,盍韻,透。 ㄊㄚˋ

魚名。卽比目魚。種類甚多,產於近海。爾雅釋地:"東方有比目魚焉,不比不行,其名謂之鰈。"釋文:"鰈,本或作鰨。"參見"比目魚"。

【鰈鶼】比目魚和比翼鳥。爾雅釋地:"東方有比目魚焉,不比不行,其名謂之鰈。南方有比翼鳥焉,不比不飛,其名謂之鶼鶼。"文苑英華五五六唐上官儀勸封禪表:"江茅鄗黍,歲時鱗萃,東鰈西鶼,日月波屬。"後因以鰈鶼或鶼鰈喻恩愛夫妻。

鰋 yǎn 於幰切,上,阮韻,影。 ㄧㄢˇ

魚名。說文作"鰕"。詩小雅魚麗:"魚麗于罶,鰋,鯉。"傳:"鰋,鮎也。"釋文:"鰋,音偃。郭(璞)云:今偃額白魚。"

鰕 1. xiá 胡加切,平,麻韻,匣。 ㄒㄧㄚˊ

㊀卽鯢魚。爾雅釋魚:"鯢,鰕。"注:"出穢邪頭國,見呂氏(忱)字林。"文選三國魏曹子建(植)名都篇:"膾鯉臇胎鰕,寒鼈炙熊蹯。"參見"鯢㊀"。㊁鯢魚之大者。爾雅釋魚:"鯢,大者謂之鰕。"本草綱目四四鱗四鯢魚:"異物志:'有魚之形,以足行,如鰕,故名鰕。'"

2. xiā ㄒㄧㄚ

㊂通"蝦"。見"蝦"。

【鰕₂米】以鰕煮曬乾去殼,大者曰鶯爪,小者曰鰕米。見本草綱目拾遺十乾鰕。

【鰕₂鬚】海上大鰕有鬚甚長,可以作簾下垂飾的穗子。後因以鰕鬚作簾的代稱。全唐詩七八五無名氏小蘇家:"堂內月娥橫剪波,倚門腸斷鰕鬚隔。"也作"蝦鬚"。參見"蝦鬚㊁"。

鰂 zé 昨則切,入,德韻,從。 ㄗㄜˊ

魚名。卽烏鰂。也叫烏賊、墨魚。見"烏賊"。

鯷 tí 是義切,去,寘韻,禪。 ㄊㄧˊ 特計切,去,霽韻,定。 集韻 田黎切,平,齊韻。

㊀鮎魚之大者。也作"鮧"、"鮷"。戰國策趙二"鯷冠秫縫"宋鮑彪注:"鯷,大鮎,以其皮爲冠。"廣雅釋魚:"鮷、鯷,鮎也。"㊁見"鯷海"。

【鯷海】東鯷人所在的海外之國。南齊謝朓謝宣城集二永明樂之五:"化洽鯷海君,恩變龍庭長。"舊唐書玄宗紀論:"象郡炎州之玩,雞林鯷海之珍,莫不結轍於象胥,駢羅於典屬。"參見"東鯷"。

鰓 1. sāi 蘇來切,平,咍韻,心。 ㄙㄞ

㊀魚類的呼吸器官,在頭部頰中,多爲深紅色絲肉,多數並列,形如櫛齒相比。文選晉潘安仁(岳)西征賦:"貫鰓罥尾,掣三牽兩。"

2. xǐ
ㄒㄧˇ

㊀恐懼，作難。通"葸"。漢揚雄太玄經三密："密有口，小鰓。"注："鰓，難也。"

【鰓2鰓2】憂懼貌。漢書刑法志："故雖地廣兵彊，鰓鰓常恐天下之一合而共軋己也。"注："蘇林曰，鰓音'慎而無禮則葸'之葸。鰓，懼貌也。"鰓鰓，荀子議兵作"謥謥"。

鰅 yóng yú 魚容切，平，鍾韻，疑。
ㄩㄥˊ ㄩˊ 遇俱切，平，虞韻，疑。

魚名。史記一一七司馬相如傳上林賦："鰅鱅鰬魠，禺禺鱋魶。"說文："鰅，魚名。皮有文，出樂浪東暆。神爵四年，初捕收輸考工。周成王時揚州獻鰅。"

鰐 è 五各切，入，鐸韻，疑。
ㄜˋ

爬行動物名。文選晉左太沖(思)吳都賦："鼉鼊鯖鰐。"晉劉淵林(逵)注："鰐魚，長二丈餘，有四足，似鼉，喙長三尺，甚利齒，虎及大鹿渡水，鰐擊之，皆中斷。"亦作"鱷"。唐韓愈昌黎集三六有祭鱷魚文。

鯼 zōng 子紅切，平，東韻，精。
ㄗㄨㄥˋ 作弄切，去，送韻，精。

魚名。1.即石首魚。又名黄花魚。文選晉郭景純(璞)江賦："介鯨乘濤以出入，鯼鮆順時而往還。"注："字林曰：'鯼魚出南海，頭中有石，一名石首。'"2.江湖中一種以魚爲食的魚。見本草綱目四四鱗三鯼魚。

鰒 fú 房六切，入，屋韻，並。
ㄈㄨˊ

㊀一種海生軟體動物。也叫鮑魚、石決明。漢書九九下王莽傳："莽憂懣不能食，亶飲酒，啗鰒魚。"後漢書二六伏湛傳附伏隆："張步遣使隨隆，詣闕上書，獻鰒魚。"注："郭璞注三蒼云：'鰒似蛤，偏著石。'廣志曰：'鰒無鱗有殼，一面附石，細孔雜雜，或七或九。'本草云：'石決明，一名鰒魚。'"參見"鮑魚㊁"。㊁鮫魚也叫鰒魚。見本草綱目四四鱗四鮫魚。

鰍 qiū 七由切，平，尤韻，清。
ㄑㄧㄡ

魚名。同"鰌"。見"鰌㊀"。

鰉 huáng 集韻 胡光切，平，唐韻。
ㄏㄨㄤˊ

魚名。見"鱘鰉"。

鯽 jì 資昔切，入，昔韻，精。
ㄐㄧˋ 子力切，入，職韻，精。

魚名。也稱鰿或鮒。形似鯉，無觸鬚，産於淡水，爲主要食用魚。金魚爲其著名的飼養變種，供觀賞用。北魏楊衒之洛陽伽藍記三報德寺："(王)肅初入國，不食羊肉及酪漿等物，常飯鯽魚羹，渴飲茗汁。"參閱本草綱目四四鱗三金魚。

【鯽令】"精"字的反切語。宋宋祁宋景文公筆記上釋俗："孫炎作反切語，本出於俚俗常言，尚數百種，故謂就爲鯽溜，凡人不慧者，即曰不鯽溜；謂團曰突欒；謂精曰鯽令；謂孔曰窟籠；不可勝舉。"參閱明田汝成西湖遊覽志餘二五。

【鯽溜】見"鯽令"。

【鯽跳】杭方言以俏爲鯽跳，反切語。見明田汝成西湖游覽志餘二五。

【鯽魚片】香名。明屠隆香箋："片速香，俗名鯽魚片。"

鯸 hóu 户鉤切，平，侯韻，匣。
ㄏㄡˊ

見下。

【鯸鮐】即河豚。文選左太沖(思)吳都賦："王鮪鯸鮐，鮣龜鱕鯌。"參閱本草綱目四四河豚釋名。

【鯸䱌】河豚魚的别名。廣雅釋魚："鯸䱌，魺也。"清王念孫疏證："鰗夷即鯸䱌之轉聲，今人謂之河豚者是也。河豚善怒，故謂之鮭，又謂之魺。鮭之言恚，魺之言訶。釋詁云：恚、訶，怒也。"亦作鯸鮧。參閱唐段成式酉陽雜俎續集八支動。

十畫

𩾐 yú 語居切，平，魚韻，疑。
ㄩˊ

捕魚。同"漁"。周禮天官𩾐人："掌以時𩾐爲梁。"疏："一歲三時取魚，皆爲梁，以時取之，故云以時漁爲梁。"

【𩾐人】官名。即漁人。周禮天官之屬，掌捕魚，供魚、征(漁者)租稅及其有關政令。國語魯上作水虞；禮記月令季夏之月作"漁師"。

䲢 téng 徒登切，平，登韻，定。
ㄊㄥˊ

魚名。山海經中山經："(半石之山)合水出於其陰，而北流注於洛，多䲢魚，狀如鱖，居逵，蒼文赤尾。"也作"鰧"。文選晉郭景純(璞)江賦："魚則江豚、海狶、叔鮪、王鱣，鮹、鰊、鰧、鮋，鯪、鰩、鯩、鰱。"

鰫 yóng 集韻 餘封切，平，鍾韻。
ㄩㄥˊ

魚名。同"鱅"。見"鱅"。

鰟 1. fáng 集韻 符方切，平，陽韻。
ㄈㄤˊ

㊀魚名。同"魴"。見"魴"。

2. páng
ㄆㄤˊ

㊁見"鰟2魮"。

【鰟2魮】見"妾魚"。

鰝 hào 胡老切，上，晧韻，匣。
ㄏㄠˋ 呵各切，入，鐸韻，曉。

大蝦。爾雅釋魚："鰝，大鰕。"注："鰕大者，出海中，長二三丈，鬚長數尺，今青州呼鰕魚爲鰝。"

鮺 zhǎ 集韻 側下切，上，馬韻。
ㄓㄚˇ

㊀經加工製作便於貯藏的魚食品，如醃魚、糟魚之類。周禮天官庖人"共祭祀之好羞"漢鄭玄注："若荆州之鮺魚。"世說新語賢媛："陶公(侃)少時作魚梁吏，嘗以坩鮺餉母，母封鮺付使反書責侃。"參見"鮓㊀"、"鮝㊀"。㊁醃製的肉食。參見"獮猴鮺"。

鰜 jiān 古甜切，平，添韻，見。
ㄐㄧㄢ

魚名。比目魚。一名鰈。見唐段公路北户録一乳穴魚引臨海異物志。

鰱 lián 力延切，平，仙韻，來。
ㄌㄧㄢˊ

魚名。頭小鱗細，體側扁，腹部色白，爲我國主要淡水養殖魚類。文選晉郭景純(璞)江賦："鯪鰩鯩鰱。"亦稱"鱮"。見廣雅釋魚。

鰭 qí 渠脂切，平，脂韻，羣。
ㄑㄧˊ

魚類在水中運動的器官。有脊鰭、胸鰭、腹鰭、尾鰭等。禮少儀："冬右腴，夏右鰭。"注："鰭，脊也。"史記一一七司馬相如傳上林賦："揵鰭擢尾，振鱗奮翼。"

鱁 zhú 直六切，入，屋韻，澄。
ㄓㄨˊ

魚名。㊀即鰵。爾雅釋魚："鰵，是鱁。"見"鰵"。㊁見"鱁鮧"。

【鱁鮧】㊀魚腸醬。以石首魚、魦魚、鯔魚三種腸肚泡鹽製成。相傳漢武帝逐夷至海濱，得此物，因名之。見北魏賈思勰齊民要術八作醬法。亦有以糖蜜漬製者。南史宋明帝紀："以蜜漬鱁鮧，一食數升。"㊁魚膏。以魚鰾煮凍作膏，切片，以薑醋食之。見本草綱目四四鱗四附録鱁鮧。

鰬 qián 渠焉切，平，仙韻，羣。
ㄑㄧㄢˊ

魚名。即鰻鱺。史記一一七司馬相如傳上林賦："鰅、鱅、鰬、魠。"廣雅釋魚："大鰊謂之鰬。"清王念孫疏證："鰊爲鯉魚，鱋爲鰻鱺魚。鱋似鰥而大，故云大鰥謂之鱋。”

鰣 shí 市之切，平，之韻，禪。
ㄕ

魚名。也作“鯖”。體形扁而長，腹部銀白色，生活海中，五六月間入淡水産卵。爲名貴食用魚。以其進出有時，故名鰣。宋王安石臨川集一後元豐行：“鰣魚出網蔽江渚，荻筍肥甘勝牛乳。”

鰨 tà 吐盍切，入，盍韻，透。
ㄊㄚˋ

魚名。1.鯢魚。漢書五七上司馬相如傳上林賦：“禺禺鱋鰨。”注引晉郭璞：“鰨，鯢魚也，似鮎，有四足，聲如嬰兒。”史記作“魶”。2.比目魚。同“鰈”。爾雅釋地：“東方有比目魚焉，不比不行，其名謂之鰈。”釋文：“鰈，本或作鰨。”

䱻 huá 戶八切，入，黠韻，匣。
ㄏㄨㄚˊ

魚名。山海經東山經：“（子桐之山）子桐之水出焉，而西流注於餘如之澤，其中多䱻魚。其狀如魚而鳥翼，出入有光，其音如鴛鴦。”文選晉郭景純（璞）江賦：“䱻鰊鰺鮋，鮫鰩鯩鰱。”

鰥 guān 古頑切，平，仙韻，見。
ㄍㄨㄢ 古幻切，去，襇韻，見。

㊀魚名，卽鯇鯤。詩齊風敝笱：“敝笱在梁，其魚魴鰥。”傳：“鰥，大魚。”孔叢子三抗志：“衛人釣於河，得鰥魚焉，其大盈車。”一說，魚子。見漢鄭玄箋。㊁無妻曰鰥。書堯典：“有鰥在下，曰虞舜。”釋名釋親屬：“無妻曰鰥。鰥，昆也；昆，明也。愁悒不寐，目恒鰥鰥然明也。其字從魚，魚目恒不閉者也。”㊂病。同“瘝”。爾雅釋詁：“鰥，病也。”

【鰥居】男子無妻獨居。唐孫棨北里志鄭合敬先輩：“余頃年往長安中，鰥居僑寓。”宋王明清揮麈録後録八：“江子我端友知經明道，馳譽中外。後盡弃舊業，鰥居孑然。”

【鰥魚】魚目恒不閉，因謂愁悒而張目不寐爲鰥魚。又玄集于武陵長信宫詩：“一從悲畫扇，幾度泣鰥魚。”宋陸游劍南詩稿四晚登望雲：“衰如蠹葉秋先覺，愁似鰥魚夜不眠。”

【鰥嫠】卽鰥寡。唐柳宗元柳先生集五碑陰文：“撫字惠厚柔仁博愛之道，洽于鰥嫠，廉毅肅給威斷猛制之令，行於强禦。”又八故銀青光祿大夫……柳公行狀：“公於是用重典以威姦暴，鋪太和以惠鰥嫠。”

【鰥寡】老年無偶的男女。引申爲凡孤弱者之稱。書康誥：“不敢侮鰥寡。”傳：“惠恤窮貧民，不慢鰥夫寡婦。”

【鰥鰥】張目不寐貌。唐李商隱李義山詩集五宿晉昌亭聞驚禽：“羇緒鰥鰥夜景侵，高窗不掩見驚禽。”參見“鰥㊁”、“鰥魚”。

【鰥寡孤獨】無依無靠的老弱人。孟子梁惠王下：“老而無妻曰鰥，老而無夫曰寡，老而無子曰獨，幼而無父曰孤，此四者，天下之窮民而無告者。”漢書八九黃霸傳：“鰥寡孤獨有死無以葬者，鄉部書言，霸具爲區處。”

鰩 yáo 餘昭切，平，宵韻，喻。
ㄧㄠ

魚名，卽文鰩魚。魏書袁翻傳思歸賦：“遠渾鼯與鸁鷵，走鰩鱸及龜鼉。”參見“文鰩”。

十一畫

鰲 áo 五勞切，平，豪韻，疑。
ㄠ

鼇俗字。見該條。

鰵 mǐn 眉殞切，上，軫韻，明。
ㄇㄧㄣˇ

海魚名。卽鮸。明馮時可雨航雜録下：“鮸，樂清志所謂鰵魚是也。一曰茅狂。”又屠本畯閩中海錯疏上：“鰵，形似鱸，口闊肉粗，腦腴骨脆，而味美。按鰵身類鱸，口類石首，大者長丈許，重百餘斤。四明諺云：‘寧可棄我三畝稻，不可棄我鰵魚腦。’蓋言美在腦也。”

鱅 yōng 餘封切，平，鍾韻，喻。
ㄩㄥ

㊀魚名。也叫黑鰱、胖頭魚。頭大，似鰱而黑，生活在淡水中。史記一一七司馬相如傳上林賦：“鰅鱅鰬魠。”漢書文選皆作“鰫”。本草綱目四四鱗三鱅魚：“此魚中之下品，蓋魚之庸平以供饈食者，故曰鱅曰饈。”㊁見“鱅鱅”。

【鱅鱅】海獸名。卽魚牛。山海經東山經：“（栒狀之山）食水出焉，而東北流注於海，其中多鱅鱅之魚，其狀如犁牛，其音如彘鳴。”清畢沅校注謂鱅鱅卽史記司馬相如傳上林賦之“禺禺”。禺音隅，又音顒。字異音同。參見“魚牛”。

鰿 jì 資昔切，入，昔韻，精。
ㄐㄧˋ 士革切，入，麥韻，牀。

㊀狹長形的小貝。爾雅釋魚：“貝，居陸贆，在水者蜬，大者魧，小者鰿。”參閱本草綱目四六介二貝子。亦作“蟦”。參見“蟦”。㊁同“鯽”。楚辭屈原大招：“煎鰿臛雀，遽爽存只。”

鱄 1. zhuān zhuǎn 職緣切，平，仙韻，照。
ㄓㄨㄢ ㄓㄨㄢˇ 旨兗切，上，獮韻，照。

㊀魚名。儀禮士喪禮：“豚合升魚鱄鮒九。”呂氏春秋本味：“魚之美者，洞庭之鱄。”㊁見“鱄諸”。

2. tuán 集韻 徒官切，平，桓韻。
ㄊㄨㄢ

㊂傳説魚名。山海經南山經：“（雞山）黑水出焉，而南流注於海，其中有鱄魚，其狀如鮒而彘毛，其音如豚。”

【鱄諸】春秋時刺客。卽專諸。左傳昭二十七年作“鱄設諸”。參見“專諸”。

鰹 jiān 古賢切，平，先韻，見。
ㄐㄧㄢ

魚名。爾雅釋魚：“鰹，大鮦，小者鮵。”疏：“此卽上文鱧也。”

鰾 biào 苻少切，上，小韻，並。
ㄅㄧㄠˋ

魚泡。魚體内調節魚體浮沉的器官。類篇：“鰾，魚泡也。”

【鰾膠】魚鰾製的膠，黏物甚固，俗名魚膠。宋沈括夢溪補筆談二官政：“朝廷調發軍器，有弩樁箭幹之類。海州素無此物，民甚苦之，請以鰾膠充折。”參見“膠鰾”、“魚膠”。

鰳 lè 正字通 盧白切，音勒。
ㄌㄜˋ

魚名。出東南海中。狀如鰣魚，小首細鱗，腹下有硬刺。頭上有骨，合之如鶴喙形。乾者曰鰳鮝。見正字通。本草綱目四四鱗四作“勒魚”。

鰼 xí 似入切，入，緝韻，邪。
ㄒㄧˊ

魚名。爾雅釋魚：“鰼，鰌。”注：“今泥鰌。”參見“鰌”。

【鰼鰼】古代傳説中的怪魚。山海經北山經：“（涿光之山）囂水出焉，而西流注於河。其中多鰼鰼之魚，其狀如鵲而十翼，鱗皆在羽端，其音如鵲。可以禦火，食之不癉。”

鰻 mán 母官切，平，桓韻，明。
ㄇㄢˊ 無販切，去，願韻，明。

魚名。卽“鰻鱺”。見該條。

【鰻井】井名。1.在今浙江省紹興縣龜山。以井有鰻而得名。宋沈括夢溪筆談二十神奇：“越州應天寺有鰻井，在一大磐石上，其高數丈，井纔方數寸，乃一石竅也，其深不可知。”全唐詩二一五徐浩寶林寺作：“兹山昔飛來，遠自瑯琊臺。孤岫龜形在，深泉鰻井開。”2.在今江蘇省鎮江市北固山甘露寺内。相傳寺僧鑿井得鰻魚故名。見嘉慶一統志九一鎮江府一山川。

【鰻鱺】魚名。簡稱鰻,也叫白鱔。似鱔而腹大,青黃色。其狀如蛇,背有肉鬣連尾。無鱗有舌。大者長數尺,脂膏最多。善穿深穴。見本草綱目四四鱗四鰻鱺魚。也作"鰻鰊"。法苑珠林五一敬塔故塔:"寺北二里有聖井,其實深,池中有鰻鰊魚。"又作"鰻鯬"。宋徐鉉稽神録三漁人:"因取置漁舍中,多得鰻鯬魚以食之。"

鰷 tiáo 徒聊切,平,蕭韻,定。
ㄊㄧㄠˊ

魚名。卽白鯈,長僅數寸,生江湖中。詩周頌潛:"有鱣有鮪,鰷、鱨、鰋、鯉。"見本草綱目四四鱗三鰷魚。

鱀 jì 具冀切,去,至韻,羣。
ㄐㄧˋ 渠記切,去,志韻,羣。

魚名。卽江豚。爾雅釋魚:"鱀,是鱁。"注:"體似鱏,尾如鯛魚,大腹,喙小,銳而長,齒羅生,上下相銜,鼻在額上,能作聲,少肉多膏。胎生,健啖細魚。大者長丈餘,江中多有之。"

鰴 huī 許歸切,平,微韻,曉。
ㄏㄨㄟ

强大多力的魚。見爾雅釋魚。

【鰴鯨】大而多力的魚。文選晉左太沖(思)吳都賦:"鰴鯨輩中於羣犗,攙搶暴出而相屬。"晉劉淵林(逵)注:"魚大者莫若鯨也,故曰鰴鯨也。"

十二畫

鱔 shàn 集韻 上演切,上,獮韻。
ㄕㄢˋ

魚名。俗稱黃鱔。說文作"鱓"。參見"鱓㊀"。

⿰魚普 pǔ
ㄆㄨˇ

魚名。卽江豚。史記六六伍子胥傳"抉吾眼縣吳東門之上"唐張守節正義:"⿰魚普,音普姑反。……顧野王云'⿰魚普魚一名江豚,欲風則湧'也。"參見"⿰魚普門"。

【⿰魚普門】城門名。今江蘇省蘇州城東門。史記六六伍子胥傳"而抉吾眼縣吳東門之上"唐張守節正義:"東門,⿰魚普門,謂⿰魚孚門也,今名葑門。……越軍開示浦,子胥濤盪羅城,開此門,有⿰魚普⿰魚孚隨濤入,故以名門。"⿰魚普⿰魚孚,江豚。

鱒 zùn 才本切,上,混韻,從。
ㄗㄨㄣˋ 徂悶切,去,慁韻,從。

魚名。一名"鮅"。似鱓而小,赤脈貫瞳,身圓而長,鱗細,背部微帶青色。供食用。詩豳風九罭:"九罭之魚,鱒、魴。"說文稱赤目魚。參閱本草綱目四四鱗三鱒魚。

鱗 lín 力珍切,平,眞韻,來。
ㄌㄧㄣˊ

㊀魚類和爬行動物身體外表的透明角質鱗片,排列如覆瓦狀。文選戰國楚宋玉高唐賦:"黿鼉鱣鮪,交積縱横,振鱗奮翼,蜲蜲蜿蜿。"㊁有鱗動物之總名。周禮地官大司徒:"其動物宜鱗物。"注:"鱗物,魚龍之屬。"㊂鱗狀物。唐李賀歌詩編一雁門太守行:"黑雲壓城城欲摧,甲光向日金鱗開。"宋蘇軾東坡集前集一李氏園詩:"林中百尺松,歲久蒼鱗皴。"

【鱗比】相次排列如魚鱗。文選三國魏何平叔(晏)景福殿賦:"星居宿陳,綺錯鱗比。"參見"鱗次"。

【鱗介】泛指有鱗和介甲的水生動物。漢蔡邕蔡中郎集二郭有道太原郭林宗碑:"望形表而影附,聆嘉聲而響和者,猶百川之歸巨海,鱗介之宗龜龍也。"

【鱗爪】鱗和爪,喻事物的片斷或點滴。宋尤袤全唐詩話三劉禹錫:"長慶中,元微之(稹)、劉夢得(禹錫)、韋楚客同會樂天(白居易)舍,論南朝興廢,各賦金陵懷古詩。劉滿引一杯,飲已卽成。白公覽詩曰:'四人探驪龍,子先獲珠,所餘鱗爪何用耶?'"清龔自珍定盦集補古今體詩上丁亥自春徂秋偶有所觸拉雜書之漫不銓次得十五首之十五:"東雲露一鱗,西雲露一爪,與其見鱗爪,何如鱗爪無?"

【鱗甲】㊀鱗介類的鱗片和甲殼。左傳隱五年"公將如棠觀魚者。臧僖伯諫曰:'凡物不足以講大事,其材不足以備器用,則君不舉焉'"唐孔穎達疏:"捕魚不足以教戰陳,鱗甲不足以備器用,人君不宜觀之。"㊁同"鱗介"。指水族。初學記七漢水漢蔡邕漢津賦:"鱗甲育其萬類兮,蛟螭集以嬉遊。"㊂水波如鱗甲狀。唐白居易長慶集六二秋日與張賓客舒著作同遊龍門醉中狂歌凡百三十八字詩:"嵩峯餘霞錦綺卷,伊水細浪鱗甲生。"㊃喻人機心峻深。太平御覽四九六引江表傳諸葛亮表都護李嚴:"嚴爲郡職吏,用性(情)深刻,苟利其身,鄉里爲嚴諺曰:'難可狎,李鱗甲。'"

【鱗次】依序排列如魚鱗。藝文類聚三八漢李尤辟雍賦:"王公羣后,卿士具集,攢羅鱗次,差池雜遝。"文選晉張茂先(華)勵志詩:"四氣鱗次,寒暑環周。"

【鱗羽】魚類和鳥類。南齊書宗測傳答王復書:"性同鱗羽,愛止山壑,眷戀松筠,輕迷人路。"後亦用喻形迹。唐杜牧樊川集一雨中作詩:"但爲適性情,豈是藏鱗羽?"

【鱗施】古代貴族喪葬時給死者飾戴的玉器。呂氏春秋節喪:"國彌大,家彌富,葬彌厚,含珠鱗施。"注:"含珠,口實也。鱗施,施玉於死者之體如魚鱗也。"淮南子齊俗:"非不能竭國麋民,虛府殫財,含珠鱗施,綸組節束,追送死也。以爲窮民絶業而無益於槁骨腐肉也。"注:"鱗施,玉紐也。"

【鱗淪】波紋連接貌。文選漢馬季長(融)長笛賦:"波瀾鱗淪,窊隆詭戾。"注:"鱗淪,相次貌。"

【鱗眴】無涯。文選漢張平子(衡)西京賦:"坻崿鱗眴,棧齴巉嶮。"言高峻無際。

【鱗萃】同"鱗集"。史記一一七司馬相如傳子虛賦:"珍怪鳥獸,萬端鱗萃。"漢書作"鱗崒"。藝文類聚九漢張衡溫泉賦:"士女曄其鱗萃,紛雜遝其如絪。"

【鱗皴】鱗樣的皴皮或裂痕。全唐詩六一二皮日休虎丘寺殿前有古杉一本……賦三百言以見志:"突兀方相脛,鱗皴夏氏胝。"宋吳曾能改齋漫録十一許旌陽作鐵柱鎮鮫:"臨川謝逸嘗賦詩云:'……蒼苔包裹鱗皴皮,我欲摩挲肘屢掣。'"

【鱗集】羣集。漢書三六劉向傳上封事:"夫乘權藉勢之人,子弟鱗集於朝,羽翼陰附者衆。"參見"鱗集仰流"。

【鱗傷】傷痕遍布如魚鱗,形容傷勢很重。清黃六鴻福惠全書五蒞任部稟帖贅說附稟帖:"(張茂)德與理論,復統多人毒打,當經典史驗明,遍體鱗傷。"

【鱗鼠】有鱗甲之鼠。清曹樹翹滇南雜志二二:"鱗鼠,出順寧州屬之雲州,身有鱗甲,千百爲羣,殘食田苗,數年一出。"

【鱗鴻】魚和雁。書信的代稱。晉傅咸傳中丞集紙賦:"鱗鴻附便,援筆飛書。"宋徐鉉徐公文集三王十七自京垂訪作此送之詩:"只就鱗鴻求遠信,敢言車馬訪貧家。"參見"魚書㊀"、"雁足"。

【鱗蟲】魚和爬蟲類的動物。大戴禮曾子天圓:"毛蟲之精者曰麟,羽蟲之精者曰鳳,介蟲之精者曰龜,鱗蟲之精者曰龍,倮蟲之精者曰聖人。"

【鱗鱗】㊀魚鱗狀物。如雲、水等。文選南朝宋鮑明遠(照)還都道中詩:"鱗鱗夕雲起,獵獵晚風遒。"南朝梁何遜何記室集下方山詩:"鱗鱗逆去水,瀰瀰急還舟。"㊁明亮貌。唐陸龜蒙甫里集八襲美以魚牋見寄因謝詩:"擣成霜粒細鱗鱗,知作愁吟幸見分。"宋歐陽修文忠集十三內直奉寄聖俞博士詩："霜雲映雪鱗鱗色，風葉飛空摵摵鳴。"㊂同"鱗比"。元袁桷清容居士集十二憶雙溪詩："清溪明處水交流，萬井鱗鱗冠蓋稠。"

【鱗次櫛比】按順序排列。如魚鱗之相次、櫛齒之排比。明陳貞慧秋園雜佩蘭："杖挑藤束，筐筥登市，纍纍不絕，每歲正二月之交，自長橋以至大街，鱗次櫛比，春光皆馥也。"

【鱗集仰流】如魚群迎向上流，喻人心歸向。史記一一七司馬相如傳難蜀父老："二方之君，鱗集仰流，願得受號者以億計。"漢書司馬相如傳注："若魚鱗之相次而仰向承流也。"

鱉 biē ㄅㄧㄝ 並列切，入，薛韻，幫。

同"鼈"。見該條。

鱏 xún ㄒㄩㄣ 徐林切，平，侵韻，邪。餘針切，平，侵韻，喻。

魚名。俗作鱘，即鱘魚。後漢書六十上馬融傳廣成頌："魴、鱮、鱏、鯿。"說文："傳曰：伯牙鼓琴，鱏魚出聽。"

鱖 1. guì ㄍㄨㄟ 居衛切，去，祭韻，見。

㊀魚名。亦稱"石桂魚"。體側扁，口大鱗細，黃綠色，有黑色斑點，肉味鮮美，生活在淡水中。樂府詩集八三唐張志和漁父歌之一："西塞山邊白鷺飛，桃花流水鱖魚肥。"參見本草綱目四四鱗三鱖魚。

2. jué ㄐㄩㄝ 居月切，入，月韻，見。

㊁見"鱖₂鯞"。

【鱖豚】鱖魚的别名。本草綱目四四鱗三鱖魚釋名："其味如豚，故名水豚，又名鱖豚。"

【鱖₂鯞】魚名。爾雅釋魚："鱊鮬、鱖鯞。"宋羅願爾雅翼釋魚二："鱖鯞似鯽而小，黑色而揚赤，今人謂之旁皮鯽，又謂之婢妾魚。"

鱊 yù ㄩ 餘律切，入，術韻，喻。食聿切，入，術韻，神。

小魚名。俗名春魚。作腊，名鵝毛脡。唐段公路北户録二鵝毛脡："恩州出鵝毛脡，乃鹽藏鱊魚，其味絶美，其細如蝦。郭義恭云：'小魚一斤千頭，未之過也。'"唐崔龜圖注："魚大如針，蜀人以爲醬也。"參閱本草綱目四四鱗三鱊魚。參見"鋌㊀ 2"。

【鱊鮬】一種小魚。也叫鰟魮，亦名妾魚。爾雅釋魚："鱊鮬，鱖鯞。"參見"妾魚"。

鱘 xún ㄒㄩㄣ 正字通 徐盈切，音尋。

魚名。一名鱏魚、鮪魚、王鮪。鱣屬。似鱣而背上無甲，色青碧，口在頷下，鼻長等身，長者丈餘。參閱政和證類本草二十鱘魚、本草綱目四四鱗四鱘。

【鱘鰉】魚名。也作鱘鱑，一名鱣。產江河及近海深水中。長二三丈，無鱗。狀似鱘魚而背有骨甲。色灰白，鼻長有鬚，口近頷下，尾歧。金史地理志上京歲貢有秦皇魚，卽此。參閱本草綱目四四鱗四鱣。

鱍 bō ㄅㄛ 北末切，入，末韻，幫。普活切，入，末韻，滂。

魚躍貌。見下。

【鱍鱍】魚掉尾貌，魚躍貌。詩衛風碩人："鱣鮪發發。"釋文："韓詩作'鱍'。"說文作"鮁鮁"。吕氏春秋季春紀"薦鮪於寢廟"漢高誘注作"潑潑"。唐杜甫杜工部詩史補遺三觀打魚歌："綿州江水之東津，魴魚鱍鱍色勝銀。"

鱋 qū ㄑㄩ 集韻 丘於切，平，魚韻。

比目魚。同"魼"。史記一一七司馬相如傳上林賦："鰅鰫鰬魠，禺禺鱋魶。"漢書文選皆作"魼"。參見"魼㊀"。

鱓 1. shàn ㄕㄢ 常演切，上，獮韻，禪。

㊀同"鱔"。體細長，黃色有黑斑，肉可食。通稱"黃鱔"、"鱔魚"。淮南子覽冥："蛇、鱓著泥百仞之中，熊羆匍匐丘山磛巖。"

2. tuó ㄊㄨㄛ 集韻 唐何切，平，戈韻。

㊁一種爬行動物。同"鼉"。文選秦李斯上書秦始皇："建翠鳳之旗，靈鱓之鼓。"

【鱓₂更】同"鼉更"。宋陸佃埤雅二鼉："今鼉象龍形，一名鱓，夜鳴應更，吴越謂之鱓更。"

鱕 fān ㄈㄢ 甫煩切，平，元韻，幫。

魚名。鱕䱜，又名鮫魚。文選晉左太沖(思)吴都賦："鮣、龜、鱕䱜。"晉劉逵注："鱕䱜，有橫骨在鼻前如斤斧形。東人謂斧斤之斤爲鱕，故謂之鱕䱜，魚二十餘種，此其尤異者。此魚所擊，無不中斷也。䱜子朝出求食，暮還入母腹中，皆出臨海。"魏晉時江東方言呼闊斧爲鐇，以指魚骨，又從魚作"鱕"。參閱唐慧琳一切經音義二六大般涅槃經三六鱕䱜、本草綱目四四鱗四鮫魚。

鱎 jiǎo ㄐㄧㄠ 居夭切，上，小韻，見。

鮊，白魚。廣雅釋魚："鮊，鱎也。"參閱本草綱目四四鱗三白魚。

十三畫

鱣 1. zhān ㄓㄢ 張連切，平，仙韻，知。

㊀魚名。1.鯉。詩衛風碩人："鱣鮪發發。"2.卽鱘鰉魚。史記八四賈生傳弔屈原賦："橫江湖之鱣鱏兮，固將制於螻蟻。"集解："如淳曰：'大魚也。'"

2. shàn ㄕㄢ 集韻 上演切，上，獮韻。

㊁黃鱔。通"鱓"。韓非子內儲説上七術："鱣似蛇，蠶似蠋。"

【鱣₂序】學校。唐邢璹周易略例序："臣舞象之年，鼓篋鱣序。"注："學校也，鱣堂之類。"全唐詩一〇六鄭愔侍宴長寧公主東莊應制："池架祥鱣序，山吹鳴鳳曲。"一本作"鱣宇"。

【鱣₂庭】講堂。同"鱣堂"。唐李德裕李文饒集别集四奉送相公十八丈鎮揚州詩："共懸龜印銜新綬，同憶鱣庭訪舊居。"參見"鱣₂堂"。

【鱣₂堂】講堂。後漢書五四楊震傳："後有冠雀銜三鱣魚，飛集講堂前，都講取魚進曰：'蛇鱣者，卿大夫服之象也。數三者，法三台也。先生自此升矣。'"後因稱講堂爲"鱣堂"。宋樓鑰攻媿集六一通交代徐教授啓："讀鴈塔之題，久欽聞望；典鱣堂之教，獲與交承。"

䲔 qíng ㄑㄧㄥ 渠京切，平，庚韻，羣。巨良切，平，陽韻，羣。

"鯨"的古字。漢書八四翟方進傳（附翟義）王莽下詔："蓋聞古者伐不敬，取其䲔鯢築武軍，封以爲大戮，於是乎有京觀以懲淫慝。"鯨今讀jīng。參見"鯨鯢"。

鱤 gǎn ㄍㄢ 古禫切，上，感韻，見。

魚名。一名黃頰魚。山海經東山經："(番條之山)減水出焉，北流注于海，其中多鱤魚。"注："一名黃頰。"參閱本草綱目四四鱗三鱤魚。

鱐 sù ㄙㄨ 息逐切，入，屋韻，心。

乾魚。周禮天官庖人："凡用禽獻春行羔豚膳膏香，夏行腒鱐膳膏臊。"又籩人："朝事之籩，其實……鮑魚、鱐。"鮑爲濕魚，鱐爲乾魚。

鱢 sāo ㄙㄠ 蘇遭切，平，豪韻，心。

腥臭。同"臊"。晏子春秋雜上："食魚無反，則惡其鱢也。"說文"鱢"："周禮曰：'膳膏鱢。'"今本周禮天官庖人作"臊"。

鱧 lǐ 盧啓切,上,薺韻,來。
ㄌㄧˇ

魚名。1.黑魚。卽鯛。詩小雅魚麗:"魚麗於罶,魴,鱧。"傳:"鱧,鮦也。"2.卽鰻鱺。說文稱"鱯"。參閱本草綱目四四鱗四鱧魚。

【鱧腸】草名。生道傍畦間。秋開小白花,實熟則黑,略似小蓮房,故俗名旱蓮、黑頭草,莖葉入藥。見本草綱目十六草五鱧腸。

鱠 kuài 古外切,去,泰韻,見。
ㄎㄨㄞˋ

㊀細切的魚肉。通"膾"。吳越春秋四闔閭內傳:"吳王聞三師將至,治魚爲鱠。"㊁細切魚肉。唐柳宗元柳先生集十四設漁者對智伯:"脫其鱗,鱠其肉,刳其腸,斷其首而弃之。"

【鱠殘魚】魚名。狀如銀魚而大,今通稱銀魚。古代傳說吳王孫權江行食鱠有餘,棄於中流,化而爲魚,名爲吳王鱠餘。全唐詩六一五皮日休松江早春:"穩凭船舷無一事,分明數得鱠殘魚。"參閱本草綱目四四鱗三鱠殘魚、淸顧張思土風録五鱠殘魚。

鯽 jié 子結切,入,屑韻,精。
ㄐㄧㄝˊ

魚名。卽鱴鮬、鰟魮、妾魚。參閱本草綱目四四鱗三鯽魚附録鯽魚。參見"妾魚"。

鱮 xù 徐吕切,上,語韻,邪。
ㄒㄩˋ

魚名。卽鰱。詩小雅采緑:"其釣維何?維魴及鱮。"文選晉潘安仁(岳)西征賦:"華魴躍鱗,素鱮揚鬐。"

鱟 hòu 胡遘切,去,候韻,匣。
ㄏㄡˋ 烏酷切,入,沃韻,影。

㊀介類。北堂書鈔一四六晉劉欣期交州記:"鱟,如惠文冠玉,其形如龜。子如麻,子可爲醬,色黑。十二足,似蟹,在腹下。雌負雄而行。南方用以作醬,可炙噉之。"唐韓愈昌黎集六初南食貽元十八協律詩:"鱟實如惠文,骨眼相負行。"參閱本草綱目四五介一鱟魚。㊁虹。吳方言。明徐光啓農政全書十一占候論虹:"俗呼曰鱟。諺云:'東鱟晴,西鱟雨。'"

【鱟帆】鱟腹部甲殼可以上下翹動,上舉時,人稱鱟帆。唐段成式酉陽雜俎前集十七廣動植之二:"今鱟殼上有一物,高七八寸,如石珊瑚,俗呼爲鱟帆。"宋葉廷珪海録碎事二二上:"鱟殼上有物如角,常偃,高七八寸,每遇風至卽舉扇風而行,俗呼之以爲鱟帆。"

【鱟杓】以鱟殼所製之杓。宋陳叔方潁川語小下:"鱟,雌常先雄,其子如積珠,毀殼而產。殼甚銛利,南人捲之爲杓,戛釜無餘瀝。吏之能席卷者,故戲指爲鱟杓官人云。"

【鱟樽】用鱟殼做的酒杯。宋陸游劍南詩稿四三近村暮歸:"鱟樽恰受三升醞,龜屋新裁二寸冠。"自注:"鱟樽卽皮襲美(日休)所云訶陵樽也。"參見"訶陵樽"。

十四畫

鱭 jì 徂禮切,上,薺韻,從。
ㄐㄧˋ

同鮆。見"鮆㊀"。

鱨 cháng 市陽切,平,陽韻,禪。
ㄔㄤˊ

魚名。一名黄頰。詩小雅魚麗:"魚麗于罶,鱨,鯊。"晉陸璣毛詩草木鳥獸蟲魚疏:"鱨,一名揚,今黄頰魚。似燕頭魚身,形厚而長,(頰)骨正黄,魚之大而有力解飛者。江東呼黄鱨魚,一名黄頰魚。"

十五畫

鱴 miè 莫結切,入,屑韻,明。
ㄇㄧㄝˋ

魚名。見下。

【鱴刀】㊀魚名。見"鮆㊀"。㊁蚌屬。周禮天官鼈人"以時簎魚鼈龜蜃凡貍物"漢鄭玄注:"貍物,亦謂鱴刀、含漿之屬。"

鱵 zhēn 職深切,平,侵韻,照。
ㄓㄣ

魚名。卽箴魚。本草綱目四四鱗三鱵魚:"生江湖中,大小形狀並同鱠殘,但喙尖有一細黑骨如鍼爲異耳。"參見"箴魚"。

十六畫

鱶 mèng 武亘切,去,嶝韻,明。
ㄇㄥˋ

㊀見"鮔鱶"。㊁古文苑四漢揚雄蜀都賦:"石鱶水蟡。"注:"石鱶,猶石燕、石蟹之類。"

鱷 è 集韻 逆各切,入,鐸韻。
ㄜˋ

同"鰐"。詳"鰐"。

【鱷溪】在廣東潮安縣東北。又名惡溪、意溪,韓江經此,合流而南。相傳唐時溪有鱷魚爲害,潮州刺史韓愈作文驅之。是夕,暴風震電起溪中,水盡涸,自是潮無鱷魚之患。參閱舊唐書一六〇韓愈傳、讀史方輿紀要一〇三潮州府海陽縣。

鱸 lú 落湖切,平,模韻,來。
ㄌㄨˊ

魚名。體側扁,巨口,細鱗,頭大,背蒼腹白,古名銀鱸、玉花鱸。產於松江者曰四腮鱸。晉干寶搜神記一:"公(曹操)曰:'今既得鱸,恨無蜀中生薑耳。'"宋蘇軾經進東坡文集一後赤壁賦:"今者薄暮,舉網得魚,巨口細鱗,狀似松江之鱸。"

【鱸鄉】亭名。在江蘇省吳江縣東長橋上。亭旁嘗有春秋越范蠡、晉張翰、唐陸龜蒙畫像,宋蘇軾東坡集六有戲書吳江三賢畫像詩,因名亭曰三高,且更爲塑像。後紹興中林肇爲令,作亭江上,因宋陳堯佐題松陵詩有"秋風斜日鱸魚鄉"之句,乃以鱸鄉名亭。見宋龔明之中吳紀聞三三高亭、嘉慶一統志七八蘇州府二古蹟。參見"三高"。

【鱸蓴】明黎民表瑶石山人詩稿十一過范山人雙塔寺旅舍:"燕酒味濃詩意苡,越鄉心斷有鱸蓴。"鱸魚與蓴菜,產於江浙,晉張翰在都,見鱸蓴而起鄉思,因辭官歸。後詩文中常以鱸蓴爲思鄉之典。

【鱸鯉】魚名。宋程大昌演繁露八土部魚:"吳興人名此魚卽云鱸鯉,以其質圓而長,與黑蠡相似,而其鱗斑駁又似鱸魚,故兩喻而兼言之。"參見"土附魚"。

【鱸魚膾】以鱸魚作的膾。世說新語識鑒:"張季鷹(翰)辟齊王東曹掾,在洛,見秋風起,因思吳中菰菜羹、鱸魚膾曰:'人生貴得適意爾,何能羈宦數千里以要名爵!'遂命駕便歸。"唐李白李太白詩二二秋下荊門:"此行不爲鱸魚膾,自愛名山入剡中。"簡稱"鱸膾"。唐岑參岑嘉州詩一送張秘書:"鱸膾剩堪憶,蓴羹殊可餐。"

十八畫

鱹 guàn 集韻 古玩切,去,换韻。
ㄍㄨㄢˋ

人名。左傳文十六年:"鱗鱹爲司徒。"一本作"鱗矔"。見淸阮元校勘記。

十九畫

鱺 1. lǐ 盧啟切,上,薺韻,來。
ㄌㄧˇ

㊀同"鱧"。韓詩外傳七:"南假子過程本,本爲之烹鱺魚,南假子曰:'聞君子不食鱺魚。'"參見"鱧"。

2. lí 集韻 憐題切,平,齊韻。
ㄌㄧˊ

㊁見"鰻鱺"。

二十二畫

鱻 xiān 相然切,平,仙韻,心。ㄒㄧㄢ

古"鮮"字。㊀生肉。周禮天官庖人:"凡其死生鱻薨之物,以共王之膳。"注:"鄭司農(衆)云:'鮮謂生肉。'"疏:"新殺爲鱻。"㊁魚。周禮天官庖人:"凡用禽獻……冬行鱻羽膳膏羶。"注:"鮮(鱻),魚也。"㊂新鮮。清段玉裁說文解字注"鱻":"凡鮮明,鮮新字皆當作鱻。自漢人始以鮮代鱻。如周禮經作鱻,注作鮮。"

鳥　部

鳥 1. niǎo 都了切,上,篠韻,端。ㄋㄧㄠˇ

㊀長尾禽。相沿爲飛禽的總稱。說文:"鳥,長尾禽總名也。"清段玉裁注:"二足而羽,謂之禽也。短尾名隹,長尾名鳥。析言則然,渾言則不別也。"㊁星名。書堯典:"日中星鳥,以殷仲春。"傳:"鳥,南方朱鳥七宿。……春分之昏,鳥星畢見。"

2. diǎo ㄉㄧㄠˇ

㊂男子生殖器。通"屌"。罵詈之詞。元王實甫西廂記三本三折:"赫赫,那鳥來了。"水滸七一:"招安,招安,招甚鳥安!"

【鳥卜】西域有女國,俗事阿修羅神,又有樹神,歲初以人祭,或用獮猴。祭畢,入山祝之,有一鳥如雌雉來集掌上,破其腹而視之,有粟則年豐,沙石則有災。謂之鳥卜。見隋書西域傳、新唐書二二一東女國傳。

【鳥$_2$人】罵人語。水滸五:"休道這兩個鳥人,便是一二千軍馬來,洒家也不怕他。"

【鳥工】傳說舜父瞽叟及舜弟象惡舜,欲殺之,使舜上塗廩,從下縱火焚之。舜以兩笠自捍而下,得不死。一說堯之二女娥皇女英教舜鳥工以離廩避難。參閱史記五帝紀,史記索隱、正義,列女傳一有虞二妃,宋曾慥類說一及楚辭屈原天問"何肆犬體"補注引列女傳,竹書紀年上"帝舜有虞氏"南朝梁沈約附注。

【鳥王】㊀傳說之神鳥。南齊書顧歡傳夷夏論:"鳥王獸長,往往是佛,無窮世界,聖人代興。"按佛家傳說有鵝王、孔雀王、金翅鳥王等,故云。㊁鳥中之王,指鳳。見宋陸佃埤雅釋鳥。

【鳥爪】形容女子手指長而纖細。相傳仙女麻姑手似鳥爪。宋馬令南唐書二四耿先生:"女冠耿先生,鳥爪玉貌,宛然神僊。"參見"麻姑㊀"。

【鳥占】謂察鳥之飛鳴,傅會人事,以占吉凶。新唐書九三李靖傳贊:"世言靖精風角、鳥占、雲祲、孤虛之術,爲善用兵。"

【鳥申】也作"鳥伸"。一種健身術,運動肢體如鳥之展翅。莊子刻意:"吹呴呼吸,吐故納新,熊經鳥申,爲壽而已矣。"後漢書五二崔寔傳政論:"夫熊經鳥伸,雖延歷之術,非傷寒之理。"

【鳥夷】海島的居民。先秦時指我國東部近海一帶的居民。史記夏紀:"鳥夷皮服。"集解:"鄭玄曰:鳥夷,東北之民搏食鳥獸者。"古島字作"鳥",讀爲島,今本尚書禹貢作"島"。參見"島夷㊀"。

【鳥言】㊀猶鳥語。謂鳥鳴聲。唐宋之問集下春日芙蓉園侍宴應制詩:"風來花自舞,春入鳥能言。"劉禹錫劉夢得集外集四洛中早春贈樂天詩:"華意已含蓄,鳥言尚沈吟。"㊁說話似鳥鳴。喻言語不通。唐韓愈昌黎集二一送區册序:"小吏十餘家,皆鳥言夷面。始至,言語不通。"

【鳥注】謂柳星。史記天官書:"柳爲鳥注,主木草。"漢書天文志作"鳥喙"。

【鳥官】傳說遠古少昊氏(少皞氏)以鳥名官,謂之鳥官、鳥師。漢書百官公卿表上"少昊鳥師鳥名"注引三國魏張晏:"少昊之立,鳳鳥適至,因以名官。鳳鳥氏爲歷正,玄鳥司分,伯趙(伯勞)司至,青鳥司開,丹鳥司閉。"參見"鳥師"。

【鳥服】南朝宋鮑照鮑參軍集十石帆銘:"在昔鴻荒,刊啓源陸。表裏民邦,經緯鳥服。"鳥服謂"鳥夷皮服,……鳥夷卉服"。此泛指荒遠之地。參見"鳥夷"。

【鳥帑】謂軫星。以其爲朱鳥七宿之末宿,故名。左傳襄二八年:"歲棄其次,而旅於明年之次,以害鳥帑。"疏:"帑者細弱之名,於人則妻子爲帑,於鳥則鳥尾曰帑。"也作"鳥孥"。廣雅釋天:"軫謂之鳥孥。"

【鳥迹】亦作"鳥跡"。㊀鳥之爪印。孟子滕文公上:"獸蹄鳥迹之道交于中國,堯獨憂之,舉舜而敷治焉。"唐李白李太白詩二三尋山僧不遇作:"閒階有鳥跡,禪室無人開。"㊁淮南子說山:"見鳥迹而知著書。"因以鳥迹喻書法。全唐詩五九李嶠書:"削簡龍文見,臨池鳥跡舒。"唐白居易長慶集二一雞距筆賦:"挫萬物而人文成,草八行而鳥迹落。"㊂鳥飛空中,了無痕迹。喻物無實體。唐釋僧肇寶藏論廣照空有品第一:"實彼非此,實此非彼,鳥跡空文,奇特以現。"

【鳥省】唐馮袞給事親仁坊,有宅,庭院多養鵝鴨及雜禽,以一家人掌之。時人戲稱之爲鳥省。見宋錢易南部新書戊。

【鳥信】指陰曆三月之東北信風。唐李肇國史補下:"揚子錢塘二江,乘兩潮發櫂。……自白沙泝流而上,常待東北風。謂之潮信。七月八月有上信,三月有鳥信,五月有麥信。"

【鳥紀】文選晉張景陽(協)七命之八:"教清于雲官之世,治穆乎鳥紀之時。"鳥紀之時,指遠古少昊氏時。參見"鳥師"。

【鳥庭】㊀形容額角崛起。晉皇甫謐帝王世紀:"生堯於丹陵,名曰放勳,鳥庭荷勝,眉有八采,豐下銳上。"㊁鳥夷之庭。指邊遠濱海居民地區。樂府詩集三八唐袁朗賦飲馬長城窟:"鳥庭已向內,龍荒更鑿空。"參見"鳥夷"。

【鳥耘】神話謂羣鳥耘田。文選晉左太沖(思)吳都賦:"象耕鳥耘,此之自與。"注:"越絶書曰:舜葬蒼梧,象爲之耕;禹葬會稽,鳥爲之耘。"

【鳥師】傳說古少皞氏以鳥名官,謂之鳥師。左傳昭十七年:"我高祖少皞摯之立也,鳳鳥適至,故紀於鳥,爲鳥師而鳥名:鳳鳥氏歷正也,玄鳥氏司分者也,伯趙氏司至者也,青鳥氏司啓者也,丹鳥氏司閉者也……五鳩,鳩民者也。"參見"鳥官"。

【鳥烏】卽烏鴉。左傳襄十八年:"鳥烏之聲樂,齊師其遁。"注:"鳥烏得空營,故樂也。"國語晉二:"暇豫之吾吾,不如鳥烏。人皆集於苑,己獨集於枯。"

【鳥章】㊀鳥紋圖飾。詩小雅六月:"織文鳥章,白旆央央。"箋:"鳥章,鳥隼之文章,將帥以下衣皆著焉。"㊁泛指少數民族。唐呂温呂和叔集九皇帝親庶政頌:"鳥章之長,椎髻之君,會朝明庭,其從如雲。"

【鳥道】謂險絶的山路,僅通飛鳥。北周庾信庾子山集十二秦州天水郡麥積崖佛龕銘:"鳥道乍窮,羊腸或斷。"唐李白李太白詩三蜀道難:“西當太白有鳥道,可以橫絶峨眉巔。”

【鳥喙】㊀鳥嘴。史記越王句踐世家:“越王爲人,長頸鳥喙。”漢班固白虎通聖人:“皋陶鳥喙。”㊁星名。見“鳥注”。

【鳥鈔】謂如鳥之掠奪糧食。後漢書五七劉陶傳上疏:“羣小競進,秉國之位,鷹揚天下,鳥鈔求飽,吞肌及骨,並噬無厭。”清王先謙集解引惠棟:“鳥當作烏。周禮射烏氏‘以弓矢敺烏鳶’,鄭玄云:‘烏鳶善鈔盜’,故云烏鈔。”

【鳥媒】捕鳥,繫生鳥以誘他鳥,稱鳥媒。唐陸龜蒙甫里集三江墅言懷自和詩:“鳥媒呈不一,魚寨下仍重。”說文“率鳥者繫生鳥以來之,名曰囮”南唐徐鍇繫傳:“化(囮)者,誘禽鳥也,即今之鳥媒也。”

【鳥葬】棄屍於野、任鳥啄食的一種葬禮。南史海南諸國傳扶南國:“死者有四葬:水葬則投之江流,火葬則焚爲灰燼,土葬則瘞埋之,鳥葬則棄之中野。”太平廣記四八二頓遜引窮神祕苑:“頓遜國,……其俗,人死後鳥葬。將死,親賓歌舞送于郭外。有鳥如鵝而色紅,飛來萬萬,家人避之。鳥啄肉盡,乃去。即燒骨而沈海中也。”

【鳥賊】猶鳥敵。舊唐書六七李靖傳附李客師:“性好馳獵,四時從禽,……每出則鳥鵲隨逐而噪,野人謂之鳥賊。”

【鳥鼠】鳥鼠同穴山的省稱。書禹貢:“終南惇物,至于鳥鼠。”詳“鳥鼠同穴”。

【鳥語】鳥鳴聲。後漢書六十下蔡邕傳釋誨:“昔伯翳綜聲於鳥語,葛盧辯音於鳴牛。”注:“伯翳即秦之先伯益也,能與鳥語。”唐白居易長慶集四秦吉了詩:“耳聰心慧舌端巧,鳥語人言無不通。”

【鳥誓】傳説中鳥名。即精衛。見舊題南朝梁任昉述異記上。詳“精衛”。

【鳥歌】謂鳥鳴如歌唱。宋歐陽修文忠集十一豐樂亭遊春之一:“鳥歌花舞太守醉,明日酒醒春已歸。”朱熹朱文公集八五禽言和王仲衡尚書詩:“不用沙頭雙玉瓶,鳥歌蝶舞爲君壽。”

【鳥銃】一種火藥武器。明戚繼光練兵實紀四:“鳥銃本爲利器,臨陣第一依賴者也。……名爲鳥銃,謂其能擊飛鳥,以其着準多中也。”

【鳥篆】㊀篆體古文字。形如鳥跡,故稱。後漢書六十下蔡邕傳:“本頗以經學相招,後諸爲尺牘及工書鳥篆者,皆加引召。”晉書索靖傳草書狀:“倉頡既生,書契是爲,科斗鳥篆,類物象形。”㊁指鳥跡似篆書。宋陸游劍南詩稿十三新涼書事:“卧看鳥篆印蒼苔,窗户涼生亦樂哉。”

【鳥曆】古司曆之官。樂府詩集四隋五郊歌角音:“龍精戒旦,鳥曆司春。”少皡氏以鳥名官,曆正爲鳳鳥氏。見左傳昭十七年。後亦指曆書。唐白居易長慶集七一禽蟲十二章詩之一:“疑有鳳王頒鳥曆,一時一日不參差。”

【鳥舉】鳥飛。史記一一二主父偃傳上書引秦李斯:“夫匈奴無城郭之居,委積之守,遷徙鳥舉,難得而制也。”言其逐水草遷徙,輕易若鳥之飛舉。

【鳥衡】星名。史記天官書:“吳、楚之疆,候在熒惑,占於鳥衡。”正義:“熒惑、鳥衡,皆南方之星,故吳、楚之候也。鳥衡,柳星也。”

【鳥彝】刻有鳥紋的祭器。周禮春官司尊彝:“春祠、夏禴,祼用雞彝鳥彝。”注:“雞彝鳥彝,謂刻而畫之爲雞、鳳皇之形。”

【鳥籀】即鳥篆。南朝梁劉勰文心雕龍八練字:“倉頡者,李斯之所輯,而鳥籀之遺體也。”參見“鳥篆㊀”。

【鳥了帥】指村落首領。隋書東夷傳流求國:“國有四五帥,統諸洞,洞有小王。往往有村,村有鳥了帥,並以善戰者爲之,自相樹立,理一村之事。”隋之流求即今我國臺灣省地。

【鳥鼠僧】鳥鼠,蝙蝠的異名。佛教以之喻破戒比丘。後秦鳩摩羅什譯佛藏經:“譬如蝙蝠,欲捕鳥時,則入穴爲鼠;欲捕鼠時,則飛空爲鳥,而實無有鼠鳥之用。其身臭穢,但樂闇冥。舍利弗,破戒比丘,亦復如是。”

【鳥嘴銃】一種火藥武器。明置兵仗、軍器二局,分造火器,有神機礮、無敵手銃、鳥嘴銃等。鳥嘴銃,以銅鐵爲管,木橐承之,中貯鉛彈。點放時,兩手握管,管背有雌雄二臬,以目對臬,以臬對欲擊之人,三相直而後發。所擊人馬洞穿,捷於神鎗而準於快鎗。參閱明史兵志四、續文獻通考一三四軍器。

【鳥蟲書】王莽所定六體書之一,書寫旗幟符信用之。説文敍:“及亡新居攝,使大司空甄豐等校文書之部,自以爲應制作,頗改定古文。時有六書:……六曰鳥蟲書,所以書幡信也。”清段玉裁注:“上文(秦書有八體)四曰蟲書,此曰鳥蟲書,謂其或像鳥,或像蟲,鳥亦稱羽蟲也。”

【鳥獸行】謂亂倫的穢行。周禮夏官大司馬:“外内亂,鳥獸行,則滅之。”注:“王霸記曰:悖人倫外内,無以異於禽獸,不可親百姓,則誅滅去之也。”參見“禽獸行”。

【鳥獸散】謂如鳥獸四散而去。漢書五四李廣傳附李陵:“今無兵復戰,天明,坐受縛矣。各鳥獸散,猶有得脱歸報天子者。”

【鳥面鵠形】喻因飢困而瘦削不堪。資治通鑑一六三梁大寶元年:“時江南連年旱蝗,江、揚尤甚,百姓流亡,相與入山谷江湖,采草根木葉菱芡而食之,所在皆盡,死者蔽野。富室無食,皆鳥面鵠形。”

【鳥革翬飛】喻宫室莊嚴華麗。詩小雅斯干:“如鳥斯革,如翬斯飛。”革,翼;翬,五采雉。言飛檐凌空,如鳥之張翼;丹青奇麗,如雉之振采。

【鳥集鱗萃】形容衆集於一處。文選漢張平子(衡)西京賦:“瓌貨方至,鳥集鱗萃。”三國吳薛綜注:“奇寶有如鳥之集、鱗之萃也。”

【鳥窠禪師】唐高僧道林。俗姓潘,名香光。浙江富陽人。九歲出家,二十一歲於荆州果願寺受戒。見秦望山有長松,枝葉繁茂,盤曲如蓋,遂棲止其上,有鵲巢於其側。人謂之鳥窠禪師,亦曰鵲巢和尚。元和中,白居易知杭州,數過從。長慶四年,跏趺而化,謚圓修禪師。見景德傳燈録四。

【鳥鼠同穴】山名。在甘肅渭源縣西。書禹貢:“導渭自鳥鼠同穴。”疏:“今在隴西首陽縣,有鳥鼠同穴山。”爾雅釋鳥:“鳥鼠同穴,其鳥爲鵌,其鼠爲鼵。”疏:“李巡云:鵌鼵,鳥鼠之名,共處一穴,天性然也。”

【鳥盡弓藏】鳥盡則弓無所用。喻功成而功臣被害。史記四一越王句踐世家范蠡遺大夫種書曰:“蜚鳥盡,良弓藏;狡兔死,走狗烹。”又九二淮陰侯傳:“狡兔死,良狗亨;高鳥盡,良弓藏;敵國破,謀臣亡。”宋劉克莊後村集四六讀韓信馬援傳:“病厭鳶飛鼓譟,晚悲鳥盡弓藏。”

【鳥歌萬歲樂】唐宫廷樂舞名。舊唐書音樂志二:“鳥歌萬歲樂,武太后所造也。武太后時,宫中養鳥能人言,又常稱萬歲,爲樂以象之。舞三人,緋大袖,並畫鸜鵒,冠作鳥像。”

一 畫

乙 yì 於筆切,入,質韻,影。

1 燕。爾雅釋鳥:“燕燕,乙。”注:“詩云:‘燕燕于飛。’一名玄鳥。齊人呼乙。”

二 畫

鳪 bǔ 博木切,入,屋韻,幫。ㄅㄨˇ

雉類。爾雅釋鳥:"鳪,雉。"注:"黄色,鳴自呼。"隋書禮儀志六:"皇后衣十二等。其翟衣六:……采桑則服鳪衣。"監本、殿本誤作"鵏"。

鳩 jiū 居求切,平,尤韻,見。ㄐㄧㄡ

㊀鳥名。詩衛風氓:"于嗟鳩兮,無食桑葚。"古謂鶻鵃、尸鳩(布穀)之屬。見説文。現代動物學分鳩與布穀爲二類。㊁聚集。書堯典:"共工方鳩僝功。"史記五帝紀作"共工旁聚布功"。㊂安定。國語晉九:"庶曰可以鑑而鳩趙宗乎。"㊃古井田制九夫之地。左傳襄二五年:"度山林,鳩藪澤。"漢賈逵注:"藪澤之地,九夫爲鳩,八鳩而當一井也。"一説丈量。清王引之經義述聞十八鳩藪澤:"度山林,究藪澤,皆取相度之義,……究藪澤者,度其出賦之多寡。"㊄一種小車。呂氏春秋慎勢:"水用舟,陸用車,塗用輴,沙用鳩,山用樏。"淮南子脩務:"若夫水之用舟,沙之用鳩,泥之用輴,山之用蔂,……聖人之從事也。"

【鳩民】安集人民。左傳隱八年:"君釋三國之圖以鳩其民,君之惠也。"又昭十七年:"五鳩,鳩民者也。"

【鳩合】聚集,糾合。三國志蜀許慈傳:"先主定蜀承喪亂歷紀,學業衰微,乃鳩合典籍,沙汰衆學。"又吳朱桓傳:"(孫權)使部伍吳會二郡,鳩合遺散,期年之間,得萬餘人。"

【鳩車】小兒玩具。宋曾慥類説二三宋李石續博物志:"王元長(融)曰:小兒五歲,曰鳩車之戲;七歲,曰竹馬之戲。"

【鳩杖】杖頭刻有鳩形之杖。後漢書禮儀志中:"年始七十者,授之以玉杖,餔之糜粥。八十九十禮有加賜,玉杖長〔九〕尺,端以鳩鳥爲飾。鳩者,不噎之鳥也。欲老人不噎。"呂氏春秋仲秋紀"是月也,養衰老,授几杖"漢高誘注引周禮夏官羅氏:"掌獻鳩杖以養老。"按今本作"獻鳩以養國老",無"杖"字。參閲水經注七濟水引風俗通。

【鳩拙】禽經:"鳩拙而安。"晉張華注:"方言云:蜀謂拙鳥,不善營巢,取鳥巢居之,雖拙而安處也。"後用以自謙笨拙。元魏初青崖集三石州慢次高郎中道凝韻詞:"倦遊歲暮,棲遲風雨,一枝鳩拙。"

【鳩居】詩召南鵲巢:"維鵲有巢,維鳩居之。"謂鳩性拙,不善營巢,而居鵲所成之巢。今或以鳩居指强佔他人之屋。

【鳩呼】古謂鳩鳴唤雨,其聲似呼唤,故稱鳩呼。宋歐陽修文忠集七鳴鳩:"天雨止,鳩呼婦歸鳴且喜,婦不亟歸呼不已。"陸游劍南詩稿七六喜晴:"正厭鳩呼雨,俄聞鵲噪晴。"參閲"鳩婦"。

【鳩茲】古邑名。春秋吳地。在今安徽蕪湖縣東。見左傳襄三年。

【鳩率】謂聚集而率領之。晉書石季龍載記上王波議:"今李宏以死自誓,若得反魂蜀漢,當鳩率宗族,混同王化。"

【鳩採】蒐集。隋書音樂志下牛弘等奏:"秦焚經典,樂書亡缺。爰至漢興,始加鳩採,祖述增廣,緝成朝憲。"

【鳩婦】鳥名。即鵓鳩。宋蘇軾東坡集十一二月二十六日雨中熟睡……詩:"泥深竹雞語,村暗鳩婦哭。"陸佃埤雅釋鳥鷗鳩:"鵓鳩灰色無繡項,陰則屏逐其匹,晴則呼之。語曰'天將雨,鳩逐婦'者是也。"

【鳩集】收集,聚集。三國志魏王朗傳勸育民省刑疏:"鳩集兆民,于茲魏土,使封鄙之内,雞鳴犬吠,達於四境,蒸庶欣欣,喜遇升平。"抱朴子金丹:"余考覽養性(生)之書,鳩集久視之方,曾所披涉,篇卷以千計矣。"

【鳩聚】聚集。唐孔穎達禮記正義序:"於是博物通人,知今温古,……俱以所見,各記舊聞,錯總鳩聚,以類相附,禮記之目,於是乎在。"

【鳩斂】收集。梁書徐勉傳修五禮表:"舊事本末,隨在南第,永元中,(徐)孝嗣於此遇禍,又多零落,當時鳩斂所餘,權付尚書左丞蔡仲熊、驍騎將軍何佟之,共掌其事。"此指徵集資料文獻。唐陸贄陸宣公集十四奉天請罷瓊林大盈二庫狀:"是以務鳩斂而厚其帑櫝之積者,匹夫之富也。務散發而收其兆庶之心者,天子之富也。"聚斂,徵收賦税。

【鳩槃茶】梵語,佛書中謂噉人精氣之鬼。又譯爲甕形鬼、冬瓜鬼。常以喻婦人醜狀。太平廣記二四八任瓌引御史臺記:"(婦)至五六十時,傅施妝粉,或青或黑,如鳩盤荼。"又二五一鄰夫引笑言:"妻亦效吹(火)。乃爲詩曰:吹火青唇動,添薪黑腕斜。遥看煙裏面,恰似鳩盤荼(荼)。"參閲唐慧琳一切經音義二一惠苑大方廣佛華嚴經一鳩盤荼、翻譯名義集二鬼神。

【鳩形鵠面】鳩形,謂腹部低陷,胸骨突起。鵠面,謂兩顴瘦削。形容久飢枯瘦之狀。清黄景仁兩當軒集十一尹六丈爲我作雲峯閣圖歌以爲贈詩:"弄君筆頭隨意之丹青,使我鳩形鵠面生光瑩。"參見"鳥面鵠形"。

【鳩集鳳池】唐王及善才行庸猥,風神鈍濁,爲内史時,人號爲鳩集鳳池。見唐張鷟朝野僉載四。

【鳩摩羅什】公元 344—413 年。東晉時高僧。天竺人。七歲時,隨母出家,專習大乘,通東西方言。曾講佛學於西域諸國。後秦苻堅命呂光伐龜茲,師回與鳩摩羅什俱東,居涼州十八年。弘始三年姚興迎入長安,待以國師之禮。率弟子僧叡、僧肇等八百餘人,譯大品般若、小品般若、法華、金剛等經和中、百、大智度等論,共七十四部,三百八十四卷。其中成實論爲成實宗的主要經典,法華經爲天台宗的主要經典,阿彌陀經爲淨土宗的主要經典之一,對我國佛教發展有重要的影響。其弟子中最著名者有道生、僧肇、通融、僧叡,稱什門四聖。參閲梁慧皎高僧傳二鳩摩羅什、翻譯名義集一宗翻譯主。

鳧 fú 防無切,平,虞韻,並。ㄈㄨˊ

野鴨。楚辭屈原卜居:"寧昂昂若千里之駒乎,將氾氾若水中之鳧與波上下,媮以全吾軀乎?"也省作"鳬"。

【鳧乙】鳧,野鴨;乙,燕子。喻各執己見。弘明集六南齊張融門論:"昔有鴻飛天道,積遠難亮。越人以爲鳧,楚人以爲乙。人自楚越耳,鴻常一鴻乎?"又答周顒書:"夜戰一鴻,妄申鳧乙。"

【鳧山】見"鳧繹"。

【鳧氏】古官名。掌作鍾之事。周禮考工記輈人:"攻金之工,……鳧氏爲聲。"疏:"按鳧氏爲鍾。此言聲者,鍾類非一,故言聲以包之。"

【鳧舟】鳧形之船。文選晉張景陽(協)七命:"乘鳧舟兮爲水嬉。"注:"郭璞曰:舟爲鳧形制。今吳之青雀舫,此其遺象也。"晉書張協傳作"鷁舟"。亦稱"鳧船"。文苑英華九九九南朝梁簡文帝大同哀辭:"終無逐浪鳧船反,何時復聞龍種歸?"又稱"鳧舫"。樂府詩集五六隋煬帝四時白紵歌:"菱潭落日雙鳧舫,綠水紅妝兩摇漾。"

【鳧花】酒名。全唐詩六一一皮日休奉和添酒中六詠酒池:"竹葉島紆徐,鳧花波蕩漾。"

【鳧飛】謂縣令去官。宋劉克莊後村集一送薛明府詩:"祇恐鳧飛後,民間事事新。”參見“鳧舄”。

【鳧浴】道家導引之術。淮南子精神:“是故真人之所游,若吹呴呼吸,吐故內新,熊經鳥伸,鳧浴蝯躩,鴟視虎顧,是養形之人也,不以滑心。”

【鳧茈】即荸薺。爾雅釋草:“芍,鳧茈。”也作“鳧茨”。後漢書十一劉玄傳:“王莽末,南方饑饉,人庶羣入野澤,掘鳧茈而食之。”參閱本草綱目三三果六烏芋。

【鳧翁】㊀鳧頸毛。急就篇:“春草雞翹鳧翁濯。”注:“鳧者水中之鳥,今所謂水鴨者也。翁,頸上毛也。”㊁雄雞。北齊書上洛王思宗傳:“先是童謠云:‘中興寺內白鳧翁,四方側聽聲雍雍,道人聞之夜打鐘。’……鳧翁謂雄雞,蓋指武成(高湛)小字步落稽也。”

【鳧旌】飾有鳧羽的旗。逸周書王會:“其西天子車立馬乘六,青陰羽鳧旌。”注:“鶴鳧羽爲旌旄也。”文苑英華七一梁簡文帝金錞賦:“映似月之遥羽,飛如鳧之去旌。”

【鳧脛】喻某種天性。莊子駢拇:“是故鳧脛雖短,續之則憂;鶴脛雖長,斷之則悲。”文苑英華六六三唐羅隱投禮部鄭員外啓:“道薄而魚腮易曝,計踈而鳧脛難加。”參見“斷鶴續鳧”。

【鳧舄】東漢王喬,明帝時爲鄴令。每月朔自縣詣臺。帝異其數來而無車騎。偵知其臨至時,輒有雙鳧從東南飛來。因伏伺鳧來,舉羅張之,但得一雙舄。見後漢書八二上王喬傳、晉干寶搜神記一。後沿用爲縣令之故實。全唐詩七九駱賓王餞鄭安陽入蜀:“惟有雙鳧舄,飛去復飛來。”

【鳧尊】鳧形盛酒器。西清續鑑甲紹興古器評:“鳧之爲物,出入於水而不溺。……飲酒者苟能以禮自防,豈有沈湎敗德之患乎?鳧尊之設,其意如此。”

【鳧葵】即蓴菜。詩魯頌泮水:“思樂泮水,薄采其茆。”傳:“茆,鳧葵也。”疏:“江南人謂之蓴菜,或謂之水葵。”宋陸佃埤雅釋草荇:“爾雅曰:‘莕,接余,其葉苻。’蓋荇一名接余,亦或謂之鳧葵。”

【鳧徯】神話中鳥名。山海經西山經:“(鹿臺之山)有鳥焉,其狀如雄雞而人面,名曰鳧徯,其名自叫也。見則有兵。”

【鳧翥】鳧毛製品。漢桓寬鹽鐵論散不足:“今富者鼲鼯、狐白、鳧翥,中者罽衣、金縷、燕貂、代黃。”

【鳧鴨】北魏制定官號,多不依周漢舊名,而擬以遠古雲鳥之義。諸曹走使,謂之鳧鴨,取飛之迅疾;以伺察者爲候官,謂之白鷺,取其延頸遠望。自餘之官皆有比況。見魏書官氏志。

【鳧繹】鳧山、繹山,皆在山東鄒縣。詩魯頌閟宮:“保有鳧、繹。”宋蘇轍欒城集七送顏復赴闕詩:“簞瓢未改安貧性,鳧繹猶傳直道餘。”參閱嘉慶一統志一六五兗州府一山川。

【鳧藻】喻歡悦。後漢書三一杜詩傳上疏:“陛下起兵十有三年,將帥和睦,士卒鳧藻。”注:“言其和睦歡悦,如鳧之戲於水藻也。”藻,同“藻”。北堂書鈔一二七幘引漢蔡邕雜章:“陛下今月吉日始加元服,進御幘,臣等不勝鳧藻。”

【鳧鐘】周禮考工記疏云“鳧氏爲鍾”,因稱鳧鐘。舊唐書音樂志三魏徵五郊樂章:“笙歌籥舞屬年韶,鷺鼓鳧鐘展時豫。”參見“鳧氏”。

【鳧鷖】水鳥。鳧,野鴨;鷖,鷗鳥。亦詩篇名。詩大雅鳧鷖:“鳧鷖在涇,公尸來燕來寧。”序:“鳧鷖,守成也。”疏:“作鳧鷖詩者,言保守成功,不使失墜也。”舊唐書音樂志三:“草木仁化,鳧鷖頌聲。”

【鳧趨雀躍】謂歡欣鼓舞。文苑英華八一唐梁涉長竿賦:“聞之者鳧趨雀躍,見之者足蹈手舞,非測日之表可儔,非凌雲之梯足數。”

三畫

鳱 gān 古寒切,平,寒韻,見。ㄍㄢ

見下

【鳱鴠】鳥名。淮南子時則:“仲冬之月,……鳱鴠不鳴。”注:“鳱鴠,山鳥,陽。是月陰盛,故不鳴也。”呂氏春秋仲冬作“鶡鴠”,禮月令作“鶡旦”。

【鳱鵲】即喜鵲。漢王充論衡實知:“狌狌知往,鳱鵲知來,稟天之性,自然者也。”按淮南子氾論作“乾鵲”,廣雅釋鳥作“雃鵲”。

鳿 hóng 集韻 胡公切,平,東韻。ㄏㄨㄥ

“鴻”的或體。漢書五七上司馬相如傳上林賦:“鳿鷛鵠鴇。”注引張揖:“鳿,大鳥也。”按史記文選皆作“鴻”。

鳶 yuān 與專切,平,仙韻,喻。ㄩㄢ

鷙鳥名。說文作“鳶”。俗稱鷂鷹,老鷹。狀類鷹,惟嘴較短,尾較長,常開。耳羽黑褐色,故又名黑耳鳶。攫蛇、鼠、雞雛等爲食。詩小雅四月:“匪鶉匪鳶,翰飛戾天。”

【鳶尾】草名。又名蝴蝶藍。高一二尺,葉狀如劍,互生相擁,夏開淡紫色花。根莖可入藥。一說即射干。本草諸家以爲二者非一物。參閱本草綱目十七草六射干。

【鳶肩】雙肩上聳如鳶。國語晉八:“叔魚生,其母視之,曰:‘是虎目而豕喙,鳶肩而牛腹,谿壑可盈是不可饜也。’”注:“鳶肩,肩井斗出。”後漢書三四梁統傳附梁冀:“爲人鳶肩豺目,洞精矘眄。”

【鳶跕】後漢書二四馬援傳:“當吾在浪泊西里閒,虜未滅之時,下潦上霧,毒氣重蒸,仰視飛鳶跕跕墯水中。”注:“跕跕,墯貌也。”後以鳶跕形容路遠地惡。唐高適高常侍集七餞宋八充彭中丞判官之嶺外詩:“猿啼山不斷,鳶跕路難登。”

【鳶飛魚躍】謂萬物各得其所。詩大雅旱麓:“鳶飛戾天,魚躍于淵。”疏:“其上則鳶鳥得飛至於天以遊翔,其下則魚皆跳躍於淵中而喜樂,是道被飛潛,萬物得所,化之明察故也。”

鳲 shī 式之切,平,脂韻,審。ㄕ

見下。

【鳲鳩】亦作“尸鳩”。㊀鳥名。即布穀。爾雅釋鳥:“鳲鳩,鴶鵴。”山海經西山經:“(南山)獸多猛豹,鳥多尸鳩。”參見“布穀”。㊁詩曹風篇名。美鳲鳩之用心均一以刺用心不一者。漢書七二鮑宣傳上書:“陛下上爲皇天子,下爲黎庶父母,爲天牧養元元,視之當如一,合鳲鳩之詩。”

【鳲鳩氏】少皞氏以鳥名官,有鳲鳩氏,爲司空。因鳲鳩用心均一,司空主平水土,故名。見左傳昭十七年。

鳴 míng 武兵切,平,庚韻,明。ㄇㄧㄥ

㊀鳥叫。詩齊風雞鳴:“雞既鳴矣,朝既盈矣。”亦泛指發聲。詩豳風七月:“五月鳴蜩。”又小雅鹿鳴:“呦呦鹿鳴,食野之苹。”㊁使物發聲。周禮夏官大司馬:“鳴鐲,車徒皆行。”吳子應變:“卒起擊金鳴鼓於阨路。”㊂呼喚。文選魏曹子建(植)名都篇:“鳴儔嘯匹旅,列坐竟長筵。”㊃著稱,聞名。元史一〇九楊載傳:“其甥李桓……亦以文鳴江東。”

【鳴玉】古人佩帶在腰間的玉飾,行走時相擊發聲。國語楚下:“趙簡子鳴玉以相。”注:“鳴玉,鳴其佩玉,以相禮也。”簡子,春秋晉趙鞅。

【鳴石】撞擊之則發聲響之石。山海經中山經:“(長石之山)多竹,共水出焉,西南流,注于洛,其中多鳴石。”注:“晉永康元年襄陽郡上鳴石,似玉,色青,撞之聲聞七八里。今零陵泉陵縣永正鄉有鳴石二所，其一狀如鼓，俗因名爲石鼓。卽此類也。」

【鳴沙】㊀山名。在甘肅敦煌縣南。元和郡縣志四十沙州：「鳴沙山一名神沙山……積沙爲之峯巒，危峭踰於山石，四面皆爲沙壠，背有如刀刃。人登之卽鳴。」㊁地名。在寧夏中衞縣。隋置縣，尋廢。以人馬行經沙上有聲而名。參閱太平寰宇記三六靈州。

【鳴珂】貴者之馬以玉爲飾，行則作響，謂之鳴珂。南朝梁何遜何水部集車中見新林分別甚盛詩：「隔林望行幰，下阪聽鳴珂。」南朝陳徐陵徐孝穆集一洛陽道詩：「華軒翼葆吹，飛蓋響鳴珂。」

【鳴指】叩指頭。資治通鑑二五四唐中和二年：「左右小有異議者，輒爲(呂)用之陷，死不旋踵，但潛撫膺鳴指，口不敢言。」

【鳴砌】謂蚯蚓。晉崔豹古今注中魚蟲：「蚯蚓一名蜿蟺，一名曲蟺。善長吟於地中。江東謂之歌女，或謂之鳴砌。」

【鳴皋】山名。在河南嵩縣東北。傳說古有鶴鳴於山上而名。唐李白李太白詩七鳴皋歌送岑徵君：「若有人兮思鳴皋，阻積雪兮心煩勞。」參閱嘉慶一統志二〇五、二〇六河南府。

【鳴球】玉磬。書益稷：「戛擊鳴球。」疏：「釋器云：球，玉也。樂器惟磬用玉，故球爲玉磬。」文選漢揚子雲(雄)長楊賦：「拮隔鳴球，掉八列之舞。」

【鳴榔】擊船舷作聲。文選晉潘安仁(岳)西征賦：「纖經連白，鳴榔厲響，貫鰓罥尾，掣三牽兩。」注：「以長木叩舷爲聲，言曳纖經於前，鳴長榔於後，所以驚魚，令入網也。」榔也作「桹」。唐王勃王子安集二採蓮賦：「艇楫淩亂，雲流雨散。鳴桹絡繹，霧罷煙釋。」此爲水擊船舷。李白李太白詩十七送殷淑之一：「惜別耐取醉，鳴桹且長謠。」注：「所謂鳴桹者，當是擊船以爲歌聲之節，猶叩舷而歌之義。」

【鳴桴】以桴鳴鼓。漢書七六張敞傳：「由是枹鼓稀鳴，市無偷盜。」文選南齊王元長(融)三月三日曲水詩序：「稀鳴桴於砥路，鞠茂草於圜扉。」

【鳴蛇】傳說中動物名。山海經中山經：「(鮮山)其中多鳴蛇，其狀如蛇而四翼，其音如磬。見則其邑大旱。」文選漢張平子(衡)南都賦：「其水蟲則有蠳龜、鳴蛇、潛龍、伏螭。」

【鳴條】㊀風吹樹枝發聲。古文苑十一漢董仲舒雨雹對：「太平之世，則風不鳴條。」也指因風作響的樹枝。晉陸機陸士衡集六猛虎行：「崇雲臨岸駭，鳴條隨風吟。」㊁古地名，又名高侯原。卽成湯敗夏桀處。其地所在，異說甚多，已難確指。參閱清雷學淇介庵經說九鳴條。

【鳴葭】吹笳。葭，通「笳」。文選南朝宋謝靈運九日從宋公戲馬臺集送孔令詩：「鳴葭戾朱宮，蘭巵獻時哲。」

【鳴桹】見「鳴榔」。

【鳴鳩】卽斑鳩。詩小雅小宛：「宛彼鳴鳩，翰飛戾天。」傳：「鳴鳩，鶻鵰。」

【鳴蜩】鳴蟬。詩小雅小弁：「菀彼柳斯，鳴蜩嘒嘒。」三國魏曹植曹子建集二愁思賦：「野草變色兮莖葉稀，鳴蜩抱木兮鴈南飛。」

【鳴鳳】㊀鳳鳴。文選晉孫興公(綽)遊天台山賦：「覿翔鸞之裔裔，聽鳴鳳之嗈嗈。」㊁喻風骨、文采俱備。南朝梁劉勰文心雕龍六風骨：「唯藻耀而高翔，固文筆之鳴鳳也。」

【鳴鴈】㊀詩邶風匏有苦葉：「雝雝鳴鴈，旭日始旦。士如歸妻，迨冰未泮。」後因以鳴鴈指嫁娶之期。文苑英華九六四唐楊炯彭城公夫人爾朱氏墓誌銘：「三星照夜，佇稽鳴鴈之期；七日乘秋，坐薦飛星之兆。」㊁古地名。在河南杞縣北。左傳成十六年「衞侯伐鄭，至于鳴鴈」，卽此。參閱嘉慶一統志一八七開封府二雍邱故城。

【鳴謙】易謙：「鳴謙，貞吉。」疏：「鳴謙者，謂聲名也。處正得中，行謙廣遠，故曰鳴謙。」後以指謙抑。文選南朝梁沈休文(約)齊故安陸昭王碑：「至公以奉上，鳴謙以接下。」

【鳴鞭】㊀唐末皇帝儀仗有鳴鞭。振之發聲，使人肅靜。出行、祀典、視朝、宴會時用之。唐詩紀事六二鄭嵎津陽門：「鳴鞭後騎何躞蹀，宮粧禁袖皆仙姿。」宋高承事物紀原三旗旐采章部：「鳴鞭，唐及五代有之。周官條狼氏『執鞭趨辟』之遺法也。」參閱宋史儀衞志二、六。參見「靜鞭」。㊁謂揮鞭作響。唐劉長卿劉隨州集四少年行：「薦枕青娥豔，鳴鞭白馬驕。」

【鳴鏑】響箭。又稱嚆矢、髐箭。史記一一〇匈奴傳：「冒頓乃作爲鳴鏑，習勒其騎射。」集解引韋昭：「矢鏑飛則鳴。」

【鳴犢】春秋晉賢大夫竇犨，字鳴犢(國語作「鳴鐸」)。與舜華同事趙簡子(鞅)，後爲趙簡子所殺。東觀漢記十二梁竦傳悼騷賦：「趙殞鳴犢兮，秦人入疆。」參閱史記孔子世家。

【鳴騶】顯貴出行，隨從的騎卒吆喝開道，曰鳴騶。文選南齊孔德璋(稚珪)北山移文：「及其鳴騶入谷，鶴書赴隴，形馳魄散，志變神動。」

【鳴鑾】鑾，繫在馬勒或車前橫木上的鈴。鳴鑾，指皇帝或貴族出行。文選漢班孟堅(固)西都賦：「大路鳴鑾，容與徘徊。」注：「周禮曰：巾車掌玉輅，凡馭輅儀以鑾和爲節。鄭玄曰：鑾在衡，和在軾，皆以金鈴也。」也作「鳴鸞」。唐王勃王子安集二滕王閣詩：「滕王高閣臨江渚，佩玉鳴鸞罷歌舞。」參見「和鸞」。

【鳴天鼓】道家修養之法。以兩掌掩兩耳，食指中指擊腦後作聲，謂之鳴天鼓。雲笈七籤四五祕要訣法叩齒訣：「左相叩名曰打天鐘，右相叩曰搥天磬，中央上下相叩名曰鳴天鼓。」

【鳴玉溪】水名。在四川忠縣西。上有懸巖瀑布，高五十餘丈。潭洞幽邃，古木蒼然。唐時建有寺廟和溪橋。清人疑卽漕溪。參閱太平寰宇記一四九忠州、嘉慶一統志四一六忠州。

【鳴珂里】新唐書一二七張嘉貞傳：「嘉祐，嘉貞弟，有幹略。方嘉貞爲相時，任右金吾衞將軍。昆弟每上朝，軒蓋騶導盈閭巷。時號所居坊曰鳴珂里。」後尊稱人鄉里爲珂里、珂鄉，本此。明唐玉翰府紫泥全書三除擢送禮翰朝京回：「恭惟玉京入覲，珂里榮歸，此誠九陌鶯花，正春風得意之日，而萬方玉帛，不負觀光之志矣。」

【鳴雁行】樂府雜曲歌辭名。多以鳴雁遠飛爲辭，以抒發辛苦輾轉、飽受驚擾之情。南朝宋鮑照、唐李白韓愈等皆有此作。見樂府詩集六八。

【鳴犢河】水名。漢書地理志上：「河水別出爲鳴犢河，東北至蓨入屯氏河。」按鳴犢河故道在山東茌平北，東北經高唐至河北景縣一帶。參閱嘉慶一統志一六八東昌府、二一河間府。

【鳴鐘鼓】國語晉五：「『今宋人弒其君，罪莫大焉。明聲之，猶恐其不聞也。吾備鐘鼓，爲君故也。』乃使旁告於諸侯，治兵振旅，鳴鐘鼓，以至于宋。」後卽以鳴鐘鼓爲聲討罪行之舉。後漢書七二董卓傳上書：「中常侍張讓等竊倖承寵，濁亂海內，……今臣輒鳴鐘鼓如洛陽，請收讓等，以清姦穢。」

【鳴琴而治】呂氏春秋察賢：「宓子賤治單父，彈鳴琴，身不下堂而單父治。巫馬期以星出，以星入，日夜不居，以身親之而單父亦治。巫馬期問其故於宓子，宓子曰：『我之謂任人，子之謂任力。任力者故勞，任人者故逸。』」又見漢劉向說苑政理。舊亦用爲稱頌地方官政簡刑輕之辭。

【鳴鼓而攻】謂公開聲討。論語先進:"季氏富於周公,而求也爲之聚斂而附益之。子曰:'非吾徒也,小子鳴鼓而攻之可也。'"注:"鄭(玄)曰:小子,門人也。鳴鼓,聲其罪以責之。"參見"鳴鐘鼓"。

鳳 1. fèng ㄈㄥˋ 馮貢切,去,送韻,並。

㊀傳説之瑞鳥。論語子罕:"子曰:鳳鳥不至,河不出圖,吾已矣乎。"禮禮運:"麟、鳳、龜、龍,謂之四靈。"參見"鳳凰"。㊁姓。明陳士元姓觿七:"姓考云:顓頊以鳥名官,有鳳鳥氏。後以官爲氏。千家姓云:平陽族。神仙傳有鳳綱。"

2. fēng ㄈㄥ

㊂通"風"。甲骨卜辭中屢云"遘大鳳",皆指"遘大風"。初學記二八山海經:"鳳伯之山、熊山、真陵之山木多柳。"今本山海經中山經作"風伯之山"。

【鳳子】㊀大蛺蝶。晉崔豹古今注中魚蟲:"蛺蝶,……其大如蝙蝠者,或黑色,或青斑,名爲鳳子,一名鳳車。"唐韓偓玉山樵人集深院詩:"鵝兒唼啑梔黃觜,鳳子輕盈膩粉腰。"㊁燕卵。禮月令仲春之月"玄鳥至"注"玄鳥,燕也。……玄鳥遺卵,娀簡吞之"唐孔穎達疏:"娀簡狄吞鳳子之後,後王爲媒官嘉祥,祀之以配帝,謂之高禖。"

【鳳山】㊀山名。1.在湖北鄂城縣,一名鳳棲山。相傳三國吳建興中有鳳凰降此,因名。參閱嘉慶一統志三三五武昌府。2.在貴州遵義縣。狀若鳳翥。參閱嘉慶一統志五一一遵義府。3.在四川萬縣北。崇岡絶壁,其形如鳳。參閱嘉慶一統志三九七夔州府。4.在臺灣省西南部。形若飛鳳,因名。山多巨石,嶔崎玲瓏。參閱嘉慶一統志四三七臺灣府。㊁縣名。在臺灣省鳳山北。清順治十八年,鄭成功駐軍於此;康熙二十三年,置鳳山縣。公元1945年改高雄縣。參閱嘉慶一統志四三七臺灣府。㊂州名。卽今廣西鳳山縣。宋羈縻蘭州地,元屬東蘭州,明屬慶遠府。清雍正七年置鳳山土州。公元1919年改縣。參閱嘉慶一統志四六四慶遠府。

【鳳毛】謂先人遺下的風采。世説新語容止:"王敬倫(劭)風姿似父(王導)……桓公(温)望之曰:大奴固自有鳳毛。"南齊書謝超宗傳:"王母殷淑儀卒,超宗作誄奏之,帝大嗟賞。曰:'超宗殊有鳳毛,恐靈運復出。'"超宗,靈運孫。

【鳳穴】喻文才薈萃之所。北史文苑傳敍:"曹王陳阮負宏衍之思,挺棟幹於鄧林;潘陸張左擅侈麗之才,飾羽儀於鳳穴。"唐杜甫杜工部草堂詩箋四奉贈鮮于京兆:"鳳穴雛皆好,龍門客又新。"此指書香門第。

【鳳仙】花名。又名小桃紅、急性子、旱珍珠。椏間作花,頭翅尾足皆具,如鳳之形,故又名金鳳花,有紅白紫碧等色。以花搗碎加明礬少許,婦女用以染指甲,亦稱指甲草。供觀賞,亦入藥。參閱本草綱目十七草六鳳仙、清顧張思土風錄二鳳仙花染指甲。

【鳳池】鳳凰池之省。唐以前指中書省,唐以後指宰相之職。南齊書劉瓛傳:"上欲用瓛爲中書郎,使吏部尚書何戢喻旨。戢謂瓛曰:'上意欲以鳳池相處,恨君資輕,可且就前除。少日當除國子博士,便卽後授。"唐杜甫杜工部草堂詩箋十二紫宸殿退朝口號:"宮中每出歸東省,會送夔龍集鳳池。"參見"鳳凰池"。

【鳳車】㊀帝王所乘之車。漢應劭漢官儀下:"乘輿,大駕則御鳳皇車,以金根爲副。"㊁仙人所乘之車。唐張籍張司業詩集六同嚴給事聞唐昌觀玉蘂近有仙過作:"九色雲中紫鳳車,尋仙來到洞仙家。"㊂大蛺蝶。見"鳳子㊀"。

【鳳吹】指笙簫等細樂爲鳳吹。吹,讀chuì。文選南齊孔德璋(稚珪)北山移文:"聞鳳吹於洛浦,值薪歌於延瀨。"注:"(劉向)列仙傳曰:王子喬,周宣王太子晉也。好吹笙作鳳鳴,遊伊雒之間。"唐王維王右丞集二奉和聖製御春明樓……應制詩:"遙聞鳳吹喧,闇識龍輿度。"

【鳳沼】㊀指中書省。唐杜甫杜工部草堂詩箋二贈韋左丞丈濟:"鴒原荒宿草,鳳沼接亨衢。"參見"鳳凰池"。㊁琴底孔眼。見"龍池㊂"。

【鳳林】古地名。在甘肅臨夏縣南。漢白石縣,屬金城郡。唐置鳳林縣。縣西北有鳳林關。唐杜甫杜工部草堂詩箋十五秦州之十九:"鳳林戈未息。"卽指此。參閱嘉慶一統志二五三蘭州府。

【鳳邸】㊀謂帝王卽位前的舊居。南朝陳徐陵徐孝穆集三在北齊與梁太尉王僧辯書:"膺龍圖以建國,御鳳邸以承家。"文苑英華一七四唐上官儀奉和過舊宅應制詩:"翠梧臨鳳邸,滋蘭帶鶴舟。"㊁尚書省邸。初學記十一唐任希古和左僕射燕公春日端居述懷詩:"鳳邸摶霄翰,龍池躍海鱗。"

【鳳冠】古代婦人所戴有鳳飾的禮冠。漢制惟太皇太后、皇太后、皇后入廟行禮,其冠飾有鳳凰。其制歷代多有更革。舊題晉王嘉拾遺記九晉時事:"石季倫……使(愛婢)翔鳳調玉以付工人,爲倒龍之珮;縈金,爲鳳冠之釵。"明代九品以上命婦皆用鳳冠,平民嫁女亦得假用九品服,其後鳳冠霞帔遂成爲嫡妻的例服,相沿至清末。參閱後漢書輿服志下、通典六二禮二二后妃命婦首飾制度、續通典五七禮十三天子納妃后。

【鳳城】相傳秦穆公之女弄玉,吹簫引鳳,鳳皇降於京城,故曰丹鳳城。後因稱京都爲鳳城。樂府詩集七五唐沈佺期獨不見:"白狼河北音書斷,丹鳳城南秋夜長。"唐杜甫杜工部草堂詩箋三六夜:"步蟾倚仗看牛斗,銀漢遙應接鳳城。"注:"鳳城,言長安也。"

【鳳咮】硯名。宋蘇軾分類東坡詩十二龍尾硯歌敍:"余舊作鳳咮硯銘,其略云'蘇子一見名鳳咮,坐令龍尾羞牛後。'"韓子蒼(駒)注:"其銘序云:'北苑龍培山,如翔鳳平飲之狀。當其咮有石蒼黑而玉色。熙寧中太原王頤以爲硯,余名之曰鳳咮。'"

【鳳律】呂氏春秋古樂:"聽鳳皇之鳴,以別十二律。其雄鳴爲六,雌鳴亦六,以比黃鐘之宮適合。黃鐘之宮皆可以生之。故曰黃鐘之宮,律呂之本。"後因謂音律爲鳳律。隋書律曆志上:"昔者淳古葦籥,創覩人籟之源;女媧笙簧,仍昭鳳律之首。"

【鳳扆】扆,屏風。周禮天官掌次"設皇邸"漢鄭玄注:"鄭司農(衆)云:皇,羽覆上;邸,後版也。玄謂:後版屏風與染羽,象鳳凰羽色以爲之。"因以"鳳扆"喻帝座。南朝陳徐陵徐孝穆集一勸進梁元帝表:"揚龍旂以饗帝,御鳳扆以承天。"唐王維王右丞集十一奉和聖製登降聖觀與宰臣等同望應制詩:"鳳扆朝碧落,龍圖耀金鏡。"

【鳳紙】帝王用紙。上繪有金鳳,故名。舊唐書一七七崔胤傳上表:"覩綸言於鳳紙,若面丹墀。"亦泛指珍貴之紙。李商隱李義山詩集五碧城之三:"檢與神方教駐景,收將鳳紙寫相思。"

【鳳釵】婦女首飾。釵頭作鳳形。五代後唐馬縞中華古今注中:"釵子,蓋古笄之遺象也。……始皇又〔以〕金銀作鳳頭,以玳瑁爲腳,號曰鳳釵。"

【鳳笙】漢應劭風俗通聲音笙:"世本:'隨作笙。'長四寸,十二簧,像鳳之身,正月之音也。”因稱鳳笙。唐李白李太白詩七裹陽歌：“車旁側挂一壺酒，鳳笙龍管行相催。”

【鳳凰】凰本作“皇”。㊀傳説中鳥名。雄曰鳳，雌曰凰。詩大雅卷阿：“鳳皇于飛，翽翽其羽。”大戴禮易本命：“有羽之蟲三百六十而鳳凰爲之長。”㊁地名。在湖南省。漢武陵郡地。宋置招諭縣，屬沅陵郡，後併入麻陽。清置鳳凰直隸廳。公元1913年改縣。參閲嘉慶一統志三八〇鳳凰直隸廳。

【鳳條】傳説鳳非梧不棲，因名梧枝爲鳳條。梁書陸倕傳任昉感知己賦：“過龍津而一息，望鳳條而載翔。”唐段成式酉陽雜俎前集十二語資：“歷城房家園，齊博陵君豹之山池。……曾有人折其桐枝者。公曰：‘何謂傷吾鳳條？’自後人不敢復折。”

【鳳詔】卽詔書。晉陸翽鄴中記：“石季龍(虎)與皇后在觀上爲詔書，五色紙，著鳳口中。鳳既銜詔，侍人放數百丈緋繩，轆轤回轉，鳳凰飛下，謂之鳳詔。鳳凰以木作之，五色漆畫，脚皆用金。”(初學記三十)唐李商隱李義山詩集六夢令狐學士：“右銀臺路雪三尺，鳳詔裁成當直歸。”

【鳳翔】㊀府名。禹貢雍州之域。周王畿地，春秋時秦都。始皇時爲內史地。漢爲右扶風地。北魏置岐州。唐爲西京鳳翔府。宋明清皆因之。轄境歷代不一，治所在今陝西鳳翔縣。參閲太平寰宇記三十鳳翔府。㊁縣名。屬陝西省。本春秋雍邑，漢屬右扶風。北魏爲平秦郡及岐州治。隋爲扶風郡治。唐爲鳳翔府治，至德二年改爲鳳翔縣，又析置天興縣，後又省鳳翔入天興。宋因之。金改天興爲鳳翔。元明清皆爲鳳翔府治。參閲嘉慶一統志二三五鳳翔府一。㊂東晉列國夏赫連勃勃(世祖)年號，公元413—417年。

【鳳隊】唐宮中遊戲所設女隊名。見“鶴團”。

【鳳陽】㊀府名。秦九江郡地。晉至隋爲鍾離郡。唐至元名濠州。明洪武七年改鳳陽府，以地在鳳凰山南而名，轄懷遠、定遠、壽州、鳳臺、宿州、靈壁等地。清因之。治所在鳳陽縣。參閲嘉慶一統志一二五鳳陽府。㊁縣名。屬安徽省。漢鍾離縣地。明初改臨淮縣，洪武七年析臨淮縣地置鳳陽縣。清以臨淮縣併入。參閲嘉慶一統志一二五鳳陽府。

【鳳葵】草名。色丹，葉長四寸，味甘。古人以爲常服可令人身輕肌滑。見舊題漢郭憲洞冥記三。

【鳳圓】鳳卵。宋高似孫緯略七雁子：“山海經(佚文)曰：流沙之西，丹山之南，有鳳之圓。”自注：“圓，古卵字。”按圓通“丸”。

【鳳旗】繪有鳳凰之旗。史記八七李斯傳諫逐客書：“建翠鳳之旗，樹靈鼉之鼓。”新唐書儀衛志上：“第一鳳旗隊，第二飛黄旗隊。”

【鳳臺】㊀縣名。1.屬安徽省。春秋時楚之州來。漢爲下蔡縣。歷代因之。清雍正十一年置鳳臺縣，屬鳳陽府，與壽州同城。同治間移治淮北下蔡鎮，卽今治。參閲嘉慶一統志一二五、一二六鳳陽府。2.卽今山西晉城縣。漢高都縣地。隋爲丹川縣。唐析置晉城縣。宋金元因之。明省入州。清雍正六年置鳳臺縣，爲澤州府治。公元1914年復置晉城縣。參閲嘉慶一統志一四五澤州府。㊁古臺名。文選南朝宋鮑明遠(照)升天行詩：“鳳臺無還駕，簫管有遺聲。”注：“(劉向)列仙傳曰：簫史者，秦繆公時人也，善吹簫，繆公有女號弄玉，好之，公遂以妻之，遂教弄玉作鳳鳴。居數十年，吹似鳳聲，鳳皇來止其屋，爲作鳳臺，夫婦止其上，不下數年。一旦皆隨鳳皇飛去。”參見“鳳女臺”。

【鳳蓋】鳳凰傘。帝王儀仗用。文選漢班孟堅(固)西都賦：“張鳳蓋，建華旗。”注：“桓子新論曰：乘車，玉爪、華芝及鳳皇三蓋之屬。”

【鳳閣】㊀宮內樓閣。南朝宋鮑照鮑氏集十凌煙樓銘：“冰臺築乎魏邑，鳳閣起於漢京。”㊁唐代中書省的別稱。新唐書百官志二“中書省”注：“光宅元年，改中書省曰鳳閣。”唐白居易長慶集八詠懷詩：“昔爲鳳閣郎，今爲二千石。”參見“中書省”。

【鳳團】印有鳳紋的茶餅。作爲貢茶。宋張舜民畫墁録一：“丁晉公(謂)爲福建轉運使，始制爲鳳團，後又爲龍團。……天聖中又爲小團，其品迥加於大團。”歐陽修文忠集一五一答連郎中書：“鳳團數餅，聊表信而已。”參見“小鳳㊁”、“鳳餅”。

【鳳餅】卽鳳團。宋徽宗大觀茶論：“本朝之興，歲修建溪之貢，龍團鳳餅，名冠天下。”(説郛五二)宋周紫芝竹坡詞一攤破浣溪沙湯：“鳳餅未殘雲脚乳，水沈催注玉花甆。”參見“鳳團”。

【鳳管】卽笙。南朝宋鮑照鮑氏集八登廬山詩之二：“傾聽鳳管賓，緬望鈞龍子。”唐杜牧樊川集三寄李起居四韻：“雲疊心凸知難捧，鳳管簧寒不受吹。”

【鳳輦】㊀帝王之車。文苑英華一七五唐沈佺期奉和幸韋嗣立山莊侍宴應制詩：“龍旂榮秀木，鳳輦拂疎筇。”宋史輿服志一：“鳳輦，赤質，頂輪下有二柱，緋羅輪衣，絡帶、門簾皆繡雲鳳。頂有金鳳一，兩壁刻畫龜文、金鳳翅。”㊁仙人之車。樂府詩集七八隋煬帝步虛詞之二：“翠霞承鳳輦，碧霧翼龍輿。”

【鳳樓】㊀宮內樓閣。南朝宋鮑照鮑氏集三代陳思王京洛篇：“鳳樓十二重，四户八綺窗。”文苑英華一七三唐許敬宗奉和詠雨應詔詩：“激霤分龍闕，斜飛灑鳳樓。”㊁婦女居處。樂府詩集五一南朝陳江總簫史曲：“來時兔月照，去後鳳樓空。”

【鳳駕】帝王或仙人的車駕。漢書八七上揚雄傳河東賦：“乃撫翠鳳之駕，六先景之乘。”藝文類聚四梁何遜爲西豐侯九日侍宴樂遊苑詩：“鸞和馳八襲，鳳駕啟千羣。”又七夕詩：“仙車駐七襄，鳳駕出天潢。”

【鳳儀】㊀鳳凰的儀態。書益稷：“簫韶九成，鳳皇來儀。”傳：“儀，有容儀。”文選晉潘安仁(岳)笙賦：“基黄鍾以舉韻，望鳳儀以擢形。”㊁山名。在雲南大理縣東南。山脈自點蒼來。三峯高聳，如鳳張兩翼。參閲嘉慶一統志四七八大理府。

【鳳德】論語微子：“楚狂接輿歌而過孔子曰：‘鳳兮鳳兮，何德之衰？’”注：“孔曰：比孔子於鳳鳥。鳳鳥待聖君乃見。”後以“鳳德”喻盛德。世説新語任誕“周伯仁(顗)鳳德雅重”注引晉陽秋：“初，顗以雅望獲海內盛名，後屢以酒失。庾亮曰：‘周侯末年，可謂鳳德之衰也。’”

【鳳曆】㊀左傳昭十七年：“我高祖少皞摯之立也，鳳鳥適至，故紀於鳥。……鳳鳥氏，歷正也。”歷，通“曆”。後因稱曆爲“鳳曆”。北周庾信庾子山集六周祀宗廟歌昭夏：“龍圖革命，鳳曆歸昌。”㊁年號。1.五代後梁朱友珪(郢王)。公元913年。2.南宋時後理國段智廉(享天帝)。公元1201—？年。

【鳳縣】縣名。屬陝西省。本秦故道縣地。西魏置鳳州，因州境鸑鷟山爲名。明改縣，屬陝西漢中府。清因之。參閲寰宇通志九九漢中府。

【鳳舉】㊀喻使臣銜命遠行。文選晉陸士衡(機)演連珠之四：“金碧之巖，必辱鳳舉之使。”注引漢班固功德論：“朱軒之使，鳳舉於龍堆之表。”㊁喻高尚的舉止。

三國魏曹植曹子建集九王仲宣誄："翕然鳳舉，遠竄荆蠻。"文選南朝宋顏延年(延之)五君詠向常侍："交吕既鴻軒，攀嵇亦鳳舉。"吕，吕安；嵇，嵇康。㊂形容舞姿。北周庾信庾子山集四看舞詩："鸞迴不假學，鳳舉自相關。"

【鳳轄】相傳漢宣帝以皂蓋車一乘賜大將軍霍光，至夜，車轄上金鳳凰輒亡去，至曉乃還。有黄君仲者，於北山羅鳥，得鳳凰子，入手化成紫金，詣闕上之。帝以置承露盤上，俄而又化作鳳，飛入光家，止車轄上。帝取其車，每遊行輒乘御之。至帝崩，鳳凰飛去，莫知所在。因以"鳳轄"稱車轄上所飾的鳳凰。唐韋絢劉賓客嘉話録："嵇康詩云：'翩翩鳳轄，逢此網羅。'正謂此也。"也指飾有鳳凰的車轄。全唐詩二〇三郭良題李將軍山亭："鳳轄將軍位，龍門司隸家。"

【鳳翹】㊀婦女鳳形首飾。元詩選元淮金囦集春閨："倒把鳳翹搔鬢影，一雙蝴蝶過東牆。"冠飾有鳳翹者稱鳳翹冠。元史禮樂志五："壽星隊……次八隊，婦女二十人，冠鳳翹冠，翠花鈿。"㊁女子鳳頭鞋也稱鳳翹。

【鳳職】相傳鳳鳥氏司曆，故稱司曆之職爲鳳職。藝文類聚五南朝梁王僧孺謝曆表："鳳職是司，曾無戻朓。"

【鳳闕】漢代宫闕名。史記孝武紀："於是作建章宫……其東則鳳闕，高二十餘丈。"索隱："三輔故事云：北有圜闕，高二十丈，上有銅鳳皇，故曰鳳闕也。"漢繁欽有建章鳳闕賦，見水經注渭水下。後泛指宫殿、朝廷。文選南朝宋顏延年(延之)三月三日曲水詩序："方且排魏闕以高遊，開爵園而廣宴。"唐李白李太白詩十五留别從兄徐王延年："冠劍朝鳳闕，樓船侍龍池。"

【鳳雛】㊀幼鳳。舊題漢郭憲洞冥記一："(東)方朔再拜於帝前曰：臣東遊萬林之野，獲九色鳳雛。"亦喻俊傑。如漢末龐統(三國志蜀諸葛亮傳注引晉習鑿齒襄陽記)、晉陸雲(晉書本傳)、王導子劭(世說新語雅量注)，時皆有鳳雛之稱，而以龐統名最著。㊁古曲名。即鳳將雛。宋書樂志一："鳳將雛哥(歌)者，舊曲也。應璩百一詩云：'爲作陌上桑，反言鳳將雛。'然則鳳將雛其來久矣。"北周庾信庾子山集四有喜致醉詩："兀然已復醉，摇頭歌鳳雛。"

【鳳藻】美麗的文辭。唐盧照鄰幽憂子集五釋疾文："謁龍旂於武帳，揮鳳藻於文昌。"李白李太白文二八夏日諸從弟登汝州龍興閣序："當揮爾鳳藻，挹予霞觴，與白雲老兄，俱莫負古人也。"

【鳳女祠】相傳秦穆公女弄玉與婿蕭史在鳳臺吹簫，一旦皆隨鳳凰飛去。秦人爲作鳳女祠於雍宫。參閱舊題漢劉向列仙傳上蕭史。參見"鳳女臺"。

【鳳女臺】即鳳臺。在陝西寶雞縣東南。水經注十八渭水一："(雍)又有鳳臺、鳳女祠。秦穆公時有蕭史者，善吹簫，能致白鵠孔雀。穆公女弄玉好之，公爲作鳳臺以居之。"全唐詩六一李嶠太平公主山亭侍宴應制："龍舟下瞰鮫人室，羽節高臨鳳女臺。"參閱嘉慶一統志二三六鳳翔府。參見"鳳臺㊁"。

【鳳求凰】樂府琴曲名。漢司馬相如琴歌中有"鳳兮鳳兮歸故鄉，遨遊四海求其凰"之句，故名。參閱樂府詩集六十琴歌題解。元王實甫西廂記二本四折："我將弦改過，彈一曲，就歌一篇，名曰鳳求凰。昔日相如得此曲成事，我雖不及相如，願小姐有文君之意。"

【鳳尾竹】竹的一種。高二三尺，植盆中，置庭院案間，供觀賞。元李衎竹譜詳録五："鳳尾竹，生江西。一如笙竹，但下邊枝葉稀少，至梢則繁茂，摇摇如鳳尾，故此得名。"參閱廣羣芳譜八二竹一。

【鳳尾松】見"鳳尾蕉"。

【鳳尾袍】五代後晉宰相桑維翰未仕時所穿緼袍，襤褸千結，類乎鳳尾，人稱鳳尾袍。見宋陶穀清異録衣服。

【鳳尾草】草名。1.即鳳尾蕨，又稱井口邊草。多生牆脚及陰溼石縫中。莖葉如鳳尾，根一本而衆枝貫之。根名貫衆，可入藥。參閱本草綱目十二草一貫衆。2.金星草的俗名。見"金星草"。

【鳳尾蕉】一名鳳尾松，又名鐵蕉，俗稱鐵樹。高丈餘，挺直堅勁，無他柯榦，頂上纔生枝葉，若椶櫚狀，皮如龍鱗，葉如鳳尾。參閱本草綱目三一果三無漏子。

【鳳尾諾】古時簽署文件曰署諾。鳳尾諾，謂書"諾"字如鳳尾形。南史齊江夏王鋒傳："五歲，高帝使學鳳尾諾，一學即工。"參閱唐陸龜蒙甫里集十九説鳳尾諾。

【鳳眼窗】有格如鳳鳥眼之窗。唐馮贄雲仙雜記六引青州雜記："龍道千卜室於積玉坊，編藤作鳳眼窗，支牀用薜荔千年根。"

【鳳將雛】見"鳳雛㊁"。

【鳳笙曲】樂府曲名。梁武帝製。有"緑耀剋碧彫琯笙，朱脣玉指學鳳鳴"之句，故名。見樂府詩集五十江南弄題解及本曲。

【鳳凰子】硯石名。上等硯石。即紅絲石。出山東淄博東北之仙巖洞。石形如卵，故名。所製之硯稱紅絲硯。見清盛百二淄硯録。參見"紅絲硯"。

【鳳凰弓】宋威州刺史和詵上制勝强遠弓，能破堅於三百步外，邊人謂之鳳凰弓。見宋岳珂桯史五。參見"克敵弓"。

【鳳凰山】山名。1.在浙江杭州市南郊。巖壑曲折，左瞰大江，形如鳳凰欲飛，故名。自唐以來，州治在山右。宋於杭州建行宫，山遂圈入禁苑。其頂平廣，可供練兵，有宋時御教場遺迹。元末張士誠築城，始截山於城外。參閱嘉慶一統志二八三杭州府。2.在遼寧省西南部，大凌河上游東岸。主峯黑山在凌源附近。參閱嘉慶一統志五九奉天府。

【鳳凰池】亦稱鳳池。禁苑中池沼。魏晉南北朝設中書省於禁苑，掌管機要，接近皇帝，故稱中書省爲鳳凰池。權重在尚書上。故晉荀勗由中書監守尚書令，人有賀之者，勗曰："奪我鳳凰池，諸君賀我耶？"見晉書本傳。文選南朝梁范彦龍(雲)古意贈王中書詩："攝官青瑣闥，遥望鳳凰池。"唐制，宰相稱同中書門下平章事，故詩文中多以鳳凰池指宰相。唐劉禹錫劉夢得集十湖南觀察使故相國袁公挽歌："五驅龍虎節，一入鳳凰池。"

【鳳凰臺】臺名。1.在江蘇南京市。晉升平中(一説宋元嘉十四年)，有鳥集此地，文彩如孔雀，時人傳謂鳳凰，因起臺於其地，名爲鳳凰臺。唐李白李太白詩二一登金陵鳳凰臺："鳳凰臺上鳳凰遊，鳳去臺空江自流。"即指此。參閱嘉慶一統志七四江寧府二。2.在甘肅成縣東南鳳凰山。水經注二十漾水："南逕鳳溪中，有二石雙高，其形若闕。漢世有鳳凰止焉，故謂之鳳凰臺。"唐杜甫杜工部草堂詩箋十七鳳凰臺："亭亭鳳凰臺，北對西康州。"即此。3.在湖北鄂城縣東。相傳三國吴主孫權因鳳凰現，遂築臺於此，命周瑜、魯肅定建都之計。參閱嘉慶一統志三三六武昌府二。

【鳳凰簫】俗稱簫之山口處有節者爲鳳凰簫，無節者爲洞簫。鳳凰簫當即排簫，比竹爲之，參差如鳳翼，故名。一説因簫有鳳女臺之故事，故稱。參見"排簫"、"鳳簫"。

【鳳鳥氏】見"鳳曆㊀"。

【鳳頭鞋】鞋頭以鳳爲飾者。五代後唐馬縞中華古今注中冠子朶子扇子："(秦始皇)令三妃九嬪……靸蹲鳳頭履。"宋蘇軾東坡集續集二謝人惠雲巾方舃詩之二"妙手不勞盤作鳳"自注:"晉永嘉中有鳳頭鞋。"

【鳳翼笙】 相傳爲女媧所造。王子晉於緱氏山月下吹之。其制象鳳翼，亦名參差或參差竹。唐太和中有尉遲章者尤爲妙手。參閱唐段安節樂府雜録笙、文獻通考一三八樂考十一匏之屬。

【鳳麟洲】 神話傳説西海中央有鳳麟洲,洲上多鳳、麟，數萬各爲羣。有山川池澤及神藥百種。洲上仙人煮鳳喙及麟角合煎作膏，名之爲續弦膠，或名連金泥，能屬斷弦折金。見舊題漢東方朔十洲記。

【鳳毛麟角】 喻珍貴希見的人物。唐劉禹錫劉夢得集三十袁州故廣禪師碑:"肖圓方之形，故寂滅以示盡;入菩提之位,故殊相以現虚;猶鳳毛成字，麟角生肉,必有以異,不知其然。"明何良俊四友齋叢説二三文:"康對山(海)之文，天下慕向之如鳳毛麟角,後刻一集出,殊不愜人意。"

【鳳生鳳兒】 明瞿汝稷指月録六南陽慧忠國師:"龍生龍子,鳳生鳳兒。"後以喻不凡者之子孫恒不凡。參見"龍生龍、鳳生鳳"。

【鳳泊鸞飄】 形容人不如意，飄泊無定所。清黄景仁兩當軒集十一失題詩:"神清骨冷何由俗,鳳泊鸞飄信可哀。"龔自珍定盦文集補己亥雜詩之二五五:"鳳泊鸞飄别有愁,三生花草夢蘇州。"

【鳳度三橋】 南齊東昏侯蕭寶卷與羣小設計的一種帽子,翹其口而舒兩翅,名鳳度三橋。見南史齊和帝紀。

【鳳凰于飛】 凰，本作"皇"。詩大雅卷阿:"鳳皇于飛，翽翽其羽。"傳:"雄曰鳳,雌曰皇。"左傳莊二二年:"初，懿氏卜妻敬仲。其妻占之曰：吉,是謂鳳皇于飛,和鳴鏘鏘。"注:"雄雌俱飛,相和而鳴鏘鏘然,猶敬仲夫妻相隨適齊,有聲譽。"後以喻夫妻和諧。

【鳳凰皁隸】 ㊀指伯勞。明楊慎丹鉛總録五鳥獸類:"鵙即伯勞也。……性亦能搏擊。鷹集於林，則盤旋鳴聒;俟鷹飛，輒擊之。俗呼爲鳳凰皁隸，言百鳥畏之也。"㊁指鵯鶋。鵯鶋，一名鵯鵊，訛作批鵊鳥。亦曰鐵鸚鵡,能啄鷹、鶻、烏、鵲,故又名鳳凰皁隸。參閲本草綱目四九禽三伯勞附鵯鶋。

【鳳凰來儀】 書益稷:"簫韶九成，鳳皇來儀。"傳:"備樂九奏而致鳳皇,則餘鳥獸不待九而率舞。"後以鳳凰來儀爲瑞應。樂府詩集三六三國魏文帝(曹丕)秋胡行:"堯任舜禹,當復何爲?百獸率舞，鳳皇來儀。"一説：舜作簫韶，其形制法鳳凰之容儀。見漢應劭風俗通聲音簫。參閲清孫星衍尚書今古文注疏二。

【鳳凰銜書】 謂帝王受命的瑞應。藝文類聚九九春秋元命苞:"火離爲鳳皇,銜書遊文王之都,故武王受鳳書之紀。"也指帝王使者送達詔書。漢焦延壽易林三泰之益:"鳳凰銜書，賜我玄珪，封爲晉侯。"

【鳳凰曬翅】 唐武后時，酷吏索元禮王旭等設犢子懸駒、驢兒拔橛、鳳凰曬翅、彌猴鑽火等酷刑。以橫木關手足而轉之，名鳳凰曬翅。亦稱鳳曬翅或曬翅。見唐張鷟朝野僉載二、新唐書二〇九索元禮傳。

【鳳翥龍蟠】 喻漢字筆法的回旋多姿。晉書王羲之傳論:"觀其點曳之工,裁成之妙，煙霏露結，狀若斷而還連;鳳翥龍蟠,勢如斜而反直。"

【鳳翥鸞迴】 喻筆勢飛舞多姿。唐會要三五書法:"龍朔二年四月，上自爲書與遼東諸將……(許)圉師見而驚喜，私謂朝官曰:'圉師見古迹多矣。……今見聖迹,兼絶二王,鳳翥鸞迴,實古今聖書。'"

【鳳鳴朝陽】 詩大雅卷阿:"鳳皇鳴矣，于彼高岡。梧桐生矣，于彼朝陽。"後因以鳳鳴朝陽喻賢才遇時而起或希世之瑞。世説新語賞譽上:"張華見褚陶，語陸平原(機)曰:'君兄弟龍躍雲津，顧彦先(榮)鳳鳴朝陽,謂東南之寶已盡,不意復見褚生。'"新唐書一〇五韓瑗傳:"自瑗與遂良相繼死，内外以言爲諱將二十年。帝造奉天宫，御史李善感始上疏極言。時人喜之，謂爲鳳鳴朝陽。"

【鳳靡鸞吪】 禽經:"鳳靡鸞吪，百鳥瘞之。"晉張華注:"鳳死曰靡，鸞死曰吪。"後用爲哀輓之辭。

【鳳凰銜書伎】 散樂名。行於南朝宋齊梁。宋齊均有歌辭。梁武帝普通中，下詔罷之。見南齊書樂志、隋書音樂志上。

【鳳凰臺上憶吹簫】 詞調名。取傳説中蕭史與弄玉吹簫引鳳故事爲名。雙調,九十五字至九十七字，共有六體。前段皆十句,四平韻;後段九至十一句，四或五平韻。宋晁補之、李清照等皆有作。一名憶吹簫。見詞譜二五。

四畫

鳼 wén ㄨㄣˊ 無分切,平,文韻,明。

鶉雛。爾雅釋鳥:"鶉子,鳼。"疏:"鶉之子雛名鳼。"

鴆 zhèn ㄓㄣˋ 直禁切,去,沁韻,澄。

㊀有毒的鳥。雄曰運日，雌曰陰諧。傳説羽有劇毒，飲之立死。文選屈平(原)離騷:"吾令鴆爲媒兮，鴆告余以不好。"見説文、宋羅願爾雅翼十六鴆。㊁鴆羽浸製的毒酒。晉書庾懌傳:"懌聞，遂飲鴆而卒。"㊂以鴆酒殺人。國語魯上:"使醫鴆之,不死。"

【鴆毒】 ㊀毒酒。漢書五三景十三王傳贊:"是故古人以宴安爲鴆毒。"參見"酖毒"。㊁毒害。後漢書七八單超傳:"皇后乘埶忌恣,多所鴆毒,上下鉗口,莫有言者。"

【鴆酒】 毒酒。漢書三八齊悼惠王劉肥傳:"太后怒,乃令人酌兩巵鴆酒置前,令齊王爲壽。"

鳸 hù ㄏㄨˋ 侯古切,上,姥韻,匣。

鳥名。也作"扈"。一説卽鴳。見爾雅釋鳥。參見"九扈"。

鳿 yù ㄩˋ 魚欲切,入,燭韻,疑。

見"鸀鳿"。

鳺 fū ㄈㄨ 甫無切,平,虞韻,幫。

見下。

【鳺鴀】 鳥名。勃鳩。爾雅釋鳥:"隹其,鳺鴀。"清郝懿行義疏:"鳺鴀當作夫不。……爾雅注作鳺鳩。鳺鳩聲轉爲鵓鳩。"參見"夫不"。

鳷 zhī ㄓ 章移切,平,支韻,照。

説文作"雄"。詳"鳷鵲"。

【鳷鵲】 ㊀漢章帝時，條支國進貢物，有鳥名鳷鵲，高七尺。見舊題晉王嘉拾遺記六後漢。㊁漢宫觀名。在長安甘泉宫外。漢武帝建元中建。見三輔黄圖二。文選漢司馬長卿(相如)上林賦:"過鳷鵲,望露寒。"史記、漢書作"雄鵲"。文選南齊謝玄暉(朓)暫使下都夜發新林至京邑贈西府同僚詩:"金波麗鳷鵲,玉繩低建章。"㊂南朝樓閣名。在江蘇南京。南朝梁吴均吴朝請集與柳惲相贈答詩:"日映昆明水,春生鳷鵲樓。"唐李白李太白詩八永王東巡歌之四:"春風試暖昭陽殿,明月還過鳷鵲樓。"

鴉 yā ㄧㄚ 於加切,平,麻韻,影。

説文作"雅"。俗也作"鵶"。㊀烏鴉。小爾雅廣鳥："純黑而反哺者，謂之慈鳥；小而腹下白，不反哺者，謂之鴉鳥。"莊子齊物論："鴟鴉耆鼠。"㊁借指黑色。如"鴉青"。

【鴉叉】即丫叉。唐李商隱李義山詩集四病中聞河東公樂營置酒口占寄上："鎖門金了鳥，展幃玉鴉叉。"參見"丫叉"。

【鴉片】譯音字。由罌粟未熟果汁熬成，爲褐色塊。味苦，有異香。含嗎啡，能鎮痛安眠，用作麻醉藥。清中葉以來西方殖民主義國家大量輸入我國。或稱洋藥，俗稱大烟。吸之成癮，身體精神並受其害，一時流毒甚廣。參閱本草綱目二三穀二阿芙蓉。

【鴉青】㊀藍黑色。宋楊萬里誠齋集三七八月十二日夜誠齋望月詩："纔近中秋月已清，鴉青幕掛一團冰。"㊁珍寶名。元明事類鈔二六雜寶引明施武寶井詞："緬中花落滿巒山，千兩鴉青馬上還。"自注："鴉青，寶名。寶井在姚關萬里外，販寶者只於緬中交易。"

【鴉軋】器物相擠擦聲。唐元稹長慶集七表夏詩之二："僮兒拂巾箱，鵶軋深林井。"指桔槔聲。唐陸龜蒙甫里集十二連昌宮詞門："日暮鳥歸宮樹綠，不聞鴉軋閉春風。"指門啟閉聲。宋蘇軾東坡集十九日黃樓作詩："樓前便作海茫茫，樓下空聞櫓鴉軋。"指舟行搖櫓聲。

【鴉黃】唐時婦女塗額的黃粉。也作"鵶黃"。全唐詩三六虞世南應詔嘲司花女："學畫鴉黃半未成，垂肩嚲袖太憨生。"唐盧照鄰幽憂子集二長安古意詩："片片行雲着蟬鬢，纖纖初月上鵶黃。鴉黃粉白車中出，含嬌含態情非一。"

【鴉舅】㊀鳥名。似鴉而小，色黑，嘴邊有毛甚勁，能逐鴉，鴉見避之。宋梅堯臣宛陵集五宿州河亭書事詩："林中鵶舅獰，席上蠅虎攫。"陸游劍南詩稿二九鳥啼："五月鳴鴉舅，苗稚憂草茂。"㊁木名，即烏桕，也作烏臼。種子可榨油製燭。唐陸龜蒙甫里集八偶掇野蔬寄襲美詩："行歌每依鵶舅影，挑頻時見鼠姑心。"

【鴉髻】指婦女髮髻。亦作"丫髻"。宋闕名潛居錄："巴陵俗，元旦梳頭，先以櫛理鴉羽，祝曰：'願我婦女，黰髮髟髟；惟百斯年，似其羽毛。'故楚人謂女髻爲鴉髻。"(重較說郛三二)參見"丫髻"。

【鴉頭】㊀原指童男女，謂雙髻丫形。後專指婢女或女孩。唐白居易長慶集十六東南行一百韻……："繡面誰家婢，鴉頭幾歲奴？"參見"丫頭"。㊁丫形。唐李白李太白詩二五越女詞之一："屐上足如霜，不着鴉頭襪。"因以"鴉頭"指拇趾與其他四趾分開之襪。金元好問遺山集六續小娘歌之五："風沙昨日又今朝，踏碎鵶頭路更遙。"參見"丫頭㊁"。

【鴉鬟】㊀指雙鬟，雙髻。全唐詩五九九于濆擬古意："鴉鬟未成髻，鸞鏡徒相知。"唐李白李太白詩十九酬張司馬贈墨："黃頭奴子雙鴉鬟，錦囊養之懷袖間。"㊁指婢女。全唐詩七五九成彥雄夕："雕籠鸚鵡將棲宿，不許鴉鬟轉轆轤。"宋闕名異聞總錄一："遣小鴉鬟出，探見楊二郎。"

【鴉九劍】唐有張鵶九善鑄，其所造劍稱鵶九劍。唐白居易長慶集四鵶九劍詩："歐冶子死千年後，精靈閒授張鵶九。鵶九鑄劍吳山中，天與日時神借功。"元稹長慶集二說劍詩："今復誰人鑄？挺然千載後。既非古風壺，無乃近鵶九。"

【鴉青紙】藍黑色紙。宋黃庭堅山谷集十九求范子默染鵶青紙詩之一："極知鵠白非新得，謾染鴉青襲舊書。"郭若虛圖畫見聞誌六高麗國："彼使人每至中國，或用摺疊扇爲私覿物，其扇用鵶青紙爲之。"

【鴉龍江】通作雅礱江。即古若水。源出青海巴顏喀喇山南麓，東南流，經四川西部，至渡口市入金沙江。參閱嘉慶一統志五四七西藏。參見"若水"。

【鴉頭襪】見"鴉頭㊁"。

【鴉嘴鋤】形如鴉嘴的輕便小鋤。宋陸游劍南詩稿七二南堂雜興之二："題詩又滿牛腰束，采藥常攜鵶觜鋤。"觜同"嘴"。

【鴉雀不聞】形容寂靜，一點聲響都沒有。紅樓夢六："劉老老聽見說奶奶下來了，又聽得那邊說擺飯，漸漸的人纔散出去，半日鴉雀不聞。"

【鴉巢生鳳】喻劣中出優。五燈會元三二琅邪覺禪師法嗣："僧問：如何是異類？顒端曰：鴉巢生鳳。"元曲選楊文奎兒女團圓四："我覷了這女豔姿。如此般蠢坌身子，麤奘腰肢，却生的這般俊秀的孩兒。敢則是鴉窩裏出鳳凰，糞堆上產靈芝？"

鴈 yàn ㄧㄢˋ 五晏切，去，諫韻，疑。

㊀說文："鴈，鵝也。"清段玉裁說文解字注謂鴈爲鵝，雁爲鴻雁。莊子山木："舍於故人之家。故人喜，命豎子殺鴈而烹之。"㊁通作"雁"。儀禮士昏禮："納采，用鴈。"說文"雁"："雁，知時鳥，大夫以爲摯，昏禮用之。故从人。"㊂僞物。通作"贗"。韓非子說林下："齊伐魯，索讒鼎。魯人以其鴈往。齊人曰：'鴈也。'魯人曰：'真也。'"

【鴈王】釋迦牟尼佛之別名。佛有三十二相，手足指間，有縵網交絡如鴈掌，故稱鴈王。智度論四："五者，手足指縵網相，如鴈王，張指則現，不張則不現。"

鴂 jué ㄐㄩㄝˊ 古穴切，入，屑韻，見。

㊀說文："鴂，寧鴂也。"字亦作"鴃"。見"鷤鴂"、"鶗鴂"、"鵜鴂"。㊁伯勞。通"鵙"。大戴禮二夏小正："鴂則鳴。鴂者百鷯也。"百鷯即伯勞。

【鴂舌】亦作"鴃舌"。形容言語難懂。孟子滕文公上："今也南蠻鴃舌之人，非先王之道。"唐柳宗元柳先生集三十與蕭翰林俛書："楚越間聲音特異，鴂舌啅譟，今聽之怡然不怪，已與爲類矣。"參見"南蠻鴃舌"。

鴇 bǎo ㄅㄠˇ 博抱切，上，皓韻，幫。

㊀鳥名。亦作"鳵"。似鴈而大，無後趾。又名地鵏。詩唐風鴇羽："肅肅鴇羽，集于苞栩。"㊁黑白雜色的馬。通"駂"。詩鄭風大叔于田："叔于田，乘乘鴇。"傳："驪白雜毛曰鴇。"㊂指妓女。明朱權丹丘先生曲論："妓女之老者曰鴇。鴇似鴈而大，無後趾，虎文；喜淫而無厭，諸鳥求之即就，世呼獨豹者是也。"後稱妓女曰鴇兒，妓女之養母曰鴇母，本此。

鳻 1. fēn ㄈㄣ 符分切，平，文韻，並。

㊀說文作"⿱分鳥"。鳥聚貌。一曰飛貌。

2. bān ㄅㄢ 布還切，平，刪韻，幫。

㊁大鳩。見"鳻₂鳩"。

【鳻₂鳩】大鳩。方言八："鳩……自關而西秦漢之間謂之鵴鳩。其大者謂之鳻鳩。"

【鳻鶥】候鳥名。亦農官"九扈"之一。爾雅釋鳥："春鳸，鳻鶥。"疏："賈逵注云：'春鳸分循，相五土之宜，趣民耕種者也。'"

鴅 huān ㄏㄨㄢ 呼官切，平，桓韻，曉。

鳥名。人面鳥喙。見玉篇。

【鴅吺】即驩兜。古文尚書作"鴅吺"。唐韓愈昌黎集八遠遊聯句："繫石沈靳尚，開弓射鴅吺。"

鴃 jué ㄐㄩㄝˊ

見"鴂"。

五　畫

鴗 lì ㄌㄧˋ 力入切，入，緝韻，來。
水鳥名。爾雅釋鳥：“鴗，天狗。”注：“小鳥也。青似翠，食魚。江東呼爲水狗。”參見“魚虎㊀”。

鴣 gū ㄍㄨ 古胡切，平，模韻，見。
見“鴣鷚”、“鷓鴣”、“鶻鴣”。

【鴣鷚】鳥名。山海經北山經：“（小侯之山）有鳥，其狀如烏而白文，名曰鴣鷚。”

鴄 pí ㄆㄧˊ 符悲切，平，脂韻，並。
㊀俗稱魚鷹。廣韻：“鴄，鶚也。”詳“鶚”。㊁見“欽鴄”。

鴡 jū ㄐㄩ 集韻 千余切，平，魚韻。
一作“雎”。見“雎”字各條。

鴠 dàn ㄉㄢˋ 得按切，去，翰韻，端。
見“鶡鴠”、“鴠旦”。

鴨 yā ㄧㄚ 烏甲切，入，狎韻，影。
㊀家鴨。古稱鶩。其他水鳥似鴨者，名亦或帶鴨字。如鳧稱野鴨，鷿鷉稱刁鴨、油鴨，鸂鶒稱溪鴨，鴛鴦稱黃鴨等。宋蘇軾分類東坡詩二四惠崇春江晚景之一：“竹外桃花三兩枝，春江水暖鴨先知。”參閱本草綱目四七禽一。㊁用爲鄙稱。隋書元善傳：“楊素粗疎，蘇威怯㥘，元冑、元旻正似鴨耳。”水滸二五：“我的老婆又不偷漢子，如何是鴨！”

【鴨桃】仙桃名。舊題漢班固漢武帝內傳載侍女以盤盛桃七枚，大如鴨子，以呈王母。母以四枚與帝。桃之甘美，口有盈味。帝食輒錄核，曰：“欲種之耳。”母曰：“此桃三千歲一生實耳。中夏地薄，種之不生如何？”唐王績王無功集中遊仙詩之四：“鴨桃聞已種，龍竹未經騎。”

【鴨黃】雛鴨。其毛色黃，故稱。元夏文彥圖繪寶鑑四：“魯宗貴，錢唐人，善畫。……尤長寫生，雞雛鴨黃，最有生意。”

【鴨掌】葵的一種。因葉似鴨掌，故名。也稱鴨腳。南朝宋鮑照鮑氏集二園葵賦：“白莖紫蔕，豚耳鴨掌。”唐羅隱甲乙集五秋日懷賈隋進士詩：“曉匣魚腸冷，春園鴨掌肥。”參閱清吳其濬植物名實圖考三冬葵。參見“鴨腳㊀”。

【鴨腳】㊀葵的一種。北魏楊衒之洛陽伽藍記一瑤光寺：“珍木香草，不可勝言，牛筋狗骨之木，雞頭鴨腳之草，亦悉備焉。”賈思勰齊民要術三種葵注：“今世葵有紫莖白莖二種，種別，復有大小之殊，又有鴨腳葵也。”參見“鴨掌”。㊁木名。即銀杏。以樹葉似鴨腳而名。以樹的壽命甚長，又名公孫樹。宋歐陽修文忠集五梅聖俞寄銀杏詩：“鴨腳雖百箇，得之誠可珍。”梅堯臣宛陵集四一有鴨腳子詩。參閱本草綱目三十果二銀杏。

【鴨綠】㊀江名。古名馬訾水，一名益州江。其水色綠如鴨頭，故名鴨綠江。與圖們江同爲我國與朝鮮天然界水。源出白頭山，經集安至丹東市南入黃海。參閱嘉慶一統志六七吉林。㊁綠色。宋蘇軾東坡集續集一清遠舟中寄耘老詩：“覺來滿眼是湖山，鴨綠波搖鳳凰影。”㊂指酒。宋楊萬里誠齋集十生酒歌：“坐上豬紅間熊白，甕頭鴨綠變鵝黃。”

【鴨爐】鴨形薰爐。宋范成大石湖集十七西樓秋晚詩：“晴日滿窗鳧鶩散，巴童來按鴨爐灰。”

【鴨欄】即鬬鴨欄。三國志吳陸遜傳：“時建昌侯（孫）慮於堂前作鬬鴨欄，頗施小巧。”宋范致明岳陽風土記：“（臨湘）鴨欄磯，建昌侯孫慮鬬鴨之所。”按水經注三五江水作“鴨蘭磯”。

【鴨子河】即混同江。遼史聖宗紀七：“（太平四年）詔改鴨子河曰混同江。”

【鴨跖草】草名。莖下部常匍匐地上，節上生根。花下有苞形如刀，俗呼菜刀花；色藍，亦名碧蟬花。中醫用作清熱解毒及利尿藥。參閱本草綱目十六草五鴨跖草。

【鴨腳羹】用葵菜做的羹湯。見宋林洪山家清供下。參見“鴨脚㊀”。

【鴨頭船】船首作鴨頭狀的大船。太平御覽七七〇晉周處風土記：“晨鳧即青桐大船名，諸葛恪所造鴨頭船也。”

【鴨頭綠】㊀綠色。急就篇二“春草雞翹鳧翁濯”唐顏師古注：“春草、雞翹、鳧翁，皆謂染彩而色似之，若今染家言鴨頭綠、翠毛碧云。”㊁鼻煙名。清趙之謙勇盧閒詰：“舊說，鼻煙色深綠爲上，鴨頭綠者次。然深綠歷百年，變而深紫，有近墨色者，……鴨頭綠久則微黃，亦有成紫者。”

【鴨餛飩】食品名。元方回桐江續集十三聽航船歌之八：“爭似梢工留口喫，秀州城外鴨餛飩。”清吳翌鳳鐙窗叢錄五：“浙東用火哺（孵）鴨，其未成者，嘉興用香鹽炮之，爲春月佳味，名曰鴨餛飩。”

【鴨步鵝行】喻步履蹣跚。元曲選秦簡夫東堂老二：“我覷不的你褙寬也那褶下，肚疊胸高，鴨步鵝行。”

鴞 xiāo ㄒㄧㄠ 于嬌切，平，宵韻，于。
猛禽。晝潛夜出，俗稱貓頭鷹。通“梟”。詩魯頌泮水：“翩彼飛鴞，集于泮林。”參見“鴟鴞”。

【鴞炙】炙鴞鳥爲食。莊子齊物論：“且女亦太早計，見卵而求時夜，見彈而求鴞炙。”宋詩鈔孔平仲清江集鈔子明碁戰……：“彎弓既有獲，豈不願鴞炙？”

【鴞鷩】周禮秋官硩蔟氏“掌覆夭鳥之巢”漢鄭玄注：“夭鳥，惡鳴之鳥，若鴞鷩。”疏：“云鴞鷩者，鴞之與鷩，二鳥俱是夜爲惡鳴者。”鷩也作鵩。一說鵩爲鴞之別名。見爾雅釋鳥“梟鴟”宋邢昺疏。

【鴞鵖】魚名。三國吳陸璣毛詩草木鳥獸蟲魚疏下維魴及鱮：“鱮似魴厚而頭大……其頭尤大而肥者，徐州人謂之鰱，或謂鱅，幽州人謂之鴞鵖，或謂之胡鱅。”

鴦 yāng 於良切，平，陽韻，影。ㄧㄤ 烏郎切，平，唐韻，影。
見“鴛鴦”。

【鴦錦】有鴛鴦文的織錦。舊題漢劉歆西京雜記六：“魯恭王得文木一枚，伐以爲器，意甚玩之。中山王爲賦曰：……蠋繡鴦錦，蓮藻芰文。”

【鴦龜】龜之一種。太平廣記四六五沈懷遠南越志：“初寧縣里多鴦龜，殼薄狹而燥，頭似鵝，不與常龜同，而能嚙犬也。”參閱政和證類本草二十秦龜、本草綱目四五介一攝龜。

鴒 líng ㄌㄧㄥˊ 郎丁切，平，青韻，來。
見“鶺鴒”。

【鴒原】詩小雅常棣：“脊令在原，兄弟急難。”箋：“水鳥，而今在原，失其常處，則飛則鳴，求其類，天性也。猶兄弟之於急難。”脊令，即鶺鴒。後因以鴒原指兄弟友愛。唐杜甫杜工部草堂詩箋二贈韋左丞丈濟：“鴒原荒宿草，鳳沼接亨衢。”

鴘 biǎn ㄅㄧㄢˇ 方免切，上，獮韻，幫。披免切，上，獮韻，滂。
鷙鳥名。禽經：“鴘曰鴘。鷹色蒼黃謂之鴘。”一說，鷹隼二歲爲鴘，其色赤。見集韻。

【鴘赤】唐代京兆府所領各縣，稱赤縣。其中以萬年長安爲兩赤縣；兩縣以外諸赤縣爲“鴘赤”，其地位次於兩赤。唐世百官俸錢，鴘赤縣令四萬五千；鴘赤縣丞、兩赤縣主簿、尉，三萬；鴘赤縣主簿、尉，二萬五千。參閱新唐書食貨志五、讀史方輿紀要五州域形勢。

鴝 1. qú ㄑㄩˊ 其俱切,平,虞韻,羣。

㊀見"鴝鵒"。

2. gōu ㄍㄡ 古侯切,平,侯韻,見。

㊁見"鴝$_2$鵒"。㊂雉鳴。同"雊"。逸周書時訓:"又五日,雉始鴝。"

【鴝掇】蟲名。莊子至樂:"胡蝶胥也化而爲蟲,生於竈下,其狀若脫,其名爲鴝掇。"列子天瑞作"軥掇"。

【鴝$_2$鵒】貓頭鷹的一種。即鵂鶹。爾雅釋鳥"鵅,鵋鵙"晉郭璞注:"今江東呼鵂鶹爲鵋鵙,亦謂之鴝鵒。"

【鴝鵒】鳥名。也作"鸜鵒"。俗稱八哥。周禮考工記:"鸜鵒不踰濟。"楚辭漢王逸九思疾世:"鴳雀列兮譁讙,鴝鵒鳴兮聒余。"參見"八哥"。

【鴝鵒眼】㊀石上有圓形斑點,大如五銖錢,小如芥子,外有暈至十餘重者,謂之鴝鵒眼。以活而清朗、有黑精者爲最上。宋蘇易簡文房四譜三硯譜:"其貯水處有白、赤、黃色點者,世謂之鸜鵒眼。"㊁泛指物上之色暈。宋蘇軾東坡集續集七與人:"葳靈仙難得真者,……向明示之,斷處有黑白暈,俗謂之有鴝鵒眼。此數者備,然後爲真。"

【鴝鵒舞】晉謝尚善音樂,博綜衆藝。司徒王導辟爲掾。有勝會,導謂曰:"聞君能作鴝鵒舞,一坐傾想,寧有此理不?"尚便著衣幘而舞。導令坐者撫掌擊節。尚俯仰在中,傍若無人。見世說新語任誕注引語林、晉書謝尚傳。全唐詩六二杜審言贈崔融二十韻:"興酣鴝鵒舞,言洽鳳皇翔。"

鴛 yuān ㄩㄢ 於袁切,平,元韻,影。烏渾切,平,魂韻,影。

鴛鴦或省稱鴛。唐杜甫杜工部詩史補遺一朝雨:"風鴛藏近渚,雨鷰集深條。"詳"鴛鴦"。

【鴛瓦】即鴛鴦瓦。互相成對的瓦。唐文粹二李庾東都賦:"鴛瓦鱗翠,虹梁疊壯。"唐元稹長慶集三茅舍詩:"旗亭紅粉泥,佛廟青鴛瓦。"

【鴛行】喻朝官之班列。鴛通"鵷"。唐杜甫杜工部草堂詩箋十五秦州之二十:"爲報鴛行舊,鷦鷯在一枝。"參見"鵷行"。

【鴛侶】㊀喻同僚。全唐詩二八五李端同苗發慈恩寺避暑:"臥草同鴛侶,臨池似虎溪。"文苑英華六六三唐羅隱上太常房博士啟:"某則困躓於龍津,博士則徊翔於鴛侶。"㊁喻配偶。宋周邦彥片玉詞下尉遲杯:"有何人念我無聊,夢魂凝想鴛侶。"

【鴛衾】繡有鴛鴦之被。亦指夫妻共寢之被。唐錢起錢考功集八長信怨詩:"鴛衾久別難爲夢,鳳管遙聞更起愁。"杜牧樊川集四爲人題贈詩:"和簪抛鳳髻,將淚入鴛衾。"明陶宗儀輟耕錄七鴛衾:"孟蜀主(昶)一錦被,其闊猶今之三幅帛,而一梭織成。被頭作二穴,若雲版樣,蓋以叩于項下,如盤領狀。兩側餘錦則擁覆于肩。此之謂鴛衾也。"

【鴛綺】有鴛鴦文的錦繡。藝文類聚七十南朝梁劉孝威謝賚錦被啟:"雖復帝賜鶴綾,客贈鴛綺,高懸麗藻,遠謝鮮明。"唐韋應物韋江州集一擬古詩之九:"別時雙鴛綺,留此千恨情。"

【鴛機】繡具。全唐詩四十上官儀八詠應制之二:"且學烏聲調鳳管,方移花影入鴛機。"唐李商隱李義山詩集三即日:"幾家緣錦字,含淚坐鴛機。"

【鴛鴦】鳥名。體小於鴨。雄(鴛)羽色絢麗;雌(鴦)略小,背蒼褐色。雌雄偶居不離,故以之比喻夫婦。詩小雅鴛鴦:"鴛鴦于飛,畢之羅之。"傳:"鴛鴦,匹鳥。"

【鴛鷺】鴛、鷺皆水鳥,止有班,立有序,因以喻朝官班列。唐杜甫杜工部詩史補遺七暮春題瀼西新賃草堂之五:"不見豺虎鬬,空慚鴛鷺行。"柳宗元柳先生集三六上權德輿補闕溫卷決進退啟:"今鴛鷺充朝而獨干執事者,特以顧下念舊,收接儒素,異乎他人耳。"

【鴛鸞】喻賢人。北魏楊衒之洛陽伽藍記四追光寺:"(東平王元)略對曰:'……至於宗廟之美,百官之富,鴛鸞接翼,杞梓成陰。"唐劉禹錫劉夢得集四洛下……有懷上京故人詩:"省門簪組初成列,雲路鴛鸞想退朝。"

【鴛鴦瓦】指成對的瓦。唐白居易長慶集十二長恨歌:"鴛鴦瓦冷霜華重,翡翠衾寒誰與共?"一說屋瓦一俯一仰爲鴛鴦瓦。

【鴛鴦被】繡有鴛鴦的被。文選古詩十九首之十八:"文綵雙鴛鴦,裁爲合歡被。"舊題漢劉歆西京雜記一:"趙飛燕爲皇后,其女弟在昭陽殿,遺飛燕書曰:今日嘉辰,貴姊懋膺洪册,謹上襚三十五條,以陳踊躍之心:……鴛鴦襦、鴛鴦被、鴛鴦褥。"省稱"鴛被"。唐駱賓王集三軍中行路難詩:"鴈門迢遞尺書稀,鴛被相思雙帶緩。"

【鴛鴦草】草名。本草名忍冬。蔓生,黃白花對開,亦稱金銀花。全唐詩八〇三薛濤鴛鴦草:"綠英滿香砌,兩兩鴛鴦小。但娛春日長,不管秋風早。"宋宋祁景文集四七鴛鴦草贊:"翠蔓對生,甚似匹鳥,逼而視之,勢若偕矯。"注:"春葉既生,其雜蔓在葉中,兩兩相向,如飛鳥對翔,故名鴛鴦云。"參閱宋張邦基墨莊漫錄三。

【鴛鴦梅】多葉紅梅,重葉數層,其花輕盈,一蔕可結雙梅。見宋范成大梅譜一。

【鴛鴦湖】即南湖。在浙江嘉興縣西南。匯長水塘諸水成湖。其中多鴛鴦;或云東西兩湖相接,有如鴛鴦,故名。湖中有煙雨樓、釣鰲磯、魚樂國諸名勝。參閱嘉慶一統志二八七嘉興府。

【鴛鴦菊】草烏頭之別名。宋朱弁曲洧舊聞三:"草烏頭,近畿如嵩少具茨諸山亦多有之。花開九月,色青可玩。人多移植園圃,號鴛鴦菊,蓋取其近似耳。"

【鴛鴦履】繡有鴛鴦的鞋。五代後唐馬縞中華古今注中鞋子:"漢有繡鴛鴦履,昭帝令冬至日上舅姑。"全唐詩三三四令狐楚遠別離之二:"玳織鴛鴦履,金裝翡翠簾。"

【鴛鴦濼】湖泊名。蒙語曰昂吉爾圖,亦稱安固里淖爾。在河北張北縣西北境。遼金以來爲狩獵之所,明時爲集寧海子。元詩選周伯琦伯溫扈從詩序:"曰石頂河兒土人名爲宛央濼,其地南北皆水,水禽集育其中。"參閱嘉慶一統志五四八牧廠集寧海子。

鴐 jiā ㄐㄧㄚ 古牙切,平,麻韻,見。

同"駕"。見玉篇。

【鴐鵝】野鵝。說文作"駕鵝"。史記一一七司馬相如傳子虛賦:"弋白鵠,連鴐鵝。"唐杜甫杜工部草堂詩箋十七乾元中寓居同谷縣作歌之三:"東飛鴐鵝後鶖鶬,安得送我置汝傍?"

鴘 fū ㄈㄨ 甫無切,平,虞韻,幫。

或作"鳺"。見"鵂鴘"。

鴟 chī ㄔ 處脂切,平,脂韻,穿。

"雖"的籀文。見說文。或作鵄、鴟。見廣韻、正字通。㊀鳶,鷂鷹。詩大雅瞻卬:"懿厥哲婦,爲梟爲鴟。"㊁鴟鵂,貓頭鷹的一種。淮南子主術:"鴟夜撮蚤蚊,察分秋毫,晝日顛越不能見丘山,形性詭也。"參見"角鴟"、"鴟鵂"。㊂傳說中怪鳥。山海經西山經:"(三危山)有鳥焉,一首而三身,其狀如鸈,其名曰鴟。"㊃盛酒器。宋蘇軾東坡集續集三和贈羊長史詩:"不特兩鴟酒,肯借一車書。"參見"鴟夷㊀"。

【鴟夷】㊀革囊。戰國策燕二:"昔者伍子胥説聽乎闔閭,故吴王遠迹至於郢。夫差弗是也,賜之鴟夷而浮之江。"史記八三鄒陽傳獄中上書:"臣聞比干剖心,子胥鴟夷。"索隱引韋昭:"以皮作鴟鳥形,名曰鴟夷。鴟夷,皮榼也。"㊁盛酒器。初學記二六漢揚雄酒賦:"鴟夷滑稽,腹如大壺。盡日盛酒,人復藉酤。"㊂春秋越國范蠡自號鴟夷子皮,因以"鴟夷"稱范蠡。參見"鴟夷子皮"。

【鴟祀】祠祀之訛稱。北齊顔之推顔氏家訓書證:"或問曰:'東宫舊事何以呼鴟尾爲祠尾?'答曰:'張敞者,吴人,……吴人呼祠祀爲鴟祀,故以祠代鴟字。'"

【鴟尾】宫殿屋脊正脊兩端構件上的裝飾。以外形略如鴟尾而稱。又名蚩尾、祠尾、鴟吻。古人認爲蚩尾乃水精,能辟火災,故以爲飾。晉書五行志中:"孝武帝太元十六年六月鵲巢太極東頭鴟尾。"陳書蕭摩訶傳:"舊制三公黄閤聽事置鴟尾,後主特賜摩訶開黄閤,門施行馬,聽事寢堂竝置鴟尾。"參閲宋黄朝英緗素雜記(説郛九)、明方以智通雅三八宫室。

【鴟吻】宫殿屋脊正脊兩端的構件,漢人名鴟尾。其初形狀如鴟尾;後來式樣改變,有折而向上似張口吞脊,因稱鴟吻。唐劉餗隋唐嘉話下:"王右軍(羲之)告誓文,今之所傳,即其藁草。……開元初年,潤州江寧縣瓦官寺修講堂,匠人於鴟吻内竹筒中得之。"參閲唐蘇鶚蘇氏演義上。

【鴟峙】喻凶殘之人據地以對抗。晉書吕光載記:"光下書曰:'(乞伏)乾歸狼子野心,前後反覆。朕方東清秦趙,勒銘會稽,豈令豎子鴟峙洮南?'"

【鴟視】㊀道家養生導引之術。淮南子精神:"是故真人之所游,若吹呴呼吸,吐故内新,熊經鳥伸,鳧浴蝯躩,鴟視虎顧,是養形之人也。"㊁謂凶狠貪戾的眼光。見"鴟視狼顧"。

【鴟張】鴟鳥張翼,喻猖狂,囂張。三國志吴孫堅傳:"(張)温責讓(董)卓,卓應對不順,堅時在坐,前耳語謂温曰:'卓不怖罪而鴟張大語,宜以召不時至,陳軍法斬之。'"晉書戴邈傳上疏:"寇羯飲馬於長江,凶狡鴟張於萬里,遂使神州蕭條,鞠爲茂草。"

【鴟梟】鴟爲猛禽,傳説梟食母,古人以爲皆惡鳥。喻奸邪惡人。荀子賦:"螭龍爲蝘蜓,鴟梟爲鳳皇。"文選漢賈誼弔屈原文:"鸞鳳伏竄兮鴟梟翱翔。"史記、漢書誼本傳作"鴟鴞"。一説鴟梟即貓頭鷹。

【鴟義】鴟梟之行爲。指惡行。書吕刑:"罔不寇賊鴟義,姦宄奪攘矯虔。"

【鴟鳩】鳥名。即鵂鶹。漢揚雄太玄經五聚:"鴟鳩在林,咙彼衆禽。"注:"鴟鳩,惡鳥。聚林中必爲衆禽所譟也。"

【鴟甍】屋脊兩端鴟吻的飛甍。宋黄休復茅亭客話五避雷:"世傳乖龍者,苦於行雨,而多方竄匿,藏人身中,或在古木楹柱之内及樓閣鴟甍中。"

【鴟鴞】㊀鳥名。即鷦鴂。詩豳風鴟鴞:"鴟鴞鴟鴞,既取我子,無毁我室。"傳:"鴟鴞,鸋鴂也。"三國吴陸璣疏:"鴟鴞似黄雀而小,其喙尖如錐。取茅莠爲窠,以麻紩之,如刺襪然,縣著樹枝,或一房,或二房。幽州人謂之鸋鴂,或曰巧婦,或曰女匠。"按,晉郭璞謂爲鴟類,與陸疏異。見爾雅釋鳥"鴟鴞,鸋鴂"注。㊁通"鴟梟"。喻奸邪之人。漢書四八賈誼傳弔屈原賦:"鸞鳳伏竄兮,鴟鴞翱翔。"史記賈生傳及文選作"鴟梟"。

【鴟嚇】莊子秋水:"惠子相梁,莊子往見之。或謂惠子曰:'莊子來,欲代子相。'於是惠子恐,搜於國中三日三夜。莊子往見之,曰:'南方有鳥,其名爲鵷鶵,子知之乎?夫鵷鶵,發於南海而飛於北海,非梧桐不止,非練實不食,非醴泉不飲。於是鴟得腐鼠,鵷鶵過之,仰而視之曰:嚇。今子欲以子之梁國而嚇我邪?'"後因以"鴟嚇"指恐人奪己之物的怒聲。文苑英華一四二唐馬吉甫蝸牛賦:"本忘情於蚌守,亦何憚於鴟嚇。"

【鴟鵂】貓頭鷹屬。即角鴟。莊子秋水:"鴟鵂夜撮蚤,察毫末,晝出瞋目而不見丘山。言殊性也。"廣雅釋鳥:"鴟鵂,怪鴟也。"清王念孫疏證:"怪鴟頭似貓而夜飛。今揚州人謂之夜貓。"

【鴟靡】猶"侈靡"。文苑英華六四五北齊杜弼爲東魏檄梁文:"内恣鴟靡,外逞殘賊。"

【鴟蹲】局促瑟縮,如鴟之蹲。宋歐陽修文忠集十三對雪十韻:"兒吟鷀鳳語,翁坐凍鴟蹲。"李之儀姑溪居士集四七浣溪沙和人喜雨之二:"酒量羨君如鵠舉,寒鄉憐我似鴟蹲。"

【鴟顧】道家養生導引術。後漢書八二下華佗傳:"是以古之仙者爲導引之事,熊經鴟顧,引挽腰體,動諸關節,以求難老。"注:"鴟顧,身不動而迴顧也。"參見"鴟視㊀"。

【鴟腦酒】相傳鵂生三子,一爲鴟。唐肅宗張皇后專權,每進酒,常置鴟腦酒,飲之,令人久醉健忘。見唐段成式酉陽雜俎前集十六。鴟,亦作"鵄",俗訛作"鴖"。

【鴟目虎吻】狠戾貌。漢書九九中王莽傳:"莽所謂鴟目虎吻豺狼之聲者也,故能食人,亦當爲人所食。"

【鴟夷子皮】春秋越范蠡。蠡既佐越王句踐滅吴,知句踐爲人不可以共安樂,因浮海出齊,變姓名,自謂鴟夷子皮。見史記越王句踐世家。省稱鴟夷子。唐李白李太白詩二古風之十八:"何如鴟夷子,散髮棹扁舟?"

【鴟視狼顧】若鴟狼視物,形容狠而貪。晉書劉聰載記:"石勒鴟視趙魏,曹嶷狼顧東齊。"舊五代史王建傳:"或謂(陳)敬瑄曰:'建,今之劇賊,鴟視狼顧,專謀人國邑,儻其卽至,公以何等處?'"

鴕 tuó ㄊㄨㄛˊ 集韻 唐何切,平,戈韻。

鳥名。生活在沙漠區的大鳥。見集韻。

鴥 yù ㄩˋ 餘律切,入,術韻,喻。

疾飛貌。也作"鴪"。詩小雅采芑:"鴥彼飛隼,其飛戾天。"

鴙 zhǐ ㄓˇ 諸氏切,上,紙韻,照。

見下。

【鴙鵌】鳥名。山海經中山經:"(丑陽之山)有鳥焉,其狀如烏而赤足,名曰鴙鵌,可以禦火。"

鴟 chī ㄔ 字彙 抽知切,音笞。

同"鴟"。見字彙。按此乃鴟之訛字。

【鴟久】鳥名,即鴟。山海經海外南經:"(湯山)爰有熊羆……鴟久、視肉、虖交。"注:"鴟久,鵂鶹之屬。"又大荒南經:"(阿山)蒼梧之野,……爰有文貝,離俞、鴟久、鷹賈、委維、虎、豹、狼、視肉。"

鴢 yǎo ㄧㄠˇ 烏皎切,上,篠韻,影。於絞切,上,巧韻,影。

爾雅釋鳥:"鴢,頭鵁。"注:"似鳧,脚近尾,略不能行。江東謂之魚鮫。"山海經中山經:"(青要之山)畛水出焉,而北流注于河。其中有鳥焉,名曰鴢,其狀如鳧,青身而朱目赤尾。"參閲本草綱目四七禽一鸕鷀。

六 畫

鴻 1. hóng ㄏㄨㄥˊ 户公切,平,東韻,匣。

㊀大雁。詩小雅鴻鴈:"鴻鴈于飛,肅肅其羽。"傳:"大曰鴻,小曰鴈。"㊁鵠,即天鵝。詩豳風九罭:"鴻飛遵渚。"三國吳陸璣疏:"鴻鵠,羽毛光澤純白,似鶴而大,長頸……今人直謂鴻也。"古亦指黃鵠。見清段玉裁說文解字注。參見"鴻鵠"。㊂通"洪"。1.大。史記夏紀:"當帝堯之時,鴻水滔天。"索隱:"一作'洪'。鴻,大也。"楚辭漢劉向九歎逢紛:"原生受命于貞節兮,鴻永路有嘉名。"2.洪水。荀子成相:"禹有功,抑下鴻。"楚辭屈原天問:"不任汩鴻,師何以尚之。"3.强,盛。周禮考工記矢人:"橈之以眡其鴻殺之稱也。"呂氏春秋執一:"五帝以昭,神農以鴻。"㊃書信。元王實甫西廂記三本一折:"自別顏範,鴻稀鱗絶,悲愴不勝。"參見"鱗鴻"。

2. hòng ㄏㄨㄥˋ 胡孔切,上,董韻,匣。

㊄見"鴻$_2$蒙"、"鴻$_2$洞"。

【鴻口】春秋地名。在今河南商丘縣東。左傳昭二十一年:"齊師宋師敗吳師于鴻口。"注:"梁國睢陽縣東有鴻口亭。"參閱嘉慶一統志一九四歸德府二。

【鴻文】漢揚雄太玄經四文:"鴻文無范,恣于川。"注:"鴻,大也。范,法也。文章奐然,故無法也。"後多以鴻文指巨著、大作。漢王充論衡佚文:"望豐屋知名家,睹喬木知舊都。鴻文在國,聖世之驗也。"

【鴻水】即洪水。呂氏春秋愛類:"昔上古龍門未開,呂梁未發,河出孟門,大溢逆流,無有丘陵沃衍平原高阜盡皆滅之,名曰鴻水。"

【鴻毛】鴻的羽毛。比喻極輕之物。戰國策楚四:"今夫横人嚂口利機,上干主心,下牟百姓,公舉而私取利,是以國權輕於鴻毛,而積禍重於丘山。"漢書司馬遷傳報任安書:"人固有一死,死有重於泰山,或輕於鴻毛,用之所趨異也。"

【鴻爪】鴻的爪印。喻往事的痕跡。元柳貫柳待制集四大雪戲詠詩:"踐迹嗔鴻爪,全生媿馬蹄。"參見"雪泥鴻爪"。

【鴻生】大儒。漢書八七上揚雄傳校獵賦:"於兹虖鴻生鉅儒,俄軒冕,雜衣裳。"

【鴻羽】猶鴻毛。抱朴子嘉遯:"抑輕則鴻羽沈於弱水,抗重則玉石漂於飛波。"

【鴻名】大名,崇高的名聲。史記一一七司馬相如傳封禪文:"前聖之所以永保鴻名而常爲稱首者用此。"

【鴻序】謂朝官的班列。文苑英華二八四唐李羣玉送唐侍御福建覲兄詩:"世事綸言傳大筆,官分鴻序厭霜臺。"

【鴻均】太平。文選漢王子淵(襃)四子講德論:"夫鴻均之世,何物不樂?"參見"洪均"。

【鴻私】鴻大之恩。多指皇恩。私,恩情。全唐詩六二杜審言和李大夫嗣真奉使存撫河東:"雨霈鴻私滌,風行睿旨宣。"唐柳宗元柳先生集三八代節使謝遷鎮表:"鴻私曲臨,獨越夷等,祇荷明命,寤寐不遑。"

【鴻門】古地名。在今陝西臨潼縣東。也稱鴻門阪。爲項羽駐兵並與劉邦會宴處。故又稱項王營。參閱史記項羽紀、讀史方輿紀要五三西安府二臨潼縣。

【鴻$_2$洞】㊀虛空混沌貌。淮南子精神:"古未有天地之時,惟像無形……澒濛鴻洞,莫知其門。"㊁融通,連續。淮南子原道:"(水)靡濫振蕩,與天地鴻洞。"文選漢王子淵(襃)洞簫賦:"風鴻洞而不絶兮,優嬈嬈以婆娑。"

【鴻案】東漢梁鴻,家貧而有節操,好學。妻孟光。嘗至吳,爲人賃舂。每歸,光爲供食,舉案齊眉。見後漢書八三梁鴻傳。後用爲稱夫妻和好相敬之詞。參見"舉案齊眉"。

【鴻冢】冢名。又山名。史記封禪書:"鬼臾區號大鴻,死葬雍,故鴻冢是也。"又:"自華以西,名山七……曰華山,薄山,岳山,岐山,吳岳,鴻冢,瀆山。"索隱:"黃帝臣大鴻葬雍,鴻冢蓋因大鴻葬爲名也。"

【鴻冥】"鴻飛冥冥"之省。唐李白李太白詩十五留別兩河劉少府:"君亦不得意,高歌羨鴻冥。"宋陸游劍南詩稿二二歸次樊江:"人生豈匏繫,吾志本鴻冥。"參見"鴻飛冥冥"。

【鴻荒】謂太古,混沌初開之世。漢揚雄法言問道:"鴻荒之世,聖人惡之。"文選漢王文考(逸)魯靈光殿賦:"鴻荒朴略,厥狀睢盱。"

【鴻烈】㊀謂大功業。後漢書二八下馮衍傳顯志賦論:"每念祖考,著盛德於前,垂鴻烈於後,遭時之禍,墳墓蕪穢,春秋蒸嘗,昭穆無列。"㊁書名。今所傳淮南子,又名鴻烈解,亦稱鴻烈。漢高誘敍:"然其大較歸之於道,號曰鴻烈。鴻,大也。烈,明也。以爲大明道之言也。"

【鴻恩】大恩,多指皇恩。漢書九四下匈奴傳揚雄上書:"大化神明,鴻恩溥洽。"

【鴻豹】鴇的別名。漢焦延壽易林十四漸之比:"文山鴻豹,肥腯多脂。"明楊慎丹鉛雜錄六易林:"鴇名鴻豹,以鴇善食鴻,爲鴻之豹,猶言魚鷹也。"

【鴻涯】仙人名。即洪崖。文選漢蔡伯喈(邕)郭有道碑文:"將蹈鴻涯之遐跡,紹巢許之絶軌。"參見"洪崖"。

【鴻都】東漢宫門名,其内置學及書庫。後漢書靈帝紀光和元年二月:"始置鴻都門學生。"又儒林傳序:"及董卓移都之際,吏民擾亂,自辟雍、東觀、蘭臺、石室、宣明、鴻都諸藏典策文章,競共剖散。"唐韓愈昌黎集五石鼓歌:"觀經鴻都尚填咽,坐見舉國來奔波。"

【鴻黃】帝鴻氏與黃帝。文選晉干令升(寶)晉紀論晉武帝革命:"鴻黃世及,以一民也。"注引杜預:"帝鴻黃帝也。"宋羅泌路史後紀六:"帝鴻氏,繼黃帝者也。……是則鴻黃爲世及者信矣。"

【鴻裁】宏偉的體制,多指文章。南朝梁劉勰文心雕龍二詮賦:"故知殷人輯頌,楚人理賦,斯並鴻裁之寰域,雅文之樞轄也。"

【鴻博】㊀謂學識淵博。宋缺名丁晉公談錄:"杜鎬尚書,鴻博之士也。"(說郛九八)㊁清代稱博學鴻詞科爲鴻博。參見"博學弘辭"。

【鴻鈞】鴻,大。鈞,陶鈞,製陶器用的轉輪。常用以喻上天的造化。引申指掌國柄的大臣。唐李商隱李義山文集三爲絳郡公上李相國啟:"仰台曜以瞻輝,望鴻鈞而竚惠。"參見"洪鈞"、"大鈞"。

【鴻筆】猶言大手筆。漢王充論衡須頌:"古之帝王建鴻德者,須鴻筆之臣褒頌紀載,鴻德乃彰,萬世乃聞。"

【鴻$_2$絧】同"鴻洞"。漢書八七上揚雄傳校獵賦:"徽車輕武,鴻絧緁獵。"參見"鴻$_2$洞"。

【鴻溝】古渠名。故道大部循今河南賈魯河東,由滎陽北引黃河水曲折東至淮陽入潁水。東漢後漸淤塞。秦末項羽劉邦約中分天下,以鴻溝爲界,西爲漢,東爲楚,即此。參閱讀史方輿紀要四七開封府祥符縣汴水。

【鴻號】大名。唐韓愈昌黎集十四争臣論:"致吾君於堯舜,熙鴻號於無窮也。"

【鴻業】大業,多指王業。漢書八三朱博傳:"高皇帝以聖德受命,建立鴻業。"也作"弘業"。又一〇〇下敍傳:"奕世弘業,爵土乃昭。"

【鴻漸】謂飛鴻漸進于高位。易漸:初六鴻漸于干,六二于磐,九三于陸,六四于木,九五于陵,皆以次而進,漸至高位。至上九鴻漸於〔逵〕,其羽可用爲儀,則最居上極。故後以鴻漸喻仕進。漢書五八公孫弘卜式兒寬傳贊:"公孫弘卜式兒寬皆以鴻漸之翼困於燕爵，遠迹羊豕之間，非遇其時，焉能致此位乎？”注引李奇：“漸，進也。鴻一舉而進千里者，羽翼之材也。”

【鴻臺】臺名。秦始皇二十七年築，高四十丈。上起觀宇。以嘗射飛鴻於臺上，故名。見三輔黃圖三。漢書惠帝紀：“長樂宮鴻臺災。”

【鴻嘉】漢劉驁（成帝）年號。公元前20一前17年。

【鴻圖】宏大的基業。多指帝位。宋史律曆志三謝絳上書：“太祖生於洛邑，而胞絡惟黃，鴻圖既建，五緯聚於奎躔，而鎮星是主。”

【鴻₂蒙】宇宙形成前的渾沌狀態。莊子在宥：“雲將東遊，過扶搖之枝，而適遭鴻蒙。”釋文：“司馬（彪）云：自然元氣也。”

【鴻緒】祖先的基業。多指帝王世傳的大業。後漢書順帝紀劉光等奏：“陛下踐祚，奉遵鴻緒，爲郊廟主，承續祖宗無窮之烈。”

【鴻鴈】鴈，也作“雁”。㊀鳥名。詩小雅鴻鴈：“鴻鴈于飛，肅肅其羽。”傳：“大曰鴻，小曰鴈。”疏：“鴻鴈俱是水鳥，故連言之。其形，鴻大而鴈小。”㊁詩小雅篇名。詩序：“鴻鴈，美宣王也；萬民離散，不安其居，而能勞來還定安集之，至于矜寡，無不得其所焉。”後因謂災亂流離之民爲鴻鴈，也稱哀鴻。

【鴻範】尚書篇名，卽洪範。呂氏春秋貴公、史記宋微子世家作鴻範。參見“洪範”。

【鴻儀】易漸：“鴻漸于陸，其羽可用爲儀，吉。”疏：“處高而能不以位自累，則其羽可用爲物之儀表，可貴可法也。”後以鴻儀喻官位。隋書七七崔廓傳附崔賾答豫章王書：“謬齒鴻儀，虛班驥皁。”又用以稱人之風采或饋贈。

【鴻禧】猶言洪福。宋史樂志九建隆以來祀享太廟之三：“靈命有屬，鴻禧洞分。”

【鴻頭】芡實。唐韓愈昌黎集八城南聯句：“鴻頭排刺芡，鵠鶵攢瓌橙。”宋范成大石湖集二四初秋閑記園池草木之五：“馬齒任藏汞冷，鴻頭自勝硫溫。”自注：“鴻頭，芡實也。芡性煖，號水硫黃。”

【鴻儒】大儒。泛指博學之士。漢王充論衡本性：“自孟子以下至劉子政（向），鴻儒博生，聞見多矣。”又超奇：“故夫能說一經者爲儒生，博覽古今者爲通人，采掇傳書以上奏記者爲文人，能精思著文連結篇章者爲鴻儒。”

【鴻₂濛】㊀東方之野，謂日出之處。淮南子俶真：“提挈天地而委萬物，以鴻濛爲景柱，而浮揚乎無畛崖之際。”㊁廣大。漢書八七上揚雄傳校獵賦：“外則正南極海，邪界虞淵，鴻濛沆茫，碣以崇山。”㊂宇宙形成前的渾沌狀態。同“鴻蒙”。西遊記一：“自從盤古破鴻濛，開闢從茲清濁辨。”

【鴻釐】洪福。文苑英華五四唐徐彥伯南郊賦：“石麟夭矯，圜翠煙而上征；蕤鳳胥霍，迓鴻釐之無筭。”

【鴻鵠】鳥名。卽天鵝。管子戒：“今夫鴻鵠春北而秋南，而不失其時。”孟子告子上：“一心以爲鴻鵠將至，思援弓繳而射之。”凡以鴻鵠連文者，皆指黃鵠。惟漢書三一陳勝傳“燕雀安知鴻鵠之志哉”唐顏師古注以鴻爲大鳥，鵠爲黃鵠，釋爲二物，與史記陳勝世家索隱異。

【鴻寶】也作“洪寶”。㊀道術書篇名。漢書三六劉向傳：“上復興神僊方術之事，而淮南有枕中鴻寶苑祕書，書言神僊使鬼物爲金之術。”漢書郊祀志下作枕中洪寶苑祕之方。泛指道經。南唐徐鉉徐公文集一贈王貞素先生詩：“道祕未傳鴻寶術，院深時聽步虛聲。”㊁大寶。文苑英華八九七唐權德輿故尚書工部員外郞贈禮部尚書王公（端）神道碑：“陸（據）嘗言：王之莊，柳（芳）之辯，殷（宣）之介，皆希代鴻寶。”

【鴻藻】雄偉的文章。文選漢班孟堅（固）東都賦：“鋪鴻藻，信景鑠，揚世廟，正雅樂。”後漢書班固傳作“洪藻”。

【鴻臚】官名。周官有大行人之職。秦及漢初稱典客。武帝時改稱鴻臚，掌朝賀慶弔之贊導相禮。鴻，聲；臚，傳。傳聲贊導，故曰鴻臚。武帝太初初更名大鴻臚。後漢稱大鴻臚卿。自東晉至北宋稱鴻臚卿，或置或省。北齊置鴻臚寺，有卿、少卿各一人，所屬有鴻贊、序班等官。後因之。至清末始廢。參閱通典二六職官八諸卿中、續通典三十諸卿中。

【鴻鷺】㊀古黑水的異稱。穆天子傳二：“天子北征東還，至於黑水，西膜之所謂鴻鷺。”㊁鴻鷺飛行有序，以喻官吏的班列。文苑英華一七九南朝梁劉孝綽侍宴集賢堂應令詩：“官屬引鴻鷺，朝行命金璧。”魏書李諧傳述身賦：“綴鴻鷺之末行，連英髦之茂序。”

【鴻隙陂】古澤名。也作鴻郤陂、鴻池陂、洪池陂。故址在河南汝南縣治東南，跨汝河。受淮北諸水，郡以爲饒。漢成帝時，關東數水，陂溢爲害，翟方進等奏罷之。後歲旱，民失其利。後漢鄧晨爲汝南太守，修復舊陂，溉田數千頃，起塘四百餘里，汝土以饒。至安帝永初三年，詔以鴻池陂假與貧民，自是陂遂廢。參閱漢書八四翟方進傳、後漢書十五鄧晨傳、又八二上許楊傳、宋秦觀淮海集二五汝水漲溢說。

【鴻鵠志】遠大的志向。史記陳涉世家：“陳涉少時，嘗與人傭耕，輟耕之壟上，悵恨久之，曰：‘苟富貴，無相忘。’庸者笑而應曰：‘若爲庸耕，何富貴也？’陳涉太息曰：‘嗟乎，燕雀安知鴻鵠之志哉？’”元王實甫西廂記三本一折：“休教那淫詞兒污了龍蛇字，藕絲兒縛定鵾鵬翅，黃鶯兒奪了鴻鵠志。”

【鴻鵠歌】漢高帝作。高帝欲廢太子而立戚夫人子趙王如意。太子得商山四皓，從以見帝。帝驚，曰：“彼四人輔之，羽翼已成，難動矣。”帝爲戚夫人楚歌曰：“鴻鵠高飛，一舉千里。羽翮已就，橫絕四海。橫絕四海，當可柰何？雖有矰繳，尚安所施？”見史記留侯世家。

【鴻飛冥冥】漢揚雄法言問明：“治則見，亂則隱。鴻飛冥冥，弋人何篡焉？”注：“君子潛神重玄之域，世網不能制禦之。”鴻飛入於遠空，距遠形微，矰繳不及，因以喻脫羈遠害。

【鴻毳沈舟】謂積輕可以致重。北齊劉晝劉子慎隙：“鴻毳性輕，積之沈舟；魯縞質薄，疊之折軸。以毳縞之輕微，能敗舟車者，積多之所致也。”

【鴻慶居士集】宋孫覿撰。四十二卷。覿徽宗末爲侍御史，遷翰林學士，後以贓罪斥，提舉鴻慶宮，因以鴻慶爲號。以其附和議，當時卽爲人所鄙，宋史不爲立傳。惟詩文頗工，尤長四六，晚而愈精，故集得傳於後世。

鴳

yàn 烏澗切，去，諫韻，影。ㄧㄢˋ

㊀鷃類小鳥。同“鷃”。也稱鴳雀、斥鴳、尺鴳、籬鷃。又有鶕、鴹、鴽、鴈等異名。身黑，無斑紋。弱小不能遠飛。麥熟時節常以晨鳴。國語晉八：“平公射鴳不死。”參閱本草綱目四八禽二鷃。㊁幽鴳，獸名。見“幽鴳”。

鵁

jiāo 古肴切，平，肴韻，見。ㄐㄧㄠ

鳥名。說文作“鮫”。山海經北山經：“（蔓聯山）有鳥焉，羣居而朋飛，其毛如雌雉，名曰鵁。其鳴自呼，食之已風。”

【鵁鶄】水鳥名。鳽之別稱。史記一一七司馬相如傳上林賦:"鵁鶄鸓目。"漢書、文選作"交精"。參閱本草綱目四七禽一鵁鶄。

䳏 guì 古惠切,去,霽韻,見。
ㄍㄨㄟˋ

見"鵐䳏"。

鴶 jiē 古黠切,入,黠韻,見。
ㄐㄧㄝ

見下。

【鴶鵴】鳥名。即布穀。爾雅釋鳥:"鳲鳩,鴶鵴。"詩曹風鳲鳩"鳲鳩在桑"傳作"秸鞠"。漢書七二鮑宣傳"合尸鳩之詩"注:"尸鳩,拮掬也。"又有擊穀、桑鳩、郭公等名。參見"布穀"。

鵄 chī 處脂切,平,脂韻,穿。
ㄔ

鴟鷹。同"鴟"。或作"䳤"。見下。

【鵄張】猖狂,囂張。同"鴟張"。魏書蕭衍傳慕容紹宗檄:"仍鵄張歲月,南面假名,死而後已。"參見"鴟張"。

【鵄鵂】即鴟鵂。太平御覽九二七漢劉安淮南萬畢術:"鵄鵂致鳥。"注:"取鵄鵂,折其大羽,絆其兩足,以爲媒,張羅其旁,鳥自聚矣。"

䳒 yuān 集韻 余專切,平,仙韻。
ㄩㄢ

鴟鳥。同"鳶"。漢書五行志中之下:"泰山山桑谷有䳒焚其巢。"

鴷 liè 良辥切,入,薛韻,來。
ㄌㄧㄝˋ

啄木鳥。爾雅釋鳥:"鴷,斲木。"唐張鷟朝野僉載一:"(鄭仁)凱廳前樹上有鴷窠,鴷,啄木也。"

鴯 ér 如之切,平,之韻,日。
ㄦ

見"鶮鴯"。

鴵 tóng
ㄊㄨㄥˊ

鴵渠,鳥名,狀如山雞,黑身赤足。見山海經西山經。史記司馬相如傳上林賦作"鵬鶏",漢書作"庸渠"。

鴿 gē 古沓切,入,合韻,見。
ㄍㄜ

鴿屬的通稱。有野鴿、家鴿之別。家鴿一稱鵓鴿。爲野鴿的變種。急就篇四:"鳩鴿鶉鴳中網死。"

【鴿炭】淺黑色即鵓鳩色的木炭。宋史食貨志下八:"(紹興)四年,兩浙轉運司檄婺州市御爐炭,須胡桃紋,鵓鳩色。"元袁桷清容居士集十六翰林故事……擬宫詞之九:"盤鵰暈錦是冬衣,鴿炭初生酒力微。"

【鴿撈】從網内撈魚之裝有長柄的小網兜。或稱撈兜。見清厲荃事物異名録十八漁獵。

鴾 móu 莫浮切,平,尤韻,明。
ㄇㄡˊ

鴾母,鳥名。鴽的別名。卽鵪鶉。爾雅釋鳥:"鴽,鴾母。"也作"牟母"。見禮月令"田鼠化爲鴽"疏。

鴸 zhū 陟輸切,平,虞韻,知。
ㄓㄨ

鳥名。山海經南山經:"(柜山)有鳥焉,其狀如鴟而人手,其音如痺,其名曰鴸,其鳴自號也。"

鴰 guā 古活切,入,末韻,見。
ㄍㄨㄚ

鳥名。俗稱灰鶴。急就篇四:"鷹鷂鴇鴰鶩雕尾。"注:"鴰者鴿也,關西謂之鴰鹿,山東謂之鴰捋,皆象其鳴聲也。"

鵅 1. gé 古伯切,入,陌韻,見。
ㄍㄜˊ

㊀鳥名。一種貓頭鷹。爾雅釋鳥:"鵅,鵋鵙。"注:"今江東呼鵂鶹爲鵋鵙,亦謂之鵅鵋。"詳"鵂鶹"。

2. luò 盧各切,入,鐸韻,來。
ㄌㄨㄛˋ

㊁水鳥名。爾雅釋鳥:"鵅,烏鸔。"注:"水鳥也。似鶂而短,頸、腹、翅紫白,背上綠色。"

鵂 xiū 許尤切,平,尤韻,曉。
ㄒㄧㄡ

見下。

【鵂鶹】貓頭鷹。鴟鴞的一種。又名鵋侯、訓狐、薰胡,以所鳴之聲爲名。晉張華博物志逸文:"鵂鶹鳥一名鴟鵂,晝目無所見,夜則至明。"

鵀 rén 如林切,平,侵韻,日。
ㄖㄣˊ 汝鴆切,去,沁韻,日。
女心切,平,侵韻,娘。

見"戴鵀"。

鴽 rú 人諸切,平,魚韻,日。
ㄖㄨˊ

鳥名。即鵪。說文作"鴽"。又名鵪、鴾母。禮月令季春之月:"桐始華,田鼠化爲鴽。"爾雅釋鳥:"鴽,鴾母。"

七畫

鵜 tí 杜奚切,平,齊韻,定。
ㄊㄧˊ

說文"鷞"之或體。㊀鵜鶘。水鳥。詩曹風候人:"維鵜在梁,不濡其翼。"詳"鵜鶘"。㊁見"鵜鴂"。

【鵜鴂】即杜鵑。楚辭屈原離騷:"恐鵜鴂之先鳴兮,使夫百草爲之不芳。"注:"鵜鴂,一名買鵤,常以春分鳴也。"文選作"鷤鴂"。

【鵜翼】詩曹風候人:"維鵜在梁,不濡其翼。"箋:"鵜在梁,當濡其翼,而不濡者,非其常也。以喻小人在朝,亦非其常。"後多以鵜翼爲居官而不稱職之典。唐劉禹錫劉夢得集十六代謝賜春衣表:"在身不稱,恐招鵜翼之譏;居位無功,叨受鶴紋之賜。"

【鵜鶘】水鳥名。爾雅釋鳥"鵜,鴮鸅"晉郭璞注:"今之鵜鶘也。好羣飛,沈水食魚,故名洿澤,俗呼之爲淘河。"漢書五行志中之下:"昭帝時有鵜鶘,或曰禿鶖,集昌邑王殿下。"注:"鵜鶘卽汙澤也。一名淘河。腹下胡大如數升囊。好羣入澤中,抒水食魚,因名禿鶖,亦水鳥也。"

鵓 bó 蒲没切,入,没韻,並。
ㄅㄛˊ

見下。

【鵓角】宋時兒童髮式。宋史五行志三:"理宗朝,……剃削童髮,必留大錢許於頂左名偏頂,或留之頂前,束以綵繒,宛若博焦之狀,或曰鵓角。"

【鵓鳩】又名鵓鴣、鵓姑。三國吳陸璣毛詩草木鳥獸蟲魚疏下宛彼鳴鳩:"鵓鳩,灰色,無繡項,陰則屏逐其匹,晴則呼之。語曰:'天將雨,鳩逐婦。'"因其將雨時鳴聲急,故俗亦呼爲水鵓鴣。

【鵓鴣】即鵓鳩。宋陸游劍南詩稿七一東園晚興:"竹雞羣號似知雨,鵓鴣相喚還疑晴。"參見"鵓鳩"。

【鵓鴿】即鴿。宋詩鈔(後蜀)花蕊夫人宫詞:"安排竹柵與巴籬,養得新生鵓鴿兒。"詳"鴿"。

【鵓鴿青】炭名。色如鴿羽之青黑。宋陸游老學庵筆記五:"故都時御爐炭,率斲作栗様,胡桃紋,鵓鴿青。"又劍南詩稿四一暖閣作"鴿青"。

鵊 jiá 古洽切,入,洽韻,見。
ㄐㄧㄚˊ

㊀見"鵊鴂"。㊁見下。

【鵊冶】人名。漢書藝文志兵陰陽家有鵊冶子一篇。

鵛 jīng 古靈切,平,青韻,見。
ㄐㄧㄥ

鳥名。或作"䴖"。1.爾雅釋鳥:"輿鵛,鷞。"玉篇作"鸒鵛"。廣雅釋鳥:"鵛雀,怪鳥屬也。"正字通謂舊註"鸒鵛鳥"誤。2.見"鵜鵛"。

鵙 jú ㄐㄩˊ 古闃切,入,錫韻,見。

鳥名。説文作"鶪"。卽鵙鴂。又名伯勞、子規、杜鵑。詩豳風七月:"七月鳴鵙。"

鵮 kàn ㄎㄢˋ 苦旰切,去,翰韻,溪。
苦蓋切,去,泰韻,溪。
苦曷切,入,曷韻,溪。

見下。

【鵮鴠】鳥名。方言八:"鵮鴠,周魏齊宋楚之間謂之定甲,或謂之獨舂。自關而東謂之城旦,或謂之倒懸,或謂之鵮鴠。自關而西,秦隴之内謂之鶡鴠。"

鵑 juān ㄐㄩㄢ 古玄切,平,先韻,見。

見"杜鵑"。

鵩 fú ㄈㄨˊ 縛謀切,平,尤韻,奉。

見下。

【鵩鳩】鵓鴣。卽布穀鳥。爾雅釋鳥"隹其,鳺鴀"晉郭璞注:"今鵓鳩。"清郝懿行疏:"鵩卽夫不之合聲也。"參見"夫不"。

鵒 yù ㄩˋ 余蜀切,入,燭韻,喻。

見"鸜鵒"。

【鵒眼】鸜鵒眼的省稱。宋劉克莊後村集九獲硯詩:"馬肝紫潤尤宜浴,鵒眼青圓宛似生。"見"鸜鵒眼"。

鵔 xùn ㄒㄩㄣˋ 私潤切,去,稕韻,心。

説文作"鵕"。㊀見"鵔鸃"。㊁神話中鳥名。山海經西山經:"(鍾山)鼓亦化爲鵔鳥,其狀如鴟,赤足而直喙,黄文而白首,其音如鵠。"

【鵔鸃】有文彩的赤雉。説文作"鵕鸃"。史記一一七司馬相如傳子虛賦:"揜翡翠,射鵔鸃。"漢書顏師古注:"似山雞而小冠,背毛黄,腹下赤,項緑色,其尾毛紅赤,光采鮮明。今俗呼爲山雞,其實非也。"因其似傳説之鳳,故又以爲瑞鳥。楚辭漢劉向九歎遠逝:"曳彗星之皓旰兮,撫朱爵與鵔鸃。"

【鵔鸏】冠名。淮南子主術:"趙武靈王貝帶鵔鸏而朝,趙國化之。"案史記一二五佞幸傳"故孝惠時郎、侍中皆冠鵔鸃,貝帶"索隱引淮南子作"趙武靈王服貝帶鵔鸃"。參見"鵔鸃冠"。

【鵔鸃冠】鵔鸃羽所飾之冠。史記一二五佞幸傳:"故孝惠時郎、侍中皆冠鵔鸃,貝帶。"全唐詩二六一嚴武寄題杜拾遺錦江野亭:"莫倚善題鸚鵡賦,何須不著鵔鸃冠?"

鵠 1. hú ㄏㄨˊ 胡沃切,入,沃韻,匣。

㊀天鵝。似雁而大,頸長,羽毛純白。飛翔甚高。莊子天運:"夫鵠不日浴而白。"史記一一七司馬相如傳子虛賦:"弋白鵠,連駕鵝。"漢書師古曰:"鵠,水鳥也,其鳴聲鵠鵠云。"按古籍多言黄鵠。清段玉裁説文解字注:"鵠,黄鵠也。……凡經史言鴻鵠者皆謂黄鵠。或單言鵠,或單言鴻。"㊁謂白色。見"鵠袍"、"鵠髮"等。㊂古地名。詩唐風揚之水:"素衣朱繡,從子于鵠。"傳:"鵠,曲沃邑也。"故地在今山西聞喜縣。參閲嘉慶一統志一三八平陽府一。

2. gǔ ㄍㄨˇ 集韻 姑沃切,入,沃韻。

㊃箭靶的中心。禮射義:"故射者各射己之鵠。"後喻指目標、目的。宋黄庭堅豫章集四次韻冕仲考進士試卷詩:"注金無全功,竊發或中鵠。"

3. hè ㄏㄜˋ

㊄通"鶴"。莊子庚桑楚:"越雞不能伏鵠卵。"釋文:"鵠,本亦作鶴,同。"參閲清黄生字詁鵠。

【鵠立】鵠頸長,能遠望,因喻引領之狀。後漢書七四下袁紹傳附袁譚,劉表與譚書:"願捐弃百痾,追攝舊儀,復爲母子昆弟如初。今整勒士馬,瞻望鵠立。"宋蘇軾東坡集續集二正月十四夜扈從端門觀燈三絶之一:"侍臣鵠立通明殿,一朵紅雲捧玉皇。"後人云鵠望、鵠俟亦此意。

【鵠企】如鵠翹望。晉書張祚傳丁琪諫:"蒼生所以鵠企西望,四海所以注心大涼,皇天垂贊,士庶效死者,正以先公道高彭昆,忠踰西伯,萬里通虔,任節不貳故也。"

【鵠卵】莊子庚桑楚:"奔蜂不能化藿蠋,越雞不能伏鵠卵。"淮南子氾論:"夫牛蹏之涔不能生鱣鮪,而蜂房不能容鵠卵,小形不足以包大體也。"皆喻小不能當大。宋黄庭堅山谷外集二奉和王世弼寄上七兄先生用其韻詩:"小材渠困我,持斵問輪扁。大材我屈渠,越雞當鵠卵。"

【鵠板】鵠頭書體之詔板,用以徵召賢才。宋文鑑一五代梁周翰五鳳樓賦:"虎皮包刃,鵠板搜儒。"參見"鵠頭"。

【鵠₂的】箭靶的中心。戰國策齊五:"今夫鵠的,非咎罪於人也,便弓引弩而射之,中者則善,不中則愧。"

【鵠袍】白袍。宋時應試士子所服。宋岳珂桯史十萬春伶語:"命供帳考校者悉倍前規,鵠袍入試。"宋詩鈔方岳秋厓小藁鈔送劉仲子就試:"鵠袍纔脱須重讀,六籍久爲場屋昏。"

【鵠書】卽鵠頭書。唐柳宗元柳先生集十二故殿中侍御史柳公墓表:"四方聞風,交馳鵠書,載筆乘軺,乃作參謀。"

【鵠望】引領翹望。晉書乞伏乾歸載記:"陛下應運再興,四海鵠望,豈宜固守謙沖,不以社稷爲本,願時卽大位,允副羣心。"

【鵠國】神話國名。舊題漢東方朔神異經西荒經:"西海之外有鵠國焉。男女皆長七寸,爲人自然有禮,好經綸拜跪。其人皆壽三百歲,其行如飛,日行千里,百物不敢犯之,惟畏海鵠,過輒吞之,亦壽三百歲。此人在鵠腹中不死,而鵠一舉千里。"

【鵠彀】橙的别名。也作"鵠鷇"。唐韓愈昌黎集八城南聯句:"鴻頭排刺芡,鵠鷇攢瓌橙。"

【鵠鼎】楚辭屈原天問:"緣鵠飾玉,后帝是饗。"注:"后帝謂殷湯也。言伊尹始仕,因緣烹鵠鳥之羹,脩玉鼎以事於湯,湯賢之,遂以爲相也。"後因以鵠鼎喻佳肴。南朝梁簡文帝集二卦名詩:"豐壺要上客,鵠鼎命嘉賓。"

【鵠蒼】古代神話,謂春秋時徐君宫人娠而生卵,以爲不祥,棄之水濱。有犬名鵠蒼,銜卵以歸,遂生兒,生時正偃,故名偃王。後鵠蒼臨死,生角而九尾,實爲黄龍。見晉張華博物志(初學記八)、干寶搜神記十四。

【鵠髮】白髮。猶"鶴髮"。後漢書二七吴良傳贊:"大儀(吴良)鵠髮,見表憲王。"參見"鶴髮"。

【鵠頭】書體名。卽鶴頭書,用於詔板,以辟召隱士。唐張彦遠法書要録二南朝梁庾肩吾書品論:"蚊脚傍低,鵠頭仰立。"元詩選三集吕誠敬夫竹歸日稟次韻答偶孟武:"猶憶當年應鵠頭,詩名從此達南州。"

【鵠膝】卽鶴膝。舊體詩八病之一。宋蘇軾分類東坡詩十和流杯石上草書小詩:"蜂腰鵠膝嘲希逸,春引秋蚓病子雲。"希逸,南朝宋謝莊字;子雲,漢揚雄字。參見"鶴膝"。

【鵠纓】白色的革帶。周禮春官巾車:"前樊鵠纓。"注:"以淺黑飾韋爲樊,鵠色飾韋爲纓。"

【鵠鑰】古時謂禁門鑰。文苑英華八十唐鄭錫長樂鐘賦:"雞人未唱,鵠鑰猶封。"

【鴿奔亭】相傳漢何敞爲交州刺史，行部宿鴿奔亭。夜半有一女子訴冤，謂路經鴿奔亭，被亭長龔壽殺害，埋尸樓下。敞翌日掘之，果得尸。乃捕龔壽正法。見晉干寶搜神記十六。後用爲平冤之典。文選南朝梁江文通(淹)詣建平王上書："仰惟大王少垂明白，則梧丘之魂，不愧於沈首；鴿亭之鬼，無恨於灰骨。"鴿亭即鴿奔亭。地在廣東肇慶市南。見嘉慶一統志四四八肇慶府二。

【鴿頭板】鴿頭書體的詔板。法苑珠林七十富貴引證："晉王文度(坦之)鎮廣陵，忽見二騶持鴿頭板來名之。大驚，問騶：'我作何官？'"參見"鴿板"。

【鴿面鳥形】喻飢疲瘦削之狀。元王惲秋澗集九入奏行："扶羸載脊總南逋，鴿面鳥形猶努力。"省作"鴿形"。明楊基眉菴集九桂林與蔣張二指揮觀兵詩："燕頷將軍髯似戟，鴿形俘虜面如刀。"

鵝 é 五何切，平，歌韻，疑。ㄜ

說文作"䳘"。玉篇作"鵞"。㊀家禽。頭大，喙扁闊，頸長，尾短，前額有肉瘤，脚有蹼。羽毛白或灰色。戰國策齊四："士三食不得饜，而君鵝鶩有餘食。"㊁古陣名。見"鵝鸛"。

【鵝王】佛三十二相之一。佛手指足指中間，有縵網似鵝之足，故名。涅槃經二八："以是業緣得網縵指，如白鵝王。"文苑英華八六二唐李華潤州鶴林寺故徑山大師碑："鵝王之不受泥塵，香象之頓除羈鎖，未之比也。"

【鵝毛】鵝之羽毛。常喻色白而輕之物，或喻輕微之禮物。北周庾信庾子山集五楊柳歌："獨憶飛絮鵝毛下，非復青絲馬尾垂。"宋蘇軾東坡集續集一揚州以土物寄少游詩："且同千里寄鵝毛，何用孜孜飫麋鹿？"

【鵝池】相傳爲晉王羲之養鵝處。在浙江紹興縣東北蕺山戒珠寺前。參閱嘉慶一統志二九四紹興府一寺觀。

【鵝抱】草名。附石蔓生，葉似大豆，根似萊菔。可入藥。見本草綱目十八草七鵝抱。

【鵝肪】鵝脂。喻白潤。唐韓愈昌黎集八城南聯句："鷞毳翔衣帶，鵝肪截佩璜。"

【鵝眼】謂劣錢。宋書顏峻傳："沈慶之啓通私鑄，由是錢貨亂敗，一千錢長不盈三寸，大小稱此，謂之鵝眼錢。"元吳萊淵穎集三題毗陵承氏家藏古錢詩："五銖半兩日以變，榆莢鵝眼爭相緣。"參閱文獻通考八錢幣一歷代錢幣之制。

【鵝梨】梨名。皮薄多漿，味稍差，其香則過他梨。宋范成大石湖集十二內丘梨園詩："汗後鵝梨爽似冰，花身耐久老猶榮。"楊萬里誠齋集十三舟中晚酌詩："雪藕逢暄偏覺爽，鵝梨欲爛不勝甜。"

【鵝湖】山名。在江西鉛山縣北。本名荷湖山，有湖，多生荷。晉末有龔氏者，畜鵝於此，因名鵝湖山。宋淳熙二年朱熹與呂祖謙、陸九淵兄弟講學鵝湖寺，後人立爲四賢堂。淳祐中賜額文宗書院。明正德中徙於山巔，改名鵝湖書院。參閱嘉慶一統志三一四廣信府一鵝湖山、鵝湖書院。

【鵝黃】㊀幼鵝毛色黃嫩，故以喻嬌嫩淡黃之物。宋蘇軾分類東坡詩二四次荆公韻之一："深紅淺紫從爭發，雪白鵝黃也鬬開。"此指花。王安石臨川集二七南浦詩："含風鴨綠粼粼起，弄日鵝黃裊裊垂。"此指新柳。宋林逋林和靖集四初夏詩："秧田百畝鵝黃大，橫策溪村屬老農。"此指秧苗。㊁酒名。唐杜甫杜工部詩史補遺三舟前小鵝兒："鵝兒黃似酒，對酒愛新鵝。"因以鵝黃名酒。宋陸游劍南詩稿三遊漢州西湖："歎息風流今未泯，兩川名醖避鵝黃。"自注："鵝黃，漢中酒名，蜀中無能及者。"

【鵝溪】地名。在四川鹽亭縣西北，以產絹著名，唐時以爲貢品。宋蘇軾分類東坡詩十八次韻答文與可見寄："爲愛鵝溪白璽光，掃殘雞距紫毫芒。"

【鵝腿】即鶴膝。唐盧言盧氏雜說鵝腿子："有舉人以詩謁沛帥王智興，智興曰：'莫有鵝腿子否？'謂鶴膝也。"(類說四九)參見"鶴膝㊁"。

【鵝經】黃庭經的別稱。元詩選癸之壬上盧大雅舟中寄張外史："輸與仙都老居士，一簾山雨聽鵝經。"參見"黃庭經"。

【鵝鸛】戰陣名。左傳昭二一年："鄭翩願爲鸛，其御願爲鵞。"注："鸛、鵞皆陳名。"文選漢張平子(衡)東京賦："火列具舉，武士星敷；鵝、鸛、魚麗，箕張、翼舒。"宋詩鈔陳造江湖長翁集鈔吳節推趙楊子曹器遠趙子野攜具用韻謝之："譚塵冰霜厲，筆陣鵝鸛勁。"此指作書時字的間距。

【鵝口瘡】兒科病名。初生嬰兒，口腔黏膜發生白點，舌上有白屑如鵝口樣，故名。見醫宗金鑑六五鵝口瘡。

【鵝毛被】嶺外土豪，取鵝頭頸細毛爲被，如稻畦衲之，溫軟不下綿絮。見唐段公路北戶錄二鵝毛被。

【鵝毛雪】雪花。狀如鵝毛。唐白居易長慶集五七雪夜喜李郎中見訪兼酬所贈詩："可憐今夜鵝毛雪，引得高情鶴氅人。"宋陳善捫蝨新話一文字各有所主未可優劣論："撒鹽空中，此米雪也；柳絮因風，此鵝毛雪也。"

【鵝羣帖】世傳爲王羲之子獻之手筆，實爲南朝宋以後好事者傅會王羲之寫道德經換鵝事所僞造。宋黃庭堅山谷題跋九鵝羣帖，宋黃伯思東觀餘論上法帖刊誤，俱有辨正。

【鵝行鴨步】形容步態蹣跚。全唐詩八六九石抱忠始平諧詩："一羣縣尉驢騾驟，數箇參軍鵝鴨行。"水滸傳三一："衆人見轎夫走得快，便說道：'你兩個閒常在鎮上擡轎時，只是鵝行鴨步，如今却怎地這等走的快？'"也作"鴨行鵝步"。古今雜劇元秦簡夫東堂老二："我覷不的褙寬也那褶下，則他那肚疊胸高，鴨步鵝行。"

【鵝鴨諫議】南宋高宗紹興五年，以旱禱雨，有諫議大夫趙霈上言："自來祈禱斷屠，止禁猪羊。今後請並禁鵝鴨。"中書舍人胡寅見之，笑曰："可謂鵝鴨諫議矣！"見明田汝成西湖遊覽志餘二一委巷叢談。

【鵝籠書生】梁吳均續齊諧記載陽羡許彥負鵝籠行路，遇一書生以脚痛求寄籠中，與雙鵝並坐。至一樹下，書生出，從口中吐出器具肴饌，與彥共飲，並吐一女子共坐。書生醉卧，女子吐一男子。女子卧，男子復吐一女子共酌。書生欲覺，女子又吐錦帳遮掩書生，卽入內共眠。男子另吐一女子酌戲。後次第各吞所吐，書生以銅盤一贈彥而去。情節乃據舊雜譬喻經改頭換面而成。又見晉荀氏靈鬼志。後人遂用爲幻中生幻，變化無常之典。

鵌 tú 同都切，平，模韻，定。ㄊㄨˊ 以諸切，平，魚韻，喻。

鳥名。或作"鵵"、"䳜"。爾雅釋鳥："鳥鼠同穴，其鳥爲鵌，其鼠爲鼵。"注："鵌似鵽而小，黃黑色。入地三四尺，鼠在內，鳥在外。今在隴西首陽縣鳥鼠同穴山中。"

鵟 kuáng 巨王切，平，陽韻，羣。ㄎㄨㄤˊ

傳說鳥名。爾雅釋鳥"狂，茅鴟"釋文："狂，本或作鵟。"參見"狂鳥1"。

八畫

鵷 yuān 於袁切，平，元韻，影。ㄩㄢ

傳說爲鳳一類的鳥。見下。

【鵷行】指朝班。梁書張緬傳："殿中郎

缺。高祖謂徐勉曰:"此曹舊用文學,且居鵷行之首,宜詳擇其人。'"唐杜甫杜工部草堂詩箋十三至日遣興奉寄兩院遺補之一:"去歲兹辰捧御牀,五更三點入鵷行。"參閱"鵷鷺"。

【鵷扶】兔的別名。淵鑑類函獸兔二芸窗私志:"后羿獵於巴山,獲一兔,大如驢,異之。置柙中,中途失去,柙掩如故。羿夜夢一人冠服如王者,謂羿曰:'我鵷扶君,爲此土之神,而何辱我?我將假手於逄蒙。'是日逄蒙弒羿而奪之位。兔曰鵷扶,自此始也。"

【鵷閣】中書省的別稱。即"鳳閣"。宋尤袤全唐詩話一徐彥伯:"徐彥伯爲文,多變易求新,以鳳閣爲鵷閣,龍門爲虯户。"唐詩紀事九作"鶵閣"。唐王勃王子安集十一乾元殿頌:"龍階察視,鵷閣調風。"

【鵷鴻】猶"鵷鷺"。文苑英華一七三南朝梁庾肩吾侍宴九日詩:"彫才濫杞梓,花綬接鵷鴻。"唐張九齡曲江集四出爲豫章郡途次廬山東巖下詩:"多謝周身防,常恐横議侵。豈匪鵷鴻列,惕如泉壑臨。"

【鵷鶵】㊀鸞鳳之屬。即"鵷"。莊子秋水:"南方有鳥,其名鵷鶵,子知之乎?夫鵷鶵,發於南海而飛於北海,非梧桐不止,非練實不食,非醴泉不飲。"㊁譬年少之有才華者。唐薛元敬長於文學,少與薛收及收族兄德音齊名。時人謂之"河東三鳳"。收爲長離,德音爲鸑鷟,元敬以年最小爲鵷鶵,亦猶三國龐統之稱鳳雛。見舊唐書七三薛收傳。

【鵷鷺】二鳥羣飛有序,因以喻朝官班行。北齊書文苑傳序:"於是辭人才子,波駭雲屬,振鵷鷺之羽儀,縱雕龍之符采。"

【鵷鸞】鸞鳳之屬。喻高貴之人。唐李白李太白詩十六對雪奉餞任城六父秩滿歸京:"龍虎謝鞭策,鵷鸞不司晨。"

鶉 1. chún　常倫切,平,諄韻,禪。
ㄔㄨㄣˊ

㊀鳥名。也作"雒"。見集韻。俗稱鵪鶉。頭小尾禿,似雞雛。額、頭側、頦及喉部羽毛淡紅色。周身有白色羽幹紋。雄鶉性好鬭。有馴養作籠鳥使鬭者。詩鄘風鶉之奔奔:"鶉之奔奔,鵲之彊彊。"參閱本草綱目四八禽二鶉。㊁星宿名。南方朱鳥七宿的總稱。國語周下:"自鶉及駟七列也。"注:"鶉,鶉火之分,張十三度。"宋沈括夢溪筆談七象數:"天文家朱鳥,乃取象於鶉。故南方朱鳥七宿,曰鶉首、鶉火、鶉尾是也。"㊂通"醇"。漢揚雄法言寡見:"春木之芚兮,援我手之鶉兮。"

2. tuán　集韻 徒官切,平,桓韻。
ㄊㄨㄢ

㊃猛禽名。即雕。説文作"鷻"。詩小雅四月:"匪鶉匪鳶,翰飛戾天。"

【鶉火】星次名。南方有井、鬼、柳、星、張、翼、軫七宿,稱朱鳥七宿。首位者稱鶉首,中部者(柳、星、張)稱鶉火,末位者稱鶉尾。左傳襄九年:"是故咮爲鶉火,心爲大火。"國語周下:"昔武王伐殷,歲在鶉火,月在天駟。"注:"鶉火,次名。周分野也。從柳九度至張十六度,爲鶉火。"

【鶉衣】鶉尾禿。衣服破舊襤褸,故稱鶉衣。荀子大略:"子夏貧,衣若縣鶉。"唐杜甫杜工部詩史補遺十風疾舟中伏枕書懷三十六韻奉呈湘南親友:"烏几重重縛,鶉衣寸寸針。"

【鶉尾】星次名。指翼、軫二宿,古以爲楚之分野。國語晉四:"二三子志之:歲在壽星及鶉尾,其有此土乎?"注:"自張十七度,至軫十一度,爲鶉尾之次。"參見"鶉火"。

【鶉居】謂居無定所。一説野處。莊子天地:"夫聖人鶉居而鷇食,鳥行而無彰。"釋文:"鶉居,謂無常處也。又云:如鶉之居,猶言野處。"文苑英華八四四唐李嶠大周降禪碑:"閭閻無犬吠之驚,風俗有鶉居之暇。"

【鶉服】猶鶉衣。唐駱賓王集五寒夜獨坐遊子多懷簡知己詩:"鶉服長悲碎,蝸廬未卜安。"

【鶉首】㊀星次名。指朱鳥七宿中的井、鬼二宿。參見"鶉火"。㊁古以爲秦之分野,指秦地。文選漢張平子(衡)西京賦:"昔者大帝説秦繆公而覲之,饗以鈞天廣樂。帝有醉焉,乃爲金策,錫用此土,而翦諸鶉首。"注:"漢書曰:自井至柳,謂之鶉首之次,秦之分也。盡取鶉首之分爲秦之境也。"

【鶉陰】地名。漢置縣,屬安定郡。東漢時名鸇陰。故城在今甘肅靖遠縣西北。北魏徙置於今平涼縣西南。北周廢。參閱嘉慶一統志二五三蘭州府古蹟。

【鶉觚】地名。秦置縣,西漢屬北地郡,東漢屬安定郡。唐天寶元年改靈臺。故縣治在今甘肅靈臺縣東北。相傳秦始皇使太子扶蘇及蒙恬築長城,至此,見原高水淺,欲築城,以觚爵奠祭,乃有鶉鳥飛升觚上,以爲靈異,因以名縣。參閱太平寰宇記三四邠州宜祿縣。

【鶉衣百結】謂弊衣襤褸。宋趙蕃章泉稿一大雪詩:"鶉衣百結不蔽膝,戀戀誰憐范叔貧?"劉克莊後村集四七歲除即事詩之二:"門外呵寒客,鶉衣百結懸。"

【鶉居鷇飲】指自給自足的原始生活。莊子天地"夫聖人鶉居而鷇食",後漢書四九王充等傳論"人乘鷇飲"注引莊子作"鶉居而鷇飲",注:"言鶉鳥無常居,鷇飲不假物,並淳朴時也。"隋書薛道衡傳高祖文皇帝頌:"至于入穴登巢,鶉居鷇飲,不殊於羽族,取類於毛羣,亦何貴於人靈,何用於心識?"

鵬 gēng　古行切,平,庚韻,見。
ㄍㄥ

見"鶬鵬"。

鶠 yán　余廉切,平,鹽韻,喻。
ㄧㄢˊ

見下。

【鶠雛】怪鳥。廣雅釋鳥:"鷾嬰、鶠雛、延居、頸雀,怪鳥屬也。"玉篇:"鶠鶵,自爲牝牡。"

鶄 jīng　子盈切,平,清韻,精。
ㄐㄧㄥ　倉經切,平,青韻,清。

説文作"鯖"。㊀見"鵁鶄"。㊁見"鶄鶴"。

【鶄鶴】水鳥。似鶴。產於我國南方。文選晉左太沖(思)吳都賦:"鶄鶴、鶖鶬、鸛鷗、鷁鸕,氾濫乎其上。"晉劉淵林(逵)注:"鶄鶴,出南海桂陽諸郡。"

鵡 wǔ　文甫切,上,麌韻,明。
ㄨˇ

説文作"鴞"。見"鸚鵡"。

鶇 dōng　德紅切,平,東韻,端。
ㄉㄨㄥ

鳥名。鶇鵍,見廣韻。一説鵷名。見集韻。今生物學鳥綱有鶇科,爲鶇屬各種的通稱。

鵲 què　七雀切,入,藥韻,清。
ㄑㄩㄝˋ

㊀説文作"雃"、"舄"。鳥名。尾長如其身。背黑,有紫綠色光澤。腹及翼下之羽皆白色,嘴脚皆黑。常成羣營巢於喬木和家屋近旁樹上,鳴聲喳喳,俗以爲吉祥之兆,謂之喜鵲。性惡濕,又名乾鵲。詩召南鵲巢:"維鵲有巢,維鳩居之。"參閱本草綱目四九禽三。㊁犬名。通"浞"。禮少儀"守犬、田犬則授擯者,既受,乃問犬名"注:"畜養者當呼之名,謂若韓盧宋鵲之屬。"

【鵲王】指古代名醫扁鵲。河北唐山西南有逢鵲山。相傳扁鵲偕虢太子采藥於此山,故名。山下有鵲王廟。見畿輔通志六四輿地十九山川八。

【鵲印】傳説漢常山張顥，爲梁相。天新雨後，有鳥如鵲，飛翔入市，忽然墮地。人争取之，化爲圓石。顥椎破之，得一金印，文曰"忠孝侯印"。顥以上聞。藏之秘府。見晉干寶搜神記九。後因借指公侯之位。唐王勃王子安集九上絳州上官司馬書："鱗軒羽殿，瑶臺降卿相之榮；鵲印蟬簪，金社發公侯之始。"

【鵲豆】豆的一種，形似藊豆，以其色黑而間有白道如鵲羽，故名。參閱政和證類本草二五藊豆。

【鵲岸】地名。安徽銅陵縣有鵲頭山，臨長江。沿江而下至繁昌縣西南有鵲洲（又名鵲尾渚），故江曰鵲江，岸曰鵲岸。左傳昭五年吳敗楚人於鵲岸，即此。參閱讀史方輿紀要二七太平府繁昌縣。

【鵲起】本謂見機遠引，引申爲乘勢奮起。文選南齊謝玄暉（朓）和伏武昌登孫權故城詩："鵲起登吳山，鳳翔陵楚甸。"注："莊子曰：鵲上城之垝，巢於高榆之顛。城壞巢折，陵風而起。故君子之居時也，得時則義行，失時則鵲起。"晉書孫惠傳與東海王司馬越書："今時至運集，天與神助，復不能鵲起於慶命之會，拔劍於時哉之機，恐流濫之禍，不在一人。"

【鵲巢】詩召南篇名。序云："鵲巢，夫人之德也。國君積行累功以致爵位，夫人起家而居有之，德如鳲鳩，乃可以配焉。"後遂指婦人之德。宋蘇軾東坡集外制中韓維三代妻祖母郭氏周氏贈魯國太夫人："允蹈家人之正，居有鵲巢之福。"

【鵲喜】鵲噪兆喜。舊題漢劉歆西京雜記三："乾鵲噪而行人至，蜘蛛集而百事喜。"唐宋之問集下發端州初入西江詩："破顏看鵲喜，拭淚聽猿啼。"

【鵲報】謂喜鵲噪鳴聲。五代後周王仁裕開元天寶遺事下靈鵲報喜："時人之家，聞鵲聲，皆爲喜兆，故謂靈鵲報喜。"唐元稹長慶集十一送人之嶺南二十韻："蛛懸絲繚繞，鵲報語詀諵。"

【鵲語】鵲噪。俗謂喜兆。唐權德輿權載之集九相思曲："鵲語臨妝鏡，花飛落繡牀。"金元好問遺山集十一得緯文兄書："鵲語喜復喜，山城誰與娱？"

【鵲橋】神話，每歲七月七夕牛郎、織女相會，羣鵲銜接爲橋以渡銀河。唐韓鄂歲華紀麗七夕："鵲橋已成，織女將渡。"注："風俗通云：織女七夕當渡河，使鵲爲橋。"才調集三唐李洞贈龐練師詩："若能攜手隨仙令，皎皎銀河渡鵲橋。"

【鵲鏡】古銅鏡背面鑄鵲形者。太平御覽七一七神異經："昔有夫妻將別，破鏡各執半以爲信。其妻與人通。其鏡化鵲飛至夫前，其夫乃知之。後人因鑄鏡爲鵲安背上，自此始也。"唐王勃王子安集八上皇甫常伯啟："鵲鏡臨春，妍媸自遠。"

【鵲山湖】在山東歷城縣北約二十里，北岸有鵲山。唐李白李太白詩有陪從祖濟南太守游鵲山湖詩。濼水舊入鵲山湖，自宋僞齊劉豫導濼東行，湖遂不納濼水。舊有亭，亦久廢。參閱嘉慶一統志一六二濟南府山川。

【鵲不停】樹木名。出滇南。枳棘槎枒，羣鳥皆避去，不敢下，故名。樹瘤可入藥，然極難得。見清曹樹翘滇南雜志二一。

【鵲尾冠】漢冠名。見"劉氏冠"。

【鵲尾爐】長柄香爐。僧徒用以燒香禮佛。初學記二五南齊王琰冥祥記："費崇先少信佛法，常以鵲尾香爐置膝前。"宋蘇軾分類東坡詩八寒食未明至湖上太守未來兩縣令先在詩："映山黄帽螭頭舫，夾道青煙鵲尾爐。"

【鵲橋仙】㊀詞調名。或名鵲橋仙令。有二體：五十六字者，始於歐陽修，詞中有"鵲迎橋路接天津"句，因取爲調名。上下片各兩仄韻，亦有上下片各四仄韻者。八十八字（一作八十七字）者，始於柳永。參閱詞譜十二。㊁曲牌名。南曲入仙吕宫。二十八字，與詞調五十六字體半闋同。參閱曲譜五。

【鵲笑鳩舞】漢焦延壽易林六噬嗑之離："鵲笑鳩舞，來遺我酒；大喜在後，授吾龜紐。"後用爲喜慶之辭。

【鵲巢知風】淮南子繆稱："鵲巢知風之所起。"注："歲多風則鵲作巢卑。"又人間："夫鵲先識歲之多風也，去高木而巢扶枝。大人過之則探鷇，嬰兒過之則挑其卵，知備遠難而忘近患。"言明於遠而昧於近。

【鵲巢鳩占】也作鵲巢鳩居。喻指占據他人的居處或産業。詩召南鵲巢："維鵲有巢，維鳩居之。"傳："鳲鳩不自爲巢，居鵲之成巢。"漢焦延壽易林一豫之晉："鵲巢柳樹，鳩奪其處。"

鵶 yā ㄧㄚ 於加切，平，麻韻，影。

同"鴉"。莊子齊物論："鴟鴉耆鼠。"釋文："鴉本亦作鵶。"見"鴉"。

【鵶兒】㊀孩兒。宋蘇軾東坡詞浣溪沙贈楚守田待制小鬟："學畫鵶兒正妙年。"㊁唐末李克用少驍勇，軍中號曰李鵶兒。其所率沙陀兵稱"鵶兒軍"。見新五代史莊宗紀上。

鵸 qí ㄑㄧˊ 渠羈切，平，支韻，羣。

見下。

【鵸鵌】傳説鳥名。1. 山海經西山經："（翼望之山）有鳥焉，其狀如烏，三首六尾而善笑，名曰鵸鵌，服之使人不厭。"2. 山海經北山經："（帶山）有鳥焉，其狀如烏，五采而赤文，名曰鵸鵌。是自爲牝牡，食之不疽。"

鵪 ān ㄢ 烏含切，平，覃韻，影。

説文作"雒"，廣韻作"鶕"。㊀鵪鶉。見"鶉㊀"。㊁即鴳。見"鴳"。

鶋 jū ㄐㄩ 九魚切，平，魚韻，見。

鵯鶋、鶌鶋皆鳥名。又爰居，亦作鶢鶋。見各該條。

鶌 qū ㄑㄩ 九勿切，入，物韻，見。

見下。

【鶌鳩】鳥名。爾雅釋鳥："鶌鳩，鶻鵃。"注："似山鵲而小，短尾，青黑色，多聲。今江東亦呼爲鶻鵃。"疏："春秋左氏傳云：'鶻鳩氏，司事也。'杜注云：鶻鳩，鶻鵃也，春來秋去，故爲司事。即此鶌鳩也。"

【鶌鵃】即鶌鳩。同"鶌鶋"。宋詩鈔王炎雙溪集鈔出郊雜詠："草頭蛺蝶自由舞，林下鶌鵃相對鳴。"

【鶌鶋】即鶌鳩。山海經北山經："（馬成之山）有鳥焉，其狀如烏，首白而身青足黄，是名鶌鶋。"清畢沅注："即鶌鳩也。亦曰秸鵴。鶌、鳩、鵴皆音相近也。"

鵽 duò ㄉㄨㄛˋ 丁括切，入，末韻，端。丁滑切，入，黠韻，端。丁刮切，入，鎋韻，端。

㊀鳥名。文選漢張平子（衡）南都賦："歸鴈鳴鵽。"唐張鷟朝野僉載一："調露之後，有鳥大如鳩，色如烏鵲，飛若風聲，千萬爲隊，時人謂之鵽雀，亦名突厥雀，若來突厥必至，後至無差。"參見"鵽鳩"。㊁青鵽。傳説中忘母之鳥。太平御覽九二三莊子逸文："青鵽愛子忘親。"注："鵽鳥專愛其子而忘其母也。"

【鵽鳩】鳥名。又名沙雞，突厥雀。爾雅釋鳥："鵽鳩，寇雉。"注："鵽大如鴿，似雌雉，鼠腳無後指，歧尾。爲鳥憨急羣飛。出北方沙漠地。"參閱清郝懿行爾雅義疏下之五釋鳥。

鷩 bié ㄅㄧㄝˊ 並列切，入，薛韻，非。

鳥名。即鵖鴔。見廣韻。詳"鵖鴔"。

䳟 míng 武兵切,平,庚韻,微。
ㄇㄧㄥˊ

鷦䳟,傳說中的神鳥。唐韓愈昌黎集八城南聯句:"蔭庾森嶺檜,啄場翻祥䳟。"詳"鷦䳟"。

鵾 kūn 古渾切,平,魂韻,見。
ㄎㄨㄣ

見下。

【鵾絃】㊀用鵾雞筋做的琵琶絃。唐段成式酉陽雜俎六樂:"古琵琶絃用鵾雞筋。"宋蘇軾分類東坡詩三杜介熙熙堂:"遙想閉門投轄飲,鵾絃鐵撥響如雷。"㊁琴曲名。樂府詩集四七南朝梁劉孝綽烏夜啼:"鵾絃且輟弄,鶴操且停徽。"

【鵾雞】㊀鳥名。也作昆雞。楚辭宋玉九辯:"鴈廱廱而南遊兮,鵾雞啁哳而悲鳴。"宋洪興祖補注:"鵾鷄,似鶴,黃白色。"史記一一七司馬相如傳上林賦:"鶤玄鶴,亂昆雞。"㊁琴曲名。文選三國魏嵇叔夜(康)琴賦:"飛龍鹿鳴,鵾雞遊弦。"注:"古相和歌有鵾雞曲。"唐李白李太白詩二十夜泛洞庭尋裴侍御清酌:"抱琴出深竹,爲我彈鵾雞。"

鵹 lí 呂支切,平,支韻,來。
ㄌㄧˊ

亦作"鸝"、"䴊"。見"鵹黃"。

【鵹黃】鳥名。即黃鸝、黃鶯。以色黎黑而黃,故名。俗稱黑枕黃鸝。古稱楚雀、倉庚。爾雅釋鳥:"鵹黃,楚雀。"

【鵹鶘】傳說中怪鳥。山海經東山經:"(盧其之山)其中多鵹鶘。其狀如鴛鴦而人足。其鳴自訆。"

鵴 jú 居六切,入,屋韻,見。
ㄐㄩˊ 渠竹切,入,屋韻,羣。

見"鴶鵴"。

鵩 fú 房六切,入,屋韻,並。
ㄈㄨˊ

鳥名。又名山鴞。夜鳴,聲惡。古以爲不祥之鳥。文選漢賈誼鵩鳥賦序:"鵩似鴞,不祥鳥也。"史記八四、漢書四八賈誼傳皆作"服"。史記集解引晉灼:"異物志曰:有山鴞,體有文色,土俗因形名之曰服。不能遠飛,行不出域。"

【鵩賦】即漢賈誼鵩鳥賦。舊題漢劉歆西京雜記五:"賈誼在長沙,鵩鳥集其承塵。長沙俗以鵩鳥至人家,主人死。誼作鵩鳥賦,齊生死,等榮辱,以遣憂累焉。"全唐詩二七三戴叔倫過賈誼舊居:"楚鄉卑溼歎殊方,鵩賦人非宅已荒。"

鵬 péng 步崩切,平,登韻,並。
ㄆㄥˊ

傳說鳥中最大的鳥,由鯤變化而成。莊子逍遙遊:"北冥有魚,其名爲鯤。鯤之大不知其幾千里也。化而爲鳥,其名爲鵬。鵬之背不知其幾千里也。怒而飛,其翼若垂天之雲。……鵬之徙於南冥也,水擊三千里,摶扶搖而上者九萬里,去以六月息者也。"

【鵬砂】即硼砂。又名蓬砂、盆砂。由礦物硼砂製成。結晶。可焊金銀,亦可入藥。參閱本草綱目十一石五蓬砂。

【鵬程】喻人前程遠大。唐唐彥謙鹿門集上留別之一:"鵬程三萬里,別酒一千鍾。"宋徐鉉徐公文集二一送祕閣朱員外知復州詩:"聖代羣賢皆得路,三年傾首望鵬程。"

【鵬摶】鵬展翅盤旋而上。喻人奮發有爲。莊子逍遙遊:"鵬之徙於南冥也,水擊三千里,摶扶搖而上者九萬里。"文苑英華九七一唐王勃常州刺史平原郡公行狀:"鳳鳴千仞,鵬摶萬里。"

【鵬圖】莊子逍遙遊:"有鳥焉,其名爲鵬,背若泰山,翼若垂天之雲,摶扶搖羊角而上者九萬里。絶雲氣,負青天,然後圖南,且適南冥也。"後因以鵬圖喻人之壯志。唐杜甫杜工部詩史補遺十奉贈蕭二十使君:"鵬圖仍矯翼,熊軾且移輪。"

【鵬鶤】同"鵬鯤"。南史顧歡傳賦詩:"鵬鶤適大海,蜩鳩之桑柘。"

【鵬鯤】鵬,大鳥;鯤,大魚;皆言物類中最大者。見莊子逍遙遊。因以喻非常傑出之人。唐李白李太白詩十二贈宣城趙太守悦:"溟海不震蕩,何由縱鵬鯤?"宋蘇軾分類東坡詩二二再送蔣穎叔帥熙河:"使君九萬擊鵬鯤,肯爲陽關一斷魂。"

【鵬騫】鵬高飛。喻人升遷騰達。唐李白李太白詩十贈從孫義興宰銘:"蠖屈雖百里,鵬騫望三台。"

【鵬鷃】鵬高舉九天,遠適南海,蓬間斥鷃嘲笑之。見莊子逍遙遊。後因以喻物有小大,情志懸殊。唐韓愈昌黎集四崔十六少府攝伊陽以詩及書見投因酬三十韻:"寄詩雜詼俳,有類說鵬鷃。"

鵰 diāo 都聊切,平,蕭韻,端。
ㄉㄧㄠ

猛禽。雕的籀文。見"雕"。

【鵰坊】唐代宮庭豢養獵鵰的地方。新唐書百官志二:"閑廄使押五坊,以供時狩:一曰鵰坊,二曰鶻坊,三曰鷂坊,四曰鷹坊,五曰狗坊。"

【鵰悍】凶猛如雕。文選晉左太沖(思)吳都賦:"料其虓勇,則鵰悍狼戾。"

【鵰鶚】鵰和鶚。皆爲善飛鷙鳥。比喻人才力雄健。唐杜甫杜工部草堂詩箋十奉贈嚴八閣老:"蛟龍得雲雨,鵰鶚在秋天。"

鵵 tù 湯故切,去,暮韻,透。
ㄊㄨˋ

鳥名。即鵂鶹。貓頭鷹屬,一名木兔。爾雅釋鳥:"萑,老鵵。"注:"木兔也,似鴟鵂而小。兔頭有角。毛腳,夜飛。好食雞。"

鶀 qí 渠之切,平,之韻,群。
ㄑㄧˊ

鳥名。亦作"鵋"。1.雁之小者。史記楚世家:"小臣之好射鶀鴈、羅鸗。"索隱:"鶀,音其。小鴈也。"2.鵂鶹。集韻:"鶀,鵋。今江東呼鵂鶹爲鵋鶀。或作鵋。"

鵻 zhuī 職追切,平,脂韻,照。
ㄓㄨㄟ

鳥名。鵓鳩。詩小雅四牡:"翩翩者鵻,載飛載下,集于苞栩。"

【鵻禮】鳥名。即鵯鵊。淮南子說林:"烏力勝日,而服於鵻禮。"注:"鵻禮,爾雅謂裨笠。秦人謂之祀祝。間蠶時晨鳴。人舍者,鴻鳥皆畏之。"

鶂 yì 五歷切,入,錫韻,疑。
ㄧˋ

水鳥。亦作"鶃"。即鷁。穀梁傳僖十六年:"六鶃退飛過宋都。"左傳作"鷁"。參見"鷁㊀"。

【鶂鶂】鵝鳴聲。亦借指鵝。孟子滕文公下:"則有饋其兄生鵝者。己頻顣曰:'惡用是鶂鶂者爲哉?'他日,其母殺是鵝也,與之食之。其兄自外至,曰:'是鶂鶂之肉也。'出而哇之。"宋蘇軾分類東坡詩十五喬將行烹鵝鹿出刀劍以飲客以詩戲之:"破匣哀鳴出素虯,倦看鶂鶂聽呦呦。"

鵯 bēi 府移切,平,支韻,非。
ㄅㄟ 譬吉切,入,質韻,滂。

見下。

【鵯鵊】鳥名。也作"批夾"、"批鵊"。似鳩,身黑尾長而有冠。春分始見,凌晨先雞而鳴,其聲"加格加格",農家以爲下田之候,俗稱催明鳥。宋歐陽修文忠集九鵯鵊詞效王建作:"紅紗蠟燭愁夜短,綠窗鵯鵊催天明。一聲兩聲人漸起,金井轆轤聞汲水。"參閱清郝懿行爾雅義疏下之五釋鳥。

【鵯鶋】鳥名。鴉屬。又名鸒斯、雅烏、鵯烏。爾雅釋鳥:"鸒斯,鵯鶋。"注:"雅烏也。小而多群。腹下白。江東亦呼爲鵯烏。"參閱清郝懿行義疏釋鳥。

九 畫

鶣 piān 集韻 紕延切,平,僊韻。
ㄆㄧㄢ

見下。

【鶣⿰票鳥】輕貌。文選漢傅武仲(毅)舞賦:“鶣⿰票鳥燕居,拉揩鵠驚。”

鶤 kūn 古渾切,平,魂韻,見。
ㄎㄨㄣ 王問切,去,問韻,于。

同“鵾”。見“鶤雞㊀”。

【鶤雞】㊀鳥名。文選漢張平子(衡)西京賦“翔鶤仰而不逮”唐李善注:“穆天子傳曰:鶤雞飛八百里。郭璞曰:‘鶤即鵾雞,鵾與鶤同。’”㊁鳳凰的別稱。淮南子覽冥:“過歸鴈於碣石,軼鶤雞於姑餘。”

⿰契鳥 jié 古屑切,入,屑韻,見。
ㄐㄧㄝ 古黠切,入,黠韻,見。

見下。

【⿰契鳥鴶】鳥名。鳧屬。説文作“⿰契鳥[illegible]”。文選漢張平子(衡)南都賦:“其鳥則有……⿰契鳥鴶鸊鷉。”

鶝 fú 方六切,入,屋韻,幫。
ㄈㄨˊ

㊀戴勝鳥的别名。見廣韻。參見“戴勝㊁”。㊁見下。

【鶝鶔】鳥名。爾雅釋鳥:“鸛鷒、鶝鶔,如鵲,短尾,射之,銜矢射人。”注:“或説曰:鸛鷒、鶝鶔,一名嬰羿。”清郝懿行義疏:“俗説雅烏,一名大觜烏,善避繒繳。人以物擲之,從空銜取,還以擲人。……順天人呼寒雅。”

鶒 chì 恥力切,入,職韻,徹。
ㄔˋ

廣韻作“鷘”、“鵡”。見“鸂鶒”。

⿰垔鳥 zhān 集韻 諸延切,平,仙韻。
ㄓㄢ 稽延切,平,仙韻。

㊀國名。穆天子傳二:“⿰垔鳥韓之人無鳧,乃獻良馬百四,服牛三百,良犬七千。”一本作“鄄韓”。㊁同“鸇”。鷂屬。見玉篇。

鶘 hú 户吴切,平,模韻,匣。
ㄏㄨˊ

見“鵜鶘”。

鶠 yǎn 於幰切,上,阮韻,影。
ㄧㄢˇ

鳳凰。爾雅釋鳥:“鶠,鳳,其雌皇。”

鶩 wù mù 莫卜切,入,屋韻,明。
ㄨˋ ㄇㄨˋ

鴨。亦稱舒鳧。左傳襄二八年:“公膳日雙雞,饔人竊更之以鶩。”

鶔 róu 耳由切,平,尤韻,日。
ㄖㄡˊ

見“鶝鶔”。

⿰癸鳥 kuí 渠追切,平,脂韻,羣。
ㄎㄨㄟˊ

小鳩。見方言八。

鶪 jú 古闃切,入,錫韻,見。
ㄐㄩˊ

鳴禽。伯勞鳥。“鶪”本字,或作“鵙”、“鴃”。逸周書時訓:“芒種之日,螳螂生,又五日,鶪始鳴。”

鶗 tí 杜奚切,平,齊韻,定。
ㄊㄧˊ

廣韻作“鷤”。見下。

【鶗鴂】鳥名。杜鵑鳥。一作“鷤鴂”。文選漢張平子(衡)思玄賦:“恃己知而華予兮,鶗鴂鳴而不芳。”注:“臨海異物志曰:‘鶗鴂,一名杜鵑,至三月鳴,晝夜不止,夏末乃止。’服虔曰:‘鶗鴂一名鵙,伯勞。’”唐釋皎然晝上人集七顧渚行寄裴方舟詩:“鶗鴂鳴時芳草死,山家漸欲收茶子。”

鶡 1. hé 胡葛切,入,曷韻,匣。
ㄏㄜˊ

㊀鳥名。即鶡雞。山海經中山經:“(煇諸山)其鳥多鶡。”注:“似雉而大,青色有毛,勇健鬬,死乃止。”參見“鶡雞”。

2. jiè
ㄐㄧㄝˋ

㊁通“鴧”。見“鶡$_2$雀”。

【鶡旦】鳥名。又名寒號蟲。禮月令仲冬之月:“冰益壯,地始坼,鶡旦不鳴。”注:“鶡旦,求旦之鳥也。”禮坊記作“盍旦”,漢揚雄方言八作“鳱鴠”。參閱本草綱目四八禽二寒號蟲。

【鶡冠】以鶡羽爲飾之冠。㊀漢時武官之冠。後漢書輿服志下:“武冠,俗謂之大冠,環纓無蕤,以青系爲緄,加雙鶡尾,豎左右,爲鶡冠云。”㊁隱士之冠。見“鶡冠子”。

【鶡$_2$雀】鳥名。漢書循吏傳:“時京兆尹張敞舍鶡雀飛集丞相府。”注:“此鶡音芥,字或作鴧,此通用耳。鴧雀大而色青,出羌中,非武賁所著也。武賁鶡色黑,……音曷,非此鴧雀也。”芥、鴧,今本誤作芬、鳻,見漢書補注。

【鶡雞】即鶡。漢曹操鶡雞賦序:“鶡雞猛氣,其鬬終無負,期於必死。今人以鶡爲冠,像此也。”(大觀本草十九鶡雞)

【鶡蘇】用鶡尾作流蘇以飾冠。史記一一七司馬相如傳上林賦:“蒙鶡蘇,絝白虎。”索隱引孟康:“鶡尾也。蘇,析羽也。”

【鶡冠子】春秋時楚人,當齊威王魏惠王之時。隱居深山,以鶡羽爲冠,故有此號。漢書藝文志道家著録鶡冠子一篇,至唐已增爲十六篇。今本爲宋陸佃注,增至十九篇。全書以道德爲本旨,兼雜刑名陰陽之説。

鶚 è 五各切,入,鐸韻,疑。
ㄜˋ

鳥名。雕屬。性凶猛,背褐色,頭頂頸後及腹部白色,嘴短脚長,趾具鋭爪,棲水邊,捕魚爲食,俗稱魚鷹,古稱雎鳩。爾雅釋鳥“雎鳩王雎”注:“雕類,今江東呼之爲鶚。”漢書五一鄒陽傳:“臣聞鷙鳥絫百,不如一鶚。”

【鶚立】如鶚峙立。喻卓然超羣。唐李白李太白詩十二贈宣城趙太守悦:“差池宰兩邑,鶚立重飛翻。”

【鶚表】猶鶚書。宋張方平樂全集二謝范天章薦應制科詩:“千古聲名傳鶚表,四方豪俊望龍門。”

【鶚書】謂薦書。宋詩鈔陳造江湖長翁集鈔餞寄定海交代:“諸公蜚鶚書,犯嚴尚遺力。”參見“鶚薦”。

【鶚眙】驚視貌。唐張彥遠法書要録五唐竇臮述書賦上:“元帝之用筆可觀,世瑜之呈規仰似,如發硎刃,虎駭鶚眙,懦夫喪精,劍客得志。”

【鶚視】目光鋭利,如鶚瞻視。喻勇猛。文選晉左太沖(思)吴都賦:“鷹瞵鶚視。”晉劉淵林(逵)注:“言勇士似之也。”梁書武帝紀上移檄京邑:“鶚視争先,龍驤並驅。”

【鶚薦】後漢孔融上表薦禰衡曰:“鷙鳥累百,不如一鶚。使衡立朝,必有可觀。”後因謂舉薦人才爲“鶚薦”,薦書爲“鶚書”。見後漢書八十禰衡傳。宋蘇軾分類東坡詩十一次韻王定國謝韓子華過飲詩:“親嫌妨鶚薦,相對發微泚。”

鶢 yuán 雨元切,平,元韻,于。
ㄩㄢˊ

見下。

【鶢鶋】鳥名。即禿鶖。國語魯作“爰居”。唐杜甫杜工部草堂詩箋三九白鳧行:“魯門鶢鶋亦蹭蹬,聞道如今猶避風。”參見“爰居”。

鶖 qiū 七由切,平,尤韻,清。
ㄑㄧㄡ

水鳥名。説文作“鵚”。一名禿鶖。詩小雅白華:“有鶖在梁,有鶴在林。”元史成宗本紀:“揚州、淮安屬縣蝗,在地者爲鶖啄食,飛者以翅擊死。詔禁捕鶖。”參見“禿鶖㊀”。

【鶖子】佛大弟子舍利弗,智慧第一。義

譯爲鴝鵒子。相傳其眼似鴝鵒，因稱鶖子。宋蘇軾東坡集續集三次韻張甥棠美述志詩："我今已習鶖子定，猶復晨朝袮頭走。"參閱翻譯名義集一舍利弗。

【鶖鶬】鳥名，卽禿鶖。楚辭大招："鵾鴻羣晨，雜鶖鶬只。"文選晉左太沖(思)吳都賦："鶄鶋鸕鷀，鶴鶬鵚鶬。"鵚同鶖。

鷬 huáng 類篇 胡光切。ㄏㄨㄤ

鳳鳥。同"凰"。西晉劉聰爲皇后劉氏於後庭起鷬儀殿。見晉書劉聰載記。

鯸 hóu 集韻 胡溝切，平，侯韻。ㄏㄡ

亦作"鴝"，見篇海類篇。鳥名。雕類。古文苑揚雄蜀都賦："鶖鶬鴝鯸，風胎雨鷇。"

鶞 chūn 丑倫切，平，諄韻，徹。ㄔㄨㄣ

見"鳻鶞"。

十畫

鶺 jí 玉篇 子席切。ㄐㄧˊ

見下。

【鶺鴒】㊀鳥名。詩作"脊令"，爾雅作"䳭鴒"。大如鷃雀。巢於沙上，常在水邊覓食。參閱清郝懿行爾雅義疏釋鳥。㊁詩小雅常棣："脊令在原，兄弟急難。"羣書治要本作"鶺鴒"。後遂以鶺鴒喻兄弟。文選晉袁彥伯(宏)三國名臣序贊："豈無鶺鴒，固慎名器。"此指諸葛瑾諸葛亮兄弟。

【鶺鴒枝】喻兄弟。宋黃庭堅豫章集三和答子瞻和子由常父憶館中故事："二蘇上連璧，三孔立分鼎，……風撼鶺鴒枝，波寒鴻雁影。"二蘇：軾、轍兄弟。三孔：文仲、武仲、平仲兄弟。山谷詩注作"脊令"。

鶱 xiān 虛言切，平，元韻，曉。ㄒㄧㄢ

鳥飛。飛舉貌。藝文類聚九十南朝梁沈約天淵水鳥應詔賦："將鶱復斂翮，迴首望驚雌。"唐韓愈昌黎集十和侯協律詠筍詩："得時方張王，狹勢欲騰鶱。"

【鶱翥】飛舉。猶軒翥。文選漢張平子(衡)西京賦："鳳鶱翥於甍標，咸遡風而欲翔。"

鶷 xiá 胡瞎切，入，鎋韻，匣。ㄒㄧㄚˊ

鳥名。宋書謝靈運傳山居賦："雞鶷繡質，鶷鸛綬章。"自注："雞鶷鶷鸛，見張茂先(華)博物志……此四鳥並美采質。"

【鶷鸛】鳥名。又名百舌、反舌。似伯勞而小。見爾雅釋鳥"鶷，伯勞也"釋文。參見"百舌"。

鶼 jiān 古甜切，平，添韻，見。ㄐㄧㄢ

見下。

【鶼鶼】卽鶼。比翼鳥。似鳧，青赤色。相得乃飛。見爾雅釋地及注。

【鶼鰈】鶼，比翼鳥，亦稱鶼鶼。鰈，比目魚。見爾雅釋地。後因以"鶼鰈"或"鶼鶼鰈鰈"喻夫妻和好。

鷁 yì 五歷切，入，錫韻，疑。ㄧˋ

㊀或作"鶂"。水鳥名。形如鷺而大，羽色蒼白，善翔。春秋僖十六年："六鷁退飛過宋都。"穀梁傳、史記宋世家、漢書五行志下之下皆作"鶂"。㊁船。古畫鷁首於船頭，故亦稱船爲鷁或鷁首。史記一一七司馬相如傳子虛賦："浮文鷁，揚桂枻。"南齊謝朓謝宣城詩集二泛水曲："罷遊平樂苑，泛鷁昆明池。"

【鷁舟】船。古畫鷁首於船頭，故名。晉書張協傳七命："乘鷁舟兮爲水嬉，臨芳洲兮拔靈芝。"文選作"鳧舟"。梁書劉遵傳晉安王與劉孝儀令："良辰美景，清風月夜，鷁舟乍動，朱鷺徐鳴。"

【鷁首】船頭，也指船。古畫鷁首於船頭，故名。淮南子本經："龍舟鷁首，浮吹以娛。"文選漢張平子(衡)西京賦："浮鷁首，翳雲芝。"三國吳薛綜注："船頭象鷁鳥，厭水神。"

鶯 yīng 烏莖切，平，耕韻，影。ㄧㄥ

㊀鳥名。亦作"鸎"。燕雀類。又名倉庚、黃鳥、黃鸝、黃鶯。禽經："倉鶊、黧黃，黃鳥也。"晉張華注："今謂之黃鶯黃鸝是也。"初春始鳴，故又稱告春鳥。㊁羽毛有文采。詩小雅桑扈："交交桑扈，有鶯其羽。"

【鶯谷】鶯處深谷，喻人未顯達。唐駱賓王集六上兗州崔長史啟："灑惠渥於羊陂，屢泛文通之麥；峻曲岸於鶯谷，時遺公叔之冠。"唐羅隱甲乙集四贈先輩令狐補闕："花迎綵服離鶯谷，柳傍東風觸馬鞭。"參見"鶯遷"。

【鶯花】鶯啼花開之意，用以泛指春時景物。唐盧仝玉川子集二樓上女兒曲："鶯花爛熳君不來，及至君來花已老。"劉長卿劉隨州集一送朱山人歸別業："閭里相逢少，鸎花共寂寥。"

【鶯粉】古時女子傅面的黃粉。元馬祖常石田集三賦王叔能宅芍藥詩："鶯粉分匳豔有光。"

【鶯桃】卽櫻桃。也名含桃。呂氏春秋仲夏紀"羞以含桃，先薦寢廟"漢高誘注："含桃，鸎桃。鸎鳥所含食，故言含桃。是月而熟。"

【鶯時】指暮春。唐駱賓王集二代女道士王靈妃贈道士李榮詩："鳳樓迢遞絕塵埃，鶯時景物正徘徊。"

【鶯梭】狀鶯飛往來如梭。宋陳允平西麓繼周集六六醜詞："自清明過了，漸柳底，鶯梭慵擲。"元詩選張養浩雲莊類藁遂閑堂獨坐自和之三："苔垣蝸篆斜行玉，柳岸鶯梭巧織藍。"

【鶯粟】卽罌粟。也稱罌子粟、御米。花四瓣，有白、紅、紫、粉紅、杏黃等色，故又稱麗春花、錦被花等。宋蘇軾分類東坡詩二四歸宜興留題竹西寺之二："道人勸飲雞蘇水，童子能煎鶯粟湯。"參閱本草綱目二三穀二罌子粟。

【鶯語】猶鶯鳴、鶯聲。晉孫綽孫廷尉集蘭亭集詩之二："鶯語吟修竹，游鱗戲瀾濤。"唐白居易長慶集十二琵琶行："間關鶯語花底滑，嗚咽流泉水下灘。"

【鶯歌】鶯鳴聲宛轉，故稱鶯歌。唐杜甫杜工部草堂詩箋九憶幼子："驥子春猶隔，鶯歌煖正繁。"

【鶯遷】詩小雅伐木："伐木丁丁，鳥鳴嚶嚶。出自幽谷，遷於喬木。"嚶爲鳥鳴聲。自唐以來，常以嚶鳴出谷之鳥爲黃鶯，以鶯遷爲升擢或遷居的頌詞。唐盧照鄰幽憂子集四五悲悲今日："各自雲騰羽化，谷變鶯遷。"白居易長慶集十三東都冬日會諸同年宴鄭家林亭詩："桂折應同樹，鸎遷各異年。"參閱苕溪漁隱叢話後集十三。

【鶯燕】鶯和燕。皆春時鳥，多以喻春光物候。文苑英華二一一唐喬知之定情篇："鳧雁將子遊，鶯燕從雙棲。"元張養浩歸田類稿二十寒食遊廉園："花柳巧爲鶯燕地，管弦遙遞綺羅風。"

【鶯簧】鶯聲。謂其婉轉如笙簧。唐溫庭筠集一舞衣曲："蟬衫麟帶壓愁香，偷得鶯簧鎖金縷。"宋邵雍伊川擊壤集集外詩共城十吟之八："風觸鶯簧健，煙舒柳葉勻。"

【鶯花亭】在浙江麗水縣西。宋紹聖二年，秦觀游府治南園，作千秋歲詞："柳邊沙外，城郭春寒退，花影亂，鶯聲碎。"後范成大愛其花影鶯聲之句，卽其地建鶯花亭。見石湖詩集十次韻徐子禮提舉鶯花亭序。參閱嘉慶一統志三〇五處州府。

【鶯花海】 喻指繁華富貴之地。宋陸游渭南文集五十風入松詞:“十年裘馬錦江濱，酒隱紅塵。萬金選勝鶯花海，倚疏狂,驅使青春。”

【鶯哥緑】 奇南香，上者曰鶯哥緑。見清谷應泰博物要覽十奇南香出產品第。

【鶯脰湖】 湖泊名。在今江蘇吴江縣西南。形似鶯脰，故名。或訛作鶯鬭、鶯竇。宋楊萬里誠齋集二九有過鶯鬭湖詩。參閲嘉慶一統志七七蘇州府山川。

【鶯鶯燕燕】猶鶯燕。以喻春光物候。唐杜牧樊川集四爲人題贈詩:“緑樹鶯鶯語,平江燕燕飛。”宋朱淑真斷腸詞謁金門:“好是風和日暖，輸與鶯鶯燕燕。”

鶴 hè 厂ㄜ 下各切,入,鐸韻,匣。

㊀鳥名。鶴科各種禽類的泛稱。有丹頂鶴、灰鶴、蓑羽鶴等類。詩小雅鶴鳴:“鶴鳴于九皋,聲聞于野。”參閲本草綱目四七禽一鶴。㊁同“鶮”。見“鶮鶴”。

【鶴山】㊀山名。在四川邛崍縣西。一名白鶴山,亦名四明山。山有鶴山書堂。宋魏了翁兄弟讀書於此，故世稱了翁曰鶴山先生。參閲嘉慶一統志四一一邛州山川。㊁縣名。屬廣東省肇慶府。公元1959年與高明縣合併爲高鶴縣。參閲嘉慶一統志四四七肇慶府一。

【鶴弔】晉書陶侃傳:“後以母憂去職。有二客來弔,不哭而退，化爲雙鶴,沖天而去。”後因謂弔喪爲鶴弔。

【鶴立】如鶴之企足延頸而立。亦爲佇望之意。文選三國魏曹子建(植)洛神賦:“竦輕軀以鶴立，若將飛而未翔。”三國志魏陳思王植傳上疏求存問親戚:“是臣悽悽之誠,竊所獨守,寔懷鶴立企佇之心。”

【鶴列】陳兵。言兵卒如鶴之行列。一説鐘鼓。莊子徐无鬼:“君亦必无盛鶴列於麗譙之間。”注:“鶴列,陳兵也。”釋文:“司馬(彪)云:鶴列,鐘鼓也。”唐獨孤及毘陵集十七風后八陣圖記:“握機制勝,作爲陣圖……彼魏之鶴列,鄭之魚麗,周之熊羆,昆陽之虎豹。”

【鶴企】猶鶴立。晉書郭瑀傳張天錫遺瑀書:“故遣使者虛左授綏,鶴企先生,乃眷下國。”唐王勃王子安集十一乾元殿頌序:“雕楣鶴企，沓勢分規,繡桷虬奔,殊形別起。”

【鶴林】㊀佛家語。佛入滅之處。佛於娑羅雙樹間入滅時,樹一時開花,林色變白,如鶴之羣棲。藝文類聚七七南朝齊王融法門頌啟:“鹿苑金輪,弘汲引以濟俗;鶴林雙樹,顯究竟以開珉。”摩訶止觀一上:“大覺世尊積劫行滿,涉六年以伏見,舉一指而降魔，始鹿苑、中鷲頭，後鶴林。”㊁佛寺名。在江蘇丹徒縣黃鶴山下,晉元帝大興四年建,劉宋時改名鶴林寺。殿前有寄奴井，相傳爲劉裕(宋武帝)微時所鑿。見嘉慶一統志九一鎮江府二。

【鶴板】徵聘賢士的詔書。亦稱鶴書。唐王勃王子安集九上絳州上官司馬書:“鸞扃停逸,頻虛不次之階;鶴板徵賢,累發非常之詔。”宋李彌遜筠溪集十五和士特韻程進道舍人詩:“尊罍方薦龜蓮壽，雨露交馳鶴板書。”參見“鶴書”。

【鶴相】宋魏泰東軒筆録二:“丁晉公(謂)爲玉清昭應宮使,每遇醮祭,即奏有仙鶴盤舞於殿廡之上。……(寇準)又以其令威之裔，而好言仙鶴，故但呼爲鶴相，猶李逢吉呼牛僧孺爲‘丑座’也。”後遂稱丁謂爲鶴相。

【鶴胎】古人傳説稱鶴爲仙禽,或誤以爲胎生。宋彭乘續墨客揮犀一迂闊好怪:“(彭)淵材迂闊好怪，嘗畜兩鶴。客至,指以誇曰:此仙禽也。凡禽卵生,而此胎生。語未卒，園丁報曰:此鶴夜産一卵,大如梨。”

【鶴扇】鶴羽所製之扇。晉陸機陸士衡文集四羽扇賦:“昔楚襄王會於章臺之上，山西與河右諸侯在焉。大夫宋玉唐勒侍,皆操白鶴之羽以爲扇。”唐温庭筠詩集一曉仙謡:“遥遥珠帳連湘烟，鶴扇如霜金骨仙。”

【鶴料】唐幕府官俸薄,謂之鶴料。後也泛指官俸。全唐詩六一四皮日休新秋即事之一:“酒坊吏到常先見，鶴料符來每探支。”宋林逋林和靖集二深居雜興詩之六:“鶴料免慚尸厚禄，茶功兼儗策元勛。”參閲宋吴曾能改齋漫録六鶴料符。

【鶴軒】左傳閔二年:“狄人伐衛。衛懿公好鶴,鶴有乘軒者。將戰,國人受甲者皆曰: 使鶴，鶴實有禄位。余焉能戰?”注:“軒,大夫車。”後指俸得禄位。唐白居易長慶集五二和我年之三:“一黜鶴辭軒,七年魚在沼。”宋陸游劍南詩稿四十讀隱逸傳:“畢竟只供千載笑，石封三品鶴乘軒。”

【鶴草】草名。晉嵇含南方草木狀上:“鶴草，蔓生。其花麴塵色，淺紫蔕,葉如柳而短。當夏開花，形如飛鶴，觜、翅、尾、足無所不備。出南海。”明黎民表瑶石山人詩稿三詩題:“僊鶴花，異植也，青跗素萼，狀類胎禽，即嵇含草木記所謂鶴草也。”

【鶴格】古代博戲之具。宋歐陽修文忠集一二七歸田録二:“唐世士人宴聚，盛行葉子格,五代、國初猶然,後漸廢不傳。今其格世或有之而人無知者，惟昔楊大年(億)好之。……大年又取葉子彩名紅鶴、皁鶴者，别演爲鶴格。”參見“葉子格”、“葉子戲”。

【鶴書】書體名，又名鶴頭書，鵠頭書。古時徵辟賢士的詔書用此體，故名。文選南朝齊孔德璋(稚圭)北山移文:“及其鳴騶入谷,鶴書赴隴,形馳魂散,志變神動。”注:“蕭子良古今篆隸文體曰:鶴頭書與偃波書,俱詔板所用,在漢則謂之尺一簡,髣髴鵠頭,故有其稱。”文苑英華三〇三唐皇甫曾傷陸處士詩:“漢家徧訪道，猶畏鶴書來。”

【鶴骨】形容骨格清奇或身體消瘦。唐孟郊孟東野集四石淙詩之六:“飄飄鶴骨仙,飛動鼇背庭。”釋齊己白蓮集一戊辰歲湘中寄鄭谷詩:“瘦應成鶴骨，閑想似禪心。”

【鶴俸】謂微薄的官俸。宋陸游劍南詩稿三一被命再領沖佑有感:“未能追鴻冥,乃復分鶴俸。”參閲宋張邦基墨莊漫録六。參見“鶴料”。

【鶴望】如鶴之企足延頸而望。三國志蜀諸葛亮傳注引郭沖五事:“去者束裝以待期,妻子鶴望而計日。”

【鶴唳】鶴鳴。漢王充論衡變動:“夜及半而鶴唳,晨將旦而雞鳴。”參見“華亭鶴唳”、“風聲鶴唳”。

【鶴馭】㊀猶言鶴駕。指皇太子。唐白居易長慶集十六寄李相公崔侍郎錢舍人詩:“曾陪鶴馭兩三仙，親侍龍輿四五年。”㊁相傳仙人多騎鶴,因指仙人或得道之士。全唐詩六八七吴融和皮博士赴上京觀中修靈齋贈威儀尊師兼見寄:“鶴馭已從煙際下,鳳膏還向月中焚。”宋王安石臨川集二五登小茅山詩:“白雲坐處龍池杳,明月歸時鶴馭空。”後又用爲哀挽之詞。元王惲秋澗集二四蕭徵君哀詞之二:“鶴馭不來塵世隔，芙蓉城闕月茫茫。”

【鶴飲】宋蘇舜欽石延年等好酒能詩,有狂名,立鬼飲、了飲、囚飲、鼈飲、鶴飲等名目,先飲一杯登樹,下再飲爲鶴飲。見宋張舜民畫墁録一。沈括夢溪筆談九人事一作囚飲、巢飲、鼈飲、徒飲、鬼飲。參見“囚飲”。

【鶴媒】養鶴以招引野鶴,稱鶴媒。唐元稹長慶集十四欲曙:“鶴媒華表上，鵾鵊柳枝頭。”唐陸龜蒙甫里集十七有鶴媒歌。

【鶴禁】列仙傳記周靈王太子晉乘白鶴駐緱山嶺以謝時人，後來因稱太子之駕爲鶴駕，太子所居爲鶴禁。唐李德裕李文饒文集別集三述夢詩：“椅梧連鶴禁，壀垷接龍韜。”白孔六帖三七漢宮闕疏：“白鶴，太子所居之地，凡人不得出入，故云鶴禁也。”

【鶴語】㊀南朝宋劉敬叔異苑三：“晉太康二年冬，大寒，南州人見二白鶴語於橋下曰：‘今茲寒，不減堯崩年也。’於是飛去。”言鶴壽長多知往事。全唐詩五四崔湜幸白鹿觀應制：“鸞歌無歲月，鶴語記春秋。”㊁鶴鳴。唐姚合姚少監集三寄孫路秀才詩：“潮去蟬聲出，天晴鶴語多。”

【鶴壽】舊時以鶴爲長壽的仙禽。淮南子說林：“鶴壽千歲，以極其游。”唐王建詩五閒說：“桃花百葉不成春，鶴壽千年也未神。”後常以鶴壽、鶴齡、鶴算等爲頌人長壽之詞。

【鶴蓋】車蓋，以形如鶴張翼而稱。文選南朝梁劉孝標（峻）廣絕交論：“雞人始唱，鶴蓋成陰。”注：“劉楨魯都賦曰：‘蓋如飛鶴，馬似游魚。’”藝文類聚四南朝梁簡文帝九日侍皇太子樂遊苑詩：“庭迴鶴蓋，水照犀衣。”唐李賀歌詩編三春歸昌谷詩：“春熱張鶴蓋，兔目官槐小。”

【鶴鳴】㊀易中孚：“鶴鳴在陰，其子和之；我有好爵，吾與爾靡之。”後人截取其義，稱修身潔行而有時譽的人爲鶴鳴之士。後漢書五四楊賜傳上書：“惟陛下……斥遠佞巧之臣，速徵鶴鳴之士，……冀上天懷威，衆變可弭。”㊁後漢書五四楊震傳上疏：“今野無鶴鳴之歎，朝無小明之悔。”按詩小雅有鶴鳴篇，漢鄭玄注爲教宣王求賢士而作，無鶴鳴之歎，言賢人皆得出仕在朝。

【鶴算】古人以鶴爲長壽之鳥。後因以鶴算、鶴壽爲祝人長壽之詞。宋韋驤錢塘韋先生文集十八醉蓬萊廷評慶壽詞：“惟願增高，龜年鶴算，鴻恩紫詔。”

【鶴綾】古代一種絲織物。晉惠帝自鄴中還洛陽，賜中書監盧志鶴綾袍一領。見晉書盧志傳。唐徐夤釣磯文集九賀清源太保王延彬詩之二：“五色鶴綾花上敕，九霄龍尾道邊臣。”

【鶴髮】白髮。鶴羽白，喻老人之白髮。北周庾信庾子山集一竹杖賦：“及命引進，乃曰：噫，子老矣！鶴髮雞皮，蓬頭歷齒。”唐杜甫杜工部草堂詩箋二二遣悶奉呈嚴公二十韻：“白水魚竿客，清秋鶴髮翁。”

【鶴膝】㊀矛之一種。方言九：“凡矛骹細如鴈脛者謂之鶴厀。”文選晉左太沖（思）吳都賦：“家有鶴膝，户有犀渠，軍容蓄用，器械兼儲。”㊁詩律八病，四曰鶴膝。或謂五言詩兩聯，第五字與十五字同聲爲鶴膝。或謂一句中首尾兩字平聲，唯第三字仄聲爲鶴膝，或謂全句皆清而中一字濁爲鶴膝。宋蘇軾分類東坡詩十和孔密州五絕和流杯石上草書小詩：“蜂腰鶴膝嘲希逸，春蚓秋蛇病子雲。”希逸，南朝宋謝莊；子雲，漢揚雄。參閱宋李淑詩苑類格（類說五一）、魏慶之詩人玉屑十一詩病。

【鶴蝨】天名精的別名。此草葉似菘，故又名地菘。其實稱鶴蝨。入藥。見宋沈括夢溪筆談二六藥議。

【鶴駕】舊題漢劉向列仙傳上王子喬：“王子喬者，周靈王太子晉也。好吹笙，作鳳凰鳴，遊伊洛之間。道士浮丘公接以上嵩高山。三十餘年後……果乘白鶴駐山頭，望之不可到，舉手謝時人，數日而去。”後世因稱太子之駕爲鶴駕。唐杜甫杜工部草堂詩箋十一洗兵馬：“鶴駕通宵鳳輦備，雞鳴問寢龍樓曉。”也指神仙、道士。隋薛道衡司隸集老氏碑：“蜺裳鶴駕，往來紫府。”唐羅隱甲乙集九送程尊師東游有寄詩：“且憑鶴駕尋滄海，必恐犀軒過赤城。”

【鶴樹】佛家語。傳說佛入滅於娑羅雙樹間，一時樹林變白，如鶴之羣棲。後遂以鶴樹指佛或佛寺。廣弘明集四唐釋道宣敘梁武帝捨事道法：“示乃湛說圓常，且復潛輝鶴樹。”唐王勃王子安集十四梓州玄武縣福會寺碑：“雖復功推八正，猶迷鶴樹之談。”參見“鶴林㊀”。

【鶴氅】鳥羽製裘，用作外套，美稱鶴氅。世說新語企羨：“孟昶未達時，家在京口，嘗見王恭乘高輿，被鶴氅裘，于時微雪，昶於籬間窺之，歎曰：‘此真神仙中人。’”又見晉書王恭傳。唐白居易長慶集五七雪夜喜李郎中見訪兼酬所贈詩：“可憐今夜鵝毛雪，引得高情鶴氅人。”

【鶴觴】北魏河東人劉白墮善釀酒，飲之香美，京師朝貴，遠相餉饋，踰於千里，以其遠至，號曰鶴觴，亦曰騎驢酒。見北魏楊衒之洛陽伽藍記四。

【鶴警】相傳白鶴性警，八月白露降，流於草葉，滴滴有聲，即高鳴相警，徙所宿處。見晉周處風土記。文苑英華一三四唐楊濤狐聽冰賦：“蟲疑之理有殊，鶴警之聽可比。”全唐詩二七一竇羣冬日曉思寄楊二十七鍊師：“鶴警晨光上，步出南軒時。”

【鶴鶴】潔白貌。孟子梁惠王上：“詩云：‘麀鹿濯濯，白鳥鶴鶴。’”今詩大雅靈臺作“白鳥翯翯”。同“[illegible]”、“皬皬”。参閱清焦循正義。

【鶴觀】觀名。在長安城西北八十里漢武帝茂陵陵園内。見三輔黃圖六。

【鶴頂紅】鶴頂色紅，人因以鶴頂紅稱形圓而色紅的花果珍玩。1.山茶花的一種。宋蘇軾分類東坡詩十一王伯敭所藏趙昌花山茶：“掌中調丹砂，染此鶴頂紅。”2.鶴魚頂骨所製之帶。南蕃大海中有魚，頂中魫紅如血，名曰鶴魚，故以爲帶，號曰鶴頂紅。見新增格古要論六珍寶。

【鶴鳴山】山名。在四川崇慶縣西北。漢順帝時，張陵（道陵）客蜀，學道鶴鳴山中，創五斗米道，又名天師教。見後漢書七五劉焉傳附張魯。三國志魏張魯傳作鵠鳴山。參閱嘉慶一統志三八四成都府一。

【鶴徵録】清李集撰，其從孫富孫、遇孫續成，凡前録八卷，後録七卷。記康熙十八年、乾隆元年兩科召試博學宏詞事，前録一百八十六人，後録二百六十七人，皆敘每人履貫著作，并採筆記詩話附之，頗爲詳贍。

【鶴立雞羣】喻人之才德或儀表卓然出衆。世說新語容止：“有人語王戎曰：嵇延祖（紹）卓卓如野鶴之在雞羣。”紹，嵇康子。明畢萬三報恩嗔鬐：“方才此老何等得意，……他道是鶴立雞羣，我道是鴉隨鸞陣。”

【鶴長鳧短】莊子駢拇：“鳧脛雖短，續之則憂；鶴脛雖長，斷之則悲。”謂鶴長鳧短，宜順其自然，不可損益。金元好問遺山集九示懷祖詩：“狗盜雞鳴皆有用，鶴長鳧短果如何？”宋周紫芝竹坡詞三浪淘沙已未除夜：“紅灺一燈垂，應笑人衰，鶴長鳧短怨他誰。”

【鶴林玉露】南宋羅大經撰。十六卷。雜記讀書所得，體例在詩話語録之間。評論詩文，不以考證爲事，而以議論爲工，敘述見聞及援引典籍，常有舛誤。

【鶴髮童顏】髮白如鶴羽，面容紅潤如兒童。形容年老健康之狀。金元好問遺山先生新樂府五念奴嬌：“幕天席地，瑞腦香濃歌沸。白紵衣輕，鶴髮童顏照座明。”

觳 kòu ㄎㄡˋ 苦候切，去，候韻，溪。

待母哺食的幼鳥。爾雅釋鳥:"生哺,鷇。"國語魯上:"鳥翼鷇卵,蟲舍蚳蝝。"注:"生哺曰鷇,未乳曰卵。"

【鷇音】新雛孵出時的叫聲。莊子齊物論:"其以爲異於鷇音,亦有辯乎,其無辯乎?"唐成玄英疏:"鳥子欲出卵中而鳴,謂之鷇音也。"全唐詩八五三吴筠高士詠南郭子綦:"含響盡天籟,有言同鷇音。"

【鷇食】雛鳥仰母哺食而足,喻無心而自足。莊子天地:"夫聖人鶉居而鷇食,鳥行而无彰。"元姬翼雲山集三金童捧露盤詞:"鎮樗散,此際鷇食鶉居,逍遥遊宴。"

【鷇飲】猶言鷇食。後漢書四九王充王符仲長統傳論:"嘗試妄論之,以爲世非胥庭,人乖鷇飲,化迹萬肇,情故萌生。"

鷁 nì 字彙 宜戟切,音逆。ㄋㄧˋ

㊀鳥名。吐綬鳥。見字彙引埤雅。參見"吐綬鳥"。㊁草名,綬草。通"鷊"。詩陳風防有鵲巢:"中唐有甓,邛有旨鷁。"疏引郭璞曰:"小草,有雜色,似綬也。"

鶒 lì 力質切,入,質韻,乘。ㄌㄧˋ

㊀鳥名。黄鶯,卽栗留。全唐詩七六八丘光庭補茅鴟:"茅鴟茅鴟,無搏鶒鷅。"㊁見"鷅鶒"。

鶾 hán 胡安切,平,寒韻,匣。ㄏㄢˊ

通"翰"。鳥名。丹雞。爾雅釋鳥:"鶾,天雞。"注:"鶾雞赤羽。逸周書曰:文鶾若彩雞,成王時蜀人獻之。"參閲清郝懿行義疏。

鷀 cí 子之切,平,之韻,精。ㄘˊ

亦作"鶿"。見"鸕鷀"。

鷃 yàn 烏澗切,去,諫韻,影。ㄧㄢˋ

鳥名。見下。

【鷃鷃】卽鷃。左傳昭十七年"九扈爲九農正"唐孔穎達疏:"賈(逵)服(虔)皆云,鷃鷃亦聲音爲名也。賈逵云:老扈鷃鷃,趣民收麥,令不得晏起者也。"

【鷃濫堆】鳥名,卽鷃。一作鷃爛堆、阿濫堆。宋蘇軾分類東坡詩十三二蟲:"君不見鷃濫堆,決起隨衝風,隨風一去宿何許?逆風還落蓬蒿中。"參閲清郝懿行爾雅義疏釋鳥。參見"阿濫堆"。

鶻 1. gǔ 古忽切,入,没韻,見。ㄍㄨˇ 户八切,入,黠韻,匣。

㊀見"鶻鵃"。

2. hú 户骨切,入,没韻,匣。ㄏㄨˊ

㊀鷙鳥。能俯擊鳩鴿而食之。一説鶻卽隼。唐代皇帝飼養獵鷹獵犬分雕、鶻、鷂、鷹、狗五坊。見唐韓愈昌黎集外集七順宗實録二。

【鶻₂坊】唐代宫庭飼養獵鶻之所。詳"五坊"。

【鶻₂崙】囫圇,渾然一體。宋楊萬里誠齋集三八題李子立知縣問月臺詩:"初頭混沌鶻崙様,阿誰鑿開一爲兩?"宋詩鈔方岳秋崖小稿鈔次韻汪宰見寄:"寵辱易生分别想,是非政可鶻崙吞。"

【鶻₂突】㊀糊塗。因音近相轉。1.模糊。唐孟郊孟東野集一邊城吟詩:"何處鶻突夢,歸思寄仰眠。"2.不曉事,事理不清。宋曾布曾公遺録七:"葉祖洽嘗云:章惇爲勘當他孫子理差遣不明,罵他作鶻突尚書。祖洽云:'此固不敢避,但恐三省鶻突更甚爾。'"宋朱熹朱文公集六二答余國秀書:"此説是,但須實識得其裏面義理之體用,乃爲有以明之,不可只鶻突説過也。"參閲宋吴曾能改齋漫録一鶻突。㊁卽餫飩。一種麪食。明方以智通雅三九飲食餫飩:"餫飩本渾沌之轉,鶻突亦混沌之轉……(餫飩)近時又名鶻突。"

【鶻₂軍】軍隊名號。謂如鶻之勁猛。遼金均有鶻軍。遼史太祖紀上:"以生口六百、馬二千三百分賜大小鶻軍。"金史吾扎忽傳:"吾扎忽性聰敏,有才智,善用軍,常出敵之不意。故能以寡敵衆,而所往無不克,號爲鶻軍云。"

【鶻₂淪】猶言囫圇、鶻圇。朱子語類六五易一:"乾之静專動直,都是一底意思,他這物事雖大,然無間斷,只是鶻淪一箇大的事物,故曰大生。"

【鶻₂圇】渾沌,輪廓不分明。宋朱熹朱文公集五五答楊至之書:"聖人之言固渾融,然其中自有條理,毫髮不可差,非如今人鶻圇儱侗無分别也。"

【鶻鳩】見"鶻鵃"。

【鶻鵃】鳥名。似山鵲而小,短尾,青黑色,多聲。又名鶌鳩、鶻鳩、鳴鳩、鶻雕、鶻嘲。一説卽斑鳩。鵃,音zhōu。見爾雅釋鳥及晉郭璞注、清郝懿行義疏。

【鶻鳩氏】古代掌營造的官。左傳昭十七年:"鶻鳩氏,司事也。"注:"鶻鳩,鶻鵰也,春來冬去,故爲司事。"

【鶻入鴉羣】喻所當無敵。北史齊宗室傳:"上洛王思宗弟思好……本名思孝,天保五年討蠕蠕,文宣悦其驍勇,謂曰:'爾擊賊如鶻入鴉羣,宜思好事。'故改名焉。"全唐詩二四三韓翃寄哥舒僕射:"左盤右射紅塵中,鶻入鴉羣有誰敵?"

【鶻伶聲嗽】南宋雜劇名。南戲始於南宋光宗朝永嘉人所作趙貞女王魁。或謂宣和間卽已産生,其盛行則自南渡,號曰永嘉雜劇。又曰鶻伶聲嗽。其曲則宋人詞而益以里巷歌謡,不叶宫調,故不爲士大夫所重。見明徐渭南詞叙録。

【鶻崙吞棗】食棗不嚼卽咽,不加辨味。譬喻對事不深思體會。同囫圇吞棗。宋朱熹朱文公集三九答許順之書:"今動不動便先説箇本末精粗無二致,正是鶻崙吞棗。"參見"囫圇吞棗"。

鷂 1. yào 弋照切,去,笑韻,喻。ㄧㄠˋ

㊀鳥名。猛禽,似鷹而較小。文選戰國楚宋玉高唐賦:"雕鶚鷹鷂,飛揚伏竄。"

2. yāo 餘招切,平,宵韻,喻。ㄧㄠ

㊀青質五彩之雉。爾雅釋鳥:"鷂雉……江淮而南,青質五彩皆備成章曰鷂。"亦見廣韻。

【鷂子】㊀卽鷂。樂府詩集二五企喻歌辭曲之一:"鷂子經天飛,羣雀兩向波。"亦以喻凶猛驍捷的人。舊唐書一八二畢師鐸傳:"師鐸善騎射,其徒目爲鷂子。"㊁紙鳶。明郎瑛七修類藁二二紙鳶:"紙鳶,本五代漢隱帝與李業所造,爲宫中之戲者。俗曰鷂子者,鷂乃擊鳥,飛不太高,擬今紙鳶之不起者。"參閲清顧張思土風録三鷂子。

【鷂坊】唐代宫庭飼養獵鷂之所。參見"五坊"。

【鷂子鞋】一種輕便軍鞋。清劉獻廷廣陽雜記四:"打仗不可不多備鷂子鞋。鞋須穿過二三日者方妙,新恐與足不相得也。"

【鷂子翻身】武術、雜技的身段。謂身體懸空翻轉,輕捷如鷂之旋飛。明田汝成西湖游覽志餘二十熙朝樂事:"三月三日,俗傳爲北極佑聖真君生辰。……是日,觀中有雀竿之戲,其法,樹長竿於庭,高可三丈,一人攀緣而上,舞蹈其顛,盤旋上下,有鷂子翻身、金雞獨立、鍾馗抹額、玉兔搗藥之類。"

鷄 jī 古奚切,平,齊韻,見。ㄐㄧ

雞的籀文。見"雞"。

鶬 1. cāng 七岡切,平,唐韻,清。ㄘㄤ

㊀鳥名。亦作"鸧"。1.見"鶬鴰"。2.見

"鶬鶊"。

2. qiāng 字彙 千羊切,音鏘。 ㄑㄧㄤ

㊀金飾貌。通"鎗"。詩周頌載見:"鞗革有鶬,休有烈光。"傳訓爲有法度。㊁見"鶬₂鶬₂"。

【鶬鴰】㊀鳥名。有麋鴰、鴰鹿、鶬雞、麥雞等名。大如鶴,青蒼色,亦有灰色者。見爾雅釋鳥"鶬,麋鴰"晉郭璞注、本草綱目四七禽一鶬雞、正字通。㊁怪鳥名。一身九尾之鳥。廣韻"鴰":"鶬鴰,韓詩云:'孔子渡江,見之異,衆莫能名。孔子嘗聞河上人歌曰:鴰兮鶬兮,逆毛衰兮,一身九尾長兮。'"一説爲鬼車鳥,即傳説中的九頭鳥。文選晉郭景純(璞)江賦:"若乃龍鯉一角,奇鶬九頭。"

【鶬鶊】鳥名。黃鶯,一作倉庚、鶬鶊、倉鶊。又有黃鳥、黃鸝、黧黃、黃栗留諸名。楚辭漢王逸九思悼亂:"鶬鶊兮喈喈,山鵲兮嚶嚶。"參見"倉庚"。

【鶬₂鶬₂】金屬撞擊聲。詩商頌烈祖:"約軧錯衡,八鸞鶬鶬。"釋文:"鶬,本又作鏘。"詩中指鈴聲。

鶲 wēng 玉篇 烏紅切。 ㄨㄥ

鳥名。玉篇云未詳何鳥。清何萱韻史四三鶲謂即白頭翁。

鶳 tī 土雞切,平,齊韻,透。 ㄊㄧ

説文作"鷉"。見"鷿鷉"。

鷩 mài 正字通 莫白切,音脈。 ㄇㄞ

鳥驚視貌。文選晉潘安仁(岳)射雉賦:"目不步體,邪眺旁剔,靡聞而驚,無見自鷩。"

鶹 liú 力求切,平,尤韻,來。 ㄌㄧㄡ

㊀見"鶹鷅"。㊁見"鵂鶹"。

【鶹鷅】鳥名。即梟。爾雅釋鳥:"鳥少美長醜爲鶹鷅。"注:"鶹鷅猶留離,詩所謂'留離之子'。"今詩邶風旄丘作"流離"。參見"流離㊃"。

十一畫

鷓 zhè 之夜切,去,禡韻,照。 ㄓㄜˋ

見下。

【鷓巴】宋陸游老學庵筆記五:"曾覿,字純甫。偶歸,正官蕭鷓巴來謁。既退,復一客至,其所狎也。因問曰:'蕭鷓巴可對何人?'客曰:'正可對曾鶉脯。'覿以爲嫚己,大怒,與之絶。然鷓巴北人實謂之札八。"按鶉脯,音諧純甫,故云。

【鷓斑】陶瓷器皿上所刻畫的鷓鴣斑點。宋楊萬里誠齋集十九陳蹇叔郎中出閩漕別送新茶……詩:"鷓斑椀面雲縈字,兔褐甌心雪作泓。"明史謹獨醉亭集中謝郭舍人贈斑竹杖詩:"鄉日曾沾妃子淚,至今猶帶鷓鴣斑。"

【鷓鴣】鳥名。形似母雞,頭如鶉,臆前有白圓點,如真珠。背毛有紫赤浪文。俗象其鳴聲曰行不得也哥哥。晉崔豹古今注中鳥獸:"南山有鳥,名鷓鴣,自呼其名,常向日而飛。畏霜露,早晚希出。"參閱政和證類本草十九禽鷓鴣。

【鷓鴣天】㊀詞調名。雙調,五十五字,前後片各三平韻,前片第三四句與過片三言兩句多作對偶。見詞譜十一。㊁曲牌名。南曲仙吕宫,北曲大石調,均有同名曲牌。字數均與詞調同。

【鷓鴣沈】砍香木置坎中,經年爲雨水所漬,香凝聚爲斑點,稱鷓鴣沈。見宋陶穀清異録薰燎、張師正倦遊雜録(説郛六一、十四)。

【鷓鴣斑香】香名。宋黃庭堅山谷内集三有惠江南帳中香者戲答六言詩之二:"螺甲割昆侖耳,香材屑鷓鴣斑。"范成大桂海虞衡志志香:"鷓鴣斑香亦得之於海南沈水蓬萊及絶好箋香中。槎牙輕鬆,色褐黑而有白斑點點,如鷓鴣臆上毛。氣尤清婉似蓮花。"

鷟 zhuó 士角切,入,覺韻,牀。 ㄓㄨㄛˊ

見"鸑鷟"。

鷛 yóng 餘封切,平,鍾韻,喻。 ㄩㄥ

説文作"鳙"。見下。

【鷛鷅】水鳥。史記一一七司馬相如傳上林賦:"煩鶩鷛鷅。"集解:"漢書音義曰:鷛鷅似鶩,灰色而雞足。"漢書作"庸渠"。文選晉左太沖(思)吳都賦作"鷛鶏"。

鷙 zhì 脂利切,去,至韻,照。 ㄓ

㊀猛禽。説文:"鷙,擊殺鳥也。"參見"鷙鳥"。㊁凶猛。商君書畫策:"虎豹熊羆,鷙而無敵。"參見"忿鷙"。

【鷙曼】莊子馬蹄:"夫加之以衡扼,齊之以月題,而馬知介倪闉扼鷙曼詭銜竊轡。"釋文:"崔(譔)云:闉扼鷙曼,距扼頓遲也。司馬(彪)云:言曲頸於扼以抵突也。一云:鷙曼,旁出也。"言猛戾不馴,欲狂突以去羈勒。

【鷙鳥】猛禽,如鷹鸇之類。楚辭屈原離騷:"鷙鳥之不羣兮,自前世而固然。"

【鷙距】猜疑而止。管子小問:"夫牧民,不知其疾則民疾。……止之以力,則往者不反,來者鷙距。"注:"鷙,疑也。距,止也。聞其役煩,則疑而止也。"

【鷙蟲】猛鳥猛獸。禮儒行:"鷙蟲攫搏,不程勇者,引重鼎。"

鷗 ōu 烏侯切,平,侯韻,影。 ㄡ

水鳥名。説文作"鷗"。一名鷖,水鴞。似鶬鶊而小。隨潮而翔,迎浪蔽日。文選南朝宋謝靈運於南山往北山經湖中瞻眺詩:"海鷗戲春岸,天雞弄和風。"注:"南越志曰:江鷗,一名海鷗,漲海中隨潮上下。"在海者名海鷗,在江者名江鷗。

【鷗社】猶鷗盟。宋劉克莊後村集二六挽林計院詩之二:"鷗社同盟少,蕃陵會哭誰?"元詩選郭鈺靜思集和酬宋竹波韻詩:"鷗社共盟君未棄,何須馳志向伊吾。"

【鷗波】鷗鳥翱翔水面,因以喻生活悠閒自在。宋陸游劍南詩稿五十舟中作:"娥江西路石帆東,身寄鷗波浩蕩中。"宋詩鈔方岳秋崖集鈔道中連雨:"自知機事淺,或可共鷗波。"

【鷗盟】謂與鷗鳥爲友。比喻隱者生活。宋陸游劍南詩稿五二夙興:"鶴怨憑誰解,鷗盟恐已寒。"朱熹朱文公集九過蓋竹詩之二:"浩蕩鷗盟久未寒,征驂聊此駐江干。"

【鷗鷺忘機】北齊劉晝劉子黃帝:"海上之人有好漚鳥者,每旦之海上,從漚鳥游。漚鳥之至者,百住而不止。其父曰:吾聞漚鳥皆從汝游,汝取來,吾玩之。明日之海上,漚鳥舞而不下也。"後以指隱居自樂,不以世事爲懷。宋陸游渭南文集四九烏夜啼四:"鏡湖西畔秋千頃,鷗鷺共忘機。"

鷖 yī 烏溪切,平,齊韻,影。 ㄧ

㊀即鷗,一名水鴞。詩大雅鳧鷖:"鳧鷖在涇。"㊁鳳的别名。楚辭屈原離騷:"駟玉虬以乘鷖兮,溘埃風余上征。"㊂青黑色。周禮春官巾車:"雕面鷖總。"

【鷖彌】嬰兒。禮雜記下"中路嬰兒失其母焉"漢鄭玄注:"嬰,猶鷖彌也。"也作"嫛婗"。見該條。

鷞 shuǎng 踈兩切,上,養韻,山。 ㄕㄨㄤ 色莊切,平,陽韻,山。

㊀見"鷞鳩"。㊁見"鷞裘"。

【鷞裘】鷫鷞裘之省。宋李覯直講李先生文集三七秋懷詩:"自笑酒腸空半在,前村無處典鷫鷞。"參見"鷫鷞裘"。

【鷞鳩】相傳古帝少皞以鳥名官，置爽鳩，掌司寇職。見左傳昭十七年。唐律疏議一名例作"鷞鳩"。

鷚 liù 力救切，去，宥韻，來。
ㄌㄧㄡˋ 武彪切，平，幽韻，明。

㊀天鷚鳥。爾雅釋鳥："鷚，天鷚。"疏："大如鷃雀，色似鶉，好高飛作聲。今江東名之曰天鷚。"㊁小雞。爾雅釋鳥："雞之暮子爲鷚。"文選晉張景陽（協）七命："丹穴之鷚，玄豹之胎。"

鷕 yǎo 以沼切，上，小韻，喻。
ㄧㄠˇ

雌雉鳴聲。説文作"鷕"。詩邶風匏有苦葉："有瀰濟盈，有鷕雉鳴。"文選晉潘安仁（岳）射雉賦："麥漸漸以擢芒，雉鷕鷕而朝雊。"

鷂 ān 烏含切，平，覃韻，影。
ㄢ

鳥名。同"鵪"。"䳺"的籀文。爾雅釋鳥"鴽，鴾母"晉郭璞注："鵪也，青州呼鴾母。"宋蘇軾分類東坡詩二古跡東湖："綵羽無復見，上有鸇搏鷂。"

鷑 jí 集韻 極入切，入，緝韻。
ㄐㄧˊ

見下。

【鷑鳩】鳥名。小黑鳥。一名鵧鷑。俗謂之駕犁。農人以爲候，五更輒鳴，曰架架格格，至曙乃止。古有催明之鳥，名喚起者，即此。見爾雅釋鳥注、本草綱目四九禽三伯勞附錄。

十二畫

鷲 jiù 疾僦切，去，宥韻，從。
ㄐㄧㄡˋ

㊀鷲鳥，即鵰。説文作"鷲"。廣雅釋鳥："鷲，雕也。"唐韓愈昌黎集一南山詩："或蜿若藏龍，或翼若搏鷲。"詳"鵰"。㊁靈鷲山的簡名，因借稱佛地。廣弘明集十九南齊蕭子良與荆州隱士劉虯書："沾濛射之冥遊，屈祇鷲之法侶。"

【鷲山】即靈鷲山，在中印度。或稱鷲嶺、鷲峯、靈山。梵語耆闍崛山。爲佛説法之地。山頂似鷲，又鷲羣常集山頂，王舍城人因名之曰鷲頭山。又王舍城南屍陀林中多死人，諸鷲常來食之，還集山頭，時人名爲鷲頭山。廣弘明集十五南朝梁蕭綱上菩提樹頌啟："弘龍窟之威，紹鷲山之法。"參閱大智度論三、翻譯名義集三衆山。

【鷲嶺】即鷲山。南朝陳徐陵徐孝穆集九長干寺衆食碑："昆吾在次，皆鳴鷲嶺之鐘；暘谷初升，同洗龍池之鉢。"

鷣 yín 餘針切，平，侵韻，喻。
ㄧㄣˊ 弋照切，去，笑韻，喻。

即鷂。亦稱負雀。因善捕雀，又名雀鷹。見爾雅釋鳥及注。

鷰 yàn 於甸切，去，霰韻，影。
ㄧㄢˋ

燕俗字。見玉篇。

鷯 liáo 落蕭切，平，蕭韻，來。
ㄌㄧㄠˊ 力照切，去，笑韻，來。

鳥名。1.見"鷦鷯"。2.鶉之別名。見爾雅釋鳥。

鷸 yù 餘律切，入，術韻，喻。
ㄩˋ

㊀鳥名。1.水鳥。有多種。羽毛多爲灰、黃、褐等色。天將雨即鳴，古人以爲能知天時。見下各條。2.翠鳥。爾雅釋鳥："翠，鷸。"注："似燕，紺色，生鬱林。"㊁疾貌。文選晉木玄虛（華）海賦："鷸如驚鳧之失侶。"

【鷸冠】翠鳥羽製成之冠。左傳僖二四年："鄭子華之弟子臧出奔宋，好聚鷸冠。"亦爲古時掌天文者之冠。唐顏師古匡謬正俗四鷸："鷸，水鳥。天將雨即鳴。……古人以其知天時，乃爲冠象此鳥之形，使掌天文者冠之。"

【鷸蚌相持】戰國策燕二："趙且伐燕，蘇代爲燕謂惠王曰：今者臣來，過易水，蚌方出曝，而鷸啄其肉，蚌合而拑其喙。鷸曰：'今日不雨，明日不雨，即有死蚌。'蚌亦謂鷸曰：'今日不出，明日不出，即有死鷸。'兩者不肯相舍，漁者得而並禽之。今趙且伐燕，燕趙久相支，以弊大衆，臣恐强秦之爲漁父也。"後因以喻雙方爭持不下而使第三者得利。元曲選缺名氣英布二："權待他鷸蚌相持俱斃日，也等咱漁人含笑再中興。"古今小説滕大尹鬼斷家私："大尹判幾條封皮，將一罈金子封了，放在自己轎前，落得受用。……這正叫做'鷸蚌相持，漁人得利'。"

鷳 xián 户閒切，平，山韻，匣。
ㄒㄧㄢˊ

鳥名。也作"鷴"。見"白鷳"。

鷩 bì biē 必袂切，去，祭韻，幫。
ㄅㄧˋ ㄅㄧㄝ 并列切，入，薛韻，幫。

㊀有文采的赤雉。即鵕鸃。山海經西山經："（小華之山）鳥多赤鷩。"注："赤鷩，山雞之屬，胸腹洞赤，冠金，皆黃頭綠尾，中有赤毛，彩鮮明。"㊁見"鷩冕"。

【鷩衣】帝王享先公及饗射所用之服。又爲侯伯命服，有華蟲以下七章。華蟲爲雉，鷩、山雉。見釋名釋首飾，取章首爲義。鷩衣之冕七旒，謂之鷩冕。見周禮司服引鄭衆。北周皇后服制十二種，受獻繭服鷩衣。參閱隋書禮儀志六。

【鷩冕】周制，周王及諸侯之命服有鷩衣，其冕七旒，稱鷩冕。北周宗周禮，復行鷩衣鷩冕。唐代爲二品之服。宋代諸臣祭服有鷩冕。宋以後廢。參閱隋書禮儀志六、七，新唐書車服志，宋史輿服志四。

【鷩雉】鳥名。錦雞，似山雞而小，冠羽尤美。文選晉潘安仁（岳）西征賦："鷩雉雊於臺陂，狐兔窟於殿旁。"文選左思蜀都賦作"鵔鸃"。參閱爾雅釋鳥"鷩雉"注。

鷤 1. tí dì 杜奚切，平，齊韻，定。
ㄊㄧˊ ㄉㄧˋ 特計切，去，霽韻，定。

鳥名。1.鷤鴂。鷤又作"鶗"。見"鷤鴂"。2.布穀。見玉篇。

2. tán 徒干切，平，寒韻，定。
ㄊㄢˊ

3.鷤鶘。如鶘，短尾。説文爾雅並作"鷤鶘"。見廣韻。4.雉子。見集韻。

【鷤鳺】杜鵑鳥。見"鷤鴂"。

【鷤鴂】杜鵑鳥。也作鶗鴂、鵜鴂。漢書八七上揚雄傳反離騷："徒恐鷤鴂之將鳴兮，顧先百草爲不芳。"注："鷤鴂鳥一名買鵤，一名子規，一名杜鵑，常以立夏鳴，鳴則衆芳皆歇。……鷤字或作鶗。"

鷮 jiāo qiáo 舉喬切，平，宵韻，見。
ㄐㄧㄠ ㄑㄧㄠˊ 巨嬌切，平，宵韻，羣。

長尾雉。又稱鷮雉、鷮雞。詩小雅車舝："依彼平林，有集維鷮。"

【鷮息】古方士導引之法。後漢書八二下華陀傳："（冷）壽光年可百五六十歲……常屈頸鷮息，須髮盡白，而色理如三四十時。"

鷦 jiāo 即消切，平，宵韻，精。
ㄐㄧㄠ

見下。

【鷦明】神鳥，鳳凰之類。也作焦明。史記一一七司馬相如傳上林賦："揜翡翠，掩焦明。"集解："焦明似鳳。"又難蜀父老："猶鷦明已翔乎寥廓，而羅者猶視乎藪澤。"漢書作"焦朋"。楚辭漢劉向九歎遠逝："駕鸞鳳以上遊兮，從玄鶴與鷦明。"明，一本作"朋"。

【鷦鷯】鳥名。俗稱黃脰鳥。全身灰色，有斑，常取茅葦毛毳爲巢，大如雞卵，繫以麻髮，甚精巧。又有鷦鸎、桃雀、桑飛、黃雀、女匠、巧婦、工爵、過贏等名。莊子逍遙遊："鷦鷯巢於深林，不過一枝。"參閱本草綱目四八禽二巧婦鳥、廣雅義疏釋鳥。

鷥 sī 集韻 新茲切,平,之韻。
ㄙ

見"鷺鷥"。

十三畫

鸂 xī 苦奚切,平,齊韻,溪。
ㄒㄧ

見下。

【鸂鶒】水鳥名。形大於鴛鴦,而色多紫,水上偶游,故又謂之紫鴛鴦。文選晉左太沖(思)吳都賦:"鳥則鵾鷄鶤鴇……鸂鶒鷛鶫。"集韻作"鸂鵡"。埤雅作"溪鷘"。參閱清鄭珍說文新附考二鵡。

【鸂鶒木】木名。出西北。其木一半紫褐色,內有蟹爪紋,一半純黑色如烏木。有距者價高。見明曹昭新增格古要論八。

【鸂鶒卮】酒器名。新五代史後唐莊宗紀下:"(李)存勗年十一,從克用破王行瑜,遣獻捷于京師,昭宗異其狀貌,賜以鸂鶒卮、翡翠盤。"

鷁 yì 於記切,去,志韻,影。
ㄧ

見"鷁鴯"。

【鷁鴯】即燕子。莊子山木:"鳥莫知於鷁鴯。"釋文:"或云鷁鴯,燕也。"

【鷁鴯巾】巾名。宋劉敞公是集十一鷁鴯巾詩:"遠思意而子,因作鷁鴯巾。"自注:"余率意作之,以便當暑,其形制如燕也。"

鸇 zhān 諸延切,平,仙韻,照。
ㄓㄢ

猛禽。孟子離婁上:"爲叢敺爵者,鸇也。"詩秦風晨風"鴥彼晨風"傳:"晨風,鸇也。"

【鸇陰】縣名。見"鶉陰"。

鷹 yīng 於陵切,平,蒸韻,影。
ㄧㄥ

猛禽。亦稱蒼鷹,一名鷞鳩。嘴鉤而銳,腳上有長毛,四趾具鉤爪,翼大善飛。性凶猛,肉食。詩大雅大明:"維師尚父,時維鷹揚。"

【鷹犬】田獵中逐獵物的鷹和犬。後漢書五四楊震傳附楊賜上疏:"觀鷹犬之埶,極槃遊之荒。"喻供驅使奔走的人。文選三國魏陳孔璋(琳)爲袁紹檄豫州:"謂其鷹犬之才,爪牙可任。"後多謂權貴豪門之爪牙曰鷹犬。宋王楙野客叢書七:"觀後漢張表碑云:仕郡爲督郵,鷹撮盧擊,此何理哉?今人以掾曹取媚上官,奔走爲用者,爲鷹犬。"

【鷹爪】謂嫩茶。嫩茶芽如鷹爪。宋黃庭堅山谷外集七同王稚川晏叔原飯寂照房詩:"自攜鷹爪芽,來試魚眼湯。"

【鷹坊】飼鷹之所。唐代閑廐使所管五坊之一。見"五坊"。

【鷹風】秋風。唐王勃王子安集二餞韋兵曹詩:"鷹風凋晚葉,蟬露泣秋枝。"

【鷹架】㊀飼鷹者棲鷹的木架。全唐詩五七四賈島老將:"燕雀來鷹架,塵埃滿箭靫。"㊁設木爲架。用於上下挽取重物。宋司馬光書儀七穿壙:"挽土宜用兩轆轤,重物上下,宜用革車,或用鷹架木。"

【鷹師】謂馴鷹之人。北史后妃傳上文明皇后:"孝文詔罷鷹師曹,以其地爲太后立報德佛寺。"隋書煬帝紀大業四年:"徵天下鷹師悉集東京,至者萬餘人。"

【鷹視】飛鷹欲攫,側目視物。喻貪戾之人,目光凶狠。新五代史唐明宗家人傳:"(秦王從榮)爲人輕雋而鷹視。"

【鷹揚】鷹之奮揚,喻威武或大展雄才。詩大雅大明:"維師尚父,時維鷹揚。"文選三國魏曹子建(植)與楊德祖書:"昔仲宣(王粲)獨步於漢南,孔璋(陳琳)鷹揚於河朔。"

【鷹觜】茶名。唐劉禹錫劉夢得集五西山蘭若試茶歌:"莞然爲客振衣起,自傍芳叢摘鷹觜。"宋徐鉉徐公文集四和門下殷侍郎新茶二十韻:"才教鷹觜拆,未放雪花妍。"

【鷹櫝】謂富家出遊運送饌具的木櫝。宋陶穀清異錄:"富家出遊,運致饌具皆用髹櫝,蒙以紫碧重檐罩衣。兩人舁之。其行列之盛,有若雁行。旁觀號爲鷹櫝。"(說郛六一)

【鷹鸇】㊀喻勇猛。左傳文十八年:"見無禮於其君者誅之,如鷹鸇之逐鳥雀也。"唐杜甫杜工部草堂詩箋三十秋日夔府詠懷奉寄鄭監審李賓客之芳一百韻:"乘威滅蜂蠆,戮力效鷹鸇。"㊁喻凶殘,亦謂凶殘之人。後漢書皇后紀光烈陰皇后詔:"皇后懷執怨懟,……宮闈之內,若見鷹鸇。"

【鷹揚宴】清制,武鄉試揭曉翌日,宴監射主考、執事各官及武舉,曰鷹揚宴。參閱清會典事例三六二禮部貢舉賜燕。

【鷹頭蠅】喻憑仗帝王權勢擅作威福的人。新唐書一二二魏元忠傳袁楚客規元忠書:"君側之人,衆所畏懼。所謂鷹頭之蠅,廟垣之鼠者也。"

【鷹視狼步】喻人外貌狠戾。吳越春秋句踐伐吳外傳范蠡遺文種書:"夫越王爲人,長頸鳥啄,鷹視狼步,可以共患難,而不可共處樂。"

【鷹瞵鶚視】本指鷙鳥目光銳利。以喻勇士之威猛。文選晉左太沖(思)吳都賦:"鷹瞵鶚視,趁趯翋㳫若離若合者,相與騰躍乎莽罠之野。"

【鷹擊毛摯】鷹展翅撲擊飛鳥。喻爲政酷烈。史記一二二義縱傳:"是時趙禹張湯以深刻爲九卿矣,然其治尚寬,輔法而行,而縱以鷹擊毛摯爲治。"集解:"徐廣曰:鷙鳥將擊必張羽毛也。"

鷫 sù 息逐切,入,屋韻,心。
ㄙㄨ

鳥名。卽鷫鷞。史記一一七司馬相如傳上林賦:"鴻鷫鵠鴇。"

【鷫鷞】㊀水鳥。也作"鷫鸘"。雁的一種。長頸,其羽毛可製爲裘。楚辭大招:"鴻鵠代遊,曼鷫鷞只。"宋洪興祖補注:"鷫鷞,長頸綠身,其形似鴈。一曰鳳皇別名。"參閱唐段成式酉陽雜俎十六羽。㊁傳說爲西方神鳥。說文:"鷫,鷫鷞也,五方神鳥也,東方發明,南方焦明,西方鷫鷞,北方幽昌,中央鳳皇。"

【鷫鸘裘】㊀鷫鸘羽所製之裘。舊題漢劉歆西京雜記二:"司馬相如初與卓文君還成都,居貧愁懣,以所著鷫鸘裘就市人陽昌貰酒與文君爲懽。"㊁曲調名。宋燕樂小曲有鷫鸘裘。見宋史樂志十七。

鷿 pì 扶歷切,入,錫韻,並。
ㄆㄧ

說文作"鸊"。見"鷿鷉"。

【鷿鷉】鳥名。野鳧。鷉,或作"鵜"、"䴘"。文選漢張平子(衡)南都賦:"其鳥則有……鴛鴦䴔鶄鷫鷞鷿鷉。"後漢書六十上馬融傳廣成頌:"鶩雁鷿鷉。"注:"揚雄方言曰:野鳧也,甚小,好没水中,膏可以瑩刀劍寢宿也。"

【鷿鷉膏】鷿鷉鳥之膏。用之塗刀劍以防鏽。鷉也作"鵜"。唐杜甫杜工部草堂詩箋三五荊南兵馬使太常卿趙公大食刀歌:"鵜錯碧甖鷿鵜膏,鋩鍔已瑩虛秋濤。"宋蘇軾東坡集續集二謝曹子方惠新茶詩:"囊簡久藏科斗字,銛鋒新瑩鷿鷉膏。"

鸆 yú 遇俱切,平,虞韻,疑。
ㄩ

鳥名。見"蒼鸆"、"鶏鸆"。

鷺 lù 洛故切,去,暮韻,來。
ㄌㄨ

水鳥名。又名白鷺、白鳥、舂鉏,俗稱鷺鷥。羽毛潔白,脚高頸長而喙强,棲息水邊。詩周頌振鷺:"振鷺于飛,于彼西雝。"參閱三國吳陸璣毛詩草木鳥獸蟲魚疏值其鷺羽。

【鷺羽】用白鷺製的舞具。詩陳風宛丘:"無冬無夏,值其鷺羽。"唐元稹長慶集十代曲江老人詩:"掉蕩雲門發,蹁躚鷺羽振。"

【鷺序】鷺飛有序。喻百官班次。禽經:"寮寀雝雝,鴻儀鷺序。"元詩選宋无子虚翠寒集上馮集賢:"玉筍曉班聯鷺序,紫檀春殿對龍顏。"

【鷺車】車名。卽鼓吹車。車柱末端刻鷺爲飾,故又名鷺車、白鷺車。見隋書禮儀五、宋史輿服志一。

【鷺鼓】鼓名。又名建鼓。夏后氏加四足,謂之足鼓。殷人柱貫之,謂之楹鼓。周人懸之,謂之懸鼓。後代相承,植而貫之,謂之建鼓。蓋殷所作。以翔鷺爲飾,又名鷺鼓。見隋書音樂志下。

【鷺嶼】廈門的別稱。詳"廈₂門"。

【鷺濤】波濤。謂白浪翻滾如鷺之飛翔。文選漢枚叔(乘)七發:"衍溢漂疾,波涌而濤起,其始起也洪淋淋焉若白鷺之下翔。"唐駱賓王集二夏日遊德州贈高四詩:"鷺濤開碧海,鳳彩綴詞林。"

【鷺翿】鷺羽所作的舞具,舞者執之用以蔽身,如雉扇之類。詩陳風宛丘:"無冬無夏,值其鷺翿。"傳:"翿,翳也。"

【鷺鷥】卽鷺。鷺頂、胸肩、背皆生長毛,如絲,故稱。全唐詩四八二李紳姑蘇臺雜句:"江浦迴看鷗鳥没,碧峯斜見鷺鷥飛。"

鷝 zé 場伯切,入,陌韻,澄。
ㄗㄜˊ
見下。

【鷝鶅】鳥名。也作"澤虞"。又名婟澤鳥。似水鴞,蒼黑色。常在澤中,見人輒鳴喚不去。有象主守之官,因名。俗呼爲護田鳥。見爾雅釋鳥晉郭璞注。參見"澤虞㊀"。

鷞 huán xuán 集韻 胡關切,平,刪韻。
ㄏㄨㄢˊ ㄒㄩㄢˊ 旬宣切,平,僊韻。
也作"䴋"。見下。

【鷞目】鳥名。鷞,也作"䴋"。史記一一七司馬相如傳上林賦:"鮫鯖䴋目。"漢書作"旋目"。注:"今荆郢間有水鳥,大於鷺而短尾,其色紅白,深目,目旁毛皆長而旋,此其旋目乎?"

鷟 zhuó 直角切,入,覺韻,澄。
1. ㄓㄨㄛˊ 徒谷切,入,屋韻,定。
一作"鸀"。㊀山鳥,似烏而小,赤嘴,穴乳,出西方。見爾雅釋鳥及注。㊁傳說中鳥名。山海經大荒西經:"(大荒之山)有青鳥,身黄赤足六首,名曰鸀鳥。"

2. zhú 之欲切,入,燭韻,照。
ㄓㄨˊ
見"鷟₂玉"。

【鷟₂玉】鳥名。卽"鸑鷟㊁"。史記一一七司馬相如傳上林賦:"鴻鷫鵠鴇,鴐鵝鷟玉。"正義:"鷟玉,燭玉二音。郭(璞)云:似鴨而大,長頸赤目,紫紺色……江東呼爲燭玉。"參閱本草綱目四七禽一鸀玉。

鸃 yí 魚羈切,平,支韻,疑。
ㄧˊ
亦作"鵜"。見"鷤鵜"。

鷽 xué 於角切,入,覺韻,影。
ㄒㄩㄝˊ 胡覺切,入,覺韻,匣。
亦作"雤"。鵫鷽,卽山鵲。狀如鵲而有文采,長尾,嘴足赤。諺云:朝鷽叫晴,暮鷽叫雨。說文以此爲知來事之鳥。參閱爾雅釋鳥、本草綱目四九禽三山鵲。

【鷽鳩】鳥名。斑鳩。又名鳴鳩。短尾,青黑色,多聲。晉書阮籍傳附阮脩大鵬贊:"蒼蒼大鵬,誕自北溟。……鷽鳩仰笑,尺鷃所輕。"按莊子逍遙遊"蜩與學鳩笑之",唐成玄英疏,作"鷽鳩",釋文本又作"鷽"、"鸒"。文選江文通(淹)雜體詩注引學作鷽,與釋文本合。

十四畫

鸋 níng 奴丁切,平,青韻,泥。
ㄋㄧㄥˊ 乃定切,去,徑韻,泥。
見下。

【鸋鴂】鳥名。1.鴟鴞,見爾雅釋鳥。多以喻貪惡之人。藝文類聚四十漢蔡邕弔屈原文:"鸋鴂軒翥,鸞鳳挫翮。"2.鴂鶪。見方言及廣雅釋鳥。按兩書均以鸋鴂爲鴂鶪。荀子勸學:"南方有鳥焉,名曰蒙鳩。以羽爲巢,而編之以髮,繫之葦苕,風至苕折,卵破子死。"韓詩傳說鴟鴞與之同。皆因詩豳風鴟鴞取子毁室之喻。遂混鴟鴞、鴂鶪爲一。後人皆因之以鸋鴂。

鸏 méng 莫紅切,平,東韻,明。
ㄇㄥˊ 莫孔切,上,董韻,明。
亦作"䴌"。見下。

【鸏䲉】鳥名。又名鶴頂、越王鳥。晉劉欣期交州記:"䴌䲉,黄喙,喙長尺餘,南人以爲酒器。"唐段成式酉陽雜俎前集十六羽作"鸏雕"。

鸐 dí 直角切,入,覺韻,澄。
ㄉㄧˊ 集韻 亭歷切,入,錫韻。
見下。

【鸐雉】卽長尾雉。又名山雉、山雞、長尾野雞。形似雉。雄鳥尾甚長,羽色絢麗;雌鳥尾短。見爾雅釋鳥鸐及注、晉張華博物志四。

鷹 yīng
ㄧㄥ
同"鷹"。見該條。

鸒 yù 以諸切,平,魚韻,喻。
ㄩˋ 羊洳切,去,御韻,喻。
說文作"鵌"。見下。

【鸒斯】鳥名。卽雅烏,又名卑居、鵯鶋。詩小雅小弁:"弁彼鸒斯,歸飛提提。"

鸑 yuè 五角切,入,覺韻,疑。
ㄩㄝˋ
見下。

【鸑鷟】鳥名。1.鳳屬。國語周上:"周之興也,鸑鷟鳴於岐山。"注:"鸑鷟,鳳之別名。"唐李白李太白詩一大獵賦:"解鳳凰與鸑鷟兮,旋騶虞與麒麟。"2.水鳥。又名鸀玉。似鴨而大,長項,赤目,斑嘴。見本草綱目四七禽一鸀玉。

十五畫

鸓 lěi 力追切,平,脂韻,來。
ㄌㄟˇ 力軌切,上,旨韻,來。
說文作"鸓"。㊀獸名。史記一一七司馬相如傳上林賦:"玄猨素雌,蜼玃飛鸓。"參見"鸓鼠"。㊁傳說中鳥名。山海經西山經:"(翠山)其鳥多鸓,其狀如鵲,赤黑而兩首四足,可以禦火。"

【鸓鼠】獸名。古與鼯鼠不別。今稱小飛鼠爲鸓鼠,略似鼯鼠。大小如普通鼠。毛青灰色,腹下之毛尖端黄色。有飛膜,能由此樹枝滑翔至他樹枝。參閱本草綱目四八禽二鸓鼠。

十六畫

鸗 lóng 力鍾切,平,鍾韻,來。
ㄌㄨㄥˊ 盧紅切,平,東韻,來。
㊀鳥名。史記楚世家:"小臣之好射鶀鴈、羅鸗,小矢之發也,何足爲大王道也。"㊁鴨。廣雅釋鳥:"鸗,鳧也。"清王念孫疏證:"鴨與鳧同。"

鸖 hè
ㄏㄜˋ
同"鶴"。見正字通。淮南子覽冥:"當此之時,鴻鵠鶬鸖,莫不憚驚伏竄,注喙江裔。"

鸕 lú 落胡切,平,模韻,來。
ㄌㄨˊ
鳥名。說文作"纑"。卽鸕鷀。後漢書二四馬融傳廣成頌:"鶬䴅鸕鷀。"

【鸕鷀】水鳥名。一名鷧,又名烏鬼,俗稱水老鴉。形似鴉而大。毛黑。頷下有小喉囊；嘴長，上嘴末端稍曲。棲息水濱，善潛水捕食魚類。漁人常飼養之以捕魚。唐杜甫杜工部詩史補遺一三絶句之二：“門外鸕鷀久不來，沙頭忽見眼相猜。”

【鸕鷀杓】刻爲鸕鷀形的酒具。唐李白李太白詩七襄陽歌：“鸕鷀杓，鸚鵡杯，百年三萬六千日，一日須傾三百杯。”

【鸕鷀喜】初學記十九朱彦時黑兒賦：“忿如鸜鵒鬬，樂似鸕鷀喜。”鸕鷀色黑，得魚而喜，形容膚色近黑者的喜態。

十七畫

鸘 shuāng 色莊切，平，陽韻，山。ㄕㄨㄤ

同“鷞”。見“鷫鷞”。

鸚 yīng 烏莖切，平，耕韻，影。ㄧㄥ

見“鸚鵡”。

【鸚母】鸚鵡。説文作“鸚䳇”。三國志吴諸葛恪傳“恪之才捷皆此類也”注引江表傳：“曾有白頭鳥集殿前，(孫)權曰：‘此何鳥也？’恪曰：‘白頭翁也。’張昭自以坐中最老，疑恪以鳥戲之，因曰：‘恪欺陛下，未嘗聞鳥名白頭翁者，試使恪復求白頭母。’恪曰：‘鳥名鸚母，未必有對。試使輔吴復求鸚父。’昭不能答。坐中皆歡笑。”案張昭時封輔吴將軍。

【鸚緑】也稱鸚鵡緑。如鸚鵡之緑色。宋陸游劍南詩稿三驛舍見故屏風畫海棠有感：“猩紅鸚緑極天巧，疊萼重跗眩朝日。”明張昱可閒老人集三惆悵詩之二：“畫閣小杯鸚鵡緑，玉盤纖手荔枝紅。”

【鸚䳇】即鸚鵡。山海經西山經：“(黄山)有鳥焉，其狀如鴞，青羽赤喙，人舌能言，名曰鸚䳇。”

【鸚鵡】鳥名。羽毛色彩美麗，頭圓，嘴大而短，上嘴呈鉤狀，舌柔軟，經訓練能效人發音。禮曲禮上：“鸚鵡能言，不離飛鳥。”

【鸚哥嬌】宋蘇軾仇池筆記李十八草書：“劉十五(攽)論李十八(公擇)草書，謂之鸚哥嬌。”(類説十)此評論書法，意謂草書與真行相雜，猶鸚哥之學人言，不過數句，仍雜鳥語。元詩選朱德潤存復齋集題張梣菴楷書公孫大娘舞劍行：“八訣具全真足局，不學謾草鸚哥嬌。”

【鸚哥嘴】蟛蜞螯之别名。元明時上海海寧等地人喜食蟛蜞螯，名曰鸚哥嘴，以螯色紅似鸚鵡嘴而稱。見明陶宗儀輟耕録九食品有名。

【鸚鵡杯】即海螺盞。出廣南。土人琢磨，或用銀或用金鑲足，作酒杯，曰鸚鵡杯。見明曹昭格古要論六。唐駱賓王駱丞集一蕩子從軍賦：“鳳凰樓上罷吹簫，鸚鵡杯中休勸酒。”

【鸚鵡洲】洲名。在湖北漢陽縣西南江中。後漢末，黄祖爲江夏太守，祖長子射，大會賓客，有人獻鸚鵡，禰衡作賦，洲因以爲名。明季爲江水沖没。唐詩紀事二一崔顥黄鶴樓：“晴川歷歷漢陽樹，春草萋萋鸚鵡洲。”

【鸚鵡螺】螺之一種，旋尖處屈而朱，如鸚鵡觜，故名。殼上青緑斑文，殼内光瑩如雲母。製爲酒杯，大者可受二升。見唐劉恂嶺表録異。參閱文選晉郭景純(璞)江賦“鸚螺旋蝸”注引南州異物志。

【鸚鵡學語】景德傳燈録二八藥山惟儼和尚：“有行者問：‘有人問佛答佛，問法答法，喚作一字法門，不知是否？’師曰：‘如鸚鵡學人語話，自話不得，由無智慧故。’”後以鸚鵡學語比喻人云亦云，别無新意。

鸙 yào yuè 以灼切，入，藥韻，喻。ㄧㄠˋ ㄩㄝˋ

鳥名。見“天鸙”。

十八畫

鸛 1. huān 呼官切，平，桓韻，曉。ㄏㄨㄢ

㊀鳥名。亦作“雚”。見“鸛專”。

2. guàn 古玩切，去，換韻，見。ㄍㄨㄢˋ

㊁涉禽。後漢書四十上班彪傳班固西都賦：“玄鶴白鷺，黄鵠鵁鸛。”文選南朝梁江文通(淹)雜體詩張黄門協：“水鸛巢層甍，山雲潤柱礎。”參閲清陳啟源毛詩稽古編東山。㊂鸛雀。通“雚”。説文：“雚，小爵也。从萑，吅聲。詩曰：‘雚鳴于垤。’”今本詩豳風東山作鸛。’”

【鸛₂陣】軍陣名。唐孟郊孟東野集七寄洺洲李大夫詩：“鸛陣常先罷，魚符最晚分。”參見“鸛鵝”。

【鸛專】傳説鳥名。如鵲，短尾。射之，銜矢射人。見説文鸛。爾雅釋鳥“鸛鶇，鶝鶔”注：“一名㜸羿。”釋文：“㜸，字書云，古以爲懈惰字，羿，古之善射者。言此鳥捷勁，雖羿之善射，亦懈惰不敢射也。”廣韻作“雚鶇”。

【鸛₂雀】見“鸛㊂”。

【鸛₂鵝】軍陣名。左傳昭二一年：“與華氏戰于赭丘，鄭翩願爲鸛，其御願爲鵝。”注：“鸛鵝皆陳(陣)名。”宋蘇軾分類東坡詩十七有美堂和周邠見寄之二：“僧侶且陪香火社，詩壇欲斂鸛鵝軍。”

【鸛₂雀樓】原在山西蒲州府西南(今永濟)，三層。前瞻中條，下瞰大河。後爲河流衝没。文苑英華三一二有唐張當及王之涣登鸛雀樓詩。參閲宋沈括夢溪筆談十五藝文。

【鸛₂嘴魚】即鱘鰉魚。也稱白鱘。似鱸而大，鼻長如鸛嘴，故名。作酢甚美。見事物異名録三八水族鱘鰉。

鸜 qú 其俱切，平，虞韻，羣。ㄑㄩˊ

説文作“鴝”。見“鸜鵒”。

【鸜眼】石上的圓形斑點。宋朱敦儒樵歌中西江月詞：“琴上金星正照，硯中鸜眼相青。”參見“鴝鵒眼”。

【鸜鵒】鳥名。即八哥。也作“鴝鵒”。春秋昭二五年：“有鸜鵒來巢。”參見“鴝鵒”。

十九畫

鸝 lí 吕支切，平，支韻，來。ㄌㄧˊ

鳥名。同“鵹”、“鸝”。即黄鸝。唐韓愈昌黎集八城南聯句詩：“甚黑老蠶蠋，麥黄韻鸝鶊。”參見“黄鸝”、“鸝黄”。

【鸝黄】即黄鸝。文選戰國楚宋玉高唐賦：“王雎鸝黄，正冥楚鳩。”爾雅作“鵹黄”，方言作“驪黄”，説文作“離黄”。

鸞 luán 落官切，平，桓韻，來。ㄌㄨㄢˊ

㊀鳳凰之類的神鳥。説文：“鸞，亦神靈之精也。赤色，五采，雞形。鳴中五音。”一説鳳有五，多青色者爲鸞。見明毛晉毛詩草木鳥獸蟲魚疏廣要鳳凰于飛。或謂其大於鳳，見逸周書王會解“氐羌以鸞鳥”晉孔晁注。㊁鈴。通“鑾”。詩大雅烝民：“四牡彭彭，八鸞鏘鏘。”左傳桓二年：“鍚鸞和鈴，昭其聲也。”注：“鍚在馬額，鸞在鑣，……動皆有鳴聲。”

【鸞刀】有鈴的刀。古祭祀割牲用。詩小雅信南山：“執其鸞刀，以啟其毛，取其血膋。”也作“鑾刀”。文選漢張平子(衡)東京賦：“執鑾刀以袒割，奉觴豆於國叟。”宋史禮志十一：“古者納牲之時，王親執鸞刀，啟其毛，而祝以血毛詔於室。”

【鸞車】有鈴的車乘。鸞，通“鑾”。1.人君所乘之車。四馬四鑣八鑾，行則鈴聲如鸞鳴，故曰鸞車。禮明堂位：“鸞車，有虞氏之路也。”2.送葬用以載牲體明器之車。周禮春官冢人：“及葬，言鸞車，象人。”3.仙人之車。唐李白李太白詩十草創大還贈柳官迪：“鸞車速風電，龍騎無鞭策。”

【鸞吹】指笙簫等樂聲。吹，讀去聲。唐李羣玉詩集上昇仙操：“鳳臺閉煙霧，鸞吹飄天香。”

【鸞坡】翰林院的別稱。又作“鑾坡”。宋葉夢得石林燕語五：“俗稱翰林學士爲〔鸞〕坡，蓋唐德宗時，嘗移學士院於金鑾坡上，故亦稱鑾坡。”元張昱可閒老人集四奉天門早朝次韻詩：“握蘭鳳閣舍人貴，視草鸞坡學士閒。”

【鸞帚】以鸞尾爲帚，仙人所用。元張雨句曲外史貞居先生詩集五次韻孫大方真人仙輿之二：“華雨掃塵鸞帚溼，隖雲承轍屧棲昏。”

【鸞和】車馬上的鈴。周禮夏官大馭：“凡馭路儀，以鸞和爲節。”注：“鸞在衡，和在軾，皆以金爲鈴。”禮玉藻：“故君子在車，則聞鸞和之聲，行則鳴佩玉。”

【鸞皇】鸞與皇(凰)，皆鳳屬。楚辭屈原離騷：“鸞皇爲余先戒兮，雷師告余以未具。”文選漢禰正平(衡)鸚鵡賦：“配鸞皇而等美，焉比德於衆禽?”

【鸞書】男女定親的婚帖。明孟稱舜張玉娘貞文記閨酐：“道是王家的，央了縣裏大爺，親把鸞書來送。”

【鸞掖】猶鸞臺。唐代門下省的別名。唐李商隱李義山詩集五和劉評事永樂閒居見寄：“看封諫草歸鸞掖，尚賁衡門待鶴書。”

【鸞鳥】㊀神鳥。卽鸞。山海經西山經：“(女牀之山)有鳥焉，其狀如翟而五采文，名曰鸞鳥。”詳“鸞㊀”。㊁舊縣名。漢置。屬武威郡。以鸞鳥山而名。晉廢。故城在甘肅武威縣南。東漢永康元年，段熲破當煎羌於鸞鳥，卽此。見漢書地理志下、後漢書六五段熲傳。

【鸞輅】天子之車。逸周書月令：“天子居青陽左个，乘鸞輅，駕蒼龍。”後漢書四二東平憲王蒼傳：“今詔有司加賜鸞輅乘馬，龍旂九旒，虎賁百人，奉送王行。”

【鸞路】卽鸞輅。路通輅。禮月令孟春之月：“天子居青陽左个，乘鸞路，駕倉龍。”注：“鸞路，有虞氏之車，有鸞和之節，而飾之以青，取其名耳。”

【鸞旗】天子車上之旗。赤色，編以羽毛，上繡鸞鳥。漢書六四下賈捐之傳：“鸞旗在前，屬車在後。”注：“鸞旗，編以羽毛，列繫橦旁，載於車上，大駕出，則陳於道而先行。”參閱後漢書輿服志上。

【鸞臺】唐代門下省之別名。舊唐書職官志二：“門下省，光宅改爲鸞臺。”唐白居易長慶集五八行香歸詩：“鸞臺龍尾道，合盡小年登。”

【鸞箋】彩箋。宋蘇易簡文房四譜四紙譜：“蜀人造十色箋，凡十幅爲一榻，……然逐幅于方版之上研之，則隱起花木麟鸞，千狀萬態。”後人稱彩箋爲鸞箋，本此。宋張鎡南湖集九池上木芙蓉欲開述興二首詩：“岸巾三酌便酣眠，墮地鸞箋寫未全。”

【鸞鳳】鸞鳥與鳳凰。古人常用以喻美善賢俊。文選漢賈誼弔屈原文：“鸞鳳伏竄兮，鴟梟翱翔。”此喻賢俊之士。唐詩紀事五二盧儲催妝：“今日幸爲秦晉會，早教鸞鳳下妝樓。”此喻美人。

【鸞膠】傳說海上有鳳麟洲，多仙人，以鳳喙麟角合煎作膏，名續弦膠，能續弓弩斷弦。見舊題漢東方朔十洲記。後亦名鸞膠。全唐詩七六六劉兼秋夜書懷呈戎州郎中：“鸞膠處處難尋覓，斷盡相思寸寸腸。”

【鸞輿】天子之乘輿。亦代指皇帝。唐杜甫杜工部詩九得家書：“二毛趨帳殿，一命待鸞輿。”參見“鑾輿”。

【鸞鏡】飾有鸞鳥圖案的妝鏡。唐白居易長慶集五太行路：“何況如今鸞鏡中，妾顏未改君心改。”才調集五秦韜玉詠手詩：“鸞鏡巧梳勻翠黛，畫樓閒望擘珠簾。”

【鸞鶴】鸞與鶴，傳爲仙人所乘。樂府詩集五八南朝宋湯惠休楚明妃曲：“驂駕鸞鶴，往來仙靈。”文選南朝梁江文通(淹)從冠軍建平王登廬山香爐峯詩：“此山具鸞鶴，往來盡仙靈。”

【鸞鑣】繫鸞鈴的馬銜。詩秦風駟驖：“輶車鸞鑣，載獫歇驕。”疏：“鸞在衡，和在軾，謂乘車之鸞也。此云鸞鑣，則鸞在于鑣，故異於乘車也。”文苑英華三一四南朝梁庾肩吾蒞圃堂詩：“北宮多暇豫，時駕總鸞鑣。”

【鸞鳳書】傳說中一種字體。唐韋續墨藪一五十六種書：“少昊金天氏作鸞鳳書，以鳥紀官，文章衣服取象古文。”

【鸞翔鳳集】喻人才會集。藝文類聚二六晉傅咸申懷賦：“穆穆清禁，濟濟羣英。鸞翔鳳集，羽儀上京。”

【鸞翔鳳翥】喻書法筆勢如鸞鳳飛舉。唐韓愈昌黎集五石鼓歌：“鸞翔鳳翥衆仙下，珊瑚碧樹交枝柯。”

【鸞飄鳳泊】㊀喻書法筆勢之妙。唐韓愈昌黎集三岣嶁山詩：“科斗拳身薤倒披，鸞飄鳳泊拏虎螭。”宋楊萬里誠齋集二十正月十二游東坡白鶴峯故居詩：“獨遺無邪四個字，鸞飄鳳泊蟠銀鉤。”㊁喻離散。清龔自珍定盦文集補懷人館詞金縷曲：“我又南行矣。笑今年鸞飄鳳泊，情懷何似？縱使文章驚海內，紙上蒼生而已。”

鹵 部

鹵 lǔ ㄌㄨˇ 郎古切，上，姥韻，來。

㊀一作“滷”。鹹地。土有鹹性，不適於種植。易說卦兌：“其於地也，爲剛鹵。”左傳襄二五年：“表淳鹵，數疆潦。”㊁鹹地所生之鹽顆。史記一二九貨殖傳：“山東食海鹽，山西食鹽鹵。”正義：“謂西方鹹地也，堅且鹹，卽出石鹽及池鹽。”㊂遲鈍。通“魯”。見“鹵鈍”。㊃大楯。通“櫓”。史記始皇紀賈誼過秦論：“伏尸百萬，流血漂鹵。”集解：“徐廣曰：鹵，楯也。”文選作“櫓”。㊄掠奪。通“擄”。史記一〇六吳王濞傳詔：“燒宗廟，鹵御物。”

【鹵城】縣名。漢置，屬代郡，東漢屬雁門郡，建安中省。因多鹵地，故名。故城在今山西繁時縣境內。參閱嘉慶一統志一五一代州古蹟。

【鹵莽】㊀粗疎。唐杜甫杜工部草堂詩箋十六空囊：“世人共鹵莽，吾道屬艱難。”新唐書一六三柳玭傳家訓：“夫士君子生於世，已無能而望它人用，已無善而望它人愛，猶農夫鹵莽種之，而怨天澤不潤，雖欲弗獲可乎?”參見“鹵莽滅裂”。㊁荒草。文選漢揚子雲(雄)長楊賦：“夷阬谷，拔鹵莽，刊山石。”也指荒蕪。宋蘇軾分類東坡詩三渚宮：“二王臺閣已鹵莽，何況遠問縱橫時。”㊂隱約，依稀。唐段成式酉陽雜俎前集物異：“高郵縣有一寺，不記名，講堂西壁枕道，每日晚，人馬車轝影悉透壁上，衣紅紫者，影中鹵莽可辨。”白居易長慶集十七潯陽秋懷贈許明府詩：“鹵莽還鄉夢，依稀望闕歌。”

【鹵掠】 搶奪人和物。同"虜掠"。漢書高帝紀:"所過毋得鹵掠,秦民喜。"

【鹵鈍】 遲鈍,不敏鋭。同"魯鈍"。漢應劭風俗通過譽:"(段)遼叔太子名舊,才操鹵鈍。"抱朴子勗學:"經術深則高才者洞逸,鹵鈍者醒悟。"

【鹵簿】 帝王駕出時扈從的儀仗隊。出行之目的不同,儀式亦各别。漢應劭漢官儀下:"天子車駕次第謂之鹵簿。"唐封演封氏聞見記五:"輿駕行幸,羽儀導從謂之鹵簿,……按字書:'鹵,大楯也。'鹵以甲爲之,所以扞敵。……甲楯有先後部伍之次,皆著之簿籍,故謂之鹵簿耳。"自漢以後亦用於后妃、太子、王公大臣。唐制四品以上皆給鹵簿。唐白居易長慶集五六贈悼懷太子挽歌辭之二:"鹵簿凌霜宿,銘旌向月翻。"參閲通典一〇七禮六七。

【鹵莽滅裂】 莊子則陽:"君爲政焉勿鹵莽,治民焉勿滅裂。昔予爲禾,耕而鹵莽之,則其實亦鹵莽而報予;芸而滅裂之,其實亦滅裂而報予。"注:"鹵莽滅裂,輕脱末略,不盡其分。"釋文:"司馬(彪)云:鹵莽,猶麄粗也。謂淺耕稀種也。滅裂,斷其草也。"後指輕率敗事。宋朱熹朱文公集十三辛丑延和奏劄三:"其有鹵莽滅裂徒爲煩擾去處,將來本司覺察得知,具名聞奏。"

四畫

䴚 gǎng ㄍㄤˇ 各朗切,上,蕩韻,見。

鹽澤。見玉篇。北史楊義臣傳:"入豆子䴚,討賊格謙禽之,以狀聞奏。"

九畫

鹹 xián ㄒㄧㄢˊ 胡讒切,平,咸韻,匣。

㊀鹽味。書洪範:"潤下作鹹。"㊁古地名。1.春秋衛地。左傳僖十三年:"會于鹹。"2.春秋魯地。春秋文十一年:"叔孫得臣敗狄于鹹。"

【鹹解】 食品名。清李調元南越筆記十一蟚蜞:"故(潮)諺有曰:'水潮蚓,食鹹解。'鹹解者,以毛蟚蜞入鹽水中,經兩月,熬水爲液,投以柑橘之皮,其味佳絶。解其渣滓不用,用其精華,故曰解也。蚓者,蛤之屬,惟潮州人食之,故曰水潮蚓。"

【鹹潟】 鹵鹼地。周禮地官草人:"凡糞種,騂剛用牛,……鹹潟用貆。"注:"潟,鹵也。"

【鹹鹺】 古祭祀時所用的鹽。禮曲禮下:"凡祭宗廟之禮……鹽曰鹹鹺。"水經注六涑水:"土俗裂水沃麻,分灌川野,畦水耗竭,土自成鹽,卽所謂鹹鹺也。"

【鹹杬子】 卽鹽鴨蛋。以其用杬木皮煮汁和鹽漬之,故名。明陶宗儀輟耕録七鹹杬子:"今人以米湯和入鹽、草灰以團鴨卵,謂曰鹹杬子。"參見"杬子"。

十畫

鹺 cuó ㄘㄨㄛˊ 昨何切,平,歌韻,從。

鹽。禮曲禮下:"鹽曰鹹鹺。"注:"大鹹曰鹺。"

【鹺使】 清代鹽運使的别稱。參見"鹽運使"。

鹻 jiǎn ㄐㄧㄢˇ 古斬切,上,豏韻,見。

凝結之鹵。同"鹼"。三國魏劉劭人物志上體别:"夫中庸之德,其質無名,故鹹而不鹻,淡而不醴,質而不縵,文而不繢。"宋林逋林和靖集一出曹川詩:"兩濼生新鹻,茅叢夾舊槎。"

十三畫

鹽 1. yán ㄧㄢˊ 余廉切,平,鹽韻,喻。

㊀食鹽。有海鹽、池鹽、井鹽等。管子海王:"十口之家,十人食鹽。"㊁姓。魯國先賢傳有漢北海相鹽津。見通志二九氏族五平聲。

2. yàn ㄧㄢˋ 以贍切,去,豔韻,喻。

㊂醃。以鹽漬食物。禮内則:"屑桂與薑以洒諸上而鹽之。"㊃欣羡。通"豔"。禮郊特牲:"而流示之禽,而鹽諸利,以觀其不犯命也。"注:"流猶行也。行,行田也。鹽讀爲豔,行田示之以禽,使歆豔之,觀其用命不也。"㊄曲調名。樂府有昔昔鹽、河鵲鹽等名。宋張端義貴耳集中:"謂之鹽者,吟、行、曲、引之類,樂府解題謂之杖鼓曲也。"

【鹽人】 官名。周禮天官有鹽人。掌鹽之政令及供鹽之事。

【鹽山】 縣名,屬河北省。春秋時爲齊國無棣邑,漢爲高城縣,屬渤海郡。隋改爲鹽山縣,取東南鹽山爲名。後代因之。參閲嘉慶一統志二四天津府一。

【鹽井】 産鹽的井。漢書九一程鄭傳:"(羅裒)擅鹽井之利,期年所得自倍,遂殖其貨。"

【鹽引】 商人運銷官鹽的憑照。其法始於宋之鹽鈔,後鈔法大壞,乃換給鹽引。元明均沿用之。清制,每年由户部頒發,指定口岸斤數,由商販運,不准引鹽相離,每引行鹽之數,百斤至數千斤,各省不同,課税輕重亦不一。其鹽場行銷之地曰引地,額銷之數曰引額。參閲宋史食貨志下三、六部成語註解户部鹽引。

【鹽水】 水名。源出山西夏縣南中條山。一名白沙河,又名巫咸河。爲隋都水監姚暹所浚,故又稱姚暹渠。西流經縣南,又經安邑縣和鹽池北入五姓湖。按此水水經注六涑水云西注鹽池。今鹽池最忌此水,溢入則鹽不成,故俗名無鹽河。參閲嘉慶一統志一五四解州府山川。

【鹽氏】 地名。史記秦紀:"五國共攻秦,至鹽氏而還。"正義:"括地志云:鹽故城一名司鹽城,在蒲州安邑縣。"今山西運城縣境。

【鹽汗】 汗水。淮南子精神:"今夫繇者揭钁臿,負籠土,鹽汗交流,喘息薄喉。"注:"白汗鹹如鹽,故曰鹽汗。"

【鹽池】 ㊀産鹽的沼澤。漢書七一平當傳:"言勃海鹽池可且勿禁,以救民急。"㊁地名。卽解池。在今山西運城縣境。以地出石鹽而名。左傳成六年"沃饒而近盬"晉杜預注:"盬,鹽池,猗氏縣鹽池是。"參閲太平寰宇記四六解縣。㊂縣名。屬寧夏回族自治區。漢朐衍縣,西魏改鹽州。隋改鹽川郡,唐以後爲鹽州。明改爲寧夏後衛。清廢衛,移靈州治。公元1913年析置鹽池縣。參閲嘉慶一統志二六四寧夏府一。

【鹽州】 地名。在今寧夏回族自治區鹽池縣北。西魏置,隋改爲鹽川郡。唐復爲州,宋入西夏,元廢。唐白居易長慶集三城鹽州詩:"城鹽州,城鹽州,城在五原原上頭。"參閲太平寰宇記三七鹽州。

【鹽車】 運鹽的車。戰國策楚四:"君亦聞驥乎?夫驥之齒至矣,服鹽車而上大行,……中阪遷延,負轅不能上。"比喻賢才屈居賤役。史記八四賈誼傳弔屈原:"騰駕罷牛兮驂蹇驢,驥垂兩耳兮服鹽車。"唐元稹長慶集十九病馬詩寄上李尚書詩:"遥看雲路心空在,久服鹽車力漸煩。"

【鹽宗】 鹽神。古代傳説有夙沙氏煎煮海水成鹽,人尊爲鹽宗,爲之置祠。見太平寰宇記四六解州安邑縣。

【鹽官】 ㊀掌鹽務的官。漢時於産鹽多的郡縣皆置鹽官。見漢書地理志上。㊁地名。1.漢縣。屬西河郡。其確址已無可考。見漢書地理志下。2.三國吴置。隋唐宋因之，元升州，後改爲海寧州，明降爲海寧縣。參閱嘉慶一統志二八三杭州府一。

【鹽花】細鹽末。本草綱目五水一乳穴水："近乳穴處流出之泉也。……其水濃者，秤之重於他水，煎之上有鹽花。"清李調元南越筆記十六兩廣鹽："生鹽浮於面，不雜泥沙，其白如雪，則爲鹽花也。"

【鹽虎】古時的形鹽。左傳僖三十年："辭曰：國君文足昭也，武可畏也，則有備物之饗，以象其德；薦五味，羞嘉穀，鹽虎形，以獻其功。"注："形鹽，鹽形象虎……鹽虎形，以象武也。"唐李商隱李義山詩集四殘雪："刻獸摧鹽虎，爲山倒玉人。"參見"形鹽"。

【鹽亭】㊀縣名。漢廣漢縣地。南朝梁置北宕渠郡及縣，西魏改郡、縣皆曰鹽亭。以後郡屬不同，而縣名未變。今屬四川省。參閱嘉慶一統志四〇六潼川府一。㊁製鹽場所。元史王都中傳："中書省臣奏國計莫重於鹽筴。乃如前除鹽亭竈户，三年一比附推排，世祖舊制也。"

【鹽軍】宋時以查獲之私販，選其壯者編以爲軍，曰鹽軍。元至元間於江浙招募鹽徒爲軍，以備各處鎮守。參閱續文獻通考一二一兵一。

【鹽政】官名。清初以都察院御史巡視鹽政，長蘆、兩淮各一人。福建、兩廣、甘肅、四川以總督兼理。浙江、雲南、貴州均巡撫兼理。在產區所置巡鹽御史，定例一年更換，名爲鹽差。乾隆初，改鹽差爲鹽政。道、咸年間，各省督撫皆帶管理鹽政銜。

【鹽城】縣名，屬江蘇省。漢置鹽瀆縣，屬臨淮郡。三國時廢。晉武帝太康二年復立，安帝時更名爲鹽城縣。後代因之。參閱宋書州郡志一、寰宇通志二十淮安府。

【鹽豉】豆豉，以鹽和豆製成，古用爲調味品。史記一二九貨殖傳："蘖麴鹽豉千荅，鮐鮆千斤。"世説新語言語："武子（王濟）前置數斛羊酪，指以示陸（機）曰：'卿江東何以敵此？'陸云：'有千里蓴羹，但未下鹽豉耳。'"

【鹽票】鹽商運銷官鹽的憑照。清制，由户部頒發的稱鹽引，由地方鹽政機關填發的稱鹽票。參閱清續文獻通考三四征榷六鹽法。

【鹽梅】鹹鹽和酸梅。鹽梅爲調味之品，用以喻整治國政。書説命下："若作和羹，爾唯鹽梅。"此爲殷高宗命傅説爲相之辭。後來詩文中常以鹽梅指宰相或職權相當於宰相的人。北周庾信庾子山集七商調曲："若涉大川，言憑於舟檝；如和鼎實，有寄於鹽梅。君臣一體，可以靜氛埃；得人則治，何世無奇才？"舊唐書禮儀志三："今侍中，名則古官，人非昔任，掌同燮理，寄實鹽梅。"

【鹽販】沼澤名。即今山西運城縣之解池。山海經北山經："景山，南望鹽販之澤。"水經注六涑水："（漢書）地理志曰：鹽池在安邑西南。……山海經謂之鹽販之澤也。"

【鹽梟】清代官府稱結幫運販私鹽的人。清續文獻通考三六征榷八咸豐五年諭："前因引課倍加，鹽價益貴，以致私鹽暢行，鹽梟蜂起。"

【鹽場】製鹽的場所。唐段公路北户錄二紅鹽："恩州有鹽場，出紅鹽，色如絳雪。"宋史食貨志下三李察言："餘十有二州行海鹽，請用今税法置買賣鹽場。"

【鹽鈔】宋代商賈運銷官鹽的憑證。宋世陝西顆鹽舊法，官自搬運，置務拘賣。仁宗時，范祥始爲鈔法，積鹽於解池，令商人就邊郡入錢四貫八百，售一鈔。至解池，請鹽二百斤，任其私賣，得錢以實塞下，其後鈔法敗壞，乃改行鹽引。參閱宋沈括夢溪筆談十一官政一。參見"鹽引"。

【鹽絮】晉謝安雪日，與兒女講論文義。安問："白雪紛紛何所似？"兄子朗曰："撒鹽空中差可擬。"兄女道韞曰："未若柳絮因風起。"見世説新語言語。後因以鹽絮喻雪。宋蘇軾分類東坡詩八次韻仲殊雪中遊西湖之二："乞得湯休奇絶句，始知鹽絮是陳言。"也指有文才的婦女。翰墨大全缺名青玉案詞："鹽絮家風人所許，如今憔悴，但餘雙淚，一似黃梅雨。"花草粹編、歷代詩餘題李清照作。

【鹽源】縣名，屬四川省。漢置定莋縣，屬越巂郡。南齊省，北周爲定莋鎮，唐改昆明縣，元改柏興縣，清雍正六年改爲鹽源縣。今爲四川鹽源彝族自治縣。參閱嘉慶一統志四〇〇寧遠府一。

【鹽筴】食鹽者的户口册籍。管子海王："海王之國，謹正鹽筴。"宋陳傅良止齋集十七新除江東提刑陳公亮除福建轉運副使制："其爲朕通八郡之鹽筴，以抒吾民，則朕以懌可。"

【鹽綱】明萬曆中，鹽法大弊，積引過多，兩淮鹽政疏理道袁世振乃立鹽政綱法，以舊引與現引，分綱行銷。淮南編爲十綱，淮北編爲十四綱。清制因之，行鹽遂成世業。道光後改行票鹽，綱法始廢。參閱續文獻通考二十鹽鐵。

【鹽綠】藥名。又名綠鹽。聖濟方聖惠方皆作"鹽綠"。天然產者，生於石上，謂之石綠。明李時珍謂方家言波斯綠鹽，色青，陰雨中乾而不濕者爲真。參閱本草綱目十一石五綠鹽。

【鹽課】即鹽税。宋史食貨志下三："（周）世宗北伐，父老遮道泣訴，願以鹽課均之兩税，而弛其政，許之。"

【鹽澤】即今羅布泊。古名蒲昌海。史記一二三大宛傳："于寘之西，則水皆西流，注西海；其東水東流，注鹽澤。"索隱："括地志云：蒲昌海一名泑澤，一名鹽澤。"

【鹽籍】登記鹽商的名册。唐白居易長慶集四六議鹽法之弊："上農大賈，易其資產，入爲鹽商。率皆多藏私財，別營裨販，少出官利，唯求隸名，居無征徭，行無榷税。身則庇於鹽籍，利盡入於私室。"裴廷裕東觀奏記下："畢諴本估客之子，連昇甲乙科。杜悰爲淮南節度使，置幕中，始落鹽籍。"

【鹽鐵】煮鹽和冶鐵。管子山國軌："鹽鐵之筴，足以立軌官。"自漢以來，歷代王朝皆以鹽鐵爲政府專營，鹽鐵之税與田税爲國賦收入的主要項目。

【鹽角兒】㊀曲名。宋王灼碧雞漫志："嘉祐雜志云：梅聖俞（堯臣）説，始教坊家人市鹽，於紙角中得一曲譜，翻之，遂以名。今雙調鹽角兒令是也。"㊁詞調名。雙調五十字。前段六句，三仄韻一疊韻；後段五句，三仄韻。見詞譜八。

【鹽運使】官名。宋有提舉茶鹽司，元人於兩淮、兩浙等處始置都轉運鹽使司。惟明初鹽運使受督鹽道監察，其後始爲平行官。

【鹽精石】即凝水石，亦名寒水石、凌水石。生鹵地積鹽下。鹵液滲入土中，年久及泉，凝結成石，色佳者清瑩如水精。參閱政和證類本草四凝水石。

【鹽麩子】楠木之實。又名五楠、木鹽、鹽梅子、鹽膚子、酸桶。楠樹狀如椿，秋結穗，子粒如小豆，上有白粉似雪，有鹽味，可酢羹。入藥。見政和證類本草十四、本草綱目三二果四鹽夫子。參見"楠木"。

【鹽難水】水名。又名鹽水。即今渾江。漢書地理志下玄菟郡："馬訾水西北入鹽難水。"東南流入鴨綠江。參閱新唐書二二〇高麗傳。

【鹽鐵使】官名。唐置。掌收運鹽鐵之税，或兼兩税使、租庸使。唐肅宗時，第五琦以司金郎中，兼侍御史、諸道鹽鐵鑄錢使。鹽鐵名使，自琦始。宋之鹽鐵使，掌山澤之貨、關市、河渠、軍器諸事。參閱舊唐書食貨志、宋史職官志二。

【鹽鐵論】漢桓寬撰。十卷，六十篇。漢始元六年，昭帝徵集郡國賢良文學之士，詢以治亂，皆求罷鹽鐵、榷酤、均輸，獨御史大夫桑弘羊以爲不可廢，因止罷榷酤而鹽鐵卒不變。至宣帝時，寬推衍當時雙方論難之語，集成是書。

【鹽邑志林】書名。明天啟三年海鹽知縣樊維成刊，綜合歷代縣人著作，自三國至明，共四十一種，六十五卷，爲我國最早印行的地方性叢書。後來清代的涇川叢書、金華叢書皆沿此體例刊行。

【鹽香風色】鹽本無香，風本無色。佛家以喻法本無有。成實論二："世間事中，兔角、龜毛、蛇足、鹽香、風色等，是名無。"

鹼 jiǎn 古斬切，上，豏韻，見。ㄐㄧㄢ 七廉切，平，鹽韻，清。

鹵塊。同"鹻"。就土性而言曰鹵，取而用之則曰鹼。見說文。

鹿 部

鹿 lù ㄌㄨˋ 盧谷切，入，屋韻，來。

㊀獸名。四肢細長，雄者生有枝之角，種類很多。詩小雅鹿鳴："呦呦鹿鳴，食野之苹。"㊁糧倉。國語吳："市無赤米，而國鹿空虛。"注："員曰囷，方曰鹿。"㊂粗，陋。見"鹿車㊀"、"鹿牀"、"鹿菲"、"鹿裘"等條。參閱清沈濤銅熨斗齋隨筆八鹿有麤義。㊃山足。通"麓"。穀梁傳僖十四年："秋八月辛卯，沙鹿崩。林屬於山爲鹿。"㊄姓。趙大夫食采五鹿，因以爲氏。漢有巴郡太守鹿旗。見通志二七氏族三以邑爲氏。

【鹿上】古地名。故址在今安徽阜陽縣南境。春秋僖二一年："宋人、齊人、楚人盟于鹿上。"注："鹿上，宋地，汝陰有原鹿縣。"

【鹿女】佛經故事：昔有南窟仙人，見鹿產一女，卽取歸撫養，長大成人，惟脚似鹿，是爲鹿女。一日，因洞中火熄，命鹿女往北窟仙人處取火。北窟仙人見鹿女行處步跡皆有蓮花，因與鹿女言："遶我舍七匝，當與汝火。"鹿女如其所言，遂取火而去。見雜寶藏經二鹿女夫人。唐王維王右丞集五遊感化寺詩："雁王銜果獻，鹿女踏花行。"

【鹿中】古習射時用以盛筭(竹籌)之具。刻木爲鹿形，前足屈跪，鑿背爲口。射中，納筭於口以記數。儀禮鄉射禮："釋獲者執鹿中一人，執筭以從之。"又："鹿中髹，前足跪，鑿背，容八筭。"

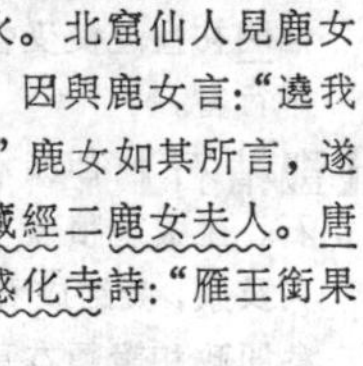

鹿中

【鹿爪】彈箏時用以撥弦之具。以其形似鹿爪，故名。亦稱"鹿角爪"。梁書羊侃傳："侃性豪奢，善音律，……有彈箏人陸太喜著鹿角爪，長七寸。"西崑酬唱集上宋楊億宣曲二十二韻詩："麝臍薰翠被，鹿爪試銀箏。"

【鹿丘】卽殷都朝歌之鹿臺與糟丘。相傳周武王克殷，至鹿臺糟丘，終夜不寢。見逸周書度邑。文選南齊王元長(融)三月三日曲水詩序："度邑靜鹿丘之歎，遷鼎息大坰之慙。"唐呂延濟注："言武王克殷，將度邑，自鹿丘而歎恥者，以臣伐君之名也。"

【鹿衣】鹿皮所做之衣。指古隱士常服。晉皇甫謐高士傳上善卷贊："遐矣善卷，君堯北面；鹿衣牧世，自臻從勸。"

【鹿竹】中藥黃精別名。因其葉似竹而鹿喜食之，故名。見本草綱目十二草一黃精。

【鹿車】㊀用人力推挽的小車。後漢書八四鮑宣妻傳："妻乃悉歸侍御服飾，更著短布裳，與宣共挽鹿車歸鄉里。"太平御覽七七五漢應劭風俗通："鹿車窄小，裁容一鹿也。"㊁紡車的一種。卽轣轆車。見該條。㊂佛家語。與羊車牛車同稱"三車"，亦卽三乘。以鹿車譬喻三乘中之"獨覺乘"，謂其不近人衆，有似鹿處山林。法華經二譬喻品："樂獨善寂，深知諸法因緣，是名辟支佛乘，如彼諸子，爲求鹿車，出於火宅。"參見"三車"、"三乘㊀"。

【鹿豕】鹿與野猪。孟子盡心上："舜之居深山之中，與木石居，與鹿豕遊，其所以異於深山之野人者幾希？"孔叢子四儒服："人生則有四方之志，豈鹿豕也哉而常聚乎！"後因以爲鄙野之喻，又稱人之愚陋無知者曰蠢如鹿豕。

【鹿尾】鹿之尾。古代珍貴食品。唐段成式酉陽雜俎前集七酒食："(南朝梁劉)孝儀曰：鄴中鹿尾，乃酒殽之最。"唐代會州會寧郡土貢有鹿舌、鹿尾。見新唐書地理志一。

【鹿邑】縣名。屬河南省。春秋時爲陳地，稱鳴鹿。東漢析置武平縣。隋開皇十八年，改名鹿邑縣，取故鹿城地爲名。屬淮陽郡。唐宋屬亳州。明清屬歸德府。參閱太平寰宇記十二亳州、嘉慶一統志一九三歸德府一。

【鹿角】㊀牡鹿之角。初生謂之鹿茸。入藥。禮月令仲夏之月："鹿角解，蟬始鳴。"㊁古時陣地營寨以前的一種防衛工事。把帶枝的樹木削尖，半埋入地，以阻截敵人闖入。漢曹操軍策令："夏侯淵今月賊燒卻鹿角。鹿角去本營十五里，淵將四百兵行鹿角，因使士補之。"又諸葛亮軍令："敵以來，進持鹿角，兵悉却在連衡後。敵已附，鹿角裏兵但得進踞，以矛戟刺之，不得起住。起住妨弩。"(太平御覽三一七)。㊂小魚名。宋歐陽修文忠集八奉答聖俞達頭魚之作詩："毛魚與鹿角，一龠數十百。"蘇軾分類東坡詩十三和蔣夔寄茶："剪毛胡羊大如馬，誰記鹿角腥盤筵。"㊃菜名。猴葵的別稱。色赤，生石上，南越謂之鹿角。參閱北魏賈思勰齊民要術十菜茹、本草綱目二八菜四鹿角菜。

【鹿牀】粗陋的坐卧之具。相傳爲隱士所寢居。梁書阮孝緒傳："所居室唯有一鹿牀，竹樹環繞。"

【鹿苑】㊀養鹿的園林。也以稱古帝王遊獵之地。春秋成十八年"築鹿囿"晉杜預注："築牆爲鹿苑。"㊁縣名。在今陝西高陵縣境。唐武德二年，分高陵置鹿苑縣，貞觀元年廢入高陵。參閱舊唐書地理志一、嘉慶一統志二二八西安府二古蹟。㊂卽鹿野苑。釋伽牟尼始說法之所。續高僧傳四釋玄奘大唐三藏聖教序："雙林八水，味道飡風；鹿苑鷲峯，瞻奇仰異。"參見"鹿野苑"。

【鹿韭】牡丹的別名。見政和證類本草九牡丹。

【鹿馬】秦趙高獻鹿於秦二世，强指爲馬。問左右，左右或默，或言馬，以阿順高，而陰以法害言鹿者，樹威使諸臣不敢立異。見史記秦始皇紀。抱朴子君道："獨任，則悟鹿馬之作威，恭顯之惡直。"恭顯，漢弘恭、石顯。參見"指鹿爲馬"。

【鹿柴】唐王維輞川別墅有鹿柴。柴，通"砦"，栅欄、籬落。維常與裴迪遊賞其間，並各賦鹿柴詩。見王右丞集四。

【鹿茸】初生的鹿角。上被茸毛，故名。爲名貴的中藥材。見政和證類本草十七鹿茸。

【鹿鹿】㊀平庸。漢書三九蕭何傳贊"蕭何、曹參皆起秦刀筆吏，當時録録未有奇節"唐顔師古注："録録猶鹿鹿，言在凡庶之中也。"參閲清王念孫廣雅疏證釋訓。㊁忙碌。清顔光敏顔氏家藏尺牘一徐尚書乾學："偶於敀奏時一晤芝宇，又勿獲暢談，乃朝夕鹿鹿，良覿頗稀，悵歉曷極。"

【鹿埵】古方言，敗退潰散貌。荀子議兵："故仁人之兵，……圜居而方止，則若磐石然，觸之者角摧，案角鹿埵隴種東籠而退耳。"參閲清顧炎武日知録二七荀子注。

【鹿砦】卽"鹿柴"，詳"鹿柴"。

【鹿菲】粗履。漢桓寬鹽鐵論散不足："古者庶人鹿菲草芰，縮絲尚韋而已。及其後，則綦下不借，鞔鞮革舄。"初學記二六引鹽鐵論作"麄屝草履"。

【鹿裘】粗陋的裘衣。晏子春秋外篇："晏子相(齊)景公，布衣鹿裘以朝。公曰：'夫子之家若此其貧也，是奚衣之惡也！'"史記一三〇太史公自序："(墨者)夏日葛衣，冬日鹿裘，其送死桐棺三寸。"

【鹿葱】萱草的别名。一名宜男草。藝文類聚八一晉嵇含(宜男花)賦序："宜男多殖幽皋曲隰，或寄華林玄圃，荆楚之士，號曰鹿葱。"

【鹿蜀】傳説中的獸名。山海經南山經："(杻陽之山)有獸焉，其狀如馬而白首，其文如虎而赤尾，其音如謡，其名曰鹿蜀，佩之宜子孫。"注："佩謂帶其皮毛。"

【鹿觡】懸物之鉤。形如鹿角，故名。方言五："鉤，宋楚陳魏之間，謂之鹿觡，或謂之鉤格。"注："或呼鹿角。"

【鹿臺】古臺名。故址在今河南湯陰朝歌鎮南，相傳爲殷紂王所築。周武王伐紂，紂兵敗，登臺自焚而死。書武成："(周武王)散鹿臺之財，發鉅橋之粟。"傳："紂所積之府倉，皆散發以賑貧民。"漢劉向新序刺奢："紂爲鹿臺七年而成，其大三里，高千尺，臨望雲雨。"

【鹿幘】用鹿皮製的裹髮巾。隱士的服飾。唐陸龜蒙甫里集九寄茅山何威儀詩之二："身輕曳羽霞襟狹，髻聳褰烟鹿幘高。"新唐書一九六朱桃椎傳："長史竇軌見之，遺以衣服、鹿幘、麂鞾，逼署鄉正。(桃椎)委之地，不肯服。"

【鹿鳴】詩小雅篇名。爲宴會賓客時奏的樂歌。詩序："鹿鳴，燕羣臣嘉賓也。"國語魯下："叔孫穆子聘於晉，晉悼公饗之，樂及鹿鳴之三。"

【鹿駭】鹿性善驚，聞聲逃逸，借喻爲惶恐失措之狀。漢桓寬鹽鐵論險固："如此則中國無狗吠之警，而邊境無鹿駭狼顧之憂矣。"文選漢馬季長(融)長笛賦："魚鼈禽獸聞之者莫不張耳鹿駭，熊經鳥申。"

【鹿盧】㊀滑輪，一種起重裝置。同"轆轤"。禮檀弓下"公室視豐碑"漢鄭玄注："穿中於間爲鹿盧，下棺以絳繞。"晉書石季龍載記上："(戲馬)觀上安詔書，五色紙，在木鳳之口，鹿盧迴轉，狀若飛翔焉。"㊁棗名。爾雅釋木"邊，要棗"晉郭璞注："子細腰，今謂之鹿盧棗。"㊂劍名。見"鹿盧劍"。

【鹿戲】古代一種體育治療法。仿鹿的動作姿態，四肢距地，引項反顧，左右脚伸縮。參見"五禽戲"。

【鹿藿】植物名。卽登豆。俗稱野緑豆。可蒸食，也可入藥。爾雅釋草："蔨，鹿蘿，其實莥。"注："今鹿豆也，葉似大豆，根黄而香，蔓延生。"蘿同"藿"。初學記二十南朝梁簡文帝勸醫文："胡麻鹿藿，纔救頭痛之痾；麥麴芎藭，暫止河魚之腹。"

【鹿櫨】起重滑車。卽鹿盧。晉書石季龍載記上："咸康二年，使牙門將張彌徙洛陽鍾虡、九龍、翁仲、銅駝、飛廉于鄴。鍾一没于河，募浮没三百人入河，繫以竹絙，牛百頭，鹿櫨引之乃出。"資治通鑑九五晉咸康二年注："鹿櫨，形如汲水木，立兩柱，横木貫注，令圜滑可轉，繫絙於横木，絞而引之。"

【鹿毛筆】用鹿毛製成的筆。藝文類聚五八晉王隱筆銘："豈作其筆，必兔之毫。調利難禿，亦有鹿毛。"唐蘄州蘄春郡土貢有鹿毛筆。見新唐書地理志五。

【鹿皮巾】鹿皮做的頭巾。古隱士所服。南史陶弘景傳："(梁武)帝手敕招之，錫以鹿皮巾，後屢加禮聘，並不出。"省作"鹿巾"。五代前蜀韋莊浣花集四雨霽池上作呈侯學士詩："鹿巾藜杖葛衣輕，雨歇池邊晚吹清。"

【鹿皮冠】用鹿皮做的帽子。隱士所戴。三國志魏文帝紀黄初三年"冬十月，授楊彪光禄大夫"注引魏略："詔曰：'……謁請之日，便使杖入，又可使著鹿皮冠。'彪辭讓不聽，竟著布單衣，皮弁以見。"也作"鹿皮帽"。宋書何尚之傳："尚之在家常著鹿皮帽，及拜開府，天子臨軒，百僚陪位，沈慶之於殿廷戲之曰：'今日何不著鹿皮冠？'"

【鹿皮翁】傳説人名。也稱鹿皮公。漢淄川人。少爲府小吏。岑山上有神泉，作室其旁，食芝飲泉七十餘年。淄水暴漲，翁呼族人登山，全活者六十餘人。水平，遣族人下山，自着鹿皮衣，復上閣，後百餘年，人又見下山賣藥於市。見漢劉向列仙傳下鹿皮公。唐杜甫杜工部草堂詩箋十四遣興之三："但訝鹿皮翁，忘機對芝草。"

【鹿角叉】舊時官署前設置的木架。以攔阻人馬通行。卽周禮天官掌舍之"梐枑"。亦稱行馬。今俗謂鹿角叉。見清外方山人談徵名部鹿角叉。

【鹿角魚】魚名。也稱鹿魚。初學記三十漢楊孚異物志："鹿魚，頭上有兩角如鹿。"宋梅堯臣宛陵集十七賣鹿角魚詩："水中龍，角而足，海小魚，角矗矗，不擬龍，乃擬鹿。"

【鹿門山】山名。在湖北襄陽縣境。原名蘇嶺山。漢建武中，襄陽侯習郁立神廟於山，刻二石鹿，夾神道口，稱鹿門廟，因以名山。漢末龐德公攜妻子登鹿門山，采藥未返。唐孟浩然也隱居於此。參閲嘉慶一統志三四六襄陽府山川。

【鹿胎花】牡丹花的一種。宋歐陽修文忠集七二洛陽牡丹記花釋名："牡丹之名，或以氏，或以州，或以地，或以色，或旌其所異者而志之。……鹿胎花，倒暈檀心、蓮花萼、一百五、葉底紫，皆志其異者。"又："鹿胎花者，多葉，紫花，有白點如鹿胎之紋，故蘇相禹珪宅今有之。"陸游渭南文集四二天彭牡丹譜花釋名有牡丹紅，色紅，別是一種。

【鹿野苑】地名。也作鹿野園，省作鹿苑。在中天竺波羅奈國。釋迦牟尼在菩提伽耶覺悟成道，至此説四諦之法，度憍陳如等五比丘，故又名仙人論處。佛教神話，説佛之前身爲波羅痆斯國王，有林地養鹿，每日以一鹿供王充膳。有孕鹿垂産，鹿王菩薩白王願以身代。王感菩薩仁慈，悉放羣鹿，因名施鹿林，因有鹿野之稱。參閲大毘婆沙論一八三、大唐西域記七婆羅痆斯國。

【鹿鳴宴】科舉時考試後所舉行的宴會，由州縣長官宴請考官、學政以及中式諸生。唐人宴時用少牢，歌詩小雅鹿鳴之章，故名。又宋殿試文武兩榜狀元設宴，同年團拜，亦稱鹿鳴宴。參閲新唐書選舉志上、宋吳自牧夢粱錄三士人賦殿試唱名、清吳榮光吾學錄五貢舉鄉試燕。

【鹿頭關】 關名。在今四川德陽縣北，以鹿頭山而名。爲西川防守要地。唐杜甫杜工部草堂詩箋十八有鹿頭山詩。唐憲宗元和元年劍南西川節度使劉闢反，帝命高崇文討伐，六月，崇文破鹿頭關，直入攻克成都，叛亂悉平，即此。參閱舊唐書一四〇劉闢傳、一五一高崇文傳。

【鹿盧劍】 劍名。因劍柄端作鹿盧形，故名。玉臺新詠一古樂府日出東南隅行：“腰間鹿盧劍，可直千萬餘。”漢書七一雋不疑傳“帶櫑具劍”唐顏師古注：“晉灼曰：‘古長劍首以玉作井鹿盧形，上刻木作山形，如蓮花初生未敷時。今大劍木首，其狀似此。’”

【鹿蹄草】 草名。又名秦王試劍草。葉有長柄，形略似鹿蹄。入藥，舊以爲止血及金瘡藥。見本草綱目十六草五鹿蹄草。

【鹿死誰手】 鹿，喻帝位。喻共爭帝位，未知誰屬。晉書石勒載記下：“勒笑曰：‘……朕若逢高皇，當北面而事之，與韓彭競鞭而爭先耳。脫遇光武，當並驅于中原，未知鹿死誰手。”按漢書四五蒯通傳“且秦失其鹿，天下共逐之”注：“張晏曰：以鹿喻帝位。”後也泛指在競賽中勝利誰屬。金趙秉文滏水文集十九答麻知幾書：“使足下一第後，試制策，試宏詞，當與(李)欽叔並馳爭先，未知鹿死誰手，豈可成敗論事者哉！”

【鹿死不擇音】 左傳文十七年：“古人有言曰：‘畏死畏尾，身有餘幾。’又曰：‘鹿死不擇音。’”注：“音，所休蔭之處。古字聲同皆相假借。”音，諧“蔭”。喻人至絕境，將無所不止。

二　畫

麀 yōu ㄧㄡ 於求切，平，尤韻，影。

牝鹿。詩大雅靈臺：“王在靈囿，麀鹿攸伏。”也泛指雌獸。左傳襄四年：“在帝夷羿，冒于原獸，忘其國恤，而思其麀牡。”

【麀聚】 麀，母鹿。謂禽獸不知天倫，父子共一母鹿。借喻淫亂穢行。唐皮日休皮子文藪一憂賦：“宮掖紊亂，姦邪麀聚。”參見“聚麀”。

麂 jǐ ㄐㄧ 居履切，上，旨韻，見。

說文作“麐”。獸名。牡者有短角。山海經中山經：“(女几之山)其獸多豹虎，多閭麋、麖、麂。”

【麂眼】 竹籬。鹿之眼爲斜方形，籬笆的菱形方格似之，故名。宋陸游劍南詩稿二二泛湖至東涇之三：“細細桃枝竹，疏疏麂眼籬。”

麄 cū ㄘㄨ 倉胡切，平，模韻，清。

粗，粗疏。同“麤”。見玉篇。

三　畫

麀 sì ㄙ 詳里切，上，止韻，邪。

幼鹿。鹿二歲曰麀。古文苑四漢揚雄蜀都賦：“糴米肥豬，麀麀不行。”

四　畫

麃 1. páo ㄆㄠ 薄交切，平，肴韻，並。

㊀獸名。大鹿。鹿屬。集韻作“麅”。史記武帝紀：“其明年郊雍，獲一角獸，若麃然。”集解：“韋昭曰：楚人謂麋爲麃。”

2. piǎo ㄆㄧㄠ 滂表切，上，小韻，滂。

㊁毛羽變色。通“皫”。禮內則：“鳥麃色而沙鳴，鬱。”釋文：“麃，本又作皫。”㊂見“麃$_2$麃$_2$”。

3. biāo ㄅㄧㄠ 集韻 悲嬌切，平，宵韻。

㊃耘田。詩周頌載芟：“厭厭其苗，緜緜其麃。”傳：“麃，耘也。”㊄莓的一種。通“藨”。爾雅釋草：“藨，麃。”注：“麃即莓也。今江東呼爲麃莓子，似覆盆而大赤，酢甜可啖。”

【麃$_2$麃$_2$】 ㊀威武貌。詩鄭風清人：“清人在消，駟介麃麃。”傳：“麃麃，武貌。”㊁盛貌。漢書三六劉向傳上封事諫：“詩又云：‘雨雪麃麃，見晛聿消。’”今詩小雅角弓作“瀌瀌”。

麇 yǎo ㄧㄠ 烏晧切，上，晧韻，影。ㄧㄠ 集韻 於兆切，上，小韻。

幼麋。國語魯上：“魚禁鯤鮞，獸長麑麇。”注：“鹿子曰麑，麋子曰麇。”

麄 cū ㄘㄨ 集韻 聰徂切，平，模韻。

粗。同“麤”。淮南子本經：“故道可道，非常道；名可名，非常名；著於竹帛，鏤於金石，可傳於人者其麄也。”

五　畫

麈 zhǔ ㄓㄨ 之庾切，上，麌韻，照。

㊀獸名。鹿屬。角類鹿，蹄類牛，尾類驢，頸背類駱駝，故俗稱四不像。逸周書王會：“正北方，稷慎大麈。”稷慎，即肅慎。參見“四不像”。㊁麈尾的簡稱。宋歐陽修文忠集五二和聖俞聚蚊詩：“抱琴不暇撫，揮麈無由停。”

【麈史】 宋王得臣撰。三卷。分四十四門，二百八十四事。多記當時朝廷掌故、耆舊遺事，間參稽經典，辨別異同。

【麈尾】 古以駝鹿尾爲拂塵，因稱拂塵爲麈尾，或省作麈。世說新語容止：“王夷甫(衍)容貌整麗，妙於談玄，恆捉白玉柄麈尾，與手都無分別。”唐白居易白香山詩集後集十七齋居偶作：“老翁持麈尾，坐拂半張牀。”

【麈談】 魏晉時名士清談，常持麈尾。後因稱客座清談爲麈談。宋辛棄疾稼軒詞五滿江紅中秋：“更如今，不聽麈談清，愁如髮。”宋林景熙霽山集三訪僧鄭庵次韻詩：“寂寥午夜松風響，疑是神仙接麈談。”

麆 zhù ㄓㄨ 牀據切，去，御韻，牀。

㊀幼鹿。爾雅釋獸：“麠，牡麌，牝麜，其子麆。”㊁見下。

【麆沆】 馬酪，馬奶酒。元耶律鑄雙溪醉隱集六行帳八珍詩麆沆序：“麆沆，馬酮也。漢有挏馬。……言挏之味酢則不然，愈挏治則味愈甘。挏逾萬杵，香味醇濃甘美，謂之麆沆。麆沆，奄蔡語也。”

麇 1. jūn ㄐㄩㄣ 居筠切，平，真韻，見。

㊀獸名。即獐。同“麕”、“麏”。左傳哀十四年：“逢澤有介麇焉。”㊁地名。見“麇城”。

2. qún ㄑㄩㄣ 集韻 衢云切，平，文韻。

㊂成羣。見“麇$_2$至”。

3. kǔn ㄎㄨㄣ 字彙 苦允切，音捆。

㊃綑綁。通“稛”。左傳哀二年：“(繁羽御趙)羅無勇，麇之。”

【麇$_2$至】 成羣而來。左傳昭五年：“晉之事君，臣曰可矣，求諸侯而麇至，求婚而薦女，君親送之，上卿及上大夫致之。”

【麇城】 地名。1. 在今湖北省鄖縣西。春秋時爲麇、庸二國地，後屬於楚。左傳文十一年：“楚子伐麇。”即此。參閱讀史方輿紀要七九鄖陽府。2. 在今湖南岳陽縣東南。左傳定五年：楚王使由于城麇，即此。參閱嘉慶一統志三五九岳州府一麇城。

麅 páo ㄆㄠ 集韻 蒲交切，平，爻韻。

獸名。同“麃”。見該條。

麚 jiā 古牙切,平,麻韻,見。ㄐㄧㄚ

牡鹿。同"麚"。古文苑三漢中山王(劉勝)文木賦:"麚宗驥旅,雞族雉羣。"

六 畫

麊 mí 武移初,平,支韻,明。ㄇㄧˊ

同"麋"。見下。

【麊泠】地名。在今越南民主共和國境。漢書地理志:"交趾郡,縣麊泠,都尉治。"注:"音麋零。"水經注三三江水、三七淹水作羕泠。後漢建武十六年雒將女徵側徵貳起事,即麊泠縣人。

麋 1. mí 武悲切,平,脂韻,明。ㄇㄧˊ

㊀獸名。麋鹿,鹿屬。楚辭屈原九歌湘夫人:"麋何食兮庭中,蛟何爲兮水裔?"㊁爛,碎。通"糜"。素問氣厥論:"上爲口麋。"㊂姓。楚大夫受封於南郡麋亭,因以爲氏。或言工尹麋之後,以名爲氏。望出東海南陽。三國時蜀有麋竺。參閱元和姓纂二脂。

2. méi ㄇㄟˊ

㊃水邊,岸旁。通"湄"。詩小雅巧言:"彼何人斯,居河之麋?"注:"水草之交,曰麋。"㊄眉毛。通"眉"。荀子非相:"伊尹之狀,面無須麋。"

【麋丸】墨丸。見"隃麋"。

【麋舌】草名。爾雅釋草:"蕍,麋舌。"注:"今麋舌草,春生,葉有似於舌。"梁書沈約傳郊居賦:"雁齒麋舌,牛脣彘首。"雁齒即"羊齒",彘首即"豕首",皆草名。

【麋沸】喻形勢混亂不安。淮南子兵略:"攻城略地,莫不降下,天下爲之麋沸蟻動。"

【麋侯】用麋鹿皮做的箭靶。周禮天官司裘:"卿大夫則共麋侯。"卿大夫大射,但設麋侯,與其家臣共射之,其與於王之大射,則射豹侯。參見"豹侯"。

【麋茸】初生的麋角。入藥。本草綱目五一獸二麋:"(蘇)恭曰:麋茸功力勝鹿茸,角煮膠亦勝白膠。"參見"鹿茸"。

【麋鹿】獸名。俗稱四不像。左傳僖三三年:"鄭之有原圃,猶秦之有具囿也。吾子取其麋鹿,以間敝邑,若何?"史記一一八淮南王安傳:"(伍)被悵然曰:'……臣聞子胥諫吳王,吳王不用,乃曰臣今見麋鹿游姑蘇之臺也。'"

【麋畯】麋羣踐踏之處。泥土肥沃,適於種植。畯,草野。後漢書郡國志三"(廣陵郡)東陽"注:"縣多麋。博物記曰:'千千爲羣,掘食草根,其處成泥,名曰麋畯。民人隨此畯種稻,不耕而穫,其收百倍。'"

【麋₂壽】長壽。同"眉壽"。儀禮士冠禮"眉壽萬年"漢鄭玄注:"古文眉爲麋。"宋歐陽修文忠集一三五集古録跋尾二後漢北海相景君銘:"碑銘有云:'不永麋壽'。余家集録三代古器銘,有云眉壽者,皆爲麋,蓋古字簡少通用,至漢猶然也。"

【麋鴰】鶬的別名。爾雅釋鳥:"鶬,麋鴰。"注:"今呼鶬鴰。"

麉 jiān 古賢切,平,先韻,見。ㄐㄧㄢ

鹿之最有力者。説文作"麉"。爾雅釋獸:"鹿,……其跡速,絶有力,麉。"疏:"其跡名速,絶有力者名麉。"

麔 jǐ 居履切,上,旨韻,見。ㄐㄧˇ

獸名。同"麂"。鹿屬。爾雅釋獸:"麔,大麃,旄毛狗足。"參見"麂"。

七 畫

麐 lín 力珍切,平,真韻,來。ㄌㄧㄣˊ

同"麟"。

麏 jūn 居筠切,平,真韻,見。ㄐㄩㄣ

獸名。同"麇"。見"麇"。

【麏至】成羣結隊而來。文苑英華五五唐蕭穎士至日圜丘祀昊天上帝賦:"爵一獻而天下胥悦,樂六成而神祇麏至。"

麌 yǔ 虞矩切,上,麌韻,疑。ㄩˇ

㊀雄鹿。爾雅釋獸:"麎,牡麌,牝麎。"㊁見下。

【麌麌】獸羣聚集貌。詩小雅吉日:"獸之所同,麀鹿麌麌。"傳:"麌麌,衆多也。"也作"噳噳"。見該條。

八 畫

麖 jīng 舉卿切,平,庚韻,見。ㄐㄧㄥ

獸名。大鹿。文選晉左太沖(思)蜀都賦:"屠麖麋,翦旄麈。"注:"麖、麋體大,故屠之。旄麈有尾,故翦之。"

麒 qí 渠之切,平,之韻,羣。ㄑㄧˊ

獸名。即麒麟。見下。

【麒麟】傳説中仁獸名。禮禮運:"鳳皇麒麟,皆在郊棷。"史記一一七司馬相如傳上林賦:"獸則麒麟角端。"索隱引張揖:"雄曰麒,雌曰麟,其狀麇身,牛尾,狼蹄,一角。"借喻傑出的人物。晉書顧和傳:"和二歲喪父,總角便有清操,族叔榮雅重之,曰:'此吾家麒麟,興吾宗者,必此子也。'"

【麒麟兒】南朝陳徐陵早慧,數歲時,寶誌上人手摩其頂,稱爲"天上石麒麟"。又光宅惠雲上人,謂之顔回。見陳書本傳。後因以"麒麟兒"爲頌人幼子聰穎的美稱。唐杜甫杜工部草堂詩箋二五徐卿二子歌:"孔子釋氏親抱送,並是天上麒麟兒。"

【麒麟袍】繡有麒麟圖形的袍。唐代武官所服。唐白居易長慶集六四醉送李二十常侍赴鎮浙東詩:"今日洛橋還醉別,金盃翻汙麒麟袍。"舊唐書輿服志:"延載元年五月,則天内出緋紫單羅銘襟背衫,賜文武三品已上。左右監門衛將軍等飾以對師子,左右衛飾以麒麟。"

【麒麟書】書體名。相傳爲孔子弟子作。唐韋續墨藪:"麒麟書者,魯西狩獲麟,仲尼反袂拭面,稱'吾道窮',弟子申爲素王紀瑞所製書。"也作"麒麟書"。見唐張彦遠法書要録一南朝宋王愔文字志目。

【麒麟殿】漢殿名。在未央宫内。藏祕書,即揚雄校書處。見漢書九三董賢傳、三輔黄圖三。

【麒麟楦】喻虚有其表的人。唐馮贄雲仙雜記九引(張鷟)朝野僉載:"唐楊炯每呼朝士爲麒麟楦。或問之,曰:'今假弄麒麟者,必修飾其形,覆之驢上,宛然異物。及去其皮,還是驢耳。無德而朱紫,何以異是!'"宋黄庭堅山谷外集四次韻謝外舅食驢腸詩:"忽思麒麟楦,突兀使人驚。"王邁臞軒集十六和劉編修潛夫讀近報將峴被逐詩之二:"渠儂眩耀麒麟楦,我輩翻騰駕驥吟。"

【麒麟閣】漢閣名。在未央宫内。漢武帝時所建,一説蕭何造。漢宣帝甘露三年,畫功臣霍光、張安世、韓增、趙充國、魏相、丙吉、杜延年、劉德、梁丘賀、蕭望之、蘇武十一人圖像於閣。見漢書五四蘇建傳附蘇武、三輔黄圖六漢宫殿疏。

麕 1. jūn 居筠切,平,真韻,見。ㄐㄩㄣ

㊀獸名。即獐。説文作"麇",經史通用麕。也作"麏"。詩召南野有死麕:"野有死麕,白茅包之。"

2. qún ㄑㄩㄣˊ

㊁成羣。文選南朝宋顔延年(延之)皇太

子釋奠會作詩:"懷仁憬集，抱智麐至。"

麑 ní ㄋㄧˊ 五稽切,平,齊韻,疑。

㊀幼鹿。國語魯上:"獸長麑麌。"注:"鹿子曰麑。"㊁狻麑，獅子。見各該條。

【麑母】韓非子説林上:"孟孫獵得麑,使秦西巴載之持歸,其母隨之而啼,秦西巴弗忍而與之。孟孫歸,大怒,逐之。居三月,復召以爲其子傅,曰:夫不忍麑,又且忍吾子乎!"又見淮南子人間、漢劉向説苑貴德。後常取爲自言行中辨識其人品質的典故。

【麑鹿】幼鹿。古卿大夫用以爲贄見的禮物。漢班固白虎通文質:"卿大夫贄,古以麑鹿,今以羔雁。何以爲?古者質取其内,謂得美草鳴相呼;今文取其外,謂羔跪乳雁有行列也。"

【麑裘】用幼鹿皮製的白色皮服。論語鄉黨:"緇衣,羔裘;素衣,麑裘。"

麓 lù ㄌㄨˋ 盧谷切,入,屋韻,來。

㊀山足。詩大雅旱麓:"瞻彼旱麓,榛楛濟濟。"傳:"麓,山足也。"㊁管理苑囿的官吏。國語晉九:"主將適螻,而麓不聞。"

【麓山】山名。即今湖南長沙市西岳麓山。水經注三八湘水:"湘水又北逕麓山東,其山東臨湘川,西旁原隰,息心之士,多所萃焉。"太平寰宇記一一四潭州嶽麓山引盛宏之荆州記:"長沙西岸有麓山,又名靈麓峯,乃岳山七十二峯之一,自湘西古渡登岸,夾徑喬松,泉澗盤繞,諸峯疊秀,下瞰湘江。"

【麓山寺碑】唐李邕撰文並書,黄仙鶴刻石。開元十八年立於湖南長沙嶽麓書院内,故亦稱嶽麓寺碑。碑高一丈,廣五尺餘,文二十八行,行五十六字,行書,筆勢矯健,爲書家推重。額題"麓山寺碑"四字,篆書。碑上多裂紋,碑陰所題,已不可復見。見清王昶金石萃編七八。

麗 1. lì ㄌㄧˋ 郎計切,去,霽韻,來。

㊀成對,並駕。周禮夏官校人:"麗馬一圉,八麗一師。"注:"麗,偶也。"清孫詒讓正義:"駑馬一麗二四,則一圉八麗,凡十六匹。"漢書八七上揚雄傳河東賦:"麗鉤芒與驂蓐收兮,服玄冥及祝融。"㊁附着。易離:"日月麗乎天,百穀草木麗乎土。"㊂結,纏住。禮祭義:"祭之日,君牽牲,穆答君,卿大夫序從,既入廟門,麗於碑。"注:"麗,猶繫也。"㊃數目。詩大雅文王:"商之孫子,其麗不億。"疏:"商之孫子,其數至多,不徒止於一億而已。言其數過億也。"㊄華麗。楚辭宋玉招魂:"被文服纖,麗而不奇些。"㊅美麗,好。文選戰國楚宋玉登徒子好色賦:"玉爲人體貌閑麗。"

2. lí ㄌㄧˊ

㊆遭遇。通"罹"。詩小雅魚麗:"魚麗于罶,鱨鯊。"㊇通"驪"。見"麗₂山"。㊈見"麗₂視"、"麗₂廔"。

【麗人】猶言美人。文選三國魏曹子建(植)洛神賦:"俯則未察,仰以殊觀,覩一麗人,于巖之畔。"又南朝宋鮑明遠(照)蕪城賦:"東都妙姬,南國麗人,蕙心紈質,玉貌絳脣。"

【麗₂山】山名。即驪山。在今陝西臨潼縣東南。漢書九四上匈奴傳:"申侯怒而與畎戎共攻殺(周)幽王于麗山之下。"注:"麗讀曰驪。"參見"驪山"。

【麗水】㊀縣名。屬浙江省。後漢松陽縣地,隋平陳,置括蒼縣。唐大曆十四年改爲麗水。以縣有麗陽山而名。歷代因之,明清皆爲處州府治。參閲元和郡縣志二七處州、嘉慶一統志三〇五處州府。㊁水名。1.韓非子内儲上七術:"荆南之地,麗水之中生金,人多竊采金。采金之禁,得而輒辜磔於市,甚衆。壅離其水也,而人竊金不止。"廣弘明集二七上梁元帝與蕭諮議等書:"化爲金粟,奪麗水之珍;變同珂雪,高玄霜之彩。"2.即麗江。金沙江流入雲南麗水縣北,稱麗江。亦稱麗水。舊唐書一三八賈耽傳獻海内華夷圖表:"故瀘南貢麗水之金,漠北獻余吾之馬。"

【麗月】指夏曆二月。南朝梁蕭統昭明太子集三錦帶書十二月啟夾鍾二月:"花明麗月,光浮竇氏之機;鳥哢芳園,韻響王喬之管。"

【麗江】㊀縣名,屬雲南省。元至正十三年,置麗江路軍民總管府,二十二年改麗江路軍民宣撫司。明洪武中,改稱麗江府。清因之,乾隆三十五年置麗江縣爲麗江府治。公元1913年裁府留縣。1961年改設麗江納西族自治縣。參閲嘉慶一統志四八五麗江府。㊁水名。長江(金沙江)在麗江境内者稱麗江。

【麗妃】唐宫女官名。位於貴妃、惠妃之下,正一品,佐皇后論婦禮。參閲舊唐書職官志三内官。

【麗春】㊀草名。也名仙女蒿,定參草。入藥。見本草綱目十五草四麗春草。㊁花名。罌粟花的别種。形態多變,花色豔麗,故曰麗春,又名賽牡丹、錦被花。"唐杜甫杜工部草堂詩箋十江頭五詠之二麗春:"百草競春華,麗春應最勝。"參見廣羣芳譜四六。

【麗則】漢揚雄法言吾子:"詩人之賦麗以則,辭人之賦麗以淫。"後因以"麗則"稱文辭華麗而不失於正。梁書王筠傳:"筠又嘗爲詩呈(沈)約,即報書云:'覽所示詩,實爲麗則,聲和被紙,光影盈字。'"

【麗風】西北風。淮南子地形:"何謂八風?……西北曰麗風。"也作"厲風"。參見"八風㊀"。

【麗₂視】眼畸形病。今稱斜視症。釋名釋疾病:"眸子明而不正曰通視,言視通達日匡一方也。又謂之麗視。麗,離也。言一目視天,一目視地,目明分離,所視不同也。"

【麗都】雍容華貴。戰國策齊四:"宣王曰:'……且顔先生(斶)與寡人游,食必太牢,出必乘車,妻子衣服麗都。'"

【麗₂廔】樓壁窗户的疏孔。説文:"廔,屋麗廔也。"宋徐鍇説文繫傳:"窗疏之屬,麗廔猶玲瓏也。漏明之象。"

【麗質】美麗的姿質。越絶書九計倪外傳:"麗質冶容,宜求監於前史。"唐白居易長慶集十二長恨歌:"天生麗質難自棄,一朝選在君王側。"

【麗澤】易兑:"麗澤兑,君子以朋友講習。"疏:"麗猶連也,兩澤相連,潤説之盛,故曰麗澤兑也。"借喻朋友之間講習切磋。唐柳宗元柳先生集二三送崔子符罷舉詩序:"僕智不足而獨爲文,故始見進而卒以廢,居草野八年,麗澤之益,鏃礪之事,空於耳而荒於心。"

【麗譙】壯美的高樓。莊子徐无鬼:"君亦必无盛鶴列于麗譙之間,无徒驥於錙壇之宫。"晉郭象注:"麗譙,高樓也。"漢書三一陳勝傳"獨守丞與戰譙門中"唐顔師古注:"樓一名譙,故謂美麗之樓爲麗譙。"

【麗靡】華美,奢華。史記一一七司馬相如傳上林賦:"麗靡爛漫於前,靡曼美色於後。"後漢書四九王符傳潛夫論浮侈:"金銀錯鏤,窮極麗靡,轉相誇詫。"

【麗藻】華美的文辭。文選晉陸士衡(機)文賦:"游文章之林府,嘉麗藻之彬彬。"晉郭璞爾雅序:"英儒贍聞之士,洪筆麗藻之客。"

【麗矚】猶言美觀。宋書隱逸傳論:"故知松山桂渚,非止素玩,碧澗清潭,翻成麗矚。"

【麗江浦】地名。在今廣東省海豐縣南。也稱長沙海口。宋帝昺祥興元年

(元至元十五年)文天祥敗於空坑，走惠州，出海豐，進屯麗江浦，即此。參閱宋史四一八文天祥傳、讀史方輿紀要一〇三惠州府海豐縣。

九畫

麙 yán 五咸切，平，咸韻，疑。 ㄧㄢˊ

㊀細角羚羊。古文苑四漢揚雄蜀都賦："獸則麙羊野麋。"㊁熊虎之子絶有力者。爾雅釋獸："熊、虎醜，其子狗，絶有力麙。"

麚 jiā 古牙切，平，麻韻，見。 ㄐㄧㄚ

牡鹿。同"麚"。爾雅釋獸："鹿，牡麚，牝麀。"參見"麚"。

麛 mí 莫兮切，平，齊韻，明。 ㄇㄧˊ

㊀幼鹿。同"麑"。爾雅釋獸："鹿，牡麚，牝麀，其子麛。"㊁泛指幼獸。見"麛夭"、"麛卵"。

【麛夭】泛指幼獸。淮南子主術："故先王之法，畋不掩羣，不取麛夭。"注："鹿子曰麛，麋子曰夭。"

【麛卵】泛指鳥獸未長成者。麛，幼鹿；卵，鳥卵。禮曲禮下："國君春田不圍澤，大夫不掩羣，士不取麛卵。"疏："麛乃是鹿子之稱，而凡獸子亦得通名也；卵，鳥卵也，春方乳長，故不得取也。"宋陸游老學庵筆記八："唐高祖實録：武德二年正月甲子下詔曰：'……況乎四時之禁，毋伐麛卵。'"

【麛裘】用幼鹿皮製的皮服。禮玉藻："麛裘青豻褎，絞衣以裼之。"呂氏春秋樂成："孔子始用於魯，魯人鷖誦之曰：'麛裘而韠，投之無戾；韠而麛裘，投之無郵。'"

十畫

麝 shè 神夜切，去，禡韻，神。 ㄕㄜˋ 食亦切，入，昔韻，神。

㊀獸名，又名射父、香麞。似鹿而小，無角，灰褐色。腹部有香腺，分泌香氣。香腺名麝香，入藥。參閱政和證類本草十六麝香。㊁麝香的簡稱，也泛指香氣。唐杜甫杜工部草堂詩箋十八江頭五詠丁香："晚墮蘭麝中，休懷粉身念。"

【麝月】㊀月亮。南朝陳徐陵徐孝穆集八玉臺新詠序："金星與婺女爭華，麝月共嫦娥競爽。"㊁茶名。中州樂府元蔡松年尉遲杯詞："銀屏小語，私分麝月，春心一點。"麝言香，月言圓。

【麝香】㊀雄麝腹部香腺的分泌物。乾燥後呈顆粒狀或塊狀，香味強烈，爲貴重香料，亦入藥。參閱政和證類本草十六麝香。㊁鳥名。唐杜甫杜工部草堂詩箋十四山寺："麝香眠石竹，鸚鵡啄金桃。"宋羅願爾雅翼釋獸三："麝，獸之香者，故物之香者比之。今有麝香鳥。"

【麝煙】火爇麝香所散之香煙。全唐詩七五九成彥雄夕："臺榭沉沉禁漏初，麝煙紅蠟透蝦鬚。"花間集六五代後周和凝臨江仙："翠鬟初出繡簾中，麝煙鸞珮惹蘋風。"

【麝煤】製墨原料，因以爲墨的別名。唐韓偓玉山樵人香奩集橫塘詩："蜀紙麝煤添筆媚，越甌犀液發茶香。"

【麝幐】麝香袋。囊可帶者曰幐。南齊書竟陵王(蕭)子良傳附子昭胄："子良故防閤桑偃爲梅蟲兒軍副，結前巴西太守蕭寅，謀立昭胄。……偃同黨王山沙慮事久無成，以事告御刀徐僧重。寅遣人殺山沙於路，吏於麝幐中得其事迹，昭胄兄弟與同黨皆伏誅。"

【麝塵】麝香粉。唐温庭筠集二達摩支曲詩："擣麝成塵香不滅，拗蓮作寸絲難絶。"

【麝墨】香墨。唐王勃王子安集七秋日餞別序："研精麝墨，運思龍章。"陸龜蒙甫里集十五採藥賦："望懷沙之浦，詠遺襟之詞，煙分而麝墨猶濕，綺斷而龍刀合知。"

【麝臍】麝香的別稱。因産於麝的臍下，故稱。唐温庭筠集一張靜婉採蓮曲："抱月飄烟一尺腰，麝臍龍髓憐嬌饒。"

【麝毛筆】用麝毛製成之筆。宋羅願爾雅翼釋獸三："鄭虔云：麝毛筆一管，直行寫書四十張；貍毛筆一管，界行寫書八百張。"

【麝香草】㊀鬱金香的別名。又名紫述香、紅藍香。參閱舊題梁任昉述異記下、本草綱目十四草三鬱金香。㊁蒜的別名。宋陶穀清異録蔬："蒜，五代宮中呼爲麝香草。"(説郛六十)

【麝囊花】瑞香花的別名。見廣羣芳譜四一瑞香。

十一畫

麞 zhāng 諸良切，平，陽韻，照。 ㄓㄤ

獸名，即獐。一名麕，鹿屬。似鹿而小，無角，黄黑色。雄者有牙出口外，俗稱牙麞。參閱晉崔豹古今注中鳥獸、宋陸佃埤雅釋獸。

【麞牙稻】形似麞牙的稻米。唐白居易長慶集十六官舍閑題詩："祿米麞牙稻，園蔬鴨腳葵。"

【麞頭鼠目】舊時相術家稱頭削骨露者爲麞頭，眼凹睛圓者爲鼠目，均以爲寒賤之相。舊唐書一二六李揆傳："初，揆秉政，侍中苗晉卿累薦元載爲重官。揆自恃門望，以載地寒，意甚輕易，不納，而謂晉卿曰：'龍章鳳姿之士不見用，麞頭鼠目之子乃求官。'"麞，同"獐"。宋陸游劍南詩稿五夢入禪林有老宿方升座或云通悟禪師也："塵埃車馬何憧憧，獐頭鼠目厭妄庸。"

【麞麕馬鹿】喻驚惶失措。明田汝成西湖遊覽志餘二五委巷叢談："(杭州)言人舉止倉皇者，曰麞麕馬鹿。蓋四物善駭，見人則跳躍自竄，故以爲喻。"

十二畫

麟 lín 力珍切，平，真韻，來。 ㄌㄧㄣˊ

㊀傳説中獸名。即麒麟。詩周南麟之趾："麟之趾，振振公子，于嗟麟兮。"㊁大牡鹿。見説文。史記一一七司馬相如傳子虛賦："掩兔轔鹿，射麋格麟。"文選漢張平子(衡)東京賦："解罘放麟。"薛綜注："大鹿曰麟。"㊂光明貌。通"燐"。見"麟麟"。

【麟史】指春秋。唐張説之集九崔司業挽歌之二："鳳池傷舊草，麟史泣遺編。"參見"麟經"。

【麟州】地名。漢爲新秦中地。隋開皇二十年置勝州，唐開元十二年割勝州之銀城連谷二縣置麟州，治所在新秦。至金廢。故地在今陝西神木一帶。參閱太平寰宇記三八麟州、嘉慶一統志二三九榆林府神木縣。

【麟寺】詩周南麟之趾序："關雎之化行，則天下無犯非禮，雖衰世之公子，皆信厚如麟趾之時也。"後因稱掌管皇族事務的衙署爲麟寺，皇族的譜系爲麟牒。宋劉克莊後村集六一徐經孫起居郎兼給事兼諭德制："位至卿列，已班麟寺之高華；古重史官，無過螭坳之清切。"參閱宋戴埴鼠璞麟趾。

【麟角】喻珍貴稀少。抱朴子極言："若夫覩財色而心不戰，聞俗言而志不沮者，萬夫之中有一人爲多矣。故爲者如牛毛，獲者如麟角也。"

【麟洲】古代傳説八方大海有十洲，皆爲神仙所居之地，在西海中央者爲鳳麟洲，省作麟洲。北周庾信庾子山集二道士步虛詞之十:"麟洲一海闊，玄圃半天高。"參見"十洲㊀"、"鳳麟洲"。

【麟趾】㊀詩周南有麟之趾篇，言文王子孫宗族皆化於善，無犯非禮。後因以麟趾爲頌揚宗室子弟之詞。文選南齊王元長(融)三月三日曲水詩序:"若夫族茂麟趾，宗固磐石，跨掩昌姬，韜軼炎漢。"㊁西漢時金幣名，形如麟足，主要用於帝王賞賜。漢書武帝紀太始二年詔:"有司議曰，往者朕郊見上帝，而登隴首，獲白麟以饋宗廟，渥洼水出天馬，泰山見黄金，宜改故名。今更黄金爲麟趾、褭蹏以協瑞焉。"

【麟遊】縣名。屬陝西省。漢右扶風杜陽縣地。隋置鳳棲郡。義寧元年，獲白麟於此，更名麟遊郡。唐武德二年改爲麟州，後降爲縣。歷代因之。明清均屬鳳翔府。參閲元和郡縣志二鳳翔府、嘉慶一統志二三五鳳翔府。

【麟牒】王室族譜。詳"麟寺"。

【麟經】傳説孔子作春秋，絶筆於獲麟，後因稱春秋爲麟經、麟史。宋陸九淵象山集二六祭呂伯恭文:"先儒是裨，麟經是嗣。"張鎡南湖集一雜興詩:"麟經日月垂，左氏實有力。"

【麟臺】㊀唐祕書省。武后垂拱元年改爲麟臺。高宗龍朔二年改爲蘭臺，中宗神龍初復舊名。見通典二六職官八祕書監、舊唐書職官志二。唐白居易長慶集十五訓盧祕書二十韻詩:"世家標甲地，官職滯麟臺。"㊁麒麟閣的别稱。唐顔真卿顔魯公集補遺裴將軍詩:"功成報天下，可以畫麟臺。"參見"麒麟閣"。

【麟嘉】年號。1.東晉列國漢(前趙)劉聰(烈宗)。公元316—318年。2.東晉列國後涼呂光(太祖)。公元389—396年。

【麟閣】漢宣帝時有麒麟閣，爲圖繪功臣之所，省作麟閣。文選南朝梁虞子陽(羲)詠霍將軍北伐詩:"當令麟閣上，千載有雄名。"唐李白李太白詩五塞下曲之三:"功成畫麟閣，獨有霍驃姚。"參見"麒麟閣"。

【麟德】唐李治(高宗)年號。公元664—665年。

【麟麟】光明貌。文選漢揚子雲(雄)劇秦美新:"炳炳麟麟，豈不懿哉。"注:"麟麟，光明也。麟與燐古字同用。"

【麟角集】唐王棨撰。收録唐科舉考試進士程試詩賦四十五篇，可補諸家本集所不載。集名麟角，取"學如牛毛，成如麟角"之義。又，王棨八代孫宋著作郎王蘋，得棨省試詩二十一篇，亦附録於集。唐人進士程試詩賦自爲一集傳世者，惟棨此編。

【麟德殿】唐西京大明宫内殿名。也稱三殿、三院。唐代皇帝接待遠人或召見臣僚，帝在此設宴。參閲宋程大昌雍録四唐翰院位置、清徐松唐兩京城坊考西京大明宫。

【麟子鳳雛】喻貴族子孫。漢焦延壽易林二比之屯:"麟子鳳雛，生長家國。"也作"鳳雛麟子"。唐李咸用披沙集一輕薄怨詩:"鳳雛麟子皆至交，春風相逐垂楊橋。"

【麟角鳳距】喻珍貴而不合實用之物。抱朴子自叙:"晚又學七尺杖術，可以入白刃，取大戟，然亦是不急之末學，知之譬如麟角鳳距，何必用之。"

【麟角鳳觜】故事傳説西海中鳳麟洲，仙家煮麟角鳳喙爲膠，可以續斷弦折劍。見舊題漢東方朔海内十洲記。後以麟角鳳觜喻希見之物。唐杜甫杜工部草堂詩箋十六病後遇王倚飲贈歌:"麟角鳳觜世莫識，煎膠續絃奇自見。"也作"麟角鳳毛"。元王逢梧溪集四上奉寄兀顔子忠廉使詩:"君侯素是骨鯁臣，麟角鳳毛爲世珍。"

【麟趾褭蹏】西漢時金幣名。詳"麟趾㊁"。

【麟臺故事】宋程俱撰。五卷。麟臺即祕書省，俱曾任祕書少監，熟習掌故，因以麟臺名其書。書中多記宋初史事，典章文物。

【麟鳳一毛】比喻珍貴希見之物。唐張彦遠法書要録四唐張懷瓘書議:"麟鳳一毛，龜龍片甲，亦無所不録。"

十三畫

麌 yú 以諸切，平，魚韻，喻。
ㄩ 羊洳切，去，御韻，喻。

獸名。似鹿而大。見説文。古文苑四漢揚雄蜀都賦:"獸則麙羊野麋，罷犛貘貒，麢麌鹿麝。"

十四畫

麡 qí 徂奚切，平，齊韻，從。
ㄑㄧ 祖稽切，平，齊韻，精。
士皆切，平，皆韻，牀。

見下。

【麡狼】獸名。文選晉左太沖(思)吳都賦:"其下則有梟羊麡狼，猰貐貙象。"(漢楊孚)異物志云:"麡狼，大如麋，角前向，有枝下出反向上長者四五尺，廣州有之。常居平地，不得入山林。"

十七畫

麢 líng 郎丁切，平，青韻，來。
ㄌㄧㄥ

羚羊。爾雅釋獸:"麢，大羊。"注:"麢羊似羊而大，角圓鋭，好在山崖間。"山海經中山經:"(朝歌之山)其獸多麢、麋。"俗省作"羚"。

二十二畫

麤 cū 倉胡切，平，模韻，清。
ㄘㄨ

㊀不精。禮王制:"布帛精麤不中數，……不粥于市。"㊁粗大，與細小相對。周禮天官内宰:"佐后而受獻功者，比其小大，與其麤良，而賞罰之。"疏:"布帛之等，縷小者則細良，縷大者則麤惡。"㊂粗略，大略。禮儒行:"麤而翹之，又不急爲也。"俗作"麄"。㊀至㊂通"粗"、"觕"。㊃粗糧，糙米。左傳哀十三年:"吳申叔儀乞糧於公孫有山氏，……對曰:'粱則無矣，麤則有之。'"㊄行超遠。説文:"麤，行超遠也。从三鹿。"清段玉裁注:"鹿善驚躍，故从三鹿，引申之爲鹵莽之偁。"文選晉潘安仁(岳)射雉賦:"夷險殊地，馴麤異變。"㊅履，鞋。方言四:"屝、屨，麤，履也。……南楚江沔之間，總謂之麤。"

【麤才】謂才能平庸。宋孫光憲北夢瑣言十四:"唐自大中以來，以兵爲戲者久矣，廊廟之上，恥言韜略，以櫜鞬爲兇物，以鈐匱爲凶言，就有如盧藩薛能者，目爲麤才。"也作"麤材"。宋蘇軾分類東坡詩十九次丹元姚先生韻:"至道尚聰瑩，麤材終蹶張。"

【麤中】粗暴。韓非子十過:"知伯之爲人也，麤中而少親。"戰國策趙一、淮南子人間作"麄中"、"粗中"。

【麤官】㊀古代重文輕武，稱武官爲麤官。宋孫光憲北夢瑣言四:"薛能以文章自負，累出戎鎮，嘗鬱鬱歎息，其詩云:'麤官乞與真抛却，賴有詩名合得儐。'蓋以節度爲麤官也。"又趙升朝野類要二:"麤官，武臣及軍官之自謙，或以爲譏。"㊁指縣尉。宋周煇清波雜志十:"唐之名臣由尉超遷，馴至公卿，不可以數計，今銓法以處試吏者，……類以麤官目之。"

【麤苴】猶言粗糙。漢王充論衡量知:"夫竹木，麤苴之物也，彫琢刻削，乃成爲器用。"

【麤食】即粗食。宋書宗慤傳:"先是鄉人庾業，家甚富豪，方丈之膳，以待賓客，而慦至，設以菜葅粟飯，謂客曰：'宗軍人，慣噉麤食。'慦致飽而去。"

【麤粗】粗淺，粗糙。管子水地："心之所慮，非特知於麤粗也。"漢王充論衡正說："略正題目麤粗之説，以照篇中微妙之文。"

【麤飯】粗糙的飯食。樂府詩集三七古辭隴西行："促令辦麤，愼莫使稽留。"宋書朱脩之傳："姊在鄉里，饑寒不立，脩之未嘗供贍。嘗往視姊，姊欲激之，爲設菜羹麤飯，脩之曰：'此乃貧家好食。'致飽而去。"

【麤豪】謂粗野放縱，不拘小節。三國志吳孫皎傳："(孫)權聞之，以書讓皎曰：'……此人(甘寧)雖麤豪，有不如人意時，然其較略大丈夫也。'"唐杜甫杜工部草堂詩箋二五少年行："不通姓字麤豪甚，指點銀瓶索酒嘗。"

【麤糲】粗糧，糙米。戰國策韓二："嚴仲子辟人，因爲聶政語曰：'……聞足下義甚高，故直進百金者，特以爲夫人麤糲之費，以交足下之驩，豈敢以有求邪？'"後漢書二六伏湛傳："乃共食麤糲，悉分俸祿以賑鄉里。"

【麤心浮氣】不細心，不沉着。宋陸九淵象山集二六祭呂伯恭文："追惟曩昔，麄心浮氣，徒致參辰，豈足酬義。"麄，麤俗字，通作"粗"。儒林外史三："(周)學道變了臉道：'……看你這樣務名而不務實，那正務自然荒廢，都是些粗心浮氣的說話，看不得了。'"

【麤枝大葉】喻不細緻認真。宋朱熹朱子語類七八尙書一："書序恐不是孔安國做，漢文麤枝大葉，今書序細膩，只是六朝時文字。"又："漢人文字也不喚做好，卻是麤枝大葉，書序細弱，只是魏晉人文字。"

【麤服亂頭】謂不修飾儀容。世說新語容止："裴令公(楷)有儁容儀，脱冠冕，麤服亂頭皆好，時人以爲玉人。"明王世貞弇州山人四部稿一三二題祝希哲小簡："書極潦草，中有結法，時時得佳字，豈晉人所謂裴叔則麤服亂頭亦自好耶？"此指不做作，顯見自然本色。

麥 部

麥 mài ㄇㄞˋ 莫獲切，入，麥韻，明。

㊀主要糧食作物之一，有小麥、大麥等。子實亦曰麥，供磨麪粉，也可製糖釀酒。詩鄘風載馳："我行其野，芃芃其麥。"又魏風碩鼠："碩鼠碩鼠，無食我麥。"㊁姓。隋有右屯衛大將軍麥鐵杖。隋書、北史有傳。

【麥人】麥粒的中核。卽麥仁。宋蘇軾分類東坡詩一過湯陰市得豌豆大麥粥示三兒子："秋霖暗豆漆，夏旱臞麥人。"陸游劍南詩稿八二埭西小聚："瓦盎盛蠶蛹，沙鍋煮麥人。"

【麥丘】㊀地名。戰國時齊邑。地在今山東商河縣境。史記趙世家："趙奢將，攻齊麥丘，取之。"卽此。㊁複姓。齊桓公至麥丘，有老人祝壽，公封之麥丘，後因以爲氏。見元和姓纂十。

【麥奴】寄生於麥穗上的黴菌，能使麥穗變黑，今名黑穗病。唐王燾外臺秘要一古今録驗方："又麥奴丸，……小麥黑勃名爲麥奴是也。"宋陸游劍南詩稿五十村居書事："春深水暖多魚婢，雨足年豐少麥奴。"

【麥光】紙名。宋蘇軾分類東坡詩十一和人求筆跡："麥光鋪几淨無瑕，入夜青燈照眼花。"明王逢梧溪集一贈別浙省黑黑左丞……詩："憂君尙有疏，儻寄麥光牋。"

【麥舟】宋范仲淹遣子純仁至姑蘇運麥，船至丹陽，遇石延年(曼卿)，曼卿語及無資改葬親人，純仁卽以麥船賻之。至家，向父述遇曼卿窮況事。父曰："何不以麥舟與之？"純仁曰："已付之矣。"見宋惠洪冷齋夜話十。後常以麥舟作助營喪事之典。明唐玉翰府紫泥全書六求助葬事："門下輕財好施，素稱長者，用布腹心，辱惟麥舟之惠，存没均感。"

【麥李】麥秀時成熟的李。爾雅釋木"痤，椄慮李"注："今之麥李。"政和證類本草二三李核仁引陶弘景："京口有麥李，麥秀時熟，小而甜肥。"

【麥秀】麥吐穗。史記宋微子世家："麥秀漸漸兮，禾黍油油。"唐杜甫杜工部詩十二行次古城店……呈江陵幕府諸公："白屋花開裏，孤城麥秀邊。"

【麥花】麥類的花。唐杜甫杜工部草堂詩箋十八爲農："圓荷浮小葉，細麥落輕花。"宋范成大石湖集一初夏之二："永日屋頭槐影暗，微風扇裏麥花香。"

【麥城】古地名。在今湖北當陽縣東南。相傳爲楚昭王所建。漢建安二十四年蜀將關羽爲吳兵所襲，還當陽，西保麥城，卽此。參閱太平寰宇記一四六荊州。

【麥英】櫻桃的別名。太平御覽九六九吳氏本草："櫻桃味甘，主調中益脾氣，令人好顏色、美志氣，一名朱桃，一名麥英也。"

【麥秋】指農曆四月，爲麥收季節。禮月令孟夏之月："靡草死，麥秋至。"漢蔡邕月令章句："百穀各以其初生爲春，熟爲秋，故麥以孟夏爲秋。"梁書昭明太子傳王筠哀册文："首夏司開，麥秋紀節，容衛徒警，菁華委絶。"

【麥浪】麥苗因風起伏貌。宋歐陽修文忠集十四遊太清宮出城馬上口占詩："鵶鳴日出林光動，野闊風搖麥浪寒。"

【麥酒】麥子釀造的酒。後漢書八一范冉傳："與漢中李固、河内王奐親善，……及奐遷漢陽太守，將行，冉乃與弟協步齎麥酒，於道側設壇以待之。"

【麥氣】麥熟時散發的氣味。南朝梁何遜何水部集車中見新林分別甚盛詩："於是春未歇，麥氣始清和。"宋王安石臨川集二七初夏卽事詩："晴日暖風生麥氣，緑陰幽草勝花時。"

【麥蚻】小蟬。方言十一："蟬，其小者謂之麥蚻。"注："如蟬而小，青色。"

【麥飯】麥屑做的飯，俗曰麥屑飯。後漢書十七馮異傳："光武對竈燎衣，異復進麥飯菟肩。"宋陸游劍南詩稿二四戲詠村居："日長處處鶯聲美，歲樂家家麥飯香。"

【麥蛾】穀類的害蟲。宋詩鈔釋道潛參寥詩鈔東園詩之一："斜照明明射竹籬，桑陰翳翳麥蛾飛。"

【麥麴】麥做的酒母。左傳宣十二年："(申)叔展曰：'有麥麴乎？'曰：'無。'"北魏賈思勰齊民要術七造神麴并酒："若作三石麥麴者，但作一聚，多則分兩聚，泥閉如初。"

【麥秀歌】箕子朝周，過故殷墟，感宮室毀壞，生禾黍，心傷之，因作麥秀之詩歌之，曰："麥秀漸漸兮，禾黍油油，彼狡童兮，不與我好兮。"見史記宋微子世家。尙書大傳二謂宋微子所作。樂府詩集五七琴操題作傷殷操。後來詩文中以麥秀指亡國之痛。文選晉向子期(秀)思舊賦:"瞻曠野之蕭條兮,息余駕乎城隅……歎黍離之愍周兮,悲麥秀於殷墟。"

【麥門冬】草名。麥鬚曰虋,此草根似麥而有鬚,凌冬不凋,故稱麥虋冬。亦作麥門冬、天門冬,省作門冬。根入藥。參閱政和證類本草六天門冬、本草綱目十八草七天虋冬。

【麥爭場】穄的一種。穄即稷。宋朱弁曲洧舊聞三:"穄,西北人呼爲糜子,有兩種,早熟者與麥相先後。五月間熟者,鄭人號爲麥爭場。"

【麥信風】江淮間指農曆五月的東北風。見唐李肇國史補下。省作"麥風"。唐白居易長慶集五四自到郡齋僅經旬日方專公務……詩:"麥風非逐扇,梅雨異隨輪。"

【麥紋紙】唐代書詔用紙。全唐詩四二三元稹奉和浙西大夫李德裕述夢四十韻:"麥紙侵紅點,蘭燈燄碧高。"注:"書詔皆用麥紋紙。"

【麥黃水】指黃河農曆四、五月間的水。宋史河渠志一黃河上:"說者以黃河隨時漲落,故舉物候爲水勢之名。……四月末,壟麥結秀,擢芒變色,謂之麥黃水。"

【麥積山】在甘肅天水縣東南,山形團團如麥垛,故名。太平廣記三九七引玉堂閑話:"麥積山峭壁之間,鐫石成佛,萬龕千室,雖自人力,疑其鬼功。"亦稱麥積崖。北周庾信庾子山集十二秦州天水郡麥積崖佛龕銘序:"麥積崖者,乃隴底之名山,河西之靈嶽。"麥積山石窟自北魏景明三年開鑿以來,歷代皆有增修。現存龕窟及摩崖雕刻一百九十四處,塑像一千餘軀,爲我國重點文物保護單位之一。

【麥鐵杖】公元?—612年。不識書,驍勇有膂力,走及奔馬。少時爲盜,後投司徒楊素,從素征突厥、擊楊諒,以戰功除右屯衛大將軍。遼東之役,爲先鋒,嘗曰:"大丈夫性命自有所在,豈能艾炷灸頞,瓜蔕歕鼻,治黃不差,而卧死兒女手中乎!"以先登陷陣戰死。諡武烈。隋書、北史有傳。

【麥丘邑人】春秋齊桓公至麥丘,遇一老人,問其年,云八十三歲。桓公令其以壽祝。麥丘邑人祝曰:一祝主君甚壽,金玉是賤,人爲寶;二祝主君無羞學,無惡下問,賢者在傍,諫者得人;三祝主君無得罪於百姓。見漢劉向新序雜事。韓詩外傳十稱"麥丘邦人",所載大致相同。

【麥秀兩岐】一麥雙穗。亦表示豐年。也作"麥穗兩岐。"漢班固東觀漢記十五張堪:"爲漁陽太守,有惠政,開治稻田八千餘頃,教民種作,百姓殷富。童謠歌曰:'桑無附枝,麥穗兩岐,張君爲政,樂不可支。'"宋史五行志二:"乾興元年五月,南劍州麥一本五穗,緜州麥秀兩岐。"

【麥飯豆羹】指農家的粗菜飯。急就篇二:"餅餌麥飯甘豆羹。"唐顏師古注:"麥飯,磨麥合皮而炊之也;甘豆羹以淘米泔和小豆煮之也;一曰以小豆爲羹,不以醯酢,其味純甘,故曰甘豆羹也。麥飯豆羹皆野人農夫之食耳。"

【麥麴鞠窮】麥麴和鞠窮,用作禦濕藥。左傳宣十二年:"叔展曰:有麥麴乎?曰,無。有山鞠窮乎?曰無。"注:"麥麴鞠窮,所以禦濕。"也作"麥麴芎藭"。初學記二十南朝梁簡文帝勸醫文:"胡麻鹿藿,纔救頭痛之痾;麥麴芎藭,反止河魚之疾。"

四畫

麩 fū ㄈㄨ 芳無切,平,虞韻,滂。

小麥皮屑。也作"麱"。說文作"麱"。北魏賈思勰齊民要術二大小麥:"青稞麥,……石八九斗麪,堪作飯及餺飥甚美,磨盡無麩。"現亦省稱小麥粉製的麪筋爲麩。

【麩金】碎金,沙金。太平廣記四八五唐許堯佐柳氏傳:"(韓)翃乃遣使間行求柳氏,以練囊盛麩金,題曰章臺柳。"唐張鷟朝野僉載二:"陳懷卿,嶺南人也,養鴨數百餘頭。後於鴨欄中除糞,糞中有光爚爚然,以盆水沙汰之,得金十兩。乃覘所食處,於舍後山足,因鑿有麩金,銷得數十斤。"

【麩炭】質輕易燃的木炭。唐白居易長慶集五二和自勸詩:"日暮半爐麩炭火,夜深一盞紗籠燭。"也叫"浮炭"、"桴炭"。宋陸游老學庵筆記六:"浮炭者,謂投之水中而浮,今人謂之桴炭。"

麪 miàn ㄇㄧㄢ 莫甸切,去,霰韻,明。

字亦作"麵"。㊀麥磨成的粉。北堂書鈔一四四晉束皙餅賦:"重羅之麪,塵飛雪白。"㊁指麪粉做成的食品。唐馮贄雲仙雜記五:"楊琎遊王鉷家,食一物如棗而中空,其實麪也。"後亦稱麪條曰麪。㊂指一般粉末。晉常璩華陽國志四南中志:"少穀有桄榔木可以作麪,以牛酥酪食之,人民資以爲糧。"

【麪市】喻大雪覆蓋的街市。唐元稹長慶集十九西歸絕句詩之十:"風回麪市連天合,凍壓花枝着水低。"李商隱李義山詩集四喜雪:"人疑游麪市,馬似困鹽車。"

【麪杖】擀麪具。宋司馬光涑水紀聞一:"京師間諠言:出軍之日,當立點檢爲天子。……太祖(趙匡胤)懼,密以告家人,曰:'外間洶洶若此,將如之何?'太祖姊面如鐵色,方在廚,引麪杖逐太祖擊之,曰:'丈夫臨大事,可否當自決胸懷,乃來家間恐怖婦女何爲耶?'"

【麪食】泛指麥粉製成的食品。宋丁謂談録:"真宗甚喜,又問,只與二升半米,亦須與他些麵食?"(說郛九八)

【麪粻】用麪做的祭品。唐封演封氏聞見記六:"玄宗朝,海内殷贍,送葬者或當衢設祭,張施帷幙,有假花、假果、粉人、麪粻之屬。"

【麪繭】即包以餡的饅頭,俗稱厚皮饅頭。五代後周王仁裕開元天寶遺事下:"都中每至正月十五日造麪繭,以官位帖子,卜官位高下,或賭筵宴,以爲戲笑。"繭,即繭字。參閱宋陳元靚歲時廣記九、十一。

【麪起餅】即發麪餅。南齊書禮志上:"永明九年正月,詔太廟四時祭,薦宣帝麪起餅、鴨腥。"

【麪條魚】小銀魚。唐杜甫杜少陵集詳註十七白小引舊註:"即今麪條魚。"明張存紳雅俗稽言三六:"白小,銀魚也,小於麪條。"

【麪糊團】揉麪搓成的團子,比喻糊塗顢頇。宋阮閱詩話總龜三九詼諧下:"潁州張龍圖嘗見州牒押字,多團下拽一畫。有人云:'押字有如蒸餅樣。'張應聲曰:'爲官恰似麪糊團。'"

麨 chǎo ㄔㄠˇ 尺沼切,上,小韻,穿。

糗,以米麥等炒熟後磨成粉的乾糧。晉干寶搜神記十九:"先將數石米餈用蜜麨灌之,以置穴口。"又闕名譯盧至長者因緣經:"於是即用兩錢買麨,兩錢酤酒,一錢買葱。"

五畫

麰 tǒu ㄊㄡˇ 天口切,上,厚韻,透。

見"麰麮"。

麮 qǔ ㄑㄩˇ 羌舉切,上,語韻,溪。 ㄑㄩˋ 丘倨切,去,御韻,溪。

麥粥。荀子富國:"冬日則爲之饘粥,夏日則與之瓜麩。"急就篇二:"甘麩殊美奏諸君。"

六畫

麩 bǐng ㄅㄧㄥˇ 集韻 必郢切,上,静韻。

米麪粉製的扁圓形食品。同"餅"。晉書惠帝紀光熙元年:"後因食麩中毒而崩。"世説新語雅量:"令(沈充)有酒色,因遥問傖父:'欲食麩不?姓何等?可共語。'"

麯 qū ㄑㄩ 集韻 丘六切,入,屋韻。

酒母。同"麴"。元魯明善農桑衣食撮要上:"做老米醋……又用紅麯一合,温水泡下,將甕口封閉。"參見"麴"。

麰 móu ㄇㄡˊ 莫浮切,平,尤韻,明。

大麥。孟子告子上:"今夫麰麥,播種而耰之。"參見"牟⑦"。

七畫

麲 huàn ㄏㄨㄢˋ 户板切,上,潸韻,匣。户昆切,平,魂韻,匣。

一種麥麴。亦稱麲子,又名黄衣。北魏賈思勰齊民要術八作黄衣黄蒸及糵子:"用麥麲者,皆仰其衣爲勢。"宋朱肱酒經:"烏梅女麲,甜醹九投,澄清百品,酒之終也。"

䴵 juān ㄐㄩㄢ 集韻 圭玄切,平,先韻。

麥稈。説文作"稍"。北魏賈思勰齊民要術七造神麴并酒:"卧麴法先以麥䴵布地,然後著麴訖,又以麥䴵覆之。"

麱 luò ㄌㄨㄛˋ 集韻 盧卧切,去,過韻。

一種麪食品。北魏賈思勰齊民要術九餅法:"麱麵,以粟餅饙水浸,即漉著麵中,以手向簸箕痛挼,令均如胡豆,揀取均者熟蒸,曝乾,須即湯煮,笊籬漉出,别作臛澆,甚滑美。"

麬 fū ㄈㄨ 集韻 芳無切,平,虞韻。

麥皮。同"麩"。宋書五行志二:"百姓謡云:'昔年食白飯,今年食麥麬。'"北魏賈思勰齊民要術三雜説:"(夏)至後糴麬䴵曝乾,置甖中密封,至冬可養馬。"

八畫

麳 bù ㄅㄨˋ 蒲口切,上,厚韻,並。

見下。

【麳麩】油炸餅。唐皇甫枚三水小牘:"乃令溲麪煎油作麳麩,移時不成。"(説郛三三)

【麳麷】麪餅類食物。唐寒山子詩集:"只爲著破裙,喫他殘麳麷。"

䴹 guǒ ㄍㄨㄛˇ 古火切,上,果韻,見。胡瓦切,上,馬韻,匣。

㊀餅,䴹食。見廣韻。㊁麴。見方言十三。

麴 qū ㄑㄩ 驅匊切,入,屋韻,溪。

㊀酒母,釀酒或製醬用的發酵物。亦作"麯"。列子楊朱:"聚酒千鍾,積麴成封;望門百步,糟漿之氣逆於人鼻。"㊁黄色。通"鞠"。見"麴塵"。㊂姓。出西平。漢有麴演。參閲元和姓纂十屋。

【麴王】指酒神。全唐詩六一二皮日休臨頓爲吴中偏勝之地……奉題屋壁之三:"盡日留蠶母,移時祭麴王。"

【麴生】唐人故事,葉法善會朝客數十人於玄真觀,思酒飲。忽一人傲睨直入,自云麴秀才。與諸人論難,詞鋒敏鋭。法善疑魍魅爲惑,密以小劍擊之,墜階下,視之乃盈瓶醲醖。皆大笑,飲之味甚嘉,因揖其瓶曰:"麴生風味,不可忘也。"見唐鄭棨開天傳信記。後因以麴生作酒的擬人之稱。宋蘇軾東坡集十四泗州除夜雪中黄師是送酥酒詩之二:"欲從元放覓拄杖,忽有麴生來座隅。"元放,漢末左慈字。陸游劍南詩稿十二初春懷成都:"病來幾與麴生絶,禪榻茶煙雙鬢絲。"

【麴車】載酒的車。唐杜甫杜工部草堂詩箋二飲中八仙歌:"汝陽三斗始朝天,道逢麴車口流涎,恨不移封向酒泉。"李璡,封汝陽郡王。

【麴院】製麴的場所、酒坊。宋史食貨志下七:"在京麴院酒户鬻酒虧額,原於麴數多則酒亦多,多則價賤,賤則人户損其利。"

【麴游】晉代西州豪族麴氏與游氏。晉書麴允傳:"西州爲之語曰:'麴與游,牛羊不數頭。南開朱門,北望青樓。'"

【麴塵】麴上所生菌,色淡黄如塵。因以稱淡黄色。也作"鞠塵"。周禮天官内司服"鞠衣"漢鄭玄注:"黄桑服也,色如鞠塵,象桑葉始生。"唐賈公彦疏:"云色如鞠塵者。鞠塵不爲麴字者,古通用。"唐白居易長慶集十二山石榴寄元九詩:"千芳萬葉一時新,嫩紫殷紅鮮麴塵。"

【麴錢】酒户繳納的税款。宋史食貨志下七:"元豐元年,增在京酒户麴錢,較年額損麴三十萬斤,閏年益造萬斤。"

【麴糵】㊀酒母。書説命下:"若作酒醴,爾惟麴糵。"注:"酒醴須麴糵以成。"㊁指酒。世説新語任誕:"鴻臚卿孔羣好飲酒,……羣嘗書與親舊:'今年田得七百斛秫米,不了麴糵事。'"

【麴引錢】酒税。宋史食貨志上:"湖南有土户錢、折絁錢、醋息錢、麴引錢,名色不一。"

【麴世界】指醉後的境界。宋陶穀清異録酒漿:"河陽釋法常,性英爽,酷嗜酒,無寒暑風雨常醉,醉即熟寢。覺即朗吟曰:'優游麴世界,爛熳枕神仙。'"(説郛六一)

【麴米春】酒名。唐杜甫杜工部草堂詩箋二三撥悶:"聞道雲安麴米春,纔傾一盞即醺人。"宋蘇軾分類東坡詩十三天門冬酒熟之一:"天門冬熟新年喜,麴米春香並舍聞。"

【麴秀才】酒的擬稱。見"麴生"。

【麴道士】酒的擬稱。宋陸游劍南詩稿二一村居日飲酒對梅花醉則攤紙衾熟睡……詩:"孤寂惟尋麴道士,一寒仍賴楮先生。"也作"麴居士"。宋黄庭堅山谷詩注外集補四雜詩之五:"萬事盡還麴居士,百年常在大槐宫。"

【麴部尚書】唐汝陽王璡取雲夢石砌泛春渠以蓄酒,作金銀龜魚浮沉其中爲酌酒具,自稱釀王兼麴部尚書。見唐馮贄雲仙雜記二。

九畫

麪 miàn ㄇㄧㄢˋ 莫甸切,去,霰韻,明。

同"麪"。見"麪"。

麰 móu ㄇㄡˊ 集韻 迷浮切,平,侯韻。

大麥。同"麰"。玉篇:"麰,舂麥也。"後漢書四十下班彪傳附班固典引:"昔姬有素雉、朱烏、玄秬、黄麰之事耳,君臣動色,左右相趨。"

十一畫

麷 lǒu ㄌㄡˇ 郎斗切,上,厚韻,來。

見"䴾麷"。

十二畫

䴾 lián ㄌㄧㄢˊ 落賢切,平,先韻,來。

見下。

【䴾麷】一種油煎麪食。宋吴垌五總志:"干寶司徒儀曰,祭用䴾麷,晉制呼爲擐餠，又曰寒具，今曰饊子。」唐段公路北户錄二「果莫合子有寒具」唐崔龜圖注：「粦䴬內圓，呼爲環餠，亦呼寒具。」

䵃 gǒng ㄍㄨㄥˇ

同「䵆」。㊀麥麩。晉書皇甫謐傳上武帝疏：「君子小人，禮不同器，况臣糠䵃，糅之彫胡？庸夫錦衣，不稱其服也。」㊁大麥。宋賀鑄慶湖遺老集宿芥塘佛祠詩：「青青䵃麥欲抽芒，浩蕩東風晚更狂。」

十五畫

䵆 gǒng 古猛切，上，梗韻，見。ㄍㄨㄥˇ

㊀大麥。北魏賈思勰齊民要術二旱稻：「故宜五六月暵之，以擬䵆麥。」㊁麥麩。見「䵃㊀」。

十八畫

麷 fēng 敷空切，平，東韻，滂。ㄈㄥ

㊀炒麥，一曰煮麥。周禮天官籩人：「朝事之籩，其實麷、蕡。」㊁蒲草。荀子富國：「午其軍，取其將，若撥麷。」

麻　部

麻 má 莫霞切，平，麻韻，明。ㄇㄚˊ

㊀指大麻。一名火麻。舊屬穀類植物，今屬桑科。花雌雄異株，雄花粉曰勃。雄麻曰枲，亦曰牡麻；雌曰苴麻，亦曰苧麻、子麻、麻母。皮韌，漚之可織布；雄麻質佳，雌麻粗硬不潔白，用於喪服。子實曰蕡，可作飼料、榨油、製燭，亦入藥。參閱北魏賈思勰齊民要術二種麻、清吳其濬植物名實圖考一大麻。㊁指麻布喪服。禮雜記下：「麻者不紳，執玉不麻，麻不加於采。」㊂唐宋時詔書用黃、白麻紙書寫，因稱詔書曰麻。舊唐書一五七韋弘景傳：「弘景草麻，漏敍(蘇)光榮之功，罷學士，改司門員外郎。」宋劉克莊後村集十三內翰洪公舜俞哀詩：「憶昔端平册新典，三麻九制筆如神。」參閱宋葉夢得石林燕語三。參見「白麻」。㊃感覺不靈，喪失知覺。古今雜劇元秦簡夫孝義士趙禮讓肥一：「壓的我這雙肩苦痛，走的我這兩腿酸麻。」㊄臉上痘瘢。水滸五四：「李逵看那大漢時，七尺以上身材，面皮有麻。」㊅姓。傳爲春秋齊大夫麻嬰之後。漢有御史大夫麻光；又有麻連，注論語。見通志二八氏族四以名爲氏。

【麻木】感覺不靈，遲鈍。水滸六五：「安道全起來，看見四個死屍，嚇得渾身麻木，顫做一團。」

【麻田】北魏均田之制，授民露田之外，別給桑麻田，麻田男子十畝，婦人五畝，以課絲麻絹布。見魏書食貨志。

【麻母】㊀卽雌麻。亦名苧麻、苴麻。爾雅釋草：「莩，麻母。」注：「苴麻盛子者。」㊁靈芝名。似麻而莖赤色，花紫色。見抱朴子仙藥。

【麻衣】深衣，分無采飾、有采飾兩種，無采飾者爲緦服，有采飾者則爲朝服。禮間傳：「又期而大祥，素縞麻衣。」注：「麻衣，深衣也。」此指緦服。詩曹風蜉蝣：「蜉蝣掘閱，麻衣如雪。」此指朝服。朝服用麻十五升，緦用麻爲朝服之半，俱爲麻衣，但精粗不同。後世所謂布衣，皆爲麻衣，故亦稱白衣，唐宋舉子皆著之。五代王定保唐摭言四與恩地舊交：「劉虛白與太平裴公(垍)早同硯席。及公主文，虛白猶是舉子。試雜文日，簾前獻一絕句曰：『二十年前此夜中，一般燈燭一般風，不知歲月能多少，猶著麻衣待至公。』」

【麻沸】喻形勢動亂。漢書九九下王莽傳下書：「江湖海澤麻沸，盜賊未盡破殄。」注：「麻沸，如亂麻而沸涌。」

【麻姑】㊀傳說中女仙。東漢桓帝時，仙人王遠(方平)降於蔡經家，召麻姑至，年十八九，甚美，自云：「接侍以來，已見東海三爲桑田，向到蓬萊，水又淺于往者會時略半也，豈將復還爲陵陸乎？」蔡經見麻姑手指纖細似鳥爪，自念：「背大癢時，得此爪以爬背，當佳。」見太平廣記六十舊題晉葛洪神仙傳。又一三一齊諧記記有麻姑噉蛇鬻事。唐杜牧樊川集二讀韓杜集詩：「杜詩韓筆愁來讀，似倩麻姑癢處搔。」筆、搔，一本作「集」、「抓」。㊁山名。在今江西南城縣西南。山頂有古壇，傳說麻姑得道於此。壇東南有池，又有瀑布。西北有麻源，南朝宋謝靈運有入華子岡是麻源第三谷詩，見文選。唐顏真卿撰有麻姑仙壇記，記載頗詳。參閱太平寰宇記一一〇建昌軍南城縣、嘉慶一統志三二〇建昌府一山川。

【麻炬】束麻稈作火把，用以照明。梁書劉峻傳：「峻好學，家貧，寄人廡下，自課讀書，常燎麻炬，從夕達旦。時或昏睡，爇其髮，既覺復讀，終夜不寐，其精力如此。」

【麻城】縣名。屬湖北省。漢西陵縣地。南朝梁置信安縣。隋開皇十八年改曰麻城縣。城本東晉時後趙石勒將麻秋所築，故名。唐元和三年省入黃岡縣，大中三年復置。歷代因之。參閱讀史方輿紀要七六黃州府、嘉慶一統志三四〇黃州府一。

【麻苧】指大麻與苧麻。文選漢張平子(衡)南都賦：「其原野則有桑漆麻苧。」全唐詩六九二杜荀鶴山中寡婦：「夫因兵死守蓬茅，麻苧衣衫鬢髮焦。」也特指苧麻。宋史二八四陳堯叟傳：「麻苧所種，與桑柘不殊，既成宿根，旋擢新幹，俟枝葉裁茂則刈穫之，周歲之間，三收其苧。復一固其本，十年不衰。」

【麻胡】㊀民間傳說中暴戾好殺之人。1.東晉列國後趙石勒將麻秋，胡人，凶殘好殺，人畏之。里有兒啼，母卽恐之曰：「麻胡來！」啼卽止。見太平廣記二六七引朝野僉載。2.隋煬帝將遊江都，命將軍麻祜疏河。祜性殘暴，虐用其民，百姓惴栗。常呼其名以止小兒夜啼。祜，讀若胡。見大業拾遺記。說郛七八載隋遺錄作麻叔謀。3.五代馮暉，爲靈武節度使，面有黥文，羌人畏其威名，號之麻胡。見宋黃鑑纂楊文公談苑(說郛二一)。㊁謂容貌醜陋多鬚。宋曾慥高齋漫錄：「毗陵有成郎中，宣和中爲省官，貌不揚而多髭。再娶之夕，岳母陋之，曰：『我女如菩薩，乃嫁一麻胡！』命成作詩。乃操筆大書曰：『一牀兩好世間無，好女如何得好夫？高卷珠簾明點燭，試教菩薩看麻胡。』」

【麻茶】模糊、迷蒙貌。全唐詩四七七李涉題宇文秀才櫻桃：「今日顛狂任君笑，趁愁得醉眼麻茶。」亦作「麻㗅」、「麻搽」、「麻查」。宋劉克莊後村集三四左目痛六言詩之四：「昏花廢千祿書，麻㗅類辟瘟符。」又三九改詩詩：「叢稿麻搽鴉蚓黑，匹如壘蠟打殘碑。」樂府羣珠一元陳草庵山坡羊：「笑諠譁，醉麻查，悶來閒訪漁樵話。」

【麻紙】麻造的紙。晉王羲之有麻紙帖。唐時專用於寫詔令。唐李肇翰林志：「元和初置書詔印，學士院主之。凡赦書、德

音、立后、建儲、大誅討、免三公宰相、命將曰制,並用白麻紙。……凡慰軍旅用黃麻紙。」(說郛九十)

【麻蛋】表面粘以芝麻的一種油炸食品。清梁紹壬兩般秋雨盦隨筆三麻蛋燒豬:「煎堆一名麻蛋,以麵作團,炸油鑊中,空其內,大者如瓜,粵中年節及昏嫁,以爲餽遺。」按宋吳自牧夢粱錄十三諸色雜買載小兒食件中有麻糰、湯糰、水糰等。麻蛋卽麻糰。今兩廣仍名煎堆,江浙名麻丸、麻球,亦名麻糰,皆以糯米粉爲之。

【麻雀】鳥名。也名瓦雀、賓雀,亦曰家雀。本草綱目四八禽二雀:「雀,短尾小鳥也。……棲宿簷瓦之間,馴近階除之際,如賓客然,故曰瓦雀、賓雀,又謂之佳賓也。俗呼老而斑者爲麻雀,小而黃口者黃雀。」

【麻陽】縣名。屬湖南省。漢沅陵、辰陽二縣地。南朝陳天嘉三年置麻陽戍。唐武德三年置麻陽縣。歷代因之。參閱嘉慶一統志三六八沅州府一。

【麻溪】水名。在湖南長沙縣北。水經注三八湘水:「又右逕臨湘縣故城西,湘水……右合麻溪水口,湘浦也。」南朝梁元帝世子方等爲河東王譽所敗,溺死麻溪,卽此。已湮沒。參閱嘉慶一統志三五四長沙府一山川。

【麻蒸】麻稭。說文:「熜,然麻蒸也。」清段玉裁注:「麻蒸,析麻中榦也。亦曰菆。」

【麻團】食品名。見「麻蛋」。

【麻鞋】麻編之鞋。唐杜甫杜工部草堂詩箋十述懷:「麻鞋見天子,衣袖見兩肘。」鞋,亦作「鞵」。參閱五代馬縞中華古今注中麻鞋。

【麻隧】春秋時地名。左傳成十三年:「五月丁亥,晉師以諸侯之師與秦師戰於麻隧,秦師敗績。」卽此。地在今陝西涇陽縣北。參閱嘉慶一統志二二八西安府二古蹟。

【麻擣】碎麻。與泥灰調合刷抹牆壁。擣,一作「禱」,亦作「搗」。今稱麻刀。唐六典二三將作監右校署:「凡修補之料,每歲京北河南及諸州支送麥䴸三萬團,麥麫一百車,麻禱二萬斤。」清潘永因宋稗類鈔二奢汰:「韓王(趙普)治第,麻搗錢一千二百餘貫,其他可知。塗壁以麻搗土,世俗遂謂塗壁麻爲麻搗。」

【麻皮皴】國畫山石皴法的一種。卽披麻皴。元湯垕古今畫鑒唐:「董元山水有二種:一樣水墨礬頭,疏林遠樹,平遠幽深,山石作麻皮皴;一樣著色,皴紋甚少,用色穠古。」參見「披麻」。

【麻沙本】舊刻本之雕印不精者,世稱麻沙本。麻沙,地名,南宋時屬福建建陽縣。地產榕樹,質性鬆軟,易於雕板,鐫書人皆居麻沙一帶,所刻頗多訛誤,當時不爲人重。明弘治間,曾委官釐正之。今麻沙之本,已罕流傳。葉夢得石林燕語謂天下印書,以杭州爲上,蜀本次之,福建最下。所謂福建本,卽麻沙本也。

【麻沸散】一種麻醉藥。後漢書八二華佗傳:「精於方藥,處齊不過數種,心識分銖,不假稱量,針灸不過數處。若疾發結於內,針藥所不能及者,乃令先以酒服麻沸散,既醉無所覺,因刳破腹背,抽割積聚。若在腸胃,則斷截湔洗,除去疾穢,既而縫合,傅以神膏,四五日創愈,一月之間皆平復。」

【麻姑爪】相傳女仙麻姑,手指纖細如鳥爪。宋蘇轍欒城集七贈吳子野道人詩:「道成若見王方平,背癢莫念麻姑爪!」詳「麻姑㊀」。

【麻衣相法】舊時一種相術。相傳始於宋僧麻衣道者,故稱。明沈采還帶記衆朋就相:「頭頂方巾腰束絛,氣傲;麻衣相法我獨高,玄妙。」

【麻衣道者】宋僧,善相術,世稱麻衣相。宋錢若水爲舉子時,詣以求相。僧曰:「急流中勇退,去神仙不遠矣!」爲陳摶所尊禮。見宋邵伯溫聞見前錄七。

【麻姑仙壇記】江西南城縣麻姑山有古壇,傳爲麻姑得道之所。唐大曆六年,顏真卿爲撫州刺史,按神仙傳作撫州南城麻姑山仙壇記,並書碑於此。相傳真卿書有大字小字二本。大字本在臨川,元時毀於火;小字本在南城,後南城改屬建昌,碑隨入公廨,爲一守槖之歸,而命俗工摹一碑於郡。今所傳拓本多出翻刻,原拓頗貴重難得。參閱宋歐陽修文忠集一四〇唐顏真卿麻姑壇記、唐顏真卿小字麻姑壇記。

三　畫

麽 1. mó ㄇㄛˊ 亡果切,上,果韻,明。集韻 眉波切,平,戈韻。

亦作「麼」。㊀細小。文選漢班叔皮(彪)王命論:「又況幺麽不及數子,而欲闇干天位者也。」注引通俗文:「不長曰幺,細小曰麽。」漢書敍傳上作「麿」。㊁語氣助詞。猶這麽、那麽。宋黃庭堅山谷詞南鄉子:「萬水千山還麽去,悠哉,酒向黃花欲醉誰。」

2. ma ˙ㄇㄚ

㊂語氣助詞。同「嗎」。唐王建詩八宮詞之六三:「衆中遺却金釵子,拾得從他要贖麽?」

【麽眇】細小。唐柳宗元柳先生集十五答問:「卓詭倜儻之士之遇明世也,用智能,顯功烈,而麽眇連蹇,顛頓披靡,固其所也,客又何怪哉?」

【麽蟲】極細之蟲。卽焦螟。列子湯問:「江浦之間生麽蟲,其名曰焦螟。羣飛而集於蚊睫,弗相觸也。栖宿去來,蚊弗覺也。」

四　畫

麾 huī ㄏㄨㄟ 許爲切,平,支韻,曉。

㊀旌旗之屬,作指揮用。周禮春官巾車:「建大麾。」㊁指揮,招手。通「揮」、「撝」。書牧誓:「王左杖黃鉞,右秉白旄以麾。」左傳隱十一年:「瑕叔盈又以蝥弧登。周麾而呼曰:『君登矣!』鄭師畢登。」㊂快。禮禮器:「祭祀不祈,不麾蚤。」釋文:「齊人謂快爲麾。」

【麾下】㊀謂將旗之下。史記一〇七魏其武安侯傳:「獨二人及從奴十數騎,馳入吳軍,至吳將麾下,所殺傷數十人。」漢書五二灌夫傳作「戲下」。㊁部下。史記一〇九李廣傳:「廣廉,得賞賜,輒分其麾下,飲食與士共之。」宋辛棄疾稼軒詞三破陣子之二爲陳同甫賦壯詞以寄之:「八百里分麾下炙,五十弦翻塞外聲。」㊂對將帥的敬稱。三國志吳張紘傳諫孫策:「願麾下重天授之姿,副四海之望,毋令國內上下危懼。」

【麾日】同「揮日」。傳說戰國楚魯陽公與韓戰酣,日暮,乃援戈揮日,使之返三舍。見淮南子覽冥。漢王充論衡感虛:「使聖人麾日,日終不反,襄〔陽〕公何人,而使日反乎?」參見「魯陽撝戈」。

【麾節】旌旗與符節。指將帥的指揮。唐文粹五二李華韓公廟碑銘序:「介胄之士,垂十萬人,瞻我麾節,以爲進退。」

【麾蓋】旗幟之頂。三國志蜀關羽傳:「羽望見(顏)良麾蓋,策馬刺良於萬衆之中,斬其首還。」也指儀仗中的旗與繖。晉書衛瓘傳武帝詔:「今聽其所執,進位太保,以公就第。給親兵百人,置長史,司馬、從事中郎掾屬,及大車、官騎、麾蓋、鼓吹諸威儀,一如舊典。」

八　畫

黀 zōu ㄗㄡ 側鳩切,平,尤韻,莊。

麻藍。即麻稈。同"菆"。見說文及段注。

【黀蒸】去皮的麻稈。楚辭漢東方朔七諫謬諫:"菎蕗雜於黀蒸兮,機蓬矢以射革。"

九 畫

黁 nún 奴昆切,平,魂韻,泥。ㄋㄨㄣˊ

香氣。全唐詩六一五皮日休奉和魯望玩金鸂鶒戲贈:"鏤羽彫毛迥出羣,溫黁飄出麝臍熏。"

十二畫

黂 fén 扶涕切,去,未韻,並。ㄈㄣˊ 集韻 符分切,平,文韻。

㊀麻子。爾雅釋草:"黂,枲實。"通作"蕡"。周禮天官籩人:"朝事之籩,其實麷蕡。"㊁粗麻。淮南子說林:"黂不類布,而可以爲布。"列子楊朱:"昔者宋國有田夫,常衣緼黂。"晉張湛注:"緼黂,謂分弊麻絮衣也。韓詩外傳云:異色之衣也。"

黃 部

黃 huáng 胡光切,平,唐韻,匣。ㄏㄨㄤˊ

㊀五色之一。本謂土地之色。易坤:"天玄而地黃。"古以五色配五行五方,土居中,故以黃爲中央正色。詩邶風綠衣:"綠兮衣兮,綠衣黃裳。"宋朱熹集傳:"綠,蒼勝黃之間色;黃,中央土之正色。"㊁黃赤色馬。詩魯頌駉:"有驪有黃。"傳:"黃騂曰黃。"疏:"黃而赤色者直名爲黃。"金玉等色黃者或亦稱黃。詩齊風著:"充耳以黃乎而。"傳:"黃,黃玉。"漢書九十酷吏傳楊僕:"懷銀黃,垂三組,夸鄉里。"注:"銀,銀印也。黃,金印也。"㊂黃帝的略稱。史記六三韓非傳:"喜刑名法術之學,而其歸本於黃老。"㊃指幼兒。隋代謂男女三歲以下爲黃;唐制民始生爲黃。見舊唐書職官志二戶部、文獻通考十戶口一。㊄指事情落空。紅樓夢八十:"薛蟠聽了這話,又怕鬧黃了寶蟾之事,忙又趕來罵秋菱。"㊅周國名。嬴姓。爲楚所滅。在今河南潢川縣西。左傳桓八年:"楚子合諸侯于沈鹿,黃隨不會。"注:"黃國,今弋陽縣。"㊆嬴姓十四氏之一,子孫以國爲氏,戰國時楚有春申君黃歇。見通志二六氏族二以國為氏。

【黃口】㊀謂雛鳥。淮南子天文:"蟲蝱不食駒犢,鷙鳥不搏黃口。"㊁謂幼兒。淮南子氾論:"古之伐國,不殺黃口,不獲二毛,於古爲義,於今爲笑。"樂府詩集三七古辭東門行:"共餔糜,上用倉浪天故,下爲用此黃口小兒。"

【黃山】山名。1.在安徽歙縣西北。水經注作黟山。也稱北黟山。神話傳說黃帝曾與容成子浮邱公合丹於此。唐天寶六年改名黃山。風景秀麗,有蓮花峯天都峯等三十六峯,桃花溪等二十四溪、洞十二、巖八,山間雲氣瀰漫,有黃山雲海之稱。參閱清汪洪度黃山領要錄、嘉慶一統志一一二徽州府一山川。2.在陝西興平縣北。也名黃麓山。文選漢張平子(衡)西京賦"繞黃山而款牛首",即指此。參閱嘉慶一統志二二七西安府一山川黃麓山。

【黃巾】東漢末太平道首領張角等於靈帝中平元年發動農民起義,倡言"蒼天已死,黃天當立,歲在甲子,天下大吉"。徒衆達數十萬人,皆以黃巾裹頭,稱爲黃巾軍,或稱黃巾。參閱後漢書靈帝紀、又七一皇甫嵩傳。

【黃天】東漢末張角自稱大賢良師,言"蒼天已死,黃天當立",率衆起義,皆以黃巾裹頭,衆至數十萬人。見後漢書靈帝紀中平元年春二月。參見"黃巾"。

【黃支】古國名。漢書平帝紀:"(元始)二年春,黃支國獻犀牛。"注引應劭:"黃支在日南之南,去京師三萬里。"後漢書四十上班固傳兩都賦:"其中乃有……黃支之犀,條枝之鳥。"

【黃犬】㊀黃色犬。史記八七李斯傳:"二世二年七月,具斯五刑,論腰斬咸陽市。斯出獄,與其中子俱執,顧謂其中子曰:'吾欲與若復牽黃犬俱出上蔡東門逐狡兔,豈可得乎?'"後用以指有罪被戮及死別悔恨之情。晉書向秀傳思舊賦:"昔李斯之受罪兮,歎黃犬而長吟。"唐李白李太白詩一擬恨賦:"執愛子以長別,嘆黃犬之無緣。"㊁指晉陸機的黃耳犬,謂能長途傳遞書信。元王實甫西廂記五本二折:"不聞黃犬音,難傳紅葉詩,驛長不遇梅花使。"參見"黃耳"。

【黃中】黃,中和之色,以喻內德之美。易坤:"君子黃中通理,正位居體,美在其中,而暢於四支,發於事業,美之至也。"宋朱熹注:"黃中,言中德在內。"三國志吳王蕃傳陸凱疏:"常侍王蕃黃中通理,知天知物,處朝忠謇。"

【黃公】㊀人名。1.漢書藝文志名家:"黃公四篇。名疵,爲秦博士,作歌詩,在秦時歌詩中。"2.尹文子大道上:"齊有黃公者,好謙卑。有二女,皆國色。以其美也,常謙辭毀之,以爲醜惡。醜惡之名遠布,年過而一國無聘者。衛有鰥夫,時冒娶之,果國色。然後曰:'黃公好謙,故毀其子不姝美。'"3.舊題漢劉歆西京雜記三:"有東海人黃公,少時爲術,能制蛇御虎,佩赤金刀,以絳繒束髮,立興雲霧,坐成山河。及衰老,氣力羸憊,飲酒過度,不能復行其術。秦末,有白虎見於東海,黃公乃以赤刀往厭之,術既不行,遂爲虎所殺。三輔人俗用以爲戲,漢帝亦取以爲角觝之戲焉。"文選漢張平子(衡)西京賦:"東海黃公,赤刀粵祝,冀厭白虎,卒不能救。"4.晉酒家名。見"黃壚"。㊁謂黃鸝。宋蘇軾分類東坡詩五書普慈長老壁:"久參白足知禪味,苦厭黃公聒晝眠。"宋陳師道注:"黃公,黃鸝也。"

【黃月】道家謂月光中有黃氣,乃月之精,常呑食,可以成仙。唐文粹十七下吳筠遊仙詩之三:"凌晨吸丹景,入夜飲黃月。"也作"月黃"。雲笈七籤十一黃庭內景經肝部"攝魂還魄永無傾"注:"若有饑渴,聽飲月黃日丹。"

【黃目】周代禮器,祭時灌地所用之尊。其器畫目形,飾以黃金,故名。也稱黃彝。禮明堂位:"鬱尊用黃目。"注:"鬱鬯之器也,黃彝也,灌酌鬱尊以獻也。"宋沈括夢溪筆談十九器用:"禮書所載黃彝,乃畫人目爲飾,謂之黃目。予游關中,得古銅黃彝,殊不然,其刻畫甚繁,大體似繆篆,又如欄盾間所畫回波曲水之文,中間有二目,如大彈丸,突起煌煌然,所謂黃目也。視其文,髣髴有牙角口吻之象。或謂黃目乃自是一物。"

【黃甲】科舉甲科進士及第者的名單用黃紙書,故名。宋華岳翠微南征錄五呈諸同舍詩:"三舉不登黃甲去,兩庠空笑白丁歸。"參閱舊五代史選舉志長興元年勅、宋史選舉志二。

【黃册】户口册籍。明洪武十四年詔州郡編賦役黃册，册凡四：一上户部，其三則分別存於布政司、府、縣。上户部之清册，册面黃紙，故謂之黃册。也稱黃籍、人籍。與洪武二十年以丈量土地爲基礎的魚鱗册，合爲明代賦役制度的主要根據。參閱明實録十九洪武實録一三五、續文獻通考十三。

【黃白】㊀謂金銀。史記平準書："虞夏之幣，金爲三品，或黃，或白，或赤。"索隱："黃，黃金也；白，白銀也；赤，赤銅也。"古今小説二三："老尼遂取出黃白一包，付生曰：'此乃小娘子平日所寄，今送還官人，以爲路資。'"㊁指道家所謂煉丹化成金銀的法術。漢應劭風俗通淮南王安神仙："招募方伎怪迂之人，述神仙黃白之事。"唐白居易長慶集五效陶潛體詩之十四："入山燒黃白，一旦化爲灰。"

【黃瓜】瓜名。即胡瓜。隋煬帝諱言胡，時因稱胡瓜爲黃瓜。見唐吳兢貞觀政要六慎所好、宋程大昌演繁露十胡牀。

【黃池】㊀積水的池塘。同"潢池"。文選漢枚叔(乘)七發："輦道斜交，黃池紆曲。"㊁地名。1.春秋時地名。在今河南封丘縣西南。左傳哀十三年"公會單平公、晉定公、吳夫差于黃池"，即此。參閱太平寰宇記一封丘縣。2.鎮名。在今安徽當塗縣東南。唐李白李太白詩十八宣城送劉副使入秦："借問幾時還，春風入黃池。"即此。參閱讀史方輿紀要二七太平府當塗縣。

【黃安】縣名。漢西陽及鄳縣地。南朝梁置梁安縣，隋廢。唐以後爲黃岡、黃陂、麻城三縣地。明嘉靖四十二年析置黃安縣。清屬湖北黃州府。今湖北紅安縣。參閱嘉慶一統志三四〇黃州府一。

【黃州】地名。春秋時爲弦子國地。後併於楚。秦屬南郡。兩漢屬江夏郡。隋置黃州。元爲黃州路。明改爲府。清因之。州治黃岡縣。公元 1912 年裁府留縣，屬湖北省。參閱嘉慶一統志三四〇黃州府一。

【黃老】黃帝與老子。道家以黃、老爲祖，因亦謂道家爲黃老。史記六三申不害傳："申子之學本於黃老而主刑名。"漢王充論衡自然："賢之純者，黃老是也。黃者黃帝也，老者老子也。"

【黃耳】㊀犬名。晉陸機有犬名黃耳，甚愛之，後仕洛，久無家問，因戲語犬曰："我家絶無書信，汝能賫書馳取消息不？"犬搖尾作聲應之。機試爲書，盛以竹筒，繫犬頸。犬走向吳，遂至其家，得報還洛。見藝文類聚九四南朝梁任昉述異記、晉書本傳。後爲犬的通稱。宋蘇軾分類東坡詩二二過新息留示鄉人任師中："寄食方將依白足，附書未免煩黃耳。"㊁黃色鼎耳。易鼎："鼎黃耳金鉉，利貞。象曰：鼎黃耳，中以爲實也。"漢桓寬鹽鐵論散不足："今富者銀口黃耳，金罍玉鍾。"

【黃竹】古詩篇名。穆天子傳五："日中大寒，北風雨雪，有凍人。天子作詩三章以哀民，曰：'我徂黃竹。'"因以名篇。文選南朝宋謝惠連雪賦："岐昌發詠於來思，姬滿申歌於黃竹。"

【黃初】三國魏曹丕(文帝)年號。公元 220—226 年。

【黃吻】口邊曰吻。雛鳥嘴黃，喻童幼。三國魏曹植曹子建集十魏德論："黃吻之齔含哺而怡，鮐背之老擊壤而嬉。"世説新語方正："後來年少，多有道深公(竺法深)者，深公謂曰：'黃吻年少，勿爲評論宿士。'"

【黃河】我國第二大河。古稱"河"。後世以河水多泥沙而色黃，故稱黃河。源出青海巴顏喀拉山北麓。黃河中下游爲我國古代文化的重要發源地。

【黃油】塗油的黃絹。資治通鑑一四四南齊中興元年："(張)稷召尚書右僕射王亮等列坐殿前西鍾下，令百僚署牋，以黃油裹東昏首。"注："黃絹施油可以禦雨，謂之黃油。"

【黃卷】謂書籍。古時用黃蘗染紙以防蠹，故名。抱朴子疾謬："蓋是窮巷諸生、章句之士，吟詠而向枯簡，匍匐以守黃卷者所宜識。"世説新語賞譽上"張華見褚陶"注引褚氏家傳："弱不好弄，清談閑默，以墳典自娛。語所親曰：'聖賢備在黃卷中，舍此何求？'"

【黃炎】黃帝有熊氏和炎帝神農氏。國語周下："夫亡者豈緊無寵，皆黃炎之後也。"後漢書六十上馬融傳廣成頌序："自黃炎之前，傳道罔記，三五以來，越可略聞。"

【黃武】三國吳孫權(大帝)年號。公元 222—229 年。

【黃芪】草名。見"黃耆"。

【黃門】㊀黃色宮門。通典二一職官三侍中："凡禁門黃闥，故號黃門。"㊁官署名。漢時設有黃門官，給事於黃門之內。漢書元帝紀黃龍二年："詔罷黃門乘輿狗馬。"注："黃門，近署也，故親幸之物屬焉。"晉以後始建爲門下省。唐開元中一度改爲黃門省。唐張説張説之集三玄武門侍射詩序："乃命紫微黃門，九卿六事，與熊羆之將，爪牙之臣各宴焉。"㊂黃門侍郎、給事黃門侍郎的省稱。如晉潘岳官給事黃門侍郎，張協官黃門侍郎，南朝梁江淹雜體詩分別稱爲潘黃門、張黃門。㊃宦者之稱。東漢給事内廷的黃門令、中黃門諸官皆以宦者充任，後遂稱宦者爲黃門。文選三國魏嵇叔夜(康)與山巨源絶交書："若吾多病困，欲離事自全，以保餘年，此真所乞耳，豈可見黃門而稱貞哉？"㊄天閹之稱。唐慧琳一切經音義六七玄應音阿毘曇毘婆沙論三般吒："應言般荼迦，此言黃門。"元周密齊東野語十六黃門："世有男子雖娶婦而終身無嗣育者，謂之天閹，世俗命之曰黃門。"

【黃陂】縣名，屬湖北省。漢西陵縣地。北齊置南司州，北周改爲黃州，兼置縣。隋廢州，縣屬永安郡。唐武德七年仍屬黃州，宋元明因之。清屬湖北漢陽府。參閱嘉慶一統志三三八漢陽府一。

【黃忠】公元？—220 年。三國南陽人，字漢升。初爲劉表中郎將，守長沙攸縣。後從劉備入蜀，常先登陷陣，勇冠三軍。益州既定，拜討虜將軍。建安二十四年，在定軍山斬曹操大將夏侯淵，遷征西將軍，賜爵關内侯。三國志有傳。

【黃易】公元 1744—1802 年。清錢塘人，字小松。官山東運河同知。工詩文，善畫，所作山水，蕭疏淡遠，自寫訪碑圖，最爲精妙。墨梅饒有逸致，兼工分隸，尤精篆刻，爲西泠八家之一。討論金石，極有根據。嘗得武班碑及武梁祠堂石室畫象，即其地起武氏祠堂。有小蓬萊閣詩集、小蓬萊閣金石文字、嵩洛訪碑日記等。

【黃岡】縣名，屬湖北省。戰國時楚遷邾國於此。漢置西陵、西陽、邾三縣。南齊置齊安縣。隋開皇十八年改今名，以縣東有黃岡山而名。唐宋元爲黃州治，明清爲黃州府治。參閱嘉慶一統志三四〇黃州府一。

【黃芽】道家煉丹所用的鉛華。也指腎中之元氣。雲笈七籤七二還丹五行功論圖："若要長生，須服五色鉛汞、丹砂、黃芽之藥。"唐白居易長慶集十七對酒："有時成白首，無處問黃芽。"

【黃芩】植物名。多年生草本。夏開紫花，根色深黃，其宿根外黃内黑者稱片芩，新根内黃者稱條芩。入藥。參閱政和證類本草八。

【黃花】菊花秋開，秋令在金，故以黃色爲正，因稱黃花。唐李白李太白詩二十九日龍山歌:"九日龍山飲，黃花笑逐臣。"

【黃金】㊀金。爾雅釋器:"黃金謂之璗，其美者謂之鏐。"㊁銅。書舜典"金作贖刑"傳:"金，黃金。誤而入刑，出金以贖罪。"疏:"此傳黃金，呂刑黃鐵，皆是今之銅也。"

【黃昏】㊀天將黑時。楚辭屈原九章抽思:"昔君與我誠言兮，曰黃昏以爲期。"唐李商隱李義山詩集六樂遊原:"夕陽無限好，只是近黃昏。"宋林逋林和靖集二山園小梅詩之一:"疏影橫斜水清淺，暗香浮動月黃昏。"也指色調昏暗。㊁草名。王孫之別名。急就篇四"牡蒙甘草菀藜蘆"唐顏師古注:"牡蒙，一名黃昏。"參見"王孫"。

【黃姑】星名。卽河鼓。玉臺新詠九東飛伯勞歌:"東飛伯勞西飛燕，黃姑織女時相見。"參見"河鼓"。

【黃帝】古史記黃帝，少典之子，姓公孫，居軒轅之丘，故號軒轅氏。又居姬水，因改姓姬。國於有熊，故亦稱有熊氏。敗炎帝於阪泉，又與蚩尤戰於涿鹿之野，斬殺蚩尤。諸侯尊爲天子，以代神農氏。有土德之瑞，故號黃帝。以風后爲相，以力牧爲將。命大橈作甲子，容成造曆。使羲和占日，常儀占月，臾區占星氣，伶倫造律呂，隸首作算數。傳說蠶桑、醫藥、舟車、宮室、文字等之制，皆始於黃帝時。參閱史記五帝紀。

【黃冠】㊀農夫之冠。禮郊特牲:"野夫黃冠。黃冠，草服也。"唐杜甫杜工部草堂詩箋七遣興之四:"上疏乞骸骨，黃冠歸故鄉。"㊁道士之冠。轉爲道士的別稱。唐李淳風父播，初仕隋，官高唐尉，後棄官爲道士，自號黃冠子。見新唐書二〇四李淳風傳。唐詩紀事五十唐球(一作"求")題青城范賢觀:"數里緣山不厭難，爲尋真訣問黃冠。"

【黃祚】謂黃帝的後代。舊題晉程本子華子上:"昔者，軒轅二十五宗，故黃祚衍於天下，於今未忘也。"

【黃封】宮廷釀造之酒以用黃羅帕封，故稱。也用以泛指美酒。宋蘇軾分類東坡詩十與歐育等六人飲酒:"苦戰知君便白羽，倦游憐我憶黃封。"又十六岐亭之三:"爲我取黃封，親拆官泥赤。"

【黃耇】謂老人。詩小雅南山有臺:"樂只君子，遐不黃耇。"漢書八六師丹傳:"丹經爲世儒宗，德爲國黃耇。"注:"黃耇，老人之稱也。黃謂白髮落更生黃者也。耇，老人面色不淨如垢也。"

【黃柏】卽黃檗。見"黃檗"。

【黃建】李名。初學記二八晉傅玄李賦:"乃有河沂黃建，房陵縹青，一樹三色，異味殊名。"

【黃屋】帝王車蓋，以黃繒爲蓋裏，故名。漢制，唯皇帝得用黃屋。史記秦始皇紀附子嬰:"子嬰度次得嗣，冠玉冠，佩華紱，車黃屋，從百司，謁七廟。"史記九七陸賈傳:"往使尉他，令尉他去黃屋稱制，令比諸侯，皆如意旨。"也指帝王。宋黃庭堅山谷詩注內集六常父惠示丁卯雪十四韻謹同韻賦之:"春皇賦上瑞，來寧黃屋憂。"

【黃眉】婦女的一種眉妝。隋書五行志上:"後周大象元年……朝士不得佩綬，婦人墨妝黃眉。"

【黃星】黃色之星，古以爲瑞星。漢張衡張河間集二週天大象賦:"嘉大舜之登禪，耀黃星而靡鋒。"三國志魏武帝紀:"初，桓帝時有黃星見于楚、宋之分，遼東殷馗善天文，言後五十歲當有真人起于梁、沛之間，其鋒不可當。"

【黃香】東漢江夏安陸人，字文彊。九歲失母，事父至孝，暑扇牀枕，寒以身温席。博學經典，能文章，京師號曰:"天下無雙江夏黃童。"官至尚書令。後漢書入文苑傳。

【黃胖】土製的玩偶。宋孟元老東京夢華錄七清明節:"都城之歌兒舞女遍滿園亭，抵暮而歸，各攜棗䭔、炊餅，黃胖、掉刀，名花、異果，山亭、戲具，鴨卵、雞雛，謂之門外土儀。"又葉紹翁四朝聞見錄戊黃胖詩:"韓(侂胄)以春日宴族人于西湖，用土爲偶，名曰黃胖。"

【黃泉】㊀地下的泉水。孟子滕文公下:"夫蚓，上食槁壤，下飲黃泉。"㊁地下深處。也指葬身之地。左傳隱元年:"遂寘姜氏于城潁，而誓之曰:'不及黃泉，無相見也。'"

【黃流】㊀釀秬黍爲酒，以鬱金草爲色，故稱黃流。古代祭祀，用以灌地。詩大雅旱麓:"瑟彼玉瓚，黃流在中。"一說指古代玉瓚上的黃金勺鼻。參閱詩旱麓傳疏、宋程大昌演繁露七秬鬯。一說卽酒。㊁黃河的水流。唐韓愈昌黎集一感二鳥賦:"過潼關而坐息，窺黃流之奔猛。"泛指泥濁之水。元張仲深子淵集四久雨感懷詩:"閉門十日黃梅雨，門外黃流數尺强。"

【黃浦】水名。源出浙江嘉興縣境，受三泖諸水，東流經松江、金山諸縣，至上海東北，合吳淞江入海。相傳爲戰國楚春申君黃歇所開，故亦名春申浦，又名黃歇浦。明史稱大黃浦。清以來通稱黃浦江。參閱寰宇通志十四松江府黃浦、讀史方輿紀要二四松江府。

【黃酒】用糯米和麵釀成的酒。呈黃色，故名。浙江紹興所産最著名，名紹興酒。明何良俊四友齋叢説十八:"卽同至酒店喚酒保取酒，酒保取黃酒一大角，下生葱蒜兩盤，卽團坐而飲。"

【黃宮】道家以臍下爲丹田，腦頂爲黃宮。宋蘇軾分類東坡詩二五謫居三適旦起理髮:"安眠海自運，浩浩朝黃宮。"

【黃案】案，文案。尚書用黃札，故曰黃案。南史齊廢帝東昏侯:"閹豎以紙包裹魚肉還家，並是五省黃案。"

【黃唐】黃帝和唐堯。晉陶潛陶淵明集一時運詩之一:"清琴在床，濁酒半壺，黃唐莫逮，慨獨在余。"

【黃疸】病名。以血液素中膽紅素增高而起。素問平人氣象論:"目黃者曰黃疸。"金匱要略方論中黃疸病:"黃疸腹滿，小便不利而赤，自汗出。此爲表和裏實，當下之，宜大黃滑石湯。"

【黃庭】㊀黃庭經的簡稱。唐李白李太白詩十七送賀賓客歸越:"山陰道士如相見，應寫黃庭換白鵝。"參見"黃庭經"。㊁道家以人之腦中、心中、脾中，或自然界之天中、人中、地中爲黃庭。雲笈七籤十一上清黃庭內景經釋題:"黃者中央之色也，庭者四方之中也。外指事卽天中、人中、地中；內指事卽腦中、心中、脾中；故曰黃庭。"又十二太上黃庭外景經序:"故黃者二儀之正色，庭者四方之中庭，近取諸身則脾爲主，遠取諸象而天理自會。"

【黃袍】㊀隋制，皇帝常服黃袍。唐高祖武德初，禁士庶不得服，黃袍遂專爲皇帝之服。宋李燾續資治通鑑長編一建隆元年:"諸將已擐甲執兵，直扣寢門，……太祖驚起披衣，未及酬應，則相與扶出聽事，或以黃袍加太祖身，且羅拜庭下稱萬歲。"參閱宋王楙野客叢書八禁用黃。㊁黃鳥的別名。三國吳陸璣毛詩草木鳥獸蟲魚疏下黃鳥于飛:"黃鳥，黃鸝留也。……或謂之黃袍。"五代蜀釋貫休禪月集十三春晚寄張侍郎詩:"鳥聽黃袍小，城臨白帝寒。"

【黃班】虎的別名。隋書五行志上:"陳初，有童謠曰:'黃班青驄馬，發自壽陽涘。來時冬氣末，去日春風始。'其後陳主果爲韓擒所敗。擒本名擒獸，黃班之謂也。"按:韓擒本作韓擒虎，唐人諱改。也作"黃斑"。宋彭齊，才辯滑稽。有虎入縣廨，彭猷詩有"昨夜黃斑入縣來"之句。見宋吳處厚青箱雜記一。

【黃連】植物名。多年生草，其根連珠而色黃，故名。又名王連、支連。以四川雅安地區所產爲佳，故也稱雅連、川連。複葉，由三小葉合成，莖長尺許，春開小花，根入藥，味甚苦。參閱政和證類本草七黃連。

【黃軒】黃帝軒轅氏的簡稱。文選漢張平子(衡)東京賦："改奢卽儉，則合美乎斯干。登封降禪，則齊德乎黃軒。"

【黃耆】草名。一名黃芪，又名戴糝、戴椹、獨椹等。其產於綿上者稱綿芪。根長二三尺，獨莖叢生，葉如羊齒狀，開黃紫花，結小尖角，入藥。見政和證類本草七黃耆。

【黃能】傳說動物名。國語晉八："昔者鯀違帝命，殛之於羽山，化爲黃能以入於羽淵。"左傳昭七年作"黃熊"。唐陸德明釋文："黃能，如字，一音奴來反。亦作熊，音雄，獸名。能，三足鼈也。解者云：獸非入水之物，故是鼈也。一曰旣爲神，何妨是獸。案說文及字林皆云能熊屬，足似鹿。"

【黃婆】㊀道家稱脾爲黃婆。全唐詩八五七呂巖七言："九盞水中煎赤子，一輪火內養黃婆。"宋蘇軾東坡集續集十一與孫運句書："脾能母養餘臟，故養生家謂之黃婆。"㊁卽黃道婆。見"黃道婆"。

【黃麻】㊀一年生草本。一名大麻、火麻。葉呈長卵形，端尖，互生，夏秋之交，開小黃花，莖皮纖維甚韌，用以製麻繩、麻袋、麻布。參閱本草綱目二二穀一大麻。㊁用黃麻紙謄寫的詔書。唐李肇翰林志："凡賜與徵召宣索處分曰詔，用白藤紙；凡慰軍旅，用黃麻紙。"白居易長慶集十九見于給事暇日上直寄南省諸郎官詩因以戲贈詩："黃麻敕勝長生籙，白紵詞嫌內景篇。"參見"白麻㊁"。

【黃敕】用黃紙書寫的詔書。宋高承事物紀原二黃敕："唐高宗上元三年，以制敕施行既爲永式，用白紙多爲蟲蛀，自今已後，尚書省頒下諸州諸縣，並用黃紙。敕用黃紙，自高宗始也。"舊唐書一四八李藩傳："制敕有不可，遂於黃敕後批之。"

【黃梅】㊀梅子。熟時呈黃色，故稱黃梅。唐杜甫杜工部草堂詩箋十八梅雨："南京犀浦道，四月熟黃梅。"參閱嘉慶一統志三四〇黃州府一山川。㊁縣名，屬湖北省。漢置尋陽縣，屬廬江郡。晉永興初爲蘄春縣地，南齊分置永興縣，隋改爲黃梅縣，以界內有黃梅山故名。唐屬蘄州，明清屬黃州府。參閱嘉慶一統志三四〇黃州府一。㊂指唐高僧禪宗五祖弘忍。因居於黃梅，故稱。宋蘇軾分類東坡詩十七武昌西山再用前韻："丹砂未易掃白髮，赤松却欲參黃梅。"

【黃陵】㊀傳說黃帝陵的簡稱。在陝西黃陵縣西北橋山。也稱橋陵。參閱嘉慶一統志二四九鄜州山川橋山、陵墓。參見"橋陵㊀"。㊁山名。在湖南湘陰縣北，濱洞庭湖。一名湘山，湘水由此入湖。傳說舜二妃墓在其上。有黃陵亭、黃陵廟。唐李商隱李義山詩集二哭劉司戶蕡："去年相送地，春雪滿黃陵。"參閱嘉慶一統志三五四長沙府一山川。

【黃雀】鳥名。也稱蘆花黃雀。雄者上體淺黃帶綠，雌者上體微黃有褐色條紋。戰國策楚四："黃雀因是以，俯噣白粒，仰棲茂樹，鼓翅奮翼，自以爲無患，與人無爭也。"

【黃堂】太守辦事的廳堂。後漢書二七郭丹傳："太守杜詩請爲功曹，丹薦鄉人長者自代而去。……(太守)勑以丹事編署黃堂以爲後法。"注："黃堂，太守之廳事。"按黃堂爲天子便殿，猶黃門爲宮中側門。正僚則以黃堂爲正廳，其後乃專屬於太守，且增飾傳聞之辭，稱戰國春申君子假君有殿，其後太守居之，數失火，塗以雄黃乃止，因名黃堂。見宋范成大吳郡志六官宇。明清知府爲太守之職，故俗亦稱知府爲黃堂。儒林外史七："大江烟浪杳無蹤，兩日黃堂坐擁。"

【黃魚】魚名。1.石首魚的一種。俗稱黃花魚。參見"石首魚"。2.鱘鰉。古稱鱣、鱏。棲於近海，產卵期間則溯江而上。爾雅釋魚"鱣"晉郭璞注："今江東呼爲黃魚。"唐杜甫杜工部草堂詩箋三三戲作俳諧體遣悶之一："家家養烏鬼，頓頓食黃魚。"

【黃鳥】鳥名。1.黃鶯。也名黃鸝留、倉庚。詩周南葛覃："維葉萋萋，黃鳥于飛。"2.黃雀。詩秦風黃鳥："交交黃鳥，止于棘。"又小雅黃鳥："黃鳥黃鳥，無集于穀！無啄我粟！"參閱宋孫奕履齋示兒編三黃鳥。

【黃絁】粗綢。宋史三二一豐稷傳："仁宗衾褥用黃絁，服御用縑繒，宜守家法。"道士之衣以黃絁爲之，故稱道衣爲黃絁。宋陸游劍南詩稿三九新製道衣示衣工："良工刀尺製黃絁，天遣家居樂聖時。"

【黃猛】虎的別名。宋陶穀清異錄獸："石虎時，號虎爲黃猛。朱全忠時，號鍾爲大聖銅，俱以避諱故也。"

【黃巢】公元？—884年。唐山東曹州冤句人。乾符二年，聚衆響應王仙芝起義。仙芝死事，巢收集其衆，被推爲首，號衝天均平大將軍。五年率兵南下，所戰皆捷，衆至數十萬人，次年攻破廣州。復北上，七月渡江，破東都(洛陽)入長安，建立大齊政權，年號金統。後因內部分裂，又屢爲沙陀族李克用軍所戰敗，中和四年，退至山東泰安狼虎谷，被圍自殺。新、舊唐書皆有傳。

【黃湯】黃酒。元曲選缺名砯砂擔一："我則是多吃了那幾碗黃湯，以此趕不上他。"水滸十四："你却不徑來見我，且在路上貪噇這口黃湯。我家中没有與你吃？辱没殺人！"

【黃童】兒童。幼童髮色黃，故稱。抱朴子雜應："金樓玉堂，白銀爲階，五色雲爲衣，重疊之冠，鋒鋌之劍，從黃童百二十人。"唐韓愈昌黎集一元和聖德詩："黃童白叟，踊躍歡呀。"

【黃扉】㊀宰相官署。同"黃閣"。唐權德輿權載之集七奉和史館張閣老……有詠詩："丹地晨趨並，黃扉夕拜聯。"宋樓鑰攻媿集九次周益公韻詩："頃嘗假手向中川，公在黃扉已數年。"㊁門下省。國秀集上宋之問同姚給事寓直省中見贈詩："寵就黃扉日，威回白簡霜。"因給事中屬門下省，故云。參見"黃閣"。

【黃道】㊀古人認爲太陽繞地而行，黃道就是想像中的太陽繞地的軌道。漢書天文志："日有中道，月有九行。中道者，黃道，一曰光道。"㊁天子所經行的道路。宋陸游老學庵筆記七："高廟駐蹕臨安，艱難中，每出猶鋪沙藉路，謂之黃道。以三衙兵爲之。"

【黃琮】黃色瑞玉，祭祀用之。周禮春官大宗伯："以蒼璧禮天，以黃琮禮地。"注："琮，八方，象地。"疏："易云'天玄而地黃'，今地用黃琮，依地色。"

【黃棘】㊀古地名。周謝國地。戰國時屬楚。楚懷王二十五年秦楚盟於此。漢置棘陽縣，屬南陽郡。故城在今河南新野縣東北。參閱讀史方輿紀要五一鄧州新野縣棘陽城。㊁神話中的木名。山海經中山經："(苦山)其上有木焉，名曰黃棘。黃華而員葉。其實如蘭，服之不字。"

【黃華】㊀菊花。禮月令季秋之月："鞠有黃華。"鞠，一本作"菊"。㊁山名。1.在山西山陰縣北。史記趙世家載武靈王十九年"北至無窮，西至河，登黃華之上"，卽此。參閲讀史方輿紀要四四大同府大同縣黄瓜堆、山陰縣黄花山。2.在福建建甌縣東北。五代閩(殷)主王延政建太和殿於山下。宋韓世忠討范汝爲，嘗屯兵於此。參閲讀史方輿紀要九七建寧府甌寧縣。

【黄散】黄門侍郎與散騎常侍。同爲門下省官員，晉以後，共掌尚書奏事，故合稱黄散。晉書陳壽傳："杜預將之鎭，復薦之於帝，宜補黄散，由是授御史治書。"資治通鑑二八宋大明二年引南朝梁裴子野論："自晉以來，其流稍改，草澤之士，猶顯清途；降及季年，專限閥閲。自是三公之子，傲九棘之家，黄散之孫，蔑令長之室，轉相驕矜，互爭銖兩，唯論門户，不問賢能。"

【黄間】弩名。文選漢張平子(衡)南都賦："駸驥齊鑣，黄間機張。"又晉潘安仁(岳)射雉賦："捧黄間以密彀，屬剛罫以潛擬。"注："黄間，弩名也。"也作"黄肩"。漢書五四李廣傳"而廣身自以大黄射其裨將"注引晉灼："黄肩卽黄間也，大黄其大者也。"

【黄筌】公元？—965年。五代前蜀成都人，字要叔。以善畫著名，花竹師滕昌祐，鳥雀師刁光，山水師李昇，鶴師薛稷，人物龍水師孫位，集諸家之善，無不精妙。仕蜀爲翰林待詔。所作花鳥畫，與江南布衣徐熙齊名，並稱黄徐。見宋郭若虛圖畫見聞志二、元夏文彦圖繪寶鑑二。

【黄粱】粟的一種。楚辭宋玉招魂："稻粢穱麥，挐黄粱些。"穗大毛長，穀米俱粗於白粱，而收子少，不耐水旱，食之香美逾於諸粱，號爲竹根黄。見政和證類本草二五黄粱米引唐本注。

【黄溍】公元1277—1357年。元婺州義烏人，字晉卿。延祐二年進士。歷任台州寧海丞，諸暨州判官，累擢侍講學士、知制誥同修國史、同知經筵事。在朝挺立無所附，史稱其清風高節。其學博極羣書，而約之於至精。於經史疑難及古今因革制度名物之屬，頗有前人所未發。所著有日損齋藁、義烏志、日損齋筆記。卒謚文獻。元史有傳。

【黄落】草木葉黄而零落。禮月令季秋之月："是月也，草木黄落，乃伐薪爲炭。"樂府詩集八四漢武帝秋風辭："秋風起兮白雲飛，草木黄落兮雁南歸。"

【黄楊】常綠小灌木。質堅緻。惟生長極緩，非二三十年後不得爲用材。多作觀賞用。葉入藥。參閲本草綱目三六木三黄楊木。

【黄農】黄帝軒轅氏與炎帝神農氏。世説新語棲逸："蘇門山中忽有真人，……(阮)籍登臨就之，箕踞相對。籍商略終古，上陳黄農玄寂之道，下考三代盛德之美以問之，仡然不應。"

【黄鉞】以黄金爲飾之鉞。天子所用。書牧誓："王左杖黄鉞，右秉白旄以麾。"逸周書克殷："武王荅拜，先入適王所……而擊之以輕吕，斬之以黄鉞，折懸諸太白。"後世遂作爲帝王之儀仗。有時遣大臣出師，亦假以黄鉞以示威重。三國志魏曹休傳："帝征孫權，以休爲征東大將軍，假黄鉞，督張遼等及諸州郡二十餘軍。"

【黄腰】獸名。也名豰。又名唐已、墠微、虔已。爾雅釋獸："貔，白狐，其子豰。"注："一名執夷，虎豹之屬。"史記一一七司馬相如傳上林賦"蟖胡豰蛫"索隱引郭璞："豰似貂而大，腰以後黄，一名黄腰，食獼猴。豰，白狐子也。"參閲唐段成式酉陽雜俎前集十六毛黄腰、太平御覽九一三黄要引蜀地志。

【黄腸】以柏木黄心製的外棺。漢書六八霍光傳："光薨……賜……梓宫、便房、黄腸題湊各一具。"注："蘇林：以柏木黄心致累棺外，故曰黄腸；木頭皆内向，故曰題湊。"文選南朝宋謝惠連祭古冢文："黄腸既毁，便房已頹。"

【黄鼠】産山西及沙漠諸地，狀似大鼠而色黄，穴居土中，見人則拱立如揖，故又稱拱鼠、禮鼠，古稱鼣鼠，也稱貔貍。皮可爲裘領，肉可食，也入藥。元詩選迺賢金臺集塞上曲詩五之四："馬乳新桐玉滿缾，沙羊黄鼠割來腥。"參閲本草綱目五一上獸三黄鼠。

【黄牒】委任官吏的證狀。用黄紙書寫。宋史職官志："元豐法，凡入品者給告身，無品者給黄牒。元祐中，以内外差遣并職事官本等内改易或再任者，並給黄牒，乃與無品人等。"宋岳珂愧郯録十三皇祐差牒："今世中臺給黄牒之制，前必曰尚書省牒某官，而右語則曰差充某職替某官成資闕。"

【黄寧】道家謂修煉黄庭之道。雲笈七籤十二上清黄庭内景經百穀："何不食氣太和精，故能不死入黄寧。"注："進勸服鍊之道。黄寧，黄庭之道成也。"宋陸游劍南詩稿十一官舍夙興："不復扶頭傾白墮，但知臨目養黄寧。"參見"黄庭㊂"。

【黄𤬪】甜瓜的一種。以色而名。晉陸機陸士衡集一瓜賦："夫其種族類數，則有括樓、定桃、黄𤬪、白傳、……貍首虎蹯。"北魏郭祚諂事宣武帝(元恪)變人趙桃弓，又於宣武至東宫時，祚懷黄𤬪以奉孝明帝(元詡)。祚官尚書右僕射領太子少師，時人譏祚爲桃弓僕射、黄𤬪少師。見魏書郭祚傳。唐徐夤釣磯文集九寄盧端公同年仁炯時遷都洛陽新立幼主："須簪白筆匡明主，莫許黄𤬪博少師。"卽用此事。

【黄精】草名。又名黄芝、菟竹、鹿竹、救窮草、野生姜。多年生草本。葉似竹而短，根如嫩薑，入藥。道家以爲其得坤土之精粹，故名黄精。文選三國魏嵇叔夜(康)與山巨源絶交書："又聞道士遺言，餌朮黄精，令人多壽，意甚信之。"注："朮黄精，久服輕身延年。"

【黄榦】公元1152—1221年。宋福建閩縣人，字直卿。受業朱熹。熹稱其志堅思苦，以女妻之。熹病危，以所著書授榦，曰："吾道之託在此。"嘗知安慶府，治兵築城，民稱黄父。卒謚文肅，世號勉齋先生。著有經解、勉齋文集。宋史載道學傳。

【黄蓋】漢末零陵人，字公覆。初從孫堅舉兵，建安中，與周瑜魯肅等迎擊曹操軍於赤壁，建策火攻，大破曹軍。官至偏將軍。三國志有傳。

【黄榜】皇帝的文告。亦謂殿試後朝廷發布的榜文。用黄紙書寫，故名。宋蘇軾東坡集續集六書簡與潘彦明："不見黄榜，未敢馳賀，想必高捷也。"也作"黄牓"。宋曾敏行獨醒雜志六："紹興中有於吴江長橋題水調歌頭，……後其詞傳入禁中，上命詢訪其人甚力。秦丞相(檜)乃請降黄牓招之，其人竟不至。"

【黄閤】也作"黄閣"。漢代丞相聽事閤及漢以後三公官署廳門塗黄色，故稱黄閤。漢衛宏漢舊儀上："丞相……聽事閤曰黄閤。"宋書禮志二："三公黄閤，前史無其義。……三公之與天子，禮秩相亞，故黄其閤，以示謙不敢斥天子，蓋是漢來制也。"唐時門下省也稱黄閣。唐杜甫杜工部草堂詩箋十奉贈嚴八閣老："扈聖登黄閣，明公獨妙年。"嚴遷給事中，給事中屬門下省，開元曰黄門省，故云黄閣。

【黄裳】㊀黄色的裙。詩邶風綠衣："綠兮衣兮，綠衣黄裳。"㊁喻中和以居臣職。易坤："六五、黄裳，元吉。"注："黄，中之色也；裳，下之飾也。"疏："坤爲臣道，五居君位，是臣之極貴者也。能以中和通於物理，居於臣職，故云黄裳。"唐盧照鄰幽憂子集三中和樂歌儲宫："黄裳元吉，邦家以寧。"此歌頌太子。

【黄圖】㊀帝都。藝文類聚六三南朝陳江總雲堂賦："覽黄圖之棟宇，規紫宸於太清。"唐駱賓王駱臨海集三同崔駙馬曉初登樓思京詩："白雲鄉思遠，黄圖歸路難。"㊁書名。卽三輔黄圖。撰人不詳。隋書經籍志二著録黄圖一卷，記三輔宮觀、陵廟、明堂、辟雍、郊時等事。今本六卷。與如淳晉灼諸家所引不同，蓋出於好事者所增輯。今有清畢沅補校本。

【黄團】㊀瓜蔞。唐韓愈昌黎集八城南聯句："紅皺曬檐瓦，黄團繫門衡。"宋洪興祖注："黄團，瓜蔞也。一曰天瓜。"㊁橘子。宋范成大石湖集二十橘園詩："折贈黄團雙，珍逾桃李投。"

【黄銀】㊀金屬名。一説爲鍮石，卽黄銅。新唐書九六杜如晦傳："(唐太宗)嘗賜(房)玄齡黄銀帶，曰：'如晦與公同輔朕，今獨見公。'泫然流涕曰：'世傳黄銀鬼神畏之。'更取金帶，遣玄齡送其家。"宋程大昌演繁露黄銀："世有鍮石者，質實爲銅，而色如黄金，特差淡耳，則太宗之謂黄銀者，其殆鍮石也矣。"㊁樹名。舊題漢劉歆西京雜記一："初修上林苑，羣臣遠方各獻名果異樹，亦有製爲美名以摽奇麗……黄銀樹十株。"

【黄銅】以銅爲主要成分的合金。舊題漢東方朔神異經中荒經："西北有宮，黄銅爲牆，題曰地皇之宮。"唐李賀歌詩編二貴主征行樂："奚騎黄銅連鎖甲，羅旗香幹金畫葉。"

【黄熊】卽黄能，傳説動物名。左傳昭七年："昔堯殛鯀于羽山，其神化爲黄熊，以入於羽淵。"史記夏紀"乃殛鯀於羽山以死"唐張守節正義："鯀之羽山，化爲黄熊，入于羽淵。熊音乃來反，下三點爲三足也。"參見"黄能"。

【黄綺】漢初商山四皓中夏黄公綺里季的合稱。事載史記留侯世家。晉陶潛陶淵明集三飲酒詩之六："咄咄俗中愚，且當從黄綺。"

【黄綬】黄色印綬。漢書百官公卿表："凡吏秩……比二百石以上，皆銅印黄綬。"因指佐貳之官。唐高適高常侍集八同顔少府旅宦秋中詩："跡留黄綬人多歎，心在青雲世莫知。"

【黄潤】漢代布名。古文苑四漢揚雄蜀都賦："筩中黄潤，一端數金。"文選晉左太沖(思)蜀都賦："黄潤比筒，籝金所過。"注："黄潤，謂筒中細布也。司馬相如凡將篇曰：'黄潤纖美，宜制褌。'"

【黄麾】皇帝儀仗所用的黄色旌旗。唐開元禮，冬至朝會及皇太子受册、加元服、册命諸王大臣、朝宴外國使人，皆用黄麾仗。宋制，凡親征或巡遊還都用之。參閲新唐書儀衛志上、宋史儀衛志一、宋高承事物紀原三旗旐采章黄麾。

【黄羲】黄帝與伏羲。晉書紀瞻傳陸機策問："以之爲政，則黄羲之規可踵；以之革亂，則玄古之風可紹。"

【黄髮】老人髮白，白久則黄，因以黄髮爲壽高之象。也指老人。詩魯頌閟宮："黄髮台背，壽胥與試。"箋："黄髮、台背，皆壽徵也。"書秦誓："尚猷詢茲黄髮，則罔所愆。"

【黄震】宋慶元府慈溪人。字東發。寶祐四年進士。擢史館檢閲，與修國史、實録。以直言時弊，官降三秩，出通判廣德軍。後知撫州，升提舉常平倉司，改提點刑獄，皆有惠政。宋亡後不仕。震學宗程朱。既卒，門人私謚爲文潔先生。著有古今紀要、黄氏日鈔。宋史入儒林傳。

【黄樞】黄門官，以居樞要之職，故稱。梁書蕭景傳附蕭昱："遷給事黄門侍郎。上表曰：'……聖監既謂臣愚短，不可試用，豈容久居顯禁，徒穢黄樞？'"全唐詩九七沈佺期移禁司刑："何功遊畫省？何德理黄樞？"

【黄樓】宋熙寧十年七月，河決於澶淵，水至彭城。太守蘇軾使民畜土積石爲備。水退，因增築徐城，卽城之東門爲大樓，粉以黄土，曰土實勝水。後軾弟轍登黄樓弔水之遺迹，作黄樓賦。見宋蘇轍欒城集十七黄樓賦序。又劉攽、秦觀皆有黄樓賦之作。

【黄憲】公元75—122年。東漢汝南慎陽人，字叔度。家世貧賤，荀淑譽之爲顔子。陳蕃周舉常相謂："時月之間不見黄生，則鄙吝之萌復存乎心。"郭泰謂："叔度汪汪若千頃陂，澄之不清，淆之不濁，不可量也。"卒年四十八，世號爲徵君。後漢書有傳。

【黄龍】㊀地名。1.城名。又名龍城、和龍城、龍都。故地在遼寧朝陽。東晉列國後燕主慕容寶以此爲都；又馮跋稱天王於黄龍，年號太平，晉義熙五年建北燕，南朝宋稱之爲黄龍國。2.府名。治所在今吉林農安縣。本渤海扶餘府，遼天顯元年，太祖平渤海，還至此，相傳有黄龍顯現，因更名黄龍府。保寧七年廢，開泰九年復置。金天眷三年改爲濟州利涉軍。元初屬開元路。南宋大將岳飛謂"直抵黄龍府，與諸君痛飲爾"，卽指此。一説在遼寧開原縣境。參閲嘉慶一統志六十奉天府二古蹟。參見"扶餘㊁"。㊁年號。1.漢劉詢(宣帝)。公元前49年。2.三國吴孫權(大帝)。公元229—231年。3.唐段子璋。公元761年。

【黄頭】鳥名，體似麻雀，羽色黄潤，趾爪剛强，善鬬。人或飼之爲鬬鳥。宋王質林泉結契五黄頭兒："身全黄，足白或黑，腹白。夏多聞，秋稍息。鏖戰至死不聲，以作聲爲負。"

【黄頰】魚名。又名䱀軋、黄鱨。無鱗，腹黄背青，鰓下有横骨，觸鬚剛硬。元詩選張翥蜕庵集浮山道中："一溪春水浮黄頰，滿樹暄風叫畫眉。"

【黄頷】猶黄口。謂雛鳥或幼兒。南齊書虞悰傳："豫章王嶷盛饌享賓，謂悰曰：'今日肴羞，寧有所遺不？'悰曰：'恨無黄頷臛，何曾食疏所載也。'"北齊書崔㥄傳："黄頷小兒堪當重任不？"

【黄縣】縣名，屬山東省。春秋萊子國，後屬齊。秦置黄縣，漢屬東萊郡。北齊天保七年移於今治。唐先天元年起皆屬登州，明清屬山東登州府。參閲太平寰宇記二十登州、嘉慶一統志一七三登州府。

【黄錢】明制錢有京省之别。京錢稱黄錢，每文約重一錢六分，七十文值銀一錢。外省錢稱皮錢，每文約重一錢，百文值銀一錢。見續文獻通考十一錢幣五。

【黄獨】植物名。本草名赭魁。别名土芋、土卵、土豆。蔓生，根如芋。或謂根唯一顆而色黄，故稱黄獨。可入藥。參閲本草綱目二七菜二土芋。

【黄馘】黄瘦之面。莊子列御寇："夫處窮閭阨巷，困窘織屨，槁項黄馘者，商之所短也。"釋文："司馬(彪)云：謂面黄熟也。"

【黄鍾】古樂十二律之一。聲調最洪大響亮。周禮春官大司樂："乃奏黄鍾，歌大吕，舞雲門，以祀天神。"禮月令仲冬之月："其日壬癸……其音羽，律中黄鍾。"注："黄鍾者，律之始也。九寸，仲冬氣至則黄鍾之律應。"也作"黄鐘"。莊子盗跖："今將軍……脣如激丹，齒如齊貝，音中黄鐘，而名曰盗跖。"

【黄嬭】書卷。金樓子雜記上："有人讀書握卷而輒睡者，梁朝有名士呼書卷爲黄嬭，此蓋見其美神養性如嬭媪也。"宋吴炯五總志贈劉羲仲詩："少日紫心但黄嬭，暮年使鬼欠青奴。"宋林景熙霽山集三次翁秀峯詩："黄妳秋燈餘舊癖，素侯野服拜新封。"妳，同"嬭"。

【黄鵠】鳥名。天鵝。漢書昭帝紀始元

元年:"黃鵠下建章宫太液池中。"注:"黃鵠,大鳥也,一舉千里者,非白鵠也。……鵠音胡篤反。"或謂形如鶴,色蒼黃。參閱唐釋玄應一切經音義四菩薩見實三昧經三、清朱駿聲説文通訓定聲"鵠"。參見"鸿鵠"。

【黃鼬】獸名。卽鼬鼠。又名鼪鼠,俗稱黃鼠狼。狀似鼠而身長尾大,背色黃赤,胸腹淡黃,入藥,尾毛可製筆。參閱本草綱目五一獸三鼬鼠、清王念孫廣雅疏證釋獸鼠狼鼬。

【黃離】易離:"六二:黃離,元吉。象曰:黃離元吉,得中道也。"黃者中色,後因以黃離指帝王中和之道。唐王勃王子安集十六廣州寶莊嚴寺舍利塔碑:"高祖以援疑撥亂,伏紫氣而登三。太宗以端拱繼明,自黃離而用九。"

【黃壚】謂地下。猶黃泉。淮南子覽冥:"考其功烈,上際九天,下契黃壚。"注:"黃泉下壚土也。"文選三國魏曹子建(植)責躬詩:"昊天罔極,生命不圖,常懼顛沛,抱罪黃壚。"

【黃蠟】卽蜜蠟。宋蘇軾東坡集續集一次履常臘梅韻詩:"蜜蜂采花作黃蠟,取蠟爲花亦其物。"詳"蜜蠟"。

【黃犢】㊀黃毛小牛。韓非子內儲上七術:"南門之外有黃犢食苗道左者。"㊁蝸牛的俗名。三國志魏管寧傳南朝宋裴松之注:"蝸牛,螺蟲之有角者也,俗呼爲黃犢。"

【黃櫨】木名。落葉灌木,單作櫨。也稱櫨木。葉圓形,有光澤。春夏之交開小花。木黃,入藥,也可製黃色染料。參閱本草綱目三五木二。

【黃闥】謂宫廷禁門。宋書百官志下:"董巴漢書曰:禁門曰黃闥,中人主之,故號曰黃門令。"

【黃鐘】見"黃鍾"。

【黃籍】戶口册。宋書武帝紀下永初元年八月辛酉詔:"開亡叛赦,限內首出,蠲租布二年。先有資狀,黃籍猶存者,聽復本注。"參閱通典三食貨三鄉黨。

【黃鷁】鳥名。太平御覽九二五録異傳:"弘公者,吳興烏程人,患瘧經年。弘後獨至旁舍,瘧發,有數小兒,或騎公腹,或扶公首脚。公因佯眠,忽起捉得一兒,遂化成黃鷁,餘者皆走。公乃縛以還家,暮懸窗上,云:明日當殺食之。比曉失鷁處。公瘧遂斷。于時人有得瘧者,但依弘,便瘧斷。"故迷信以黃鷁爲瘧鬼。唐陸龜蒙甫里集十五幽居賦序:"窮年學劍,不遇白猿;隔日伏痁,未逢〔擒〕黃鷁。"

【黃鶯】卽黃鳥,也叫黃鸝留、黃栗留。全唐詩七六八金昌緒春怨:"打起黃鶯兒,莫教枝上啼。"參見"黃鳥1"。

【黃霸】公元前?—前51年。漢淮陽陽夏人,字次公。少學律令,武帝末補侍郎謁者,歷河南太守丞。時吏尚嚴酷,而霸獨用寬和爲名。宣帝時,爲廷尉正,坐夏侯勝事繫獄,在獄中從勝受尚書。後擢潁川太守,任揚州刺史,得吏民心。官至御史大夫、丞相,封建成侯。漢世言治民吏,以霸爲第一。漢書入循吏傳。

【黃檗】木名。檗,也作"蘗",又名蘗木。俗作黃柏,明李時珍謂係省寫之謬。樹高數丈,葉似吳茱萸,亦如紫椿,經冬不凋,皮外白裏深黃色,根結塊如松下茯苓,名檀桓。皮與根入藥。參閱本草綱目三五木二蘗木。

【黃鐵】銅。事物異名録二五銅黃鐵引庶物異名疏:"書傳曰:鍰,黃鐵也。是今之銅。古人贖罪,悉皆用銅。"

【黃麞】唐代健舞舞曲名。見唐崔令欽教坊記。太平廣記二九五引御史臺記記睿宗朝,有趙仁奬善歌此曲,姚崇呼爲"黃麞漢"。資治通鑑二〇九唐景龍三年:"上數與近臣學士宴集,令各效伎藝以爲樂。……左衛將軍張洽舞黃麞。"注:"如意初,里歌曰:'黃麞黃麞草裏藏,彎弓射爾傷。'亦演以爲舞。"

【黃籙】道教醮名。設壇普祭天神、地祇、人鬼,用以懺罪祈福。舊唐書哀帝紀天祐二年敕:"天文變見,合事祈禳,宜於太清宫置黃籙道場,三司支給齋料。"

【黃巖】縣名,屬浙江省。漢回浦縣地。隋爲臨海縣地。唐上元二年析置永寧縣,屬台州,天授元年改黃巖,以境有黃巖山而名。五代及宋因之。明清皆屬台州府。參閱嘉慶一統志二九七台州府一。

【黃靈】㊀五方中央神名。漢書郊祀志下:"今稱天神曰皇天上帝,泰一兆曰泰時,而稱地祇曰后土,與中央黃靈同。"㊁魚名。太平御覽九三八臨海水土記:"黃靈魚,小文正黃,似石首。"

【黃鸝】鳥名。卽黃鶯。南朝梁何遜何水部集石頭答庾郎丹詩:"黃鸝隱葉飛,蛺蝶縈空戲。"唐杜甫杜工部草堂詩箋二三絶句之三:"兩箇黃鸝鳴翠柳,一行白鷺上青天。"

【黃土人】神話傳説女媧氏以黃土作人。太平御覽七八女媧氏:"風俗通曰:俗説天地開闢,未有人民,女媧摶黃土作人,劇務,力不暇供,乃引繩於絙泥中,舉以爲人。故富貴者,黃土人也;貧賤凡庸者,絙人也。"

【黃子木】木名。宋蘇軾分類東坡詩二二以黃子木拄杖爲子由生日之壽:"海南無佳植,野果名黃子。堅瘦多節目,天材任操倚。"

【黃子澄】公元1350—1402年。明分宜人。名湜。洪武十八年會試第一,伴讀東宫,累遷太常寺卿。建文立,與齊泰建議削諸藩。燕王朱棣在北平起兵,建文四年燕兵入京師,棣親詰子澄,澄抗辨不屈,被殺滅族。明史有傳。

【黃元御】清昌邑人,字坤載,號研農,別號玉楸。早爲諸生,因庸醫誤藥損其目,遂發憤學醫。於素問、靈樞、難經、傷寒論、金匱、玉函經皆有注釋。元御自負甚高,古今醫家罕能免其詆訶者。又精研易學,著有周易懸象。

【黃天蕩】地名。故址在江蘇南京市東北。宋高宗建炎四年,韓世忠敗金兀朮於此。參閱嘉慶一統志七三江寧府一山川。

【黃父鬼】傳説食鬼之神。見"尺郭"。

【黃公望】公元1269—1354年。元平江常熟人。本姓陸名堅,後嗣於永嘉黃氏,因改姓名。字子久,號一峯,又號大癡道人。善畫山水,師董源、巨然,自成一家。運思落筆,氣韻生動,畫入逸品,與王蒙、倪瓚、吳鎮合稱元末四大家。所著有山水訣。參閱元夏文彥圖繪寶鑑五。

【黃牛峽】地名。在湖北宜昌縣西。又名黃牛山。下有黃牛灘。南岸重嶺疊起,高崖間有石,如人負刀牽牛,人黑牛黃,江流迂迴,雖途經信宿,猶望見此石。故行者有謡:"朝發黃牛,暮宿黃牛。三朝三暮,黃牛如故。"見水經注三四江水。

【黃丕烈】公元1763—1825年。清江蘇吳縣人。字紹武,號蕘圃,又號復翁、佞宋居士。乾隆舉人,官主事。喜藏書,得宋刻圖書百餘種,題其書室爲"百宋一廛"。刊士禮居叢書,爲收藏家所重。乾嘉之際,東南藏書家以士禮居爲大宗。光緒間,潘祖蔭江標先後爲刻士禮居藏書題跋,言古書源流甚詳。著有蕘言、邛須集等。

【黃石公】秦時隱士。相傳張良刺秦始皇不中,逃匿下邳,於圯上遇老人,授以太公兵法,曰:"讀此則爲王者師矣。後十年興。十三年孺子見我濟北,穀城山下黃石卽我矣。"後十三年,張良從漢高祖過濟北,果見穀城山下黃石,取而祠之。世稱此圯上老人爲黃石公。參閱史記留侯世家。

【黃初平】傳說仙人名。居丹溪。十五歲在山牧羊,有道士招至金華山石洞中,歷四十餘年。其兄初起行山尋索,見其弟,問羊何在? 初平答卽在山東。初起往視之不見,但見白石。初平乃叱曰"羊起",於是白石變爲羊數萬頭。見藝文類聚九四引(葛洪)神仙傳。

【黃伯思】公元?—1118年。宋邵武人。字長睿,别字霄賓,自號雲林子。元符三年進士。官祕書郎,縱觀册府藏書,至忘寢食。自經史及諸子百家、天官地理、律曆卜筮之說無不博覽。好古文奇字,彝器款識,悉能辨正。善書法,篆、隸、正、行、草、章草、飛白皆工妙。著有東觀餘論、文集等。宋史四四三有傳。

【黃河清】黃河水渾濁,古人以黃河水清爲瑞徵。文選三國魏李蕭遠(康)運命論:"夫黃河清而聖人生,里社鳴而聖人出,羣龍見而聖人用。"以黃河水清喻難得罕見之事。宋包拯(希仁)立朝剛毅,未嘗有笑容,人謂包希仁笑比黃河清。見類說四八彭乘墨客揮犀。

【黃宗羲】公元1610—1695年。明末清初浙江餘姚人。字太沖,號梨洲。父尊素以忤魏忠賢,死詔獄中。羲入都訟冤,出所袖錐擊傷忠賢爪牙許顯純等。歸,益肆力於學。福王立於南京,馬士英阮大鋮等專政,太學諸生作留都防亂公揭,璫禍諸家子弟,推宗羲爲首。清兵南下,宗羲召募義兵數百人,成立世忠營抗清。南明魯王任爲左副都御史。明亡後,隱居著述,治學縝密平實,窮經而求證於史,自天官、地志、九流百家之教,無不研精覃思。撰述甚富,尤著者有易學象數論、明夷待訪録、南雷文定、詩案、明文海、宋元學案、明儒學案等。

【黃花水】長江春夏暴漲,稱黃花水。見宋陸游南唐書三後主紀。

【黃花堆】山名。在山西山陰縣北。一名黃瓜堆。或曰卽古黃華山。史記趙世家載趙武靈王十九年,北至無窮,西至河,登黃華之山,卽此。北齊文宣帝大破柔然於黃瓜堆,唐黑齒常之大破突厥於黃花堆,唐憲宗時,沙陀部長朱邪執宜保神武川之黃花堆,皆卽此。參閱讀史方輿紀要四四大同府大同縣。

【黃門省】唐門下省的别稱。新唐書玄宗紀開元元年:"改中書省爲紫微省,門下省爲黃門省,侍中爲監。"唐王維王右丞集四送韋大夫東京留守詩:"給事黃門省,秋光正沈沈。"參見"黃門㊀"。

【黃金谷】地名。在陝西洋縣。漢水所經。其地險峭曲折,長達七里。與附近子午谷有"山水艱阻,黃金子午"之稱。三國蜀將王平拒魏曹爽軍於興勢,張旗幟至黃金谷,卽此山。參閱嘉慶一統志二三七漢中府一山川。

【黃金臺】又稱金臺、燕臺。故址在今河北易縣東南。相傳戰國燕昭王築臺於此,置千金於臺上,延請天下士,故名。後人慕之,亦築臺於此。金臺夕照爲北京八景之一。史記燕世家但云昭王爲郭隗改築宫而師事之,未言築臺。文選漢孔文舉(融)論盛孝章書始云昭王築臺,但未言臺名爲黃金。文選南朝宋鮑明遠(照)放歌行:"豈伊白璧賜,將起黃金臺。"始見黃金之名。參閱宋葛立方韻語陽秋六、明張存紳雅俗稽言五金臺。

【黃星靨】女子以金星之鈿飾面頰,謂之黃星靨。唐段成式酉陽雜俎前集八黥:"近代妝尚靨如射月,曰黃星靨。靨鈿之名,蓋自吳孫和鄧夫人也。……諸嬖欲要寵者,皆以丹點頰。"

【黃庭堅】公元1045—1105年。宋分寧人。字魯直,號山谷道人。嘗謫居涪州,又號涪翁。治平四年進士。調葉縣尉。哲宗時預修神宗實録,遷著作佐郎,升起居舍人。紹聖初,知鄂州。章惇蔡京以修實録不實,貶涪州别駕。至徽宗初召還。後又以文字罪除名,貶宜州,卒於其地。詩學杜甫,而能自闢門徑,爲江西詩派之祖。初與秦觀張耒晁補之遊於蘇軾之門,人稱蘇門四學士。晚年位益黜,名益高,世以蘇軾並稱爲蘇黃。善書真行草,以真體爲第一。宋史有傳。

【黃庭經】㊀道經名。講道家養生修煉之道,稱脾藏爲中央黃庭,於五藏中特重脾土,故名黃庭經。一爲黃庭内景經,稱大道玉晨君作,傳魏夫人,三十六章。一爲黃庭外景經,傳爲老子所作,三篇。此外尚有黃庭遁甲緣身經、黃庭玉軸經,均稱爲黃庭經。世傳王羲之書黃庭經换白鵝,實爲黃庭外景經。㊁法帖名。相傳晉王羲之書黃庭經。宋黃伯思謂羲之卒於晉穆帝升平五年,至哀帝興寧二年黃庭經始出,故斷爲興寧以後南朝宋齊人所書。參閱唐張彦遠法書要録三褚遂良晉王右軍王羲之書目、宋黃伯思東觀餘論下跋黃庭經後。

【黃馬褂】馬褂爲騎馬穿的短外衣。清制,凡領侍衛内大臣,護軍統領等,皆服黃馬褂。巡幸時,扈從乘輿,以壯觀瞻。也賜給有軍功的臣下,稱爲賞穿黃馬褂。見清昭槤嘯亭雜録續録一黃馬褂、清會典事例一一〇七侍衛處儀制服用。

【黃栗留】黃鶯。宋王安石臨川集二六卧聞詩:"卧聞黃栗留,起見白符鳩。"參見"黃鶯"。

【黃峴關】在河南信陽縣南九十里,南至湖北應山縣。一名百雁關,今名九里關。南齊書州郡志:"義陽有三關之隘。"卽平靖、武陽、黃峴。明置巡司於此,名九里關巡司。見嘉慶一統志二一六汝寧府二信陽州。

【黃淡思】古樂府横吹曲辭。因曲中有"歸歸黃淡思,逐郎還去來"之句,因名。見樂府詩集二五黃淡思歌辭。

【黃帶子】清制,宗室皆繫金黃帶,覺羅皆繫紅帶。故俗稱宗室爲黃帶子,覺羅爲紅帶子。

【黃梅雨】夏初梅子黃熟時之雨。亦稱梅雨。唐杜甫杜工部詩史補遺八多病執熱奉懷李尚書:"思霑道暍黃梅雨,敢望宫恩玉井冰。"元陳元靚歲時廣記二夏黃梅雨:"風土記:'夏至雨名黃梅雨,霑衣服皆敗黦。'四時纂要:'梅熟而雨曰梅雨。'"

【黃陵廟】古蹟名。在湖南湘陰縣北。水經注三八湘水:"湖水西流逕二妃廟南,世謂之黃陵廟也。言大舜之陟方也,二妃從征,溺于湘江。……故民爲立祠于水側焉。"才調集五鄭谷鷓鴣詩:"雨昏青草湖邊過,花落黃陵廟裏啼。"參見"黃陵㊂"。

【黃雀風】六月東南季候風。唐韓鄂歲時紀麗二五月:"風名黃雀,雨曰濯枝。"注:"(晉周處)風土記曰:仲夏大雨名濯枝雨。東南常有風至,曰黃雀長風,亦曰薰風。"唐王維王右丞集十二送祕書晁監還日本國詩序:"黃雀之風動地,黑蜃之氣成雲。"

【黃道日】謂吉日。迷信星命之說,謂青龍、明堂、金匱、天德、玉堂、司命六辰都是吉神。六辰值日的日子,諸事皆宜,不避凶忌,稱爲黃道日。元方回桐江續集十二寓杭久無詩長至後偶賦……詩:"野曝尚分黃道日,春耕欲老紫陽山。"

【黃道周】公元1585—1646年。明漳浦人,字幼平,號石齋。天啓二年進士。忠鯁負氣節,崇禎時,屢廷争不屈,以上疏刺大學士周延儒温體仁,斥爲民。福王時,官禮部尚書。南都亡,與鄭芝龍等在福建擁立唐王,拜武英殿大學士。率師出衢州,在婺源與清兵遇,戰敗被俘至南京,不屈死。道周學問宏博,工書畫。著有易象正、石齋集等書。明史有傳。

【黃道婆】公元1245?—?年。元松江烏泥涇人。初淪落厓州，從黎族人學得紡織技術。元元貞間附海舶歸，教鄉人紡織之法，改革紡織工具，利被一鄉。死後，邑人感泣而共葬之。又立祠，曰先棉祠，歲時享祭。元王逢梧溪集三有黃道婆祠詩。參閱明陶宗儀輟耕録二四黃道婆、嘉慶一統志八三松江府。

【黃景仁】公元1749—1783年。清武進人，字漢鏞，一字仲則。乾隆時諸生，少有狂名，與同里洪亮吉齊名，稱洪黃。一生貧而多病，又屢試而不得一第，寄食四方，卒於解州，年纔三十五歲。工詩，出入北宋諸家，豪宕感慨。有兩當軒集。

【黃粱夢】㊀文苑英華八三三唐沈既濟枕中記載：盧生於邯鄲客店中遇道者呂翁。生自嘆窮困，翁乃授之枕，使入夢。生夢中歷盡富貴榮華。及醒，主人炊黃粱尚未熟。後因以喻富貴終歸虛幻，或欲望破滅。宋郭印雲溪集十上鄭漕詩："榮華路上黃粱夢，英俊叢中白髮翁。"㊁雜劇名。元馬致遠、李時中等合作，各作一折，題名邯鄲道省悟黃粱夢。情節脱胎於枕中記，改爲鍾離權度呂巖成仙故事，夢境中的經歷與小説不同。明湯顯祖復據以作邯鄲記傳奇，爲玉茗堂四夢之一。

【黃蜀葵】草名。俗名秋葵。近道處多有之。春生苗，葉頗似蜀葵而尖狹，多刻缺。夏末開花，淺黃色，六七月採摘。花、子及根入藥。見本草綱目十六草五。

【黃褐侯】鳥名。如鳩，緑褐色，聲如小兒吹竽。參閱政和證類本草十九。

【黃蓋湖】在湖北嘉魚縣西南。跨蒲圻縣及湖南臨湘縣，由石頭、清江二口入江。相傳孫權論赤壁戰功，以此湖賜黃蓋，故名。見嘉慶一統志三三五武昌府一。

【黃龍宗】佛教禪宗臨濟宗的一派。宋隆興府黃龍山普覺禪師名慧南，受法於慈明圓師，住於黃龍寺。神宗熙寧二年寂。大觀四年，敕謚普覺。傳其統者稱黃龍宗，爲禪家七宗之一。後二百年而法統絶。

【黃龍湯】陳糞。北齊書和士開傳："又有一士人，曾參士開，值疾。醫人云：'王傷寒極重，進藥無効，應服黃龍湯。'士開有難色。"參閱政和證類本草十五人屎附。

【黃頭郎】指船夫；亦指水軍，以着黃帽而稱。史記一二五佞幸傳："鄧通……以濯船爲黃頭郎。"集解引漢書音義："善濯船池中也。一説能持擢行船也。"漢書五一枚乘傳："遣羽林黃頭循江而下，襲大王之都。"注引蘇林："羽林黃頭郎，習水戰者也。"

【黃檗宗】佛教禪宗派別。黃檗山在福建福清。唐貞元五年，正幹禪師傳六祖弘忍之法，開創此山。斷際禪師希運住此，大振宗法。希運寂後，臨濟義玄之門裔大盛。爾後，黃檗之道場與臨濟之宗風同其盛衰，隆於宋，廢於元，至明代復興。萬曆時，隱元來住此山，中興黃檗之道，後應日本僧人之請於萬曆八年東渡，於京都建黃檗山萬佛寺，遂爲日本黃檗宗之祖，與前已東傳的臨濟宗、曹洞宗稱爲日本禪宗三派。

【黃鵠山】山名。一名黃鶴山，即今武漢市蛇山。西北二里有黃鵠磯，世傳仙人子安乘黃鵠過此。舊有黃鶴樓在其上。見嘉慶一統志三三五武昌府一。

【黃鵠曲】樂府吴聲歌曲，共四首。列女傳四魯寡陶嬰記：陶嬰少寡，不再嫁，作歌云："黃鵠之早寡兮七年不雙，鵷頸獨宿兮不與衆同。"因以名曲。見樂府詩集四五。

【黃鵠歌】歌名。漢昭帝始元元年，有黃鵠下太液池，昭帝乃爲之歌，首二句曰："黃鵠飛兮下建章，羽肅肅兮行蹌蹌。"見舊題漢劉歆西京雜記一。

【黃羅襹】南史褚彦回(淵)傳："(宋明)帝寢疾危殆，馳使召之，欲託後事。及至召入，帝坐帳中流涕曰：'吾近危篤，故召卿，欲使著黃羅襹。'……黃羅襹，乳母服也。"即託孤於淵之意。

【黃鯝魚】南方稱爲黃姑魚，北方稱爲黃骨魚，皆同音異字。狀似白魚，細鱗白色，長不盈尺，腸腹多脂，肉與脂可入藥。見本草綱目四四鱗三黃鯝魚。

【黃鶴樓】故址在湖北武漢市蛇山的黃鵠磯，臨長江。古代傳説，有仙人子安嘗乘黃鶴過此，故名。見南齊書州郡志下。一説蜀費文禕登仙，嘗駕黃鶴憩此。見太平寰宇記一一二武昌府。相傳始建於三國吴黃武二年，歷代屢毁屢建。古今詩人題詠黃鶴樓者甚衆，以唐崔顥李白所作最著名。

【黃蘗山】在江西宜豐縣西北。一名鷲峯。泉石奇勝。相傳唐宣宗嘗同僧黃蘗觀瀑布於此，並與聯句於山上黃蘗寺。參閱嘉慶一統志三二五瑞州府山川、寺觀。

【黃鬚兒】指曹彰。三國志魏任城王(曹)彰傳："彰到，如太子言，歸功諸將，太祖(曹操)喜，持彰鬚曰：'黃鬚兒竟大奇也。'"彰，曹操子，鬚黃，有勇力。唐王維王右丞集六老將行："射殺山中白額虎，肯數鄴下黃鬚兒？"

【黃人守日】古時傳説，天下太平則黃人守日。因以喻天下太平。太平御覽八七二符瑞圖："日二黃人守者，外國人方自來降也。"文苑英華二有唐嚴維黃人守日賦。

【黃山松煙】安徽黃山多松，人燒取其煙以製墨。自南宋時已爲墨中名品。見宋葉夢得避暑録話上、宋陸游老學庵筆記五。

【黃公酒壚】晉王戎曾與嵇康、阮籍酣飲於黃公酒壚。嵇阮既亡，戎再過此店，爲之傷感。後人遂用爲傷逝憶舊之詞。見世説新語傷逝。宋林逋林和靖集二秋日湖西晚歸舟中書事詩："水痕秋落蟹螯肥，閒過黃公酒舍歸。"黃庭堅山谷外集十寄陳適用詩："相期黃公壚，不異秦人炙。"

【黃氏日鈔】宋黃震撰。九十五卷。震字東發，慈谿人，寶祐四年進士，學宗朱熹。是編就所讀諸書，隨筆劄記，而斷以已意。大旨於學問排佛老，於治術詆功利。

【黃河故道】黃河挾泥沙而下，此淤彼決，下游屢次改道。其故道有六：1.禹河故道。由河南滎澤東北行，至濬縣東北合濁漳水，入河北，由天津入海。2.周定王以後黃河故道。由河南濬縣東經漯川，東北歷河北、山東，由天津入海。3.東漢以後黃河故道。由滑縣東北歷河北、山東，由利津入海。4.宋時黃河故道。由河北開州合永濟渠，東北歷河北、山東，由天津入海。5.金時黃河故道。由河南陽武東行，入山東梁山濼，分南北流，北流入北清河，即濟水，東北歷山東，由利津入海；南流入南清河，即泗水，歷山東、江蘇入於淮。6.元明以來黃河故道。由河南武陟東南行，奪汴泗入淮，歷河南、山東、江蘇，由安東入海。

【黃卷青燈】喻書生攻讀生活。宋陸游劍南詩稿九客愁："蒼顔白髮入衰境，黃卷青燈空苦心。"中州樂府金完顏璹沁園春詞："壯歲耽書，黃卷青燈，留連寸陰。"

【黃花晚節】黃花，謂菊花；晚節，謂傲霜而開，喻老而彌堅。宋胡仔苕溪漁隱叢話前集二七韓魏公引韓琦詩："不羞老圃秋容淡，且看黃花晚節香。"元詩選張伯淳養蒙先生集次韻完顏經歷："從教蒼狗浮雲過，留得黃花晚節香。"

【黃門侍郎】秦官名，漢因之。因給事於黃門，故名。省稱黃門郎。東漢併給事中與黃門侍郎爲一官，始設專職，故或稱給事黃門侍郎，出入禁中，省尚書事。唐龍朔二年曾曰東臺侍郎，光宅元年又改鸞臺侍郎。天寶元年復改爲門下侍郎。參閱後漢書百官志三、通志五二職官二門下侍郎。

【黃門鼓吹】樂曲名。後漢樂有四品，一曰太予樂，二曰周頌雅樂，三曰黃門鼓吹，四曰短簫鐃歌。宴樂羣臣，用黃門鼓吹。太僕少府有黃門鼓吹百四十五人。參閱通典一四一樂一歷代沿革上。

【黃金鑄像】春秋時，越既破吳，范蠡遂泛舟五湖，莫知所終。句踐以黃金鑄像而朝禮之。見國語越語、吳越春秋勾踐伐吳外傳。

【黃帝七輔】傳說黃帝有七輔，風后受金法，天老受天籙，五聖受道級，知命受糾俗，窺紀受變復，地典受州絡，力墨受準斥。力墨或作力牧。見晉陶潛陶淵明集九聖賢羣輔録引論語摘輔象。

【黃袍加身】謂受擁戴而爲天子。黃袍，皇帝之服。五代周時，趙匡胤率師次陳橋，諸將以黃袍加其身，遂登帝位。建隆二年太祖謂歸德節度使石守信、義成節度使王審琦等曰："一旦以黃袍加汝之身，汝雖欲不爲，其可得乎？"因罷諸人軍職。見續資治通鑑長編二建隆二年。參見"黃袍㊀"。

【黃雀伺蟬】喻欲得眼前之利而不顧後患。漢劉向說苑正諫："園中有樹，其上有蟬。蟬高居悲鳴飲露，不知螳螂在其後也。螳螂委身曲跗欲取蟬，而不知黃雀在其傍也。黃雀延頸欲啄螳螂，而不知彈丸在其下也。"藝文類聚七七梁元帝荊州放生亭碑："譬如黃雀伺蟬，不知隨彈應至；青鶴逐兔，詎識杠鼎方前。"

【黃雀銜環】神話傳說黃雀報恩故事。漢楊寶年九歲，至華陰山，見一黃雀爲鴟梟所搏墜地。寶取歸，置巾箱中，飼以黃花。百餘日，毛羽成，乃飛去。其夜有黃衣童子向寶曰：吾西王母使者，蒙君拯救，實感仁恩。今贈白環四枚，令君子孫潔白，位登三公，一如此環。見南朝梁吳均續齊諧記。

【黃童白叟】黃口小兒與白髮老人。唐韓愈昌黎集一元和聖德詩："卿士庶人，黃童白叟，踴躍歡呀，失喜噎歐。"

【黃楊厄閏】舊說黃楊木遇閏年不長。因以黃楊厄閏喻人境遇困頓。宋蘇軾分類東坡詩二監洞霄宮俞康直郎中所居四詠退圃："園中草木春無數，只有黃楊厄閏年。"自注："俗說黃楊歲長一寸，遇閏退三寸。"又馮時行縉雲文集二和史濟川見贈詩："向來共厄黃楊閏，別後相逢白髮年。"

【黃絹幼婦】爲"絶妙"二字的隱語。世說新語捷悟："魏武嘗過曹娥碑下，楊修從碑背上見題"黃絹幼婦外孫齏臼"八字。……修曰：黃絹，色絲也，於字爲絶；幼婦，少女也，於字爲妙；外孫，女子也，於字爲好；齏臼，受辛也，於字爲辭。所謂絶妙好辭也。"劉孝標注引異苑謂禰衡事。

【黃旗紫蓋】古時迷信謂帝王應運而生的氣象。三國志吳孫晧傳"東觀令華覈等固爭，乃還"注引江表傳："初丹楊刁玄使蜀，得司馬徽與劉廙論運命曆數事，玄詐增其文以誑國人曰：黃旗紫蓋見於東南，終有天下者，荊揚之君乎。"宋書符瑞志上："漢世術士言，黃旗紫蓋見於斗牛之間，江東有天子氣。"

【黃臺瓜辭】唐章懷太子李賢作。唐武后酖殺太子弘，立雍王賢爲太子。賢日夜憂惕，乃作黃臺瓜辭，命樂工歌之，冀武后聞之感悟。其辭曰："種瓜黃臺下，瓜熟子離離。一摘使瓜好，再摘令瓜稀。三摘猶尚可，四摘抱蔓歸。"賢終爲武后所逐，死於黔中。見舊唐書一一六承天皇帝倓傳。

【黃綿襖子】指冬天的太陽。宋羅大經鶴林玉露一："何斯舉(簡)云：壬寅正月，雨雪連旬，忽爾開霽。閭里翁媼相呼賀曰：黃綿襖子出矣。因作歌以紀之。"又見元周密齊東野語四曝日。省作"黃襖"。清王夫之薑齋文集二劉庶僊五十初度即同唐須竹詩："但祝羲和留萬轉，長被黃襖到三竿。"

【黃龍大纛】三國志吳胡綜傳："黃武八年夏，黃龍見夏口。於是權稱尊號，因瑞改元。又作黃龍大牙，常在中軍，諸軍進退，視其所向。"此以黃龍爲帝王之象徵，後世因之。如清代皇帝大駕、法駕、鑾駕、騎駕鹵簿皆用黃龍大纛二面。見清通志六一器服。

【黃鐘毀棄】喻賢才不得用。楚辭屈原卜居："黃鐘毀棄，瓦釜雷鳴，讒人高張，賢士無名。"

四 畫

黆 guāng ㄍㄨㄤ 字彙 姑黃切，音光。

武勇貌。見下。

【黆黆】武勇貌。古文苑十三漢班固舞陽侯樊噲銘："黆黆將軍，威蓋不當，操盾千鈞，拔主項堂。"

五 畫

黈 tǒu ㄊㄡˇ 天口切，上，厚韻，透。

㊀黃色。穀梁傳莊二三年："禮，天子諸侯黝堊，大夫倉，士黈。丹楹，非禮也。"㊁增。見"黈益"。

【黈益】增益。文選漢馬季長(融)長笛賦："若然，六器者猶以二皇聖哲黈益，泥笛生乎大漢，而學者不識其可以裨助盛美，忽而不讃，悲夫!"六器：琴瑟簧塤鐘磬。二皇：伏羲神農。

【黈纊】黃綿。古之冕制，以黃綿大如丸，懸於冕之兩旁，以示不聽無益之言。漢書六五東方朔傳答客難："水至清則無魚，人至察則無徒，冕而前旒，所以蔽明；黈纊充耳，所以塞聰。"注："黈，黃色也。纊，綿也。以黃綿爲丸，用組懸之於冕，垂兩耳旁，示不外聽。"唐白居易長慶集三驃國樂詩："雍羌之子舒難陀，來獻南音奉正朔。德宗立仗御紫庭，黈纊不塞爲爾聽。"

九 畫

黇 tuān ㄊㄨㄢ 他端切，平，桓韻，透。

㊀黃黑色。見說文。㊁日光明亮。商君書禁使："今夫幽夜，山陵之大，而離婁不見。清朝日黇，則上別飛鳥，下察秋毫。"

十 三 畫

黌 hóng ㄏㄨㄥˊ 戶盲切，平，庚韻，匣。

古代學校名。後漢書七六仇覽傳："農事既畢，乃令子弟羣居，還就黌學。"

【黌宇】學舍。後漢書七九上儒林傳："順帝感翟酺之言，乃更脩黌宇，凡所造構二百四十房，千八百五十室。"也作"黌舍"。宋書臧燾等傳贊："藝重當時，所居一旦成市；黌舍暫啟，著録或至萬人。"

【黌宮】學校。元洪希文續軒渠集九踏莎行示觀堂詞："郡國興賢，黌宮課試，書生事業從今始。"

【黌校】學校。宋書文帝紀元嘉十九年詔："闕里往經寇亂，黌校殘毀，并下魯郡修復學舍，採召生徒。"

黍　部

黍 shǔ ㄕㄨˇ 舒吕切,上,語韻,審。

㊀穀物名。性黏,子粒供食用或釀酒。去皮後北方稱黄米子。詩小雅楚茨:"自昔何爲?我蓺黍稷。我黍與與,我稷翼翼。"黍黏,稷不黏。參見"稷㊀"。㊁糯米。晉崔豹古今注下草木:"稻之黏者爲黍。"我國於端午以箬葉裹糯米成角形,稱角黍。參見"角黍"。㊂古時度量衡定制,皆以黍爲準。長度即取黍的中等子粒,以一個縱黍爲一分,百黍卽一尺。容量千有二百黍爲一合,十合爲一升。重量千有二百黍重十二銖,二十四銖爲一兩。見漢書律曆志上。

【黍民】指蚊蚋。晉崔豹古今注下問答釋義:"河内人並河而見人馬數千萬,皆如黍米遊動往來,從旦至暮;家人與火燒之,人皆是蚊蚋,馬皆是大蟻。故今人呼蚊蚋曰黍民,名蟻曰玄駒也。"

【黍谷】山名。又名燕谷山、寒谷山。在今河北密雲縣西南。舊説,黍谷地美而寒,不生五穀,鄒衍吹律而温氣生,燕人種黍其中,故號曰黍谷。見漢王充論衡寒温、文選謝明逸(莊)宋孝宣貴妃誄"律谷罷煖"注引漢劉向别録。後因稱處境窮困而有轉機爲黍谷回春或黍谷生春。北周庾信庾子山集八謝趙王賚絲布等啓:"靈臺久客,從此數炊;黍谷長寒,於今更暖。"

【黍酒】用黍釀造的酒。吕氏春秋權勳:"臨戰,司馬子反渴而求飲,豎陽穀操黍酒而進之。"高誘舊注以黍爲酒器,受三升。宋陸游劍南詩稿二四老景:"黍酒時留客,菱歌或起予。"也作"黍酤"。又劍南詩稿二三雜題之四:"黍酤新壓野雞肥,茅店酣歌送落暉。"

【黍絫】古時極輕的重量單位。絫同"累"。漢書律曆志:"量多少者不失圭撮;權輕重者不失黍絫。"注:"應劭曰:'十黍爲絫,十絫爲一銖。'"後因以比喻輕微。唐白居易長慶集二一省試性習相遠近賦:"則知德在修身,將見素而抱樸;聖由志學,必切問而近思;在乎積藝業於黍累,慎言行於毫釐。"

【黍蓬】編席子用的野草。見爾雅釋草、通志七五昆蟲草木一草。

【黍離】詩王風有黍離篇,詩序謂西周亡後,周大夫過故宗廟宫室,盡爲禾黍,彷徨不忍去,乃作此詩。後用爲感慨亡國觸景生情之詞。文選三國魏曹子建(植)情詩:"遊子歎黍離,處者悲式微。"又晉陸士衡(機)辯亡論下:"夫然,故能保其社稷而固其土宇,麥秀無悲殷之思,黍離無愍周之感矣。"

【黍臛】雜以黍米的肉羹。世説新語任誕"阮渾長成風氣韻度似父"注引竹林七賢論:"後(阮)咸兄子簡,亦以曠達自居。父喪,行遇大雪,遂詣浚儀令。令爲他賓設黍臛,簡食之,以致清議,廢頓幾三十年。"

【黍米酎】黍米釀製的酒。北魏賈思勰齊民要術七笨麴餅酒:"黍米酎法,亦以正月作,七月熟,淨治麴擣末絹簁如上法。"上法,指蜀人作酴酒法。

【黍油麥秀】見"麥秀歌"。

三　畫

黎 lí ㄌㄧˊ 郎溪切,平,齊韻,來。

㊀衆,多。詩大雅桑柔:"民靡有黎,具禍以燼。"傳:"黎,齊也。"疏:"黎,衆也。衆民皆然,是齊一之義。"參見"黎民"。㊁黑色。書禹貢:"厥土青黎。"傳:"色青黑而沃壤。"疏:"孔以黎爲黑,故曰色青黑。"史記夏紀作"驪"。荀子堯問:"顏色黎黑,而不失其所。"㊂老。通"棃"、"耆"。方言一:"眉、棃、耋、鮐,老也。"清戴震疏證:"棃,亦通用黎。"清朱駿聲説文通訓定聲謂黎假借爲棃,實爲耆。參見"黎老"。㊃古國名。在今山西省壺關縣西南。商末爲周人所併。書西伯戡黎:"西伯既戡黎。"參閲太平寰宇記四五潞州、嘉慶一統志一四二潞安府一。㊄民族名。1.古九黎族。史記曆書:"少皞之衰也,九黎亂德。"2.少數民族名。在廣東海南島中,環黎母山而居。見宋范成大桂海虞衡志黎。

【黎弓】黎族人所用的武器。宋范成大桂海虞衡志器:"黎弓,海南黎人所用長弰木弓也。以藤爲弦,箭長三尺,無羽,鏃長五寸,如茨菰葉。以無羽,故射不遠三四丈,然中者必死。"

【黎元】卽黎民。漢書谷永傳:"使天下黎元咸安家樂業。"文選漢司馬長卿(相如)封禪文:"舒盛德,發號榮,受厚福,以浸黎元。"漢書五七下司馬相如傳作"黎民"。

【黎平】縣名。屬貴州省。秦置黔中郡,南朝梁置龍標縣,宋爲誠州地。元置上黎平長官司,明改置黎平府,公元1913年改黎平縣。參閲嘉慶一統志五〇八黎平府。

【黎民】民衆,百姓。書堯典:"百姓昭明,協和萬邦,黎民於變時雍。"詩大雅雲漢:"周有黎民,靡有孑遺。"古代指禄而有土、仕而有爵者爲百姓,稱庶民爲黎。黎訓齊訓衆,至漢書七二鮑宣傳孟康注始云黎民爲黔首。參閲清王引之經義述聞七民靡有黎。

【黎丘】地名。1.在今河南省虞城縣北。丘高二丈。吕氏春秋疑似謂梁地有黎邱鬼,善效人,卽此。見太平寰宇記十二宋州虞城縣。參見"黎丘丈人"。2.在今湖北省宜城縣北。王莽時秦豐據此稱楚黎王,建武五年六月朱祐拔黎丘,獲秦豐,卽此。見後漢書光武紀上。3.見"黎縣1"。

【黎老】老人。國語吴:"今王播棄黎老,而(近)孩童焉比謀。"注:"鮐背之耇稱黎老。播,放也。"書泰誓中作"犂老",也通"棃"。疏:"老人背皮似鮐,面色似棃,故鮐背之耇稱棃老。"清王引之謂古字黎與"耆"通,黎老卽"耆老"。參閲經義述聞通説上。

【黎祁】豆腐的别名。宋陸游劍南詩稿五六鄰曲:"拭盤堆連展,洗釜煮黎祁。"自注:"連展,淮人以名麥餌;黎祁,蜀人以名豆腐。"

【黎豆】豆科植物。一名貍豆,又稱虎豆。豆莢老則黑色,有毛露筋,如虎貍指爪;其子亦有點,如虎貍之斑。煮之汁黑,故有諸名。爾雅釋木"攝,虎櫐",卽此。參閲本草綱目二四穀三黎豆。

【黎氓】庶民,黎民。北齊書顏之推傳觀我生賦:"何黎氓之匪昔,徒山川之猶曩。"

【黎明】天將明未明之時。史記高祖紀:"於是沛公乃夜引兵從他道還,更旗幟,黎明,圍宛城三帀。"索隱:"黎猶比也,謂比至天明也。"漢書高帝紀作"遲明"。

【黎首】卽黎民。南朝梁周興嗣千字文:"愛育黎首,臣伏戎羌。"

【黎城】縣名，屬山西省。古黎侯國地。左傳宣十五年狄人潞氏侵奪黎氏地，晉滅潞，立黎侯，卽此地。漢爲潞縣地，北魏改刈陵縣，隋開皇十八年改爲黎城。唐屬潞州。明清皆屬潞安府。參閱太平寰宇記四五黎城縣、嘉慶一統志一四二潞安府一。

【黎苗】㊀古九黎族與三苗族。國語周下:"王無亦鑒於黎、苗之王，下及夏、商之季。"㊁民衆。後漢書鄧皇后紀劉毅上安帝書:"非薄衣食，躬率羣下，損膳解驂，以贍黎苗。"注:"廣雅云:'苗，衆也。'"

【黎甿】黎民，衆民。唐錢起錢考功集八送李評事赴潭州使幕詩:"幕下由來貴無事，佇聞談笑靜黎甿。"

【黎軒】漢時西域國名。在安息以北。漢武帝嘗遣使至安息、黎軒、條枝、身毒國。安息因發使隨漢使來觀漢地，以大鳥卵及黎軒善眩人(變戲法的人)獻於漢。見史記一二三安息傳。按漢書六一張騫傳作"犛軒"、又九六上西域傳作"犂靬"、後漢書八八西域傳作"犂鞬"。卽大秦國。三國志烏丸等傳評引魏略作"犂軒"。

【黎烝】黎民，衆民。史記一一七司馬相如傳封禪書:"正陽顯見，覺寤黎烝。"文選烝作"蒸"。

【黎庶】民衆。韓詩外傳八:"黎庶歡樂，衍盈方外。"史記七四孟子傳:"騶衍睹有國者益淫侈，不能尚德，若大雅整之於身，施及黎庶矣。"

【黎萌】猶黎氓、黎民。後漢書四三朱穆傳上疏:"更選海内清淳之士明達國體者以補其處，卽陛下可爲堯舜之君，衆僚皆爲稷契之臣，兆庶黎萌，蒙被聖化矣。"

【黎陽】㊀古縣名。漢置。屬魏郡。黎山在其南，河水經其東。縣取山之名，取水之陽以爲名。元廢。故城在今河南浚縣東北。參閱漢書地理志上、元和郡縣志十六衛州。㊁倉名。隋開皇三年置黎陽倉，漕河北之粟以輸京師。李密起兵後襲取，開倉濟貧。按黎陽城西南有故倉城，相傳爲袁紹聚粟之所。在今河南浚縣西南。參閱嘉慶一統志二〇〇衛輝府二。㊂鎮名。卽翟遼城。隋末翟遼曾於此建號，故名。唐改爲白馬鎮。在今河南浚縣東南。見元和郡縣志十六衛州。

【黎單】黎族人所織造的青紅間道木棉布，可作卧具。見宋范成大桂海虞衡志器。

【黎儋】指今廣東海南島黎母山與儋縣(儋州)地，故稱黎儋。元姚燧牧庵集十二資善大夫……李公家廟碑:"詔使給糧仗造舟海南，取得其宜，黎儋之民勸趨之。"

【黎獻】衆多賢能的人，庶民中的賢者。書益稷:"萬邦黎獻，共惟帝臣。"傳:"獻，賢也。萬國衆賢，共爲帝臣。"今文作"黎儀"。漢泰山都尉孔宙碑:"乃綏二縣，黎儀以康。"又堂邑令費鳳碑:"黎儀瘁傷，泣涕連漉。"(見隸釋七、九)。參閱清王引之經義述聞三萬邦黎獻。

【黎母山】山名。在今廣東海南島。詳"五指山 3"。

【黎朦子】果名。卽檸檬之屬。狀如大梅，復似小橘，味極酸。見宋范成大桂海虞衡志果。宋周去非嶺外代答作"黎檬子"。

【黎丘丈人】古代寓言:黎丘有鬼，喜效人子弟之狀以惑人。一丈人醉遇此鬼效其子之狀於途，歸而詰其子，其子辯無其事。他日路遇其真子，誤爲鬼，拔劍而殺之。見呂氏春秋疑似。喻假象不可不辨，疑似之迹不可不察。

五 畫

黏 nián ㄋㄧㄢˊ 女廉切，平，鹽韻，娘。

㊀膠附，貼合。俗作"粘"。古文苑十七漢王褒僮約:"黏雀張鳥，結網捕魚。"㊁穀類含膠性者或物質凝滯如膠均稱黏。說文:"秫，稷之黏者。"唐韓愈昌黎集四苦寒詩:"雪霜頓銷釋，土脉膏且黏。"㊂沾染。元楊維禎鐵厓古樂府逸編七楊妃襪詩:"塵玷翠盤思亂滚，香黏金鞾憶微兜。"

【黏而】膠結在一起。急就篇二"餅、餌、麥飯、甘豆羹"唐顏師古注:"溲米而蒸之則爲餌；餌之言而也，相黏而也。"而，訓作膩。

【黏牡】淮南子說林:"柳下惠見飴曰:'可以養老。'盜跖見飴曰:'可以黏牡。'見物同而用之異。"注:"牡，門戶籥牡也。"呂氏春秋異用作"跖與企足得飴，以開閉取楗也。"卽用飴塗抹門楗，使之轉動無聲，開啓滑易。

【黏徽】指魚落網中。文選晉潘安仁(岳)西征賦:"於是弛青鯤於網鉅，解頳鯉於黏徽。"注:"徽，大索也，言魚黏於網，故曰黏徽也。"

【黏女財】舊時吳俗於正月十五日作粥泛膏於其上，祀蠶神女神，以祈蠶桑豐收，謂之黏女財。見唐韓鄂歲時紀麗一上元"燈火千門蠶桑百倍"注引南朝梁吳均續齊諧記。

【黏雨臺】東晉列國後趙石虎於太極殿前起樓，高四十丈，使胡人於樓上噉酒，風至，望之如露，名曰黏雨臺，用以灑塵。見舊題晉王嘉拾遺記九晉時事。

【黏皮帶骨】比喻拖沓。宋黃庭堅山谷題跋八鍾離跋尾:"此來更自知所作韻俗，下筆不瀏離，如禪家'黏皮帶骨'語。"明李東陽麓堂詩話:"唐人不言詩法，詩法多出宋，……其高者失之捕風捉影，而卑者坐於黏皮帶骨，至於江西詩派極矣。"

十一畫

黀 méi ㄇㄟˊ 靡爲切，平，支韻，微。

黍屬而性不黏。亦稱黀子。呂氏春秋本味:"飯之美者，玄山之禾，不周之粟，陽山之穄，南海之秬。"注:"穄，關西謂之黀，冀州謂之鑒。"

黐 chī lí ㄔ ㄌㄧˊ 丑知切，平，支韻，徹。呂支切，平，支韻，來。

木膠。以細葉冬青樹皮製成，可以黏鳥。故細葉冬青又叫黐木。俗作"䊼"。唐韓愈昌黎集五寄崔二十六立之詩:"敦敦凭書案，譬彼鳥黏黐。"賈島長江集翫月詩:"立久病足折，兀然黐膠粘。"

【黐竿】黏鳥的工具。宋洪邁容齋隨筆十三蟲鳥之智:"鵁鶄性好潔，獵人於茂林淨掃地，稍散穀於上，禽往來行遊，且步且啄，則以黐竿取之。"

黑 部

黑 hēi ㄏㄟ 呼北切，入，德韻，曉。

本作"䵑"。㊀黑色。書禹貢:"(兖州)厥土黑墳。"荀子儒效:"脩百王之法，若辨白黑；應當時之變，若數一二。"㊁昏暗無光。漢書五行志下之下京房易傳:"厥異日黑，大風起，天無雲，日光晻。”㊂姓。春秋宋微子之後有黑氏，見漢王符潛夫論志氏姓。明有黑雲鶴，附明史熊廷弼傳。

【黑三】即黑三髯。傳統劇戲裝中假鬚的一種。鬚分爲三縷，俗所謂三綹長髯。鬚有黑、蒼、白三色，多爲生角戴用。如京劇羣英會之魯肅、鎮潭州之岳飛，所戴髯口皆爲黑三。

【黑子】㊀人體上的黑痣。史記高祖紀："美須髯，左股有七十二黑子。"㊁喻土地狹小。漢書四八賈誼傳上疏："而淮陽之比大諸侯，廑如黑子之著面，適足以餌大國耳。"北周庾信庾子山集一哀江南賦："地惟黑子，城猶彈丸。"㊂太陽表面的黑點。晉書天文志中："永寧元年九月甲申，日中有黑子。"

【黑山】㊀山名。1.在今河南浚縣西北。也稱墨山。山上巉巖峻壁，石色蒼黑。東漢末張燕等曾聚衆於此起事。見讀史方輿紀要十六大名府濬縣。2.在今陝西榆林縣西南。有黑水流經其下。也稱呼延谷。唐調露初，裴行儉大破突厥餘部於此。明成化中，於此築塞堡，植柳萬株。見讀史方輿紀要六一榆林鎮。㊁東漢末真定人張燕等領導的軍隊。以曾聚於黑山得名。轉戰常山趙郡中山上黨河內諸郡，衆至百萬。後爲袁紹所敗，降曹操。參閱後漢書七四上袁紹傳、三國志魏張燕傳。

【黑丑】藥名。即黑牽牛子。本草綱目十八草七牽牛子："近人隱其名爲黑丑，白者爲白丑，蓋以丑屬牛也。"詳"牽牛㊁"。

【黑水】㊀水名。1.書禹貢："華陽黑水惟梁州。"又："黑水西河惟雍州。"又："導黑水，至于三危，入于南海。"黑水所在，衆說不一。一說即今怒江上游，斜貫西藏東北境，當古代雍梁二州之界，藏語稱哈喇烏蘇，即黑河之意。見清陳澧東塾讀書記五書。一說即今瀾滄江。見讀史方輿紀要一一三雲南瀾滄江。2.今甘肅省甘州河。也名張掖河、黑河、合黎水。"合黎"即黑之意。源出甘青邊境的祁連山麓，經武掖縣北流，合於弱水。參閱水經注四十清趙一清補黑水、嘉慶一統志二六六甘州府山川。3.即今陝西省無定河西上游，源出內蒙古自治區南境。水經注三河水："奢延水又東，黑水入焉，水出奢延縣黑澗。"東晉列國夏赫連勃勃築統萬城於河之南，北魏始光三年，拓跋燾襲統萬軍於黑水，即此。參閱讀史方輿紀要六一榆林鎮。4.即黑龍江。見該條。㊁軍、府名。唐開元十三、十四年先後置。轄今黑龍江流域。舊唐書一九九下靺鞨傳："開元十三年，安東都護薛泰請於黑水靺鞨內置黑水軍。續更以最大部落爲黑水府。"黑水府，全稱黑水州都督府。參見"黑水靺鞨"。

【黑分】印度曆法稱太陰曆的下半月。大唐西域記二印度總述歲時："月盈至滿謂之白分，月虧至晦謂之黑分。黑分或十四日、十五日，月有小大故也。"亦稱"黑半"、"黑月"。宋洪邁容齋隨筆四筆十三白分黑分："月盈至滿，謂之白分。月虧至晦，謂之黑分。白前黑後合爲一月。又曰，日隨月而行，至十五日覆月都盡，是名黑半；日在月前行，至十五日具足圓滿，是名白半。"

【黑月】同"黑分"。法苑珠林七日月月宮："此月宮殿於黑月分一日已去，乃至月盡，光明威德漸漸減少，以此因緣，名之爲月。"注："西方一月分爲黑白，初月一日至十五日，名爲白月，十六日已去至於月盡，名爲黑月，此方通攝黑月〔白〕合爲一月也。"

【黑白】㊀黑色與白色。墨子天志中："將以量度天下之王公大人卿大夫之仁與不仁，譬之猶分黑白也。"㊁喻是非善惡。史記秦始皇紀："丞相李斯曰：'……今皇帝并有天下，別黑白而定一尊。'"㊂圍棋子的代稱。以其分黑白二種，故稱。全唐詩六三九張喬詠棋子贈弈僧："黑白誰能用入玄，千回生死體方圓。"也作"白黑"。宋王安石臨川集二七棋詩："戰罷兩奩收白黑，一枰何處有虧成。"㊃僧俗。景德傳燈錄十九宗靖禪師："周廣順初，錢王(鏐)請於寺之大殿演無上乘，黑白駢擁。"

【黑衣】㊀戰國趙宮廷衛士的代稱。侍衛常服黑衣，故稱。戰國策趙四："左師公曰：'老臣賤息舒祺最少，不肖，而臣衰，竊愛憐之，願令得補黑衣之數，以衛王宮。'"㊁僧徒常衣黑袈裟，故俗也稱僧爲黑衣。佛祖統紀三六："齊武帝永明元年，勅長干寺玄暢同法獻爲僧主，分任江南北事，時號黑衣二傑。"參見"黑衣宰相"。

【黑米】即菰米。茭白所結子。也稱雕胡米。可煮食。南朝梁庾肩吾庾度支集奉和太子納涼梧下應令詩："黑米生菰葉，青花出稻苗。"唐杜甫杜工部草堂詩箋二八行官張望補稻畦水歸："秋菰成黑米，精鑿傳白粲。"

【黑豸】冠名。即獬豸冠，爲御史法冠。新唐書百官志三："殿中侍御史九人，……元日、冬至朝會，則乘馬、具服、戴黑豸升殿。"參見"豸冠"、"獬豸冠"。

【黑河】㊀水名。1.即今內蒙古呼和浩特市東南大黑河。也稱金河。詳"金河"。2.即今甘肅省甘州河。也稱黑水。詳"黑水㊀2"。㊁州名。今遼寧巴林右旗西北西拉木倫河旁。遼耶律璟(穆宗)時始建城，號黑河州；耶律隆緒(聖宗)時，改名慶州。見遼史地理志一。

【黑雨】暴雨。唐韓偓玉山樵人集江行詩："浪蹙青山江北岸，雲含黑雨日西邊。"

【黑金】黑色金屬，常以指鐵。見說文。南朝梁江淹江文通集補銅劍讚序："金品上則黃，中則赤，下則黑。黑金是鐵，赤金是銅，黃金是金。黃金可爲寶，赤金可爲兵，黑金可爲器。"

【黑肱】人名。春秋魯成公。宣公子。見史記魯周公世家、春秋成元年注。又春秋邾大夫名，見春秋昭三一年。

【黑帝】傳說之五天帝中主北方之神，名叶光紀。史記天官書："黑帝行德，天關爲之動。"正義："黑帝，北方叶光紀之帝也。冬萬物閉藏，爲之動，爲之開閉也。"一作"汁光紀"。周禮春官小宗伯"兆五帝於四郊"漢鄭玄注："五帝，……黑曰汁光紀，顓頊食焉。"

【黑相】宋王德用的綽號。德用將家子，仁宗時官至樞密使。寬厚，善撫士。其貌魁偉而面色正黑。民間以至外國皆知其名，識與不識，稱爲黑相或黑王相公。見宋王闢之澠水燕談錄名臣、宋史二七八本傳。

【黑殺】舊謂凶星。常以喻凶惡苛暴。宋史三三四徐禧傳附李稷："與李察皆以苛暴著稱。時人語曰：'寧逢黑殺，莫逢稷、察。'"也作"黑煞"。水滸三七："纔離黑煞凶神難，又遇喪門白虎災。"

【黑祲】不祥的氣氛天象。引申喻戰禍。左傳昭十五年："吾見赤黑之祲，非祭祥也，喪氛也。"唐王維王右丞集十七爲薛使君謝婺州刺史表："故指旗而黑祲旋靜，揮戈而白日再中。"

【黑甜】酣睡。也指晝寢。宋蘇軾東坡集後集四發廣州詩："三杯軟飽後，一枕黑甜餘。"自注："俗謂睡爲黑甜。"宋張元幹蘆川歸來集一賦漳南李幾仲安齋詩："先生睡美黑甜處，那聞鐘鼓朝鳴樓。"

【黑烏】烏鴉的別稱。竹書紀年上："(湯)至于洛，觀帝堯之壇，沈璧退立，黃魚雙踊，黑烏隨之，止于壇，化爲黑玉。"大戴禮夏小正:"十月,……黑鳥浴。黑鳥者何也?烏也。"

【黑道】㊀日月運行的軌道之一。古謂日月運行各有九道,卽黄道一,青道二,赤道二,白道二,黑道二。見禮月令題下漢鄭玄注引河圖帝覽嬉。參閲宋沈括夢溪筆談八象數二。㊁舊時迷信稱不祥的日子。詳"黑道日"。

【黑煤】㊀燃燒所熏的煙灰。全唐詩五一〇張祜隋宮懷古:"古牆丹雘盡,深棟黑煤生。"㊁麥粟等穀物穗上的黴菌。通作"黑黴"。本草綱目二三穀二粟:"粟奴,卽粟苗成穗時生黑煤者。"

【黑暗】㊀不光明。常以形容社會腐敗。宋詩鈔梁棟隆吉詩鈔大茅峰:"神光不破黑暗腦,山鬼空學離騷吟。"㊁犀角的别稱。唐段成式酉陽雜俎前集十六廣動植毛:"或云犀角通者是其病。然其理有倒插、正插、腰鼓插。倒者一半已下通,正者一半已上通,腰鼓者中斷不通。故波斯謂(象)牙爲白暗,犀(角)爲黑暗。"宋蘇軾分類東坡詩二十送喬施州:"雞號黑暗通蠻貨,蜂鬧黄連採蜜花。"

【黑業】佛家語,卽惡業。大智度論九四:"黑業者,是不善業果報地獄等受苦惱處,是中衆生,以大苦惱悶極,故名爲黑。"唐獨孤及毘陵集十三佛頂尊勝陁羅尼幢讚:"法雲垂蔭,光破黑業。"參見"白業"。

【黑滿】卽黑滿髯的簡稱。傳統劇戲裝中假鬚滿髯的一種。係將嘴遮滿的鬍鬚。有黑、蒼、白三色。多爲老生、花臉戴之,用以表示富貴或威武。例如京劇霸王别姬之項羽、羣英會之曹操,所戴髯口皆爲黑滿。

【黑蛥】傳説中能興雲雨的神蛇。淮南子齊俗:"犧牛粹毛,宜於廟牲,其於以致雨,不若黑蛥。"文選晉張景陽(協)雜詩之十:"黑蛥躍重淵,商羊舞野庭。"

【黑綠】濃暗綠色。明陶宗儀輟耕錄十一寫像訣:"凡調合服飾器用顔色者,緋紅,用銀朱紫花合;……黑綠,用漆綠入螺青合。"

【黑齒】古國名。古籍所指不一,已難確指。楚辭宋玉招魂:"雕題黑齒,得人肉以祀,以其骨爲醢些。"淮南子修務:"堯立孝慈仁愛,使民如子弟,西教沃民,東至黑齒,北撫幽都,南道交趾。"

【黑頭】㊀喻青壯年。唐杜甫杜工部草堂詩箋十一晚行口號:"遠愧梁江總,還家尚黑頭。"全唐詩一三三李頎欲之新鄉答崔顥綦毋潛:"數年作吏家屢空,誰道黑頭成老翁。"㊁傳統劇角色淨的一種。淨,俗稱大花臉,有粉頭、黑頭、銅錘之分。黑頭面塗墨色,表示粗莽或森嚴,如京劇御果園之尉遲恭、鍘美案之包公等。

【黑檎】果名。林檎的别名。也稱來禽。藝文類聚八七廣志:"林檎似赤柰,亦名黑檎。"

【黑壤】地名。在今山西沁水縣西北。春秋屬晉,亦名黄父。春秋宣七年魯公會晉侯宋公鄭伯曹伯於黑壤,卽此。北周宇文泰(文帝)小字黑獺,避諱,改名烏嶺。參閲讀史方輿紀要四三澤州沁水縣。

【黑礬】礬石的一種。也稱皁礬。可入藥。采石燒碎煎煉成礬,色各異,有白礬、黄礬、綠礬、絳礬等。參閲政和證類本草三礬石。

【黑三郎】頭巾名。五代後唐莊宗常身預俳優,所用巾裹,名品繁多,有聖消遥、安樂巾、黑三郎等。後世伶人所裹,常藉用其名。見宋陶穀清異錄衣服(説郛六一)。

【黑三稜】荸薺的别名。也稱烏芋。以葉背有三稜劍脊而名。見本草綱目三三果六烏芋。

【黑心符】唐萊州長史于義方所著文名。一卷。論述時人續娶繼室之害,以勸戒子孫。後人因以黑心符指暴戾的繼室。見宋陶穀清異錄女行(説郛六一)。

【黑太陽】謂炭球。色黑,熾燃時紅亮,故稱。宋陶穀清異錄器具:"黑太陽法,出自韋郇公(陟)家。用精炭搗治作末,研米煎粥,溲和得所,預辦圓鐵範,滿内炭末,運鐵面鎚實擊五七十下,出範陰乾。範巨細若盞口,厚如兩餅餤。盛寒,爐中熾十數枚,烘燃徹夜。晉人歎炭,豈此類耶?"(説郛六一)

【黑弔搭】傳統劇戲裝中假鬚弔搭髯的一種。鬚分上下,口上的形短,左右撇如八字;頦下的稍長,分黑、蒼、白三色。多爲丑角所戴,如烏盆記中之張别古、羣英會中之蔣幹。

【黑白月】㊀古印度曆法稱太陰曆上半月爲白月,下半月爲黑月,因以黑白月指一月。參見"黑月"。㊁指圓形的硯池,隔分爲盛水與磨墨兩部,故稱。宋蘇軾東坡集後集九龍尾石月硯銘:"萋萋兮霧縠石,宛宛兮黑白月。其受水者哉生明,而運墨者旁死魄。"

【黑衣郎】唐人小説記洛陽崇讓里李氏宅有怪異,無人居。開元中,有王長史購之以爲家。一夕,聞哀嘯聲,見有黑衣人立几上。長史弟善射,射之中,嗥叫跳屋而逸。後長史召工修房,於重舍内得一死猿,有矢貫脅,乃悟黑衣人卽所見之猿。見唐張讀宣室志八。後因以黑衣郎作猿的别稱。宋蘇軾分類東坡詩十食荔枝之一:"分甘遍鈴下,也到黑衣郎。"

【黑車子】五代時東北地區部族之一,鄰近突厥室韋。新五代史四夷附錄二引胡嶠云:"又其北,單于突厥,皆與嫗厥律略同。又北,黑車子,善作車帳,其人知孝義,地貧無所産。云契丹之先,常役回紇,後背之走黑車子,始學作車帳。"

【黑牡丹】牛的戲稱。宋蘇軾分類東坡詩十一墨花:"獨有狂居士,求爲黑牡丹。"宋程縯注:"唐末劉訓者,京師富人。……京師春遊,以觀牡丹爲勝賞。訓邀客賞花,乃繫水牛數百在前,指曰:此劉氏黑牡丹也。"元詩選湯炳龍北村集題江貫道百牛圖詩:"卷中解后黑牡丹,相逢喜是曾相識。"

【黑金社】木炭。宋陶穀清異錄器具:"廬山白鹿洞,遊士輻湊,每冬寒,醵金市烏薪,爲禦冬備,號黑金社。"(説郛六一)

【黑面郎】猪的别稱。唐馮贄雲仙雜記六引承平舊纂:"桂林風俗日日食蛙。有來中朝爲御史者,朝士戲之曰:'汝之居,非烏臺,乃蛙臺也。'御史答曰:'此非蛙,名圭虫而已。然較圭虫之奉養,豈非勝於黑面郎哉!'黑面郎,謂猪也。朝士大赧而退。"

【黑甜鄉】猶夢鄉,形容酣睡。元曲選馬致遠陳摶高卧四:"笑他滿朝朱紫貴,怎如我一枕黑甜鄉。"參見"黑甜"。

【黑道日】舊時迷信,稱吉日爲黄道日,凶日爲黑道日。也簡稱"黑道"。元曲選缺名桃花女三:"〔正旦云〕且慢者,今日是黑道日,新人踏着地皮無不立死。"又:"〔正旦唱〕他揀定這黑道的凶辰,與他換過了黄道的吉日。"參閲協紀辨方書七義例五黄道黑道。參見"黄道吉日"。

【黑雲都】五代吳楊行密親軍名。唐末藩鎮親軍多以都爲名。舊五代史楊行密傳:"所得孫儒之衆,皆淮西之驍果也,選五千人豢養於府第,厚其衣食,驅之卽戰,靡不争先。甲胄皆以黑繒飾之,命曰'黑雲都'。"參閲宋缺名五國故事(説郛六四)。

【黑矟公】北魏于栗磾爲河内鎮將,劉裕伐姚泓欲假道河内,致書栗磾,題稱"黑矟公麾下"。以栗磾好持黑矟以自標。栗磾以書奏上魏太宗,卽授其爲黑矟將軍。見魏書于栗磾傳。後因以"黑矟"作大將的代稱。唐杜牧樊川集二東兵長句十韻:"落鵰都尉萬人敵,黑矟將軍一鳥輕。"

【黑龍江】水名。爲我國邊境大河。由北源之石勒喀河(其上源爲鄂嫩河,元人稱斡難河)及南源之額爾古納河(出大興安嶺西麓)於漠河西匯合後,稱黑龍江。古名黑水,至金始稱黑龍江。

【黑頭公】謂少壯而居高位者。世説新語識鑒:"諸葛道明(恢)初過江左,……先爲臨沂令,丞相(王導)謂曰:'明府當爲黑頭公。'"又雅量"王東亭(珣)爲桓宣武主簿"注引續晉陽秋:"珣初辟大司馬掾,桓温至重之,常稱王掾必爲黑頭公,未易才也。"

【黑韓王】卽可汗王。宋史四九〇于闐傳:"大中祥符二年,其國黑韓王遣回鶻羅厮温等以方物來貢。"又:"(嘉祐八年)十一月,以其國王爲特進歸忠保順𥔲鱗黑韓王。……于闐謂金翅鳥爲'𥔲鱗','黑韓'蓋可汗之訛也。"

【黑水靺鞨】隋唐時靺鞨之一部。居黑水(今黑龍江)流域,也稱黑水部。唐初遣使内附,以其地爲燕州。參見"靺鞨㊀"。

【黑白分明】比喻是非嚴明,處事公正。漢董仲舒春秋繁露六保位權:"黑白分明,然後民知所去就。"也作"白黑分明"。漢書八三薛宣傳:"宣數言政事便宜,舉奏部刺史郡國二千石,所貶退稱進,白黑分明,繇是知名。"

【黑衣宰相】南朝宋釋惠琳,善談論,文帝(劉義隆)常與議朝政,遂參權要。由是門常賓客輻湊,座席常滿,贈賂相係。會稽孔覬目爲黑衣宰相。僧徒着黑衣,故稱。見宋孔平仲續世説寵禮。

【黑沙地獄】佛家所謂十六遊僧地獄之一。長阿含經十九:"宿罪所牽,不覺忽到黑沙地獄。時有熱風暴起,吹熱黑沙來著其身。"參閲法苑珠林十一六道地獄受報。

【黑龍江城】城名。在今黑龍江愛輝縣境。清康熙二十三年,設黑龍江將軍及副都統二員,築瑷琿城鎮守。康熙三十七年,復於瑷琿城西南十二里築黑龍江城,乾隆間重修。參見"瑷琿"。

【黑繩地獄】佛家所謂八熱地獄之一。俱舍頌疏八:"黑繩地獄,先以黑繩秤量支體,後方斬鋸,故名黑繩。"參閲法苑珠林十一六道地獄受報。

一畫

黖 yì 於記切,去,志韻,影。
ㄧ

深黑色。見廣韻。

【黖昧】深黑色。唐韓愈昌黎集二七衢州徐偃王廟碑:"圖像之威,黖昧就滅。"

三畫

皯 gǎn 古旱切,上,旱韻,見。
ㄍㄢ

㊀黑色。見玉篇。㊁面上黑斑。同"皯"。唐孫思邈千金要方二六穀米:"去黑痣面皯,潤澤皮毛。"

黓 yì 與職切,入,職韻,喻。
ㄧ

見"玄黓"。

四畫

黕 dǎn 都感切,上,感韻,端。
ㄉㄢ

㊀小黑斑,滓垢。楚辭宋玉九辯:"竊不自聊而願忠兮,或黕點而汙之。"㊁黑貌。文選晉潘安仁(岳)籍田賦:"青壇蔚其嶽立兮,翠幕黕以雲布。"注:"魏文帝(曹丕)愁霖賦曰:'玄雲黕其四塞。'"

默 mò 莫北切,入,德韻,明。
ㄇㄛ

㊀幽,静。書説命上:"恭默思道,夢帝賚予良弼。"㊁不語。易繫辭上:"君子之道,或出或處,或默或語。"禮中庸:"國有道,其言足以興;國無道,其默足以容。"㊂昏黑。唐鄭還古(谷神子)博異志張遵言:"遵言與僕等隱大樹下,於時昏晦,默無所覩。"㊃貪汙,不廉潔。通"墨"。孔子家語正論:"貪以敗官爲默,殺人不忌爲賊。"默,左傳昭十四年作"墨"。

【默存】謂形不動而神遊。列子周穆王:"王問所從來,左右曰:'王默存耳。'"宋蘇軾分類東坡詩五永和清都觀道士……求此詩:"欹枕未容春夢斷,清都宛在默存中。"

【默伽】地名。在沙特阿拉伯王國境。穆罕默德誕生於此,爲伊斯蘭教聖地。宋趙汝适諸蕃志作麻嘉,宋周去非嶺外代答、元汪大淵島夷誌略作天堂,明費信星槎勝覽作天方。明史西域傳作默伽,又作天方。今譯麥加。

【默契】暗相契合。宋朱弁曲洧舊聞十:"此非有法可傳,蓋獨得於心,故能默契如此。"續傳燈録四金山曇影禪師:"(谷)隱曰:'此事如人學書,點畫可効者工,否者拙,蓋未能忘法耳。當筆忘手,手忘心乃可也。'師於是默契。"

【默塞】安静無爲。易緯乾坤鑿度下:"一刑殺,二默塞,三沈厚。"唐李羣玉詩集上自澧浦東遊江表途出巴丘投員外從公:"飢寒束困厄,默塞飛星霜。"

【默槀】猶腹稿。宋蘇軾分類東坡詩九袁公濟和劉景文登介亭詩復次韻答之:"袖手獨不言,默槀已在腹。"

【默寫】憑記憶寫出或畫出。新唐書一三二蔣乂傳:"帝前口以誦補(聖曆中侍臣圖贊),不失一字,帝歎曰:'雖虞世南默寫列女傳,不是過。'"元戴表元剡源集二八江行雜書詩:"平生見畫無此本,便欲默寫懸高堂。"

【默默】㊀空無。莊子在宥:"至道之精,窈窈冥冥;至道之極,昏昏默默。"注:"窈冥昏默,皆了無也。"㊁空蕩,静寂。楚辭屈原九章悲回風:"登石巒以遠望兮,路眇眇之默默。"㊂不言,無聲無息。韓詩外傳七:"昔者商紂默默而亡,武王諤諤而昌。"㊃失意貌。漢書四八賈誼傳弔屈原賦:"吁嗟默默生之無故兮。"史記作"嘿嘿"。史記四七魏其侯傳:"魏其(竇嬰)日默默不得志。"

【默識】心記,領悟。論語述而:"默而識之。"漢王充論衡實知:"陰見默識,用思深祕。"

黖 xì 許既切,去,未韻,曉。
ㄒㄧ

見下。

【黖黖】暗昧不明。文選晉左太沖(思)吴都賦:"芒芒黖黖,慌罔奄欻。"晉劉淵林(逵)注:"黖黖,絶遠貌。"

黔 qián 巨淹切,平,鹽韻,羣。
ㄑㄧㄢ 巨金切,平,侵韻,羣。

㊀黑色。左傳襄十七年:"宋皇國父爲大宰,爲平公築臺,妨於農收。子罕請俟農工之畢,公弗許。築者謳曰:'澤門之晳,實興我役;邑中之黔,實慰我心。'"注:"子罕色黑而居邑中。"晳指皇國父。㊁貴州省的簡稱。見"黔中"。

【黔中】地名。戰國時楚地,故城在今湖南沅陵縣西。秦昭襄王使司馬錯發隴西,因蜀攻黔中拔之,卽此。始皇時置郡,轄地甚廣,包括今湖南西部,貴州東北部。漢改爲武陵郡。唐開元二十一年析江南道置黔中道,爲開元十五道之一。轄境包括今湖北省西南部、四川省東南部、貴州省北部、湖南省西北部。治所黔州,在今四川彭水縣。參閲資治通鑑四周赧王四十八年"初置黔中郡"注、嘉慶一統志三六六辰州府古蹟黔中故城。

【黔江】㊀水名。1.卽江西中游一段。在廣西中部。紅水河與柳江在象州縣石龍合流後稱黔江,東南流至桂平縣與鬱江合。以下稱潯江。參閱嘉慶一統志四七〇潯州府山川。2.貴州烏江流入四川境，亦稱黔江。見"烏江2"。㊁縣名，屬四川省。漢涪陵縣地，東漢劉璋析置丹興縣，三國蜀廢。隋開皇間改置石城縣，唐天寶元年改名黔江。歷代因之。參閱寰宇通志六二重慶府。

【黔巫】指四川巫山及古黔中一帶。唐元稹長慶集十二酬樂天東南行詩一百韻詩："鯨吞近溟漲，猿鬧接黔巫。"

【黔首】庶民，平民。禮祭義："明命鬼神，以爲黔首則。"注："黔首，謂民也。"一說因以黑巾裹頭，故稱。見唐孔穎達疏。史記秦始皇紀二十八年琅邪臺刻石："憂恤黔首，朝夕不懈。"

【黔書】清田雯撰，四卷。雯於康熙中爲貴州巡撫。書中記黔地建制沿革、山川、民族、人物、風俗及物產等。嘉慶時張澍又撰續黔書八卷，所記自分野形勢風俗古蹟，以至草木鳥獸蟲魚，多附游記及所撰詩篇，稍嫌蕪漫。

【黔陬】縣名。古介國地，漢置縣，隋大業初省入膠西。故城在今山東膠縣。參閱嘉慶一統志一七四萊州府古蹟。

【黔婁】戰國時齊隱士。家貧，不求仕進，齊魯之君聘賜，俱不受。死時衾不蔽體。漢書藝文志道家有黔婁子四篇。後以喻貧士。唐元稹長慶集九三遣悲懷詩之一："謝公最小偏憐女，自嫁黔婁百事乖。"

【黔雷】神名。即黔嬴。見該條。

【黔黎】黔首、黎民的合稱，即庶民、黎民。漢應劭風俗通怪神城陽景王祠："哀哉黔黎，漸染迷謬。"文選晉潘安仁(岳)河陽縣作詩："黔黎竟何常，政成在民和。"

【黔嬴】神名。楚辭屈原遠遊："召黔嬴而見之兮，爲余先乎平路。"宋洪興祖補注："天上造化神名，或曰水神。"也作"黔雷"。漢書五七下司馬相如傳大人賦："左玄冥而右黔雷兮，前長離而後商皇。"

【黔婁妻】黔婁死，曾子往弔，見以布被覆尸，覆頭則足見，覆足則頭見。曾子曰："邪引其被則斂矣。"黔妻曰："邪而有餘，不如正而不足也。"見漢劉向列女傳二。參見"黔婁"。

【黔突暖席】淮南子脩務："孔子無黔突，墨子無暖席。"注："黔言其突竈不至於黑，坐席不至於溫，歷行諸國，汲汲於行道也。"暖，亦作"煖"。

【黔驢之技】古黔地無驢，有人載一驢至，放置山下。虎見其龐然大物，懼不敢近。久之，稍近漸狎，驢怒而踢之，虎喜曰："技只此耳!"虎直前搏殺驢，盡食其肉而去。見唐柳宗元柳先生集十九三戒黔之驢。後因以喻技能拙劣，虛有其表。宋李曾伯可齋雜藁十二代襄閫回陳總領賀轉官："秉鉞專征，實愧嚴尤之三策；賜書增秩，已膺甘茂之十官。雖長蛇之勢若粗雄，而黔驢之技已盡展。"

五畫

黈 zhǔ ㄓㄨˇ 知庾切，上，麌韻，知。

標明逗頓的符號。說文作丶。初學記二一漢蔡邕篆書體："彤管電流，雨下雹散，點黈星垂，掣挫安案。"

點 diǎn ㄉㄧㄢˇ 多忝切，上，忝韻，端。

㊀小黑點。也指黑記、黑斑。唐段成式酉陽雜俎八黥："今婦人面飾用花子，起自昭容上官氏所製，以掩點跡。"㊁液體小滴。法華經三化城喻品："假使有人磨以爲墨，過於東方千國土，乃下一點，大如微塵；又過千國土，復下一點，如是展轉，盡地種墨。"文苑英華十四唐玄宗喜雨賦："泛草泊樹，垂珠點露。"㊂丶，漢字筆形的一種。唐張彥遠法書要錄一王右軍(羲之)題衛夫人筆陳圖後："每作一點，常隱鋒而爲之。"北齊顏之推顏氏家訓書證："鄭玄注書，往往引以爲證；若不信其說，則冥冥不知一點一畫有何意焉。"㊃句讀的標識。世說新語文學："(郭象)乃自注(莊子)秋水至樂二篇，又易馬蹄一篇，其餘衆篇，或點定文句而已。"㊄塗改文字。爾雅釋器："滅謂之點。"注："以筆滅字爲點。"後漢書八十下禰衡傳："衡攬筆而作(鸚鵡賦)，文無加點。"㊅污，辱。意通"玷"。漢書六二司馬遷傳報任安書："若僕大質已虧缺，……終不可以爲榮，適足以見笑而自點耳。"㊆滴注。唐孫思邈千金寶要二瘡疽癰腫："艾蒿一擔，燒作灰，于竹筒中淋取汁，以一二合和石灰如麪漿，以針刺瘡中，至痛，即點之，點三遍，其根自拔。"㊇中，着。文選晉潘安仁(岳)射雉賦："倏余志之精銳，擬青顱而點項。"唐呂延濟注："青顱，頭也；點，中也。……擬射其頭而中於項也。"㊈指定，選派。樂府詩集二五古辭木蘭詩："昨夜見軍帖，可汗大點兵。"唐白居易長慶集三新豐折臂翁詩："無何天寶大征兵，戶有三丁點一丁。"㊉指明，指向。景德傳燈錄十八真覺大師："至理一言，點凡成聖，請師一點。"唐詩紀事二四王昌齡箜篌引："黃旗一點兵馬收，亂殺胡人積如丘。"⑪檢查。宋劉克莊後村集六湘中口占詩之四："書生行李堪抽點，薏苡明珠一律無。"⑫一觸即離。唐杜甫杜工部草堂詩箋十二曲江之二："穿花蛺蝶深深見，點水蜻蜓款款飛。"⑬上下略微擺動。見"點頭㊀㊁"。⑭燃火。全唐詩六一五皮日休釣侶："烟浪濺篷寒不睡，更將枯蚌點漁燈。"⑮古報時數，一更爲五點。唐杜甫杜工部草堂詩箋十三至日遣興奉寄兩院遺補之一："去歲茲辰捧御林，五更三點入鵷行。"宋程大昌演繁露四："點者，則以下漏滴水爲名。每一更又分爲五點也。"⑯樂器名。銅製，中間隆起，邊穿兩孔繫繩，懸而擊之。見清會典事例五二九樂部樂器。又舊時官署用以召集所擊之雲板，亦名點。

【點心】唐孫頠幻異志板橋三娘子："置新作燒餅於食牀上，與諸客點心。"南唐劉崇遠金華子下："鄭傪爲江淮留後，……其妻少弟至妝閣問其姊起居。姊方治妝未畢，家人備夫人晨饌於側。姊顧謂其弟曰：'我未及飡，爾可且點心。'"本指正餐以前暫時充飢，後來指飯前飯後的小食。宋吳自牧夢粱錄十三天曉諸人出市："有賣燒餅、蒸餅、糍糕、雪糕等點心者，以趕早市，直至飯前方罷。"參閱宋吳曾能改齋漫錄二事始、明陶宗儀輟耕錄十七點心。

【點化】㊀道家指點石成金，化凡人爲仙人。宋王君玉國老談苑二："歸真有奇志異術……(真宗)問曰：'知君有點化之術，可以言之。"㊁指點教化，開導領悟。朱子語類一小學："古人於小學存養已熟，根基已深厚，到大學只就上面點化出些精彩。"宋方夔富山遺稿八送客出城詩："我行在處成詩話，點化成凡即是仙。"㊂據前人詩句加以改造。宋葛立方韻語陽秋二："詩家有換骨法，謂用古人意而點化之使加工也。"魏慶之詩人玉屑八有點化篇。

【點穴】㊀舊時迷信的人選擇墓地，請堪輿師尋求所謂龍脈結穴之處，謂可使後代興子孫旺。祕傳水龍經五原書總論："夫相地要察來龍，點穴必迎真脈，岡阜水道，皆龍脈也。"㊁拳術的一種手法。運功於指，對準人身穴道處點擊，輕者致傷，重者致命。又稱打穴、拿穴、閉穴，俗呼點打。相傳始於福建少林寺。㊂初習針灸之法。先於穴位注一墨點，謂之點穴，然後施針。宋劉克莊後村集三戲鄭閩清灼艾詩："點穴不須醫，針經手自披。"醫宗金鑑八六刺灸心法要訣:"點穴坐卧立直正,炷用蘄艾火珠良。"

【點卯】舊時官署吏役於卯時到職,謂之應卯,長官按册呼名爲點卯。其名册亦稱卯册。明戚繼光練兵實紀凡例:"尋常比較武藝,點卯不到,小有過失,事干人衆,應責治者,即以條約爲賞罰。"又賀仲軾兩宫鼎建記下:"于是每日五鼓點卯,夫匠各帶三十斤一石,不數日而成山矣。"

【點污】污損,玷污。三國志吳韋曜傳:"而(孫)晧更怪其書之垢,故又詰曜。曜對曰:'囚撰此書,實欲表上,懼有誤謬,數數省讀,不覺點污。'"指污損書籍。唐羅隱甲乙集五寄陸龜蒙詩:"却恐塵埃裏,浮名點污君。"宋范仲淹范文正公集尺牘上與朱氏:"居官臨滿,直須小心廉潔,稍有點污,則晚年飢寒可憂也。"指玷辱名節。

【點厾】書家畫花卉,先將花葉枝幹,用墨細勾,再加渲染,稱勾染;隨筆點染,以成花葉,似不經意而饒生趣稱點厾。見清朱象賢聞見偶録。

【點灼】誣衊。文選漢東方朔七諫怨世:"高陽無故而委塵兮,唐虞點灼而毁議。"注:"言堯舜至聖,道德擴被,尚點灸謗毁,言有不慈之過,卑父之累也。"

【點定】改定文稿。世説新語文學:"魏朝封晉文王(司馬昭)爲公,備禮九錫,……司空鄭沖馳遣信就阮籍求文。籍時在袁孝尼(準)家,宿醉扶起,書札爲之,無所點定,乃寫付使。"

【點青】舊用針於胸、背、臂上刺字或刺各種圖形,填以青色。亦作劄青。唐段成式酉陽雜俎八黥:"上都街肆,惡少率髡而膚劄,備衆物形狀。……今京兆薛公元賞,上言,白令里長潛部約三十餘人,悉杖殺,屍于市。市人有點青者,皆炙滅之。"

【點拍】音樂的節拍。唐南卓羯鼓録:"上(唐玄宗)洞曉音律,……若製作諸曲,隨意即成。不立章度,取適短長,應指散聲,皆中點拍。"

【點染】㊀揮筆作畫。北齊顔之推顔氏家訓雜藝:"武烈太子(蕭子方)偏能寫真,坐上賓客,隨宜點染,即成數人,以問童孺,皆知姓名矣。"後引申稱信筆書寫。宋陸游劍南詩稿五二掩門:"點染聊成字,呻吟儻似詩。"㊁玷污。唐杜甫杜工部草堂詩箋二四八哀詩鄭公虔:"反覆歸聖朝,點染無滌盪。"

【點苔】畫山水法,於石隙加細點爲小草叢木及遠樹之類,謂之點苔。見清錢杜松壺畫憶上。

【點茶】古人煎茶,即今之熬茶;點茶,即今之泡茶。宋蘇軾分類東坡詩十三送南屏謙師:"道人曉出南屏山,來試點茶三昧手。"

【點勘】校訂。以筆點其處作記,然後校對。唐韓愈昌黎集一秋懷詩之七:"不如覷文字,丹鉛事點勘。"

【點湯】宋時習俗,客至上茶,去則送湯,因以稱送客爲點湯。湯用有甘香之藥材如甘草屑之類泡成。見宋朱彧萍洲可談一。元時,則點湯有逐客之意。元曲選缺名凍蘇秦三:"張千云:'點湯!'……正末云:'點湯是逐客,我則索起身。'"

【點酥】喻柔美。宋蘇軾東坡詞定風波:"常羨人間琢玉郎,天教分付點酥娘。"宋陸游渭南文集四九月上海棠詞:"淡淡宫梅,也依然點酥剪水。"

【點畫】㊀指字的筆畫結構。隋王度古鏡記:"又置二十四字,周遶輪郭,文體似隸,點畫無缺。"唐陸龜蒙甫里集十和新秋即事三首韻詩之二:"閒中展卷興亡小,醉後題詩指畫麤。"㊁指畫昆蟲的畫法。宣和畫譜十六滕昌祐:"其爲蟬蝶草蟲,則謂之點畫,爲折枝花果,謂之丹青。"

【點景】裝飾盆景。於盆内種以寄生樹,修剪使根枝盤曲有勢,下養苔如鍼,點以小石,謂花樹點景。盆内累石叠小山,曲折錯落,並架以小橋,蓄水爲瀑,沼中飼以小魚,謂之山水點景。見清李斗揚州畫舫録二草河録下。

【點睛】畫眼睛。也作"點精"。世説新語巧藝:"顧長康(愷之)畫人,或數年不點目精。人問其故,顧曰:'四體妍蚩,本無關於妙處;傳神寫照,正在阿堵中。'"南朝梁張僧繇善畫,相傳嘗於金陵安樂寺壁畫四龍,不點目睛,謂點即騰去。見唐張彦遠歷代名畫記七、宣和畫譜一,舊題晉王嘉拾遺記四亦有類似記載。後來稱行文透示精意的警句爲點睛之筆。

【點漆】形容黑亮如漆。世説新語容止:"王右軍(羲之)見杜弘治(乂),歎曰:'面如凝脂,眼如點漆,此神仙中人。'"宋黄庭堅豫章集二送王郎詩:"贈君以黟川點漆之墨,送君以陽關墮淚之聲。"

【點蒼】山名。一名靈鷲山、大理山。在今雲南大理白族自治州中部。巍峨秀麗,爲南中奇勝。頂有高河,泉深不可測。分爲十九峯,又有瀑布諸泉。山産大理石,片琢爲屏,有山水雲物之狀,爲珍貴建築材料。見寰宇通志一一一大理府山川點蒼山。

【點綴】㊀裝點,襯托。世説新語言語:"于時天月明淨,都無纖翳,太傅(司馬道子)嘆以爲佳。謝景重(重)在座,答曰:'意乃謂不如微雲點綴。'"南朝梁鍾嶸詩品中:"丘(遲)詩點綴映媚,似落花依草。"㊁繪畫的布局和着色。宋蘇軾分類東坡詩十二書王定國所藏煙江疊嶂圖:"使君何從得此本,點綴毫末分清妍。"宣和畫譜十六宗室仲佣:"至於設色,唯輕淡點綴而已。"

【點磨】稽核帳目,宋公文用語。宋蘇轍欒城集三九論户部乞收諸路帳狀:"(曾)布因上言,三部胥吏所行職事非一,不得專意點磨文帳,近歲因循不復省閲,乞於三司選吏二百人,顓置一司,委以點磨。"

【點頭】㊀微動其首。1.表示允可,贊許。唐釋齊己白蓮集六寄松江陸龜蒙處士詩:"道在誰開口,詩成自點頭。"2.表示招呼。宋劉過龍洲集五送劉從周教授詩:"還鄉若有過從便,會盡人間只點頭。"㊁唐時科舉中選者,主考於其姓氏上用紅筆點一下,謂之點頭。新唐書一二八蘇珦傳附蘇晉:"及裴光庭知尚書,有過官被却者,就籍以朱點頭而已。晉因榜選院門曰:'門下點頭者更擬。'"五代劉崇遠金華子上:"(崔)雍與兄朗序福昆仲八人,皆升籍進士,列甲乙科,嘗號爲點頭崔家。"參見"朱衣點頭"。

【點戲】唐崔令欽教坊記:"凡欲出戲,所司先進曲名,上以墨點者即舞,不點者即否,謂之進點。"後謂在戲目單上指定所演的劇目爲點戲。紅樓夢二二:"吃了飯,點戲時,賈母一面先叫寶釵點。"

【點檢】㊀査核,清理。舊唐書武宗紀會昌三年制:"其迴紇及摩尼寺莊宅錢物等,並委功德使與御史臺及京兆府各差官點檢收抽,不得容諸色人影占。"㊁反省檢查之意。唐韓愈昌黎集五贈劉師服詩:"丈夫命存百無害,誰能點檢形骸外。"裴庭裕東觀奏記上:"吏部侍郎孔温業白執政求外任,丞相白敏中曰:'我輩亦須自點檢,孔吏部不肯居朝矣!'"㊂官名。五代後唐皇帝巡行或出征,置大内都點檢官,後周始置殿前都檢點,位在都指揮使以上。自趙匡胤(宋太祖)即以都點檢被擁立爲帝,是後不復除授。參閲文獻通考五八樞密院殿前司。

【點點】形容細小零散。北周庾信庾子山集五晚秋詩:"可憐數行雁,點點遠空排。"指雁。唐劉長卿劉隨州集四湘中紀行斑竹巖:"點點留殘痕，枝枝寄此心。"指淚點。唐杜牧樊川集一村行詩:"娉娉垂柳風，點點迴塘雨。"指雨點。

【點額】㊀點畫頭額。南朝梁宗懍荆楚歲時記:"八月十四日，民並以朱水點兒頭額，名爲天灸，以厭疾。"㊁水經注四河水:"(鯉魚)三月上則渡龍門，得渡爲龍矣，否則點額而還。"後因稱仕路失意或科場落第爲點額。唐李白李太白詩九贈崔侍御:"點額不成龍，歸來伴凡魚。"白居易長慶集六四醉別程秀才詩:"五度龍門點額迴，却緣多藝復多才。"

【點竄】修改字句。三國志魏武帝紀建安十六年:"他日，公又與(韓)遂書，多所點竄，如遂改定者，(馬)超等愈疑遂。"梁書昭明太子傳:"字無點竄，筆不停紙。"

【點花牌】南宋户部點檢所屬各庫，於城分設酒樓，每庫設官妓數十人。又有祇直者數人，名曰下番。飲客登樓，則以官妓名牌喚侑樽，謂之點花牌。參閱宋吳自牧夢粱録十點檢所酒庫。

【點鬼簿】唐初楊炯爲文，好用古人姓名，如"張平子(衡)之略談，陸士衡(機)之所記"，"潘安仁(岳)宜其陋矣，仲長統何足知之"，人號爲點鬼簿。見唐張鷟朝野僉載六。

【點將録】明天啟時，宦官司禮監魏忠賢擅權，翦除異己。東林黨人楊漣葉向高等上疏參劾，魏銜之。魏之親信崔呈秀用水滸一百零八人綽號，配以所惡東林諸人，編集成册。首曰天罡星托塔天王李三才，及時雨葉向高等三十六人，地煞星神機軍師顧大章，旱地忽律游大任等七十二人，名點將録，獻於魏，爲構陷依據。見清谷應泰明史紀事本末七一魏忠賢亂政、秦徵蘭天啟宫詞。

【點絳脣】㊀詞調名。玉臺新詠五梁江淹詠美人春遊詩有"白雪凝瓊貌，明珠點絳脣"句，詞名取此。又名點櫻桃、十八香、南浦月、沙頭雨、尋瑶草。雙調，有四十一字、四十二字、四十三字諸體。見詞譜四。㊁曲牌名。南曲屬黄鐘宫，北曲屬仙吕宫。九宫大成南北詞宫譜:"點絳脣原出於詞體，南調引内用詞之全闋，即琵琶記'月淡星稀'可證。元人將詞之前半闋通章叶韻，爲北調體。……董解元西廂係北調，亦用南體，僅見於此。"

【點石成金】道家有煉丹之術，謂丹成，可以點鐵石使成黄金。用以喻修改文字，使生色而發異采。唐貫休禪月集四擬君子有所思詩之二:"安得龍猛筆，點石爲黄金。"宋胡仔苕溪漁隱叢話後集九孟浩然:"詩句以一字爲工，自然穎異不凡，如靈丹一粒，點石成金也。"參見"點鐵成金"。

【點紙畫字】元時於文書或狀子上畫押的方式。既立書狀，只在紙的正面作點爲記，再於背面畫字，以作憑信。亦稱"正點背畫"。元曲選李直夫虎頭牌三:"經歷云:'老完顏，着你點紙畫字哩!'老千户云:'經歷，我那裏省得點紙畫字?'"事林廣記前集十家禮:"諸婚娶兩家，並用點紙畫字，寫立合同文約，明白具載往回聘禮。"參見"正點背畫"。

【點鐵成金】古代煉丹術，丹成可使點鐵石成黄金。景德傳燈録十八靈照禪師:"靈丹一粒，點鐵成金。至理一言，點凡成聖。"後以喻修改文章，化腐朽爲神奇。宋黄庭堅豫章集十九答洪駒父書:"古人能爲文章者，真能陶冶萬物，雖取古人之陳言入於翰墨，如靈丹一粒，點鐵成金也。"反之則爲"點金成鐵"。清紐樹玉校刻説文繫傳跋:"顧(廣圻)本爲後人以解字本塗改，往往有點金成鐵之慨。"

黜 chù ㄔㄨˋ 丑律切，入，術韻，徹。

㊀貶，廢免。論語微子:"柳下惠爲士師，三黜。"國語晉一:"(晉獻)公將黜太子申生，而立奚齊。"㊁減損。左傳襄十年:"子駟與尉止有争，將禦諸侯之師而黜其車。"㊂擯棄。莊子大宗師:"墮肢體，黜聰明，離形去知，同於大通，此謂坐忘。"唐成玄英疏:"黜，退除也。"

【黜辱】貶黜受辱。後漢書八四班昭傳女誡:"戰戰兢兢，常懼黜辱，以增父母之羞，以益中外之累。"抱朴子臣節:"夫至忠者無□以爲國，況懷智以迷上乎;義督者滅祀而無憚，況黜辱之敢辭乎!"

【黜陟】進退人材。降官曰黜，升官曰陟。書舜典:"三載考績，三考黜陟幽明。"唐韓愈昌黎集十九送李愿歸盤谷序:"理亂不知，黜陟不聞。"

【黜華】革除浮華。舊唐書禮儀志六顔德章上狀:"當聖上嚴禋敬事之時，會相公尚古黜華之日。"

【黜陟使】唐官名。貞觀八年以李靖等十三人爲黜陟大使，巡行諸道，督察官吏。後不常置，名稱亦不一。神龍二年置十道巡按使，後改稱按察使。開元二年稱十道按察采訪處置使。天寶末年又改稱觀察處置使。參閱唐會要七八黜陟使、資治通鑑二二〇唐乾元元年"制停采訪使，改黜陟使爲觀察使"注。

【黜周王魯】漢公羊家謂春秋用魯紀年，是黜周而王魯。晉杜預春秋序謂春秋所書之王，卽周平王;所用之厤爲周正;所稱之公爲魯隱公，無黜周王魯之意。參閱宋王應麟困學紀聞七公羊。

黝 1. yǒu ㄧㄡˇ 於糾切，上，黝韻，影。

㊀微青黑色。周禮地官牧人:"陰祀，用黝牲毛之。"漢王充論衡自紀:"使面黝而黑醜，垢重襲而覆部，占射之言，十失八九。"

2. yī ㄧ 於脂切，平，脂韻，影。

㊀漢書地理志上丹揚郡下有黝縣。唐顔師古注:"黝音伊，字本作黟，其音同。"見"黟縣"。

【黝糾】連綣貌。文選漢王文考(延壽)魯靈光殿賦:"傍夭蟜以横出，互黝糾而搏負。"宋范成大石湖集十三自石林回過小玲瓏……詩:"却略巖岫杳，黝糾石牀怪。"

【黝牲】黑色牲畜。周禮地官牧人:"凡陽祀，用騂牲毛之;陰祀，用黝牲毛之。"宋史樂志八紹興親享明堂之十三:"黝牲純潔，絲竹發揚。"

【黝堊】塗以黑色和白色。禮喪服大記:"既祥，黝堊。"疏:"黝，黑也，平治其地令黑也;堊，白也，新塗堊於牆壁令白。"

【黝賁】北宫黝，齊人，孟賁，衛人，皆勇士。見孟子公孫丑上。唐柳宗元柳先生集二閔生賦:"孟軻四十乃始持心兮，猶希勇乎黝賁。"

【黝黝】黑盛貌。文選晉左太沖(思)魏都賦:"黝黝桑柘，油油麻紵。"宋書樂志二韶夏樂:"閟宫黝黝，復殿微微。"

黛 dài ㄉㄞˋ 徒耐切，去，代韻，定。

同"黱"。㊀青黑色的顔料，古時女子用以畫眉。楚辭大招:"粉白黛黑，施芳澤只。"因以稱美眉。玉臺新詠七南朝梁邵陵王(蕭)綸代舊姬有怨詩:"怨黛舒還斂，啼粧拭更垂。"㊁青黑色。唐王維王右丞集三崔濮陽兄季重前山興詩:"千里横黛色，數峯出雲間。"

【黛眉】黛畫之眉。特指女子之眉。玉臺新詠二左思嬌女詩:"明朝弄梳臺，黛眉類掃跡。"唐温庭筠詩集別集春日:"草色將林彩，相添入黛眉。"

【黛螺】青黑色顔料。可用以畫眉或繪畫。唐顔師古隋遺録稱爲螺子黛或螺黛。元虞集道園學古録一贈寫真佟士明詩:"贈君千黛螺，翠色秋可掃。"因以爲女子眉毛的代稱。全唐詩八八九李煜長相思:"滄滄衫兒薄薄羅,輕颦雙黛螺。"

【黛鬟】女子的黑髮鬟。元貫師泰玩齋集宮詞:"黛鬟不整釵梁蟬,滿院楊花夢覺時。"

六畫

黠 xiá ㄒㄧㄚˊ 胡八切,入,黠韻,匣。

㊀聰慧,機敏。方言一:"虔、儇,慧也。……自關而東趙魏之間謂之黠,或謂之鬼。"世說新語文學"或問顧長康(愷之)"引宋明帝文章志注:"桓溫云:顧長康體中癡黠各半。"㊁狡猾。戰國策楚三:"今山澤之獸,無黠如麋。"後漢書明帝紀永平八年:"人冤不能理,吏黠不能禁。"

【黠兒】聰慧的兒童。北齊顏之推顏氏家訓教子:"齊武成帝(高湛)子琅琊王(儼),太子母弟也,生而聰慧,……帝每面稱之曰:'此黠兒也,當有所成。'"

【黠戛斯】古民族名。魏略(三國志注引)作堅昆,新唐書作黠戛斯,又作戛戛斯。遼史作轄戛斯。北使記作紇里迫斯,西使記爲乞里乞四,元史有吉利吉斯、乞力吉思、乞兒吉思諸名。今稱柯爾克孜。爲我國少數民族之一,主要分布於新疆維吾爾自治區。先後屬匈奴、突厥及薛延陀。參閱文獻通考三四八黠戛斯。

黟 yī 烏奚切,平,齊韻,影。
ㄧ 於脂切,平,脂韻,影。

㊀黑。見廣雅。宋歐陽修文忠集十五秋聲賦:"宜其渥然丹者爲槁木,黟然黑者爲星星。"㊁縣名。見"黟縣"。

【黟山】山名。即黃山。在安徽省。宋范成大石湖集七浮丘亭詩:"黟山鬱律神仙宅,三十六峯雷雨隔。"參見"黃山"。

【黟縣】縣名,屬安徽省。秦置,以地有黟山而名。漢屬丹陽郡(漢書地理志上作黝縣)。鴻嘉二年爲廣德王國。東漢復置爲黟縣,建安十三年,分屬新都郡。晉時屬新安郡,宋齊因之。隋開皇中廢,十一年復置。唐屬歙州,宋屬徽州,元明清因之。見嘉慶一統志一一二徽州府。

七畫

黣 méi ㄇㄟˊ

晦黑。同"黴"。列子黃帝:"焦然肌色皯黣,昏然五情爽惑。"

八畫

黨 1. dǎng ㄉㄤˇ 多朗切,上,蕩韻,端。

㊀古代一種地方基層組織。五家爲鄰,五鄰爲里,萬二千五百家爲鄉,五百家爲黨。論語雍也:"以與爾鄰里鄉黨乎!"㊁親族。禮坊記:"子云:睦於父母之黨,可謂孝矣。"㊂同伙的人。左傳僖十年:"(晉)遂殺丕鄭、祁舉及七輿大夫,……皆里丕之黨也。"里,里克。㊃等類。禮仲尼燕居:"辨說得其黨。"注:"黨,類也。"文選晉左太沖(思)吳都賦:"烏莬之族,犀兕之黨,鉤爪鋸牙,自成鋒穎。"㊄阿附,偏私。書洪範:"無偏無黨,王道蕩蕩;無黨無偏,王道平平。"㊅處所。左傳哀五年:"萊人歌之曰:'……師乎師乎,何黨之乎?'"注:"黨,所也;之,往也。"㊆美,善,正直。通"讜"。見"黨言㊀"。

2. tǎng ㄊㄤˇ 集韻 坦朗切,上,蕩韻。

㊇或者,偶然。通"儻"。史記九二淮陰侯傳:"呂后欲召,恐其黨不就,乃與蕭相國謀。"漢書四五伍被傳:"黨可以徼幸。"注:"黨,讀如儻。"

3. zhǎng ㄓㄤˇ 集韻 止兩切,上,養韻。

㊈姓。左傳定七年:"王入于王城,館于公族黨氏。"注:"黨氏,周大夫。黨音掌。"今姓黨,讀dǎng。

【黨人】㊀同道結合之人。楚辭屈原離騷:"惟黨人之偷樂兮,路幽昧以險隘。"後漢書靈帝紀建寧二年:"制詔州郡大舉鉤黨,於是天下豪桀,及儒學行義者,一切結爲黨人。"㊁同鄉里的人。莊子外物:"演門有親死者,以善毀爵爲官師,其黨人毀而死者半。"注:"黨,鄉黨。"

【黨正】㊀周時地方組織的長官。轄五百家,五黨爲州。掌管黨之政令教治。見周禮地官黨正。㊁言論正直。荀子非相:"先慮之,早謀之,斯須之言而足聽,文而致實,博而黨正,此士君子之辯者也。"

【黨羽】黨徒,同伙。一般用於貶義。聊齋誌異小棺:"吳逆叛謀既露,黨羽盡誅。"

【黨言】善言,正直之言。逸周書祭公:"王拜手稽首黨言。"晉夏侯湛張平子碑:"爰登侍中,則黨言允諧;出相河間,則黎民時雝。"(隸釋十九)清段玉裁以黨爲昌之借字。見說文解字注七上昌。

【黨₂見】偶然出現。荀子天論:"夫日月之有蝕,風雨之不時,怪星之黨見,是無世而不常有之。"羣書治要本引韓詩外傳作"儻"。參閱清王念孫讀書雜志荀子。

【黨禍】謂因黨爭而引起的禍難。宋劉克莊後村集一〇〇南溪詩:"借漢事,痛黨禍,尤當時所難言。"宋史三一八胡宗愈傳:"哲宗嘗問朋黨之弊,對曰:'君子指小人爲姦,則小人指君子爲黨,……陛下能擇中立之士用之,則黨禍熄矣。'"

【黨禁】禁止黨人出仕及與人交通往來。後漢書三五鄭玄傳:"靈帝末,黨禁解,大將軍何進聞而辟之。"宋陸游劍南詩稿一寄別李德遠:"中原亂後儒風替,黨禁興來士氣孱。"

【黨與】同黨的人。公羊傳宣十一年:"其言納何?納公黨與也。"漢書九九上王莽傳:"莽色厲而言方,欲有所爲,微見風采,黨與承其指意而顯奏之。"

【黨魁】黨人中最有影響或被奉爲首領的人。後漢書六七夏馥傳:"馥雖不交時宦,然以聲名爲中官所憚,遂與范滂張儉等俱被誣陷,詔下州郡,捕爲黨魁。"

【黨論】出於黨派之見的爭論。宋陸游渭南文集二七跋兼山先生易說:"郭立之(忠孝)從程先生(頤)游最久,程先生病革,猶與之有問答,語著於語錄。而尹彥明(焞)獨謂立之自黨論起即與程先生絕,死亦不弔祭,蓋愛憎之論也。"

【黨錮】東漢桓帝時,宦官勢盛,士大夫李膺等疾之,捕殺其黨,宦官乃言膺等與太學遊士爲朋黨,誹謗朝廷,辭連二百餘人,禁錮終身。靈帝時,膺等復起用,與大將軍竇武謀誅宦官。事敗,膺等百餘人皆被殺,死徙廢禁者六七百人。後漢書有黨錮傳。

【黨蔘】藥名。俗作黨參。人參的一種,古以産於上黨郡紫團山者最名貴,故有此稱。參閱本草綱目十二草一人參。參見"人參"。

【黨議】朋黨之間的爭論或非議。後漢書六七黨錮傳序:"夫上好則下必甚,矯枉故直必過,其理然矣。若范滂張儉之徒,清心忌惡,終陷黨議,不其然乎?"宋史紀事本末二九有慶曆黨議、四五有洛蜀黨議,明史紀事本末六六有東林黨議,記述黨派之間的論爭和排軋情況。

【黨人碑】即元祐黨籍碑,亦稱元祐黨人碑。宋哲宗元祐元年,司馬光爲相,盡廢神宗熙寧元豐間王安石新法,恢復舊制。紹聖元年章惇爲相,復熙豐之制,斥司馬光等爲姦黨,貶逐出朝。徽宗崇寧元年蔡京爲宰相,盡復紹聖之法,乃籍元祐反新法諸臣自司馬光文彥博而下一百二十人,等其罪狀,立碑於端禮門。三年增至三百零九人,又立碑於朝堂。後因星變,始令毀碑。其後黨人子孫更以先祖名列此碑爲榮，重行摹刻。參閱宋史紀事本末四九蔡京擅國、金石萃編一四四。

【黨同伐異】論點同者相結以攻擊異己者。後漢書六七黨錮傳序：“自武帝以來，崇尚儒學，懷經協術，所在霧會，至有石渠分爭之論，黨同伐異之說，守文之徒盛於時矣。”

黦 yuè 紆物切，入，物韻，影。
ㄩㄝ 於月切，入，月韻，影。

㊀黃黑色。見廣韻。㊁污跡。晉周處風土記：“梅雨沾衣服敗黦。”（說郛六十）花間集三五代蜀韋莊應天長詞之二：“想得此時情切，淚沾紅袖黦。”

黥 qíng 渠京切，平，庚韻，羣。
ㄑㄧㄥˊ

同“剠”。㊀古代肉刑的一種，卽墨刑。以刀刺人面額後用墨涅之。書呂刑：“爰始淫爲劓、刵、椓、黥。”㊁文身。在胸、臂、背等處刺字或各種圖紋，卽“點青”。見唐段成式酉陽雜俎八黥。

【黥布】見“英布”。

【黥兵】宋代招募入伍士兵，爲防其逃亡，於臉上刺史，故有黥兵之稱。宋孔文仲舍人集一制科策：“今夫能省內郡之黥兵而益以土兵，然後兵可省也。”

【黥首】古刑法，於額上刺字。後漢書四三朱穆傳劉陶等上書：“臣願黥首繫趾，代穆校作。”注：“黥首，謂鑿涅墨也。”又六十下蔡邕傳：“邕陳辭謝，乞黥首刖足，繼成漢史。”參見“墨刑”。

黤 yǎn 於檻切，上，檻韻，影。
ㄧㄢˇ 烏感切，上，感韻，影。

青黑。漢蔡邕蔡中郎集外集述行賦：“玄雲黤以凝結兮，零雨集以溱溱。”

【黤黮】陰暗貌。唐韓愈昌黎集十五爲河南令上留守鄭相公啟：“必諸從事與諸將吏未能去朋黨心，蓋覆黤黮，不以眞情狀白露左右。”

【黤黤】陰暗。宋梅堯臣宛陵集一張太素之邠幕詩：“悠悠關戍遙，黤黤煙雲屬。”

䵬 tà 他合切，入，合韻，透。
ㄊㄚˋ

頹放。見下。

【䵬伯】稱人頹縱不羈。原作“錔伯”。北齊顏之推顏氏家訓書證：“晉中興書：太山羊曼常頹縱任俠，飲酒誕節，兗州號爲䵬伯。……顧野王（玉篇）誤爲黑傍沓。”晉書羊曼傳百衲本作“䵬伯”，標點本據家訓作“錔伯”。

黧 lí 郎奚切，平，齊韻，來。
ㄌㄧˊ

色黑而黃。韓非子外儲左上：“（晉）文公反國，……手足胼胝、面目黧黑者後之。”戰國策秦一：“（蘇秦）至秦而歸，……形容枯槁，面目黧黑，狀有愧色。”續注本作“犁”。

九　畫

黯 àn 乙咸切，平，咸韻，影。
ㄢˋ 乙減切，上，豏韻，影。

㊀黑。史記孔子世家：“（孔子）曰：‘丘得其爲人，黯然而黑，幾然而長，……非文王其誰能爲此也。’”㊁昏黑。梁江淹江文通集十齊太祖高皇帝誄：“日月鬱華，風雲黯色。”㊂沮喪貌。文選南朝梁江文通（淹）別賦：“黯然銷魂者，惟別而已矣！”

【黯淡】陰沉。唐杜牧樊川集三代吳興妓春初寄薛軍事詩：“柳暗霏微雨，花愁黯淡天。”宋柳永樂章集夜半樂詞：“凍雲黯淡天氣，扁舟一葉，乘興離江渚。”

【黯慘】昏暗貌。唐徐夤釣磯文集五過驪山賦：“但見愁雲黯慘，疊嶂嶙峋。”

【黯黕】晦澀，不鮮明。南朝梁劉勰文心雕龍八練字：“瘠字累句，則纖疎而行劣；肥字積文，則黯黕而篇闇。”

【黯黮】不明貌。楚辭宋玉九辯：“彼日月之照明兮，尚黯黮而有瑕。”又漢劉向九嘆遠逝：“望舊邦之黯黮兮，時溷濁其未央。”

【黯黮灘】水名。亦作“黯淡灘”。在福建南平市東。水流湍急，號稱極險。美石，爲著名硯石產地。宋蘇軾東坡集續集十孔毅甫鳳咮石硯銘：“今君得之劍浦之上，黯黮之灘，如樂之和，如金之堅，如玉之有潤，如舌之有泉。”參閱嘉慶一統志四二〇延平府山川。

黫 yān 烏閑切，平，山韻，影。
ㄧㄢ

黑貌。史記天官書：“黫然黑色甚明。”

黮 1. dǎn 他感切，上，感韻，透。
ㄉㄢˇ 徒感切，上，感韻，定。

㊀黑色。淮南子主術：“問瞽師曰：‘白素何如？’曰：‘縞然。’曰：‘黑何若？’曰：‘黮然。’”㊁不明貌。唐柳宗元柳先生集十九弔萇弘文：“版上帝以飛精兮，黮寥廓而殄絕。”注：“黮，不明貌。”

2. shèn
ㄕㄣˋ

㊂桑實。通“葚”。詩魯頌泮水：“食我桑黮，懷我好音。”釋文時審切。

【黮闇】蒙昧。莊子齊物論：“我與若不能相知也，則人固受其黮闇，吾誰使正之。”宋王安石臨川集二五讀史詩：“當時黮闇猶承誤，末俗紛紜更亂眞。”

【黮黮】㊀黑貌。靈樞經通天：“太陰之人，其狀黮黮然黑色。”文選晉束廣微（晳）補亡詩之三：“黮黮重雲，輯輯和風。”㊁昏暗，不明。猶“昏昏”。漢董仲舒春秋繁露十深察名號：“故凡百譏有黮黮者，各反其眞，則黮黮者還昭昭耳。”

【黮䨴】黑貌。文選三國魏何平叔（晏）景福殿賦：“緜蠻黮䨴，隨雲融泄。”

【黮䵚】深黑。文選晉左太沖（思）魏都賦：“榱題黮䵚，階𨻶嶙峋。”注：“聲類曰：黮，深黑也，直感反；䵚，亦黑也，徒對反。”

黬 jiān 古咸切，平，咸韻，見。
ㄐㄧㄢ

㊀黑色斑點。莊子庚桑楚：“有生，黬也。”唐成玄英疏：“黬，疵也。”㊁衣物受潮所生的霉點。唐元稹長慶集十一送侍御之嶺南二十韻詩：“茅蒸連蟒氣，衣漬度梅黬。”

黭 yǎn 烏感切，上，感韻，影。
ㄧㄢˇ 集韻 衣檢切，上，琰韻。

㊀黑色。見說文。㊁突然。通“奄”。荀子彊國：“黭然而雷擊之。”注：“黭然，卒至之貌。”

【黭淺】暗昧淺薄。文選漢王子淵（褒）四子講德論：“鄙人黭淺，不能究識。”

【黭漠】昏暗寂靜。漠，通“寞”。唐柳宗元柳先生集二夢歸賦：“類曛黃之黭漠兮，欲周流而無所極。”

十　畫

黰 zhěn 章忍切，上，軫韻，照。
ㄓㄣˇ

㊀黑貌。見廣韻。㊁髮黑而美。同“鬒”。左傳昭二八年：“昔有仍氏生女，黰黑，而甚美，光可以鑑，名曰玄妻，樂正后夔取之。”

黱 dài 徒耐切，去，代韻，定。
ㄉㄞˋ

畫眉。同“黛”。漢賈誼新書勸學：“嘗試傅白黱黑。”詳“黛”。

十一畫

黳 yī 烏奚切，平，齊韻，影。
ㄧ

㊀小黑子。俗稱痣。見說文。㊁黑色的玉石。通“瑿”。漢書郊祀志下：“隕石二，黑如黳。”㊂黑。唐白居易長慶集五二和新樓北園偶集……詩：“十指纖若筍，雙鬟黳若鴉。”

䵺 duì ㄉㄨㄟˋ 集韻 徒對切,去,隊韻。

黑色。見"黮䵺"。

黲 cǎn ㄘㄢˇ 七感切,上,感韻,淸。倉敢切,上,敢韻,淸。

淺青黑色。見說文。

【黲黷】混濁。唐杜甫杜工部草堂詩箋八三川觀水漲二十韻:"何時通舟車,陰氣不黲黷。"

黴 méi ㄇㄟˊ 武悲切,平,脂韻,微。

㊀衣物受潮變質產生的黑斑。今通作"霉"。說文:"黴,中久雨青黑。"㊁面垢黑。淮南子修務:"(申包胥)七日七夜至於秦庭,……晝吟宵哭,面若死灰,顏色黴黑。"

【黴瘠】黑瘦。唐陸龜蒙甫里集十六甫里先生傳:"或譏刖之,先生曰:'堯舜黴瘠,大禹胼胝,彼非聖人耶! 吾一布衣耳,不勤劬何以爲妻子之天乎?'"

【黴黧】面垢黑。楚辭漢劉向九歎逢紛:"顏黴黧以沮敗兮,精越裂而衰耄。"

十三畫

䵴 yìng ㄧㄥˋ 以證切,去,證韻,喻。

面上黑斑。政和證類本草十六麝香:"麝香,味辛温……去面䵴、目中膚翳。"

黵 dǎn ㄉㄢˇ 都感切,上,敢韻,端。

㊀蒼黑貌。唐李德裕會昌一品集別集八劍門銘:"翠嶺中橫,黵然黛色。"㊁見"黵面"。㊂塗。見"黵改"。

【黵改】塗改。宋黄伯思東觀餘論下跋昌谷別集後:"某盡記(李)賀篇詠,然黵改甚多,願得公所輯視之,當爲是正。"

【黵面】古代刑法的一種。在犯人臉上刺字塗墨。南朝梁律,凡犯罪應斬而遇赦免死者,黵面爲"劫"字。見隋書刑法志。

十四畫

黶 yǎn ㄧㄢˇ 於琰切,上,琰韻,影。

㊀暗黑。宋書顏延之傳庭誥:"貧之病也,不惟顏色麤黶,或亦神心沮廢;豈但交友疎棄,必有家人誚讓。"㊁黑記。皮膚上的小黑點。漢書高帝紀"左股有七十二黑子"唐顏師古注:"今中國通呼爲黶子,吳楚謂之誌。誌者,記也。"

【黶翳】昏暗隱蔽貌。文選漢王文考(延壽)魯靈光殿賦:"屹鏗瞑以勿罔,屑黶翳以懿濞。"

十五畫

黷 dú ㄉㄨˊ 徒谷切,入,屋韻,定。

㊀污濁。文選晉陸士衡(機)漢高祖功臣頌:"芒芒宇宙,上墋下黷。"㊁蒙辱,玷污。後漢書五二崔駰傳達旨:"進不黨以讓己,退不黷於庸人。"文選南朝齊孔德璋(稚圭)北山移文:"乍迴跡以心染,或先貞而後黷,何其謬哉!"㊂煩數,輕慢。書說命中:"黷于祭祀,時謂弗欽。"公羊傳桓八年:"(祭)亟則黷,黷則不敬。君子之祭也,敬而不黷。"注:"黷,渫黷也。"㊃濫用。見"黷武"。㊄蒼黑色。文選晉左太沖(思)吳都賦:"碕岸爲之不枯,林木爲之潤黷。"注:"黷,黑茂貌。"

【黷武】濫用兵力,好戰。後漢書五八蓋勳傳:"勳曰:臣聞先王燿德不觀兵。今寇在遠而設近陳,不足昭果毅,秖黷武耳。"三國志蜀張翼傳:"(姜)維議復出軍,唯翼庭爭,以爲國小不宜黷武。"

【黷貨】貪污納賄。世說新語德行"謝公夫人教兒"注:"按太尉劉子真(寔)清潔有志操,行己有禮,而二子不才,並黷貨致罪,子真坐罷官。"

【黷慢】輕佻,不莊重。唐柳宗元柳先生集二二送班孝廉擢第歸東川覲省序:"愿而信,質而禮,言不黷慢,行不進越。"

黹 部

黹 zhǐ ㄓˇ 豬几切,上,旨韻,知。

縫紉,刺繡。爾雅釋言:"黹,紩也。"疏:"鄭(玄)注(周禮)司服云:'黼黻希繡,希,讀爲黹,謂刺繡也。'"後稱女工爲鍼黹。

五畫

黻 fú ㄈㄨˊ 分勿切,入,物韻,幫。

㊀古代禮服上繡的黑青相間如亞形的花紋。書益稷:"藻、火、粉、米、黼、黻、絺、繡。"疏:"黻爲兩已相背,謂刺繡爲兩己字相背也。考工記云:黑與青謂之黻,刺繡爲兩己字,以青黑線繡也。"㊁古代作祭服的蔽膝。通"韍"。左傳桓二年:"袞冕黻珽,帶裳幅舄,衡紞紘綖,昭其度也。"注:"黻,韋韠以蔽膝也。"㊂繫印的絲帶。通"紱"。文選南朝梁江文通(淹)雜體詩謝光禄郊游:"雲裝信解黻,煙駕可辭金。"

【黻衣】古代禮服。詩秦風終南:"君子至止,黻衣繡裳。"文選漢張平子(衡)思玄賦:"襲温恭之黻衣兮,被禮義之繡裳。"

【黻冕】古代大夫以上祭祀時的禮服禮冠。論語泰伯:"惡衣服,而致美乎黻冕。"

七畫

黼 fǔ ㄈㄨˇ 方矩切,上,麌韻,幫。

古代禮服上繡的黑白相間如斧形的花紋。周禮考工記畫繢:"白與黑謂之黼。"

【黼衣】繡有白黑色斧形花紋的禮服。文選漢韋孟諷諫詩:"黼衣朱黻,四牡龍旂。"注:"應劭曰:黼衣,衣上畫爲斧形,而白與黑爲采。"

【黼扆】古代帝王座後繡有斧形花紋的屏風。書顧命:"狄設黼扆綴衣。"傳:"狄,下士。扆,屏風,畫爲斧文,置户牖間。"也作"黼依"、"斧扆"、"斧依"。周禮春官司几筵:"凡大朝覲、大饗射,凡封國命諸侯,王位設黼依。"參見"斧扆"。

黼扆

【黼座】帝座,後設黼扆,故名。宋林逋林和靖集三送范仲淹寺丞詩:"黼座垂精正求治,何時條對召公車。"參見"黼扆"。

【黼裘】古代諸侯出軍誓衆及田獵所服的禮服。禮玉藻:"唯君有黼裘以誓省。"注:"黼裘,以羔與狐白雜爲黼文也。省當爲獮。獮,秋田也。"參閱孫詒讓周禮正義十三司裘。

【黼翣】翣,置於棺木兩旁的裝飾品。其上畫有斧形者爲黼翣。禮喪服大記:"飾棺……黼翣二。"新唐書禮樂志十:"一品引四、披六、鐸左右各八、黼翣二、黻翣二、畫翣二。"

【黼黻】㊀古代禮服上繪繡的花紋。書益稷:"藻、火、粉、米、黼、黻、絺、繡。"左傳桓二年:"火龍黼黻,昭其文也。"荀子富國:"故爲之雕琢刻鏤,黼黻文章以藩飾之。"㊁指華麗的辭藻。北齊書文苑傳:"然文之所起,情發於中。……其有帝資懸解,天縱多能,摛黼黻於生知,問珪璋於先覺,……斯固感英靈以特達,非勞心所能致也。"

【黼藻】華美的辭藻。南齊謝朓謝宣城集一酬德賦:"伊吾人之陋薄,雖黼藻之何寘!"隋書經籍志四:"爰逮晉氏,見稱潘(岳)陸(機),並黻藻相輝,宮商間起,清辭潤乎金石,精義薄乎雲天。"

【黼繡】繡有斧形花紋的衣服。漢書四八賈誼傳上疏:"白縠之表,薄紈之裏,緁以偏諸,美者黼繡,是古天子之服,今富人大賈嘉會召客者以被牆。"

黽　部

黽 1. měng ㄇㄥˇ 武幸切,上,耿韻,明。

㊀金線蛙。爾雅釋魚:"鼁鱦、蟾諸,在水者黽。"注:"黽,耿黽也,似青蛙,大腹,一名土鴨。"

2. mǐn ㄇㄧㄣˇ 集韻 弭盡切,上,準韻。

㊁勉力。見"黽₂勉"。

3. miǎn mǐn ㄇㄧㄢˇ ㄇㄧㄣˇ 彌兖切,上,獮韻,明。武盡切,上,軫韻,明。

㊂見"黽₃池"。

4. méng ㄇㄥˊ 集韻 眉耕切,平,耕韻。

㊃見"黽₄阨"。

【黽₃池】古地名。漢置縣,屬弘農郡。見漢書地理志上。即今河南澠池縣。詳"澠池"。

【黽₄阨】古隘道名。即河南信陽縣西南平靖關。春秋爲冥阨,戰國爲黽阨、黽塞。漢爲鄳阨。其地有大小石門,鑿山通道,地勢險阨,魏晉以後,常爲南北重鎮。參閱讀史方輿紀要四六河南一黽阨。

【黽₂勉】盡力,努力。詩邶風谷風:"黽勉同心,不宜有怒。"

四　畫

黿 yuán ㄩㄢˊ 愚袁切,平,元韻,疑。五丸切,平,桓韻,疑。

㊀大鼈。背青黃色。頭有疙瘩,故俗稱癩頭黿。禮月令季夏之月:"命漁師伐蛟、取鼉、登龜、取黿。"㊁蜥蜴。通"蚖"。國語鄭:"(褻)化爲玄黿,以入于王府。"

【黿鼎】盛黿的食器。楚人獻黿於鄭靈公,公以享諸大夫。子公(公子宋)入,食指動,公聞而弗與,子公怒,染指於鼎,嘗之而出。事見左傳宣四年。宋陸游劍南詩稿三一雜詠園中菓子之三:"黿鼎若爲占食指,麴車未用墮饞涎。"參見"染指"。

【黿橋】古代神話,周穆王大起九師,東至於九江,叱黿鼉以爲橋梁,遂伐越。見竹書紀年下。後來詩文中用此事指帝王行駕之盛。文選梁江文通(淹)恨賦:"雄圖既溢,武力未畢,方架黿鼉以爲梁,巡海右以送日。"北周庾信庾子山集三陪駕幸終南山和宇文内史詩:"黿橋浮少海,鵠蓋上中峯。"

【黿鳴鼈應】喻聲氣相通,互相感應。後漢書五九張衡傳應閒:"故樊噲披帷,入見高祖;高祖踞洗,以對酈生。當此之會,乃黿鳴而鼈應也。故能同心戮力,勤恤人隱,奄受區夏,遂定地位。"注:"焦贛易林曰:黿鳴岐野,鼈應於泉也。"

五　畫

鼀 cù ㄘㄨˋ 七宿切,入,屋韻,清。

蟾蜍,俗名癩哈蟆。説文:"鼀,圥鼀,詹諸也。其鳴詹諸。"

鼂 1. cháo ㄔㄠˊ 直遥切,平,宵韻,澄。

俗作"晁"。㊀匽鼂,蟲名。見説文。㊁姓。廣韻:"鼂,亦姓。風俗通云:衛大夫史鼂之後。漢有鼂錯。"

2. zhāo ㄓㄠ 陟遥切,平,宵韻,知。

㊂早晨。通"朝"。楚辭屈原九章哀郢:"出國門而軫懷兮,甲之鼂吾以行。"漢書六四上嚴助傳淮南王安上書:"邊境之民爲之早閉晏開,鼂不及夕。"

【鼂₂采】美玉名。漢書五七上司馬相如傳上林賦:"鼂采琬琰,和氏出焉。"注:"鼂,古朝字。朝采者,美玉每旦有白虹之氣,光采上出,故名朝采,猶言夜光之璧矣。"鼂采,文選作"晁采",史記作"垂綏"。

【鼂錯】公元前200—前154年。漢潁川人。治申商刑名之學。文帝時,從伏生受尚書。後爲太子家令,稱爲"智囊"。屢上書言事,景帝即位,貴幸用事,遷爲御史大夫,請削諸侯封地以尊京師。三年正月吴楚七國藉口誅錯起兵反,帝用袁盎言,斬錯於東市。史記、漢書有傳。漢書景帝紀作晁錯。

䵶 yāng ㄧㄤ 集韻 於良切,平,陽韻。

龜屬。文選晉郭景純(璞)江賦:"鯖䵶鼊鼊。"注引臨海水土物志:"初寧縣多䵶,龜形薄頭,喙似鵝指爪。"玉篇作"䵶"。

䵹 qú ㄑㄩˊ 其俱切,平,虞韻,羣。古侯切,平,侯韻,見。

㊀水蟲名,見説文。也作"䵹"、"䵹"。見玉篇、廣韻。㊁見下。

【䵹鼊】龜屬。文選晉左太沖(思)吴都賦:"䵹鼊鯖鰐。"唐劉良注:"䵹鼊,龜屬也,其形如笠,四足,縵胡無指,其甲有黑珠,文采如瑇瑁,可以飾物。肉如龜肉,肥美可食。"

六　畫

鼃 wā ㄨㄚ 烏媧切,平,佳韻,影。户媧切,平,佳韻,匣。

田雞類,最常見者有青蛙。同"蛙"。莊子秋水:"子獨不聞乎埳井之鼃乎?"釋文:"本又作蛙。……鼃,水蟲,形似蝦蟆。"

【鼃黽】即蛙。國語越下:"昔我先君固周室之不成子也,故濱於東海之陂,黿鼉魚鼈之與處,而鼃黽之與同渚。"注:"鼃黽,蝦蟆也。"

【鼃蠙之衣】水苔名。莊子至樂:"種有幾,得水則爲㡭,得水土之際則爲鼃蠙之衣。"釋文引司馬(彪):"言物根在水土際,布在水中,就水上視不見,按之可得,如張綿在水中,楚人謂之鼃蠙之衣。"列子天瑞鼃作"䵷"。

䵷 wā ㄨㄚ 集韻 烏媧切,平,佳韻。

㊀蛙。同"鼃"。漢書六五東方朔傳朔進諫:"土宜薑芋,水多䵷、魚。"注:"䵷即蛙字也,似蝦蟆而長脚,蓋人亦取食之。"㊁俗樂。不合正統樂律的曲調。通"哇"。參見"䵷聲"、"䵷咬"。

【䵷咬】俗樂。同"哇咬"。文選漢張平

子(衡)東京賦:"咸池不齊度於䵷咬，而衆聽者或疑。"三國吳薛綜注:"淫聲也。言咸池之音，本不與䵷咬同，而衆聽者乃有疑惑。"參見"哇咬㊀"。

【䵷聲】不合正統樂律的聲音。漢書九九下王莽傳贊:"紫色䵷聲，餘分閏位，聖王之驅除云爾。"注:"應劭曰:䵷，邪音也。䵷者，樂之淫聲，非正曲也。"

鼄 zhū ㄓㄨ 陟輸切，平，虞韻，知。

"蛛"古字。鼅鼄，卽蜘蛛。見"鼅"。

八畫

鼅 zhī ㄓ 陟離切，平，支韻，知。

鼅鼄。卽蜘蛛。鼅，亦作"鼅"。見廣韻。

䵹 mí ㄇㄧ 莫兮切，平，齊韻，明。

見下。

【䵹䵦】動物名。龜屬。文選晉郭景純(璞)江賦:"鱝鼄䵹䵦。"注引臨海水土物志:"䵹䵦與龜辟相似，形大如籧，生乳海邊沙中。"明楊愼異魚圖贊四:"䵹䵦海鯇，名曰匽鼂，形大如籧，出自沙磵。一枚剖之，有三斛膏。"

十畫

鼆 měng ㄇㄥˇ 武幸切，上，耿韻，明。

㊀夜。說文:"鼆，冥也。"㊁句鼆，春秋時魯邑。見左傳文十五年:"一人門於句鼆。"地所在已無可考。

十一畫

䵦 má ㄇㄚˊ 莫霞切，平，麻韻，明。

見"䵹䵦"。

鼇 áo ㄠˊ 五勞切，平，豪韻，疑。

傳說海中大龜。俗作"鰲"。楚辭屈原天問:"鼇戴山抃，何以安之?"

【鼇山】㊀山名。在湖南省常德縣北，因山形如虎齒，故一名虎齒山。相傳有僧宣鑒、義存、文邃三人，同遊此悟道，故其徒稱鼇山悟道。參閱嘉慶一統志三六四常德府一。㊁宋時於元宵節夜，放花燈慶祝，堆疊彩燈爲山形，稱爲鼇山。草堂詩餘一向伯恭(子諲)鷓鴣天上元詞:"紫禁煙花一萬重，鼇山宮闕隱晴空。"

【鼇抃】歡欣踊躍。宋陸游渭南文集一瑞慶節賀表:"鼇抃嵩呼，共效壽祺之祝。"

【鼇足】古代神話共工氏怒觸不周山，天柱折，地維缺，女媧氏斷鼇足以立地之四極。淮南子覽冥:"往古之時，四極廢，九州裂，……於是女媧煉五色石以補蒼天，斷鼇足以立四極。"漢王充論衡談天:"且鼇足可以柱天體，必長大不容於天地。女媧雖聖，何能殺之。"參閱史記補三皇紀。

【鼇拜】公元?—1669年。清滿洲鑲黃旗人。姓瓜爾佳氏。初以巴牙喇壯達從軍，入關後，授議政大臣，封一等公，晉太師。受順治(福臨)遺命輔政。康熙八年，以結黨專權，擅殺大臣，被革職籍沒禁錮，死於禁所。

【鼇峯】舊以鼇山爲神仙所居，因以喻翰苑。宋宋祁守益州，以翰林學士承旨召，作詩曰:"粉署重來憶舊遊，蟠桃開盡海山秋。寧知不是神仙骨，上得鼇峯更上頭。"見宋魏泰東軒筆錄十一。元黃溍金華黃先生集四上都分院詩:"暮投玉堂署，鼇峯屹中央。"

【鼇掖】同"鼇禁"。宋岳珂桯史九:"慶元間，有宿儒以文名，入鼇掖爲承旨。"

【鼇禁】掌文翰的官署。以設於禁中，故稱翰禁。宋司馬光溫國文正公集十五神宗皇帝挽詞之三:"鼇禁叨承詔，金華侍執經。"又陸游劍南詩稿十一送錢仲耕修撰:"儤直公看鼇禁月，倦遊我夢鏡湖秋。"參見"翰林院"。

【鼇頭】㊀唐宋翰林學士、承旨等官朝見皇帝時立於鐫有巨鼇的殿陛石正中，因稱入翰林院爲上鼇頭。唐姚合姚少監集九和盧給事酬裴員外詩:"鴛鷺簪裾上龍尾，蓬萊宮殿壓鼇頭。"宋江休復江鄰幾雜志:"劉子儀(筠)侍郎，三入翰林，意望入兩府，頗不懌。詩云:'蟠桃三竊成何事，上盡鼇頭跡轉孤。'稱疾不出。"㊁科舉時代中狀元稱獨占鼇頭。詳"獨占鰲頭"。

【鼇戴】古代神話謂渤海之東，不知幾億萬里，有無底深谷，中有五山，互不相連，隨波上下往還。天帝命禺彊使巨鼇十五，更迭舉首而戴之，五山始峙。見楚辭屈原天問、列子湯問。後因用鼇戴作爲感恩戴德之詞。北周庾信庾子山集九謝趙王賚犀帶等啟:"花開四照，惟見其榮；鼇戴三山，深知其重。"

鼅 zhī ㄓ 陟離切，平，支韻，知。

鼅鼄，卽蜘蛛。爾雅釋蟲:"鼅鼄，鼄蝥。"參見"蛛蝥"。

十二畫

鼈 biē ㄅㄧㄝ 並列切，入，薛韻，幫。

也作"鱉"、"蟞"。㊀龜屬。背腹皆披甲，肉富營養，甲可入藥。俗名甲魚或脚魚、團魚。荀子修身:"故蹞步而不休，跛鼈千里。"㊁蕨的別稱。三國吳陸璣毛詩草木鳥獸蟲魚疏上言采其蕨:"蕨，鼈也，山菜也。周、秦曰蕨，齊、魯曰鼈。"以其初生時似鼈脚，故名。爾雅作"蘮"。㊂盛酒的器具。宋林洪山家清事:"扁提，猶今酒鼈，長可尺五而區(扁)，容斗餘。"因其形扁如鼈，故名。

【鼈人】官名。周禮天官鼈人:"鼈人掌取互物，以時簎魚鼈龜蜃凡貍物。"注:"鄭司農(衆)云:互物，謂有甲𦫼胡龜鼈之屬。"

【鼈甲】㊀藥名，鼈的背殼。見本草綱目四五介一鼈。㊁靈車的車蓋。釋名釋喪制:"輿棺之車曰輀，……其蓋曰柳，……亦曰鼈甲，似鼈甲然也。"清畢沅疏證:"殯車之蓋名輤，葬車之蓋名荒，其謂之鼈甲則同也。"

【鼈令】古神話云蜀人，繼望帝而爲帝。文選漢張平子(衡)思玄賦:"鼈令殪而尸亡兮，取蜀禪而引世。"注:"蜀王本紀曰:望帝治汶山下邑曰郫，積百餘歲，荆地有一死人名鼈令，其尸亡，隨江水上至郫，與望帝相見。望帝以鼈令爲相，以德薄不及鼈令，乃委國授之而去。"禽經引蜀志作"鼈靈"。抱朴子辨問:"范軼見斫而不入，鼈令流尸而更生。"

【鼈咳】喻言語不清，意不可知。漢焦延壽易林六賁之旅:"猬魏如誠，前後相違，言如鼈咳，語不可知。"清王夫之薑齋詩話三:"丙戌開楚闈于衡陽，伯修(洪業嘉)落第，歸徑嶽後，賦詩六章，寄意弘遠，視唐人'榜前潛下淚，衆裏卻嫌身'，如鼈咳耳!"

【鼈珠】鼈足之珠。初學記八南越志:"海中多朱鼈，狀如肺，有四眼六脚而吐珠。"山海經東山經作"珠蟞魚"。宋陸佃埤雅一鮫:"龍珠在頷，鮫珠在皮，蛇珠在口，鼈珠在足，魚珠在眼，蚌珠在腹。"

【鼈裙】鼈甲四周的軟肉，味最肥美，謂之鼈裙。裙，𩊚。宋江休復江鄰幾雜志:"客有投縉雲山寺中宿者，僧爲具饌，饈鼈甚美，但訝其無裙耳。"宋羅願爾雅翼三鼈:"鼈，卵生，形圓而脊穹，四周有𩊚。"

【鼈菜】蕨的別名。詩召南草蟲"陟彼南

山，言采其蕨"漢鄭玄箋："我采者，在塗而見采鱉采者，得其所欲得。"鱉采作"鱉菜"。鱉，同"鼈"。參見"鼈㊀"。

【鼈飲】宋石延年(曼卿)狂縱，每與客痛飲，以藁束身，引首出飲，復就束，謂之鼈飲。見宋沈括夢溪筆談九人事。

【鼈厮踢】比喻情理不合。無理取鬧之意。明謝肇淛五雜俎十六事部四："東坡(蘇軾)與温公(司馬光)論事，偶不合。坡曰：'相公此論，故爲鼈厮踢。'温公不喻其戲，曰：'鼈安能厮踢？'曰：'是之謂鼈厮踢。'"

【鼈縮頭】喻藏伏不出。宋江休復江鄰幾雜志："林逋傲許洞。洞作詩嘲逋，餘杭人以爲中的。寺裹啜齋餓老鼠，林間咳嗽病獮猴，豪民遺物鵞伸頸，好客臨門鼈縮頭。"

鼉 tuó ㄊㄨㄛˊ 徒河切，平，歌韻，定。集韻 唐何切，平，戈韻。

動物名。一名鼉龍，又名豬婆龍，或稱揚子鱷。體長六尺至丈餘，四足，背尾鱗甲。力猛能壞隄岸。皮可冒鼓。國語晉九："黿鼉魚鼈，莫不能化，唯人不能。"

【鼉更】鼉鳴聲如鼓，傳説鳴數應鼓，如初更一鳴，二更再鳴，故稱鼉更。宋陸佃埤雅釋魚："晉安海物記曰：鼉宵鳴如桴鼓，今江淮之間謂鼉鳴爲鼉鼓，或亦謂之鼉更。更則以其聲逢逢然如鼓，而又善夜鳴，其數應更故也。"宋陸游劍南詩稿六七夏夜："六尺筇枝膝上横，中庭岸幘聽鼉更。"參見"鼉鼓"。

【鼉鼓】㊀鼉皮蒙的鼓。又鼓聲逢逢然象鼉鳴，故曰鼉鼓。詩大雅靈臺："鼉鼓逢逢，矇瞍奏功。"釋文："皮堅厚，宜冒鼓。"文苑英華三五一南朝梁昭明太子(蕭統)七契："鵠蓋龍旂，初不關意；鳳吹鼉鼓，終不屑情。"㊁鼉鳴如桴鼓，故謂鼉鳴爲鼉鼓。唐李商隱李義山詩集五隋宮守歲："遥望露盤疑是月，遠聞鼉鼓欲驚雷。"

【鼉龍】即鼉。俗稱豬婆龍。詳"鼉"。

【鼉磯石】産山東蓬萊縣海中鼉磯島，琢以爲硯甚佳，色青黑，質堅。其有金星雪浪紋者，最不易得。宋晁載之續談助三引宋唐詢硯録作"駝基"。參閲山東通志二七疆域志三山川登州府蓬萊縣。

十三畫

鼊 bì ㄅㄧˋ 北激切，入，錫韻，幫。

龜屬。見下。

【鼊龜】龜屬。舊題漢郭憲洞冥記三："影娥池中有鼊龜，望其羣出岸上，如連璧弄於沙岸也。故語曰：夜未央，待龜黄。"

鼎 部

鼎 dǐng ㄉㄧㄥˇ 都挺切，上，迥韻，端。

鼎

㊀古代的一種烹飪器。常見者爲三足兩耳。周禮秋官掌客："鼎簋十有二。"注："鼎，牲器也。"相傳夏禹收九州之金鑄成九鼎，遂以鼎爲傳國的重器。後因稱建都或建立王朝爲定鼎。左傳宣三年："昔夏之方有德也，遠方圖物，貢金九牧，鑄鼎象物，百物而爲之備，使民知神姦。"又爲旌功或記績的禮器。參見"定鼎"。㊁鼎爲國之重器，三足，因以喻三公、宰輔重臣之位。後漢書五六陳球傳書："公(劉郃)出自宗室，位登台鼎。"㊂鼎有三足，因以喻三方峙立之勢。見"鼎立"、"鼎足㊀"、"鼎峙"。㊃顯赫。文選晉左太沖(思)吳都賦："其居則高門鼎貴，魁岸豪傑，……冠蓋雲蔭，閭閻闐噎。"㊄始，方當。見"鼎來"。㊅盛大，最。見"鼎甲㊀"、"鼎姓"、"鼎能"。㊆易卦名。三三，巽下離上。去故取新之象。易雜卦："革，去故也；鼎，取新也。"

【鼎力】大力。對人有所請託或示感謝的敬詞。清顏光敏顏氏家藏尺牘一黄敬璣："兒輩落卷，借仗鼎力查寄，其中或有小費，亦祈親臺代用，即奉償也。"

【鼎士】力能舉鼎的人。指勇士。漢書五一鄒陽傳諫吳王書："夫全趙之時，武力鼎士袨服叢臺之下者一旦成市，而不能止幽王之湛患。"

【鼎立】三方並峙如鼎足分立。漢書四五蒯通傳："方今爲足下計，莫若兩利而俱存之，參分天下，鼎足而立，其勢莫敢先動。"三國志吳陸凱傳上疏："近者漢之衰末，三家鼎立。"

【鼎司】指三公的職位。三國志魏袁紹傳檄州郡文："(曹操)父嵩，乞匄攜養，因贓假位，輿金輦寶，輸貨權門，竊盜鼎司，傾覆重器。"後漢書八二謝夷吾傳班固薦文："誠社稷之元龜，大漢之棟甍。宜當拔擢，使登鼎司。"

【鼎甲】㊀指豪族大姓。文苑英華三九六唐薛廷珪授韋韜光禄卿等制："以承乂鼎甲華宗，松筠茂行，貞方從政，諫諍有聞。"唐李肇國史補上："四姓唯鄭氏不離滎陽，有岡頭盧，澤底李，士門崔，家爲鼎甲。"㊁科舉殿試名列一甲的三人，即狀元、榜眼、探花的總稱。五代王定保唐摭言八聽響卜："韋甄及第年，事勢固萬全矣；然未知名第高下，志在鼎甲，未免撓懷。"宋蘇軾東坡集續集四與李方叔書之二："秋試時，不審從吉未？若可下文字，須望鼎甲之捷也。"

【鼎州】春秋戰國楚地。漢置武陵郡。隋廢郡改朗州，大業初又稱武陵郡。唐乾元初復爲朗州，天寶後仍爲武陵郡。宋大中祥符五年改稱鼎州，乾道元年升爲常德府。明清因之，治武陵縣，即今湖南常德市。參閲湖南通志四沿革考二鼎州。

【鼎臣】指三公重臣。漢書一〇〇下敍傳述哀紀："彤落洪支，底剭鼎臣。"注："謂誅朱博王嘉之屬也。"朱博王嘉相繼爲丞相，博於建平二年自殺，嘉於元壽元年以諫阻封董賢，被殺。晉書汝南王亮等傳序："縱令天子暗劣，鼎臣奢放，雖或顛沛，未至土崩。"

【鼎足】㊀鼎有三足，比喻三方並峙的形勢。史記九二淮陰侯傳："參分天下，鼎足而居。"三國志蜀諸葛亮傳："亮曰：'……操軍破，必北還，如此則荆吳之勢彊，鼎足之形成矣。'"㊁指三公之位。漢書八一馬宫傳太后策："有司皆以爲四輔之職爲國維綱，三公之任鼎足承君，不有鮮明固守，無以居位。"

【鼎角】相術謂額上日角、月角和伏犀三骨，隆起者爲三公貴相。後漢書六三李固傳："固貌狀有奇表，鼎角匿犀，足履龜文。"注："鼎角者，頂有骨如鼎足也。匿犀，伏犀也。謂骨當額上入髮際隱起也。"

【鼎沸】形容水勢洶湧，如鼎中沸騰的開水。史記一一七司馬相如傳上林賦："湁潏淈淈，湁㵿鼎沸，馳波跳沫，汩急漂疾。"也用以喻形勢紛擾動亂。漢書六八霍光傳："今羣下鼎沸，社稷將傾，……今日之議，不得旋踵。"

【鼎來】方來，正來。漢書八一匡衡傳："無說詩，匡鼎來；匡說詩，解人頤。"注："服虔曰：鼎猶言當也，若言匡且來也。應劭曰：鼎，方也。"後用爲稱儒者之典。宋陸游渭南文集四九感皇恩伯禮立春日生日詞之一："温詔鼎來，延英催對。鳳閣鸞臺看除拜。"

【鼎命】帝位。宋書長沙景王道憐傳劉秉："時齊王（蕭道成）輔政，四海屬心，秉知鼎命有在，密懷異圖。"

【鼎姓】大姓豪族。南齊書竟陵文宣王子良傳上啟："夫獄訟惟平，畫一在制。雖恩家得罪，必宜申憲；鼎姓貽釁，最合從網。"

【鼎祚】猶言國運。宋書謝靈運傳撰征賦："至如昏祲蔽景，鼎祚傾基，黍離有歎，鴻鴈無期。"晉書汝南王亮等傳序："（漢）光武雄略緯天，慷慨下國，……休祉盛於兩京，鼎祚隆於四百。"

【鼎革】易雜卦："革，去故也；鼎，取新也。"後因以鼎革指改朝換代或重大的改革。全唐詩二一五徐浩謁禹廟："鼎革固天啟，運興匪人謀。"明王世貞弇州山人四部稿一二三上江陵張相公（居正）書："乃者天地鼎革，萬類維新。"參見"鼎新革故"。

【鼎食】列鼎而食。指貴族的豪奢生活。墨子七患："故凶饑存乎國人，君徹鼎食五分之五〔疑爲三〕。"史記一二九貨殖傳："洒削，薄技也，而郅氏鼎食。"參見"鐘鳴鼎食"。

【鼎俎】烹調用鍋及割牲肉用的砧板。國語周中："陳其鼎俎，淨其中羃，敬其祓除，體解節折而共飲食之。"韓非子難言："（伊尹）身執鼎俎爲庖宰，昵近習親，而湯乃僅知其賢而用之。"

【鼎席】三公、宰相的職位。文苑英華三八〇唐蘇頲授薛稷中書侍郎制："俾迴踐於綸閣，以增輝於鼎席。"

【鼎書】古代方士記述求仙的書。史記封禪書："申公，齊人。與安期生通，受黃帝言，無書，獨有此鼎書。"宋史三五六劉昺傳："昺撰鼎書、新樂書，皆（魏）漢津妄出己意，而昺爲緣飾。"

【鼎能】最有才能。謂無可倫比。唐張彥遠法書要錄二袁昂古今書評："張芝經奇，鍾繇特絶，逸少鼎能，獻之冠世。"逸少，王羲之字；獻之，羲之子。

【鼎族】顯赫的世族。梁書元帝紀告四方檄："諸君或世樹忠貞，身荷爵爵，羽儀鼎族，書勳王府。"

【鼎盛】正當興盛之時，昌盛。漢書四八賈誼傳陳政事疏："天子春秋鼎盛，行義未過，德澤有加焉。"南朝梁劉勰文心雕龍九時序："經典禮章，跨周轢漢，唐虞之文，其鼎盛乎！"

【鼎魚】鼎中之魚，水沸卽爛。喻瀕於滅亡。文選梁丘希範（遲）與陳伯之書："況僞孽昏狡，自相夷戮，……而將軍魚游於沸鼎之中，鷰巢於飛幕之上，不亦惑乎！"唐杜甫杜工部草堂詩箋十一喜聞官軍已臨賊境二十韻："鼎魚猶假息，穴蟻欲何逃？"

【鼎湖】古代傳說，黃帝鑄鼎於荆山下，鼎成，有龍垂胡髯迎黃帝上天。後世因名其處曰鼎湖。見史記封禪書、漢書郊祀志上。後因以鼎湖爲皇帝死亡之典。魏書李諧傳述身賦："奄昇御於鼎湖，忽流哀於四海。"

【鼎運】國運。宋書武帝紀下史臣曰："魏武直以兵威服衆，故能坐移天曆，鼎運雖改，而民未忘漢。"舊唐書音樂志享太廟樂章："基我鼎運，於萬斯年。"

【鼎貴】方當貴顯。漢書六四下賈捐之傳："捐之復短石顯。（楊）興曰：'顯鼎貴，上信用之。今欲進，弟從我計，且與合意，卽得入矣。'"注："如淳曰：'鼎音釘，言方且欲貴矣。'"通指顯赫貴盛。文選晉左太沖（思）吳都賦："其居則高門鼎貴，魁岸豪傑。"

【鼎新】更新。鼎爲烹物之器，腥者使熟，堅者使柔，故有更新之義。唐顏真卿顏魯公集十三撫州寶應寺律藏院戒壇記："（趙國魏公）奏爲寶應寺，……聖恩允許，於是鼎新輪奐，其興也勃焉。"

【鼎峙】猶鼎立。比喻形勢如鼎足三方峙立。三國志蜀郤正傳釋譏："今三方鼎峙，九有未乂。"又吳孫權傳評："孫權屈身忍辱，任才尚計，……故能自擅江表，成鼎峙之業。"峙，峙本字作"峙"。

【鼎業】大業，帝王之業。梁書武帝紀上中興二年齊帝禪位詔："三光再沉，七廟如綴，鼎業既移，含識知泯。"

【鼎鼎】㊀懶散貌。禮檀弓上："故騷騷爾則野，鼎鼎爾則小人，君子蓋猶猶爾。"疏："若吉事鼎鼎爾，不自嚴敬，則如小人然，形體寬慢也。"引申爲蹉跎。晉陶潛陶淵明集三飲酒詩之三："鼎鼎百年內，持此欲何成？"㊁盛貌。宋陸游劍南詩稿四歲晚書懷："殘歲堂堂去，新春鼎鼎來。"

【鼎鉉】易鼎："鼎黃耳金鉉。"鉉爲貫鼎之具，用以提舉。以喻宰輔之職。文選晉潘正叔（尼）贈河陽詩："弱冠步鼎鉉，既立宰三河。"唐柳宗元柳先生集三八爲裴中丞賀克東平赦表："激其效順，特加旄節之榮；寵以元功，遂兼鼎鉉之盛。"

【鼎雉】書高宗肜日記武丁（殷高宗）設鼎祭成湯，有飛雉升鼎耳而鳴，問其臣祖巳。祖巳以爲災異，勸王修德，國以中興。因以鼎雉爲災異的徵兆。後漢書五七劉陶傳："時大將軍梁冀專朝，而桓帝無子，連歲荒飢，災異數見。陶時游太學，乃上疏陳事曰：'……臣又聞危非仁不扶，亂非智不救，故武丁得傅說，以消鼎雉之災，周宣用申甫，以濟夷厲之荒。'"

【鼎銘】鼎上的銘文。左傳昭七年："及正考父佐戴武宣，三命茲益共，故其鼎銘云：'一命而僂，再命而傴……。'"漢王充論衡自紀："是故罕發之迹，記於牒籍；希出之物，勒於鼎銘。"

【鼎輔】三公，宰輔。後漢書三二朱浮傳上疏："（陛下）卽位以來，不用舊典，信刺舉之官，黜鼎輔之任。"三國志魏崔琰傳："琰從弟林，少無名望，雖姻族猶多輕之，而琰常曰：'此所謂大器晚成者也，終必遠至。'涿郡孫禮、盧毓始入軍府，琰又名之曰：'孫疏亮亢烈，剛簡能斷；盧清警明理，百鍊不消；皆公才也。'後林、禮、毓咸至鼎輔。"

【鼎鼐】㊀烹飪器具。鼎用以和五味，大鼎爲鼐。戰國策楚四："故晝游乎江河，夕調乎鼎鼐。"㊁喻宰輔之位。文苑英華八九三唐蘇頲唐紫微侍郎贈黃門監李乂神道碑："鼎鼐遞襲，簪纓相望。"宋王君玉國老談苑："寇準出入宰相三十年，不營私第。處士魏野贈詩曰：'有官居鼎鼐，無地起樓臺。'"也比喻助帝王治理政事。五代前蜀韋莊浣花集一和薛先輩見寄初秋寓懷卽事之作同舊韻："期君調鼎鼐，他日俟羊斟。"參見"和羹"。

【鼎鍾】鼎、鍾爲古彝器。器上常刻銘功紀德的文字。三國志魏陳思王植傳上疏求自試："身雖屠裂，而功銘著於鼎鍾，名稱垂於竹帛。"宋蘇軾分類東坡詩十七和歐陽少師會老堂次韻："蠹魚自曬閒箱篋，科斗長收古鼎鍾。"鍾，通"鐘"。

【鼎彝】鼎，古代烹飪器；彝，古代宗廟中的禮器。常於上刻銘功紀德的文字。宋書劉穆之傳高祖詔："功銘鼎彝，義章典策。"宣和書譜二篆書敍論:"篆書所自來遠矣。其古文科斗之書,已見於鼎彝金石之傳。"

【鼎鑊】鼎、鑊俱爲烹飪器。鑊形似大鼎而無足。周禮天官亨人:"亨人共掌鼎鑊,以給水火之齊。"注:"鑊所以煮肉及魚腊之器,既熟乃脅於鼎。"㊁古代酷刑。用鼎鑊以烹人。漢書四三酈食其傳贊:"酈生自匿監門,待主然後出,猶不免鼎鑊。"宋書謝晦傳又上表:"(臣)將長驅電掃,直入石頭,……然後分歸司寇,甘赴鼎鑊,雖死之日,猶生之年。"

【鼎折足】易鼎:"鼎折足,覆公餗。"言折足之鼎,必傾鼎中之食。比喩大臣力薄,如委以重任,必至敗壞國事。參見"覆餗"。

【鼎鐺有耳】宋邵伯溫聞見前録一:"御史中丞雷德驤劾奏(趙)普强占市人第宅,聚斂財賄。上(宋太祖)怒,叱之曰:'鼎鐺尚有耳,汝不聞趙普吾之社稷臣乎?'"意謂鼎鐺器物,猶有兩耳,而雷德驤却若無耳不聞,敢劾大臣。續資治通鑑長編九開寶元年載德驤爲屯田員外郎判大理寺。

二畫

鼏 mì 莫狄切,入,錫韻,明。ㄇ丨ˋ

㊀鼎蓋。儀禮士虞禮:"陳三鼎于門外之右,北面北上設扃鼏。"扃,貫鼎耳的橫木。又士喪禮:"右人左執匕,抽扃予左手兼執之,取鼏委于鼎北,加扃不坐。"㊁食器的覆巾。禮禮器:"犧尊疏布鼏。"釋文:"幎本又作冪,又作鼏,莫歷反。"疏:"鼏,覆也。謂郊天時以粗布爲巾以覆尊也。"

鼐 nǎi 奴亥切,上,海韻,泥。ㄋㄞˇ 奴代切,去,代韻,泥。

大鼎。詩周頌絲衣:"鼐鼎及鼒。"傳:"大鼎謂之鼐。"

三畫

鼒 zī 子之切,平,之韻,精。ㄗ 昨哉切,平,咍韻,從。

口小的鼎。詩周頌絲衣:"鼐鼎及鼒。"傳:"小鼎謂之鼒。"爾雅釋器:"圜弇上,謂之鼒。"

十一畫

鑴 suì 祥歲切,去,祭韻,邪。ㄙㄨㄟˋ

小鼎。也作"鐫"。淮南子説林:"水火相憎,鑴在其間,五味以和。"注:"鐫,小鼎。一曰鼎無耳爲鐫。"

鼓部

鼓 gǔ 公户切,上,姥韻,見。ㄍㄨˇ

亦作"皷"。㊀樂器。圓柱形中空,兩面蒙皮,擊之發聲。書胤征:"瞽奏鼓。"參見"八音"。㊁樂器受擊處。周禮考工記鳧氏:"于上謂之鼓,鼓上謂之鉦。"注:"鄭司農(衆)云:鼓,所擊處。"㊂擊鼓。左傳莊十年:"戰于長勺,公將鼓之。"泛指彈奏樂器。詩小雅鹿鳴:"我有嘉賓,鼓瑟鼓琴。"又鼓鍾:"鼓鍾將將,淮水湯湯。"㊃振動。易繫辭上:"鼓之以雷霆,潤之以風雨。"㊄鼓風。三國志魏王粲傳附陳琳:"今將軍摠皇威,握兵要,龍驤虎步,高下在心,以此行事,無異於鼓洪爐以燎毛髮。"㊅隆起,凸出。素問十二痺論:"心痺者脉不通,煩則心下鼓,暴上氣而喘。"注:"故煩則心下鼓滿。"㊆古夜間計時單位。卽"更"。漢班固東觀漢記二顯宗孝明皇帝:"甲夜讀衆書,乙更盡乃寐,先五鼓起,常率如此。"參閱北齊顏之推顏氏家訓書證。㊇古量器名。四鈞爲石,四石爲鼓。管子樞言:"釜鼓滿則人概之。"左傳昭二九年:"遂賦晉國一鼓鐵,以鑄刑鼎。"㊈春秋時國名,白狄別種,魯昭公二十二年爲晉所滅。見左傳昭十五年、二十二年。

【鼓人】周代官名。掌教六鼓四金之音,以節聲樂、和軍旅、正田役。見周禮地官鼓人、夏官大司馬。

【鼓刀】屠宰時敲擊其刀有聲,故稱鼓刀。楚辭屈原離騷:"吕望之鼓刀兮,遭周文而得舉。"戰國策韓二:"聶政曰:嗟乎?政乃市井之人,鼓刀以屠,而嚴仲子乃諸侯之卿相也,不遠千里,枉車騎而交臣。"

【鼓下】軍中斬人處。左傳襄十八年:"晳衿甲面縛,坐於中軍之鼓下。"後漢書十七岑彭傳:"光武知其謀,大怒,收(韓)歆置鼓下,將斬之。"注:"中[軍]將最尊,自執旗鼓。若置督,則立旗以爲軍門,并設鼓,戮人必於其下。"

【鼓山】山名。1.一名滏山。在河北武安縣南。山有二石如鼓,南北相距十五里。俗語云:南鼓北鼓,相去十五。見太平寰宇記五六磁州滏陽縣。2.在福建閩侯縣東三十里。山巔有巨石如鼓,相傳每風雨大作,卽簸蕩有聲,故名。參閱嘉慶一統志四二五福州府一山川。

【鼓史】見"鼓吏"。

【鼓吏】掌鼓的官吏。世説新語言語:"禰衡被魏武謫爲鼓吏,正月半試鼓,衡揚枹爲漁陽摻撾,淵淵有金石聲。"後漢書八十下禰衡傳作"鼓史"。

【鼓缶】㊀擊缶。缶,瓦器。易離:"日昃之離,不鼓缶而歌,則大耋之嗟,凶。"㊁藝文類聚三六晉孫楚莊周贊:"妻之不哭,亦何所讙,慢弔鼓缶,於此誕言,殆矯其情,近失自然。"參見"鼓盆"。

【鼓舌】鼓弄唇舌,多指言多或詭辯。逸周書芮良夫:"賢智箝口,小人鼓舌。"莊子盜跖:"搖脣鼓舌,擅生是非。"

【鼓行】古人行軍,擊鼓則進,鳴金則止,因稱行進爲鼓行。周禮夏官大司馬:"車徒皆作鼓行。"史記項羽紀:"宋義曰:'……今秦攻趙,戰勝則兵罷;我承其敝;不勝,則我引兵鼓行而西,必舉秦矣。'"

【鼓車】後漢書七六循吏傳序:"建武十三年,異國有獻名馬者,日行千里,又進寶劍,賈兼百金,詔以馬駕鼓車,劍賜騎士。"載鼓之車,任輕而馬無所見長,後以喩大材小用。唐杜牧樊川集外集驢騮駿詩:"遭遇不遭遇,鹽車與鼓車。"

【鼓角】戰鼓和號角,軍中用以傳號令壯軍勢。後漢書七三公孫瓚傳告子續書:"袁氏之攻,狀若鬼神,梯衝舞吾樓上,鼓角鳴於地中。"唐杜甫杜工部詩史補遺六閣夜:"五更鼓角聲悲壯,三峽星河影動搖。"參閱通典一四九兵二法制。

【鼓吹】㊀樂名。主要樂器有鼓鉦簫笳,出自北方民族,本爲軍中之樂。漢有朱鷺等十八曲,列於殿庭,宴羣臣及上食用之。大駕出遊用短簫鐃歌,軍中行部用横吹,泛言之,亦統稱鼓吹,如大駕祀甘泉汾陰,有黄門前後部鼓吹。其初用於鹵簿,又或以賜有功之臣。東漢邊將及萬人將軍始得有鼓吹,不及此者僅得假鼓吹。魏晉以後鼓吹甚輕,牙門督將五校皆得具鼓吹。參閱晉崔豹古今注中音樂、宋書樂志一。㊁宣揚。世說新語文學:"孫興公(綽)云:三都二京,五經鼓吹。"文苑英華一三六唐杜甫鵰賦并表:"臣之述作,雖不足鼓吹六經,先鳴數子,至於沈鬱頓挫,隨時敏捷,而揚雄枚皋之流庶可跂及也。"

【鼓枻】搖動船槳。楚辭屈原漁父:"漁父莞爾而笑,鼓枻而去。"唐岑參岑嘉州詩二漁父:"竿頭釣絲長丈餘,鼓枻乘流無定居。"

【鼓牀】鼓架。北周庾信庾子山集五和趙王看伎詩:"細縷纏鐘格,圓花釘鼓牀。"

【鼓城】地名。春秋時鼓國,戰國屬趙地,漢置下陽曲縣,屬鉅鹿郡。隋改爲昔陽縣,後改名鼓城,唐宋因之,明廢。故城在今河北晉縣。參閱嘉慶一統志二七正定府一。

【鼓盆】叩擊瓦器。莊子至樂:"莊子妻死,惠子弔之,莊子則方箕踞鼓盆而歌。"後因稱妻死爲鼓盆之戚。宋岳珂寶真齋法書贊二三劉武忠(錡)書簡帖:"聞有鼓盆之戚,不易排遣。人之處世,不如意者十常八九。凡百更須以道自處,無傷生也。"亦作"鼓缶"。缶,即瓦盆。北齊顏之推顏氏家訓勉學:"荀奉倩(粲)喪妻,神傷而卒,非鼓缶之情也。"

【鼓扇】宣揚,煽惑。南史梁紀論:"鼓扇玄風,闡揚儒業。"資治通鑑二四二唐長慶二年:"(史)憲誠陰蓄異志,因衆心不悅,離間鼓扇之。"

【鼓院】即登聞鼓院。宋太宗改理檢司爲登聞院,置鼓禁門外,名曰鼓司。真宗景德四年改稱登聞鼓院,掌收理臣民章奏。參閱宋王林燕翼貽謀錄二。參見"登聞鼓"。

【鼓造】梟鳥。淮南子說林:"鼓造辟兵,壽盡五月之望。"注:"鼓造,蓋謂梟,一曰蝦蟆。今世人五月望作梟羹,亦作蝦蟆羹。"

【鼓排】拉動風箱。排,排橐,猶今風箱。世說新語簡傲:"鍾士季(會)精有才理,先不識嵇康。鍾要于時賢才儁之士俱往尋康。康方大樹下鍛,向子期(秀)爲佐鼓排。康揚槌不輟,傍若無人。"

【鼓動】㊀激勵,激發。易繫辭上:"鼓天下之動者存乎辭。"後漢書六七范滂傳論:"李膺振拔汙險之中,蘊義生風,以鼓動流俗。"㊁煽動。新唐書一六五崔羣傳皇甫鎛奏:"邊鄙無事,乃羣鼓動,欲以買直,歸怨天子。"

【鼓詞】又名鼓兒詞。一種以鼓爲主伴唱的演唱形式,亦有間以說白者。起自宋代,盛於明清,發展爲後之大鼓書。清時有以三絃彈曲名,按以八板,故又名八板詞,演唱者稱先兒;同時又盛行子弟書,皆爲鼓詞的一種。參閱清李聲振百戲竹枝詞鼓兒詞序。參見"子弟書"。

【鼓脹】病名。指腹內因蓄水、充氣或積食等而脹滿如鼓。素問腹中論:"黃帝問曰:'有病心腹滿,旦食則不能暮食,此爲何病?'岐伯對曰:'名爲鼓脹。'"以其外雖堅滿,中空無物,有似於鼓。"亦名"蠱脹"。見明戴安禮祕傳證治要訣三諸氣門蠱脹。

【鼓掌】拍手。多表示歡欣、贊賞。古今雜劇元關漢卿狀元堂陳母教子一:"等我明日得了官,你就從貢院裏鼓着掌、摑着手叫到我家裏來。"明臣奏議三七蔡毅中請除奸璫疏:"臣正與諸生講爲事難一書,忽接楊漣劾(魏)忠賢疏,合監師生千有餘人,無不鼓掌稱慶。"

【鼓腹】袒腹,凸起肚子。莊子馬蹄:"夫赫胥氏之時,民居不知所爲,行不知所之,含哺而熙,鼓腹而游。"晉陶潛陶淵明集三戊申歲六月中遇火詩:"鼓腹無所思,朝起暮歸眠。"皆爲飽食而閒暇無事之意。

【鼓箏】㊀草名。貼地蔓生,根如線相結,故又名結縷。爾雅釋草"傅,橫目"晉郭璞注:"一名結縷,俗謂之鼓箏草。"文苑英華一二六南朝梁元帝玄覽賦:"忘憂長樂,桃杷鼓箏。"㊁彈箏。後漢書六五呂布傳:"布疑其圖己,乃使人鼓箏於帳中,潛自遁出。"

【鼓舞】㊀激勵。易繫辭上:"變而通之以盡利,鼓之舞之以盡神。"漢揚雄法言先知:"鼓舞萬物者風雷乎?鼓舞萬民者號令乎?"㊁合樂以舞。墨子非儒下:"孔某盛容脩飾以蠱世,弦歌鼓舞以聚徒。"淮南子修務:"今鼓舞者,繞身若環,曾撓摩地,扶旋猗那,動容轉曲。"㊂歡躍。孔子家語辯政:"謠曰:天將大雨,商羊鼓舞。"唐李白李太白集一明堂賦:"千里鼓舞,百寮賡歌。"

【鼓樓】北齊交州刺史李崇,以地多盜,乃村置一鼓,盜發處擊鼓爲警,四面諸村同時擊鼓相應。以後各州相次推行。其建於城隅上者,亦爲報時之用。見五代馬鑑續事始鼓樓(說郛十)、清顧張思土風錄四鼓樓。

【鼓篋】禮學記:"入學鼓篋,孫其業也。"注:"鼓篋,擊鼓警衆,乃發篋出所治經業也。"擊鼓召集學士,令啓篋出書以授學。後因稱勸學爲鼓篋。唐邢璹周易略例序:"臣舞象之年,鼓篋鱣序,漁獵墳典,偏習周易,研窮耽玩,無舍寸陰。"參閱清胡鳴玉訂譌雜錄三。

【鼓頰】掀動腮膀。表示說話。元詩選馬祖常石田集飲酒之五:"剽獵章句辭,鼓頰說古今。"

【鼓險】乘敵在險地時鳴鼓攻之。穀梁傳僖二二年:"宋公(襄公)與楚人戰于泓水之上,司馬子反曰:'楚衆我少,鼓險而擊之,勝無幸焉。'"

【鼓頷】頤頰顫動。素問瘧論:"瘧之始發也,先起於毫毛,伸欠乃作,寒慄鼓頷,腰脊俱痛。"

【鼓勵】激發,奮勉。清黃六鴻福惠全書六催徵:"或先限全完者,花紅鼓樂,分別獎賞,以鼓勵其餘。"

【鼓翼】張翼飛翔。漢王充論衡道虛:"如鼓翼邪飛,趨西北之隅,是則淮南王有羽翼也。"三國魏曹植曹子建集四鶡賦:"若有翻雄駭遊,孤雌驚翔,則長鳴挑敵,鼓翼專揚。"

【鼓譟】㊀擊鼓呼叫。左傳成五年:"(子靈)請鼓譟以出,鼓譟以復入。"也作"鼓噪"。墨子備梯:"因素出兵施伏,夜半城上四面鼓噪。"㊁喧鬧。穀梁傳定十年:"公會齊侯于頰谷,……兩君就壇,兩相相揖。齊人鼓譟而起,欲以執魯君。"注:"羣呼曰譟。"

【鼓嚴】急促的鼓聲。即嚴鼓,莊嚴之鼓節。史記一一七司馬相如傳子虛賦:"鼓嚴簿,縱獠者。"集解:"漢書音義曰:'鼓嚴,嚴鼓也。'"宋書王鎮惡傳:"(朱)顒之……望見江津船艦已被燒,烟焰張天,而鼓嚴之聲甚盛。"參見"嚴鼓"。

【鼓鼙】樂器,大鼓和小鼓,進軍時以勵戰士。禮樂記:"鼓鼙之聲讙,讙以立動,動以進衆。君子聽鼓鼙之聲,則思將帥之臣。"借指軍事。唐杜甫杜工部詩史補遺九暮歸:"南渡桂水闕舟楫,北歸秦川多鼓鼙。"

【鼓鑄】鼓扇熾火,冶鍊銅鐵以鑄錢。史記貨殖傳:"即鐵山鼓鑄,運籌策,傾滇蜀之民,富至僮千人。"漢書六四下終軍傳:"博士徐偃使行風俗。偃矯制,使膠東、魯國鼓鑄鹽鐵。"注:"如淳曰:鑄銅鐵,扇熾火,謂之鼓。"

【鼓子花】即旋花。蔓生,葉狹長,花紅白色,形似鼓。根入藥。唐鄭谷鄭守愚集三長江縣經賈島墓詩:"重來兼恐無尋處,日落風吹鼓子花。"參閱政和證類本草七旋花。

【鼓子詞】 宋元唱詞的一種。宋趙德麟述會真記故事,作蝶戀花詞十闋,又別爲二曲作起結,自記作鼓子詞。見侯鯖錄五。元周密成淳起居注:"後苑小廝兒三十人,打息氣唱道情,太上云:'此是張掄所撰鼓子詞。'"

鼓 gǔ 公户切,上,姥韻,見。 ㄍㄨˇ

擊鼓。按說文鼓與鼓本爲兩字。樂器量器之鼓,其偏傍皆從"支"作鼓,餘當從支作鼓,今相承皆作鼓。

五畫

鼕 dōng 徒冬切,平,冬韻,定。 ㄉㄨㄥ

鼓聲。唐劉禹錫劉夢得集外集一同白二十二贈王山人:"笑聽鼕鼕朝暮鼓,只能催得市朝人。"

【鼕鼕鼓】 警夜街鼓名。後唐馬縞中華古今注上:"唐舊制,京城內金吾昏曉傳呼以戒行者。馬周請置六街鼓,號之曰鼕鼕鼓。"

鼖 fén 符分切,平,文韻,並。 ㄈㄣˊ

大鼓。周禮考工記韗人:"以鼖鼓鼓軍事。"注:"大鼓謂之鼖。鼖鼓,長八尺。"也作"賁"。詩大雅靈臺:"虡業維樅,賁鼓維鏞。"釋文:"賁,符云反,字亦作鼖。"

鼗 fú 集韻 馮無切,平,虞韻。 ㄈㄨˊ

見下。

【鼗譟】 歌舞歡呼。尚書大傳三大誓:"惟丙午,王逮師,前師乃鼓、鼗譟,師乃慆,前歌後舞。"亦作"鳧藻"、"拊譟"。鼗、鳧、拊並聲近而通。參見"鳧藻"、"拊譟"。

六畫

鼗 táo 徒刀切,平,豪韻,定。 ㄊㄠˊ

小鼓。猶今之撥浪鼓。書益稷:"下管鼗鼓,合止柷敔。"周禮春官小師:"掌教鼓,鼗、柷、敔、塤、簫、管、弦、歌。"注:"鼗,如鼓而小,持其柄搖之,旁耳還自擊。"

鼗

八畫

鼚 chāng 褚羊切,平,陽韻,徹。 ㄔㄤ

擊鼓。尚書大傳虞夏傳:"儀伯之樂,舞鼚哉,其歌聲比大謡名曰南陽。"注:"鼚,動貌。哉,始也。"又:"鼚乎鼓之,軒乎舞之。"一說鼓聲。見玉篇。

鼛 gāo 古勞切,平,豪韻,見。 ㄍㄠ

大鼓。詩小雅鼓鍾:"鼓鍾伐鼛。"周禮地官鼓人:"以鼛鼓鼓役事。"注:"鼛鼓長丈二尺。"

鼙 pí 部迷切,平,齊韻,並。 ㄆㄧˊ

軍鼓。一說騎鼓。見說文。禮樂記:"君子聽鼓鼙之聲,則思將帥之臣。"

【鼙婆】 琵琶的別名。亦作"鞞婆"。法苑珠林四二妖怪引證:"乃掘昨夜應處,果得老鼈,大如鞞婆。"今本晉干寶搜神記十八作"大如琵琶"。元楊維楨鐵厓逸編四鼙婆引:"梅卿馬上彈鼙婆,鵾弦振根金邏沙。"

【鼙鼓】 見"鞞₂鼓"。

【鼙舞】 見"鞞₂舞"。

九畫

鼘 yuān 烏玄切,平,先韻,影。 ㄩㄢ
於巾切,平,真韻,影。

鼓聲。說文"鼘"引詩:"鼗鼓鼘鼘。"今本詩商頌那作"鞉鼓淵淵"。唐白居易長慶集二一敢諫鼓賦:"鼘鼘不已,聲以發之。"

十畫

鼜 qì 倉歷切,入,錫韻,清。 ㄑㄧˋ

守夜的警鼓。周禮地官鼓人:"凡軍旅,夜鼓鼜。"注:"鼜,夜戒守鼓也。"

鼠 部

鼠 shǔ 舒吕切,上,語韻,審。 ㄕㄨˇ

㊀動物名。屬哺乳類嚙齒目。種類很多。詩召南行露:"誰謂鼠無牙,何以穿我墉?"㊁病名。見"鼠瘻"。㊂憂。通"癙"。見"鼠思"。

【鼠子】 猶言鼠輩。罵人語。東觀漢記七城陽恭王祉:"祉父敞怒叱太守曰:'鼠子何敢爾?'"三國志吳孫權傳嘉禾二年注引(虞溥)江表傳:"權怒曰:'朕年六十,世事難易,靡所不嘗,近爲鼠子所前卻,令人氣湧如山。不自截鼠子頭以擲于海,無顏復臨萬國!'"鼠子指公孫淵。

【鼠市】 一種機巧的飼鼠戲具。藝文類聚九五晉孫盛晉陽秋:"太興中,衡陽區純作鼠市,四方丈餘,開四門,門有一木人。縱四五鼠於中,欲出門,木人輒以推之。"

【鼠布】 布名。藝文類聚八五舊題漢東方朔神異經載:南方有火山,火中有鼠,重百斤,毛長二尺餘,細如絲,取毛織爲布,受污垢,以火燒之,卽清潔。南朝梁劉孝威劉庶子集謝東宮賚炭:"鑪生烽烟,室滿紅光,姪裘入而識者,鼠布焚而無污。"按卽用石綿製成的火浣布,古人誤以爲用鼠布織成。

【鼠目】 比喻眼光短淺。金元好問遺山集十送奉先從軍詩:"虎頭食肉無不可,鼠目求官空自忙。"參見"麞頭鼠目"。

【鼠耳】 草名。卽鼠麴草。全唐詩六一三皮日休魯望以躬掇野蔬兼示雅什用以酬謝:"深挑乍見牛脣液,細掐徐聞鼠耳香。"詳"鼠麴草"。

【鼠朴】 同"鼠璞"。宋陸游劍南詩稿四六述懷:"玉非鼠朴何勞辨,魚與熊蹯各自珍。"詳"鼠璞㊀"。

【鼠技】 見"五技鼠"。

【鼠李】 木名。又名女兒茶、牛李子。葉互生,春暮開小花。實大如小豆,黑色。嫩葉與芽可食,民間亦用以代茶。樹皮入藥。見政和證類本草十四。

【鼠尾】 ㊀以栗鼠尾毛製成的筆。宋黃庭堅豫章集九戲贈米元章詩之一:"萬里風帆水著天,麝煤鼠尾過年年。"㊁草名。見"鼠尾草"。

【鼠肝】 鼠的肝。1.比喻輕微卑賤之物。唐高彥休唐闕史下軍中生餼:"及大軍加境,暢飲薦羞,不常厥味,貓脾鼠肝,亦登於俎。"宋黃庭堅山谷詩注內集七奉同子瞻韻寄定國:"斯人氣金玉,視世一鼠肝。"參見"鼠肝蟲臂"。2.比喻土的顏色。管子地員:"猶土之次曰五弘,五弘之狀如鼠肝。"釋名釋地:"土赤曰鼠肝,似鼠肝色也。"

【鼠乳】病名。卽瘰癧，一種淋巴腺結核症。北史李神儁傳："頸多鼠乳，而性通率不持檢度。"

【鼠姑】牡丹的别名。唐陸龜蒙甫里集八偶掇野蔬寄襲美詩："行歌每依鵶舅影，挑頻時見鼠姑心。"

【鼠思】憂思。鼠通"癙"。詩小雅雨無正："鼠思泣血，無言不疾。"箋："鼠，憂也。"參見"癙憂"。

【鼠負】蟲名。又名"鼠婦"。爾雅釋蟲："蟠，鼠負。"注："甕器底蟲。"初學記十九南朝梁劉思真醜婦賦："朱脣如踏血，畫眉如鼠負。"參見"鼠婦"。

【鼠狼】獸名。卽鼬，以善捕鼠，故名。俗名黄鼠狼。廣雅釋獸："鼠狼，鼬。"參見"鼬"。

【鼠莽】草名。卽莽草。又作芒草。有毒，食之令人迷罔，故名。山人以毒鼠，謂之鼠莽。參閱本草綱目十七草六莽草。參見"莽草"。

【鼠婦】蟲名。古稱"伊威"。又名鼠負、潮蟲。體形橢圓，胸部有環節七，每節有足一對，棲於陰濕壁角之間。三國吳陸璣毛詩草木鳥獸蟲魚疏下伊威在室："伊威，一名委黍，一名鼠婦。在壁根下甕底土中生似白魚者是也。"入藥。參閱本草綱目四一蟲三鼠婦。

【鼠裘】鼠皮袍子。北齊書唐邕傳："(顯祖)又嘗解所服青鼠皮裘賜邕。"唐溫庭筠詩集一遐水謠："犀帶鼠裘無暖色，清光炯冷黄金鞍。"

【鼠獄】史記一二二張湯傳："其父爲長安丞，出，湯爲兒守舍。還而鼠盜肉，其父怒，笞湯。湯掘窟得盜鼠及餘肉，劾鼠掠治，傳爰書，訊鞫論報，并取鼠與肉，具獄磔堂下。其父見之，視其文辭如老獄吏，大驚，遂使書獄。"後因以鼠獄爲精於治律的典故。唐丁用晦芝田録："學慚鼠獄，智昧雞碑。"(類說十一)

【鼠輩】猶鼠子。蔑視他人之詞。三國志魏華佗傳："於是傳付許獄，考驗首服。荀彧曰：'佗術實工，人民所縣，宜含宥之。'太祖(曹操)曰：'不憂！天下當無此鼠輩耶？'"

【鼠瘻】病名。卽瘰癧，淋巴腺結核之症。靈樞經寒熱："黄帝問于岐伯曰：'寒熱瘰癧，在於頸腋者，皆何氣使生？'岐伯曰：'此皆鼠瘻寒熱之毒氣也，留於脉而不去者也。'"

【鼠璞】㊀未腊之鼠。也作"鼠朴"。尹文子大道下："鄭人謂玉未理者爲璞，周人謂鼠未腊者爲璞。周人懷璞謂鄭賈曰：'欲買璞乎？'鄭賈曰：'欲之。'出其璞視之，乃鼠也。因謝不取。"又見戰國策秦三。比喻有名無實。㊁宋戴埴撰。二卷。考證經史疑義及名物典故的異同。雖僅九十餘條，頗以精確見稱。

【鼠竄】謂倉皇逃走，如鼠之奔竄。漢書四五蒯通傳："始常山王(張耳)、成安君(陳餘)，故相以爲刎頸之交，及爭張黶、陳釋之事，常山王奉頭鼠竄，以歸漢王。"

【鼠壤】老鼠打洞扒出的細土。莊子天道："鼠壤有餘蔬。"唐成玄英疏："見其鼠穴土中，有殘餘蔬菜。"宋黄庭堅山谷詩注外集十二食笋十韻："小兒哇不美，鼠壤有餘嚵。"

【鼠耳巾】頭巾名。全唐詩四六八劉言史山中喜崔補闕見尋："鹿袖青藜鼠耳巾，潛夫豈解拜朝臣。"

【鼠尾草】草名。一名葝，又名鼠菊、山陵翹。初秋開淡紫花。花及莖葉可以染皁，又入藥。爾雅釋草："葝，鼠尾。"參閱政和證類本草十一。

【鼠尾轎】小轎名。宋王銍默記："(王荆公居蔣山，聞陳秀公來)以二人肩鼠尾轎，迎於江上。"

【鼠麴草】草名。又名米麴、鼠耳、佛耳草、無心草、香茅、黄蒿，北人稱爲"茸母"。入藥。古時民間於三月三日取鼠麴汁蜜和粉，稱龍舌粄，云食之可避時氣。參閱政和證類本草十一鼠麴草。

【鼠鬚筆】用老鼠鬍鬚做成的毛筆。唐張彥遠法書要録三唐何延之蘭亭記："(王羲之)揮毫製序，興樂而書，用蠶繭紙，鼠鬚筆，遒媚勁健，絶代更無。"唐皎然集七陳氏童子草書歌："龍爪狀奇鼠鬚鋭，冰牋白皙越人惠。"

【鼠變虎】喻小人得勢。唐李白李太白詩三遠別離："君失臣兮龍爲魚，權歸臣兮鼠變虎。"

【鼠牙雀角】詩召南行露："誰謂雀無角，何以穿我屋？"又："誰謂鼠無牙，何以穿我墉？"後因用"鼠牙雀角"比喻爭訟。

【鼠肝蟲臂】比喻微末卑賤。莊子大宗師："偉哉造化，又將奚以汝爲？將奚以汝適？以汝爲鼠肝乎？以汝爲蟲臂乎。"宋陸游劍南詩稿三成都歲莫始微寒小酌遣興："鼠肝蟲臂元無擇，遇酒猶能罄一歡。"

【鼠竊狗盜】喻指小竊小盜。史記九九叔孫通傳："此特羣盜鼠竊狗盜耳，何足置之齒牙間。"也作"鼠竊狗偷"。舊唐書五六蕭銑傳論："自隋朝維絶，宇縣瓜分，小則鼠竊狗偷，大則鯨吞虎據。"

四畫

鼢 fén 符分切，平，文韻，並。ㄈㄣˊ 房吻切，上，吻韻，並。

鼠名。卽鼹鼠。爾雅釋獸："鼢鼠。"注："地中行者。"廣雅釋獸："鼹鼠，鼢鼠。"

五畫

鼧 tuó 徒何切，平，歌韻，定。ㄊㄨㄛˊ 託何切，平，歌韻，透。

鼠名。見玉篇。

【鼧鼥】獸名。俗名土撥鼠。穴土而居，形如獺，皮可爲裘。蒙語答剌不花，卽黑牤牛之義。參閱本草綱目五一獸三土撥鼠。

鼫 shí 常隻切，去，昔韻，禪。ㄕˊ

㊀鼠名。亦稱石鼠、土鼠。爾雅釋獸："鼫鼠。"注："形大如鼠，頭似兔，尾有毛，青黄色，好在田中食粟豆，關西呼爲鼩鼠。"㊁蟲名。卽螻蛄。易晉："九四，晉如鼫鼠，貞厲。"疏："'晉如鼫鼠'者，鼫鼠有五能而不成伎之蟲也。……本草經云：螻蛄一名鼫鼠，謂此也。"參閱晉崔豹古今注中魚蟲、宋王楙野客叢書七五技之鼠有二。

鼬 yòu 余救切，去，宥韻，喻。ㄧㄡˋ

獸名。又名鼪。善捕鼠，故有鼠狼之名。尾毛可製筆，謂之狼毫。爾雅釋獸："鼬鼠。"注："今鼬似貂，赤黄色，大尾，啖鼠，江東呼爲鼪。"莊子徐无鬼："藜藋柱乎鼪鼬之逕。"

䶄 jiōng 古螢切，平，青韻，見。ㄐㄩㄥ

鼠名。見下。

【䶄䶅】鼠名。卽斑鼠。廣雅釋獸："䶄䶅。"爾雅釋獸作"鼤鼠"。全唐詩四二九白居易遊悟真寺詩："中頂最高峯，拄天青玉竿。䶄䶅上不得，豈我能攀援。"長慶集作"䶄䶅"。

䶅 líng 郎丁切，平，青韻，來。ㄌㄧㄥˊ

見"䶄䶅"。

鼪 shēng 所庚切，平，庚韻，山。ㄕㄥ 所敬切，去，映韻，山。

獸名。卽鼬。詳"鼬"。

鼨 zhōng 職戎切，平，東韻，照。ㄓㄨㄥ

鼠名。豹文鼠。見說文。新唐書一二三盧藏用傳："弟若虛，多才博物。隴西辛怡諫爲職方,有獲異鼠者,豹首虎臆,大如拳。怡諫謂之鼮鼠而賦之。若虛曰:‘非也,此許慎所謂鼨鼠,豹文而形小。’”參見“鼮”。

鼦 diāo 集韻 丁聊切,平,蕭韻。ㄉㄧㄠ

獸名。卽貂。史記一二九貨殖傳:“狐鼦裘千皮。”見“貂”。

鼩 qú 其俱切,平,虞韻,羣。ㄑㄩˊ

鼠名。見爾雅釋獸。參見“鼱鼩”。

【鼩鼱】見“鼱鼩”。

六畫

⿰鼠各 hé 下各切,入,鐸韻,匣。ㄏㄜˊ 盧各切,入,鐸韻,來。

鼠名。漢桓寬鹽鐵論散不足:“今富者鼲鼦狐白鳧翥,中者罽衣金縷,燕⿰鼠各代黃。”

七畫

⿰鼠留 liú 力求切,平,尤韻,來。ㄌㄧㄡˊ

鼠名。竹鼠,見說文。玉篇作“⿰鼠卯”。食物本草:“⿰鼠卯鼠,食竹根,居土穴中,大如兔,人多食之,味如鴨。”參見“竹⿰鼠留”。

鼯 wú 五乎切,平,模韻,疑。ㄨˊ

鼠名。俗稱飛鼠,别名夷由。形似蝙蝠,因其前後肢之間有飛膜,能在樹林中滑翔,古人誤以爲鳥類。見爾雅釋鳥及注。參見“夷由㈡”。

鼮 tíng 特丁切,平,青韻,定。ㄊㄧㄥˊ

鼠名。豹文鼠。鼨與鼮皆有斑彩,鼨小鼮大。文選南朝梁任彥昇(昉)爲蕭揚州薦士表:“豈直鼮鼠有必對之辯,竹書無落簡之謬。”

八畫

鼱 jīng 子盈切,平,清韻,精。ㄐㄧㄥ

鼠名。見下。

【鼱鼩】鼠名。又稱地鼠、奚鼠。說文作“精鼩”,爾雅釋獸晉郭璞注作“鼩鼱”。穴居田圃間,夜出活動,捕食昆蟲蚯蚓等。漢書六五東方朔傳答客難:“譬猶鼱鼩之襲狗,孤豚之咋虎,至則靡耳。”

九畫

鼵 tū 陀骨切,入,沒韻,定。ㄊㄨ

鼠名。爾雅釋鳥:“鳥鼠同穴,其鳥爲鵌,其鼠爲鼵。”注:“鼵,如人家鼠而短尾;鵌似鵽而小,黃黑色。穴入地三四尺,鼠在內,鳥在外。今在隴西首陽縣鳥鼠同穴山中。”

鼲 hún 户昆切,平,魂韻,匣。ㄏㄨㄣˊ

鼠名。又名鼲子、黃鼠。穴居土中,見人則交其前足於頸,拱立如揖,故又稱拱鼠,禮鼠。皮毛可以製裘。漢桓寬鹽鐵論力耕:“鼲鼦狐貉,采旃文罽,充於内府。”三國時魏吳通問,曹丕報孫權使有鼲子裘。見三國志孫權傳注引吳歷。

鼴 yǎn 於幰切,上,阮韻,影。ㄧㄢˇ

獸名。田鼠。卽鼢鼠。也作“鼹”。形似鼠,常居土中,不見日光,故喪失視覺,前肢畸形發展。說文言鼴形大如牛,殆未可信。莊子逍遥遊作“偃鼠”,偃、鼴,古今字。參見“偃鼠”。

【鼴腸】鼴,田鼠。飲於河,所飲不過滿腹。比喻細小的度量。文苑英華七一四唐韋莊又玄集序:“自慚乎鼴腸易盈,非嗜其熊蹯獨美。”參見“偃鼠”。

鼳 qù 古闃切,去,錫韻,見。ㄑㄩˋ

獸名。松鼠。爾雅釋獸:“鼳鼠。”注:“今江東山中有鼳鼠,狀如鼠而大,蒼色,在樹木上。”參閱清邵晉涵爾雅正義。

十畫

鼸 xiàn 胡黍切,上,忝韻,匣。ㄒㄧㄢˋ

鼠名。田鼠的一種。亦名香鼠,灰色短尾,能頰中藏食。也作“⿰咸鼠”。爾雅釋獸:“鼸鼠”。墨子非儒:“⿰咸鼠鼠藏,而羝羊視。”注:“爾雅有⿰咸鼠鼠。”

【鼸車】牙下骨。釋名釋形體:“輔車……或曰鼸車,鼸鼠之食積於頰,人食似之,故取名也。”

鼹 yǎn ㄧㄢˇ

鼠名。同“鼴”。見該條。

鼷 xī 胡雞切,平,齊韻,匣。ㄒㄧ

鼠名。一種小鼠。春秋成七年:“鼷鼠食郊牛角,改卜牛。”又定十五年、哀元年皆有鼷鼠傷郊祭牛事。三國志魏杜襲傳:“臣聞千鈞之弩,不爲鼷鼠發機;萬石之鐘,不以莛撞起音。”

【鼷穴】小洞。淮南子人間:“唐漏若鼷穴,一墣之所能塞也。”

鼶 sī 息移切,平,支韻,心。ㄙ

鼠名。大田鼠。也作“鷈”。爾雅釋獸:“鼶鼠。”清郝懿行義疏:“鷈卽鼶也,……然則鼶蓋田鼠之大者。”

十五畫

鼺 léi 集韻 論爲切,平,支韻。ㄌㄟˊ

鼠名。腹旁有飛膜,似鼯而小。卽漢書司馬相如傳上林賦所記的“飛蠝”。晉書索靖傳草書狀:“玄螭狡獸嬉其間,騰猨飛鼺相奔趣。”

鼻部

鼻 bí 毗至切,去,至韻,並。ㄅㄧˊ

㈠動物呼吸空氣和辨别香臭的器官。素問陰陽應象大論:“在竅爲鼻。”注:“鼻所以司嗅呼吸。”㈡創始,開端。方言十三:“鼻,始也。獸之初生謂之鼻,人之初生謂之首。梁益之間謂鼻爲初,或謂之祖。”注:“鼻、祖皆始之别名也。”參見“鼻祖”。㈢獵人穿獸鼻曰鼻。文選漢張平子(衡)西京賦:“鼻赤象,圈巨挺。”㈣針孔。北周庾信庾子山集一七夕賦:“縷條緊而貫矩,針鼻細而穿空。”注:“荆楚歲時記曰:‘七夕婦人結綵縷,穿七孔鍼。’”後因稱針孔爲針鼻。㈤物的隆起或突出部分。1.印鈕。廣雅釋器:“印謂之璽,鈕謂之鼻。”隋書禮儀志六:“三命已上,銅印銅鼻。”2.勺口,壺嘴。周禮考工記玉人:“黃金勺,青金外,朱中,鼻寸,衡四寸。”注:“鄭司農(衆)云:‘鼻謂勺龍頭鼻也,衡謂勺柄龍頭也。’玄謂鼻,勺流也。”禮少儀:“尊者,以酌者之左爲上尊,尊壺者面其鼻。”一說壺柄謂之鼻。故把柄亦稱把鼻。宋陳師道後山居士詩話:“熙寧初,有人自常調上書,迎合宰相意,遂丞御史。蘇長公(軾)戲之曰：有甚意頭求富貴，没些把鼻便姦邪。"3. 花或瓜果的蒂。唐段成式酉陽雜俎前集十一廣知："芃兩鼻兩蒂，食之殺人。"本草綱目三三果蓮藕荷葉："貼水者藕荷，出水者芰荷，蒂名荷鼻。"

【鼻子】長子。清段玉裁說文解字注自："今俗以始生子曰鼻子。"也作"首子"。史記宋微子世家："微子開者，殷帝乙之首子而帝紂之庶兄也。"

【鼻孔】鼻腔通氣的孔道。靈樞經師傳："鼻孔在外，膀胱漏泄。"也作"鼻洞"、"鼻隧"。又憂恚無言："故人之鼻洞涕出不收者，頏顙不開分氣失也。"又師傳："鼻隧以長，以候大腸。"

【鼻祖】始祖，初祖。漢書八七上揚雄傳反離騷："有周氏之嬋嫣兮，或鼻祖于汾隅。"注："雄自言系出周氏，而食采于揚，故云始祖於汾隅也。"宋劉克莊後村集三二寄題小孤山詩之一："鼻祖耳孫同嗜好，買山世世種梅花。"

【鼻涕】鼻腔黏膜分泌的液體。藝文類聚三五漢王褒僮約："仡仡叩頭，兩手自搏，目淚下落，鼻涕長一尺。"

【鼻笑】輕視或嘲笑的表情。宋朱熹朱文公集六十答李誠之書："又其後深詆李趙諸公，誣謗已甚，故讀者往往心非而鼻笑之。"

【鼻息】鼻腔呼吸時的氣息。後漢書七四上袁紹傳："(韓)馥長史耿武、別駕閔純、治中李歷諫馥曰：'……袁紹孤客窮軍，仰我鼻息，譬如嬰兒在股掌之上，絶其哺乳，立可餓殺，奈何欲以州與之？'"

【鼻衄】鼻出血。隋巢元方諸病源候論二九鼻衄候："肺開竅於鼻，熱乘於血，則氣亦熱也。血氣俱熱，血隨氣發出於鼻爲鼻衄。"

【鼻淵】病症名。俗稱"腦漏"，謂鼻流濁涕有如水泉。素問氣厥論："膽移熱於腦，則辛頞鼻淵。鼻淵者濁涕下不止也。"

【鼻飲】用鼻喝。漢書六四下賈捐之傳對："駱越之人父子同川而浴，相習以鼻飲。"供鼻飲的器具曰鼻飲杯。宋范成大桂海虞衡志志器："鼻飲杯。南人習鼻飲，有陶器如杯椀，旁植一小管若瓶嘴，以鼻就管吸酒漿，暑月以飲水。云水自鼻入咽，快不可言。"

【鼻煙】拌和藥材碾成粉末由鼻孔吸入的一種煙。相傳明萬曆時耶蘇會教士利瑪竇傳入我國。盛烟之瓶謂之鼻烟壺，舊以五色玻璃爲之，其後改用套料，有兼套至四五采者，雕鏤極精，壺足題有古月軒者，尤稱珍品。參閱清王士禛香祖筆記七、趙之謙勇盧閒詰。參見"古月軒"。

【鼻酸】比喻悲痛傷心。後漢書四二廣陵思王荆傳郭況與東海王彊書："及至年老，遠斥居邊，海内深痛，觀者鼻酸。"參見"酸鼻"。

【鼻選】用鼻聞味加以選擇。宋陶穀清異録果："瓜最盛者無逾齊趙，車擔列市，道路濃香，故彼人云：未至舌交，先以鼻選。"(說郛六一)

【鼻觀】㊀佛家有觀想法，觀鼻端白謂之鼻觀。宋蘇軾分類東坡詩十九和黄魯直燒香之一："不是聞思所及，且令鼻觀先參。"參見"鼻端白"。㊁鼻聞。宋黄庭堅山谷詩注外集十三題海首座壁："香寒明鼻觀，日永稱頭陀。"又朱熹朱文公集二梅花開盡不及吟賞感歎成詩聊貽同好詩之二："鼻觀殘香裏，心期昨夢中。"

【鼻端白】佛教的一種修鍊養性之法。楞嚴經五："世尊教我及俱絺羅觀鼻端白，我初諦觀，經三七日，見鼻中氣出入如烟，身心内明，圓洞世界，遍成虚淨，猶如瑠璃。烟相漸銷，鼻息成白，心開漏盡，諸出入息化爲光明，照十方界，得阿羅漢。"參見"鼻觀㊀"。

【鼻天子城】傳說爲舜弟象受封於有鼻的所在地。水經注三八溱水："又西邪階水注之，水出縣東南邪階山，水有别源曰巢頭，重嶺衿瀧，湍奔相屬，祖源雙注，合爲一川，水側有鼻天子城。"漢書六三昌邑哀王髆傳："舜封象於有鼻。"注："有鼻在零陵，今鼻亭是也。"孟子萬章作"有庳"。今湖南道縣北有有庳墟，即其故址。太平寰宇記一六〇、路史發揮五辨帝舜冢謂爲始興，今屬廣東省。

【鼻息如雷】形容鼾聲大。唐韓愈昌黎集二一石鼎聯句詩序："道士倚牆睡，鼻息如雷鳴。"宋沈括夢溪筆談九人事一："車駕欲幸澶淵，中外之論不一，獨寇忠愍(準)贊成上意。乘輿方渡河，寇騎充斥至于城下，人情恟恟。上使人微覘準所爲，而準方酣寢於中書，鼻息如雷。"

二畫

鼽 qiú 巨鳩切，平，尤韻，羣。ㄑㄧㄡ

㊀鼻流清涕。素問氣交變大論："欬而鼽。"㊁鼻塞不通。呂氏春秋盡數："精不流則氣鬱，鬱，處頭則爲腫爲風……處鼻則爲鼽爲窒。"㊂面頰，顴骨。素問氣府論："足陽明脉氣所發者六十八穴……面鼽骨空各一。"又："手大陽脈氣所發者三十六穴，目内眥各一，目外各一，鼽骨下各一。"注："鼽，頄(qiú)也；頄，面顴也。"

【鼽嚏】鼻黏膜因受刺激而打噴嚏。即俗所謂傷風。禮月令季秋之月："行夏令，則其國大水，冬藏殃敗，民多鼽嚏。"素問至真要大論："煩躁鼽嚏，少腹絞痛。"

三畫

鼾 hān 許干切，平，寒韻，曉。ㄏㄢ 侯旰切，去，翰韻，匣。

睡熟時呼吸作響聲。漢張仲景傷寒論辨痓濕暍脈證："身重，多眠睡，鼻息必鼾。"世說新語雅量："許(璪)上牀便咍臺大鼾。"

【鼾睡】熟睡而有鼾聲。全唐詩六七一唐彦謙宿田家："停車息茅店，安寢正鼾睡。"宋岳珂桯史一徐鉉入聘："上諭之曰：'不須多言，江南亦何罪，但天下一家，卧榻之側，豈容他人鼾睡耶？'"

鼿 wù 集韻 五忽切，入，没韻。ㄨ

獸以鼻摇物。文選晋張景陽(協)七命："乃有圜文之犴，班題之豵，鼓鬣風生，怒目電睒，口皼霜刃，足撥飛鋒，䶐林蹶石，扣跋幽叢。"注："䶐，以鼻摇動也。"清胡克家考異："案䶐當作鼿，各本皆誤。"

四畫

齂 nǜ ㄋㄩ

鼻出血。同"衄"，譌作"䶊"。參見"衄"。

五畫

齁 pào 集韻 皮教切，去，效韻。ㄆㄠ

疱瘡。同"皰"。唐崔令欽教坊記："北齊有人姓蘇，齁鼻，實不仕而自號爲郎中。"

齁 hōu 呼侯切，平，侯韻，曉。ㄏㄡ

㊀鼾聲。見"齁齁"。㊁吃太冷或太鹹之物而患的病。如寒齁、痰齁，小兒鹹齁。見本草綱目三百病主治藥上喘逆齁喘。

【齁齁】鼾聲。宋蘇軾分類東坡詩二十歐陽晦夫惠琴枕："孤鸞别鵠誰復聞，鼻息齁齁自成曲。"宋范成大石湖集二七戲詠絮帽詩："不解兵前當箭鑿，解令曉枕睡齁齁。"

【齁鼾】鼾聲。全唐詩六一一皮日休背蓬："深擁竟無言，空成睡齁鼾。"

六　畫

鼪 kuī ㄎㄨㄟ　字彙 枯回切，音封。

鼾聲。古文苑六漢王延壽王孫賦："鼻鼪鼽以鼾鼽，耳聿役以嘀知。"注："鼪，音封；鼽，呼侯反；鼾，音吸；鼽，許夾反。皆鼻息聲。"

鼬 xiā ㄒㄧㄚ　呼洽切，入，洽韻，曉。

見"鼽鼬"。參見"鼪"。

九　畫

齃 è ㄜ　烏葛切，入，曷韻，影。

鼻梁。同"頞"。史記七九蔡澤傳："唐舉熟視而笑曰：'先生曷鼻、巨肩、魋顔，蹙齃，膝攣，吾聞聖人不相，殆先生乎？'"索隱："蹙齃謂鼻蹙眉。"

【齃岳】高鼻梁。宋晁補之雞肋集三二南華真人畫贊："乾頟(顴)坤頤，口海齃岳。"

十　畫

齅 xiù ㄒㄧㄡ　許救切，去，宥韻，曉。

以鼻聞味。同"嗅"。漢書一〇〇上敍傳班嗣報桓譚書："不絓聖人之罔，不齅驕君之餌。"注："齅，古嗅字也。"

【齅金】㊀用鼻嗅金錢的質量。太平御覽八一一漢楊孚異物志："狼賘民與漢人交關，常夜市，以鼻齅金，知其好惡。"㊁比作喜愛或貪圖金錢。文苑英華九九唐皇甫松大隱賦："世事紛紛，生涯促促，亦何爲乎齅金，亦何爲乎泣玉。"

齆 wèng ㄨㄥˋ　烏貢切，去，送韻，影。

鼻塞。廣韻作"齈"。見下。

【齆鼻】不通氣的鼻子。太平御覽七四〇南朝宋劉義慶幽明錄："晉司空桓豁在荆州，有參軍教鸜鵒令語，遂無所不名。當大會，令効人語。有一人齆鼻，語難學，因以頭内瓮中以效焉。"又北魏崔鴻十六國春秋後趙錄："王謨，字思賢，齆鼻，言不清暢。"

十一畫

齇 liào ㄌㄧㄠˋ　集韻 力弔切，去，嘯韻。

齇𪖐，鼻仰貌。晉書王沈傳釋時論："眼罔鬱而遠視，鼻齇𪖐而刺天。"皆傲慢目中無人之態。

齄 zhā ㄓㄚ　集韻 莊加切，平，麻韻。

鼻尖發暗紅色疱點。俗謂酒渣鼻，亦曰酒糟鼻。魏書王慧龍傳："王氏世齄鼻，江東謂之齄王。"

十三畫

齈 nòng ㄋㄨㄥˋ　奴凍切，去，送韻，泥。

鼻疾，多涕。元曲選缺名氣英布三："他是個齈鼻子，一些香臭也不懂的。"

齊　部

齊 1. qí ㄑㄧˊ　徂奚切，平，齊韻，從。

㊀平整，整齊。書洛誥："予齊百工，伻從王于周。"莊子馬蹄："飢之渴之，馳之驟之，整之齊之。前有橛飾之患，而後有鞭筴之威，而馬之死者已過半矣。"㊁相等，相同。論語里仁："見賢思齊焉，見不賢而内自省也。"孟子滕文公上："夫物之不齊，物之情也。或相倍蓰，或相什百，或相千萬。"㊂全，齊全。史記平準書："於是公卿言：……而民不齊出於南畝。"全唐詩二四五韓翃送客之潞府："佳期別在春山裏，應是人參五月齊。"㊃整治。禮大學："欲治其國者，先齊其家，欲齊其家者，先修其身。"㊄敏捷。荀子脩身："齊給便利，即節之以動止。"㊅辨別。易繫辭上："齊小大者存乎卦。"注："齊，猶言辨也。"㊆肚臍。通"臍"。左傳莊六年："若不早圖，後君噬齊，其及圖之乎？"注："若齧腹臍，喻不可及。"㊇國名。周武王封太公望於齊，至桓公爲五霸之一；田氏代齊，爲戰國七雄之一。秦始皇二十六年滅齊。參閱史記齊太公世家。㊈朝代名。1. 南朝蕭道成廢宋，自稱帝，國號齊，史稱南齊。公元 479—501 年。2. 北朝高洋廢東魏稱帝，國亦號齊，史稱北齊。公元 551—577 年。㊉姓。齊國太公望之後，以國爲姓。又衛大夫齊子之後，以字爲姓。參閱元和姓纂三齊。

2. jī ㄐㄧ　集韻 牋西切，平，齊韻。

㊀升起。通"躋"。禮樂記："地氣上齊，天氣下降。"注："齊讀爲躋。躋，升也。"㊁醬菜，腌菜。通"齏"。周禮天官醢人："掌共五齊七菹。"注："齊，菹醬屬。"

3. jì ㄐㄧˋ　集韻 子計切，去，霽韻。
集韻 才詣切，去，霽韻。

㊂份量，劑量。周禮天官亨人："掌共鼎鑊，以給水火之齊。"又瘍醫："掌腫瘍、潰瘍、金瘍、折瘍之祝藥、劀殺之齊。"㊃合金。周禮考工記輈人："金有六齊：六分其金而錫居一，謂之鍾鼎之齊。"注："以和金之品數。"

4. zī ㄗ　集韻 津私切，平，脂韻。

㊄衣的下擺。通"齋"。論語鄉黨："攝齊升堂，鞠躬如也，屏氣似不息者。"注："衣下曰齊。攝齊者，摳衣也。"㊅通"齍"。見"齊₄盛"。㊆通"資"。見"齊₄斧"。

5. zhāi ㄓㄞ　集韻 莊皆切，平，皆韻。

㊇齋戒。通"齋"。論語鄉黨："齊必變食，居必遷坐。"

6. jiǎn ㄐㄧㄢˇ　集韻 子淺切，上，獮韻。

㊈斷。通"翦"。儀禮既夕禮："馬不齊髦毛。"

【齊一】劃一，統一。荀子儒效："笞捶暴國，齊一天下，而莫能傾也。"

【齊刀】古幣名。戰國齊國貨幣，狀如刀形。按幣面文字可分三字刀、四字刀和六字刀，但首字均爲"齊"字。宋梅堯臣宛陵集十六飲劉原甫家原甫懷二古錢勸酒……詩："探懷發二寶，太公新室錢，獨行齊大刀，鐮形末環連。"

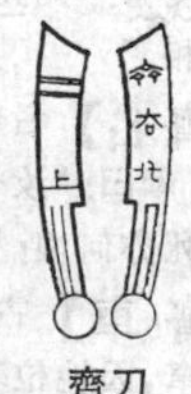

齊刀

【齊土】即中土。列子楊朱："至其情所欲好，耳所欲聽，目所欲視，口所欲嘗，雖殊方偏國，非齊土之所產育者，無不必致之。"

【齊女】蟬的別名。晉崔豹古今注下問答釋義："牛亨問曰：'蟬名齊女者何？'答曰：'齊王后忿而死，尸變爲蟬，登庭樹，嘒唳而鳴。王悔恨。故世名蟬曰齊女也。'"

【齊心】猶言同心。三國志魏臧洪傳："洪

乃升壇操槃，歃血而盟曰：'……凡我同盟，齊心戮力，以改臣節。'" 文選古詩十九首之四："齊心同所願，含意俱未申。"

【齊5牛】供祭祀時用的牛。禮曲禮上："國君下齊牛，式宗廟。"疏："熊氏（安生）云：此文誤，當以周禮注爲正，宜云'下宗廟，式齊牛'。"

【齊民】平民。管子君臣下："齊民食於力，則作本。"宋陸游劍南詩稿三七露坐詩之二："齊民一飽勤如許，坐食官倉每惕然。"

【齊奴】晉石崇小名。石崇字季倫，生於青州，青州於春秋戰國時爲齊地，故小名齊奴。見晉書石崇傳。宋蘇軾東坡集後集六夜燒松明火詩："齊奴朝爨蠟，萊公夜長嘆。"萊公，寇準。

【齊安】地名。南齊置齊安郡、縣，隋廢郡，省縣入黄岡。唐杜牧樊川集三有齊安郡晚秋、齊安郡中偶題及齊安郡後池絶句等詩。故址在湖北黄岡縣西北。

【齊州】㊀中州，指中國。爾雅釋地："岠齊州以南，戴日爲丹穴。"疏："齊，中也。中州，猶言中國也。"㊁州名。春秋齊地，漢爲齊郡。南朝宋於其地僑置冀州，北魏皇興三年改爲齊州，治所歷城。隋唐五代均因之，北宋政和六年升爲濟南府。宋曾鞏曾知齊州，元豐類藁四有齊州二堂記、齊州北水門記等文。參閲嘉慶一統志一六二濟南府一。

【齊年】㊀年紀相等。南史顔延之傳："唯袁淑年倍小延之，不相推重。延之忿於衆中折之曰：'昔陳元方與孔元駿齊年文學，元駿拜元方於牀下，今君何得不見拜？'"㊁同年登科。舊唐書一〇八武元衡傳："始元衡與吉甫齊年，又同日爲宰相。"

【齊名】名望相等。後漢書六七范滂傳："母曰：'汝今得與李（膺）、杜（密）齊名，死亦何恨！'"

【齊5車】古時君主及士大夫等所乘之車，因地位不同，所飾之物亦異。禮玉藻："君羔幦虎犆。大夫齊車，鹿幦豹犆。朝車，士齊車，鹿幦豹犆。"又曾子問："天子巡守，以遷廟主行，載于齊車，言必有尊也。"釋文："本亦作齋。"

【齊5戒】修身内省。即"齋戒"。易繫辭上："聖人以此齊戒，以神明其德夫。"

【齊河】縣名。屬山東省。漢祝阿縣地，唐爲禹城縣地，宋置耿濟鎮，金置縣，屬濟南府，明清因之。參閲嘉慶一統志一六二濟南府一。

【齊5房】漢郊祀歌名。漢武帝元封二年夏六月甘泉宫内產芝，九莖連葉，遂作齊房之歌，其辭曰："齊房產草，九莖連葉。宫童效異，披圖案牒。玄氣之精，回復此都，蔓蔓日茂，芝成靈華。"見漢書禮樂志二。武帝紀元封二年作芝房之歌。

【齊門】江蘇吴縣城東北門。春秋時吴王闔閭爲太子波聘齊女，女少思齊，日夜號泣成病。闔閭爲起北門，名曰望齊門。通稱齊門。見吴越春秋闔閭内傳、唐陸廣微吴地記。

【齊明】無所不明。國語周上："國之將興，其君齊明、衷正、精潔、惠和。"注："齊，一也。"荀子修身："齊明而不竭，聖人也。"注："齊謂無偏無頗也。"

【齊4明】粢盛，祭祀所盛黍稷。詩小雅甫田："以我齊明，與我犧羊，以社以方。"傳："器實曰齊，在器曰盛。"釋文："齊，本又作齎，又作齍，同音資。"

【齊5明】齋戒嚴整。禮中庸："齊明盛服，以承祭祀。"釋文："齊，側皆反，本亦作齋。"

【齊4斧】用於征伐之斧，又名黄鉞斧。凡師出必齊戒入廟受斧，故曰齊斧。見易旅"得其資斧"釋文引張軌説及虞喜志林説。文選三國魏陳孔璋（琳）檄吴將校部曲文："要領不足以膏齊斧，名字不足以洿簡墨。"

【齊契】同心默契。藝文類聚三三晉劉琨與段匹磾盟文："繾綣齊契，披布胸懷。"亦指同心默契之友人。宋桑世昌蘭亭考一引晉王羲之詩："乃攜齊契，散懷一丘。"

【齊眉】㊀比喻夫婦相敬愛。唐李白李太白詩十五竄夜郎於烏江留别宗十六璟："我非東牀人，令姊忝齊眉。"參見"舉案齊眉"。㊁棒名。以長短上與眉齊，粗適盈握，故名。水滸三："提了一條齊眉短棒，奔出南門。"

【齊4衰】喪服名。爲五服之一，次於斬衰。以粗麻布做成，因其緝邊縫齊，故稱齊衰。爲繼母、慈母服期衰三年，爲祖父母、妻、庶母服齊衰一年，爲曾祖父母服齊衰五月，爲高祖父母服齊衰三月。參閲儀禮喪服、禮檀弓上。

【齊5夏】古樂名，九夏之一。見周禮春官鐘師。參見"九夏㊀"。

【齊乘】元于欽撰。六卷，專記三齊輿地。分沿革、山川、郡邑、古蹟、風土、人物等。於元代地方志中最有古法。欽子潛撰齊乘釋音一卷。清楊峒參訂其師周嘉猷稿，撰齊乘考證六卷。

【齊娥】齊國歌女。文選晉陸士衡（機）吴趨行："楚妃且勿歎，齊娥且莫謳，四座并清聽，聽我歌吴趨。"唐劉良注以齊娥爲齊后。後以齊娥爲歌女的通稱。全唐詩三四楊師道詠琴："齊娥初發弄，趙女正調聲。"

【齊5宿】孟子公孫丑下："弟子齊宿而後敢言。"言前夕曾經齋戒，表示恭敬之意。

【齊5莊】恭敬。禮中庸："齊莊中正，足以有敬也。"也作"齋莊"。唐柳宗元柳先生集七南嶽雲峯和尚塔銘："行峻潔兮貌齋莊，氣混溟兮德洋洋。"

【齊4盛】盛在祭器中供祭祀的穀類食品。禮祭統："是故天子親耕於南郊，以供齊盛……諸侯耕於東郊亦以供齊盛。"釋文："齊，本亦作齍，與粢同。"

【齊紫】齊國的紫衣。韓非子外儲左上："齊桓公好紫服，一國盡服紫，當是時也，五素不得一紫。"史記六九蘇秦傳附蘇代遺燕昭王書："齊紫，敗素也，而賈十倍。"

【齊詩】詩經有魯齊韓三家，皆今文。漢初齊人轅固生傳齊詩，曾爲詩作傳。後傳於夏侯始昌、后蒼，翼奉、蕭望之、匡衡、伏黯等。漢書藝文志有齊后氏故二十卷、齊孫氏故二十七卷、齊后氏傳三十九卷、齊孫氏傳二十八卷、齊雜記十八卷等，今皆不傳。清陳喬樅有齊詩遺説考。

【齊鼓】古樂器。如漆桶，大一頭，設齊於鼓面如麝臍，故曰齊鼓。見舊唐書音樂志二。

【齊聖】智慮敏達。書冏命："昔在文武，聰明齊聖。"傳："聰明視聽遠，齊通無滯礙。"詩小雅小宛："人之齊聖，飲酒温克。"傳："齊，正。"

【齊肅】專一虔誠。國語楚下："古者民神不雜，民之精爽不攜貳者，而又能齊肅衷正，……如是則明神降之。"注："齊，一也；肅，敬也。"

【齊盟】同盟。左傳昭元年："封疆之削，何國蔑有？主齊盟者誰能辨焉？"

【齊齊】恭敬，嚴整。禮玉藻："廟中齊齊，朝廷濟濟翔翔。"注："齊齊，恭慤貌。"

【齊歌】齊地之歌。齊歌曰謳，吴歌曰歈，楚歌曰豔，淫歌曰哇。見説文"謳"、太平御覽五七三古樂志。一説指齊聲而歌。漢書高帝紀"漢王既至南鄭，諸將及士卒皆歌謳思東歸"唐顔師古注："謳，齊歌也，謂齊聲而歌，或曰齊地之歌。"

【齊論】論語之今文有魯論齊論，齊人所傳齊論二十二篇，較魯論多問王知道二篇。據經典釋文敍録章句亦多於魯論。皆不傳。西漢張禹，本受魯論，兼講齊説，善者從之，世號張侯論，即今本論語。清王紹蘭輯有問王知道逸文補卷。參閱三國魏何晏論語集解序。

【齊魯】論語雍也:"子曰:齊一變,至於魯,魯一變,至於道。"言齊魯有太公周公之餘化,若有明君興之,由齊之霸道而變爲魯之王道。後以齊魯指文化興盛之地。宋蘇轍欒城集五送排保甲陳祐甫詩:"我生本西南,爲學慕齊魯。"清吳偉業梅村家藏稿一贈蒼雪詩:"洱水與蒼山,佛教之齊魯。"

【齊諧】人名。一説爲書名。莊子逍遥遊:"齊諧者,志怪者也。"釋文:"司馬(彪)及崔(譔)並云人姓名。(梁)簡文(帝)云書。"抱朴子論仙:"雖有禹、益、齊諧之智,而所嘗識者未若所不識之衆也。"南朝宋東陽無疑有齊諧記七卷,吳均有續齊諧記一卷。見隋書經籍志。清袁枚子不語亦名新齊諧。

【齊整】㊀整齊。三國志魏鄭渾傳:"入魏郡界,村落齊整如一,民得財足用饒。"晉書苻堅載記下:"堅與苻融登城而望王師,見部陣齊整,將士精鋭,又北望八公山草木皆類人形,顧謂融曰:'此亦勍敵也,何謂少乎?'"㊁指婦人貌美。急就篇三"沐浴揃搣寡合同"唐顔師古注:"揃搣謂鬄拔眉髮也,蓋去其不齊整者。……今俗謂婦人貌美曰齊整。"

【齊暾】木名。油橄欖。音譯爲阿列布。出波斯國,亦出拂林國。拂林呼爲齊虛。樹長二、三丈,皮青白,花似柚,極芳香,子似楊桃,五月熟。西域人壓爲油,以煮餅果。見唐段成式酉陽雜俎前集十八。暾,也作"墩"。本草綱目三一果三摩廚子附録有齊墩果。

【齊驅】㊀驅馬並進。唐元稹長慶集二四縛戎人詩:"緣邊飽餧十萬衆,何不齊驅一時發。"㊁才力相等。唐張説張燕公集九讓兵部尚書平章事表:"竊見開府宋璟,清介獨立,倚法而不回。詹事陸象先,清明向道,臨事能斷。……雖深心用力,臣頗與二子齊驅,然較德考年,彼皆有一日之長。"

【齊司封】剪刀的諧名。宋林洪文房圖贊:"齊司封,名敏,字功父,號快閣隱君,公世居并州,以直聲聞。"

【齊召南】公元1703—1768年。清浙江天台人。字次風,號息園。乾隆元年舉博學鴻詞科,累官至禮部侍郎。歸里後主浙江敷文書院講習最久。熟於三禮,尤長地理之學。曾參與纂修通鑑綱目、續文獻通考、清一統志諸書。著有水道提綱、歷代帝王年表。其門人戴殿海爲編刊寶綸堂文鈔八卷、詩鈔六卷。

【齊物論】㊀莊子篇名。内容以齊是非、齊彼此、齊物我、齊夭壽爲主。㊁酒名。宋唐庚眉山先生集二瀘人何邦直……吾呼與飲爲作此詩:"滿引一杯齊物論,白衣蒼狗任浮雲。"自注:"予在惠州。作酒二種,其和者名養生主,其稍勁者名齊物論。"

【齊侯罍】周酒器。高一尺二分,銘文共一百六十餘字,齊陳桓子作。齊侯朝於王,王爲立樂,因報聘於齊。陳氏爲作韶樂,祭於廟,以迎天子之賓,而行饗禮之事。又有齊侯中罍,與此稍異。銘文一百四十餘字,蓋同時作,用以紀食禮。此兩器初爲阮元所藏,繪圖刻石。許瀚、龔自珍、吳式芬、張廷濟、何紹基各有釋文。後歸吳雲所有,因以兩罍軒名其齋。見清吳雲兩罍軒彝器圖釋四及五。

齊侯罍

【齊桓公】春秋時齊侯,五霸之一。名小白。周莊王十一年,以兄襄公暴虐,去國奔莒。襄公被殺,歸國即位。任管仲爲相,尊周室,攘夷狄,九合諸侯,一匡天下,終其身爲盟主。後管仲死,用豎刁易牙開方等,怠於政事。及卒,諸公子争立,霸業遂衰。見史記齊世家。

【齊梁體】指南朝齊與梁之詩體而言。齊梁詩人作詩,講求音律、對偶、詞藻等,内容多貧乏,風格頽靡。後世稱爲齊梁體,亦簡稱齊梁。唐杜甫杜工部詩史補遺戲爲六絶之五:"竊攀屈宋宜方駕,恐與齊梁作後塵。"

【齊雲船】船名。齊雲,言其高。新五代史南唐李景世家:"景之水軍多敗,長淮之舟,皆爲周師所得。又造齊雲船數百艘,世宗至楚州北神堰,齊雲舟大,不能過,乃開老鸛河以通之,遂至大江。"陸游南唐書十四張彦卿傳作"齊雲艦"。

【齊雲樓】古名月華樓。唐曹恭王所建。後又名飛雲閣。唐白居易長慶集五四有齊雲樓晚望偶題十韻詩,即此。元末吳朱元璋(明太祖)克平江,執張士誠,其羣妾焚死於此。古址在舊吳縣子城上。參閱嘉慶一統志七八蘇州府。

【齊雲觀】宫觀名。南朝陳後主(陳叔寶)采木湘州,栰至牛渚磯,盡没水中。以浮起散木,造齊雲觀。國人歌曰:"齊雲觀,寇來無際畔。"見南史陳紀下後主。

【齊瑟行】樂府雜曲歌辭名。曹植名都、美女、白馬諸篇並屬齊瑟行。皆以首句名篇。見樂府詩集六三齊瑟行。

【齊謳行】樂府雜曲歌辭名。晉陸機、南朝梁沈約皆有齊謳行。見樂府詩集六四。

【齊大非耦】左傳桓六年:"齊侯欲以文姜妻鄭大子忽,大子忽辭。人問其故。大子曰:'人各有耦,齊大,非吾耦也。'"漢劉向説苑權謀作"偶"。舊時因以齊大非耦指男女締婚門第不相當。

【齊民要術】北魏賈思勰撰。十卷,九十二篇。對農藝、園藝、土壤、選種、畜牧、蠶桑等,記載甚詳,多憑經驗,重在實用。援引宏博,附有圖説,爲我國最古而有系統的農業科學專著。唯以經過輾轉傳録,誤奪甚多,亦有好事者孱入之處。

【齊東野語】㊀齊國東鄙野人之語。孟子萬章上:"此非君子之言,齊東野人之語也。"後稱不足信之言爲齊東野語。㊁書名。元周密撰,二十卷。密本濟南人,其祖南渡,居吳興。書名齊東野語,以示不忘本。書中考證古義頗詳,記南宋舊事尤多,可補史傳之闕失。

【齊烟九點】唐李賀歌詩編一夢天:"遥望齊州九點烟,一泓海水杯中瀉。"齊州,指中國九州,言居最高之處,九州不過點烟杯水,一覽而入望。金元好問遺山集三范寬秦川圖詩:"西山盤盤天與連,九點盡得齊川烟。"

【齊侯鎛鐘】周器。此鐘爲齊臣叔及所作,共四九二字。見宋薛尚功歷代鐘鼎彝器款識法帖七。

【齊筋小碟】官哥窰器中,有齊筋小碟、螭虎鎮紙等,皆爲二窰之中乘品。齊筋小碟,即今醬油碟之類。見明高濂遵生八牋卷十四燕閒清賞牋高子論官哥窰器。

齊侯鎛鐘

三畫

齋 1. zhāi ㄓㄞ 側皆切,平,皆韻,莊。

㊀古祭祀前整潔身心,以示虔敬。呂氏春秋正月紀:"天子乃齋。"注:"論語曰:齋必變食,居必遷坐,自禋潔也。"今本論語鄉黨作"齊"。㊁佛教以過午不食爲齋。其後以施給道士僧尼的財物飯食爲齋。梁慧皎高僧傳六釋僧䂮:"(姚)興既崇信三寶,盛弘大化,建會設齋,煙蓋重疊。"唐六典四祠部郎中:"凡國忌日,兩京定大觀寺各二,散齋,諸道士女道士及僧尼皆集于齋所。"參閱釋氏要覽下雜記清齋。㊂供奉神佛的食品。廣弘明集十

二唐釋明槩決對傅奕廢佛僧事:“昔人一瓢以濟餒夫,尚得扶輪相報;今一齋以供大聖,寧無福禄相酬。”參見“齋供”。㊃素食。廣弘明集十唐釋道宣敍任通林辨周武帝除佛法詔:“頭陀蔬食,至好長齋。”㊄屋舍。多指書房、學舍。世説新語言語:“(孫綽)齋前種一株松,恆手自壅治之。”

2. zī 集韻 津私切,平,脂韻。
ㄗ

㊅粗布製的喪服。通“𪗋”。孟子滕文公上:“齋疏之服。”疏:“𪗋衰之服。”

【齋心】清心寡欲。列子黄帝:“減厨膳,退而閒居大庭之館,齋心服形,三月不親政事。”文苑英華八四八唐陳子昂續唐故中嶽體玄先生潘尊師碑:“朝拜白茅兮夕紫房,齋心潔意緬相望。”

【齋主】佛家稱施齋之主。也稱施主。楞嚴經一:“心中初求最後檀越以爲齋主。”

【齋仗】皇帝或王公齋閣備儀仗、侍衛的武士。南齊書東昏侯紀:“帝烏帽袴褶,備羽儀,登南掖門臨望。又虛設鎧馬齋仗千人,皆張弓拔白,出東掖門,稱蔣王引淴。”梁書江蒨傳:“居父憂,以孝聞,廬於墓側,明帝敕遣齋仗二百人防墓所。”

【齋戒】古人在祭祀前沐浴更衣,不飲酒,不吃葷,不與妻妾同寢,整潔心身,以示虔誠。孟子離婁下:“雖有惡人,齋戒沐浴,則可以祀上帝。”

【齋長】學舍的領班。元史許衡傳:“(帝)親爲擇蒙古弟子俾教之。衡聞命喜,……乃請徵其弟子王梓劉季偉……十二人爲伴讀。詔驛召之來京師,分處各齋,以爲齋長。”

【齋舍】㊀官廳的旁屋。漢書九十田延年傳:“即閉閤獨居齊舍,偏袒持刀東西步。”注:“齊讀曰齋。”㊁書室。唐韋應物韋江州集八郡中西齋詩:“似與塵境絶,蕭條齋舍秋。”

【齋供】供奉神佛用的食品。廣弘明集十二唐釋明槩決對傅奕廢僧佛事:“寺塔宏壯,齋供充盈,民庶争歸,士女奔湊。”

【齋客】道家受道之法,必先潔齋,設壇,置屏帳。齋者有人數之限,以次入於屏帳之中,魚貫面縛,陳説所犯罪行。其齋數之外有人者,並在屏帳之外,謂之齋客,但拜謝而已,不面縛。見隋書經籍志四。

【齋郎】辦理祭祀事務的小吏。魏有太常齋郎,唐宋亦置,或稱太廟齋郎,屬太常寺,以五品以上子孫及六品職事官子爲之,六考而滿。郊社齋郎以六品職事官子爲之,八考而滿,亦試兩經,文義粗通,然後補授考滿簡試,限年十五以上、二十以下,擇儀狀端正無疾者。

【齋冠】漢高祖劉邦微時以竹皮爲冠,謂之劉氏冠。後依此造長冠,一曰齋冠,高七寸,廣三寸,促漆纚爲之,制如板,以竹爲裏。祀宗廟諸祀則冠之。見後漢書輿服志下。

【齋屋】房舍。宋書王延之傳:“延之清貧,居宇穿漏。褚淵往候之,見其如此,具啟明帝,帝即敕材官爲起三間齋屋。”

【齋宮】皇帝齋祀之所。國語周上:“先時五日,瞽告有協風至,王即齋宮。”清制,宮内及天地壇皆有齋宮,逢南北郊時,於大内致齋二日,在壇内致齋一日。見清孫承澤天府廣記六齋宮。

【齋時】佛家過午不食爲齋,故正午爲齋時。唐白居易長慶集十四同錢員外題絶糧僧巨川詩:“齋時往往聞鐘笑,一食如何不食閒。”

【齋舫】載齋庫財物的船。梁書安成康王秀傳:“出爲使持節、都督江州諸軍事、平南將軍、江州刺史。將發,主者求堅船以爲齋舫。”

【齋娘】爲皇后辦祭祀事務的女子。新唐書禮樂志三:“中宗時,將享南郊,……於是以皇后爲亞獻,補大臣李嶠等女爲齋娘,以執籩豆焉。”

【齋慄】敬慎恐懼貌。書大禹謨:“祇載見瞽瞍,夔夔齋慄,瞽亦允若。”

【齋幹】書齋裏的役童,俗稱書童。南齊書茹法亮傳:“宋大明中,出身爲小史,歷齋幹扶侍。”又吕文獻傳:“初爲宋孝武齋幹直長。”

【齋僧】以齋食施給僧人。廣弘明集十七隋安德王雄等慶舍利感應表:“九日赴慈善寺,爲慶光齋僧。”宋王溥五代會要四忌日:“每遇國忌行香,宰臣跪爐,僧人表讚,……行香之後,齋僧一百人,永爲定制。”

【齋壇】帝王祭天地之所。後請僧道唸經朝禮亦稱齋壇。唐李賀歌詩編三贈陳商:“風雪直齋壇,墨組貫銅綬。”唐彥謙鹿門集中遊陽明洞呈王理得諸君詩:“北斗齋壇天寂寂,東風仙洞草毵毵。”

【齋醮】請僧道設齋壇,向神佛祈禱。文苑英華四七二唐吴融上元青詞:“按科儀於金闕,陳齋醮於道場。”

【齋艦】官府的游艦。宋孫覿(仲益)内簡尺牘編注十:“相望一水之隔,未果造謁,齋艦詣郡,枉道一臨爲幸也。”

【齋釀】官廳釀造的酒。宋曾鞏元豐類藁五聞喜亭詩:“閣鈴晝常寂,齋釀寒更醇。”蘇軾分類東坡詩十八次韻周開祖長官見寄:“齋釀酸甜如蜜水,樂工零落似風鷗。”

四 畫

齌 jì 在詣切,去,霽韻,從。
ㄐㄧˋ 祖稽切,平,齊韻,精。
七稽切,平,齊韻,清。

猛火煮飯。説文:“齌,炊餔疾也。”

【齌怒】盛怒。楚辭屈原離騷:“荃不察余之中情兮,反信讒而齌怒。”

五 畫

齍 zī 即夷切,平,脂韻,精。
ㄗ

㊀古代盛穀類的祭器。周禮天官九嬪:“凡祭祀,贊玉齍。”注:“玉齍、玉敦,受黍稷器。”㊁穀類的總稱。通“粢”。周禮春官小宗伯:“辨六齍之名物與其用,使六宮之人共奉之。”注:“齍讀爲粢,六粢謂六穀,黍、稷、稻、粱、麥、苽。”

六 畫

𪗋 zī 即夷切,平,脂韻,精。
ㄗ

㊀喪服。荀子大略:“父母之喪,三年不事;𪗋衰大功,三月不事。”亦作“齊”。參見“齊₄衰”。㊁長衣的下縫。漢書六七朱雲傳:“有薦雲者召入,攝𪗋登堂,抗首而請,聲動左右。”注:“𪗋,衣下之裳。”

七 畫

齎 1. jī 即夷切,平,脂韻,精。
ㄐㄧ 祖稽切,平,齊韻,精。

亦作“賫”、“賷”。㊀付與,送與。儀禮聘禮:“又齎皮馬。”周禮春官小祝:“及葬,設道齎之奠。”㊁攜帶行裝。漢書食貨志下:“干戈日滋,行者齎。”注:“齎謂將衣食之具以自隨也。”㊂抱着,帶着。見“齎志”、“齎恨”。㊃歎息聲。見“齎咨”。

2. qí
ㄑㄧˊ

㊄水漩入處似臍。通“臍”。列子黄帝:“與齎俱入,與汩偕出。”注:“齎、汩者,水迴入涌出之貌。”莊子達生作“齊”。

3. zī
ㄗ

㊅財物,通“資”。周禮天官典枲:“掌布緦縷紵之麻草之物,以待時頒功而授齎。”注:“齎作資。”㊆資助。見“齎₃盜糧”。

【齎₃用】資財。史記陳丞相世家:“(陳)

平既娶張氏女,齋用益饒,游道日廣。」

【齋志】懷抱志向。南朝梁江淹江文通集一恨賦:「齋志没地,長懷無已。」

【齋恨】猶言抱恨。後漢書二八下馮衍傳顯志賦:「何天命之不純兮,信吾罪之所生;傷誠善之無辜兮,齋此恨而入冥。」

【齋咨】歎詞。易萃:「齋咨涕洟。」注:「齋咨,嗟歎之辭也。」西崑州唱集下宋楊億宋玉詩:「麗賦朝雲無處所,羈懷秋氣動齋咨。」

【齋₃盜糧】比喻助人爲惡或行動有利於敵人。荀子大略:「非其人而教之,齋盜糧借賊兵也。」史記七九范睢傳:「因進曰:『……故齊所以大破者,以其伐楚而肥韓、魏也。此所謂借賊兵而齋盜糧者也。』」

九畫

齏 jī ㄐㄧ 祖稽切,平,齊韻,精。

細切的醬菜或腌菜。周禮天官醢人「以五齊七醢七菹三臡實之」注:「齊當爲齏。……凡醢醬所和,細切爲齏。」

【齏粉】細粉,碎屑,喻爲粉身碎骨。梁書武帝紀上移檄京邑:「(劉暄江祏等)宜其慶溢當年,祚隆後裔,而一朝齏粉,孩稚無遺。」

齒部

齒 chǐ ㄔˇ 昌里切,上,止韻,穿。

㊀牙齒。墨子非攻中:「古者有語,脣亡則齒寒。」或特指象牙。尚書禹貢:「齒革羽毛惟木。」㊁謂齒形物。釋名釋道:「齊魯謂四齒杷爲欋。」宋林逋林和靖集一春夕閒詠詩:「屐齒偏庭深,若爲擁鼻吟。」㊂牛馬幼小者,歲生一齒,因以齒計其歲數。穀梁傳僖二年:「荀息牽馬操璧而前曰:璧則猶是也,而馬齒加長矣。」也指人的年齡。左傳文元年:「君之齒,未也。」注:「齒,年也;言尚少。」漢書武帝紀建元元年詔:「古之立教,鄉里以齒,朝廷以爵,扶世導民,莫善於德。」㊃次列。左傳隱十一年:「周之宗盟,異姓爲後,寡人若朝于薛,不敢與諸任齒。」㊄録用。書蔡仲之命:「降霍叔于庶人,三年不齒。」傳:「三年之後乃齒録。」禮王制:「終身不齒。」㊅重視。資治通鑑一五九南朝梁大同十一年:「魏高陽王斌有庶妹玉儀,不爲其家所齒,爲孫騰妓。」㊆殿堂的階級。文選漢張平子(衡)西京賦「右平左墄,青瑣丹墀」三國吳薛綜注:「墄,限也,謂階齒也。天子殿高九尺,階九齒,各爲九級。其側階各中分左右,左有齒,右則滂沲平之,令輦車得上。」㊇當,觸。漢書五一枚乘傳上書重諫吳王:「譬猶蠅蚋之附羣牛,腐肉之齒利劍,鋒接必無事矣。」注:「齒謂當之也。」㊈骰子。晉書葛洪傳:「無所愛翫,不知棋局幾道,樗蒱齒名。」宋陸游劍南詩稿十四風雨旬日春後始晴:「詩囊屢稿惭新思,博齒争豪悔昔狂。」

【齒印】古印度有以齒印於證書者,相當於我國的手模。雜阿含經二五:「時王以此語盡書紙上而封緘之,以齒印印之。」

【齒列】㊀敍列。史記陳杞世家:「滕、薛、騶,夏、殷、周之閒封也,小,不足齒列,弗論也。」索隱:「然三國微小……蓋史缺無可敍列也。」㊁與人並列。漢書貨殖傳:「又況掘冢搏掩,犯姦成富,曲叔、稽發、雍樂成之徒,猶復齒列。」注:「身爲罪惡,尚復與良善之人齊齒並列。」後漢書六一左雄傳上疏:「其不從法禁,不式王命,錮之終身,雖會赦令,不得齒列。」

【齒舌】猶言口舌,指人之議論。唐柳宗元柳先生集三四答韋中立論師道書:「平居望外遭齒舌不少,獨欠爲人師耳。」

【齒決】用牙齒啃斷。禮曲禮:「濡肉齒決,乾肉不齒決。」疏:「濕軟不可用手擘,故用齒斷決而食之。」孟子盡心上:「放飯流歠,而問無齒決,是之謂不知務。」

【齒冷】笑必開口,久笑則齒爲之冷。因謂貽笑於人而招致譏嘲爲齒冷。南齊書樂頤傳:「人笑褚公,至今齒冷。」

【齒杖】王授高年者的行杖。周禮秋官伊耆氏:「共王之齒杖。」注:「王之所以賜老者之杖。鄭司農(衆)云:謂年七十,當以王命受杖者。今時亦命之爲王杖。」唐柳宗元柳先生集四三植靈壽木詩:「敢期齒杖賜,聊且移孤莖。」

【齒胄】指太子與公卿之子敍齒爲次。文選南朝齊王元長(融)三月三日曲水詩序:「出龍樓而問豎,入虎闈而齒胄。」唐李周翰注:「公卿之子爲胄子。言太子入學以年大小爲次,不以天子之子爲上,故云齒胄、齒年也。」新唐書玄宗紀開元七年:「十一月乙亥,皇太子入學齒胄,賜陪位官及學生帛。」

【齒遇】禮遇,同等待遇。晉周浚行獵值雨,過汝南李氏,見其女絡秀,狀貌非常,因求爲妾,遂生伯仁(顗)兄弟。絡秀語伯仁等:「我所以屈節爲汝家作妾,門户計耳。汝若不與吾家作親親者,吾亦不惜餘年。」伯仁等從命,由此李氏在世得方幅齒遇。見世說新語賢媛。

【齒髮】齒與髮。也借指年齡。唐杜甫杜工部草堂詩箋三八詠懷之二:「齒髮已自料,意深陳苦辭。」白居易長慶集十七十年三月三十日别微之……爲他年會話張本也詩:「齒髮蹉跎將五十,關河迢遞過三千。」

【齒齒】排列如齒貌。唐韓愈昌黎集三一柳州羅池廟碑:「鵝之山兮柳之水,桂樹團團兮白石齒齒。」宋梅堯臣宛陵集四讀范桐廬述嚴先生祠堂碑詩:「灘上水濺濺,灘下石齒齒。」

【齒劍】猶言觸刃。漢書五一枚乘傳上書重諫吳王:「夫舉吳兵以訾於漢,譬猶蠅蚋之附羣牛,腐肉之齒利劍,鋒接必無事矣。」後因謂被殺或自刎曰齒劍。廣弘明集二四南朝梁劉孝標(峻)東陽金華山栖志:「浩蕩天地之間,心無怵惕之警,豈與嵇生齒劍,揚子墜閣較其優劣者哉!」嵇生,三國魏嵇康;揚子,漢揚雄。晉書列女傳論:「聳清漢之喬葉,有裕徽音;振幽谷之貞蕤,無慚雅引;比夫懸梁靡顧,齒劍如歸,異日齊風,可以激揚千載矣。」

【齒頰】牙齒與腮頰。人進食必先鼓動齒頰,故食後回甘,曰齒頰流芬。宋蘇軾分類東坡詩十橄欖:「待得微甘回齒頰,已輸崖蜜十分甜。」張耒張右史集十四旦起詩:「瓦盎汲石泉,漱濯齒頰涼。」

【齒録】㊀收録,敍用。魏書沮渠蒙遜傳上表:「前後奉表,貢使相望,未審津塗寇險,竟不仰達;爲天朝高遠,未蒙齒録?」晉書王濬傳:「濬有二孫,過江不見齒録。」㊁科舉時代,凡同登一榜者,各具姓名年齡籍貫三代,彙刻成帙,謂之齒録。亦稱同年録。

【齒讓】謂以年齡大小相讓。禮文王世子:「將君我,而與我齒讓,何也?」

【齒亡舌存】言物之剛者易亡折而柔者

常得存。喻以柔爲貴。漢劉向說苑敬愼:"常摐有疾,老子往問焉。……(常摐)張其口而示老子曰:'吾舌存乎?'老子曰:'然。''吾齒存乎?'老子曰:'亡。'常摐曰:'子知之乎?'老子曰:'夫舌之存也,豈非以其柔耶?齒之亡也,豈非以其剛耶?'"

【齒牙餘論】謂口頭隨意褒美之辭。南史謝朓傳:"朓好獎人才。會稽孔覬粗有才筆,未爲時知,孔珪嘗令草讓表以示朓。朓嗟吟良久,……謂珪曰:'士子聲名未立,應共獎成,無惜齒牙餘論。'"

【齒危髮秀】謂年高眉秀。文選南朝梁任彥昇(昉)王文憲集序:"至若齒危髮秀之老,含經味道之生。"注:"鄭玄禮記注曰:危,高也。然齒危謂高年也。髮秀猶秀眉也。"

【齒豁頭童】齒脫頭禿。形容老態。宋陳與義簡齋集二十雨中對酒庭下海棠經雨不謝詩:"天翻地覆傷春色,齒豁頭童祝聖時。"參見"頭童齒豁"。

一畫

齓 chèn ㄔㄣˋ

"齔"俗字。見廣韻。詳"齔"。

二畫

齔 chèn 初覲切,去,震韻,初。
ㄔㄣˋ 初謹切,上,隱韻,初。

毀齒,即兒童换牙。俗作"齓"。國語鄭:"府之童妾,未既齓而遭之。"注:"毀齒曰齓,……女七歲而毀齒。"史記周紀作"齔"。後因以指童幼。後漢書皇后紀下閻皇后:"(后兄弟)顯、景諸子年童齔,並爲黃門侍郎。"

三畫

齕 hé 下没切,入,没韻,匣。
ㄏㄜˊ 胡結切,入,屑韻,匣。

咬。荀子正論:"彼乃將食其肉而齕其骨也。"

【齕吞】不嚼而吞食。淮南子地形:"齕吞者八竅而卵生,嚼咽者九竅而胎生。"

【齕齧】咬。莊子天運:"今取猨狙而衣以周公之服,彼必齕齧挽裂,盡去而後慊。"

四畫

齖 yá 五加切,平,麻韻,疑。
ㄧㄚˊ 吾駕切,去,禡韻,疑。

齒不平。見玉篇。

齙 bā 集韻 邦加切,平,麻韻。
ㄅㄚ 步化切,去,禡韻。

牙齒外露。見集韻。醒世恒言一兩縣令競義婚孤女:"蕭雅一臉麻子,眼𥈭齒齙,好似飛天夜叉模樣。"

齘 xiè 胡介切,去,怪韻,匣。
ㄒㄧㄝˋ

㊀齒相摩切。說文:"齘,齒相切也。"清段玉裁注:"謂上下齒緊相摩切也。相切則有聲,故三蒼云:'齘,鳴齒也。'"㊁指物之上下相接處不吻合。周禮考工記函人:"凡甲……衣之欲其無齘也。"疏:"人之齒齘,前却不齊。札葉參差,與齒齘相似,故以齘爲喻。"

齗 1. yín 語斤切,平,欣韻,疑。
ㄧㄣˊ

㊀齒本肉。見說文。急就篇三:"鼻口脣舌齗牙齒。"唐顏師古注:"齗,齒根肉也。"唐柳宗元柳先生集十八憎王孫文:"跳踉叫囂兮,衝目宣齗。"按齗與"齦"本爲二字,齒本肉之義,亦借作"齦"。今專用齗爲争辯之義。參閱清段玉裁說文解字注。㊁見"齗齗"。

2. yǎn 集韻 語蹇切,上,獮韻。
ㄧㄢˇ

㊂見"齗₂齗₂"。

【齗齗】㊀争辯貌。史記魯世家太史公曰:"余聞孔子稱曰'甚矣魯道之衰也!洙泗之間齗齗如也。'"集解引徐廣:"故齗齗争辭,所以爲道衰也。"㊁忿嫉。漢書三六劉向傳:"朝臣齗齗不可光祿勳,何邪?"

【齗₂齗₂】露齒貌。文選漢王文考(延壽)魯靈光殿賦:"玄熊蚺蜮以齗齗,却負載而蹲跠。"

五畫

齣 jiā 苦加切,平,麻韻,溪。
ㄐㄧㄚ

見"骹齣"。

齛 1. xiè 私列切,入,薛韻,心。
ㄒㄧㄝˋ

㊀羊反芻。或作"𪘏"。說文:"齛,羊粻也。"

2. shì
ㄕˋ

㊁噬。禮曲禮上"效犬者左牽之"注:"犬齛齧人,右手當禁備之。"釋文:"齛,本亦作噬,常世反。"

齟 jǔ 牀呂切,上,語韻,牀。
ㄐㄩˇ

齒不齊。字亦作"齬"。漢書六五東方朔傳:"齟者,齒不正也。"

【齟齬】齒參差不齊。喻抵觸,不合。漢揚雄太玄經三親:"其志齟齬。"晉范望解贊:"齟齬,相惡也。"南朝梁何遜何水部集還渡五洲詩:"方圓既齟齬,貧賤豈怨尤。"

齞 yǎn 研峴切,上,銑韻,疑。
ㄧㄢˇ

露齒貌。文選戰國楚宋玉登徒子好色賦:"登徒子則不然:其妻蓬頭攣耳,齞脣歷齒。"注:"說文曰:齞,張口見齒也。"

齡 líng 郎丁切,平,青韻,來。
ㄌㄧㄥˊ

年歲。古無齡字,衹作"令",或假作"聆"。漢人加齒作齡。禮文王世子:"古者謂年齡,齒亦齡也。"漢王充論衡感類:"九齡之夢,天奪文王年以益武王……古者謂年爲齡。"參閱清鄭珍說文新附考一"齡"。

齝 chī 丑之切,平,之韻,徹。
ㄔ 書之切,平,之韻,審。

牛反芻。爾雅釋獸:"牛曰齝。"注:"食之已久,復出嚼之。"一作"齣"、"𪗬"、"呞"。見唐釋玄應一切經音義九大智度論。

齚 zé 鋤陌切,入,陌韻,牀。
ㄗㄜˊ

咬。同"齰"。見下。

【齚舌】咬舌。史記一〇七魏其武安侯傳:"如此,上必多君有讓,不廢君。魏其(竇嬰)必内愧,杜門齚舌自殺。"南朝陳徐陵徐孝穆集二在北齊與楊僕射書:"情禮之訴,將同逆鱗;忠孝之言,皆應齚舌。"參見"齰舌"。

齣 chū
ㄔㄨ

傳奇之一回,戲曲之一部皆曰齣。儒林外史三十:"把這一百幾十班做旦脚的都叫了來,一個人做一齣戲。"清紀昀閱微草堂筆記十五:"傳奇以一折爲一齣。古無是字,始見吳任臣字彙補,註曰讀尺。相沿已久,遂不能廢。"

齠 tiáo 集韻 田聊切,平,蕭韻。
ㄊㄧㄠˊ 丁聊切,平,蕭韻。

㊀毀齒。指兒童换牙。又稱齔、齓。韓詩外傳一:"故男八月生齒,八歲而齠齒……女七月生齒,七歲而齓齒。"按大戴禮本命作"八歲而毀齒"。清俞樾謂男女毀齒,本皆稱齓,初無異文。說文玉篇均無齠字。其齠齓連言者,乃以齠指垂髮。說詳曲園雜纂韓詩外傳。

徒聊切,平,蕭韻,定。

㊁童子下垂之髮。"髫"之俗字。見廣韻。

三國志魏毛玠傳:"臣垂齠執簡,累勤取官,職在機近,人事所竄。"文選晉張景陽(協)七命:"玄齠巷歌,黄髪擊壤。"注:"埤蒼曰:髫,髪也。髫與齠古字通。"

【齠年】童年。漢蔡邕蔡中郎集二議郎胡公夫人哀讚:"嚴考殞没,我在齠年,母氏鞠育,載矜載憐。"

【齠容】童顔。唐白居易長慶集六九送毛仙翁詩:"紺髪絲並緻,齠容花共妍。"

【齠髮】髫髪。北周庾信庾子山集十三周大將軍崔説神道碑:"觀虎於檻,齠髮不驚;稱象於船,勝衣能對。"

【齠齔】垂髫换齒之時。指童年。晉陶潛陶淵明集七祭從弟敬達文:"相及齠齔,並罹偏咎。"亦作"齠齓"。三國志魏崔琰傳"魯國孔融"注引世語:"融二子皆齠齓,融見收,顧謂二子曰:何以不辭?"或即以指兒童。元王實甫西廂記二本一折:"將俺一家兒不留齠齓,待從軍又怕辱没家門。"

六 畫

齤 quán ㄑㄩㄢˊ 巨員切,平,仙韻,羣。

㊀缺齒。一説齒不正。見説文。㊁笑而見齒貌。淮南子道應:"若士者齤然而笑曰:嘻,子中州之民,寧肯而遠至此。"

齧 niè ㄋㄧㄝˋ 五結切,入,屑韻,疑。

㊀咬,啃。同"嚙"。管子戒:"東郭有狗嘊嘊,旦暮欲齧我猳而不使也。"禮曲禮上:"侍食於長者……毋齧骨。"㊁缺口。淮南子人間:"劍之折,必有齧。"注:"齧,缺。"㊂侵蝕。戰國策魏二:"王季歷葬於楚山之尾,欒水齧其墓。"注:"墓爲漏流所漬,故曰欒水齧其墓。"㊃植物名。1.彫蓬,蒿的一種。爾雅釋草:"齧,雕蓬。"疏:"此别蓬種類也。説文云:蓬,蒿也。"2.苦堇。爾雅釋草:"齧,苦堇。"疏:"可食之菜也。"

【齧桑】㊀地名。在今江蘇沛縣西南。史記楚世家:"秦使張儀與楚齊魏相會,盟齧桑。"正義引徐廣:"在梁與彭城之間也。"又河渠書漢武帝瓠子歌:"齧桑浮兮淮泗滿,久不反兮水維緩。"㊁蟲名。爾雅釋蟲:"蠰,齧桑。"注:"似天牛,角長,體有白點,喜齧桑樹,作孔入其中。"

【齧缺】㊀古人名。莊子天地:"堯之師曰許由,許由之師曰齧缺,齧缺之師曰王倪。"北周庾信庾子山集三奉報窮秋寄隱士詩:"王倪逢齧缺,桀溺偶長沮。"㊁缺刃,如被齧狀。淮南子修務:"今劍或絶側羸文,齧缺卷鋌,而稱以頃襄之劍,則貴人争帶之。"注:"絶無側,羸無文,齧齒卷鋌,鈍弊無刃。"

【齧雪】嚼雪。漢書五四蘇武傳:"單于愈益欲降之,乃幽武。置大窖中,絶不飲食。天雨雪,武卧齧雪,與旃毛并咽之。"後以喻堅貞不屈。一作"嚙雪"。元丁鶴年海巢集自詠詩:"嚙雪心危天日遠,看雲淚盡歲時深。"

【齧郄】謂良馬。漢書六四下王褒傳聖主得賢臣頌:"及至駕齧郄,驂乘旦。"注:"孟康曰:'良馬低頭口至郄,故曰齧郄。'"文選作"齧膝"。宋王安石臨川集十二躍馬泉詩:"山祇來伐之,半嶺跳齧膝。"

【齧臂】咬臂出血,以示誠信。史記六五吳起傳:"吳起殺其謗己者三十餘人,而東出衛郭門,與其母訣,齧臂而盟曰:'起不爲卿相,不復入衛!'"隋書王孝籍傳奏記:"加以老母在空,光陰遲暮,……齧臂爲期,前途逾邈。"

【齧氊】漢蘇武在匈奴中十九年,食雪與氈毛並咽,不屈。後因以齧氈爲堅貞不屈之典。宋蘇軾分類東坡詩十九次韻鄭介夫之一:"相與齧氊持漢節,何妨振履出商音。"參見"齧雪"。

【齧鏃】口銜箭鏃。隋末有昝君謨善射,王靈智從之學,以爲曲盡其妙,欲射殺君謨。謨執一短刀,矢來輒截之,末一矢承之以口,遂齧其鏑,笑曰:"學射三年,未教汝齧鏃法。"見唐段成式酉陽雜俎續集四引朝野僉載。

齩 yǎo ㄧㄠˇ 五巧切,上,巧韻,疑。

以口嚼物。同"咬"、"鱙"。漢書食貨志上引賈誼:"罷夫羸老,易子而齩其骨。"文選晉張景陽(協)七命:"口齩霜刃,足撥飛鋒。"

【齩菜根】同"咬菜根"。見該條。

齦 1. yín ㄧㄣˊ 語斤切,平,欣韻,疑。

㊀齒根肉。通"齗"。漢揚雄太玄經三密:"琢齒依齦,君自拔也。"宋蘇軾蘇文忠詩合注三七過湯陰市得豌豆大麥粥示三兒子:"青斑照匕箸,脆響鳴牙齦。"

2. kěn ㄎㄣˇ 康很切,上,很韻,溪。起限切,上,産韻,溪。

㊁啃。見説文。唐韓愈昌黎集二八曹成王碑:"蘇枯弱彊,齦其姦猖。"

【齦齦】争辯貌。漢揚雄太玄經二争:"争射齦齦。"舊注:晉范望:"齦齦,戲笑之貌也。"宋司馬光:"齦與誾同,誾誾,恭讓皃。"按齦當與"齗"同。參見"齗齗"。

【齦齶】牙牀。喻物之根柢。宋葉適水心集六送鄭景元詩:"歲月歷悠長,根株見齦齶。"謂樹之根株如牙牀之外露。宋詩鈔韓駒陵陽集鈔入鳴水洞緣源至山上詩:"我欲蹋驚湍,下窮齦齶石。"謂河牀巖石如齒牙。

齛 xiè ㄒㄧㄝˋ 私列切,入,薛韻,心。

羊反芻。爾雅釋獸:"羊曰齛。"説文作"齥"。唐人避太宗李世民諱,改作"齛"。參閱清段玉裁説文解字注。參見"齝"。

七 畫

齬 yǔ ㄩˇ 魚巨切,上,語韻,疑。
yú ㄩˊ 語居切,平,魚韻,疑。
五乎切,平,模韻,疑。

見"齟齬"。

齪 chuò ㄔㄨㄛˋ 測角切,入,覺韻,初。

㊀開孔具。見廣韻。㊁見"齪齪"。㊂整齊。宋史禮志二四閱武:"重鼓三,步人齪落旗槍,皆應規矩。"

【齪茶】以茶水乞覓錢物。宋吳自牧夢粱錄十六茶肆:"又有一等街司衙兵百司人,以茶水點送門面鋪席,乞覓錢物,謂之齪茶。"

【齪齪】拘謹貌。史記一二九貨殖傳:"而鄒魯濱洙泗,猶有周公遺風,俗好儒,備於禮,故其民齪齪。"唐韓愈昌黎集十七與于襄陽書:"世之齪齪者既不足以語之,磊落奇偉之人又不能聽焉,則信乎命之窮也。"也作"踀踀"。漢書四二申屠嘉傳:"開封侯陶青、桃侯劉舍……皆以列侯繼踵,踀踀廉謹,爲丞相備員而已。"史記九六作"娖娖"。

八 畫

䶒 pián ㄆㄧㄢˊ 集韻 蒲眠切,平,先韻。
必郢切,上,静韻。

並齒,疊牙。春秋元命苞:"武王䶒齒,是謂剛强。"(古微書六,路史史皇紀注引作春秋演孔圖)

齱 1. zōu ㄗㄡ 側鳩切,平,尤韻,莊。

㊀齒不正。廣韻:"齱齵,齒偏。"

2. chuò ㄔㄨㄛˋ

㊁同"齪"、"踀"。見"握齱"。

齰 1. zé ㄗㄜˊ 鋤陌切,入,陌韻,牀。
鋤駕切,去,禡韻,牀。

㊀咬，嚙。亦作"齚"。漢書九三鄧通傳："上使太子齰癰，太子齰癰而色難之。"注："齰，齧也，齧出其膿血。"

2. cuò ㄘㄨㄛ

㊀安置。墨子公孟："貧富壽夭，齰然在天，不可損益。"注："齰同錯。"按：錯，通"措"。

【齰舌】咬舌。謂忍氣吞聲。隋書王孝籍傳籍奏記於牛弘曰："安可齰舌緘脣，吞聲飲氣，惡呻吟之響，忍酸辛之酷哉！"唐李賀歌詩編四出城別張又新酬李漢："沒沒暗齰舌，涕血不敢論。"

齷 yí ㄧ 集韻 魚羈切，平，支韻。

齒露貌。參見"齴"。

齮 yǐ ㄧ 魚倚切，上，紙韻，疑。

側齒咬。見說文。

【齮齕】側齒咬。引申爲毀傷。史記九四田儋傳："且秦復得志於天下，則齮齕用事者墳墓矣。"索隱："齮齕，側齒齩也。"

齳 yǔn ㄩㄣ 魚吻切，上，吻韻，疑。

無齒。同"齫"。

齯 ní ㄋㄧ 五稽切，平，齊韻，疑。

老人齒落復生。見下。

【齯齒】謂高壽。爾雅釋詁："黃髮、齯齒……壽也。"釋名釋長幼："九十曰鮐背……或曰齯齒。大齒落盡更生細者如小兒齒也。"也作"兒齒"、"覞齒"。參見各該條。

九畫

齴 yǎn ㄧㄢ 魚蹇切，上，獮韻，疑。

齒露貌。藝文類聚九五漢王延壽王孫賦："齒崖崖以齴齴，嚼哐唊而囁唲。"崖，通"齷"。南史王玄謨傳："孝武狎侮羣臣，各有稱目……顏師伯齞齒，號之曰齴。"參見"齗$_2$齗$_2$"。

齫 yǔn ㄩㄣ 魚吻切，上，吻韻，疑。

無齒。亦作"齳"。韓詩外傳四："以爲姣好耶？則太公年七十二，齫然而齒墮矣。"荀子君道作"齳"。

齷 wò ㄨㄛ 於角切，入，覺韻，影。

見下。

【齷齪】㊀齒相近。見廣韻。㊁局促，拘於小節。文選漢張平子（衡）西京賦："獨儉嗇以齷齪。"注："漢書注曰：齷齪，小節也。"唐李白李太白詩一大獵賦："當時以爲窮壯極麗，迨今觀之，何齷齪之甚也。"㊂惡濁，骯髒。元曲選高文秀黑旋風一："他見我風吹的齷齪，是這鼻凹裏黑。他見我血漬的腌臢，是這納襖腥。"參閱清顧張思土風錄八齷齪。

齶 è ㄜ 五各切，入，鐸韻，疑。

口腔的上膛。前面爲硬齶，後面爲軟齶。唐釋慧琳一切經音義三七陀羅尼集一向腭："昂各反。考聲：腭，斷也。經從齒作齶，俗字也。"今作"腭"。

齵 óu ㄡ 五婁切，平，侯韻，疑。

㊀齒不正。見說文。㊁參差不齊。周禮考工記輪人："察其菑蚤不齵，則輪雖敝不匡。"疏："人之牙齒參差謂之齵。此三十輻入轂與蚤入牙一一相當，不相佹戾，亦是不齵也。"

【齵差】齒牙參差不齊。荀子君道："天下之變，境內之事，有弛易齵差者矣。"

齲 qǔ ㄑㄩˇ 驅雨切，上，麌韻，溪。

齒病名。即蛀牙。淮南子說山："壞塘以取龜，發屋而求狸，掘室而求鼠，割脣而治齲……用智如此，豈足高乎！"

【齲齒】牙齒發生腐蝕性病變，俗稱蛀齒。史記一〇五倉公傳："齊中大夫病齲齒。"正義："釋名云：齲，朽也。蟲齧之缺朽也。"

【齲齒笑】故作姿態之笑。後漢書三四梁冀傳："（冀妻孫）壽色美而善爲妖態，作愁眉，嗁粧，墮馬髻，折腰步，齲齒笑，以爲媚惑。"注："風俗通曰：……齲齒笑者，若齒痛不忻忻。"又見五行志一。

十畫

齸 yì ㄧ 夷質切，入，質韻，喻。伊昔切，入，昔韻，影。

麋鹿反芻。爾雅釋獸："牛曰齝，羊曰齥，麋鹿曰齸……齸屬。"疏："此屬皆咽中藏食復出嚼之。故題云齸屬。"

齻 diān ㄉㄧㄢ 都年切，平，先韻，端。

最後之臼齒。儀禮既夕禮："右齻左齻。"疏："謂牙兩畔最長者。"周禮春官典瑞："大喪共飯玉含玉贈玉"注："含玉柱左右齻及在口中者。"釋文："顛如字，儀禮作齻，音同。"北齊書徐之才傳："武成生齻牙……問之才，拜賀曰：'此是智牙，生智牙者聰明長壽。'"

齺 zōu ㄗㄡ 士角切，入，覺韻，牀。集韻 甾尤切，平，尤韻。

㊀齒折。見說文。㊁齒相咬。荀子王霸："齺然上下相信而天下莫之敢當。"注："齺，齒相迎也。齺然，上下相向之貌。"亦作"鄒"。管子輕重戊："車轂齺騎，連伍而行。"注："言其車轂往來如齺，而騎東西連而行，皆趨綈利耳。"

十三畫

齼 jìn ㄐㄧㄣ 巨禁切，去，沁韻，羣。

㊀齒向裏。見廣韻。㊁同"噤"。見下。

【齼齘】切齒。新唐書二二二南詔傳下："州縣繕甲厲兵，掎角相從皆蠻之深讎，雖女子能齼齘薄賊，況彊夫烈士哉！"也作"噤齘"。見該條。

齭 chǔ ㄔㄨˇ 創舉切，上，語韻，初。

齒牙酸軟。宋曾幾茶山集六曾宏甫分餉洞庭柑詩："莫向君家樊素口，瓠犀微齭遠山顰。"明楊慎藝林伐山十八："齭字玉篇不載，齒怯也，音楚去聲。今京師語謂怯皆曰齭，不獨齒怯也。"

齸 zhān ㄓㄢ 字集 側咸切，斬平聲。

見下。

【齸齺】有齒無牙貌。初學記二九漢王延壽王孫賦："口嗛呐以齸齺，脣齞嘒以朘祝。"

十四畫

齽 chá ㄔㄚˊ 初八切，入，黠韻，初。

齒堅利。唐韓愈昌黎集八征蜀聯句："竹兵彼皴脆，鐵刃我鎗齽。"

二十畫

齾 yà ㄧㄚˋ 五鎋切，入，鎋韻，疑。五割切，入，曷韻，疑。

㊀缺齒。見說文。引申爲器物缺損。唐韓愈昌黎集八征蜀聯句："更呼相簸蕩，交斫雙缺齾。"注："五豁切，器缺也。亦曰齒缺。"㊁缺損。唐皇甫湜皇甫持正文集六韓文公墓銘："還拜京兆尹，斂禁軍，帖旱糴，齾倖臣之鋩。"

【齾齾】㊀缺損。宋梅堯臣宛陵集十二和臘日詩："臘鼓逢逢奏，寒冰齾齾消。"㊁參差起伏貌。宋蘇軾分類東坡詩九九日黃樓作："煙消日出見漁村，遠水鱗鱗山齾齾。"劉克莊後村集八築城行："君不見高城齾齾如魚鱗，城中蕭疎空無人。"

龍 部

龍 1. lóng ㄌㄨㄥˊ 力鍾切，平，鍾韻，來。

㈠古代傳說中的一種善變化能興雲雨利萬物的神異動物，爲鱗蟲之長。禮禮運："麟，鳳，龜，龍，謂之四靈。"㈡喻皇帝。易乾："飛龍在天，大人造也。"疏："飛龍在天，猶聖人之在王位。"㈢左傳襄二一年："深山大澤，實生龍蛇。"故喻非常之人爲龍。見"八龍"、"卧龍"。㈣星宿名。卽東方蒼龍七宿(角、亢、氐、房、心、尾、箕)。左傳桓五年："龍見而雩。"疏："天官東方之星，盡爲蒼龍之宿。"又指歲星。左傳襄二八年"蛇乘龍"注："龍，歲星。歲星，木也。木爲青龍。"㈤謂駿馬。周禮夏官廋人："馬八尺以上爲龍，七尺以上爲騋，六尺以上爲馬。"㈥舊時風水術因山形地勢逶迤曲折像龍，故謂山勢曰龍。全唐詩三五五劉禹錫虎丘寺路宴："埋劍人空傳，鑿山龍已去。"參見"來龍"。㈦姓。孟子滕文公上有龍子，楚漢時項羽將有龍且。見廣韻。

2. chǒng ㄔㄨㄥˇ

㈧通"寵"。詩小雅蓼蕭："既見君子，爲龍爲光。"又商頌長發："何天之龍。"箋："龍當作寵。寵，榮名之謂。"

3. lǒng ㄌㄨㄥˇ 集韻 魯勇切，上，腫韻。

㈨通"壟"。見"龍₃斷"。

4. móng ㄇㄤˊ 集韻 莫江切，平，江韻。

㈩黑白雜色。通"尨"。周禮考工記玉人："天子用全，上公用龍。"注："鄭司農(衆)云：'全，純色也；龍當爲尨，尨謂雜色。玄謂全，純玉也。'"

【龍刀】指剪刀。太平御覽八三〇晉張敞東宮舊事："太子納妃，有龍頭金縷交刀四。"交刀，卽剪刀。故謂剪刀爲龍刀。玉臺新詠七南朝梁蕭綱見內人作卧具詩："龍刀橫膂脉，畫尺墮衣前。"

【龍工】猶龍功。竹書紀年上："舜父母憎舜，使其塗廩，自下焚之，舜服鳥工衣服飛去。又使浚井，自上填之以石，舜服龍工衣自傍而出。"史記五帝紀"後瞽叟又使舜穿井"正義引通史："舜穿井，又告二女。二女曰：'去汝裳衣，龍工往。'入井，瞽叟與象下土實井，舜從他井出去也。"龍知水泉脈理，龍工謂龍習水性之功。文苑英華三五一南朝梁簡文帝七勵："鳥變龍工，鳳書雲紀，辭弘八索，辨崇三耳。"參見"鳥工"。

【龍子】㈠舊時稱帝王的後代。猶言龍種。北史齊宗室諸王傳下："(斛律)光聞(琅琊王儼)殺和士開，撫掌大笑曰：'龍子作事，故自不似凡人。'"㈡良馬名。舊題漢劉歆西京雜記二："漢文帝自代還，有良馬九匹，皆天下之駿馬也。……一名龍子。"㈢蜥蜴別名。晉崔豹古今注中："蝘蜓，一名龍子，一曰守宮，善上樹捕蟬食之。其長細五色者，名爲蜥蜴。"北周庾信庾子山集三夜聽擣衣詩："花鬟醉眼纈，龍子細文紅。"參見"守宮"。

【龍川】㈠縣名。屬廣東省。秦置，屬南海郡。本博羅東鄉，相傳有龍穿地而出，卽穿穴流泉，因以爲名。秦末尉佗爲龍川令，卽此。唐天授初改置雷鄉縣，屬循州。五代南漢改曰龍川縣。參閱讀史方輿紀要一〇三惠州府龍川縣。㈡郡名。隋置。治所在今廣東惠陽縣東。參閱讀史方輿紀要一〇三惠州府。㈢江名。1. 在廣東省。見"東江2"。2. 在雲南西部。源出騰衝縣北，經高黎共山北，下流至太公城，合大盈江。參閱嘉慶一統志四九八騰越廳。

【龍山】㈠山名。1. 在今湖北江陵縣西北。晉桓溫九日登高，孟嘉落帽處。參見"龍山落帽"。2. 在今河南寶豐縣(唐龍興縣)境。水經注二一汝水："又東南與龍山水會，水出龍山龍溪。"元和郡縣圖志六龍興縣："大龍山在縣東南三十五里，劉累學擾龍，遷於魯縣，因以名山。"3. 在今遼寧省朝陽縣東南。東晉慕容皝以柳城之北，龍山之南，爲福德之地，使陽裕築龍城，徙都之。號新宮曰和龍宮，立龍翔祠於山上。見水經注十四大遼水。4. 在今山西渾源縣西南。一名封龍山。其絕頂曰萱草坡，翠杉蒼檜，千尺淩雲，夏時雨過，山氣上騰如龍，故名。金末，李治、元好問、張德輝常游此山，時號"龍山三老"。參閱讀史方輿紀要四四渾源州龍山、嘉慶一統志一四六大同府。㈡縣名。在湖南湘西土家族苗族自治州。清雍正七年置，屬永順府。參閱嘉慶一統志三七二永順府。

【龍勺】古禮器。用以挹酒漿。柄刻龍形文，故名。禮明堂位："夏后氏以龍勺，殷以疏勺，周以蒲勺。"

【龍女】神話中的龍王女兒。佛經中有龍女成佛故事。言娑竭羅龍王之女，八歲，領悟佛法，現成佛之相。見法華經十二提婆達多品。法苑珠林十八千佛出家："時菩薩受彼乳糜，持至尼連禪河，有一龍女名尼連荼耶，從地湧出。"古小說中敍述龍女事者，如柳毅下第過涇上，遇洞庭龍女牧羊，毅爲傳書，龍女得歸。後柳毅再娶，貌似龍女。見唐李朝威柳毅傳。又唐明皇嘗夢龍女，乃製淩波曲。見宋樂史楊太真外傳。

【龍户】廣東舊時一種水居的人户，卽蜑户。唐韓愈昌黎集十送鄭尚書赴南海詩："衙時龍户集，上日馬人來。"明胡震亨唐音癸籤十八龍户馬人："龍户，在儋耳、珠崖，其人目睛皆青碧，蓋卽所謂崑崙奴也。"參閱宋曾三異因話錄龍户(說郛十九)。

【龍亢】㈠比喻爲人剛正不阿。唐白居易長慶集一哭劉敦質詩："龍亢彼無悔，蠖屈此不伸。"㈡縣名。漢置，屬沛郡。北魏升爲郡，隋廢。故城在今安徽懷遠縣西。參閱嘉慶一統志一二五鳳陽府。

【龍文】㈠龍形的花紋。史記趙世家："秦武王與孟說舉龍文赤鼎，絕臏而死。"文選漢班孟堅(固)兩都賦寶鼎詩："寶鼎見兮色紛縕，煥其炳兮被龍文。"㈡駿馬名。漢書九六下西域傳贊："蒲梢、龍文、魚目、汗血之馬充於黃門。"注："孟康曰：四駿馬名也。"後因用以比喻才華出衆的子弟。北齊書楊愔傳："愔從父兄黃門侍郎昱，特相器重，曾謂人曰：'此兒駒齒未落，已是我家龍文。更十歲後，當求之千里外。'"北史裴延儁傳附裴宣明："二子景鸞景鴻並有逸才，河東呼景鸞爲驥子，景鴻爲龍文。"

【龍王】神話中統領水域並掌管興雲布雨的龍神。華嚴經一世主妙嚴品："復有無量諸大龍王，所謂毗樓博叉龍王，娑竭羅龍王，雲音妙幢龍王，……如是等而爲上首，其數無量，莫不勤力，興雲布雨，令諸衆生，熱惱消滅。"

【龍井】㈠地名。在浙江杭州市西湖西南風篁嶺上。舊名龍泓，亦曰龍泉，五代吳越錢鏐自衣錦軍還，至龍泉，聞其部將叛，據羅城，微服兼行，逾城夜入，卽此地。宋釋辯才退休於此山之壽聖院，卽井旁爲亭。參閱宋秦觀淮海集三八龍井記、讀史方輿紀要九十浙江二杭州府錢塘縣風篁嶺。㊁茶名。產於浙江龍井，名龍井茶。

【龍天】佛家語。謂八部中之龍衆與天衆。法苑珠林四五興福："次請三界天衆，四海龍王，八部鬼神，一切含識有形之類，蠕動之流，並入温室浴。"宋朱熹朱文公集九甘澤應祈……并簡同社諸兄友詩："誠通幽隱知無間，喜動龍天信有因。"

【龍公】㊀龍神。卽龍王。宋蘇軾分類東坡詩七聚星堂雪並敍："元祐六年十一月一日，禱雨張龍公得小雪。"金元好問遺山集三游黃華山詩："驪珠百斛供一瀉，海藏翻倒愁龍公。"㊁竹名。宋張淏雲谷雜記竹之異品："羅浮山記云：'第三峯有竹，大徑七尺，圍節長丈二，葉若芭蕉，謂之龍公竹。"

【龍穴】㊀洞穴名。文選晉左太沖(思)吳都賦："其荒陬譎詭，則有龍穴內蒸，雲雨所儲。"注："湘東新平縣有龍穴，穴中黑土。天旱，人人便共以水沾穴，則暴雨應之，常以此請雨也。"晉新平，卽今湖南常寧縣。㊁舊時堪輿家謂山之氣脈所結處爲龍穴，宜爲墓穴。清蔣平階輯祕傳水龍經三水纍肖像格說："橫官龍穴生榮顯，借合穿龍主發財。"

【龍目】㊀湖名。在今江蘇丹徒縣東南。太平御覽六六三國魏劉楨京口記："龍目湖，秦王東遊觀地勢云：'此有天子氣。'使赭衣徒鑿湖中長岡使斷，因改爲丹徒。"又引梁典："武帝望峴山盤紆似龍，掘其右爲龍目二湖。"㊁果名。卽龍眼。文選晉左太沖(思)蜀都賦："旁挺龍目，側生荔枝。"

【龍甲】甲冑。南朝陳徐陵徐孝穆集六梁貞陽侯重與王太尉書："霜戈雪戟，無非武庫之兵；龍甲犀渠，皆是雲臺之仗。"全五代詩四五前蜀張蠙贈李司徒："金庫夜開龍甲冷，玉堂秋閉鳳笙低。"

【龍池】㊀池名。1.在四川宜賓縣西南。文選晉左太沖(思)蜀都賦："龍池瀥瀑濆其限，漏江伏流潰其阿。"注："龍池在朱提南十里。地周四十七里。"2.在陝西省西安市。唐玄宗登帝位前舊宅在皇城內興慶宮，宅東有井，忽湧爲小池，常有雲氣，或見黃龍出其中。景龍中其沼浸廣，因名龍池。見唐六典七"興慶宮"注。㊁琴底孔眼。上曰龍池，下曰鳳沼。宋趙希鵠洞天清錄集雷張槽腹法："雷(文)張(越)製槽腹有妙訣，於琴底悉窪，微令如仰瓦，蓋謂於龍池鳳沼之紘，微令有唇，餘處悉窪之。"

【龍安】㊀府名。宋元爲龍州，明嘉靖四十五年改龍安府。首縣平武縣。公元1913年裁府留縣，屬四川省。參閱讀史方輿紀要七三龍安府。參見"龍州㊀"。㊁遼時城名。卽黃龍府舊址。金改濟州，後又更名隆州，貞祐初，陞爲隆安府。地在今吉林農安縣。參閱金史地理志上。

【龍州】州名。西魏置。隋改爲平武郡，又改曰龍門郡。唐曰龍門州。故治在今四川平武縣東南。宋改政州，復曰龍州。元因之。明改爲龍安府。參閱讀史方輿紀要七三龍安府。參見"龍安㊀"。

【龍羊】羊的一種。形似畜羊而大，角繚於首，重八九兩，黑質而白文，可製帶鈎。出川西、西藏等地。見宋宋祁益部方物略記。

【龍光】㊀恩寵榮光。猶寵光。後漢書八十下高彪傳與馬融書："承服風問，從來有年，故不待介者而謁大君子之門，冀一見龍光，以敍腹心之願。"㊁謂有文采。北史文苑傳序："彫琢瓊瑶，剞劂杞梓，竝爲龍光，俱稱鴻翼。"㊂寶劍的光芒。唐王勃王子安集五滕王閣詩序："物華天寶，龍光射牛斗之墟；人傑地靈，徐孺下陳蕃之榻。"參見"龍泉"。

【龍舟】龍形或刻有龍紋的船隻。1.帝王所乘的大船。穆天子傳五："天子乘鳥舟龍(舟)浮於大沼。"注："龍下有'舟'字。舟皆以龍鳥爲形制。"隋書煬帝紀上："上御龍舟，幸江都。"2.民間端午競渡之舟，船飾龍形，故稱龍舟。古代傳說五月五日爲屈原投汨羅日，人傷其死所，并命舟檝以拯之。因於是日舉行龍舟競渡，至今爲俗。見南朝梁宗懔荊楚歲時記、宋陳元靚歲時廣記二一競龍舟。

【龍沙】㊀地區名。古時指我國西部、西北部邊遠山地和沙漠地區。後漢書四七班超傳贊："定遠慷慨，專功西遐。坦步葱、雪，咫尺龍沙。"注："葱嶺、雪山，白龍堆沙漠也。"庾信庾子山集一對燭賦："龍沙雁塞甲應寒，天山月没客衣單。"後因以泛指邊塞地區。唐李白李太白詩五塞下曲之五："將軍分虎節，戰士卧龍沙。"清方式濟著龍沙紀略，專記黑龍江事，卽沿用舊文，稱東北爲龍沙。㊁沙洲名。在江西新建縣北。水經注三九贛水："又北逕龍沙西，沙甚潔白，高峻而陁有龍形，連亙五里中，舊俗九月九日，升高處也。"唐杜牧樊川集一張好好詩："龍沙看秋浪，明月遊東湖。"

【龍兑】戰國燕地名。在今河北徐水縣西南。相傳其地附近有龍山，山之四麓，各有一穴，春夏秋冬四季之風，分別出自四穴，春風出東，秋風出西，夏風出南，冬風出北，不失倫次，謂之龍兌。兌音奪。見史記趙世家"趙與燕易土，以龍兌、汾門、臨樂與燕"正義。

【龍忌】㊀鬼神忌日。淮南子要略："操舍開塞，各有龍忌。"注："中國以鬼神之日忌，北胡南越皆謂之請龍。"㊁禁火日。後漢書六一周舉傳："太原一郡，舊俗以介子推焚骸，有龍忌之禁。"注："龍，星，木之位也，春見東方。心爲大火，懼火之盛，故爲之禁火。俗傳云子推以此日被焚而禁火。"

【龍尾】㊀星宿名。卽尾宿。因其居東方蒼龍七宿之末，故稱龍尾。左傳僖五年："丙之辰，龍尾伏辰。"㊁河工所用護堤的材料。伐大樹連梢繫之，置於堤前，隨水上下以破嚙岸之浪，稱龍尾大埽。見元歐陽玄河防記。㊂山名。在江西婺源縣東北，產硯。參見"龍尾硯"。㊃見"龍尾道"。

【龍里】縣名。在今貴州黔南布依族苗族自治州北部。元置龍里州，改爲平伐等處長官司。明置龍里衞，升爲軍民指揮司。清康熙十一年改爲縣。屬貴州貴陽府。參閱嘉慶一統志五〇〇貴陽府龍里縣。

【龍吟】似龍鳴之聲。南朝梁劉孝先詠竹詩："誰能製長笛，當爲作龍吟。"(初學記二八)全唐詩五六一薛能贈歡娘："一束龍吟細竹枝，青娥擎在手中吹。"

【龍角】星宿名。史記天官書："杓攜龍角，衡殷南斗。"集解："孟康曰：'杓，北斗杓也。龍角，東方宿也。攜，連也。'"北堂書鈔一五〇引春秋運斗樞："房爲龍角，月蝕則見於大辰。"參見"龍㊃"。

【龍伯】古代神話中巨人國的人。巨人之國卽龍伯之國。其人長數十丈，舉足不盈數步，而及於五山之所，一釣而連六鼇。見列子湯問。唐李白李太白詩一大獵賦："龍伯釣其靈鼇，任公獲其巨魚。"

【龍官】古太皞伏羲氏時，有龍瑞，故以龍命官，稱龍官。左傳昭十七年："太皞氏以龍紀，故爲龍師而龍名。"漢書百官公卿表上序："宓羲龍師名官。"注："應劭曰：'師者，長也，以龍紀其官長，故爲龍師。春官爲青龍，夏官爲赤龍，秋官爲白龍，冬官爲黑龍，中官爲黃龍。'"

【龍性】謂像龍的蜩強難馴的性格。宋書顔延之傳："出爲永嘉太守，延之甚怨憤。乃作五君詠，以述竹林七賢，山濤、王戎以貴顯被黜。詠嵇康云：'鸞翮有時鍛，龍性誰能馴？'"唐杜甫杜工部草堂詩箋七天育驃騎歌："矯矯龍性合變化，卓立天骨森開張。"

【龍武】唐禁兵及其將軍稱號。原爲龍虎軍，因避唐祖李虎諱而改。唐初，禁兵屬羽林，自百騎漸次擴充至萬騎，分左右營。開元間，析羽林軍置左右龍武軍，以左右萬騎營隸之。置大將軍各一人，統軍各一人，將軍三人，掌同羽林。唐杜甫杜工部草堂詩箋十二曲江對酒："龍武新軍深駐輦，芙蓉別殿漫焚香。"後世亦沿用龍虎之名以命官。見通典二八職官十、續通典三二職官十、新唐書百官志四上。參見"龍虎將軍"。

【龍芽】茶名。宋時，建州(今福建省建甌縣)産茶，茶有十綱。第三名有十六色：一曰龍園勝，二曰雪白茶，三曰萬壽龍芽。見宋姚寬西溪叢語上。也作"龍牙"。宋楊萬里誠齋集二九過平望詩："午睡起來情緒惡，急呼蟹眼瀹龍牙。"

【龍門】㊀山名。1.在陝西韓城縣與山西河津縣間。書禹貢："導河積石，至于龍門。"或云卽呂梁。藝文類聚九六辛氏三秦記："河津一名龍門，大魚積龍門數千不得上，上者爲龍，不上者(魚)，故云曝鰓龍門。"2.在河南洛陽市南，卽伊闕。漢書二九溝洫志賈讓奏："昔大禹治水，山陵當路者毁之，故鑿龍門，辟伊闕。"參見"伊闕"。3.在河北赤城縣雲州堡東北，又名龍門峽，卽古獨固門。遼史地理志五："龍門縣有龍門山，石壁對峙，高數百尺，望之若門。徼外諸河及沙漠潦水，皆於此趣海。"4.在四川廣元縣東北。又名葱嶺山，産好鐘乳。葱嶺有石穴，高數十丈，其狀如門，俗號爲龍門。見元和郡縣志二二利州綿谷縣、太平寰宇記一三五利州綿谷縣。㊁古楚郢都城門名。楚辭屈原九章哀郢："過夏首而西浮兮，顧龍門而不見。"卽此。㊂史記太史公自序："遷生於龍門，耕牧河山之陽。"龍門卽韓城龍門山，後因以龍門爲司馬遷的別稱。北周庾信庾子山集二哀江南賦："信生世等於龍門，辭親同於河洛。"㊃喻聲望高的人。後漢書六七李膺傳："膺獨持風裁，以聲名自高，士有被容接者，名爲登龍門。"南史四八陸倕傳："及(任)昉爲中丞，簪裾輻湊，預其讌者，殷芸、劉苞、劉孺、劉顯、劉孝綽及倕而已。號曰'龍門之游'。"㊄堵塞決口留有缺口稱龍門。工竣之日塞之，稱合龍門。宋沈括夢溪筆談十一官政一："凡塞河決，垂合，中門一埽，謂之合龍門，功全在此。"㊅科舉試場的正門。紅樓夢一一九："我們兩人一起去交了卷子，一同出來，在龍門口一擠就不見了。"

【龍虎】㊀形容皇帝的氣派。史記項羽紀："范增說項羽曰：'(沛公)今入關，財物無所取，婦女無所幸，此其志不在小。吾令人望其氣，皆爲龍虎，成五采，此天子氣也。急擊勿失。'"㊁喻英雄豪傑。後漢書二一耿純傳說李軼："大王以龍虎之姿，遭風雲之時，奮迅拔起，期月之間兄弟稱王。"唐李白李太白詩二古風之一："龍虎相啖食，兵戈逮狂秦。"㊂道家語。謂水火。關尹子釜："物卽我，我卽物，知此道者，可以成腹中之龍虎。"舊題東漢魏伯陽參同契上："偃月發鼎爐，白虎爲熬樞，汞白爲流珠，青龍與之俱。"宋朱熹考異："坎離、水火、龍虎、鉛汞之屬，只是互換其名，其實只是精氣二者而已。精，水也，坎也，龍也，汞也；氣，火也，離也，虎也，鉛也。"㊃堪輿家以墓旁左右二砂爲龍虎，取左青龍右白虎之義。明繆希雍葬經翼四獸砂水："貼身左右二砂，名之曰龍虎者，以其護衛區穴，不使風吹，環抱有情，不逼不壓，不折不竄，故云青龍蜿蜒，白虎馴頫。"

【龍具】卽牛簑衣。編麻或草爲之以蓋牛體使保暖，古稱牛衣。漢書七六王章傳："章疾病，無被，臥牛衣中。"唐顔師古注："牛衣，編亂麻爲之，卽今俗呼爲龍具者。"唐陸龜蒙甫里集十襲美時以緑罽爲贈因成四韻："病中秪自愁龍具，世上何人識羽袍。"

【龍岡】卽古卧龍山。蒙語稱巴罕呼喇呼山。元人所謂龍岡。在今内蒙多倫縣，古開平城北。元中統五年號爲上都府，至元五年置上都路總管府。參閱讀史方輿紀要十八開平故衛。

【龍昇】東晉列國夏赫連勃勃(世祖)年號。公元407—412年。

【龍牀】皇帝所用的牀。唐鼓吹署掌置龍牀。見新唐書百官志三。舊題唐馮贄雲仙雜記十龍牀："韓志和有道術，憲宗時，獻一龍牀，坐則鱗、鬣、爪、角皆動。"後蜀花蕊夫人宮詞之二："淨甃玉階横水岸，御爐香氣撲龍牀。"(三家宮詞)

【龍金】佛經故事，謂商人救一龍女，龍女報以八餅金，截取後可以更生，終身用之不盡。稱爲龍金。見法苑珠林一〇九受齋引證。

【龍的】婦人面飾，以黑子點面。的，一作"⿰黑勺"。相傳仙女鮑姑曾於五月五日以艾灼龍女額，故曰龍的。見明楊慎丹鉛總録七冠服玄的、又續録六鮑姑艾。

【龍邸】皇帝未正名分以前的第宅。元史禮樂志二太常寺奏："爰從龍邸之潛，久敬鳳儀之奏。"參見"潛邸"。

【龍洋】我國自鑄之銀幣，始於清末，面有龍形花紋，俗沿本洋鷹洋之稱，呼爲龍洋。每圓重庫秤七錢二分。廣東鑄最早，其後北洋、江南、湖北、安徽、吉林等省繼之，通行全國。

【龍津】猶言龍門。晉書郭璞傳客傲："登降紛於九五，淪湧懸乎龍津。"唐李商隱李義山詩集二春日寄懷："欲逐風波千萬里，未知何路到龍津。"參見"龍門㊀1"。

【龍祠】古代匈奴會諸部酋長祭天神、議國事，走馬鬪橐駝爲樂，謂之龍祠。匈奴歲有三龍祠，常於正月、五月、九月戊日舉行。南單于既内附，兼祠漢帝。見漢班固東觀漢記二二，後漢書八九南匈奴傳。參見"龍城㊀"。

【龍首】㊀山名。在陝西長安縣北。漢蕭何營未央宮於此。文選漢班孟堅(固)西都賦："於是睎秦嶺，睋北阜，挾灃灞，據龍首。"注："山海經曰：'華山之西，龍首之山也。'"藝文類聚九六辛氏三秦記曰："龍首山長六十里，頭入渭水，尾達樊川，頭高二十丈，尾漸下，高五六丈。云昔有黑龍自南山出，飲渭水，其行道成山，因以爲名。"也稱龍首原。㊁渠名。1.在陝西大荔縣西。漢武帝發卒穿渠，引洛水，得龍骨，故名曰龍首渠。見史記河渠書。北周武帝保定二年，復開龍首渠，以廣灌溉。見周書武帝紀上。2.在陝西長安縣東北，亦名滻水渠。隋開皇初，分滻水入京城而成此渠。宋陳堯咨以長安地斥鹵，無甘泉，復疏龍首渠，注城中，民利之。見太平寰宇記二五雍州長安縣、宋史陳堯咨傳。㊂宋以來稱狀元爲龍首。明章懋楓山集三與謝木齋閣老書之三："由龍首而登宰輔者，在宋則呂文穆(蒙正)、王文正(旦)、李文定(迪)、宋元憲(庠)諸公。"亦稱龍頭。參見"龍頭㊂"。

【龍城】㊀漢時匈奴地名。匈奴於歲五月在此大會各部酋長祭其祖先、天地、鬼神。又稱龍庭。漢武帝元光六年，衛青至龍城，獲首虜七百級。見漢書武帝紀九四匈奴傳。史記一一〇匈奴傳、一一一衛青傳作"龍城"，漢書五五衛青傳作"龍城"。地在今蒙古人民共和國鄂爾渾河境。一說衛青所至之龍城在漠南，即在今內蒙錫林郭勒盟境。㊂古城名。舊址在今遼寧朝陽縣境。漢爲柳城縣，晉咸康七年，前燕慕容皝於柳城之北，龍山之南，築龍城，構宮廟，改柳城縣爲龍城縣，遷都於此。號其新宮爲和龍宮，故又稱和龍。後燕北燕皆都於此。北魏時廢爲鎮，後爲營州治所。參閱北魏崔鴻十六國春秋前燕慕容皝、嘉慶一統志四三承德府一朝陽縣及五三五土默特柳城舊城。

【龍挂】吳越之俗，以五月二十日爲分龍日，故五、六月間，雷起雲簇，忽然而雨。濃雲中遠見若尾垂地，蜿蜒屈伸者，謂之龍挂。宋陸游劍南詩稿七有龍挂詩。參閱宋葉夢得避暑録話下。

【龍南】縣名。屬江西省。五代十國南唐置。以在百丈龍潭之南，故名。參閱太平寰宇記一〇八虔州。

【龍威】傳說仙人名。相傳吳王闔閭遊禹山，遇龍威丈人入洞庭取禹藏書一卷。見河圖緯河圖絳象、雲笈七籤三靈寶略記。

【龍飛】㊀比喻皇帝的興起或即位。易乾："飛龍在天，利見大人。"疏："若聖人有龍德，飛騰而居天位。"文選漢張平子(衡)東京賦："我世祖忿之，乃龍飛白水，鳳翔參墟。"三國吳薛綜注："龍飛鳳翔，以喻聖人之興也。"㊁比喻得志或升官。初學記十二晉傅咸贈何劭王濟詩："吾兄既鳳翔，王子亦龍飛。"宋蘇軾東坡集四送張軒民寺丞赴省試詩："龍飛甲子盡豪英，常喜吾猶及老成。"㊂東晉列國後涼呂光(太祖)年號。公元396—399年。

【龍星】星名。指二十八宿之東方蒼龍中角、亢、房、心、尾諸宿。左傳桓五年："龍見而雩"服虔注："龍，角、亢也，謂四月昏，龍星體見。"爾雅釋天："大辰，房、心、尾也。"注："龍星明者，以爲時候，故曰大辰。"

【龍香】香名。唐詩紀事六二鄭嵎津陽門："玉奴琵琶龍香撥，倚歌促酒聲嬌悲。"自注："貴妃妙彈琵琶，其樂器聞於人間者，有邏逤檀〔爲槽，以〕龍香栢爲撥者。"唐徐夤釣磯文集七追和白舍人詠白牡丹詩："蓓蕾抽開素練囊，瓊葩薰出白龍香。"

【龍泉】㊀劍名。文選三國魏曹子建(植)與楊德祖書："蓋有南威之容，乃可論其淑媛；有龍泉之利，乃可議其斷割。"據晉太康地記記載西平縣有龍泉水，可以砥礪刀劍，特堅利，故有堅白之論，是以龍泉之劍爲楚寶。見水經注三一潕水。後來即作劍的泛稱。唐李白李太白詩十五留別廣陵諸公："金羈絡駿馬，錦帶橫龍泉。"參見"龍淵㊀"。㊁縣名。1.屬浙江省。唐分遂昌、松陽之龍泉鄉置縣。明清皆屬浙江處州府。縣南有劍池湖，相傳爲歐冶子鑄劍處，號爲龍淵，唐諱淵，改曰龍泉，因以爲縣名。龍泉青瓷，即產於此。參閱元和郡縣志二六越州、讀史方輿紀要九四處州府。2.五代吳立龍泉場，南唐升爲龍泉縣，明清皆屬江西吉安府，公元1914年改名遂川，屬江西省。參閱太平寰宇記一〇九吉州。3.元置龍泉坪長官司，明清稱龍泉縣，屬貴州石阡府。公元1913年更名鳳泉縣，公元1920年改名鳳岡縣。參閱讀史方輿紀要一二二石阡府。

【龍紀】㊀以龍名官。詳"龍官"。㊁謂辰年。南朝宋鮑照鮑氏集十瓜步山揭文："歲含龍紀，月巡鳥張。"㊂唐李曄(昭宗)年號。公元889年。

【龍盾】繪有龍形之盾。詩秦風小戎："龍盾之合，鋈以觼軜。"

【龍涎】香名。抹香鯨病胃的一種分泌物。以得於海上，因稱龍涎，亦名龍泄，和以其他香物，其香加烈，閱久不散，爲一種珍貴香料。有汎水、滲沙、魚食等名，惟汎水爲上品。我國記載最早者，爲唐段成式酉陽雜俎四境異，稱阿末香，爲阿剌伯語的對譯。唐蘇鶚杜陽雜編下："(同昌)公主令取澄水帛，以水蘸之，掛於南軒，良久，滿座皆思挾纊，澄水帛長八九尺，似布而細，明薄可鑑，其中有龍涎，故能消暑毒也。"宋元間亦用爲薰香。參閱宋葉紹翁四朝聞見録乙宣政宮燭、周去非嶺外代答七。

【龍宮】神話中龍王的宮殿。其說始於佛經。法華經四提婆達多品："爾時文殊師利坐千葉蓮花，大如車輪，俱來菩薩亦坐寶蓮花，從於大海娑竭羅龍宮，自然涌出。"唐李商隱李義山詩集二二七月二十八日夜與王鄭二秀才聽雨後夢作："初夢龍宮寶焰燃，瑞霞明麗滿晴天。"

【龍座】佛教俗呼打坐。卽盤膝而坐。文殊師利菩薩根本大教王經金翅鳥王品："作龍座而坐。"

【龍庭】㊀匈奴單于祭天地鬼神之所。文選漢班孟堅(固)封燕然山銘："躡冒頓之區落，焚老上之龍庭。"南齊謝朓謝宣城集二永明樂詩之五："化洽鯷海君，恩變龍庭長。"後泛指邊塞。唐李白李太白詩二古風之六："昔別鴈門關，今戍龍庭前。"亦稱龍城。參見"龍城㊀"。㊁相術家謂人兩眉之間爲天庭，天庭隆起者爲龍庭，爲貴者之相。舊唐書五八唐儉傳："儉曰：明公(李淵)日角龍庭，李氏又在圖牒，天下屬望，非在今朝。"

【龍旂】畫交龍圖紋之旗。古王侯作儀衛用。詩商頌玄鳥："龍旂十乘，大糦是承。"史記禮書："龍旂九斿，所以養信也。"荀子禮論作"旗"。

【龍朔】唐李治(高宗)年號。公元661—663年。

【龍馬】㊀古傳說中的瑞馬。藝文類聚十一尚書中候："龍馬銜甲，赤文綠色。"注："龍形象馬，甲所以藏圖也。"禮禮運"河出馬圖"唐孔穎達疏："龍而形象馬，故云馬圖，是龍馬負圖而出。"參閱宋書符瑞志中。㊁駿馬。南齊謝朓謝宣城集二送遠曲："方衢控龍馬，平路騁朱輪。"㊂漢太僕屬官，有龍馬監長丞，掌管宮廷馬匹。見漢書百官公卿表上。喻人老而健者。又玄集中李郢上裴晉公："四朝憂國鬢成絲，龍馬精神海鶴姿。"

【龍珠】謂珍貴之珠。傳說得自龍頷下或龍口中，故名。莊子列禦寇："千金之珠，必在九重之淵而驪龍頷下。"宋陸佃埤雅釋魚鮫："龍珠在頷。"

【龍荒】龍謂匈奴祭天處龍城，荒謂荒服。龍荒，泛指我國北部荒漠地區。漢書一〇〇下敘傳："龍荒幕朔，莫不來朝。"北齊書顏之推傳觀我生賦："瀍澗鞠成沙漠，神華泯爲龍荒。"

【龍荔】果名。殼如小荔枝，肉味如龍眼，木身葉亦似二果，故名。不可生食，但可蒸食。參閱宋范成大桂海虞衡志志果、本草綱目三一果三龍荔。

【龍茶】宋代貢茶的一種。一名龍鳳茶。產於建州(今福建建甌縣)。五代末，建屬南唐，縣民采茶北苑，初造研膏，繼造臘面，既又製其佳者，號曰京挺。宋平南唐，太宗太平興國二年，置龍鳳模，遣使臣即北苑造團茶，以別衆品，龍鳳茶蓋始於此。宋蘇軾分類東坡詩七興龍節侍宴……以示定國也："銀瓶瀉油浮蟻酒，紫盌鋪粟盤龍茶。"參閱宋熊蕃宣和北苑貢茶録(說郛六十)、宋高承事物紀原九龍茶。

【龍茲】茲，草席。以龍鬚草爲席者，謂之龍茲。茲，通"䔯"。荀子正論："琅玕、龍茲、華覲以爲實。"爾雅釋器"蓐謂之茲"疏謂蓐以龍鬚草爲之。一說琅玕、龍茲、華觀皆當爲珠玉名。見清王先謙集解。

【龍套】傳統劇戲裝之服飾，對襟大袖，滿繡彩花或龍紋，前後開叉，四周鑲邊，顏色不一。爲帝王貴官侍者之服，演此角色者除前後擁侍外，一無所能，故業此者亦稱跑龍套。

【龍書】古代書體。傳説伏犧時，有龍呈瑞。因以龍紀事，創立文字，稱龍書。唐韋續墨藪一:"太昊庖犧氏獲景龍之瑞，始作龍書。"唐陸龜蒙甫里集八上元日道室焚修寄襲美詩:"將排鳳節分階易，欲校龍書下筆難。"

【龍孫】㊀謂帝王後裔。唐温庭筠詩集二昆明池水戰詞:"赤帝龍孫鮮甲怒，臨流一時〔眄〕生陰風。"㊁駿馬。唐李商隱李義山詩集六過華清内廏門:"自是明時不巡幸，至今青海有龍孫。"才調集四曹唐病馬詩之三:"不剪焦毛鬛半翻，何人别是古龍孫。"㊂筍的别名。宋梅堯臣宛陵集五韓持國遺洛筍詩:"龍孫春吐一尺芽，紫錦包玉離泥沙。"㊃一種小竹名。宋張淏雲谷雜記竹之異品:"辰州有一種小竹，曰龍孫。生山谷間，高不盈尺，細僅如針，凡所以爲竹無不具，前輩詩有小竹如針能具體，卽此也。"(説郛三十)

【龍眠】山名。在安徽桐城西北，與舒城六安接界。以山中有二龍井，故名。宋元祐中舒州李公麟，善丹青，好古博學，歸老此山。同鄉李亮工好詩文，李元中工字畫，時人稱龍眠三李。參閲宋王明清揮麈三録二。參見"龍眠居士"。

【龍骨】㊀中藥名。舊説，山野之間龍有蜕骨，可以入藥，味甘平。漢書溝洫志:"自徵引洛水至商顏下，……穿得龍骨，故名曰龍首渠。"按古人所稱龍骨，爲上古爬蟲類化石。參閲政和證類本草十六龍骨。㊁水車的别名。古文苑漢揚雄答劉歆書:"如是後一歲，作繡補、靈節、龍骨之銘詩三章，成帝好之。"宋王安石臨川集八山田久欲拆詩:"龍骨已嘔啞，田家真作苦。"㊂船底自艫至軸，貫以大柱，名曰龍骨。

【龍脈】舊時堪輿家關於山水形勢的迷信説法。明陶宗儀輟耕録十一相地理:"有善地理者，以爲宜帝王居之。人問其故，曰:'君山龍脈正結於此。'"清蔣平階祕傳水龍經一自然水法歌:"水之來路遠，其勢寬大，中間雖有小回頭處，乃直龍脈束氣結喉之所。"

【龍芻】草名。卽龍鬚草。暴乾，可以入藥。又名龍脩。舊題南朝梁任昉述異記上:"東海島龍川，穆天子養八駿處也。島中有草名龍芻，馬食之，一日千里。古語云:一株龍芻，化爲龍駒。"唐陸龜蒙甫里集九和襲美題達上藥圃之二:"教疏兔縷金弦亂，自擁龍芻紫汞肥。"參閲本草綱目十五草四石龍芻。

【龍師】見"龍官"。

【龍脩】卽龍鬚草。山海經中山經:"(賈超之山)其中多龍脩。"注:"龍須也。似莞而細，生山石穴中，莖倒垂，可以爲席。"參見"龍芻"、"龍鬚"。

【龍紗】絲織物名。卽鮫綃、龍綃。參見"鮫綃㊀"。

【龍涸】古城名。故城在四川松潘縣。城之北部，舊爲吐谷渾族所居。十六國西秦王乞伏乾歸遣使拜吐谷渾王視羆爲使持節、都督龍涸已西諸軍事、沙州牧、白蘭王。視羆不受。北周天和元年，吐谷渾龍涸王莫昌，率部落内附，以其地爲扶州，領龍涸郡。隋初郡廢。也作"龍鶴"、"龍鵠"，見華陽國志八、魏書穆崇傳附穆亮。參閲晉書吐谷渾傳、嘉慶一統志四一九松潘廳嘉誠廢縣。

【龍章】㊀龍形圖紋。古用於帝王諸侯禮服，或王侯儀衛旗幟及軍旗等。1.用於衣服，卽龍衮。禮明堂位:"有虞氏服韍，夏后氏山，殷火，周龍章。"後漢書四九仲長統傳昌言損益:"身無半通青綸之命，而竊三辰龍章之服。"參見"龍火"。2.卽龍旂。禮郊特牲:"旂有十二旒，龍章而設日月。"3.用於軍旗。管子兵法:"三曰舉龍章，則水行。"也作帝王之徵。南史宋高祖紀:"嘗遊京口竹林寺，獨卧講前，上有五色龍章。"㊁喻文采炳煥，若龍章之服。唐王勃王子安集七秋日餞别序:"研精麝墨，運思龍章。"李白李太白詩二七冬日於龍門送從弟京兆參軍令問之淮南覲省序:"觀夫筆走羣象，思通神明，龍章炳然，可得而見。"㊂稱頌帝王書法。唐張彥遠法書要録六唐竇臮述書賦竇蒙跋:"龍章鳳篆，寵錫儒門。"

【龍衮】古帝王朝服。上繡龍紋。禮禮器:"禮有以文爲貴者，天子龍衮，諸侯黼，大夫黻。"禮玉藻作"龍卷"。唐王維王右丞集四送韋大夫東京留守詩:"天工寄人英，龍衮瞻君臨。"

【龍啟】五代閩王延鈞(惠帝)年號。公元933—934年。

【龍堆】沙漠名。卽白龍堆。漢書九四下匈奴傳揚雄諫書"豈爲康居、烏孫能踰白龍堆而寇西邊哉"注:"孟康曰:'龍堆形如土龍身，無頭有尾，高大者二三丈，埤者丈餘，皆東北向，相似也，在西域中。'"文苑英華二〇九南朝梁沈約白馬詩:"赤坂途三折，龍堆路九盤。"參見"白龍堆"。

【龍勒】㊀地名。漢置龍勒縣，屬敦煌郡。因境内龍勒山而得名。北周併入敦煌縣，縣有玉門關及陽關。故址在甘肅敦煌縣西。㊁古水名。在古龍勒縣，東北流，匯爲大澤，其下流出塞外，經浚稽山南。參閲讀史方輿紀要六四沙州衛。

【龍₄勒】黑白色的馬絡頭。周禮春官巾車:"革路，龍勒，條纓五就。"

【龍梭】傳説晉陶侃少時漁於雷澤，網得一織梭，以挂于壁。有頃雷雨，身化爲龍而去。見晉書本傳。後因稱織梭爲龍梭。唐李賀歌詩編集外詩有所思:"西風未起悲龍梭，年年織素攢雙蛾。"

【龍堂】神話中河神所住的堂屋。楚辭屈原九歌河伯:"魚鱗屋兮龍堂，紫貝闕兮朱宫。"注:"言河伯所居，以魚鱗蓋屋，堂木畫蛟龍之文。"唐李賀歌詩編一帝子歌:"沙浦走魚白石郎，閒取真珠擲龍堂。"

【龍雀】㊀傳説中神鳥。卽飛廉。文選漢張平子(衡)東京賦:"龍雀蟠蜿，天馬半漢。"注:"龍雀，飛廉也。"參見"飛廉㊂"。㊁寶刀名。晉書赫連勃勃載記:"又造百鍊剛刀，爲龍雀大環，號曰大夏龍雀。銘其背曰:古之利器，吴楚湛盧。大夏龍雀，名冠神都。"宋蘇軾分類東坡詩十三以雙刀遺子由有詩次其韻:"寶刀匣不見，但見龍雀鐶。"

【龍眼】果名。俗稱桂圓，又稱木彈、驪珠、益智、繡水團等。樹如荔枝，但枝葉稍小。荔枝過卽龍眼熟，因常隨其後，故謂之荔枝奴。産於閩粤等地。漢班固東觀漢記二二:"南單于來朝，賜御倉及橙橘、龍眼、荔枝。"文選晉左太沖(思)吴都賦:"龍眼橄欖，棎榴禦霜。"參閲晉嵇含南方草木狀下龍眼。

【龍蛇】㊀龍和蛇。易繫辭下:"龍蛇之蟄，以存身也。"後因以喻隱退。漢書八七上揚雄傳:"以爲君子得時則大行，不得時則龍蛇。"㊁喻非常之人。左傳襄二一年:"深山大澤，實生龍蛇，彼美，余懼其生龍蛇以禍女。"㊂謂辰巳之年。後漢書三五鄭玄傳"今年歲在辰，來年歲在巳"注引北齊劉晝高才不遇傳論玄曰:"辰爲龍，巳爲蛇，歲至龍蛇賢人嗟。"宋蘇軾東坡集十五再過超然臺贈太守霍翔詩:"昔飲雩泉别常山，天寒歲在龍蛇間。"㊃形容草書筆勢。唐李白李太白詩八草書歌行:"怳怳如聞鬼神驚，時時只見龍蛇走。"㊄喻矛戟等武器。唐呂温呂衡州集五代鄭相公謝賜戟狀:"武庫龍蛇，忽追飛於陋巷。"㊅形容蒼勁屈曲的樹木。唐李商隱李義山詩集四武侯廟古柏:"蜀相階前柏，龍蛇捧閟宫。"宋陸游劍南詩稿八眉州驛舍睡起:"斜陽生木影，龍蛇滿窗紙。"

【龍笛】笛名。以笛聲似水中龍鳴，故名。文選漢馬季長(融)長笛賦:"龍鳴水中不見已，截竹吹之正相似。"文苑英華七一唐虞世南琵琶賦:"於是鳳簫輟吹，龍笛韜吟。"後世有龍笛，制如笛，七孔，橫吹。管首制龍頭，銜同心結帶。見元史禮樂志五。

【龍魚】即龍鯉。山海經海外西經:"(窮山)龍魚陵居在其北，……其爲魚也如鯉。"文選漢張平子(衡)思玄賦:"超軒轅於西海兮，跨汪氏之龍魚。"淮南子地形作"硥魚"。參見"龍鯉"。

【龍逸】如龍之超逸。晉書束晳傳玄居釋:"在野者龍逸，在朝者鳳集。"

【龍船】即龍舟。供帝王遊幸水嬉之用。宋初，兩浙獻龍船，長二十餘丈，大者長三四十丈，闊三四丈，頭尾鱗鬣，皆雕鏤金飾，兩邊列十閣子，上有層樓臺觀，檻曲安設御座，以備遊幸。參閱宋沈括夢溪筆談二權智、孟元老東京夢華録七。又民間賽神競渡，飾有龍綵之船，亦稱龍船。宋陸游劍南詩稿三七豐歲:"羊腔酒擔争迎婦，鼉鼓龍船共賽神。"

【龍猛】古印度高僧龍樹的别譯。見"龍樹"。

【龍游】縣名。1.今浙江金華縣。春秋越姑蔑地。秦漢時爲大末縣。隋併入金華縣。唐貞觀中分信安金華二縣地改置龍丘縣。吴越改曰龍游縣。明清屬浙江衢州府。公元1960年撤銷，併入衢縣、金華縣。參閱太平寰宇記九七衢州。2.隋置，明廢。舊治在今四川樂山縣。參閱讀史方輿紀要七二四川嘉定州龍游廢縣。

【龍湫】即龍潭。隋書禮儀志一:"鹿角生於楊樹，龍湫出於荆谷。"唐杜甫杜工部草堂詩箋三五寄從孫從簡:"嵯峨北帝城東西，南有龍湫北虎溪。"參見"龍潭㊀"。

【龍淵】㊀古人謂藏龍之淵，實即深潭。淮南子地形:"清水有黄金，龍淵有玉英。"水經注二一汝水:"溝之東有澄潭，號曰龍淵，在汝北四里許，南北百步，東西二百步，至清深，常不耗竭。"㊁寶劍名。相傳春秋時楚王使風胡子因吴王請歐冶子干將二人作鐵劍，二人鑿茨山，洩其溪，取鐵英，作鐵劍三枚。一曰龍淵，二曰泰阿，三曰工布，謂龍淵劍觀其狀如登高山臨深淵，故名。唐人避李淵(高祖)諱，以泉代淵作龍泉。參閱越絶書越絶外傳記寶劍。㊂漢宫殿名。漢書武帝紀元光三年:"河水決濮陽，氾郡十六，發卒十萬救決河。起龍淵宫。"注引服虔:"宫在長安西，作銅飛龍，故以冠名也。"又引孟康:"在西平界，其水可用淬刀劍，特堅利，古龍淵之劍取於此水。"㊀、㊁參見"龍泉㊀"。

【龍馭】皇帝車駕。唐白居易長慶集十二長恨歌詩:"天旋日轉迴龍馭，到此躊躇不能去。"舊謂皇帝死曰龍馭上賓。參見"上賓"。

【龍華】佛家語。㊀樹名。傳説彌勒得道爲佛時，於龍華樹下坐。樹高四十里，廣亦四十里。因華枝如龍頭，故名。一説種出龍宫，故曰龍華樹。參閱法苑珠林二四彌勒部之餘業因。㊁廟會之一種。荆楚以四月八日諸寺各設會香湯浴佛，共作龍華會，爲彌勒下生之徵。唐劉長卿劉隨州集六陪元侍御遊支硎山寺詩:"支公去已久，寂寞龍華會。"參見"浴佛"。

【龍場】地名。在貴州修文縣。明正德時王守仁以忤宦官劉瑾，謫爲龍場驛丞，即此。清廢。見明史本傳。

【龍犀】舊相術家謂囟下骨隱起，下連鼻梁不斷爲龍犀，迷信者因以爲貴人之相。文選南朝梁劉孝標(峻)辯命論:"龍犀日角，帝王之表。"注:"朱建平相書曰:額有龍犀入髮，左角日，右角月，王天下也。"

【龍疏】即龍茲。龍鬚草席。一説珠玉名。漢劉向新序二:"琅玕龍疏，翡翠珠璣。"又列女傳六齊鍾離春作"龍疏"。參見"龍茲"。

【龍陽】㊀戰國時魏有寵臣食邑龍陽，號龍陽君。後因稱男色爲龍陽。文選晉阮嗣宗(籍)詠懷詩之三:"昔日繁華子，安陵與龍陽。"參閱戰國策魏四。㊁地名。三國吴分漢壽縣置龍陽縣。隋屬朗州。東漢隱帝乾祐三年，馬軍指揮使張暉將兵自他道擊朗州至龍陽，即其地。南宋建炎四年楊幺起義，曾以此爲根據地。元升爲州，明洪武九年復改爲縣。公元1912年改名漢壽，屬湖南省。參閱讀史方輿紀要八十常德府。

【龍勝】即龍樹。見該條。

【龍象】佛家語。稱諸阿羅漢中，修行勇猛有最大力者爲龍象。水行龍力最大，陸行象力最大，故以龍象爲喻。見大智度論三。後因以名高僧。唐李白李太白詩十二贈宣州靈源寺仲濬公詩:"此中積龍象，獨許濬公殊。"

【龍集】龍，星名;集，次。用作紀年。如言龍集甲子，即歲次甲子。續古文苑一新莽量銘:"歲在大梁，龍集戊辰。"初學記一南朝宋何承天天讚:"龍集有次，星紀乃分。"

【龍媒】㊀漢書禮樂志天馬歌:"天馬徠，龍之媒。"言天馬乃神龍之類，天馬來爲致龍之徵，因謂駿馬曰龍媒。北周庾信庾子山集四詠畫屏風詩之十六:"龍媒逐細草，鶴氅映垂陽。"唐杜甫杜工部草堂詩箋三五昔遊:"有能市駿骨，莫恨少龍媒。"㊁馬廄名。唐代有飛黄、吉良、龍媒、騊駼、駃騠、天苑六閑，皆天子養馬之所。見新唐書兵志。㊂古代設土龍祈雨。因稱土龍爲龍媒。南朝梁庾信庾子山集四和李司録喜雨詩:"臨河沉璧玉，夾道畫龍媒。"參見"土龍㊀"。

【龍溪】地名。晉晉安縣地，南朝梁置龍溪縣。明清皆爲漳州府治。公元1960年與海澄縣合併，改名龍海縣，屬福建省。參閱讀史方輿紀要九九漳州府。

【龍輈】㊀神話傳説中的龍車。楚辭屈原九歌東君:"駕龍輈兮乘雷，載雲旗兮委蛇。"注:"輈，車轅也。言日以龍爲車轅，乘雷而行。"㊁刻作龍頭的車轅。文選漢張平子(衡)東京賦:"龍輈華轙，金鋄鏤鍚。"樂府詩集六五輈作"旒"。

【龍鉢】僧涉，西域人。晉末入長安，傳説能以祕咒下神龍。每旱，秦主苻堅常使之咒龍請雨，即有龍下鉢中，天輒大雨。見晉書僧涉傳。全唐詩四八二李紳鑒玄影堂:"龍鉢已傾無法雨，虎牀猶在有悲風。"

【龍腦】香料名。以龍腦香樹幹中樹膏製成的一種結晶體，瑩白如冰，俗稱冰片，又曰梅片。産於閩廣及南海等地。樹高八九丈，大可六七圍。乾脂謂之龍腦香，清脂謂之波律膏。其珍品謂之梅花腦子。膏在木心中，斷其樹劈取之，膏從樹端流出。也作藥用。唐天寶末，交趾進龍腦，如蟬、蠶之形，禁中呼爲瑞龍腦。帶之衣袂，香聞十餘步外，經久不滅。參閱唐段成式酉陽雜俎前集一忠志、十八木篇，宋洪芻香譜香品。

【龍節】古用於澤國之龍形符節。周禮秋官小行人:"達天下之六節，山國用虎節，土國用人節，澤國用龍節，皆以金爲之。"後泛指地方長官的使節。唐元稹長慶集四二授劉總守司徒兼侍中天平軍節

龍節

度使制："握龍節以率下，露蟬冕以行春。"

【龍綃】即鮫綃。全唐詩一九五韋應物黿頭山神女歌："陰深靈氣靜凝美，的礫龍綃雜瓊佩。"唐蘇鶚杜陽雜編上："(元)載寵姬薛瑤英衣龍綃之衣，一襲無一二兩，摶之不盈一握。"參見"鮫綃㊀"。

【龍漢】道家謂天地之數有五劫：龍漢、赤明、上皇、開皇、延康。龍漢爲始劫，一運歷九萬九千九百九十九劫，氣運終極，天淪地崩，四海冥合，乾坤破壞，無復光明，經一億劫，天地乃開，劫名赤明，赤明經二劫，天地又壞，無復光明，具更五劫，天地乃開。全唐詩八五三吳筠步虛詞之九："敢問龍漢末，如何闢乾坤。"參閱雲笈七籤三靈寶略記、明黃瑜雙槐歲鈔六皇極觀物。

【龍漠】指塞外沙漠地區。猶龍沙。晉書桓溫傳上疏："若乃海運既徙，而鵬翼不舉，永結根於南垂，廢神州於龍漠，令五尺之童掩口而歎息。"宋書武帝紀中封宋公策："拓土三千，申威龍漠。"

【龍漏】古代計時用鑄爲龍形的漏壺。以器貯水，以銅爲渴烏，狀如鉤曲，以引器中水，於銀龍口中吐入權器。漏水一斗，秤重一斤，時經一刻。見初學記二五李蘭漏刻法。全唐詩一唐太宗冬宵各爲四韻："雕宮靜龍漏，綺閣宴公侯。"參見"漏壺"。

【龍賓】神話傳說中的墨精。舊題唐馮贄雲仙雜記一引陶家缾餘事："玄宗御案墨，曰龍香劑。一日見墨上有小道士，如蠅而行。上叱之，卽呼萬歲，曰：'臣卽墨之精，黑松使者也。凡世人有文者，其墨上皆有龍賓十二。'上神之，乃以墨分賜掌文官。"

【龍旗】卽龍旂。新唐書儀衛志上："朱雀隊建……龍旗十二。"參見"龍旂"。

【龍脊】一種類似魚鰾的紙。作字後或塗以泥，或薰以烟，或塗以丹，或祓以紙，用水洗去垢汙而字不滅。清初，明末遺民常以此紙通問海外。清魏禧魏叔子文集有龍脊記文。見清梁同書日貫齋塗說。

【龍輔】玉名。左傳昭二九年："公賜公衍羔裘，使獻龍輔於齊侯。"

【龍䶬】星名。東方蒼龍七宿中的尾星。國語楚下："日月會於龍䶬。"注："䶬，龍尾也。謂周十二月，夏十月，日月合辰於尾上。(禮)月令：孟冬，日在尾。"

【龍團】宋代貢茶名。眞宗咸平中，丁謂爲福建漕，監御茶，進龍鳳團。仁宗慶曆中，蔡襄知建州，別擇茶之精者爲小龍團十斤以獻，斤爲十餅。龍團鳳餅遂名冠天下。宋蘇軾分類東坡詩十三以大龍團報垂雲新茶："揀芽分雀舌，賜茗出龍團。"參閱宋葉夢得石林燕語八、宋徽宗大觀茶論序(說郛五二)、明陳繼儒輯茶董補上製法沿革。

【龍圖】㊀卽河圖。傳說有龍馬從黃河中負出，故稱。竹書紀年上黃帝軒轅氏"五十年秋七月庚申，鳳鳥至，帝祭于洛水"南朝梁沈約注："龍圖出河，龜書出洛，赤文篆字，以授軒轅。"梁書元帝紀大寶三年徐陵上表："自氤氳渾沌之世，驪連、栗陸之君，卦起龍圖，文因鳥跡。"參見"河圖"。㊁宋龍圖閣直學士的簡稱。如范仲淹進龍圖閣直學士，羌人呼爲"龍圖老子"。見宋史三一四范仲淹傳。又包拯除龍圖閣直學士，權知開封府，立朝剛毅，貴戚宦官爲之斂手。民間稱爲包龍圖。元曲選缺名陳州糶米一："若要與我陳州百姓除了這害呵，則除是包龍圖那個鐵面没人情。"後因謂廉正之官爲龍圖再世。

【龍種】㊀謂帝王子孫。北史隋房陵王勇傳："勇有十男，雲昭訓生長寧王儼，……初，儼誕，(文)帝聞之曰：'此乃皇太孫，何生不得地。'(昭訓父)雲定興奏曰：'天生龍種，所以因雲而出。'時人以爲敏對。"唐杜甫杜工部草堂詩箋九哀王孫："高帝子孫盡龍準，龍種自與常人殊。"按史記高祖紀："其先劉媼，嘗息大澤之陂，夢與神遇。其時雷電晦冥，太公往視，則見蛟龍於其上，已而有身，遂產高祖。"龍種本此。㊁謂駿馬。魏書一〇一吐谷渾傳："青海周回千餘里，海内有小山，每冬冰合後，以良馬置此山，至來春收之，馬皆有孕，所生得駒，號爲龍種，必多駿異。"金元好問遺山集三畫馬爲邢將軍賦詩："大宛城下戰骨滿，駑駘入漢龍種藏。"

【龍鳳】㊀喻賢才。南齊書王僧虔傳誡子書："于時王家門中，優者則龍鳳，劣者猶虎豹。"明高啟高太史集三詠隱逸詩之八龐公："南陽有龍鳳，乘時各飛翻。"㊁舊指帝王之相。舊唐書太宗紀上："有書生自言善相，謁高祖曰：'公貴人也，且有貴子。'見太宗曰：'龍鳳之姿，天日之表，年將二十，必能濟世安民矣。"㊂元末韓林兒年號。公元1355—1366年。

【龍銜】草名。1.黃精的別名。見廣雅釋草。2.芝草的一種。常以仲春對生，三節十二枝，下根如坐人。見抱朴子仙藥。

【龍潛】㊀陽氣潛藏，龍蛇蟄伏。易乾："潛龍勿用，陽氣潛藏。"抱朴子吳失："殷雷輷磕於龍潛之月，凝霜肅殺乎朱明之運。"㊁喻帝王未卽位時。後漢書四八爰延傳上封事："陛下以河南尹鄧萬有龍潛之舊，封爲通侯。"參見"潛龍"。

【龍駒】㊀駿馬。南朝陳徐陵徐孝穆集一驄馬驅詩："白馬號龍駒，雕鞍名鏤衢。"唐杜甫杜工部草堂詩箋四十惜別行送劉僕射判官："祇收壯健勝鐵甲，豈因格鬬求龍駒。"㊁喻聰穎的兒童。晉書陸雲傳："幼時，吳尚書廣陵閔鴻見而奇之，曰：'此兒若非龍駒，當是鳳雛。'"續古文苑十九五代後晉殷鵬羅周敬墓誌銘："長子延賞，守太子舍人，次延緒，次延宗，皆稟庭訓，悉紹家聲，龍駒鳳雛，得非天性，良金端玉，自是國楨。"㊂水名。1.在青海西寧市西。水經注二河水："湟水又東，龍駒川水注之。"2.在遼寧林西縣東。金史地理志上臨潢府："(長泰縣)其北千餘里有龍駒河，國言曰喝必剌。"

【龍髯】傳說黃帝鑄鼎於荆山下，鼎成，有龍下迎帝升天，從帝登龍身者七十餘人，餘人持龍髯，髯斷落地，並墮黃帝之弓。百姓抱弓視龍髯而哭。後用爲悼念皇帝去世之典。唐杜甫杜工部草堂詩箋二九洛陽詩："故老仍流涕，龍髯幸再攀。"參見"攀髯"。

【龍漦】古史相傳，夏之衰，有二神龍止於王庭，夏帝卜請其漦，藏於櫝櫝。至周厲王末，發櫝觀之，漦流于庭，化爲玄黿。後宮童妾遇之懷孕，生褒姒。周幽王寵褒姒，欲殺申后所生太子而立褒姒子伯服，引起申戎之亂，西周因是而亡。參閱國語鄭、史記周紀。後因以喻禍國的女子。唐駱賓王集十代李敬業檄："龍漦帝后，識夏庭之遽衰。"也作"鱗漦"。文選漢班孟堅(固)幽通賦："震鱗漦於夏庭兮，匝三正而滅姬。"

【龍樓】㊀漢太子宮門名，後泛指太子所居之宮。漢書成帝紀："元帝卽位，帝爲太子，壯好詩書，寬博謹愼，初居桂宮，上嘗急召，太子出龍樓門，不敢絕馳道。"注："張晏曰：門樓上有銅龍，若白鶴、飛廉之爲名也。"文選南朝齊王元長(融)三月三日曲水詩序："出龍樓而問豎，入虎闈而齒胄。"㊁帝王宮闕。宋歐陽修文忠集九鵯鵊詞詩："龍樓鳳閣鬱崢嶸，深宮不聞更漏聲。"

【龍標】地名。卽今湖南黔陽縣。南朝梁爲龍檦縣。隋屬沅陵郡。唐武德七年改名龍標縣，因龍標山爲名。唐李白李太白詩十三聞王昌齡左遷龍標:"楊花落盡子規啼,聞道龍標過五溪。"即此。宋熙寧七年置黔江城,元豐三年併鎮江寨,爲黔陽縣,隸沅州,歷代因之。參閱元和郡縣志三十敍州、嘉慶一統志三六八沅州府黔陽縣。

【龍幣】漢武帝時鑄銀幣,白金三品之一。時議以爲天用莫如龍,地用莫如馬,人用莫如龜,因雜鑄銀錫爲白金以造幣,分三品,其一重八兩,圜形,其文龍,名"白撰",直三千,故名龍幣。參閱漢書食貨志下。

龍幣

【龍頟】古縣名。漢置。屬平原郡。武帝封韓説爲龍頟侯,故名。東漢廢。故城在今河北景縣東。參閱史記建元以來侯者年表、漢書地理志上。

【龍興】㊀喻新王朝的興起。漢孔安國尚書序:"漢室龍興,開設學校,旁求儒雅,以闡大猷。"疏:"言龍興者,以易龍能變化,故比之聖人九五飛龍在天,猶聖人在天子之位,故謂之龍興也。"㊁地名。1.路名。元至元二十一年,改原隆興路爲龍興路,明清爲南昌府。府治在今江西南昌市。參閱嘉慶一統志三〇八南昌府一。2.縣名。今河南寶豐縣。唐神龍元年改中興縣爲龍興縣,屬汝州。宋宣和二年改名寶豐。元省,明復置。參閱元和郡縣志六汝州、讀史方輿紀要五一南陽府汝州寶豐縣。㊂佛寺名。1.在江蘇蘇州市西。唐武則天置,御書額八分。開元五年,再興此寺,刺史張廷珪模勒御書於碑。見舊題唐陸廣微吳地記。2.在今安徽鳳陽縣東南,原名皇覺寺,爲朱元璋(明太祖)早年削髮爲僧處。洪武初改名龍興寺。見嘉慶一統志一二六鳳陽府寺觀。㊃年號。1.東漢公孫述。公元25—36年。2.東晉列國後趙侯子光。公元336年。3.唐南詔勸龍晟。公元811—816年。4.宋大理段正興。宋高宗時。

【龍編】古地名。漢置龍編縣,屬交趾郡。東漢至南北朝曾爲交州及交趾郡治所。唐武德四年,於此置龍州,貞觀元年,廢龍州,仍屬交州。唐陸龜蒙甫里集九和吳中言懷寄南海二同年詩:"城連虎踞山圖麗,路入龍編海舶遥。"五代後,地入交趾。參閱漢書地理志下、元和郡縣志三八交州龍編縣。

【龍德】五代後梁朱友貞(末帝)年號。公元921—923年。

【龍潭】㊀深淵。唐李白李太白詩二三過汪氏別業之二:"更遊龍潭去,枕石拂莓苔。"唐白居易長慶集十一寄王質夫詩:"樓觀水潺潺,龍潭花漠漠。"㊁地名。在江蘇句容縣北,瀕臨長江,居南京鎮江之中。明初於此置巡司,兼設龍潭水馬驛。建文四年,燕王渡江,次龍潭,即此。正統二年,復建歲積倉於此。參閱讀史方輿紀要二十江寧府句容縣。

【龍燈】龍形花燈。宋夏竦夏文莊公集三四上元應制詩:"寶坊月皎龍燈淡,紫館風微鶴燄平。"宋王明清揮麈録餘話一:"次詣承平殿,鳳燭龍燈,燦然如晝。"

【龍頭】㊀三國魏華歆與北海邴原、管寧俱遊學相善,時人號三人爲"一龍",歆爲龍頭,原爲龍腹,寧爲龍尾。見三國志魏華歆傳"議論持平"注引魏略。唐王勃王子安集七送白七序:"當益友之龍頭,處通侯之燕頷。"㊁科舉時代稱狀元爲龍頭。宋王禹偁小畜集十一寄狀元孫學士何詩:"唯愛君家棣華榜,登科記上並龍頭。"㊂器物上製作龍頭形狀。樂府詩集四八三洲歌:"湘東酃醁酒,廣州龍頭鐺。"唐韓愈昌黎集二一石鼎聯句詩:"龍頭縮菌蠢,豕腹脹彭亨。"㊃古兵家指山頂。吳子治兵:"無當天竈,無當龍頭。天竈者大谷之口,龍頭者大山之端。"

【龍輴】帝王的柩車。禮檀弓上:"天子之殯也,菆塗龍輴以椁。"疏:"龍輴者,殯時輴車載柩,而畫轅爲龍,故云龍輴也。"梁書元帝紀大寶三年王僧辯等奉表:"嗣后升遐,龍輴未殯;承華掩曜,梓宮莫測。"

【龍樹】印度古代高僧,南天竺人,釋迦滅後七百年出世。其母於樹下生之,因字阿周陀那,阿周陀那爲梵語樹名,以龍成道,故以龍配字號,號曰龍樹。亦稱龍猛、龍勝。爲馬鳴弟子迦毘摩羅尊者之弟子,提婆菩薩之師。初奉婆羅門教,後歸依佛教,大弘佛法,摧伏外道,使大乘教大行於南天竺。佛教傳説,曾入龍宮齎華嚴經,開鐵塔傳密藏,爲顯密八宗之祖師。著有大智度論、中觀論、十二門論等,皆佛教經典著作。參閱東晉列國後秦鳩摩羅什譯龍樹菩薩傳。

【龍蹄】㊀馬蹄。才調集四曹唐病馬詩之四:"卧來總怪龍蹄跙,瘦盡誰驚虎口高。"㊁瓜名。太平御覽九七八廣志:"瓜之所出,以遼東廬江燉煌之種爲美。有烏瓜、貍頭瓜、密筩瓜、女臂瓜、龍蹄瓜、羊髓瓜。"文苑英華三二六唐李嶠瓜詩:"欲識東陵味,青門五色瓜。龍蹄遠珠履,女臂動金花。"

【龍戰】易坤:"龍戰於野,其血玄黄。"本指陰陽二氣的交戰。後因指羣雄割據争戰。漢書一〇〇上敍傳班固答賓戲:"於是七雄虓闞,分裂諸夏,龍戰而虎争。"文選南朝齊謝玄暉(朓)和伏武昌登孫權故城詩:"炎靈遺劍璽,當塗駭龍戰。"

【龍燭】㊀燭龍神所銜之燭。三國魏曹植曹子建集四芙蓉賦:"焜焜韡韡,爛若龍燭。"文選晉左太沖(思)吳都賦:"西蜀之於東吳,小大之相絶也,亦猶棘林螢燿而與夫樳木龍燭也。"參見"燭龍"。㊁以龍爲飾之燭。唐劉禹錫劉夢得集五觀舞柘枝詩之一:"神飈獵紅蕖,龍燭映金枝。"

【龍欗】地名。見"龍標"。

【龍鍾】㊀疊韻形容字。荀子議兵作"隴種",唐人多作龍鍾,取義甚多。1.老態或衰憊貌。唐王維王右丞集四夏日過青龍寺謁操禪師詩:"龍鍾一老翁,徐步謁禪宮。"杜甫杜工部草堂詩箋十六寄彭州高適虢州岑參:"何太龍鍾極,于今出處妨。"2.潦倒失意。文苑英華七三四唐李華卧疾舟中相里范二侍御先行贈別序:"華也潦倒龍鍾,百疾叢體,衣無完帛,器無兼蔬。"也作"龍鐘"。唐白居易長慶集十七十年三月三十日別微之於澧上……詩:"莫問龍鐘惡官職,且聽清脆好文篇。"3.言沾濡涇潤。漢蔡邕琴操下信立退怨歌:"空山歔欷,涕龍鍾兮。"唐岑參岑嘉州詩七逢入京使:"故園東望路漫漫,雙袖龍鍾淚不乾。"4.躑躅難行貌。文苑英華二九〇唐蘇頲早發方騫驛詩:"傳置遠山蹊,龍鍾蹴澗泥。"㊁竹名。北周庾信庾子山集一邛竹杖賦:"每與龍鍾之族,幽翳沉沉。"亦作"鍾龍"。古文苑四漢揚雄蜀都賦:"其竹則鍾龍箈篁,野篠紛包。"

【龍膽】草名。一名陵游。葉如龍葵,味如苦膽,因以爲名。根入藥。本草綱目十三草二龍膽引宋馬志。

【龍輿】㊀皇帝的車駕。樂府詩集七八隋煬帝步虛詞之二:"總轡行無極,相推凌太虛。翠霞承鳳輦,碧霧翼龍輿。"㊁宋高宗紹興奉迎皇太后北還,詔造龍輿,其制,朱質正方,金塗銀飾,四竿,竿頭螭首,頳窗紅簾,上覆以椶,加龍六。見宋史輿服志二。

【龍顏】謂眉骨圓起。史記高祖紀:"高祖爲人隆準而龍顏。"後因稱皇帝的顏貌爲龍顏。唐李白李太白詩十一贈從弟南平太守之遥之一:"天門九重謁聖人,龍顏一解四海春。"黄滔黄御史集三喜侯舍人蜀中新命詩之一:"五色彩毫裁鳳詔,九重天子豁龍顏。"

【龍藏】佛經。相傳大乘經典藏在龍宫,故稱。廣弘明集十九南朝梁沈約内典序:"足蹈慧門,學通龍藏。"唐王維王右丞集二六工部楊尚書夫人贈太原郡夫人京兆王氏墓誌銘:"夫人一入空門,便蒙法印,朱簾紺幰,無復餘乘,龍藏寶經,悉通至義。"又清内務府所刊佛教藏經亦稱龍藏本。

【龍曜】道家謂人五臟六腑皆有神主,膽神名龍曜。雲笈七籤十一上清皇庭内景經:"膽神龍曜字威明。"注:"膽色青黄,故曰龍曜。主於勇捍,故曰威明。外取東方青龍雷震之象也。"

【龍蟠】㊀謂龍盤曲而伏。漢揚雄法言問神:"龍蟠於泥,蚖其肆矣。"㊁喻豪傑之士隱伏待時。三國志魏杜襲傳:"襲避亂荆州,劉表待以賓禮。同郡繁欽數見奇於表,襲諭之曰:'吾所以與子俱來者,徒欲龍蟠幽藪,待時鳳翔,豈謂劉牧當爲撥亂之主,而規長者委身哉?'"

【龍蹻】道家所傳飛行之術,有龍蹻、虎蹻、鹿盧蹻三法,見抱朴子雜應。雲笈七籤一〇六紫陽真人周君内傳:"聞蒙山欒先生能讀龍蹻經,遂往尋之。"全唐詩六一〇皮日休太湖曉次神景宫:"存心服燕胎,叩齒讀龍蹻。"參見"乘蹻"。

【龍鯉】穿山甲的别名。也稱鯪鯉、龍魚。文選晉郭景純(璞)江賦:"若乃龍鯉一角,奇鶬九頭。"注:"山海經曰:龍鯉陵居,其狀如鯉。或曰龍魚一角也。"參閲本草綱目四三鱗一鯪鯉。

【龍雛】指笋。宋蘇軾分類東坡詩三傅堯俞濟源草堂詩:"鄰里亦知偏愛竹,春來相與護龍雛。"

【龍₃斷】斷而高的岡壟。孟子公孫丑下:"古之爲市也,以其所有,易其所無者,有司者治之耳。有賤丈夫焉,必求龍斷而登之,以左右望,而罔市利。"謂登高探望,操縱集市,牟取高利。説文貝部買字引孟子作"壟斷"。今通作壟斷。後引申爲把持和獨佔。明楊愼藝林伐山十三任盡言:"(秦檜)私富貴之龍斷,豈止使子弟爲卿;奪造化之罏錘,大不許人主除吏。"

【龍韜】㊀古兵書六韜篇名。泛指兵略。北周庾信庾子山集三從駕觀講武詩:"豹略推全勝,龍韜揖所長。"唐李白李太白詩十七送外甥鄭灌從軍之二:"破胡必用龍韜策,積甲應將熊耳齊。"參見"六韜"。㊁古宫廷禁衛羽林軍的别名。唐李德裕李文饒集别集三述夢詩四十韻:"椅梧連鶴禁,墀垸接龍韜。"注:"内署北連春宫,西接羽林軍。"宋史律曆志三:"初夜發鼓曰:日欲暮,魚鑰下,龍韜布。"

【龍麝】香名。唐司空圖司空表聖詩集五白菊雜書之一:"却笑誰家扃繡户,正熏龍麝暖鴛衾。"

【龍齦】琴尾豎木,用以架弦。自龍齦内際至岳山内際,爲琴弦之長。宋陳暘樂書琴制:"龍脣者,聲所由出也;龍齦者,吟所由生也;龍口所以受絃,而其鬢又所以飾之也。"(圖書集成經濟彙編樂律一〇二琴瑟彙考)

【龍鬚】草名。又名龍芻、龍脩、石龍芻。莖可織席。水經注二河水:"自洮𡽆南北三百里中,地草徧是龍鬚,而無樵柴。"亦指龍鬚草席。初學記二五晉東宫舊事:"太子有獨坐龍鬚席、赤皮席、花席。"唐韓偓玉山樵人集已涼詩:"八尺龍鬚方錦褥,已涼天氣未寒時。"

【龍鱗】㊀龍的鱗甲。常以形容鱗狀之物。史記一一七司馬相如傳子虛賦:"衆色炫耀,照爛龍鱗。"指光彩如鱗甲。文選漢班孟堅(固)西都賦:"溝塍刻鏤,厚隰龍鱗。"指高下排列如龍鱗。晉郭景純(璞)江賦:"溭淢濜涓,龍鱗結絡。"指如鱗之連結交絡。㊁喻指皇帝或皇帝的威嚴。後漢書光武紀上建武元年:"天下士大夫,捐親戚,棄土壤,從大王於矢石之間者,其計固望其攀龍鱗,附鳳翼,以成其所志耳。"唐李白李太白詩六猛虎行:"有策不敢犯龍鱗,竄身南國避胡塵。"

【龍鬭】㊀龍相鬭。古人以爲災異之象。左傳昭十九年:"鄭大水,龍鬭於時門之外洧淵。"漢書五行志下之上引京房易傳:"衆心不安,厥妖龍鬭。"㊁喻羣雄割據混戰。猶龍戰。後漢書光武紀上建武元年:"光武先在長安時,同舍生彊華自關中奉赤伏符,曰'劉秀發兵捕不道,四夷雲集龍鬭野。'"唐陳子昂陳伯玉集一感遇詩之十一:"七雄方龍鬭,天下亂無君。"參見"龍戰"。

【龍灣】地名。在江蘇南京市西北。宋建炎四年,金兀朮率兵進次龍灣,岳飛邀擊之於新亭,大破之。金兵自龍灣出江,又爲韓世忠所敗。即此處。參閲宋史三六五岳飛傳、讀史方輿紀要二十江寧府江寧縣。

【龍驤】㊀龍騰躍或昂舉。文選漢張平子(衡)南都賦:"車雷震而風厲,馬鹿超而龍驤。"後漢書一八吴漢等傳贊:"吴公鷙彊,實爲龍驤。"注:"驤,舉也。若龍之舉,言其威盛。鄒陽曰:'神龍驤首奮翼,則浮雲出流。'"㊁龍驤將軍的省稱。言矯健如龍之騰驤。晉以王濬爲龍驤將軍,伐吴。其後陶侃亦曾任龍驤將軍。見晉書本傳。㊂晉龍驤將軍王濬受命伐吴,豫修舟艦,大船連舫,一舟可載二千餘人。後因以龍驤稱大船。宋蘇軾分類東坡詩七大風留金山兩日:"龍驤萬斛不敢過,漁艇一葉從掀舞。"陸游劍南詩稿三三游山舟遇風雨戲作:"龍驤萬斛去如鴻,巨浪惟能窘短蓬。"

【龍子衣】蛇蜕的别名。入藥。見本草經三蛇蜕。

【龍火衣】皇帝之服,卽龍袞。以上繡山龍藻火圖案而稱。唐王建詩一元日早朝:"聖人龍火衣,寢殿開璇扃。"元詩選陳孚剛中玉堂稾呈李野齋學士詩:"欲補十二龍火衣,袖中别有五色線。"

【龍皮扇】唐人故事記王元寶家有一皮扇子,製作甚佳。每暑月宴客,卽以此扇子置於座前,使新水灑之,則颯然風生。見五代後唐王仁裕開元天寶遺事下。

【龍爪書】書法的一種。相傳晉王羲之醉時,嘗書數字,點畫類龍爪,號爲龍爪書。後唐韓晉公(滉)鑒古善書,獲南朝齊竟陵王蕭子良龍爪書十五字,置於招隱寺,留以親翫。參閲唐李綽尚書故實、張彥遠法書要録三唐李約壁書飛白蕭字贊、又六竇息述書賦下。

【龍爪葱】卽樓葱。冬葱之類。皮赤。每莖上葉出歧如八角,故江南人呼爲龍角葱、龍爪葱、羊角葱。見本草綱目二六菜一葱。

【龍生日】栽竹之日。詳"竹醉日"。

【龍丘引】琴曲名,一名楚引。相傳爲楚龍丘高所作。龍丘高出遊三年,思歸故鄉,望楚而長嘆,故曰楚引。見樂府詩集五八琴曲歌辭。

【龍丘萇】後漢隱士。隱居太末(今浙江金華縣)龍丘山。其地有九石特秀,色丹,遠望如蓮華,萇所隱巖穴,中有石床可寢處。王莽時,志不降辱,四輔三公,連辟不到。參閲後漢書七六任延傳"吴有龍丘萇者"注引東陽記。

【龍尾車】農田水利排灌工具。以圓木爲軸,刻螺絲線於其上,削竹爲柱,依螺線立之。又以繩編之,略如織箔之法,而敷以瀝青、桐油等,使不滲漏。其外削板圍之爲圓筒形。於軸之兩端置鐵樞以利轉。又於圍之中和兩端,軸之兩端與兩樞,各置齒輪以受轉。更以木石爲架以固定之。藉外力使軸轉於内，使水上行，用以排灌。參閲農政全書十九泰西水法上。

【龍尾坡】地名。在陝西岐山縣東。古嘗於此置驛及堡。晉義熙十一年，後秦將姚弼與夏將赫連建戰於龍尾堡；唐中和元年，鳳翔節度使鄭畋與黄巢兵戰於龍尾坡。均卽此地。參閲讀史方輿紀要五五陝西鳳翔府鳳翔縣。

【龍尾道】㊀自城外至城上所築的陂陀道。其道前高後卑，下塌於地，逶迤屈曲，宛如龍尾下垂，故謂之龍尾道。越絶書二吴地傳："無錫西龍尾陵道者，春申君初封吴所造也。"資治通鑑二五九唐乾寧元年："王先成請築龍尾道，屬於女牆。"省作龍尾。資治通鑑一七四陳太建十二年："（尉遲）迥窘迫升樓，（崔）弘度直上龍尾追之。"㊁皇宫内升殿的斜坡道。唐白居易長慶集十七潯陽歲晚寄元八郎中……詩："螭頭階下立，龍尾道前行。"新唐書二二五上安禄山傳："禄山計天下可取，逆謀日熾，每過朝堂龍尾道，南北睥睨，久乃去。"

【龍尾硯】歙硯的上品。産於今江西婺源縣龍尾山（舊屬安徽），謂之龍尾石。其石黑，亞於端硯。見宋蘇易簡文房四譜三。一説，婺源石産水中者，皆爲硯材，品色頗多，一種石理有星點，謂之龍尾，蓋出於龍尾溪。其質堅勁，大抵發墨，前世多用之，以金星爲貴。見宋杜綰雲林石譜中婺源石。

【龍尾關】古關名。在今雲南下關市。唐時名龍尾城。南詔王皮羅閣所築。當洱河之尾，又名河尾關，亦曰下關。參閲元郭松年大理行記、嘉慶一統志四七八大理府關隘。

【龍吟曲】詞調名。卽水龍吟。見"水龍吟"。

【龍肝瓜】瓜名。初學記二八瓜引郭子横洞冥記："有龍肝瓜，長一尺，花紅葉素，生於冰谷，所謂冰谷素葉之瓜。"北魏賈思勰齊民要術二種瓜注："瓜有龍肝、虎掌、羊骹、兔頭。"

【龍芽草】草名。一名瓜香草，生山野間，苗高尺餘，葉如地棠葉而寬大，梢間出穗，開黄花，結青毛蓇葖，有子大如黍粒，味甜，收子或擣或磨，作麵食之。亦入藥。參閲清吴其濬植物名實圖考十二隰草。

【龍門寺】後魏熙平元年，在今河南洛陽市西南，建龍門十寺，爲遊覽勝地。寺中香山之名最著。後來詩人多有題詠之作。唐杜甫杜工部草堂詩箋一有遊龍門奉先寺詩。唐白居易長慶集六八五年秋病後獨宿香山寺三絶句之一："經年不到龍門寺，今夜何人知我情。"姚合姚少監集三寄東都白賓客詩："竹齋晚起多無事，惟到龍門寺裏頻。"參閲嘉慶一統志二〇七河南府三寺觀香山寺、奉先寺。

【龍門客】後漢書五七李膺傳謂膺不妄交接，有被其容接者，名爲登龍門。後因稱高門上客爲龍門客。唐杜甫杜工部草堂詩箋四奉贈鮮于京兆二十韻："鳳穴雛皆好，龍門客又新。"元楊維楨鐵崖逸編四蓮花𨺗歌："使君本是龍門客，身脱宫袍岸烏幘。"

【龍虎山】道教名山。在江西貴溪縣西南八十里。兩峯對峙，如龍昂虎踞，因名。相傳漢張道陵修鍊於此。其子孫世居於兩山間之上清宫，俗稱張天師。參閲元史二〇二釋老傳、讀史方輿紀要八五江西廣信府貴溪縣。參見"張天師"。

【龍虎經】道家論丹訣書。作者不詳。宋陳振孫直齋書録解題十二神仙類作金碧古文龍虎上經一卷。又云：一本無"金碧"二字。宋王道推衍其義，爲之注疏，分三十三章，析爲三卷。宋俞琰席上腐談下引朱熹語："龍虎經乃櫽括參同契而爲之耳。蓋因參同契有古記題龍虎之説，遂撰此書。"按道家丹訣，例用寓名。所謂龍虎，實卽水火、鉛汞之義。

【龍虎榜】唐貞元八年，歐陽詹與韓愈、李觀、李絳等二十三人於陸贄榜聯第，詹等皆有文名，時稱"龍虎榜"。見新唐書二〇三歐陽詹傳。後因謂會試中選爲登龍虎榜。宋王禹偁小畜集十一贈狀元先輩孫僅詩："粉壁乍懸龍虎榜，錦標終屬鶺鴒原。"

【龍洲集】宋劉過撰，十四卷，附録二卷。過字改之，自號龍洲道人。光宗、寧宗時，以布衣上疏陳恢復大計，不用。以詩遊謁江湖間，曾爲辛棄疾客。詩文粗豪亢厲，跌宕縱横，頗與陳亮相近。

【龍城録】書名。舊題唐柳宗元撰。一卷。龍城卽廣西柳州。宋陳振孫直齋書録解題列爲小説家類。唐志未著録。文筆亦不類柳文。或云宋王銍僞託。

【龍飛榜】新皇帝卽位，第一次進士及第榜，稱龍飛榜。宋度宗龍飛榜，陳文龍爲廷魁，胡躍龍爲省元，故時有"龍飛策士，狀元龍，省元龍"之語。見宋趙升朝野類要二免殿試、周密齊東野語十七奇對。

【龍香劑】墨名。唐馮贄雲仙雜記一謂唐玄宗御案墨有龍香劑。宋熙豐間張遇供御墨，用油烟入腦麝金箔製作，謂之龍香劑。見宋顧文薦負暄雜録墨（説郛十八）。

【龍泉窯】宋代瓷窑名。因産於浙江龍泉縣，故名。宋時處州有章生一、生二兄弟皆作窯，兄曰哥窯，弟仍龍泉之舊，曰龍泉窯。哥窯所産名白芨碎，更見重於世。宋代龍泉窯器名青瓷，土細質厚，色甚葱翠，釉彩多碎紋，妙者與官窯爭豔。參閲明曹昭等新增格古要論七、清程哲窯器説。參見"哥窯"。

【龍泉關】在河北阜平縣西七十里，有上下二關，相距二十里。下關，明英宗正統二年建，景帝景泰二年又於迤西北築上關。其西爲長城嶺。關之南北，沿山曲折，各數百里，有隘口六十餘處。見嘉慶一統志二八正定府關隘。

【龍宫方】傳説唐醫家孫思邈曾救一龍，因得龍宫藥方三十首。後孫著千金方三十卷，散龍宫方於其内。見唐段成式酉陽雜俎前集二玉格、雲笈七籤一一三下續仙傳孫思邈。

【龍骨車】卽水車。宋陸游劍南詩稿七十春晚卽事之四："龍骨車鳴水入塘，雨來猶可望豐穰。"參見"龍骨㊃"。

【龍啓瑞】公元1814—1858年。清廣西臨桂人。字翰臣。道光二十一年進士，官至江西布政使。通小學音韻之學，不拘成説，不執私見，參之古書，以求其是。著有古韻通説、爾雅經注集證、經德堂詩文集等。

【龍華寺】古佛寺名。1.在今江蘇徐州市北郊。水經注二五泗水"泗水又東南過彭城縣東北"注："泗水西有龍華寺，是沙門釋法顯遠出西域，浮海東還，持龍華圖首創此制。法流中夏，自法顯始也。"2.在洛陽市。北魏楊衒之洛陽伽藍記二龍華寺："宿衛羽林虎賁等所立也，在建春門外陽渠南。"

【龍華會】見"龍華㊂"。

【龍蛇火】指寒食節竈火。俗以寒食禁火爲悼念春秋晉介子推。全唐詩一四三王昌齡寒食卽事："雨滅龍蛇火，春生鴻雁天。"參見"龍蛇歌"。

【龍蛇歌】春秋晉文公返國，賞從亡者，介子推不言禄，禄亦不及。推從者憐之，乃懸書宫門曰："龍欲上天，五蛇爲輔。龍已升雲，四蛇各入其宇，一蛇獨怨，終不見處所。"見史記晉世家。漢劉向新序七、説苑六、後漢蔡邕琴操下皆稱介子推作歌。説苑六又説爲舟之僑所作。各書所載歌詞内容，亦有岐異。一作"龍蛇章",見後漢書十九耿弇傳附耿恭論。參見"介之推"。

【龍船花】花名。以其開在五月正值競渡,故名。原名馬纓丹,一名山大丹,珊瑚毬。花大如盤,蕊時凡數十百朵,每朵攢集,與白繡毬花相類。參閱清吳其濬植物名實圖考三十馬纓丹。

【龍腦菊】菊之一種。一名小銀臺。九月末開花。花色介於深黄淺黄之間,香氣芬烈,甚似龍腦香,故名。在菊花三十五品中列第一。見宋劉蒙菊譜定品(説郛七十)。

【龍膏酒】唐順宗時有處士伊祁玄解,召入宫,飲龍膏酒,黑如純漆,飲之令人神爽,本烏弋山離國所進。見唐蘇鶚杜陽雜編中。按:烏弋山離國,在今阿富汗境内,見漢書西域傳。

【龍歌節】卽寒食節。古俗以寒食禁火,爲悼念介子推。又以子推有龍蛇歌,故名。唐李德裕會昌一品集二十寒食日三殿侍宴奉進詩:"宛轉龍歌節,參差燕羽高。"參見"龍蛇歌"。

【龍圖閣】宋真宗大中祥符中建。在會慶殿西偏,北連禁中,閣東曰資政殿,西曰述古殿。閣上以奉太宗御書、御製文集及典籍、圖畫、寶瑞之物,及宗正寺所進屬籍、世譜。有學士、直學士、待制、直閣等官。見宋岳珂愧剡録十四九閣、文獻通考五四職官八。

【龍鳳茶】餅上飾以龍鳳紋的茶。宋王禹偁小畜集八龍鳳茶詩:"樣標龍鳳號題新,賜得還因作近臣。"參見"龍茶"、"龍團"。

【龍頭杖】以龍頭爲飾的手杖。全唐詩四九四施肩吾山居樂:"手持十節龍頭杖,不指虛空卽指雲。"元史一五三石天麟傳:"天麟年七十餘,帝(憲宗)以所御金龍頭杖賜之。"

【龍藏寺】佛寺名。在河北正定縣東門内。寺内有隋張公禮龍藏寺碑,開皇六年立。字畫道勁。寺有大悲閣,高近十丈,規制弘麗。後毁,宋初重建,易名隆興寺。後有天甯閣,九間五層,高一百三十尺,中有銅佛像,高七十二尺,故俗又謂之大佛寺。參閱畿輔通志一四四金石七正定府正定縣隋龍藏寺碑。

【龍躍池】見"摩訶池"。

【龍鬚友】指筆。舊題唐馮贄雲仙雜記二龍鬚志:"郄詵射策第一,再拜其筆曰:'龍鬚友使我至此。'"

【龍鬚菜】藻類,可供食用。廣羣芳譜十五蔬譜三引盛京志:"龍鬚菜,生于東南海邊石上,叢生,狀如柳根,長者至尺餘,白色,以醋浸食,亦佳蔬也。土人呼爲麒麟菜,出金州海邊。"

【龍山落帽】晉孟嘉爲征西大將軍桓温參軍。九月九日温遊龍山,賓僚咸集,皆戎服。有風吹嘉帽落,初不覺。温令孫盛作文以嘲之,嘉卽時以答,四坐嗟服。見世説新語識鑒"武昌孟嘉"注引孟嘉别傳。宋辛棄疾稼軒詞念奴嬌重九席上:"龍山何處?記當年高會,重陽佳節。誰與老兵共一笑,落帽參軍華髮。"老兵,指桓温。

【龍川文集】宋陳亮撰,據葉適序凡四十卷,四庫著録僅存三十卷。亮字同甫,才辯縱横,志向高邁,有意恢復,雖屢遭刑獄,百折不回,與朱熹、吕祖謙等議論每不合,而爲熹等所敬憚。集中以議論文爲多,詩詞所傳甚少,亦具特色。

【龍生九子】俗謂龍生九子,不成龍,各有所好之説。其名目一曰蒲牢,好鳴,爲鐘上鈕鼻;二曰囚牛,好音,爲胡琴頭刻獸;三曰睚眦,好殺,爲刀劍上吞口;四曰嘲風,好險,爲殿閣走獸;五曰狻猊,好坐,爲佛座騎象;六曰霸下,好負重,爲碑碣石趺;七曰狴犴,好訟,爲獄户首鎮壓;八曰贔屓,好文,爲碑兩旁蜿蜒;九曰蚩吻,好吞,爲殿脊獸頭。又説:一曰憲章,好囚;二曰饕餮,好水;三曰蟋蜴,好腥;四曰蠻蛇,好風雨;五曰螭虎,好文;六曰金猊,好烟;七曰椒圖,好閉口;八曰虭多,號立險;九曰鰲魚,好吞火。見明楊慎升庵外集九五。參閱明陸容椒園雜記二、沈德符萬曆野獲編七龍子、謝肇淛五雜俎九物部一。

【龍丘居士】宋陳慥號。宋蘇軾分類東坡詩十六寄吳德仁兼簡陳季常:"龍丘居士亦可憐,談空説有夜不眠。"參見"陳慥"。

【龍光瑞像】古天竺佛像名。鳩摩羅什父羅琰自古天竺負至龜兹。王以妹妻之,後生羅什,博讀大小乘經論。後秦主姚興弘始三年進入長安,並攜像來。晉末劉裕義熙十三年破秦入長安,躬迎此像還於江左,止龍光寺,故號龍光瑞像。至隋朝於揚州置長樂寺。南宋時金兵南下,負像而去,置於燕京聖安寺。元改置上京大儲慶寺,後返燕京。元仁宗延祐三年,勅建旃檀瑞像殿,以供瑞像。明存鷲峯寺,清乾隆時安置北京皇城旃檀寺内,光緒二十六年八國侵略軍入京,寺像俱毁。參閱資持記下三釋僧像、元程鉅夫雪樓記九旃檀佛像記。參見"旃檀佛"。

【龍行虎步】喻帝王儀態威武。宋書武帝紀上:"或説(桓)玄曰:'劉裕龍行虎步,視瞻不凡,恐必不爲人下,宜蚤爲其所。'"

【龍吟虎嘯】龍虎吟嘯。易乾文言"雲從龍,風從虎"唐孔穎達疏:"龍吟則景雲出,……虎嘯則谷風生。"後因以龍吟虎嘯形容人吟嘯聲音高亮。文選漢張平子(衡)歸田賦:"爾乃龍吟方澤,虎嘯山丘。"注:"言已從容吟嘯,類乎龍虎。"宋黄庭堅山谷詩注外集十七送昌上座歸成都詩:"昭覺堂中有道人,龍吟虎嘯隨風雲。"

【龍門石窟】在今河南洛陽市南龍門山(卽伊闕)。自北魏宣武帝至晚唐,歷代帝王在龍門山闕口東西兩山斷崖所鑿,共計有窟龕二千一百餘,題記三千六百八十種,造像九萬七千餘尊。保存了自北魏以來歷代大量佛教藝術,通稱龍門石窟,或謂龍門造像。解放後列爲全國重點文物保護單位。其所刻誌的題記銘文,書法爲魏碑法式之一,俗稱龍門二十品,字體雄挺峭拔,稱爲龍門體。參閱魏書釋老志。

【龍虎將軍】古武官名號。金置龍虎衛上將軍,爲正三品武散官。元改正二品。明因元制,爲正二品散階,無專職。見續通典三二職官十。

【龍度天門】天體中歲星超辰現象。周禮春官馮相氏"掌十有二歲"唐賈公彦疏:"以歲星本在東方,謂之龍。以辰爲天門,故以歲、日跳度爲龍度天門也。"又保章氏"以十有二歲之相,觀天下之妖祥"疏:"日體在鶉首,與歲星同次。日没於戌,歲星亦應没。由度戌至酉上,見而不没,故云龍度天門。"

【龍威祕書】叢書名,清馬俊良輯。書名用雲笈七籤三靈寶略記所載龍威丈人故事。共一百七十七種,三百二十三卷。分十集,集各八册。十集名目爲漢魏叢書採珍、四庫論録、古今詩話集雋、晉唐小説暢觀、古今叢説拾遺、名臣四六奏章、吳氏説鈴攬勝、西河經義存醇、荒外奇書、説文繫傳。

【龍眠居士】宋李公麟别號。見"李公麟"。

【龍章鳳姿】㊀形容神采非凡。世説新語容止"嵇康身長七尺八寸"注引康别傳:"康長七尺八寸,偉容色,土木形骸,不自飾厲,而龍章鳳姿,天質自然。"宋蘇軾分類東坡詩三張安道樂全堂詩:"我公天與英雄表,龍章鳳姿照魚鳥。"㊁舊謂出身高貴。新唐書一五〇李揆傳:"苗晉卿數薦元載,揆輕載地寒,謂晉卿曰:'龍章鳳姿士不見用,麞頭鼠目子乃求官邪?'"

【龍跳虎卧】喻書法遒勁,筆勢奔放。唐張彥遠法書要録二南朝梁袁昂古今書評:"蕭思話書,走墨連綿,字勢屈强,若龍跳天門,虎卧鳳闕。"太平御覽七四八引作"龍跳淵明,虎卧鳳闕"。

【龍腦鉢盂】龍腦木刻成的鉢盂。宋蘇軾東坡集三三宸奎閣碑:"璉(僧懷璉)雖以出世法度人,而持律嚴甚。上(宋仁宗)嘗賜以龍腦鉢盂,璉對使者焚之。曰:'吾法以壞色衣,以瓦鐵食,此鉢非法。'使者歸奏,上嘉歎久之。"後用作僧人持律嚴謹之典。

【龍鳳花牋】印有龍鳳紋的牋紙。宋淳化元年,太宗以草書書龍鳳花牋及紈扇,賜王公近臣。見玉海三三。

【龍盤鳳逸】才能非常而未爲世知之人。唐李白李太白集二六與韓荆州書:"一登龍門,則聲譽十倍,所以龍盤鳳逸之士,皆欲收名定價於君侯。"

【龍潭虎窟】形容十分凶險的地方。元曲選闕名昊天塔三:"不甫能撞開了天關地户,跳出這龍潭虎窟。"水滸五八:"你便是……火首金剛,難脱龍潭虎窟。"

【龍頭蛇尾】喻事物始盛終衰,或有始無終。景德傳燈録十二景通禪師:"僧提起坐具,師云:龍頭蛇尾。"朱子語類一三〇自熙寧至靖康用人:"東坡(蘇軾)天資高明,其議論文詞,自有人不到處。……如作歐公文集序,先説得許多天來底大,恁地好了,到結束處,却只如此,蓋不止龍頭蛇尾矣。"

【龍蟠虎踞】形容地形雄壯險要。相傳漢末劉備使諸葛亮至金陵,謂孫權曰:"秣陵地形,鍾山龍蟠,石城虎踞,此帝王之宅。"蟠或作"盤"。見晉張勃吳録(太平御覽一五六)、景定建康志十七山阜。唐李白李太白詩八永王東巡歌之四:"龍盤虎踞帝王州,帝子金陵訪古丘。"

【龍龕手鑑】遼釋行均撰。四卷。收二萬六千四百三十餘字,注十六萬三千一百七十餘字。於説文玉篇之外,多所搜輯。以尊其本教,多引佛經,然不專以釋典爲主。每字之下,仿唐顏元孫干禄字書之例,詳列正俗古今及或作諸體。契丹書禁甚嚴,熙寧時傳入中原,原名龍龕手鏡,宋重刻時,避諱改鏡爲鑑。

【龍驤虎步】形容人昂首闊步氣勢威武。三國志魏陳琳傳:"琳諫(何)進曰:'……今將軍總皇威,握兵要,龍驤虎步,高下在心;以此行事,無異於鼓洪爐以燎毛髮。'"晉嵇康嵇中散集三卜疑集:"將如毛公藺生之龍驤虎步,慕爲壯士乎?"

【龍驤虎視】謂志氣高遠,顧盼自雄。文選漢潘元茂(勗)册魏公九錫文:"君龍驤虎視,旁眺八維。掩討逆節,折衝四海。"唐歐陽詹歐陽行周集三送張驃騎邠寧行營:"寶馬雕弓金僕姑,龍驤虎視出皇都。"

【龍筋鳳髓判】唐張鷟撰。四卷。皆爲判牘文字,用駢儷文,詞句縟麗,爲供當時選人取備程試之用,亦可考見唐時律令公式。

三畫

龐 1. páng ㄆㄤˊ 薄江切,平,江韻,並。

㊀高屋。引申爲高大。見説文清段玉裁注。㊁厚實。淮南子氾論:"古者,人醇,工龐,商樸,女重。"注:"工龐,器堅緻也。"㊂紛亂。古籍亦作"庬"、"厖"。參見"厖㊂"。㊃臉盤。金董解元西廂一:"不惟道,生得箇龐兒美,那堪更小字兒愜人意。"㊄姓。見廣韻。

2. lóng ㄌㄨㄥˊ 集韻 盧東切,平,東韻。

㊅見"龐$_2$龐$_2$"。

【龐涓】戰國魏人,與齊人孫臏同學兵法,而不如臏。涓既爲魏將,召臏入魏,施以刖刑。後臏設計得歸,爲齊威王師。魏圍趙都邯鄲,齊以田忌孫臏爲帥,伐魏以救趙,忌臏出計大敗魏師於馬陵,擊殺涓。參見"孫臏"。

【龐統】公元179—214年。漢末襄陽人,字士元。弱冠往見司馬徽,徽有知人名,稱統當爲南州士之冠冕。統叔德公稱之爲鳳雛。劉備領荆州,使統守耒陽令,不治。吳將魯肅致書備曰:"龐士元非百里才也,使處治中、别駕之任,始當展其驥足耳。"諸葛亮亦言之於備,遂使爲治中從事,與亮並爲軍師中郎將。勸備取蜀,進軍雒縣,中流矢卒,年三十六。見三國志蜀本傳注引襄陽記、九州春秋。

【龐蜂】蟲名。青蟬。唐劉恂嶺表録異下:"龐蜂,生于山野,多在橄欖樹上,形如蜩蟬,腹毒而薄,其鳴自呼爲龐蜂。"太平御覽九五一引作"龐降"。

【龐鴻】古人以天體未形成前,宇宙渾然一體,稱爲龐鴻。卽渾然宏大之意。漢張衡河間集二靈憲:"故道志之言云,有物渾成,先天地生,其氣體固未可得而形,其遲速固未可得而紀也。如是者又永久焉,斯謂龐鴻。"後漢書天文志上注作"庬鴻",藝文類聚一作"龐洪"。

【龐龐】厚實,粗大。太平御覽九〇九吳越春秋:"塗山人歌曰:綏綏白狐,九尾龐龐,成子家室,我都彼昌。"今本吳越春秋越王無余外傳作"庬庬"。

【龐$_2$龐$_2$】高大强壯貌。詩小雅車攻:"四牡龐龐,駕言徂東。"釋文:"龐,鹿同反。"

【龐安時】公元1042—1099年,宋蘄州蘄水人,字安常,少從父學醫,年未二十通黄帝扁鵲諸醫書,時出新意。爲人治病,十愈八九,家中爲就診者設住室,親視飲食藥物,治好方出,活人無數。著有難經辨、傷寒總病論、本草補遺等。宋史入方技傳。

【龐居士】龐蘊字道玄,唐衡陽人。貞元初與石頭和尚丹淵禪師爲友。信佛,不剃髮,舉家入道,挈其所有沉入水中,以鬻手製竹器爲生。後居襄陽,機辯迅捷,人稱襄陽龐居士。有詩偈三百餘篇。見景德傳燈録八、唐詩紀事四九。

【龐德公】漢末襄陽人。因年長,人稱之爲龐公。有令名。居襄陽峴山之南,未嘗入城府。爲司馬徽諸葛亮徐庶等所尊事。荆州刺史劉表數延請,不能屈。後攜其妻子登鹿門山採藥不返。見後漢書八三本傳注引襄陽記。

【龐眉皓首】眉髮花白。年老貌。龐,也作"庬"、"尨"。唐杜甫杜工部草堂詩箋八戲爲韋偃雙松圖歌:"松根胡僧憩寂寞,龐眉皓首無住著。"參見"厖眉"。

四畫

龑 yǎn ㄧㄢˇ 字集 於檢切。

五代時南漢主劉龑初名巖,又更曰陟。九年,乃採周易"飛龍在天"之義,造"龑"字,音儼,取以爲名。見新五代史南漢世家。

六畫

龔 gōng ㄍㄨㄥ 九容切,平,鍾韻,見。

㊀供給。"供"本字。見説文。唐柳宗元柳先生集二十武岡銘:"奉職輸賦,進比華人,無敢不龔。"㊁恭敬。通"恭"。漢書七六王尊傳引書:"靖言庸違,象龔滔天。"書堯典作"象恭"。後漢書四十下班彪傳附班固東都賦:"龔行天罰,應天順人。"㊂姓。其先共氏,避難,加龍爲龔。漢有龔勝。見宋鄧名世古今姓氏書辨證

三。

【龔召】指漢龔遂與召信臣。皆爲著名循吏。元張翥蛻菴集雜詩之一:"安得百龔召,錯落爲拊循。"參見"龔遂"、"召信臣"。

【龔舍】公元前62年—6年。漢武原人,字君倩,與龔勝並著名節,世稱楚兩龔。少好學,通五經,以魯詩教授。哀帝時,以龔勝薦,徵爲諫大夫,累拜太山太守、光祿大夫。上書辭官,乃遣歸。舍勝既歸鄉里,郡二千石長吏初到官,皆至其家,如師弟子之禮。見漢書七二兩龔傳。

【龔春】明宜興著名陶工。亦作供春,爲吳仕(頤山)家童。得宜興金沙寺老僧之訣,遂爲陶工。今傳世之器多栗色,闇然如古金鐵,爲世所寶。見清吳騫陽羨名陶録上家溯。

【龔黃】指漢代循吏龔遂、黃霸。宋書良吏傳史臣曰:"漢世户口殷盛,刑務簡闊,……龔黃之化,易以有成。"唐白居易長慶集十八郡齋暇日憶廬山草堂兼寄……之意詩:"有期追永遠,無政繼龔黃。"參見"龔遂"、"黃霸"。

【龔遂】漢山陽南平陽人,字少卿,仕昌邑王劉賀。賀行多不正,遂累引經義,陳禍福,諫争忘己。賀廢,髡爲城旦。宣帝時,爲渤海太守,時值饑荒,遂單車至郡,開倉濟貧,勸民農桑。民皆賣劍買牛,賣刀買犢,境内大治。見漢書八九本傳。

【龔勝】公元前68年—前11年。漢彭城人,字君賓。三舉孝廉,哀帝時,徵爲諫議大夫。勝居諫官,數上書,論議朝政。後出爲勃海太守。王莽秉政,歸隱鄉里,莽數遣使徵之,拜上卿,不受,語門人高暉等曰:"且暮入地,豈以一身仕二姓!"絶食十四日死。見漢書七二兩龔傳。

【龔隗】傳説晉人隗炤臨終,書板告其妻曰:吾死五年後,當有龔姓使者來,此人負吾金,汝可執板索取。至期,果有龔使至,隗妻往索債。龔驚問:"汝夫何好?"曰:"好易。"龔省悟。因取蓍卜之,告隗妻曰:"非我負金,賢夫自有金,知我善易,故書板以寄意。金有五百斤,盛以青甕,蓋以銅盤,埋于堂屋東頭,去壁一丈,入地九尺。"隗妻還掘之,果如所卜。見晉干寶搜神記三、晉書藝術隗炤傳。後因以龔隗喻生死相隔的知交。宋蘇軾分類東坡詩十一題文與可墨竹:"知音古難合,奄忽不少待。誰云死生隔,相見如龔隗。"

【龔賢】公元1618—1689年。清崑山人,又名豈賢,號半千,晚號柴丈人。流寓金陵。善畫山水,自稱前無古人。能詩,工書法,行草雄奇奔放。著有畫訣、香草堂集。

【龔自珍】公元1791—1841年。清浙江仁和人。字璱人,號定盦,更名鞏祚。十二歲從外祖段玉裁受説文之學。道光九年進士,官禮部主事。其才氣過人,博覽羣書,有志經世之學,治西域蒙古地理,兼通釋典。詩文皆負重名,其文沉博奥衍,出入諸子百家;詩不主格律家數,皆卓然可觀,顧仕宦不達,道光十九年乞退歸里,二十一年就丹陽雲陽書院講席,卒於書院。著有定盦詩文集等。

【龔鼎孳】明末安徽合肥人,字孝升,號芝麓。明崇禎七年進士,官兵科給事中。李自成入京,授直指使。清軍入京,迎降,累遷左都御史,再謫再起,仕至刑部尚書。爲人放曠,頗爲時人所譏,而多聞博學,詩文並工,清初與吳偉業、錢謙益齊名,稱江左三大家,著有定山堂集。

龓 lóng ㄌㄨㄥˊ 盧紅切,平,東韻,來。lǒng ㄌㄨㄥˇ 力董切,上,董韻,來。

兼包,籠絡。通"籠"。見説文。文選晉左太沖(思)吳都賦:"沈虎潛鹿,馽龓僒束。"馽龓,卽絷而籠其頭之義。

龕 kān ㄎㄢ 口含切,平,覃韻,溪。

説文作"龕"。㊀容納,盛受。漢揚雄方言四:"鋡、龕,受也。齊楚曰鋡,揚越曰龕,受盛也。猶秦晉言容盛也。"㊁通"戡"。平定。漢揚雄法言重黎:"或問義帝初矯,劉龕南陽,項救河北,二方分崩,一離一合,設秦得人如何?"㊂盛著佛像或神主的小閣。唐杜甫杜工部草堂詩箋十七石龕:"驅車石龕下,仲冬見虹蜺。"宋史禮志四明堂:"郊壇第一龕者在堂,第二第三龕設於左右夾廡及龍墀上。"參閲唐釋慧琳一切經音義二七妙法蓮華經見寶塔品龕室。

【龕山】山名。在浙江蕭山縣東北,其形如龕,下瞰浙江,與海寧縣赭山對峙。其西有小山曰鼈子山,江出其間曰鼈子門,爲浙江之門户。龕、赭間及龕山南二水道已涸。見讀史方輿紀要九二紹興府蕭山縣。

龜 部

龜 1. guī ㄍㄨㄟ 居追切,平,脂韻,見。

㊀烏龜。又稱水龜。腹背皆有硬甲,頭尾和四肢能縮入甲内,耐飢渴,壽命很長。古人以龜爲靈物,灼龜甲以卜,謂卜爲龜。左傳僖四年:"筮短龜長,不如從長。"參見"四靈㊀"。㊁古代用龜作貨幣。廣雅釋詁:"龜貝,貨也。"參見"龜貝"。㊂印章以龜爲紐,故亦稱龜。漢揚雄太玄經二格:"龜緺厲。"注:"龜爲印,緺爲綬。"文選晉潘安仁(岳)馬汧督誄:"剔子雙龜,貫以三木。"注:"爲督守及關中侯,故雙龜也。"㊃指獸類背部隆起部分。左傳宣十二年:"麋興於前,射麋麗龜。"疏:"龜之形背高而前後下,此射麋麗龜,謂著其高處。"㊄詈人之詞。元陶宗儀輟耕録二八廢家子孫詩:"宅眷皆爲撐目兔,舍人總作縮頭龜。"參閲清顧張思土風録十二縮頭烏龜。

2. jūn ㄐㄩㄣ 集韻 俱倫切,平,諄韻。

㊅皮膚因寒冷或乾燥而拆裂。同"皸"。莊子逍遥遊:"宋人有善爲不龜手之藥者。"

3. qiū ㄑㄧㄡ 集韻 祛尤切,平,尤韻。

㊆見"龜$_{3}$兹"。

【龜人】官名。周禮春官有龜人,掌六龜之屬。若有祭祀,則奉龜以往。旅及喪亦如之。

【龜山】山名。1.在山東泗水縣東北,接新泰縣界東南,與蒙陰縣之蒙山相連。詩魯頌閟宮:"奄有龜蒙。"春秋魯定公十年齊人來歸龜陰之田,卽此。相傳孔子曾登此山作龜山操。參閲太平寰宇記二一兗州泗水縣。2.在湖北武漢市漢陽東北,長江之濱,與武昌之蛇山隔江相望。3.在江蘇盱眙縣。相傳禹治淮,獲水神無支祁,鎖之龜山之足,卽此。參閲太平寰宇記十六臨淮縣。4.在福建將樂縣東北,封山之支峰。宋楊時晚年居此山,人稱龜山先生。參閲嘉慶一統志四三○延平府山川封山。

【龜文】龜背的文理。漢蔡邕蔡中郎集外傳篆勢:"文體有六篆,巧妙入神,或象龜文,或比龍鱗。"文苑英華一〇六唐張少博石硯賦:"光鳥跡於青簡,發龜文於洪筆。"此喻書法的筆姿。後漢書六三李固傳:"固貌狀有奇表,鼎角匿犀,足履龜文。"文選南朝梁劉孝標(峻)辨命論:"龍犀日角,帝王之表;河目龜文,公侯之相。"此指足掌文理。唐盧仝玉川子集一送王儲詹事西遊獻兵書詩:"玉匣百鍊劍,龜文又龍吼。"此指劍文。

【龜王】傳說龜中之王。南唐劉崇遠金華子雜編下:"龜直中紋,名曰千里。其近首橫紋之第一級,左右有斜理皆接於千里者,龜王之紋也。今取常龜驗之,莫有也。"

【龜玉】指寶龜與寶玉,皆爲國家的重器。論語季氏:"虎兕出於柙,龜玉毁於櫝中,是誰之過歟?"後因以龜玉指國運。藝文類聚五一南朝梁任昉爲武帝追封丞相長沙王詔:"故能拯龜玉於已毁,導涸源於將塞。"

【龜兆】占卜時,灼龜甲所見的坼裂之紋。左傳昭五年:"龜兆告吉。"尉繚子武議:"合龜兆,視吉凶,觀星辰風雲之變,欲以成勝立功,臣以爲難。"

【龜3沙】謂龜茲、流沙。泛指邊遠之地。文選南朝宋王僧達祭顏光祿文:"才通漢魏,譽浹龜沙。"

【龜言】古代傳說以龜與麟鳳龍爲四靈,龜千歲則能言。故古小說筆記中常有龜言的傳述。見水經注四十漸江水引南朝宋劉敬叔異苑。

【龜貝】古代的貨幣。史記平準書:"虞夏之幣,金爲三品,或黄,或白,或赤;或錢,或布,或刀,或龜貝。"至秦而廢,後王莽建新政權復作龜貝之品,有元龜、公龜、侯龜、子龜、大貝、壯貝、幺貝、小貝等。見漢書食貨志下。

【龜2坼】㊀占卜灼龜時坼裂的紋理,古人以此卜吉凶。周禮春官占人:"卜人占坼。"注:"坼,兆舋也。"㊁天久旱,地面坼裂如龜文。宋王安石臨川集一寄楊德逢詩:"遥聞青秧底,復作龜兆坼。"又王之道相山集十一次彦時兄苦旱韻詩:"荷浦珠聯秋露溢,稻田龜坼暑風乾。"㊂手足凍裂。宋陸游劍南詩稿五十雪後龜堂獨坐之二:"兩手龜坼愁出袖,閉户垂幃坐清晝。"

【龜林】㊀北方邊遠之地。北周庾信庾子山集十三周上柱國齊王憲神道碑銘:"山連鳥道,地盡龜林。"㊁指卜筮之林。北周庾信庾子山集十四周車騎大將軍賀婁公神道碑:"至如禪河清論,秋水高談,故以辨折龜林,聲馳鹿野。"按史記一二八褚少孫補日者傳記卜人司馬季主辨折賈誼宋忠事,庾信文即用此爲典。

【龜虎】龜印、虎符。指刺史。唐柳宗元柳先生集十唐故邕管招討副使……鄧君墓誌銘序:"參帷幕之任,董龜虎之威。"

【龜牀】史記一二八褚少孫補龜策傳:"南方老人用龜支牀足。"後因以龜牀指隱者的卧具。唐陸龜蒙甫里集十五幽居賦:"龜牀鹿幘,訝將隱兮何遲;橡飯菁羹,笑謀生之太簡。"

【龜津】指洛水。古緯書謂有神龜負書出洛。全唐詩四六宗楚客殘句:"綵旗臨鳳闕,翠幰遶龜津。"參見"洛書"。

【龜室】藏龜之室。周禮春官龜人:"凡取龜用春時,攻龜用秋時,各以其物入於龜室。"史記一二八褚少孫補龜策傳:"今高廟中有龜室,藏内以爲神寶。"

【龜城】成都城的别稱。又名龜化城。相傳戰國時秦張儀、司馬錯取蜀後,在成都築城,屢頹不立。時有大龜出於江,周行旋走,隨而築之,遂成,因以爲名。見晉干寶搜神記十三、元和郡縣志三一成都府成都縣。全唐詩九蜀太后徐氏題天迴驛:"周游靈境散幽情,千里江山暫得行。所恨風光看未足,却驅金翠入龜城。"

【龜屋】龜殼製成的小帽。宋陸游劍南詩稿四三近村暮歸:"黴樽恰受三升醞,龜屋新裁二寸冠。"自注:"予近以龜殼作冠,高二寸許。"清俞正燮癸巳存稿十二陸游龜屋龜堂:"所謂二寸龜屋者,如今道士冒髮總處小冠耳。"

【龜背】㊀背脊隆起如龜背,俗謂佝僂病。孔叢子嘉言:"吾觀孔仲尼有聖人之表,河目而隆顙,黄帝之形貌也;修肱而龜背,長九尺有六寸,成湯之容體也。"北史劉焯傳:"犀額龜背,望高視遠,聰敏沉深,弱不好弄。"㊁家具名。清施鴻保閩雜記:"俗於堂上加横板,安置食物,吾鄉稱爲龜背,建邵等處亦同。"施鴻保,錢唐人。

【龜3茲】㊀漢西域城國。位於天山南麓,當漢通西域北道交通線上,屬西域都護府。魏晉以後兼有姑墨、温宿、尉頭三國地,唐初内附,貞觀二十二年置龜茲都督府,屬安西都護,後爲安西都護府治所。領地以今新疆維吾爾自治區庫車爲中心,包括輪臺、沙雅、新和、拜城、阿克蘇、烏什等地。龜茲之名,初見於漢書九六下西域傳,水經注引釋氏西域記作屈茨,出三藏記集十一作拘夷、梵語雜名作歸茲、大唐西域記作屈支、新唐書作丘茲、屈茲。㊁龜茲樂曲的省稱。唐元稹長慶集二四連昌宫詞:"逡巡大遍涼州徹,色色龜茲轟録續。"參見"九部樂"。

【龜書】卽洛書。文選漢張平子(衡)東京賦:"龍圖授羲,龜書畀姒。"參見"洛書"。

【龜胸】胸骨凸起如龜背。陳書新安王伯固傳:"新安王伯固,字牢之,世祖之第五子也,生而龜胸,目通睛揚白。"

【龜息】道家語。謂呼吸調息如龜,不飲不食而能長生。抱朴子對俗:"仙經象龜之息,豈不有以乎?"唐李白李太白文二六代壽山答少府移文書:"乃蚪蟠龜息,遁乎此山。"宋蘇軾蘇文忠詩合注四十和讀山海經詩:"寧知效龜息,三歲號窮山。"一說睡時氣從耳出名龜息,爲貴者之相。見宋呂祖謙詩律武庫後集六伏羣貫枕。

【龜紐】刻爲龜形的印紐。漢衛宏漢官舊儀上:"中二千石、二千石銀印青綸綬,皆龜紐。"又補遺上:"列侯印黄金龜紐,文曰印;丞相、大將軍黄金印龜紐,文曰章。"也用作官印的通稱。藝文類聚三六南朝宋謝靈運辭禄賦:"解龜紐於城邑,反褐衣於丘窟。"

【龜紗】紗眼織成八角、其形如龜的紗帘。宋趙長卿惜香樂府四浣溪沙初夏詞:"霧透龜紗月映闌,麥秋天氣怯衣單。"

【龜堂】宋陸游晚年自號龜堂。取龜有三義,自述詩:"拜賜龜章紆舊紫,養成鶴髮掃餘青。"龜貴,一義;長飢詩:"早年羞學仗下馬,末路幸似泥中龜。"龜閒,二義;雜興詩:"鼻觀舌根俱得道,悠悠誰識老龜堂。"龜壽,三義。參閱清俞正燮癸巳存稿十二。

【龜蛇】㊀古以龜蛇能捍難避害,故在旗上繪此二物。周禮春官司常:"龜蛇爲旐。"注:"龜蛇,象其捍難避害也。"疏:"龜有甲能扞難,蛇無甲,見人退之,是避害也。"參見"龜旐"。㊁神名,卽玄武。參同契下:"雄不獨處,雌不孤居,玄武龜蛇,蟠虬相扶。"參見"玄武㊀"。

【龜趺】刻作龜形的碑座。唐劉禹錫劉夢得集外集九唐故監察御史贈尚書右僕射王公碑:"乃俾學古者書本系所自,且銘於龜趺螭首云。"元袁桷清容居士集四善之僉事兄南歸述懷百韻詩:"龜趺負穹石,浮語極褒侈。"

【龜符】㊀洛書。卽龜書。文苑英華一六九南朝梁張正見御幸樂遊苑侍宴詩:

"鳳下書丹篆，龜符著綠編。"又四四唐李庾東都賦："郟鄏之地，中居帝域，賢相聖營，龜符墨食，成王定鼎，以休姬德。"㊂即符節。藝文類聚六南齊謝朓爲王敬則謝會稽太守啟："陛下繼曆勝統，日月重光，……而鴻恩妄假，復授龜符。"唐張鷟耳目記："漢發兵用銅虎符，及唐初爲銀兔符，……至僞周，武姓也，玄武，龜也，又以銅爲龜符。"

【龜袋】唐初品官皆佩魚。武后天授二年，改佩魚皆爲龜。其後三品以上龜袋飾以金，四品以銀，五品以銅。中宗初，罷龜袋，復給以魚。見新唐書車服志。

【龜旐】畫有龜象的旗幟。後漢書輿服志上車馬飾："龜旐四斿四仞，齊首，以象營室。"左傳桓二年疏、太平御覽七二引考工記："龜旐四斿，以象營室。"今本周禮考工記輈人誤作"龜蛇"。參閱清王引之經義述聞九龜蛇四斿。

【龜紫】金龜袋與紫袍，唐初，品官皆佩魚。武后天授二年改佩魚爲龜，三品以上袋以金。中宗初復舊。宋歐陽修文忠集九五回賀環慶師天章滕待制謝賜龜紫啟："伏以龜紫之重，唐制所難，武元衡牛僧孺爲宰相，裴度爲中丞，李宗閔爲學士，方有是賜。"

【龜筒】大龜殼。宋朱彧萍洲可談二："南方大龜長二三尺，介厚而白，造玳瑁者用以補襯，名曰龜筒。方諺曰：'龜筒夾玳瑁，鬼神不會曉。'"宋史二九五謝絳傳："後苑作製玳瑁器，索龜筒於市。龜筒，禁物也，民間不得有，而索不已。"

【龜鼎】謂元龜與九鼎，皆國之重器。後漢書七八宦者傳序："自曹騰説梁冀，竟立昏弱。魏武因之，遂遷龜鼎。"注："龜鼎，國之守器，以喻帝位也。"梁書武帝紀上齊禪位璽書："羣凶挾煽，志逞殘戮，得欲先殄衣冠，浸移龜鼎。"

【龜筮】占卦。古時占卜用龜，筮用蓍，視其象與數以定吉凶。書洪範："龜筮共違於人，用靜吉，用作凶。"禮表記："是以不廢日月，不違龜筮，以敬事其君長，是上不瀆於民，下不褻於上。"

【龜筴】古時卜筮之具。筴同"策"。禮月令孟冬之月："命大史釁龜筴占兆，審卦吉凶。"楚辭屈原卜居："用君之心，行君之意，龜筴誠不能知事。"

【龜腸】古人以爲龜吸氣而生，不食一物，因以龜腸喻飢腸。南齊書王僧虔傳檀珪與僧虔書："九流繩平，自不宜獨苦一物，蟬腹龜腸，爲日已久。"唐陸龜蒙甫里集十五幽居賦："師道氣於龜腸，扣兵鈐於魚腹。"

【龜經】占卜之書。隋書經籍志三著錄龜經一卷，晉掌卜大夫史蘇撰。新唐書藝文志三著錄柳彥詢柳世隆龜經各三卷，劉寶真王弘禮莊道名孫思邈龜經各一卷，今皆不傳。

【龜旗】宋史兵志九："戰國時，大將之旗以龜爲飾，蓋取前列先知之義，令中軍亦宜以龜爲號，其八隊旗，別繪天、地、風、雲、龍、虎、鳥、蛇。"按將帥之旗用龜，取玄武之義。

【龜榼】扁圓形的酒器。唐白居易長慶集六七東城晚歸詩："一條邛杖懸龜榼，雙角吴童控馬銜。"

【龜蒙】山名。詩魯頌閟宮："奄有龜蒙，遂荒大東。"即今山東龜山和蒙山。皆屬蒙山山系。全唐詩六〇四許棠送劉校書遊東魯："暗海龜蒙雨，連空趙魏秋。"

【龜算】古算法名。漢徐岳數術記遺："龜算春夏秋成，遇冬則停。"注："爲算之法，位別一龜，龜之四面爲十二時，以龜首指寅爲一，指卯爲二，指辰爲三……指亥爲十。龜頭指不以爲數，故云遇冬則停也。"按"不"字上疑脱"子"、"丑"二字。

【龜綬】猶印綬。後漢書八八西域傳論："先馴則賞籯金而賜龜綬，後服則繫頭顙而釁北闕。"注："龜謂印文也。漢舊儀曰：銀印皆龜紐，其文刻曰'某官之章'。"

【龜幣】漢武帝時造龍文、馬文、龜文之幣，龜文者直三百。見漢書食貨志下。

龜幣

【龜緺】猶印綬。漢揚雄太玄經二格："格其珍類，龜緺厲。"注："龜爲印，緺爲綬。"唐元稹長慶集五三故中書令贈太尉沂國公墓誌銘："公與子布同日登將壇，諸子洎伯季，龜緺金銀被腰佩者十數人。"

【龜龍】古人以龜龍爲靈物。禮禮器："升中於天，而鳳凰降，龜龍假。"文選漢揚子雲(雄)解嘲："今子乃以鴟梟而笑鳳皇，執蝘蜓而嘲龜龍，不亦病乎！"後因以喻人中的英傑。唐權德輿權載之集二二唐故金紫光祿大夫……杜公墓誌銘："冠功臣之表，近天子之光，爲時龜龍。"

【龜曆】傳説陶唐之世，越裳國獻千歲神龜方三尺餘，龜背有蝌斗書文，記開闢以來。帝堯命錄之，謂之龜曆。見舊題南朝梁任昉述異記上。

【龜鏡】龜可卜吉凶，鏡能別美惡，猶言借鑑。北史長孫道生傳附長孫紹遠遺表："此數事者，照爛典章。揚搉而言，足爲龜鏡。"唐劉知幾史通載文："此皆言之成軌則，爲世龜鏡，求諸歷代，往往而有。"

【龜齡】古人相傳龜壽百歲以上，故以喻高齡。南朝宋鮑照鮑氏集八松柏篇："龜齡安可護，岱宗限已迫。"

【龜鑑】猶"龜鏡"。舊唐書一九〇下劉賁傳上書："且俱非大德之中庸，未爲上聖之龜鑑，何足以爲陛下道之哉！"

【龜山操】琴曲名。相傳魯季桓子受齊女樂，魯君閉門不聽朝，孔子欲諫不得，退而望魯，魯有龜山蔽之，乃作此曲，詞曰："予欲望魯兮，龜山蔽之。手無斧柯，奈龜山何！"借喻季氏專政，有如龜山林木之蔽魯。見漢蔡邕琴操上龜山操。

【龜$_3$茲伎】樂舞名。新唐書禮樂志十一："龜茲伎，有彈箏、豎箜篌、琵琶、五絃、橫笛、笙、簫、觱篥、答臘鼓、毛員鼓、都曇鼓、侯提鼓、雞婁鼓、腰鼓、齊鼓、檐鼓、貝，皆一；銅鈸二。舞者四人。"

【龜藏六】謂龜遇危險，將首尾四足縮甲中。阿含經："有龜被野干所包，藏六而不出，野干怒而捨去。佛告諸比丘，當如龜藏六，自藏六根，魔不得便。"後因以喻防止失誤而不出頭。宋蘇軾分類東坡詩九寄傲軒："得如虎挾乙，失若龜藏六。"也省作"龜藏"。宋范成大石湖集十七春晚卧病……而燕宫海棠已爛熳矣詩："游騎行歌莫相笑，遨頭六結已龜藏。"

【龜文鳥跡】指古象形文字。唐張彥遠法書要錄七張懷瓘書斷："頡首四目，通於神明，仰觀奎星圓曲之勢，俯察龜文鳥跡之象，博采衆美，合而爲字，是曰古文。"

【龜毛兔角】喻有其名而無其實。楞嚴經一："世間虛空，水陸飛行，諸所物象，名爲一切，汝不著者，爲在爲無，無則同於龜毛兔角，云何不著？"宋蘇轍欒城集十二答孔平仲之二："龜毛兔角號空虛，既被無收豈是無，自有真無遍諸有，燈光何礙也嫌渠。"

【龜齡鶴算】喻人之長壽。文選二一晉郭景純(璞)遊仙詩："借問蜉蝣輩，寧知龜鶴年。"宋侯寘嬾窟詞水調歌頭爲鄭子禮提刑壽："坐享龜齡鶴算，穩佩金魚玉帶，常近赭黃袍。"

五　畫

龖 rán 汝鹽切，平，鹽韻，日。ㄖㄢ

龜甲的邊。也作"䶢"。説文："天子巨䶢尺有二寸，諸侯尺，大夫八寸，士六寸。"

龠 部

龠 yuè ㄩㄝˋ 以灼切，入，藥韻，喻。

㊀樂器名。"籥"的本字。說文："龠，樂之竹管，三孔，以和衆聲也。"參見"籥㊀"。㊁量器名。漢書律曆志："量者，龠、合、升、斗、斛也，所以量多少也。本起於黄鐘之龠，……合龠爲合，十合爲升，十升爲斗，十斗爲斛。"

五 畫

龢 hé ㄏㄜˊ 户戈切，平，戈韻，匣。

古"和"字。國語周下："其終也，廣厚其心，以固龢之。"

【龢囉】象聲詞，形容重疊而振蕩的聲音。文選漢王子淵(褒)洞簫賦："啾咇喞而將吟兮，行鍖銋以龢囉。"

八 畫

龣 jué ㄐㄩㄝˊ lù ㄌㄨˋ 古岳切，入，覺韻，見。盧谷切，入，屋韻，來。

五聲之一。宫商角徵羽之"角"。魏書江式傳："(任城吕)忱弟静別放故左校令李登聲類之法，作韻集五卷，宫商龣徵羽各爲一篇。"又見北史江式傳。標點本皆作"角"。

九 畫

龤 xié ㄒㄧㄝˊ 户皆切，平，皆韻，匣。

和諧。古"諧"字。説文："龤，樂和龤也。从龠，皆聲。虞書曰：八音克龤。"今本書舜典作"諧"。

十 畫

龥 chí ㄔˊ 直離切，平，支韻，澄。

古代竹製的一種樂器。通"篪"。楚辭屈原九歌東君："鳴龥兮吹竽，思靈保兮賢姱。"注："龥、竽，樂器名也。……龥一作篪。"參見"篪㊀"。

附　錄

附　錄

辭源修訂本索引說明

1. 本索引按四角號碼檢字法排列。

2. 單字的四角號碼,注在該字的左方。

例: **1010$_7$**五

3. 複詞的第一字和它上面的單字相同,用"～"號代表; 第二字取上二角的號碼, 注在該複詞的左方。

例: **1010$_7$**五

27～色

4. 複詞從第三字起,也按四角號碼排列,但不注碼數。

例: **1010$_7$**五

27～色雲

～色縷

～色線

5. 單字和複詞右方所注的數字爲總頁碼和欄次。

例: **4003$_0$**大　660·1

71～匠　663·2

卽單字"大"在本書第 660 頁第 1 欄,複詞"大匠"在本書第 663 頁第 2 欄。

6. 有不同寫法的字,作互見處理。

例: **3860$_4$**啓　同啟見 **3864$_0$**

3864$_0$啟　522·1

7. 四角號碼檢字法詳見次頁。

四角號碼檢字法

第一條　筆畫分為十種，用0到9十個號碼來代表：

號碼	筆名	筆形	舉例	說明	注意
0	頭	亠	言主广疒	獨立的點和橫相結合	123都是單筆，0456789都由二以上的單筆合為一複筆。凡能成為複筆的，切勿誤作單筆；如亠應作0不作3，寸應作4不作2，厂應作7不作2，ソ應作8不作3．2，小應作9不作3．3。
1	橫	一㇀乚㇏	天土地江元風	包括橫、挑(趯)和右鈎	
2	垂	丨丿亅	山月千則	包括直、撇和左鈎	
3	點	丶㇏	宀礻冖厶之衣	包括點和捺	
4	叉	十乂	草杏皮刈大對	兩筆相交	
5	插	扌	扌戈中史	一筆通過兩筆以上	
6	方	口	國鳴目四甲由	四邊齊整的方形	
7	角	㇇厂亅乚𠂆乛	羽門灰陰雪衣學罕	橫和垂的鋒頭相接處	
8	八	八ソ人𠆢	分頁羊余災豕足午	八字形和它的變形	
9	小	小⺌⺍个忄	尖糸粦杲惟	小字形和它的變形	

第二條　每字只取四角的筆形，順序如下：

(一)左上角　(二)右上角　(三)左下角　(四)右下角

(例) 端：(一)左上角、(二)右上角、(三)左下角、(四)右下角

檢查時照四角的筆形和順序，每字得四碼：

(例) 顏＝0128　截＝4325　烙＝9786

第三條　字的上部或下部，只有一筆或一複筆時，無論在何地位，都作左角，它的右角作0。

(例) 宣　直　首　冬　軍　宗　母

每筆用過後，如再充他角，也作0。

(例) 成　持　掛　大　十　車　時

第四條　由整個囗門鬥行所成的字，它們的下角改取內部的筆形，但上下左右有其他的筆形時，不在此例。

(例) 因＝6043　閉＝7724　鬭＝7712　衡＝2143

菌＝4460　瀾＝3712　荇＝4422

附　則

Ⅰ.字體寫法都照楷書如下表：

正	冖	住	匕	反	礻	戶	安	心	卜	斤	刃	业	亦	草	執	禺	衣
誤	冖	住	匕	反	礻	戶	安	心	十	斤	及	业	亦	草	執	禺	衣

Ⅱ.取筆形時應注意的幾點：

1.宀戶等字，凡點下的横，右方和他筆相連的，都作3，不作0。

2.戶四門等字，方形的筆頭延長在外的，都作7，不作6。

3.角筆起落的兩頭，不作7，如ㄱ。

4.筆形"八"和他筆交叉時不作8，如美。

5.业小中有二筆，水小旁有二筆，都不作小形。

Ⅲ.取角時應注意的幾點：

1.獨立或平行的筆，不問高低，一律以最左或最右的筆形作角。

(例)非　肯　疾　浦　帝

2.最左或最右的筆形，有他筆蓋在上面或托在下面時，取蓋在上面的一筆作上角，托在下面的一筆作下角。

(例)宗　幸　寧　共

3.有兩複筆可取時，在上角應取較高的複筆，在下角應取較低的複筆。

(例)功　盛　頗　鴨　奄

4.撇為下面他筆所托時，取他筆作下角。

(例)春　奎　碎　衣　辟　石

5.左上的撇作左角，它的右角取作右筆。

(例)勾　鈎　侔　鳴

Ⅳ.四角同碼字較多時，以右下角上方最貼近而露鋒芒的一筆作附角，如該筆已經用過，便將附角作0。

(例)芒=4471$_0$　元　拼　是　疝　歆　畜　殘　儀　難　達　越

繕　蠻　軍　覽　功　郭　疫　癥　愁　金　速　仁　見

附角仍有同碼字時，再照各該字所含横筆(一ノㄴ丶)的數目順序排列。例如"市""帝"二字的四角和附角都相同，但市字含有二横，帝字含有三横，所以市字在前，帝字在後。

《辭源》修訂本索引

1010_0 二 122.1

工 952.1

1010_1 三 25.2

47～胡 743.3
嫛 764.3
17～珊 764.3
2740_7 叜 1354.3
27～絶 1354.3
40～古 1354.3
71～反 1354.3
阜 3257.1
00～康 3257.1
10～平 3257.1
27～螽 3257.2
～鄉爲 3257.2
30～寧 3257.2
38～滋 3257.2
43～城 3257.1
60～昌 3257.1
64～財 3257.1
74～陵 3257.1
76～陽 3257.2
2741_3 免
同兎1741_3
娩 447.3
毚 1697.3
17～兎 1697.3
28～微 1697.3
40～檀 1697.3
87～欲 1697.3
2741_6 免
同兎1741_6
2741_7 艋 2606.1
2742_0 舠 2603.2
28～艦 2603.2
舸 2605.1
20～艤 2605.1
艍 2605.3
25～艚 2605.3
翱 2512.1
38～遊 2512.1
87～翔 2512.1
2742_7 舸 2603.2
艗 2606.3
27～舸 2606.3
郛 3106.1
07～郭 3106.1
芻 2621.2
00～摩 2621.3
～言 2621.2
08～議 2621.3
10～靈 2621.3
25～秣 2621.3
44～蕘 2621.3
～藁 2621.3
47～狗 2621.2
77～尼 2621.2
90～豢 2621.3
鄏 3115.1
郫 3113.3
10～釀 3114.1
17～邵 3114.1
31～江 3113.0
62～縣 3114.1
88～筒酒 3114.1
鄒 3118.2
09～談 3118.3
10～平 3118.2
～一桂 3119.1
～元標 3119.1
21～衍 3118.2
22～山 3118.2
25～律 3118.2
26～嶧 3118.3
～繆 3118.3
27～魯 3118.3
30～守益 3119.1
40～查 3118.2
48～枚 3118.2
57～搜 3118.3
62～縣 3118.3
71～馬 3118.3
76～陽 3118.3
77～屠 3118.3
鴉 3536.1
47～鳩 3536.1
鴇 3529.3
鵃 3536.1
47～鷃 3536.1
87～鵒 3536.1
～鵒冠 3536.1
鵃 3530.3
40～赤 3530.3
鷄 3545.3
鶂 3541.3
77～鶂 3541.3
鵂 3540.3
47～鵂 3540.3
77～鶹 3540.3
2743_0 奐 723.2
21～衍 723.3
27～奐 723.3
奧 726.1
00～主 726.1
21～衍 726.2
～旨 726.1
30～窔 726.2
31～祉 726.1
34～渫 726.2
40～李 726.2
43～博 726.2
44～藏 726.3
～草 726.2
～姑 726.2
49～妙 726.2
52～援 726.2
67～略 726.2
71～區 726.2
75～賾 726.3
77～學 726.3
80～義 726.2
獎 727.3
24～借 727.3
30～進 727.3
53～拔 727.3
56～挹 727.3
71～厲 727.3
88～飾 727.3
奧 726.1
臭 2006.1
獎 2009.3
2744_0 舟 2602.1
11～張 2603.1
17～子 2602.2
20～鮫 2603.1
～航 2603.1
21～虞 2603.1
～師 2603.1
22～山 2602.3
27～墼 2603.1
28～艦 2603.1
～牧 2602.3
33～梁 2603.1
43～檝 2603.1
46～楫 2603.1
50～中敵國 2603.1
舨 2603.2
21～舫 2603.2
2744_7 般 2603.2
08～旋 2604.2
14～磚 2604.2
21～師 2604.1
22～剝 2604.1
～倕 2604.1
～樂 2604.2
27～般 2604.2
31～涉調 2604.3
36～還 2604.2
37～泥洹 2604.2
38～遊 2604.2
41～桓 2604.1
44～鼓 2604.2
～若 2604.1
～若湯 2604.3
70～臂 2604.2
～辟 2604.2
72～斤 2604.1
76～腸 2604.2
77～闕 2604.2
80～首 2604.1
艘 2606.1
2744_9 彝 1059.3
00～章 1060.1
02～訓 1059.3
28～倫 1059.3
30～憲 1060.2
～準 1060.1
～良 1059.3
31～酒 1059.3
60～量 1060.1
66～器 1060.2
2746_1 船 2605.1
11～矴魚 2605.2
17～子和尚 2605.2
～司空 2605.2
20～乘 2605.1
21～步 2605.1
26～舶 2605.1
28～艦 2605.2
30～宮 2605.1
71～驪 2605.2
77～脚 2605.1
2746_2 艒 2606.1
23～艌 2606.1
2746_3 艙 2607.2
2748_1 疑 2131.1
00～立 2131.2
～謗 2132.1
10～雨集 2132.2
17～丞 2131.2
～忌 2131.2
21～止 2131.2
28～似 2131.2
33～心生闇鬼 2132.3
34～滯 2131.3
35～神疑鬼 2132.3
37～冢 2131.2
40～難 2132.1
43～城 2131.2
～獄 2131.3
～獄集 2132.2
～獄箋 2132.2
～貳 2131.3
48～故 2131.2
50～事 2131.2
53～惑 2131.3
60～罪 2131.3
～團 2131.3
63～戰 2131.3
72～兵 2131.2
77～問 2131.3
～間 2131.3
79～隙 2131.3
80～人勿使,使人勿疑 2132.3
～年 2131.2
～義 2131.3
97～耀 2132.1
2748_2 欸 1653.3
17～乃 1653.3
～乃曲 1653.3
2749_4 艓 2606.2
25～艛 2606.2
2750_2 犂 1989.3
00～庭掃閭 1990.1
10～耳 1989.3
25～牛 1989.3
37～祁 1989.3
38～塗 1990.1
41～軒 1989.3
44～老 1989.3
45～韃 1990.1
60～旦 1989.3
67～明 1989.3
77～鼠 1990.1
犨 2864.1
2750_4 夆 645.2
2750_6 鞶 3370.3
44～帶 3370.3
48～帨 3370.3
50～囊 3371.1
71～厲 3370.3
88～鑑 3370.3
2752_0 物 1983.2
物 1984.1
00～主 1984.2
～產 1985.1
～離鄉貴 1985.3
～競 1985.2
～腐蟲生 1985.3
07～望 1985.1
08～論 1985.1
～議 1985.2
16～理 1985.1
～理論 1985.2
～理小識 1985.2
17～務 1985.1
21～盧 1985.2
～價 1985.2
22～彩 1985.1
23～外 1984.2
～外交 1985.2
24～化 1984.2
26～穆 1985.2
27～象 1985.1
～役 1984.3
～候 1985.1
～物 1984.3
～色 1984.2
28～以稀爲貴 1985.3
30～宜 1984.3
～官 1984.3
40～力 1984.2
～力錢 1985.2
43～始 1984.3
44～華 1985.1
47～極則反 1985.3
48～故 1984.3
50～事 1984.3
～表 1984.3
55～曲 1984.2
57～換星移 1985.2
60～是人非 1985.2
～累 1985.1
95～情 1985.1
97～怪 1984.3
牣 1986.1
犅 1989.3
2752_7 犄 1990.3
犏 2863.3
鵝 3537.1
10～王 3537.1
17～羣帖 3537.3
20～毛 3537.1
～毛雪 3537.2
～毛被 3537.2
21～行鴨步 3537.3
～經 3537.2
22～梨 3537.2
32～溪 3537.2
34～池 3537.1
37～湖 3537.2
44～黄 3537.2
47～鸛 3537.2
57～抱 3537.1
60～口瘡 3537.2
67～眼 3537.1
～鴨諫議 3537.3
70～肪 3537.1
77～腿 3537.2
88～籠書生 3537.3
鵓 3535.2
2753_2 牨 1990.2
46～猥 1990.2
2760_0 名 480.3
00～高難副 483.1
～言 481.2
04～諱 482.3
07～望 482.1
08～族 482.1
～論 482.2
10～工 481.1
～正言順 483.1
～王 481.1
～下無虛士 483.2
～不虛傳 483.1
11～輩 482.3
16～理 482.1
20～位 481.2
～手 481.1
～爵 402.0
21～儒 482.3
～行 481.2
～價 482.3
～師 481.3
22～例 481.3
～山 481.1
～山事業 483.1
～利 481.2
～利奴 482.3
～紙 481.3
～稱 482.2
24～德 482.3
27～象 482.1
～將 482.1
～魚 482.1
～物 481.3
～色 481.2
～約 481.3
～網 482.2
28～作 481.2
～從主人 483.1
30～流 481.3
～家 481.3
～家子 483.1
～宿 482.1
～字 481.2
～實 482.2
～實相副 483.2
34～滿天下 483.2
～法 481.2
37～過其實 483.2
40～士 481.1
～士風流 483.1
～存實亡 483.1
41～帖 481.3
～韁 482.3
～韁利鎖 483.2
44～落孫山 483.2
～花 481.2
～世 481.1
45～姝 481.3
46～場 482.1
47～聲 482.3
～都 482.1
48～教 482.1
～檢 482.3
50～畫 482.1
～貴 482.1
～素 481.3
52～刺 481.2
53～捕 481.3
58～數 482.2
60～目 481.1
～田 481.1
61～號 482.2
～號侯 483.1
66～器 482.3

～馬 261.1
77～鳳 261.1
～同 260.3
～同三司 261.2
～門 260.3
86～鍠 261.1

2825_7 侮 222.1
00～文 222.1
44～蔑 222.2
71～辱 222.2
80～食 222.2
88～笑 222.2
96～慢 222.2

2826_1 駘 3597.1

2826_6 僧 257.1
10～正 257.1
～夏 257.1
13～殘 257.2
20～統 257.2
26～自恣日 257.3
～伽 257.1
～伽梨 257.2
～伽大師 257.3
27～綱 257.2
30～官 257.1
～寶傳 257.2
32～祇 257.1
～祇律 257.2
～祇戶 257.2
47～格林沁 257.3
50～史略 257.2
66～單 257.2
72～臘 257.2
87～錄司 257.2
儈 262.2
77～駔 262.3

2826_7 傖 249.3
20～重 249.3
23～儜 249.3
26～鬼 249.3
44～荒 249.3
～楚 249.3
50～攘 249.3
80～父 249.3

2826_8 俗 221.1
00～塵 221.3
～文 221.1
～諦 221.3
01～語 221.3
05～講 221.3
08～說 221.2
10～耳 221.1
～不可醫 221.3
17～忌 221.2
21～儒 221.3
22～樂 221.3
27～物 221.2
～緣 221.3
30～流 221.2
～家 221.2
～字 221.1
～客 221.2
40～士 221.1
～套 221.2
45～姓 221.2
50～吏 221.1
～本 221.1
～書 221.2
～書刊誤 221.3
60～目 221.1
～累 221.2
67～眼 221.2
77～骨 221.2
～學 221.3
80～人 221.1
～氛 221.2
～父 221.1
90～尚 221.2

2828_1 從 256.1
28～從 256.1
從 1080.3
01～龍 1082.3
05～諫如流 1083.2
06～親 1082.3
07～諛 1082.2
10～一而終 1083.1
～惡如崩 1083.2
～天而下 1083.1
12～孫 1082.2
～孫甥 1083.1
16～理入口 1083.2
17～子 1081.1
18～政 1082.1
21～衡 1082.3
23～然 1082.2
24～化 1081.2
26～伯 1081.3
27～物 1081.3
～繩 1082.3
～約 1082.1
～約長 1083.1
～叔 1081.3
28～俗 1082.1
～從 1082.2
30～流 1082.1
～迹 1082.1
～容 1082.2
～良 1081.2
～官 1081.3
31～酒 1082.1
32～淵 1082.2
33～心 1081.1
37～祖王母 1083.2
～祖祖母 1083.2
～祖祖父 1083.2
～祖姑 1083.1
～祖兄弟 1083.2
～祖母 1083.1
～祖父 1083.1
～祀 1081.2
～恣 1082.2
～軍 1082.1
～軍行 1083.1
40～女 1081.1
～吉 1081.2
～來 1081.3
44～姑 1082.1
～者 1081.3
～橫 1082.3
47～聲 1082.3
50～史 1081.2
～吏 1081.2
～事 1081.3
～表姪 1083.1
～表兄弟 1083.1
53～戎 1081.2
60～目 1081.2
～兄弟 1082.3
～兄弟門中 1083.2
71～長 1081.3
77～風 1082.1
～屬 1082.3
～聞 1082.2
～服 1082.1
～舅 1082.2
～母 1081.2
80～人 1081.1
～父 1081.2
～父兄弟 1083.1
～禽 1082.2
～善如登 1083.2
～善如流 1083.2
～命 1081.3
81～頌 1082.2
88～坐 1081.3

2828_6 儉 262.3
44～薄 262.3
50～素 262.3
77～月 262.3

2829_0 伱
見你2729_2

2829_4 傒 220.3
32～州 220.3
徐 1076.1
00～庶 1076.3
～庾體 1077.2
10～霞客遊記 1078.1
～无鬼 1077.2
12～璣 1077.1
～水 1076.1
21～偃王 1077.3
～偃筆 1077.3
22～崇嗣 1077.3
24～勉 1076.2
27～鄉 1077.1
～穉 1077.2
28～徐 1076.2
30～宏祖 1077.2
31～福 1077.1
～禎卿 1077.3
32～州 1076.2
34～達 1076.3
35～溝 1077.1
36～渭 1076.3
37～鴻儒 1077.3
40～大椿 1077.2
～壽輝 1077.3
～枋 1076.2
43～娘 1076.2
44～夢莘 1077.3
48～乾學 1077.2
～幹 1077.1
～松 1076.2
50～市 1076.1
60～甲 1076.1
67～照 1077.1
71～階 1076.3
～長卿 1077.2
72～岳 1076.2
74～陵 1076.3
77～堅 1076.3
～熙 1077.1
～聞 1077.1
80～鉉 1077.1
～無 1076.3
81～錯 1077.2
90～光啟 1077.2

2830_0 魞 3506.1

2831_1 鮓 3509.1
44～苔 3509.1
鮭 3515.3

2832_0 魪 3508.1

2832_7 魵 3508.2
鮷 3512.1
34～渚 3512.1
鯩 3514.1
鰤 3519.1

2833_1 您 1129.2

2833_4 悠 1129.1
10～爾 1129.2
21～緬 1129.2
27～忽 1129.1
～久 1129.1
28～悠 1129.1
～悠蕩蕩 1129.2
34～遠 1129.2
36～邈 1129.2
56～揚 1129.1
60～曠 1129.2
71～長 1129.1
77～闊 1129.2
～閒 1129.2
81～短 1129.2
懲 1173.3
00～辦 1174.1
10～一警百 1174.1
～惡勸善 1174.2
40～乂 1174.1
～難 1174.1
44～勸 1174.1
48～警 1174.1
53～戒 1174.1
60～罰 1174.1
80～前毖後 1174.2
～忿窒欲 1174.1
～羹吹虀 1174.2
82～創 1174.1
煞 1945.1
77～風景 1945.2

2833_7 鰜 3515.3

2833_8 慫 1164.1
37～慂 1164.1
44～兢 1164.1

2834_0 魰 3508.2
敂 3508.2

2834_6 鱒 3517.1

2834_7 鰒 3515.1

2835_1 鮮 3510.2
00～衣凶服 3511.1
02～新 3510.3
10～于 3510.2
～于樞 3511.1
～于冀 3511.1
12～水 3510.2
21～虞 3510.3
25～健 3510.3
26～卑 3510.3
30～扁 3510.3
40～支 3510.2
41～妍 3510.2
50～車怒馬 3511.1
56～規 3510.3
67～明 3510.2
71～原 3510.3
76～陽 3510.3
77～民 3510.2
80～美 3510.3
～食 3510.3
88～飾 3511.1

2835_3 鱶 3549.2
鱴 3519.2

2836_1 鮯 3511.3
鰌 3514.2
鰽 3517.1
77～門 3517.1

2836_5 鱔 3517.1

2836_6 鱠 3519.1
13～殘魚 3519.1

2839_4 鵌 3537.3

2840_1 聳 2537.1
20～秀 2537.1
27～壑昂霄 2537.1
56～揖 2537.1
65～昧 2537.1

2841_1 舴 2605.1
27～艋 2605.1
艖 2606.2
28～艄 2606.2

2841_7 艦 2606.1
80～首 2606.2
艫 2606.3
30～戶 2606.3

2843_7 舲 2605.1

2845_3 艤 2606.3
27～舟 2606.3

2846_7 艙 2606.2

2846_8 谿 2929.3
17～子 2929.3
27～壑 2929.3
80～谷 2929.3

2849_4 艅 2605.3
26～艎 2605.3

2850_2 擎 1321.3

2851_4 牷 1987.1

2854_0 牧 1983.2
00～庵文集 1984.1
04～護歌 1984.1
10～正 1983.3
～豕聽經 1984.1
14～豬奴戲 1984.1
17～司 1983.3
21～師 1984.1
24～犢子 1984.1
26～伯 1983.3
30～宰 1983.3
～守 1983.3
44～地 1983.3
46～場 1984.1
50～夫 1983.3
60～圉 1984.1
67～野 1984.1
77～民 1983.3
～豎 1984.1
80～人 1983.3
～羊紀 1984.1

2855_1 牂 2494.2

2855_3 犧 1991.2
25～牛 1991.3
～牲 1991.3
27～象 1991.3
47～媧 1991.3
63～賦 1991.3
80～人 1991.2
～尊 1991.3

2860_1 警 2922.2

2860_4 咎 505.1
22～繇 505.1
28～徵 505.1
44～鼓 505.1
昝 1429.1
27～殷 1429.1

2861_1 鹺 3552.2
25～使 3552.2

2862_7 盼 2180.1
舲 2599.2

2863_7 鹻 3552.2

2864_0 皦 2182.2
28～皦 2182.3
60～日 2182.3

2864_1 皏 2181.1

2864_7 馥 3443.2
28～馥 3443.3
47～郁 3443.3

2868_6 鹼 3554.3

2870_0 以
見2810_0

2871_1 岞 929.2
嵯 942.1
23～峨 942.1
鲊 3602.3
20～舌 3602.3

2871_6 氇 1701.3
27～氌 1701.3

2871_7 屹 926.1
00～立 926.1
20～崒 926.1
21～屼 926.1
27～嵫 926.1

4001_0 尢 898.1

4001_1 左 956.2

4001_2 冘 322.1

4001_4 雄

見4071_4

4001_6 ⿸尢亶 2875.2

4001_7 九 101.3

78～盥 3395.1
顥3402.3
10～天 3402.3
30～穹 3402.3
44～蒼 3402.3
61～顥 3402.3
80～氣 3402.3

6200_0 喇 534.1
17～子 534.1
60～嘛 534.1
～嘛教 534.1
68～叭 534.1
～叭花 534.1
哵2110.1

6201_0 吼 488.1
47～怒 488.1

6201_3 咷 512.2
眺2214.3
07～望 2214.3
67～矚 2214.3

6201_4 吒 478.2
77～叉 478.2
唾 527.2
00～棄 527.3
10～玉 527.3
～面 527.3
～面自乾527.3
20～手 527.3
40～壺 527.3
66～罵 527.3
72～腺 527.3
88～餘 527.3
90～掌 527.3
嗺 547.2
31～酒 547.2
嗺 547.2
62～嗺 547.2
眊2207.2
62～眊 2207.2
65～瞶 2207.2
66～矂 2207.2
91～悼 2207.2
睡2126.1
睡2217.2
00～魔 2217.3
20～香 2217.3
22～仙 2217.2
27～鄉 2217.3
44～草 2217.3
～蓮 2217.3
～媒 2217.3
46～相 2217.3
67～鴨 2217.3

6201_7 唬 543.1
90～粧 543.1

6201_8 瞪2222.1

6202_1 听 495.1
62～听 495.1
哳 518.1
嘶 548.3
06～謀 548.3
13～酸 548.3
16～飄 548.3
61～啞 548.3
66～喝 548.3
67～鳴 548.3
昕1416.2
10～天 1416.2
27～夕 1416.2
62～昕 1416.2
晣1436.1
62～晣 1436.1
晰1441.3

6202_7 喘 537.2
26～息 537.2
66～喝 537.2
67～鳴 537.2
嗚 550.1

6203_0 呱 501.2
62～呱 501.3
眦2109.3

6203_1 曛1453.1
44～暮 1453.1
～黃 1453.1
46～旭 1453.1
60～黑 1453.1

6203_2 吆 478.2
66～喝 478.2
眽2214.3
62～眽 2214.3

6203_4 暌1446.1
00～離 1446.2
27～絶 1446.1
34～違 1446.1
40～索 1446.1
77～闊 1446.1
睽2219.1
00～離 2219.2
12～孤 2219.2
27～疑 2219.2
34～違 2219.2
40～索 2219.2
50～車志 2219.2
52～攜 2219.2
60～睚 2219.2
～罛 2219.2
62～睽 2219.2
80～合 2219.2

6203_6 嗤 542.2
02～詆 542.2
62～嗤 542.2
67～鄙 542.2
73～駭 542.2

6203_7 眨2207.1

6204_0 盱2200.3
67～瞑 2200.3
眠2207.2
眡2212.1
37～祲 2212.1
64～瞭 2212.1

6204_1 唌 520.1
62～唌 520.1

6204_6 嚼 558.3
20～舌 558.3
21～齒 558.3
28～復嚼 558.3
52～蠟 558.3
57～蛆 558.3
60～墨噴紙558.3

6204_7 昄1416.2
00～章 1416.2
暖1446.2
00～塵 1446.3
05～講 1446.3
10～玉鞍 1447.1
～耳 1446.2
17～翠 1446.3
25～律 1446.3
30～流 1446.3
～房 1446.3
44～孝 1446.2
～韡 1447.1
45～姝 1446.3
46～帽 1446.3
52～轎 1446.3
67～眼 1446.3
77～閣 1446.3
曖1452.2
31～迺 1452.2
62～曖 1452.3
65～曃 1452.3
～昧 1452.2
瞹2219.3

6204_9 呼 500.2
00～庚呼癸500.3
～鷹臺 500.3
12～延 500.2
20～幺喝六500.3
21～衍 500.2
～盧 500.2
～盧喝雉500.3
22～嵩 500.2
25～牛呼馬500.3
33～沱河 500.3
44～韓 500.2
～韓邪 500.3
60～畢勒罕500.3
～暑 500.2
～圖克圖500.3
64～叱 500.2
67～喚 500.2
～吸 500.2
68～噏 500.2
71～蠶水 500.3
88～籲 500.3

6205_2 瞬2222.2
26～息 2222.2

6205_3 嘰 550.2

6205_7 睜2217.2

6206_1 啎 513.2

6206_3 唔 517.3

6206_4 啠 512.3
10～天 512.3

6207_2 咄 500.1
62～咄 500.1
～咄逼人500.1
～咄怪事500.1
64～叱 500.1
～嗟 500.1
68～嗟 500.1
昢1425.2
62～昢 1425.2

6207_7 嗢 537.2
27～血 537.2

6209_4 睬2217.2

6211_3 跳2997.1
22～出 2997.2
26～白索 2997.3
27～兔 2997.2
～繩 2997.3
33～梁 2997.2
35～神 2997.2
36～盪 2997.3
40～丸 2997.2
46～加官 2997.3
63～踉 2997.3
71～驅 2997.3
～馬 2997.2
77～月 2997.2
78～脫 2997.3
80～八丈 2997.3

6211_4 毾1701.1
12～㲪 1701.1
氍1702.3
踵3003.1
13～武 3003.1
35～決肘見 3003.2
50～事增華 3003.2
～接 3003.1
60～見 3003.1
77～門 3003.1

6211_6 躐3010.1
00～席 3010.1
30～進 3010.1
88～等 3010.1

6211_7 蹠3005.2
68～嗷 3005.2
72～氐觀 3005.2

6211_8 蹬3008.2

6212_1 躖3010.3
62～躖 3010.3

6212_7 蹐3004.2
44～地跼天 3004.2
踹3002.3
踽3003.2
25～僂 3003.2
62～踽 3003.2
蹻3008.2
17～勇 3008.3
55～捷 3008.3
60～足 3008.3
62～蹻 3008.3

6213_1 跅2994.3
14～弛 2994.3

6213_4 蹊3005.1
10～要 3005.1
21～徑 3005.1
60～田奪牛 3005.1
64～蹺 3005.1
蹼3008.2

6214_4 踒3001.3
65～跌 3001.3

6214_7 蹬3008.2
52～刺 3008.2

6216_3 踏3000.3
00～床 3000.3
07～謠娘 3001.2
10～五花 3001.1
～碓 3001.1
14～破鐵鞋無覓處，得來全不費功夫 3001.2
17～歌 3001.1
～歌詞 3001.2
23～伏 3000.3
26～白 3000.3
27～餐 3001.1
30～實 3001.1
31～逐 3000.3
37～潮歌 3001.2
44～地松 3001.1
～莎行 3001.1
～勘 3001.1
50～青 3000.3
～春 3000.3
64～蹺 3001.1
67～跛 3001.1
77～月 3000.3

6216_9 蹯3008.2

6217_7 蹈3004.3
01～襲 3005.1
21～虎尾 3005.1
38～海 3004.3
68～蹦 3005.1
71～厲 3005.1
80～舞 3005.1
88～節 3004.3
90～常習故 3005.1

6218_6 躓3010.1
51～頓 3010.1
77～閡 3010.1

6219_4 躁3010.1

6220_0 剔 361.2
21～齒 361.2
～紅 361.2
55～抉 361.2
79～騰 361.2
92～燈 361.2

6221_4 氍1702.3
23～毺 1702.3
82～毹 1702.3

6231_0 黕3580.1
65～昧 3580.2

6233_9 懸1177.2
00～疣 1178.1
～癰 1180.1
～度 1178.1
～麻雨 1180.2
03～識 1180.1
04～熱 1179.3
07～鶉 1180.1
～記 1178.2
～調 1179.3
08～旌 1178.3
～旗 1179.2
～論 1179.3
09～談 1179.3
11～頭 1179.3
～琴 1179.1
12～水 1177.3
～弧 1178.1
～磴 1180.1
15～珠 1178.2
～殊 1178.2
17～刀 1177.2
21～處 1178.3
～衡 1179.3
22～崖 1178.3
～崖勒馬 1180.2
～炭 1178.2
～峯 1178.2
～斷 1180.1
26～泉 1178.2
27～黎 1179.3
～象 1179.2
～解 1179.2
～魚 1178.3
～欠 1177.3
～絶 1179.2
30～流 1178.2
～渡 1179.1
～案 1178.2
31～河 1177.3
～河瀉水 1180.2
33～心 1177.2
～梁 1178.3
34～法 1177.3
36～遞 1180.1
37～溜 1179.2
～瀨 1180.1
～遲 1179.3
～軍 1178.1
40～壺 1179.1
41～帳 1178.3
42～瓠 1178.3
44～封 1178.1
～枯 1178.1
45～棒 1179.1
～棟 1179.1
46～想 1179.2
～榻 1179.2
47～匏 1178.3
～磬 1179.3
～罄 1179.3
50～車 1177.3
～書 1178.2
57～耜 1178.3
60～圃 1178.2
～思 1178.2
～景 1179.1
62～懸 1180.1
71～隔 1179.2
72～兵 1177.3
73～腕 1179.2
～駝就石 1180.2
74～肘 1177.3
76～腸草 1180.2
～腸掛肚 1180.2
77～風槌 1180.1
～膽 1180.1
～門 1177.3
～輿 1180.1
80～金 1178.1
～羊頭賣狗

～耨達山 3265.2
～耨達池 3265.2
53～戎 3261.1
～咸 3261.3
54～措 3262.3
55～井 3260.3
57～賴耶識 3265.2
58～輸迦 3264.3
60～兄 3261.1
～毘罕尼哈番 3265.2
～邑 3261.1
～羅漢 3264.3
～羅本 3264.3
62～呼 3261.2
64～畸 3262.3
～瞞 3263.2
65～吽 3261.1
～趺 3262.3
71～阿 3261.2
～匼 3261.2
72～丘 3261.1
77～尾耆 3264.1
～膠 3263.2
～舅 3263.1
～丹 3260.3
～段 3262.1
～閣 3263.1
～闍世 3264.3
～巴噶 3263.3
～母 3261.1
～母河 3264.1
80～翁 3262.2
～爺 3262.3
～爹 3262.2
～弟 3261.1
～父 3260.3
～合馬 3264.1
～耆 3262.3
～公 3260.3
83～鋪 3263.2
86～錫 3263.2
～鐸河 3265.1
90～黨 3263.3

7122_1 厮 441.3
胻 2558.3
陟 3271.1
00～方 3271.1
24～岵 3271.2
27～屺 3271.2
58～螯 3271.2
～螯方 3271.2
60～里 3271.2
77～降 3271.2
骬 3474.2

7122_7 厲 442.3
22～山 443.1
～山氏 443.3
26～鬼 443.2
～皋 443.2
27～響 443.2
～色 443.1
33～心 443.1
40～爽 443.2
44～禁 443.2
56～揭 443.2
67～鶚 443.2
71～階 443.2
72～兵秣馬 443.3
77～風 443.1
～民 443.1
80～兑 443.1
～氣 443.1
88～節 443.2
95～精更始 443.3
～精圖治 443.3
膈 2557.1
脣 2559.2
00～亡齒寒 2559.3
20～舌 2559.2
21～齒 2559.2
48～槍舌劍 2559.3
67～吻 2559.2
膈 2569.2
臑 2575.2
陑 3267.3
隔 3293.1
24～牆有耳 3293.3
25～生 3293.1
27～句對 3293.2
43～越 3293.1
44～靴搔癢 3293.3
58～轍雨 3293.2
60～品致敬 3293.2
～是 3293.1
70～壁 3293.2
～壁戲 3293.2
74～膜 3293.2
77～閡 3293.2
80～八相生 3293.2
～并 3293.1
～年曆 3293.2
88～筆簡 3293.2
90～火 3293.1
隝 3294.3
鴈 3529.2
10～王 3529.3
鷖 3494.3

7123_1 廳 443.3
𪈼 3586.2
77～翳 3586.2

7123_2 脤 2562.1
72～膰 2562.1
脹 2564.1
膔 2574.1
辰 3043.1
08～旒 3044.1
19～砂 3044.1
22～山 3043.2
24～牡 3043.3
～告 3043.3
26～牌 3044.1
32～州 3043.2
～溪 3044.1
46～駕 3044.1
47～極 3044.1
60～星 3044.1
71～馬 3044.1
74～陵 3044.1
76～陽 3044.1
90～光 3043.3
豚 2934.3
10～耳 2934.3
17～子 2934.3
24～犢 2935.1
30～肩 2934.3
43～犬 2934.3
56～拍 2935.1
60～蹄穰田 2935.1
77～兒 2935.1
饜 3436.2
82～飫 3436.2
魘 1173.2
71～魘 1173.2

7123_4 厭 441.3
00～應 442.2
15～建 442.1
17～翟 442.2
22～亂 442.2
23～代 442.1
25～魅 442.2
27～的 442.1
～祭 442.1
30～塞 442.2
～家雞 442.3
～竅 442.2
36～浥 442.1
37～次 442.1
～冠 442.1
40～難折衝 442.3
44～世 442.1
60～旦 442.1
61～躡 442.3
71～厭 442.2
77～降 442.1
79～勝 442.2
～勝錢 442.3
82～飫 442.2
90～當 442.2
95～快 442.1
陝 3286.2
71～陝 3286.2

7123_9 愿 1155.3
47～慤 1155.3

7124_0 牙 1975.1
00～纛 1977.3
08～旗 1977.1
10～璋 1977.2
～不 1975.3
17～刀 1976.2
～羽 1975.3
20～香 1976.2
21～行 1976.1
～緋 1977.1
24～牀 1976.1
25～生 1975.3
26～牌 1976.3
～保 1976.2
27～將 1976.2
～角口吻 1978.2
～欵 1976.3
～祭 1976.3
28～儈 1977.2
～稅 1976.3
30～官 1976.1
37～郎 1976.2
38～道 1976.3
40～奩 1977.1
～校 1976.2
41～頰 1977.2
～帳 1976.2
～帖 1976.1
～板 1976.1
42～機 1977.2
43～城 1976.2
44～塔 1977.1
～蕉 1977.2
～蘗 1977.3
～檣 1977.2
47～嫂 1977.1
48～槎 1977.1
～檢 1977.2
50～中軍 1978.1
～車 1976.1
～推 1976.2
～吏 1975.3
～棗 1976.3
～纛 1978.1
55～慧 1977.2
60～曠 1977.3
～圈 1976.3
61～距 1976.3
63～獸 1977.3
71～牙 1975.2
72～刷 1976.1
～爪 1975.3
77～兒 1976.1
～門 1976.1
～門旗 1978.1
～尺 1975.3
～關 1977.3
80～人 1975.2
82～劍鋒 1978.2
83～錢 1977.2
88～筌 1976.2
～籤 1977.3
～箭 1977.1
～簡 1977.3
～符 1976.2
～簟 1977.2
～筆 1976.3
～筍 1976.3
～籌 1977.3
～管 1977.1
肝 2543.3
10～鬲 2543.3
71～厥 2543.3
72～腦塗地 2544.1
77～膽 2543.3
～膽相照 2544.1
99～膋 2543.3
骭 3473.1
骭 3473.1

7124_1 厗 439.1
庢 439.3
20～奚 439.3

7124_2 厎 439.2
00～席 439.2
17～豫 439.2
40～柱 439.2
71～厲 439.2
76～陽 439.2
腰 2565.2
00～褭 2565.3
11～背 2565.2
17～刀 2565.2
22～綵 2565.3
27～龜 2565.3
～身 2565.2
～舟 2565.2
～裊 2565.3
30～扇 2565.2
37～极 2565.2
40～巾 2565.2
44～鼓 2565.3
～鼓兄弟 2566.1
～帶 2565.3
51～頓 2565.3
52～斬 2565.3
60～圍 2565.3
～品 2565.2
74～肢 2565.2
77～脚 2565.3
～輿 2565.3
80～金拖紫 2566.1
81～領 2565.3

7124_6 骾 3474.2
01～訐 3474.2

7124_7 反 448.2
00～膺 450.2
～離騷 450.3
01～顏 450.2
～語 450.1
02～訓 449.2
08～旆 449.2
10～正 448.3
～覆 450.2
～覆詩 450.3
～覆手 450.3
11～北 448.3
12～璞 450.2
～水不收 450.3
20～手 448.3
～舌 449.1
21～衍 449.2
～經 450.1
～經行權 451.1
～經合義 451.1
22～側 449.3
～側子 450.3
24～動 449.3
25～生香 450.2
26～鼻 450.1
27～躬 449.3
～紐 449.3
28～傷 450.1
30～戶 448.2
～宇 449.1
31～汗 449.1
～顧 450.2
34～對 450.1
35～訣 449.2
38～道 450.1
～逆 449.2
40～左書 450.2
～支 448.2
～真 449.2
41～坫 449.1
43～裘負芻 450.3
44～老還童 450.3
46～相 449.2
47～切 448.2
48～故 449.1
50～接 449.3
～掖 449.3
～本 448.3
57～擊 450.2
60～目 448.3
～胃 449.2
～景 450.1
62～踵 450.2
63～哺 449.3
66～哭 449.3
67～照 450.1
68～噬 450.2
～吟伏吟 450.3
70～璧 450.2
71～脣 449.3
～脣相稽 450.3
～反 448.3
～仄 448.3
～馬 449.2
77～骨 449.3
～服 449.1
～閉 449.3
～間 449.3
80～首 449.2
～命 449.1
88～坐 449.1
90～常 449.3
～掌 449.3
厚 440.1
01～顏 440.1
～誣 440.1
24～德載福 440.1
25～生 440.1
～積 440.1
26～貌深情 440.1
43～載 440.1
～朴 440.1
厦 441.3
阪 3259.3
17～尹 3259.3
21～上 3259.3
～上走丸 3260.1
26～泉 3259.3

7125_2 擪 1324.1
26～息 1324.2

7125_3 [illegible] 442.3

7125_6 厙 439.3
21～傳官 439.3
[illegible] 443.3

7126_0 阽 3265.3
27～危 3265.3
陌 3267.2
17～刀 3267.3
11～頭 3267.3
21～上花 3267.3
～上桑 3267.3
31～頓 3267.3
67～路 3267.3

7126_1 厝 440.2
20～手 440.2
90～火積薪 440.2
脂 2557.2
00～膏 2557.3
～膏不潤 2557.3
～夜 2557.2
～麻 2557.2
12～酥 2557.2
17～那 2557.2
27～盎 2557.3
35～油點燈 2557.3
36～澤 2557.3
40～灰 2557.2
～韋 2557.2
77～腴 2557.2
81～瓶 2557.2
98～粉 2557.2
～粉塘 2557.3

《辭源》修訂本單字漢語拼音索引

A

ā
呵 0498.1
腌 2564.1
阿 3260.2
á
嗄 0541.3
āi
哀 0508.2
哎 0511.1
唉 0520.1
埃 0606.3
挨 1265.1
捱 1271.3
欸 1653.3
ái
挨 1265.1
捱 1271.3
敳 1352.2
獃 2008.2
皚 2181.3
磑 2255.1
鎄 3214.1
騃 3459.2
ǎi
挨 1265.1
欸 1653.3
毐 1693.3
溰 1896.3
矮 2231.1
藹 2735.1
靄 3341.1
靄 3345.2
ài
乂 0097.1
僾 0262.2
嗌 0540.2
噫 0550.2
堨 0619.1
壒 0636.1
嬡 0770.2
㤅 1103.3
愛 1151.2
懝 1173.2
曖 1452.2
璦 2078.1
硋 2246.1
礙 2261.1
艾 2613.2
薆 2723.2
譺 2923.3
阨 3259.3
阸 3260.1
隘 3292.3
靉 3349.2
餲 3432.3
鴱 3443.2
ān
啽 0537.3
媕 0764.1
安 0803.2
庵 1011.1
痷 2140.2
盦 2196.1
腤 2565.1
菴 2670.3
裺 2828.3
諳 2907.2
闇 3250.1
陰 3280.2
鞌 3366.3
鞍 3366.3
韽 3380.3
鵪 3539.3
鶕 3547.1
án
啽 0537.3
犴 1993.2
豻 2941.2
雂 3307.2
ǎn
俺 0229.3
匼 0396.1
唵 0525.3
埯 0615.3
晻 1441.3
碪 2252.2
àn
傿 0264.3
婩 0760.2
岸 0928.1
按 1249.1
暗 1444.1
案 1556.2
桉 1558.1
洝 1771.2
犴 1993.2
豻 2941.2
闇 3250.1
䬓 3412.3
黯 3585.2
āng
姎 0746.2
嫎 0761.3
骯 3473.2
áng
卬 0432.1
昂 1415.3
枊 1542.1
鞅 3365.3
àng
㼜 2086.3
盎 2187.1
䣳 3133.3
醠 3139.3
āo
凹 0334.2
坳 0600.1
熝 1962.3
鏕 3214.1
䫜 3398.3
áo
嗸 0539.3
嗷 0540.3
嚻 0558.2
嶅 0943.2
廒 1017.3
摮 1303.3
敖 1343.1
滶 1867.2
熬 1949.2
獒 2009.3
獓 2010.2
璈 2074.1
磝 2254.3
翱 2512.1
聱 2534.2
蔜 2695.3
螯 2778.1
謷 2917.1
遨 3085.1
鏖 3209.3
䯠 3475.1
鰲 3516.2
鼇 3588.1
ǎo
夭 0709.2
媼 0763.3
媪 0766.1
拗 1246.1
蝹 2776.3
祅 2817.2
襖 2838.2
镺 3231.3
ào
傲 0247.2
墺 0629.2
奡 0726.1
奧 0726.1
嶅 0943.2
嶴 0946.2
慠 1156.2
懊 1169.2
拗 1246.2
敖 1343.1
澆 1880.3
澳 1894.1
謸 2916.1
謷 2917.1
隩 3298.1
驁 3466.1

B

bā
八 0296.1
叭 0469.2
吧 0488.1
巴 0964.2
扒 1211.2
捌 1261.3
朳 1505.3
疤 2133.1
笆 2348.1
羓 2494.2
芭 2619.3
豝 2934.3
鈀 3174.1
䶕 3602.1
bá
坺 0598.1
弊 1036.2
拔 1232.1
犮 1992.3
癹 2149.1
胈 2553.2
茇 2634.2
茷 2655.1
菝 2669.3
跋 2993.1
軷 3020.2
馛 3453.3
魃 3499.3
bǎ
把 1218.2
靶 3365.2
bà
伯 0197.2
垻 0605.3
壩 0639.2
弝 1044.1
把 1218.3
杷 1538.3
欛 1651.2
灞 1907.2
爸 1969.2
矲 2232.3
䎬 2320.3
罷 2484.3
耙 2524.3
跁 2992.2
鑃 3220.1
霸 3342.1
靶 3365.2
ba
吧 0488.1
罷 2484.3
bái
白 2155.1
bǎi
佰 0208.1
捭 1283.2
擺 1325.2
柏 1552.1
百 2168.1
襬 2839.2
bài
唄 0519.2
拜 1246.2
排 1275.2
[illegible] 1306.1
敗 1345.2
稗 2310.3
粺 2390.2
韛 3376.1
bān
扳 1226.3
搬 1301.3
斑 1366.1
斒 1367.1
班 2055.3
瘢 2144.2
肦 2547.1
般 2603.3
豳 2941.1
辬 3042.1
頒 3388.3
䰉 3489.2
鳻 3529.3
bǎn
反 0448.2
坂 0593.3
昄 1416.2
板 1542.3
版 1973.1
瓪 2086.3
粄 2385.2
胖 2553.1
蝂 2773.3
鈑 3176.1
闆 3251.2
阪 3259.3
鉡 3425.3
bàn
伴 0186.3
半 0413.1
姅 0744.1
扮 1221.1
拌 1230.1
湴 1839.2
瓣 2084.3
絆 2412.2
辦 3041.2
辧 3041.3
靽 3366.1
魬 3508.2
bāng
帮 0977.2
幫 0988.1
彭 1064.1
梆 1582.1
榜 1613.3
浜 1807.3
邦 3097.3
bǎng
榜 1613.2
牓 1974.3
綁 2433.3
膀 2569.1
髈 3475.1
bàng
並 0082.3
傍 0246.2
搒 1295.3
旁 1388.2
棓 1588.1
棒 1588.3
榜 1613.3
玤 2052.2
蒡 2692.1
蚄 2758.2
蚌 2760.2
蜯 2771.3
謗 2911.1
bāo
勹 0385.1
包 0386.3
媬 0746.3
枹 1551.2
胞 2554.3
苞 2640.3
葆 2689.3
褒 2835.1
báo
彴 1067.1
懪 1173.3
䈏 2366.2
𦢊 2575.3
雹 3335.3
bǎo
保 0216.3
呆 0487.1
堡 0619.3
寶 0863.3
寶 0863.3
珤 2060.1
緥 2456.2
葆 2689.2
褓 2832.3
飽 3426.2
鴇 3452.3
鴇 3529.3
bào
儤 0266.1
報 0615.3
抱 1241.3
暴 1448.3
瀑 1900.1
爆 1962.3
犦 2226.3
菢 2670.1
虣 2755.3
袌 2819.1
豹 2942.1
趵 2991.2
鉋 3181.3
鞄 3366.2
骲 3473.3
鮑 3509.1
bēi
卑 0418.2
埤 0612.1
庳 1014.2
悲 1136.3
杯 1537.3
柸 1548.3
桮 1580.1
椑 1597.3
波 1761.1
痺 2141.2
盃 2185.1
碑 2249.3
箄 2365.3
背 2551.3
裨 2829.3
䙓 2839.1
陂 3265.3
鞞 3368.3
鵯 3540.3
běi
北 0389.2
bèi
倍 0225.1
偝 0242.3
備 0249.1
勃 0376.1
北 0389.2
垻 0605.3
奰 0728.3
孛 0783.1
怫 1107.3
悖 1125.3
憊 1168.2
拔 1232.1
[illegible] 1343.1
梖 1581.1
棓 1616.2
[illegible] 1906.2
焙 1927.2
犕 1983.2
狽 2003.1
琲 2067.1
碚 2248.2
糒 2391.2
背 2551.3
茇 2634.2
菩 2663.2
萯 2688.2
蓓 2703.3
被 2819.3
誖 2896.3
貝 2946.1
輩 3029.2
邶 3100.1
鄁 3114.3
鞁 3366.1
鞴 3370.3
鮊 3506.2
bēn
奔 0722.2
犇 1989.3
賁 2955.1
běn
本 1501.3
畚 2112.2
苯 2630.2
bèn
体 0189.1
坌 0597.3
夯 0710.1
奔 0722.2
笨 2349.2
bēng
伻 0187.1
傍 0246.3
嗙 0540.1
崩 0938.3
抨 1230.3
祊 2265.1
絣 2423.3
綳 2441.1
繃 2464.2
béng
[illegible] 2740.2
běng
唪 0525.1
埲 0609.3
琫 2064.1
菶 2664.2
鞛 3367.3
bèng
堋 0611.2
塴 0627.2
蚌 2760.2
跰 2999.1
迸 3068.3
bī
偪 0238.2
幅 0984.1
楅 1600.1
畐 2110.2
皀 2176.2
逼 3078.1
鎞 3209.2
bí
佖 0186.3
咇 0497.3
荸 2656.3
鵖 3443.2
鼻 3595.1
bǐ
佊 0192.2
俾 0235.2
匕 0388.1
卑 0418.2
啚 0525.3
妣 0738.3
彼 1069.2
朼 1505.3
柀 1539.2
柀 1549.1
比 1694.1
沘 1739.2
疕 2132.1
秕 2301.1
筆 2354.1
粃 2383.3
紕 2409.1
舭 2603.3
貏 2945.1
鄙 3120.1
髀 3474.3
bì
𠨘 0434.1
嗶 0547.2
坒 0593.3
坒 0595.3
堛 0618.1
壁 0635.1
婢 0760.3
嬖 0770.1
幣 0986.2
庇 1004.1
庳 1014.2
弊 1036.2
弼 1055.1
彃 1055.2
必 1097.3
怭 1106.2
毖 1110.3
愊 1144.2
愎 1146.3
拂 1230.3
披 1235.2
敝 1350.3
斃 1356.2
服 1479.2
枇 1539.2
柲 1546.1
梐 1581.2
椑 1597.3
毖 1697.2
泌 1745.1
湢 1841.1
滭 1876.2
潷 1888.1
濞 1898.2
熚 1938.2
狴 2003.2
獘 2011.1
獙 2011.2
珌 2052.3
璧 2075.3
畀 2110.1
畢 2114.3
痹 2140.3
痺 2141.2
[illegible] 2143.2
皕 2181.1
碧 2250.3
笓 2348.1
箄 2363.3
篳 2370.1
篦 2370.3
粺 2390.2
糒 2392.1
綼 2447.2
縪 2463.3
罼 2485.2
胇 2553.3
腗 2562.2
腷 2565.1
臂 2573.2
芘 2620.2
苾 2629.2
萆 2674.1
蓖 2704.2
蓽 2708.3
蔽 2713.2
薜 2720.2
蘗 2743.3
蜌 2767.2
螕 2780.1
被 2819.3
襞 2838.3
觱 2870.3
詖 2884.1
賁 2955.1
賁 2955.3
費 2975.2
贔 2992.3
跛 2993.3
蹕 3006.3

C

chàng
倡 0232.3
唱 0526.2
悵 1133.2
昶 1417.2
暢 1447.2
淌 1827.2
暘 2126.1
韔 3375.3
鬯 3492.1
chāo
勦 0383.2
弨 1044.3
怊 1107.3
抄 1219.3
紹 2413.2
綽 2443.1
罺 2485.3
訬 2879.1
超 2986.2
鈔 3174.2
cháo
啁 0528.1
嘲 0548.3
巢 0952.1
晁 1435.1
朝 1488.1
樔 1626.3
漅 1879.2
潮 1882.2
謿 2918.1
轈 3034.3
鄛 3121.2
鼂 3587.2
chǎo
吵 0488.1
炒 1916.3
煼 1946.2
麨 3562.3
chào
耖 2524.3
趠 2989.3
chē
硨 2246.3
蛼 2766.3
車 3013.1
chě
哆 0512.3
䊬 0728.3
尺 0902.1
扯 1220.1
撦 1306.1
chè
呫 0499.1
坼 0600.1
宅 0803.1
屮 0917.1
徹 1088.3
掣 1285.1
撤 1308.3
澈 1880.1
硩 2246.3
觰 2870.3
詀 2884.2
chēn
嗔 0541.2
抻 1277.2
獭 2011.1
琛 2063.3
瞋 2220.2
綝 2441.3
䐜 2569.2
臣 2577.1
郴 3113.2
chén
填 0622.3
塵 0624.2
宸 0835.3
忱 1101.3
愖 1144.3
晨 1436.1
桭 1581.2
棧 1592.3
沈 1728.2
沉 1731.3
湛 1841.3
煁 1939.3
茞 2656.1
蟁 2780.3
諶 2908.2
辰 3043.1
陳 3273.3
chěn
墋 0627.2
磣 2259.1
跣 2991.3
跈 2992.2
踸 3002.1
鍖 3202.1
chèn
儭 0266.1
嚫 0554.3
櫬 1646.3
疢 2133.1
疹 2136.1
瘨 2146.3
稱 2311.2
襯 2839.3
讖 2927.1
䞋 2976.1
趂 2986.2
趁 2986.2
闖 3252.1
齓 3602.1
齔 3602.1
chēng
偁 0244.3
僜 0259.1
噌 0548.1
庱 1009.3
撐 1312.2
撑 1312.2
槍 1617.1
樘 1624.1
檉 1641.3
牚 1978.3
瞠 2221.2
秤 2303.2
稱 2311.2
竀 2333.3
蟶 2788.1
赬 2981.3
䞓 2982.2
鎗 3209.1
鐺 3217.3
頳 3391.2
chéng
丞 0082.2
乘 0099.3
傖 0249.3
呈 0492.1
城 0602.3
埕 0606.3
塍 0624.2
宬 0830.1
徵 1091.1
懲 1173.3
成 1184.3
承 1227.2
搶 1301.1
撜 1311.2
朾 1504.3
椉 1586.1
棖 1589.2
橙 1636.1
澄 1885.3
澂 1887.1
珵 2063.1
盛 2187.3
盯 2198.2
程 2307.2
脭 2562.2
裎 2826.2
誠 2891.1
䟫 2992.3
郕 3103.3
酲 3135.1
騬 3463.1
chěng
裎 2826.2
逞 3066.2
騁 3458.3
chèng
淨 1853.1
牚 1978.2
秤 2303.1
稱 2311.2
chī
吃 0478.1
喫 0538.3
嗤 0542.2
媸 0766.1
彲 1067.3
抬 1246.1
摛 1304.2
攡 1329.2
瓻 2087.2
痴 2141.1
癡 2146.3
眵 2214.3
瞝 2220.3
离 2291.3
笞 2350.3
絺 2439.1
胵 2557.1
蚩 2760.3
螭 2781.1
離 3321.2
魑 3501.2
魑 3501.3
鴟 3531.3
鵄 3532.3
鵗 3535.1
黐 3577.3
齝 3602.3
chí
傂 0232.1
匙 0090.2
坻 0599.3
墀 0627.1
弛 1043.2
弛 1045.1
持 1249.3
拸 1257.1
歭 1674.2
池 1726.1
沶 1747.3
泜 1767.3
治 1768.1
箎 2347.3
箈 2360.3
篪 2370.3
茌 2642.1
荎 2646.2
蚳 2763.2
蝭 2776.3
謘 2912.3
謧 2918.3
貾 2957.1
踟 3001.2
踶 3002.3
遲 3088.2
鍉 3203.2
阤 3266.1
馳 3451.2
𪛊 3620.3
chǐ
侈 0209.2
哆 0512.3
奓 0723.2
姼 0753.2
尺 0901.3
恀 1120.2
恥 1121.1
扡 1212.2
斥 1371.2
杝 1518.3
痑 2138.2
移 2304.3
胣 2554.2
蚇 2759.3
褫 2833.3
豉 2930.3
赤 2976.1
陊 3269.2
齒 3601.1
chì
伬 0207.3
傺 0256.1
勅 0376.2
勑 0377.3
叱 0468.3
吒 0478.2
啻 0528.3
嚇 0553.3
彳 1067.1
忕 1117.1
抶 1241.1
捇 1258.1
敕 1345.1
斥 1371.1
淔 1824.1
湁 1843.1
熾 1951.1
熺 1952.1
瘈 2141.2
瘛 2143.1
眙 2211.3
糦 2393.1
翄 2504.1
翅 2504.1
翨 2504.2
翼 2510.3
赤 2976.1
跮 2995.2
飭 3423.1
鶒 3541.1
chōng
充 0274.1
冲 0325.3
劃 0365.2
坤 0594.1
忡 1103.2
惷 1161.1
憧 1164.3
憃 1181.2
摏 1304.3
椿 1620.2
橦 1630.2
沖 1738.3
浺 1791.3
盅 2185.2
罿 2485.3
翀 2504.2
膧 2570.1
舂 2591.2
艟 2606.3
茺 2644.1
衝 2808.1
衝 2811.2
衶 2816.3
褈 2822.1
𧞣 2836.3
轈 3034.3
䨏 3342.1
chóng
崈 0933.3
崇 0933.3
爞 1964.2
种 2300.3
蟲 2785.1
重 3147.2
chǒng
寵 0863.2
尰 0900.2
龍 3605.1
chòng
銃 3182.1
chōu
妯 0746.2
怞 1108.3
抽 1239.2
搊 1301.1
搯 1301.3
犨 1992.1
瘳 2145.1
篘 2370.3
紬 2414.1
chóu
儔 0264.2
幬 0988.2
惆 1136.1
愁 1152.3
懤 1173.1
檮 1644.1
疇 2127.1
稠 2310.2
籌 2379.1
紬 2414.1
綢 2445.3
薵 2726.2
詶 2886.3
讎 2925.2
躊 3009.2
酬 3134.1
醻 3142.3
雔 3313.2
魗 3502.1
鮋 3508.3
鯈 3512.3
chǒu
丑 0077.2
偢 0246.1
搊 1301.2
杻 1538.3
醜 3140.1
魗 3502.1
chòu
椆 1597.1
殠 1686.2
簉 2370.2
臭 2586.3
裯 2829.2
chū
出 0334.2
初 0349.2
摴 1305.2
攄 1306.3
樗 1619.3
貙 2945.3
齣 3602.3
chú
助 0375.1
媰 0766.1
屠 0912.3
廚 1022.2
涂 1801.1
滁 1860.2
篨 2370.1
耡 2525.1
芻 2621.2
著 2668.3
蒢 2699.3
蜍 2767.2
諸 2901.3
趎 2987.2
跦 2996.1
躇 3007.3
躕 3009.3
鉏 3178.1
鋤 3192.2
除 3271.3
雛 3318.3
chǔ
儲 0266.2
帾 0983.2
杵 1541.2
楮 1590.1
楚 1601.1
濋 1889.1
礎 2260.2
處 2750.1
褚 2828.2
駐 3454.1
齼 3604.3
chù
亍 0128.1
俶 0231.3
怵 1107.1
搐 1296.1
斶 1377.3
歜 1660.3
滀 1856.2
琡 2066.3
畜 2111.3
矗 2224.2
絀 2416.1
絮 2422.2
臅 2574.2
菆 2670.1
處 2750.1
觕 2864.1
觸 2871.2
諔 2903.3
踀 2993.1
鄐 3118.1
閦 3245.3
黜 3583.2
chuāi
揣 1292.2
chuǎi
揣 1292.2
chuài
嘬 0549.3
踹 3002.3
chuān
巛 0949.1
川 0949.3
猭 2008.2
穿 2325.1
chuán
傳 0251.1
圌 0578.1
摶 1304.3
椽 1610.1
歂 1657.1
篅 2367.3
船 2605.1
輲 3030.2
遄 3080.3
chuǎn
僢 0259.2
喘 0537.2
惴 1146.1
歂 1657.1
舛 2600.1
荈 2654.2
蝡 2776.3
chuàn
串 0092.2
僢 0259.2
釧 3173.1
chuāng
倉 0224.1
刅 0339.3
創 0364.1
囪 0571.3
戧 1192.2
摐 1308.1
瘡 2143.3
窗 2328.2
蔥 2688.2
chuáng
噇 0547.3
幢 0986.3
床 1003.2
橦 1630.2
牀 1971.1
疒 2132.1
chuǎng
磢 2258.3
闖 3252.1
chuàng
倉 0224.1
刱 0351.3
創 0364.1
愴 1155.1
chuī
吹 0492.3
歠 1660.3
炊 1917.1
chuí
倕 0234.3
圌 0578.1
垂 0600.2
捶 1280.3
搥 1295.3
棰 1596.2
椎 1597.1
槌 1609.3
甀 2087.3
硾 2249.2
磓 2254.1
箠 2365.2
菙 2673.1
錘 3198.2
鎚 3205.3
陲 3283.2
顀 3395.1
chuì
吹 0492.3
chūn
春 1417.2
杶 1537.3
椿 1599.3
櫄 1645.1
萅 2670.1
輴 3031.2
鶞 3542.1
chún
唇 0517.2
淳 1808.3
漘 1874.2
純 2405.3
肫 2545.3
脣 2559.2
蒓 2704.3
蓴 2706.1
醇 3136.2
錞 3193.3
鶉 3538.1
chǔn
偆 0238.2
惷 1148.1
旾 1417.3
䏛 2558.1
蠢 2791.1
踳 3002.1
chuō
戳 1197.2
踔 3000.2
chuò
啜 0526.1
嚽 0555.3
奭 0726.1
娖 0755.2
婼 0759.3
婥 0760.2
𢓜 1078.3
惙 1135.1
掇 1273.3
擉 1319.2
歠 1660.3
淖 1828.1
犳 2006.1
綴 2442.3
綽 2443.1
蠿 2791.2
輟 3027.1
辵 3045.1
逴 3069.1
餟 3432.1
齪 3603.3
齱 3603.3
cī
偨 0249.2
嵯 0942.1
差 0962.3
恣 1120.3
柴 1572.2
玼 2055.3
疵 2137.3
篸 2368.3
螆 2788.1
訾 2893.3
骴 3474.2
髊 3475.1
cí
垐 0602.3
子 0773.1
慈 1147.2
瓷 2087.1
甆 2089.1
磁 2254.3
祠 2267.3
粢 2385.3
糍 2390.2
辞 2600.2
茨 2644.1
茈 2650.1
茲 2656.1
薋 2719.3
薺 2725.3
詞 2883.1
辝 3038.2
辤 3041.1
辭 3042.1
雌 3311.1
飺 3426.2
餈 3428.1
鷀 3545.1
cǐ
佌 0208.2
此 1667.1
泚 1777.1
玼 2055.3
跐 2995.3
cì
伺 0192.1
佽 0202.3
刺 0351.3
刾 0357.3
庛 1008.1
恣 1120.3
朿 1504.3
栨 1559.2
次 1651.2
絘 2424.1
蚝 2760.3
蛓 2763.3
螆 2779.1
賜 2969.3
cōng
囪 0571.3
從 1081.1
忩 1105.3
怱 1112.3
悤 1129.2
朡 1492.2
樅 1626.2
璁 2074.2
瑽 2074.3
瞛 2221.2
總 2464.3
聰 2536.1
蔥 2688.2
蔥 2710.2
蓯 2710.2
藂 2727.3
蟌 2783.1

鏓 3205.2
鏦 3212.1
驄 3465.3

cóng

从 0162.3
匶 0394.1
叢 0454.3
從 1080.3
悰 1130.1
淙 1808.1
潀 1888.2
灇 1906.2
琮 2063.2
賨 2965.1

còng

愡 1153.3
憁 1158.1
謥 2916.3

còu

奏 0721.3
揍 1286.1
族 1393.2
楱 1599.3
湊 1839.3
簇 2371.2
腠 2565.1
輳 3029.3

cū

怚 1108.3
粗 2385.2
麄 2705.3
犓 2863.3
麁 3556.2
麤 3556.2
麤 3560.3

cú

徂 1069.3
殂 1682.1
酟 3133.3

cù

促 0218.2
倅 0225.3
卒 0416.2
取 0451.3
噈 0547.3
蹴 0547.3
憱 1164.3
戚 1190.2
數 1353.3
棫 1623.3
猝 2004.1
瘯 2144.3
簇 2371.1
縮 2461.3
蔟 2705.3
起 2989.1
趣 2989.2
趨 2990.1
踧 3000.1
蹙 3005.3
蹴 3006.2
蹵 3007.1
蹴 3007.1
酢 3133.3
醋 3138.1

顣 3401.1
黿 3587.2

cuān

攛 1328.1

cuán

巑 0948.3
攢 1329.3
欑 1650.2
菆 2670.1
鑽 3221.2

cuàn

攛 1328.1
爨 1964.3
竄 2333.3
篡 2370.2

cuī

催 0255.1
凗 0331.2
崔 0939.1
摧 1307.1
榱 1614.2
漼 1877.2
磪 2259.1
縗 2458.2
鏙 3211.3

cuǐ

洒 1772.2
漼 1877.2
璀 2074.2
皠 2182.1
趡 2989.3

cuì

倅 0225.3
卒 0416.2
啐 0524.3
崒 0935.3
悴 1130.3
毳 1700.2
淬 1810.2
焠 1927.2
琗 2063.3
瘁 2139.3
稡 2309.2
竁 2333.3
粹 2387.3
綷 2440.3
翠 2507.2
脃 2558.1
脆 2558.2
臎 2572.3
萃 2664.1
襊 2837.1
顇 3394.3

cūn

壿 0645.3
村 1515.3
皴 2184.1

cún

侟 0208.1
存 0782.1
踆 2998.3
郜 3103.1

cǔn

刌 0343.1
忖 1099.1

cùn

寸 0867.1

cuō

差 0962.3
搓 1296.2
撮 1312.3
瑳 2071.1
磋 2254.1
簅 2368.3
襊 2837.1
蹉 3004.1
醝 3139.3

cuó

嵯 0942.1
殌 1686.1
痤 2139.2
瘥 2143.1
矬 2231.1
蔖 2708.3
蒫 3085.2

鄌 3120.1
鹺 3552.2

cuǒ

脞 2562.2

cuò

剉 0220.3
剉 0359.1
剒 0360.2
厝 0440.2
挫 1263.3
措 1271.1
摧 1307.1
昔 1404.3
莝 2660.3
菱 2702.1
銼 3192.3
錯 3194.1
鯌 3513.3
齰 3604.1

D

dā

匒 0388.2
搭 1297.3
搭 1314.1
耷 2528.1
褡 2833.2
鎝 3206.3

dá

呾 0499.1
噠 0548.2
妲 0746.1
怛 1108.3
憏 1141.3
憚 1166.3
沓 1742.3
笪 2350.2
答 2356.1
荅 2653.1
蓬 2712.1
达 3046.1
達 3077.1
闥 3256.2
靼 3366.2
韃 3371.1

dǎ

打 1207.3

dà

大 0660.1

dāi

呆 0487.1
懛 1173.1

dǎi

歹 1680.1

dài

代 0170.3
埭 0610.2
大 0660.1
岱 0930.1
帶 0979.3
待 1070.1
怠 1115.2
戴 1195.2
曃 1450.1
棣 1593.2
殆 1682.1
毒 1694.1
汏 1724.3
玳 2054.3
瑇 2067.3
瘧 2144.3
紿 2417.2
蝳 2774.3
袋 2821.3
襶 2840.1
貸 2959.2
蹛 3006.2
軑 3019.2
迨 3049.3
逮 3069.1
遝 3083.2
遞 3083.2
釱 3171.3
隶 3300.1
隸 3301.3
靆 3345.2
駘 3454.3
黛 3583.3
黱 3585.3

dān

丹 0093.2
儋 0262.3
勯 0383.3
匰 0395.2
單 0535.2
堪 0618.2
妉 0738.1
媅 1144.3
担 1238.3
撣 1313.1
擔 1319.3
殫 1686.3
湛 1841.2
甔 2090.3
癉 2145.3
眈 2206.1
簞 2375.3
耽 2528.1
聃 2529.1
聸 2529.1
禪 2837.1
鄲 3125.1
酖 3132.2

dán

但 0192.3

dǎn

亶 0157.3
啿 0533.3
單 0535.2
抌 1215.1
担 1238.3
撣 1313.1
燀 1953.3
疸 2135.2
癉 2145.3
癚 2146.1
紞 2405.3
胆 2553.3
膽 2574.3
黕 3580.2
黮 3585.2
黵 3586.2

dàn

亶 0157.3
但 0192.3
倓 0226.1
僤 0259.1
啖 0524.3
啗 0528.1
噉 0545.1
嘾 0549.2
嚪 0555.1
壇 0634.1
妲 0746.1
彈 1055.2
惔 1130.3
憚 1166.3
憺 1169.1
擔 1319.3
旦 1401.2
檐 1643.2
淡 1813.1
潭 1887.1
澶 1888.3
澹 1892.2
狚 1997.1
癉 2145.3
禫 2286.2
窞 2329.1
膻 2573.3
萏 2673.3
蛋 2761.2
蜑 2769.3
觛 2864.1
訑 2877.1
詹 2894.1
贉 2974.1
贍 2975.1
醰 3141.3
霮 3341.3
霯 3342.1
髧 3367.3
餤 3431.3
髧 3485.3
鴠 3530.1

dāng

儅 0262.2
璫 2076.2
當 2122.3
簹 2378.1
蟷 2788.3
襠 2838.1
鐺 3217.3

dǎng

党 0283.3
擋 1318.1
攩 1330.3
欓 1651.2
灙 1907.1
讜 2927.3
黨 3584.1

dàng

壋 0634.3
宕 0818.3
崵 0940.3
嵣 0942.3
愓 1145.2
擋 1318.1
檔 1641.3
湯 1846.3
潒 1888.1
璗 2075.1
党 2087.3
當 2123.1
盪 2196.1
碭 2253.2
簜 2372.3
菪 2663.1
蕩 2711.1
藹 2728.3
踼 3002.3
逿 3080.2

dāo

刀 0337.1
叨 0468.2
忉 1098.1
舠 2603.2
裯 2829.2

dǎo

倒 0230.1
壔 0636.1
導 0881.3
島 0933.2
搗 1301.2
擣 1322.3
禂 2281.1
禱 2290.2
蹈 3004.3
隝 3295.1

dào

倒 0230.1
到 0352.3
幬 0988.2
悼 1135.1
敦 1347.1
燾 1962.2
盜 2188.3
稻 2316.1
䆃 2319.1
纛 2478.2
翢 2509.1
翿 2514.3
菿 2670.2
道 3073.1
陶 3283.3

dé

得 1078.3
德 1089.1
悳 1141.1
陟 3271.1

dēng

㲪 1701.3
燈 1952.3
㽅 2090.1
登 2149.1
簦 2375.3
䔲 2713.1
豋 2931.1
蹬 3008.2
鐙 3213.2

děng

戥 1191.2
等 2352.2

dèng

僜 0258.3
凳 0333.3
墱 0629.1
嶝 0945.1
橙 1636.1
瞪 2222.1
磴 2259.2
蹬 3008.2
鄧 3124.2
鐙 3213.3
隥 3297.2

dī

低 0198.2
堤 0618.3
氐 1704.2
滴 1866.1
磾 2259.3
羝 2495.2
袛 2821.3
鍉 3203.2
隄 3286.3
鞮 3369.1

dí

啇 0520.2
嚁 0554.1
嫡 0766.3
敵 1352.2
杓 1524.2
條 1573.3
樀 1619.2
涤 1807.3
滌 1878.3
狄 1994.1
的 2176.3
笛 2350.2
篴 2370.1
籴 2383.2
糴 2393.3
翟 2509.1
苖 2636.3
荻 2662.1
菂 2690.1
蓧 2704.2
蔐 2705.2
藋 2728.3
覿 2859.3
蹢 3006.1
迪 3049.2
適 3084.1
鍉 3203.2
鏑 3210.2
靮 3365.1
頔 3389.3
鬄 3488.2
魡 3506.2
鸐 3549.2

dǐ

坻 0599.3
底 1006.1
弤 1045.1
抵 1245.1
柢 1553.1
氐 1704.2
牴 1986.1
砥 2245.2
觝 2864.1
詆 2886.1
邸 3100.3
阺 3267.1
骶 3473.3

dì

地 0587.3
坔 0607.1
埊 0627.2
墬 0630.3
娣 0754.3
帝 0974.2
弔 1041.3
弟 1043.3
慸 1162.1
揥 1285.2
摕 1306.2
的 1404.3
杕 1516.3
棣 1593.2
泜 1767.3
渧 1834.3
焍 1926.1
玓 2051.2
珶 2061.2
甋 2089.1
疐 2131.1
的 2176.3
睇 2215.3
禘 2283.1
第 2349.3
篴 2372.1
締 2450.1
罤 2481.2
芍 2616.3
菂 2674.2
蒂 2677.2
蔕 2706.3
蝃 2772.3
螮 2781.3
諦 2907.1
踧 3000.1
蹄 3001.3
踶 3002.3
遞 3083.2
遰 3085.2
釱 3171.3
題 3397.1
髢 3485.2
鶙 3547.3

diān

佔 0192.3
傎 0249.2
巔 0948.3
拈 1240.1
掂 1268.1
攧 1329.3
敁 1341.3
滇 1859.1
滇 1859.2
玷 2053.2
瘨 2143.2
癲 2148.3
蹎 3004.2
顛 3399.2
驔 3467.1
齻 3604.2

diǎn

典 0317.2
掂 1268.2
蒧 2698.2
蕇 2714.1
點 3581.2

diàn

佃 0193.2
刣 0346.2
唸 0527.2
坫 0598.2
填 0623.1
墊 0626.2
奠 0725.3
店 1004.3
扂 1201.1
殿 1690.2
淘 1807.2
淀 1808.1
澱 1889.2
玷 2053.2
甸 2109.2
癜 2146.2
簟 2373.2
阽 3265.3
電 3334.3
靛 3358.1
驔 3466.3

diāo

凋 0330.3
刁 0338.1
奝 0725.2
彫 1063.1
敦 1347.1
琱 2067.2
碉 2249.3
虭 2756.3
蛁 2763.2
貂 2943.1
雕 3312.1
鯛 3514.1
鵰 3540.2
鼦 3595.1

diǎo

乚 0120.3
屌 0911.1
鵃 2606.3
釕 3171.1
鳥 3520.1

diào

吊 0478.1
弔 1041.2
掉 1277.2
窵 2333.2
藋 2728.3
誂 2893.2
調 2905.1
釣 3172.1
銚 3188.3
魡 3506.2

diē

爹 1969.3
瞸 2220.3
苵 2646.2
跌 2994.2

dié

佚 0194.1
剟 0363.1
咥 0511.1
啑 0525.1
喋 0534.1
垤 0604.3
堞 0618.2
墆 0627.2
峌 0930.3
嵽 0943.3
惵 1144.3
慴 1157.1
揲 1306.2
昳 1428.3
柣 1550.3
楪 1600.2
殜 1686.1
氎 1702.3
涉 1797.1
渫 1844.1
牒 1974.2
瓞 2083.1
疊 2127.2
碟 2252.2
窒 2328.1
絰 2427.1
耋 2522.2
胅 2554.2
臷 2589.2

牒 2606.1
蜨 2771.3
蝶 2775.1
螲 2780.3
褋 2831.3
褶 2836.1
詄 2885.1
諜 2908.3
跕 2994.1
蹀 3002.1
軼 3021.3
迭 3049.3
鉄 3231.3

dīng

丁 0017.2
仃 0165.2
叮 0467.3
玎 2051.2
疔 2132.1
釘 3170.3
靪 3365.1

dǐng

濎 1868.2
濎 1889.3
耵 2527.3
艼 2613.1
薡 2723.1
酊 3127.3
頂 3381.2
鼎 3589.1

dìng

定 0816.1
椗 1587.3
矴 2239.3
碇 2248.2
訂 2875.1
釘 3170.3
鋌 3193.1
錠 3193.2
顁 3394.3
飣 3422.2

diū

丟 0082.2
丢 0099.1

dōng

冬 0325.1
東 1524.2
涷 1824.1
鶇 2500.1
蝀 2772.1
鶇 3538.3
鼕 3593.1

dǒng

懂 1168.3
董 2687.1
蕫 2711.3

dòng

侗 0208.2
凍 0330.3
動 0379.1
峒 0930.3
崠 0930.3
恫 1118.3
戙 1189.3
挏 1253.1
棟 1590.2
洞 1777.2
湩 1853.1
硐 2246.2
胴 2557.1
衕 2807.2
詷 2891.3
迵 3054.2

dōu

兜 0283.3
唗 0517.3
篼 2372.3

dǒu

兜 0283.3
抖 1213.3
斗 1367.1
料 1533.2
竇 2334.1
蚪 2758.2
鬦 2930.3
陡 3270.1

dòu

投 1221.2
梪 1578.3
浢 1792.2
瀆 1899.3
痘 2138.2
脰 2562.1
荳 2656.3
䛠 2896.3
讀 2924.1
豆 2929.1
豛 2939.2
逗 3056.3
郖 3104.2
酘 3132.3
餖 3429.2
鬥 3490.1
鬭 3491.2

dū

厾 0444.3
督 2216.1
肚 2544.2
裻 2830.1
都 3108.3
闍 3248.1

dú

匵 0395.3
嬻 0771.3
櫝 1645.2
殰 1687.2
毒 1693.3
瀆 1899.3
牘 1975.2
犢 1991.1
獃 2006.1
獨 2011.3
碡 2252.2
䐗 2575.2
薵 2710.3
蝳 2774.2
襡 2838.2
讀 2924.1
讟 2928.1
贕 2975.3
韣 3371.2
韇 3371.3
韥 3376.3
頊 3383.3
頓 3387.2
髑 3475.2
黷 3586.3

dǔ

堵 0609.3
帾 0983.1
睹 2217.2
竺 2347.1
篤 2369.1
肚 2544.1
覩 2856.2
賭 2969.1

dù

土 0582.2
塗 0620.1
妒 0738.1
妬 0745.3
度 1007.1
斁 1351.2
斁 1355.2
杜 1513.2
渡 1835.1
瓄 2078.3
秺 2304.3
肚 2544.1
螙 2778.3
蠹 2794.3
鍍 3201.2

duān

剬 0363.2
端 2342.1
耑 2523.3
觿 2870.3

duán

敦 1347.1

duǎn

短 2229.3

duàn

斷 1377.3
椴 1609.3
段 1687.1
毈 1692.3
煅 1942.3
碫 2254.1
籪 2382.1
緞 2456.1
腶 2567.3
鍛 3205.2

duī

堆 0611.3
搥 1295.3
敦 1346.3
碓 2249.3
磓 2254.1
追 3054.3
䭔 3433.1

duì

兌 0280.2
對 0880.1
對 0946.3
憝 1164.2
憞 1164.3
懟 1173.2
敦 1346.3
曋 1452.3
瀢 1900.1
瀩 1902.3
碓 2249.3
祋 2265.2
薱 2729.1
譈 2917.3
銳 3190.2
錞 3193.3
鐓 3212.2
隊 3285.3
霨 3345.2
黗 3586.1

dūn

墪 0628.1
墩 0628.1
惇 1130.2
敦 1346.3
燉 1951.1
純 2406.1
蹲 3007.2
鐓 3212.2
驐 3466.2

dún

敦 1347.1

dǔn

盹 2206.2
躉 3008.3

dùn

伅 0178.3
囤 0571.3
敦 1347.1
沌 1733.3
炖 1916.3
燉 1951.1
盾 2207.2
稕 2309.2
笹 2348.1
遁 3081.1
遂 3081.1
遯 3085.3
鈍 3173.3
頓 3387.1

duō

咄 0500.1
哆 0512.3
多 0653.3
敠 1350.3
裰 2829.1

duó

凙 0331.3
剟 0360.3
剫 0362.2
喥 0533.2
奪 0726.3
度 1007.1
掇 1273.3
祋 2265.2
踱 3002.1
鐸 3218.1
韣 3371.2

duǒ

嚲 0555.2
垛 0605.1
埵 0611.1
朵 1511.2
爹 1969.3
趓 2987.2
躲 3012.2
軃 3012.3
鬌 3489.1

duò

剁 0354.3
垜 0605.1
墮 0628.1
墯 0630.1
媠 0762.2
嫷 0768.1
嫷 0768.3
嶞 0944.2
惰 1144.3
杕 1517.1
杝 1518.3
柁 1545.2
柮 1550.3
柂 1551.1
沱 1743.2
沲 1766.3
淹 1827.2
簷 2375.3
舵 2604.3
褍 2831.3
跺 2996.2
陀 3260.1
陁 3266.2
陏 3267.3
陊 3269.2
隋 3286.1
飿 3425.3
馱 3451.2
鵽 3539.3
鴕 3597.1
鼉 3604.2

ēi

欸 1653.3

èi

欸 1653.3

ēn

恩 1122.2

ěn

峎 0930.3
眼 2213.1

èn

饐 3433.3

ér

兒 0282.3
唲 0528.3
栭 1562.3
洏 1775.3
濡 1896.1
眲 2214.2
而 2522.1
耏 2523.2
聏 2529.3
胹 2557.1
腝 2575.2
荋 2646.3
輀 3023.1
陑 3267.3
鮞 3511.2
鴯 3535.1

ěr

尒 0895.2
尔 0895.2
栮 1562.2
毦 1699.2
洱 1772.3
爾 1970.2
珥 2055.2
耳 2526.1
衈 2798.2
邇 3094.2
餌 3428.3
駬 3457.2

èr

二 0122.1
佴 0207.1
刵 0351.3
咡 0510.3
樲 1631.1
聑 2529.1
貳 2954.2
鉺 3182.2

E

ē

娿 0744.1
婀 0757.2
妸 0760.1
屙 0913.3
痾 2140.3
阿 3260.2

é

俄 0222.1
吪 0495.1
哦 0520.1
囮 0571.3
娥 0755.3
峨 0932.3
峩 0933.1
涐 1802.3
睋 2216.1
硪 2248.2
莪 2661.1
蛾 2767.3
䖸 2769.3
訛 2881.2
譌 2919.2
額 3391.1
頟 3395.2
鵝 3537.1

ě

婀 0757.2
娿 0760.1
猗 2004.3
騀 3459.1

è

匎 0388.2
厄 0439.1
呃 0487.3
咢 0497.3
咢 0511.1
啞 0525.1
噩 0550.2
堊 0611.1
堨 0619.1
堮 0619.2
崿 0941.1
嶭 0946.2
嶺 0947.3
惡 1139.1
愕 1146.1
戹 1198.2
扼 1217.3
捝 1245.3
搤 1296.2
搹 1297.2
搕 1297.2
曷 1460.1
洝 1771.2
湂 1902.2
砨 2241.2
萼 2685.3
蚅 2759.2
蝁 2771.1
詻 2893.2
諤 2910.1
軛 3019.3
軶 3020.2
遏 3080.2
遌 3080.3
鄂 3114.3
鍔 3203.2
閼 3247.3
阨 3259.3
阸 3260.1
隘 3292.3
頞 3390.2
顎 3398.2
餓 3430.3
餩 3432.2
鬲 3494.1
鰐 3515.1
鱷 3519.2
鶚 3541.3

F

fā

發 2151.3
醱 2219.3

fá

乏 0098.2
伐 0178.3
傠 0247.1
吷 0498.3
垡 0605.2
墢 0629.2
撥 1311.2
栰 1568.1
汎 1725.3
疺 2135.3
筏 2357.1
罰 2484.1
茷 2655.1
閥 3246.2

fǎ

法 1748.1
灋 1905.1

fà

髮 3486.3

fān

反 0448.2
帆 0971.3
幡 0987.2
憣 1167.1
拚 1246.1
旛 1395.3
潘 1887.2
番 2121.3
籓 2379.3
繙 2469.2
翻 2513.3
蕃 2714.2
藩 2730.2
蹯 3008.2
蹞 3008.3
轓 3035.2
飜 3420.3
鱕 3518.2

fán

仉 0175.1
凡 0332.1
墦 0629.2
樊 1625.1
瀿 1904.3
煩 1940.1
燔 1953.3
璠 2075.2
番 2121.3
礬 2261.1
笲 2350.3
繁 2460.1
緐 2469.2
膰 2572.3
蕃 2714.2
薠 2720.1
蘩 2744.1
蠜 2785.3
蟠 2791.1
袢 2819.2
蹯 3377.3
颿 3413.2

fǎn

反 0448.2
䡊 3020.2
返 3048.2
釩 3173.1

fàn

反 0448.2
帆 0971.3
梵 1579.2
氾 1718.1
汎 1725.3
泛 1739.2
犯 1992.3
笵 2349.2
範 2366.2
范 2627.3
販 2952.1
軓 3019.2
軬 3022.1
飯 3425.1

fāng

匚 0393.1
坊 0592.3
妨 0737.3
放 1336.3
方 1379.1
枋 1533.2
汸 1727.3
淓 1824.1
牥 1983.2
芳 2617.1
蚄 2758.2
訪 2878.3
邡 3097.2
鈁 3173.2

fáng

坊 0593.1
妨 0737.3
房 1198.3
方 1380.1
肪 2545.3
防 3258.1
魴 3506.2
鰟 3515.2

fǎng

仿 0175.1
倣 0225.2
彷 1067.1
放 1336.3
旊 1386.2
旊 1389.3
昉 1405.1
瓬 2086.3
紡 2405.2
舫 2603.2
訪 2878.3
邡 3097.2
髣 3485.3

fàng

放 1336.3

fēi

匪 0394.3
妃 0734.1
婓 0758.1
婔 0764.2
扉 1203.3
斐 1366.3
緋 2444.2
菲 2672.2
腓 2673.3
蜚 2773.3
裶 2829.2
霏 3338.3
非 3359.1
飛 3415.1
飝 3420.3
馡 3443.2
騑 3461.1

féi

厞 0440.2
淝 1833.1
痱 2140.3
肥 2546.1
腓 2564.2
蜰 2774.1
蟦 2783.3
裴 2830.1
賁 2955.1

fěi

匪 0394.2
悱 1131.1
斐 1352.2
斐 1366.3
朏 1482.1
棐 1598.2
榧 1616.2
篚 2370.1
翡 2508.3
菲 2672.2
蜚 2773.3
誹 2904.1
陫 3280.1
非 3359.1

fèi

佛 0235.1
剕 0361.3
吠 0487.2
屝 0913.3
廢 1024.3
怫 1107.3
濆 1311.2
昲 1425.1
曊 1452.1
柿 1535.2
柫 1537.3
杮 1542.1
沸 1758.2
濆 1885.2
狒 1996.3
疿 2134.3
痱 2141.1
癈 2145.3
费 2291.3
肺 2547.3
胇 2553.3
膹 2574.1
芾 2619.2
菲 2672.2
蕟 2731.2
費 2955.3
跸 3001.2
鬻 3494.3

fēn

分 0339.3	**fēng**	不 0066.1	福 1600.1	斧 1371.3	鮫 3508.2	鮒 3509.3	**gǎng** 港 1842.1	塙 0622.1	鶊 3538.3
匪 0394.3	丰 0083.2	傅 0247.3	榑 1616.2	柎 1552.1			**gàng**	偞 1083.3	**gěng**
吩 0492.1	夆 0645.2	夫 0699.2	洑 1785.2	父 1968.2	**G**		扛 1212.1	悍 1144.3	哽 0518.1
忿 1103.2	封 0868.2	孚 0784.3	浮 1797.3	甫 2101.1			槓 1616.1	挌 1256.3	埂 0605.3
盼 1408.3	峯 0933.1	浮 0795.3	涪 1808.2	簠 2373.1	**gā**			搿 1286.3	綆 0606.3
棻 1587.3	楓 1583.3	涪 1808.2	滏 1863.1	胕 2555.1	嘎 0547.1		**gāo**	擱 1323.3	梗 1578.3
棼 1593.1	楓 1609.2	專 0870.3	烰 1926.2	脯 2562.1	軋 1404.1		皋 0505.1	格 1566.3	綆 2405.3
氛 1704.1	灃 1905.1	怤 1112.3	楠 1991.1	腐 2563.1	**gà**		橰 1614.1	槅 1616.2	綆 2434.1
紛 2409.1	烽 1926.2	憮 1173.3	玞 2063.1	腑 2564.1	尬 0898.3		橰 1618.2	滆 1858.3	耿 2528.2
翂 2504.2	焨 1950.2	拊 1244.1	畐 2108.3	莆 2656.3	**gāi**		槔 1626.2	灂 1889.3	郠 3104.2
芬 2620.1	犎 1990.1	敷 1352.3	畐 2110.1	蜅 2766.2	侅 0202.3		橋 1637.2	獦 2011.2	骾 3474.2
苯 2687.1	猦 2008.1	專 1394.2	祓 2267.2	輔 3023.3	垓 0602.3		櫜 1645.2	胳 2558.3	鯁 3512.1
蚡 2760.1	瘋 2142.2	柎 1551.3	福 2283.2	鄜 3104.2	姟 0750.3		皋 2180.1	膈 2569.2	**gèng**
裕 2817.3	葑 2678.1	泭 1767.3	符 2351.2	釜 3171.1	峐 0930.2		皐 2180.3	茖 2654.2	垣 0615.3
雰 3333.1	蜂 2768.1	溥 1858.1	籣 2413.1	黼 3266.2	晐 1431.2		睪 2219.3	葛 2686.1	恆 1117.3
餴 3435.1	蘴 2793.1	珜 2052.1	紱 2413.1	頫 3363.3	毃 1687.3		篙 2368.3	蛤 2765.1	緪 2427.1
饙 3435.1	豐 2931.2	砆 2365.3	紼 2434.1	頫 3391.2	胲 2114.3		糕 2391.2	蛒 2765.3	絚 3511.2
鳻 3529.3	逢 3068.1	稃 2241.1	罘 2481.2	鬴 3494.3	賅 2280.1		羔 2494.1	裓 2826.1	鮯 3514.2
fén	鄷 3126.2	稃 2308.3	罦 2482.2	鬴 3586.2	絯 2423.3		膏 2568.1	骼 2870.1	**giàng**
墳 0628.3	鋒 3193.1	笰 2360.1	胕 2555.1	**fù**	胲 2556.3		臯 2587.2	輵 3030.1	匞 0396.1
妢 0740.1	鎽 3209.2	稃 2387.3	胕 2555.1	付 0170.2	荄 2644.1		荅 2674.1	鉻 3178.2	**gōng**
岎 0927.1	風 3404.1	胕 2555.1	芙 2618.3	伏 0179.2	該 2886.3		菒 2704.1	閤 3245.3	供 0207.1
幩 0987.1	飌 3415.3	膚 2569.2	茀 2619.2	偵 0246.1	賅 2962.3		藁 3364.1	隔 3293.1	公 0311.2
枌 1539.2	鳳 3525.1	荴 2657.1	茀 2619.2	傅 0247.3	賅 3267.1		轕 3367.1	革 3364.1	共 0314.3
棼 1593.1	夆 3564.3	荂 2706.3	莩 2635.3	副 0362.2	**gǎi**		骼 3474.2	鞈 3367.1	功 0372.2
汾 1740.1	**féng**	袄 2816.3	符 2641.3	咐 0501.2	改 0615.3		**gǎo**	骼 3474.2	玄 0443.2
濆 1881.3	揰 1301.3	衭 2991.3	茯 2654.1	嘸 0599.3	改 0645.3		暠 1447.3	鮯 3511.3	塨 0622.3
焚 1928.1	梵 1579.2	跗 2994.3	莩 2660.2	坿 0615.3	改 0759.3		杲 1543.3	鴿 3535.2	宮 0832.1
燌 1952.2	氻 1725.3	趺 3098.2	蕧 2673.3	垺 0645.1	**gài**		槀 1611.2	**gě**	工 0952.1
粉 2494.2	渢 1853.3	郛 3119.2	菔 2678.3	埠 0759.3	丐 0066.1		槁 1614.1	合 0478.1	弓 1037.1
羵 2501.2	逢 1863.3	鈇 3173.2	怤 2749.1	峊 0785.1	匃 0386.2		橋 1991.3	哿 0517.2	恭 1121.3
芬 2620.2	縫 2459.2	鮮 3512.3	蚨 2759.3	峊 0852.3	匄 0387.2		槀 2313.2	笴 2349.2	攻 1334.2
蕡 2704.3	逢 3068.1	鳺 3528.3	蜉 2767.2	嶇 1085.3	戠 1191.3		稿 2314.3	舸 2604.3	疘 2132.1
蚡 2712.2	馮 3450.1	鳺 3531.3	蝠 2774.3	戨 1479.2	摡 1287.1		縞 2458.2	**gè**	紅 2395.2
蚡 2760.1	**fěng**	鴩 3562.2	袚 2822.3	拊 1552.1	概 1626.2		菒 2671.2	个 0083.1	肱 2546.1
鼢 2761.1	唪 0525.1	鳺 3563.1	袱 2997.1	掊 1888.2	槩 1626.3		藁 2725.3	個 0233.1	蚣 2760.1
豶 2941.3	泛 1739.2	**fú**	踾 3002.3	捬 1968.1	溉 1845.3		**gào**	各 0483.2	觵 2871.2
豮 2955.1	覂 2850.2	伏 0179.2	軴 3026.1	拊 2137.1	溉 1878.3		告 0496.1	咯 0512.3	訟 2879.2
輵 3035.1	諷 2910.3	佛 0190.1	輻 3029.3	拊 2277.3	盖 2187.2		袴 2280.2	浩 1802.1	躬 3012.1
隫 3295.2	**fèng**	俘 0220.2	襆 3037.1	拊 2333.1	蓋 2697.2		膏 2568.1	硌 2246.2	躳 3012.3
頒 3388.3	俸 0226.3	偪 0238.2	邪 3106.1	拊 2376.1	蓋 2458.3		誥 2898.2	箇 2363.3	舡 2865.1
馚 3443.3	奉 0717.2	刜 0346.2	鉗 3181.3	拊 2458.3	**gān**		郜 3106.2	鉻 3188.3	釭 3171.3
鼖 3508.2	桻 1583.3	匐 0388.1	鎃 3193.3	拊 2567.1	乾 0116.3		**gē**	**gèn**	龔 3616.3
蕡 3566.2	縫 2459.3	咈 0498.3	歓 3367.1	拊 2663.2	坩 0598.1		仡 0174.3	根 1563.1	**gǒng**
蕡 3593.1	葑 2678.1	咐 0501.2	歑 3373.2	拊 2688.2	奸 0733.3		割 0363.2	跟 2995.3	碧 2245.3
黂 3594.3	賵 2972.2	嘸 0598.1	馥 3458.1	拊 2716.2	尷 0900.2		咼 0500.1	**gèn**	**gǒng**
fěn	風 3404.2	垺 0599.1	騑 3487.1	拊 2763.2	尷 0900.3		哥 0516.3	亙 0147.3	共 0314.3
弅 1035.3	鳳 3525.1	垺 0605.1	魗 3512.3	拊 2765.3	干 0988.1		戈 1182.1	互 0147.3	廾 0431.2
扮 1221.1	**fó**	垺 0606.2	鮄 3515.1	拊 2777.1	忓 1099.3		扢 1213.2	艮 2607.1	廾 1034.1
粉 2384.1	佛 0190.1	夫 0699.2	鳧 3522.3	拊 2777.2	杆 1512.3		擱 1323.2	茛 3??.?	鞏 1249.1
fèn	弗 0928.2	孚 0784.3	鳧 3536.1	拊 2790.1	柑 1547.1		格 1566.3	**gēng**	拱 1251.3
份 0183.1	**fōu**	宓 0812.2	鵬 3540.1	拊 2832.2	泔 1757.2		榒 1606.1	埂 0605.3	拲 1257.1
僨 0258.1	不 0066.1	市 0967.1	鵩 3541.3	拊 2850.3	淦 1832.1		歌 1657.2	庚 1004.3	拱 1562.2
分 0339.3	衃 2406.3	帗 0972.3	鴂 3586.1	拊 2875.1	玕 2051.1		滒 1858.1	姟 1340.1	珙 2055.2
坋 0594.1	虾 2798.2	幅 0984.1	鼓 3593.2	拊 2948.1	疳 2086.3		牁 1971.3	更 1458.3	蛩 2763.3
墳 0628.3	**fóu**	弗 1042.2	**fǔ**	拊 2968.3	甘 2091.3		犵 1993.3	橄 1624.1	巷 2763.3
奮 0728.1	虾 2759.2	彿 1069.2	俌 0212.3	拊 2973.1	矸 2134.3		胳 2544.2	浭 1792.3	輁 3023.1
忿 1105.2	**fǒu**	怫 1107.3	俛 0222.2	拊 2983.2	矼 2240.1		胳 2558.2	畊 2110.2	鞏 3366.3
憤 1165.2	不 0066.1	患 1110.3	俯 0225.3	拊 3031.1	竿 2347.2		袼 2822.3	稉 2306.3	鞏 3564.1
拚 1246.1	否 0485.1	扶 1215.1	府 0492.1	拊 3205.1	笴 2360.1		鴿 3535.1	鶊 2427.1	鞏 3564.2
濆 1903.1	瓵 2087.1	拂 1234.2	弣 0550.1	拊 3257.1	肝 2543.3		**gé**	絚 2451.1	**gòng**
焚 1928.1	缶 2478.1	服 1535.2	拊 1005.2	拊 3266.2	虷 2757.2		假 0240.3	羹 2501.3	供 0207.1
糞 2392.3	缹 2479.1	枎 1548.3	捬 1045.1	拊 3443.2	蚶 3506.2		嗝 0541.2	耕 2523.3	共 0314.3
膹 2573.3	瓵 2479.1	枹 1551.2	㧱 1243.3	拊 3455.1	**gǎn**		噶 0550.3	賡 2965.1	恐 1121.2
賁 2955.1	**fū**	柫 1567.3	撫 1314.3		感 1149.2				筻 2357.1
		桴 1581.2

玒 2504.1
貢 2950.2
贑 2976.2
gōu
冓 0321.3
勾 0386.1
區 0397.1
句 0471.1
拘 1243.1
枸 1551.2
構 1615.1
溝 1857.2
篝 2369.1
簼 2379.3
緱 2450.2
朐 2605.1
觧 2606.2
褠 2833.2
軥 3022.1
鉤 3179.3
韝 3370.2
鞲 3376.1
鴝 3531.1
gǒu
岣 0929.2
枸 1551.2
狗 1997.2
笱 2351.2
耇 2521.3
苟 2640.2
蚼 2763.2
gòu
[illegible] [illegible]47.2
冓 0321.3
勾 0386.1
區 0397.1
句 0471.1
呴 0501.2
垢 0605.1
夠 0658.1
够 0658.1
姤 0753.2
媾 0765.3
彀 0795.3
㝅 1055.1
怐 1110.1
搆 1296.3
構 1615.1
茩 2655.2
覯 2858.3
訽 2886.1
詬 2893.2
講 2912.1
購 2972.3
遘 3081.3
雊 3311.1
gū
咕 0498.3
呱 0501.2
唃 0537.2
姑 0744.1
嫴 0768.2
孤 0787.2
家 0836.3
柧 1554.2
榾 1635.1
沽 1758.1
泒 1768.1
皋 2180.1
箍 2362.3
箛 2363.1
罛 2482.1
胍 2555.2
苽 2642.1
菰 2671.1
菇 2674.2
蛄 2762.3
觚 2864.1
軱 3022.1
辜 3038.1
酤 3133.2
鍏 3213.2
鴣 3530.1
gǔ
估 0187.2
古 0458.1
姑 0744.2
愲 1154.3
扢 1213.1
榖 1613.1
榾 1614.3
汩 1738.2
淈 1827.1
滑 1860.3
濲 1899.3
牯 1985.3
猾 2003.3
盬 2196.3
瞽 2222.2
穀 2313.2
罟 2481.3
羖 2494.2
股 2547.1
苦 2631.3
蓇 2699.3
蠱 2794.2
角 2862.2
詁 2883.1
谷 2928.1
賈 2961.2
轂 3031.2
鈷 3177.2
餶 3433.2
骨 3471.1
鵠 3536.2
鶻 3545.1
鼓 3591.1
鼔 3593.1
gù
估 0187.2
僱 0257.1
告 0496.2
固 0572.1
堌 0611.1
崮 0938.1
崓 0938.2
故 1340.1
梏 1582.1
牿 1988.3
痼 2140.3
稒 2310.1
錮 3198.1
雇 3303.1
顧 3401.1
鯝 3514.1
guā
刮 0354.2
劀 0365.2
栝 1566.1
瓜 2081.1
苦 2653.2
騧 3463.1
鴰 3535.2
guǎ
剮 0361.3
寡 0857.1
歺 1680.1
guà
卦 0432.2
挂 1251.1
掛 1269.3
絓 2424.1
罣 2482.1
褂 2828.2
詿 2890.1
guāi
乖 0099.1
緺 2449.2
guǎi
拐 1239.3
枴 1550.3
罫 2482.2
guài
怪 1108.1
[illegible] 3477.2
guān
倌 0224.3
冠 0322.1
官 0820.2
擐 1319.2
棺 1587.3
瘝 2142.1
矜 2225.2
綸 2445.1
莞 2656.2
觀 2859.3
関 3244.2
關 3253.1
鰥 3516.1
guǎn
悹 1129.3
斡 1370.3
琯 2063.2
痯 2139.3
筦 2357.1
管 2361.1
脘 2559.3
舘 2600.3
蘿 2745.2
輨 3026.2
錧 3193.3
館 3431.1
guàn
丱 0092.2
串 0092.2
冠 0322.1
慣 1158.1
懽 1181.1
摜 1307.2
棺 1588.1
毌 1692.3
涫 1808.1
灌 1905.1
爟 1964.2
瓘 2081.3
盥 2196.1
矔 2224.2
祼 2280.3
罐 2480.3
藿 2745.2
觀 2860.1
貫 2952.1
鑵 3221.1
闗 3253.2
雚 3315.2
鱹 3519.3
鸛 3550.2
guāng
侊 0208.2
光 0275.1
桄 1564.2
洸 1777.1
胱 2557.1
黋 3575.2
guǎng
廣 1017.3
廣 1023.3
獷 2015.2
guàng
俇 0222.2
廣 1018.1
桄 1564.2
横 1645.2
逛 3068.3
guī
傀 0245.3
圭 0587.1
媯 0761.3
嫢 0766.2
嵬 0942.3
嶲 0947.3
廆 1015.3
摫 1304.3
槼 1620.2
櫰 1647.1
歸 1677.3
洼 1772.1
珪 2055.1
珂 2055.3
瑰 2073.2
瓌 2081.1
皈 2180.1
瞡 2220.3
窐 2327.3
袿 2822.1
規 2854.3
邽 3102.3
閨 3244.2
騩 3463.3
鮭 3511.1
龜 3617.1
guǐ
佹 0209.3
匭 0394.3
厬 0442.3
垝 0604.3
姽 0753.2
宄 0799.3
巻 0930.3
庋 1003.2
庪 1008.3
恑 1120.3
晷 1442.2
朹 1506.1
桅 1566.2
氿 1718.3
洈 1783.1
湀 1845.3
癸 2149.1
祪 2279.1
簋 2372.1
蛫 2765.3
螝 2785.3
觤 2870.1
詭 2892.3
軌 3017.2
[illegible] 3188.3
陒 3269.1
鬼 3495.1
guì
劌 0366.2
劊 0366.2
垝 0604.3
嶡 0945.1
撅 1310.2
攰 1333.2
攱 1333.2
桂 1559.3
槶 1635.1
檜 1643.1
櫃 1644.2
炅 1917.2
癐 2146.2
皻 2184.1
瞶 2222.2
禬 2289.3
簂 2372.2
襘 2838.2
貴 2957.1
趹 2992.2
跪 2996.1
鐀 3213.3
鞼 3371.2
鱖 3518.1
鴂 3535.1
gǔn
丨 0083.1
卷 0435.3
混 1828.2
滾 1866.3
硍 2249.2
緄 2444.2
蓘 2705.2
袞 2816.1
裷 2828.1
輥 3027.2
鮌 3508.2
鯀 3512.3
gùn
棍 1596.1
琯 2063.2
睔 2217.2
guō
嘓 0547.2
堝 0611.1
墎 0619.2
崞 0935.2
活 1782.1
渦 1852.2
瘑 2141.3
緺 2449.2
聒 2529.3
蝸 2772.1
蟈 2782.3
過 3078.3
鍋 3203.2
guó
國 0573.2
埻 0607.2
幗 0986.1
摑 1306.3
漍 1900.2
膕 2572.1
蔮 2708.3
菰 2709.2
虢 2755.3
馘 3439.2
guǒ
惈 1135.3
果 1543.3
椁 1588.2
槨 1619.2
猓 2005.3
菓 2671.3
蜾 2772.3
裹 2827.3
輠 3027.2
錁 3197.1
粿 3563.2
guò
濄 1887.1
過 3078.3

H

hā
哈 0512.2
hǎ
哈 0512.2
hāi
咍 0501.3
咳 0510.2
嗨 0543.1
hái
咳 0510.2
孩 0791.3
骸 3474.1
hǎi
海 1802.3
醢 3139.3
hài
亥 0153.3
嗐 0543.1
害 0835.2
[illegible] 1116.3
絯 2423.3
豥 2937.3
駭 3456.1
駴 3458.2
hān
哈 0519.3
[illegible] 0861.3
憨 1168.1
歛 1660.3
蚶 2762.3
谽 2929.1
酣 3132.3
頇 3383.1
鼾 3596.3
hán
函 0336.2
含 0495.2
唅 0519.3
㖤 0526.2
圅 0572.3
寒 0850.1
岭 0932.1
幹 0999.1
晗 1436.3
椷 1601.1
汗 1719.3
浛 1801.1
涵 1824.2
涵 1827.1
澏 1860.2
琀 2063.1
筨 2360.1
甝 2755.2
虷 2757.2
蜬 2772.2
蟨 2777.3
邗 3096.3
邯 3099.3
韓 3373.2
䮧 3463.3
鶾 3545.1
hǎn
厂 0439.1
喊 0537.3
嚂 0553.2
檻 1644.1
焊 1926.1
罕 2480.1
蔊 2705.3
闞 3256.1
鬫 3491.2
hàn
含 0495.2
唅 0519.3
忓 1099.1
悍 1126.3
感 1149.2
憾 1168.3
扞 1211.3
捍 1260.3
撼 1317.3
旰 1404.1
旱 1404.2
暵 1449.3
汗 1719.3
汵 1757.2
浛 1801.1
漢 1869.3
瀚 1901.3
焊 1926.2
熯 1949.1
皯 2176.3
睅 2215.3
翰 2511.1
菡 2671.1
蔊 2698.3
蛿 2773.2
螒 2778.3
釬 3171.2
銲 3192.2
閈 3236.1
雗 3315.2
頷 3394.1
顄 3394.3
頜 3395.1
顑 3397.1
顉 3400.3
駻 3451.1
馯 3458.3
鶾 3463.3
hāng
夯 0710.1
炕 1915.2
航 2603.3
háng
吭 0487.1
斻 1386.2
杭 1533.2
桁 1568.1
䀪 2214.3
笐 2357.1
肮 2545.3
航 2605.3
苀 2617.1
蚢 2758.2
行 2799.1
衍 2806.1
迒 3046.2
頏 3386.1
魧 3506.2
hàng
桁 1568.1
沆 1727.3
蚢 2758.2
行 2799.2
hāo
嚆 0550.3
茠 2654.3
蒿 2692.2
藃 2719.1
薅 2725.2
鎒 3208.2
háo
号 0467.3
嗥 0542.2
嘷 0547.3
嚎 0553.1
壕 0636.1
㩝 1322.2
毫 1699.2
濠 1894.2
獔 2009.2
皐 2180.2
號 2753.1
蠔 2790.2
譹 2922.3
豪 2937.3
諕 2903.3
hǎo
好 0734.2
郝 3104.1
hào
号 0467.3
[illegible] 0594.1
好 0734.2
昊 1405.2
晧 1436.3
暠 1447.2
浩 1802.1
滈 1856.1
澔 1888.2
灝 1907.2
皓 2181.2
皜 2181.3
皞 2181.3
耗 2524.3
蒿 2716.3
薃 2725.3
號 2753.1
鄗 3117.3
鎬 3206.1
顥 3402.3
鰝 3515.3
hē
何 0187.3
呵 0498.1
喝 0535.1
欱 1653.1
苛 2630.1
訶 2882.3
阿 3260.2
hé
何 0187.2
洛 0329.2
劾 0375.3
合 0478.2
咼 0500.1
和 0502.2
嗑 0541.1
垎 0604.3
害 0835.3
廅 1017.1
挌 1257.1
曷 1460.1
朅 1471.3
核 1559.2
柗 1565.3
槅 1616.2
毼 1701.1
河 1753.1
洽 1779.3
涸 1829.1
渮 1841.2
[illegible] 1890.1
狢 2001.1
皬 2181.3
盇 2186.3
盉 2187.2
盒 2188.3
礉 2260.2
禾 2292.1
粭 2383.3
紇 2400.3
翮 2511.1
荷 2661.2
蝎 2776.3
覈 2852.3
貉 2943.3
貈 2944.1
輅 3023.2
郃 3103.3
閡 3244.2
闔 3252.1
鞨 3369.1
餲 3432.3
骱 3473.2
䯨 3475.1
鶡 3541.2
齃 3595.1
齕 3602.1
龢 3620.1
hè
何 0187.3
和 0502.3
喝 0535.1
嗃 0540.1
嚇 0553.2
壑 0637.2
愒 1145.3
暍 1447.1
渴 1851.1
熇 1945.2
猲 2007.3
矐 2182.3
翯 2512.1
荷 2661.2
葛 2686.1
蔙 2704.2
褐 2832.1
謞 2911.2
賀 2959.3
赫 2981.1
輵 3030.1
隺 3301.1
鵠 3536.2
鶴 3543.1
鶮 3549.3

hēi
黑 3577.1
hén
拫 1252.3
痕 2137.3
鞎 3367.1
hěn
佷 0208.2
很 1071.3
狠 2000.3
hèn
恨 1118.2
hēng
亨 0153.3
哼 0517.2
脝 2559.3
héng
佷 0208.2
姮 0751.2
峘 0930.2
恆 1117.3
恒 1118.2
桁 1568.1
横 1632.3
珩 2060.2
胻 2558.3
衡 2810.1
䯒 3474.2
hèng
横 1632.3
hōng
吽 0492.1
哄 0510.3
渹 1853.1
瀇 1903.2
烘 1919.3
砿 2246.3
翝 2513.1
薨 2723.1
訇 2875.2
谾 2929.1
輷 3031.1
轟 3036.2
鍧 3205.2
魟 3506.1
hóng
吰 0487.3
宏 0812.1
嶸 0946.3
巆 0948.1
弘 1042.3
彋 1057.3
汯 1734.2
泓 1759.1
洪 1773.1
浲 1783.2
浤 1786.2
渱 1852.2
硡 2254.1
竑 2337.3
篊 2365.3
紅 2395.1
紘 2406.3
紭 2413.1
耾 2529.1
葓 2674.3
葒 2690.1
蕻 2720.1
𧈪 2757.1
虹 2757.2
谹 2928.3
鉷 3182.2
閎 3241.3
䧆 3268.1
降 3268.2
鞃 3366.1
䫹 3414.3
䲨 3523.2
鴻 3532.3
黌 3575.3
hǒng
哄 0511.1
嗊 0540.3
hòng
港 1842.2
澒 1881.2
蕻 2720.1
虹 2757.2
訌 2876.1
鬨 3491.1
閧 3491.2
鴻 3533.1
hōu
齁 3596.3
hóu
侯 0215.2
喉 0538.2
猴 2008.2
瘊 2143.1
睺 2219.3
篌 2368.1
糇 2391.1
翭 2511.1
腂 2567.3
䙈 2832.3
鄇 3115.2
銗 3189.1
鍭 3205.1
餱 3433.1
鯸 3515.2
䳧 3542.1
hǒu
吼 0488.1
吽 0492.1
呴 0501.2
㖃 0513.2
犼 1986.3
㸸 1987.1
hòu
候 0233.1
厚 0440.1
后 0484.1
㖃 0513.2
堠 0619.2
後 1072.1
翭 2511.1
豞 2935.1
逅 3056.1
郈 3104.1
鱟 3519.1
hū
乎 0098.3
呼 0500.2
唿 0528.1
嘑 0547.1
垀 0599.3
幠 0987.3
忽 1105.3
惚 1136.1
惡 1139.2
戲 1194.2
昒 1415.3
曶 1460.1
歑 1660.1
武 1669.2
淴 1833.2
滹 1877.1
膴 2572.3
芋 2615.3
芴 2622.1
虍 2746.1
虖 2750.1
謼 2916.2
hú
喖 0534.1
囫 0571.3
壺 0642.1
弧 1045.1
抇 1220.1
搰 1300.1
㪶 1369.2
斛 1369.3
槲 1626.2
汩 1738.2
湖 1842.2
瀫 1901.3
狐 1998.3
猢 2006.3
瑚 2068.2
瓠 2083.2
糊 2390.3
縠 2456.3
胡 2548.1
葫 2678.2
蔛 2709.3
號 2753.2
蝴 2774.3
螜 2778.1
衚 2808.1
觳 2870.3
醐 3138.3
鍸 3192.3
餬 3432.1
餬 3432.3
鬍 3489.2
鰗 3506.2
鵠 3536.3
鶘 3541.1
鶻 3545.2
hǔ
俿 0232.1
唬 0526.2
滸 1866.2
琥 2066.3
虎 2746.1
許 2880.1
hù
互 0147.1
冱 0325.3
嗀 0539.3
嘑 0547.1
婟 0760.2
嫭 0766.3
嫮 0767.3
寣 0858.2
岵 0928.1
怙 1107.1
惆 1135.3
户 1197.1
戽 1198.3
扈 1202.2
摢 1306.3
擭 1323.3
昈 1405.2
枑 1537.3
楛 1600.3
沍 1734.2
滬 1811.1
滬 1867.1
濩 1897.1
瓠 2083.2
祜 2267.1
笠 2348.1
笏 2348.3
綔 2433.3
臛 2575.3
芐 2616.1
蔰 2705.3
豰 2941.1
護 2922.3
鄠 3119.3
雇 3303.1
䕶 3359.3
韄 3371.3
頀 3381.3
鳸 3528.3
huā
花 2622.1
華 2664.3
huá
划 0344.2
咶 0512.3
找 1217.2
搳 1295.3
撶 1309.3
滑 1860.3
猾 2009.1
華 2664.3
螖 2779.2
譁 2919.2
豁 2929.2
鋘 3171.3
鍸 3192.3
鏵 3213.3
驊 3466.3
鮭 3516.1
huǎ
蘳 2744.3
huà
劃 0365.2
化 0388.1
嫿 0768.2
摦 1306.1
杹 1542.1
槬 1623.3
樺 1636.1
澅 1884.2
畫 2118.1
稞 2310.1
繣 2469.1
華 2665.1
觟 2864.3
話 2892.1
huái
佪 0208.3
褱 0948.1
懷 1174.2
槐 1617.3
櫰 1647.1
淮 1833.2
瀤 1901.1
蘹 2744.3
褢 2833.1
褱 2833.2
踝 3000.1
huài
壞 0638.1
huān
嚾 0558.1
懽 1181.1
歡 1660.3
犿 1994.1
獾 2018.1
貛 2500.3
臛 2576.3
蠸 2788.3
貛 2941.3
貆 2946.1
讙 2927.2
驩 3470.2
鴅 3529.3
鸛 3550.2
huán
圜 0582.2
垸 0605.2
寰 0862.3
峘 0930.2
桓 1561.2
梡 1577.1
汍 1725.3
洹 1772.2
澴 1891.3
狟 1997.1
環 2076.3
瓛 2081.3
綄 2433.3
荁 2646.1
萑 2674.1
豩 2939.2
豲 2941.1
貆 2943.3
轘 3036.1
還 3093.3
鍰 3203.3
鐶 3218.2
闤 3256.3
鬟 3490.1
䴉 3549.1
huǎn
攌 1327.1
暖 1446.2
澣 1889.1
睆 2215.2
緩 2454.3
鯇 3512.1
huàn
喚 0538.2
圂 0573.1
奐 0723.2
宦 0829.1
幻 0999.3
患 1128.2
換 1294.2
擐 1319.2
㬇 1447.1
槵 1625.1
浣 1785.3
渙 1853.2
漶 1877.1
煥 1942.3
㹕 1991.1
疾 2132.2
瘓 2142.2
眩 2211.1
豢 2937.3
轘 3036.1
逭 3068.3
鯇 3563.1
huāng
巟 0951.1
慌 1154.1
潢 1869.2
皇 2177.2
肓 2543.2
朚 2569.2
荒 2642.3
衁 2798.2
謊 2891.3
huáng
偟 0246.1
凰 0333.2
喤 0538.2
徨 1086.2
惶 1146.3
揘 1295.2
湟 1854.1
潢 1869.2
煌 1942.3
熿 1951.2
璜 2075.1
磺 2260.1
篁 2368.1
簧 2373.1
艎 2606.1
葟 2689.2
蝗 2777.2
蟥 2783.3
趪 2990.3
遑 3081.1
鍠 3205.2
鐄 3213.3
隍 3292.3
餭 3433.1
騜 3461.3
鰉 3515.1
鷬 3542.1
黃 3566.1
huǎng
幌 0985.1
怳 1109.1
恍 1118.3
慌 1154.1
旐 1395.3
晃 1435.1
朚 1492.2
櫎 1645.2
洸 1777.1
潢 1869.2
熀 1946.2
熿 1951.2
爌 1962.3
皝 2181.3
芒 2614.2
茪 2639.1
謊 2912.3
huàng
晃 1435.1
榥 1617.1
滉 1860.3
潢 1869.2
huī
噅 0531.1
嘒 0550.1
徽 1092.2
恢 1117.2
悝 1127.1
戲 1194.2
挼 1263.2
揮 1285.2
撝 1286.1
㩓 1313.3
擂 1325.1
暉 1445.2
楎 1599.2
灰 1913.2
煇 1938.1
獋 2006.1
眭 2213.1
睢 2217.3
翬 2510.2
虺 2757.1
褘 2831.3
詼 2891.1
豗 2934.2
輝 3029.1
鑴 3221.2
隳 3300.1
鰴 3517.1
麾 3565.3
huí
佪 0208.3
回 0568.3
廻 1033.3
徊 1071.3
恛 1119.1
洄 1779.2
茴 2650.1
蚘 2759.1
蛕 2764.3
蛔 2765.1
迴 3053.3
huǐ
悔 1127.3
檓 1643.3
毀 1691.2
毇 1692.2
烜 1919.2
焜 1926.1
燬 1962.1
磈 2252.2
蘬 2744.3
虫 2756.1
虺 2757.1
蛕 2764.3
螝 2779.3
huì
匯 0395.1
卉 0416.1
喙 0538.1
嘒 0545.3
噦 0551.2
壞 0638.1
嶒 0946.1
彗 1059.1
彙 1059.2
恚 1121.1
惠 1138.1
慧 1160.2
憓 1165.3
晦 1437.1
會 1469.2
檜 1620.1
沬 1747.3
洃 1753.1
潓 1881.3
濊 1889.3
熭 1949.2
痗 2139.3
瘣 2143.3
禬 2289.3
稅 2306.2
穢 2319.3
篲 2371.3
繢 2469.2
繪 2472.3
翽 2514.3
䎚 2515.3
芔 2616.2
蔧 2706.1
蕙 2712.2
薉 2723.1
薈 2723.2
蟪 2783.3
誨 2898.2
諱 2909.1
譓 2918.1
譿 2919.2
譮 2924.1
賄 2963.1
鏸 3213.1
闠 3256.1
靧 3364.1
頮 3394.1
顪 3403.1
hūn
㑮 0235.2
㖧 0534.2
婚 0761.1
婫 0762.3
惛 1136.2
惽 1145.1
昏 1416.2
昬 1421.3
棔 1597.3
殙 1686.1
涽 1833.1
湣 1845.2
焄 1927.1
葷 2677.3
閽 3249.3
hún
昆 1407.2
楎 1599.1
渾 1837.3
琿 2067.3
餛 3432.1
餫 3432.3
䮝 3461.2
魂 3498.1
鯶 3514.2
鼲 3595.2
hǔn
婫 0760.2
眃 2206.1
hùn
俒 0211.1
倱 0233.1
圂 0573.1
慁 1155.3
掍 1277.2
棍 1596.1
混 1828.2
渾 1838.1
溷 1861.3
焜 1927.3
諢 2907.3
顐 3397.1
huō
掝 1271.2
豁 2929.1
騞 3461.2
huó
佸 0209.2
姡 0753.2
活 1782.1
huǒ
伙 0175.3
夥 0660.1
火 1908.1
huò
剨 0363.2
呼 0500.2
嚯 0549.2
嚄 0551.1
奯 0728.1
彟 1060.3
惑 1141.1
㦜 1166.2
或 1189.2
捇 1258.1
掝 1271.2
擭 1323.3
攉 1327.1
旤 1396.3
檴 1644.2
湱 1853.1
漷 1866.2
濊 1889.3
濩 1896.3
瀖 1901.3
獲 2014.2
瓁 2078.2
瓠 2083.2
瓡 2084.1
瞁 2220.3
矆 2223.3
矐 2224.2
謋 2913.1
曤 2224.3
矱 2232.3
禍 2285.2
穫 2320.1
窢 2328.3
臛 2569.1
艧 2607.1
蒦 2704.1
藿 2735.3
藿 2745.3
蠖 2790.3
諕 2903.3
豁 2929.1
貨 2954.1
鑊 3219.3
雘 3318.3
霍 3338.3
靃 3349.2
韄 3371.3

J

jī
丌 0058.1
乩 0115.3
倚 0228.3
其 0316.2
几 0332.1
刉 0345.2
剞 0360.3
唧 0518.2
嘰 0550.2
圾 0595.1
基 0613.2

墼 0635.1
奇 0719.2
要 0741.2
姬 0755.1
居 0905.2
屐 0912.2
嵇 0941.3
幾 1002.3
撃 1285.1
擊 1320.2
期 1487.2
朞 1488.1
机 1505.3
枅 1535.1
枅 1563.1
棋 1591.1
機 1638.2
櫅 1644.1
毄 1690.2
激 1893.1
璣 2075.3
畸 2125.3
畿 2126.1
磯 2260.1
禨 2287.3
稘 2310.1
稽 2314.3
積 2316.3
笄 2347.3
筓 2352.2
箕 2364.1
緝 2454.2
績 2462.2
羇 2489.1
羈 2489.1
肌 2543.2
芨 2622.1
茭 2642.3
萁 2670.1
虀 2745.2
襀 2835.3
觭 2870.2
諆 2903.2
譏 2920.1
資 2960.3
賷 2972.3
躋 3009.2
迹 3051.1
錤 3194.1
鐖 3214.1
隔 3293.1
隮 3298.1
雞 3315.2
鞿 3367.3
鞿 3371.2
韲 3377.2
飢 3422.3
饑 3435.3
飢 3473.1
鷄 3545.3
齊 3597.2
齌 3600.3
齎 3601.3

jí

亟 0148.2
伋 0185.1
佶 0205.2
即 0435.1
卽 0437.2
及 0451.1
吃 0478.1
唶 0525.3
圾 0595.1
堲 0605.3
塉 0621.3
姞 0751.1
嫉 0764.1
岌 0925.3
彶 1099.2
急 1112.3
慽 1125.3
愱 1135.1
戢 1191.1
扱 1212.3
揖 1290.2
极 1523.2
棘 1586.3
極 1593.3
楫 1604.1
楖 1609.3
槉 1614.2
檝 1642.1
殛 1685.3
汲 1724.3
湒 1865.2
潗 1888.1
濈 1890.1
狤 2000.2
疾 2136.1
瘠 2144.1
皀 2176.2
笈 2348.1
籍 2378.2
級 2407.1
緝 2454.2
耤 2525.2
芀 2613.1
蒺 2693.1
蕀 2712.3
蕺 2723.1
藉 2726.1
蝍 2767.1
蠀 2781.2
襋 2836.3
谻 2928.3
踖 2999.1
蹐 3004.2
輯 3030.1
躤 3036.2
集 3307.2
霰 3345.1
革 3364.1
鞊 3511.2
鵖 3547.1

jǐ

己 0963.1
幾 1003.1
戟 1190.3
掎 1272.1
撠 1309.2
擠 1322.2
棘 1586.3
泲 1767.3
濟 1894.3
穖 2319.2
紀 2399.3
給 2427.2
脊 2555.3
蟣 2786.2
踦 2999.2
麂 3556.1
麿 3557.2

jì

伎 0175.3
偈 0244.2
其 0316.2
冀 0319.3
劑 0371.1
勣 0382.1
吉 0472.3
嚌 0553.1
塈 0618.3
妓 0738.2
季 0790.2
家 0819.1
宗 0830.2
寄 0846.1
寂 0847.2
垄 0930.3
幾 1003.1
彐 1059.1
徛 1078.1
忌 1100.2
悸 1135.3
惎 1140.3
憿 1169.3
懠 1172.3
懻 1177.2
技 1217.1
旡 1396.1
既 1396.2
旣 1396.2
曁 1447.1
棘 1586.3
稷 1617.1
檕 1640.1
檵 1645.1
毄 1690.2
洎 1785.2
湒 1850.3
漈 1878.2
濟 1894.3
瀱 1904.1
猤 2007.2
痵 2141.1
癠 2146.3
祭 2279.2
禨 2287.3
穊 2311.1
稷 2315.3
穄 2318.2
穧 2318.2
穧 2320.1
紀 2399.2
紒 2409.3
結 2424.2
繼 2474.1
繫 2477.2
罽 2485.3
膌 2564.3
臮 2587.3
芰 2619.2
葪 2658.1
蔇 2680.2
薊 2689.1
薊 2723.3
薺 2726.1
蘮 2743.3
蘻 2745.1
襀 2826.3
計 2873.3
覬 2858.3
記 2876.1
誋 2897.3
資 2960.3
跡 2995.1
跽 2998.2
蹟 3006.2
躋 3010.3
近 3047.3
際 3294.3
霽 3345.1
騎 3460.1
騹 3463.1
驥 3470.1
髻 3487.2
鬠 3490.2
鯽 3515.1
鰿 3516.2
鱀 3517.1
鰶 3519.2
鶺 3542.1
齊 3597.2
齌 3600.3

jiā

佳 0203.2
俠 0214.2
傢 0246.2
加 0373.3
咖 0517.2
嘉 0543.1
夾 0716.1
家 0836.2
岬 0928.3
挾 1258.2
枷 1549.1
梜 1580.1
椵 1603.3
泇 1762.2
浹 1793.1
猳 2007.1
珈 2053.1
痂 2135.2
笳 2350.2
筴 2357.3
葭 2367.2
耞 2525.2
茄 2636.1
葭 2680.2
袈 2821.3
豭 2940.1
貑 2945.2
跏 2994.2
迦 3050.1
鞈 3373.2
鴐 3531.3
麚 3557.1
麚 3559.1
齣 3602.2

jiá

圿 0594.1
夾 0716.1
恝 1101.1
戛 1190.1
扴 1221.1
拮 1251.3
揳 1286.2
擖 1317.3
硈 2254.1
莢 2657.3
蛺 2766.3
袷 2822.2
裌 2826.1
詼 2897.1
跲 2996.1
郟 3104.2
鋏 3191.3
頰 3393.2
頡 3390.2
骱 3473.2
鴶 3535.3

jiǎ

假 0240.3
叚 0454.2
嘏 0545.1
夏 0645.2
岬 0929.1
斝 1370.1
暇 1445.3
柙 1549.3
椵 1603.3
榎 1616.3
檟 1641.2
甲 2105.1
瘕 2141.3
胛 2553.3
賈 2961.3
鉀 3178.2

jià

假 0240.3
價 0261.3
嫁 0764.3
幏 0984.3
徦 1083.3
枷 1549.1
架 1555.3
稼 2314.2
賈 2961.3
駕 3455.2

jiān

兼 0319.1
劗 0371.2
咸 0513.2
囏 0559.3
堅 0612.2
奸 0733.3
姧 0753.2
姦 0753.3
孱 0795.2
尖 0895.2
嵰 0983.2
幵 0996.3
戔 1189.3
椾 1599.2
椷 1601.1
櫼 1648.2
殲 1687.3
淺 1825.2
湔 1839.1
湛 1841.3
漸 1867.2
濺 1900.1
瀐 1904.3
煎 1937.3
熸 1952.3
牋 1973.3
犍 1990.1
猏 2004.1
玪 2052.2
瑊 2068.2
監 2190.1
礛 2260.3
箋 2363.1
籛 2381.1
緘 2452.3
縑 2458.3
纖 2477.2
肩 2544.3
艱 2609.2
菅 2664.1
葌 2690.1
葥 2690.1
蒹 2695.3
蔪 2706.1
蕑 2713.1
虃 2745.1
豜 2934.2
鈃 3182.2
鋻 3191.3
間 3242.1
閒 3242.1
靬 3365.1
鞬 3368.3
韉 3371.3
餰 3443.2
鰜 3515.3
鰹 3516.3
鶼 3542.2
麉 3557.2
黬 3585.3

jiǎn

儉 0262.3
前 0354.3
剪 0362.2
囝 0568.3
壏 0636.1
寋 0852.3
巉 0983.2
戩 1192.2
挸 1260.3
揃 1286.1
揀 1286.2
撿 1319.3
暕 1445.3
柬 1545.1
梘 1581.1
楗 1603.3
檢 1642.1
減 1844.2
瀽 1902.3
瞼 2223.2
筧 2360.1
簡 2374.2
繭 2470.2
翦 2509.3
臉 2574.2
蠒 2790.1
襇 2824.1
襉 2836.3
襺 2840.3
謇 2911.1
譾 2926.2
蹇 3003.2
錢 3195.1
險 3297.2
騫 3462.1
鬋 3489.1
鹻 3552.2
鹼 3554.3
齊 3597.3

jiàn

件 0184.1
侟 0208.1
俴 0228.3
健 0239.3
僭 0258.1
劍 0366.2
建 1031.1
揵 1287.3
栫 1562.3
楗 1603.3
檻 1644.2
毽 1701.1
洊 1775.3
湔 1839.1
漸 1867.2
澗 1885.1
濫 1896.2
濺 1900.1
煎 1937.3
牮 1986.1
監 2190.1
瞷 2222.1
磵 2259.2
箭 2366.1
聻 2538.2
腱 2566.1
艦 2606.3
荐 2646.3
葥 2678.1
蔪 2706.1
薦 2719.2
蘄 2725.3
見 2852.1
覸 2859.1
諓 2903.2
諫 2908.1
譖 2918.2
譋 2929.3
賤 2969.2
踐 2999.3
轞 3036.3
鍵 3203.1
鍳 3210.3
鐧 3213.2
鑒 3218.3
鑑 3219.2
間 3242.1
閒 3242.2
餞 3432.1

jiāng

僵 0261.2
姜 0748.1
將 0874.1
彊 1057.1
橿 1641.2
殭 1686.3
江 1721.1
漿 1879.2
畺 2122.3
疆 2126.3
礓 2260.1
繮 2470.3
茳 2642.2
葁 2663.1
蔣 2709.1
薑 2720.1
螿 2783.1
豇 2930.3
韁 3371.2
饗 3434.1

jiǎng

傋 0247.2
奬 0727.3
槳 1626.3
獎 2009.3
膙 2572.1
耩 2525.2
蔣 2709.1
講 2912.1
顜 3399.2

jiàng

匠 0394.1
將 0874.2
弶 1047.1
強 1053.2
彊 1057.1
洚 1783.2
滰 1865.3
疆 2126.3
絳 2428.1
虹 2757.2
醬 3141.3
降 3268.1

jiāo

交 0150.1
佼 0201.1
僬 0259.3
咬 0510.1
嘐 0547.1
嘄 0547.3
噍 0550.1
嘄 0554.3
姣 0750.2
嬌 0769.1
嶕 0945.2
徼 1091.3
憍 1167.1
憿 1169.3
教 1343.2
椒 1595.1
橋 1637.2
潐 1878.3
澆 1880.3
漻 1900.2
焦 1936.2
燋 1954.2
獥 2010.3
礁 2259.3
膠 2570.3
膲 2573.1
艽 2613.1
茭 2642.3
茮 2650.1
蕎 2715.2
蕉 2716.1
蛟 2764.1
蟂 2783.1
蟭 2786.2
轇 3034.3
郊 3101.1
鄗 3118.1
鐎 3213.3
闝 3256.3
驕 3467.1
鮫 3510.1
鵁 3534.3
鷦 3547.3
鷮 3547.3

jiǎo

佼 0201.1
僥 0257.3
儌 0263.1
剿 0365.2
劋 0366.2
勦 0383.2
徼 1091.3
憿 1169.3
捁 1264.1
摷 1306.3
撟 1315.3
攪 1330.3
敫 1355.2
晈 1431.2
校 1558.2
樔 1626.3
橋 1637.2
湫 1853.2
狡 1999.3
皎 2180.3
皦 2182.2
矯 2231.2
筊 2352.2
糾 2394.2
絞 2422.3
繳 2473.1
脚 2561.2
腳 2566.3
膠 2570.3
蟜 2786.1
挍 2822.1
觼 2871.2
譑 2919.3
鉸 3182.1
餃 3428.1
鱎 3518.2

jiào

僬 0259.3
叫 0468.2
嘂 0547.2
噍 0550.1
噭 0552.3
嬓 0770.2
嶠 0945.2
徼 1091.3
挍 1249.3
教 1343.2
斛 1369.3
斠 1370.2
校 1558.1
滘 1856.3
潐 1888.1
灂 1904.1
獥 2014.1
珓 2055.1
皭 2182.3
穛 2318.1
窌 2327.1
窖 2328.2
覺 2859.2
訆 2875.1
譥 2922.2
趭 2990.3
轎 3035.3
酵 3134.3
醮 3142.1
顤 3399.2

jiē

偈 0244.2
價 0261.3
喈 0534.2
嚌 0553.1
担 1238.3
接 1266.1
揭 1291.3
朅 1471.3
椄 1588.1
楷 1607.2
湝 1852.2
痎 2137.1
瘖 2142.2
癤 2146.2
皆 2177.1
秸 2304.3
稭 2311.2
菨 2663.3
藒 2729.3

K

颽 3413.2
kài
愒 1145.3
愾 1155.1
欬 1653.1
kān
刊 0342.3
勘 0378.1
堪 0618.1
嵁 0940.2
戡 1189.3
戡 1191.1
栞 1557.2
看 2207.3
龕 3617.3
kǎn
侃 0208.3
偘 0244.3
凵 0333.1
坎 0595.1
埳 0611.2
堿 0619.2
壈 0634.3
檻 1644.3
歁 1656.2
砍 2242.1
衉 2798.3
輡 3028.3
轗 3036.1
顑 3397.1
kàn
墈 0627.1
看 2207.3
瞰 2221.3
矙 2224.3
衎 2806.1
䜴 2929.3
闞 3256.1
鵮 3536.1
kāng
㝩 0855.2
康 1011.1
忼 1101.3
慷 1156.1
杭 1533.3
槺 1619.2
砊 2240.2
䃜 2258.1
穅 2316.3
糠 2392.1
邟 3097.3
kǎng
骯 3473.2
䲘 3552.1
kàng
亢 0149.3
伉 0175.2
匟 0393.1
坑 0593.2
康 1011.2
抗 1214.2
炕 1915.1
犺 1994.1
閌 3237.1
頏 3386.2
kāo
尻 0903.3
䐧 2553.3
kǎo
丂 0025.2
拷 1251.3
攷 1333.1
栲 1516.2
槁 1614.1
烤 1919.2
熇 1945.2
考 2519.1
薧 2719.1
kào
槀 1611.2
槁 1614.1
犒 1990.3
銬 3182.2
靠 3361.1
kē
匌 0387.3
呵 0498.1
柯 1546.3
棵 1596.1
榼 1616.1
犐 1990.2
珂 2052.3
疴 2133.3
痾 2140.3
瞌 2220.2
砢 2242.2
磕 2255.1
礚 2260.3
科 2297.2
稞 2310.1
窠 2329.1
簻 2367.3
苛 2629.3
荷 2661.2
薖 2714.1
蝌 2777.1
軻 3020.2
頦 3390.2
顆 3395.1
髁 3474.3
魁 3498.3
ké
咳 0510.2
莿 2689.1
kě
可 0461.3
坷 0598.1
岢 0928.1
嵑 0940.3
嶱 0945.3
敤 1351.2
渴 1851.1
澉 1890.1
軻 3020.2
閜 3244.1
kè
克 0280.3
刻 0350.2
剋 0357.2
厒 0441.3
可 0461.3
喀 0532.3
嗑 0541.1
堁 0610.3
客 0830.2
恪 1120.2
愙 1141.3
揢 1285.2
搕 1297.2
敤 1351.2
溘 1858.2
緙 2452.1
衉 2798.3
䙐 2833.2
課 2903.3
錁 3197.2
顆 3395.1
騍 3461.3
kěn
啃 0526.2
墾 0635.3
懇 1172.2
硍 2246.1
肎 2543.2
肯 2545.2
豤 2937.3
頎 3389.1
齦 3603.2
kèn
掯 1278.1
kēng
坑 0593.2
峌 0931.2
牼 1988.3
砊 2240.2
硎 2246.1
硜 2247.2
磬 2258.2
脛 2562.2
誙 2897.3
鏗 3210.3
阬 3257.3
kōng
倥 0224.3
崆 0935.2
悾 1130.1
空 2321.3
箜 2360.3
kǒng
倥 0224.3
孔 0777.3
恐 1121.2
空 2322.1
kòng
控 1265.1
空 2322.1
鞚 3367.3
kōu
彄 1055.2
摳 1306.1
芤 2619.3
袧 2821.2
kǒu
口 0455.1
kòu
佝 0197.1
叩 0467.3
寇 0845.1
怐 1110.1
扣 1212.3
敂 1341.3
滱 1865.1
簆 2371.1
蔻 2705.1
釦 3171.3
鷇 3544.3
kū
刳 0352.3
哭 0519.2
堀 0610.3
挎 1252.2
掘 1273.2
搰 1300.1
枯 1547.2
矻 2240.1
窟 2328.3
骷 3473.3
䯔 3473.3
鮬 3511.2
kǔ
楛 1600.3
苦 2631.3
kù
俈 0222.1
嚳 0558.1
庫 1008.1
硞 2248.1
絝 2427.1
袴 2822.1
褲 2833.2
酷 3136.1
kuā
佤 0199.1
侉 0207.3
夸 0715.3
姱 0751.2
華 2665.1
誇 2891.2
kuǎ
侉 0207.3
銙 3182.3
錁 3197.2
kuà
夸 0715.3
胯 2557.1
跨 2995.2
骻 3474.1
髁 3474.3
kuāi
喎 0537.2
闞 3256.2
kuǎi
蔽 2686.1
蒯 2702.2
kuài
儈 0262.2
凷 0334.1
噲 0552.3
塊 0619.3
夬 0709.2
廥 1026.3
快 1102.1
擓 1395.3
會 1469.3
澮 1846.1
滄 1892.1
獪 2014.1
簣 2367.3
膾 2574.2
蔽 2686.1
蕢 2713.3
鄶 3126.1
駃 3452.2
魁 3498.3
鱠 3519.1
kuān
寬 0860.3
髖 3477.3
kuǎn
梡 1577.1
棵 1596.1
款 1654.1
窾 2333.2
鍁 3212.3
kuāng
俇 0222.2
劻 0375.3
匡 0393.1
恇 1116.3
框 1562.2
洭 1775.2
皇 2177.2
筐 2352.2
誆 2887.2
kuáng
狂 1994.3
誑 2899.1
軖 3019.3
鵟 3537.3
kuǎng
懭 1173.2
kuàng
兄 0274.1
況 0327.3
卝 0431.2
壙 0637.2
廣 1018.1
懭 1173.2
曠 1453.1
況 1765.3
皇 2177.2
眶 2213.1
礦 2261.1
穬 2320.2
絖 2427.2
纊 2474.2
貺 2956.3
軦 3021.1
鄺 3126.3
鑛 3219.3
蕨 2729.1
蘬 2744.3
虧 2756.1
闚 3252.3
骬 3474.1
鮭 3511.1
鮭 3697.1
kuí
刲 0351.3
夔 0648.2
奎 0722.1
戣 1191.1
揆 1287.2
暌 1446.1
睽 2219.1
睽 2566.1
葵 2681.1
躨 3011.1
逵 3069.1
隗 3294.2
頄 3383.1
頯 3394.1
馗 3439.1
騤 3461.3
魁 3498.2
鵼 3541.2
kuǐ
傀 0245.3
磈 2256.2
窺 2332.3
跬 2995.1
蹞 3002.2
蹞 3006.3
頍 3382.3
頍 3387.1
魁 3498.3
kuì
匱 0395.1
喟 0535.1
嘳 0549.3
媿 0764.1
愧 1147.1
憒 1166.3
樻 1636.2
歸 1677.3
潰 1886.3
簣 2376.1
聵 2538.2
臾 2591.1
蕢 2713.3
餽 3433.3
饋 3435.2
鬢 3489.3
kūn
卵 0435.1
坤 0599.1
堃 0607.1
崑 0937.1
崐 0938.1
巛 0949.1
幝 0984.1
昆 1407.2
晜 1435.3
琨 2067.1
菎 2671.3
褌 2831.2
錕 3197.2
䡅 3231.2
騉 3461.1
髡 3485.1
鯤 3513.3
鵾 3540.1
鶤 3541.1
kǔn
壼 0643.1
悃 1127.2
捆 1263.2
梱 1581.2
稛 2310.1
閫 3247.2
麇 3556.3
kùn
困 0571.1
kuò
廓 1017.2
彍 1058.3
括 1256.2
擴 1324.1
會 1469.3
栝 1566.1
筈 2356.2
萿 2674.3
菇 2678.2
蛞 2765.3
适 3054.2
闊 3249.3
霩 3341.2
鞟 3367.3
鞹 3371.1
髺 3487.3
鬠 3490.1

L

lā
垃 0598.1
拉 1230.1
揸 1299.1
搨 1306.2
邋 3095.2
lá
旯 1402.3
菈 2669.3
lǎ
喇 0534.1
là
剌 0357.2
擸 1326.1
櫴 1646.3
瘌 2141.3
瓎 2505.1
臘 2574.1
臘 2576.1
蝲 2774.3
蠟 2791.3
辣 3040.3
辢 3041.1
鑞 3220.2
lái
來 0199.1
倈 0228.3
徠 0798.2
崍 0936.1
庲 1011.1
徠 1078.1
淶 1825.1
萊 2670.2
郲 3113.2
鶆 3154.3
騋 3461.1
鯠 3513.3
lài
來 0199.2
勑 0377.3
厲 0443.1
徠 1078.2
懶 1176.3
瀨 1901.3
癩 2147.3
睞 2217.2
籟 2380.3
藾 2735.3
賚 2967.2
賴 2972.1
lán
厱 0443.3
啉 0525.3
囒 0555.3
婪 0757.2
嵐 0941.2
惏 1134.3
攔 1327.2
斕 1367.2
欄 1647.3
㲯 1702.2
瀾 1903.3
籃 2379.1
籣 2381.2
藍 2726.2
蘭 2740.3
襤 2838.3
襴 2840.1
讕 2926.3
闌 3250.2
韊 3371.3
鬛 3490.2
lǎn
壈 0634.3
嬾 0771.3
孄 0772.3
懶 1176.3
擥 1323.1
擥 1324.1
攬 1331.1
欖 1651.3
濫 1896.2
纜 2478.3
罱 2484.2
覽 2859.3
醂 3138.2
làn
啉 0525.3
嚂 0553.2
濫 1896.2
瀾 1903.3
灡 1907.1
爁 1962.1
爛 1963.3
瓓 2081.2
糷 2393.3
láng
嫏 0765.2
㝗 0835.2
廊 1014.2
桹 1577.3
榔 1599.2
浪 1791.1
狼 2001.1
琅 2060.3
瑯 2067.3
硠 2246.3
稂 2306.1
筤 2357.2
艆 2605.3
莨 2656.3
蓢 2704.3
蜋 2766.2
郎 3101.3
鋃 3190.1
閬 3246.2
lǎng
俍 0212.3
悢 1125.2
朗 1482.2
烺 1926.1
làng
埌 0605.2
浪 1790.3
䍚 2482.1
莨 2656.3
蒗 2690.1
閬 3246.2
lāo
撈 1309.1
láo
勞 0379.3
哰 0517.2
嘮 0546.1
嘮 0547.3
嶗 0943.3
撈 1309.1
浶 1786.2
牢 1982.1
癆 2145.2
簩 2373.1
蟧 2783.2
譊 2917.3
豋 2931.2
醪 3141.2
lǎo
姥 0751.2
嫽 0768.2
恅 1117.1
栳 1561.2
橑 1635.1
潦 1883.3
狫 2000.2
獠 2011.1
老 2515.1
荖 2646.1
藔 2736.1
轑 3035.2
銠 3182.2
lào
勞 0380.1
嫪 0767.2
憦 1164.3
樂 1627.1
澇 1880.2
潦 1883.3
烙 1920.1
牢 1982.2
絡 2429.2
酪 3134.3
lè
仂 0165.2
勒 0378.2
叻 0468.2
扐 1211.1
樂 1626.3
泐 1762.2
玏 2051.2
竻 2347.2
艻 2613.1
阞 3257.2
鰳 3516.3
léi
壘 0637.3
嫘 0768.1
擂 1317.2
樏 1625.1
檑 1641.2
櫑 1645.3
欙 1651.3
㹎 1991.1
瓃 2078.3
礌 2261.2
累 2410.3
縲 2464.2
纍 2474.3
罍 2480.2
䍣 2486.1
羸 2501.2
蔂 2708.3
虆 2745.2
蠝 2788.1
輻 3035.3
轠 3036.3
鐳 3214.1
雷 3333.1
靁 3345.2
鼺 3595.3
lěi
傫 0254.3
儡 0266.1
儽 0268.2
壘 0637.2

纍 0944.1
樏 1625.1
櫑 1645.3
灅 1906.1
瀷 1907.3
癗 2146.1
磊 2255.2
磥 2258.3
磈 2259.3
礌 2260.1
礧 2261.2
礨 2261.3
累 2410.3
絫 2422.2
纍 2474.3
耒 2523.1
蕾 2720.1
藟 2732.2
蘽 2745.1
蠝 2791.2
誄 2887.2
鸓 3549.3

lèi

壘 0637.3
擂 1317.2
攂 1325.2
淚 1811.1
礌 2260.1
礧 2261.2
禷 2290.3
累 2410.3
纇 2474.3
肋 2543.2
蘱 2744.3
酹 3135.1
類 3399.1

léng

棱 1589.3
楞 1607.1
碐 2249.1
稜 2309.3
薐 2723.3
輘 3026.3

lěng

冷 0327.3
磏 2260.3

lèng

棱 1589.3
楞 1607.1
稜 2309.3

lī

哩 0519.2

lí

剺 0364.3
劙 0371.3
厘 0440.2
嫠 0766.2
孋 0772.3
犛 0795.3
杝 1518.3
梩 1581.1
梨 1584.2
棃 1598.2
樆 1619.2
欐 1650.2
氂 1701.1
漓 1867.1
犛 1879.2
灕 1906.2
犂 1989.3
狸 2003.1
璃 2073.3
瓈 2079.1
盠 2192.1
筣 2360.2
籬 2382.2
縭 2462.2
纚 2478.3
罹 2485.2
羅 2489.1
莉 2661.1
蒚 2673.1
蔾 2716.1
藜 2732.3
蘺 2744.3
蜊 2767.3
蠡 2792.2
褵 2835.3
襹 2840.2
貍 2944.1
酟 3132.2
醨 3140.3
釃 3143.3
釐 3154.2
離 3321.1
驪 3470.3
鯬 3513.1
鱺 3519.3
鴷 3540.1
鸝 3550.3
麗 3558.2
黎 3576.2
黐 3577.3
黧 3585.1

lǐ

俚 0216.2
娌 0755.2
峛 0930.3
悝 1127.1
李 1518.3
欚 1651.3
澧 1891.2
理 2061.3
盠 2192.1
礼 2262.3
禮 2287.3
蠡 2766.1
蠡 2792.2
裏 2823.3
邐 3095.3
醴 3142.2
里 3146.1
鯉 3512.2
鱧 3519.1
鱺 3519.3

lì

例 0207.3
俐 0222.1
儷 0267.2
利 0348.1
力 0371.1
勵 0384.2
厲 0442.3
吏 0474.1
唳 0524.3
孋 0772.3
岦 0925.3
峲 0976.1
悷 1131.1
慄 1154.2
戾 1200.1
捩 1268.3
攊 1329.2
攦 1331.3
曆 1450.2
朸 1505.2
栗 1557.2
梸 1562.2
棙 1588.2
棣 1610.2
櫔 1645.3
櫟 1646.2
櫪 1647.1
欐 1650.2
歷 1676.2
沴 1766.2
涖 1807.2
淚 1811.1
溧 1858.2
濿 1899.3
瀝 1900.3
瀝 1902.1
猁 2004.1
猓 2009.1
珕 2055.3
瓅 2080.3
疬 2137.2
痢 2139.3
癘 2146.1
癧 2148.1
皪 2182.3
盭 2196.3
䍽 2221.2
砅 2241.3
磿 2260.1
礪 2261.2
礫 2261.3
礰 2262.2
立 2335.1
笠 2349.2
篥 2369.3
粒 2385.2
糲 2393.2
糲 2393.3
綟 2440.3
翮 2511.1
苙 2629.2
荔 2653.2
莉 2661.1
莅 2661.2
莀 2664.1
藶 2736.1
蛠 2771.2
蠣 2791.2
蠡 2792.2
覼 2862.1
詈 2886.2
躒 3010.1
轢 3037.1
轣 3037.2
酈 3126.3
鬁 3220.2
隸 3300.2
離 3321.2
靂 3345.3
颲 3412.3
鬲 3494.1
鴗 3530.1
鷅 3545.1
麗 3558.1

liǎ

倆 0228.2

lián

匳 0395.3
嗹 0540.3
墭 0639.1
奩 0726.3
帘 0972.3
嫌 0985.1
廉 1015.3
怜 1109.1
憐 1164.3
槤 1616.1
溓 1857.1
漣 1857.3
濂 1888.3
濂 1903.1
獜 2017.3
璉 2071.2
磏 2254.3
簾 2376.3
籢 2381.3
聯 2536.2
苓 2639.2
蓮 2696.1
薕 2719.1
蘞 2744.1
蠊 2779.1
蠊 2787.1
覝 2856.1
謰 2912.3
蹥 3004.2
連 3057.1
鎌 3206.2
鏈 3206.3
鐮 3214.1
零 3335.2
鬑 3489.2
鰱 3515.3
鰜 3563.3

liǎn

摙 1297.3
撿 1319.3
斂 1355.2
槤 1616.1
溓 1857.1
璉 2071.2
臉 2574.2
蘞 2744.1

liàn

健 0249.1
孌 0772.3
戀 1182.1
攣 1330.2
楝 1600.1
欄 1647.3
殮 1686.3
浰 1802.3
湅 1841.1
瀲 1904.2
煉 1938.2
練 2451.2
鍊 3201.3
鏈 3206.3

liáng

俍 0212.3
梁 1575.1
椋 1588.2
樑 1619.1
涼 1809.3
粱 2387.2
粮 2387.2
糧 2393.2
良 2607.2
莨 2656.3
踉 2998.1
輬 3026.3
量 3154.1

liǎng

倆 0228.2
兩 0292.3
掚 1271.1
緉 2441.3
蜽 2772.1
裲 2828.3
量 3154.1
閬 3246.2
魎 3501.1

liàng

亮 0157.1
倞 0225.2
兩 0292.3
喨 0533.1
悢 1125.2
晾 1439.2
涼 1809.3
諒 2899.3
踉 2998.1
輛 3027.1
量 3153.3

liāo

撩 1310.2

liáo

佬 0205.2
僗 0254.2
僚 0258.2
労 0380.1
嘹 0549.2
嫽 0768.2
寥 0857.3
寮 0861.2
尞 0897.3
屪 0915.3
嵺 0944.1
嶛 0945.1
嶚 0945.1
廖 1022.1
憀 1157.1
憭 1166.2
撩 1310.2
敹 1353.2
料 1368.3
漻 1874.2
潦 1884.1
燎 1952.2
獠 2011.1
璙 2075.1
療 2145.2
窌 2327.1
簝 2372.1
簝 2374.1
繆 2463.2
繚 2469.1
翏 2505.2
聊 2529.2
膋 2569.1
遼 3087.2
鐐 3213.2
飉 3414.2
飂 3415.1
髎 3475.1
鷯 3547.2

liǎo

了 0120.1
僚 0258.2
憭 1166.1
潦 1884.1
燎 1952.2
瞭 2222.1
舠 2603.2
蓼 2707.1
訠 2813.2
鄝 3120.1

liào

尥 0898.2
廖 1021.3
撂 1306.3
撩 1310.3
料 1368.3
炓 1943.3
燎 1952.2
瘵 2147.3
鄝 3597.3

liè

冽 0329.2
列 0344.2
剆 0359.3
劣 0374.2
埒 0606.2
巤 0952.3
戾 1200.1
捩 1268.3
擸 1326.1
栗 1557.2
櫑 1646.3
洌 1775.3
瀸 1900.3
烈 1920.1
獵 1991.2
獵 2015.2
茢 2646.3
蛚 2764.3
裂 2823.2
趔 2987.2
躐 3008.3
躐 3010.1
迣 3048.3
迾 3052.3
邋 3095.2
颲 3412.3
鬣 3490.3
鴷 3535.1

lín

厸 0444.1
㝝 0936.1
嶙 0944.2
惏 1134.3
林 1536.1
淋 1824.2
潾 1867.1
粦 1946.1
燐 1951.2
獜 2011.1
琳 2066.1
璘 2074.3
瞵 2221.3
碄 2249.1
磷 2259.1
箖 2362.3
粼 2390.2
綝 2441.3
臨 2579.2
䗲 2941.3
轔 3035.1
遴 3086.1
鄰 3123.2
霖 3338.2
驎 3466.2
鱗 3517.2
麐 3557.2
麟 3559.3

lǐn

凜 0331.2
廩 1026.1
懍 1168.3
稟 2309.1
菻 2670.1
[illegible] 2735.2

lìn

厸 0444.3
吝 0484.2
悋 1119.1
橉 1630.3
燐 1951.2
甐 2089.3
痳 2140.1
磷 2259.1
臨 2579.3
藺 2736.1
賃 2963.2
躪 3011.2
轔 3035.1
轥 3037.3
遴 3086.1
閵 3249.3

líng

令 0167.3
伶 0193.2
倰 0228.2
冷 0327.3
凌 0329.2
囹 0572.2
岭 0929.1
崚 0935.3
怜 1109.1
㥄 1133.3
拎 1241.1
櫺 1647.3
泠 1766.1
淩 1823.3
灵 1914.3
玲 2053.2
琌 2067.1
瓴 2087.1
竛 2338.1
笭 2350.3
綾 2441.2
羚 2495.2
翎 2506.1
聆 2529.1
舲 2605.1
苓 2639.1
菱 2669.2
蔆 2705.1
蘦 2740.3
蛉 2763.1
詅 2884.3
軨 3021.1
輘 3027.1
酃 3126.2
醽 3143.2
鈴 3178.3
陵 3278.3
零 3335.1
霝 3340.3
靈 3345.3
駖 3454.3
鯪 3513.2
鴒 3530.3
鸰 3560.3
麢 3594.3
齡 3602.3

lǐng

嶺 0946.3
領 3389.3

lìng

令 0167.3
另 0468.1
領 3389.3

liū

溜 1864.2

liú

劉 0367.3
懰 1173.3
摎 1306.3
斿 1388.2
旒 1394.2
榴 1618.2
汓 1734.2
流 1786.2
游 1835.2
漻 1874.2
瀏 1900.2
琉 2060.2
珋 2061.2
璢 2070.3
瑠 2073.2
留 2112.3
畱 2118.1
瞜 2126.2
瘤 2145.2
蒥 2733.1
蟉 2781.3
䚧 2871.1
鎏 3206.1
鏐 3211.2
飅 3413.2
颾 3414.2
飀 3415.2
餾 3434.1
駵 3458.2
騮 3463.3
鶹 3546.1
麍 3595.1

liǔ

僂 0254.2
懰 1173.3
柳 1553.1
留 2112.3
綹 2445.3
罶 2484.3
蔞 2708.2
鉚 3182.1

liù

塯 0624.2
廇 1017.3
廇 1024.2
摺 1301.3
溜 1864.2
磟 2258.3
窌 2327.1
翏 2505.2
陸 3276.3
霤 3341.2
鷚 3547.1

lóng

嚨 0554.3
巃 0948.1
曨 1454.2
朧 1492.3
櫳 1646.3
瀧 1900.3
瓏 2081.1
癃 2145.3
礱 2261.3
礲 2261.3
窿 2333.3
籠 2380.1
聾 2538.3
蘢 2735.1
蠪 2793.1
襱 2840.1
隆 3291.3
驡 3469.3
鸗 3549.3
龍 3605.1
龐 3616.2
龓 3617.3

lǒng

儱 0266.2
壟 0638.1
壠 0638.1
攏 1326.3
竉 2334.2
籠 2380.1
隴 3300.1
龍 3605.1
龓 3617.3

lòng

儱 0266.2
哢 0517.3
弄 1034.3
挵 1257.3

lóu

僂 0254.2
嘍 0547.2
婁 0757.1
廔 1022.2
慺 1157.3
摟 1306.3
樓 1624.1
漊 1875.1
漊 1876.1
牢 1982.2
耬 2500.3
𦗬 2525.3
膢 2572.1
艛 2606.3
蔞 2708.2
螻 2782.1
褸 2836.2
謱 2916.2
貗 2941.2
鞻 3371.1
髏 3475.2

lǒu

塿 0627.2
婁 0757.3
嶁 0944.1
摟 1306.3
漊 1876.1
甊 2089.3
簍 2372.2
鷜 3563.3

lòu

漏 1874.3
瓾 2084.2
瘻 2145.1
䕯 2737.1
鏤 3211.2
陋 3267.2

lū

嚕 0554.3

lú

壚 0638.2
廬 1027.1
慮 1163.3
櫨 1647.2
瀘 1902.2
爐 1963.2

M

袋 2027.2	趢 2989.3	樂 1650.3	蘿 2745.1	馬 3443.1	蒡 2698.3	渼 1839.1	猛 2606.1	瀰 1897.1	
飆 2084.3	路 2996.2	欒 1907.1	螺 2782.1	**mà**	鉚 3182.1	美 2492.3	艨 2607.1	瀰 1903.3	
瓶 2089.1	踛 2999.1	灤 1907.3	蠃 2786.2	傌 0247.2	謾 2916.2	**mèi**	萌 2659.1	瀰 1906.2	
盧 2194.2	輅 3023.2	釁 2489.3	臝 2792.3	榪 1615.2	鄤 3120.1	嚜 0554.2	萌 2671.3	眯 2212.3	
臚 2224.1	轆 3033.1	臠 2562.2	臝 2840.3	禡 2286.1	鏝 3211.3	妹 0744.1	蒙 2693.2	襧 2290.1	
簾 2381.1	輴 3036.3	贙 2576.3	覼 2859.1	罵 2484.2	**máng**	媒 0762.1	虻 2757.2	米 2382.1	
纑 2477.1	逯 3068.3	巒 3222.1	覶 2859.3	貃 2943.3	厖 0439.3	媚 0762.3	鄳 3125.2	芈 2492.2	
臚 2575.3	醁 3138.3	鑾 3550.3	鑼 3036.3	禡 3489.3	吂 0518.1	寐 0854.3	鸓 3343.1	蚂 2766.3	
舻 2607.2	錄 3198.2	**luǎn**	邏 3095.3	**ma**	尨 0898.2	眛 1421.2	鸏 3436.2	脒 3038.3	
蘆 2736.2	陸 3276.2	卵 0435.1	鐸 3221.2	嗎 0540.2	恾 0985.1	毎 1693.2	鸏 3469.2	靡 3361.1	
轤 3037.2	露 3343.2	**luàn**	騾 3465.2	麼 3565.2	庬 1008.3	沬 1747.3	鸏 3490.3	麊 3473.3	
鑪 3220.2	騄 3461.1	乱 0115.3	臝 3467.3	**mái**	忙 1098.3	痗 2139.3	鸏 3549.2	**mì**	
顱 3404.2	驢 3464.3	亂 0119.1	**luǒ**	埋 0605.3	宗 1511.2	眊 2207.2	甿 3587.1	一 0322.1	
髗 3477.3	鯥 3513.2	欒 1907.1	剺 1182.1	嘪 2222.2	汒 1719.3	眛 2211.2	**měng**	幂 0324.3	
鱸 3519.3	鷺 3548.3	**lüè**	倮 0232.2	薶 2729.2	牻 1988.3	袜 2267.1	懞 0988.3	塓 0621.3	
鸕 3549.3	鹿 3558.1	剠 0359.3	儽 0268.3	狸 2944.1	哤 2198.2	寐 2367.2	懜 1173.1	宓 0812.2	
lǔ	餘 3620.2	掠 0539.3	果 1544.1	霾 3345.2	硭 2240.1	篃 2376.2	懵 1177.1	密 0844.1	
摛 1306.3	**lú**	剠 1267.3	瘰 2145.1	**mǎi**	碿 2247.1	袂 2816.3	朦 1492.3	羃 0930.2	
摋 1318.1	婁 0757.2	擽 1325.3	砢 2242.2	買 2714.1	芒 2614.1	韎 3373.1	猛 2005.1	幂 0984.1	
樐 1646.1	樓 1645.3	略 2117.3	累 2410.3	買 2958.3	茫 2642.3	髦 3498.3	錳 2087.3	幎 0984.3	
氇 1702.2	甊 1701.2	畧 2245.3	贏 2576.2	**mài**	萠 2671.3	魅 3499.3	艋 2772.3	冪 0987.3	
澛 1877.2	蘆 2732.2	鋝 3192.3	蓏 2704.3	佅 0187.1	蘉 2704.2	**mēn**	蜢 2781.2	汨 1738.1	
艪 2606.3	蔞 2732.2	**lūn**	蠃 2786.2	勱 0383.3	覒 2737.3	悶 1141.2	蠓 2790.3	汩 1741.3	
艣 2607.3	閭 3247.1	掄 1280.2	蓏 2792.3	脉 2553.1	蝱 2757.1	**mén**	鱷 3519.2	泌 1745.1	
蕼 2708.3	驢 3469.3	輪 3027.3	裸 2829.1	脈 2798.3	蛖 2766.3	亹 0157.3	黽 3587.1	滵 1865.1	
虜 2755.2	**lǔ**	**lún**	躶 3012.3	賣 2965.2	蟒 2774.1	門 0231.2	鼆 3588.1	潷 1896.3	
魯 3506.3	侶 0208.3	侖 0201.1	**luò**	邁 3092.1	邙 3096.2	捫 1172.3	**mèng**	爢 1962.3	
鹵 3551.1	僂 0254.2	倫 0234.1	咯 0512.3	霡 3341.2	駹 3191.2	押 1275.1	夢 0658.1	眳 2212.3	
lù	儢 0266.1	圇 0577.3	擸 1306.3	霢 3561.1	駹 3458.2	汶 1728.1	孟 0785.1	眽 2219.1	
傮 0254.2	吕 0493.3	崙 0938.2	挌 1566.3	**mān**	龍 3605.1	璊 2074.1	懜 0867.3	祕 2266.1	
六 0302.3	婁 0757.2	崘 0938.2	樂 1627.1	顢 3401.1	**mǎng**	瞞 2221.1	梦 1579.2	祕 2303.3	
勎 0383.2	屢 0913.3	掄 1280.2	洛 1783.2	**mán**	㟃 0931.1	鍆 2316.2	霥 2189.3	簚 2376.1	
赂 0945.3	履 0914.2	淪 1832.1	漯 1877.1	姏 0744.1	漭 1876.1	虋 2745.3	霿 2221.1	糸 2394.1	
廘 1163.3	嵝 0944.1	綸 2445.1	烙 1900.3	怓 1128.1	䃽 2650.2	鄠 3126.1	鄸 3126.1	羃 2486.1	
戮 1192.3	旅 1390.3	輪 2772.3	爍 1920.1	慲 1156.3	莽 2657.1	**mèn**	**mī**	蓂 2695.1	
搂 1304.2	梠 1581.2	論 2904.2	爁 1963.1	樠 1622.3	蟒 2781.2	們 0231.2	眯 2212.3	蜜 2705.2	
樚 1619.2	褸 1876.1	輪 3027.2	犖 1990.2	瞒 2221.1	**māo**	悗 1128.1	**mí**	蜜 2753.1	
淥 1834.2	稆 2307.2	錀 3514.1	珞 2060.2	南 2669.3	猫 2006.3	悟 1136.2	冞 2705.1	蜜 2770.1	
漉 1866.2	穭 2320.2	**lǔn**	硌 2246.2	蔓 2708.1	貓 2945.1	悶 1141.2	覼 2753.1	羃 2791.1	
潞 1890.1	縷 2463.4	惀 1129.3	礐 2254.1	蛮 2763.3	**máo**	**méng**	蜜 2770.1	禖 2833.2	
爐 1949.1	簍 2569.1	稐 2525.2	絡 2429.1	蠻 2796.2	媌 0759.2	儚 0264.3	羃 2791.1	覓 2855.3	
璐 2067.2	膢 2575.3	**lùn**	落 2674.3	蹣 2916.2	氂 1389.3	夢 0658.1	縻 2833.2	覤 2856.1	
璐 2076.3	臚 2744.2	論 2904.2	蠻 2796.2	蹣 3006.2	毛 1697.1	尨 0898.2	覓 2855.3	謐 2911.2	
甪 2100.3	褸 2836.2	**luō**	躒 3010.1	霣 3345.1	氄 2916.2	懞 0984.3	覤 2856.1	醚 3139.3	
盝 2190.1	邖 3106.1	捋 1263.2	鉻 3188.3	鞔 3367.2	牦 1983.2	懞 0988.2	謎 2911.2	冪 3591.2	
睩 2218.2	鞻 3371.1	囉 3436.3	雒 3311.3	饅 3434.1	牦 1990.3	幪 1173.1	醚 3139.3	**mián**	
硉 2246.1	**lǜ**	**luó**	駱 3367.1	鬘 3489.3	矛 2225.1	幪 1177.1	縻 3591.2	婂 0762.3	
磠 2250.2	壘 0637.3	儸 0267.3	駱 3452.1	鬗 3489.3	耄 2524.3	朦 1452.3	**měi**	宀 0799.1	
磟 2258.3	嵂 0941.3	囉 0559.2	駱 3457.3	鰻 3516.3	芼 2621.1	朦 1492.3	卯 0432.3	棉 1597.2	
祿 2281.1	律 1070.3	欏 1650.3	駱 3511.3	**mǎn**	茅 2634.3	檬 1644.2	昂 1429.1	楄 1645.1	
稑 2309.2	慮 1163.2	籮 2382.2	鴿 3535.2	滿 1872.2	茆 2642.1	氋 1702.2	沔 1768.2	楊 1646.2	
簏 2371.1	濾 1900.1	羅 2486.2	鵅 3563.1	蟎 2774.2	蝥 2774.2	氓 1704.3	浼 1833.1	眠 2211.2	
簬 2377.3	率 2026.1	贏 2576.2		矕 2224.3	蟊 2774.2	濛 1898.1		膜 2220.1	
簶 2378.1	綠 2447.2			耗 3019.3	蟊 3019.3	甍 2089.1		臁 2224.1	
籙 2381.1	膟 2570.1			**màn**	髦 3132.3	甿 2110.1		綿 2446.3	
綠 2447.2	葎 2690.4			傆 0254.3	罞 3138.2	盟 2189.3		緜 2449.2	
麗 2485.2	鑢 3220.1			墁 0627.2	錨 3202.1	瞢 2220.3		芇 2616.2	
菉 2688.1	**luán**			嫚 0767.3	髦 3486.1	矒 2223.3		蝒 2775.1	
蕗 2723.1	圞 0582.3	**M**		幔 0985.2	髳 3487.1	礞 2260.3		**miǎn**	
蟍 2773.2	圝 0582.3	**mā**	蟆 2781.2	慢 0986.1	氂 3489.3			俛 0222.2	
螰 2781.1	孌 0772.3	媽 0765.3	麻 3564.1	慢 1157.2				偭 0239.3	
角 2862.1	攣 0798.3	嬤 0771.2	廳 3588.1	熳 1465.1				免 0281.1	
鵱 2872.2	巒 0948.3	嘛 0545.3	**mǎ**					冕 0321.3	
谷 2928.1	孿 1330.2	摩 1990.3	榪 1615.2					勉 0377.2	
赂 2963.1		痳 2140.1	瑪 2071.1					勔 0378.3	
			螞 2779.1

娩 0756.1
挽 0792.1
沔 1733.2
湎 1844.2
㴐 1846.1
澠 1889.2
眄 2206.2
絤 2405.3
絻 2439.2
緬 2452.2
䤄 3138.3
靦 3363.3
鮸 3512.3
黽 3587.1

miàn

湣 1845.2
瞑 2220.1
糆 2391.1
面 3362.1
麪 3562.2
麵 3563.3

miáo

描 1286.3
苗 2636.3
𧊅 2759.3

miǎo

妙 0738.3
𢠺 1173.2
𢤀 1180.2
杪 1538.3
淼 1829.2
渺 1846.1
眇 2206.2
秒 2300.3
篎 2367.3
紗 2407.1
緲 2453.3
䏚 2547.1
藐 2729.2
藐 2738.1
訬 2879.1
邈 3094.2
鈔 3174.2

miào

妙 0738.3
庙 1005.1
庿 1014.3
廟 1023.3
玅 2026.1
眇 2206.3
繆 2463.2

miē

乜 0101.3
咩 0518.1

miè

媙 0766.1
幭 0988.3
懱 1173.3
搣 1298.2
滅 1859.2
瀎 1899.3
眜 2211.2
蔑 2222.3
瞡 2224.1
篾 2372.2

絤 2405.3
蔑 2709.1
蘉 2723.2
蠛 2791.2
蠛 2798.3
覕 2856.1
鱴 3519.2

mín

岷 0928.2
忞 1101.3
旻 1405.1
暋 1443.3
民 1702.3
玟 2051.2
珉 2053.1
瑉 2069.2
碈 2253.1
笢 2349.3
緍 2453.2
罠 2482.1
閩 3245.1

mǐn

僶 0262.2
愍 1150.3
憫 1166.2
敏 1346.2
昬 1416.3
暋 1443.3
泯 1759.1
湣 1845.2
澠 1889.2
𤛱 1991.1
𤺺 2141.3
皿 2184.1
簢 2374.2
閔 3237.1
鰵 3516.2
黽 3587.1

míng

冥 0323.3
名 0480.3
嫇 0765.2
明 1408.3
暝 1447.2
榠 1614.3
洺 1785.2
溟 1856.2
盟 2189.3
眳 2214.3
瞑 2220.1
茗 2654.2
蓂 2695.1
螟 2778.3
覭 2858.3
鄍 3118.1
銘 3188.2
鳴 3523.3
䳟 3540.1

mǐng

嫇 0765.2
溟 1856.3
𣿩 1904.1
酩 3134.3

mìng

命 0501.3

暝 1447.2
䒌 2611.3
詺 2893.2

miù

繆 2463.2
謬 2916.1

mō

摸 1305.3
膜 2570.2

mó

劘 0371.3
募 0383.1
嫫 0764.2
嫫 0765.3
摩 1302.1
摸 1305.3
摹 1308.1
模 1622.1
橅 1637.1
氁 1701.2
無 1929.1
獏 2010.3
磨 2256.3
膜 2570.2
莫 2658.1
蘑 2735.3
謨 2915.3
譕 2919.3
䤁 3140.3
靡 3361.2
饃 3436.2
髍 3475.1
魔 3501.2
麼 3565.2

mǒ

懡 1173.2
抹 1231.1
䩋 3364.1

mò

万 0057.2
佰 0208.1
嗼 0547.1
嘿 0549.3
嚜 0554.2
圽 0595.2
墨 0630.3
妹 0744.1
寞 0857.1
帕 0973.3
幕 0985.2
抹 1231.1
末 1499.3
歿 1681.3
殁 1681.3
沒 1741.2
沫 1747.2
漠 1875.3
狢 2000.3
玫 2052.3
瘼 2144.3
眜 2211.2
眽 2214.3
瞙 2220.3
磨 2256.3
礳 2262.3

秣 2303.2
絉 2412.2
纆 2476.3
脈 2558.3
艒 2606.1
茉 2629.3
莫 2658.1
藐 2729.2
藦 2731.1
蟔 2781.2
蟆 2784.1
蠛 2791.2
袜 2819.2
貊 2943.3
貉 2943.3
貘 2945.3
鄚 3119.3
鏌 3211.1
陌 3267.2
靺 3366.1
韎 3373.1
餗 3425.3
驀 3457.3
驀 3466.1
鶩 3546.1
默 3580.2

móu

侔 0210.3
堥 0619.2
恈 1120.3
毋 1692.1
牟 1981.2
眸 2214.2
繆 2463.2
蛑 2765.2
謀 2908.3
鍪 3201.2
鞪 3370.2
鴾 3535.2
麰 3563.2
麰 3563.2

mǒu

厶 0443.1
某 1545.2

mòu

戊 1183.1

mú

𢄔 0977.2
䤄 3138.3

mǔ

姆 0746.2
姥 0751.2
娒 0756.1
媽 0765.3
拇 1240.3
母 1693.1
牡 1983.1
畝 2111.2
畮 2121.2
鉧 3178.3
鏌 3211.1

mù

募 0383.1
坶 0599.3
墓 0622.1

幕 0985.1
慕 1161.3
暮 1448.1
木 1493.1
楘 1610.2
毣 1699.2
沐 1734.1
牟 1981.3
牧 1983.2
目 2197.1
睦 2217.1

穆 2318.2
縸 2463.1
繆 2463.2
䑵 2604.3
苜 2636.3
莫 2658.1
蚞 2759.2
霂 3336.2
鞪 3370.2
鶩 3541.1

N

ná

南 0419.2
拏 1247.2
拿 1257.1
挐 1257.2
誽 2906.3
那 3099.1

nà

内 0286.3
吶 0488.1
妠 0739.3
捺 1272.1
枘 1550.3
疓 2134.3
納 2407.2
肭 2547.1
蒳 2704.3
衲 2816.3
豽 2943.1
貀 2943.1
軜 3019.3
魶 3508.1

na

哪 0518.2

nái

孻 0798.2

nǎi

乃 0097.1
奶 0732.3
妳 0747.1
嬭 0771.2
艿 2613.2
迺 3052.3
鼐 3591.3

nài

奈 0719.1
柰 1546.2
㮈 1601.1
耐 2522.2
耏 2523.2
能 2556.1
褦 2833.3

nān

囡 0571.1

nán

南 0419.1
喃 0533.3
枏 1539.1
柟 1550.1
楠 1600.3
湳 1844.2
男 2109.1
蝻 2775.2
諵 2909.1
難 3323.2

nǎn

戁 1182.1
罱 2482.1
腩 2566.1
赧 2980.3
赧 2980.3

nàn

妠 0739.3
難 3323.2

náng

囊 0558.3

nǎng

攮 1331.3
曩 1454.2
灢 1902.3

nāo

憹 1168.3

náo

呶 0501.3
峱 0933.3
怓 1110.3
撓 1309.1
橈 1631.1
猱 2007.1
獿 2015.2
獶 2018.2
硇 2246.2
繷 2472.2
蝻 2775.2
蟯 2783.3
詉 2886.2
譊 2918.1
鐃 3212.3

nǎo

垴 0360.3
惱 1147.2
瑙 2070.3
腦 2567.3

nào

淖 1828.1
臑 2575.2
閙 3244.1
鬧 3490.2

nè

吶 0488.1
眲 2213.1
𧕬 2793.1
訥 2879.2

ne

呢 0498.3

něi

腇 2564.3
餒 3429.2
餧 3432.2

nèi

内 0286.2

nèn

媆 0762.3
嫩 0767.1

néng

䏻 1702.1
而 2522.1
耐 2522.2
能 2556.1

nī

妮 0746.1

ní

倪 0235.1
兒 0282.3
呢 0498.3
埿 0607.1
婗 0761.1
尼 0903.2
怩 1107.3
柅 1548.3
棿 1597.2
泥 1759.2
猊 2005.3
臡 2576.3
蜺 2773.2
䘌 2829.3
觬 2870.2
貎 2943.1
跜 2993.3
輗 3028.3
郳 3114.1
霓 3339.2
鯢 3514.1
麑 3558.1
齯 3604.1

nǐ

你 0193.3
儗 0264.3
尼 0903.2
掜 1283.2
擬 1323.3
旎 1392.2
昵 1425.1
晲 1442.2
棿 1597.2
檷 1644.1
泥 1759.2
狔 1996.3
疑 2131.1
禰 2290.1
聻 2538.2
苨 2636.1
薾 2727.2

nì

倪 0235.2
匿 0396.2
堄 0612.2
妮 0746.1
嫟 0765.3
嶷 0946.3
惄 1141.3
愵 1154.3
昵 1425.1
暱 1450.1
㮏 1622.3
泥 1759.2
溺 1860.1
睨 2218.2
縌 2451.2
膩 2572.2
衵 2816.3
逆 3051.3
鷊 3545.1

niān

拈 1240.1

nián

年 0996.3
溓 1857.1
秊 2297.1
粘 2385.2
鮎 3508.3
黏 3577.2

niǎn

捻 1279.3
撚 1315.3
攆 1324.3
涊 1794.2
淰 1831.3
碾 2255.3
跈 2994.1
輦 3026.1
輾 3031.2

niàn

卄 0406.2
廿 0411.1
唸 0527.2
埝 0611.1
廿 1034.1
念 1104.3
𣈤 1452.1
𥫔 2365.2
䭃 3432.1

niáng

娘 0754.2
孃 0772.1

niàng

𧄼 2745.3
釀 3143.1

niǎo

㒟 0266.2
嫋 0766.1
嬈 0768.1
嬝 0770.2
嬲 0771.1
㜵 0771.3
蔦 2710.2
裊 2827.2
褭 2833.1

鳥 3520.1

niào

尿 0904.3
溺 1860.2

niē

捏 1261.1
捻 1279.3

nié

苶 2639.2

niè

喦 0537.1
囁 0558.1
囓 0559.3
孽 0772.1
孼 0798.2
㞽 0939.3
嵲 0943.1
巕 0949.3
掜 1283.2
摰 1304.1
攝 1328.2
敜 1351.2
枿 1546.2
棿 1597.2
槷 1620.2
櫱 1647.2
泥 1759.2
涅 1796.1
篞 2379.3
糱 2393.3
䌰 2478.2
聶 2538.1
臬 2586.3
臲 2587.3
蘖 2744.2
蠥 2793.1
踂 2998.1
躡 3010.2
轙 3037.3
錜 3198.3
鑷 3221.1
钀 3223.2
闑 3252.3
隉 3292.3
顳 3404.3
䭃 3432.1
𩧫 3470.2
齧 3603.1

nín

恁 1125.1
您 1129.2

níng

儜 0263.1
冰 0326.1
凝 0331.3
嚀 0553.1
寍 0850.1
寧 0855.2
擰 1321.3
檸 1644.1
獰 2014.1
甯 2101.3
疑 2131.1
聹 2538.2
薴 2725.3

鬡 3490.1
鬤 3490.3
鸋 3549.2

nǐng

擰 1321.3
䔭 2711.3
𧒽 2790.1

nìng

佞 0186.2
寧 0855.2
擰 1321.3
濘 1894.2
甯 2101.3

niū

妞 0738.3

niú

牛 1978.1

niǔ

忸 1103.2
扭 1218.2
杻 1538.3
狃 1996.1
紐 2407.1
鈕 3174.1

nóng

儂 0262.2
噥 0551.2
濃 1891.2
𤢪 2011.2
穠 2319.3
膿 2574.1
襛 2838.1
譨 2921.2
農 3044.2
醲 3142.3

nòng

弄 1034.3
齈 3597.3

nōu

䨲 3345.2

nòu

擩 1323.1
槈 1616.1
檽 1644.1
獳 2014.2
耨 2525.3
鎒 3208.2

nú

奴 0732.3
孥 0790.2
帑 0974.2
笯 2352.1
駑 3455.3

nǔ

努 0375.3
弩 1045.2
砮 2245.3

nù

怒 1116.1
蚰 2759.3
衄 2798.2

nǚ

女 0728.1
籹 2383.3

nǜ

女 0728.1
恧 1122.1
朒 1484.1
沑 1736.1
絮 2422.3
衂 2523.3
䶊 3596.3

nuán

濡 1895.3

nuǎn

暝 1445.3
暖 1446.2
渜 1844.3
煗 1041.1
煖 1942.1
稬 2311.1
餪 3432.3

nüè

瘧 2141.3
虐 2749.2

nún

黁 3566.1

nuó

儺 0267.2
哪 0518.1
挪 1260.2
那 3099.1
難 3323.2

nuǒ

妠 0745.3
娜 0755.2
那 3099.1

nuò

喏 0533.3
愞 1145.1
懦 1172.3
懦 1172.3
搙 1286.3
搦 1298.3
稬 2311.1
糯 2393.2
諾 2908.2
那 3099.1

O

ó

哦 0520.1

ò

侉 0207.3

ōu

區 0396.3
嘔 0546.2
敺 1353.2
歐 1659.2
毆 1692.2
漚 1873.2
甌 2089.2
蓲 2706.2
褔 2836.1
謳 2915.2
鏂 3211.1
鷗 3546.3

óu

齵 3604.2

ǒu

偶 0244.1
吽 0492.1
嘔 0546.2
寓 0854.1
歐 1659.2
禺 2290.2
耦 2525.2
腢 2566.2
蕅 2711.3
藕 2731.2
髃 3475.1

òu

嘔 0546.2
漚 1873.2

P

pā

汃 2180.1
葩 2689.2
蚆 2759.3
鈀 3174.1

pá

扒 1211.2
把 1218.3
杷 1538.2
潖 1880.2
爬 1966.3
琶 2064.2
筢 2357.3
耙 2524.3
跁 2992.2
鈀 3174.1

pà

帊 0971.3
帕 0973.3
怕 1110.1
汃 1718.3
袙 2821.3

pāi

拍 1244.2
皛 2182.1
趋 2987.2

pái

俳 0234.2
徘 1078.1
排 1275.2
牌 1974.1
簰 2365.3
簰 2371.3

pài

派 1785.3
湃 1853.1
濆 1885.2

pān

豩 0099.1
判 0345.3
扳 1226.3
拌 1230.1
拚 1246.1
拼 1257.3
攀 1326.1
潘 1887.2
番 2121.3

pán

媻 0764.3
弁 1034.1
柈 1546.1
槃 1618.2
樊 1625.2
潘 1887.2
番 2121.3
盤 2192.1
磐 2256.2
磻 2259.3
縏 2458.2
繁 2460.1
胖 2553.2
般 2604.1
蟠 2785.3
蹣 3005.2
蹣 3006.2
鞶 3370.3
鬆 3489.2

pàn

伴 0186.3
判 0345.3
半 0413.1
反 0454.2
叛 0454.2
坢 0607.1
拌 1230.1
泮 1742.1
泮 1744.3
片 1972.1
牉 1973.3
畔 2111.3
盼 2207.1
胖 2553.1
袢 2819.2
襻 2840.3
鋬 3190.1
闆 3251.2
頖 3389.2

pāng

滂 1727.3
滂 1855.3
膖 2558.2
雱 3342.1

páng

仿 0175.1
傍 0246.2
龙 0898.3
彭 1064.1
彷 1067.1
徬 1087.2
房 1198.3
方 1380.1
旁 1386.2
旁 1388.2
磅 2254.1
篣 2368.2
膀 2569.1
蒡 2692.2
螃 2778.3
逄 3054.2
逢 3068.1
鎊 3206.1
雱 3327.2
鰟 3515.3
龐 3616.2

pàng

徬 1087.1
胖 2553.2

pāo

抛 1221.1
拋 1234.1
泡 1766.3
胞 2554.3
脬 2562.2
颮 3412.2

páo

刨 0349.1
包 0386.3
匏 0387.3
咆 0501.1
庖 1005.1
泡 1766.3
炮 1918.3
炰 1919.2
狍 1998.3
爮 2083.2
胞 2554.3
袍 2821.2
跑 2994.3
麃 3556.2
麅 3556.3

pǎo

跑 2994.3

pào

奅 0721.2
泡 1766.3
滮 1826.3
炮 1919.1
疱 2137.1
皰 2184.1
砲 2245.2
礮 2262.1
醅 3363.2
鮑 3596.3

pēi

呸 0498.3
坏 0598.1
垺 0606.2
培 0607.1
柸 1548.3
痞 2139.3
肧 2546.1
胚 2553.2
醅 3136.3
阫 3259.2

péi

坏 0593.3
培 0607.1
棓 1588.1
毰 1700.2
裴 2830.1
賠 2968.2
鄁 3121.2
阫 3259.2
陪 3273.1

pèi

佩 0209.3
妃 0734.1
帔 0972.3
旆 1389.3
哱 1436.1
朏 1482.1
沛 1733.1
浿 1796.2
淠 1829.1
珮 2060.1
痞 2139.3
肺 2547.3
茷 2655.1
轡 3037.1
配 3131.2
霈 3336.2

pēn

噴 0548.2
歕 1660.1
濆 1881.3

pén

湓 1853.1
瓫 2086.3
盆 2185.2
葐 2687.1

pèn

噴 0548.2

pēng

亨 0153.3
彭 1064.1
怦 1106.2
併 1116.3
抨 1230.3
拼 1249.3
泙 1745.1
淜 1877.3
澎 1881.2
烹 1925.3
砰 2242.2
磞 2258.3
苹 2629.3
軯 3020.2
軿 3026.3
閛 3244.1
駍 3453.3

péng

倗 0235.1
僩 0254.3
堋 0611.2
弸 1054.3
彭 1064.1
搒 1295.3
朋 1481.2
棚 1596.3
榜 1613.3
澎 1881.2
硼 2249.2
篣 2368.2
篷 2370.1
膨 2572.2
芃 2616.3
蓬 2702.2
蟚 2783.2
蟛 2783.3
輣 3028.3
逢 3068.1
韸 3379.3
鬔 3488.2
鬅 3488.3
髼 3489.1
鬇 3489.2
鵬 3540.1

pěng

倗 0235.1
埲 0606.3
奉 0717.2
捧 1269.3
皏 2181.1
鄘 3121.1

pèng

掽 1285.2
甏 2090.1
碰 2250.3

pī

丕 0080.3
伾 0189.3
劈 0365.2
坏 0593.3
怌 1127.2
批 1220.2
披 1235.1
柀 1549.1
狉 1996.3
狓 1996.3
皮 2183.1
被 2184.1
皱 2184.1
砒 2241.3
礔 2260.2
秠 2303.3
紕 2408.3
被 2819.3
髬 2837.2
邳 3100.1
鈚 3174.3
銔 3177.3
鈹 3181.3
鉟 3182.3
鈲 3189.1
錍 3201.1
鎞 3209.3
霹 3343.1
駓 3453.3
髬 3486.3
鴄 3530.1

pí

仳 0177.3
埤 0612.1
崥 0940.1
庳 1014.2
枇 1539.2
椑 1597.2
槐 1618.2
比 1694.3
毗 1696.2
毘 1697.2
琵 2064.1
疲 2134.3
皮 2182.1
笓 2348.1
紕 2408.3
罷 2484.3
羆 2486.1
脾 2564.3
膍 2569.2
芘 2620.1
蕃 2714.2
蚍 2760.1
蜱 2773.3
蠯 2793.2
裨 2829.3
貔 2945.2
辟 3038.3
郫 3113.3
阰 3259.3
陂 3265.3
陴 3285.2
鞞 3368.3
魮 3508.1
鼙 3593.3

pǐ

仳 0177.3
匹 0395.1
否 0485.3
吡 0487.2
嚭 0554.3
圮 0587.3
庀 1003.1
殍 1684.2
疋 2128.1
痞 2138.3
癖 2146.2

pì

俾 0235.2
僻 0262.1
副 0362.2
匹 0395.1
嚊 0554.1
埤 0612.1
媲 0766.2
屁 0904.3
擗 1305.1
擗 1317.3
擘 1321.2
淠 1829.1
潎 1886.3
澼 1889.2
濞 1898.2
甓 2090.3
疈 2127.2
疋 2128.1
睥 2218.2
糪 2393.1
萆 2674.1
薜 2720.2
譬 2922.2
䡟 3036.1
辟 3038.2
闢 3256.3
鷿 3548.3

piān

偏 0236.1
媥 0761.3
扁 1201.1
篇 2365.3
翩 2509.2
鶣 3541.1

pián

便 0213.1
㛹 0764.1
平 0990.2
楄 1599.2
楩 1609.3
玭 2052.2
琕 2067.2
璸 2078.1
甂 2084.1
緶 2456.1
胼 2556.3
腁 2563.3
諞 2907.3
蹁 3002.1
辯 3043.1
駢 3456.3
骿 3474.1
䶍 3603.3

piàn

片 1972.1
辨 3041.2
騙 3461.2

piāo

嘌 0546.3
嫖 0767.2
彯 1065.3
摽 1305.2
漂 1868.2
票 2279.1
縹 2462.3
翲 2512.1
螵 2781.2
飄 3413.3

piáo

剽 0365.1
嫖 0767.2
瓢 2084.1
薸 2725.3

piǎo

殍 1684.2
皫 2182.3
瞟 2221.3
篻 2371.3
縹 2462.3
膘 2570.1
芆 2650.3
莩 2660.2
藨 2731.1
醥 3140.3
顠 3400.3
麃 3556.2

piào

僄 0253.1
剽 0364.3
漂 1868.2
票 2279.2
驃 3464.3

piē

撇 1312.1
瞥 2221.3
蔽 2710.2

pié

䯒 3443.2

piě

丿 0097.1
撇 1312.1
撆 1316.1

piè

嫳 0768.1
潎 1886.3

pīn

姘 0750.3
拚 1246.1
拼 1249.3
拼 1257.3
砏 2242.1
驞 3469.2

pín

儐 0263.2
嚬 0555.1
嬪 0771.1
瀕 1902.2
玭 2052.2
矉 2223.3
蘋 2737.3
蠙 2790.2
貧 2953.3
頻 3393.3
顰 3404.1

pǐn

品 0511.2

pìn

娉 0755.2
牝 1981.2
聘 2532.2

pīng

俜 0216.2
娉 0755.2
甹 2109.1
荓 2664.1
頩 3394.3

píng

凭 0333.1
坪 0598.1
屏 0909.1
帡 0976.1
帲 0982.3
幈 0984.2
平 0990.2
憑 1167.2
枰 1546.2
洴 1771.3
洴 1808.3
淜 1833.1
瀩 1888.2
瓶 2087.2
箳 2367.2
缾 2479.2
缾 2479.3
苹 2629.2
萍 2662.2
蓱 2663.3
蘋 2704.3
蛢 2771.2
評 2882.1
軿 3026.3
郱 3108.3
馮 3449.3

pǐng

頩 3394.3

pìng

砯 2245.1

pō

坡 0598.2
岥 0928.3
抪 1217.2
朴 1505.2
泊 1767.2
潑 1886.1
濼 1900.3
碆 2249.3
鏺 3213.3
陂 3265.3
頗 3389.2

pó

婆 0756.2
媻 0764.3
搏 1234.1
獛 2008.3
番 2121.3
皤 2182.2
繁 2460.1
鄱 3125.1

pǒ

叵 0462.3
頗 3389.2
駊 3453.3

pò

擈 1317.2
攫 1325.2
昢 1425.2
朴 1505.2
柏 1552.1
珀 2055.1
破 2242.3
粕 2385.3
胉 2555.2
蒪 2696.1
謈 2915.2
迫 3050.3
醱 3142.1
霸 3342.1
魄 3499.2

pōu

剖 0359.2
朴 1505.2

póu

垺 0606.2
抔 1217.3

捊 1263.2
掊 1265.3
棓 1588.1
裒 2824.1
錇 3193.3

pǒu

培 0607.1
掊 1265.3
蔀 2705.1
部 3106.2
附 3266.2

pū

仆 0165.2
剝 0361.3
扑 1211.2
撲 1313.2
攴 1333.1
攵 1333.1
朴 1505.2
痡 2138.3
鋪 3190.2
鏷 3213.3
鯆 3516.1

pú

僕 0259.1
匍 0387.3
幞 0987.2
扶 1215.2
濮 1898.3
璞 2075.2
脯 2562.1
莆 2656.3
菩 2663.2
葡 2688.1
蒲 2690.2
蒱 2697.1
蔔 2709.3
蟔 2785.3
襆 2837.1
醭 3134.3

pǔ

噗 0548.1
圃 0572.3
埔 0605.2
墣 0629.2
普 1438.2
朴 1505.2
樸 1636.2
氆 1701.3
浦 1792.2
溥 1858.1
烳 1919.3
譜 2920.2
蹼 3008.2
鐠 3517.1

pù

暴 1448.3
曝 1454.1
瀑 1900.1
鋪 3190.3

Q

qī

七 0020.3
倛 0227.1
僛 0258.1
凄 0331.2
吃 0478.2
妻 0741.1
娸 0759.2
悽 1134.2
敧 1333.3
期 1487.2
柒 1544.3
栖 1562.1
桼 1581.3
棲 1589.1
榿 1617.1
欺 1655.1
欹 1655.3
沏 1733.3
淒 1823.1
溪 1862.1
漆 1873.3
緝 2441.1
萋 2664.3
蚚 2760.3
螇 2779.3
觭 2870.2
踦 2999.2
蹊 3005.1
迉 3046.1
郪 3113.1
䣛 3120.1
鏚 3211.2
䫔 3394.3
魌 3501.1
齊 3600.3

qí

丌 0058.1
亓 0128.3
伎 0175.3
俟 0223.3
斊 0296.3
其 0316.2
圻 0595.3
埼 0610.2
奇 0719.2
岐 0926.1
崎 0936.3
幾 1003.1
懠 1172.3
攲 1333.2
旂 1391.2
旗 1394.3
棊 1587.3
棋 1591.1
歧 1674.2
淇 1824.1
獑 2018.2
琪 2066.1
琦 2066.2
琪 2074.1
璂 2078.2
畦 2114.2
疧 2133.2
碁 2248.2
碕 2249.1
亓 2262.1
祁 2264.2
祇 2265.2
祈 2265.3
祺 2280.2
綦 2439.3
耆 2520.3
肵 2547.2
臍 2575.2
芪 2622.1
䓅 2658.1
萁 2670.1
藄 2727.3
蘄 2737.1
蚑 2759.1
蜞 2772.1
蟣 2786.2
蠐 2790.2
衹 2817.3
跂 2991.3
踦 2999.2
軝 3020.1
錡 3195.1
陭 3280.1
騎 3459.3
騹 3464.3
鬐 3489.2
魼 3499.2
鮨 3511.3
鰭 3515.3
鵸 3539.3
鶀 3540.3
麒 3557.2
麡 3560.2
齊 3597.1
齎 3600.3

qǐ

乞 0114.1
企 0175.1
啟 0522.1
屺 0925.3
幾 1003.1
杞 1518.1
棨 1586.1
玘 2051.2
碕 2249.1
稽 2314.3
綮 2439.3
綺 2441.3
肸 2563.2
芑 2616.2
䓫 2699.3
豈 2930.3
起 2983.3
跂 2992.1
邔 3097.2
䭬 3439.2

qì

乞 0114.1
亟 0148.2
偈 0244.3
切 0338.3
唭 0525.1
器 0551.2
墄 0619.2
契 0723.3
妻 0741.1
弃 1034.3
忔 1099.2
慽 1157.1
慼 1162.2
憩 1168.1
戚 1190.2
扢 1213.2
挈 1248.3
揭 1292.1
摖 1307.3
栔 1557.1
棄 1585.1
气 1704.1
氣 1704.3
汔 1725.2
汽 1740.2
泣 1743.2
洓 1772.3
湆 1834.3
湇 1834.3
炁 1917.2
猰 2006.3
甈 2089.1
盵 2184.2
䁈 2221.2
砌 2241.2
碶 2252.2
磧 2258.1
磩 2258.2
緀 2441.2
緝 2454.1
葺 2685.3
蝛 2781.3
蟿 2786.3
訖 2878.2
跂 2992.1
迄 3046.2
隑 3294.2
頍 3389.1
鼜 3593.3

qiā

刲 0351.3
忦 1102.1
掐 1281.2

qiǎ

卡 0431.2
跒 2993.1

qià

帢 0976.2
幍 0983.2
恰 1119.1
楬 1606.3
洽 1779.3
猲 2007.3
㼤 2083.2
髂 3474.3
鮚 3508.3

qiān

仟 0174.3
僉 0250.1
僊 0257.3
兛 0273.3
千 0406.2
圱 0438.3
厱 0443.3
嗛 0540.2
孅 0772.2
岍 0926.1
岍 0930.2
愆 1156.3
扦 1213.1
掔 1283.3
搴 1295.3
撁 1305.3
攐 1306.1
搴 1308.2
攓 1326.3
攑 1327.1
汧 1732.3
汧 1772.1
牽 1987.2
盰 2200.3
簽 2378.1
籤 2381.2
纖 2477.2
膁 2576.3
芊 2616.2
蔳 2725.2
蚈 2764.2
褰 2833.1
諐 2907.1
謙 2911.2
遷 3086.2
鉛 3179.1
阡 3257.3
韆 3371.3
騝 3451.1
騫 3462.1
鬜 3489.3

qián

偂 0240.1
前 0354.3
乾 0116.3
媊 0761.3
岒 0927.2
廞 1026.1
㥶 1153.2
拑 1231.3
掮 1269.1
揵 1287.3
柑 1547.1
榩 1617.1
歬 1674.3
潜 1867.3
潛 1883.1
灊 1906.1
煔 1938.2
燂 1952.2
燖 1963.2
犍 1990.1
箝 2362.3
羬 2500.2
葴 2679.3
蕁 2713.1
䕭 2735.3
虔 2749.2
赶 2983.3
鈐 3174.3
鉗 3177.1
鉆 3177.3
錢 3195.1
鍼 3202.2
鰬 3515.3
黔 3580.3

qiǎn

嗛 0540.1
慊 1154.1
淺 1825.1
繾 2472.2
譴 2921.2
遣 3083.1

qiàn

俔 0216.2
倩 0226.2
傔 0247.1
嗛 0540.1
塹 0627.3
壍 0635.3
嵌 0940.2
槧 1620.2
欠 1651.1
歉 1657.2
淒 1823.1
牽 1987.2
篟 2362.3
綪 2441.1
縴 2462.2
芡 2621.3
茜 2646.1
蒨 2704.1
謙 2911.2
輤 3026.3

qiāng

嗆 0542.2
將 0874.2
嶈 0944.2
慶 1159.2
戕 1189.3
戧 1192.2
控 1265.1
搶 1300.3
斨 1371.3
椌 1588.1
槍 1617.1
瑲 2073.1
矼 2240.1
羌 2492.2
腔 2563.2
蜣 2771.2
蹌 3005.2
蹡 3006.3
鎗 3209.1
鏘 3211.3
鶬 3546.1

qiáng

墻 0634.3
嬙 0770.1
廧 1026.3
強 1053.1
强 1055.1
彊 1056.3
檣 1641.3
爿 1971.1
牆 1972.1
薔 2720.2
蘠 2744.1

qiǎng

峽 0944.1
強 1053.2
彊 1056.3
搶 1301.1
繈 2463.1
襁 2836.2
鏹 3213.2

qiàng

嵹 0945.1
戧 1192.2
搶 1301.1
蹡 3006.3
鎗 3209.1

qiāo

劁 0365.2
墝 0628.2
墽 0634.3
幧 0987.3
敲 1352.1
橇 1637.1
橋 1637.1
毃 1692.1
磽 2254.3
礄 2259.2
窐 2327.3
繑 2469.3
虓 2749.3
趬 2990.3
蹺 3007.3
蹻 3008.2
鄡 3118.1
鄥 3121.2
鍬 3205.1
鍫 3206.1
骹 3473.3

qiáo

僑 0259.2
劁 0365.2
喬 0539.2
嫶 0769.2
嶠 0945.2
憔 1167.1
撬 1314.3
橋 1637.1
樵 1638.1
焦 1936.2
燋 1954.2
癄 2146.1
䀉 2196.3
瞧 2222.2
翹 2513.2
蕎 2715.2
蕉 2716.1
譙 2919.3
趫 2990.3
顦 3402.3
鷮 3547.3

qiǎo

丂 0025.2
巧 0954.1
悄 1126.3
愀 1146.3
釥 3171.3

qiào

俏 0216.1
削 0357.3
噭 0552.3
峭 0931.2
帩 0977.2
慓 1156.3
撬 1314.3
撽 1320.2
擊 1321.3
殼 1690.1
潐 1860.3
竅 2334.1
箾 2367.2
莜 2650.3
誚 2897.3
譙 2919.3
躈 3009.1
陗 3271.1
鞘 3367.2
鞽 3373.2

qiē

切 0338.2

qié

伽 0192.2
癿 2175.3
茄 2636.1

qiě

且 0080.3

qiè

切 0338.3
㓞 0363.2
唼 0524.2
嗛 0540.2
契 0723.3
妾 0740.3
怯 1106.3
愜 1144.2
愒 1145.3
㥦 1149.1
慊 1154.1
抾 1231.2
挈 1248.2
捷 1270.2
沏 1733.3
砌 2241.3
竊 2335.1
篋 2366.3
緁 2463.3
趄 2986.3
踥 2999.1
鍥 3201.3
鍥 3206.2

qīn

侵 0214.3
埐 0613.3
寑 0855.1
嶔 0945.1
欽 1655.3
浸 1794.1
滲 1879.2
瀙 1900.3
綅 2438.1
衾 2819.1
親 2856.3
顉 3395.1
駸 3458.3

qín

勤 0382.3
噙 0552.2
墐 0627.1
嶜 0944.3
廑 1017.3
懄 1156.3
懃 1172.1
捦 1280.1
擒 1319.2
檎 1642.1
琴 2064.2
瘽 2144.3
矜 2226.3
禽 2291.3
秦 2301.1
耹 2529.1
肣 2547.1
芩 2620.1
芹 2627.2
螓 2779.2
靲 3365.2

qǐn

侵 0214.3
坅 0594.1
寑 0855.1
寢 0858.3
梫 1580.2
螼 2781.3
鋟 3191.3

qìn

沁 1731.3
瀙 1900.3
親 2856.3

qīng

傾 0253.2
卿 0438.2
圊 0573.2
慶 1159.2
清 1813.3
艵 2611.2
艵 2611.3
蜻 2771.2
蹟 3009.2
輕 3024.2
鑋 3218.3
青 3349.1
頃 3382.3
鯖 3513.2
鶄 3538.3

qíng

剠 0359.3
勍 0377.3
姓 0658.1
情 1131.1
擏 1317.3
擎 1321.2
晴 1439.2
暒 1447.1
檠 1640.2
樈 1641.3
殑 1684.1
葝 2680.2
鯨 3513.1
鰸 3518.3
黥 3585.1

qǐng

廎 1022.2
檾 1643.3
苘 2639.1
請 2900.3
謦 2917.1
頃 3382.3

qìng

凊 0329.2
慶 1159.1
磬 2257.3
䆊 2328.2
綮 2439.3
罄 2479.3
胜 2554.2
鑋 3218.3
靘 3358.1

qiōng

穹 2324.2

qióng

傑 0247.3
匔 0388.3
嬛 0770.2
惸 1146.3
煢 1938.1
璚 2075.1
瓊 2079.1
睘 2218.3
瞏 2220.3
窮 2330.2
笻 2353.2
篫 2373.2
舼 2605.3
艐 2606.2
藑 2730.1
藭 2731.1
蛩 2763.3
跫 2995.1
邛 3096.3
銎 3182.1

qiòng

㑋 0208.3

qiū

丘 0081.2
區 0397.1
楸 1609.1
橚 1634.3
湫 1853.2
秌 2297.2
秋 2298.3
篍 2367.3
緧 2451.1
蓲 2706.2
蚯 2763.2
踿 3002.1

邱 3101.1
鞧 3368.3
鞦 3369.1
韄 3376.3
鰍 3515.1
鶖 3541.3
龝 3617.2

qiú
仇 0165.3
俅 0214.2
厹 0443.2
禸 0444.1
㕤 0472.2
囚 0567.2
崷 0940.1
捄 1257.3
朹 1506.1
梂 1578.2
毬 1700.1
求 1718.3
泅 1766.1
湭 1839.2
犰 1993.2
球 2061.2
璆 2074.2
絿 2406.3
綵 2434.1
艽 2613.1
莍 2656.3
萩 2689.1
虬 2756.1
虯 2756.3
蛷 2766.3
蝤 2774.2
裘 2826.2
觓 2863.3
觩 2870.1
訄 2875.2
賕 2964.2
逑 3057.1
遒 3075.3
酋 3127.2
銶 3190.2
鰌 3514.2
鼽 3596.2

qiǔ
糗 2391.2

qū
佉 0187.1
區 0396.3
去 0444.1
取 0451.3
呿 0498.1
屈 0907.1
嶇 0943.3
抾 1231.2
敺 1353.2
曲 1455.1
歐 1659.2
淈 1827.1
祛 2267.1
胠 2553.2
茩 2650.2
蛆 2762.3
蝹 2772.2
袪 2819.2
詘 2884.2
詎 2903.2
趍 2987.2
趣 2989.2
趨 2990.1
軀 3012.3
屈 3231.3
阹 3260.2
嶇 3294.3
駈 3455.2
騶 3463.2
驅 3464.3
魼 3508.2
鱸 3518.2
鴝 3531.1
鷗 3539.3
麯 3563.1
麴 3563.2

qú
劬 0375.2
句 0471.1
姁 0747.1
懼 1181.1
戵 1197.3
斪 1372.1
朐 1482.2
欋 1650.2
氍 1702.3
渠 1840.1
灈 1906.1
璩 2076.3
癯 2148.3
瞿 2222.3
磲 2259.1
籧 2381.1
絇 2416.1
胊 2555.1
臞 2576.3
蕖 2710.3
蘧 2736.1
蚼 2763.1
蠷 2780.2
蠼 2797.2
衢 2811.2
軥 3022.1
鉤 3180.1
鐻 3218.1
鸜 3550.3
黽 3587.3
鼩 3595.1

qǔ
取 0451.2
娶 0757.2
曲 1455.1
竘 2338.1
蝺 2777.2
詓 2882.2
麮 3562.3
齲 3604.2

qù
去 0444.1
粗 2525.1
蜡 2772.1
覰 2858.3
覷 2859.1
趣 2989.2
趨 2990.1
闃 3251.2
鼳 3595.2

quān
圈 0573.1
弮 1045.3
悛 1128.1
拳 1248.1
棬 1588.3
絟 2427.2

quán
佺 0208.3
全 0291.1
區 0394.1
匲 0395.1
卷 0435.3
埢 0609.3
婘 0758.3
巏 0948.3
惓 1130.3
拳 1248.1
捲 1269.1
棬 1588.3
權 1648.3
泉 1770.1
牷 1987.1
犈 1996.2
痊 2138.1
筌 2356.1
純 2406.1
荃 2650.3
蜷 2771.2
蠸 2796.2
觠 2864.3
詮 2891.3
跧 2995.3
踡 2999.1
輇 3023.2
銓 3187.2
顴 3404.3
鬈 3488.2
齤 3603.1

quǎn
犬 1992.1
甽 2109.3
畎 2110.1
畎 2110.3
綣 2441.1

quàn
券 0351.2
勸 0384.2
絭 2417.2
縓 2459.1
韏 3373.2

quē
缺 0726.1
缺 0728.3
屈 0907.2
缺 2479.1
闕 3251.2

qué
瘸 1093.3
瘸 2145.1

què
却 0435.1
郄 0436.2
卻 0436.3
埆 0606.3
愨 1155.2
慤 1161.2
推 1296.1
攉 1327.1
榷 1614.3
殼 1692.1
觳 1692.3
潅 1857.1
爵 1968.2
猔 2003.2
皵 2184.2
确 2248.1
碏 2249.1
碻 2254.2
確 2254.2
礐 2260.3
礭 2261.3
礉 2262.2
芍 2616.3
觳 2870.3
踖 2999.2
闋 3251.1
闕 3251.2
雀 3302.1
雔 3312.1
鵲 3538.3

qūn
麇 0447.3
囷 0572.2
峮 0931.2
逡 1078.1
踆 2998.3
逡 3066.2
遁 3081.1

qún
帬 0977.2
麕 2143.3
羣 2499.1
裙 2826.1
輑 3025.3
麇 3556.3
麏 3557.3

R

rán
呥 0488.1
枏 1550.1
橪 1637.3
然 1935.3
燃 1954.1
蘸 1964.2
繎 2469.3
蚺 2760.2
袡 2816.3
衻 2821.1
髯 3386.2
顊 3389.3
䫇 3395.1
髯 3487.1
䰯 3619.3

rǎn
冄 0320.1
冉 0320.1
姌 0513.1
染 1544.3
熯 1949.1
苒 2637.2

ráng
儴 0267.1
勷 0384.2
壤 0638.3
攘 1327.1
穀 1356.3
瀼 1902.3
獽 2017.2
禳 2290.2
穰 2320.3
鑲 3220.3

rǎng
嚷 0555.3
壤 0638.2
攘 1327.1
穀 1356.3
穰 2320.3
躟 3010.2

ràng
懹 1180.3
攘 1327.1
瓤 2084.3
讓 2926.2

ráo
嬈 0768.2
挐 1257.2
橈 1631.1
蕘 2712.1
襓 2836.3
饒 3434.2

rǎo
嬈 0768.1
擾 1325.1
繞 2468.2

rào
繞 2468.2
遶 3086.1

rě
喏 0533.3
惹 1149.1
若 2630.3

rè
熱 1949.3
衽 2817.2

rén
人 0158.1
仁 0164.1
任 0184.1
儿 0268.1
壬 0640.3
紝 2410.1
魜 3506.1
鵀 3535.2

rěn
忍 1100.3
棯 1596.2
稔 2310.1
腍 2564.2
荏 2655.1
荵 2658.1
銋 3188.3

rèn
仞 0172.1
任 0184.1
刃 0338.2
妊 0740.1
姙 0750.1
姙 0753.2
恁 1125.1
牣 1983.2
紉 2400.3
紝 2432.2
芿 2622.1
訒 2878.3
認 2898.1
軔 3019.3
靭 3365.1
韌 3373.1
飪 3423.1

rēng
扔 1211.1

réng
仍 0166.1
礽 2262.3
艿 2613.2
訒 2879.2
陾 3286.2

rèng
扔 1211.1

rì
日 1396.1
馹 3452.2

rōng
狨 2000.3

róng
傛 0246.2
容 0842.2
嶸 0946.3
巆 0948.1
戎 1183.3
榮 1612.1
榕 1613.2
毧 1699.2
溶 1855.3
瀜 1901.3
瑢 2071.1
絨 2427.1
搣 2495.2
彤 2544.2
茸 2646.1
蓉 2692.1
蘘 2740.3
融 2778.1
蠑 2790.2
褣 2833.2
鎔 3206.1
隔 3293.1
頌 3388.2
髶 3487.3

rǒng
冗 0322.1
宂 0799.1
氄 1701.3
茸 2646.2
軵 3022.1

róu
厹 0443.3
禸 0444.1
揉 1287.2
柔 1554.3
猱 2007.1
内 2290.1
粈 2383.3
糅 2390.3
葇 2680.2
蝚 2775.2
蹂 3002.2
輮 3029.3
鍒 3203.1
韖 3369.1
鶔 3541.1

rǒu
煣 1941.2

ròu
宍 0816.1
肉 2541.1

rū
繻 2473.3

rú
儒 0263.2
嚅 0553.1
如 0735.3
孺 0798.1
帤 0976.2
挐 1257.2
濡 1881.3
渪 1895.3
獳 2014.2
茹 2655.2
蒘 2704.2
蕠 2716.2
薷 2726.1
蠕 2790.2
袽 2822.3
襦 2838.3
醹 3142.3
鑐 3219.1
顬 3403.1
鮞 3511.3
鴽 3535.2

rǔ
乳 0115.3
女 0728.2
擩 1323.1
汝 1726.3
辱 3044.2
鄏 3118.1

rù
傉 0249.2
入 0284.1
嗕 0541.2
洳 1785.3
溽 1859.1
縟 2458.3
蓐 2698.1
褥 2833.3

ruán
堧 0618.2
壖 0636.1
撋 1311.1
擩 1323.1

ruǎn
偄 0239.3
媆 0762.3
楆 1601.1
瑌 2068.2
瓀 2078.2
碝 2253.1
礝 2260.3
緛 2452.3
耎 2523.1
耎 2523.3
萸 2680.1
蝡 2775.2
軟 3019.3
輭 3029.3
阮 3258.3
需 3336.1

ruí
擩 1323.1
桵 1581.3
甤 2100.1
緌 2445.2
蕤 2712.3
甤 3412.3

ruǐ
惢 1130.1
橤 1630.2
繠 2467.2
蕊 2711.3
蕋 2713.3
蘂 2735.2

ruì
兊 0280.2
叡 0454.3
枘 1539.2
梲 1578.2
汭 1739.2
瑞 2069.2
睿 2218.3
芮 2620.1
蒳 2689.3
蚋 2760.1
蜹 2772.2
銳 3190.1

rún
犉 1989.2

rùn
潤 1884.3
膶 2562.2
閏 3237.2

ruó
挼 1263.2
捼 1280.3

ruò
偌 0228.1
婼 0759.3
弱 1046.1
揳 1287.1
楉 1600.3
渃 1841.2
焫 1927.3
爇 1963.1
箬 2366.3
篛 2370.1
若 2630.2
蒻 2698.3
鄀 3114.2

S

sā
撒 1309.3

sǎ
摋 1302.1
撒 1309.3
洒 1772.2
灑 1906.2
纚 2478.3
靸 3365.2

sà
僠 0262.3
卅 0411.2
卌 0415.3
摋 1302.1
揾 1319.3
攃 1325.1
殺 1689.1
蔡 2709.3
躠 3010.2
鈒 3174.2
鎝 3206.3
霅 3336.3
颯 3377.2
颯 3412.1
馺 3452.2

sāi
思 1111.1
揌 1292.2
毸 1701.1
腮 2566.2
䚡 2870.3
顋 3398.1
鰓 3514.3

sài
僿 0260.1
塞 0621.1
簺 2376.3
賽 2972.2

sān
三 0025.2
叁 0444.3
參 0445.1
毵 1701.2
鬖 3489.3

sǎn
傘 0246.2
參 0445.1
幓 0987.1
散 1348.2
槮 1626.2
糂 2390.2
糝 2393.1
繖 2469.1
饊 3435.1

sàn
散 1348.2

sāng
喪 0531.3
桑 1570.2

sǎng
嗓 0541.3
搡 1299.1
磉 2256.1
顙 3400.3

sàng
喪 0531.3

sāo
慅 1154.3
搔 1298.3
溲 1610.1
溞 1860.2
獀 2010.3
繅 2467.1
繰 2472.2
臊 2574.1
艘 2606.1
颾 3413.2
騷 3462.2
鱢 3518.3

sǎo
埽 0610.2
嫂 0754.3
嫂 0761.3
嫂 0764.1
掃 1274.1
騷 3462.2

sào
埽 0610.2
氉 1702.1
燥 1961.1
臊 2574.1

sè
嗇 0539.3
塞 0620.3
廧 1026.3
槭 1623.3
歰 1676.2
澁 1886.3
濇 1889.1
澀 1897.2
瑟 2067.3
穡 2319.2
粣 2387.1
色 2610.1
譅 2923.3
轖 3036.1

鈒 3174.1
鰓 3415.2
sēn
摻 1307.3
森 1592.1
sēng
僧 0257.1
鬙 3489.3
shā
抄 1257.3
桬 1577.1
榝 1625.1
殺 1689.1
沙 1736.1
煞 1945.1
痧 2138.2
砂 2241.2
砦 2246.3
粆 2383.3
紗 2407.1
莎 2656.1
蔱 2702.1
裟 2823.3
鈔 3190.1
鎩 3209.2
閷 3249.3
髿 3488.1
魦 3506.3
鯊 3512.1
shá
奢 0725.2
shǎ
傻 0256.1
儍 0262.2
謏 2917.1
shà
厦 0441.3
哈 0512.2
唼 0524.2
啑 0525.1
哂 0537.2
嗄 0541.3
廈 1017.1
㬠 1452.3
歃 1657.1
沙 1736.1
煞 1945.2
箑 2363.1
翜 2507.1
翣 2507.2
舍 2598.2
萐 2664.3
霎 3338.2
shāi
篩 2370.3
釃 3143.3
shài
晒 1434.3
㬠 1452.3
曬 1454.3
殺 1689.1
閷 3249.3
shān
删 0349.1
埏 0606.3
姍 0747.1
山 0918.1
彡 1060.1
扇 1202.1
挻 1264.3
搧 1296.2
摻 1307.3
杉 1524.2
潸 1882.3
煔 1938.2
煽 1945.3
珊 2054.3
痁 2135.2
笘 2349.2
縿 2464.3
繺 2478.1
羶 2501.3
膻 2573.3
舢 2603.2
芟 2621.1
苫 2637.2
蔪 2706.2
蟺 2783.2
衫 2813.2
襂 2836.2
跚 2994.3
釤 3173.2
顫 3403.1
髟 3485.2
shán
烻 1926.3
䱇 3508.3
shǎn
夾 0717.1
撊 1298.3
摻 1307.3
潣 1860.1
煔 1938.2
䀹 2215.3
睒 2216.3
覢 2856.2
閃 3235.3
陝 3270.2
shàn
傓 0247.1
僐 0260.2
剡 0359.3
善 0529.1
單 0535.2
墡 0628.2
墠 0629.2
壇 0634.2
嬗 0770.1
扇 1201.3
掞 1269.2
擅 1316.1
擔 1319.3
樿 1636.2
汕 1725.2
澹 1892.2
煽 1945.3
疝 2132.2
禪 2286.2
繕 2468.1
膳 2572.1
蟺 2787.1
訕 2877.2
譱 2921.3
贍 2975.1
鄯 3121.2
釤 3173.2
騸 3462.1
鱔 3517.1
鱓 3518.2
鱣 3518.3
shāng
傷 0255.2
商 0520.2
墒 0626.2
慯 1145.2
殤 1686.2
湯 1847.1
禓 2285.2
蔏 2705.2
蠰 2793.3
觴 2871.1
鬺 3495.1
shǎng
上 0058.1
晌 1435.2
㫾 1452.1
賞 2967.3
shàng
上 0058.1
尚 0896.1
賞 2967.3
shāo
弰 1047.1
捎 1260.2
旓 1394.3
梢 1580.2
燒 1951.2
稍 2307.1
筲 2360.1
箾 2369.3
䈰 2372.1
綃 2438.1
艄 2605.3
蛸 2767.1
鞘 3367.2
髾 3488.1
鮹 3512.2
sháo
勺 0385.1
招 1237.1
杓 1524.1
磬 1692.2
芍 2616.3
韶 3379.1
shǎo
少 0892.2
搜 1294.3
shào
佋 0192.2
削 0357.3
劭 0375.1
卲 0435.1
召 0467.1
哨 0518.2
少 0892.2
燒 1951.2
燿 1962.2
睄 2215.3
稍 2307.1
紹 2413.1
袑 2821.2
詔 2885.3
邵 3100.2
shē
奓 0723.2
奢 0725.1
輋 0942.3
檨 1641.2
畬 2121.2
畲 2121.2
譇 2916.2
賒 2964.3
賖 2965.1
shé
佘 0185.2
它 0799.3
揲 1287.1
擖 1319.2
舌 2597.1
虵 2758.1
蛇 2761.2
蛞 2765.3
蛥 2765.3
鉈 3171.3
鍦 3201.2
闍 3248.1
shě
捨 1280.1
舍 2598.2
shè
厙 0439.3
射 0870.3
懾 1180.3
拾 1255.3
摵 1306.1
攝 1328.1
欇 1650.1
歙 1660.2
泄 1766.1
涉 1797.1
灄 1905.1
猞 2005.3
社 2263.1
聶 2538.1
舍 2598.1
葉 2678.3
蔎 2705.2
設 2880.3
赦 2980.3
䠶 3012.2
韘 3375.3
麝 3559.1
shēn
伸 0193.1
侁 0209.2
信 0211.1
㑗 0222.2
兟 0284.3
呻 0499.2
娠 0753.1
慘 0986.1
柛 1549.3
棽 1593.1
槮 1626.1
深 1811.1
湥 1855.3
珅 2053.2
甡 2099.3
申 2107.1
𤵸 2138.2
眒 2211.3
籸 2383.3
紳 2415.3
胂 2553.3
莘 2656.2
蓡 2718.3
襂 2836.2
襹 2840.2
詵 2892.1
身 3011.1
駪 3457.3
shén
什 0165.1
神 2269.3
蔯 2707.3
蔘 2709.2
shěn
哂 0510.3
嬸 0771.3
宷 0842.2
審 0861.3
弞 1044.1
搸 1324.2
沈 1728.2
淰 1831.3
瀋 1899.1
瞫 2222.1
矤 2227.2
矧 2229.3
諗 2904.2
讅 2923.3
邥 3097.3
魫 3506.2
shèn
參 0444.3
娠 0755.1
慎 1154.2
昚 1421.3
椹 1600.2
滲 1879.1
甚 2094.2
眘 2211.2
眒 2211.3
祳 2280.2
罧 2483.1
脤 2562.1
腎 2563.2
蜃 2766.1
蜄 2766.3
黮 3585.2
shēng
勝 0381.1
升 0411.3
昇 1416.1
牲 1985.3
狌 1997.2
生 2095.1
甥 2100.1
笙 2351.1
聲 2534.3
陞 3272.3
鼪 3594.3
shéng
憴 1169.1
澠 1889.2
繩 2471.3
譝 2921.1
shěng
渻 1846.1
瘄 2141.3
省 2205.2
眚 2212.1
胜 2554.2
shèng
乘 0100.1
剩 0364.2
勝 0381.1
嵊 0943.1
晟 1435.1
甸 2109.2
盛 2187.2
聖 2530.1
賸 2973.1
shī
匙 0393.3
失 0710.2
尸 0900.1
屍 0910.2
師 0977.3
施 1387.1
溼 1860.1
湤 1864.3
濕 1898.1
獅 2009.2
簁 2372.3
絁 2416.1
葹 2677.3
蓍 2698.1
蒒 2704.2
虱 2756.3
蝨 2774.1
蝨 2777.2
螄 2780.1
褷 2836.3
襹 2840.3
詩 2887.2
邿 3102.3
釃 3143.2
鉈 3171.3
鍦 3201.2
鳲 3523.3
shí
什 0165.1
十 0397.1
塒 0623.3
姼 0753.2
寔 0854.1
實 0859.2
拾 1255.3
提 1288.3
時 1431.2
榯 1616.3
汁 1717.3
湜 1846.3
石 2232.1
碩 2252.3
示 2262.1
祏 2267.2
蒔 2699.3
識 2917.1
鍉 3203.2
食 3420.1
鰣 3516.1
鼫 3594.3
shǐ
使 0205.2
史 0469.2
始 0747.2
屎 0910.1
弛 1045.1
施 1387.2
矢 2227.1
縰 2466.1
纚 2478.2
菡 2686.1
豕 2934.1
阤 3257.2
駛 3454.2
shì
世 0077.3
事 0121.1
仕 0170.1
侍 0204.1
勢 0382.1
咶 0512.3
嗜 0540.3
噬 0552.2
埶 0609.3
士 0639.1
奭 0727.3
姒 0739.3
媞 0763.2
室 0830.1
寺 0868.1
市 0967.2
式 1037.1
弑 1037.3
忕 1099.2
忕 1102.1
恃 1117.1
恀 1120.2
戺 1198.3
拭 1252.2
是 1422.2
柹 1542.1
柿 1546.1
柨 1547.1
栻 1559.3
氏 1702.1
澤 1890.3
澨 1892.2
狏 1993.3
狧 2000.3
畤 2114.3
眂 2207.2
眎 2211.2
眡 2212.1
睗 2217.2
示 2262.1
筂 2349.1
筮 2357.3
簭 2374.1
耆 2521.1
舍 2598.2
䑛 2599.2
舐 2599.2
舐 2599.3
舓 2600.3
蒔 2699.3
螫 2780.2
襫 2839.1
視 2854.1
䚤 2864.3
試 2890.2
誓 2899.1
諟 2909.2
諡 2910.3
謚 2911.3
貰 2955.2
軾 3023.1
逝 3060.1
適 3083.3
遰 3085.2
遾 3094.2
郝 3104.1
醳 3142.3
釋 3145.1
飾 3426.1
駛 3457.2
齛 3602.2
shōu
收 1333.2
shǒu
守 0800.1
手 1203.1
首 3437.1
shòu
受 0453.1
售 0528.3
壽 0643.2
授 1278.1
狩 1999.3
獸 2014.3
瘦 2141.2
瘦 2142.2
綬 2444.3
shū
俆 0220.3
倏 0233.3
叔 0452.2
姝 0753.1
抒 1218.1
攄 1325.2
書 1460.2
杼 1538.2
杸 1542.1
梳 1577.3
樞 1623.1
殊 1682.2
殳 1687.1
洙 1780.2
淑 1827.2
疋 2128.1
疏 2128.1
疎 2131.1
紓 2406.3
綀 2434.1
翛 2507.1
舒 2599.3
荼 2660.2
菽 2671.2
蔬 2707.2
袾 2822.3
輸 3030.3
透 3067.3
鄃 3115.1
䨹 3349.3
shú
塾 0624.2
孰 0794.2
尗 0896.1
朮 1501.3
熟 1948.1
秫 2303.3
贖 2975.3
shǔ
属 0913.3
屬 0915.3
數 1353.3
暑 1445.2
曙 1452.1
癙 2146.2
署 2482.2
薯 2723.2
藷 2744.2
薥 2731.1
蜀 2768.3
襡 2838.2
襡 2840.3
黍 3576.1
鼠 3593.1
shù
儵 0267.1
墅 0627.3
尌 0879.1
庶 1009.3
恕 1125.1
戍 1183.2
數 1353.3
束 1511.2
杼 1538.1
樹 1631.2
沭 1757.3
漱 1868.1
澍 1881.2
瀭 1906.2
疏 2128.2
秫 2303.3
竪 2341.3
籔 2379.3
腧 2566.3
虪 2756.3
術 2806.2
裋 2825.3
豎 2931.1
述 3048.3
鉥 3177.2
shuā
刷 0353.1
選 3089.1
shuǎ
耍 2523.2
shuāi
摔 1304.2
㾦 2143.1
衰 2815.2
shuài
帥 0976.2
率 2026.1
蟀 2781.2
shuān
拴 1255.3
栓 1565.3
閂 3235.3
shuàn
涮 1827.1
腨 2566.3
踹 3002.3
shuāng
双 0451.1
孀 0772.1
瀧 1900.3
篗 2382.1
艭 2607.3
雙 3318.3
霜 3339.3
騻 3465.2
驦 3470.2
鷞 3546.3
鸘 3550.1
shuǎng
爽 1970.1
𤭥 2089.3
shuàng
戳 1192.3
shuí
脽 2564.3
誰 2906.3
shuǐ
水 1707.1
shuì
帨 0977.2
挩 1257.3
涚 1792.1
痥 2133.1
睡 2217.2
稅 2306.1
裞 2824.3
shǔn
吮 0495.1
楯 1610.1
shùn
眣 2212.1
眴 2214.2
瞚 2220.3
瞤 2222.1
瞬 2222.2
舜 2601.1
蕣 2714.1
輴 3019.2

順 3384.1
馨 3489.1
shuō
說 2894.2
shuò
嗍 0546.3
妁 0737.2
掔 1295.2
搠 1296.2
數 1353.3
朔 1482.3
槊 1612.1
爍 1962.2
爍 1963.1
爚 1964.1
稍 2226.2
碩 2252.3
箾 2367.2
蒴 2695.3
鑠 3220.1
sī
偲 0244.3
凘 0331.2
厮 0441.3
厶 0443.1
司 0463.3
嘶 0548.3
廝 1022.3
思 1110.3
撕 1309.3
斯 1372.3
楒 1618.2
榹 1635.1
澌 1864.3
澌 1882.2
磃 2256.3
禗 2286.1
禠 2286.2
私 2292.2
糸 2394.1
絲 2432.3
緦 2454.1
罳 2484.2
菥 2670.2
蕬 2712.3
虒 2749.3
螄 2771.1
螄 2780.1
蟖 2784.1
鍶 3192.3
鐁 3213.1
颸 3412.3
鷥 3548.1
鼶 3595.3
sí
箟 2367.3
sǐ
死 1680.1
sì
似 0177.3
佀 0190.1
伺 0192.1
俟 0223.3
儩 0266.1
兕 0281.2
司 0463.3
嗣 0542.1
四 0559.1
寺 0868.1
巳 0964.2
思 1111.1
杫 1539.1
柶 1550.3
枱 1554.3
汜 1724.3
泗 1765.2
涘 1808.1
祀 2264.2
竢 2341.3
笥 2349.3
耜 2525.1
肂 2539.2
肆 2539.3
蕼 2720.1
鈶 3179.1
食 3420.3
飤 3422.3
飼 3425.3
飴 3425.3
駟 3454.2
騃 3459.2
麀 3556.2
sōng
凇 0330.3
娀 0750.3
崧 0936.1
嵩 0942.1
忪 1103.2
松 1539.3
淞 1824.2
菘 2670.2
蚣 2772.2
鬆 3488.2
sǒng
傱 0256.1
嵷 0944.2
從 1081.1
悚 1126.1
慫 1164.1
㩳 1181.2
摗 1329.1
竦 2340.1
縱 2466.2
聳 2537.1
蓯 2710.3
駷 3458.2
sòng
宋 0809.2
訟 2879.2
誦 2897.3
送 3051.1
頌 3388.2
sōu
叟 0454.2
廋 1014.2
廋 1015.2
捜 1285.2
搜 1294.3
氉 1701.1
溲 1853.3
獀 2008.2
艘 2606.1
蒐 2700.1
藪 2732.3
螋 2777.2
鄋 3114.1
鄋 3115.2
醙 3139.3
鎪 3201.2
鎪 3205.3
颼 3413.1
餿 3433.1
騪 3461.3
sóu
涑 1792.3
溲 1834.3
溲 1853.3
sǒu
傁 0246.2
叟 0454.2
嗾 0545.3
嫂 0941.3
廋 1015.2
擻 1325.2
棷 1591.3
櫢 1645.3
瞍 2219.3
籔 2379.3
藪 2732.3
sòu
嗽 0546.3
sū
囌 0559.3
廝 1027.3
甦 2099.3
穌 2319.1
蘇 2738.1
酥 3133.3
sú
俗 0221.1
sù
傃 0247.2
僳 0266.1
嗉 0540.2
塑 0621.2
夙 0655.2
宿 0848.1
愫 1154.1
愬 1155.2
摍 1323.1
數 1353.3
梀 1578.3
樕 1622.1
橚 1634.3
泝 1768.1
涑 1792.3
泝 1835.1
溯 1857.1
潚 1889.2
玊 2042.3
礵 2260.2
窣 2328.2
簌 2371.3
粟 2386.2
素 2401.3
縤 2459.2
肅 2540.2
肅 2541.3
膆 2569.1
艒 2606.2
茜 2657.1
蓿 2705.1
蔌 2706.2
蕯 2729.1
蘇 2738.1
觫 2870.1
訴 2886.2
誶 2899.3
謖 2907.2
謖 2911.2
謏 2912.3
蹜 3006.1
速 3059.3
遡 3081.2
遬 3085.2
餗 3429.2
驌 3467.3
鱐 3518.3
鷫 3548.3
suān
狻 2003.3
痠 2139.3
酸 3135.2
suǎn
匴 0395.3
篹 2372.1
suàn
祘 2278.2
筭 2347.3
笄 2357.2
算 2363.1
蒜 2696.1
選 3089.1
suī
倠 0235.1
嗺 0547.2
夊 0645.1
尿 0904.3
濉 1856.2
睢 2213.1
睢 2217.3
荽 2660.2
荽 2661.1
葰 2689.3
蓑 2692.2
雖 3313.2
suí
綏 2438.2
隋 3286.1
隨 3295.2
suǐ
瀡 1900.1
巂 3315.2
靃 3349.2
髓 3475.2
髓 3475.2
suì
旞 1395.3
檖 1630.3
歲 1674.3
燧 1958.3
璲 2075.1
睟 2216.3
碎 2248.3
祟 2278.2
襚 2319.2
穗 2319.2
粹 2388.1
繸 2464.3
繐 2468.3
術 2806.2
譢 2836.3
賥 2968.2
誶 3019.2
遂 3076.1
鐩 3210.3
鐩 3212.2
隊 3285.3
隧 3295.1
鰖 3591.3
sūn
孫 0792.2
搎 1298.3
猻 2009.1
蓀 2699.3
蕵 2720.3
飧 3423.1
sǔn
損 1299.2
栒 1566.2
榫 1617.2
笋 2348.1
筍 2356.3
箰 2368.1
簨 2374.1
膸 2572.3
隼 3301.1
sùn
潠 1885.2
筍 2356.3
suō
傞 0238.1
唆 0520.1
娑 0754.1
娑 0755.3
惢 1123.2
挱 1257.3
梭 1577.1
梭 1584.1
獻 2016.1
縮 2461.2
莎 2656.1
莤 2657.1
蓑 2692.2
蓌 2704.3
趖 2989.1
suǒ
嗩 0541.3
娑 0754.1
惢 1130.1
所 1200.2
搽 1296.3
瑣 2071.3
璅 2074.3
索 2404.1
葰 2689.3
鎖 3208.2
鏁 3212.1
鬖 3370.2
suò
些 0148.3
娑 0754.1
溹 1859.1

T

tā
他 0171.3
佗 0185.3
塌 0623.3
她 0735.3
榙 1616.2
鞳 3365.2
tá
蹹 3008.2
tǎ
塔 0622.2
墖 0627.2
獺 2017.2
鰨 2732.2
tà
傝 0249.2
嗒 0541.1
嚃 0552.1
拓 1233.3
搭 1278.1
搭 1298.1
搨 1299.1
撻 1317.1
榻 1616.3
榙 1637.1
毾 1701.1
毾 1701.1
沓 1742.3
涾 1829.2
漯 1877.1
澾 1880.3
濌 1894.1
濕 1898.1
狧 2000.3
緆 2459.2
褟 2512.1
羍 2600.2
羍 2600.3
艜 2606.2
荅 2653.1
遝 2723.2
誻 2904.1
踏 3000.3
蹋 3004.2
蹹 3010.3
達 3077.1
遢 3083.2
遝 3083.2
錔 3198.1
闒 3252.2
闟 3256.1
闟 3256.2
鞈 3367.1
鞜 3368.1
鞳 3370.3
鮎 3508.3
鰨 3514.2
鰨 3516.1
鞜 3585.1
tāi
台 0472.2
胎 2553.3
苔 2639.3
tái
儓 0264.2
台 0472.2
抬 1246.1
擡 1322.2
蘖 1356.2
檯 1644.2
炱 1919.2
箈 2367.3
籉 2379.2
能 2556.1
臺 2589.2
苔 2639.2
菭 2663.1
薹 2726.2
跆 2994.1
邰 3100.2
颱 3412.3
駘 3454.3
鮐 3509.1
tài
儓 0264.3
大 0660.1
太 0700.3
忕 1099.2
忲 1102.1
態 1155.3
汰 1724.3
汏 1734.2
泰 1745.1
能 2556.1
tān
嘽 0549.3
坍 0595.1
坤 0599.2
探 1266.3
攤 1329.2
灘 1906.3
癱 2148.3
舑 2599.3
舔 2600.3
貪 2953.1
驔 3467.1
tán
倓 0226.1
壇 0634.1
壜 0638.2
彈 1055.2
惔 1130.3
憛 1166.1
撢 1313.1
曇 1451.1
橝 1632.3
檀 1640.2
沈 1728.2
淡 1813.1
潭 1882.1
澹 1892.2
甔 2095.2
痰 2140.1
癉 2146.1
簟 2377.1
罈 2480.3
胆 2553.3
蕁 2713.1
薄 2730.1
藫 2738.1
蟫 2783.3
覃 2850.2
談 2899.3
譚 2918.1
郯 3108.3
醰 3141.3
錟 3194.1
鐔 3213.1
餤 3431.3
驔 3467.1
鷤 3547.3
tǎn
儃 0260.2
嗿 0547.3
坦 0598.3
忐 1101.2
毯 1700.2
毯 1700.2
菼 2664.1
袒 2820.3
襢 2837.2
黮 3008.1
醓 3138.3
tàn
傝 0249.2
嘆 0547.1
探 1266.3
撢 1309.2
歎 1659.1
潬 1906.1
炭 1919.1
舕 2600.3
賧 2953.1
賧 2968.2
tāng
湯 1846.3
膛 2572.1
蕩 2711.1
蕩 2720.2
蝪 2776.3
鏜 3211.2
鐋 3212.1
閶 3248.3
鞺 3371.1
táng
唐 0514.1
堂 0613.3
塘 0621.3
搪 1296.1
棠 1597.3
糖 1614.2
樘 1624.1
溏 1856.2
煻 1945.3
瑭 2071.1
糖 2391.1
螗 2778.3
螳 2781.3
赯 2982.3
逿 3080.3
鏜 3206.2
闛 3253.1
餹 3433.2
tǎng
倘 0231.3
儻 0267.3
帑 0974.2
戃 1182.3
攩 1330.2
曭 1454.3
矘 1493.2
淌 1827.2
爣 1964.2
矘 2224.3
躺 3012.3
鎲 3208.2
tàng
湯 1846.3
燙 1950.3
趟 2989.3
tāo
叨 0468.2
弢 1045.1
慆 1155.1
挑 1255.2
掏 1281.1
搯 1300.3
滔 1862.1
濤 1896.2
燾 1962.2
絛 2422.2
縚 2459.2
謟 2913.1
韜 3376.1
饕 3436.1
táo
匋 0387.3
咷 0512.2
啕 0528.1
桃 1568.1
檮 1644.1
洮 1780.1
淘 1833.1
綯 2445.3
綯 2445.3
萄 2673.3
蜪 2773.2
跳 2997.2
迯 3050.3
逃 3055.3
醄 3138.3
陶 3283.2
鞀 3366.2
鞉 3367.1
鞀 3376.1
駣 3458.1
騊 3461.1
鼗 3593.2
tǎo
討 2875.3
tào
套 0724.2
té
螣 2780.1
tè
匿 0396.2
忑 1099.3
忒 1100.2
慝 1161.2
特 1986.1
犆 1989.2
貣 2951.2
貸 2959.2
téng
幐 0985.1
滕 1863.2
疼 2137.1
縢 2458.1
藤 2732.3
螣 2780.1
謄 2915.1
邆 3088.2
騰 3464.1
鰧 3515.2
tèng
磴 2259.3
tī
剔 0361.2
梯 1577.3
睇 2220.2
踢 3000.2
鬄 3488.3
鷉 3546.1
tí
厗 0439.3
啼 0532.3
嗁 0543.1
媞 0763.2
崹 0940.1
折 1224.2
提 1288.3
桋 1559.3
瑅 2061.2
禔 2285.2
稊 2306.1
綈 2433.3
緹 2453.3
荑 2645.3
蕛 2715.2
蝭 2776.3
諦 2907.1
謕 2914.3
蹄 3001.3
踶 3002.3
蹏 3005.2
醍 3139.1
銻 3190.1

題 3397.1	敁 2111.1	宛 2328.1	梃 1582.1	上 0148.1	溥 1868.1	囤 0571.3	妥 0737.3	枦 1554.2	捥 1265.3
騠 3461.3	碝 2255.2	窱 2332.2	珵 2063.1	搲 0931.1	湍 1942.1	埻 0593.3	婑 0762.2	椚 1599.1	掔 1283.3
鯷 3511.2	窴 2330.1	誂 2893.2	珽 2063.1	投 1221.1	瑞 2945.2	坉 0917.2	媠 0768.3	樠 1644.1	掔 1295.2
綈 3512.1	緂 2441.1	**tiào**	町 2108.3	腧 1974.3	踹 3575.3	忳 1102.1	庹 1011.1	橠 1647.3	楥 1625.1
緹 3514.1	綊 2673.1	咷 0512.2	脡 2562.3	緰 2455.2	**tuán**	炖 1916.3	撱 1312.1	龕 1700.3	婉 2216.3
鯷 3514.3	輇 3025.3	眺 2214.3	艇 2605.3	緰 2832.1	剬 0363.2	燉 1951.2	橢 1635.3	沅 1758.2	脘 2562.3
鵜 3535.3	軘 3026.3	稠 2310.2	頸 3394.1	頭 3394.1	剸 0364.3	独 1996.1	綏 2438.2	瀇 2380.3	腕 2563.3
鶗 3541.2	鈿 3178.1	窵 2328.1	**tìng**	殺 3473.1	圖 3391.2	純 2406.1	隋 3285.3	蘰 2735.3	萬 2681.2
鷈 3547.3	填 3207.1	糶 2393.3	庭 1009.1	**tǒu**	團 3473.2	臋 2573.2	**tuò**	跦 2994.3	薍 2723.2
tǐ	鎮 3212.2	覜 2856.1	**tǒng**	妵 0743.3	團 0580.2	芚 2619.2	侻 0220.3	駞 3452.1	輐 3023.3
醍 3138.3	闐 3252.2	跳 2997.1	侗 1118.3	敨 3433.1	塼 0626.3	豚 2934.3	唾 0527.2	魍 3499.3	豌 3343.1
體 3475.2	覿 3363.3	頫 3391.2	桐 1564.2	**tòu**	專 0873.1	軘 3019.3	拓 1233.2	鮸 3506.1	**wāng**
tì	顛 3399.3	**tiē**	狪 2000.3	綉 2439.1	傳 1156.3	魨 3423.1			尫 0207.2
俶 0231.3	**tiǎn**	帖 0973.1	痌 2138.1	透 3067.2	湍 1292.3	魨 3506.3	**W**	**wán**	匡 0393.2
倜 0235.1	填 0623.1	怗 1108.2	稒 2304.3	**tū**	摶 1304.3	**tǔn**		丸 0093.1	尢 0898.1
剃 0357.2	婰 0756.1	聑 2529.3	筒 2529.3	凸 0334.2	槫 1620.2	唒 0517.1	**wā**	刓 0344.1	尪 0898.3
剔 0361.2	忝 1105.3	貼 2956.1	通 3060.3	吐 0474.2	算 2371.3	汆 1719.3	哇 0510.3	園 0571.1	汪 1731.1
嚏 0553.2	惔 1135.2	跕 2994.1	**tóng**	嵞 0943.3	糰 2393.3	**tùn**	呱 0528.3	完 0808.2	魍 3501.1
屜 0907.1	捵 1277.2	**tiě**	仝 0170.1	快 1110.1	鷻 2706.1	褪 2831.3	嗗 0537.2	岏 0926.1	**wáng**
屟 0913.3	栝 1566.1	帖 0973.1	佟 0197.1	瑹 2074.1	尊 3120.1	**tuō**	娲 0760.2	忨 1101.3	亡 0148.1
弟 1043.3	殄 1682.2	蛈 2763.1	侗 0208.3	秃 2295.3	鄟 3516.3	佗 0185.3	挖 1249.3	抏 1217.1	王 2042.3
悌 1125.2	珍 1829.2	鉄 3179.1	僮 0256.3	突 2326.1	鷻 3538.2	侂 0202.1	屼 0926.1	捖 1257.3	**wǎng**
愁 1129.3	紾 2416.1	鐵 3214.1	同 0475.2	葖 2677.2	**tuǎn**	它 0799.3	汙 1772.1	玩 2051.3	往 1068.1
惕 1135.3	腆 2564.2	驖 3219.3	峒 0930.3	裻 2831.2	睡 2126.1	扥 1212.3	洼 1855.3	纨 2401.2	惘 1135.2
摕 1285.3	舔 2600.3	驖 3467.3	幢 0986.3	鵚 3595.2	瞳 2126.2	托 1213.2	窐 2321.2	芄 2510.3	方 1380.1
摘 1304.1	蚕 2761.1	**tiè**	形 1061.3	**tú**	疃 3010.3	汑 1230.1	窊 2327.1	蚖 2616.3	枉 1534.2
擿 1322.1	銛 3188.2	帖 0257.3	捅 1253.1	圖 0525.3	**tuàn**	拖 1241.1	窪 2327.1	蚖 2759.1	汒 1834.1
替 1469.3	餂 3428.3	呫 0499.1	曈 1451.1	圖 0581.2	彖 1059.1	挩 1257.3	窫 2329.2	頑 3386.2	瀇 1895.3
棣 1593.2	**tiàn**	帖 0972.3	朣 1492.1	堘 0620.1	湪 2306.2	脱 1578.2	窫 2332.3	**wǎn**	王 2042.3
殢 1686.2	掭 1281.1	貼 3373.2	桐 1564.2	屠 0912.2	緣 2455.2	脱 2138.2	蛙 2764.3	娩 0743.3	網 2443.2
涕 1772.1	樖 1596.3	餮 3432.2	橦 1630.2	峹 0943.2	褖 2832.3	砤 2240.1	鮭 3511.1	婉 0756.1	网 2480.1
洟 1791.3	瑱 2071.2	**tīng**	氃 1701.2	庩 1021.3	**tuī**	税 2306.2	黿 3587.3	婉 0758.2	罔 2481.1
狄 1994.2	睼 2219.3	聽 0443.3	潼 1880.1	徒 1074.2	推 1281.2	蓷 2559.3	**wá**	惋 1130.1	蛧 2672.1
珶 2246.3	**tiāo**	聴 1028.2	狪 2000.3	悇 1127.3	蓷 2706.3	託 2877.3	娃 0751.1	挽 1130.1	蝄 2765.1
籊 2379.1	佻 0208.3	桯 1581.1	瓺 2087.1	捈 1263.3	脱 2559.3	迱 3049.3	**wǎ**	挽 1264.2	輞 2903.3
薙 2723.3	恌 1119.1	汀 1717.3	瞳 2221.3	梌 1581.2	蓷 2732.2	魠 3423.1	瓦 2084.1	晚 1437.2	輞 3028.2
裼 2829.1	挑 1255.1	町 2108.3	砼 2246.1	椟 1642.1	魋 3501.1	**tuó**	**wà**	晥 1439.2	**wàng**
趯 2991.1	條 1573.3	廳 2539.1	種 2319.1	涂 1801.3	**tuí**	佗 0185.3	嗢 0534.3	脘 1588.1	妄 0733.2
达 3046.1	桃 2279.1	芐 2613.6	童 2340.2	潳 1885.2	弟 1043.3	坨 0598.1	瓦 2084.2	浣 1808.2	往 1068.1
逖 3068.3	蓨 2704.2	鞓 3367.2	置 2485.3	瘏 2140.1	癩 2148.1	堶 0618.2	瓲 2086.3	畹 2063.2	忘 1098.1
逷 3069.2	蓚 2704.2	**tíng**	銅 2605.3	稌 2309.1	蘈 2738.1	它 0799.2	絓 2412.1	琬 2125.3	旺 1405.2
適 3084.1	**tiáo**	亭 0156.1	茼 2650.1	稌 2567.3	蹪 3008.2	庹 1011.1	膃 2566.3	皖 2181.1	旺 1442.3
錫 3197.2	佻 0208.3	停 0235.2	衕 2807.2	腯 2660.2	隤 3297.2	駝 1545.2	袜 2819.2	盌 2187.2	望 1484.1
鬄 3488.1	嬥 0771.2	奠 0725.3	軖 2980.3	荼 2673.1	頹 3394.1	橐 1632.1	襪 2839.1	碗 2248.2	王 2042.3
鬀 3488.3	岧 0928.3	娗 0756.1	重 3147.2	菟 2692.1	**tuǐ**	沱 1726.2	韈 3371.3	綰 2440.2	盲 2198.3
tiān	條 1573.3	婷 0761.3	菟 3185.1	跿 2998.1	俀 0259.1	沱 1743.2	韤 3376.3	脘 2559.3	迋 3046.2
天 0683.1	稠 2310.2	庭 1009.1	銅 3511.3	途 3066.2	骽 0899.2	砣 2242.1	**wāi**	莞 2656.2	**wēi**
添 1832.3	脩 2563.1	廷 1028.1	鮦 3535.1	酴 3135.1	碄 2562.2	紽 2412.1	咼 0500.1	菀 2663.1	倭 0234.3
緂 2600.2	芀 2613.1	挺 1264.1	**tǒng**	酴 3139.2	腿 2566.1	蠹 2796.2	喎 0527.2	菀 2689.1	偎 0244.3
碵 2600.3	苕 2639.3	梴 1599.1	侗 0208.2	駼 3459.1	骽 3474.2	訑 2877.1	歪 1674.3	蜿 2771.1	危 0434.1
酟 3133.3	蓨 2704.2	淳 1834.3	桶 1580.2	鵌 3537.3	**tuì**	跎 2992.3	竵 2344.1	踠 2998.3	壝 0442.3
tián	蓚 2704.2	珽 2003.1	甬 2101.2	**tǔ**	俀 0220.3	酡 3132.3	**wài**	輓 3026.1	委 0741.2
佃 0193.1	絛 2770.1	筳 2360.1	筒 2355.3	吐 0474.2	税 2306.2	阤 3257.3	外 0649.3	鋔 3194.1	威 0748.3
唝 0541.2	蜩 2773.1	莛 2439.1	箐 2359.3	土 0582.1	蛻 2559.3	陀 3260.1	**wān**	鵷 3474.3	婑 0939.1
填 0622.3	調 2905.1	莛 2662.1	統 2423.1	芏 2616.1	蜕 2766.2	陊 3266.1	剜 0359.2	鮸 3506.2	崴 0940.3
寘 0855.1	迢 3050.2	葶 2677.2	**tòng**	**tù**	退 3052.3	駄 3451.2	圓 0580.1	**wàn**	嵬 0941.1
嗔 0942.3	銚 3188.3	蜓 2768.3	恫 1158.2	兔 0281.3	脱 3458.2	駝 3452.3	婠 0758.1	万 0057.2	微 1087.2
恬 1119.2	鋚 3193.2	婷 2774.2	痛 2138.3	吐 0474.2	**tūn**	馳 3455.1	惋 0982.3	卍 0416.1	椳 1601.1
搷 1298.2	鯈 3367.3	霆 3338.1	**tōu**	堍 0611.2	吞 0484.3	馲 3467.1	彎 1058.3		楲 1606.3
沺 1765.1	髫 3487.2	艇 3512.3	他 0171.3	菟 2673.1	暾 0524.2	鉈 3508.1	漫 1880.2		桅 1685.3
湉 1839.1	鰷 3517.1	鼮 3595.1	偷 0245.1	鵌 3540.3	涒 0611.2	鮀 3518.2	灣 1907.3		溾 1851.2
滇 1859.1	鯛 3602.3	**tǐng**	媮 0763.3	**tuān**	焞 1927.2	鴕 3532.3	貫 2952.3		煨 1941.9
甜 2094.3	**tiǎo**	侹 0222.1	愉 1146.2	湍 1852.2	燉 1951.1	鼉 3589.1			猥 2004.3
田 2101.1	挑 1255.2	挺 1264.1	鍮 3203.3		蠧 2783.2	鼧 3594.3			畏 2110.2
甸 2109.2	朓 1484.1		**tóu**		**tún**	**tuǒ**			藏 2146.2

緭 2454.2
萎 2673.1
葳 2679.3
薇 2725.2
蝼 2773.1
蝛 2775.2
逶 3069.2
隈 3291.1

wéi

偽 0237.3
唯 0528.1
口 0559.1
圍 0577.3
壝 0637.3
嵬 0942.3
巍 0948.1
帷 0983.2
幃 0984.2
惟 1136.1
敳 1366.1
桅 1566.2
溈 1839.2
湋 1845.3
灅 1887.1
潙 1887.2
濰 1899.1
為 1918.1
爲 1967.1
磈 2259.3
維 2446.1
萑 2708.3
違 3078.1
鄬 3125.2
闈 3251.1
韋 3372.1
韡 3376.3
魏 3500.1
鮠 3511.3

wěi

亹 0157.3
偽 0237.3
偉 0242.3
僞 0259.2
唯 0528.2
壝 0637.3
委 0741.2
娓 0755.1
寪 0850.1
㞇 0900.2
尾 0905.1
崣 0937.1
嵏 0939.1
嵔 0941.1
廆 1015.3
愇 1145.1
暐 1446.1
洧 1775.2
澧 1900.1
煒 1941.2
猥 2007.3
瑋 2069.1
痏 2137.2
痿 2141.1
薳 2182.2
碨 2253.2
磈 2259.3
緯 2453.1
腲 2566.2
萎 2673.1
葦 2680.3
蔿 2714.2
蘧 2720.2
蘤 2744.2
蝼 2773.1
諉 2905.1
闖 3256.2
隗 3294.2
韙 3376.1
頠 3391.1
颹 3412.3
骫 3473.1
鮪 3511.2

wèi

位 0185.3
味 0497.3
喂 0534.3
媦 0763.3
尉 0876.2
懀 1145.3
慰 1163.2
擭 1313.2
未 1498.3
渭 1851.3
熭 1942.1
熨 1950.1
爲 1967.2
畏 2110.2
瞶 2222.1
磑 2255.1
衞 2381.2
罻 2485.2
胃 2553.1
菋 2671.2
蔚 2707.2
蜼 2773.2
蝟 2776.1
螱 2780.3
蠵 2790.3
蟁 2794.1
衛 2808.3
褽 2836.3
謂 2910.1
讆 2926.2
躛 3010.2
軎 3019.2
轊 3033.2
遺 3090.2
餧 3432.2
餵 3433.1
魏 3500.1
鮇 3508.2

wēn

唱 1446.2
榲 1616.3
殟 1686.1
温 1848.2
溫 1861.3
瘟 2142.1
盈 2187.1
縕 2454.1
藴 2710.3
蘊 2733.1
蝹 2780.3
豱 2931.1
貙 2940.3
轀 3030.1

wén

彣 1060.1
攵 1333.1
文 1356.1
栯 1581.2
炆 1915.2
紋 2405.1
聞 2533.3
芠 2617.1
蚉 2758.1
蚊 2758.3
閿 3249.1
雯 3327.1
鳼 3528.2

wěn

刎 0345.2
吻 0493.3
噃 0534.2
抆 1215.1
呅 1421.3
殁 1682.1
穏 2320.1
脗 2562.3

wèn

免 0281.1
問 0523.1
搵 1288.2
搵 1300.1
文 1356.2
汶 1728.1
璺 2080.3
紊 2401.3
絻 2439.2
聞 2533.3
顐 3397.1
饂 3436.2

wēng

滃 1863.1
翁 2504.2
螉 2779.3
鶲 3546.1

wěng

塕 0624.1
暡 1447.3
滃 1863.1
翁 2504.2
蓊 2702.1

wèng

瓮 2086.3
甕 2090.1
罋 2480.2
罌 2480.3
蕹 2719.3
齆 3597.2

wō

倭 0234.3
咼 0500.1
渦 1852.2
猤 2005.3
猧 2007.2
窩 2329.3
緺 2449.2
萵 2685.3
薶 2729.2
蝸 2776.2
踒 3001.3

wǒ

倭 0234.3
婐 0760.2
婑 0760.3
我 1189.1
果 1544.1
鬌 3488.1
鬌 3489.1

wò

偓 0242.3
喔 0534.2
幄 0984.2
捾 1265.3
握 1287.3
擭 1323.3
斡 1370.3
沃 1740.3
涴 1808.2
渥 1845.2
臥 2577.3
齷 3604.1

wū

剭 0363.1
嗚 0542.3
圬 0586.3
屋 0910.2
巫 0961.2
惡 1139.1
扜 1212.1
於 1386.2
杇 1513.1
杅 1513.1
歍 1658.3
汙 1720.2
洿 1775.3
烏 1921.1
窏 2327.3
誣 2896.3
鄔 3119.1
釫 3171.3
鎢 3209.2

wú

亡 0148.2
吾 0485.1
吳 0488.1
峿 0931.2
廡 1026.1
徭 1075.2
无 1396.1
梧 1579.1
毋 1692.1
浯 1793.2
無 1929.1
珸 2061.2
璑 2075.2
蕪 2376.1
莁 2657.3
蕪 2715.2
蜈 2767.1
郚 3104.3
鋙 3191.3
鋘 3192.3
鼯 3595.1

wǔ

五 0130.1
伍 0176.1
仵 0183.3
侮 0222.1
儛 0264.3
務 0378.3
午 0411.2
啎 0528.3
娒 0756.1
娬 0759.1
嫵 0769.1
廡 1026.1
忤 1103.2
憮 1144.3
憮 1167.1
捂 1260.1
武 1669.2
潕 1888.1
牾 1988.2
珷 2065.3
甒 2090.1
碔 2249.1
膴 2572.3
舞 2601.2
迕 3046.3
還 3080.3
鵡 3538.3

wù

俉 0214.2
兀 0268.1
務 0378.3
勿 0385.2
卼 0436.3
噁 0548.3
塢 0624.1
婺 0761.2
寤 0858.2
屼 0925.3
岉 0927.2
悟 1126.2
悞 1127.2
惡 1139.1
戊 1183.1
扤 1212.2
掘 1273.2
晤 1436.3
杌 1518.1
梧 1579.1
沕 1741.1
牟 1981.3
物 1984.1
畇 2207.2
矹 2240.1
芴 2622.1
蘁 2736.1
誤 2897.3
逜 3060.1
遻 3092.1
鋈 3190.1
隖 3294.2
雺 3335.3
霚 3340.3
霧 3341.2
騖 3461.3
鶩 3541.2
鼿 3596.3

X

xī

俙 0220.3
傒 0249.2
僖 0258.1
兮 0311.2
卻 0438.3
吸 0492.2
唏 0519.3
喜 0531.1
嘻 0548.2
噏 0550.1
噐 0554.1
嚱 0555.3
夕 0649.1
奚 0724.3
娭 0756.1
嫛 0764.2
嬉 0768.2
屖 0910.1
嶲 0947.3
巇 0948.1
希 0971.3
徯 1088.3
恓 1117.1
息 1123.3
悕 1127.3
悉 1128.3
惜 1133.3
憘 1165.1
戲 1194.1
扱 1212.2
扸 1224.1
摡 1287.1
撕 1309.3
攜 1328.3
昔 1404.3
晞 1436.3
晳 1439.2
晰 1441.3
曦 1454.2
枍 1542.1
析 1542.2
栖 1562.2
棲 1589.1
榽 1617.1
槢 1630.2
樨 1636.1
款 1653.1
欷 1653.3
歙 1660.1
汐 1726.1
浠 1801.2
淅 1824.3
溪 1862.1
熙 1943.2
熄 1946.2
熺 1952.1
熹 1954.3
犀 1988.3
犧 1991.2
畦 2114.2
瘜 2144.1
皙 2181.3
睎 2215.3
磎 2256.1
禧 2286.2
稀 2309.1
窸 2333.2
粞 2386.1
纚 2478.2
羛 2495.1
羲 2500.3
翕 2506.3
翖 2507.1
肸 2547.1
腊 2564.1
膝 2570.2
菥 2670.2
蒠 2704.1
蜥 2772.2
蜙 2779.3
螇 2779.3
蟋 2782.3
蠵 2796.2
裼 2829.2
西 2840.1
觿 2872.3
訢 2881.3
誒 2898.1
譆 2918.1
谿 2929.3
豨 2939.2
豯 2941.1
豯 2945.2
蹊 3005.1
郗 3106.1
郎 3119.1
鄎 3126.2
醯 3139.2
醯 3141.3
釐 3154.2
錫 3197.2
雟 3315.2
饎 3435.1
饐 3436.2
鸂 3548.1
鼷 3595.3

xí

媳 0766.1
嶍 0944.1
席 0976.3
擊 1320.2
槢 1624.1
檄 1643.3
澘 1889.2
猃 2003.2
碢 2260.1
習 2505.2
蓆 2693.1
葈 2702.1
薂 2724.2
褶 2836.1
襲 2839.2
覡 2856.2
郎 3104.1
鑴 3221.2
隰 3298.1
霫 3341.3
驨 3470.3
鰼 3516.3

xǐ

喜 0531.1
壐 0635.3
臾 0717.2
屣 0914.1
徙 1078.2
憙 1167.3
杫 1539.1
枲 1556.1
洒 1772.2
洗 1780.2
漇 1879.1
璽 2078.2
矖 2224.3
簁 2372.3
葸 2685.3
蓰 2710.2
蟢 2783.3
諰 2909.3
謑 2913.1
躧 3010.3
蹝 3007.1
鰓 3515.1

xì

係 0222.3
僁 0255.2
匸 0395.1
卌 0416.1
卻 0436.3
呬 0499.3
咥 0511.1
妎 0740.1
屓 0912.2
屭 0917.3
恤 1109.1
忥 1123.3
愾 1155.1
戲 1194.1
既 1396.2
氣 1705.1
汹 1785.3
潝 1853.2
潟 1888.1
澗 1888.2
熂 1905.1
熂 1946.2
盻 2207.1
禊 2283.2
穸 2324.3
系 2394.1
細 2414.1
綌 2439.2
緆 2444.2
繫 2469.3
舄 2591.3
葈 2702.1
虩 2756.3
蟗 2798.3
覤 2856.2
赩 2981.1
赫 2981.1
郄 3103.3
郤 3106.1
釳 3173.1
闟 3256.2
隙 3293.3
霼 3345.2
餼 3433.3
鬩 3491.2
黖 3580.2

xiā

呀 0487.2
呷 0499.2
嗑 0541.1
岈 0926.3
瑕 2068.3
瞎 2219.3
蝦 2775.2
谺 2928.3
閜 3244.1
颬 3412.1
鰕 3514.3
鰕 3597.1

xiá

俠 0214.2
假 0240.3
匣 0394.2
峽 0931.1
徦 1083.3
押 1238.3
搳 1295.3
斜 1369.2
暇 1445.3
柙 1549.3
浹 1793.1
狎 1997.1
狹 2002.3
瑕 2068.3
甲 2105.2
硤 2247.1
祫 2279.1
舝 2601.2
葭 2680.2
蕸 2713.2
赮 2982.2
轄 3031.3
遐 3078.2
鎋 3206.1
陜 3270.3
陿 3286.3
霅 3336.2
霞 3340.3
鞈 3375.3
騢 3461.3
鰕 3514.3
鶷 3542.1
黠 3584.1

xià

下 0052.1
假 0240.3
唬 0526.2
嗄 0541.3
夏 0645.1
廈 1017.1
暇 1445.3
罅 2480.1
芐 2616.1
諕 2903.3

xiān

仙 0172.2
僊 0253.2
先 0277.2
嘕 0546.1
姺 0753.2
孅 0772.2
忺 1103.3
憸 1169.1
掀 1283.2
攕 1327.3
暹 1450.1
杴 1542.1
硟 2248.2
祆 2265.1
秈 2297.2
綅 2438.1
纖 2477.2
苮 2642.1
襳 2840.1
跣 2996.1
躚 3010.2
銛 3188.1
鍁 3194.1
韱 3377.2
鮮 3510.2
鱻 3520.1
鶱 3542.1

xián

伭 0186.2
咸 0513.2
㖤 0520.1
啣 0527.2
嗛 0540.1
嫌 0765.2
嫺 0768.3
弦 1044.1
㦓 1166.2
橌 1601.1
㳄 1741.1
涎 1794.2
澖 1885.2
癇 2145.3
瞯 2222.1
礥 2261.1
絃 2412.1
胘 2553.1
舷 2604.3
藖 2732.2

蚿 2762.2
蜆 2764.3
蠊 2779.1
誸 2903.2
諴 2909.1
賢 2966.2
醎 3138.3
銜 3189.1
閑 3241.2
閒 3242.1
鷳 3547.2
鹹 3552.1

xiǎn

冼 0329.2
姺 0753.1
尟 0897.3
尠 0897.3
嶮 0946.1
憸 0988.3
彡 1060.1
毨 1699.2
洒 1772.2
洗 1780.3
灦 1907.3
燹 1962.3
獫 2013.3
獮 2014.2
玁 2018.3
省 2205.2
筅 2356.2
箲 2365.3
蘚 2744.1
蜆 2767.1
跣 2996.1
蹮 3008.1
銑 3188.1
險 3297.2
韅 3371.3
顯 3403.3
鮮 3510.2

xiàn

俔 0216.2
僩 0258.3
峴 0932.1
憲 1164.1
憪 1166.2
撊 1311.1
敹 1342.3
晛 1436.3
涀 1796.2
獻 2016.1
現 2061.3
痃 2138.1
睍 2215.3
硍 2246.1
礥 2262.3
綖 2439.2
綫 2442.2
線 2456.2
縣 2457.1
羨 2495.3
莧 2659.1
躚 3010.1
軒 3018.1
鋧 3192.2
鏾 3213.1
限 3268.1
陷 3285.1
霰 3342.1
餡 3432.2
鮮 3510.2
鮨 3514.1
鼸 3595.3

xiāng

儴 0267.1
廂 1014.3
忀 1093.3
欀 1647.2
湘 1843.1
瓖 2081.2
相 2200.3
箱 2366.3
緗 2452.1
纕 2477.1
膷 2573.1
舡 2603.2
葙 2679.3
薌 2716.2
襄 2834.1
鄉 3115.2
鑲 3220.3
香 3439.1
驤 3470.2

xiáng

庠 1006.3
栙 1566.2
祥 2278.2
翔 2506.2
詳 2887.1
降 3268.1

xiǎng

亨 0153.3
享 0154.1
嚮 0555.1
想 1149.1
攘 1327.2
薌 2716.2
蠁 2786.2
襐 2837.2
鄉 3115.2
響 3380.3
餉 3428.3
饗 3435.3
饟 3436.3
鯗 3510.1
鮝 3513.1

xiàng

像 0256.1
向 0483.3
嚮 0555.1
巷 0936.1
巷 0965.3
曏 1452.1
樣 1619.3
橡 1637.3
相 2200.3
缿 2479.3
蟓 2786.1
衖 2807.1
象 2935.1
鄉 3115.2
銗 3189.1
闀 3256.3
項 3383.2
饟 3436.3

xiāo

侾 0212.3
哮 0517.3
嗃 0540.1
嘐 0547.1
嘵 0548.1
囂 0558.2
宵 0841.1
崤 0931.1
憢 1165.1
捎 1260.3
揱 1295.2
枵 1550.1
梢 1580.3
梟 1584.2
櫹 1634.3
櫹 1647.2
歊 1657.2
消 1794.3
瀟 1903.1
烋 1921.1
熇 1945.2
猇 2005.3
獿 2010.3
獟 2011.1
獢 2011.2
痟 2138.2
瘄 2139.2
硝 2247.2
箾 2367.2
簫 2377.3
綃 2438.1
繆 2464.3
翛 2507.1
肖 2543.2
萷 2681.2
蕭 2720.3
藃 2725.3
虈 2745.2
虓 2749.3
蛸 2767.1
蠨 2794.1
踃 2998.2
逍 3065.3
銷 3191.3
霄 3337.3
騷 3462.2
驍 3466.2
驕 3467.1
骹 3474.1
髇 3474.2
髇 3475.1
髐 3475.2
魈 3499.3
鮹 3512.2
鴞 3530.3

xiáo

姣 0750.2
崤 0938.3
校 1558.2
楕 1596.2
殽 1690.1
洨 1771.2
淆 1832.2
絞 2423.1

xiǎo

宵 0841.1
小 0882.1
曉 1451.2
皛 2182.1
筱 2360.2
篠 2370.3
簫 2377.3
茭 2642.3
謏 2910.3
鱙 3506.1

xiào

俏 0216.1
傚 0247.1
削 0371.2
効 0375.3
咲 0510.2
嗃 0540.1
嘯 0553.3
孝 0783.2
斅 0798.3
宵 0841.1
恔 1116.3
效 1341.3
斅 1356.3
校 1558.1
歗 1660.1
殽 1690.2
涍 1792.1
潚 1894.1
澩 1902.3
笑 2348.2
肖 2543.2
芍 2616.3
詨 2886.3

xiē

些 0148.3
曷 1460.1
楔 1599.3
歇 1656.3
蝎 2776.3
蠍 2788.3

xié

偕 0238.3
勰 0383.3
協 0417.1
叶 0467.3
嗋 0541.3
奊 0717.2
恊 1118.3
㥟 1181.2
拹 1252.3
挾 1258.2
擷 1324.3
攜 1328.3
斜 1369.2
旪 1402.3
歙 1658.3
歟 1660.2
汁 1717.3
獬 2015.2
絜 2417.2
緳 2449.2
繲 2467.2
纈 2475.2
脇 2558.2
脅 2559.1
脥 2562.1
膎 2569.2
衺 2815.2
襭 2839.1
諧 2910.1
邪 3098.2
鞋 3366.3
鞵 3370.3
頁 3381.1
頡 3390.2
鮭 3511.1
龤 3620.3

xiě

寫 0862.1

xiè

偞 0226.1
偰 0246.2
僁 0255.2
卨 0432.3
卸 0436.2
契 0723.3
媟 0762.2
寫 0862.1
屑 0912.1
屟 0913.3
屧 0914.2
嶰 0946.2
廨 1026.3
徢 1087.2
𢖢 1092.1
懈 1169.2
揳 1286.2
暬 1447.3
械 1578.2
楔 1599.3
榍 1616.3
榭 1617.2
泄 1757.2
洩 1779.2
渫 1810.3
澲 1844.1
澥 1893.1
瀉 1899.2
瀣 1902.2
灺 1914.2
燮 1958.3
猲 2007.2
獬 2014.1
瓂 2081.2
禼 2291.3
禼 2291.3
紲 2412.3
絏 2427.2
緤 2452.1
薤 2720.3
薢 2724.1
蟹 2789.2
褻 2834.1
解 2865.3
謝 2913.1
躞 3010.2
迦 3050.1
邂 3094.2
韰 3377.1
䪥 3377.3
駴 3458.2
齘 3602.2
齛 3602.2
齥 3603.3

xīn

廞 1025.3
心 1093.1
忻 1103.3
新 1373.2
昕 1416.2
欣 1652.3
歆 1656.2
炘 1917.2
焮 1928.1
牸 1988.2
芯 2617.1
莘 2656.2
薪 2718.3
親 2856.3
訢 2881.3
辛 3037.1
鑫 3220.2
馨 3443.3

xín

撏 1310.3
杴 1539.2
鐔 3213.1
鬵 3494.3

xǐn

伈 0175.3

xìn

信 0211.1
囟 0571.1
熏 1947.2
罧 2482.1
舋 2597.3
衅 2798.2
顖 3400.3

xīng

垶 0605.2
𡋾 0621.3
惺 1145.2
星 1425.3
狌 1997.2
猩 2007.2
胜 2554.2
腥 2566.3
興 2592.3
騂 3458.1

xíng

侀 0203.1
刑 0343.1
型 0604.3
娙 0755.1
峌 0931.2
形 1060.1
滎 1864.3
硎 2246.1
行 2799.1
邢 3098.1
鈃 3182.2
鉶 3182.2
陘 3270.3
餳 3432.3

xǐng

冼 0329.2
擤 1324.1
省 2205.2
箵 2367.2
醒 3139.1

xìng

倖 0227.1
姓 0746.2
婞 0759.1
幸 0998.2
性 1109.2
悻 1133.2
杏 1523.2
涬 1823.3
緈 2432.3
興 2593.1
荇 2655.2
莕 2656.3
行 2799.2

xiōng

兄 0274.1
兇 0277.2
凶 0333.1
匈 0387.2
哅 0513.1
恟 1120.1
殉 1681.3
洶 1783.2
胸 2558.1
胷 2559.2
芎 2616.1
蚣 2760.2
訩 2879.2
詾 2892.2
銎 3182.1

xióng

熊 1946.2
雄 3305.1

xiòng

夐 1354.3
敻 1354.3
詗 2884.2

xiū

休 0176.2
修 0219.1
咻 0513.1
庥 1008.1
烋 1921.1
[illegible] 1990.3
羞 2494.2
脩 2562.3
茠 2654.3
貅 2944.1
飍 3415.3
饈 3434.1
髤 3486.1
髹 3487.3
鵂 3535.2

xiǔ

朽 1504.3
殏 1680.1
滫 1879.1
糔 2391.2

xiù

嗅 0542.2
宿 0848.1
岫 0929.1
溴 1864.2
珛 2055.2
琇 2063.2
秀 2296.1
綉 2439.2
繡 2470.3
臭 2586.3
螑 2780.1
袖 2820.3
褎 2831.1
褏 2831.1
銹 3193.1
鏽 3217.3
齅 3597.2

xū

于 0128.1
冔 0321.3
吁 0474.2
呼 0500.2
嘔 0546.2
嘘 0549.2
墟 0627.3
姁 0747.1
嬃 0768.1
戌 1183.3
揟 1287.1
楈 1603.3
欨 1653.1
欻 1654.1
歘 1660.1
歔 1660.1
盱 2199.1
矞 2226.2
砉 2240.2
稰 2311.1
[illegible] 2344.1
縃 2452.2
繻 2467.2
胥 2545.2
胥 2550.3
蓲 2706.3
蔬 2707.2
虗 2724.2
虛 2750.3
蝑 2776.1
訏 2875.2
鑐 3219.1
需 3336.1
須 3385.1
頊 3386.2
驉 3467.1
鬚 3490.1
魖 3501.3

xú

余 0185.2
俆 0220.3
徐 1076.1
涂 1801.2
邪 3098.2

xǔ

休 0176.3
呴 0501.2
咻 0513.1
栩 1564.2
湑 1845.2
滸 1866.2
煦 1928.3
煦 1945.1
糈 2391.1
許 2879.3
詡 2890.2
諝 2909.2
鄦 3125.2
醑 3138.3

xù

侐 0210.3
勖 0379.1
卹 0436.3
垿 0605.2
壻 0643.1
婿 0762.3
序 1003.3
怴 1107.1
恤 1120.1
慉 1153.3
敘 1346.1
旭 1403.3
旮 1404.1
昫 1429.1
殈 1684.1
洫 1785.3
淢 1825.3
漵 1877.3
煦 1945.1
狊 1996.2
獝 2011.2
畜 2111.3
盢 2192.1
瞁 2219.2
稸 2314.3
絮 2422.2
緒 2441.2
續 2475.3
䍗 2529.1
芧 2619.3
蓄 2695.2
藚 2731.2
訹 2883.1
酗 3132.3
酌 3134.1
鉥 3177.2
馘 3439.3
鱮 3519.1

xuān

亘 0147.2
儇 0262.2
喧 0532.2
嬛 0770.2
宣 0826.1
嵈 0940.1
揎 1285.2
擐 1319.2
昕 1416.2
晅 1434.3
暄 1443.3
暖 1446.2
泫 1745.1
烜 1919.2
煊 1938.1
瑄 2067.2
睻 2219.3
矎 2224.2
禤 2286.2
翾 2514.3
萱 2677.2
萲 2686.3
藼 2735.1
蜎 2767.2
諠 2907.1
諼 2910.2
軒 3018.1
鋗 3192.2
駽 3459.1

xuán

匴 0394.1
懸 1177.2
旋 1391.3
淀 1802.3
滋 1856.2
漩 1866.3
玄 2018.1
玆 2026.1
琁 2063.2
璇 2073.3
璿 2078.2
痃 2133.3
盷 2207.2
暶 2220.3
縣 2456.3
縼 2462.2
蜁 2767.3
還 3093.2
[illegible] 3549.1

xuǎn

咺 0510.3
喧 0532.2
撰 1311.1
烜 1919.2
痃 2138.1
癣 2145.1
癬 2148.2
繏 2469.2
選 3089.1
饌 3435.1

xuàn

敻 1354.3
旋 1391.3
昡 1421.3
楦 1599.1
楥 1607.3
泫 1744.3
洵 1783.1
涓 1796.3
渲 1834.3
炫 1918.1

Y

珤 2063.1	循 1086.2	鄂 3124.1	**yái**	厴 3586.2	狄 2943.1	要 2848.2	鷕 3547.1	殗 1685.3	
眩 2211.1	恂 1119.3	馴 3452.1	崖 0936.1	黶 3595.2	鋏 3178.3	邀 2880.3	麀 3556.2	液 1810.2	
胸 2214.2	狻 1128.1	鱏 3518.1	**yān**	黶 3595.3	鴳 3366.2	𠾭 3094.1	齩 3603.2	糪 2393.1	
絢 2428.1	逳 1333.3	鱘 3518.1	咽 0442.1	齴 3602.2	鴶 3508.3	鷂 3545.3	鷕 3545.3	腋 2563.3	
緄 2472.1	句 1403.1	**xùn**	蜒 2768.3	釅 3602.3	鷃 3530.3	**yáo**	**yào**	葉 2678.3	
旋 2705.1	枸 1566.2	徇 0209.2	蜲 2779.2	顩 3604.1	鼴 3587.3	佻 0209.1	䆕 0825.3	裛 2824.1	
衒 2806.1	橚 1632.3	噀 0549.2	言 2872.1	巚 3616.3	**yáng**	傜 0234.2	曜 1000.1	謁 2909.2	
袨 2819.1	樳 1636.1	孫 0792.2	妍 2995.3	**yàn**	佯 0202.3	傛 0249.3	曜 1452.3	鄴 3125.3	
譞 2923.3	橒 1637.1	峮 0966.2	鄢 3106.2	俺 0229.3	傷 0250.3	僥 0257.3	樂 1627.1	鍱 3202.2	
費 2976.1	洵 1783.1	弮 1071.3	鉛 3175.1	傿 0250.3	徉 1070.1	垚 0604.3	藥 1907.1	鐷 3364.1	
選 3089.1	潯 1882.1	憚 1173.1	鉛 3179.1	厭 0441.3	揚 1290.3	姚 0752.1	燿 1962.2	靨 3364.2	
鉉 3176.1	潱 1884.2	懮 1155.3	鋋 3193.2	咽 0512.1	敭 1351.3	媱 0766.1	礿 2264.3	頁 3381.1	
鏇 3210.1	燖 1952.3	殉 1683.3	閹 3249.1	唁 0517.2	昜 1422.3	嶢 0944.3	𥥆 2326.2	饁 3432.2	
鞙 3367.2	珣 2060.1	汛 1725.3	陷 3265.3	喭 0533.2	暘 1446.2	徭 1088.2	突 2327.3	饜 3433.2	
xuē	眒 2111.1	蕈 2712.3	險 3297.2	嚥 0553.2	楊 1604.1	搖 1293.2	耀 2515.1	饁 3434.2	
削 0357.3	眴 2214.2	訓 2877.1	殷 3395.1	嬮 0554.3	洋 1771.2	搖 1300.1	葯 2690.1	鮠 3512.3	
薛 2724.2	紃 2400.1	訊 2878.2	鳽 3538.3	堰 0618.1	湯 1847.1	淆 1307.3	藥 2733.2	**yī**	
辥 3042.1	荀 2653.3	迅 3046.2	鹽 3552.2	厭 0771.3	烊 1919.2	猺 1780.1	虠 2756.1	一 0001.1	
靴 3365.3	蟳 2738.1	洵 3054.2	麿 3559.1	宴 0841.3	煬 1941.9	珧 1920.1	袎 2821.3	伊 0181.2	
鞾 3371.1	蟴 2784.1	遜 3082.3	**yǎn**	彥 1062.3	瑒 2069.2	窯 1969.1	要 2848.2	依 0201.2	
xué	袀 2822.3	選 3089.1	偃 0239.1	捵 1269.2	瘍 2137.2	窰 2006.2	覞 2856.2	咿 0513.1	
學 0795.1	詢 2892.3	顨 3402.3	儼 0267.2	晏 1430.3	瘍 2142.1	繇 2060.1	靿 3366.2	噫 0550.2	
澩 1894.1	逤 3081.2	鷐 3428.3	兗 0283.2	暥 1454.2	羊 2490.1	肴 2072.1	鷂 3545.3	壹 0642.1	
穴 2321.1	郇 3104.1	馴 3452.1	剡 0359.3	沿 1767.1	詳 2887.1	蕘 2328.1	鷕 3550.2	嬰 0766.2	
觷 2872.1		鵕 3536.1	匽 0396.1	灩 1908.2	錫 3203.2	謠 2328.1	**yē**	意 1142.1	
趐 2997.3			厭 0441.3	炎 1915.2	鍚 3213.2	踰 2330.1	哽 0534.1	掋 1261.2	
鷽 3549.2	**Y**		靨 0443.3	烻 1926.3	陽 3286.3	軺 2461.1	噎 0548.1	揖 1290.2	
xuě			噞 0552.3	焰 1927.3	颺 3413.1	遙 2545.2	掖 1268.2	㩲 1309.1	
雪 3325.3	**yā**	厏 0439.1	奄 0720.3	燕 1928.3	**yǎng**	銚 2701.3	暍 1447.1	椅 1593.1	
xuè	丫 0083.1	庌 0525.1	姌 0746.2	燕 1954.3	仰 0178.1	陶 2912.3	椰 1600.2	欹 1653.1	
映 0488.1	亞 0147.3	序 1003.2	嬮 0770.2	鋏 1958.2	卬 0432.1	隃 3003.1	蠮 2794.1	歍 1655.3	
決 1734.3	劜 0360.2	掗 1271.2	㘰 0940.1	爓 1963.2	坱 0599.2	飖 3021.3	**yé**	醫 1692.3	
沄 1743.1	厭 0441.3	疋 2128.1	广 1003.1	獻 2004.1	怏 0929.1	餻 3083.2	倻 1258.2	洢 1785.3	
泬 1758.2	呀 0487.1	疋 2128.1	庵 1011.1	研 2240.1	柍 1550.2	鰩 3085.2	揶 1286.2	漪 1879.1	
瀥 1897.3	壓 0636.2	瘂 2140.2	弇 1036.1	硯 2247.1	泱 1765.1	鳐 3188.3	斜 1369.2	猗 2004.2	
瀥 1902.2	婭 0759.2	雅 3303.2	扊 1203.2	礛 2290.1	痒 2137.2	鷂 3283.3	枒 1537.3	㖿 2074.1	
威 1920.3	押 1238.3	**yán**	捈 1269.2	艷 2611.3	癢 2147.3	鷕 3291.3	梛 1580.1	禕 2285.2	
狘 1996.3	枒 1549.3	唌 0520.1	掩 1272.2	艷 2611.3	蛘 2764.2	鼇 3413.2	爺 1969.3	繄 2460.1	
瞲 2222.1	椏 1590.3	嚴 0555.3	揜 1293.2	芟 2618.2	軮 3021.1	鼶 3432.2	琊 2061.3	蛜 2765.3	
瓡 2505.2	烏 1921.1	顩 0558.1	㤀 1386.2	鱟 2764.2	養 3426.3	龥 3516.3	耶 2527.3	衣 2811.1	
血 2797.1	猒 2004.1	㖦 0606.3	晻 1441.3	蜓 2872.2	**yàng**	**yǎo**	邪 3098.2	袘 2821.2	
謔 2910.1	窫 2326.1	埯 0638.2	曬 1454.3	諺 2907.2	快 1108.3	偠 0238.2	鄒 3191.2	㦝 2920.2	
閲 3246.3	錏 3195.1	壛 0639.1	楬 1588.3	譴 2925.1	恙 1120.3	咬 0510.1	**yě**	譩 2927.2	
xūn	雅 3303.2	妍 0738.1	檿 1645.1	讌 2927.1	柍 1550.3	噭 0554.2	也 0113.3	郼 3114.2	
勛 0381.1	鴉 3528.3	妍 0750.3	沇 1742.2	豔 2933.1	樣 1619.3	嫇 0762.1	冶 0328.3	醫 3140.3	
勳 0383.3	鴨 3530.1	岩 0928.2	淡 1813.1	贋 2975.2	漾 1867.3	宎 0768.2	埜 0613.3	陭 3280.1	
塤 0624.1	鵶 3539.2	喦 0941.1	渰 1852.3	醶 3143.1	瀁 1899.2	宎 0812.1	壄 0629.3	驚 3546.3	
壎 0636.1	**yá**	崟 0941.2	演 1865.1	釅 3143.3	煬 1941.2	杳 0825.3	野 3151.3	勩 3583.3	
曛 1453.1	厓 0439.2	巖 0949.1	扊 2063.3	閻 3249.1	羕 2495.1	查 1539.1	**yè**	黟 3584.1	
焄 1927.1	唖 0526.1	嵒 0949.1	甗 2091.2	隰 3294.3	**yāo**	溔 1857.1	咽 0512.1	黳 3585.3	
燻 1938.1	啀 0547.2	狿 0951.2	眼 2213.1	隔 3294.3	么 0098.1	舀 1999.3	喝 0535.1	**yí**	
熏 1947.2	崖 0936.1	延 1029.1	縯 2461.2	兼 2495.1	吆 0478.2	窅 2219.1	嘩 0553.2	皀 0115.2	
爋 1962.2	岈 1219.3	掔 1295.2	罨 2483.2	**yāng**	喓 0534.1	窈 2220.1	夜 0656.1	佗 0185.3	
獯 2014.3	枒 1537.3	梴 1584.1	蝘 2774.1	映 0499.3	夭 0709.2	窅 2326.2	射 0870.3	侇 0203.1	
纁 2473.3	涯 1825.1	檐 1643.2	螾 3529.2	央 0710.1	妖 0740.1	窅 2326.3	業 0946.3	儀 0260.2	
臐 2575.2	牙 1975.1	櫩 1647.1	蝚 3534.3	柍 1550.3	媱 0754.3	筄 2327.2	扡 1232.1	澄 0331.2	
葷 2677.3	睚 2217.2	沿 1767.1	鶠 3545.1	殃 1682.1	幺 0999.1	騕 2591.1	拽 1252.3	匜 0393.1	
薰 2681.2	砑 2241.1	炎 1915.2	鷖 3547.2	泱 1765.1	徼 1091.3	騕 2621.1	捈 1268.2	台 0472.2	
薫 2729.3	芽 2619.2	狿 2003.3	鹽 3552.2	秧 2304.1	殀 1681.3	騕 2848.3	揲 1287.1	咦 0510.2	
醺 3142.3	蚜 2759.2	甗 2091.2	**yāng**		沃 2265.1	鷕 3461.3	揲 1317.3	姨 0587.3	
xún	衙 2807.2	閆 2091.2			腰 2565.2	齩 3474.2	擖 1323.1	扡 0598.1	
尋 0879.1	齖 3602.1	研 2240.2			葽 2678.2	齩 3532.3	擛 1324.1	圯 0598.1	
峋 0931.1	**yǎ**	研 2246.1			夭 2831.3		曄 1450.1	夷 0713.3	
巡 0951.1		碞 2254.1					曳 1458.1	姨 0750.3	
徇 1071.3		筵 2360.2					樸 1600.2	嫛 0764.2	
		簷 2378.2					鵺 3532.3	宜 0819.1	
		綖 2439.2

與 2592.1
艅 2605.3
萸 2674.1
蒮 2709.3
蕍 2711.3
虞 2753.3
蜍 2767.2
螸 2771.3
蝺 2776.1
蝓 2777.1
螸 2783.1
衙 2807.2
褕 2832.1
覦 2858.2
諛 2906.3
謣 2915.2
踰 3002.3
輿 3032.1
轝 3036.2
逾 3081.1
邪 3096.3
邪 3098.2
釪 3171.2
鍝 3203.2
闍 3251.2
隅 3286.2
隃 3291.3
雩 3325.2
颺 3413.1
餘 3429.2
騟 3461.3
骬 3473.1
髃 3475.1
魚 3502.1
魰 3508.2
鰅 3515.1
鮽 3515.2
鸆 3548.3
麌 3560.2

yǔ
与 0057.2
予 0120.3
俁 0219.1
偊 0246.1
傴 0253.1
偊 0254.3
噢 0550.3
噳 0551.2
圄 0573.1
圉 0573.2
嫗 0767.3
宇 0799.3
寓 0855.1
峿 0931.2
嶼 0947.1
庾 1013.3
惥 1172.2
敔 1345.2
梧 1579.1
楀 1610.1
瑀 2070.3
瘐 2141.1
禹 2290.3
窳 2332.2
篽 2376.2
羽 2502.1
臾 2591.1
與 2592.1
萭 2689.2
藇 2724.2
蘌 2744.2
蝺 2777.2
衙 2807.2
語 2897.1
鄅 3115.1
鋙 3191.3
雨 3324.1
麌 3557.2
齬 3603.3

yù
僪 0258.3
儥 0265.1
俞 0296.1
冩 0322.3
喻 0537.3
噊 0549.2
圉 0573.2
域 0610.1
奧 0726.1
嫗 0767.2
寓 0854.1
尉 0876.3
峪 0932.1
尉 0944.1
庽 1015.2
或 1062.2
戫 1067.2
御 1083.3
愈 1152.3
慾 1163.3
懊 1169.2
或 1189.2
戫 1192.2
拗 1246.2
昱 1421.3
栯 1562.3
棜 1588.2
棫 1590.3
櫲 1647.1
欲 1653.2
毓 1694.3
汩 1738.2
浴 1801.2
淯 1810.3
淢 1825.3
潏 1884.1
澦 1889.1
澳 1893.3
灪 1908.3
焴 1927.3
煜 1941.2
熨 1950.2
燠 1962.1
狢 2003.3
獄 2010.1
玉 2027.1
琙 2066.1
瘉 2142.2
矞 2226.2
砡 2242.2
礜 2260.2
禦 2287.3
禺 2290.1
篽 2378.1
籞 2381.3
籲 2382.3
粥 2386.3
緎 2441.3
繘 2469.2
罭 2482.2
翻 2513.3
聿 2539.1
育 2544.3
與 2592.1
芋 2615.3
菸 2664.1
萑 2695.2
蔚 2707.2
蕷 2720.3
薁 2725.1
蘛 2740.3
蜮 2772.1
裕 2824.3
語 2897.1
諭 2910.2
譽 2922.2
谷 2928.1
豫 2940.1
貍 2944.1
遇 3080.3
逾 3081.1
遹 3088.2
郁 3103.1
醧 3140.3
鈺 3176.1
鋊 3193.1
錥 3194.1
閾 3248.1
閾 3248.2
隩 3298.1
雨 3324.1
雩 3325.2
霱 3342.1
鬻 3376.3
預 3388.1
颺 3415.1
飫 3423.2
饇 3434.1
馭 3451.1
驈 3466.3
鬱 3493.1
鬻 3495.2
鱊 3518.1
鳿 3528.3
鴥 3532.3
鴪 3536.1
鵒 3547.2
鸒 3549.3

yuān
冤 0324.2
咽 0512.1
囦 0571.3
嬽 0767.3
嬛 0770.2
宛 0824.3
宛 0847.3
弲 1055.1
惌 1130.1
淵 1854.2
痟 2139.2
眢 2212.2
蜎 2767.2
蜿 2771.1
蝹 2777.2
裷 2828.1
鳶 3523.2
鴛 3531.1
鵷 3535.1
鶢 3537.3
鼘 3593.3

yuán
元 0269.1
原 0440.2
員 0518.3
園 0578.1
圓 0578.3
圜 0582.2
垣 0604.2
媛 0763.3
嫄 0765.3
援 1292.3
杬 1535.1
楥 1607.3
榬 1616.1
櫞 1646.2
沅 1733.1
洹 1772.2
湲 1852.3
源 1859.3
爰 1966.3
猨 2008.1
猿 2008.3
緣 2455.2
羱 2500.3
芫 2618.2
蒝 2698.2
蚖 2759.1
蝯 2777.1
蝝 2777.2
螈 2779.2
袁 2817.3
轅 3031.3
邍 3095.2
邧 3098.2
阮 3259.1
隕 3294.1
騵 3462.2
魭 3506.2
鶢 3541.3
黿 3587.1

yuǎn
遠 3081.3

yuàn
原 0440.3
垸 0605.2
媛 0763.3
怨 1114.2
愿 1155.3
掾 1294.3
涏 1794.3
涴 1808.2
瑗 2070.2
苑 2641.2
菀 2663.1
衏 2806.1
褑 2832.1
院 3269.2
願 3400.2

yuē
曰 1455.1
矱 2232.3
約 2401.1

yuě
噦 0551.2

yuè
兌 0280.2
刖 0345.2
岳 0929.2
嶽 0947.1
恱 1107.3
悅 1125.2
戉 1183.2
抈 1223.2
月 1472.1
樂 1626.3
樾 1634.3
檪 1646.2
泧 1758.2
瀹 1904.2
爚 1964.1
禴 2290.3
稅 2306.2
籆 2370.3
籥 2381.3
籰 2382.3
粵 2387.1
絨 2412.3
蘥 2744.1
蚏 2760.2
蛻 2766.2
蠍 2784.1
越 2984.3
跀 2992.3
躍 3009.2
軏 3019.2
鉞 3177.3
鑰 3220.3
閱 3246.3
雖 3311.3
髺 3487.3
鸑 3549.3
鳹 3550.2
䶳 3585.1
龠 3620.1

yūn
奫 0726.3
氳 1706.3
煴 1941.3
縕 2454.1
蒀 2681.2
贇 2973.3
輼 3030.1
頵 3393.2

yún
云 0129.3
勻 0385.2
員 0518.3
均 0594.2
妘 0738.2
沄 1733.1
涓 1861.2
澐 1880.2
熉 1946.2
畇 2111.1
筠 2357.2
篔 2370.2
紜 2405.3
縜 2459.2
耘 2524.2
芸 2618.1
蕓 2712.1
邧 3098.1
鄖 3118.1
雲 3327.2

yǔn
允 0273.3
抎 1215.1
殞 1686.1
溳 1861.3
熉 1946.2
狁 1996.2
盾 2207.3
磒 2255.1
苑 2641.2
祖 2832.1
隕 3294.1
霣 3341.1
齫 3604.1
齳 3604.1

yùn
均 0594.2
孕 0780.2
怨 1114.3
惲 1144.1
愠 1151.2
慍 1156.1
暈 1446.1
溫 1848.3
煇 1938.1
緷 2451.1
縕 2454.1
腪 2574.1
菀 2663.1
蘊 2733.1
蝹 2776.3
運 3072.2
鄆 3114.1
醞 3140.1
韗 3375.3
韞 3375.3
韵 3379.1
韻 3380.1
餫 3432.2

Z

zā
匝 0393.1
咂 0487.1
咂 0498.3
帀 0967.1
扎 1207.2
紮 2410.3
蚻 2761.2
鉔 3170.3

zá
嘿 0554.1
囋 0559.3
囐 0559.3
巀 0947.3
拶 1257.1
揷 1319.3
洒 1772.2
砸 2242.2
磼 2259.3
襍 2837.2
雜 3313.2
雥 3323.3

zāi
哉 0509.2
栽 1557.2
灾 1914.2
災 1915.1
烖 1920.1
甾 2110.1
菑 2674.2

zǎi
仔 0172.2
宰 0834.2
崽 0940.3
載 3022.2

zài
再 0320.3
在 0591.3
栽 1557.2
縡 2458.2
酨 3134.1

zān
篸 2372.2
簪 2373.2
糌 2391.1
膭 2572.3
臢 2576.3
鐟 3219.3

zán
咱 0513.1
喒 0538.2

zǎn
儧 0267.3
噆 0549.2
寁 0845.3
拶 1257.1
揝 1294.2
攢 1330.1
昝 1429.1
桚 1570.2
趲 2991.2
鏨 3209.3

zàn
暫 1447.3
瓚 2081.3
讚 2927.2
贊 2974.1
蹔 3005.3
鑽 3436.3

zāng
牂 1971.3
羘 2494.2
臧 2578.3
藏 2727.3
贓 2975.1
髒 3475.2

zǎng
駔 3454.1
髒 3475.2

zàng
奘 0724.3
臟 2576.3
臧 2578.3
葬 2680.1
藏 2727.3

zāo
傮 0253.1
熷 1949.1
糟 2392.1
遭 3085.1
醩 3140.3

zǎo
早 1402.1
棗 1586.2
澡 1890.2
璪 2074.3
璅 2076.3
繅 2467.1
繰 2472.2
藻 2725.3
藻 2734.2
蚤 2758.1

zào
唕 0520.1
噪 0552.1
慥 1155.2
灶 1914.2
燥 1961.1
皂 2175.3
竈 2334.3
譟 2916.3
譟 2921.2
趮 2990.3
躁 3009.1
造 3066.3

zé
仄 0161.3
則 0358.2
咋 0501.1
唶 0525.3
嘖 0545.3
幘 0986.1
措 1271.1
擇 1319.1
柞 1551.1
溭 1861.2
澤 1890.2
睪 2218.2
矠 2226.3
笮 2351.1
簀 2371.3
舴 2605.1
襗 2838.1
責 2951.3
賊 2962.3
賾 2973.3
迮 3049.3
骴 3473.3
鰂 3514.3
鸅 3549.1
齚 3602.3
齰 3603.3

zè
側 0243.1
唶 0525.3
崱 0940.3
昃 1405.3

zěn
怎 1112.3

zèn
譖 2918.2

zēng
增 0628.2
憎 1165.1
曾 1467.3
橧 1630.3
矰 2231.2
磳 2259.2
繒 2468.1
罾 2485.3

zèng
甑 2089.3
贈 2973.3
鱛 3495.1

zhā
哳 0518.1
喳 0534.2
奓 0723.2
扎 1207.2
揸 1287.1
摣 1306.3
查 1549.2
柤 1549.3
楂 1603.2
樝 1624.1
渣 1844.1
溠 1857.1
皶 2184.3
皻 2184.3
劄 2365.2
苴 2636.2
觰 2870.2
齇 3597.3

zhá
喋 0534.1
扎 1207.2
札 1504.2
炸 1918.3
煠 1940.1
牐 1974.3
劄 2365.2
紮 2410.3
鍘 3203.1
鐁 3220.3
霅 3336.3

zhǎ
厏 0439.1
眨 2207.1
䀹 2215.3
蕯 2732.2
鮓 3509.1
鮺 3515.3

zhà
乍 0000.0
作 0194.2
吒 0478.2
咋 0501.1
咤 0510.1
拃 1241.3
搾 1295.3
搓 1296.2
柵 1551.3
榨 1613.2
溠 1857.1
灊 1899.3
炸 1918.3
痄 2137.1
稓 2280.3
窄 2328.1
蚱 2763.1
蛇 2764.1
蜡 2772.1
詐 2885.1
醡 3139.3
鮓 3509.1

zhāi
摘 1304.1
擿 1322.1
礋 2260.2
齊 3597.2
齋 3599.3

zhái
宅 0803.1
檡 1642.1
翟 2509.1
蠌 2788.3

zhǎi
徿 1091.3
獡 2011.2
窄 2327.1

zhài
債 0250.3
寨 0857.1
柴 1572.2
瘵 2145.1
砦 2246.2
祭 2279.2

zhān
佔 0192.3
占 0431.2
噡 0552.3
怗 1108.2
惉 1129.3
旃 1390.1
旜 1395.3
栴 1566.1
氈 1701.3

沾 1762.2
瞻 2223.2
詹 2724.1
蛅 2762.3
詀 2884.2
詹 2894.1
譫 2921.2
讝 2927.3
邅 3092.1
霑 3338.1
飦 3423.1
餰 3433.1
饘 3436.1
鱣 3518.3
鸇 3541.1
鸇 3548.1
䶴 3604.3

zhǎn

展 0911.1
嶃 0943.2
嶄 0943.3
斬 1372.2
棧 1592.2
琖 2066.2
皽 2184.3
盞 2189.3
艞 2870.2
蹍 3004.2
輾 3031.2
醆 3138.2
颭 3412.2

zhàn

佔 0192.3
占 0431.2
孱 0795.2
嵁 0940.2
嶘 0944.3
戰 1192.3
棧 1592.2
湛 1841.2
站 2338.1
組 2413.3
綻 2440.2
蘸 2745.1
虥 2756.1
袒 2828.1
襢 2837.2
輚 3027.1
轏 3035.2
顫 3403.1
驏 3463.1
驏 3467.1

zhāng

傽 0250.2
嫜 0766.3
張 1047.1
彰 1065.2
慞 1156.1
樟 1619.1
漳 1865.3
獐 2010.1
璋 2073.2
章 2338.1
粻 2390.2
蟑 2780.3
鄣 3119.1
餦 3431.3
麞 3559.2

zhǎng

仉 0166.1
掌 1283.3
長 3223.1
鞝 3367.3

zhàng

丈 0057.2
仗 0171.2
嶂 0943.2
帳 0982.3
幛 0986.1
張 1047.2
杖 1517.1
漲 1874.3
瘴 2144.2
脹 2564.1
賬 2969.2
鄣 3119.1
長 3223.1
障 3294.2

zhāo

佋 0192.2
抓 1227.1
招 1236.3
摷 1308.1
昭 1422.3
晁 1435.1
朝 1488.1
皽 2184.3
著 2668.3
釗 3171.1
鉊 3179.3

zhǎo

找 1217.2
搔 1299.1
沼 1762.2
爪 1965.1
璅 2071.2

zhào

兆 0277.1
召 0467.1
啅 0526.2
垗 0604.3
擢 1277.2
旐 1394.2
曌 1452.1
棹 1596.1
櫂 1644.3
濯 1897.2
照 1943.3
狣 2001.1
笊 2349.1
罩 2483.2
翔 2495.2
肇 2541.2
詔 2885.1
趙 2987.2
䨥 3336.2

zhē

奢 1969.3
蜇 2765.3
遮 3084.2

zhé

哲 0517.1
喆 0531.3
悊 1128.2
慴 1157.1
慹 1161.1
拆 1224.1
折 1224.1
摘 1304.1
摺 1306.2
擿 1322.1
攝 1328.2
晢 1435.3
晣 1436.1
磔 2256.1
聶 2538.1
腜 2566.1
膪 2572.1
茌 2639.3
虴 2758.1
蜇 2766.1
蟄 2780.2
謫 2915.1
讁 2922.3
讋 2925.1
讘 2927.2
蹠 3007.2
軼 3021.3
輒 3024.1
轍 3034.3
適 3084.1
飷 3512.2

zhě

堵 0609.3
者 2520.3
褚 2828.2
褶 2836.1
襵 2840.2
赭 2981.3

zhè

柘 1548.1
浙 1792.3
淛 1832.3
璼 2078.2
蔗 2705.2
䗪 2780.1
蟅 2781.1
這 3056.1
鷓 3546.1

zhēn

偵 0242.3
唇 0517.2
坫 0598.2
娠 0755.1
振 1259.1
斟 1370.1
亲 1577.1
桭 1579.1
椹 1600.2
楨 1606.3
榛 1615.3
溍 1846.1
溱 1857.3
珍 2053.3
珎 2054.3
甄 2088.1
真 2208.2
砧 2244.3
碪 2252.2
碪 2252.2
禎 2285.2
禛 2286.2
箴 2367.1
籈 2379.3
臻 2590.3
葴 2679.3
蓁 2695.3
蘸 2727.2
貞 2946.3
轃 3031.3
針 3170.3
鍖 3202.1
鍼 3202.2
鱵 3519.2

zhěn

抮 1241.1
振 1259.1
枕 1533.3
畛 2112.2
疹 2135.3
眕 2211.3
砛 2245.1
稹 2314.3
紾 2416.1
縝 2459.1
胗 2554.2
袗 2821.1
裖 2826.1
診 2884.3
軫 3021.2
頕 3386.2
鬒 3489.2
黰 3585.3

zhèn

侲 0212.3
圳 0587.2
填 0622.3
娠 0755.1
抌 1252.2
振 1259.1
揕 1286.3
朕 1483.3
枕 1533.3
桭 1581.3
瑱 2071.2
甄 2088.1
甽 2110.1
眹 2212.3
紖 2407.1
絼 2438.2
蜄 2767.1
誫 2897.1
賑 2964.2
酖 3132.2
鎮 3206.3
陣 3270.1
陳 3273.3
震 3336.3
鴆 3528.3

zhēng

丁 0017.3
佂 0187.1
崝 0935.3
崢 0938.2
征 1068.2
徵 1090.3
怔 1106.2
政 1339.1
楨 1606.3
正 1662.3
烝 1920.3
争 1965.3
爭 2005.3
琤 2067.1
癥 2147.3
睜 2217.2
箏 2365.1
綪 2441.1
脠 2553.2
脀 2555.3
蒸 2698.3
趟 2989.3
鉦 3176.3
錚 3198.1
鬇 3488.3
鯖 3513.2

zhěng

拯 1224.1
承 1227.2
拯 1252.3
撜 1311.2
整 1354.3
盯 2198.2

zhèng

幀 0984.3
怔 1106.2
掙 1279.2
政 1339.1
正 1662.2
烝 1920.3
争 1965.3
瑒 2069.2
症 2133.3
証 2882.2
諍 2904.1
證 2918.3
鄭 3121.3
闒 3249.1
静 3358.2

zhī

之 0098.1
卮 0435.1
只 0469.1
搘 1297.3
支 1331.1
敊 1333.2
昵 1425.1
智 1442.3
枝 1535.2
榰 1565.2
梔 1584.1
楮 1616.1
氏 1702.2
汁 1717.3
泜 1767.3
知 2227.2
祇 2277.3
禔 2285.2
秪 2301.1
織 2467.2
肢 2545.3
胑 2553.3
胝 2555.2
脂 2557.2
芝 2614.1
藢 2744.2
蜘 2773.1
衹 2817.3
隻 3301.3
雉 3303.2
鳷 3528.3
鼅 3588.1
鼅 3588.2

zhí

侄 0208.2
值 0228.2
執 0607.2
埴 0610.1
墌 0626.2
墌 0636.1
姝 0746.3
姪 0751.2
慹 1161.1
拓 1233.2
摭 1304.2
植 1591.3
樀 1619.2
樴 1630.2
殖 1684.2
淔 1824.1
犆 1989.3
直 2199.1
稙 2310.1
縶 2459.3
職 2537.1
脂 2564.1
職 2572.1
蟙 2783.2
蓞 2922.3
跖 2993.3
跡 3001.3
蹠 3006.1
蹢 3006.1
躑 3009.3
遲 3088.3
𩃎 3452.2

zhǐ

侶 0218.2
傂 0250.1
庢 0439.2
只 0469.1
咫 0509.3
址 0594.1
坻 0595.2
坻 0599.3
夂 0645.1
底 1006.2
徵 1090.3
恉 1119.1
懘 1172.3
抵 1224.1
抵 1245.1
指 1253.1
旨 1402.3
枳 1550.1
止 1661.1
沚 1738.1
汦 1742.1
洔 1772.1
疻 2135.3
砋 2241.3
砥 2245.2
祉 2265.1
祗 2265.2
紙 2410.1
耆 2520.3
芷 2620.1
茝 2657.1
趾 2992.2
軹 3020.3
阯 3259.2
鳷 3532.3
黹 3586.1

zhì

伎 0175.3
偫 0246.2
制 0353.2
剬 0363.2
厔 0439.2
垁 0599.3
寔 0854.1
寘 0855.1
峙 0930.2
帙 0973.3
幟 0987.1
庤 1007.1
庢 1008.1
廌 1017.2
彘 1059.2
徏 1083.2
志 1099.3
忮 1102.1
懘 1172.3
懥 1173.1
懫 1173.3
挃 1252.2
摕 1298.2
摯 1303.3
擿 1322.1
擲 1324.2
智 1442.3
柣 1550.3
桎 1562.3
楖 1580.2
櫛 1609.3
櫍 1646.1
櫍 1646.2
歭 1674.2
汦 1767.3
治 1768.1
滍 1861.3
滯 1873.2
炙 1917.3
猘 2002.3
狾 2005.3
瓆 2075.2
璏 2080.3
畤 2114.3
疐 2131.1
痔 2137.2
痓 2137.2
痣 2138.2
瘛 2141.1
瘈 2141.2
疐 2143.1
癡 2144.3
知 2227.2
礩 2261.3
秩 2304.2
稚 2310.3
稺 2315.2
穉 2318.2
窒 2327.3
紩 2416.1
緻 2459.1
織 2467.2
置 2482.3
職 2537.2
至 2587.1
致 2588.3
臷 2589.2
蛭 2764.3
袠 2819.1
袟 2821.2
製 2830.3
觝 2871.1
觶 2871.2
誌 2896.3
識 2917.1
豑 2933.2
豸 2941.1
質 2971.1
贄 2973.1
跱 2995.1
踶 3002.3
蹢 3006.1
躓 3006.2
躓 3010.1
輊 3023.1
轚 3033.1
迣 3048.3
遲 3088.3
郅 3103.2
鉄 3179.1
銍 3182.3
鋕 3190.2
鑕 3220.1
鬭 3251.1
陟 3257.2
隲 3271.1
雉 3310.2
騭 3457.2
騺 3463.3
鷙 3466.1
鯯 3513.1
鷙 3546.2

zhōng

中 0083.2
伀 0183.3
妐 0740.1
忪 1067.2
松 1103.2
忠 1104.1
柊 1551.3
盅 2185.2
眾 2215.1
籦 2381.2
終 2416.1
蔠 2710.3
螽 2783.1
衷 2815.1
鍾 3203.3
鐘 3212.1
鼨 3594.3

zhǒng

冢 0323.2
塚 0621.3
瘇 2142.2
種 2312.2
腫 2566.3
踵 3003.1

zhòng

中 0083.3
仲 0183.1
偅 0246.1
湩 1853.1
眾 2215.1
種 2312.3
穜 2319.1
蚛 2760.1
衆 2798.3
衷 2815.2
重 3147.1

zhōu

侜 0210.3
周 0505.1
啁 0527.3
喌 0537.1
婤 0760.3
州 0950.2
洲 1771.3
盩 2196.3
碉 2252.2
粥 2386.3
翢 2509.1
舟 2602.1
葤 2657.1
輈 3023.2
調 2905.2
謅 2913.1
譸 2922.3
賙 2971.1
輖 3028.3
週 3070.1
鵃 3495.2

zhóu

妯 0746.2
軸 3020.3

zhǒu

帚 0972.3
疛 2132.1
睭 2218.2
箒 2363.1
肘 2544.1
[illegible] 2944.3
鯞 3513.3

zhòu

伷 0193.2
僽 0262.3
冑 0321.3
呪 0499.3
咮 0512.3
啄 0526.1
喌 0537.2
噣 0552.1
宙 0824.2
㤘 1155.2
晝 1435.3
注 1744.1
甃 2088.3
皺 2184.3
祝 2276.2
籀 2377.1
紂 2395.1
縐 2459.2
繇 2461.2
胄 2552.3
鞧 3366.2
駎 3454.2
驟 3463.1
驟 3469.2
鰌 3513.3

zhū

侏 0209.1
朝 1488.2
朱 1506.1
株 1565.3
櫧 1645.2
櫫 1646.3
洙 1780.2
瀦 1902.1
猪 2006.3
珠 2058.1
硃 2246.2
礸 2261.3
絑 2428.1
茱 2653.1
藷 2731.1
藸 2732.2
蛛 2765.2
蠩 2791.2
袾 2822.2
誅 2892.1
諸 2901.2
豬 2939.3
跦 2996.1
邾 3103.3
銖 3187.3
鴸 3535.2
鼄 3588.1

zhú

斸 1379.3
朮 1501.3
柚 1550.1
欘 1651.3
泏 1766.1
瀛 1907.2
燭 1961.1
爥 1964.3
瘃 2140.2

竹 2344.1
竺 2347.1
筑 2353.2
舳 2604.3
蓫 2698.2
蠋 2789.1
蠾 2797.3
躅 3009.1
軸 3020.3
逐 3060.1
遝 3069.1
钃 3223.3
鱁 3515.3
鸀 3549.1

zhǔ
、 0093.1
主 0095.2
劚 0371.3
嘱 0549.2
囑 0559.3
属 0915.3
拄 1230.3
枓 1533.2
柱 1545.2
渚 1823.3
煮 1943.1
瞩 2224.3
砫 2242.1
罜 2481.3
褚 2828.2
陼 3279.3
鬻 3495.3
麈 3556.2
黈 3581.2

zhù
伫 0185.3
住 0186.1
助 0375.1
宁 0799.1
庶 1009.3
杼 1538.1
柱 1545.2
柷 1550.3
櫡 1645.1
炷 1687.1
注 1743.3
澍 1881.2
炷 1917.3
疰 2133.2
眝 2211.1
砫 2242.1
祝 2276.2
竚 2337.3
筯 2360.1
箸 2362.3
築 2369.2
紵 2411.3
紸 2412.1
緒 2469.1
羜 2494.2
翥 2508.3
翻 2525.1
芧 2619.3
苧 2629.1
著 2668.2
蛀 2762.2
註 2881.3
貯 2956.1
跓 2992.3
鉒 3176.1
鑄 3219.1
除 3272.1
霔 3338.1
羼 3451.2
駐 3453.1
麈 3556.3

zhuā
抓 1227.1
撾 1313.2
檛 1636.2
簻 2374.1
髽 3488.1

zhuān
剸 0364.3
塼 0626.3
嫥 0767.1
專 0872.3
摶 1304.3
甎 2089.1
磚 2258.2
篿 2371.3
膞 2570.1
耑 2523.3
蟤 2784.1
顓 3398.2
鱄 3516.3

zhuǎn
竱 2344.1
膞 2570.1
轉 3033.2
鱄 3516.3

zhuàn
傳 0251.1
僎 0258.3
僝 0258.3
囀 0558.1
摶 1304.3
撰 1311.1
沌 1733.3
瑑 2070.3
篆 2368.1
簒 2372.2
籑 2379.3
縳 2462.3
腞 2567.2
襈 2837.1
譔 2918.3
賺 2972.3
轉 3033.2
饌 3435.1

zhuāng
妝 0737.2
庄 1003.2
樁 1620.1
粧 2386.1
糚 2392.3
莊 2659.2
裝 2826.3

zhuàng
僮 0256.3
壯 0640.3
幢 0986.3
憧 1164.3
戇 1182.3
撞 1308.2
狀 1993.3
獞 2011.1
贛 2976.2

zhuī
揣 1292.2
萑 2674.1
追 3054.3
錐 3199.1
隹 3301.1
騅 3461.1
魋 3501.1
鵻 3540.3

zhuǐ
沝 1742.3

zhuì
墜 0629.3
惴 1146.1
畷 2125.3
硾 2249.2
磓 2252.2
綴 2442.2
縋 2456.2
腄 2564.2
膇 2567.3
諈 2905.1
贅 2973.2
轛 3036.3
醊 3138.2
錣 3197.1
隊 3285.3
隧 3295.2

zhūn
啍 0524.2
屯 0917.1
忳 1102.1
淳 1808.3
窀 2325.3
純 2406.1
肫 2545.3
衠 2808.3
諄 2899.2
迍 3046.3
頓 3387.2

zhǔn
准 0331.1
埻 0607.2
準 1863.3
純 2405.3
綧 2440.3

zhùn
稕 2309.2

zhuō
卓 0417.2
拙 1240.2
捉 1262.2
掘 1273.2
掇 1273.3
桌 1573.2
棳 1595.1
棹 1596.1
涿 1826.3
琸 2069.2
穛 2319.2
穱 2321.3
窡 2329.1
蝃 2772.3
頔 3389.3

zhuó
仢 0175.1
倬 0232.1
剒 0360.2
勺 0385.1
叕 0452.2
啄 0526.1
啅 0526.2
噣 0552.1
彴 1067.1
捔 1264.2
掭 1273.1
擢 1323.2
斫 1372.1
斮 1372.3
斲 1377.2
晫 1442.1
梲 1578.1
椓 1593.1
櫂 1644.3
櫡 1645.1
欘 1651.3
汋 1725.2
浞 1796.2
淖 1828.1
濁 1891.3
濯 1897.1
灂 1904.1
灼 1914.2
焯 1927.3
琢 2066.2
禚 2286.1
穛 2314.3
窡 2326.3
繳 2473.1
茁 2639.1
著 2668.3
諑 2903.2
躅 3009.1
酌 3132.1
鋜 3192.3
鐲 3218.2
鷟 3546.2
鸀 3549.2

zī
咨 0509.2
嗞 0541.1
姿 0747.3
孖 0783.1
孜 0784.3
孳 0794.3
甾 0940.1
嵫 0940.1
椔 1610.2
次 1652.1
淄 1834.2
滋 1858.2
玆 2026.1
甾 2110.1
粢 2385.3
紂 2399.2
緇 2448.3
茲 2655.3
菑 2674.2
蛓 2764.1
觜 2864.3
訾 2893.3
諮 2907.3
資 2960.2
貲 2963.2
趑 2987.2
趦 2989.3
輜 3028.3
鄑 3118.1
錙 3201.2
鎡 3206.2
頿 3398.3
髭 3487.3
鯊 3510.1
鯔 3514.1
鼒 3591.3
齊 3597.2
齋 3600.1
齍 3600.3
齌 3600.3
齎 3600.3

zǐ
仔 0172.2
呰 0509.3
呰 0532.2
姊 0743.3
姉 0747.1
子 0773.1
梓 1577.1
林 1742.3
滓 1855.2
秄 2297.2
秭 2304.2
笫 2349.1
紫 2417.3
耔 2523.3
胏 2555.2
芓 2616.2
茈 2649.3
虸 2758.1
訿 2891.3
訾 2893.3

zì
事 0121.2
倳 0228.2
剚 0360.2
字 0780.3
孶 0795.1
恣 1120.3
摰 1257.1
柴 1572.2
漬 1867.2
牸 1986.1
瘠 2144.1
眥 2214.3
胾 2555.3
胔 2555.3
自 2582.1
芓 2616.1
菑 2674.2

zōng
倧 0224.3
堫 0627.2
夎 0645.1
宗 0812.3
嵏 0941.2
從 1081.1
悰 1146.1
棕 1587.3
椶 1608.3
樅 1626.3
猣 2010.3
稯 2312.2
綜 2440.1
緵 2455.1
總 2464.3
縱 2466.1
翪 2510.3
艐 2605.3
葼 2686.3
蝬 2777.1
豵 2941.3
踪 2998.3
蹤 3007.1
鍐 3203.3
騣 3461.3
鬃 3488.2
鬉 3489.2
鬷 3494.3
鯮 3515.1

zǒng
傯 0246.1
偬 0256.1
從 1081.1
惣 1153.2
揔 1294.1
摠 1307.3
捴 1990.2
稯 2312.2
緫 2456.1
總 2464.3
縱 2466.1

zòng
從 1081.1
瘲 2145.1
糉 2391.1
緵 2455.1
總 2465.1
縱 2466.1

zōu
掫 1271.1
棸 1587.3
棷 1591.2
緅 2441.3
菆 2670.1
諏 2903.2
郰 3113.1
鄒 3118.2
鄹 3126.1
陬 3279.3
騶 3463.1
鯫 3565.3
齱 3603.3
齺 3604.3

zǒu
奏 0721.3
走 2982.1

zòu
奏 0721.2
揍 1286.1
族 1393.2

zū
砠 2245.1
租 2303.3
苴 2636.2
菹 2662.3
葅 2686.3
蒩 2702.2
諸 2901.3

zú
倅 0225.3
卆 0413.1
卒 0416.2
哫 0519.3
崒 0935.3
族 1393.2
椊 1623.3
磼 2258.1
足 2991.1
踤 2999.1
鏃 3210.3

zǔ
作 0194.2
俎 0210.3
咀 0499.1
岨 0928.3
抯 1252.3
柤 1549.3
祖 2268.1
禮 2286.2
組 2413.3
詛 2884.1
謯 2916.2
阻 3266.1
駔 3454.1

zù
駔 3454.1

zuān
劗 0371.3
撮 1312.3
攢 1330.1
鑽 3221.2
闒 3247.3

zuǎn
穳 2226.3
纗 2473.1
纂 2473.2
纘 2478.3
鄼 3127.1

zuàn
揝 1294.2
鑽 3221.2

zuī
厜 0440.2
嶉 0944.1
朘 2562.3
蟕 2788.3
蝬 2798.3

zuǐ
嘴 0551.2
摧 0943.3
觜 2864.3

zuì
罪 0946.1
嶉 0946.2
晬 1439.2
最 1469.1
檇 1643.2
罪 2483.2
蕞 2713.3
辠 3040.3
醉 3136.3

zūn
僎 0258.3
尊 0877.1
嶟 0944.2
樽 1630.3
繜 2468.1
罇 2480.1
遵 3085.3
鐏 3212.2

zǔn
僔 0257.1
噂 0548.1
尊 0877.2
撙 1308.3
樽 1630.3
繜 2468.1
蕁 2712.1
譐 2917.3

zùn
捘 1264.3
鱒 3517.1

zuō
作 0194.2

zuó
岝 0929.1
岞 0929.2
捽 1268.1
昨 1428.3
笮 2351.1
筰 2360.2
苲 2639.3
葃 2662.1

zuǒ
佐 0189.1
䞦 0899.1
左 0956.2
砦 2246.3

zuò
乍 0098.3
作 0194.2
侳 0220.3
做 0238.2
坐 0595.3
左 0956.3
座 1008.3
怍 1110.1
您 1129.2
挫 1263.3
昨 1428.3
柞 1551.1
砟 2245.1
祚 2277.3
糳 2393.3
胙 2554.3
葃 2689.1
迮 3049.3
酢 3133.3
醋 3138.2
鑿 3222.2
阼 3266.1

單字漢語拼音索引補遺

繁簡字對照表

（• 表示按《簡化字總表》規定可作偏旁使用的字）

7 筆

*〔車〕车 *〔夾〕夹 *〔貝〕贝 *〔見〕见 〔壯〕壮 〔妝〕妆

8 筆

【一】
*〔長〕长 *〔亞〕亚 〔軋〕轧 *〔東〕东 *〔兩〕两 〔協〕协 *〔來〕来 *〔戔〕戋

【丨】
*〔門〕门 *〔岡〕冈

【丿】
*〔侖〕仑 〔兒〕儿

【丶】
〔衹〕只

【乛】
〔狀〕状 〔糾〕纠

9 筆

【一】
〔剋〕克 〔軌〕轨 〔厙〕厍 *〔頁〕页 〔郟〕郏 〔剄〕刭 〔勁〕劲

【丨】
〔貞〕贞 〔則〕则 〔閂〕闩 〔迴〕回

【丿】
〔俠〕侠 〔係〕系 〔鳧〕凫 〔帥〕帅 〔後〕后 〔釓〕钆 〔釔〕钇 〔負〕负 *〔風〕风

【丶】
〔訂〕订 〔計〕计 〔訃〕讣 〔軍〕军

【乛】
〔陣〕阵 *〔韋〕韦 〔陝〕陕 〔陘〕陉 〔飛〕飞 〔紆〕纡 〔紅〕红 〔紂〕纣 〔紈〕纨 〔級〕级 〔約〕约 〔紇〕纥 〔紀〕纪 〔紉〕纫

10 筆

【一】
*〔馬〕马 〔挾〕挟 〔貢〕贡 *〔華〕华 〔莢〕荚 〔莖〕茎 〔莧〕苋 〔莊〕庄 〔軒〕轩 〔連〕连 〔軔〕轫 〔剗〕刬

【丨】
〔鬥〕斗 *〔時〕时 *〔畢〕毕 〔財〕财 〔覎〕觃 〔閃〕闪 〔唄〕呗 〔員〕员 *〔豈〕岂 〔峽〕峡 〔峴〕岘 〔剛〕刚 〔剮〕剐

【丿】
*〔氣〕气 〔郵〕邮 〔倀〕伥 〔倆〕俩 *〔條〕条 〔們〕们 〔個〕个 〔倫〕伦 〔隻〕只 〔島〕岛 *〔烏〕乌 *〔師〕师 〔徑〕径 〔釘〕钉 〔針〕针 〔釗〕钊 〔釙〕钋 〔釕〕钌 *〔殺〕杀 *〔倉〕仓 〔脅〕胁 〔狹〕狭 〔狽〕狈 *〔芻〕刍

【丶】
〔訐〕讦 〔訌〕讧 〔討〕讨 〔訕〕讪 〔訖〕讫 〔訓〕训 〔這〕这 〔訊〕讯 〔記〕记 〔凍〕冻 〔畝〕亩 〔庫〕库 〔浹〕浃 〔涇〕泾

【乛】
〔書〕书 〔陸〕陆 〔陳〕陈 *〔孫〕孙 *〔陰〕阴 〔務〕务 〔紜〕纭 〔純〕纯 〔紕〕纰 〔紗〕纱 〔納〕纳 〔紝〕纴 〔紛〕纷 〔紙〕纸 〔紋〕纹 〔紡〕纺 〔紖〕纼 〔紐〕纽 〔紓〕纾

11 筆

【一】
〔責〕责 〔現〕现 〔匭〕匦 〔規〕规 *〔殼〕壳 〔埡〕垭 〔掗〕挜 〔捨〕舍 〔捫〕扪 〔掆〕㧏 〔堝〕埚 〔頂〕顶 〔掄〕抡 *〔執〕执 〔捲〕卷 〔掃〕扫 〔堊〕垩 〔萊〕莱 〔萵〕莴 〔乾〕干① 〔梘〕枧 〔軛〕轭 〔斬〕斩 〔軟〕软 *〔專〕专 *〔區〕区 〔堅〕坚 *〔帶〕带 〔厠〕厕 〔硃〕朱 *〔麥〕麦 〔頃〕顷

【丨】
*〔鹵〕卤 〔處〕处 〔敗〕败 〔販〕贩 〔貶〕贬 〔啞〕哑 〔閉〕闭 〔問〕问 *〔婁〕娄 〔啢〕唡 *〔國〕国 〔喎〕㖞 〔帳〕帐 〔崬〕岽 〔崍〕崃 〔崗〕岗 〔圇〕囵 *〔過〕过

【丿】
〔氫〕氢 *〔動〕动 〔偵〕侦 〔側〕侧 〔貨〕货 *〔進〕进 〔梟〕枭 *〔鳥〕鸟 〔偉〕伟 〔徠〕徕 〔術〕术 *〔從〕从 〔釷〕钍 〔釬〕钎 〔釧〕钏 〔釤〕钐 〔釣〕钓 〔釩〕钒 〔釹〕钕 〔釵〕钗 〔貪〕贪 〔覓〕觅 〔飥〕饦 〔貧〕贫 〔脛〕胫 *〔魚〕鱼

【丶】
〔詎〕讵 〔訝〕讶 〔訥〕讷 〔許〕许 〔訛〕讹 〔訢〕䜣 〔訩〕讻 〔訟〕讼 〔設〕设 〔訪〕访 〔訣〕诀 *〔產〕产 〔牽〕牵 〔烴〕烃 〔淶〕涞 〔淺〕浅 〔渦〕涡 〔淪〕沦 〔悵〕怅 〔鄆〕郓 〔啓〕启 〔視〕视

【乛】
*〔將〕将 〔晝〕昼 〔張〕张 〔階〕阶 〔陽〕阳 *〔隊〕队 〔婭〕娅 〔媧〕娲 〔婦〕妇 〔習〕习 *〔參〕参 〔紺〕绀 〔紲〕绁 〔紱〕绂 〔組〕组 〔紳〕绅 〔紬〕䌷 〔細〕细 〔終〕终 〔絆〕绊 〔紼〕绋 〔絀〕绌 〔紹〕绍 〔紿〕绐 〔貫〕贯 *〔鄉〕乡

12 筆

【一】
〔貳〕贰 〔頇〕顸 *〔堯〕尧 〔揀〕拣 〔馭〕驭 〔項〕项 〔賁〕贲 〔場〕场 〔揚〕扬 〔塊〕块 *〔達〕达 〔報〕报 〔揮〕挥 〔壺〕壶 〔惡〕恶 〔葉〕叶 〔貰〕贳 *〔萬〕万 〔葷〕荤 〔喪〕丧 〔葦〕苇 〔葒〕荭 〔葤〕荮 〔棖〕枨 〔棟〕栋 〔棧〕栈 〔棡〕㭎 〔極〕极 〔軲〕轱 〔軻〕轲 〔軸〕轴 〔軼〕轶 〔軤〕轷 〔軫〕轸 〔軺〕轺 *〔畫〕画 〔腎〕肾 〔棗〕枣 〔硨〕砗 〔硤〕硖 〔硯〕砚 〔殘〕残 *〔雲〕云

【丨】
〔覘〕觇 〔睏〕困 〔貼〕贴 〔貺〕贶 〔貯〕贮 〔貽〕贻 〔閏〕闰 〔開〕开 〔閑〕闲 〔間〕间 〔閔〕闵 〔悶〕闷 〔貴〕贵 〔鄖〕郧 〔勛〕勋 *〔單〕单 〔喲〕哟 *〔買〕买 〔剴〕剀 〔凱〕凯 〔幀〕帧 〔嵐〕岚 〔幃〕帏 〔圍〕围

【丿】
*〔無〕无 〔氬〕氩 *〔喬〕乔 *〔筆〕笔 *〔備〕备 〔貸〕贷 〔順〕顺 〔傖〕伧 〔㑳〕㑇 〔傢〕家 〔鄔〕邬 〔衆〕众 〔復〕复 〔須〕须 〔鈃〕钘 〔鈣〕钙 〔鈈〕钚 〔鈦〕钛 〔釾〕䥺 〔鈍〕钝 〔鈔〕钞 〔鈉〕钠 〔鈐〕钤 〔欽〕钦 〔鈞〕钧 〔鈎〕钩 〔鈧〕钪 〔鈁〕钫 〔鈥〕钬 〔鈄〕钭 〔鈕〕钮 〔鈀〕钯 〔傘〕伞 〔爺〕爷 〔創〕创 〔飩〕饨 〔飪〕饪 〔飫〕饫 〔飭〕饬 〔飯〕饭 〔飲〕饮 *〔爲〕为 〔脹〕胀 〔腖〕胨 〔腡〕脶 〔勝〕胜 *〔猶〕犹 〔貿〕贸 〔鄒〕邹

【丶】
〔詁〕诂 〔訶〕诃 〔評〕评 〔詛〕诅 〔詗〕诇 〔詐〕诈 〔訴〕诉 〔診〕诊 〔詆〕诋 〔詞〕词 〔詘〕诎 〔詔〕诏 〔詒〕诒 〔馮〕冯 〔痙〕痉 〔勞〕劳 〔湞〕浈 〔測〕测 〔湯〕汤 〔淵〕渊 〔渢〕沨 〔渾〕浑 〔愜〕惬 〔惻〕恻 〔惲〕恽 〔惱〕恼 〔運〕运 〔補〕补 〔禍〕祸

【乛】
*〔尋〕寻 〔費〕费 〔違〕违 〔韌〕韧 〔隕〕陨 〔賀〕贺 *〔發〕发 〔綁〕绑 〔絨〕绒 〔結〕结 〔絝〕绔 〔絰〕绖 〔絎〕绗 〔給〕给 〔絢〕绚 〔絳〕绛 〔絡〕络 〔絞〕绞 〔統〕统 〔絶〕绝 〔絲〕丝 *〔幾〕几

13 筆

【一】
〔頊〕顼 〔琿〕珲 〔瑋〕玮 〔頑〕顽 〔載〕载 〔馱〕驮 〔馴〕驯 〔馳〕驰 〔塒〕埘 〔塤〕埙 〔損〕损 〔遠〕远 〔塏〕垲 〔勢〕势 〔搶〕抢 〔搗〕捣 〔塢〕坞 〔壼〕壸 *〔聖〕圣 〔蓋〕盖 〔蓮〕莲 〔蒔〕莳 〔蓽〕荜 〔夢〕梦 〔蒼〕苍 〔幹〕干 〔蓀〕荪 〔蔭〕荫 〔蒓〕莼 〔楨〕桢 〔楊〕杨 *〔嗇〕啬 〔楓〕枫 〔軾〕轼 〔輊〕轾 〔輅〕辂 〔較〕较 〔竪〕竖 〔賈〕贾 *〔匯〕汇 〔電〕电 〔頓〕顿 〔盞〕盏

【丨】
*〔歲〕岁 *〔虜〕虏 *〔業〕业 *〔當〕当 〔睞〕睐 〔賊〕贼 〔賄〕贿 〔賂〕赂 〔賅〕赅 〔嗎〕吗 〔嘩〕哗 〔嗊〕唝 〔暘〕旸 〔閘〕闸 *〔黽〕黾 〔暈〕晕 〔號〕号 〔園〕园 〔蛺〕蛱 〔蜆〕蚬 *〔農〕农 〔嗩〕唢 〔嗶〕哔 〔鳴〕鸣

〔嗆〕呛
〔圓〕圆
〔骯〕肮
【丿】
〔筧〕笕
*〔節〕节
*〔與〕与
〔債〕债
〔僅〕仅
〔傳〕传
〔傴〕伛
〔傾〕倾
〔僂〕偻
〔賃〕赁
〔傷〕伤
〔傭〕佣
〔裊〕袅
〔頎〕颀
〔鈺〕钰
〔鉦〕钲
〔鉗〕钳
〔鈷〕钴
〔鉢〕钵
〔鉅〕钜
〔鉤〕钩
〔鈸〕钹
〔鉞〕钺
〔鉬〕钼
〔鉭〕钽
〔鉀〕钾
〔鈾〕铀
〔鈿〕钿
〔鉑〕铂
〔鈴〕铃
〔鉛〕铅
〔鉚〕铆
〔鈰〕铈
〔鉉〕铉
〔鉈〕铊
〔鉍〕铋
〔鈮〕铌
〔鈹〕铍
*〔僉〕佥
*〔會〕会
〔亂〕乱
*〔愛〕爱
〔飾〕饰
〔飽〕饱
〔飼〕饲
〔飿〕饳
〔飴〕饴
〔頒〕颁
〔頌〕颂
〔腸〕肠
〔腫〕肿
〔腦〕脑
〔魛〕鱽
〔像〕象②
〔獁〕犸
〔鳩〕鸠

〔獅〕狮
〔猻〕狲
【丶】
〔誆〕诓
〔誄〕诔
〔試〕试
〔詿〕诖
〔詩〕诗
〔詰〕诘
〔誇〕夸
〔詼〕诙
〔誠〕诚
〔誅〕诛
〔話〕话
〔誕〕诞
〔詬〕诟
〔詮〕诠
〔詭〕诡
〔詢〕询
〔詣〕诣
〔靜〕净
〔該〕该
〔詳〕详
〔詫〕诧
〔詡〕诩
〔裏〕里
〔準〕准
〔頏〕颃
〔資〕资
〔羥〕羟
*〔義〕义
〔煉〕炼
〔煩〕烦
〔煬〕炀
〔塋〕茔
〔煢〕茕
〔煒〕炜
〔遞〕递
〔溝〕沟
〔漣〕涟
〔滅〕灭
〔湞〕浈
〔滌〕涤
〔溮〕浉
〔塗〕涂
〔滄〕沧
〔愷〕恺
〔愾〕忾
〔愴〕怆
〔慯〕㤽
〔窩〕窝
〔禎〕祯
〔褘〕袆
【乛】
*〔肅〕肃
〔裝〕装
〔遜〕逊
〔際〕际
〔媽〕妈
〔預〕预

〔疊〕迭③
〔綆〕绠
〔經〕经
〔綃〕绡
〔絹〕绢
〔綉〕绣
〔綏〕绥
〔綈〕绨
〔彙〕汇

14 筆

【一】
〔瑪〕玛
〔璉〕琏
〔瑣〕琐
〔瑲〕玱
〔駁〕驳
〔摶〕抟
〔摳〕抠
〔趙〕赵
〔趕〕赶
〔摟〕搂
〔摑〕掴
〔臺〕台
〔撾〕挝
〔墊〕垫
*〔壽〕寿
〔摺〕折④
〔摻〕掺
〔摜〕掼
〔勩〕勚
〔蔞〕蒌
〔蔦〕茑
〔蓯〕苁
〔蔔〕卜
〔蔣〕蒋
〔薌〕芗
〔構〕构
〔樺〕桦
〔榿〕桤
〔覡〕觋
〔槍〕枪
〔輒〕辄
〔輔〕辅
〔輕〕轻
〔塹〕堑
〔匱〕匮
*〔監〕监
〔緊〕紧
〔厲〕厉
*〔厭〕厌
〔碩〕硕
〔碭〕砀
〔碸〕砜
〔奩〕奁
*〔爾〕尔
〔奪〕夺
〔殞〕殒
〔鳶〕鸢
〔巰〕巯

【丨】
*〔對〕对
〔幣〕币
〔彆〕别
*〔嘗〕尝
〔嘖〕啧
〔曄〕晔
〔夥〕伙⑤
〔賑〕赈
〔賒〕赊
〔嘆〕叹
〔暢〕畅
〔嘜〕唛
〔閨〕闺
〔聞〕闻
〔閩〕闽
〔閭〕闾
〔閥〕阀
〔閤〕合
〔閣〕阁
〔閡〕阂
〔閔〕闵
〔嘔〕呕
〔蝸〕蜗
〔團〕团
〔嘍〕喽
〔鄲〕郸
〔鳴〕鸣
〔幘〕帻
〔嶄〕崭
〔嶇〕岖
〔罰〕罚
〔嶁〕嵝
〔幗〕帼
〔圖〕图
【丿】
〔製〕制
〔種〕种
〔稱〕称
〔箋〕笺
〔僥〕侥
〔僨〕偾
〔僕〕仆
〔僑〕侨
〔僞〕伪
〔銜〕衔
〔鍘〕铡
〔銬〕铐
〔銠〕铑
〔鉺〕铒
〔鋩〕铓
〔銪〕铕
〔鋁〕铝
〔銅〕铜
〔銱〕铞
〔銦〕铟
〔銖〕铢
〔銑〕铣
〔銩〕铥
〔鋌〕铤

〔銓〕铨
〔鉿〕铪
〔銚〕铫
〔銘〕铭
〔鉻〕铬
〔錚〕铮
〔銫〕铯
〔鉸〕铰
〔銥〕铱
〔銃〕铳
〔銨〕铵
〔銀〕银
〔銣〕铷
〔戧〕戗
〔餌〕饵
〔蝕〕蚀
〔餉〕饷
〔餄〕饸
〔餎〕饹
〔餃〕饺
〔餏〕侬
〔餅〕饼
〔領〕领
〔鳳〕凤
〔颱〕台
〔獄〕狱
【丶】
〔誡〕诫
〔誣〕诬
〔語〕语
〔誚〕诮
〔誤〕误
〔誥〕诰
〔誘〕诱
〔誨〕诲
〔誑〕诳
〔説〕说
〔認〕认
〔誦〕诵
〔誒〕诶
*〔廣〕广
〔麼〕么⑥
〔廎〕庼
〔瘧〕疟
〔瘍〕疡
〔瘋〕疯
〔塵〕尘
〔颯〕飒
〔適〕适
*〔齊〕齐
〔養〕养
〔鄰〕邻
*〔鄭〕郑
〔燁〕烨
〔熗〕炝
〔榮〕荣
〔滎〕荥
〔犖〕荦
〔熒〕荧
〔漬〕渍

〔漢〕汉
〔滿〕满
〔漸〕渐
〔漚〕沤
〔滯〕滞
〔滷〕卤
〔漊〕溇
〔漁〕渔
〔滸〕浒
〔滻〕浐
〔滬〕沪
〔漲〕涨
〔滲〕渗
〔慚〕惭
〔慪〕怄
〔慳〕悭
〔慟〕恸
〔慘〕惨
〔慣〕惯
〔寬〕宽
*〔賓〕宾
〔窪〕洼
*〔寧〕宁
〔寢〕寝
〔實〕实
〔皸〕皲
〔複〕复
【乛】
〔劃〕划
*〔盡〕尽
〔屢〕屡
〔獎〕奖
〔墮〕堕
〔隨〕随
〔韍〕韨
〔墜〕坠
〔嫗〕妪
〔頗〕颇
〔態〕态
〔鄧〕邓
〔緒〕绪
〔綾〕绫
〔綺〕绮
〔綫〕线
〔緋〕绯
〔綽〕绰
〔緄〕绲
〔綱〕纲
〔網〕网
〔維〕维
〔綿〕绵
〔綸〕纶
〔綬〕绶
〔綳〕绷
〔綢〕绸
〔綹〕绺
〔綣〕绻
〔綜〕综
〔綻〕绽
〔綰〕绾

〔緑〕绿
〔綴〕缀
〔緇〕缁

15 筆

【一】
〔鬧〕闹
〔璡〕琎
〔靚〕靓
〔輦〕辇
〔髮〕发
〔撓〕挠
〔墳〕坟
〔撻〕挞
〔駔〕驵
〔駛〕驶
〔駟〕驷
〔駙〕驸
〔駒〕驹
〔駐〕驻
〔駝〕驼
〔駘〕骀
〔撲〕扑
〔頡〕颉
〔撣〕掸
*〔賣〕卖
〔撫〕抚
〔撟〕挢
〔撳〕揿
〔熱〕热
〔鞏〕巩
〔摯〕挚
〔撈〕捞
〔穀〕谷
〔慤〕悫
〔撏〕挦
〔撥〕拨
〔蕘〕荛
〔蔵〕蒇
〔蕓〕芸
〔邁〕迈
〔蕢〕蒉
〔蕒〕荬
〔蕪〕芜
〔蕎〕荞
〔蕕〕莸
〔蕩〕荡
〔蕁〕荨
〔樁〕桩
〔樞〕枢
〔標〕标
〔樓〕楼
〔樅〕枞
〔麩〕麸
〔賚〕赉
〔樣〕样
〔橢〕椭
〔輛〕辆
〔輥〕辊
〔輞〕辋

〔槧〕椠
〔暫〕暂
〔輪〕轮
〔輟〕辍
〔輜〕辎
〔甌〕瓯
〔歐〕欧
〔毆〕殴
〔賢〕贤
*〔遷〕迁
〔鴯〕鸸
〔憂〕忧
〔碼〕码
〔磑〕硙
〔確〕确
〔賚〕赉
〔遼〕辽
〔殤〕殇
〔鴉〕鸦
【丨】
〔輩〕辈
〔劌〕刿
*〔齒〕齿
〔劇〕剧
〔膚〕肤
*〔慮〕虑
〔鄴〕邺
〔輝〕辉
〔賞〕赏
〔賦〕赋
〔賙〕赒
〔賬〕账
〔賭〕赌
〔賤〕贱
〔賜〕赐
〔賙〕赒
〔賠〕赔
〔賧〕赕
〔曉〕晓
〔噴〕喷
〔噠〕哒
〔噁〕恶
〔閫〕阃
〔閬〕阆
〔閲〕阅
〔閭〕闾
〔數〕数
〔踐〕践
〔遺〕遗
〔蝦〕虾
〔嘸〕呒
〔嘮〕唠
〔嗞〕吱
〔嘰〕叽
〔嶢〕峣
*〔罷〕罢
〔嶠〕峤
〔嶔〕嵚
〔幟〕帜
〔嶗〕崂

【丿】
〔頲〕颋
〔篋〕箧
〔範〕范
〔價〕价
〔儂〕侬
〔儉〕俭
〔儈〕侩
〔億〕亿
〔儀〕仪
〔皚〕皑
*〔樂〕乐
*〔質〕质
〔徵〕征⑦
〔衝〕冲
〔慫〕怂
〔徹〕彻
〔衛〕卫
〔盤〕盘
〔鋪〕铺
〔鋏〕铗
〔鉞〕铽
〔銷〕销
〔鋥〕锃
〔鋰〕锂
〔鋇〕钡
〔鋤〕锄
〔鋯〕锆
〔鋨〕锇
〔銹〕锈
〔銼〕锉
〔鋒〕锋
〔鋅〕锌
〔鋭〕锐
〔銻〕锑
〔鋃〕锒
〔鋟〕锓
〔錒〕锕
〔鍋〕锅
〔頜〕颌
〔劍〕剑
〔劊〕刽
〔鄶〕郐
〔餑〕饽
〔餓〕饿
〔餘〕余⑧
〔餒〕馁
〔膞〕䏝
〔膕〕腘
〔膠〕胶
〔鴇〕鸨
〔魷〕鱿
〔魯〕鲁
〔魴〕鲂
〔潁〕颍
〔颳〕刮
*〔劉〕刘
〔皺〕皱
【丶】
〔請〕请

〔諸〕诸
〔諏〕诹
〔諾〕诺
〔諑〕诼
〔誹〕诽
〔課〕课
〔諉〕诿
〔諛〕谀
〔誰〕谁
〔論〕论
〔諗〕谂
〔調〕调
〔諂〕谄
〔諒〕谅
〔諄〕谆
〔誶〕谇
〔談〕谈
〔誼〕谊
〔廟〕庙
〔廠〕厂
〔廡〕庑
〔瘞〕瘗
〔瘡〕疮
〔賡〕赓
〔慶〕庆
〔廢〕废
〔敵〕敌
〔頦〕颏
〔導〕导
〔瑩〕莹
〔潔〕洁
〔澆〕浇
〔澾〕汏
〔潤〕润
〔澗〕涧
〔潰〕溃
〔潿〕涠
〔潷〕滗
〔潙〕沩
〔澇〕涝
〔潯〕浔
〔潑〕泼
〔憤〕愤
〔憫〕悯
〔憒〕愦
〔憚〕惮
〔憮〕怃
〔憐〕怜
*〔寫〕写
*〔審〕审
*〔窮〕穷
〔褳〕裢
〔褲〕裤
〔鴆〕鸩
【乛】
〔遲〕迟
〔層〕层
〔彈〕弹
〔選〕选
〔槳〕桨

〔漿〕浆
〔險〕险
〔嬈〕娆
〔嫻〕娴
〔駕〕驾
〔嬋〕婵
〔嫵〕妩
〔嬌〕娇
〔嬀〕妫
〔嫿〕婳
〔駑〕驽
〔翬〕翚
〔毿〕毵
〔緙〕缂
〔緗〕缃
〔練〕练
〔緘〕缄
〔緬〕缅
〔緹〕缇
〔緲〕缈
〔緝〕缉
〔縕〕缊
〔緦〕缌
〔緞〕缎
〔緱〕缑
〔縋〕缒
〔緩〕缓
〔締〕缔
〔編〕编
〔緡〕缗
〔緯〕纬
〔緣〕缘

16 筆

【一】

〔璣〕玑
〔墻〕墙
〔駱〕骆
〔駭〕骇
〔駢〕骈
〔擓〕㧟
〔擄〕掳
〔擋〕挡
〔擇〕择
〔赬〕赪
〔撿〕捡
〔擔〕担
〔壇〕坛
〔擁〕拥
〔據〕据
〔薔〕蔷
〔薑〕姜
〔薈〕荟
〔薊〕蓟
*〔薦〕荐
〔蕭〕萧
〔頤〕颐
〔鴣〕鸪
〔薩〕萨
〔蕷〕蓣
〔橈〕桡
〔樹〕树
〔樸〕朴
〔橋〕桥
〔機〕机
〔輳〕辏
〔輻〕辐
〔輯〕辑
〔輸〕输
〔賴〕赖
〔頭〕头
〔醞〕酝
〔醜〕丑
〔勵〕励
〔磧〕碛
〔磚〕砖
〔磣〕碜
*〔歷〕历
〔曆〕历
〔奮〕奋
〔頰〕颊
〔殨〕𣨼
〔殫〕殚
〔頸〕颈

【丨】

〔頻〕频
*〔盧〕卢
〔曉〕晓
〔瞞〕瞒
〔縣〕县
〔瞘〕眍
〔瞜〕䁖
〔賵〕赗
〔鴨〕鸭
〔閾〕阈
〔閹〕阉
〔閶〕阊
〔閿〕阌
〔閽〕阍
〔閻〕阎
〔閼〕阏
〔曇〕昙
〔噸〕吨
〔鴞〕鸮
〔噦〕哕
〔踴〕踊
〔螞〕蚂
〔螄〕蛳
〔噹〕当
〔罵〕骂
〔噥〕哝
〔戰〕战
〔噲〕哙
〔鴦〕鸯
〔噯〕嗳
〔嘯〕啸
〔還〕还
〔嶧〕峄
〔嶼〕屿

【丿】

〔積〕积
〔頹〕颓
〔穇〕䅟
〔篤〕笃
〔築〕筑
〔篳〕筚
〔篩〕筛
*〔舉〕举
〔興〕兴
〔嶨〕峃
〔學〕学
〔儔〕俦
〔憊〕惫
〔儕〕侪
〔儐〕傧
〔儘〕尽
〔鴕〕鸵
〔艙〕舱
〔錶〕表
〔鍺〕锗
〔錯〕错
〔鍩〕锘
〔錨〕锚
〔錛〕锛
〔錸〕铼
〔錢〕钱
〔鍀〕锝
〔錁〕锞
〔錕〕锟
〔鍆〕钔
〔錫〕锡
〔錮〕锢
〔鋼〕钢
〔鍋〕锅
〔錘〕锤
〔錐〕锥
〔錦〕锦
〔鍁〕锨
〔錇〕锫
〔錠〕锭
〔鍵〕键
*〔録〕录
〔鋸〕锯
〔錳〕锰
〔錙〕锱
〔覦〕觎
〔墾〕垦
〔餞〕饯
〔餜〕馃
〔餛〕馄
〔餡〕馅
〔館〕馆
〔頷〕颔
〔鴒〕鸰
〔膩〕腻
〔鴟〕鸱
〔鮁〕鲅
〔鮃〕鲆
〔鮎〕鲇
〔鮓〕鲊
〔穌〕稣
〔鮒〕鲋
〔鮣〕䲟
〔鮑〕鲍
〔鮍〕鲏
〔鮐〕鲐
〔鴝〕鸲
〔獲〕获
〔穎〕颖
〔獨〕独
〔獫〕猃
〔獪〕狯
〔鴛〕鸳

【丶】

〔謀〕谋
〔諶〕谌
〔諜〕谍
〔謊〕谎
〔諫〕谏
〔諧〕谐
〔謔〕谑
〔謁〕谒
〔謂〕谓
〔諤〕谔
〔諭〕谕
〔諼〕谖
〔諷〕讽
〔諮〕谘
〔諳〕谙
〔諺〕谚
〔諦〕谛
〔謎〕谜
〔諢〕诨
〔諞〕谝
〔諱〕讳
〔諝〕谞
〔憑〕凭
〔鄺〕邝
〔瘻〕瘘
〔瘮〕瘆
*〔親〕亲
〔辦〕办
*〔龍〕龙
〔劑〕剂
〔燒〕烧
〔燜〕焖
〔熾〕炽
〔螢〕萤
〔營〕营
〔縈〕萦
〔燈〕灯
〔濛〕蒙
〔燙〕烫
〔澠〕渑
〔濃〕浓
〔澤〕泽
〔濁〕浊
〔澮〕浍
〔澱〕淀
〔澦〕滪
〔懞〕蒙
〔懌〕怿
〔憶〕忆
〔憲〕宪
〔窺〕窥
〔窶〕窭
〔窵〕窎
〔褸〕褛
〔禪〕禅

【乛】

*〔隱〕隐
〔嬙〕嫱
〔嬡〕嫒
〔縉〕缙
〔縝〕缜
〔縛〕缚
〔縟〕缛
〔緻〕致
〔縧〕绦
〔縫〕缝
〔縐〕绉
〔縗〕缞
〔縞〕缟
〔縭〕缡
〔縑〕缣
〔縊〕缢

17 筆

【一】

〔耬〕耧
〔環〕环
〔贅〕赘
〔璦〕瑷
〔覯〕觏
〔黿〕鼋
〔幫〕帮
〔騁〕骋
〔駸〕骎
〔駿〕骏
〔趨〕趋
〔擱〕搁
〔擬〕拟
〔擴〕扩
〔壙〕圹
〔擠〕挤
〔蟄〕蛰
〔縶〕絷
〔擲〕掷
〔擯〕摈
〔擰〕拧
〔轂〕毂
〔聲〕声
〔藉〕借⑨
〔聰〕聪
〔聯〕联
〔艱〕艰
〔藍〕蓝
〔舊〕旧
〔薺〕荠
〔藎〕荩
〔韓〕韩
〔隸〕隶
〔檉〕柽
〔檣〕樯
〔檟〕槚
〔檔〕档
〔櫛〕栉
〔檢〕检
〔檜〕桧
〔麯〕曲
〔轅〕辕
〔轄〕辖
〔輾〕辗
〔擊〕击
〔臨〕临
〔磽〕硗
〔壓〕压
〔礄〕硚
〔磯〕矶
〔鴯〕鸸
〔邇〕迩
〔尷〕尴
〔鴷〕䴕
〔殮〕殓

【丨】

〔齔〕龀
〔戲〕戏
〔虧〕亏
〔斃〕毙
〔瞭〕了
〔顆〕颗
〔購〕购
〔賻〕赙
〔嬰〕婴
〔賺〕赚
〔嚇〕吓
〔闌〕阑
〔闃〕阒
〔闆〕板
〔闊〕阔
〔闈〕闱
〔闋〕阕
〔曖〕暧
〔蹕〕跸
〔蹌〕跄
〔蟎〕螨
〔螻〕蝼
〔蟈〕蝈
〔雖〕虽
〔嚀〕咛
〔覬〕觊
〔嶺〕岭
〔嶸〕嵘
〔點〕点

【丿】

〔矯〕矫
〔鴰〕鸹
〔簀〕箦
〔簍〕篓
〔輿〕舆
〔歟〕欤
〔鵂〕鸺
*〔龜〕龟
〔優〕优
〔償〕偿
〔儲〕储
〔魎〕魉
〔鴴〕鸻
〔禦〕御
〔聳〕耸
〔鵃〕鸼
〔鍥〕锲
〔鍇〕锴
〔鍘〕铡
〔鍚〕钖
〔鍶〕锶
〔鍔〕锷
〔鍤〕锸
〔鍾〕钟
〔鍛〕锻
〔鎪〕锼
〔鍬〕锹
〔鍰〕锾
〔鎄〕锿
〔鍍〕镀
〔鎂〕镁
〔鎡〕镃
〔鎇〕镅
〔懇〕恳
〔餷〕馇
〔餳〕饧
〔餶〕馉
〔餿〕馊
〔斂〕敛
〔鴿〕鸽
〔膿〕脓
〔臉〕脸
〔膾〕脍
〔膽〕胆
〔謄〕誊
〔鮭〕鲑
〔鮚〕鲒
〔鮪〕鲔
〔鮦〕鲖
〔鮫〕鲛
〔鮮〕鲜
〔颶〕飓
〔獷〕犷
〔獰〕狞

【丶】

〔講〕讲
〔謨〕谟
〔謖〕谡
〔謝〕谢
〔謠〕谣
〔謅〕诌
〔謗〕谤
〔謚〕谥
〔謙〕谦
〔謐〕谧
〔褻〕亵
〔氈〕毡
〔應〕应
〔癘〕疠
〔療〕疗
〔癇〕痫
〔癉〕瘅
〔癆〕痨
〔鵁〕䴔
〔齋〕斋
〔鮝〕鲞
〔鮺〕鲝
〔糞〕粪
〔糝〕糁
〔燦〕灿
〔燭〕烛
〔燴〕烩
〔鴻〕鸿
〔濤〕涛
〔濫〕滥
〔濕〕湿
〔濟〕济
〔濱〕滨
〔濘〕泞
〔濾〕滤
〔澀〕涩
〔濰〕潍
〔懨〕恹
〔賽〕赛
〔襇〕裥
〔襝〕裣
〔襖〕袄
〔禮〕礼

【乛】

〔屨〕屦
〔彌〕弥
〔嬪〕嫔
〔績〕绩
〔縹〕缥
〔縷〕缕
〔縵〕缦
〔縲〕缧
〔總〕总
〔縱〕纵
〔縴〕纤
〔縮〕缩
〔繆〕缪
〔繅〕缫
〔嚮〕向

18 筆

【一】

〔耮〕耢
〔鬩〕阋
〔瓊〕琼
〔攆〕撵
〔鬆〕松
〔翹〕翘
〔擷〕撷
〔擾〕扰
〔騏〕骐
〔騎〕骑
〔騍〕骒
〔騅〕骓
〔攄〕摅
〔擻〕擞
〔鼕〕冬
〔擺〕摆
〔贄〕贽
〔燾〕焘
*〔聶〕聂
〔聵〕聩
〔職〕职
*〔藝〕艺
〔覲〕觐
〔鞦〕秋
〔藪〕薮
〔蠆〕虿
〔繭〕茧
〔藥〕药
〔藭〕䓖
〔賾〕赜
〔蘊〕蕴
〔檯〕台
〔櫃〕柜
〔檻〕槛
〔櫚〕榈
〔檳〕槟
〔檸〕柠
〔鵓〕鹁
〔轉〕转
〔轆〕辘
〔覆〕复⑩
〔醫〕医
〔礎〕础
〔殯〕殡
〔霧〕雾

【丨】

*〔豐〕丰
〔覷〕觑
〔懟〕怼
〔叢〕丛
〔矇〕蒙
〔題〕题
〔韙〕韪
〔瞼〕睑
〔闖〕闯
〔闔〕阖
〔闐〕阗
〔闓〕闿
〔闕〕阙
〔顒〕颙
〔曠〕旷
〔蹣〕蹒
〔嚙〕啮
〔壘〕垒
〔蟯〕蛲
*〔蟲〕虫
〔蟬〕蝉
〔蟣〕虮
〔鵑〕鹃
〔嚕〕噜
〔顓〕颛

【丿】

〔鵠〕鹄
〔鵝〕鹅
〔穫〕获
〔穡〕穑
〔穢〕秽
〔簡〕简
〔簣〕篑
〔簞〕箪
*〔雙〕双
〔軀〕躯
*〔邊〕边
*〔歸〕归
〔鏵〕铧
〔鎮〕镇
〔鏈〕链
〔鎘〕镉
〔鎖〕锁
〔鎧〕铠
〔鎸〕镌
〔鎳〕镍
〔鎢〕钨
〔鎩〕铩
〔鎿〕镎
〔鎦〕镏
〔鎬〕镐
〔鎊〕镑
〔鎰〕镒
〔鎵〕镓
〔鏞〕镛
〔鵒〕鹆
〔饃〕馍
〔餺〕馎
〔餼〕饩
〔餾〕馏
〔饈〕馐
〔臍〕脐
〔鯁〕鲠
〔鯉〕鲤
〔鯀〕鲧
〔鯇〕鲩
〔鯽〕鲫
〔颸〕飔
〔颼〕飕
〔觴〕觞
〔獵〕猎
〔雛〕雏
〔臏〕膑

【丶】

〔謹〕谨
〔謳〕讴
〔謾〕谩
〔謫〕谪
〔謭〕谫
〔謬〕谬
〔癤〕疖
〔雜〕杂

*〔離〕离
〔顏〕颜
〔糧〕粮
〔燼〕烬
〔鵜〕鹈
〔瀆〕渎
〔澦〕滪
〔濾〕滤
〔鯊〕鲨
〔濺〕溅
〔瀏〕浏
〔濼〕泺
〔瀉〕泻
〔瀋〕沈
*〔竄〕窜
〔竅〕窍
〔額〕额
〔禰〕祢
〔襠〕裆
〔襝〕裣
〔禱〕祷
【乛】
〔醬〕酱
〔韞〕韫
〔隴〕陇
〔嬸〕婶
〔繞〕绕
〔繚〕缭
〔織〕织
〔繕〕缮
〔繒〕缯
*〔斷〕断

19 筆

【一】
〔鵡〕鹉
〔鶓〕鹋
〔鬍〕胡
〔騙〕骗
〔騷〕骚
〔壢〕坜
〔壚〕垆
〔壞〕坏
〔攏〕拢
〔擰〕拧
*〔難〕难
〔鵲〕鹊
〔藶〕苈
〔蘋〕苹
蘋
〔蘆〕芦
〔鶘〕鹕
〔藺〕蔺
〔躉〕趸
〔蘄〕蕲
〔勸〕劝
〔蘇〕苏
〔藹〕蔼
〔蘢〕茏
〔顛〕颠
〔櫝〕椟
〔櫟〕栎
〔櫓〕橹
〔櫧〕槠
〔櫞〕橼
〔轎〕轿
〔鏨〕錾
〔轍〕辙
〔轔〕辚
〔繫〕系
〔鶇〕鸫
*〔麗〕丽
〔厴〕厣
〔礪〕砺
〔礙〕碍
〔礦〕矿
〔贗〕赝
〔願〕愿
〔鵪〕鹌
〔璽〕玺
〔豶〕豮
【丨】
〔贈〕赠
〔闞〕阚
〔關〕关
〔嚦〕呖
〔疇〕畴
〔蹺〕跷
〔蟶〕蛏
〔蠅〕蝇
〔蟻〕蚁
*〔嚴〕严
〔獸〕兽
〔嚨〕咙
〔羆〕罴
*〔羅〕罗
【丿】
〔氌〕氇
〔犢〕犊
〔贊〕赞
〔穩〕稳
〔簽〕签
〔簾〕帘
〔簫〕箫
〔牘〕牍
〔懲〕惩
〔鐯〕锗
〔鏗〕铿
〔鏢〕镖
〔鏜〕镗
〔鏤〕镂
〔鏝〕镘
〔鏰〕镚
〔鏞〕镛
〔鏡〕镜
〔鏟〕铲
〔鏑〕镝
〔鏃〕镞
〔鏇〕旋
〔鏘〕锵
〔辭〕辞
〔饉〕馑
〔饅〕馒
〔鵬〕鹏
〔臘〕腊
〔鯖〕鲭
〔鯪〕鲮
〔鯫〕鲰
〔鯡〕鲱
〔鯤〕鲲
〔鯧〕鲳
〔鯢〕鲵
〔鯰〕鲶
〔鯛〕鲷
〔鯨〕鲸
〔鯔〕鲻
〔獺〕獭
〔鴿〕鸧
〔颼〕飗
【丶】
〔譚〕谭
〔譖〕谮
〔譙〕谯
〔識〕识
〔譜〕谱
〔證〕证
〔譎〕谲
〔譏〕讥
〔鶉〕鹑
〔廬〕庐
〔癟〕瘪
〔癢〕痒
〔龐〕庞
〔壟〕垄
〔鶊〕鹒
〔類〕类
〔爍〕烁
〔瀟〕潇
〔瀨〕濑
〔瀝〕沥
〔瀕〕濒
〔瀘〕泸
〔瀧〕泷
〔懶〕懒
〔懷〕怀
〔寵〕宠
〔襪〕袜
〔襤〕褴
【乛】
〔韜〕韬
〔騭〕骘
〔騖〕骛
〔顙〕颡
〔繮〕缰
〔繩〕绳
〔繾〕缱
〔繰〕缲
〔繹〕绎
〔繯〕缳
〔繳〕缴
〔繪〕绘

20 筆

【一】
〔瓏〕珑
〔驁〕骜
〔驊〕骅
〔騮〕骝
〔騶〕驺
〔騸〕骟
〔攖〕撄
〔攔〕拦
〔攙〕搀
〔聹〕聍
〔顢〕颟
〔驀〕蓦
〔蘭〕兰
〔蘞〕蔹
〔蘚〕藓
〔鶘〕鹕
〔飄〕飘
〔櫪〕枥
〔櫨〕栌
〔櫸〕榉
〔礬〕矾
〔麵〕面
〔櫬〕榇
〔櫳〕栊
〔礫〕砾
【丨】
〔鹹〕咸
〔鹺〕鹾
〔齟〕龃
〔齡〕龄
〔齣〕出
〔齙〕龅
〔齠〕龆
*〔獻〕献
*〔黨〕党
〔懸〕悬
〔鶪〕䴗
〔罌〕罂
〔贍〕赡
〔闥〕闼
〔闌〕阑
〔鶡〕鹖
〔曨〕昽
〔蠣〕蛎
〔蠐〕蛴
〔蠑〕蝾
〔嚶〕嘤
〔鶚〕鹗
〔髏〕髅
〔鶻〕鹘
【丿】
〔犧〕牺
〔鶖〕鹙
〔籌〕筹
〔籃〕篮
〔譽〕誉
〔覺〕觉
〔嚳〕喾
〔巇〕巇
〔艦〕舰
〔鐃〕铙
〔鐝〕镢
〔鐐〕镣
〔鏷〕镤
〔鐧〕锏
〔鐦〕锎
〔鐓〕镦
〔鐘〕钟
〔鐥〕䦅
〔鐠〕镨
〔鐒〕铹
〔鐋〕铴
〔鐨〕镄
〔鐙〕镫
〔鏺〕䥽
〔釋〕释
〔饒〕饶
〔饊〕馓
〔饋〕馈
〔饌〕馔
〔饑〕饥
〔臚〕胪
〔朧〕胧
〔騰〕腾
〔鰆〕䲠
〔鰈〕鲽
〔鰂〕鲗
〔鰛〕鳁
〔鰓〕鳃
〔鰐〕鳄
〔鰍〕鳅
〔鰒〕鳆
〔鰉〕鳇
〔鰭〕鳍
〔鯿〕鳊
〔獼〕猕
〔觸〕触
【丶】
〔護〕护
〔譴〕谴
〔譯〕译
〔譫〕谵
〔議〕议
〔癥〕症
〔辮〕辫
〔龔〕龚
〔競〕竞
〔贏〕赢
〔糲〕粝
〔糰〕团
〔鷀〕鹚
〔爐〕炉
〔瀾〕澜
〔瀲〕潋
〔瀰〕弥
〔懺〕忏
〔寶〕宝
〔騫〕骞
〔竇〕窦
〔襬〕摆
【乛】
〔鶥〕鹛
〔鶩〕骛
〔纊〕纩
〔繽〕缤
〔繼〕继
〔饗〕飨
〔響〕响

21 筆

【一】
〔耀〕耢
〔瓔〕璎
〔鰲〕鳌
〔攝〕摄
〔騾〕骡
〔驅〕驱
〔驃〕骠
〔驄〕骢
〔驂〕骖
〔攛〕撺
〔攛〕撺
〔韃〕鞑
〔轎〕轿
〔歡〕欢
〔權〕权
〔櫻〕樱
〔欄〕栏
〔轟〕轰
〔覽〕览
〔酈〕郦
〔飆〕飙
〔殲〕歼
【丨】
〔齜〕龇
〔齦〕龈
〔齪〕龊
〔贐〕赆
〔囁〕嗫
〔囈〕呓
〔闢〕辟
〔囀〕啭
〔顥〕颢
〔躊〕踌
〔躋〕跻
〔躑〕踯
〔躍〕跃
〔纍〕累
〔蠟〕蜡
〔囂〕嚣
〔巋〕岿
〔髒〕脏
【丿】
〔儺〕傩
〔儷〕俪
〔儼〕俨
〔鷂〕鹞
〔鐵〕铁
〔鑊〕镬
〔鐳〕镭
〔鐺〕铛
〔鐸〕铎
〔鐶〕镮
〔鐲〕镯
〔鐮〕镰
〔鐿〕镱
〔鶺〕鹡
〔鷁〕鹢
〔鷄〕鸡
〔鶬〕鸧
〔臟〕脏
〔鰧〕䲢
〔鰭〕鳍
〔鰱〕鲢
〔鰣〕鲥
〔鰨〕鳎
〔鰥〕鳏
〔鰷〕鲦
〔鰟〕鳑
〔鰜〕鳒
【丶】
〔癩〕癞
〔癧〕疬
〔癮〕瘾
〔斕〕斓
〔辯〕辩
〔礱〕砻
〔鶼〕鹣
〔爛〕烂
〔鶯〕莺
〔灄〕滠
〔灃〕沣
〔灕〕漓
〔懾〕慑
〔懼〕惧
〔竈〕灶
〔顧〕顾
〔襯〕衬
〔鶴〕鹤
【乛】
*〔屬〕属
〔纈〕缬
〔續〕续
〔纏〕缠

22 筆

【一】
〔鬚〕须
〔驍〕骁
〔驕〕骄
〔攤〕摊
〔覿〕觌
〔攢〕攒
〔鷙〕鸷
〔聽〕听
〔蘿〕萝
〔驚〕惊
〔轢〕轹
〔鷗〕鸥
〔鑒〕鉴
〔邐〕逦
〔鷖〕鹥
〔霽〕霁
【丨】
〔齬〕龉
〔齪〕龊
〔鱉〕鳖
〔贖〕赎
〔躚〕跹
〔躓〕踬
〔蠨〕蟏
〔囌〕苏
〔囉〕罗
〔囅〕冁
〔巔〕巅
〔邏〕逻
〔體〕体
【丿】
〔罎〕坛
〔籜〕箨
〔籟〕籁
〔籙〕箓
〔籠〕笼
〔鰲〕鳌
〔儻〕傥
〔艫〕舻
〔鑄〕铸
〔鑌〕镔
〔鑔〕镲
〔龕〕龛
〔糴〕籴
〔鰳〕鳓
〔鰹〕鲣
〔鰾〕鳔
〔鱈〕鳕
〔鰻〕鳗
〔鱅〕鳙
〔鰼〕鳛
〔玀〕猡
【丶】
〔讀〕读
〔讅〕谉
〔巒〕峦
〔彎〕弯
〔孿〕孪
〔孌〕娈
〔顫〕颤
〔鷓〕鹧
〔癭〕瘿
〔癬〕癣
〔聾〕聋
〔龔〕龚
〔襲〕袭
〔灘〕滩
〔灑〕洒
〔竊〕窃
【乛】
〔鷚〕鹨
〔轡〕辔

23 筆

【一】
〔瓚〕瓒
〔驛〕驿
〔驗〕验
〔攪〕搅
〔欏〕椤
〔轤〕轳
〔靨〕靥
〔魘〕魇
〔饜〕餍
〔鷯〕鹩
〔靆〕叇
〔顬〕颥
【丨】
〔曬〕晒
〔鷳〕鹇
〔顯〕显
〔蠱〕蛊
〔髖〕髋
〔髕〕髌
【丿】
〔籤〕签
〔讎〕雠
〔鷦〕鹪
〔黴〕霉
〔鑠〕铄
〔鑕〕锧
〔鑥〕镥
〔鑣〕镳
〔鑞〕镴
〔臢〕臜
〔鱖〕鳜
〔鱔〕鳝
〔鱗〕鳞
〔鱒〕鳟
〔鱘〕鲟
【丶】
〔讌〕䜩
〔欒〕栾
〔攣〕挛
〔變〕变
〔戀〕恋
〔鷲〕鹫
〔癰〕痈
〔齏〕齑
〔讋〕詟
【乛】
〔鷸〕鹬
〔纓〕缨
〔纖〕纤
〔纔〕才
〔鷥〕鸶

24 筆

【一】
〔鬢〕鬓
〔攬〕揽
〔驟〕骤
〔壩〕坝
〔韆〕千
〔觀〕观
〔鹽〕盐
〔釀〕酿
〔靂〕雳
*〔靈〕灵
〔靄〕霭
〔蠶〕蚕
【丨】
〔艷〕艳
〔顰〕颦
〔齲〕龋
〔齷〕龌
〔鹼〕硷
〔臟〕赃
〔鷺〕鹭
〔囑〕嘱
〔羈〕羁
【丿】
〔籩〕笾
〔籬〕篱
〔籪〕簖
〔黌〕黉
〔鱟〕鲎
〔鱧〕鳢
〔鱠〕鲙
〔鱣〕鳣
【丶】
〔讕〕谰
〔讖〕谶
〔讒〕谗
〔讓〕让
〔鸇〕鹯
〔鷹〕鹰
〔癱〕瘫
〔癲〕癫
〔贛〕赣
〔灝〕灏
【乛】
〔鸊〕䴙

25 筆

【一】
〔韉〕鞯
〔欖〕榄
〔靉〕叆
【丨】
〔顱〕颅
〔躡〕蹑
〔躪〕躏
〔鼉〕鼍
【丿】
〔籮〕箩
〔鑭〕镧
〔鑰〕钥

〔鑲〕镶
〔饞〕馋
〔鱠〕鲙
〔鱭〕鲚
【丶】
〔蠻〕蛮
〔臠〕脔
〔廳〕厅

〔灣〕湾
【乛】
〔糶〕粜
〔纘〕缵

26 筆

【一】
〔驥〕骥
〔驢〕驴
〔趲〕趱
〔顴〕颧
〔黶〕黡
〔釃〕酾
〔釅〕酽
【丨】
〔矚〕瞩
〔躪〕躏
〔躦〕躜
【丿】
〔釁〕衅
〔鑷〕镊
〔鑹〕镩
【丶】
〔灤〕滦

27 筆

【一】
〔鬮〕阄
〔驤〕骧
〔顳〕颞
【丨】
〔鸕〕鸬
〔黷〕黩
【丿】
〔鑼〕锣
〔鑽〕钻
〔鱸〕鲈
【丶】
〔讞〕谳
〔讜〕谠
〔鑾〕銮
〔灩〕滟
【乛】
〔纜〕缆

28 筆

〔鸛〕鹳
〔欞〕棂
〔鑿〕凿
〔鸚〕鹦
〔钂〕镋
〔钁〕镢
〔戇〕戆

29 筆

〔驪〕骊
〔鬱〕郁

30 筆

〔鸝〕鹂
〔饢〕馕
〔鱺〕鲡
〔鸞〕鸾

32 筆

〔籲〕吁

注　釋

① 乾坤、乾隆的"乾"讀 qián(前),不簡化。

② 在象和像意義可能混淆時,像仍用"像"。

③ 在迭和叠意義可能混淆時,叠仍用"叠"。

④ 在折和摺意義可能混淆時,摺仍用"摺"。

⑤ 作多解的"夥"不簡化。

⑥ 讀 me 輕聲。讀 yāo(夭)的么應作"幺"(么本字)。吆應作吆。麽讀 mó(摩)時不簡化,如幺麽小醜。

⑦ 宫商角徵羽的"徵"讀 zhǐ(止),不簡化。

⑧ 在余和餘意義可能混淆時,餘仍用"餘"。

⑨ 藉口、憑藉的藉簡化作借,慰藉、狼藉等的藉仍用"藉"。

⑩ 答覆、反覆的覆簡化作复,覆蓋、顛覆仍用"覆"。

新舊字形對照表

(字形後圓圈内的數字表示字形的筆數)

舊字形	新字形	新字舉例	舊字形	新字形	新字舉例
艹④	艹③	花草	直⑧	直⑧	值植
辶④	辶③	连速	黾⑧	黾⑧	绳鼋
幵⑥	开④	型形	咼⑨	呙⑧	過蝸
丰④	丰④	艳沣	垂⑨	垂⑧	睡郵
巨⑤	巨④	苣渠	飠⑨	食⑧	飲飽
屯④	屯④	纯顿	郎⑨	郎⑧	廊螂
瓦⑤	瓦④	瓶瓷	彔⑧	录⑧	淥箓
反④	反④	板饭	昷⑩	昷⑨	温瘟
丑④	丑④	纽杻	骨⑩	骨⑨	滑骼
犮⑤	犮⑤	拔茇	鬼⑩	鬼⑨	槐嵬
印⑥	印⑤	茚	爲⑫	為⑨	偽搗
耒⑥	耒⑥	耕耘	既⑪	既⑨	溉厩
呂⑦	吕⑥	侣营	蚤⑩	蚤⑨	搔骚
攸⑦	攸⑥	修倏	敖⑪	敖⑩	傲遨
爭⑧	争⑥	净静	莽⑫	莽⑩	漭蟒
产⑥	产⑥	彦産	眞⑩	真⑩	慎填
羊⑦	羊⑥	差养	䍃⑩	䍃⑩	摇遥
幷⑧	并⑥	屏拼	殺⑪	殺⑩	摋鎩
吳⑦	吴⑦	蜈虞	黃⑫	黄⑪	廣横
角⑦	角⑦	解确	虛⑫	虚⑪	墟歔
奐⑨	奂⑦	换痪	異⑫	異⑪	冀戴
㡀⑧	㡀⑦	敝弊	象⑫	象⑪	像橡
耳⑧	耳⑦	敢嚴	奧⑬	奥⑫	澳襖
者⑨	者⑧	都著	普⑬	普⑫	谱氆

歷代建元表

本表按朝代先後爲序，從漢武帝開始，列歷代帝王年號。不建元者不錄。

朝代或國號	帝王	年號	公元起訖	干支
(西)漢	武帝(劉徹)	建元 (6)	前140 —— 前135	辛丑 —— 丙午
		元光 (6)	前134 —— 前129	丁未 —— 壬子
		元朔 (6)	前128 —— 前123	癸丑 —— 戊午
		元狩 (6)	前122 —— 前117	己未 —— 甲子
		元鼎 (6)	前116 —— 前111	乙丑 —— 庚午
		元封 (6)	前110 —— 前105	辛未 —— 丙子
		太初 (4)	前104 —— 前101	丁丑 —— 庚辰
		天漢 (4)	前100 —— 前97	辛巳 —— 甲申
		太始 (4)	前 96 —— 前93	乙酉 —— 戊子
		征和 (4)	前 92 —— 前89	己丑 —— 壬辰
		後元 (2)	前 88 —— 前87	癸巳 —— 甲午
	昭帝(劉弗陵)	始元 (6)	前 86 —— 前81	乙未 —— 庚子
		元鳳 (6)	前 80 —— 前75	辛丑 —— 丙午
		元平 (1)	前 74	丁未
	宣帝(劉詢)	本始 (4)	前 73 —— 前70	戊申 —— 辛亥
		地節 (4)	前 69 —— 前66	壬子 —— 乙卯
		元康 (4)	前 65 —— 前62	丙辰 —— 己未
		神爵 (4)	前 61 —— 前58	庚申 —— 癸亥
		五鳳 (4)	前 57 —— 前54	甲子 —— 丁卯
		甘露 (4)	前 53 —— 前50	戊辰 —— 辛未
		黃龍 (1)	前 49	壬申
	元帝(劉奭)	初元 (5)	前 48 —— 前44	癸酉 —— 丁丑
		永光 (5)	前 43 —— 前39	戊寅 —— 壬午
		建昭 (5)	前 38 —— 前34	癸未 —— 丁亥
		竟寧 (1)	前 33	戊子
	成帝(劉驁)	建始 (4)	前 32 —— 前29	己丑 —— 壬辰
		河平 (4)	前 28 —— 前25	癸巳 —— 丙申
		陽朔 (4)	前 24 —— 前21	丁酉 —— 庚子
		鴻嘉 (4)	前 20 —— 前17	辛丑 —— 甲辰
		永始 (4)	前 16 —— 前13	乙巳 —— 戊申
		元延 (4)	前 12 —— 前9	己酉 —— 壬子
		綏和 (2)	前 8 —— 前7	癸丑 —— 甲寅
	哀帝(劉欣)	建平 (2)	前 6 —— 前5	乙卯 —— 丙辰
		太初元將 (1)	前 5	丙辰
		建平 (3)	前 5 —— 前3	丙辰 —— 戊午
		元壽 (2)	前 2 —— 前1	己未 —— 庚申
	平帝(劉衎)	元始 (5)	1 —— 5	辛酉 —— 乙丑
	孺子(劉嬰)	居攝 (3)	6 —— 8	丙寅 —— 戊辰
		初始 (1)	8	戊辰
新	王莽	始建國 (5)	9 —— 13	己巳 —— 癸酉
		天鳳 (6)	14 —— 19	甲戌 —— 己卯
		地皇 (4)	20 —— 23	庚辰 —— 癸未
(西)漢	更始帝(劉玄)	更始 (3)	23 —— 25	癸未 —— 乙酉
(東)漢	光武帝(劉秀)	建武 (32)	25 —— 56	乙酉 —— 丙辰
		建武中元 (2)	56 —— 57	丙辰 —— 丁巳
	明帝(劉莊)	永平 (18)	58 —— 75	戊午 —— 乙亥

朝代或國號		帝王	年號	公元起訖	干支
(東)漢		章帝 (劉炟)	建初 (8) 元和 (3) 章和 (2)	76 —— 83 84 —— 86 87 —— 88	丙子 —— 癸未 甲申 —— 丙戌 丁亥 —— 戊子
		和帝 (劉肇)	永元 (16) 元興 (1)	89 —— 104 105	己丑 —— 甲辰 乙巳
		殤帝(劉隆)	延平 (1)	106	丙午
		安帝 (劉祜)	永初 (7) 元初 (6) 永寧 (1) 建光 (1) 延光 (4)	107 —— 113 114 —— 119 120 121 122 —— 125	丁未 —— 癸丑 甲寅 —— 己未 庚申 辛酉 壬戌 —— 乙丑
		順帝 (劉保)	永建 (6) 陽嘉 (4) 永和 (6) 漢安 (2) 建康 (1)	126 —— 131 132 —— 135 136 —— 141 142 —— 143 144	丙寅 —— 辛未 壬申 —— 乙亥 丙子 —— 辛巳 壬午 —— 癸未 甲申
		冲帝(劉炳)	永嘉 (1)	145	乙酉
		質帝(劉纘)	本初 (1)	146	丙戌
		桓帝 (劉志)	建和 (3) 和平 (1) 元嘉 (2) 永興 (2) 永壽 (3) 延熹 (9) 永康 (1)	147 —— 149 150 151 —— 152 153 —— 154 155 —— 157 158 —— 166 167	丁亥 —— 己丑 庚寅 辛卯 —— 壬辰 癸巳 —— 甲午 乙未 —— 丁酉 戊戌 —— 丙午 丁未
		靈帝 (劉弘)	建寧 (4) 熹平 (6) 光和 (6) 中平 (6)	168 —— 171 172 —— 177 178 —— 183 184 —— 189	戊申 —— 辛亥 壬子 —— 丁巳 戊午 —— 癸亥 甲子 —— 己巳
		少帝 (劉辯)	光熹 (1) 昭寧 (1)	189 189	己巳 己巳
		獻帝 (劉協)	永漢 (1) 中平 (1) 初平 (4) 興平 (2) 建安 (24) 延康 (1)	189 189 190 —— 193 194 —— 195 196 —— 219 220	己巳 己巳 庚午 —— 癸酉 甲戌 —— 乙亥 丙子 —— 己亥 庚子
三國	魏	文帝(曹丕)	黃初 (7)	220 —— 226	庚子 —— 丙午
		明帝 (曹叡)	太和 (6) 青龍 (4) 景初 (3)	227 —— 232 233 —— 236 237 —— 239	丁未 —— 壬子 癸丑 —— 丙辰 丁巳 —— 己未
		齊王 (曹芳)	正始 (9) 嘉平 (6)	240 —— 248 249 —— 254	庚申 —— 戊辰 己巳 —— 甲戌
		高貴鄉公 (曹髦)	正元 (2) 甘露 (5)	254 —— 255 256 —— 260	甲戌 —— 乙亥 丙子 —— 庚辰
		元帝 (曹奐)	景元 (4) 咸熙 (2)	260 —— 263 264 —— 265	庚辰 —— 癸未 甲申 —— 乙酉
	蜀	昭烈帝(劉備)	章武 (3)	221 —— 223	辛丑 —— 癸卯
		後主 (劉禪)	建興 (15) 延熙 (20) 景耀 (5) 炎興 (1)	223 —— 237 238 —— 257 258 —— 262 263	癸卯 —— 丁巳 戊午 —— 丁丑 戊寅 —— 壬午 癸未

朝代或國號		帝王	年號	公元起訖	干支
三國	吳	大帝(孫權)	黄武 (7)	222 —— 228	壬寅 —— 戊申
			黄龍 (3)	229 —— 231	己酉 —— 辛亥
			嘉禾 (6)	232 —— 237	壬子 —— 丁巳
			赤烏 (13)	238 —— 250	戊午 —— 庚午
			太元 (1)	251	辛未
			神鳳 (1)	252	壬申
		會稽王(孫亮)	建興 (2)	252 —— 253	壬申 —— 癸酉
			五鳳 (3)	254 —— 256	甲戌 —— 丙子
			太平 (3)	256 —— 258	丙子 —— 戊寅
		景帝(孫休)	永安 (7)	258 —— 264	戊寅 —— 甲申
		末帝(孫晧)	元興 (1)	264	甲申
			甘露 (1)	265	乙酉
			寶鼎 (3)	266 —— 268	丙戌 —— 戊子
			建衡 (3)	269 —— 271	己丑 —— 辛卯
			鳳凰 (3)	272 —— 274	壬辰 —— 甲午
			天册 (1)	275	乙未
			天璽 (1)	276	丙申
			天紀 (4)	277 —— 280	丁酉 —— 庚子
(西)晉		武帝(司馬炎)	泰始 (10)	265 —— 274	乙酉 —— 甲午
			咸寧 (5)	275 —— 279	乙未 —— 己亥
			太康 (10)	280 —— 289	庚子 —— 己酉
			太熙 (1)	290	庚戌
		惠帝(司馬衷)	永熙 (1)	290	庚戌
			永平 (1)	291	辛亥
			元康 (9)	291 —— 299	辛亥 —— 己未
			永康 (1)	300	庚申
			永寧 (1)	301	辛酉
			太安 (2)	302 —— 303	壬戌 —— 癸亥
			永安 (1)	304	甲子
			建武 (1)	304	甲子
			永興 (2)	304 —— 305	甲子 —— 乙丑
			光熙 (1)	306	丙寅
		懷帝(司馬熾)	永嘉 (6)	307 —— 312	丁卯 —— 壬申
		愍帝(司馬業)	建興 (4)	313 —— 316	癸酉 —— 丙子
(東)晉		元帝(司馬睿)	建武 (1)	317	丁丑
			大興 (4)	318 —— 321	戊寅 —— 辛巳
			永昌 (1)	322	壬午
		明帝(司馬紹)	太寧 (3)	323 —— 325	癸未 —— 乙酉
		成帝(司馬衍)	咸和 (9)	326 —— 331	丙戌 —— 甲午
			咸康 (8)	335 —— 342	乙未 —— 壬寅
		康帝(司馬岳)	建元 (2)	343 —— 344	癸卯 —— 甲辰
		穆帝(司馬聃)	永和 (12)	345 —— 356	乙巳 —— 丙辰
			升平 (5)	357 —— 361	丁巳 —— 辛酉
		哀帝(司馬丕)	隆和 (2)	362 —— 363	壬戌 —— 癸亥
			興寧 (3)	363 —— 365	癸亥 —— 乙丑
		廢帝(司馬奕)	太和 (6)	366 —— 371	丙寅 —— 辛未
		簡文帝(司馬昱)	咸安 (2)	371 —— 372	辛未 —— 壬申
		孝武帝(司馬昌明)	寧康 (3)	373 —— 375	癸酉 —— 乙亥
			太元 (21)	376 —— 396	丙子 —— 丙申
		安帝(司馬德宗)	隆安 (5)	397 —— 401	丁酉 —— 辛丑
			元興 (1)	402	壬寅
			隆安 (1)	402	壬寅

朝代或國號		帝王	年號	公元起訖	干支
(東)晉		安帝(司馬德宗)	大亨 (1)	402	壬寅
			元興 (2)	403 —— 404	癸卯 —— 甲辰
			義熙 (14)	405 —— 418	乙巳 —— 戊午
		恭帝(司馬德文)	元熙 (2)	419 —— 420	己未 —— 庚申
東晉列國	成(漢)	始祖(李特)	建初 (2)	303 —— 304	癸亥 —— 甲子
		太宗(李雄)	建興 (3)	304 —— 306	甲子 —— 丙寅
			晏平 (5)	306 —— 310	丙寅 —— 庚午
			玉衡 (24)	311 —— 334	辛未 —— 甲午
		幽公(李期)	玉恒 (4)	335 —— 338	乙未 —— 戊戌
	(漢)	中宗(李壽)	漢興 (6)	337 —— 343	丁酉 —— 癸卯
		後主(李勢)	太和 (3)	344 —— 346	甲辰 —— 丙午
			嘉寧 (2)	346 —— 347	丙午 —— 丁未
	漢(前趙)	高祖(劉淵)	元熙 (5)	304 —— 308	甲子 —— 戊辰
			永鳳 (2)	308 —— 309	戊辰 —— 己巳
			河瑞 (2)	309 —— 310	己巳 —— 庚午
		烈宗(劉聰)	光興 (2)	310 —— 311	庚午 —— 辛未
			嘉平 (4)	311 —— 314	辛未 —— 甲戌
			建元 (2)	315 —— 316	乙亥 —— 丙子
			麟嘉 (3)	316 —— 318	丙子 —— 戊寅
		少主(劉粲)	漢昌 (1)	318	戊寅
		趙主(劉曜)	光初 (12)	318 —— 329	戊寅 —— 己丑
	(前)涼	元公(張實)	建興〔永安〕(7)	314 —— 320	甲戌 —— 庚辰
		成公(張茂)	建興〔永元〕(4)	320 —— 323	庚辰 —— 癸未
		忠成公(張駿)	建興〔太元〕(23)	324 —— 346	甲申 —— 丙午
		敬烈公(張重華)	建興〔永樂〕(8)	346 —— 353	丙午 —— 癸丑
		長寧侯(張祚)	和平 (2)	354 —— 355	甲寅 —— 乙卯
		敬悼公(張玄靚)	建興〔太始〕(7)	355 —— 361	乙卯 —— 辛酉
			升平〔太始〕(3)	361 —— 363	辛酉 —— 癸亥
		悼公(張天錫)	太清〔升平〕(14)	363 —— 376	癸亥 —— 丙子
	(後)趙	高祖(石勒)	太和 (3)	328 —— 330	戊子 —— 庚寅
			建平 (4)	330 —— 333	庚寅 —— 癸巳
		海陽王(石弘)	延熙 (2)	333 —— 334	癸巳 —— 甲午
		太祖(石虎)	建武 (14)	335 —— 348	乙未 —— 戊申
			太寧 (1)	349	己酉
		義陽王(石鑒)	青龍 (2)	349 —— 350	己酉 —— 庚戌
		新興王(石祗)	永寧 (2)	350 —— 351	庚戌 —— 辛亥
	魏	武悼天王(冉閔)	永興 (3)	350 —— 352	庚戌 —— 壬子
	代	昭成帝(拓跋什翼犍)	建國 (39)	338 —— 376	戊戌 —— 丙子
	(前)秦	高祖(苻健)	皇始 (5)	351 —— 355	辛亥 —— 乙卯
		厲王(苻生)	壽光 (3)	355 —— 357	乙卯 —— 丁巳
		世祖(苻堅)	永興 (3)	357 —— 359	丁巳 —— 己未
			甘露 (6)	359 —— 364	己未 —— 甲子
			建元 (21)	365 —— 385	乙丑 —— 乙酉
		哀平帝(苻丕)	太安 (2)	385 —— 386	乙酉 —— 丙戌
		太宗(苻登)	太初 (9)	386 —— 394	丙戌 —— 甲午
		末主(苻崇)	延初 (1)	394	甲午
	(前)燕	烈祖(慕容儁)	元璽 (6)	352 —— 357	壬子 —— 丁巳
			光壽 (4)	357 —— 360	丁巳 —— 庚申

朝代或國號		帝王	年號	公元起訖	干支
東晉列國	(前)燕	幽帝(慕容暐)	建熙 (11)	360 —— 370	庚申 —— 庚午
	(後)秦	太祖(姚萇)	白雀 (3)	384 —— 386	甲申 —— 丙戌
			建初 (9)	386 —— 394	丙戌 —— 甲午
		高祖(姚興)	皇初 (6)	394 —— 399	甲午 —— 己亥
			弘始 (18)	399 —— 416	己亥 —— 丙辰
		後主(姚泓)	永和 (2)	416 —— 417	丙辰 —— 丁巳
	(後)燕	世祖(慕容垂)	燕元 (2)	384 —— 385	甲申 —— 乙酉
			建興 (11)	386 —— 396	丙戌 —— 丙申
		烈宗(慕容寶)	永康 (3)	396 —— 398	丙申 —— 戊戌
		開封公(慕容詳)	建始 (1)	397	丁酉
		趙王(慕容麟)	延平 (1)	397	丁酉
		中宗(慕容盛)	建平 (1)	398	戊戌
			長樂 (3)	399 —— 401	己亥 —— 辛丑
		昭文帝(慕容熙)	光始 (6)	401 —— 406	辛丑 —— 丙午
			建始 (1)	407	丁未
		惠懿帝(高雲)	正始 (3)	407 —— 409	丁未 —— 己酉
	(西)燕	濟北王(慕容泓)	燕興 (1)	384	甲申
		威帝(慕容沖)	更始 (2)	385 —— 386	乙酉 —— 丙戌
		段隨	昌平 (1)	386	丙戌
		慕容顗	建明 (1)	386	丙戌
		慕容瑤	建平 (1)	386	丙戌
		慕容忠	建武 (1)	386	丙戌
		慕容永	中興 (9)	386 —— 394	丙戌 —— 甲午
	(西)秦	烈祖(乞伏國仁)	建義 (4)	385 —— 388	乙酉 —— 戊子
		武元王(乞伏乾歸)	太初 (13)	388 —— 400	戊子 —— 庚子
			更始 (4)	409 —— 412	己酉 —— 壬子
		文昭王(乞伏熾盤)	永康 (8)	412 —— 419	壬子 —— 己未
			建宏 (9)	420 —— 428	庚申 —— 戊辰
		後主(乞伏暮末)	永宏 (4)	428 —— 431	戊辰 —— 辛未
	(後)涼	太祖(呂光)	太〔大〕安 (4)	386 —— 389	丙戌 —— 己丑
			麟嘉 (8)	389 —— 396	己丑 —— 丙申
			龍飛 (3)	396 —— 398	丙申 —— 戊戌
			承康 (1)	399	己亥
		靈帝(呂纂)	咸寧 (3)	399 —— 401	己亥 —— 辛丑
		建康公(呂隆)	神鼎 (3)	401 —— 403	辛丑 —— 癸卯
	(南)涼	烈祖(禿髮烏孤)	太初 (3)	397 —— 399	丁酉 —— 己亥
		康王(禿髮利鹿孤)	建和 (3)	400 —— 402	庚子 —— 壬寅
		景王(禿髮傉檀)	弘昌 (3)	402 —— 404	壬寅 —— 甲辰
			嘉平 (7)	408 —— 414	戊申 —— 甲寅
	(北)涼	建康公(段業)	神璽 (3)	397 —— 399	丁酉 —— 己亥
			天璽 (3)	399 —— 401	己亥 —— 辛丑
		武宣王(沮渠蒙遜)	永安 (12)	401 —— 412	辛丑 —— 壬子
			玄始 (17)	412 —— 428	壬子 —— 戊辰
			承玄 (4)	428 —— 430	戊辰 —— 庚午
			義和 (3)	431 —— 433	辛未 —— 癸酉
		哀王(沮渠牧犍)	永〔承〕和 (7)	433 —— 439	癸酉 —— 己卯
		沮渠無諱	承平 (2)	443 —— 444	癸未 —— 甲申

朝代或國號		帝王	年號	公元起訖	干支
東晉列國	(北)涼	沮渠安周	承平 (17)	444 — 460	甲申 — 庚子
	(南)燕	獻武帝(慕容德)	建平 (6)	400 — 405	庚子 — 乙巳
		北海王(慕容超)	太上 (6)	405 — 410	乙巳 — 庚戌
	(西)涼	武昭王(李暠)	庚子 (5)	400 — 404	庚子 — 甲辰
			建初 (13)	405 — 417	乙巳 — 丁巳
		涼公(李歆)	嘉興 (4)	417 — 420	丁巳 — 庚申
		李恂	永建 (2)	420 — 421	庚申 — 辛酉
	夏	世祖(赫連勃勃)	龍昇 (7)	407 — 413	丁未 — 癸丑
			鳳翔 (6)	413 — 418	癸丑 — 戊午
			昌武 (2)	418 — 419	戊午 — 己未
			真興 (7)	419 — 425	己未 — 乙丑
		秦王(赫連昌)	承光 (4)	425 — 428	乙丑 — 戊辰
		平康王(赫連定)	勝光 (4)	428 — 431	戊辰 — 辛未
	(北)燕	文成帝(馮跋)	太平 (22)	409 — 430	己酉 — 庚午
		昭成帝(馮弘)	太興 (6)	431 — 436	辛未 — 丙子
南朝	宋	武帝(劉裕)	永初 (3)	420 — 422	庚申 — 壬戌
		少帝(劉義符)	景平 (2)	423 — 424	癸亥 — 甲子
		文帝(劉義隆)	元嘉 (30)	424 — 453	甲子 — 癸巳
		劉劭	太初 (1)	453	癸巳
		孝武帝(劉駿)	孝建 (3)	454 — 456	甲午 — 丙申
			大明 (8)	457 — 464	丁酉 — 甲辰
		前廢帝(劉子業)	永光 (1)	465	乙巳
			景和 (1)	465	乙巳
		明帝(劉彧)	泰始 (7)	465 — 471	乙巳 — 辛亥
			泰豫 (1)	472	壬子
		後廢帝(劉昱)	元徽 (5)	473 — 477	癸丑 — 丁巳
		順帝(劉準)	昇明 (3)	477 — 479	丁巳 — 己未
	齊	太祖(蕭道成)	建元 (4)	479 — 482	己未 — 壬戌
		武帝(蕭賾)	永明 (11)	483 — 493	癸亥 — 癸酉
		鬱林王(蕭昭業)	隆昌 (1)	494	甲戌
		海陵王(蕭昭文)	延興 (1)	494	甲戌
		明帝(蕭鸞)	建武 (5)	494 — 498	甲戌 — 戊寅
			永泰 (1)	498	戊寅
		東昏侯(蕭寶卷)	永元 (3)	499 — 501	己卯 — 辛巳
		和帝(蕭寶融)	中興 (2)	501 — 502	辛巳 — 壬午
	梁	武帝(蕭衍)	天監 (18)	502 — 519	壬午 — 己亥
			普通 (8)	520 — 527	庚子 — 丁未
			大通 (3)	527 — 529	丁未 — 己酉
			中大通 (6)	529 — 534	己酉 — 甲寅
			大同 (12)	535 — 546	乙卯 — 丙寅
			中大同 (2)	546 — 547	丙寅 — 丁卯
			太清 (3)	547 — 549	丁卯 — 己巳
		簡文帝(蕭綱)	大寶 (2)	550 — 551	庚午 — 辛未
		豫章王(蕭棟)	天正 (1)	551	辛未
		簡文帝(蕭綱)	承聖 (4)	552 — 555	壬申 — 乙亥
		元帝(蕭繹)	天成 (1)	555	乙亥
		敬帝(蕭方智)	紹泰 (2)	555 — 556	乙亥 — 丙子
			太平 (2)	556 — 557	丙子 — 丁丑

朝代或國號		帝王	年號	公元起訖	干支
南朝	梁	永嘉王(蕭莊)	天啟 (2)	557 —— 558	丁丑 —— 戊寅
	(後)梁	宣帝(蕭詧)	大定 (8)	555 —— 562	乙亥 —— 壬午
		孝文帝(蕭巋)	天保 (24)	562 —— 585	壬午 —— 乙巳
		後主(蕭琮)	廣運 (2)	586 —— 587	丙午 —— 丁未
	陳	武帝(陳霸先)	永定 (3)	557 —— 559	丁丑 —— 己卯
		文帝(陳蒨)	天嘉 (7)	560 —— 566	庚辰 —— 丙戌
			天康 (1)	566	丙戌
		廢帝(陳伯宗)	光大 (2)	567 —— 568	丁亥 —— 戊子
		宣帝(陳頊)	太建 (14)	569 —— 582	己丑 —— 壬寅
		後主(陳叔寶)	至德 (4)	583 —— 586	癸卯 —— 丙午
			禎明 (3)	587 —— 589	丁未 —— 己酉
北朝	魏	道武帝(拓跋珪)	登國 (11)	386 —— 396	丙戌 —— 丙申
			皇始 (3)	396 —— 398	丙申 —— 戊戌
			天興 (7)	398 —— 404	戊戌 —— 甲辰
			天賜 (6)	404 —— 409	甲辰 —— 乙酉
		明元帝(拓跋嗣)	永興 (5)	409 —— 413	乙酉 —— 癸丑
			神瑞 (3)	414 —— 416	甲寅 —— 丙辰
			泰常 (8)	416 —— 423	丙辰 —— 癸亥
		太武帝(拓跋燾)	始光 (5)	424 —— 428	甲子 —— 戊辰
			神䴥 (4)	428 —— 431	戊辰 —— 辛未
			延和 (3)	432 —— 434	壬申 —— 甲戌
			太延 (6)	435 —— 440	乙亥 —— 庚辰
			太平真君 (12)	440 —— 451	庚辰 —— 辛卯
			正平 (2)	451 —— 452	辛卯 —— 壬辰
		南安王(拓跋余)	承平 (1)	452	壬辰
		文成帝(拓跋濬)	興安 (3)	452 —— 454	壬辰 —— 甲午
			興光 (2)	454 —— 455	甲午 —— 乙未
			太安 (5)	455 —— 459	乙未 —— 己亥
			和平 (6)	460 —— 465	庚子 —— 乙巳
		獻文帝(拓跋弘)	天安 (2)	466 —— 467	丙午 —— 丁未
			皇興 (5)	467 —— 471	丁未 —— 辛亥
		孝文帝(元宏)	延興 (6)	471 —— 476	辛亥 —— 丙辰
			承明 (1)	476	丙辰
			太和 (23)	477 —— 499	丁巳 —— 己卯
		宣武帝(元恪)	景明 (4)	500 —— 503	庚辰 —— 癸未
			正始 (5)	504 —— 508	甲申 —— 戊子
			永平 (5)	508 —— 512	戊子 —— 壬辰
			延昌 (4)	512 —— 515	壬辰 —— 乙未
		孝明帝(元詡)	熙平 (3)	516 —— 518	丙申 —— 戊戌
			神龜 (3)	518 —— 520	戊戌 —— 庚子
			正光 (6)	520 —— 525	庚子 —— 乙巳
			孝昌 (3)	525 —— 527	乙巳 —— 丁未
			武泰 (1)	528	戊申
		孝莊帝(元子攸)	建義 (1)	528	戊申
			永安 (3)	528 —— 530	戊申 —— 庚戌
		東海王(元曄)	建明 (2)	530 —— 531	庚戌 —— 辛亥
		節閔帝(元恭)	普泰 (2)	531 —— 532	辛亥 —— 壬子
		安定王(元朗)	中興 (2)	531 —— 532	辛亥 —— 壬子
		孝武帝(元修)	太昌 (1)	532	壬子
			永興 (1)	532	壬子
			永熙 (3)	532 —— 534	壬子 —— 甲寅

朝代或國號		帝王	年號	公元起訖	干支
北朝	(東)魏	孝敬帝(元善見)	天平 (4)	534 —— 537	甲寅 —— 丁巳
			元象 (2)	538 —— 539	戊午 —— 己未
			興和 (4)	539 —— 542	己未 —— 壬戌
			武定 (8)	543 —— 550	癸亥 —— 庚午
	(西)魏	文帝(元寶炬)	大統 (17)	535 —— 551	乙卯 —— 辛未
	(北)齊	文宣帝(高洋)	天保 (10)	550 —— 559	庚午 —— 已卯
		廢帝(高殷)	乾明 (1)	560	庚辰
		孝昭帝(高演)	皇建 (2)	560 —— 561	庚辰 —— 辛巳
		武成帝(高湛)	太寧 (2)	561 —— 562	辛巳 —— 壬午
			河清 (4)	562 —— 565	壬午 —— 乙酉
		後主(高緯)	天統 (5)	565 —— 569	乙酉 —— 已丑
			武平 (7)	570 —— 576	庚寅 —— 丙申
			隆化 (2)	576 —— 577	丙申 —— 丁酉
		安德王(高延宗)	德昌 (1)	576	丙申
		幼主(高恒)	承光 (1)	577	丁酉
	(北)周	明帝(宇文毓)	武成 (2)	559 —— 560	已卯 —— 庚辰
		武帝(宇文邕)	保定 (5)	561 —— 565	辛巳 —— 乙酉
			天和 (7)	566 —— 572	丙戌 —— 壬辰
			建德 (7)	572 —— 578	壬辰 —— 戊戌
			宣政 (1)	578	戊戌
		宣帝(宇文贇)	大成 (1)	579	已亥
		静帝(宇文衍)	大象 (2)	579 —— 580	已亥 —— 庚子
			大定 (1)	581	辛丑
隋		文帝(楊堅)	開皇 (20)	581 —— 600	辛丑 —— 庚申
			仁壽 (4)	601 —— 604	辛酉 —— 甲子
		煬帝(楊廣)	大業 (14)	605 —— 618	乙丑 —— 戊寅
		恭帝(楊侑)	義寧 (2)	617 —— 618	丁丑 —— 戊寅
		越王(楊侗)	皇泰 (2)	618 —— 619	戊寅 —— 已卯
唐		高祖(李淵)	武德 (9)	618 —— 626	戊寅 —— 丙戌
		太宗(李世民)	貞觀 (23)	627 —— 649	丁亥 —— 已酉
		高宗(李治)	永徽 (6)	650 —— 655	庚戌 —— 乙卯
			顯慶 (6)	656 —— 661	丙辰 —— 辛酉
			龍朔 (3)	661 —— 663	辛酉 —— 癸亥
			麟德 (2)	664 —— 665	甲子 —— 乙丑
			乾封 (3)	666 —— 668	丙寅 —— 戊辰
			總章 (3)	668 —— 670	戊辰 —— 庚午
			咸亨 (5)	670 —— 674	庚午 —— 甲戌
			上元 (3)	674 —— 676	甲戌 —— 丙子
			儀鳳 (4)	676 —— 679	丙子 —— 已卯
			調露 (2)	679 —— 680	已卯 —— 庚辰
			永隆 (2)	680 —— 681	庚辰 —— 辛巳
			開耀 (2)	681 —— 682	辛巳 —— 壬午
			永淳 (2)	682 —— 683	壬午 —— 癸未
			弘道 (1)	683	癸未
		中宗(李顯)	嗣聖 (1)	684	甲申
		睿宗(李旦)	文明 (1)	684	甲申
		武后(武曌)	光宅 (1)	684	甲申
			垂拱 (4)	685 —— 688	乙酉 —— 戊子
			永昌 (1)	689	已丑
			載初 (2)	689 —— 690	已丑 —— 庚寅
周		則天帝(武曌)	天授 (3)	690 —— 692	庚寅 —— 壬辰

朝代或國號	帝王	年號	公元起訖	干支
周	則天帝 (武曌)	如意 (1) 長壽 (3) 延載 (1) 證聖 (1) 天册萬歲 (2) 萬歲登封 (1) 神功 (1) 聖曆 (3) 久視 (1) 大足 (1) 長安 (4) 神龍 (1)	692 692 —— 694 694 695 695 —— 696 696 697 698 —— 700 700 701 701 —— 704 705	壬辰 壬辰 —— 甲午 甲午 乙未 乙未 —— 丙申 丙申 丁酉 戊戌 —— 庚子 庚子 辛丑 辛丑 —— 甲辰 乙巳
唐	中宗 (李顯)	神龍 (3) 景龍 (4)	705 —— 707 707 —— 710	乙巳 —— 丁未 丁未 —— 庚戌
	温王(李重茂)	唐隆 (1)	710	庚戌
	睿宗 (李旦)	景雲 (2) 太極 (1) 延和 (1)	710 —— 711 712 712	庚戌 —— 辛亥 壬子 壬子
	玄宗 (李隆基)	先天 (2) 開元 (29) 天寶 (15)	712 —— 713 713 —— 741 742 —— 756	壬子 —— 癸丑 癸丑 —— 辛巳 壬午 —— 丙申
	肅宗 (李亨)	至德 (3) 乾元 (3) 上元 (3) 寶應 (1)	756 —— 758 758 —— 760 760 —— 762 762	丙申 —— 戊戌 戊戌 —— 庚子 庚子 —— 壬寅 壬寅
	代宗 (李豫)	寶應 (2) 廣德 (2) 永泰 (2) 大曆 (14)	762 —— 763 763 —— 764 765 —— 766 766 —— 779	壬寅 —— 癸卯 癸卯 —— 甲辰 乙巳 —— 丙午 丙午 —— 己未
	德宗 (李适)	建中 (4) 興元 (1) 貞元 (21)	780 —— 783 784 785 —— 805	庚申 —— 癸亥 甲子 乙丑 —— 乙酉
	順宗(李誦)	永貞 (1)	805	乙酉
	憲宗(李純)	元和 (15)	806 —— 820	丙戌 —— 庚子
	穆宗(李恒)	長慶 (4)	821 —— 824	辛丑 —— 甲辰
	敬宗(李湛)	寶曆 (3)	825 —— 827	乙巳 —— 丁未
	文宗 (李昂)	太和 (9) 開成 (5)	827 —— 835 836 —— 840	丁未 —— 乙卯 丙辰 —— 庚申
	武宗(李瀍)	會昌 (6)	841 —— 846	辛酉 —— 丙寅
	宣宗(李忱)	大中 (14)	847 —— 860	丁卯 —— 庚辰
	懿宗(李漼)	咸通 (15)	860 —— 874	庚辰 —— 甲午
	僖宗 (李儇)	乾符 (6) 廣明 (2) 中和 (5) 光啟 (4) 文德 (1)	874 —— 879 880 —— 881 881 —— 885 885 —— 888 888	甲午 —— 己亥 庚子 —— 辛丑 辛丑 —— 乙巳 乙巳 —— 戊申 戊申
	昭宗 (李曄)	龍紀 (1) 大順 (2) 景福 (2) 乾寧 (5) 光化 (4) 天復 (4) 天祐 (1)	889 890 —— 891 892 —— 893 894 —— 898 898 —— 901 901 —— 904 904	己酉 庚戌 —— 辛亥 壬子 —— 癸丑 甲寅 —— 戊午 戊午 —— 辛酉 辛酉 —— 甲子 甲子

朝代或國號		帝王	年號	公元起訖	干支
唐		昭宣帝(李柷)	天祐 (4)	904 —— 907	甲子 —— 丁卯
五代	(後)梁	太祖(朱溫)	開平 (5)	907 —— 911	丁卯 —— 辛未
			乾化 (2)	911 —— 912	辛未 —— 壬申
		庶人(朱友珪)	鳳曆 (1)	913	癸酉
		末帝(朱友貞)	乾化 (3)	913 —— 915	癸酉 —— 乙亥
			貞明 (7)	915 —— 921	乙亥 —— 辛巳
			龍德 (3)	921 —— 923	辛巳 —— 癸未
	(後)唐	莊宗(李存勗)	同光 (4)	923 —— 926	癸未 —— 丙戌
		明宗(李嗣源)	天成 (5)	926 —— 930	丙戌 —— 庚寅
			長興 (4)	930 —— 933	庚寅 —— 癸巳
		閔帝(李從厚)	應順 (1)	934	甲午
		末帝(李從珂)	清泰 (3)	934 —— 936	甲午 —— 丙申
	(後)晉	高祖(石敬瑭)	天福 (7)	936 —— 942	丙申 —— 壬寅
		出帝(石重貴)	天福 (3)	942 —— 944	壬寅 —— 甲辰
			開運 (3)	944 —— 946	甲辰 —— 丙午
	(後)漢	高祖(劉知遠)	天福 (1)	947	丁未
			乾祐 (1)	948	戊申
		隱帝(劉承祐)	乾祐 (3)	948 —— 950	戊申 —— 庚戌
	(後)周	太祖(郭威)	廣順 (3)	951 —— 953	辛亥 —— 癸丑
			顯德 (1)	954	甲寅
		世宗(柴榮)	顯德 (6)	954 —— 959	甲寅 —— 己未
		恭帝(柴宗訓)	顯德 (2)	959 —— 960	己未 —— 庚申
*十國	(前)蜀	高祖(王建)	武成 (3)	908 —— 910	戊辰 —— 庚午
			永平 (5)	911 —— 915	辛未 —— 乙亥
			通正 (1)	916	丙子
			天漢 (1)	917	丁丑
			光天 (1)	918	戊寅
		後主(王衍)	乾德 (6)	919 —— 924	己卯 —— 甲申
			咸康 (1)	925	乙酉
	吳越	武肅王(錢鏐)	**天寶 (16)	908 —— 923	戊辰 —— 癸未
			寶大 (2)	924 —— 925	甲申 —— 乙酉
			寶正 (7)	926 —— 932	丙戌 —— 壬辰
	(南)漢	高祖(劉龑)	乾亨 (9)	917 —— 925	丁丑 —— 乙酉
			白龍 (4)	925 —— 928	乙酉 —— 戊子
			大有 (15)	928 —— 942	戊子 —— 壬寅
		殤帝(劉玢)	光天 (2)	942 —— 943	壬寅 —— 癸卯
		中宗(劉晟)	應乾 (1)	943	癸卯
			乾和 (16)	943 —— 958	癸卯 —— 戊午
		後主(劉鋹)	大寶 (14)	958 —— 971	戊午 —— 辛未
	吳	高祖(楊隆演)	武義 (2)	919 —— 920	己卯 —— 庚辰
		睿帝(楊溥)	武義 (2)	920 —— 921	庚辰 —— 辛巳
			順義 (7)	921 —— 927	辛巳 —— 丁亥
			乾貞 (3)	927 —— 929	丁亥 —— 己丑
			太和 (7)	929 —— 935	己丑 —— 乙未
			天祚 (3)	935 —— 937	乙未 —— 丁酉
	閩	惠帝(王延鈞)	龍啟 (2)	933 —— 934	癸巳 —— 甲午
			永和 (1)	935	乙未

* 楚與荆南不改元，不録。

** 四年後去天寶年號。

朝代或國號		帝王	年號	公元起訖	干支
十國	閩	康宗(王昶)	通文 (4)	936 —— 939	丙申 —— 己亥
		景宗(王曦)	永隆 (6)	939 —— 944	己亥 —— 甲辰
		恭懿王(王延政)	天德 (3)	943 —— 945	癸卯 —— 乙巳
	(後)蜀	高祖(孟知祥)	明德 (1)	934	甲午
		後主(孟昶)	明德 (4)	934 —— 937	甲午 —— 丁酉
			廣政 (28)	938 —— 965	戊戌 —— 乙丑
	(南)唐	烈祖(李昪)	昇元 (7)	937 —— 943	丁酉 —— 癸卯
		元宗(李璟)	保大 (15)	943 —— 957	癸卯 —— 丁巳
			中興 (1)	958	戊午
			交泰 (1)	958	戊午
	(北)漢	世祖(劉旻)	*乾祐 (4)	951 —— 954	辛亥 —— 甲寅
		睿宗(劉鈞)	乾祐 (3)	954 —— 956	甲寅 —— 丙辰
			天會 (12)	957 —— 968	丁巳 —— 戊辰
		英武帝(劉繼元)	天會 (6)	968 —— 973	戊辰 —— 癸酉
			廣運 (6)	974 —— 979	甲戌 —— 己卯
(北)宋		太祖(趙匡胤)	建隆 (4)	960 —— 963	庚申 —— 癸亥
			乾德 (6)	963 —— 968	癸亥 —— 戊辰
			開寶 (9)	968 —— 976	戊辰 —— 丙子
		太宗(趙炅)	太平興國 (9)	976 —— 984	丙子 —— 甲申
			雍熙 (4)	984 —— 987	甲申 —— 丁亥
			端拱 (2)	988 —— 989	戊子 —— 己丑
			淳化 (5)	990 —— 994	庚寅 —— 甲午
			至道 (3)	995 —— 997	乙未 —— 丁酉
		真宗(趙恒)	咸平 (6)	998 —— 1003	戊戌 —— 癸卯
			景德 (4)	1004 —— 1007	甲辰 —— 丁未
			大中祥符 (9)	1008 —— 1016	戊申 —— 丙辰
			天禧 (5)	1017 —— 1021	丁巳 —— 辛酉
			乾興 (1)	1022	壬戌
		仁宗(趙禎)	天聖 (10)	1023 —— 1032	癸亥 —— 壬申
			明道 (2)	1032 —— 1033	壬申 —— 癸酉
			景祐 (5)	1034 —— 1038	甲戌 —— 戊寅
			寶元 (3)	1038 —— 1040	戊寅 —— 庚辰
			康定 (2)	1040 —— 1041	庚辰 —— 辛巳
			慶曆 (8)	1041 —— 1048	辛巳 —— 戊子
			皇祐 (6)	1049 —— 1054	己丑 —— 甲午
			至和 (3)	1054 —— 1056	甲午 —— 丙申
			嘉祐 (8)	1056 —— 1063	丙申 —— 癸卯
		英宗(趙曙)	治平 (4)	1064 —— 1067	甲辰 —— 丁未
		神宗(趙頊)	熙寧 (10)	1068 —— 1077	戊申 —— 丁巳
			元豐 (8)	1078 —— 1085	戊午 —— 乙丑
		哲宗(趙煦)	元祐 (9)	1086 —— 1094	丙寅 —— 甲戌
			紹聖 (5)	1094 —— 1098	甲戌 —— 戊寅
			元符 (3)	1098 —— 1100	戊寅 —— 庚辰
		徽宗(趙佶)	建中靖國 (1)	1101	辛巳
			崇寧 (5)	1102 —— 1106	壬午 —— 丙戌
			大觀 (4)	1107 —— 1110	丁亥 —— 庚寅
			政和 (8)	1111 —— 1118	辛卯 —— 戊戌
			重和 (2)	1118 —— 1119	戊戌 —— 己亥
			宣和 7	1119 —— 1125	己亥 —— 乙巳
		欽宗(趙桓)	靖康 (2)	1126 —— 1127	丙午 —— 丁未
(南)宋		高宗(趙構)	建炎 (4)	1127 —— 1130	丁未 —— 庚戌

* 仍稱後漢年號。

朝代或國號	帝王	年號	公元起訖	干支
(南)宋	高宗(趙構)	紹興 (32)	1131 —— 1162	辛亥 —— 壬午
	孝宗(趙眘)	隆興 (2)	1163 —— 1164	癸未 —— 甲申
		乾道 (9)	1165 —— 1173	乙酉 —— 癸巳
		淳熙 (16)	1174 —— 1189	甲午 —— 己酉
	光宗(趙惇)	紹熙 (5)	1190 —— 1194	庚戌 —— 甲寅
	寧宗(趙擴)	慶元 (6)	1195 —— 1200	己卯 —— 庚申
		嘉泰 (4)	1201 —— 1204	辛酉 —— 甲子
		開禧 (3)	1205 —— 1207	乙丑 —— 丁卯
		嘉定 (17)	1208 —— 1224	戊辰 —— 甲申
	理宗(趙昀)	寶慶 (3)	1225 —— 1227	乙酉 —— 丁亥
		紹定 (6)	1228 —— 1233	戊子 —— 癸巳
		端平 (3)	1234 —— 1236	甲午 —— 丙申
		嘉熙 (4)	1237 —— 1240	丁酉 —— 庚子
		淳祐 (12)	1241 —— 1252	辛丑 —— 壬子
		寶祐 (6)	1253 —— 1258	癸丑 —— 戊午
		開慶 (1)	1259	己未
		景定 (5)	1260 —— 1264	庚申 —— 甲子
	度宗(趙禥)	咸淳 (10)	1265 —— 1274	乙丑 —— 甲戌
	恭帝(趙㬎)	德祐 (2)	1275 —— 1276	乙亥 —— 丙子
	端宗(趙昰)	景炎 (3)	1276 —— 1278	丙子 —— 戊寅
	衛王(趙昺)	祥興 (2)	1278 —— 1279	戊寅 —— 己卯
遼	太祖(耶律阿保機)	神册 (7)	916 —— 922	丙子 —— 壬午
		天贊 (5)	922 —— 926	壬午 —— 丙戌
		天顯 (1)	926	丙戌
	太宗(耶律德光)	天顯 (12)	927 —— 938	丁亥 —— 戊戌
		會同 (10)	938 —— 947	戊戌 —— 丁未
		大同 (1)	947	丁未
	世宗(耶律阮)	天祿 (5)	947 —— 951	丁未 —— 辛亥
	穆宗(耶律璟)	應曆 (19)	951 —— 969	辛亥 —— 己巳
	景宗(耶律賢)	保寧 (11)	969 —— 979	己巳 —— 己卯
		乾亨 (5)	979 —— 983	己卯 —— 癸未
	聖宗(耶律隆緒)	統和 (30)	983 —— 1012	癸未 —— 壬子
		開泰 (10)	1012 —— 1021	壬子 —— 辛酉
		太平 (11)	1021 —— 1031	辛酉 —— 辛未
	興宗(耶律宗真)	景福 (2)	1031 —— 1032	辛未 —— 壬申
		重熙 (24)	1032 —— 1055	壬申 —— 乙未
	道宗(耶律洪基)	清寧 (10)	1055 —— 1064	乙未 —— 甲辰
		咸雍 (10)	1065 —— 1074	乙巳 —— 甲寅
		大(太)康 (10)	1075 —— 1084	乙卯 —— 甲子
		大安 (10)	1085 —— 1094	乙丑 —— 甲戌
		壽昌(隆) (7)	1095 —— 1101	乙亥 —— 辛巳
	天祚帝(耶律延禧)	乾統 (10)	1101 —— 1110	辛巳 —— 庚寅
		天慶 (10)	1111 —— 1120	辛卯 —— 庚子
		保大 (5)	1121 —— 1125	辛丑 —— 乙巳
(西)遼	德宗(耶律大石)	延慶 (10)	1124 —— 1133	甲辰 —— 癸丑
		康國 (10)	1134 —— 1143	甲寅 —— 癸亥
	感天后(蕭塔不烟)	咸清 (7)	1144 —— 1150	甲子 —— 庚午
	仁宗(耶律夷列)	紹興 (13)	1151 —— 1163	辛未 —— 癸未
	承天后(耶律普速完)	崇福 (14)	1164 —— 1177	甲申 —— 丁酉
	末主(耶律直魯古)	天禧 (34)	1178 —— 1211	戊戌 —— 辛未
(西)夏	景宗(李元昊)	顯道 (3)	1032 —— 1034	壬申 —— 甲戌

朝代或國號	帝王	年號	公元起訖	干支
(西)夏	景宗(李元昊)	開運 (1)	1034	甲戌
		廣運 (3)	1034 —— 1036	甲戌 —— 丙子
		大慶 (3)	1036 —— 1038	丙子 —— 戊寅
		天授禮法延祚 (11)	1038 —— 1048	戊寅 —— 戊子
	毅宗(李諒祚)	延嗣寧國 (1)	1049	己丑
		天祐垂聖 (3)	1050 —— 1052	庚寅 —— 壬辰
		福聖承道 (4)	1053 —— 1056	癸巳 —— 丙申
		䄅都 (6)	1057 —— 1062	丁酉 —— 壬寅
		拱化 (5)	1063 —— 1067	癸卯 —— 丁未
	惠宗(李秉常)	乾道 (2)	1068 —— 1069	戊申 —— 己酉
		天賜禮盛國慶 (5)	1070 —— 1074	庚戌 —— 甲寅
		大安 (11)	1075 —— 1085	乙卯 —— 乙丑
		天安禮定 (1)	1086	丙寅
	崇宗(李乾順)	天儀治平 (4)	1086 —— 1089	丙寅 —— 己巳
		天祐民安 (8)	1090 —— 1097	庚午 —— 丁丑
		永安 (3)	1098 —— 1100	戊寅 —— 庚辰
		貞觀 (13)	1101 —— 1113	辛巳 —— 癸巳
		雍寧 (5)	1114 —— 1118	甲午 —— 戊戌
		元德 (9)	1119 —— 1127	己亥 —— 丁未
		正德 (8)	1127 —— 1134	丁未 —— 甲寅
		大德 (5)	1135 —— 1139	乙卯 —— 己未
	仁宗(李仁孝)	大慶 (5)	1140 —— 1144	庚申 —— 甲子
		人慶 (5)	1144 —— 1148	甲子 —— 戊辰
		天盛 (21)	1149 —— 1169	己巳 —— 己丑
		乾祐 (24)	1170 —— 1193	庚寅 —— 癸丑
	桓宗(李純祐)	天慶 (13)	1194 —— 1206	甲寅 —— 丙寅
	襄宗(李安全)	應天 (4)	1206 —— 1209	丙寅 —— 己巳
		皇建 (2)	1210 —— 1211	庚午 —— 辛未
	神宗(李遵頊)	光定 (13)	1211 —— 1223	辛未 —— 癸未
	獻宗(李德旺)	乾定 (4)	1223 —— 1226	癸未 —— 丙戌
	末主(李晛)	寶義 (2)	1226 —— 1227	丙戌 —— 丁亥
金	太祖(完顏旻)	收國 (2)	1115 —— 1116	乙未 —— 丙申
		天輔 (7)	1117 —— 1123	丁酉 —— 癸卯
	太宗(完顏晟)	天會 (13)	1123 —— 1135	癸卯 —— 乙卯
	熙宗(完顏亶)	天會 (3)	1135 —— 1137	乙卯 —— 丁巳
		天眷 (3)	1138 —— 1140	戊午 —— 庚申
		皇統 (9)	1141 —— 1149	辛酉 —— 己巳
	海陵王(完顏亮)	天德 (5)	1149 —— 1153	己巳 —— 癸酉
		貞元 (4)	1153 —— 1156	癸酉 —— 丙子
		正隆 (6)	1156 —— 1161	丙子 —— 辛巳
	世宗(完顏雍)	大定 (29)	1161 —— 1189	辛巳 —— 己酉
	章宗(完顏璟)	明昌 (7)	1190 —— 1196	庚戌 —— 丙辰
		承安 (5)	1196 —— 1200	丙辰 —— 庚申
		泰和 (8)	1201 —— 1208	辛酉 —— 戊辰
	衛紹王(完顏永濟)	大安 (3)	1209 —— 1211	己巳 —— 辛未
		崇慶 (2)	1212 —— 1213	壬申 —— 癸酉
		至寧 (1)	1213	癸酉
	宣宗(完顏珣)	貞祐 (5)	1213 —— 1217	癸酉 —— 丁丑
		興定 (6)	1217 —— 1222	丁丑 —— 壬午
		元光 (2)	1222 —— 1223	壬午 —— 癸未
	哀宗(完顏守緒)	正大 (9)	1224 —— 1232	甲申 —— 壬辰
		開興 (1)	1232	壬辰

朝代或國號	帝王	年號	公元起訖	干支
金	哀宗(完顏守緒)	天興 (3)	1232 —— 1234	壬辰 —— 甲午
	末帝(完顏承麟)	盛昌 (1)	1234	甲午
元	世祖 (奇渥温忽必烈)	中統 (5) 至元 (31)	1260 —— 1264 1264 —— 1294	庚申 —— 甲子 甲子 —— 甲午
	成宗 (奇渥温鐵穆耳)	元貞 (3) 大德 (11)	1295 —— 1297 1297 —— 1307	乙未 —— 丁酉 丁酉 —— 丁未
	武宗(奇渥温海山)	至大 (4)	1308 —— 1311	戊申 —— 辛亥
	仁宗 (奇渥温愛育黎拔力八達)	皇慶 (2) 延祐 (7)	1312 —— 1313 1314 —— 1320	壬子 —— 癸丑 甲寅 —— 庚申
	英宗(奇渥温碩德八剌)	至治 (3)	1321 —— 1323	辛酉 —— 癸亥
	泰定帝 (奇渥温也孫鐵木兒)	泰定 (5) 致和 (1)	1324 —— 1328 1328	甲子 —— 戊辰 戊辰
	幼主(奇渥温阿速吉八)	天順 (1)	1328	戊辰
	文宗 (奇渥温圖帖睦爾)	天曆 (3) 至順 (3)	1328 —— 1330 1330 —— 1332	戊辰 —— 庚午 庚午 —— 壬申
	明宗(奇渥温和世㻋)	天曆 (1)	1329	己巳
	寧宗(奇渥温懿璘質班)	至順 (1)	1332	壬申
	順帝 (奇渥温妥懽帖睦爾)	至順 (1) 元統 (3) 至元 (6) 至正 (28)	1333 1333 —— 1335 1335 —— 1340 1341 —— 1368	癸酉 癸酉 —— 乙亥 乙亥 —— 庚辰 辛巳 —— 戊申
明	太祖(朱元璋)	洪武 (31)	1368 —— 1398	戊申 —— 戊寅
	惠帝(朱允炆)	建文 (4)	1399 —— 1402	己卯 —— 壬午
	成祖(朱棣)	永樂 (22)	1403 —— 1424	癸未 —— 甲辰
	仁宗(朱高熾)	洪熙 (1)	1425	乙巳
	宣帝(朱瞻基)	宣德 (10)	1426 —— 1435	丙午 —— 乙卯
	英宗(朱祁鎮)	正統 (14)	1436 —— 1449	丙辰 —— 己巳
	代宗(朱祁鈺)	景泰 (8)	1450 —— 1457	庚午 —— 丁丑
	英宗(朱祁鎮)	天順 (8)	1457 —— 1464	丁丑 —— 甲申
	憲宗(朱見深)	成化 (23)	1465 —— 1487	乙酉 —— 丁未
	孝宗(朱祐樘)	弘治 (18)	1488 —— 1505	戊申 —— 乙丑
	武宗(朱厚照)	正德 (16)	1506 —— 1521	丙寅 —— 辛巳
	世宗(朱厚熜)	嘉靖 (45)	1522 —— 1566	壬午 —— 丙寅
	穆宗(朱載垕)	隆慶 (6)	1567 —— 1572	丁卯 —— 壬申
	神宗(朱翊鈞)	萬曆 (48)	1573 —— 1620	癸酉 —— 庚申
	光宗(朱常洛)	泰昌 (1)	1620	庚申
	熹宗(朱由校)	天啟 (7)	1621 —— 1627	辛酉 —— 丁卯
	思宗(朱由檢)	崇禎 (17)	1628 —— 1644	戊辰 —— 甲申
(南)明	福王(朱由崧)	弘光 (1)	1645	乙酉
	唐王(朱聿鍵)	隆武 (2)	1645 —— 1646	乙酉 —— 丙戌
	唐王(朱聿𨮁)	紹武 (1)	1646	丙戌
	桂王(朱由榔)	永曆 (15)	1647 —— 1661	丁亥 —— 辛丑
(後)金	太祖 (愛新覺羅努爾哈赤)	天命 (11)	1616 —— 1626	丙辰 —— 丙寅

朝代或國號	帝王	年號	公元起訖	干支
(後)金	太宗 (愛新覺羅皇太極)	天聰 (10) 崇德 (8)	1627 —— 1636 1636 —— 1643	丁卯 —— 丙子 丙子 —— 癸未
清	世祖 (愛新覺羅福臨)	順治 (18)	1644 —— 1661	甲申 —— 辛丑
	聖祖 (愛新覺羅玄燁)	康熙 (61)	1662 —— 1722	壬寅 —— 壬寅
	世宗 (愛新覺羅胤禛)	雍正 (13)	1723 —— 1735	癸卯 —— 乙卯
	高宗 (愛新覺羅弘曆)	乾隆 (60)	1736 —— 1795	丙辰 —— 乙卯
	仁宗 (愛新覺羅顒琰)	嘉慶 (25)	1796 —— 1820	丙辰 —— 庚辰
	宣宗 (愛新覺羅旻寧)	道光 (30)	1821 —— 1850	辛巳 —— 庚戌
	文宗 (愛新覺羅奕詝)	咸豐 (11)	1851 —— 1861	辛亥 —— 辛酉
	穆宗 (愛新覺羅載淳)	同治 (13)	1862 —— 1874	壬戌 —— 甲戌
	德宗 (愛新覺羅載湉)	光緒 (34)	1875 —— 1908	乙亥 —— 戊申
	愛新覺羅溥儀	宣統 (3)	1909 —— 1911	己酉 —— 辛亥
(中華民國)				

《辭 源》修 訂 本

編　　纂

吳澤炎　　黃秋耘　　劉葉秋

參加本書修訂工作的主要人員

（按照各單位提供的名單排列）

廣西

王東燾　秦　似　盛九疇　陳光堅　顧紹柏　萬利華　林煥平　黃立業　萬競君
李哲山　黃文達　莫乃羣　陸榕樹　石兆棠　鄒貞業　吳克清　沙少海　林仲湘
黃盛陸　黃半文

廣東

王　濤　白嘉薈　李　默　李葆祥　吳　康　吳傳麟　何國治　周注榮　邱世友
容潔如　袁　遠　徐　巍　梁懷德　黃　昶　黃若耶　黃遠勤　陳克吾　陳迪明
曾定夷　傅振雄　楊以凱　黎作驥　黎泰鏘　黎敏子　劉日波　謝　拼　譚世保

湖南

方　克　黃顯孟　劉晴波　張應德　羊春秋　楊竹劍　楊孟權　朱耀一　文家駒
劉人壽　胡昭鎔　沈克家　劉泱泱　尹旦侯　謝　軼　鄧君健　趙伯雲　陳植森
李壽岡　杜邁之　鄭其龍　趙志凡　章惠康　陳士溉　張經國　林爲楝　丁亞辛
歐建鴻　謝裕民　何漢文

河南

趙天吏　張啓煥　劉寶和　楊靜琦　張　桁　劉緒龍　王鴻蘆　牟　彬　許樹棣
莊　昭　楊擇令　鄭　榮　陳榮昌　徐澄平　張治公　劉義質　王新民　夏啓良
高國抗　王也凡

商務印書館

沈岳如　林　衡　周行健　苑育新　徐敏霞　許少峰　許振生　郭慶山　黃　筠
楊任之　趙克勤　舒寶璋(**借調**)

（此外還有出力不少的人員，恕不一一列名。）

版 面 設 計

季　元

責 任 校 對

羅應謙　王月霄　王　根

後　記

辭源修訂本的最後一批稿子，已於1983年6月發出。自1958年下半年開始的辭源修訂工作，經過許多曲折，終於大功告成。全書初版分四册，收單字12,890個，複詞84,134條，共計97,024條。

這次修訂，是以1915年出版的辭源正編和1931年出版的續編爲基礎的。舊辭源爲我國現代第一部大型辭書，老一代辭書編纂工作者的這一辛勤勞動的成果，爲修訂工作提供了有利的基礎。沒有這個基礎，修訂工作要困難得多。辭源修訂工作自始至終得到社會上各方面人士的熱情幫助。他們的創議和一貫的支持，使修訂工作在比較困難的處境中得以持續進行，完成出書計劃。在確定修訂方針和體例方面，辭書編纂的前輩黎錦熙先生給了我們許多具體的幫助。

全書的審訂工作，由廣西、廣東、湖南、河南四省（區）辭源修訂組和商務印書館編輯部協作進行，由商務印書館編輯部負最後定稿的責任。1978年以後，爲了加快出書，曾承魏建功、王泗原、周振甫先生審閱部分的稿子。語言研究所邵榮芬先生幫助審定全書單字的讀音。書內的插圖，承歷史博物館美工組同人參考舊圖，重新繪製。

在此書分册出版之後，我們還準備把辭源修訂中歷年累積的材料，用辭源資料編的名義出版，以供辭書編纂工作者和語言、文化教育工作者參考。

編　者

1983年7月

大陸版辭源(修訂本)／吳澤炎，黃秋耘，劉葉秋編
纂. --臺灣初版. --臺北市：臺灣商務，民
78
冊； 公分
含索引
ISBN 957-05-0659-8(一套：精裝)

1. 中國語言 - 字典，辭典

802.39 81006569

大陸版 辭源 （修訂本） 二冊

編纂◆吳澤炎 黃秋耘 劉葉秋
編者◆廣東、廣西、湖南、河南辭源修訂組
商務印書館編輯部
發行人◆王學哲
總編輯◆方鵬程

出版發行：臺灣商務印書館股份有限公司
台北市重慶南路一段三十七號
電話：(02)2371-3712
讀者服務專線：0800056196
郵撥：0000165-1
網路書店：www.cptw.com.tw
E-mail：ecptw@cptw.com.tw
網址：www.cptw.com.tw

局版北市業字第 993 號
臺灣初版一刷：1989 年 10 月
臺灣初版四刷：2008 年 6 月
定價：新台幣 2800 元
本書經授權本館在臺灣出版發行

ISBN 978-957-05-0659-4